蜀山剑侠传

——著——
还珠楼主

1

人民文学出版社

图书在版编目(CIP)数据

蜀山剑侠传:全 10 册/ 还珠楼主著. —北京:人民文学出版社,2021
ISBN 978-7-02-015010-6

Ⅰ.①蜀… Ⅱ.①还… Ⅲ.①侠义小说-中国-现代 Ⅳ.①I246.5

中国版本图书馆 CIP 数据核字(2019)第 020232 号

责任编辑　卜艳冰　邱小群
封面设计　李苗苗

出版发行　人民文学出版社
社　　址　北京市朝内大街 166 号
邮政编码　100705
网　　址　http://www.rw-cn.com

印　　制　山东临沂新华印刷物流集团有限责任公司
经　　销　全国新华书店等

字　　数　4510 千字
开　　本　890 毫米×1240 毫米　1/32
印　　张　147
版　　次　2021 年 2 月北京第 1 版
印　　次　2021 年 2 月第 1 次印刷

书　　号　978-7-02-015010-6
定　　价　599.00 元(全 10 册)

如有印装质量问题,请与本社图书销售中心调换。电话:010－65233595

出版说明

还珠楼主是中国现代文学史上的通俗小说大家，其行文习惯和用词可能与当下的规范不一致，为尊重历史原貌，一般不作改动。

目录

第 一 回	月夜棹孤舟　巫峡啼猿登栈道	
	天涯逢知己　移家结伴隐名山	1
第 二 回	舞长剑　师徒逞身手	
	上峨眉　烟雨锁空蒙	7
第 三 回	云中鹤深山话前因	
	多臂熊截江逢侠士	11
第 四 回	见首神龙　醉道人挥金纵饮	
	离巢孤雏　赵燕儿别母从师	15
第 五 回	鹤舞空山　侠客惊蛇怪	
	云迷蜀岭　孝子拜仙师	19
第 六 回	名山借灵物　仙侠夜话	
	古洞斩妖蛇　父女重逢	22
第 七 回	擒淫贼　大闹施家巷	
	逢狭路　智敌八指僧	25
第 八 回	林中比剑　云中鹤绝处逢生	
	寺内谈心　小火神西行求救	29
第 九 回	古庙遇凶　众孝廉祠堂遭毒手	
	石牢逃命　憨公子夜雨越东墙	37
第 十 回	拯孤穷　淑女垂青	
	订良缘　醉仙作伐	51
第十一回	潜心避祸　小住碧筠庵	
	一念真诚　情感追云叟	59

1

第十二回	白日宣淫　多臂熊隔户听春声 黑夜锄奸　一侠女禅关歼巨盗	68
第十三回	周轻云学道辟邪村 金罗汉搬兵五云步	80
第十四回	九华山白侠遏凶僧 镇云洞红药逢仙侣	87
第十五回	齐漱溟访道入名山 荀兰因深闺失爱女	94
第十六回	散家财　合籍注长生 承衣钵　一门归正果	101
第十七回	闲寻幽壑　巧遇肉芝 独劈华岩　惊逢巨蟒	105
第十八回	惊怪异　深宵闻厉声 策群力　仙崖诛毒蟒	111
第十九回	独抱热肠　芝仙乞命 功服灵药　侠女多情	114
第二十回	金蝉初会碧眼佛 朱梅误中白骨箭	121
第二十一回	金罗汉访友紫金泷 许飞娘传书五云步	129
第二十二回	晤薛蟒　三上紫金泷 访异人　结嫌白鹿洞	137
第二十三回	小孟尝结客挥金 莽教师当场出丑	147
第二十四回	望门投止　赵心源门内接银镖 渡水登萍　陶孟仁江心观绝技	153
第二十五回	赛仙朔三次戏法元 小孟尝二番逢矮叟	161
第二十六回	白露横江　良朋谈往事 青霓掣电　侠女报亲仇	168
第二十七回	逐洪涛　投江遇救 背师言　为宝倾生	175
第二十八回	得青霓　余莹姑下山 认朱砂　秦素因感旧	182

第二十九回	金鞭崖陶钧学剑	
	碧筠庵朱梅赴约	189
第 三 十 回	烛影忽摇红　满殿阴风来鬼祖	
	剑光同闪电　昏林黑月会妖人	193
第三十一回	力诛四寇　周侠女送友碧筠庵	
	夜探强敌　醉道人飞身慈云寺	200
第三十二回	弥天星雨　两次破金蚕	
	彻地金光　一番诛丑怪	205
第三十三回	秘笈误　良朋三世重逢　始结师生完凤孽	
	寒月森　剑气四侠倾盖　同施身手探慈云	212
第三十四回	小灵猴僧舍宣淫	
	女昆仑密室被困	219
第三十五回	密室困昆仑　艳艳红霞　飞剑惊芒寒敌胆	
	禅林逢异教　漠漠黄雾　迅雷忽震散妖氛	225
第三十六回	诛淫孽　火焚色界天	
	救丽姝　大闹慈云寺	235
第三十七回	访能人　马夜叉独上玄阴宫	
	窥秘戏　柳燕娘动情天魔舞	244
第三十八回	暮接金牌　四剑侠奉命回武当	
	齐集广场　众凶邪同敌正教	252
第三十九回	宝镜散子母阴魂　诸剑仙斗法完小劫	
	神雷破都天恶煞　一侠女轻敌受重伤	261
第 四 十 回	烟云尽扫　同返辟邪村	
	毒瘴全消　大破慈云寺	269
第四十一回	爱缠绵　采药上名山	
	惊摇落　携女游城市	278
第四十二回	客馆对孤灯　不世仙缘　白眉留尺简	
	冻云迷蜀岭　几番肠断　孝女哭衰亲	286
第四十三回	大雪空山　割股疗亲行拙孝	
	冲霄健羽　碧崖丹涧拜真仙	294
第四十四回	只影感苍茫　寂寂寒山　欣逢佳侣	
	孺心伤离别　漫漫前路　喜得神雕	302
第四十五回	李英琼万里走孤身	
	赤城子中途逢异派	310

第四十六回	步明月　古寺斗僵尸	
	玩梅花　擒龙得宝剑	320
第四十七回	斩巨人　马熊报恩	
	摘朱果　猩猩殒命	328
第四十八回	紫电飞芒诛木魃	
	青山赏雨动归思	339
第四十九回	别猩熊　巧遇石明珠	
	擒猛虎　惊逢鬼道士	346
第 五 十 回	鬼哄森林　李英琼飞剑斩妖人	
	春藏魔窟　朱矮叟无心得异宝	354
第五十一回	大发鸿慈　为难女顽童作伐	
	小完夙愿　偕仙禽异兽同归	363
第五十二回	并驾神雕　逐鹿惊邪火	
	饥餐朱果　斗剑遇同门	371
第五十三回	感深情　抱病长征	
	施妙法　神囊缩地	376
第五十四回	登桂屋　灵药医奇病	
	浴温泉　涤垢去尘氛	381
第五十五回	相逢狭路　初会飞龙师	
	预示仙机　同谒红花姥	389
第五十六回	遇髯仙　奉命返峨眉	
	结同门　商量辟仙府	404
第五十七回	抱不平　余英男神针御寇	
	寻仇隙　魏枫娘飞剑伤人	411
第五十八回	轻嗔薄怒　同摘梅花	
	慧质仙根　共寻碧涧	417
第五十九回	辟洞天　裘芷仙学道	
	传飞柬　李英琼出山	425
第 六 十 回	湘江避祸　穷途感知音	
	岳麓凭临　风尘识怪叟	431
第六十一回	雪夜寻仇　钱青选岳麓遭毒打	
	残年买醉　赵心源酒肆结新知	438
第六十二回	抱不平　同访戴家场	
	负深恩　阻婚凌氏女	447

第一回　月夜棹孤舟　巫峡啼猿登栈道
　　　　　　天涯逢知己　移家结伴隐名山

话说四川峨眉山，乃是蜀中有名的一个胜地。昔人谓西蜀山水多奇，而峨眉尤胜，这句话实在不假。西蜀神权最胜，山上的庙宇寺观不下数百，每年朝山的善男信女，不远千里而来，加以山高水秀，层峦叠嶂，气象万千，那专为游山玩水的人，也着实不少。后山的风景尤为幽奇。自来深山大泽，多生龙蛇，深林幽谷，大都是那虎豹豺狼栖身之所。游后山的人，往往一去不返，一般人妄加揣测，有的说是被虎狼妖魔吃了去的，有的说被仙佛超度了去的，聚讼纷纭，莫衷一是。人到底是血肉之躯，意志薄弱的占十之八九，因为前车之鉴，游后山的人，也就渐渐裹足不前，倒便宜了那些在后山养静的高人奇士，省去了许多尘扰，独享那灵山胜境的清福。这且不言。

四川自经明末张献忠之乱，十室九空，往往数百里路无有人烟，把这一个天府之国闹得阴风惨惨，如同鬼市一般。满清入关后，疆吏奏请将近川各省如两湖、江西、陕西的人民移入四川，也加上四川地大物丰，样样需要之物皆有，移去的人民，大有此间乐不思故土之概。这样的宾至如归，渐渐地也就恢复了人烟稠密的景象。

记得在康熙即位的第二年，从坐峡溯江而上的有一只小舟。除操舟的船夫外，舟中只有父女二人，一肩行李，甚是单寒；另外有一个行囊甚是沉重，好像里面装的是铁器。那老头子年才半百，须发已是全白，抬头看人，眼光四射，满脸皱纹，一望而知是一个饱经忧患的老人。那女子年才十二三岁，出落得非常美丽，倚在老头子身旁，低声下气地指点烟岚，问长问短，显露出一片天真与孺慕。这时候已经暮烟四起，暝色苍茫，从那山角边挂出了一盘明月,清光四射,鉴人眉发。那老头儿忽然高声说道:"那堪故国回首月明中!如此江山,何时才能返吾家故物啊!"言下凄然,老泪盈颊。那女子说道:"爹爹又伤感了,天下事各有前定,徒自悲伤也是无益,还请爹爹保重身体要紧。"正说时,那船家过来说道:"老爷子,天已不早,前面就是有名的乌鸦嘴,那里有村镇,我们靠岸歇息,上岸去买些酒饭吧。"老头说道:"好吧,你只管前去。我今日有些困倦,不上岸了。"船家说完时,已经到了目的地,便各自上岸去了。

这时月明如昼。他父女二人,自己将带来的酒菜,摆在船头对酌。正在无聊的时候,忽见远远树林中,走出一个白衣人来,月光之下,看得分外清楚,越走越近。那人一路走着,一路唱着歌,声调清越,可裂金石,渐渐离靠船处不远。老头一时兴起,便喊道:"良夜明月,风景不可辜负。我这船上有酒有菜,那位老兄,何不下来同饮几杯?"白衣人正唱得高兴,忽听有人唤他,心想:"此地多是川湘人的居处,轻易见不着北方人。这人说话,满嘴京城口吻,想必是我同乡。他既约我,说不得倒要扰他几杯。"一边想着一边走,不觉到了船上。二人会面,定睛一看,忽然抱头大哭起来。老头说:"京城一别,谁想在此重逢!人物依旧,山河全非,怎不令人肠断呢!"白衣人说道:"扬州之役,听说大哥已化为异物,谁想在异乡相逢。从此我天涯沦落,添一知己,也可谓吾道不孤了。这位姑娘,想就是令爱吧?"老头道:"我一见贤弟,惊喜交集,也忘了叫小女英琼拜见。"随叫道:"英琼过来,与你周叔叔见礼。"那女子听了她父亲的话,过来纳头便拜。白衣人还了一个半礼,对老头说道:"我看贤侄女满面英姿,将门之女,大哥的绝艺一定有传人了。"老头道:"贤弟有所不知。愚兄因为略知武艺,所以闹得家败人亡。况且她一出世,她娘便随我死于乱军之中,十年来奔走逃亡,毫无安身之处。她老麻烦我,叫我教她武艺。我抱定庸人多厚福的主意,又加以这孩子两眼怒气太重,学会了武艺,将来必定多事。我的武艺也只中常,天下异人甚多,所学不精,反倒招出杀身之祸。愚兄只此一女,实在放心不下,所以一点也未传授于她。但愿将来招赘一个读书种子,送我归西,于愿足矣。"白衣人道:"话虽如此说,我看贤侄女相貌,决不能以丫角终老,将来再看吧。"那女子听了白衣人之言,不禁秀眉轩起,喜形于色;又望了望她年迈的父亲,不禁又露出了几分幽怨。

白衣人又问道："大哥此番入川，有何目的呢？"老头道："国破家亡，气运如此，我还有什么目的呢，无非是来这远方避祸而已。"白衣人闻言，喜道："我来到四川，已是三年了。我在峨眉后山，寻得了一个石洞，十分幽静，风景奇秀，我昨天才从山中赶回。此外我教了几个蒙童，我回来收拾收拾，预备前往后山石洞中隐居，今幸遇见了大哥。只是那里十分幽僻，人迹不到，猛兽甚多。你如不怕贤侄女害怕，我们三人一同前往隐居，以待时机。尊意如何？"老头听说有这样好所在，非常高兴，便道："如此甚好。但不知此地离那山多远？"白衣人道："由旱路去，也不过八九十里。你何不将船家开发，到我家中住上两天，同我从旱路走去？"老头道："如此贤弟先行，愚兄今晚且住舟中，明日开发船家，再行造府便了。但不知贤弟现居何处？你我俱是避地之人，可曾改易名姓？"白衣人道："我虽易名，却未易姓。明日你到前村找我，只需打听教蒙馆的周淳，他们都知道的。天已不早，明天我尚有一个约会，也不来接你，好在离此不远，我在舍候驾便了。"说罢，便与二人分手自去。

那女子见白衣人走后，便问道："这位周叔父，可是爹爹常说与爹爹齐名、人称齐鲁三英的周琅周叔父么？"老头道："谁说不是他？想当年我李宁与你二位叔父杨达、周琅，在齐鲁燕豫一带威名赫赫。你杨叔父自明亡以后，因为心存故国，被仇人陷害。如今只剩我与你周叔父二人，尚不知能保首领不能。此去峨眉山，且喜得有良伴，少我许多心事。我儿早点安歇，明早上岸吧。"说到此间，只见两个船家喝得酒醉醺醺，走了回来。李宁便对船家说道："我记得此地有我一个亲戚，我打算前去住上几个月，明早我便要上岸。你们一路辛苦，船钱照数开发与你，另外赏你们四两银子酒钱。你们早早安歇吧。"船家听闻此言，急忙称谢，各自安歇。不提。

到了第二天早上，英琼父女起身，自己背了行囊包裹，辞别船家，径往前村走去。行约半里，只见路旁闪出一个小童，年约十一二岁，生得面如冠玉，头上梳了两个双丫角。那时不过七八月天气，蜀中天气本热，他身上只穿了一身青布短衫裤。见二人走近，便迎上前来说道："来的二位，可是寻找我老师周淳的么？"李宁答道："我们正是来访周先生的。你是如何知道？"那小童听了此言，慌忙纳头便拜，口称："师伯有所不知。昨夜我老师回来，高兴得一夜未睡，说是在乌鸦嘴遇见师伯与师姊。今晨清早起来,因昨天与人有约会,不能前来迎接,命我在此与师伯引路。前面就是老师他老人家蒙馆。老师赴约去了,不久便回,请师伯先进去坐一会儿,吃点早点吧。"李宁见这小童仪表非凡,口齿伶俐,十分喜爱。一路言谈,不觉已来到周淳家中,虽然是竹篱茅舍,倒也收拾得干净雅洁。小童又到里面搬了三副碗箸,切了一大盘腊肉和一碟血豆腐,一壶酒,请他父女上座,自己在下横头侧身相陪。说道:"师伯,请用一点早酒吧。"

李宁要问他话时,他又到后面去端出三碗醋汤面、一盘子泡菜来。李宁见他小小年纪,招待人却非常殷勤,愈加喜欢。一面用些酒菜,便问他道:"小世兄,你叫什么名字?几时随你师父读书的?"小童道:"我叫赵燕儿。我父本是明朝翰林学士,死于李闯之手。我母同舅父逃到此处,不想舅父又复死去。我家十分贫苦,没奈何,只得与人家牧牛,我母与大户人家做些活计,将就度日。三年前周先生来到这里,因为可怜我是宦家之后,叫我拜他老人家为师,时常周济我母子,每日教我读书和习武。周老师膝下无儿,只一女名叫轻云。去年村外来了一位老道姑,也要收我做徒弟,我因为有老母在堂,不肯远离。那道姑忽然看见了师妹,便来会我老师,谈了半日,便将师妹带去,说是到什么黄山学道去。我万分不舍,几次要老师去将师妹寻回来,老师总说时候还早;我想自己去,老师又不肯对我说到黄山的路。我想我要是长大一点,我一定要去将师妹寻回来的。我那师妹,长得和这位师姊一样,不过她眉毛上没有师姊这两粒红痣罢了。"李宁听了这一番话,只是微笑,又问他会什么武艺。燕儿道:"我天资不佳,只会一套六合剑,会打镖接镖。听老师说,师伯本事很大,过些日子,还要请师伯教我呀!"

正说之时,周淳已从外面走进来。燕儿连忙垂手侍立。英琼便过来拜见世叔。李宁道:"恭喜贤弟,你收得这样的好徒弟。"周淳道:"此子天分倒也聪明,禀赋也是不差,就是张口爱说,见了人兀自不停。这半天的工夫,他的履历想已不用我来介绍了。"李宁道:"他已经对我说过他的身世。只是贤弟已快要五十的人,你如何轻易把侄女送人抚育,是何道理?"周淳说:"我说燕儿饶舌不是?你侄女这一去,正是她的造化呀。去年燕儿领了一个老道姑来见我,谈了谈,才知道就是黄山的餐霞大师,有名的剑仙。她看见你侄女轻云,说是生有仙骨,同我商量,要把轻云带去,做她的末代弟子。本想连燕儿一齐带去，因为他有老母需人服侍，只把轻云先带了去。如此良机，正是求之不得，你说我焉有不肯之理？"李宁听了此言，不禁点头。英琼正因为她父亲不教她武艺，小心眼许多不痛快，一听周淳之言，不禁眉轩色举，心头暗自盘算。周淳也已觉得，便向她说道："贤侄女你大概是见猎心喜吧？若论你世妹天资，也自不凡，无庸我客气。若论骨格品貌，哪及贤侄女一半。餐霞大师见了你，必然垂青。你不要心急，早晚自有机缘到来寻你，那时也就由不得你父亲了。"李宁道："贤弟又拿你侄女取笑了。闲话少提，我们峨眉山之行几时动身？燕儿可要前去？"周淳道："我这里还有许多零碎事要办，大约至多有十日光景，我们便可起程。燕儿有老母在堂，只好暂时阻他求学之愿了。"燕儿听了他师父不要他同去，便气得哭了起来，周淳道："你不必如此。无论仙佛英雄，没有不忠不孝的。我此去又非永别，好在相去不过数十里路，我每月准来一回，教授你的文武艺业，不过不能像从前朝夕共处而已。"燕儿听了，思量也是无法，只得忍泪。李宁道："你蒙馆中的学童，难道就是燕儿一个么？"周淳道："我前日自峨眉山回来，便有入山之想。因为此间宾主相处甚善，是我在归途中救了一个寒士，此人名唤马湘，品学均佳，我替他在前面文昌阁寻了寓所，把所有的学生都让给他去教。谁想晚上便遇见了你。"李宁道："原来如此，怪道除燕儿外，不见一个学生呢。"周淳道："燕儿也是要介绍去的，因为你来家中，没有长须奴，只好有事弟子服其劳了。"言谈片时，不觉日已沉西，大家用过晚饭。燕儿又与他父女铺好床被，便自走去。

只有英琼，听了白日许多言语，在床上翻来覆去睡不着。时已三鼓左右，只听见隔壁周淳与燕儿说话之声。一会儿，又听他师徒开了房门，走到院中。英琼轻轻起身，在窗隙中往外一看，只见他师徒二人，手中各拿了一把长剑，在院中对舞。燕儿的剑虽是短一点，也有三尺来长。只见二人初舞时，还看得出一些人影。以后兔起鹘落，越舞越急，只见两道寒光，一团瑞雪，在院中滚来滚去。忽听周淳道："燕儿，你看仔细了。"话言未毕，只见月光底下，人影一分，一团白影，随带一道寒光，如星驰电掣般，飞向庭前一株参天桂树。又听咔嚓一声，将那桂树向南的一枝大枝丫削将下来。树身突受这断柯的震动，桂花纷纷散落如雨。定睛一看，庭前依旧是他师徒二人站在原处。在这万籁俱寂的当儿，忽然一阵微风吹过，檐前铁马兀自叮咚，把一个英琼看得目定神呆。只见周淳对燕儿说道："适才最后一招，名叫穿云拿月，乃是六合剑中最拿手的一招。将来如遇见能手，尽可用它败中取胜。我一则怜你孝道，又见你聪明过人，故此将我生平绝技传授于你。再有二日，我便要同你师伯入山，你可早晚于无人处勤加温习。为师要安睡去了，明夜我再来指点给你。"言罢，周淳便回房安歇不提。燕儿等周淳去后，也自睡去。

如是二日，英琼夜夜俱起来偷看。几次三番，对她父亲说要学剑。李宁被她纠缠不过，又经周淳劝解，心中也有点活动，便对她道："剑为兵家之祖，极不易学。第一要习之有恒；第二要练气凝神，心如止水。有了这两样，还要有名人传授。你从小娇生惯养，体力从未打熬，实在是难以下手。你既坚持要学，等到了山中，每日清晨，先学养气的功夫，同内功应做的手续。二三年后，才能传你剑法。你这粗暴脾气，到时不要又来麻烦于我。"英琼听了，因为见燕儿比她年幼，已经学得很好，她父亲之言，好像是故意难她一般，未免心中有点不服。正要开口，只见周淳道："你父所说，甚是有理，要学上乘剑法，非照他所说练气归一不可。你想必因连夜偷看我传燕儿的剑，故你觉得容易，你就不知燕儿学剑时苦楚。我因见你偷看时那一番诚心，背地劝过你父多少次，才得应允。你父亲剑法比我强得多，他所说的话丝毫不假，贤侄女不要会错了意。"李宁道："琼儿你不要以为你聪明，这学剑实非易事，非凝神养气不可。等到成功之后，十丈内外，尘沙落地，都能听出是什么声音来。即如你每每偷看，你世叔何以会知道？就是如此。这点眼前的事物如果都不知，那还讲什么剑法？幸而是你偷看，如果另一个人要趴在窗前行刺，岂不在舞剑的时候，就遭了他人的暗算？"英琼听了他二人之言，虽然服输，还是放心不下。又偷偷去问燕儿，果然他学剑之先，受了若干的折磨，下了许多苦功，方自心服口服。

光阴易过，不觉到了动身的那一天。一干学童和各人的家长，以及新教读夫子马湘，都来送行。燕儿独自送了二十余里，几次经李、周三人催促，方才挥泪而别。

第二回　舞长剑　师徒逞身手
　　　　　　上峨眉　烟雨锁空蒙

　　话说李宁父女及周淳三人辞别村人，往山中行去。他三人除了英琼想早到山中好早些学剑外，俱都是无挂无牵的人，一路上游山玩景，慢慢走去，走到日已平西，方才走到峨眉山下。只见那里客店林立，朝山的人也很多，看去非常热闹。三人寻了一家客店，预备明早买些应用的物品，再行上山，以备久住。一夜无话。

　　到了第二天，三人商量停妥：李宁担任买的是家常日用物件，如油、盐、酱、醋、米、面、酒、肉等；周淳担任买的是书籍、笔墨及锅灶、水桶等厨下用品，末后又去买了几丈长的一根大麻绳。英琼便问："这有什么用？"周淳道："停会儿自知，用处多呢。"三人行李虽然有限，连添置的东西也自不少。一会儿雇好脚夫，一同挑上山去。路上朝山的香客见了他们，都觉得奇怪。他三人也不管他，径自向山上走去。起初虽走过几处逼仄小径，倒也不甚难走。后来越走山径越险，景致越奇，白云一片片只从头上飞来飞去，有时对面不能见人。英琼直喊有趣。周淳道："上山时不见下雨光景，如今云雾这样多，山下必定在下雨。我们在云雾中行走，须要留神，不然一个失足，便要粉身碎骨了。"再走半里多路，已到舍身岩。回头向山下一望，只见一片溟蒙，哪里看得见人家，连山寺的庙宇，都藏在烟雾中间。头上一轮红日，照在云雾上面，反射出霞光异彩，煞是好看。

　　英琼正看得出神，只见脚夫道："客官，现在已到了舍身岩，再过去就是鬼见愁，已是无路可通，我们是不能前进了。今天这个云色，半山中一定大雨，今天不能下山，明天又耽误我们一天生意，客官方便一点吧。"周淳道："我们原本只雇你到此地，你且稍待一会儿，等我爬上山顶，将行李用绳拽上山去，我再添些酒钱与你如何？"说罢，便纵身一跃，上了身旁一株参天古柏，再由柏树而上，爬上了山头。取出带来的麻绳，将行李什物一一拽了上去。又将麻绳放下，把英琼也拽了上去。刚刚拽到中间，英琼用目一看，只见此处真是险峻，孤峰笔削，下临万丈深潭，她虽然胆大，也自目眩心摇。英琼上去后，李宁又取出一两银子与脚夫做酒钱，自己照样地纵了上去。三人这才商量运取行李。周淳道："我此地来了多次，非常熟悉，我先将你父女领到洞中，由我来取物件吧。"李宁因为路生，也不客气。各人先取了些轻便的物件，又过了几个峭壁，约有三里多路，才到了山洞门首。只见洞门壁上有四个大字，是"漱石栖云"。三人进洞一看，只见这洞中共有石室四间：三间作为卧室，一间光线好的作为大家读书养静之所。又由周淳将应用东西一一取了来，一共取了三次，才行取完。收拾停妥，已是夕阳衔山。大家胡乱吃了些干粮干脯，将洞口用石头封闭，径自睡去。

第二天清晨起来，李宁便与英琼订下课程，先教她练气凝神，以及种种内功。英琼本来天资聪敏异常，不消多少日月，已将各种柔软的功夫一齐练会。只因她生来性急，每天麻烦李、周二人教她剑法。周淳见她进步神速，也认为可以传授。惟独李宁执意不肯，只说未到时候。一日，周淳帮英琼说情。李宁道："贤弟只知其一，不知其二。我难道不知她现在已可先行学剑么？你须知道，越是天分高的人，根基越要打得厚。琼儿的天资，我绝够不上当她的老师，所以我现在专心一意，与她将根基打稳固。一旦机缘来到，遇见名师，便可成为大器。现在如果草率从事，就把我平生所学一齐传授与她，也不能独步一时。再加上她的性情激烈，又不肯轻易服人，天下强似我辈的英雄甚多，一旦遇见强敌，岂不吃亏？我的意思，是要她不学则已，一学就要精深，虽不能如古来剑仙的超凡入化，也要做到尘世无敌的地步才好。我起初不愿教她，也是为她聪明性急，我的本领有限的缘故。"周淳听了此言，也就不便深劝。惟独英琼性急如火，如何耐得。偏偏这山上风景虽好，只是有一样美中不足，就是离水源甚远。幸喜离这洞一里多路，半山崖上有一道瀑布，下边有一小溪，水清见底，泉甘而洁。每隔二日，便由李、周二人，轮流前去取水。李、周二人因怕懈散了筋骨，每日起来，必在洞前空地上练习各种剑法拳术。英琼因他二人不肯教她,她便用心在旁静看,等他二人不在眼前,便私自练习。这峨眉山上猿猴最多,英琼有一天看见猴子在山崖上奔走,矫捷如飞,不由得打动了她练习轻身的念头。她每日清早起来,将带来的两根绳子,每一头拴在一棵树上,她自己就在上头练习行走。又逼周、李二人教她种种轻身之术。她本有天生神力,再加这两个老师指导,不但练得身轻如燕,并且力大异常。

周淳每隔一月,必要去看望燕儿一次,顺便教他武艺。那一日正要下山去看望于他,刚走到舍身岩畔,忽见赵燕儿跑来,手中持有一封书信。周淳打开一看,原来是教读马湘写来的。信中说:"三日前来了一个和尚,形状凶恶异常,身上背了一个铁木鱼,重约三四百斤,到村中化缘。说他是五台山的僧人,名唤妙通,游行天下,只为寻访一个姓周的朋友。村中的人,因为他虽然长得凶恶,倒是随缘讨化,并无轨外行为,倒也由他。他因为村中无有姓周的,昨天本自要走,忽然有个口快的村人说起周先生,他便问先生的名号同相貌。他听完说:'一定是他,想不到云中飞鹤周老三,居然我今生还有同他见面之日!'说时脸上十分难看。他正问先生现在哪里,我同燕儿刚刚走出,那快嘴的人就说,要问先生的下落,须问我们。那僧人便来盘问于我。我看他来意不善,便对他说,周先生成都就馆去了,并未告诉他住在峨眉。他今天已经不在村中,想必往成都寻你去了。我见此和尚来意一定不善,所以通函与你,早做准备。"

周淳见了此信大惊,便对燕儿道:"你跟我上山再谈吧。"说时,匆匆携了燕儿,纵上危崖,来到洞中。燕儿拜见李宁父女之后,便对周淳说道:"因为马老师说那和尚存心不好,我那天晚上,便到和尚住的客栈中去侦察他到底是什么样的人。我到二更时分,趴在他那房顶上,用珍珠帘卷钩的架势,往房中看,只见这和尚在那里打坐。坐了片刻,他起身从铁木鱼内取出腊干了的两个人手指头,看了又看,一会儿又伸出他的右手来比了又比。原来他右手上已是只剩下三个指头,无名指同三指想是被兵刃削去。这时候又见取出一个小包来,由里面取出一个泥塑的人,那容貌塑得与老师一般模样,也是白衣佩剑,只是背上好像有两个翅膀似的东西。只见那和尚见了老师的像,把牙咬得怪响,好似恨极的样子,又拍着那泥像不住地咒骂。我不由心中大怒,正待进房去质问他,他与老师有什么冤仇,这样背后骂人？他要不说理，我就打他个半死。谁想我正想下房时，好像有人把我背上一捏，我便作声不得，忽然觉得身子起在半空。一会儿到了平地，一看已在三官庙左近，把我吓了一大跳。我本是瞒着我母亲出来，我怕她老人家醒了寻我，预备先回去看一看再说。我便回家一看，我母亲还没有醒，只见桌子上有一张纸条，字写得非常好。纸上道：'燕儿好大胆，背母去涉险。明早急速上峨眉，与师送信莫迟缓。'我见了此条，仔细一想：'我有老母在堂，是不应该涉险。照这留字人的口气，那个和尚一定本领高，我决不是对手。我在那房上忽然被人提到半空，想必也是此人所为。'想了一夜，次日便告知母亲。母亲叫我急速与老师送信。这几天正考月课，我还怕马老师不准我来。谁想我到学房，尚未张口，马老师就把我叫在无人处，命我与老师送信，并且还给了我三钱银子做盘费。我便急速动身。刚走出十几里，就见前面有两个人正在吵架。我定睛一看，一个正是那和尚，一个是一位道人，不由把我吓了一大跳。且喜相隔路远，他们不曾注意到我，我于是舍了大路，由山坡翻过去，抄山路赶了来。不知老师可知道这个和尚的来历么？"

要知周淳怎样回答，且看下回分解。

第三回　云中鹤深山话前因
多臂熊截江逢侠士

话说周淳听了燕儿之言大惊，说道："好险！好险！燕儿，你的胆子真是不小。我常对你说，江湖上最难惹的是僧、道、乞丐同独行的女子。遇见这种人孤身行走，最要留神。幸而有人指点你，不曾造次；不然，你这条小命已经送到枉死城中去了。"李宁便道："信中之言，我也不大明白，几时听见你说是同和尚结过冤仇？你何妨说出来，我听一听。"周淳道："你道这和尚是谁？他就是十年前名驰江南的多臂熊毛太呀！"李宁听了，不禁大惊道："要是他，真有点不好办呢。"周淳道："当初也是我一时大意，不曾斩草除根，所以留下现在的祸患。可怜我才得安身之所，又要奔走逃亡，真是哪里说起！"李宁尚未答言，英琼、燕儿两个小孩子，初出犊儿不怕虎，俱各心怀不服。燕儿还不敢张口就说。英琼气得粉面通红，说道："世叔也太是灭自己的威风，增他人的锐气了！他狠上天也是一个人，我们现在有四人在此，惧他何来，何至于要奔走逃亡呢？"

周淳道："贤侄女你哪里知道。时隔多年，你父虽知此事，也未必记得清楚。待我把当年的事说将出来，也好增你们年轻人一点阅历。在十几年前，我同你父杀、你杨叔父，在北五省真是享有盛名。你父的剑法最高，又会使各种暗器，能打能接，江湖人送外号'通臂神猿'。你杨叔父使一把朴刀，同一条链子镖，人送外号'神刀杨达'。彼时我三人情同骨肉，练习武艺俱在一块。为叔因见你父亲练轻身功夫，是我别出心裁，用白绸子做了两个如翅膀的东西，缠在臂上。哪怕是百十丈的高山，我用这两块绸子借着风力往上跳，也毫无妨碍。我因为英雄侠义，做事要光明正大，我夜行时都是穿白，因此人家与了我一个外号，叫做'云中飞鹤'。又叫我们三人为'齐鲁三英'。我们弟兄三人，专做行侠仗义的事。那一年正值张、李造反，我有一个好友，是一个商人，由陕西回扬州去，因道路不安靖，请我护送，这当然是义不容辞。谁想走在路上，便听见南方出了一个独脚强盗，名叫多臂熊毛太。绿林中的规矩：路上遇见买卖，或是到人家偷抢，只要事主不抵抗，或者没有仇怨，决不肯轻易杀人，奸淫妇女尤为大忌。谁想这个毛太心狠手辣，无论到哪里，就是抢完了杀一个鸡犬不留；要遇见美貌女子，更是先奸后杀。我听了此言，自然是越发当意。

"谁想走到南京的北边，正在客店打尖，忽然从人送进一张名帖，上面并无名姓，只画了一只人熊，多生了八只手。我就知道是毛太来了，我不得不见，便把随身兵器预备停妥，请他进来，我以为必有许多麻烦。及至会面，看他果然生得十分凶恶，可是他并未带着兵器。后来他把来意说明，原来是因为慕我的名，要同我结盟兄弟。我纵不才，怎肯与淫贼拜盟呢？我便用极委婉的话谢绝了他。他并不坚持，谈了许多将来彼此照应，绿林中常行的义气话，也自告辞。我留神看他脚步，果然很有功夫，大概因酒色过度的关系，神弱一点。我送到门口，正一阵风过，将一扇店门吹得半掩。他好似不经意地将门摸了一下，他那意思，明明是在我面前卖弄。我懒得和他纠缠，偏装不知道。他还以为我真不知道，故意回头对店家说道：'你们的门这样不结实，留心贼人偷啊。'说时把门一摇。只见他手摸过的地方，纷纷往下掉木末，现出五个手指头印来。我见他如此卖弄，真气他不过。一面送他出店，忽然抬头看见对面屋上有两片瓦，被风吹得一半露在屋檐下，好像要下坠的样子。我便对他说：'这两块瓦，要再被风吹落下来，如果有人走过，岂不被它打伤么？'说时，我用一点混元气，张嘴向那两块瓦一口痰吐过去，将那瓦打得粉碎，落在地上。他才心服口服，对我说道：'齐鲁三英，果然是名不虚传。你我后会有期，请你千万不要忘了刚才所说的义气。'我当时也并不曾留意。

"他走后，我们便将往扬州的船只雇妥，将行李、家眷俱都搬了上去。我们的船，紧靠着一家卸任官员包的一只大江船，到了晚上三更时分，忽然听得有女子哭喊之声。我因此时地面不大平静，总是和衣而睡，随身的兵器也都带在身旁。我立刻蹿出船舱一听，仔细查看，原来哭声就出在邻船。我便知道出了差错，一时为义气所激，连忙纵了过去，只见船上倒了一地的人。我扒在船舱缝中一望，只见毛太手执一把明晃晃的钢刀，船舱内绑着一个美貌女子，上衣已经剥卸，连气带急已晕死过去。那厮正在脱那女子的中衣时候，我不由气冲牛斗，当即取出一支金镖，对那厮打了过去。那厮也原有功夫，镖刚到他脑后，他将身子一偏，便自接到手中，一口将灯吹灭，就将我的镖先由舱中打出。随着纵身出来，与我对敌。我施展平生武艺，也只拼得一个平手。我因我船上无人看守，怕他有余党，出了差错，战了几十个回合，最后我用六合剑穿云拿月的绝招，一剑刺了过去。他一时不及防备，将他手指断去两个。这样淫贼，本当将他杀死，以除后患，才是道理。叵耐他自知不敌，登时将刀掷去，说道：'朋友，忘了白天的话么？如今我敌你不过，要杀请杀吧。'我不该一时心软，可惜他这一身武艺，又看在他师父火眼金狮邓明的面上，他白天又与我打过招呼，所以当时不曾杀害于他，叫他立下重誓，从此洗心革面，便轻轻易易地将他放了。且喜那晚他并不曾伤人，只用点穴法将众人点倒。我将那些人一一解救，便自回船。他从此便削发出家，拜五台山金身罗汉法元为师，炼成一把飞剑，取人首级于十里之外，已是身剑合一，口口声声要报前仇。我自知敌他不过，没奈何才带上我女儿轻云避往四川。我等武艺虽好，怎能和剑仙对敌呢？"

谈话中间，忽听空中一声鹤唳响彻云霄，众人听得出神，不曾在意。周淳听了，连忙跑了下去，一会儿回来。燕儿问道："刚才一声鹤唳，老师为何连忙赶了出去？"周淳道："你哪里知道，此洞乃是峨眉最高的山洞，云雾时常环绕山半，寻常飞鸟绝难飞渡。我因鹤声来自我们顶上，有些奇怪，谁想去看，并无踪影，真是稀奇。"英琼便问道："周世叔说来，难道毛太如此厉害，世叔除了逃避，就没法可施么？"周淳道："那厮虽然剑术高强，到底他心术不正，不能练到登峰造极。剑仙中强似他的人正多，就拿我女儿轻云的师父黄山餐霞大师来说，他便不是对手。只是黄山离此地甚远，地方又大，一时无法找寻，也只好说说而已。"李宁道："贤弟老躲他，也不是办法，还是想个主意才好。"周淳道："谁说不是呢？我意欲同燕儿的母亲商量，托马湘早晚多照应，将燕儿带在身旁，不等他约我，我先去寻他，与他订下一个比剑的日子，权作缓兵之计。然后就这个时期中间，在黄山寻找餐霞大师，与他对敌，虽然有点伤面子，也说不得了。"李宁听了，亦以为然，便要同周淳一同前去。周淳道："此去不是动武，人多了反而误事。令爱每日功课，正在进境的时候，不可荒疏，丢她一人在山，又是不便。大哥还是不去的为是。"

众人商议停妥，周淳便别了李氏父女，同燕儿直往山下走去。那时已是秋末冬初，金风扑面，树叶尽脱。师徒二人随谈随走，走了半日，已来到峨眉山下。忽然看见山脚下卧着一个道人，只穿着一件单衣，身上十分褴褛，旁边倒着一个装酒的红漆大葫芦。那道人大醉后，睡得正熟。燕儿道："老师，你看这个道人，穷得这般光景，还要这样贪杯，真可以算得是醉鬼了。"周淳道："你小孩子家懂得什么！我们大好神州，亡于胡儿之手，那有志气的人，不肯屈身事仇，埋没在风尘中的人正多呢。他这样落拓不羁，焉知不是我辈中人哩。只是这样凉的天气，他醉倒此地，难免不受风寒。我走了半日，腹中觉得有点饥饿，等我将他唤醒，同去吃一点饭食，再赠他一点银两，结一点香火缘吧。"说罢，便走上前去，在道人身旁轻轻唤了两声："道爷，请醒醒吧。"又用手推了他两下。那道人愈发鼾声如雷，呼唤不醒。周淳见那道人虽然面目骯脏，手指甲缝中堆满尘垢，可是那一双手臂却莹白如玉，更料他不是平常之人。因为急于要同燕儿回家，又见他推唤不醒，没奈何，便从衣包内取了件半新的湖绉棉袍，与他披在身上。临行又推了他两下，那道人仍是不醒。只得同燕儿到附近饭铺，胡乱吃了一点酒食，匆匆上道。

到了无人之处，师徒二人施展陆地飞行的脚程，往乌鸦嘴走去，哪消两个时辰，便已离村不远。周淳知道燕儿之母甚贤，此去必受她特别款待，劳动她于心不安，况且天已不早，意欲吃完了饭再去，便同燕儿走进一家酒饭铺去用晚饭。这家酒饭铺名叫知味楼，新开不多时，烹调甚是得法，在那里饮酒的座客甚多。他师徒二人归心似箭，也不曾注意旁人，便由酒保引往雅座。燕儿忽然看见一件东西，甚是眼熟，不禁大吃一惊，连忙喊周淳来看。

要知后事如何，且看下回分解。

第四回 　见首神龙　醉道人挥金纵饮
　　　　　　离巢孤雏　赵燕儿别母从师

　　话说周淳师徒二人进知味楼去用饭，忽然看见一件东西挂在柜房，甚是触目。仔细一看，原来便是在峨眉山脚下那个醉道人所用来装酒的红漆葫芦。四面一看，并无那个道人的踪影。二人起初认为天下相同之物甚多，也许事出偶然，便坐下叫些酒饭，随意吃喝。后来周淳越想越觉稀奇，便将酒保唤来问道："你们柜上那个红葫芦，用来装酒，甚是合用，你们是哪里买的？"那酒保答道："二位客官要问这个葫芦，并不是我们店里的。在五天前来了位穷道爷，穿得十分褴褛，身上背的就是这个葫芦。他虽然那样穷法，可是酒量极大，每日到我们店中，一喝起码十斤，不醉不止，一醉就睡，睡醒又喝。起初我们见那样穷相，还疑心他是骗酒吃，存心吃完了卖打的。后来见他吃喝之后，并不短少分文，临走还要带这一大葫芦酒去，每天至少总可卖他五六十斤顶上的大曲酒，他倒成了我们店中的一个好主顾。他喝醉了就睡，除添酒外，轻易不大说话，酒德甚好，因此我们很恭敬他。今早在我们这里喝完了酒，照例又带了一大葫芦酒。走去了两三个时辰回来，手上夹了一件俗家的棉袍，又喝了近一个时辰。这次临走，他说未带钱来，要把这葫芦作押头，并且还说不到两个时辰，就有人来替他还账。我们因为他这五六天已买了我们二三百斤酒，平时我们一个月也卖不了这许多，不敢怠慢他，情愿替他记账，不敢收他东西，他执意不从。他说生平不曾白受过人的东西，他一时忘了带钱，回来别人送钱，这葫芦算个记号。我们拗不过他，只得暂时留下。客官虽喜欢这个葫芦，本店不能代卖，也不知道在哪里买。"周淳一面听，一面寻思，便对酒保说道："这位道爷共欠你们多少酒钱，回头一齐算在我们的账上，如何？"酒保疑心周淳喜爱葫芦，想借此拿去，便道："这位道爷是我们店里的老主顾，他也不会欠钱的，客官不用费心吧。"燕儿正要发言，周淳连忙对他使眼色，不让他说话。知道酒保用意，便说道："你不要多疑。这位道爷原是我们的朋友，我应该给他会酒账的。这葫芦仍交你们保存，不见他本人，不要给旁人拿去。"酒保听了周淳之言，方知会错了意。他本认为穷道爷这笔账不大稳当，因为人家照顾太多，不好意思不赊给他；又怕别人将葫芦取走，道人回来讹诈，故而不肯。今见周淳这样慷慨，自然心愿。便连他师徒二人的账算在一起，共合二两一钱五分银子。

　　周淳将酒账开发，又给了一些酒钱，便往燕儿家中走去。燕儿正要问那道人的来历，周淳叫他不要多说，只催快走。不大工夫，已到燕儿门首。燕儿的娘赵老太太，正在门首朝他们来处凝望。燕儿见了他母亲，便舍了周淳，往他娘怀中扑去。周淳见了这般光景，不禁暗暗点头。赵母扶着燕儿，招呼周淳进去。他家虽是三间土房，倒也收拾得干净。堂前一架织布机，上面绷着织而未成的布，横头上搁着一件湖绉棉袍，还有一大包东西，好似包的银子。燕儿便道："老师你看，这不是你送与那穷道爷的棉袍么，如何会到了我的家中呀？"赵母便道："方才来了一位道爷，说是周先生同燕儿在路上有点耽搁，身上带了许多银子很觉累赘，托他先给带来。老身深知周先生武艺超群，就是燕儿也颇有一点蛮力，怎会这点东西拿着都嫌累赘？不肯代收。那道爷又将周先生的棉袍作证。这件棉袍是老身亲手所做，针脚依稀还可辨认，虽然勉强收下，到底有些怀疑。听那道爷说，先生一会儿就来，所以便在门口去看。果然不多一会儿，先生便自来了。"周淳听了赵母之言，便将银包打开一看，约有三百余两。还包着一张纸条，写着"醉道人赠节妇孝子"八个字，写得龙蛇飞舞。周淳便对燕儿道："如何？我说天壤间正多异人。你想你我的脚程不为不快，这位道爷在不多时间往返二百余里，如同儿戏一般，他的武功高出我们何止十倍。幸喜峨眉山下不曾怠慢了他。"赵母忙问究竟。周淳便从峨眉山遇见那道人，直说到酒店还账止。又把带燕儿同走的来意说明。劝赵母只管把银子收用，绝无差错。赵母道："寒家虽只燕儿这一点骨血，但是不遇先生，我母子早已冻饿而死。况且他虽然有点小聪明，不遇名师也是枉然，先生文武全才，肯带他出去历练，再好不过。"周淳谢了赵母。

到了晚间，周淳又去见马湘，嘱咐许多言语。第二天起身往成都，特地先往酒店中去寻那醉道人，准备结交一个风尘奇士，谁想道人、葫芦俱都不在。便寻着了昨天的酒保，问他下落，那酒保回言："昨天那道人回来，好像有什么急事一般，进门拿了他那宝贝的葫芦便走。我们便对他说客官会他酒账的事，他说早已知道，你对他说，我们成都见吧。说完就走，等我赶了出去，已经不见踪影了。"周淳情知醉道人已走，无法寻访，好生不乐。没奈何，只得同了燕儿上路，直往成都。

行了数日，忽然走到一个地方，名叫三岔口。往西南走去，便是上成都的大道。正西一条小道，也通成都，比大道要近二百多里，只是要经过许多山岭，不大好走。周淳因闻听过这些山岭中有许多奇景，一来急于要到成都，二则贪玩山景，便同燕儿往小道走去。行了半日，已是走入山径。这山名叫云灵山，古树参天，怪石嵯峨，颇多奇景。师徒二人走得有点口渴，想寻一点泉水喝。恰好路旁有一条小溪，泉水清洁，游鱼可数。便同燕儿下去，取出带来的木瓢，汲了一些溪泉，随意饮用。此时日已衔山，师徒二人怕错过了宿头，连忙脚步加紧，往前途走去。

正走之间，忽听一声鹤唳。周淳道："日前在峨眉山下时，连听两次鹤唳，今天是第三次了。"说罢抬头望天，只见天晴无云，一些踪影全无。燕儿忽然叫道："老师，在这里了。"周淳连忙看时，只见道旁一块大山石上，站着极大的仙鹤，头顶鲜红，浑身雪白，更无一根杂毛，金睛铁喙，两爪如铜钩一般，足有八九尺高下，正在那里剔毛梳羽。周淳道："像这样大的仙鹤，真也少见。"正说之间，忽见山石旁边蹿起一条青蛇，有七八尺长。那鹤见了这蛇，急忙用口来啄。叵耐那蛇跑得飞快，仙鹤嘴到时，已自钻入石洞之中，踪迹不见。铁喙到处，把那山石啄得碎石溅起，火星乱飞。那鹤忽然性起，脚嘴同施，连抓带啄，把方圆六七尺一块山石啄得粉碎。那蛇见藏身不住，正待向外逃窜，刚伸出头时，便被那鹤一嘴擒住。那蛇把身子一卷，七八尺长的蛇身，将鹤的双脚紧紧缠住不放。那鹤便不慌不忙，一嘴先将蛇头啄断，再用长嘴从两脚中轻轻一理，便将蛇身分作七八十段。哪消几啄，便已吃在肚内。抖抖身上羽毛，一声长叫，望空而去，一晃眼间，便已飞入云中。

这时已是暮色苍茫，暝烟四合。周淳忙催燕儿赶路。走出三里多路，天色向晚。恰好道旁有一户人家，便上前叩门投宿。叩了半日，才听里面有人答话，问道："你们是哪里来的？"周淳说明来意。那人道："我现在已是命在旦夕，此地万分危险。客官如要投宿，往西南去五里多路，那里有一座茅庵，住着一位白云大师，你可去求她借宿一宵。她若依从，还能免掉危险。"说罢，便不闻声息。再打门时，也不见答应。周淳生性好奇，便叫燕儿等在外面，道："我不出来，不可轻易走动。"便纵身越墙而过。这时明月升起，照得院中清澈如画。周淳留神仔细一看，只见院中藤床上卧倒一人，见周淳进来，便道："你这人如何不听话？你快走远些，不要近我，于你大有不利。"周淳道："四海之内，皆是朋友。你有何苦楚，此地有何危险，你何妨说将出来，我也许能够助你一臂之力，你何必坐以待毙呢？"那人道："你还不快走！我已中了妖毒，近我三尺，便受传染。我在这里挣命，已经三日，如今腹中饥饿，你如带有干粮，可给些与我。那妖早晚寻到，我不必说，你也性命难保。你如果能急忙去投白云大师，或许还可以帮我的忙。我的事儿，你只对她说这个。"那人说到这里，已是神微力弱，奄奄一息。只见那人手臂上有七颗红痣，鲜明非常。周淳心想此非善地，便扔些干粮与他，随即纵了出来。喊燕儿时，忽然踪影不见。

要知后事如何，且看下回分解。

第五回

鹤舞空山　侠客惊蛇怪
云迷蜀岭　孝子拜仙师

话说周淳听了那人之言，连忙跳出一看，忽然燕儿踪影不见，这一吓非同小可。起初尚以为他到附近去方便，谁知四外高声呼唤，仍是不见踪影，不禁急得浑身是汗。又不敢轻易离开此地，怕燕儿回来，寻他不着。正在无可奈何，忽听门内又发出细微的声音说道："你还不曾走么？"周淳道："我适才同你分别出来，我有一个同伴，如今不知去向，衣服行囊都未带去，莫不是你说的妖怪来吃了去么？"那人道："那妖属阴，不交三更，不会出来。你那同伴此刻失踪，绝非此妖所害。你快到白云大师那里，求她与你算一卦，便知下落。你不要自误，天已不早，快些去吧。"

周淳万般无奈，只得照那人所说，往前走去。才走不到五里，忽听背后呼呼风起，腥味扑鼻。周淳知道不妙，连忙如飞一般向前奔走，刚刚走到一座庵前，忽然风止。周淳回头一看，只见一团浓雾中，隐约现出两盏红灯，往来路退去。月光底下，分外看得清切，不由出了一身冷汗。再看这茅庵，并不甚大，门前两株衰柳，影子被月光映射在地上，碎阴满地，显得十分幽静。庵内梵音之声不绝，想是此中主人，正在那里做夜课。便轻轻去叩了两下门。便有一小女孩应声答道："我们这里乃是尼庵，客官如要投宿，往前面去吧。"周淳答道："我在途中遇难，特来投奔白云大师的。"话还未了，门已开放，出来一妙年女尼，年纪才十三四岁，长得十分美秀，见了周淳，说道："大师正在做夜课，你且到佛堂等候一会儿吧。"周淳便随她进去，到了佛堂坐定。那小女尼又去端了一碗茶同几块素馍，与周淳食用，便自进去，许久不见出来。

周淳正等得心烦，忽见面前青光一闪，犹如飞鸟般投向后院。周淳好奇心盛，便出了佛堂，轻轻往后院中走去。刚刚走近窗前，忽听有两个人正在说话，好似一男一女。侧耳细听，便听那女的说道："二师兄深夜到此，有何事见教？"那男的说道："我适才从云灵山走过，看见妖气冲天，正要查看一个究竟，忽见道旁一家屋檐下站定一个小童，眼看离他身侧不到十丈光景。我见那童子根基甚厚，不忍他遭毒手，便将他一把抱起，先救出了险地，然后用剑将妖物赶走。后来盘问他的来历，才知是齐鲁三英中周淳的徒弟。我见此子生有仙骨，跟着尘世中的侠客，岂不辜负了他，便收他为徒，叫白儿将他背往我的山中去了。他行时说怕他师父、老母不放心，我答应与他带信，便去寻那姓周的。谁想无意中又救了七师弟的门徒，名叫施林，他也是中了妖毒，堪堪待毙。我将他救转，送他回山，才知道姓周的投到你这里来了。我方才进来时，看见一人坐在佛堂上，想是此人了。"那女的答道："方才紫绡来说，有一姓周的投奔于我，正待出去会他，恰好师兄到此，所以还未相见。"那男的又道："适才那妖看去十分厉害，我的玄英剑，只将它逼走，并不能伤它分毫。我因不知底细，未敢造次。你近在咫尺，何以容它如此猖獗呢？"那女的说道："我为此妖，真是费了无穷心力，好容易将制它之物寻到，怎耐缺少帮手。师兄驾临，真是再好不过。"说罢，便对窗外说道："周壮士远道而来，为何不进来叙话，只是作壁上听呢？"

周淳正听得出神，被室中人这一问，不由面红耳赤，只得走了进去。见蒲团上坐定一个女尼，年约四五十岁；上首坐定一个道人，一脸虬髯，两目精光四射。知是非常人物，不由纳头便拜。僧、道二人连忙用手相搀，口称"不敢"。那女尼叫周淳一旁坐下，便道："适才我等之言，想你已经听去。这位是我师兄髯仙李元化。我名元元，人称白云大师的便是。你的高徒，已被这位髯师兄收归门下，不知壮士可能割爱么？"周淳道："他小小年纪，能承前辈剑仙垂青，真是三生有幸。弟子正因他天资聪明，弟子才学浅薄，恐误却他的前途。今幸得遇仙缘，哪有不愿之理。只是适才弟子路遇一人，中了妖毒，命在旦夕，还望二位大仙垂怜解救。"髯道人道："那人名叫施林，乃是我的师侄。我适才路过，已将他解救回山去了。"周淳连忙拜谢。白云大师道："师兄来得甚巧，事不宜迟，明晨随我斩妖吧。"髯道人道："此妖到底何物，这般厉害？"白云大师道："此山原本不叫云灵山。因为山中出了一个蛇妖，早晚它口中吐出毒雾，结为云霞，映着山头的朝霞夕阳，反成了此山一个奇景。人家见此山云霞灿烂，十分悦目，这百多年来，就把这山叫做云灵山。此妖起初也不过在这山上吞云吐雾，并不曾害人，谁想近三年来，情形大变。从辰时起到酉时止，是那妖在洞中修炼之时，行人在此时间内走过，尚不妨事；否则，能逃毒手的，十无一二。这三年中，我同它斗了若干回，也不曾伤它分毫。它也知道我的厉害，只要一到我庵前不远，便自逃了回去。适才我听得风响，知是那妖前来。后来没有动静，便听见壮士叩门了。"周淳才知道那妖适才忽然不追的缘故。白云大师又说道："一物伏一物，我知道此妖最怕蜈蚣。久闻黄山餐霞大师处有此异物，便叫紫绡去借。大师先还不肯，说那蜈蚣是她镇洞之宝。后来经我亲身前往，昨天才借到。恰好壮士与师兄到此，想是那妖伏诛之日不远了。"

第六回　名山借灵物　仙侠夜话
　　　　　　古洞斩妖蛇　父女重逢

白云大师说罢,便由壁上取出一个长匣,乃是精铁铸成,十分坚固。又从葫芦内取出几十粒丹药。然后将盒盖揭开,只见里面伏着一条二尺四寸长的蜈蚣,遍体红鳞闪闪发光,两粒眼珠有茶碗大小,绿光射眼。白云大师将那丹药放在盒内,那蜈蚣忽然蠕蠕欲动,大师忙将盒盖关上。髯道人道:"如此灵物,其毒必比蛇妖厉害。不知餐霞大师当初如何收得?"白云大师道:"餐霞大师幼年在闺中当处女时,最为淘气。有一天捉到一条蜈蚣,不过三两寸长。她将此物装在一个盒内,每天拿些米饭喂它,日子一多,渐渐长成。等她出阁时,这蜈蚣差不多已有五六尺长,她一定要陪送过去。她老太爷怕骇人听闻,执意不肯。没奈何,她才把那条蜈蚣叫人抬到山中放掉。后来她的丈夫死去,她被神尼优昙大师收归门下,炼成剑仙,又到那山中将那蜈蚣收作镇山之宝。百余年来,经餐霞大师用符咒催炼,食的俱是仙丹灵药,不但神化无穷,可大可小,并且颇通灵性,从不轻易伤人。餐霞甚是喜爱于它。此次经我再三请求,费了无数唇舌,才肯借用一时。师兄莫要小看于它。"三人谈谈说说,问了些周淳所精的功夫,不觉已是东方微明。白云大师道:"是时候了。"便对周淳道:"此番前去,非常凶险。壮士如果要去,只可躲在一旁作壁上观,千万不可妄动才好。"说罢,便同了二人起身,往山谷中走去。

　　这时,一轮红日已经从地平线上往上升起,途径看得非常清楚。走到一处,只见山势非常险恶,寸草不生。白云大师便对髯道人道:"此地离蛇巢不远,待我前去引它出来。等我与它斗时,烦劳师兄将玄英剑断它的归路。"说罢,便独自向前走去。髯道人同了周淳纵上山峰,只见山谷中有一个大洞,深黑不可见底。白云大师走到离洞不远,嗯嗯呜呜地叫了几声,忽然狂风大起,白云大师拨转身往回路便走。说时迟,那时快,洞中一阵黑风过去,冲出一条大蛇,金鳞红眼,长约十丈,腰如缸瓮,行走如飞。看看追出半里多地,白云忽地回身喊一声:"来得好!"从手中飞出一道紫光。那蛇见了这光,便由口中吐出丈许长的火焰,与这道光华绞在一起。斗了片时,那蛇自知不敌,拨转身回头便走。髯道人便将手上玄英剑放出来,一道青光,朝蛇头飞去。那蛇见不是路,便将蛇身盘作一堆,喷出烈火毒雾,与这两道剑光战在一起,饶你仙剑厉害,也是不能伤它分毫。白云大师与髯道人各人占了一个山峰,指挥剑光,与那蛇对敌,斗了半日,不分胜败。白云没奈何,只得与髯道人打个招呼,各人将剑光收起。那蛇看见剑光忽然退去,认为敌人已败,正待向白云大师扑来。忽然从白云大师手中飞起一物,通体红光耀目,照得山谷皆红。原来白云大师见剑仍是不能取胜,已是将匣内蜈蚣放出。这蜈蚣才一出匣,迎风便长,长有丈余。那蛇见蜈蚣飞来,知道已逢劲敌,更不怠慢,拼命地喷火喷雾,与那蜈蚣斗在一起。斗有片时,那蜈蚣一口将蛇的七寸咬住,那蛇也将蜈蚣的尾巴咬住,两下都不肯放松。那蛇被蜈蚣咬得难受,不住地将长尾巴在山石上扫来扫去,把山石打得如冰雹一般,四散飞起,煞是奇观。这时,他三人已走在一处。髯道人意欲将玄英剑放起,助那蜈蚣一臂之力。白云大师怕伤了蜈蚣,连忙止住。正说话时,忽然震天动地一声响过去,蛇与蜈蚣俱都纹丝不动。原来那蛇被咬,负痛不过,一尾扫过去,将谷口凸出来有丈许高的山石打断,恰好落在它的头上,打得脑浆迸裂,那蜈蚣也力竭而死。白云大师同了髯道人连忙飞下山去,用剑将蛇身砍成十数段。见蜈蚣已死,便道:"我起初不肯轻易放出,就怕是两败俱伤。如今怎好回复餐霞大师呢?"髯道人道:"此妖为害一方,荼毒生灵,今赖餐霞大师的蜈蚣除此巨害,功德非小,想来也不能见怪你我。"

正说话时,忽从山头上飞下一个黑衣女郎,腰悬一个葫芦,走到二人面前行礼道:"弟子周轻云,奉餐霞大师之命,请白云大师不必在意。蜈蚣之死,乃是定数,命我致意大师,将它尸骨带回。"说罢,走到蜈蚣身旁,取出一粒丹药,放在它口内,那蜈蚣便缩成七八寸光景,便取来放在身旁葫芦之内。又对白云大师道:"家师言说家父周淳在此,可容一见。"白云大师才知道她是周淳的女儿，十分代她喜幸，便将周淳唤将下来。他父女重逢，自是欢喜。周淳正要访求餐霞大师帮忙，适才在白云大师处，因忙于捉妖，不曾启齿，今见女儿到来，正好命她代求。便对轻云说了多臂熊毛太寻仇，同自己往成都之事，又教轻云代请餐霞大师下山。轻云道："如此小事，何必劳动师父，女儿此次也为此事而来。女儿自随师父上山，已将仙剑炼成。我因爹爹学剑不成，屡次求大师传授，大师说父亲与她老人家无缘。大师生平未收过男弟子，她说爹爹机缘到来，自然得遇名师。教爹爹此番只管往成都走去，前面自有人来接引。女儿回山复命之后，也要到成都去助爹爹杀那毛太呢。"周淳听了，不觉心中一块石头落地。轻云辞别三人，回山复命不提。

周淳心想白云大师与髯道人俱是成名剑仙，便有投师之意。白云大师道："你虽年过四十，根行心地俱好，早晚是我辈中人，何必急在一时？现在剑客派别甚多，时常引起争斗。昆仑、峨眉之外，现在新创的黄山派与五台派，如同水火，都是因为邪正不能并立的缘故。这次毛太寻仇，不过开端，以后的事儿正多呢。"说罢，便拾了许多枯树枝叶，将蛇身焚化。髯道人说奉师父静虚老祖之命，要急忙去度一个富有仙根的人，以免被五台派的人收罗了去。说罢嘬口一声长啸，只见云端中飞下一只大仙鹤，髯道人跨了上去，说声"再见"，便自冲霄飞起。周淳才知那日山中斗蛇的仙鹤，就是髯道人的坐骑。他虽听了女儿轻云之言，终觉放心不下，顺便邀白云大师相助。白云大师道："你只管先去，此行绝无妨碍。到逢难时，我自会前来救你，此时尚用不着。"周淳心中半信半疑，没奈何，只得单身辞别上路。

行了数日，已到成都。到处打听毛太，都说不曾见过这样的一个和尚。周淳只得在那里等候轻云到来，等了三个多月，也不曾来，心中十分不解。这时已是正月下旬。成都城厢内外庵观林立，古迹甚多。有一天，闷坐店房，十分无聊，信步走到南门外武侯祠去游玩。

第七回

擒淫贼　大闹施家巷
逢狭路　智敌八指僧

这武侯祠乃是蜀中有名的古迹，壁上名人题咏甚多。周淳浏览片时，信步走到望江楼，要了一壶酒、几味菜，独自一人食用。忽听楼梯响动，走上一人，武生公子打扮，长得面如冠玉，十分俊美，只是满脸带着不正之色。头戴蓝缎子绣花壮士帽，鬓边斜插着颤巍巍碗大的一朵通草做的粉牡丹。独自一人要些酒菜，也不好生吃用，两眼直勾勾地望着楼下。周淳看了半日，好生奇怪，也低头往下看去。原来江边停了一只大船，船上有许多女眷，内有一个女子长得十分美丽，正在离船上轿。那武生公子见了，连忙丢下一锭银子，会好酒钱，急匆匆迈步下楼。周淳观察此人定非良善，便也会了酒账，跟踪上去。忽然看见前面一个道人，背上负着一个大红葫芦，慢慢往前行走。仔细一看，原来就是那日在峨眉山相遇的那个醉道人。要待追那淫贼，好容易才得相遇奇人，岂肯失之交臂；要放下不追，又未免自私之心太重，有失侠义的天职。正犹豫间，成都轿夫有名的飞腿，已跑得不知去向；那武生公子，也已不见踪影。没奈何，只得暗暗跟着那道人走去。那道人好似不曾知道周淳跟他模样，在前缓缓行走。周淳心中暗喜，以为这次决不会轻易错过，只在道人后面紧紧跟随。那道人直往那田野中走去，不论周淳如何追赶，距离总是不到一二十丈。后来周淳急了，便脱口喊道："前面道爷，暂停贵步，弟子有话奉上。"谁想那道人听了周淳之言，越走越快，任你周淳有轻身功夫，也是莫想追赶得上，一转瞬间，已是不见踪影。周淳知道人不肯见他，无奈何，垂头丧气回转店房。

到了定更后，正待安歇，忽然一阵微风吹过，桌上凭空添了一张纸条。周淳连忙纵身出来，只见明星在天，四外皆寂。远远深巷中，微微一阵犬吠。回房看那纸条时，只见上面写了三个大字"施家巷"，笔酣墨饱，神采飞扬。看这字非常面熟，好似在哪里见过，怎奈一时想它不起。心想："这施家巷俱是大户人家，与我有何关系？"心中十分不解。后来一想："莫非那里出了什么事故，送字的人独力难支，约我前去相助不成？不管是与不是，且到那里再说。"于是将随身用的兵器带好，将门紧闭，从窗口内纵身出去，一路蹿房跨脊。正走之间，忽见一条黑影，飞也似的往前奔跑，刚走到施家巷时，忽然不见。周淳心想："施家巷街道甚长，叫我先到哪一家呢？也不管它。"且先到了第一家的房上，却静悄悄并无声息。又走到第三家，乃是一所大院落，忽然看见楼上还有灯光。周淳急忙纵了过去，往窗内一看，不由怒发冲冠。原来屋中一个绝色女子，被脱得赤条条地缚在一条春凳上，已是昏厥过去。白天见的那一个武生公子，正在解带宽衣，想要强奸那一个女子。周淳不由脱口喝道："好淫贼！竟敢强奸良家女子，还不给我出来受死！"那贼听了，便道："何人大胆，敢破你家太爷的美事？"说罢，一口将灯吹灭，将房门一开，先将一把椅子朝外掷来。周淳将剑拨过一旁，正在等他出来厮杀，忽听脑后风声，知是有人暗算，更不回首，斜刺里往前纵跳出去。这贼人接着就是一刀砍来，周淳急架相还。

　　原来此贼十分狡猾，他先将椅子掷出，自己却从窗口飞将出来，想要暗算周淳。若不是周淳久经大敌，已经遭了毒手。周淳与淫贼斗了十余个回合，觉得此贼身法刀法非常熟悉，便喝道："淫贼，你是何人门下？叫什么名字？通名受死，俺云中飞鹤剑下不死无名之鬼。"那贼听了此言，不禁狂笑道："你就是周三么？我师父只道你不到成都来，谁想你竟前来送死。你家太爷，乃八指禅妙通，俗家名叫多臂熊毛太的门徒，名唤神行无影粉牡丹张亮的便是。"周淳一听是对头到了，不禁一阵心惊，又怕毛太前来相助，不是敌手，便使出平生绝艺，浑身上下，舞起一团剑花，将那贼紧紧裹住。那张亮虽然武艺高强，到底不是周淳敌手。偏偏这家主人姓王，也是一个武家子，被喊杀之声惊动，起初看见两个人在动手，估量其中必有一个好人，但分不清谁好谁坏，只把紧自己的房门，不敢上前相助。及至听了那贼报罢名姓，便已分清邪正，于是带领家人等上前相助。那贼见不是路，抽空纵身一跃，跳上墙去。周淳道："哪里走！"连人带剑，飞将起来，只一挥，已将淫贼两脚削断，倒栽下来，痛死过去。众人连忙捆好，请周淳进内坐定，拜谢相救之德。周淳道："此贼虽然擒住，你等千万不可声张。他有一师，名唤毛太，已炼成剑仙，若被他知晓，你等全家性命难保。"那家主人名唤王承修，听了周淳之言，不禁大惊，便要周淳相助。周淳道："我也不是此人的敌手，只要眼前他不知道，再等些日，便有收服他的人前来，所以你暂时不可声张。明早你将这人装在皮箱内，悄悄先到官府报案，叫它秘密收监，等擒到毛太，再行发落。留我在此，无益有祸，更是不好。"王承修知挽留不住，只得照他吩咐行事。不提。

周淳仍照原路，悄悄回转店房。他因为今晚虽然干了一桩义举，谁想无意中，又和毛太更结深了一层仇怨。明知背葫芦的醉道人是一个大帮手，匡耐又失之交臂。心绪如潮，一夜并不得安睡。

到了第二日，在店中吃罢午饭，便到城内各处参观，寻访醉道人的住处。一连数日，都是不见踪迹。一日信步出城，走到一片树林里面，忽然看见绿荫中，隐隐露出粉墙一角，知是一座庙宇。周淳这时觉得有些口渴，便往那庙门走去，欲径进去随喜，讨杯水喝。刚刚走离庙门不远，忽听大道上鸾铃响亮，尘头起处，有十余骑人马，飞一般直往庙门驰来。周淳本是细心人，便将身子闪过一旁。只见马上那一群人，约有十三四个，一个是道家装束，其余都是俗家打扮，形状非常凶恶。每人身上，俱都负有包裹，好似都藏有兵刃。起初庙门紧闭，那一群人到得庙前，当头的是一个稍长大汉，只见他将鞭梢一挥，朝定庙门击去三下，不一会儿，庙门大开。十余骑连人带马，更不打话，一拥而入。等到一群人进去后，依然禅门紧闭，悄无人声。

周淳心知这伙人定非良善之辈，不过这座庙宇离城不远，似乎又不应藏匿匪人，想要看个究竟，便往那庙门口走去。只见这座庙盖得非常伟大庄严，庙门匾上，写着"敕建慈云禅寺"六个大金字。周淳心想："久闻慈云寺乃是成都有名丛林，庙中方丈智通和尚戒律谨严，僧徒们清规甚好，如何却与这些匪人来往？要说是过路香客，情形又有点不对。"正想假装进庙随喜，看个究竟，忽然"叭"的一声，一块干泥正落在周淳的脸上，不禁大惊。急忙用目四下观看，不要说人，连雀鸟都没有一个，不知这泥块从哪里飞来。心中虽然非常惊异，终究好奇心盛，又仗着艺高人胆大，仍拟前去叩门。刚把手举起来，忽然脑后生风。周淳这回不似刚才大意，急忙将头一低，"叭"的一声，落在地上，仍是一块干土。急往土块来路看时，只见相隔二十多丈，有一个人影，往树林中一晃，便自不见。不禁心中有气，便丢下进庙之想，飞步往树林中追去，准备搜出那人，问他无缘无故，为何一次两次和他开玩笑？等到走进林中，四下搜寻，哪有丝毫踪迹。正待不追，又是一块干土飞来。周淳这时早已留上十二分的心了，他一面闪开那块干土，一面定睛往前望去。只见前面这一个人，长得十分瘦小，正往林外飞跑。周淳气往上撞，拔腿便追。那人好快身法，脚不沾尘，任你周淳日行千里的脚程，也是追赶不上。就这样一个跑，一个追，不大工夫，已是十余里路。周淳一路追，一路想："我与此人素昧平生，何故如此戏弄于我？要是仇家，我在庙门前，已是中了他的暗算。况且照他脚程身法看来，武艺决不在我之下，他把我引在这无人的荒郊，是什么缘故呢？"正想问，忽然大悟，便止步喊道："前面那位尊兄，暂停几步，容俺周淳一言。"任你喊破喉咙，那人只是不理。忽然见他在一株树前站住，周淳心中大喜，便往前赶去。刚刚相离不远，那人忽又拔腿便跑，如星驰电掣般，眨眨眼，已不知去向。周淳走近树前，忽见地上有一个纸包。拾起来打开一看，原来是两粒丹丸，上面还有一行小字，写着"留备后用，百毒不侵"八个字。周淳也不知是什么用意，顺手揣入怀中。这一来愈发知道那庙不是善地，这人是有心引他脱离危险。自己也知道孤掌难鸣，暂时只好且自由它，无精打采地往回路走去。

　　刚刚走了不到四五里路，忽然看见道旁一株大树上，悬挂着一大口钟。心想："刚才在此走过，并不曾见有这口钟。这口钟少说也有六七百斤，这人能够纵上去，将这口钟挂上，没有三四千斤的力量，如何能办得到？"再看离这钟不远，有一户人家，于是便走了过去，想问个明白。谁想才到那家门口，便隐隐听得有哭喊救命之声。周淳天生侠肝义胆，不由绕到屋后，纵身上去一看，只吓得心惊胆破。

第八回　林中比剑　云中鹤绝处逢生
　　　　　　寺内谈心　小火神西行求救

话说周淳听见那家院内有哭喊救命之声，连忙纵身上屋，用目往院中一看。只见当院一个和尚，手执一把戒刀，正在威胁一个妇人，说道："俺今天看中了你，正是你天大的造化。你只赶快随我到慈云寺去，享不尽荣华富贵；如若再不依从，俺就要下毒手了。"那妇人说道："你快快出去便罢，我丈夫魏青不是好惹的。"说罢，又喊了两声救命。那和尚正待动手，周淳已是忍耐不住，便道："凶僧休得无礼，俺来也！"话到人到剑也到，一道寒光，直往和尚当胸刺去。那和尚见他来势甚急，也不由吃了一惊，一个箭步纵了出来，丢下手上戒刀，抄起身旁禅杖，急架相还。战了几个回合，忽然一声怪笑，说道："我道是哪一个，原来是你！俺寻你几个月，不想在此地相遇，这也是俺的造化。"说罢，一根禅杖如飞电一般滚将过来。周淳听了那和尚的话来路蹊跷，仔细一看，原是半年来时刻提防的多臂熊毛太，不想今日无意中在此相遇。已知他艺业大进，自己一定不是对手。便将手中剑紧了一紧，使了个长蛇出洞势，照毛太咽喉刺去。和尚见来势太猛，不由将身一闪。周淳乘此机会，蹿出圈外，说道："慢来慢来，有话说完了再打。"毛太道："我与你仇人见面，你还有何话说？"周淳道："话不是如此说法。想当初你败在我的手中，我取你性命，如同反掌。只因我可惜你一身武艺，才放你逃走。谁想你恩将仇报，又来寻仇。你须知人外有人，天外有天。你只以为十年来学成剑法，可以逞强；须知俺也拜了黄山餐霞大师同醉道人为师，谅你枉费心力，也不是俺的对手。你趁早将这女子放下，俺便把你放走；如若不然，今天你就难逃公道。"周淳这番话，原是无中生有的一番急智。谁知毛太听了，信以为实，不禁心惊。

心想:"周淳如拜餐霞大师为师,我的剑术一定不是他的对手。但是自己好容易十年心血,今天不报此仇,也大不甘心。"便对周淳道:"当初我败在你手中,那时我用的兵刃是一把刀。如今我这个禅杖,练了十年。你我今日均不必用剑法取胜,各凭手中兵刃。我若再失败,从此削发入山,再不重履入世。你意如何?"周淳听了,正合心意,就胆壮了几分,便道:"无论比哪一样,我都奉陪。"说罢,二人又打在一处。只见寒光凛凛,冷气森森,两人正是不分上下。周淳杀得兴起,便道:"此地太小,不宜用武,你敢和我外边去打么?"毛太道:"俺正要在外面取你的狗命呢。"

这时,那个妇人已逃得不知去向。二人一前一后,由院内纵到墙外的一片空地上,重新又动起手来。仇人见面,分外眼红,施展平生武艺,杀了个难解难分。周淳见毛太越杀越勇,果然不是当年阿蒙。又恐他放出飞剑,自己不是敌手,百忙中把手中宝剑紧了一紧。恰好毛太使了一个泰山压顶的架势,当头一禅杖打到。周淳便将身子一闪。毛太更不怠慢,急转禅杖的那一头,向周淳腰间横扫过来。周淳见来势甚猛,不敢用剑去拦,将脚一点,身子纵起有七八尺以上。毛太见了大喜,乘周淳身子悬起尚未落地之时,将禅杖一挥,照周淳脚上扫去。周淳早已料到他必有此一举,更不怠慢,毛太禅杖未到时,将右脚站在左脚面上,借势一用力,不但不往下落,反向上蹿高数尺。这是轻身法中的蜻蜓点水、燕子飞云踪的功夫,乃周淳平生的绝技。毛太一杖打空,因为用力过猛,身子不禁往前晃了一晃。周淳忽地一个仙鹤盘云势,连剑带人,直往毛太顶上扑下。毛太喊了一声"不好",急忙脚下一用劲,身子平斜往前纵将出去,虽然是逃得快,已被周淳的剑尖将左臂划破了四五寸长一道血槽,愈发忿怒非凡。周淳不容毛太站定,又是飞身一剑刺将过来。毛太好似疯了的野兽一般,急转身和周淳拼命相持。

这时已是将近黄昏,周淳战了半日,知是轻易不能取胜,忽地将身一纵,将剑一舞,形成丈许长的一道剑花。毛太又疑心他使什么绝技,稍一凝神。周淳乘机拔腿就跑。毛太见仇人逃走,如何肯善罢甘休,急忙紧紧在后头追赶。周淳一面跑,一面悄悄将连珠弩取出,拿在手中。毛太见周淳脚步渐慢,正待纵身向前。周淳忽地回头,手儿一扬,道一声:"着!"只见一线寒光,直望毛太面门。毛太知是暗器,急忙将头一低,避将过去。

谁想周淳的连珠钢弩,一发就是十二支,不到危险时,轻易不取出来使用;如用时,任你多大武艺,也难以躲避。毛太如何知道厉害,刚刚躲过头一支,接二连三的弩箭,如飞蝗般射到。好毛太,连跳带接。等到第七支上,万没想到周淳忽将五支弩箭同时发出:一支取咽喉,两支取腹部,两支取左右臂,这个名叫五朵梅花穿云弩。任你毛太善于躲避,也中了两箭:一支中在左臂,尚不打紧;一支恰好射到面门。原来毛太见来势甚急,无法躲避,满想用口去接,谁想左臂所中之箭在先,又要避那一支,一时心忙意乱,顾了那头,顾不了这头,一个疏忽,将门牙打断了两个。立刻血流如注,疼痛难忍,没奈何只得忍痛回身便跑。周淳本当得意不可再追才是,因见毛太受伤,心中一高兴,回转身就追。

那毛太因听周淳之言,他已拜餐霞大师为师,所以不敢用飞剑敌他。后来两人打了半日,不见胜负,又急又恨,也就忘了用剑。及至毛太受伤,周淳反身追了过去,不禁省悟过来。心想:"周淳既拜餐霞大师为师,他的剑术自然比我厉害,我因怕他,所以不敢放剑。他剑术比我强,何以也不敢用呢?莫非其中有诈?我不可中了他的诡计,不如试他一试。"正想之间,回头一看,周淳追赶已是相离不远。便将身回转,取出金身罗汉法元所赐的赤阴剑,手扬处,一道黄光,向周淳飞来。周淳正追之际,忽见毛太回身,便怕他是要放剑,正后悔穷寇莫追,自己太为大意,毛太已将剑光放出。周淳知道厉害,拨转身如飞一般向前奔逃。毛太一见,知道以前周淳说拜餐霞为师的一番话全是假的,自己上了他老大一个当,愈加忿怒,催动剑光,从后追来。周淳已跑入一片树林之内,剑光过处,树枝纷纷坠落如雨。

这时周淳与剑光相离不讨一二丈光景,危险已极。知道性命难逃,只得瞑目待死。

毛太见周淳已临绝地,得意至极,不禁哈哈大笑。这时剑光已在周淳顶上,往下一落,便要身首异处。在这间不容发的当儿,忽然一声长啸,由一株树上,飞下一道青光,其疾如电,恰恰迎头将黄光敌住。在这天色昏黑的时候,一青一黄,两道剑光,如神龙夭矫,在天空飞舞,煞是好看。毛太满想周淳准死在他的剑下,忽然凭空来了这一个硬对头,不禁又是急又是怒。周淳正待瞑目就死,忽然半晌不见动静。抬头一看,黄光已离去顶上，和空中一道青光相持。知有高人前来搭救，心神为之一定。只是昏黑间，看不出那放剑救自己的人在哪里。所幸他目力甚好，便凝神定睛往那放剑之处仔细寻找，只见一个道人，坐在身旁不远的一株大树上。便轻轻走了过去，想等杀了毛太以后，叩谢人家。等到近前一看，不禁大喜，原来那人身背一个红葫芦，依稀认得正是这几个月来梦魂颠倒要会的醉道人。正待上前搭话，醉道人忽朝他摆了摆手，周淳便不再言语。这时天空中黄光越压越小，青光愈加炫出异彩，把一个多臂熊毛太急得搓耳捶胸，胆战心寒。正在不可开交之际，周淳便趁毛太出神不备，取出怀中暗器没羽飞蝗石，照准毛太前胸打去，打个正着，将毛太打跌一跤。一分神间，黄光越发低小，眼看危险万分。忽然西南天空有三五道极细的红线飞来，远远有破空的声音。醉道人忽跳下树来，悄悄对周淳说道："快随我来！"不容周淳还言，一手已是穿入周淳胁下，收起剑光，架起周淳，飞身向大道往城内而去。

那毛太正在急汗交流之际，见青光退去，如释重负，连忙将自己的剑收回。再一看周淳，已不知去向。始终不知对面敌手是谁，正在纳闷。忽见眼前一道红光一闪，面前立定一人，疑是仇人，正待动手。那人忽道："贤弟休得无礼！"毛太定睛一看，原来是自己的莫逆好友飞天夜叉秦朗，不禁大喜，连忙上前见礼。秦朗便问毛太因何一人在此。毛太便将下山寻周淳报仇，在慈云寺居住，今日巧遇周淳，受骗中箭，后来自己放出赤阴剑才得取胜，忽然暗中有人放出仙剑将周淳救去，正抵敌不过，放剑的人与周淳顷刻不知去向的话，说了一遍。秦朗道："我来时看见树林中有青黄二色剑光相斗，知道内中有本门的人在此遇见敌手，急忙下来相助，谁想竟已逃去。想是他们已看出是我，知道万万不是敌手，所以逃去。可惜我来迟了一步，被他们逃去。"秦朗本是华山烈火祖师的得意门人，倚仗剑法高强，无恶不作。他所炼的剑，名唤红蛛剑，厉害非常。起初也曾拜法元为师，烈火祖师又是法元所引进，与毛太也算同门师兄弟，二人非常莫逆。毛太见他一来，青光便自退去，也认为敌人是惧怕秦朗，便向秦朗谢了救命之恩。秦朗道："我目前正因奉了祖师爷之命，往西藏去采药，要不然时，这一伙剑客，怕不被我杀个净尽。刚才那人望影而逃，总算他们是知趣了。"

正在大吹特吹之时，忽然听得近处有人说道："秦朗你别不害臊啦！人家不过看在你那个没出息的师父面上，再说也不屑于跟你们这些后生小辈交手，你就这般地不要脸，还自以为得意呢！"秦朗性如烈火，如何容得那人这般奚落，不禁大怒，便骂道："何方小辈，竟敢太岁头上动土？还不与我滚将出来受死！"话言未了，"叭"的一声，一个重嘴巴，正打在左颊上，打得秦朗火星直冒。正待回身迎敌，四外一看，并不见那人踪影。当着毛太的面，又羞又急。便骂道："混账东西，暗中算人，不是英雄。有本领的出来，与我见个高下？"那人忽在身旁答道："哪个在暗中算人？我就在你的面前。你枉自在山中学道数十年，难道你就看不见么？"秦朗听了，更加忿恨，打算一面同那人对答，听准那人站的方向，用飞剑斩他。于是装着不介意的样子，答道："我本来目力不济，你既然本领高强，何妨现出原身，与我较量一个高下呢？"那人道："你要见我，还不到时候；时候到了，恐怕你想不见，还不成呢。"秦朗这时已算计那人离他身旁不过十余步光景，不等他话说完，出其不意，将手一张，便有五道红线般的剑光，直往那人站着的地方飞去。一面运动这剑光，在这周围数十丈方圆内上下驰射，把树林映得通红。光到处，树枝树叶齐飞，半晌不见那人应声。毛太道："这个鸟人，想必已死，师兄同我回庙去吧。"话言未了，忽然又是"叭"的一声，毛太脸上也挨了一个嘴巴。毛太忿恨万分，也把剑光放出，朝那说话的地方飞去。只听那人哈哈大笑，说道："我只当你这五台派剑法高强，原来不过如此。你们不嫌费事，有多少剑都放出来，让我见识见识。"秦朗、毛太二人又是气，又是急。明知那人本领高强，自己飞剑无济于事，但是都不好意思收回，只好运动剑光，胡乱射击。那人更不肯轻易闲着，在他二人身旁，不是打一下，就是拧一把、捏一把，而且下手非常之重，打得二人疼痛非常。后来还是毛太知道万难迎敌，便悄悄对秦朗说："我们明刀明枪好办，这个东西不知是人是怪，我们何必吃这个眼前亏呢？"秦朗无奈，也只得借此下台，恐怕再受别的暗算，叫毛太加紧提防，各人运动剑光护体，逃出树林。且喜那人不来追赶。

　　二人跑到慈云寺，已是上气不接下气。进庙之后，由毛太引见智通。智通便问他二人为何如此狼狈。毛太说明经过之事。智通听了，半晌沉吟不语。毛太便问他是什么缘故。智通道："适才在林中，起初同你斗剑之人，也许是峨眉派剑客打此经过，路见不平，助那周淳一臂之力。后来见秦道友来，或被看破结仇，又怕不是敌手，故而带了周淳逃走。这倒无关紧要。后来那个闻声不见形的怪人，倒是有些难办。如果是那老怪物出来管闲事，漫说你我之辈，恐怕我们老前辈金身罗汉法元，同秦道友令师华山烈火祖师，都要感觉棘手。"秦、毛二人答道："我等放剑，不见他迎敌，他也不过是会一点隐身法而已，怎么就厉害到这般田地？"智通答道："二位哪里知道。五十年前，江湖上忽然有个怪老头出现，专一好管闲事。无论南北两路剑客，同各派的能人剑侠，除非同他一气，不然不败在他手里的很少。那人不但身剑合一，并且练得身形可以随意隐现，并不是平常的隐身法，只能障普通人的眼目。起初人家不知道他的名姓，因他行踪飘忽，剑法高强，与他起了一个外号，叫做追云叟。后来才访出他的姓名，叫做白谷逸。当时江湖上的人，真是闻名丧胆，见影亡魂。他自五十年前，因为他的老伴凌雪鸿在开元寺坐化，江湖上久已不见他的踪迹，都说他已死了。去年烈火祖师从西藏回华山，路过此地，说是看见他在成都市上卖药，叫我仔细。并说自己当初曾败在他手里，有他在一日，自己决不出山，参加任何方面斗争。起初只说他已坐化，谁想还在人世。惟有践昔日之言，回山闭门静修，不出来了。所以我严命门下弟子，无故不准出庙生事。后来也不见有什么举动。前些日毛贤弟的门徒张亮半夜出庙，说是往城内一家富户去借零用，一去不归。后来派人往衙门口同那家富户去打听，影响毫无。一定遭了这老贼的毒手，旁人决不会做得这般干净。"

张亮乃是毛太新收爱徒，一听这般凶信，不禁又急又气，定要往城内去探消息。智通连忙劝阻，叫他不可造次。便对秦朗说道："我庙中连日发生事故，情形大是不妙。秦道友不宜在此久居，明日可起程到西藏去。贫道烦你绕道打箭炉一行，请瘟神庙方丈粉面佛，约同飞天夜叉马觉，快到成都助我一臂之力。秦道友意下如何？"秦朗道："我此次奉师命到西藏去，本来也要到打箭炉去拜访晓月禅师。大师烦我前去，正是一举两便。我明早就起程便了。"

智通谢过秦朗，便叫人去把门下弟子四金刚，以及白日前来投奔的四川路上的大盗飞天蜈蚣多宝真人金光鼎、独角蟒马雄、分水犀牛陆虎、闹海银龙白缙，以及全体英雄，齐至大殿，有事相商。传话去后，先是本庙的四金刚大力金刚铁掌僧慧明、无敌金刚赛达摩慧能、多臂金刚小哪吒慧行、多目金刚小火神慧性等四人先到，随后便是金光鼎等进来施礼落座。

智通道："我叫你等进来，不为别故，只因当初我祖师太乙混元祖师，与峨眉派剑仙结下深仇，在峨眉山玉女峰斗剑，被峨眉派的领袖剑仙乾坤正气妙一真人齐漱溟斩去一臂。祖师爷气忿不过，后来在茅山修炼十年，炼就五毒仙剑，约峨眉派二次在黄山顶上比剑。峨眉派眼看失败，凭空又来了东海三仙：一个是玄真子，二个是苦行头陀，三个就是那怪老头追云叟白谷逸。他们三人凭空出来干涉，调解不公，动起手来，我们祖师爷被苦行头陀将五毒剑收去，又中了玄真子一无形剑，七天之后，便自身亡。临终的时节，将门下几个得意门人，同我师父脱脱大师叫在面前，传下炼剑之法，叫我等剑法修成，寻峨眉派的人报仇雪恨。我师父后来走火入魔，当时坐化。我来到成都，苦心经营这座慈云寺，十几个年头，才有今日这番兴盛。只因我从不在此做买卖，出入俱在深夜，颇能得到当地官民绅商的信仰。谁想半月前夜间，毛贤弟的门人张亮，看中了城内一家女子，前去采花借钱，一去不回。四外打听，并无下落，定是遭了别人的毒手。我正为此事着急，谁想前几天本院又出了一桩奇事。"毛太听了，忙问出了什么奇事。智通道："贤弟你哪里知道，这也是我一念慈悲，才留下这一桩后患。前几天我正在欢喜禅殿，同了众弟子在那里追欢取乐，忽然听见暗门磬响，起初以为是你回来。谁想是十七个由贵州进京应试的举子，绕道到成都游玩，因闻得本庙是个大丛林，随便进来随喜。前面知客僧一时大意，被他们误入云房，巧碰暗室机关，进了甬道。我见事情已被他等看破，说不得只好请他归西。我便将他等十七人全绑起来，审问明白，由我亲自动手送终。杀到临末一个举子，年纪只有十七八岁，相貌长得极好，跪在地上苦苦哀求，不禁将我心肠哭软，不忍心亲自动手杀他，便将他送往牢洞之中，给了他一根绳子、一把钢刀、一包毒药，叫他自己在洞中寻死。他又苦求多吃两顿，做一个饱死鬼。我想一发成全了他，又与他三十个馒头，算计可以让他多活三天。到第四天去看他，若不自杀，再行动手。我因那人生得非常文弱，那牢洞又高，我也未把此事放在心上。谁想第二天、第三天，连下了两晚的大雷雨，到第四天派人去看，那幼年举子已自逃走。我想他乃文弱书生，这四围均是我们自己人，不怕他逃脱。当时叫人将各地口子把住，一面加紧搜查，并无踪迹。此人看破庙中秘密，我又将他同伴十六人一齐杀死，他逃出之后，岂不报官前来捉拿我等？连日将庙门紧闭，预备官兵到时迎杀一阵，然后再投奔七贤弟令师处安身。谁想七八天工夫，并无音讯，派人去衙门口打听，也无动静。不知是何缘故？"多目金刚小火神慧性道："师父，我想那举子乃是一个年幼娃娃，连惊带急，想必是逃出时跌入山涧身亡，或者是在别处染病而死，这倒不必多虑。"智通道："话虽如此说，我们不得不做准备。况且追云叟既然在成都出现，早晚之间，必来寻事。今日我唤你等同众位英雄到此，就是要大家从今起，分头拿我柬帖，约请帮手。在庙的人，无事不许出庙。且等请的帮手到来，再作计较。"众人听了，俱都无甚主见，不发一言。惟独毛太报仇心切，执意要去寻周淳拼个死活。智通拦他不住，只得由他。一宿无话。到了第二日，秦朗辞别大众，起程往西藏去了。秦朗走后，众人也都拿了智通的信，分别出门请人。不提。毛太吃完早饭，也不通知智通，一人离了慈云寺，往城内去寻周淳报仇。

要知后事如何，且看下回分解。

第九回　古庙逢凶　众孝廉禅堂遭毒手
　　　　　　石牢逃命　憨公子夜雨越东墙

　　话说贵州贵阳县，有一家书香人家姓周，世代单传，耕读传家。惟独到了末一代，弟兄九个，因都是天性孝友，并未分居，最小的功名也是秀才，其余是举人、进士。加以兄弟非常友爱，家庭里融融洽洽，颇有天伦之乐。只是一件美中不足：弟兄九人，倒有八个有伯道之忧。只有第七个名叫子敬的，到了他三十六岁上，才生了一个儿子，取名云从，自幼聪明诚笃，至性过人。一子承祧九房，又是有钱的人家，家中当然是爱得如掌上明珠一般。偏生他又性喜读书，十五岁入学，十八岁便中了举，名次中得很高。他中举之后，不自满足，当下便要先期进京用功，等候应试。他的父亲叔伯虽然因路途遥远，不大放心，见云从功名心盛，也不便阻他上进之心。只得挑了一个得力的老家人王福，书童小三儿，陪云从一同进京。择了吉日，云从辞别叔伯父母同饯行亲友，带了王福、小三儿起程。

　　行了数日，半路上又遇见几个同年，都是同云从一样先期进京，等候科场的。沿途有了伴，自不寂寞。后来人越聚越多，一共有十七个进京应考的人。这班少年新贵，大都喜事。当下云从建议说："我们若按程到京，尚有好几个月的空闲。古人读万卷书行万里路，经历与学问，是并重的。我们何不趁这空闲机会，遇见名山胜迹，就去游览一番，也不枉万里跋涉一场呢？"内中有一位举子，名叫宋时，说道："年兄此话，我非常赞同。久闻蜀中多名胜，我们何不往成都去玩几天？"大家都是年轻好玩，皆无有异议。商量停妥，便叫随从人等携带行李，按程前进，在重庆聚齐。他们一行十七人，除云从带了一个书童外，各人只带了随身应用一个小包裹，径直绕道往成都游玩。王福恐他们不大出门，受人欺骗，再三相劝。宋时道:"我在外奔走十年,江湖上什么道路我都明白,老管家你只管放心吧。"王福见拦阻不住,又知道往成都是条大路,非常安静,只得由他。又把小三儿叫在一旁,再三嘱咐,早晚好生侍候小主人,不要生事。小三儿年纪虽轻,颇为机警,一一点头答应。便自分别起程。他们十七个人,一路无话,欢欢喜喜,到了成都,寻了一家大客店住下,每日到那有名胜的去处,游了一个畅快。

有一天,云从同了众人出门,游玩了一会儿,便提议往望江楼去小饮。他们前数日已来过两次,因为他们除了三四个是寒士外,余人俱是富家子弟,不甚爱惜金钱。酒保见是好主顾到来,自然是加倍奉承。云从提议不进雅座,每四人或三人坐一桌,凭栏饮酒,可以远望长江。大家俱无异议,便叫酒保将靠窗的座位包下来。谁想靠窗的那一楼,只有四张桌子,当中一张桌子上已是先有一个道人在那里伏几而卧,宋时便叫酒保将那人唤开。酒保见那道人一身穷相,一早晨进来饮酒,直饮到下午未走,早已不大愿意。先前没有客,尚不甚在意,如今看这许多财神要这个座,当然更觉得理直气壮。便请他们先在那三张桌上落座,走过去唤了那道人两声,不见答应。随后又推了那道人两下,那道人不但不醒,反而鼾声大起。宋时在这小小旅行团中,是一个十分狂躁的人,见了这般情形,不由心中火起,正待发话。忽然那道人打了一个哈欠,说道:"再来一葫芦酒。"这时他昂起头来,才看见他是抱着一装酒的红葫芦睡的。酒保见那道人要酒,便道:"道爷,你还喝么?你一早进来,已经喝了那些个酒,别喝坏了身体。依我之见,你该回庙去啦。"那道人道:"放屁!你开酒店,难道还不许我喝么?休要啰唣,快拿我的葫芦取酒去。"酒保一面答应"是是",一面赔着笑脸,对那道人说道:"道爷,小的打算求道爷一点事。"道人道:"我一个穷道士,你有何事求我?"酒保道:"我们这四张桌子,昨天给那边十几位相公包定了,说是今天这个时候来。你早上来喝酒,我想你一定喝完就走,所以才让给你。如今订座的人都来啦,请你让一让,上那边喝去吧。"道人听罢,大怒道:"人家喝酒给钱,我喝酒也给钱,凭什么由你们调动?你如果给人家订去,我进来时,就该先向我说。你明明欺负我出家人,今天你家道爷在这儿喝定了!"

宋时等了半日,已是不耐。又见那道人一身穷相,说话强横,不禁大怒，便走将过来，对那道人道："这个座原是我们订的，你如不让，休怪老爷无礼！"道人道："我倒看不透，我凭什么让你？你有什么能耐，你使吧。"宋时听了，便走上前向那人脸上一个嘴巴。云从见他等争吵，正待上前解劝，已来不及，只听"啊呀"一声，宋时已是痛得捧着手直嚷。原来他这一巴掌打在道人脸上，如同打在铁石上一样，痛彻心扉。这些举子如何容得，便道："反了！反了！拖他出去，打他一个半死，再送官治罪。"

正待一齐上前，云从忙横身阻拦，说道："诸位年兄且慢，容我一言。"因这里头只云从带的钱多，又舍得花，无形中做了他们的领袖。他这一句话说出，众人只得暂时停手，看他如何发付。云从过来时，那道人已自站起，朝他仔细看了又看。云从见那道人二目神光炯炯射人，知道不是等闲之辈。常听王福说，江湖上异人甚多，不可随意开罪。便向那道人说道："这位道爷不要生气，我们十七个俱是同年至好，今天来此喝酒，因为要大家坐在一起好谈话，所以才叫酒保过来惊动道爷。让不让都不要紧，还望不要见怪。"那道爷道："哪个前来怪你？你看见的，他打我，我并不曾还手啊！"这时宋时一只右手疼痛难忍，片刻间已是红肿起来。口中说道："这个贼道士定有妖法，非送官重办不可。"云从连忙使个眼色，叫他不要说话。一面对道人道："敝友冲撞道爷，不知道爷使何仙法？他如今疼痛难忍，望道爷慈悲，行个方便吧。"道人道："他自己不好，想打人又不会打，才会遭此痛苦。我动也不曾动，哪个会什么仙法？"

这时酒楼主人也知道了，生怕事情闹大，也在一旁相劝，道人仍是执意不认账。后来云从苦苦相求，道人说："我本不愿与要死的人生气。他因为不会打人，使错了力，屈了筋。要不着在你这个活人面上，只管让他疼去。你去叫他过来，我给他治。"宋时这时仍在那里千贼道、万贼道地骂。云从过来，将他扶了过去，宋时仍骂不绝口。云从怕道人生气不肯治，劝宋时又不听，十分为难。谁想那道人听了宋时的骂，若无其事，反对云从道："你不要为难，我是不愿和死人生气的。"说罢，将宋时手拿过，只见道人两只手合着宋时一只手，只轻轻一揉，便道："好了。下回可不要随意伸手打人呀。"说罢，看了宋时一眼，又微微叹了口气，宋时除了手上尚有点红外，已是不痛不肿。云从怕他还要骂人，将他拉了过去。又过来给道人称谢，叫酒保问道人还喝不喝，酒账回头算在一起。道人道："我酒已喝够,只再要五斤大曲酒,做晚粮足矣。"云从忙叫酒保取来,装入道人葫芦之内。那道人谢也不谢,拿过酒葫芦,背在背上,头也不回就走了。

众人俱都大哗,有说道人是妖人的,有说是骗人酒吃的,一看有人会账,就不占座位了。惟独云从自送那道人下楼,忽然想起忘了问那道人的姓名,也不管众人议论纷纷,独自凭窗下视,看那道人往何方走去。只见那道人出了酒楼,楼下行人非常拥挤,惟独那道人走过的地方,人无论如何挤法,总离他身旁有一二尺,好似有什么东西从中阻拦似的,心中十分惊异。因刚才不曾问得姓名,不禁脱口喊道:"道爷请转!"那道人本在街上缓缓而行,听了此言,只把头朝楼上一望。云从满拟他会回来,谁想那道人行走甚速。这时众人吵闹了一阵,因见云从对着窗户发呆,来唤他吃酒。云从回首,稍微周旋一两句,再往下看时,已不见那道人踪影。只得仍旧同大众吃喝谈笑了一阵。因宋时今天碰了一个钉子,不肯多事流连,用罢酒饭,便提议回店。众人知他心意,由云从会了账,下楼回了店房。

第二日吃罢早饭,宋时又提议往城外慈云寺去游玩。这慈云寺乃成都有名的禅林,曲殿回廊,花木扶疏,非常雅静。庙产甚多,和尚轻易不出庙门。庙内的和尚均守清规,通禅观,更是名传蜀地。众人久已有个听闻,因为离城有二三十里,庙旁是个村集,云从便提议说:"成都名胜,游览已遍,如今只剩这个好所在。我们何不今天动身,就在那里打个店房住一天,游完了庙,明天就起程往重庆去呢?"宋时因昨日吃了苦,面子不好看,早欲离开成都,首先赞成。众人本无准见,也就轻车简从,带了小三儿一同上道。

走到午牌时分,行了有三十里路,果然有个村集,也有店房。一打听慈云寺,都知道,说是离此不远。原来此地人家,有多半种着庙产。众人胡乱用了一点酒饭,只留小三儿在店中看家,全都往慈云寺走去。行约半里,只见一片茂林,嘉树葱茏,现出红墙一角。一阵风过去,微闻梵音之声,果然是清修福地。众人到了庙门,走将进去,由知客僧招待,端过素点清茶,周旋了一阵,便引大家往佛殿禅房中去游览。这个知客,名叫了一,谈吐非常文雅,招待殷勤,很合云从等脾气。游了半日,知客僧又领到一间禅房之中歇脚。这间禅房,布置得非常雅致。墙上挂着名人字画,桌上文具非常整齐。靠西边禅床上,有两个夏布的蒲团,说是晚上做静功用的。众人意欲请方丈出来谈谈。了一道："家师智通，在后院清修，谢绝尘缘，轻易不肯出来。诸位檀越，改日有缘再会吧。"众人听了，俱各叹羡。宋时看见一轴画，挂的地位十分不合式，正要问了一，为何挂在这里。忽然有一个小沙弥进来说："方丈请知客师去说话。"了一便对众人道："小庙殿房曲折，容易走迷，诸位等我回来奉陪同游吧，我去去就来。"说罢，匆匆走去。

宋时便对云从道："你看这庙中的布置，同知客僧的谈吐，何等高明风雅。这间禅房布置得这样好，满壁都是名人字画，偏偏这边墙上，会挂这样一张画，岂不是佛头着粪么？"原来这间禅房面积甚广，东边是窗户，南边是门。西墙上挂着米襄阳烟雨图的横幅；北墙上挂的是方孝孺白石青松的中堂，旁边配着一副对联，集的宋句是："青鸾几世开兰若，白鹤时来访子孙"。落款是一个蜀中的小名士张易。惟独禅床当中，孤孤单单挂了一个中堂，画的是八仙过海，笔势粗俗，满纸匠气。众人先前只顾同了一说话，不曾注意。经宋时一说，俱都回过头来议论。

云从正坐在床上，回头看见那中堂下面横着一个磬锤，随手取来把玩。一个不留心，把那八仙过海中堂的下摆碰了一下。大概上面挂的那个钉年代久远，有点活动，经这磬锤一震，后面凹进去一块，约一人高，一尺三寸宽，上面悬着一个小磬。众人都不明白这磬为何要把它藏在此间。宋时正站在床前，把磬锤从云从手中取过来把玩，一时高了兴，随便击了那磬一下，只听"当"的一声，清脆可听。于是又连击了两下。云从忽见有一个小和尚探头，便道："宋年兄不要淘气了，乱动人家东西，知客来了，不好意思。"

话言未了，便听三声钟响，接着是一阵轧轧之声。同时墙上现出一个小门，门前立着一个艳装女子，见了众人，"呀"的一声，连忙退去。宋时道："原来这里有暗门，还藏着女子，那方丈一定不是好人。我们何不进去骂那秃驴一顿，大大地敲他一下钉锤（川语，即敲竹杠也）？"云从道："年兄且慢。小弟在家中起身时，老家人王福曾对小弟说过，无论庵观寺院，进去随喜，如无庙中人指引，千万不可随意走动。皆因有许多出家人，表面上是跳出三界外，不在五行中，清净寂灭，一尘不染，暗地里奸盗邪淫，无恶不作的也很多。平时不看破他行藏还好，倘或无意中看破行藏，便起了他的杀机。这庙中既是清修福地，为何室中设有机关，藏有妇女？我等最好不要乱动，倘或他们恼羞成怒，我等俱是文人，万一吃个眼前亏，不是玩的。"

众人听了这一席话，正在议论纷纭。就中有一个姓史的举子，忽然说道："云从兄，你还只顾说话，你看你身后头的房门，如何不见了？"众人连忙一齐回头看时，果然适才进来的那一座门，已不知去向，只剩了一面黑黝黝的墙。墙上挂的字画，也无影无踪。众人不禁惊异万分，不由得连忙上前去推。只见那墙非常坚固，恰似蜻蜓撼石柱，休想动得分毫。这时除了禅床上所现小门外，简直是无门可出。众人全部又惊又怕。云从忽然道："我们真是呆瓜。现在无门可出，眼前就是窗户，何不越窗而出呢？"这一句把大众提醒，俱各奔到窗前，用手推了一回，不禁大大地失望。原来那窗户虽有四扇，已从外面下闩。这还不打紧，而这四扇窗，全都是生铁打就，另外挖的卐字花纹，有二指粗细，外面漆上红漆，所以看不出来。急得众人又蹦又跳，去捶了一阵板壁，把手俱都捶得生疼，外面并无人应声。这一班少年新贵们，这才知道身入险地，光景不妙。有怪宋时不该击那磬的，有说和尚不规矩的。还有两位胆子大的人说："我们俱都是举人，人数又多，谅他也不能奈何我们，等一会儿知客回来，总会救我们出去的。"议论纷纭，满室喧哗，倒也热闹。云从被这一干人吵得头疼，便道："我们既到此地步，如今吉凶祸福，全然不晓，埋怨吵闹，俱都无益，不如静以观变。一面大家想个主意，脱离此地才好。"

一句话说完，满室中又变成鸦雀无声，个个蹙着眉，苦思无计。惟独宋时望着墙上那座小门出神，他忽然说道："诸位年兄，我想是福不是祸，是祸躲不过。如今既无出路，又无人理睬我们，长此相持，如何是好？依我之见，不如我们就由这小门进去，见了方丈，索性与他把话说清，说明我们是无心发现机关，请他放我们出去。好在我们既未损坏他的东西，又是过路的人，虽然看破秘密，也决不会与他传说出去。我想我们这许多有功名的人，难道他就有那样大的胆子，将我们一齐害死么？我们只要脱离了这座庙，以后的文章，不是由我们去做么？"众人听了这话，立刻又喧嚷了一阵，商量结果，除此之外，也别无良法。于是由宋时领头，众人在后随着，一齐进去。那禅床上的小门，只容得一人，大家便随了宋时鱼贯而入，最末后是云从。这一群送死队进门后，又下了十余级台阶，便是一条很长的甬道，非常黑暗，好似在夹墙中行走。且每隔三五十步，有一盏油灯，依稀辨出路径。走了约有百余步，前面又走十余级台阶，上面微微看见亮光。众人拾级而升，便是一座假山。由这假山洞穿出去，豁然开朗，两旁尽是奇花异卉，布置得非常雅妙。众人由黑暗处走向明地，不禁有些眼花。虽然花草甚多，在这吉凶莫定之际，俱都无心流连。

众人正待向前迈步，忽听哈哈一声怪笑道："众檀越清兴不小！"把众人吓了一跳，朝前看时，原来前面是一座大殿。石台阶上，盘膝坐定一个大和尚，面貌凶恶，身材魁伟，赤着上身，跣着双足，身旁堆着一堆做法事用的铙钹。旁边站定两个女子，身上披着大红斗篷，年约二十，满面脂粉。宋时忙将心神镇定，上前说道："师父在上，学生有礼了。"那凶僧也不理睬于他，兀自闭目不语。宋时只得又道："我等俱是过路游玩的文人，蒙贵庙知客师父带我等往各殿随喜，不想误触机关，迷失门户，望师父行个方便，派人领我们出去。学生等出去，决不向外人提起贵庙只字。不知师父意下如何？"那凶僧与那两个女子俱各合掌闭目，一言不发。宋时等了一会儿，又说了一遍，凶僧依旧不理。那姓史的举子，已是不耐，便说道："和尚休得如此。你身为出家人，如何在庙中暗设机关，匿藏妇女？我等俱是上京赶考的新贵人，今天只要你放我们出去，我们决不向人前提起；如若不然，我等出去，定要禀官治你们不法之罪。"满想那凶僧听了此言，定然害怕，放他们走。谁想那凶僧说道："你等这一班寒酸，天堂有路你不走，地狱无门自来投。待我来方便方便你们吧。"众人听罢此言，便知不妙。因见那凶僧只是一人，那两个又是女流之辈，大家于是使了一个眼色，准备一拥上前，夺门而出。那凶僧见了这般情状，脸上一阵狞笑，把身旁铙钹拿起，只敲了一下，众人忽然两臂已被人捉住。大家一看，不知从什么地方来的几十个凶僧，有的擒人，有的手持利刀，不一会儿的工夫，已将他们十七人捆翻在地。又有十几个凶僧，取了十几个木桩，将他等绑在桩上，离那大殿约有十余步光景。那大凶僧又将铙钹重敲了两下，众凶僧俱各退去。

这时众人俱已胆裂魂飞，昏厥过去。惟独云从胆子稍大，明知事已至此，只得束手待毙。忽然想起家中父母伯叔俱在暮年，自己一身兼祧着九房香烟，所关何等重大。悔不该少年喜事，闯下这泼天大祸，把平日亲友的期望同自己平生的抱负付于流水。痛定思痛，不禁悲从中来，放声大哭。那凶僧见云从这般哀苦，不禁哈哈大笑，便对身旁侍立的两个女子说道："你看他们这班穷酸，真是不值价。平常端起秀才身份，在家中作威作福；一旦被困遭擒，便这样脓包，好似失了乳的娃娃一样。你俩何不下去歌舞一回，哄哄他们呢？"旁立女子听罢此言，道："遵法旨。"将所披大红斗篷往后一翻，露出白玉般的身躯，已自跳入院中，对舞起来。粉弯雪股，肤如凝脂。腿起处，方寸地隐约可见。原来这两个女子，除披的一件斗篷外，竟然一丝不挂，较之现在脐下还围着尺许纱布的舞女，还要开通得许多咧。这时凶僧又将铙钹连击数下，两廊下走出一队执乐器的凶僧，也出来凑热闹，正是毛腿与玉腿齐飞，鸡头共光头一色。一时歌舞之声，把十余人的灵魂悠悠唤转。

众人醒来，看见妙相奇观，还疑是身在梦中。正待拔腿向前，看个仔细，却被麻绳绑紧，行动不得。才想起适才被绑之事，不禁心寒胆裂。虽然清歌妙舞，佳丽当前，却也无心鉴赏。劳苦呼天地，疾痛呼父母，本属人之常情。在这生死关头，他们俱是有身家的少年新贵，自有许多尘缘抛舍不下；再被云从悲泣之声，勾起各人的身世之感。一个个悲从中来，不可断歇。起初不过触景伤怀，嘤嘤啜泣。后来越想越伤心，一个个索性放声大哭起来。真是流泪眼观流泪眼，断肠人遇断肠人，哀声动地，禅堂几乎变作了孝堂。连那歌舞的女子，见了这般可怜状况，虽然怵于凶僧，不敢停住，也都有点目润心酸，步法错乱。

那凶僧正在高兴头上，哪禁得众人这样煞风景，铙钹响处，那女子和执乐的凶徒，霎时间俱各归原位，又还了本来寂静景象。众人忽起了偷生之念，一个个苦苦哀求饶命。凶僧兀自不理，将身旁铙钹取过一叠，将身站起，手扬处，一道黄圈，奔向第一个木桩去。这木桩上绑的正是宋时，看见眼前黄澄澄一样东西飞来，偏偏发辫又牢，绑在桩上闪身不开，知道大事不好，"呀"的一声没喊出口，脑袋已是飞将下来。那一面铙钹，大半嵌入木中，震震有声。众人见凶僧忽然立起，又见他从手中飞出一个黄东西，还疑心是和尚和刚才一样，有什么特别玩意给他们看咧。等到看见宋时人头落地，才知道和尚耍这个花招，是要他们的命，吓得三魂皆冒。有的还在央求，希冀万一；有的已吓得晕死过去。说时迟，那时快，这凶僧把众人当做试铙钹的目标。你看他在大殿上兔起鹘落，大显身手。忽而鹞子翻身，从背后将钹飞出；忽而流星赶月，一钹接着一钹。钹无虚发，众人的命也落一个死无全尸。不大一会儿，十六面飞钹嵌在木桩上，十六个人头也都滚了一院子。只有云从一人，因身量太小，凶僧的飞钹拣大的先耍，饶幸暂延残喘。凶僧见钹已用完，尚有一人未死，正待向前动手。那两个女子虽然跟那凶僧数年，经历许多怪事，像今儿这般惨状，到底是破题儿第一遭。女人家心肠软，又见云从年纪又轻，面如少女，不禁动了怜恤之念，便对凶僧道："大师父看我们的面上，饶恕了这个小孩子吧。"凶僧道："你哪里知道，擒虎容易放虎难。他同来十余人，俱死在我手中，只剩他一人，愈发饶恕不得。"两个女子还是央求个不息。

云从自分必死，本是默默无言。忽见有人替他讲情，又动了希冀之心，便哭求道："我家在贵阳，九房中只生我一个儿子。这次误入禅堂，又不干我的事。望求大师父慈悲，饶我一命。如果怕我泄露机密，请你把我舌头割下，手指割下，我回去写不得字，说不得话，也就不能坏大师父的事。我只求回转家乡，好继续我九房的香烟，于愿已足。望大师父同二位姊姊开恩吧。"似这样语无伦次，求了好一会儿。凶僧也因杀人杀得手软，又禁不住两个心爱女子的解劝，便道："本师念你苦苦央求，看在我这两个心肝份上，如今让你多活三日。"便叫女子去唤知客，取过三般法典来。女子答应一声，便自走去。不一会儿，知客师了一取过一个红盘，上面有三件东西：一个小红纸包；一根绳子，盘成一堆，打了个如意结；另外还有一把钢刀。云从也不知道什么用处，只知道三日之后，仍是不免一死，依然苦苦央求。那凶僧也不理他，便对了一道："你把这个娃娃下在石牢之内，将三般法典交付与他，再给他十几个馒首，让他多活三日。他如愿意全尸，自己动手。第四日早晨，你进牢去，他如未死，就用这把钢刀，取他首级回话。"了一答应了一声，便走到木桩前，将云从捆绑解开。

云从绑了半日，周身痛得麻木。经过一番大惊恐后，精神困乏已极，刚刚解去绳索，已是晕倒在地。了一道："你们这些富贵人家子弟，在家中享福有多么好，何苦出来自寻死路，我现在奉师父之命，将你下在石牢，本宜将你捆绑，念你是个小娃娃，料你也逃不出去，本师慈悲于你，不给你上绑。你快随本师来吧。"云从此时浑身酸楚，寸步难移，又不敢不走。万般无奈，站起身来，勉强随着了一绕过大殿，又走过两层院落，看见又有一个大殿，殿旁有一座石壁，高约三丈。只见了一向石壁前一块石头一推，便见那石壁慢慢移动，现出一个洞穴。云从就知此地便是葬身之地，不由得抱着了一跪下，苦苦哀求，将自己家庭状况，连哭带诉，求了一搭救。了一见他可怜，也动了怜恤之念，说道："你初进庙时，我同你就谈得很投机，我何尝不爱惜你，想救你一命。只是如今事情已然闹大，我也做不了主。再说我师父庙规甚严，不徇情面，我实在爱莫能助。不过我二人总算有缘，除了放你不能外，别的事我力量做得到的，或者可以帮你的忙。你快点说完，进牢去吧。"云从知道他说的是实话，知道生机已绝，便求他在这三天之中，不要断了饮食，好让自己做一个饱死鬼。了一答应下来。便将三般法典交与云从，又对他说："这小包中是毒药，你如要死得快，这个再好不过。我回头便叫人将三天的饮食与你送来。"说罢，便将云从推入石洞之中，转身走去。

云从到了石洞一看，满洞阴森。这时外面石壁已经封好，里面更是不见一些光亮。他出身富贵之家，哪里受过这样苦楚。这时痛定思痛，诸同年死时的惨状如在目前。又想起自己性命只能苟延三日，暮年的父母伯叔，九房香烟全靠自己一人接续，眼看不明不白地身遭惨死，越发伤心肠断。这时已经有人将他三天的饮食送到，一大葫芦水同一大盘馒首，黑暗中摸索，大约还有几碗菜肴，这原是出诸了一的好意。云从也无心食用，只是痛哭不止。任你哭得声嘶力竭，在这叫天天不应，叫地地不灵的地方，也是无人前来理你。云从自早饭后进庙，这时已是酉牌时分。受了许多困苦颠连，哭了半日，哭得困乏已极，便自沉沉睡去。等到一觉睡醒，睡在冰凉的石壁下，又冷又饿又伤心。随手取过馒首，才吃得两口，又想起家中父母伯叔同眼前的危险，不禁又放声大哭，真是巫峡啼猿，无此凄楚。似这样哭累了睡，睡醒了哭，有时也胡乱进点饮食。洞中昏黑，不辨昼夜，也不知经过了几天。其实云从神经错乱，这时刚刚是第一天晚上咧。但凡一个人在黑暗之中，最能练习目力。云从因在洞中困了一昼夜，已经些微能见东西。正在哭泣之际，忽然看见身旁有一样东西放光，随手取过，原来就是凶僧三般法典中的一把钢刀，取时差点没有把手割破。不由又想起命在旦夕，越发伤心落泪。正在悲苦之际，忽然一阵微风吹过，有几点微雨飘在脸上。云从在这昏惘懊丧之际，被这凉风细雨一吹，神志登时清醒了许多。这石洞不见天日，哪里来的雨点吹进？心中顿起怀疑。忽然一道亮光一闪，照得石洞光明。接着一阵隆隆之声。猛抬头，看见石洞顶上，有一个尺许大的圆洞。起初进洞时，因在气恼沮丧之时，洞中黑暗异常，所以不曾留意到。如今外面下雨闪电，才得发现，不由动了逃生之念。当时将身站起，四下摸索，知道这石洞四面砖石堆砌，并无出路。顶上虽有个小洞，离地太高，万难上去。身旁只有一条绳、一把钢刀，并无别的器械可以应用。知道危机迫切，急不可待，连忙镇定心神，解释愁思，仔细想一个逃生之路。后来决定由顶上那个洞中逃走，他便将那绳系在钢刀的中间，欲待抛将上去，挂在洞口，便可攀援而上。谁想费了半天心血，依旧不能如愿。原来那洞离地三丈多高，绳子只有两丈长，漫说抛不上去，就是幸而挂上，自己也不能纵上去够着绳子。一条生路，又归泡影。

失望之余，又痛哭了一场。到底他心不甘死，想了半天，被他想出一个呆法子来。他走到四面墙壁之下，用刀去拨了拨砖，恰好有两块能动些。他费了许多气力，刚好把这两块砖取下，心中大喜。满想打开此洞出去，连忙用刀去挖，忽听有铮铮之声，用手摸时，不禁叫一声苦。原来砖墙中间，夹着一层铁板。知道又是无效，焦急万分。腹中又有点饥饿，回到原处取食物时，又被脚下的绳子绊了一跤，立时触动灵机，发现一丝生路。他虽然是个文弱书生，到这生死关头，也就顾不得许多辛苦劳顿。他手执钢刀，仍到四壁，从破砖缝中，用刀去拨那些砖块。这时外面的雷声雨点越来越大，好似上天见怜，特意助他成功一般。到底他气力有限，那墙砖又制造得非常坚固，费尽平生之力，弄得上气不接下气，才只拨下四五十块四五寸厚、尺多宽定制的窑砖来。一双嫩手，兀地被刀锋划破了好几处。他觉得湿漉漉的，还以为用力过度出的急汗，后来慢慢觉得有些疼痛，才知道是受伤出了血。他自出世以来，便极受家庭钟爱，几时尝过这样苦楚？起初不发现，倒也罢了；等到发现以后，渐渐觉得疼痛难支，两只脚也站得又酸又麻，实在支持不住，不禁坐在砖石堆上，放声大哭。哭了一会儿，两眼昏昏欲睡。

正要埋头倒卧之时，耳朵边好似有人警觉他道："你现在要死要活，全在你自己努力不努力了。你父母的香烟嗣续,同诸好友的血海冤仇,责任全在你一人身上啊!"他一转念间忽然省悟,知道现在千钧一发,不比是在家中父母面前撒娇,有亲人来抚慰。这里不但是哭死没人管,而且光阴过一分便少一分,转眼就要身首异处的。再一想到同年死的惨状,不由心惊胆裂。立刻鼓足勇气,站起身形,忍着痛楚,仍旧尽力去拨动墙上那些砖块,这一回有了经验,比初动手时已较为容易。每拨下三四十块,就放在石洞中间,像堆宝塔一样,一层层堆了上去。这样地来回奔走,手足不停地工作,也不知经过了多少时间,居然被他堆了有七八尺高的一个砖垛。他估量今晚是第三夜,时间已是不能再缓,算计站在这砖石垛上,绳子可以够到上头的圆洞,便停止拨动工作。喝了两口水,吃了几口馒首。那刀锋已是被他弄卷了口,他把绳子的那一头系在刀的中间,稳住脚步,照原来堆就的台阶,慢慢往上爬,一直爬到顶上一层,只有二尺不到的面积,尽可容足。因为在黑暗中,堆得不大平稳,那砖头摇摇欲倒,把他吓了一跳。知道一个不留神倒塌下来,自己绝无余力再去堆砌。只得先将脚步稳住,站在上头,将绳子舞起,静等闪电时,看准头上的洞,扔将上去挂住,便可爬出。可怜他凝神定虑,静等机会,好几次闪电时,都被他将机会错过。那刀系在绳上,被他越舞越圆,劲头越来越大。手酸臂麻,又不敢停手,怕被刀激回,伤了自己。又要顾顶上的闪电,又要顾手上舞的刀,又怕砖垛倒塌,真是顾了上头,顾不了下头,心中焦急万状。忽然一阵头晕眼花,"当"的一声,来了一个大出手,连刀带绳,脱手飞去。他受了这一惊,一个站不稳,从砖垛上滑倒下来。在四下一摸,绳刀俱不知去向。费了半夜的心血,又成泡影,更无余力可以继续奋斗,除等死外,再无别的主意。这位公子哥儿越想越伤心,不由又大哭起来。

　　正在无可奈何之际,忽然顶上的圆洞口一道闪光过处,好似看见一条长绳,在那里摇摆。他连忙止住悲声,定睛细看,作美的闪电接二连三闪个不住。电光过处,分明是一条绳悬挂在那里,随风摇摆,看得非常真切。原来他刚才将绳舞动时,一个脱手,滑向顶上,刚刚挂在洞口,他以为飞出洞外,谁知无意中却成全了他。人在黑暗中,忽遇一线生机,真是高兴非常,立刻精神百倍,忘却疲劳。他打起精神,爬到砖垛跟前,用手推了一推。且喜那砖又厚又大,他滑下来时,只把最顶上的滑下四五块,其余尚无妨碍，还好收拾。经过一番惊恐，越加一分仔细。他手脚并用地先四处摸索一番，再试探着往上爬。又把滑下来的地方，用手去整顿一下。慢慢爬到顶上，巍巍站起身形。用力往头上去捞时，恰好又是一道闪电过去，估量离头顶不过尺许。他屏息凝神，等第二次闪电一亮，在这一刹那间，将身一纵，便已攀住绳头。忽然哗啦一下，身子又掉在砖上，把他又吓了一大跳，还当是刀没挂稳，滑了下来。且喜只滑一二尺，便已不动。用力试了试，知道业已挂在缺口，非常结实。这回恰够尺寸，不用再等闪电，逃命要紧，也忘记了手上的刀伤同痛楚，两只手倒援着绳往上爬。他虽不会武功，到底年小身轻，不大工夫，已够着洞口。他用左肘挎着洞口，使劲把身子一起，业已到了上边。累得他力尽筋疲，动弹不得。上面电闪雨横，越来越大，把他浑身上下淋了一个透湿。休息好一会儿，又被凉雨一冲，头脑才稍微清醒。想起现在虽然出洞，仍是在虎穴龙潭之中，光阴稍纵即逝，非继续努力，不能逃命。这洞顶离地甚高，跌下去便是筋断骨折。只得就着闪电余光，先辨清走的方向再说。

这洞顶东面是前日的来路，西面靠着大殿，南面是庙中院落。惟独北面靠墙，想是隔壁人家，于是决定朝北面逃走。这时雨越下越大，四围死气沉沉，一些亮光都没有。树枝上的雨水，瀑布一般地往下溜去。云从几番站立不稳，滑倒好几次，差点跌将下去。再加洞顶当中隆高，旁边俱倾斜，更得加一分仔细，要等电光闪一闪，才能往前爬行一步。好容易挨到北面靠墙的地方，不由叫一声苦。原来这洞离墙尚有三四尺的距离，他本不会武艺，又在风雨的黑夜，如何敢往那墙上跳？即使冒险跳到墙上，又不知那墙壁距离地面有多高，一个失足，还不是粉身碎骨么？

正在无计可施，忽然一阵大风过处，脸上好似有什么东西飘拂。他忙用手去抓，那东西的弹力甚大，差一点把他带了下去，把他吓了一大跳。觉得手上还抓着一点东西，镇定心神，借着闪电光一看，原来是几片黄桷树叶。想是隔墙的大树，被风将树枝吹过这边，被自己抓了两片叶子下来。正想时，又是一阵雷声，紧跟着一个大闪电。定睛往前看时，果然隔墙一株大黄桷树，在风雨当中摇摆。一个横枝，伸在墙这边，枝梢不断，想是刚才风刮起来，被自己攀折了的。正待看个明白，电光已过，依然昏黑，心想："倘使像刚才来一阵风，再把树枝吹过来些，便可攀住树枝，爬过墙去。"这时电光闪闪,雷声隆隆,看见那树被风吹得东倒西歪,有几次那树枝已是吹得离手不远。到底胆小,不敢冒险去抓。等到机会错过,又非常后悔。最后鼓足勇气,咬紧牙关,站起身形,做出往前扑的架势,准备拼一个死里逃生。恰好风电同时来得非常凑巧,简直把树枝吹在他手中。云从于是将身往前一纵,两只手刚刚抓紧树枝。忽然一阵大旋风,那树枝把云从带离洞顶,身子凭空往墙外飞去,他这时已将生死置之度外,只把两目紧闭,两手抓紧树枝不放。在这一刹那间,觉得脚面好似被什么东西很重地打了一下。紧跟着身边一个大霹雳,震耳欲聋。他同时受了这两次震动,不由"哎哟"一声,一个疏神,手一松,栽倒在地,昏沉过去,不省人事。

等到醒来一看,自己身体睡在一张木床上面,旁边站着一个老头同一个少女,好似父女模样。只听那女子说道:"爸爸,他醒过来了。"说罢,又递过一碗温水,与云从喝。云从才想起适才逃难的事,知道自己从树上跌下地来,定是被他二人所救。当时接过碗,喝了一口,便要起身下来申谢。那老头忙道:"你这人因何至此?为何从隔壁庙墙上跌了下来?"

云从还待起身叩谢,觉得腿际隐隐作痛,想是刚才在树枝上过墙时被墙碰伤的。加以累了一夜,实在疲乏不过。便也不再客气,仍复将身睡下,将自己逃难经过说了一个大概。

第十回　拯孤穷　淑女垂青
　　　　　　订良缘　醉仙作伐

　　那父女二人听了，甚为动容。云从又问他父女怎样救的自己。那老头说道："老汉名叫张老四，旁人因我为人本分，就给我取了一个外号，叫张老实。老伴早年去世，只剩我同我女儿玉珍度日，种这庙里的菜园，已经十多年了。想不到那些和尚这等凶恶。照这等说来，公子如今虽然得逃活命，明天雨住，庙中和尚往石洞查看踪迹，定然看出公子逃到老汉家中。老汉幼年虽然也懂得一些拳棒，只是双拳难敌四手，我父女决不是和尚们的敌手。连累老汉父女不要紧，公子性命休矣。今晚我已上床睡觉，是我女儿玉珍把我唤醒，说是墙上跌下来一个少年。我起初怀疑是江湖上的朋友，到庙中借盘川，受了伤，逃到我的院内。打算把你救醒，问明来历后，再打发你走。谁知你是一位公子，又是新科举人。如今天已快亮，事情危险万分，你要急速打定主意才好。"

　　云从听了这一席话，又惊又怕，顾不得手脚疼痛，连忙翻身跪倒，苦苦哀求搭救性命。张老四答道："公子快快请起。等我同小女商量商量，再作计较。"说罢，便把玉珍叫出，父女在外，议论了好一会儿才进来，对云从说道："如今事无两全。我要为自己女儿安全打算，最好把你捆上，送到庙中，一来免却干系，二来还可得和尚的好处。但这类事，绝非我张老四所能做得出来的。现在有两条路，任你择一条：一条是我现在开门放你逃走，我也不去报告，这周围十里内人家，全种着庙里的庙产，并且有好些地方，安着他们的眼线，你能否逃得出去，全仗你自己的运气。第二条，是我父女同你一齐逃走，虽无把握，比较安全得多。老汉故土难移，本不愿这样办，只是老汉年过半百，只此一女，不忍心拂她的意思。但是我如今弃家舍性命来救你,你逃出去后,我父女往哪里安身,这是一个问题,你必须有个明白的答复。"云从见这老汉精神奕奕,二目有光,知道决不是等闲庄稼汉,他说的话定有原因。况且自己在患难中,居然肯舍弃身家,冒险相救,不由心中万分感激,便答道:"老丈这样义侠,学生杀身难报。学生承袭九房,颇有产业,任凭吩咐,无不惟命。只是老丈安居多年,如今为学生弃家逃走,于心难安耳。"

说到此处,那女子便自走出。张老四答道:"你既然知道利害,事机危急,我也不与你多说闲话。好在我也不怕你忘恩负义,你是读书人,反正知道男女授受不亲的道理。"云从道:"老丈此言差矣!学生束发受书,颇知道义,虽然是昏夜之间,与令爱同行,就是没有老丈一路,学生难道对令爱还敢有不端的行为,那岂不成了兽类么?"张老四听罢,眉头一皱,说道:"你真是书呆子。我问你,你只知道逃命,你知道是怎样的逃法?"云从听了茫然不解。张老四道:"你生长在富贵人家,娇生惯养;一旦受了几天的凶险劳顿,又在大风大雨中九死一生,得脱性命,手脚俱已带伤。如今雨还未住,漫说是逃这么远的道路,恐怕你连一里半里也走不动哪。"云从听罢此言,方想起适才受伤的情形。起身走了两步,果然疼痛难忍,急得两泪交流,无计可施。张老四道:"你不要着急。如果不能替你设法,老汉父女何必舍身相从呢?"说罢,玉珍从外面进来,手上提着两个包裹,又拿着一匹夏布,见了二人,说道:"天已不早,一切应用东西,俱已收拾停妥。爹,你替周公子把背缠裹好,女儿去把食物取来,吃完立刻动身,以免迟则生变。"说罢,仍到外屋。

张老四打开夏布,撕成两截,将云从背上扎一个十字花纹,又将那半匹束在腿股之间。这时玉珍用一个托盘,装了些冷酒冷菜同米饭进来,用温水泡了三碗饭,三人一同胡乱吃罢。玉珍又到外屋去了一回,进来催他二人动身。张老四便把云从背在背上,将布缠在胸前,也打了一个十字纹,又用布将云从股际兜好。玉珍忙脱去长衣,穿了一件灰色短袄,当胸搭了一个英雄扣,背上斜插着他父女用的兵刃,把两个包袱分背两边。张老四又将里外屋油灯吹灭,三人悄悄开了后门,绕着墙直往官道上走去。

这时雨虽微小,仍是未住,道路泥泞没踝,非常难走。又没有路灯。他父女高一脚低一脚地走到快要天明,才走出五六里地。在晨星熹微中,远远看见路旁一棵大树下，有一家茅舍，在冒炊烟。玉珍忽道："爹爹，你看前面那个人家，不是邱老叔的豆腐房么？我们何不进去歇歇腿，换换肩呢？"张老四道："不是你提起，我倒忘怀了。我们此时虽未出险，邱老叔家中暂避，倒是不要紧的。"说罢，便直往那茅舍走去。正待上前唤门，张老四眼快，忽见一个道人，穿得非常破烂，背着一个红葫芦，酒气熏人，由屋内走了出来。张老四忙把玉珍手一拉，悄悄闪在道旁树后，看那道人直从身旁走过，好似不曾看见他父女一样。

这茅舍中主人，名唤邱林，与张老四非常莫逆。正送那道人出来，忽然看见张老四父女由树后闪出，便连忙上前打招呼。张老四问道："你屋中有人么？我们打算进去歇歇腿，扰你一碗豆腐浆。"邱林答道："我屋中人倒有一个，是个远方来的小孩，没有关系，我们进去再说吧。"说完，便请他父女进去。张老四将云从放了下来，与邱林引见，各把湿衣脱下烤烤。邱林忙问："这是何人？为何你等三人如此狼狈？"张老四因邱林是老朋友，便把前后情形讲了一遍。邱林便问云从打算什么主意。云从便道："我现时虽得逃命，我那同年十六人，俱身遭惨死。我打算到成都报案，擒凶僧报仇，与地方上人除害。"邱林道："周公子，我不是拦你的高兴，这凶僧们的来历同他们的势力，我都知道。他们的行为，久已人天共忿，怎奈他气数尚还未尽，他与本城文武官员俱是至好，他在本地还买了很好的名声。他那庙中布置，不亚于一个小小城堡。杀人之后，定然早已灭迹。就算你把状告准下来，最多也无非由官府假意派人去查，暗中再通信与他。他一定一面准备，一面再派人杀你灭口。他有的是钱，又精通武艺，会剑术，人很多，官府认真去拿，尚且不是敌手，何况同他们通同一气呢。你最好不要白送性命，悄悄逃到京师，把功名成就，他们恶贯满盈，自有灭亡之日也。"

云从正待还言，忽然一阵微风吹过，面前凭空多了一个人，哈哈大笑，说道："想不到又遇见了你。"张老四父女大惊，正待上前动手，邱林连忙道："不要惊慌，这都是自家人。"这时云从已看清来人是谁，纳头便拜。原来这人便是张氏父女在路上遇见的那个道士，云从因为在张老四背上，不曾看见。邱林忙与他们引见道："这位便是我的师叔、峨眉剑侠的老前辈醉道人。"张氏父女久闻醉道人的大名，重新又上前施礼。邱林又问云从如何认得。醉道人便把望江楼相遇的事说了一遍。又说："适才我见你们行色慌张，有些怀疑。后来见你们进了邱林贤侄的家中，我便回来听你说些什么，谁想倒省我一番跋涉。"云从便道："自从那日在望江楼蒙仙师指示玄机，弟子愚昧，不能领悟，几遭杀身之祸。刚才听邱林先生说起，仙师乃老前辈剑侠，越发增加弟子仰慕之心。弟子如今九死一生，看破世缘，情愿随仙师往深山修道，不愿再恋尘世功名了。"说罢，跪了下去。

醉道人哈哈大笑道："起来起来。你想跟我为徒，谈何容易。你的资质颇好，要我收你，也不难，只要依我三件事，我才能答应。第一件，人生以孝义为先，你家九房，只你一子，你若出家，岂不断绝香烟，父母叔伯何人奉养？你须要即刻回家完婚，等到有了嗣续之后，才能随我入山。第二件，我等俱是先朝遗民，如今虽然国运告终，决不能任本派门下弟子为异族效力。第三件，我等既以剑侠自居，眼看人民受异族的蹂躏，受奸恶人的摧残，就得出头去除暴安良。至于我门下的戒律，等到你为弟子以后，自然一一说与你知。只此三件，你依得依不得？"云从生有慧根，本是绝顶聪明的人，遇见这稀世难逢的奇缘，怎肯轻易错过，重复跪下，一一答应，便行拜师之礼。玉珍在旁正看得发呆，忽然灵机一动，等云从拜罢，便也过来跪下，请醉道人收录。醉道人道："姑娘快快请起。我门下向不收女弟子，你将来另有比我强的师父。你们二人，将来都是能替本派争光的，不急在这一时。"玉珍仍然苦苦相求，醉道人执意不允，只得含羞站起。

醉道人又对云从道："我还有话忘记对你说。那日在望江楼，我见你等十七人面带死气，除你一人尚有救星外，余均无可挽回。上天有好生之德，哪能见死不救？正待追踪你们下去，不想遇见我教中一位老前辈，他命我去办一件要事，耽误了三日。等我赶回，正待打听你们的下落，不想昨晚行到此间，狂风大雨，看见树林内有一小孩在上吊。我把他解了下来，带到邱林家中，救得快天亮时，才得救醒。问起情由，原来是你用的书童小三儿。他因你等出门三日，并无音信，那店中又不肯说那庙在哪里。昨天晚上店中去了一个和尚，与店家谈了半天，和尚走后，店家便将他赶出。他只得出来寻你，走到林中，遇着大雨，越想越伤心，因为不见了你，无法回家，只得寻死。我听他说完，便知你命在危急，也许已遭毒手，正待前往庙中打探，恰好遇见你们业已逃出。可惜我迟了三天，耽误了十六条人命，想是命中注定。如今凶僧气数未完，报仇之事，且俟诸异日。现在小三儿在内房养息。此地有我在，凶僧不来，是他们的便宜。你且藏在里面休息一日，明日由我来送你上路。路上就传你练内功的法子，等你入了门径，我自会随时前来指点。"这时小三儿在内房，听见外面说话声音很熟，出来偷窥，见了小主人，不由抱头痛哭了一场。醉道人把云从伤口上了丹药，说："天已不早，路上行人渐多，庙中眼目甚众，你等可到房内歇息，由我同邱林打发他们。"云从等进去，独自倚床假寐。惟独玉珍怀着满腹心事，又因拜师父不成，一肚子的不高兴，闷闷不乐。

到了下午，庙中才发现云从逃走。因为雨大，把云从逃走的方向冲得一点痕迹也没有。当然四下寻找，也曾两次到邱林家中打听，盘问曾否见过有这样一个少年人走过，俱被邱林用言语打发回去。过了些日，才发现张老四弃家逃走，知道云从是他父女救走，已是无法可想。

他等在邱林店中休息了一日，云从由谈话中间，才知道邱林也是峨眉大侠之一，外号人称神眼邱林，是奉令到此，以卖豆浆为名，探听庙中动静。张老四也是从前四川路上的水路英雄，外号人称分水燕子，真名叫张琼。后来看破绿林，洗了手，才去种菜园子的。

在这惊魂已定之际，云从细想前因后果，深感张氏父女的高义。尤其是张玉珍好似对自己非常注意，他父女弃家相救，完全出自她的主意。红粉知己，这种救命之恩，愈发令人感戴。想到这里，不由望了玉珍两眼。只见她尘丰粉面秀目，身材婀娜，美丽中含有英锐之气，令人又爱又敬。不知她为什么老是翠眉攀锁，好似有无穷幽怨，眉黛不开。有时他父女好似常有争论似的。云从好生不解。

他等数人过了一夜。第二日雨住风息，天还未亮，邱林同醉道人便来催他们动身。等到出门，外面已预备下四匹好马，叫张氏父女与云从主仆分乘。云从疑心醉道人不肯同去，或者马不敷用，打算自己同小三儿骑一匹，先请醉道人上马。醉道人道："你以为马不够用？我是用不着马的。我等快些动身吧。"云从不敢违抗，便同张氏父女辞别邱林，上马往家乡进发，辔头起处，眨眨眼，醉道人已不知去向。正后悔不曾定好前途相会的地点，恐怕彼此走失，谁想行到晚间，下马投宿，醉道人已在店房相候，抱着葫芦，喝得正起劲哪。

他等五人在客店住下，用罢酒饭，醉道人把内功入门的口诀，同身眼的用法，大概说了一遍。云从天资聪明，颇能心领神会。张氏父女本是内行，自然越加听得入神。正谈得津津有味之际，醉道人忽然正色对云从道："我还有一句要紧话未对你说，你听了须要切实注意。"云从连忙敬谨请教。醉道人道："我生平最恨负心人。张老先生同他姑娘舍家拼命，搭救于你，此番你到了家乡，你是怎生图报人家？说与我听。"张老四正要开言，醉道人连忙使眼色止住。云从道："弟子饱读诗书，岂敢忘恩负义？弟子家中颇有资财，此番张老先生到了舍下，自然是用上宾之礼款待。另外禀明父母，将田产房屋分出若干，作为张老先生用的养赡。不知师父意下如何？"醉道人道："你这就错了。张老先生以前闯荡江湖，见的金银财宝何可数计，难道说人家图你家中有钱，才救你么？你这种说法，不但不能报恩，人家也决不会受，你还要另打主意才好。"云从道："弟子愚昧，只知感恩戴德，不知报法，还望师父指示。"醉道人道："丈夫受大德不言德。依我之见，张老先生就玉珍姑娘一位掌珠，当初冒险救你，也无非出于怜才之一念。我看你同张姑娘年貌相当，莫如由我做媒，请张老先生将玉珍姑娘许配于你。女婿本有半子之劳，以后你就服劳奉养，使他享些晚年之福，不但报了大德，也是一举两便。你看好不好呢？"这一番话，恰中张氏父女心怀，暗中非常感激。云从也知道师父此言乃是正理，玉珍不但美而且贤，并且听说她还有一身惊人的武艺，倘得结成连理，朝夕正可讨教。何况又是救命知己恩人，虽然未曾禀告父母，仗着自己是族养儿子，平时深得爱怜，又加上人家救命之恩，决不会不得通过。想了一会儿，心中已是十分愿意，怎奈脸嫩，不好意思开口。玉珍当初磨着她父亲救云从，也是因为怜惜云从的才貌。等到逃出来，同处了两天，越发觉得云从少年端谨，终身可托。几番向老父示意，偏偏张老四为人执拗，虽然看中云从是个佳子弟，因为他是富贵人家，门户悬隔，万一人家推在父母身上，一个软钉子碰了回来，无地自容，打算到了地头，再作计较。玉珍既不能向老父明里要求，又羞于自荐，心中正在愁闷。忽见醉道人凭空出来为两家撮合，表面虽然害羞，低头不语，心中却是说不出来的痛快。满拟云从有个满意的答复，不想等了一会儿，没有下文，疑是云从嫌她家门户不对，不肯应允。暗恨个郎薄幸忘恩，满腔幽怨，不由抬起头来，望了云从一眼。偏偏云从这时也正抬头看她，两人眼锋相对，好似有电力吸引一般。同时两人又好似害羞一样，急忙各各避开，俱都是红云满颊。醉道人见了这般情状，知是两方愿意，便向张老四道："适才之言，老先生想必不以我说得冒昧。如今小徒这方面已不成问题，只在老先生最后一言决定了。"张老四起初本要开言，因被醉道人止住，只是静听。今见醉道人问他，便直说道："晚辈十年前洗手之后，因爱成都山水，恰好与那慈云寺凶僧早年有一面之缘，我又爱那里地方幽静，便去租他庙中菜园耕种，借此隐姓埋名。起初相安无事，我也料不到他们是那样的无法无天。今年春天，来了一个和尚，俗家名叫毛太，不知怎的，硬说我是峨眉派的奸细，叫智通赶我。智通因为同我相处十年，我轻易不出门，也无人来往，再三不肯赶我，反叫知客僧了一对我表示好意。我虽然当时谢了他们，已有迁地为良之念。等到周公子逃难落在我的园中，起初只当他是公子哥儿，能救则救，不能救就由他自己逃生。叵耐我女儿玉珍执意不从，非要叫我救人救到底，才有以后舍家相从的计划。周公子人品学问，这两天我看得很清楚，又加上是前辈剑侠的门徒，晚辈只愁攀不上，岂有不愿之理？不过他乃富贵人家子弟，似这样穷途订姻，是否出于心愿？如不当面讲明，似乎将来彼此不便。还望仙长问个明白。"醉道人听罢，呵呵大笑。便问云从道："此地并无外人，堂堂男子，不要作儿女态。如果是心愿，便上前去拜岳父，不要这样扭扭捏捏。"云从无奈，只得上前跪倒，大礼参拜，叫了一声岳父。又谢过了师父的成全之恩，醉道人又道："如今事已定局，又省我许多心事。你同姑娘名分已定，路上暂时可以兄妹相称，不必避嫌。到了家乡，禀明父母，早日成婚。我这里有《剑法入门》一书，上面有内外功的必由途径，你成婚后，可同你妻子朝夕用功。两年后我自会寻到你家，亲自再秘密相传。"说罢，由腰中取出一本旧册子，交与云从。云从连忙跪受。醉道人又从腰间解下一柄剑来，长约三尺六寸，剑囊虽旧，古色斑斓，雕饰非常精美。说道："此剑名为霜锷，乃是战国时名剑，吹毛过刃，削铁如泥，能屈能伸，不用时可以缠在腰间。是我当年身剑未合之时，作防身之用的利器。如今赐你，权作聘礼。你夫妻须要好好保藏，不要辜负我怜才苦心。"云从听了大喜，连忙重又拜受。过来叫了一声师父，将剑捧过。张老四本是识货的人，将剑微微拂拭，才抽出剑囊一二尺，便觉晶莹射目，寒气逼人，不禁赞不绝口。又同玉珍上前谢过成全之德。解下玉珍身上所佩的一块青玉串，算作答聘之物。醉道人对云从道："我现在成都有事，不能分身。如今你们的事都已办妥，适才所谈剑法，须要牢牢谨记，我去也。"说罢，只见身形一晃，醉道人已不知去向。三人连忙赶出，只见空中有一个白点，在日光下，望来路飞去，俱各惊叹不置。云从又与张老四谈了一会儿，三人分别安歇。到了第二日，高高兴兴往家乡进发。不提。那智通在云从逃走的第三天，忽听人说，张老实父女忽然弃家逃走，不知去向。便往菜园中查看，才知道云从是由墙上逃出来，被张老实父女所救。因为当初不听毛太的劝，不曾赶走张家父女，如今留下祸胎，非常后悔。又怕毛太笑他不知人，只得找话遮掩过去。又一面加紧防备，一面暗中变卖庙产，准备别营巢穴。

欲知后事如何，且看下回分解。

第十一回　潜心避祸　小住碧筠庵
　　　　　　一念真诚　情感追云叟

　　话说周淳与毛太交手，正在危急之间，幸遇醉道人跑来相助。毛太与醉道人的剑光斗得难解难分之际，忽然半空中有破空的声音，接着有五道红线飞来。醉道人连忙夹起周淳，收了剑光，往城中飞去。周淳闭着双眼，耳旁但听呼呼风响，片时已落在城外武侯祠外一个僻静所在。周淳连忙跪下，叩谢醉道人救命之恩。醉道人也不答言，走到一所茅庵前，领着周淳推门进去。周淳一看，云房内收拾得十分干净。房中有两个十二三岁的道童，见二人进来，忙去倒茶。醉道人料知周淳尚未晚餐，便叫预备酒食。两个道童退去后，周淳又跪下，再三请醉道人收为门下弟子。醉道人道："论你的心术同根基，不是不能造就。只是你行年四十，又非童身，学剑格外艰难，拜我为师，恐怕徒受辛苦。"执意不肯。周淳再三苦求，醉道人又道："我不是不收你为徒，收你的人是嵩山二老中一位，又是东海三仙之一，比我胜强百倍。他老人家有补髓益元神丹，你纵破了童身，也无妨碍。你想你如非本教中人，我何必从峨眉一直跟你到此？"周淳知是实言，倒也不敢勉强。又不知嵩山二老是谁，几次请问醉道人。只答以机缘到来，自然知道，此时先说无益，便也不敢多问。一会儿道童送来酒食，周淳用罢，累了一天，便由道童领往偏房安睡。

　　次日一早醒来，去云房参见，哪知醉道人已不知去向。两个道童，一名松儿，一名鹤儿。周淳便问松儿道："师父往哪里去了？昨晚匆忙间，不曾问他老人家的真实姓名。两位小师兄跟随师父多年，想必知道。"松儿答道："我师父并不常在庙中。三月两月，不见回来一次两次。今早行时，也不曾留下话儿。至于他老人家的姓名，连我们也不知道。外边的人，因为他老人家喜欢喝酒，大都叫他醉道人；有人来找他，也只说寻醉道人。想必这就是他的姓名了。此地名叫碧筠庵，乃是神尼优昙的大弟子素因参修的所在。师父爱此地清静，借来暂住。我们来此，不过半年多，轻易也无人来。你如一人在成都，何妨把行李搬来居住？我听师父说，你武艺很好，便中也可教教我们。你愿意么？"周淳见他说话伶俐，此地居住自然比店中洁净，醉道人既然带他到此，想必不会不愿意，连忙点头答应。便问明路径，回到城内店中，算清店账，搬入庵中居住，借以避祸，平时也不出门。醉道人去后，多日也不回来，每日同松、鹤二童谈谈说说，倒也不甚寂寞。

他是有阅历的人，每逢谈到武艺，便设法支吾过去，不敢自恃乱说。有一天早上起来很早，忽听院落中有极轻微的纵跃之声。扒着窗户一看，只见松、鹤二童，一人拿了一支竹剑，在院中互相刺击。起初倒不甚出奇，动作也非常之慢，好似比架势一般，不过看去很稳。后来周淳一个不留神，咳嗽了一声，松、鹤二童知道周淳在房内偷看，两人卖弄本领，越刺越疾，兔起鹘落，纵跃如飞，任你周淳是六合剑中能手，也分不出他的身法来。正在看得出神之际，忽然松儿卖了一个破绽，使个仙鹤展翅的解数，鹤儿更不怠慢，左手掐着剑诀，右手使了一个长蛇入洞的解数，道一声："着！"如飞一般刺向松儿胸前。周淳看得清楚，以为松儿这回定难招架，正在替他着急。说时迟，那时快，只见松儿也不收招用剑来接，脚微踮处，顺架势起在空中，变了一个燕子穿云的解数。"吱"的一声，使了一个神鹰捉兔，斜飞下来，一剑照着鹤儿背后刺去。鹤儿听见脑后风声，知道不好，急忙把身往前一伏，就势一转，脊背卧地，脸朝天，来了一个颠倒醉八仙剑的解数。刚刚将松儿一剑避过，百忙中忽见一样东西，朝脸上飞来。鹤儿喊一声："来得好！"脊背着地，一个鲤鱼打挺，横起斜飞出去七八尺高下。左脚垫右脚，使一个燕子三抄水飞云纵的解数，两三垫已够着庭前桂枝，翻身坐在树上喘息。说道："师兄不害臊，打不过，还带使暗器的么？"松儿笑答道："哪个使暗器？将才我纵到空中，恰好有一群雀儿飞过，被我随手刺了一个下来，从剑头上无意脱出。谁安心用暗器打你？"

周淳从屋中出来一看，果然是一个死麻雀，被松儿竹剑刺在颈子的当中，不由暗暗惊异。心想："二人小小年纪，已有这般本领，幸喜自己持重，不曾吹牛现眼。"这时鹤儿也从树上下来，再三磨着周淳，叫他也来

60

舞一回剑。周淳对他二人已是五体投地地佩服，哪敢轻易动手。后来被逼不过，才将自己的绝技五朵梅花穿云弩取出，试了一试。松、鹤二童因为醉道人不许他们学暗器，看了周淳的绝技，便告诉周淳，要瞒着师父偷学。周淳只好答应，每日尽心教授。又跟二童得了许多刺剑秘诀，不等拜师，先自练习起来。似这样过了十几天，周淳猛然想起女儿轻云，曾说不久就来成都相会，自己店房搬走时，又未留下话，恐怕她来寻找不着。醉道人又说自己不久便遇名师，如果老是藏在庵中，只图避祸，何时才能遇着良机？便同松、鹤二童说明，打算每日出外寻师访友，如果一连三日不回，便已发生事故，请他二人设法，报与醉道人知道，求他为力。二童一一答应。

他吃罢午饭，别了二童，一人信步出了碧筠庵，也不进城，就在城外青阳宫武侯祠几个有名的庵观寺院，留心物色高人。有时也跑到望江楼上来歇歇腿，顺便进些饮食。如此又是数日，依然一无所遇。有一天，走到城内自己从前住的店房，探问自从他搬走后，可有人前来寻访。店小二答道："一二日前，有一个年约五十岁的高大老头子，同一个红脸白眉的老和尚，前来打听你老。我们见你老那日走得很忙，只当回转家乡，只得说你老搬走多日，不知去向。我看那个客人脸上很带着失望的颜色。临走留下话，说是倘或周客人回来，就说峨眉旧友现在已随白眉和尚往云雾山出家，叫你不必回转故乡了。问他名姓，他也不肯说，想是你老的老朋友吧？"周淳又打探来人的身量打扮，知是李宁，只是猜不透为什么要出家，他的女儿英琼为何不在身旁。他叫自己不要去峨眉，想必毛太那厮已寻到那里。心中委决不下，便打算过数日往峨眉一行，去看个究竟。

他随便敷衍店家几句，便告辞出来。走到街上，忽然看见前面围着一丛人，在那里吵闹。他走到近处一看，只见一家店铺的街沿上，坐着一个瘦小枯干的老头儿，穿得很破烂，紧闭双目，不发一言。旁边的人，也有笑骂的，也有说闲话的。周淳便向一人问起究竟，才知道这老头从清早便跑到这家饭铺要酒要菜，吃了一个不亦乐乎，刚才趁店家一个不留神，便溜了出来。店家早就疑心他是骗吃骗喝，猛然发觉他逃走，如何肯轻易放过，他刚走到门口，便追了出来。正要拉他回去，不想一个不留神，把他穿的一件破大褂撕下半边来。这老头勃然大怒，不但不承认是逃走，反要叫店家赔大褂；并且还说他是出来看热闹，怕店家不放心，故将他的包袱留下。店家进去查看，果然有一个破旧包袱，起初以为不过包些破烂东西。谁想当着众人打开一看，除了几两散碎银子外，还有一串珍珠，有黄豆般大小，足足一百零八颗。于是这老头格外有理了，他说店家不该小看人。"我这样贵重的包袱放在你店中，你怎能疑心我是骗酒饭账？我这件衣服，比珍珠还贵，如今被你们撕破，要不赔钱，我也不打官司，我就在你这里上吊。"众人劝也劝不好，谁打算近前，就跟谁拼命，非让店家赔衣服不可。

周淳听了，觉着非常稀奇，挤近前去一看，果见这老头穿得十分破烂，一脸的油泥，趿着两只破鞋，脚后跟露在外面，又瘦又黑，身旁果然有一个小包袱。店家站在旁边，不住地说好话，把脸急得通红。老头只是闭目，不发一言。周淳越看越觉得稀奇。看店家那一份可怜神气，于心不忍，正打算开口劝说几句。那老头忽然睁眼，看见周淳，说道："你来了，我算计你该来了嘛。"周淳道："你老人家为何跟他们生这么大的气？"老头道："他们简直欺负苦了我。你要是我的好徒弟，赶快替我拆他的房，烧他的房。听见了么？"周淳听老头说话颠三倒四，正在莫名其妙。旁边人一听老头跟周淳说话那样近乎，又见来人仪表堂堂，心想："怪道老头那样地横，原来有这般一个阔徒弟。"店家一听，格外着急，正待向周淳分辩。老头已经将身形站起，把包袱往身旁一掖，说道："你来了很好，如今交给你吧。可是咱爷儿俩，不能落一个白吃的名，要放火烧房，你得先给完酒饭账。我走了。"说罢，扬长而去。

那老头说话，本来有点外路口音，又是突如其来，说得又非常之快，周淳当时被他蒙住。等他走后，店家怕周淳真要烧房，还只是说好话。等到周淳省悟过来，这时老头已走，先头既没有否认不是老头徒弟，烧房虽是一句笑话，老头吃的酒饭钱，还是真不好意思不给。

好在周淳真有涵养，便放下一锭二两多重的银子，分开众人，往老头去路，拔步就追。追了两条巷，也未曾追上。又随意在街上绕了几个圈，走到望江楼门口，觉得腹中有点饥饿，打算进去用点酒食。他本来熟了的，刚一上楼，伙计刘大便迎上来道："周客人，你来了，请这儿坐吧。"周淳由刘大让到座头一看，只见桌上摆了一桌的酒菜，两副杯筷。有半桌菜，已经吃得杯盘狼藉；那半桌菜，可是原封未动。以为刘大引错了座头，便问刘大道："这儿别人尚未吃完，另找一个座吧。"刘大道："这就是给你老留下的。"周淳便忙问："谁给我留下的？"刘大道："是你老的老师。"周淳想起适才之事，不由气往上冲，便道："谁是我的老师？"刘大道："你的老师，就是那个穷老头子。你老先别着急，要不我们也不敢这么办。原来刚才我听人传说，后街有一个老头，要讹诈那里一个饭铺，刚巧我们这里饭已开过，我便偷着去瞧热闹，正遇见你老在那里替你的那位老师会酒账。等到我已看完回来，你那老师已经在我们这里要了许多酒菜，他说早饭不曾吃好，要等你老来同吃。他把菜吃了一半，吃喝得非常之快，又吃得多，留了一半给你老来吃。他说：'不能让心爱的徒儿吃剩菜。'又说他要的菜，又都是你老平时爱吃的。所以我更加相信他是你老多年的老师。他吃完，你老还没有来，他说他还有事，不能等你老，要先走一步，叫你老到慈云寺去寻他去，不见不散。我们因为刚才那个饭铺拦他，差点没烧了房，我又亲眼见过你老对他那样恭敬，便让他走了，这大概没有错吧？"周淳听了，又好气，又好笑，又没法与他分说。没奈何，只得叫刘大将酒菜拿去弄热，随便吃了一些，喝了两杯酒，越想越有气。心想："自己闯荡江湖数十年，今天凭空让人蒙吃蒙喝，还说是自己老师！"

在这时候，忽然楼梯腾腾乱响，把楼板震得乱颤，走上一个稍长大汉，紫面黄须，豹头虎眼，穿着一身青衣袄裤。酒保正待上前让座头，那人一眼望见周淳，便直奔过来，大声冲着周淳说道："你就是那鹤儿周老么？"周淳见那人来得势急，又不测他的来意，不禁大惊，酒杯一放，身微起处，已飞向窗沿。说道："俺正是周某。我与你素昧平生，寻俺做甚？"那人听了此言，哈哈笑道："怪不得老头儿说你会飞，果然。俺不是寻你打架的，你快些下来，我有话说。"周淳仔细看那人，虽然长得粗鲁，却带着一脸正气，知道无恶意，便飞身下来，重复入座。那人便问周淳酒饭可曾用完。周淳本已吃得差不多，疑心那人要饮酒，便道："我已酒足饭饱，阁下如果要用，可叫酒保添些上来。"话未说完，正待想问那人姓名时节，那人忽然站起身来，从腰间取出一锭银子，丢在桌子上，算是会酒账。周淳正待谦逊，那人已慢慢凑近身旁，趁周淳一个不留神，将周淳手一拢，背在身上，飞步下楼，好快的身法。饶你周淳是个惯家，也施展不开手段，被那人将两手脉门掐住，愈发动弹不得，只得一任那人背去。楼上的人，先前看那大汉上来，周淳飞向窗口，早已惊异。如今又见将周淳背走，愈发议论纷纭，都猜周淳是个飞贼，那大汉是办案的官人，如今将周淳背走，想必是前去领赏。在这纷纭当儿，离周淳坐处不远，有一个文生秀士，冷笑两声，匆匆会罢酒账，下楼去了。这且不提。

话说周淳被那大汉背在背上，又气又愧。自想闯荡江湖数十年，从未栽过跟头，今天无缘无故，被一个不知姓名的人轻轻巧巧地擒住，背在大街上乱跑，心中甚是难过。怎奈身子已被来人抠住活穴，动转不得，只得看他背往哪里，只要一下地恢复自由，便可同他交手。他正在胡思乱想，那大汉健步如飞，已奔出城外。周淳一看，正是往慈云寺的大道，暗道不好。这时已到庙前树林，那大汉便将他放下，也不说话，冲着周淳直乐。周淳气恼万分，但被那人抠了好一会儿脉门，周身麻木，下地后自己先活动了几步，一面留神看那大汉，并无丝毫恶意。正待直问他为什么开这样的玩笑，只见眼前一亮，一道白光，面前站定一个十八九岁的文生秀士，穿着一身白缎子的衣服。再看那大汉时，已是目定口呆，站在那里，热汗直流，知是被那少年的点穴法点倒。正要向那少年问询，忽听那少年说道："我把你这个蠢驴，上楼都不会上，那楼梯震得那样厉害，震了你家老爷酒杯中一杯的土。你还敢乘人不备，施展分筋错骨法，把人家背到此地，真是不要脸。现在你有什么本事，只管使出来；不然，你可莫怪我要羞辱于你。"大汉听了少年这一番话，把两眼望着周淳，好似求助的样子。周淳看他脸上的汗好似黄豆一般往下直流，知道少年所点的穴，乃是一种独门功夫，要是时候长了，必受内伤。再说这个大汉生得堂堂一表，艺业也很有根底，虽是和自己开玩笑，想其中必有原因。看他这样痛苦，未免于心不忍。便向那少年说道："此人虽然粗鲁，但是我等尚不知他是好人坏人，这位英雄，何必同他一般见识呢？"劝解一会儿，见那少年站在那里一言不发，以为是少年架子大，心中好生不快。正待再为劝解，谁想近前一看，那少年也是目定口呆，站在那里，不知何时被人点了暗穴。再一看他的眼睛，还不如那大汉能够动转，知道自己决不能解救。周淳内外功都到了上乘的人，先前被大汉暗算，原是遭了一个冷不防，像普通的点穴解救，原不费事。便走到大汉身旁，照着他的胁下，用力击了一掌，那大汉已是缓醒过来,朝着周淳唱了一个喏。回头一眼看见少年站在那里,不由怒从心起,跑将过去,就是一脚。周淳要拦,已经不及。那大汉外功甚好,这一脚,少说有几百斤力量,要是挨上,怕不骨断筋折。那少年被人点住,不得动转,万万不能躲避。

在这间不容发的当儿,忽见少年身旁一晃,钻出一个老头儿,很不费事地便将大汉的脚接住。那大汉一见老头,便嚷道:"你叫我把姓周的背来,你跑到哪里去了?我差点被这小王八蛋羞辱一场。你快躲开,等我踢他。"那老头道:"你别不要脸啦,你当人家好惹的么?不是我看他太狂,将他制住,你早栽了大跟头啦。"周淳这时看清这人,便是适才自己替他还酒账、冒充自己的师父、骗吃骗喝的那个怪老头。一见他这般举动,便知不是等闲之辈,连忙过来跪倒,尊声:"师父在上,弟子周淳拜见。"老头道:"这会儿你不说我是骗酒吃的了吧?你先别忙,我把这人治过来。"说罢,只向那少年肩头轻轻一拍,已是缓醒过来。那少年满脸羞惭,略寻思间,忽然把口一张,一道白光飞将出来。周淳正在替老头担忧,只见老头哈哈一笑,说道:"米粒之珠,也放光华。"将手向上一绰,已将白光擒在手中。那白光好似懂得人性,在老头手中,如一条蛇一般,只管屈伸不定,仿佛要脱手逃去的样子。那少年见老头把剑光收去,对老头望了一望,叹了一口气,回转身便走。怎奈走出不几步,老头已在前面拦住去路。走东也是老头拦住去路,走西也是老头拦住去路。心中万分焦躁,便道:"你把我点了穴,又将我剑光收了去,也就是了,何必苦苦追赶呢?"那老头道:"我同你初次见面,你就下这种毒手,难道这是李元化那个奴才教你的么?"少年听了此言,吓了一跳,知道老头必有大来头,连忙转口央求道:"弟子因你老人家将我点了暗穴,又在人前羞辱于我,气忿不过,一时糊涂,想把剑光放起,将你老人家的头发削掉,遮遮面子,没想到冒犯了老前辈。家师的清规极严,传剑的时节,说非到万不得已,不准拿出来使用,自从下山,今天还是头一次。这个瞒老前辈不过,可以验得出来的。"那老头把手中剑光看了一看,说道:"你的话果然不假。念你初犯,饶是饶你,得罚你去替我办点事。因为我这二次出世,旧日用的那些人,死的死,隐的隐,我又不爱找这些老头子,还是你们年轻气盛的人办事爽快。"说罢,便将剑光掷还了他。少年连忙一口答应说:"老前辈但有差遣,只要不背家师规矩,赴汤蹈火,万死不辞。"那老头便对那少年耳边说了几句话,少年一一答应。

周淳这时已知道这大汉便是日前初会毛太所救的那个妇女的丈夫陆地金龙魏青。只因那日魏青回来,他妻子把周淳相救之言说了一遍,魏青自然是怒火千丈,定要寻毛太与周淳,报仇谢恩,找了多少天,也不曾相遇。无意中遇见那老头,起初也跟他大开玩笑,后来指点他,说周淳在望江楼饮酒。冤他说:"你如好意去见他,他必不理你。"于是传了魏青一手分筋错骨法,教他把周淳背至林中。魏青本是浑人,便照老头所说的去做。趁这老头与那少年说话之际,周淳问起究竟,魏青便把始末根由告诉周淳。周淳知道他浑,也不便怪他,这时老头已把这少年领了回来。那少年同周淳便请问老头的姓名。那老头对少年道:"你如回山,便对你师父说,嵩山少室的白老头问候,他就知道了。"那少年一听此言,赶忙重新跪倒,拜见道:"你老人家就是五十年前江湖上人称神行无影追云叟,东海三仙之一,又是嵩山二老之一的白老剑侠么?弟子有眼不识泰山,望乞恕罪。"那老头连忙含笑相扶。周淳这才知道老头便是醉道人所说的二老之一,重又跪请收录。老头道:"你到处求师,人家都瞧不起你,不肯收录。我这个老头子脾气特别,人家说不好,我偏要说好;人家说不要,我偏要。特地引你两次,你又不肯来,这会儿我不收你了。"周淳忙道:"师父,你老人家游戏三昧,弟子肉眼凡胎,如何识得?你老人家可怜弟子这一番苦心吧。"说完,叩头不止。老头哈哈大笑道:"逗你玩的,你看你那个可怜的样子。可是做我的徒弟,得有一个条件,你可依得?"周淳道:"弟子蒙你老人家收列门墙,恩重如山,无不遵命。"老头道:"我天性最爱吃酒,但是我又没有钱,偌大年岁,不能跟醉道人一样,去偷酒吃。早晚三顿酒,你得替我会账,你可应得?"周淳知道老头爱开玩笑,便恭恭敬敬答应,起来站在一旁侍立。又请教那少年姓氏,才知道他是聋仙李元化的得意弟子,名唤孙南。于是问起赵燕儿的踪迹,知道现在他甚为用功,再有三年,便可问世,心中非常替赵母高兴。孙南喜欢穿白,虽然出世不到两年,江湖上已有白侠的雅号。

大家正说话间,忽然林中哈哈一阵怪笑道:"老前辈说哪个偷酒吃?"众人定睛一看,从林中走出一个背朱红酒葫芦的道人,身后跟着一个女子。

除魏青外，俱都认得是有名的剑仙醉道人，便各上前相见。惟有周淳看见那个穿黑的女子，不由心中一跳，正待开口，那女子已上前朝他拜倒。仔细看时，果然是他爱女轻云。问她为何迟到现在才来，轻云说是因在山内炼一件法宝。"在路上遇见醉师伯，知道爹爹同白祖师爷在此，所以一同前来。"周淳又引她见了祖师同众人，心想："今日师父同醉道人等在此聚会，绝非无因而至。"正待趁间询问，只听醉道人向追云叟说道："我们有这些位英雄剑客，足可与那秃驴一较高下了。听说智通叫秦朗赴西藏采药之便，回来时绕道打箭炉，去请瘟神庙方丈粉面佛俞德，同飞天夜叉马觉，前来帮他一臂之力。那马觉倒不当紧要，只是那粉面佛俞德炼就五毒追魂红云沙，十分厉害。我同老前辈虽不怕他们，小弟兄如何吃当得起，所以我等要下手，以速为妙，等到破了他的巢穴，就是救兵到来，也无济于事，老前辈以为如何？"

第十二回　白日宣淫　多臂熊隔户听春声
　　　　　　黑夜锄奸　一侠女禅关歼巨盗

追云叟也不还言,掐指一算,说道:"不行,不行,还有几个应劫之人未来。再说除恶务尽,索性忍耐些时日,等他们救兵到来,与他一个一网打尽,省得再让他们为害世人。此时破庙,他们固然势单,我们也太来得人少。况且他庙中的四金刚、毛太等,与门下一班妖徒,虽是左道旁门,也十分厉害。魏青、周淳不会剑术;孙南、轻云虽会,也不过和毛太等见个平手。我日前路遇孙南的师父李胡子,因为他能跑,我叫他替我约请几位朋友,准定明年正月初一,在你碧筠庵见面,那时再订破庙方针,以绝后患。"醉道人道:"前辈之言,甚是有理。只是适才来时,路遇轻云,她再三求我相助,打算今晚往慈云寺探听动静。老前辈能够先知,不知去得去不得?"追云叟道:"昔日苦行头陀对我说过,吾道大兴,全仗二云。那一云现在九华苦修,这一云又这样精进,真是可喜。去便去,只是你不能露面,只在暗中助她。稍得胜利,便即回转。因为妖僧智通尚未必知我们明年的大举,省得他看破我等计谋,又去寻他死去师父那些余党,日后多费手脚。"说罢,便率领周淳、魏青、孙南与醉道人分别。周淳好容易父女重逢,连话都未说两句,便要分手,不免依依难舍。追云叟道:"你如此儿女情长,岂是剑侠本色?她此去必获胜利,明天你父女便可相见畅谈,何必急在一时呢?"周淳又嘱咐轻云不要大意,一切听醉道人的指点。轻云一一答应,便各分别散去,不提。

　　话说慈云寺凶僧智通,自从粉蝶儿张亮去采花失踪,周云从地牢逃走,张氏父女弃家而去,在一两个月中,发生了许多事体,心中好生不快。偏偏那毛太报仇心切,几次三番要出庙寻找周淳,都被智通拦住。毛太觉得智通太是怕事，无形中便起了隔膜。有一天晚上，两人同在密室中参欢喜禅，看天魔舞，又为了智通一个宠姬，双方发生很大的误会。原来智通虽是淫凶极恶，他因鉴于他师父的覆辙，自己造建这座慈云寺非常艰苦，所以平时决不在本地作案。每一年只有两次，派他门下四金刚前往邻省，做几次买卖，顺便抢几个美貌女子回来受用。便是他的性情，又是极端地喜新厌旧。那些被抢来的女子秉性坚贞的，自然是当时就不免一死。那些素来淫荡，或者一时怯于凶威的，也不过顶多给他淫乐一年，以后便弃充舞女，依他门下势力之大小，随意使用。三年前，偶然被他在庙中擒着一个女飞贼，名叫杨花，智通因恨她敢在太岁头上动土，起初叫阖庙僧徒将她轮奸，羞辱一场，然后再送她归西。因那女子容貌平常，自己本无意染指。谁想将她小衣脱去以后，就露出一身玉也似的白肉，真个是肤如凝脂，又细又嫩，婉转哀啼，娇媚异常。不由得淫心大动，以方丈资格，便去占了一个头筹。谁想此女不但皮肤白细，而且淫荡异常，纵送之间，妙不可言。智通虽然阅人甚多，从未经过那种奇趣。春风一度，从此宠擅专房，视为禁脔，不许门徒染指。他门下那些淫僧眼见到手馒首，师父忽然反悔，虽然满心委屈，说不出来。好在庙中美人甚多，日久倒也不在心上。毛太来到庙中的第一天，智通急于要和峨眉剑侠为仇，想拉拢毛太同他的师父，增厚自己势力。偏偏杨花又恃宠而骄，不知因为什么，和智通闹翻，盛怒之下，便将杨花送与毛太，以为拉拢人心之计。毛太得了杨花，如获异宝，自然是感激涕零。可是智通离了杨花，再玩别人，简直味同嚼蜡。又不好意思反悔，只有等毛太不在庙中时，偷偷摸摸，反主为客，好些不便。那杨花又故意设法引逗，他哭笑不得，越发难舍。恰好又从邻省抢来了两个美女，便授意毛太，打算将杨花换回。毛太自然万分不愿，但是自己在人篱下，也不好意思不答应。从此两人便也公开起来。三角式的恋爱，最容易引起风潮。两人各含了一肚子的酸气，碍于面子，都不好意思发作。

这天晚上，该是毛太与杨花的班。毛太因智通在请的救兵未到前，不让他出去找周淳报仇，暗笑智通懦弱怕事。这日白天，他也不告诉智通，便私自出庙，到城内打听周淳的下落。谁想仇人未遇，无意中听见人说县衙门今早处决采花淫贼，因为怕贼人劫法场，所以改在大堂口执行。如今犯人的尸首已经由地方搭到城外去啦。毛太因爱徒失踪，正在忧疑，一闻此言，便疑心是张亮，追踪前往打听。恰好犯人无有苦主认领，地方将尸体搭到城外，时已正午，打算饭后再去掩埋，只用一片芦席遮盖。毛太赶到那里，乘人不防，揭开芦席一看，不是他的爱徒张亮，还有哪个？脑袋与身子分了家，双腿双膝被人削去，情形非常凄惨。给那犯人插的招子，还在死尸身旁，上写着"采花杀人大盗、斩犯一名张亮"。毛太一看，几乎要晕过去。知道县中衙役，绝非张亮敌手，必定另有能人与他作对。他同张亮，本由龙阳之爱，结为师徒，越想越伤心。决意回庙，与智通商量，设法打听仇人是谁。这时地方饭后回来，看见一个高大和尚掀起芦席偷看尸体，形迹好生可疑，便上前相问。毛太便说自己是慈云寺的和尚，出家人慈悲为本，不忍看见这般惨状。说罢，从身上取出二十多两银子，托地方拿二十两银子买一口棺木，将尸体殓埋，余下的送他作为酒钱。原本慈云寺在成都名头很大，官府都非常尊敬；何况小小地方，又有许多油水要赚。马上收了方才面孔，将银子接过，谢了又谢，自去办理犯人善后。毛太在席棚内，一直候到地方将棺木买来，亲自帮同地方将张亮尸身成殓，送到义地埋葬，如丧考妣地哭了一场。那地方情知奇异，既已得人钱财，也不去管他。看那慈云寺的份上，反而格外殷勤。毛太很不过意，又给了他五两银子的酒钱，才行分别。他安埋张亮的时候，正是周淳在望江楼被魏青负入林中的当儿；要不是魏青与周淳开玩笑，毛太回庙时，岂不两人碰个对头？这且不言。

话说毛太见爱徒已死，又悲又恨，急忙忙由城中赶回庙去。走到树林旁边，忽见树林内一团浓雾，有几十丈方圆，衬着要落山的夕阳，非常好看。他一路走，一路看，正在觉得有趣的当儿，猛然想起如今秋高气朗，夕阳尚未落山，这林中怎么会有这么厚的浓雾？况且在有雾的数十丈方圆以外，仍是清朗朗的疏林夕照。这事有点稀奇，莫非林中有什么宝物要出世，故而宝气上腾么？思想之时，已到庙门。连忙进去寻找智通，把禅房复室找了一个遍，并无踪影。恰好知客师了一走过，他便问智通现在何处。了一答道："我刚才看见师父往后殿走去，许是找你去吧？"毛太也不介意，便往后殿走来。

那后殿旁边有两间禅房，正是毛太的卧室。刚刚走到自己窗下，隐隐听得零云断雨之声。毛太轻轻扒在窗根下一看，几乎气炸了肺腑。原来他惟一的爱人,他同智通的公妻杨花,白羊似的躺在他的禅床上,智通站在床前,正在余勇可贾,奋力驰骋,喘吁吁一面加紧工作,一面喁喁细语。毛太本想闯进去,问智通为何不守条约,在今天自己该班的日子,来擅撞辕门?后来一想,智通当初本和自己议定公共取乐,杨花原是智通的人,偶尔偷一回嘴吃,也不算什么。自己寄人篱下,有好多事要找他帮忙,犯不上为一点小事破脸,怒气便也渐渐平息。倒是杨花背着智通,老说是对自己如何高情,同智通淫乐,是屈于凶威,没有法子。今天难得看见他二人的活春宫,乐得偷听他们说些什么,好考验杨花是否真情。便沉心静气,连看带听。谁想不听犹可,这一听,酸气直攻脑门,几乎气晕了过去。原来杨花天生淫贱,又生就伶牙俐齿,只图讨对方的好,什么话都说得出。偏偏毛太要认真去听,正碰上智通战乏之际,一面缓冲,一面问杨花道:"我的小乖乖,你说真话,到底我比那厮如何?"

毛太在窗外听到这一句,越发聚精会神,去听杨花如何答复。心想:"她既同我那样恩爱,就算不能当着智通说我怎么好,也决不能把我说得太稀松。"谁想杨花听罢智通之言,星眼微扬,把樱桃小口一撇,做出许多淫声浪态,说道:"我的乖和尚心肝,你不提起他还好,提起那厮,简直叫我小奴家气得恨不能咬你几口才解恨。想当初自蒙你收留,是何等恩爱,偏偏要犯什么脾气,情愿当活王八,把自己的爱人,拿去结交朋友。后来你又舍不得,要将小奴家要回,人家尝着甜头,当然不肯,才说明一家一天。明明是你的人,弄成反客为主。你愿当活王八,那是活该。可怜小奴家,每轮到和那个少指没手的强盗睡,便恨不得一时就天亮了。你想那厮两条毛腿,有水桶粗细,水牛般重的身体,压得人气都透不过来。也不知他碰到什么大钉了上,把手指头给人家割了两个去,叫人见了都恶心。亏他好意思骗我,还说是小孩时长疮烂了的,这话只好骗别人,小奴也会一点粗武艺,谁还看不出来,是被兵刃削去了的?我无非是听你的话,想利用他,将来替你卖命罢了。依我看,那厮也无非是一张嘴,未必有什么真本事。我恨不能有一天晚上,来几个有能力的对头,同他打一仗,倒看他有没有真本领。如果是稀松平常,趁早把他轰走,免得你当活王八,还带累小奴家生气。"

她只顾讨智通的好,嘴头上说得高兴,万没想到毛太听了一个逼真。

智通也是一时大意，以为毛太出去寻周淳，也和上回一样，一去十天半月。两人说得高兴，简直把毛太骂了个狗血淋头。毛太性如烈火，再也忍耐不住，不由怒从心上起，恶向胆边生，再也无心计及利害，喊一声："贼淫妇，你骂得我好！"话到人到，手起处一道黄光，直往杨花头上飞去。杨花没曾想到有这一手，喊声："哎呀，不好！师父救命！"智通出乎不意，仓猝间，也慌了手脚，一把将杨花提将过来，夹在胁下，左闪右避。毛太已下决心，定取杨花性命，运动赤阴剑，苦苦追逼。幸而这个禅房甚大，智通光着屁股，赤着脚，抱着赤身露体的杨花，来回乱蹦。也仗着智通轻身功夫纯熟，跳跃捷如飞鸟，不然漫说杨花性命难保，就连他自己也得受重伤。可是这种避让，不是常法，手上还抱着一个人，又在肉搏之后，气力不佳，三四个照面，已是危险万分。正在慌张之际，忽然窗外一声断喝，说道："师父何不用剑？"话言未了，一道白光飞将出来，将毛太的剑光敌住。智通因见毛太突如其来，背地说好友阴私，未免心中有些内愧。又见杨花危急万分，只想到舍命躲闪，急糊涂了，忘却用剑。被这人一言提醒，更不急慢，把脑后一拍，便有三道光华，直奔黄光飞去。杨花趁此机会，抢了一件衣服披在身上，从智通胁下冲出，逃往复壁而去。

毛太忽见对头到来，大吃一惊，定眼看时，进来的人正是知客了一。原来了一因为来了一个紧要客人，进来禀报智通，谁想走到房门口，听见杨花哭喊之声。他本来不赞成他师父种种淫恶勾当，以为杨花同上回一样触怒智通，他恨不能他师父将杨花杀死，才对心思。打算等他们吵闹完后，再来通禀。欲待回去陪那来客，正要转身走回前殿，忽听得房中有纵跳声音，不由探头去看，正好看见毛太放出剑光，师父同杨花赤身露体的狼狈样儿，乃是双方吃醋火并。暗忖师父为何不放剑迎敌？好生奇异。后来看见毛太满面凶光，情势危险，师生情重，便放剑迎敌，毛太见了一放剑出来，哪在他的心上。心想一不做，二不休，索性大闹一场吧。谁想智通的剑也被勾引出来。那智通是五台派鼻祖落雁峰太乙混元祖师嫡传弟子，深得旁门真传，毛太哪里是他的敌手。不到一盏茶时，那青红黑三道光华，把毛太的剑光绞在一起，逼得毛太浑身汗流。知道命在顷刻，不由长叹一声道："吾命休矣！"幸喜了一见师父出马，他不愿师徒两个打一个，将剑收回，在旁观战，毛太还能支持些时。

正在这危急万分之时，忽听窗外一声大笑，说道："远客专诚拜访，你们也不招待，偷偷在这儿比剑玩，是何道理？待我与你二人解围吧。"说罢，一道金光，由窗外飞进一个丈许方圆、金光灿烂的圈子，将智通和毛太的剑光束在当中，停在空际，动转不得。智通和毛太大吃一惊，抬头看时，只见来人身高八尺开外，大头圆眼，面白如纸，一丝血色也没有，透出一脸的凶光。身穿一件烈火袈裟，大耳招风，垂两个金环，光头赤足，穿着一双带耳麻鞋，形状非常凶恶。智通一见，心中大喜，忙叫："师兄，哪阵香风吹得到此？"毛太巴不得有人解围，眼看来人面熟，一时又想不起，不好招呼。正在没有办法，那人说道："两位贤弟，将你们的随身法宝收起来吧，自家人何苦伤了和气？倒是为什么？说出来，我给你们评理。"这两个淫僧怎好意思说出原因，各人低头不语，把剑光收回。那人将手一招，也将法宝收回。毛太吞吞吐吐地问道："小弟真正眼拙，这位师兄我在哪里会过，怎么一时就想不起来？"那人听了，哈哈大笑，说道："贤弟，你就忘记当初同在金身罗汉门下的俞德么？"毛太听了，恍然大悟。

原来粉面佛俞德，本是毛太的师兄，同在金身罗汉门下。只因那一年西藏的毒龙尊者到金身罗汉洞中，看见俞德相貌雄奇，非常喜爱；又因自己门人周中汇在峨眉斗剑，死在乾坤妙一真人齐漱溟的剑下，教下无有传人，硬向金身罗汉要去收归门下，所以同毛太有数日同门之谊。俞德将两位淫僧一手拉着一个，到了前殿，寒暄之后，摆下夜宴。俞德便与他二人讲和，又问起争斗情由。智通自知这是丢脸的事，不肯言讲。还是毛太比较粗直，气忿忿地将和智通为杨花吃醋的事，详详细细说了一遍。粉面佛俞德听了，哈哈大笑道："你们两人闹了半天，原来为的是这样不相干的小事，这也值得红脸伤自家人的和气么？来来来，看在我的薄面，我与你俩解和了吧。"智通与毛太俱都满脸惭愧，各人自知理屈，也就借着这个台阶，互相认了不是，言归于好。

三人谈谈笑笑，到了晚饭后，智通才把慈云寺近两月来发生的事故，详详细细告诉俞德，并请他相助一臂之力。俞德听罢智通之言，只是沉吟不语。毛太忽然说道："我有两件要事要讲，适才一阵争斗，又遇俞师兄从远道而来，心中一高兴，就忘了说了。"俞德与智通忙问是何要事，这样着急。毛太道："我今日进城，原是要寻访仇人报仇雪恨。谁想仇人未遇见，倒是寻访着失踪徒儿张亮，被人擒住，断去双足，送往官府，业已处了死刑了。"智通道："这就奇了！张亮师侄失踪，我早怕遭了毒手，衙门口不断有人打听消息，如何事先一些音讯全无？毛贤弟不要听错了吧？"毛太着急道："哪个听错？我因听人说县衙内处决采花大盗，我连忙赶到尸场，不但人已死去，并且双足好似被擒时先被人斩断的，我看得清清楚楚，一丝也不假。我急忙回来，找你商量如何寻访仇家，谁想进门便为一个贱人争斗，差点伤了自家兄弟义气。"俞德道："贤弟不要着急。我想此事绝非你一人的私事，必定是峨眉有能人在成都，成心同你我为难。报仇之事，千万不可轻举妄动，须要大家商量才好。你说的两件要事，还有一件呢？"毛太道："我回庙时节，天才酉初，太阳尚未落山。庙前树林中，忽然起了一团白雾，大约有数十丈方圆，好似才开锅的蒸笼一样，把那一块树林罩得看都看不清。可是旁边的树林，都是清朗朗的。我想必定有什么宝物该出世吧？"俞德听毛太言时，便十分注意。等他说完，连忙问道："你看见白雾以后，可曾近前去看么？"毛太道："这倒不曾。因为我忙于回庙，并且我一个人要去掘取宝物，也得找几个帮手，所以未走近前去看。"俞德道："万幸！万幸！"说罢，脸上好似有些惶急。智通问道："师兄，你看毛贤弟所说的林中白雾，难道说真有宝物出现么？"

俞德道："有什么宝物，简直我们的对头到了。你当那团白雾是地下冒出来的么？是那人用法术逼出来的呀。自从老贼婆凌雪鸿死后，只有那怪老头白谷逸会弄这一类障眼法。这种法术，名叫灵雾障，深山修道，真仙们往往利用它来保护洞门，以便清修，不受恶魔的扰闹。这怪老头二三十年不出世，江湖上久不见其踪迹，他的为人，我常听我师父毒龙尊者提起，本人却不曾见过。将才智贤弟说他出世，我还半信半疑。如今他既在庙前树林中卖弄，想必是有什么举动，要与我们不利。如果是他，我们这几个人决不是对手，须要早做准备。"智通虽未与追云叟交过手，常听师父说起他的厉害，听了俞德之言，非常惊慌。惟独毛太早年只在江湖上做独脚强盗，他出世时，追云叟业已隐遁，不知道深浅利害，气忿忿地说道："师兄休得这样长他人志气，灭自己的威风。我想人寿不过百年，那怪老头既然二十多年不见出世，想已死在深山空谷之中，现在所发现的，焉知不是另一个人呢？树林中的白雾，就算是有人弄玄虚，也不过是一种障眼法儿，有什么了不起,值得这样害怕?"

俞德听了,冷笑道:"你哪里知道厉害。你白天幸而是回庙心切,不曾走到雾阵中去;如若不然,说不定也遭了毒手。峨眉派中,颇有几个能手,怪老头更是一个奇人。此次但愿不是他才好,如果是他,就连我师父毒龙尊者,恐怕也无法制他。他们照例每隔三五十年,必要出来物色一些资质好、得天独厚的青年做门徒,以免异日身后无有传人。前年,我师父毒龙尊者说他们又渐渐在川、陕、云、贵一带活动,偏偏凑巧,五台派和西藏派也届收徒之年,少不得因为彼此收徒弟,又要闹出许多是非。听说黄山餐霞大师已经收了一个女弟子,名叫周轻云,是齐鲁三英之一周淳的女儿,小小年纪,长得十分美丽,从师不多几年,已练得一身惊人的本领。其余如苦行头陀、齐漱溟、髯仙李元化等,俱已收了些得意的门人。早晚一定有许多事情发生,你留神听吧。"毛太听了,忙问道:"师兄说的那个周轻云,就是我那仇人周淳的女儿么?你怎么知道这样清楚?"俞德道:"那黄山五老峰后面有一个断崖,削立千仞,险峻异常,名叫五云步,上面有五台派中一位前辈女剑仙在那里参修。此人乃是你我三人的师父的同辈,也曾参加五十年前峨眉比剑。她因见老祖师中了无形剑,知道势力不敌,不曾交手,便趁空遁走。表面上说是自己脱离漩涡,独住深山修炼,其实是卧薪尝胆,努力潜修,想为师祖报仇。因为未曾与峨眉派中人交过手,破过面,所以餐霞大师才能容她在黄山居住。近二三十年来,着实收了几个得力的男女徒弟。餐霞大师对她也渐渐怀疑,借着谈道为由,屡次探她老人家口气。她却守口如瓶,平日连门下几个心爱弟子,也不把峨眉深仇露出半点。餐霞大师虽然疑忌,倒也无可奈何于她。偏偏她又在天都峰上得了枝仙芝,返老还童,八九十岁的人,看去如同二三十岁的美女子一般。餐霞大师带周轻云到她洞中去过。她同我师父毒龙尊者最为交厚,每隔二三年,必到西藏去一次。我来时在师父那里相遇,她说起这个周轻云来,还后悔物色徒弟多少年,怎么自己时常往来川藏,会把这样好的人才失之交臂,反让仇人得去呢?我所以才知道得这样详细。"智通插言道:"你说的可是黄山五云步万妙仙姑许飞娘么?"俞德道:"不是她还有哪个?"

毛太正听得津津有味,忽然拍手大笑道:"想不到周老三还有这么美貌的一个女儿,将来要是遇见我们,把她捉来快活受用,岂不是一件美事?"

话言未了，忽然面前一阵微风，一道青光如掣电一般，直往毛太胸前刺来。毛太喊一声："不好！"连忙纵身往旁跳开。饶他躲闪得快，左膀碰着剑锋，一条左臂业已断了半截下来。还算智通久经大敌，忙将后脑一拍，飞出三道光华，上前敌住。俞德的法宝俱是用宝物炼就，虽然取用较慢，这时也将他的圈儿放起，去收来人的剑光。毛太也负痛放出剑来迎敌。偏偏来人非常狡猾，俞德的太乙圈方才放出，剑光忽地穿窗飞出，不知去向。俞德等三人连忙纵出看时，只见一天星斗，庭树摇风，更不见放剑人一些踪迹，气得三人暴跳如雷。俞德更不怠慢，将身起在半空看时，只见南面天上有一道青光，往前飞去。俞德忙喊："大胆刺客，往哪里走！"这时智通叫毛太赶快包裹伤处，也纵身随着俞德往前追赶，刚刚追到树林青光敛处，踪迹不见。智通正要进林找寻，俞德连忙一把拉住，说道："贤弟千万不可造次，昏林月黑，你知道刺客藏在哪里？进去岂不中他暗算？我看今晚是来者不善，善者不来，不如先行回庙，再作计较吧。"智通忿怒不过，只得站在林外，把剑光飞进林去，上下八方刺击了一遍。等到收回剑光时并无血腥味，知道刺客不曾伤了分毫。经俞德苦劝，无可奈何，垂头丧气地回转。

　　刚刚走近庙墙，忽听喊杀之声，料知有异。急忙飞身上墙一看，只见一个穿青的女子，与毛太、了一两人斗剑，正在苦苦相持。那女子身段婀娜，年纪不大，长得十分秀丽。放出来的剑，夭矫如龙，变化不测。再一看毛太与了一，已被那女子的剑光逼得汗流浃背。在这一刹那的当儿，忽听空中一声响处，了一的剑光，被那女子的剑纠缠着只一绞，"当"的一声，折为两段，余光如陨石一般，坠下地来，变成一块顽铁。毛太又断了一只臂，本已疼痛，再加那女子的剑非常神妙，负痛支持，看看危险。这时俞德、智通赶到，看见毛太危险万分，更不怠慢。智通脑后一拍，放起三道光华。俞德左手先将圈儿放起，右手取出炼就的五毒追魂红云沙，正待要放。忽听空中一声"留神暗器"，女子还未等俞德圈儿近身，将身腾起，道一声："疾！"身剑合一，化道青光，破空而去。俞德、智通见来人二次逃走，心中大怒，也将身起在半空，运动剑光，正待向前追赶。忽见半空中又有一道白光，迎头飞至。俞德大怒，将手中红沙往空一撒，一片黄雾红云，夹着隐隐雷电之声，顿时间天昏地暗，鬼哭神号。约有顿饭时许，俞德料想敌人必定受了重伤，晕倒在地。当下收回红沙，往地上观看，口中连喊"奇怪"。智通忙问何故。俞德道:"我这子母阴魂夺命红沙,乃是我师父毒龙尊者镇山之宝,无论何等厉害的剑仙侠客,只要沾一点,重则身死,轻则昏迷。今天放将出去,黄雾红光明明将敌人剑光罩住,为何不见敌人踪迹?叫我好生纳闷。"

正说话间,智通道:"你看那边放光,我们快去看来。"俞德往前一看,离身旁十丈左右,果然一物放光,急忙拾起一看,乃是一柄一尺三寸许的小剑。想是敌人宝剑中了红沙,受了污秽,跌落尘埃。那剑虽然受伤,依旧晶莹射目,在手中不住地跳动,好似要脱手飞去;又好似灵气已失,有些有心无力的样子。俞德连夸好剑,向智通道:"你别小觑了它,你看它深通灵性,虽然中了沙毒,依旧想要脱逃,如不是苦修百年,决不能到这般田地。照这剑看来,敌人的厉害可知。准是他也知我红沙的厉害,无计脱身,迫不得已,才把他多年炼就的心血,来做替死鬼。不过此人失了宝剑,便难飞行绝迹,想必逃走不远,师弟快随我去追寻吧。"

说完,正待同智通往前搜查时,忽然耳旁听见一阵金刀凌风的声音,知道有人暗算,急忙将头一偏。谁想来势太急,左面颊上,已扫着一下,不知是什么暗器,把俞德大牙打掉两个,顺嘴流血不止。紧接着箭一般疾的一道黑影飞过身旁。俞德正在急痛神慌之际,不及注意,那人身法又非常之快,就在这相差一两秒钟的当儿,俞德手中的战利品已被那人劈手夺去。那人宝剑到手时,左手抢剑,双脚并齐,照着俞德胸前一蹬,顺手牵羊,来一个双飞鸳鸯腿。顺势变招,脚到俞德胸前,借力使力,化成燕子飞云纵,斜飞几丈高远,发出青光,身剑合一,破空飞出。身手矫捷,无与伦比,饶你俞德、智通久经大敌,也闹了一个手足无所措。智通眼看敌人飞跑,怒火千丈。纵身追时,只见那诮青光业已破空入云,不知去向,无可奈何,又急又气。再回来看俞德时,业已痛晕在地,智通向前扶起,恰好了一垂头丧气走出观看动静,帮同智通将俞德抬到房中。解开衣服一看,胸前一片青紫,现出两个纤足印,轮廓分明。估量来人是个女子,穿的是钢底剑靴,所以受伤如此之重。如非俞德内外功都到上乘,这一脚定踢穿胸腹,死于非命。俞德连受二处重伤,疼痛难忍,忽然一声怪叫,连吐两口鲜血,痛晕过去。智通见了,愈发着忙,急将备就救急伤药,与他灌救,仍然不见止痛。痛骂了一阵刺客,也无济于事。只得让毛太同俞德两个,一个这壁,一个那壁,慢慢养伤,细细呻吟。不提。

说了半日,那两个刺客到底是谁呢?原来醉道人同周轻云辞别追云叟,便在林中取出干粮同红葫芦里的酒,饱餐一顿。到了晚间,二人到了慈云寺,正遇见俞德、智通、毛太三人在那里大发议论。依了轻云,便要下去一较短长,几番被醉道人止住。并告诉她俞德如何厉害,如果要下去,须要如此如彼,依计而行。他等三人俱怀绝艺,只可暗中乘其不备,让他受点创伤。如果真正明面攻击,决不是敌手。商量妥当,偏偏毛太要说便宜话,把这位姑娘招恼,这才放出飞剑,原打算取毛太首级,偏又被他逃过,只斩下半截手臂。后来俞德放出圈子,轻云因听醉道人嘱咐,估量厉害,又加上智通的三道光华,迎敌时便觉吃力,情知不是对手,便知难而退,依照原订计划,逃往树林。醉道人已在半途相助。智通同俞德在林外说话时,轻云因恨毛太不过,不听醉道人拦阻,飞身绕道入庙,打算趁毛太无人帮助时,取他首级雪恨。谁想毛太惊弓之鸟,早已提防,轻云剑光一到,便交起手来,毛太堪堪抵敌不住。知客僧了一在后殿因听说师父去追刺客,往前边来看,正遇见毛太与一穿青女子动手,便上前相助。周轻云受过餐霞大师真传,生有仙根,又加数年苦功,哪把二人放在心上。运动神光,才一交手,便把了一的剑斩断。毛太愈加势孤,恰好又是俞德、智通赶回。轻云见不是路,飞身逃走;这时如果稍慢一步,便遭红沙毒手。醉道人见轻云不听吩咐,前去涉险,生怕有些失利,对不起餐霞大师,早在暗中防备。也深知红沙厉害,不敢上前。为救轻云,拼出百年炼就心血,连忙将自己剑光放出,拦住来人去路,轻云才得逃生。果然红沙厉害,剑光一着红沙,便跌到尘埃。醉道人虽然心痛,因怕红沙厉害,不敢去拾。

轻云见醉道人为了救自己,失去宝剑,又羞又急,又气又怒。她少年气盛,又仗着艺高人胆大,便要乘机夺回。醉道人一把未拉住,正在着急。忽听耳旁有人说话道:"我把你这醉老道,这回花子没蛇耍了吧?"醉道人听出是追云叟,不禁大喜,便道:"都是你让我保护小孩子,这孩子又倔强不听话,你须赔我的剑来。如今这孩子又上去了,你还不去帮忙,在这儿说风凉话,倘有失机,如何对得起餐霞大师?"追云叟道:"这孩子颇似我当年初学道的时节,异日必为峨眉争光,她虽有两三次磨难,现在绝无差误。你的剑也应在她的身上,得一柄胜似你的原物。而你的剑得回来,只消我带回山去,用百草九转仙丹一洗,便还你原物。你失一得双,都是我老头子作成你的,亏你还好意思怪人。"醉道人料无虚言,十分高兴。

正说时,轻云已经夺剑回转。说起夺剑情形,又说临走还赏了俞德两鸳鸯脚,脸上十分得意。正说时,追云叟现出原身,轻云连忙上前拜见。醉道人道:"你这孩子也太歹毒。你往虎口内夺食,把我宝剑得还,也就罢了,你还意狠心毒,临走还下了那么一个毒手。假如俞德因你这一脚送命,岂不又与西藏派结下深仇?江湖上异人甚多,我们但能不得罪人,就不得罪人。你小小年纪,正在往前进步,想你成名之时,少一个冤家,便少一层阻力。下次不可如此造次。"说到此间,追云叟连忙拦阻道:"醉道人你少说两句吧,我们越怕事,越有事。你忘了从前峨眉斗剑时么?起初我们是何等退让,他们这一群业障,偏要苦苦逼迫,到底免不了一场干戈。这回与从前还不是一样?她少年智勇,你当老辈的,原该奖励她才对。你说毒龙厉害,须知如今是各人收徒,外加有人要报峨眉之仇,他们已联合一气,我们但能得手,除恶务尽,去一个少一个。西藏这条孽龙,在西藏作恶多端,也该是他气运告终之时,倘遇见了他的门下,却是容留不得。你不知道,这一回乃是邪、正两道争存亡之时。"醉道人道:"我何尝不知道。不过餐霞昔日再三相托,她说轻云眉梢有红线三道,杀劫太重,我不能不时时警戒而已。"

正说间,忽见正西方半空中有几道红线飞来,追云叟说声:"快走!"便同他二人起在空中。

欲知后事如何,且看下回分解。

第十三回 周轻云学道辟邪村
金罗汉搬兵五云步

话说追云叟正与醉道人、周轻云在慈云寺外树林之中谈说俞德受伤之事，忽见西方飞来了几道红线，便把醉道人和周轻云一拉，喊一声："快走！"三人一同驾起剑光，飞回了碧筠庵。这时已到五更左右，冬天夜长，天还未亮。他三人也不去惊动周淳，进了经房坐下。醉道人唤起松、鹤二童预备茶点。轻云问道："适才那西方上几道红线，为何我们见了就跑？"追云叟道："慈云寺自从周云从被你醉师叔救走，张亮被杀，智通便料知我们峨眉派中人要和他为难。他在上月便打发他门下四金刚同多宝真人金光鼎，以及投奔他的一群四川大盗，拿他柬帖，前往三山五岳，聘请能人剑客，齐集慈云寺，开会筹备应付之策。今天晚上这几道红线，便是毛太的师父金身罗汉法元。我因为暂时不便露面，所以叫你们一同回转。"轻云道："照师祖这般说来，他们既然四处寻找帮手，我们就这几个人应敌么？"追云叟道："哪有这种便宜的事？我早已料到这一步，已经打发你师叔李胡子去请人去了。如今事情不过才在开端，智通那厮也拿不定我们这边虚实。不过他既疑心我又出世，鉴于他死去的师父太乙混元祖师的覆辙，所以把他们的同门同党召集拢来，仔细研究对敌方法。至于我们真正的硬对头，如今还一个都未露面，有的还在假充好人呢。"谈了一会儿，周淳起来，轻云上前见礼。周淳又向追云叟、醉道人参拜。轻云便到内屋坐了一会儿内功，已是日出三丈，也就不打算睡了。醉道人背了葫芦，便要往外走。追云叟连忙将他唤转，从怀中取出一样东西与他。醉道人连忙称谢，接过来便藏在怀中，走了出去。追云叟便对轻云道："现在敌人尚未到齐，也不知我们的虚实同藏身之地。我现在要带你父亲到衡山珠帘洞我大徒弟岳雯洞中去传授剑法，并且洗炼你醉师叔的宝剑。魏青我已叫他投奔一个人去了。你一个女子，孤身住在此地，多有不便；又有许多需用你的地方，不能叫你回山。这倒是一个难题。"轻云道："师祖你老人家不用担心。我师父打发我下山时，也说是破慈云寺尚早，孙儿到了成都，没有落脚之处。临行交与孙儿一封书信，就是到了成都，见了醉师叔同孙儿的父亲后，如无处住，拿这封信到成都北僻邪村投奔玉清师太，便可得到安身之所。师祖同爹爹走后，孙儿便去投她如何？"追云叟听了，大喜道："想不到摩伽仙子玉清大师会在成都居住，这真是我们一个好帮手。她自从受了神尼优昙点化后，便洗净尘缘，一心归善。我在东海云游时，她到那里采药，我同她见过一次，曾经为她帮过小忙。如今一别五十年，想来她的本领愈发高强了。你此去对她务要特别恭敬，朝夕讨教，于你大是有益。"

轻云听了大喜，正要请问摩伽仙子玉清大师的来历，还未开口，眼前一亮，满室金光，忽听一个女子口音说道："白老前辈，要想背后议论人的长短，我是不依的。"周淳、轻云定睛一看，室中凭空添了一个妙龄女尼，头戴法冠，足蹬云履，身穿一件黄缎子僧衣，手执拂尘，妙相庄严，十分美丽，正在和追云叟为礼。追云叟笑道："我这怪老头子向不道人的短处，大师只管放心。不过异日与五台这一群业障对敌时，大师必要助我们一臂之力。"那妙龄少尼说道："老前辈吩咐，岂有不遵之理？这二位，一个我已经知道，是我村中新来的佳客，这位呢？"追云叟笑道："只顾说话，还不曾与你们引见。"说罢，便叫周淳、轻云参见。又对他二人说道："这位就是我们适才所说的玉清大师。"周淳、轻云十分惊异，心想："追云叟和她相别已五十多年，此人怕没有一百来岁，怎么容颜还如少女一般？"追云叟道："姗今年大约也有一百三十多岁了。"玉清大师道："老前辈又来取笑了。"追云叟道："这是我新收的弟子周淳，是一个半路出家的，剑法一些没有入门，你看他还能造就么？"玉清大师道："老前辈有旋乾转坤之力，顽铁可点金，何况周道友根基厚呢。"追云叟道："你是怎生知道我们在此地的？"玉清大师道："此地原是大师姐素因的下院，今年她从云南采药，回转家师那里，顺便前来看我，言说将此地借与醉道人，我久已想来看望。"说时，便指着轻云道："昨日她师父餐霞大师的好友、落雁山愁鹰洞顽石大师带来口信，说是她拿了她师父的信投奔于我。算计日程，已应来到,并未见她前来。我知道如今群魔又要出世,恐怕出了差错,故而前来打听,不想幸遇见老前辈也在此地,真是快事。恰好我有一件要事,正要找一个峨眉派中主要人物报告。因我正炼一件法宝,无暇抽身到别处去,老前辈遇得再巧不过。"

追云叟忙问根由。玉清大师道:"老前辈知道太乙混元祖师的师妹万妙仙姑许飞娘么?"轻云插口道:"师伯说的莫非是在黄山五云步参修的那一个中年道姑么?"玉清大师道:"正是此人。自从两次峨眉斗剑,她师兄惨死,她便遁迹黄山,绝口不谈报仇之事。当时一般人都说她受师兄深恩,把她师兄的本领完全学到手中。眼看师兄遭了峨眉派毒手,好似无事人一样,漠不关心,毫无一点同门情义,就连我也说她太无情分。直到去年,我才发现此人胸怀异志,并且她五十年苦修,法宝虽没有她师兄的多,本领反在她师兄之上。此人不除,简直是峨眉派的绝大隐患。我是如何知道的呢?我和西藏毒龙尊者在八十年前本有同门之谊,自经家师点化,改邪归正。我因不肯忘本,别样的事情可为峨眉同本门效力,惟独遇见西藏派人交起手来,我是绝对中立。因此数十年来,不曾与西藏翻脸。毒龙尊者因见我近年道法稍有进步,几次三番,想叫我仍回西藏教下,都被我婉言谢绝,并把守中立的话也说了。十年前,他带这个许飞娘前来见我。我起初很看不起她,经不起她十分殷勤,我见她虽然忘本,倒是真正改邪归正,向道心诚,她又下得一手好棋,因此来往颇密。谁想知人知面不知心。去年冬天又来看我,先把我恭维了一阵,后来渐渐吐露心腹,原来她与混元祖师明是师兄师妹,实是夫妻。她这五十年来卧薪尝胆,并未忘了报仇,处心积虑,原是要待时而动。苦苦求我助她成事,情愿让我做他们那派的教祖。我听了此言,本想发作,又觉她情有可原,反而怜她的身世。虽用婉言谢绝她,对她倒十分地安慰。谁想她不知怎的想入非非,以为我同她一般下贱。有一次居然替毒龙尊者来做说客,想劝我嫁与他,三人合力,使西藏教放一异彩。我听了满心大怒,当时便同她宣告绝交。她临走时,用言语恫吓我,说她五十年苦心孤诣,近在咫尺的餐霞大师都不知道她的用心,如今机密被我知道,希望我同她彼此各不相干,我如果泄漏她的机密,她便要同我拼个死活。她又说并不是惧怕餐霞大师,怕她知道了机密,因为她有一柄天魔诛仙剑尚未炼成,不愿意此时离开黄山等语。我也没有答理她，她便恨恨而去。我最奇怪，餐霞大师颇能前知，何以让一只猛虎在卧榻之侧安睡，不去早些剪除，却使她成就了羽翼，来同峨眉派为难？难道她当真就被她蒙蔽了么？"追云叟道："想必餐霞大师自有妙算，不然也决不会让她安安静静在黄山五十多年。现在她的假面目既然揭开，她的劫数也快临头，你日后自知分晓。你见了令师、令师兄，代老头子致意，改日少不得还要麻烦他们。我们今日就分手吧。"说罢，摩伽仙子便告别追云叟，带了轻云，回转辟邪村。追云叟也带了周淳，回山炼剑。不提。

且说智通自从俞德、毛太受伤，医药无效，自己单丝不成线，孤树不成林。尤其俞德更是昏迷不醒，呻吟不绝。正在无可奈何之际，忽然了一进来报道："前殿忽然降下一位禅师，言说是五台山来的，要见师父同毛师叔。"智通急忙出来一看，见是金身罗汉法元，心中大喜，当即上前参拜。这法元生得十分矮胖，相貌凶恶，身穿一件烈火袈裟，手持一支铁禅杖。见了智通，便问毛太可在此地。智通便把毛太寻周淳报仇，如何在林中遇了能手，被人戏弄，后来西藏派粉面佛俞德来到庙中，那晚来了两个刺客，好似一男一女，毛太同俞德如何中了暗算，现在后殿养伤，昏迷不醒，一一说了一遍。法元听了大怒，便叫智通引他进去。法元见毛太已是断了一只左臂，正在昏睡，不禁连连叹惜。忙叫智通取来一碗无根水，从身旁取了两粒丹药，与他二人灌了下去。又将两粒丹药化开，敷在伤处。

这时毛太业已清醒过来，见了法元，便要下床叩拜。法元道："你伤重未愈，不必拘礼。"毛太疼痛难忍，便也就恭敬不如从命，眼含痛泪，又将前事说了一遍，请法元与他报仇。法元道："此事关系不止你一人，报仇之事，何消说得。"说罢，便问智通："毛太的断臂现在何处？"智通道："现在佛堂供桌上，因怕毛贤弟伤心，不曾拿进来。"法元道："此臂不曾丢失，还好想法，快去取来，好好保存。"毛太正愁自己成了废人，听了法元之言，不由精神一振，便问道："师父法术通神，难道说还可叫弟子断臂重续么？"法元道："我哪有这大神通？不过北海无定岛陷空老祖那里，有炼就的万年续断接骨生肌灵玉膏，倘能得到手中，便可接骨还原。幸喜如今天寒地冻，不然肌肉腐烂，虽有灵药，也无用处。可惜没有峨眉派的固本丹，止住血液，保养肌肉。将来就算灵丹到手，把断臂接上，也不过无碍观瞻，不能运用自如了。"智通道："既然有此灵药，师叔快快修书，待弟子前去将它取来,早些与贤弟医治如何?"法元道:"哪有这样容易的事?那陷空老祖非比寻常,他那无定岛环圈三千弱水,鸟雀也难飞渡。并且这位老祖业已谢绝世缘,不与外人见面,就是我亲身去求,也休想进岛一步。"智通道:"如此说来,还是无望的了。"法元道:"这倒也不然。陷空老祖生平只收下两个弟子:一个是灵威叟,现在北海冰原灵山住居,人极正派,也学他师父一意静修,不问外事;一个是崆峒山长臂神魔郑元规,此人剑术高强,另成一家,只是心意狠毒,不为老祖所喜。十年前不知为了何事,师徒意见不合,老祖忽然要用飞剑斩他,被他师兄灵威叟知道,悄悄通信,叫他逃走。一面向陷空老祖苦苦哀求。为了此事,老祖怪他不该私通消息,还罚灵威叟面壁静跪三年。郑元规见立足不住,没奈何,投身到云南百蛮山赤身洞五毒天王列霸多教下安身。后来奉了五毒天王之命,到云、贵、陕、川一带收徒弟,才在崆峒山暂住。此人倒与我情投意合。听说他逃走时,曾将陷空老祖的灵药盗走不少。这须我亲去,才能到手。"智通道:"如今峨眉派多在成都,早晚必来生事,弟子虽曾派门下弟子去请能人相助,俱未来到。他二人现在病中,师叔走后,不知有无妨碍?"

法元听了,哈哈大笑道:"你枉自修道多少年,连这点都看不透,还想恢复你师祖的事业?你想峨眉派有许多能人,岂是轻举妄动的?此次明明想借各派收徒的机会,设法开衅,想把火挑起来,照上次峨眉斗剑一样,把异派消灭,好让他们独自称尊。区区一个慈云寺,岂放在他们心上?如果追云叟业已出世,以他一人之力,消灭这座慈云寺,岂不易如反掌?上述行刺,明明是他们新收弟子想出风头,故而先来挑衅,再看我们如何布置,他们再行下手。我们这儿人越多,他们也越来生事。如果和平常一样,只要我们不出去生事,他们也决不会来的。"说罢,俞德服用丹药后,药力发动,虽不能马上还原,倒也疼消痛止。醒来见了法元,知道是他解救,便勉强下床叩谢。法元道:"你自离开为师,到了毒龙尊者门下,我已知道你功行精进。此次也是你艺高人胆大,才中了别人暗算。以后临敌,须要小心在意。我再与你二人留下几粒丹药服用,三日后便可痊愈。事不宜迟,待我往崆峒山走走。"说罢,便出房,化成几道红线,望空而去。

到了第二日,智通正与毛太、俞德闲话,先是大力金刚铁掌僧慧明回来,报道:"启禀师父,弟子奉师之命,到了衡山锁云洞,去请岳琴滨师叔。先是应门童子拿了师父的信进洞，出来说是岳师叔不在洞中，到武夷山飞雷洞，寻龙飞师叔下棋去了。弟子便赶到武夷山，遇见龙师叔的弟子小灵猴柳宗潜，他说龙师叔东海访友，岳师叔未来。他本人倒愿意来看热闹，他并且答应帮弟子找几位同门道友同来。弟子恐怕师父久候，特来缴旨。"智通听了，不由叹口气道："如今人情势利，你岳师叔无非惧怕峨眉派势力大，明明成心不见你罢了。你算是空跑一趟，里面歇息去吧。"慧明退了下来。

隔了三四日，无敌金刚赛达摩慧能、多臂金刚小哪吒慧行、多目金刚小火神慧性等先后回庙，所请的人，也有请到的，也有托故不来的，也有当真不在的。那所请到的是：崂山铁掌仙祝鹗、江苏太湖洞庭山霹雳手尉迟元、沧州草上飞林成祖、云南大竹子山披发猰猊狄银儿、华山烈火祖师的弟子飞天夜叉秦朗等。除了烈火祖师是另一派，也是与峨眉派积有深仇的，余人皆是智通、毛太的师兄弟辈，长一辈的师叔、师伯俱未请到。西藏毒龙尊者推说有事，事办完了来不来不一定。他门下大弟子俞德，业已先来。飞天夜叉马觉，出门未归。算计人虽不少，只是并无出类拔萃的剑仙，未免有些失望。到底慰情聊胜于无，只好再作区处。

又过了两天，飞天蜈蚣多宝真人金光鼎，率领他的弟子独角蟒马雄、分水犀牛陆虎、闹海银龙白缙等，高高兴兴走进庙来，见了众人，见礼已毕，便道："我自从离了慈云寺，原往青城山去请我的好友纪登，代约他的祖师矮叟朱梅前来助我们一臂之力。刚刚到了灌县，在二郎庙前，看见一个十四五岁的绝色女子向一个中年道姑买药，我打算约好了纪登，回来时顺便将那女子抢回来，与大师受用。谁想我到了青城山金鞭崖白云观，纪登已云游在外，只有一个道童在观中看家。他说他师父不久回转，便在庙中等了多日，仍不见回转。我又怕误了此地之事，又惦记那个女子，便往回走。好在那天已将女子的寓所探好，便在她家附近寻下住所。到了晚间，我带了马雄等前往她家。起初以为一个弱女子，手到擒来。不想她家还有一个父亲，连那女子，都武艺高强，非常扎手。后来我见马雄等抵敌不住，恐怕失手，便放出飞剑，将女子的父亲一剑杀死。因为要擒活的，我同马雄费了半天手脚，马雄还中了那女子一袖箭，擒她时，手也被她咬伤，好容易才将那女子擒住。那女子当时一气，便晕死过去。我用一条被单，将她紧紧包裹，叫马雄背在身上，连夜往回逃走。谁想出城不过十里，忽然遇见那天在二郎庙卖药的中年道姑，拦住去路，硬要我将人留下。我因赶路心急，希图早些了事，便把飞剑放出，谁想这一来，几乎闯了大祸。这道姑见了我的飞剑微微冷笑，将手一扬，便有一道金光。我的飞剑与她的金光才一接触，便退了下来。眼看她的剑光已将我等罩住，只好闭目等死。待了一会儿，不见动静，睁眼看时，那卖药道姑连同我们所抢来的女子，俱都不知去向。且喜我们一行人等，连一个受伤的也没有。当时尚以为是那道姑不肯开杀戒，所以未取我们的性命。我们又白白辛苦一夜，到手的美人儿被人家抢去，心中好生不快。然也无法，只得仍往成都走来。走到半途，忽然遇见马觉马道长，谈起那道姑，他才悄悄告诉我，说她乃是现今我派中最厉害的人物黄山五云步的万妙仙姑许飞娘。她在黄山修炼，只为探看峨眉派的动静，想必她看我们所抢的女子好，故而借此示恩于她，好收她为徒。我们去杀人抢人，正好为她造机会，她不久也要出世。许仙姑现在表面上尚未显出本来面目，仍与峨眉派中人假意周旋，叫我严守秘密。我派有此异人，岂非幸事？"俞德、智通等听了，也自欣喜。

过了几天，法元从崆峒山跑了回来，虽将灵药取到，但是已隔多日，效验微小。只得将断臂与毛太接上，敷上灵药加紧包扎，就烦大力金刚铁掌僧慧明护送毛太回五台山将息。

等毛太、慧明走后，法元把人聚集在大殿，说道："此番争斗，不比寻常。临敌时，第一要镇定心神，临事不慌，不可小看他们。我看现在为期还早，我们的帮手还未到来，待我亲自出马，再去请几位相助。庙中自我走后，无论何人，无事不许出门。到了晚间，分班轮守。如遇真正厉害敌人到此，可由俞德出面，与他定一日期，以决胜负。千万不可造次迎敌，以免像上次吃亏，要紧要紧。"说完，别了众人，便往三山五岳，寻访能人相助去了。

第十四回　九华山白侠遇凶僧
　　　　　　镇云洞红药逢仙侣

　　话说法元离了慈云寺，去约请三山五岳的剑侠能手，准备明春与峨眉派决一胜负。出庙后一路盘算，决定先到九华山金顶归元寺，去约请狮子天王龙化同紫面伽蓝雷音。剑光迅速，不消两日，已到了九华前山。便收了剑光，降下地来，往金顶走去。

　　这九华山相离黄山甚近。金顶乃九华最高处，上有地藏菩萨肉身塔，山势雄峻，为全山风景最佳之地。时届隆冬，法元心中有事，也无心鉴赏。正走之间，忽听树林内好似有妇女儿童说笑之声，心中甚觉诧异。暗想："这样冷的天气，山风凛冽，怎么会有妇人小孩在此游玩？"便往树林中留神观看。只见衔山夕阳，火一般照得一片疏林清朗朗的，一些人影全无。正在诧异之间，忽听有一个小孩的声音说道："姊姊，孙师兄从那旁来了。你看还有一个贼和尚，鬼头鬼脑，在那里东张西望。你去把孙师兄喊过来吧，省得被那贼和尚看见又惹麻烦。"法元听了这几句话，忙往林前看时，仍是只听人言，不见人影。情知这说话的人不是妖魔鬼怪，便是能手，成心用言语来挑逗自己。正待发言相问，忽见对面山头一个十七八岁的少年，穿着一身白衣服，穿峰越岭，飞一般往前面树林走来。又听林中小孩说道："姊姊，你快去接孙师兄，那个贼和尚是不安好心的啊。"又是一个声音答道："你这孩子，为什么这样张皇？那个和尚有多大胆子，敢来九华山动一草一木？他若是个知趣的，趁早走开，免得惹晦气，怕他何来？"

　　法元听他们说话，越听越像骂自己，不由心头火起。叵耐不知道人家藏身之地，无从下手，只得忍耐心头火气，以观动静。这时那白衣少年也飞身进入林内。法元见那少年立定，知道一定已与那说话的人到了一块，便想趁他一个冷不防,暗下毒手。故意装作往山上走去,忽地回身,把后脑一拍,便有数十道红线,比电还急,直往林中飞去。暗想敌人只要被他的剑光笼罩,休想逃得性命。主意好不狠毒。他一面在指挥剑光,一面留神用目向林中观看,却见那白衣少年,好似若无其事一般,在这一刹那的当儿,忽然隐身不见。法元心想:"这少年倒也机警,不过这林子周围数十丈方圆,已被我的剑光笼罩,饶你会轻身法,也难逃性命。"正在这般暗想,忽见剑光停止不进,好似有什么东西隔住一样。法元大怒,手指剑光,道一声:"疾!"那剑光更加添了一番力量,衬着落山的夕阳,把林子照得通明,不住地上下飞舞。后来索性把这林子团团围住,剑光过去,枯枝败梗,坠落如雨。有时把那合抱的大树,也凭空截断下来。只是中间这方丈的地方,剑光只要一挨近,便碰了回来,兀是奈何它不得。林中的人,依旧有说有笑,非常热闹。法元虽觉把敌人困住,也是无计可施。

相持了一会儿,忽听林中有一个女子声音说道:"师弟,都是你惹出来的,现在母亲又不在家,我看你怎么办?"又听一个男的声音说道:"师姊,看在我的面上,你出去对敌吧。这凶僧不问青红皂白,就下毒手,太是可恶!若不是师姊拉我一把,几乎中了他的暗算。难道说你就听凭人家欺负咱们么?"那女子尚未还言,又听那小孩说道:"师兄不要求她,我姊姊向来越扶越醉。好在要不出去,大家都不出去,乐得看这贼和尚的玩意。我要不怕母亲打我,我就出去同他拼一下。"那女子只冷笑两声,也不还言。这几个人说话,清晰可听。法元听见人家说话的神气,好似不把他放在心上,大有藐视之意,知道这几个年轻人不大好惹。最奇怪的是近几十年,并不曾听峨眉派出了什么出色的人物;这几个人年纪又那样轻,便有这样惊人的本领,小孩如此,大人可知。自从太乙混元祖师死后,五台、华山两派虽然失了重心,但是自己也是派中有数的人物。自信除了峨眉派领袖剑仙乾坤正气妙一真人齐漱溟同东海三仙、嵩山二老外,别人皆不是自己敌手。如今敌人当面嘲笑,不但无法近身,连人家影子都看不见,费了半天气力,人家反而当玩笑看。情知真正现身出来,未必占得了便宜;想要就此走去,未免虎头蛇尾,打了半天,连敌人什么形象都不知道,岂非笑话?不禁又羞又气,只得改用激将之计,朝着林中大声说道:"对面几个乳臭小娃娃,有本事的,只管走了出来,你家罗汉爷有好生之德,决不伤你的性命；如果再耍障眼法儿，我就要用雷火来烧你们了。"

话言未了，又听林中小孩说道："姊姊，你看这贼和尚急了，在叫阵呢。你还不出去，把他打发走？我肚子饿了，要回家吃饭呢。"那女子道："你闯的祸，我管不着。"那小孩道："没羞。你以为我定要你管么，你看我去教训他去。"法元听了，以为果然把敌人激了出来，愈发卖弄精神，运动剑光，一面留神看对方出来的是一个什么人物。看了一会儿，仍是不见动静。正在纳闷，忽然听见一个女子声音说道："贼和尚，鬼头鬼脑瞧些什么？"接着眼前一亮，站定一男一女：男的便是那白衣少年；女的是一个绝色女子，年约十八九岁，穿着一身紫衣，腰悬一柄宝剑。法元见敌人忽然出现，倒吓了一跳。自己的剑光，仍在林中刺击一个不住，便急忙先将剑光收回。那女子轻启朱唇道："你不要忙，慢慢地，我不会取你的狗命的。"那一种镇静安闲、行若无事的神气，倒把一个金身罗汉法元闹了一个不知如何应付才好。那女子又问道："你这凶僧太是可恶！你走你的路，我们说我们的话，无缘无故，用毒手伤人，是何道理？"法元情知此人不大好惹，便借台阶就下，说道："道友有所不知。我因来此山访友，见你们在林中说话，只闻人声，不见人面，恐是山中出了妖怪，所以放出剑光，探听动静，并无伤人之意。如今既已证明，我还有事，后会有期，我去也。"说完，不等女子还言，便打算走时，忽然一颗金丸，夹着一阵风雷之声，从斜刺里飞将过来。法元知道不妙，打算抵敌，已是措手不及，急忙把头一偏，这金丸已打在左肩。若非法元道行高深，这一下就不送命，怕不筋断骨折。法元中了一丸，疼痛万分，知道要跑人家也不答应，只得忍痛破口大骂道："你们这几个乳臭娃娃，罗汉爷有好生之德，本不值得与你们计较，你们竟敢暗算伤人。今不取你们的狗命，也不知罗汉爷的厉害！"一边嚷，一边便放出剑光，直往那一双男女飞去。只见那女子微微把身一扭，身旁宝剑如金龙般一道金光飞起，与法元的剑斗在空中。那穿白少年正待飞剑相助，那女子道："孙师弟，不要动手，让我收拾这个贼和尚足矣。"白衣少年便不上前，只在一旁观战。

这二人的剑，在空中杀了个难解难分，不分高下。法元暗暗惊奇："这女子小小年纪，剑术已臻上乘。那个白衣男子，想必更加厉害。"正在腹中盘算，忽然好几道金光夹着风雷之声劈空而至。这次法元已有防备，便都一一躲过。那金丸原是放了出来,要收回去,才能再打。法元一面迎敌,一面用目往金丸来路看时,只见离身旁不远一个断崖上,站定一个小孩,年才十一二岁左右,面白如玉,头上梳了两个丫髻。穿了一件粉红色对襟短衫,胸前微敞,戴着一个金项圈,穿了一条白色的短裤,赤脚穿一双多耳蒲鞋。齿白唇红,眉清目秀,浑身上下好似粉妆玉琢一般。法元中了他一金丸,万分气恼。心想:"小小顽童,有何能耐?"便想暗下毒手,以报一丸之仇。便将剑光一指,分出一道红线,直往那小孩飞去。这是一个冷不防,那女子也吃了一大惊,知道已不及分身去救,忙喊:"蝉弟留神!"那白衣少年也急忙将剑光放出,追上前去。谁知那幼童看了红线飞来,更不急慢,取出手中十二颗金丸,朝那红线如连珠般打去,一面拨头往崖下就跑。那红线被金丸一击,便顿一顿。可是金丸经那红线一击,便掉下地来。红线正待前进,第二个金丸又到。如是者十二次,那小孩已逃进一个山洞里面,不见踪影。这时恰好白衣少年赶到。那女子一面迎敌,一面往后退,已退到洞口。这时白衣少年的剑,迎敌那一根红线,觉着非常费劲,眼看抵敌不住。恰好那女子赶到,见了这般景况,忙叫:"师弟快进洞去!"一面朝着剑光运了一口气,道一声:"疾!"那剑光化作一道长虹,把空中红线一齐圈入。那白衣少年趁此机会,也逃进洞中。法元得理不让人,又见小孩与白衣少年逃走,越发卖弄精神,恨不能将那女子登时杀死。可是杀了半日,依旧不分高下。

这时日已平西,一轮明月如冰盘大小,挂在林梢,衬着晚山晴霞,把战场上一个紫衣美女同一个胖大凶僧照得十分清楚。法元正想另用妙法,取那女子性命。忽听一阵破空的声音,知有剑客到来,双方都疑是敌人来了帮手。在法元是以为既来此山,必定是人家的帮手;那女子又听出来者不是本派中人。双方俱在惊疑之际,崖前已经降下一个道姑,一个少女。那女子与法元见了来人,俱各大喜。原来来者正是黄山五云步的万妙仙姑许飞娘。这时法元与那女子动手,正在吃惊之际,双方皆不及叙话,可是都以为来人是友,而非敌人。原来法元与许飞娘原有同门之谊,而那女子的母亲却是许飞娘常来常往的熟人,故而双方都有了误会。法元本想许飞娘一定加入,相助自己,谁想竟出自己意料之外。只见那许飞娘不但不帮助自己,反装不认得法元,大声说道:"何方大胆僧人,竟敢在九华山胡闹？你可知道这锁云洞，是乾坤正气妙一真人齐漱溟的别府么，知时务者，急速退去，俺许飞娘饶你初次，否则叫你难逃公道！"法元听了此言，不禁大怒，暗骂："无耻贱婢，见了本派的人，怎装不认得，反替外人助威？"正待反唇相讥，忽然省悟道："我来时曾闻飞天夜叉马觉说，她假意同峨眉派联络，暗图光复本门，誓报昔日峨眉斗剑之仇。她明明当着敌人，不便相认，故用言语点破于我，叫我快走。这里既是齐漱溟别府，我绝难讨公道。这女子想必是齐漱溟的女儿，所以这样厉害。幸喜老齐未在此地，不然我岂不大糟而特糟？"于是越想越害怕，便一面迎敌，一面说道："我也不是愿动干戈，原是双方一时误会。道友既是出来解围，看在道友面上，我去也。"说罢，忽地收转剑光，破空飞去。

那女子还待不舍，飞娘连忙拦阻道："云姑看我的薄面，放他去吧。"那女子又谢了飞娘解围之情。正说时，那小孩已走出洞来，去拾那十二个金丸时，已被法元飞剑斩断，变成二十四个半粒金丸了。便跑过来，要他姊姊赔，说："你为何把贼和尚放走？你须赔我金丸来！这是餐霞大师送我的，玩了还不到一年，便被这贼和尚分了尸了。"那女子道："没羞。又要闯祸，闯了祸，便叫做姊姊的出头。你暗放冷箭，得了点小便宜，也就罢了，还要得寸进尺，只顾把你那点看家本事都施展出来。惹得人家冒了火，用飞剑来追。要不是这几粒宝贝丸子，小命儿怕不送掉？那和尚好不厉害，仙姑不来解围，正不知我倒霉不倒霉呢。刚才孙师弟因救你，差点没有把多年心血炼就的一把好剑断送在和尚手里。还好意思寻我放赖？"那小孩听了他姊姊一阵奚落，把粉脸急得通红，也不招呼来客，鼓着两个腮帮子，说道："我的金丸算什么，只要没有把孙师兄的宝剑断送，你还会心疼么？"一路说，一路便往洞中走去。

那女子听了小孩之言，不禁脸上起了一层红云，向着飞娘说道："这孩子禀赋聪明，根基甚厚，又加上家父母与他前世有很深的关系，他才三岁，便费尽九牛二虎之力，度他上山。因为前世因缘，十分钟爱，所以惯得他如此，仙姑不要见笑。"飞娘不禁叹了一口气道："我看贵派不但能人甚多，就你们这一辈后起之秀，哪一个将来不是青出于蓝？我为想得一个好徒弟，好传了我衣钵，便设法兵解，谁知几十年来，就寻不出一个像你兄弟这样厚根基的。"说时，指着同来女子道："就拿她来说，根基同禀赋不是不好，要比你们姊弟,那就差得太远了。"说罢,便叫同来的女子上前见礼。那女子道:"我该死,只顾同小孩子拌嘴,也忘了请教这位仙姑贵姓,也没有请仙姑在寒舍小坐,真是荒唐。"飞娘道:"云姑不要这样称呼。她名叫廉红药,乃是我新收的徒弟。我见她资质甚好,度她两次。她母亲早死。她父亲便是当年名震三湘的小霸王铁鞭廉守敬,早年保镖与人结下深仇,避祸蜀中。我去度此女时,她父亲因为膝前只有一个,执意不肯。红药她倒有此心,说她父亲年已七十,打算送老归西之后,到黄山来投奔于我。我便同她定了后会之期。有一天晚上,忽听人言,她家失火,我连忙去救时,看见她父亲业已身首异处,她也踪迹不见。我便驾起剑光,往前追赶。出城才十里地,看见一伙强人,我便上前追问,后来动手,他们也都会剑术,可惜都被他们逃走,连名姓都未留下,只留下一个包袱。打开一看,她已气晕过去。是我把她救醒,回到她家,将她父亲尸骨从火场中寻出安葬。她执意要拜我为师,以候他日寻那一伙强人报杀父的深仇。"

那女子听罢,再看那廉红药时,已是珠泪盈盈,凄楚不胜,十分可怜。自古惺惺惜惺惺,那女子见廉红药长得容光照人,和自己有好几分相像,又哀怜她的身世,便坚请飞娘同红药往洞中叙谈。飞娘尚待不肯,只见红药脸上现出十分想进洞去而又不敢启齿的神气。飞娘不禁想起自己许多私心,有些内愧,便说道:"我本想就回山去,我看红药倒十分愿进洞拜访,既承云姑盛意,我们就进去扰一杯清茶吧。"红药听了,满心大喜。这叫做云姑的女子,见红药天真烂漫,一丝不作假,也自高兴。便让飞娘先行,自己拉了红药的手,一路进洞。红药初到宝山,看去无处不显神妙。起初以为一个石洞里面,一定漆黑阴森,顶多点些灯烛。谁知进洞一看,里面虽小一些,灯烛皆无,可是四壁光明,如同白昼,陈设雅洁,温暖如春。只是看不见适才那个可爱的小孩子,心中十分奇异。

三人坐定,谈了一会儿。飞娘原是勉徇爱徒之意,强与敌人周旋。那红药却十分敬爱那云姑,双方越说越投机,临走时还依依不舍。云姑道:"你那里离我这洞很近,无事可常来谈天,我还可以把你引见家母。"红药凄然道:"小妹多蒙仙姊垂爱,感谢已极。只是小妹的大仇未报,还得随恩师多用苦功。早年虽随先父学了些武艺,闻说黄山五云步山势险峻,离此也有一百数十里,来回怕有三百多里。小妹资质愚鲁,哪能像仙姊这样自在游行呢!"云姑听了她这一番话,十分可怜,便道:"你不能来,只要仙姑不怪我妨害你的功课,我也可以常去拜望你的。"飞娘道:"云姑如肯光临荒山,来多加指教,正是她莫大的造化。我师徒请还请不到,岂有不愿之理?"说罢,便对红药道:"我们走吧。"仍旧用手夹着红药,与云姑作别后,将足一顿,破空而去。

第十五回 齐漱溟访道入名山
荀兰因深闺失爱女

说了半天,这个云姑这样大的本领,她是谁呢?事从根起,要说云姑,得先说云姑的父母。

原来云姑的父亲,便是乾坤正气妙一真人齐漱溟,峨眉派的领袖剑仙之一。那齐家本是四川重庆府长寿县的望族。这长寿县中,有一口长寿井,井泉非常甘洌。县中因得当地民风淳厚,享高年的人居多。于是便附会在这口井上,说是这县名也由井而生。事出附会,倒也无可查考。齐家本是当地大家,文人武士辈出,在明朝中叶,为极盛时代。漱溟在阖族中算是最小的一房,世代单传。他父母直到晚年才生漱溟,小时便有异禀,所以愈加得着双亲的钟爱。漱溟不但天性聪明,学富五车,而且膂力过人,有兼人之勇,从小就爱朱家、郭解之为人。每遇奇才异能之士,不惜倾心披胆,以相结纳。川湘一带,小孟尝之名,几乎妇孺皆知。他到十九岁上,双亲便相继去世。

漱溟有一个表妹,名唤荀兰因,长得十分美丽,贤淑过人。因为两家相隔甚近,青梅竹马,耳鬓厮磨,渐渐种就了爱根。女家当时也颇有相攸之意,经人一撮合,便订了婚姻之约,只是尚未迎娶。等到漱溟双亲去世,经不起他的任意挥霍,家道逐渐中落。偏偏兰因生母去世,她父亲娶了一个继母,因见婿家贫穷,便有悔婚之意。不但漱溟不愿意,兰因也以死自誓,始终不渝。虽然悔婚未成,可是漱溟同兰因都因此受了许多的磨难,直到漱溟三十二岁,功名成就,费了不少气力,才能得践白首之约。彼时兰因已二十六岁了。两人患难夫妻,感情之笃,自不必说什么闺房之乐甚于画眉的俗套了。

他二人结婚两三年，便生下了一男一女：男的取名叫做承基；女的生时，因为屋顶上有一朵彩云笼罩，三日不散，便取名叫做灵云。这小兄妹二人，都生得相貌秀美，天资灵敏。漱溟日伴爱妻，再有这一双佳儿佳女，他的利禄之念很轻。早先原为女家不肯华门贵族下嫁白丁，所以才去猎取功名。如今既然样样称心随意，不肯把此等幸福，消磨在名利场中，乐得在家过那甜蜜的岁月。他又性喜游山玩水。兰因文才，本与漱溟在伯仲之间，嫁过门后，无事时又跟着漱溟学了些浅近武功。所以他二人连出门游玩，都不肯分离，俱是一同前去的。

　　有一天，夫妻二人吃了早饭，每人抱了一个小孩，逗弄说笑。正在高兴的当儿，兰因忽然微微叹了一口气，带着十分不快的样子。漱溟伉俪情深，闺房中常是充满一团喜气，他二人从未红过一回脸。今天忽然看见他夫人不高兴，连忙问起究竟。兰因道："你看我二人，当初虽然饱受折磨，如今是何等美满。可是花不常好，月不常圆；人生百年，光阴有限，转眼老大死亡，还不是枯骨两堆？虽说心坚金石，天上比翼，地下连枝，可以再订来生之约，到底是事出渺茫，有何征信？现在我二人虽然快活，这无情的韶光，转眼就要消逝，叫人想起，心中多么难受呢！"漱溟听了此言，触动心思，当时虽然宽慰了他夫人几句，打这天起便寝食难安，终日闷闷不乐。他夫人盘问几次，他也不肯说出原因，只是用言语支吾过去。如是者又过了半年，转瞬就是第二年的春天。兰因又有了两个月的身孕。漱溟忽然向他夫人兰因说："我打算到峨眉山去，看一个隐居的老友简冰如。你有孕在身，爬山恐怕动胎气，让我一人去吧。"他二人自结婚以后，向来未曾分离，虽然有些依依不舍，一则兰因身怀有孕，不能爬山，又恐漱溟在家闷出病来，便也由他一人前往。临别的时候，漱溟向着他夫人，欲言又止者好几次。等到兰因问他，又说并无别的，只因恐她一人在家寂寞等语。好在兰因为人爽直，又知她丈夫伉俪情深，顶多不过几句惜别的话儿，也未放在心上。谁想漱溟动身后，一晃便是半年多，直等兰因足月，又生了一个女孩，还是不见回来。越想越是惊疑，刚刚能够起床，也等不及满月，便雇了一个乳母，将家事同儿女托一个姓张的至亲照应，便赶往峨眉探望。

　　那简冰如是一个成了名的侠客，住在峨眉后山的一个石洞中，兰因也听见她丈夫说过。等到寻见冰如，问漱溟可曾来过。冰如道："漱溟在三四月间到此住了两个多月,除了晚间回来住宿外,每日满山地游玩。后来常常十多天不回来,问他在哪里过夜,他只是含糊答应。同我临分手的一天,他说在此山中遇见一个老前辈,要去盘桓几天。倘若大嫂寻来,就说请大嫂回去,好好教养侄男女,他有要事,耽搁在此,不久必定回家。还有书信一封,托我转交,并请我护送大嫂回去。因为他现在住的地方,是人迹不到的所在,徒找无益。后来我送他出洞时,看见洞外有一个仙风道骨的道长,好似在那里等他,见了漱溟出来,听他说道:'师弟这般儿女情长,师父说你将来难免再堕魔劫呢。'我还听漱溟答道:'师兄不要见笑,我求师的动机,也起于儿女情长啊。'我听了非常诧异,暗暗在他们后面跟随。才转了一个弯,那道长已经觉察,只见他将袍袖一拂,忽然断崖中涌起一片烟云。等到云散,已不见他们二人踪影。我在此山中访寻异人多年,并无佳遇。漱溟想必遇见仙缘,前往深山修炼,我非常羡慕。峨眉乃是熟路,到处寻访,也不见一丝踪影。"兰因听了冰如之言,又是伤心,又是气苦。她虽是女子,颇有丈夫气,从不轻易对人挥泪,只得忍痛接过书信,打开观看。只见上面写道:

"兰妹爱妻妆次:琴瑟静好,于今有年。客秋夜话,忽悟人生,百年易逝,遂有出尘之想。值君有妊在身,恐伤别离,未忍剖诚相告。峨眉访道,偶遇仙师,谓有前因,肯加援拔,现已相随入山,静参玄秘。虽是下乘,幸脱鬼趣。重圆之期,大约三载。望君善抚儿女,顺时自珍。异日白云归来,便当与君同道。从此刘桓注籍,葛鲍双修,天长地老,驻景有方,不必羡他生之约矣。顽躯健适,无以为念。漱溟拜手。"

兰因读罢,才知漱溟因为去秋自己一句戏言,他觉得人生百年,光阴易过,才想寻师学道之后,来度自己。好在三年之约,为期不远,只得勉抑悲思,由冰如护送回家,安心在家中整理产业,教育儿女。

光阴易过,那时承基已是七岁,生来天分聪明,力大无穷,看上去好似有十一二岁的光景。兰因也不替他延师,只把自己所学,尽心传授与他。灵云与新生的女孩一个五岁,一个三岁。灵云看见母亲教她哥哥,她也吵着要学,简直教一样,会一样,比她哥哥还要来得聪明。兰因膝前有了这三个玉雪般可爱、聪明绝顶的孩子,每日教文教武,倒也不觉得寂寞。可是这几个小孩子年纪渐渐长成,常常来问他们的母亲:"爹爹往哪里去了?"

兰因听了，心中非常难过，只拿假话哄他们道："你爹爹出门访友，就要回来的。"话虽如此说，一面可就暗中盘算，三年之约业已过去，虽然知道漱溟不会失信，又怕在山中吃不惯苦，出了别的差错，心中非常着急。偏偏又出了一件奇事，教兰因多了一层系念。原来新生的女孩，因要等漱溟回来取名，只给她取了一个乳名，叫做霞儿。因兰因上峨眉找夫时，所雇乳母的乳不好，恰好亲戚张大娘产儿夭亡，便由她喂乳。那张大娘人品极好，最爱霞儿，几乎完全由她抚养长大。霞儿也非常喜爱张大娘，所以张大娘常抱她在田边玩耍。两家原是近邻，来往很便。

有一天，张大娘吃完了饭，照旧抱着霞儿往田边去看佃人做活。忽然从远处走来一个女尼，看见霞儿长得可爱，便来摸她的小手。张大娘怕霞儿怕生，正待发话，谁想霞儿见了尼姑非常亲热，伸出小手，要那尼姑去抱。那尼姑道："好孩子，你居然不忘旧约。也罢，待我抱你去找你主人去。"她将霞儿抱将过去就走。张大娘以为是拐子手，一面急，一面喊着，在后头追。彼时佃人都在吃午饭，相隔甚远，也无人上前拦阻。张大娘眼看那女尼直往齐家走去，心中略略放心，知道兰因武功甚好，决不会出事。她脚又小，只得赶紧从后跟来。等到进来，只见兰因已将霞儿抱在怀中，这才放心。正待质问那女尼为何这般莽撞时，只听那女尼说道："此女如在夫人手中，恐怕灾星太重；况且贤夫妇异日入山，又要添一层累赘。不如结个善缘，让贫尼带她入山。虽然小别，异日还能见面，岂不两全其美？"又听兰因说道："此女生时，外子业已远游，尚未见过父亲一面。大师要收她为徒，正是求之不得。可否等她父亲回来，见上一面，那时再凭她父亲做主，妾身也少一层干系。"那女尼道："她父亲不出七日必定归来，等他一见，原无不可，只是贫尼尚有要事，哪能为此久待？夫人慧性已迷，回头宜早。这里有丹药一丸，赠与大人，服用之后，便知未来。"说罢，从身边取出一粒丹药，递与兰因。兰因接过看时，香气扑鼻，正在惊疑，不敢服用。那霞儿已摆脱她母亲的手中，直往那女尼身边扑来。那女尼便问道："你母亲不叫你随我去，你可愿随我去么？"霞儿这时已能牙牙学语，连说："大师，我愿去，好在不久就要回来的。"神气非常恭敬，说话好似成人。女尼听了，一把便将霞儿抱起，哈哈大笑道："事出自愿，这可不怪贫尼勉强了。"

兰因情知不好，一步蹿上前去，正待将霞儿夺下时，那女尼将袍袖一展，满室金光，再看霞儿时，连那女尼都不知去向。把一个张大娘吓得又害怕又伤心，不由放声大哭。还是兰因明达，便劝慰张大娘道："是儿不死，是财不散。漱溟在家常说，江湖上有许多异人。我看这个女尼，定非常人，不然霞儿怎么有那一番对答呢？"张大娘又问适才女尼进来时情形。兰因道："适才你走后，承儿与云儿被他舅母接去玩耍。我因他们虚情假意，懒得去，正拿起一本书看。忽然霞儿欢欢喜喜，连走带爬跑了进来，朝我恭恭敬敬叩了三个头，说道：'妈妈，我师父来了，要带我回山呢。'说完，便往外走。我追了出来，将她抱住，看见厅堂站定刚才那一个尼姑，口称她是百花山潮音洞的神尼优昙，说霞儿前身是她的徒弟，因犯戒入劫，所以特来度她回山。底下的话，就是你所听见的了。"张大娘也把刚才田边之事说了一遍。

两人难过了一会儿，也是无法可想。张大娘忽然说道："也都怪你夫妻，偏偏生下这样三个好孩子，无怪别人看了红眼。"那兰因被她一句话提起，不由想起娘家还有两个孩子，十分不放心，恐怕又出差错，正要叫人去接，忽见承基与灵云手牵手哭了进来。兰因因为适才丢了一个，越发心疼，忙将两人抱起。问他们："为何啼哭？舅母因何不叫人送你们回来？"承基只是流泪，不发一言。灵云便道："我和哥哥到了大舅母家，我们同大舅母的表哥表姊在一块玩，表哥欺负我，被哥哥打了他两下。舅母出来说：'你们这一点小东西，便这样凶横，跟你们爹爹一样，真是一个窑里烧不出好货。你爹爹要不厉害，还不会死在峨眉山呢。你娘还说他修仙，真正羞死啦。'表哥也骂哥哥是没有爹爹的贼种。哥哥一生气，就拉我跑回来啦。"说罢，又问张大娘道："妹妹呢？"兰因听了，又是一阵伤心，只得强作欢颜，哄他们道："你妹妹被你爹爹派人接去啦。"这两个小孩一听后，都收了泪容，笑逐颜开道："原来爹爹没有死。为什么不回来，只接妹妹去，不接我们去？"张大娘道："你爹爹还有七天就要回来的。"这小兄妹二人听了，都欢喜非凡。从此日日磨着张大娘，陪着他们到门口去等。张大娘鉴于前事，哪里还敢领他们出去。还是兰因达观，知道像优昙那样人，她如果要来抢人，关在家中也是无用。经不起两个孩子苦苦哀求，便也由他们，只不过嘱咐张大娘，多加小心而已。

到了第六天上,小兄妹二人读完了书,仍照老例,跟张大娘到门口去看。父子之情,原是根于天性。他们小小年纪,因听见父亲快回来,每日在门口各把小眼直勾勾往前村凝望。兰因因听神尼之言,想不至于虚假,为期既近,也自坐立不安。她生性幽娴,漱溟不在家,从不轻易出门,现也随着小孩站在门口去等。这两个小孩看见母亲也居然出来,更是相信父亲快要回来,站在门前看一阵,又问一阵,爹爹为何还不回来?等了半天,看看日已衔山,各人渐渐有些失望。兰因心中更是着急,算计只剩明日一天,再不回来,便无日期。又见两个儿女盼父情切,越加心酸。几次要叫他们回去,总不舍得出口,好似有什么心理作用,预算到丈夫今日定要回来似的。等了一会儿,日已西沉,暝烟四合。耕田的农夫,各人肩了耕锄,在斜阳影里,唱着山歌往各人家中走去。张大娘的丈夫从城中归来,把她喊走。顿时大地上静悄悄的,除了这几个盼父盼夫的人儿,便只有老树上的归鸦乱噪。兰因知道今日又是无望,望着膝前一双儿女,都是两眼酸溜溜的,要哭不哭的样子,不由得深深地叹了一口气道:"你那狠心的爹爹,今日是不会回来了。我叫老王煮了两块腊肉,宰了两个鸡,想必已经做好,我们回家吃饭去吧。"

说还未了,耳边忽听一阵破空的声音。两个小兄妹忙道:"妈妈,快看鸽子。"正说间,眼前一亮,站定一个男子,把兰因吓了一跳。忙把两个小孩一拉,正待避往门内,那男子道:"兰妹为何躲我?"声音甚熟,承基心灵,早已认出是他父亲回来。灵云虽然年幼,脑海中还有她父亲的影子。兄妹二人,双双扑了上去。兰因也认清果然自己丈夫回来,不禁一阵心酸,千言万语,不知从何说起,呆在一旁。这时夜色业已昏茫,还是漱溟说道:"我们进去再说吧。"抱了两个孩子,夫妻双双走进屋来。老王在厨下将菜做好,正要来请主母用饭,看见主人回来,喜从天降。这时饭已摆好,兰因知漱溟学道,便问吃荤吃素。漱溟说:"我已能辟谷。你们吃完,听我话别后之情吧。"兰因再三劝了一阵,漱溟执意不动烟火,只得由他。

她母子三人哪有心吃饭,随便吃了一点,便问入山景况。漱溟道:"我此次寻师学道,全是你一句话惹起。我想人生百年,好似一梦。我经多次考虑之后,决计去访师学道,等到道成,再来度你,同求不老长生,省得再转轮回。因你有妊,恐你惜别伤心,所以才假说访友。我因峨眉山川灵秀，必有真人栖隐。我住冰如洞中，每日遍游全山，走的尽是人迹不到之处。如是者两个多月，才遇见长眉祖师，答应收我为徒，并许我将来度你一同入道。此中另有一段仙缘，所以才能这般容易。只是你我俱非童身，现在只能学下乘的剑法。将来还得受一次兵解，二次入道，始参上乘。我在洞中苦练三年，本想禀命下山，正在难以启齿，昨日优昙大师带了一个女孩来到洞中，说是我的骨血，叫我父女见上一面。又向真人说情，允我下山度你。说是已赠了一粒易骨仙丹，不知可曾服用？"兰因听了，越发心喜，便将前事说了一遍，又说丹药未曾服用。漱溟道："那你索性入山再服吧。"

第十六回 散家财　合籍注长生
　　　　　　承衣钵　一门归正果

兰因知夫妻俱不能在家久待，便问家事如何料理。漱溟道："身外之物，要它何用？可取来赠与张表兄夫妇，再分给家中男女下人一些。此女生有仙骨，可带她同去。承儿就拜张表兄为义父，将来传我齐门宗祠。他头角峥嵘，定能振我家声。"承基听说父母学仙，不要他去，放声大哭。就连兰因与灵云，也是依依不舍，再四替他求情。漱溟道："神仙也讲情理，只是我不能做主，也是枉然。"又将承基唤在面前，再四用言语开导于他，把"不孝有三，无后为大"的话，开导了一番。承基不敢违抗，心中好生难过。兰因心疼爱子，又把他唤在无人之处，劝勉道："你只要好好读书为人，我是个凡人，你爹爹修成能来度我，难道我修成就不能来度你么？你真是个呆孩子。"承基知道母亲从不失言，才放宽心。又悄悄告诉他妹妹："倘使母亲忘记度我，你可千万提醒一声，着实替我求情。"

　　漱溟在家中住了三日，便请过张家夫妻。张大娘的丈夫明德，也是一个归林的廉吏，两袖清风。漱溟把赠产托子的话再三恳托。张明德劝了半天无效，只好由他。由漱溟召集全家，说明自己要携眷出去做官，愿将产业赠与张家，以作教养承基的用途；匀出一部分金钱，分与众人。因恐惊人耳目，故意配了两件行李，一口箱子，辞别众人，买了两匹马，把行李箱子装好，带了妻女动身。等到离家已远，便叫兰因下马，在行李中取出应用东西之后，将两马各打一鞭，任凭它们落荒走去。取了一件斗篷，将灵云裹定，背在身上；一手抱定兰因。只道一声："起！"便破空飞去。

　　到了峨眉，引见长眉真人、同门师弟兄。夫妻二人在洞中用功数十年。后来长眉真人迁居蓬莱，漱溟夫妻与众道友创立峨眉派，专一行侠仗义。

又收了两个得意的弟子。那一年夫妻借故兵解，重入凡尘。师兄玄真子奉师命二次度化，夫妻二人童身重入仙山，才参上乘道法，成峨眉剑仙领袖。兰因因爱九华清境，才在那里开辟一个洞府，与灵云居住。有时也来看望女儿。偶然遇见许飞娘，飞娘竭力拉拢，几次要拜兰因为师，都被兰因谦让。飞娘常到洞中下棋，故而认得灵云，唤她叫云姑。

承基自父母仙去，力求上进，文武功名，俱已成就。上体亲心，娶妻生子。每日盼母来度，杳无音信。他到峨眉寻亲，三次不遇。后来玄真子看他可怜，指引他得了一枝肉芝，服用之后，得享高寿。又因灵药之力，真灵不昧，投生川东李家，乳名金蝉。他犹记兰因，每日思念前生父母。兰因二次成道，不肯自食前言，便将金蝉度到九华，与灵云同居，这就是那个小孩子。

那白衣少年，便是白侠孙南。他奉追云叟之命，前来约请兰因夫妇，顺便还办一件要事。孙南先到峨眉，齐漱溟已离却洞府他往。孙南便赶到九华，见着兰因，才知道这次各派收徒，有许多外派旁门要和峨眉派为难。五台、华山两派，更要借此机会，图报历来仇恨，表面上尚未发动，暗中已在积极准备。一旦引起斗争，什么能人都有，简直是各派剑仙空前大劫。兰因又对孙南说："明春破慈云寺，便是导火线。然而破寺却并不难，自己当然帮忙。漱溟现在也正为此事筹备，到云贵南疆一带去了。现在为期甚早，你可在洞中暂住，帮我办理一件小事。等到事完之后，你前去也就合适了。"

孙南自奉师命下山，原想多认识几位异人。他在短期之内，连遇着追云叟、醉道人同兰因，俱是前辈有名的剑仙，而且对他都很加青眼，心中非常高兴。今见兰因看得起他，叫他帮同办事，心中非常高兴。他年纪还轻，到底童心未退，便问兰因道："不知师伯有何要事差遣弟子，请说出来，以便准备。"兰因道："现在还不到说的时候，我一半天就要出门，去向朋友借一点应用东西，回来再说吧。"说罢，灵云与金蝉从黄山餐霞大师那里回来，兰因便叫他二人与孙南见礼。

到了第三日，兰因便起程下山，临行时便对灵云道："我走后，你将孙师弟安置在蝉儿室中。孙师弟入门不久，功行还浅，你可随时将你爹爹所作的《元元经·剑术篇》讲与他听，也不枉他到我们这里来这一趟。蝉儿太淘气，无事不准离开此山。如今各派均与峨眉为仇，倘有形迹可疑之人到此，你们一时不及入洞，可到这颠倒八阵图中暂避，便不妨事。"说罢自去。

原来乾坤正气妙一真人自二次入道，苦修百余年，已能参透天地玄秘。他因灵云等年幼，九华近邻俱都是异派旁门，恐怕出了万一，特在这洞门左右，就着山势阴阳，外功符箓，摆下这颠倒八阵图，无论你什么厉害的左道旁门，休想进阵一步。一经藏身阵内，敌人便看不见阵内人的真形。多厉害的剑光，也不能飞进阵内一步。

这天灵云正同孙南讲经，金蝉在洞外闲眺，忽见半空中飞来几道红线，接着崖前降下一个矮胖和尚，知是妖人，连忙进洞告知灵云。灵云也觉得诧异，本来九华自从齐漱溟辟为别府后，左道旁门轻易不敢进山一步。今天来者不善，便打算去观看动静。因为不知来人能力多大，便与金蝉隐身到八阵图坎方巽位中观看，叫孙南在乾宫上站定，以作策应。后来金蝉用言语将法元激怒时，孙南正想到灵云这边来，他却不知道离了方位，再想入阵，比登天还难。他起初在乾宫站定时，远远望见灵云姊弟二人又是说，又是笑，非常有趣，所以他打算到他姊弟二人站的地方去。及至离开乾宫，再往对面一看，只是一片树林，清朗疏澈，也听得见他二人说话，就是不见踪影。又见那和尚恶狠狠望着林中，强敌在前，方知不妙，便打算退回原地。起初进阵是灵云指引，现在失了南针，简直无门可入。只得按着适才所看方向，朝林中走去试试。他刚刚走进坎宫，法元已下毒手。如非灵云手快，将他从阵外拉入，险些丧了性命。

这金蝉不知怎的，平日最恨许飞娘不过，所以懒得理她。等她走后，才与孙南一齐出来。灵云道："你这孩子，越来越淘气了。那许飞娘虽是坏人，如今反形未露，母亲见了她还带几分客气，怎么你今日见了人家连理都不理，岂不要叫人家笑话我家太没规矩？况且你不过丢了几个小小金丸，算得什么？你当着外人，说的是什么话？"说时，看了孙南一眼，不觉脸飞红潮。又道："我知道你前世里原是我的哥哥，今生做了我的兄弟，所以不服我管。从今起我到爹爹那里去，让你一人在此如何？"说罢，也不等金蝉发言，一道白光，已自腾空而去。孙南见他二人斗嘴，正待要劝时，业已无影无踪，不由便埋怨了金蝉两句。金蝉虽然心中有些发慌，脸上仍作镇静道："孙师兄不要着急，我这个姊姊倒是最疼爱我的，可是我们一天总要吵几回架。她的剑法高强，有人追也追不上，干着急也是无益，且等母亲回来再说。只是你的本领不高，我的本领还不如你。本待母亲去后，我们可以到各处游玩，如今她这个本领大的走了，只好在近处玩耍，不要到远处去就是了。"

孙南听了，笑道："你那样大胆子，怎么也说不敢远游，莫非你从前吃过苦头么？"金蝉听了，拍手大笑道："谁说不是？有一天，母亲不在洞中。我因为听说后山醉仙崖很好玩，要姊姊同我去，偏偏遇着那个鬼道姑来找她下棋，不肯前去。我便带了金丸同宝剑，偷偷溜了出去。那时正在秋末冬初，满山的红叶和柿子，如同火一样又鲜又红，映着晚山余霞，好看极了。我正在玩得有趣之间，忽然看见崖洞中跑出一匹小马，才一尺多长，驮着一个七八寸的小人在枫林中飞跑，我喜欢极了，便想把它捉回家来玩耍。我的脚程也算快的了，追了好几个圈子，也未追上。后来把它追到崖下一个小洞中，便不见了。那个洞太小，我钻不进去，把我弄发了急，便拿宝剑去砍那山石，打算把洞弄大，进去捉它。我当时带的一口剑，原是母亲当年入道时炼的头一口防身利器，漫说是石，就是钢，遇见也难免两断。谁想砍了半天，竟然不能砍动分毫。后来才发现石头上面有几个像蚯蚓般的字。我想砍不动的原因，必定在此。一时性起，便把餐霞大师赠我的金丸取出，照着那山石打去。这一打，差点惹下了杀身之祸。金丸才打了三粒，那块石头便倒了下来。"

第十七回　闲寻幽壑　巧遇肉芝
　　　　　　　独劈华岩　惊逢巨蟒

　　金蝉继续说道:"接着一阵黄风过去,腥气扑鼻,从山石缝中现出一个女人脑袋,披散着一头黄发,只是看不见她的身子。我当时觉得很奇怪,可是我心中并不怎么害怕。她的身子好似夹在山石缝中,不能转动。她不住地朝我点头,意思大约是叫我把山石再炸碎一块,她便可以脱身出来。我正要照她的恳求去做时,她见我在那里寻思没有表示,好似等得有些不耐烦,脸上渐渐现出怒容,两只眼睛一闪一闪的,发出一种暗蓝的光,又朝着我呱呱地叫了两声,又尖又厉,非常怕人。同时一阵腥臭之气令人欲呕。我也渐渐觉出她的异样来。猛然想起在这深山穷谷人迹不到的所在,怎会藏身在这崖洞之中,莫非是妖怪么?我后来越想越害怕,本想用金丸将她打死,又恐怕她万一是人,为妖法所困,岂不误伤人命?一时拿不定主意。

　　"正委决不下,那东西忽然震怒,猛然使劲将身子向前一蹿,蹿出来有五六尺长,张开大口,那个意思好似要咬我一口。幸而我同她离的地位很远,又好似有什么东西将她困住,蹿出了几尺光景,便不能再往前进,所以我未遭她的毒手。这时我才看出那东西是人首蛇身,蹿出来的半截身体是扁的,并不像普通蛇那么圆。周身俱是蓝鳞,太阳光下,晶光耀目。我既然看出它是蛇妖,怎肯轻易放过,便将金丸放出,准备将它打死,以除后患。谁想金丸刚刚出手,便有一阵天崩地裂的声音,把我震晕在地。等我清醒过来,我已回到此地,母亲把我抱在怀中叫唤呢。想起适才事情,好似做梦一般,忙问母亲是怎么回事。母亲只叫我静养,不许说话,我才觉出浑身有些酸疼。过了几天,才得痊愈。后来我又问姊姊,姊姊才对我说起那日情形。

"原来醉仙崖下,那个蛇身人首的妖怪,名叫美人蟒,奇毒无比。想是当初为祸人间,才被有道力的仙人,将它封锁在那醉仙崖下,用了两道符箓镇住。那天被我追逐的小人小马,名叫肉芝。平常人若吃了,可以脱骨换胎,多活好几百年;有根行的人吃了,便可少费几百年修炼苦功。这种灵异的栖身之所,都是找那有猛兽毒虫所在,以防人类的侵袭。我当时不知道,执意要捉回来玩,才用金丸去轰打山石。不想无意中破了头一道的符箓,几乎把妖蛇放出,闯下大祸。幸而当时擒蛇的人早已防到此着,又用法术将它下半身禁锢,所以只能蹿出半截身子。后来我第二次要用金丸打时,那第二道符箓已发生功效,将面前一块山石倒了下来,依旧将它镇住。同时我已中了蛇毒,又受了极大震动,晕倒在地。

"幸而母亲将我救了回来。据母亲推算,说是那蛇禁锢洞内,已经数百年。它在内苦修,功行大长。那肉芝原是雌雄两个:雄的年代较久,业已变化成人;雌的只能变马。它也知道人若走到崖下,中了蛇毒,便要晕倒在地,所以择那崖前的小洞,作藏身之所。那日雄的肉芝骑了雌的出来游玩,被我追得慌不择地,逃近那蛇妖身旁。那蛇妖对这两个肉芝早已垂涎,只苦无有机会,如今送上门来的好东西,岂肯轻易放过?可怜那肉芝一时逃避不及。总算雄的跑得快,未遭毒手。雌的逃得稍慢,被那妖蛇一口吞了下去。它得此灵药,越发厉害。原来符箓两道又被我破掉一个,渐渐禁它不住,被它每日拼命挣扎,现在已将上半身钻出洞外。大约不久便要出来,为祸人间了。"

孙南听了大惊道:"那蛇妖既然厉害,难道师伯那样大的神通,眼看它要出来为祸于世,近在本山,就不想法去消灭它,为世人除害么?"金蝉笑道:"谁说我们肯轻易饶它呀?因为这场大祸,是我闯出来的,好多次请母亲去除灭它。母亲总说,这里头有一段因果,非等一个人来相助不可。"孙南道:"照这样说来,那相助的人,一定是能力很大的了。"金蝉道:"这倒不一定。据母亲说,此人如今本事倒不甚大,不过应在他来之时,便是妖蛇大数已尽的时候。而且这人的生辰八字,是午年五月端午日午时生,在生克上,是那妖蛇的硬对头,所以等他来相助,比较容易一些。"孙南听了,恍然大悟,说道:"怪不得师伯要留我在此相助,我就是午年五月端午日午时生的呀。"金蝉闻言，大喜道："我这就好放心了。不瞒你说，我为此事，非常着急。因为姊姊本事大，几次求她瞒着母亲帮我去捉妖除害，她总怕母亲知道怪她。昨天母亲走后，我又求她，她还是不肯去。我本打算找你帮忙，因为刚才我看你同那贼和尚打时，你的剑光并不怎么出奇。偏偏姊姊刚才又赌气走了，更无办法。想不到你就是我母亲所说的帮手。今日已晚，明日正午，我便同你去除妖如何？"孙南知道金蝉性情活泼，胆大包身。自己能力有限，虽然他母亲说除妖要应在自己身上，万一到时斗那妖不过，再要出点差错，这千斤重责，如何担法？欲待不答应，又恐金蝉笑他胆小。甚为两难。只得敷衍他道："我虽然能力有限，极愿帮你的忙，前去除妖。不过师伯出门，师姊又不在洞中，我陪你去涉险，师伯回来怪罪于我，如何是好？莫如设法先将师姊寻回，三人同去，岂不尽美尽善么？"

金蝉闻言，好生不快道："你们名为剑侠，做事一点不爽快，老是推三阻四。你想我头一次到醉仙崖，当时母亲就说它快要出世，到如今已经有两个月，说不定就在这一两天出世。我们老是迁延不决，养奸贻患，将来一发，便不可收拾。古人说得好：'除恶务尽'；'先下手的为强，后下手的遭殃。'我日前在黄山，见着朱梅姊姊，谈起此事，她倒很慷慨地答应帮我。也是怕她师父见怪，悄悄地将餐霞大师的法宝偷借我好几样。刚才同贼和尚动手，我因为恐怕像金丸一样，被那贼和尚弄坏，将来还的时候，对不起朱梅姊姊，舍不得拿出来用，如今听你说出生辰八字，我欢喜极了，实指望你同我一样心理，除害安良，免去后患。谁想你也和我姊姊一样，看不起我这个小孩子，不肯帮我的忙。你要知道，我人虽小，心却不小。你们都不肯帮我，难道我就不会一个人去？我明天豁出一条小命，与那妖蛇拼个你死我活。你胆小怕事，我就独自去，也不要紧。"说时，鼓着小嘴，好似连珠炮一般，说个不停。说完，绷着脸，怒容满面。孙南听了，知道这个小孩子说得出来，便做得出来。自己也是好胜的人，见金蝉说他胆小，越发不好意思。况且在人家这里做客，他是一个小孩子，如果让他前去闹出乱子，更觉难为情。好在师父说自己生平尚无凶险，估量不妨事，莫如答应同他前去，到时见机行事，知难而退便了。当下便对金蝉道："师弟不要生气，我是特为试试你有胆子没有，并不是不愿同你前去。原想等你姊姊回来同去，实力更充足一些；况且她的剑术精深，我更是万分佩服，如有她同行，便万无一失，比较妥当得多。既然你执意要去，我们就明日去吧。"金蝉闻言，便转怒为喜，说道："我原说孙师兄是好人呢！我还有几句心腹话未对你说。你看我姊姊这个人怎么样？"孙南正要答言，忽然眼前一亮，灵云已站在面前，说道："你这小东西，又要编派我些什么？"金蝉见姊姊回来，满心欢喜，便也就不往下深说了。

原来灵云因常听父母说，自己尚要再堕尘劫，心中好生不痛快。偏偏孙南来时，又见母亲对他特别垂青，言语之中，很觉可疑，便疑心到昔日堕劫之言怕要应验。因为这百余年之功行，修来不易，便处处留神，竭力避免与孙南说话。在孙南方面，并无别念，只为敬重灵云的本领，所以时常诚心求教。灵云的母亲去时，又叫孙南跟灵云学《剑术篇》中剑法秘诀，灵云对母亲素来孝顺，从不违抗，心中虽然不愿，面子上只得照办。一个是志在请益，一个是先有成见。灵云为人和婉，又知道孙南正直光明，见他殷殷求教，怎肯以声音颜色拒人于千里之外。虽然知道自己也许误会了母亲的意思。自己素日本是落落大方，又加道行深厚，心如明镜，一尘不染。不知怎的，一见孙南，莫名其妙地起了一种特别感想，也不是爱，也不是恨，说不出所以然来。欲想不理人家吧，人家光明至诚，又别无错误；要理吧，无缘无故，又心中不安。实则并无缘故，自己偏偏要忸怩不安，有时自己都莫名其妙。适才金蝉当着飞娘，用言语讥讽，原是小孩的口没遮拦，随便说说，并无成见。不知为何，自己听了，简直羞得无地自容。忽然想起："我何不借个因由，避往黄山，每日在暗中窥视金蝉动静，以免发生事端。"所以才故意同金蝉斗口，飞往黄山。

刚刚起在半空，便遇餐霞大师问她何往。灵云脸色通红，也说不出所以然来。餐霞察言观色，即知深意。便道："好孩子，你的心思我也知道，真可怜，和我当初入道情形简直一样。"灵云知道不能隐瞒，便跪请设法。餐霞大师道："本山原有肉芝，可补你的功行。只要你能一尘不染，外魔来之，视如平常，便可不致堕劫，你怕它何来？"灵云又问肉芝怎样才能到手。餐霞大师道："这要视你有无仙缘。明日正是妖蛇伏诛之日，肉芝到手，看你们三人的造化如何，不过目前尚谈不到。最可笑的是，你一意避免尘缘，而我那朱梅小妮子，偏偏要往情网内钻。日前乘我不注意，将我两件镇洞之宝，偷偷借与你的兄弟，你说有多么痴顽呢！"灵云听了，又忙替金蝉赔罪，为朱梅讲情。餐霞大师道："这倒没什么，哪能怪他们两个小孩子？不过金蝉不知用法，明日我还叫朱梅前来助你们成功便了。"灵云谢了又谢，不便再往黄山，辞别大师回洞，藏在暗处，打算再让金蝉着急一夜，一面偷听他和孙南说些什么。正听见金蝉用言语激将孙南，孙南居然中计，不禁暗笑。后来又听见金蝉说到自己身上，恐他乱说，才现身出来拦阻。

金蝉见姊姊回来，心中虽然高兴，脸上却不露风，反说道："你不是走了么，回来做甚？莫不是也要明天同去看我孙师兄大显神通，擒妖除害么？"灵云笑了笑道："没羞。勾引你朱梅姊姊，去偷你师伯的镇山之宝，害得人家为你受了许多苦楚。如今师伯大怒，说要将她逐出门墙。你好意思么？"金蝉听罢，又羞又急，慌不择路地跑将过来，拉着灵云的衣袖说道："好姊姊，这是真的么？梅姊她偷大师镇山之宝，借与我去除妖，原是一番义气，不想为我害她到这般地步，叫人怎生过意得去，好姊姊，你看在兄弟的面上，向大师去求一求情，想个什么法子救救她吧。"灵云见金蝉小脸急得通红，那样着急的样子，不由心中暗暗好笑。便愈发哄他道："你平日那样厉害，不听话，今天居然也有求我的时候。又不是我做的事，我管不着。大师那样喜欢你，你不会自己去求么？"金蝉道："好姊姊，你不要为难我了，我也够受的了。只要姊姊这次能帮我的忙，从今以后，无论姊姊说什么，做兄弟的再不敢不服从命令了。好姊姊，你就恕过兄弟这一回吧。"说时，两眼晕起红圈，几乎哭了出来。

灵云知道金蝉性傲，见他这般景况，也就适可而止。便说道："好弟弟，不要着急。你再不听话，做姊姊的能跟你一般见识么？何况你的梅姊姊又是那么好的一个人呢。我对你直说了吧，适才你不听话，我本要躲开你，到峨眉暂住。刚刚起到半空中，便遇着大师排云驭气而来。说起这除妖之事，关于你梅姊姊的窃盗官司，大师还在装聋作哑。是我再三求情，大师不但不责罚朱梅，反叫她明日前来助你成功。又劝我不要和你小孩子一般见识，我才回来的。你听了该喜欢吧？"金蝉果然欢喜得口都合不上了，说道："你真是我的好姊姊！这样一说，明天连你同梅姊，都要帮我擒妖，那是万无一失的事了。我修道还未成功，就替人间除了这般大害，怎不叫人欢喜呢！"灵云道："你不要又发疯了。闻听母亲说，那妖蛇十分厉害，非同小可。如果是平常妖蛇，大师何必派朱梅来相助呢，你不要倚仗人多和有法宝。到了交战时，彼此不能相顾，吃了眼前亏，没处诉苦。"金蝉道："姊姊说的是。将才我不是说过么，反正我们都听你支配，你叫怎样就怎样如何？"灵云道："只要你听话，事就好办了。如今你盗来的法宝，尚不知用法，只好等朱梅到来，再作商量。你何妨取出来，我们看看呢？"

金蝉听了，忙往内洞取出餐霞大师镇洞之宝。这几样法宝，原是用一个尺许大的锦囊装好。等到金蝉倒将出来一看，里面有三寸直径的一粒大珠，黄光四射，耀眼欲花；其余尽是三尖两刃的小刀，共有一百零八把，长只五六寸，冷气森森，寒光射人。只是不知用法。灵云对金蝉道："你看你够多荒唐，勾引良家女子做贼，偷来的东西连用法都不知道。你拿时也不问问怎样用么？"金蝉带愧说道："日前我到黄山，大师不在家中。我同梅姊在洞外玩了一阵，后来谈起妖蛇的事，我便说我没有帮手，又没有法宝，空自心有余而力不足。万一妖蛇逃去，为害人间，岂不是我的罪过？我说时，连连叹气。她便用言语来安慰我，她说极愿帮我的忙，只是大师教规极严，无故不许离开洞府。她胆子又小，不敢向大师去说。后来看我神气沮丧，她说大师有十二样镇洞之宝，大师平日轻易不带出门，又归她保管，可以偷偷借与我用。事成之后，悄悄送还；万一败露，再叫我请母亲、姊姊去向大师求情。我自然是满心欢喜，她便挑了这两样给我。又对我说，这刀名叫诛邪刀，共是一百零八把，能放能收。那珠名叫天黄正气珠。她没有说出怎样用法，偏偏大师回来了。我连忙将二宝藏在身旁，上前参见。临别时，大师对我微微一笑，好似已知道我们私弊。我恐怕梅姊受累，便想向大师自首，又有点做贼心虚，没有那般勇气。又妄想大师或者尚未知道，存一种侥幸心理，想借此宝助我成功。等到回来，天天受良心制裁，几次想偷偷前去送还，老是没有机会。"

灵云听了，正要答言，忽听洞外传进一种声音，非常凄厉，情知有异。连忙纵身出洞，往四下一看，只见星月皎洁，银河在天，适才那一种声音，夹着一阵极奇怪的笛声，由醉仙崖那边随风吹来。

第十八回 惊怪异　深宵闻厉声
　　　　　　策群力　仙崖诛毒蟒

　　灵云纵到高处，借着星月之光，往醉仙崖那边看时，只见愁云四布，彩雾弥漫，有时红光像烟和火一般，从一个所在冒将出来。再看星光，知是子末丑初。灵云知道事体重大，急忙飞身回洞，见金蝉和孙南二人也赶将出来，灵云忙叫二人回去。到了洞中，便把将才所见述说一遍。金蝉急得跳起来说道："如何？妖蛇已逃去。这都是当初不听我的话，养痈遗患。事不宜迟，我们急速前去吧。"

　　灵云也着了慌，正待商量怎样去法，忽然从洞外飞进一人。金蝉大吃一惊，不由喊道："姊姊快放剑，妖蛇来了！"孙南也着了忙，首先将剑放起。灵云道力高深，早看见来人是谁，连忙叫道："孙师弟不要无礼，来者是自己人。"来人见剑光来得猛，便也把手一扬，一道青光，已将孙南的剑接住。等到灵云说罢，双方俱知误会，各人把剑收回。孙南知道自己莽撞，把脸羞得通红。金蝉已迎上前去，拉了来人之手，向孙南介绍道："这就是我朱梅姊姊。这是我师兄白侠孙南。"各人见礼已毕，灵云埋怨金蝉道："你这孩子，专爱大惊小怪。我们这洞府，岂是妖物所敢走进的？也不看清就乱喊，若非朱师妹剑法高强，手疾眼快，岂不受了误伤？孙师弟也太性急一点。"朱梅忙代金蝉分辩道："这也难怪蝉弟，本来我来得鲁莽，况且我从未在晚上来过，师姊不要怪他吧。"灵云见她偏向金蝉，又想起适才金蝉着急情形，暗暗好笑，不便再说，便问朱梅来意。朱梅道："适才我正在用功，忽然师父进来，对我说道，醉仙崖妖蛇明日午时便要出洞，如今它已在那里召集百里毒蛇大蟒，必然现出怪异，恐怕师姊们造次动手，倒造成它逃走的机会。所以命妹子赶来，共同策划。"灵云等闻言大喜，忙请朱梅就座叙话。

四人坐定之后，便商量擒妖之计，并问法宝用法。朱梅道："妹子年轻，应该听从师姊调遣。家师命我来时，曾将办法指示，待妹子说出来，请师姊参考。"灵云道："师妹说哪里话来，既有大师命令，我们当然照计而行，就请师妹吩咐吧。"朱梅便笑嘻嘻对着金蝉道："你借家师的法宝呢？"金蝉急忙拿出，递与朱梅。又道："梅姊，我还忘了问你。那日你帮我的忙，我真是感谢不尽。后来恐怕大师知道怪你，又非常后悔，要想送去，又无机会。将才姊姊说，大师业已知道此事，可曾责罚你么？"朱梅道："还好，只说了我几句。多谢你关心。"灵云见他二人说得亲密的样儿，不由望着孙南一笑。朱梅尚不觉察，金蝉已明白，怕他姊姊讥笑，急忙说道："大师不曾怪你，真是太好了。我改日定要前去，替梅姊负荆请罪。如今请你说那法宝的用处吧。"朱梅道："今日之事，我们应该公举师姊为首领，我算是个军师，由我代大师出计如何？"金蝉道："好极了，请你快说吧，不要净说闲话了。"朱梅噗嗤一笑道："就是你一个人性急。如今才不过丑末寅初，离午时还早着呢，你忙什么？听我慢慢说吧。"便把那颗天黄珠拿起，交与灵云道："此珠乃千年雄黄炼成，专克蛇妖。放将出去，有万道黄光，将周围数里罩住。此次妖蛇勾了许多同类，准备出来以后，进袭贵洞，其中很有几条厉害的毒蟒。请师姊将此珠带在身旁，找一个高峰站好，等妖蛇破洞逃出，其余毒蛇聚在一处，朝我们进攻时，便将此珠与师姊的剑光同时放出，自有妙用。"说罢，又取出三枝药草，长约三四寸许，一茎九穗，通体鲜红，奇香扑鼻，递了一枝给金蝉。又说道："此名朱草，又名红辟邪，含在口中，百毒不侵。那妖蛇每日子午时。用它奇异的鸣声召集同类。我们须将这一百零八把仙刀在妖蛇洞口外，每隔三步插一把，在午时以前，要将刀插完。插时离蛇洞甚近，须含朱草以避毒侵。这是一件最危险而劳苦的事，你敢同我前去么？"金蝉听罢，心中大喜，忙道："我去我去。既是要在它出洞以前插完，我们现在早些前去如何？"朱梅道："你总是这般性急，话还未说完呢。"便对灵云道："你们这里有一个午年五月端午日午时生的人么？"灵云道："这位孙师弟便是。"孙南看见朱梅长得那般美丽，又有那般本领，又是一脸英风侠气，非常羡慕。便想起自己枉自用了许多苦功，谁知下山以来所遇见的，不要说老前辈，就是师兄弟，都一个赛似一个,心中甚觉惭愧。又见朱梅同金蝉对答,天真烂漫的样儿,非常有趣,莫名其妙地又起了一种特别感想。正在出神之际,忽听朱梅问他,便起立答道:"小弟正是那时生的,不知有何差遣?"朱梅道:"此蛇修炼数千年,厉害非常。自从服了肉芝之后,周身鳞甲,如同百炼精钢一般,绝非普通仙剑所能伤得它分毫的。致它命的地方,只有两处:一处就是蛇的七寸子;一处就是它肚腹正中那一道分水白线。但是它已有脱骨卸身之功,就算能伤它两处致命的地方,也不过减其大半威势,末了还得仗师姊的珠和剑,才能收得了全功。"说时递与孙南一根朱草,又从身旁取出金光灿烂的一支短矛,都拿来交与孙南道:"孙师弟,少时间我等到了那里,你口含这朱草,手执这一支如意神矛,跑在醉仙崖蛇洞的上面,目不转睛地望着下面的蛇洞。那蛇妖非常狡猾,它出洞之前,或者先教别的蛇先行出洞,也未可知。一个沉不住气,误用此矛,便要误事。它出来时,又是其疾如风,所以要特别注意。好在妖蛇头上有一头长发,容易辨认。那时你看清它的七寸子,口喊如意神矛,放将出去。"

第十九回　独抱热肠　芝仙乞命
　　　　　　　功服灵药　侠女多情

　　话说朱梅从身旁取出如意神矛交与飞侠孙南，说道："那妖蛇行走疾若飘风，师弟站在崖上，下望洞口，须要特别注意。等它露出来时，认清妖蛇七寸子，用力掷去，口喊如意神矛，自有妙用，得心应手。"孙南接过二宝，连声答应。朱梅便站起身来，对灵云、孙南说道："如今天气还早，你二位正可稍微养神。我同金蝉弟弟先去埋刀布置一切吧。"灵云虽然已成为半仙之体，仍觉男女有别，不愿与孙南同在洞中，便道："我们大家一同去吧。"朱梅道："也好。"灵云忽然想起一事，忙问朱梅道："那妖蛇的头已出洞外，你们在它洞前去布置，岂不被它察觉了么？"朱梅道："听大师说，昨晚子时，那妖蛇业将身上锁链弄断，正在里面养神，静待今日午时出洞，不到午时，它是不会探头出来的。"又对金蝉说道："你是最爱说话的，到了那里，我们须要静悄悄地下手，切莫大声说话。倘若惊动了它，它先期逃出，那可就无法善后了。"金蝉连忙点头答应，又催大家快走。

　　这时已是寅末卯初，灵云等一行四人出了洞府，将洞外八阵图挪了方向，把洞门封闭，然后驾起剑光，往醉仙崖而去。不大一会儿工夫，便到崖前，分头各去做事。灵云与孙南先找好自己应立的方位。朱梅将诛邪刀分了一半与金蝉。那蛇洞原来在西方，朱梅顺洞口往东，将诛邪刀埋在土内，刀尖朝上，与地一样齐平。叫金蝉算好步数，比好直径，由东往西，如法埋好。两人插到中间会齐，约花了一顿饭的光景，便即插好。朱梅与金蝉插到中心点时，恰好步数一些也不差。两人俱都是弄了一手泥灰，金蝉便要和朱梅同到山涧下去洗手，朱梅点头应允，同往山涧走去。

　　这时如火一般的红日，已从地平线上逐渐升起，照着醉仙崖前的一片枯枝寒林，静荡荡的。寒鸦在巢内也冻得一点声息皆无，景致清幽已极。再加上这几个粉妆玉琢的金童玉女，真可算得尘外仙境。记者的一支秃笔，哪里形容得许多。那朱梅、金蝉双双到了涧边，正就着寒泉洗手的当儿，忽听吱吱两声。朱梅忙把金蝉一拉，躲在一块山石后方，往外看时，却原来是涧的对面有一只寒鸦，从一枯树丫上飞向东方。金蝉道："梅姊，一只乌鸦，你也大惊小怪。"朱梅忙叫金蝉噤声，便又纵在高处，往四面看时，只见寂寂寒山，非常清静，四外并无一些迹兆，才放心落下来。金蝉问她为何面带惊疑？朱梅道："弟弟你哪里知道，你想那乌鸦在这数九寒天，如无别的异事发生，哪会无故飞鸣？我们与它相隔甚远，怎会惊动？我看今日杀这个妖蛇倒不成问题，惟独这枝肉芝，我们倒要小心，不要让外人浑水摸鱼，轻易得去。如果得的人是我们同志，各有仙缘，天生灵物，不必一定属之于我；倘被邪魔外道得了去，岂不助他凶焰，荼毒人世？我看弟弟入门未久，功行还浅。我把家师给我的虹霓剑借你斩蛇，待我替你看住肉芝，将它擒到手中，送给你。你也无须同姊姊他们客气，就把它生吃下去。好在他们功行高深，也不在乎这个。"金蝉听了，笑道："我起先原打算捉回去玩的，谁要想吃它？偏偏它又长得和小人一样，好像有点同类相残似的，如何忍心吃它？还是梅姊你吃吧。"朱梅道："呆弟弟，你哪里知道，这种仙缘，百世难逢，岂可失之交臂？况且此物也无非是一种草类，禀天地灵气而生，幻化成人，并非真正是人。吃了它可以脱骨换胎，抵若千年修炼之功，你又何必讲妇人之仁呢？"金蝉摇头道："功行要自己修的才算稀奇，我不稀罕沾草木的光。况且那肉芝修炼千年，才能变人，何等不易，如今修成，反做人家口中之物。它平时又不害人，我们要帮助它才对，怎么还要吃它？难道修仙得道的人，只要于自己有益，便都不讲情理么？"朱梅听金蝉强词夺理，不觉娇嗔满面道："你这人真是不知好歹！我处处向着你，你倒反而讲了许多歪理来驳我，我不理你了。"说完，转身要走。金蝉见她动怒，不由慌了手脚，连忙赔着笑脸说道："梅姊不要生气，你辛苦半天，得来的好东西，我怎好意思享用？不如等到捉到以后，我们禀明大师和母亲，凭她二位老人家发落如何？"朱梅道："你真会说。反正还未捉到，捉到时，不愁你不吃。"

二人正谈得起劲之间，忽然灵云飞来，说道："你们二人在此说些什么？你看天到什么时候了，如今崖内已经发出叫声来了。"朱梅和金蝉侧耳细听，果然从崖洞中发出一种凄厉的啸声，和昨晚一样。便都着忙，往崖前跑去。朱梅一面走，一面把虹霓剑递与金蝉道："擒妖之事，有你三位足矣，我去等那肉芝去。"说罢，飞往崖后面去。灵云究因金蝉年轻，不敢叫他涉险，便哄他道："我同你站在一起吧。"金弹道："这倒可以遵命，不过这条蛇是要留与我来斩的。"灵云点头应允，金蝉高高兴兴随着灵云找了方位。站好之后，灵云又怕孙南失事，打算前去嘱咐一番，便叫金蝉不要离了方位，去去就来。金蝉也点头答应。

这时妖蛇叫了两声，又不见动静。日光照遍大地，树枝和枯草上的霜露，经阳光一蒸发，变成一团团的淡雾轻烟，非常好看。金蝉站了一会儿，觉得无聊，便用手去摸那枯草上的露珠。忽然看见从地面上钻出一个赤条条雪白的东西，等到仔细一看，正是他心爱而求之不得的肉芝。正待上前用手去捉，那肉芝已跪在面前，叩头不止。金蝉看了，好生不忍，便朝它说道："小乖乖，你不要跑，到我这里来，我决不吃你的。"那肉芝好似也通人性，闻言之后，并不逃跑，一步一拜，走到金蝉跟前。金蝉用手轻轻将它捧在手中细看，那肉芝通体与人无异，浑身如玉一般，只是白里透青，没有一丝血色，头发只有几十根，也是白的，却没有眉毛，面目非常美秀。金蝉见了，爱不释手。那肉芝也好似深通人性，任凭他抱在怀中，随意抚弄，毫不躲闪。金蝉是越看越爱，便问它道："从前你见了我就跑，害得你的马儿被毒蛇吃了。如今你见了我，不但不跑，反这样地亲近，想你知道我不会害你么？"那肉芝两眼含泪，不住地点头。金蝉又道："你只管放心，我不但不吃你，反而要保护你了，你愿意和我回洞去么？"那肉芝又朝他点头，口中吐出很低微的声音，大约是表示赞成感激之意。

金蝉正在得意之间，忽然灵云走来。肉芝见了灵云，便不住地躲闪，几次要脱身跑去。金蝉知它畏惧，一面将它紧抱，一面对它说道："来的是我的姊姊，不会害你的，你不要害怕。"话犹未了，灵云已到身旁，那肉芝狂叫一声，惊死过去。金蝉埋怨灵云道："姊姊你看，你把我的小宝宝给吓死了。"灵云早已看见金蝉手上的肉芝，便道："不要紧，我自能让它活转。如若它不死，我们正好带回洞去，大家玩耍玩耍；它如若死了，我们索性把它吃了吧。"金蝉正待回言，那肉芝已经醒转，直向灵云点头,闹得他姊弟二人都笑起来。金蝉道:"这个小东西还会使诈。"灵云道:"你不知道,此物深通人性。刚才你如见它死去,把它放下地来,它便入土,不见踪迹。你是怎生把它得到的?你的仙缘可谓不小。"金蝉便把同朱梅争论之言,以及肉芝自来投到的情形,述说了一遍。灵云道:"照此说来,我们倒当真不忍伤害它了。"金蝉高兴得跳了起来,说道:"谁说不是呢,陪我们修道多么好。"说时,一个疏忽,肉芝已是挣脱下地。灵云忙叫:"不好!"正要伸手去捉时,那肉芝并不逃跑,只把小手向西指了几指,口中不住地叫唤。金蝉方将它抱起,向西方看时,只见醉仙崖卜蛇洞中喷出一团浓雾,里面一丝丝的火光,好似放的花筒一样。猛听得洞内又发出叫声,再看日色,已交午初,知是蛇要出来,便都聚精会神,准备动手。

那蛇洞上面的孙南,端着如意神矛,矛锋冲下,目不转睛望着下面蛇洞,但等露出蛇头,便好下手。正在等得心焦,忽然洞中冒出浓雾烟火,虽有仙草含在口中,不怕毒侵,也觉着一阵腥味刺鼻。这时日光渐渐交到正午,那蛇洞中凄厉的鸣声也越来越盛。猛一抬头,看见隔洞对面山坡上几十道白练,一起一伏地排着队抛了过来。近前看时,原来是十数条白鳞大蟒,长约十余丈开外。孙南生怕那些大蟒看见他,忙蹿上崖去。正在惊疑之际,那些大蟒已过了山涧,减缓速度,慢慢游行。离洞百余步,便停止前进,把身体盘作一堆,将头昂起,朝着山洞叫了两声,好似与洞中妖蛇报到一般。不大一会儿,洞内蛇鸣愈急,来的蛇也愈多,奇形怪状,大小不等。最后来了一大一小两条怪蛇,一个在上,一个在下,其疾如风,转眼已到崖前,分别两旁盘踞。大的一条,是二头一身,头从颈上分出,长有三四丈,通体似火一般红。一个头上各生一角,好似珊瑚一般,日光照在头上,闪闪有光。小的一条,长只五六尺,一头二身,用尾着地,昂首人立而行,浑身俱是豹纹,口中吐火。这二蛇来到以后,其余的蛇都是昂首长鸣。最奇怪的是,这些异蛇大蟒过洞以后,便即分开而行,留下当中有四五尺宽的一条道路不走,好似留与洞中妖蛇出行之路一样。

孙南正看得出神,忽听洞内一声长鸣,"砰"的一声,一块封洞的石头激出三四丈远。猛然惊觉,自己只顾看蛇,几乎误了大事。忙将神矛端正,对下面看时,只见那雾越来越浓,烟火也越来越盛,简直看不清楚洞门。正恐怕万一那蛇逃走时,要看不清下手之处,忽听洞内一阵砰砰的轰隆之声,震动山谷。知是那妖蛇快要出来,愈发凝神屏气,注目往下细看。在这万分吃紧的当儿,忽见洞口冒出一团大烟火,依稀看见一个茅草蓬蓬的人脑袋;刚刚举矛要刺,那脑袋又缩了回去。幸喜不曾失手,刺了一个空。孙南到这时越发不敢大意,专心致志,去等机会。忽然洞外群蛇一齐昂首长鸣,声音凄厉,瘆人毛发。霎时间,日色暗淡,惨雾弥漫。

在这一转瞬间,第二次洞口烟火喷出,照得洞口分明。一个人首蛇身的东西,长发披肩,疾如飘风,从洞口直蹿出来。那孙南早年惯使镖枪,百发百中,在这间不容发的时候,端稳神矛,对准那妖蛇致命所在,口喊一声"如意",掷将出去。只听一声惨叫,一道金光,那神矛端端正正,插在妖蛇七寸子所在,钉在地上,矛杆颤巍巍地露出地面。那群毒蛇大蟒,见妖蛇钉在地上,昂首看见孙南,一个个磨牙吐信,直往崖上蹿来。孙南见蛇多势众,不敢造次,驾起剑光,破空升起,飞向灵云那边,再看动静。说时迟,那时快,那妖蛇中了神矛,它上半身才离洞数尺,其余均在洞内。它本因为大难已满,又有同类前来朝贺,原来是一腔高兴。谁想才离洞口,便中了敌人暗算,痛极大怒,不住地摇头摆尾,只搅得几搅,长尾过处,把山洞打坍半边,石块打得四散纷飞。孙南如非见机先走,说不定受了重伤。这时那妖蛇口吐烟火,将身连拱四拱,猛将头一起,"呼"的一声,将仙矛抛出数十丈远。接着颈间血如涌泉,激起丈余高下。那妖蛇负伤往前直蹿,其快如风,蹿出去百十丈光景,动转不得。原来它负痛往前蹿时,地下埋的一百零八把诛邪神刀,一一冒出地面,恰对着妖蛇致命处所在,正是当中分鳞的那一道白缝,整个将那妖蛇连皮分开,铺在地上。任凭它神通广大,连受两次重创,哪得不痛死过去。它所到的终点,正是灵云等站的山坡下面。直把一个金蝉乐得打跌,便要去斩那蛇头。灵云忙喊不可造次。金蝉刚刚住手,果然那蛇挣扎了一会儿,又发出两声惨痛的呼声。其余怪蛇大蟒也都赶到,由那为首两条大蛇,过来衔着妖蛇的皮不放。只见那妖蛇猛一使劲,便已挣脱躯壳,虽是人首蛇身,只是通体雪白,无有片鳞。这妖蛇叫了两声,便盘在一处,昂头四处观望,好似寻觅敌人所在。而崖上三人童心未退，只顾看蛇好玩，忘了危险。

正在出神之际，忽然朱梅狼狈不堪地如飞奔到，说道："师姊还不放珠，等待何时？"说完，便倒在地上。金蝉连忙过去用手扶起。那灵云被朱梅一句话提醒，刚将天黄珠取出放时，这妖蛇已看见四人站立之所，长啸一声，把口一张，便有鲜红一个火球，四面俱是烟雾，向他们四人打来。群蛇也一拥而上。恰好灵云天黄珠出手，碰个正着。自古邪不能侵正，那天黄珠一出手，便有万道黄光黄云，满山俱是雄黄味，与蛇珠碰在一起，只听"叭"的一声，把毒蛇的火球击破，化成数十道蛇涎，从空落下，顿时烟消雾散。一群毒蛇怪蟒正蹿到半山坡，被天黄珠的黄光罩住，受不住雄黄气味，一条条骨软筋酥，软瘫在地。那毒蛇见势不佳，正要逃跑，恰好朱梅在金蝉怀中业已看见，便勉强使劲去推金蝉道："蛇身有宝，可以救我，快去斩蛇取来。"金蝉忙叫："孙师兄替我扶持梅姊，我去斩蛇就来。"那朱梅望了孙南一眼道："我不要人扶，让我先躺在石上歇歇吧。"说时，好似力气不支，话言未了，倒在山石上面。

金蝉在百忙中不暇细问朱梅为何这样，因听说蛇身有宝，可以救她，更不怠慢，纵身起来，提着虹霓剑便往下走。山坡下的怪蛇大蟒，被黄云笼罩，都挤作一团。灵云等也分不出下面谁是妖蛇。偏巧那肉芝在朱梅、孙南未到以前，金蝉因为爱它长得好看，去吻它的小脸，那肉芝却去用舌舔那金蝉的双目。当时金蝉只觉凉阴阴、痒酥酥的，非常舒服，不甚注意。后来孙南赶到，那肉芝趁忙乱中跑下地来，便不知去向了。金蝉正要走时，灵云拉他道："下面黄云笼罩，看又看不见，你要斩蛇，放剑出去就是了，下去做甚？"金蝉急得顿足道："姊姊快放手，我看得见。梅姊中了暗算，蛇身有宝，可救梅姊。你看那蛇妖逃出很远去了。"灵云还待不信时，金蝉猛一使劲，摆脱灵云的手，如飞往东南而去。孙南闲着无事，心想何不放剑多宰两条蛇，岂不是好。便将剑光放出，指挥往山下乱砍。灵云见孙南放剑，也把身子一摇，将剑放出。这两道剑光在万道黄云中一起一落，如同神龙夭矫一般，煞是好看。

杀了半个时辰，突然见她母亲乾坤正气妙一夫人携着她爱弟金蝉，金蝉手中宝剑穿着一个水缸大小的人形蛇头，走来说道："蛇都死完了，你们还不把剑收回来？"众人连忙上前参拜，各自把剑收回。妙一夫人把手一招,把天黄珠收了回来。再往山下看时,遍地红红绿绿,尽是蛇的浓血,蛇头蛇身,长短大小不一,铺了一地。妙一夫人从一个葫芦中倒了一葫芦净水下去,说是不到几个时辰,便可把蛇身化为清水,流到地底下去。金蝉忙跑到朱梅跟前看时,已是晕死过去,不禁号啕大哭,忙求母亲将梅姊救转。妙一夫人看了这般景象,不禁点头叹道:"情魔为孽,一至于此!"

第二十回　金蝉初会碧眼佛
　　　　　　朱梅误中白骨箭

　　妙一夫人忙叫金蝉不要惊慌，朱梅不过误遭暗算，有她在此，决不妨事。金蝉才止住悲声，又问母亲："她是中了何人暗算？"夫人道："先将她背回洞府，再作道理。"金蝉即要去背。灵云笑道："你还是背你的胜利品，我来替你代劳吧。"金蝉有些明白，把小脸羞得通红。于是灵云背了朱梅。金蝉仍用剑挑了蛇头，正要起身，忽然想起肉芝，便对夫人将前事说出。夫人道："想不到你小小年纪，便有这好生之德，不肯贪天之功。只是可惜你……"说到这一句，便转口道："果然此物修成不易，索性连根移植洞中，成全了它吧，以免在此早晚受人之害。"说罢，命灵云等先护送朱梅回洞等候，复又携着金蝉去觅肉芝。才走出数十步，那肉芝已从路旁土内钻出，向她母子跪拜。夫人笑道："真乃灵物也！"金蝉过去要抱，那肉芝却回身便走，一面回头用小手作势，比个不休。夫人明白那肉芝的意思，是要引他们到灵根之所，便随定它前行。那肉芝在前行走，与金蝉相离约有十余丈。

　　刚刚走到崖旁，忽听一声惨叫，便有一个黑茸茸的东西飞起。再看崖畔，闪出一个矮胖男子，相貌凶恶，便要往空逃走。妙一夫人苟兰因忙喝道："何人敢在本山放肆，还不与我将肉芝放下！"那人也不答应，把后脑一拍，一道黄光，便要往空中逃走。金蝉哪里容得，喊了声："奸贼子！你倒来捡现成。"便将虹霓剑放起。好一个餐霞大师镇洞之宝，只见一道红光过去，那人便被剑光罩住。妙一夫人忙喊不可造次，一面将口中宝剑吐出去时，已来不及，那人一条左臂已削将下来。手中提的黑茸茸的东西，同时也坠落下来。金蝉知道里面定是肉芝，连忙过去看时，原来是一个头发织成的网，可不是肉芝正在里面，已是跌得半死。金蝉气忿不过，再找那人时，已被他母亲放走，连那条断臂，也被那人取去。便问夫人道："母亲，那个贼子是何人，为何与我们作对？"妙一夫人道："你这孩子太莽撞。你想有我在此，怎能让他将肉芝抢走？你随便就放剑伤人。如今我们峨眉派仇人太多，你们还偏偏要结仇。刚才那矮胖子，便是庐山神魔洞中白骨神君心爱的门徒碧眼神佛罗枭。想是他知道你们斩蛇，又知道此地有这千年肉芝，想跑来找便宜。在此等了半天，知道肉芝虽受毒蛇扰害，避往别处，可是它生根之所在此，早晚必须归巢，所以死守不走。他见肉芝回来，想出我们不意，捞了就走，谁想反送掉一只左臂。"说罢，便将那发网拿起一看，大惊道："这是白骨神君头发结成之网呀！难道说他是奉命前来的么？这倒不可轻视呢！"

这时肉芝已渐渐醒转，形态好像是十分困惫。夫人便对肉芝道："芝仙，我等决不伤害你。你如愿随我到洞府去修炼，你便将你生根之所指示出来，我好替你移植。"肉芝便跳下地来，跪下叩了两个头，往前走了几步，走到一个山石缝中，忽然不见。金蝉往石缝内看时，原来里面是一个小小石洞，清香阵阵，从洞内透出。等了一会儿，只见由洞中地面上涌现一株灵芝仙草，五色缤纷，奇香袭人。其形如鲜香菌一般，大约一尺方圆，当中是芝，旁边有四片芝叶。妙一夫人先向北方跪祝了一番，然后从身旁取出一把竹刀，将灵芝四围的土轻轻剔松，然后喊一声："起！"连根拔起。金蝉忙问它变的那个小人呢。夫人道："回洞自会出现，你忙什么？"说时，忽然从芳香中嗅着一丝腥味，连忙看时，只见石洞旁壁下伏着一只怪兽，生得狮首龙身，六足一角，鼻长尺许，两个金牙露出外面，长有三尺。妙一夫人叹道："天生灵药，必有神物呵护。这个独角神琳，又不知被何人所害，所以灵芝知道大难临头，往外逃避。"金蝉见那神兽的皮直发亮光，心中甚为爱惜，想要剥了回去。夫人道："此兽亦非善类，性极残忍，剥去无妨。它那两个大牙，削铁如泥，颇有用处，一并拿了回去吧。"金蝉闻言大喜，正要取那兽的皮、牙，忽又见地上一支白色小箭，式样新鲜灵巧。伸手去拾时，好似触了电气一般，手脚皆麻，连忙放手不迭。夫人走过去捡起一看，说道："这是白骨神君的白骨丧门箭，刚才朱梅正是中了罗枭的暗算，所以几乎丧了性命。"金蝉道："早知如此，母亲不该放他逃走，好与朱梅姊报仇。"夫人道："我们也只能适可而止。好在朱梅有救，不然岂能轻易放他？"说时，金蝉因挂念朱梅，匆匆将兽皮剥完，携了兽皮、兽牙，由妙一夫人捧着灵芝，离了醉仙崖，回转洞府。

刚一进门，看见朱梅仰卧在石床之上，声息全无。灵云同孙南守在旁边，默默无言，见夫人和金蝉回转，连忙上前接过灵芝。夫人叫灵云将灵芝移往后洞，好好培植。吩咐已毕，便向朱梅床前走来。金蝉见朱梅牙关紧咬，满脸铁青，睁着一双眼，望着金蝉，好似醒在那里，只是言不发。忙喊了两声梅姊，不见答应。上前去拉她双手，已然冰凉如死。虽然知道自己母亲有起死回生之能，也禁不住伤心落泪。正在悲痛之间，夫人业已走过，忙喝金蝉道："她中了妖人之箭，因她道行尚厚，虽然昏迷，并未死去，心中仍是明白。你这一哭，岂不勾起她的伤心，于她无益有损！"金蝉听了他母亲之言，只得强自镇定。夫人便叫将蛇头取来。金蝉取将过来。夫人用剑将蛇前额劈开，取出一粒珠子，有鸭蛋大小，其色鲜红，光彩照耀一室。又叫孙南去往后洞看灵芝，倘若灵芝移后，灵芝现出化身时，速来报知。孙南奉命去了。夫人从身边取出两粒丹药，塞入朱梅鼻孔里面。又取出七粒丹药，将朱梅的牙齿拨开，放在她口中。然后将朱梅前胸解开，把那蛇额中的红珠放在她的心窝间，用手托着，来回转动不停。

转了有半个时辰，忽见朱梅脸色由青转白，由白又转黄，秀眉愁锁，好似十分吃苦，又说不出口来的样子。那金蝉目不转睛望着朱梅，恨不能去替她分些痛苦才好。夫人见丹药下去，运了半天蛇珠，虽然有些转机，还看不出十分大效，脸上也露出为难的样子。金蝉见了，更是着急，忽然灵机一动，便对夫人道："母亲，我到后洞看看那灵芝就来。"夫人也不答言。金蝉如飞而去，到了后洞，见灵云等已将灵芝移植妥当，朱茎翠叶，五色纷披，十分好看。灵云正与孙南在那里赏鉴，见金蝉跑来，对他道："你不在前洞帮着母亲照应你的梅姊，跑到这里来做甚？"金蝉也不答言，走过来便向那灵芝跪下，口中不住地默祝。孙南道："师弟你在那里说些什么？"金蝉也不理他。灵云道："孙师兄莫要管他，他的事，只有我明白。想是母亲救梅妹，功效慢了一点，所以他一禀至诚，又来乞灵草木了。"正说时，忽然看见那芝草无风自动，颜色越来越好看，阵阵清香，沁人心脾。那金蝉跪祝了一会儿，不见动静，正要发怒时，忽见那灵芝顶上，透出一道霞光，打里头钻出一个婴儿头来，一会儿便现出原身，跳下地来。金蝉一看，正是那肉芝，满心欢喜。孙南从未见过这样奇事，更是心爱。那肉芝朝金蝉点了点头，便跑过来，拉了金蝉的手。金蝉急忙将它抱起，它又用手向前洞一指。金蝉起初看朱梅昏迷不醒，非常着急，猛然想起肉芝能使人长寿，岂不能使人起死回生？何不去求它将身上的血肉赏赐一些，以救朱梅之命呢？因为怕灵云、孙南笑他，所以只在地上跪着默祝。今见芝仙这般状况，知是允了他的要求。当下抱着它，往前洞就走。灵云、孙南也明白大概，跟踪来看。

才到前洞，只见妙一夫人向着那芝仙说道："餐霞大师弟子朱梅，今中妖人白骨箭，命在旦夕。芝仙如肯赐血相救，功德不浅。"那芝仙听了夫人之言，口中咿呀，说个不住。夫人只是微笑点头。金蝉性急，疑心那芝仙不肯，便问夫人道："母亲，它说些什么？怎么孩儿等俱都听不出？"夫人道："你等道行尚浅，难怪你们不懂。它说它要避却三灾，才能得成正果。如今三灾已去其二，我们将它移居到此，非常感谢，理应帮忙。不过它自舍的灵液，比将它全身服用还有功效，可是因此它要损失三百多年的道行。要我在它舍血之后，对它多加保护，异日再遇大劫难，求我们救它，避免大劫。"金蝉道："母亲可曾答应？"夫人道："这本是两全其美的事，我已完全答应了。"那芝仙又朝夫人说了几句，夫人益加欢喜，便对它道："你只管放心，我等决不负你。如今受伤的人万分痛苦，不可再延，请大仙指明地方，由我亲自下手吧。"那芝仙闻言之后，脸上顿时起了一种悲惨之容，好似有点不舍得，又无可奈何的样子。又挨了片刻，才慢慢走到夫人跟前，伸出左臂，意思是请夫人动手。大家看见这个形似婴儿的肉芝，伸出一条雪白粉嫩的小手臂来，俯首待戮，真是万分不忍。夫人更是觉得它可怜可爱，因为救人要紧，万分无法，只得把它抱在怀中。叫灵云上床来，替她将蛇珠在朱梅胸腹上转动。又叫金蝉取来一个玉杯，教孙南捧着玉杯，在芝仙的手腕下接着那灵液。然后在金蝉腰间取下一块玉玦，轻轻向那肉芝说道："芝仙，你把心放定，一点不要害怕，稍微忍受这一丝痛苦，事完，我取灵丹与你调治。"那肉芝想是害怕，闭紧双目，不发一言，颤巍巍地把头点了两点。夫人先将它左臂抚弄了两下，真是又白又嫩，几乎不忍下手。后来无法再延，便一狠心，趁它一个冷不防，右手拈定玉玦，在它腕穴上一划，便割破了个寸许长的小口。孙南战战兢兢，捧着玉杯去接时，只见那破口处流出一种极细腻的白浆，落在玉杯之中，微微带一点青色，清香扑鼻，光彩与玉杯相映生辉，流有大半酒杯左右。夫人忙喊道："够了，够了！"那肉芝在夫人怀中，只是摇头。一会儿工夫，那白浆流有一酒杯左右，便自止住。夫人忙在怀里取两粒丹药，用手研成细粉，与它敷在伤口处。

金蝉看那芝仙时，已是面容憔悴，委顿不堪，又是疼爱，又是痛惜，一把将它抱住。夫人忙喊："蝉儿莫要鲁莽！它元气大伤，你快将衣解开，把它抱在前胸，借你童阳，暖它真气。千万不可使它入土。等我救醒朱梅，再来救它。"金蝉便连忙答应照办。妙一夫人忙又从孙南手中取过芝血，一看血多，非常欢喜，忙上床叫灵云下来。再看朱梅时，借了蛇珠之力，面容大转，只是牙关紧闭，好似中邪，不能言语。又叫灵云取过一个玉匙，盛了少许芝血，拨开朱梅牙关，正待要灌进去。忽然看见起初塞在她口中的七粒丹药，仍在她舌尖之上含着，并未下咽。暗惊白骨箭的厉害，无怪乎灵丹无效，原来未入腹中。又恐芝血灌了下去，同这丹药一样，不能入腹，顺口流出，岂不是前功尽弃，而且万分可惜？便不敢造次下手。忙叫金蝉过来，将芝仙交与孙南，叫他如法偎在胸前。然后对金蝉说："朱师姊命在顷刻，只有芝血能救。她如今外毒已被蛇珠收去，内毒深入腠理，以致牙关紧闭，无法下咽。意欲从权，命你用口含着芝血去喂她，她得你真阳之气，其效更快。不过此事于你有损无益，你可愿否？"金蝉道："梅姊原为孩儿才遭毒手，但能救她，赴汤蹈火，在所不辞。"夫人道："既然如此，你先将芝血含在你口中些。然后用你的手，紧掐她的下颌，她的下颌必然掉将下来，口难开闭。你将你的嘴，对着她的嘴，将芝血渡将进去。你二人之口，须要严密合缝，以免芝血溢出。然后你骑在她的身上，用手抄在她背后，紧紧将她抱着，再提一口丹田之气，渡将进去。倘若觉得她腹中连响，便有一口极臭而难闻的浊气，从她口中喷出。你须要运用自己丹田之气，将那浊气抵御回去，务必使那浊气下行，不要上逆才好。"金蝉连忙点头答应，跨上床来。眼看一个情投意合、两小无猜的绝色佳人，中了妖人暗算，在床上昏迷不醒。见他上来之后，一双犹如秋水的秀目，珠泪盈盈望着他，只是说不出话来，可是并未失了知觉，其痛苦有甚于死，不禁怜惜万分。

到了这时，也顾不得旁人嘲笑，轻轻向着朱梅耳边说道："姊姊，母亲叫我来救你来了。你忍着一点痛，让我把你下颌端掉，好与你用药。"朱梅仍是睁着两眼，牙关紧闭，不发一言。金蝉狠着心肠，两手扣定朱梅下颌，使劲一按，咔嚓一声，果然下巴掉下，樱口大张。金蝉更不怠慢，依照他母亲之言，骑在朱梅身上，抄紧她的肩背。妙一夫人递过玉碗，金蝉随即在夫人手中喝了一口芝仙的白血，嘴对嘴，渡将进去。幸喜朱梅口小，金蝉便将她的香口紧紧含着，以待动静。究竟芝仙的血液非比寻常，才一渡进，便即吞下。金蝉知芝血下肚，急忙用尽平生之力，在丹田中运起一口纯阳之气，渡了进去。只听朱梅腹内咕隆隆响个不住，再看她的脸色，已渐渐红润。适才上来时，觉得她浑身冰凉挺硬，口舌俱是发木的。此刻忽觉得她在怀中，如暖玉温香一般，周身软和异常，好不欢喜。这时朱梅腹内愈发响个不住，猛然一个急噫，接着一口浊气冒将上来，腥臭无比。金蝉早已准备，急忙运气，将那口浊气抵了回去。一来一往，相持半碗茶的光景，便听朱梅下身砰然放出一个响屁来，臭味非常难闻。金蝉也顾不得掩鼻，急忙又运动丹阳之气，渡了一口进去。妙一夫人道："好了，好了，不妨事了。蝉儿快下来吧。"

再看朱梅，业已星眼盈泪，缓醒过来。猛见金蝉骑在自己身上，嘴对着自己的嘴，含紧不放，又羞又急，猛一翻身，坐将起来。金蝉一个不留神，便跌下床来。这朱梅生有灵根，又在黄山修炼数年，剑术很有根底，虽中了妖人暗算，还能支持。只是心中明白，难受异常，不能言动。此番醒转，明知金蝉是奉了他母亲之命来救自己，因醒来害羞，使得势猛，将他跌了一跤，好生过意不去。正要用手去扶，猛觉有些头晕，随又坐在床上。这时金蝉业已站起，也累了个力尽神疲。夫人忙对朱梅道："你妖毒虽尽，精神尚未复元，不必拘礼，先躺下养养神吧。"一面用手将她下颌捏好。朱梅身子也觉得轻飘飘地站立不住，也就恭敬不如从命，只好口头向众人称谢。忽然觉得身下湿了一块，用手摸时，羞得几乎哭了出来，急忙招手呼唤灵云。灵云急忙走过来，朱梅便向她咬了几句耳朵。这时夫人也明白了,便叫孙南与金蝉出去,于是二人便到外面去了。夫人便从孙南怀中取过肉芝,从身旁取了三粒丹药,与它服用,仍然送到后洞手植之所,看它入土。又教金蝉不可随意前去扰它。再回前洞时,朱梅业已借了灵云的衣裳换好,收拾齐整,出来拜谢夫人救命之恩。夫人道:"那白骨箭好不厉害!若非芝仙舍身相救,只有嵩山二老才有解药,远隔数千里,岂不误事?况且也不能这样容易复元。"金蝉便问其中箭情形。朱梅道:"我同你在洞边洗手时,因见鸦鸣,便疑心有人在旁窥探,生怕别人趁火打劫,去捉肉芝。我来时早已问明它生根所在,所以留下你们擒蛇,我便到崖后去守候。刚到那里,便看见一个六足独角的神兽,我本不想伤它,正要设法将它逼走,忽听那兽狂吼一声,便从崖后一个洞中蹿了进去。我追踪去看时,才到洞口,脑后一阵风响,知道有人暗算,急忙往后面一闪,已是不及。当时只觉左臂发麻,头脑天旋地转,知道中了妖法。因为宝剑不在手中,恐怕抵敌不住,急忙跑回。走到你们跟前,已是站立不稳了。后来我浑身疼痛,心如油煎,虽看得见你们,只是不大清楚,也听不见说些什么,难受极了。我叫你去斩的蛇头呢?"

金蝉道:"我当时见你晕倒,非常着急。因听你说蛇身有宝,便追了下去,它业已逃出有半里路去。见我追它来,便将头仰起,朝我喷了一口毒气。恰好母亲赶到,用她老人家的剑光,将妖蛇的毒气遏住。我才用剑将它斩为数段,将蛇首挑了回来。母亲叫我从蛇脑中取出一粒红珠,是否就是你说的宝贝?"朱梅道:"可不正是此物。"夫人道:"此珠名为蛇宝,乃千年毒蟒精华。无论中了多么厉害的毒,只消用此珠在浑身上下贴肉运转,便能将毒提尽。只是此番因斩妖蛇,与白骨神君结下仇恨,将来又多一个强敌了。"灵云道:"他怂恿他的弟子为恶,暗中伤人,此人之恶毒可知,难道我们还怕他么?"夫人道:"不是怕他,无非让你们知道,随时留意而已。"朱梅与众人谈了一会儿,便要回山复命。夫人便将余下的芝血与她服下,叫灵云将借来的几件法宝交与她带去。因为新愈之后,精神疲惫,并叫灵云、金蝉陪同前往,顺便道谢餐霞大师的盛意。

三人辞别夫人,出了洞府,已是夕阳西下,便驾起剑光,前往黄山去了。这里妙一夫人对孙南道:"我回时途遇你师父同追云叟,谈起各派比剑之事,追云叟主张在明年正月先破慈云寺,剪却他的羽翼再说,我倒甚为赞同。依我预算，正式在峨眉比剑，还在三五年之后。你天资、心地俱好，如不嫌弃，可就在我这里参修。我已同你师父说过，你意如何？"孙南听了，自然高兴，急忙跪谢夫人成全之恩。从此孙南便在此山，与灵云、金蝉等一同练习剑术。不提。

第二十一回 金罗汉访友紫金泷
　　　　　　许飞娘传书五云步

话说金身罗汉法元,在九华与齐灵云斗剑,正在难解难分之际,巧遇许飞娘赶到,明为解围,暗中点破,才知道那女子是乾坤正气妙一真人齐漱溟的女儿,暗暗吃惊。恐怕吃了眼前亏,便借着台阶就下。等到离却前山,正要往金顶走去,不由叫了一声苦。心想:"九华既做了齐漱溟的别府,不消说得,那狮子天王龙化与紫面伽蓝雷音,一定在此存身不得,此番来到金顶,岂非徒劳?"他虽然如此想法,到底心还不死。好在金顶离此并不多远,不消半顿饭时候,便已赶到。只见那龙化与雷音所住的归元寺,山门大开,山门前败草枯叶,狼藉满地,不像庙中有人住的神气。进入内殿一看,殿中神佛、庙貌依然,只是灰尘密布。蝙蝠看见有人进来,绕檐乱飞。更没有一个人影。便知二人一定不在庙中。再走进禅房一看,尘垢四积。门前一柄黑漆的禅杖,断为两截在地上,不知被什么兵刃斩为两段。那禅杖原是纯钢打就,知是龙化用的兵器。进屋看时,地上还有一摊血迹,因为山高天寒,业已冻成血冰。估量庙中无人,为期当在不远。正在凝思之际,忽想起此地既是峨眉派剑仙洞府,在此住居的人未必只齐漱溟一个人。他们人多势众,不要被他们遇见,又若晦气。想到此间,便急忙离了归元寺,下了金顶。心想:"此番出游,原为多寻几个帮手,谁想都扑了一个空。那许飞娘自从教祖死去,同门中人因为她不肯出力报仇,多看不起她。直到近年,才听说她的忍辱负重,别存深意。适才山下相遇,想是从外面倦游归来。黄山近在咫尺,何不去看望她一番,顺便约她相助?即便目前不能,至少也可打听出龙化、雷音两个人的踪迹。"想罢,便驾起剑光,直往黄山飞去。至于龙化、雷音这些异派的剑仙,何以值得法元这般注意,以及他二人在九华金顶存身不住的原因,日后自有详文。这且不言。

且说那黄山,法元虽来过两次,只是许飞娘所居的五云步,原是山中最高寒处,而又最为神秘的所在,法元从未去过。闻说餐霞大师也在那附近居住,看望许飞娘须要秘密,不要为外人知道,因此法元驾剑飞行时十分留神。剑光迅速,不多时已到黄山,打算由前山文笔峰抄小径过去。到了文笔峰一看,层翠叠峦,岗岭起伏,不知哪里是飞娘隐居之所。空山寂寂,除古木寒鸦、山谷松涛之外,并没有一个人影。偌大一个黄山,正不知从何处去寻那五云步。

正在进退为难之际,忽听远远送来一阵细微的破空声音。急忙抬头看时,空中飞来一道黑影,看去好似一个幼童,离法元不远,从空中落下一个东西,并不停留,直往东北飞去。法元正待去拾时,脚下忽地又现出一道白影,细细一看,原来是一个穿白年幼女子,比箭还快,等到法元走到跟前,业已将落物拾在手中。法元看清那东西是一块石头,上面一根红绳,系着一封信。起初以为是那飞行人特意落给那小女孩的,倒也不十分注意。因为黄山乃仙灵窟宅,适才在九华山遇见那个孩子,几乎栽了跟头。如今又遇见一个小孩,见她身法,知非常人,便不愿多事。正待转身要走,忽见峰脚下又转出一个穿蓝衣的女子,喊着适才那个女子道:"师妹抢到手了么?是个什么东西?"穿白的女孩答道:"是一信封,我们进去看吧。"言时旁若无人,好似并未看见法元在旁一样。法元猛想起:"我正无处寻访飞娘,这两个女孩能在此山居住,她的大人定非常人,我何不想一套言语,打听打听?"想罢,便走近前来,说道:"两位女檀越留步,贫僧问讯了。"那大些的一个女子,刚把白衣女子的信接过,便道:"大和尚有话请说。"法元道:"黄山有位餐霞大师,她住在什么地方?两位女檀越知道否?"那两位女子闻言,便把法元上下打量一番,开口说道:"那是吾家师父。你打听她老人家做甚?"法元闻言,暗吃一惊,原想避开她们,如何反问到人家门口来了?幸喜自己不曾冒昧。当下镇定精神,答道:"我与万妙仙姑许飞娘有一面之缘,她曾对我言讲,她与大师乃是近邻,住在什么五云步。怎奈此山甚大,无从寻找,我想打听出大师住的地方,便可在附近寻访了。"那女子闻言,微微一阵冷笑,说道:"大和尚法号怎么称呼呢?"法元到底在五台派中是有名人物,在两个女孩面前不便说谎,日后去落一个话柄,还说因为怕餐霞大师,连真姓名都不敢说。便答道:"贫僧名唤法元。"那女子听了,便哈哈大笑道:"你原来就是金身罗汉法元哪,我倒听我师父说过。你不必找许飞娘了,这正是她给你的信,等我姊妹二人看完之后,再还与你吧。"说罢,便把手中信一扬。法元看得真切,果然上面有"法元禅师亲拆"等字。因听那女子说,看完之后便给他,便着急道:"这是贫僧的私信,外人如何看得?不要取笑吧。"那女子闻言,笑道:"有道是'捡的当买的,三百年取不去的'。此信乃是我们拾来的,又不是在你庙中去偷来的。修道人正大光明,你是一个和尚,她是一个道姑,难道还有什么私弊,怕人看么?既经过我们的山地,我们检查定了。如有不好的事,你还走不了呢。"

  法元见那女孩似有意似无意,连讥讽带侮辱,满心大怒。知道许飞娘叫人送信,连送信人都不肯与他见面,其中必有很大的关系。情知飞娘与峨眉派表面上假意拉拢,如果信上有机密的事,岂不误却大事?又不知餐霞大师在家否,不敢造次。只得强忍心头火,一面用好言向对方婉商,一面打算来一个冷不防,抢了就走。谁想那女子非常伶俐,早已料到此着,不等法元近前,便将信递与白衣女子手中,说道:"师妹快看,大和尚还等着呢。"法元到了此时,再也不能忍受,大怒道:"你二人再不将信还俺,俺就要无礼了!"那女子道:"师妹快拆开看,让我来对付他。"白衣女子刚把信拆开,法元正待放剑动手时,忽然峰后飞也似的跑过一人,喊道:"两位姊姊休要动手,看在可怜的兄弟份上吧。"那两个女子闻言,即停止拆信。法元也就暂缓动手。看来人时,是一个十六七岁的男孩,穿了一身黑,慌不迭地跑了过来,一面向两个女子打招呼,一面向法元道:"师叔不要生气,我替你把信要回来吧。"法元见来人叫他师叔,可是并不认识,乐得有人解围,便答道:"我本不要动手,只要还我的信足矣。"那黑衣男孩也不答言,上前朝着那两个女子道:"二位姊姊可怜我吧,这封信是我送的,要是出了差错,我得挨五百牛筋鞭,叫我怎么受哇?"那白衣女子道:"师姊,你看他怪可怜的,把这封信给他吧。"又向法元道:"要不是有人讲情,叫你今天难逃公道。"法元强忍着怒,把信接过,揣在怀中。那黑衣男孩道:"家师许飞娘叫我把信送与师叔,说是不能见你。偏偏我不小心,落在二位姊姊手中,幸喜不曾拆看。异日如遇家师,千万请师叔不要说起方才之事。"法元点头应允，恐怕两个女子再说话奚落，将足一顿，便有几道红线火光，破空而去。

黑衣男孩向着两个女子，谢了又谢。那两个女子问他信的来由，他说道："家师刚从九华回来。到家后，匆匆忙忙写了这封信，派我驾起剑光，等候方才那个和尚，说他是我的师叔法元，并叫我与他不要见面。我等了一会儿，才见他落在文笔峰下。谁想交信时被两位姊姊拾去，我很着急。我藏在旁边，以为姊姊可以还他。后来见双方越说越僵，我怕动起手来，或把信拆看，回去要受家师的责打，所以才出来说情。多蒙姊姊们赏脸，真是感恩不尽。"那女子答道："我适才同师妹在此闲玩，忽见几道红线飞来，落在峰上，知有异派人来此。我很觉此人胆子不小，正想去看是谁，忽见你驾剑光跑来。起初以为你跟上年一样，偷偷来和我们玩耍。后见你并不停留，掷下一个纸包，我知道那纸包决不是给我们的，否则不会那样诡秘。师妹出去抢包时，那和尚已到眼前，我才知道信是给他的。他就是师父常说的金身罗汉法元。我们哪要看人私信，无非逗他玩而已。你今年为何不上我们这儿玩？"那男孩答道："我才是天底下最苦命的人呢。父母双亡，全家惨死，好容易遇见家师，收我上山学剑。以前常带我到此拜谒大师，得向诸位姊姊时常领教，多么好呢。谁想去年因家师出门，烦闷不过，来看望诸位姊姊，不料被师弟薛蟒告发，原不要紧，只因我不该说错了一句话，被家师打了我五百牛筋鞭，差点筋断骨折。调养数月，才得痊愈。从此更不肯教我深造，也不准到此地来。每日只做些苦工粗活，待遇简直大不如前了。今日不准我在此峰落地，想是不愿意叫我同姊姊们见面的缘故。"这两个女子听了，很替他难受。便道："怪不得去年一别，也不见你来呢。你说错什么话，以致令师这般恨你呢？"那男孩正要答言，忽见空中飞来一道青光，那男孩见了，吓得浑身打战道："两位姊姊快救我吧，师弟薛蟒来了。倘被他看见我在这里，一定回去告诉家师，我命休矣！"说罢，便钻到峰旁洞中去了。

不大工夫，青光降落，现出一人，也是一个十七八岁的少年。这两个女子见了他，不由得脸上现出十分憎恶的意思。那少年身形矮短，穿着一身红衣，足蹬芒鞋，头颈间长发散披，打扮得不僧不道。满脸青筋，二眉交错处有一块形似眼睛的紫记，掀唇露齿，一口黄牙，相貌非常丑恶。这人便是万妙仙姑最得意的门徒三眼红蜺薛蟒。他到了两个女子跟前,不住地东张西望。那两个女子也不去理他,有意说些不相干的闲话,好似才出洞门,并未发生过事情一样。那薛蟒看不出动静,不住地拿眼往洞中偷觑。后来忍不住问道:"二位道友,可曾见我师兄司徒平么?"那白衣女子正要发言,年长的一个女子急忙抢着说道:"司徒平么?我们还正要找他呢。去年他来同我们谈了半天,把我轻云师妹一张穿云弩借去,说是再来时带来,直到如今也不送来。大师又不准我们离开这里,无法去讨。你要见着他,请你给带个话,叫他与我们送来吧。"说时,神色自如。薛蟒虽然疑心司徒平曾经到此来过,到底无法证明,自言自语道:"这就奇了,我明明看见红线已飞往西南,怎么他会不见呢?"那女子便问道:"你说什么红线?敢是那女剑仙到黄山来了么?"薛蟒知话已说漏,也不曾答言,便快快而去。那女子不悦道:"你看这个人,他向人家问话就可以,人家向他说话,他连话都不答,真正岂有此理!"薛蟒明明听见那女子埋怨,装作不知,反而相信司徒平不在此间,径往别处寻找去了。那两个女子又待了一会儿,才把司徒平喊出,说道:"你的对头走了,你回去吧。"司徒平从洞侧走出道:"我与他真是冤孽,无缘无故地专门与我作对。想是家师差我送信时,被他知道,故此跟在后面,寻我的差错。"那两个女子很替他不平,说道:"你只管回去,倘到不得已时,你可来投奔我们,我今晚就向大师为你说便了。"司徒平闻言大喜,因天已不早,无可留恋,只得谢别她二人,破空而去。

这司徒平出家经过,原有一段惨痛历史,他又是书中一个重要人物,本当细表。怎奈读者都注意破慈云寺,作者一支笔,难写两家话,只得留在以后峨眉斗剑时补写。这两个女子,年轻穿白的,就是餐霞大师的弟子朱梅。年长的一个,名唤吴文琪,乃是大师的大弟子,入门在周轻云之先,剑法高强,深得大师真传。因她飞行绝迹,捷若雷中,人称为女空空的便是。文笔峰乃是大师赐她练剑之所。大师因为叫朱梅来向她取神矛,去帮助金蝉擒蛇妖,恰好在洞外遇见。谈话中间,忽然看见法元来到,司徒平空中掷信,才有这一场事发生。虽然不当要紧,与异日破许飞娘的百灵斩仙剑大有关系,以后自知。这且不言。

话说那法元离了文笔峰,转过云巢,找一个僻静所在,打开书信一看,上面写道:"剑未成,暂难相助。晓月禅师西来,爱莲花峰紫金泷之胜,在彼驻锡,望唾面自干,求其相助,可胜别人十倍。行再见。知名。付丙。"法元看罢大喜,心想:"我正要去寻晓月禅师,不想在此,幸喜不曾往打箭炉去空跑一次。"便把信揣在怀中,往莲花峰走去。那莲花峰与天都峰俱是黄山最高的山峰,紫金泷就在峰旁不远,景物幽胜,当年大心道人曾隐居于此处。法元对莲花峰原是熟路,上了立雪台,走过百步云梯,从一个形如石鳖的洞口穿将过去,群峰峥嵘,烟岚四合,果然别有洞天。

这时天已垂暮,忽然看见前面一片寒林,横起一匹白练,知道是云铺海,霎时间云气蒙蒙,布散成锦。群山在白云簇绕中露出角尖,好似一盘白玉凝脂。当中穿出几十根玉笋,非常好看。再回顾东北,依旧清朗朗的,一轮红日,被当中一个最高峰顶承着,似含似捧,真是人间奇观。伫立一会儿,正待往前举步,那云气越紧越厚,对面一片白,简直看不见山石路径。况且紫金泷这条道路,山势逼仄异常,下临无底深渊,底下碎石森列,长有丈许,根根朝上。一个不留神,滑足下去,身体便成肉泥。他虽是一个修炼多年的剑仙,能够在空中御剑飞行,可是遇着这样栈道云封,苍岚四合,对面不见人的景物,也就无法涉险。等了一会儿,云岚溣翳,天色越发黑将下来。知道今日无缘与晓月禅师见面,不如找个地方,暂住一宵,明日专诚往拜。那黄山顶上,罡风最厉害,又在寒冬,修道的人纵然不怕寒威,也觉着难以忍受。便又回到立雪台,寻了个遮风的石洞,栖身一宵。

天色甫明,起来见云岚已散,趁着朝日晨晖,便往紫金泷而去。走了一会儿,便到泷前。只见两旁绝涧,壁立千仞,承着白沙矼那边来的大瀑布,声如雷轰,形同电掣。只不知晓月禅师住在哪里。四下寻找了一会儿,忽然看见涧对面走过一个小沙弥,挑着一对大水桶,飞身下涧,去汲取清泉。涧底与涧岸,相隔也有好几丈高下。只见他先跳在水中兀立的一块丈许高的山石上,抢着两个大桶,迎着上流水势,轻轻一抢,便已盛得满满两桶水,少说也有二百来斤轻重。只见他毫不费力地挑在肩上,将足微顿,便已飞上涧岸,身法又快又干净。桶中之水,并不曾洒落一点。法元不由口中喝了一声彩。那小沙弥听见有人叫好,将两个水桶在地上一放,脚微顿处,七八丈宽的阔涧,忽如飞鸟般纵将过来,向着法元怒气冲冲地说道:"你走你的路,胡说什么!你不知道我师兄有病么?"法元看那小沙弥蜂腰猿背,相貌清奇,赤着一双足,穿了一双麻鞋,从他两道目光中看去,知道此人内外功都臻于上乘,暗暗惊异。又见他出言无状,好生不悦。心想:"我这两天怎么净遇些不懂情理的人,又都是小孩?"因为晓月禅师在此居住,来人又是个小和尚,恐怕是大师的弟子,不敢造次。便答道:"我见你小小的年纪,便已有这样的武功,非常欢喜,不禁叫了一声好,这也不要紧的。你师兄有病,我怎么会知道,如何就出口伤人呢?"那小沙弥闻言答道:"你不用装呆。我们这里从无外人敢来,我早看见你在这里鬼鬼祟祟,东瞧西望,说不定趁我师父不在家,前来偷我们的宝贝,也未可知。你要是识时务的,趁早给我走开;再要偷偷摸摸,你可知道通臂神猿鹿清的厉害?"说完,举起两个瘦得见骨的拳头,朝着法元比了又比。法元看他这般神气,又好气,又好笑。答道:"你的师父是谁?你说出来,我也许闻名而退。要说你,想叫我就走,恐怕很难。"鹿清闻言大怒道:"看来你还有点不服我么?且让你尝尝我的厉害。"说罢,左掌往法元面上一晃,抡起右掌,往法元胸前便砍。法元把身子一偏避开,说道:"你快将你师父名字说出,再行动手不迟,以免误伤和气。"鹿清也不还言,把金刚拳中化出来的降龙八掌施展出来,如风狂雨骤般地向法元攻击过来。

  这金刚拳乃是达摩老祖秘传,降龙八掌又由金刚拳中分化而出,最为厉害。要不是法元成道多年,简直就不能抵御。法元因对手年幼,又恐是晓月禅师的门徒,所以便不肯用飞剑取胜,只好用拳迎敌。怎奈鹿清拳法神奇,变化无穷,战了数十个回合,法元不但不能取胜,反而中了他两掌。幸亏练就铁打的身体,不然就不筋断骨折,也要身带重伤。鹿清见法元连中两掌,行若无事,也暗自吃惊。倏地将身跃出丈许远近,将拳法一变,又换了一种拳。法元暗暗好笑,任你内外功练到绝顶,也不能奈何我分毫。打算将他累乏,然后施展当年的绝技匕祖打空拳,将他擒伏。他如是晓月禅师门徒,自不必说,由他领路进见,否则像这样好的资质,收归门下,岂不是好?便抖擞精神,加意迎敌。那鹿清见一时不能取胜,非常着急,便故意卖个破绽,将足一顿,起在半空。法元向他下身正待用手提他双足,小沙弥早已料到,离地五尺许,施展金刚拳中最辣手的一招,将身在空中一转,鲤跃龙门式,避开法元两手,伸开铁掌,并起左手二指,照着法元两只眼睛点去。法元见势不好,知道无法躲避,只得将身一仰,打算平蹿出去。谁知鹿清敏捷非常,招中套招,左手二指虽不曾点着法元二目,跟着右手使一个绷拳,对着法元下颊打一个正着。接着又使一个裆里连环一飞腿,正打在法元前心。就法元前胸撞劲,脚微点处,便斜纵出三四丈高远,立定大笑。法元虽然武功纯熟,经不起无意中连中几下重手法,虽未受伤,跌跌撞撞,倒晃出去十几步,差点没有跌倒在地。这一下勾动无明火起,不由破口骂道:"你这小畜生,真不知天高地厚。你家罗汉爷念你年幼,不肯伤你,你倒反用暗算伤人。你快将你师父名字说出,不然教你死无葬身之地!"说罢,后脑一拍,便将剑光飞出。

鹿清看见几条红线从法元脑后飞出,说声:"不好!"急忙把脚一顿,蹿过山涧。法元也不想伤他性命,无非借此威吓于他。见他逃走,便也驾起剑光,飞身过涧,在后追赶。鹿清回头一看,见法元追来,便一面飞跑,一面大声喊道:"师兄快来呀,我不行了!"话言未了,便见崖后面飞起一道紫巍巍的光华,将法元的剑光截住。法元一面运剑迎敌,一面留神向对面观看。只见对面走出一个不僧不道的中年男子,二目深陷,枯瘦如柴,穿了一件半截禅衣,头发披散,也未用发箍束住,满面的病容。法元估量那人便是鹿清的师兄,正要搭话,只见那人慢吞吞有气无力地说道:"你是何方僧人,竟敢到此扰闹?你可知道晓月禅师大弟子病维摩朱洪的厉害?"法元一听那人说是晓月禅师的弟子,满心高兴,说道:"对面师兄,快快住手,我们都是一家人。"说罢,便将剑光收转。

那人闻言,也收回剑光,问道:"这位大师,法号怎么称呼?如何认识家师?来此做甚?"法元道:"贫僧法元,路过九华,闻得令师飞锡在此,特地前来专诚拜见,望乞师兄代为通禀。"这时鹿清正从崖后闪出,正要答言,朱洪忙使眼色止住,对法元说道:"你来得不巧了。家师昨日尚在此间,昨晚忽然将我叫到面前,说是日内有一点麻烦事须去料理,今早天还没亮,就起身往别处去了。"法元见他二人举动闪烁,言语支吾,便疑心晓月禅师不曾外出,想是不愿见他。人家既然表示拒绝,也就不好意思往下追问。朱洪又不留他洞内暂住,神情非常冷淡。只得辞别二人,无精打采地往山下走去。

要知后事如何,且看下回分解。

第二十二回　晤薛蟒　三上紫金泷
　　　　　　　访异人　结嫌白鹿洞

话说金身罗汉法元见病维摩朱洪神情冷淡，正待往别处找寻能人相助，忽见正南方飞来了几道红线，知是秦朗打此经过，连忙上前唤住，二人相见，各把前事述说了一遍。秦朗道："此次到打箭炉，晓月禅师业已他去，路遇西藏红教中传灯和尚，才知禅师隐居黄山紫金泷。后来路过慈云寺，见了知客马元，听说发生许多事故，师父出外寻找帮手。弟子想师父定不知道晓月禅师住址，特来代请，约他下山，到慈云寺相助。"法元道："你哪里知道，我自到九华后，人未约成，反与齐漱溟的女儿斗了一次剑。后来飞娘赶来解围，又叫人与我送信，才知道晓月禅师在此。等我寻到此地，他两个徒弟又说他出外云游去了，是否人在紫金泷，无从判断。如果在家，成心不见，去也无益，我们另寻别人吧。"秦朗道："我知道晓月禅师西来，一则爱此地清静；二则听说此地发现一样宝物，名为断玉钩，乃是战国时人所铸，在这泷下泉眼中，所以驻锡在此，以便设法取到手中，决不会出门远去。莫如弟子同师父再去一趟，先问晓月禅师是否他去。别处不是没有能人，能制服追云叟的，还是真少。他老人家相助，胜别人十倍。师父以为如何？"法元闻言，也甚以为然，便同秦朗回了原路。

刚刚走到泷前，便见鹿清正在洞外，见他二人回来，好似很不痛快，说道："大和尚又回来做甚？我师父不在洞中，出外办事去了。老实说吧，就是在家，他老人家已参破尘劫，不愿加入你们去胡闹了。"法元一听鹿清之话，越觉话里有因，便上前赔着笑脸说道："令师乃是我前辈的忘年交，此番前来拜访，实有紧急之事，务乞小师兄行个方便，代为传禀。如禅师他出，也请小师兄将地方说知，我等当亲自去找。"法元把好话说了许多，鹿清只是摇头，不吐一句真言。反说道："我师父实实不在山中。他出外云游，向无地址。至于归洞之期，也许一天半天，也许一年半载才回，那可是说不定。如果你真有要事，何妨稍候两日再来，也许家师回来，也未可知。"说罢，道一声"得罪"，便转向崖后自去。法元见了这般景况，好生不快，但是无可奈何。秦朗见鹿清出言傲慢，也是满心大怒，因晓月禅师道法高深，不敢有所举动，只得随了法元，离了紫金泷，往山脚下走去。

师徒二人正要商量往别处寻人，忽然空中一道黑影，带着破空声音，箭也似的，眨眨眼已飞下一个相貌奇丑的少年，穿着不僧不道的衣服。秦朗疑心此人来意不善，忙做准备。法元连忙止住。那少年见了法元，躬身施礼，说道："弟子三眼红蜺薛蟒，奉了恩师许飞娘之命，知道大师轻易见不着晓月禅师，叫我来说，禅师并未离此他去，请大师千万不要灰心短气。如今峨眉派剑侠不久就在成都碧筠庵聚齐，去破慈云寺，非晓月禅师下山，无法抵敌。家师剑未炼就，暂时不能下山相助。望大师继续进行，必有效果，家师业与晓月禅师飞剑传书去了。"法元道："我已去过两次，均被他徒弟鹿清托辞拒绝。既蒙令师盛意，我再专诚去一回便了。"薛蟒闻言，便告辞走去。走不几步，忽然回头，又问法元道："昨日我师兄苦孩儿司徒平送信的时节，可曾与大师见面亲交？"法元不知他们二人的关系，便实说道："昨日他将书信原是从空中抛下，不想被文笔峰前两个女子抢去。我去要时，那两个女子执意不肯，双方几乎动武。你师兄才下来解围，费了半天唇舌，才把书信取转。见了令师，就说我们一切心照，我自按书信行事便了。"薛蟒听了，不禁狞笑两声。又对法元道："那晓月禅师的徒弟鹿清，家师曾对他有恩，大师再到紫金泷，就说我薛蟒致意，他自会引大师去见晓月禅师的。"说罢，便自作别而去。法元师徒二人等薛蟒走后，便整了整僧衣，虔心诚意往紫金泷而去。

那晓月禅师是何派剑仙？为何使法元等这般敬重？这里便再补述两笔。那晓月禅师也是峨眉派剑仙鼻祖长眉真人的徒弟，生来气量褊狭，见他师弟乾坤正气妙一真人齐漱溟末学新进，反倒后来居上，有些不服。只是长眉真人道法高深，越发不赞成他的举动，渐渐对他疏淡。晓月含恨在心。等到长眉真人临去时，把众弟子叫到面前，把道统传与了玄真子与齐漱溟。差点没把晓月肚皮气炸，又奈何他们不得。他早先在道教中，原名灭尘子。

真人又对众弟子道:"此番承继道统,原看那人的根行厚薄、功夫深浅为标准,不以入门先后论次序。不过人心难测,各人又都身怀绝技,难免日后为非作歹,遗羞门户。我走后,倘有不守清规者,我自有制裁之法。"说罢,取出一个石匣,说道:"这石匣内,有我炼魔时用的飞剑,交与齐漱溟掌管。无论门下何人,只要犯了清规,便由玄真子与齐漱溟调查确实,只需朝石匣跪倒默祝,这匣中之剑,便会凌空而起,去取那人的首级。如果你二人所闻非实,或颠倒是非,就是怎样默祝,这石匣也不会开,甚或反害了自己。大家须要谨记。"长眉真人吩咐已毕,便自升仙而去。众同门俱都来与齐漱溟和玄真子致贺,惟有晓月满心不快,强打笑颜,敷衍了一阵。后来越想越气,假说下山行道,便打算跑到庐山隐居,所谓眼不见心不烦。因知寡不敌众,又有长眉真人留下的石匣,倒也并不想叛教。不想在庐山住了几年,静极思动,便游天台雁荡。在插虹涧遇见追云叟,因论道统问题,晓月惭羞成怒,二人动起手来,被众同门知道,都派他不对。他才一怒投到贵州野人山,去削发归佛,拜了长狄洞的哈哈老祖为师,练了许多异派的法术。到底他根基还厚,除记恨玄真子与齐漱溟而外,并未为非作歹。众同门得知此信,只替他惋惜,叹了几口气,也未去干涉他。后来他又收了打箭炉一个富户儿子名叫朱洪的为徒,便常在打箭炉居住。那里乃是川康的孔道,因此又认得了许多佛教中人。他偶游到黄山,爱那紫金泷之胜,便在那里居住。他同许飞娘的关系,是因为有一年为陷空老祖所困,遇见许飞娘前来解围,因此承她一点情。他早知法元要来寻他,因为近年来勤修苦练,不似从前气盛,虽仍计前嫌,知齐漱溟、玄真子功行进步,不敢造次。所以法元来了两次,俱命鹿清等设辞拒绝。法元第二次走后,便接到许飞娘的飞剑传书,心神交战了好一会儿,结果心中默默盘算了一会儿,觉得暂时仍不露面为是。便把鹿清叫在面前,嘱咐了几句,并说若是法元再来,你就如此如彼地对答他。鹿清连声说"遵命"。暂且不提。

且说法元师徒二人一秉至诚,步行到紫金泷,早已看见鹿清站在涧岸旁边。鹿清看见法元师徒回转,不待法元张口,便迎上前来说道:"适才家师回转,已知二位来意,叫我转致二位,请二位放心回庙,到了紧急时节,自会前来相助。今日另有要事,不及等二位前来叙谈,他老人家又匆匆下山去了。"法元尚疑鹿清又是故意推辞,正待发言,那秦朗已把薛蟒吩咐之言，照样说了一遍。鹿清闻得秦朗提起薛蟒致意，果然换了一副喜欢面孔，先问秦朗的姓名，然后问他因何与薛蟒相熟。谈了几句后，渐渐投机。三人便在洞石上面坐下，又谈了一阵。法元乘机请他帮忙，请晓月禅师下山。鹿清知道法元心中疑虑，便向他说道："我师父生平从不打诳语，说了就算数，二位只管放心吧。"法元方才深信不疑。又问鹿清道："当初我同令师见面，已是三十年前。后来他老人家搬到打箭炉，便很少去问候。小师父是几时才拜入门墙，功行就这样精进？"鹿清道："你要问我出家的根由么？就连我自己也不知道。我只记得我小时候，是生长在四川一个荒山石洞里面，我倒没有娘，喂我乳的是一只梅花鹿。有一天，我师父他老人家路过那山，我正跟一群鹿在那里跑，我师父说我生有异禀，日后还可和我生身父母见面，便把我带到打箭炉，传我剑术，到现今已十二年了。那个薛蟒的师父，曾经帮过我师父的忙，我要是早知道二位跟她认识，我也就早跟你们交好了。"法元见鹿清说话胸无城府，也不知道什么礼节称呼，纯然一片天真，非常可爱。正想同他多谈几句，想打听晓月禅师在此隐居，是否为觅那断玉钩，方要张口，便听崖后洞中有一个病人的声音唤道："清师弟，话说完了，快回来吧，我有事找你呢。"鹿清闻言，便忙向二人作辞道："我家师不在洞中，未便让二位进去。现在我师兄唤我，异日有缘，相见再谈。"说罢，便急忙走去。

法元与秦朗见鹿清走后，师徒二人一同离了紫金泷，计算时日还早，便想起到庐山白鹿洞去寻雷音的师叔八手观音飞龙师太下山相助，顺便打听雷音、龙化的下落。剑光迅速，不一日便到了庐山白鹿洞前。降下剑光，正待举步，忽见一阵腥风起处，连忙定睛看时，只见洞内蹿出一只吊睛白额猛虎，望着二人扑来。法元知是飞龙师太喂的家畜，不肯用剑伤它，忙往旁边一闪。刚刚避过，又见眼前一亮，由洞内又飞出一条独角白鳞大蟒，箭也似一般疾，直向秦朗扑去。那秦朗哪知其中玄妙，喊一声："来得好！"脑后一拍，几道红线飞起。法元忙喊："休要冒失！"已来不及，剑光过去，把那三丈来长的白蟒挥成两段。那只黑虎见它同伴被杀，将前足微伸，后足伏地，一条长尾，把地打得山响，正要作势前扑。法元见白蟒被秦朗所杀，知道闯下大祸，又听得洞内有阵阵雷声，便知不妙。也不及说话，伸手将秦朗一拉，喊一声："快逃！"二人剑光起处，飞身破空而去。

法元在路上埋怨秦朗道:"你怎么这般鲁莽?我连声喊你不可冒失,你怎还把飞龙师太看守洞府的蛇、虎给毁了一个?这位老太婆性如烈火,非常难惹。她对人向来是无分善恶,完全以对方同自己有无感情为主旨。我同她虽然认识,也只是由于雷音的引见,并无深交。请她下山相助,也无把握,只是希望能先打一个招呼。此人本最守信用,但求她不帮助峨眉派与我们为敌罢了。如今人未请成,反伤了她的灵蟒,她如知道,岂肯甘休?尚喜我们走得快,她如出来看见,岂非又是一场祸事?"秦朗见师父埋怨,情知做错,也无可奈何。他虽入道多年,嗜欲未尽,尚不能辟谷。法元虽能数日不饥,一样不能断绝烟火。二人见雷音找不着,无处可请别人,算计日期还早,本想回慈云寺去。又想起峨眉剑仙暂时不来寺中寻事,是因为自己不在寺中,表示余人不堪一击的缘故。此时回寺,难免独力难支。他是知道追云叟的厉害的,便不想早回去。偶然想起每次往返武昌,并未下去沽饮,又在山中数日,未动荤腥,便想下去饮食游玩,沿路不再御剑飞行,一路沿江而上,观赏风景。秦朗自然更是赞成。师徒二人,于是到了汉阳,找了个僻静所在,按下剑光落地。然后雇了一只小船,往江中游玩一番,再渡江上黄鹤楼上去沽饮。上楼之后,只见楼上酒客如云,非常热闹,便找了一个靠窗的座头坐下。自有酒保上前招呼,他师徒二人便叫把上等酒菜只管拿来。随即凭窗遥望,见那一片晴川,历历远树,几点轻帆,出没在烟波浩渺中,非常有趣。移时酒保端来酒菜,他二人便自开怀畅饮。不提。

这一楼酒客正在饮食之间,忽见上来这两个奇形怪状的一僧一俗,又见他二人这一路大吃大喝,荤酒不忌。荆楚之间,本多异人,巫风最胜。众人看在眼里,虽然奇怪,倒也不甚注意。

惟独众客中有一富家公子,原籍江西南昌,家有百万之富。这陶公子单名一个钧字,表字孟仁,自幼好武。祖上虽是书香门第,他父亲因他是个独子,非常钟爱,不但不禁止,反倒四处聘请有名的教师陪他习学。陶钧练到十六岁,他父母相继下世。临终的时节,把陶钧叫到面前,说道:"你祖父因明亡以后,不肯去屈节胡儿,所以我便不曾出去求功名。我因仰承祖训,你既不愿读书,也就望你去学习刀棒。不过我忠厚一生,只生你一人。我死之后,为免你不为人引诱,堕入下流,所以我在临死的时节,一切都替你布置妥当。我现在将我的家财分作十成：一成归你现在承继，任你随意花用，以及学武之资；三成归老家人陶全掌管，只能代你整顿田业，你如将自己名分一成用完，陶全手中的财产，只准你用利，不准你动本，以免你日后不能营生；还有六成，我已替你交给我的好友滕……"刚说到这里，便已力竭气微，两眼一翻，寿终人世。

陶钧天性本厚，当他父亲病时，就衣不解带地在旁亲侍汤药。这日含泪恭听遗嘱，伤心已极，正想等听完之后，安慰老人家几句。忽见他父亲说到临末六成，只说出一个"滕"字，便咽气而死。当时号啕大哭，痛不欲生，也顾不到什么家产问题。等到他父亲丧葬办完，才把老仆陶全找来，查点财产。果然他父亲与他留下的一成，尽是现钱，约有七八万两银子。老仆手里的田产家财，约值有二十余万，皆是不动产。惟有那六成家产，不知去向。陶全只知道那六成中，除了汉口有三处丝、茶庄，因为随老主人去过，字号是永发祥外，下余田业，一向是老主人掌管，未曾交派过，所以全不知道。估量老主人必定另行托付有人，日久不难发现。陶钧是膏粱子弟，只要目前有钱，也就不放在心上。居丧不便外出，每日依旧召集许多教师，在家中练习。

练到三年服满，所有家中教师的本领，全都被他学会。每届比试时，也总是被他打倒，越加得意非常，自以为天下无敌。这一班教师见无可再教，便又荐贤以代。于是又由陶钧卑辞厚礼，千金重聘，由这些教师代为聘请能手来教他。他为人又非常厚道，见旧日教师求去时，他又坚不放走。对新来的能手，又是敬礼有加。于是那一班教师，旧者乐而不去，新者踊跃而来，无不竭力教授，各出心得，交易而退，皆大欢喜。陶钧又天资非常之好，那些教师所认为不传之秘诀手法，他偏偏一学便会。会了之后，又由新教师转荐新教师，于是门庭若市，教师云集。每值清明上坟，左右前后，尽是新旧教师，如众星捧月一般地保护，真是无一个大胆的人，敢来欺负这十几岁的小孩。小孟尝名声传出去，便有慕名来以武会友的英雄豪杰，不远千里，特来拜访。于是众教师便慌了手脚，认为公子天才，已尽众人之长，不屑与来人为敌。一方面卑辞厚礼优待来人，以示公子的大方好友；一方面再由教师的头目百灵鸟赛苏秦魏说，先同来人接见，说话半日，再行比武。结果大多是先同教师们交手，获胜之后，再败在陶钧手里，由教师劝公子赠银十两以至百两，作为川资，作遮羞钱，以免异日狭路报仇。有些洁身自好之士，到了陶家，与这位魏教师一比之后，便不愿再比，拂袖而去。据赛苏秦魏说说，来人是自知不敌，知难而退。陶钧听了，更是心满意足，高兴万分。

可是钱这种东西，找起来很难，用起来却很快。他那七八万两银子，哪经得起他这样胡花，不到几年光景，便用了个一干二净。要问陶全拿时，陶全因守着老主人的遗嘱，执意不肯松手，反用正言规劝道："老主人辛苦一生，创业艰难，虽然家有百万之富，那大的一半，已由老主人托交别人保存，临终时又未将那人名姓说出，将来有无问题，尚不可知。余下的这四成，不到三年工夫，便被小主人花去七八万。余下这些不动产，经老奴掌管，幸喜年年丰收，便颇有盈余，已由老奴代小主人添置产业，现钱甚少，要用除非变卖产业。一则本乡本土传扬出去，怕被人议论，说小主人不是克家之子；二则照小主人如今花法，就是金山也要用完，当初劝小主人节省，小主人不听，那是无法。这在老奴手中的一点过日子以及将来小主人成家立业之费，老奴活一天，决不能让小主人拿去胡花，使老奴将来无颜见老主人于地下的。再者小主人习武，本是好事，不过据老奴之眼光看来，这一班教师，差不多是江湖无赖，绝非正经武术名家。天下岂有教师总被徒弟打倒的，这不是明摆着他们无能么？况且每次来访友的人，为何总爱先向他接洽之后，才行比试？其中颇有可疑之处。老奴虽是门外汉，总觉小主人就是天生神力，也决不会这点年纪，就练成所向无敌的。依老奴之见，小主人就推说钱已用完，无力延师，每人给些川资，打发他们走路。如果真要想由武术成名，再打发多人，四处去打听那已经成名的英雄，再亲自延聘。这些亲自送上门的，哪有几个好货？至于打发他们走的钱，同异日请好武师的钱，老奴无论如何为难，自要去设法。现时如果还要变卖田产去应酬他们，老奴绝对不能应命。"

陶钧人极聪明，性又至孝，见陶全这样说法，不但不恼，仔细寻思，觉得他虽言之太过，也颇有几分理由。即如自己羡慕飞檐走壁一类的轻身功夫，几次请这些教师们教，先是设辞推诿，后来推不过，才教自己绑了沙袋去跳玩，由浅而深。练了一二年，丈许的房子虽然纵得上去，但是不能像传闻那样轻如飞燕，没点声响。跳一回，屋瓦便遭殃一回，一碎就是一大片。起初怀疑教师们不肯以真传相授。等到叫那些教师们来跳时,有的说功夫抛荒多年;有的说真英雄不想偷人,不练那种功夫;有两个能跳上去的,比自己也差不多。后来那些教师被逼不过,才荐贤以代。先是替未来的教师吹了一大阵牛,及至见面,也别无出奇之处。只是被众人掇弄捧哄惯了,也就习成自然。今天经老人家陶全一提,渐渐有些省悟。只是生来面嫩,无法下这逐客之令,好生委决不下。只得对陶全道:"你的话倒不错,先容我考虑几日再办。不过今天有两个教师,是家中有人娶媳妇;还有一个,是要回籍奔丧。我已答应他们,每人送五百两银子,还有本月他们的月钱一千多两银子,没有三千银子,不能过去。我账房中已无钱可领,你只要让我这一次的面子不丢,以后依你就是。"陶全叹口气答道:"其实老奴手中的财产,还不是小主人的。只因老主人有鉴及此,又知老奴是孤身一人,诚实可靠,才把这千斤重责,交在老奴身上。这一次小主人初次张口,老奴也不敢不遵。不过乞望小主人念在老主人临终之言,千万不要再去浪费,急速打发他们要紧。"说罢,委委屈屈地到别处张罗了三千两银子,交与陶钧。陶钧将钱分与众人之后,知道后难为继。又见众人并无出奇的本领,欲留不能,欲去不好意思。陶全又来催促几次,自己只是设词支吾。过了十几天,好生闷闷不乐。

有一天,正同众教师在谈话,忽然下人进来报道:"庄外来了一个穷汉,要见主人。"陶钧正要发言,那赛苏秦抢口说道:"想是一个普通花子,公子见他做甚? 待我出去打发他走便了。"说罢,立起身来,就要往外走。陶钧忙道:"他如果是来求助的,那就叫账房随便给一点钱罢了。要是找我比武的,可急速引来见我。"赛苏秦一面答应,一面已忙不迭地赶到外面。只见那人是个中年男子,穿得十分破烂,一脸油泥,腰间系了一条草绳,正与下人争论。赛苏秦便上前喝问道:"你是干什么的,竟敢跑到这里来吵闹?"那汉子上下望了赛苏秦两眼,微微笑道:"你想必就是这里的教师头,曾经劝我徒弟陆地金龙魏青,不要与你的衣食父母陶钧比武,或者假败在他手里,还送他五十两银子的么? 可惜他本慕名而来,不愿意帮助你们去哄小孩,以致不领你们的情。我可不然,加上这两天正没钱用。他是我的徒弟,你们送他五十两;我是他师父,能耐更大,我要五百两。如少一两,你看我把你们衣食父母的蛋黄子都给打出来。"赛苏秦起初疑心是穷人告帮，故而盛气相向。及至听说这人是魏青的师父，去年魏青来访陶钧，自己同人家交手，才照一面，便被人家一指头点倒。后来才说出自己同众人是在此哄小哥，混饭吃，再三哀求他假败在陶钧手内，送他五十两银子，人家不受，奚落一场而去。这人是他师父，能耐必更大。只是可恨他把自己秘密当众宣扬出来，不好意思。又怕来人故意用言语相诈，并无真实本领。想了一想，忽然计上心来，便对那人说道："阁下原来是来比武的，我们有话好说。请到里面坐下，待我将此比武规矩说明，再行比试如何？"那汉子答道："你们这里规矩我知道：若假装败在你们手里，是三十两；败在你们衣食父母手里，是五十两。美其名曰川资。对么？"赛苏秦心中又羞又恨，无可奈何，一面使眼色与众人，表示要收拾那人；一面假意谦恭，一个劲直往里让。

那人见他那般窘状，冷笑两声，大踏步往里便走。赛苏秦便在前引路，往花园比武所在走去，打算乘他一个冷不防，将他打倒，试试他有无功力。如果不是他的敌手，再请到自己屋中，用好言相商，劝陶钧送钱了事。主意拿定后，一面留神看那人行走，见他足下轻飘飘的，好似没有什么功夫，知是假名诈骗，心中暗喜。刚刚走到花园甬道，回看后面无人跟随，便让那人前行，装作非常客气的样子。等到那人才走到自己的前面，便用尽平生之力，照定那人后心一拳打去。谁想如同打在铁石上面，痛彻心扉，不禁大惊。知那人功力一定不小，生怕他要发作，连忙跳开数尺远近。再看那人，好似毫不放在心上一般，行若无事，仍往前走。心知今日事棘手，万般无奈，只得随在那人身后，到了自己屋前，便让那人先进去。再看自己手时，已红肿出寸许高下，疼痛难忍。那人进门之后，便问道："你打我这一下，五百两银子值不值呢？"赛苏秦满面羞愧，答道："愚下无知，冒犯英雄。请阁下将来意同真姓名说明，好让我等设法。"那人道："我乃成都赵心源，久闻贵教师等大名，今日我要一一领教。如果我败在你们手里，万事皆休；若是你们败在我手下，你们一个个都得与我滚开，以免误人子弟。"赛苏秦已经吃过苦头，情知众人俱都不是对手，只得苦苦哀求道："我等并无真实本领，也瞒不过阁下。只是我等皆有妻儿老小，全靠陶家薪水养活，乞望英雄高抬贵手，免了比试。如果愿在这里，我们当合力在陶公子面前保荐；如果不愿在这里，你适才说要五百两银子，我等当设法如数奉上。"说罢，举起痛手，连连作揖，苦苦央求。那人哈哈大笑道："你们这群东西，太替我们武术家丢人现眼。看见好欺负的，便狐假虎威，以多为胜；再不然乘人不备，暗箭伤人；等到自己不敌，又这样婢颜哀求。如饶你们，情理难容！快去叫他们来一齐动手，没有商量余地。"

赛苏秦还待哀求，忽听窗外一声断喝道："气死我也！"说罢，蹿进一人，原来正是陶钧。

第二十三回　小孟尝结客挥金
　　　　　　　莽教师当场出丑

原来陶钧自听陶全之言，便留心观察众人动静。今见有人来访，赛苏秦又抢先出去。自己若去观看，定要被这一群教师拦阻，便假说内急，打算从花园内绕道去看个清楚。刚刚走到花园，便见赛苏秦用冷拳去打那穷汉，心中好生不悦。觉得比武要明鼓明锣，不能用暗算伤人。及至见那人竟毫不在意，赛苏秦倒好似有负痛的样子，心中暗暗惊异。便远远在后面跟随，欲待看个水落石出，他二人进屋之后，便在窗外偷听。见了赛苏秦许多丑态，听了那人所说种种的话，才知一向是受他们哄骗。便气得跳进屋内，也不理赛苏秦，先向那人深施一礼道："壮士贵姓高名？我陶钧虽然学过几年武功，一向受人欺诳，并未得着真传。壮士如果要同舍间几位教师比武，让我得饱眼福，我是极端欢迎的。"

赛苏秦见陶钧进来，暗恨一班饭桶为何不把他绊住，让他看去许多丑态。情知事已败露，又羞又急，不等那人回答，急忙抢先说道："我们武术家照例以礼让为先，不到万不得已，宁肯自己口头上吃点亏，不肯轻易动手，以免伤了和气，结下深仇。这位赵教师乃成都有名英雄，他因慕公子的大名，前来比试。我恐公子功夫尚未纯熟，万一一时失手，有伤以武会友之道。好在公子正要寻觅高人，所以我打算同赵教师商量，请他加入我辈，与公子朝夕研究武艺。公子不要误会了意。"赵心源听罢，哈哈大笑道："贵教师真可谓舌底生莲，语妙人前了。我赵心源也不稀罕哄外行，骗饭吃，要入你们的伙，我是高攀不上。要奉陪各教师爷走上两趟，那倒是不胜荣幸之至。"陶钧见赛苏秦还要设辞哄骗自己，不由满心大怒，只是不好发作。冷笑了两声，说道："这位赵教师既然执意比试，何必拦阻人家呢？来来来，我替你们俩当证人，哪个赢了，我就奉送哪个五十两彩金如何？"赵心源道："还是你们公子说话痛快，我赵某非常赞成。"赛苏秦见事已闹僵，自己又不是对手，忽然眉头一皱，计上心来，便说道："赵教师与公子既赞成比试，愚下只得奉陪。不过今日天晚，何妨就请赵教师安歇一宵，容我等与公子稍尽地主之谊。明早起来，约齐众教师，就在庄外草坪中一齐分个高下。如何？"陶钧已知赵心源定非常人，正恐他不能久留，乐得借此盘桓，探探他的口气，便表示赞成。赵心源也不坚拒。

当下陶钧留赵心源住在他书房之内。又吩咐厨房备酒接风，让赵心源上座。赵心源也不客气，问了众教师名姓之后，道声："有僭。"径自入座。酒到半酣，陶钧便露出延聘之意。赵心源闻言大笑道："无怪乎江湖上都说公子好交，美恶兼收，精粗不择了。想赵某四海飘零，正苦无有容身之地，公子相留，在下是求之不得。只是赵某还未与众位教师爷比试，公子也不知道我有无能耐，现在怎好冒昧答应？倘若赵某败在众教师手里，公子留我，也面上无光；万一侥幸把众教师打倒，众位教师爷当然容让赵某在此，吃碗闲饭。公子盛意，赵某心领，且等明日交手后再说吧。"陶钧见赵心源满面风尘，二目神光炯炯，言词爽朗，举动大方，迥非门下教师那般鄙俗光景，不待明日比试，已自心服，在席上竭力周旋他一人，把其余诸人简直不放在眼里。赛苏秦同这一群饭桶教师见了这般情状，一个个全都切齿痛恨。席散之后，陶钧又取了两身新衣，亲自送往书房，与赵心源更换。赵心源道："公子这番盛意，也不是赵某不受，且等明日交手之后，再领情吧。"陶钧道："我等一见倾心，阁下何必拘此小节？"赵心源尚待推辞，怎奈陶钧苦劝，也就只好收下。二人谈了片时，各自安寝。

那赛苏秦席散之后，召集众人，互相埋怨了一阵，又议临敌之策。其中也有两个功夫稍好一些的，一名叫黎绰，一名叫黄暖，乃是水路的大盗，也是来访友比武，被众人婉劝入伙的。当下便议定明日由黎、黄二人先上头阵，众人随后接应；如见不能取胜，估量敌人纵然厉害，也双拳难敌四手，就与他来个一拥齐上；如再不胜，末后各人将随身暗器同时施放出来，他就不死，也要受重伤的。打伤姓赵的之后，陶钧好说便罢，如若不然，就放起火来，抢他个一干二净，各人再另觅投身之所。计议已定，一宿无话。

到了次日，陶钧陪着赵心源，同众教师到了庄前草坪，看的人业已挤满。黄暖自己忍耐不住，手持单刀，跳到场内，指着赵心源叫阵。赵心源也不脱去身上长衣，也不用兵刃，从容不迫地走进场内，先打一躬，说道："赵某特来领教，还望教师爷手下留情一二。"黄暖气忿忿地说道："你这东西欺人太甚！快亮兵刃出来交手。"赵心源道："兵刃么？可惜我不曾带将出门；这里的兵刃，无非是摆样子的，不合我用。这可怎么好呢？"黄暖怒道："你没有兵刃，就打算完了么？"赵心源道："赵某正想众位教师让我在此吃两年闲饭，岂有不比之理？也罢，与你一个便宜，你用兵刃，我空手，陪你们玩玩吧。"黄暖道："这是出你自愿。既然如此，你接招吧。"言还未了，一刀迎面劈下。陶钧见赵心源无有兵器，正要派人送去，他二人已动起手来，心中暗怪黄暖不讲理，又怕赵心源空手吃亏。正在凝思，忽听满场哈哈大笑。定睛一看，只见赵心源如同走马灯似的，老是溜在黄暖身后。那黄暖怒火千丈，一把刀横七竖八，上下乱斫，休说是人，连衣服也伤不了人家一点，引得满场哈哈大笑。这其中恼了黎绰，手持一条花枪，蹿入场中。陶钧忙喊："黎教师且慢！只许单打独斗，才算英雄。"黎、黄二人哪里肯听，仍是一拥齐上。陶钧见黎、黄二人刀枪并举，疾若飘风，正替赵心源着急。再看那赵心源时，纵高跳远，好似大人戏弄小孩子一样，并不把黎、黄二人放在心上。

黎、黄二人斗了半天，竟不能伤敌人分毫，又羞又气又着急，便不问青红皂白，把手中兵器拼命向敌人进攻。先是黎绰照着赵心源前心，使了一个长蛇入洞，抖起碗大的枪花，分心便刺。赵心源不慌不忙，将脚一踮，纵起有丈许高下。落地不远，黄暖一刀，又照他脚面斫去。眼看斫在脚上，赵心源忽地一个怪蟒翻身，将身一侧，避过刀锋。左脚刚一落地，黎绰的枪又到，同时黄暖的刀又当头斫来。赵心源喊一声："来得好！"将身往后一仰，脚后跟顿处，倒退斜穿出去数尺远近。那黎绰一枪刺了个空，恰巧黄暖用力太猛，收刀不住，一刀斫在黎绰枪上，斫成两段。在这快如闪电的当儿，赵心源业已飞身到了面前，举起两拳，在黎、黄二人脸上一晃。他二人吃了一惊，慌不迭地，一个拿了把钢刀，一个举起半截断枪，还待迎敌，只觉头上仿佛有个东西轻轻按了一下。再看敌人，已不知去向。忽见赵心源立在一个土坡上，手里拿着他二人的帽子，哈哈笑道："二位教师果然武术高强,请饶了我吧。"黎、黄二人暗暗惊异:"怎么一转瞬间,自己帽子会被人家取去了?"情知万万不是此人对手,只是又舍不得离此他去,越加恼羞成怒。稍微想了一想,黎绰又在别人手中取过一件兵刃,二人喊了一声,又赶杀上去。赵心源见二人这样不知趣,便说道:"赵某手下留情,尔等仍然不识时务,我就要无礼了。"

那赛苏秦见势不佳,便与余下的十几个教师使了一个眼色,自己却溜回庄中而去。那十几个浑人哪知赵心源的厉害,见军师发下号令,还想以多取胜,一个个手持兵刃,离了座位,假装观望,往场内走去。到底敌人是一双空手,起初还不好意思加入战团。那赵心源见众人挨近,早知来意,便一面迎敌,一面口中说道:"诸位如果技痒,何不也下来玩耍玩耍呢?"众人见赵心源叫阵,越加恼怒,大吼了一声,各持兵刃,一拥齐上。赵心源起初只敌黎、黄二人,并未拿出真实本领,无非用些轻身功夫,闪转腾挪,取笑而已。现在见众人一齐向前,心想:"不给他们点厉害,他们也不知道我赵心源为何许人也。"想罢,顺便就把两个帽子当做兵器,舞了个风雨不透。觑定众人来到切近,忽地将身往下一蹲,用一个扫地连环腿,往四面一转,扫将开去,当时打倒了七八个人。黎绰受了同伙兵刃的误伤,几乎连肩削了去。知道不好,按照原定计划,打了一个呼哨,众人连滚带爬,忙跟着四散退了下来。赵心源本不想太甚,既是敌人败退,也不穷追。恰好身旁倒有两个受伤的教师,便上前用手相扶。刚刚扶起一人,忽听金刃劈风的声音,知道是敌人暗器,忙将头一偏,躲了过去,原来是一支飞镖。再往四外看时,败退的十几个教师,手中各持暗器,已在四面将自己包围。

说时迟,那时快,这四下的镖、锤、弩、箭,如飞蝗流星一般,向他打来。赵心源见他等这般卑鄙,暗暗好笑,可是自己也不敢大意。你看他蹿高纵矮,缩颈低头,手接脚踢,敏捷非常,活似猿猴一般,休想伤得他分毫。百忙中有时接着敌人暗器,还要回敬一下,无不百发百中。

这时早恼了陶钧。起初见黎、黄败退,众教师以多为胜,已是又气又恨。及至见众人不是赵心源敌手,被人赤手空拳打倒好些,心中高兴非常。现在见众人败退,暗器齐发,不由大怒,便站在高处喝止。众人恨极了赵心源,咬牙切齿,哪里还听他的话。陶钧正待上前,忽见陶全上气不接下气跑来,说道:"适才公子在此比武,有一个教师偷偷回到庄中,将账房捆住,开了银柜,抢了许多金银,往西北方逃走了。"陶钧心想:"果然这班人俱是歹人,现今他们见能手来了,知道他们站不住脚,便下这样毒手。"又想自己平日对他们何等厚待,临走倒抢了自己银票。情知已追赶不上,索性等比试完了再说。又见众教师狼狈情形,越加忿恨,便喊道:"赵英雄,你不必手下留情,他们这一伙俱是强盗,适才已分人到我家中打劫去了。"这时黎绰站得离陶钧最近,闻听此话,暗恨赛苏秦不够朋友,众人在此舍生忘死对敌,他倒于中取利。又恨陶钧不讲交情,一心偏向外人,恰好手中暗器用完,便顾不得再打敌人,把心一横,只一蹿便到了陶钧面前,大声喝道:"你这个得新忘旧的小畜生!"言还未了,一枪当胸便刺。

　　陶钧一个冷不防,吃了一惊,刚喊出一声:"不好!"黎绰已中镖倒地。原来赵心源在场上乱接暗器时,地上新躺倒两个受伤的敌人。一个伤很重,已经动转不得,虽经赵心源扶起,依旧倒下哼哼装死。另一个姓毛,外号人称猫头鹰,最是奸险不过。他虽然也挨了赵心源一连环腿,却是受伤不重。因见众教师暗器齐飞,赵心源应接不暇之际,看出了便宜。恰好他身上带着有三支钢镖,悄悄取在手中。赵心源正在那里乱接暗器,忽见地上受伤教师在那里慢慢移动,便留上了神。猫头鹰哪知厉害,将镖挪在右手,向前一举,一支钢镖直奔赵心源咽喉打去。赵心源早已防备,见镖来到,也不躲闪,将口一张,用钢牙紧紧将镖衔住。

　　恰好手中又接了一支弩箭,觑准猫头鹰右肩胛上,大中二指捏住箭杆,食指微一使劲,打个正着。猫头鹰第二次镖还未发出,就中了敌人暗器,疼得满地打滚。这时黎绰已纵到陶钧跟前,举枪便刺。赵心源远远看见,来不及救援,他便把口中的镖换在左手,又接了黄暖一支镖,刚要回敬他一下,瞥眼看着陶钧正在危险之中,也不及说话,双手镖冲着黎、黄二人,次第发出,黎、黄二人分别中镖倒地。赵心源接着施展燕子飞云纵的功夫,接连三纵,已到了陶钧面前。再看陶钧,已夺过黎绰花枪,要往下再刺。赵心源忙喊道:"公子不可造次。"陶钧停手刚要问时,赵心源忙道:"公子请先回庄,待我先打发他们上路。"说罢,要过陶钧手中的枪,将黎绰胁下一点,便纵身入场。

　　这时众教师中,有乖觉一点的,业已逃跑;有不识时务的,还待上前。

赵心源施展轻身功夫，纵到他们跟前，用枪杆一点，无不应声而倒。不大会儿工夫，众教师除逃去的三四个外，其余的俱都被赵心源点倒在地，不能动转。赵心源又将众人像提猪一般，提在一个地方。这时陶钧尚未走去，众人俱都不能动转，面向着他，露出一种乞怜之色。陶钧正要发言，赵心源道："想尔等众人在此地蒙骗陶公子混碗饭，原无什么罪恶。只是不该以众凌寡，暗算伤人。尔等如欲从此洗心革面，赵某也不为已甚；否则便请陶公子送尔等到官厅，办尔等抢劫之罪。任凭尔等打算吧！"说罢，便走过去，在每人身后拍了一把，众人缓醒过来，一个个羞容满面，转身要走。陶钧这时倒动了恻隐之心，忙喝道："诸位暂且慢走，且容我派人将诸位的行李衣物取来。"说罢，便叫人去叫陶全将众人的衣物取来，又叫陶全再筹一千两银子，作为赠送众人的川资。众人见公子如此仁义，俱都喜出望外，跪在地上，向陶钧叩头谢别。陶钧也跪下还礼。众人当即告辞。那受伤的人，便由不受伤的搀扶，分别上路而去。

  陶钧见众人走后，便请赵心源同往庄中，执意拜他为师。赵心源道："公子生有异质，赵某怎配做公子的师父，我不过在此避难。公子如以朋友相待，赵某当尽心相授。"陶钧还是不依，赵心源只得受了陶钧四拜，从此朝夕用功，艺业大进。

第二十四回

望门投止　赵心源门内接银镖
渡水登萍　陶孟仁江心观绝技

那赵心源原名崇韶，乃是江西世家，祖上在明朝曾为显宦。赵心源从小随宦入川，自幼爱武，在青城山中遇见侠僧轶凡，练了一身惊人的本领。他父亲在明亡以后，不愿再事异族，隐居川东，课子力田。去世之后，心源袭父兄余产，仗义轻财，到处结纳异人名士，艺业也与日俱进。江湖上因他本领超群，又有山水烟霞之癖，赠他一个雅号，叫做烟中神鹗。他与陆地金龙魏青，乃是同门师兄弟。近年因在四川路上帮助一家镖客，去夺回了镖，无意中与西川八魔结下仇怨。因常听魏青说起陶钧轻财好友，好武而未遇名师，便想去投奔于他，借以避祸。好在他的名江湖上并无人知道，八魔只以为四川是他的老家，暂时不会寻访到江西来。又见陶钧情意殷殷，便住在他家中，用心指导他内外功门径。三年光阴，陶钧果然内外功俱臻上乘。对于心源，自然是百般敬礼。

有一天，陶钧正同心源在门前眺望，忽然觉得有一个亮晶晶的东西飞来，再看心源，已将那东西接在手中，原来是一支银镖。正待发问，忽见远处飞来一人，到了二人跟前，望着心源笑道："俺奉魔主之命，寻阁下三年，正愁不得见面，却不想在此相遇。现在只听阁下一句话，俺好去回复我们魔主。"说罢，狞笑两声。心源道："当初俺无意中伤了八魔主，好生后悔。本要登门负荆，偏偏又被一个好友约到此地，陪陶公子练武。既然阁下奉命而来，赵某难道就不识抬举？不过赵某还有些私事未了，请阁下上复魔主，就说赵某明年五月端午，准到青螺山拜访便了。"那人听了道："久闻阁下为人素有信义，届时还望不要失约才好。"说罢，也不俟心源还言，两手合拢，向着心源当胸一挥，即道得一声："请！"心源将丹田之气往上一提，喊一声："好！阁下请吧！"再看那人，无缘无故，好似有什么东西暗中撞了似的，倒退出去十几步，面带愧色，望了他二人几眼，回身便走，步履如飞，转眼已不知去向。

陶钧见心源满脸通红，好似吃醉了酒一般，甚觉诧异。刚要问时，心源摇摇头，回身便走。回到陶家，连忙盘膝坐定，运了一会儿气，才说道："险哪！"陶钧忙问究竟。心源道："公子哪里知道。适才那人，便是四川八魔手下的健将，名叫神手青雕徐岳的便是。"说罢，将手中接的那支银镖，递与陶钧道："这便是他们的请柬。只因我四年前，在西川路上，见八魔中第八的一个八臂魔主邱舱，劫一位镖客的镖，他们得了镖，还要将护镖的人杀死。我路见不平，上前解劝，邱舱不服，便同我打将起来。他的人多，我看看不敌，只得败退。不知什么所在，放来一把梅花毒针，将他们打败，才解了镖客同我之围。放针的人，始终不曾露面。八魔却认定了我是他们的仇敌。我听人说，他非要了我的命不可。我自知不敌，只好避居此地。今日在庄外遇见徐岳，若非内功还好，不用说去见八魔，今日已受了重伤。那徐岳练就的五鬼金沙掌的功夫，好不厉害。他刚才想趁我不留神，便下毒手。幸喜我早有防备，用丹田硬功回撞他一下，他就不死，也受了内伤。我既接了八魔请柬，不能不去。如今离明年端午，只有九个多月，我要趁此时机，做一些准备，不能在此停留。公子艺业未成，我也不要做公子的师父，辱没了公子资质。天下剑仙异人甚多，公子如果有心，还是出门留心，在风尘中去寻访。只要不骄矜，能下人，存心厚道，便不会失之交臂的。"陶钧听心源要走，万分不舍，再三挽留不住，又知道关系甚大，只得忍痛让心源走去。由此便起了出门寻师之念。好在家中有陶全掌管，万无一失。于是自己也不带从人，打了一个包袱，多带银两，出门寻觅良师异人。因汉口有先人几处买卖，心源常说，蜀中多产异人，陶钧就打算先到汉口，顺路入川。

行了月余，到了汉口。陶家开的几家商店，以宏善堂药铺资本最大，闻得东家到来，便联合各家掌柜，分头置酒洗尘。陶钧志在求师，同这些俗人酬应，甚觉无聊。周旋几天之后，把各号买卖账目略看了看，逢人便打听哪里有会武术的英雄。那武昌城内赶来凑趣的宏善堂的掌柜，名叫张兴财，知道小东家好武，便请到武昌去盘桓两日，把当地几个有名的武师，介绍给陶钧为友。陶钧自从跟心源学习武功之后，大非昔比。见这一班武师并无什么出奇之处，无非他们经验颇深，见闻较广，从他们口中知道了许多武侠轶闻、绿林佳话，心中好生歆慕。怎奈所说的人，大都没有准住址，无从寻访。便想再住些时日，决意入川，寻访异人。众武师中，有一个姓许名钺的，使得一手绝好的子母鸳鸯护手钩，轻身的功夫也甚好，外号展翅金鹏。原是书香后裔，与陶钧一见如故，订了金兰之好。这时已届隆冬，便打算留陶钧过年后，一同入川，寻师访友。陶钧见有这么一个知己伴侣，自然更加高兴。因厌药店烦嚣，索性搬在许钺家中同住。

有一天，天气甚好，汉口气候温和，虽在隆冬，并不甚冷，二人便约定买舟往江上游玩。商量既妥，也不约旁人，雇了一只江船，携了行灶酒食。上船之后，见一片晴川，水天如镜，不觉心神为之一快。二人越玩越高兴，索性命船家将船摇到鹦鹉洲边人迹不到的去处，尽情畅饮。船家把船摇过鹦鹉洲，找了一个停泊所在。陶、许二人又叫把酒食搬上船头，二人举酒畅谈。正在得趣之际，忽见上流头远远摇下一只小船，这只船看去简直小得可怜，船上只有一把桨，水行若飞。陶钧正要说那船走得真快，还未说完，那船已到了二人停舟所在。小船上的人是一个瘦小枯干的老头，在数九天气，身上只穿着一件七穿八洞的破单袍，可是浆洗得非常干净。那小船连头带尾不到七尺，船中顶多能容纳两人。船头上摆了一把瓦茶壶、一个破茶碗，还有一个装酒的葫芦。那老头将船靠岸，望了陶、许二人两眼，提了那个葫芦，便往岸上就走，想是去沽酒去。那小船也不系岸，只管顺水漂泊。陶钧觉得稀奇，便向许钺道："大哥，你看这老头，想是贪杯如命，船到了岸，也不用绳系，也不下锚，便上岸去沽酒。一会儿这船随水流去，如何是好呢？"说时那船已逐渐要离岸流往江心。陶钧忙命船家替他将船拢住。船家领命，便急忙用篙竹竿将那船钩住。说也可笑，那船上除了几件装茶、酒的器具外，不用说锚缆没有，就连一根绳子也没有，好似那老头子根本没有打算停船似的。船家只得在大船上寻了一根绳子，将那小船系在自己船上的小木桩上。许钺年纪虽只三十左右，阅历颇深，见陶钧代那操舟老头关心，并替他系绳的种种举动，只是沉思不语，也不来拦阻于他。及至船家系好小船之后，便站起身来，将那小船细细看了一遍。忽然向陶钧说道："老弟，你看出那老头有些地方令人可疑么？"陶钧道：

"那老头在这样寒天只穿一件单衫,虽然破旧,却是非常整洁。可是他上岸的时候,步履迟钝,又不像有武功的样子。实在令人看不透来历。他反正不是风尘中异人,便是山林内隐士,绝非常人。等他回来,我们何妨请他喝两杯,谈谈话,不就可以知道了么?"许钺道:"老弟的眼力果然甚高,只是还不尽然。"

陶钧正要问是何缘故,那老头已提着一大葫芦酒,步履蹒跚,从岸上回转。刚到二人船旁,便大喝道:"你们这群东西,竟敢趁老夫沽酒的时候,偷我的船么?"船家见老头说话无礼,又见他穿的那一身穷相,正要反唇相骂。陶钧连忙止住,跳上岸去,对那老头说道:"适才阁下走后,忘了系船。我见贵船随水漂去,一转眼就要流往江心,所以才叫船家代阁下系住,乃是一番好意,并无偷盗之心。你老休要错怪。"那老头闻言,越发大怒道:"你们这群东西,分明通同作弊。如今真赃实犯俱在,你们还要强词夺理么?我如来晚一步,岂不被你们将我的船带走?你们莫非欺我年老不成?"陶钧见那老头蛮不讲理,正要动火,猛然想起赵心源临别之言,又见那老头虽然焦躁,二目神光炯炯,不敢造次,仍然赔着笑脸分辩。那老头对着陶钧,越说越有气,后来简直破口大骂。

许钺看那老头,越觉非常之人,便飞身上岸,先向那老头深施一礼道:"你老休要生气,这事实是敝友多事的不好。要说想偷你的船,那倒无此心。你老人家不嫌弃,剩酒残肴,请到舟中一叙,容我弟兄二人用酒赔罪,何如?"那老头闻言,忽然转怒为喜道:"你早说请我吃酒,不就没事了么?"陶钧闻言,暗笑这老头骂了自己半天,原来是想诈酒吃的,这倒是讹酒的好法子。因见许钺那般恭敬,知出有因,自己便也不敢怠慢,忍着笑,双双揖客登舟。坐定之后,老头也不同二人寒暄,一路大吃大喝。陶、许二人也无法插言问那老头的姓名,只得殷勤劝酒敬菜。真是酒到杯干,爽快不过。那两个船家在旁看老头那份穷喝饿吃,气忿不过,趁那老头不留神,把小船上系的绳子悄悄解开。许钺明明看见,装作不知。等到船已顺水流出丈许,才故作失惊道:"船家,你们如何不经意,把老先生的船,让水给冲跑了?"两个船家答道:"这里江流本急,他老人家船上又无系船的东西,通共一条小绳,如何系得住?这大船去赶那小船,还是不好追,这可怎么办?好在他老人家正怪我们不该替他系住他的小船,想必他老人家必有法子叫那船回来的。"那老头闻船家之言，一手端着酒杯，回头笑了笑道："你说的话很对，我是怕人偷，不怕它跑的。"陶钧心眼较实，不知许钺是试验老头的能耐，见小船顺水漂流，离大船已有七八丈远，忙叫："船家快解缆，赶到江心，替老先生把船截回吧。"

船家未及答言，老头忙道："且慢，不妨事的，我的船跑不了，我吃喝完，自会去追它，诸位不必费心了。"许钺连忙接口道："我知道老前辈有登萍渡水的绝技，倒正好借此瞻仰了。"陶钧这才会意，便也不开口，心中甚是怀疑："这登萍渡水功夫，无非是形容轻身的功夫到了登峰造极的地步，如在水面行走。昔日曾听见赵心源说过，多少得有点凭借才行。看那船越流越远，这茫茫大江，无风三尺浪，任你轻身功夫到了极点，相隔数十丈的江面，如何飞渡？"仔细看那老头，除二目神光很足外，看不出一些特别之点。几次想问他姓名，都被他用言语岔开。又饮了一会儿，小船隔离更远，以陶、许二人目力看去，也不过看出在下流头，像浮标似的露出些许黑点。那老头风卷残云，吃了一个杯尽盘空。然后站起身来，酒醉模糊，脚步歪斜，七颠八倒地往船边便走，陶钧怕他酒醉失足江中，刚一伸手拉他左手时，好似老头递在自己手上一个软纸团，随着把手一脱，陶钧第二把未拉住，那老头已从船边跨入江中。陶钧吓了一跳，"不好"两字还未喊出口，再看那老头足登水面，并未下沉，回头向着二人，道一声"再见"，踢里跶拉，登着水波，望下流头如飞一般走去。把船上众人，吓得目定口呆。江楚间神权最盛，两个船家疑为水仙点化，吓得跪在船头上大叩其头。

许钺先时见那老头那般作为，早知他非常人。起初疑他就会登萍渡水的功夫，故意要在人前卖弄。这种轻身功夫，虽能提气在水面行走，但是顶多不过三四丈的距离，用蜻蜓点水的方式，走时也非常吃力。后见小船去远，正愁老头无法下台，谁知他竟涉水登波，如履平地。像这样拿万丈洪涛当做康庄大路的，简直连听都未听说过。深恨自己适才许多简慢，把绝世异人失之交臂。陶钧也深恨自己不曾问那老头姓名。正出神间，忽觉手中捏着一个纸团，才想起是那老头给的。连忙打开一看，上面写着"迟汝黄鹤，川行宜速"八个字，笔力遒劲，如同龙蛇飞舞。二人看了一遍，参详不透。因上面"川行宜速"之言，便想早日入川，以免错过良机。同许钺商量，劝他不要顾虑家事，年前动身。许钺也只得改变原来安排，定十日内将家中一切事务，托可靠的人料理，及时动身。当下嘱咐船家，叫他们不要张扬出去。又哄骗说："适才这位仙人留得有话，他同我们有缘，故而前来点化。如果泄露天机，则无福有祸。"又多给了二两银子酒钱。船家自是点头应允。不提。

二人回到许家，第二天许钺便去料理一切事务。那陶钧寻师心切，一旦失之交臂，好不后悔。因老头纸条上有"迟汝黄鹤"之言，临分手有再见的话，便疑心叫他在黄鹤楼相候。好在还有几天耽搁，许钺因事不能分身，也不强约，天天一人跑到黄鹤楼上去饮酒，一直到天黑人散方归，希望得些奇遇。到第七天上，正在独坐寻思，忽然看见众人交头接耳。回头一看，见一僧一俗，穿着奇怪，相貌凶恶，在身后一张桌子上饮酒。这二人便是金身罗汉法元和秦朗，相貌长得丑恶异常，二目凶光显露。陶钧一见这二人，便知不是等闲人物，便仔细留神看他二人举动。那秦朗所坐的地方，正在陶钧身后，陶钧回头时，二人先打了一个照面。那秦朗见陶钧神采奕奕，气度不凡，也知他不是平常酒客。便对法元道："师父，你看那边桌上的一个年轻秀士，二目神光很足，好似武功很深，师父可看得出是哪一派中的人么？"法元听秦朗之言，便对陶钧望去，恰好陶钧正回头偷看二人，不由又与法元打了一个照面。

法元见陶钧长得丰神挺秀，神仪内莹，英姿外现，简直生就仙骨，不由大吃一惊。便悄悄对秦朗说道："此人若论功行，顶多武术才刚入门；若论剑术，更是差得远。然而此人根基太厚，生就一副异禀。他既不会剑术，当然还未被峨眉派收罗了去。事不宜迟，你我将酒饭用完，你先到沙市相候，待我前去引他入门，以免又被峨眉派收去。"师徒用了酒饭，秦朗会完饭账，先自一人往沙市去了。法元等秦朗走后，装作凭栏观望江景，一面留神去看陶钧，简直越看越爱。那陶钧起先见法元和秦朗不断地用目看他，一会儿又见他们交头接耳，小声秘密私谈，鬼鬼祟祟的那一副情形，心中已经怀疑。后来见秦朗走时，又对他盯了两眼，越发觉得他二人对自己不怀好意。陶钧虽造诣不深，平时听赵心源时常议论，功夫高深同会剑术的人种种与常人不同之点，估量这两个人如对自己存心不善，决不容易打发。那和尚吃完不走，未必不是监视自己。自己孤身一人，恐难对付；欲待要走,少年气盛,又觉有些示弱。自想出世日浅,并未得罪过人,或者事出误会,也未可知。于是也装作凭栏望江,看街上往来车马,装作不介意的样子。

正在观望之间,忽见人丛中有一个矮子,向他招呼。仔细一看,正是他连日朝思暮想、那日在江面上踏波而行的那个老头,不由心中大喜。正要开口呼唤时,那老头连忙向他比了又比,忽耳旁吹入一丝极微细的声音说道:"你左边坐着的那一个贼和尚,乃是五台派的妖孽,他已看中了你,想收你做徒弟。你如不肯,他就要杀你。我现时不愿露面,你如想拜我为师,可用计脱身,我在鹦鹉洲下等你。那和尚要想等你下楼,用强迫手段将你带走。你不妨欲取故与,先去和他说话,捉弄他一下。"说完,便不听声响。再看那老头时,已走出很远去了。

说到这里,阅者或者以为作者故意夸大其词,否则老头在楼下所说这些话,虽然声小,既然陶钧尚能听见,那法元也是异派剑仙中有数人物,近在咫尺,何以一点听不见呢,阅者要知道,剑仙的剑,原是运气内功,臻乎绝顶,才能身剑合一,可刚可柔,可大可小。那老头说话的一种功夫,名叫百里传音,完全是练气功夫。他把先天真气,练得细如游丝,看准目标,发将出去,直贯对方耳中。声音虽细,却是异常清楚。漫说楼上楼下,这十数丈的距离,就是十里百里,也能传到。剑仙取人首级于百里之外,也是这一种道理。闲话少提,书归正传。

话说陶钧闻听老头之言,才明白那和尚注意自己的缘故。又听那老头答应收他为徒,真是喜出望外。又愁自己被和尚监视,脱身不易。望了望那和尚,好似不曾听见老头曾经和自己说过话一般,就此已知他二人程度高下。于是定了定心神,暗想脱身之计。那法元本想等陶钧下楼时,故意自高身价,卖弄两手惊人的本领,好让陶钧死心塌地前来求教。后来见陶钧虽然看了他两眼,也不过和其他酒客一样,并不十分注意,不由暗暗骂了两声蠢材。他和陶钧对耗了一会儿,不觉已是申末酉初,酒阑人散。黄鹤楼上只剩他两个人,各自都假装眺望江景,正是各有各的打算。陶钧这时再也忍耐不住,但因听那老头之言,自己如果一走,那和尚便要跟踪下楼,强迫他同走,匆遽间委实想不出脱身之计。

正在凝思怎样走法,偏偏凑趣的酒保因陶钧连来数日,知是一个好主顾，见他独坐无聊，便上来献殷勤道："大官人酒饭用完半天，此时想必有些饥饿。适才厨房中刚从江里打来的新鲜鱼虾，还要做一点来尝尝新么？"陶钧闻言，顿触灵机，便笑道："我因要等一个朋友，来商量一件要事，原说在傍晚时在此相会，大概也快来啦。既有这样新鲜东西，你就去与我随便做两样。我此时有点内急，要下楼方便方便。倘如我那位朋友前来，就说我去去就来，千万叫他不要走开。"说罢，又掏出一锭银子，叫他存在柜上，做出先会账的派头，向酒保要了一点手纸，下楼便走。

　　法元正在等得不耐烦，原想就此上前卖弄手段。及听陶钧这般说法，心想物以类聚，这人质地如此之高，他的朋友也定不差。便打算索性再忍耐片时，看看来人是谁。估量陶钧如厕，就要回来，也就不想跟去。又因枯坐无聊，也叫酒保添了两样菜，临江独酌。等了半日，不见陶钧回来，好生奇怪，心想道："此人竟看破了我的行藏么？"冬日天短，这时已是暝色满江，昏鸦四集。酒保将灯掌上，又问法元为什么不用酒菜。法元便探酒保口气道："适才走的那位相公，不像此地口音，想必常到此地吃酒，你可知道他姓甚名谁，家居何处么？"那酒保早就觉着法元相貌凶恶，荤酒不忌，有些异样，今见他探听陶钧，如何肯对他说真话。便答道："这位相公虽来过两次，因是过路客人，只知他姓陶，不知他住何处。"法元见问不出所以然来，好生不快。又想那少年既然说约会朋友商量要事，也许如厕时，在路上相遇，或者不是存心要避自己。便打算在汉口住两天，好寻觅此人，收为门下，省得被峨眉派又网罗了去。

第二十五回

赛仙朔三次戏法元
小孟尝二番逢矮叟

法元酒饭用罢，便会账下楼，去寻客店。刚刚走到江边，忽见对面来了一个又矮又瘦的老头，喝得烂醉如泥，一手还拿着一个酒葫芦，步履歪斜，朝着自己对面撞来。法元的功夫何等纯熟，竟会闪躲不开，"砰"的一声，撞个满怀，将法元撞得倒退数尺。那老头一着急，"哇"的一声，将适才所吃的酒，吐了法元一身。明知闯了祸，连一句客气话也不说，慌忙逃走。法元几乎被那老头撞倒在地，又吐自己一身的酒，不由心中大怒。本想将剑放出，将那老头一挥两段。又想以自己身份，用剑去杀一个老醉鬼，恐传出去被人耻笑。正想追上前去，暗下毒手。在月光底下，忽抬头看见前面街道转角处，站定一人，正是在那酒楼上所见的少年。便无心与那老头为难，连忙拔步上前。怎奈那少年看见法元，好像知道来意，拔脚便走，两下相隔有十几丈远。法元万料不到陶钧见他就躲，所以走得并不十分快。及至见陶钧回身便走，忙急行几步，上前一看，这巷中有三条小道，也不知那少年跑向哪一条去。站在巷口，不由呆了一阵。猛然想起刚才那个老头有些面熟，好似在哪里见过；又想起自己深通剑术，内外功俱臻绝顶，脚步稳如泰山，任凭几万斤力量来撞，也不能撞动分毫，怎么适才会让一个醉鬼几乎将自己撞倒？越想越觉那人是个非常人物，特意前来戏弄自己。再往身上一看，一件簇新的僧衣，被那老头吐得狼藉不堪，又气又恼。等了一会儿，不见酒楼遇见的那少年露面，只得寻了一个客店住下，将衣服用湿布擦了一擦，放在屋内向火处去烘干。坐在屋内，越想越疑心那少年是那老头的同党。便定下主意：如果那少年并不在敌派教下，那就不愁他不上套，无论如何，也要将他收归门下，以免被敌人利用；如果他已在峨眉派门下,便趁他功行未深、剑术未成之时,将他杀死,以除后患。

法元打好如意算盘之后,就在店房之中盘膝坐定。等到坐完功课,已是三更时分,估量这件僧衣业已烘干。正要去取来穿时,不料走到火旁一看,不但僧衣踪影不见,连自己向秦朗要来的那十几两散碎银子,俱已不知去向,不由大吃一惊。论起来,法元御剑飞行,日行千里,虽未断绝烟火食,已会服气辟谷之法,数日不饥。这尘世上的金银原无什么用处,只因在酒楼上秦朗会账时,法元后走,恐怕难免有用钱的地方,特地给他留下十几两散碎银子。也不知哪一个大胆的贼人,竟敢在太岁头上动土,来开这么一个玩笑。法元情知这衣服和钱丢得奇怪。自己剑术精奇,听觉灵敏,树叶落地,也能听出声响。何况在自己房内,门窗未动,全没丝毫声息,会将自己偷个一净二光,此事绝非寻常贼盗所为,就是次一等的剑仙,也不能有此本领。明知有敌人存心和自己过不去,来丢他的丑。没有衣服和银子,漫说明天不好意思出门见人,连店钱都无法付。自己是有名的剑仙,决不能一溜了事,其事又不能张扬,好生为难。猛想起天气还早,何不趁此黑夜,上大户人家去偷些银两,明日就暗地叫店家去买一身僧衣,再设法寻查敌人踪迹。

主意决定之后,也不开门,便身剑合一,从后窗隙穿出,起在空中,挑那房屋高的所在,飞身进去。恰好这家颇有现银,随便零整取了有二十两银子。又取纸笔,留下一张借条,上写"路过缺乏盘资,特借银二十两,七日内加倍奉还,声张者死"几个字。写完之后,揣了银子,仍从原路回转店中,收了剑光坐下。刚喊得一声:"惭愧!"忽觉腰间似乎有人摸了他一把,情知有异。急忙回头看时,忽然一样东西当头罩下。法元喊声:"不好!"已被东西连头罩住,情知中了敌人暗算。在急迫中,便不问青红皂白,放起剑光乱砍一阵,一面用手去取那头上的东西。起初以为不定是什么法宝,谁想摸去又轻又软,等到取下看时,业已被自己的剑砍得乱七八糟,原来正是将才被那人偷去的僧衣。法元这是平生第一次受人像小孩般玩弄,真是又羞又气又着急,哭笑不得。再一摸适才偷来的二十两银子,也不知去向。僧衣虽然送还,业已被剑砍成碎片,不能再穿。如要再偷时,势又不能。敌人在暗处,自己在明处,估量那人本领,决不在自己以下,倘再不知进退，难免不吃眼前亏，好生为难。猛一回头，忽见桌上亮晶晶地堆了大大小小十余个银锞子，正是适才被人偷去之物。走上前一看，还压着一张纸条，上面写道："警告警告，玩玩笑笑。罗汉做贼，真不害臊。赃物代还，吓你一跳。如要不服，报应就到。"底下画着一个矮小的老头儿，一手拿着酒杯，一手拿着装酒的葫芦，并无署名。法元看完纸条，再细细看那画像，好似画的那老头，和临黑时江边所遇的那老头儿一样。越看越熟，猛然想起，原来是他。知道再待下去，绝无便宜，不及等到天明，也顾不得再收徒弟，连夜驾起剑光逃走了。在路上买了一身僧衣，追上秦朗，回转慈云寺去了。

说了半天，这个老头是谁呢？这便是嵩山二老中一老，名叫赛仙朔矮叟朱梅。此人原在青城山得道隐居，百十年前，在嵩山少室寻宝，遇见东海三仙中追云叟白谷逸。两人都是剑术高深，道法通神，性情又非常相投。从头一天见面起，整整在嵩山少室相聚了有十年，于是便把嵩山少室作为二人研究元功之所。各派剑仙因他二人常在嵩山少室相聚，便叫他二人为嵩山二老。朱梅举动滑稽，最爱偷偷摸摸和别人开玩笑。既有神出鬼没之能，又能隐形藏真。有一位剑仙，曾送了他一个外号，叫赛仙朔。他的剑术自成一家，另见一种神妙。生平未收过多的徒弟，只数十年前在青城山金鞭崖下，收了一个徒弟，名叫纪登，便是前者多宝真人金光鼎去约请，被他避而不见的那一个。此人生得又瘦又长，他师父只齐他肚腹跟前。师徒二人走到一起，看去非常好笑。朱梅还有一个师弟，也是一个有名的剑仙，名唤石道人。法元原是石道人的徒弟，石道人因见他心术不正，不肯将真传相授，法元才归入五台派门下。所以法元深知朱梅的厉害，吓得望影而逃。

那朱梅是怎生来的呢？他原先本同东海三仙之中的追云叟白谷逸二人每隔三年，无论如何忙法，必定到嵩山少室作一次聚会。今年本是他二人相会之期，忽然髯仙李元化专程骑鹤去到嵩山少室，告诉他说追云叟烦他带口信，今年少室之约，因事不能前来；同时还敦请他下山帮忙，去破慈云寺，继续准备日后与各异派翻脸时的事体等语。朱梅听了这一番言语，自是义不容辞。他于是先到了四川青城山，考察了一番纪登的功课，知道较前进步，便勉励了他几句。那金光鼎原先与纪登本是总角之交，后来纪登被朱梅接引，洗手学道，二人虽然邪正不同，倒是常常来往。金光鼎去请纪登下山时，恰好朱梅正在那里，问起根由，不但不准纪登与金光鼎相见，反申斥了他一顿。纪登无法，只得叫道童回复金光鼎，说是云游在外。朱梅在观中待了几日，静极思动。心想各派都在网罗贤才，自己平生只收这一个徒弟，虽然肯用功上进，怎奈资质不厚，不能传自己的衣钵。便想也去搜罗几个根基厚的人，来做传人。于是离了青城山，到处物色。顺着蜀江下游寻访，虽然遇见几个，都不合他的意。前些日在汉阳江边，用剑诛了一个水路的小贼。他便把贼人留下的小船，做起浮室泛宅上的生活。他生来好饮。本书中有三个爱吃酒的剑仙，一个是追云叟，一个是醉道人，一个便是朱梅。他每日坐着小船在江边沽醉，逍遥了数日。那日见陶钧，便知是个好资质，一路跟下他来，故意将船泊岸，去试验于他。朱梅早算就法元要经过此地，特意叫陶钧在黄鹤楼相候，存心作弄法元一番。他把陶钧引下黄鹤楼之后，便同陶钧晤面，嘱咐了几句言语，约定第七日同往青城山去。这才假装醉人，吐了法元一身酒。后来见法元进了一家客店，知道他还不死心，便跟踪下来。到了晚间，飞身进了法元所住的店房，将他衣服、银两偷去。原是念在他从前师父石道人的份上，想警戒他知难而退，以免日后身首异处。及至见法元虽然有些畏惧，却是始终不悟，又去偷盗人家，知道此人无可救药，仍将盗来的僧衣和银两与他送还，留下一张纸条，作一个最后的警告。可叹法元妄念不息，未能领会朱梅一番好意，所以后来峨眉斗剑，死得那样惨法。这且不提。

　　补说陶钧在黄鹤楼上用了几句诈语，脱身下楼之后，且喜法元并不在后跟来，于是急忙顺着江边路上走去，赴那老头之约。刚刚走出三里多地，便看见江边浅滩上横着那老头所乘的小船，知道老头不曾远去，心中大喜。等到跑近船边一看，只是一个空船，老头并不在船上，心中暗恨自己来迟了一步，把这样好的机会错过。正在悔恨之际，忽然觉得身后一只手伸过来，将他连腰抓在手中，举起抡了两抡，忽然喊一声："去你的吧！"随手一扔，将他扔出有三四丈高远。要换了别人，怕不被那人扔得头昏眼花，跌个半死。陶钧起初疑心是黄鹤楼上遇的那个和尚，便使劲挣扎，偏偏对方力大无穷，一丝也不能动转。他自随赵心源学艺三年后，武功确实大有进步。及至那人把他扔了出去，他不慌不忙，两手一分，使了一个老鹰翔集的架势,轻轻落在地上。向对面一看,站定两个人:一个正是那梦寐求之的矮老头;还有一个老尼姑,手持拂尘,慈眉如银,满面红光,二目炯炯有神。不由心中大喜。正要赶上前去搭话,忽听那老头对那老尼姑说道:"如何?我说此子心神湛定,资质不差么。"那老尼姑笑道:"老前辈法眼,哪有看错的道理?"

这时陶钧已跪在老头面前,口尊"师父"。老头道:"快快起来,拜过云灵山的白云大师。"陶钧连忙上前拜跪。白云大师半礼相还。陶钧又请教师父的姓名。老头道:"我乃嵩山少室二老之一,矮叟朱梅是也。因见你根基甚厚,恐你误入迷途,特来将你收归门下。你要知道,此乃特别的缘法,非同小可。我生平只收你师兄一个徒弟,他仅能将我的道法剑术得去十之二三。你如肯努力精进,前途实在不可限量,完全在你好自为之而已。我同白云大师,俱都是日内要往成都赴你师伯追云叟之约。你急速回你寓所,收拾等候,七日内随我同行。我先到青城山金鞭崖你师兄纪登那里。你的那个朋友,虽然也向道心虔,可惜他的资质不够做我的徒弟,再说他也无缘,想去也不行。你回去对他言明,叫他暂时不必入川。他过年将家事料理完竣之后,可到宜昌三游洞去寻侠僧轶凡。他若不肯收留,就说是我叫他去的。同时,叫他对侠僧轶凡说,他的徒弟赵心源,被西川八魔所迫,明年端午到魔宫赴会,人单势孤,凶多吉少,叫他无论如何,要破例前去助他脱难。黄鹤楼上那个和尚,名叫金身罗汉法元,原先是你师叔石道人的弟子,也是一个剑仙,后来叛正归邪。他必然仍要前来寻你,不要害怕,凡事有我在此。你此时回去,若遇着他,你只回头便走,底下你就不用管了。到第七天早晨,你一人仍到这边找我。现时就分手吧。"陶钧俯首恭听,等朱梅说完之后,便遵言拜别而去。不提。

白云大师原是从庐山回转,路遇朱梅,互相谈起慈云寺的事,才知道她也是接了髯仙李元化代追云叟的邀请。朱梅很得意地告诉她收了一个好徒弟,因要试试陶钧的定力同胆量,所以才突如其来地将他拉起空中。及见陶钧虽然有些惊疑,并不临事惊慌;尤其是看清楚之后,再行发话。这一种泰山崩于前而色不变的态度,更为难得,所以朱梅很觉满意。白云大师因要先回云灵山去一转,便告辞先走。朱梅便去点化法元,上文业已说过。

这里陶钧刚走到离许家不远,忽见前面来了凶僧法元,在那里东张西望,好似寻人的样子。又见师父朱梅从一条小巷内步履歪斜,直往法元身上撞去。法元身法虽然敏捷非常,可是并未闪开,被朱梅一撞,几乎跌倒,又吐了他一身,看去情形十分狼狈可笑。正疑心他师父要和法元比剑,打算看个热闹。忽然觉得有人在他肩头上一拍,说道:"你看什么,忘了我的话么?"回头一看,正是自己师父,这一眨眼工夫,不知怎么会从前面二十多丈远的地方到了自己身后,正要答话,已不见师父的踪迹。猛抬头看见法元好似看见了自己,正往前走来,知道不好,慌不迭地连忙跑进巷内。且喜许家就在跟前,忙将身一纵,便已越墙而入,迈步进了厅堂。只见许钺正在那里愁眉不展,问起原因,许钺只管吞吞吐吐不说实话,只说四川之游,不能同去,请他明日动身。陶钧暗服师父果然先知,便把朱梅之言对他说了一遍。许钺只是叹气,对陶钧道:"恭喜贤弟!还未跋涉,就遇剑仙收归门下。愚兄虽承他老人家指引门路,去投侠僧轶凡,但不知我有无这个福气,得厕身剑侠之门呢。"陶钧见许钺神气非常沮丧,好生不解,再三追问根由,许钺终是不肯吐露只字。陶钧不便再往下追问,只是心中怀疑而已。许钺也不再料理别事,每日陪着陶钧,把武汉三镇的名胜游了一个遍。到第六天上,备了一桌极丰盛的酒席,也不邀约外人,二人就在家中痛饮。饭后剪烛西窗,越谈越舍不得睡。

一宵易过,忽听鸡鸣。陶钧出看天色,冬日夜长,东方尚是昏沉沉的。陶钧因与师父初次约会,恐怕失约,便想在东方未明前,就到江边去等,以表诚敬。许钺也表赞成,便执意要送陶钧,并在江边陪他。陶钧因师父说过,许钺与他无缘,惟恐师父不愿意相见,便想用婉言谢绝。才说了两句客气话,许钺忽然抢着说道:"贤弟你难道看愚兄命在旦夕,就不肯加以援手么?"陶钧闻言大惊,忙问是何缘故。许钺叹气道:"你见我面带愁烦,再三盘问,此时愚兄已陷入危险,因知贤弟的本领虽胜过愚兄,但决不是那人的对手,所以不肯言明。第二日忽然想起令师可以救我,虽然说我与他无缘,但他既肯指引我的门路,可知他老人家尚不十分鄙弃我。恰好我的仇人与我约定,也是今日上午在江边见面比试。所以我想随贤弟同去,拜见令师,或者能借令师的威力,解此大难。我这几日几次三番想同贤弟说明,只因年轻荒唐之事,不好意思出口。如今事机急迫,愚兄只有半日的活命。现时天已快明，无暇长谈，死活全仗贤弟能否引我去拜求令师了。"陶钧见许钺说时那样郑重，好友情长，也不暇计师父愿意与否，便满口应允。正待问因何与人结仇，这时见明瓦上已现曙色，许钺又说到江边再谈，便把打好的包裹和银两提在手中，一同出门。路并不远，到时天才微明。江边静荡荡的，一些声息皆无，只有江中寒潮，不时向堤岸激泼。见小船不在，知道师父未来，二人找了一块石头坐下。严冬时节，虽然寒冷，且喜连日晴明，南方气候温和，又加以二人武功有根底，尚不难耐。坐定以后，许钺便开始叙说以前结仇经过。

要知后事如何，且看下回分解。

第二十六回　白露横江　良朋谈往事
　　　　　　青霓掣电　侠女报亲仇

许钺道:"我家祖先世代在大明承袭武职,家传九九八十一手梨花枪,在武汉三镇一带颇有盛名。我有一个族弟,名唤许锠,小时一同学艺,非常友爱。家父因见异族亡我国家,非常忿恨,不许在朝中为官。因此我弟兄将武艺学成之后,舍弟便出外经商,我便在家中闭户力田,同时早晚用功习武。

"八年前,舍弟忽然跑了回来,左手被人打断,身上中了人家的暗器。问起情由,原来是他经商到长沙,走到一个大镇场上,看见一个老婆子,带着两个女儿,大的不过也就十七八岁上下,在那里摆把式场子。场上立着一面旗,上写比武招婿,说话非常狂傲。这一老二小三个女人,在镇上亮了三天的场,被她们打倒不少当地的有名教师。舍弟年轻,见猎心喜,便下去和那女人交手。先比拳脚,输给人家。后来要求比兵刃,才一出手,那老婆子便上前拦住,说道:'小女连日比试,身体困乏,兵刃没眼睛,彼此受了伤都不好。况且适才贵客业已失败在小女手中,就算这次赢了,也无非扯个平,算不得输赢。莫如由老身代小女比试,如果老身输了,立刻照约履行,以免临时又来争论。'舍弟欺那婆子年迈,她说的话也近情理,双方同意之后,便动起手来,谁想打了半日,不分胜负,正在难解难分。那老婆子使一对特别的兵刃,名唤麻姑锄,非常神妙,想是老年气弱,看看有些支撑不住。舍弟眼看就要取胜之际,忽觉右臂一阵酸痛,手一松,一个失着,被那婆子一锄,将他右手打折。当时败下阵来,回到寓所一检查,原来他无心中了人家一梅花针。

"要是明刀明枪输了,自无话说。像这样暗箭伤人,使舍弟变成残废,愚兄自然绝难容让,便连夜同舍弟赶往那个镇场,恰好走到半路相遇。愚兄那时除了自家独门梨花枪外,又从先师孟心一那里学了几年内功,她们母女自然不是对手。先是那女子同我动手,因见她武艺相貌均好,不忍心要她的命;况且打伤舍弟的又不是她。少年轻狂,想同她开开玩笑。又在四五月天气,穿得很单薄。我便用醉仙猿拳法同她动手,老是在她身旁掏掏摸摸,趁空在她裤腰上用鹰爪力重手法捏了一下,故意卖一个破绽与她。恰好她使了一个鸳鸯连环腿踢将过来,被我接在手中。只一些的工夫,她裤带早被我用手指捏得已经要断,她又用力一振,裤子便掉将下来。在众目之下,赤身露体,妙相毕呈。她羞得要哭出来。那婆子一面用衣服与她遮盖,一面上前朝我说道:'我母女本不是卖武为生,乃是借此招婿的。小女既输在你手中,请你就照约履行吧。'我本为报仇而去,况且业已娶妻生子,不但未允,反说了许多俏皮话。那老婆子恼羞成怒,便和我动起手来。这时大家都兵刃拼命相持,还未到半个时辰,我也觉着左臂酸痛,知道她们又发暗器。偏偏那婆子倒霉,我中暗器时,她刚好使了一个吴刚伐桂的招数,当头一锄打到。我右手单举着枪,横着一挡。她第二锄又到,我忍痛抖着枪使了一个怪蟒翻身,抖起斗大的枪花,只一绞将她两锄拨开,她露出整个的前胸,我当时取她性命,易如反掌。只因不愿打人命官司,所以枪尖垂下,将她左脚筋挑断,倒在地上。我才对她们说道:'许某向不欺负妇人女子,谁叫你们暗箭伤人?这是给你们一个教训,警戒你们的下次!'说完,我便同舍弟回家。且喜那梅花针打中得不厉害,仅仅受了一些微伤。后来才知道,那老婆子是南五省的江洋大盗余化虎的老婆,有名的罗刹仙蔡三娘。她两个女儿,一个叫八手龙女余珣姑,小的一个便是如今寻我为仇的女空空红娘子余莹姑。

"上两月,有 个湖南善化好友罗新,特意前来送信,说那余珣姑因我当众羞辱了她,又不肯娶她为妻,气病身亡。蔡三娘受伤之后,已成废人;又因痛女情殷,竟一病而死。我听了非常后悔,但也无济于事。谁想她次女莹姑立志报仇,天天跑到她母亲、姊姊坟前去哭。偶然遇见罗浮山女剑仙元元大师,看她可怜,收归门下。练成剑术之后,便要寻我报仇。

"罗新从大师同派中的一个朋友那里得来消息,他叫我加紧防备。恰好贤弟约我入川,访师学剑,正合我意,原拟随贤弟同行。那日贤弟出门,我正在门外闲立,忽然走过一个女子,向我说道:'这里就是许教师的家中么?'我便说:'姓许的不在家,你找他做甚?'她说:'你去对他说,我是来算八年前的旧账的。我名叫余莹姑,他如是好汉,第七天正午,我在江边等他。如果过午不来,那就莫怪我下绝情了。'我闻言,知道她既寻上门来,决不能善罢甘休。我就能逃,也逃不了一家老小,倒不如舍这条命给她。时隔多年,她已不认得我,乐得借七天空闲,办理后事。便答道:'你不就是元元大师的高徒红娘子么?当年的事情,也非出于许某他的本心,再说衅也不是他开。不过事情终要有个了断,他早知你要来,特命我在此等候。他因为有点要事须去料理,七日之约,那是再好不过,你放心,他届时准到就是。'那女子见我知道她的来历,很觉诧异,临去时回头望了我几眼,又回头说道:'我真是有眼不识泰山,原来阁下就是许钺,那真是太好了。我本应当今天就同你交手,可报杀姊之仇。只是我门中规矩,要同人拼死的话,须要容他多活七天,好让他去请救兵,预备后事。第七天午前,我准在江边等你,如要失信,那可不要怪我意狠心毒。'我明知难免一死,当下不肯输嘴,很说了几句漂亮话。那女子也还不信,只笑数声而去。过后思量,知道危在旦夕,又知道贤弟能力不能够助我,不愿再把好朋友拖累上。先时不肯对你说明,就是这个缘故。"

这时已届辰初二刻,日光渐渐照满长江。江上的雾,经红日一照,幻出一片朝霞,非常好看。二人正说得起劲,忽见上流头摇下一只小舟,在水面上驶行若飞。陶钧忙道:"师父的船来了,我们快去迎接吧。"许钺远远向来船看了又看道:"来船决不是朱老师,这个船似乎要大一些。"言还未了,来船业已离岸不远,这才看清船上立着一位红衣女子,一个穿青的少年尼姑。那红衣女子手中擎着一个七八十斤的大铁锚,离岸约有两三丈远,手一扬处,便钉在岸上,脚微一点,便同那妙龄女尼飞身上岸,看去身手真是敏捷异常。陶钧正要称羡,忽听许钺口中"唉"的一声,还未及说话,那两个人已经走到二人面前。那红衣女子首先发言,对许钺道:"想不到你居然不肯失信,如约而来。这位想必就是你约的救兵么?一人做事一人当,何苦饶上好朋友做什么?"陶钧闻言,便知来人定是许钺所说的红娘子余莹姑了,因恼她出言无状,正要开口。许钺忙拉了他一把,便对余莹姑说道:"姑娘休得出言无状。许某堂堂男子,自家事,自家了,岂肯连累朋友？这位小孟尝陶钧，乃是我的好友。他因有事入川，在此等候他的师父。我一则送他荣行，二则来此践约。你见我两人在此，便疑心是约的帮手，那你也和这位比丘同来，莫不成也是惧怕许某，寻人助拳么？"余莹姑闻言，大怒道："我与你不共戴天之仇，如今死到临头，还要巧语伤人。今日特地来会会你的独门梨花枪，你何不也在你家姑娘跟前施展施展？"说罢，腰中宝剑出匣，静等许钺亮兵刃。

许钺闻言，哈哈笑道："想当初我同你母亲、姊姊动手，原是你们不该用暗器伤我兄弟，我才出头打抱不平。那时手下留情，并不肯伤她二人性命。你姊姊丢丑，你母亲受伤，只怨她们学艺不精，怪得谁来？今日你为母报仇，其志可嘉。久闻你在罗浮练成剑术，许某自信武艺尚不在人下，若论剑术，完全不知。你如施展剑术，许某情愿引颈受戮，那也无须动手。若凭一刀一枪，许某情愿奉陪三合。"说罢，两手往胸前一搭，神色自如。那穿青女尼自上岸来，便朝陶钧望了个目不转睛。这时见二人快要动手，连忙插嘴道："二位不必如此。我也同贵友一样，是来送行的。二位既有前嫌，今日自然少不得分一个高下。这事起因，我已尽知。依我之见，你们两家只管比试，我同贵友做一个公证人，谁也不许加入帮忙如何？"许钺正恐朱梅不来，陶钧跟着吃苦，闻言大喜，连忙抢着说道："如此比试，我赞成已极。还未请教法号怎么称呼？"那女尼道："我乃神尼优昙的门下弟子，叫素因便是。莹姑是同门师妹，她奉师叔之命，到我汉阳白龙庵借住，我才知道你们两家之事。我久闻许教师乃是武汉的正人侠士，本想为你们两家解纷，但是这事当初许教师也有许多不对之处，所以我也就爱莫能助了。不过听许教师之言，对剑术却未深造。我们剑仙中人，遇见不会剑术的人，放剑去杀他，其原因仅为私仇，而那人又非奸恶的盗贼，不但有违本门中规矩，也不大光明，我师妹她是决不肯的。教师只管放心，亮兵刃吧。"许钺闻言，感觉如释重负，不由胆气便壮了三分。他的枪原是蛟筋拧成，能柔能刚，可以束在腰上。一声："多谢了！"便取将出来，一脱手，笔杆一般直，拿在手中，静等敌人下手。

余莹姑原有口吃毛病，偏偏许钺、素因回答，俱都是四川、湖北一带口音，说得非常之快，简直无从插口，只有暗中生气。及至听素因说出比兵刃、不比剑的话，似乎语气之间，有些偏向敌人，好生不解。自己本认为这是不共戴天之仇,原打算先把敌人嘲弄个够,再放飞剑出去报仇。如今被素因说了多少冠冕堂皇的话,又的确是本门中的规矩,无法驳回。越想越有气,早知如此,不请她同来反倒省事。若不是临行时师父嘱咐"见了素因师姊如同见我,凡事服从她命令"的话,恨不得顶撞她几句,偏用飞剑杀与她看。正在烦闷之间,又见许钺亮出兵刃,立等动手,不由怒火千丈道:"大胆匹夫!你家姑娘不用飞剑,也能杀你报仇,快些拿命来吧。"言罢,道一声:"请!"脚点处,纵出丈许远近,左手掐着剑法,右手举剑横肩,亮出越女剑法第一招青鸾展翅的架势,静待敌人进招。那一种气静神闲、沉着英勇的气概,再加上她那绝代的容华,不特许、陶二人见了心折,就连素因是神尼优昙得意弟子,个中老手,也暗暗称许她入门不久,功行这样精进。

这时许钺在这生死关头,自然是不敢大意,将手中长枪紧一紧,上前一纵,道一声:"有僭!"抖起三四尺方圆的枪花,当胸点到。莹姑喊一声:"来得好!"急忙举剑相迎。谁知许钺枪法神化,这一枪乃是虚招。等到莹姑举剑来撩时,他见敌人宝剑寒光耀目,削在枪上,定成两段。莹姑的剑还未撩上,他将枪一缩,枪杆便转在左手,顺势一枪杆,照着莹姑脚面扫去。莹姑不及用剑来挡,便将两脚向上一纵,满想纵得过去,顺势当头与许钺一剑。谁想许钺这一枪杆也是虚招,早已料到她这一着。莹姑刚刚纵过,许钺枪柄又到手中,就势一个长蛇入洞,对准莹姑腹部刺到,手法神妙,迅速异常。许家梨花枪本来变化无穷,许钺从小熬炼二十余年,未有一日间断。又从名师练习内功,升堂入奥,非同小可。莹姑所学越女剑,本非等闲,只因一念轻敌,若非许钺手下留情,就不死也带了重伤了。许钺这几年来阅历增进,处处虚心,极力避免结仇树敌。深知莹姑乃剑仙爱徒,此次但求无过,于愿已足,故此不敢轻下毒手。枪到莹姑腹前,莹姑不及避让,"呀"的一声未喊出口,许钺已将枪掣回。莹姑忙将身体纵出去丈许远近,再看身上衣服,已被许钺枪尖刺破。又羞又恼,剑一指,纵将过来,一个黄河刺蛟的招数,当胸刺到。许钺见她毫不承情,便知此人无可商量,便想些微给她一点厉害。知道剑锋厉害,不敢用枪去迎,身子往右一偏,避开莹姑宝剑,朝着敌人前侧面纵将过去。脚才站定,连手中枪,一个金龙回首,朝莹姑左胁刺到。这回莹姑不似先前大意,见许钺身子轻捷如猿,自己一剑刺空,他反向自己身后纵将过来,早已留心。等到许钺一枪刺到,刚刚转过身来,用剑照枪杆底下撩将上去。许钺知道不好,已无法再避。自己这一条枪,费尽无数心血制造,平时爱若性命,岂肯废于一旦。

在这危机一发之间,忽然急中生智,不但不往回拖枪,反将枪朝上面空中抛去。接着将脚一蹬,一个黄鹤冲霄燕子飞云势,随着枪纵将出去。那枪头映着日光,亮晶晶的,刚从空中向衰草地上斜插下来,许钺业已纵到,接在手中。忽然脑后微有声息,知道不好,不敢回头,急忙将头一低,往前一纵,"刷"的一声,剑锋业已将右肩头的衣服刺了一个洞。如非避得快,整个右肩臂,岂不被敌人刺了一个对穿?原来莹姑剑一直朝许钺枪上撩去,没想到许钺会脱手丢枪。及至许钺将枪扔起,穿云拿月去接回空中枪时,莹姑怎肯轻饶,一个危崖刺果的招数,未曾刺上。知道许钺使这种绝无仅有的奇招,正是绝好机会,毫不怠慢,也将脚一蹬,跟着纵起。二人相差原隔丈许远近,只因许钺纵去接枪,稍微慢了一慢,恰好被莹姑追上,对准后心,一剑刺到。宝剑若果迎着顺风平刺出去,并无有金刃劈风的声音,最难警觉。还算许钺功夫纯熟,步步留心,微闻声息,便知敌人赶到身后,只得将身往左一伏,低头躲去,肩头衣服刺了一下。也顾不得受伤与否,知已避过敌人剑锋,忽地怪蟒翻身,枪花一抖,败中取胜,许家独门拿手回头枪,当胸刺到。莹姑见自己一剑又刺了个空,正在心中可惜,不料敌人回敬这样快法。这时不似先前大意,将身一仰,枪头恰好从莹姑腹上擦过。莹姑顺手掣回剑,往上一撩,但听"叮当"一声,莹姑也不知什么响声,在危险之中,脚跟一蹬,平斜着倒退出去两三丈远。刚刚立起,许钺的枪也纵到面前。原来许钺始终不想伤莹姑性命,回身一枪猛刺,正在后悔自己不该用这一手绝招。忽见莹姑仰面朝天,避开自己枪尖,暗暗佩服她的胆智,便想就势将枪杆向下一插,跌她一跤。谁知莹姑在危险忙迫之中,仍未忘记用剑削敌人的兵刃。起初一剑刺空,敌人又枪法太快,无法避让。及至仰面下去,避开枪头,自己就势撤回,一面往后仰着斜纵,一面用剑往上撩去。许钺也未想到她这样快法,急忙掣回手中枪,已是不及,半截枪头,已被敌人削断,掉在地上,痛惜非常。心一狠,便乘莹姑未曾站稳之际,纵近身旁,一枪刺去。莹姑更不怠慢,急架相还。

二人这番恶斗，惊险非常，观战的素因和陶钧二人都替他们捏一把汗。陶钧起初怕许钺不是来人敌手，非常焦急。及见许钺一支枪使得出神入化，方信名下无虚，这才稍放宽心。他见这两个人，一个是绝代容华的剑仙，一个是风神挺秀的侠士，虽说许钺是自己好友，可是同时也不愿敌人被许钺刺死，无论内中哪一个在战场上躲过危机，都替他们额手称庆。深知二虎相争，早晚必有一伤，暗中祷告师父快来解围，以免发生惨事。诚于中，形于外，口中便不住地咕噜。那素因起初一见陶钧，神经上顿时受了一番感动，便不住地对他凝望。

及至陶钧被她看得回过脸去，方才觉察出，自己虽是剑仙，到底是个女子，这样看人，容易惹人误会。及至许、余二人动起手来，便注意到战场上去。有时仍要望陶钧两眼，越看越觉熟识。二人同立江边，相隔不远。素因先前一见陶、许二人，便知这两人根基甚厚，早晚遇着机会，要归本门。因无法劝解莹姑，这才故意来做公证人，原是不愿伤许钺的性命。忽见陶钧嘴唇乱动，疑心他是会什么旁门法术，要帮许钺的忙，便留神细听。如果他二人已入异派，用妖法暗算莹姑，此人品行可知，那就无妨用飞剑将二人一齐斩首。及至看陶钧口中咕噜，脸上神色非常焦急，又有些不像，便慢慢往前挨近。陶钧专心致志在那里观战，口中仍是不住地唤着"师父，你老人家快来"。素因耳聪，何等灵敏，业已听出陶钧口中念的是："大慈大悲的矮叟朱梅朱师父，你老人家快来替他二人解围吧！"素因闻言，大大惊异："这矮叟不是嵩山少室二老之一朱梅朱师伯么？他老人家已多少年不收徒弟了，如今破例来收此人，他的根基之厚可知。"不由又望了陶钧一眼，猛看见陶钧耳轮后一粒朱砂红痣，不由大吃一惊，脱口便喊了一声："龙官！"

陶钧正在口目并用的当儿，忽听有人喊他的乳名，精神紧张之际，还疑心是家中尊长寻来，便也脱口应了一声道："龙官在此！"便听有人答言道："果然是你？想不到在此相遇。"陶钧闻言诧异，猛回头，见那叫素因的妙年女尼，站近自己身旁，笑容可掬。不知她如何知道自己乳名？正要发问，忽听素因口中说一声："不好！"

要知许钺性命如何，且看下回分解。

第二十七回　逐洪涛　投江遇救
　　　　　　　背师言　为宝倾生

　　话说陶钧正奇怪素因女尼唤他的乳名，忽见有一个如匹练般的白光飞往战场，陶钧疑心她用飞剑去杀许钺，吓了一跳。回头往战场上看时，这两个拼命相斗的男女二人，已经有人解围了。解围的人，正是盼穿秋水的师父矮叟朱梅。不由心中大喜，赶将过去，同许钺跪倒在地。素因原疑莹姑情急放剑，知道危险异常，便飞剑去拦。及见一个老头忽然现身出来，将莹姑的剑捉在手中，不禁大吃一惊。定睛一看，认出是前辈剑仙矮叟朱梅。自己还在十五年前，同师父往峨眉摩天崖去访一真大师，在半山之上见过一面，才知道他是鼎鼎大名嵩山二老之一。因是入道时遇见的头一位剑仙，他又生得好些异样，故而脑海中印象很深。当下不敢怠慢，急忙过来拜见。

　　起初莹姑同许钺杀了两三个时辰，难分高下。莹姑到底阅历浅，沉不住气，几次几乎中了许钺的暗算，不但不领许钺手下留情，反而恼羞成怒。素因注意陶钧那一会儿工夫，许钺因为同莹姑战了一个早晨，自己又不愿意伤她，她又不知进退，这样下去，如何是个了局？便想索性给她一个厉害。一面抖擞精神，努力应战，一面暗想诱敌之计。莹姑也因为战久不能取胜，心中焦躁。心想："这厮太狡猾，不给他个便宜，决不会来上当的。"她万没料到许家梨花枪下，决不能去取巧卖乖，一个假作聪明，便要上当。这时恰好许钺一枪迎面点到，莹姑知道许钺又用虚中套实的招数来诱敌，暗骂："贼徒！今番你要难逃公道了。"她算计许钺必定又是二仙传道，将枪交于左手，仍照上次暗算自己。便卖个破绽，故意装作用剑撩的神气，把前胸露出，准备许钺枪头刺过，飞身取他上三路。谁知许钺功夫纯熟已极,他的枪法,所谓四两拨千斤,不到分寸,决不虚撒。他见莹姑来势较迟,向后一退,陡地向前探剑,猛一运力,枪杆微偏,照准剑脊上一按,使劲一绞,但听叮叮当当之声。莹姑撒剑进剑都来不及,经不起许钺神力这一绞,虎口震开,宝剑脱手,掉在地上。同时许钺的枪也挨着一些剑锋,削成两段,只剩手中半截枪柄。许钺更不怠慢,持着四五尺长的半截枪柄,一个龙归大海,电也似疾地朝着莹姑小腹上点到。莹姑又羞又急,无法抵御,只得向后一纵,躲过这一招时,许钺已将莹姑的剑拾在手中,并不向前追赶,笑盈盈捧剑而立。莹姑见宝剑被人拾去,满心火发,不暇顾及前言,且自报仇要紧,便将师父当年炼来防魔的青霓剑从怀中取出。许钺见莹姑粉面生嗔,忽从腰间取出一个尺多长的剑匣来,便知不妙,未及开言,那莹姑已将宝剑出匣,一道青光,迎面掷来。情知来得厉害,不及逃避,只得长叹一声,闭目等死。

正在无可奈何之际,忽听"哈哈"一声,好一会儿不见动静。再睁眼时,只看见那日江边所遇的矮叟朱梅,站在自己面前,一道白光匹练般正向那个少年女尼飞回。敌人所放的剑光已被朱梅捉在手中,如小蛇般屈伸不定,青森森地发出一片寒光。这时素因与陶钧都先后来到朱梅面前拜见。许钺才猛然想起,不是朱梅赶来,早已性命难保,自己为何还站在一旁发呆?便连忙向朱梅跪下,叩谢解围之德。朱梅见众人都朝他跪拜,好生不悦,连忙喊道:"你们快些都给我起来!再要来这些虚礼末节,我就要发脾气了。"素因常听师父说他性情古怪,急忙依言起立。那许钺、陶钧,一个是救命恩深,一个是欢喜忘形,只顾行礼,朱梅说的什么,都未曾听见。惹得朱梅发了脾气,走过来,顺手先打了陶钧一个嘴巴。把陶钧打了一个头昏眼花,会错了意,以为是师父一定怪他不该引见许钺,一着急,越发叩头求恕。许钺见陶钧无故挨打,他也替他跪求不止。谁想头越叩得勤,朱梅的气越生得大,又上前踢了陶钧两脚。然后回转身,朝着许钺跪下道:"我老头子不该跑来救你,又不该受你一跪。因不曾还你,所以你老不起来。你不是我业障徒弟,我不能打你,我也还你几个头如何?"

这一来,陶、许二人越发胆战心惊,莫名其妙,跪在地上,不知如何是好。朱梅跪在地上,气不过,又把脚在身背后去踢陶钧。陶钧见师父要责打自己,不但不敢避开,反倒迎上前去受打,与师父消气。只消几下,却踢了一个鼻青眼肿。素因早知究竟,深知朱梅脾气,不敢在旁点明。后来见陶钧业已被朱梅连打带踢,受了好几处伤,门牙都几乎踢掉,顺嘴流血,实在看不过去,便上前一把先将陶钧扶起道:"你枉自做了朱梅师伯徒弟,你怎么会不知道他老人家的脾气,最不喜欢人朝着他老人家跪拜么?"这时陶钧已被朱梅踢得不成样子,心中又急又怕,素因说的话,也未及听明,还待上前跪倒。许钺却已稍微听出来朱梅口中之言,再听素因那般说法,恍然大悟,这才赶忙说道:"弟子知罪,老前辈请起。"同时赶紧过来,把陶钧拦住,又将素因之言说了一遍。陶钧这才明白,无妄之灾,是由于多礼而来。便不敢再轻举妄动,垂手侍立于旁。

朱梅站起身来,扑了扑身上的土,朝着素因哈哈大笑道:"你只顾当偏心居中证人,又怕亲戚挨打,在旁多事。可惜元元大师枉自把心爱的门徒交付你,托你照应,你却逼她去投长江,做水鬼,你好意思么?"素因闻言,更不慌忙,朝着朱梅说道:"弟子怎敢存偏心?元元师叔早知今日因果,她叫莹姑来投弟子,原是想要磨练她的火气,使成全材。否则莹姑身剑不能合一,功行尚浅,在这异派横行之时,岂能容她下山惹事?师伯不来,弟子当然奉了元元师叔之命,责无旁贷。师伯既在此地,弟子纵一知半解,怎敢尊长门前卖弄呢!"陶、许二人这时才发觉面前少了一个人,那立志报仇的余莹姑,竟在众人行礼忙乱之际,脱身远行,不知去向。朱梅既说她去投江,想必是女子心窄,见二剑全失,无颜回山去见师父,故而去寻短见。许钺尤觉莹姑死得可惜,不由"唉"了一声。朱梅只向他望了一眼。及至素因说了一番话以后,陶、许二人以为朱梅脾气古怪,必定听了生气。谁想朱梅听罢,反而哈哈大笑道:"强将手下无弱兵,你真和你的师父那老尼姑的声口一样。这孩子的气性,也真太暴,无怪乎她师父不肯把真传给她。"说罢,便往江边下流走去。众人便在后面跟随。

走约半里多路,朱梅便叫众人止步。朝前看时,莹姑果在前面江边浅滩上,做出要投身入江的架势。众人眼看她往江心纵了若干次,身子一经纵起,仿佛有个什么东西拦住,将她碰了回来,结果仍旧落在浅滩上,并不曾入水。莹姑的神气,露出十分着急的样子。陶、许二人好生不解。却见朱梅忽然两手笼着嘴,朝着江对面轻轻说了几句。陶钧见师父这般动作,便知又和那日岳阳楼下一样,定是又要朝着江心中人说话。再往前看时,只见寒涛滚滚,江中一只船儿也无,好生诧异。再往江对岸看时,费尽目力,才隐隐约约地看出对岸山脚下有一叶小舟,在那里停泊,也看不出舟中有人无人。朱梅似这样千里传音,朝对岸说了几句,扭回头又嘱咐素因几句话。素因便向许钺说道:"解铃须要系铃人。许教师肯随我去救我师妹么?"许钺早就有心如此,因无朱梅吩咐,不敢造次。见素因相邀,知是得了朱梅同意,自然赞同,便随素因往浅滩上走去。两下相隔只有二三丈,素因便大喊道:"师妹休寻短见,愚姊来也!"

这时莹姑还在跳哩,忽听素因呼唤,急忙回头一看,见素因同自己的仇人许钺一同走来,越加羞愧难当,恨不得就死。便咬定牙关,两足一蹬,使尽平生之力,飞起两丈多高,一个鱼鹰入水的架势,往江心便跳。这一番使得力猛,并无遮拦,扑通一声,溅起丈高的水花,将江下寒涛激起了一个大圆圈。莹姑落在江中,忽又冒将上来,只见她两手望空乱抓了两下,便自随浪漂流而去。许钺起初见莹姑投江,好似有东西遮拦,心知是朱梅的法术。素因叫他同来救人,疑心是示意他与莹姑赔礼消气。及至见莹姑坠入江流,不知怎么会那样情急,平时水性颇好,当下也不及与素因说话,便奋不顾身地往江心跳去。数九天气,虽然寒冷,且喜水落滩浅,浪力不大。许钺在水中追了几十丈远,才一把抓着莹姑的头发,一伸右手,提着莹姑领口,倒踹着水,背游到江边。将莹姑抱上岸来,业已冻得浑身打战,寒冷难禁。再看莹姑,脸上全青,业已淹死过去。许钺也不顾寒冷,请素因将莹姑两腿盘起,自己两手往胁下一插,将她的头倒转,控出许多清水。摸她胸前,一丝热气俱无,知是受冻所致。正在无法解救,焦急万状,朱梅业已同了陶钧走将过来。只见朱梅好像没事人一般,用手往江面连招。不一会儿,便见对岸摇来一只小船,正是当初朱梅所乘之舟。船头上站定一个老尼姑,身材高大,满脸通红,离岸不远,便跳将上来。素因连忙上前拜见,口称:"师叔,弟子有负重托,望求师叔责罚。"那老尼道:"此事系她自取,怎能怪你?我无非想叫许檀越示恩于她,解去冤孽罢了。"朱梅道:"够了够了,快将她救转再说吧。天寒水冷,工夫长了,要受伤的。"那老尼闻言,便回身从腰间取出两粒丹药,叫素因到小船上取来半盏温热水,拨开莹姑牙关,灌了一阵,"哇"的一声,又吐出了升许江水,缓醒过来。觉着身体被人夹持,回头一看,正是自己仇人许钺,一手插在自己胁下,环抱着半边身体;一手在自己背上轻轻拍打。不由又羞又急,又恼又恨,也没有看清身旁还有何人,喝道:"大胆狂徒!竟敢在危急中戏弄于我!"言还未了,回手一拳。许钺不及提防,被她打个正着,登时脸上紫肿起来,顺嘴流血。莹姑没好气地往前一纵,忽觉身子有些轻飘飘的,站立不稳。原来她从早上起来,忙着过江找许钺报仇,一点食物未吃,便同劲敌战了一早晨,又加上灌了一肚子江水,元气大亏。纵时因用力太猛,险些不曾栽倒,身子晃了两晃,才得站稳。正要朝许钺大骂,猛听有人喝道:"大胆业障!你看哪个在此?"莹姑定神一看,正是自己师父、罗浮山香雪洞元元大师,旁边立着素因同一个老头儿,便是将才收去自己宝剑的人,还有适才相遇的那姓陶的少年。不由又惊又怕,急忙过来,跪在地上,叩头请罪。

原来莹姑性如烈火,当初在罗浮山学艺时,元元大师说她躁性未退,只教她轻身功夫和一套越女剑法,不肯教她飞剑。莹姑志在报仇,苦苦哀求,又托许多同门师叔兄辈说情,大师仍然不肯。罗浮山原是人间福地,遍山皆是梅花,景色幽奇。每到十月底边,梅花盛开,一直开到第二年春天,才相继谢落。莹姑无事时,便奉大师之命,深入山谷采药。

有一年春天,忽然被她在后山中发现一个山洞,进口处很窄小,越走越深,越走越觉往上尽是螺丝形的小道,渐渐看见前面露出亮光,鼻端时时闻见梅花香味。莹姑天性好奇,仗着自己手中宝剑锋利,不怕毒蛇猛兽侵袭,便直往洞内走去。转过一个钟乳下垂的甬道,忽然前面现出一块平坦的草原,上面有成千株大可合抱的千年老梅,开得正盛。忽见前面又有一片峭壁,写着"香雪海"三个摩崖大字,下面有一个洞口。心想:"师父住的那洞,因为万梅环绕,洞中有四时不谢之花,所以叫做香雪洞。这里又有这个香雪海,想必也是因为梅花多的缘故。这洞中景致,不知比那香雪洞如何?今日被我发现,倒要进去看看。如果比香雪洞还好,回去告诉师父,便搬在这里来住,岂不更妙?"

一面想,一面便往洞中走去。适才的洞,步步往上。这个洞,却是步步往下。走了十几步,见里面有一座石屏。转过石屏,隐约之间,看见前面有东西放光。走近前一看,什么都没有。那光从一块石板底下发出,她便用手中剑把石板掘开,底下便现出一把一尺三寸长的小宝剑。估量是个宝物，取在手中，仍将石板盖好。因洞中光线太暗，正要纵身到外看时，忽听有脚步之声，从外进来。疑心是洞中主人前来，不及逃出，便隐藏在屏风旁边，看看来人是谁。暗处看明处，格外清楚。只见来人是两个女子：前面走的一个，只穿了一条裤子，上身衣服全用树叶做成，身材婀娜，眉目间稍含荡意；后面走的一个，穿着一身蓝布衣服，脸容非常美丽，颈上拖了一串锁链。二人走到屏风前面，便立定不走，争论起来。穿树叶的女子说道："这三十六年的长岁月，如何熬得过去？我在寨主那里，享不尽的无穷富贵。你师父所说不用她自己动手，便会有人用飞剑斩你，这句话，不过吓吓你罢了。如果不是你要回来取东西，我们怕不走去有几百里路么？你怎么又要害怕呢？"蓝衣女子说道："不是我害怕。我师父的厉害，我是深知的。适才蒙你相救，将我放出此洞。本不想回来取我这些宝物的，只因我当初辛苦得来，颇非容易，就连在洞中受这十几年的活罪，也为这些东西而起。但是师父当日埋藏那些宝物时，曾说这些东西传入人间，匹夫无罪，怀璧其罪，不知又要发生多少惨事，又不愿把它毁坏，于是便拿来埋在这石头下面。那时将师父当年炼来防魔的青霓剑埋在上面一层。因我剑术练成之后，为偷盗这些宝物，曾经犯戒杀人，本想将我杀死。是我苦苦哀求，又蒙定慧大师兄求情，才免我一死，追去我的宝剑，囚我在洞中三十六年，面壁参修。埋宝时节，曾对我言过，倘若我遇机逃脱，或者再存贪念，去盗宝时，自有人用那青霓剑取我首级。师父平日说话，无有不验。我虽舍不得又跑回来，要叫我亲手去掘那石板，我实在无此胆量。"那穿树叶的女子闻言笑道："我因你当年对我有许多好处，十余年不见，后来才知你在此受罪，恰好寨主要求像你一般的人才，所以不远千里，前来相救。多年不见，怎的就这么胆小？你既害怕，你说出地方，待我替你去取如何？"蓝衣女子道："就在这石屏后面一块石板底下，你须要小心在意才好。"穿树叶的女子说道："不妨事。"说罢，便转过石屏。

这时莹姑得来的小剑，不住在手中震动，好似一个把握不住，便要脱手飞去似的。估量两个女子绝非常人，自己恐怕不是来人对手，便不敢造次。又不知蓝衣女子所说的宝物是什么东西，很后悔适才掘石板时，没有往下搜寻。见那两个女子由左往屏后转时，自己便轻脚轻手，由右往屏前转。莹姑胆子甚大，也忘了处境危险，还想偷看所说的宝贝，开开眼界，便隐身在壁脚黑暗所在，看二人动静。只见那穿树叶的女子，手中持了一杆钢叉，叉尖上红光闪闪。她用叉将石板掘开，在里面拨了一阵，又掘起一块小石板，从内中取出一个石匣，说道："我说你师父故意恐吓你不是？这不是你说的石匣么？宝剑哪有呢？"穿蓝衣的女子连忙接过石匣道："想是宝剑已被师父取去。宝物既得，我们快走吧。"那穿树叶的女子说道："久闻你从前在明宗室靖王府中得这九龙铜宝镜同这夜光珠时，曾伤了三个峨眉派剑客，杀死十几条人命，乃是无价之宝。洞外光明，不如洞中黑暗，可显此二宝神奇。何不取出，让我开开眼界呢？"那蓝衣女子好似受了人家恩惠，无法拒绝，很为难地把手中石匣打开。莹姑在暗处看得很清楚。只见那石匣有八寸见方，四寸厚。里面装着一面铜镜，镜背后盘着九条龙，麟角生动非常，晶光四照，寒光射目。另外还有一粒径寸的大珠，方一出匣，登时阖洞光明，照得清澈异常。那穿树叶的女子接过镜、珠二宝，正不断连声夸赞好宝，果然价值连城。那穿蓝衣的女子忽然大惊失色，道一声："哎呀！不好！"便直往穿树叶女子身后躲去。

第二十八回　得青霓　余莹姑下山
　　　　　　　　认朱砂　秦素因感旧

莹姑以为藏在暗处，不会被人发现。谁想那夜光珠才一出匣，便好似点了千百支蜡烛一般，把洞中照得如在青天白日之下。穿树叶的女子一心观宝，倒不曾留意。蓝衣女子本自心虚，生怕师父飞剑前来，老是留神东瞧西望。莹姑本在她身后，她猛一回头，瞧见一个红衣少女，一手拿着一口宝剑，正是当初她师父埋宝同时埋下的那口青霓剑。原说如若叛道，自有人用这口剑来杀她，焉得不胆裂魂飞呢！

　　那穿树叶女子也看见莹姑站在面前，她久闻元元大师的厉害，也自心惊。见蓝衣女子吓得那样，只得强打精神，先将两样宝物揣在身上，朝着莹姑喝道："你是何人？胆敢前来窥探我们举动！你可知鬼母山玄阴寨赤发寨主大弟子翘翘的厉害么？"莹姑知道此时示弱，难免受害，索性诈她一诈，便答道："何方妖女，竟敢到本山私放罪人，偷盗宝物！我奉师父之命，在此等候多时。速速将二宝放下，还可饶你不死。"那穿树叶女子还未及答言，莹姑手中的青霓剑已在手中不住地蹦跳，手微一松，便已脱手飞去，一道青光过处，穿蓝衣的女子"哎哟"一声，尸倒洞口。蛮姑翘翘（即穿树叶衣女子）登时大怒，抖手中叉，那叉便飞起空中，发出烈焰红光，与那青霓剑斗在一处。莹姑不会剑术，心知敌人厉害，暗暗焦急。正在无计可施，忽然洞外一声断喝道："大胆妖孽，竟敢来山扰闹！"言罢，元元大师已从洞外进来。翘翘知道大师厉害，收回叉，脚一蹬，一溜火光，径直逃走。大师手一招，将剑收回。莹姑见大师到来，心中大喜，正要开言，大师摆手道："一切事情，我已尽知。死的这人，是你不肖师姊王娟娟，也是她自作自受，才有今日。她今日如果投奔异教，又不知要害人多少。这是天意假手于你,将她正法。我门下规矩甚严,你应当以此为戒。这口青霓剑,乃是我当年炼魔之物,能发能收。既然被你发现,就赐与你吧。你异日如果犯了教规,你师姊便是你的榜样。此间乃是香雪洞的后洞,早晚时有瘴气,于初修道的人不宜。快将你师姊掘土掩埋,随我回去吧。"莹姑无意中得了一口飞剑,又感激,又快活,埋了王娟娟之后,便随大师回洞。大师又传她运用飞剑之法。大师赐剑之后,日常总教训不可任性逞能,多所杀戮,居心要正直光明,不可偏私。惟独于她要报仇之事,总是不置可否。莹姑见师父不加拦阻,以为默许,又有了这口飞剑,便打算求大师准她下山报仇。大师素日威严,对于门下弟子,不少假借辞色。莹姑虽然性急,总不敢冒昧请求,便打算相机再托人关说。

　　那湖南大侠善化罗新的姑娘,衡山白雀洞金姥姥罗紫烟,同元元大师非常莫逆。每到罗浮梅花盛开时,定要到香雪洞盘桓一两月。她很爱惜莹姑,常劝大师尽心传授。大师因当年王娟娟学成剑术之后,做了许多败坏清规之事,见莹姑性躁,杀气太重,鉴于前事,执意不肯。就连青霓剑的赐与,也由于金姥姥的情面。本来她也未始不爱莹姑的天资,不过不让莹姑碰碰钉子,磨平火气之后,决不传她心法而已。莹姑知道金姥姥肯代她进言,等到十月底边金姥姥来到,莹姑觑便跪求。金姥姥怜她孝思,果然替她求情。大师不大以为然。她说:"当初事端,其过不在许某,他不过不该存心轻薄而已。双方比剑总有胜败,况且莹姑母亲不该先用暗器,把人家兄弟打成残废。许某为手足报仇,乃是本分。他不曾伤人,足见存心厚道。又不贪色,尤为可取。她母女心地褊狭,自己气死,与人何干?当初我因见她孤苦无依,又可惜她的资质,才收归门下。你还怪我不肯以真传相授,你看她才得一口现成飞剑,功夫尚未入门,就敢离师下山,岂不可笑?"金姥姥道:"你不是打算造就她么?你何妨将计就计,准她前去。许某如果品行不好,落得假手于她,成全她的心愿;许某如果是个好人,你可如此这般,见景生情。如何?"大师这才点头应允。写了一封信,把莹姑叫至面前,说道:"你剑术尚未深造,便要下山。这次为母报仇,虽说孝思,但这事起因,其罪不在许某。你既执意要去,你身剑不能合一,一个孤身女子,何处栖身?你可拿这封信去投奔汉阳白龙庵你同门师姊、我师姊神尼优昙的徒弟素因那里居住。这信只许素因一人拆看,不许他人拆看。

一切听她教导，见她犹如见我一般。到了汉口，先打听许某为人如何，如果是个好人，便须回省你母、姊自己当初的过错，将这无价值的私怨取消。如果许某是个奸恶小人，你就与他无仇，也应该为世除害，那就任你自己酌量而已。我这口青霓剑当年用时，颇为得力。道成以后，用它不着，专门作为本门执行清规之用。你师姊之死，也就因犯了清规。今既赐你，如果无故失落，被异教中人得去，那你就无须回来见我。大师伯若要回湖南，让她带你同行，你孤身行路不便。你事办完之后，便随素因师兄在白龙庵修炼，听我后命可也。"莹姑从小生长绿林，又随母亲、姊姊周游四方，过惯繁华生活。山中清苦寂寞好多年，闻得师父准她下山，满心欢喜，当即俯首承训，第二日，金姥姥罗紫烟带了莹姑，驾剑光直往汉阳白龙庵，将莹姑放到地上，回转衡山。不提。

素因见了大师的信，明白用意，便对莹姑说道："你的仇人许钺为人正直，湘鄂一带，颇有侠义名声。照师叔信中之意，你这仇恐怕不能报吧？"莹姑八年卧薪尝胆，好容易能得报仇，如何肯听。素因也不深劝，便叫莹姑头七日去与许钺通知。莹姑去后，忽然元元大师来到，便叫素因只管同她前去，如此如此便了。原来元元大师自莹姑走后，便跟踪下来。嘱咐完了素因之后，走出白龙庵，正要回山，忽然遇见朱梅。朱梅便代追云叟约大师往成都，同破慈云寺。大师又谈起莹姑之事，双方商量第七天上同时露面。大师驾了朱梅的小舟，在隔江等候。

那莹姑同许钺打到中间，忽然一个瘦小老头将青霓剑收去，大吃一惊。原盼素因相助，及见素因将剑光放出，又行收回，反倒朝那老头跪拜，便知老头来头甚大，自己本想口出不逊，也不敢了。二剑全失，无颜回山，也不敢再见师父，情急心窄，便想躲到远处去投江。元元大师正好在隔岸望见，莹姑跳江几次，被大师真气逼退回身。正在纳闷，回头见素因赶到。大师知道素因有入海寻针之能，便想借此磨折于她，任她去跳。谁想反是许钺将她救起。后来大师过江，将莹姑救醒。她在昏迷中，仇人见面，分外眼红，打了一拳，跳起来便骂。及至看见师父，又愧又怕，忙过来不住地叩头请罪。大师道："你才得下山，便背师训。许檀越被你苦苦逼迫，你还敢用我的飞剑去妄报私仇，乱杀好人。若非朱师伯将剑收去，他已身首异处。他见你投江，也无非怜你一番愚孝，这样寒天，奋不顾身，从万顷洪涛中将你救起。你不知感恩戴德,反乘人不备,打得人家顺嘴流血。我门下哪有你这种忘恩背本的业障?从此逐出门墙,再提是我徒弟,我用飞剑取你首级!"

莹姑闻言,吓得心惊胆裂,惟有叩头求恕,不敢出声。素因是小辈,不敢进言相劝。陶、许二人也不敢造次。还是朱梅道:"算了,够她受了。看我面子,恕过她一次吧。如今他二人俱是落汤鸡一般,好在来路被我逼起浓雾,无人看见。我们就近到许家去坐一坐,让他们更衣吃饭吧。"元元大师这才容颜转霁道:"不是朱师伯与你讲情,我定不能要你这个孽徒,还不上前谢过!"莹姑才放心站起,狼狼狈狈走到朱梅面前,刚要跪下,急得朱梅连忙跺脚,大嚷道:"我把你这老尼姑,你不知道我的老毛病么,怎么又来这一套?"大师忙道:"你朱师伯不受礼,就免了吧。快去谢许檀越救命之恩。"莹姑先时见许钺几番相让,火气头上,并不承情。及至自己情急投江,到了水中,才知寻死的滋味不大好受,后悔已是不及。醒来见身在江边,只顾到见仇眼红,并不知是许钺相救。适才听师父之言,不由暗佩许钺舍身救敌,真是宽宏大量。又见许钺脸上血迹未干,知是自己一拳打伤。顿时仇恨消失,反倒有些过意不去。又经大师命她上前道谢,虽觉不好意思,怎敢违抗,腼腼腆腆地走了上前,正要开口。许钺知机,忙向前一揖道:"愚下当初为舍弟报仇,误伤令堂,事出无心。今蒙大师解释,姑娘大量宽容,许某已是感激不尽,何敢当姑娘赔话呢!"莹姑自长成后,从未与男子交谈。今见许钺温文尔雅,应对从容,不禁心平气和,把敌对之心,化为乌有。虽想也说两句道歉话,到底面嫩,无法启齿,福了两福,脸一红,急忙退到师父身旁站定。

许钺便请众人往家中更衣用饭。朱梅道:"你先同陶钧回去,我们即刻就到。"陶、许二人不敢再说,便告辞先行。才过适才战场,转向街上,便遇见熟识的人问道:"许教师,你刚从江边来么,怎么弄了一身的水?适才那边大雾,像初出锅蒸笼一般,莫非大雾中失足落在江中么?"陶、许二人才明白在江边打了一早晨,并无一个人去看,原来是大雾遮断的缘故。随便敷衍路人两句,转回家去。二人才进中厅,忽然眼前一亮,朱梅、元元大师、素因、莹姑四人已经降下。许钺发妻故去已经四年,遗下衣物甚多。留下一儿一女,俱在亲戚家附读。家事由一个老年姑母掌管。便请众人坐定,一面命人端茶备酒。急忙将姑母请出,叫她陪莹姑去更换湿衣。自己也将湿衣重新换好,出来陪坐。大师已不食烟火食。素因吃素。朱梅、陶钧倒是荤酒不忌,而且酒量甚豪,酒到杯空。移时莹姑换好衣服出来,她在山中本未断荤,常打鹿烤肉来吃,大师也命她入座。自己随便吃了点果子,便嘱咐莹姑好生跟素因学剑,同朱梅定好在新正月前成都相会,将脚一蹬,驾剑光破空而去。莹姑不知青霓剑是否还在朱梅手中,抑或被师父一怒收了回去,见师父一走,也不敢问,好生着急。素因见莹姑坐立不安,心知为的是两口宝剑,便对莹姑道:"师妹的两口宝剑,俱是当世稀有之物,加上元元师叔的真传,贤妹的天资,自必相得益彰。适才元元师叔命我代为保管,早晚陪贤妹用功。从今以后,我的荒庵,倒是不愁寂寞的了。"莹姑闻言,知二剑未被师父收去,才放宽心。这时陶、许二人都陪朱梅痛饮,殷殷相劝,无暇再讲闲话。那素因心中有事,几番要说出话来,见朱梅酒性正豪,知这老头儿脾气特别,不便插嘴拦他高兴。那陶钧在观战时,忽然素因唤他乳名,好生不解,本想要问,也因为朱梅饮在高兴头上,自己拿着一把壶,不住地替他斟,没有工夫顾到说话。大家只好闷在肚里。

这一顿酒饭,从未正直饮到酉初。素因本不用荤酒,莹姑饭量也不大,陶、许二人也早已酒足饭饱。因都是晚辈,只有恭恭敬敬地陪着。到了掌上灯来,朱梅已喝得醉眼模糊,忽然对素因说道:"你们姊弟不见面,已快二十年了,回头就要分别,怎么你们还不认亲呢?"素因闻言,站起答道:"弟子早就想问,因见师伯酒性正豪,不敢耽误师伯的清兴,所以没有说出来。"朱梅哈哈大笑道:"你又拘礼了。我比不得李胡子,有许多臭规矩。骨肉重逢,原是一件快活事,有话就说何妨?"

素因闻言,便对陶钧道:"陶师弟,请问堂上尊大人,是不是单讳一个铸字的呢?"陶钧闻言,连忙站起答道:"先父正是单名这一个字,师姊何以知之?"素因闻言,不禁下泪道:"想不到二十年光阴,我姑父竟已下世去了。姑母王大夫人呢?"陶钧道:"先父去世之后,先母第二年也相继下世了。小弟年幼,寒家无多亲故。师姊何以这般称呼,请道其详。"素因含泪道:"龙官,你不认得身入空门的表姊了?你可记得十九年前的一个雪天晚上,我在姑父家中,同你玩得正好,忽然继母打发人立逼着叫我回家过年，你拉着我哭，不让我走，我骗你说，第二日早上准来，我们一分手，就从此不见面的那个秦素因么？"

陶钧闻言，这才想起幼年之事，也不禁伤心。答道："你就是我舅家表姊，乳名玉妮的么？我那舅父呢？"素因道："愚姊自先母去世，先父把继母扶正之后，平素对我十分虐待。多蒙姑父姑母垂爱，接到姑父家中抚养，此时我才十二岁，你也才五岁。先父原不打算做异族的官的，禁不住继母的朝夕絮聒，先父便活了心。我们分别那一天，便是先父受了满奴的委用，署理山东青州知府。先父也知继母恨我，本打算将愚姊寄养姑母家中，继母执意不肯。先父又怕姑父母用大义责难，假说家中有事，硬把愚姊接回，一同上任。谁想大乱之后，人民虽然屈于异族暴力淫威，勉强服从，而一般忠义豪侠之士，大都心存故国，志在匡复。虽知大势已去，但见一般苦难同胞受满奴官吏的苛虐，便要出来打抱不平。先父为人忠厚，错用了一个家奴，便是接我回家的石升。他自随先父到任之后，勾连几个丧尽天良的幕宾，用继母作为引线，共同蒙蔽先父，朋比为奸，闹得怨声载道。不到一年，被当地一个侠僧，名叫超观，本是前明的宗室，武功很好，夜入内室，本欲结果先父的性命。谁知先父同他认得，问起情由，才知是家人、幕宾作弊，先父蒙在鼓里。他说虽非先父主动，失察之罪，仍是不能宽容，便将先父削去一只耳朵，以示儆戒。那恶奴、幕宾，俱被他枭去首级，悬挂在大堂上。先父知事不好，积威之下，又不敢埋怨继母，费了许多情面，才将恶奴、幕宾被杀的事弥缝过去。急忙辞官，打算回家，连气带急，死在路上。继母本是由妾扶正，又无儿女，她见先父死去，草草埋葬，把所有财物变卖银两，本打算带我回到安徽娘家去。走到半路，又遇见强人，将她杀死。正要将我抢走，恰好恩师四川岷山凝玉峰神尼优昙大师走过，将强人杀死，将我带到山中修道。面壁十年，才得身剑合一。奉帅命下山，在成都碧筠庵居住。两年前，又奉恩师之命，将碧筠庵借与醉师叔居住，以作异日各位师伯师叔、兄弟姊妹们聚会之所，叫我来这汉阳白龙庵参修行道。适才见贤弟十分面熟，听说姓陶，又被我发现你耳轮后一粒朱砂红痣，我便叫了贤弟的乳名，见你答应，便知绝无差错，正要问前因后果、对你细说时，朱师伯已显现出法身。以后急于救人，就没有机会说话了。朱师伯前辈是剑仙中的神龙嵩山二老之一，轻易不收徒弟，你是怎生得拜在门下？造化真是不小！"陶钧闻言，甚是伤感，也把别后情形及拜师的经过，仔细说了一遍。

那许钺见众人俱是有名剑仙的弟子，心中非常羡慕，不禁现于辞色。朱梅看了许钺脸上的神气，对他笑道："你早晚也是剑侠中人，你忙什么呢？将来峨眉斗剑，你同莹姑正是一对重要人物。你如不去做癞和尚的徒弟，白骨箭谁人去破呢？我不收你，正是要成就你的良缘，你怎么心中还不舒服呢？"许钺闻朱梅之言，虽然多少不解，估量自己将来也能厕身剑侠之门，但不知他说那侠僧轶凡剑术如何。便站起身来，就势问道："弟子承老前辈不弃，指示投师门径。所说三游洞隐居这位师父，但不知他老人家是哪派剑仙？可能收弟子这般庸才么？"朱梅道："你问癞和尚么？他能耐大得紧呢！尤其是擅长专门降魔。我既介绍你去，他怎好意思不收？不过他的脾气比我还古怪，你可得留点神。如果到时你不能忍受，错过机会，那你这辈子就没人要了。"许钺连忙躬身答应。朱梅又对素因道："破慈云寺须是少不得你。天已不早，你同莹姑回庵，我这就同陶钧到青城山去。我们大家散了吧。"许钺虽然惜别，知朱梅脾气特别，不敢深留。

当下众人分手，除许钺明春到三游洞投师，暂时不走外，素因同莹姑回转白龙庵，朱梅便带了陶钧，驾起剑光，往青城山金鞭崖而去。

第二十九回　金鞭崖陶钧学剑
　　　　　　　碧筠庵朱梅赴约

矮叟朱梅的大弟子纪登,在师父下山后,因恐金光鼎等又来烦扰,轻易不肯出门。这日清晨起来,算计师父快要回来,便在崖前站定。果然立了不多一会儿,遥望天边,有两粒黑点朝崖前飞来。移时,朱梅携着陶钧在金鞭崖前降下。纪登连忙上前拜见。朱梅叫陶钧见过师兄,一同进了观门,朱梅命纪登将打坐并练气口诀,日夕传与陶钧用功。又到云房内取出一柄长剑赐与陶钧,叫他按照剑诀练习。陶钧拜谢之后,接过宝剑一看,连头带尾,有三尺六寸长。剑柄上有七个金星,上面刻着"金犀"两个篆字。用手一攥剑柄,微一用力,已自铮然出匣,寒光凛凛,瘆人毛发,端的是柄好剑,心中高兴已极。从此每日跟随纪登早晚用功。不提。矮叟朱梅在观里住了几日,单把纪登叫过一旁,嘱咐了几句,便自下山,往成都而去。

这时成都碧筠庵醉道人,自同追云叟分别后,虽然宝剑被污,却蒙追云叟将太乙钩赠他使用,比原来宝剑还要神化。他每日除在成都市上买醉外,便在庵中传授松、鹤二童剑术。这日正在院中闲立,远远看见天空中一道青光飞来,定睛一看,正是追云叟带到衡山用了年朱灵草替自己洗炼的宝剑,心中大喜,手一抬,那宝剑业已落在手中。仔细看时,居然返本还原,仍是以前灵物,暗暗感激追云叟的高义。心想:"这口剑虽是自己炼就神物,并不似三仙二老他们的剑,完全用五行真气、采炼五金之精而成。衡山相隔数千里,怎得认主归来,不爽毫厘?"正在惊奇,忽听破空的声音,抬头看时,周淳业已驾剑光从空中降下,见了醉道人,上前拜见。醉道人道:"周道友休得如此客气。我们相隔不久,道友功行,竟能这样猛进，虽然白老前辈有超神入化之能，然而道友的根基禀赋，也就可想而知了。"

周淳躬身答道："师叔休得过奖。弟子自蒙家师收录，因自己年岁老大，生怕不能入门，心中非常恐惧。那日随家师回到衡山，便蒙家师指示秘诀，又赐我丹药数粒。到第七天上，家师又命我到后山最高峰红沙崖下，去采千年朱灵草。走到崖前，忽然红雾四起，当时一阵头昏眼花，神志昏沉，堪堪卧倒。猛想起弟子初游慈云寺时节，遇一个身材矮小的老前辈，用土块打弟子数次，将弟子打急，随后追赶，并未追上。那位老前辈留与弟子一个纸包，内有两粒丹药，纸包上面写着'留备后用，百毒不侵'八个字。弟子此时已是两脚麻痹，幸喜双手还能动转，连忙将那两颗丹药取出嚼碎，咽了下去，立时觉着神志清朗异常。可是红雾依旧未消，心知那崖必非善地。而衡山顶上一年到头，俱是白云封锁，每年只有两次云开。如采不着药草，误了家师之命，恐受责罚，依旧在崖前寻找。忽听崖旁洞内有小儿啼声，走向前一看，只见一个山洞，高宽各约二丈。洞口有一个没有壳的大蝎子，长约七八尺光景，口中喷出红雾，声如儿啼。幸喜那东西才得出壳，行动极为笨缓。弟子服了灵丹，毒雾不侵，便用宝剑将它斩为数段。忽见红光从那东西身后的洞中发出。走近看时，正是一丛千年朱灵草，上面还结着七个橘子大小的果儿，鲜红夺目。弟子便连根拔起，不敢再为迟延，急忙下山。走到半路回头看时，业已云雾满山，稍迟一步，便无路下来了。家师见弟子取得仙草，甚是嘉奖。说起那蝎子时，家师起初本未料到有这样怪物，幸喜尚未成形，又有灵丹护卫。不然一近它身，怕不化为脓血？那灵草一千三百年结一回果，成熟七天，便入地无踪。服了之后，益气延年，轻身换骨，又抵百十年苦功。家师便将仙果七个赐与弟子。吃下去当时周身酥软，连泻三日。痊愈后力大身轻，远胜寻常。如今可以力擒虎豹，手捉飞鸟。家师深恩，又传弟子许多路剑法。另换了一口炼成的宝剑，照口诀勤习了四十九日，便能御剑飞行。师叔的剑也同时洗炼还原。又说起赠丹的老前辈，才知是家师的好友朱梅叔。今早命弟子前来送信，顺便将师叔宝剑送回。行近成都，那宝剑好似认得家一般，一个不留神，便脱手飞去。弟子随后追赶，见它往此地飞来，已知师叔收去，才放了心。家师说李师叔约请各派剑仙，不日陆续来到，请师叔代为招接。家师尚有他事，来年正月初五前准到。此番乃是邪正两方正面冲突的开端，彼此约请的能人剑客不在少数。这第一次交手，必须要挫他们的锐气，同时把他们用作根据地的慈云寺一举消灭，以减少他们的势力。家师还请师叔除夕前到寺中探一探动静，说他们那里能人甚多，如被他们窥破，只说是特去通知比试日期，不可轻易地动手。弟子奉命转达，请师叔斟酌办理。"

醉道人听罢，当下谢了周淳冒险采朱灵草之义。因为追云叟不在峨眉派统系之下，与峨眉开山祖师长眉真人俱都是朋友称呼。长眉真人飞升时，大弟子玄真子志在专修内功，禀明真人，愿把道统让给根基厚的师弟齐漱溟，自己却同追云叟、苦行头陀二友前往东海隐居，同参上乘玄宗。醉道人是齐漱溟的师弟，他因追云叟虽是师兄好友，到底人家得道的年代长，又与长眉真人有一面之识，平素总以晚辈自居。周淳称他师叔，他不肯承受。周淳饮水思源，自己入门又浅，再三不肯改口，只得由他。

到了第三天，先是后辈剑仙中峨眉派掌教剑仙乾坤正气妙一真人的女儿齐灵云，同着她的兄弟金蝉、髯仙李元化的弟子白侠孙南，奉了妙一夫人荀兰因之命，前来听候调遣。又过了几天，髯仙同门师兄弟风火道人吴元智，带着大弟子七星手施林来到。施林与周淳本有一面之缘，当下周淳便谢了当日施林指引之恩，二人谈得甚是投机。

第二天起，罗浮山香雪洞元元大师、巫山峡白竹涧正修庵白云大师、陕西太白山积翠崖万里飞虹佟元奇同他弟子黑孩儿尉迟火、坎离真人许元通、云南昆明池开元寺哈哈僧元觉禅师同他弟子铁沙弥悟修、峨眉山飞雷岭髯仙李元化先后来到。醉道人与周淳竭诚款待，松、鹤二童忙了个手脚不停。到了除夕的那一天，醉道人同各位剑侠正在云房闲话，罗浮七仙中的万里飞虹佟元奇说道："同门诸位道友俱都各隐名山，相隔数千里，每三年前往峨眉聚首外，很少相见。这次不但同门师兄弟相聚，许多位全不在本门的前辈道友也来参加。同时小兄弟们也彼此多一番认识，将来互相得到许多帮助，可以算得一个大盛会了。只是相隔破寺之日不远，嵩山二老、掌教师兄以及餐霞大师等，为什么还不见到来呢？"髯仙李元化答道："师兄有所不知。此次追云叟道友，原是受了掌教师兄之托，替他在此主持一切。一来掌教师兄要准备最后峨眉斗剑时一切事务，现在东海炼宝，不能分身。二来这次慈云寺邀请的人，出类拔萃的有限，只二老已足够应付。所以这次掌教师兄来不来还不一定。餐霞大师就近监视许飞娘，这次飞娘如不出面，大师也未必亲来。她单指派她一个得意女弟子，她名叫朱梅，前来参加，想必日内定可来到。"醉道人道："餐霞大师女弟子，怎么会与矮叟朱老前辈同名同姓？虽说不同门户，到底以小辈而犯前辈之讳，多少不便。餐霞大师难道就没有想到这一层，替她将名字改换么？"

髯仙闻言，哈哈大笑道："醉道友，你在本门中可算是一个道行深厚、见闻最广的人，怎么你连那朱前辈同餐霞大师女弟子朱梅同名同姓这一段前因后果，都不知道呢？"醉道人便问究竟，各位剑仙也都想听髯仙说出经过。髯仙道："起初我也不知道。前数月我奉追云叟之命，去请餐霞。她说要派弟子朱梅参加破寺，同各位前辈剑仙以及同门师兄弟见一见面，将来好彼此互助。我因她的弟子与朱前辈同名，便问大师何不改过？大师才说起这段因果。原来大师的女弟子朱梅与朱老前辈关系甚深，她已坠劫三次，就连拜在大师门下，还是受朱老前辈所托呢。"

大家正要听髯仙说将下去，忽然一阵微风过处，朱梅业已站在众人面前，指着髯仙说道："李胡子，你也太不长进，专门背后谈人阴私。你只顾说得起劲，你可知道现在危机四布了么？"众剑仙闻言大惊，连忙让座，请问究竟。朱梅道："不用忙，少时自有人前来报告，省得我多费这番唇舌。"言还未了，檐前有飞鸟坠地的声息，帘起处进来一人，面如金纸，见了诸位剑仙，匍匐在地。矮叟朱梅连忙从身上取出一粒百草夺命神丹，朝那人口中塞了进去。醉道人与髯仙见来人正是岷山万松岭朝天观水镜道人的门徒神眼邱林，不知为何这样狼狈。急忙将他扶上云床，用一碗温水将神丹灌了下去。待了半盏茶时，邱林腹内咕噜噜响了一阵，脸上由金紫色渐渐由白而红，这才恢复原状。睁眼看见诸位剑侠在旁，便翻身坐起。这时各派剑侠中小兄弟们，本同周淳、孙南等在前面配殿中谈话，听说矮叟朱梅与邱林先后来到，便都入房相见。邱林坐起之后，先谢了矮叟朱梅赐丹之恩，然后说起慈云寺中景况及他脱险情形。

第三十回　烛影忽摇红　满殿阴风来鬼祖
　　　　　　　剑光同闪电　昏林黑月会妖人

　　原来醉道人与张老四父女护送周云从打邱林豆腐店中走后，慈云寺中人因周云从逃得奇怪，寺周围住户店铺差不多都是寺中党羽，决不会见了逃犯不去通报。惟独邱林在寺旁小道上，离寺较远，不在其范围之中，未免有些疑心。曾经派人去盘查数次，也问不出一些端倪，也就罢了。自周轻云夜闹慈云寺，断去毛太一只左臂，俞德受伤后，法元赶到，知道峨眉派厉害，嘱咐智通约束门下众人，不许轻易出庙；他自己又亲自出去约请能人，前来与峨眉派见个高下。法元去后，俞德伤势业已痊愈，便要告辞回西藏，去请师父毒龙尊者出来，与他报仇雪恨。智通恐他去后，越发人单势孤，劝他不必亲自前往。可先写下书信一封，就说他受了峨眉派门下无敌的欺负，身受重伤，自己不能亲往，求他师父前来报仇。俞德本是无主见的人，便依言行事，恳恳切切写了一封书信。就烦毛太门徒无敌金刚赛达摩慧能前往，自己同毛太每日闭门取乐。

　　过了好些日子，转瞬离过年只有八九天，不但慧能没有音信，连金身罗汉法元也没有回来。所请的人，也一个未到。智通心中焦急万状。到了腊月二十三这天晚上，智通、俞德正在禅房谈话，忽然一道黑烟过外，面前站定二人。俞德是惊弓之鸟，正待放剑。智通已认清来人正是武夷山飞雷洞七手夜叉龙飞，同他弟子小灵猴柳宗潜，连忙止住俞德，与三人介绍。这龙飞乃是九华山金顶归元寺狮子天王龙化的兄长，与智通原是师兄弟。自从他师父五台派教祖太乙混元祖师死后，便归入庐山神魔洞白骨神君教下，炼就二十四口九子母阴魂剑，还有许多妖法。那日打庐山回洞，小灵猴柳宗潜便把智通请他下山相助，与峨眉派为敌之事说了一遍。龙飞闻言大怒说:"我与峨眉派有不共戴天之仇,当年太乙混元祖师就是受他们的暗算。如今他见五台派失了首领,还要斩尽杀绝。前些日,我师弟罗枭到九华山采药,又被齐漱溟的儿子断去一臂,越发仇深似海。事不宜迟,我们就此前去,助你师伯一臂之力。"说罢,带了随身法宝,师徒二人驾起阴风,直往慈云寺走来。见了智通,谈起前情,越发忿怒。依龙飞本心,当晚便要去寻峨眉派中人见个高下。还是智通拦阻道:"那峨眉派人行踪飘忽,又无一定住所。自从到寺中扰闹两次,便没有再来。师弟虽然神通广大,到底人单势孤。莫如等金身罗汉回来,看看所约的人如何,再作商议。"龙飞也觉言之有理,只得暂忍心头之怒。

第二日起,前番智通所约的人,崂山铁掌仙祝鹗、江苏太湖洞庭山霹雳手尉迟元、沧州草上飞林成祖、云南大竹子山披发狻猊狄银儿、四川云母山女昆仑石玉珠、广西钵盂峰报恩寺莽头陀,同日来到。智通见来了这许多能人,心中大喜,便问众人,如何会同日来得这样巧法?披发狻猊狄银儿首先答道:"我们哪里有什么未卜先知。先前接到你的请柬,我们虽恨峨眉派刺骨,到底鉴于从前峨眉斗剑的覆辙,知道他们人多势众,不易抗敌,都想另外再约请几个帮手。日前各位道友先后接到万妙仙姑许飞娘飞剑传书,她说她有特别原因,恐怕万一到时不能前来,她另外约请了两位异派中特别能人前来相助,峨眉派无论如何厉害,绝无胜理,请我们大家安心前去,准于腊月二十四日赶到慈云寺。飞娘自教祖死后,久已不见她有所举动,有的还疑心她叛教,有些道友接信后,不大相信。后来又接着晓月禅师辗转传信的证明,又说他本人届时也要前来,我们这才按照书信行事。这飞剑传书,当初除了教祖,普天下剑仙只有四五个人有此本领。想不到飞娘才数十年不见,便练到这般地步,真是令人惊奇了。"智通道:"以前大家对于飞娘的议论,实在冤屈了她。人家表面上数十年来没有动静,骨子里却是卧薪尝胆这么多年,我也是今年才得知道。"便把前事又说了一遍。

当下因为法元未到,龙飞本领最大,先举他做了个临时首领。龙飞道:"我们现在空自来了许多人,敌人巢穴还不曾知道。万一他们见我们人多,他们就藏头不露面,等我们走后,又来仗势欺人,不似峨眉斗剑,订有约会。我看如今也无须闭门自守。第一步,先打听他们巢穴在哪里,或是明去，或是暗去，先给他们一个下马威如何？"智通终是持重，商量了一会儿，便决定先派几个人出去打听峨眉派在成都是几个什么人，住在哪里。然后等晓月禅师、金身罗汉回来再说。议定之后，因为狄银儿道路最熟，小灵猴柳宗潜则成都是他旧游之地，便由他二人担任，到成都城乡内外打探消息。

又隔了一天，法元才回庙。除晓月禅师未到外，另外约请了四位有名剑仙：第一位是有根禅师，第二位是诸葛英，第三位是癞道人，第四位是沧浪羽士随心一，皆是武当山有名的剑仙。大家见面之后，法元便问龙飞道："令弟龙化不是和雷音道友一向在九华金顶归元寺修炼么？我这一次原本想约他们帮忙，谁想到了那里不曾遇见他，反倒与齐漱溟的女儿争打起来。到处打听他二人的下落，竟然打听不出来。你可知道他二人现在何处？"龙飞闻言，面带怒容道："师叔休要再提起我那不才兄弟了，提起反倒为我同门之羞。我现在不但不认他为手足，一旦遇见他时，我还不能轻易饶他呢！"说罢，怒容满面，好似气极的样子。

法元知他兄弟二人平素不睦，其中必有缘故，也就不便深问。当下便朝大众把追云叟在成都出现，峨眉派门下两次在寺中大闹，恐怕他们早晚要找上门来，所以特地四处约请各位仙长相助的话，说了一遍。又说："这次虽不似前番峨眉斗剑，预先定下日期，但是我深知追云叟这个老贼决不能轻易放过。与其让他找上门来，不如我们准备齐备之后，先去找他报仇。他们巢穴虽多，成都聚会之所只碧筠庵一个地方。我早就知道，当初不说，一则恐怕打草惊蛇，二则恐怕未到齐时，俞贤弟报仇心切，轻举妄动。峨眉派中人虽无关紧要，追云叟这个老贼却不好对付。如今我们人已到齐，是等他来，还是我们找上门去，或者与他约定一个地方比试，诸位有何高见？"法元在众人中辈分最大，大家谦逊了一阵，除龙飞自恃有儿子母阴魂剑、俞德报仇心切外，余人自问不是追云叟的敌手，都主张等晓月禅师同毒龙尊者内中来了一个再说。好在人多势大，也不怕敌人找上门来。当初既未明张旗鼓约定日期比试，乐得匀出工夫，筹划万全之策。龙、俞二人虽不愿意，也拗不过众人。

众人正在议论纷纷，只见一溜火光，狄银儿夹着一人从空飞下。小灵猴柳宗潜也随后进来。狄银儿见了众人，忙叫智通命人取绳索过来，把这奸细捆了。一回头看见法元，便走将过来施礼。这时被擒的人业已捆好，众人便问狄银儿究竟。狄银儿道："我自昨日出去打听敌人住所，走过望江楼，便上去饮酒，听见楼上有些酒客纷纷议论道：'适才走的这位道爷真奇怪，无冬无夏，老是那一件破旧单道袍。他的酒量也真好，喝上十几斤，临走还带上一大葫芦。他那红葫芦，少说着也装上十七八斤酒。成都这种曲酒，多大量的人，也喝不上一斤，他竟能喝那么多，莫非是个酒仙么？'我觉得他们所说那人，颇似那年峨眉斗剑杀死我师兄火德星君陆大虎的醉道人。正打算明日再去暗中跟随，寻查他们的住所，谁知我同柳贤侄下楼走了不远，便觉得后面有人跟随。我二人故作不知，等到离我们不远，才回头问那厮，为何要跟我们。这厮不但口不服输，反同柳贤侄争斗起来。别看模样不济，武功还是不弱，若非我上前相助，柳贤侄险些遭了他毒手。本待将他杀死，因不知他们窝藏之地，特地擒回，请诸位发落。"

众人闻言，再朝那人看时，只见那人生得五短身材，白脸高鼻，一双红眼，普通买卖人打扮，虽然被擒，英姿勃勃，看去武功很有根底。当下法元便问那人道："你姓甚名谁？是否在峨眉派门下？现在成都除追云叟外，还有些什么人？住在何处？从实招来，饶你不死。"那人闻言，哈哈大笑道："你家大爷正是峨眉门下神眼邱林。若问本派成都人数，除教长乾坤正气妙一真人外，东海三仙、嵩山少室二老，还有本门以及各派剑侠，不下百位，俱在成都，却无一定住所。早晚荡平妖窟，为民除害。我既被获遭擒，杀剐听便，何必多言？"

龙飞、俞德性情最暴，见邱林言语傲慢，刚要上前动手，忽听四壁吱吱鬼声，一阵风过处，烛焰摇摇，变成绿色。众人毛发皆竖，不知是吉是凶，俱都顾不得杀人，各把剑光法宝准备，以观动静。霎时间，地上陷了一个深坑，由坑内先现出一个栲栳大的人头，头发胡须绞作一团，好似乱草窝一般；一双碧绿眼睛，四面乱闪。众人正待放剑，法元、俞德已知究竟，连忙拦住。一会儿现出全身，那般大头，身体却又矮又瘦，穿了一件绿袍，长不满三尺，丑怪异常。不是法元、俞德预先使眼色止住，众人见了这般怪状，几乎笑出声来。法元见那人从坑中出现，急忙躬身合掌道："不知老祖驾到，我等未曾远迎，望乞恕罪。"说罢，便请那人上座。那人也不谦逊，手一拱，便居中坐下。这时鬼声已息，烛焰依旧光明。法元、俞德便领众人上前，又相介绍道："这位老祖，便是百蛮山阴风洞绿袍老祖。练就无边魔术，百万魔兵，乃是魔教中南派开山祖师。昔年在西藏，老祖与毒龙尊者斗法，曾显过不少的奇迹。今日降临，绝非偶然，不知老祖有何见教？"绿袍老祖答道："我自那年与毒龙尊者言归于好，回山之后，多年不曾出门。前些日毒龙尊者与我送去一信，言说你们又要跟峨眉派斗法，他因一桩要事不能分身，托我前来助你们一臂之力。但不知你们已经交过手了没有？"说时声音微细，如同婴儿一般。法元道："我等新近一二日才得聚齐，尚未与敌人见面。多谢老祖前来相助，就烦老祖做我等领袖吧。"绿袍老祖道："这有何难！我这数十年来，炼就一桩法宝，名叫百毒金蚕蛊，放将出去，如同数百万黄蜂，遮天盖地而来。无论何等剑仙，被金蚕蛊咬上一口，一个时辰，毒发攻心而死。峨眉派虽有能人，何惧之有？"众人闻言大喜。惟独邱林暗自心惊，只因身体失却自由，不能回去报信，不由便叹了一口气。

绿袍老祖闻得叹息之声，一眼看见地上捆的邱林，便问这是何人。法元便把邱林跟踪擒获，正在审问之间，适逢老祖驾到，未曾发落等情说了一遍。又问老祖，有何高见。绿袍老祖道："好些日未吃人心了，请我吃一碗人心汤吧。"法元闻言，便叫智通命人取冷水盆来，开膛取心。邱林知道不免于死，倒也不在心上，且看这群妖孽如何下手。智通因为要表示诚心，亲自动手，将冷水盆放在邱林身旁，取了一把牛耳尖刀。刚要对准邱林胁下刺去，忽然面前一亮，一道金光，如匹练般电也似疾地卷将进来。智通不及抵挡，忙向后倒纵出去。众人齐都把剑光法宝乱放出来时，那金光如闪电一般，飞向空中。龙飞、俞德等追出看时，只见一天星斗，庙外寒林被风吹得哗哗作响，更无一些儿踪迹。再回看地上绑的邱林，已不知去向，只剩下一摊长长短短的蛟筋绳。幸喜来人只在救回被擒的人，除挨近邱林站立的知客僧了一被金光扫着了一下，将左耳削去半边外，余人皆未受伤。众人正在兴高采烈之际，经此一番变动，锐气大挫，愈加知道峨眉派真有能手。连俞德的红沙都未能损伤来人分毫，可以想见敌人的厉害。便都面面相觑，不发一言。这且不言。

话说邱林正在瞑目待死之际，忽然眼前一亮，从空降下一道金光，将他救起。在飞起的当儿，忽然觉得一股腥味刺鼻，立时头脑昏眩。心中虽然清楚，只是说不出话来。不一会儿工夫，那驾金光的人已将他带到一个所在，放将下来，对邱林仔细一看，忙说："不好！轻云快把我的丹药取来。"话言未了，便有一个十七八岁的妙龄女子，从丹房内取了九粒丹药。那人便用一碗清水，将丹药与邱林灌了下去，然后将他扶上云床，卧下歇息。

这时邱林业已人事不知，浑身酸痛已极，直睡到第二日早起，又吃了几次丹药，才得清醒过来。睁眼一看，只见面前站定一个美丽少女，生就仙骨英姿，看去功行很有根底，便要下床叩谢救命之恩。那女子连忙阻止道："师兄，你虽然醒转，但是你中了俞德阴魂剑，毒还未尽，不可劳顿。待我去与你取些吃食来。"说罢，掉头自去。邱林也觉周身疼痛难忍，只得恭敬不如从命。听那女子称他师兄，想是同门之人，只不知她姓甚名谁，是何人弟子。小小年纪，居然能不怕俞德红沙及绿袍老祖等妖法，在虎穴龙潭中，将自己救出，小弟兄中真可算是出类拔萃的人物了。想到这里，又暗恨自己，不应错杀了人，犯了本门规矩，被师父将宝剑追去，戴罪立功。自己入门三十年，还不如后辈新进的年幼女子，好生惭愧。

正在胡思乱想之际，那女子已从外面走进，端了两碗热腾腾的豆花素饭来与他食用。邱林腹中正在饥饿，当下也不客气，接过便吃。吃完觉得精神稍好，便先自口头上道谢救命之恩，又问这是什么所在。那女子道："师兄休得误会，我哪有这大本事？此间是辟邪村玉清观。昨晚救你的，便是玉清大师。我名周轻云，乃是黄山餐霞大师的弟子。师兄不是名叫神眼邱林的么？昨日玉清大师打从慈云寺经过，顺路探看敌人虚实，见师兄被擒，便用剑光将师兄救出。不想师兄肩头上还是沾了一点红沙，若不是大师的灵药，师兄怎得活命？大师今早因有要事出门了，临行时，吩咐请师兄就在此地休息，每日用灵药服用，大约有七八天便可复元了。"邱林闻言，才知道自己被玉清大师所救。只是一心惦记着回碧筠庵报告敌人虚实，便和轻云商量，要带病前去。轻云道："听玉清大师说，此番破慈云寺，三仙、二老都要前来，能前知的人很多，慈云寺虚实，那里想必早已知道。师兄病体未痊，还是不劳顿的好。我等大师回来，过年初三四也要前去，听候驱遣，届时同行，岂不甚好？"邱林因昨日同醉道人分别时，知道三仙、二老一个未到，慈云寺有好些妖人，恐怕众剑侠吃了暗亏，执意要去。

轻云劝说不下，只得陪他同行。邱林病势仍重，不可让他去冒天风，只得同他步行前去，好在辟邪村离碧筠庵只有二十余里远近。到了晚饭时分，轻云同邱林起身上路。

二人刚走到一片旷野之间，只见风驰电掣般跑过一双十六七岁的幼男女，后面有四个人，正在紧紧追赶。及待那一双男女刚刚跑过，邱林已认出追的四个当中，有一个正是那万恶滔天的多宝真人金光鼎。便对轻云道："师妹快莫放走前面那个采花贼道，那便是多宝真人金光鼎。"正说时，金光鼎同着独角蟒马雄、分水犀牛陆虎、关海银龙白缙等四人业已到了面前。轻云见来人势众，知道邱林带病不能动手，便说道："师兄快先走一步，等我打发他们便了。"说罢，便迎上前去。

第三十一回　力诛四寇　周侠女送友碧筠庵
　　　　　　夜探强敌　醉道人飞身慈云寺

　　那金光鼎四人本是好色淫贼，因法元叫智通约束寺中众人不许出外生事，他四人在寺中住了多日，天天眼见智通、俞德淫乐不休，只是不能染指。寺中妇女虽多，但都是些禁脔。欲待出来采花，又被智通止住。虽恨智通只顾自己快活，不近人情，好生不忿。但是寄人篱下，惟有忍气吞声，看见人家快活时心痒痒，咽一口涎沫而已。这日却来了许多能人，他四人班辈又小，本领又低，除奴才似的帮助阖寺僧徒招待来宾外，众人会谈，连座位都无一个，越加心里难受。同时淫欲高涨，手指头早告了消乏。昨天看见邱林被金光救去，众人毫无办法。就平日所见所闻，慈云寺这群人绝非峨眉派敌手，便安下避地为高之心。今早起来，四人商量停妥，假说要上青城山聘请纪登前来相助。智通因见他等一向表面忠诚，毫不疑心，还送他四人很丰厚的川资，叫他四人早去早回。
　　四人辞别智通出寺之后，金光鼎道：“我等因被轶凡贼和尚追逼，才投到此地。实指望借他们势力，快活报仇。谁想到此净替他们出力，行动都不得自由，还不把我们当人。如今他们同峨眉派为仇，双方都是暗中准备。莫如我们瞧冷子，到城内打着慈云寺旗号，做下几件风流事，替双方把火药线点燃，我们也清清火气。然后远走高飞，投奔八魔那里安身。你们看此计可好？”这些人原是无恶不作的淫贼，金光鼎会剑术，众人事事听他调遣，从来不敢违抗。又听说有花可采，自然是千肯万肯。当下便分头去踩盘子，调线，当日便访出有四五家，俱是绝色女子。马雄、陆虎本主张晚上三更后去。白缙偏说：“今天该大开荤，天色尚早，何妨多访几家？”也是他等恶贯满盈，那几家妇女家门有德，不该受淫贼污辱。他等四人会齐之后，信步闲游，不觉出了北门。彼时北门外最为荒凉。马雄道："诸位，你看看我们踩盘子踩到坟堆里来了。快些往回路走，先找地方吃晚饭吧。有这四五家，也够我们快活的了，何必多跑无谓的路呢？况且天也快黑了，就有好人，也不会出来了。"言还未了，忽听西面土堆旁有两个幼年男女说笑的声音道："大哥，你看兔子才捉到三个，天都黑了。我们快些回庄吧，回头婆婆又要骂人了。"声音柔脆，非常好听。众淫贼闻声大喜，便朝前面望去，只见从土堆旁闪出一男一女，俱都佩着一口短剑，手上提三只野兔，年纪约在十六七岁，俱都长得粉妆玉琢，美丽非常。

四淫贼色心大动。马雄一个箭步纵上前去，拦住去路，说道："你们两个小乖乖不要走了，跟我们享福去吧。"言还未了，面上已中了那男孩一拳，打得马雄头眼直冒金星，差点没有栽倒在地。不由心中大怒，骂道："好不识抬举的乖乖，看老子取你狗命！"言还未了，那一双男女俱都拔剑在手。马雄也将随身兵刃取出迎敌。金光鼎、陆虎、白缙也都上前助战。谁想这两个小孩不但武艺超群，身体灵便，还会打好几种暗器，见淫贼一拥而上，毫无惧色。不一会儿工夫，四淫贼已有两个带伤。马雄中了那男孩一飞蝗石，陆虎中了那女子一支袖箭，虽不是致命伤，却也疼痛非凡。金光鼎见势不佳，跳过一旁，将剑光放起。这一双男女俱都识货，喊一声："不好！"将脚一蹬，飞纵倒退三五丈远，拨转头，风驰电掣般落荒逃走。那金光鼎因要擒活的受用，收起剑光，紧紧追赶，打算追上，再用剑光截他归路。

正赶之间，只见前面站定一个绝色少年美女，估量是两个小孩同党，哪里放在心上。正待一拥齐上，只见来人并不动手，微微把肩膀一摇，便有一道青光飞出。金光鼎忙喊："留神！"已来不及，再看马雄、白缙，业已身首异处。陆虎因走在最后，得延残喘。金光鼎见来人飞剑厉害，也把剑放出，一青一黄，在空中对敌。那两个少年男女正慌不择路地逃走，忽见敌人不来追赶。回头看时，见一个女子用一道青光，同敌人的黄光对敌，四个敌人已死了两个。心中大喜，重又回转。那陆虎迷信金光鼎飞剑，还在梦想战胜，擒那女子来淫乐报仇。他见金光鼎与那女子都在神志专一，运用剑光，在旁看出便宜，正待施放暗器。这两个幼年男女业已赶到，脚一纵，双双到了陆虎跟前，也不答言，两人的剑一上一下，分心就刺。陆虎急忙持刀迎敌，不到两个照面，被那男孩一剑当胸刺过，陆虎尸横就地。金光鼎见那一双幼年男女回转，已是着忙。又见陆虎丧命，微一分神，黄光便被青光击为两段，喊一声："不好！"想逃命时已是不及，青光拦腰一绕，把金光鼎腰斩两截。这两个少年男女见四淫贼俱已就戮，心中大喜，走将过来，朝着轻云深施一礼，道谢相助之德。轻云见这一双年少男女长得丰神挺秀，骨骼清奇，暗中赞赏。当下互相通了姓名。原来那少年男女是同胞兄妹，男的名叫张琪，女的名叫张瑶青，乃是四川大侠张人武的孙儿女，父母早已下世，只剩下祖母白氏在堂，也是明末有名的侠女。张琪兄妹自幼受祖母的训练，学就一身惊人本领。今天因为出来打野兔，遇见淫贼，若非轻云相助，险遭不测。瑶青见轻云年纪同她相仿，便学成剑术，好生歆羡，执意要请轻云到家，拜她为师，学习剑法。轻云因自己年幼，不得师父允许，怎敢收徒，答应破了慈云寺之后，替他二人介绍。这时邱林也在路旁僻静处走了出来，大家又各互相介绍。邱林便对轻云道："师妹，你看这里虽是偏僻之地，但是这四具死尸若不想法消灭，日后被人发现，岂不株连好人？"轻云道："师兄但放宽心，我自有道理。"便从腰中取出一个瓶儿，倒出一些粉红色的药粉，弹在贼人身上。说道："这个药，名为万艳销骨散，乃是玉清大师秘制之药。我在观中虽住日子不多，承大师朝夕指教，又送我这一瓶子药。弹在死人身上，一时三刻，便化成一摊黄水，消灭形迹，再好不过。"

正说时，忽见前面一亮，便有一道金光。四人定睛一看，玉清大师已来到面前，朝着轻云笑道："云姑初次出马，便替人间除害，真是可喜可贺。"邱林先跪谢得救之恩。轻云领着张琪兄妹二人拜见。玉清大师道："不为他们，我还不来呢。我适才在棋盘峰经过，无意中偷听得两个异派中人要往成都北门外张家场去收他兄妹二人为徒。我料知他兄妹根基必定很好，我顾不得办事，匆匆赶到张家场，见了他们祖老太太之后，才知道不是外人，他们祖母便是追云叟老前辈的侄曾孙女。后来听说他兄妹出门打野兔去了，我赶到此地，你已将四贼杀死。他兄妹二人根基颇好，学剑术原非难事。但须破了慈云寺之后，替他们介绍吧。"

张琪兄妹见玉清大师一脸仙风道骨，又同自己外高祖父相熟，知道绝非普通剑侠可比。她既垂青自己，岂肯失之交臂，互相使了个眼色，双双走将过来,跪在地上,执意非请大师收他们为徒不肯起来。玉清大师道:"二位快快请起。不是我不肯,因为我生平未收过男弟子。所以要等破寺之后,见了众道友,看你二人与谁有缘,就拜谁为师,你二人何必急在一时呢?"张琪兄妹见大师不肯,还是苦苦哀求不止。玉清大师见二人如此诚心,略一寻思,便对张琪说道:"你二人既然如此向道心诚,我也正愁你二人回家难免被异派劫骗了去。这么办,我先收你妹子为徒。你呢,不妨先随同我到观中,我先教你吐纳运气之法。破寺之后,再向别位道友介绍便了。"张琪兄妹闻言大喜,又叩了几个头,起来垂手站立一旁。

邱林病未痊愈,又在野外受了一点晚风,站了多时,不住地浑身打战。玉清大师忽对他说道:"我只顾同他们说话,忘了你的病体。你要知道受毒已深,危在旦夕,我的药方无非苟延残喘而已。我今早出门,就为的是去寻灵药与你解毒,救你性命。也是你吉人天相,我在棋盘峰回转时,路遇嵩山二老之一矮叟朱老前辈,他有专破百毒的仙丹,比我寻得的胜强百倍。他也是往碧筠庵去,你要想活命,趁这天色昏黑之际,勉力施展你平生本领飞跑。哪怕多累,多难受,也不能在半路停留缓气。你只连纵带跳地跑进碧筠庵,先让你浑身死血活动一下,那时再得朱老前辈仙丹,便可活命,切记切记!我和云姑在后暗中护送便了。"又对轻云说:"你送邱林师兄到了碧筠庵,你无须进去,可先回观等我。我领他兄妹二人去见他们祖老太太,说明一切情形,随后就来。"说罢,邱林便辞别众人,也顾不得周身疼痛,眼目昏花,飞一般往前快跑,虽然累得气喘吁吁,也不敢停留半步。到了碧筠庵,看那丈许的围墙,估量自己还可纵得上去,便不走大门,咬紧牙关,提着气,越墙而过。轻云见邱林到了目的地,知已无碍,便自回转。邱林进房以后,见许多剑仙都在,头昏眼花,也分不出谁是谁来,心中一喜,气一懈怠,一个支持不住,晕倒在地。等到服了矮叟灵药,过了些许时辰,才悠悠醒转,觉得周身疼痛稍减。当下坐起,谢了矮叟朱梅活命之恩,随把慈云寺情形说了一遍。

众人听完邱林报告之后,便问矮叟朱梅有何高见。朱梅道:"诸位不要害怕。绿袍老祖的妖法与俞德的红沙虽然厉害,届时自有降他们的人。不过他们既来到,早晚必要前来扰闹一番。碧筠庵地方太小,又在城内,大家虽然能够抵御一阵,附近居民难免妖法波及。再者小弟兄们根行尚浅,一个支持不住,中了暗算,便不好施治,岂不是无谓的牺牲?如今事不宜迟,我们大众一齐往辟邪村玉清观去。那里地方又大,远在郊外山岩之中,一旦交起手来,也免殃及无辜。同时今晚请二位道友先到慈云寺去,同他们订好决斗日期,并说明我们全在辟邪村玉清观中。或是他们来,或是我们登门领教,顺便观察虚实。诸位意下如何?"众剑侠闻言,俱各点头称善。因为醉道人轻车熟路,便推定他前去订约。朱梅道:"醉道友前去,再好不过。不过敌人与我们结怨太深,他们又是一群妖孽,不可理喻。此去非常危险,还须有一位本领超群之人去暗中策应才好。"

言还未了,一阵微风过处,忽听一人说道:"朱矮子,你看我去好么?"众人定睛看时,面前站定一个矮胖道姑,粗眉大眼,方嘴高鼻,面如重枣,手中拿着九个连环,叮当乱响,认出是落雁山愁鹰涧的顽石大师,俱各上前相见。这时朱梅已离座上前,指着顽石大师说道:"你这块顽石也来凑热闹么?你要肯陪醉道友去,那真是太好不过。如今事不宜迟,你二位急速去吧。我同大众,到辟邪村静候消息便了。"说罢,醉道人和顽石大师别了众人,径往慈云寺而去。

第三十二回　弥天星雨　两次破金蚕
　　　　　　　彻地金光　一番诛丑怪

　　这时法元通知俞德等，正同众人陪着绿袍老祖在大殿会商如何应敌。先前龙飞自邱林逃走后，本要约同绿袍老祖同俞德等三人，各将炼成的法宝，先往碧筠庵去施展一番，杀一个头阵。法元总说晓月禅师到后，再作通盘计划。好在帮手能人，俱都来了不少，慈云寺已如铜墙铁壁一般，进可以战，退可以守，乐得等人到齐，把势力养足，去获一个全胜。

　　龙飞性情暴躁，心中不以为然，执意要先去探个虚实。当下约同俞德，带了柳宗潜，前往碧筠庵。刚刚走到武侯祠，便见前面白雾弥漫，笼罩里许方圆，简直看不清碧筠庵在哪里。可是身旁身后，仍是清朗朗的，疑是峨眉派的障眼法儿。正要将九子母阴魂剑放出，往雾阵中穿去，忽然从来路上飞来万朵金星。这时正在丑初，天昏月暗，分外鲜明。俞德一见大惊，忙喊："道兄仔细！"一面说，一面把龙飞拉在身旁，从身上取出一个金圈，放出一道光华，将自己同龙飞圈绕在金光之中。龙飞便问何故。俞德忙叫噤声，只叫他在旁仔细看动静便了。二人眼看那万朵金星飞近自己身旁，好似那道光华挡住它的去路。金星在空中略一停顿，便从两旁绕分开来，过了光华，又复合一。龙飞耳中但听得一阵哧哧之音，好似春蚕食叶之声一般。那万道金星合成一簇之后，更不迟慢，直往那一团白雾之中投去。在这一刹那当儿，忽见白雾当中冒出千万道红丝，与那一簇金星才一接触，便听见一阵极微细的哀鸣，那许多碰着红丝的金星纷纷坠地，好似正月里放的花炮一般，落地无踪，煞是好看。而后面未接触着红丝的半数金星，好似深通灵性，见事不祥，电掣一般，拨回头便往来路退去。那千万道红丝好似白雾中有人驾驶，也不追赶，仍旧飞回雾中。把一个俞德看了个目定口呆，朝着龙飞低喊一声："风紧，快走！"龙飞莫名其妙，还待问时，已被俞德驾起剑光带回来路。

俞德到了慈云寺前面树林，便停了下来，朝着龙飞说道："好险哪！"龙飞便问："适才那是什么东西，这样害怕？"俞德轻轻说道："起初我们看见那万道金星，便是绿袍老祖费多年心血炼就的百毒金蚕蛊。这东西放将出来，专吃人的脑子。无论多厉害的剑仙，被它咬上一口，一个时辰，准死无疑。适才金身罗汉请大家等晓月禅师到后再说，我见绿袍老祖脸上跟你一样，好似很不以为然的样子。果然他见我们走后，想在我们未到碧筠庵之前，将金蚕蛊放出，咬死几十个剑侠，显一点奇迹与大家看。谁想人家早有防备，先将碧筠庵用浓雾封锁，然后在暗中以逸待劳。放出来的那万道红丝，不知是什么东西，居然会把金蚕制死大半。绿袍老祖这时心中不定有多难受。他为人心狠意毒，性情特别，不论亲疏，翻脸不认人。我们回去，最好晚一点，装作没有看见这一回事，以防他恼羞成怒，拿我们出气，伤了和气，平白地又失去一个大帮手。我看碧筠庵必有能人，况且我们虚实不知，易受暗算，今晚只可作罢，索性等到明张旗鼓，杀一个够本，杀多了是赚头，再作报仇之计吧。"

龙飞闻言，将信将疑，禁不住俞德苦劝，待了一会儿，方各驾剑光，回到寺中。见了众人，还未及发言，绿袍老祖便厉声问道："你二人此番前去，定未探出下落，可曾在路上看见什么没有？"俞德抢先答道："我二人记错了路，耽误了一些时间。后来找到碧筠庵时，只见一团浓雾，将它包围。怎么设法也进不去，恐怕中了敌人暗算，便自回转，并不曾看见什么。"绿袍老祖闻言，一声怪笑，伸出两只细长手臂，如同鸟爪一般，摇摆着栲栳大的脑袋，睁着一双碧绿的眼睛，慢慢一步一步地走下座来，走到俞德跟前，突地一把将俞德抓住，说道："你说实话，当真没有瞧见什么么？"声如枭号一般。众人听了，俱都毛发悚然。俞德面不改色地说道："我是毒龙尊者的门徒，从不会打诳语的。"绿袍老祖才慢慢撒开两手。他这一抓，几乎把俞德抓得痛彻心扉。绿袍老祖回头看见龙飞，又是一声怪笑，依旧一摇一摆，缓缓朝着龙飞走去。俞德身量高，正站在绿袍老祖身后，便摇手作势，那个意思，是想叫龙飞快躲。龙飞也明白绿袍老祖要来问他，绝非善意，正待想避开时，偏偏智通派来侍候大殿的一个凶僧头目，名唤盘尾蝎了缘的，正端着一盘点心，后面跟着知客僧了一，端了一大盘水果，一同进来，直往殿中走去，恰好走到绿袍老祖与龙飞中间。法元要打招呼，已来不及。了缘因在了一前头，正与绿袍老祖碰头，被绿袍老祖一把捞在手中。了缘一痛，手一松，"当"的一声，盘子打得粉碎，一大盘的肉包子，撒了个满地乱滚。在这时候，众人但听一声惨呼，再看了缘，已被绿袍老祖一手将肋骨抓断两根，张开血盆大口，就着了缘软胁下一吸一呼，先将一颗心吸在嘴内咀嚼了两下。随后用嘴咬着了缘胸前，连吸带咬，把满肚鲜血，带肠肝肚肺吃了个净尽。然后举起了缘尸体，朝龙飞打去。龙飞急忙避开，正待放出九子母阴魂剑时，俞德连忙纵过，将他拉住道："老祖吃过人心，便不妨事了。"再看绿袍老祖时，果然他吃完人血以后，眼皮直往下耷，微微露一丝绿光，好似吃醉酒一般，垂着双手，慢慢回到座上，沉沉睡去。众人虽然凶恶，何曾见过这般惨状。尤其是云母山女昆仑石玉珠，大不以为然，若非估量自己实力不济，几乎放剑出去，将他斩首。知客僧了一也觉寺中有这样妖孽，大非吉兆。法元暗叫智通把了缘尸首拿去掩埋，心中也暗暗不乐。

到了第二天，大家对绿袍老祖由敬畏中，便起了一种厌恶之感。除法元外，谁也不敢同他接近说话。而绿袍老祖反不提前事，好似没事人一般。俞、龙二人见不追问，才放了心。到了晚间，又来两个女同道：一个是百花女苏莲，一个是九尾天狐柳燕娘，俱都是有名的淫魔，厉害的妖客。法元同大众引见之后，因知绿袍老祖爱吃生肉，除盛设筵宴外，还预备了些活的牛羊，与他享用。晚饭后，大家正升殿议事之际，忽然一阵微风过处，殿上十来支粗如儿臂的大蜡，不住地摇闪。烛光影里，面前站定一个穷道士，赤足芒鞋，背上背着一个大红葫芦，斜插着一支如意金钩。众人当中，一多半都认得来人正是峨眉门下鼎鼎大名的醉道人。见他单身一人来到这虎穴龙潭之中，不由暗暗佩服来人的胆量。法元正待开言，醉道人业已朝大众施了一礼，说道："众位道友在上，贫道奉本派教祖和三仙、二老之命，前来有话请教。不知哪位是此中领袖，何妨请出一谈？"法元闻言，立起身来，厉声道："我等现在领袖，乃是绿袍老祖。不过他是此间贵客，不值得与你这后生小辈接谈。你有什么话，只管当众讲来。稍有不合理处，只怕你来时容易去时难，有些难逃公道。"醉道人哈哈大笑道："昔日太乙混元祖师创立贵派，虽然门下品类不齐，众人尚不失修道人身份。他因误信恶徒周中汇之言，多行不义，轻动无明，以致身败名裂。谁想自他死后，门下弟子益加横行不法，奸淫杀抢，视为家常便饭，把昔日教规付于流水。除几个洁身自好者改邪归正外，有的投身异端，甘为妖邪；有的认贼作亲，仗势横行。我峨眉派扶善除恶，为世人除害，难容尔等胡作非为！现在三仙、二老同本派道友均已前往辟邪村玉清观，明年正月十五夜间，或是贵派前去，或是我们登门领教，决一个最后存亡，且看是邪存，还是正胜！诸位如有本领，只管到十五晚上一决雌雄。贫道此来，赤手空拳，乃是客人，诸位声势汹汹何来？"

言还未了，众中恼了秦朗、俞德、龙飞等，各将法宝取出，正待施放。醉道人故作不知，仍旧谈笑自如，并不把众人放在心上。法元虽然怒在心头，到底觉得醉道人孤身一人，胜之不武，忙使眼色止住众人道："你也不必以口舌取胜。好在为日不久，就可见最后分晓。明年正月十五，我们准到辟邪村领教便了。"醉道人答道："如此甚好。贫道言语莽撞，幸勿见怪。俺去也。"说罢，施了一礼，正要转身，忽听殿当中一声怪笑，说道："来人慢退！"醉道人未曾进来时，早已留心，看见绿袍老祖居中高坐。此时见他发话拦阻，故作不知，问道："这位是谁？恕我眼拙，不曾看见。"绿袍老祖闻言，又是一声极难听的怪笑，摇摆着大脑袋，伸出两只细长鸟爪，从座位上慢慢走将下来。众人知道醉道人难逃毒手，俱都睁着大眼，看个究竟。法元心中虽然不愿意绿袍老祖去伤来使，但因他性情特别古怪，无法阻拦；又恨醉道人言语猖狂，也就惟有听之。不过醉道人来者不善，善者不来，便暗使眼色，叫众人准备。那绿袍老祖还未走到醉道人身旁，只见一道匹练似的金光飞进殿来，便听一人说道："醉道友，这班妖孽不可理喻，话已说完，还不走，等待何时？"众人情知来了帮手，那道金光来去迅速非常。

这一刹那间，看殿上，醉道人已不知去向。众人便要追赶。绿袍老祖一声长啸，从腰中抓了一把东西，往空中撒去。法元、俞德忙喊众人快收回剑光法宝，由老祖一人施为。众人用目看时，只见绿袍老祖手放处，便有万朵金星，万花筒一般，电也似疾，飞向空中。接着绿袍老祖将足一蹬，无影无踪。俞德、龙飞、秦朗三人飞往空中看时，只见最前面一道青光，飞也似的逃走。后面这万朵金星，风驰电掣地追赶。看看已离青光不远，忽见万朵金星后面，飞起万道红丝，比金星还快，一眨眼间，便已追上那万朵金星。好似遇见劲敌，想要逃回，后路已被红丝截断。在空中略一停顿，万道红丝与万朵金星碰个正着。但听一阵吱吱乱叫之声，那万朵金星如同陨星落雨一般，纷纷坠下地来。接着便是一声怪啸，四面鬼哭神号，声音凄厉，愁云密布，惨雾纷纷。俞德喊一声："不好！诸位快降下地来，切莫乱动！"一面将圈儿放起，化成亩大光华，将众人围绕在内。只见地面上万朵绿火，渐渐往中央聚成一丛。绿火越聚越高，忽地分散开来。绿火光中，现出绿袍老祖栲栳大的一张怪脸，映着绿火，好不难看。绿袍老祖现身以后，便从身上取出一个白纸幡儿，上方绘就七个骷髅，七个赤身露体的魔女。幡一摇动，俞德等三人便觉头昏目眩，非常难过。绿袍老祖正待将幡连摇，忽地一团丈许方圆的五色光华往幡上打到，将幡打成两截。那五色光华也同时消灭。接着一道匹练似的金光从空降下，围着绿袍老祖只一绕，便将绿袍老祖分为两段，金光也便自回转。倏地又见东北方飞起一溜绿火，飞向老祖身前，疾若闪电，投向西南方而去。这一幕电影，把三人看了个目定口呆。俞德知事不祥，喊一声："快走！"收起圈儿，不由分说，拖了秦、龙二人，飞回慈云寺而去。

这里再说醉道人，见绿袍老祖摇摆着往自己身旁走来，便知不好，正准备迎敌时，忽被一道金光引出。刚刚出了寺门，便听那人说道："醉道友，你快往回路诱敌，待我与顽石大师除此妖孽。"醉道人即便答应。回头看那人时，只见此人身若十一二岁幼童，穿着一件鹅黄短衣，项下一个金圈，赤着一双粉嫩的白足，活像观音菩萨座前的善财童子，并非峨眉本派中人，看去非常面熟，却是素昧平生，好生惊奇。这时，后面绿袍老祖已将金蚕放出，那人只顾催醉道人快走。醉道人也不及请问来人姓名，便驾起剑光，往前逃走。偶然回头看后面追的万朵金星发出唧唧之声，漫天盖地而来，知是金蚕蛊，暗自惊心。眼看被那些金蚕追上，忽见蚕后面又飞出千万道红丝，把金蚕消灭了个净尽。便回转剑光，来看动静。只见一道金光过处，将绿袍老祖分为两段。知是那人所为，心中大喜。急忙走近前看时，只见地上倒着绿袍老祖的下半截尸身，上半截人头已不知去向。刚才用金光救自己出险的那人，同顽石大师正在说话。顽石大师一见醉道人回转，便赶上前来说道："醉道友，快来拜见这位老前辈，便是云南雄狮岭长春岩无忧洞内极乐童子李老前辈。这次若非老前辈大发慈悲，这绿袍老祖妖孽的金蚕，怕不知道要伤若干万数生灵，而我们也不知有多少同道要遭大劫呢！只是我多年炼就，全仗它成名的一块五云石，生生被业障断送了。"

醉道人闻言，才知这人便是当年青城派鼻祖极乐真人李静虚。昔日陪侍长眉真人，曾经见过，怪不得面熟。那时真人剑术自成一家，与峨眉派鼻祖长眉真人不相上下。因为收错了两个徒弟，胡作非为，犯了教规，他却不像混元祖师那样庇护恶徒，亲自出来整顿门户，把恶徒擒回青城，遍请各位剑仙到场，按家法处治。从此无意收徒传道，退隐到云南雄狮岭长春岩无忧洞静参玄宗。数十年工夫，悟彻上乘，炼成婴儿，脱去躯壳，成了散仙，从此便自号极乐童子。本想在洞中一意精进，上升仙阙，一来外功未满，二来青城派剑法尚无传人，终觉可惜，打算物色一位真正根基深厚、心端品正的人承继道统。那日偶遇玄真子，谈起各派情形，知道不久各派在成都有一场恶斗。便来到成都，想到他们两下住处，都去观察一番，顺便看看有无良缘者在内。他刚到慈云寺，便见绿袍老祖居中高坐，即此一端，已分出两家邪正。刚离慈云寺，又遇见神尼优昙，说绿袍老祖妖法厉害，知道真人有炼就三万六千根乾坤针，请他相助一臂之力。真人因不愿偏袒一方，只答应除去绿袍老祖，代世人除害。因算就绿袍老祖要将金蚕放出来害人，先将碧筠庵用雾封锁。后来从雾中放出乾坤针，将金蚕除了一小半。知道绿袍老祖决不甘心，便在暗中监视。今晚见醉道人冒险入寺，又见顽石大师跟在后面，便上前去相见。他叫顽石大师藏在暗处，听他招呼，再行动手。然后进去将醉道人救出，叫他逃走诱敌，他后面用乾坤针去杀金蚕，以防逃走，而绝后患。后来绿袍老祖展动修罗幡，顽石大师知道厉害，便想乘其不备，从暗中用五云石将他打死。谁想幡倒被它打折，五云石受妖幡污秽，也同归于尽，真成了一块顽石，把多年心血付于一旦，好不可惜。

醉道人拜见真人之后，又谢了相助之德。真人道："为世除害，乃是分内之事，这倒无须客气。不过这妖孽炼就一粒玄阴珠，藏在后脑之中，适才不及施放，便被我将他斩死，被一个断臂的妖人，连头偷了逃走，必定拿去为祸世间。我做事向来全始全终，难免又惹下许多麻烦了。"醉道人听罢真人之言，便恭恭敬敬地请真人驾临辟邪村去，相助破慈云寺。真人道："你们各派比剑，虽有邪正之分，究竟非妖人可比。我当初曾因收徒不良，引为深憾，怎好意思代死去的朋友（指混元祖师）整顿门户？况且他们很少出类拔萃之人能同你们抵敌，这个我万万不能奉陪。"醉道人不敢勉强，便请真人驾到辟邪村小坐一会儿，好让一班后辈瞻仰金容。真人也本想看看峨眉后进中根行如何，答应同去。朱梅早已听人说远远半空中满天金星，同万道红丝相斗。出来看时，已认出是真人的乾坤针，正破金蚕。便回来招呼众人，迎上前去。才离观门不远，便见醉道人和顽石大师陪着真人驾到，当下接了进去。

真人遍观峨眉门下，果然有不少根行深厚之人在内，尤以周轻云和金蝉为最好。但是一个是餐霞大师爱徒，一个是齐漱溟前生爱子，俱与他无缘。知道峨眉派门户将来一定能够发扬光大，好生赞赏，愈加动了觅一个佳材，以传衣钵之想，不愿见各派剑仙自相残杀。坐了一会儿，便要走。众人挽留不住，只得随送出了观门。真人袍袖一展，一道金光，宛如长虹，照得全村通明，起在空中，便自不见。矮叟朱梅向不服人，自问也望尘不及。其余众人，更是佩服不已。

第三十三回 秘笈误　良朋三世重逢　始结师生完夙孽
　　　　　　　寒月森　剑气四侠倾盖　同施身手探慈云

众人回观之后，醉道人把前事说了一遍。又说自己业经擅作主张，与他们订下十五之约。他们人虽众多，看不出有什么特别人物在内。但不知他们所请的人到齐没有。矮叟朱梅道："哪里会到齐？如今来的，差不多俱是无名之辈。那厉害的，如许飞娘、晓月禅师、毒龙尊者，俱都还未露面呢。"众人谈了一会儿，便议定由玉清大师、醉道人、顽石大师、髯仙李元化四人，分班每日前往慈云寺探看虚实。

转眼光阴，便到了正月初五。双方陆续又来了不少帮手。辟邪村玉清观来的是：餐霞大师弟子女空空吴文琪同女神童朱梅、东海三仙之一玄真子的大弟子诸葛警我，东海三仙之一苦行头陀的大弟子笑和尚，神尼优昙的大弟子素因等。慈云寺那边来的是：许飞娘门徒三眼红蜺薛蟒，晓月禅师的两个门徒通臂神猿鹿清、病维摩朱洪，武当山金霞洞明珠禅师，飞来峰铁钟道人等。许飞娘因有特别原因，不能前来。晓月禅师日内准到。法元闻讯之后，稍放宽心。

到了初九那一天，追云叟白谷逸才到了辟邪村。众人上前，分别拜见之后，追云叟又谢了矮叟朱梅先到之情。随后便问素因与玉清大师："令师神尼优昙何不肯光降？"素因答道："家师说此番比试，不过小试其端，有诸位老前辈同众道友，已尽够施为，家师无加入的必要。如果华山烈火禅师忘了誓言，西藏毒龙尊者前来助纣为虐时，家师再出场不晚。但是家师已着人下过警告，谅他们也决不敢轻举妄动了。"追云叟闻言道："烈火、毒龙两个业障接着神尼警告，当然不敢前来，我们倒省却了不少的事。许飞娘想必也是受了餐霞大师的监视。不过这到底不是根本办法，我向来主张除恶务尽，这种恶人，绝没有洗心革面的那一天，倒不如等他们一齐前来，一网打尽的好。"说罢，女神童朱梅忽然走将过来，朝着追云叟跪了下去，随将手中一封书信呈上，起来侍立一旁。追云叟接过餐霞大师书信，看了一遍，点了点头，朝着矮叟朱梅说道："朱道友，这是餐霞大师来的信。她说这次教她两个门徒到成都参加破慈云寺，一来为的是让她们增长阅历。二来为的是好同先后几辈道友见见面，异日积外功时，彼此有个照应。三来她门徒女神童朱梅在幼小时，原是你送去托餐霞大师教养，当时她才两岁，餐霞大师要你起名，你回说就叫她朱梅吧，说完就走了，于是变成和你同名同姓。你何以要让她与你同名，以及你二人经过因果，我已尽知，所以托我给你二人将恶因化解，并把她的名字改过，以免称呼上不方便。你看好么？"矮叟朱梅面带喜容道："这有什么不好，我当初原是无心之失，不意纠缠二世，我度她两次，她两次与我为仇。直到她这一世，幸喜她转劫为女，我才将她送归餐霞门下。如今你同餐霞替我化解这层孽冤，我正求之不得呢。"

这一番话，众人当中，只有一二人明白，连女神童朱梅本人也莫名其妙。不过她在山中久闻三仙、二老之名，并且知道一老中，有一个与她同名同姓。不知怎的，日前见了矮叟朱梅以后，心中无端起了万般厌恶此人之感，自己也不知什么缘故。现在听追云叟说了这一番话，估量其中定有前因，又不敢问，尽是胡猜乱想。

忽听追云叟说道："人孰无过？我辈宅心光明，无事不可对人言，待我把这事起因说了吧。在百数十年前，矮叟朱梅朱道友同女神童朱梅的前生名叫文瑾，乃是同窗好友。幼年同是魏科，因见明末奸臣当道，无意做官，二人双双同赴峨眉，求师学道。得遇峨眉派鼻祖长眉真人的师弟水晶子收归门下，三年光阴，道行大进。同时，师父水晶子也已解成仙。有一天，二人分别往山中采药，被文道友在一个石壁里发现了一部琅嬛秘笈，其中尽是吐纳飞升之术。文道友便拿将回来，与朱道友一同练习。练了三年工夫，俱都练成婴儿，脱离躯壳，出来游戏。山中岁月，倒也逍遥自在。当时文道友生得非常矮小，朱道友却是仪表非凡。道家刚把婴儿练成形时，对于自己的躯壳，保护最为要紧。起初他二人很谨慎，总是一个元神出游，一个看守门户，替换着进行。后来胆子越来越大，常有同时元神出游的时候，不过照例都是先将躯壳安置在一个秘密稳妥的山洞之中。也是文道友不该跟朱道友开玩笑，他说那琅嬛秘笈乃是上下两卷，他拿来公诸同好的只是第一卷，第二卷非要朱道友拜他为师，不肯拿出来。朱道友向道心诚，不住地央求，也承认拜文道友为师。文道友原是一句玩笑话，如何拿得出第二卷来？朱道友却认为是文道友成心想独得玄秘，二人渐渐发生意见。后来朱道友定下一计：趁文道友元神出游之时，他也将元神出窍，把自己躯壳先藏在山后一个石洞之中，自己元神却去占了文道友的躯壳，打算借此挟制，好使文道友将第二卷琅嬛秘笈献了出来。等到文道友回来，见自己躯壳被朱道友所占，向他理论，朱道友果然借此挟制，非叫他献出原书不可。等到文道友赌神罚咒，辩证明白，朱道友也打算让还文道友躯壳时，已不能够了。

"原来借用他人躯壳，非功行练得极深厚，决不能来去自如。这一下，文道友固然吓了个胆落魂飞，朱道友也闹了个惶恐无地，彼此埋怨一阵，也是无用。还是朱道友想起，双方将躯壳掉换，等到道成以后，再行还原。这个法子同打算原本不错，等到去寻朱道友本身躯壳时，谁想因为藏的时候疏忽了一点，被野兽钻了进去，吃得只剩一些尸骨。文道友以为朱道友是存心谋害，誓不与朱道友甘休。但是自身仅是一个刚练成形的婴儿，奈何他不得。每日元神在空中飘荡，到晚来依草附木，口口声声喊朱道友还他的躯壳。山中高寒，几次差一点被罡风吹化。朱道友虽然后悔万分，但也爱莫能助。日日听着文道友哀鸣，良心上受刺激不过，正打算碰死在峨眉山上，以身殉友。恰好长眉真人走过，将文道友元神带往山下，找一个新死的农夫，拍了进去。朱道友听了这个消息，便将他接引上山，日夕同在一处用功。叵耐那农夫本质浅薄，后天太钝，不能精进。并且记恨前仇，屡次与朱道友拼命为难，想取朱道友的性命，俱被朱道友逃过。他气忿不过，跳入舍身岩下而死。

"又过了数十年，朱道友收了一个得意门徒，相貌与文道友生前无二，爱屋及乌，因此格外尽心传授。谁想这人心怀不善，学成之后，竟然去行刺朱道友。那时朱道友已练得超神入化，那人行刺未成，便被朱道友元神所斩。等到他死后，又遇见长眉真人，才知果然是文道友投生，朱道友后悔已是不及。

"又隔了若干年,朱道友在重庆市上,看见一双乞儿夫妇倒毙路侧,旁边有一个两岁女孩,长得与文道友丝毫无二。这时朱道友已能前知,便算出来果是文道友三次托生。当时原想将她带回山中抚养,又鉴于前次接二连三地报复不休,将来难免麻烦;欲待不管,一来良心上说不过去,二来见这女孩生就仙骨,资禀过人,如被异教中人收了去,同自己冤冤相报,还是小事,倘或一个走入歧途,为祸世间,岂不孽由己造?自己生平从未带过女徒弟,为难了好一会儿,才想起黄山餐霞大师。当下便买了两口棺木,将女孩父母收殓,将这女孩带往黄山,拜托餐霞大师培养教育。餐霞大师见这女孩根基厚,颇为喜欢,当下便点头应允。那女孩因在路上受了风寒感冒,头上有些发热。朱道友的丹药本来灵异,便取了一粒,与那女孩调服。那女孩服了朱道友灵药之后,不消片刻,便神志清醒过来,居然咿呀学语,眉目又非常灵秀,餐霞大师与朱道友俱各欢喜非常。朱道友见那女孩可爱,便用手抚弄。谁想那女孩前因未昧,一眼认清朱道友面目,恶狠狠睁着两只眼,举起两只小手,便往朱道友脸上一抓,竟自气晕过去。朱道友知她怀恨已深,自己虽用许多苦心,难以解脱,不由得叹了口气,回身便走。餐霞大师因这女孩没有名字,忙将朱道友唤转,叫他与女孩取名。朱道友为纪念前因起见,又不知那女孩生身父母名姓,便说就叫她朱梅,说完走了。直到今日,才与这女孩二次见面。这便是女神童朱梅与朱道友的一段因果。

"这女神童朱梅因今年在华山去除毒蟒,误中了白骨箭,得服肉芝之后,把她生来恶根,业已化除净尽。虽然异日决不会再发生什么举动,但是你们两人俱都应当由我把话说明。因为峨眉派着眼门户光大,女神童朱梅是后辈中最优良的弟子。她的险难也太多,很有仰仗朱道友相助的时候。我既受餐霞大师委托,与你们两家化解,依我之见,莫如朱道友破一回例,收这女神童为门下弟子,以后如遇危险,朱道友责无旁贷,努力扶她向上,把昔日同门之好,变为师生之谊。把她的名字,也改过来,以便称呼。了却这一件公案,岂不两全其美?"

矮叟朱梅闻言,微笑不语。那女神童朱梅这才恍然大悟,听到前生伤心处,不由掉下两行泪珠来。她自服了肉芝之后,久已矜平躁释,再加餐霞大师日常训导之力,心地空灵已极。平日常听师父说,自己根行甚厚,异日必可大成，但是多灾多难。师父三十年内便要飞升，巴不得有这一个永远保镖的，时常照护于她。见追云叟要叫她拜矮叟朱梅为师，这种莫大良机，岂肯失之交臂。一时福至心灵，便不等招呼，竟自走了过来，朝着追云叟与朱梅二人双膝跪下，口称："师父在上，受弟子一拜！"矮叟朱梅见她跪倒，想起前因，不禁泪下。也不像往日滑稽状态，竟然恭恭敬敬站起，用手相搀，说道："你快快起来。我昔日原是无心之失，适才你也听师伯说个明白。你我昔为同门，今为师生，自与寻常弟子不同。此后只要你不犯教规，凡我力量所能及者，无不尽力而为。你的名字，本可不改，因不好称呼，你前生原姓文，我看你就叫朱文吧。我除你一人外，并无女弟子。你以后仍在黄山修炼，我随时当亲往传授我平生所学。"说罢，从怀中取出一面三寸许方圆的铜镜，说道："这面镜子，名唤天遁。你拜师一场，我无他传授，特把来赐与了你。有此一面镜子，如遇厉害敌人，取将出来，按照口诀行事，便有五色光华，无论多么厉害的剑光法宝，被镜光一照，便失其效用，同时敌人便看不见你存身之处。此乃五千年前广成子炼魔之宝，我为此宝，寻了三十年，才得发现。你须要好生保管，不可大意。过一日，我再将口诀传授于你。"女神童朱梅跪接宝镜以后，又谢了师父赐名之恩。小辈剑侠中，俱都代女神童朱梅庆幸这一番异数，彼此又互贺了一回。从此，女神童朱梅，便改名朱文。不提。

追云叟与矮叟朱梅率领众剑侠，在辟邪村玉清观又住了数日，不觉已是灯节期近。到了十三下午，醉道人回来，报道："后日便是十五，他们那里请的主要人物，如晓月禅师、毒龙尊者、烈火祖师、万妙仙姑许飞娘等，俱都一个未到，不解何故。"追云叟闻言，寻思一会儿，仍嘱咐他们四人随时留意打探，不可轻敌妄动。

这时候最难受的，是小一辈的剑侠。初来时，以为一到便要与慈云寺一干人分个高下，一个个兴高采烈。谁想到了成都，一住已有二十天，不见动静。每日随侍各位老前辈，在玉清观中行动言语俱受拘束，反不如山中自由自在。金蝉性质最为活泼淘气，估量就是到了十五，有众位老前辈在场，自己又有姊姊管束，未必肯让他出去与人对敌。临来时，母亲赐给他一对鸳鸯霹雳剑，恨不能择个地方，去开个利市。无奈单丝不成线，孤木不成林，打算约请两个帮手，偷偷前往慈云寺去，杀掉两个妖人，回来出出风头。姊姊灵云又寸步不离，难以进行，好生焦闷。偏巧这日醉道人奉命走后，齐灵云因女神童朱文约她下棋，灵云便要金蝉前去观阵。金蝉假装应允，等到齐、朱二人聚精会神的时候，偷偷溜了出来。

小弟兄中，他同周轻云、孙南、张琪兄妹、苦行头陀的大弟子笑和尚最说得来。他因张琪兄妹年幼，剑术未成，不便约人家涉险。先去找着了轻云、孙南，又对笑和尚使了个眼色，四人一同走到观后竹园中，各自寻了一块石头坐下。轻云、笑和尚便问他相邀何事。金蝉道："我到此最早，转眼快一月了。起初原想到此就同敌人厮杀，谁想直到现在，并未比试交手。每日住在观中，好不气闷死人。我看到了十五那日，有诸位老前辈在场，未必有我们的事做。适才听醉师叔说，他们那边厉害一些的一个未来，现在所剩的，尽是一些饭桶，这岂不是我等立功机会？我本想约朱文姊姊同去，她起初和我感情再好不过，也曾经帮过我的大忙。自从斩罢妖蛇，身体复元之后，竟变成大人了。又跟我姊姊学了一身道学气，也不和我玩了。我若找她同往慈云寺，她不但不去，恐怕还要告诉姊姊。我想我跟三位师兄师姊最莫逆，情愿把功劳分给你们三位一半。今晚三更时分，同往慈云寺，趁他们厉害的人未到以前，杀一个落花流水，岂不快活煞人？不知你们三位意下如何？"孙南知道事情非同小可，以追云叟那么大法力，尚主持重，这样大事，岂是几个小孩子所能办的？但是他知道金蝉小孩脾气，不敢驳回，只拿眼望着别人，不发一言。轻云天资颖异，在餐霞大师门下，入门虽浅，功夫最深。新近又跟玉清大师学了许多法术，艺高人胆大。虽然觉得事情太险，但去否都可，并不坚持一面。

那笑和尚本是书中一个主要人物，他的出身甚奇，留待后叙。年才十四五岁，为苦行头陀生平惟一弟子。五岁从师，练就一身惊人艺业。性情也和金蝉差不多，长就一个圆脸，肥肥胖胖，终日笑嘻嘻，带着一团和气。可是他胆子却生来异乎寻常之大。再加以苦行头陀轻易未收过徒弟，因他生有异质，便不惜把自己衣钵尽心传授，平日又多所奖励。此次奉命前来到场，曾有信与二老，说他可以随意听候调遣，那意思就是他均可胜任。他本领大，心也大，自然是巴不得去闯个祸玩玩。他听完了金蝉之言，见孙南、周轻云俱不发言，便站起身来说道："金蝉师弟所说，正合我意。但不知孙师兄、周师姊意下如何？"轻云本是无可无不可的，见笑和尚小小年纪这般奋勇,怎肯示弱,当下也点头应允。孙南见二人赞同,便也不好意思反对。又商量了一会儿,定下三更时分,一同前往。金蝉又叫笑和尚到时故意约自己同榻夜话,以免灵云疑心拦阻,不叫他去。

四人刚把话说完,齐灵云、朱文、吴文琪三人一起,又说又笑,并肩走入后园。见他四人在这里,灵云便上前问金蝉道:"怎么你不去看下棋,就溜走了?跑到这后园做甚?你打算要淘气可不成。"金蝉闻言,冷笑道:"怎么你可找朋友玩,就不许我找朋友玩?适才我要看笑师兄的剑法,同他来到后园一会儿工夫,孙师兄同周师姊也先后来到,我们互谈自己山中景致。难道说这也不是么?"灵云正要回答,吴文琪连忙解劝道:"你们姊弟见面就要吵嘴,金蝉师弟也爱淘气,无怪要姊姊操心。不过小弟兄见面,亲热也是常情,管他做甚?"灵云道:"师姊你不知道。这孩子只要和人在一起,他就要犯小孩脾气,胡出主意,无事生非,闯出祸来,我可不管了。"金蝉道:"一人做事一人当,谁要你管?"说完,不等灵云开言,竟自走去。灵云过来,刚要问笑和尚,金蝉与他说些什么。笑和尚生平从不会说假话,也不答应,把大嘴咧着,哈哈一声狂笑,圆脑袋朝着众人一晃,无影无踪。

第三十四回 小灵猴僧舍宣淫
女昆仑密室被困

众人见他这般滑稽神气，俱都好笑。孙、周二人也怕灵云追问，俱各托故走开。灵云越发疑心金蝉做有文章，知道问他们也不说，只得作罢。虽然起疑，还没料到当晚就要出事。

她同朱文、吴文琪二人又密谈了一会儿，各自在月光底下散去。

灵云回到前殿，看见金蝉和笑和尚二人并肩坐在殿前石阶上，又说又笑，非常高兴，看去不像有什么举动的样子。金蝉早已瞥见灵云走来，故意把声音放高一点，说道："这是斩那妖蛇的头一晚上的事情，余下的回头再说吧。"猛回头看见灵云，便迎上前来说道："笑师兄要叫我说九华诛妖蛇的故事，今晚我要和笑师兄同榻夜话，功课我不做了。姊姊独自回房去吧。"灵云心中有事，也巴不得金蝉有此一举，当下点头答应。且先不回房，轻轻走到东厢房一看，只见坐了一屋子的人，俱都是晚辈师兄弟姊妹，在那里听周淳讲些江湖上的故事。大家聚精会神，在那里听，好不热闹。灵云便不进去，又从东偏月亮门穿过，去到玉清大师房门跟前，正赶上大师在与张琪兄妹讲演内功，不便进去打扰。正要退回，忽听大师唤道："灵姑为何过门不入？何不进来坐坐？"灵云闻言，便走了进去。还未开言，大师便道："昔年我未改邪归正以前，曾经炼了几样法宝。当初若非老伯母妙一夫人再三说情，家师怎肯收容，如何能归正果？此恩此德，没齿不忘。如今此宝留我这里并无用处。峨眉光大门户，全仗后起的三英二云。轻云师妹来此多日，我也曾送了两件防身之物。灵姑近日红光直透华盖，吉凶恐在片刻。我这里有一件防身法宝，专能抵御外教中邪法，特把来赠送与你，些些微物，不成敬意，请你笑纳吧。"说罢，从腰间取出一个用丝织成的网子，细软光滑，薄如蝉翼，递在灵云手中。说道："此宝名为乌云神鲛丝，用鲛网织成，能大能小。如遇妖术邪法不能抵敌，取出来放将出去，便有亩许方圆，将自己笼罩，不致受人侵害，还可以用来收取敌人的法宝，有无穷妙用。天已不早，你如有约会，请便吧。"灵云闻言，暗自服她有先见之明，当下也不便深说，连忙接过，道谢走出。想去寻轻云再谈一会儿，这时已是二更左近，遍找轻云不见。西厢房内灯光下，照见房内有两个影子，估量是笑和尚与金蝉在那里谈天，便放了宽心，索性不去惊动他们。又走回上房窗下看时，只见坐了一屋子的前辈剑仙，俱各在盘膝养神，做那吐纳的功夫。灵云见无甚事，便自寻找朱文与吴文琪去了。

话说金蝉用诈语瞒过了姊姊，见灵云走后，拉了笑和尚，溜到观外树林之中，将手掌轻轻拍了两下。只见树林内轻云、孙南二人走将出来。四人聚齐之后，便商量如何进行。轻云、孙南总觉金蝉年幼，不肯让他独当一面。当下便派笑和尚同孙南做第一拨，到了慈云寺，见机行事。轻云同金蝉做第二拨，从后接应。笑和尚道："慢来，慢来。我同金蝉师弟早已约定，我同他打头阵。我虽然说了不一定赢，至少限度总不会叫金蝉师弟受着敌人的侵害。至于你们二人如何上前，那不与我们相干了。"轻云、孙南见笑和尚这般狂妄，好生不以为然。轻云才待说话，笑和尚一手拉着金蝉，大脑袋一晃，说一声："慈云寺见。"顿时无影无踪。他这一种走法，正是苦行头陀无形剑真传。轻云、孙南哪知其中奥妙，又好气，又好笑。知道慈云寺能人众多，此去非常危险，欲待不去，又不像话，好生为难。依了孙南，便要回转，禀明追云叟、朱梅等诸位前辈剑侠，索性大举。轻云年少气盛，终觉不大光鲜。况且要报告，不应该在他二人走后。商量一阵，仍旧决定前往。当下二人也驾起剑光，跟踪而去。二人刚走不多一会儿，树旁石后转出一位相貌清癯的禅师，口中说道："这一干年轻业障，我如不来，看你们今晚怎生得了！"话言未了，忽见玉清观内又飞出青白三道剑光，到树林中落下，看出是三个女子。只见一个年长一点的说道："幸喜今晚我兄弟不曾知道。朱贤妹与吴贤妹，一个在我左边，一个在我右边，如果妖法厉害，可速奔中央，我这里有护身之宝，千万不要乱了方向。天已不早，我们快走吧。"说罢，三人驾起剑光，径往慈云寺而去。三人走后，这位禅师重又现身出来，暗想："无怪玄真子说，峨眉门户，转眼光大，这后辈中,果然尽是些根行深厚之人。不过他们这般胆大妄为,难道二老就一点不知么?且不去管他,等我暗中跟去,助他们脱险便了。"当下把身形一扭,也驾起无形剑光,直往慈云寺而去。

且说慈云寺内,法元、智通、俞德等自从绿袍老祖死后,越发感觉到峨眉派声势浩大,能人众多,非同小可。偏偏所盼望的几个救星,一个俱未到来。明知眼前一干人,绝非峨眉敌手,心中暗暗着急。就连龙飞也觉着敌人不可轻侮,不似初来时那趾高气扬、目空一切了。似这样朝夕盼望救兵,直到十三下午,还没有动静。法元还好一点,把一个智通急得像热锅上的蚂蚁一般,不由得命手下一干凶僧到外面去迎接来宾,也无心肠去想淫乐,镇日短叹长吁。明知十五将到,稍有差池,自己若干年心血创就的铁壁铜墙似的慈云寺,就要化为乌有。起初尚怕峨眉派前来扰闹,昼夜分班严守。过了十余天都无动静,知道十五以前,不会前来,渐渐松懈下来。寺中所来的这些人,有一多半是许飞娘辗转请托来的。除了法元和女昆仑石玉珠外,差不多俱都是些淫魔色鬼。又加上后来的百花女苏莲、九尾天狐柳燕娘两个女淫魔,更是特别妖淫。彼此眉挑目逗,你诱我引,有时公然在公房中白昼宣淫,简直不成话说。

那智通的心爱人儿杨花,本是智通、俞德的禁脔。因在用人之际,索性把密室所藏的歌姬舞女,连杨花都取出来公诸同好。好好一座慈云寺,活生生变成了一个无遮会场。法元虽然辈分较尊,觉得不像话,也没法子干涉,只得一任众人胡闹。众人当中,早恼了女昆仑石玉珠。她本是武当派小一辈的剑仙,因在衡山采药,遇见一西川八魔的师父南疆大麻山金光洞黄肿道人,见石玉珠长得美秀绝尘,色心大动,用禁锢法一个冷不防,将她禁住,定要石玉珠从他。石玉珠知他魔术厉害,自己中了暗算,失去自由,无法抵抗,便装作应许。等黄肿道人收去禁法,她便放出飞剑杀他,谁想她的飞剑竟不是黄肿道人敌手。正在危急之间,恰好许飞娘打此经过,她见石玉珠用的飞剑正是武当嫡派,便想借此联络,但又不愿得罪黄肿道人。当下把混元终气套在暗中放起,将石玉珠救出险地,自己却并未露面。石玉珠感飞娘相救之恩,立誓终身帮她的忙,所以后来有女昆仑二救许飞娘的事情发生。飞娘也全仗女昆仑,才得免她惨死。这且留为后叙。

这次石玉珠接了飞娘的请柬,她姊姊缥缈儿石明珠曾经再三劝她不要来。石玉珠也明知慈云寺内并无善类，但是自己受过人家好处，不能不报，执意前来赴约。起初看见绿袍老祖这种妖邪，便知不好。一来因为既经受人之托，便当忠人之事，好歹等个结果再走；二来仗着自己本领高强，不致出什么差错。谁知苏莲与柳燕娘来了以后，同龙飞、柳宗潜、狄银儿、莽头陀这一班妖孽昼夜宣淫，简直不是人类。越看越看不惯，心中厌恶非常，天天只盼到了十五同峨眉分个胜负之后，急速洁身而退。那不知死活进退的小灵猴柳宗潜，是一个色中饿鬼，倚仗他师父七手夜叉龙飞的势力，简直是无恶不作。这次来到慈云寺，看见密室中许多美女同苏、柳两个淫娃，早已魂飞天外。师徒二人，一个把住百花女苏莲，一个把住九尾天狐柳燕娘，朝夕取乐，死不撒手。旁人虽然气忿不过，一则惧怕龙飞九子母阴魂剑厉害，二则寺中美女尚多，不必为此伤了和气，只得气在心里。原先智通便知道石玉珠不能同流合污，自她来到，便替她早预备下一间净室，拨了两个中年妇女早晚伺候。她自看穿众人行径后，每日早起，便往成都名胜地点闲游，直到晚间才回来安歇。天天如此，很少同众人见面。众人也知道她性情不是好惹的，虽然她美如天仙，也无人敢存非分之想，倒也相安。

这日也是合该有事。石玉珠早上出来，往附近一个山上寻了一个清静所在，想习内功。到了上午，又到城内去闲游了一会儿。刚刚走出城关，她的宝剑忽然"叮当"一声，出匣约有寸许，寒光耀眼惊人。这口宝剑虽然没有她炼的飞剑神化，但也是周秦时的东西。石玉珠未成道以前，曾把来做防身之用。每有吉凶，辄生预兆，先做准备，百无一失。上次衡山采药，因觉有了飞剑，用不着它，又嫌它累赘，不曾带去，几乎中了黄肿道人之暗算。从此便带在身旁，片刻不离。今天宝剑出匣，疑心是慈云寺出了什么事，便回寺去看动静。

进寺后，天已快黑。看见法元等面色如常，知道没有什么，也不再问，谈了几句，便告辞回房。刚刚走到自己门首，看见一个和尚鬼头鬼脑、轻手轻脚地从房内闪将出来。石玉珠心中大怒，脚一点，便到那和尚跟前，伸出玉手，朝着和尚活穴只一点，那和尚已不能动了。石玉珠喝道："胆大贼秃，竟敢侵犯到我的头上来了！"说罢，便要拔剑将他斩首。那和尚被她点着活穴，尚能言语，急忙轻声说道："大仙休得误会，我是来报机密的，你进房自知。"石玉珠见他说话有因,并且这时业已认清被擒的人是那知客僧了一,知道他平日安分,也无此胆量敢来胡为,也不怕他逃,便将手松开,喝道:"有何机密,快快说来。如有虚言,休想活命!"了一道:"大仙噤声。你且进房,自会明白。"石玉珠便同他进房,取了火石,将灯掌起。只见桌上一个纸条,上面写着"龙、柳设计,欲陷正人,今晚务请严防"十几个字,才明白他适才是来与自己送信的。心想:"龙飞师徒虽然胆大,何至于敢来侵犯自己?好生不解。"想了一想,忽然变脸,定要了一说个明白。了一虽是智通门下,他为人却迥乎不同,除了专心一意学习剑术外,从没有犯过淫邪。他见连日寺内情形,知道早晚必要玉石俱焚,好生忧急。今天偶从龙飞窗下走过,听见龙飞与柳宗潜师徒二人因爱石玉珠美貌,商量到了深夜时分,用迷香将石玉珠醉过去,再行无礼。了一听罢这一番话,心想:"石玉珠虽是个女子,不但剑术高强,人也正派。慈云寺早晚化为乌有,我何不借此机缘,与她通消息,叫她防备一二,异日求她介绍我到武当派去,也好巴结一个正果。"拿定主意以后,又不敢公然去说,恐事情泄漏,被龙飞知道,非同小可。便写了一个纸条,偷偷送往石玉珠房中。偏偏又被石玉珠看见,定要他说明情由,才放他走。了一无法,只得把龙飞师徒定计,同自己打算改邪归正、请她援手的心事,说了一遍。石玉珠闻言,不禁咬牙痛恨。当下答应了一,事情证实之后,必定给他设法,介绍到武当同门下。了一闻言,心中大喜,连忙不停嘴地称谢。因怕别人知道,随即告辞走出。

石玉珠等了一走后,暗自寻思,觉得与这一干妖魔外道在一起,绝闹不出什么好来;欲待撒手而去,又觉着还有两天就是十五,多的日子都耐过了,何在乎这两天?索性忍耐些儿,过了十五再走。不过了一既那样说法,自己多加一分小心罢了。她一人在房内正在寻思之时,忽然一阵异香触鼻,喊一声:"不好!"正要飞身出房,已是不及,登时觉得四肢绵软,动弹不得。忽听耳旁一声狂笑,神思恍惚中,但觉得身体被人抬着走似的。一会儿工夫,到了一个所在,好似身子躺在一个软绵的床上。情知中了人家暗算,几番想撑起身来,怎奈用尽气力,也动转不得。心中又羞又急,深悔当初不听姊姊明珠之言,致有今日之祸。又想到此次来到慈云寺,原是应许飞娘之请,来帮法元、智通之忙。像龙飞师徒这样胡闹,法元等岂能袖手不管？看他们虽将自己抬到此间，并未前来侵犯，想必是法元业已知道，从中阻止，也未可知。想到这里，不由又起了一线希望。便想到万一不能免时，打算用五行真气，将自己兵解，以免被人污辱。倘若得天见怜，能保全清白身体，逃了出去，再寻龙飞等报仇不晚。石玉珠本是童女修道，又得武当派嫡传，虽然中了龙飞迷香之毒，原是一时未及防备，受了暗算，心地还是明白。主意打点好后，便躺在床上，暗用内功，将邪气逼走，因为四肢无力，运气很觉费力。几次将气调纯，又复散去，约过了半个多时辰，才将五行真气，引火归元，知道有了希望，心中大喜。这才凝神定气，将五行真气由涌泉穴引入丹田。也顾不得身体受伤与否，猛地将一双秀目紧闭，用尽平生之力，将真气由七十二个穴道内迸散开来，这才将身中邪毒驱散净尽。只因耗气伤神太过，把邪气虽然驱走，元气受了大伤。勉强从床上站起身来，一阵头晕眼花，几乎站立不住。好在身体已能自由，便又坐将下来，打算养一会儿神再说。睁眼看四面，俱是黑洞洞的。用手一摸坐的地方，却是温软异常，估量是寺中暗室。又休息了一会儿，已能行动。知道此非善地，便将剑光放出，看清门户与逃走方向。

　　这一看，不由又叫了一声苦。原来这个所在，是凶僧的行乐密室之一，四面俱是对缝大石，用铜汁灌就，上面再用锦绣铺额。查看好一会儿，也不知道门户机关在哪里。把一个女昆仑石玉珠，急得暴跳如雷。正在无计可施之际，忽听身后一阵隆隆之声，那墙壁有些自由转动。疑心是龙飞等前来，把心一横，立在暗处，打算与来人拼个你死我活。那墙上响了一阵，便现出一个不高的小门，只见一个和尚现身进来。石玉珠准备先下手为强，正待将剑放起，那和尚业已走到床前，口中叫道："石仙姑我来救你，快些随我逃走吧。"

第三十五回

密室困昆仑　艳艳红霞　飞剑惊芒寒敌胆
禅林逢异教　漠漠黄雾　迅雷忽震散妖氛

石玉珠听去耳音甚熟，借剑光一看，果是了一。便问他怎能知道自己在此。了一道："外面来了不少峨眉派的剑仙，我们这边人已死了好几个。现在已不及细述根由，快随我逃出去再说吧。"石玉珠听说出了变故，不及再问详情。当下了一在前，石玉珠在后，刚走到暗穴门口，忽地暗中飞来一个黑球。了一喊声："不好！"将头一偏，正打在他肩头上，觉得湿乎乎的，溅了一脸，闻着有些血腥气，好似打进来的是个人头，幸喜并未受伤。石玉珠因在暗处，免受了暗算，当下身剑合一，从洞中飞身出来。了一也飞起剑光，出了暗穴。二人才得把脚站定，忽见前面一晃，突然站定一个小和尚，月光底下看去好生面熟。只见那小和尚道："原来是你！"再一晃，业已踪迹不见。石玉珠见那小和尚来去突兀，好生奇怪，便问了一寺中光景。了一答道："适才我从你房内出来，对面便遇见那个小灵猴柳宗潜朝我冷笑，他随即往你窗下走去。我正要抢到前头与你送信，忽然后面有人咳嗽一声，我回头看时，正是那龙飞同苏莲、柳燕娘三人在我身后立定。他带着满脸凶横，朝我警告道：'你要多管闲事，休想活命！'我只得闪过一旁。后来见他用迷香将你迷倒，由苏、柳两淫妇抬往密室以内。那密室原是四间，各有暗门可通，十分坚固。全寺只有四五个人知道机关，能够进出自如。早先原是我师父与杨花的住室，现在给与龙飞享用。我因闻听师父说过，那迷香乃是龙飞炼来采花用的，人闻了以后，两三个时辰，身体温软如绵，不能动转。知道你必遭毒手，我便偷偷去告诉金身罗汉法元，请他前来阻止。等到法元赶到柳宗潜房中，解劝不到几句，便同龙飞口角起来，几乎动武。这时，后殿忽然先后来了六七个峨眉剑仙，同前殿几位剑仙动起手来。无心再打家务,同往前殿迎敌。谁想来人年纪虽轻,十分了得。当中有一个女子,尤其厉害,才一交手,便将草上飞林成祖斩为两段,铁掌仙祝鹗、小火神秦朗也受了重伤。后来金身罗汉法元与龙飞赶到,俞德也从后殿出来,俞德将红沙祭起,龙飞也将九子母阴魂剑放出。这两人法宝果然厉害。红沙放将出去,便是红尘漫漫,阴风惨惨。那九子母阴魂剑更是一派绿火,鬼气森森。谁想那女子早有防备,从手上放出一个东西,化成亩许大的五色祥云,将同来的人身体护着。所有法宝,俱都奈何他们不得。后来俞德出主意,将红沙尽量放起,四面包围,将他们困住再说。我偷空溜了出来救你。以我之见,这慈云寺内,尽是一群妖邪,今晚虽然得势,但是也不能把敌人怎么样;况且来人尽是一些年轻小孩子,尚且如此大的本领,三仙、二老更不必说。我看今晚情势,来的这些人虽然被困,定有能人来救,眼看大势危险万分。但不知你有何高明主见?"

石玉珠闻言,沉思了一阵,说道:"无论他们行为如何,我总是应了万妙仙姑许飞娘之请而来。就是有仇,也只有留为后报,不能在今晚去寻他们算账,反为外人张目。我已无心在此留恋,打算再待一会儿,便回转仙山,异日飞娘道及此事,也不能怪我有始无终。至于你同智通,本有师生之谊,相随多年。虽然他多行不义,看他这情急势孤之时,遽然弃之而去,情理上太说不过去。你莫如姑尽人事,以听天命,往前殿相机行事,真到无可挽回之时,再行退下也还不晚。如果恐怕遭遇危险,我当在暗中助你脱险便了。"了一道:"我也并非是贪生怕死之人,见人家势危力薄之时,昧良心弃之而去。只恨我当初眼力不济,误入旁门。等到知道错误,已来不及,欲待中途退出,必有生命危险。惟有暂时隐忍,以待机会。去年有一个姓周的年轻举子,同来的还有十六个年轻举子,俱因误入密室,被我师父将他们一齐杀死,只剩这姓周的一个。因为杨花、桃花两个淫妇求情,才饶他全尸,关在石室之内。我因见那人根基甚厚,本想设法救了他一同逃走。谁知到了第二天晚上,大雷大雨,我在天方亮时去看,此人业已逃走。我当时急忙退出,也不敢声张,恐怕他逃走不远,又被擒回。过了不多几天,便来了一个年轻女子,把多臂熊毛太断去一臂;一鸳鸯剑靴,几乎把俞德踢了个透心穿。我师父同俞德那般厉害,居然被她大获全胜之后从容逃走。这才勾起峨眉派旧恨。双方虽明定交手日期,俱都暗中准备,势不两立。我便知慈云寺早晚要化为灰烬，便想退身之计，只苦无门可入。承仙姑不弃，答应替我介绍到武当门下。现在已决定改邪归正，不过我受智通传授剑法，早晚必要图报。今晚这个局面，绝非像我这般能力薄弱之人所能迎敌，徒自牺牲，实无益处。我暂时不想到前面去，我自有一番打算，你日后自知我的心术。"

石玉珠闻言，也觉他言之有理。只因自己好奇心盛，想到前面去看看来的这些青年男女，都是什么出奇人物，便同了一订下后会之期。正要往前面走时，忽听震天的一个大霹雳，就从前面发出，震得屋瓦乱飞，树枝颤动。石玉珠便知事情不妙，一时顾不得再和了一说话，飞身往前殿走去。原打算将身体藏在大殿屋脊上去观阵，谁知到了屋脊上面一看，空中地上，俱都是静悄悄的，全无一些动静。那院中两行参天古柏，在月光底下，迎着寒风飒飒，响成一片涛声。夜色清幽，全不像个杀人的战场。侧耳一听，大殿中人声嘈杂，好似争论什么，也看不见被俞德红沙围住的青年男女在什么地方。正要探头往殿中看去，忽地一道青光，从殿中飞将出来。石玉珠何等机警敏捷，连忙运动自己剑光迎敌。才一接触，便将敌人飞剑斩为两截，余光如陨星一般坠下地来。石玉珠不知殿中是仇是友，刚要退转身去，忽听脑后一声断喝道："峨眉后辈，休得倚势逞强，反复无常。你们既不守信义，休怪老僧手辣。"话言未了，大殿内又飞出七八个人，将石玉珠团团围住。

石玉珠定睛一看，正是法元、智通、俞德、龙飞、苏莲、柳燕娘这一干人。说话的那一个和尚，生得面如满月，身材高大，正是那黄山紫金泷暂居的晓月禅师。那龙飞本打算与晓月禅师叙罢寒温之后，便往密室去寻石玉珠的快活，现在见她脱身出来，好生诧异，那石玉珠见了仇人，本要翻脸，估量自己人单势孤，他们都是同恶相济，难免不吃眼前亏，只得暂时隐忍。九尾天狐柳燕娘本是在殿中与龙飞谈话，忽见月光底下映出一个人影，疑是峨眉派中人，还有余党在此。便想趁个冷不防，给来人一个暗算，好遮盖刚才战败之羞。她练的原是两口飞剑，头一口剑已被金蝉削为两段，这口剑又毁在石玉珠手内。欲待不依，自己能力有限，不敢上前，惟有心中忿恨而已。法元正愁石玉珠被龙飞所困，又不听劝解，异日难免再与武当结下深仇，留下隐患。今见她安然逃出，好生痛快，便装作不知前情，抢先说道："原来是石道友，都是自己人，我们到殿中再说吧。"石玉珠见晓月禅师之后，便随同进了大殿。石玉珠留神往殿中一看，只见殿中情形很是杂乱：林成祖、柳宗潜业已被人腰斩。受轻重伤的有好几个。一干凶僧，正在忙着收殓尸身，打扫血迹。才知道了一之言不假。适才那一个晴天霹雳，一会儿工夫，来人便在那时退去，真是神妙迅速，心中佩服已极。

大家入座之后，石玉珠便问法元："怎么今晚会伤了这许多人？"法元闻言，长叹一声，便把适才经过说了一遍。作者一支笔，难写两家话。峨眉派小弟兄们如何大闹慈云寺，以及如何出险，这些热闹情节，只得在这里补叙。诸位欲知其详，看我写来，闲话少说，书归正传。

原来今晚峨眉派小兄弟们无形中暗自分成两组，各自为谋。头一组又分成两起：第一起是金蝉与笑和尚，二人自从在辟邪村玉清观外的树林之中，按照预定计划商量停妥之后，笑和尚说了一声"慈云寺再见"，不等周轻云、孙南二人答言，一手拉了金蝉，脑袋一晃，驾起剑光，不消片刻，便到了慈云寺。久闻各位前辈剑仙言说，慈云寺机关密布，误入紧要重地，就是精通剑术，也难免身入罗网，因此不敢大意。到了寺前，便先看出五行生克，由中央戊己土降下剑光，落在殿房屋脊之上，恰好这殿便是法元众人集会之所。那法元因盼晓月禅师等的救兵不到，正在发愁，偏偏了一又来报告，说是七手夜叉龙飞和小灵猴柳宗潜师徒、百花女苏莲、九尾天狐柳燕娘四人商量诡计，用迷香将女昆仑石玉珠困在密室石洞之中，供其淫乐。法元闻信大惊，知道这件事非同小可，不但对不起人，并且还要因此与武当派结下深仇，那还了得！闻报之后，急忙往龙飞师徒房中劝解，请他二人急速收手，不要胡为。

他走了不多一会儿，金蝉、笑和尚二人双双来到。笑和尚见大殿之上，坐立着高高矮矮胖胖瘦瘦的三山五岳的剑客异人，连同寺内凶僧不下数十个，仗着艺高人胆大，打算在人前显耀。便嘱咐金蝉道："师弟，你且伏在这鸱首旁边，休要乱动。待我下去捣一个小乱，如果我将敌人引出，你便将你的鸳鸯霹雳剑放将出去，杀一个落花流水。"他原是怕金蝉涉险，才这样说的。金蝉到底年轻，信以为真，自然依言埋伏。笑和尚驾起无形剑，轻轻走到大殿之中，忽地现出身形，笑嘻嘻地说道："诸位檀越辛苦，化缘的来了。"言罢,合掌当胸,闭目不动。

这时铁掌仙祝鹗、霹雳手尉迟元、草上飞林成祖、小火神秦朗、披发狻猊狄银儿、三眼红蜺薛蟒、通臂神猿鹿清、病维摩朱洪、明珠禅师、铁钟道人、本寺方丈智通以及他门下四大金刚等,俱都在场。那法元邀来的武当沧浪羽士随心一、有根禅师、癫道人、诸葛英等四位剑仙,因那日醉道人前来订约,知道为期尚早,又见绿袍老祖那般凶邪,寺中众人多有淫恶行为,意趣不投,原想回山不管。只因当初与法元交情甚厚,已答应了人家帮忙,说不出"不算"二字。伴了两日,耐不惯寺中烦嚣,托故他去,说是十五头一天一定赶到。法元苦留不住,径自作别走去。俞德是在晚饭时,喝酒有了几分酒意,勾动了酒字底下的那个字。他和莽头陀最说得来,便拉了他往后面密室中,一人选了一个美女,互相比赛战术战略去了。除了以上六人不在外,慈云寺全体人众正谈得很起劲时,忽然殿中现出了一个小和尚,也不知从哪里进来的。众人见笑和尚唇红齿白,疑心是寺中徒弟,还不在意。

那智通早已认清来人不是本寺人。起初因未看清来人如何进殿,年纪又小,还未想到是峨眉派中人,疑心是到本寺来挂单的和尚徒弟,无意中溜进大殿。见他那样不守规矩,神态滑稽,又好气,又好笑。以自己的身份,犯不着和他怄气,便向四金刚道:"前面这群东西,越来越糊涂了,难道不知我和众位仙长在此议事,怎么会让这挂单秃驴的小和尚擅入大殿?还不与我拉了出去!"四金刚闻言,哪敢怠慢。头一个无敌金刚赛达摩慧能,迈步上前。心想这样一个乳臭未干的小和尚还经得起动手,打算用手抓起,再走到殿外,将他扔出庙外。他这一种想头不要紧,差点没把自己的命就此送掉。笑和尚听智通说完话,偷偷用目四外一看,见有一个身材高大、凶神恶煞般的凶僧朝自己走来。因不知来人本领如何,便想了一条妙计对付。那智通刚说完话,忽然想起自从去年周云从逃走,毛太、俞德受伤,就不准别庙僧人前来挂单。况且从前殿到大殿,隔了好几层殿宇,有不少的暗藏机关,到处又有人把守,这个小和尚如何能够溜了进来?而且态度安详,神态又非常可笑,好似存心前来捣乱似的。情知有异,正要止住慧能,那慧能已将笑和尚抓在手中,要往殿外走去。正好笑自己多疑,忽听一声大叫道:"疼死我也!"再看慧能,业已栽倒在地。那小和尚忽然合掌当胸,口念"阿弥陀佛"。原来慧能抓起笑和尚,正要往殿外走去,忽觉手臂上猛地一凉,奇痛异常。扑搭一声,一条抓人的手臂业已同自己分家,断了下来。接着小肚腹间中了一拳。负痛已极,不由狂叫一声,倒在地上,血流如注。众人见慧能手臂被人斩去,并未看出来人用的什么兵刃,好生奇怪。智通等见这小和尚竟敢伤人,心中大怒,十几道剑光同时飞出,那笑和尚见了这般景况,哈哈大笑,便往殿外一纵,众人急忙收了剑光,追将出来。只见月明星稀,清光如昼。再找笑和尚时,业已踪迹不见。

大家抬头往四处观看,忽见殿脊上站定一人,高声说道:"你们这群凶僧业障,快来让小爷发个利市吧!"月光下看清来人又是一个小孩子。这样寒天,赤着双足,穿了一双多耳麻鞋,一身白色绣边的对襟露胸短衣裤,颈项上戴着一个金圈,梳着两个冲天髻,手中拿着一对宝剑。生得白嫩清秀,活似观音座前善财童子。智通因听法元说过他的长相打扮,忙道:"诸位休得看轻这个乳臭顽童,他便是齐漱溟的儿子,千万不可放他逃走。"话言未了,只见小孩将剑往下一指,便有两道红紫色的剑光从剑尖上发出。智通知道是他母亲妙一夫人荀兰因用的鸳鸯霹雳剑,别人难以抵敌,忙喊大家留神已来不及。剑光到处,草上飞林成祖已分为两段;小火神秦朗不及躲闪,扫着一点剑芒,左臂连衣带肉削去一片,疼得哇哇怪叫。这时众人俱已将剑光放出迎敌。智通急忙唤人去请法元、俞德,一面咬牙迎敌,那金蝉抖擞精神,一手舞起剑光,护着全身;一手运用剑光迎敌。毕竟妙一夫人炼的宝剑与众不同,任人多势众,也讨不了一丝便宜。那红紫两道光华,舞起来好似两条蛟龙,夭矫飞舞。根行差一点的剑光,碰着霹雳剑,便似媳妇见了恶婆婆,面无人色。金蝉战了一会儿,虽然杀死一个,仍不满意。偏偏笑和尚把人引出,就不曾出现,估量他隐身在旁。一面迎敌,一面口中唤道:"敌人太多,笑师兄快帮忙吧!"连唤数声,不见答应。猛想起自己人单势孤,有些着慌。

小灵猴柳宗潜,为人最是奸狡。他正从那房中出来,见金蝉剑光厉害,自忖不是敌手,但欺金蝉年轻,又是孤身一人,别无帮手,想找便宜。绕到殿屋脊后,打算趁金蝉一个冷不防,给他一剑。那金蝉在屋脊上和众人对敌,全神贯注在前面,哪想到后面有人暗算。柳宗潜见金蝉毫无准备,心中大喜,便将他师父七手夜叉龙飞传给他的丧门剑一摇,一道绿沉沉的剑光,直往金蝉头上飞去,以为敌人万不能幸免。谁知一道青光从天而下,与柳宗潜的剑碰个正着,将柳宗潜的剑光斩为两截。接着一声呼叱道:"贼子竟来暗箭伤人,俺周轻云来也!"说罢,便有一双青年男女飞在殿上面,运动青白剑光,朝着柳宗潜飞来。柳宗潜见势不妙,正要撤身走时,已来不及,剑光过处,将柳宗潜分为两段。金蝉见来者二人正是白侠孙南与周轻云,心中大喜,越发奋起神威,将红紫两道霹雳剑光挥动,同孙、周两人的剑光联成一气,如闪电飞虹般,把慈云寺一干剑客逼得气喘吁吁,抵敌不住。不一会儿工夫,铁掌仙祝鹗一个疏神,被轻云的剑光往下一压,将他的剑光圈住。祝鹗便知不妙,"不好"两个字未曾出口,被孙南看出便宜,运动飞剑,从斜刺里飞进。祝鹗急忙躲闪,往旁跳开。智通见祝鹗处境危险,忙收回空中飞剑,抵住孙南的剑时,祝鹗已被孙南的剑连肩带臂削去一大片,大叫一声,倒在地上。同时他的剑也被轻云削为两段。

周轻云、孙南、金蝉三位小侠,见贼人挫败,正在得意扬扬,忽听一声怪叫道:"大胆峨眉小孽种,敢到此地猖狂!"话到人到,一个相貌凶恶的道人,从殿旁月亮门跑将出来,手起处,一道绿阴阴的剑光,连同八道灰白色的剑光,鬼气森森地飞上屋脊。孙南与轻云的剑光,才与来人接触,便觉暗淡无光,知道事情不妙。且喜金蝉霹雳剑不怕邪污,还能抵挡一二,急忙上前支援。来人正是七手夜叉龙飞。因为与柳燕娘斗气,将石玉珠用迷香困入密室。自己原也知把事情做错,但他天生淫恶,性情刚愎,又经两个女淫魔架弄,哪里想到异日因此招上杀身之祸。正计议痛饮一番,再去采补石玉珠的贞元,谁知了一走漏了消息,法元跑去劝解。龙飞势成骑虎,如何肯听,两下几乎争斗起来。正在口角之间,忽听前面僧人报信,峨眉派前来寻衅,大众抵敌不住,请他们前去策应。顾不得再同室操戈,龙飞抢先出来,不及和同党说话,便将九子母阴魂剑放将出去。妖术邪法,倒也厉害。众人见峨眉失势,同时又各耀武扬威,把剑光飞起,一齐到屋脊上面,以防来人趁空逃走。这时龙飞已看见爱徒柳宗潜惨死,愈加咬牙痛恨,非将今晚来的三人擒捉,凌迟碎剐,以报此仇不可。同时法元从后赶来,也把剑光祭起。轻云、孙南、金蝉三人见势不佳,欲待逃走,四面俱被敌人剑光围住。又加上法元的剑非同小可,龙飞的剑只有金蝉一人能够抵敌。法元的剑,合轻云、孙南二人之力,尚且不是对手,何况智通等俱不是平常之辈。眼看敌人势盛，自己的剑光被人家压迫得走投无路，光芒顿减。三人俱都气喘吁吁，汗流不止。金蝉暗恨笑和尚不够朋友，也不知跑向何方去了。

正在危急之间，忽听一声哈哈大笑道："蝉弟休要惊慌，我同齐师姊等三位在此多时了。"言罢，便有两道金光，同一青一白两道剑光从南面飞下。同时，笑和尚、齐灵云、朱文、吴文琪俱各现出身来。登时峨眉派又复声威大震。原来笑和尚的无形剑尚未登峰造极，只能借剑隐身，不能似苦行头陀可以身剑同隐。他将敌人引出后，因听金蝉说霹雳剑天下无敌，他想看此剑妙用，隐身不动。及至后来金蝉唤他，本要出来，又见轻云、孙南二人赶到，正在得势之时。他同苦行头陀是一个脾气，不愿再锦上添花，所以仍是不动。猛回头看见齐灵云等三位女侠飞来，他便上前说知经过。齐灵云这时也看清金蝉等三人在与那一群异派中人恶斗，心中又是爱又是气：爱的是金蝉小小年纪，竟有这样胆力，深入虎穴龙潭，从容应敌，毫无一些惧色；气的是他一丝也不听话，瞒着自己，任性而行。依了笑和尚，本要叫灵云加入，即时上前动手。灵云因见金蝉初生犊儿不怕虎，如果由他任性，将来说不定闯出什么祸来；又见慈云寺这一干人，并无什么出奇本领，索性让金蝉着一点急，好警戒他下次。便止住大众，隐身屋脊后面，不到他们危急时，不要出去。

这一来不要紧，差点没惹出乱子。起初金蝉三人尚能得手。不到一会儿工夫，龙飞出来施展九子母阴魂剑，灵云、孙南二人先不是来人敌手，剑光退了下来。金蝉霹雳剑虽然厉害，到底双拳难敌四手。笑和尚见势不佳，不等灵云吩咐，便将手一指，飞出去一道金光。正巧法元头顶红丝飞剑，与金光迎个正着。同时灵云等三人一声娇喊，各人将自己剑光放将出去。金蝉见救兵来到，心中大喜，便同孙南、轻云，三人一面迎敌，一面与灵云等凑在一起。

齐氏姊弟的剑不怕污秽，便抵住了龙飞的九子母阴魂剑。笑和尚见法元的剑是五道红丝，便将自己炼成的五道剑光同时发出。金红两样颜色，十道剑光绞作一团。朱文、吴文琪、孙南、周轻云四人便去迎战其余人等。法元见今晚所来这些峨眉派年纪俱都不大，各有一身惊人本领；更不知他们后面，还有多少人来。虽然知道来人难占自己便宜，却也心惊。

这时，俞德与莽头陀正在密室之中，一人搂了杨花，一人搂了一个歌女，自在快乐。忽然接连两三次紧急报告，说是前面来了好些峨眉派，俱都是年轻小孩子，本领非常厉害，请他们前去。他二人正在得趣之时，起初以为不过又是些峨眉派小辈，到寺中探听动静，前面有那许多人，还怕来人跑上天去？满不放在心上。后来接连几次警报，说是寺中一连死伤了好几个，七手夜叉与金身罗汉全都上去，竟然不能取胜，才有些着慌；当下便喊莽头陀一同前往迎敌。那莽头陀恰与他一样心思，正搂着一个年轻美貌歌女，赤身露体在床上干那快活勾当，紧要关头，如何舍得丢开。故意穿衣着袜，假装忙乱。俞德正催他快穿时，前面又来急报。俞德知势不妙，顾不得等莽头陀，径自先行。莽头陀见俞德先走，正合心意，也不及再脱衣袜，饿虎扑羊般重又奔到床前，撩起长衣，扑向那女子身上，说道："乖乖快来吧，管什么峨眉派，我先死在你肚皮上吧。"言罢，重又纵乐起来。他这一句话，不一会儿自然会应验，这且不言。

那俞德云雨之后，因事在紧急，也不顾得受了寒，抛了杨花，直往前面走去。才到天井，便见上面五颜六色数十道剑光，如蛟龙戏海一般，满空飞舞。其中有两道金光，同两道红紫剑光，尤为出色。他将身一纵，便到殿角，手起处，将圈儿飞起，化成一道华光，将敌人的剑光圈在中间。龙飞见齐氏姊弟的剑光被俞德圈住，心中大喜，将手一指九子母阴魂剑，正想朝齐氏姊弟头上飞去，忽听咔嚓一声，俞德的如意圈，竟被金蝉的剑光震碎，化作流光四散。俞德心中大怒，高喝一声："诸位道友后退，待俺俞某来擒这一干业障！"慈云寺方面一干人等闻听此言，知道俞德要放红沙。除法元同龙飞两人，俱是练就旁门剑法，不怕邪污，还是紧紧与敌人拼命争持外，余人口中一声呼哨，各将自己剑光收转。俞德将身纵起空中，一把红沙撒将下来，顿时天昏地暗，星月无光，一片黄雾红云，夹着隆隆雷震之声，漫天着地，朝着灵云等七人，当头罩将下来。笑和尚抬头一看，叫声："不好！"原想拉着金蝉借无形剑光逃走，谁知相隔有数丈远近，已来不及，也就顾不得金蝉，把脑袋一晃，无影无踪。齐灵云适才见俞德上来时扮装异样，早已留心；又听得他喊众人后退，便知敌人要施展妖术邪法，暗中早做准备。她见俞德红沙来得厉害，急忙伸手到怀中，摸出玉清大师所赠的乌云神鲛网。这时红沙离众人头顶不到三尺，急忙中随手将乌云神鲛网往空中一抛。立时一团乌云起向空中，有亩许方圆，护着众人头顶，将红沙托住，不得下来。那法元、龙飞也怕自己剑光为红沙所伤，情知灵云等必定死于红沙之下，各将剑光收转，观看动静。灵云见红沙出手，已知来人便是俞德，怕中了红沙污秽，也知会各人将剑光收转，由那乌云神鲛网护着大家全身。灵云见神网灵异，知不妨事。再检点同来人数时，只不见了笑和尚一个，事在危急，也无法兼顾，只得且自由他。

第三十六回 诛淫孽　火焚色界天
　　　　　　　救丽姝　大闹慈云寺

　　法元见齐灵云放起一片乌云，红沙不能侵害，暗自惊奇。知会龙飞，各人将剑光重又放起，打算从下面攻将进去。谁知二人剑光飞到灵云等眼前，好似被什么东西拦住，只在网外飞腾，不能越雷池一步。俞德心中大怒，便将葫芦内所有追魂夺命红沙全数放将出来，将灵云等六人团团围住，打算将他等困住，再行设法擒拿。支持约有半个时辰，灵云等虽然未曾受伤，后来俞德连放红沙，工夫一大，渐渐显出乌云神鲛网有点支持不住，头上面这块乌云受了红沙压迫，眼看慢慢往头上压将下来。俞德见了大喜。

　　灵云等正在危险万分之际，忽然空中震天价一个霹雳，直震得屋瓦乱飞，窗棂皆断，霎时间黄雾无踪，红云四散。灵云等怕敌人又有什么邪术，一面收回神鲛网，各人运动剑光，把周身护住；一面留神朝前面看时，只见从空中降下两人：一个是相貌清秀的禅师；一个是白须白发的胖大和尚。灵云认得来人是东海三仙中苦行头陀同黄山紫金泷的晓月禅师，但不知他二人一正一邪，怎生会同时来到。金蝉毕竟鲁莽，估量来人定是慈云寺的帮手，不问情由，便将霹雳剑朝着那胖大和尚一指，便有一道紫光飞将过去。苦行头陀忙喝道："孺子不得无礼！"说罢，手一招，金蝉的双剑倏地飞入苦行头陀袍袖之中。灵云急忙止住金蝉，不准鲁莽从事，一面告知他来人是谁。法元等见晓月禅师、苦行头陀同时来到，不知是何用意，好生不解。正待上前说话，只见苦行头陀朝着晓月禅师说道："师兄犯不着与他们这些后辈计较，适才之言，务必请你三思。如果不蒙允纳，明后日我同二老诸道友在玉清观候教便了。"说罢，不等晓月禅师答言，将袍袖一展，满院金光，连同灵云等六人俱各破空而去。法元等率领众人上前拜见之后，便请晓月禅师到大殿升座。一面令人将死尸连同受伤诸人抬入殿内，或装殓，或医治。内中除龙飞因爱徒惨死，心中悲忿，执意要当晚就到辟邪村报仇外，余人自知能力不够，俱都惟晓月禅师马首是瞻。晓月禅师入座以后，便将来意说了一遍。

原来他自连受许飞娘催请后，决意前来相助。他的耳目也甚为灵通，闻说峨眉方面有二老同许多有名剑仙在内，自审能力，未必以少胜众，有些独力难支。一面先叫门下两个弟子到时先往。自己便离了黄山紫金泷，去到四川金佛寺，寻他最投契的好友知非禅师，并请他代约川东隐名剑仙钟先生。另外自己还约有几个好友。他知道峨眉派准在正月十五日破慈云寺，他同知非禅师约定十四晚上在慈云寺相会。自己在十三晚上，便从金佛寺驾剑光先行赶到。正走到离慈云寺不远，忽见有数十道剑光，电闪一般在空中刺击盘旋，疑心峨眉派与慈云寺中人业已交手。正要催动剑光前往，忽听耳旁有人道："师兄到何方去？可能留步一谈么？"以晓月禅师的功行，竟然有人在云路中追上来和他说话，不由大吃一惊。连忙按住剑光，回头看时，才看出来人是东海三仙中的苦行头陀。早知他自收了个得意门徒之后，有人承继衣钵，已不再问人间闲事。今天突然出现在双方冲突激烈之时，他的来意可知，不由大吃一惊。知道行藏被人窥破，索性实话实说。当下答道："贫僧久已不问外事，只因当年受了一个朋友之助，现在他同峨眉派有些争执，约贫僧前去相助一臂之力，义不容辞，也不容贫僧再过清闲岁月了。久闻师兄承继衣钵有人，早晚间成佛升天，怎么也有此清兴到红尘中游戏呢？"苦行头陀闻言，哈哈笑道："我也只为有些俗缘未了，同师兄一样，不能置身事外呀。以我之见，此番两派为敌，实在是邪正不能两立的缘故。师兄昔日与峨眉派道友也有同门之谊，长眉真人遗言犹在，师兄何苦加入漩涡，为人利用呢？"晓月禅师道："师兄言之差矣！峨眉派自长眉真人飞升后，太以强凌弱了。尤其是纵容后辈，目中无人，叫人难堪。即如今晚，你看前面剑光，难保不是峨眉派来此寻衅。今日之事，不必多言，既然定下日期，势成骑虎，少不得要同他们周旋一二了。"

苦行头陀见晓月禅师不听良言，叹了一口气道："劫数当前，谁也不能解脱。今晚究非正式比试，待我同师兄前去，停止他们争斗。到了十五晚上，我等再行领教便了。"晓月禅师闻言，冷笑一声，说道："如此甚好。"

不俟苦行头陀答言，驾起剑光先行。刚到了慈云寺半空，便听见震天的一个霹雳，震散红沙。原来苦行头陀在一眨眼的工夫，业已赶到他的前面，用五行真气太乙神雷，破了红沙，将灵云等救出险地。晓月禅师虽然心惊苦行头陀厉害，又恨他不加知会，竟自恃强，用神雷破法，分明是示威于他看。正待质问两句，苦行头陀已抢先交代几句话，率领来人破空而去。晓月禅师恨在心里，也是无可奈何。只得率领众人来到殿中，饰辞说了一遍。又说自己请了几个帮手，早晚来到。众人听了大喜。因有辟邪村候教之言，便议定反主为客，十五晚上同往辟邪村去对敌。

这时石玉珠脱身出来之后，本不想露面再见众人，即刻回去。只因一时好奇心盛，又见晓月禅师来到，打算听一听适才交战新闻，不知不觉也随众人跟了进来，那法元见石玉珠逃出罗网，心中为之一宽。不料龙飞见石玉珠安然出险，疑心法元所放，勾起适才口角时恼怒。又见石玉珠的一副俏身材，在大殿灯光之下，越发显得娇媚。心想："好一块肥羊肉眼看到口，又被她脱逃出来。"好生不快。石玉珠听完晓月禅师说明经过，猛想起自己身在龙潭虎穴之中，如何还要留连？便站起身来，朝着晓月禅师和众人施罢一礼，说道："我石玉珠在武当门下，原不曾与别的宗派结过冤仇。只因当初受了万妙仙姑援助之德，连接她两次飞剑传书，特到慈云寺，稍效些微之劳。谁想今日险些被奸人陷害，差点将我多年苦功废于一旦，还几乎玷辱师门，见不得人。幸仗我真灵未昧，得脱陷阱。本想寻我那仇人算账，又恐怕任事不终，耽误大局，有负万妙仙姑盛意。好在如今晓月禅师驾到，日内更有不少剑仙到来，自问功行有限，留我无用。青山不改，后会有期，我就此告辞吧。"说罢，脚一蹬，驾起剑光，破空便走。龙飞见石玉珠语中有刺，本已不容；如今见她要走，情知已与武当派结下冤仇，索性一不做二不休。喝道："贱婢吃里爬外，往哪里走？"当下一纵身赶到殿外，手起处，九子母阴魂剑便追上前去。石玉珠正待驾剑要走，忽见后面龙飞追来，知道九子母阴魂剑厉害，自己不是敌手，正在为难。偏偏龙飞十分可恶，他也不去伤她，只用剑光将她团团围住，一面叫她急速降顺，免遭惨死。石玉珠落在殿脊上面，好生狼狈，知道若被敌人生擒，难免不受污辱。

当下把心一横，正要用剑自刎，忽听耳旁有人说道："女檀越休得害怕,只管随他下去,少时自有人来救你。"听去十分耳熟,四面一看,不见一人。下面龙飞连连催促。晓月禅师已听法元说知究竟,同众人走出殿外,先劝石玉珠下来,免伤和气。石玉珠无可奈何,只得下来,随定众人,仍归殿内。往殿中一立,朝着龙飞大骂道:"你们这群无知邪魔!你把仙姑请将下来,又待怎样?我与你有杀身之恨,这世界上有你无我,早晚自有人来报应于你。"说完,气得粉面通红,泪流不止。晓月禅师见龙飞这样胡来,好生不以为然。怎奈石玉珠出言伤众,大家犯过淫孽的,自然都怒容满面。自己虽然辈分最尊,不便明作偏向。略一寻思,不俟龙飞再与石玉珠口角,抢先说道:"石道友此番到此,原是好意,谁知与龙道友又发生误会。你回去原不要紧,怎奈后日便与峨眉交锋,此中有好些关系。说不得,看老僧薄面,屈留道友三日,三日之后任凭去留,一切有老僧做主。不知石道友意下如何?"这个意思,原是缓和二人暂时争执,得便再让石玉珠逃走,以免用人之际得罪龙飞。石玉珠这时已看透慈云寺俱非良善之辈,她把晓月禅师好意误会,正要破口大骂。忽听远远人声嘈杂,接着一个凶僧前来报道:"后面大殿火起。"智通连忙亲自带人去救时,一会儿工夫又纷纷来报,仓房、密室四面火起,霎时间火焰冲天。龙飞、俞德闻报密室火起,其中有两个女子,俱是二人最心爱之人,俞德闻报先去。龙飞便指着石玉珠对法元说道:"这个雏儿交与了你,如果被她逃走,休怪我无情无义!"言罢,随同众人救人去了,这时大殿上人听说密室起火,因各有心上爱人,都忙着去救火,只剩下法元、石玉珠和晓月禅师师徒五人未动。石玉珠见龙飞走后,本要逃走,因龙飞临行之言气糊涂了,又知法元厉害,自己抵敌不过,晓月禅师更是此中能手,冒昧行动,自取其辱,只在一旁干生气。这时外面红光照天,火势愈甚,眼看一座慈云寺要化为灰烬。其实晓月禅师原有救火能力,只因他虽入异派,只为当年一时气忿,天良未昧。今番拉拢各派和峨眉派对敌,原想利用机会存心报仇。一到慈云寺,见了众人,已知难成气候。见四面大火起来,明知是峨眉派中人所放,落得借此扫荡淫窟。这座寺如留作和峨眉派对敌的大本营,原无多大用处,索性任它毁灭。等到烧得差不多时,再亲手去擒拿奸细。本想示意石玉珠,叫她逃走。谁想刚一张口,石玉珠就破口伤人,知她情急误会,也就不好再说。那朱洪、鹿清随侍晓月禅师座前,见石玉珠口出不逊,好生忿怒。

因见他师父含笑不言，也不敢有所动作。

这时外面火势经这许多异派剑仙扑救，火头已渐渐小了下去。石玉珠正在寻思如何逃走时，忽听耳旁又有人说道："我是苦行头陀弟子笑和尚，在东海曾同你见过几面，因知你帮助好人，陷身难脱，特来救你，可是我不似我师父能用无形剑斩人，只能用无形剑遁飞行。你等我现身出来，拉住我的衣袖，我便能带你同走。"石玉珠闻言，恍然大悟，适才在密室逃出所遇小和尚就是此人，心中大喜，便聚精会神以等机会。武当派中本有几个能人，晓月禅师与他们差不多均有一面之缘，尤其石玉珠的师父半边老尼尤为厉害，所以不愿与石玉珠结仇。可是在用人之际，龙飞九子母阴魂剑同他的师父，将来帮助甚多，也不愿公然同他反目。正在想善法解决，忽听殿中哈哈一声大笑，现出一个年幼矮胖和尚，转眼间已到石玉珠跟前。法元认出是适才峨眉派来人当中最厉害的一个，不及招呼众人，一面先将脑后剑光飞出，一面喊："禅师，休得放来人逃走！"那小和尚已到了石玉珠跟前，法元剑光才往下落。小和尚把头一晃，已是无影无踪。晓月禅师见石玉珠同笑和尚借无形剑遁逃去，袍袖一展，便驾剑光从后追了出来。

那笑和尚是怎样来的呢？他先前在屋脊上和慈云寺中人斗剑正酣之际，见俞德红沙来得厉害，顾不及拉金蝉逃走，先借无形剑遁起在空中。后见灵云在寺中飞起一片乌云，护着六人身体，便知道于事无碍。本想回辟邪村去请救兵，又想此番私自出来，不曾取得二老同意，事败回去，难免碰一鼻子灰。况且这边红光照天，辟邪村本派有醉道人等随时探报，不愁没人来救他们。他生性疾恶如仇，便想趁众人全神注意前面时，去到后面捣一个大乱。当下飞身走入后殿，忽见一个和尚探头探脑，往一堆假山后面走去。此人就是了一。笑和尚本想将他杀死，因为要探他做些什么，不曾下手。隐起身形在了一后面，跟他走入石洞。只见了一到了石洞中间，伸手将一块石头拨开，露出一个铁环。将这铁环往左连转三次，便听见一阵轧轧之声。霎时间现出一个地穴，里面露出灯光，有七八尺见方，下面设有整齐石阶。笑和尚仍然隐身跟在后面，见了一走进有两丈远近，便有一盏琉璃灯照路，迎面一块石壁，上面刻有"皆大欢喜"四个斗大的字。只见了一先走到"欢"字前面，摸着一个铜钮一拧，便有一扇石门敞开了。一伸头往里一看，口中低低说了一声"该死"，便自回转头来。笑和尚估量这里定是凶僧供淫乐的密室，不知了一为何说"该死"二字。等了一转身，便也伸头一看，不由怒气上冲。原来是密室，共分四处。了一、笑和尚所看这一处，正是俞德、莽头陀与杨花等行乐之地。

莽头陀自俞德走后，重新和一个淫女行乐。等到云散雨收，忽然想起杨花是个尤物，因为争的人多，轻易捞不上手。如今众人俱在前面迎敌，杨花现在套间之内，无人来争这块禁脔，何不趁此机会亲近一番？一面想，一面便往套间走去。那杨花与俞德在紧要关头上，忽被人来将俞德唤走，好生不快。又因为同俞德调笑时，吃了几杯酒，浑身觉得懒洋洋的，不大得劲，只好慢慢一步一步地移到床前躺下，打算趁空闲时先睡一会儿。不知怎的，翻来覆去总睡不着。起初以为莽头陀也随俞德往前面迎敌去了，及至后来忽听隔壁传来一阵微妙的声息，越加闹得她不能安睡，只好用两只玉手抓紧被角，不住地在嘴边使劲猛咬，借以消恨。一会儿隔壁没有了响动。又停了一阵，忽听有人往自己房中走来，知是莽头陀要趁众人不在来讨便宜。她生就淫贱，在无聊的当儿，乐得有人来替她解闷。一个凶僧，一个荡妇，淫乐了一阵，还嫌不足，又由套间中走到外面床前，同先前女子一同取乐。正在得趣的当儿，偏被了一同笑和尚先后撞见。了一虽然厌恶，一来司空见惯，二来自己能力有限，不敢轻易发作。而那笑和尚天生正直，疾恶如仇，哪里见得这般丑态。当下纵到室中，喝道："胆大凶僧！胆敢宣淫佛地。今日你的报应到了。"莽头陀见有人进来叫骂，知事不好，正待招架，已被笑和尚剑光将他同杨花二人的首级斩落。笑和尚看见床角还躺着一个赤身女子，已是吓晕过去。不愿多事杀戮，便提了莽头陀脑袋，纵身出来。再寻了一，已不见踪迹。他也照样走至原来的石壁跟前，到处摸按，寻那暗室机关。居然无意之中被他发现，但听得一阵隆隆之声，石壁忽然移动，现出一个可容一人出入的甬道。笑和尚艺高人胆大，便不假思索地走了进去。走不数步，便见又是一间石室，且喜门户半关，他便探头一看。只见墙角躲着一个女子，适才那个和尚正朝床前走去，一面口中说个不住。这便是那了一去救石玉珠的时候。笑和尚听罢了一之言，起初还疑心了一与石玉珠有什么私情，又见二人举动不像，未敢造次。便想同他们开个玩笑再说。知他二人要走将出来，自己先退到甬道外面，用莽头陀人头朝着了一打去。及至二人从甬道中纵将出来，笑和尚才在月光底下认清那个女子是石玉珠。她是武当后辈中有数人物，昔日曾在东海见过她们姊妹。自己常听师父说她姊妹根行甚厚，但不知她怎么会到此地。当下隐身在旁，及至听完二人言语，方明白了一半。正要往前殿去看灵云等动静时，忽然一声雷震，听出是师父到来，心中大喜。急忙纵往前殿看时，果是师父苦行头陀，并已将灵云等救出，往辟邪村而去。本想跟踪前往，因见晓月禅师等在大殿会议，便想探一个究竟。他知晓月禅师厉害，不敢近前，只在殿角隐身，听他们讲些什么。后来见石玉珠同众人告辞，龙飞出来拦阻，他才明白石玉珠到此原因。因知她不是坏人，想设法救她，便在她耳边说了几句。等到石玉珠下去后，他在殿脊上，忽见后殿一片火光，好生不解。原来是后殿点的一盏琉璃灯，被适才雷声震断铜链，倒下地来，火光燃着殿中纸钱。大家因在忙着救伤埋死，无人注意，被这火引着窗棂，越燃越大。等到发现，火势已成燎原了。

笑和尚见后殿起火，忽然灵机一动，急忙从殿角飞身下来，前往东西配殿，将火点起。又飞到密室之内，扭开机关，走进去一看，只见数十个穿红着绿的女子，围在杨花、莽头陀尸体旁边。适才吓昏过去的那一个女子已缓醒过来，正同众人在说莽头陀、杨花被杀时情形呢。

这慈云寺殿房，共有三百多间。另外有四个密室，专供智通行乐之用。最后一间密室，连接三处地道。一处通到方丈室内，由方丈室，又可由山洞走到后殿阶前。这里便是昔日周云从被陷之所。还有两处，直通庙墙以外，那里另有数十间华丽房子，便是这一干妇女的住处。她们住的所在有四面高墙，除了由这一条地道出进，去陪侍和尚枕席外，其余简直无门可出。这其中有大多数女子都是被凶僧抢来，逼迫成奸。虽然吃穿不愁，哪有不想家乡父母的？日子一多，自然也有想由她们住所翻墙逃走的。谁知智通这厮非常歹毒，他在这高墙左近，设了不少秘密机关，又养了百十恶犬，散布墙外。一面故意显出许多逃走的机会，让这些可怜妇女去上当，以儆将来。那逃走的人，不是中了秘密机关，身遭惨死，便是被恶狗分尸。这一干妇女吓得一个个亡魂丧胆，除了含泪忍痛供凶僧糟践外，谁也不敢作逃走之想。这四个密室之中，各有一个总铃，总铃一响，全体妇女都要来到，以供凶僧选择。适才陪莽头陀淫乐的那个女子名叫凤仙，本是一个赃官女儿，她老子卸任时，船至川东，被智通知道，叫人抢来。因她姿色出众，颇受凶僧们宠爱，夜无虚夕。今晚正玩得起劲，忽见一个小和尚飞身进来，将莽头陀、杨花二人杀死，当下被吓得晕死过去。醒来看见两具尸首，心惊胆裂。无意中拧动总铃，众妇女一闻铃声，赶到密室，问起原因，估量寺中出了差错。知道外面出口，秘密机关层层密布，并且铁壁石墙，无法出去。一个个面无人色，珠泪盈盈。

正在惶恐无计，忽听一声长笑，飞进一个小和尚来，众妇女疑心是寺内小和尚，尚不在意。那凤仙认清来人便是适才杀人的人，不由心惊胆落，急忙朝着笑和尚跪下，不住央告："小佛爷、小罗汉饶命！"一面对众妇女说道："杀杨花的便是这位小罗汉爷。快求他饶命，不要杀我们这班苦命人吧！"笑和尚此来，原是放火，见众妇女苦苦央求，不忍下手。便道："前面石门已开，尔等急速逃走，免得葬身火窟。"说罢，将密室中灯火拿到手中，朝着那容易燃烧之处放火。众妇女见此情形，顿时纷纷奔窜，哭喊连天。笑和尚将四个密室中的火全引着后，才纵身出来。众妇人在百忙中走投无路，有几个听清了笑和尚之言的，便往前面跑去，果然看见石壁开放，露出门户，便不计利害，逃了出来。有些胆小的，仍由地道逃回本人住所。这些密室，都盖在地底下，本不易燃烧。只因慈云寺中湿气太重，智通又力求华丽，除了入门有机关的地方是石块铁壁外，其余门窗、间壁以及地板，多半用木头做成；再加上家具床帐，都是容易引火之物。点着不多一会儿，火焰便透出地面。

这十几个妇女逃出以后，便大喊起火救命。正在巡更僧人赶到，一面禁止众妇女乱动，听候发落；一面往前殿送信。彼时智通等正在各偏配殿救火，闻报密室火起，更为惊恐。因是他半生精华所藏聚之所，又加上有许多"活宝"在内，便顾不得再救火，直往密室走来。恰好龙飞也同时赶到。还是他九子母阴魂剑厉害，一面用剑光蔽住火势，一面由众凶僧用水泼救，等到把火势扑灭，这密室已成一片瓦砾窟，无路可入。当下查问众妇女起火原因，供出是一个小和尚进来，先杀了莽头陀和杨花，然后二次进来放的火。智通知道不假，只得喝令众凶僧将这些妇女押往别的殿中看守，明日打扫密室之后，再行发落。这时前面的火经众人扑救，也次第熄灭。那寺外居民，多半是寺中党羽，见寺中起火，也纷纷赶到救火。火熄后，智通令人打发他们回去。这一场火，把慈云寺殿房烧去三分之一，损失颇为严重。等到智通、龙飞等回到大殿时，见晓月禅师与石玉珠不在殿中，问起原因，知道又是被一个小和尚救去，分明中了人家调虎离山之计，只是晓月禅师当石玉珠走时，竟然不及觉察；追人去了多时，又不见回来，好生诧异。龙飞见石玉珠逃走，心中好生不快，迁怒于法元，由此结下嫌怨。后文将有法元三中白骨箭的事情发生，暂且不言，留待后叙。

经这一番纷扰之后，天已大亮。忽然院中降下三人：一个正是晓月禅师；一个是飞天夜叉马觉；还有一个生得庞眉皓首，鹤发童颜，面如满月，目似秋水，白中透出红润，满身道家打扮的老人，众人当中十有九都不认识他。晓月禅师请那老道人进殿坐定后，同众人引见，才知那人便是巫山神女峰玄阴洞的阴阳叟。俗家双姓司徒，单名一个雷字。他自幼生就半阴半阳的身体，上半月成男，下半月成女。因为荒淫不法，被官府查拿，才逃到巫山峡内，遇着异人传授三卷天书。学到第二卷时，不知怎的，一个不小心，第一卷天书就被人偷去。

他师父说他缘分只此。他叹了一口气，从此，出去不再回来。他在巫山十二峰中，单择了这神女峰玄阴洞做修炼之所，把洞中收拾得百般富丽。每三年下山一次，专一选购各州府县年在十五六岁的童男童女，用法术运回山去，上半月取女贞，下半月取男贞，供他采补。百十年间，也不知被他糟践了多少好儿女。所买来的这些童男童女，至多只用三年。而三年之中，每月只用一次。到了三年期满，各赠金银财宝，根据男女双方的情感和心愿，替他们配成夫妻。结婚后三日，仍用法术送还各人家乡。只是不许向人家泄露真情，只说是碰见善人，收为义子义女，代主婚姻。善人死后，被族中人逐出，回来认祖归宗。那些卖儿女的都是穷人，一旦儿女结婚回来，又带了不少金银，谁再去寻根问底。也有那口不紧的，立时便有杀身之祸。他以为这样采补，既不损人寿数，又成全了许多如意婚姻，于理无亏。谁知罪犯天条，终难幸免呢。

第三十七回　访能人　马夜叉独上玄阴宫
　　　　　　窥秘戏　柳燕娘动情天魔舞

　　智通等经晓月禅师介绍后，知道来人神通广大，非同小可，一个个上前参拜。又问晓月禅师，石玉珠可曾追上？晓月禅师道："说起来真也惭愧，我今天居然会栽在一个小和尚手里。我以为只有东海三仙会用无形剑，而他们三人素来光明正大，从不暗地伤人。不曾想到他们后辈中也有这样人，一时大意。如果早知有此事发生，我便将剑光放出，他如何进得殿来？等到他将石玉珠带走，我追到辟邪村附近，眼看快要追上，却迎面碰见峨眉派中醉道人同髯仙李元化。这二人与我昔日有同门之谊，当初都帮过我的大忙，曾经答应必有以报答他们，时隔多年，俱无机会。今日他们二人上来拦阻讲情，我不能不答应，只得借此勾销前情。我回来时，见此地火势渐小，谅无妨碍。忽然想起这位老友，打算去请他出来帮忙。恰好在路上遇见马道友，业已请他同来。"

　　原来这马觉到慈云寺住了多日，那日出寺闲游，忽然遇见他多年不见的师叔铁笛仙李昆吾，马觉大喜，便请他到寺中相助。李昆吾道："你我二人俱非峨眉敌手。最好你到巫山神女峰玄阴洞去请阴阳叟，你就说峨眉派现下收了数十名男女弟子，俱是生就仙骨，童贞未坏。问他敢不敢来参加，讨一点便宜回去？此人脾气最怪，容易受激，又投其所好，也许能够前来。有他一人，胜似别人十倍。现在敌人方面有我的克星，不但我不能露面，就连你也得加意留神，见机而作。"说罢，与马觉订下后会之期而去。马觉因为事无把握，便不告诉众人，亲身前往。到了神女峰，见着阴阳叟，把前情说了一遍。阴阳叟冷笑道："李昆吾打算借刀杀人，骗我出去么？你叫他休做梦吧！"马觉见话不投机，正要告辞。忽然外面气急败坏跑进来一个道童，说道："那个小孩被一个道人救走。师兄也被道人杀死了。"阴阳叟闻言，也不说话，只在屋子里转来转去。转了一会儿，倏地闭目坐定，不发一言。马觉疑心他是不愿理自己，站起来要走。那个道童低声说道："请稍等一会儿，师父出去一会儿就回来。"马觉不知他的用意，正要问时，阴阳叟业已醒转，自言自语道："真走得快，可惜逃走已远了，不然岂肯与他甘休！"说罢，站起身来，拉着马觉的手，说道："你且少待一会儿，等我收拾收拾，再同你到慈云寺去。"马觉见他反复无常，好生诧异。阴阳叟道："你觉得我没有准主意么？我这人一向抱的是利己主义，我也不偏向何人，谁于我有益，我就和谁好。昨天我擒着一个小孩子，根基甚好，于我大有益处。谁想今日被人救去，反伤了我一个爱徒。适才运用元神追去，已追不上，看见一些剑光影子，知是峨眉派中人所为。我不去伤他，他反来伤我，情理难容，我才决定去的。"当下便叫道童与马觉预备休息之所。他便走进后洞，直到半夜才出来，而且喝得醉醺醺的，脸上鲜明已极，腰间佩了一个葫芦。他把门下许多弟子召集拢来，嘱咐了几句，便同马觉动身。走到半路，遇见晓月禅师，他二人本是好友，见面大喜，一同来到慈云寺商议应敌之策。

到了当日下午，慈云寺中又陆续来了几个有名的厉害人物：一个是新疆天山牤牛岭火云洞赤焰道人，同着他两个师弟金眼狒狒左清虚和追魂童子萧泰；一个是云南苦竹峡无发仙吕元子；还有贵州南疆留人寨的火鲁齐、火无量、火修罗三个寨主，还带领着门下几个有名剑仙同时来到。这都是异教中有数人物，有的是受了许飞娘的蛊惑，有的是由晓月禅师辗转请托而来。慈云寺中增加了这许多魔君，声势顿盛。依了赤焰道人的意思，当晚就要杀奔辟邪村去。晓月禅师认为还有邀请的几个有名剑仙尚未来到，仍是主张等到十五十半日再行定夺。这其中有好些位俱已不食人间烟火，惟独南疆三位寨主以及随同他来的人，不但吃荤，而且仍是茹毛饮血，过那原始时代的野蛮生活。当下晓月禅师代智通做主人，吩咐大排筵宴，杀猪宰羊，款待来宾。慈云寺本来富足，什么都能咄嗟立办，一会儿酒筵齐备。晓月禅师邀请诸人入座，自己不动荤酒，却在下首相陪。

等到酒阑人散，已是二更时分。有的仍在大殿中闭目养神，运用坐功；有的各由智通安顿了住所，叫美女陪宿。龙飞知道阴阳叟会采补功夫，打算跟他学习,便请阴阳叟与他同住一起。除了百花女苏莲与九尾天狐柳燕娘,是慕名安心献身求教外,另由智通在众妇女中选了几个少年美女前来陪侍。阴阳叟不拒绝,也不领受,好似无可无不可的神气。他这间房本是一明两暗,阴阳叟与龙飞分住左右两个暗间。龙飞、苏莲、柳燕娘齐朝阴阳叟请教,阴阳叟只是微笑不言。后来经不起龙、苏、柳三人再三求教,阴阳叟道:"不是我执意不说,因为学了这门功夫,如果自己没有把握,任性胡为,不但无益,反倒有杀身之祸的。"龙、苏、柳三人见阴阳叟百般推却,好生不快,因他本领高强,又是老前辈,不便发作。

那阴阳叟坐了一会儿,便推说安歇,告辞回房。龙、苏、柳三人原想拉他来开无遮大会,见他如此,不再挽留,只好由他自去。他房中本有智通派来的两名美女,他进房以后,便打发她们出来,将门关闭。龙、苏、柳三人见了这般举动,与昔日所闻人言说他御女御男、夜无虚夕的情形简直相反,好生诧异,不约而同地都走到阴阳叟窗户底下去偷看。这一看不要紧,把龙、苏、柳三人看了个目眩心摇,作声不得。先是看见阴阳叟取过腰间佩戴的葫芦,把它摆在桌上,然后将葫芦盖揭开,朝着葫芦连连稽首,口中念念有词。不大一会儿工夫,便见葫芦里面跳出来有七个寸许高的裸身幼女,一个个脂凝玉滴,眉目如画,长得美秀非常。

那阴阳叟渐渐把周身衣服褪将下来,朝着那七个女子道一声:"疾!"那些女子便从桌上跳下地来,只一晃眼间,都变成了十六七岁的年幼女孩。其中有一个较为年长的,不待吩咐,奔向床头,朝天卧着。阴阳叟便仰睡在她身躯上面。那六个女子也走将过来,一个骑在阴阳叟的头上,一个紧贴阴阳叟的胸前,好似已经合榫,却未见他动作。其余四个女子,便有两个走了过去,阴阳叟将两手分开,一只手掌贴着一个女子的身体;还有两个女子也到床上,仰面朝天睡下,将两腿伸直,由阴阳叟将两只脚分别抵紧这两个女子的玉股。这一个人堆凑成以后,只见阴阳叟口中胡言乱囔不休;那七个女子,也由樱口发出一种呻吟的声息。龙、苏、柳三人不知他做什么把戏,正看得出神之际,那阴阳叟口里好似发了一个什么号令,众女子连翻起身,一个个玉体横陈。阴阳叟站立床前,挨次御用,真个是颠倒鸳鸯,目迷五色。

龙飞看到好处,不由得口中"咦"了一声。忽觉眼前一黑,再看室中,只剩阴阳叟端坐床前,他佩的葫芦仍在腰间,适才那些艳影肉香,一丝踪影俱无。回想前情,好似演一幕幻影,并没有那回事似的。龙飞也不知阴阳叟所作所为,是真是幻,好生奇怪。还想看他再玩什么把戏时,只见屋内烛光摇曳,而床上坐的阴阳叟也不知去向了。以龙飞的眼力,都不知他是怎么走的,心中纳闷已极。那苏莲与柳燕娘见了这一幕活剧,身子好似雪狮子软化在窗前。见阴阳叟已走,无可再看,双双朝龙飞瞧了一个媚眼,转身便朝龙飞房中走去。龙飞心头正在火热,哪禁得这种勾引,急忙跟了进去,一手抱定一个。正要说话,忽听窗外有弹指的声音,原来是晓月禅师派人请他们到大殿有事相商。

苏、柳二人闻言,各自"呸"了一声,只得捺住心火,随龙飞来到前殿。只见阖寺人等均已到齐,晓月禅师与阴阳叟,还有新来几位有名异派剑仙,居中高坐。龙飞定睛一看,一个是川东南川县金佛山金佛寺方丈知非禅师,一个是长白山摩云岭天池上人,一个是巫山风箱峡狮子洞游龙子韦少少。还有一个看去有四十多岁年纪,背上斜插双剑,手中执定一把拂尘,生就仙风道骨,飘然有出尘之概。龙、苏、柳三人俱不认识此人,经晓月禅师分别介绍,才知此人就是川东的隐名剑仙钟先生,果然名不虚传。大家见面之后,晓月禅师便把前因后果说了一遍。知非禅师道:"善哉!善哉!不想我们出家人不能超修正果,反为一时义气,伏下这大杀机。似这样冤仇相报,如何是了?依我之见,我与苦行头陀原有同门之谊,不如由我与钟先生、苦行头陀出头与你们各派讲和,解此一番恶缘吧。"晓月禅师因知非禅师剑术高强,有许多惊人本领,曾费了许多唇舌,特地亲身去请他前来帮忙,不想他竟说出这样懈怠话来,心中虽然不快,倒也不好发作。这殿上除了钟先生是知非禅师代约前来,天池上人与韦少少不置可否,阴阳叟是照例不喜说话,其余众人见请来的帮手说出讲和了事的话,俱都心怀不满,但都慑于知非禅师威名,不好怎样。

惟独火焰道人名副其实,性如烈火,闻言冷笑一声,起来说道:"禅师之言错了。那峨眉派自从齐漱溟掌教以来,专一倚强凌弱,溺爱门下弟子,无事生非。在座诸位道友禅师,十个有八个受过他们的欺侮。难得今日有此敌忾同仇的盛会,真乃千载一时的良机。如果再和平了结,敌人必定以为我们怕他们,越加助长凶焰,日后除了峨眉,更无我们立足之地了。依我之见，不如趁他们昨晚一番小得志之后，不知我们虚实强弱，不必等到明晚，在这天色未明前杀往辟邪村，给他们一个措手不及，出一点心中恶气，是为上策。如果是觉得他们人多势众，自己不是敌手的话，只管自己请便，不必游说别人，涣散人心了。"说罢，怒容满面。知非禅师见火焰道人语含讥讽，满不在意，倏地用手朝外殿角一指，众人好似见有一丝火光飞出，一面含笑答道："火道友，你休要以为贫僧怕事。贫僧久已一尘不染，只为知道此番各派大劫临头，又因晓月禅师情意殷殷，到此助他一臂之力，顺便结一些善缘。谁想适才见了众位道友，一个个煞气上冲华盖，有一多半在劫之人。明日这场争斗，胜负已分。原想把凶氛化为祥和，才打算约请双方的领袖和平排解。火道友如此说法，倒是贫僧多口的不是了。明日之会，诸位只管上前，贫僧同钟道友接应后援如何？"火焰道人还要还言，晓月禅师连忙使眼色止住。一面向知非禅师说道："非是贫僧不愿和平了结，只是他们欺人太甚，看来只好同他们一拼。师兄既肯光降相助，感恩不尽。不过他们人多势众，还是趁他们不知我们虚实时先行发动，以免他们知道师兄诸位等到此，抵敌不过，又去约请帮手。师兄以为如何？"知非禅师道："师兄你怎么也小看峨眉派，以为他们不知我们的虚实？哪一天人家没有耳目在我们左右？一举一动，哪一件瞒得过人家？诸位虽不容纳贫僧的良言，贫僧应召前来，当然也不能因此置身事外。双方既然约定十五见面，那就正大光明，明日去见一个胜负，或是你去，或是他来好了。"

众人因听知非禅师说有峨眉耳目在旁，好多人俱用目往四处观看。知非禅师道："诸位错了，奸细哪会到殿中来呢？适才我同火道友说话时，来人已被我剑光圈在殿角上了。"说罢，站起身来，朝着外殿角说道："来人休得害怕，贫僧决不伤你。你回去寄语二老与苦行头陀，就说晓月禅师与各派道友，准定明日前往辟邪村领教便了。"说罢，把手向外一招，便见一丝火光由殿角飞回他手中。智通与飞天夜叉马觉坐处离殿门甚近，便纵身出去观看，只见四外寒风飕飕，一些踪影俱无，只得回来。知非禅师又道："无怪峨眉派逞强，适才来探动静的这一个小和尚，年纪才十多岁，居然练就太乙玄门的无形剑遁。看这样子，他们小辈之中前途未可限量呢！"大家谈说一阵。知非禅师知道劫数将应，劝说无效，当众声明自己与钟先生只接后场，由别位去当头阵。龙飞同三位寨主不知知非禅师本领，疑心他是怕事，不住用言语讥讽。知非禅师只付之一笑，也不答理他们。晓月禅师仍还仗着有阴阳叟等几个有名的帮手，也未把知非禅师的话再三寻思，这也是他的劫数将到，活该倒霉。当下仍由晓月禅师派请众人：留下本寺方丈智通、明珠禅师、铁掌仙祝鹗、霹雳手尉迟元、飞天夜叉马觉几个人在寺中留守；其余的人均在十五申末酉初，同时往辟邪村出发。这且不言。

话说昨晚追云叟与矮叟朱梅正同各位剑仙在玉清观闲话，忽然醉道人与顽石人师匆匆飞进房来，说道："适才我二人在慈云寺树林左近，分作东西两面探看。不多一会儿，先后看见五人分别驾起剑光飞入慈云寺。后来追上去看，才知是小弟兄中的齐灵云姊弟，同着周轻云、朱文、吴文琪、孙南、笑和尚等七人。起初颇见胜利。后来俞德、龙飞出来，我二人便知事情不好，果然俞德将红沙放将出来。幸喜齐灵云身旁飞起一片乌云，将他们身体护住。虽未遭毒手，但是已被敌人红沙困住，不能脱身。我二人力微势孤，不能下去救援，特地飞回报告，请二老急速设法才好。"髯仙李元化一听爱徒有了红沙之危，不禁心惊，说道："这几个孩子真是胆大包身，任意胡为！久闻俞德红沙厉害，工夫一大，必不能支。我等快些前去救他们吧。"矮叟朱梅笑道："李胡子，你真性急。这有什么大不了的事，用得着这般劳师动众么？"李元化见朱梅嬉皮笑脸，正要答言，忽听门外有人说道："诸位前辈不必心忧，他们此番涉险，我事前早已知道，代他们占了一卦，主于得胜回来，还为下次邀来一位好帮手。如有差错，惟我是问好了。"髯仙闻言，回头一看，见是玉清大师。虽知她占课如神，到底还是放心不下，便要邀请白云大师同去看一看动静。追云叟笑道："李道兄，你真是遇事则迷。令徒孙南福泽甚厚，小辈中只有他同少数的几个人一生没有凶险。轻云、灵云姊弟与笑和尚，生具仙缘，更不消说得。就连朱文、吴文琪二人，也不是夭折之辈。红沙虽然厉害，有何妨碍？我等既然同人家约定十五之期，小弟兄年幼胡闹，已是不该，我等岂能不守信约，让敌人笑话？你不用忧惊，他们一会儿自然绝处逢生，化险为夷。落得借敌人妖法管教自己徒弟，警戒他们下次。你怕着何来？"正说话间，忽听远远一个大霹雳，好似从慈云寺那面传来。追云叟笑道："好了，好了，苦行头陀居然也来凑热闹了。"说罢，招指一算，便对醉道人、顽石大师、髯仙李元化三人说道："苦行头陀与晓月禅师同时来到慈云寺，被苦行头陀用太乙神雷破了红沙，一会儿便同他们回来。他弟子笑和尚贪功心切，最后回来时，恐怕要遭晓月禅师毒手。三位道友在辟邪村前面一座石桥旁边等候，如见晓月禅师追来，由顽石大师把笑和尚接回，醉、李二位道友就迎上前去。晓月禅师昔日曾受二位道友的好处，必不好意思动手，二位就此回来便了。"醉道人等听完追云叟之言，各自依言行事。

他三人才走不远，苦行头陀已将灵云等六人救回。二老同各位剑仙，便率同小辈剑侠一齐上前拜见。苦行头陀见了二老，各合掌当胸地把前事说了一遍。苦行头陀道："阿弥陀佛！为峨眉的事，我又三次重入尘寰了。"矮叟朱梅道："老禅师指日功行圆满，不久就要超凡入圣，还肯为尘世除害，来帮峨眉派的大忙，真正功德无量。只便宜了齐漱溟这个牛鼻子，枉自做了一个掌教教祖，反让我们外人来替他代庖，自己却置身事外去享清净之福，真正岂有此理！"苦行头陀道："朱檀越错怪他了。他为异日五台派有两个特别人物，第三次峨眉斗剑，关系两派兴亡，不得不预先准备。因恐泄露机密，才借玄真子的洞府应用。日前又把夫人请去相助。知道慈云寺里有许多会邪法妖术的异派人在内，叫贫僧来助二老同各位剑仙一臂之力。他不能来，正有特别原因，不过眼前不能泄露罢了。"矮叟朱梅道："谁去怪他，我不过说一句笑话而已。"

大家入座以后，追云叟便问灵云适才在慈云寺中情形。灵云起初去的动机，原只想去暗中探一探虚实，并不曾料到金蝉、笑和尚等四人走在前头会动起手来。因未奉命而行，生恐追云叟怪罪，及至将适才情形说完，追云叟同各位前辈并未见责，才放宽了心。对答完后，便退到室旁侍立。猛回头见金蝉在门外朝她使眼色。灵云便走出房来，问他为什么这样张皇。金蝉道："适才我们被红沙所困时，笑和尚借无形剑遁逃走，我以为他早已回来。谁想我问众位师兄师妹，皆说不曾看见他回转。想是被困寺内，如今吉凶难定。姊姊快去请各位师伯设法搭救才好。"灵云起初也以为笑和尚先自逃回，听了金蝉之言，大吃一惊，便进房报告，请二老派人去救。矮叟朱梅道："还用你说，这个小和尚的障眼法儿是瞒不过晓月秃驴的，他偏要不知进退去涉险。适才你白师伯已经派人接他去了，你放心吧。要不然小和尚有难，老和尚在这里会不着急么？"灵云、金蝉闻言，见房中各位前辈俱在，只不见了醉道人等三人，才放宽了心。苦行头陀道："这个业障也真是贫僧一个累赘。贫僧因见他生有凤根，便把平生所学尽数传授。谁想他胆大包身，时常替贫僧惹祸。所幸他来因未昧，天性纯厚，平生并无丝毫凶险，所以适才我也懒得去寻他一同回来。现在有醉道友等三位剑仙去替他解围，贫僧更放心了。"元元大师道："老禅师轻易不收徒弟，一收便是有仙佛根基的高足，异日再不愁衣钵没有传人了。"接着各位剑仙也都夸赞苦行头陀得有传人。大家谈了一阵。直到天色微明，醉道人、髯仙、顽石大师同笑和尚先后回来。那女昆仑石玉珠同笑和尚到了玉清观前，便自道谢作别而去。笑和尚看见师父来了，心中大喜，急忙上前拜见。苦行头陀又训诫了他几句。这时除了这些前辈剑仙外，余人都分别安歇，回房做功夫去了。只有金蝉在门外静等笑和尚回来。一会儿工夫，笑和尚回完了话，退出房来。二人见面之后，携手同到前面，大家兴高采烈地互谈慈云寺内情形。

到了这日晚间，追云叟召集全体剑侠，说道："只剩今日一夜，明日便要和敌人正式交手。何人愿意再往慈云寺去，探看敌人又添了什么帮手，以便早做准备。"笑和尚仗着自己会无形剑遁，可以藏身，不致被敌人发现，便上前讨令。追云叟笑道："你倒是去得的，不过现在他们定来了不少能人，你只可暗中探听虚实，不可露面生事。切记切记！"笑和尚领命后，驾起剑光，飞到慈云寺内，果然看见来了不少奇形怪状之人。他艺高人胆大，本想还要下去扰乱一番，忽见从空中先后降下四人。笑和尚在殿角隐着身形，定睛一看，见有知非禅师在内，顿时吓了一跳。昔日在东海曾经见过，知道他厉害，便不敢乱动。只把身体藏在殿角瓦垄之内，朝下静观。正听得出神之际，忽听知非禅师朝他说话，知道事情不妙。才待要走，已来不及，被知非禅师放出的剑光困住，脱身不得。还算好，敌人剑光只把他周身罩住，不往下落。他便把身剑合一，静等机会逃走。后来知非禅师又对他说了几句，撤回剑光。笑和尚知道厉害，不敢停留，急忙飞回辟邪村向大众报告一切。追云叟道："既然敌人约来了许多帮手，明日千万不可大意。"说罢，又同大众商量明日迎敌之计。

第三十八回　暮接金牌　四剑侠奉命回武当
　　　　　　　　齐集广场　众凶邪同心敌正教

　　那辟邪村外有一座小山，山下有一片广场，地名叫做魏家场。彼时在明末大乱之后，魏家场已成一片瓦砾荒丘，无一户人家，俱是些无主孤坟，白骨嶙嶙，天阴鬼哭。因此人烟稀少，离城又远，又僻静，往往终日不见一个路人走过。峨眉派众剑仙便议定在这里迎敌。当即把众剑侠分为几拨：左面一拨是髯仙李元化、风火道人吴元智、醉道人、元元大师四位剑仙，率领诸葛警我、黑孩儿尉迟火、七星手施林、铁沙弥悟修等分头迎敌；右边一拨是哈哈僧元觉大师、顽石大师、素因大师、坎离真人许元通四位剑仙，率领女神童朱文、女空空吴文琪、齐灵云姊弟分头迎敌；嵩山少室二老追云叟白谷逸、矮叟朱梅及苦行头陀三人指挥全局；白云大师率领周淳、邱林、张琪兄妹、松鹤二童在观中留守，必要时出来助战；玉清大师、万里飞虹佟元奇二位剑仙率领笑和尚、周轻云、白侠孙南三人，暗中前去破寺。分配已定，转眼便过了一夜。

　　第二日清晨，小弟兄们一个个兴高采烈，准备迎敌。到了申初一刻，便陆续照预定方向前去等候。这时，追云叟又派玄真子的大弟子诸葛警我前往慈云寺内送信，通知晓月禅师同慈云寺各派剑仙，申末酉初在魏家场见面。这日天气非常晦暗，不见日光。到了酉初一刻，各位剑仙俱已分别到齐，站好步位，静候慈云寺中人到来。这且不言。

　　话说晓月禅师接了追云叟通知后，召集全体人等商量了一阵，便照预定计划，按时向魏家场进发。到了申初一刻，又回来了武当派有根禅师、诸葛英、沧浪羽士随心一、癫道人这四位有名剑仙。法元见他四位果然按时回来，不曾失约，心中大喜。晓月禅师原巴不得为峨眉派多套上几个对头，对于这四位武当派剑仙到来，自是高兴。

正在周旋之际，忽然庭心降下一道青光，光敛处，一个红绡女子走进殿来。法元不认识来人，正待上前相问，那女子已朝有根禅师等四人面前走来，说道："四位师兄，俺妹子石玉珠，误信奸人挑拨，帮助妖邪，险些中了妖人暗算。家师半边大师已通知灵灵师叔。俺奉师叔之命，现有双龙敕令为证，请四位师兄急速回山。"说罢，脚微蹬处，破空而去。来的这个女子，正是女昆仑石玉珠的姊姊缥缈儿石明珠。原来石玉珠在慈云寺脱险后，回转武当山，见了半边老尼哭诉前情。这半边老尼是武当派中最厉害的一个，闻言大怒，当下便要带了石玉珠姊妹二人，找到慈云寺寻七手夜叉龙飞报仇。恰好她师弟灵灵子来到，便劝半边老尼道："如今各派剑仙互相仇杀，循环报复，正无了期，我们何苦插身漩涡之内？慈云寺这一干人，绝非三仙、二老敌手，何妨等过了十五再说？如果龙飞死在峨眉派手中，自是恶有恶报，劫数当然，也省我们一番手脚；倘或他漏网，再寻他报仇也还不迟。"半边老尼觉得灵灵子之言甚为有理，便决定等过十五再说。石玉珠总觉恶气难消，便把有根禅师、诸葛英、癫道人、沧浪羽士随心一也在寺中的话说了一遍。灵灵子闻言，甚是有气，说道："这四个业障，不知又受何人蛊惑，前去受人利用，真是可恶！"当下便向半边老尼借用石玉珠姊姊缥缈儿石明珠，叫他们回来。临行时，将双龙敕令与她带去，又嘱咐了几句话。那双龙敕令本是一块金牌，当中一道符箓有"敕令"二字，旁边盘着两条龙，乃武当派的家法，见牌如同见师一般，对于传牌人所说的话，决不敢丝毫违背。有根禅师等四人本是受了几位朋友嘱托，又经法元再三恳求，才来到慈云寺中。后来见这一班人淫乱胡为，实在看不下去，非常后悔，住了不多几日，便借故告辞，说是十五前准到。原打算到了十五这日前来敷衍一阵，不过为践前言，本非心愿。他四人尚不知石玉珠同龙飞的这段因果，今日忽见缥缈儿石明珠带了双龙敕令前来传达师父法旨，这一惊非同小可。等到朝着双龙敕令下跪时，石明珠把话说完，便自腾空而去。有根禅师等只得站起身来，朝着法元道："贫僧等四人本打算为师兄尽力，怎奈适才家师派人传令，即刻就要回山听训，不得不与诸位告辞了。"说罢，不待法元回言，四人同时将脚一蹬，破空便起。座中恼了龙飞，知道自己已与武当派结下深仇，索性一不做二不休，开口骂道："你这干有始无终的匹夫往哪里走！"手扬处，九子母阴魂剑飞向空中。癞道人在三人后面正待起身，看见龙飞剑光到来，知道厉害，不敢交锋。口中一声招呼，袍袖一展，四人身剑合一，电掣一般逃回武当山而去。

龙飞还待追时，晓月禅师连忙劝住，说道："此等人有他不多，无他不少。现在时辰已到，何必争这无谓的闲气？急速前去办理正事要紧。"龙飞这才收回剑光，不去追赶。可是从此与武当派就结下深仇了。晓月禅师又道："峨眉派下很有能人，我等此番前去，各人须要看清对手。如果自问能力不济，宁可旁观，也不可乱动。他等不在观中等候，必是诱我前去偷袭。我等最好不要理他，以免上当。"说罢，便照预定方略，把众人分作数队，同往魏家场而去。知非禅师、天池上人、韦少少、钟先生四人却在后面跟随。

慈云寺离魏家场只数十里路，剑光迅速，一会儿便到。他们头一队是新疆牤牛岭火云洞的赤焰道人、金眼狒狒左清虚、追魂童子萧泰，同云南苦竹峡的无发仙吕元子、披发猱猊狄银儿、小火神秦朗，以及南疆留人寨寨主火鲁齐、火无量、火修罗和金身罗汉法元等十人。到了魏家场一看，山前有一片荒地同青枫、黄桷树林，四面俱是坟头，全无一户人家，也不见一个行人。天气阴沉得好似要下雨的神气。这座土山并不甚高，有两团亩许方圆的云气停在半山腰中，相隔有数十丈远近，待升不升的样子。只是看不出敌人在哪里，疑心峨眉派还未到来。正待前进时，晓月禅师、阴阳叟率领第二队的铁钟道人、七手夜叉龙飞、俞德、通臂神猿鹿清、病维摩朱洪、三眼红蜺薛蟒、百花女苏莲、九尾天狐柳燕娘等均已到来。见了这般情状，连忙止住众人，吩咐不要前进，急速将全体人等分成三面展开。正待说话，阴阳叟哈哈笑道："我只道峨眉派是怎样的能人，却原来弄些障眼法儿骗人。我等乃是上宾，前来赴约，怎么还像大姑娘一般藏着不见人呢？"说罢，将手一搓，朝着那两堆白云正要放出剑光。倏地眼前一闪，现出两个老头儿：一个穿得极为破烂，看他年纪有六七十岁光景；一个身高不满四尺，生得矮小单瘦，穿了一件破旧单袍，却是非常洁净。这两个老头虽然不称俗眼，可是在慈云寺这一班人眼中，却早看出是一身仙风道骨，不由便起了一种又恨又怕的心意。那阴阳叟估量这两个老头便是名驰宇内的嵩山少室二老追云叟白谷逸和矮叟朱梅。他虽未曾见过，今日一见，也觉话不虚传。便退到一旁，由追云叟与晓月禅师去开谈判。

只听追云叟说道："老禅师，你同峨眉派昔日本有同门之谊。那五台、华山两派，何等凶恶奸邪，横行不法，齐道友受了令师长眉真人法旨，勤修外功，铲尽妖邪。你道行深厚，无拘无束，何苦插身异端胡作非为呢？你的意思我原也知道，你无非以为混元祖师死后，五台派失了重心，无人领袖，你打算借目前各派争斗机会，将他们号召拢来创成一派，使这一干妖孽奉你为开山祖师，异日遇机再同齐道友为难，以消昔日不能承继道统之恨。是与不是？以玄真子之高明，胜过你何止十倍，他都自问根行不如齐道友，退隐东海。你想倒行逆施，以邪侵正，岂非大错？依我之见，不如趁早回转仙山，免贻后悔，等到把那百年功行付于一旦，悔之晚矣！"晓月禅师闻言大怒，冷笑一声，说道："昔日长眉真人为教主时，何等宽大为怀。自从齐漱溟承继道统以来，专一纵容门下弟子，仗势欺人，杀戮异己。又加上有几个助纣为虐的小人，倚仗本领高强，哪把异派中人放在眼里。如今已动各派公忿，都与峨眉派势不两立。贫僧并不想做什么首领，不过应人之约，前来凑个热闹。今日之事，强存弱亡，各凭平生所学，一见高低。谁是谁非，暂时也谈不到，亦非空言可了。不过两方程度不齐，难以分别胜负。莫如请二位撤去雾阵，请诸位道友现身出来，按照双方功夫深浅，分别一较短长。二位以为如何？"追云叟笑道："禅师既然执迷不悟，一切听命就是。"矮叟朱梅便对追云叟道："既然如此，我等就无须客气了。"说罢，把手朝后一抬，半山上左右两旁，十六位剑仙现身出来。二老将身一晃，也回到山上。

话说那火云洞三位洞主同南疆留人寨三位寨主，原来是贵州野人山长狄洞哈哈老祖的徒弟，晓月禅师是他等六人的师兄。起初晓月禅师接着许飞娘请柬，知道三仙、二老厉害，本不敢轻易尝试。后来又想起五台派门下甚多，何不趁此机会号召拢来，别创一派，一洗当年之耻？因为觉得人单势孤，便到贵州野人山长狄洞去请他师父哈哈老祖相助。谁知哈哈老祖因走火入魔，身体下半截被火烧焦，不能动转，要三十年后才能修炼还原。晓月便把这六个师弟约来，另外还请了些帮手相助。他知道长眉真人遗留的石匣飞剑，是他致命一伤。却偏偏无意中在黄山紫金泷中，将断玉钩得到手中。此钩能敌石匣飞剑，因而有恃无恐。适才同二老说话时，赤焰道人不知二老的厉害，见二老语含讥讽，几番要上前动手，俱被晓月禅师使眼色止住。及至二老回转山头，晓月禅师便问众人："哪位愿与敌人先见高低？"当下留人寨三位寨主同赤焰道人口称愿往。晓月禅师再三嘱咐小心在意。四人领命，才行不到数步，对面山头已经飞下两个道人、一个和尚、一个尼姑。来者正是醉道人、髯仙李元化、元觉禅师、素因大师四位剑仙。原来追云叟同晓月禅师见面后，知道晓月禅师心虚，愿意一个对一个。正待派人出战，忽见敌人那边出来四个奇形怪状的妖人，便问哪位道友愿见头阵。醉道人、髯仙李元化、元觉禅师、素因大师同称愿往。说罢，一同飞身下山。那赤焰道人头戴束发金冠，身穿一件烈火道袍，赤足穿了一双麻鞋，身高六尺，面似朱砂，尖嘴凹鼻，兔耳鹰腮，腰佩双剑，背上还挂着蓝色的葫芦。火氏兄弟三人，头上各扎了一个尺来长的大红包头，身穿一件大红半截衣服，也是赤脚，各穿一双麻鞋，身高丈许，蓝面朱唇，两个獠牙外露，腰中各佩一口苗刀。他三人俱是一个模样，一个打扮，形状凶恶已极。四位剑仙见敌人打扮异样，知道南疆寨中人多会妖术邪法，愈加小心在意。

赤焰道人见了敌人，不待搭话，用手一拍剑囊，便有一道蓝光飞将出去。醉道人正在前面，连忙放出剑光迎敌。火氏弟兄也各把苗刀飞起空中，又是三道蓝光，直朝髯仙等三人头上落下。髯仙李元化、元觉禅师、素因大师三位剑仙更不怠慢，各将自己剑光迎敌。战场上二青二白四道剑光敌住四道蓝光，在空中上下飞舞。不多时候，蓝光渐渐不能支持。赤焰道人见不能取胜，心中焦急，拔开腰中葫芦盖，念念有词，由葫芦内飞出数十丈烈焰，直朝四位剑仙烧去。素因大师哈哈大笑道："妖术邪法，也敢前来卖弄！"用手朝着空中剑光一指，运用全神，道一声："疾！"她那道白光立时化成无数剑光，将赤焰逼住，不得前进。元觉禅师见这般景况，忽地收回剑光，身剑合一，电也似一般快，直朝赤焰道人身旁飞下。赤焰道人见烈火无功，十分焦急。正待施展别的妖法时，忽见一道白光从空飞下，知道不好，想逃已来不及，"哎呀"一声未喊出口，业已尸横就地。火氏兄弟见赤焰道人身死，大吃一惊，精神一分，三道蓝光无形中减少若干光芒。看看难以抵抗，恰好自己阵中又飞出数十根红线，将髯仙等剑仙敌住，才能转危为安。火氏弟兄见添了帮手，重又打起精神，指挥刀光拼命迎敌。

元觉禅师斩了赤焰道人，正待飞回助战，敌人阵上，铁钟道人见赤焰道人身死，心中大怒，飞身上前，放出一道青光，与元觉禅师战在一处。金身罗汉法元、小火神秦朗见火氏弟兄情势危急，双双飞到阵前，各将剑光放起。端的金身罗汉剑术非比寻常，峨眉三位剑仙的剑光堪堪觉着吃力。那元觉禅师会战铁钟道人，本是势均力敌。三眼红蜺薛蟒见自己这边添了三个帮手，敌人阵上仍是适才那四个人，看出便宜，也将剑光飞出，同铁钟道人双战元觉禅师。元觉禅师一人独战两个异派剑仙，虽不妨事，也很费手脚。双方拼命支持，又战了一会儿工夫。

那晓月禅师深知自己这边人程度很不齐，愿意同峨眉派单打独斗，以免艺业低能的人吃亏，本不愿大家齐上。谁知慈云寺来的这一干人打错了主意。先自恃自己这边人多，峨眉派那边尚不见动静。后来又见法元、秦朗、火氏弟兄声威越盛，峨眉派的剑光又渐渐支持不住，便想以多为胜，趁敌人不防，去占一个便宜，先杀死几个与赤焰道人报仇再说。大家不约而同地相互使了一个眼色，各人同时连人带剑飞向战场。头一个便是七手夜叉龙飞，他后面跟着俞德、披发狻猊狄银儿、百花女苏莲、九尾天狐柳燕娘、通臂神猿鹿清、病维摩朱洪。这七人刚刚飞到战场，忽听对面山头上十数声断喝道："无耻妖人，休要以多为胜！"接着电一般疾，飞下十来条剑光。登时战场上更加热闹起来，除了醉道人、髯仙李元化、素因大师仍战火氏弟兄，元觉禅师仍战铁钟道人外，峨眉派这边风火道人吴元智接战小火神秦朗，元元大师接战金身罗汉法元，黑孩儿尉迟火接战九尾天狐柳燕娘，女空空吴文琪接战百花女苏莲，诸葛警我接战病维摩朱洪，坎离真人许元通接战俞德，铁沙弥悟修接战通臂神猿鹿清，女神童朱文接战三眼红蜺薛蟒，顽石大师接战七手夜叉龙飞，七星手施林接战披发狻猊狄银儿。一共是十三对二十六人，数十道金、红、青、白、蓝色光华，在这暮霭苍茫的天空中龙蛇飞舞，杀了个难解难分。

晓月禅师见敌人阵上忽然出来许多能人，情知中了诱敌之计，业已无可挽回，便要请阴阳叟、知非禅师等出去与二老见一个胜负。知非禅师推说尚未到出去时候。阴阳叟却只把一双色眼不住向几个年轻的峨眉派剑仙身上注意，晓月禅师同他说话，好似不曾听见。这几个人正在商议之间，战场上业已起了变化。原来追云叟因要看敌人虚实，早按预定计划，让敌人先上，好量力派人迎敌，以免小辈剑仙吃亏。及至见龙飞等一拥而来，知道再若迟延，场上四位剑仙难免吃亏，当下便派了十来位剑仙分头迎敌。又悄悄对矮叟朱梅嘱咐了几句。朱梅闻言，隐身自去，这且不言。

话说女神童朱文迎敌薛蟒，飞身到了他的面前，且不动手，一声娇叱道："无知业障，你可认得俺么？"薛蟒住在黄山，知道朱文是餐霞大师得意门徒，不敢怠慢，急忙收回与元觉禅师对敌的剑光，向朱文头上飞去。朱文哈哈笑道："鼠子不要害怕，你家姑娘决不暗算于你。"说罢，便将剑光放起，与薛蟒的剑光斗在一起。薛蟒的剑光原本不弱，怎奈朱文自服肉芝后，功行精进，又加上新近得了几样法宝，本领越加高强。她见敌人厉害，难以取胜，左手摇处，又将餐霞大师所赐的虹霓剑飞起空中。薛蟒本自力怯，忽见一道红光飞将过来，知道不好，忙喊："师姊饶命！"朱文早先在黄山原常和他在一处玩耍，因为他心术险恶，又因他陷害他师兄苦孩儿司徒平，才不去理他。如今见他口称饶命，不禁动了恻隐之心，急忙收回剑光时，剑光早已扫着薛蟒的脸，将他左眼刺瞎，连左额削下，血流如注。还算朱文收得快，不然早一命呜呼了。这时薛蟒空中的剑光已被朱文的剑光压迫得光芒渐失。朱文喝道："看在你师兄面上，饶你不死，急速收剑逃命去吧！"薛蟒侥幸得逃活命，哪敢还言，急忙负痛收回剑光，逃往黄山去了。

朱文战败薛蟒，便往中央战场上飞来，正赶上通臂神猿鹿清、披发狻猊狄银儿与峨眉派的七星手施林、铁沙弥悟修对敌，四人五道剑光正杀了个难解难分。不曾料到朱文从后面飞来，剑光过处，狄银儿尸横就地。鹿清见狄银儿已死，稍微疏神，便被铁沙弥悟修的双剑一绞，把剑光绞断。鹿清知道不好，才待抽身逃走，正遇朱文一剑飞来，拦腰斩为两段。

火氏弟兄三人会战髯仙李元化、醉道人、素因大师，本显吃力，又被剑光逼住，急切间施展不得妖法。再加上施林、朱文、悟修三个生力军，不由心慌意乱，一眨眼的工夫，火修罗被素因大师一剑斩为两段。素因大师道："二位前辈与三位道友，除却这两个妖人，待我去助顽石大师一臂之力。"说罢，飞身往顽石大师这边，助他会战龙飞。不提。

火鲁齐、火无量见兄弟惨死，又急又痛，一个不留神，火鲁齐被醉道人连肩带头削去半边，死于就地。火无量被髯仙、朱文、悟修三人的剑光一绞,将他的蓝光绞为两截。还算他见机得早,没有步他两个兄弟的后尘,施展妖法,一溜火光逃回南疆去了。百花女苏莲会战女空空吴琪,如何能是对手,只一会儿工夫,便被吴文琪破了剑光,死于就地。九尾天狐柳燕娘会战黑孩儿尉迟火,刚刚打了一个平手。忽然百花女苏莲惨死,女空空吴文琪朝着自己飞来,知道不好,不敢恋战,急忙从空中收回剑光,身剑合一,逃命去了。

这时龙飞战顽石大师,施展了九子母阴魂剑。顽石大师眼看支持不住,正在危险之际,恰好齐氏姊弟赶来,才得抵挡一阵。原来金蝉在山头上几次想要上前助战,都被姊姊灵云拦住。他见顽石大师情势危险,灵云正在一心观战之际,倏地运动鸳鸯霹雳剑飞下山来。灵云怕他有失,只得随他上前,双双帮助顽石大师三战龙飞。龙飞的九子母阴魂剑一出手,便是一青八白九道光华,非常厉害。忽见敌人添了两个帮手,一时性起,便将二十四口九子母阴魂剑同时放将出来,共是二百一十六道剑光飞舞空中,满天绿火,鬼气森森,将灵云姊弟、顽石大师包围在内。正在紧急之间,素因大师、髯仙李元化、醉道人先后赶到,他们三人才得转危为安,努力支持。这且不言。

话说朱文战胜之后,便打算跟随醉道人等加入顽石大师这面,同战龙飞。正待起身,忽地前面漆黑,接着便有一缕温香,从鼻端袭来,使人欲醉,登时觉得周身绵软,动转不得,连飞剑也无从施展。正在惊异之间,忽见一道五彩光华从自己胸前透出,登时大放光明,把一个月黑星昏的战场,照得清清楚楚。战场上各派剑光仍在拼命相持。又见离自己不远,站定两个老头儿,手舞足蹈,又像比拳,又似在那里口角。一个正是自己新认的师父矮叟朱梅。那一个生得庞眉皓首,鹤发童颜,是男不男、女不女的打扮。猛想起适才曾有五彩光华从自己身上出来,破了妖法。便往身上去摸,正摸着矮叟朱梅给她的那一面天遁铜镜。自从那日到手后,从未有机会用过,今日无意中倒救了自己。便从怀中将镜取出,出手有五彩光华照彻天地。她便往矮叟朱梅这边走来,打算看看他同那人说些什么。正往前走,矮叟朱梅忽地喝道:"朱文休得前进!快将天遁镜去救各位道友脱险。这个妖人由我对付。"朱文闻言,猛回首一看,把她吓了一跳,只见满天绿火、剑光、红线、金光如万道龙蛇,在空中飞舞不住。敌人那边又飞出几条匹练似的青光白光,直往剑光层上穿去。还未到达,小山头上也飞下两三道匹练般的金光,将白光敌住。朱文知道顽石大师那边势弱,不敢急慢,一手执着天遁铜镜,向龙飞那边飞去。

作书的一支笔难写两家话,且待下回分解。

第三十九回　宝镜散子母阴魂　诸剑仙斗法完小劫
　　　　　　　神雷破都天恶煞　一侠女轻敌受重伤

　　话说那晓月禅师见出去的人连连失利，火氏弟兄又死了二人，爱徒鹿清也被敌人剑光所斩，又急又痛，又愧又气。当下不计利害，长叹一声，便把自己两道剑光，运动先天一气，放将出来。知非禅师、天池上人、游龙子韦少少、钟先生四位剑仙起初不动手，原是厌恶慈云寺这一班妖人，想借峨眉派之手除去他们。及至见出去的人死亡大半，晓月禅师又意在拼命，即然应约而来，怎好意思不管，便各将剑光飞起。这五人的剑光非比寻常，追云叟怎敢怠慢，便同苦行头陀各将飞剑放出迎敌。金光、白光、青光在空中绞成一团，不分胜负。这且不言。

　　那阴阳叟此来，原是别有用心。他也不去临敌，只把全神注意在峨眉派一干年轻弟子身上。他见朱文长得满身仙骨，美如天仙，不禁垂涎三尺。借着一个机会，遁到朱文身旁，施展五行挪移迷魔障，将朱文罩住。正待伸手擒拿，忽地屁股上被人使劲拍了一下，简直痛彻心扉，知道中了敌人暗算，顾不得拿人。回头看时，拍他的人正是矮叟朱梅。心中大怒，便用他最拿手的妖法颠倒迷仙五云掌，想将矮叟朱梅制住。他这一种妖法，完全由五行真气，运用心气元神，引人入窍，使他失去知觉，魂灵迷惑，非常厉害。才一施展，朱梅哈哈笑道："我最爱看耍狗熊，这个玩意，你就随便施展吧。"阴阳叟见迷惑朱梅无效，又不住地眉挑目语，手舞足蹈起来。他这一种妖法，如遇不懂破法的人，只要伸手一动，便要上当。朱梅深知其中奥妙，任他施为，打算等他妖法使完，再用飞剑将他斩首，以免他逃走，再去害人。猛见朱文朝自己走来，怕她涉险，急忙叫她回去。稍一分神，便觉有些心神摇摇不定，不能自主。暗说一声："好厉害！"急忙镇住心神,静心观变。那阴阳叟见妖法无效,便打算逃走。朱梅已经觉察,还未容他起身,猛将剑光飞起,将阴阳叟斩为两截。只见一阵青烟过处,阴阳叟腹中现出一个小人,与阴阳叟生得一般无二,飞向云中,朝着矮叟朱梅说道:"多谢你的大恩,异日有缘,再图补报。"原来他已借了朱梅的剑光,兵解而去。朱梅原是怕他遁走,才一个冷不防拦腰斩去,谁想反倒成全了他。

再看战场上,业已杀得天昏地暗。七手夜叉龙飞已经逃走。小火神秦朗,被铁沙弥悟修、风火道人吴元智腰斩为两段。晓月禅师见秦朗被杀,自己一时不能取胜,分了一支剑光,朝吴元智飞来。吴元智斩了秦朗,正待回首,忽见晓月禅师剑光飞来,要躲已来不及,剑光过处,尸横就地。悟修知道厉害,不敢迎敌,忙驾剑光逃回玉清观而去。俞德与坎离真人许元通斗剑,因为红沙早被苦行头陀所破,仅能战个平手。偏偏诸葛警我将病维摩朱洪断去一臂,朱洪驾剑光逃走后,便又跑来帮助许元通,双战俞德。俞德见自己的人死的死,逃的逃,又见敌人添了帮手,知不是路,偷个空收回剑光,逃回西藏去了。铁钟道人独斗元觉禅师,正在拼命相持,忽见坎离真人许元通与诸葛警我跑来助战,不禁慌了手脚。先是许元通青白两道剑光飞去,铁钟道人正待迎敌,不想斜刺里诸葛警我又飞来一剑,铁钟道人欲待收回剑光逃走,已是不及,被元觉禅师、坎离真人许元通与诸葛警我等三人的剑,同时来个斜柳穿鱼式,将他斩成四截。他用的那一口剑,本是一口宝剑炼成,主人死后便失了重心,一道青光投回西北而去,从此深藏土内,静等日后有缘人来发现。不提。

三位剑仙见敌人已死,便跑过来帮助元元大师同战法元。那边战龙飞的各位剑仙,自龙飞逃后,便加入二老这面助战。那七手夜叉龙飞是怎么逃走的呢?原来七手夜叉龙飞独战峨眉各位剑仙,他见灵云姊弟的剑光厉害,又加上素因大师的剑光是受了神尼优昙的真传,非比寻常。后来醉道人及各位剑仙先后加入,未免觉着有些吃力。龙飞着了急,暗运五行之气,披散头发,咬破中指,朝着他的剑光喷去。果然九子母阴魂剑厉害,不多一会儿,顽石大师与髯仙李元化的剑光受了邪污,渐渐暗淡无光。顽石大师知道不好,待飞身退出,稍一疏神,左臂中了一剑。金蝉看见顽石大师危在顷刻,将霹雳剑舞成一片金光,飞到顽石大师身旁,紧紧护卫,不敢离开一步。髯仙李元化见顽石大师受了剑伤，自己剑光受挫，四面俱被敌人的剑光包围，难以退出。正在危机一发之际，忽见一道五彩光华，有丈许方圆粗细，从阵外照将进来。接着便见一个青衣女子，一手持着一面宝镜，一手舞动一道红光，飞身进来。

来者正是女神童朱文，那五彩光华，便从她那面镜上发将出来。光到处，二百一十六口九子母阴魂剑，纷纷化成绿火流萤，随风四散。众剑仙见朱文破了九子母阴魂剑，立时精神抖擞，纷纷指挥剑光向龙飞包围上来。那龙飞见顽石大师受伤，峨眉众剑仙威风大挫，原是高兴已极，满打算将敌人一网打尽。忽见一道五彩光华从空而降，便知遇见克星。急忙收回剑光时，已来不及，被那五彩光华破去二十一口。数十年苦功，付于一旦，心中又痛又急。知道再不见机，性命难保，忙带着残余的子母阴魂剑，化阵阴风而去。等到众剑仙包围上来，他已走了。众剑仙见顽石大师伤势甚重，昏迷不醒，当下由醉道人、髯仙李元化二人驾剑光将她背回辟邪村去，设法医救。这里众人便去帮助二老会战晓月禅师。暂且不提。

金眼狻猊左清虚、追魂童子萧泰、无发仙吕元子原是被赤焰道人强迫邀来，见赤焰道人一死，峨眉势盛，知道难以讨得便宜，不等交手就溜走了。这时战场上，慈云寺方面死的死，逃的逃，只剩下晓月禅师、金身罗汉法元、天池上人、游龙子韦少少、钟先生，与二老、苦行头陀及各位剑仙拼命相持。晓月禅师见自己带来的这许多人，不到几个时辰，消灭大半，又是惭愧，又是忿恨。自己的剑光敌住追云叟已经显出高低，若非钟先生的剑光相助，早已失败。明知今天这场战事绝对讨不了半点便宜，只是自己请来的帮手，都在奋勇相持，如何好意思败走。后来见敌人的生力军越来越多，声势大盛。那峨眉派中小一辈的剑仙，更是狡猾不过，他们受了素因大师的指点，知道敌人剑光厉害，并不明张旗鼓上前助战，只在远处站立旁观，看出晓月禅师等的一丝破绽，各人便把剑光从斜刺里飞将过来。等到敌人收剑回来迎敌，他们又立时收剑逃走。晓月禅师等欲待追赶，又被二老、苦行头陀同长一辈剑仙的剑光苦苦跟定。似这样出没无常，左右前后尽是敌人，把晓月禅师同金身罗汉法元累了个神倦力竭，疲于奔命。

不一会儿工夫，法元的剑光突被元元大师的剑光压住。朱文在远方看出便宜，将虹霓剑从法元脑后飞来。还算法元剑术高强，久经大敌，知道事情不妙，连忙使劲从丹田内运用五行真气，朝着自己的剑光用力一吸，将元元大师压住的数十道红线，猛地往回一收，元元大师的剑光一震动间，被法元将剑收回。刚敌住朱文飞来的虹霓剑时，元元大师、素因大师两口飞剑当头又到。法元见危机四布，顾不得丢脸，将足一蹬，收回他的数十道红线，破空而去。众剑仙也不去追赶，任他逃走了。

晓月禅师见法元被一小女孩赶走，更加着忙，暗骂道："你们这一班小畜生，倚势逞强，以多为胜。异日一旦狭路相逢，管教你等死无葬身之地便了！"二老与苦行头陀若论本领，早就将晓月禅师擒住。皆因他请来的这四个帮手，俱是昆仑派中有名人物，知非禅师等的师父一元祖师与憨僧空了，俱都护短；况且闻说知非禅师此来，系碍于晓月禅师情面，非出本心。故不愿当面显出高低，与昆仑派结恨。知道晓月禅师早晚必应长眉真人的遗言，受石匣中家法制裁。此时却是劫数未到，乐得让他多活几天。因此只用剑光将他困住，却由小一辈的剑仙去同他捣乱，让他力尽神疲，知难而退。

谁知那游龙子韦少少却会错了意，疑心二老故意戏弄于他，不住地运动五行真气，朝着他那口剑上喷去，同矮叟朱梅对敌。朱梅起初原和追云叟一样心思，后来见游龙子韦少少不知好歹，不禁心中有气，暗想："这样相持何时可了？不如给他一点厉害再说。"便把手朝着自己的剑光连指几指，登时化成无数道剑光，朝游龙子韦少少围上来。正好素因大师赶走法元，又一剑飞来。韦少少慌了手脚，神一散，被朱梅几条剑光一绞，立时将他的剑光绞为两段。素因大师的剑乘机当头落下。朱梅见韦少少危机系于一发，不愿结仇，急忙飞剑挡住。韦少少知道性命难保，长叹一声，瞑目待死。忽然觉得半晌不见动静，睁眼看时，只见矮叟朱梅笑嘻嘻地站在面前，向他说道："老朽一时收剑不住，误伤尊剑，韦道友休得介意，改日造门负荆吧。"韦少少闻言，满面羞惭，答道："朱道友手下留情，再行相见。"说罢，也不同别人说话，站起身来，御风而去。

晓月禅师见韦少少也被人破了飞剑逃走，越加惊慌。忽听追云叟笑道："老禅师，你看慈云寺已破，你的人死散逃亡，还不回头是岸，等待何时？"晓月禅师急忙回头一看，只见慈云寺那面火光照天，知道自己心愿成为梦想，不禁咬牙痛恨。当下把心一横，暗生毒计，一面拼命迎敌，一面便把他师父哈哈老祖传的妖术十二都天神煞使将出来。这十二都天神煞非常厉害，哈哈老祖传授时节，曾说这种魔法非同小可，施展一回，便要减寿一纪，或者遭遇重劫一次，不到性命交关之际，万万不能轻易使用。今日实在是恼羞成怒，才使出这拼命急招。当下将头上短发抓下一把，含在口中，将舌尖咬破，口中念念有词，朝着战场上众剑仙喷去。立时便觉阴云密布，一团绿火拥着千百条火龙，朝着众剑仙身上飞来。知非禅师等三人见韦少少已被矮叟朱梅破了飞剑，又悔又气，又恨矮叟朱梅不讲交情："难道你就没听你们来人回报，不知我等俱是为情面所拘，非由本意？"矮叟朱梅这一剑，从此便与昆仑派结下深仇。这且不提。

话说知非禅师、天池上人、钟先生三人，虽然忿恨矮叟朱梅，但是皆知二老与苦行头陀的厉害，万无胜理，早想借台阶就下，正苦没有机会。忽见晓月禅师使用都天神煞，知道他情急无奈，这种妖法非常厉害，恐怕剑光受了污染，便同时向对面敌人说道："我等三人与诸位道友比剑，胜负难分。如今晓月禅师用法术同诸位道友一较短长，我等暂时告退，他年有缘再相见吧。"说罢，各人收了剑光，退将下来。二老连忙约束众人，休要追赶。

这时绿火乌云已向众剑仙头上罩下，二老、苦行头陀忙唤众剑仙先驾剑光回玉清观去。众剑仙闻言，忙往后退。朱文倚仗自己有宝镜护体，不但不退，还抢着迎上前去。谁想晓月禅师的妖法非比寻常，朱文前面绿火阴云虽被宝镜光华挡住，不能前进，旁边的绿火阴云却围将上来。矮叟朱梅见朱文涉险，想上前拉她回来，已来不及了。那晓月禅师施出妖法后，见对阵上众剑仙后退，只留下二老同苦行头陀三人。当他正驱着妖法前进之时，忽见二老身后飞出个少年女子，手拿着一面宝镜，一手发出一道剑光，镜面发出数十丈五彩光华，将他的阴云绿火冲开一条甬道。晓月禅师暗自笑道："无怪他三人不退，原来想借这女子的镜子，来破我的法术，岂非是在做梦？"他见正面有五彩光华挡住去路，便将身子隐在阴云绿火之中，从斜刺里飞近朱文左侧，口中念念有词，一口血喷将过去。朱文立时觉得天旋地转，晕倒在地。晓月禅师迈步近前，正要用剑取朱文首级，忽见眼前两道金光一耀，急忙飞身往旁边一跃。就在这一腾挪间，眼看一个粉妆玉琢的小孩，手舞两道金光，将地上那个女孩救去。他这十二都天神煞，乃是极厉害的妖法，普通飞剑遇上便成顽铁，不知这个小孩的剑光，何以不怕邪污？好生不解。不由心中大怒，急忙从阴云绿火中追上前去。正待在那小孩身后再行施法，忽然震天的一个霹雳，接着一团雷火，从对阵上发将出来，立刻阴云四散，绿火潜消。同时天空中也是浮翳一空，清光大放。一轮明月，正从小山脚下渐渐升起，照得四野清澈，寒光如昼。那晓月禅师被这雷声一震，内心受了妖法的反应，晕倒在地。等到醒来时，已睡在南川金佛寺方丈室内禅床之上。原来他使用邪术时，知非禅师等知他虽用绝招，仍难讨好，不忍心看他灭亡，把数百年功行付于一旦，便在远处瞭望。及至见他被苦行头陀的太乙神雷震倒，知非禅师、天池上人双双飞到战场，口中说道："诸位道友，不为已甚吧。"说罢，便将他夹在胁下，同了钟先生，将他带回金佛寺，用丹药医治，调养数月，才得痊愈。从此，与峨眉派结下的仇恨愈发深重。这且不提。

至于金蝉何以不怕妖法，其中有几种原因，待我道来。原来金蝉同朱文两人，只差两三岁年纪。餐霞大师与金蝉前身的母亲妙一夫人荀兰因，原是同道至好，一个在九华，一个在黄山，相隔不远，双方来往非常亲密。彼时金蝉与朱文都在六七岁光景，各人受了母亲的传授，从小就在山中学习轻身之术，两小无猜，彼此情投意合。起初还是随着大人来往，后来感情日深，每隔些日，不是你来寻我，便是我来寻你，青梅竹马，耳鬓厮磨，一混就是十来年。二人天生异质，生长名山，虽不懂得什么儿女私情，可是双方只要隔两三天不见，就仿佛短了什么似的。似这样无形中便种下了爱根。妙一夫人与餐霞大师知前缘注定，也不去干涉他们，任他二人往来自在，只对于他们的功课并不放松就是了。他们这一对金童玉女，既有剑仙做母师姊妹，自己本身又是生就仙根仙骨，小小年纪便练成一身惊人本领。分住在黄山、九华这洞天福地的一双两好，每日做完功课，手拉手，满山中去探幽选胜，斗草寻芳，越岭探山，追飞逐走。本不知道什么叫做男女之爱，那干净纯洁的心灵，偏偏融成一片，兀自纠结不开。及至朱文中了罗㮾的白骨箭，服了芝血以后，忽然大彻大悟。加以年事已长，渐渐懂得避嫌，不肯和金蝉亲近。金蝉本有些小孩子脾气，他见朱文无端同他冷淡，疑心是自己无意中开罪于她，不住地向朱文赔话。朱文总说："没有什么开罪。我近因自己本领不济，要想用功练剑，没有工夫再陪你玩，请你不要见怪。"金蝉闻言，哪里肯信，仍是时常问长问短。朱文见他老是麻烦，后来索性不见他面，也不到九华来玩。金蝉本是小孩脾气，也赌气不再寻她。朱文又觉好端端地拒人于千里之外，未免叫人难堪。可是金蝉不来，也未便再去寻他赔话。后来灵云姊弟奉了母亲妙一夫人之命，叫他二人同白侠孙南到黄山见餐霞大师，约朱文同女空空吴文琪下山，到成都参加破慈云寺。等到破寺之后，各人不必回山，就在人间修炼那道家的三千外功，顺便替汉族同胞出些不平之气。五人领命下山时，金蝉见朱文仍不大理他，又难过，又生气。且喜到了成都，同门小弟兄姊妹甚多，尚不十分寂寞，索性同朱文拗到底，看看谁先理谁，二人平日大不似从前亲近。此次同慈云寺一干人交锋，金蝉见朱文到处立功，为她高兴。当他知道今日敌人方面能手甚多，又替她担心。后来会战晓月禅师同昆仑四友，小辈弟兄们受了素因大师的指教，只在远处放放冷剑，并不上前。灵云更是怕金蝉涉险，寸步不离，他连飞剑都使不出去。正觉着没有兴味，忽见慈云寺火光照天，接着昆仑四友收回剑光，晓月禅师施展妖法。灵云正要拉金蝉回辟邪村去，偏偏朱文倚仗天遁镜，可以以正压邪，便飞身进入阴云绿火之中。矮叟朱梅一把没有拉住她，知道朱文危险，忙喊苦行头陀快破妖法，不然朱文性命难保。金蝉一听是朱文性命难保，一着急，也顾不得说话，脚一蹬，也飞进绿火中去。此时朱文晕死在地，正赶上晓月禅师放出剑光，要取朱文的性命。金蝉不管三七二十一，剑光一指，两道金光如蛟龙一般，飞向晓月禅师头上。就在晓月禅师一腾挪间，就地上抱起朱文逃将回来。还未到达地点时，那苦行头陀已将太乙神雷放出，破了妖法。晓月禅师却被知非禅师、天池上人等救回山去。

金蝉忙看怀中的朱文，已是面如金纸，牙关紧闭，一阵伤心，几乎落下泪来。矮叟朱梅忙道："尔等休得惊慌，快背回观中去，等我回来时再说。"正说着，忽见慈云寺那面一朵红云，照得四野鲜红如血。二老见状大惊，忙对众人说道："各位道友同门下弟子，一半将吴道友尸身抬回玉清观去，一半速将战场上死尸化去，再行回观。对于受伤的人，不要惊慌，等我三人回来再说。"说罢，二老与苦行头陀将身一晃，顷刻间已到了慈云寺内。

这时破寺的几位剑仙，正在九死一生之际，见二老与苦行头陀到来，心中大喜。同时又听空中一声佛号，声如洪钟，一道金光过去，又降下一位女尼姑来。敌人见凭空来了这几位前辈有名剑仙，有知道厉害的，一个个四散奔逃不迭。这是怎么回事呢？这一情节热闹，头绪繁多，作者一支秃笔，大有应接不暇之势，所以有的须用补叙之笔。这一回结束之后，便要归入峨眉七友七个小剑仙的本传，较诸以前回目尤为惊险新奇。这且不言。

第四十回　烟云尽扫　同返辟邪村
　　　　　　毒瘴全消　大破慈云寺

话说玉清大师、万里飞虹佟元奇率领笑和尚、白侠孙南、周轻云一行五人，等晓月禅师同二老动手时，便按照预定方略，飞身到了慈云寺大殿院中降下。笑和尚曾来过两次，轻车熟路，他想在人前卖弄，头一晃，便隐身往后殿中去。万里飞虹佟元奇乃是前辈剑仙，不愿暗中袭人，便一声大喝道："无知淫孽，速来纳命！"话言未了，只见从殿内飞出两道灰色剑光，紧接着出来两个高大和尚。佟元奇哈哈大笑道："微末道行，也敢在人前卖弄！"手指处，一道白光过去，将那两道灰色的剑光斩为两截。两个凶僧见来人厉害，正待逃走，被佟元奇的剑光拦腰一绕，立时将二人腰斩成四个半截。这两个凶僧正是大力金刚慧明、多目金刚慧性。二人在智通门下，也不知做了多少淫恶不法之事，终究难逃惨死。可见天网恢恢，疏而不漏。

殿中还有几个凶僧，见有敌人从空而降，知道来者不善。一面由慧明、慧性二人迎敌；那不会剑术的，便撞起警钟来。智通正同明珠禅师、飞天夜叉马觉、铁掌仙祝鹗、霹雳手尉迟元几个人在后殿谈心，忽听警钟连响，知有敌人到来。明珠禅师与飞天夜叉马觉二人首先站起，飞身到了前殿。只见庭心内站定一个相貌清奇的道者，一个妙年女尼，一个浑身穿黑的幼年美女同一个英姿飒爽的白衣少年。四大金刚中的慧明、慧性二人，业已尸横就地。不由心中大怒，也不及说话，便同马觉二人各把飞剑放将出来。当下佟元奇接战明珠禅师，玉清大师接战飞天夜叉马觉。一道金光、一道白光与两道青光绞成一片。

轻云、孙南二人就趁空往殿内去搜索余党，走进殿中一看，业已逃了个干净。原来慈云寺内的四大金刚、十八罗汉，虽然个个本领高强，但是学成剑术的只有慧能、慧明、慧行、慧性四人。今日原是慧明、慧性同九个凶僧在前殿值日，那九个凶僧见慧明、慧性两个会剑术的师兄，同敌人才一照面便遭惨死，知道自己血肉之躯绝非剑仙敌手，不敢再从殿前逃走，于是放下钟槌，一个个从弥勒佛身后逃往后殿去了。轻云、孙南见殿内凶僧俱已逃走，知道慈云寺机关密布，便不着地，飞身由殿后穿出，见面前又是一个大天井，两旁有四株柏树。正要向前搜索，忽听有人骂道："大胆小狗男女，敢来此地送死！不要走，吃我一剑。"话言未了，从殿角西边的月亮门内飞出一道黄光。白侠孙南更不怠慢，把口一张，一道白光飞将过去，将来人飞剑敌住。轻云正要上前相助，只见东边月亮门内又走出两个高大凶僧。一个口中说道："师兄休要放走这两个雏儿，快些将她擒住，好与师父晚间受用。"言还未了，各将一道半灰不白的剑光飞将出来。轻云见这两个凶僧出言无状，心中大怒，正要向前动手。忽见面前有一个七八尺长短的东西，从东边月亮门内飞将起来，把轻云吓了一跳，疑心是敌人又使什么妖法。顾不得取凶僧性命，先用剑光将自己全身罩住。一面定睛看时，飞上去的那一个东西，却是一个被绑的活人，正迎着前面两个凶僧的剑光，被斩成三段，倒下地来。接着面前一晃，笑和尚已站在面前，手一指，便有一道金光将那两个凶僧的剑光迎住。一面口中喊道："周师姊，这两个贼和尚交与我来对付，请你到前面去擒那智通贼和尚吧。"轻云见这三个敌人并非能手，估量笑和尚同孙南能占上风，本想让笑和尚立功，因恼恨其中一个凶僧出言无状，也不还言，左肩摇处，一道青光电也似的朝那说话的凶僧飞将过去。那凶僧见轻云剑光来势太猛，急忙收回剑光抵挡时，谁想来人的剑光厉害，才一接触，便分为两段，那剑光更不停留，直朝他顶门落下。知道不妙，想逃走已来不及，只喊得半个"哎呀"，已被轻云飞剑当头落下，将他端端正正劈成两个半边，作声不得。笑和尚见轻云已斩却一个凶僧，忙喊道："周师姊手下留情，好歹将这个留与我玩玩吧。"轻云的恶气已消，不再赶尽杀绝，便飞身仍回前殿去了。那被杀的凶僧正是多臂金刚慧行，他同无敌金刚慧能奉命看守中殿，忽警钟连响，便飞身出来。看见来人年幼，又长得十分美丽，不知死到临头，便向慧能说了两句便宜话，才惹下这杀身之祸。

那笑和尚一到寺中，便用无形剑遁到了后殿。他只能用剑遁隐形，不能隐形用剑，见智通室内人多，不敢妄动。正要想法动手，忽听警钟连响，先是明珠禅师、飞天夜叉马觉飞身出去，接着智通也跟了出去。室内只剩下霹雳手尉迟元与铁掌仙祝鹗。那祝鹗的剑，已在前天被轻云所破，他本想回山炼剑，再来报仇。智通总觉过意不去，知道他失了飞剑，已不能御剑飞行，怕中途遇见峨眉门下的人，再出差错，故此好意留他，同峨眉比剑后，再亲自送他回山。祝鹗见智通情意殷殷，又贪图寺中女色，便又住了下来。今日晓月禅师带领众人去后，不多一会儿便听警钟连响，明珠禅师等先后出去迎敌，尉迟元本要同去，祝鹗忙使个眼色止住。智通走后，祝鹗道："尉迟师兄，我看峨眉势盛，今日分明中了调虎离山之计，凶多吉少。我又失了飞剑，回山路途遥远。师兄如念同门之情，我二人不如同时不辞而别，逃出之后，用你的飞剑，将我带回山去，以免玉石俱焚，异日再设法报仇，岂不是好？"尉迟元道："谁说不是？不过我等受人聘请，不到终场而走，万一晓月禅师等破了辟邪村回来，异日何颜再见大家之面？现在来的敌人强弱不知，莫如你且在此等候，待我到前面看一个虚实。如果来者是无能之辈，就上前帮助擒拿；如果来人厉害，我便回来，同你逃走也还不迟。你意如何？"祝鹗也觉言之有理，便依言行事。谁想尉迟元才一转身，便被笑和尚用分筋错骨法将祝鹗点倒，用绳捆好。本想将他生擒回去，刚出月亮门，便看见两个凶僧和尉迟元正同孙南、轻云对敌。他便嫌生擒累赘，当下把祝鹗朝二凶僧的飞剑抛了过去，接着自己也放出飞剑迎敌。那慧能先已被笑和尚斩去一只手臂，知道他的厉害，又见慧行才一照面，便被周轻云所斩，吓了个胆落魂飞，怎敢应战。本想借剑光逃走，谁想笑和尚同他开定了玩笑，也不伤他性命，只将他圈住。慧能的剑光渐渐被笑和尚的金光压迫得光彩全消，逼得气喘吁吁。他知性命难保，一面拼命支持，一面跪下地来，直喊"小佛爷饶命"不止。笑和尚长到这么大，从无人向他拜跪过，见慧能这般苦苦跪求，便动了恻隐之心，按住剑光说道："饶你不难，你须要与我跪在这里，不许走动。等我擒住你那贼和尚师父，再行发落。如果不奉我命，私自逃走，无论你跑出多远，我的飞剑也能斩你。"慧能但求活命，便满口应承下来。

笑和尚制服了慧能，正要上前帮助孙南擒那尉迟元，忽见尉迟元大喊一声道:"峨眉门下,休要赶尽杀绝。我去了。"话言未了,尉迟元已经收回剑光,破空而起。笑和尚、孙南见敌人逃走,哪里容得,各人指挥剑光追上前去。忽见尉迟元手扬处,便有一溜火光直朝他二人打来。笑和尚见那团火光直奔孙南面门,知道厉害,来不及说话,将脚一蹬,纵到孙南面前,将孙南一推,二人同时纵出去有三丈高远。忽听耳旁咔嚓一声,庭前一株大柏树业被那团火光打断下来。抬头再看尉迟元时,业已逃走远了。

原来尉迟元见孙南剑光厉害,自己用尽精神,才战得一个平手。又见祝鹗、慧行惨死,慧能投降,知道笑和尚更比孙南厉害。不敢再战下去,趁空逃走。他会一种邪术,名叫五行雷火梭,他的外号叫霹雳手就从这梭上得来。他见势已紧急,才用这最后的一个脱身之计,侥幸留得活命。逃出去有三五里地,回看敌人不来追赶,才放了宽心。缓了一缓气,正待前行,忽听对面空中有破空的声音,连忙留神朝前看时,知是本门道友,心中大喜,便驾剑光迎上前去。近前一看,来者乃是一僧一道。那和尚生得奇形怪状:头生两个大肉珠,分长在左右两额,脸上半边蓝,半边黄,鼻孔朝天,獠牙外露,穿了一件杏黄色的僧衣。那道人却长得十分清秀,面如少女,飘然有出尘之概。尉迟元认得来的这两个是他的同门师叔:那和尚是云南萨尔温山落魂谷的日月僧千晓;那道人便是五台派剑仙中最负盛名,在贵州天山岭万秀山隐居多年的玄都羽士林渊。尉迟元当下上前招呼。三人降下地来,尉迟元重又上前参拜。林渊便问尉迟元:"为何满面惊惶?"尉迟元不便隐瞒,把前事说了一遍。林渊听了,还未现于辞色。那日月僧千晓却不禁大怒,说道:"峨眉派这样仗势欺人,岂能与他甘休!我等急速前去帮助智通,先将来的这几个小业障处死,然后再往辟邪村去助晓月禅师,与他等决一存亡便了。"

这一僧一道,自从他们的师父混元祖师在峨眉斗剑死去后,隐居云贵南疆,一意潜修,多年不履尘世,五台派中人久已不知他们的下落。十年前尉迟元的师父蕉衫道人坐化时,他二人不知从何得信,赶去送别。因见洞庭湖烟波浩渺,便在尉迟元洞中住了半年,才行走去。行时是不辞而别,所以尉迟元也不知他二人的住处。此次同峨眉派斗剑,原是万妙仙姑许飞娘在暗中策动,不知怎的居然被她打听出他二人的住所。因自己不便前去,便托昔日日月僧的好友阴长泰,带了许飞娘一封极恳切动人的信。先说自己多年来卧薪尝胆的苦况，以及暂时不能出面的缘故。又说到场的人都将是重要人物，倘能侥幸战胜，大可剪去峨眉派许多羽翼。同时请他二人同晓月禅师主持，就此召集旧日先后辈同门，把门户光大起来，根基立定后，再正式寻峨眉派报祖师爷的血海深仇。务必请他二人到场，以免失败等语。日月僧接信后，很表同情。阴长泰告辞走后，日月僧便拿飞娘的信，去寻玄都羽士林渊商量。林渊为人深沉而有智谋，明白飞娘胸怀大志，想借机会重兴五台派，拿众人先去试刀。又知峨眉派能人多，不好对付。自己这些年来虽然功行精进，仍无必胜把握。因为飞娘词意恳切，非常得体，不好意思公然说"不去"二字，只是延搁。直到十四这天，经不起日月僧再三催逼，林渊想了一想，打好算盘，才同日月僧由南疆动身。他的原意以为双方仍照上回峨眉斗剑一样，必是又在清晨动手。南疆到成都也有上千里的途程，纵然驾剑飞行，到了那里也将近夜间，如果晓月禅师正占上风，乐得送一个顺水人情；否则也可知难而退。偏偏不知死活的日月僧，只是一味催他快走，将近黄昏时分，便离慈云寺不远。遇见尉迟元，说起寺中情形，便知难以讨好。估量这暗中来破寺的敌人，定没有几个能手，日月僧提议先到慈云寺，正合他的心意。

当下由尉迟元引导，三人不消片刻，已到了慈云寺。只见前面大殿院落中，剑光绞成一片，地上横陈三个尸身，只剩明珠禅师与智通，正同万里飞虹佟元奇、摩伽仙子玉清大师和周轻云三人拼命相持。林渊见峨眉派这三个人的剑光如神龙出海，变化无穷，暗暗惊异。那日月僧见状，早已忍耐不住，手指处，红黄两道剑光直往玉清大师头上飞去。那玉清大师与佟元奇，先前同飞天夜叉、明珠禅师交手，不一会儿，智通也从后殿赶来助战，智通后脑一拍，飞起三道光华，直取万里飞虹佟元奇。佟元奇见智通飞剑厉害，更不怠慢，指挥剑光化成一道长虹，双战智通、明珠禅师，兀自不分胜负。玉清大师正战飞天夜叉马觉，忽见智通出来飞起三道光华，知是一个劲敌，恐怕佟元奇势孤，正待将飞天夜叉马觉除去。恰好轻云从后殿出来，喝道："大胆妖僧，休得猖獗！周轻云来也！"话言未了，剑光已经飞起。智通见来人正是去年夜探慈云寺，连伤俞德、毛太的那个黑衣女子，仇人见面，分外眼红。与明珠禅师打了一个招呼，便放下佟元奇，运动三道光华，与周轻云的飞剑战在一起。

玉清大师自从到神尼优昙门下后，轻易不肯伤生。这回因见智通剑光厉害，恐怕轻云有失，一面迎敌，一面往轻云这边走来，欲待与轻云交换敌人，让轻云去战马觉。那马觉本不是玉清大师敌手，他偏不知分寸，见玉清大师且战且退，反疑心玉清大师怯阵，打算逃走，一面运动飞剑，紧紧逼住玉清大师的金光，喝道："贼淫尼休要逃走，快快投降，让俺快活快活，饶你不死！"玉清大师听马觉口出不逊，心中大怒，骂道："不知死活的业障！我无非怜你修炼不易，你倒不知好歹，出口伤人。听你之言，也绝非善类，本师须替世人除害，容你不得。"言罢，将手往金光一指，忽地金光闪耀，如同金蛇乱跳，将马觉圈绕在内。马觉才知厉害，欲待逃走，已经不及，被玉清大师的金光卷将过来，连人带剑分为两段。智通的三道剑光分成三路直取轻云。轻云堪堪迎敌不住，恰好玉清大师斩罢马觉，前来相助，轻云才得无事。

这时天已昏黑，玉清大师见智通剑光厉害，明珠禅师也非庸手，笑和尚、孙南也不见出来，又不知寺中虚实。心想："这样相持下去，万一自己同来的人吃了亏，何颜回见二老同众人？"当下把心一狠，从怀中取出一把子午火云针，猛一回首，朝着明珠禅师放去。那明珠禅师正被佟元奇的剑光逼得气喘汗流，忽见有数十点火星飞来，喊声："不好！"急忙将身拔地纵起，任你躲得快，左腿上已中了两针，痛彻心扉。知道敌人厉害，稍一疏神便有性命之忧。当他心慌神散之时，玉清大师的剑光又将他飞剑绞断一根。正在危急之间，恰好日月僧赶到相助。智通见来了生力军，正在高兴，忽听一片哭声。回看后殿，四处火起，知道峨眉派不定又到了多少能人。自己又不能分身去救；寺中门下虽多，了一是不知去向，余人皆非敌人对手。眼看多年基业，毁于一旦。即使晓月禅师能在辟邪村得胜回来，要想重整基业，也非易事。何况峨眉敌人又决不能令他安居。一阵心酸，不由把心一横，拼命上前迎敌。六个人七八道剑光绞作一团，正在各奋神威，两不相下之际，忽然云开天朗，清光四澈，照得院落中如同白昼一般。双方又力战了一阵。那明珠禅师渐渐觉得腿上的伤越来越痛，佟元奇的剑光声势更盛，眼见难以支持。正要想法逃走，猛觉腰部被一个东西撞将过来，来势甚猛，一个立脚不住，往前一撞。忽地对面又一道白光，直朝他颈间飞到。他来不及收回剑光，急忙将身纵起，用手一挡，被那白光削去五根手指，还直往他腰上卷来。他见情势危险万分，顾不得手脚疼痛，情急冒险，冲入剑光丛中，收回自己的剑，身剑合一，逃向东南而去。

这时智通右臂上又中了玉清大师几根子午火云针，正在恐慌万状，忽见明珠禅师好似被什么东西一撞，接着出现了前晚那个小和尚同一个白衣少女。眼看白衣少女剑光过去，明珠禅师受伤逃走。那小和尚又飞起四五道金光卷将过来。自己臂上所受的伤奇痛非常，二支飞剑又被断去一支，虽然日月僧飞剑厉害，到底双拳难敌四手。正在焦急万分，忽听一声长啸，声如鹤鸣，庭院中落下一个道者，口中喊道："智通后退，待我来擒这一干业障。"玉清大师认清来人正是林渊，听他喊智通后退，知他妖法厉害。于是暗中准备，忙唤轻云、孙南、笑和尚走向自己这边，一起站立，以便抵挡。果然林渊下来后，日月僧首先收回飞剑。林渊先放出紫、红、黄三道剑光，抵住玉清大师的剑光，让智通退将下来。随向怀中取出一样东西，往空中一撒，立时便有十丈红云夹着许多五彩烟雾，直朝玉清大师等当头落下。万里飞虹佟元奇不知破法，见势不佳，收回剑光，化道长虹而去。玉清大师早年曾入异教，知道敌人放的是彩霞红云瘴，乃是收炼南疆毒岚烟瘴而成，人如遭遇这种恶毒瘴气，一经吸入口鼻，不消多日，毒发攻心，全身紫肿而亡。幸已早做准备，当下忙令笑和尚等同时将剑光运成一团，让大家围个风雨不透，暂免一时危险，以待接应。这且不言。

那佟元奇见妖法厉害，正待赶回辟邪村求救，才飞起不远，便遇见苦行头陀等三人。当下不及交谈，四人同时赶到慈云寺。恰好神尼优昙也从空降下，不待二老等动手，伸出一双长指，朝着那红云堆上弹去，随手便有几点火星飞入云雾之中。那红云烟雾一经着火，便燃烧起来，映着里面的金光剑气，幻成五色霞光异彩，煞是奇观。那火并不灼人，只有一股奇臭触鼻气味。玉清大师见师父同二老、苦行头陀同时来到，破了妖法，外面红云烟雾被火引着，随着顺风随烧随散，知道事已无碍，仍令众人加紧用剑光护体，待妖云散尽再行离开。哪消一会儿工夫，那些毒瘴妖岚，便已消灭无存，依旧是月白风清。只是后面真火越烧越大，渐渐烧到前面，隐隐听见一阵妇女哭声以及远处人们的喧嚷声。

且说那林渊为人阴险狡猾，智谋深远。因同明珠禅师有嫌，所以起初袖手旁观。及至见明珠禅师败走，他才下来，使用彩霞红云瘴，打算将众仙一网打尽。正在得意扬扬，忽见二老、苦行头陀、神尼优昙同时赶到，便知事情不妙。又见神尼优昙从十指中弹出佛家的石火电光，想收回红云瘴业已不及。便顾不得众人，因智通离他较近，伸手一拉他的臂膀，说道："还不随我逃走，等待何时？"说罢，破空先自逃走。

智通也知二老既来，晓月禅师必无幸理，便觉逃命要紧。才飞身起来，不到三五丈高下，倏地飞来一道金光，疾如闪电。智通喊声："不好！"想用飞剑抵挡，已来不及，被那金光绕向两腿间，登时先烧坏了他的双足，一时负痛，倒栽葱往下便落。智通剑术煞是了得，他从空坠下，离地数尺，顾不得疼痛，还想驾剑逃命。咬着牙，一个云里翻身，往上升起。忽然一青一白两道剑光同时飞来，立时把他分成三段，尸首先后跌到尘埃，死于非命。

尉迟元见日月僧下去，并未占着丝毫便宜，便打点了脚底抹油之想。及至见林渊下去，将众剑仙困住，好生高兴。自知此地有他不多，无他不少，打算赶往辟邪村，去看晓月禅师胜负如何，好回来与林渊报信。正待起身，对面飞来一道长虹金光。他知道除峨眉掌教真人、三仙、二老外，无人有此本领。猛抬头，又见从辟邪村方面飞来三四道金光、白光，与先前金光不相上下，同时坠在对面殿脊上面，定睛一看，吓了个胆落魂飞。他本是惊弓之鸟，既知大事不好，心里有数，脚底抹油，立刻就溜之乎也。好在他为人尚无大恶，故此幸逃惨戮。

那日月僧最为颠顸，他头一个看见来人正是矮叟朱梅，因从未见过，不知高低，只知是敌人的救应，不假思索，便把两道剑光放了出去。及至认清来人中有追云叟同苦行头陀时，才知不好，正想收剑逃走。那矮叟朱梅，却没把他的飞剑放在心上，哈哈笑道："微末之技，也敢来此卖弄！"只用手一指，一道金光过处，便将日月僧千晓的飞剑斩断，四散坠地。佟元奇更不怠慢，立时将剑光飞过去，结果了妖僧性命。

这时妖云散尽，玉清大师便率领众人，上前拜见师父同各位前辈。追云叟便问寺中凶僧余党如何发落。白侠孙南道："适才弟子同笑师弟，已将他等擒住，大概逃走的不多。寺中尚有若干妇女，问明俱是被凶僧强抢霸占而来。弟子斗胆做主，放火时节，已将庙墙打开一面，命她等各携凶僧财物往外逃命。据她等异口同音，除知客僧了一不犯淫孽外，余人皆是淫恶不法。此类凶僧放出去，定为祸世间。适才用飞剑同分筋错骨法擒住的七十余名凶僧，除当场格杀者外，其余都投入密室火穴之中。至于寺中打杂烧火的僧人，尚有数十名，他们只供役使，尚无大恶，已分别告诫，任他等自行逃命去了。还有一个凶僧名唤慧能，本当将他斩首，因他向笑师弟苦求饶命，立誓痛改前非，仅将他的飞剑消灭，割去两耳，以示薄惩，现在也已放他逃生。弟子等擅专一切，还望各位前辈老师宽宥。"追云叟见他同笑和尚小小年纪，办事井井有条，不住点头。

矮叟朱梅道："适才我听见有人声喧嚷，想是附近救火的人，如何这半天倒不见动静？"追云叟道："我因怕人来看见杀死多人，难免要经官动府，岂不使我汉人去受胡奴欺负？我便逼起一团浓雾，使他等以为错看失火。等到明早，此地业已变成瓦砾荒丘，我等再显些灵异，使当地官府疑为天火天诛，以免连累好人。那逃出去的妇女怕受牵连，当然也不敢轻易泄露。至于逃出去的寺中打杂人等，恐怕官府疑心他等谋财放火，更是不会乱说。况且常有同门道友来往成都，如因慈云寺失火，发生纠葛之事，随时再来援救化解便了。只是显些灵异的事，须仗优昙大师佛法。天已不早，就请大师施为吧。"神尼优昙闻言道："如此，贫尼要施展了。"这时火势已渐渐蔓延到前殿，院落中松柏枯枝被火燃烧，毕毕剥剥响成一片。神尼优昙当下命玉清大师去寻了五尺高下一块长方形的石碑，放在大殿院落中间。将手一指，便有一道金光射在石上。一会儿工夫，便显出"杀盗淫奸，恣情荼毒，天火神雷，执行显戮"十六个金色似篆非篆的文字，写成之后，黄光闪耀，兀自不散。

这时火势渐渐逼近众人。追云叟道："等到天亮雾消，此地已变成一片瓦砾场。地方官员前来验看，必定疑神疑鬼，不致牵连无辜。此刻事已办完，王清观中还有几个受伤之人，我等急速回去医治吧。"优昙大师见大事已毕，便说道："我尚有事他去，不同诸位回玉清观了。"说罢，告辞而去。大家便随二老、苦行头陀驾起剑光，返回玉清观内。

第四十一回　爱缠绵　采药上名山
　　　　　　　惊摇落　携女游城市

　　这时战场上敌人的尸体，已被众剑仙用销骨散化去。风火道人吴元智的尸首，业由众剑仙帮助套上法衣，静等二老、苦行头陀等到来举行火葬。七星手施林正守着他师父的尸首哀哀痛哭，立誓与他师父报仇雪恨。那顽石大师左臂中了龙飞的九子母阴魂剑，女神童朱文受了晓月禅师的十二都天神煞，虽然与她二人服了元元大师的九转夺命神丹，依旧是昏迷不醒。最关心的是金蝉，陪在朱文卧榻前眼泪汪汪，巴望二老和苦行头陀快些回来施治。此次比剑，虽然峨眉派大获全胜，可也有一位剑仙被害，两位受伤，不似昔年峨眉斗剑，能够全师而返。

　　各位剑仙正在心中难过之际，二老、苦行头陀同众剑仙一齐回转。矮叟朱梅连忙从身旁取出几粒丹药，分一半给追云叟，请他去医治顽石大师，矮叟朱梅自己便往朱文身旁走来。金蝉姊弟见朱梅过来，急忙上前招呼。朱梅见金蝉一脸愁苦之状，不禁心中一动。当下便唤齐灵云取了一碗清水，将一粒丹药化开。然后用剪刀将朱文衣袖剪破，只见她左臂紫黑，肿有二寸许高下，当中有一个米粒大的伤口在流黄水。矮叟朱梅不住地说道："好险！如不是此女根行深厚，又服过元元大师的神丹，此命休矣！"边说边取了一粒丹药，塞在朱文的伤口上。又命灵云将调好的丹药将她左臂连胸敷遍。一会儿工夫，黄水止住。朱梅又取两粒丹药，命灵云撬开朱文的牙关，塞入她口中，等她抿化自咽。然后对灵云姊弟说道："那十二都天神煞，好不歹毒。我等尚且不敢轻易涉险，她如何能行？此次虽然得保性命，恐怕好了，左臂也不能使用，并且于修道炼剑上大有妨碍。她这样好的资质，真正可惜极了！使我最奇怪的是，晓月贼秃使用妖法时，连我同诸位根行深厚的道友，只看见一片阴云绿火同一些火龙，看不见他藏身之所。何以金蝉能看得那样清楚，会把朱文从九死一生之下抢了回来？"灵云便把九华斩妖蛇，芝仙感恩舐目之事说了一遍。矮叟朱梅忽然哈哈大笑道："这般说来，朱文有了救了。不但有救，连顽石大师也有了救，而且说不定还可遭遇仙缘，得些异宝。真是一件痛快的事。"一面说，一面招呼追云叟快来，请顽石大师且放宽心。

追云叟用药去救顽石大师，虽然救转，但左臂业已斩断，骨骼连皮只有两三分，周身黑紫，伤处痛如刀割。顽石大师受不住痛苦，几番打算自己用兵解化去，俱被追云叟止住。那金蝉先听朱梅说朱文不能复元，要成残废，一阵心酸，几乎哭出声来。后来听到朱梅说朱文有了救星，忧喜交加，心头不住地怦怦跳动。又不敢轻易动问怎样救法，睁着一双秀目，眼巴巴望着朱梅的脸。招得一班小弟兄们看见他的呆相，当着许多师父前辈，要笑又不敢笑。真是事不关心，关心者乱；前缘既定，无可解脱。那追云叟何尝不知他二人不是没有解法，但是知道求之大难，所以不作此想。

及至听朱梅呼唤，先请元元大师等监视顽石大师，防她自己兵解。急忙走了过来，悄声问道："朱道友，你说她二人有救，敢莫是说桂花山福仙潭里的千年何首乌同乌风草么？这还用你说，一时间哪里去寻那一双生就天眼通的慧根童男女呢？"朱梅哈哈大笑道："你枉自是个名驰人表的老剑仙，你难道就不知福仙潭那个大老妖红花婆的几个臭条件么？她因为当年失意的事，发下宏愿，专与世人为仇。把住了桂花山福仙潭，利用潭里的几个妖物，喷出许多妖云毒雾，将潭口封锁。她自己用了许多法术，把一个洞天福地变成了阿鼻地狱。

"当年长眉真人因见她把天才地宝霸占成个人私产，不肯公之于世，有失济人利物之旨，曾经亲身到桂花山寻她理论。她事先知道信息，便在山前山后设下许多惊人异法，俱被长眉真人破去。末后同长眉真人斗剑斗法，也都失败。长眉真人便要她撤去福仙潭的封锁同妖云毒雾，她仍是不甘屈服。彼时她说的话，也未始没有理由。她说：'天生异宝灵物，原留待凤根深厚的有缘人来享用。如果任人予取予携，早晚就要绝种，白白地便宜了许多不相干的人；真正根行深厚的人，反倒不得享受。我虽然因为一时的气忿，将福仙潭封锁，那是人类与我无缘，不完全是我厌恶人类。如要叫我撤去封锁,我就要应昔日的誓言。现在我也很后悔当时的意气用事。潭底下布的埋伏,并非绝无破法,只要来人是一对三世童身,生具凤根的童男女,经我同意之后,就进得去。不过乌风草生长在雾眼之中,随雾隐现,更有神鳄、毒石护持。来人如果不是生就一双慧眼,能看彻九幽,且剑术通元,下临无地,就三世童身,我也是爱莫能助。就是应允你,现在就撤去埋伏,你也无法下去。'长眉真人当下对她笑道:'你说的也是实话。七十年后,我教下自有人来寻你,只要你心口相应,除已有设备外,不再另外同他为难就是了。'其实,长眉真人何尝不能破她潭中法术同那护持灵药的两样厉害东西,只因时机未到,乐得利用她褊狭的心理,让她去代为保护。并使门下弟子,知道天生灵物,得之非易。

"自从长眉真人同她办交涉以后,不知有多少异派中人到福仙潭去,寻求那两样灵药,有的知难而退,有的简直就葬身雾眼之内。后来也就无人敢去问津了。近年来,大老妖红花婆阅历也深了,道术也精进了,气也平了,前些年又得了一部道书,越加深参造化,只苦于昔日誓言,不得脱身,巴不得有这么两个去破她的封锁,铲除毒石,收服神鳄,她好早日飞升。所以现在去取这样灵药,正是绝好的机会。今日我见金蝉竟能飞身到晓月贼秃妖云毒雾之中将朱文救回,很觉稀奇,当时因为急于破寺,未及细问。适才灵云对我说起他在九华日夕受芝仙精液舐洗的缘故,他同朱文俱是好几世的童身,由他同朱文前往桂花山求药,借此多带些回来,制成丹药,以备异日峨眉斗剑之用,岂非绝妙?"

追云叟道:"适才顽石大师几次要自行兵解,都被我拦住。我本想到桂花山的乌风草,可以祛毒生肌,只苦于无有适当的人前去。想不到金蝉一念之仁,得此大功,免却异日许多道友的灾难,真是妙极!我看事不宜迟,慈云寺既破,我等就此分别回山。由我将顽石大师带往衡山调养,等候金蝉将灵药取回,再行敷用。金蝉到底年幼,如今异派仇人太多,就由灵云护送他同朱文前往云南桂花山,去见红花姥姥,求取灵药便了。"

这时朱文服用朱梅丹药之后,渐渐醒转。她的痛苦与顽石大师不同,只觉着左半身麻木,右半身通体火热,十分难过。见二老在旁,便要下床行礼。朱梅连忙止住,又把前事与她说了一遍。追云叟也把桂花山取药之事告诉顽石大师,劝她暂时宽心忍耐。顽石大师伤处肿痛,难以动转,事到如今，也只好暂忍痛苦。众人议定之后，天已微明，便为风火道人吴元智举行火葬。

众剑仙在吴元智的灵前，见他的弟子七星手施林抱着吴元智尸首哀哀痛哭，俱各伤感万分。火葬之后，七星手施林眼含痛泪，走将过来，朝着众位剑仙跪下，说道："各位老师在上，先师苦修百十年，今日遭此劫数，门下只有弟子与徐祥鹅二人。可怜弟子资质驽钝，功行未就，不能承继先师道统。先师若在，当可朝夕相从，努力上进。如今先师已死，弟子如同失途之马，无所依归。还望诸位老师念在先师薄面，收归门下，使弟子得以专心学业，异日手刃仇人，与先师报仇雪恨。"说罢，放声大哭。众剑仙眷念旧好，也都十分怆凄。追云叟道："人死不能复生，这也是劫数使然。你的事，适才我已有安排。祥鹅日后自有机缘成就他，不妨就着他在山中守墓。你快快起来听我吩咐，不必这般悲痛。"施林闻言，含泪起来。追云叟又道："我见你为人正直，向道之心颇坚，早就期许。你将你师父灵骨背回山去，速与他寻一块净土安葬。然后就到衡山寻我，在我山中，与周淳他们一同修炼便了。"施林闻言，哀喜交集，便上前朝追云叟拜了八拜，又向各位前辈及同门道友施礼已毕，自将他师父骨灰背回山去安葬。不提。

灵云姊弟因朱文身受重伤，不便御剑飞行，只得沿路雇用车轿前去。便由玉清大师命张琪兄妹回家取来应用行李川资。灵云也是男子装扮。打点齐备后，追云叟与朱梅又对三人分别嘱咐相机进行之策。天光大亮后，灵云等三人先到了张琪兄妹家中，见过张母，便由张家用了一乘轿子，两匹川马，送他三人上道。不提。

追云叟等灵云三人走后，众剑仙正在分别告辞，互约后会之期，忽然一道金光穿窗而入。追云叟接剑一看，原来是乾坤正气妙一真人从东海来的飞剑传书。大意说是云、贵、川、湘一带，如今出了好些邪教。那五台、华山两派的余孽，失了统驭，渐渐明目张胆，到处胡为；有的更献身异族，想利用胡儿的势力，与峨眉派为难。请本派各位道友不必回山，仔细寻访根行深厚的青年男女，以免被异派中人物色了去，助纣为虐。同时计算年头，正是小一辈门人建立外功之期，请二老、苦行头陀将他们分作几方面出发等语。追云叟看完来书，便同众剑仙商量了一阵。除二老、苦行头陀要回山一行和顽石大师要随追云叟回山养病外，当下前辈剑仙各人俱向自己预定目的地进发。小兄弟或三人一组，或两人一组，由二老指派地点，分别化装前往，行道救人。以后每隔一年，指定一个时期，到峨眉聚首一次，报告各人自己功过。如果教祖不在洞中，便由驻洞的值年师伯师叔纠察赏罚。

派定以后，众剑仙由玉清大师、素因大师恭送出玉清观外，分别自去。除周轻云、女空空吴文琪在成都府一带活动仍住玉清观不走外，各人俱按指定的地点进发。笑和尚因同金蝉莫逆，自己请求同黑孩儿尉迟火往云南全省行道，以便得与金蝉相遇之后，结伴同行。二老也知他可以胜任，便点头应允。笑和尚打算先到昆明去，立下一点功绩，再往回走，来追金蝉等三人。当下便向玉清大师等告别，同黑孩儿尉迟火上路。

至于灵云姊弟陪朱文到桂花山求取灵药，以及峨眉门下这些小剑客的许多奇异事迹，后文自有交代。那本书中最重要的女侠李宁之女英琼，自前文中出现后，久已不与阅者相见。现在成都比剑已经告一段落，从今日起，便要归入英琼等的本传，引出英琼峨眉学剑，偶遇昆仑派赤城子接引莽苍山，月夜梅花林中斗龙，巧得紫郢剑，重牛岭斩山魈，百余马熊感恩搭熊桥，五侠战八魔等故事，均为全书中最精彩处，尚祈阅者注意为幸。闲话少提，书归正传。

话说李宁父女，自周淳下山后，转瞬秋尽冬来。又见周淳去了多日，并无音信回来，好生替他忧急。这日早起，李宁对英琼说道："你周叔父下山两个多月了，蜀山高寒，不久大雪封山，日用物品便无法下山去买。我意欲再过一二日，便同你到山下去，买一些油盐米菜腊肉等类，准备我父女二人在山上过年。到明年开春后，再往成都去寻你周叔父的下落。你看可好？"英琼在山中住了多日，很爱山中的景致。加以她近来用一根绳子绑在两棵树梢之上，练习轻身术，颇有进展，恐怕下山耽搁了用功。本想让她父亲一人前去，又恐李宁一人搬运东西费力。寻思了一会儿，便决定随着李宁前往。且喜连日晴朗。到了第二天，李宁父女便用石块将洞门封闭，然后下山。二人在山中住了些日子，道路业已熟悉，便不从舍身岩险道下去，改由后山捷径越过歌凤溪，再走不远，便到了歌凤桥。桥下百丈寒泉，涧中如挟风雨而来，洪涛翻滚，惊心骇目，震荡成一片巨响，煞是天地奇观。父女二人在桥旁赏玩了一阵飞瀑，再由宝掌峰由右转左，经过大峨山，上有明督学郭子章刻的"灵陵太妙之天"六个擘窠大字。二人又在那里瞻仰片刻,才走正心桥、袁店子、马鞍山,到楠枰,走向下山大路。楠枰之得名,是由于一株大可数抱的千年楠树。每到春夏之交,这高约数丈、笔一般直的楠树,枝柯盘郁,绿荫如盖,荫覆亩许方圆。人经其下,披襟迎风,烦暑一祛,所以又有木凉伞的名称。可惜这时已届冬初,享不着这样清福了。李宁把山中古迹对英琼谈说,英琼越听越有趣,便问道:"爹爹虽在江湖上多年,峨眉还是初到,怎么就知道得这般详细?莫非从前来过?"李宁道:"你这孩子,一天只顾拿刀动剑,跳高纵远,枉自给你预备了那么多的书,你也不看。我无论到哪一处去,对于那一处地方的民情风土,名胜形势,总要设法明了。我所说的,一半是你周叔父所说,一半是从峨眉县志上看来的。人只要肯留心,什么都可以知道,这又何足为奇呢?"

二人且行且说,一会儿工夫便到了华岩嵦。这时日已中午,李宁觉着腹中饥饿。英琼便把带来的干粮取出,正要去寻水源,舀点泉水来就着吃。李宁忙道:"无须。此地离山下只有十五里,好在今晚是住在城里,何苦有现成福不享?我听你周叔父说,离此不远有一个解脱庵,那里素斋甚好,我们何妨去饱饱口福?"说罢,带着英琼又往前走了不远,便到了解脱坡。坡的右边,果然有一座小庵,梵呗之声隐隐随风吹到。走近庵前一看,只见两扇庵门紧闭。李宁轻轻叩了两下。庵门开处,出来一个年老佛婆。李宁对她说明来意,老佛婆便引李宁父女去到禅堂落座,送上两盏清茶,便到里面去了。不多一会儿,唪经声停歇,出来一个四十多岁的老尼姑。互相问过姓名法号之后,李宁便说游山饥渴,意欲在她香积厨内扰一顿素斋。那尼姑名唤广慧,闻言答道:"李施主,不瞒你说,这解脱庵昔日本是我师姊广明参修之所,虽不富足,尚有几顷山田竹园,她又做得一手的好素斋,历年朝山的居士,都喜欢到此地来用一点素斋。谁想她在上月圆寂后,被两个师侄将庙产偷卖与地方上一些痞棍。后来被我知道,不愿将这一所清净佛地凭空葬送,才赶到此间将这座小庵盘顶过来,只是那已经售出去的庙产无力赎回。现在小庵十分清苦,施主如不嫌草率,我便叫小徒英男做两碗素面来,与施主用可好?"李宁见广慧谈吐明朗,相貌清奇,二目神光内敛,知是世外高人,连忙躬身施谢。广慧便唤佛婆传话下去。又对李宁道:"女公子一身仙骨,只是眉心这两粒红痣生得煞气太重。异日得志,千万要多存几分慈悲之心,休忘本性,便可逢凶化吉,遇难呈祥了。"李宁便请广慧指点英琼的迷途及自己将来结果。广慧道:"施主本是佛门弟子,令爱不久也将得遇机缘。贫尼仅就相法上略知一二,在施主面前献丑,哪里知道什么前因后果呢?"李宁仍是再三求教,广慧只用言语支吾,不肯明言。

一会儿,有一个蓄发小女孩,从后面端了两大碗素面汤出来。李宁父女正在腹中饥饿,再加上那两碗素面是用笋片、松仁、香菌做成,清香适口,二人吃得非常之香。吃完之后,那小女孩端上漱口水。英琼见她生得面容秀美,目如朗星,身材和自己差不多高下,十分羡爱,不住用两目去打量。那小女孩见英琼一派秀眉英风,姿容绝世,也不住用目朝英琼观看。二人都是惺惺惜惺惺,心中有了默契。李宁见英琼这般景况,不等女儿说话,便问广慧道:"这位小师父法号怎么称呼?这般打扮,想是带发修行的了。"广慧闻言,叹道:"她也是命多磨劫。出世不满三年,家庭便遭奇冤惨祸,被贫尼带入空门。因为她虽然生具凤根,可惜不是空门中人,并且她身上背着血海奇冤,早晚还要前去报仇,所以不曾与她落发。她原姓余,英男的名字是贫尼所取。她同令爱本有一番因果,不过此时尚不是时候。现在天已不早,施主如果进城,也该走了,迟了恐怕城门关闭,进不去。贫尼也要到后面做功课去了。"李宁见广慧大有逐客之意,就率英琼告辞,并从身上取了二两散碎银子作为香资。广慧先是不收,经不起李宁情意甚殷,只好留下。广慧笑道:"小庵虽然清苦,尚可自给。好在这身外之物,施主不久也要它无用。我就暂时留着,替施主散给山下贫民吧。"李宁作别起身,广慧推说要做功课,便往里面走去,只由名唤英男的小女孩代送出来。

行到庵门,李宁父女正要作别举步,那英男忽然问英琼道:"适才我不知姊姊到来,不曾请教贵姓。请问姊姊,敢莫就是后山顶上隐居的李老英雄父女么?"李宁闻言,暗自惊异,正要答言,英琼抢着说道:"我正是后山顶上住的李英琼,这便是我爹爹。你是如何知道的?"余英男闻言,立刻喜容满面,答道:"果然我的猜想不差,不然我师父怎肯叫我去做面给你们吃呢?你有事先去吧,我们是一家人,早晚我自会到后山去寻你。"说到此间,忽听那老佛婆唤道:"英姑,师太唤你快去呢。"余英男一面答应"来了",一面对英琼说道:"我名叫余英男,是广慧师太的徒弟。你以后不要忘记了。"说罢,不俟英琼答言,竟自转身回去,将门关上。李宁见这庵中的小女孩,居然知道自己行藏,好生奇怪。想要二次进庵时,因见适才广慧情景,去见也未必肯说,只得罢休。好在广慧一脸正气,她师徒所说的一番话俱无恶意,便打算由城中回来,再去探问个详细。那英琼在山中居住,正愁无伴,凭空遇见一个心貌相合的伴侣,也恨不得由城中回来,立刻和英男订交。父女二人各有心思,一面走,一面想,连山景也无暇赏玩。不知不觉过了凉风洞,从伏虎寺门前经过,穿古树林,从冠峨场,经瑜伽河,由儒林桥走到胜风门,那就是县城的南门。

二人进了南门,先寻了一所客店住下。往热闹街市上买了许多油盐酱醋米肉糖食等类,因为要差不多够半年食用,买得很多,不便携带,俱都分别嘱咐原卖铺家,派人送往客店之内。然后再去添买一些御寒之具同针线刀尺等类。正走在街旁,忽听一声呼号,声如洪钟。

李宁急忙回头看时,只见一个红脸白眉的高大和尚,背着一个布袋,正向一家铺子化缘。川人信佛者居多,峨眉全县寺观林立,人多乐于行善。那家铺子便随即给了那和尚几个钱。那和尚也不争多论少,接过钱便走。这时李宁正同那和尚擦肩而过。那和尚上下打量李宁父女两眼,又走向别家募化去了。李宁见那和尚生得那般雄伟,知道是江湖上异人,本想上前设法问讯。后来一想,自己是避地之人,何必再生枝节?匆匆同了英琼买完东西,回转店房。叫店家备了几色可口酒肴,父女二人一面喝酒吃菜,一面商谈回山怎样过冬之计。

李宁闯荡半生,如今英雄末路,来到峨眉这种仙境福地住了数月,眼看大好江山沦于异族,国破家亡,匡复无术,伤心已极,便起了出尘遗世之想。只因爱女尚未长成,不忍割舍。英琼又爱学武,并且立誓不嫁,口口声声陪侍父亲一世。他眼看这粉妆玉琢、冰雪聪明的爱女,怎肯将她配给庸夫俗子。长在深山隐居,目前固好,将来如何与她择配,自是问题,几杯浊酒下去,登时勾起心事,眼睛望着英琼,只是沉吟不语。英琼见父亲饮酒犯愁思,正要婉言宽慰,忽听店门内一阵喧哗。

欲知后事如何,且听下回分解。

第四十二回

客馆对孤灯　不世仙缘　白眉留尺简
冻云迷蜀岭　几番肠断　孝女哭衰亲

　　话说英琼天性好动，便走向窗前，凭窗往外看去。这间房离店门不远，看得很是清楚。这时店小二端了一碗粉蒸肉进来，李宁正要喊英琼坐下，趁热快吃。忽听英琼道："爹爹快来看，这不是那个和尚么？"李宁也走向窗前看时，只见外面一堆人，拥着一个和尚，正是适才街中遇见的那个白眉红脸的和尚，不禁心中一动，正想问适才端菜进来的店小二。这人生来口快，不俟李宁问话，便抢先道："客官快来用饭，免得凉了，天气又冷，不好受用。按说我们开店做买卖，只要不赊不欠，谁都好住。也是今天生意大好，又赶十月香汛，全店只剩这一间房未赁出去，让给客官住了。这个白眉毛和尚，本可以住进附近庙宇，还可省些店钱。可他不去挂单，偏偏要跑到我们这里来强要住店。主顾上门，哪敢得罪？我们东家愿把账房里间匀给他住，他不但不要，反出口不逊，定要住客官这一间房。问他是什么道理，他说这间房的风水太好，谁住谁就要成仙。如若不让，他就放火烧房。不瞒客官说，这里庙宇太多，每年朝山的人盈千累万，靠佛爷吃饭，不敢得罪佛门弟子。如果在别州府县，像他这种无理取闹，让地方捉了去，送到衙门里，怕不打他一顿板子，驱逐出境哩。"店小二连珠似的说了这一大套，李宁只顾沉思不语。不由恼了英琼，说道："爹爹，这个和尚太不讲理了。"话言未了，忽听外面和尚大声说道："我来了，你就不知道么？你说我不讲理，就不讲理。就是讲理，再不让房，我可要走了。"

　　李宁听到此处，再也忍耐不住，顾不得再吃饭，急忙起身出房，走到和尚面前深施一礼，然后说道："此店实在客位已满，老禅师如不嫌弃，先请到我房中小坐，一面再命店家与老禅师设法，匀出下榻之所。我那间房，老禅师倘若中意时,那我就搬在柜房,将我那间奉让与老禅师居住如何?"那白眉毛和尚道:"你倒是个知趣的。不过你肯让房子,虽然很好,恐怕你不安好心,要连累贫僧,日后受许多麻烦,我岂不上了你的当?我还是不要。"这时旁观的人见李宁出来与店家解围,那和尚还是一味不通情理,都说李宁是个好人,那和尚不是东西,出家人哪能这样不讲理?大家以为李宁闻言,必要生和尚的气,谁知李宁礼愈恭,词更切。说到后来,那和尚哈哈大笑,说道:"你不要以为我那样不通情理,我出家人出门,哪有许多银两带在身边?你住那间房,连吃带住怕不要四五钱银子一天,你把房让与我,岂不连累我多花若干钱?我住是想住,我打算同你商量:你住柜房,可得花上房的钱;我住上房,仍是花柜房的钱。适才店家只要八分银子一天,不管吃,只管住。我们大家交代明白,这是公平交易,愿意就这么办,否则你去你的,我还是叫店家替我找房,与你无干。你看可好?"李宁道:"老禅师说哪里话来。你我萍踪遇合,俱是有缘,些许店钱算得什么?弟子情愿请老禅师上房居住,房饭钱由弟子来付,略表寸心。尊意如何?"那和尚闻言大喜道:"如此甚好。"一面朝店家说道:"你们大家都听见了,房饭钱可是由他来给,是他心甘情愿,不算我讹他吧?我早就说过,我如要那间房,谁敢不让?你瞧这句话没白说吧?"这时把店家同旁观的人几乎气破了肚皮。一个是恭恭敬敬地认吃亏,受奚落;一个是白吃白喝当应该,还要说便宜话。店家本想嘱咐李宁几句,不住地使眼色。李宁只装作不懂,反一个劲催店家快搬。店家因是双方情愿,不便管闲事,只得问明李宁,讲好房饭钱由他会账,这才由李宁将英琼唤出,迁往柜房。那和尚也不再理人,径自昂然直入。到了房中落座后,便连酒带菜要个不停。

话说那间柜房原是账房一个小套间,店家拿来堆置杂物之用,肮脏黑暗,光线空气无不恶劣异常。起初店家原是存心搪塞和尚,谁想上房客人居然肯让。搬进去以后,店家好生过意不去,不断进房赔话。李宁竟安之若素,一点不放在心上,见店家进房安慰,只说出门人哪里都是一样住,没有什么。那伺候上房的店小二,见那和尚虽然吃素,都是尽好的要了一大桌,好似倚仗有人会账,一点都不心疼,暗骂他穷吃饿吃,好生替李宁不服气。又怕和尚吃用多了,李宁不愿意,抽空来到李宁房中报告道:"这个和尚简直不知好歹,客官何苦管他闲账?就是喜欢斋僧布道,吃亏行善,也要落在明处，不要让人把自己当做空子。"李宁暗笑店小二眼光太低，因见他也是一番好心，不忍驳他。只说是自己还愿朝山，立誓不与佛门弟子计较，无论他吃多少钱，都无关系，并嘱咐店小二好好伺候，如果上房的大师父走时，不怪他伺候不周，便多把酒钱与他。店小二虽然心中不服，见李宁执意如此，也就无可奈何，自往上房服侍去了。英琼见她父亲如此，知道必有所为。她虽年幼，到底不是平常女子，并未把银钱损失放在心上，只不过好奇心盛，几次要问那和尚的来历，俱被李宁止住。闹了这一阵，天已昏黑。李宁适才被和尚一搅，只吃了个半饱，当下又叫了些饮食，与英琼再次进餐，找补这后半顿。吃喝完毕，夜已初更过去。店家也撤去市招，上好店门。住店的客人，安睡的安睡，各自归房。不提。

李宁对着桌上一盏菜油灯发呆了一阵，待英琼又要问时，李宁站起来嘱咐英琼，不要随便出去，如困时，不妨先自安睡。英琼便问是否到上房看望那位大和尚。李宁点了点头，叫英琼有话等回山细说，不要多问。说罢，轻轻开门出来，见各屋灯光黯淡，知道这些朝山客人业已早睡，准备早起入山烧香。便放轻脚步，走到上房窗下，从窗缝往里一看，只见室中油灯剔得很旺，灯台下压着一张纸条。再寻和尚，踪迹不见，李宁大为惊异。一看房门倒扣，轻轻推开窗户，飞身进去，拿起灯台底下的纸条，只见上面写着"凝碧崖"三个字，墨迹犹新，知道室中的人刚走不大一会儿。随手放下纸条，急忙纵身出来，跳上房顶一看，大街人静，星月在天，四面静悄悄的。深巷中的犬吠柝声，零零落落地随风送到。神龙见首，鸿飞已冥，哪里有一丝迹兆可寻？知道和尚走远，异人已失之交臂，好生懊悔。先前没有先问他的名字、住址，无可奈何，只得翻身下地，仔细寻思："那凝碧崖莫非就是他驻锡之所？特地留言，给我前去寻访，也未可知。"猛想起纸条留在室中，急忙再进上房看时，室中什物并未移动，惟独纸条竟不知去向。室中找了个遍，也未找到。适才又没有风，不可能被风吹出窗外，更可见和尚并未走远，还是在身旁监察他有无诚意。自己以前观察不错，此人定是为了自己而来，特地留下地方，好让自己跟踪寻访。

当下不便惊动店家，仍从窗户出来。回房看英琼时，只见她伏在桌上灯影下，眼巴巴望着手中一张纸条出神。见李宁进来，起身问道："爹爹看见白眉毛和尚么？"李宁不及还言，要过纸条看时，正是适才和尚所留的，写着"凝碧崖"三个大字的纸条。惊问英琼:"从何处得来?"英琼道:"适才爹爹走出门,不多一会儿,我正在这里想那和尚行踪奇怪,忽然灯影一晃,我面前已留下这张纸条。我跑到窗下看时,正看见爹爹从房上下来,跳进上房窗户去了。这'凝碧崖'三个字是什么意思?怎会凭空飞入房内?爹爹可曾晓得?"李宁道:"大概是我近来一心皈依三宝,感动高人仙佛前来指点。这'凝碧崖'想是那高人仙佛叫我前去的地方。为父从今以后,或者能遇着一些奇缘,摆脱尘世。只是你……"说到这里,目润心酸,好生难过。英琼便问道:"爹爹好,自然女儿也好。女儿怎么样?"李宁道:"我此时尚未拿定主意,高人仙佛虽在眼前,尚不肯赐我一见,等到回山再说吧。"英琼这时再也忍耐不住,逼着非要问个详细。李宁便道:"为父近来已看破世缘,只为向平之愿未了,不能披发入山。适才街上遇见那位和尚,我听他念佛的声音震动我的耳膜,这是内家练的一种罡气,无故对我施为,绝非无因,不是仙佛,也是剑侠,便有心上前相见。后来又想到你身上,恐怕无法善后,只得罢休。谁想他跟踪前来,起初以为事出偶然。及至听他指明要我住的那间房,又说出许多不近情理的话,便知事更有因。只是为父昔年闯荡江湖,仇人甚多,又恐是特意找上门来的晦气。审慎结果,于是先把他让入上房,再去查看动静。去时已看见桌上有这张纸条,人已去远,才知这位高僧真是为我前来。只是四海茫茫,名山甚多,叫我哪里去寻这凝碧崖?即使寻着之后,势必不能将你带去,叫我怎生安排?如果不去,万一竟是旷世仙缘,岂不失之交臂?所以我打算回山,考虑些日再说。"英琼闻言道:"爹爹此言差矣!女儿虽然年幼,近来学习内外功,已知门径。我们住的所在,前临峭壁,后隔万丈深沟,鸟飞不到,人踪杳然。爹爹只要留下三五年度日用费,女儿只每年下两次山,购买应用物品,尽可度日用功,既不畏山中虎狼,又无人前来扰乱。三五年后,女儿把武功练成,再去寻访爹爹下落。由爹爹介绍一位有本领、会剑术的女师太为师,然后学成剑术,救世济人,岂非绝妙?人寿至多百年,爹爹学成大道,至少还不活个千年?女儿也可跟着沾光,岂不胜似目前苟安的短期聚首?'不放心'和'不舍得'几个字从何说起?"

李宁见这膝前娇女小小年纪,有此雄心,侃侃而谈,决不把离别之苦与素居之痛放在心上,全无丝毫儿女情态,既是疼爱,又是伤心。便对她道:"世间哪有这样如意算盘？你一人想在那绝境深谷中去住三五年，谈何容易。天已不早，明日便要回山，姑且安歇，回山再从长计较吧。天下名山何止千百，这凝碧崖还不知是在哪座名山之中，是远是近呢。"英琼道:"我看那位高僧既肯前来点化，世间没有不近人情的仙佛，他不但要替爹爹同女儿打算，恐怕他留的地名，也决不是什么远隔千里。"说着，便朝空默拜道:"好高僧，好仙佛，你既肯慈悲来度我父亲，你就索性一起连我度了吧。你住的地方也请你快点说出来，不要教我们为难，打闷葫芦了。"李宁见英琼一片孩子气，又好笑，又心疼，也不再同她说话，只顾催她去睡。

当下李宁便先去如厕，英琼就在房中方便，回来分别在铺就的两个铺板上安睡。英琼仍有一搭没一搭地研究用什么法子寻那凝碧崖。李宁满腹心事，加上店房中借用的被褥又不干净，秽气熏鼻难闻，二人俱都没有睡好。

时光易过，一会儿寒鸡报晓，外面人声嘈成一片。李宁还想叫英琼多睡一会儿，好在回山又没事。英琼偏偏性急，铺盖又脏，执意起来。李宁只得开门唤店家打洗漱水。这时天已大明，今天正是香汛的第一日，店中各香客俱在天未明前起身入山，去抢烧头香，人已走了大半。那未走的也在打点雇轿动身，显得店中非常热闹。那店小二听李宁呼唤，便打水进来。李宁明知和尚已走，店家必然要来报告，故意装作不知，欲待店小二先说。谁想店小二并不发言，只帮着李宁收拾带进山的东西。后来李宁忍不住问道:"我本不知今日是香汛，原想多住些日子，如今刚打算去看热闹。你去把我的账连上房大禅师的账一齐开来。再去替我雇两名挑夫，将这些送与山中朋友之物挑进山去。回头多把酒钱与你。"店小二闻言，笑道:"客官真有眼力，果然那和尚不是骗吃骗住之人。"李宁闻言，忙问:"此话怎讲？"店小二道:"昨天那位大师父那般说话行为，简直叫我们看着生气。偏又遇见客官这样好性的人儿。起初他胡乱叫菜叫酒，叫来又用不多，明明是拿客官当空子，糟践人。我们都不服气，还怕他日后有许多麻烦。谁想他是好人，不过爱开玩笑。"李宁急于要知和尚动静，见店小二只管文不对题地絮叨，便冲口问道:"莫非那位大师父又回来了么？"店小二这才从身上慢悠悠地取出一封信递给李宁，说道:"那位大师父才走不多一会儿，并未回来。不过他临走时，已将他同客官的账一齐付清，还赏了我五两银子酒钱。他说客官就在峨眉居住,与他是街坊邻居。他因为客官虽好佛,净上别的寺观礼拜,不上他庙里烧香,心中有气,昨天在街上相遇,特地跟来开玩笑。他见客官有涵养,任凭他取笑并不生气,一高兴,他的气也平了。我问他山上住处和庙的名字,他说客官知道,近在咫尺,一寻便到。会账之后,留下这一封信,叫我等客官起身时,再拿出来给你。"李宁忙拆开那信时,只见上面写着:"欲合先离,不离不合。凝碧千寻,蜀山一角。何愁掌珠,先谋解脱。明月梅花,神物落落。手扼游龙,独擘群魔。卅载重逢,乃证真觉。"字迹疏疏朗朗,笔力遒劲,古逸可爱。可见昨晚这位高僧并未离开自己,与英琼对谈的一番心事,定被他听了去。既然还肯留信,对于英琼必有法善后,心中大喜。父女二人看完后,不禁望了一眼,因店小二在旁,不便再说什么。店小二便问:"信上可是约客官到他庙内去烧香?我想他一个出家人,还舍得代客官会账,恐怕也有希图。客官去时,还得在意才好。"李宁便用言语支吾过去。

一会儿,店小二雇来挑夫,李宁父女便收拾上道。过了解脱桥,走向入山大道。迎面两个山峰,犬牙交错,形势十分雄壮。一路上看见朝山的善男信女络绎不绝,有的简直从山麓一步一拜,拜上山去。山上庙宇大小何止百十,只听满山麓梵呗钟鱼之声,与朝山的佛号响成一片,衬着这座名山的伟大庄严,令人见了自然起敬。李宁因自己不入庙烧香,不便挑着许多东西从人丛中越过,使命挑夫抄昔日入山小径。到了舍身岩,将所有东西放下,开发脚力自去。等到挑夫走远,仍照从前办法,父女二人把买来的应用物品,一一背了上去。回到石洞之中,因冬日天短,渐已昏黑。父女二人进洞把油灯点起,将什物安置。累了一天,俱觉有些劳乏,胡乱做些饮食吃了,分别安睡。

第二日晨起,先商量过冬之计。等诸事安排就绪,又拿出那和尚两个纸条,同店小二所说的一番话仔细参详。李宁对英琼道:"这位高僧既说与我是邻居,那凝碧崖定离此地不远。我想趁着这几日天气晴明,在左近先为寻访。只是此山甚大,万一当日不能回来,你不可着急,千万不要离开此地才好。"英琼点头应允。由这日起,李宁果就在这山前山后,仔细寻访了好几次。又去到本山许多有名的庙宇,探问可有人知道这凝碧崖在什么地方,俱都无人知晓。英琼闲着无事,除了每日用功外,自己带着老父亲当年所用的许多暗器,满山去追飞逐走。有时打来许多野味,便把它用盐腌了,准备过冬。她生就天性聪明,加以天生神力,无论什么武功,一学便会,一会儿便精。自从入山到现在,虽然仅只几个月工夫,却学了不少的能耐。她那轻身之术,更是练得捷比猿猱,疾如飞鸟。每日遍山纵跃,胆子越来越大,走得也越远。李宁除了三五日赴山崖下汲取清泉水,一心只在探听那高僧的下落,对女儿的功课无暇稽考。英琼怕父亲担心,又来拘束自己,也不对她父亲说。父女二人,每日俱是早出晚归,习以为常。

渐渐过了一个多月,凝碧崖的下落依旧没有打听出来。这时隆冬将近,天气日寒。他们住的这座山洞,原是此山最背风的所在,冬暖夏凉;加以李宁布置得法,洞中烧起一个火盆,更觉温暖如春,不为寒威所逼。这日李宁因连日劳顿,在后山深处遭受一点风寒,身体微觉不适。英琼便劝他暂缓起床,索性养息些日,再去寻凝碧崖的下落。一面自己起身下床,取了些储就的枯枝,生火熬粥,与她父亲赶赶风寒,睡一觉发发汗。起床之时,忽觉身上虽然穿了重棉,还有寒意。出洞一看,只见雪花纷飞,兀自下个不住,把周围的大小山峰和山半许多琼宫梵宇,点缀成一个琼瑶世界。半山以下,却是一片浑茫,变成一个雪海。雪花如棉如絮,满空飞舞,也分不出那雪是往上飞或是往下落。英琼生平几曾见过这般奇景,高兴得跳了起来。急忙进洞报道:"爹爹,外面下了大雪,景致好看极了!"李宁闻言,叹道:"凝碧崖尚无消息,大雪封山,不想我缘薄命浅一至于此!"英琼道:"这有什么要紧?神仙也不能不讲道理,又不是我们不去专诚访寻,是他故意用那种难题来作难人。他既打算教爹爹的道法,早见晚见还不是一样?爹爹这大年纪,依女儿之见,索性过了寒冬,明春再说,岂不两全其美?"李宁不忍拂爱女之意,自己又在病中,便点了点头。英琼便跑到后洞石室取火煮粥,又把昨日在山中挖取的野菜煮了一块腊肉,切了一盘熟野味。洞中没有家具,便把每日用饭的一块大石头,滚到李宁石榻之前。又将火盆中柴火拨旺,才去请李宁用饭。只见李宁仍旧面朝里睡着,微微有些呻吟。英琼大吃一惊,忙用手去他头上身上摸时,只觉李宁周身火一般热,原来寒热加重,病已不轻。一个弱龄幼女与一个行年半百的老父,离乡万里,来到这深山绝顶之上相依为命,忽然她的老父患起病来,怎不叫人五内如焚!英琼忍着眼中两行珠泪,轻轻在李宁耳旁唤道:"爹爹,是哪儿不好过？女儿已将粥煮好，请坐起来，喝一些热粥，发发汗吧。"李宁只是沉睡，口中不住吐出细微的声音，隐约听出"凝碧崖"三字。英琼知是心病，又加上连日风寒劳碌，寒热夹杂，时发谵语。又遇上满天大雪，下山又远，自己年幼，道路不熟，无处延医。李宁身旁更无第二个人扶持。不禁又是伤心，又是害怕。害怕到了极处，便不住口喊"爹爹"。李宁只管昏迷不醒，急得英琼五内如焚，饭也无心吃。连忙点了一副香烛，跪向洞前，祷告上苍庇佑。越想越伤心，便躲到洞外去痛哭一场。这种惨况，真是哀峡吟猿，无此凄楚。只哭得树头积雪纷飞，只少一只杜鹃，在枝上帮她啼血。

这时雪还是越下越盛。他们的洞口，在山的最高处，虽然雪势较稀，可是十丈以外，已分不清东西南北。英琼四顾茫茫，束手无计，哭得肠断声嘶之际，忽然止泪默想。想一阵，又哭；哭一会儿，又进去唤爹；唤不醒，又出来哭。似这样哭进哭出，不知有若干次。最后一次哭进洞去，恍惚听得李宁在唤她的小名，心中大喜，将身一纵，便到榻前，忙应："爹爹，女儿在此。"谁想李宁仍是不醒，原是适才并未唤她，是自己精神作用。这一来，越加伤心到了极点，也不再顾李宁听见哭声，抱着李宁的头，一面哭，一面喊。喊了一会儿，才听见李宁说道："英儿，你哭什么？我不过受了点凉，心中难过，动弹不得，一会儿就会好的，你不要害怕。"英琼见李宁说话，心中大喜，急忙止住悲泣，便问爹爹吃点粥不。李宁点了点头。英琼再看粥时，因为适才着急，灶中火灭，粥已冰凉。急得她重新生火，忙个不住。眼望着粥锅烧开，又怕李宁重又昏睡过去，便纵到榻前去看。偏偏火势又小，一时不容易煮开，好不心焦。好容易盼到粥热，因李宁生病，不敢叫他吃荤，连忙取了一些咸菜，连同稀粥，送到榻前。将李宁扶起，一摸头上，还是滚热。便用枕被垫好背腰，自己端着粥碗，一手拈起咸菜，一口粥一口菜地喂与父亲吃。李宁有兼人的饭量，英琼巴不得李宁吃完这碗再添。谁想李宁吃了多半碗，便自摇头，重又倒下。

第四十三回

大雪空山　割股疗亲行拙孝
冲霄健羽　碧崖丹涧拜真仙

英琼一阵心酸，几乎落下泪来。勉强忍住悲怀，把李宁被盖塞好。又将自己床上所有的被褥连同棉衣等类，都取来盖在李宁身上，希望能出些汗便好。这时已届天晚，洞外被雪光返照，洞内却已昏黑。英琼猛想起自己尚未吃饭，本自伤心，吞吃不下。又恐自己病倒，病人更是无人照料，只得勉强喝了两口冷粥。又想到适才经验，将粥锅移靠在火盆旁边，再去煮上些开水同饭，灶中去添些柴火，使它火势不断，可以随用随有。收拾好后，自己和衣坐在石榻火盆旁边，泪汪汪望着床上的父亲，一会儿又去摸摸头上身上出汗不曾。到了半夜，忽然洞外狂风拔木，如同波涛怒吼，奔腾澎湃。英琼守着这一个衰病老父，格外闻声胆裂。他们住的这个石洞原分两层，外层俱用石块堆砌封锁，甚为坚固，仅出口处有一块大石可以启闭，用作出入门户；里层山洞，当时周淳在洞中时，便装好冬天用的风挡，用粗布同棉花制成，厚约三四寸，非常严密。不然在这风雪高山之上，如何受得。英琼衣不解带，一夜不曾合眼。直到次日早起，李宁周身出了一身透汗，悠悠醒转。英琼忙问："爹爹，病体可曾痊愈？"李宁道："人已渐好，不用担忧。"英琼便把粥饭端上，李宁稍微用了一些。英琼不知道病人不能多吃，暗暗着急。这时李宁神志渐清，知道英琼一夜未睡，两眼红肿如桃，好生痛惜。便说这感冒不算大病，病人不宜多吃，况且出汗之后，人已渐好，催英琼吃罢饭后，补睡一觉。英琼还是将信将疑，只顾支吾不去。后来李宁装作生气，连劝带哄，英琼也怕她父亲担心劳累，勉强从命，只肯在李宁脚头睡下，以便照料。李宁见她一片孝心，只得由她。英琼哪能睡得安稳，才一合眼，便好似李宁在唤她。急忙纵起问时，却又不是。李宁见爱女这种孝心，暗自伤心，也巴不得自己早好。谁想到晚间又由寒热转成疟疾。是这样时好时愈，不消三五日，把英琼累得几乎病倒。几次要下山延医，一来李宁执意不许，二来无人照应。英琼进退为难，心如刀割。

到第六天，天已放晴。英琼猛想起效法古人割股疗亲。趁李宁昏迷不醒之时，拿了李宁一把佩刀，走到洞外，先焚香跪叩，默祝一番。然后站起身来，忽听一声雕鸣。抬头看时，只见左面山崖上站着一个大半人高的大雕，金眼红喙，两只钢爪，通体纯黑，更无一根杂毛，雄健非常。望着英琼呱呱叫了两声，不住剔毛梳翎，顾盼生姿。若在往日，英琼早已将暗器放出，岂肯轻易饶它。这时因为父亲垂危，无此闲心，只看了那雕一眼，仍照预定方针下手。先卷左手红袖，露出与雪争辉的皓腕。右手取下樱口中所衔的佩刀，正要朝左手臂上割去。忽觉耳旁风生，眼前黑影一晃，一个疏神，手中佩刀竟被那金眼雕用爪抓了去。英琼骂道："不知死的孽畜，竟敢到太岁头上动土！"骂完，跑回洞中取出几样暗器同一口长剑，欲待将雕打死消气。那雕起初将刀抓到爪中，只一掷，便落往万丈深潭之下。仍飞向适才山崖角上，继续剔毛梳翎，好似并不把敌人放在心上。英琼惟恐那雕飞逃，不好下手，轻轻追了过去。那雕早已看见英琼持着兵刃暗暗追将过来，不但不逃，反睁着两只金光直射的眼，斜偏着头，望着英琼，大有藐视的神气。惹得英琼性起，一个箭步，纵到离雕丈许远近，左手连珠弩，右手金镖，同时朝着那雕身上发将出去。英琼这几样暗器，平日得心应手，练得百发百中，无论多灵巧的飞禽走兽，遇见她从无幸免。谁想那雕见英琼暗器到来，并不飞腾，抬起左爪，只一抓便将那只金镖抓在爪中；同时张开铁喙，朝着那三支连珠弩，好似儿童玩的黄雀打弹一般，偏着头，微一飞腾，将英琼三支弩箭横着衔在口中。又朝着英琼呱呱叫了两声，好似非常得意一般。那崖角离地面原不到丈许高下，平伸出在峭壁旁边。崖右便是万丈深潭，不可见底。英琼连日衣不解带，十分劳累伤心，神经受了刺激，心慌意乱。这崖角本是往日练习轻身所在，这时因为那雕故意找她麻烦，惹得性起，志在取那雕的性命，竟忘了崖旁深潭危险，也未计及利害，就势把昔日在乌鸦嘴偷学来的六合剑中穿云拿月的身法施展出来，一个箭步，连剑带人飞向崖角，一剑直向那雕颈刺去。那雕见英琼朝它飞来,倏地两翼展开,朝上一起,英琼刺了一个空,身到崖角,还未站稳,被那雕展开它那车轮一般的双翼,飞向英琼头顶。英琼见那雕来势太猛,知道不好,急忙端剑,正待朝那雕刺去时,已来不及,被那雕横起左翼,朝着英琼背上扫来,打个正着。虽然那雕并未使多大劲,就它两翼上扑起的风势,已足以将人扇起。英琼一个立足不稳,从崖角上坠落向万丈深潭,身子轻飘飘地往下直落,只见白茫茫两旁山壁中积雪的影子,照得眼花缭乱。知道一下去,便是粉身碎骨,性命难保。想起石洞中生病的老父,心如刀割。正在伤心害怕,猛觉背上隐隐作痛,好似被什么东西抓住似的,速度减低,不似刚才投石奔流一般往下飞落。急忙回头一看,正是那只金眼雕,不知在什么时候飞将下来,将自己束腰丝带抓住。因昔日李宁讲过,凡是大鸟擒生物,都是用爪抓住以后,飞向高空,再掷向山石之上,然后下来啄食,猜是那雕不怀好意。一则自己宝剑业已刚才坠入深潭;二则半悬空中,使不得劲。又怕那雕在空中用嘴来啄,只得暂且听天由命,索性等它将自己带出深潭,到了地面,再作计较。用手一摸身上,且喜适才还剩有两支金镖未曾失落,不由起了一线生机。便悄悄掏出,取在手中,准备一出深潭,便就近给那雕一镖,以求侥幸脱险。谁想那雕并不往上飞起,反一个劲直往下降,两翼兜风,平稳非凡,慢慢朝潭下落去。

英琼不知道那雕把她带往潭下做甚,好生着急。情知危险万状,事到其间,也就不作求生之想了。英琼胆量本大,既把生死置之度外,反借此饱看这崖潭奇景。下降数十丈之后,雪迹已无,渐渐觉得身上温暖起来。只见一团团、一片片的白云由脚下往头上飞去。有时穿入云阵之内,被那云气包围,什么也看不见。有时成团如絮的白云飞入襟袖,一会儿又复散去。再往底下看时,视线被白云遮断,简直看不见底。那云层穿过了一层又一层,忽然看见脚下面有一个从崖旁伸出来的大崖角,上面奇石如同刀剑森列,尖锐嶙峋。这一落下去,还不身如齑粉?英琼闭目心寒,刚要喊出"我命休矣",那雕忽然速度变快,一个转侧,收住双翼,从那峭崖旁边一个六七尺方圆的洞口钻了过去。英琼自以为必死无疑,但好久不见动静,身子仍被那雕抓住往下落。不由再睁双目看时,只见下面已离地只有十余丈,隐隐闻得钟鱼之声。心想:"这万丈深潭之内,哪有修道人居此?"好生诧异。这时那雕飞的速度越发降低。英琼留神往四外看时,只见石壁上青青绿绿，红红紫紫，布满了奇花异卉，清香馥郁，直透鼻端。面积也逐渐宽广，简直是别有洞天，完全暮春景象，哪里是寒风凛冽的隆冬天气，不由高兴起来。身子才一转侧，猛想起自己尚在铁爪之下，吉凶未卜；即使能脱危险，这深潭离上面不知几千百丈，如何上去？况且老父尚在病中，无人侍奉，不知如何悬念自己，不禁悲从中来。那雕飞得离地面越近，便看见下面山阿碧岑之旁，有一株高有数丈的古树，树身看去很粗，枝叶繁茂。那钟鱼之声忽然停住，一个小沙弥从那树中走将出来，高声唤道："佛奴请得嘉客来了么？"那雕闻言，仍然抓住英琼，在离地三四丈的空中盘旋，不肯下去。英琼离地渐近，早掏出怀中金镖，准备相机行事。见那雕不住在高空盘旋，这是自然回翔，不比得适才是借着它两翼兜风的力，平平稳稳地往下降落。人到底是血肉之躯，任你英琼得天独厚，被那雕抓住，几个转侧，早已闹得头昏眼花，天旋地转，那小沙弥在下面高声喊嚷，她也未曾听见。那雕盘旋了一会儿，倏地一声长啸，收住双翼，弩箭脱弦般朝地面直泻下来。到离地三四尺左右，猛把铁爪一松，放下英琼，重又冲霄而起。

这时英琼神志已昏，晕倒在地，只觉心头怦怦跳动，浑身酸麻，动转不得。停了一会儿，听见耳旁有人说话的声音。睁开秀目看时，只见眼前站定一个小沙弥，和自己差不多年纪。听他口中道："佛奴无礼，檀越受惊了。"英琼勉强支持，站起身来问道："适才我在山顶上，被一大雕将我抓到此间。这里是什么所在？我是如何脱险？小师父可知道？"那小沙弥合掌笑道："女檀越此来，乃是前因。不过佛奴莽撞，又恐女檀越用暗器伤它，累得女檀越受此惊恐，少时自会责罚于它。家师现在云巢相候，女檀越随我进见，便知分晓。"这时英琼业已看清这个所在，端的是仙灵窟宅，洞天福地。只见四面俱是灵秀峰峦，天半一道飞瀑，降下来汇成一道清溪。前面山阿碧岑之旁，有一棵大楠树，高只数丈，树身却粗有一丈五六尺，横枝低极，绿荫如盖，遮蔽了三四亩方圆地面；树后山崖上面，藤萝披拂，许多不知名的奇花生长在上面。绿苔痕中，隐隐现出"凝碧"两个方丈大字。英琼虽然神思未定，已知道此间绝少凶险，便随那小沙弥直往树前走来。见那树身业已中空，树顶当中结了一个茅棚，心想："这人在这大树顶上住家，倒好耍子。"及至离那山崖越近，那"凝碧"两个摩崖大字越加看得清楚。忽然想起白眉毛和尚所留的纸条，不禁脱口问道："此地莫非就是凝碧崖么？"那小沙弥笑答道："此间正是凝碧崖。家师因恐令尊难以寻找，特遣佛奴接引，不想竟把女檀越请来。请见了家师再谈吧。"英琼闻言，又悲又喜：喜的是上天不负苦心人，凝碧崖竟有了下落；悲的是老父染病在床，又不知自己去向，怕他担心加病。事到如今，也只好去见了那和尚再作计较。一面想，一面正待往树心走进时，忽听一声佛号，听去非常耳熟。接着面前一晃，业已出现一人，定睛看时，正是峨眉县城内所遇的那位白眉毛高僧。英琼福至心灵，急忙跪倒在地，眼含痛泪，口称："难女英琼，父病垂危，现在远隔万丈深潭，无法上去侍奉老父。恳求禅师大发慈悲，施展佛法，同弟子一起上去，援救弟子父亲要紧。"说时，声泪俱下，十分哀痛。那高僧答道："你父本佛门中人，与老僧有缘，想将他度入空门，才留下凝碧地址，特意看他信心坚定与否。后来见他果然一心皈依，真诚不二，今日才命佛奴前去接引。它随我听经多年，业已深通灵性，见你因父病割股，孝行过人，特地将你佩刀抓去。你以为它有心戏弄，便用暗器伤它，它野性未驯，想同你开开玩笑。它两翼风力何止千斤，一个不小心，竟然将你打入深潭，它才把你带到此地同老僧见面。它适才向老僧报告，一切我已尽知。你父之病，原是感冒风寒，无关紧要。这里有丹药，你带些回去与汝父服用，便可痊愈。病愈之后，我仍派佛奴前去接引到此，归入正果便了。"英琼闻言，才知那雕原是这位老禅师家养的。这样看来，老父之病定无妨碍。他既叫带药回去，必有上升之法。果然自己父亲之见不差，这位老禅师是仙佛一流。不禁勾起心思，叩头已毕，重又跪求道："弟子与家父原是相依为命，家父承师祖援引，得归正果，实是万千之幸。只是家父随师祖出家，抛下弟子一人，伶仃孤苦，年纪又轻，如何是了？还望师祖索性大发慈悲，使弟子也得以同归正果吧。"那高僧笑道："你说的话谈何容易。佛门虽大，难度无缘之人；况且我这里从不收女弟子。你根行禀赋均厚，自有你的机缘。我所留偈语，日后均有应验。纠缠老僧，与你无益。快快起来，打点回去吧。"英琼见这位高僧严词拒绝，又惦记着洞中病父，不敢再求，只得遵命起来。又问师祖名讳，白眉和尚答道："老僧名叫白眉和尚。这凝碧崖乃是七十二洞天福地之一，四时常春，十分幽静，现为老僧静养之所。你这次回去，远隔万丈深潭，还得借佛奴背你上去，它随我多年，颇有道术，你休要害怕。"

那旁小沙弥闻言，忽然嘬口一呼，其声清越，如同鸾凤之鸣一般。一会儿工夫，便见碧霄中隐隐现出一个黑点，渐渐现出全身，飞下地来，正是那只金眼雕。口中衔着一支金镖、三支弩箭，两只铁爪上抓了一把刀、一把剑，俱是英琼适才失去之物。那雕放下兵刃暗器，便对英琼呱呱叫了两声。这时英琼细看那雕站在地下，竟比自己还高，两目金光流转，周身起黑光，神骏非凡。见它那般灵异，更自惊奇不止。那雕走向白眉和尚面前，趴伏在地，将头点了几点。白眉和尚道："你既知接这位孝女前来，如何叫她受许多惊恐？快好好送她回去，以赎前愆，以免你异日大劫临头，她袖手不管。"那雕闻言，点了点头，便慢慢一步一步地走向英琼身旁蹲下。白眉和尚便从身旁取出三粒丹药，付与英琼，说道："此丹乃我采此间灵草炼成，一粒治你父病，那两粒留在你的身旁，日后自有妙用，以奖你的纯孝。现在各派剑仙物色门人，你正是好材料，不久便有人来寻你。急速去吧。"英琼正要答言叩谢，一转眼间，白眉和尚已不知去向。只得朝着茅棚跪叩了一阵。那小沙弥取过一根草索，系在那雕颈上。叫英琼把兵刃暗器带好，坐了上去。这番不比来时，一则知道神雕与白眉和尚法力；二则父亲服药之后就要痊愈，还可归入正果。真是归心似箭，喜气洋洋，一丝一毫也不害怕。

当下谢别小沙弥，坐上雕背，一手执定草索，一手紧把着那雕翅根，一任它健翮冲霄，破空而起。眨眨眼工夫，下望凝碧崖，已是树小如芥，人小如蚁。那雕忽然回头朝着英琼叫了两声，停止不进。英琼急忙抬头往上下左右看时，只见头上一个伸出的山崖，将上行的路遮绝，只左侧有一个数尺方圆的小洞。知道那雕要从这洞穿过，先警告自己。忙将双手往前一扑，紧紧抱着那雕两翼尽头外，再用双脚将雕当胸夹紧。那雕这才收拢双翼，头朝上，身朝下，从洞中穿了上去。适才下来时，是深不见底；如今上去，又是望不见天，白茫茫尽被云层遮满。那雕好似轻车熟路一般，穿了一层云层，又是一层云层。到了危险地方，便回头朝着英琼叫两声，好让她早做防备。把一个英琼爱得如同性命一般，不住腾出手来去抚弄它背上的铁羽钢翎。似这样在雕背上飞了有好一会儿，渐渐觉得身上有了寒意，崖凹中也发现了积雪，知距离上面不远。果然一会儿工夫，飞上山崖，直到洞边降下。

这时日已衔山，英琼心念老父，又不愿那雕飞去，便向那雕说道："金眼师兄，你接引我去见师祖，使我父亲得救，真是感恩非浅！请你先不要走，随我去见我爹爹吧。"那雕果然深通人意，由着英琼牵着颈上草索，随她到了李宁榻前。恰好李宁尚在发烧昏迷，并不知英琼出去半日，经此大险。当下英琼放下兵刃暗器，顾不得别的，泪汪汪先喊了两声爹爹，未见答应。急忙掌起灯火，去至灶前看时，业已火熄水凉，急忙生火将水弄热。又怕那雕走去，一面烧火，一面求告。且喜那雕进洞以后，英琼走到哪里，它便跟到哪里，蹲了下来。这时英琼真是又喜又忧又伤心，不知如何是好。一会儿工夫，将水煮开，忙把稀饭热在火上。舀了一碗水，将李宁推了个半醒，将白眉和尚赠的灵丹与李宁灌了下去。一手抱着雕的身子，目不转睛地望着榻上病父。不大工夫，便听李宁喊道："英儿，可有什么东西拿来给我吃？我饿极了。"英琼知是灵丹妙用，心中大喜。三脚两步跑到灶前，将粥取来。那雕也随她跳进跳出。李宁服药之后，刚刚清醒过来，觉得腹中饥饿，便叫英琼去取食物。猛见一个黑影晃动，定睛一看，灯光影里，只见一个尖嘴金眼的怪物追随在女儿身后，一着急，出了一身冷汗。也忘了自己身在病中，一摸床头宝剑，只剩剑匣。急忙持在手中，从床上一个箭步纵到英琼的身后，望着那怪物便打。只听"吧嗒"一声，原来用力太猛，那个怪物并未打着，倒把前面一个石椅劈为两半，剑匣也断成两截。那怪物跳了两跳，"呱呱"叫了两声，并不逃走。李宁心急非常，还待寻取兵刃时，英琼刚把粥取来，放在石桌之上，忽见李宁纵起，业已明白，顾不得解释，先将李宁两手抱住。急忙说道："这是凝碧崖白眉师祖打发它送女儿回来的神雕，爹爹休要误会。病后体弱，先请上床吃粥，容女儿细说吧。"那李宁也看出那怪物是个金眼雕，听了女儿之言，暗暗惊喜。顾不得上床吃粥，直催英琼快说。

英琼便请李宁坐在榻前，仍是自己端着粥碗，服侍李宁食用，并细细将前事说了一遍。李宁一面吃，一面听，听得简直是悲从中来，喜出望外，伤心到了极处，也高兴到了极处。这一番话，真是消灾祛病，把英琼准备的一锅粥，吃了个锅底朝天。李宁听完之后，也不还言，急忙跑向雕的面前，屈身下拜道："嘉客恩人到来，恕我眼睛无知，还望海涵，不要生气。"

那雕闻言，把头点了两点。李宁重又过来，抱着英琼哭道："英儿，苦了你也！"英琼原怕那雕生气，见李宁上前道歉，好生高兴。猛想起父病新愈，不能劳累，忙请李宁上床安息。李宁道："我服用灵丹之后，便觉寒热尽退，心地清凉。你看我适才吃那许多东西，现在精神百倍，哪里还有病在身？"英琼闻言，忽然觉得自己腹中饥饿。况且嘉客到来，只顾服侍病人，忘了招待客人。急忙跑进厨房，取出几件腊野味，用刀割成细块，请雕食用。那雕又朝着英琼叫了两声，好似表示感谢之意。英琼又与它解下绳索，由它自在吃用。自己重又胡乱煮了些饭，就着剩菜，挨坐在李宁身旁，眼看那雕一面吃，自己一面讲。这石室之中，充满了天伦之乐，真个是苦尽甘来，把连日阴霾愁郁景象一扫而空。

　　李宁见那雕并不飞去，知道自己将要随它去见白眉和尚，惟恐爱女心伤远离，不敢说将出来。心中不住盘算，实在进退两难，忍不住一声短叹。英琼何等聪明，早知父亲心思，忙问："爹爹，你病才好，又想什么心事，这般短叹长吁做甚？"李宁只说："没有什么心事，英儿不要多疑。"英琼道："爹爹还哄我呢。你见师祖座下神雕前来接引，我父女就要远离了，爹爹舍不得女儿，又恐仙缘错过，进退两难。是与不是？"李宁闻言，低头沉吟不语。英琼又道："爹爹休要如此，只管放心。适才凝碧崖前，女儿也曾跪求师祖一同超度。师祖说，女儿不是佛门中人，他又不收女弟子，不久便有仙缘来救女儿。日后爹爹虽在凝碧崖参修，有这位金眼师兄帮助，那万丈深潭也不难飞渡。女儿虽然年幼，恨不得立刻寻着一个剑仙的师父，练成一身惊人的本领，出入空蒙，飞行绝迹。照师祖的偈语看来，也是先离后合。日后既有重逢之日，愁它何来？实不瞒爹爹说，女儿先前也想不要离开爹爹才好。自从这次凝碧崖拜见师祖之后，又恨不能爹爹早日成道，女儿也早一点沾光。至于深山独居之苦，爹爹见了师祖之后，就说女儿年幼，求师祖命这位金眼师兄陪伴女儿，在洞中朝夕用功，等候仙缘到来。岂不免却后顾之忧，两全其美？"

第四十四回 只影感苍茫　寂寂寒山　欣逢佳侣
　　　　　　　孺心伤离别　漫漫前路　喜得神雕

李宁见英琼连珠炮一般说得头头是道，什么都是一厢情愿，又不忍心驳她。刚想说两句话安慰她，那雕已把一堆腊野味吃完，偏着头好似听他父女争论。及至英琼讲完，忽然"呱呱"叫了两声。英琼疑心雕要喝水，刚要到厨房去取时，那雕忽朝李宁父女将头一点，钢爪一蹬，跃到风挡之前，伸开铁喙，拨开风挡，跳了出去。李宁父女跟踪出来看时，那雕已走向洞口，只见它将头一顶，已将封洞的一块大石顶开，横翼一偏，径自离洞，冲霄而起。急得英琼跑出洞去，在下面连声呼唤，央求它下来。那雕在英琼头顶上又叫了两声，雪光照映下，眼看一团黑影投向万丈深潭之内去了。英琼狂喊了一会儿，见雕已飞远，无可奈何，垂头丧气随李宁回进洞内。李宁见她闷闷不乐，只得用好言安慰。又说道："适才所说那些话，都是能说不能行的。你不见那雕才听你说要向你师祖借它来做伴，它便飞了回去么？依我之见，等那雕奉命来接我去见你师祖时，我向他老人家苦求，给你介绍一个有本领的女师父，这还近一点情理。你师祖虽说你不久自有仙缘，就拿我这回寻师来说，恐怕也非易事呢。"英琼到底有些小孩心性，她见爹爹不日出家，自己虽说有仙缘遇合，但不知要等到何时。便想起周淳的女儿轻云，现在黄山餐霞大师处学剑，虽说从未见面，她既是剑仙门徒，想必能同自己情投意合。再加上几代世交，倘能将雕调养驯熟，骑着它到黄山去寻轻云，求她引见餐霞大师，就说是她父亲介绍去的，自己再向大师苦求，决不会没有希望。等到剑术学成，在空中游行自在，那时山河咫尺，更不愁见不着爹爹。所以不但不愁别离，反恨不得爹爹即日身体复原，前往凝碧崖替自己借雕，好依计行事。不想那雕闻言飞去，明明表示拒绝。又动了孺慕孝思，表面怕李宁看出，装作无事，心头上却是懊丧难受到了极处。及至听李宁说求白眉和尚代寻名师，才展了一丝笑容。父女二人又谈了一阵离别后的打算，俱都不得要领，横也不好，竖也不妥当，总是事难两全。直到深夜，才由李宁催逼安睡。

英琼心事在怀，一夜未曾合眼，不住心头盘算，到天亮时才得合眼。睡梦中忽听一声雕鸣，急忙披衣下床，冒着寒风出洞看时，只见残雪封山，晨曦照在上面，把崖角间的冰柱映成一片异彩。下望深潭，仍是白云瀚翳，遮蔽视线，看不见底。李宁起来较早，正在练习内功。忽见女儿披衣下床，一跃出洞，急忙跟了出来。英琼又把昨日斗雕的地方同自己遇险情形，重又兴高采烈说了一遍。把李宁听了个目眩心摇，魂惊胆战，抱着爱女，直喊可怜。父女二人谈说一阵，便进洞收拾早饭。用毕出来看时，晴日当空，阳光非常和暖，耳旁只听一片轰轰隆隆之声，惊天动地。那山头积雪被日光融化成无数大小寒流，夹着碎冰、矮树、沙石之类，排山倒海般往低凹处直泻下去。有的流到山阴处，受了寒风激荡，凝成一处处的冰川冰原。山崖角下，挂起有一尺许宽、二三丈长的一根根冰柱。阳光映在上面，幻成五色异景，真是有声有色，气象万千。

李宁正望着雪景出神，忽见深潭底下白云堆中，冲起一团黑影，大吃一惊，忙把英琼往后一拉。定睛看时，那黑影已飞到了崖角上面，正是那只金眼神雕。英琼心中大喜，忙唤："金眼师兄快来！"说罢，便进洞去，切腊肉野味来款待。那雕到了上面，朝李宁面前走来，叫了两声，便用钢喙在那雪地上画了几画。李宁认出是个"行"字，知道白眉和尚派它前来接引，不敢怠慢。先朝天跪下，默祝一番。然后对那雕说道："弟子尚有几句话要向小女嘱咐，请先进洞去，少待片刻如何？"那雕点头，便随李宁进洞。英琼已将腊野味切了一大盘，端与那雕食用。那雕也毫不客气地尽情啄食。这时李宁强忍心酸，对英琼道："神雕奉命接我去见师祖，师祖如此垂爱，怎敢不去？只是你年幼孤弱，独处空山，委实令人放心不下。我去之后，你只可在这山头上用功玩耍，切不可远离此间。我随时叩求师祖，与你设法寻师。洞中粮食油盐，本就足敷你我半年多用。我走后，去了我这食量大的，更可支持年半光景。你周叔父一生正直忠诚，决不会中人暗算；他是我性命之交，决不会不回来看我父女。等他回来，便求他陪你到黄山寻找你世姊轻云，引见到餐霞大师门下。我如蒙师祖鉴准，每月中得便求神雕送我同你相见。你须好生保重，早晚注意寒暖，以免我心悬两地。"说罢，虎目中两行英雄泪，不禁流将下来。英琼见神雕二次飞来，满心喜欢。虽知李宁不久便要别离，万没想到这般快法。既舍不得老父远离，又怕老父亲失去这千载一时的仙缘。心乱如麻，也不知如何答对是好。那神雕食完腊野味后，连声叫唤，那意思好似催促起程。李宁知道再难延迟，把心一横，径走向石桌之前，匆匆与周淳留了一封长信，把经过前后及父女二人志愿全写了上去。那英琼看神雕叫唤，灵机一动，急忙跑到神雕面前跪下，说道："家父此去，不知何日回转。我一人在此，孤苦无依，望你大发慈悲，禀明师祖，来与我做伴。等到我寻着剑仙做师父时，再请你回去如何？"那雕闻言，偏着头，用两只金眼看着英琼，忽然长鸣两声。英琼不知那雕心意，还是苦苦央求。一会儿工夫，李宁将书信写完，还想嘱咐英琼几句，那雕已横翼翩然，跃出洞去。李宁父女也追了出来，那雕便趴伏在地。英琼知道是叫李宁骑将上去。猛想起草索，急忙进洞取了出来，系在那雕头颈之上。又告诉李宁骑法，同降下时那几个危险所在。李宁一一记在心头。父女二人俱都满腹愁肠，虽有千言万语，一句也说不出来。那雕见他父女执手无言，好似不能再等，径自将头一低，钻进李宁胯下。英琼忙喊"爹爹留神"时，业已冲霄而起。那雕带着李宁在空中只一个盘旋，便投向那深潭而去。

英琼这才想起有多少话没有说，又忘了请李宁求白眉师祖，命神雕来与自己做伴。适才是伤心极处，欲哭无泪；现在是痛定思痛，悲从中来。在寒山斜照中，独立苍茫，凄凄凉凉，影只形单。一会儿想起父亲得道，必来超度自己；那白眉师祖又曾说自己不久要遇仙缘，异日学成剑仙，便可飞行绝迹，咫尺千里。立时雄心顿起，止泪为欢，高兴到了万分。一会儿想起古洞高峰，人迹不到，独居空山，何等凄凉；慈父远别，更不知何年何月才得见面。伤心到了极处，便又痛哭一场。又想周淳同多臂熊毛太见面后，吉凶胜负，音讯全无。万一被仇人害死，黄山远隔数千里，自己年幼路不熟，何能飞渡？一着急，便急出一身冷汗。似这样吊影伤怀，一会儿喜，一会儿悲，一会儿惊惶，一会儿焦急。直到天黑，才进洞去，觉得头脑昏昏，腹中也有些饥饿。随便开水泡一点饭，就着咸菜吃了半碗。

强抑悲思，神志也渐清宁。忽然自言自语："呸！李英琼，你还自命是女中英豪，怎么就这般没出息？那白眉师祖对爹爹那样大年纪的人，尚肯度归门下，难道我李英琼这般天资，便无人要？现在爹爹走了，正好打起精神用功。等周叔父回来，上黄山去投轻云世姊；即使他不回来，明年开了春，我不会自己寻了去？洞中既不愁穿，又不愁吃，我空着急做什么？"念头一转，登时心安体泰。索性凝神定虑，又做了一会儿内功，上床拉过被子，倒头便睡。她连日劳乏辛苦，又加满腹心事，已多少夜不得安眠。这时万虑皆消，梦稳神安，直睡到第二天巳末午初，才醒转过来。忽听耳旁有一种轻微的呼息之声，猛想起昨日哭得神思昏乱，进来时忘记将洞门封闭，莫不是什么野兽之类闯了进来？轻轻掀开被角一看，只喜欢得连长衣都顾不及穿，从石榻上跳将起来，心头怦怦跳动，跑过去将那东西抱着，又亲热，又抚弄。原来在她床头打呼的，正是那个金眼神雕。不知何时进洞，见英琼熟睡，便伏在她榻前守护。这时见英琼起身，便朝她叫了两声。英琼不住地用手抚弄它身上的铁羽，问道："我爹爹已承你平安背到师祖那里去了么？"那雕点了点头。回过铁喙，朝左翅根侧一拂，便有一个纸条掉将下来。英琼拾起看时，正是李宁与她的手谕。大意说见了白眉师祖之后，已蒙他收归门下。由师祖说起，才知白眉师祖原是李宁的外舅父。其中还有一段很长的因果，所以不惜苦心，前来接引。又说英琼不久便要逢凶化吉，得遇不世仙缘。那只神雕曾随师祖听经多年，深通灵性。已蒙师祖允许，命它前来与英琼做伴，不过每逢朔望，要回凝碧崖去听两次经而已。叫英琼好好看待于它，早晚用功保重，静候周叔父回来，不要离开峨眉。师祖已说自己儿女情长，暂时决不便回来看望等语。

英琼见了来书，好生欣喜，急忙去切腊味，只是原有腊味被神雕吃了两次，所剩不多，便切了一小半出来与那雕吃。而暗作寻思："这神雕食量大，现值满山冰雪，哪里去寻野味与它食用？"心中好生为难。那雕风卷残云般吃完腊味以后，便往外跳去。英琼也急忙跟了出来，只见那雕朝着英琼长鸣，掠地飞起。英琼着了慌，便在下面直喊，眼看那雕在空中盘旋了一阵，并不远离，才放了心。忽地见它一个转侧，投向洪椿坪那边直落下去。一会儿，那雕重又飞翔回来，等到飞行渐近，好似它铁爪下抓着一个什么东西。等到飞离英琼有十丈高下，果然掷下一物。近前一看，原来是一只梅花鹿,业已鹿角触断,脑浆迸裂,掷死过去。那雕也飞身下来,向英琼连声叫唤。英琼见它能自己去觅野食,越发高兴。爱那鹿皮华美温暖,想剥下来铺床。便到洞中取来解刀,将鹿皮剥下,将肉割成小块,留下一点脯子,准备拿铁叉烤来下酒。那雕在一旁任英琼动作,并不过去啄食。一会儿跳进洞去,抓了一块腊猪骨出来,掷在英琼面前。英琼恍然大悟,那雕是想把鹿肉腌熟再吃。当下忙赴后洞,取来水桶、食盐。就在阳光下面将鹿肉洗净,按照周淳所说川人腊熏之法,寻了许多枯枝,在山凹避风之处,将鹿肉腌熏起来。从此那雕日夕陪伴英琼,有时去擒些野味回来腌腊。英琼得此善解人意的神雕为伴,每日调弄,指挥如意,毫不感觉孤寂。几次想乘雕飞翔,那雕却始终摇头,不肯飞起,想是来时受过吩咐的。

过不多日,便是冬月十五,那雕果然飞回凝碧崖听经。回来时,带来李宁一封书信,说自己要随师祖前往成都一带,寻访明室一个遗族,顺便往云南石虎山去看师兄采薇僧朱由穆,此去说不定二三年才得回来。到了成都,如能寻着周淳,便催他急速回山。嘱咐英琼千万不要乱走,要好好保养、用功等语。英琼读完书信,难受一会儿,也无法可想,惟有默祝上苍,保佑她父亲早日得成正果而已。

时光易逝,转眼便离除夕不远。英琼毕竟有些小孩子心性,便把在峨眉县城内购买的年货、爆竹等类搬了出来,特别替那只神雕腌好十来条腊鹿腿,准备同它过年。又用竹签、彩绸糊成十余只宫灯,到除夕晚上悬挂。每日做做这样,弄弄那样,虽然独处空山,反显得十分忙碌。到二十七这天,那雕又抓来两只野猪和一只梅花鹿。英琼依旧把鹿皮剥了下来存储。等到跑到洞中取盐来腌这两样野味时,猛发觉所剩的盐,仅敷这一回腌腊之用,以后日用就没有了。急忙跑到后洞存粮处再看时,哪一样家常日用的东西都足敷年余之用,惟独这食盐一项,竟因自己只顾讨神雕的喜欢,一个劲腌制野味,用得太不经济,以致在不知不觉中用罄。虽然目前肉菜等类俱都腌好,足敷三四月之用,以后再打来野味,便无法办理。望着盐缸发了一会儿愁,想不出什么好办法来,只得先将余盐用了再说。一面动手,一面对那雕说道:"金眼师兄,我的盐快没有了,等过了年,进城去买来食盐,你再去打野味吧。现在打来,我是没有办法弄的啊。"那雕闻言,忽地冲霄而起。英琼知道它不会飞远，司空见惯，也未在意。只在下面喊道："天已快交正午，你去游玩一会儿，快些回来，我等你同吃午饭呢。"那雕在空中一个回旋，眨眨眼竟然不见。直到未初，还未回转。英琼腹中饥饿，只得先弄些饭吃。又把猪、鹿的心脏清理出来，与那雕做午餐。

到了申牌时分，英琼正在洞前习剑，远望空中，出现一个黑点，知是神雕飞回，便在下面连声呼唤。一会儿工夫，飞离头顶不远，见那雕两爪下抱定一物，便喊道："对你说食盐没有，你如今又不大愿吃鲜肉，何苦又去伤生害命呢？"言还未了，那雕已轻轻飞落下来。英琼见它不似以往那样将野兽从空掷下，近前一看，原来是一个大蒲包，约有三尺见方，不知是什么物件。撕开一角，露出许多白色晶莹的小颗粒。仔细一看，正是自流井的上等官盐，足有二三百斤重，何愁再没盐用。欢喜若狂，忙着设法运进洞去。出来对那雕说道："金眼师兄，你真是神通广大，可爱可佩！但是我父亲曾经说过，大丈夫做事要光明磊落，不可妄取别人的东西，下次切不可如此啊！"那雕只是瞑目不答。英琼便将预备与它吃的东西取来给它。正在调弄那雕之时，忽然闻见一阵幽香，从崖后吹送过来。跟踪过去看时，原来崖后一株老梅树，已经花开得十分茂盛，寒香扑鼻。英琼又是一番高兴，便在梅花树下徘徊了一阵。见天色已渐黄昏，不能再携雕出游，便打算进洞去寻点事做。

刚刚走到洞口前面，忽见相隔有百十丈的悬崖之前，一个瘦小青衣人，在那冰雪铺盖的山石上面，跳高纵远，步履如飞地直往崖前走去。她所居的石洞，因为地形的关系，后隔深潭，前临数十丈的削壁断涧，天生的奇屏险障。人立在洞前，可以把十余里的山景一览无遗。而从舍身岩上来，通到这石洞的这一条羊肠小径，又曲折，又崎岖。春夏秋三季，是灌木丛生，蓬草没膝；一交冬令，又布满冰雪，无法行走。自从李宁父女同周淳、赵燕儿走过外，从未见有人打此经过。英琼见那青衣人毫不思索，往前飞走，好似轻车熟路一般，暗暗惊异。心想："这块冰雪布满的山石上面，又滑又难走，一个不小心，便有粉身碎骨之虞。自己虽然学了轻身功夫，都不敢走这条道上下，这人竟有这样好的功夫，定是剑仙无疑。莫不是白眉师祖所说那仙缘，就是此人前来接引么？"正在心中乱想，那青衣人转过一个崖角，竟自不见。正感觉失望之间，忽然离崖前十余丈高下，一个人影纵了上来。那雕见有人上来,一个回旋,早已横翼凌空,只在英琼头上飞翔,并不下来,好似在空中保护一般。英琼见那上来的人穿着一身青,头上也用一块青布包头,身材和自己差不多高下,背上斜插着一柄长剑,面容秀美,装束得不男不女,看去甚是面熟。正要张口问时,那人已抢先说道:"我奉了家师之命,来采这凌霄崖的宋梅,去佛前供奉。不想姊姊隐居之所就在此间,可称得上是幸遇了。"说时,将头上青布包头取下,现出蟫首蛾眉,秀丽中隐现出一种英姿傲骨。来的这个女子,正是那峨眉前山解脱庵广慧师太门下带发修行的女子余英男。英琼自那日城中回来,先是父亲生病,接着父女分离,劳苦忧闷,又加大雪封山,无法行走,早已把她忘却。现在独处空山,忽然见她做不速之客,又见人家有这一身惊人的本领,一种敬爱之心油然而生。自己正感寂寞的当儿,无意中添了一个山林伴侣,正好同她结识,彼此来往盘桓。先陪她到崖后去采了几枝梅花,然后到洞中坐定。英男比英琼原长两岁,便认英琼做妹妹。二人谈了一阵,甚是投机,相见恨晚。英男因不见李宁,便问:"尊大人往哪里去了?"英琼闻言,不由一阵心酸,几乎落下泪来,便把李宁出家始末说了一遍。说到惊险与伤心处,英男也陪她流了几次热泪。渐渐天色已晚,英琼掌起灯烛,定要留英男吃完饭再走。英男执意不肯,说是怕师父在家悬望。答应回庵禀明师父,明日午前准定来作长谈,大家研究武术。英琼挽留不住,依依不舍地送了出来。

　　这时已是暮霭苍茫,暝色四合,山头积雪反映,依稀辨出一些路径。英琼道:"姊姊来的这条路非常险滑,这天黑回去,妹子太不放心。还是住在洞中,明日再行吧。"说到此处,忽听空中一声雕鸣。英琼又道:"只顾同姊姊说话,我的金眼师兄还忘了给姊姊引见呢。"说罢,照着近日习惯,嘬口一呼。那雕闻声便飞将下来,睁着两只金眼,射在英男面上,不住地打量。英男笑道:"适才妹子说老伯出家始末,来得太急,也不容人发问。当初背妹妹去见白眉师祖的就是它么?有此神物守护,怪不得妹子独处深山古洞之中,一丝也不害怕呢。"说罢,便走到那雕面前,去摸它身上的铁羽。那雕一任她抚摸,动也不动。英琼忽然惊叫道:"我有主意送你回去了。"英男便问何故。英琼道:"不过我还不知道它肯不肯,待我同它商量商量。"便朝那雕说道:"金眼师兄,这是我新认识的姊姊余英男,现在天黑，下山不便。请你看我的面子，送她回去吧。"那雕长鸣一声，点了一点头。英琼大喜，便向英男说道："金眼师兄已肯送你回去，姊姊害怕不？"英男道："我怎好劳你的金眼师兄，怕使不得吧？"英琼道："你休要看轻它的盛意。它只背过我两次，现在就再也不肯背了。不然我骑着它到处去玩，哪里还会闷呢！你快骑上去吧，不然它要生气的。"英男见英琼天真烂漫，一脸孩子气，处处都和自己情投意合，好不高兴。又怕英琼笑她胆小，只得点头答应。英琼才高高兴兴把草索取来，系在雕颈，又教了骑法。英男作别之后，骑了上去，立时健翮凌云，将她送走。英琼便回洞收拾晚饭，连夜将石洞打扫，宫灯挂起，年货也陈设起来，准备明日嘉客降临。一会儿工夫，那雕飞回。英琼也就安歇。

第二日天才一亮，英琼便起床将饭煮好。知道英男虽在庵中吃素，却并未在佛前忌荤。特地为她煮了几样野味，同城内带来的菜蔬，崖前掘来的黄精、冬笋之类，摆了一桌。收拾齐备，便跑到崖前去望。到了午牌时分，正要请那雕去接时，英男已从崖下走来。二人见面，比昨日又增加几分亲密。进洞之后，英琼自然是殷勤劝客。英男也不做客气，痛快吃喝。石室中瓶梅初绽，盆火熊熊，酒香花香，融成一片。石桌旁边，坐着这两个绝世娉婷的侠女，谈谈笑笑，好不有趣。那广慧大师原先也是一位剑侠，自从遁入空门，笃志禅悦，别有悟心，久已不弹此调。因此英男虽相从有年，仅仅传了些学剑入门的内功口诀，以作山行防身之用。她说英男不是佛门弟子，将来尚要到人世上做一番事业，所以不与她落发。昨日英男回去，说明与英琼相遇，广慧大师笑道："你遇见这个女魔王，你的机缘也快到了。你明日就离开我这里，和她同居去吧。"英男疑心大师不愿她和英琼交友，便说英琼怎样的豪爽聪明。师父说她是女魔王，莫非她将来有什么不好么？大师道："哪里有什么不好，不过我嫌她杀心太重罢了。你同她本是一条路上人，同她相交，正是你出头之日。我叫你去投她，并非不赞成此举，你为何误会起来？"英男闻大师之言，才放了宽心。不过从师多年，教养之恩如何能舍？便求大师准许同英琼时常见面，却不要分离才好。

第四十五回 李英琼万里走孤身
          赤城子中途逢异派

话说广慧大师见英男难分难舍，笑道："痴孩子，人生哪有不散的筵席？也无事事都两全的道理。我如不因你绊住，早已不在此间了。现在你既有这样好的容身处，怎么还不肯离开？莫非你跟我去西天不成？"英男不明大师用意，仍是苦求。大师笑道："你既不愿离开我，也罢，好在还有一月的聚首，那你就暂时先两边来往，到时再说。"英男又问一月之后到何处去？大师只是微笑不言，催她去睡。第二日起来，先将应做的事做好，禀明大师，来见英琼。谈起大师所说之言，英琼正因自己学剑为难，现在英男虽然不到飞行绝迹的地步，比自己总强得多，既然大师许她来此同住，再也求之不得，便请她即日搬来。英男哪肯应允，只答应常来一起学剑，遇见天晚或天气不好时，便留宿在此。英琼坚留了一会儿，仍无效果，只得由她。英男便把大师所传的功夫口诀，尽心传授。英琼一一记在心头，早晚用功练习。又请英男引见广慧大师。大师却是不肯，只叫英男传语：异日仙缘遇合，学成剑术，多留一点好生之德便了。自从英男来的那天起，转眼就是除夕。英男也禀明大师，到英琼洞中度岁。英琼得英男时常来往，颇不寂寞，每日兴高采烈，舞刀弄剑。只苦于冰雪满山，不能到处去游玩而已。

初五这天早起，忽然听见洞外雕鸣，急忙出洞，见那佛奴站在地上，朝着天上长鸣。抬头看时，天空中也有一只大雕，与那神雕一般大小，正飞翔下来。仔细一看，这只雕也是金眼钢喙，长得与佛奴一般大，只是通体洁白，肚皮下面同雕的嘴却是黑的。神雕佛奴便迎上前去，交颈互作长鸣，神态十分亲密，宛如老友重逢的神气。英琼一见大喜，便问那神雕道：

"金眼师兄,这是你的好朋友么?我请它吃点腊野味吧。"说罢,便跑向洞内,切了一盘野味出来。那只白雕并不食用,只朝着英琼点了点头。神雕把那一大盘野味吃完后,朝着英琼长鸣三声,便随着那只白雕冲霄飞起。英琼不知那雕是送客,还是被那只白雕将它带走,便在下面急得叫了起来。那神雕闻得英琼呼声,重又飞翔下来。英琼见那白雕仍在低空盘旋,好似等伴同行,不由心头发慌。一把将神雕长颈抱着问道:"金眼师兄,我蒙你在此相伴,少受许多寂寞和危险。现在你如果是送客,少时就回,那倒没有什么;如果你一去不回,岂不害苦了我?"那雕摇了摇头,把身体紧傍英琼,现出依依不舍的神气。英琼高兴道:"那么你是送客去了?"那雕又摇了摇头。英琼又急道:"那你去也不是,回也不是,到底是什么呢?"那雕仰头看了看天,两翼不住地扇动,好似要飞起的样子。英琼忽然灵机一动,说道:"想是白眉师祖着你同伴前来唤你,你去听完经仍要回来的,是与不是?你我言语不通,这么办:你去几天,就叫几声,以免我悬念如何?"那雕闻言,果然叫了十九声。英琼默记心头。神雕叫完了十九声,那白雕在空中好似等得十分不耐烦,也长鸣了两声。那神雕在英琼肘下猛地把头一低,离开英琼手抱,长鸣一声,望空而去。英琼眼望那两只雕比翼横空,双双往解脱坡那方飞去,不禁心中奇怪。起初还疑心那雕去将英男背来,与她做伴。一会儿工夫,见那两只雕又从解脱坡西方飞起,眨眨眼升入云表,不见踪影。

英琼天真烂漫,与神雕佛奴相处多日,情感颇深,虽说是暂时别离,也不禁心中难受已极。偏偏英男又因庵中连日有事,要等一二日才来。一个人空山吊影,无限凄惶。闷了一阵,回到洞中,胡乱吃了一顿午饭。取出父亲的长剑,到洞外空地上,按照英男所传的剑法练习起来。正练得起劲之际,忽听身后一阵冷风,连忙回头看时,只见身后站定一个游方道士,黄冠布衣,芒鞋素袜,相貌生得十分猥琐。英琼见他脸上带着一种嘲笑的神气,心中好生不悦。怎奈平日常听李宁说,这山崖壁立千仞,与外界隔绝,如有人前来,定非等闲之辈,因此不敢大意。当下收了招数,朝那道人问道:"道长适才发笑,莫非见我练得不佳么?"那道人闻言,脸上现出鄙夷之色,狂笑一声道:"岂但不佳,简直还未入门呢!"英琼见那道人出言狂妄,不禁心头火起,暗想:"我爹爹同周叔父,也是当年大侠,纵横数十年,未遇过敌手。就说义姊余英男所传剑法,也是广慧大师亲自教授,即使不佳,怎么连门也未入?这个穷老道,竟敢这般无礼!真正有本领的人,哪有这样的不客气?分明见我孤身一人在此,前来欺我,想夺我这山洞。偏偏今日神雕又不在此,莫如我将计就计,同他分个高下,一面再观察他的来意。倘若上天见怜,他真正是一个剑侠仙人,应了白眉师祖临行之言,我就拜他为师;倘若是想占我的山洞,我若打不过时,那我就逃到英男姊姊那里暂住,等神雕回来,再和他算账。"她正在心头盘算,那道人好似看出她的用意,说道:"小姑娘,你敢莫是不服气么?这有何难。你小小年纪,我如真同你交手,即使胜了你,将被各派道友耻笑。我如今与你一个便宜:我站在这里,你尽管用你的剑向我刺来,如果你能沾着我一点皮肉,便算我学业不精,向你磕头赔罪;如果你的剑刺不着我,我只要朝你吹一口气,便将你吹出三丈以外,那你就得认罪服输,由我将你带到一个所在,去给你寻一位女剑仙做师父。你可愿意?"英琼闻言,正合心意。听这道人语气,知道白眉师祖所说之言定能应验。把疑心人家,要夺她山洞之想,完全冰释。不过还疑心那道人是说大话,乐得借此试一试也好。主意想定后,答道:"道长既然如此吩咐,恕弟子无礼了。"说毕,右手捏着剑诀,朝着道人一指,脚一蹬,纵出去有两三丈远,使了一个大鹏展翅的架势,倏地一声娇叱,左手剑诀一指,起右手连人带剑,平刺到道人的胸前。这原是一个虚招,敌人如要避让,便要上当;如不避让,她便实刺过来。英琼见道人行若无事,并不避让。心想:"这个道人不躲我的剑,必是倚仗他有金钟罩的功夫,他就不知道我爹爹这口宝剑吹毛断铁的厉害。他虽然口出狂言,与我并无深仇,何苦伤他性命?莫如点他一下,只叫他认罪服输便了。"说时迟,那时快,英琼想到这里,便将剑尖稍微一偏,朝那道人左肩上划去。剑离道人身旁约有寸许光景,英琼忽觉得剑尖好似碰着什么东西被挡住,这挡回来的阻力有刚有柔,非常强大。幸喜自己只用了三分力,否则受了敌人这个回撞力,恐怕连剑都要脱手。英琼心中大惊,知道遇见了劲敌。脚一点,来个燕子穿云势,纵起两丈高下,倏地一个黄鹄摩空,旋身下来,又往道人肩头刺去。与上次一样,剑到人身上便撞了回来,休说伤人皮肉,连衣服都挨不着边。英琼又要防人家还手,每一个招势,俱是一击不中，就连忙飞纵出去。似这样刺了二三十剑，俱都没有伤着道人分毫。

英琼又羞又急，不知如何是好。后来见每次上前去，道人总是用眼望着自己。及至英琼刺他身后，他又回转身来，只不还手而已。英琼忽然大悟，心想："这道人不是邪法，定是一种特别的气功。他见我用剑刺到哪里，他便将气运到哪里，所以刺不着他。"眉头一皱，登时想出一个急招：故意用了十分力量，采取野马分鬃，暗藏神龙探爪的架势，刺向道人胸前。才离道人寸许光景，忙将进力收回，猛地将脚一垫，纵起二丈高下，来个鱼鹰入水的姿势。看去好似朝道人前面落下，重又用剑来刺，其实内藏变化。那道人目不转睛地看英琼是怎生刺来。谁知英琼离那道人头顶三四尺左右，倏地将右脚站在左脚背上，又一个燕子三抄水势，借劲一起，反升高了尺许。招中套招，借劲使势，身子一偏，一个风吹落花势，疾如鹰隼。一个倒踢，头朝下，脚朝上，舞起手中剑，使了五成力，一个织女投梭，刺向道人后心。满想这次定然成功。忽见一道白光一晃，耳听"锵"的一声，自己宝剑好似撞在什么兵刃上面，吓了一大跳。只好又来一个猿猴下树，手脚同时沾地一翻，纵出去有三丈高远。仔细看手中剑时，且喜并无损伤。正想不出好法对付那道人时，那道人已走将过来，说道："我倒想不到你小小年纪，会有这般急智，居然看得出我用混元气功夫御你的宝剑，设法暗算我。若非我用剑气护身，就几乎中了你的诡计。现在你的各种绝招都使完了，你还有何话说？快快低头认输吧。"这时英琼已知来人必会剑术，要照往日心理，遇见这种人，正是求之不得。不知今日怎的，见了这道人，心中老是厌恶。知道要用能力对付，定然不行。暗恨神雕佛奴早不走，晚不走，偏偏今天要走，害我遇见这个无赖老道，没有办法。心中一着急，不禁流下泪来。那道人又道："你敢莫是还不服气么？我适才所说，一口气便能将你吹出数丈以外，你可要试验之后，再跟我去见你的师父么？"英琼这时越觉那道人讨厌，渐渐心中害怕起来，哪里还敢试验，便想用言语支吾过去。想了一想，说道："弟子情愿认罪服输。弟子自惭学业微末，极想拜一位剑仙做师父。但是家父下山访友，尚未回来。恐他回来，不见我在此，岂不叫他老人家伤心？二则，我有一个同伴，也未回来。再者，道长名姓，同我去拜的那位师父的名姓，以及仙乡何处，俱都不知，叫家父何处寻我？我意欲请道长宽我一个月的期，等家父回来，禀明了再去。或者等我同伴回来，告诉她我去的所在，也好使她转告家父放心。道长你看如何？"

那道人闻言，哈哈笑道："小姑娘，你莫要跟我花言巧语了。你父亲同你重逢，至少还得二三十年。你想等那个扁毛畜生回来保你的驾么？凭它那点微末道行，不过在白眉和尚那里听了几年经，难道说还是我的对手么？如果你想它跟随你身旁做伴，本是一桩好事，不过我哪有工夫等它？你莫要误会我有什么歹意，你也不知道我的来历。现在告诉你吧，我的道号叫赤城子，昆仑九友之一。我生平最不愿收徒弟，这次受我师姊阴素棠之托，前来度你到她门下。此乃千载一时的良机，休要错过了异日后悔。你怕你喂的那只雕回来寻不见你，你就不知道那个扁毛畜生奉了白眉和尚之命，永远做你的侍卫。它一日之间，能飞行数万里。它已深通灵性，只要你留下地址，它回来时节，自会去寻你，愁它做甚？我受人之托，忠人之事。你愿意去更好，不愿意去也得去。反正你得见了我师姊之后，如果你仍不愿意，我仍旧可以送你回来。现在想不随我走，那却不成。"英琼见他说出自己来历，渐渐有点相信。知道不随他去，一定无法抵抗。他虽然讨人厌烦，也许他说的那个女剑仙是个好人，也未可知。莫如随他去见了那女剑仙，再作道理。反正他已答应自己，如不愿意拜师，他仍肯送自己回来，乐得跟去开开眼界再说。主意打定后，便道："道长既然定要我同去见那位女剑仙，我也无法。只是那位女剑仙是个什么来历，住在何处，必须先对我说明，好让金眼师兄回来前去寻我。我有一个义姊，就在此山腰解脱庵居住，你得领我先到她那里，嘱咐她几句，万一我父亲回来，也好让义姊转告他知道。再者，我如到了那女剑仙那里，要是不称我的心意，你须要送我回来。否则我宁死也不去的。"赤城子道："你这几件事，只有因广慧这个老尼与我不对，到解脱庵去这一件不能依你外，余下俱可依得。那女剑仙名唤阴素棠，乃是昆仑派中有名的女剑仙，隐居在云南边界修月岭枣花崖。你急速留信去吧。"英琼便问："那女剑仙阴素棠，她可能教我练成飞剑在空中飞行么？"赤城子道："怎么不能？"英琼道："我想起来了，你是她的师弟，当然也会飞剑，你先取出来让我看一看什么样子，如果是好，不用你逼我去，我一步一拜也要拜了去的。"赤城子道:"这有何难?"说罢,将手一扬,便有一道白光满空飞舞,冷气森森,寒光耀眼。末后将手一指,白光飞向崖旁一株老树,只一绕,凭空削断,倒将下来。一根断枝飞到那株宋梅旁边,打落下无数梅花来。花雨过处,白光不见,赤城子仍旧没事人一般,站在那里。欢喜得英琼把适才厌恶之念一概打消。兴高采烈地跑进洞中,与李宁、英男各写一封信,又请英男告诉神雕佛奴,到云南修月岭枣花崖昆仑派女剑仙阴素棠那里去寻自己。写完,取了些衣物出洞,那赤城子已等得不耐烦了。

英琼这才深信白眉师祖之言已应验,当下便改了称呼,喊赤城子做叔叔。又将洞门用石头封好,并问上云南得用多少天。赤城子道:"哪用多少日子?你紧闭二目,休要害怕,我们要走了。"说罢,一手将英琼夹在胁下,喊一声:"起!"驾剑光腾空飞去。英琼见赤城子有这么大本领,越发深信不疑。她向来胆大,偷偷睁眼往下界看时,只见白云绕足,一座峨眉山纵横数百里,一览无遗,好不有趣。不消几个时辰,也不知飞行了几千百里,越过无数的山川城郭,渐渐天色黄昏,尚未到达目的地。天上的明星,比较在下面看得格外明亮,自出世以来,未曾见过这般奇景。

正在心头高兴,忽见对面云头上,飞过来数十道各种不同颜色的光彩。赤城子喊一声:"不好!"急忙按下剑光,到一个山头降下。英琼举目往这山的四面一看,只见山环水抱,岩谷幽奇,遍山都是合抱的梅花树,绿草蒙茸,翠鸟争喧,完全是江南仲春天气。迎面崖角边上,隐隐现出一座庙宇。赤城子望了一望,急忙带了英琼转过崖角,直往那庙前走去。英琼近前一看,这庙并不十分大,庙墙业已东坍西倒。两扇庙门只剩一扇倒在地下,受那风雨剥蚀,门上面的漆已脱落殆尽。院落内有一个钟楼,四扇楼窗也只剩有两扇。楼下面大木架上,悬着一面大鼓,外面的红漆却是鲜艳夺目。隐隐望见殿内停着几具棺木。这座庙,想是多年无人住持,故而落到这般衰败。赤城子在前走,正要举足进庙,猛看见庙中这面大鼓,"咦"了一声,忙又缩脚回来,伸手夹着英琼,飞身穿进钟楼里面。英琼正要问他带自己到此做甚,赤城子连忙止住。低声说道:"此刻不是讲话之时,适才在云路中遇见我两个对头,少时便要前来寻我,你在我身旁多有不便,莫如我迎上前去。这里有两枝何首乌,你饿时吃了,可以三五日不饥。三日之内,千万不可离开此地。如果到了三日,仍不见我回来时,你再打算走。往庙外游玩时,切记不可经过楼下庭心同大殿以内。你只要站在楼窗上头,纵到庙墙,再由庙墙下去,便无妨碍。此山名为莽苍山,这座庙并非善地。不听我的话,遇见什么凶险,我无法分身来救,不可任意行动。要紧,要紧!"说完,放下两枝巨如儿臂的何首乌,不俟英琼答言,一道白光,凌空而去。

  英琼心高胆大,见赤城子行动果然是一位飞行绝迹的剑仙,已经心服口服。本想问他对头是谁,为何将自己放在这座古庙内时,赤城子业已走去,无可奈何,只得依言在钟楼中等候他回来再说。当下目送白光去后,回身往这钟楼内部一看,只见蜘蛛在户,四壁尘封,当中供的一座佛龛,也是残破不堪。英琼以一弱女子,来到这数千里外的深山古寺之中,吉凶未卜,满目凄凉,好生难过。几次想到庙外去看看山景,都因为慑于赤城子临行之言,不敢妄动。渐渐天色黄昏,赤城子还未见回转,觉着腹中饥饿,便将何首乌取了一枝来吃。满嘴清香甜美,非常好吃。才吃了半枝,腹中便不觉饿了。英琼恐怕赤城子要二三日才得回来,不敢任意吃完,便将剩余的一枝半何首乌,仍藏在怀中。将佛前蒲团上的灰尘扫净后,坐在上面歇息。愁一会儿,烦一会儿,又跑到窗前去远眺暝色。

  这时天气也渐渐黑暗起来,一轮明月正从东山脚下升起。清光四射,照得庙前平原中千百株梅花树上疏影横斜,暗香浮动,一阵阵幽香,时时由风吹到,不由脱口叫出一声好来。赏玩一阵,顿觉心旷神怡,百虑皆忘。英琼毕竟是孩子心性,老想到庙外去,把这月色、梅花赏玩个饱,早忘了赤城子临行之言,待了一会儿,忍耐不住。这个钟楼离地三四丈,梯子早已坍塌,无法下去。英琼在峨眉练习过轻身术,受了她父亲的高明指点,早已练得身轻如燕,哪把这丈许高庙墙放在心上。当下站起来,脚一蹬,已由楼窗纵到庙墙,又由墙上纵到庙外。见这庙外的明月梅花,果然胜景无边,有趣已极。这时明月千里,清澈如昼,只有十来颗疏星闪动,月光明亮,分外显得皎洁。英琼来到梅花林中,穿进穿出,好不高兴。徘徊了好一会儿,赤城子仍是杳无音信,也不知他所遇的对头是何许人物,厉害不厉害,吉凶胜负如何,好生代他着急。

到了半夜，渐渐觉着有点夜凉，打算回到钟楼，将自己带来的小包裹打开，添一件衣服穿上，再作计较。一面心头盘算，便举足往庙里走去。美景当前，早忘了处境危险，此番进庙，因为顺便，便由正门进去。才走到钟楼面前，便看见架上那一面大可数抱的大鼓，鼓上面好似贴有字纸。暗想："这座破庙内，处处都是灰尘布满，单单这面大鼓，红漆如新，上面连一星星灰尘俱都无有，好生奇怪。"见那鼓槌挂在那里，好似又大又重，便想去取过来看看。猛听得殿内啾啾两声怪叫。英琼在这夜静更深，荒山古庙之内，听见这种怪声，不由毛发一根根直竖起来。猛想起适才头次进庙时，恍惚看见庙中停有几具棺材；赤城子临行时，又说此非善地。自己来时匆忙，只带了随身换洗衣服银两，不曾带得兵刃。越想心中越觉害怕，忍不住偷眼往殿内看时，月光影里，果然有四具棺材，其中一具的棺盖已倒在一边。英琼见无甚动静，略觉放心，也无心去把玩那鼓槌。正要返回钟楼时，适才的怪声又起，啾啾两声，便有一个黑东西飞将出来。英琼喊了一声："不好！"不管三七二十一，只一纵便上了墙头。定睛往下看时，原来飞出来的是一只大蝙蝠，倒把自己吓了一大跳。不禁"呸"了一声，心神甫定。随即又有一阵奇腥随风吹到，耳旁还微闻一种咻咻的呼吸声。英琼此时已是风声鹤唳，草木皆兵。圆睁二目，四下观看，并无动静，知道自己神虚胆怯。正要由墙上纵到钟楼上去，忽听适才那一种呼吸声就在脑后，越听越近。猛回头一看，吓了一个胆裂魂飞。原来她身后正站着一个长大的骷髅，两眼通红，浑身绿毛，白骨嶙峋，并且伸出两只鸟爪般的长手，在她身后做出欲扑的架势。那庙墙缺口处，只有七八尺的高下，正齐那怪物的胸前。英琼本是做出要往楼上纵去的架势，在这危机一发的当儿，且喜没有乱了步数。英琼被那怪物吓了一跳，脚便落了空，幸那身子原是往前纵的，忙乱惊惶中顿生急智，趁那两脚还未着地之际，左脚搭在右脚上面，借劲使劲，只一纵，蜻蜓点水似的早纵到了钟楼上面。刚刚把脚站稳，便听见下面殿内的棺木发出轧轧之声。响了一会儿，接着又是砰砰几声大响，显然是棺盖落地的声音。接着又是三声巨响过去。再看刚才那个绿毛红眼的怪物，已绕到前门，进到院内，直奔钟楼走来，口中不住地吱吱怪叫。一会儿工夫，殿内也蹦出三个同样的怪物，都是绿毛红眼，白骨嶙峋，一个个伸出鸟爪，朝着英琼乱叫乱蹦，大有欲得而甘心的神气。

英琼虽然胆大，也不由得吓出一身冷汗。幸喜那钟楼离地甚高，那四个怪物虽然凶恶，身体却不灵便，两腿笔直，不能弯转，尽管朝上直跳，离那钟楼还有丈许，便倒将下来。英琼见那怪物不能往上高纵，才稍放宽心。

惊魂乍定后，便想寻一些防身东西在手上，以备万一。在钟楼上到处寻觅，忽然看见神龛内的佛肚皮上，破了一个洞穴，内中隐隐发出绿光，好生诧异。伸手往佛肚皮中一摸，掏出一个好似剑柄一般的东西，上面还有一道符篆，非金非石，制作古雅，绿黝黝发出暗蓝光彩，其长不到七八寸。英琼在百忙中也寻不着什么防身之物，便把它拿在手中。再回头往楼下看时，那四个怪物居然越跳越高，几次跳到离楼窗只有三四尺光景。差这数尺，总是纵不上来。八只钢一般的鸟爪，把钟楼上的木板抓得粉碎。四个怪物似这般又跳了一会儿，见目的物终难到手，为首的一个好似十分暴怒，忽地狂啸一声，竟奔向钟楼下面，去推那几根木柱，意在把钟楼推倒，让楼上人跌下地来，再行嚼用。其余三个怪物见为首的如此，也上前帮同一齐动作。钟楼年久失修，早已腐朽，那四个怪物又都是力大无穷，哪经得起它们几推几摇，早把钟楼的木柱推得东倒过来，西倒过去。那一座小小钟楼，好似遇着大风大浪的舟船，在怪物八只鸟爪之下，摇晃不住，楼上的门窗木板，连同顶上的砖瓦，纷纷坠落下来。英琼见势危急，将身立在窗台上面，准备钟楼一倒，就飞身纵上墙去逃走。主意才得拿定，忽地咔嚓一声，一根支楼的大柱，竟然倒将下来。英琼知道楼要倒塌，更不怠慢，脚一蹬，便到了庙墙上面。知道怪物不能跳高，见那大殿屋脊也有三丈高下，便由墙头纵了上去。悄悄伏在殿脊上面，用目往下偷看时，忽听哗哗啦啦之声。接着震天的一声巨响，一座钟楼竟被怪物推倒下来。又是"咚"的一声，一根屋梁直插在那面红鼓上面，将那面光泽鉴人的大红鼓穿了一个大洞。那四个怪物起初推楼时节，一心一意在做那破坏工作，不曾留心英琼逃走。及至将楼推倒，便往瓦砾堆中去寻人来受用。八只钢爪起处，月光底下瓦砾乱飞。那怪物翻了一阵，寻不见英琼，便去拿那面鼓来出气，连撕带抓，早把那面鼓拆了个粉碎。同时狂叫一声，似在四面寻找。忽然看见月光底下英琼的人影，抬头便发现了英琼藏身所在。这四个怪物互相吱吱叫了数声，竟分四面将大殿包围，争先恐后往殿脊上面抢来。有一个怪物正立在那堆破鼓面前，大概走得性急，一脚踹虚，被那破鼓膛绊了一跤。原来这四个怪物是年代久远的僵尸炼成，虽然行走如飞，只因骨骼僵硬，除两手外，其余部分都不大灵活。跌倒在地下，急切间不容易爬起。其余三个怪物已有两个抓住殿前瓦垄，要纵上殿脊上去。英琼百忙中想不出抵御之法，便把殿顶的瓦揭了一摞，朝那先爬上来的两个怪物顶上打去。

第四十六回　步明月　古寺斗僵尸
　　　　　　　玩梅花　擒龙得宝剑

　　话说李英琼忙乱中用殿瓦向怪物打去，只听咔嚓连声，那怪物叫了两声，越加显出忿怒的神气，好似并不曾伤着什么。幸而那殿年久失修，椽梁均已腐烂。那怪物因为抓住瓦垄，身子悬在空中，还是纵不上去，着急一使劲，整个房顶被它扯断，连那怪物一齐坠到地下。英琼这时正是心惊胆战，眼观四面，耳听八方。防了这面，刚打算觅路逃走，忽见在破鼓堆中跌倒的那个怪物，从那破烂鼓架之中，拾起一个三尺来长、四五寸方的白木匣儿，匣儿上面隐隐看出画有符箓。这种僵尸最为残忍凶暴，见要吃的生人不能到手，又被木匣绊了一跤，越加忿怒。不由分说，便把那木匣拿在手中，只一抓一扯之间，便把它分成两半。还待再动手去粉碎时，木匣破处，滋溜溜一道紫光冲起，围着那怪物腰间只一绕，一声惨叫，便被分成两截，倒在地下。那从房檐坠下的两个怪物，刚得爬起，还要往上纵时，忽听同伴叫声，三个怪物一齐回头看时，只见它们那个同伴业已被腰斩在地。月光底下，一团青绡紫雾中，现出一条似龙非龙的东西，如飞而至。那三个怪物想是知道厉害，顾不得再寻人来吃，一齐拔腿便逃。那条紫龙如电闪一般卷将过来，到了三个怪物的身旁，只一卷一绕之间，一阵轧轧之声，便都变成了一堆白骨骷髅，拆散在地。
　　那龙除了四个怪物，昂头往屋脊上一望，看见了英琼，箭也似的蹿上来。英琼只顾看那怪物与龙争斗，竟忘了处境的危险。在这刻不容缓的当儿，才想起："那几个怪物不过是几具死人骸骨，虽年久成精，又不能跳高纵矮，自己有轻身的功夫，还可以躲避。这条妖龙一眨眼工夫，便将那四个怪物除去，自必更加厉害。还不逃走，等到何时？"想到这里，便将身体用力一纵,先上了庙墙,再跳将下去。这时,那条龙已纵到离她身旁不远。英琼但觉一阵奇寒透体袭来,知道那龙已离身后不远,不敢怠慢,亡命一般逃向庙前梅林之中。那条龙离她身后约有七八尺光景,紧紧追赶。英琼猛一回头,才看清那条龙长约三丈,头上生着一个三尺多长的长鼻,浑身紫光,青烟围绕,看不出鳞爪来。英琼急于逃命,哪敢细看。因为那龙身体长大,便寻那树枝较密的所在飞逃。这时已是三更过去,山高月低,分外显得光明。庙前这片梅林约有三里方圆,月光底下,清风阵阵,玉屑朦胧,彩萼交辉,晴雪喷艳。这一条紫龙,一个红裳少女,就在这水晶宫、香雪海中奔逃飞舞,只惊得翠鸟惊鸣,梅雨乱飞。那龙的紫光过处,梅枝纷纷坠落,咔嚓有声。

英琼看那龙紧追身后,吓得心胆皆裂,不住地暗骂:"赤城子牛鼻老道,把我一人抛在此地,害得我好苦!"正在舍命奔逃之际,忽见梅林更密,一棵大可数抱的梅树,正在自己面前,便将身一纵,由树枝中纵了过去。奔走了半夜,满腹惊慌,浑身疲劳,落地时不小心,被一块山石一绊,一个失足,跌倒在地,又累又怕,手足瘫软,动弹不得。再看那条龙,也从树杈中蹿将过来,不由得长叹一声道:"我命休矣!"这时英琼神疲力竭,漫说起来,连动转都不能够,只好闭目听那龙来享用罢了。英琼自觉转眼身为异物,谁知半天不见那龙动静。只听风声呼呼,一阵阵寒梅幽香,随风透进鼻端。悄悄偷眼看时,只见月光满地,疏星在天,前面的梅花树无风摇动,梅花如雪如雾,纷纷飞舞。定睛往树杈中看时,那条龙想是蹿得太急,夹在那大可数抱的梅树中间,进退不得,来回摇摆,急于要脱身的神气。

英琼终于惊魂乍定,知道此乃天赐良机,顾不得浑身酸痛,站起身来,便想寻一块大石,将那龙打死。寻了一会儿,这山上的石头,最小的都有四五尺高,千百斤重,无法应用。英琼看那龙越摇越疾,那株古梅的根也渐渐松动,眼看就要脱出。此时她正在一块大石旁边,急切间随手将适才得来的剑柄往那石上打了一下。只听得锵然一声,那五六尺方圆的巨石,竟然随手而裂。英琼起初疑是偶然,又拿那剑柄去试别的大石时,无不应手而碎,才知自己在无意中得了一件奇宝。正在高兴,那龙摇摆得越加厉害。左近百十株梅树,随着龙头尾的上下起伏,好似云涛怒涌,有声有色。

忽然首尾两头着地,往上只一拱,这一株大可数抱、荫被亩许的千年老梅,竟被带起空中十余丈高下。龙在空中只一个盘旋,便把夹在它身上的梅树摔脱下来。那初放的梅花,怎经得起这般剧烈震撼,纷纷脱离树枝,随风轻飏,宛转坠落,五色缤纷,恰似洒了一天花雨。月光下看去,显得分外彩艳夺目。直到树身着地有半盏茶时,花雨才得降完,从此化作春泥。英琼虽在这惊慌失措之间,见了这般奇景,也不禁神移目眩。说时迟,那时快,那龙摆脱了树,似有物牵引,哪容英琼细赏这明月落花,头一掉,便直往英琼身畔飞来。英琼猛见紫光闪闪,龙已飞到身旁,知道命在顷刻,神慌意乱,把手中拿的剑柄错当做平时用的金镖,不管三七二十一,朝着那龙头打去,依稀见一道火光,打个正着。只听"当当"两声,紫光一闪。英琼明知这个妖龙绝非一镖可了,手中又别无器械。

正在惶急,猛见自己旁边有两块巨石,交叉处如洞,高约数尺。当下也无暇计及那龙是否受伤,急忙将头一低,刚刚纵了进去,眼睛一花,看见对面站着一个浑身穿白怪物。只因进得太猛,后退不及,收脚不住,撞在那白怪物手上,便觉头脑奇痛,顿失知觉,晕倒在地。不一会儿,忽听空中雕鸣,心中大喜。急忙跑出洞来一看,那白衣怪物业已被神雕啄死。一雕一龙正在空中狠命争斗,鳞羽乱飞,不分上下。英琼见神雕受伤,好生心疼,便将身旁连珠弩取将出来,朝着那龙的二目射去。那龙忽然瞥见英琼在下面放箭,一个回旋,舍了神雕,伸出两只龙爪,直向英琼扑来。英琼心一慌,"哎哟"一声,坠落在身旁一个大水潭之中。自己不熟水性,在水中浮沉片刻,只觉身上奇冷,那水一口一口地直往口中灌来。一着急,"哎呀"一声,惊醒过来一看,日光照在脸上,哪里有什么雕,什么龙?自己却睡在一个水潦旁边。花影离披,日光已从石缝中射将进来,原来这洞前后面积才只丈许。神思恍惚中,猛想起昨日被赤城子带到此山,晚间同怪物、妖龙斗了一夜。记得最后逃到这石洞之中,又遇见一个白衣怪物,将自己打倒。适才莫不是做梦?想到这里,还怕那妖龙在外守候未走,不敢轻易由前面出去。悄悄站起来,觉着周身作痛,上半身浸在积水之中,业已湿了半臂。待了一会儿,不见动静,偷偷往外一看,日光已交正午。梅花树上翠鸟喧鸣,空山寂寂,除泉声鸟鸣外,更无别的丝毫动静。敛气屏息,轻轻跑出洞后一看,只见遍山梅花盛开,温香馥郁,直透鼻端。有时枝间微一颤动,便有三两朵梅花下坠,格外显出静中佳趣。这白日看梅,另是一番妙境。

英琼在这危疑惊惶之中,也无心观赏,打算由洞后探查昨日战场,究竟是真是幻。走不多远,便看见地下泥土坟起,当中一个大坑,深广有二三丈,周围无数的落花。依稀记得昨晚这里有一株绝大梅树,那龙便夹在此中。后来将这梅树拔起,脱身之后,才又来追逐自己。又往前行不远,果然那大可数抱的古梅花树横卧地下,上面还卧着无数未脱离的花骨朵,受了一些晨露朝阳,好似不知根本已伤,元气凋零,皮之不存,毛将焉附,而依然在那里矜色争艳,含笑迎人。草木无知,这也不去管它。且说英琼一路走来,尽是些残枝败梗,满地落花,昨日的险境战迹,历历犹在目前,这才知道昨晚前半截不是做梦。走来走去,不觉走到昨日那座庙前,提心吊胆往里一望,院前钟楼坍倒,瓦砾堆前只剩白骨一堆,那几个骷髅龇牙咧嘴,好不吓人,不由出了一身冷汗,不敢再看,回头就跑。一面心中暗想:"此地晚上有这许多妖怪,赤城子又不回来,自己又不认得路径,在这荒山凶寺之中,如何是好?"越想越伤心,便跑进梅林中痛哭起来。哭了一会儿,觉着腹中有些饥饿,想把身旁所剩的何首乌,取出嚼了充饥,便伸手往怀中一摸。猛想起昨晚在钟楼佛肚皮中,得了一个剑柄,是一个宝贝。昨晚在百忙中,曾误把它当做金镖去打那妖龙,如今不见妖龙踪影,想必是被那剑柄打退。此宝如此神妙,得而复失,岂不可惜?当下不顾腹中饥饿,便跑到刚才那两块大石前寻找。刚刚走离那两块大石还有丈许远近,日光底下,忽见一道紫光一闪,疑是妖龙尚未逃走,吓得拨转身来回头便逃。跑出去百十步,不见动静,心中难舍,仍由来路悄悄地一步一步走近前来看时,那道紫光仍在映日争辉。奓着胆了近前一看,原来是一柄长剑。取在手中一看,那剑的柄宽与昨日所见的一般无二,剑头上刻着"紫郢"两个篆字。这剑柄怎会变成一口宝剑?十分奇怪。拿在手中试了试,非常称手,心中大喜。随手一挥,便有一道十来丈长的紫色光芒。把英琼吓了一大跳,几乎脱手抛去。她见这剑如此神异,试了试,果然一舞动,便有十余丈的紫色光芒,映着日光耀眼争辉。仔细一看,不禁狂喜起来。只可惜这样一口干将、莫邪般的至宝,竟无一个剑匣,未免缺陷。

英琼正愁没有兵刃,忽然无意中得着这样神奇之物,不由胆壮起来。

心想:"既有剑,难道没有匣?何不在这山上到处寻找?也许寻着也未可知。好在有宝剑在身,又是青天白日,也不怕妖怪出来。"当下仍按昨日经行之路寻觅,寻来寻去,寻到那株卧倒的梅树跟前,已然走了过去,忽觉手中的剑不住地震动。回头一看,见树隙中好似一物在日光底下放光。近前一看,树隙缝中正夹着一个剑匣。这才恍然大悟,昨晚鼓中的龙,便是此剑所化。又是喜欢,又是害怕:喜的是得此神物,带在身旁,从此深山学剑,便不畏虎狼妖鬼;怕的是万一此剑晚来作怪,岂不无法抵御?仔细看那剑柄,却与昨日所失之物一般无二。记起昨晚曾用此剑柄去打妖龙,觉得发出手去,有一道火光,莫非此宝便是收伏那龙之物?想了一会儿,毕竟心中难舍,便近前取那剑匣。因已深陷木缝之中,英琼便用手中剑只一挥,将树斩断,落下剑匣。将剑插入匣内,恰好天衣无缝,再合适不过,心中高兴到了万分。将剩的何首乌,就着溪涧中山泉吃了半截。又将剑拔出练习剑法,只见紫光闪闪,映着日光,幻出无边异彩。周身筋骨一活动,登时身上也不酸痛了,便在梅林中寻了一块石头坐了歇息。本想离开那座庙,另寻一个石洞做安身之所,又恐怕赤城子回来无处寻觅自己;欲待不离开此地,又恐晚来再遇鬼怪。想了一阵,无法可施。猛想起自己包裹、宝剑、银两还在钟楼上,如今钟楼已塌,想必就在那瓦砾堆中。莫如趁这大白天,先取出来再定行止。当下先把那口紫郢剑拿在手中,剑囊佩在身旁,壮着胆子往前走。走近去先寻两块石头,朝那堆骷髅打去,不见什么动静,这才略放宽心。走近前去,那堆骷髅经日光一晒,流出许多黄水,奇臭熏人。英琼一手提剑,一手捏鼻,走到钟楼瓦砾堆中一看,且喜包裹、宝剑还在,并未被那怪物扯破,便取来佩在身旁。不敢再留,纵身出墙。随即从包裹中取出衣裳,将湿衣换下包好,背在身上。又等了一会儿,已是未末申初,赤城子还不见回转。想起昨晚遇险情形,心中犹有余悸,不敢在此停留,决计趁天色未黑,离开此山,往回路走。心想:"赤城子同那女剑仙既想收我为徒,必然会再到峨眉寻我。我离开此地,实在为妖怪所逼,想必他们也不能怪我。包裹内带有银两,且寻路下山,寻着人家,再打听回去的路程。"

主意拿定后,看了看日影,便由山径小路往山下走。她哪里知道,这莽苍山连峰数百里,绵亘不断,她又不明路径,下了一座山,又上一座山。

有时把路径走错，又要辨明风向日影，重走回来。似这样登峰越岭，下山上山，她虽然身轻如燕，也走得浑身是汗，遍体生津。直走到天色黄昏，仅仅走出去六七十里。夜里无法认路，只得寻了一个避风所在，歇息一宵。似这样山行露宿了十几天，依然没有走出这个山去。且喜所得的紫郢剑并无变化，一路上也未遇见什么鬼怪豺虎。而且这山景物幽美，除梅林常遇得见外，那黄精、何首乌、松仁、榛栗及许多不知名而又好吃的异果，却遍地皆是。英琼就把这些黄精果品当做食粮，每次发现，总是先包了一大包，够三五日食用，然后再放量一食。等到又遇新的，便把旧的弃掉，又包新的。多少日子未吃烟火，吃的又都是这种健身益气延年的东西，自己越发觉得身轻神爽，舒适非常。只烦恼这山老走不完，何时才能回到峨眉？想到此间，一发狠，这日便多走了几十里路。照例还未天黑，便须打点安身之所，谁知这日所上的山头，竟是一座秃山，并无理想中的藏身之所。上了山头一看，忽见对面有一座峰头，看去树木翁郁，依稀看见一个山凹，正好藏身隐蔽。好在相离不远，便连纵带走地到了上面，一看果然是一片茂林。最奇怪的是茂林中间，却现出一条大道，宽约一丈。道路中间寸草不生，那大可二三抱的老树连根拔起，横在道旁的差不多有百十株。道旁古树近根丈许地方，处处现出擦伤的痕迹。英琼到底年幼不解事，这一路上并未见过虎豹，胆子也就越来越大。见这条大路长约百十丈远，尽头处是一个小山壁，便不假思索，走近一看，原来孤壁峭立，一块高约三丈的大石，屏风似的横在道旁。绕过这石再看，现出一个丈许方圆的山洞，心中大喜。只因连日睡的所在，不是岩谷，便是树腹，常受风欺露虐，好容易遇见这样避风的好所在，岂肯放过。又不假思索地走了进去，恰好洞旁现有一块七八尺宽的平方巨石，便在上面坐下，取出沿路采来的山果黄精慢慢嚼吃。

　　一会儿工夫，一轮大半圆的明月挂在树梢，月光斜照进洞，隐隐看见洞的深处，有一堆黑茸茸的东西。心中一动，渐渐回忆起前数日的险境，不由心虚胆怕起来。先取了一块石头，朝那一堆黑东西打去，"噗"的一声，好似打在什么软东西上面，估量是一堆泥土，才放宽了心。便把包裹当了枕头，将宝剑压在身下，躺在那里望月想心事。年轻人瞌睡本就来得快，加以连日山行，未免劳乏，不知不觉间便沉沉睡去。睡到半夜，英琼恍惚听见锵铿一声。醒来一看，天气昏黑非常，自己心爱的那口宝剑掉在地下，紫光闪闪，半截业已出鞘。想是睡梦中不小心，翻身时节将它碰到地下。英琼连日把那口宝剑爱逾性命，便将它还匣，抱在怀中。见天还黑得厉害，重又倒下再睡。不知怎的，翻来覆去总睡不着。勉强将眼闭上养神，又觉得浑身毛焦火燎，好似心神不定。暗想："这几日月色都是非常之好，怎么今天会这样黑法，连星光都看不见？要说是变天，怎么又听不见风雨之声？"她睡的那块石头，原离洞口不远，便想伸手到洞外去试试。正要从黑暗中摸到洞口去时，谁知石头上放的那口宝剑又锵铓一声，一道紫光闪出丈许，把英琼吓了一跳。疑心那剑又要化龙飞去，顾不得再看天色，急忙纵将过来，把那剑抢到手中看时，那剑已无故蹿出了大半截来，英琼好生惊异，猛想起："过去常听爹爹说过，凡是珍奇宝剑，遇有凶险事情发生，必定预先报警。此剑已深通灵性，刚才我睡梦之中，也曾锵铓一声，莫非今晚又有什么凶兆应在我的头上？"便对手中宝剑说道："你如真有灵应，倘使我今晚要遇见什么不好的事，你就再响一声。"言还未了，那剑果然又是锵铓一声，出匣半截，紫光影里，不觉照在面前石头上面。英琼大吃一惊，暗想："我记得这是昨日进来的洞口，哪里来的石头？"好生诧异。近前一摸，正是一块大石，业将洞门封闭。用手尽力推开，这块石头恐怕重有上万斤，恰似蜻蜓撼石柱，休想动分毫。不由把英琼急出一身冷汗。正在心中焦急，猛一回首，看见地下一道白光，吓了一跳。定睛看时，原来是太阳的光斜射进来。才明白时间已是不早，适才洞门被石头封闭，所以显得黑暗，并不是天还未亮。洞中有了日光，能依稀辨出洞中景物。昨晚自己认为是一个土堆的那一团黑东西，原来是一些野兽的皮毛骨角，堆在洞的一角，约有七八尺高，一阵阵腥臭难闻。

　　英琼见洞门被石头封锁，便想另觅出路。先将紫郢剑放出，一路舞，一路往洞内寻找，借着日光和剑上发出的紫光寻觅出路。将这洞环行了一遭，不禁大为失望，原来这个洞竟是死洞，把英琼急得像钻窗纸的苍蝇一般，走投无路。明知此洞绝非善地，越想心中越害怕。坐在那块石头上，对着石缝中射进来的日光寻思了一阵，忽然暗骂自己一声："蠢东西，我又不是不会爬高纵矮，何不从那石头缝中爬了出去？"从这阴霾愁脸中，忽然发现这一线生机，立时精神倍增。恰好那块石头立脚之处甚多，英琼用手试了试，将身一纵，已攀住那个缺口。一比那个口径，最宽的所在不到四寸，只能望得见外面，想出去却比登天还难，心中重又焦急起来。不知不觉中从那缺口向外望时，猛看见对面山头上来了一个巨人，赤着上半身，空着两只手，看它脚步生风，正往这面山头走来。英琼心中大喜，正要呼救，猛一寻思："我在此山行走多日，并未遇见一点人迹兽迹。这山离那对面山头，约有半里多路，怎么看去那样大法？并且那人并未穿着衣服，不是妖怪，也定是野人。"想到这里，便不敢出声，胆寒起来。

正想之间，那人已走向这边山上，果然高大异常，那高约数丈的大树，只齐它胸前。英琼不禁叫了一声"哎呀"，吓得几乎失手坠了下去。再看那巨人时，竟朝石洞这面走来，那沿路大可数抱的参天古树，碍着一些脚步的，便被它随手一拔，就连根拔起，拉倒道旁。英琼才明白昨日路旁连根拔倒的那些大树，便是这个怪物所为。虽然心中越发害怕，还是忍不住留神细看。这时那巨人已越走越近，英琼也越加看得仔细。只见这个怪物生得和人一般无二，果然高大得吓人：一个大头，约有大水缸大小。一双海碗大的圆眼，闪闪放出绿光。凹鼻朝天，长有二尺。血盆一般的大嘴，露出四个獠牙，上下交错。一头蓝发，两个马耳长约尺许，足长有数丈，粗圆约有数尺。两手大如屏风。浑身上下长着一身黄毛，长有数寸。从头到脚，怕没有十来丈长。英琼看得出了神，几乎忘记害怕。忽然眼前一暗，一股奇腥刺鼻，原来那怪物已走近洞前。那洞口齐它膝部，外面光线被它身体遮蔽，故而黑暗。英琼猛觉得石头一动，便知危机已迫，不敢怠慢。刚刚将身纵下石来，忽听耳旁哗啦一声巨响，眼前顿放光明，知道洞口石头已被怪物移开。急忙将身纵到隐蔽之所，偷偷用目往外看时，只见洞口现出刚才所见那个怪物的脑袋，两眼发出绿光，冲着英琼龇牙一个狞笑，把英琼吓得躺在一旁，连大气也不敢喘出。幸喜那怪物的头和身子太大，钻不进来，只一瞬间，便即退去。一会儿工夫，又有一只屏风般大、两三丈长的手臂平伸进来，张开五指粗如牛腿、长约数尺的毛手，便往英琼藏身之处抓来。只吓得英琼心惊胆裂，急忙将身一纵，从那大毛手的指缝中，蹿到洞的左角。那大毛手抓了一个空，便将手四面胡捞乱抓起来。英琼到了这时，也顾不得害怕，幸喜身体瘦小灵便，只在那大手的指缝中钻进钻出。那怪物捞了半天，忽然那毛手退出。

欲知究竟，请看下回。

第四十七回 斩巨人　马熊报恩
　　　　　　　摘朱果　猩猩殒命

　　那怪物又低下头来看了看，重又将那大毛手伸进洞来，恰似小孩子在金鱼缸中捞金鱼一般，眼看到手，又从手缝中溜了出去，忿怒非常，震天动地般狂吼一声，那只毛手捞得越发加紧起来。英琼在这危机一发之间，越加不敢怠慢，在这石洞毛手之间纵过来跳过去，只累得浑身是汗，遍体生津，腰中又带着那一柄长剑，碍手碍脚。忽然一个不留神，英琼在右壁角，那怪物的毛手伸将过来，英琼刚要纵起身来，被那柄长剑在两腿中间一绊，险些栽倒，眼看那大毛手已离身旁只有尺许，稍一迟延，怕不被它捏为齑粉。还算英琼天生神勇，急中生智，见毛手到来，将身往后便倒，让过巨人毛手，自己右手着地，一个金鲤跳龙门的姿势，平斜着蹿到洞口一个石缝中潜伏。惊魂乍定，暗怪自己带的这口宝剑累赘误事。猛想起："此剑当初诛那四个僵尸并不费力，只一转瞬间就散成一堆白骨。它又能够变化神龙，发出十来丈的紫光。这个大手紧紧追逼，似这样逃来逃去，何时是了？自己想是吓糊涂了，竟会把这样奇珍异宝忘记。"不由暗骂自己一声"糊涂虫"。想到此地，已把宝剑出匣，擎在手中。那剑想是知道今日英雄已有用武之地，上面发出来的紫光，竟照得全洞皆明。那怪物的大毛手，起初不知道英琼藏在洞口石缝之中，只往深处乱捞。捞了一阵捞不着，正在急怒，英琼已打好主意。剑才出匣，那怪物好似已有了觉察，刚要将手退出洞去，英琼的剑光已不由英琼做主，竟自动地卷了过去。紫光影里，那怪物的大毛手指，已被剑光斩断两个下来，血如涌泉一般，直冒起丈许高下。那怪物受了重创，狂吼一声，那毛手很迅速地退了出去。英琼看见洞口现出亮光，在这间不容发之际，急智顿生。心想："这洞内逼仄，又无出路。那怪物既怕这口宝剑，何不趁它大手退出时纵到外面，与它分个死活？倘若侥天之幸，将它除去，也好为这附近几百里的生物去一大害。"想到此际，雄心陡起，把适才害怕忧愁之念化为乌有。英琼生有异禀，心思异常敏锐，她这种想头，只在一转瞬间。那怪物原是蹲在地下，将手伸进洞中去捞，被英琼紫郢剑斩了二指，痛楚入骨，便知不妙，急忙将手退出。刚站起身来，英琼在它腿缝中间纵了出去。

说了半天，那赤城子既引英琼前去拜师，为何半路上又将她抛在莽苍山凶寺之中，一去不返？除英琼斗龙，最后逃入石洞，被白衣怪物打倒入梦（那白衣怪物，是月光照在石头上面，被英琼眼花误认），以及她收脚不住，将头撞在石头上跌倒，误当做被怪物所击外，再有那凶寺中的四具将成旱魃的僵尸，红鼓中所藏先化神龙的紫郢剑，是何人所留？此山天气，为何这般温暖？以后英琼再到莽苍山盗取温玉，马熊二次报德，发现长眉真人留的石碣，那时自有交代，这且不言。不佞先向各位阅者补叙这巨人的来历。

自古深山大泽，多生龙蛇；无人迹的深谷古洞，常有许多山魈木客之类盘踞其中。这个巨人，便是山魈之一类，岁久通灵，力大无比。英琼所卧的那个石洞，便是它储藏食物之所，它擒来山中野兽生物，便拿来储藏在内，再用洞口那三丈高下的石屏风来封闭，以防逃逸。昨晚英琼睡在洞中，被它今晨走过发现。想是它当时不饿，防这小女孩逃走，才用石头将洞门封锁。那石屏风甚重，何止万斤，漫说英琼，无论有多大力量的野兽，也休想推动分毫。它将洞口封闭时节，英琼得的那口紫郢剑原是神物，忽然出匣长啸示警，将英琼从梦中惊醒。等到英琼发现洞门被石头封锁时，这个山魈业已回转，照往日习惯，先低下头来看了看，再伸手进洞去捞将出来食用。不想会被英琼的紫郢剑削去二指，忿怒非常，暴跳如雷，两个大毛脚蹬处石破天惊，毛手起处树飞根绝。正用左手拔起一根大树，想塞进洞去，将那仇人捣死，英琼已从它两腿中间溜了出来。

那怪物低头一看，怒发千丈，张开屏风般大的大毛手，便来捉英琼。英琼出来后，先将身体连连数纵，已纵离那山魈数十丈远。回头一看，只见那怪物果然生得凶恶高大，自己的头仅仅齐它脚踝。瞪着两只绿眼，张开血盆大口，伸出两只黄毛披拂的大手，追将过来。英琼虽然仗着宝剑的厉害，知道这个怪物身材高大，力大无穷，倘一击不中要害，被它抓着一点，便要身遭惨死。因此不敢造次，仗着身体灵便，只拣那树林密处，满树林乱纵乱跑。那山魈见英琼跳纵如飞，捞摸不着，惹得性发如雷，连声吼叫追逐，砰砰之声，震动山岳。英琼虽然身灵性巧，从清早跑到这正午时分，也累得力尽神疲。末后一次，那山魈好似有点气力不佳，追逐渐慢。英琼刚隐身在一棵大树身后，纵到那枝叶密处藏躲，那山魈好似不曾看见，背朝着英琼，在那四处寻找。英琼暗喜那怪物不曾看见，正想喘息片刻，用一个什么巧招，将它斩首。谁知那山魈更比她来得狡猾。英琼剑上的紫光，更是一个特别记号，人到哪里，光到哪里。它见英琼纵跃如飞，不易到手，等英琼纵上树去，故意用背朝着英琼，装作向前寻找模样，身子却渐渐往英琼身旁退来。这树虽然高大，只齐那怪物颈边。英琼喘息甫定，见那怪物退离树旁不过数丈，伸手可到，虽然以为怪物并未看见自己，却也不敢怠慢。

正要往别的树上纵去，谁知那怪物离树切近，猛一回头，狂吼一声，伸开两只长有数丈的手，向那株大树抱来。那树被山魈一抱，树枝咔嚓连声，响成一片，纷纷折断下来。英琼正站在离地三四丈高下的树枝上，刚要往上纵时，忽见那怪物如飞一般旋转身子，连人带树抱来，不由大吃一惊，知道中了怪物的计。急忙一个鹞子翻身，溜跳下来，离地丈许，将两脚横起，以树身一垫，来个水蛇扑食势，横着身子斜穿出去。原预备就势再蹿到别的树上去，累了半日，一个收不住劲，脚刚着地，正看见那怪物业已抱紧那树，一只断了二指的血手鲜血淋漓，那一只左手正往英琼藏身所在乱摸。

起初，英琼未尝不想用剑去诛那怪物。皆因那山魈的手生得太长，身体太高，若要刺它致命所在，剑未到，已先被它两手所伤，即使将它杀死，自己也难逃活命。也是她初得紫郢剑，尚不知道它的妙用的缘故，又受了李宁真传武功要诀，讲究我到人不到、我先到胜人后到的影响，所以白累了半日，几乎误事。这时见那怪物紧抱树身，正在找寻，并未发觉自己溜将下来，正是绝好下手机会，稍纵即逝，怎敢怠慢。脚刚沾地，便用力一垫，一个燕子穿云势，将身纵起有四五丈高下，一横手中紫郢剑，用尽平生之力，奋起神威，就势朝那山魈身后拦腰斩去。手才起处，那宝剑已化十来丈长的紫光,脱手飞去,连那山魈和那株大树只一绕。英琼在空中使不得力,原是借劲使劲,把吃奶的力气都使了出来。忽见手中宝剑凭空脱手飞出,疑心自己使过了劲,一时失手,大吃一惊。"哎呀"一声,一个风卷残花势,倒翻筋斗,刚要落下地来觅路逃生,耳旁猛听那怪物狂吼一声,吓得英琼心胆皆裂。接着又是轰隆咔嚓几声巨响,树身折断,地下尘土腾起有二三丈上下。震得英琼目眩神迷,心摇体战,落地时节一个站立不稳,伏在地下吓晕过去。待了一会儿,才得苏醒过来,觉得身旁腥味扑鼻,身上有好几处湿乎乎的,疑是自己落在怪物手中。急忙偷眼一看,适才那怪物业已齐腰变成两个半截,死在地下。怪物身上的血,竟像山泉一般,直往低洼处流去。

英琼正趴在一个血泊之中,知那怪物已被自己紫郢剑所斩,好不高兴。顾不得周身疼痛,正想起立去看个究竟,忽听四周咻咻之声。忙回身往外一看,离自己身旁有五六丈远近,伏着大大小小成千成百的大马熊,除怪物死的那一面没有外,身左身右同身后到处皆是。一个个俱是马首熊身,长发披拂,身体庞大,状态凶猛。头上生着一只独角,后足微屈,前足双拱,跪在那里,瞪着一双红眼,望着英琼,动也不动。这一种马熊,乃是狻猊与母熊交合而生。狻猊头生独角,遍体花鳞,吼声如鼓,性最猛烈,能食虎豹。那熊也是山中大力猛兽。这两种厉害野兽配合而生马熊,其凶猛可知。英琼从小娇生惯养,几曾见过这般厉害凶猛的东西,而且为数又太多。三面俱被包围,任你天大本事,也难逃走。何况累了这大半天,业已精疲力竭,浑身酸痛。自己一口宝剑适才又脱手飞去,想去寻回抵御,已来不及。不由长叹一声:"我命休矣!"便想往山石上撞死,免得生前被那些猛兽分食之惨。刚把身体站起,二足酸软得竟不受自己使唤,一个站立不稳,重又坐下。看了看四围的马熊,一动也不动,见英琼坐下,反把前爪合拢,朝着英琼连连拱揖起来。

英琼偷偷往四外一看,这成千成百的马熊,个个都是如此拱揖,好生奇怪。忽然灵机一动,娇叱一声道:"我李英琼蒙神仙赐我紫郢剑,专与世人除怪诛妖。适才那个大怪物,又被俺斩成两段。尔等这些无知孽畜,竟敢包围于我,难道欺我匣中宝剑不利么?"说到此地,无心中随手往身后一摸,忽然觉着手触剑柄。心想:"难道刚才吓糊涂了,宝剑并未脱手?"虽然这么想，还不敢骤然就看。后来越摸越像，手拿剑柄轻轻一拔，"锵"的一声，宝剑出匣，紫光闪闪，仍是那口宝剑。心中大喜，立时胆壮起来。也不暇计那剑怎么还在匣中，勉强将身站起，将手中剑朝那群马熊一指，喝道："尔等这群孽畜，急速退去！否则俺宝剑飞来，休想活命！"果然那些马熊非常害怕这口宝剑，剑才出匣，便都如飞后退了十余丈。可是仍不走散，一个个还是跪在地下，前足拱揖不住。英琼越发奇怪，不知这群野兽是什么用意。看它们神气，又不像伤人的样子。便喝问道："尔等朝我跪揖，不像要侵犯我的神气，莫非有求于我么？"那些马熊听了，果然将头连点，又齐将前爪指英琼身后。英琼回头一看，猛想起昨晚洞中见的那堆兽骨，不禁恍然大悟，稍放宽心。重又喝问道："尔等见我替你们诛去那个大怪物，心中感恩，故而朝我跪揖，是不是？"那群马熊又连连拜揖不止。内中有两个最大的，竟向英琼面前膝行了几步，见英琼无甚动作，又往前行，渐渐相隔只有三五丈远，才跪在那里不动，只把前爪拱揖。

英琼估量那两个大马熊必是这些马熊的首领，看它们的神气，非常怕那宝剑，便将剑还匣，向它们说道："我原是无心替尔等除此大害，你们虽感恩，于我何益？如今怪物已除，更无用我之处，还不走去，等待何时？"那两个大马熊将头摇了摇，回身朝着后面指了两指，从口中发出了像打鼓一样的鸣声。便有十来个稍大一点的马熊，如飞绕向英琼身后而去。一会儿工夫，鼓声震地，在英琼两旁伏着的那些马熊，忽然一阵大乱，四散奔逃，一齐逃到英琼身后跪伏，各把前爪朝对面连指。英琼回身往那大怪物死处一看，对面尘土飞扬，山坡上十余只大马熊，口中发出鼓音，如飞往英琼立的所在逃来。后面相隔数十丈，一个巨人，与死的那个大怪物长得一般无二，发出与死怪物同样的狂吼，迈开大步，如飞追来。英琼这才明白马熊用意。因自己精力已疲，不敢轻易上前迎敌，忙将身体隐在一块大石后面，取出宝剑，相机行事。

那山魈原是一雄一雌，住在一个山洞。此山马熊最多，便是那山魈专门食品。今天雄山魈出来觅食，雌的正等得不耐烦，忽听洞外马熊吼叫与往日不同，它不知是诱敌之计，便追将出来。有一个马熊跑得稍慢，被那山魈追上，一把抓住颈皮，张开血盆大口，往颈间一咬一吸，便扔在地下，重又来追逃在前面马熊。英琼见这山魈这般凶猛，格外心惊，暗替自己适才侥幸。一会儿工夫,那山魈追到这边山上来,一眼看见雄山魈尸横就地,放下马熊不追,抱着那雄山魈上半截尸身,又跳又号,绿眼中流出来的泪滴有拳头般大小,神态非常好笑。那雌山魈号啕一阵,又去细看那雄的伤口,好似去研究是如何死的。又低头寻思了一会儿,忽然暴怒起来,挨近它的大树,被它拔得满空飞舞,沙石乱落,如雨雹一般,叫人见了惊心动魄。那山魈正在那里号叫,被它无意中回首,看见英琼身旁发出来的紫光,并看出英琼藏身所在,就猛一回身,如飞向英琼身前扑来。

英琼正看得出神之际,忽觉眼前一黑,那雌魈迎面如飞扑到,顿时慌了手脚。知道那怪物手长,如果使剑迎刺,剑还未到,已被它手所伤,自己力尽筋疲,又不能再似先前般纵跳。急中生智,只好孤注一掷,趁那怪物手还未到,把手中紫郢剑朝着那怪物颈间飞掷过去。自己奋力使劲,往旁纵出丈许。正待再起身逃走时,只见那十来丈长的紫光过处,朝那怪物颈间一绕,一个大似水缸的大脑袋斩了下来。同时十丈左右长的尸身,连着那颗大头,扑通两声,凭空跌到尘埃。附近所在,树断石裂,尘土乱飞,约有盏许茶时,才得安静。那紫郢剑诛罢妖物,长虹般的紫光在空中绕了一个圈,竟自动回到英琼身旁剑匣之中,把英琼吓了一大跳。想不到此剑如此神异,心中大喜,抱着剑匣,连连感谢不止。

那些马熊见怪物被英琼所诛,一个个跳跃了一阵,走向两个死山魈面前,好似还有些畏惧,不敢骤然走近。末后那两个大的先用前爪往山魈身上抓了一下,不见动静,吼了一声。这千百马熊才一齐上前,四脚齐施,连咬带抓,一会儿工夫,这两个山魈只剩了一堆黄骨,拆散在地。英琼正看得起劲,忽觉腹中饥饿,便往先前洞中走去。幸喜衣服食粮俱未伤损,只是由家中带出来的那口家传宝剑,已被怪物大手折成两段了。连忙在洞中暗处掩了血衣,走出洞来一看,这群马熊竟离洞门三丈远近,跪成一个圆圈,把英琼去路拦住。英琼一手拿着一枝黄精,止在食用,按剑说道:"尔等大仇已报,为何还不放我上路,莫非恩将仇报么?"众马熊一齐摇头。那大的两个朝着英琼,用前爪比了又比,那个意思,好似叫英琼不要吃手中的黄精,接着从口中又发出先前的鼓音。当下便有十来个马熊分头走去。另有两个马熊走到一株树边,抱着一摇一拱,连根拔起,口爪齐施,把树枝折了个净尽。一个马熊抬一头,人立起来,抬到洞前。又有一个便骑了上去，抬走几步，重又放下，向着英琼指了指。英琼估量它是叫自己骑了上去，由它们抬走，虽然明白并无恶意，万一这些猛兽忽然野性发作，如何是好？又不知它们将自己抬往何方，到底有点不放心。眼看日色已交未初，天气还早，力竭神疲，得它们抬送一程，倒亦有趣。暗想："自己得这口剑，几次事先报警，我何不卜它一卜？"便问道："紫郢剑，这群野兽要抬送我过山，如果去得，你便长鸣两声；如果去不得，你便长鸣一声。我好打主意。"话犹未了，那剑果然锵锵两声。英琼心中大喜，便走近马熊跟前，纵上树身坐下。

那群马熊见英琼肯让它们抬走，一个个跳跃拱揖，好似十分欢喜。那两个大马熊，一个在前，一个在后，口中鼓声一响，这千百马熊竟前后左右，好似排队一般，抬了英琼，直往山下走去，走得非常迅速。连越过了好几个山头，末后到了一个山峰上去，满山峰尽是些奇花异草。刚刚上山不远，路旁现出有百十个马熊排列，一个个跪在地下，人立拱揖。再向前行数十步，远远望见一个大山洞。由十来个马熊领导，后面跟着一大群猩猩，每个猩猩双手捧着许多不知名的山果，飞也似的跑到英琼身旁，将手中捧的果品献上。英琼随意取了几个食用，一面由那抬树的两马熊抬着她向前行走。一会儿工夫，走到洞前一看，这个山洞竟高大异常。那一群马熊和猩猩，前呼后拥地将英琼抬进洞中，放下树身。英琼下来，举目往四处一看，这洞中竟是轩敞异常，约有百十丈宽广。当中一块高约二丈、宽约十余丈的巨石，上面满铺着许多兽皮。当下两个猩猩纵将上去，学人坐卧。随又跳将下来，拉了拉英琼衣袖，口中不住叫唤。英琼明白它的意思，便将身纵了上去坐下。再看下面，这成千成百的马熊，连着那许多猩猩，由洞里洞外，分成十数排，跪满了一地。另有十来个猩猩替换着将果品献上。

英琼正在随意食用，忽然看见果品当中有一种不知名的山果，血也似的通红，有桂圆般大小。剖将开来，白仁绿子，鲜艳非常。食在口中，甘芳满颊。可惜不多，只有十来个，一气把它吃完，觉着满腹清爽，精神顿长，把先时的疲劳一扫而空。知是山中奇珍，便将果皮拿在手中，朝那进食的猩猩说道："此果甚好，可能领我去采些来带走么？"旁立那个猩猩闻言，似有难色，回转身来朝着它那些同伴叫了两声。当下便有十来个猩猩走出洞去，直走了半个多时辰，才回来了五六个，每个手中只取得一个朱果献上。又向旁立发令的那个猩猩哀嗥了几声。当下全洞中的猩猩都随着哀嗥起来。

英琼不知它们是何用意。只因贪看这些马熊、猩猩善解人意，又等猩猩采朱果，耽误了很大工夫。那洞中非常光亮，直到外面日色平西，尚不知道这座洞门正对西方。英琼正在那里指挥群兽，其乐洋洋之际，忽然看见洞外一轮落山红日，大有亩许，红光射进洞来，照得满洞通红。才知天已不早，不能上路，不禁着起慌来。再看洞外，依旧光明如昼，映着夕阳斜晖，幻出无边异彩。便想今晚暂且宿在此洞，明早再走。不过自己一个孤身幼女，处在这人迹不到的荒山，和这些猛逾虎豹的马熊、高大过人的猩猩同处，到底不能不有些顾忌。低头沉思了一阵，便对那些马熊、猩猩说道："今日天黑，我已不能上路，意欲在你等洞中借宿一宵。尔等如果愿留我在此地，便皆急速全体退出洞去，以免我匣中的宝剑出来，误伤了尔等性命。"说罢，这千百马熊和那些猩猩，万鼓齐鸣地吼叫了几声，果然全体退出洞去，只留一个大猩猩在洞口侍立。

英琼见这些野兽能通人言，进退有序，非常欣喜。因时光还早，打算待一会儿再安睡。便跳下大石，信步走出洞外。见满山满野，尽是马熊栖息着。惟有那百十多个猩猩，却聚集在一个崖角下面，交头接耳，啼声凄厉。英琼虽然不通兽语，看去好似在商量什么似的。内中有一个老猩猩，便是适才指挥群猩的首领，正站在那里口鸣爪指，忽然回转身，见英琼走来，便长叫一声。众猩猩一齐回身，跪伏在地，朝着英琼不住地叩头。那老猩猩便走近英琼身旁跪将下来，拉了拉英琼襟袖。英琼便随它走近那猩群中一看，原来地下竟躺着五个已死的猩猩尸首。那老猩猩用前掌朝那死猩猩头上指了指。英琼俯身看时，这五个猩猩竟是一般死法：头上一个大洞，猩脑已空，看去好似被什么东西抓伤。内中一个，手中还紧握着一个朱果。猛记起："适才贪吃那红色异果，曾由十来个猩猩再去采寻，后来只回来了一半，采回的红色果子也不多。自己因为天近黄昏，原打算明早叫猩猩带路再去寻找，不曾放在心上。看这几个猩猩，想是为采红色果子而死。只为自己一时口腹之欲，损伤了几条生命，好生难过。而且这几具猩猩死法一样，决不是因采果子失足坠崖，定是此山还有什么怪物异兽。尝闻猩猩善于人言，偏偏此地猩猩能通意不能言，无法究问。我莫如也一半比，一半说，向这些猩猩盘问。倘若真有专吃猩脑的野兽，我便用身旁宝剑替它们除去，岂不是好？"想到此问，便朝那老猩猩问道："看你那五个同伴死法，好似因为采那红色果子，被什么怪物所伤。你何不领我前往，替你除害如何？"话言未了，这些猩猩同时齐声长鸣点首。英琼见皓月正明，清光如昼，自己这口宝剑又是能收能发的神物，立时雄心顿起，便叫那老猩猩领路前去。那老猩猩摇头，用前掌朝着月亮指了指。英琼估量是夜间不便前往，便又问道："你的意思，是说夜晚怪物不易寻觅？那么我明日再去如何？"那猩猩点了点头，又欢呼跳跃了一阵。便有十几个猩猩，将已死的五个猩猩尸体抬往山后而去。

　　英琼在月光底下闲眺了一会儿，回进洞中一看，仍是阖洞光明，如同白昼，非常惊异，疑有异宝藏伏。满洞寻找了一个多时辰，并未发现，只得作罢安歇，夜间睡眠甚稳。洞中气候暖如初夏，较比连日辛苦饥寒，判若天壤。直睡到红日东升，也无一些其他异状。等到醒来，在石头上坐起。洞旁侍立的猩猩，看见英琼起身，长啸一声，立时鼓声震地，那洞外的猩猩、马熊，竟像潮涌一般蹿将进来。英琼几乎吓了一跳。这些马熊仍然排班匍匐，那百十个猩猩各捧花果献上。

　　英琼一一食用，仔细一看，并无昨日那种红色异果，才想起答应那些猩猩今日去替它们除怪。吃了一顿果子，先跑到洞外，寻那僻静所在，方便了一阵。重又进洞，站在石上说道："我今日便要起身。尔等昨日去采那红色果子，曾有五个同类被害。可速领我前去除却，以免我走后又来为害生灵。"话言未了，猩猩、马熊又各鸣成一片。英琼将包裹整理好了，又将剩的朱果同许多好吃果品包好，纵身下地。众马熊立刻让出一条大道。那老猩猩立起身来，朝英琼长鸣了两声，便在前头领路。双方相隔约有丈许远近，那老猩猩一路走，一面不时回头看望。

　　当下猩猩在前，马熊在后，俱都低头慢走，不发一些鸣声，这寂寞的深山中，只听足声贴地，尘土飞扬。英琼随着那老猩猩越过了一个山头，那些马熊俱都停步不前，只由老猩猩领着英琼转到一个峭壁后面。忽然迎面一座孤峰突起有百十丈高下，山头上面满生着许多不知名的奇花异果。峰下面一个很长很深的涧，流水淙淙，泉声聒耳。英琼正觉这里景物清丽，那在前行走的老猩猩忽然停止不前，登时现出十分畏惧的样子。英琼刚要问话，那老猩猩忽然用前爪朝涧旁一个孔洞中指了指。英琼定睛看那孔穴，有六七尺方圆，黑黝黝的，看去好似很深。孔穴旁边有一块其形古怪的大石，石上面有一株高才寻丈、红得像珊瑚的小树，朱干翠叶，非常修洁，树上面结着百数十个昨晚所食那种红色的果子。

英琼正奇怪那树生平从未见过，如何会长在石头上面？耳旁忽听呼声震耳。回看领路的老猩猩，已向来路退回有百十丈远近。心想："此地莫非就是怪物潜藏之所？"待了一会儿，不见动静，便想纵身到那石头上面去摘取朱果。刚一迈步，耳旁呼声忽止，匣中宝剑锵铮一声，连连飞跃。知有异兆，不禁吃了一惊。凝神往那孔穴中看时，只见有两点绿光闪动。一转瞬间，"呼"的一声，纵出一个似猴非猴的怪物，身上生着一身黄茸细毛，身长五六尺，两只膀臂却比那怪物身子还长。两手如同鸟爪一般，又细又长。披着一头金发。两只绿光闪闪的圆眼，大如铜铃。翻着朝上一看，比箭还疾地蹿了下来，狼嗥般大吼一声，伸出两只鸟爪，纵起有三五丈高下，朝英琼头上抓将下来，身法灵活无比，疾如闪电。英琼见那怪物来势太快，不及抵御，忙将身子斜着往旁横纵出两丈远。那怪物抓了一个空，正抓在英琼站的那块石头上面，爪到处碎石纷飞。狂吼一声，又向英琼扑来。这时英琼已拔剑在手，才一出匣，便有一道紫光耀日争辉。那怪物好似知道此剑厉害，偏巧英琼无心中正拦住它去路，归穴不得，只得拨回头，飞一般往英琼来路逃走。英琼急忙在后追赶，正要将手中剑放出去时，一眨眼工夫，只听许多猩啼熊叫之声，那怪物竟已御风飞行，踪影不见。

又一会儿工夫，那老猩猩率领许多同类，一路嗥叫而来，见了英琼，倒身下拜。又见那猩群当中，竟又抬有许多断臂折股、破脑碎腹的猩猩。想是怪物逃走时，路遇这藏躲猩群，被它怪起，捞着几个，故而有好些猩猩受伤。英琼见怪物逃走，懊悔适才未曾预先下手，偌大莽苍山，哪里去寻那怪物踪迹，欲待袖手而去，又可怜这些猩猩性命。那老猩猩想是也怕英琼走去，跪在地下，拉着英琼襟袖不放。那受伤未死的猩猩，更是哀啼不止。不禁勾起英琼侠心义胆，便对那老猩猩道："我虽然归心似箭，可惜适才被那怪物趁空逃走。我意欲留此十日，寻那怪物踪迹，替尔等除此大害。十日之后，如尚不能寻得，那也就是尔等命中该受那怪物摧残，我也不能久留了。"说罢，那老猩猩好似深通人言，十分欢喜。又领英琼回到峰旁，先纵往高处一望，跳下地来，朝那些同类叫了几声。便有十来个猩猩分头择那高处爬了上去，四外瞭望。那老猩猩好似仍不放心，又纵身上去看了看，才下来纵到洞旁石上，将上面朱果全采了下来，分几次送上，交与英琼。树上所摘，竟比昨日还要香美。

第四十八回　紫电飞芒诛木魅
　　　　　　　青山赏雨动归思

英琼便尽兴吃了有十来个，把余下那些朱果藏在包裹之内，准备路上食用。刚刚收拾完毕，忽见那老猩猩纵了上来，领英琼纵到下面。英琼仔细看那树时，竟是生根在石头上面，通体透明，树身火一般红，树旁还有几滴鲜血。那猩猩手比了一阵，又哀啼几声。英琼明白这里便是昨日采果猩猩为怪物所害之地。孔穴看去很深，那老猩猩用手势让英琼站在外面，它却爬了进去。英琼因此处是怪物巢穴，不敢大意，便将那紫郢剑拔在手中，一面留神四外观看。只见这块奇石约有两丈高圆，姿势突兀峻峭，上丰下锐，遍体俱是玲珑孔窍，石色碧绿如翠，非常好看。英琼一路摩挲赏玩，无心中转到石后，只见有一截二尺见方的面积，上面刻有"雄名紫郢，雌名青索，英云遇合，神物始出"四句似篆非篆的字，下面刻着一道细长人眉，并无款识。猛想起腰中紫郢原来是口雄剑，还有一口雌剑埋藏在此。"英"是自己名字，那"云"不知何人？不禁起了贪心，便想一同得到手中。

正在仔细往四外寻觅，那老猩猩从孔穴内纵了出来，身上背着一个猩猩，业已奄奄待毙，手上拿着形似婴儿的两个东西。原来这个洞便是怪物藏身之所。那怪物名为木魅，力大无穷，两只钢爪可穿金石，锋利无比，专食生物脑髓。穴旁石上大树，便是道家所传的朱果。凡人吃了，健身益魄，延年长生。三十年才一开花。此处的猩猩名曰猩猿，乃是猩猩与猿猴所生，善解人意。想是平日备受怪物摧残，与那马熊遭遇山魈感受一样痛苦。英琼来到洞中时，那些猩猩冒着百死，乘那怪物睡着时，采来朱果与英琼食用，引她来此报仇。那木魅生性好睡，尤其过午以后，更是昏睡不醒。及至英琼第二次再索朱果，那猩猩甚是害怕，大着胆子去采，才采到几个朱果，便将木魈惊醒，连忙亡命奔逃，已被怪物钢爪抓到处，伤了五个。照往日习惯，将猩脑吃罢，将猩尸扔到上面。内中有一个猩猩吓晕在地，逃避不及，被它生擒。那木魈吃罢生物脑血，便神醉欲睡，随手夹进洞去，准备明日醒来食用。恰好英琼到来，它估量又有买卖上门，纵身上去，不想碰在钉子上面。此怪物岁久通灵，看见英琼剑上紫光，知道不好，急忙御风逃走。那老猩猩的同类尚有一个不知存亡，知道木魈只吃猩脑，不食猩尸；又知英琼爱吃朱果，打算采来报德。采完朱果之后，嗅着洞口猩猩气息，冒险入内，寻找那被擒同类，已被木魈夹得半死，当下救了出来。无意中在洞的深处发现两个孩尸，顺手取将出来，原来是两具成形的何首乌。想是成形之后，在山中游走，被木魈看见，当成生物。等到抓死以后，觉得不似生物好吃。那木魈素来血食，不知此千年灵物妙用，随手掷在洞中，被那老猩猩寻着，献与英琼享受。

大凡猩猿之类，多是借群爱众。起初看见两具孩尸，以为英琼同类，原打算带将出来，交与英琼一看。英琼起初也误认是孩尸，及至接到手中一看，长还不到一尺，虽然口目姣好，形态似人，却与生人到底不同。而且一股清香扑鼻，那被怪物伤处流出来的并不是血，竟是玉一般的白浆。猛想起她爹爹李宁说过，深山之中，若遇小人小马之类飞跑，便是千年灵芝与何首乌所化，吃了可以成仙。这两个小人，不知是与不是？如果真是灵物，岂不侥幸？又恐怪物洞中取出之物，万一有毒，非同小可。忽见面前那个老猩猩站在那里不动，心想："闻说猩猩与猴俱不吃荤，何不试它一试。"便把那小的一个递与那老猩猩，比个手势，叫它吃。那老猩猩起初以为是人，还不敢就吃，禁不住英琼按剑怒视，吓得它不敢不从，勉强咬了一口。英琼见那老猩猩咬了一口之后，忽然喜欢起来，连啃带咬，吃得非常高兴。等到英琼想起这是奇珍，难得遇见，不应这般糟掉时，已被那猩猩三口两口吃完，望着英琼手中那个大的，还不住地流涎，伸开两掌还待索要。英琼喝道："我原叫你尝一只小手，谁叫你都吃下去？我手中这一个是不能给你了。"她见猩猩吃了何首乌无甚动静，知道无毒。一面说，随手将那具成形何首乌手臂折断，便有许多白浆冒出。忙用樱口一吸，果然清香甜美，微微带着一点苦涩，愈加显得好吃。后来越吸越香，竟连肉咀嚼起来，才知那何首乌周身并无骨头，吃到嘴里仿佛跟薯蓣、黄精差不多，不过格外甘芳而已。因知是延年灵物，恐怕过时无效，平日食量本好，好在通体并不甚重，当下一顿把它吃完，用腰中绢帕擦了擦嘴。

还待再去寻那雌剑时，忽见那块大石缝中冒起一股白烟。正在惊异，忽听上面瞭望的猩猩连声吼叫，那老猩猩登时面带惊惶，用前掌连连比划。英琼知是怪物回转，不敢怠慢，将剑舞起一团紫光，纵身上崖。那老猩猩见英琼舞起一团紫光，不敢近前，另从旁处纵上崖去，寻一僻静所在，潜伏不动。英琼纵到高处，往四外一看，已是红日照空，将近正午。适才来路旁西北角上，大树丛中有十余只翠鸟，鸣声啁啾，正往自己立的峰侧飞来，日光下面，红羽鲜明，非常好看。一会儿工夫，掠过峰南，投入一个树林中而去。除此之外，四面静荡荡的，并无一些迹兆。那老猩猩也从僻静处纵了上来，同那瞭望的猩猩交头接耳一阵。回身朝着英琼，指一指西北角上那个树林。英琼不知它什么用意，心中不舍那石上所说的雌剑，意欲再下洞去寻找。走到洞旁，刚要纵身而下，那块奇石缝中冒出来的白烟，竟似浓雾一般冒个不住，转眼间洞壑潜踪，将那块奇石隐蔽得一丝也看不见。

英琼自在峨眉寄居数月，看惯山雾，知道这般浓雾，一半时不能消尽。下面碎石如刀，又不知那雌剑到底埋藏何处，即使冒险下去，也无法寻找，只得罢休。老等怪物不见回转，有些气闷。忽然想起："此山怎么竟有许多怪物野兽和灵药异果？昨晚所居的洞中那样光明温暖，想必也有珍宝埋藏，昨晚寻找了一番不曾发现，何不趁现在无事回洞寻找？或有遇合，也未可知。"英琼小孩心急，想到哪里，便做到哪里，当下率领猩群，往回路向那洞走去。自从食了何首乌之后，已有个半时辰，觉着力气大增，身心格外轻快，非常高兴。提剑走离那西北角上人树林只有十余丈远近，前走的猩猩忽然惊鸣起来。英琼近前一看，原来地下死着两具马熊，脑髓已空，与昨晚猩猩死法一般无二。猜是那怪物逃走时，遇见马熊，被它抓食，当做晨餐。四外看看，虽然无甚动静，倒也不敢大意，加了几分小心，往前行走。这一群猩猩围着英琼，有的在前，有的在后，有的放下前足在地上爬走，有的人立纵跃。这一群狰狞野兽之中，却夹着一个容华绝世的红裳少女，真是一个奇观。英琼也觉自己有降妖伏兽之能，豪气不可一世。

刚刚绕过那大树林,才走得十来步,忽然后面一个猩猩狂叫一声,接着身旁的猩猩一阵大乱,四散惊逃。英琼知有变故,霍地旋转身子,举剑朝前看时,后面猩群中已有好几个倒在地上。适才奇石旁边孔穴中那个绿眼金发、长臂鸟爪的怪物,疾如闪电般伸开五只瘦长的长臂,腾空扑来,已离头顶只有尺许。英琼大吃一惊,来不及避让,忙将手中剑朝顶上一撩,十余丈的紫光,长虹般过处,一声狂吼,凄厉非常。忙纵身往旁立定看时,日光下两条黑影,耳旁又是重物落地的声音,扑通两响,那怪物已然从头到脚劈成两半。想是那怪物来得势猛,临死余力未尽,尸身蹿出去约有七八丈远近,才得落地。原来那木魅性如烈火,自从被英琼赶走,知道敌人剑光厉害,不敢正面交手,便将那两个马熊的脑髓抓去食用。不想被峰头瞭望猩猩看见,吼叫起来,惊动英琼上来看时,它已隐入深林。适才英琼所见南飞的翠鸟,便是被那木魅惊飞的。及至英琼领着猩猩回转,它几次三番要想下手,俱怕英琼宝剑厉害。直等英琼转过树林,到底沉不住气,原想从英琼身后飞来,一爪将英琼脑子抓碎。谁知英琼身后面走的那些猩猩看见两个死马熊,知是被怪物所伤,早已触目惊心,提心吊胆。禽兽耳目最灵,眼见木魅飞到,自然狂叫起来。它不由心头火起,随手打死了两个猩猩,身手未免迟延了一下。英琼才得闻警,旋回身子,将它用紫郢剑劈死,幸免于难。否则木魅腾空飞行,疾如飘风,如非因打死了两个猩猩这瞬息耽误,英琼紫郢剑纵然通灵,能自动飞出,恐怕也难免于危险哩。

英琼见怪物已死,心中大喜。众猩猩自然更是欢鸣跳跃,只是平日备受荼毒,木魅虽死,俱不敢近前。及至看英琼又斫了木魅几剑,不见动静,才大吼一声,众猩猩口脚齐上,乱撕乱咬。英琼知这些猩猩受害已深,乐得看着好玩,不来禁止。那老猩猩领众将那怪物撕咬了一阵,忽从怪物脑海中取出一块发红绿光彩、似玉非玉、似珠非珠透明的东西来,献给英琼。英琼取到手中一看,这块玉一般的东西,长才径寸,光华耀眼。虽然不知道用处,觉得非常可爱,便随手放在身上。正要号令那老猩猩率领猩群回洞,忽听风声四起,雷声隐隐由远而近。抬头看时,红日业已匿影。路旁的树林被那雨前大风吹得如狂涛起伏,飞舞不定。一块块的乌云,直往天中聚拢,捷如奔马,越聚越厚,天低得快要压到头顶上来。乌云当中,时时有数十道金蛇乱窜,照得见那乌云层内,许多如奇石异兽龙鸟楼阁的风云变化，在转瞬间消失，非常好看。知道变天，要下大雨。这山行遇雨，本是常事。不过英琼连日过得都是丽春晴日，适才还是红日当空，万没料到天变得这般快法。此地离那山洞还有十里远近，怕把身上包裹淋湿没有换的，不禁急了起来。便迁怒那些猩猩道："都是你们要撕怪物死尸，耽误时光。你看立刻大风大雨来了，怎么好？"言还未了，忽地眼前一道金蛇一亮，震天价一个霹雳打将下来，震耳欲聋，吓得那群猩猩一个个挤在一起，互相拥抱，不敢乱动。

英琼本想往树林中暂避，谁知举目往旁看时，离身十丈外，酒杯大的雨点，密如花炮般打将下来。那树林受了风雨吹打，响成一片涛声，如同万马奔驰一般，夹着雷电轰轰之声，震耳欲聋。起初疑是偏东阵头雨，所以只落一处。及至转身看时，在自己所立的数亩方圆以外，俱是大雨倾盆，泥浆飞溅，只自己近身这数十丈地方滴雨全无，好生惊异。试往前行走了数十步，她走到哪里，离身十丈左右居然没有雨，猜是宝剑作用。计算时光已是不早，今晚势必仍在洞中再停留一夜。看那天色越加阴沉如晦，雨是越来越大，不像就会停止的神气，便决计认明路径回洞。那猩猩抬着它们的死伤同伴，一个个战战兢兢，紧傍英琼身旁，随着行走。这几个峰头，本来生得峭拔玲珑，又加大雨，中间雨水由高处汇集数十道悬瀑，银河倒泻般往下降落。迎面十丈以内，尚辨得出一些路径；十丈以外，简直是一团烟雾，溟蒙一片。偶尔看见一两个峰尖时隐时现，泉瀑泻在溪涧中，吼声如雷，真是有声有色，另有一番妙趣。英琼一路看雨景，离洞渐近，雨势渐小。远望洞门，疏疏落落，挂起两三处银帘，近前看时，那雨从洞的高处往下飞流，恰似水晶帘子一般。从那无水的空隙中走进洞去，满耳兽息咻咻，那些马熊不知从什么时候跑了回来。除当中那块大石外，洞的四周，俱都满满地爬伏在地，只留了当中二尺阔的一条空隙。

英琼进洞以后，便纵身上石坐下。那些马熊万鼓齐喧地吼叫起来，一个个拱起前爪拜个不休。英琼嫌它们吵人，娇叱一声，登时全洞皆寂，除猩、熊呼吸外，更没有一些声响。这女兽王见猩、熊如此服她号令，好不高兴。见洞外雨势稍小，仍然落个不住。洞外天色渐渐阴霾起来，洞中却是仍旧光明。便手持宝剑，纵下石头，四处寻找她心中所想发光的异宝。整整找了三四个时辰，天已半夜，仍未寻着。她自从吃了何首乌之后，腹中一丝也不觉饥渴，身上也不觉着疲累。似这样寻一会儿，歇一会儿，在这块石头宝座上纵起纵落，直到天明，仍未有所发现。那些马熊见英琼走到哪里，便急忙四散让道，倒无什么表示。那老猩猩好似已知英琼心意，也帮英琼找，有时拾了两块透明的石头，交与英琼。英琼起初也很高兴，拿到洞外，暗中一试，并无异迹。见那老猩猩跟前跟后，知它善解人意，便问它道："你知这洞内发光明如白昼的缘故么？"那猩猩摇了摇头。英琼知它也是不知，因见它那般殷勤灵慧，心中一动，不禁脱口说道："你这个猩猩很好，可惜不能把你带到峨眉去替我看守门户。"说罢，那猩猩忽然拉了拉英琼衣袖，跪将下来叩头。英琼知它能解人言，便道："看你的意思，倒好似愿跟我去的样子。只要我走后，你能一心为好，不害生灵，我一成为剑仙，即刻前来度你。"那猩猩摇了摇头。英琼也未放在心上，仍然满洞寻找。那猩猩忽然若有所悟似的，把英琼衣袖一拉，用手势引英琼上了大石坐下。它口中长啸一声，它手下百十个猩猩竟然全体发动，寻找起来。除英琼坐的那一块大石外，这一座山洞，差点没给这些猩猩翻转来，仍是无有踪迹。英琼起初以为这些猩猩久居此洞，既然请自己高坐旁观，由它们前去寻找，必定有所发现。谁知仍旧没有效果，渐渐失望起来。原来打算寻到宝贝，第二日天明动身，遥念峨眉故居，归心似箭。谁知宝贝也未寻着，这一场大雨又下了两日三夜，才得渐渐停止。

　　第三日天明，英琼出洞凝望，见大雨已停，朝阳升起。枝头好鸟，翠羽尚湿，娇鸣不已。地下红瓣狼藉。远近百十个大小峰峦，碧如新洗，四围黛色的深浅，衬托出山谷的浓淡。再加上满山的雨后新瀑，鸣声聒耳，碧草鲜肥，野花怒放，朝旭含晖，春韶照眼，佳景万千，目穷难尽。这一幅天然图画，漫说作者一支秃笔难以形容，就起历代画苑的名贤于地下，也未必能把这无边山色齐收腕底。英琼见天已放晴，这雨后山谷，又是这般佳妙，不禁狂喜起来，在这无限春光中徘徊了一阵。忽然一阵轻风吹过，桃梅树上的残花，如白雪红雨一般，随风缓缓翻扬坠落地面，不禁动了归思。

　　这时那全洞的猩、熊，也明白恩主不能久留，全体排起行列，跪伏在地。那老猩猩却紧随在英琼身旁，承颜希旨。英琼天性豪迈，在这洞中住了几日，调猩驯熊惯了。虽然兽类不通人言，那些猩、熊却也极知感恩戴德，把英琼当做神明一般供奉。及至见英琼进洞去取包裹，知要长行，一个个前爪跪拱，延颈长鸣。有的两眼中竟流下许多人类所不能流的兽泪来。猩猩的吼叫本极凄厉，那马熊的吼叫更似万鼓齐鸣一般，震动山谷。英琼最讨厌这两种叫声，在洞中居住这三日，一遇它们吼叫，马上娇叱禁止。它们颇通灵性，竟能揣知人意，很少叫唤。今日英琼要和它们分别，想到再要听它们欢迎的呼声，至少须在自己剑术学成以后。于是不但不加禁止，反觉它们这种号叫鼓噪，雄壮苍凉，异常好听。又爱这山中景致同气候，不禁也有些惜别之想。当下将身纵到一个高约三四丈的小孤峰上面，辨明去路。那些猩、熊见英琼纵了上去，急忙一齐围拢过来，将那石峰跪成一个圆圈，仰着头，越发吼叫不停。

英琼在这千百个猛兽自然鼓吹拥戴之下，正在那里独立感慨、顾盼自豪的当儿，忽见远远空际银雁般的一个白点，朝峰头飞来，渐飞渐近。英琼已然看清来人是个白衣女子，身材颇为秀美，知是剑侠一流，心中大喜。正要高声呼唤，那白衣女子距离英琼立身的所在，尚有百十丈光景，忽地一道青光，惊雷掣电般直射下来。峰下的马熊逃避不及，立刻便有三四个身首异处。英琼才知来者是敌不是友，又惊又怒。她自食了何首乌之后，已然身轻如燕，平地蹿起数十丈高下毫不吃力，只因连日不曾纵跳，却一丝也不觉得。这时因与熊、猩相处数日，情感已深，见到敌人剑光厉害，猩、熊四散奔逃，不由一着急，将身一纵，跳下峰来。那些猩、熊也着了急，亡命一般，齐向英琼身旁奔来。那道青光也如流星赶月一般，紧追过来。英琼大吃一惊，一道十来丈长的紫光随手出匣，紫巍巍耀眼生光，直朝那道青光卷去。那道青光好似有了知觉似的，霍地退了回去。英琼见来人剑光畏惧自己宝剑，立刻胆壮起来。

第四十九回　别猩熊　巧遇石明珠
　　　　　　　擒猛虎　惊逢鬼道士

这时除那老猩猩仍在英琼身旁外，众猩、熊已然逃避无踪。英琼恼恨那白衣女子无故杀害生物，叵耐人家飞身空中，没法交手，便抬头向空中骂道："大胆贱婢！无缘无故杀死我的猩、熊，你敢下来与我决一死战么？"言还未了，眼前一道电闪似的，那白衣女子已经降落下来，站在英琼面前，约有数丈远近，含笑说道："这位姊姊不要骂人。俺乃武当山缥缈儿石明珠。适才送俺义妹申若兰回云南桂花山炼剑，路过此山，听得鼓声震地。见姊姊一人独立峰头，被许多马首熊身的怪兽包围，疑是姊姊山行遇险。因相隔甚远，恐救援不及，才将飞剑放出。原是一番好意，不想误伤姊姊养的异兽，这也是一时情急无知，请姊姊原宥吧。姊姊一脸仙风道骨，小小年纪，竟有这般驯兽之威。适才发出来的剑光，竟比俺的飞剑还要胜强十倍，并且叫妹子认不出是哪一家宗派。若非妹子见机得早，姊姊手下留情，差一点妹子在武当山廿年修炼苦功毁于一旦。请问姊姊上姓尊名？令师何人？是否就在此山中修炼？请一一说明，日后也好多多领教。"
　　英琼见那白衣女子年纪约有二十，英姿飒爽，谈吐清朗，又有那绝迹飞行的本领，早已一见倾心。及至听她说话，才知原是一番美意，却发生这种误会。本想对她说了实话，因为常听李宁说人心难测，这口宝剑既然她连声夸讲，比她飞剑还强，万一说了实话，被她起了觊觎之心，前来夺取，自己别无本领，如何抵敌？她既怕这口宝剑，索性哄她一哄，然后见景生情，再说实话。主意打定后，先将宝剑入鞘，然后近前含笑道："妹子李英琼，师祖白眉和尚。偶从峨眉来此闲游，一时高兴，收伏许多猩猩、马熊，不算什么。适才误会了姊姊一番好意，言语冒犯，还望姊姊恕罪。

此剑名为紫郢，也是师祖所赐。请问姊姊师父何人？异日姊姊如有闲暇，可能到峨眉后山赐教么？"

石明珠闻言大惊道："原来姊姊是白眉老祖高足，怪不得有此一身惊人本领。家师是武当山半边老尼。妹子回山复命后，定至峨眉相访。姊姊如有空时，也可到武当一游，妹子定将姊姊引见家师。以姊姊之天生异质，家师见了，必定高兴欢迎的。姊姊适才所说尊剑名为紫郢，是否长眉真人旧物？闻说此剑已被长眉真人在成道时，用符咒封存在一座深山的隐僻所在，除峨眉派教祖乾坤正气妙一真人外，无人知道地址。当时预言，发现此剑的人，便是异日承继真人道统之人，怎么姊姊又在白眉老祖门下？好生令人不解。姊姊所得如真是当年长眉真人之物，仙缘真个不浅。可能容妹子一观么？"

英琼适才就怕来人要看她的宝剑，偏石明珠不知她的心意，果然索观。心中虽然不愿，但不好意思不答应。看明珠说话神气，不像有什么虚伪。只得大着胆子将剑把朝前道："请姊姊观看此剑如何？"手执剑匣递与明珠。明珠就在英琼手中轻轻一拔，日光下一道紫光一闪，剑已出匣。这剑真是非常神妙，不用的时节，一样紫光闪闪，冷气森森，却不似对敌时有长虹一般的光芒。石明珠将剑拿在手中，看了又看，说道："此剑归于姊姊，可谓得主。"正在连声夸赞，忽然仔细朝英琼脸上看了看，又把那剑反复展玩了一阵，笑对英琼说道："我看此剑虽然是个奇宝，而姊姊自身的灵气尚未运在上面，与它身剑合一。难道姊姊得此剑的日子，离现在并不久么？"英琼见她忽发此问，不禁吃了一惊；又见明珠手执宝剑不住地展玩，并不交还，大有爱不忍释的神气。她既看出自己不能身剑合一，自己的能耐必定已被她看破，万一强夺了去，万万不是人家对手，如何是好？在人家未表示什么恶意以前，又不便遽然翻脸当时要还。好生为难，急得脸红头涨，不知用什么话答复人家才好，情急到了极处。不禁心中默祝道："我的紫郢宝剑，快回来吧！不要让别人抢了去啊！"刚刚心中才想完，那石明珠手中所持的紫郢剑忽地一个颤动，一道紫光，滋溜溜地脱了石明珠的掌握，直往英琼身旁飞来，锵铿一声，自动归匣。喜得英琼心中怦怦跳动，只是不敢现于辞色，反倒做出些矜持的神气。

那石明珠见英琼小小年纪，一身仙骨，又得了长眉真人的紫郢剑，心中又爱又歆羡。无意中看出剑上并没有附着人的灵气，暗暗惊奇英琼一个人来到这人迹不到、野兽出没的所在，是怎生来的？原想问明情由，好替英琼打算，所说的话，本是一番好意。谁想英琼闻言，沉吟不语，忽地又将剑收回，以为怪她小看人，暗用真气将剑吸回。她却不知此剑灵异，与英琼暗中默祝。心想："这不是自己用五行真气炼成身剑合一的剑，而能用真气吸回。自己学剑二十余年，尚无此能力。"暗怪自己不合把话说错，引人多心。又见英琼瞪着一双秀目，望着自己一言不发。在英琼是因为自己外行，恐怕把话说错，被人看出马脚，多说不如少说，少说不如不说，只希望将石明珠敷衍走了了事。石明珠哪里知道，也是合该英琼不应归入武当派门下，彼此才有这一场误会。石明珠见英琼讪讪的，不便再作久留，只得说道："适才妹子言语冒失，幸勿见怪。现在尚要回山复命，改日峨眉再请教吧。"英琼见她要走，如释重负。忙道："姊姊美意，非常心感。我大约在此还有些耽搁，姊姊要到峨眉看望，下半年再去吧。"明珠又错疑英琼表示拒绝，好生不快，鼻孔里似应不应地哼了一声，脚微蹬处，破空而起。

英琼目送明珠走后，猛想起："自己日日想得一位女剑仙做师父，如何自己遇见剑仙又当面错过？此人有这般本领，她师父半边老尼，能为必定更大。可恨自己得遇良机，反前言不搭后语的，不知乱说些什么，把她当面错过。"忽忙高声呼唤时，云中白点，已不知去向了。没奈何，自恨自怨了一阵，见红日当空，天已大晴，只得准备上路。

那些猩、熊见明珠一走，便又聚拢过来。英琼便对它们说道："我要走了。我看尔等虽是兽类，却也通灵。深山之中，不少吃的东西，我走之后，千万不要再作恶伤人。我异日如访着名师，将剑术学成，不时还要常来看望尔等，尔等也不必心中难受。"话言未了，这些猩、熊俱各将英琼包围，连声吼叫个不住。英琼便问那老猩猩道："它等这样吼叫，莫非此山还有什么怪物，要我代它们除去么？"老猩猩把头连摇。英琼知它等感恩难舍，不禁心中也有些恋恋，便道："尔等不必如此。我实在因为再不回去，我的金眼师兄回到峨眉，要没法找我的。"那些猩猩虽通人性，哪知她说的是些什么，仍然包围不散。欲待拔出剑来吓散它们，又恐误伤，于心不忍，只得按剑娇嗔道："尔等再不让路，我可就要用剑伤尔等性命了。"手微一起，

"锵"的一声,宝剑出匣约有半截,紫光闪闪。那些猩、熊果然害怕,一个个垂头丧气似的让出一条路来。

英琼整了整身上包裹,运动轻身功夫,往前行走。那些猩、熊也都依依不舍地跟在后面,送出去约有二三十里的山道。一路上水潦溪涧甚多,均仗着轻身本领平越过去。走到未申初时分,走上一座高峰,远望山下桃柳林中,仿佛隐隐现出人家,知道已离村市不远。自己带了这一群异兽,恐怕吓坏了人,诸多不便。便回头对那些猩、熊说道:"送君千里,终须一别。我此次回去,如能将剑术练成,必定常常前来看望尔等。此山下去,便离村落不远,尔等千百成群跟在身后,岂不将山下居民吓坏?快快回山潜伏去吧。"众猩、熊闻言,想必也知道不能再送,万鼓齐鸣地应了一声,便都停步不前。那老猩猩却走到猩群当中,吼叫两声,便有许多猩猩献出许多异果。英琼见它等情意殷殷,随便吃了些,又取了些松子、黄精之类,放在包袱内。那老猩猩便把下余果品,拣好的捧了些在手中。

英琼也不甚注意,见那些猩、熊不再跟随,便自迈步前行,下这高峰。走了半里多路,回望峰头,那些猩、熊仍然远望未去。那个老猩猩却紧随自己身后,相隔才只丈许远近。英琼觉得奇怪,便招呼它近前问道:"你的同伴俱已回去,你还老跟着我做什么?"言还未了,看见它手中还捧着适才在群猩手中取来的果子,觉得畜类忠实远胜于人,不禁起了感触,说道:"原来你是因为你同类送我的果子,我没有吃完,你觉得不满意么?我包裹业已装满了,没法拿呀。"那猩猩摇了摇头,将果子放在一块山石上面,用手朝英琼指了指,朝它自己指了指,又朝前路指了指。英琼恍然大悟,日前洞中几句戏言,竟被它认了真,要跟自己回峨眉山去。便问它道:"你要跟我回去?"那猩猩抓耳挠腮了一阵,忽然讲出一句人言,学英琼所说的话道:"要跟你回去。"原来这老猩猩本猩群中首领,早通人性。又加那日英琼给它一枝成形何首乌,这几天工夫,横骨渐化,越加通灵。知道若能跟定这位恩主回山,日后必有好处。所以决意抛却子孙家园,相从到峨眉去。它也知英琼未必允许,所以跟在身后,不敢近前。及至被英琼看见,喊它相问,它连日与英琼相处,已通人言,只苦于心内有话说不出来。这时一着急,将颈边横骨绷断,居然发出人言。它的祖先原就会说人话,它是猩父猿母所生,偏偏有这一块横骨碍口。如今仗着灵药脱胎换骨,这一开端说人话，以后就不难了。这且不言。

英琼见它三数日工夫学会人言，好生喜欢。本想带它回去，怎奈沿路人兽同行，多有不便。便对它说道："你这番意思很好，况且你心性灵巧，几天就学会人言，跟我走，于我大有用处。无奈与你同行，沿路不便。莫如你还是回去，等我遇见名师，学成剑术，再来度你如何？"那猩猩闻言，操着不通顺的人言说道："我去，你去，采红色果子。"英琼看它说时，神气非常着急诚恳，又爱又怜，不忍拂它的诚心，到底童心未退，又苦山行无伴，且待到了有人家所在，再作计较，便对它道："我不是不愿你同往，只因你生得凶猛高大，万一被人看见，不是被你吓坏，便是要想法害你。妖怪害你，我可以杀它；人要害你，我就没法办了。你既决心相从，且随我走到人家所在，先试一试，如果通行得过，你就随我前去，否则只有等将来再说吧。"

猩猩闻言，低头沉思了一阵，点了点头。英琼高高兴兴，又往前行走，觉得有些口渴。看见前面有一个山涧，泉水甚清，便纵身下涧，用手捧些水喝。那猩猩也捧着一手松子果品之类，纵身下来，放下手中果品，也学英琼的样子，伸出两只毛手去舀水。怎奈两只手指漏空，不似人的手指合缝，等将水捧到嘴边，业已漏尽。捧了几回，一滴也不曾到口。招得英琼哈哈大笑。末后还是猩猩将身倒挂涧旁树枝，伸头入水，才喝到口内。重将石旁放的果品，捧在手中献上。英琼因沿路所采松子果品，都异常肥大鲜美，为峨眉所无；自从离了那山洞以后，十里之外，也不曾再遇见像那样好的果品，所以舍不得吃，想连那朱果俱带些回去，款待她惟一的嘉宾余英男。却没有想到这莽苍山，在云南万山之中，路程迂回数千里，不知要走多少日子。若不是路遇仙缘，恐怕还没回到峨眉，都要腐烂了。英琼只在猩猩手中挑了几粒松子吃，重又打开自己包裹，将那些果品塞满。一猩一人，刚刚纵身上涧，忽然一阵腥风大作，卷石飞沙。那猩猩向空嗅了两嗅，长啸一声，将身一纵，已到前面相隔十丈远近的一棵大树上面，两足倒钩树枝，就探身下来。英琼见那风势来得奇怪，竟将猩猩惊上树去，正在诧异，忽然对面山坡之上跑下来许多猿鹿野兔之属，亡命一般奔逃。后面狂风过处，一只吊睛白额猛虎，浑身黄毛，十分凶猛肥大，大吼一声，从山坡上纵将下来，两三蹿已离猩猩存身的树不远。英琼虽然逐日诛妖斩怪,像这样凶猛的老虎,有生以来还是头一次看见。正要拔剑上前,那老虎已离英琼立的所在只有十来丈远近,一眼看见生人,立刻蹲着身子,发起威来:圆睁两只黄光四射的眼睛,张开大口,露出上下四只白森森的大牙,一条七八尺长的虎尾,把地打得山响,尘土飞扬。忽地抖一抖身上的黄毛,做出欲扑的架势。身子刚要往上一起,却被那树上的猩猩两只钢爪一把将老虎头颈皮捞个正着,往上一提,便将老虎提了上去,离地五六尺高。那老虎无意中受了暗算,连声吼叫,拼命般地想挣脱猩猩双爪。那猩猩更是狡猾不过,它将两脚紧钩树枝,两手抓着老虎头皮,将那虎头直往那大可两三抱的树身上撞去,那老虎虽然力大,却因身子悬空,施展不得。猩猩撞它一下,它便狂叫一声。只撞得树身摇摆,枝杈轧轧作响。英琼见猩猩擒虎,觉着好玩,由它去撞,也不上前帮助将虎杀死。撞了一会儿,那老虎颇为结实,竟然不曾撞死。那猩猩比人还要高大许多,加上这一只吊睛白额猛虎的重量,何止六七百斤,那树的横枝虽然粗大,如何吃受得起。那猩猩撞高了兴,一个使得力猛,咔嚓一声,树枝折断,竟然骑上虎背,两只钩爪往前一凑合,扣紧虎的咽喉不放。那虎被猩猩撞了一会儿,头已发晕,好容易落下地来,又被猩猩扣紧咽喉,十分痛苦,大吼一声,一个转身,前爪往前一探,蹿上高冈,如飞而去。

英琼因恐猩猩受害,急忙运动轻身功夫,在后追赶。追过了两个山坡,追到一个岩壁后面,忽听一声猩猩的哀啸,知道不好,急忙纵身过去。看那猩猩业已倒在地下,那老虎前爪扑在猩猩胸前,不住磨牙摇尾,连声吼叫。旁边立着一个红脸道人,手执一把拂尘。英琼见猩猩在虎口之下,十分危险,不问青红皂白,往前一纵,手中剑一挥,十来丈长的紫光过处,栲栳大的虎头,立刻削了下来。那红脸道人一见英琼手上发出来的紫光,大吃一惊,忙将身子后退,喝问道:"哪里来的大胆女娃娃,竟敢用剑伤我看守仙府的神虎?"说罢,用手中拂尘朝着英琼一指。英琼立刻觉着头晕,忙一凝神,幸未栽倒。那道人正是那巫山神女峰妖人阴阳叟的师弟鬼道人乔瘦滕,也与阴阳叟一样的学会一身妖法剑术,比阴阳叟还要作恶多端。那白额猛虎本是他守洞之物,今日出去猎食,遇见英琼。那虎也颇通灵,正在追赶獐鹿野兔,忽然看见前面站定一个美丽女娃,便想按照往日习惯,衔了回去,与它主人采补。不想中了猩猩暗算,掉下地来以后,又被猩猩紧扣咽喉，施展威力不得，这才急忙逃回山洞。那乔瘦滕闻得前山虎啸不似往日，知道那虎必遇强敌，正要去救，那虎已背着猩猩回来，被他用拂尘一指，猩猩立刻晕倒地下。那老虎也是受了许多痛苦，又在树上撞了一阵，头晕眼花，便用两爪扑在猩猩胸前，原打算缓一缓气，再行咬吃报仇。谁想被英琼赶来，一剑将它身首异处。

乔瘦滕本不知虎后面有人追赶，及见来人是个美丽女孩，并未放在心上，也不知是猩猩主人。反起了不良之心，想擒回洞去，采补受用。谁想那女孩十分厉害，才一照面，一眨眼的工夫，随手发出十来丈长虹一般的紫光，将他心爱的老虎杀死，心中大怒。原想仍用颠倒迷仙之法，将那女孩擒住。谁知拂尘指将过去，那女孩并无知觉，才知来者不是平常之辈。看那女孩，好似寻上门来的晦气，来者不善，善者不来，不禁又恨又怕。他却不知英琼食了许多灵药朱果，轻易不受寻常妖法所侵。正在心中寻思，忽听对面女孩一声娇叱道："你是哪个庙里道士？竟敢纵虎伤人！我的猩猩本来是打赢了的，如今倒在地下不动，想是受了你之害。待我看来，如果受了你的暗算，我决不与你甘休。"一面说，一面往猩猩躺的地方走来。乔瘦滕见来人虽然年幼，一时发出来的剑光，竟与昔日长眉真人所用雌雄双剑无异，并且又能豢养这么大的猩猩，不敢造次用飞剑迎敌。又听英琼所言，天真烂漫，不像是专寻自己晦气而来，稍放宽心。知道此女明敌不成，暗中念念有词，先用妖法玄女遁将这周围十里山路封锁，以防逃去。自己也不还言，先在路旁一块石头上坐下，看那女孩如何施为，去救那猩猩。

这时英琼已然走近猩猩面前，见它躺在地下，脸皮紧皱，目中流泪，神气非常痛楚。看见英琼，勉强坐起，用手朝那道人直比，口中却不能发声。英琼好生怜惜，见猩猩手比，知是中了道人暗算，不禁骂道："好个贼道！被你害得不能说人话了。等一会儿我再与你算账！"英琼见猩猩直用手比它的喉咙，疑它是口渴，所以不能说话。当下解开包裹，里面除了松子、黄精之类，还有数十个吃剩的朱果，随手取了两个，塞在猩猩口中。越想越恨，便立起身来，指着乔瘦滕骂道："你将我的猩猩害得不能说人话了，快快将它医好便罢，如若不然，我也把你舌头割去，叫你做一世的哑巴。"说罢，千贼道、万贼道地骂个不住。那乔瘦滕不知猩猩也吃过灵药，只见英琼走近，猩猩便能坐了起来，又见英琼取出朱果与猩猩吃，越发心惊。

暗想:"这小女孩来历必定不小,似这样百年难得一遇的朱果,竟拿来随便喂猩猩吃。不要说头一次看见,连听都未听过。"又见英琼朝他指骂,心中大怒,狞笑答道:"你这个小女孩是何人门徒,跑到我这里来扰闹?我已下了天罗地网,你插翅难逃。快将来由说出,随我回归仙府过快活日子。"

话言未了,那地下猩猩食了朱果,已经恢复如初,倏地弩箭脱弦一般,纵到道人身旁,两手紧扣咽喉不放。乔瘦滕猝不及防,被那猩猩两只钢爪扣住,疼得喊都喊不出来,空有许多妖法,竟然施展不出,眼看红脸变白,两眼朝上直翻。还是英琼不知道这人竟是个无恶不作的妖人,恐怕弄死了人,不是玩的,忙喊猩猩住手。那猩猩果然听话,手一松,便纵回英琼身旁。乔瘦滕见猩猩放手,饶幸得保活命,自己生平几曾吃过这样大亏,心中大怒,无暇再计利害,用手往脑后一拍,便有两道黄光飞向猩猩背后。英琼见势紧急,拔剑往前一纵,长虹一般的紫光,与敌人飞剑迎个正着。乔瘦滕知道不好,急忙收回飞剑,已被英琼斩断一道,坠落地面。

英琼迎敌时,暗想:"这个贼道也会飞剑。"不禁心中发慌。谁想紫光出去,便将敌人打退,心中大喜。那旁立的猩猩,忽然高声连呼"妖怪""飞剑"不止。英琼猛想起:"这个贼道长得异样,这样大的老虎说是他家养的。这猩猩颇通灵性,莫非他真是妖怪变成的人?"正待提剑上前,忽听对面道人骂道:"大胆丫头!擅敢伤我飞剑。你已入我天罗地网,还不投降,随我进洞取乐,死到临头,悔之晚矣!"英琼虽不明他说的什么,估量不是好话,骂一声:"妖怪休走,吃我一剑!"说罢连人带剑纵将过去。鬼道人乔瘦滕见对面这道紫光,恰似长虹一般飞来,知道难以迎敌,口中念念有词,把手中拂尘往空中一挥,立刻隐身而去。英琼追到道人立的所在,忽然道人踪迹不见,心中大为惊异。抬头看了看天色,正是申酉之交,还没到黄昏时分,见这道人白日隐形,越加疑是鬼怪。因听道人适才说已经摆下天罗地网,便用目往四外细看了一看。四外古木森森,日光斜射入林薄,带一种灰白颜色,果有些鬼气。知道久留必有凶险,无心再追究道人踪迹。正待退回原路,忽然一阵旋风过处,把地下沙石卷起有数丈高下,恰似无数根立柱一般,旋转不定。

第五十回　鬼哄森林　李英琼飞剑斩妖人
　　　　　　春藏魔窟　朱矮叟无心得异宝

　　一会儿工夫，愁云漠漠，浓雾弥漫，立刻分不出东西南北。四面鬼声啾啾，阴风刺骨。旋风浓雾中，出现数十个赤身女鬼，手持白幡跳舞，渐渐往英琼立处包围上来。那猩猩一声狂叫，早已晕倒在地。英琼也觉一阵阵目眩心摇，四肢无力，知是那道人的妖法。本想用手中宝剑朝那些女鬼斩去，谁知两只手软得抬都抬不起来，这才害怕起来。眼看那旋风中女鬼是越跳越近，耳旁又听有人说道："女娃娃，你已入罗网，还不放下手中宝剑投降，随你家祖师爷到洞府中去寻快乐么？"听出是那个道人声音，情知难免毒手。正待想一套言语诈降，哄那道人撤去妖法，等他现身出来，再用宝剑飞刺过去。心头盘算还没有定，忽见那些女鬼跳离自己身旁还有两丈远近，便自停步不前，退了下去。又听见道人在相隔十数丈外吆喝，以及击令牌的声音。令牌响一次，那些女鬼便往英琼立的所在冲上来一次。及至冲到英琼立处两丈以内，好似有些畏惧神气，拨回头重又退了下去。那道人好似见女鬼不敢上前，十分恼怒，不住把令牌打得山响，终归无效。英琼起初非常害怕，及见那些赤身女鬼连冲几次，都不敢近自己的身，觉得稀奇。猛发现手中这口紫郢剑端的是仙家异宝，每当女鬼冲上来时，竟自动地发出两丈来长的紫光，不住地闪动，无怪那些赤身女鬼不敢近前。英琼不由放宽了心，胆力顿壮。叵耐手脚无力，不能动转。否则何难一路舞动宝剑，冲了出去。

　　那鬼道人乔瘦滕所用妖法，名为九天都箓阴魔大法，原是非常厉害，漫说一个寻常女孩，就是普通剑仙，一经被他这妖法包围笼罩，也没有个不失去知觉，束手被擒的。偏偏英琼遭逢异数，内服灵药仙果，外有长眉真人的紫郢剑护身，虽然将她困住，竟是丝毫侵害她不得，不由心中大怒。起初原见英琼一身仙骨，想生擒回去受用。及至见妖法无灵，不由无明火起，便不管那女孩死活，狠狠心肠，将头发分开，中指咬破，长啸一声，朝前面那团浓雾中喷了过去，便有数十道火蛇飞出。

英琼正在那里无计脱身，忽见赤身女鬼退去，浓雾中又有数十条火蛇飞舞而来。正不知手中宝剑能否抵御，好生焦急，暗恨自己眼力不济，竟会看不见那妖道存身之所，否则我这紫郢剑能发能收，只消朝他用力掷去，便可将他杀死除害了。想到这里，手中的宝剑忽然不住颤动，好似要脱手飞去的神气。这时那火蛇已渐渐飞近，英琼一阵着急，叹道："妖道呀，妖道！我只要能见你在哪里，我定把我的紫郢剑放出，叫你死无葬身之地的。"一言才罢，觉得手中的宝剑猛然用力一挣，英琼本来手脚软麻，一个把握不住，竟被它脱手飞去，眼看长虹般十几丈长的一道紫光，直往斜对面雾阵中穿去。接着耳旁便听一声惨叫。同时那数十条火蛇一般的东西，已迫近英琼身旁。英琼四肢无力，动转不得，相隔丈许远近，便觉炙肤作痛。在这千钧一发之间，倏地紫郢剑自动飞回，刚觉有一线生机，耳旁又听惊天动地的一个大霹雳打将下来，震得英琼目眩神惊，晕倒在地。停了一会儿，缓醒过来，往四外一看，只见夕阳衔山，暝色清丽，愁云尽散，惨雾全消。那猩猩也被雷声震醒转来，蹲在自己旁边。自己手脚也能动转。面前立定一个云帔霞裳，类似道姑打扮的美妇人。急忙回手去摸腰中宝剑，业已自动还匣，便放宽了心。

英琼见那道姑含笑站在那里，绿鬓红颜，十分端丽，好似神仙中人一般，摸不清她的来路。正要发言相问，那道姑忽然开口说道："适才妖人已死，妖雾未退，才用太乙神雷将妖气击散。小姑娘不曾受惊么？"英琼听那道姑吐词清朗，仪态不凡，知是异人。又听她说妖人已死，才想起适才被妖法所困，后来宝剑飞出时，曾听一声惨叫，莫非那妖道已在那时被紫郢剑所诛？忙抬头往前观看，果然相隔十数丈外，一株大树旁边，那个道人业已身首异处，心中大喜。刚要向道姑回答，那道姑又接口说道："姑娘所佩的紫郢剑，乃是吾家故物。适才我在云中看见，疑是来迟了一步，被异派中人得了去。不想会落在姑娘手中，可算神物有主。但不知姑娘是否在莽苍山赵神殿中得来的呢？"

英琼见道姑说紫郢剑是她家故物，不禁慌了手脚，连忙用手握定剑把答道："正是在莽苍山一个破庙中得来。你说是你家的旧东西，这样宝贝，如何会把它弃在荒山破庙之中？有何凭证？就算是你的，我得它时，也费了一夜精力，九死一生才能到手，颇非容易呢。"还待往下再说时，那道姑已抢先说道："小姑娘你会错了我的意了。此剑原有雌雄之分，还有一口，尚待机缘，才得出世。若非吾家故物，岂能冒认？你问我凭证不难，此剑本是长眉真人炼魔之物，真人飞升以前，嫌它杀气太重，才把它埋藏在莽苍山中，是个人迹不到之所，外用符咒封锁。彼时曾对外子乾坤正气妙一真人说过，此剑颇能择主，若非真人，想得此剑，必有奇祸。果然后来有人闻风前去偷盗，无一不是失败和身遭惨死。近闻那里出了四个僵尸、两个山魈和一个木魅，把一座五风十雨的灵山，闹得终年炎旱，隆冬时节，温暖如同暮春，一交三月，便天似盛夏。若非山中原有灵泉滋润，全山灵药异卉全要枯死。那山原无人迹，这还不甚要紧。谁知那四个僵尸日益猖獗，不久便要变成飞天夜叉，离山远出伤人。那两个山魈和木魅，更是每日伤尽生物，作恶多端。外子计算时日，剑的主人不久便去到那里，并说得剑人不但尚未学成剑术，连门都未入，只是机缘巧而已。贫道因此剑厉害非常，虽说长眉真人留下预言，万一不幸落在异派中人之手，岂非助纣为虐？特地赶到莽苍山，诛那几个怪物，顺便看那得剑之人是个何等样人。贫道到了那里，正是下雨之后，知道木魅已诛。再下去一看，连那两个山魈与四个僵尸，俱被取剑人除掉。外子原说取剑的人不会剑术，猜是那人无此本领，恐被异派中人得了去，一路跟踪赶来。适才看见剑上发出的紫光，急忙下来，你已被妖法所困，被我用太乙神雷将妖气击散，将你救醒。果然你的资禀异于常人，此剑也果然得主，才放了心。只不知你一个幼年女子，如何会到那群魔盘踞的莽苍山去寻取此剑？何人指引？如何得到并知用法？请道其详。"

英琼细听那道姑说话，不似带有恶意，有好些与石上之言相合，猜知来人定是一个剑仙。她说那剑原是她的，想必不假。低头寻思了一会儿，忽然福至心灵，跪在地下，口称："仙师，弟子实是无意中得到此剑，并无人指引。"便把前事细说了一遍。然后请问那道姑的姓名，并求收归门下，伏在地下不住地叩头。那道姑笑道："外子是乾坤正气妙一真人齐漱溟，我是他妻子荀兰因。你此次险些被人利用,归入异派。总算你赋禀福泽甚厚,才能化险为夷,因祸得福。收你归我夫妇门下,原也不难,不过你还不曾学会剑术,虽得此剑,不能与它合一,一旦遇见异派中高人,难免不被他夺了去。我意欲先传你口诀,你仍回到峨眉,按我所传,每日把剑修炼,二三年后,必有进境,我再引你去见外子。你意如何?"英琼闻言大喜,当下拜了师父,站起身来,那猩猩也在旁边随着跪叩。妙一夫人荀兰因笑道:"它虽是个兽类,居然如此通灵,以后你山中修道,倒可少却许多劳苦与寂寞了。"

英琼又说:"弟子曾蒙白眉和尚赠了一只神雕,名唤佛奴,骑着它可以飞行空中。还有一个世姊,名唤周轻云,在黄山餐霞大师处学剑。请问师父住在哪座名山?这三年期中,可不可以骑着那雕前去参见?"妙一夫人笑道:"'吾道之兴,三英二云。'长眉真人这句预言,果然应验。就拿你说,小小年纪,就会遇见这样多的仙缘凑合。那白眉和尚辈分比我还长,性情非常特别,居然也把他座下神雕借你做伴,真是难得。我住在九华山锁云洞。你还有一个师姊名唤灵云,一个师兄名唤金蝉,俱是我的子女。你如真想见我,须待一年之后,至少须能持此剑随意使用,能发能收才行。"英琼闻言,喜道:"弟子不知怎的,现在就能发能收了。"妙夫人道:"你哪知此剑妙用?得剑的人,如能按照本派嫡传剑诀,勤修苦练,不出三年,便能与它合而为一,能大能小,能隐能现,无不随心所欲。你所说那能发能收者,不过因剑囊在你身旁,剑又由你主动发出,故能杀人之后,仍旧飞回,这并不算什么。你如不信,只管将你的剑朝我飞来,看看可能伤我?"

英琼虽然年轻,心性异常灵敏,这次同妙一夫人相见,凭空从心眼中起了一种极至诚的敬意,完全不似和赤城子见面时那般这也不信,那也不信。又恐宝剑厉害,万一失手,将妙一夫人误伤,岂不耽误了自己学剑之路?欲待不遵,又恐妙一夫人怪她违命。把两眼望着妙一夫人,竟不知如何答复才好。妙一夫人见她为难神气,愈发爱她天性纯厚。笑对她道:"你不必如此为难。我既叫你将剑飞来,自然有收剑的本领,你何须替我担心呢?"英琼闻言无奈,只得遵命答道:"师父之命,弟子不敢不遵,容弟子跑远一点地方飞来吧。"妙一夫人知她用意,含笑点了点头。英琼连日使用过几次紫郢剑,知道它的厉害,一经脱手,便有十余丈紫光疾若闪电飞出,恐怕夫人不易防备，才请求到远处去放，心中也未始不想借此看一看自己师父的本领。当下道一声："弟子冒犯了。"将身回转，只一两纵，已退出去数十丈远近。又喊了一声："师父留神，剑来了！"锵铘一声，宝剑出匣。心中默祝道："紫郭紫郭，我这是跟我师父试着玩的，你千万不可伤她呵！"祝罢，将剑朝着夫人身旁掷去。那道紫光才一出手，只见从妙一夫人身边发出一道十余丈长的金光，迎了上去，与那道紫光绞成一团。这时天已黄昏，一金一紫，两道光华在空中夭矫飞舞，照得满树林俱是金紫光色乱闪。英琼见妙一夫人果然剑术高妙，欢喜得蹦了起来。正在高兴头上，忽然面前一闪，妙一夫人已在她身旁站定，说道："这口紫郭剑，果然不比寻常，如非我修炼多年，真难应付呢。待我收来你看。"说罢，将手向那两道剑光一指。这两道光华越发上下飞腾，纠结在一起，宛似两条蛟龙在空中恶斗一般。英琼正看得目定口呆之际，忽然妙一夫人将手又向空中一指，喊一声："分！"那两道光华便自分开。接着将手一招，金光倏地飞回身旁不见。那紫光竟停在空中，也不飞回，也不他去，好似被什么东西牵住，独个儿在空中旋转不定。英琼连喊几次"紫郭回来"，竟自无效。妙一夫人也觉奇怪，知有能人在旁，不敢急慢，大喝一声道："紫郭速来！"接着用手朝空中用力一招，那道紫光才慢腾腾飞向妙一夫人手上落下。妙一夫人随即递与英琼，叫她急速归鞘。然后朝那对面树林中说道："哪位道友在此，何妨请出一谈？"言还未了，英琼眼看面前一晃，站定一个矮老头儿，笑对妙一夫人说道："果然你们家的宝剑与众不同，竟让我栽了一个小跟头儿。"妙一夫人见了来人，连忙招呼道："原来是朱道友。怎么如此清闲，来到此地？"一面又叫英琼上前拜见道："这位是你朱师伯，单讳一个梅字，有名的嵩山二老之一。"又对矮叟朱梅道："这是我新收弟子李英琼。你看天资可好？"

朱梅笑道："我在成都破慈云寺，见天下许多好资质，都归入你们门下。我虽然也收了两个徒弟，却是一个都比你们不上，有些气不服。等到十五那天晚上破了慈云寺，除掉了许多异派的妖孽，回到青城山金鞭崖，住了些日。你知道我是闲不惯的，又因为你的女公子和你前世的令郎，以及贵派门下子弟，好些人都奉了齐真人之命，前往云贵一带，各有事做。我很爱惜贵派门下这些小弟兄，这路上邪魔异派甚多，打算暗中前去保护，顺便遇到机缘，也收一两个资质好的门徒。走到云南昆明，遇见苦行头陀的得意弟子笑和尚，他说正打算往回走，去与齐灵云姊弟会合，结伴同行。我见那孩子非常机灵，用不着我帮忙。我在那里游玩了几日，也往回走，路过飞熊岭，看见下面山脚下有一道人高声呼唤。下去看时，原来是昆仑派的剑仙赤城子，一条左臂业已斩断，身上还受了几处重伤，飞剑业已失去，神情非常狼狈。问起根由，他满脸羞惭地对我说了一遍。

"原来有一次阴素棠路过峨眉，看见一个小女孩在那里舞剑，天资根基都非常之厚，本想将她带回山去，收归门下。正要上前说话，忽见一只大雕飞来，认得是白眉老祖座前的神雕佛奴。阴素棠见那神雕能与那女孩做伴，那女孩必与白眉老祖渊源很深。那雕又向来不讲情面，厉害非常，幸喜不曾被它看见，连忙隐身退去。知道白眉老祖一向不曾收过女弟子，只猜不透那雕如何会那样驯服地受这小女孩调弄。她自脱离昆仑派后，原想独创一派。这些年来，老想寻得到一个根基深厚的门人，来光大门户。如今遇见这般出类拔萃的人才，怎肯放过。回山以后，越想越觉难舍。知道赤城子昔日曾随半边老尼到白眉老祖那里听过经，神雕佛奴与他曾有数面之缘。若派赤城子前往，即使那小女孩弄不回来，至少限度也决不会伤他。特地着人将赤城子请去，请他代劳一行。赤城子当年曾受过阴素棠许多好处，当然义不容辞。也是缘分凑巧，他赶到峨眉，正好神雕他去，不消三言两语，便把那小女孩带走。正当御剑飞行，偏偏遇见他誓不两立的对头华山烈火秃驴，知道难以回避。急忙按住剑光下去，先将女孩藏好，以免万一不幸，玉石俱焚。谁想下去一看，那个所在正是莽苍山，只有一座破庙，他便带那女孩往庙中走去。当时发现那庙中妖气甚重，后殿上停了四具棺木，知是已成形的僵尸。欲待另觅善地，已来不及。只得将那女孩带到钟鼓楼上面，匆匆嘱咐了几句话，忙驾剑光升起空中，便遇见烈火秃驴同西藏毒龙尊者的师弟史南溪追来。即使一个烈火祖师已够他对付，何况又加上一个穷凶极恶的史南溪，才一交手，便被人家将他的剑光绞断。幸喜他从阴素棠那里学会了五鬼隐形遁，急忙驾遁逃走，一只左臂已被烈火祖师斩断，身上还中了史南溪追魂五毒沙，伤势很重，驾不得遁，便在那山脚下躺着挣命等救星，已有一二十天光景。我给他几粒丹药吃，止住了痛。他说再静养二三日，借我丹药之力，便可复原，借遁回去，设法报仇。

他又说那小女孩名叫李英琼,在莽苍山破庙之中。这许多天的工夫,不知走了没走,吉凶如何。她小小年纪,在那深山凶寺之中,十分危险。他自己已是不能前去看望,托我无论如何代他前去寻觅一个下落。如果她还没有遇见什么凶险,他知道我不大看得起阴素棠,只托我给那小女孩在那庙的周围百里之内,另觅一个安身之所,给她几粒丹药充饥,十天之内,自有人前去接引。另外对我说了不少感激道谢的话。

"我本不愿代他人办事,一来因为他在难中;二来听他说那小女孩的禀赋几乎是空前绝后,有些不信,想去看看;三来这女孩小小年纪,在那荒山凶寺之中,呆上这许多日子,吉凶难定,动了我恻隐之心。我也懒得和赤城子细说,又留了几粒丹药。赶到莽苍山一看,庙中钟楼倒坍,四具僵尸已然被人除去,只剩一堆白骨骷髅。无意中在一面鼓架旁边,发现长眉真人的符箓,猛想起真人飞升时节,曾将两口炼魔的雌雄飞剑埋藏在两处无人迹的深山之中,莫非此剑已被人得去?遍寻那小女孩不见,估量她无此本领。后来跟踪寻找,忽然看见两具大山魈的尸体旁边围着许多大马熊,在那里啃咬踢抓。我疑心那小女孩被那些马熊咬伤,心中大怒,打算用飞剑将它们一齐杀死。"

英琼正听得出神,听到这里,忽然失声说道:"哎呀!这些好马熊没有命了!"朱梅笑对她道:"你不要忙,听我说,我哪有这般莽撞呢?"又接着说道:"我当时原是无意中发现,距离那些马熊聚集的地方很近。它们见了生人,既不扑咬发威,也不畏避。我故意上前抚弄它们颈毛,它们一个个非常驯良。又看见一群最凶猛的猩猿,也是如此。我后来代那小女孩袖占一课,竟是先忧后喜,卦象大吉。我按卦象中那女孩走的方向,一路跟踪来到此地,忽然一声雷震,知道同道之人在此。将身隐在林中偷看,才看出夫人与令徒正在比剑。想不到长眉真人的紫郢剑今又二次出世,想是异派中杀劫又将要兴了。令徒小小年纪,这样好的根基禀赋,将来光大贵派门户,是一定的了。"妙一夫人笑道:"根基虽厚,还在她自己修炼,前途哪能预料呢?此地妖人已死,不知他巢穴以内什么光景,有无余党。现在天已入夜,你我索性斩草除根。道友以为如何?"矮叟朱梅笑道:"我是无可无不可的。"说罢,三人带着一个猩猿,迈步前行。走到坡旁,妙一夫人便从身上取出一个粉色小瓶,倒出一些粉红色的药面,弹在那妖人尸首上面，由它自行消化。不提。

三人又往前走了半里多路，才看见迎面一个大石峰，峭壁下面有一个大洞，知是妖人巢穴。这时已届黑夜，矮叟朱梅与妙一夫人的目力自然不消说得，就连英琼这些日在山中行走，多吃灵药异草，目力也远胜从前，虽在黑夜，也能辨析毫芒。当下三人一猿，一齐进洞。走进去才数丈远近，当前又是一座石屏风。转过石屏，便是一个广大石室。室当中有一个两人合抱的大油缸，里面有七个火头，照得合洞通明，如同白昼。英琼往壁上一看，"呀"的一声，羞得满面通红。妙一夫人早看见石壁上面张贴着许多春画，尽是些赤身男女在那里交合。知是妖人采补之所，将手一指，一道金光闪过处，英琼再看壁上的春画，已全体粉碎，化成零纸，散落地面。那猩猿生来淘气，看见油缸旁立着一个钟架，上面还有一个钟槌，便取在手中，朝那钟上击去。一声钟响过处，室旁一个方丈的孔洞中，跳出十来个青年男女，一个个赤身裸体，相偎相抱地跳舞出来。英琼疑是妖法，刚待拔剑上前，妙一夫人朝那跳舞出来的那一群赤身男女脸上一看，忙唤英琼住手。那十几个赤身男女，竟好似不知有生人在旁，若无其事，如醉如痴地跳舞盘旋了一阵，成双作对地跳到石床上面，正要交合。妙一夫人忽然大喝一声，运用一口五行真气，朝那些赤身男女喷去。那些赤身男女原本是好人家子女，被妖人拐上山来，受了妖法邪术所迷，神志已昏，每日只知淫乐，供人采补，至死方休。被这一声当头大喝，立刻破了妖法，一个个都如大梦初觉。有的正在相勾相抱，还未如是如是，倏地明白过来，看看自己，看看别人，俱都赤条条一丝不挂，谁也不认识谁，在一个从未到过的世界中，无端竟会凑合在一起。略微呆得一呆，起初怀疑是在做梦，不约而同地各把粉嫩光致赛雪欺霜的玉肌轻轻掐了一掐，依然知道痛痒，才知不是做梦。这些男女大都聪明俊秀，多数发觉自家身体上起了一种变化，羞恶之心与惊骇之心，一齐从本来的良心上发现，不禁悲从中来，惊慌失措，各人去寻自己的衣服穿。叵耐他们来时，被妖术所迷，失了知觉，衣服早被妖人剥去藏好，哪里寻得着。只急得这一班男女一个个蹲在地下，将双手掩住下部，放声大哭。

妙一夫人看见他们这般惨状，好生不忍，忙对他们说道："你等想是好人家子女，被这洞中妖道用邪法拐上山来，供他采取真阴真阳。平时因受他邪术所迷，已是人事不知，如不是我等来此相救，尔等不久均遭惨死。现在妖人已被我等飞剑所诛。事已至此，你等啼哭无益，可暂在这里等候，待我三人到里面去搜寻你们穿的衣履，然后设法送你等下山便了。"众人起初在忙乱羞惧中，又在清醒之初，不曾留意到妙一夫人身上。及至妙一夫人把话说完，才知自己等俱是受了妖人暗算，拐上山来，中了邪法，失去知觉，供人淫乐，如不是来的人搭救，不久就要死于非命。又听说妖人已被来人用飞剑所斩，估量来人定是神仙菩萨，一齐膝行过来，不住地叩头。苦求搭救。妙一夫人只得用好言安慰。英琼看不惯这些赤身男女的狼狈样儿，便把头偏在一旁。那矮叟朱梅同那个猩猩，在众人忙乱的当儿，竟不知去向。妙一夫人正在盘问众人根底，忽见朱梅在前，猩猩在后，捧着一大抱男女衣服鞋袜，从后洞走了出来。那猩猩走到众人跟前，将衣服鞋袜放下。这一干男女俱是生来娇生惯养，几曾见过这么大的猩猩，又都吓得狂叫起来。那猩猩颇通灵性，知道这些人最怕心善面恶的东西，将衣履放下，急忙纵开。妙一夫人又向众人解释一回，众人才明白这大猩猩是家养的。见了衣履，各人抢上前来，分别认穿。

那衣履不下百十套，众人穿着完毕，还剩下一大堆。妙一夫人便问朱梅道："朱道友，这剩的衣服如此之多，想是那些衣主人已被妖道折磨而死。道友适才进洞，可曾发现什么异样东西？"朱梅笑道："我见道友有心肠去救这些垂死枯骨，觉着没有什么意味，我便带着这猩猩走到后洞，查看妖道可曾留下什么后患。居然被我寻着一样东西，道友请看。"妙一夫人接过朱梅手中之物一看，原来是一个麻布小幡，上面满布血迹，画着许多符箓，大吃一惊道："这是混元幡，邪教中是厉害的妖法。看这上面的血迹，不知有多少冤魂屈魄附在上面。幸而我们不曾大意，如果不进洞来，被别的妖人得了去，那还了得！此物留它害人，破它非苦行大师不可。待我带到东海，交苦行大师消灭吧。"朱梅点了点头，说道："道友之言不差，要将此幡毁去，果然非苦行头陀不可。否则你我如用真火将它焚化，这幡上的千百冤魂何辜？这妖道也真是万恶！适才在后洞中还看见十来个奄奄垂毙的女子，我看她等俱已真阴尽丧，魂魄已游墟墓，救她们苟延残喘反倒受罪。不忍看她们那种挣命神气，被我每人点了一下，叫她们毫无痛苦地死去了。"

第五十一回 大发鸿慈　为难女顽童作伐
　　　　　　　小完夙愿　偕仙禽异兽同归

　　妙一夫人望着眼前站的这一班男女，一个个眉目清秀，泪脸含娇。虽然都还是风采翩翩、花枝招展的男女，可是大半真元已亏，叫他们回了家，也不过是使他们骨肉家人团聚上三年五载，终归痨病而死罢了。当下一点人数，连男带女竟有二十四个，便朝他们说道："如今妖人已死，你等大仇已有人代报。一到天明，便由我等送你们下山。但是你们家乡俱不在一处，人数又多，我等只能有两人护送，不敷分配，这般长途跋涉，如何行走？万一路上再出差错，如何是好？我想尔等虽被妖法所迷，一半也是前缘，莫若尔等就在此地分别自行择配，成为夫妇。既省得回家以后难以婚嫁，又可结伴同行，省却许多麻烦。那近的便在下山以后，各自问路回家；那远的就由我同这位朱道友，分别送还各人故乡。你等以为如何？"这一班青年男女听了，俱都面面相觑，彼此各用目光对视。妙一夫人知道他们默认，不好意思明说。便又对他们说道："你等既然愿意，先前原是在昏乱之中，谁也不认得谁，如今才等于初次见面，要叫你们自行选择，还是有些不便。莫如女的退到旁的石室之中，男的就在此地，由我指定一男将这钟敲一下，便出来一个女的，他两人就算是一双夫妇，彼此互相一见面，将姓名家乡说出。然后再唤别人继续照办，以免出差。何如？"

　　说罢，那些女人果然都腼腼腆腆地退到适才出来的石室之中去了。只有一个女子哭得像泪人一般，跪在地下不动。英琼见那女子才十五六岁，生得非常美貌，哭得甚是可怜，便上前安慰她道："我师父唤你进去，再出来嫁人呢，你哭什么？天一亮，就可下山回家，同父母见面了，不要哭吧。"那女子见英琼来安慰她，抬头望了英琼一眼，越加伤心痛哭起来。妙一夫人先时对这一干男女虽然发了恻隐之心,因要在天亮前把诸事预备妥当,知道他们俱受过妖人采补,不甚注意。及至见末后这一个女子哀哀跪哭,不肯进去,才留神往她脸上一看,不禁点了点头。这时朱梅不耐烦听这些男女哭声惨状,早又带了猩猩二次往后面石室中去了。英琼见那女子劝说无效,还是不住口地哭,正待不由分说将她抱往里面,妙一夫人忙道:"英琼不必勉强于她,且由她在此,待我将这些人发落了再说。"英琼闻言,连忙应声,垂手侍立。那女的也止住哭声。妙一夫人先在众人脸上望了一望,再唤英琼击钟。英琼领命,便将钟敲了一下。这些女子在这颠沛流离的时候,还是没有忘了害羞,谁也不肯抢先出来。妙一夫人连催两次,无人走出。恼得英琼兴起,走到她们房门口,只见那些女子正在推推躲躲,哭笑不得,被英琼随手一拉,牵小羊似的牵了一个出来。妙一夫人便看来人受害深浅,在众少男中选出一个。这一双男女知道事已至此,便都跪下,互说了家乡姓名,叩谢妙一夫人救命成全之恩,起来侍立一旁。英琼又将钟击了一下,那些女子还是不肯出来,还是英琼去拉出来,如法炮制。直到三五对过去,大家才免了做作,应着钟声而出。

这里头的男女各居半数,只配了十一对,除起初那个跪哭的女子外,还有一个男子无有配偶。那女子起初看众人在妙一夫人指挥下成双配对,看得呆了。及至见众人配成夫妻,室中还剩一个男的,恐怕不免落到自己头上,急忙从地上挣扎起来,跑向妙一夫人身前跪下,哭诉道:"难女裘芷仙,原是川中书香后裔。前随兄嫂往亲戚家中拜寿,行至中途,被一阵狂风刮到此地。当时看见一个相貌凶恶的妖道,要行非礼。难女不肯受污,一头在石壁上撞去,欲待寻一自尽。被那妖道用手一指,难女竟自失了知觉。有时苏醒,也不过是一弹指间的工夫,求死不得。今日幸蒙大仙搭救,醒来才知妖道已伏天诛。本应该遵从大仙之命,择配还乡,无奈弟子早年已由父母做主许了婆家。难女已然失身,何颜回见乡里兄嫂?除掉在此间寻死外,别无办法。不过难女兄嫂素来钟爱,难女死后,意欲恳求大仙将难女尸骨埋葬,以免葬身虎狼之口。再求大仙派人与兄嫂送一口信,说明遭难经过,以免兄嫂朝夕悬念。今生不报大仙大恩,还当期诸来世。"说时泪珠盈盈,十分令人哀怜,感动得旁观那些男女,也都偷偷饮泪吞声不止。妙一夫人适才细看裘芷仙,已知她非凡品。又见剩下那个男的,虽然面目秀美，却是受害已深，看他相貌又不似有根底人家子弟，不配做芷仙的配偶。再听芷仙哭诉一番，料知她的被污，完全中了妖法，无力抵抗，并且看出她的为人贞烈，不由动了恻隐之心。正要开言说话，那裘芷仙已把话说完，又叩了十几个头，站起身来，一头往石壁上猛撞过去。英琼身法何等敏捷，见她楚楚可怜，早动了怜悯之心，哪容见死不救！身子一纵，抢上前去，将她抱了回来。妙一夫人便道："你身子受污，原是中了妖法，不能求死。你既不愿择配，也无须乎寻死。我看你真阴虽亏，根基还厚。你既回不得家，待我想一善法，将你送往我一个道友那里，随她修行。你可愿意？"裘芷仙一听此言，喜出望外，急忙跪下谢恩，叩头不止。夫人便道："英琼，搀她起来，等我打好主意再说。"这一干男女都对她羡慕不置。

那剩下的男子名唤唐西，乃是一个破落户子弟，学得一手好弹唱，被妖道掠上山来，他偏能承欢取媚。那妖道平时选他做众人中一个领袖，只他一人并不用妖法迷禁，反传了许多妖法与他。裘芷仙被妖道抢来才三日，就被他看在眼里。怎奈芷仙身有仙骨，被妖道看中，预先嘱咐，淫乐跳舞时节，不准他染指。他虽然心中胡思乱想，好在美貌男女甚多，倒也不在心上。今日闻得钟声，引众跳舞而出，忽听妖道被妙一夫人等所杀，大吃一惊。他为人机警，知道如要逃走，定然难保性命，莫如假装与众人一样痴呆，相机行事。后来他见众人都有了配偶，只剩下芷仙一人，知道要轮到他的身上，暗中好生庆幸，心想："这可活该我来受用。"及至芷仙痛哭，妙一夫人答应带了她走，自己空喜欢一场，还是变成一个光棍，暗恨夫人不替他做主。他本会几样障眼法，便安下不良之心，想抽空子抢了就走。

偏偏妙一夫人也是一时大意，看见唐西满身邪气，以为他受毒较深，还不知他已学会邪术，只嫌他眉目流动，知非端人，不大理睬他。将众人家乡问明之后，便把人分成两起，准备到了天明，与朱梅分别将他们送回故乡。见朱梅不在室中，正要唤英琼入内相请，朱梅已带了猩猩，二次出后洞走来。猩猩手上又包了一大堆食用之物，搁在石床上面。朱梅对妙一夫人道："恭喜道友！今天升作月下老人了。只是这多半夜工夫，不怕把这痴男怨女肚子饿瘦么？适才我又到后洞中去，又发现一个密室，里面还藏有许多食物丹药。道友请看。"妙一夫人闻言，才想起英琼、猩猩俱未进食，便唤大众进前随便取食。这些被难男女，平时饮食起居全系受妖法指挥，一旦醒来，又熬了半夜，俱都有些腹中饥饿，听了夫人吩咐，便都上前取食。

英琼见那些食物大半是川中出产的糖食饼饵之类，多日未曾吃过，颇觉好吃，只是有些口干。猛想起自己包裹内还有许多好吃的鲜果同黄精、松子，何不取将出来孝敬师父师伯？想到这里，忙将包裹打开，把莽苍山得来的那些异果取出献上。矮叟朱梅一眼看见那数十枚朱果，大为惊异，便问妙一夫人："这不就是朱果么？我学道这么多年，全未见过，只从先师口中听说过此果形状。爱徒从何处得来这许多，岂非异数？"英琼起初对妙一夫人说斩木魃经过，因不知朱果名称，只说是因叫猩猩领自己去寻红色果子，才得斩了一个怪物。妙一夫人也未想到英琼会将天地间灵物得来许多。及至见英琼取出，也觉稀奇，便叫英琼说斩木魃经过。英琼遵嘱说了一遍。朱梅道："这就无怪乎你仙缘遇合之巧了。此果名为朱果，食之可以长生益气，轻身明目。生于深山无人迹的石头上面，树身隐于石缝之中，不到开花结果时决不出现。所以深山采药修道的高人隐士，千百年难得遇见。加之天生异宝，必有异物怪兽在旁保护。别人求一而不可得，你竟无意中得到如此之多。你带来的这个猩猩，虽然是个兽类，颇有仙气，想必也是得吃此果的缘故了。"英琼又把同吃何首乌的事说了一遍。妙一夫人与矮叟朱梅俱惊英琼遇合之奇不置。

英琼起初拿出来时，原想孝敬师父、师伯之后，分给这些被难男女。及至听完妙一夫人与朱梅之言，才知此果有许多妙用，不禁心中狂喜，又有些舍不得起来。忙取了十枚献与朱梅，把余下三十多枚献与妙一夫人。夫人笑道："此果虽佳，我还用它不着，我吃两个尝尝新吧。"说罢，随手拈了几个吃了。朱梅也不客气，吃了两个，把其余的揣在身旁，说道："此果我尚有用它的地方，既然令徒厚意，我就愧领了。不过我这个穷老头子，收下小辈的东西，无以为报，岂不羞煞？"说罢，从身上取出一个两寸长，类似一只冰钻，似金非金、似玉非玉的东西，递与英琼道："这件东西是我近日在青城山金鞭崖下掘土得来，发现之时，宝气上冲霄汉。等我取到手中，见上面篆文刻着'朱雀'两个字。放在黑暗之中，常有五彩霞光。无论什么坚硬的金石，应手立碎。知是一个宝贝，只是不知道它的用法。但知妙一真人与玄真子能识此物，本打算去问他个明白。如今你既归妙一真人门下,我索性就送与你,等你见过真人再问用法吧。"英琼闻言,拿眼望着妙一夫人,还不敢伸手去接。妙一夫人叫英琼跪下领谢。英琼连忙跪下,谢了朱梅,接过那只冰钻。她自从被赤城子带出,虽然辛苦颠沛了好多日子,既得了许多异果奇珍,又得拜了剑侠中领袖为师,可算此行不虚,真是兴高采烈,心头说不出来地喜欢。妙一夫人叫英琼把剩下的朱果包好。英琼再三请夫人多吃几个,妙一夫人见英琼满脸天真至诚,不忍拂她的意,便取了八个带在身上。

英琼见裘芷仙站在旁边,秀目盈盈,泪光满面,望着朱果,大有垂涎之态,神气非常可怜。便取了两个朱果递与她道:"姊姊这半天未吃食物,想必腹中饥饿。妹子日前食了这个朱果,虽然有时也吃东西,腹中从未饥过。适才听了师父、师伯之言,才知道此果妙用。姊姊也吃上两个尝尝新吧。"芷仙闻言,含羞接过道谢,正要张口去吃。忽然满洞漆黑,伸手不辨五指,一声娇啼过去,接着又是一声惨叫。英琼疑是什么妖怪前来,拔剑出匣时,妙一夫人已将手一搓,发出一道白光,把全洞照得通明。再看地下,躺着一具死尸,业已腹破肠流,鲜血洒了一地。那个猩猩正用地下的碎纸在擦手上的血迹。洞口旁边倒着裘芷仙,业已吓晕过去。那一干被难男女,也吓得挤作一团,嘤嘤啜泣。英琼见那死尸正是适才择配时落后向隅的唐西,疑是猩猩野性未驯,无故伤人,恐怕妙一夫人怪罪,正要上前责问。妙一夫人笑道:"小小妖魔,也敢到我二人面前卖弄,我一时大意,差点没让他把人拐走。想不到这个猩猩眼力竟这样好。"

原来唐西因见心上人不能到手,仗着自己会了几样小妖法,时时刻刻想摄了芷仙逃走。妙一夫人起初只以为他是受邪太深。等到择配完毕,见他一人向隅,一双贼眼不住在那些女子身上打量,尤其对于芷仙格外注意;又见众人在惊魂乍定后,俱是满脸伤心与害怕的神气,惟独他神态自若,这才对他留一番心,觉得这人不是善良之辈。后来见他吃东西时举动轻捷,不似别人身体亏虚,行步迟钝。细细一看,果然看出这个人以前是假装痴呆,便知是妖人余党。估量他能力有限,不敢班门弄斧,且看一看再说。谁想唐西见妙一夫人等站在室中,离他较远,恰好芷仙接朱果时,正站在他的身旁不远,以为是一个良机。心想:"自己虽不是人家敌手,借法逃走,总还可以。"当下口中默诵妖诀,将室中灯火弄灭,黑暗之中驾起阴风，才待抱了芷仙御风逃走。他这点障眼法儿，如何遮得住妙一夫人与矮叟朱梅的慧眼，正要上去制止。那猩猩本自通灵，又食了许多灵药仙果，可以暗中视物。眼见唐西要抢了一个女子逃走，如何容得，将身一纵，已抢到唐西面前，一爪抓住芷仙，一爪往唐西胸前一抓，已将他活生生破腹抓死。英琼听了妙一夫人之言，还不大明白。那猩猩自己上前朝英琼跪下，指着死尸，连喊"贼怪"。妙一夫人又把唐西举动说了一遍，英琼才知究竟。便走过去，将芷仙扶起，唤了几声。芷仙原是一时着了惊吓，被英琼一阵呼唤，悠悠醒转。英琼又对她把前事说了一遍，芷仙便上前谢了众人与猩猩救命之恩。

这时天光业已向曙。妙一夫人再细看其他男女，俱都无甚异样，便对朱梅道："这些男女回家之后，多则五年，少则两年，俱要痨病而死。道友的灵药能够追魂返命，可怜他等无辜，索性行善行彻，积一些德吧。"朱梅笑道："我的丹药熬炼实非容易，如今又剩得不多，我向来不救无缘人。夫人既代他们求情，我就帮夫人完成此番善举吧。"说吧，便从身旁取出一包丹药，拣了十八粒，付与众人。妙一夫人又将石榻上的一个花瓶，叫猩猩拿到外面洗净，取些山泉来。一面同朱梅、英琼齐至后洞查看，又寻出许多首饰金银，拿来分与众人，带回家去。只等猩猩取水回来，服药上路。芷仙把两个朱果捡起吃完，觉得入口甘芳，精神顿振，愈加动了出家之念。一会儿工夫，天光大亮，猩猩还未回转。英琼刚要出洞去看，忽听一声长啸，猩猩从洞外飞蹿进来，躲向英琼身后，它爪中取水的瓶不知去向。英琼不知就里，正要责问，忽听洞外连声雕鸣，不及再顾别的，纵身出去看时，果是神雕佛奴同约它去的那只白雕，正要离地飞起。英琼这一喜非同小可，高兴得忘了形，竟忘口中呼唤，将身一纵，竟纵起十余丈高下，刚刚抓着神雕佛奴的钢爪。那神雕佛奴原随它的同伴，由峨眉回到白眉和尚那里去炼骨洗心。等到服完白眉和尚赐的丹药之后，白眉和尚对它说道："你的同伴玉奴已是脱离三劫，将归正果的了。惟有你三劫未完，杀心太重。我在十年之中，就要圆寂坐化，念你跟随我一场，特地命玉奴将你唤回，与你脱胎换骨，洗心伐髓。你的新主人仙缘甚厚，可仍回到那里，忠心相随，自然能助你完成三劫，得成正果。你此去就无须乎再来了。"神雕佛奴早已通灵，听了白眉和尚之言，已知前因后果，便长鸣了数十声。白眉和尚知它依恋不舍，又对它说道："你不必再依恋我。你的新主人现时已不在峨眉，你此去由莽苍山顺路经过，便能在路上相遇。她正要用你回山，急速去吧。"神雕佛奴仍是依依不舍，几经白眉和尚催迫，才行上道。那白雕玉奴同伴情深，仍旧送它飞回。

这两个雕排云横翼，疾如闪电，那消半个时辰，已飞到了莽苍山，各把速度降低，在空中留神细看。神雕佛奴本来淘气，偶然看见山洞之下有个大猩猩用瓶汲水，知是此山修道人用来代替童仆之用的兽类，便想将它抓住，逗它的主人出来，开个玩笑。谁想那猩猩也是通灵之物，汲水中间，忽然看见从未见过的一黑一白两个大雕朝它扑来，知道不好，没命般朝洞中跑回。任它行走如飞，怎赶得上神雕两翼的神速，一眨眼的工夫，便已追上，只一爪，便将猩猩离地抓起有十余丈高下，然后掷了下来。神雕的本意，原想将猩猩跌个半死，好引它主人出来，没料到猩猩身手会那样轻捷。神雕佛奴并不想伤生，只在它后面追随飞翔，不想倒会把自己主人引了出来。它见一个年轻的女子由洞中捷如飞鸟般纵将出来，只一纵，便抓住它的钢爪，早已认清是它的主人李英琼，当下又慢慢飞翔下来。英琼着地后，妙一夫人、矮叟朱梅也走了出来。神雕佛奴又朝空中叫了两声，白雕玉奴也飞翔下来。两个神雕站在英琼旁，竟比她人还高。妙一夫人见了这两个神雕，笑道："这番我不愁分身无术了。"朱梅认得这两个雕是白眉和尚之物，非常厉害，寻常剑仙俱奈何不了它们，居然会听英琼使唤，真是奇怪。笑对英琼道："你师父夫妻二人，与我当年成道，已经算仙缘凑合容易的了。谁知你比我们还要容易，竟有许多送上门来的奇缘。那白眉和尚脾气好不古怪，居然肯把座下两个灵禽赠你，岂非亘古未闻的奇事奇缘么？"英琼道："这黑的金眼师兄，原是白眉师祖赠我在峨眉做伴的。这个白的，当初原是奉了白眉师祖之命，接它回去的。原说去十九天就回，想必今日期满，故而又送它回来，不想竟在途中相遇，真巧极了。"

妙一夫人道："既是神雕路遇，再巧不过。天已不早，就烦朱道友按照路程，与我同将这十一对男女分送回家。这神雕两翼载重何止千斤，芷仙现时有家难归，她又志在出家，我此时无暇带她同走，就叫英琼带着她回到峨眉暂住，以俟后命。只是这个猩猩无法带走，意欲命它先在此洞潜修，异日英琼剑术学成，再来带它便了。"英琼同猩猩共患难多日，听了夫人之言,未免依依不舍,只是初入师门,不知师父脾气,怎敢表示不愿。那猩猩早已通灵,一听夫人不叫它与英琼同去,急忙跑过来,朝着妙一夫人跪下,不住地叩头落泪,嘴里头结结巴巴,半人言半兽语地央求。妙一夫人笑道:"想不到此畜竟如此多情向上。我并非不让英琼带去,皆因人兽不能同载。黑神雕虽能载重,但是背上面积有限,它身又高大。再者,它虽然有些灵性,到底兽性还未除尽,万一飞在高空惊慌起来,英琼、芷仙俱要受它连累。只有白神雕可以带它飞去,但是白神雕乃是白眉禅师座下灵禽,未得它同意,我们怎好随便相烦呢?"说时,拿眼望着英琼,又看了那雕一眼。英琼恍然大悟,原来妙一夫人不是不让猩猩同去。但是不明白夫人既示意自己去烦白雕带猩猩回山,何以夫人自己不肯明说?因为出来日久,回山心切,也不及细想原因,便朝黑雕佛奴说道:"这个猩猩乃是我在莽苍山收伏来的,随我这些日,共了许多患难,异日帮我照应门户,采摘花果,极为得用。意欲烦你转求送你来的那位穿白的同伴,带它回转峨眉,那就再好不过了。"话言未了,那白雕一个腾挪,扑向猩猩身上,舒开两只钢爪,就地将猩猩抓起,冲霄而去,吓得那猩猩连声怪叫。眨眨眼冲入云霄,往峨眉方向而去。

英琼见白雕去得突兀,也自心惊,正要向黑雕问猩猩的吉凶,妙一夫人道:"猩猩已被白雕带往峨眉,这番称了你的心愿了。我们众人眼前就要分手,此去数月后才得见面。你有神雕、猩猩做伴,别的自可无忧。不过你从师才只一日,要将功诀一齐传你,短时间内自是不能办到。你可随我到前面坡下,先将练剑的初步功夫口诀传你吧。"说罢,领了英琼,走到无人之处,将许多要诀一一指点。英琼天资颖异,自是牢记于心,一教便会。妙一夫人传完口诀,日光业已满山,便把洞中男女一齐唤出,按照路途方向,与朱梅分领一半,将各人送回家去。不提。

第五十二回

并驾神雕　逐鹿惊邪火
饥餐朱果　斗剑遇同门

英琼、芷仙依依不舍地拜送妙一夫人等走去之后，英琼笑对芷仙道："姊姊休要害怕，请随妹子到峨眉山去吧。"芷仙见英琼小小年纪，有如此惊人的本领，心中非常羡慕佩服。闻言便道："妹子命薄，惨遇妖人，迷却本性，失节辱身，恨不早死。多蒙仙师垂怜援手，准许妹子到姊姊洞府中，随姊姊修行，真是恩施格外。自堕魔劫后，已把生死二字置之度外，况有姊姊同乘，何惧之有？"英琼道："如此甚好。恩师、师伯已经率众人走去，我们走吧。"一面说，一面将包裹取来，套在神雕颈上，先扶芷仙坐了上去，叫她两手紧攀神雕翅根，紧闭双目，不要害怕。自己随着也腾身而上，还怕芷仙坐不牢稳，一手紧抓神雕贴身处铁翎，一手伸向芷仙胸前，将她拦腰抱住。才喊得一声"起"，那神雕长鸣一声，健翮展处，已是离地二三十丈高下。英琼在雕背上喊道："金眼师兄，飞得低些，一来沿途可以看看风景，二来省得裘姊姊害怕。"那神雕果然听话，不再高飞，就在离地二三十丈高下，朝前飞去。芷仙起先还觉得有一些头晕，后来觉得平稳非常，不禁偷偷低头往下观看。眼中一座座大小峰峦，在脚底下飞一般跑向身后，春山如秀，风景绝佳，不禁在雕背上连喊"有趣"。英琼恐怕她得意忘形，失手跌了下去，刚要唤她留神，忽然那神雕倏地加快速度，朝着下面一个山凹处飞将下去。忙从芷仙身旁朝下看时，原来山凹处有一只梅花鹿在那里吃草，被那神雕一眼看见，想要顺手抓回去当午餐吃。说时迟，那时快，那只大鹿看见天上一只大雕扑来，知是它的克星，正要纵逃，已是不及，被那雕飞近身旁，两只钢爪将那鹿拦腰一抱，便将它抱起。英琼、芷仙在雕背上觉着微微一震动间，那雕已擒鹿在爪，仍旧往上飞行。那鹿被雕擒住，知道性命难保，便用头上大角回头朝神雕颈间触来。那只梅花大鹿，角长有三四尺光景，差点没碰着芷仙的身体。惹得神雕性起，两只钢爪用力一扣，一齐伸入鹿腹。那鹿护痛不过，"哟"的一声惨叫，竟然死去。吓得芷仙心头不住怦怦跳动。

  英琼正觉着有趣，忽听下面有人大叫道："何方贱婢，竟敢纵使扁毛畜生伤及仙鹿？快快下来，还我鹿的命来！"英琼闻言大惊，忙朝下面看时，只见山凹旁跑出一个非尼非道的女子，手中执着一柄宝剑。英琼吃了一回亏，昔日又听自己父亲讲过，异服奇装的僧尼道士最为难惹，况且又有芷仙同在雕背上面，愈发用不得武。便向那神雕说道："飞得好好的，偏偏你要抓什么鹿，今日闯了祸了，还不快跑！"那神雕想是也知下面的人难惹，正加快速度往前飞走。谁知下面那个女子见英琼并不答言，那雕依旧朝前飞行，心中大怒，急忙念诵口诀，将手中执的那柄长剑朝空掷去，脱手便是一阵黑烟，夹杂着一溜火光，朝着神雕身后飞来。神雕闻得身后风声，略将身子回旋，往后一看。想是知道那女子厉害，在空中稍微迟顿了一下，两爪松处，放下那只死鹿，拨转头，风驰电掣一般，直往前面逃走。那雕飞得那般神速，又不似适才平平稳稳地朝前飞去，时而高举冲霄，时而弩箭脱弦一般往下泻落。漫说芷仙胆战心惊，就连英琼也觉得头晕眼花。两人都是迎着劈面的天风，连口都张不开。英琼生怕芷仙受不住这般剧烈震撼，遭受危险，急中生智，忙将头躲在芷仙身后，好容易迸出两句话道："这般逃法，不大妥当，莫如降落下去，同来人拼个你死我活吧。"神雕本通灵性，恰好这时正朝前面一个低坡飞去，听了英琼呼唤，顺势降落。这时已飞出十来里地，离那飞剑已经很远。等到神雕落地，英琼扶着芷仙跳将下来，芷仙已是头昏脚软，支持不住，坐到地下。

  英琼正要举目往天空看时，忽听神雕一声长鸣，倏地舍了英琼，往空便起。英琼连忙抬头看时，原来敌人飞剑已然赶到，被那神雕迎个正着，朝那黑烟火光中飞去。英琼不知神雕本领，生怕有了差池，忙喊："金眼师兄，快快下来，待我同她对敌。"话言未了，神雕已经冲入烟火之中，一个回旋，已将敌人飞剑抓入爪中，飞下地来。英琼看见神雕爪中抓着一把宝剑，烟火围绕，心中大喜。适才说话时节，已将身旁紫郢剑拔在手中，急忙迎上前去。那雕还未落地，便将宝剑掷将下来。英琼见那剑有火围绕，不敢用手去接。又见那剑稍微往下一沉，离地还有丈许，好似空中有什么吸力，略一停顿，又要往空中飞起。英琼恐它逃走，更不怠慢，忙将手中剑纵身往上一撩，撩个正着，十余丈紫色寒光过去，"当"的一声，将敌人那口飞剑削为两截，火灭烟消，坠落地下。英琼见神雕如此灵异，越发珍爱，便上前去抚弄它的翎毛，看看并无伤损，越加高兴。

偏偏芷仙受了这一番大惊恐和剧烈震撼，竟是手脚疲软，无力再上雕背飞行。虽然不敢请求英琼歇息一会儿再走，英琼已看出她那楚楚可怜的神气。又仗着自己有神雕、宝剑，不禁心粗胆壮起来。便对芷仙说道："此地离敌人巢穴不远，虽然是个险地，但是妹子有白眉师祖座下神雕，同长眉真人的紫郢剑，料无妨碍。姊姊既然劳累，我们休息一会儿，吃点果子再走吧。"说罢，便将雕颈上拴的包裹取下打开，取了两个朱果，递与芷仙。芷仙道："此地既是险地，怎好为妹子一人暂时舒适，去惹凶险？这个朱果，恩师妙一夫人同那位姓朱的仙师曾说是稀世奇珍，百年难得一遇。妹子自受妖法所迷，浑身作痛，手脚疲软，昨日在洞中蒙姊姊赐了两个吃下，昨晚并不曾睡，今早反觉神清气爽，可知此果功用非常。妹子是个命苦福薄的人，怎敢过分消受仙果？妹子随便吃两个松子，这仙果姊姊留为后用吧。"英琼笑道："我得此果，已然好些天。这是鲜东西，虽说是仙果，恐怕也未必能够久藏。我只要留几个，回转峨眉与我余英男姊姊吃就行了，你就吃吧。"芷仙人极聪明，与英琼见面虽然才只一日，谈话也才两三次，已知她有个小性儿。起初不吃，原是一番客气，及见英琼固劝，便也乐得受用。

二人正吃朱果，那神雕忽然叫唤两声，用嘴在包裹中衔了两个朱果，放在英琼身旁，睁着一双大金眼，大有垂涎之态。英琼笑道："你也想吃仙果么？我起初还以为你净吃荤的哩。"说罢，便拿起一个朱果往空中扔去。神雕将身微一扑腾，便纵上前去，衔在口中，吃下肚去。英琼觉着好玩，便取了六七个朱果，用家传连珠弹法，打向空中。那神雕也甚狡猾，竟用了六七种不同身法，去接吃口中。招得英琼哈哈大笑。还待向包裹中去取朱果时，一看只剩下九个了，才想起回山还要送人，便停止不打。那神雕连吃了几个朱果，倏地又冲霄飞起。英琼以为敌人寻来，连忙纵身拔剑看时，天交正午，碧空无云，一些迹兆皆无。再看那雕，已朝来路飞去，转瞬不见踪影。英琼不知它的用意,只好等它回来,再作计较。

芷仙见那雕如此灵异,便问英琼得雕始末。英琼便将峨眉山中父病割股,神雕接引去见白眉和尚,父亲病好出家,蒙白眉和尚赠雕为伴,种种从头说起。还未说到一半,神雕已经飞回,爪中抓着一个鹿的天灵盖,两个鹿角还附在上面,没有丝毫损伤。那角红得像珊瑚一样,横枝九出,非常好看。英琼才明白那雕百忙中擒取那鹿,原来为的是这一双鹿角,只不知有何用处。还等与芷仙接着往下讲时,芷仙道:"妹子此刻头已不昏晕,此地风景虽好,金眼师兄又去将鹿角取回,难免不去惹动敌人追赶前来,我们骑上金眼师兄,回到姊姊洞府再说吧。"英琼也觉言之有理。那神雕忽然走近前来,蹲在地下,也好似催促上路神气。

英琼仍将包裹拴在雕颈,正待扶着芷仙先上雕背,忽然从身后树林子内走出一男三女。男的看去年纪和自己相仿佛,那三个女的,大的一个也不过二十以内,真是男的长得像金童,女的长得像玉女一般。才出林来,那年长的一个口中喊道:"两位姊姊暂留贵步,我等有话相烦。"英琼起初疑是敌人跟踪寻来,连忙拔剑在手。及至定睛看来人,一个个俱是神采英朗,风度翩翩。自古惺惺惜惺惺,自然而然地起了一种好感。正要上前答言,忽然一阵狂风过处,飞沙走石,天昏地暗,耳旁又是鬼哭啾啾,竟和昨日追虎遇见妖人光景相像。不禁大吃一惊,知道中了妖人暗算。芷仙是个无能之人,英琼忙把她一把先抱在怀内,舞动紫郢剑护着身体。用目寻那妖人存身之所,好照上回一样,将紫郢剑飞出,取他性命。正在四处观望,耳旁又听数声娇叱道:"胆大妖孽!擅敢无礼。"话语未了,适才那四个青年男女站立的地方忽然发出数十丈长、亩许方圆的五色火光,把天地照得通明,光到处风息树静,雾散烟消,依旧是光明世界。接着便有三道红紫色、一道青色的光华和两道金光,同时飞将出去。英琼这时也辨不出谁是敌,谁是友,见那几道光华在自己头顶上飞来,慌忙将剑朝上一撩,手中紫郢剑竟自脱手飞来,与两道红紫色的剑光迎个正着,立刻在空中绞成一团,隐隐发出风雷之声。其余那三道光华飞到英琼头上,并不下落,反投向英琼身后而去。英琼正觉着有些诧异,忽听前面那个年长的女子说道:"我们俱是相助姊姊,为何自己人反争斗起来?还不将剑快快收去,省得二宝相争,必有一伤。"英琼闻言,还不明白。芷仙虽在惊惶中,因她无有临敌本领，只有害怕心思，反较英琼清楚，早看出来人是一番好意。忙喊："姊姊休要误会，来的几位姊姊是帮你的。"英琼刚辨出来人语意，耳旁又是一声女子的惨叫，顾不得收剑，忙回头看时，离自己身后十来丈远近，躺着适才在空中看见的那个非尼非道、披头散发、奇形怪状的女子。还有一个奇形怪状的男子，业已往空逃去。再看那雕，业已往空中飞起，追赶那男的去了。从头上飞过去的那几道光华，正往回飞去。刚一回身，那年长的女子已走近身边，说道："姊姊还不收回尊剑，等待何时？"英琼再看空中自己的紫郢剑和那两道红紫色的光华，如同蛟龙闹海一般，斗得正酣。便用妙一夫人所传收剑之法，将剑收了回来。然后上前与那四个青年男女相见。

英琼还不曾开言，那年长的一个女子道："这位姊姊，何处得遇家母妙一夫人？请道其详。"英琼闻言，忙问那四个青年男女姓名。才知这其中的三个人便是妙一夫人的子女、自己的师姊师兄齐灵云、金蝉，餐霞大师的弟子女神童朱文。那一个黑衣女郎，正是在峨眉、武当、昆仑、五台、华山正邪各派之中，异军突起的女剑仙墨凤凰申若兰。她原是云南桂花山福仙潭红花姥姥生平惟一得意的弟子。红花姥姥自从得了一部道书后，悟彻天人，深参造化，算计自己不久坐化，只等那破潭之人前来破去她潭中封锁，便好飞升。又因潭中黑暗，毒石、神鳄年深日久，越发厉害，恐怕来的那一双慧根男女不易对付，特地差申若兰赶到武当山，向半边老尼去借紫烟锄和于潜琉璃，好助来人破潭，以应昔日誓言。申若兰走后，红花姥姥又起了一卦，知道破潭的人已在路上，只因内中一人负伤，不能御剑飞行，山川辽远，恐怕耽误了飞升日期，只得亲自下山，暗中用千里户庭囊中缩影之法，将灵云等三人暗中接引上山。

第五十三回　感深情　抱病长征
　　　　　　　施妙法　神囊缩地

　　原来灵云等三人自从在成都和张琪兄妹分手，雇用车轿上路，多给车夫银钱，连夜兼程，每日也不过走一百数十里路。他们俱是御剑飞行，瞬息千百里地惯了的，自然觉着心焦气闷。本想退了车轿，改乘川马，贪图快些。偏偏女神童朱文虽然仗着灵丹护体，也不过保全性命，浑身烧热酸痛，日夜呻吟，哪里受得长途骑马的颠沛，只得作罢。灵云性情最为温和，保护朱文，如同自己手足，虽然觉着心烦，倒还没有什么。金蝉性情活泼，火性未退，偏偏这次对于朱文竟是早晚殷勤将护，不但体贴个无微不至，并且较灵云还要耐心一些。灵云看在眼中，暗暗点了点头，因朱文病重，不好取笑，反倒装作不知。他三人按照二老所指的途径，在路上行了八九日，忽然峰峦重重，万山绵亘，除掉翻山越岭过去，简直无路可通。先一日车夫就来回话，说前面已是莽苍山，不但无路可通，而且山中惯出豺虎鬼怪，纵然多给银钱，他等也无法过去。灵云来时，原来听二老说过，到了莽苍山，便要步行。知道他们说的是实话，只得取下包裹。打发他们回去。先在山脚下一个小村中歇了歇脚，商量上路。偶然看见一个人坐着滑竿走过，金蝉异想天开，向灵云要了一把散碎银子，走将过去，请那人站下商量，将他那一副滑竿买下，两手举着拿到朱文面前放下。
　　村中居民看着这三个青年男女，一个个长得和美女一般，来到这荒山脚下，已是奇怪，又见金蝉小小年纪，把那一副滑竿如同捻灯草一般，毫不在意地举在手中，更是惊异。有那多事的人，便问他三人的来踪去迹。金蝉便说："住在城里，要往这山中去打猎。"那地方民情敦厚，又见他们三人各佩长剑，倒也不疑什么。只是说山中豺虎妖怪甚多，劝他们年纪轻轻的人不要造次。灵云看见来人越聚越多,恐朱文不耐烦琐。又见金蝉买了那一副滑竿来,便问有何用处。金蝉道:"你不要管,先带着它上了山再说,我自有用它之处。"灵云还待要问,金蝉一面催着上路,一面手举那副滑竿(中间结着一个麻绳织成的网兜,两旁各一根长有两三丈粗如人臂的黄杨木的杆子),独个儿迈步自跑上山去。

灵云当着许多人,无法,只得将朱文半扶半抱地带进山去。在山内走了二里多地,回看后面无人,正要喊住金蝉,金蝉业已赶了回来,放下手中的滑竿,说道:"我话才跑到高处一望,山路倒还平坦,只不知前面怎样。我想用这副滑竿,和姊姊一人抬一头,将朱姊姊抬到桂花山。如何?"灵云才明白他买那滑竿的用途,不禁点头一笑。朱文一路上已觉着灵云姊弟受累不浅,如今又要屈她姊弟做挑夫抬她上路,如何好意思,再三不肯。灵云笑道:"文妹,你莫辜负你那小兄弟的好意吧。我正为路远日长发闷,难得他有此好打算,倒可以多走些路。"说罢,不由分说,硬将朱文安放在网兜之中,招呼一声,与金蝉二人抬了便走。朱文连日周身骨节作痛,适才有灵云扶着,走了这二里多山路,已是支持不住,被灵云在网兜中用力一放,再想撑起身来已不能够。况且明知灵云姊弟也不容她起身,再若谦让,倒好似成心作假。便也不再客气,说了几句感激道谢的话,安安稳稳躺在网中,仰望着头上青天,一任灵云姊弟往前抬走。灵云怕她冒风,又给她盖了一床被,只露头在外。同了金蝉,施展好多年不用的轻身本领,走到日落,差不多走了五六百里。看天色不早,依着金蝉,还要乘着月色连夜赶路。朱文见她姊弟抬了一天,好生过意不去,执意要找一个地方,大家安歇一宵,明日早行。灵云姊弟拗她不过,见四外俱是森林,暝岚四合,黛色参天,便打算在树林中露宿一宵。朱文也想下来舒展筋骨,由灵云姊弟一边一个,搀扶着走进林去,寻了一株大可数抱的古树下面,将网兜中被褥取来铺好。灵云取干粮与朱文食用,叫金蝉拿水具去取一些山水来。

金蝉走后,朱文便对灵云道:"姊姊如此恩待,叫妹子怎生补报呢?"灵云闻言,只把一双秀目含笑望着朱文,也不答话。停了一会儿才道:"做姊姊的,是应该疼妹妹的呀。"朱文见灵云一往情深的神气,不知想到一些什么,忽然颊上涌起两朵红云,兀自低头不语。这时已是金乌西匿,明月东升，树影被月光照在地下，时散时聚。灵云对着当前情景，看见朱文弱质娉婷，眉峰时时颦蹙，知她痛楚，又怜又爱，便凑近前去，将她揽在怀中，温言抚慰。朱文遭受妖法，身上忽寒忽热，时作酸痛。她幼遭孤露，才出娘胎不久，便被矮叟朱梅带上黄山，餐霞大师虽然爱重，几曾受过像今日灵云姊弟这般温存体贴。在这春风和暖的月明之夜，最容易引起人自然地感情流露。又受灵云这一种至诚的爱抚，感激到了极处。便把身子紧贴灵云怀中，宛如依人小鸟，愈发惹人爱怜。

灵云和朱文二人正在娓娓清谈，忽然一阵微风吹过，林鸟惊飞。灵云抬头往四外一看，满天清光，树影在地，有一群不知名的鸟儿，在月光底下闪着如银的翅膀，一收一合地往东北方飞去。灵云见别无动静，用手摸了摸朱文额角，觉得炙手火热，怕她着风，随手把包裹拉过。正要再取一件夹被给她连头蒙上，恰好金蝉取水回来。灵云先递给朱文喝了，自己也喝了两口，觉着山泉甜美。正要问金蝉为何取了这么多的时候，言还未了，忽觉眼前漆黑，伸手不辨五指，便知事有差池。一手将朱文抱定，忙喊金蝉道："怎么一会儿工夫，什么都看不见了？"金蝉道："是啊！我的眼力比你们都好得多，怎么也只看出你们两个人，别的不见一些影子呢？莫不是中了异派中人的妖法暗算吧？"灵云道："你还看见我们，我简直什么都看不见了。我看这事不妙，黑暗中又放不得飞剑，你既看得见我们，你索性走近前来，我们三人连成一气，先用神鲛网护着身体再说吧。"金蝉闻言，连忙挨将过来，打算与她二人挤在一起。

这时朱文正在浑身发热难过，忽觉眼前漆黑，起初还疑是自己病体加重。及至听了灵云姊弟问答，才知是中了什么异派中人弄的玄虚。猛想起自己身边现有矮叟朱梅赠的宝镜，何不将它取出来？忙喊灵云道："姊姊休得惊慌，我身旁现有师父赠我的宝镜。我手脚无力，姊姊替我取出来，破这妖法吧。"恰好金蝉也走到面前，灵云已先把玉清大师赠的乌云神鲛网取出，放起护着三人身体，这才伸手到朱文怀中去取宝镜。金蝉刚要挨近她二人坐下，忽然一个立脚不住，滚到她二人身上。由此三人只觉得天旋地转，坐起不能。情知将朱文身旁宝镜取出，便能大放光明，破去敌人法术，谁知偏偏不由自主。似这样东滚西跌了好一会儿，慢慢觉察立身所在，已非原地，足底下好似软得像棉花一样。三人如果紧抱作一团不动还好，只要一动，便似海洋中遭遇飓风的小船一样，颠簸不停。灵云忙喊住金蝉、朱文："不要乱动，先挤在一处，再作计较。"说完这句话，果然安静许多。朱文因二人是受自己连累，心中好生难过，坐定以后，勉强用力将手伸进怀中，摸着宝镜，心中大喜。刚要取将出来，三人同时听见有人在空中发话道："尔等休要乱动，再有一会儿，便到桂花山。如果破去我的法术，你我两方都有不利。"说罢，不再有声响。灵云到底长了几岁年纪，道行较深，连忙悄悄止住朱文道："我看今晚之事来得奇怪，未必便是异派敌人为难。如果是异派中人成心寻我们的晦气，在这黑暗之间，虽然我们俱能抵敌，他岂肯不暗下毒手？他所说的桂花山，又是我们要去的地方，莫如姑且由他，等到了地头再说。如今凶吉难定，我们各将随身剑囊准备应用，以免临时慌乱便了。"说罢，觉得坐的所在，愈加平稳起来。朱文虽在病中，仗着平时内功根底，昏睡之时甚少。灵云姊更是仙根仙骨，睡眠绝少。这时经了这一番扰乱之后，一个个竟觉有些困倦起来。先是朱文合上双目，躺在灵云姊弟身上睡去。金蝉也只打了一个哈欠，便自睡了。灵云在暗中觉着朱文、金蝉先后都朝她身上躺来，有些奇怪，随手摸了摸二人鼻息，已是睡去。就连自己也觉着精神恍惚，神思困倦起来。知道修道之人不应有此，定是中了敌人暗算，深悔刚才不叫朱文取出宝镜来破妖法。一面想，一面强打精神，往朱文怀中摸宝镜。心中虽然明白，叵耐两个眼皮再也支撑不开，手才伸到朱文怀内，一个哈欠，也自睡去。

不知经过了几个时辰，三人同时醒转，仍是挤在一处，地点却在一个山坡旁边。彼此对面一看，把朱文羞了一个面红通耳，也不知在黑暗中怎么滚的，朱文半睡在金蝉怀中，金蝉的左腿却压在她的右腿上面，金蝉的头又斜枕在灵云胸前，灵云的手却伸在朱文怀内。朱文纽带自己解开，露出一片欺霜赛雪凝脂一般的细皮嫩肉。叵耐金蝉醒转以后，神思恍惚，还不就起。朱文病中无力，又推他不动，又羞又急。还是灵云比较清楚，忙喝道："蝉弟你还不快些站起！你要将朱姊姊病体压坏么？"金蝉正在揉他的双眼，他见天光微明，晨曦欲上，躺的所在已不是昨晚月地里的景色，好生奇怪。忽听姊姊说话，才发觉右手腕挨近脚前躺着的朱姊姊，急忙轻轻扶着朱文起来。灵云也挨坐过来，将朱文衣襟掖好，又将她发鬟理了一理。金蝉已拔出鸳鸯霹雳剑，纵上高处，寻找敌人方向。这时天光业已大亮，照见这一座灵山，果然是胜景非凡，美不胜收。看了一会儿，无有敌人踪迹，也不知这座山叫什么名字。便又跑到灵云面前说道："姊姊，你看多奇怪，明明昨天在月光底下，受了人家妖法暗算，怎么一觉醒来，竟会破了妖法，换了一个无名的高山？莫非我们做了一场梦么？"灵云道："你休要胡乱瞎说。如今敌友不分，未卜吉凶；你朱姊姊又在病中，昨晚受了一夜虚惊，幸喜不曾加病。凡事忍耐一些好。我看昨晚捉弄我们的人，绝非无故扰乱，也许不是恶意，好坏未知。且莫急于找寻敌人，先设法探明路径，检点自己的东西再说。"

说罢，各人查点随身之物，且喜并无失落，只有金蝉买来的那一副滑竿不知去向。灵云正在寻思那作法的用心，朱文忽然惊叫道："姊姊！你看这石头上面，不是桂花山么？"这一句话，顿时将各人精神振作起来，顺着朱文颤巍巍的手指处一看，可不是，在她身旁一块苔萝丛生的石壁上面，刻着"桂花山"三个大字。

第五十四回　登桂屋　灵药医奇病
　　　　　　　浴温泉　涤垢去尘氛

三人当时高兴起来，依旧聚坐下来，商议入山之策。灵云道："按照白、朱两位师伯所指途径，我们那般走法，至少还须二十天左右。如今一晚工夫来到此地，昨晚行法的定是一位前辈高人，特来接引我等入山，以免延迟误事。适才所见山上大字，正与白、朱二位师伯之言相符。只需依言行事，那倒不消计算的。只是红花姥姥当年誓言，原说是要一双三世童身、具有慧根、生就天眼通的男女，才能入潭取草。文妹虽是合格，可惜她身中妖法，毒气未退，潭中神鳄、毒石厉害非凡，文妹连路都走不动，如何能够随着蝉弟一同下去？我看红花姥姥道术通玄，并且不久飞升，她要践当年誓言，必能助我等一臂之力。我等先去拜见她老人家，求她撤去洞口云雾。然后三人一同下潭，由我护着文妹，蝉弟上前用霹雳剑先斩神鳄，再设法铲去毒石。此去务必语言、礼貌都要谨慎，不可乱了方针，又生枝节。"

三人计议定后，朱文实是周身酸痛，不能行走，也就不再客气，由灵云将她背在身上，直往红花姥姥所住的福仙潭走去。刚刚走上山坡，便看见西面山角上有一堆五色云雾笼罩，映着朝日光辉，如同锦绣堆成，非常好看。金蝉直喊好景致。灵云道："哪里是什么好景致，这想必是姥姥封锁福仙潭的五色云雾。她如不答应先将这云雾撤去，恐怕下潭去还不容易呢。"三人正在问答之间，金蝉先看见福仙潭那边飞起一个黑点，一会儿工夫，便听有破空之声，直往三人面前落下。灵云见来人是一个黑衣女子，年约十六七岁，生得猿背蜂腰，英姿勃勃，鸭蛋脸儿，鼻似琼瑶，耳如缀玉，齿若编贝，唇似涂朱，两道柳眉斜飞入鬓，一双秀目明若朗星，睫毛长有二分，分外显出一泓秋水，光彩照人。灵云知她不是等闲人物，正要答话，那女子已抢先开口道："三位敢莫是到俺福仙潭寻取仙草的么？"灵云道："妹子齐灵云，同舍弟金蝉，正是奉了白、朱两位师伯之命，陪着俺师妹朱文来到宝山，拜谒红花姥姥求取仙草。只不知姊姊尊姓大名，有何见教？"那女子闻言，面带喜容，说道："妹子申若兰，家师红花姥姥，因预知三位来此取乌风草，日前特命妹子到武当山，向半边大师借紫烟锄和于潜琉璃，以助姊姊等一臂之力，家师不久飞升，连日正在忙于料理后事，在未破潭之前，不能与三位相见，特命妹子迎上前来，接引三位先去破潭。又因这位朱姊姊中了晓月蝉师法术，受毒已深，恐怕不能亲身下潭，功亏一篑。叫妹子带来三粒百毒丹，一瓶乌风酒，与这位朱姊姊服用，比那潭中乌风草还有灵效。可请三位先到妹子结茅之所，由妹子代为施治。明早起来，再去破潭不晚。"

灵云等闻言大喜，当下随了申若兰，越过了两座山峰，便见前面一座大森林，四围俱是参天桂树。若兰引三人走到一株大可八九抱的桂树下面，停步请进。灵云看这株大树，树身业已中空，近根处一个七八尺高的孔洞，算是门户，便由若兰揖客。进去一看，里面竟是有床有椅，还有窗户。窗前一个小条案，上面笔墨纸砚，色色俱全。炉中香烟未歇，也不知焚的什么香，时闻一股奇馨扑鼻。室中布置得一尘不染，清洁非凡。门旁有一个小梯，直通上面，想必上面还有布置。灵云姊弟见朱文脸上身上烧得火热，病愈加重，无心观赏屋中景致，坐定以后，便请若兰施治。若兰先从身上取出一个三寸来高的羊脂玉瓶。另外取了一红一白三粒丹药：用一粒红的，叫灵云隔衣伸进手去，按住朱文脐眼；余外两粒，塞在朱文口中。然后若兰亲自走至朱文面前，将瓶塞揭开，立刻满屋中充满一股辛辣之味。若兰更不怠慢，一手捏着朱文下颏，将瓶口对准朱文的嘴，把一瓶乌风酒灌了下去。随即帮同灵云将朱文抬扶到床上躺下，取了带来的被褥与她盖好。然后说道："此地原名古桂坪，三年前，被妹子看中这一株空了肚皮的大桂树，拿来辟为修道之所。家师自从得了天书之后，不愿人在眼前麻烦，所以妹子除每日一见家师，听一些教训传授外，便在此处用功。这树也逗人喜欢，除全身二十余丈俱是空心外，还有许多孔窍，妹子利用它们做了许多窗户。把这树的内部修造出三层。最上一层近枝丫处，被妹子削平，搭了一些木板,算是晚间望月之所。现在还没有什么好玩,一到秋天,满山桂花齐放,素月流光,清香扑鼻,才好玩呢。朱姊姊服药之后,至少要到半夜才醒。我们不宜在此惊扰她,何不到蜗居楼上玩玩呢?"

灵云摸了摸朱文,见她已是沉沉睡去,知道灵药有效,许多日的愁烦,为之一快。又见若兰情意殷殷,便也放心,随她从窗前一个楼梯走了上去。这一层布置,比较下面还要来得精致。深山之中,也不知是哪里去寻来的这些筠帘斐几,笛管琴箫,满壁俱用锦绣铺设,古玩图书,罗列满室。暗暗惊奇:"申若兰一个修道的人,如何会有这般布置?难道她凡念绮思,犹未尽么?"若兰也看出她的心意,笑道:"姊姊,你看我这蜗居布置,有些不伦不类么?妹子幼小出家,哪里会去搜罗这许多东西?皆因家师早年所修的道,原与现在不同,这许多东西全是家师洞中之物。家师自得天书后,便将这许多东西完全摒弃不用。妹子生性顽皮,一时高兴,搬来布置这一座蜗居。去年桂花忽然结实,被妹子采了许多,制成香末,所以满屋清香。昨晚听家师说,姊姊等三位即刻就到,才将这壁的一张床搬下去,预备朱姊姊服药后睡的。妹子不久要随姊姊同去,这些一时游戏的身外之物,万不能带走。我们且到最上一层去玩,留作他年凭吊之资吧。"灵云姊弟便又随她走到上一层去,此处才是若兰用功之所,药鼎茶铛,道书长剑,又是一番古趣。灵云便问若兰要随她同去的意思。若兰道:"家师自得天书后,深参天人,说妹子尚有许多人事未尽,不能随她同去。家师生平只收妹子一人为徒,平时钟爱非凡,传我许多法术同一口飞剑。家师恐她飞升以后,妹子别无同门师叔伯师兄弟姊妹,受人欺侮,想趁姊姊取药之便,托姊姊引进峨眉门下。只不知姊姊肯不肯帮妹子这个大忙哩。"

自古惺惺惜惺惺。灵云一见若兰,便爱她英风丽质,闻言大喜道:"妹子与姊姊真是一见如故,正愁彼此派别不同,不能时常聚首。既然姥姥同姊姊有此雅意,那是再好不过,岂有不肯替姊姊引进之理?不过妹子还有一节请教:姥姥既然对敝派有这番盛意,何以今日不容妹子等进谒?潭中生雾,原是姥姥封锁,何不先行撤去,以免妹子等为难呢?"若兰笑道:"家师性情有些古怪。一则不愿出尔反尔;二则不愿天地灵物,令人得之太易;三则知道令弟生就慧眼,朱姊姊有天遁镜,还有姊姊的神鲛网护身,再拿着妹子在武当借来的紫烟锄和于潜琉璃,必能成功。愁它做甚?"灵云闻言，才放宽心。又随她从一个小窗户走到她的望月台上。那台原就两三个树枝削平，虽然简单，颇具巧思。又是离地十余丈高下，高出群林，可以把全山美景一览无遗。想到了桂花时节，必定另有一番盛况。

灵云姊弟与若兰在上面谈了一阵，若兰又请她姊弟吃了许多佳果，才一同走下楼来。灵云摸了摸朱文，见她依旧沉睡不醒，周身温软如绵，不似以前火热，面目也清润了些，知是药力发动。若兰道："看朱姊姊脸上神气，药力已渐渐发动，我们不要在此扰她。现时无事，何不请随我到福仙潭去，看看潭中形势，同这山上景致如何？"金蝉道："刚才我就有这个心思，只是朱姊姊病体未愈，恐怕我们走了无人照料，所以没有说将出来。我们三人同去，倘若朱姊姊醒来唤人，岂不害她着急？姊姊素来爱朱姊姊，请你留在此地，让我同申姊姊先到潭边去看吧。"灵云含笑未答，若兰抢先说道："你哪里知道，家师这药吃了下去，至少要六七个整时辰才得醒转哩。别看我这个小小桂屋，四外俱有家师符箓，埋伏无穷妙用，这番姊姊等三位前来，如不得她老人家默许，漫说入潭取草，想进此山也非易事。朱姊姊睡在里面，再也安稳不过，担心何来？快些随我走吧。"灵云姊弟只得抛下朱文，随着若兰走出桂屋，直往山巅走去。

那福仙潭形如钵盂，高居山巅，宽才里许方圆，四围俱是烟云紫雾笼罩。灵云走到离潭还有数十丈，便是一片溟蒙，时幻五彩，认不出上边路径。若兰到此也自止步，说道："上面不远就是福仙潭。这潭深有百丈，因那毒石上面发出暗氛，无论多高道行的剑仙，也看不出潭中景物。再加上家师所封的云雾，更难走近。前些年到本山来盗草的，颇有几个能人。有的擅入云雾之中，被家师催动符咒，变幻烟云，由这云雾之中发出一种毒气。那知机得早的，侥幸逃脱性命；有的稍微延迟一些，便做了神鳄口中之物。这番姊姊等前来，家师虽不施展法术困阻来人，因为昔日誓言，却也不便自行撤去烟雾。我们要想从烟雾中走到潭边，实在是危险又困难。幸喜这次奉命到武当山借宝，蒙我义姊缥缈儿石明珠向她师父说情，借来于潜琉璃，听说可以照彻九幽。待我取出来试它一试。"

二人正说到兴头上，忽听金蝉在头上喊道："姊姊们快来，怎么下面黑洞洞的，只看出一些影子在动呢？"若兰闻言，大吃一惊，忙从身上取出那于潜琉璃，拉了灵云，纵了上去。只见金蝉正立潭边，望着下面，又指又说。若兰见金蝉未遇凶险，才得放心。便对灵云道："令弟怎么这般胆大，会从烟雾丛中摸将上来，万一有个差池，如何是好？"金蝉见若兰手上擎着一团栲栳大的青光，荧荧欲活，便问这是何物。若兰道："这就是那于潜琉璃。你看这光到烟雾堆中，竟看得这般清楚。如果没有它，明日如何下去呢？"说罢，便将那琉璃往潭中一照。金蝉顺着那道青光，往下看了一看，摇头说道："不行，不行。"若兰便问何故。金蝉道："你看这光只照得十丈远近，下面依旧黑洞洞的，有何用处？"若兰原本艺高性傲，闻了金蝉之言，也不答话。青光照处，看见下面七八丈远近处，有一块大石现出，便将身一纵，纵了下去，打算离潭底近一些，看看那神鳄到底是何形象。谁知脚还未得站稳，忽然下面卷起一阵怪风，接着从下面黑暗之中蹿起一条红蟒一般的东西，直往若兰脚底穿了上来。若兰久闻师父说那神鳄厉害，吓了一个胆战心惊，知道不好，更不怠慢，将脚一点，纵上潭来。不知怎的一个不小心，手松处，那一个于潜琉璃脱手坠落潭心，上面依然漆黑。金蝉早看见潭中卷起一阵怪风，一条红蟒般的东西蹿了上来，那于潜琉璃又从若兰手中坠落，知道潭中妖物出来，不问三七二十一，把手中霹雳剑往下一指，两道红紫色剑光往潭中飞射下去。那妖物想也知机，不敢迎敌，拨回头退了下去，转瞬不知去向。那一团栲栳大的青光，荧荧流转，半响才得坠落潭底。金蝉连喊有趣，忽然高声叫道："我看见那怪物了，原来是一个穿山甲啊！"

若兰失去手中于潜琉璃，又羞又惜。且喜怪物不来追赶，回望潭下，依稀看出一丝青光闪动，潭上面依旧漆黑。黑暗之中，恐怕出了差池，不敢久停。正要招呼灵云姊弟御剑飞行下峰，忽听金蝉所说之言，与红花姥姥所说神鳄形象相似，好生奇怪。还未及问他怎会看见，又听灵云道："蝉弟，这黑暗之中，我们三个人就只你看得见潭中怪物，道力深浅难测，快些过来，领我们一同下去吧。"若兰闻言，才知金蝉目力果异寻常。金蝉也自走将过来，先拉了灵云，灵云又拉了若兰，三人一同下了高峰。若兰对灵云道："令弟天生神眼，这破潭一层，想必不难了。只可惜我一时失手，竟把半边大师的于潜琉璃失去。那块琉璃原是半边大师昔年在雁荡修道，路过于潜，一晚夜行田间，看见一个小土坡上，有一道青光上冲霄汉，在那里守了数十天，费了不少事，才将宝得到。起初原是一个流动质，经大师用本身先天真气炼成此宝。一旦被我失去，万一破潭之后，竟被怪物损坏，异日见了大师，如何交代？这真叫人为难呢。"金蝉道："姊姊不必担心，适才我见那团青光坠到潭底，那形似穿山甲的神鳄竟掉头扑了上去，扑离青光不远，又退了下来，看那神气，好似有些畏惧的样子。因它几次扑近青光，我才看出它形似穿山甲。起初我也不过只看见一团黑影，哪里能看得仔细呢？"灵云听他二人对答，只是低头寻思，不曾发言。忽然笑道："倘得仰仗红花姥姥相助，文妹再告痊愈，明日破潭必矣。"若兰虽然听金蝉说到于潜琉璃未被神鳄损坏，到底还是不大放心，听灵云说起破潭那般容易，忙问究竟。灵云道："我想多年得道灵物，大都能够前知。我们先回去看看文妹病体如何，等到破潭之时，再作计较吧。"若兰也知神鳄通灵，便不再问。

当下三人回转桂屋，已是下午申牌时分。才进屋来，便闻着一股奇臭刺鼻，中人欲呕。若兰忙招呼灵云姊弟退出，先不要进去，在外暂停片刻。自己飞身上了三层，由窗户进去。灵云姊弟放心朱文不下，刚要再次走进，忽听若兰在内喊道："姊姊们快闪开！"说罢，一道青光过处，若兰身上背着朱文，如飞一般往林外而去。金蝉不知朱文吉凶，大叫一声，随后追去。灵云也是十分关心，跟踪上前。若兰背着朱文，走到一个山洞底下，回首见灵云姊弟跟在后面，叫："姊姊快来帮帮忙。叫令弟不要下来。"灵云知有缘故，止住金蝉，跳下涧去。只见朱文面如白纸，遍体污秽狼藉。她身上的衣履，若兰正替她一件件地脱呢。灵云忙问到此做甚，若兰道："你看朱姊姊身上这个样子，快替她洗呀！"灵云见朱文脸上虽然惨白，只是神气委顿，不似先前一身邪气，知道若兰定是依照红花姥姥之言而行，便帮若兰扶了朱文。

先前三人从桂屋走后，朱文迷惘中忽觉周身骨节奇痛非常，心头更好似有千万条毒虫钻咬，想唤灵云姊弟，口中又不能出声。似这样难受了一会儿，下面一个大急屁，接着屎尿齐来。朱文虽然痛苦，心中却是明白，匡耐四肢无力，动转艰难，又羞又急。暗恨金蝉到底是小孩子心性，枉自在路上殷勤服侍了多日，在这生死关头，却抛下自己走开去玩，越想越气。正在万般难受，忽然一阵奇酸，从脑门直达脚底。紧跟着又是一阵奇痛，比较刚才还要厉害十倍。羞忿痛苦，急怒攻心，一个支持不住，大叫一声，滚下床来。待了一阵，才得醒转，耳旁听灵云等笑语之声。刚要呼唤，便觉身子轻飘飘的，好似被一个人背起出门，被大风一吹，立刻身上清爽非凡，虽然头脑涔涔，有些昏晕，身上痛苦竟然去尽。微睁秀目，见背自己的人竟是个女子。迷惘中醒来，先还忘了若兰是谁，及至若兰将她背到涧边，才看清楚。恰好灵云赶到，与她脱去衣履，不由有些害羞，还待不肯。忽然闻着奇臭刺鼻，再看自己身上，竟是遍身粪秽，连若兰身上也沾染了许多，又是急，又是羞，索性装作昏迷，由她二人摆布。

灵云将朱文上下衣一齐脱去，同若兰将朱文扶到涧边。见那碧泉如镜，水底满铺着极细的白沙，沙中有千千万万个水珠，不住地从水底冒到水面上来，结成一个个水泡。微风过处，将那些水泡吹破，变成无数圆圈，向四外散去。水中的碧苔，高有二尺，稀稀落落地在水中自由摆动，甚是鲜肥。水面上不时还有一丝丝的白气。灵云顺手往水中一摸，竟是一泓温泉，知道朱文浴了于病体有益。这时朱文已坐在水边一块圆滑的石头上面脱鞋袜，虽然身子还有些疲倦，觉着胸际清爽，头脑清明，不似前些日子那般难过的样子，知道病毒全消。又见灵云、若兰不顾污秽，左右扶持，心中感激到了万分。忽然觉着身旁还少了一人，不知不觉中抬头往四外一望，一眼看见崖上有个人影一晃。猛想起自己一丝未挂，一着急，羞得"哎呀"一声，扑通跳入水中，潜伏不动。灵云见朱文忽然"哎呀"一声，吃了一惊。及见朱文跳入水中，已在游泳洗浴，方放了心。若兰已看出一些形迹，因自己背负朱文，又与她脱衣解履，闹了一身污秽，也想到温泉中洗一洗。恐怕跟朱文一样被人偷看，又不好意思明言，便对灵云说道："朱姊姊病后体弱，妹子身上又沾染了好些污秽，想下去陪朱姊姊同洗。我们俱是女儿家，意欲请姊姊先到涧上替我们巡风可么？"

灵云闻言，才想起金蝉现在涧上，适才朱文那般惶急，莫非他在那里偷看？暗恨金蝉没有出息。表面上却仍装笑脸，对若兰道："这有什么，只是又累姊姊一人，太叫人过意不去了。"说罢，先将朱文身上佩的长剑、宝镜等替她代收身旁，纵身上涧，满打算责问金蝉一番，用目一看，哪有金蝉影子。心想："适才下涧时，明明叫他在上面等候，为何此时不见？莫非错怪了他么？"正在寻思之际，忽见前面树林之内，红紫色的剑光与两三道青灰色的剑光绞作一团，大吃一惊。急忙飞身进林一看，树林之中，有一块两亩大的平地，金蝉指挥双剑，正与两个红衣女子，一个凹鼻红眼、披着一头长发、怪模怪样的人，在那里拼命争斗。灵云知红花姥姥性情特别，来往此山的人，大都是她的朋友，现在正是求于人之际，暗怪金蝉造次。正要上前问个明白，金蝉已一眼看见灵云走来，忙唤道："姊姊快来！这个红眼塌鼻鬼，打算用黑剑来害我们，被我发现，追到此地。他又寻出两个帮手来，三打一。姊姊快将他们除了吧！"灵云已看出来人剑光路数不正，只因身在人家势力范围以内，不愿多事。便将手一指，一道金光过去，先将金蝉剑光与来人剑光隔断，止住金蝉，喝问道："我等来到此山，乃是奉了本山主人红花姥姥的允准。你们三人是何人门下？因何暗中寻衅？快快说将出来，以免伤了和气。"那红脸男子见灵云剑光厉害，心中畏惧，可是还不甘伏，脸上一阵狞笑，说道："好好！你们也是红花姥姥约了来的么？我们三人，乃江西庐山白鹿洞八手观音飞龙师太门下，金氏三姊弟金莺、金燕、金驼的便是。你们呢？"灵云道："我乃乾坤正气妙一真人长女齐灵云，这是我兄弟金蝉，还有我师妹朱文，奉了嵩山二老之命，到此拜求红花姥姥赐一些乌风草，并不曾得罪三位，为何与舍弟动起干戈？"金驼闻言，大怒道："你原来就是齐漱溟的女儿，来盗乌风草的么？你可知道那乌风草，原是我师父向红花姥姥预订下的？适才我等三人赶到此地，正遇见你等同申若兰那个小贱人私探仙潭。你们哪里得了姥姥允许？分明申若兰瞒着姥姥，勾引你等来此盗草。是我心中不服，打算趁你们下涧洗澡，用九龙梭将你等打死。不想被这个小畜生看见，破了我九龙梭。我将他引到此地，正要同我两个姊姊将他碎尸万段！我要早知你们是峨眉余孽，岂能容你们活这些时候？"说罢，将口一张，一股白烟过处，那三道青灰色的剑光重又活跃起来。金蝉哪里容得，不等金驼说完，早已挥动剑光上去，灵云因金氏姊弟虽然路数不正，听他口气，与红花姥姥颇有渊源，不愿伤他，只将剑光把金氏姊弟剑光围住，打算叫他们知难而退。

这样支持了有好一阵，日色已逐渐平西。灵云恐怕金氏姊弟还有余党，又记挂着朱文病体，正想设法将金氏姊弟逼走，忽听林外一声娇叱道："大胆不识羞的红贼，又到本山扰闹！"声到人到，一道青光，神龙一般从林外飞将进来。只听"哎呀"一声怪叫，那三道青灰色的剑光，倏地破空遁去。

第五十五回　相逢狭路　初会飞龙师
　　　　　　　预示仙机　同谒红花姥

若兰还待追赶，灵云连忙上前唤住。这时朱文也从林外走将进来。灵云见朱文脸上浮肿全消，虽然清瘦许多，却是动止轻捷，不似先前委顿，知道病毒已除，好生高兴。朱文看见金蝉，不由妙目含瞋，待要说他两句，又不好意思说什么似的。灵云刚要问若兰有关金氏姊弟的来历，金蝉抢先说道："刚才那三个怪人，真是可恶已极！我们从福仙潭回到桂屋时，便见他们在我们后面藏头缩脑。彼时因为担心朱姊姊病体，急于进屋看望，我又疑惑他们是本山上人，没有十分注意。后来申姊姊背了朱姊姊出来，那红脸贼隐身树后，手上拿着一个丧门钉，在申姊姊背后比了又比，好似要发出去的神气。我又因为急于追赶三位姊姊，没去理他。想是我们剑光快，那厮来不及发出。等到三位姊姊走向涧边，姊姊只不叫我下去，又不说出原因。我在上面等得心烦，刚刚把头往下一探，还未及往下看时，便听后面窸窸窣窣作响。忙回头一看，原来是那厮掩在后面，手中拿的那一根丧门钉，正朝我放将过来，出手便是一条孽龙，夹着一溜火光。被我用霹雳剑迎着一撩，那厮的钉看去厉害，却是个障眼法儿，被我的剑光一碰，当时烟消火灭，跌在地上。先还想喊喊姊姊帮忙，一来怕朱姊姊病体受惊，二来见那厮本领不济，发出来的剑光又是那般青灰色的，我便不想惊动多人，想独自将他擒住。果然他的剑光与我才一接触，马上逃走。被我追进树林，那厮同来的两个贼婢出来相助，虽然同是下等货，却比那厮强得多。我听那两个女子直喊祭宝，想必要使什么妖法。恰好姊姊们来到，便赶跑了。"

朱文听金蝉说他曾在涧上面探头，羞了个面红过耳。金蝉却天真烂漫，并未觉着什么。灵云本想说他两句,又怕当着若兰羞了朱文,只看了他两人一眼。听金蝉把话说完,笑道:"你说话老像炒爆豆似的,蹦个不停。也不问清来人是谁,就忙着动手,万一误伤本山贵客,何颜去拜姥姥哩?"若兰道:"姊姊休要怪令弟。这三个鬼东西实在可恶,我现在想起还恨!适才剑光慢了一些,仅仅伤了他的左臂,没有取他的首级,真是便宜了这贼。"灵云见若兰那般深恨金氏姊弟,觉着奇怪,便问道:"那厮口称令师红花姥姥曾预先答应给他乌风草,想必与姥姥有些渊源,何以姊姊这样恨法呢?"

若兰道:"姊姊哪里知道。他们三人原是庐山白鹿洞飞龙师太的三个孽徒,因他们的师父宠爱,简直是无恶不作。他们师父与家师当年原是好友,后来家师得了天书,把从前宗旨大变,两下里渐渐生疏起来,可是表面来往依然照旧。他们的师父在年前又来看望,家师谈起只等盗草之人破了福仙潭,便要圆寂飞升等语。这次原是带着她那三个孽徒来的。那红脸的一个名叫金驼,最为可恶,听说家师不久飞升,无端忽发妄想,打算家师走后霸占此山,把乌风草据为己有,并对妹子还起了一种不良之念。他师父向来耳软心活,听了她三个孽徒之言,以为家师还是当年脾气,便劝家师何必把这天材地宝奉之外人,昔时誓言不过与长眉真人打赌的一句笑话,岂能作准?叫家师只管飞升,将本山让与她掌管,作为她的别府。又劝家师将我许配那个红脸鬼。家师闻言,已知他们用意,情知他们没有三世慧根、生有慧眼的童男女,下不去那潭,便敷衍她道:'昔日誓言,岂能变更?无论何派何人,只要破得了潭,便可做本山主人。我徒弟婚姻一节,要她本人愿意,当师父的人,不便主张。'他师父知家师存心推托,住了两日,觉得无味,不辞而去。那红脸鬼还不死心,从那日后,便不时借破潭为由,来到本山。偏他又没有本事下去,老在这里胡缠。去年年底,他知我不大理他,异想天开,又运动他两个不识羞的姊姊。先是假装替她们师父前来看望家师,并谢昔日不辞而去之罪。家师洞中石房本多,她二人便赖住不走,天天与妹子套亲近。妹子年幼心热,哪知人情鬼蜮,不但不讨厌她俩,反替她俩筹划破潭盗草之计。住了些日,她们请求搬往桂屋中去,与妹子同住,以便朝夕聚首。相处在一起多日,倒也相安。也是活该她们奸谋败露。有一天妹子在桂屋中,忽听家师那里呼唤,叫妹子一人前去,不要别人知道。这是一种千里传音,别人是听不见的。妹子奉命之后,只说回洞取些东西，便去见家师听训。才一进洞，见家师手中拿着三寸来长的一面小旗，上面画着八卦五行。这便是昔年家师最厉害的宝贝，名叫旗里烟岚。家师将这旗赐与妹子，又教会用法，便催妹子回转桂屋，也不说别的话。

"妹子知道家师脾气，向来不喜欢人问长问短。而且每教人做一件事，总只预示一些迹兆，余外全由受命的人自己办理，办好办糟，她都不管。似这样很机密地将妹子唤去，赐给她老人家最爱之宝，估量必有事故发生，可是还未料到金氏姊弟有不良的心意。当下由家师洞中回转，走离桂屋不远，看见一条黑影飞进屋中。我觉着有些奇怪，起初还疑心金氏姊妹有个出来回去，看那身材又似不像。急忙用家师传的遁法，跟踪到了屋的上层，往下一看，那人正是金氏姊妹的兄弟红脸鬼金驼。我一见是他，本来就不乐意，再一听他说的话，更是气死人。我伏在上面，偷听他三人把话说完，才知他三人奸计：先是由那厮两个姊姊与我亲近，等到彼此交厚，才由那两个贱人趁妹子用内功时，用她们本门的迷药将妹子迷过去，由她们的禽兽兄弟摆布。那厮本与两个贱人同来多日，因为惧怕家师，还不敢骤然下手。那厮见妹子不在屋中，又来寻两个贱人商议，不想被妹子听见，哪里容得，便下去与这三个狗男女理论。那厮见事已败露，索性一不做二不休，逃到外面，与妹子交起手来。此时妹子人单势孤，很觉吃力，便将家师赐的那面旗，如法使用出来。才一招展，便有百十丈烟雾云岚，将三个狗男女包围，不大工夫，三个狗男女同时跌倒地面。我正打算取他们的性命，耳旁又听家师说：'他等三人虽不好，看在他等师父份上，只可薄惩示儆，休要伤其性命。'妹子虽然不愿，怎敢违抗家师之命，急切中又想不出怎样惩治之法。适才洗澡的地方，原有两个泉眼，涧后的一个却是寒泉，其冷彻骨。便将他三人浸在那寒泉之中，泡了三日。到第四日夜间，正要去放他们，不知被何人救去。从此本山就多事了。想是三个狗男女怀恨在心，勾引了许多旁门邪道，来与妹子为难，俱被妹子仗家师法力打发回去。家师因飞升在即，不愿妹子多结仇怨，为异日留下祸根，把本山用云岚封锁，道行稍差的人，休想入山一步。姊姊们来时，若非家师先就撤去云岚，漫说破潭取草，入山还有些费事哩。想是那厮心还不甘，今日又来寻我们的晦气。因恨他不过，妹子将他臂肉削下一大片来。此仇越结越深，也顾不得了。"

话语未了，忽听一声怪叫道："大胆贱婢！竟敢屡次伤我徒儿。今日叫你难逃公道！"灵云等闻言大惊，面前已出现一个中年道姑，生得豹头环眼，黄发披肩，穿着一件烈火道衣，手中拿着一个九节十八环的龙头拐杖。若兰已认出来人便是金氏姊弟的师父、庐山白鹿洞八手观音飞龙师太，知道不是要处，硬着头皮上前叫了一声师叔。飞龙师太狞笑道："你眼里还有什么师叔？况且不久你就要背师叛教，到峨眉门下去了。这原是你那老不死的师父，把你宠惯得这个样子，原与我无干。那乌风草本是此山灵药，又不是你师父自己带来的，被你师父霸占多年。我见她死期不远，不能再霸占下去，打算好意向她求让。既然允许了我，如何纵容你这小贱人，勾引外人前来盗草？又三番两次，欺压我的徒儿？今日别无话说，快快束手就擒，随我到你那老不死的师父面前讲理，还则罢了；如若不然，莫怪我手下无情，悔之晚矣！"若兰闻言，正待申辩，早恼了朱文、金蝉，也不答话，双双将剑光放起。飞龙师太骂道："怪不得小贱人猖狂，原来还有这许多倚仗。"说罢，长啸一声，手扬处，指头上发出五道青灰色的光华，抵住朱文、金蝉剑光。一面还待伸手去拿若兰时，忽然一阵天昏地暗过去，霎时间满山都是云岚彩雾，分不出东西南北。只听若兰说道："姊姊们休慌，我师父来了。"

话语未了，耳边果听得一种极尖锐极难听的声音说道："飞龙道友，凡事莫怪旁人，只怪你专信一面之词。我昔日誓言，原说不论何派的人，只要能下得潭去，乌风草便属于他。令徒们既来取草，为何心存邪念，打算暗害若兰？就以道友来说，也是得道多年的人，不该听信谗言，算计我老婆子。我明日圆寂，今日要运用玄功，身子僵硬，不能转动。你要欺负他们这些年幼孩子，若非我早料到此着，岂不受了你的暗算？道友休要不服，我对你与峨眉派均无偏袒。如要取那乌风草，明日福仙潭尽管由你们先行下去。明知自己不行，徒自欺负他们，何苦呢？"又听飞龙师太接着道："你休要偏袒你的孽徒。你既谅我不能入潭取草，等我明日取草之后，再取这一班小畜生狗命便了！"

说着，依旧一阵狂风过去，一轮红日已挂树梢，清光满山，幽景如画，宛不似适才双方引刃待发神气。若兰道："想不到这个老贼竟会听信三个孽徒逸言，前来与我们为难。若非家师相助，说不定还会吃她的亏呢。"金蝉道："适才云雾堆中，我只看见那老贼婆一人，竟看不见你师父在哪里。本想趁那老贼婆被云所迷，暗中刺她一剑。谁知我才指挥剑光过去，好似有什么东西挡住似的，看起来这个老贼婆还不好对付呢。"若兰道："二位剑光被阻，想是我师父不愿与人结仇。只是明日我们入潭取草，又要加上一番阻力了。"灵云道："我看那飞龙师太发出来的剑光虽然不正，却也厉害。那人怙恶不悛，性情古怪。明日仙草如被她取去，不但我等空劳跋涉，顽石大师性命休矣！如果那仙草被我们得到手中，她又岂肯甘休？这事须要想一妥善之法才好。"说罢，拿眼望着若兰。若兰答道："这倒不消虑得。这老贼婆性情虽然古怪，却不知我师父比她还要特别，从未服输过人。既然答应让他们明日先下潭去，此中必有深意，决不会冷眼看我们失败的。至于顽石大师急等乌风草救命，家师配的药酒留存甚多，朱姊姊既能起死回生，想必顽石大师服了也是一样。家师所以要人来将草取去者，一因昔日誓言；二因悟道以后，想将这些灵药付托一个正人，好代她济世活人。无论如何也决不会让老贼婆得去的。"

灵云闻言，略放宽心。四人在月光下又计议了一阵。若兰生性喜洁，因桂屋已然污秽，好在自己明日便要随灵云等同行，也就不打算再去屋中打扫。谈到三更向尽，对灵云等说道："现在离天亮不多时，我们无须再回转桂屋，就此先到家师洞府，等到天明破潭吧。"灵云道："我等多蒙姥姥照应，以前听姊姊说，姥姥不见生人，所以不敢冒昧进谒。转眼我们破潭取草之后，就要离此他去，既然姊姊相邀到姥姥洞府，不妨顺便代为通融，以便上前拜谢姥姥大德，也不枉来到宝山一场。姊姊意下如何？"若兰道："家师洞府，就在福仙潭后，地方也很大。漫说姊姊们外人，就连妹子也只有明日行时拜别，或者得见 面而已。"

说着，四人便一同前去，不久便到。灵云见红花姥姥所居洞府，虽然是一座石洞，有数十间石室，到处都是文绣铺壁，陈设富丽，更奇怪是阖洞光明，如同白昼。朱文、金蝉觉得稀奇，几次要问，都被灵云使眼色止住。灵云等三人随着若兰，到各室游玩了一会儿，走到姥姥昔日的丹房落座。若兰从身上将紫烟锄取出，对灵云说道："潭中那块毒石，周围十丈以内，发出一种黑氛毒雾，非常厉害。乌风草便长在那毒石后面，惟有这紫烟锄能够将它铲除。可惜于潜琉璃业已失落潭中，失掉好些帮助。明午破潭，若不是家师预先算定，妹子真不敢乐观呢。"

灵云正要答言，四人同时听见一种尖锐声音说道："你们天亮后可由这丹房旁边一个洞穴走了出去，那便是福仙潭的中心，离潭底才只十丈多高。那里有一块平伸出来的大石，石旁丛生着有数十茎素草，能避毒氛，可各取一茎，含在口内。到了辰刻，便有人来破潭，你们休出声息，不要乱动，由他等替你们除了神鳄。那时他们无法破那毒石，必然前来寻我。前晚我接引你们三人来此，才知你们带来矮叟朱梅的天遁镜，胜似于潜琉璃十倍。等那先来破潭的人走后，才由历劫三世的童男女，一个手持宝镜照着下面，一个用紫烟锄去锄毒石。那时潭底不多一会儿便要冒出地火，四周的山峰也要崩裂。你们取得仙草以后，须要急速离开那里。我也便在那时圆寂。先前的人必不甘心，定要与你们为难，可是我已早有安排，到时自知。若兰可趁我法身未解以前，将我法身背在身上，掷入福仙潭内火葬以后，急速随他们回去便了。"若兰闻言，知道师父一会儿便要圆寂飞升，并且生前不与她再见，想起这十余年相随恩义，不禁跪在地下痛哭起来。灵云也领了朱文、金蝉拜谢姥姥昨晚接引之德。若兰痛哭了一阵，又听姥姥的声音说道："我平日造孽多端，自从巧得天书，已顿悟前非，好容易才盼到今日。你如感念师恩，千万不要忘记我前年在桂屋中对你说的那一番话，就算报答我了，有什么悲伤呢？如今天色快明，尔等急速去吧。"

若兰知道姥姥言行坚决，既不容她见面，求也无益，只得忍着悲怀，起来领了灵云等三人走出丹房。果然见丹房旁似陷出一个地穴，便由金蝉前导，走了下去。往下走约数十丈远近，又转过好几个弯，觉得前面愈走愈觉黑暗，不时闻见一股瘴疠之气，中人欲呕。幸喜金蝉能在暗中视物，四人拉拉扯扯，一任金蝉招呼行走，好容易才摸到姥姥所说的那一块平伸出潭腰的巨石。四面愈觉黑暗，头脑兀自昏眩起来，除金蝉外，灵云等对面难分。四人摸摸索索，才去寻那素草。灵云正觉头眼昏眩，忽然闻见一阵幽香，顺手一摸，居然将那草摸着，心中大喜。立刻取来分与众人，还不敢含在口内，用鼻闻了一闻，立刻头脑清凉，心神皆爽，知道不会有错，才把草含入口中。金蝉看下面青光荧荧流动，知是那于潜琉璃，离近了反看不出那神鳄存身所在。因姥姥适才嘱咐，四人俱都屏息宁神，静以待变。

四人坐了有好一会儿，忽听那上面有人说话。金蝉便见似龙一样的东西，直从上面投入潭中。还未到得潭底，灵云等坐的那块石头下面，倏地也蹿起日前所见那条红蟒一般的东西，与那条火龙迎个正着，斗将起来。金蝉定睛细看，叵耐四围黑气浓厚，只看出两道红光夭矫飞舞，分不出那东西的首尾。眼看这两样东西斗了有一个时辰，兀自难分胜负。猛听潭上面大喝一声，又飞下一道青森森的光华，往那两道红光中只一绕，便听一声怪啸过处，先飞下来的那条火龙和那道青光，依旧飞回潭上。潭中却是黑沉沉的，什么迹象俱无。猜是神鳄已除，只不见潭上人下来，金蝉性急，正要招呼朱文取出宝镜，忽见潭上先前那道青光，同了一道较小的青光，飞入潭底。最奇怪的是那青光上面还附着一团丈许方圆白光，带着那一道较小的青光，流星赶月一般满潭飞绕。光影里看出四围黑氛非常浓厚，倒好似白光本身发出一团黑雾似的，在潭中滚来滚去。似这样上下飞舞了一阵，这青白三道光华，倏地聚在一处电也似疾地直投潭底，看看飞到那于潜琉璃发光的所在不远。这道白光经下面于潜琉璃上面所发出来的青光反射，竟照得潭底通明。金蝉等才看出潭底是一大块平地，偏西南角上黑茸茸的，不知是什么东西，余下简直是一无所见。这时前飞的那一道白光已到潭底，若兰恐怕于潜琉璃要被旁人夺去，好生着急。谁知那道白光只略微顿了一顿，与后飞的那一道青光同时投向西南。还未飞到尽头，忽见黑暗之中喷起几缕极细的黑烟，倏地散开，化成一团浓雾，直向那三道青白光华包围上去。一声怪啸过处，那三道青白光华好似抵敌那黑烟不过，拨转头，风驰电掣一般，飞回潭上。金蝉迎面往上看时，黑暗之中，依稀有几个人影闪动，几声喁喁细语过去，便听不见动静了。

　　金蝉看得正出神，耳旁忽听得有人唤道："破潭的两个人还不下去，等待何时？"灵云等闻言，一齐警觉。当下金蝉抖擞精神，向若兰手中取过紫烟锄。朱文从身旁也取出天遁镜，才揭开那面乾坤镜袱，便发出数十丈的五彩光华，照耀潭底。若兰见朱文有此至宝，心中大喜。因姥姥之命，只叫这一双童男女下去，便和灵云仍站在原处警备。众人在这天遁镜的光华中，早看出潭底静悄悄的，黑云尽散，紫雾全消。惟有西南角上有一块牛形的奇石，从那石的身上，不断地冒出一缕缕的黑烟。若兰关心那一块于潜琉璃，忙往潭底看时，那青光被这五彩光华一照，好似太阳底下的灯台，渺小得可怜。想看看潭中神鳄到底是何形象,竟不见踪迹,想已被飞龙师太收了回去了。正在用目四望,忽听朱文、金蝉"哎呀"了一声。若兰大惊,忙往潭中看时,原来朱文、金蝉双双携手下去时,金蝉性急,脚先沾地。谁知那潭底看似平地,却是虚软异常,金蝉才一落地,便陷了下去,心中一急,一用力,更陷下去尺许。那泥竟火热一般燎烫,眼看要陷入这污泥火潭之中。幸喜朱文细心,处处留神,手中觉着金蝉往下一坠,忙用气功往上一提,把金蝉提了上来。可是受了金蝉拉的力量,两脚也稍微沾地,觉得热烫难耐。知道不好,一面提着金蝉,喊一声,各将身子悬空,离地约有三尺,飞身前进。倒把灵云在上面吓了一大跳。金蝉飞到那块于潜琉璃跟前,将紫烟锄夹在左臂,顺手俯身下去,拾将起来,揣在怀中。正要同朱文飞向西南角上去破那块毒石,猛见地下有一摊血迹,依稀看出穿山甲一般的一条鳄鱼尾巴,直往地下慢慢陷落。那上半截身子,想是在被斩时早已入土了。

　　朱文拉了金蝉飞离那块毒石不远,见石上发出来的黑气越来越厚,知道厉害,便将手中宝镜对准毒石。毒石黑气被镜上五彩光华近处一逼,纷纷四散。朱文见毒石为宝镜所制,愈发飞身近前。金蝉抡起紫烟锄往那石上砍去,那锄才着后面,便有一大团紫雾青光。那石受了这一击,竟发出一种极难听的呻吟声,被紫烟锄劈成两半。金蝉见毒石伎俩已尽,由朱文将左手宝镜对准石头上面,自己用力一连就是十几锄,把这一块四五尺高的毒石连根锄倒,四散纷飞。这石锄倒以后,才看见石后面长着数十根菜叶一般的东西,叶黑如漆,在那里无风自动,知是那乌风草。起初下来时,上了一个当,此刻自然处处留心。好在那乌风草长在干处,便用紫烟锄连根掘起,挑在肩上。那毒石一经掘倒,依然和鳄鱼一样,慢慢陷入泥中。金蝉掘那乌风草时,因是身子悬空,不好用力,若不是朱文用力拉提,险些脚又沾地。

　　二人取到了乌风草以后,还想寻觅有无千年何首乌。正在四下寻找,耳听一阵沸汤之声,又觉身上奇热。忙将宝镜往潭心一照,只见潭心泥浆飞溅,热气上腾,恰好似刚煮开了的饭锅一样。一转瞬间,四围尽是泥浆,一圈大一圈小地沸涨飞沫。朱文猛想起姥姥嘱咐的话,喊一声:"不好!"不及说话,拉了金蝉,才飞到适才站立的那块巨石上面,脚底下的泥潭

"噗"的一声过处,泥浆飞起有十来丈高下,沸泥中心隐隐看见喷出有火光。再找灵云、若兰二人,踪迹不见。知道此潭的四围山峰就要崩裂,又惊又急,欲待从原路回转姥姥洞府,已无路可通。幸喜烟云尽散,四外清明,二人只得飞身上潭。不由回望潭下,已是飞焰四张,泥浆沸涌,觉着站的地方隐隐摇动。不敢延迟,猛抬头看见潭后一道青光和一道金光,正和一道青灰色的光华驰逐,知道灵云、若兰遇见敌人。才待赶上前去,又见飞起一团绿雾,接着飞起亩许方圆一块乌云,耳旁又是一阵轰隆砰啪的声音,知是四围山峰崩裂。朱文等正在着急,无暇再顾别的,双双飞向潭后,见姥姥的洞府业已震坍。飞龙师太冲着那日林中所见金氏姊弟,不知使用什么法术,飞起一团绿雾,灵云、若兰用神鲛网护着身体,正在相持。朱文不管金蝉,娇叱一声,手举天遁镜,照将过去,五彩光华照处,绿雾立刻在日光下化作轻烟四散。那飞龙师太正在扬扬得意,忽见一男一女飞来,一照面便发出百十丈五彩光华。紧跟着那个男童手扬处,两道红紫色的光,夹着霹雳之声,电也似的飞来。知道今日万难取胜,情势非常危险,只得错一错口中钢牙,将脚一蹬,带了三个徒弟,驾起剑光,破空逃走。

这时金蝉猛觉脚底奇痛,腿上也烫了无数水泡。朱文也觉脚底热痛。便不再追赶敌人,上前与灵云相见。正要细说破潭之事,猛见若兰奔入室中,一会儿工夫,背起一个红衣的人,头上包着一块红布,分不清面目,跑了出来,口中连喊:"姊姊们闪开!"灵云见若兰眼含痛泪,满脸惊惶,忙把路让开,跟上前去。这时福仙潭业已崩裂,火焰飞空,高起有数十丈,照得半山通红。若兰跑向潭边,便把红花姥姥尸身捧起,掷入火内。跪在地下,放声大哭,直哭得力竭声嘶。灵云好容易才将她劝住。若兰道:"妹子从今全仗姊姊照应,如蒙视为骨肉,请改了称呼吧。"灵云见她楚楚可怜,愈加爱惜,点头允了她的要求。将她扶起,又替她拢了拢云鬓,手搀手走了回来。

这时金蝉火毒已发,疼得浑身是汗,满地乱滚。朱文虽然比较轻些,也觉着脚底热痛难耐。见金蝉那般痛苦,想起路上那般殷勤服侍,老大地不忍心,拉着金蝉双手,不住地抚慰。金蝉索性滚入朱文怀中,得了这一种温暖的安慰,虽然脚腿热痛,心头还舒服一些。朱文恐怕若兰走来看见,想叫他起来,又难以出口。正在着急,灵云、若兰已然回转。朱文忙喊道:

"姊姊们快来！蝉弟弟不好了！"灵云闻言大惊，连忙上前问故。朱文便将误踏潭底浮泥，中了热毒，说了一遍。若兰闻言，也不答话，重又跑进石室，取出一瓶药酒道："朱姊姊与蝉弟既然中了火毒，这是先师留与妹子的乌风酒，搽上去就好。"灵云大喜，忙接了过来，先取些敷在金蝉腿上，觉着遍体清凉，金蝉直喊好酒。灵云又将他的草鞋脱下，用酒将肿处搽满，立刻疼消热止。金蝉猛翻身坐起，说道："姊姊快替朱姊姊搽搽吧，她脚上也疼着呢。"灵云才想起忘了朱文，好生不过意，急忙过来与朱文脱鞋。朱文偏偏抵死不肯，一双秀目只望着金蝉。金蝉道："朱姊姊不肯搽药，想是多我一人。偏偏我这时腿上刚好些，不能转动，待我滚下坡去吧。"说罢便滚。朱文见他神态可笑，自己也觉着脚底热疼渐渐厉害，不能久挨，笑对金蝉道："你刚好一些，哪个要你滚？你只把身子转过去，背朝着我便了。"金蝉笑道："我也是前世作了孽，今生偏偏把我变作男身，有这许多避讳。"一面说，将头一拱，一个倒翻筋斗，滚到旁边大树一边，隐藏起来。招得若兰哈哈大笑。灵云也不好说什么，绷着脸来替朱文脱鞋。朱文道："由我自己来吧。"灵云笑道："我们情同骨肉，这一路上还少了服侍你，这会儿又客气起来了。"朱文道："亏你不羞，还做姊姊呢。见我才好一些，就来表功劳了。做妹子的不会忘记姊姊的大恩的啊！"灵云笑道："你忘记我不忘记，当什么紧？"说到这里，朱文不知怎的，竟不愿她再往下说。恰好灵云也就止住，便用话岔开道："不要说了，做妹子的年轻，哪一时一刻不在姊姊保护教训之下哩。无非是见姊姊累了这多天，于心不忍，况且妹子不似日前不能动转，所以不敢劳动姊姊，难道说还怪我么？"灵云这时已帮着朱文将脚上鞋袜脱去，只见她这双脚生得底平指敛，胫跗丰满，皮肤白腻，柔若无骨。近脚尖处紫黑了一片，炙手火热。知道火毒不轻，无暇再和她斗嘴，急忙将药酒与她敷上。朱文觉得脚底下一片清凉，热痛全止，便要穿上鞋袜。灵云劝她："既然药酒见效，索性停一会儿，再搽一次，以收全功。"说罢，又拿了药酒走到金蝉藏身之所，见他将身倚着树根，正在仰天呆想。看见灵云走来，急忙问道："朱姊姊搽了药酒，可好一些么？"灵云正色答道："我们与朱姊姊本是同门，相聚数年，又共过患难，情逾骨肉，彼此亲密，原是常情。你现在年岁不小，不可再像小时候那样随便说笑，以免外人见笑。况且你朱姊姊还有个小性儿，你要是招恼了她，就许一辈子不理你，顶好的兄弟姊妹反倒弄成生疏，多不合适呢。"

金蝉与朱文在黄山、九华相处多年，竹马青梅，两小无猜，又都有些孩子气，时好时恼。自从醉仙崖诛蟒以后，朱文服了肉芝，灵根愈厚，常从餐霞大师口中听出一些语气，知道自己还有许多尘缘，惊心动魄，抱定宗旨，与金蝉疏远。金蝉童心未尽，虽然觉着闷气，还不十分在心。及至他二人成都相见，在碧筠庵、辟邪村两处住了多日，金蝉便常寻朱文去一块玩。起初朱文还狠着心肠，存心不理。金蝉无法，好在同门小弟兄甚多，赌气抛了朱文，与笑和尚、孙南等亲近。朱文也不去理他，双方也就日益地疏远。偏偏这一班小弟兄静极思动，互相约成两组去探慈云寺，无形中又共了一次患难。后来朱文贪功，中了晓月禅师的妖法，金蝉舍生忘死，将她救回。朱文从迷惘中醒来，看见金蝉在旁，情急悲泣，芳心中不由得起了一种感动。偏偏嵩山二老又命灵云姊弟陪她取乌风草，路上承蒙她姊弟尽心爱护，不避污秽，为她受了许多辛苦。他二人感情本来最好，起初生疏原是矫情做作。好些日在患难中朝夕相处，彼此在不知不觉中，心情上起了一种说不出的变化。也并不似世俗儿女，有那燕婉之求，只觉你对我，我对你，都比别人不同似的。因此形迹之间，自然有许多表现。心里头本是干干净净，可是一听旁人语含讥讽，便都像有什么心病似的，羞得满脸通红。

刚才金蝉因朱文示意他回避，便躺在树后，仰天默想，男女之间为何要拘这形迹？又想起前些年与朱文交好，胜似手足，中间忽又疏远起来，天幸这次因她中了妖毒，倒便宜自己得在她面前尽一些心。不晓她病好以后，会不会再和自己疏远？正在胡思乱想，被灵云走来数说了一顿，很觉自己丝毫没有错处，你还不是一样爱护她，偏不许我。虽然这般想法，以为他姊姊说的话太无道理，说得他不服，可是脸上不知怎的，依旧羞起两朵红云，作声不得。只得把眼仰望天上的浮云，顺手折一枝草花，不住在手中揉搓。灵云以为他于心有愧，无话可答，记挂着朱文还要搽药上路，便将药酒与他敷了一遍，又走了回去。若兰已然走开，只朱文一人坐在草地上，低头看着那一双脚出神。灵云远远点了点头，也不说什么，走上前来，二次与她将药酒敷好。

朱文见脚上已然一丝不觉痛苦，恐怕金蝉走来，忙将鞋袜穿着整齐，站起身来。举目往洞后一望,只见福仙潭内火焰高举,上冲云霄,轰隆哗啦之音不绝于耳,看去非常惊心骇目。灵云便问朱文:"若兰往哪里去了?"朱文说道:"她适才好似忘了什么要紧事似的,如飞一般跑进洞中。我问她,她说去去就来,没对我说为什么事。"二人正说到此地,忽听一阵呼呼之声,狂风大起,洞后火焰愈炽,热气逼人。金蝉从树后跑将过来,寻着适才脱的那双草鞋。刚刚穿好,瞥见若兰身上背了一个包裹,满脸通红,从洞内飞身出来,还未到三人跟前,口中大叫道:"姊姊们快驾剑光逃走,这里顷刻就要崩裂了!"言还未了,先自腾身而起。

灵云等三人见若兰那般惶急,不敢怠慢,拾起地下的乌风草,飞身便起。这时脚底已在那里摇动,一转瞬间,轰隆一声巨响过去,接着劈啪劈啪,好似万马奔驰的声音,无量数的大小石块树木往空迸起,满天乱飞。不是三人飞起得快,险些被那碎石打着。三人在空中,见适才站立的那一个山坡,凭空陷成一个无底深坑,一大股青烟由地心笔直往上激射起来,迎着日光,变成一团火云。接着地底喷出数十丈高的烈火,泥石经火化成液体,飞溅滚沫,许多树林溅着火星,烧成一片。那一座红花姥姥所居的洞穴石室,已不知去向。再望福仙潭那边,业已变成一片火海。那未经喷火之处,经过一番大地震后,周围数十里的大小树木,有的连根拔起,有的凭空震动,一座名山胜景,洞天福地,在这一刹那间,竟会变成泥坑火海。无怪乎人世上的崇楼杰阁,容易变成瓦砾荒丘了。

灵云见火势逼人难耐,招呼一声,正等飞身同行。若兰道:"姊姊且慢,还有一点事。"灵云等三人随她回转身来,才看见相距不远,有两个小小的峰头,便随若兰飞身到了峰上。想是天留胜迹,不愿叫它全化灰烬,这样小小一座山峰,竟是岩石幽奇,花明柳媚,居然丝毫没有受着地震山崩的影响。四人到了上面立定,往来路一看,只见数十处烈焰飞空,沙石乱飞,天已变成红色,幸喜还是逆风,大家已是热得遍体汗流。金蝉不耐炎热,正要催大家快走,忽见若兰望着福仙潭跪倒,重又大哭起来。灵云、朱文正要上前劝慰,忽见福仙潭内火焰越来越大,一会儿工夫,腾起一块亩许大的彩云,停留不散。倏地一道红光,往空冲起,红光中一个遍体通红、奇形怪状的赤身女子,由那块彩云笼罩着,直往四人站立的那座山峰飞来。灵云等三人疑是火坑中出来怪物,正要准备放剑。若兰哭道:"姊姊们休要造次,这是我师父啊!"灵云连忙止住朱文、金蝉,跪伏在地。说时迟,那时快,那红光中女子已飞到四人头上,含笑向着下面点了点头。然后电闪星驰,往西南方向飞去,日光底下,依稀看见一点红星,转瞬不见。

若兰看见姥姥已然成道,尸解而去,悲哭了好一会儿。灵云等三人费了若干唇舌,才将她劝住。便邀她同到嵩山见了追云叟,送上乌风草复命之后,再同回九华,引荐到妙一夫人门下。若兰哽咽着说道:"妹子此后一任姊姊们提携照顾,只要不离开姊姊,我全去的。"说时,拉着灵云、朱文的手,越加显得小鸟依人,动人爱怜。灵云便问若兰是否还要回到桂屋走一趟,若兰道:"要紧的东西全在身边,去不去均可。只是那里还有姊姊们的东西呢。"灵云道:"我们也没有什么东西,只有来时,因为文妹病重,张琪兄弟赠的被褥包裹。现在文妹病愈,也用不着那些东西;况且东西已然污秽,也不好还人。既是兰妹不愿回去,就算了吧。"朱文因在姥姥洞中听金蝉说起桂屋中景致,昨日病中不曾领略,想去一看。灵云拗她不过,只好同去。四人到了桂屋一看,那株参天老树业已震断,幸喜桂树不曾被火延烧,桂屋中零星用品遗了一地。若兰忽然看到一个小盒,便拾起揣在身上。朱文便问何物。若兰道:"这便是妹子将这树上所结的桂实制成的香末,本没想带着走,被我回来无心捡着,留在这里白糟践了可惜,将它带到九华,无事时点着玩吧。"

灵云因若兰说起那香,猛想起昨日在涧边,幸而留神身上没有沾着污秽,连日风尘劳顿,且喜事已办完,还添了一个山林闺伴,非常高兴,便想到那温泉中洗一回浴,商量分班去洗。若兰道:"不是姊姊提起,我还忘了呢。那日背朱姊姊去洗澡时,裹她的那一块被单,连同妹子外边披的那一件披风,因为沾了一点污秽,妹子曾把它洗净,晾在石上,忘了去取。妹子在此山过惯了暖和岁月,九华高寒,原用得着;况且那披风又是先师所赐,更不该将它随便丢失。等我去将它取来吧。"说罢,四人一同走到涧边,且喜温泉无恙,只是水越发热了些。商量既妥,还是金蝉在涧上巡风,灵云等三人洗完,再让他洗。这样轮流洗浴完毕,大家上来休息了一会儿,又互把破潭和灵云、若兰遇见飞龙师太师徒的事说了一遍。

原来适才朱文、金蝉双双下潭之时,灵云、若兰在上面看见五彩光华当中,金蝉脚往下一坠,与朱文同时一声惊叫,大吃一惊,几乎飞身下去援救。再定睛用目一看，他二人已是驾起剑光，飞往西南角上，知道不曾失脚，才放了宽心。久闻奇石、神鳄的厉害，正想看个究竟，忽与若兰同时听见红花姥姥呼唤，叫若兰同灵云快去后洞，并说她们站的那块大石就要崩裂。灵云闻言大惊，不放心金蝉、朱文在下面，想要招呼他们。若兰只说无碍，姥姥现在已被敌人包围，危险万分，催她快去。灵云只得半信半疑，随着若兰，二次从石洞中回转原来姥姥洞府。才得现出身来，便听天崩地裂一声巨响，前洞业已塌坍。前面站立一个二尺来高、长得婴儿一般、浑身通红的女人，身上发出十余丈的红光，与昨日林中所遇的飞龙师太及师徒四人苦苦相持。若兰见了大惊，忙喊："姊姊快上前，我师父已被这老贼婆害了。"说罢，几乎哭出声来。灵云早已料到那红色女婴定是姥姥炼的婴儿，不俟若兰说完，肩微动处，一道金光如蛟龙一般飞上前去，抵住来人四道青灰色剑光。那婴儿见灵云上前，急忙往后便走，若兰道："姊姊休放这四个狗男女逃走。妹子送家师回洞，去去就来。"说罢，随那婴儿如飞转回后洞。

那飞龙师太起初以为灵云人单势孤，原未放在心上，谁知一交手，才知来人飞剑竟非寻常可比。本来昨日树林交手，灵云因不知金氏姊弟来历，特意相让。今天听红花姥姥已被她师徒所害，怎肯相容。剑刚发将出去，运用她父母真传，一口混元真气喷将出去。头一个先遇着金燕的剑光，金燕刚觉着来人剑光厉害，重于泰山，知道不好，想要撤回，已来不及，被灵云剑光往下一压，立刻将她真气击散，化为一块顽铁。飞龙师太知道自己三个徒弟绝非来人对手，忙叫金莺、金驼退将下来；一面用自己剑光迎敌，将手从腰中掏出一个葫芦，将在庐山多年修炼的绿云瘴放了出来。这时恰好若兰赶到，将飞剑放出，双战敌人。灵云见飞龙师太放起一团亩许方圆的绿雾，远远便闻见腥臭触鼻，不知破法，不敢造次。先将玉清大师赠的乌云神鲛网放在空中，现出一块亩许方圆的乌云，将她与若兰护住，各将剑光收回。

这时四面俱是地裂山崩，火烟四起。忙问："姥姥进洞可有话说？如今地震山崩，金蝉、朱文有无妨碍？"若兰悲泣道："他二人倒绝无妨碍。老贼婆师徒因取乌风草不成，险些被那毒石所伤，虽然斩了神鳄，只便宜后来的人少了一层阻力，心怀不忿，以为毒石是家师安排，并非天生。知道家师运用元神出窍的当儿，身子不能动转，便去寻她晦气。她用一种极毒的妖法，名叫烈火毛虫，乃万条毛虫所炼，专攻人的七窍，打算立逼家师撤去毒石和潭中云雾。谁知家师早已料就，在她老人家打坐的面前，安排下家师当年得意的法宝五火乾坤罗，以毒攻毒，将她千万条毛虫活活烧死。老贼婆愈加大怒，便同家师拼命，运用她的飞剑，身剑合一，从家师胸前穿过，原想将家师形神一齐刺死。家师原知昔日没有修得外功，三劫只免得一劫，合该在她手内兵解。并且自己婴儿刚能成道，如用飞剑抵敌，散了婴儿真气，非同小可，只得坐以待死。没料想那老贼婆也料到此着，竟朝婴儿致命所在刺去。幸而家师预先拼命将元神遁去，不然岂不遭她毒手，把百余年来功行付于一旦？家师因为婴儿刚刚成形，元气还未十分坚固，不能和她久持，进洞等候姊姊们将老贼婆赶走，由妹子将她火葬，以完三劫。老贼婆所放的妖法，名为绿云瘴，乃山中大蟒的毒涎所炼。家师说姊姊有护身之法，只留神飞剑受污，一会儿就有人来破。"话语未了，忽见外面射进数十丈长的五彩毫光，光到处烟消雾散。原来朱文、金蝉已然破潭回来，用矮叟朱梅的天遁镜，将妖法破去，赶走飞龙师徒。

第五十六回 遇髯仙　奉命返峨眉
　　　　　　　结同门　商量辟仙府

金蝉也将破潭取草的事，从头又细说一遍。灵云见那乌风草长得和莲叶一样，只是没有那般大，茎长二尺，又黑又亮，拿在手中不住地颤动，真是灵药。只可惜那千年何首乌，已被神鳄享受去，不能到手了。

四人谈说一阵，不觉金乌西匿，皓月东升，远望福仙潭火烟突突，依旧往上冒个不住，烘起满天红雾，与那将落山的红日相映成趣，不时听见爆炸之声。灵云急于到衡山复命，便招呼朱文等三人，同时驾起剑光，往空飞起。在空中御剑飞行了不多一会儿，忽听空中一声鹤唳，知是髯仙李元化路过，便迎上前去。见面之后，五人同时落下地来，灵云介绍若兰拜见髯仙。李元化见若兰骨秀神清，虽在旁门，却是一脸正气，满身仙骨，连声夸赞。灵云便说：「承红花姥姥与若兰相助，乌风草业已取到，现在就要往衡山。请问师叔云游何处？」髯仙李元化道：「我就为取此草而来。」原来顽石大师受伤以后，追云叟等便将她护送到了衡山，元元大师即托衡山白雀洞金姥姥代为照料。经追云叟用了不少的丹药，虽然保得性命，却是苦痛丝毫未减，几次打算兵解，都给金姥姥劝住。追云叟计算日期，请髯仙李元化迎上前来，将乌风草取回，并叫灵云等无须回转九华，径往峨眉飞去，便能在路上遇着她母亲妙一夫人荀兰因，见面之后，自有分派。髯仙李元化交代完毕，取了乌风草，回转衡山。不提。

这里灵云等听说路上能与妙一夫人相遇，并且叫他们无须回转九华，不知有何分派，恐怕半路错过，忙驾剑光，由莽苍山经过，往峨眉那一方向飞去。一路留神在空中细看，直到第二日辰牌时分，看见山侧一个小村集，围着一圈子人和十来匹骡马。金蝉眼光尖锐，看那十余个男女，俱是非常年轻,穿着华丽,觉着奇怪,不禁凝神细看。忽见人丛中走出一个道姑,好似母亲妙一夫人。便招呼灵云等,在远处按下剑光,跑进那村去一看,果然是妙一夫人领着十余个少年男女,在那里雇用骡马山轿。金蝉便要上前招呼,妙一夫人忙使眼色止住。灵云等便也装作不识,在旁闲看,不去拜见。一会儿工夫,见妙一夫人雇好骡马山轿,打发这十余个青年男女上路。灵云等见众人当中,有好几个眼含泪珠望着妙一夫人,依依不舍,露出十分感激的神气。也不知这一群人,怎会聚集在这荒山孤村之中,自己母亲偏偏有此闲心替他们去雇骡马。正在胡猜,妙一夫人已将众人分别送走,向村中居民敷衍了两句,作别出村而去。那村中居民看见又来了一男三女,估量又是好买卖上门,便走上前来,对金蝉说道:"小官人同这三位大姑娘,敢莫也是去朝四川峨眉山,在前面上山遇着大蟒,吓得转回来,想雇用车马回家么?我们这里牲口山轿都让适才那十余位香客雇用尽了。离此二十里,还有一个吴场坝,那里牲口很多。如果小官人和三位大姑娘要用,只要多给点钱,我们可以代雇的。"说罢,笑容可掬。金蝉正要问他说些什么,灵云、朱文已猜出妙一夫人定是在何处救了这十余个人,假说是遭难香客来此雇用山轿,送他们回家。见夫人已走,不愿再说废话,便止住金蝉,抢先说道:"我等正想雇用车马,既然被前面香客雇尽,承你指示,我们到吴场坝再雇吧。"说完,不俟那人答言,招呼朱文等三人,跟在妙一夫人后面,直往山中走去。那村人见四人走去,暗怪自己不该说出吴场坝,跑了上门买卖。不提。

灵云等进山不远,追上妙一夫人,便带领若兰一同上前拜见。妙一夫人见若兰根基甚厚,颇为嘉许,当时答应收归门下。若兰大喜,上前恭恭敬敬行了拜师之礼。两下里互谈经过。

妙一夫人将前事说了一遍,便对灵云道:"你父亲现在东海,仗着玄真子相助,将宝炼成,不久便要回归峨眉。后山的白眉和尚业已他去,李宁父女所居的栖云洞,直通潭底的凝碧崖,打算将那里辟出一个别府,做你们一班小弟兄姊妹聚会修道之所。英琼现在途中,你们四人可以迎上前去,与她见面之后,一同回到峨眉,借用半边大师的紫烟锄,将栖云后洞当年白眉和尚封闭的石壁锄倒。下面有百余级石阶,石阶尽处,便转到洞侧深潭中心一块巨石。从巨石缺口处翻将下去,便是一条斜坡,直通凝碧崖。

那里四季长春，到处都是奇花异卉，四外常有飞瀑流泉，终年无雨，最宜于练剑修道。你们到了那里，由灵云率领，朝夕用功，代传若兰、英琼口诀。三个月之后，灵云可去九华，将芝仙移植到峨眉来。日前追云叟派人向我借用九华洞府，我已答应了他，你们无须再回去。到了今年年底，你父回转峨眉，你们那时再听他吩咐。我救的这些青年男女，原同矮叟朱梅约好，将他们分送回家。为免村民大惊小怪，适才我假说他们是附近各县的人家子弟，发愿去峨眉进香，中途在莽苍山被大蟒吓回，替他们将山轿牲口雇好上路。但是我还不甚放心，恐怕他们俱都年幼，未出过门，路上出了差错。好在他们差不多俱在附近云南各县，打算随时暗中护送，等他们回了自己的家再说。英琼还同着一个被难的女子裘芷仙一路，她二人骑着白眉和尚的神雕，那雕如不载人，比你们剑光还要迅速。这一路上颇多异派中人，英琼虽然得着师祖的紫郢剑，但是有一个不会武术的女子同行，恐怕路上难免要遇麻烦。你们不必停留，急速去吧。"说罢，妙一夫人脚一蹬，一道金光，凌空而起。

灵云等四人也驾起剑光，直飞向峨眉一路追赶。灵云正走之间，忽见前面有一柄异派中人放的飞剑，夹着黑烟火光，如飞前进。依了金蝉，便要动手。灵云连忙止住，想看个究竟，便跟在那飞剑后面紧追。金蝉从烟火中看去，隐隐辨出飞剑前面一只飞鸟，上面坐定两个女子，猜是英琼、芷仙二人坐着神雕，被异派中人追赶。正要告诉灵云上前相助，忽见那只大鸟倏地似弩箭脱弦一般，飞向下面山坡落下。因摆脱烟火遮蔽，分外看得清楚，原来是一只大黑雕，背上背着两个年轻女子，便知是英琼无疑。灵云等也都看得清楚。说时迟，那时快，还未容灵云等上前相助，那雕已放下背上两个女子，蓦地冲霄飞入烟火之中。灵云知那异派飞剑颇为厉害，还恐那雕受伤，那雕已将那飞剑用钢爪抓住，飞落下去。再被下面女子剑上发出的十来丈长的紫光一撩，立刻烟消火灭，飞剑变成顽铁，坠落地下。灵云见那女子小小年纪，竟是身轻如燕，发出来的剑光尤为出色，非常欣喜。知道她的敌人决不肯善罢甘休，便招呼众人，远远按落剑光，隐身树林之内，一来想暗中助那两个女子一臂之力，二来看看她的本领。在林中待了一会儿，见那雕向那用剑女子要吃了许多红色果子，忽又冲霄而起，一会儿工夫，抓了一副大梅花鹿角回来。金蝉见那雕如此灵异，只喜欢得打跌。待了一会儿，见敌人无甚动静，急于要问那两个女子是否妙一夫人所说的英琼、芷仙，又见那两个女子要走，再也忍不住，不经灵云同意，首先出了树林。灵云等也只得跟将出来。灵云才要喊那两个女子留步时，忽然狂风大作，飞沙走石，鬼声啾啾，天昏地暗。金蝉慧眼早看见黑暗中一对奇形怪状男女，披头散发，施展妖法而来。朱文见是妖法，早将天遁镜放起十余丈的五色毫光，破了妖法。灵云等已看出妖人站的方向，各将剑光飞起。灵云剑快，首先将那女的当胸刺过。那男的妖人见这些幼年男女个个厉害，只一照面，他的同伴便死了，吓得心惊胆裂，忙借妖法往空中逃走。这里灵云等与那两个女子通问姓名之后，果是妙一夫人所说的李英琼与裘芷仙，俱各心中大喜。

英琼见是同门师姊师兄，喜从天降。双方施礼，又谈了一阵。神雕佛奴也飞了回来，英琼便问妖人可曾抓死。神雕摇了摇头，知道被他逃走。灵云等俱不知那妖人来历，只得罢休。金蝉、若兰见那雕灵慧通神，善解人意，不住上前抚摸它的铁羽。那雕瞪着一双金光四射的眼睛，站在当地，一任二人抚摸，纹丝不动，又神灵，又驯良，爱得二人都恨不能骑上一回，才称心愿。大家谈谈笑笑非常投机，大有相见恨晚之概。英琼、芷仙剑术未成，也不同众人客气，竟自骑上雕背。灵云等四人也都随后升起，紧随那雕前后左右，一齐往峨眉飞去。

那雕两翼飞程，本比剑光还快，只因身上背了两个凡人，禁受不住天风，只得慢慢飞翔。灵云等又愿意同英琼在一起走，故而两下速度如一。金蝉、若兰孩子气比较重，既爱这两个新同门，又爱那雕，时而飞在雕前，时而飞在雕后，不时同英琼、芷仙二人说话。叵耐雕行迅速，扑面天风又急又冲，英琼将头藏在芷仙背后，还能勉强回答；芷仙两手紧攀神雕翅根，被对面天风逼得气都透不过来，哪里还回答得出。偏偏芷仙天生好强，又极爱面子，自从遇救出险以后，总觉自己非女儿之身，无端受尽妖人糟践，羞恨欲死。偏先后遇见英琼、灵云这一班小辈剑侠，大半都是比她年纪还轻，一个个俱都本领高强，飞行绝迹，美若仙人，英姿飒爽。不禁又是羡慕，又是佩服，越想越自惭形秽，远不如人。抱定宗旨，到了峨眉，无论如何都要从他们学些飞行本领，巴不得承颜希旨，得他们一点欢心才好。见若兰、金蝉飞近身旁，问长问短，自己连口也张不开，又怕若兰、金蝉说她大模大样，只好点头微笑，急得浑身俱是冷汗，无计可施。那英琼一旦遇见许多本领高强的同门伴侣，并且可以永久和他们在峨眉一处做伴，再不愁空山寂寞，只喜得心花怒开，洋洋得意。见金蝉、若兰问那神雕来历，便把一个头紧藏在芷仙背后，从李宁得病起，直说到莽苍山月夜斗龙，斩山魈，诛木魅，救马熊，灵猩舍命相从，以至同他们四人见面的情由，滔滔不绝，详细说了下去。

金蝉、若兰听到还有一只神雕，已经把一只善通人性的大猩猩带到峨眉去了，越发觉得好玩高兴。朱文本同灵云并飞，偶尔顺风，听见一鳞半爪，后来也听出趣来，便拉了灵云飞近英琼，听得津津有味。神雕飞在空中，两翼平伸出来，好似两扇小门板一般。朱文知那雕能载重，好在自己深通剑术，不怕坠落，又想挨近英琼听个仔细，便收了剑光，试坐到雕翼上去。那雕见有人加坐在它右翼上面，只回头望了望，又转头望左叫唤了两声。灵云一面飞行，一面笑对朱文道："你坐在神雕翼上，轻重失了平衡，只图你顺便，它可受了罪了。"说时，朱文见那雕并不闪动，坐在上面迎着呼呼天风，平稳非凡，便望金蝉笑着微一点首。金蝉明白她的用意，便把剑光收了，往左翼上坐去。若兰也看出便宜，两人对抢着坐了上去。那雕连头也不回，径自往前飞去。英琼见灵云一人向隅，好生不过意，便用手连招她来骑。灵云近前笑道："尽够神雕受的了。"英琼偏着脸道："我后面还空着许多地方咧，姊姊上来，抱着我坐吧。"连说了几次。灵云不忍拂她意思，想叫雕翼力量平衡，便收了剑光，在英琼身后，近左翼处坐下。那雕不但不嫌重，愈发加快速度，平稳往前飞行。若兰、英琼连喊有趣不置。

六人一雕，一路说一路飞，正在高兴非凡。忽听那雕长鸣一声，倏地一道青光，流星赶月一般，往南方斜射过去。接着对面云堆中，也是一声雕鸣，一只白色大雕横开丈许长的银翼，风驰电掣，摩空飞过，直向那道青光追去。英琼座下的雕往高飞，迎个正着，口中不住长鸣。那白雕闻得同伴鸣声，舍那青光不追，横转双翼，减了速度，挨近黑雕身旁，一同飞行，两下一递一声叫唤着，显得非常亲热。众人见这只白色神雕比黑雕还要大许多，一双红眼，火光四射，浑身银羽，映日生辉，俱各连声夸赞。若兰便问这个白雕是否现在也归英琼所有。英琼还未答应，金蝉满拟白雕也和黑雕一样，不问青红皂白，将身一纵，打算骑了上去。谁知那白雕竟不许金蝉骑，见金蝉飞身上来，倏地空中一个大旋转，竟将金蝉闪脱。若不是金蝉会剑术飞行时，这一失足怕不落在地面化为肉泥。金蝉受了这个失闪，吃了一惊，又羞又气，骂一声扁毛畜生，忙驾剑光，想二次上前将它制服，收为己用。就连朱文、若兰，也都跃跃欲动。幸而灵云年长知事，知道白眉和尚座下神雕厉害非凡，稍次一点剑仙，俱不是它的敌手，适才见它追那青光，本领已可想见，不敢造次。便连忙喝住金蝉不得无礼，众人休要乱动。又对那白雕说道："舍弟年幼无知，我到了峨眉，自会责罚于他，仙禽休怪。"那白雕闻言，也长鸣示意。灵云忙将金蝉唤上雕背，不住地埋怨。金蝉本不甘服，怎奈适才路遇妙一夫人再三嘱咐，无论何人，俱须听从灵云之命。又加上金蝉要跟灵云学那屡次想学、灵云吝而不教的一套练剑的口诀，只得坐上雕背，干生闷气。这时英琼的话也逐渐说完，当下几个人倒清静起来。六人二雕，直飞到天黑，才到了峨眉后山降下。

这时候已是星月交辉，天已二更向尽。众人下了雕背。那大猩猩早在洞门口徘徊瞻望，看见主人同了几个嘉客骑雕飞来，欢喜非凡，迎上前去，跑前跳后。英琼便问："你早被它抱回来么？"那猩猩横骨已化，能学人言，便学着答道："回来么？"英琼大喜。金蝉便道："你说那猩猩，是否就是它？怎么大得吓人？"英琼道："你光说它大，它的心性却灵巧着哩！"说罢，黑雕陪着白雕，自在外头盘旋，英琼便自揖客进洞。猩猩猜知主人之意，先抢到前面，把洞口封的大石推开。英琼笑道："这东西真灵，不然我只顾让客，还忘了开洞呢。"灵云道："俱是一家人，无须客气。我们这里地理不熟，还是你先进去领路吧。"英琼闻言，便同了猩猩前行，先取出一盏油灯点上，然后邀众人坐定。忙放下背上包裹，跑到洞后，取了四个腊鹿腿出来，说道："姊姊哥哥们先坐一会儿，我去喂喂那金眼师兄同它的朋友，就回来的。"说罢，匆匆往洞外就走。若兰、金蝉、朱文都想去看一看，拉了灵云往洞外便走。芷仙在雕背上坐了这一天，头晕腿酸，周身如同散了一样，看见洞中有一个石床，再也支持不住，恨不得躺一会儿才好。灵云见她累得可怜，叫她不要劳动，躺下养养神的好。说罢，便随众人出洞。芷仙猛见床侧石桌上有一封信，写"英琼妹亲拆"，知是英琼的信，便取来藏在身畔，一倒身睡在石床之上歇息，不多一会儿，竟自睡着。

灵云同众人出洞,见英琼正喂那黑雕,爪喙齐施,风卷残云般在吃那鹿腿。白雕站在地下,只是不动,也不去吃。金蝉虽是恨那白雕,适才在空中不让他骑,可是心里头还是非常之爱,见它不吃,便随意举了一只鹿腿去喂。那白雕把头一偏,连忙跳开。金蝉不舍,赶得白雕乱蹦乱躲。灵云怕金蝉把白雕逗急,急忙止住金蝉道:"白仙禽业已成道,想必不食人间烟火了,你强它做甚?可惜晚上无处去采果子,不然着猩猩去采些果子来,或者仙禽肯吃,也未可知。"一句话把英琼提醒,才想起自己包裹中还有九个朱果,同一些黄精、松子之类。见两个神雕又在长鸣,恐怕飞走,急忙回身进洞。见芷仙已自睡着,扯了一床被与她盖上。打开包裹,取了些黄精、松子同四个朱果,走将出来,对白雕说道:"我知你是吃素。这个朱果乃是仙果,我听我师父说,吃了可以延年轻身。可惜一路被我糟掉了不少,如今只剩下九个。我打算请你吃两个,给我爹爹带两个去,余下的五个我留在洞中待客了。"那白雕闻言,果然毫不客气走近前来,将两个朱果吃了,长鸣一声,点了点头,好似道谢的意思。接着伸出一只钢爪,英琼便将两个朱果递在它的爪中。这白雕抓了朱果,一个回旋,往空便起。黑雕佛奴也随着飞起,月光下一白一黑两个影子,转眼不见。金蝉、若兰忙问英琼:"二雕可要飞回?"英琼道:"那黑的,我叫它金眼师兄,它名字叫佛奴,白眉师祖业已赐与了我。白的是师祖座下仙禽,这次是送它同伴回来,不会在此停留的。"金蝉不住口地直喊可惜。果然不多一会儿,黑雕飞回。

英琼二次揖客进洞,坐定后,便取出那五个朱果,递给每人一个。说道:"裘姊姊业已吃过几个了,这一个留给余姊姊吧。早知此果是个仙果,不易得到,我先前也不把它猪八戒吃人参果,当饭吃了。"众人闻言,哈哈大笑。因适才听英琼在雕背上说过,知是仙果,大家慢慢咀嚼,果然甘香无比,食后犹有余甘。灵云细看这洞,有好几间石室,石床、石几、石灶样样俱全。洞外风景也甚清幽。只不知洞底凝碧崖风景如何,且待明早再去开辟。这时在灯光下,重新细看英琼,真是一身的仙风道骨,神采清爽,目如寒星,光彩照人。暗想:"她并未入门,却比那修炼多年的人,看去功行还要深厚。与若兰一比,真似一瑜一亮,难定高下。母亲说她生具异禀,果然不差。"

第五十七回

抱不平　余英男神针御寇
寻仇隙　魏枫娘飞剑伤人

大家正说得高兴，忽听芷仙在床上大叫道："姊姊们千万提携我这苦命妹子呀！"众人知她梦中呓语，境由心生，俱都可怜她的遭遇。尤其灵云，自从遇见芷仙，便觉她性情温和，英华内敛，谈吐从容，动人怜爱，不由得点了点头。英琼在这空山古洞之中，寂寞惯了的人，一旦涉远山川，迭经奇险，死里逃生回来，得了许多飞行绝迹、本领高强、同自己差不多的剑仙，来常共晨夕，喜欢得不知如何才好。一会儿指挥猩猩帮着她打扫床榻，一会儿又去烧锅煮水弄饭弄菜，把过年时在城内买的那些年货俱搬出来，请大家食用，又把四壁宫灯点起，忙了个不亦乐乎。逗得若兰、金蝉高了兴，也帮她忙进忙出。中间还夹着一个大猩猩蹦前蹦后，显得四壁辉煌，人影幢幢，满洞生春，笑语喧哗，非常热闹。灵云、朱文虽然断绝烟火，但是也还不禁饮食，禁不住英琼劝客情殷，每样都用了些。英琼又去看了看芷仙，见她睡得正香，知道她多少夜不得好睡，昨晚熬了一夜，路上受了许多辛苦颠连，便不去唤她，只与她留下些吃的，灶中添上火，准备她醒来食用。自己仍同大家围坐，计议明早用紫烟锄去掘开通往凝碧崖的后洞。

英琼又把同余英男交好之事说了一遍。灵云道："她就是寒琼仙子广明师太和女韦护广慧师太的徒弟么？自从那广明师太误收了神手比丘魏枫娘做徒弟，把平生本领不惜尽心传授。谁知那魏枫娘在新疆博克山十年冰雪寒风中，将广明大师独创的天山派法术学成以后，假说奉了师命，到西南各省收罗弟子，光大门户，其实却是仗着本领，到处淫恶不法。又收了西川的黄骍、薛萍、钱青选、伊红樱、公孙武、厉吼、仵人龙、邱舲等男女八魔做徒弟，愈加胡作非为起来。气得广明师太从新疆博克大坂赶到四川寻她时，被她约来西藏魔教中一个惯使妖法害人，名叫布鲁音加的番僧，埋伏在她的巢穴之中，假说请师父去赔罪悔过，由那妖僧暗中用乌鸦刺，废了广明师太左臂，还算见机尚早，得逃性命。广明师太逃出来后，因为她素来好胜，吃了徒弟的亏，虽然恨在心里，却不好意思寻人报仇，反倒避在一旁，装聋作哑。那魏枫娘见师父都不敢管她，越加无恶不作。去年被家母同餐霞大师在成都城外将她杀死，八魔才害怕，躲往青螺山敛迹，轻易不敢出头。事后广明师太写信来道谢家母同餐霞大师替她清理门户，并说她因误中孽徒暗放毒刺，不久便要圆寂，又说她还有两个徒弟，甚是不才，只有一个徒弟很好，名叫余英男，可惜不是空门中人，现在她师弟广慧门下，请家母同餐霞大师便中照应等语，想必就是此人了。"

英琼道："她只说幼遭孤露，五六岁被恶婶赶将出来，倒在大雪之中，醒来已在一个山洞内，旁边还生着火，面前站定两个尼姑，一个年纪较长的，先收她做了徒弟。不多几天，那年纪较轻的，忽然要告别回山，行时对年长的说道：'此女资质甚好，师兄莫再把她误了啊！'那年长的闻言，叹了口气说道：'你既如此说，你就把她带了走；我救她一场，算是我记名徒弟。'说完，便叫英男重又拜师。英男拜罢刚站起身来，那年轻的便解开僧袍，将她抱在怀内。她觉着有些气闷，还未说出，忽觉身上寒冷。偷偷用小手拉开袍缝一看，只见下面尽是白雪云雾从脚下飞过。她虽然年幼，已猜出这两个师父都不是凡人，又喜欢，又害怕。如是过了好半天，才落到一个山上。她新认的师父已觉察出她在半空中往下偷看，笑对她道：'你看在云雾中奔驰，好玩么？'她也是福至心灵，当时便跪下求救。她师父道：'早呢，早呢。你先认的那个师父，名叫广明。我叫广慧，是她的师弟。我俩都不是教你的人。不过你同我二人有缘，所以被我二人将你援救到此。你要从我两人学本领，便会走入旁门，反误了你。不如等你机缘到时，再说吧。'当时英男同她师父还不大熟，又是小孩子，见师父不允，也就罢了。后来英男年长一些，屡次跟她师父出门，飞来飞去，仗着她师父非常疼爱，便执意要学。她师父被她磨不过，才教她坐功练气，及许多轻身击剑之法。又过了几年，她见她师父能在二三十里外飞剑取人首级，又打得一手好梅花针，她又磨着要学。她师父道：'我教你打坐驭气，便是学飞剑的根底,那是从峨眉派一个好朋友处问来的,与我的飞剑不同。我的飞剑实是旁门,因为克欲功夫不纯,你的资质太好,反误了你。'执意不教。她又要学那梅花针,她师父道:'你这孩子,真是见一样,要学一样。这原是我一个救急防身的东西,你既一定要学,好在于你现时用的内功并无妨碍,就教与你吧。'

"英男学成梅花针以后,在四五年前,她随广慧师太在西川路上,遇见一伙强人,劫一个镖客的镖。那强人劫了镖,还要将保镖的人众杀死。英男好生不服,便请她师父上前打抱不平。她师父道:'你不要忙,自有人出头的。这些强人,还是自家人呢。'说罢,果然看见路旁纵出一个壮士,先替那镖客求情,那伙强人不允,动起手来。那壮士武功虽好,怎耐强人太多,堪堪寡不敌众。英男气恨不过,在暗中对那伙强人放了一把梅花针,那伙强人才败了下去。她师父见她放针出去,急忙带了她回到山上,埋怨道:'你怎么爱闯祸,你看那壮士虽然不能抵敌,那旁边树林内还隐着一个能人呢,何苦我们结怨做甚?'说罢,便对英男道:'三五日内,如有人来问我,便说我病了十来天,好多日不曾下山。不论来人怎样无礼,不可轻举妄动,以免再生事端。那来人不久便有人收拾她,她虽万恶,何苦我们自残呢?'果然到了半夜,广慧师太忽然真病起来。倒把英男急得要死,日夜衣不解带地服侍。到了第三天,果然来了一个女子,直闯进来,首先看见英男,便冷笑道:'我听说我那老不死的师父在雪堆中救出一个女花子,想必就是你么?'英男年轻气盛,见那人盛气汹汹,刚要质问她为何出口伤人,广慧师太已在里面呻吟唤道:'外面是哪位道友来了?恕我病中懒于行动,请进来吧。'那女子闻言,又冷笑一声,闯进室内。英男在外偷听,只听广慧师太与来的女子辩论了好半天。那女子一口咬定,各派剑仙中,使用这一种梅花针的,只有她师父同广慧师太,现在真凭实据在此,如何不认?口气非常强硬,咄咄逼人。广慧师太却说自己因误食山中药草,已病倒十来天,声音非常低弱,好似病势越发沉重。英男心如刀割,刚走进房,广慧师太忙对她使眼色,只得重又退出。那女子争论了一阵,半信半疑,说是还要去查访放针人下落,并要用飞剑去杀那壮士。出来时,一眼看见英男,眼中闪出凶光,硬要英男送她出洞。英男刚要倔强,又听广慧师太在内说道:'你这贱丫头,来了几年,连什么也没学会,枉自生了一副聪明面孔。你师姊叫你送她,你也不肯,你就那样懒么?'英男上山以来,从未受过师父责骂,一闻此言,猜是病人肝火太旺,不好不依,只得忍气吞声,送那女子出洞。那女子走了不几步,忽然回头叫道:'你这小鬼丫头!这事定是你偷偷干的吧?'说罢,手扬处,便有两道青光飞来。英男见那女子下毒手施放飞剑,吓得往房内飞跑,连喊师父救命。刚刚跑到病榻之前,广慧师太一伸手,便把她揽在怀里,只说:'你师姊吓你的,不要害怕。'英男等了半晌,不见动静。广慧师太忽然站起说道:'这个业障,真正可杀不可留了!'

"英男再看广慧师太,面容依旧红润,哪有什么病容。身后青白光已不知去向,还疑是来人飞剑已被师父收去,好生奇怪。正想问时,广慧师太道:'来的那女子,名叫神手比丘魏枫娘,是我师兄广明师太以前的得意门徒。那中梅花针的强人,便是她手下党羽。我知道你闯了那祸,她一定看出梅花针是我独门传授,要寻我们的晦气,故此才将真气内敛,装病哄她。不想由此倒看出你一番孝道,越发令我欢喜。她进门时,本不信我的话,反因你一脸愁苦之容,错疑我生病,才相信我果不曾下山。又见你一身仙骨,满脸英姿,以为你已将我剑术同梅花针学成,私自下山,抱打不平,才逼你送她,放出飞剑,试你一试。你如果已会飞剑,势必也放剑抵敌。她已尽得我师兄所传,漫说是你,我也不好对付。我不想因不愿你学旁门剑术,不曾传授,你自然不会,无法抵敌,逃了进来。她这人虽万恶,却从不肯亲手杀一个无能力抵抗的人,因此才未下毒手。反越加相信我师徒果然不曾离山,收了剑光,又寻旁人晦气去了。这贱婢如此骄横,目无长上,恶贯已盈,不久便遭惨劫。我师徒也犯不着怄气,由她将来自作自受吧。'

"英男姊姊因了这一次小风波,练剑之心越急,日夜运用内功。叵耐广慧师太到如今,也未把飞剑口诀传授给她。在我离开峨眉之前,常同她见面,承她教给我许多打坐刺剑之法,有好些颇与仙师妙一夫人所传相似。她并说不久便要搬来与我同住。等我明日陪着诸位姊姊哥哥,把凝碧崖这条道路打开,再去接她来同住吧。"

灵云闻言,也甚赞同。

自己师兄妹,头一次聚在一处畅谈,大家越谈越起劲,一个也不去做功夫，也不去安歇，一直谈到天明。床上芷仙睡了一夜，业已醒转，见洞口透进来的曙光，还疑是月色。见众人俱在围坐畅谈，急忙翻身坐起道："诸位姊姊，天到什么时候了，怎么还未去睡？"若兰道："天都亮了，你还睡呢。我们昨晚畅谈了一夜，谁也舍不得走开，偏你一人好睡。"芷仙听说天明，急忙爬下床，说道："我昨日也不知怎会那样困法，原想倒下去稍歇一歇，竟会睡得那样死法。可是诸位姊姊也都受过好多日辛苦，倒一丝也不困，真可算得龙马精神了。"英琼道："你哪里知道，漫说姊姊们剑术已成，就连我不过稍微懂得一些坐功，常时三五晚不睡，也不当要紧，这有什么稀奇？"说罢，见众人不会再睡，一会儿便要去开辟凝碧崖通道，兴冲冲跑到后面去烧水煮粥去了。那猩猩睡伏在石桌旁边，见主人入内，便也跟了进去，帮着烧火打水。一会儿工夫，先将水烧好，取出与大家盥洗。若兰、金蝉觉着好玩，便也跟进去帮英琼动手。芷仙更是连脸都不洗，先替英琼将杯箸等类摆好。

大家忙了一阵，英琼将粥煮好，切了一盘腊味，又取了一大盘咸菜捧将出来。金蝉、若兰最爱吃那腊味，赞不绝口。朱文笑对金蝉道："九华虽然清苦，辟邪村玉清大师颇预备许多荤素吃食，我不信这一趟莽苍山，会把你变成一个馋痨鬼。今天才到李师妹家中第二天，也不怕人家笑话。"说罢，抿着嘴，用两个指头在脸上刮。金蝉见朱文羞着笑他，便也反唇相讥道："朱姊姊你还不是不住口地吃鹿肉，还说我呢。当心把神雕的粮食吃完，神雕不依吧。"朱文正要还言，英琼见二人斗口，忙道："朱姊姊、金哥哥爱吃腊味，我还多着呢。即使吃完，只要叫我金眼师兄出去几趟，便能捉得好几个回来。我们都跟亲手足一样，谁还笑话不成？"朱文冷笑道："我不过见他吃得野相，好意劝他几句，他反倒来说我。这类烟火食，我一年也难得吃上两回，因见李姊姊劝客情殷，又加上头一次吃鹿肉，觉得新鲜，才拿两片撕着就稀饭。谁似他狼吞虎咽的，这一大盘倒被他吃了一多半。为好劝他两句，还反说人吃不停嘴，吃你的么？"金蝉见朱文娇嗔满面，便低下头只顾吃，不再言语。

灵云是一向看他二人拌嘴惯了的，也不去答理。见人家都吃得津津有味，便也取了筷子夹一片慢慢咀嚼，那一股熏腊之味竟是越吃越香。笑对金蝉道："无怪你们争吃，果然这鹿肉很香。英琼妹子小小年纪，独处深山，居然布置得井井有条，什么饮食设备样样俱全。与若兰妹子一样，都是那么能干，叫人见了又可爱又可敬。要像这种殷勤待客，怕不宾至如归，把山洞都挤破了么？"若兰见朱文、金蝉拌嘴，在旁边也不答言，只顾吃。这会儿听灵云赞她能干，便笑道："姊姊怎么也夸奖起我来？我哪一点比得上诸位姊姊？不过平日仗着先师疼爱，享享现成的罢了。"

这时朱文停箸不食，坐在那里干生气。金蝉不时用眼看着朱文，想说什么，又不好说出似的。英琼惦记着那只神雕，匆匆在后面取了两只鹿腿，出洞喂雕去了。芷仙怕他二人闹僵，看他二人神气，知道金蝉业已软化，容易打发，便劝朱文道："姊姊不要生气，招呼凉了，不受吃。"还要往下说时，灵云忙拦道："我们休要劝他们，他二人是这样惯了的。"朱文误会灵云偏袒金蝉，本想说两句，猛想起灵云患难中相待之德，不便出口，越发迁怒金蝉，假装看雕，立起身来，独自行出洞去。金蝉见朱文出洞，知她心中不快，讪讪地立起身来，也跟了出去。若兰天真烂漫，还不曾觉察。芷仙年岁较长，见他二人这般情况，已然看出他二人情感与众不同。暗想："原来剑仙中人，一样也有男女之爱。"不由想起自己的未婚夫婿罗鹭来，好生伤感。灵云见芷仙竟自发呆，便劝慰她道："姊姊有何心事，这样愁闷？何妨说将出来，我们多少也可替你尽点小力。"芷仙道："妹子自遭大难，万念皆灰，恨不如死。多蒙恩师救援，得同诸位神仙姊姊长聚一处，真是平生之幸。不过妹子天生薄质，生恐学道不成，有负恩师同诸位姊姊一番厚意罢了，哪里有什么心事？"灵云见芷仙不说，便也不去强她。

这时若兰业已吃完，便对灵云道："天已不早，我去将师兄同二位师姊请回来，商量开辟凝碧崖吧。"说罢，跑出洞去一看，只见英琼一人站在崖边凝望，便问朱文、金蝉二人去向。英琼道："我想叫金眼师兄去请英男姊姊，在这里等它回来。适才朱姊姊出来，同我说了几句话，见师兄出来，便带了猩猩往崖后走去，师兄跑在后面，想是到崖后采梅花去了。"

第五十八回　轻嗔薄怒　同摘梅花
　　　　　　　慧质仙根　共寻碧涧

　　若兰猛想起适才二人吃鹿肉拌嘴情形，猜是金蝉与朱文赔礼，不及还言，照英琼指的方向便走。才将身转到崖后，便听朱文笑语之声，忙把身掩在一旁偷听。只听朱文笑道："该死的！花未采着，倒撒了我一头的花瓣。那边那边，我要那西北角上斜出来的那一个横枝。谁要这么大的，拿回家去当柴火烧么？"若兰猛闻一股幽香袭来，定睛往前面一看，原来崖侧生着一株大梅花树，开得十分繁茂。朱文站在当地指说，金蝉同猩猩分据在梅树枝上。一会儿工夫，金蝉照朱文所要的小横枝采了下来，那猩猩却采了五六尺长的一根大枝。金蝉、猩猩下地以后，把梅花都去递与朱文。朱文似嗔似喜地看了金蝉一眼道："你采来了，我偏不要你的。"说罢，接过猩猩手中那枝长梅，回身就要走去。那猩猩非常淘气，也学着人言，对金蝉道："偏不要你的。"恼得金蝉怒起，上前举拳便打。吓得那猩猩连蹿带纵，飞一般跳下山崖，无影无踪。金蝉便向朱文赔话道："你还跟我生气么？下次我再不和你犟嘴了。"朱文站在那里，只是不理。金蝉仍是不住地说好话，定要朱文接他采的那枝梅花。朱文被他纠缠不过，正要伸手去接，若兰差点要笑出来，连忙忍住，高声说道："天都不早了，你们还采梅花玩，大师姊她们叫回去开辟凝碧崖呢。"

　　朱文见若兰忽然现身出来，不禁脸上一红，不再理会金蝉，回身便走。金蝉无法，只得同若兰跟在后面。刚走到洞口，众人俱在那里，神雕业已飞回，英男并未接来。英琼手中拿着一件白色半臂，正和灵云、芷仙讲说，三人不由凑上前去。只听英琼说道："适才我因想念英男姊姊，打算叫金眼师兄将她背来，与我们一同开辟凝碧崖。不想金眼师兄回来，只带了她穿的这一件半臂,问它英男姊姊可在家中,它只摇头。难道她又随她师父出门去了么?"灵云道:"神雕飞回,想必英男不在庵中。不过这半臂又是何人与它带来?是何用意?这倒叫人难解呢。"正说到这里,神雕忽用它的钢喙,把英琼衣角拉了几下,又朝解脱坡那边长鸣了两声。英琼对众人道:"我同金眼师兄处的日子不少,它的举动十九我能猜出,这会儿它要我到解脱坡去。莫非英男姊姊生了大病,没人照看,故而将她穿的半臂与我带来,叫我前去看她么?"话刚说完,神雕又叫了两声,不住地摇头,英琼好生不解。朱文道:"这有何难,反正解脱坡离此不远,我们何须为此小事只管商量不决?我看天已不早,请大师姊领着众人开辟凝碧崖,我代英琼妹妹到解脱坡去看上一看,如果有病,我这里还剩有嵩山二老赐的丹药,与她吃上两粒,将她背到此间便了。"英琼闻言大喜,便将解脱坡方向说与朱文,就请朱文骑雕前去。那雕不待英琼吩咐,便自挨近朱文身旁蹲下。朱文越加高兴,骑上雕背,一个回翔,便已冲霄飞起。

这里众人急于开辟凝碧崖,大家一路说笑,回身往洞内便走。刚走到洞门跟前,英琼忽然回头,"咦"的一声。灵云问是何故。英琼道:"那解脱坡原离此地不远,那神雕为何到了那里不往下落,反朝西南方飞去,是何缘故?"灵云道:"我看那神雕在白眉禅师那里听经多年,非普通仙禽可比。看它背着文妹去的神气,此中必有缘故。此雕业已通神,文妹又非弱者,等她少时回来,必有分晓。我们还是办我们的事吧。"

说罢,英琼在前领路,灵云等随在后面,按照妙一夫人指定的方向进去。原来是半间石室,尽头处石壁非常坚固。估量地点已对,便由若兰取出紫烟锄,向那石壁上面打去。立刻紫光闪闪,满洞烟云,大的石块随着飞迸。不消十几下,已将这数尺的石壁锄了一个六七尺长、二尺来宽的石门,尽可容一个人出入。灵云便止住若兰且慢动手,先纵身进去一看。原来这里昔日是后洞门户,那块石壁是从别处移来封闭的。洞内只有两丈多的面积,还是个斜坡,下临绝巘,旁边便是那万丈深潭,云雾弥漫,看不见底。地洞中一块丈许方圆、三四尺厚的大石盖在上面,四围俱是符咒,知道下面便是通凝碧崖的捷径。若兰纵身进来,站好方向,往那石上便锄。锄下去后,金光闪闪,那石还是纹丝不动,任你半边大师镇山之宝,也是无效。灵云见那紫烟锄竟然无功,知道是白眉和尚的佛法,连忙止住若兰,率领大家跪倒，默祝了一番。祝罢起身，眼前一道金光亮处，石上符咒竟然不见踪迹。便再次命若兰动手，这次锄才下去，那块大石居然应手而碎。灵云、英琼也同时拔出剑来动手，不消一顿饭光景，将那块大石击成粉碎，现出一个石洞。若兰顺便用锄将那石洞中碎石拨开。灵云见下面黑洞洞的，便道："此洞定是通那凝碧崖的捷径。偏偏文妹又到解脱坡去了，下面黑洞洞的不知深浅。只索等她回来，用天遁镜照着下去吧。"若兰猛想到金蝉是一双慧眼，能在黑暗中看物，可以领着大家下去。回头一望，竟然不在面前。原来适才朱文骑雕走时，金蝉本想跟去玩玩，还可借此与朱文赔话，因怕姊姊拦阻，特意走在众人后面。灵云等因急于开辟凝碧崖，不曾注意到他。他见众人进洞，早抽身追赶朱文去了。灵云发现金蝉不在跟前，猜是追赶朱文，他二人俱不在此，无法下去，只得等他二人回来再说。

谁知等了两个时辰，朱文、金蝉才得回转，见了英琼说道："你说的那个余英男，大概被人抢了去了。"英琼闻言大惊，忙问究竟。朱文道："我骑上雕之后，直过了峨眉山六七百里，还不曾往下降落，我觉着非常奇怪。神雕不时回头朝我长鸣示意，飞得比我们驾的剑光还快，又飞出去好几百里，落到一个不知名的大山中。下了雕背走不远，看见一座洞府，洞门紧闭，四外风景好极了。我正在那里想主意，神雕忽然跑将过来蹲下，那意思要我骑上。我先疑心它飞累了，下来歇一歇力，再往前飞。谁想我二次骑了上去，它就往回路飞来。不多一会儿便遇见蝉弟赶来，一同骑上雕背，这才飞到你所说的那个解脱庵中落下。看见一个年老佛婆，满面愁苦，在那里念经，见我们从天飞下，非常害怕。我对她说明来意，她才说她本是广明师太用人，后来又跟随广慧师太。广慧师太五日前在本庵坐化，由英男同她将广慧师太埋葬以后，英男便说师父遗命，叫她到峨眉后山投奔英琼姊姊。她也知你出外未归，每日俱要到后山去看你回来不曾。到第三天上，忽然来了一个姓阴的道姑，说是与她有缘，硬要收她做徒弟。英男执意不肯，偏偏那道姑法术非常厉害，不由英男不从，只得勉强拜她为师。那道姑便要带英男到一个山上去修道，英男老想拖延，等你回来见上一面，费了许多唇舌，那道姑才容她再待两日。她恐你回来寻她不着，特到后山来与你留下一信。今天早上，那道姑便把她带走了。去的时节，她将庙中一切都送与了那老佛婆。又再三嘱咐，她走后如果有一个姓李的小姑娘来，便把以上情形对她详细说明,要紧要紧。那老佛婆把我错当做了你,才把这许多情形对我说。我问她那道姑什么模样神气,那老佛婆上了几岁年纪,说得不十分清楚。听她语气,那道姑绝非好人,英男定是被逼无法,被人强抢了去。那神雕领我去的所在,想必便是那道姑的巢穴,也未可知。"

  芷仙闻言,忽然想起昨日进洞时,曾在石桌上捡起一封信,上写"琼妹亲拆"。彼时英琼出洞喂雕去了,自己因见人多,好意替英琼收好,不知怎的,一倒头睡着,便把此事忘却。听朱文所说情形,英男昨晚尚在庙内,今早才被那道姑逼走,岂不是自己误了人家?不由又羞又急,又不好意思直说出来。正在为难,忽听英琼着急说道:"那老佛婆既说英男姊姊走前曾到我洞中留信,如何我们都没有看见呢?"芷仙知道英琼与英男交厚非常,不便再为隐瞒,好在自己是一个无心之失,忙接口道:"昨日我进洞时,曾看见石榻旁边有一封信,也未看清上面写的什么,因彼时身子困倦已极,被我随手塞在床褥底下,也不知是与不是?"英琼闻言,无暇与芷仙答话,急忙奔至榻前,将信取出一看,果然是英男亲笔。信中大意说:英男前十天到后山来寻她,见洞门紧闭,以为她在左近闲游,寻了一遍,不见踪迹。起初还疑心她骑雕出游,后来接连来了数次,最后一次将洞中石头搬开,看见留的信,才知她被赤城子接引到昆仑派女剑仙阴素棠那里,神雕佛奴已于事前飞去。她想了一阵无法,只得回去把前事告诉广慧师太。广慧师太听说她被阴素棠接去,大为惊异,说那阴素棠现时已经脱离了昆仑派,如果被她接去,恐不会有好结果,并说自己后日就要圆寂,原想叫英男到后山与她同住,不想中途出了差错,好生替英男发愁。英男既担心好友,又见恩师就要永诀,心中悲伤已极,无法可想,自己每日守着广慧师太哭泣。过了两天,广慧师太果然坐化。那老佛婆原是当年西川路上有名的女飞贼铁爪无敌唐家婆,因为行劫一家大户人家,被广慧师太收伏,从此洗手皈依,跟随广慧师太已十多年,本极为忠心。英男同唐家婆将广慧师太埋葬后,又到后山来看英琼回来没有。英男的意思,以为英琼纵使暂不回来,神雕佛奴总要回来的。倘若遇见神雕,便请它将自己背到白眉禅师那里,问一问白眉禅师:如果那阴素棠是个好人,自己便设法寻了去,与英琼一齐拜在她的门下;假使阴素棠是个坏人,也好求白眉禅师搭救英琼,仍回峨眉同住,谁知来了几次,均未遇见。第三天上,又到后山,忽然遇见一个中年女道姑，自称她是女剑仙阴素棠，当时就叫英男随她回去。后来问明来意，才知她请赤城子接引英琼，路过莽苍山，遇见仇人史南溪，受了重伤。幸而遇见嵩山二老中的矮叟朱梅，给了几粒夺神丹，才得保住性命，养息了些日，回转枣花崖，请人报仇。阴素棠听说她所要收归门下的李英琼，遗落在莽苍山中一个破庙之内，因史南溪与烈火祖师不是一时能寻得到的，先放下报仇之事，急忙驾起剑光，沿途寻找英琼，并无踪影。猜她已从原路回转峨眉，故跟踪到此，英琼却并未回家。巧遇英男，见她根骨甚厚，便要收她为徒。英男听说英琼在半路上孤身遗落，因听师父说过阴素棠不是好人，见英琼未被她网罗了去，不禁心喜。但是听阴素棠说英琼孤身一人在荒山破庙之内，并且已寻不见踪迹，又非常担忧。加上那阴素棠见寻英琼不着，执意要带她走，又害怕，又不愿意。后来阴素棠用飞剑相逼，英男被迫无奈，再三哀告，假说亡师后事未了，请容她再在解脱庵中住上几日，再随着她同去，费尽许多唇舌。英男的嘴本甜，一套花言巧语，居然将阴素棠哄信，但是却不准她多延，只能再等两天。英男无法，只得应允。她的原意，只因英琼信上说神雕只去十几日回来，想挨到神雕回来，骑了逃走。又假对阴素棠说，她与英琼情同骨肉，起初所以不愿随她同去，是因舍不得英琼。求阴素棠允许她这两日内常到后山，探望英琼回来不曾，如果回来，与她一同拜师，岂不是好？这几句话，果然大合阴素棠心愿，知道英男不会飞剑，不愁她逃走；又见英男一脸小孩子气，谈吐真诚，便答应了她。英男背着阴素棠，偷偷写了这封长信，留与英琼，托英琼回来，千万请神雕到枣花崖阴素棠那里将她背回，再一同逃到白眉禅师处安身等语。

英琼看完这一封信，一阵心酸，几乎流下泪来，当下便请灵云等设法去救英男，灵云道："我看阴素棠既然这样爱惜人才，英男在她那里绝无凶险。我们不愿她归入旁门，去接她回来，自是正理。不过也用不着忙在这一时，等到将凝碧崖开辟出来，再从长计议如何？"大家闻言，俱都赞同。英琼虽然性急，也只得任凭灵云调度。当下重又进石洞，灵云先命朱文、金蝉二人持着天遁宝镜前导。初下去时，那洞只容一人出入，加上适才坠下去的碎石碍路，顶又不高，只得鱼贯俯身而行。及至走下去有数十丈远近，忽然觉着空气新鲜起来。灵云忙叫朱文收起宝镜。果然看见透出一片光亮,和早上出来的曙光一样。便往那有光所在走了下去,绕了几个弯子,竟是越走前面越亮。及至走到尽头,原来已出洞口,面前是一座峭壁。那洞口上下半截,平伸出去,上面只露出宽约数尺的一个孔洞,四外一无所有。朝上一望,只见云雾弥漫,伸手可接,看不见青天,也不知离上面有多高。再走到崖侧,往下一望,下面也是层云隔断,看不见底。若兰失声笑道:"这里就是凝碧崖么?外头上不见天,下不见地,洞内又是这样黑洞洞的,我们又不是要逃走避难,好端端地跑到这里来居住,有什么意思呢?"

话语未了,金蝉忽然狂呼道:"在这里了!"原来众人起初以为妙一夫人既说凝碧崖是白眉和尚禅悦之所,又叫连九华都不要回去,只在此处学道,估量那里一定是美景非凡。适才下来时,便充满了好奇之想。走了好一会儿黑路,好容易前途才出现一些光明,满心欢喜。及至走到了尽头,却是寸草不生、枯燥无味的一个死崖口。除了灵云年长,知道妙一夫人叫大家来住,不是别有用意,便是自己同众人还未走到地头。英琼是去过的人,已知道这里绝非凝碧崖。余人大半失望。还未容英琼说话,若兰已先说出不满意的话来。那金蝉更是性急,他见崖口上下俱被云遮,不由分说,将朱文宝镜抢到手中,揭开锦袱,向下一照。再加上他的一双慧眼,霞光到处,下面云雾冲散,早看见底下一个广崖,崖上下丛生许多奇花异草,嘉木繁荫,溪流飞瀑,映带左右,果然是一个仙灵窟宅。心中大喜,不由狂喊起来。

这时英琼正对灵云说:"这里不是凝碧崖,那凝碧崖我昔日去过,哪里是这般光景?"大家听见金蝉高兴狂呼,也都围将过来,虽然看得没有金蝉那般清楚,也看出下面的山光水影,一片青绿,别有洞天,果然无愧"凝碧"二字。众人便商量着要驾剑光下去。灵云道:"我想这条道路到此而止,便要驾剑光才能下去,绝没有这般简单。母亲既叫我们从上面开辟,想必还有路可通。我们下去,原不费事,裘、李二位妹子不会御剑飞行,如何下去?"金蝉道:"姊姊总是这样虑前虑后,慢吞吞的。我们适才从上面下来,不就是这一条路么?至于裘、李两位姊姊,你同朱姊姊俱都剑术高强,不会背她们下去么?"灵云道:"话不是这般说法。一个人做事,总要做彻,没有说畏难苟安,只做一半的。英琼妹子生具仙骨,又得了一口仙剑，吃了许多仙药灵果，身轻如叶，只消照父亲口诀去练，我从旁再稍微指导，不消一月，便能御剑飞行。芷仙妹子就难得多了，她至少还要练个三年五载。以后常要出入，只有我一人才能带她进出，倘若我们有事他往，岂非不便？"金蝉还要争论，朱文抢先说道："我们既然看见下面景致，是不是凝碧崖还不一定，何妨大家将裘、李二位背的背，带的带，先同到了下面，看清地点是与不是，再由我们一同去寻那通下面的捷径，岂不是好？"金蝉听了这一番话，固是心服口服；众人大半少年喜事，俱都赞同。灵云也只得同意。便议定由灵云带芷仙，朱文带英琼，连同若兰、金蝉，共是六人。

正要举足，忽听顶上雕鸣。英琼听出是佛奴鸣声，忙唤众人稍停一停再下去。不多一会儿，果然佛奴从上面崖旁那数尺圆的孔洞中，束翼翩然而下，背上面坐着那个大猩猩。若兰笑道："这个猩猩倒会享福，莫非求神雕携带，也到凝碧崖走走么？"话还未了，神雕已飞到英琼面前落下。猩猩看见主人，忙从雕背上跳了下来，趴伏在地。英琼道："这番我同裘姊姊不必二位姊姊携带了。"说罢，拉了芷仙骑上雕背。那雕等二人坐稳，将身往下一扑，就势舒展两只钢爪，抓起地下猩猩，横开双翼，朝孔洞中斜飞下去。若兰拍手哈哈笑道："他们倒好耍子。将来等我遇见机会，也收伏一只神雕来骑骑多好。"朱文道："你们不用羡慕人家了，快些下去吧。"当下同了金蝉、灵云、若兰四人驾起剑光，飞身下去，一会儿工夫，便已着地。

英琼同芷仙已先到，笑对众人道："这里正是凝碧崖，昔日曾被金眼师兄背我来过的，你看那边崖壁上面不是有'凝碧'两个大字么？"灵云等举目往前一看，果然前面崖壁上面有丈许方圆的"凝碧"两个大字。左侧白十丈的孤峰拔地高起，姿态玲珑生动，好似要飞去的神气。那凝碧崖与那孤峰并列，高有七八十丈，崖壁上面藤萝披拂，满布着许多不知名的奇花异卉，触鼻清香。右侧崖壁非常峻险奇峭，转角上有一块形同龙头的奇石，一道二三丈粗细的急瀑，从石端飞落。离那奇石数十丈高下，又是一个粗有半亩方圆、高约十丈、上丰下锐、笔管一般直的孤峰，峰顶像钵盂一般，正承着那一股大瀑布。水汽如同云雾一般，包围着那白龙一般的瀑布，直落在那小孤峰上面，发出雷鸣一样的巨响。飞瀑到了峰顶，溅起丈许多高。瀑势到此分散开来，化成无数大小飞瀑，从那小孤峰往下坠落。

峰顶石形不一，因是上丰下锐缘故，有的瀑布流成稀薄透明的水晶帘子，有的粗到数尺，有的细得像一根长绳，在空中随风摇曳，俱都流向孤峰下面一个深潭，顺流往崖后绕去。水落石上，发出来的繁响，伴着潭中的泉声，疾徐中节，宛然一曲绝妙音乐。听到会心处，连峰顶大瀑轰隆之响，都会忘却。那溅起的千万点水珠，落到碧草上，亮晶晶的，一颗颗似明珠一般，不时随风滚转。近峰花草受了这灵泉滋润，愈加显出土肥苔青，花光如笑。

众人遇见这般仙景，一个个站在那里没声响，耳听大自然的仙音，目接无穷尽的美景，不约而同地静默得呼吸都要停止。金蝉快乐到了极处，忽然在静寂中一声狂呼。大家不知不觉地互相欢呼跳跃起来，一同高兴赞赏了一阵。英琼又向着崖前一株绿荫如蓬、荫覆数亩地面的参天老楠树，指给灵云等看，说此树便是昔日白眉和尚结茅之所，把前事补叙了许多。

正说得高兴，忽然一团黑影从树顶飞落，接着又是哧溜一声，溜下一个黑东西来，把芷仙吓了一跳。定睛一看，原来是神雕背着猩猩，猩猩爪上还抓着一串佛珠同一张纸条。英琼接过一看，正是师祖白眉和尚所留，大意是说：他已早算出他们要来此地居住，崖壁上面有一个洞府，里边有一百多间石室丹房，昔年原是长眉真人准备光大门庭时开辟出来的，后来还没有用，便已道成升仙，一直没有人用过。自从白眉和尚到此借住，又开出来一道灵泉，从各大名山福地移植了许多灵药异卉，瑶草琪花，更为此地增色不少。那石洞中的石头，本是一种透明质地，日夜光明，最宜修道人居住。洞门西面有一条上升的道路，直通后山飞雷岭髯仙李元化洞府旁边的一个已经闭塞的石洞之中。南面还有一条上升道路，便是通李宁父女所居的栖云洞。佛珠赠与英琼，后来自有妙用等语。

英琼见纸条上面提到她的父亲，不禁动了思亲之念，流下泪来。灵云劝慰了几句，便从她手中接过那一串佛珠看时，一共只有十八粒。拿在手中轻飘飘的，非金非玉，非木非石，颗颗匀圆，有龙眼般大小。发出来的乌光黝黝的，鉴人毛发。知是一个宝物，想必将来定有用处，仍递与英琼套在手上。

第五十九回　辟洞天　裘芷仙学道
　　　　　　　传飞柬　李英琼出山

　　英琼恐楠树上面还有东西，将身一纵，蹿起十余丈高下，攀着树梢，将身往上一翻，只两三纵，已蹿入了白眉和尚所居的楠巢之内。灵云等纵能飞行绝迹，看见她这种轻如飞鸟、捷比猿猱的轻身本领，也不由点头赞赏。金蝉、若兰好奇心盛，双双不约而同地跟踪上去。三人先后到楠巢里面一看，那巢全是一些黑白鸟羽做成，又干净，又整洁。面积并不大，只有不到两丈方圆。当中有个大蒲团，旁边又有两个小蒲团，此外空无一物。寻了一阵，并无遗物，三人也不再流连，同时纵身下地。灵云便领众人同上高崖，去寻那座洞府，一路上又看了许多奇迹仙景。走了一会儿，尚未寻见那座洞府，忽听泉声聒耳，如同雷鸣一般。众人往前面一看，对面崖壁下面有一条长洞，宽有数丈。中流倏地突起一座石峰，石峰上面丛生着无数的青松翠柏，四围俱是大小孔窍。洞中之水，被那小石堆分成十数条银龙，从崖侧奔腾飞涌而来。流到那石峰根际，受了那石的撞击，溅起几丈高的水花落下。再分流绕过石峰，化成无数大小漩涡，随波滚滚往下，流水奔腾澎湃而去，好似那中流砥柱都要被冲走。水撞在石缝孔窍中，收禽吞吐，响成一片黄钟大吕之声，与刚才瀑布的鸣声，又自不同。灵云等正驻足玩赏，若兰见那石峰体态玲珑，屹立中流，一任下面奔流冲射，儿自一动也不动，又雄美，又好玩，心中高兴，飞身一纵，便到了石峰上面。金蝉、朱文、英琼也要随往，忽听若兰高叫道："那底下才是座洞府。"说罢，便飞身回来，拖了灵云往下走。众人也随着下崖。

　　走下去不到十余步，果然看见一座石洞。那洞宽大宏敞，正对着那座中流砥柱，洞门上藤萝披拂，丛生着许多奇花异草，上面有"太元洞"三个大字。大家便走了进去。但见石室宽广,丹炉、药灶、石床、石几色色皆全。里面钟乳下垂,透明若镜。就着石洞原势,辟出大小宽狭不同样的石室,共有一百多间。知是祖师长眉真人所留无疑。走到最后,忽看见一间两三亩宽的石室,上面横列着二十五把石凳,猜是将来同门聚会之所。走过这间石室,地势忽然越走越高。灵云记着白眉和尚留纸所说,便率众人往南走去,果然发现一条甬道。循着这条甬道走了有好半会儿,越走光线越暗,便由朱文、金蝉用天遁镜在前照着行走。又走了二十多丈远,前面忽然有石壁挡住,业已到头,不能前进。正疑错了方向,忽然镜光照处,石壁上面似有字迹。近前一看,上面写着"栖云门户"四个篆字。摸了摸石壁,手感微软,颇似石膏凝结而成。灵云仔细想了一想,便命若兰用紫烟锄姑且试试。一锄下去,那石头竟似豆腐块似的,随手而落。灵云忙从若兰手中要过紫烟锄,亲自动手,不多一会儿工夫,便已开辟出一个六尺高三尺宽的门户,正齐那篆字下面,恰好篆字当成门额。石门开通后,见那石壁竟有三尺多厚,探头往门外一看,忽然看见亮光。大家走出门去一看,不禁同时欢呼起来。原来外面正是适才由上面下来时,到此无路可通,后来驾剑光下去的那个洞口。此门开辟,上面英琼所居的栖云洞,与下面凝碧崖,便打通一气,无须由半山当中再驾剑光下去了。大家高兴头上,便商量在上面先住一宵,明日再将应用东西搬将下去,仔细安排。

这时天色将近黄昏,英琼便去安排饮食,大家一齐帮她动手将饭做好。未及食用,英琼猛想起神雕同猩猩尚在下面,适才急于开辟洞府,不曾想到它们。急忙出洞看时,已不知在什么时候竟自回转。便回洞切了一只腊鹿腿,送出洞去与那雕吃。因那猩猩吃素,莽苍山中带来的黄精、松子业已吃得所剩有限,好生发愁。便对它说道:"金眼师兄的粮,它自己能够去找,还能有富余,让我们沾光。你吃的东西大半是些果子,你也有法去寻么?"那猩猩闻言点头。英琼因洞中饭已做好,天已渐黑,且过了今天再说,便把所剩的一些松子、黄精都给了那猩猩吃。随即招呼众人就座。

灵云在席上说道:"这次毫不费事,便将师爷遗留的仙府开辟出来。我比诸位年长,我不同诸位客气,忝做诸位一个老姊姊。不过从今日起,诸位也就此各按年岁称呼,大家都方便一些,省得客套。此后既在一起练剑学道,便是一家人了。"当下各人序了一序齿,除灵云外,芷仙最长,其次便是朱文、若兰、金蝉，仍是英琼年纪最小。各人改了称呼以后，分外显得亲密。灵云又给那神雕、猩猩各取一个名字：神雕原名佛奴，因是白眉和尚座下仙禽，不便照此称呼，取名钢羽，算是大家同辈中的异类道友；那猩猿便将它原来名称颠倒过来，去掉两字的犬旁，叫做袁星。天黑以后，灵云便将许多学剑秘诀，按程度不同，分别传与若兰、英琼、芷仙三人。除芷仙是初次入门，只先学习坐功外，若兰、英琼二人，一个已得旁门真谛，一个生具仙骨慧心，一点便会。就连芷仙，也是绝顶聪明，不过根行较浅罢了。灵云传罢剑诀之后，便不许再为熬夜耗神，率领大家分在几个石床上打坐练功。一会儿工夫，除芷仙外，俱都入定。一宵无话。

到了天色微明，众人下床盥洗已毕，便将一切应用东西径由洞后捷径运至凝碧崖太元洞中。英琼想起昔日曾由崖上骑雕飞下凝碧崖去，便打算再骑着下去一回，以后剑术学成后，多一个出入之地。这时芷仙已与灵云、朱文、金蝉三人到太元洞布置去了，只剩若兰在上面帮她检点零星用品。英琼便将一切应带的轻便东西打了两个包裹，拉了若兰走出洞外。只见洞外已堆着两个死鹿，同一大堆山果黄精之类，知是神雕钢羽与猩猩袁星找来的食粮，心中大喜。便引袁星将那两具死鹿、果品携回洞中，到那通太元洞入口之处，叫它连上面遗留的粗重东西，陆续搬到下面太元洞去。自己同若兰依次出洞，骑上神雕，从那万丈深潭之中飞了下去。若兰初次从云雾中往下飞行，觉得非常有趣。不一会儿工夫，便到太元洞口落下。二人走进洞去一看，灵云等已将各人住室指定，俱都相离洞口不远。除金蝉与若兰各独居一室外，朱文是与英琼一室，灵云是与芷仙一室，以便早晚间用功，可以从旁指点。不消几个时辰，袁星将上面应用东西一齐运来。各人到了新居，贪恋美景，不是临流观瀑，便是登峰长啸，谁也不愿再行上去。若兰、金蝉更是小孩子心性，高兴异常，抢着骑雕飞行。那雕也忽然驯良起来，无论谁骑都不倔强。朱文却同了英琼，带了袁星去寻景选胜，游玩了大半天，又采来不少奇花异果，大家食用。从此众人每日随着灵云，在太元洞凝碧崖修炼，十分快乐。英琼几次要请灵云去接英男，灵云总说无须忙在一时。山中日月，转瞬到了四月下旬，虽只三四月工夫，英琼竟进步得骇人，照着妙一夫人所传的口诀，加上灵云旦夕在旁指点，竟能御剑飞行，指挥如意。众人俱觉她前途远大，未可限量，非常歆羡。

一天早上，灵云领了众人，各自分据一个树巅，发出飞剑，练习剑术。忽从崖顶云端飞下一道疾若闪电的金光。英琼、若兰不知就里，正要上前抵挡。灵云已用手一招，那金光便落在她的手中，略一停顿，倏又往空飞去。众人俱从树巅飞身下来，围拢灵云面前。却见灵云手上拿着一封书信，原来是乾坤正气妙一真人的飞剑传书。上面写着：八魔年来见无人干涉，故态复萌，新近又做了西藏毒龙尊者的记名弟子，愈加淫恶不法，西川路上的商民受尽他们的荼毒。现在矮叟朱梅来信，说三游洞侠僧轶凡的弟子赵心源，同他新收的门徒陶钧，还约了几个少年剑侠，要在端午日到青螺山下劫赴八魔之约，了结昔日八魔邱舲劫镖一重公案。朱梅因自己有事，届时恐怕来不及前去相助，赵、陶二人难免不遭毒手，写信请妙一真人派人在暗中前去助他们出险除害。妙一真人命灵云、朱文、金蝉三人即日动身，前往川边青螺山，假说是去西藏布达拉宫，做朝山拜佛的香客，在青螺山左近寻一个僻静处安置，随时到魔宫查看，助赵、陶诸人一臂之力等语。

金蝉最是年少喜事，听见这个消息，欢喜得直蹦起来。英琼近日来已能御剑飞行，便要同去。灵云因信上没有写着她，又因她剑术还未精纯，八魔名声很大，不知深浅，不愿叫她前去涉险。英琼却以为自己虽然拜在峨眉教祖门下，但只见过妙一夫人，信上没有提她，焉知不是妙一真人还不知道妙一夫人已收她为徒？磨着灵云要跟了去。灵云本极爱她，知道父亲不叫她去，不是因为洞府无人主持，便是别有原因。见她的解释非常幼稚可笑，不忍过分拂她意思，再三婉言劝解说道："你的剑术还未精纯，上不得这般大阵。好在你的资质聪明，异乎常人，再有一年半载，便能出神入化，以后要修外功，何愁没有这种热闹机会呢？"

英琼还要拉着灵云撒娇，忽见若兰在灵云身后不住地对她使眼色。暗想："芷仙姊姊是本领不济。若兰姊姊早就学会剑术，还会许多法术，她为何也不说去？我要去，她又止住我，必有缘故。"这几个月光景，英琼与若兰感情最好，便想同她商量商量，再同去要求灵云。装作赌气，往洞内便走。若兰假装相劝，随到房中，对英琼道："教祖未提我们，想必是妙一夫人尚未与他见面，不知有我等二人。灵云姊姊一向做事谨慎小心，像个道学老夫子，同她商量，有何益处？好在你已能御剑飞行，加上座下神雕，难道她会去，我们就不会去？只管让他们先走。好在离端午还有七八天，他们三人前脚走，我们不会随后跟去，还愁追不上么？"英琼闻言大喜，正要回言，忽听外面有人说道："你们好算计，待我告诉我姊姊去。"英琼大惊，见是金蝉，忙起身问道："蝉哥，真要去告诉姊姊么？"金蝉笑道："哄你呢。谁不愿大家一起去？又热闹，又壮声势。连我这个最无用的人还要去呢。兰姊剑术高强，道法通神，琼妹又得了师父的紫郢剑，同白眉禅师座下神雕，反不叫去，莫怪二位生气，连我也不服。只是姊姊一向惯用大帽子压人，偏有些歪理，不便同她抬杠。刚才你说我们先走，你们随后跟来，那是再好不过。你们进来时，我姊姊同文姊俱说兰姊刚才一句话不说，琼妹先前急于要去，后来忽然不说话，往洞内便走，兰姊又急忙跟进来，疑心你们二位要出花样，叫我前来探听口气，果不出她二人所料。不过她二人猜得倒不错，可惜所托非人，我不肯把二位真话拿出去报告罢了。"英琼闻言，不住口地称谢。金蝉便向英琼借那神雕一骑。若兰哈哈大笑道："怪不得要做汉奸，原来是别有所图呀！"

正说之间，灵云、朱文、芷仙三人也一同进来。若兰便朝英琼使了使眼色，英琼仍是装作生气模样。金蝉重又说起借雕的事。灵云道："你总是小孩子脾气，我们都能御剑飞行，你偏借琼妹的雕做甚？"金蝉道："姊姊休要处处怪人，我向琼妹借神雕，实含有两种用意：第一，我身剑合一，刚会不满半年，剑光没有你们快，省得为我耽误时光；第二，我们万一到了青螺山，对敌人家不过，兰妹、琼妹到了五月初六七见我们尚未回转，便可骑着那雕前去接应，现在让那雕先去认一趟路多好。"灵云知他强辩，因是小节，便不再说。英琼更是无有问题。当下灵云等便与申、李、裘三人作别动身，若兰等送灵云等三人出洞，灵云又再三嘱咐三人好生温习功课，不要妄动。然后同了朱文、金蝉分别御剑骑雕，破空而去。

灵云等走后，依了英琼，就要随后动身。若兰却主张何必忙在一时，且等神雕回来再说，省得追赶不上，迷失路途。芷仙这几个月来非常崇拜灵云，见申、李二人商量跟去，留她一人守洞，一则空山寂寞，二则恐怕她二人走后，万一发生事端，独力难支，心中好生不愿。但是知道若兰性情温和，还好讲话；英琼素来刚直好胜，说做便做，任何人都劝说不转，灵云一走，更无人敢干涉她。只得偷偷与若兰商量，求她婉劝英琼，不要前去。若兰也是极愿前去的人,好胜好强之心也不亚于英琼,未便明里拒绝,却去推在英琼身上。芷仙见二人都执意要走,想跟她二人前去,又恐洞中无人照管,灵云回来怪她;自己又是本领不济,去了不但不能帮助大家除魔,反添累赘。左右为难,好生焦急。无奈何,又把守洞责任重大,恐怕外人前来侵占,自己不会飞剑,无法抵御的话,再向若兰恳求。若兰见她说时神态非常可怜,便对她道:"此洞深藏壑底,外人哪里知晓?我们出去,不久就回,哪有这么巧法,就会发生事端?姊姊能力有限,大家都知道,即使有事,大师姊也不能怪你。姊姊如对本身多虑的话,我有两个小玩意儿,乃先师早年叫我到深山采药时作防身之用的。一个类似隐身法,叫做木石潜踪;还有一个是一面小幡。倘若遇见敌人鬼怪,抵敌不过时,先将这幡一展动,立地生出云雾,遮住敌人视线,好借剑光遁走。姊姊不会剑遁,你可再念'木石潜踪'口诀,只要觑定身旁,不论是树木山石滚到跟前,便和它一样,变成树木石头,等敌人走开,便可逃走。我将以上两法现在传授与你,以作万一防身之用。那袁星力大通灵,捷如飞鸟,力劈虎豹,再留它作为你的护卫,料无妨碍了。"

芷仙闻言无奈,只得请若兰将以上法术传授。若兰便从怀中取出一面小幡,连同各样口诀一同传授。双方又演习了几回,演习纯熟,天已近夜。英琼等神雕不回,跑来寻若兰商量,正瞧见二人在那里演习法术,觉得好玩,便也要学。若兰只得笑着也传授给她。英琼问起根由,又安慰了芷仙两句,同回房中用功。

次早出洞,神雕业已在夜间回转。英琼更不再商量,只嘱咐了袁星几句,叫它一切须听芷仙调遣,不准擅离洞府,早晚帮她煮饭做事。袁星数月来随着众人打坐,愈加通灵,已将人言学会,听见主人吩咐,急忙点头遵命。英琼高高兴兴地与若兰二人手拉手骑上雕背,向芷仙道声"珍重",健翮凌云,直往青螺山飞去。芷仙目送申、李二人走后,便命袁星去将通上面门户用大石封闭,日夕用功,静等她们回来。不提。

第六十回　湘江避祸　穷途感知音
　　　　　岳麓凭临　风尘识怪叟

话说前文所说的烟中神鹗赵心源，自从在江西南昌陶家庄上打走了许多骗饭耍贫嘴的教师，便在陶家庄上居住，因见陶钧心地纯厚，资质聪明，有心将平生本领传授给他，师徒二人每日用功习武，倒也安然。不想一日同陶钧在庄前闲眺，忽见前面坡上树林中飞来一支银镖，接着远处飞到一人，近前一看，认出是西川八魔手底下的健将神手徐岳。只因八魔主邱舲在西川路上劫一个镖客的镖车，被赵心源出来干涉，眼看取胜，又从暗处飞来一把梅花针，将邱舲打败。四处寻找那放针的人不着，疑是心源同党，恨如刻骨，归山与七个兄长商议，定要寻着赵心源同放针的人，碎尸万段，以报前仇。心源当时原是激于一时义愤，本不认得邱舲。后来既已结下冤仇，知道自己不是对手，满拟跑回宜昌三游洞，去求师父侠僧轶凡相助，不想反被侠僧轶凡数落一顿，逐了出去。心源无计可施，只得避难，奔走江湖，才在陶家安居。岂料不几时便被八魔手下人探听明白，拿着银镖请柬前来。心源知大祸将临，明知胜不过人，但是长此避逃，也非长法。昔日还可推作不知，如今已和敌人来使对面，再要藏躲，岂不被天下人耻笑？当下挺身承认，明年端午节准到青螺山赴约。遂辞别陶钧，打算在这半年多的时间内，寻几个帮手。离了陶家庄，路上仔细盘算，知道师父怪他，不该学业未成就自请下山，闯出祸来，又无法收拾，不来管他。除了师父侠僧轶凡外，所有生平几个好友，也不过如陆地金龙魏青之类，俱非八魔敌手，何苦拉人家前来陪绑？想来想去，想起师父的两个好友：一个是嵩山二老中的矮叟朱梅，但是这位老头子行踪无定，可遇而不可求，寻他须碰自己的造化；另一个便是长沙谷王峰隐居的铁蓑道人，他是终年不常下山的，寻他比较能有把握。以上两人，但能寻着一个，就能帮自己除魔，还可强拉他师父侠僧轶凡加入相助。主意打定后，晓行夜宿，便往长沙进发。

这时正当满人入关不久，那一些叛臣汉奸名节既亏，哪有几个知道天良、廉洁爱民的？再加上一些为虎作伥的土豪恶霸、猾吏奸胥，狐鼠凭城，擅作威福，到处所闻见的都是民间疾苦与不平的悲呼，差点没把心源肚皮气破。心想："以前在川中居住，因为地广人稀，土地肥沃，虽然也遇见许多赃官恶霸，却不似湖南路上这般厉害。有心伸手打个抱不平，又因日期迫近。如现时想不出一个根本解决办法，徒救个一家两家，不但无济于事，甚而连累事主，为善不终。倒不如暂且由他们委曲偷生，等到自己过了端阳，侥幸除了八魔，再联合多数同道来个大举，反倒痛快。此时索性装作不知，办完自己的事再说。"心中有事，自然脚程加快。等赶到谷王峰顶，在全山上下寻了一个遍，哪里有铁蓑道人踪影。后来走到岳麓山脚下，看见一个道人，打扮神情有些异样，心源眼光尖锐，知非常人。那道人也觉心源是个能者。双方同到岳庙面前坐定，谈起彼此来历，才知那道人名叫黄玄极，也是来访求铁蓑道人的。他说心源来得不巧，铁蓑道人已在三日前到云贵一带去了。心源大失所望，见那黄玄极人甚正派，本领也不弱，便把自己心事说出，求他相助。黄玄极道："你的仇人八魔，同我也是仇人，只因我人单势孤，奈何他不得。我二人正好联合进行，寻找能手，为民除害。我还有一点小事，再耽搁一天，便可同行了。"

心源虽然心急，也不在此一天。好在自己是孤身一人，同黄玄极商量好了，便自回转寓所，携了自己的小包裹，搬到黄玄极所住的一个小破庙中。时间已是向晚，见黄玄极正同一个穿白的中年人说话，见心源到来，便同双方引见。问起那人姓名，才知他便是昔年名驰冀北"齐鲁三英"中的云中飞鹤周淳。心源见周淳虽然俗家打扮，却是一脸英风道气，谈吐俊朗，目如寒星，非常敬服。黄玄极与周淳本来谈得正起劲，见他进来，坐定以后，却不再言语，猜是有背人之话，便起身告辞。黄玄极看出心源意思，便笑道："其实我们说几句话，原不避人，不过暂时尚未到明说的时候，道友不要介意。"

心源客气了几句，便独自走出庙来闲眺。这时夕阳业已衔山欲没，暝色苍然,四面峰峦,隐隐笼罩上一层紫烟。东望湘江,如一条白练,绵亘直下。一面是群峰插云,环峙星罗。一面是平畴广野,村舍茂密。一缕缕白色炊烟,从林樾间透出,袅袅上升。因在隆冬之际,草木凋零,越显出一些清旷之致。心源正看得出神,忽然身后有脚步声音。回转头一看,原来是一个穿得很破旧的穷老头,一脸油腻,拖着两片破鞋,踢踢跶跶地朝心源走来。要在别人看那老头这身穷相,决不在意,顶多可怜他年老穷困,或者周济几个钱罢了。心源眼光是何等敏锐,还未等那老头近前,已觉出他行动异样;及至走到对面,不由大吃一惊。见那老头虽然穷相,却生得鹤颈鸢肩,行不沾尘,脸上被油腻所蒙,那一双半合的眼睛神光四射,依旧遮掩不住那人行藏,知是一位前辈高明之士。心中一动,便凑上前去搭讪道:"老丈,你看这晚景好么?"那老头闻言,大怒道:"狗子!你看我这般穷法,还说我晚景好,你竟敢无缘无故挖苦我么?"说罢,摩拳擦掌,怒气冲冲,大有寻人打架的神气。心源知他误会,被他骂了两句也不生气,反向前赔礼道:"老丈休要生气,我说的是夕阳衔山的晚景,不是说老年的晚景。小可失言,招得老丈错怪,请老丈宽恕吧!"那老头闻言,收敛起怒容,长叹了一口气,回转身便走。心源连忙上前问道:"老丈留步,有何心事,这样懊叹?何不说将出来,小可也好稍尽一些心力。"那老头闻言,连理也不理,脚下反倒快起来了。

心源见那老头步履矫捷,越猜不是常人,拔脚便追。一直绕到岳麓山的东面一个溪涧底下,那老头才在一块磐石上面坐定,口中仍是不住地叹气。心源赶到老头面前,把刚才几句话又说了一遍。那老头忽然站起身来,劈面一口唾沫吐到心源脸上,说道:"你要帮我的忙么?你也配?连你自己还照管不过来呢。"心源无端受那老头侮辱,心中虽然有气,面上仍未带出。及至听到末后一句,愈觉话里有因。揩干了脸上唾沫,赔笑答道:"小可自知能力有限,不能相助老丈,但是听一听老丈的身世姓名,也好让晚生下辈知道景慕,又有何不可呢?"那老头闻言,哈哈笑道:"你倒有好涵养,不生我老头子的气。你说的话,我有几句不大懂。你大概要问我为什么叹气?你不知道,我有一个好老婆,名叫凌雪鸿,多少年前死了,丢下我老汉一人,孤孤单单。有她在的时候,仗着她会跳房子,到人家去偷些钱来与我买酒喝。如今漫说是酒,就连饭都时常没有吃了。我有一个姓周的徒弟,叫我不要时常偷骗人家酒吃,他情愿供给我,我又不愿意;何况他前些年又是做贼的,他请我吃的酒,多少带点贼腥气,我越吃越不舒服。才跑到岳麓山底下,想遇上两个空子,骗他一些酒吃。谁知等了三天,一个也没遇到。只有那小破庙内有个老道,他倒愿意请我吃酒。可是我算计他请我吃完了酒,定要叫我办一件极难而又麻烦的事,因此我又不敢领情。我在他庙前庙后想了多少时候,不给人家办事吧,人家不会请我喝酒;办吧,我又懒,其实前些年比他这类还难的事,我都不在乎;如今老了,又懒了,打算白吃,又遇不上空子。好容易遇见你,又说什么晚景水井的,勾起我的心事,这还不算,又追来唠叨这半天。我也不知道你是干什么的,只看你请我吃酒不请,就知道你是空子不是。"

心源见那老头说话疯疯癫癫,知道真人不肯露相。尤其他说他妻子名叫凌雪鸿,非常耳熟,叵耐一时想不起来。心中略一转念,计算那老头不是剑侠一流,也定是一名有道之士。抱定宗旨,不管他如何使自己难堪,决定同他盘桓几时,终要探出他行藏才罢。便笑答道:"原来老丈想喝酒,小可情愿奉请。但老丈肯赏脸么?"老头道:"慢来慢来。这些年来多少人请我吃酒,没有一次不是起初我把他当成空子,结果吃完以后,我却是吃了人家口软,给人家忙了一个不亦乐乎,差点没把我累死。我同你素不相识,一见面就请我吃酒,如今这世界上哪有你这种好人?莫不成我把你当成空子,等到吃完,我倒成了空子?那才不上算呢。"心源道:"老丈休要过虑,小可实是竭诚奉请。不过小可这里尚是初来,地方不熟,请老丈选择一家好酒铺,小可陪老丈一去如何?"那老头道:"如此说来,你是心甘情愿地当空子了?"心源见他说话毫不客气,竟明说自己请他是当空子,情知故意做作,也觉好笑,面上却依然恭敬答道:"小可竭诚奉请,别无他意。天已昏黑,我们去吧。"老头道:"去便去。适才我看你从那小破庙出来,便猜你是个空子。你大概与那庙的老道认识,他对我没安好心,你要同时去约他,我情愿甘受饿痨,也是不去的。"心源本想顺道约黄、周二人同往,见老头如此说法,只好作罢,好在黄玄极原说等一天再走。只是与周淳见面未及畅谈,不无耿耿罢了。当下点头应允。

两人下山,一路往西门走去。路上心源又问那老头姓名。老头道:"名字前些年原是有的,如今好久不用它了。你口口声声自称小可,想必就是你的小名了，我就叫你小可吧。你也无须叫我老丈，新账我还没打算还呢，叫我老丈，我听着心烦。这么办：我平时总爱穿白的，却可惜穿上身一天就黑了，你就以我爱白，就叫我老白，我就叫你小可，谁也无须再问姓名。再若麻烦，我不同你去了。"心源这时已看透那老头大有来历，只好恭敬不如从命。二人走进城后，在西门大街上寻了一家著名的酒楼，唤来酒保，要了许多酒菜。那老头见酒如见命一般，抢吃抢喝，口到杯干，手到盘干。心源几番用言试探，那老头也不言语，只吃他的。心源无法，只得耐心等候他吃完了，跟他回去，想必便知究竟。这一顿酒饭吃了有两个时辰，直到店家都快上门，酒客走尽，那老头才说了声："将就行了！"酒气熏人，站起身来。酒保开来账目，计算仅酒吃下有四十多斤，漫说店家，连心源也自骇然。当下由心源会了酒账，陪着老头下楼。刚到街上，老头便要分手。心源便请问他住在何处，并说自己意欲陪往。那老头闻言大怒："我知道你没安好心，明明是借着这一顿酒，想将我灌醉，假说送我回转衡山，认清我住的地方，再去偷我。你恨我白吃，等我吐还你吧。"说罢，张口便吐。心源连忙避开，一个不留神，撞在一个行人身上。那人是一个年轻公子，却神采飘逸，眉目间隐有英气。心源误撞了人，连忙赔话时，那人知心源是无心误撞，也不计较，双方客气两句，各自分别。心源在黑暗中看出那人临去时，脸上却带着愁苦之容，也未十分在意。忙寻老头时，业已走出很远，心源连忙就追。老头回头看见心源追来，拔脚便跑，任你心源日行千里的脚程，也是追赶不上，双方相差总是数丈远近。直追到城墙旁边，这时城门业已紧闭，一转瞬间，那老头已经站在城上。心源何等快的眼光，并没有看见他怎么上去的。既已看出一些行径，如何肯舍？口中不住地央告，求那老头留步。脚底下一使劲，也纵到了城墙上面。那老头见心源纵身追将上来，"哎呀"一声，一个倒翻筋斗，栽落护城河下面。心源急忙随着纵身下去，再寻老头，哪里还有踪影。虽知老头是个奇人，特意试他，只猜不出是何用意。见天上繁星隐曜，寒风透骨，大有下雪光景。呆想了一阵，无可奈何，只得无精打采回转岳麓山破庙之内。那黄玄极、周淳已不在庙内，看那供桌上灯台底下压着一张纸条，上面写着：黄、周二人因等他不见回转，现在有事，须到衡山一行，明日午后准可回来。庙中茶水、灯火俱已预备，请他务必等他们回来，一同上路等语。心源见了这张纸条，只得在庙中等候。随便在一个板桌上躺下，思潮起落，再加上泉声松涛响得贴耳，愈发睡不着。重又起身，走出庙外一看，四面漆黑，白日所见的峰峦岩岫业已潜迹匿影。心源随便在庙旁一块大石上坐下，一会儿工夫，树定风息，鹅掌大的雪花一片片飘扬下来。在这万籁俱寂的当儿，连那雪花落地的声音，仿佛都能听见。心源越坐越无聊，忽然觉得前额上流下冰冷一片，用手一摸，原来是雪落在他的头上，被热气融化流了下来。

心源见雪越下越大，便站起身来，抖了抖身上积雪，便要回转庙中，忽听一阵破空的声音。心源剑术虽不高明，却是行家，听出来人厉害，连忙把身体藏在树后，隐在暗中，看个动静。刚刚藏好身形，那驾剑光的人已到面前，两道黄光一闪，在破庙门前现出两个奇怪装束的人，竟与昔日西川路上所遇八魔邱矜一样打扮，俱是披头散发，手持丧门长剑，穿得非僧非道，黄光影里看去，形态非常凶恶。心源大吃一惊，猜是八魔跟踪寻来为仇。自思能力绝非来人敌手，伏在那里连动也不敢动。正想之间，那二人来到庙前，更不寻思，已走进庙去。心源暗暗侥幸自己不在庙内。正要趁他二人不见时逃避，猛觉左臂一麻，身子立时不能动转。情知中了别人暗算，来的尚不止那两人。不由长叹一声，只得坐以待毙。不大会儿工夫，那先前进去的二人已然走了出来，口中连喊奇怪，说道："明明徐岳说他在这里住，如何会不在此地？"内中另一个人却说道："三哥不要忙，你看庙中灯点着，料定那厮不会远离，终要回来，我们坐到那石上去等他回来如何？"说着便往心源刚才坐的那块大石走来。这时雪已停止，地上积雪约有寸许。心源在树后看得清楚，见来人往自己身旁走来，不由暗中捏着一把汗。幸而那二人并不曾看见心源，只来到了树前，便在那石头上用手拂了拂余雪，随便坐下。还未坐定，便听一个说道："六弟，你看这石头上面显有厚薄痕迹，明有一人在此坐过。莫非那厮就在这附近，不曾走远？"还有一个答道："这有何难，我们只消把剑光放出，四处一寻，除非他不在此地，不然还怕他不现身出来不成？"

话言未了，忽听"叭"的一声。那先说话的人跳起身来，大喊道："六弟留神！有人在暗算我二人了。"说罢，先将剑光放出，护住身体。那后说话的人便问究竟。那先说话的答道："我正在听你说话，忽从黑暗之中有人打了我一个大嘴巴，打得我头上金星直冒。不是有人暗算，还有什么？"正说着，又是"叭叭"两声，一人又挨了一下，打得还非常之重。这二人都大怒起来，各人将剑光放出，上下左右乱刺了一阵。谁知剑光舞得越快，挨打也来得越重，只打得二人头昏脑涨，疼痛难忍。心源在树后正当担惊害怕，忽见二人被一个潜身暗处的人打了个不亦乐乎，非常好笑，几乎忘了自己也是动转不得，同处危险之境。又听那二人当中有一个说道："六弟，我看今晚之事，有些稀奇。起初寻那厮不见，原是好好的，为何才往那石头上一坐，便挨起打来？要说是你我敌人，凭着那人能够隐形这一点，便能取我二人性命如同反掌。大概我们冲撞了树神，他竟打我们几下，以做儆戒也未可知。"另一个道："你说话不要如此随便，现在诸事还不知真假，留神出了笑话。那人既不在庙中，莫如我们暂且回去，明早再来吧。"言还未了，每人脸上又是"叭叭"两下。吓得这两个魔王也不说话，不约而同地驾起剑光便走。心源在树后见二人胆怯逃走，神情非常狼狈，也觉好笑。忽见黄光在空中直转，好似有什么东西阻住似的，逼得那两道黄光如同冻蝇钻窗纸一般，四面乱冲乱撞，只是飞不出圈子去。心源暗暗惊异。一会儿工夫，两道黄光同时落下，依旧出现先前二人，走到心源藏身的大树面前，交头接耳商量了一阵，各人盘膝在雪地里坐定，将剑光护住身体，口中念念有词，半晌不见动静。只听一人道："怪哉！怪哉！怎么今晚连我们的法术都不灵了？"另一人答道："我看此地不会有这么大本领的能人，能够不现身形，破了我的妙法，还将我等困住的，定是那树神与我二人为难。"说到这里，声音便放低了。又待了一会儿，那二人双双走近大树跟前，朝着那树说道："我二人来此寻找仇人，并不曾与尊神为难，何苦与我等作对？"心源见那二人站在自己面前，相隔不到丈许，吓得连大气也不敢出。听他二人那里祝告，连自己也疑心是冲撞了本山神灵，故而不能动转。正在沉思，忽听脑后"噗嗤"一声冷笑，把心源吓了一大跳。

第六十一回　雪夜寻仇　钱青选岳麓遭毒打
　　　　　　残年买醉　赵心源酒肆结新知

那二人正是八魔当中的三魔钱青选与六魔厉吼，因为当初同黄玄极结下深仇，后来知道黄玄极是东海三仙中玄真子的弟子，奈何他不得。前年忽听人言，黄玄极因同他师兄诸葛警我奉师命分别看守两座丹炉，黄玄极道根不净，走火入魔，第七天上，丹炉崩倒，白糟践了多少年工夫在天下名山福地采来的灵药仙草。玄真子见他尘心未净，犯了道规，本要从重处罚，因念他在平日尚无过错，只将他逐出门墙。经诸葛警我再三替他求情担保，说他昔日奉命采药，同异派中人结下了不少的仇怨，求师父给他留一点防身本领，才未追去他的飞剑。在不到三年工夫，黄玄极一意苦修，立志到各处名山，将以前在自己手中失去的那一炉丹药采办齐全，再求各位前辈师叔替他向玄真子求情。知道前辈剑仙中，只有峨眉派掌教乾坤正气妙一真人齐漱溟及嵩山二老，能在玄真子面前讲情。妙一真人教规素严，恐怕自己恳求不了。想来想去，只有二老中的追云叟白谷逸，与峨眉教祖长眉真人以及玄真子、妙一真人，都是两辈至交，最为合适。但是老头子性情特别，自己没有把握。知道长沙谷王峰铁蓑道人与追云叟有极深的渊源，自己与铁蓑道人先前本是忘年之交，非常莫逆。将药草采齐后，先寻了一个适当地方藏好，径寻铁蓑道人时，已往云贵一带云游去了。正在失望之际，忽然碰见心源也是来寻铁蓑道人，他见心源根骨非凡，又是侠僧轶凡的弟子，侠僧轶凡与苦行头陀本是同门师兄弟，便想万一寻铁蓑道人与追云叟不成，再请心源引见到侠僧轶凡那里，求他转托苦行头陀讲情，留一个最后地步。这时黄玄极已闻说八魔要报昔日青螺山夺草断指之仇，时刻小心在意。心源也与八魔为仇，更是同病相怜。双方越谈越投机，才约定跟踪去寻铁蓑道人。

心源告辞去取包裹时,黄玄极一人站在岳麓山畔,越想越后悔昔日不该大意,走火入魔,被师父逐出,还受了许多苦楚和同门耻笑。倘若这次求人讲情,师父再不允许,惟有死在师父面前,也不想活在世上了。正在愁烦之际,忽听头上有破空的声音。黄玄极眼光敏锐,来人飞行又低,早认出是同门中人,自己忍辱负重,本不好意思上前相见。一转瞬间,不禁又起了一种希冀之想,便将自己剑光飞出,追上前去打了个招呼。一会儿工夫,剑光敛处,落下二人:一个正是自己大师兄诸葛警我;另一个是个中年男子,英姿勃勃,仪表非凡。不由心中大喜,幸喜不曾当面错过。由诸葛警我引见那人,才知是追云叟新收的弟子云中飞鹤周淳,虽然剑术才得入门,因为名师传授,已很可观了。黄玄极便把自己心事说了一遍。诸葛警我道:"如今我们老少同辈,都忙于要去破慈云寺。周师弟前些日,才在衡山顶上红沙崖采来朱灵草,与醉师叔炼剑。适才我奉师叔妙一真人之命去见白师伯,承周师弟美意,定要送我一程。因为谈话方便,飞行很低,看见岳麓山下站定一位道友,极像你的打扮,正想下来,就接着你的飞剑,不料果然是你。我现在很忙,急于回山复命之后,还要到别处去。铁蓑道人已往贵州去了,你要寻他,可到安龙、贞丰瘴蛊最多的一带,前去寻他,必能遇见。至于求师父再收你回到门下一层,师父已知你这三年来的苦修,虽未明说出来,看去意思很好,能求白师伯讲情,那是再好不过。你这两年所采的药,颇非容易,你到处奔走,万一失落,岂不可惜了?由我先带回去吧。如今你既和周师弟认识,你请他引见白师伯便了。"说罢,又托付周淳几句,并说送君千里,终须一别,请他不必再送。然后一道金光,破空而去。周淳也追他不上,只好恭敬不如从命,便同黄玄极在庙中谈了一阵,很是投机。一会儿心源来到,黄玄极因是初交,不好意思说出前事。心源知机退出后,二人又谈了一阵。黄玄极便求周淳引他去见追云叟,周淳点头应允。二人出庙,见心源不在庙外,回头留了一个纸条与心源,便同往衡山去了。

那三魔钱青选与六魔厉吼,本是到长沙来闲逛,顺便掳个美女回山受用。才到长沙,便遇见徐岳,说起八魔主的仇人赵心源,准定明年端午拜山赴约。又说他无意中遇见昔日在青螺山用青罡剑削去四魔主伊红樱四指,又用振霄锤连打六魔主厉吼、七魔主仵人龙的黄玄极，现在岳麓山一座破庙内藏身等语。三魔、六魔一听，勾起旧仇，仗恃近年来在神手比丘魏枫娘那里学成剑术，又学会了许多妙法，马上便要到岳麓山寻黄玄极报仇。还是徐岳再三劝二位魔主不要心急，先把敌人根底查看明白，是否还有厉害帮手，再行定夺。三魔倒不怎样，六魔却是心急非常。当下议定，先寻住所，吃罢酒饭，仍由徐岳去观察动静。二人便去寻好店房，一人寻了一个土娼，饮酒淫乐。这两个土娼颇有几分姿色，各样都来得。二人一高兴，便商量就带这两个土娼回山，无须再在长沙作案了。到了半夜，不见徐岳回转，好生奇怪。直等到第二天用完晚饭，还是不见回来。三魔、六魔猜是中了敌人毒手，心中大怒。同土娼们盘桓了个尽兴，等到夜静更深，驾剑光同往岳麓山去寻黄玄极。走到庙中一看，只见屋内油灯还亮，到处寻了个遍，并无一人在庙。打算出庙寻找，不想在暗中挨了无数嘴巴，情知不好，便想驾起剑光逃走。谁想空中好似布下天罗地网一般，无论如何走法，都似有一种罡气挡住，飞不出去。因为适才在那大树旁的石头上坐了一坐，才挨的嘴巴，疑是树后有人暗算。两人商量了一下，打算用妖法暗下毒手。谁知念了半天咒语，那一把阴火竟放不起来。借遁又遁不走，才害了怕，向树神祈告。虽似有点服输，可是都没安着好心。原打算假装祈告，只要看出一些破绽，或者发现一些异状，便立时用他俩最厉害的看家本事五鬼阴风钉，连他二人的飞剑，发将出去。刚刚祈告不到一半，忽然树后"噗嗤"一声冷笑，先还疑真是树神复活，吓了一跳。三魔何等机警，已知上了人家大当。留神往前一看，已看出心源的一些身体，故意装作不知，口中还在祈告。一个冷不防，左手阴风钉，右手飞剑，同时朝树后那人发将出去。

心源先时听到后面冷笑，本已吓了一跳。方幸前面二人不曾看见自己，忽见黄光绿火飞来，自己身体不能动转，不但无法抵御，也不能逃走，只得长叹一声，闭目等死。半晌工夫，耳边只听一种清脆的声音，好似小孩打巴掌一般清脆可听。偷偷用目一看，前面二人竟然对打起嘴巴来，你打我一下，我还你一下，都是用足了力气，仿佛有什么深仇似的。心源好生不解。再用目往四外搜寻时，忽见身旁不远，有一丛黄光绿火不住地闪动，与适才二人所发出来的一模一样。先还疑是那二人同党，后来定睛一看，不由心中大喜。原来那旁站定的，正是白日拿自己当空子，请他吃酒的穷老头子，一手托住绿光，一手托住黄光，在那里摆弄着玩。不由恍然大悟，才明白这两个人无端挨打被困，定是受了那老头子的法术所制。只看他来去隐形，伸手收去人家的法术、飞剑，便知决不是等闲之辈。只不明白他为何将自己也困在这里，可惜不能转动，不能过去相见，急得心中不住地默祝。那二人直对打了半夜，还是不肯停手。最奇怪的，是下半身站在那里不动，上半身就只两手可以抡动起来。刚好三魔的左手打在六魔的脸上时，六魔的左手也同时打在三魔的脸上。左手打罢，右手又照样来打。二人站的地方，也再没有那么合适。你打过来，我也打过去，快慢如一，距离一样。叭叭叭叭的声音连响个不住，要快也一样快，要慢也一样慢，好比转风车一般，匀称极了。

心源惊魂初定，知道那二人已被老头困住，暂时不能侵犯自己。仔细往那二人看时，雪光底下，业已看出他二人脸肿血流，气竭力尽。再看那老头，将那绿火与黄光摆弄了一会儿，好似玩得讨厌起来，倏地两手合拢，只几搓的工夫，光焰渐小，转眼随手消灭。然后踢跶踢跶地跑到那两人面前，笑嘻嘻地说道："你们这两个魔崽子，平日狐假虎威，无恶不作，无论谁冲犯你们一点，不管有理无理，动不动寻人报仇。今天老头子教训教训你们，再不洗心革面，我看你们还能看几回龙舟么？"那二人已然痛楚非常，四条有气无力的臂膀，还是一递一下地打着。听了老头之言，知道遇见能手将他们制住，无法脱身，又羞又急，又痛又怕。叵耐嘴里说不出话来，两只手又不听使唤，各把自己的人打个不休。万般无奈，只得把一双眼睛望着老头，露出乞怜之态。那老头想是看出行径，笑对二人道："你两个魔崽子也有打人打累的时候？你们也不打听打听，岳麓山上有你们魔崽子发横的地方么？"正说之间，隐隐听出有破空的声音，老头拿眼睛往空中一望，说道："我的账主又来了，便宜了你这两个魔崽子！"说罢，那两人才得住手不打，各人垂着两条臂膀，在雪地里直哆嗦，两张脸上业已打得嘴破出血。有心用手去摸，都抬不起膀子来。你望着我，我望着你，哭不得，笑不得，把初来时盛气消磨了个干干净净。再看那老头子时，已拖着两只鞋，踢跶踢跶往庙后走去了。

心源见那老头行径，再把那白天遇见他所说的那一番话仔细一寻思，忽然心中大悟。暗想："他曾说他妻子叫凌雪鸿，凌雪鸿的丈夫，不是五十年前江湖上人称追云叟、嵩山二老之一的白谷逸白老前辈么？自从凌雪鸿在开元寺坐化以后，久已不听见他的踪迹，不想倒被自己无心遇见。"暗恨自己无缘，白天只觉凌雪鸿三个字听去有些耳熟，如何竟会想不起来，把这样第一等的有名剑仙当面错过了，越想越后悔，一生气，伸手把自己打了一下。猛想起适才看见二魔时，被人用法术将自己制了个动转不得，这一嘴巴倒把自己打醒。再伸了伸腿，也能动转，知道法术已解。正要迈步走出，又想起这两个魔主，追云叟虽然收拾了他们一顿，并未将他二人除去，现在外面未走，出去岂不碰个正着？重又缩了回来。

那钱、厉二魔法术解去后，知道这里不能容他们猖狂，本想遁去，怎耐适才自己打了半天，手脚疼痛得要断，脸破血流，周身麻木，只得在地上你靠我，我靠你，打算溜个几十步，活动活动血脉再走。正在这时，忽听树后"叭"的一声，与刚才打嘴巴声音相似，吓了一大跳。六魔厉吼不顾疼痛就要逃走。三魔钱青选比较镇静，连忙目往树后一看，见那树后出来一人，口中说道："大胆魔崽子！还敢在此逗留，莫不是还嫌打得不够么？"三魔钱青选麥着胆子问道："我二人少停即走。仙长留名，好作将来见面地步。"那人答道："你不必问我姓名，适才走的，便是我师父追云叟，因见你二人竟敢跑到本山扰闹，将尔等惩治了一顿，命我在此监视尔等逃走。若再流连，我就要不客气了。"话言未了，钱、厉二魔才知刚才那老头子是嵩山二老中的白谷逸，知道碰在硬钉子上，吓了个魂不附体。不等那人说完，不顾疼痛，驾起剑光，逃回青螺山去了。

原来心源在大树背后，因为一个不留神，被钱、厉二魔发现。知道不能再隐身，要凭本领又决不是他二人的对手。急中生智，知道二魔被追云叟戏弄半天，已成惊弓之鸟，好在除八魔邱龄外，钱、厉二人并不认识自己，索性假充字号诈他一诈。不想二魔果然上了他的当，吓得负痛而逃，心源暗暗好笑。忽见前面山麓畔又纵出二人，急忙定睛一看，见是黄玄极同周淳，才放了心，三人聚在一处。黄玄极同周淳是因为到了衡山，追云叟业已出外，二人等了一会儿也无法可想。周淳受了诸葛警我的敦嘱，为友心切，知道追云叟常到岳麓去闲游，便又陪了黄玄极一同回来，或者侥幸能够在路上相遇。二人驾起剑光，飞离岳麓山畔不远，黄玄极练就一双夜眼，早看出庙前雪地上，有两个奇形怪状的人在那里打旋转。他为人精细，忙拉周淳按落剑光，在稍远处降下，将身伏在一个大岩石后面。用目往前看时，那两个奇形怪状的人中，有一个正是自己当年结下深仇的六魔厉吼，那一个想来也是八魔中同党，前来寻自己晦气的，大吃一惊。知道如今八魔学了许多妖法，自己绝非敌手；周淳初学剑术，根底还浅，更不愿连累朋友一同受害。正打算招呼周淳逃走，忽见树后又出来一人，只一照面，便将二魔惊走。定睛一看，见是心源，并不知追云叟业已将二魔制伏，还疑心是心源本领，好生佩服。及至同心源见面一问，才知是追云叟所为，好生后悔来迟了一步，不曾相遇，白白跑了一趟衡山。

心源同周淳二次见面之后，才知就是追云叟新收的弟子，想起傍晚酒楼上所说的那一番话，暗暗好笑。这时黄玄极也不再隐瞒，便把自己得罪师父，意欲请追云叟缓颊的话说了一遍。三人同进庙内，议定先在庙中住下，决意设法求见了追云叟再说，如能直接请他相助，岂不大妙，又谈了一会儿，周淳告辞回山，黄、赵二人便请他见了追云叟，代为先容，明日二人即去求见。周淳道："家师对待门下极为恩宽，我虽入门不久，有时话说得冒渎一点，他老人家向不怪罪。话是我可以替二位说，不过他老人家若不愿相见，二位无论如何想法，仍是无效的。"

周淳作别走后，黄、赵二人到了第二日早起，至至诚诚，一同到了衡山，追云叟仍未见回转。心源想起追云叟爱喝酒，又同黄玄极把城里城外大小酒楼酒铺寻了个遍，仍是寻访不出一丝踪影。似这样每日来来往往，连去衡山多少次，总未见着追云叟。过了十多天，二人正预备动身到衡山去，忽然周淳御剑飞来，说是峨眉派与各异派明年正月十五在成都慈云寺、辟邪村两处斗剑，追云叟业已回山，传了周淳好些剑术，叫周淳日内先到成都，与醉道人送还飞剑。周淳便把黄、赵二人求见之事代为婉陈。追云叟说，此时忙于布置成都之事，无暇及此，好在距离端阳为期尚远，叫黄、赵二人不必性急，也不必到成都去，只在岳麓山暂住，暂时也无须到云贵去寻铁蓑道人，尚有用他二人之处，并带来书信，叫他二人到了明年二月初三，按照书信行事等语。黄、赵二人闻言大喜，立时心中一块石头落地。又过了不几天，周淳果然来与他二人作别，径往成都去了。周淳到了成都情节，前书已有交代。

且说黄、赵二人，自从周淳送信，知道已蒙追云叟应允相助，各人去了一块心病。又知钱、厉二魔受了追云叟惩治，八魔知道追云叟在衡山隐居，决不敢轻易前来启衅。心源内功虽佳，飞剑却是未有深造。黄玄极得过玄真子真传，自比他较胜一筹。心源便不时向他请教，黄玄极也毫不客气，尽心指点。二人安住在岳麓山，倒也不显寂寞。衡山原有七十二峰之称，湘江又环绕其下，衬上平原的红土与青山绿水，交相辉映，在在都能引人入胜。二人除了练习剑术及打坐外，不时也到各处名胜地方闲游。

光阴迅速，不觉已将近除夕。有一天，二人无意中走进城去，忽见路旁有一座酒肆，里面顾客云集，非常热闹。心源看那地方很熟，才想起昔日同追云叟初遇时，在这里喝过酒。偶一高兴，便约黄玄极上去，沽饮几杯。上楼一看，业已座无虚席，候了有片刻，才由酒保在朝街一个小角上，收拾出一张小桌同两把椅子。心源心想："今天已是二十八，还有两日便要过年。店家都忙于收账齐市，普通人家谁不筹备过年，怎么今天这酒楼上会这么热闹？好生奇怪。"正在寻思，酒保已将杯箸摆好，问要什么酒菜。心源随意要了几样荤素酒菜。酒保招呼下去，半响还不见端菜上来，人也不见。黄、赵二人本来涵养功深，知道客多事忙，倒也不放在心上。接近心源有一张桌子上面，原坐着两个买卖人，只喝得一半，因久等酒菜不来，喊来酒保，刚要发作，那酒保却悄悄地在那人耳边说了几句话。那两个买卖人闻言，不但没有发作，脸上反显出一些惊恐之容，也不再催下余酒菜，匆匆给了酒保一些散碎银子，慌不迭地下楼而去。这二人刚走不多一会儿，又上来一个酒客，生得虎背鸢肩，堂堂一表，上楼只看了看，径往那张空桌上坐定。这时满堂客人正在哄饮，吆五喝六，热闹非常。那人上来时，酒保正送先前二人下楼，见又来了这么一位，眉头一皱，走将过来，赔笑说道："小店今日因是快过大年的时候，不曾预备得多少东西，不想今天来客特别多，所有酒菜差不多俱已卖尽。请客官包涵一点，上别家去吧。"那人刚要答话，正赶上先前招呼黄、赵二人就座的酒保，一股脑儿连同酒饭包子都端了上来。心源原想同玄极两人慢慢浅斟低酌，不曾想到先是久等不来，一来却是连酒带饭一齐来，有许多吃食并未要过，他也一齐送来，惟独酒却只有一小壶。心想："也许灶上太忙，故而趁空并做，一齐送来；再不然就是适才酒保听错了话。既已一齐送来，只好将就。惟独这一小壶酒,如何够二人之饮?"便笑对那酒保道:"这酒太少,好在酒不要现做,你给再来七八壶吧。"那酒保闻言,又跟对待先前二人一样,凑近心源耳畔说道:"今天这里有事,客官最好少喝一点酒,改日再补量吧。"

心源闻言,知道其中必有隐情,揣知必是当地有什么土豪恶霸要在此生事。适才上楼不曾留意旁人,这时不禁用目往四外一看,果然那满堂酒客,除了雅座以内看不见外,余下差不多一个个俱是横眉竖目,短装缚裤,愈加明白了大半。知道盘问酒保也不肯说,估量这些人无非市井无赖,凭自己一人也足以对付,索性不问也不走,借着吃喝看一个究竟。便用好言向酒保商量道:"你只管放心,我同这位道爷俱是外乡人,决不会在这里多言多事。不过我二人因听说你酒菜好,特意前来过酒瘾,饭吃不吃不算什么,酒却不能不饮。我二人酒量大,酒德好,只躲在这偏角吃喝,回头多给你小费,还不行么?"说罢,便取出十两一锭银子,叫他存柜,吃完再说。那酒保略寻思了一下,便嘱咐心源:"少时无论看见什么,不要说,不要动。如果看见有人相打,这楼角有一个小门,进去便可转通到另一个楼梯下去。剩的银子,改日再算。"说罢,刚要转身,忽听一人大声说道:"众人都卖,为什么偏不卖我?我在这里吃喝定了!"

心源回头一看,正是适才上楼那一个酒客,因为酒保劝他到别家去饮,言语不合,争吵起来。同他说话的那个酒保,见他发急大嚷,不住地低声央告。那人还是执意不从。心源回头的时节,正与那人打了个照面,觉得他英姿勃勃,一脸正气,一望而知是一个江湖上的豪杰,不禁动了惺惺相惜之意。见他同那酒保争执不已,一时高兴,便过去排解道:"他们今日买卖委实甚忙,想是知道酒菜预备得不齐全,怕耽误了客官饮食,所以请阁下到别家去饮。我们萍水相逢,也算有缘,阁下如不嫌弃,何妨移尊到兄弟那张桌上同饮,何必同他们小人怄气呢?"那人见心源谈吐豪迈,英气内敛,不禁心中一动,见心源相邀,连忙接口道:"在下一个出门人,本不愿同他怄气。这厮说酒菜不全,原也不能怪他。末后他说,如果我定要在此饮酒,等一会儿出了差错,休得埋怨他们。问他细情,他又不说,反说上许多恐吓的话语,叫人听了不服。既是阁下美意,在下也未便再同他计较。不过萍水相逢,就要叨扰,于心不安罢了。"心源知他业已愿意,又客气了两句,便请那人入座。说话时节,先前同心源说话的那个酒保,不住站在那人背后使眼色。心源知他用意，装作不知，竟自揖客入座。那个酒保无法，只得问那人要吃什么。心源抢着答道："这里有许多菜，才端上来还未动。你们今日既是菜不齐全，随便把顺手得吃的配几样，先把酒拿来就得了。"那酒保重又低声说道："客官是个常出门的好人，适才我说的全是一番好意，还望客官记在心头，不要大意，"心源道："我们知道，你先去吧。"

酒保走后，心源又将黄玄极向那人引见。彼此通问姓名之后，那人忽然离座，重向心源施礼，连说"幸会"。原来那人就是陶钧在汉阳新交的好友展翅金鹏许钺。自从他与余莹姑江边比剑，矮叟朱梅解围，众人分手之后，便决意照朱梅所说的话，将一切家务料理完竣，开春之后，到宜昌三游洞去投到侠僧轶凡门下。光阴迅速，转瞬年关，猛想起长沙还有两处买卖，因为这两年懒于出门，也没有去算过账。如今自己既打算明年出外访师，何不趁着这过年将它结束，是赔是赚，省得走后连累别人。想到这里，便将他的一儿一女接回家来，告诉他的姑母，说自己年前要赶到长沙收账，不定能不能回来过年，家中之事便请他姑母照料。一切安排妥当，又在家中待了几日，直到腊月二十左右，才由家中到了长沙。问起他所开的那两家买卖，恰好一赔一赚。许钺大约看了看账，便吩咐主事的结账收市，将这两处生意盘与别人。这两处主事人都甚能干，听了东家吩咐，劝说两句无效，只得照办。到了二十六，两处买卖分别结束清楚，一算账，除偿还欠账外，还富余三千多两银子。这样迅速，大出许钺预料。便将这三千多两银子，分给主事的铺掌同人一半，将余下的一半打成包裹，准备带回家去。因想到衡山岳麓一带去游玩个畅，便不想回去过年。第二天假说回家，辞别众人，搬到店房去住，先在岳麓山去游了一天。第二日无意中听人说这家酒楼酒菜极好，跑上来买醉，不想那酒保却托词拒绝。

第六十二回　抱不平　同访戴家场
　　　　　　　负深恩　阻婚凌氏女

许钺为人原极平和机警，酒保初同他说时，语近恐吓，知道话出有因，其中必有缘故，本不想同他计较。忽然看见大桌子上坐着七八个人，装束相貌，周身俱是匪气。内中有一个人更生得兔耳鹰腮，一脸横肉，一望而知不是善良之辈。许钺同酒保争执，他不住地在一旁斜视，带着一种极难看不屑的神气。许钺先还想忍耐下去，后来一想："日前听说长沙城内出了一个恶霸，叫做老疙瘩罗文林。另外还出了一位英雄，叫做玉面吼白琦，非常了得，看今日酒楼上神气，必与这两人有关，何不趁此机会见识见识？自己不久便要出世，倘在此遇见不平之事，何妨伸一伸手，替人民除去祸害，自己再赶回家中料理料理，远走高飞。"想到这里，不禁勾起雄心，故意大声说话，原是取瑟而歌之意。心源过来解劝，一见面便知不是常人。及至问起姓名，才知是好友陶钧的师父，那一个道士也是剑侠一流。心中大喜。双方叙礼之后，许钺又把陶钧已得了一位剑仙为师之事说了一遍。他为人持重，因为侠僧轶凡是否收他为徒，尚说不定，故此把这一节没有说出来。

三人在酒楼上正谈得投机，忽然楼下一阵大乱。接着楼梯噔噔直响，上来一人。生得非常矮小，手中拿着四个铁球，在手上滚得叮当乱响；招耳掀鼻，尖嘴鹰目，眼光流转，一脸精悍之气。这人未上来时，楼上面酒客吃酒豁拳，声音嘈杂。这人刚一上楼，立刻全堂酒客停杯放箸，站起身来，恭恭敬敬地喊了一声"九大爷"，随即深深施了一礼，满堂鸦雀无声。那人连正眼也不看他们，仿佛在鼻孔里哼了一下。早已由一间官座里挤出来的七八个人，众星捧月一般将那人簇拥到官座里去了。心源等坐的地方在偏角上，本不容易被那人看见，偏偏从官座出来的那一群当中，有一个身材高大的汉子，看见全堂酒客只心源等三人未曾起立，狠狠地打量了心源等一眼，径自进屋去了。那矮人进去后，全堂酒客重又乱将起来，这一次可与适才喝酒时情形不同，没有一个敢大声说话，俱都是交头接耳，叽叽咕咕。那些酒保也全都上来，赶往官座内张罗去了。先前伺候心源这一桌的酒保，却跑过来悄悄对心源说道："客官酒饭如果用毕，就请回吧。"心源正要答言，忽见那官座内有一个人走出来，对着楼上面那一伙人只招呼得一句话，满楼酒客轰然四起，拿东西的拿东西，穿衣服的穿衣服，只听楼板上一阵杂乱之声，霎时间这百多酒客争先下楼，走了个干净。许钺耳聪，恍惚听见那人说的是"戴家场"三字。那酒保见心源假装听不见，知道他们三人尚无去意；又见这一班酒客纷纷走去，知道不会再有什么差错。恰好楼下有人唤他，便自走去。

许钺问心源："酒保是不是又来催走？"心源道："你猜得正对。我看今天这些人皆非善良之辈，想必是又要欺凌什么良善，在此聚齐，也未可知。"许钺道："后辈日前来此收账，一路上听见人说，长沙出了一个恶霸，名叫老疙瘩九头狮子罗文林。想必这些人当中就没有他，也必与他有关。适才我仿佛听见他们说出'戴家场'三字，大约就是他们去的地点了。"还要往下说时，黄玄极忽对二人使了一个眼色，便都停止不语。回头看时，官座门帘起处，那矮子已慢条斯理地走了出来，其余七八个人跟在后面。内中有一个生得特别高大，走到楼梯跟前，猛回头看见黄、赵、许三人，便立定了脚，待要说些什么似的。正在此时，楼梯噔噔直响，又跑上来一人，朝那矮子悄悄报告了几句话。那矮子闻言，双眉倏地一竖，也不再顾黄、赵、许三人，喊一声走，由这一伙人簇拥着下楼而去。

他们走后，先前酒保才上来招呼心源等道："这番清静了，诸位请自在安心吃酒吧。我们东家知道三位是过路人，适才多有怠慢，特意叫我们这里的大师傅做了几样拿手菜，补敬三位。三位还要什么，我一同去取来吧。"说罢，转身要走。心源连忙一把将他拉住，说道："你们有好菜何不早说？我们如今业已酒足饭饱，改日再扰你们吧。只是我不明白，你们开的是酒饭铺，先前我这位朋友要酒要菜，你们那一个伙计竟然不愿卖他，仿佛欺生似的，如今又来赔话，是何缘故？"酒保闻言，先抬头四下看了一看，才悄声说道："本不怨三位生气。今天因为罗九太爷在此请客，这座楼面原不打算让给外人的。偏偏罗九太爷手下什么样人都有，照例不许人问的，我们这本地差不多都知道，只要遇见，自己就会回避。先前你老同这位道爷上来时，我们也不知是不是罗九太爷的客。及至坐定，要完酒菜，才知二位是过路客官，已经要了酒菜，怎好说出不卖来？后来东家知道，着实埋怨了我几句，说今天九太爷请客，是在怒火头上，非比往日，忠心伺候还怕出错，如何将座卖给外人？话虽如此说，但是也不便催二位走，只得叫大师傅匀出工夫，将二位酒菜一齐做得，端了上来。原想二位吃完就走，不想又上来了这位客官，我们那个伙计不会说话，招得这位客官生气。幸而所说的话，因是外乡口音，没被他手下人听了去；又多亏你家解劝，给请了过来。要被他们听见，那乱子才大呢！虽然三位在这里吃喝，我们背地里哪一个不捏着一把汗？也怪我们刚才不预先打个招呼，以致九太爷上来时，三位连起立都不起立。幸而在偏角上，九大爷不曾看见；他手下人，又因为九太爷心中有事，顾不到这里，没有闲心和三位淘气。如若不然，漫说九太爷不答应，连他那一班手下人也不肯甘休的。"心源闻言，笑问道："这罗九太爷这般势要，想必是做过大官的吧？"酒保闻言，抿了抿嘴笑道："你家少打听吧，三位俱是外路人，多一事不如少一事，耳不听，心不烦，吃喝完了一走，该干什么干什么，比什么都好。"

　　心源知他不敢明说，还待设法探他口气，楼下已有人连声喊他。这时楼上除心源三人外，并无他客。许钺起身漱口，无意中挨近楼梯，听见店主人嘴里叽咕，好似埋怨刚才那个酒保，耳边又听得"戴家场"三字。知道酒保决不再吐真言，便回桌对心源一说。心源道："我想这里头必有许多不平之事在内，店家恐怕连累，未必肯说实话。许兄如果高兴，何不问明戴家场地址，我们一同去探看个明白何如？"许钺自然深表赞同。当下重唤酒保，果然不是先前那人，二人也不再说什么，将酒账开发。下楼之时，走过柜房，许钺顺便问了问戴家场路径。柜上人一听问的是戴家场，脸上立刻有点惊异神气，反问许钺找谁。许钺心中却不曾预备有此一问，因日前听说过一个姓白的侠士，随口答道："我找一位姓白的。"柜上人闻言，愈加惊惶，忙说道："这个地方我们不知道，你出了南门再问吧。"三人见柜上的人如此说法，知道他们怕事，便不再问。听他说话神气，料那戴家场在南门外，便一同往南门外走去。

出城走了十多里路，问了好几个路人，才知道那戴家场在白箬铺西边，离长沙还有五六十里路哩。再一打听罗九同白琦的为人，提到白琦，差不多还有肯说一句"这是个好汉子"的；再一提罗九，便都支吾过去。三人问不出所以然来，见天色尚早，好在没事，虽然许钺不会剑术，也能日行数百里，索性赶到戴家场去看个明白。行路迅速，走到西初光景，已然到了白箬铺。从路人口中打听出戴家场还在前面，相隔有六七里地。赶到那里一看，原来是位置在一座山谷之中的一个小村。这时天已黄昏，四野静荡荡的，看不出丝毫迹兆，疑是适才许钺听错了地方，或者长沙城外另还有个戴家场也未可知。不过既然到了这里，索性打听个明白，便往村内走去。走出不多远，见有人家，是一个乡农，正从山脚下捡了一捆枯枝缓步回村，看上去神态很安闲。心源便上前打听这里可是戴家场。那乡农朝三人上下望了两眼，点头道："我们这里都姓戴。三位客官敢莫是寻访我们戴大官人的么？请到里面去，再寻人打听吧。"心源道声"打扰"后，同了黄、许二人，照他所说的路径走去。只见前面高山迎面而起，挡住去路，正疑走错了路。及至近前一看，忽然现出一个山谷，两面峭崖壁立，曲折迂回，车难并轨。这地方真是非常雄峻险要，大有一夫当关之势。在谷中走了有二三里路，山谷本来幽暗，天又近黑，三人走路的足音与山谷相应，越加显得阴森。三人不时抬头，看见半山崖壁间有十几处类乎大鸟巢的东西，也没做理会。又走了里许路，谷势忽然平展开来，现出一方大广场，场左近有百十户人家。近山麓有许多田垄，方格一般，随着山势，一层层梯子似的，因在隆冬，田都是空的。

这时天已昏黑，心源走近那些人家一看，且喜俱未关门，不时听见绩麻织布的声音。恰好这家人家正走出一个中年汉子，见心源等在门外盘旋，便问做什么的。心源仍照先前一样，问这里可是戴家场。这时房内又走出一个年轻汉子，先前那人不知嘴里说了一句什么，这后出来的便朝心源看了一眼，走向后面去了。先前那人便向心源道："这里正是戴家场。你们是从哪里来的？何事到此？"可笑心源、许钺在江湖上奔走多年，只因在酒楼上看见罗九那般大气焰，疑心他率领多人，到戴家场欺压良善，激起满腔义侠之心，一路赶来，逢人便问，匆忙中竟会没有预备人家回问。黄玄极又是素来不爱多说话的人,这一下几乎把心源问住。只得随便编谎道:"我等听说戴家场明天有集,特意前来赶集办年货的。"那人闻言,只冷笑了一声,回身便走。心源也知自己答得不对,岂有住在城里的人,除夕头两天还连夜到乡下赶集的?三人吃了一个没趣,只得离了那家。

黄玄极猛道:"我们真是太呆了。你想那一伙人下楼不多一会儿,我们便追了出来,我们三人的脚程何等快法,那罗九纵然了得,他带的那一伙人差不多都是些无用之辈,岂有我们追赶不上的道理?这条路上通没有见那些人的踪迹,我们莫非上了当吧?"赵、许二人恍然大悟,暗笑自己鲁莽。正商量回转岳麓,等明早再设法打听时,忽然一道九龙赶月的花炮,从广场北面一家院落中冲霄而起,一朵碗大的星灯,后面随着九条大花,飞向云霄,煞是好看。许钺道:"想不到这一个山凹小村里,还造得这般好花炮,这里居民富足也就可想了。"说罢,正要转回来路,忽听"当当当"一片锣声,山谷回音,响声震耳。先还疑是打年锣鼓过年,一会儿工夫,遍山遍野四面俱是锣声。黄玄极道:"锣声之中带有杀伐之音,莫非许居士没有错听,毕竟那话儿来此寻衅吧?"话音未了,锣声停处,广场北面卷出一队人来,接着遍山火把齐明。黄、赵、许三人正在惊异,那一队人已走离三人立处不远,为首二男一女。两个男的,一人手持两根十八环链子架,一人手持一杆长枪;那女的手持双剑。除那使槊的年纪稍长外,其余一男一女都年约二十左右。走到近前,一声号令,队伍倏地散开。那使槊的首先喝道:"罗九门下走狗速来纳命!"

许钺见那使枪的少年非常面熟,手上的兵器又和自己门户中所传的式样一般,好生奇怪。还未及三人还言,那使枪少年已纵身上前,失声喊道:"来者不是馨哥么?"许钺听那人喊他乳名,越发惊异,近前仔细一认,只觉面熟,还是想他不起。那人却已认出许钺,一面止住众人,上前施礼道:"我是你离家逃走在外的十三弟许铁儿,现在改名许超的便是。馨哥时隔十二年,不认得兄弟了吧?"许钺这才想起,这人便是十二年前因为学武逃走的一个叔伯兄弟许铁儿,彼时他才九岁。他的父亲原和许钺的父亲是同胞,生了有七八个儿子,最后一个便是许超,乳名铁儿。从前在书房中不喜欢读书,时常偷偷去看叔伯哥哥许钺练许家的独门梨花枪,将招式记在心头,背着人练习,书却不爱读。到第九岁上,因为逃学习武,被他父亲打了一顿，便从家中出走，久无音信。不想在这里见面，如何不喜。

当下许钺便将黄、赵二人介绍见面，许超也把他同来的人引见。那使槊的便是此间地主飞麒麟戴衡玉。那女的是衡玉的妹子戴湘英，人称登萍仙子。大家见面之后，知是自己人，戴衡玉便邀三人至家中叙话。黄、赵二人正要打听罗九为人，许钺又是骨肉重逢，自是愿意。心源便问衡玉道："如今大乱之后，地方倒还安静，贵村设备这般周密，莫非左近还藏有什么歹人不成？"许超抢着答道："话长着哩，三位回到家中，见了我们大哥再说吧。"这时山上火把依然通明，队伍也跟在众人后面，步列非常整齐。衡玉笑道："只顾招呼远来嘉客，也忘了开发他们。"说罢，把手一挥，一声梆子响处，这些队伍倏地左右分开，化成两队，一队往南，一队往北，远望过去，好似两条火龙，蜿蜒缓向村后。遍山火把，通都不见，仍是一片空广场，静荡荡地一个人影也无。只剩明星在天，寒风吹到枯树上飕飕作响。回望来路，山崖上面也有十几处火光依次熄灭。才知适才进来的山谷中所见鸟巢一般的东西，皆是埋伏，不禁佩服此中人布置得周密。若不是许钺同来，兄弟重逢，自己同黄玄极会剑术的话，要想出去，还不一定怎么样呢。

一行谈谈笑笑，走到北面一家人家，迎面有座照壁，门墙高大。门首站定一人，后面跟着许多长年。见众人走近，迎上前来迎接，笑道："适才听人误报，说是罗九又派人公然寻上门来。不想俱是自己人，做张做势的，好叫嘉客见笑。"许超忙向黄、赵、许三人引见道："这位便是我们的大哥玉面吼白琦的便是。村中行兵部署，全是大哥出的主意呢。"戴湘英见许超毛急，瞪了他一眼，说道："也没有你这人这般猴急，什么话都怕说不完似的，无论什么人见了面，恨不能连家谱都背出来哩。"许超吃了一个抢白，低头不语。这时黄、赵、许三人同白琦、戴衡玉又说了许多仰慕和客套话，才一同进内。里面房屋甚是阔大，佣人也甚多。未及叙话，长年已来催客入席。白琦道："今日是我二弟先父忌日，备有酒筵，适才上祭之后，正预备吃年饭，忽听人报说陈圩来了奸细，满以为这年饭要吃不舒服。不想来了三位嘉宾，真是幸会！我们索性入座再谈吧。"黄、赵、许三人见这三个主人英姿勃勃，非常豪爽，倒也不客气，由主人邀进厅堂入座。

上酒菜之后，问起根由，衡玉道："那罗九原是长沙城外一个破落户，因为他生得虽然矮小，却是力大如牛。他能运气，将一只臂膀上鼓起九个疙瘩，于是人家都叫他做罗九疙瘩。后来因为在赌场和人打架，被一个有名武师卫洪打了一顿，栽了跟头，立脚不住。不知怎的，会跑到陕西太白山积翠崖峨眉派剑仙万里飞虹佟元奇门下，学了一身惊人本领，去了九个整年头，去年年底才回转长沙。第三天，便去寻卫武师报仇，才两三照面，便被他用内功将卫武师心脏震碎。回去不到三天，生生腹痛肠裂而死。卫武师本是资江人，长沙城内有一家姓俞的富家，名叫俞允中，请来教武的。他死之后，罗九便托人向俞公子说，打算要谋那教师席位。偏偏俞公子虽然年轻好武，人却正派，并且念旧，不但拒绝了他，还要四处聘请能人给卫武师报仇。听说我会几手粗拳粗脚，几番着人前来聘请。我因自己原是务农为业，不愿招惹是非；再说卫武师是长沙有名的人物，尚且不是敌手，那厮又是剑仙门徒，不知他的深浅，万一抵敌不过，白白丢人，只得托词拒绝。

"离我们西南二十里一个山凹中，有一个村庄名叫陈圩，同俞家因是世仇，听说罗九本领了得，忙用卑词厚礼聘到家中。罗九因见俞家不用他，本已怀恨在心，陈家派人前去聘请，正合心意，当下一请就到。陈圩的首领名叫陈长泰，外号人称地头蛇追魂太岁，原来就横行乡里，无法无天。罗九一来，更是如虎生翼，不多几日，便寻俞家开衅。俞允中自知不敌，又亲来寻我。我彼时正为先人营墓，无法分身，又自知不是对手，才教俞允中差人与陈圩送信。大意说：你无须倚仗人多逞强，我姓俞的自有个交代，请等我一年，让我把家务料理清楚，明年今日，我准到陈圩来领教便了。那天恰是今年二月初三。自从回复他们之后，按照江湖上的规矩，虽未再去寻俞允中生事，可是把俞家挨近陈圩的一条水沟硬给霸占了。俞允中无法，只得忍气吞声，四处访请能人。直到中秋节前，白大哥从善化回转长沙，在岳麓山脚下遇见一伙人打群架，劝解不从，被白大哥将山脚下一块六七尺方圆大石举将起来，将众人镇住，一时威名传遍了长沙。俞允中听见信，连夜赶到此地，苦苦央求，给他助拳出气。白大哥先还不肯，经不住我在旁边苦劝，才得应允，只叫他在期前不要传扬出去。白大哥原是湖南善化大侠罗新的表弟，在长沙颇有名声，从幼小便和我在一起长大。他家只在长沙城内开一家笔铺，除了有老年寡嫂同两个幼年侄儿外，并无他人。出门时节，叫我代为照应。我索性就请搬来同内人们一起住，又方便，又热闹。所以他每次回来，总住在我这乡下，很少往长沙城内去。俞允中回家之后，因为遵从大哥之言，只说大哥谢绝了他。罗九听了愈加高兴。

"也是合当有事。陈长泰原是惧怕卫武师才搬到乡下去住，住了两年，未免嫌厌。卫武师已死，又添了一个厉害爪牙，还怕谁来？过了中秋，便同罗九带了一班狗腿，重回城中居住。俞允中知他回来，便避着他，不常出门。起初两人不见面倒还没事。到了腊月初头上，俞允中因有人与他提了一门亲事，往城外岳家前去行聘。这女家姓凌，也是练武的世家，世代单传。末后这一代名叫凌操，只生一女，名唤凌云凤，生得非常美貌，武艺超群。陈长泰以前几番慕名求亲，凌操本精于风鉴，见面后，背地告诉别人：陈长泰脑后见腮，三年之内必遇奇祸，执意不允。陈长泰虽然怀恨在心，怎奈自己本领奈何凌操不得，只索作罢。后来另娶了一个妻子，又买了许多美妾，把此事早已忘却。这天听见凌云凤反要嫁给他的仇人，如何不恨？便想不等明春之约，就在期前将俞允中打成残废，把两种仇做一起报。叵耐罗九以前在长沙落魄时，受过凌操许多好处；他被卫武师打伤，又是凌操用家传金创药给治好的，于心不忍。但是吃了人家的饭，平日又说得嘴响，怎好不从？只得含糊应允。当俞家向凌家提亲时，曾有人警告凌操说，现在陈长泰同罗九正与俞允中寻仇，这场亲事恐有波折。凌操道：'我见允中为人敦厚，气度端凝，文武两面都来得，绝非夭折之相。罗九那厮曾受过我的大恩，凭他敢怎样？'不但立刻应允了媒人，因为爱女的缘故，很铺张了一下。至于俞允中的心里，未尝不知事情危险，一则久闻凌女才貌，二则知道凌家父女本领，想多得一个好帮手，到了行聘这日，亲自前往凌家过礼。才走离凌家门前不远，陈长泰同罗九的埋伏忽然出现。正在不可开交，凌操得信赶到当场，把罗九痛骂了一场。罗九羞恼成怒，同凌操动起手来。凌操到底上了两岁年纪，一个不留神，中了罗九一掌。俞允中见乃岳受伤，情急不顾利害，奋身入场，他哪里是罗九的对手。正在危急之间，恰好三弟从四川回来，路见不平，上前助阵；凌云凤也得了信从家中赶来。双方一场混战。陈长泰手下伤了不少人，三弟同凌氏父女和俞允中四人，还是敌不过罗九，凌操左手又受了内伤，一路打，一路走，直打出南门外十几里路。我同大哥得着俞家飞马报信，迎个正着，将他四人接回来。从此，便与陈长泰、罗九等结下深仇。

"转眼就是明春二月，彼此都戒备很严。罗九因见我们这里人多，还另约了好些助拳的。我们这里虽是一个山村，却是富足。那年吴三桂起事失败，到处都闹土匪。自从经大哥用兵法部勒村民，设了许多守望，我们这里的人都会几手毛拳，又加上地形太好，深藏山谷之中，稍差一点的地痞棒客，轻易也不敢前来侵犯。这两年地方逐渐平靖，大哥常往善化，本用不着像早先那样戒备。偏偏本村人民因见以前设备收有成效，仍愿再照式办下去。推我做个临时首领，在农事之余，轮流守望，练习武艺，虽在平靖时节，也是戒备极严。此次同陈、罗二贼结仇，自是小心在意，早派人在谷口同沿崖险要处守望，一见面生可疑之人，马上用号灯递信。那号灯之法也是大哥所教。用一个方灯笼，三面用木板隔住烛光，一面糊上红油纸。如果看见夜间谷内有人行走，没有拿着本村的号灯，立刻由崖上守望的人将红灯按照来人多少，用预定暗记，向第二个守望的人连晃几下，由第二个人再接着往下传。似这样一个传一个，传到广场前面山崖的总守望台。我们也同时看那总守望台上的号灯上所示的人数准备。如果估量来的人多，白日是放响箭，晚上是放起一朵流星火光。这只不过片刻的工夫，全村会武艺的人全体出动，各人奔就各人的行列，随着我的号令前进。无论来人的脚程多快，还未到前面广场，我们业已准备，以逸待劳。我们埋伏既多，地势又非常险要，来犯的人十个有九个成擒的。

"可笑罗九不知厉害，前天晚上派了一个著名飞贼，叫做双头鼠文宝薰的，跑来窥探动静，才进谷口，我们便接着号灯报信。因见来人不多，不似今晚大举，只由我同三弟、舍妹三人，带了数十个壮丁迎上前去。文贼见势不佳，回头就跑，逃到山谷中间，被预先埋伏下的龙须网罩将下来，像网兔一般，将他擒了回来审问。起初见他不过是一个小小毛贼，本不打算要他的狗命。后来问出他的真姓名，知道他是双头鼠文宝薰。这厮曾将亲兄弟毒打赶逐出去，将家产并吞以后，还嫌他的母亲白吃闲饭，强逼着他生身的母亲改嫁旁人；平日又在长沙城内无恶不作，是有名的枭獍恶贼。所以容他不得，我问明白了他的真情以后，便将他送到山上活埋。并从他身上取了一个符号，着人与罗九送去。听说陈、罗二贼得知此事，暴跳如雷,等不到明春,日内便要前来报仇。今晚三位进来的时候,我们接着谷中传报,还有三位去的那一家也前来送信。因听说三位进来时节举动自如,满不在乎的神气,疑是陈、罗二贼请来的能者,不敢怠慢,才全体出动。若非三弟与许兄骨肉重逢,几乎伤了和气,那才是笑话哩。"众人哈哈大笑。心源又将城内所闻说了一遍。

蜀山剑侠传 ②

— 著 —
还珠楼主

人民文学出版社

目录

第六十三回	深宵煮酒　同话葵花峪 险道搜敌　双探鱼神洞	457
第六十四回	妖法肆凶淫　郭云璞无心擒侠女 深情逢薄怒　戴湘英立志学神枪	465
第六十五回	两番负气　陈圩下书 无限关情　吕村涉险	474
第六十六回	观社戏　巨眼识真人 窥幽林　惊心闻噩耗	484
第六十七回	失掌珠　凌翁拼老命 援弱女　飞剑化长虹	493
第六十八回	玉清师托借神火针 追云叟初试桃花瘴	501
第六十九回	一心向道　软语劝檀郎 拔地移山　驱神通古洞	509
第七十回	断蛇移山　穷神出世 春卮盛馔　一友延宾	517
第七十一回	打擂试登萍　有意藏奸　无心出丑 轻身行白刃　淫人丧命　荡女挥拳	524
第七十二回	急怒失元神　毒云蔽日　妖人中计 伤心成惨败　飞剑惊芒　和尚逃生	533

第七十三回	小完杀劫　群凶授首	
	齐唱凯歌　巨寇成擒	541
第七十四回	忐痴情　穿云寻古洞	
	临绝险　千里走青螺	552
第七十五回	十年薪胆　二番僧炼魔得真传	
	两辈交期　三剑客中途逢旧雨	559
第七十六回	几番狭路　苦孩儿解围文笔峰	
	一片机心　许飞娘传信五云步	569
第七十七回	无意失霜镡　雪浪峰前惊怪鸟	
	有心求故剑　紫玲谷里见仙姑	580
第七十八回	妻斐相加　冤遭毒打	
	彩云飞去　喜缔仙姻	589
第七十九回	结同心　缘证三生石	
	急报仇　情深比翼鹣	603
第八十回	推云拨雾　同款嘉宾	
	冷月寒星　独歼恶道	615
第八十一回	秦紫玲神游东海	
	吴文琪喜救南姑	627
第八十二回	情重故人　玉罗刹泄机玄冰谷	
	同仇敌忾　女殃神先探青螺峪	636
第八十三回	鬼风谷神雕救主	
	玉影峰恶徒陷师	645
第八十四回	一息尚存　为有元珠留半体	
	凶心弗改　又将长臂树深仇	657
第八十五回	紫郢化长虹　师道人殒身白眉针	
	晶球凝幻影　怪叫花惊魔青螺峪	661
第八十六回	断臂续身　元凶推巨擘	
	追云驰电　妙法散神沙	674
第八十七回	入古刹　五剑客巧结番僧	
	煮雪鸡　众仙娃同尝异味	683
第八十八回	银光照眼　奇宝腾辉	
	黑雪遮天　妖僧授首	695
第八十九回	勇金蝉单身战八魔	
	怪叫花赤手戏天王	707

2

第九十回	施诈术 诓走锁心锤	
	奋神威 巧得霜角剑	718
第九十一回	败群魔 莽汉盗天书	
	记前因 藏灵怜故剑	731
第九十二回	生死故人情 更堪早岁恩仇 忍见鸳鸯同拚命	
	苍茫高世感 为了前因魔障 甘联鹣鲽不羡仙	747
第九十三回	斩孽龙 盗宝鼎湖峰	
	失天箓 腐心白水观	759
第九十四回	乘危放妖氛 冰窟雪魂凝异彩	
	锐身急友难 灵药异宝返仙魂	769
第九十五回	洒雪喷珠 临流照影	
	飞芒掣电 古洞藏珍	780
第九十六回	力辟仙源 欣逢旧雨	
	眷言伦好 情切友声	792
第九十七回	万里孤征 余英男杀贼枣花崖	
	一心溺爱 金圣母传针姑婆岭	804
第九十八回	霞煮云蒸 伤心完宿劫	
	郎情妾意 刻骨说相思	817
第九十九回	难遣春愁 班荆联冶伴	
	先知魔孽 袒臂试玄针	828
第一〇〇回	吮雪肤 灵物示仙藏	
	窥碧岑 虎儿遭愚弄	839
第一〇一回	天惊石破 宝剑龙飞	
	雾散烟消 淫娃鼠遁	852
第一〇二回	两界等微尘 幻灭死生同泡影	
	灵岳多异宝 金精霞彩耀云衢	864
第一〇三回	长笑落飞鸢 悲岭无端逢壮士	
	还乡联美眷 倚闾幸可慰慈亲	873
第一〇四回	张老四三更探盗窟	
	周云从千里走荒山	888
第一〇五回	举步失深渊 暮夜冥冥惊异啸	
	挥金全孝子 风尘莽莽感知音	899
第一〇六回	雾涌烟围 共看千年邪火	
	香霏玉屑 喜得万载空青	911

第六十三回　深宵煮酒　同话葵花峪
　　　　　　　险道搜敌　双探鱼神洞

　　大家谈了一阵，彼此越来越投机。白琦、戴衡玉兄妹从许钺口中听出黄、赵二人俱会剑术，十分钦慕，便请许超转留黄、赵、许三人助一臂之力。心源道："除暴安良，扶持弱者，原是我辈本分。不过小弟同黄道兄尚有要事在身，二月初三，尚奉有一位前辈剑仙使命，留有书信一封，要到当日才能拆看，偏偏这事约的日期也在这日，能否如命效劳尚无把握。倘在二月初三以前同他交手，那就可以一定效劳了。"说罢，便将追云叟命周淳传书之事说了一遍。还恐白、戴三人不信，又将身旁书信取出。白琦道："赵兄太多心了。我看罗九见文贼身死，必不能守原定日期。二位既有要事在身，兄弟也不敢勉强。我等总算有缘，现在为期还早，此间颇有清静房屋，谷中风景不亚岳麓，何妨请三位移此居住？如到期前陈、罗二贼不来，再另想别法，决不致误尊事。如何？"黄、赵二人野鹤闲云，见主人盛意相留，彼此难得意气相投；又闻得陈、罗二人如此横行，只要不误追云叟使命，正乐得为民除害。便答应明日回转岳麓，去将一些随身东西取来，住到二月初三，看了追云叟书信再定行止。白、戴二人闻言大喜。凌操同俞允中俱受了罗九的伤，幸而白琦知道门径，加意治疗，在后园养病。闻说来了二位剑侠，连凌云凤俱要扶病出来请见。白琦说他二人不能劳顿，随请黄、赵、许三人入内相见。谈起来，凌操还是心源初次学武时的同门师叔，彼此自然愈发亲近。第二日，黄、赵、许三人回转长沙岳麓，分别将东西取来，在戴家场住下。惟有许钺急于要到三游洞拜师，还要回家料理一切，说住过了正月十五便要回去。白琦见他去意甚坚，不便过分挽留，只得等他住过十五再说。

到了除夕这晚上，戴衡玉大摆筵席，款待三位嘉客。酒席上面，黄玄极道："那天我们在酒楼上，许三弟明明几次听见那一伙人说出'戴家场'三字，如今三日不见动静，莫非那厮另有诡计？我们不可大意呢。"一句话将众人提醒，戴衡玉道："不是黄道兄提起，我还忘了呢。这山凹本名葵花峪，峪中原有两个聚族而居的小村，戴家场算是一个。还有一村姓吕，虽然也在这葵花峪内，那年下了一场大雨，山洪暴发，冲塌了半边孤峰。再加上洪水带下来的泥沙石块，逐渐堆积凝聚，将两村相通的一条小道填没。那条道路两面绝壁巉岩，分界处的鱼神洞原只能容一人出入，如今被泥沙堵死，就此隔断，要到对村去，须要绕越两个险岭，极为险巇难行。再加上两村虽然邻近，感情素不融洽。不来往也倒罢了，第二年吴三桂的兵败了回来，溃而为匪，攻进吕村，杀死了不少人，掳掠一空。从那年崩山起，年年发山水，田里庄稼快熟的时节，老是被水冲去。吕村的人安身不得，寻了一位地师来看风水，他说吕村龙脉业已中断，居民再不设法迁移，谁在此地住，谁就家败人亡。此地最信风水，又见年年发水，实实不能安居，便把阖村迁往邻近高坡之上。惟有田地不能带了走，又觉可惜，只得在开春时节前去播种，收成悉听天命。谁知他们迁走那一年，竟不发水，收成又好。可是他们一移回来，住不几天，水就大发。他们无法，惟有把耕田和住家分作两处。只在较高的山崖上面留下两家苦同族看守田地，每当耕种时节，跋来报往，真是不胜其烦。那边山田又肥，舍又舍不得，卖又没人要。常请地师去看，都跟以前地师的话差不多。还有几个说那孤峰未倒时，吕村与戴家场平分这山的风水；山崩以后，风水全归戴家场，所以吕村的人只能耕地，不能住家。吕村的人闻言，把我们恨得不得。但这山是自己崩的，与我们无干，我们防备又严，他们奈何我们不得。旧吕村与新吕村相隔约有五六里山路，时隔不多年，旧日房屋尚能有一大半存在。倘若陈、罗二贼知道本场难以攻入，勾引吕村，借他们旧屋立足，凿通鱼神洞旧道，由峭壁那边爬了过来，乘我们年下无备，来一个绝户之计，倒也不是玩的。"

白琦道："二弟虑得极是。这贼最无信义，文贼一死，知道他不肯甘休，可是谁也不能料定他何时才来。为期还有这么多天，哪能天天劳师动众？最好由我兄弟三人轮流到鱼神洞湮塞的旧道上巡守，怀中带着火花，稍有动静，立刻发起信号，以备万一。以为如何？"许钺抢先说道："此事不必劳动白兄诸位，我因急于要赴三游洞寻师，不能到时效劳，些须小事，就请白兄分派小弟吧。"心源、玄极也说愿往。白琦说："三位嘉宾初来，又在年下，正好盘桓，怎敢劳动？"禁不住许钺一定要去，只请派人领去。白琦道："要去也不忙在这一时，今明晚请由小弟同令弟担任如何？"说罢，便起立斟了一满杯，对许超说道："愚兄暂在此奉陪嘉客，劳烦贤弟辛苦一回吧。"许超闻言，立刻躬身说道："遵命。"端来酒杯一饮而尽。早有人将随身兵刃送上。许超接过兵刃，朝众人重打一躬，道声再见，转身下堂而去。

许钺因是自己兄弟，不便再拦，只得由他。众人重又入座，白琦殷勤劝客，若无其事一般。大家觥筹交错，直饮到二更向尽，仍无动静。当下有长工撤去杯箸，由白、戴二人陪到房内闲谈。因是除夕晚上，大家守岁，俱不睡觉，谈谈说说，非常有趣。直到三更以后，戴衡玉入内敬完了神出来，向大家辞岁。接着全家大小、亲友长班以及戴家场阖村的人，分别行了许多俗礼。

许钺见衡玉一家团圆，非常热闹，不禁心中起了一些感触。猛想起："许超同自己分手了多少年，不曾见面，无端异地骨肉重逢，还练了一身惊人本领。适才也未及同他细谈别后状况，自己不久便要往三游洞寻师，说不定就许永久弃家出世。何不把那一份家业连同儿女都托他照管，岂不是好？"想到这里，便趁众人忙乱着辞岁礼之际溜了出来，门上人知他是本村贵客，也未盘问。许钺在席上业已问明鱼神洞路径，离了戴家，便往前走。只听满村俱是年锣鼓的声音，不时从人家门外，看见许多乡民在那里迎财神，祭祖先，各式各样的花炮满天飞舞，只不见那日初进村时所见的九龙赶星的一支号花罢了。许钺略卜看见许多丰年民乐，旨酒卒岁景象，颇代村民高兴。正走之间，忽地一道数十丈高的横冈平地耸起，知道这里已离鱼神洞不远。只见天上寒星闪耀，山冈上面静悄悄的，更无一个人影，又不见许超在何处守望。再往回路看时，依然是花炮满天乱飞，爆竹同过年锣鼓的声音隐隐随风吹到。

许钺更不思索，将身连纵几下，已到高冈上面。正用目四外去寻许超时，忽听耳旁一声断喝，接着眼前一亮，两柄雪亮的钢刀直指胸前。许钺急忙将身往后一纵,纵出有三五丈远近。定睛朝前看时,原来是两个本村壮勇,每人一手提着本村号灯,一手拿着一把钢刀。正要想还言,忽听脑后风声,许钺久经大敌,忙将头一偏,便有两杆长枪寒星一般点到。许钺知道戴家场的人个个都会一些武术,并且布置周密,再不从速自报来历,无论伤了哪一方面,都不合适。一面将身横纵出去,一面喊道:"诸位休得误会,俺乃白、戴二位庄主派来替俺兄弟许超的。"那四人闻言,便将四盏红灯提起,直射到许钺的面上,认出是日前庄主请来的嘉客,连忙上前赔话道:"我等四人今晚该班,巡守此地,因见贵客没有携着本村的号灯,上半夜三庄主又来说,鱼神洞内恐有奸细混入,着我等仔细防守,以致把贵客误当做外人,请你老不要见怪。"许钺也谦逊了两句,便问三庄主许超何往。那四人当中为首的一个叫戴满官的说道:"上半夜曾见三庄主到此,说他要往鱼神洞故道前去办一点事,叫我四人不准擅离一步。如到天色快明他还不曾回来时,等第二班替我们的人到来,便去与大庄主同各位报信。起初我们还看见他提着长枪在鱼神洞口盘桓。二更过后,就见他独自走进洞去,从此便不见出来。那鱼神洞深有四五十丈,原是通吕村的必由之路。前些年这山崩下来,将这条路填塞,鱼神洞的脊梁被山石压断,也堵死了,变成两头都不通气。日前我们在此防守,总是把四人分成两班,带了许多酒菜,跑进洞去,弄上一些柴火,在里面取暖喝酒。四个人分着两班防守,有两个伙伴听见里面有鬼哭神嗥的声音,隐隐还看见洞的深处有青光闪动,疑惑是出了妖怪,吓得跑了出来。我们两人不信,也到洞中去看,起初没有什么响动。正要怪我们那两个伙伴说诳,忽见从洞内深处飞出一道青光,一道白光,从我们头上穿出,飞向洞外,把我二人吓倒在地。停了一会儿,出洞看时,什么踪影都没有。本想报告三位庄主,三位庄主素不信神信鬼,恐怕说我们胆小偷懒,忍了好些天。因为三庄主素来随和,爱同我们说笑,也是我多嘴,说鱼神洞内出了妖怪,说起此事。如今三庄主到洞中一去不见出来,我真替他担心呢!"

许钺闻言大惊,略一寻思,便对戴满官说道:"一个小小洞中,哪里有什么妖怪?想必三庄主在里面认错了路。你们四位仍在此地防守,如有外人来到,不必同他交手,只将号灯往村中挥动,自有人前来擒他。我去寻我兄弟出来便了。"说罢,携了手中兵刃,直往鱼神洞走去。许钺走到鱼神洞口一看，只见洞口高约二丈，已被碎石堆积，只容得一二人出入，里面黑洞洞的。倾耳细听，没有什么动静。姑且朝着洞内喊了两声许超的小名，洞深藏音，又加上许钺丹田气足，分外清越。许钺喊了两声，再仔细凝神，听那山洞的回音。忽喊一声："不好！"也不进洞，径自回到原处，向戴满官要了一只号灯。二次来到洞前，用手掩住灯光，走进洞去，摸着一块石头，脸朝黑处坐下，睁眼往前凝视，有半盏茶的工夫。然后闭上，调息敛神，又待了片刻。然后睁开二目，朝黑暗中看去，居然看清路径，知道这洞内必另还有透光之处，不然决不会看得这般明显。

许钺这一种暗中看物的功夫，名叫虚室生白夜光眼。初练的时节，先预备一间黑暗屋子，里面点上一根香火，从明亮处走将进去，睁开二目，向室中预设的香火凝视片刻。然后闭目凝神，有半刻光景，重又睁眼注视香火，不眨眼，直看到两眼酸到不能支持。又将眼闭上，养神片刻光景，重又睁眼注视香火。每晚须有一定次数，逐渐将香火做的目标减小。到了三个月以后，撤去香火，换上一根白的木棍，照样去练。一直练到木棍由大而小，木棍颜色由白而黄而红，功夫才算练成，从此暗中视物非常清楚。

许钺刚才喊了两声，听出余音虽长，没有回响；又听戴满官说，许超入洞业已时间很久，知道这洞必已被人打通，许超入内，也许遭了毒手。本想回去说与众人知道，又恐许超万一没有出事，这般劳师动众，未免示弱。仗着艺高人胆大，又练就这一双夜眼，好歹先去寻寻许超下落再说。便向戴满官要了一只号灯。将漏光的一面朝着石壁，准备自己万一迷路时的标记。那号灯只有一面透光，又是红色，射在石壁上面，依稀只有些微影子，不是练过夜眼的人，决不会看见。许钺还不大放心，重又坐下，调息安神，在黑暗中把目光调好，睁眼朝四外一看，自己坐的这块石头旁边还有柴灰余烬同一把酒壶，知是巡守的村壮所遗。再往前面一看，这洞颇有曲折。许钺人本细心，运用夜眼，蹑足凝神，朝前一路看，一路走。往里走了有三四十丈远近，忽然走到尽头，四外细寻，并无出路。心想："那四个壮勇明明看见许超从此进来，这洞虽然曲折，却只有一条道，并无歧路，怎么已到尽头，还不见许超何在？莫不是他们看错了，许超不曾进来？或者洞外还有一条道路，也未可知。那前晚守夜的人所听的哭声，同洞内冲出那一青一白的两道光华，又是什么缘故呢？"

正在寻思之际，忽听一种极细微的声音，从那尽头处石壁后发出。许钺更不怠慢，轻轻挨近石壁，将耳朵贴在上面一听，竟是一种搬动重东西的声音，仿佛还听得好些人在一处说话，只是听不十分清楚。知道已有踪迹可循，仗着耳力甚聪，屏息凝神，细听了好一会儿，才听出一个尖声尖气的嗓子说道："我当初原说那两个鸟儿既从这儿飞走，这条险道决不可靠。我们晓得，难道别人会不晓得？果然今晚人家就派人前来。若不是我预先准备，岂不又被他们把虚实全得了去？我们既有郭真人相助，索性等到日期，明刀明枪地分个高下多好。何必还偷偷摸摸的，倒叫人家预先多一层防备。如今把这条道重新填死，我们固然不想过去，人家想来，要掘这堆石头，也决不是顷刻工夫所能办到。真要知道人家动静，只需请郭真人的门人驾起剑光前去便了。"说到这里，又听一人接口说道："还是三老爷说得是，这都是罗九那厮说的。他听见前日那两个鸟儿从这里逃走，我们发现鱼神洞险道已通，他说戴家场防守周密，到处都有埋伏，外人插翅也难飞进，如今既有这条捷径，正好趁新年内去暗度陈仓，杀一个鸡犬不留。谁想我们昨日费了半天事才得打通，倒便宜人家的奸细毫不费事地溜了进来，幸亏将他擒住。郭真人知道了此事，大大不以为然，立逼庄主重新将洞堵死。大年三十晚上，我们还不得好生在家过年。我兄弟老五还被那奸细将脚筋刺断，变成残废。这都是罗九这狼崽子出的主意！"先前那人又道："老四，你也不用再难过了，快把这一块堆上，随我去见庄主去吧。天都快亮了，我还想到你家去过残年哩。"随后又听石头移动之声响了一下。接着便有许多脚步之声，由近而远，直到听不见丝毫响动。

许钺估量石壁后面的人业已走远，听那些人所说的一番话，知道许超凶多吉少。急忙回身取来号灯，将油纸取下，细细往石壁上面去照。果然发现石壁靠左边有一个孔洞，离地有四五尺高下，宽约三尺，地下还有许多脚印。那洞现在虽被一块大石填塞，经辨认结果，已看出是人工所为。用手推了两下，却推它不动。许钺不肯死心，再往别的地方用力推扳，无意中忽然觉着右下角那一块山石隐隐有些活动。拿灯一照，果然看出一些裂痕，心中大喜。且不动手，先把这石壁端详了一会儿，看出这座鱼神洞当中，半截地势比较宽广。当年那座山峰倒将下来，将洞顶压穿，把往来要道堵塞。山石倒下来时节，受了巨烈震动，表面虽然浑成一块，却有不少震裂的地方，起初人本不甚注意，直到敌人打算掘通故道，偷袭戴家场，才发现有一块石头，业已同石壁本身分家，便把它移开了去。今晚想是又有人主张，不要用这种险法，重新将它填死，不想又被自己发现。不过许超如在此处出去被擒，石壁那面敌人必有防备。如不从此路设法，一则自己道路不熟，二则听人说相隔太远，恐耽延时间，许超出了差错。仔细一寻思，决定仍然开通此路出去。便将长枪搁在地下，拔出身旁宝剑，朝那石头裂缝中直插了进去，用力往怀里一扳，居然随手而开。许钺怕惊动了石壁后面敌人，轻轻将剑入鞘，蹲下身来，用两手扳着那石头棱角，用尽平生之力，稳住劲，沉住气，往怀中一拉，毫不费事地把一块二尺方石头拉了出来，探头往那小洞中一看，忽见一丝光线射在石头上面，知已将石壁开通，可以由此出去。

原来当初山崩的时候，一座山峰的峰尖正压在鱼神洞的脊梁上，这一块大石半截插入地内，厚的地方差不多有三四丈，偏偏有两处薄的才只尺许，受不住那么大压力，恰好一左一右裂成两块。所以许钺毫不费事，一拉便开。许钺将石洞开通之后，不知对面敌人还有什么埋伏，不敢造次爬将过去。先取下自己戴的一顶小帽插在枪尖上，伸出洞去，晃了几晃，一面用耳细听，并无动静，这才撤回来。放下枪，轻轻爬将过去一看，不由叫了一声惭愧。原来这座石壁竟是空心的，那一面被自己开通，这一面虽然未开，却天生成有三四寸方圆的孔窍。就着孔窍中往外一望，外面果然有两个人在地下打着地铺，业已入睡。当中一个火盘，盘沿上还有许多酒菜茶水。虽然这两个防守的人业已睡着，要打算破壁出去，必定将这二人惊醒。如果从孔窍中用暗器结果他二人性命，然后出去，又怕误伤无辜。再推了推石壁，竟是非常坚实，不动兵刃，绝难出去。

正在为难，忽觉脑后一阵凉风，怕是敌人暗器，急忙藏头缩颈，将身往下一偏。眼看两条黑影一晃，接着便又听喳喳两声，紧跟着一声轰隆巨响，石壁凭空倒下，震得地下尘土乱飞。面前站定二人，那守夜的人惊醒过来，才待起身，已被那二人用点穴法点倒。许钺定睛一看，来的二人正是玄极、心源。心中大喜，急忙跳将过去相见。刚要问他二人因何到此，心源道："令弟业已身陷虎穴，此刻无暇多谈，快将令弟救出再说。"说罢，先将被擒两个守夜之人点开活穴，与玄极各自鹰捉小鸟一般提了一个到旁边去，分头审问许超踪迹。

那二人道："日前吕村半夜里去了两个女子，俱都是本领高强，听说还会放出青光白光杀人。不知怎的，被郭真人用法术擒住，将两个女子关在这鱼神洞内，外面用符咒封锁。原想困她们几日，等她们支持不住，自请投降，同庄主各人娶一个做妾。不想第二天晚上，被那两个女子将鱼神洞故道打通逃走。郭真人为了此事好生不快，他说那两个女子是衡山金姥姥的徒弟，如果将她们收伏，不但得了两个帮手，还可因她二人，连金姥姥拉拢过来。如今被她们逃走，必定去请金姥姥前来报仇，好生后悔当初不该同她们为难。正在此时，罗九爷同陈庄主由城里回来，闻及此事，说鱼神洞故道既通，正可利用它抄袭戴家场的后路。便同我们庄主商议，把鱼神洞当中的石壁再打开些。我们庄主与陈庄主原是多年老朋友，此番由华山回来，听说陈庄主同戴家结仇，本答应给他帮忙。在前多少天，陈庄主同罗九爷前来拜访，说戴家场防备太严，不易进去，知道吕村相隔邻近，打算借这里去抄戴家场后路。及至到了这里一看，才知从前与戴家场相通的鱼神洞，如今因山崩，把这条路填死，中间隔着许多悬崖峭壁，不易过去，好生扫兴。陈庄主见此计不成，只得托我们庄主到时帮忙。他二人回去之后，又听说我们庄主的好友郭真人来到，急忙赶来拜望，听见故道已通，非常高兴。我们庄主自然一说便应允。谁想今日白天才把鱼神洞打通，到了夜晚，便来了戴家场一个姓许的，本领非常了得，我们守洞的人被他伤了不少。恰好我们庄主同罗九爷到洞中查看路径，二人合力将他擒住，捉回庄中拷问。被郭真人知道，大大不以为然，他说江湖上最重信义，既同戴家场约定明春交手，不应该在期前鬼鬼祟祟去偷袭人家，不问输赢，都是没脸的事，立逼庄主派人连夜将鱼神洞重新堵死。我们二人在此该班守夜，姓许的死活存亡，实在不知。"说罢叩头，请求黄、赵二人饶命。

第六十四回　妖法肆凶淫　郭云璞无心擒侠女
　　　　　　　深情逢薄怒　戴湘英立志学神枪

　　玄极、心源见他二人说话一样，知是实情，也不难为他们，只将他二人捆上，问明吕村路径，撕了一块棉衣将口堵上。同了许钺，直向洞外走去。这时天已微明，因是大年初一早上，吕村居民接财神放爆竹的响声，远远随风吹到。这洞口位置在一座悬崖底下，出洞之后，对面数十丈山崖陡立，从上到下，俱有人工凿成的石级，形势非常险峻。三人越过了这一条干谷，飞上对面悬崖，立在上面一看，一片大山原现在前面，左有溪流，右有高山，颇具形胜。三人知道许超既然在夜间被擒，吕村必然加紧防备，不敢造次。因许钺不会剑术，决定留他在此守望接应。黄、赵二人却乘敌白日无备之际，飞进村去，救了许超回来，再作计较。

　　商议定后，三人正要分手，忽听一阵破空的声音。黄、赵二人料是敌人，因不知来人虚实，连忙伏身在一块山石的下面观看动静。一转眼工夫，声音越近。许钺眼光最好，早看见两条黑影直投谷底洞口落下，等到现身出来一看，不由大为惊异，忙拉黄、赵二人来看。原来落在洞口的二人，一个正是他们三人准备冒险去救的许超，还同着一个青衣女子。二人刚一落地，便由那女子在前，许超在后，正要拔脚进洞，许超无意中猛一回头，看见黄、赵等三人站在山崖上面，连忙唤住女子，朝着三人招手。黄、赵、许三人见许超业已脱险，打算问明了许超被擒经过再说，便都飞身下到谷底。许超便请那女子与三人相见。说道："这位女侠便是衡山金姥姥的得意弟子女飞熊何玫。小弟昨晚被擒，适才蒙她相救，才得脱身。昨晚被擒时，听妖道说此洞业已堵死，并且派人防守，本打算翻山回去。是何侠女说，鱼神洞口还有一块大石可以移动，虽有防守，俱是无能之人，所以仍由此路回去。不想遇见三位。那妖道妖法厉害，我们先回去再说吧。"许钺见女飞熊何玫骨秀神清，英姿飒爽，好生敬佩，便上前道谢解救许超之德。

大家见礼已毕，不便久延，一同走进了鱼神洞。女飞熊何玫见壁倒坍，业已出现了一人多高的大洞。那两个守洞的长工倒捆二臂，面贴着地，还在不住地挣扎。问起原因，知是黄、赵、许三人所为。便把众人叫过一边，悄悄说道："山洞故道既已打开，小女子无须再去戴家场了。前日尚有一个同伴，因被妖道污了双剑，不能施为，现在前山相候。小女子此刻便要回转衡山，去禀明家师，来报妖道之仇。诸位请先回去，改日再见吧。"许超便请她到庄中，与白、戴二人相见再走。何玫道："小女子暂不同去，尚有别情。此间石壁打开，如不设法善后，难免妖道不由此处到贵村骚扰。诸位且请回去，小女子准在两村正式交手前，到戴家场相见便了。"众人不便坚留，只得由石洞中往回路走来。才走不多远，忽听两声巨响。众人疑是吕村追兵赶来，恐怕何玫双拳难敌四手，一齐回转看时，适才被黄、赵二人用剑光斩断倒在地下的那面石壁，业已被何玫扶了起来，恢复原状，只剩下一个尺许方圆缺口。何玫在洞那边见众人回转，在缺口处观望，笑道："我把这块山石依旧填塞，再用言语警告防守的人，叫他们说我们全未打此经过，以免又生枝节。这两个防守的人如敢走漏消息，定用飞剑取他们首级。诸位回去，只需谨守此洞，诸事忍耐，到时自有人前来相助。妖道妖法厉害，不可轻敌，要紧要紧！"说罢，将那守夜的人绑绳解开，用剑光逼他们搬运几块大石，连那缺口也一齐堵上。众人见何玫机警敏捷，益加佩服。直听到石壁那面毫无声息，才行回去。

刚刚走出鱼神洞不远，白、戴二人因众人去了一夜不见回转，业已发出紧急号令，将合村埋伏安置妥帖，迎上前来。见四人俱能安然回转，心中大喜，留下戴衡玉在洞外防守，一同回庄。回到凌操房中，谈起经过。原来昨晚白琦发现许钺走后，正要派人去寻，忽然广场前面山峰上总守望台来人飞报，说看见许超发出的救命信号。这救命信号也是白琦发明的一种火箭，里面装有火药机关。用时只消取出，朝山石上一撞，无须点燃，便能发火，升起一二百丈高下，发出五色流星，不到最紧要关头，轻易不许施放。白琦接着报告，知道如果鱼神洞发现敌人，必定有号灯传信。如今许超发了救命信号，定是在偏僻地方遇见了什么厉害敌人，身受重伤。

当下忙问救命信号升空地点。总守望台报信人道，看那信号，好似在从前通吕村的故道那一方面发出来的。白琦闻信，猜是鱼神洞故道已通，许超涉险遭难，便同大家商议救援之策。玄极、心源齐声答应愿往。白琦知他二人俱会剑术，此去必能胜任，连忙点头称谢。一面下令全村准备，亲送二人出来。玄极、心源循路到了鱼神洞，问明防守的人，知道许氏弟兄先后进去，急忙跟踪而入。到了里面，遇见许铖已将石壁下面石头移开，探头向外张望。黄、赵二人因知许超危急，忙用剑光将石壁斩开，同了许铖出洞，许超已被何玫救转。

冉说许超昨晚奉命到了鱼神洞，见一些响动俱无。无意中同看守的人闲谈，听了戴满官说起前夜洞中出了妖怪，心中犯疑，决意往洞内去观察虚实。进洞不远，隐约看见亮光，蹑足潜踪，走上前去一看，原来鱼神洞故道已被吕村的人打通，有许多吕村的人在那里防守。

便打算在暗中冷不防擒一个回来，审问吕村虚实。谁想这些人当中有一个名叫金头狸子吕四的，手底下着实了得，发觉许超从黑暗中掩来，招呼众人一拥齐上。这些人到底不是许超对手，被许超伤了好几个。正要趁空捞他一个回来，偏偏遇见吕村的庄主火蝙蝠吕宪明同罗九来查看洞路。那罗九是万里飞虹佟元奇的徒弟，剑术并未全成，就被佟元奇看出他心术不正，赶下山来。虽然算不得剑仙，内外功均到了上乘，已足够许超对付。何况那火蝙蝠吕宪明是华山烈火祖师徒弟，飞剑、法术都有点根底，许超如何能是对手。幸而吕、罗二人要擒活口，没有伤他性命。许超人甚机警，见吕宪明放出飞剑，急中生智，忙说："你们不必相逼，自愿束手就擒。"从鱼神洞出去时节，吕、罗二人先行纵上对面山崖。许超在后，趁众上山忙乱之际，暗用气功挣断绳索，故意装出要逃的神气，三拳二脚将身旁的人打倒。抽空掏出怀中救命信号，觑准山崖转角的山石上面掷去。等到吕、罗二人回身，众人二次将他擒住时，他的信号业已发出。吕宪明倒还光棍，并没有凌辱许超，将他押进村中。

长工所说的那个郭真人，名唤云璞，自幼随宦在云南南疆山寨中，学了一身妖法；又在烈火祖师门下学会了剑术。性情刚愎古怪，与吕宪明有同门之谊。此次在云南听说各异派联合与峨眉派在成都斗法，打算前去加入。走到半途，碰见吕宪明从华山回来。师父烈火祖师知道峨眉派已得嵩山二老加入，叫吕宪明传谕门下弟子秦朗等人，千万不要加入而自讨苦吃。吕宪明同郭云璞最好，便把师父的话对他说明。还要去寻秦朗时，郭云璞因同秦朗有仇，拦住吕宪明不准前去通信。吕宪明哪敢惹他，只好答应，便邀他去吕村盘桓些日。郭云璞最爱喝酒，听吕宪明说家藏数十年的好酒，正合脾胃，答应先去赴一个好友的约会，准年底到吕村去。二人约定之后，吕宪明也不去寻秦朗，径自回家。听说吕村自从他到华山投师后，年年发水，吕村都搬到高原上去，耕田的人来往很不方便。吕宪明本来学得几手妖法同舆地之学，便亲去相地形。相看结果，也说是山崩以后，旺象被戴家场占去。除非将鱼神洞外山沟填满，阻止戴家场地下龙脉，才能复旧如初。因是残冬，大家都忙着过年，只得等过了年再说。后来陈、罗二人前去拜望，请他相助与戴家场为难。吕宪明初次下山，巴不得在本乡显些本领，争点面子，当下一口应允。陈、罗二人回城后，郭云璞来到吕村，陈、罗二人重新赶回，知道鱼神洞故道已通，便想利用它去偷袭戴家场。吕宪明知道郭云璞脾气乖僻，最不赞成别人鬼鬼祟祟，又不好意思驳陈、罗二人的面子。只得悄悄命人去将故道打通，修理待用，一面相机和郭云璞商量。

谁知郭云璞是素来好色之人，来的那一天，在吕村遇见两个美貌的青衣女子，忽然大动色心，便用妖法将二人擒住。问起姓名，才知这两个女子是连他师父烈火祖师都不敢招惹的金姥姥罗紫烟的女弟子。知道闯了大祸，杀又不敢，放又不舍，便将这两个女子暂且监禁在鱼神洞内，洞外还用符咒封锁。谁知这两个女子竟会凿通故道，驾剑光逃走。郭云璞又急又悔又可惜，正在难受。忽听吕宪明擒来戴家场奸细，才知陈、罗二人偷袭戴家场的打算，好生不以为然，把吕宪明和陈、罗二人当面数说了几句，立逼着吕宪明将鱼神洞堵死。只要戴家场不来侵犯，不到二月初三不准交手。吕、陈、罗三人正在求他之际，怎敢违抗，只得照他的话去办。因是大年三十晚上，转眼天明便是元旦，不好杀人，把擒来的奸细拘禁起来，且等过了破五再说。那被擒逃去的两个女子，一个名叫女飞熊何玫，一个名叫女大鹏崔绮。从鱼神洞逃出之后，在山谷中待了两日，想设法取回崔绮失去的一柄宝剑。除夕晚上，许超进洞时，便隐身在他的后面，先抽空飞进吕村，在吕宪明房内将宝剑盗回。然后跑到许超被囚之所，用点穴法点倒看守的人，许超才得逃出龙潭虎穴。

大家说完经过，白琦便问众人有何意见。黄玄极道："据贫道观察，郭云璞既然这般逞强，决不把贵村放在心上。不过许庄主这次涉险，他已知我们得到吕村虚实，或者要来生事，也未可知。我们只需昼夜小心，加紧防备。如果三日之内没有动静，那就不到二月初三，不敢再来挑衅了。"白琦道："话虽如此说，二月初三转眼就到。陈、罗二人无关紧要，吕宪明与那姓郭的妖道俱会妖法、剑术。白某弟兄三人虽会许多平常武艺，剑术尚未入门。本村生命财产，全仗赵、黄二位保全了。"玄极道："贫道与赵道友虽会剑术，功行尚浅，恐非吕、郭二人敌手。幸郭、吕二人无端开罪金姥姥门下弟子，那两位侠女决不肯与他们甘休。何玫姑娘曾说在二月初三以前赶到，想必回山去请金姥姥前来报仇，也未可知。"白琦道："何侠女是否去请金姥姥，到底不能预定。我想先加紧防备几天，过了几天，他们不来骚扰，本村之事，意欲烦黄道长与赵兄代为主持。小弟趁这一月空闲，去到善化，将我表兄罗新请来，顺便请他代求金姥姥下山，或者另约几位能人相助。诸位以为如何？"黄、赵二人齐声答道："本村之事，自然仍由二庄主代理，我等从旁赞助就是。"白琦道："二弟人极鲁莽，恐怕误事。二位不必太谦，且等行时再作计较。"心源猛想起谷王峰铁裹道人不知回来没有，便对众人说知，打算在白琦动身以前，回到长沙谷王峰去看一下，如果铁裹道人回来，岂不又多一个有力帮手？大家自然赞同。一会儿工夫，用罢午席，又着许钺去替戴衡玉回来。商量了一阵，直到了夜宴之后，三更过去，俱无什么动静，众人才分别回房安歇。鱼神洞方面，就由许氏兄弟同白、戴二人轮流看守。

一晃过了五天，吕村并无举动。凌氏翁婿也逐渐痊愈。心源去请铁裹道人，还是没有回来，却在岳麓山下遇见陆地金龙魏青。心源与他互谈别后状况，分手时节，便约他到戴家场去助一臂之力。魏青推说另有要约，不能前去，答词很是含糊。心源知道魏青素来为人耿直，见他言词闪烁，好生可疑。他同魏青，昔日本是同门师兄弟，后来心源学了剑术，魏青执意要拜他为师学习剑术。心源因自己剑术尚未学成，又不知侠僧轶凡能否允许，禁不起魏青纠缠不已，只口头上敷衍答应，魏青却认真行了拜师之礼，虽有师生之名，并无师生之实。

不好意思强他，见他执意不去，只得互道珍重而别。白琦见心源没有访着铁蓑道人，决意到善化去请罗新。恰好这日正是破五，戴衡玉摆下酒宴与白琦饯行。白琦便将指挥全村之事交与黄玄极主持，发号施令。赵心源与戴衡玉从旁赞助。白琦去后多日，全村安靖，并无一事发生。

凌操之女凌云凤和戴衡玉的妹子戴湘英，竟相处得比自己手足还亲热，行止坐卧俱在一起。戴衡玉原有心将妹子湘英嫁与许超为妻，因为村中多事之秋，总未向二人正式提起。许超在众人当中，年纪最轻，与湘英原说得来，只是二人都爱逞强，有些小孩子脾气。许超起初原和湘英常在一起，耳鬓厮磨，不知怎的会看出衡玉要将湘英许配于他，得妻如此，心中虽然十二分愿意，表面上却因此避起嫌疑来。有时湘英约他到山中去追飞逐走，许超总推说强敌密迩，大哥既不在家，一旦有事，需人时节，岂不误事？湘英在正月里约了许超几次，都被他推托过去，心中未免不快。幸而凌操病好，每日同凌云凤玩在一起，非常莫逆，才算没有同许超计较。

这日因听凌操对大家谈起许家独门梨花枪如何出神入化，里面有二十四招反败为胜，尤为海内独步。湘英素来火爆脾气，听见什么马上就要学，当着众人，悄悄向许超使了个眼色，抽身出来。许超只得也借故出来，问她何事。湘英道："刚才凌老前辈说，你们家的独门梨花枪那样神妙，趁这新年无事，你就教给我吧。"许超笑道："贤妹说哪里话来。我家梨花枪诚然有名，不过我从小就离了家乡，没有得着真传，学个皮毛，还不如不学呢。贤妹要学，我请家兄教你，比我强得多，贤妹意下如何？"许超所说原是实话好意，谁知湘英因这几日许超同她疏远，也不似初来时常常陪她出去打猎玩耍，本已一肚皮不痛快，今日见猎心喜，顿忘前嫌，才使眼色唤他出来，以为自己同许超这样深的交情，他岂肯吝而不教？一听许超推在许钺身上，疑他看不起自己，故意推托，新恨旧怨一齐上来，不由心头火起，动了素来小性。心想："我看得起你，才朝你请教呢。你明知我不爱求人，你不教倒也罢了，反叫我去求你哥哥。你打量我非学不可么？"想到这里，越想越有气，也不同许超再说什么，把脚一顿道："好！你既然不会，我不稀罕学了！"说罢，满脸怒容，回身便走。许超知道戴衡玉父母双亡，只有这一个妹子，平时非常娇惯。见她生气，知她误会了，自己本想追上前去解释几句。偏偏凌云凤因见湘英出外一会儿没有回去，出来寻她，远远看见湘英和许超在那里说话。云凤人本细心，平日从湘英口中已听出她和许超感情甚厚，怕他们二人有什么避人言语，不便上前。正要转身退回，忽见湘英拔脚往后便走，许超又回了回头，正和自己打了个照面。觉着退回又是不便，只得迎上前来，反问许超看见湘英没有。许超见有人来，自是不便再追向湘英说话，只得答道："适才我正和她谈话，现在到后面去了。"云凤道："那我同你去寻她吧。"许超推说尚同众人有话说，让云凤自去。因为无意中得罪了湘英，好生闷闷不乐，径自回转厅房去了。

云凤别了许超，走向湘英房中。见湘英独个儿坐在梳妆台前，手里拿着一面镜子，面带怒容，望着镜中出神。直到云凤走向身前，方始觉察，急忙强作笑容，起身让座。云凤知道湘英生气，必与许超有关，怕羞了湘英，不便明说，故意搭讪道："大家都在前厅说话，谈笑风生，多么热闹。你怎么一声不响，就跑回房来闷坐呢？明天就是十五，白大哥也许要回来了吧？"湘英道："真是气人！你哪里知道。我常对你提起那个许三哥，刚同我哥哥和白大哥结拜时，一向对我很好。我平时喜欢到前面山谷中去打猎，因为那山里没有虎豹一类的猛兽，还打算同他过了年一同到南岳去打虎，谁想陈、罗二贼无端开衅。过年前来了他一个堂房哥哥，来了不多几日，他对我就爱理不理。不用说同他上南岳，连约他到山谷中去猎个鸟儿，打个兔儿，他都是推三阻四。今天我听老伯讲起他家独门梨花枪的妙处，特意叫他出来，想跟他学，我们这样交情，还不是极容易的事？谁想他真不知好歹，不肯教我还不算，还叫我去求他哥哥许钺，漫说我素不爱向外人请教，谁不知他哥哥过了十五就要回去？明明看我是女流，没有出息，岂不叫人生气！"云凤知道她犯了小性。不过照自己这些日观察，许超对湘英正是诚于中形于外，非常属意，何以连一个枪法都吝不肯教？也觉诧异。便对湘英道："许三哥少年英俊，正直聪明，又同贤兄妹情逾骨肉，岂有一个顺水人情都不肯做的道理？你莫非错怪了他吧？"湘英闻言，急得跳起身来，说道："哪一个错怪了他？不信，我就同你当面去问。"云凤虽然来得日浅，知道湘英素来越劝越僵，便不再劝，随意用言语岔开。见湘英仍是闷闷不乐，便劝她仍回厅房，去听众人谈话。湘英先是不去，后来低头寻思了一会儿，反自动说要到前面去，及至二人来到厅房，众人都在，只不见了许超。湘英悄对云凤咬牙道:"你看他是躲我不是?他打量我非学不可呢!"云凤见湘英这种天真烂漫,毫无城府神气,非常好笑。因为她说的话,都叫人无从答复,随口敷衍了两句。

湘英还待要说气话,忽听云凤的未婚夫婿俞允中对许钺道:"听岳父说,许兄的家传枪法如此神妙,承许兄不弃,一一指示出来,小弟业已知其大概。许兄明后日便要长行,此别不知何时聚首。适才令弟所说的第七十三招,名叫跌翻九绝的招数,可肯赐教与我等一观么?"许钺道:"小弟所学梨花枪,虽是家传微艺,并无过分出奇之处,当着凌老英雄及黄、赵二位前辈,怎敢班门弄斧?俞兄定要看,若不献丑,倒显小弟拘泥。小弟一两日内便要长行,索性恭敬不如从命,将枪法从头练习一回,请诸位指教吧。"众人闻言,俱都赞同。湘英、云凤更是巴不得要看个究竟。

于是大家一齐走到后面花园白、戴、许诸人平日练武的一块空地上,场中原设有许多大小木桩。许钺结束停当,在兵器架上取了一支长枪,笑道:"我当初用的一支枪,乃是蛟筋拧成,能刚能柔,平时可以束在身上。不想少年时节任性,误伤了一位老太太。后来她的小姐拜在罗浮山香雪洞元元大师门下,学成剑术,寻我报仇,被她将我那一支枪削去一尺五六寸光景,不够尺寸。后来虽然经我改造,已不似先前可以随便带在身旁。这次没有带来,我就使这支枪练习一回吧。"说罢,又向大家谦逊了几句。脚微点处,一个蜻蜓点水势纵身入场。脚尖才行着地,单手持枪舞起一个大圆圈。倏地身子往左微偏,左足前伸,右足微蹲。右手持着枪柄,左手前三指圈住枪杆,右手往后一拖,突然一个长蛇入洞,一支长枪平伸出去,枪头尺许红缨一根根裹紧枪身,与枪尖一般平直,向前面一个原有的木桩刺去。就在枪尖似点到未点到之际,倏地收将回来。只见他微颤处,抖起斗大的枪花,第二招斜柳穿鱼式重又刺向木桩。这回更不收转枪头,形势好似略一勾拨,倒转枪柄,迎头向木桩打去。眼见只离木桩分许不到,倏地将脚一顿,纵起有两丈高下。枪柄朝上,枪尖朝下,护住下路,跳过木桩。离地还有四五尺光景,将右脚搭在左脚上面,燕子三抄水式,身子借劲,又往上起有二三尺。倏地在空中一个怪蟒翻身,更不落地,连人带枪斜飞回来。枪尖略一拨弄,银龙入海势,重又向那木桩刺去。众人都以为许钺这一招把全身功力全聚枪尖,定要将这木桩刺一个对穿。谁知许钺枪尖才微微沾了木桩一下，好似避开前面什么兵刃似的，电也似疾地掣回枪尖，倒转枪柄往下一拨。紧接着一个风卷残花式，身子往旁一个大转侧，仍是右脚踏在左脚，借劲横纵出去。脚才落地，倏地将头往左一偏，猛回身将枪杆往上一撩。接着顺势将枪一裹，重又抖起大枪花，闪电奔雷似的刺到木桩上面。仍是微微一沾，倒转枪柄往上一架，倏地身子往后平仰下去，脚跟着地，一用力，斜着身子，一个鱼跃龙门式，往后倒纵出去有三五丈远近。倏地又是身子往右一偏，右手握紧枪把，左手扶着枪身，右脚往前，猛一上步，斜身反臂刺向前去。枪尖才到木桩，倏地松开左手，枪尖着地，并未看出右手怎么用力，那枪竟然抽了回来。枪近头处到了左手，左手更不怠慢，攥紧枪尖，向前面木桩迎头打去。看看打到木桩上面，又用悬崖勒马的凝力收住前劲，脚一使劲，倒拖着枪柄纵退出去有三五丈远近，做出正在危机一发、手忙脚乱的形状。猛地将枪尖交往右手，左手反拿枪柄，右手反拿枪杆，一个骇鹿反顾的架势回转身子。右脚在前，左脚在后，脚不沾尘似的，快如奔马，反身连上三步。连同手中枪，凤凰三点头，倏地往上一点，往下一点，然后当中刺到。这一招乃是许家独门夺命七招当中的回身三步追魂夺命连环枪法。不遇到劲敌当前，轻易不施展这一手绝招；一经使上，躲得了上路，躲不了下路，多少总得让敌人带点伤。原本枪为百兵之祖，许家梨花枪又从齐眉百棍中变化出来，兼有枪棍之长，所以名驰天下，独步当时。

许钺把夺命七招练过之后，又将一百零八招梨花枪法连同跌翻九绝次第施展出来。只见挑刺勾拨，架隔剔打，蹿高纵远，应心得手。有时态度安详，发招沉稳；有时骇鹿奔犀，疾若飘风。使到妙处，简直与身合而为一，周身都是解数。在场诸人都是行家，漫说俞允中，就连凌操与黄、赵两个剑侠，也都佩服不置。只看得湘英两手抓紧云凤，张着樱桃小口，睁着一双秀目，连大气也不敢出。直到许钺将枪法使完，收了解数，立到当场，道声"献丑，请诸位前辈指教"时，这才大家围上前来，欢声四起，个个叫好不置。

第六十五回　两番负气　陈圩下书
　　　　　　　无限关情　吕村涉险

凌操对俞允中道："你只知许兄枪法神妙，还不知他天生神力，内功已臻绝顶呢！"说罢，拉了俞允中，走到许钺用做目标的那一根木桩旁边，指给俞允中道："这根木桩，许兄曾把它当做假想的敌人。你看那上面枪刺过的痕迹，可是一般深浅么？"这时众人也都跟着围了过来，往这木桩上一看，果然许钺刺过的地方俱只有二分多深，枪孔的大小也都一样。原来武功到了上乘的人，哪怕有千斤万斤的力量，发出去并不难，最难的是发出去还能收将回来。比如自己只有一百斤力量，都聚在一只手上，或一件兵器上，打将出去，如果打不着人，这周身力量业已发出去，收不回来，只剩了一个空身体，岂不是任凭别人处置么？再遇见本领绝大的人，他不来打你，只用身法让你的力量打到空处，随意将你一拨，你便自行跌倒；心狠一点，再借你自己的力打你，让你受那内伤。又好似用兵一样，如同臂之使手，手之使指一般，鸣鼓则进，鸣金则退，胜则全胜，败亦全师。所以武学名家常说无论多大的力，要能发能收，才算是自己的力；又说四两可以拨千斤。就是这个道理。像许钺他这样把千斤神力运用得出神入化，拿一支长枪，连同全身重量，蹲高纵矮，使得和拿着一根绣花针似的指挥如意，经凌操再一点出，无怪众人都非常惊服了。

　　至于云凤、湘英二人，一个是志比天高，心同发细，无论什么惊人绝艺，除非是不知则已，一知便要学，一学便精；一个是刚同许超怄了气，难得许钺不用求教，自己就表演出来，正好从旁偷学了去堵许超的嘴。这两人都是不约而同地聚精会神，从头到尾默记于心。等到众人要回到前面休息，湘英留住云凤，等大家走尽，径自跑到场中，拿起许钺使的那支长枪,照着他的解数,一招一式施展起来。云凤明白她的用意,见她初次学来,虽然手脚较生,有时还不免思索一下,竟然大致不差,不由连声夸赞起来。湘英也得意非凡,十分起劲。看看舞到剩三十多招,忽然忘了两个解数,收了招,怎么想也想不起来。自己本是负气学的,又不好到前面去问,急得两脚在地下直跳。云凤见她那样性急,暗暗好笑。知她又任性,又多疑,不便明说。笑对湘英道:"适才许君使枪的时节,我也在旁留神暗记几着,只是没有你记性好,记得没有你那么全。不过这后半截的跌翻九绝,我仿佛记得还清楚。我看一人练习难免有忘了的时候,不如我们两个人按他枪法对打。你练时,我算做敌人;我练时,你算做敌人。我记不得的你教,你记不得的我教,想必也差不多了。再还记不全时,我找我爹爹求问许君去。你看好么?"湘英正在为难,一听云凤也用了心,不禁又高兴起来,恐怕隔的时候多了,更记不全,当下拖了云凤试验。彼此校正了一番,觉着大致不差。

云凤知许钺一二日便走,又到前面悄悄请来父亲凌操,二人同时又演了一回。这次当然比较熟悉。凌操见她二人天资如此颖异,有这般强记能力,着实夸奖了她二人几句。又对云凤道:"你们姊妹这般聪明,可惜生不逢时。如果你曾祖姑在时,漫说这些兵刃绝艺,就学那飞行绝迹的剑术,又有何难呢?"云凤道:"日前因为大家都在忙乱之中,爹爹病体未愈,有几句话想对爹爹说,总没有提起。女儿因听说黄道爷与赵世兄都会剑术,黄道爷的剑术更好,打算求爹爹托赵世兄与黄道爷说,着我们姊妹两个拜在他的门下学习剑术,岂不是好?"

凌操道:"谈何容易。他二人虽会剑术,听赵世兄说,他也才只入门,学得不精,反而不如不学。黄道爷是东海三仙之一玄真子的门人,剑术果然高明,但是他已被玄真子逐出门墙,戴罪修行,正托人设法向玄真子疏通,不奉师命,怎敢收徒?况且峨眉门下,除了飞升的祖师爷和现在掌教祖师乾坤正气妙一真人外,都是男的传男,女的传女,从来无人破例。再说练习飞剑,须在深山穷谷之中,练气凝神,先修内功,日子多的往往十年至数十年不等。昔日五台派太乙混元祖师,就为收了几个弟子道心不净,闹出许多笑话,身败名裂。漫说黄、赵二人,谁也不能如此随便收徒。除非有天赐良机,遇见峨眉、昆仑、黄山这三个派中的女剑仙,看中你们天资过人，生具仙骨，那也无须你求，自会前来度你。当你曾祖姑在日，我年纪才十来岁，你祖父说，曾再三求她老人家将我带到嵩山，去求你曾祖姑父学习剑术。你曾祖姑说我不是此道中人，起初不肯。后来你祖父因要报五台派中脱脱大师十年前断臂之仇，再三央告你曾祖姑，方始有些允意。当下把我带到嵩山，去见你曾祖姑父，就是那近百年间前辈剑仙中数一数二的嵩山二老之一追云叟白谷逸。到了那里，你曾祖姑父说，我天资太差，并不曾教我什么剑术。起初三年中，只教我晚间面壁，白日从山下十里以外汲水上山洗洞。那挑水的桶儿，由小而大，到第四年上，我已能挑满三百斤的水，登山越岭如履平地了。又教我白天面壁，晚间挑水。我越来越厌烦，尤其是面壁枯坐，心总静不下来。耐不住山中清苦，偷偷跑下山来，打算偷跑回家。谁知才走到山脚下面，你曾祖姑父母已坐在那里等候，也不似先前严厉，和颜悦色喊着我的小名，对我说道：'我们早知你不是此道中人，你父亲偏要叫你上山，白白让你在山中苦了几年。不过剑术虽无缘再学，有这三四年的根基，传你一点内外功，也尽够你在人间纵横一世。'说罢，也不问我愿不愿，二次将我带回山上，每日传我内外功同各种兵刃暗器，只学了三个月，便说够了。仍由你曾祖姑将我送回家去，对你祖父说：'脱脱大师气数未完，不可强求，徒自惹下杀身之祸。此子剑术无缘，武艺已成。'又说她老人家不久也要火解等语。说罢，径自走去。到我回家二年上，你曾祖姑果然在开元寺坐化。要论你两姊妹的天资，都在我以上。不过这种机缘可遇而不可求，要说请黄、赵二位教你们剑术，那是绝对不能行的。"

云凤起初听说黄、赵二人剑术入神，飞行绝迹，原抱着满腔热望。今日听了父亲凌操这一席话，不亚于当头浇了一大盆冷水，来了个透骨冰凉。其实凌操所说虽系实情，却也别有私心。他因凌氏世代单传，自己这一辈上只生一女，原想招一个好女婿，将来多生一男二女，承继凌氏香烟。漫说黄、赵二人决不能收云凤为徒，即或能收，他还不定愿不愿呢。这且不言。

湘英、云凤俟凌操走后，又练习了一会儿，直累得香汗淋漓，才行停止。由此二人天天要背人练习梨花枪。自来精诚所至，金石为开。二人武功俱有很深的根底，哪消几日，居然练得一般地出神入化。

练枪的第二天，白琦回转，说罗新也不在善化，候了多天不见回来，才留下一封书信说明相请原因，求他务必前来相助。许钺执意要走，白、戴等因有约在先，不便强留。许钺原知在这用人之际，自己却丢下走开，有些不对。但是记着矮叟朱梅临行之言，不敢大意错过这千载良机。向白、戴等说明了苦衷，又嘱咐兄弟许超几句，叫他事完，回去归省，以免老亲悬念等语，告辞而去。

许超见湘英一见面便把头一低，连看都不看，几番同她说话，还未等许超开言，径自走开，心中好生不快。也是该当出事。这日湘英与云凤二人又在后园空场上练习许家梨花枪，本来神妙，再加上二人天资聪明，连下十多天的苦功，又加上凌操不时从旁指点，不但练得非常纯熟，因为二人同时对打，无意中又变化出许多绝招来。二人正舞到吃紧处，前面白琦因转眼月底，离交手的日期没有几天，所希望帮忙的人一个也没有来，虽说戴家场防备森严，因为敌人会使妖法，究竟没有胜算的把握，想召集众人商议商议，分配一下临敌的职务。举目往座中一看，除戴衡玉该班把守鱼神洞外，惟有湘英、云凤二人不在眼前，便要着人去请。凌操道："小女同戴姑娘大概在后园练武，我去叫她们来吧。"许超连日正愁没和湘英说话的机会，闻言连忙接口道："如何好劳动老前辈，待我去请她们二位吧。"说罢，不俟还言，便离座走去。刚到后园，便听有兵刃相触之声，等到身临切近，忽听湘英笑道："这些日的苦练，那跌翻九绝倒没有什么，最难还是他这七步回身追魂夺命连环枪。单是他这临危变招，招中化招，悬崖勒马，收千钧于一发的那个劲儿就不好拿。现在我快要使这一招啦，你变个法儿接招试试看。"

许超在幼时也曾偷学梨花枪法，因在幼年，又是暗中偷看，才回去练习，不是许钺明传。彼时许钺又不似现在心理，认为家传秘诀，轻易不肯将枪法当众使全。所以许超不过学了六七成，便已离家逃走。投了颠僧马宏为师，学的又是长剑和暗器。这次许钺来到，本想求教，又因防守事忙，大家都在忙乱之中，无暇及此。等到湘英向他求教，才向许钺转学。许钺以为他已经学会，不过问问几手绝招，虽然有问必答，仍是不曾学全。今日一偷听湘英说话，暗暗纳闷，便不去惊动她们，偷偷闪身在旁一看，不由大吃一惊。只见她二人枪法舞到妙处，简直是身与枪合，捷如飞鸟，兔起鹘落,圆转自如。哪里分出哪是人,哪是枪,只剩两团红影在广场上滚来滚去。完全与当年初看许钺舞枪是一样灵巧,大大自愧弗如。出神忘形,不由喊出一声好来。

湘英、云凤听见有人叫好,各自收招。见是许超,湘英更不答话,把手中枪往兵器架上一掷,回身便要走去。云凤怕许超不好意思,正要向许超敷衍两句,许超更不怠慢,急忙上前拦住湘英去路道:"大哥在前厅召集大家,分配同敌人交手时的职务,叫我来请大妹同凌姑娘前去赴会哩。"湘英冷笑道:"不相干的事,打发一个长工来就得啦,还要劳你的大驾?我们知道了,随后就到,你先请吧。"许超见她还是不喜欢神气,自己却装不知道,拿脸冲着云凤,眼睛却看着湘英道:"二位女英雄练得好梨花枪法呀!"云凤未及还言,湘英抢着答道:"我们姊妹多呆,哪配学你们家独传的梨花枪法?无非猴耍棍,舞来解闷罢了。"许超急忙答话道:"大妹不要太谦,这梨花枪法变化甚多,学起来很难,我学的还不过二位所会的一半。那天大妹还要我教,幸而有自知之明,不敢答应;不然,老师所学还没有徒弟一半,那才是笑话呢。不过我还有一桩事要向二位请教:这枪法海内会者甚少,如学不全,等于没用。二位是从哪位老师学来?可肯告诉给我,让我也知道知道?"湘英急答道:"这普天之下,难道只许你会梨花枪,就不许别人会么?真是笑话!你要问老师,凌姊姊就是我的老师,我也是她的老师,我们两个替换着学的。你瞧我们会,你不服气吧?"许超道:"大妹如此说法,真屈杀我了。前日听了大妹之言,我因自己学不全,还背着人问家兄几手绝招,满想转传大妹,一向没有机会。如今知道大妹本来就会,以前说要学的话是戏弄着我玩的,我喜欢还来不及,岂有不服之理?大妹太多心了。"

湘英还要还言,云凤见湘英连顶许超几次,有些过意不去,便抢答道:"湘妹不说原因,无怪许兄不知。只因那日湘妹听令兄谈起梨花枪,知道许兄也会,因令兄初来面生,不好向他求教,转问许兄,许兄又推在令兄身上。后来许兄到鱼神洞防守,令兄经大众相求,一时高兴,便在这空场上将枪耍了出来。也是湘妹聪明,一看便会。我也从旁记下几招,天天来此练习。许兄既是此中能手,又是家传,令兄已走,我们正愁无处请教,如有错误之处,还望许兄改正才是。"许超道:"二位如此天资,真是令人万分佩服。不过我还没学全，漫说二位已尽得此中奥妙，即使稍有不到之处，我又如何能改正过来呢？"

湘英平日本同许超感情很好，自从那日学枪赌了十多天气，虽然抱定宗旨不理许超，谁知许超连受白眼，依旧殷勤，未免叫湘英有些过意不去。想再理他，又因在云凤面前说了满话，怕云凤笑她。直至今日许超来请她到前面去，不住地用言挖苦，许超还是丝毫不动火，和颜悦色，任她讪谤，渐渐也有些气消心转。后来云凤看不下去，说了实情，又同许超客气了几句。湘英人虽性傲，学武艺却极虚心，生怕学不完全。本来就疑心许钺演时藏了几手，正苦于无从求教，满拟许超是学全了的，只不过不好意思问他。一听云凤向许超求教，许超又和前日一样推三阻四，不禁勾起旧恨，心头火起，冷笑道："姊姊也是多事，你问他，他还肯说实话？人家是家传，肯传外姓么？我们那天也无非见猎心喜，学来解解闷罢了。要说真学的话，不学还好，学会了也无非被人家绑了起来做俘虏，还有什么别的好处？"

许超见湘英出口就是别扭，自己尽自赔小心，反招出她挖苦自己过鱼神洞被擒之事。年轻人大半好胜，觉得当着云凤没了面子，不由把脸色一沉，答道："人外有人，天外有天，胜负乃兵家常事。我平日又未说过什么自负的话，夜探鱼神洞中了妖法，被人擒住，并非我学艺不精之过。恐怕除了真正有名的剑仙高人，无论谁遇见妖法也躲不了吧？大妹既然以为我那日不教是藏奸，我再三赔话，都不理我，今日又屡次挖苦，我也无颜在此。且等破了吕村，同陈、罗二贼交手之后，告辞就是。"说罢，回身就走。

许超自那年逃出，便流落在戴家场，为戴衡玉的父亲戴昆收留，传他武艺，同湘英青梅竹马，厮守了好几年。后来戴昆临终，把许超介绍给颠僧马宏门下。学艺五年回来，原想见了衡玉兄妹，回家省亲，不想又因吕村之事耽搁。当时湘英业已长大，郎英女美，故侣重逢，虽不似小孩时节随便，内心情感反倒更密。许超见她性傲，又是义妹，总让着她几分，二人从未红过脸。今日双方言语不合，决裂起来。许超走后，湘英不怪自己说话太过，反而越想越生气，连前面都不想去。还是云凤苦劝，才一同往前面走来。走到厅堂，见许超尚在门口徘徊，回头看见她二人走来，才走了进去。云凤知道许超拿不准湘英来不来，进去没有话说，所以在门口等候。见湘英气得粉面通红，一时不好再劝，只得一同走了进去。远远听见许超对白琦道："大妹同凌姑娘在后园练得好枪法，现在后面就到。"云凤听了暗暗好笑。说时二人已到跟前，除凌操外，大家俱都起身让座。

白琦招呼众人就座之后，便当场道："再过不多几日，便到与陈、罗二贼相约日期。这次忽然中间又加上吕村中人与我们为难，事情很是棘手。现在为期已近，因为有吕村加入的缘故，我们除了加紧防备外，还得在期前请一位到陈圩去下书与陈、罗二人，就说二月初三，我们到陈圩赴约；他们如果不要我们去，要自己来，也随他们的便。就此探看一些动静，好做交手准备。否则我们去打陈圩，吕村却从鱼神洞捷径来潜袭我们的后路，我们人单势孤，岂不难于应付？索性与他们叫开倒好。如果要我们去赴约时，除留下两位守庄外，大家都一同去，自是不消说的。假如他们两处联合而来，我们这个村庄虽然不少会武艺的人，但是这次交手不比往年流寇容易对付，来者很有几个能手。本村壮勇，只能从旁呐喊助威，加紧料理埋伏，不可轻易上前，以免误伤人命。最好是用打擂台的方式，在前面广场上盛设酒宴，搭起一座高台，等他们到来，便请他们先行入席，就在席前上台，一对一地交手，以多杀为勇。起初以为只要对付陈、罗二人，所以宁愿到陈圩去赴约。如今加入了吕村，还有两个会剑术的人，所以如能办到此层，最为妥当。不过当初原说我们前去拜庄赴约，改作请他们赴会打擂，他们必定以为我们倚着戴家场山谷险要，有些怕他。去的人必须胆大心细，还要能言善辩才行。并且我们明知陈、罗二人俱在吕村，而吕村呢，上次是我们去探他们的动静，后来并未前来寻衅，总算没有破脸。在他们未明白现身以前，惟有装作不知，径往陈圩下书，问出主人不在陈圩，然后托陈圩的人引到吕村投信，就便带一张柬帖拜庄。不知哪位愿意辛苦一次？"

白琦说话的意思，原以为黄、赵二人久闯江湖，又都会剑术，此去最为合宜，二人当中无论是谁均可。因是远来嘉客，相交不久，不好意思径自奉请。谁知许超和湘英口角，错疑湘英当着外人笑他无能，忍了一肚子闷气；又在听话中间用眼看湘英时，湘英又不住朝他冷笑，更以为是看他不起。暗想："怪不得自从我从鱼神洞回来就不理我哩，原来是看准我没有出息。那我倒要做两件惊人的事给你们看看。"想到这里,雄心陡起,白琦话未说完,忙不迭地站起身来,对众说道:"小弟无能,日前失机,蒙大哥同众位不加谴责,万分惭愧。情愿前去下书,用言激陈、罗二贼前来赴会打擂。不知大哥看小弟可能胜任么?"说时用眼瞧着湘英微笑。白琦见许超自告奋勇,知他本领聪明倒还去得,不过已经在吕村被擒逃出,又不会剑术,总觉不如黄、赵二人妥当。但是许超既已把话说出,如再另烦黄、赵二人,似乎适才之言有些掺假,不是对朋友的道理。黄、赵二人一听白琦适才那一番话,便知用意,本要接口,不想许超自告奋勇,就不好意思争揽,倒显出逞能,藐视许超似的,只好住口不言。心源这几日非常爱惜许超,知他此去危险,心中不住地盘算。这里白琦见无人答话,许超又在那里催要书信,只得将信写好,又再三叮嘱见机行事。许超接信在手,又望湘英笑了笑,向众人道声再见,取了随身兵刃,回身便走。

　　许超走后,云凤见湘英闷闷不乐,便邀她到后园游散。湘英忽然冷笑道:"你看他多藐视人!随便下封书信,又不是出去冲锋打仗,有什么了不得?偏朝我冷笑。碍着大哥和远客在座,不然,我倒要问问他,为什么单对我笑?"云凤这时再也忍不住道:"湘妹你未免太多心了。许君和你既是从小在一处相聚了好几年,老伯爱如亲生,二哥又待他如同手足,纵有不周到和言语失检之处,也还要念在平日彼此交情不错。今天人家被你抢白了一顿,还是和颜悦色向你赔话。你却始终用语讪谤,末后索性揭了人家的短处。我们年轻人谁不好胜?举动沉不住气也是有的。想必疑心你看轻了他,所以才当众讨这种危险的差使。你没见白大哥那一番话,是绕着弯,想转请黄、赵二位前去?后来许君自告奋勇,白大哥不是迟疑了一会儿才答应的么?"湘英道:"那他去就去好了,笑人做什么呀?"云凤道:"人家对你笑,并无恶意,无非适才得罪了你,无法转弯,又觉着你看他不起,想在人前显耀,单身去蹈虎穴,亮一手给你看看。不然,人家也够聪明的,还不懂白大哥并不愿他前去么?你别以为下书信不当紧要,须知他曾被吕村的人用妖法擒获,后来逃转回来,这回明到那里,敌人方面言语之间稍为一讥讽,许君一个沉不住气,就许动起手来。好汉打不过人多,何况敌人方面又有好几个会妖法、剑术的,吃个眼前亏还是小事,说不定还有性命之忧呢!临走的时候,白大哥再三叮嘱他,到了那里莫要任性使气,你没有听见么？"湘英起初听云凤相劝，因为心中有许超存心和她怄气的主见，虽不好意思当面抢白云凤，却好生不以为然。及至听到许超将有性命之忧，仔细一想情理，觉得云凤之言不是无理。不管许超是不是看自己不起，但是这回下书，明明白琦是想黄、赵二位中有一人前去。要不是自己挖苦他太厉害，如何会去冒这种可以不冒的险？倘再出了差错，岂非我虽不杀伯仁，伯仁因我而死？想到这里，不禁惊出一身冷汗。可是表面上仍不露出，反向云凤强辩道："两国交锋，不斩来使。我就不信有这许多危险。你不信，我就单身去探一回吕村你看。"云凤知她脾气，说得出就做得出，闻言大惊，生怕引她犯了小孩脾气，果然前去涉险，不敢再劝，只得用言岔开道："要说险呢，本来不一定就有，我无非想借此劝劝你，消消气，和好如初罢了。"湘英知她用意，反倒好笑。两人各有心事，俱不提适才之事。

吃罢晚饭之后，湘英说有些头痛，想早早安歇。她与云凤亲如手足，平时总是同榻夜话，不到深更不睡的。云凤摸了摸她头上，果然有些发热。因她适才有前去涉险之言，不大放心，又不便公然劝阻，反勾起了她必去之想，只得和衣陪她睡下。初更刚过，猛想起父亲同俞允中伤势虽痊，还要服那调补的药，每夜都是自己料理好了，端到他翁婿房中；并且听父亲说，这药一共要吃七七四十九天，一天也不能间断。好在药同瓦铛、无根水等都预备好在房中，不用费事，便起身下床来。摸了摸湘英，睡得很香，额际汗涔涔的，还有余热未退，鼾声微微，呼吸极为调匀，移过灯檠，往脸上一照，脸色红润，娇艳欲活。见她一只欺霜压雪的玉腕放在被外，轻轻替她顺在被内，给她将被盖好。见她没有怎么觉察，也不去惊醒她，轻轻放好灯檠。将药配就煎好，正待将药送到凌操房中，心想今晚还是不要离开的好，便打算叫湘英用的丫鬟送去。走到后房去一看，那丫鬟睡得和死人一般，再也推拉不醒，只得重又回房。忽听湘英在床上说梦话道："这回身七步追魂夺命枪真妙呀！"接着又含含糊糊说了几句，听不清楚。云凤见她用功学艺，形于梦寐，颇觉好笑。看她睡得愈发沉稳，才放了心。当下轻脚轻手把床帐放下，将煎好的两罐药端在手中，悄悄走到扶梯跟前，轻轻揭起楼门盖板，三步当做一步，脚尖着地，就在黑暗中走了下去。一直到了平地石砖上，侧耳细听，楼上并没有什么声音响动，才放开脚步往前面厢房走去。抬头见天上黑沉沉的，一点星月之光全没有。远看凌操房中烛光很亮，仿佛听见有棋子的声响，知他翁婿二人又在那里下棋。云凤本是此中国手，不觉技痒起来，正走之间，忽见一条黑影往路旁房上一蹿，定神一看，原来是一只猫，正从后面东房上往南房房顶上去呢。那猫好似禁不住那冬天的寒风，到了屋顶，回头"喵喵"两声，抖了抖身上的毛，慢慢往房后跳下去了。

第六十六回　观社戏　巨眼识真人
　　　　　　　　窥幽林　惊心闻噩耗

云凤也没有在意，走到凌操窗下，棋子落枰的声音，在这静夜里越加显得清脆可听，便迈步走了进去。只见凌操同俞允中翁婿二人，果然在那里下围棋，两家棋子围在一角，正杀得聚精会神，难解难分，连云凤进来也好似不曾看见。云凤便将药罐放下，喊了一声："爹爹请用药。"凌操也没有朝云凤看，随口答道："你叫你大哥先吃吧。"允中的棋势被围了一大片，连云凤进来都没有看见，只顾苦想出神，还以为凌操对他说棋呢，随口答道："毕竟岳父名手不凡，就让我吃这一角，我还是得输二三十子呢。"云凤看他神气好笑，说道："也没有见你这种屎棋，偏高兴和我爹爹下。几曾见棋一输就是二三十子？"允中闻言抬头，才看见云凤站在身旁，急忙起身让座。起身时一慌，袖子带过去，把棋乱了一大片。凌操推开棋盘，笑道："贤婿认输，我们说一会儿话吧。"允中平时少年老成，同云凤患难共处了这些日，爱根种得越深。因是未过门的妻子，当着人前，彼此都有些拘泥。只有晚间送药来吃这一会儿，室内不常有外人，反倒随便一些。见云凤三不知走了进来，巴不得凌操提议停战，好同云凤说会儿话。便起身答道："小婿再下，无非也是献丑。还是请大妹同岳父重摆一盘，小婿从旁学着些吧。"说罢，便将黑白棋子分出，在四角各下上一子，请云凤上场。云凤道："你先不用忙，把药吃完了再说。"这时凌操已将药饮下。今晚的药，因为云凤煎得过了火候，允中端起呷了一口，似乎嫌苦。还要再喝时，云凤从袋中取出七八个大干枣儿递了过去。允中正要伸手去接，云凤已然放在桌子上面，将手缩了回去。允中用药碗遮了面孔，从旁偷偷看了云凤一眼。云凤抿嘴一笑，装作不理会似的将头偏开，朝着凌操道："爹爹要没有事，女儿回房去了。"允中见她刚来就要走，急忙放下药碗，抢着答道："天还不甚晚，大妹何必这早就安歇呢？陪岳父下上一盘，再去睡吧。"云凤微嗔道："偏你那么有闲心爱下棋，我还有事呢。"凌操见这一双佳儿佳婿情感俱从面上流露，也不去管他二人拌嘴，在旁拈髯微笑，不发一言。后来看出允中的意思是十分不愿意云凤就走，便着了留道："你大哥既要下棋，我已下过一盘了，你陪他下一盘何妨？"允中见丈人也帮他留爱妻，越发得意，现于神色。云凤道："你少得意，不要以为我爹爹叫我陪你下，我就得下。说真了，你这种屎棋漫说一盘，就是十盘，还不把你杀个落花流水么？"允中道："我诚然下得不高，须知诗从胡说来，棋也不是从乱下来么？凡事如果以为自己不会，就老不学，以后还有会的日子么？"云凤见他猴急眼巴巴的，也不好意思再公然拒绝，便正色对他说道："我不是真不和你下棋，是因为我日间言语不留神，闯了一个大祸，不能不留点神，省得闹出事来，对不起这里的主人。我急于要回去，就是这个原因。"

凌操知道爱女聪明持重，轻易不说戏言，料事也极为透彻，闻言大惊，连忙问故。云凤便把日里许超和湘英拌嘴斗气，自己从旁解劝，湘英任性使气，老早就推说要睡，自己如何留心，从旁守着不离，等她睡熟才送药来，前后情形说了一遍。凌操闻言，忙说道："既然如此，果然这不是可以大意的，惟愿她不是装睡骗你才好。你急速回去吧。"云凤见父亲也和自己一样疑心，越加心慌，也不还言，拔脚便走。出了房门，只两三纵已到湘英楼下，匆匆上楼一看，绣帐低垂，床前湘英绣鞋仍和刚才一样，端端正正放在地下。刚要好笑自己多疑，谁知走近床前一看，床上只剩一堆绣被，哪还有个人影。立刻头上金星直冒，急出了一身冷汗。忙往后房一看，那丫头睡得正香。湘英平日所用的一把宝剑连同七星连珠弩俱已不在墙上。再反摸被头，温香尚未散尽，尚疑她不曾去远。俾开了楼窗，纵到高处一看，四外寒风飕飕，哪里看得见丝毫踪迹。当下低头略一寻思，也不去喊那丫头，径从楼顶纵下地来，去寻凌操商量去了。这且不言。

话说许超持了书信，问明道路，带了几件轻便的兵刃暗器，出了山口，绕着山径小道，直往陈圩走去。到将近黄昏时分，见前面有一个大村寨，打听行人，果是地头蛇追魂太岁陈长泰的庄子。及至走到临近一看，这座村寨前临湘水，后倚崇山，寨前掘有丈多宽的护庄河，将湘水引进去把寨子四面围绕,越显得气象威武。许超正在四外观看,那守护庄桥的豪奴见天色不早,刚要把吊桥扯起,忽见许超走来,远远喝问道:"你是做什么的,跑到本寨探头探脑?再不说明,我们就要放箭了。"说罢,便有几个人拿着弓箭,远远瞄着许超,做出要放的神气。许超见这些豪奴狐假虎威,傲张作智,十分好笑。情知陈、罗二人不在寨中,此来无非打个招呼而已,乐得拿这些小人臊臊脾,见吊桥已经被那些人扯起,便高声喝道:"你们把吊桥放下,过来一个,我的来意自然会说与你们听的。"那些豪奴见许超神气傲慢,不禁大怒,齐喝道:"我们庄主有令,这几日闲杂人等不许进庄,我们也没有工夫伺候你。你要是好的,你就泗水过来说吧。"许超闻言,哈哈一笑,脚微点处,已经纵过河来。那些豪奴见许超身手如此矫捷,不禁有些胆怯。为首的一个便凑上前来问道:"你这人到底是做什么的?问你又不肯明说。你要想在这里卖弄,须知我家庄主同罗九太爷不是好惹的。"许超笑道:"我正要寻陈长泰同罗九两人答话,你快领我去会他们吧。"那些豪奴听许超喊陈、罗二人的姓名,骂道:"这厮好大胆,竟敢喊我们庄主的名字,叫你吃不了兜着走!"说罢,便有一个豪奴拿起手中一条枣木短棍掩到许超身后,打算趁一个冷不防将他打倒。许超早已留神,装作看不见,等到那人将棍举起快要打到许超头顶,许超也不转身,也不躲闪,只微微将身往左一偏。接着倒退一步,右手肘往后轻轻倒撞过去,在他胸前撞个正着。那人"哎呀"一声,身子晃了一晃。许超哪容得他缓气立足,时到那人胸前,顺势往上一翻,手背正打在那人面部。跟着反臂回身,右拳起处,那人腮帮子上又着了一下。一个站立不稳,往许超左手正要倒下。许超就势一扁腿,像踢毽子似的,将那人踢了两个溜滚。那些豪奴见许超还手打人,各持器械一齐上前。许超刚把先前那人踢倒,见众豪奴又从后面打来,更不怠慢,将身往下一蹲,一个蹲地连环腿,朝众人下半部扫将过去。众豪奴哪禁受得起这一下,被许超打倒了七八个。余人均不敢上前,面面相觑。

正没办法,忽见庄门开处,远远跑来一少年。许超正待等那少年近前动手,那人远远高叫道:"壮士休要生气,待我责罚他们。"说罢,已到面前。众豪奴抢说道:"二庄主来了。这东西渡过河来,不问青红皂白,就动手打人,将我们打伤了好几个。快将他捉住,等大庄主回来发落吧。"那少年冷笑道："平白无故还会有人欺负你们的？"说罢也不再理他们，走到许超面前，深深施一礼道："壮士因何至此与他们生气？请看在下薄面，休与他们计较吧。"许超见那人虽然年轻，面目英爽，彬彬有礼，不禁化怒为礼道："我名许超，奉了戴家场白、戴二位兄长之命来此下书。不想他们从后暗下毒手，以致动起手来。我也有些莽撞之处，请阁下宽容吧。"那人闻言，微微叹了口气，答道："家兄同那姓罗的日前从吕村回来，原说在庄中候白、戴二位驾到。不料昨日庄外来了一位红脸道长，口称要会那姓罗的，那姓罗的却不敢出去见他，由家兄将那道长敷衍走了。今日一早起来，家兄同姓罗的便变了主意，不在庄中等候，如今到吕村去了。壮士的书信如愿留下，我自会着人送去的。"许超道："这倒不敢劳驾，令兄既不在庄中，我还是到吕村投信便了。"说罢，道了一声"得罪、告辞"，脚微顿处，纵身过河。那少年也将身一纵，跟踪纵将过去。许超见那少年身法不在自己以下，暗暗惊异，重又请问姓名。才知他便是陈长泰同父异母弟弟，名唤陈长谷，本领也颇了得。许超便请他留步，长谷执意要送，又送了有一里许路，才将吕村路途指明，同许超分手而去。

　　许超见天色已晚，离吕村还须绕着山路走好几十里地。来的时节，白琦曾再三叮嘱，说是无论如何不可黑夜拜庄，以免误会；如果天晚赶不上道，尽可在附近地方住上一宵，明早再去。许超便打算先赶到离吕村不远的一个清水坝镇集上先住上一宵，明早再行前去拜庄。主意打定，脚下使劲一赶路，一口气走了有六七十里山路，绕过了一处山麓，前面便到了清水坝。这时业已是初更时分，远远听见锣鼓喧天。走到近前一看，一片广场上，正搭着草台，在那里演得好热闹的武戏。台前两支粗如人臂的大火炬，还有许多亮子油松，照耀如同白昼。台底下看戏的乡民，扶老携幼，拥挤得水泄不通。余外还有许多卖零食年糕的摊子，大家都争着来买。端的是丰年气象，热闹非凡。许超本来腹中有些饥饿，见有卖食物的摊子，便不打开干粮口袋，径自跑到一个卖烧鸡的摊子上，买了一只肥鸡、四个馒首，又买了一碗粉条汤，加了一勺辣子，就在摊旁胡乱吃了一餐。吃完之后，正打算去寻宿头，见台上戏正到好处，顺眼一望。猛回头看见东首站着一个高身量的道人，正同人打听一个人的姓名，耳朵边忽然听到有"罗九"二字，不由注了点意。假装着往台上看，身子却一步一步凑了过去。同道人问答的人，本是一个老年乡农，等到许超挨近身旁，业已将话答完走去。那道人也自走开。许超见那道人身高七尺以外，年约四十，生得虎背熊腰，一张红脸，映着火光，分外显出红中透亮，不由心中一动。许超不敢冒昧，见那乡农走往西北角人堆里，仰头正往台上看呢。便也挨上前去，在他身后立定。正要想法同那人说话，恰好那乡农看戏看出了神，不知怎的一用力，用手往后一摆，正打在许超胸前。等到觉出打了人回头看时，见打的是一个穿着整齐的少年相公，知道惹了祸，急忙赔礼不迭。许超因想借机同他说话，存心让他打的，乐得就此攀谈。那乡农见许超谈吐谦和，愈觉不安，有问必答。二人一路看戏，一路说话，越来越对劲。

　　不多一会儿，台上散戏，台底下的人像潮水一般挤散开来。那乡农上了几岁年纪，又全仗许超扶持，没有让别人挤跌在地，非常感激。知道许超是路过此间，要往镇上去寻旅店，便邀许超在他家过宿。许超心中虽然愿意，口中不免客气几句。那乡农道："此处僻在山凹，并无客店，官人总是要往人家投宿，我敬重客官年轻性情好，何必客气呢？"许超见其意甚诚，便也不坚却，随乡农走了有一箭多地，便到他家。当下揖客入门，便有长工过来招呼。问起那乡农姓名，原来姓向，是个小康之家。许超坐定后，慢慢朝他打听吕村诸人动静。那老者道："吕村自从吕宪明回家，郭云璞来到，昔日手底下的爪牙渐渐又都回来，架弄起吕宪明的三兄弟，名唤吕马的，无恶不作。前天晚上，我们这里酬神演戏，知道吕村这些人倚势凶横，一毛不拔，并没有摊他们公份。谁知开戏时节，吕三带了一伙打手前来问罪，硬说不摊公份是瞧他们不起，硬要拆台，给大家今年来个大不吉利。后来经多少人说和，按照演戏的钱，再出一倍给他，会首还给他赔了大礼，才算完事。你说可恶不可恶？听说下月初三，要和隔山戴家场打群架。山里头还修了几座天牢、水牢，准备捉住戴家场的人关在里头。昨日听说又请了陈圩的太岁同罗九疙瘩来助拳。好好的太平年岁不过，无缘无故要欺负人，打死架，这是何苦呢！听说戴家场的庄主也很了得，人也正派，不知怎地会得罪这几个凶神，这乱子才不小呢！"

　　许超又问，戏台旁边同他说话的那个红脸道人是不是本村中人，怎么生得那般高大身量。向老者闻言，连忙摇手道："客官年纪轻，出言有些不检点。适才我看戏正看得有趣，无意中一回头，便见那道爷站在我的身后，见我回头，便笑着同我说话。我起初还不甚在意，后来见他生得异样，又是一张红脸。本村同吕村相隔只有三五里山路，我们这里又是上湘潭必由之路，两村的人我差不多全认得，从未见过这样的一位道爷，他那一双眼睛尤其怕人，老是往下耷着眼皮，我不是身量矮么？我无意中往上一抬头，恰正对着他那眼缝，也不知他那眼中发的是什么光亮，眼光一对，射得我两眼都睁不开来，他那身量、红脸，连那双眼睛，根根见肉的长胡子，我越看他越像庙里头的龙王爷。偏偏今天又是给龙王爷演戏还愿，我上了几岁年纪，知道今天龙王爷既然现身出来听戏，今年年景一定比去年还好。但是说穿不得，要一说穿，不但没有福，说不定龙王爷一生气，就许像前些年吕村一样，得罪了龙神，一场大水，差点没把全村淹死，那还了得！所以我恭恭敬敬回了两句，也不给他说破，我就告辞躲到旁边，去让他老人家静心听戏。果然我走开了两步，再一回头，就看不见他了。凡人走得哪有这般快法？明明使隐身法，不叫凡人见他老人家的真身。不是龙王爷显灵，还有什么？幸而客官没说别的，不然你明天上路准出乱子。"许超猜他是个能人，因为不知他是吕村邀来的同党，所以才向老农打听，不想附会到龙王身上去。知道这些乡下人性情固执，不便同他辩难，便又问道："据你老人家说来，明明是龙王显灵了。我仿佛听他同你打听一个姓罗的，这又是什么意思呢？"向老者闻言想了一想，答道："那姓罗的就是罗九疙瘩。要是别人提他的小名，我决不敢答言；因是龙王爷问他，闯出祸来，自有龙王爷保我。不过我见他问时，对罗九神气还不错，好似非常关心。莫非罗九本来生有仙骨，后来迷了本性，龙王爷和他有缘，想去点化他改邪归正么？"许超闻言，心中愈发好笑。

　　这时天已不早，二人谈了一会儿，早有长工将床铺好，端进灰笼，招呼许超安歇。许超睡在床上，再也猜不透那道人来历，想了一会儿，径自睡去。到了天明，向老者亲自来招呼茶水点心。许超洗漱之后，用了点心，才与向老者道谢作别。因为昨日说是到湘潭去，不好意思改口，只得先不进村，等到向老者转身，才抄山麓捷径翻到山腰，再由山半取径进吕村去。才入吕村不远，看见路上的人对他很注目。许超知道自己面生招人猜疑，也不去管他，径往前面走去。转进一个山沟，便远远望见吕村的旧寨。正待往前走去，忽见山坡树林内走出二人，各持兵刃，高声大喊道："来人是哪里来的?"许超不俟那人再发话,便将白、戴二人同自己的名帖递了上去,一面说明来意。那二人听说是戴家场的三庄主前来拜庄,便着人飞跑往寨中送信。一会儿工夫,去人回报,请来客入庄。许超随了那二人走到寨前,早有一个獐头鼠目的人迎了出来,请他入内相见。许超随那人进寨,吕宪明早在阶前迎接,说道:"许庄主,我们一别将近一个月了。"说罢,揖客入座。许超知吕宪明是挖苦他在鱼神洞被擒之事,心中不免有气,只好装听不见。

坐定以后,许超照白琦嘱咐的话说道:"我们彼此近邻,自从鱼神洞旧道湮塞,多年不曾来往。去年年底,听说庄主从华山回来,本要前来拜庄,白、戴两位长兄曾令在下去查看鱼神洞旧道,不想与贵庄守洞的人发生误会。在下回去后,白、戴两位兄长深怪在下办事不周,诸多冒犯,因为忙于度岁,不曾早来请罪。过年以后,敝村事忙,陈圩之约不久到期,着在下前去下书安驾,就便请问陈圩庄主,到了二月初三,是否容我们弟兄三人前去登门求教?到了陈圩,才知陈、罗二位业已驾临贵庄。白、戴二位兄长闻知,又着在下前来,一来向贵村负荆,二来请问陈、罗二位,能否到了二月初三,光降鄙村?如能移尊就教,愚弟兄是日略备水酒粗肴,请陈、罗二位与贵村诸位前去赴宴,就在酒席筵前负荆,以全多年乡邻和气。"说罢,便将书信取出,托吕宪明转交。吕宪明接过书信,说道:"陈、罗二位原打算二月初三,在陈圩候三位大驾光临,不想陈庄主的母亲染病在床,受不得惊吓,特来吕村商议。正想派人到贵村去说,请三位另约地方,或者登门请教。许兄来得正好,就烦许兄回去,说我等二月初三,准到贵村叨扰就是。"许超口头道了声谢,便起身告辞。吕宪明倒很讲面子,直送到大门外边,才行进去。

许超满以为此来不定要闹出什么乱子,没想到事情如此顺手。离了吕村旧寨,往回路便走,刚刚走过适才入口的山坡上,忽听有两个人在树林之中说话。许超人本精细,忙将身隐伏在崖旁僻静之处侧耳去听。只听一个人说道:"你说得也太邪了,一个年轻小姑娘,会有那么大本领?我不信。"另一人说道:"你哪里知道,世界上奇怪事多啦。你是才回来不多日子,不知细情。你以为我们庄主还是从前一般,尽仗教师、打手助威么?告诉你说,他自从那年受了那个游方和尚欺负,一赌气跑到华山,寻着一位会吐火的神仙，练会了许多法术。去年才辞别下山，打算重兴旧日基业，扬名天下。又加上新来的那位郭真人，更是本领了得。有人看见他嘴一张，便吐出一道火光，将人活活烧死。去年大年三十晚上，那个戴家场的奸细武功何等了得，不是伤了我们好多人，后来被我们庄主和罗九爷亲自动手，才将他捉住的么？昨晚擒住的那个女子，不过会跳高，会打暗器，武艺也还不错，庄主不该小看了她，才被她打了一弩箭。后来将她擒住，问她来历，她执意不说。庄主本来要将她活埋，以报一箭之仇。偏偏郭真人见她生得美貌，打算收她做一个老婆。这小姑娘倒也烈性，起初被擒，简直是杀剐听便，不发一言；及至听说要她归降成亲，更破口大骂起来。郭真人生了气，才把她下在螺蛳湾石牢之内。你以为她本事大，还不知在她以前来的那两个女子本事更大呢。"以下谈的便是上文金姥姥门下何玫、崔绮被擒之事。

许超从这两个人口中听说又有一个女子被擒，不由激动义侠之心。暗想："何、崔二位侠女原说回山去请她们师父金姥姥，并寻几个帮手，准在二月初三以前赶到戴家场。如今相隔已有多日，尚不见来到。莫非何、崔二侠女请不来金姥姥同别的帮手，不好意思来见众人，故此单身去寻吕、郭二人拼命？但是既知能力不敌，何以又来犯这种无谓的危险？"又觉不对。依了自己脾气，便打算跑进树林将那两人擒住，问个明白。因为来时白琦再三嘱咐谨慎小心，不要多事，自己也知吕、郭、罗三人厉害，又在白天，不敢轻举妄动。仔细盘算，估量自己能力同吕、郭、罗三人动手，虽然一个都不是对手，要是趁他不防，偷偷前去救人，或者不至于就遇危险。自己既以英雄侠士自命，明明见着一个义侠女子陷身虎穴，贞操性命全在危险万分，岂容坐视不救？主意拿定，雄心陡起。

他所伏的地方，正是入吕村的口子。这时正是辰末巳初，湖南人吃早饭的时候。许超往四外一望，见没有人过来，正要站起身，忽觉林内好半天没有声响，悄悄探头一望，不由大吃一惊。原来那树林内适才说话的两个防守的人，俱已捆绑在地。急忙进林一看，这两个防守的人都被人点了哑穴，不能转动。许超拍醒转来一个，问他被何人捆倒。那人见许超救他，疑是本寨派来的接应，便对许超说道："我二人正在谈天，忽从边崖上蹿上来一条黑影，正要打锣，人还没有看清，便被她点倒，才看出是一个穿青的小姑娘。她拿宝剑架在我的颈上,问了问螺蛳湾的路径,将我二人捆上走了。我这两只手麻得要死,你快替我解开,再去追奸细吧。"许超正要盘问螺蛳湾的路径同那被擒女子的详情,忽听崖下又有人说话的声音。那人便高叫道:"四哥快来,这里有奸细了。"许超疑他看出自己行径,闻言大惊,急忙将那人重新点了哑穴,将身伏在一旁。见那崖旁上来的两人,手中各拿着家伙,口中说道:"你两个又大惊小怪做什么?"走到近前,见他先来的伙伴被人捆倒,不由失惊道:"你两个怎么会失风了?"说罢,双双过去就解二人身上捆的带子。许超更不怠慢,一个寒鸦掠地势,蹿到二人跟前,把这后来两个接班的也点了哑穴。重又解开先前那人,用手中宝剑逼着问那女子被擒经过。

　　许超听那人说的相貌身材颇似湘英,不由吓了一大跳。心想:"湘英武功虽然了得,但是鱼神洞既过不来,那人又说是在寨中擒住的,当然还是从别的路径来。要不打鱼神洞来,由戴家场到吕村,须要绕十几处险峻山峰,有一百多里的山路。自己走时已在下午,况且云凤和她形影不离,除了半夜偷走,白、戴同凌氏父女决不会让她一人来此涉险。半夜动身赶到此地,无论如何,她没有那么快的脚程。可惜那适才捆人的女子没有被他们看清面目,不知是否云凤,如果云凤,当然被擒的是湘英无疑了。且不去管她是与不是,先去救出那女子再说。"当下解开那后来两个防守人的束身布带,像先前两个一样,如法炮制捆好,分放在四个岩角僻静之处。把心一横,便往螺蛳湾走去。

　　这时村中人早饭已过,山中渐有行人。许超不敢在明处,翻山爬崖,拣那僻静之处鹭伏鹤行,悄悄偷身过去。到了螺蛳湾侧一看,原来三面俱是高崖绝壁,一面是一个无底深潭,西石崖上有一个三尺方圆的小洞。许超见洞旁大石上坐着两个防守的人,各拿兵刃铜锣。由上至下,高有十丈。只好绕道下去,再由潭侧蹿上去。便远远抓着古藤,坠到谷底。屏着气,一步一步伏行到离那洞口丈许远近停住。那二人也正谈得有劲,并没有防着有人从后暗算。许超到那二人身后不远,把气运足,正要作势朝那二人扑去。忽见那二人坐的大石旁边蹿起一条黑影,接着"当啷"一声铜锣掉地的声音,把许超吓了一大跳。

第六十七回　失掌珠　凌翁拼老命
　　　　　　　援弱女　飞剑化长虹

　　许超定睛看时，来者正是凌云凤，不由又惊又喜。再看二人业已被云凤点倒，急忙上前相见。云凤也顾不上和许超说话，先把地下铜锣拾起，仍挂在那人手上。好在这两人均已闭了哑穴，不能动转说话，仍照适才说话神气将他们摆布坐好，也不去捆绑。许超忙问湘英可曾同来。云凤只说："湘妹被困洞内，事不宜迟，我们快去救她。"二人都知道，先前林中被擒的人若被村中人发现，便难脱身，急忙入洞先救湘英。谁知走到洞中一看，通道已被一块大石堵塞。二人合力推了两下也推不动，急得许超满身是汗。云凤又回身出来，将那两个防守的人拖了一个进洞，解了哑穴，逼问究竟。那人道："这洞外面虽小，里面却大。被郭真人用神力搬了一块几千斤重的大石堵死，只留一个三寸大小的洞，准备早晚送饭与那小姑娘吃。等那小姑娘应允同郭真人成亲，只消她在洞中一喊，我们便去送信，郭真人便亲来放她。除了郭真人，别人休想弄得动这块大石。"许超闻言，便就着他说的送饭小洞，连喊了几声大妹，都不见答应。疑心湘英性烈，已寻自尽，不由悲苦起来。又问那人："湘英手脚可曾捆绑？"那人道："不但捆绑，还是用的蛟筋绳呢。"许超喝问道："那她手脚俱被捆绑，你们与她送饭，叫她如何拿法？"说罢气不过，便踢了那人两脚。那人负痛说道："我们送东西进去，原是拿竹竿捅到她坐的地方，由她伏在地下，用口就着吃的。"云凤见问不出办法来，仍把那人哑穴闭住，扶他坐上石头。二人重又回身，替换着朝那个洞口喊了湘英几声，还是没有应声。那石头用尽全身之力，休想动得分毫。漫说许超伤心肠断，就连云凤也泪流不止。

　　二人正没办法，忽听来路上一阵锣声，接着到处锣声四起，响成一片,震动山谷。二人知道事已危急,越发使劲推动那块大石,好容易觉着有一些活动,心中大喜,恨不得连吃奶的力气都使出来。眼看锣声越响越近,忽见一道青光穿进洞来。二人知道敌人来到,危险万分,还不及迎敌,那人收住剑光,急说道:"二位危在顷刻,还不快随我先逃活命,等待何时?"二人定睛一看,见是心源,略放宽心。心源也不及同二人细说,忙催二人快走。刚刚走出洞外,忽地从山上跳下一个大汉,手执一把钢叉,大喝:"奸细往哪里走!"心源一面拔剑迎敌,一面口中连催云凤、许超快走。心源同那大汉交手只一回合,便回身同了二人逃走。转过两个山凹,逃到一座石洞跟前,见四外无人,忙喊许超、云凤立定。那大汉恰也追到。许超见那大汉穷追,正要将暗器放出,那汉子忽然哈哈大笑道:"三位还不进去!"心源便叫许超、云凤:"现在来不及说话,追我们的是自己人。"说罢,三人一同进洞。那大汉却不进来,又往来路而去。心源、许超、云凤才进那洞,便有一个年轻妇女出来,请三人走进后洞,转了好几个弯,搬开一个大石臼,从那石壁旁边一个小洞钻了进去,原来里头还有很大的地方。那少妇说道:"三位先委屈一会儿,我去取茶水来。"说罢自去。

一会儿那大汉回来,原来是陆地金龙魏青。相见之后,问起原因,才知心源昨日见许超自告奋勇前去涉险下书,生怕出了差错,等他走后,便对白琦说明,悄悄跟了他来,一直并未露面。后来见许超伏在崖下听树林中防守的人说话,便知许超要管闲事,没有料到昨晚被擒的却是湘英。虽然觉得许超不自量力,却佩服他的勇敢侠气。正要招呼他同时去救那女子,猛见对面崖下蹿上一人,将林中二人点倒,细一看却是云凤,才有些疑心那被擒的女子是湘英。本想和二人相见,又想:"凭自己的能力,也未必是吕、郭等对手,莫如跟在他二人后面,万一他二人失事,还可做一个接应。"便不同他们见面,只远远在后面跟着。走不多远,忽见迎头走来一个大汉,躲在路旁一看,却是魏青,好生诧异。暗想:"日前去寻铁蓑道人,曾同他相遇,当时邀他到戴家场去,他推说有事,如今却在此地相遇,莫非他也入了吕、郭一党?"正在寻思,魏青业已走到近前,心源只得上前相见。魏青见是心源,大吃一惊,忙拉他到林中僻静之处,问他怎会来此。心源知他人甚忠直,便也说明来意,只不提起还有别人同来。魏青道:"我自在成都遇见追云叟,他因我妻子与吕宪明是同族,吕宪明小时人极无赖，被他父母逐出，多亏我岳父照应，虽然多年不见，关系很深。不知怎的，追云叟会算出他一个姓凌的亲戚要受姓吕的害，他老人家恐到时有事不得分身，教我夫妻一套说辞，前来投奔吕宪明，以便日后如有姓凌的父女二人来此被陷，着我暗中救他，不许泄露。所以那日你要我到戴家场去，我因为已答应了他老人家，不能同你前去，就是为此。我到此以后，因为吕宪明受过我岳父的好处，对我夫妻倒还不错。本来我就住在他家，日前他们要把螺蛳湾的石洞修成地牢，着我监工。被我发现左近还有一座石洞，里面很大，有十几间天生石室，不用生火，自然温暖。我讨厌吕家一些狐群狗党常在一起，便和吕宪明说，想搬到那石洞居住，吕、郭二人修好地牢之后，本打算日后派人看守，说我为人忠直，顺便派这件事再好不过。我立时答应下来。那地牢本来空着，要等捉了戴家场的人才派用场。谁知过了二十来天也没人来。我知道他们不但会剑术，而且妖法也很厉害，常替你们担心。果然昨晚快天亮的时候，不知从什么地方跑来一个女子，想偷郭云璞妖道的硫黄迷魂沙。那沙原带在妖道的道袍上面，昨晚妖道用饭时另换了一件道袍，没有带在身上，连那道袍挂在屋内，他自己却到前厅同大家谈话。谈话时提起这沙的厉害，被这女子偷听了去，想到妖道屋中盗走。已经快偷到手，偏偏吕宪明要入内有事，走过妖道窗下，被他无心看见，动起手来，见那女子十分美貌。因为当初妖道还擒过两个女子，起了邪念，本想收为妻妾，不料被她逃走，好生不快。吕宪明为讨好妖道，便想将她生擒，不肯放剑伤她。谁知那女子本领非常了得，吕宪明脸上还中了她一下七星连珠弩。后来还是妖道赶来，大家合力将她生擒。问她来历，她只笑说杀剐听便。后来听说妖道要收她为妻，才破口大骂起来。妖道无法，将她关在石牢之内，打算磨磨她的火气，逼她应允。还派了几个人受我指挥，在洞前防守。我怕那女子便是追云叟的凌姓亲戚，想要救她，偏偏那洞虽归我管，除了妖道亲来，谁也无法弄开，我还正在发愁呢。"

心源闻言，才把湘英失陷，有一姓许的好友连一个姓凌的女子，正设法去救，告诉魏青。魏青闻言，大惊道："这如何能行？漫说白天人家防守周密，本领高强，就是晚间，先是那塞洞的大石，是妖道用法术运来的，除了他就没有办法。我先去将这两人请到我家藏躲，到晚间再行设法去救，还稍妥当一点。不然，万一惊动妖道，再要把这救人的二位擒住，便更糟了。"心源闻言，忙催魏青赶到了螺蛳湾。许、凌二人已经将防守的人点倒，因为无法开洞，正在为难。心源和魏青在对面崖上看得真切，正想下去唤他们，忽听锣声四起，知道业已被人发现，事在危急。心源忙问明了魏青住的所在，教了他一套言词同如何应付，自己急忙飞身入洞，将许、凌二人唤出。魏青却装作知道有了奸细，故意拦住迎敌，容他三人逃出洞去，自己再装作往前追赶，寻找奸细的神气，口中直嚷。果然追了不远，吕、郭二人已经得信追来，见了魏青，忙问究竟。魏青道："我因为今天头一天捉住奸细，怕她逃掉，适才回洞匆匆忙忙吃了一顿早饭，急忙到洞中去看。刚到崖前，便听锣声，我遵你们嘱咐，见有动静，只管紧守那洞。我见洞旁防守的人好端端地坐在那里，刚放一点心，忽见洞内跑出二男一女，我便上前迎敌。谁知这三人全会剑术，想是怕诸位法术厉害，也不同我交手，各驾剑光逃往东南方去了。"郭云璞闻言，生怕这女子又行逃走，急忙下崖，领了众人走到了洞前，才知防守的人已被人点了哑穴。解开一问，同魏青所说的前半截并无差异。再看那封闭的石头，并未移动，知道人未救走。还觉不大放心，仍用法术移开大石，点了火炬进洞一看，忽然洞中一亮，一道长虹疾如闪电，出洞破空而去。再看地下，散堆着一段段的长短蛟筋索子，被擒女子却踪迹不见。任你郭、吕二人妖法、剑术厉害，也闹个措手不及。急得郭云璞直跳脚道："我上了这人的当了！我用法术移来这块大石，还有符咒镇压，重如泰山，任你天生神力也无法移动。我不该给那小贱人留下送饭的小洞，被救她的人运用剑光进去。救她的人知我法术厉害，那女子不会剑术，不能似他身剑合一，趁我移石的当儿，带那女子逃走了。"魏青闻言，不由心中大快。吕、郭二人见到手活羊又被逃走，好生不快，只得率领众人回寨去了。

这里心源等互说经过，听见湘英被人救走，知道戴家场诸人俱无这种本领，又是高兴，又是疑虑。尤其许超更是放心不下。云凤本是昨晚湘英走后，和凌操商量，要追湘英回来。说事情本是因她多口而起，倘若湘英遇险，豁出性命不要，也要前去救援。凌操知道爱女脾气外和内刚，怕她说得出做得出，只得答应她，如果湘英天亮不回，大家一起去。云凤也知再若坚执，父亲更不让走，当下满口应允。心中虽然急如流火，面上一丝也不显出，故意很自然地坐了一会儿才回房去。凌操等云凤回房，去寻白琦等商议时,云凤业已带了宝剑,连夜照白日所闻路径,赶往吕村去了。云凤不认得山路,只凭着一盏号灯走出山口,将号灯交与防守的村壮,又问了一次吕村道路。赶到吕村业已天明,愈发焦急起来,知道湘英不出事便罢,如要出事,这时已赶不及救援了。奔走了一夜,未免劳乏过度,只得寻了一个僻静山崖底下,稍为歇了歇脚。正要设法擒一个村人打听消息,忽见许超从一条小道上走来。还未及招呼,忽见林中蹿出两个防守的人,将许超唤住,问明来意,请往庄中去了。云凤见许超昨日白天动身,今早才行赶到,不由心中起了希冀。暗忖:"路那般长法,湘英脚程素来赶不上自己,莫非自己倒跑在湘英前头?"不由高兴起来。反正这里即是入口地方,索性等许超回来,总可打听出一点动静。万一湘英还没有走到,两下错过,岂不大糟,便决定在此等候湘英一会儿,如果过些时不到,再作计较。等了一会儿,湘英既未到来,许超又不见回来,疑心还是自己来迟了一步,说不定二人俱遭毒手,又在白天,诸多不便。越等心越焦急。正在无法可施,忽听崖上有人说话。云凤忙悄悄将身移近一听,果然湘英已在昨晚被擒,囚入螺蛳湾石室之内。不由又急又怒,将银牙一错,也无暇考虑利害,纵身上崖,将那两个防守的人擒住,问明螺蛳湾路径,鹤行鹭伏,赶到洞口。恰好许超也得信赶来,才与心源等相见。这时湘英虽然遇救,却不知下落,打算回戴家场一看动静。

话未说出口,忽听一阵锣声远远传来,许超疑是湘英又遭毒手,拔步往外要跑。魏青一把拉住说道:"诸位这时千万出去不得。待我出去看一看动静,回来再作计较。"心源也觉应该如此,一面拦住许超、云凤,忙着魏青快去打听。魏青知道众人还未用早饭,忙嘱咐他妻子吕氏急速备饭,说罢匆匆自去。这位吕氏人其贤能,众人进洞时,早已着手准备,一会儿端上饭来。众人也不客套,各自饱餐一顿。等了一会儿,魏青尚未回来。许超从闲谈中得知,湘英负气探庄失陷,是因自己而起,又急又悔。虽说被人救去,是否平安回家,也无从得知。适才村中忽然又响了一阵锣声,不知是何吉凶。久等魏青不见回来,越想越担心难过。几次要跑出洞去探看,俱被心源拦住。云凤坐在一旁,口中虽与女主人不时周旋,心里头却是来回地盘算。忽然失声道:"糟了!"急匆匆起身往外就走。刚走到石壁面前,忽见壁外石臼移开,钻进一人,险些与云凤撞了个满怀。定睛一看,见是魏青。云凤、许超双双抢问,外面锣声是否湘英二次遇险,或是戴家场有人来此涉险。魏青道:"戴姑娘倒未遇险,倒是凌姑娘的老大爷,还有一个年轻相公,差点失手。若不是从空降下一个红脸道士,怕不被罗九那厮活活累死。如今他老人家已被那红脸道士救走,并且那红脸道士走的时候,还说戴姑娘也被他救走了。那个意思,好似说与我听似的。如今戴姑娘既已出险,我看诸位不可在此久待,今晚一同走吧。"云凤本来急的是临来时,自己老父本不知道,等到发现,一定追来。自己只顾急于来寻湘英,没有顾到衰年老父的利害,适才村中锣响,方才想到。不由心急如焚,当下就疑心是父亲赶来,不顾生死,要出洞探看。如今听了魏青之言,果然自己料得不差,并且又知湘英真个出险,一块石头才行落地。许超关心湘英,自不待言,听魏青说湘英遇救,急于要知详情,只管催问魏青。魏青性直气粗,经云凤、许超这一追问,应接不暇,也不知从哪里说才好。心源知道魏青性情,便拦住许超、云凤,对魏青道:"如今凌老英雄与戴姑娘出险,事已过去,无须再为着急。你只把适才去到前面的事,从头慢慢说来便了。"

魏青道:"这事是这样的。适才我到前面,见寨前有两个人,一老一少,和罗九、陈长泰在场中打得正起劲。那老少二人本领俱都不弱,那老的更是出色。陈长泰本敌那青年不过,眼看就要吃亏。罗九倒是狡猾眼尖,我只看他一面和年老的动手,暗中不知放了什么暗器,打在那青年的肩膀上,那年轻的一个支持不住,跌倒在地,被陈长泰趁势擒住。那年老的见同伴被擒,越发气恼,只管用尽平生之力施展绝手。罗九却是坏到极点,他只笑嘻嘻地封闭躲闪,瞅冷便来一个毒手,累得那年老的浑身是汗,气喘吁吁。我才知道罗九那厮打算把年老的活活累死。我在旁边气忿不过,正打算拼着命不要,去助那年老的一臂之力。还未容我张嘴,忽然又是一道长虹从天而下,场中现出一个红脸道人。那罗九好似见了什么克星,吓得跪倒在地,叩头不止。那道人也不朝罗九说话,就在场中将那老少二人一把抓起,破空而去。临走时我听他大声说:'你回去说与他们知道,你们要救的人,业已被我救回去了。'说时脸朝着我。我怕他们看出破绽,吓得急忙闪过一旁。后来问起旁人,才知那老少二人进村的时节,原本说是前来拜庄,要会罗九。防守的人与他们通报时,他二人路遇吕三在一家门外调戏一个妇女，想是他二人上前解劝，不知怎地争斗起来，那年轻的将吕三打倒，惊动别人鸣起号锣。恰好罗九也迎将出来，那年老的一见面，便要罗九还他的女儿和戴姑娘，不然就要和罗九拼命。罗九也不说凌姑娘不在此地，戴姑娘业已被人救走。反说：'久闻你凌操是有名人物，要还你女儿不难，须要赢得了我这一双手。'凌老先生这才和他约定单打独斗，他输了便自己碰死，赢了须将女儿还他。两人才动上手，陈长泰新从罗九那儿学了几手毛拳，便用言语激那年轻的，四个打作两对。吕、郭二人倒还懂江湖规矩，并不上前相助。末后，凌老先生被红脸道人救走，才放出剑去追时，那道人业已去远了。我来时还听吕宪明同郭云璞说，那来的是峨眉派的剑仙，罗九的师父。既将凌某救走，必助戴家场无疑。两人商量，要去约几个帮手助拳。听到这里，我怕你们着急，就回来了。"

云凤听见老父为她受了罗九许多侮辱，好不伤心。又猜那年轻的定是她未婚夫婿俞允中，难为他自知不敌，为了自己，竟舍生忘死，也跟了前来，可见檀郎多情，老父的眼力不差。不过他们被红脸道人救回戴家场，不见自己回去，岂不还是担心？不禁着急起来，恨不能立刻飞了回去才好。但是魏青出去打听几次，回来总说自从昨晚起，村中连连出事，防守愈加严密，连晚上都不易逃走。众人虽然心焦，也是无法，只得推心源悄悄从后山驾剑光回去送信，好叫众人放心。

心源剑术不能带人，分行又怕许超、云凤着急，总未提走字。现见二人如此说法，便由魏青先去看看动静，见左右无人，才出洞去。越过了两处山崖，站在高处一望，见出口上防守严密，已不似早上初来光景，决计绕道飞行回去。刚升起半空，走了没有多远，忽听背后有破空的声音。回头一看，见有一道青光，风驰电掣般由后面追来。心源见来人所驾剑光好像是峨眉派门下，不知因何追赶自己。说时迟，那时快，只在这一转念间，那道剑光已经追到。心源人本持重，知道自己剑术能力有限，又看不出来人用意，急忙把剑光往下一顿，打算避开，让那人过去。脚刚着地，那人也随着下来，向心源看了一看，忽然一阵狞笑道："我当是个什么有能为的人，三番两次来我吕村扰闹，原来是你！"心源降落时节，已认出那人是罗九，知道来意不善，自己也准不是对手，仍装不知，说道："朋友，我同你素不相识，我不过闲游由此经过，你说的话叫我无从索解。我看朋友所驾剑光好似峨眉门下,你我素无冤仇,追我何故?"罗九狞笑骂道:"你还以为我不知道你的行径么?那日在长沙城内酒楼上,就看出你不是个东西。彼时因为我有事,也没和你计较,不想你果然跟来寻我的晦气。今日要放你过去,情理难容!"说罢,也不俟心源答话,就将剑光放将出来。心源知道无法再说,想走也走不了,只得也将飞剑放出,拼命支持。

第六十八回 玉清师托借神火针
　　　　　　　追云叟初试桃花瘴

那罗九颇得佟元奇真传，因为佟元奇发现他心术不正，要将他飞剑追去，逐出门墙。当时罗九非常愧悔，再三苦求，又发下许多重誓，才未将他飞剑追去。罗九回到长沙以后，渐渐故态复萌。自寻卫武师报仇，附和陈、吕、郭三人之后，愈加自高自大，无恶不作。今天凌操因为爱女失陷，凭着昔日周济罗九之德，拼着老命，涉险来和罗九讲情理，要还他的女儿。谁知罗九丧尽天良，反想把凌操累死，以博同党一笑。正在吃紧的当儿，偏偏来了他师父万里飞虹佟元奇。罗九满以为性命难保，不料佟元奇只对他冷笑一声，将凌操翁婿救走，并没有怎么难为他。佟元奇走后，罗九知道佟元奇既助戴家场，绝难讨得便宜。吕、郭二人虽不如他害怕，也觉棘手。偏偏这时忽然来了几个帮手，一个便是在成都与峨眉派斗剑的金身罗汉法元，吕村诸人自然高兴，倚若长城。法元以恶遇恶，与罗九一见投缘，问起刚才之事，便答应收罗九为徒。罗九有了这样厉害师父，立时又胆壮起来，把佟元奇置诸脑后了。法元见大家推他为首，便给众人分派执事。说戴家场既有会剑术之人相助，单靠村壮防守，多严密也无济于事。便派罗九与吕宪明二人从当日起，分班在寨旁高峰上瞭望，遇有戴家场会剑术之人到来，抵敌得过的急速擒住，抵敌不过的便来报信，好歹不放来人逃走。法元来的时节，魏青因为急于回洞报信，所以不曾遇见，差点误了心源的性命。这且不言。

话说心源如何是罗九的敌手，才招架不多一会儿，便被罗九将他剑光压迫得光焰顿消，气喘汗流。罗九见心源狼狈，哈哈大笑，不住用言语刻薄取笑。正待施用毒手伤心源性命，忽然两道红光、两道青光破空而至。

心源只听得耳旁有一女子声音,只说得"便是此贼"四字,立刻便见一道红光直奔罗九。罗九见来人势众,剑光厉害,知道难以讨好,便驾剑光逃回去了。心源喘息初定,和来的这四个女子相见,内中一个便是那女飞熊何玫。同心源见面后,那四个女子便约了要去追赶罗九。正待起身,忽见匹练般一道长虹从空降下,现出一个红面无须的道人来。除心源外,那四个女子倒有两个认得,来的是本门前辈万里飞虹佟元奇,急忙上前相见。佟元奇忙道:"吕村现在又添了金身罗汉法元同好几个厉害帮手,你们不可轻敌涉险,先回戴家场,等人到齐了再说吧。"便催众人急速回转。那两个女子正待唤同伴拜见时,佟元奇已破空走了。何玫还想到吕村一探动静,禁不住那几个同来的女子苦拦,这才一同回转戴家场。玄极、白琦同凌操、允中、湘英已在门前迎候。

大家见面之后,才知来人除女飞熊何玫、女大鹏崔绮外,便是成都辟邪村玉清观居住的女空空吴文琪和黄山餐霞大师新收得意弟子女侠周轻云。原来何、崔两侠女回到衡山,金姥姥罗紫烟已不在洞中,出外访友去了。再往善化去寻师兄罗新时,罗新也不在家。何玫着了急,只得回山先把师父的丹药取出,将崔绮被污的宝剑淬砺一番,嘱咐师妹向芳淑,等师父回山,便将经过代为陈述,请她驾临戴家场。自己便同了崔绮驾起剑光赶往黄山,去寻她好友女空空吴文琪相助报仇。到了黄山,才知女空空吴文琪与周轻云、朱文三位侠女正在成都,参与各异派斗剑。二人又赶到成都玉清观寻着吴文琪,说明来意。吴、周二位侠女正在成都闲得没有事做,又加上吴文琪同何玫是至好结盟姊妹,当下一口应允。四人打算赶到吕村,先给吕、郭二人吃一点小苦头,再到戴家场同众人相见。刚到吕村,便遇见心源同罗九拼命相持。何玫认得心源同罗九,便约众人上前相助。要不是佟元奇说法元到了吕村,叫她四人回去,早就同吕、郭二人拼命去了。

众人引见之后,心源也将云凤、许超现在魏青家中,晚间才能回来,对凌操、湘英、允中等说知。凌操、湘英、允中虽然还不大放心,但也无可如何。白琦便对众人说:"如果到了夜间,云凤、许超不见回转,再请人去接应便了。"黄玄极道:"贫道此来未效寸劳,吕村既然连空中都着人防守,凌姑娘与许三弟俱都不会剑术,夜晚逃回不一定就容易的。贫道愿在这时赶去接应他二位回来,以防迟则生变,还连累魏青夫妇都有不利。"众人见玄极如此热心，俱都非常钦佩。当下何玫、轻云等也要跟去。玄极不愿人多，便用目向白琦示意。

白琦道："四位侠女远来辛苦，盛意极为可感。请暂歇息，由黄道长一人前去。如到晚间不回，再请四位侠女前去接应吧。"吴文琪也觉人多反而误事，又知黄玄极是玄真子弟子，必有真实本领，倒不如由他一人前去妥当，也帮白琦劝阻，何玫、轻云俱听吴文琪的言语，这才打消原意。

玄极走后，湘英便请四位侠女到内室更衣洗漱。戴家场凭空添了四位侠女相助，佟元奇又在暗中帮忙，自然声势顿盛。惟独湘英见四位侠女都和她年岁不相上下，俱有飞行绝迹的本领，好生歆羡，便打算等云凤回来，商量请四位侠女介绍学习剑术。这且不言。

话说玄极赶到魏青住的山洞之内，对魏青说明来意，见了云凤、许超。仍候至天晚，由魏青先出外探路，知道空中防守仍是罗九值班，比较本领稍差。这才由一条僻径引到村口，绕着山路，护送二人回戴家场。到时业已交二鼓，众人正等得心焦，预备请人前去接应，见他们回来，好不欣喜。湘英见了许超仍是淡淡的，招呼两句便自走开。云凤问起湘英脚程如何那样快法，才知湘英是因以前打猎，发现过一条捷径直通吕村的中心，久已忘却，那晚才得想起，近了数十里路，不想差点送了性命。在石牢之时，因为气晕过去，直到醒来，忽见眼前一亮，便被人带了出来。直到回了戴家场，才问出那人是剑仙佟元奇。二人本是好姊妹，经了这一番患难，愈发亲热。一面说，一面又把四位侠女一一介绍，俱各互相敬爱，谈笑风生。只苦了俞允中和许超，眼巴巴盼着爱人相见，却都不搭理你。俞允中有时还得着云凤一丝青睐。许超却连湘英正眼都不能得到，不由叹了口气，走开一边去了。湘英见许超走开，见云凤望她一眼，只抿嘴一笑，众人也俱未在意。大家直谈到更深夜静，又派许超去换回衡玉与众人相见后，才各自分别安歇。

时光易过，一转眼便是二月初一。白琦便命人在前面广场上用木板搭起三座露台：一座是宾位，一座是主位，当中一座充作打擂之用。在戴家场门前地上，用三尖两刃的短刀及极细的黄沙和黄豆，各排成十丈长的两条道路，直通广场露台之前。又将客厅收拾整齐，准备了上好酒筵，到日应用。然后请黄玄极持着十来封大红柬帖，去到吕村投递，请吕村主要人等初三早上来饮春酒,就便替陈、俞两家排解。玄极到了吕村,见着吕、郭二人,说明来意。吕、郭二人面上一丝也不露出恶意,反殷勤款待玄极,说是到日准去赴约。吕、郭二人同玄极谈话中间,才知道玄极是东海三仙之一玄真子的门人,便猜此次戴家场又有峨眉派中人帮助,暗中好不着急。等到送玄极走后,便请出金身罗汉法元来商议。

法元自在成都吃了峨眉派苦头,原想亲身去寻万妙仙姑许飞娘商议报仇之计,在路上听人说起吕、郭二人业已从华山回到吕村,因为华山烈火祖师这次不来成都相助,必有原因,想问一问吕、郭二人详情,以便异日好约烈火祖师帮忙。及至到了吕村,会见吕、郭二人,才知烈火祖师本想帮忙,因为他修炼多年的烈火雷音剑还没炼好,同时又接了神尼优昙的警告,所以不敢造次。法元问明原因,本想告辞,到黄山去寻许飞娘商量,禁不住吕、郭二人再三挽留破了戴家场再走。法元本想利用他二人去约烈火祖师异日帮忙,又听说戴家场不过是几个武艺高强的常人,虽说有佟元奇等几个会剑术的,均不在自己心上。见吕、郭二人发愁,哈哈笑道:"峨眉派有什么打紧!只不过白矮子这个老贼所居近在咫尺,有些讨厌。好在日期已近,他们倚仗佟元奇,不曾知道我在这里。我们正好到日见机行事,最后我才露面,杀他个措手不及。倘若约出白矮子来干涉我们,索性回转华山,矮子决不会和这些乡民为难,又奈何我们不得。等到令师烈火剑炼成,我们再去寻他晦气好了。"吕、郭二人听法元如此说法,也觉有理。商量了一阵,照样派了一人到戴家场去下书,道谢答礼。只说几方都是乡邻世好,谁也不愿轻动干戈,诚恐往年各村大械斗,误伤多少人命,所以才约同陈、罗二位,届时到贵村赴宴,就在席前排解,为陈圩、戴家场两方讲和。下书人到了戴家场,见着白琦、凌操诸人,自有一番客套交代。

等到下书人去后,心源对白琦道:"吕村币重言甘,若不是知道我们这里有能人相助,便是藏有毒计,我们不可不留一点神呢!"白琦道:"此言极是。他既先礼后兵,到了后日,我们表面也同他们特别恭敬,还是暗中留神要紧。"白琦深知道这几位侠女都是艺高性傲,便托凌操转托云凤与四位女侠关照,届时稍为持重一点,既有法元在场,千万不可轻敌。众侠女一一首肯。

到了晚间,忽然门上长工进来回话:庄外来了一位年轻尼姑同着一位少年公子和姑娘，说是从成都来的，要见吴、周两位侠女。这时众侠女俱在后园与云凤、湘英谈天，白琦一面着人去请来相见，一面便亲自迎接进来。里面这些女侠听说来客，也追了出来。文琪、轻云见是玉清大师同张琪兄妹，心中大喜，忙同众人引见。坐定之后，轻云问大师，如何有此清暇前来相助？玉清大师笑道："我日前从大狮王峰回来，他兄妹二人说你们二位被何、崔两位道友约往戴家场，去同两个异派中人交手。他俩本想跟来看个热闹，因为我不在观中，无人看守门户，不带他们来。见我回来，便磨着我带他们到此地开开眼界。我被磨不过，又想起郭云璞这厮颇会一些妖法，是烈火祖师得意弟子，也想来见识见识。刚答应带他兄妹前来，我恩师忽然驾到，见他兄妹二人资禀不差，又怜我苦修多年，尚无承继衣钵的人，着瑶青拜在我的门下。她哥哥见妹妹拜我为师，他自己没有着落，恩师门下向没收过男弟子，求了一阵不允，便哭了起来。后来还是恩师说，长沙戴家场和吕村二月初三械斗，有金身罗汉法元到场。曾从卦象上看出，这虽是一种普通乡民械斗，暗中乃有正邪各派之人在内中参与。吕村方面，法元并不要紧，最可怕的是这后一天上，有一个从云南深山中赶来的山人，妖法着实厉害，不是普通剑仙所能抵敌，叫我带了他兄妹二人前来。一则观光，遇机小效微劳；二则就代张琪寻一个有缘的师父。"众人见玉清大师自来相助，个个兴高采烈，忙命大摆筵席，与新来三位嘉客接风。

入座之后，周轻云问玉清大师道："我记得追云叟白师伯近在衡山，如何坐视眼皮底下许多异派中人猖獗，也不过问呢？"大师道："你哪里知道。一则宰鸡不用牛刀；二则还是因为那个山人姚开江的祖师与他有些渊源，其恶未著时，不好意思参与。还说他老人家欺凌小辈，日后又多出枝节。就拿何、崔二位的师父金姥姥罗紫烟来说，也并不是不在洞中，也为的是有姚开江在内，不愿开罪他的祖师的缘故；又加上受了追云叟之托，在后洞将护顽石大师，不能远离。这次何、崔两位性急，只在前洞看了一看，不曾到后洞去，又听了她师妹的话，以为师父真个不在洞府。请想师父如果真个不在，那师父费尽半生心血，炼就淬砺剑仙飞剑的丹药，何等珍贵，岂能随便搁在明处，由何、崔两位取用呢？"何玫、崔绮听了玉清大师之言，恍然大悟，怪不得师父的丹药素来藏守严密，这回却那么容易寻到。暗怪向芳这个丫头，师父既因特别原因不能下山，也该明言，为何诳说云游未归？险些误事丢脸。也怪自己粗心，只到前洞，一听师父下山未回，便即走出。如若不然，好歹苦求，也要将师父请来，给自己报仇除害。二人一算日期，知道回山还来得及，便同众人商议，要二次回衡山去请金姥姥。玉清大师道："令师暂时决不会来，要来也无须二位去请，何必徒劳往返呢？"何、崔二人总觉颜面无光，执意要去。玉清大师道："不是令师不来，实在因是和白老前辈一样，都和那山人的祖师有许多的瓜葛，比不得家师和佟师叔，俱与对方素无瓜葛。二位执意一定要去，万一令师不来，我知道她老人家手下有一件镇山之宝，名为五行神火针，专破各种毒物妖术，如能借来，大是有益。"何、崔二人闻言，应允默记下来，与众人作别去讫。

轻云便问："那山人姚开江的祖师叫什么名字，这样厉害？他和追云叟、金姥姥有何渊源，致有顾忌？"玉清大师道："当日白老前辈原是夫妻二人一同学习剑术，最初曾在南疆中去采药，在烂桃山遇见千年毒瘴，师伯母凌雪鸿中了瘴毒，性命难保。白师伯道力较深，见机较早，忙用剑光护体，将师伯母救离毒瘴的氛围。此时师伯母真是危险万分。知道姚开江的祖师红发老祖藏有千年蘘荷，专治蛊毒瘴气，除此别无救法。因为他是异派邪教，不好径去求他。正在无法可施，偏偏来了救星。原来这种千年毒瘴名为五云瘴。这烂桃山的得名，由于遍山皆是桃树，结实如盘，可惜远隔南疆，山峻涧深，人迹罕到，无人采摘，由它自生自长。年深日久，高处落的桃子，随着风雨山泉滚到低处，越积越多，日久腐烂成为泥浆，把山中心的大平原变成一片沼泽。每到三四月至八九月，沼泽中的桃泥受了太阳蒸发，幻成一片五彩云雾，大风吹都不散。它因为是桃花桃实所化，所以又名桃花瘴，真是厉害非凡。这烂桃山附近有一座火山，一年准喷一二次火，时间却说不定。只要邻山喷火，毒瘴受了地底的震动，千百年所敛聚的五云毒瘴，便蓬蓬勃勃从地底下直冒上来，占地约百十亩大小。远望好似一根五色玲珑彩柱，耀眼生光，比雨后长虹还要好看十倍，却不知其毒简直无与伦比。幸而这瘴出现时间不久，顶多个把时辰，便自行收入沼泽之中。这种天地戾气所凝之处，偏在沼泽中间产生了好几种各样灵药。白师伯也知沼泽中有毒瘴厉害，因为那种灵药是天材地宝，修道人得了，可抵过数百年功行，仗着口中衔的百草丹能御瘴毒，冒险前去采取。

不料才采到一样名叫紫苏梅的，不知怎地，邻山火发，引动地下蕴藏着的千年毒瘴，冲霄而起。师伯母站的地方正当瘴的出口，还算白师伯冒着百险将她救了出来，业已浑身青紫，命在旦夕。

"幸而红发老祖那日瘴起时也在远处山顶上。他久已想到炼一个葫芦，用法术把那千年毒瘴收去，一则替世间除一大害，二来还可利用它炼成一种宝贝。偏偏那沼泽中，瘴虽是经年常有，地下蕴藏着的千年毒瘴却是出没不常。并且还像有点灵性似的，自从红发老祖起意收它，从此轻易不再出现；有时出现，俱值红发老祖不在山中，等到红发老祖得信赶来，业已收回泽内。红发老祖想收了多年，也未到手。这日偶在山顶闲眺，见有一男一女走向沼泽中去，大为惊异，便要看个究竟。忽听地下微微震动，五云毒瘴同时冲霄而起，便知泽中二人必无幸理。急忙追下去收那瘴时，忽又见一道金光从五云瘴中闪电一般冲出五色氛围，落往前山去了。等到红发老祖拿了应用法宝走进沼泽，那瘴凝幻而成的五色彩柱眼看好似通灵一般，哧溜一声吸入泽内，又白喜欢一场，好生失望。便跟踪适才那道金光寻往前山，想看看来的是什么高人，就便看看受伤没有。走到近前，师伯母业已奄奄一息了。白师伯一见红发老祖，两下虽是道各不同，却谈得很投机。承红发老祖慨赠千年蘘荷，师伯母命才保住。双方因为这点因缘，成为朋友。白师伯知毒瘴害人，师伯母病愈以后，便同红发老祖商量，合力将它除去。同时又遇见金姥姥来采紫苏梅炼淬砺飞剑丹药，四人合力试验了多少次，俱未如愿。后来会见长眉真人，才知那沼泽中的五云瘴，被一个怪物名叫象龙的操纵，不遇见大有仙缘的人不能除去。那怪物凭着沼泽的天险同毒瘴的保护，无论仙凡俱奈何它不得。白师伯、金姥姥无法，只得罢休。听说红发老祖至今仍未死心哩。那姚开江便是红发老祖得意徒孙，又系奉他师祖之命，初次下山到中土游历。不过觅了各异派人的引诱，前来助纣为虐，其本人尚无大恶。所以他两位老人家看在他祖师面上，不能不留一点香火之情。"

轻云道："据这里人所得的消息，吕村现在并无这样一个姓姚的山人，大师却这般知根知底，真有前知之明了。"玉清大师道："我虽略能前知，也不能知得这般仔细。都是来时，恩师他老人家对我说起，在四川灌县二郎庙前遇见矮叟朱老前辈。朱老前辈说他破完慈云寺，去访一个方外老友。

那人说起日前姚开江同了法元的徒弟多臂熊毛太在一起,毛太不知从什么地方得来消息,知道法元已到吕村,由吕村去黄山再寻许飞娘。毛太便邀着姚开江,一同去寻他师父金身罗汉法元。恩师才从卦象算出二人到了吕村,姚开江定要被他利用来与戴家场为仇;并说毛太在路上约请的人很多。所以这一次虽是两村械斗,却非同儿戏。"

大家正听得出神之际,门外长工又进来报说,外面来了两位道长,要见黄、赵二位。心源、玄极暗想自己在此并无人知道,猜不出来人是谁。迎将出来一看,却是峨眉派中剑仙万里飞虹佟元奇与谷王峰的铁蓑道人,不禁喜从天降,急忙接了进去与众人相见。佟元奇见了玉清大师,笑道:"成都一别,不想又在此地相遇。我此次为了罗九这个孽徒,累我费了许多精神。如今见他们那边添了许多妖人,正愁没法摆布,难得大师也来此地,真是幸遇了。"玉清大师躬身答道:"邻村妖人盘踞,为害闾阎,弟子奉了恩师之命来此效劳。二位老前辈驾到,戴家场人民不致受害了。"佟元奇道:"大师休要小觑他们。我起初因罗九随我多年,原想设法点化他改邪归正,不忍就下毒手。后来一打听,才知这厮行为业已罪不容诛。及至到了吕村,又值凌老英雄与凌、戴二位姑娘被困,救人要紧,不及将他除去清理门户。谁知他见我出面寻他,知无幸理,便拜在法元门下倚作护符。所以我还想借初三他们来戴家场赴约,就便除他。适才凭空又由法元的孽徒毛太约来了许多异派帮手,这都不关紧要。惟独内中有一个姓姚的山人,是拜在红发老祖门下,妖法非常厉害。还有华山派孔灵子、曹飞、郁次谷,都着实了得。我人单势孤,又知这里的人能力有限,想到衡山去寻追云叟。走不多远,便遇见铁蓑道友从谷王峰往这里来,说是应黄、赵两人的约请。并说他已见过追云叟,说是他因顽石大师病势危险不能离开,另外还有一个特殊原因不能前来;还说吕村虽然异派人多,到时自有能人相助。只叫事完以后,好歹不要伤那山人姚开江的性命,这却不知何故。没想到大师会从成都赶来,真在我意料之外。"众人谈了一会儿,凌操父女、允中、湘英等又分别拜谢相救之德。

第六十九回　一心向道　软语劝檀郎
　　　　　　拔地移山　驱神通古洞

白、戴两人忙吩咐收拾洁净房子，与远来诸位道长安歇。湘英、云凤便在私下求文琪、轻云两位侠女转求玉清大师收在门下。大师笑道："她二人资质倒是不差。我收了一个张瑶青，怕恩师见怪，担了好久的心，并没有正式地承认。幸蒙恩师允准，收了下来。我不比别位，不会端出老师的架子，只这一个还不知如何教法，又叫我收第二个，我实实不敢从命。我看我师姊素因同师妹齐霞儿俱没收徒弟，我一个人倒僭了先，于心不安。我意欲等事完以后，将戴姑娘介绍到大师姊门下，收与不收，那是她的缘分。如蒙收下，岂不是比我又强多了？至于凌姑娘，本是仙人的血统，追云叟白老前辈的曾外孙女，她又那么好的资质，我想白老前辈看在仙去师伯母份上，总不能不给她想法吧？"文琪、轻云代求了几次，玉清大师执意不收，只得照实复了湘英、云凤。湘英见玉清大师肯给她转介到素因大师门下，知道仙人不会说诳话，只恐与素因大师无缘，又是愁，又是喜。背地又私自亲求玉清大师，事完之后务必将她带走。她的意思，是赖定了玉清大师，不管是谁也罢，倘若素因大师一定不收，仍可死跟定玉清大师不走开，无论如何艰难辛苦，好歹死活也要将剑术学成。玉清大师人本和善，被她苦求，也就答应。湘英自是心安理泰。惟独云凤为人外和内刚，性极孤傲，见大师那等似拒决不拒绝的说法，疑心自己资质不够，没有仙缘，十分气苦，也背地去求了几次，被大师婉言拒绝，只说她目前尘缘未断，日后所遇仙缘，成就在湘英之上。云凤不得要领，不由暗怪爹爹不该早早给她配亲。如果自己早知尘世上还有剑仙，嫁人做甚？越想越悔，对允中也淡漠起来。到了夜深人静，便去焚香，对曾祖姑凌雪鸿祝告，求她默佑早遇仙缘。

到了初二晚半天，云凤从后园走出，路遇俞允中，便将他唤住道："你同我到僻静处，我有要紧话和你说。"允中对这位未过门的爱妻真是爱敬而忘死，时常想到初三一过，好歹择日定婚，早成美眷。忽听云凤却背人和他说体己话，乐得心花怒放，便跟她走到一座山石后面无人之处。云凤寻了一块石头坐下。允中站在旁边，正待用耳恭听，云凤忽然脸上一红，朝他笑道："你也坐下。"说时似有意似无意地朝自己坐的石头上一指。允中闻言，受宠若惊地挨着坐了下来。云凤微微将身往旁一偏。允中初近香泽，虽在平时老成，也不禁心旌摇摇，趁势拉过云凤一只纤手。云凤由他抚弄，毫没有一丝扭捏。允中从夕阳返照下，看见身旁坐着的玉人真是容光照人，娇艳欲滴。不禁神醉心飞，两只眼睛注在云凤脸上，握住她的玉手，只管轻轻握拢，不发一言。半晌，云凤笑道："你看我好看不？"允中道："妹妹，你真好看极了。"云凤又道："你爱我不爱？"允中道："我爱极了。"云凤忽然正色道："我老了呢？"允中道："你老，我不是也老了么？以我两人情好，恨不能生生世世永为夫妇，彼此情感自然与日俱增，老而弥笃。人谁不老？老又何妨？"云凤冷笑道："假使真能如你所说，你我到老非常恩爱，诚然是不错的了。可是万一中道出了阻力，或者遇着什么外来的灾祸，要将我两人拆散，你便怎样？"允中道："我与妹妹生同室，死同穴。譬如遇着天灾，寿限已尽，非人力所能挽回，自不必说。要是无端遇见外人的欺侮，凭我两人这一身本领，还怕他何来？"云凤道："哼！漫说你的那一点本领，连我也不行。就拿这一次同陈圩结怨说，如不是白、戴诸位相助，我们还不知能否保全性命。如今又加上吕村助纣为虐，两下胜负还难判定。就算这一次得了各位前辈剑仙相助，占得上风，但冤仇一结，彼此循环报复，再照样来一回。各位剑仙前辈不能永远跟着保护我们，一旦狭路相逢，敌又敌不过，跑又跑不脱，那时求生不得，求死不能，如何是好？"允中道："万一日后再遇此事，妹妹要吃了人家的亏苦，我拼着性命不要，也要同他们分个死活，不济则以死继之。"云凤道："拼死有什么用？如此说法，不要说生生世世永为夫妇，连今生都难白头偕老了。"允中道："依你说该怎么样？"云凤道："我从前何尝不自负本领高强，说也可怜，直到日前见新来的几位侠女，才知人外有人，天外有天，原来剑仙也是人做的。你真没志气，眼前有许多剑仙侠客在此，不去设法求教，一心只图眼前的安逸快乐。等到良机错过，再遇仇人报复，那时后悔就来不及了。我今日找你来作密谈，就为湘英妹子已得玉清大师允许介绍到素因大师门下，我也求了几回，大师只用言语支吾。我想事在人为，心坚石也穿，大师那人又极好说话。我打算趁此良机，不管大师愿意不愿意，等事完以后，死活跟定大师，求她携带携带。虽然说不得同你暂时分别，却是去谋那百年长久之计。你也去苦求佟老剑仙收归门下。万一不成，你替我奉养老父，我学成以后，再来传授给你。不但日后不怕人欺负，说不定还许遇着仙缘，长生不老，岂不胜如人世的暂时欢娱么？你是个明白人，你也知道我的脾气，主意已定，可不许你事前告诉爹爹。如若走漏消息，这辈子休想我再理你。"一路说着，站起身来就走。允中忙喊："妹妹慢走，还有话说。"云凤已走远了。

其实允中何尝没有上进之心，当佟元奇来时，便托黄、赵二人代他恳求收入门下。佟元奇只笑说："他自有他的安排，何须找我？"允中家道殷富，眼前又守着一个美丽英武的娇妻就要过门，起初原有点见猎心喜。及至见求了两次不得要领，也就愿学鸳鸯不羡仙了。后来听凌操说云凤、湘英要拜玉清大师，吓了一跳，忙托凌操劝阻，自己时时刻刻都在留神打听。幸而玉清大师不肯替云凤设法，才得放心。知道云凤性傲，怕羞了她，见面时装作不知，从不谈起。今日见云凤约他到无人之处密谈，满拟是一半天事情解决，和他商量新婚布置，说几句体己话儿。不想云凤说了一大篇道理，还是书归正传，要和他暂时分别个三年五载，去从玉清大师学道。好似兜头一盆冷水，直凉到脚底心。知道云凤主意已定，绝难挽回，又不敢径去告诉凌操，惹翻了她更不好办。眼看本月佳期又成空想，如何不急？越想越烦，垂头丧气回到前厅。因为明晨便是初三，除有一二人在外巡守外，余人俱在厅中叙谈。

允中坐定后只管沉思，几番看见云凤和湘英以及四位侠女谈谈说说，十分热闹，连正眼也不看他，越加心中难受。允中离玉清大师坐得最近，忽见玉清大师对他微笑点了点头，允中心中一动。暗想："我的心事莫非已被她看出？何不将计就计，明日示意求她不要将云凤带走？剑仙来去无踪，她如决心不带，云凤想走也是不行。"正要心中商量明日如何措词，忽听玉清大师笑对佟元奇道："想是贵派当兴，这两年晚辈所遇见的青年男女，大部宿根甚厚。有的虽不免暂时为世情牵累，结果仍是不久归还本来，真是奇事。"佟元奇道："一二日内此地事了，听说大师还带一二位同行，可有此事？"大师道："晚辈道浅德薄，蒙家恩师不加您罪，收了一个张瑶青，已觉过分，何敢多收弟子？因见戴、凌两位姑娘根基甚厚，凌姑娘是白老前辈的内侄曾孙女，自有她的仙缘，不容晚辈越俎；戴姑娘向道真诚，志行高洁，托了晚辈多次，素因大师姊皈依恩师座下多年，道行胜出晚辈十倍，尚无弟子，意欲等事完之后，将她带到大师姊那里，求她收归门下。前辈以为然否？"佟元奇道："我误收了一个罗九，累我费了若干手脚，贻羞门户，异日掌教师兄难免见罪。本不想再收弟子，一则张琪心地根基大至还非不可造就，二则又是优昙大师的介绍，不容不收。我此后抱定宁缺毋滥，不敢随便收徒了。"

允中听了，知道玉清大师言中之意并没有答应将云凤带走，稍放宽心。不过玉清大师说她别有仙缘，想必是推托之言，即有也在日后。且不去管它，只等事情一完，立刻催促老岳父办喜事，那时夫妻恩爱，再要生男育女，她就想走也不行了。想到这里，不禁愁怀顿解，喜形于色。云凤何等聪明，听玉清大师之言，好似指出她心事，表示拒绝，又愁又急。适才偷见允中发愁，这会儿又见他转愁为喜，暗恨他幸灾乐祸，不由心头火起。暗想："你不愿走，我偏走给你看！"生怕玉清大师不允，剑仙飞行绝迹，跟踪不上，那时白丢人，还是学不成剑。还想等到夜深人静，再向玉清大师苦求，以死相要。心虽如此，脸上却不露出丝毫痕迹，仍和诸侠女谈笑自如。这且不言。

白琦见明日便是双方生死关头，布置一切非常严整。亲自跑到广场上巡看数次，觉着满意。晚饭后，才请佟元奇、玉清大师、铁蓑道人主持一切。佟元奇辈分最高，也不再客气了，居中坐下。玉清大师与铁蓑道人分坐两旁。其余各人也都依次就座。佟元奇道："此番吕村既请有能人到来，定要变更其原来计划，明张旗鼓而来。他既如此，我们也无须藏头露尾。届时仍由白、戴二位庄主为首迎接，我等随后，请他们入席，以尽地主之谊。以后由贫道向法元答话，与你们两下排解。倘若言语失和，我便提议：凡是双方约请来的人俱至广场，分坐两旁席棚。陈圩、戴家场两方主体人先行登台，一个对一个，用打擂的方式解决两家曲直。如果各方请来旁观的人不服，再行各按本领深浅交手。另外派下数十名村壮预备藤萝等物，抬护受伤的人。我们须要认清敌人。除那山人姚开江由玉清大师对付外，我专对付法元，铁蓑道友专对付那郭云璞。除这三个比较高明的异派，其余便由小一辈弟兄对付足矣。"

分配既定，佟元奇请铁蓑道人去至吕村探看虚实。铁蓑道人去了约有个把时辰，业已会见魏青，探看清楚，回来报道："姚开江同多臂熊毛太业已到了吕村，还请来了许多党羽，内中有成都慈云寺漏网的三眼红蜺薛蟒、九尾天狐柳燕娘、霹雳手尉迟元等。其余尽是吕宪明、罗九旧日江湖上的党羽，虽有几个武功甚高之人，俱都不会剑术。现在有好些人俱要拜在法元门下学习剑术，听说法元是一律收容，来者不拒。他们准备明日破了此地，便举行拜师之礼，由毛太送回五台山去。法元再到黄山五云步寻许飞娘，会商报仇之计。"佟元奇哈哈笑道："在成都比剑之后，掌教师兄传谕说，门下弟子此后俱应分途勤修外功。那一伙为害人间的淫贼巨盗，正没处去细搜他们，难得就此机会他们自投罗网，再妙不过。不过明日交手，一定死人甚多。胡奴手下的官府平日不会化民劝善，遇到两村械斗，事前装聋作哑，决不先为晓谕排解，化干戈为祥和；一旦闹出事来，死伤多人，两家兴讼，牵累上百十家人破产打官司。我们如果事先没有准主意，明日虽然大获全胜，戴家场仍是脱不了干系。最好请大家注意，如遇吕村、陈圩带来的本乡本土人氏，除主恶外只可生擒，不可伤害，以免日后涉讼。事完以后，再留一二位同道在此暂住些时，倘若兴讼，便去警告官府，省得牵累良善。事前再双方约定，自事自了，决不动官。好在这里僻处深山，如果当事人不去控告，官府不易知道，纵有耳闻，无人出头也就罢了。"这一番话，大家都非常佩服佟元奇老谋远虑。

到了三更向尽，忽然前面望楼上号灯招展，锣声大震。白琦大吃一惊，疑是吕村不守信义，黑夜偷袭戴家场。但是敌人有好些俱会剑术，为何公然由正面谷口进入？一面下令准备，自己约了玄极、心源，飞身出去观看动静。等到会见来人，才知俱是自己的好友和同门师兄弟等，连忙接了进来，与众人相见。原来日前白琦到了善化去寻罗新不在，只见着罗新的弟子楚鸣球。等了几日，不见罗新回转，便托楚鸣球等罗新回来转告，自己仍回戴家场等候。白琦走后，楚鸣球非常替他担心，自己因奉师命不能走开。正在为难，忽然日前来了罗、白二人的好友、湘江五侠中的虞舜农，楚鸣球便把白琦之事相告。虞舜农闻言动了义愤，赶回湘潭，把湘江五侠中的黄人瑜、黄人龙、木鸡、林秋水约齐，还约了善化关帝庙岳大鹏，俱是有名的侠士，连夜赶到戴家场。谷口防守的人见来人步履如飞，形迹可疑，展起号灯，才引起这场误会。戴家场凭空又添了几位侠士，越加安心静等明日交手。不提。

到了初三早起，大家一齐聚集前厅。各人按照佟元奇分配的职守位置，自去依言行事。只剩下白琦、戴衡玉、许超、心源、玄极以及玉清大师、铁蓑道人、万里飞虹佟元奇三位剑仙在前厅静候。湘江五侠把守谷口。直到辰牌时分，不见敌人踪影。众人正在奇怪，忽听轰隆一声大震过去，外面好似地裂山崩，人声嘈杂，响成一片。厅中八位剑侠急忙出看，只见鱼神洞那边尘土飞扬，起有数十丈高下。村民惶惶，以为大祸将至。白琦连忙下令传谕众人：此乃妖法，不能伤人，大家务要镇定，不许自己惊惶。这些村民平昔都受过训练，又早听人说三位庄主请来了不少剑仙侠客为他们帮忙。适才以为地震，才个个惊惶。现在见庄主同了几位剑仙出来，只震了一声立刻停止，以为定是剑仙法力，又见白琦传令，也都安心，不敢妄动了。玉清大师知是吕村来的妖人弄的玄虚，正待迎上前，忽见两道剑光，文琪、轻云两侠女双双飞至，说道："弟子等四人奉令空中巡守，适才走至鱼神洞那边，忽见山崩地裂，一声大震，压在鱼神洞上面的山峰凭空自起，把鱼神洞顶捣去，将吕村故道打通，却不见有人过来。现在何、崔两位姊姊在彼防守，特来请示。"交代已毕，仍回原处防守去了。顷刻何玫又御剑飞报："鱼神洞旧道被吕村用妖法打通后，现由吕村那边出现十二个披头散发奇形怪状之人，各持长铲扫帚，打扫洞中沙石，看上去蛮力很大。这边的人同他答话，他们都好似目定口呆，只顾慢慢平整洞路，不发一言。弟子等因遵法谕，未敢妄动，特来请示。"

佟元奇道："知道了，尔等仍守原地，我们随后就到。"何玫奉命去讫。佟元奇道："敌人嫌正面路远，故意用六丁开山之法打通鱼神洞旧道，以为先声夺人之计。大师有何高见？"

玉清大师道："据晚辈观察，那十二个人必是吕村乡民，受妖法支配，力大无穷。他们先用妖法将山路打通,却故意驱使六丁附体,修平洞路。等到洞路修平,他们再好整以暇走将过来。这无非是山人妖术,存心炫人耳目。我们只需装作不知,迎上前去。待等他们走过那洞时,晚辈当略施当年小术,使其知所警戒。"佟元奇道:"大师昔年妙法通神,又从优县大师寻求正道,佛力无边,我们今日可得开眼界了。"玉清大师道:"旁门左道,为了戴家场生灵,不得不重施故技,前辈太夸奖了。"

大家正在说话,轻云又来飞报道:"那十二个怪人业已将山路修平,修离这边洞口不远,忽然隐形不见。对面尚无动静,只鱼神洞旁山坡之下,有一穿得极破烂的花子在阳光底下捉虱子。我们因见山崩洞裂沙石翻飞,他神态自如,有些奇怪。后来再去寻他,却不见了。"佟元奇仍命轻云回守原地。对玉清大师道:"看这情形,明明是敌人故弄玄虚来惊动我们,好迎上前去。他却慢慢动身,让我们久等,以便遂他轻视之心罢了。"玉清大师道:"这倒不消虑得。"说罢,掐指一算,然后说道:"今日乃是未日,山人按方向日干生克,要午时才得动身。鱼神洞有四位侠女在彼防守,相隔甚近,又曾再三叮嘱小心应付,绝无差错。我们迎接太快,反招他轻视,疑我们慌了手脚。最好不去理他,算准时刻,连四侠女俱都召回。到了巳末午初,由白庄主一人前去迎接他们,晚辈在暗中跟随,只需如此如此便了。"于是将计谋略述一遍。

商量定后,白琦又陪着这几位剑侠步至广场看了一看。这广场正对着戴家场大门,背后是一座大山峰,山峰两旁又突出两个小山峰,恰好将这一片广场包围。两座芦棚便搭在那两座小山峰的半腰上,斜对着当中的擂台。自从佟元奇、玉清大师先后到来,以前的布置好些变更。改由两座席棚下起步,在每个席棚前面二丈远近,先埋下一根莲花桩。这莲花桩用薄木块做成,形似莲花,木板底下却用一根细竹竿顶牢,插在土内。桩前四五尺远近,用极细的黄沙堆成三四丈长、尖顶的沙堤。沙堤两尽头相对处相隔丈许,又有两个莲花桩分插在两方沙堤之内。再由此折向擂台方面,尽是锋利无比的三尖两刃刀,刃头朝上,长短不一,排成各种式样的道路,直达台口。又有两个莲花桩,比先前两个却来得大些,竹竿也要细些。两边席棚相隔原不过十多丈,遥遥相对。离正面擂台更近,才只六七丈远。白琦成心要显露他湘江派的绝顶武功,才用这各种的布置。双方比武的人,各由擂台纵到那随风摇摆的莲花桩上站定，遥向对面道一声"请"。再由莲花桩上纵到那平整如削的沙堤上面。先不奔擂台，各用登萍渡海草上飞的功夫，顺着沙堤直奔两棚相对的中心点，纵到两个莲花桩上。这时两方相离不过丈许，可以在此各说几句江湖上的交代。然后举手再道一声"请"，就在桩上站定，随意使一个架势。转回身纵到那数丈长的刀堤上面，顺着刀堤直奔擂台，纵到第三个莲花桩上，跳上离地四五丈的擂台上交手。这三个莲花桩一个比一个不同：头一个插在土内，还稍结实；第二个插在沙内，跑在沙堤上面，原不准有脚印，再由沙上纵到莲花桩上，岂不更难？末后刀堤倒还不大紧要，最难是由第三个莲花桩上往台上纵，非有绝顶轻身功夫，如何能办得到？白琦同众剑侠巡视一遍，觉着满意。再看时光已交巳末，白琦这才同了玉清大师，一明一暗往鱼神洞口而去。

话说白琦别了诸位剑侠，整了整衣带，独自往鱼神洞走去。刚离洞口不远，便见轻云、文琪两侠女从空中飞至，见了白琦报道："我四人因见鱼神洞方面无甚动静，遵了佟师叔法旨，暂时不曾在洞口露面，只在空中来往巡守，直到这时仍无动静。适才玉清大师隐身先到，看了看形势同起立的那座孤峰，叫我等对白庄主说知：少时如见敌人由洞中走来，上前迎接，须要故作不经意的神气。等来人出了鱼神洞约有半里之遥，然后再按照玉清大师所说做去便了。"白琦闻言，默记心头。文琪、轻云交代已毕，自去依照适才佟元奇所说准备。不提。

第七十回 断蛇移山　穷神出世
　　　　　　春卮盛馔　一友延宾

白琦赶到鱼神洞口，天光业已交午。心想寻一个隐身之处藏躲，等敌人到来再行出现。刚走到一块岩石后面，忽见上面睡着一个相貌奇丑的叫花子，将身伏在石上睡得正香，先还没有注意。刚想另寻一块山石坐下，忽听那花子口中喃喃说出梦话道："好大胆的东西，真敢一个人往这里来。我把你一把抓死。"白琦闻言，心中一动。暗思："适才轻云回报，也说这里发现过一个花子。这几年全湘年景甚佳，人民都安居乐业，深山之中哪里来的花子？这人形迹可疑，倒不可对他轻视呢。"想到这里，只见这花子一边说着梦话，倏地翻身坐起，右手起处，抓起一个粗如儿臂的大蛇，头大身长，二目通红，精光四射，七八寸长的信子火一般地吐出，朝着那花子直喷毒雾，大有欲得而甘心的神气。怎奈蛇的七寸已被那花子一把抓紧，不得动转。那蛇想是忿怒非常，倏地上半身一动，猛从那花子所坐的一块大石之后伸起两三丈的蛇身，遍体五色斑斓，红翠交错。刚伸出来时，身子笔一般直，身上彩纹映日生光，恰似一根彩柱。说时迟，那时快，就在白琦骇然转瞬之间，那蛇倒竖着下半身，风也似疾，直往那花子身上卷去，将那花子围了数匝，掉转长尾往花子脸上便刺。白琦见势不佳，刚要拔剑上前，那花子喊一声："好家伙！"他那一双被蛇束紧的手臂，不知怎地竟会脱了出来，左手依然持着蛇头，右手已经抓住蛇尾。那蛇虽然将花子身躯束住，却是头尾俱已失了效用。一面使劲去束那花子，一面冲着花子直喷毒雾。那花子和那蛇四目对视，一瞬也不瞬。白琦已觉这花子绝非常人，正要移步近前。那花子瞪着双目，好似与蛇拼命，不能说话。见白琦近前，一面摇着持蛇尾的右手，两只眼睛冒出火来一般，倏地大喝一声，双臂振处，蛇身已经断成好几半截，掉在地下。那花子好似有点疲倦神气，站起身来，弹了弹身上的土。身上所穿的那件百结鹑衣，被那条怪蛇一绞，业已绞成片片，东挂一片，西搭一片，露出漆黑的胸背，如铁一般又黑又亮。那花子满不作理会，连正眼也不看白琦一眼，懒洋洋地往岩侧走去。

白琦正要追上前去请教，遥闻鞭炮之声从鱼神洞那方传来。刚一迟疑之际，忽然何玫如飞而至，见面说道："敌人业已从吕村起身，玉清大师叫我请白爷快去洞前等候。"说罢自去。就在白琦和何玫说话的顷刻之间，回头再看花子，业已踪迹不见。白琦也无暇及此，只得飞步往鱼神洞便跑，好在相隔不远，一会儿便到。及至到了洞口，因为洞顶已经揭去，前看十分明显。先还只听鞭炮之声，没有什么动静。一会儿工夫，看见有二十多人，装束不一，僧道俗家均有。为首四人：一个和尚，一个道士，一个穿着极华丽的衣服，还有一个穿着十分特别。渐渐走近前来，才看清第四人身高七尺，发披两肩。额上束一个金箍。上半身披着一张鹿皮做半臂，露出一只右膀，上面刺着五毒花纹。腰际挂着一串铜圈，一把带鞘的苗刀。背上背着长弩匣子。腰间也围了一张兽皮，看不出是什么野兽。赤裸裸露出一双紫色的双腿，上面积着许多松脂沙砾，并刺有不少奇怪花纹。面如金纸，长面尖头。两眼又圆又大，绿黝黝发出凶光。鼻孔朝天，凹将下去。两颧高耸，两耳尖而又偏，一张阔嘴宽有三寸，灰发长颈，耳颈两处俱挂着一些金圈。相貌狰狞，非常威武。白琦便知此人定是那山人姚开江了。见他身后还跟着两个与他装束得差不多的，只是没有他高大威武。

这一伙人走离白琦约有两三丈远近，白琦未即迎上前去，忽见从那一群人当中抢先走出一个高大汉子，手中执着一封柬帖，跑到白琦面前，高声说道："俺陆地金龙魏青，奉了吕村村主同各位罗汉真人、英雄侠士之命，前来投帖，报庄赴宴，现有柬帖在此。"白琦一面接过柬帖，笑答道："在下戴家场庄主白琦，蒙贵村村主不弃，同了各位光临，特在此地恭候，烦劳魏爷代为先容，以便恭迎。"魏青见来人便是白琦，使了一个眼色。回转身去，将白琦的话说与那几个为首的人。白琦也就跟着迎上前去，说道："哪位是吕庄主？请来相见。"那个穿着华丽的人上前答话道："在下吕宪明。来者就是戴家场大庄主白爷么？"白琦答道："正是在下。敝村与贵村相隔邻近，自那年发水山崩，鱼神洞道路湮塞，在下又常出门，很少登门拜会。今日略备水酒，请诸位到此，为的久仰阁下英雄，借此识荆领教。蒙庄主同各位惠然光降，真是幸会得很！不过在下虽在江湖上奔走，只因年轻学浅，入世不深，对于同来诸位大半不曾见过，尚祈庄主代为引见，不知可否？"吕宪明闻言，冷笑道："与我同来诸位，大半都是久已享名的剑侠真人、英雄豪杰。白庄主既都不曾见过，待在下引见就是。"说罢，便指着那和尚道："此位是五台派剑仙金身罗汉法元大师。"又指那山人道："这位便是南疆第一位法术高强的剑仙姚开江大师。"白琦连说"幸会"，少不得敷衍两句。法元、姚开江却大模大样地不发一言。白琦只顾装作不知，除陈、罗三人外，又将其余诸人请教。果然内中有好几个江洋大盗、采花淫贼，白琦一一默记心头。随意周旋几句，并自请前面引路，和吕宪明比肩而行。

一路往前走，估量走出约有半里多路，故意用言语逗吕宪明道："我们两村相隔邻近，偏偏有鱼神洞天险阻碍，自从日前庄主赏脸答应光降，满拟庄主绕道从前村谷口进来，却不料鱼神洞无故自开。在下兄弟三人因通知也来不及，所以分成两路迎接，不想庄主果然抄了近路前来。旧道既已打通，此后来往便利，倒可时常请教了。"吕宪明哈哈大笑道："好教白庄主见笑。我等因为占在客位，从空中飞行去到贵村，大失敬意，旧道又堵死多年，幸得这位姚法师用六丁开山之法将旧道打通，便宜我们少走了许多路了。"白琦笑道："原来是姚法师之法力，真是神妙得很！不过今日之事，一半是请庄主过来与敝村和陈圩庄主讲和赔罪，诚恐一般村民不明真相，万一在宴会未终之际由鱼神洞故道出入，两下言语不合发生误会，叫愚弟兄面子如何下得去？依在下之见，莫如将鱼神洞旧道暂时堵死，容待会散再行打通，恭送诸位回去如何？"说罢，不俟吕宪明还言，将手往前一指，只听一阵殷殷雷声。众人都立足回望，眼看早半天被姚开江用妖法扶起的山峰，竟缓缓往鱼神洞旧道压下。姚开江所使那六丁开山之法却并不到家，无非用妖法将山峰竖起，再用邪神从旁扶持，只能暂时惑乱人心，不能持久。这时玉清大师同白琦按照约定办法，白琦将手往前一指，玉清大师便用正法将邪神驱走，破了妖法，再用法术禁制，使那百十丈孤峰缓缓倒下。吕村诸人见白琦破了姚开江妖法，心中大惊。尤其是姚开江，自出世以来，从未遇见敌手，满想这个戴家场还有什么大了得的人物在内？

谁知今早起来打开鱼神洞故道之后，不多一会儿，便觉神思恍惚。先还以为连日忙于酬应，不曾用功，急忙寻了一个静室，先用一会儿功夫。不知怎的，一颗心神总是按捺不住，连平日推算都不灵了。虽然觉着有好些不祥之兆，仍旧自信法术高强，没把敌人放在心上。勉强算了算日干生克，知道午时比较最好，到了午时，这才动身。及至过了鱼神洞旧道，见戴家场迎来的只有一人，见白琦生得并不威武，越加心中小看。这回见他也不掐诀念咒，只将手一指，便破了这个法术，当着众人又羞又怒。当下也不做声，暗中仍使妖法指挥妖神上前，想把山峰扶起。他的妖法煞是惊人，居然将山峰顶在半空，不上不下，似要倒下来又不倒下来的神气。吕宪明知是姚开江施为，才转忧为喜，笑向白琦道："白庄主法术果然神通。不过山峰悬在半空，却止住不往下落，万一两村的人打此经过，言语失和倒是小事，倘或那山峰忽然倒下，必定死伤多人，岂不有失白庄主爱护村民的本心了？"白琦见山峰悬在中途，好似被什么东西托住，相持不下，也不知玉清大师是否是姚开江的敌手，正在暗暗惊疑。偶一回头，忽见旁边树林内石头后面，站着适才所见那个擒蛇的叫花子，正远远朝着山峰用手比划，口中喃喃微动，好似念咒一般。白琦也不知那叫花子是仇是友，什么来历。正可惜适才没有机会同他谈上一谈，忽听吕宪明语带讥讽，越加着急。正在为难之际，忽然面前一道光亮一闪，玉清大师现身飞来，说道："诸位快些前走，留神山峰倒下，受了误伤。"言还未了，那叫花子忽从林中如飞穿出，口喊："来不及了！"众人惶骇转顾之际，只见那叫花子将手一挥，立刻便有震天价一个大雷发将出来，接着便听山崩地震之声。众人再看所立的地方，已经移出里许地来，相隔戴家场已不远了。回望鱼神洞那边，沙石飞扬，红尘蔽天，日光都暗，隐隐看见许多奇形怪状的牛鬼蛇神随风吹散。再寻适才那个叫花子，踪迹不见。姚开江锐气大减。法元看见玉清大师也来此地，又恨又急，正不知峨眉派还有何人在场。事已至此，只得硬着头皮上前，到时再说了。

这时广场已近，衡玉、许超迎上前来，少不得说了一套客气话，将众人迎进去。佟元奇率领众人已在大厅中等候，在外诸剑侠也都一起入内。法元见峨眉派并无多少主要人物在内，不禁心花大开，反倒笑容满面，上前与佟元奇、玉清大师招呼。双方有不认得的，都由白琦、戴衡玉、吕宪明、郭云璞代为引见，然后分宾主落座。主席第一桌是万里飞虹佟元奇、铁襄道人、玉清大师、赵心源、黄玄极、白琦、凌操七人；第二桌是湘江五侠中的虞舜农、黄人瑜、木鸡及戴衡玉、俞允中、许超、张琪七人；第三桌是何玫、崔绮、吴文琪、周轻云、张瑶青、凌云凤、戴湘英七位侠女。除岳大鹏、黄人龙、林秋水三人是在外面料理未回外，戴家场主要人物俱都在场。由三位地主分别敬酒。宾席上面第一桌是金身罗汉法元、山人姚开江、陈长泰、罗九、吕宪明、郭云璞同华山派的哑道人孔灵子，也是七人。第二桌是华山派火狮子曹飞、白虎星君郁次谷、多臂熊毛太、霹雳手尉迟元、九尾天狐柳燕娘、小方朔神偷吴霄、三眼红蜺薛蟒七人。第三、四桌是柳燕娘的远房兄弟粉牡丹穿云燕子柳雄飞、五花蜂崔天绥、威镇乾坤一枝花王玉儿，这三人是福建武夷山的有名淫贼海盗；还有西川三寇五花豹许龙、花花道人姚素修、假头陀姚元、风箱峡恶长年魏七、水蛇魏八、独霸川东李震川、混元石张玉、八手箭严梦生、回头追命萧武、长江水虎司马寿。这十三人分坐两桌，俱是江湖上的江洋大盗，杀人不眨眼的魔君。白、戴诸人也有见过一两面的，也有闻名尚未见过的。

戴家这间广厅约有七大开间，因早探得吕村来的人数，将厅上所有的陈设全部移开，摆了八桌，分成两行，主宾对向，各据一面。此时坐满了七桌，尚余一桌。白琦正要命人撤去，忽见岳大鹏、黄人龙、林秋水陪着二人从外面走了进来，后面跟着适才擒蛇那个花子，朝上一揖，自就主位。那花子也跟着落座，更不客气，也不让岳、黄、林三人，竟自一路大吃大喝起来。法元见过花子现身，以为是白琦请来的助手，倒不怎样稀奇。其余众人，适才凡分配到外面去的，此时见他随了岳、黄、林进来，到主座上去，俱以为是他三人约来的朋友。这一干剑侠当然不以衣冠相貌取人，又在敌我对峙、折冲樽俎之间，各人看了一眼，也就罢了。玉清大师从异派出身改邪归正，见识甚广。适才在鱼神洞同姚开江斗法，相持不下，忽见一道紫巍巍的光华微微在日光下一闪，将敌人妖法连自己的法术一起破去，便知不好，恐怕山峰倒下伤人，连忙飞身回来，叫白琦暂避。正怕有些来不及，一眼瞥见那个花子纵到众人面前，用移山缩地之法，将众人送出险地，心中一动。刚要寻他答话，已经不见。暗想："这个人好似那怪叫花子，已经多年不曾听人谈起，今日却在此地露面。此人向来任性，做事不分邪正，高兴就伸手，厉害非凡。要是吕村请来，今日胜负正不可知呢。"因时间紧迫，只略略通知了一下佟元奇，二人入席以后还在发愁。此时忽见他跟着岳、黄、林三人进来到主座上去，真是请都请不到的人会自己前来。与佟元奇对看了一眼，二人默默会心不言。知道此人性情特别，如果下位去招待他，反而不好，只得装作不理会。何、崔、吴、周四侠女适才在鱼神洞就见过他，此时见他入内落座，虽觉客来不速，回看佟元奇与玉清大师面带喜色，知是请来的好帮手，只不好去问姓名罢了。惟独白琦对他久已留心，先还以为是岳、黄、林三人相识的异人，当着敌人在前，不好意思下位去问。后来想到自己是个主人，初次见面，连姓名都不曾请教，岂非无礼？正在踌躇之际，忽听耳朵边有人说话道："快打仗了，不要管我。我不白吃你的，不要心疼害怕。"声细如蝇，非常清楚。回望诸人，都是坐得好端端的。再看那叫花子时，正对他点头呢。正在这时，恰好衡玉、许超将主客两边的酒敬罢回席。

佟元奇站起身来，朝着法元那一席说道："今日之事，原由白、戴、许三位庄主与陈、凌两位排难解纷而起。他三位本是一番好意，不想言语失检，伤了和气，遂至双方结成仇怨。先约定在今天由白、戴、许三位到陈圩登门请罪，及至白庄主派人下书定日赴约，知陈庄主到了吕村，才改客为主，在此地相见。白、戴、许三位因大家都是土著乡邻，不愿同室操戈，即使到日不能够得到陈庄主原谅，也不愿因三五个主体人引起两村械斗，死伤多人。因见陈庄主约出吕庄主同诸位道友，才约请贫道等参加这场盛会。见贫道痴长几岁，特邀贫道出面，做一个与两造解和之人。请大家依旧和好如初，以免两村居民彼此冤仇愈结愈深。我想陈庄主与三位主人既是本乡本土，邻乡近谊，何苦为些许小事，动起干戈？如果陈庄主肯弃嫌修好，以贫道之言为然，贫道情愿代他三位领罪。如不获命，在座诸君虽然都是江湖上高明之士，但是各人所学不同，本领也有高低，倘若不问学业深浅便行请教，未免失平。现在白庄主在前面广场上搭了一座高台，备有主宾座位。今日之事，既以陈、戴两村为主体，便请他们席散以后，双方登台领教，以定今日曲直。其余双方请来的嘉客，如果见猎心喜，那时或比内外武功，或比剑术，或比道法，各按平生所学，功力深浅，一一领教，贫道也好借此一开眼界。不知诸位以为然否？"法元闻言，起身笑答道："佟道友也倒言之有理。想昔日凌檀越一女二配，陈庄主不服，同敝徒罗九与他辩理，凌、俞二位动起手来，白、戴、许三位不该倚仗人多上前相助。后来白庄主还口吐大言，说本月初三登门请教，这本是江湖常有的事。吕村与戴家场近邻，相隔只有鱼神洞，两下并无仇怨，白庄主为何又派人前去窥探数次？这才将吕庄主等牵入。今日之事，谁是谁非，也非片言可解。好在贵村业已准备下天罗地网，惧者不来，来者不惧。贫僧原与佟道友一般不是局内人，吕、陈两位因知贵村有佟道友相助，震于峨眉派的威名，见贫僧路过此地，邀留做一个临时领袖。贫僧也觉贵派虽然剑术高强，却往往以大压小，以强凌弱。虽然败军之将，自知不敌，因为心中太觉不平，也就拼着再管一回闲事。现在时光已是不早，多说闲话无益，莫如按照佟道友所说先比武艺，次比剑术，后比道法。也不必分什么主客，凡是与贫僧同来的都是客，贵村方面俱是主。各按自己能力道行，一个对一个上台领教，省得不会剑术道法的人受了暗算。佟道友以为如何？"佟元奇闻言，笑答道："既然如此，也不用多言，贫道及敝村全体遵命领教就是。"说罢，主席上便全体起立道"请"，法元等也相率起身，分至广场，各按宾主登了芦棚。佟元奇、法元二人心事，一样地怕不会剑术的人吃亏，既经双方同意，彼此都觉安心。不提。

第七十一回　打擂试登萍　有意藏奸　无心出丑
　　　　　　　　轻身行白刃　淫人丧命　荡女挥拳

　　话说双方到了广场，戴家场的人由佟元奇率领，至东芦棚上入座；吕村的人由白琦陪着法元、姚开江前导，送到西芦棚上落座。东西两棚均派得有十名长工招呼茶水。大家表面上都极客气，决不似顷刻就要拼个你死我活的样儿。

　　当大众往外走时，那怪叫花首先起立，也不用人招呼，径自往外就走。此时到了芦棚上面，已不知他往哪里去了。白琦安顿好了吕村诸人，回转东芦棚，见怪叫花不在。一眼看见林秋水正和大家介绍适才领到席上的两位远客，才知那两人是苏州太湖金庭山玉柱洞隐居的吴中双侠姜渭渔、潘绣虎。白琦也随着上前相见。原来岳、黄、林三人把守谷口，忽见谷外号旗举处，远远有二人如飞而至。近前相见，认出是昔日旧友吴中双侠，也是到善化去访罗新，听楚鸣球说起戴家场之事，并说湘江五侠也在那里，特地赶来相助一臂之力。彼此寒暄了几句，又见从回路上来了一个叫花、一个大汉。黄、林二人俱认得那大汉是陆地金龙魏青，知他是在吕村卧底。那叫花却不认得。先问魏青到此何事。魏青道："我妻子在吕村，我恐吕、郭二人见疑，故意随他们前来赴会，却叫我妻子偷偷由戴姑娘所说的那条僻径逃出。适才鱼神洞山峰崩倒时，我正站离峰脚不远，眼看那峰头朝我顶上压下，知道不及逃避，只好闭目等死。却被这位穷爷恩人如飞跑来，将我一把夹起，跳出有百十丈远近，才保住这条小命。后来向这位穷爷道谢救命之恩，才知他是戴家场新请来的帮手，知道我是自己人才肯救我。他又对我说，我妻子走错了路，被一个白猿擒去，叫我快去搭救。他说我要去得晚时，那白猿还准备送我一顶绿帽子呢。谁稀罕猴崽子的帽子，倒是救我妻子要紧。"说罢，便要走去。岳、黄、林、姜、潘五人便商量分两个人陪去相助。那叫花道："用不着你等，那白猿虽然有点道行，却与这莽汉有许多渊源，最好他一人前去，你们去了，反而给他误事。"岳大鹏见叫花出言侮慢，好生不服。林秋水在五侠当中最有见识，听魏青叫花救他的那一番话，已知不是常人；再看他那一双奇怪眼睛，又听是本村主人请来，越发不敢怠慢。抢先答道："兄台既有高见先知，我们不去就是。"魏青本没有意思请他五人帮忙，闻言急匆匆出谷去了。

那叫花道："现在人已到齐，里面还给我们留下一桌好酒席。主人见我腿快，打发我来叫你们前去吃酒。吕村来的这些兔崽子，回头一个也跑不了。少时我那老贤侄章彰还要来呢。这时不去，看人家把席撤了，没有你们的座位。"林、黄二人一听叫花称他师父朱砂吼章彰是他的老贤侄，自己立刻矮了两辈，适才称他兄台岂非不对？又想自己师父远隔台湾海岛，业已多年不曾出山，今日哪会来此？见他疯疯癫癫，不知是真是假，只得强忍闷气，问道："前辈既和家师相熟，适才因和魏兄说话，未及请教前辈名讳，多有冒犯，请前辈见示大名，愚弟兄也好称呼。"叫花笑道："原来小章儿是你们师父么？你要问我名姓，我就叫穷神，别的没有名字了。班辈称呼，我向不计较，你们如看得起我，就叫我穷神，或者叫我的别号怪叫花也好。"黄、林二人闻言，将信将疑，只是怪叫花三字听去耳熟，怎么想也想不出他的来历，估量绝非等闲之辈。还待用言试探，吴中双侠素来稳当，倒不怎样，岳大鹏早已不耐，说道："这位穷爷既说敌人已到，主人候我等人入席，我们就去吧，有什么话回头再说多好。"怪叫花哈哈笑道："还是他说的话对我心思，我忙了一早晨饿了，赶快吃一顿正好。"岳大鹏想借此看看叫花本领，脚下一使劲，飞一般往前面走去。怪叫花冷笑一声，在后面高叫道："你们慢些走，我上了几岁年纪，追不上，看在你师父份上，等我一等呀！"说罢，拖着一双破草鞋在后面直赶。黄、林等五人只装不听见，仍往前面飞跑，不一会儿便听不见叫花喊声，知已相隔甚远，众人心中又好气，又好笑。林秋水虽然随着四人行动，猛想起："这人既连轻身之术都不会，主人又请他到来做甚？况且魏青是个不会说诳的人，依他说此人本领更在自己之上，何以又这样不济呢？莫非是故意做作么？"且行且想，已到戴家门前。忽见怪叫花从里面跑了出来道："你们腿快，却不敌我路径熟,会抄近路,还比你们先到一步。"岳大鹏等闻言,知道这条路别无捷径,他是故意如此说法,不由大吃一惊,俱各改了轻视之念,不好明白赔话,只得含糊答应。叫花又道:"主人请你五人进去,各自归座吃喝,不要多说话。我跟在你五人身后,你们千万不要提起我的来历,留神将那些兔崽子吓跑了,没处去寻他们。"黄、林五人自是唯唯遵命。进去以后,果然照他所言而行。那叫花竟自坐在首席,大吃大喝。适才捉蛇,身上惹的那一身腥气同那一双脏手,别人倒还不觉怎样,岳大鹏哪里吞吃得下,只是望着林秋水敢怒而不敢言。林秋水满不在乎,反倒殷勤相劝。怪叫花道:"你这个人倒怪有意思的,也不枉我来此救你们一场。"林秋水虽不明白用意,准知今日这一场恶斗绝非寻常,此人必甚关紧要。及至席散出场,林秋水便紧跟他身后,几次用言语试探,都不得要领,一晃眼的工夫,便不见他的踪迹。这会儿见了白琦,把经过略说了一遍。听说玉清大师对他如此重视,越觉自己目力不差。只是时间太迫,没有工夫问玉清大师,他与师父朱砂吼章彰是何渊源罢了。

  白琦与众人略谈了几句,佟元奇便命他头一个登台比武。白琦领命,先从棚前纵到第一个莲花桩上,提气凝神,用了个金鸡独立的架势。这时正是二月初旬天气,春光明丽,山坡上杂花盛开,桃红柳绿,和风徐徐。白琦人本生得英俊,又穿了一身白色壮士衣冠,站在那莲花桩上纹丝不动,拱手向西芦棚指名请陈长泰答话。态度安闲,英姿飒爽,真是不可一世。西席棚上法元见白琦出面,高声向佟元奇大喝道:"适才言明先比武艺,而白庄主精通法术,在鱼神洞时已然领教了,陈庄主武功虽然高强,怎是敌手?如果先比法术,待贫僧与白庄主一比短长吧。"佟元奇闻言,这才想起法元因鱼神洞破法之事,错疑白琦会法术,恐白琦吃亏,不俟法元起身,连忙高声答道:"禅师且慢!贫道只知白庄主内外武功俱臻绝顶,却不知他也精通道法。既然禅师多疑,我着他回来,另换何位上前领教就是。"说罢,便着戴衡玉去替白琦回来。这一种登萍渡水、踏沙飞行之法,原是白、戴、许三人练熟了的。衡玉领命起身,朝着棚下将身一纵,恰好白琦纵回,就在这一上一下之际,二人迎了个对面,只见他二人将身一偏,俱都擦肩而过。白琦到了台上时,衡玉也安安稳稳地站在莲花桩上,使了个鱼鹰倦立的架势,朝西芦棚道声:"请!"西芦棚中陈长泰漫说不会这种轻身功夫,连看也未看见过。罗九适才见了佟元奇，虽然仗着自己已拜在法元门下，到底有三分畏惧，不敢公然头一仗就出去。偏偏陈长泰见衡玉叫阵，直拿眼睛朝他使眼色。自己食人之禄，说不过去，只得起身。往台前一看，见这三个莲花桩、一道沙堤和一道刀堤，不是内外功到了绝顶的人休想上去，幸而自己还能对付。当下便对法元道："弟子去会这厮。"说罢，也将身纵到西芦棚下一个莲花桩上。衡玉见来了罗九，不敢怠慢，站在莲花桩上朝对面拱手，道一声："请！"然后将身往沙堤上面纵去。脚尖刚着沙堤，两手倏地分开，收转来到腰间往上一端，稳住下沉之力，使用登萍渡水的功夫，疾走如飞，纵到第二个莲花桩上。罗九虽不会这种草上飞的功夫，到底练过剑术的人，气功极有根底。他见那其细如雪的黄沙，堆成上尖下削的沙堤，漫说是人，就是飞鸟在上面走过，也不能留脚印。只得运动真气，将身体提住，凭虚在沙上行走，居然到了沙堤尽头的莲花桩上。

佟元奇命白、戴二人先见头阵，无非是因为白、戴、许三人是主体，满拟指名要陈长泰出面，不想却换了罗九。知道衡玉武功虽好，却不会剑术，决不是罗九的敌手。但是已经临场，说不出不算来，只得暗中留神。罗九不性急放剑便罢，如若情急放剑，再行上去将他结果，正在心中盘算，忽听玉清大师道："凌老前辈又在台前出现，我们今日必胜无疑。"佟元奇闻言朝前看时，台桩底下倚着适才所见那个怪叫花，所靠的那一根柱子却正挡着西芦棚目光，不禁点头会意。

这时衡玉已与罗九对面，交代了两句江湖上的套语，便往刀堤上纵去。罗九觉刀堤比沙堤易走得多，冷笑一声，也往上便纵。二人俱是行走如飞，一霎时便已走尽。衡玉纵到莲花桩上，刚要对罗九拱手道"请"，纵到擂台上去，忽听"咔嚓"一声，罗九站的那根莲花桩忽然折倒，将罗九跌翻在地。罗九正要逞强行凶，佟元奇、法元各从东西芦棚双双飞到。佟元奇一面招呼衡玉回去，一面大声说道："头一场胜负已分，请禅师另派别人登台吧。"罗九见佟元奇到来，到底有三分畏惧，不敢多言，只得满面羞惭，飞回西芦棚去了。法元起先见罗九忽然跌下莲花桩来，非常诧异。见佟元奇飞出，急忙也跟着前来。一听佟元奇发言，先不还言，急忙拾起地下折断的莲花桩，又把衡玉上的那一根莲花桩拾起，细细比看。只见这两根莲花桩都是虚飘飘地插在土内，东西一般无二，分明罗九用力稍猛，将它折断。

再检看两面刀堤时,也是一般轻重深浅插在浮土之内。只不过罗九走过的依然完好如新;衡玉走过的刀锋尽卷,着土半截,却一丝不歪斜。这种轻身功夫中所暗藏的劲功,真也少有。即使莲花桩不倒,罗九已输了一关。不过罗九既然暗驭剑气,提着身子在上行走,何以会将莲花桩折断?明明中了旁人暗算。但是自己既查看不出一些形迹,倒不如认输,另派能手登场显得光明。便对佟元奇道:"罗九一时不留神,有此失着。待贫僧另叫别人登台领教吧。"

佟元奇道:"今日之事,原说各按自己功行能力交手。适才贫道因见白庄主是主体,故此命他出场。禅师疑他精通法术,贫道才命戴庄主出来。原指明与陈庄主领教,想教双方主体人物先见一胜负,再由双方所请嘉客登场,谁知禅师却叫罗九上来。此人本是贫道逐出门外的孽徒,颇知剑术。贫道也知戴庄主不是敌手,只是既已登场,遇强便退,有失江湖体面。只要罗九不倚剑术欺人,一任他强存弱亡。不料罗九昔年在贫道门下以为学习剑术便可无敌,对于武功不屑力求深造。到了沙堤,便用驭气飞行之法,不敢将脚一沾沙面,已经有些暗中取巧。后来上了刀堤,仍用前法,却不知这登萍渡水与行刀折刃的软硬功夫。行沙是要脚不扬尘,不留痕迹;行刀却要身不动,所行之处刀锋全折,才算合格。刀不折刃,已然输了一着;末后又不留神,将莲花桩折断。如非贫道知机赶来,他便要恃强暗用飞剑,岂非无耻之尤!禅师认输,足见高明。不过首场既先比武功,此番登场人务请量才派遣,免犯江湖上规矩。"说罢,不俟法元答言,将手一拱,飞身回棚去了。

法元受了一顿奚落,不由切齿痛恨。心想:"你们休要得理不让人,少时便叫你知我们的厉害!"回转芦棚,先唤过罗九来问怎么跌下来的。罗九道:"弟子一上去,便用驭剑轻身之法,始终没有沾着堤面。到了刀堤尽处,刚往莲花桩上一纵,原是一个虚式,还未上台,好似被一人拉住弟子双脚一扯,便跌下来了。"法元也知罗九虽不会渡水登萍的功夫,但是无论如何也不会从桩上跌了下来。猜定敌人暗中使坏,存心要他当众丢丑。便问罗九跌时可曾看见什么形迹,罗九回答无有。法元知不能拿揣度的话向人家理论,只好恨在心里。

这回该西芦棚派人登场,法元便问何人先往。当下便有柳燕娘的兄弟粉牡丹穿云燕子柳雄飞起立应声："弟子愿往。"法元知他所练轻功已臻绝顶，因为鉴于罗九受了暗算，再三嘱咐柳雄飞注意。同时自己运用眼睛觑定两堤，准备看出一些动静，再与敌人理论。这时台前莲花桩已被白琦命人换好新的。佟元奇见法元派柳雄飞出场，便对众人道："来者是西川路上有名淫贼，何人愿去会他？"湘江五侠中的黄人瑜应声愿往。黄、柳二人各由东西芦棚走完沙堤，到了莲花桩上。柳雄飞问起对方姓名，知是湘江五侠之一，不敢怠慢，将手一拱，步上刀堤，走到尽头莲花桩上，分外留神，且喜不曾出了差错。双双纵上台去，各人取出兵器，摆开门户交起手来。黄人瑜使的是一根九截量天尺，柳雄飞使的是链子抓。才一交手，黄人瑜一摆量天尺，朝柳雄飞额前点去。柳雄飞见黄人瑜使的是短兵刃，自己链子抓长，觉着有些便宜可占。见黄人瑜天尺点到，将脚一点，明着往后倒退，暗中却同时将左手链子抓发出。黄人瑜见链子抓当头抓来，不慌不忙，将量天尺对准抓头轻轻一点。刚将抓点荡开去，柳雄飞的右手抓又发将出来。黄人瑜见柳雄飞把这一对链子抓使得笔管一般直，如狂风骤雨一般打来，暗想："这厮本领着实不弱，可惜太不务正，且叫他死在我的量天尺下。"湘江五侠的武艺，练的是太极乙字功夫，使的是短兵器，专讲以静制动，敌人使的兵刃越长越吃亏。柳雄飞起初还不觉察，后来见自己双抓发将出去，黄人瑜若无其事一般，单掌护胸，右手横拿着又短又小的量天尺，不管那双抓使什么巧妙解数打去，他只身子不动，将量天尺两头点去，便即荡开。有时使力稍为大一点，柳雄飞便觉虎口震得生疼。知道遇见劲敌，越加小心在意。打了有好一会儿，见敌人只将双目注定自己，并不转动，静等抓来便即点开，神态自然，毫不费劲使力。心想："这样打到什么时候才完？明明敌人想将自己力量使尽，再行发招。"眼看有输无赢，一着急，不由打出一条主意：故意装出气衰力竭，招数散漫，想诱黄人瑜进招。人瑜久经大敌，岂有看不出的道理。心想："我想让你多活些时，你倒想在我面前卖弄。不如早些打发你回去，好再收拾别的余党。"想到这里，恰好柳雄飞左手抓一举，卖了个虚招，右手抓往下三路扫来；同时左手抓由虚变实，使了个枯树盘根的解数打到。黄人瑜喊一声："来得好！"倏地往后退了一步半，敌人双抓同时落空，提起量天尺，横着往两抓头上分头点去，手法敏捷，疾若闪电一般。柳雄飞见双抓落空，知道不好，刚想掣动抓杆，收回前劲，另换招数，已来不及。只听"当当"两声，被黄人瑜尺头分别点个正着。立时觉得虎口震开，险些把握不住，暗喊："不好！"急中生智，忙起身一纵，倒退出去有两丈远近。正要使回头望月败中取胜的绝招，不知怎的，腰腿上被黄人瑜点了一下，立刻丢抓跌倒在地。再看黄人瑜正站在前面，仍是若无其事一般。那台上预备的长工早拥上前来，将柳雄飞搭往西芦棚去了。要说柳雄飞的轻身功夫确已臻绝顶，适才纵退时身手非常敏捷，竟一点声响也不曾听见。但终究被黄人瑜追来点倒，湘江五侠本领于此可见。只气得西芦棚上人个个咬牙痛恨。再看黄人瑜，早已下台，回转东芦棚去了。等到长工将柳雄飞搭上台来一看，先还以为有救，及至细看柳雄飞的伤处，已被黄人瑜在死穴上下了内功重手，七日之内准死无疑。

柳燕娘猛将银牙一错，也不向法元请命，由西芦棚一飞身，便到擂台之上，指名要适才仇人答话。正在张狂，耳中忽听一声娇叱道："贼淫婢休要不守信义，任意猖狂！何玫来了！"言还未了，东芦棚方面纵上个黑衣女子。柳燕娘明知对面有好些克星，只因报仇心切，忘了危险。及至登台说了一番狂话，才想起对面敌人有吴文琪、周轻云等在内，好生踌躇，但是话已发出，说不出不算来。言还未了，便听一个女子答言，不由吓了一跳。及至见面，来的女子并非吴、周二人，略放宽心。暗想："对面能人甚多，除非法元、姚开江能够取胜，余人未必敌得住。莫如将此女打发回去，自己捞一个面子，就回转西芦棚，日后再寻湘江五侠报仇。"主意已定，反不着急，问道："来人休得出口伤人。你可知俺九尾天狐柳燕娘的厉害？"何玫冷笑道："我早知你这贱婢淫贼十恶不赦，特来取你的狗命！"说罢，两手一分，使了个玉女拳中独掌擎天的架势，摆开门户，道一声："请！"随着右掌往柳燕娘脸上一晃，纵身起左掌，力劈华岳，当头打到。柳燕娘见何玫步法轻捷，掌法精奇，更不怠慢，先使了个门户。见何玫掌到，忙用托梁抽柱的招数，单掌往上一架，随着黑虎掏心，当胸一掌打去。何玫喊一声："来得好！"左掌倏地往左一翻，反从下面穿进内圈，往燕娘脉门斫去。同时右掌朝下一翻，拨开燕娘的拳，顺势也往燕娘腕上斫去，将燕娘双手同时隔散，破了招数，门户大开。更不容燕娘还手，往前一进步，就两手一分之际，一个仙鹤舒爪，侧转身一偏腿，往燕娘胸前蹴去。燕娘万没料到何玫掌法如此变化无穷，幸而退身得快，被何玫的脚在腰眼上扫着一点，已觉疼痛非常，暗骂狠心贱婢，知道难以抵敌，也将多年未用的八卦仙人掌使将出来，与何玫打在一起，同挥皓腕，上下翻飞。恰好二人都是一样主意：谁都吃过比剑的亏，不知敌人虚实，谁也不肯放出剑来。不到数十个回合，柳燕娘也不知经了多少险，吃了多少亏，情知非败不可。先见何玫身上不带兵刃，越猜想她必有来历，未敢造次。后来被何玫逼紧，只得咬牙将心一狠，打着打着，倏地飞纵出去，将手往身旁一拍，将飞剑放将出来。何玫早已防备，也将身一摇，放起飞剑。各人运用精神，任那两道剑光绞作一团。燕娘见敌人飞剑不弱，越自惊心。

正在危急之际，西芦棚上急坏了三眼红蜺薛蟒。原来他在慈云寺之役被朱文刺瞎了一只真眼，只剩了当中一只假眼，与右眼相配一对，好不伤心痛恨，便想回黄山去见师父许飞娘哭诉，请她代自己报仇。半路上遇见柳燕娘，两人勾搭成了临时夫妇，非常恩爱。这时见燕娘危急，不问青红皂白，脑后一拍，便有一道青光飞起。东芦棚上黄玄极见了，也将飞剑放出迎敌。一会儿工夫，便乱了章法。先是西芦棚上孔灵子、曹飞、郁次谷、吕宪明、郭云璞、毛太六人飞身上前，放出剑光。东芦棚上周轻云、吴文琪、崔绮三位女侠，同铁蓑道人、湘江五侠中的虞舜农，分头飞剑迎住。佟元奇见敌人不照预先约定，乱杀起来，忙叫白琦同凌操翁婿、戴衡玉、岳大鹏、黄人瑜、黄人龙、许超、张琪兄妹、凌云凤、戴湘英，从棚后下去，将广场圈住。因为佟元奇与玉清大师要用全神看住法元与那山人姚开江，怕对面那一干群贼趁两下比剑忙乱之际，扰害戴家眷属同村民。知道湘江五侠中的木鸡与林秋水俱会剑术，便命他二人驾剑光分头接应白琦等，以防遇见对面群贼中有会剑术的不好应付。白琦等刚绕至广场正面分散开来，果然西芦棚上群盗纷纷蹿了下来，俱都奔往戴家门前一路冲杀过来。同时法元也放出飞剑，姚开江也放出炼就的飞刀，数十道红丝与三道绿光朝东芦棚飞去。佟元奇、玉清大师不敢怠慢，当下分头飞起剑光迎住。这一场大战好不热闹，满空中俱是飞剑光华，五色缤纷，金光闪耀。

罗九见佟元奇在场，本不敢上前。忽见佟元奇敌住法元，不得分神，便同花花道人姚素修也将剑光飞起，想捡对面剑术低的人便宜。这时双方差不多势均力敌，除何玫在擂台上敌住柳燕娘外，黄玄极敌住三眼红蜺薛蟒，周轻云敌住孔灵子，吴文琪敌住曹飞，崔绮敌住郁次谷，虞舜农敌住吕宪明、铁蓑道人双战郭云璞与毛太。罗九见崔绮迎敌郁次谷，看去好似吃力，悄悄告诉姚素修，想趁一个冷不防放剑出去，先助郁次谷除了崔绮再说。这时崔绮正敌郁次谷不下，忽见敌人阵上又有两道黄光朝自己飞来，大吃一惊。神一散，郁次谷的剑光愈加得势，同时罗九、姚素修的剑光也一起朝崔绮飞到。玉清大师迎敌山人姚开江，忽见崔绮受了敌人夹攻，危险万状，正要设法分剑光去救。忽然法元身后倏地闪出适才那个怪叫花，一现身就打了法元一个大嘴巴，骂道："大家讲好一个对一个，不许两打一，你偏要叫你手下毛贼欺负女娃娃。"打罢，两脚一纵，竟比剑还快，追上罗九与姚素修的剑光，只用手一抓，便抓在手中，一阵揉搓，立刻化成流星四散。又一纵，纵到剑光丛中，先将郭云璞的剑光抓住，说道："不许两打一，你偏要两打一。"见郭云璞的剑光在手中不住闪动，又说道："这口剑倒还不错，可惜有点邪气。"说罢，将郭云璞的飞剑往西北角上一掷，说道："老乞婆，你留着送人吧。"他这一下不要紧，西芦棚上众人见这破烂叫花不着地飞行于剑光丛中，如入无人之境，只凭两手一抓，便收去了三口飞剑，只吓得胆落魂飞，不知如何是好。幸而那叫花收了三口飞剑便即住手，落下地来，高声说道："我也不赶尽杀绝，只不许你们两打一！"说罢，一闪身形，便已不见。漫说法元见了心惊，就连玉清大师与佟元奇知他根底的人，也觉得此公本领毕竟不凡。听他口喊老乞婆接剑，暗想："莫非他的老伴也来参加，敌人方面更不用想占胜着了。"自是越加安心迎敌。不提。

第七十二回　急怒失元神　毒云蔽日　妖人中计
　　　　　　伤心成惨败　飞剑惊芒　和尚逃生

　　毛太剑光本来低弱，又加以前被周轻云断了一只手臂，重伤新愈，帮助郭云璞双战铁蓑道人，本未占着丝毫便宜。忽见凭空纵起一人，将郭云璞剑光收去，心中一惊，神一分散，被铁蓑道人将他飞剑斩断。情知不好，要逃已来不及，被铁蓑道人飞剑过处，身首异处。铁蓑道人斩了毛太，见崔绮敌不过郁次谷，轻云与孔灵子也只勉强战个平手，便飞近轻云身旁，说道："待我迎敌这厮，你去替崔姑娘下来。"说罢，便将剑光向孔灵子飞去。轻云连忙飞到崔绮那边，正要双战郁次谷，玉清大师知道今天来的这一双怪人脾气，忙喊："崔姑娘暂且休息，我们须要守着前言，一个与一个比斗。"崔绮本已气竭力微，剑光暗淡，巴不得退了下来，等轻云一接上手，便即飞回芦棚。不提。

　　说了半天，那山人姚开江性如烈火，何以直到最末出场，只用炼就飞刀出战，不施展他的妖法？待作者补叙一番。

　　原来那山人姚开江昨晚本是兴高采烈，今早起来，忽觉神思不宁，心中无端胆怯起来。后来经法元等一阵鼓励，勉强看好时辰，壮着胆气，到了戴家场之后，总是觉着疲倦欲眠，连话都懒得说，反正法元说什么，他就听什么。后来上了芦棚，法元早知道今日之事不是和平可了，又加罗九等上场连败两人，越发恼羞成怒，把心一横，一任众人上前背约混战。自己却悄悄嘱咐霹雳手尉迟元率领群寇偷下芦棚，去劫杀戴家眷属。分派已定，见姚开江坐在那里垂头不语，昏昏欲睡，好生不解。心想："此人道术通神，何以今日这般狼狈，好似中了别人暗算一般？"便从葫芦内取了三粒丹药，塞在姚开江口中，猛然对他背上一拍，大声喝道："姚道友，该我两人上前去!"姚开江被他这一拍,神志忽然清楚,才想起自己今日是应约前来助阵。见战场上剑光纷扰,大吼一声,随了法元双双出战。

法元见今日之战,不比成都慈云寺那面的敌人势盛,虽然佟元奇与玉清大师俱是能手,自恃与姚开江两人足能对付,好不高兴。正在得意之际,忽见眼前一道黑影一闪,便现出适才席上所见那个破烂花子,未容法元看清,便被他打了一个大嘴巴。接着骂了几句,身子竟比剑光还快,飞纵剑光丛中去了。法元也是剑术极精的有名人物,不知怎么这一下竟打得头昏脑涨,几乎跌倒。漫说分出剑光去斩花子,因为挨了一下重打,神一分散,被佟元奇剑光往下一压,将他飞出去的红线连断两根。又气又恨又可惜,顾不得先寻花子,急忙凝神运气,先敌住佟元奇。一面留神再寻那花子踪迹时,正看见他将罗九、姚素修的飞剑破坏,又将郭云璞剑光收去,不由大吃一惊。心想:"要照这样,场上迎敌的人岂不白白送死?"正在着急,花子忽然隐去。心想:"这花子如此本领,看去也觉面熟,怎么会想他不起来?"这时佟元奇趁法元神散之际,剑光越发逼紧。法元不敢怠慢,聚气凝神,倏地朝剑光一指,放在空中的数十道红线倏地加上数倍,朝东芦棚方面各位剑仙身上分落下来。佟元奇、玉清大师见法元拼命,刚要喊声"不好",猛见擂台上站定一个白发老婆子,张口朝着空中一吸,眼看法元放出的百十道红线,纷纷被她收入口中去了。法元因见今日不能取胜,才想杀死一个是一个,使用这狠心毒手,运用五行真气,将剑光分散开来,朝敌人飞去,本想至少也得杀死几个。不曾想到剑光才飞出去,好似擂台方面有什么东西将它吸住。忙用目往擂台一看,见台上柳燕娘已不知去向,台口站定一个白发红颜的老婆子,握着一根拐杖,将他剑光纷纷吸入口中,看去非常面熟。猛想起适才所见花子正是此人的丈夫,不禁吓了一身冷汗,暗骂自己糊涂,适才竟会忘了那花子来历。还算法元见机得早,急忙运用全神收回剑光时,他用五金之精及自己的五行真气所炼一百零八口子母飞剑已损失过半。就在这分神之际,佟元奇也用全力将剑光分作一道长虹,朝法元顶上飞来,法元几乎吃了大亏。见姚开江只用三口飞刀,还在和玉清大师拼命支持,暗恨山人愚蠢,到这般时候,还不使用法术。

那老婆子刚把法元剑光收去,擂台底下钻出一人,递上一封书信。那老婆子便飞往白琦阵上,抱起一个女子破空而去,并不来赶尽杀绝。法元不由又存了希冀之想，一面和佟元奇拼命支持，一面将身一步一步挪近姚开江身前，说道："姚道友，还不对敌人施展法术，等待何时？"一句话将姚开江提醒，伸手往胸前一摸，忽然狂吼一声道："我命休矣！"法元也不知他是什么缘故，只见他脸涨红紫，身上青筋暴露，气喘如牛，好似受了大刺激，急怒攻心，要生吃活人的神气。倏地又见他大吼一声道："罢了，我和你们拼了吧！"说罢，两肩一摇，便有十二支弩箭冲起空中，离地丈许，便化成绿黝黝的光华，旁边围着许多五色烟雾，腥臭扑鼻，直朝东芦棚各剑仙顶上飞去。这是姚开江师祖所传的镇山之宝，叫百毒烟岚连珠飞弩，乃是用各种毒涎恶草和毒瘴恶虫化合五金之精，百炼千锤制就的弩箭，再用本身五行真气炼成飞箭，与飞剑一般能发能收。一经发出，与敌人飞剑相遇，敌人飞剑被污落地；凡人沾上一点，立刻毒气攻心而亡。真是南疆中最厉害的法宝，其毒非常。他祖师传他的时节再三敦嘱：不到性命交关之际，即使遇敌败退，但能脱身，也不准轻易妄用；用时也只可一支两支，只伤对头一人便止。姚开江出世以来，今日尚是第一回使用。法元知道厉害，不由又惊又喜。玉清大师原先以为姚开江虽然精通妖法，自忖能力足可应付，至少也可不求有功，但求无过，不曾想到他竟将红发老祖镇山之宝使了出来。知道厉害非常，自己又无法去破，眼睁睁众人要遭惨劫。只得先顾救众人要紧，见箭一发出，便高声叫道："山人妖法厉害，诸位道友快退！"正在这时，忽见那怪叫花又飞身出现。这回虽和上回一样神气，身上却盘着一条大蛇，五色斑斓，红翠相间，十分好看。远远望着姚开江大叫道："山狗休得猖狂，你的元神在此！"说罢，脚一顿，往空便起。姚开江一见那花子身上盘着的大蛇，大吼一声，好似连命都不要，将手往空中飞箭一指，箭头立刻纷纷掉转，连人带箭飞起空中，夹着一阵烟云，直向那花子电闪星驰一般追去，眨眨眼俱都不见。且喜双方俱无人受伤。玉清大师见怪叫花三次出现，将姚开江引走，三口飞刀仍在空中和自己飞剑相持，不曾被他收去，只是失了统驭，不似先前有力。忙运元神，将身一纵，身剑合一，飞将上去，将那三口飞刀收了下来。一看，见是三口苗刀，长约七寸，精光射目，心中大喜，急忙收入囊内。不提。

这时战场上，除柳燕娘见敌何玫不过飞身逃走，薛蟒见势不佳，无心恋战，抽空收回剑光逃走外，吕宪明与虞舜农本战个平手，倏地心生一计，暗使妖法，将雷火弹打出。虞舜农躲避不及，打中右臂，受了重伤，看着危险。恰好周轻云已破了郁次谷的飞剑，将他杀死，赶过来用玉清大师赠的紫金梭先将吕宪明打倒。正要用飞剑将他杀死，猛记起了佟元奇、玉清大师嘱咐，凡是吕村的人都不要杀，不免迟疑起来。那郭云璞虽然失了飞剑，尚有全身妖法。他为人机警，见那花子竟能空手将飞剑抢去，敌人能手甚多，知难取胜。先还希冀姚开江的妖法取胜，后来见那花子擒了一条大蛇出现，姚开江大吼一声，连空中飞刀俱不及收，拼命追去，知道山人粗鲁，定中那花子诱敌之计。再加上法元飞剑失去一半。自己这边尽是失利之事，便不愿作无谓牺牲，只好忍辱，待将来报仇再说，只不好意思立刻就走罢了。这时见吕宪明被一个女子打倒，忙喊："贱婢休得伤人，看宝！"言还未了，出手就是一溜火光。轻云知道厉害，急忙驾剑光纵起空中，躲过妖火。郭云璞无心恋战，就地上抱起吕宪明败退下去。回望战场，孔灵子、曹飞敌铁蓑道人与吴文琪不过，各驾剑光逃走；法元也好似要抽空退去的神气。郭云璞把牙一错，叹了一口气，扶着吕宪明，双双破空逃走。花花道人姚素修见大事瓦解，正要逃走，恰好轻云因追郭云璞与他碰了个对头，手指处剑光过去，尸横就地。

除群寇与白琦等混战业已死伤遍地外，西芦棚上只剩罗九与陈长泰二人。先是陈长泰见满空飞剑活跃，罗九败了回来，胆寒心战，想要逃走，叫罗九保他回去。罗九一来失了飞剑不能遁去，又见敌人已将广场包围，陈长泰本领有限，无法保他脱身；二则以为法元、姚开江必能取胜，想走又不想走，老是迟疑不决。这时见大势瓦解，姚开江追赶那怪叫花吉凶未卜，法元被佟元奇剑光迫紧十分狼狈。猛想起当初对佟元奇所发的重誓，后来在吕村与佟元奇两次相遇，自己仗着已拜法元为师，有了护符，满没有把他放在心上，万没料到自己这边人如此惨败。倘若法元敌不过佟元奇逃走，自己绝难脱身。正待想法溜走，偏偏陈长泰还不知趣，老拿话埋怨罗九，说罗九把他害了，逼着罗九急速保他逃走。罗九本是泥菩萨过江，自身难保，再经陈长泰不住絮絮叨叨，不由发起他那无赖脾气，冷笑道："胜负是兵家常事。常言说，'光棍打光棍，一顿还一顿'。你怎么这般脓包？也算我罗九大爷瞎了眼睛，会交着你这种没骨头的朋友！"陈长泰平素吃人捧惯了的，几曾受过这般抢白？气得浑身乱颤。战场上法元见佟元奇剑法厉害，戴家场方面诸剑侠虽不来打冷拳，想要取胜已是不能；那怪叫花禁住姚开江元神将他引走，更是凶多吉少。不如见机抽身逃走，异日再来报仇，是为上策。主意已定，高声道："佟道友不要苦苦相煎，贫僧失陪了。"说罢，收回剑光，将身合一，破空便起。佟元奇也将剑光合一，随后追去。偏偏不知死活的罗九，见法元败走，大吃一惊，忙喊："师父快携带弟子同去！"说罢，抛开陈长泰，往空便起，想去追上法元同去。却没想到法元剑光何等迅速，他如何追得上。刚把身子纵起空中，忽听一声大喝道："无知孽畜，还不纳命！"罗九闻言，见是佟元奇飞来，吓得心胆皆裂，才喊"师父饶命"时，被佟元奇剑光过处，拦腰断为两截，坠下地来。法元在空中闻得罗九唤他，才想起回身救他时，已来不及了，只得咬一咬牙，逃往黄山去寻许飞娘去了。陈长泰见罗九丢下他逃走，又被一道金光斩为两截，吓得浑身抖战。刚要下台逃走，心源、玄极双双飞身上了芦棚，用点穴法将他点倒，由心源将他夹在胁下，擒回戴家去听候发落。不提。

话说吕村带来这一干贼寇，由霹雳手尉迟元率领，从芦棚后面想绕到广场，去杀戴家眷属。还未走到戴家门前，已被白琦、戴衡玉、许超、张琪兄妹、戴湘英、凌云凤、黄人瑜、黄人龙、岳大鹏等分头迎敌个正着。霹雳手尉迟元迎头遇见白琦，先就吓了一跳。他本是惊弓之鸟，不敢迎敌，故意将身一偏，却让小方朔吴霄上去。吴霄也是疑心白琦精通法术，情知尉迟元故意回避，但是敌人业已迎面，不能再为耽搁，只得将手中镔铁棍一举，向白琦迎头便打。白琦哈哈大笑道："无知淫贼！还敢暗算良民眷属。今日是尔等的死期到了！"说罢，以剑拨开吴霄的棍，倏地使了个丹凤朝阳的架势，左手掐着剑诀，右手朝吴霄分心便刺。吴霄本领煞也了得，无端疑心生暗鬼，情虚怯敌，见白琦剑到，恐怕是口宝剑，削了他的兵刃，不敢用棍接招，将棍头朝上，使了个长蛇摆首的招数，朝剑背隔去。不知白琦剑法神妙，得了真传，三白六十手八卦玄门剑，虚中套实，实中套虚，变化无穷。适才这一剑本是虚招，见敌人用棍横拦过来，倏地将剑一抽，画了一个长圈，纵身跃起丈许高下。吴霄不知是计，掉转棍头，朝白琦下三路扫去，满以为白琦绝难闪躲。不曾想到棍到白琦腿旁不远，白琦用燕子飞云纵的轻身功夫，两腿使劲，提着气往上升有两尺。吴霄见打了个空，忙使一个怪蟒翻身，侧转身来，反过棍尖朝上捣去。也没看出白琦身子怎么翻转的,比箭还快,落在他的身后,左手一指,右手往吴霄后颅便刺。吴霄听见脑后生风,知道不好,不敢回身接剑,将足一点,纵出去有二丈远近。脚刚着地,急忙将身旋转过来时,白琦业已剑到人到,神龙三点头,分心刺到。吴霄见不是路,慌了手脚,将棍又横着一隔,顺势拦腰一棍打去。白琦料到他定是此着,更不躲闪,手一顺,把棍头接住。吴霄知道不妙,手中用力一夺,还想夺棍逃走。白琦暗暗好笑,顺着他的夺劲,陆地推舟,往前一进步,剑尖顺棍而下。吴霄想撒手丢棍,已来不及,被白琦剑尖削将过去,吴霄四个手指齐手臂断落下来。白琦更不容他逃走,鱼游顺水,当胸刺将过去,把吴霄刺了个对穿,尸横就地。

五花蜂崔天绶迎面遇着岳大鹏,举刀就砍。岳大鹏哪把他放在心上,左手短把链子丧门棍往上一起,隔开了刀,右手棍拦腰便打。崔天绶忙用叶底偷桃往上撩棍时,不曾想到岳大鹏用的这对奇怪兵刃,尽头处还套着三四尺长链子。右手棍才得撩开,猛听一声大喝道:"淫贼回老家去吧!"言还未了,岳大鹏丧门棍笔一般直脱手飞来。崔天绶不及避让,这一棍正捅在小腹上面,"哎呀"一声,翻身栽倒。被岳大鹏右手棍起处,打了一个脑浆迸裂,死于非命。正赶上白琦也杀了吴霄过来,二人遵了玉清大师吩咐,也不敢上前助战,分别守在迎面路上,观敌略阵。不提。

张琪迎敌五花豹许龙。许龙本是西川三寇中为首之人,生得高大凶恶,手使一对板斧,重有二百多斤。见对面走来的是一个空着双手,面容秀美,尚未成年的小孩子,并没有料到是敌人,大喝一声道:"娃娃快些闪开!刀枪无眼,这个热闹有什么好看?还不走回家去。"其实张琪早就看中了他。心想:"常听师父说,'山大不出材。'这东西长得这么高大,顶多有几斤蛮力,对付他决不费事。"又见他摇着那一对板斧颇有斤两,身子又高,自己还齐不到他的腰际,相差已太悬殊。便想出一条妙计,故意赤手空拳迎了上去。果然许龙小看了他,并不以为他是敌人,反叫他躲开。张琪想:"这家伙把我当做小孩子,一些也没有防备,就此暗算了他,太不光明。莫如先同他逗弄逗弄,再取他的狗命。"想到这里,便大喝一声,答道:"黑贼休要小觑你家张小大爷,快快上前纳命!"说罢,也不拔剑动手,将手上下斜偏着一分,亮了个大鹏展翅的架势。许龙见这小孩子大言不惭,拿他那种又小又文的神气,和自己这般威武身量一比,大有螳臂当车之势,又好气又好笑。便对张琪道:"小娃娃,你这简直是胡闹。再不闪开,我就一脚把你踹死。"张琪闻言,笑着对他扮了个鬼脸道:"黑贼少说不要脸的狂话,我不信你的脚爪子就那么厉害。我告诉你说,小太爷还卖给你个便宜,我要杀你,连宝剑都不用。你就来试试。"话言未了,倏地一个黄鹄冲霄,蹦起来就是一拳,正打在许龙脸上,打得许龙两太阳穴直冒金星。许龙见大家俱已有了对手,打得热闹,自己却遇见这么一个不知死活的小孩,只顾絮絮叨叨,便不耐烦起来。本想一斧将他劈死,一则可惜他生得乖巧灵秀;二则自己也是成了名的好汉,却去杀死一个不持兵刃的小孩,未免被人耻笑。刚想伸手将他捉住,吓他两句放走,再和别人交手,不曾想倒吃了一个冷拳,若不是闪避得快,险些将左眼打瞎。不由怒发如雷,骂道:"小野种,竟敢无礼!我若用兵刃擒你,不算英雄。"一面说,一面将双斧重又带在身旁,伸开两只大手就抓。张琪本有一身好武功,又经玉清大师指教,剑术虽未学成,轻身功夫已到上乘。见许龙那般急怒的怪相,十分好笑。哪里会容他抓着,将脚一点,身体倒纵出去有三五丈远近。及至许龙追将过来,他又横纵出来,一路蹿高纵矮,跃前跳后,不时在许龙致命处连打带踢。哪消一会儿工夫,打得许龙浑身疼痛,气喘汗流,羞恼至极,重将板斧拔出,泼风一般朝张琪砍来。张琪依然满不在乎,仍是空手迎敌。又打了几个回合,恰好许龙左手斧当头劈到,张琪才得纵开,许龙右手斧又枯树盘根,从张琪脚面下扫来,满以为张琪身子悬空,无法避让。谁知张琪倏地空中一个转侧,风吹落花式,避开许龙右手斧,身子落下来时,脚正落近许龙左手旁边。许龙正想翻转左手斧,叶底偷桃,往张琪裆内撩起。不料张琪脚临许龙左手斧柄,倏地用力往下一坠,未容许龙斧柄朝上翻转,右脚尖已经沾着斧柄,就势在斧柄上使劲往上一起,纵起有数尺高下,直从许龙头上纵过。许龙也是手疾眼快,急忙用右手斧朝上砍去。就在这间不容发的当儿,忽觉眼前一黑,知道不好,想躲已来不及,被张琪从头上飞过时,两脚用力朝许龙双眼踢去,再借许龙额上这点挡劲,小腿在许龙身上一使劲,朝他身后刚刚平穿出去。只听"哇呀"一声狂吼,许龙栽倒在地。急忙纵身回来一看,许龙两眼已被踢瞎,血流满面,身死就地,一动也不动。

正觉他死得太快,忽见妹子瑶青纵身飞来,走近许龙身旁,一低身,伸手拔起一支金梭,许龙腹内立刻便有一股血水冒起。原来张瑶青迎敌水蛇魏八,魏八也是欺她年幼,只两个照面,便被瑶青用宝剑削断魏八手使的分水月牙刺。紧接着一反手腕,使了个拨草寻蛇式,当胸刺去,魏八连喊都没喊出一声,立刻了账。瑶青杀了魏八,因为玉清大师吩咐不许上前合战敌人,见敌人纷纷死伤,未死的俱有对手,总觉杀得不称心意。猛见哥哥张琪空着双手,正和一个高大黑汉动手,那黑汉手使一对大板斧,上下翻飞,武功不弱,张琪全凭轻身纵跃取胜。几次看见张琪打在黑汉致命处,那黑汉虽然也有些护痛神气,并不厉害,知他必练就一身硬功。又见张琪遇见多少次大惊奇险,不住替他捏一把汗,暗怪哥哥太是大意,万一被他大斧扫碰一下,如何得了?自己又不便上前相助,只在旁边着急。后来见张琪在黑汉斧柄上跳起,黑汉两把板斧飞一般朝张琪身后砍去,相隔甚近,危险异常。瑶青一着急,随手将玉清大师赐的暗器紫金梭对准黑汉胸前发出。先还以为黑汉纵然受伤,张琪也绝无幸理。不想张琪用绝招将黑汉两眼踢瞎,居然避开双斧。再加上自己一紫金梭,竟将黑汉打死,好不高兴。

第七十三回　小完杀劫　群凶授首
　　　　　　　齐唱凯歌　巨寇成擒

兄妹二人见面，瑶青不住埋怨张琪不该行此险着。张琪笑道："我起初以为黑汉不过有几斤蛮力，不曾想到这厮还有几手花活呢。"兄妹二人说笑几句，再回看战场时，许超迎敌威镇乾坤一枝花王玉儿，一个使的是长枪，一个使的是双刀。王玉儿本是福建武夷山有名的淫贼，比柳雄飞、崔天绶还来得厉害，会打好几样暗器。许超费尽气力，只战了个平手。十数个照面后，王玉儿倏地卖了个破绽，往后倒纵出去。许超正想跟着纵将过去，忽见王玉儿猛一回身，便有三支铁镖分上中下三路打来。许超见他不败而退，早已料他不怀好意，单手持着枪柄在手中一转，才将上下两支铁镖拨开。就在这一眨眼的当儿，当胸一镖又到，忙将右肩往旁一闪，顺手牵羊接镖在手。刚想回镖打出，王玉儿的拿手暗器飞磺火弹又朝许超打来。这飞磺火弹内藏毒火机簧，一触便燃，被它打上，不烧死也带重伤。许超本不知它的厉害，见敌人又发暗器，来不及掉转手中镖，顺手朝那铁弹打去，镖尾朝前，镖尖朝后，与王玉儿的飞磺火弹碰个正着。立刻在半途中涣散开来，化成一团火焰，弹里面藏的铁针到处乱飞。幸是许超相隔尚远，一听响声便知不好，急忙纵退出去，没有受伤。就在这疏神一惊之际，王玉儿见许超无心中用自己的铁镖敌破，破了飞磺火弹，越加忿怒。未容许超站稳，更不息慢，把九粒连珠金丸分上中下打将出来。他这九粒连珠金丸，并不似别人藏在身旁暗器囊内，而是用一个牛皮做就的袋藏在右手袖内。用时非常方便，只消略用力一抖，袋口便开，金丸挨次落在手内，用连珠弹法打出。无论敌人多么手疾眼快，就躲得了他三镖一弹，也躲不了这九粒金丸。王玉儿纵横半世，从未遇见过敌手，成名就在这三镖、一弹、九粒金丸上得来。许超正在危急之际，忽听一声娇叱，接连就是叭叭叭好几响，从左侧也飞来几粒连珠弹，与王玉儿的金丸乱碰乱飞，响成一片。这人弹法虽然神妙，仍有几粒金丸未曾碰着，朝许超打去。幸是头几粒金丸被这人弹子打开失了效用，后几粒均从许超下三路打来，比较容易闪躲。许超神志稍定，一路连纵带让避了开去，一丸并未打着。等到敌人金丸打尽，左侧飞过一个女子，抢上前去和王玉儿厮杀，才看出是戴湘英。不由暗叫一声惭愧，不好意思上前合力迎敌，只得在一旁观战。

原来戴湘英先前原是迎着恶长年魏七交手，她见敌人生得高大，手使一把板刀非常沉重，便知此人是个蠢货。湘英自从学了梨花枪法，正想试一试新。也是魏七该死，见迎面来的是个美貌少女，起了邪心，想生擒回去。刚想说几句便宜话，未及开口，见对面女子倏地脚一点，纵起丈许高下，蹿过来，单手持枪，在空中舞起一个大枪花，一顺枪头，当胸点到。魏七心中好笑，这女子身法虽然灵巧轻便，枪法却不高明，几曾见过使枪这么使的？未曾交手，先现出好几个破绽。想是戴家场无处约人，连耍花枪跑马卖解的婆娘都请了来。见湘英枪到，也不闪躲，满想横着五十七斤重的大板刀一隔，将那女子的枪震开，顺势扑上前去将她擒住，谁知上了大当。魏七刚将板刀向湘英枪上隔去，见湘英并不撤回手中枪，越加得意，"撒手"二字未容喊出，猛觉敌人的枪好似也颇有几十斤力量，只一绕一颤，微微震动之间，便将他的板刀震荡开去。魏七才知不妙，想要回刀迎敌，已来不及，只见尺许长的雪亮枪尖，一点寒光当胸刺到。魏七慌了手脚，同时手中板刀也回了过来。恰好枪尖业已刺进腹内，被板刀往下一压，连衣服带肚腹，划了个尺许长的大口子。登时腹破肠流，狂吼一声，栽倒在地。湘英见这大汉只一照面便送了性命，见别人都在捉对儿厮杀，自己却英雄无用武之地，不由朝地下唾了一口道："该死的脓包，这般不经打！"回身再望广场，只见剑光乱飞。心想："我这次跟了玉清大师前去投师，好歹也将飞剑学成，才不枉虚生一世。"猛然想起许超，觉得脸上无端发起烧来，不由又啐了一声，说道："我又管他做甚？"心虽然如此想，顺眼往右侧看去，见许超和一个浑身穿白的贼人打得正热闹呢。见许超枪法虽然神妙，有一两招竟是不如自己，才觉出当日有些冤枉了他。刚想到这里，忽见敌人回身败走，接着三镖一弹打出来，俱被许超躲过。末后见许超回镖破弹,烈火四散,大吃一惊,便想暗助许超一臂之力。随手在囊内掏出一把弹子,正要发将出去,猛见敌人手扬处,九粒金丸连珠打出,许超危在旦夕。只得先救人要紧,便将手中弹朝敌人金丸打去。湘英弹法虽准,因为在匆忙中,手法稍差,只打掉了敌人六粒金丸。幸而余下三粒俱被许超躲开,没有受伤。不由引起敌忾之心,将身一纵,飞身上去接战。

王玉儿见敌人虽是女子,却连打掉他好几粒弹丸,不敢怠慢,把双刀使了个风雨不透。湘英这才将梨花枪法次第使出,寒星点点,耀日生辉,一条枪将王玉儿圈住,一丝也不放松。王玉儿万没料到湘英如此厉害,自己三样厉害暗器俱已用尽,心中好生着急。这时法元业已出场与佟元奇比剑,各寇也与白琦等打得正酣,杀声四起。王玉儿刚欲用计取胜,忽见敌人好似不耐久战,渐渐枪法散乱起来。立刻转忧为喜,精神一振,双刀一挥,飞舞杀去。眼见敌人越难支持,倏地使了个巧招,纵身便退。王玉儿不知是计,纵身追去,心中提防敌人还有暗器打出。等到身临切近,忽见女子猛一回身,反臂斜身,左手一枪刺来。王玉儿暗笑:"原来想败中取胜,用回身枪刺我,岂非班门弄斧?"喊一声:"来得好!"左手刀朝枪上一撩,撩了个空,被敌人疾若闪电一般将枪收了回去。未容王玉儿上前,敌人枪头不知怎的,又转到了右手,也不知是用的什么枪数,只见一个斗大枪花裹着三点寒星,分上中下三路刺来。闹得王玉儿眼花缭乱,慌了手脚,不知如何破法。一面用刀去隔,还想抽身后退时,只觉手中一震,两臂酸麻,两把刀同时被敌人枪震荡开去,"不好"二字未及出口,"扑哧"一声,被湘英用追魂七步夺命连环枪刺死。许超忙走过来对湘英说道:"想不到大妹几天的工夫,将枪法练得如此神妙!那厮不但武功甚好,暗器尤为厉害,若不是大妹从旁相助,愚兄几遭不测。这多天的冤枉总算明白,不是我藏私了吧?"湘英闻言,抿嘴一笑,微嗔道:"虽然这么说,我还是恨你。"

许超还要往下问时,湘英忽见凌云凤迎敌假头陀姚元正在危急,不顾和许超说话,连忙纵身上前相助。未及赶到,凌云凤已被假头陀姚元用迷魂葫芦迷倒在地,湘英因救人情急,大吃一惊,一掏兜囊,只剩有三粒弹子,急不暇择,随手打了出去,内中一粒正打在姚元右眼之内。同时湘英业已纵身赶到,提枪就刺。起初姚元手使禅杖迎敌云凤,云凤左手持剑,右手持枪,使了个风雨不透。怎奈姚元比较其余群寇都来得厉害,云凤用了许多绝招，并不占着丝毫便宜。姚元练的是童子功，没有开过色戒，力猛兵器沉重，越战越勇。云凤费尽平生之力，仅仅对付一个平手。姚元身带一个葫芦，内有炼就的迷魂沙，发将出来便有一股黄烟，敌人闻见，立时晕倒在地，不能转动。见云凤虽是女子，却十分勇猛，枪法剑法都非常神妙，急切间难以取胜；又见同来的人纷纷死亡，心中大怒，便想杀一两个出气。叵耐一条禅杖被敌人两件兵器逼住，无法使用暗器。偏偏云凤见不能取胜，想假装败退，用回身枪、绝命三剑赢他，故意卖个破绽，纵身败走。不想反倒合了姚元心意，见云凤败退，一面纵身追赶，左手早将瘟篁葫芦盖揭开，右手禅杖欲向云凤背后打去。忽见云凤猛一回身，左手剑穿云摘星，右手枪回头望月，同时刺到。姚元万没料到如此神速，知道不及避让，只得将身往后平跌下去，一面将右手葫芦抖动，一股黄烟冒出。云凤见敌人跌倒，正要顺枪就刺，忽见一股黄烟飞起，大吃一惊，想逃也来不及，鼻中嗅着一种腥味，立刻头晕脑昏，翻身栽倒。姚元更不怠慢，纵起身来，举禅杖正要当头打将下去，忽觉眼前一黑，中了湘英一粒弹子，将右眼打瞎；同时左手臂上也被打中一粒，差点没将左手臂骨打断，疼痛非常。若不是姚元武功超群，就这两粒弹子，纵不丧命，也要立时栽倒。姚元晃了两晃，才得立定，知道危险万分，顾不得再拾葫芦，将牙齿一错，负痛使独眼神往前看时，忽然有一个女子飞来，一枪当胸刺到，姚元破口大骂："狠心泼贱！"举禅杖正要往枪上隔时，倏地眼前一闪，现出一个白发老婆子，拄着一根拐杖，就地抓起云凤，身形一晃，踪迹不见。姚元微一疏神之际，差点没被湘英刺了个透穿。不敢怠慢，只得咬牙切齿，负痛迎敌。正在这时，耳旁忽听一声："贼和尚休要猖狂，老夫凌操来也！"言还未了，一个老者手执一根钩连拐飞纵过来，举拐便打。姚元受了重伤，遇见两个劲敌，不由手忙脚乱起来，才一照面，便被湘英一枪刺伤右臂，又中了凌操一拐。正在危急之际，忽然两道剑光飞来，凌操、湘英同喊不好，忙即败退下来时，头一道剑光落地，现出一个彪形大汉，就地抓起姚元，破空飞去。第二道剑光落地，现出一个十六七岁的少年，指挥一道青色剑光，往凌操、湘英身后追来。眼看追上，木鸡、林秋水奉命接应，早有防备，先是林秋水将剑光飞起迎住。来的那人年纪虽小，剑光却是厉害。木鸡、林秋水见不能取胜，正要败退，忽听一声娇叱道："司徒平，你怎么也助纣为虐起来？"言还未了，早有一道剑光飞上前去，将林秋水替换下来。

这少年正是苦孩儿司徒平，因在黄山奉了许飞娘之命，到青城山去盗仙草，归途路上遇见三眼红蜺薛蟒，同了一个彪形大汉、一个女子正在路旁说话。那彪形大汉正是西川三寇姚元等的大师兄，独角灵官乐三官的得意弟子王森，与九尾天狐柳燕娘有过交情。也是听人说起，西川三寇往吕村助拳，慕吕宪明之名，想来一见。半路上遇见柳燕娘和一个怪模怪样，瞎了一只眼睛的少年，坐在路旁石头上说话，不由酸气冲天，恶狠狠上前正要发话。柳燕娘已知来意，悄悄拉了薛蟒一把，故意装作不知，抢先把戴家场比擂之事说了一遍。又说："今日若不被薛蟒救出，险些性命不保。你三个师弟，来时已有一个受了重伤，性命难保。现在戴家场有峨眉派佟元奇同玉清妖尼在内，还有能人甚多，务请替他报仇。"说罢，哭泣不止。王森本是一个粗人，与姚元最为莫逆，听说他身陷重围，又急又怒，便要同薛、柳二人同去救应。薛蟒正要还言，柳燕娘趁王森不见，朝他使了个眼色，抢先对王森说道："我看戴家场能人甚多，不易取胜，莫如我们三人一同回去，由你上去将你两个师弟救出，来日再设法报仇，是为上策。"说罢，朝着王森做了个媚笑。王森色令智昏，哪知戴家场厉害与燕娘诡计，一口答应。正要起身，忽听一阵破空的声音，面前落下一个清秀少年。薛蟒见是司徒平，忙上前唤住。司徒平本是经过此山，见下面风景甚好，想下来观赏一会儿，不想遇见薛蟒，好生后悔，想躲也来不及，只得上前一一相见。薛蟒说完前事，便要司徒平一同前去，司徒平好生不愿。怎奈来时师父原说慈云寺比剑未完，半途如遇同道之人与峨眉派交手，须要上前相助；薛蟒又是许飞娘宠徒，恐他回去搬弄是非，不敢得罪，只得勉强应允。当下四人议定，由王森去救人，司徒平迎敌，薛、柳二人接应，一同飞身来到戴家场。王森见吕村诸人纷纷死亡，满空剑光如龙飞电掣，才知自己绝非对手，把来时勇气挫了一大半。仔细寻找三寇，只剩姚元一人在场，与一位老者、一个少女交手，只有招架之功，并无还手之力。便招呼一声司徒平，飞身前去救了姚元逃走。原指望将姚元带出交与薛、柳二人，再回身去救那两个师弟，不曾想到带了姚元回到原处，薛、柳二人踪迹不见。纵身往空中看时，只天边隐有两个白点往东北方飞去，才明白柳燕娘又结识了薛蟒，趁自己冒险救人之际，他二人却抽空逃走，自己险些上了她一个大当。情知二人去远，追赶不上。再看姚元，业已身带重伤。问起许龙与姚素修，俱都存亡未卜。只得咬牙切齿，先带了姚元回山，再图报仇之计。

王森去后，司徒平起初以为薛蟒跟在后面，为了遮饰他的耳目，剑光追入，并未往下落。猛见轻云一剑飞来，再看薛蟒、王森、柳燕娘三人均已不见，知道上当，自己绝难迎敌，莫如见机早退为是。便对轻云道："师姊原谅，小弟实非得已，高抬贵手，行再相见。"说罢，收回剑光，将身剑合一，破空而去。原来轻云胜了敌人，见无甚事做，留神往戴家门前看时，吕村来的群寇，竟被自己这一面的人杀了个落花流水。先是霹雳手尉迟元迎头遇见白琦，便疑心他会法术，闪开一旁。后来去敌岳大鹏，欺岳大鹏不会剑术，正要飞剑伤他，木鸡在旁早有防备，一剑飞去。尉迟元早看出今天没有便宜，惊弓之鸟，不俟交手，便即破空溜走。白琦刺死吴霄，见黄人龙战独霸川东李震川不分胜负，便上前将他替下。黄人龙转战混元石张玉，三四个照面，便被人龙了账。八箭手严梦生迎敌俞允中，战了一会儿不能取胜，正想用袖箭暗放出来。恰好凌操杀了长江水虎司马寿，赶将过来替下俞允中，交手只三四照面，连接严梦生三支连珠飞弩，同时还敬出去。严梦生正避让，被凌操纵将过来，一钩连拐打死在地。回头追命萧武也同时被黄人瑜杀死。只有白琦与李震川二人苦战不休。凌操正要过去将白琦替下，眼望见女儿云凤与假头陀姚元对敌，忽然栽倒，大吃一惊，连忙纵身过去救时，姚元已中了湘英一弹，打伤右目。等到凌操赶到，忽然现出一个老婆婆，将云凤抱起，破空而去。凌操正在心痛着急，又见一道剑光飞来将姚元救走，另一道剑光朝自己飞来。正在危急，被轻云放出飞剑，将敌人赶走。轻云也是在远处闲立，看他们打得热闹，忽见凌云凤跌倒在地，未及上来援救，被适才在台口现身老婆婆救走，只一晃，便不见踪迹。及至赶走了司徒平，见凌操失了爱女，老泪纵横，正要出言安慰，忽然赵心源赶了过来说道："老先生休要悲苦，令爱并未失踪，现已被她曾祖舅母白发龙女救往龙爪峰潮音崖习学飞剑法术去了。此中情形，一时也说不尽，且候少时破了敌人，再为细谈吧。"

正说之间，恰值怪叫花再次出现，姚开江放出毒剑拼命，满空烟雾弥漫。玉清大师忽然化成一道金光飞来，口中高叫："烟云有毒，众人快退！"众人闻言，纷纷往后纵退。只白琦与李震川二人死命相持，不曾听见。忽然一阵顺风吹来，白、李二人同时嗅着一股腥味，翻身栽倒。众人只顾逃走，也未顾及。及至法元逃走，吕村来的人全数死亡逃散，玉清大师用剑光逼散妖气，才将白、李二人抬进屋内，业已口吐白沫，昏迷不省人事。吕村请来的这一干人，除陈长泰被擒、李震川中毒不醒外，华山派的哑道人孔灵子与吕、郭、尉迟三人知机逃走，余下非死即带重伤。戴家广场上，到处都是敌人尸首，西芦棚上还有一个待死的柳雄飞，也被众长工擒了进来。佟元奇请玉清大师先去将白、李二人救醒。自己带了心源、玄极，每人给了一些销骨散，弹在那些敌人死尸的腔子里，哪消顿饭时候，俱都化成一摊黄水。白、李二人不过嗅着一些毒瘴，并未被毒箭射中，被玉清大师给每人口中塞了两粒丹药，渐渐醒转，只是周身疼痛，胸头有些作恶罢了。

李震川醒来还要挣扎，见四面围坐站立的尽是戴家场的人，不由长叹一声，便想立起身来寻一个自尽。佟元奇正在旁边，用手一指，将他点倒，说道："我知你盘踞川东，虽然身在绿林，尚不肯多伤一命，从未犯过淫孽，此次不过受了吕、郭愚弄，助纣为虐。本应将你斩首，念你尚无大恶，你手下余党甚多，你死后无人统率，必定四散为害民间。你如肯洗心革面，回山之后，将你手下余党设法劝解，改邪归正，另谋本分生业，便可饶你不死。再不悔改，我仍用飞剑取你首级。有无悔意，从实说来，以定生死。"那李震川虽是大盗，平日劫富济贫，人尚正直，在川东一带颇有义名。适才与白琦苦战中毒被擒，蒙玉清大师解救，又经佟元奇一番点化，不禁幡然悔悟。勉强起立，朝佟元奇躬身答道："弟子本是好人家子弟，也因受了无数冤抑，无从申诉，这才落草为寇至今。蒙真人不杀之恩，从今以后，自当改行向善。不过弟子回去将众人遣散后，孑然一身，无家可归。如承真人怜念，带回山去，情愿早晚服侍，做真人一名道童，也不敢妄想学道，长执焚香洒扫之役，于愿足矣！"说罢，跪下叩头不止。佟元奇仔细端详，见他根骨甚厚，问他年纪，才二十四岁，尚是童身，默然了半晌，答道："我因一时心软，误收了一个罗九，累我惹了多少麻烦，还不知异日掌教师兄见怪与否。你虽然一时天良发现，尚不知你是否真实觉悟。你既再三苦求，你先回去将众人遣散后，到陕西太白山寻我，先试验你三年两载，如有悔过之决心，到时再定收纳与否。"李震川闻言大喜，重又叩头，行了拜师之礼。众人也都上来一一相见。白琦早已服他武艺超群，如今变成一家，惺惺惜惜，两人从此倒结了生死之交了。

凌操经心源说出云凤失踪原因，总觉心中难过。玉清大师见凌操、俞允中俱是满脸愁苦之容，便从容道："老先生休得愁烦，令爱原是追云叟白老前辈的内侄曾孙女。当初白老前辈的元配夫人凌雪鸿有一位兄长，名叫凌浑，剑法道术超群绝伦。彼时兄妹二人在莽苍山隐居，遇见白老前辈经过，与令祖姑比了三日的剑，不分胜负。后来长眉真人打那里经过，给两家和解，联了姻眷。成婚以后，令叔祖凌浑渐渐与白老前辈发生意见，多亏令叔祖母白发龙女崔五姑解劝，兄妹郎舅四人差一点伤了和气。令叔祖性情甚特别，从此不与令祖姑见面，直到令祖姑五十年前在开元寺坐化，令叔祖并未前去，只有白老前辈同令叔祖母崔五姑在侧。令祖姑坐化以前再三嘱托，说凌家仙根最厚，五十年后必有子孙得道飞升，请白老前辈与令叔祖母到时留意。白老前辈与令叔祖母当时答应下来，不知怎的，被白老前辈算出应在令爱身上。因为昔日令祖姑被难受伤，若得令叔祖相救，令祖姑还可不致兵解。白老前辈怪令叔祖太无手足之情，不该暗使狡狯，趁令叔祖元神出游之际，将他躯壳毁掉。令叔祖神游归来，不见了巢穴，万般无奈，将元神伏在一个垂死的破叫花身上，把一个丰神俊朗仙风道骨的人，变成一个破烂叫花，岂能不恨？白老前辈知他夫妻厉害，一向避道而行，恐他报仇。起初令叔祖也追逼甚紧，后来经许多人化解，才未公然反目。令叔祖由此就用这破烂叫花面目游戏人间，隐了真名，自称怪叫花穷神。无论邪正各派，见了他夫妻二人，都带三分畏敬之心。令叔祖夫妇从未收过门人，近来忽然到处物色弟子。白老前辈终觉不便和他们相见，才写了一封柬帖交与赵道友，叫他今日拆看，里面附着有一封信，便是请令叔祖务必克践前言，将令爱带回山去；又令赵道友等她在台前出现，便将书信呈了上去。赵道友拆开柬帖以后，有许多地方不大明白，同我商量。我正愁姚开江厉害，见了这封信，知道他二位一同光降，定然无忧，便请赵道友依言行事。果然她一见书信，便将令爱救走，想是带回山去传授道法。此乃旷世仙缘，应当代她欢喜才是，怎么反倒忧愁起来？"

凌操听玉清大师说了详情，才放了心。只有俞允中见转眼就要完婚的爱妻，无端劳燕分飞，即使异日道成回来，不知能否仍践前盟下嫁，越想心中越烦。忽然把心一横，走到佟元奇面前跪下，说道："此次和吕村、陈圩结仇，全为弟子一人而起，虽说是邪不胜正，到底还是死伤多人。弟子如今业已看破世情，愿将田园家财分散贫苦的人，然后跟随大师出家。明知资质鲁钝，难列门墙，还请真人念在与人为善之心，俯赐收录，感恩不尽。"他这一席话把众人提醒，白琦、衡玉、许超、黄人瑜和人龙兄弟、岳大鹏这几个不会剑术的人，都一齐过来朝佟元齐、铁蓑道人、玉清大师等纷纷跪下，请求收为弟子。佟元奇忙唤众人起立，然后说道："诸位虽与我无缘，但是除两三位俱非释道中人外，余者大半各有奇遇。尤其允中因为一时痴情所激，更为不合。我等号称剑仙，除少数生具仙骨者外，俱难超凡入圣，大都还要转劫，难免受一次兵解。允中夫妇五十年之内便要重圆，你们各人亦另有遇合，何故庸人自扰？我给李震川开向善之门，是因他父母俱是前明殉节忠臣，他本人又颇能自爱，不似别的盗贼昧尽天良。除我以外，别位道友又未必看得中他，所以我才暂时容他改过入门。现值本派收徒承继道统之期，只要向道真诚，心地纯厚，不愁无人指引，大家何必忙在一时呢？"众人闻言，依旧苦求。佟元奇仍用前言解释，执意不允。只对允中指了条明路，说："今年端阳节，心源要去青螺山了结八魔一重公案，那时自有机缘前来就你。"说罢，又吩咐众人道："此间诸事已了，被擒淫贼柳雄飞已受内伤，不妨将他杀死，用销骨散化去。好在这次并未伤着土著。少时可由白庄主将陈长泰劝解一番，放他回去，暂解两村仇怨。此人本无多大能力，全系罗九一人架弄。现罗九伏诛，他知本村势大，必不敢再为生事。如再不悛，除他不晚。至于吕、郭二人，至多逃回华山请他师父报仇，决不致经官兴讼。铁蓑道友可留此数日，一则到了端阳相助心源、幺枚一臂之力，二则坐镇此间以防万一。诸位有事者亦可暂行回去，青螺山八魔所约能人甚多，不会剑术的人均不用前去。镇川事完，可至太白山寻我。我要先行一步了。"说罢，便命张琪叩谢玉清大师，与众人作别，然后携了张琪，向众人一举手间，一道长虹，破空而去。

轻云又问玉清大师："怪叫花穷神凌浑最后拿着一条蛇，为何姚开江一见，便亡命一般追去？"玉清大师道："凡是南疆派红发老祖门下，最是厉害狠毒不过。未学成道之前，先收罗了许多毒虫、蛇、蜈蚣之类，择定一样做自己的元神，每日用符咒朝它跪诵，再刺破中指血来喂它。经过三年零六个月之后，才将它烧化成灰，吞服肚内。再按道家炼婴儿之法，将它复原，与自己元神合一。炼成以后，便可随意害人，与我们炼的飞剑一般，可分可合。不过我们遇见强敌失了飞剑，还可再炼；他那元神一斩，便如同失了半条性命，虽然不死，一生功行大半付与流水，并且失了就不能再炼。我久闻这种妖法厉害，今日对敌时，我已想起山人妖法狠毒，恐他情急，用元神显化伤人。不想被凌老前辈早收了去，无怪姚开江一见，连命都不要，飞身追赶，倒便宜我得了三把飞刀。我看凌老前辈拿着他的元神，已无生气，如果已被凌老前辈所斩，姚开江绝难活命了。他失了元神，还那样厉害，所以恩师说他是个劲敌了。"白琦等听玉清大师说完，又把在鱼神洞遇见凌浑摔蛇，及随林秋水入席，自己听见他在自己耳边所说的话，又说了一遍。玉清大师道："恭喜白庄主，如能得他垂青，真可谓难得奇遇。这位老前辈性情古怪，专一感情用事。他不愿帮忙，无论如何苦求也不行。我早听人说他功行快成，不久要用兵解转劫飞升，想在衡湘一带物色传人，许久不听下文。照如此说来，对白庄主绝非无因的了。"白琦道："弟子行能无似，质地愚鲁，虽有向道之心，恐这位恩师未必就肯垂青吧？"玉清大师道："我看他绝非无意，异日再看吧。现在诸事已毕，陈、柳二人可由白庄主照佟老前辈之言发落。我要同轻云、文琪等回转成都去了。"

说罢，便命湘英收拾同行。湘英闻得云凤是被一位最有名的剑仙收去，好生歆羡。连日早向轻云、文琪、瑶青三侠女恳求携带，还恐玉清大师不带她同行，事完之后，侍立在旁，一步也不敢离开，不住朝轻云等用目示意，心中怦怦跳动。一闻此言，喜出望外，也不顾和哥哥衡玉说话，飞也似奔到里面，将隔夜打就的包裹携了出来，朝玉清大师拜了拜。还是玉清大师命她与兄长、众人作别，才得想起。因为喜欢过度，只是呆笑，连话也说不出来。衡玉先朝玉清大师拜谢援引湘英之恩，才对湘英道："妹子蒙大师指引，遇了仙缘，哥哥福薄，不能同行。但愿妹子学成之后，好歹回来一次，以免哥哥悬念。"湘英别思萦怀，只是闻言点首，反倒无话可说。无意中看了许超一眼，见他满脸惜别之容，不由心中一酸，急忙回过头去。又朝众人一一告辞。白、戴、许三人挽留玉清大师多住一二日，玉清大师道："异日仍要相见，何必多此一举？"便从身上取了七八粒丹药交与白琦，吩咐白、李、虞等受伤之人服用。才命轻云携了瑶青，自己携定湘英，步出院中，与众人道别，满院金光，破空飞去。湘江五侠与岳大鹏也要告辞，白、戴、许三人再三苦留，才允再住三五日走。白琦又将玉清大师赠的丹药与受伤之人服用，才去将陈、柳二人发落。

过了数日，湘江五侠与岳大鹏走后，俞允中又求了两次铁蓑道人与玄极，未蒙收录。第二天便推说有事回家，去了十多天未回，众人均未在意。一日忽然打发人送了封书信与凌操，附有二十条黄金。说他因云凤学道，看破世情，回家第二日，便吩咐账房将田园财产半分给族中贫苦之人；又立了几处善堂、谷仓施赈。自己决意往各大名山寻师学道。黄金值银万两，孝敬凌操养老；并向众人道谢道歉，不该不辞而别等语。凌操接信，急忙跑去挽留，才知他一回家，便等不及安排，将一切后事都托与妥当人料理。留下与凌操的那封信，还是临走三日之前写的，吩咐下人到时再送，哪里去寻他的踪迹。凌操见爱女爱婿同时弃家入道，虽知前缘注定，到底难割难舍。尤其是允中，明明因云凤而起，他又是个独子无后，愈觉对他不起。伤感一会儿，无法，只得仍然回来。谁知许超见允中一去，触动心事，表面上也未露出，只说回家省亲。走后寄来一信，才知到家以后，正值老父母病危，第二日已行去世，办完丧葬，亦步允中后尘去了。戴家场这一班剑侠纷纷走散，只剩有铁蓑道人、心源、玄极、凌操四人。除凌操已有住室外，衡玉又特为心源等三人备了三间静室，以便日夕请教。铁蓑道人住了些日，见吕村不来生事，又占了一卦，看出不会有什么举动，便要告辞回谷王峰去，衡玉挽留不住。铁蓑道人一走，心源、玄极当然随去。白琦自从胜了吕村之后，到鱼神洞去闲走，几乎是他的日课，也有约人同去的时候，谁也不疑有什么缘故。谁知铁蓑道人去后第二日，白琦又说去鱼神洞闲游，一去就不见回来，也未留下书信。只乘凌操一人与衡玉做伴，好不冷清。这且不言。

第七十四回 忒痴情　穿云寻古洞
　　　　　　　　临绝险　千里走青螺

　　话说俞允中自见云凤一走，万念俱灰，每日愁积于胸，茶饭都无心下咽，几次恳求心源、玄极、铁蓑道人携带入门。心源因秉承追云叟留柬意旨，不但一味敷衍，不给他关说，反将追云叟的意思转告玄极、铁蓑道人。铁蓑道人先见允中虽然出身膏粱富贵之家，一丝纨绔习气都没有，又加以心地根基均极纯厚，自己本少传人，怜他向道诚切，原有允意，经心源一说，就此打消。允中苦求了多次无效，愈觉愁烦。心想："哪个神仙不是人做的？叵耐这些剑仙都说和自己无缘，玉清大师所说青螺山的遇合也不知真假。云凤现在怪我不肯上进，倘若她学剑回来，见我还是碌碌如旧，岂不越发遭她轻视，怎对得起她？长此耽延下去，如何是好？追云叟是超凡入圣的剑仙，近在衡山，他老人家对内侄曾孙女如此关心，难道对我内侄曾孙婿就一毫都不怜念我的诚意？各位剑仙不允收我为徒，想是我生在富家，割舍不下，又不能耐出家寒苦，故而推托。我何不回转家去，将家业变卖，全做善举，散给贫寒？然后只身一人赶往衡山，去求追云叟他老人家收容，好歹将剑术学成，日后也好同爱妻相见。"主意打定，越想越觉有理。也不通知家人，设词回家，即时喊来家中管账收租之人，将家产全数托他变卖，分办几样善举。留下金条、书信与凌操。带了几十两银子，弃家入山。满心盼望学成剑术，便去寻着云凤，一同回见岳父。如不能实现自己期望，从此厌世出家，不履人世。

　　早数日便从心源、玄极口中探知追云叟衡山居处，赶到山脚下，忽然山上起了大雾，山中大路崎岖难行。允中心内焦急，好几次冒着百险，想爬上山去。怎奈衡岳的云雾本就常年封锁，很少开朗的时候，这次大雾更是来得浓厚，站在山脚下望去，只见一片冥茫，咫尺莫辨，漫说认清道路，连山的影俱看不见，如何能够上去？允中无法，最后一次决定鼓起勇气，带了干粮，手脚并用，打算爬走一点是一点。衡岳本是湘中名山，三湘七泽间神权本盛，每年朝山的人甚多。惟独追云叟所居，既在衡岳的极高险处，天好时常是烟岚四合，无路可通，又闻其中惯出猛兽毒虫，朝山的人向不打此经过，人迹极为稀少。允中借住在远离山脚的一个贫苦农民家中，那人姓吴，甚是诚恳，见允中是个大户人家子弟，不携随从，独自朝山，走的又不是入山正路，非常替他担忧，劝解多回。允中知他一番好意，只用婉言拒绝。他自己也知此地山径奇险，常被云封，怎奈业在神仙面前许下心愿，非从此山上去不可。那农夫劝阻无效，这日见他执意冒险上去，便说："此山常听人说猛兽毒虫甚多，官人身佩宝剑，想必是个会家。不过目前云雾满山，本来就没有山路，这般冒险上去，九死一生。如果真是非去不可，待我给官人将手肘、脚膝、脑背后等处，俱都用厚棉兜上，再备下长索套钩。以备万一失脚滚将下来，只消用两手护着头面，顺着坡道往下滚来，即便带伤，不致送命；万一失脚坠入深谷绝涧，只要不死，也可借着绳钩设法爬将上来。不过这都是万没办法中想出来的法子，最好不去冒险，改道朝山才是上策。"允中哪里肯听他劝阻，只催他速去准备。那农民无法，只得依他，夫妻二人连夜给他赶办了一切应用东西及干粮等件。第二天，允中便照那农民之言，将厚棉兜戴好上山。那老农夫妇送到山脚，指明了上去途径，眼看允中行了丈许远近，便渐渐没入雾气之中，一会儿便踪影消失，先还互相呼应，后来渐渐听不见声响，才叹了一口气，径自回家。

那农民原未到山的高处去过，只平日云开时上山捡柴，拣那易走之路，上去还不到三四十丈远，便无路可通，走了下来，总共一年还去不上几次。允中照着他指示的途径，从大雾里爬走上去，如何能走得通，上去不到十丈，便连连滑跌了好几次。一则年少气盛，二来学剑心切，以为自己一身武功，只要手脚摸着一点边际，便不难往上爬去。起初听见那农夫在下呼喊，劝他回来，心感他一番好意，先还答应几句。入后连吃了几跌，又加雾气太重，声音不易透出，自己既决定不肯反顾，索性一个劲往上爬走，连答应都不答应了。那农民却以为他走远听不见，便走了去。允中听不见下面声息，知道农民已走，幸而自己武功眼力俱有根底，虽然山路险滑，大雾弥漫，走出十丈开外，略歇了歇，镇定心神，前面一二丈以内居然看得出，不禁心中大喜，越加奋发前进。没料到此山高寒，大雾凝在石上变化成水，又加此山常无人迹，岩石磊砢，碍足剌手。三四月间草木丛茂，到处荆棘，一双赤手在湿透的石土上扒挠，冷得都发了木，又剌上一手的荆棘。虽然受伤不重，这些刺藤大都含有毒质，不大一会儿，便肿痛红胀起来，才后悔不该不信农民之言。因嫌攀援不便，将手上棉套脱去，冷还好受。走还不到十分之一，前途险境尚多，双手肿痛冻木，如何能往上行走？急得几乎哭了起来。勉强拔出手上的刺，又走出三丈多远，实在无法再走。摸着一块较为平坦之处坐下，在暗中将未拔完的小刺细细用指甲拔出。这时手上中了毒，不但不觉冷，反倒火热滚烫起来。抬头看上边，雾气浓厚得什么都看不见；望望下边，连自己身体都看个依稀仿佛，不大完全。越想越伤心，决定拼着死命仍往上走，宁死也不回去。把周身整顿一下，取出棉手套戴上，仍旧一步一步往上爬走。后来实在两手疼得难受，没奈何只得站起身来，冒险用两足朝前试一步，走一步。又走上去有五六丈高下，忽然一脚试在岩壁上面，大吃一惊。急忙用一双痛手往四外一摸，到处都是岩壁，哪里还有路可通？这一急非同小可。就在这大雾之中，东摸摸，西摸摸，经了好一会儿，不但上的路没有，恰似钻窗纸的冻蝇一般，连来路都寻不见了。允中着急无奈，跪将下来，高喊外岳曾祖救命接引。枉自喊得口干音涩，说了许多虔诚哀告的话，连丝毫回音都无有。

正在伤心之际，忽见眼前不远有两道蓝光闪动，猜是自己诚心感动追云叟，用剑光前来接引，只消跟定这光前去，必能寻到他的洞府。不由心中大喜，也不顾手中疼痛，连爬带跌地朝那两道蓝光赶去。那蓝光只在原处闪动，并不移开，允中以为必有佳遇。等到走近面前，那蓝光还是不走，先还又猜是什么宝物。及至身临切近，还未及用手去摸，已闻鼻息咻咻，非常粗猛。允中心切势猛，知道有些不妙时，手已摸了上去。才一接触，便觉那东西一身长毛，腥味触鼻，知道在黑暗中遇见一种不知名的怪兽，吓了个胆落魂飞。那东西原也是在雾中不能见物，伏在那里假寐，被允中高声一叫，惊醒转来，闻着生人气味，循声朝前冲了过来。允中退下来时，本想拔剑护身，忙中忘了脱去手上棉套，就在这手忙脚乱之际，被那东西一头撞了过来，撞了个正着。允中一个站立不稳，倒栽葱跌滚下来。情知性命难保，猛想起农民临来时嘱咐，急忙拳起双腕，抱紧头颅，护好面部，双脚也往上拳拢，缩成一团，顺着往下滚去。且喜这一撞，正好撞向上山时的来处，不曾跌到深渊绝涧之内，没有丧了性命。允中一路翻滚，耳旁还不时听见那怪兽在上面吼叫如雷。连滚带吓，好一会儿滚到山坡脚下，业已耳鸣目眩，不能动转。又过了好一会儿，勉强将身坐起，忽觉胸前腰背上酸痛非凡，记起胸前是吃那怪兽撞了一下很重，滚到半山又被石头硌了两下。低头看时，胸前衣服业已刺破了一个大长口子，那怪兽头上想必生有角一类的东西，没有被它刺入肉内，还算万分之幸。允中白受了许多颠连辛苦，差点没把性命送掉，不但没有见着追云叟，达到心中愿望，周身还受了好几处硬伤，两手更是痛得火炙一般，屈伸不便。费了好些事，才勉强将一双破烂的棉手套脱了下来。一阵伤心急痛，"哇"的一声，吐了一口鲜血，立刻晕倒，不省人事。

等到醒来，身子已不在原来的山脚下，面前站定一个丰神挺秀的少年汉子，见允中醒来，笑对他道："你的伤处都好了么？"允中想起适才受伤之事，想是被这少年救护到此，便想下床道谢相救之德。忽然觉得身上痛楚若失，两手也疼止肿消。回忆前事，恍如做了一场噩梦一般。再看这间屋子，原来是个山洞，自己卧的是一个石床。洞内陈设，除了丹炉药灶之外，还有几卷道书。便猜这少年模样虽不似黄、赵等人所说的追云叟，一定也是个神仙异人。急忙下床跪倒说道："弟子俞允中一心向道，从大雾中冒着百死，想爬上衡山珠帘洞，拜见外岳曾祖追云叟，学道练剑。不想受尽千辛万苦，半路途中被一个怪兽撞下山来，受了内伤，吐了口鲜血，晕死过去。多蒙仙长搭救，有生之日，皆戴德之年。弟子业已抛弃世缘，决心寻师学道，望乞仙长俯念愚诚，收归门下。弟子当努力潜修，决不敢丝毫懈怠，以负仙长救命援引之恩的。"那少年不俟允中说完，将他一把拉起。等允中说得差不多了，便对他说道："救你的并不是我，你莫向我道谢。你知道这里是什么所在么？"允中只得答称不知。那人道："这里便是你舍命要上来的衡山后峰珠帘洞，不过此时你还不能在此居住罢了。"允中闻言，又喜又急：喜的是万没料到自己这一跌，居然就容容易易地到了多少日所想望的仙灵窟宅；急的是那少年说他不能在此居住，虽入宝山，仍不免空手回去。忙向那人道："仙长既说这里是家外岳曾祖的仙府，不知仙长法讳怎么称呼？家外岳曾祖现在何处，可否容弟子虔诚求见请训？"那少年道："我名岳雯，令外岳曾祖便是家师。适才你快到洞中时，家师已然带了我师弟周淳移居到九华山乾坤正气妙一真人的别府锁云洞中去了。"允中听说岳雯是追云叟弟子，当然也是个高明剑仙，便不问他所说的追云叟是否真不在洞中，重又向前跪倒，执意要拜岳雯为师，否则便引他去见追云叟，宁死也决不离开此地。

岳雯拉起他笑道："无怪我师父说你难缠，果然不假。你听我对你说，你未来此时，我师父已知道你的心意，但是同他无缘。他老人家自收了周师弟后，便决意不再收徒弟了。所以才用大雾将山封了，使你知难而退。不想你居然不畏艰险，硬从大雾中往上爬来，却不知此洞居衡山之背，离地千百丈，平时樵径只到山麓数十丈便无路可通，你又从黑暗中爬行，那如何能到得了？我也曾替你说了几句好话，但我师父性情古怪，最恨人有所挟而求，说你这种拼命行为，如无人解救，九死一生。你原是个独子，尚未娶妻，一旦丧命，你家便成绝嗣。你也不是痴子，明明以为我师父同你既有葭莩之谊，你生平又无大恶，我师父无论如何不愿收你，也决不能看着一个向道真诚的人为求见他一面，坐视其死而不救。不过你见别位剑仙不肯收你，想用这条苦肉计来邀他老人家怜悯。你资质心地俱还不错，本有一番遇合。谁知这一来，反招来他老人家不快，执意不管。偏偏你竟得遇奇缘。当你无心中被金雀洞金姥姥守洞神兽碧眼金吼新生的小吼将你一头撞下山去，晕倒之时，我正想用丹药前去救你，我师父一眼看见你岳曾叔祖怪叫花穷神凌真人朝你面前走去。他同我师父两位老人家一向是避面惯了的，我师父不愿同他老人家相见，本来就打算移居九华。今见凌真人出现，知道你不致丧命，乃将此洞留与我修行，带了我师弟周淳到九华去了。我师父走后，凌真人夹着你走来，原想同我师父吵嘴，问他为什么见死不救。不知我师父懒得和他见面，业已走开，凌真人扑了个空。他本也不愿收你为徒，想赖给我师父，又没赖上，便给你吃了两粒丹药，将你救转。临走时，他老人家对我说，你生长富厚之家，虽然根基不错，却染了一身俗气，并不是真心向道。这次冒险寻师，还是为了情欲而起。本不愿收你到门下，因为和我师父赌气，命你先到青螺山去，将六魔厉吼的首级盗来,便可收你为徒。话虽如此说,我想青螺山八魔自从神手比丘魏枫娘死后,他们又从别的异派飞剑之处学会了许多妖法,厉吼是八魔之一,青螺山窝聚异派甚多,远隔这几千里,你又不会剑术,空身一人深入虎穴,去盗他们为首之人的首级,岂非做梦?不过凌真人性情比我师父还要特别,既叫你去,必有安置你之法。你自己酌量着办吧。至于我师父,虽然对门下十分恩宽,要叫我收你为徒,我却不敢。你如愿冒百险往青螺山去,我念在你多少苦楚,帮你一点小忙,将你送去,省却许多跋涉,这倒使得。"

允中听岳雯说了这一番话,前半截深中他的心病,好生惭愧。后来听怪叫花穷神凌浑居然肯收他为徒,凌浑的本领道法日前业已亲眼目睹,云凤又拜他妻子门下,更可惜此见面。只不过久闻八魔厉害,命自己只身空手要去将六魔厉吼首级盗来,谈何容易。不由又喜又惊。猛一转念:"自己此次弃家寻师,原是打算不成则宁死不归;佟元奇与玉清大师俱说自己遇合在青螺山,由凌真人所留的话看来更是不假。不经许多辛苦艰险,如何能把剑术学成?只索到了青螺山相机行事,譬如适才业已在大雾中惨死。"想到这里,精神一振,平添了一身勇气,便请求岳雯带他到青螺山去。岳雯道:"此去青螺山相隔数千里,你也不必忙在一时。那里异才能人甚多,我两三次走过那里,全未下去。你可在这里安歇一日,明日一早,我亲自送你前去,送离青螺山三十余里的番嘴子,我便回来,那里有镇店,有庙宇,你再问路前去好了。"允中道谢应允,便在洞中住了一夜。

第二日早起,岳雯给他服了几粒丹药,带着他在空中飞行,走了两天,到了第三天早上,才到了番嘴子。这里是川藏间一条捷径,人烟却不甚多。岳雯同允中在僻静处降了下来,允中几次求他相助。岳雯随追云叟多年,行动说话都与追云叟好些相似,并没有答应允中,径自作别回去。允中无法,只得一人踽踽凉凉,前往镇店中去寻住处。到了镇上,虽然看见有几家人家,俱都关门闭户,非常清冷。问了几处,无人答应。遥望镇外树林中有一所庙宇,便跑近前去一看,庙门大开,门外有几个凶恶高大和尚在那里闲谈。允中上前招呼,推说是入藏到布达拉宫去拜活佛的香客,走迷了路,身上又受了感冒,意欲在庙中住上几天再走。那群和尚对允中上下打量了一阵,互相说了几句土语,便叫允中进庙。允中看他们神态虽然可疑,一则事已至此,二则阅历还浅,未出过门,焉知利害轻重,贸贸然随了进去。身才入门，便见大殿两廊下堆着许多牛马粪秽。有几个和尚鸠形鹄面，赤着双足，在一个井内往起打水，旁边立着一个高大和尚，拿着一根长皮鞭在旁威吓。见允中进来，便朝领路和尚互说了几句土语。允中也看出情形不妙，仗着自己一身本领，且到了里面见机行事。又随着绕过大殿，走入一个大院落，只听一声佛号，声若枭鸣。举目往前一看，台阶上铺设锦墩，坐着两个和尚：一个生得十分高大，一个却生得矮短肥胖，俱都穿着黄袈裟。旁边立着十来个相貌凶恶的和尚。见允中进来，俱都佯佯不睬。先前引路的和尚便喝叫允中跪下。允中见那些和尚不但神态凶横，而且俱都佩着锋利耀目的戒刀，估量不是善地。听见喊他下跪，只装不懂，朝上一揖道："大和尚请了！"还要往下说，旁立的凶僧早喝道："要叫大老爷！"允中方觉好笑，那个矮胖和尚业已起立，指着允中说道："你这蛮子是哪里来的？你有多大胆子，见了本庙大老爷、二老爷还不下跪？"允中听他说的是四川口音，不似土语难懂，忍气答道："我姓俞。许愿到西藏去朝活佛，迷失了路，身上不快，想在贵庙借住一两天。佛门弟子多是谦恭慈悲，为何施主要朝你们下跪？你们不必欺我远来生客，我要走了。"说罢，将身一纵，上了庙墙。正要往下跳时，猛见墙外也是一座院落，下面有百十个凶僧，在当地扭结摔跤角力，看见允中站在墙上，齐声喊捉毛子。允中见他们人多，不敢下去，刚打算回身，忽听得脑后一声怪笑，适才那矮胖凶僧正站身后。允中再往旁看时，四外纵上来有数十个凶僧，各持戒刀禅杖，拥将上来。允中见势不佳，欺那面前站的矮凶僧单人把住一面，又无兵刃，纵身上前，起左手，乌龙探爪，朝凶僧面门一晃，右手便去拔剑迎敌。只见那凶僧嘴中喃喃只往后退，身体非常灵活轻便。允中剑刚拔出了鞘，猛觉一阵头脑昏眩，一个站立不稳，从墙上倒栽下来。下面凶僧见允中跌下，急忙上前将允中捆了个结结实实。等到允中神志稍为清醒，业已被众凶僧将他捆绑在佛殿明柱之上。允中破口大骂，希冀速死。那些凶僧也不去理他，直捆了一个整天整宿。那捆的黄绳，不知是什么东西造成，不挣扎还好，一挣扎，那绳竟会陷进肉内，非常痛楚。

第七十五回

十年薪胆　二番僧炼魔得真传
两辈交期　三剑客中途逢旧雨

允中枉自又急又怒，无计可施。幸而来时服了岳雯两粒丹药，还不甚觉饥饿。第二日午后，那矮胖凶僧来看两次，见允中神态硬朗，一丝也不困惫，暗暗惊奇。一会儿又去请那高大凶僧来看。两人商量了一阵，那矮凶僧便向允中道："看你不出，你居然还是个硬汉子。我们现有一桩事要和你商量，你若应允，便能饶你活命；若是执迷不悟，便将你开膛摘心，与大老爷下酒。你意如何？"允中想了一想，答道："我已被擒，杀剐任便。你如有事求我，也没有绑着逼迫的。有什么事，先将我放了再商量。事若可行，无不应允；如果是那些奸盗邪淫一类，你就把我杀了，皱一皱眉头，不算汉子。"那矮的凶僧对那高的凶僧道："这个人倒真是个汉子，比先前那些人强多了。好在我们也不怕他逃上天去。"说罢，便去解了允中的绑。

允中被绑一个整天整夜，周身麻木。知道这些凶僧厉害，又会妖法，绝难觑便逃走，莫如暂时应允他的请求，见机行事。便问那两个凶僧道："有什么事相烦，你说吧。"那矮凶僧先不答言，一手拖了允中走到庭中向阳处，仔细朝允中脸上望了又望。然后再拖他一同走进隔院一间禅房落座。说道："我名喑音沙布，是本寺的二老爷。那生得比我高的是本寺大老爷，他的名字叫做梵拿伽音二。我们俱是西藏人，只为得罪了活佛，带了手下徒众，到青螺山内盖了一座庙宇参修。十年前忽然来了一个女的，名叫神手比丘魏枫娘，生得十分美貌。我们不该将她留在庙中，被她用法术飞剑伤了我们多人，将我师兄弟二人逼走，占了我们的青螺山。我们无奈，才逃到此地，将这座昭远寺的住持赶走，在此暂居。一则因为得罪了活佛，西藏不能回去；二则又舍不得青螺山的出产和辛苦经营的庙宇，原打算请了能人仍将青螺山夺回。不想魏枫娘闻得我们仍未远离，前来逼迫我们归顺，做她青螺山的耳目。她有八个徒弟，便是那有名的西川八魔，专一在外奸淫打劫，个个精通法术，本领高强。我们斗又斗不过她，走又无地可走，只得答应下来。此地原是川藏间孔道，平日行旅客商及入藏朝佛的人贪走近路，有不少俱都由此经过。我们占据青螺山时，并不时常打家劫舍，只不过入藏的人俱要到我们寺中进香布施，才保得平安。偶尔劫杀一两次，也是他们不知好歹，既要少走十多天近路，又舍不得盘资，恼了我们，才惹出杀身之祸。谁知八魔到此，他们手下人又多，不问青红皂白，见人就抢，遇到妇女就奸，不时还往川中去作大案，满载回来。渐渐这路上断了行人。他们又恐风声太大，知道到青螺山，这里是必由之路，所以逼我们给他们做眼线，以防能人剑客到来寻他们晦气时，好做一准备。只苦了我们，平日此庙本无出产，全仗过路香客布施，被他们这么一来，绝了衣食来源，只得也在川藏边界上做些打劫生活。谁知八魔还是不容，只准我们做眼线，每月由他们那里领些羊米奶油。遇有大宗买卖抢到了手，也得往他们那里送。我们忍气吞声已有多年，天幸魏枫娘这个泼贱在成都被一个女剑仙所杀。我们本想去将青螺山夺回，谁知八魔自魏枫娘一死，害了怕，拜到西藏毒龙尊者门下，练会许多法术，又请了许多能人相助，我们估量不是对手，重又隐忍下来。知道他们虽然厉害，但有炼天魔解体的大法能够制他们。我大师兄本会此法，他不该前些年在青螺山被魏枫娘用素女偷元破了元真，失去纯阳，使用不灵了。炼这种大法，须要一个有好根基、元神稳固、心志坚强的童儿，在一个僻静的山顶上，朝着西方炼上两个四九三十六天，才能成就。只是这三十六天当中，预先得学会辟谷打坐，然后坐在那里如法施为，直到大功告成，无论见什么动静和种种妖魔扰乱，动也不动，稍一收不住心神，不但前功尽弃，还有性命之忧。大师兄因见庙中徒众全非童身，不能炼这种大法，便想寻人代替。物色了这多年，偶尔遇见一两个勉强能用，谁知他们的心志不强，结果徒自丧了性命。而且这种法术，须要从未学过别的剑术道法的人才能炼，否则他的元气炼过别的，杂而不纯，仍是无用，所以甚为难得。昨日我们两个徒众见你带有银两，原想照从前一样下你的手。及至引你见了我师兄弟，才看出你是个童身。先还不能肯定你就能行，后来将你捆了一天一夜，才觉出你不但根基禀赋甚厚，尤其是心志坚强，元神凝固，所以才同你商量。你如肯点头答应，不但我们得你帮助，将青螺山夺回，你也就这千载难逢的机会，将我魔教中秘宝学了去，岂非两全其美？不过学时，须要把生死置之度外，无论眼前有什么恐怖景象，全是一些幻景，只要不去理它，转眼消灭；若一把握不住心神，立刻便有性命之忧。我已将真情对你说明，如果不从，那就莫怪我们对你下毒手了。"

允中见他说时神态有许多可疑之点，知道决没有这么简单，但是自己已成了俎上之肉，不任人摆布也是无法脱身；又加自己想到青螺山盗六魔厉吼的首级，正愁无法进去，倘如他说的是实话，这法术学成，便可制八魔死命，岂不是一举两得？把这利害关系在胸头盘算了一会儿，还是姑且应允了，再相机行事。便答应了。那喀音沙布闻言大喜，也不命人看守允中，出外去了好一会儿，会同他师兄梵拿伽音二进来，高兴地对允中说道："你真是个信人，好汉子！我故意出去多时，并没人看守你，你却丝毫不想逃走。相助我们成功，无疑的了。"说罢，又说了一句番语。允中只一转眼间，从壁内走出三个凶僧，捧了许多食物与允中食用。允中庆幸自己没有想逃。等允中果腹之后，又领允中去沐浴更衣，领到一间净室，由大凶僧梵拿伽音二先传了几天辟谷打坐之法。允中人本聪明，资禀极好，一学便会。二凶僧也非常高兴，遂将一切口诀炼法，秘密传与允中，默默记熟。又再三嘱咐，遇见幻景不要害怕。这时正在夜里。到了子正三刻，梵拿伽音二领允中到院落中去，口中念起梵咒。一会儿工夫，允中便觉天旋地转，面前漆黑。等到清醒过来，已到了一座山顶石上坐下，头上星月一丝也看不见，远望下面一团漆黑。正要将身站起，耳旁忽听一人说道："你不要动，我已派了四个徒弟在你身边保护你，每晚子时我来看你一次。现在你该如法施为了。"允中闻言，见事已至此，自己又不会妖法，他在暗中还派得有人看守，想逃是决不能够，索性照他所说镇静心神，去炼那天魔解体之法。不提。

话说心源、玄极自白、许、俞三人相继失踪，敌人也不来扰乱，见戴家场并无甚事，便同铁蓑道人辞了衡玉、凌操，搬到谷王峰居住，每日练习吐纳剑诀，有时也出山走走。这日心源正在峰头远眺，忽见山脚下走来一个壮汉，迎上前去一看，正是陆地金龙魏青。原来那日大家忙于和吕村交手,直到事完,湘江五侠临走,才把魏青妻子被一个白猿抢去说将出来。心源听说魏青一人赶去援救,并无帮手,好不放心,便想再约一两位剑侠同自己前去,助他一臂之力。玉清大师道:"久闻衡山白象崖有一只白猿,行走如风,却从未听说伤过人。既然怪叫花凌老前辈知道此事,他告知魏青前去援救,自己决不袖手,我们去了反不妥当。"心源闻言,又请玉清大师占了一卦,知是逢凶化吉,并无凶险,才放了心。他跟魏青又是师生,又是好友,不见本人总觉悬念,忽然在无心中遇见,自是欣喜,便先问魏青那日经过。

魏青道:"我那日因听凌真人来说,我妻子被白猿抢去。他又说白猿住在白象崖,行走如飞,怕我追赶不上,一面指示我抄近路去追,随手在我背上拍了一把,走得便快起来。在谷口遇见湘江五侠,凌真人不要他们相助,只催我就走。我才一出谷口,便觉身子轻飘飘地直往前飞走,眼看前面大河长涧,只一晃眼身已过岸,走了不多一会儿,就看见前面一团白影如飞投向东北。渐渐追近,闻得我妻子哭喊之声。追来追去,追到一座石崖,便钻进洞去。近前一看,那洞已被那厮用石头封堵。我便用腰中钢爪前去推那洞门,好容易才将那石洞推开。那白猿跳出,使用一根木棍,不知是什么木头所做,和我争打了好一会儿。那厮身材伶俐,一纵就是好几丈高,只累得我浑身是汗,渐渐抵敌不住。被那厮一棍将我打翻,用两根春藤将我手脚捆住,拖进洞去。我妻子也在里面,见我被擒,扑上前来将我抱住痛哭。那白猿上来拖她,我妻子偏拼命抓紧我衣服不放。拖开时,竟将我衣服撕了一大片下来,露出臂上刺的龙纹。那厮随即放了我妻子,走近我的身前,一把将我左臂衣服撕开,露出一条赤膀。我正愁它要当着我面,去啰唣我妻子。见它撕我衣服,以为它要生吃我。那春藤有茶杯粗细,捆得非常结实,挣又无法挣脱,气得我眼睛都冒出火来。死原不算什么,最怕是我妻子要被它奸污。便大声对我妻子说道:'你还想活么?'一句话将我妻子提醒,我妻子本有烈性,一头往石壁上撞去,满拟寻一自尽。谁知那厮竟懂得人言,听我刚一说,便已转过身来,我妻子还未撞到石壁上面,已被它纵上前去拦住。

"它这时忽然改了刚才凶恶神气,用手朝我二人直比,我二人也不懂。它好似又要到我面前,又怕我妻子寻死,便将我妻子拖将过来。茶杯粗的春藤被它用手一扯，便行粉碎。它才将我解开，我兵器不在手内，纵上去就给它一拳。那厮也不还手，只护住我妻子，怕她寻死。那厮身体灵便，因为要护我妻子，吃我打了好几十拳，打得它哇哇直叫，一面用手朝我直比。我先前也不知它朝我摆手用意，因它老拦在我妻子前面，越打我越有气。那厮皮骨坚硬，虽然重手法打得它痛，却不能使它受伤。打了有好一会儿工夫，一眼瞥见我使的那柄钢爪，被我抢过来拾在手中，正想用你传我那散花盘顶暗藏神龙抢珠的绝招，先将那厮两眼打瞎，再取它的性命。爪刚发将出去，平地忽然冒起一人，正是那破烂叫花凌真人，一伸手先将我的钢爪接去。那白猿想是知他厉害，立时舍了我妻子，跪将下来。凌真人先对那猿说道：'你修炼得好好的，偏要动什么凡心，这一顿打，打得不屈不多吧？'那白猿闻言，竟抱住凌真人一双黑泥腿大号起来。我恨那厮不过，正要就势用爪将它打死。凌真人只用手一挥，便好似凭空有一种东西将我拦住，不得上前。凌真人又对我说道：'它也挨你打得够了，你也无须乎再打它了。它虽不该一时妄动凡心，将你妻子背来；可是它如不是天良未泯，认出你左臂刺的龙纹，想起你十五年前在湘潭王家集上救命之恩，凭你这点本领，它要取你性命，岂非易如反掌，还能容你打它这半天么？再说你既倒反吕宪明，你又随他们前去赴会，我不该不先令你妻子设法逃出。幸而被白猿抢走，不然吕、郭二人回去，明白了你的行径，岂不白害她遭人毒手？那白猿后来护定你妻子，是因感念昔日你放它的恩义，因你妻子烈性，怕她寻死，又知你打不伤它，所以一任你打，它却护定你妻子不来还手。我已来了一会儿，我恨这畜生不该妄动凡心，我又还有用它之处，乐得借你手惩治它。后来你要用钢爪弄瞎它眼睛，我才出来拦住。如今你妻子业已遇救，这畜生也不会再起邪心。你的好友赵心源在谷王峰铁蓑道人那里，不久便要到青螺山收拾八魔。无论什么人，只要能遇见我，大半有缘。我送你一样小玩意，你可拿着它先寻亲友，将你妻子安顿。然后到谷王峰跟他们一起去打八魔，到时自有你的好处。'说罢，给我一根藤子编就的软鞭。我也不知道叫什么名字，他也不容我问，只好道谢收下。

"这时那白猿仍是跪抱在他的膝前，不住长嗥。凌真人道：'我怪叫花凌浑向不收徒，如今一开戒，索性连你这横骨未化的畜生都要做起我徒弟来了。你既是这般苦求，你若依得我一件难事，我便收你。'那白猿一面点头,一面叩头如捣蒜一般。凌真人想是知它愿意,只见他将手伸进那白猿喉中,好似听见一种脆骨折断的声音。那白猿居然会说起人话来。我起初原没听出他姓凌,因为白猿称他凌真人,才跟着叫的。那白猿会说人话后,凌真人又给了它两粒丹药吃下去,领它同我夫妻出了洞。走过坡脚,便见地下躺着一个大汉,昏迷不醒。旁边还有一条打断了的死蛇和一堆缠着彩丝的铁箭。仔细一看,正是那山人姚开江。问起原因,才知凌真人知他厉害,恐他毒箭伤人,先将他元神收拾,然后引出戴家场,将他制伏。他因元神已死,又被凌真人神雷将他震得昏迷过去,所以人事不省。凌真人悄悄对白猿嘱咐了一番话,由身上取出一粒丹药递与白猿。叫它等我们走后,先用丹药将姚开江救醒,然后将他背走。等到凌真人吩咐白猿已毕,便命我夫妻同他快走,被他用法术将我夫妻送到湘潭一个至亲家中。正要朝他拜谢,他只说了一声'再见',一晃眼便不知去向。事后追思,才想起那白猿是我幼时在我初次从师的王老师家,见我师兄五指开山王传信由衡山打猎捉回来一只苍背老猿,用铁链吊在房中,想磨去它的火性,再来驯练。我彼时年幼无知,又不忍听它昼夜哀号,趁我师兄不在,偷偷将它放走。那时我左臂上就刺有这条龙纹,想不到十五年光阴,它毛会变白,居然会看见我身上龙纹想起前恩,不还我手。将妻子安顿好后,便来寻你,不想一来就遇着。我记得那日在戴家场曾有许多未遇见的能人,可能引我前去相见么?"

心源便把前事一一告知,又同他去见了铁蓑道人与黄玄极。

魏青从此在谷王寺内暂居,静等端阳节前赶到青螺山去,不时也同心源、玄极到戴家场看望衡玉、凌操。衡玉和他妹子湘英极为友爱,湘英走时,原说到汉阳白龙庵,由玉清大师引见素因大师门下,虽然分别日子不多,总想知道一些音信,苦于家务,不能分身前去看望。便托心源早几天动身,绕道汉阳白龙庵,看看湘英是否已蒙收录。凌操也托心源等,遇见各位剑仙,留神打听允中的下落,如果在青螺山相遇,好歹劝他回来。心源、玄极俱都一一答应下来。回去同铁蓑道人商量,打算四月上旬就动身,先到汉阳探望湘英,带到衡玉口信。然后由陆路走夔州剑阁入川,到川边青螺山去赴八魔之约。大家商量了一次,因为有魏青同行,好在无事,为期尚早,索性提前动身,沿途还可观赏风景。

到了四月初一，铁蓑道人便同了心源、玄极、魏青，四人由长沙起程。走不多日，到了汉阳，好容易寻到了白龙庵，玉清大师业已他往。会见元元大师的徒弟红娘子余莹姑，问起湘英踪迹，才知玉清大师到的那一天，素因大师刚巧在头晚上出门访友，不在庵中。玉清大师原想留湘英在庵中等素因大师回来，湘英一定磨着要随玉清大师同行，玉清大师无法，只好又将她带到成都去了。四人闻言，只得告辞出来。心源猛想起听玉清大师谈过，陶钧现在四川青城山学剑，何不去探看陶钧，就便拜见他师父矮叟朱梅？此老虽是得道多年的前辈剑仙，为人热心，喜抱不平，比年轻人还要来得起劲，倘能得他相助到青螺山去，岂非大妙？四人商议定后，先请黄玄极带了魏青先行。心源同了铁蓑道人先到宜昌三游洞，去向师父侠僧轶凡请罪，相机请他下山相助。然后驾剑光赶上黄、魏二人，沿水道而行，到青城山去。把预定绕道陕西边界，经由剑阁栈道走的主意打消了。

四人分手后，心源、铁蓑道人剑光迅速，不一日到了三游洞，由铁蓑道人进去代他缓颊，心源跪在洞外请罪。待了一会儿，铁蓑道人出来说，不但侠僧轶凡不在洞内，连许钺也未在此。洞中只住一个聋哑年迈的和尚，问他什么，也答不上来。心源闻言，便随了铁蓑道人二番进去，遍寻侠僧轶凡与许钺有无遗留什么字迹。那聋哑和尚见二人寻找，想是知道用意，径从一个破蒲团内取出一个纸团递与心源。心源一看，正是许钺所留。原来许钺承矮叟朱梅指引，离了戴家场，回家安排了一些家务，便去投师。好在三游洞在宜昌上游，是个有名胜地，常有人去游玩登临，极容易寻找。也是许钺机缘凑巧，到三游洞时，正赶个正着。原来侠僧轶凡因三游洞风景虽好，仍不能与世隔绝。他先在后洞参修，本与前洞隔绝，不知怎的，把行迹露在一个有心人眼里，传扬出去，说三游洞还有人未去过的后洞，里面住着一位高僧，如何神妙等语。一般人多喜事，从去冬起，不时有些俗人来向他请教佛理。侠僧轶凡不耐烦扰，正要离开，许钺恰巧赶到。侠僧轶凡见许钺根骨尚厚，又是老友朱梅介绍，当时答应下来。许钺拜师不久，侠僧轶凡就带了许钺到川边邛崃山去访友。因为后洞石壁内藏有许多的经卷，暂时不便带走，才去寻了那聋哑和尚来替他看守。许钺在戴家场就听心源说过同八魔结仇及以前得罪师父之事，怕师父性情特别，又是入门不久，不敢替师兄讲情。恐心源走来不知他师徒二人踪迹，在走前写下这一张字条，托聋哑僧代为转交。那聋哑僧因为犯了他师父雪山了了和尚的戒规，罚他遭三十年聋哑之孽。许钺把托他的事写在一张纸上，他虽然又聋又哑，本领同灵性依然存在，不过韬光晦灵，静待孽满罢了。他受了许钺之托，见心源来到，便将许钺字条交付。他的来历，三次峨眉斗剑时自有交代。铁蓑道人见了纸条，他本觉这聋哑僧不是常人，又见侠僧轶凡托他看守经卷，知道那些经卷俱是西土真经，佛门异宝，侠僧轶凡竟能托他代管，更知有大来历。不过看他神态，又不似装作痴聋，揣不出什么用意。先后朝他礼询数次，聋哑僧好似被逼无奈，取了一支秃笔，在纸上写了"孽重心感，行再相见"八个字，写罢，径往蒲团上入定去了。铁蓑道人知他不愿人留此，有心试他一试，故意装作偷寻藏经，往他身后石壁走去。还未伸手，聋哑僧已经觉察，只见他举手往头顶上一拍，立刻便是满洞金光。铁蓑道人知道不妙，不及招呼，一把拉住心源，身剑合一，破空便起。回望后面金光红云之中，一个三尺多高的赤身小和尚追来。铁蓑道人并非真心盗经，原是试探他的本领，未便迎敌伤了和气，只得紧催剑光逃走。出去有十里左右，后面不来追赶，才把剑光落下。对心源道："想不到他如此厉害！我因疑他装聋作哑，故意试他一试，不想他竟误会成真。我还可以抵挡，走得慢一点，岂不连累了你，看他来历，好似雪山了了和尚所传佛门心剑的嫡派呢。如今令师已到了邛崃，那里离青螺山甚近，说不定还许为你而去呢。"心源道："但愿如此才好。弟子现在别无他念，只望能将八魔除去，恩师恕过前愆，仍得重归门下，从此祝发出家，永安禅悦，于愿足矣。"铁蓑道人含笑不答。当下同驾剑光，追上黄、魏二人，一同往四川进发。

魏青脚程本快，不多几日，四人到了成都。先将城外四座有名的祠堂庙宇看了一看，又到辟邪村去拜见玉清大师，见着张琪兄妹，方知玉清大师已带湘英去寻素因大师去了。轻云、文琪因久不见师父餐霞大师，心中想念，趁着暂时清闲，也回黄山去了。四人谈了一会儿，告辞出来。心源急于要见陶钧，催着往灌县青城山去。到了青城山金鞭崖，看见陶钧和纪登师兄弟二人正在对坐下棋。原来陶钧自从到了青城，受矮叟朱梅所授的口诀，每日练习剑术，又加纪登从旁尽心指点，进步得非常之快，把一柄金犀剑练得虽不能身剑合一，却已得心应手，指挥如意了。纪登为人，比他师父还要来得特别，竟会与陶钧处得非常莫逆。他二人每日做完了功课，不是去采药登临，便在崖前下棋。这日天气晴明，二人又下棋，忽见崖下上来四人。纪登认得铁蓑道人，连忙上前拜见。陶钧已看出一个是他昔日师父赵心源，心中大喜，便要上前跪拜。心源急忙一把拉住，说道："贤弟快休如此。昔日我本自知能力不够，恐怕误你，一向不肯以师礼自居；何况贤弟如今又是朱老前辈高足，再要照以前称呼，不但错了辈分，愚兄反无地自容了。不如以后就用弟兄相称吧。"陶钧还是不肯，心源只好暂时由他。彼此都引见，介绍姓名，互道了一阵倾仰的话，纪登便请众人去往观中落座。

坐定之后，互谈别后之事。陶钧听说许钺已蒙侠僧轶凡收录，十分代他欣幸。心源又把同他别后，到长沙谷王峰寻访铁蓑道人未遇，雪夜遇二魔，追云叟解围，酒楼遇罗九，相逢白琦、戴衡玉，戴家场打擂，怪叫花穷神凌浑二次出世收伏姚开江，白、俞、凌、戴四人相继弃家从师等事，说了一遍。陶钧也将别后在汉皋江边巧遇恩师矮叟朱梅，接引到青城山学道，以及现在早晚用功情形说出。纪登道："这位凌老前辈，真是剑仙中一位怪杰。要讲本领，虽不知多大，但是这些年来听见他的前言往行，从未有人说他败在人手内一回过。日前听师父说，他近来悟彻天人，不久归真，很想物色一两个传人，二次出山想必为此。不过昔日他同白师伯曾有仇隙，也不知如今解了不曾。他既命魏道友同三位到青螺山去，想必到时他必定出来参与。八魔纵然厉害，岂是他老人家对手？赵道友此番前去，必定万无一失了。"

心源便请纪、陶二人引见朱梅。陶钧道："恩师他老人家行踪不定，不常在观，也许我们正在想念，他老人家就马上出现也说不定。"四人听得朱梅不在观中，多未免觉得机缘不巧。纪登忽然对陶钧笑道："师弟可想请师父去助赵道友一臂之力么？"陶钧道："岂有不愿之理？"纪登道："因为我以前曾有劣迹，虽然改行向善，师父总不大喜欢我。我看他对你属望甚殷，你如现在就随赵道友等同去，你不是八魔对手，师父岂能坐视？"陶钧也是少年喜事，刚把飞剑学好，没处使用，心源又是他良师好友，极愿同去相助。只因震于八魔凶名，估量自己能力有限，又未奉有师父之命，不敢贸然说去。听纪登一说，知道师父面前他肯担待，便活了心，答道："我实在是想跟去，一则无有师父之命，二则我虽会飞剑，不能身剑合一，道路又远，恐怕反误了赵老师的大事，所以为难。"纪登道："我既叫你去，当然会替你担待，不但你能跟上他们三位，连这位魏道友，我也一样能送他前往。好在为期还早，有意屈留诸位在此盘桓几天，到时我虽不能离此相助，自会送我师弟前去观光。诸位以为如何？"心源与陶钧久别重逢，又看他师从朱梅学了剑术，好生代他欣幸。自己因为当初不听师言，仅学会一点皮毛，贸然下山，惹得师父见怪，自己到处吃亏，倒并不怎么想陶钧同去。经纪登一说，他是朱梅大弟子，剑术高妙，本来为期尚早，乐得在此同旧雨相聚些时，多拉拢两个帮手。黄、魏二人原是心源请来，更无问题。铁蓑道人与二老、侠僧轶凡及心源、纪登师生两辈，俱是后先所交朋友。他的剑术先传自终南乐众，乐众成道后，又离了终南派自成一家。纪登、心源因为他认识师父，俱执晚辈之礼。他却不以此自居。此次随着心源经川入藏，本想在半路上顺途看望两个好友，见心源等暂住青城，便同众人说，准端阳前赶到青螺山，现时因有事他去，同众人暂别。纪登挽留不住，只得恭送他去。铁蓑道人别了心源去后，心源等三人便留居青城，专候端阳赶到。不提。

第七十六回 几番狭路　苦孩儿解围文笔峰
　　　　　　一片机心　许飞娘传信五云步

话说青螺山八魔，自从他们的师父神手比丘魏枫娘在成都被妙一夫人杀死后，才知峨眉派真正厉害，稍为敛迹一点。后来神手青雕徐岳回来报信，说是去年在江西寻见八魔主的仇人赵心源。八魔邱舲想起西川路上一镖一针之仇，听说心源居然敢在明年端午前来赴会，不由又兴奋起来。彼时三魔钱青选、六魔厉吼远游川湘一带未归，便着徐岳再去送信通知他二人回来。徐岳奉命，寻到衡阳一带，无心中在岳麓山遇见当年在青螺山用青罡剑削去四魔伊红樱四指，又用振云锤连伤六魔厉吼、七魔仵人龙的采药道人黄玄极。三、六二魔一听，立刻派徐岳又去探视，到晚不见回信，两人双双到岳麓寻仇，遇见追云叟，将他二人用法术禁制打了一顿。仇人未找成，还破了飞剑、法术，又气又恨。知道长沙有追云叟在，不能立足，连店内土娟、行李俱顾不得带走，垂头丧气，连夜用遁法，费了多少劲才赶回青螺。八个魔君见面，说起前事，无不咬牙切齿。因知追云叟会出面来助黄玄极，不由想到仇人赵心源既敢前来，定有能手相助。前车之鉴，不得不早有防备。正在拟议之中，恰好俞德在成都遭惨败，失去毒龙尊者赐的红沙，由辟邪村漏网，想逃回西藏去向他师父哭诉，请求与他报仇，走过青螺山。八魔原是后起余孽，虽然本领厉害，对于各派有名剑仙异人，都不大认得，当下发生误会，动起手来。论剑术，八魔原不是俞德对手。一则八魔人多，二则有那番僧布鲁音加相助，俞德被困核心，脱身不得，无心中打出他师父旗号。八魔久震于西藏毒龙尊者的盛名，又知他们师父魏枫娘与毒龙尊者的渊源，立刻停手赔罪，请至魔宫，就便婉言请俞德引见。一面正苦能浅力弱，一面又与正派结有深仇，当下一拍便合，情如水乳。

俞德住了一天，第二日便回西藏，向师父哭诉前情。他本是毒龙尊者的宠徒，加之毒龙尊者近来法术精进，又炼了几宗法宝，早想在中土多收一点门人，光大门户，增厚势力。八魔人多势众，在青螺盘踞，难得他等自甘入门，正好助他等一臂之力，收将过来，为异日夺取布达拉宫的根据地。立刻答应了八魔的请求，将魏枫娘一层渊源撇开，直接收为徒弟。八魔先后拜在毒龙尊者门下，不由长了威势，愈加无恶不作起来。大魔黄骊又下令给番嘴子红庙中的梵拿伽音二、喀音沙布两个番僧，叫他们日夜提防，遇有本领高强、形迹可疑之人，速来报知。因为神手青雕徐岳失了踪迹，别人没有他腿快伶俐，硬将梵拿伽音二两个得力徒弟要代替徐岳，每次出门连盘川都不给，却命他们自己设法劫盗。两个番僧恨如切骨，却奈何他不得。

八魔刚在布置，俞德又从旁处得了信，说是赵心源端阳拜山，约有峨眉派许多能人相助。八魔一听，虽然恃有毒龙尊者做他护符，到底有些恐慌。俞德是惊弓之鸟，再加记恨前仇，便同去求告毒龙尊者。毒龙尊者一听大怒，说道："峨眉派实在欺人太甚！起初为了优昙老尼，不愿与他们伤了和气，白让我徒弟吃了许多亏，还伤了镇山之宝。如今索性欺到我头上来了。我和嵩山二老、东海三仙，连那掌教齐漱溟，都为三次峨眉斗剑，各用心血在洞中炼宝。这次来的定是他们门下无知小辈，怕他何来？"俞德道："话虽是如此说，上次成都慈云寺，东海三仙只来了一个苦行头陀，连嵩山二老才只三人，余下俱是些无名之辈，同齐漱溟的儿女。绿袍老祖、晓月禅师何等厉害，还有五台、华山门下许多有名剑仙，竟会遭那样惨败，死的死，伤的伤，逃的逃，没有一个占着丝毫便宜，损折了无数飞剑法宝。峨眉教下前一辈的固然厉害，他们这些后起的乳臭孩子都是个个厉害无比，我们倒不可大意呢。"毒龙尊者道："你哪里知道。起初成都请我不去，一来因为优昙老尼厉害，二来为师法宝未成，说不得暂时忍气吞声。如今我法宝不但炼成，还参悟出一种魔阵，漫说是这些乳臭小儿，连他们掌教齐漱溟来，也叫他不是我的敌手，来得去不得。"俞德听师父道法神妙，所说必非虚言，才放了心。同八魔回去青螺山，又商议了几天。想起昔日舍生忘死去帮五台派的忙，两下结了好感，何不在这需人之际，去到黄山五云步,请许飞娘也来帮一个忙?就便在路上再约几个能人,来壮壮声威。又去和毒龙尊者商议。毒龙尊者原自恃道法高强,又知许飞娘不见得暂时就能出面,其余又无人能以胜任。一则因俞德等苦求,二则好久不见飞娘的面,心中想念,便答应下来。对俞德说:"除许飞娘与烈火祖师外,如遇真有本领的,只管约来。其余不三不四,估量不是峨眉对手的,不要乱约,省得到时一战即输,丢了自己的脸,还害了别人。"

俞德领命后,便去找八魔与番僧布鲁音加又商议了一阵。俞德久知师父毒龙尊者不久化解,自己常以承继他师父道统自命。收了八魔以后,俞德觉势力增长,自己入门最久,又是师兄,除师父外,当然他是首领。无奈他因失去红沙,同八魔初见时,好汉打不过人多,差点被擒,诚恐师父化解以后,自己掌教镇压他们不住。正好借这一次端阳拜山的机会,把他认识的异派剑仙,只要能寻着的,便拉了来参与。对内既可表示自己势众人多,剑术高强;对外还可借八魔来壮门面。所以听了毒龙尊者叫他不要多约人的话,不甚满意,对八魔等并未吐实,只说师父业已答应下来,命大家分头去请。由俞德写好书信,分派二魔薛萍、四魔伊红樱、五魔公孙武、七魔件人龙,分向各异派中友好前去约请,到端阳在魔宫中相聚。自己又亲身赶到黄山去请许飞娘。

这本是三月中旬的事。俞德快到黄山,又遇见戴家场败退下来的三眼红蜺薛蟒同九尾天狐柳燕娘狼狼狈狈坐在路侧树林之内。二人遇见俞德,怕他吃醋,俱各大惊。倒是俞德知柳燕娘淫荡非凡,阅人甚多,既同薛蟒在一处,必有苟且,现在用人之际,报仇要紧,倒不甚放在心中,反用好言问他二人何以至此。原来薛蟒冤了苦孩儿司徒平同王森下去救人,他同柳燕娘怕王森少时回来吃醋,连忙趁空逃走。先去偷盗了些银钱,在路上淫乐了好几天。薛蟒相貌不济,又瞎了一只眼,柳燕娘愿意嫁他,全为的是无处安身;又知他师父本领高强,想投到万妙仙姑门下。谁知薛蟒因图她的欢心,答应下来,推说师父洞中不便私会,按下剑光步行,到晚来便寻镇店淫乐,一天才走个百十里地。柳燕娘急于拜见万妙仙姑,日日催促。薛蟒明知师父见自己不奉师命,娶了这么一个女子为妻,必定怪罪,又舍不得丢下。好容易挨近黄山,逼得无法,才婉言对燕娘说,师父家规甚严,不敢同去拜师,请燕娘等他一年半载,容他见了师父,遇机进言说明经过,无论如何决不负她等语。一席话说完，气得柳燕娘若不是自问不是对手，早用飞剑将他杀死，当下痛骂了他一顿。骂完正要同他决裂分手，薛蟒也生了气，收起怜香惜玉之念，将飞剑放出，非要燕娘答应等他不可。燕娘斗他不过，被逼无奈，心中起了恶意，表面上屈服下来，百依百顺，打算趁薛蟒冷不防时，再暗下毒手。薛蟒见燕娘答应等他，登时转怒为喜，反倒不舍起来。正同燕娘商量用什么法子去求师父允许，恰巧俞德从空中飞来，远望下面有人比剑，按下剑光寻踪跟至。柳燕娘见来了旧相知，他的本领又胜似薛蟒，正要用巧言鼓动他二人拼命。谁知俞德早看出她的行径，自己办理正事要紧，见面只敷衍了两句，便反殷勤向薛蟒答话。薛蟒知道俞德是燕娘旧好，自己同燕娘背人私逃，又不是俞德敌手，正在心虚，想用言语支吾。见俞德那样暴的脾气，反倒同他亲热，不禁心头诧异，当下问明来意，才知有求于他。薛蟒也是不好回山交代，难得俞德凑趣，二人各有利用。商量一阵，决定带燕娘同去黄山五云步见万妙仙姑，假说燕娘是随俞德同来，自己等师父见容，再帮她求说收归门下。计议已定，三人便驾起剑光，同往黄山进发。

飞到文笔峰后，俞德要表示恭敬，落下剑光，三人步行上去。忽听路旁松林内有两个女子说笑的声音。三人侧耳一听，一个道："这样好的天气，可惜文妹不在此地，只剩我两人同赏。"另一个道："你还说呢。师父说文妹根基本厚，又服了肉芝，拜了嵩山二老中的矮叟朱师伯为师，如今又同峨眉掌教真人的女儿齐灵云姊姊在峨眉凝碧崖修炼，前程正未可量，我们拿什么去比她？"起初发言的女子说道："你好不羞，枉自做了个姊姊。看文妹好，你还嫉妒她么？"另一个女子答道："哪个去嫉妒她？我是替她喜欢。各人的遇合，也真是前定。就拿先在凝碧崖住的那个李英琼说，起初还是个小女孩子，不过根基厚些罢了。先是无意得了白眉和尚座下的仙禽金眼神雕，后来又得了师祖长眉真人的紫郢剑，末后又在无意中吃了许多仙果仙药，抵去百十年苦修，哪一位仙家得道也没有她这般快法。如今小小年纪，入门日子不多，业已名驰天下，同门先辈剑仙提起来就啧啧称赞，说是为峨眉争光。我听师父说她得道得宝那样容易，才真叫人羡慕呢。"这两个女子一问一答，听去渐渐是往林外走来。

这时正是孟夏天气，文笔峰前莺飞草长，杂花盛开，全山如同绣了一样。俞德久居西藏，不常见到这样好景；又听这两个女子说话如同出谷春莺，婉妙娱耳。先还疑是地近五云步，定是万妙仙姑门下，后来越听越不对。薛蟒已听出这两个女魔王的声音来，自己吃过苦头，便想拉了俞、柳二人快走。俞德还不明白，想再听下去。三人正在行止不决，林内声音忽止。一会儿工夫，耳旁忽听一声娇叱道："慈云余孽，敢来送死！"言还未了，现出两个女子，臂摇处，两道剑光同时往三人顶上飞来。三人定睛一看，这两个女子原来俱是熟人，从前在成都领教过的周轻云与吴文琪。俞德大怒，骂道："大胆贱婢！前番夜闹慈云寺，倚仗你们峨眉人多，被苦行头陀将你们救走。今天我们不曾招惹你，又来太岁头上动土。"口中一面乱骂，已将剑光发出。轻云、文琪随了玉清大师数月，这次从成都回山省师，餐霞大师因为成道不久，知她二人根骨已厚，不会再入旁门，不惜尽心相授，二人道行越发精进，大非昔比。薛蟒、柳燕娘吃过两次苦头，知道厉害，见俞德业已上前，二人又无法逃避，只得咬牙迎敌。虽然是三个打两个，除俞德还可支持外，薛、柳两人都是心虚胆怯，渐渐不支。各人飞剑正在空中纠结不开，忽听空中高声叫道："休要伤吾师弟！"说罢，便有一道剑光飞来。及至来人落到面前，正是苦孩儿司徒平。轻云、文琪先还准备迎敌，及见来人是司徒平，轻云对文琪使了个眼色，倏地收回剑光，破空便起。

司徒平近来努力精进，飞剑原也不弱。俞德等不知个中隐微，以为敌人见自己添了生力军，畏惧逃走，本要追去。还是薛蟒知道厉害，拦阻道："适才两个女子，一个叫周轻云，一个叫吴文琪。还有一个姓朱的女子与矮叟朱梅同名，俱是黄山餐霞大师门徒，非常可恶。过去两座峰头便是她们师父洞府，那餐霞大师连我师父都让她三分，我们不要打草惊蛇呢。"司徒平原是奉了万妙仙姑之命前来接应，轻云、文琪退去后，近前和薛、俞二人相见。见了柳燕娘那种妖媚淫荡的神气，好生不悦，迫于师命，表面上也不敢得罪。将二人陪往五云步进洞以后，才告知薛蟒，师父业已在他们斗剑的一会儿起身往云南去了。

原来万妙仙姑许飞娘在黄山五云步炼了好几件惊人法宝、飞剑，准备第三次峨眉斗剑机会一到，才和峨眉派正式翻脸，一举而重新光大五台，雄长各派之上。可是她自己尽自卧薪尝胆，忍辱负重，她的旧日先后同门因恨峨眉派不过，却不容她暗自潜修，屡次拉她出去和峨眉派作对。飞娘不合一时感情冲动，用飞剑传书，到处替慈云寺约人不算，还命徒弟三眼红蜺薛蟒亲到成都参与，白害了晓月禅师和许多的异派中人送命受伤，分毫便宜也未占到。还接连几次遇见餐霞大师，冷嘲热讽地下了好些警告。飞娘为人深沉多智，极有心计，情知这多年的苦功，不见得就不是餐霞大师敌手，但到底自己没有把握，不愿涉险。虽然心中痛恨生气，丝毫不形于颜色，直辩白她不曾用飞剑传书，代法元等约人；薛蟒虽是她的门徒，并未叫他到成都去，也许是背师行事，等他回来，再责问他等语。餐霞大师岂不知她说的是假话，一则因为长眉真人遗言，正派昌明，全要等许飞娘、法元等人号召了许多异派来和峨眉派作对，引起三次峨眉斗剑，应完劫数以后；二则她本领高强，气运未尽，暂时至多将她逼出黄山，也不能将她怎样，倒不如容她住在邻近，还可由她门人口中知道一些虚实。那司徒平早已心归正教，曾瞒着他师父，露过许多重要消息与餐霞大师。所以轻云、文琪奉过大师之命，见了司徒平就让。飞娘也算出司徒平有心叛她，她存心歹毒，不但不说破将他处死，反待他比平日好些。除自己的机密不让他知道，乐得借他之口，把许多假事假话当真的往外宣扬，好让敌人不加防备，她却在要害处下手。准备正式出面与峨眉派为难时，再取司徒平的性命。他们两方勾心斗智，司徒平哪里知道，还静候飞娘与峨眉派正式破脸，他便可弃邪归正呢。

　　这次飞娘在黄山顶上闲立，忽见薛蟒的剑光在空中与另一剑光对打，打了一会儿又同落下去，好生奇怪。她最溺爱薛蟒不过，飞身到了林中，暗中观察。见薛蟒同柳燕娘那种情况，不但没有怪他，反觉得他瞎了一只眼睛，弄了个妻子还怕师父怪罪，觉他可怜，正要现身出去与他们喊破。忽见俞德飞来，一听他们的谈话，知道俞德又来向她麻烦。在自己法宝未成之际，本想不去参加。后来又想，一则三仙二老几个厉害人物现都忙于炼宝，不会到青螺山去，余下这些小辈虽然入门不久，闻得他们个个根基甚厚，将来保不定是异派一患，何不偷偷赶去，在暗中除掉几个，也可出一点这些年胸中怨气；再则好久与毒龙尊者阔别，也想前去叙叙旧情。不过明去总嫌不妥，想了一想，急忙回到洞府，背着司徒平写一封密柬，准备少时走后，再用飞剑传书寄与薛蟒。故意对司徒平道："为师年来已看破世情，一意参修，不想和别派争长较短了。只当初悔不该叫你师弟前去参加成都斗剑，我不过想他历练一番，谁知反害他瞎了一只眼睛，又遭餐霞大师许多疑忌。好在我只要闭门修道，不管闲事，他们也不能奈何于我，年月一多，自然就明白我已不想再和峨眉为仇了。偏是旧日许多同门友好不知我的苦心，仍是屡次来约我和峨眉作对。去罢，仇人是越结越多；不去，他们又说我忘恩背义，惧怕峨眉。真是为难。我现在只有不见他们的面，以免麻烦。适才我又算出你师弟薛蟒引了一个西藏毒龙尊者的大弟子瘟神庙方丈俞德，还有你师弟的妻子柳燕娘，前来见我，恐怕又有甚事叫我相助，我想还是不见他们为是。恰好我正要到云南去访看红发老祖，我此刻动身，你见了他们，将他们接进洞来，再对他们说为师并不知他们前来，适才已起身到云南去了。俞德走后，可将你师弟夫妻二人安置在后洞居住，等我回来再说。"司徒平领命，便送飞娘出洞。一眼看见文笔峰下有几道剑光相持，万妙仙姑已知就里，自己不便上前相助，看见司徒平在旁，知道文琪、轻云不会伤他，便命司徒平前去接应。司徒平领命去后，飞娘亲眼看见围解，才动身往西藏而去。因见文琪、轻云与司徒平飞剑才一接触，立刻退走，愈疑司徒平是身旁奸细，更加咬牙切齿。不提。

俞德见飞娘不在洞中，听说往云南去会红发老祖，云南也有自己几个好友，莫如追上前去，追着飞娘更好，追不着，到了云南还可再约几个南疆能手也好。当下不耐烦和司徒平等多说，道得一声请，便自破空追去。柳燕娘原不是真心嫁与薛蟒，见万妙仙姑不在洞中，本打算随了俞德同去，不曾想到俞德报仇心切，又不愿得罪飞娘门下，话都未同她多说。燕娘白闹了个无趣，正在心中不快，忽听司徒平对薛蟒说："师父走时留话，叫你夫妻在后洞居住，不要乱走，等她回来再说。"薛蟒心中自然快活。燕娘闻言，也改了主意。心想："自己到处奔走，阅人虽多，大半是夕合朝分，并无情义可言。薛蟒虽然相貌粗丑，人却精壮，难得他师父允许，莫如就此暂时跟他，异日从万妙仙姑学点道法，省得常受人欺负。尤其是万妙仙姑那一种驻颜还少之法，于自己更是有益，倘能学到，岂不称心愿？"又见司徒平生得骨秀神清，道行似乎比薛蟒还强，不由又起了一种邪念。几方面一凑合，便默认和薛蟒是夫妻。她却没料到万妙仙姑何等厉害，适才在树林暗中查看她的言谈举动，已知此女淫荡非常，薛蟒要她，将来定无好果。一则溺爱不明,二则想起留着这个淫女,将来正可拿来当自己替身,用处甚大。五台派本不禁女色,莫如暂时先成全了爱徒心意,静等用她之时再说。后来三次峨眉斗剑,万妙仙姑果然传了柳燕娘内视之法,去迷红发老祖,盗取万蚕金钵,与峨眉作对,此是后话。薛、柳二人哪里知道,双双兴高采烈。跑到后洞一看,设备甚全,愈加称心。司徒平冷眼看这一双狗男女搂进抱出,神态不堪,虽不顺眼,却也无法,只得躲在一旁叹气。薛蟒见司徒平避过,知他心中不服,仗着已得师父同意,也不放在心上,仍携了燕娘出洞闲眺,并头携肩,指说欢笑。

正在得趣,忽见眼前一道光华一闪,燕娘正吃惊,薛蟒司空见惯,已将那道光华接在手里。一转瞬间,那道光华依然飞去不见。燕娘见薛蟒手中却拿着一封书信,便问何故。薛蟒且不还言,用目四顾,无人在侧。急忙拉了燕娘转到五云步崖后丛树之内,寻了一块大石,与燕娘一同坐下,说道:"这是我师父的飞剑传书,不论相隔千里,只消将书信穿在飞剑上面,想叫它送给何地何人,从无错误,也不会被别人拦路劫去。适才瘦鬼说,师父在我们到前一刻起身往云南访友,又准你嫁我,同在洞中居住,我就猜她必已知道我们的事同俞德请她的详情。这会儿又给我寄飞剑传书,必又背着瘦鬼有机密训示。按说不能给第二人看,不过你是我的妻子,我师父寄书情形,又好似不必背你。不过少时遇见瘦鬼司徒平,你千万不可露出真情。他虽是我师兄,同我如同仇人一样,我又害他受过师父重罚。虽然都是师父徒弟,师父却不喜欢他。偏他机灵,肯下苦功,又比我来得日久,从前常向餐霞老尼讨教,学得剑术比我还强。我师父恨他,也因为他向外人求教的缘故,老疑心他背叛我们,重要机密常不给他知道,省他露给外人。他外面还装作一脸的假道学,更是讨厌。你对他留神一点。"说罢,一面将书信拆开,与燕娘同看。上面写道:"汝与柳女背师成亲,本应重责。姑念此行受伤吃苦,暂予免罚,以观后效。适才在林中,见柳女人颇聪明,剑术亦有根底,惜心志浮动,是其大疵。今既嫁汝为妻,应转谕勉其努力向道,勿生贰心,待为师归来,再传道法。倘中途背教叛汝,无论相隔万里,飞剑无情,不轻恕也。俞德来意已知。汝师兄有叛教通敌之心,惟尚有用彼处,未便遽予显戮。汝对其处处留意监防,惟勿形于颜色,使彼知而预防。凡有动静,俟为师回山,再行相机处置。彼已得峨眉真传,迩来剑术大进，汝二人非其敌，不可不慎。现为师已应毒龙尊者之请，赴藏转青螺山，暗助八魔一臂。不愿使汝师兄知真相，故谓云南访友，以避近邻猜疑。因汝不知，特用飞剑传谕。"

薛蟒看完，对燕娘道："我说的话如何？师父说你心性不定，叫我警戒勉励你，好好同我恩爱学道，不可背叛又生贰心。不然，不怕你逃到哪里，我师父都会用飞剑取你的命呢。"燕娘无非想借薛蟒暂时安身，从万妙仙姑学驻颜之法同飞剑奥妙，谁知竟被万妙仙姑看中，不但非嫁薛蟒不可，日后还不能背叛再嫁他人。万妙仙姑的本领久已闻名，这一来，倒是自己上套，岂非弄巧成拙？连适才想勾搭司徒平的心思都得打消。好不懊悔，却也无法，只得先过下去，再相机行事。薛蟒见燕娘垂头不语，笑道："你莫非见我师父警戒你，不愿意听么？你真呆。我师父向来不容易看上一个徒弟，女徒弟只收了一个廉红药。当初原说过个三年五载，等她学成一点道法，将她嫁我为妻。我见她生得美貌，正自暗地喜欢，谁知她无福。平日不大爱理人，又是和师父在一屋住，不能常和她亲近，过了不多日子，她对我总是冷冷的。我奉命到成都去的头一个月，忽然来了一位白发老太婆，拄着一支拐杖，还同了一个小女孩子，硬说廉红药是被我师父用计害了她全家，硬抢来做徒弟的，我师父说是她救了来的，争辩不休。那一老一少，不容分说，硬要将廉红药带走，先是那小女孩抢过来，将廉红药抱起便飞。此时师父坐在当中，脸上神气好似非常气忿，又极力忍住似的。我同瘦鬼侍立在旁，瘦鬼见别人欺负到门上来，若无其事一般。我却气忿不过，正赶上小东西将人抱走，老东西刚朝师父扬手之际，我纵在师父面前，打算放剑出去将人抢回。我也未见那老东西放出什么法宝、飞剑，只微微觉着一丝冷气扑脸。我还未及把剑放出，只听那老东西说道：'便宜你多活几十年。'说罢，那老少二人同廉红药都不知去向，追出洞去也未看见一丝影迹。回来再看师父，神色非常难过，只说了一句：'今天亏你。'本来师父就喜欢我，从这天起，待我越发好起来，对瘦鬼却一天比一天坏了。我背人问师父几次，只知那老少二人俱是别派中厉害剑仙。那女孩看去年轻，实在的年岁并不在小。她们二人无意中救了廉红药的父亲，不服气我师父收好徒弟，特意前来将她抢走。师父本领原和她们不相上下，偏偏那日不曾防备，法宝又不曾带在身旁，她们又是二对一，不但人被她们抢走，差点还吃大亏。幸而我无意中拦在师父面前,那老东西人甚古怪,从来不伤不知她来历的人,便将她放出来的无形五金精气收了回去,我师父才没有受伤。师父因此说我天性甚厚,另眼相待。只不告诉我这一老一少的名姓,说道未学成时,不知她们来历最好,以免遇上吃亏。我也就不再问了。事后我师父因为女子容易受骗,那廉红药当时如果不信那一老一少编的假话,只要说愿随师父,不和她们同去,她们纵有本领,却从来不勉强人,哪会让师父丢这大脸,师父一赌气,便说从此收徒只收男的,不收女的了。今天破格收你,岂非天赐的造化,你怎么倒不痛快起来?"

燕娘哪肯对他说出自己后悔,不该跟他苟合,以假成真。事已至此,又见薛蟒虽丑,对她却极为忠诚,别的也都还合适,便含笑敷衍了他几句。薛蟒起初原怕她情意不长,如今见师父做主,不怕她再变心。哪经得起她再眉花眼笑,软语温存,不由心花怒放,先抱过来在粉脸上轻轻咬了一口。末后越调笑越动情,径自双双搂抱,转回后洞去了。他二人走后,那块大石后面现出个少年,望着二人的背影,长长地叹了口气,仍还坐在二人坐过的那块石头上面,双手抱着头苦苦愁思。这少年正是万妙仙姑门下不走时运的大弟子苦孩儿司徒平。原来他自师父走后,见不惯薛、柳二人那种不要脸的举动,一个人避了出来,走到崖后树林之内,想去摘两个桃子吃。刚纵身上了桃树,远远望见薛、柳二人也走出洞来,在那里指手画脚,勾背搂腰,种种不堪神气。方喊得一声:"晦气!走到哪里,眼睛都不得干净。"正要回过头去,忽见一道光华从西南飞来,直落到薛蟒手中,略一停留便即飞去。心想:"师父才走不多时,如何又用飞剑传书回来?虽想知道究竟,因与薛蟒素来不睦,未便向他探问。自己孤苦伶仃,入山访师学道,受尽千辛万苦,才误投到异派门下。起初尚蒙师父看重。自从师父收了薛蟒,日子一多,因见正派中人人既光明,行为正大,道法、剑术又比异派都高深,不由起了向往之心。诚中形外,渐渐被师父看出,师徒感情一天坏似一天。再加师父宠爱薛蟒,听他蛊惑,不但不肯传授道法,反而什么事都不让自己知道。其实自己只不过在戴家场回来时,中途路上遇见餐霞大师,承她怜念,传了一些峨眉剑诀,谈过几句不相干的话,未泄露过师父什么机密。平时听师父谈话,对自己颇为注意,多知他们机密反有妨害,还不如装作不知为是。"想到这里,摘了两个桃子,翻身下树。忽见薛、柳二人正往自己面前走来，身后并无退路，如驾剑光绕道飞走，又怕被二人看见，只得将身藏在石后。一会儿工夫，薛、柳二人竟走到他面前大石上坐下，打开书信同看。司徒平在石后听二人说完了那番话，果然自己所料不差，不由吓了一身冷汗。心想："师父既然疑心叛她，再在这里凶多吉少。如果此时就背师逃走，漫说师父不容，就连别派前辈也难原谅。何况师父飞剑厉害，随时可要自己性命，就躲得现在，也躲不过将来。"越想越害怕，越伤心。

正在无计可施，猛一抬头，看见文笔峰那边倏地冲起匹练似的一道剑光，紧跟着冲起一道剑光和先前那一道剑光斗了起来，如同神龙夭矫，满空飞舞。末后又起来一道金光，将先前两道剑光隔断。那两道剑光好似不服排解，仍想冲上去斗，被那后起金光隔住，飞到哪里，无论如何巧妙，两道剑光总到不了一块。相持了有半盏茶时，三道剑光倏地绞在一起，纵横击刺，蜿蜒上下，如电光乱闪，金蛇乱窜。司徒平立在高处往下面一望，文笔峰下面站着一个中年道姑和两个青年女子，正往空中凝视。知是餐霞大师又在那里教吴文琪、周轻云练剑，越看心中越羡慕，连适才的烦恼苦闷都一齐忘却了。这三道剑光又在空中舞了个把时辰，眼望下面三人用手往空中一招，金光在前，青白光在后，流星赶月一般，直往三人身旁飞去，转瞬不见。司徒平眼望三人走过文笔峰后，不禁勾起了心事，想来想去，还是打不出主意。只得暂时谨慎避嫌，一个人也不会，一句话也不乱说，但希冀熬过三次峨眉斗剑，便不怕师父多疑了。

第七十七回　无意失霜镡　雪浪峰前惊怪鸟
　　　　　　　有心求故剑　紫玲谷里见仙姑

司徒平情知薛、柳二人正在后洞淫乐，不愿进去，独个儿气闷，走到洞前寻了一块石头坐下，望着远山云岚出神。正在无聊之际，忽见崖下树林中深草丛里沙沙作响，一会儿工夫跑出一对白兔，浑身似玉一般，通体更无一根杂毛，一对眼睛红如朱砂，在崖下浅草中相扑为戏。司徒平怕少时薛蟒走来看见，又要将它们捉去烧烤来吃，一时动了恻隐之心，纵身下崖，想将这一对兔儿轰走。那一对白兔见司徒平跑来赶它们，全没一丝惧意，反都人立起来，口中呼呼，张牙舞爪，大有螳臂当车之势。司徒平见这一对白兔竟比平常兔子大好几倍，又那样不怕人，觉着奇怪，打算要伸手去捉。内中一只早蓄势以待，等司徒平才低下身去，倏地纵起五六尺，朝司徒平脸上抓了一个正着。司徒平万没料到这一种驯善的畜生会这般厉害，到底居心仁慈，不肯戕害生命，只想捉到手中打几下赶走。不曾想到这两只兔子竟非常敏捷伶俐，也不逃跑，双双围着司徒平身前身后跑跳个不停。司徒平兔子未捉到手，手臂上反被兔爪抓了几下，又麻又痒。不由逗上火来，一狠心便将飞剑放出，打算将它们围住好捉。谁知这一对白兔竟是知道飞剑厉害，未等司徒平出手，回头就跑。司徒平一时动了童心，定要将这一对白兔捉住，用手指着飞剑，拔步便追。按说飞剑何等迅速，竟会圈拦不住。司徒平又居心不肯伤它们，眼看追上，又被没入丛草之中。等到司徒平低头寻找，这一对白兔又不知从什么洞穴穿出，在前面发现，一递一声叫唤。等司徒平去追，又回头飞跑，老是出没无常，好似存心和司徒平怄气一样。追过两三个峰头，引得司徒平兴起，倏地收回剑光，身剑合一，朝前追去。那一对白兔回头见司徒平追来，也是四脚一蹬，比箭还快,朝前飞去。司徒平暗骂:"无知畜生!我存心捉你,任你跑得再快,有何用处?"一转瞬间,便追离不远,只需加紧速度往前一扑,便可捉到手中,心中大喜。眼看手到擒来,那一对白兔忽地横着一个腾扑,双双往路侧悬崖纵将下去。

司徒平立定往下面一望,只见这里碧峰刺天,峭崖壁立,崖下一片云雾遮满,也不知有多少丈深。再寻白兔,竟然不见踪迹。起初还以为又和方才一样,躲入什么洞穴之中,少时还要出现。及至仔细一看,这崖壁下面光滑滑的寸草不生,崖顶突出,崖身凹进,无论什么禽兽都难立足。那白兔想是情急无奈,坠了下去,似这样无底深沟,怕不粉身碎骨。岂非因一时儿戏,误伤了两条生命?好不后悔。望着下面看了一会儿,见崖腰云层甚厚,看不见底,不知深浅虚实,不便下去。正要回身,忽听空中一声怪叫,比鹤鸣还要响亮。举目一望,只见一片黑影,隐隐现出两点金光,风驰电掣直往自己立处飞来。只这一转瞬间,已离头顶不远,因为来势太疾,也未看出是什么东西。知道不好,来不及躲避,忙将飞剑放出,护住头顶。说时迟,那时快,一阵大风过去,忽觉眼前一黑,隐隐看见一大团黑影里露出一只钢爪,抓了自己飞剑在头上飞过。那东西带起来风势甚大,若非司徒平年来道力精进,差点没被这一阵大风刮落崖下。司徒平连忙凝神定睛,往崖下一看,只见一片光华,连那一团黑影俱都投入崖下云层之中。仿佛看见一些五色缤纷的毛羽,那东西想是个什么奇怪大鸟,这般厉害。虽然侥幸没有死在它钢爪之下,只是飞剑业已失去,多年心血付于流水,将来不好去见师父。何况师父本来就疑忌自己,小心谨慎尚不知能否免却危险,如今又将飞剑遗失,岂不准是个死数?越想越痛悔交集。正在无计可施,猛想起餐霞大师近在黄山,何不求她相助,除去怪鸟,夺回飞剑,岂不是好。正要举步回头,忽然又觉不妥,"自己出来好多会儿,薛、柳二人想必业已醒转,见自己不在洞中,必然跟踪监视。现在师父就疑心自己与餐霞大师暗通声气,如果被薛蟒知道自己往求餐霞大师,岂非弄假成真,倒坐实了自己通敌罪名?"

想来想去,依旧是没有活路。明知那怪鸟非常厉害,这会儿竟忘了处境的危险,将身靠着崖侧短树,想到伤心之际,不禁流下泪来。正在无计可施,忽听身后有人说话道:"你这娃娃年岁也不小了,太阳都快落西山了，还不回去，在这里哭什么？难为你长这么大个子。"司徒平闻言，回头一看，原来是一个穿着破烂的穷老头。司徒平虽然性情和善，平素最能忍气，在这气恨冤苦忿不欲生的当儿，见这老头子倚老卖老，言语奚落，不由也有些生气。后来一转念，自己将死的人，何必和这种乡下老儿生气？勉强答道："老人家，你不要挖苦我。这里不是好地方，危险得很。下面有妖怪，招呼吃了你，你快些走吧。"老头答道："你说什么？这里是雪浪峰紫玲谷，我常是一天来好几次，也没遇见什么妖怪。我不信单你在这里哭了一场，就哭出一个妖怪来？莫不是你看中秦家姊妹，被她们用云雾将谷口封锁，你想将她姊妹哭将出来吧？"司徒平见那老头说话疯疯癫癫，似真似假，猛想起这里虽是黄山支脉，因为非常高险，记得适才追那对白兔时经过那几处险峻之处，若不是会剑术飞行，平常休想飞渡。这老头却说他日常总来几次，莫非无意中遇见一位异人？正在沉思，不禁抬头去看那老头一眼，恰好老头也正注视他。二人目光相对，司徒平才觉出那老者虽然貌不惊人，那一双寒光炯炯的眸子，仍然掩不了他的真相，愈知自己猜想不差。灵机一动，便近前跪了下来，说道："弟子司徒平，因追一对白兔到此，被远处飞来一只大怪鸟将弟子飞剑抓去，无法回见师父。望乞老前辈大发慈悲，助弟子除了怪鸟，夺回飞剑，感恩不尽！"那老头闻言，好似并未听懂司徒平所求的话，只顾自言自语道："我早说大家都是年轻人，哪有见了不爱的道理？连我老头子还想念我那死去的黄脸婆子呢。我也是爱多管闲事，又惹你向我麻烦不是？"司徒平见所答非所问，也未听出那老头说些什么，仍是一味苦求。那老头好似被他纠缠不过，顿足说道："你这娃娃，真呆！它会下去，你不会也跟着下去么？朝我老头子啰唣一阵，我又不能替人家嫁你做老婆，有什么用？"司徒平虽听不懂他后几句话的用意，却听出老头意思是叫他纵下崖去，便答道："弟子微末道行，全凭飞剑防身。如今飞剑已被崖下怪鸟抢去，下面云雾遮满，看不见底，不知虚实，如何下去？"老头道："你说那秦家姊妹使的障眼法么？人家不过是怄你玩的，那有什么打紧？只管放大胆跳下去，包你还有好处。"说罢，拖了司徒平往崖边就走。

司徒平平日忧谗畏讥，老是心中苦闷，无端失去飞剑，更难邀万妙仙姑见谅，又无处可以投奔，已把死生置之度外。将信将疑，随在老头身后走向崖边，往下一看，崖下云层愈厚，用尽目力，也看不出下面一丝影迹。正要说话，只见那老头将手往下面一指，随手发出一道金光，直往云层穿去。金光到处，那云层便开了一个丈许方圆大洞，现出下面景物。司徒平探头定睛往下面一看，原来是一片长条平地，离上面有百十丈高。东面是一泓清水，承着半山崖垂下来瀑布。靠西面尽头处，两边山崖往一处合拢，当中恰似一个人字洞口，石上隐隐现出三个大字，半被藤萝野花遮蔽，只看出一个半边"谷"字。近谷口处疏疏落落地长了许多不知名的花树，丰草绿茵，佳木繁荫，杂花盛开，落红片片。先前那只怪鸟已不知去向，只看见适才所逐的那一对白兔，各竖着一双欺霜赛雪的银耳，在一株大树旁边自在安详地啃青草吃，越加显得幽静。司徒平正要问那老头是否一同下去，回顾那老头已不知去向，急忙纵到高处往四面一望，哪里有个人影。再回到崖边一看，那云洞逐渐往小处收拢。知道再待一会儿，又要被密云遮满，无法下去。老头已走，自己又无拨云推雾本领。情知下面不是仙灵窟宅，便是妖物盘踞之所。自己微末道行，怎敢班门弄斧，螳臂当车？要不下去，又不能回去交代。暗怪那老头为德不终。正在盘算之际，那云洞已缩小得只剩二尺方圆，眼看就要遮满，和先前一样。万般无奈，只好硬着头皮，把心一横，决定死中求活，跳下去相机设法盗回飞剑。不计成败利钝，使用轻身飞跃之法，从百十丈高崖，对准云洞纵将下去。脚才着地，那一对白兔看见司徒平纵身下来，并不惊走，抢着跳跃过来，挨近司徒平脚前，跟家猫见了主人取媚一般，宛不似适才神气。司徒平福至心灵，已觉出这一对白兔必有来历。自己身在虎穴，吉凶难定，不但不敢侮弄捉打，反蹲下地来，用手去抚摸它们的柔毛。那一对白兔一任他抚弄，非常驯善。

　　司徒平回望上面云层，又复遮满。知道天色已晚，今晚若不能得回飞剑，绝难穿云上去。便对那一对白兔道："我司徒平蒙二位白仙接引到此。适才那位飞仙回来，是我不知，放出飞剑防身护体，并无敌视之心，被飞仙将我飞剑抓去，回山见不得师尊，性命难保。白仙既住此间，必与飞仙一家，如有灵异，望乞带我去见飞仙，求它将飞剑发还，感恩不尽，异日道成，必报大恩。不知白仙能垂怜援手不？"那白兔各竖双耳，等司徒平说完，便用前爪抓了司徒平衣角一下，双双往谷内便跑。司徒平也顾不得有何凶险，跟在白兔身后。那一对白兔在前，一路走，不时回头来看。司徒平也无心赏玩下面景致，提心吊胆跟着进了谷口时已近黄昏，谷外林花都成了暗红颜色，谁知谷内竟是一片光明。抬头往上面一看，原来谷内层崖四合，恰似一个百丈高的洞府，洞顶上面嵌着十余个明星，都有茶杯大小，清光四照，将洞内景物一览无遗。司徒平越走越深，走到西北角近崖壁处，有一座高大石门半开半闭。无心中觉得手上亮晶晶的有两点蓝光，抬头往上面一看，有两颗相聚不远的明星，发出来的亮光竟是蓝色的，位置也比其余的明星低下好多，那光非常之强，射眼难开。只看见发光之处，黑茸茸一团，看不出是何景象，不似顶上星光照得清晰。再定睛一看，黑暗中隐隐现出像鸾凤一般的长尾，那两点星光也不时闪动，神情竟和刚才所见怪鸟相似。不由吓了一大跳，才揣出那两点蓝光定是怪鸟的一双眼睛无疑，知道到了怪物栖息之所。事已至此，正打算上前施礼，通白一番，忽觉有东西抓他的衣角。低头一看，正是那两个白兔，那意思似要司徒平往石门走去。司徒平已看出那一对白兔是个灵物，见拉他衣服往里走，知道必有原因。反正自己既已豁出去，也就不能再顾前途的危险，见了眼前景物，反动了好奇之心，不由倒胆壮起来。朝那怪鸟栖息之处躬身施了一礼，随着那一对白兔往门内走去。

才进门内，便觉到处通明，霞光滟滟，照眼生缬。迎面是三大间石室，那白兔领了他往左手一间走进。石壁细白如玉，四角垂着四挂珠球，发出来的光明照得全室净无纤尘。玉床玉几，锦褥绣墩，陈设华丽到了极处。司徒平幼经忧患，早入山林，万妙仙姑虽不似其他剑仙苦修。也未断用尘世衣物，几曾见过像贝阙珠宫一般的境界？不由惊疑交集。那白兔拉了司徒平在一个锦墩上坐下后，其中一个便叫了两声，跳纵出去。司徒平猜那白兔定是去唤本洞主人。身入异地，不知来者是人是怪，心情迷惘，也打不出什么好主意，便把留在室中的白兔抱在身上抚摩。几次想走到外间石室探看，都被那白兔扯住衣角，只得听天由命，静候最后吉凶。

等了有半盏茶时，忽听有两个女子说话的声音。一个道："可恨玉儿、雪儿，前天听了白老前辈说的那一番话，它们便记在心里，竟去把人家引来。现在该怎么办呢？"另一个说话较低，听不大清楚。司徒平正在惊疑，先出去的那只白兔已从外面连跳带纵跑了进来。接着眼前一亮，进来两个云裳雾鬓、容华绝代的少女来。年长的一个约有十八九岁，小的才只十六七岁光景,俱都生得秾纤合度,容光照人。司徒平知是本洞主人,不敢怠慢,急忙起立,躬身施礼,说道:"弟子司徒平,乃黄山五姑步万妙仙姑门下。今日偶在山崖闲坐,看见两位白仙在草中游戏,肉眼不识浅深,恐被师弟薛蟒看见杀害,想将它们赶走。追到此间,正遇本洞一位飞仙从空中飞来。彼时只见一片乌云遮天盖地,势甚凶猛,弟子保命情急,不合放出飞剑护体,并无为敌之心。想是那位飞仙误会,将弟子飞剑收去。回去见了家师,必受重罚,情急无奈。蒙一位仙人指引,拨开云雾,擅入仙府,意欲恳求那位飞仙赐回飞剑,又蒙两位白仙接引到此。望乞二位仙姑垂怜弟子道力浅薄,从师修炼不易,代向那位飞仙缓颊,将弟子飞剑赐还,感恩不尽!"说罢,便要跪将下去。那年轻的女子听司徒平说话时,不住朝那年长的笑。及至司徒平把话说完,没等他跪下,便上前用手相搀。司徒平猛觉入手柔滑细腻,一股温香直沁心脾,不由心旌摇摇起来。暗道:"不好!"急忙把心神收住,低头不敢仰视。

那年长的女子说道:"我们姊妹二人,一名秦紫玲,一名秦寒萼,乃宝相夫人之女。先母隐居此地已有一百多年。初生我时,就在这紫玲谷,便将谷名做了我的名字。六年前,先母兵解飞升,留下一只千年神鹫同一对白兔与我们做伴,一面闭门修道。遇有需用之物,不论相隔万里,俱由神鹫去办。愚姊妹性俱好静,又加紫玲谷内风景奇秀,除偶尔山头闲立外,只每年一次骑着神鹫,到东海先母墓上哭拜一番,顺便拜谒先母在世好友、东海三仙中的玄真子,领一些教益回来修炼。一则懒得出门,二则愚姊妹道力浅薄,虽有神鹫相助,终恐引起别人觊觎这座洞府,一年到头俱用云雾将谷上封住。还恐被人识破,在云雾之下又施了一点小法。除非像玄真子和几位老前辈知道根底的人,即使云雾拨开,也无法下来。愚姊妹从不和外人来往,所以无人知道。前日愚姊妹带了两个白兔,正在崖上闲立,偶遇见一位姓白的老前辈。他说愚姊妹世缘未了,并且因为先母当年错入旁门,种的恶因甚多,虽为东海三仙助她兵解,幸免暂时大劫,在她元神炼就的婴儿行将凝固飞升以前,仍要遭遇一次雷劫,把前后千百年苦功,一旦付于流水。他老人家不忍见她改邪归善后又遭此惨报,知道只有道友异日可以相助一臂之力。不过其中尚有一段因果,愚姊妹尚在为难,今早已命神鹫到东海去请示。适才带来一封书信,说玄真子老前辈无暇前来,已用飞剑传书，转请优昙大师到此面谕。愚姊妹原想等优昙大师到来再行定夺，不想被白兔听去，它们恐故主遭厄，背着愚姊妹将道友引来。神鹫自来不有愚姊妹吩咐，从不伤人，只是喜欢恶作剧。它带回书信时，抓来一把飞剑，同时白兔也来报信，已将道友引到此地，才知冒犯了道友。愚姊妹因与道友从未见面，不便上去当面交还飞剑，仍想待优昙大师驾到再作计议。不想道友已跟踪来此。听道友说下谷之时曾蒙一位仙人拨云开洞。我想知道愚姊妹根底的仙人甚少，但不知是哪位仙人有此本领？道友是专为寻剑而来，还是已知先母异日遭劫之事？请道其详。"

司徒平听那女子吐属从容，声音婉妙。神尼优昙与东海三仙虽未见过，久已闻名，知是正派中最有名的先辈，既肯与二女来往，绝非邪魔外道。适才疑惧之念，不由涣然冰释。遂躬身答道："弟子实是无意误入仙府，并无其他用意。那拨开云洞的一位仙人素昧平生，因是在忙迫忧惊之际，也未及请问姓名。他虽说了几句什么紫玲谷秦家姊妹等语，并未说出详情。弟子愚昧，也不知话中用意，未听清楚。无端惊动二位仙姑，只求恕弟子冒昧之愆，赏还飞剑，于愿足矣。"那年幼的女子名唤寒萼的，闻言抿嘴一笑，悄对她姊姊紫玲道："原来这个人是个呆子，口口声声向我们要还飞剑。谁还稀罕他那一根顽铁不成？"紫玲怕司徒平听见，微微瞪了她一眼。又对司徒平道："尊剑我们留它无用，当然奉还。引道友来此的那位仙人既与道友素昧平生，他的相貌可曾留意？"司徒平本是着意矜持，不敢仰视。因为秦寒萼向她姊姊窃窃私语，听不大真，不由抬头望了她二人一眼。正赶上紫玲面带轻嗔，用目对寒萼示意，知是在议论他。再加上紫玲姊妹浅笑轻颦，星眼流波，皓齿排玉，朱唇款启，越显得明艳绰约，仪态万方，又是内愧，又是心醉，不禁脸红起来。正在心神把握不住，忽听紫玲发问，心头一震，想起自己处境，把心神一正，如一盆凉水当头浇下，立刻清醒过来，正容答话，应对自如，反不似先前低头忸怩。紫玲姊妹听司徒平说到那穷老头形象，彼此相对一看，低头沉思起来。司徒平适才急于得回飞剑，原未听清那老头说的言语，只把老头形象打扮说出。忽见她姊妹二人玉颊飞红，有点带羞神气，也不知就里。便问道："弟子多蒙那位仙人指引，才得到此。二位仙姑想必知道他的姓名，可能见告么？"紫玲道："这位前辈便是嵩山二老中的追云叟。他的妻子凌雪鸿曾同先母二次斗法，后来又成为莫逆之友。他既对道友说了愚姊妹的姓名，难道就未把引道友到此用意明说么？"

司徒平一听那老头是鼎鼎大名的追云叟，暗恨自己眼力不济，只顾急于寻求飞剑，没有把自己心事对追云叟说出，好不后悔。再将紫玲姊妹与追云叟所说的话前后一对照，好似双方话里有因，究竟都未明说，不敢将追云叟所说的风话说出。只得谨慎答道："原来那位老前辈便是天下闻名的追云叟。他只不过命弟子跟踪下来寻剑，并未说出他有什么用意。如今天已不早，恐回去晚了，师弟薛蟒又要搬弄是非，请将飞剑发还，容弟子告辞吧。"紫玲闻言，将信将疑，答道："愚姊妹与道友并无统属，休得如此称呼。本想留道友在此作长谈，一则优昙大师未来，相烦道友异日助先母脱难之事不便冒昧干求；二则道友归意甚坚，难于强留。飞剑在此，并无损伤，谨以奉还。只不过道友在万妙仙姑门下，不但误入旁门，并且心志绝难沉潜一气。如今道友晦气已透华盖，虽然中藏彩光，主于逢凶化吉，难保不遇一次大险。这里有一样儿时游戏之物，名为弥尘幡。此幡颇有神妙，能纳须弥于微尘芥子。一经愚姊妹亲手相赠，得幡的人无论遭遇何等危险，只需将幡取出，也无须掐诀念咒，心念一动，便即回到此间。此番遇合定有前缘，请道友留在身旁，以防不测吧。"说罢，右手往上一抬，袖口内先飞出司徒平失的剑光。司徒平连忙收了。再接过那弥尘幡一看，原来是一个方寸小幡，中间绘着一个人心，隐隐放出五色光华，不时变幻。听紫玲说得那般神妙，知是奇宝，躬身谢道："司徒平有何德能，蒙二位仙姑不咎冒昧之愆，反以奇宝相赠，真是感恩不尽！适才二位仙姑说太夫人不久要遭雷劫，异日有用司徒平之处，自问道行浅薄，原不敢遽然奉命。既蒙二位仙姑如此恩遇优礼，如有需用，诚恐愚蒙不识玄机，但祈先期赐示，赴汤蹈火，在所不辞。"紫玲姊妹闻言，喜动颜色，下拜道·"道友如此高义，死生戴德！至于道友自谦道浅，这与异日救援先母无关，只需道友肯援手便能解免。优昙大师不久必至，愚姊妹与大师商量后，再命神鹫到五云步奉请便了。只是以后不免时常相聚，有如一家，须要免去什么仙姑、弟子的称呼才是。在大师未来以前，彼此各用道友称呼如何？"司徒平见紫玲说了两次，非常诚恳，便点头应允，当下向紫玲姊妹起身告辞。寒萼笑对紫玲道："姊姊叫灵儿送他上去吧，省得他错了门户，又倒跌下来。"

紫玲微瞪了寒萼一眼道："偏你爱多嘴！路又不甚远，灵儿又爱淘气，反代道友惹麻烦。你到后洞去将阵式撤了吧。"寒萼闻言，便与司徒平作别，往后洞走去。

司徒平随了紫玲出了石室，指着顶上明星，问是什么妙法，能用这十数颗明星照得合洞光明如昼。紫玲笑道："我哪里有这么大法力。这是先母当初在旁门中修道时，性喜华美，在深山大泽中采来巨蟒大蚌腹内藏的明珠，经多年修炼而成。自从先母归正成道，一则顾念先母手泽，二则紫玲谷内不透天光，乐得借此点缀光明，一向也未曾将它撤去。"司徒平再望神鹫栖伏之处，只剩干干净净一片突出的岩石，已不知去向。计算天时不早，谷内奇景甚多，恐耽延了时刻，不及一一细问，便随着紫玲出了紫玲谷口。外面虽没有明星照耀，仍还是起初夕阳衔山时的景致。问起紫玲，才知是此间的一种灵草，名银河草，黑夜生光的缘故。正当谈笑之际，忽听隐隐轰雷之声。抬头往上一看，白云如奔马一般四散开去，正当中现出一个丈许方圆的大洞，星月的光辉直透下来。紫玲道："舍妹已撤去小术，拨开云雾，待我陪引道友上去吧。"说罢，翠袖轻扬，转瞬间，还未容司徒平驾剑冲霄，耳旁一阵风生，业已随了紫玲双双飞身上崖。寒萼已在上面含笑等候。这时空山寂寂，星月争辉。司徒平在这清光如昼之下，面对着两个神通广大、绝代娉婷的天上仙人，软语叮咛，珍重惜别，不知为何竟会有些恋恋不舍起来。又同二女谈了几句钦佩的话，猛想起出来时晏，薛蟒必要多疑，忽然心头激灵灵打了个冷战，不敢再为留恋，辞别二女，驾起剑光，便往五云步飞回。离洞不远，收了剑光落下地来，低头沉思，见了薛蟒问起自己踪迹，如何应付？正在一步懒似一步往洞前走去，忽地对面跑来一人说道："师兄你到哪里去了？害我们找得你好苦！"司徒平一看来人，正是三眼红蜺薛蟒，心中微微一震，含笑答道："我因一人在洞前闲坐了一会儿，忽见有两只白兔，长得又肥又大，因你夫妻远来，想捉来给你夫妻接风下酒，追了几个峰头，也未捉到。并没到别处去。"话言未了，薛蟒冷笑道："你哄谁呢？凭你的本领，连两只兔子都捉不到手，还追了几个峰头？你不是向来不愿我杀生么？今天又会有这样好心，捉两个兔子与我夫妻下酒？我夫妻进洞出来时，天还不过酉初，现在都什么时候啦？我劝你在真人面前，少说瞎话吧。"

第七十八回　姜斐相加　冤遭毒打
　　　　　　　　彩云飞去　喜缔仙姻

司徒平平素正直，不善强辩。他虽瞒过紫玲谷得见二女一段未说，追赶白兔一切也是实言，但因情实话虚，又不会措辞，被薛蟒问了个张口结舌。只得正色答道："愚兄一生不会说假话，师父不在洞府，我随便往洞外闲游，难道还有什么弊病么？"薛蟒冷笑道："我管你呢，你爱走哪里走哪里。你不是在餐霞老尼那里学会了峨眉剑法么？你本事大，师父多，谁还管得了？我不过因为有人在洞中等你回来谈天，好意同了燕娘满山去寻你回来，偏会寻不见。后来想起你也许趁师父不在家，又到餐霞老尼那里去讨教。明知人家和我们师徒不对，但因来人要等你回来说几句话就要走，无可奈何，只得到文笔峰去打听。不知你是真未去，也不知是不见我，人未寻着，反被周轻云那个贼丫头排揎了我一顿，只得忍气吞声回来。正要进洞去对那等你的人说，你倒知机，竟得信赶回来了。"司徒平听薛蟒话中隐含讥刺，又气又急。又听薛蟒说洞内还有人等他说话，暗想："自己虽在万妙仙姑门下，并无本门朋友。正派中虽有几个知好，因恐师父多疑，从未来往。"怎么想，也想不出那人是谁。只得强忍怒气，对薛蟒道："师弟休要多心，以为我到餐霞大师那里讨教，适才所说的话并无虚言。只顾你和我开玩笑不要紧，若被师父回来知道，当了真，愚兄吃罪不起。再者，我除贤弟同师父外，并未交过朋友。你说现在洞府内有人等我，但不知是什么来历？何妨告知愚兄，也好做一准备。"薛蟒狞笑道："你问洞中等你的人么？那是你的多年老友，他正等着你呢。快随我去一见，自会明白，你问我做甚？"说罢，回身就走。司徒平已看出薛蟒错疑了他，有些不怀好意。估量他和柳燕娘二人自己还能对付，就是他们接了师父飞剑传书，也不过奉命监视,师父不在家,暂时怕他何来?且到洞中看看来人是谁,再作计较。当下也不再和薛蟒多言,跟在他后面往洞内走去。

才一进洞,便听薛蟒在前大声道:"禀恩师,反叛司徒平带到!"一言未了,司徒平已看见里面石室当中,万妙仙姑满脸怒容坐在那里。司徒平听薛蟒进门那般说法,大是不妙,吓得心惊胆战,上前跪下说道:"弟子司徒平不知师父驾到,擅离洞府,罪该万死!"说罢,叩头不止。万妙仙姑冷笑道:"司徒平,你这业障!为师哪样错待了你,竟敢背师通敌?今日马脚露出,你还有何话讲?"司徒平叩头叫屈道:"弟子因在坡前小立,无心追赶白兔为戏,虽然擅离洞府,并未他去。背师通敌之言,实在屈杀弟子。"万妙仙姑还未答言,薛蟒在旁凑上前,密禀了几句。万妙仙姑勃然大怒道:"你还说没有背师通敌,你以为为师远去云南,必定耽误多时才回,便去和敌人私通消息。薛蟒亲见你从文笔峰回来,还敢用谎言搪塞?你若真是追赶白兔,为何薛蟒寻了你几个时辰并未寻着?快快招出真情,免遭重戮!"司徒平见万妙仙姑信了薛蟒谗言,冤苦气忿到了极处。知道师父厉害,若不设法证明虚实,性命难保。便又叩头哭诉道:"弟子一向忧谗畏讥,天胆也不敢和外人来往。如果师父不信,尽可用卦象查看弟子自师父走后,可曾到文笔峰去过?如尽信师弟一面之词,弟子死在九泉也难瞑目。"万妙仙姑冷笑一声,便命薛蟒将先天卦交取来。排开卦象一看,司徒平虽然未到餐霞大师那里,可是红鸾星动,其中生出一种新结合,于自己将来大为不利。便怒目对司徒平道:"大胆业障,还敢强辩!你虽未到文笔峰勾结敌人,卦象上明明显出有阴人和你一党,与我为难。好好命你说出实话,谅你不肯。"说罢,长袖往上一提,飞出一根彩索,将司徒平捆个结实。命薛蟒将司徒平倒吊起来,用蛟筋鞭痛打。

司徒平知道万妙仙姑秉性,又加薛蟒在旁播弄,此时已动了无明真气,就是将遇秦氏二女真情说出,也不会见信。何况秦氏二女行时,既嘱自己不要泄露她们的来历住址,想必也有点畏惧万妙仙姑的厉害。自己反正脱不了一死,何苦又去连累别人?想到这里,把心一横,一任薛蟒毒打,只是一味叫屈,不发一言。那蛟筋鞭非常厉害,司徒平如何经受得起,不消几十下,已打了个皮肉绽飞。司徒平身子悬空,倒吊在那里,被薛蟒打得东西乱摆,痛彻心扉。万妙仙姑见司徒平一味倔强叫屈,不肯说出实话,越发怒上加怒，便命薛蟒活活将他打死。薛蟒巴不得去了这个眼中之钉，听了万妙仙姑吩咐，便没头没脸地朝司徒平致命之处打去。司徒平已疼得昏昏沉沉，一息奄奄，连气都透不过来了。忽然薛蟒一鞭梢扫在司徒平身带的弥尘幡上。司徒平起初以为万妙仙姑到西藏去，至早也得过端阳，万没料到半途折回。乍一见面，平时积威之下，本就吓昏，再加被薛蟒告发了一套逸言，又冤苦，又忿恨，气糊涂了，只顾叫屈申辩，竟把秦氏二女所赠的弥尘幡忘却。这时在疼痛迷惘之中，被薛蟒一鞭打在幡上，猛觉胸前一阵震动，才想起秦氏二女赠宝时所说的那一番话。刚被捆时，满拼必死；一经发现生机，便起了死中求活之想。怎奈手脚四马攒蹄倒吊在那里，无法取出应用。就在这凝思的当儿，又被薛蟒风狂雨骤打了好几十下。若非司徒平近年道力精进，就这一顿打，怕不筋断骨折，死于非命。司徒平疼得力竭声嘶，好容易才进出："师父息怒，弟子知罪，愿将真情说出，请师父停打，放下来缓一缓气吧！"才一说完，头上又中了一鞭，痛晕过去。

这时柳燕娘已侍立在侧，见司徒平挨这一顿毒打，才知万妙仙姑如此心毒。她惯做淫恶不法之事，到底没有见人这般死去，虽然动了恻隐之心，惧怕万妙仙姑厉害，哪敢婉言劝解。及至见司徒平知悔求饶，又被薛蟒打晕过去，便向万妙仙姑道："大师兄肯说实话哩。"万妙仙姑本未计及司徒平死活，无非自己多年心血，受尽辛苦，炼了几件厉害法宝，算计第三次峨眉斗剑遭受空前大劫，自己已有胜无败。无端从今日卦象上看出司徒平所勾结的两个阴人，竟是将来最厉害的克星，较比平日时时担心的恶邻餐霞大师还要厉害。不由又气又急又恨，打算将司徒平拷问明白，再行处死，不然司徒平早死在万妙仙姑飞剑之下了。因为气恨司徒平到了极处，只一味喝打，并没留神听他说些什么。听柳燕娘在旁一说，才得提醒。心想："打死这个业障算得什么，还是问明他所勾结的人是谁，好早做准备要紧。"连忙吩咐薛蟒住手，放他下来。薛蟒还怕司徒平驾飞剑逃跑，请万妙仙姑先将他飞剑收去，才将司徒平放下地来。

司徒平业已浑身痛得失了知觉，软瘫在地动转不得。万妙仙姑还一味喝他快讲。薛蟒又嫌他装死，照脊梁又是一鞭。疼得司徒平在地下打了一溜滚。知道危险万分，不管弥尘幡是否如秦氏二女所说那样神妙，颤巍巍摇着左手，装出怕打神情，有气无力地说道："弟子就说，请师父、师弟免打。"暗中提气凝神，猛地将右手伸入怀内，摸着弥尘幡，咬牙负痛取将出来，捏着幡柄一晃，心往紫玲谷一动念，极力高呼道："师父休得怨恨，弟子告辞了！"言还未了，满洞俱是光华，司徒平踪迹不见。万妙仙姑万没料到司徒平会行法逃走，一面放出飞剑，急忙纵身出洞一看，只见一团彩云比电闪还疾，飞向西南方，眨眼不见。忙将身剑合一，跟踪寻找，哪里有一丝迹兆。情知是异日的祸害，好生闷闷不乐，只得收剑光回转洞府。

原来万妙仙姑许飞娘到西藏去，走不多远，放出飞剑传书与薛蟒，叫他留神监视司徒平，等到飞剑飞回再走。遇见俞德追来，便把自己声东击西，暂不露面的主意说出。正要起身，忽然心中一动，恰好飞剑回来。猛想起："自己原为机密，才用飞剑传书。虽然定能传与薛蟒本人，但是他和司徒平常在一起，难保不被他看出。薛蟒不令泄露，司徒平焉能不寻根探底？岂非又是一时大意？"后来又想："司徒平随自己多年，虽不及薛蟒对自己忠诚，尚无大错。起初他向敌人求教，也出于向道心切，又加不知我的用意。近来形迹可疑，并无实据。好在去端阳还早，司徒平如果甘心叛逆，趁自己不在洞中，必然不大顾忌。自己一向急于炼宝，无暇认真考察，只听薛蟒一面之词，对他待遇不佳，究难叫人心服。何不趁他不知，中途折回，一则问薛蟒看信时他是否在侧，二则暗中考察一番。如果通敌是实，及早将他除去。自己处置徒弟，外人也干涉不了。何必借他虚报消息，多此一举，徒留后患做甚？"便对俞德说明，日内准去赴约，只不要向人前说起，以免敌人防备。这次如果能在暗中出力，不出面更好。如果不得已和敌人破了脸，索性连黄山都不住了。

二人分别以后，万妙仙姑赶回洞府，正遇薛蟒同柳燕娘在洞前并肩说话。她先隐闪在薛蟒身后，命薛蟒到僻静处说话。薛蟒听出是师父声音，吓了一跳，便对柳燕娘说："师父命我监视大师兄，他不知何往。你在这里等他，待我去查探他的动静，立刻回来。"万妙仙姑一听，司徒平果然不在洞中，越发动了疑心。薛、柳二人毋庸避忌，便现身出来。慌得薛蟒带了柳燕娘一同跪叩。万妙仙姑勉励了他二人几句，便问司徒平踪迹。薛蟒便说："接师父飞剑传书时，曾见他在崖旁一闪。以后便不知去向，找了他半天，也未找着，看他神气举动，都非常可疑。"薛蟒原是同柳燕娘进洞淫乐了一阵，出来不见司徒平。适才又看出是故意躲他，分明气不服他夫妻二人,暗暗咬牙痛恨。难得师父中道折回,司徒平又未在侧,乐得添枝加叶,谗言陷害。万妙仙姑闻言,勃然大怒,走进洞去。薛蟒还怕司徒平就在左近闲坐,故意讨命去寻他回来,好哄司徒平上当。谁知出来寻了两三个时辰,也未寻见,猜他又到文笔峰餐霞大师的别府中去讨好。鬼头鬼脑跑去一问,被周轻云将他辱骂一顿,若非见机,差点送了小命。越疑心司徒平是在轻云洞中。心想:"你怕我对师父说,不敢出来。我只守定来路,抓你一个真赃实犯。"便在文笔峰左近等候。正等得无聊,柳燕娘跑来说,万妙仙姑唤他回去。他便叫柳燕娘对师父去说,司徒平藏在文笔峰洞中,自己等他一同回去。柳燕娘才走,忽听破空声音,司徒平驾剑飞回。薛蟒猜他是故意从别处闹玄虚,才用言语讥刺,也未对他说明师父回来。

  万妙仙姑本已多疑,听了柳燕娘回报,若非暂时还有一些顾忌,几乎气得去寻餐霞大师讲理。正在气恼,恰好司徒平回来,又从卦象上看出有阴人为害,才决定将司徒平打死。司徒平借弥尘幡逃走时,万妙仙姑看见他手中摇着一个小幡,立刻便有光华彩云将他拥走,觉得这法宝来路虽不是峨眉派中人所用,似乎听人说过,怎么想也想不起来。知道司徒平走不打紧,他勾结两个阴人却是非同小可,关系前途甚大。忿恨了一阵,想暂时不赴西藏,先查访出司徒平和两个阴人的来历再说。连用卦象查看了好几次,这两个阴人俱是近在咫尺,连方向都算出来,只寻不见踪迹。转瞬便隔端阳不远,不能再耽延。好在卦象上算出暂时还没有妨害,并且自己就寻着了,也不过是多一层防备,奈何别人不得。想起将来,叹了一口气,想不出什么好主意来。只得先赴西藏之约,到时再说。走时,薛蟒要司徒平那口飞剑。

  万妙仙姑道:"此剑原名聚奎,本是司徒平祖父、大名总镇[①]司徒定传家之宝。自从他祖父在任上殉难,全家调害。当时有他家一个丫头,带了这业障褓裸之中的父亲逃走。逃到晋南荣河县,遇见追云叟白谷逸的妻子凌雪鸿,将他二人收下,带回嵩山,给那小孩取名司徒兴明。那老丫头便是五十年前江湖上有名的呆姑娘尤於冰,被我们五台派混元祖师门下弟子女枭神蒋三姑杀死。司徒兴明迷恋蒋三姑美色,不给尤於冰报仇,反娶了

---

① 总镇:总兵的别称,明朝官职。

蒋三姑为妻。凌雪鸿一怒之下,将司徒兴明逐出门墙。他二人就成了夫妇。司徒兴明自知所行不对,又不愿回五台,更怕遭峨眉派同二老、三仙的痛恨,双双逃到新疆天山博克大坂顶上寒谷之内,隐居修炼。蒋三姑明知背了混元祖师便会孤立,无奈同司徒兴明恩爱,只得委曲相从。过了数十年,才生下司徒平,不满三岁,便被尤於冰的好友、衡山白鹿洞金姥姥罗紫烟寻来报仇,将蒋三姑杀死。司徒兴明拼命救护,也中了一剑,他的飞剑又被罗紫烟收去。气忿不过,带了这口聚奎剑同司徒平,从新疆到五台,才知你祖师业已圆寂多年。冤家路窄,又遇见你师伯金身罗汉法元。法元未出家时原名何章,当初因想娶蒋三姑,费尽千辛万苦不曾到手。好容易得到祖师垂怜,替他做主,不久便命蒋三姑嫁他。不想蒋三姑却嫁了司徒兴明,背师隐避。你师伯气忿出家,从此不近女人,却把司徒兴明恨入骨髓。怎奈蒋三姑本领厉害,又查访不出住址。怀恨多年,一旦遇见,如何能放他过去?司徒兴明虽然失了飞剑,别的道法还在。他本想见了祖师哭诉经过,自认以前错失,求祖师给蒋三姑报仇,再寻一安身之处,炼那口聚奎剑。蒋三姑生前曾对他说过,祖师驾前有一何章,因为求婚结了深仇,异日见面须要留神。没料到师伯出家改名,不但没有防备,反对他诉说真情,求他念在亡妻同门之谊,助他报仇。你师伯听他说完,仇人见面,分外眼红,当时用剑光将他圈住,先不杀他,慢慢将经过说明。正要下手,司徒兴明猝不及防,情知必死,因想给司徒门中留一点香烟,急中生智,竟装出不能抵御,一任你师伯嘲笑。他本从凌雪鸿学会先天五遁,拼着一条臂膀不要,趁你师伯说得高兴,以为仇人并无本领,可以随意摆布,一个疏神,被司徒兴明就借他飞剑的金遁,带了小儿逃走。你师伯见只断下他一条臂膀,急忙跟踪追赶,并未追上。那司徒兴明虽然带幼子得逃活命,因为你师伯飞剑不比凡金,伤势太重,自知性命活不了几天,望着怀中幼子,正在求生不得,求死不得。偏遇见一位王善人,将他父子接到家中调养。他将事情经过对王善人说了,又用绢写下一封血书,留给幼子司徒平。托王善人等司徒平成人后,带了那封血书同聚奎剑,到嵩山去求追云叟,收留学剑。不久他就身死。

"王善人颇爱司徒平,抚养了不到一年,无端祸从天降,他的侧室与人通奸,设计将他毒死。奸夫淫妇正商量要害王善人的儿子同司徒平的性命,被你师叔岳琴滨路见不平，擒了奸夫淫妇，拷问口供。无心中问出司徒平的来历，并搜出那封血书同一口聚奎剑。当时将奸夫淫妇杀死，放火把王家烧了。因为司徒平是你法元师伯将来仇人，本来想当时杀死。仔细一看，他这两个小孩的资质都不差，便带回华山，想炼神婴剑。炼剑时原打算头一坛先拿王善人的小孩祭剑，第二天再用司徒平。刚刚上坛请好了神，忽然一道剑光飞来，一个不过十二三岁的小姑娘，看去年纪甚小，剑术却非常厉害，一下来先震穿了岳师叔的摄魂瓶，把镇坛神都赶退。岳师叔看看不敌，恰好我从西藏回来，顺路前去看望，无心中却解了他的危急。就我们二人合力迎敌，还损坏我两件法宝，才将那女孩子赶走。王善人之子被那小姑娘救去。岳师叔忽然意懒心灰，说他炼这神婴剑，功败垂成已经三次，从此不再去炼了。因我彼时无有门徒，便将司徒平这业障托付了我，再三嘱咐我不要对法元说，以免坏了司徒平的性命。我因有事在身，时常出游，怕无人照管，不肯要。岳师叔只得把他寄养在一个乡农家内，他本人要离了华山到衡山去隐居，等司徒平长大再来接他。过了八年，去看司徒平时，竟连那家农民都已死绝，探问不出下落，只得罢休。好在救他时他正年幼，人事不知，血书业已烧毁，决不知以前这些因果，也就未放在心上。

"又过了三年，我已将各种仙药以及祭炼法宝、飞剑之物俱都采办齐全，几位要紧的前辈好友也联络好了。有时不得已出外，无人照应门户，渐渐觉得不便，想物色一两个质地好的门徒，老遇不见。有一天到后山去，看见这业障睡在前坡树荫之下，神气非常狼狈，看他根骨却不甚坏。我将他唤醒，一问名字，才知是十二年前岳琴滨从王善人家救出的司徒平。我为有你法元师伯这一段因果，仔细盘问。他并不知前事，只知他幼遭孤零，被一位姓岳的道人将他寄养在一个农民家内，过了四五年，那农家遭了瘟疫，全家死绝，他便带了那口剑到处飘流，去到安徽为一个富家放牛。他到底是修道之后，从小就爱读书学道。不知怎的，被他打听出黄山、九华时有仙人来往，积蓄了点款，受尽千辛万苦，备好干粮，到九华访师不遇。又由九华到黄山，满山走遍，并未遇见一个异人。他见我形迹不似常人，便跪请收录，我将他带回五云步一试，竟是聪明异常。我当时很喜欢，不惜尽心传授。过了三年，又收了你为徒。无心中卜你两人将来的造就，他果然不似平常。不知怎的，卦象显出他同我非常犯克，连卜几次俱是如此。我是相信人定胜天的，从此虽不大喜欢他，但是他无甚过错，也不能无故伤他。也是我一时大意，将他带到餐霞老尼那里，因她夸奖这业障，随便说了几句请她指点的话。这业障竟信以为真，背着我去请教几次，得了峨眉炼剑秘诀。后几年我虽不肯再传授他道法，他自己苦心用功，居然将这一口聚奎剑炼得非常神妙。虽然他逃走之时被我将此剑收来，我带在身边还不要紧，你如要去，须要特别加意，用我传你的剑法再炼四十九天，使它能与你合一。今后再遇这业障时，千万不可显露，以免被他将剑收去，还遭不测。再者我此去西藏，至少须有一月多耽搁。我算出同业障勾结的这两个阴人非常厉害，绝非他们敌手。为师走后，你夫妇二人务要紧闭洞门，趁这数十天光阴炼那口剑，不能出去一步，防他前来夺剑报仇。只要你二人不出去，洞口有我法术封锁，外人休想进来。"

当下又传了柳燕娘一些道法。薛、柳二人跪谢之后，万妙仙姑吩咐二人无须送出洞外，长袖展处，满洞光华，破空而去。薛蟒便照万妙仙姑传的口诀，去炼那口聚奎剑，早晚下工夫。不提。

话说司徒平在疼痛迷惘中，触动一线生机，急中生智，也不暇计及弥尘幡是否神效，取将出来，心念紫玲谷，才一招展，便觉眼前金光彩云，眼花缭乱，身子如腾云驾雾般悬起空中。瞬息之间落下地来，耳旁似闻人语，未及听清，身上鞭伤被天风一吹，遍体如裂了口一般，痛晕过去。等到醒来一看，忽觉卧处温软舒适，一阵阵甜香袭人。他自出娘胎便遭孤零，从小到投师，也不知经了多少三灾八难，颠连辛苦，几曾享受过这种舒服境地？知道是在梦中，打算把在人世上吃的苦，去拿睡梦中的安慰来补偿，多挨一刻是一刻，兀自舍不得睁开眼睛，静静领略那甜适安柔滋味。忽听身旁有女子说话的声音。一个道："他服了咱娘留下的灵丹，早该醒了，怎么还不见动静？"又有一个道："他脸上气色已转红润，你先别惊动他，由他多睡一会儿，自会醒的。幸而他见机得早，根基也厚，再迟一刻，纵有灵丹，也成残废了。"底下的话，好似两个女子在窃窃私语，听不很清，声音非常婉妙耳熟。司徒平正在闭目静听那两个女子说话，猛想起适才所受的冤苦毒打，立觉浑身疼痛，气堵咽喉，透不转来，不由大叫一声，睁开两眼一看，已换了一个境界。自己睡在一个软墩上，身上盖着一幅锦衾。

石室如玉，到处通明，一阵阵芬芳袭人欲醉，室中陈设又华贵，又清幽。秦紫玲、秦寒萼姊妹双双含笑，站离身前不远。再摸身上创伤，竟不知到哪里去了。回忆前情，宛如做了一场噩梦。这才想起是弥尘幡的作用，便要下床叩谢秦氏二女救命之德。刚一欠身，才觉出自己赤身睡在裘内，未穿衣服。只得在墩沿伏叩道："弟子司徒平蒙二位仙姑赐弥尘幡，出死入生，恩同再造。望乞将衣服赐还，容弟子下床叩谢大恩吧。"

寒萼笑对紫玲道："你看他还舍不得穿的那一身花子衣服呢。"紫玲妙目含瞋，瞪了她一眼，正容对司徒平道："你昨夜从紫玲谷回去后，优昙大师同霞姑驾到，说你正在危急。我同妹子还怪你既在危难之中，为何忘了行时之言，用弥尘幡脱身？想去救了你来，大师说你灾难应完，不消多时，自会前来，暂时最好不要许飞娘知道我姊妹二人详情为妙。又怕你回谷后，许飞娘跟踪前来，我们使的那两样障眼法儿瞒不了她，命霞姑将她炼的紫云障借给我们，又吩咐了一番话，才同霞姑回山去了。我到底不放心，正要命神鹫去救你，你已用弥尘幡脱身至此。打你的鞭子非常厉害，你受伤太重，经天风一吹，立刻晕死过去。你穿的衣服已经打得成了糟粉碎丝，你又周身血流紫肿，怕没有几百处伤痕，非内用先母灵丹，外敷玉螭膏，不能即时生效。你彼时已人事不知，我姊妹二人因为优昙大师与三仙、二老再三嘱咐，急于救人，只得从权，将你抱进后洞池中，用灵泉冲洗之后，服了灵丹，敷了玉膏，抬到房中，守候你伤愈醒转。你头上中了好几鞭，震伤头脑，最为厉害。若非你道行根基尚厚，即使救转，也难复原。现在虽然伤势平服，但真气已散，仍须静养数日，才能运气转动。我姊妹二人与你渊源甚深，此后已成一家，感恩戴德的话休再提起。如蒙错爱，即以姊妹相称便了。墩侧有先父遗留的全套衣冠，留你暂时穿用。这里有优昙大师留下的手示，你拿去一观，便知前因后果。我姊妹尚须到前面谷门，去将紫云障放起，以防许飞娘进来。你先静养，少时我们再来陪你谈话。"说罢，取出一封书信递与司徒平，也不俟司徒平答言，双双往外走去。

司徒平平时人极端正，向来不曾爱过女色。自从见了秦氏姊妹，不知不觉间起了一种说不出来的情绪，也并不是想到什么燕婉之私，总觉有些恋恋的。不过自忖道行浅薄，自视太低，不敢造次想同人家高攀，结一忘形之友。昨晚走时，便想异日不知还容他再见不能，不料回洞挨了一顿毒打,倒作成他到这种洞天福地来,与素心人常共晨夕。听紫玲前后所说的语气,不禁心中怦怦直跳。屏气凝神,慢慢将优昙大师的手示拆开看了一遍,不由心旌摇摇,眼花缭乱起来,是真是梦,自己竟不敢断定。急忙定了一定神,从头一字一字仔细观看,自己头一遍竟未看错,喜欢得心花怒放。出世以来,也从未做过这样一个好梦,漫说是真。

原来秦氏姊妹的母亲宝相夫人,本是一个天狐,岁久通灵,神通广大,平日专以采补修炼,也不知迷了多少厚根子弟。她同桂花山福仙潭的红花姥姥最为友好,听说红花姥姥得了一部天书,改邪归正,机缘一到,即可脱劫飞升。自知所行虽然暂时安乐,终久难逃天谴,立意也学她改邪归正。彼时正迷着一个姓秦的少年,因为爱那少年不过,乐极情浓,连失两次真阴,生了紫玲姊妹。那姓秦的少年单名一个渔字,是前文所说斩绿袍老祖的云南雄狮岭长春岩无忧洞当年青城派曾祖极乐真人、现在称为极乐童子、已成真仙的李静虚门下末代弟子,因为黄山采药,被天狐看中,引进洞去。极乐真人李静虚教律极严,只怪门下弟子道行不坚,自找苦吃,不来援救。秦渔本领也煞是了得,在紫玲谷竟然一住多年。那时他次女寒萼也有了两岁。天狐自从得了秦渔,一向陪她享温柔之福,从未离开一步。她只知秦渔是个有根行的修道之士,还没料到是极乐真人的弟子。这日因想起到红花姥姥那里求借天书,侥幸借来,便可同秦渔一同修炼正果。她才走不多两天,秦渔原是被她法术所迷,竟忘了采药之事,天狐走后,觉得无聊,想起自己好久未曾入定,便去打坐。起初心神很难收摄,及至收好入定,神志一清,猛想起自己奉命采药,如何会在此地住了多年?知道失了真阳,不能脱劫飞升,又急又悔,不由痛哭起来。恰好天狐自红花姥姥处赶回,一见他哭,便知事已泄露;并且来时红花姥姥已告诉她秦渔的来历,知道闯了大祸,极乐真人知道一定不容。二人仔细商量了一阵,决定自行投到,向极乐真人面前去负荆领罪,请真人从轻发落。

才把主意打定,真人已在紫玲谷内现身,对秦渔道:"我轻易不收弟子,凡我门下人,大都根行深厚,与别的剑仙不同,内外功行圆满,不能上升仙阙,也都成为散仙。自从错收了两个弟子,清理门户之后,因为人才难得,决意不再收徒。满想你根基异于常人,虽不能传我道统,也可得成正果。不想你遇见天狐,迷了本性,固然你二人前世孽缘,也是你道心不能坚定，咎由自取，没有克欲功夫。你们一动念间，我已尽知。一则念你虽然有罪，平昔尚有功无过；你妻天狐虽然一向采补阴阳，但是从未伤生，又能炼就灵药，补还人家亏损，使被采补的人仍能终其天年。如今她的大劫将临，居然因同你一段孽缘，同时迷途知返，又未始非她为恶不彰所致，因此特来指点你二人生路。你妻天狐去借红花姥姥天书，漫说各有仙缘，岂能妄借？即使借来，为期已促，也来不及修炼。所幸她尚有十年光阴。她昔日迷恋诸葛警我，因问出是玄真子得意弟子，未敢妄动，并且还助他脱了三灾，采到千年紫河草，与玄真子师徒结了一点香火因缘，成为方外之交。到十年期满，可拿我书信去求玄真子助她兵解，避去第二次雷劫。你犯了条规，万不能再容你回去，可仍在紫玲谷修炼。你夫妻各本所学，尽心传授两个幼女，异日我好友长眉真人门下大有用她之处。到十年期满，你再回到云南，在我岩前自行兵解，那时为师再度为你出世。但是你妻子虽借兵解脱二次雷劫，等到婴儿炼成，第三次雷劫又到，只有壬寅年壬寅月壬寅日壬寅时生的一个根行深厚的人，才能救她脱难，我与玄真子书上业已说明，到时玄真子自会设法物色这人前来解劫。为师所言，务要谨记，稍一怠惰疏忽，万劫不复，各把以前功行付于流水。"说罢，满洞金光，留下一封书信，极乐真人飞了回去。秦渔同了天狐连忙朝天跪叩，谢了真人点化之恩。

从此夫妻各洗凡心，尽心教育紫玲姊妹。天狐昔日因救诸葛警我，收了一个千年灵鹫，厉害非凡。等到十年期满，夫妻二人就要各奔前程，去应劫数。此时紫玲姊妹已尽得秦渔、天狐之能。天狐还不放心，把所有法宝尽数留下，一样也不带走；又将谷口用云雾封锁。叮咛二女不许出外。又请那千年灵鹫紧随二女，异日自己道成，便来度它一同飞升。那千年灵鹫自知将来非天狐完劫回来相助，不能脱胎换骨，自是点头惜别。谷内有神鹫保护，谷口又有法术云雾封锁，除非真知根底前辈中数一数二的剑仙，休想擅入一步。天狐将后事分派已定，虽然近年精进，淡了儿女之情，终究有些惜别。秦渔更不消说。夫妻二人各洒了许多离别之泪，一同分手，往前途进发。天狐兵解以后，玄真子将她形体火葬，给她元神寻了一座小石洞，由她在里面修炼，外用风雷封锁，以防邪魔侵害。

过了多年，玄真子已知惟一能够救她的是司徒平，与二女有缘，现在许飞娘门下，正可先做准备。知道追云叟因避怪叫花穷神凌浑，移居九华，便用飞剑传书，托他相机接引。又趁二女来谒，将前因后果告知。寒萼虽然道术通神，到底年幼，有些憨态，还不怎么。紫玲因父母俱是失了真元，难成正果，自己生下来就是人，不似母亲还要转劫；又加父母俱是仙人，生具仙根仙骨，还学了许多道法。一听要命她嫁人，一阵伤心，便向玄真子跪下哭求，想一个两全之法。玄真子笑道："你痴了。学道飞升，全仗自己努力修为。漫说刘樊、葛鲍，以及许多仙人，都是双修合籍，同驻长生。就是你知道的，如峨眉教祖乾坤正气妙一真人夫妇，嵩山二老中的追云叟夫妇，以及已成散仙的怪叫花穷神凌浑夫妇，都是夫妇一同修炼。凡事在人，并未听说于学道有什么妨碍。那司徒平虽是异派门下，因他心行端正，根基甚厚，又经有名剑仙指点，朝夕用功，不久就要弃邪归正。他正是四寅正命，与你母亲相生相克，解这三次雷劫非他不可。再加上你姊妹二人同他姻缘缔结，何止三生。只要尔等向正勤修，异日同参正果，便知前因注定。你母亲两千年修炼苦功颇非容易，成败全系在你夫妇三人身上，千万不要大意，错过这千载难逢的机遇。急速回去，依言行事吧。"

紫玲姊妹最信服玄真子，闻言知道前缘注定，无可挽回，又加救母事大，只得跪谢起来，说道："弟子除真人同白真人几位先母的至交前辈外，一向隐居紫玲谷内参修，从未见过生人。那司徒平从未见过，又不便前去相会，遭人轻贱，还以为弟子等不知羞耻。还望真人做主。"玄真子道："这却不难。司徒平近遭许飞娘嫉视猜疑，日在忧惊苦闷之中。上年你们要去我那一对白兔，虽是畜类，业已通灵。你们只需回去对它们说了，自会去引他前来就你们。追云叟近在九华，与你们相隔甚近，我已用飞剑传书，托他从旁指引。至于你们不便向生人提起婚姻之事，我托优昙大师到紫玲谷走一遭便了。我同你们母亲多年忘形之交，一向以朋友相待。你姊妹不久便归入峨眉门下，我视你们如侄辈，只需称我世伯足矣，无须再称真人了。"紫玲姊妹闻言，重又口称"世伯"跪谢，拜辞回去。

二人回到谷内，过了两日，老是迟疑，未对白兔说明，命它前去接引，心神兀自总觉不大宁贴，便去崖上闲眺。那一对白兔本是玄真子所赠，灵巧善知人意，二女在家总是跟前跟后，也随了上去。忽然追云叟走到，他已早知前因后果同二女将来的用处，等紫玲姊妹参见后，便问玄真子怎么说法。二女含羞将前言说了一遍。追云叟哈哈笑道:"你们年轻人总怕害羞。你们既不好意思寻上门去,我想法叫他来寻你们如何?"说罢,便在那两个白兔身上脚上画了一道符,又嘱咐二女一番言语,作别回去。等到白兔去将司徒平初次引来,二女还是难于启齿。因玄真子说优昙大师不久便到,便商量等她驾到做主。司徒平才走不多时,优昙大师果然降临,二女连忙参拜。优昙大师道:"我接了玄真子的飞剑传书,因为我弟子齐霞儿在雁荡与三条恶蛟恶斗,相持不下,本打算助她斩了恶蛟,再来与你姊妹主持婚事。后来一算,司徒平现遭大难,顷刻之间,便要用你所赠的弥尘幡回到此地。他已身受重伤,全仗你姊妹二人用灵丹仙药调治敷用,难免不赤身露体,恐你们不便,特意先赶来嘱咐几句。此后既为夫妇,又在患难之中,无须再顾忌行迹了。"

那齐霞儿在雁荡因斩毒蛟不能得手,想到黄山向餐霞大师借炼魔神针。见面之后,餐霞大师说道:"我那炼魔针虽然刺杀得毒蛟,却伤不得雁湖底下红壑中潜伏的恶鲸。你持针刺杀毒蛟之后,惊动恶鲸,必然出来和你为难。它虽不能伤你,势必发动洪水将附近数百里冲没,岂不造孽?方才我见令师落在紫玲谷内,想是度化天狐宝相夫人二女秦紫玲姊妹。何不就便前去,请她同你将恶鲸除掉,免却迟早生灵遭受沉溺之灾?"齐霞儿一听,急忙拜别餐霞大师出洞,赶到紫玲谷内,见了优昙大师与紫玲姊妹。大师便命齐霞儿将紫云障借与紫玲姊妹应用。问起雁荡斗蛟时,听说地底有殷殷雷响,恐恶鲸已经发动,走迟了非同小可,不及等司徒平到来,留下一封书信,同齐霞儿飞往雁荡而去。

紫玲姊妹跪送大师走后,展开紫云障一看,仿佛似一片极薄的彩纱,五色绚烂,随心变幻,轻烟淡雾一般,捏去空若无物,知是异宝。姊妹二人正在观赏,司徒平业已用弥尘幡逃了回来。说也奇怪,紫玲姊妹生具仙根仙骨,自幼就得父母真传,在谷中潜修,从未起过一丝丝尘念。自从玄真子说出前因,回谷巧遇司徒平,看出他额前暗晦气色,主于日内即有灾难,不知不觉间竟会关心起来。及至赠与弥尘幡送他走后,老放心不下,仿佛掉了什么东西似的。这时一见他遍体创伤,浑身紫肿,面色灰白,双眸紧闭,宛不似初见面时那一种仪容挺秀、丰采照人的样儿,不禁又起了怜惜之念,无暇再有顾忌。两人将他搀进后洞,将他身上破烂衣服轻轻揭下,先用灵泉冲洗,抬进紫玲卧室,内服仙丹,外敷灵药。直等司徒平救醒回生,才想起有些害羞,姊妹二人双双托故避出,把紫云障放起。只见一缕五色彩烟脱手上升,知有妙用,也不去管它,重入后洞。走到司徒平卧室外面,姊妹二人不约而同踌躇起来,谁也不愿意先进去。

第七十九回　结同心　缘证三生石
　　　　　　急报仇　情深比翼鹣

　　此时正值司徒平二次看完优昙大师手示，喜极忘形，急忙先取过锦墩侧紫玲姊妹留下的冠袍带履试一穿着，竟非常合身。正要出去寻见紫玲姊妹道谢救命之恩，恰好寒萼在外面，因见紫玲停步不前，反叫自己先进去，暗使促狭，装着往前迈步，猛一转身，从紫玲背后用力一推。紫玲一个冷不防，被寒萼推进室来，一着急回手一拉，将寒萼也同时拉了进来。紫玲正要回首呵责，一眼看见司徒平业已衣冠楚楚，朝她二人躬身下拜，急忙敛容还礼。寒萼见他二人有些装模作样，再也忍不住，不禁笑得花枝乱颤。司徒平见这一双姊妹，一个是仪容淑静，容光照人；一个是体态娇丽，宜喜宜嗔，不禁心神为之一荡。再一想到虽然前缘注定，又有三仙、二老做主作伐，自己究是修道之人，二女又有活命之恩，对方没有表示，不敢心存遐想。忙把心神摄住，庄容恭对道："司徒平蒙二位姊姊救命之恩，生死人而肉白骨，德同二天。此后无家可归，如蒙怜念，情愿托依仙宇，常做没齿不二之臣了。"紫玲便请司徒平就座，答道："愚姊妹幼居此谷，自从父母相继兵解后，除了每年拜墓，顺便展谒诸位老前辈外，从未轻与外人来往。适才优昙大师留示，想已阅过。因优昙大师急于斩蛟，不能挽留。平哥到此虽是前缘注定，此谷只愚姊妹二人，终嫌草率。再加先父虽已蒙极乐真人度化，先母劫难未完，可怜她千年苦修，危机系于一旦，千斤重担，他年全在平哥身上。每一念及，心伤如割。倘蒙怜爱，谷中不少静室，我们三人虽然朝夕聚首，情如夫妻骨肉，却不同室同裳，免去燕婉之私，以期将来同参正果。不知平哥以为如何？"司徒平闻言，肃然起敬道："我司徒平蒙二位姊姊怜爱垂救，又承三仙、二老、优昙大师指示前因，但能在此长居，永为臣仆，已觉非分。何况姊姊以夫妻骨肉之情相待，愈令人万分感激，肝脑涂地，无以报恩，怎敢再存妄念，坏了师姊道行，自甘沉沦？望乞姊姊放心，母亲的事，到时力若不济，愿以身殉。此后倘司徒平口不应心，甘遭天谴！"

司徒平自进谷后，总是将紫玲姊妹一起称呼。忽然一时口急，最后起誓时竟没有提到寒萼，当时司徒平倒是出于无心。紫玲道行比寒萼精进，遇事已能感触心灵，预测前因，闻言心中一动。一面向司徒平代宝相夫人答谢。回首见寒萼笑容未敛，仍是憨憨的和没事人一般，坐在锦墩上面，不禁暗暗对她叹了口气。

寒萼见他二人说完，便跑过来，向司徒平问长问短，絮聒不休。司徒平把自己幼年遭难，以及寻师学道受苦经过，直到现在连父母的踪迹、自己的根源都不知道等情由，细细说了一遍。紫玲听到伤心处，竟流下泪来，寒萼又问起餐霞大师门下还有几个女弟子，听说都非常美丽，剑术高强，便要司徒平过些日子，同她前去拜望结交。又听司徒平说，他的剑术虽是万妙仙姑传授，剑却是司徒平从小祖遗之物，被万妙仙姑收去，越觉气忿不平，定要紫玲同她前去盗来。紫玲道："你是痴了？你没听优昙大师说，我们三人暂时不能露面么？那飞剑既被许飞娘收去，定然藏在身旁，她又不似常人，可以随便去盗。久闻她本领高强，我们敌得过敌不过很难说，不如缓些时再说。"寒萼见紫玲不允她去盗回飞剑，气得鼓着腮帮，一言不发。司徒平见她轻颦浅笑，薄怒微嗔，天真烂漫，非常有趣，不禁又怜又笑。便转个话头，把在戴家场和成都比剑的事，就知道的说了一些出来。连紫玲都听出了神。寒萼也转怒为喜。当下又说，昨日司徒平没有见到神鹫，要领司徒平去看。紫玲道："你先歇歇，让平哥养养神吧，他心脑都受了重伤，且待养息几天呢。"当下取出两粒丹药，嘱咐司徒平："服药之后，只可闭目宁神静养，不可打坐练气，反而误事。过了七日，便不妨事。我姊妹去做完功课就来陪你。"说罢，同了寒萼走去。

司徒平等她二人走后，想起自己这次居然因祸得福，难得她两人俱是道行高深，天真纯洁，漫说异日还可借她们的力，得成正果；即使不然，能守着这两个如花仙眷，长住这种洞天福地，也不知是几生修到，心中得意已极。只是自己道行有限，宝相夫人那么大本领，又有三仙、二老相助，竟不能为力，反将这脱劫的事，着落在自己身上，未免觉得负重胆怯。但是自己受了二女这般救命之恩，又缔婚姻之谊，女婿当服半子之劳，纵使为救她们母亲而死，也是应该，何况还未必呢，便也放下心来。又想："二女如此孝心，不惜坏却道根，以身许人，去救她母亲，免去雷劫。自己漫说父母之恩无从去报，连死生下落，都不知道，岂能算人？"想到这里，不由出了一身冷汗。又想："记得当初投师以前，万妙仙姑曾问自己来踪去迹，听她语气，好像知道那留养自己的道人神气。彼时还未失宠，曾问过万妙仙姑几次，总是一味用言语支吾，好似她已知自己根底，内中藏有什么机密，不愿泄露似的。后来问得勤了，有一次居然言语恫吓，不准再向人打听，不然就要逐出门墙，追去飞剑。虽然被她吓住，不敢再问，可是越加起了疑心。世上无有不忠不孝的神仙，师父岂有教人忘本的道理？也曾借奉命出门之便，到原生处去打听，终无下落。知道只有师父知道详情，满想道成以后，仍向她遇机哭求，指示前因。不想渐渐被她疑忌，积威之下，愈发不敢动问，隐忍至今。现在师徒之谊已绝，再去问她，决不肯说。紫玲姊妹神通广大，又认得三仙、二老，莫如和她们商量，托她们转求，示出前因，好去寻访生身父母踪迹。再不，仍用弥尘幡，到那出生处附近各庙宇中打听，只要寻着那个留养自己的道人，便不愁不知下落。"主意一定，见两粒丹药仍在手中，忘记了服，便起身将桌上玉壶贮的灵泉喝了两口，把丹药服下，躺在锦墩上静养。

过了好几个时辰，忽然觉着一股温香扑鼻，两眼被人蒙住。用手摸上去，竟是温软纤柔，入握如棉，耳旁笑声哧哧不已，微觉心旌一荡。连忙分开一看，原来是寒萼，一个人悄悄走进来，和自己闹着玩呢。司徒平见她憨憨地一味娇笑，百媚横生，情不自禁，顺着握的手一拉，将她拉坐在一起。便问道："大姊姊呢？"寒萼笑道："你总忘不了她。我从小就爱顽皮，在她手里长大，又有父母遗命，不能不听她的话。可是她把我管得严极了，从不许我一个人出门，她又一天到晚打坐用功，不常出去，真把我闷坏了。难得你来了，又是长和我们住在一起不走，又比她有趣，正好陪我谈谈外面的景致同各派的剑仙，再给我们引进几个道友，也省了许多寂寞。偏我们正谈得高兴，她又叫我和她去做功课。我姊妹俱是一般传授，不过她年纪大些，又比我肯用功，道行深些罢了。往常我用功时，尚能练气化神，归元入窍。今儿不知怎的，一坐定，就想往你这房里跑，再也归纳不住。若不是姊姊说你吃药后要静养些时，早就来了。坐了这半天，也不能入定，估量已经过了好几个时辰，再也坐不住，一赌气，就跑来了。我见你正睡着呢，轻脚轻手进来，本不想叫醒。后来看出你并未睡着，我才跟你闹着玩。你不是想看神鹫么？趁姊姊不在，我去把它唤来。"说罢，挣脱了司徒平双手，跑了出去。

司徒平第一次同寒萼对面，天仙绝艳，温香入握，两眼觑定寒萼一张宜喜宜嗔的娇面，看出了神，心头不住怦怦跳动，只把双手紧握，未听清她说什么。及至见她挣脱了手出去，才得惊醒转来，暗喊一声："不好！自己以后镇日都守着这两个天仙姊妹，要照今日这样不定，一旦失足，不但毁了道基，而且背了刚才盟誓，怎对得起紫玲一番恩义？"他却不知寒萼从来除姊姊外，未同外人结交，虽然道术高深，天真未脱，童心犹在，只是任性，一味娇憨，不知避嫌。人非太上，孰能忘情？终久司徒平把握不住，与她成了永好，直到后来紫玲道成飞升，两人后悔，已是不及。这也是前缘注定，后文自见分晓。

且说司徒平正在悬想善自持心之道，寒萼也一路说笑进来，人未入室，先喊道："嘉客到了，室主人快出来接呀。"司徒平知那神鹫得道多年，曾经抓去自己的飞剑，本领不小，不敢怠慢，急忙立起身来，寒萼已领了神鹫进室。司徒平连忙躬身施了一礼，说了几句钦仰，同道谢昨日无知冒犯，承它不加伤害的话。那神鹫也长鸣示意，其声清越，又与昨日崖上所听的声音不同。司徒平细看神鹫站在当地，与雕大略相似，从头到脚，有丈许高下，头连颈长约四尺。嘴如鹰喙而圆。头顶上有一丛细长箭毛，刚劲如针。两翼紧束，看上去，平展开来怕有三四丈宽。尾有五色彩羽似孔雀，却没有孔雀尾长，尾当中两根红紫色形如绣带的长尾，长有两三丈。腿长只五尺，粗细不到一尺。钢爪四趾，三前一后，爪大如盆，爪尖长约一尺。周身毛羽，俱是五色斑斓，绚丽夺目。惟独嘴盖上，同腿胫到脚爪，其黑如漆，亮晶晶发出乌光，看上去比钢铁还要坚硬。真是顾盼威猛，神骏非凡，不由暗暗惊异。寒萼道："平哥，你看好么？你还不知它本领更大得紧哩。从这里到东海，怕没有好几千里，我同姊姊去母亲墓前看望，还到玄真子世伯那里坐上一会儿，连去带回，都是当天，从来没有失过事。有一次走到半途,下去游玩,遇见一个鬼道人,想将它收去做坐骑。我当时本想不答应他。我姊姊倒有点耐性,对那鬼道士说道:'你要我们将坐骑送你不难,你只要制服得了它。'那鬼道人真不自量,一面口中念诵咒语,从身上取出一个网来,想将它的头网住。没想到我们这神鹫,除了我母亲和姊姊,谁也制服不了它。那鬼道人的一点小妖法,如何能行?被它飞入道人五色烟雾之中只一抓,便将网抓碎。那道人羞恼成怒,连用飞剑和几样妖术法宝,都被它收去。我们还只站在旁边,没有动手。那道人见不是路,正想逃走。这神鹫它没有我们的话,从不伤人。我恨那道人无理取闹,想倚强凌弱,失口说了一句:'这鬼道人太可恶,将他抓死。'它巴不得有这句话,果然将他抓了过来。幸亏我姊姊连声唤住,才只抓伤了他的左肩,没有丧命。那鬼道人知道我们厉害,逃走不了,便朝我姊妹跪下,苦苦求饶。我姊妹心软,便放了他,还将收来的法宝归还,又给了一粒丹药,叫他下次不可如此为恶欺人。我姊姊说那鬼道人本领并不算坏,天下能人甚多,最好还是不招事的好。从此我们便不在半途下来玩了。"

司徒平闻言,忽然心中一动,便问可曾知那道人姓名?寒萼道:"大概是姓岳。我姊姊许记得清楚,你等她做完功课,来了问吧。"司徒平想起留养自己的道人也姓岳,急于要知详细,便要去请问紫玲。寒萼道:"问她么?她今天好似比往常特别,竟用起一年难得一次的九五玄功起来,这一入定,至少也得十天半月。去扰闹了她,防她不痛快。可惜姊姊说你暂时不能出门,不然我们从崖上去采野果子吃多好。"司徒平便将自己心事说了出来。寒萼闻言,低头想了一想道:"这种大事,当然得去办,我姊妹也一定肯帮你。留养你的道人既然与鬼道人同姓,许飞娘又知情不吐,我姊姊早说那鬼道人的飞剑,不是峨眉同正派中人所用,两下一印证,已有蛛丝马迹可寻。那道人又不是我们对手,正好前去寻他。不过你人未复元,姊姊打坐还得些日,你也不必忙在一时。等姊姊做完功课,你也复了元,我先同你背着姊姊去取回飞剑,再商量去寻那道人追问。你意如何?"司徒平闻言,连忙起身道谢。寒萼道:"平哥,你哪样都好,我只见不得你这些个做作。我们三人,以后情同骨肉,将来你还得去救我母亲,那该我们谢你才对。要说现在,我们救了你的命,你谢得完么?"司徒平见她语言率直,憨态中却有至理,一时红了脸,无言可答。寒萼见他不好意思,便凑上来,拉着他的手说道："我姊姊向来说我说话没遮拦,你还好意思怪我么?"司徒平忙说:"没有。我不过觉得你这人一片天真,太可爱了。"说到这里,猛觉话又有些不妥,连忙缩住。寒萼倒没有怎么在意。

那神鹫好似看出他二人亲昵情形,朝二人点了点头,长鸣一声,回身便走。司徒平连忙起身去送时,不知怎的,竟会没了影儿。二人仍旧携手回来坐定。司徒平蒹葭倚玉,绝代仙娃如小鸟依人,温香在抱,虽然谈不到燕婉私情,却也其乐融融,甚于画眉。寒萼又取来几样异果佳酿,与司徒平猜枚击掌,赌胜言欢。洞天无昼夜,两人只顾情言娓娓,也不知过了多少时间。还是寒萼想起该做夜课,方才依依别去。寒萼走后,司徒平便遵紫玲之言静养。寒萼做完功课回来,重又握手言笑,至夜方散。似这样过了六七天,司徒平服了仙丹,又经静养,日觉身子轻快,头脑清灵。姑试练气打坐,竟与往日无异。寒萼也看他业已复元,非常高兴,便引了他满谷中去游玩,把这灵谷仙府,洞天福地,都游玩了个够。不时也引逗那一对白兔为乐。紫玲还是入定未醒。司徒平知道追云叟住的地方相隔不远,问寒萼可曾去过。寒萼道:"我只听姊姊说,他从衡山移居九华,借了乾坤正气妙一真人的别府居住。自从那日在崖上相遇,说过几句话,此后并不曾去过。姊姊曾说,日内还要前去拜望,谢他接引之德。你要想见,等我姊姊醒来,再一同去就是。"

两人谈了一阵,因谷中仙境连日观赏已尽,寒萼便要同司徒平去崖上闲眺。司徒平怕紫玲知道见怪,劝寒萼等紫玲醒来同去。寒萼道:"知她还有多少日工夫才得做完,谁耐烦去等她?好在我们又不到旁处去。那紫云障说是至宝,那日放上去时,我们在下面只看见一抹轻烟,不知它神妙到什么地步。又听说谷中的人可以出去,外人却无法进来。我们何不上去看个究竟?"司徒平一来爱她,不肯拂她的高兴,二来自己也想开开眼界,便同了寒萼,去到日前进来的谷口。往上一看,只见上面如同五色冰纨做的彩幕一般,非常好看。那一对白兔,也紧傍二人脚旁,不肯离开。寒萼笑道:"你们也要上去么?"说完,一手拉着司徒平。那一对白兔便跑上来,衔着主人的衣带。寒萼手掐剑诀,喊一声"起",连人带兔,冲过五色云层,到了崖上落下。司徒平见寒萼小小年纪,本领竟如此神妙,不住口地称赞。寒萼娇笑道:"不借烟云,拔地飞升,是驭气排云的初步。都是师祖传给先父,先父传给我姊姊的。她今已练得随意出入青冥,比我强得多了。"二人随谈随笑,走上了崖顶。那一对白兔忽往东方跑去,司徒平猛想起那是来路,惊对寒萼道:"那边绕过去便是五云步,白兔们跑去,招呼遇见薛蟒遭了毒手,快叫它们回来吧。"

言还未了,忽听寒萼失色惊呼了一声:"不好了!"司徒平本是惊弓之鸟,大吃一惊,忙问何故。寒萼道:"你看我们只顾想上来,竟难回去了。"司徒平忙往下面看去,烟云变态,哪还似本来面目。只见上来处已变成一泓清溪,浅水激流,溪中碎石白沙,游鱼往来,清可见底。便安慰寒萼道:"这定是紫云障幻景作用,外人不知,以为是溪水,下去也没什么景致。我们知道内情,只消算准上来走的步数,硬往溪中一跳,不就回去了么?"寒萼道:"你倒说得容易。"说罢,随手拔起了一株小树,默忆来时步数,看准一个地方,朝溪中扔去,眼看那株小树还没落到溪底,下面冒起一缕紫烟,那株小树忽然起火,瞬息之间不见踪迹。紫烟散尽,再往下面一看,哪里有什么清溪游鱼,又变成了一条不毛的干沟。寒萼知道厉害,急得顿足道:"你看如何?想不到紫云障这般厉害!姊姊不知何时才醒,她偏在这时入什么瘟定,害我们都不得回去。"司徒平也是因为万妙仙姑所居近在咫尺,怕遇见没有活命,虽然着急,仍只得安慰寒萼道:"姊姊入定想必不久就醒。她醒来不见我们,自会收了法术,出谷寻找,有什么要紧?"寒萼原是有些小孩子心性,闻言果然安慰了许多,便同司徒平仍上高崖坐下闲眺。

这时正值端阳节近,草木丛茂,野花怒开。二人坐在崖顶一株大树下面说说笑笑,不觉日色偏西。遥望紫石、紫云、天都、莲花、文笔、信始诸峰,指点烟岚,倏忽变化,天风冷冷,心神清爽,较诸灵谷洞天另是一番况味。寒萼忽然笑道:"看这神气,我们是要在这里过夜的了。幸而我们都学过几天道法,不怕这儿强烈的天风,不然才糟呢。我记得日前上来时,崖旁有一种果子,姊姊说它是杜松实,味很清香,常人食得多了可以轻身益气。还有许多种果子都很好吃。早知如此,带坛酒上来,就着山果,迎那新月儿上来,多有趣。"说罢,便要拉了司徒平去崖旁摘采。

忽见那两只白兔如飞一般纵跳回来。寒萼道:"我们只顾说话,倒把它们忘了。你看它们跑得那般急,定是受了别人欺侮哩。"话音未了,两只白兔业已跑近二人身前,叫唤了两声,衔着二人的衣角往来路上拉。寒萼便指问司徒平:"那是什么所在?"司徒平道:"那里便是五云步,刚才我不是说过么?"寒萼道:"看它们意思,定是在那里遇见什么。闲着无事,我们同去看看如何?"司徒平闻言变色道:"万妙仙姑非常厉害,她又正在寻我为仇,姊姊曾说我们暂时最好不要露面,如何还寻上门去?"寒萼道:"你看你吓得这个样子。我虽年纪小,自问还不怕她。我不早对你说,要替你取回飞剑么?乐得趁姊姊不在,要来了再说。你不敢去,在此等我,由我一人去如何?"司徒平知道寒萼性情,拦她不住。又见那白兔还是尽自往前拉,猛想起今日已离端阳不远,也许万妙仙姑已经到西藏赴约去了。知那白兔通灵,便将一个抱在膝上问道:"你到五云步,如果那时只有一男一女,并没有一个戴七星冠的道姑,你就连叫两声;如果不是,你就叫三声。"那白兔闻言,果然连叫两声。寒萼道:"我没见你这人也太胆小。别的我不敢说,保你去,保你回来,我还做得到。你就这样怕法?"说罢,娇嗔满面。司徒平强她不过,只得答应同去。寒萼这才转怒为喜。那一对白兔闻得主人肯去,双双欢蹦,如弩箭脱弦一般,直往五云步那方飞走。寒萼拉着司徒平,喊一声"起",跟在白兔后面御风而行。

快到五云步不远,那白兔忽然改了方向,折往正东,转到一个崖口,停步不前。二人也一同降落下来,随着白兔往崖侧一探头,见有两男一女,各用飞剑正在苦苦支持,当中有一口飞剑正是司徒平被万妙仙姑收去之物。寒萼悄问这三人是谁。司徒平轻轻说道:"我们来得真巧。那瞎了一只左眼的,正是我师弟薛蟒。那女的便是柳燕娘。还有一个大汉,看去非常面熟,好似我在戴家场遇见的那个王森。他同薛、柳二人本是朋友,我认得他,还是薛、柳二人引见,怎么会在此处争杀?看这神气,万妙仙姑一定不在,想必走时将收去我的飞剑给了薛蟒。只要万妙仙姑不在,趁这时候将剑收回,易如反掌。"言还未了,薛蟒又将自己的飞剑放起,三剑夹攻。王森寡不敌众,眼看难以支持。寒萼对司徒平道:"你还不运气收回你的飞剑,招呼我法宝出去,连你的剑一起受伤。"司徒平闻言,不敢怠慢,连忙按照平日的口诀运动元气,用手将剑招回时,觉着非常费力。知道万妙仙姑必定传了薛蟒什么口诀,故而薛蟒能运用真元将剑吸住。正打算用什么法子向薛蟒要回剑囊时,寒萼已等不及了,手扬处,一团红光发出爆音,直向那剑光丛中打去。王森见势不佳,正要收剑改用法宝取胜,忽见敌人的一道剑光飞向斜刺里去。往前一看,原来那边崖口站定一男一女,男的正是苦孩儿司徒平,女的虽不认得,估量也非平常之辈。他只知司徒平是薛蟒师兄,比薛蟒来得厉害,如今必帮薛蟒,更觉众寡不敌;又见那女子一扬手打出一团红光,不知是什么来历。所以不敢再行恋战,未等红光打到,急忙收回飞剑破空逃走。那里薛蟒见王森不支,正在高兴,忽然觉着元气一散,自己承师父所赐,得自司徒平手中的那口飞剑,忽然飞向斜刺里。一眼看见司徒平同着一个幼女站在那里,大吃一惊。一面招呼柳燕娘,一面忙把飞剑收回,想逃回洞去。那女的已放出一团红光打来,他的剑收得快,还差点没有受伤。柳燕娘的飞剑来不及收,挨着一团红光,一声雷响,震得光焰四散,跌到地下,变成顽铁。薛、柳二人见势不佳,正要逃走。寒萼哪里肯容,收回红光,脱手又飞起彩虹一般的五色匹练,将薛、柳二人双双束住,动转不得。

　　寒萼笑对司徒平道:"想不到你师父门下有这等脓包!你平日吃了他们许多苦头,还不快去报仇?"说罢,拉了司徒平走向前去。那团红光,原是宝相夫人九转真元所炼的金丹。那匹练般的彩虹,也是紫玲谷镇洞之宝,名彩霓练,能发烈火燃烧,非常厉害。薛、柳二人如何禁受得住。薛蟒被火烧得非常疼痛,不住喊师兄饶命。司徒平到底是个厚道的人,见薛、柳二人宛转哀号,动了恻隐之心,先向薛蟒要回了剑囊,请寒萼将宝收起,放他们逃生。寒萼道:"依我性子,恨不能催动真火,将这两个畜生烧死呢!你现在一时怜悯,放了他们,少不得他们又去向许飞娘搬弄是非。万一落在他们手中,他们才不能饶你呢。"司徒平道:"他虽不好,总算是多年同门之谊。至于他将来再害我时,那也是命该如此。不然的话,我如该死,岂不早死在他们手中了,又何至于遇见两位姊姊之后,有了救星,他们才想打死我呢?"又再三苦劝。寒萼对薛、柳二人道:"若不是平弟再三讲情,定要将你二人活活烧死!下次你们再欺负他,犯在我的手内,不将你们烧成飞灰,我不算人。"说罢,收回彩霓练。薛、柳二人周身疼痛,爬伏在地,还想探问司徒平近日踪迹。寒萼不俟司徒平答言,抢先说道:"你想打听出我们住的地方,好蛊惑你的师父前去寻我们么?告诉你说,漫说我们暂时不告诉你,告诉你,许飞娘她也奈何我们不得。但等你们末日一到,我们自会寻上门来,用不着你找。你休要做梦吧。再不滚了回去,我又要动手了。"薛、柳二人怎敢答言,含羞带恨,相互扶着,转过崖角回洞去了。

原来王森自从柳燕娘偷偷随了薛蟒丢下他逃走,久已怀恨在心。偏巧这日随着师父独角灵官乐三官到川西访友,驾剑飞行,路遇万妙仙姑,本是熟人,便约乐三官到青螺山去。乐三官本与峨眉派有仇,当下应允。王森从二人谈话中知道柳燕娘已嫁薛蟒,在五云步居住,不由怒火中烧,偷偷背了乐三官,想赶到黄山五云步寻薛、柳二人算账。到了黄山,遍寻五云步不着,好生纳闷,在山麓一个庙内住了几日,每日上山寻找。这日走过文笔峰,忽听山石后面有两个女子说话,连忙将身隐住偷听。一个道:"师父叫我们见了秦家姊妹,就顺西路走回成都,中途路上还有多少事要办。我们等了几天也不见来,真叫人等得心焦。"那一个道:"你着急什么?这黄山多好,乐得在此享几天清福,还可以向师父面前领些教益呢!"先说话的女子又道:"姊姊,我倒不是急于要离开这里,我总想回四川,寻到峨眉去见见那个李英琼罢了。"后说话的女子答道:"都是同行,早晚还愁见不着么?我昨日听师父说,苦孩儿今日要到五云步寻薛蟒要还飞剑,少时便有热闹好看呢。"先说话的女子又道:"那天我们若不看苦孩儿面上,薛蟒和姓柳的贱人怕不死在我们两人剑下。苦孩儿寻他要剑,恐怕破不了万妙仙姑的法术,进不了洞府吧?"后说的女子又道:"师父说应在申末酉初。现在午时还早,我们且先回洞下局棋再说。"说罢声音渐远,想是进入文笔峰洞内去了。王森知道餐霞大师也在黄山,听口气,这两个女子来历不小,自己既寻薛、柳二人的晦气,犯不着多树敌。又听出五云步被万妙仙姑用法术封锁,难怪自己连日寻访不着。"苦孩儿"这三个字听去耳熟,那两个女人既说此人要寻薛蟒要还飞剑,想必也是薛、柳二人对头。何不寻一个便于瞭望之处等候,只要薛、柳二人出现,那苦孩儿如果能将薛、柳二人杀死,岂不是替自己出了怨气?还省得得罪万妙仙姑。如果那人不行,自己再行出面寻薛、柳二人算账,也还不晚。主意打定,信步走上一座高峰,见对面孤崖峭拔,中隔无底深壑,形势十分险峻。便驾剑光飞了过去,寻了一块山石坐下,随意眺望山景。他却没料到坐的地方就是万妙仙姑的洞府旁边。

王森坐了一会儿,眼看已是申正,还不见动静。正在闷气,忽见崖底蹄上两只肥大白兔,长得十分雄壮可爱,在离王森坐处不远的浅草上打跌翻滚,一丝也不怕,看去非常有趣。猛听一个媚气的女子声音说道:"多少天不让人出洞一步,闷死我了。这可活该,那不是送上门来的野味,快去捉呀。"又一粗暴的男子声音说道:"不是我胆小,实在师父走时再三嘱咐,所以不敢大意,好在我们坐在洞门前看得见外面,外面的人看不见我们。像这样送上门来的野味,倒是乐得享受的。"那女子道:"我还轻易不曾看见过这么肥大雪白的兔儿呢。我们掩出去,先把它们活捉进来玩几天,玩腻了再杀来下酒吃。"王森已听出是薛、柳二人声音,不想在无意中竟走到仇敌的所在。知道如被他二人看见,一逃回去,有万妙仙姑法术,再寻就不易了。忙将身子躲过一旁,打算等薛、柳二人出来,自己先抢上前拦住他们去路,再行动手。偏那一对白兔非常凑趣,没等薛、柳二人说完,忽然拨转头往崖下就跑。王森心中巴不得那兔子越跑得远,自己越省事。果然听见柳燕娘着急的声音道:"跑了!跑了!还不快追!"

言还未了,薛、柳二人双双在洞内现身穿了出来,只顾追那兔子,并没留神旁边有人。那兔子还好似有了觉察似的,撒开四条腿比箭还疾,直跑出二三里地。王森紧跟薛、柳二人身后,薛、柳二人一丝也没有觉察。王森估计薛、柳二人离洞已远,先相看了来去的路径,大喝一声道:"好一对无耻的狗男女!日前戴家场敢戏弄我,私奔逃走,今天还你的公道!"薛、柳二人见白兔行走甚疾,追赶不上,正要飞出剑去,忽听身后有人叫骂。回头一看,见是王森业已将剑放起,朝柳燕娘当头落下。柳燕娘知道王森脾气翻脸不认人,自己本来理亏,无从分辩,连忙飞剑迎敌。薛蟒也将飞剑放起,双战王森。战了个把时辰,不分胜负。

薛蟒自恃有了司徒平那口飞剑,连日用师父所传口诀加紧用功,已能指挥如意。这时见不能取胜,便将司徒平的剑放出。万想不到冤家路窄,司徒半会在斜刺里出现,所得的宝剑失去,白费了多日的苦功,临了闹个空欢喜,还带了一身的火伤,又失了柳燕娘的飞剑。明知那女子便是师父卦象上所说的阴人,原想乘机打听口风,又被那女子威喝道破了他的心思。再耽延下去,更得要讨苦吃,只得暗暗咬牙痛恨而去。

司徒平得回了飞剑,又见寒萼如此本领高强,越加得意,不住口地夸奖赞美。寒萼只抿了嘴笑。二人见夕阳已薄崎峪,轻柔的阳光从千红万紫的树隙中穿出，射在褐色的山石上，都变了绯色。天空依然还是青的，不过颜色深点。归巢的晚鸦，有时结成一个圆阵，有时三五为群，在天空中自在翱翔，从头上飞过去，一会儿没入暝色之中，依稀只听得几声鸣叫。二人爱这名山暮景，都舍不得驾剑光回去，并肩并头，缓缓往归路行走。刚转过一个高峰，忽听一声娇叱道："大胆司徒平！竟敢乘为师不在洞府，暗害你师弟薛蟒，今日叫你来得去不得！"言还未了，山崖上飞下一条黑影。

第八十回

推云拨雾　同款嘉宾
冷月寒星　独歼恶道

司徒平吓了一大跳。寒萼便抢在司徒平的前面，正要上前动手时，司徒平已看出来的女子是个熟人，忙用手拉着寒萼，一面说道："周师姊，你只顾恶作剧，却把小弟吓了一跳。"那女子闻言哈哈大笑，便问道："久闻紫玲谷秦家二位姊姊大名，但不知道这位大姊是伯是仲？能过荒山洞一谈么？"寒萼这时已看出来的这个女子年纪比自己也大不了两岁，却生得英仪俊朗，体态轻盈。又见司徒平那般对答，早猜出一些来历。不等司徒平介绍，抢先说道："妹子正是紫玲谷秦寒萼。家姊紫玲，现在谷中入定。姊姊想是餐霞大师门下周轻云姊姊了。"轻云见寒萼谈吐爽朗，越发高兴，答道："妹子正是周轻云。前面不远，就是文笔峰，请至小洞一谈如何？"寒萼道："日前听平哥说起诸位姊姊大名，久欲登门拜访，难得在此幸会。不但现在就要前去领教，只要诸位姊姊不嫌弃，日后我们还要常来常往呢。"话言未了，山头上又飞下一条白影。司徒平定睛一看，见是女空空吴文琪，忙向寒萼介绍。大家见礼之后，文琪笑对轻云道："你只顾谈天，和秦姊姊亲热，却把我丢在峰上不管。这几日月儿不亮，嘉客到了，莫非就在这黑暗中待客么？"轻云道："你自己不肯同我先来，我正延请嘉客入洞作长谈，你却跑来打岔，反埋怨我，真是当姊姊的都会欺负妹子。"文琪笑道："谁还敢欺负你？算我不对，我们回去吧。"说罢，周、吴二人便陪了司徒平、寒萼，回入文笔峰洞内落座。

寒萼见洞中石室也是一片光明，布置虽没有紫玲谷那般富丽，却是一尘不染，清幽绝俗，真像个修道人参修之所。最奇怪的是洞中户室井然，不似天然生就，心中暗暗惊异。文琪道："秦姊姊觉得小洞有些异样么？

当初文笔峰原是一座矗立的孤石，本没这洞。自从家师收了周师妹，特意开辟出这么一个小洞，几间石室，做我姊妹三人习静的所在，所以与别的洞府不同。家师早年曾喂养一条大蜈蚣，后来被白云大师借去除一条妖蛇，妖蛇虽除，蜈蚣也力竭而死。家师将它超度火化，从蜈蚣背脊上取下三十六颗天蜈珠。被我姊妹三人要了十二粒来，分装在石室壁缝之中，才能有这般光明。家师曾教我们自拟一个洞名，我们本想叫它做天蜈洞，纪念那条为道而死的蜈蚣，又嫌不大雅驯，像左道旁门所居的洞府一样，直到现在还没想好洞名呢。"寒萼道："现在只有二位姊姊，如何刚才姊姊说是三位？那一位姊姊尊姓大名？可否请来一见？"轻云抢着答道："那一位么，可比我们二位强得多了。她原姓朱名梅，因为犯了嵩山二老之一矮叟朱师伯的讳，改名朱文。年纪倒并不大，可是她的遇合太奇了。"说罢，掐指算了一算日期，说道："她现在还在四川峨眉山凝碧崖，与乾坤正气妙一真人的子女齐灵云姊弟，还有两个奇女子名叫李英琼、申若兰，在一处参修。一二日内，便要到川边青螺山，帮着一个姓赵的与那八魔比剑斗法了。"寒萼闻言，惊喜道："那申若兰我曾听姊姊说过，她不是桂花山福仙潭红花姥姥最得意的门徒么？怎会同峨眉门下在一起？她师父呢？"轻云道："提起来，话长着呢。前半截我正在场，后半截都是从家师同玉清大师那里听来的。"

说罢，便将众剑仙在成都辟邪村外魏家场与慈云寺一干异派妖邪比剑，顽石大师与朱文中了妖法；破了慈云寺后，接着乾坤正气妙一真人飞剑传书，命众弟子分头到各处积修外功；顽石大师不堪妖法痛苦，打算自行兵解，朱文也是非常危殆；矮叟朱梅看出朱文与金蝉俱是多世童身，金蝉双眼受过芝仙舐洗，能明察秋毫，透视九幽，又想起红花姥姥当初的誓言，一面劝顽石大师随追云叟到衡山养病，一面命齐灵云、金蝉护送朱文去桂花山福仙潭取乌凤草；到了桂花山，便遇着墨凤凰申若兰，先结为异姓姊妹，取了乌凤草后，红花姥姥火化飞升，遗命申若兰随灵云等三人投归峨眉门下；他们正往回路走，忽然碰见乾坤正气妙一夫人新收的得意女弟子、异日要光大峨眉门户的李英琼，才一同回转峨眉，开辟洞天福地凝碧崖，做异日峨眉门下聚会参修之所等语，说了一遍。末了，又单独将李英琼根基如何好，遇合仙缘如何巧，还有白眉和尚赠了她一只金眼神雕，又得了长眉真人留下的紫郢剑,共总学道不满一年,连遇仙缘,已练得本领高强,胜过侪辈,自己不日便要同吴文琪入山寻她等语,也说了一遍。

这一席话,听得寒萼又歆羡,又痛快,恨不能早同这些姊妹们相见。因轻云说不久便要入川,惊问道:"妹子好容易见两位姊姊,怎么日内就要分别?无论如何,总要请二位姊姊到寒谷盘桓几天的。"轻云道:"家师原说二位姊姊同司徒平师兄将来都是一家人,命我二人见了面再动身。今天还没有见令姊,明日自当专诚前去拜访的。不过听家师说,谷上本有令慈用云雾法宝封锁,如今又加上齐霞儿姊姊的镇山之宝盖在上面,没有二位姊姊接引,恐怕我二人下不去吧?"说到这里,吴文琪猛听见餐霞大师千里传音唤她前去,便和寒萼、司徒平告便走出。寒萼听完轻云的话,猛想起当初齐霞儿传紫云障用法时,只传了紫玲一人,后来忙着救司徒平,没有请紫玲再传给自己。一时大意,冒冒失失同司徒平飞升谷顶,出来了便无法回去,紫玲又入定未完,自己还无家可归,如何能够延客?听轻云说话,大有想寒萼开口,今晚就要到谷中去与紫玲相见的意思。自己是主人,没有拒绝之理,如果同去,自己都被封锁在外,叫客人如何进去?岂非笑话?想到这里,不由急得粉面通红,自己又素来好高爱面子,不好意思说出实话。正在着急,拿眼一看司徒平,想是已明白她的意思,正对她笑呢。寒萼越发气恼,当着人不好意思发作,瞪了司徒平一眼,只顾低头想办法。

轻云颇爱寒萼天真,非常合自己的脾胃。正说得高兴,忽见她沉吟不语,好生奇怪。正要发言相问,文琪飞身入洞,笑说道:"适才师父唤我说,是接了峨眉掌教飞剑传书,李英琼、申若兰未奉法旨,私自赶往青螺山。英琼虽有长眉真人留赐的紫郢剑与神雕佛奴,怎奈道行尚浅,青螺山能人甚多,恐怕要遭魔难,请家师设法前去援救。家师知道秦家姊姊在此,命我二人到紫玲谷向二位姊姊借弥尘幡,急速赶往青螺山救英琼、若二位姊姊脱难。并说许飞娘在西藏会见毒龙尊者,已谈及司徒平道兄被人救去之事。毒龙尊者从水晶球上本可察出一些迹兆。又有一个厉害番僧在座,他知道秦姊姊令慈宝相夫人来历,及紫玲谷住居之所。许飞娘因从卦象上算出二位姊姊是她将来的克星,青螺山事完之后,预料她定约请了毒龙尊者,还有几个厉害妖人,寻到紫玲谷,想除去她异日的隐患。这些人的本领妖法非比寻常,紫云障虽然厉害,不知根底的人自然难以察觉,如果来人知根知底，只要推算出实在方向，再用上极厉害的妖法，二位姊姊便难在谷内存身。要凭二位姊姊本领，并非无力应付，不过在宝相夫人未脱劫成道以前，总觉难以必胜。当初优昙大师同玄真子也是恐许飞娘知道详情有了准备，才嘱咐二位姊姊暂时隐秘。如今机密既已泄露，紫玲谷本非真正修道人参修之所，叫我对二位姊姊说，不妨移居峨眉凝碧崖。一则教祖乾坤正气妙一真人不久便回峨眉，聚会本派剑仙门人指示玄机，正可趁这时候归入峨眉门下，将来也好寻求正果。二则凝碧崖是洞天福地，不但景物幽奇灵秀，与世隔绝，还有长眉真人遗留下的金符异宝，一经封锁，无论多大道行的异派，也不能擅越雷池一步，决不虑人寻上门来。三则那里是后辈剑仙发祥光大之所，同门师兄弟姊妹甚多，不但朝夕盘桓尽多乐趣，而且彼此互相切磋，于修道上也多助益。不知秦姊姊以为然否？"

寒萼闻言大喜道："我同姊姊生长在紫玲谷内，除了几位老前辈，从没有遇见外人，真是天不知多高，地不知多厚。如今连听平哥同二位姊姊说起峨眉门下这么许多有厚根有本领的姊姊，心中羡慕得了不得。难得大师指示明路，感恩不尽。从此不但能归正果，还可交结下多少位好姊姊，正是求之不得，岂有不愿之理？我回去便对姊姊说，现在就随二位姊姊动身如何？"文琪道："妹子来时曾请示家师，原说二位姊姊如愿同去青螺山一行，也无不可。因为这次青螺山之战，我们这面有一个本领绝大的异人相助，许飞娘和毒龙尊者纵然厉害，俱敌那异人不过。英琼、若兰两位姊姊因为轻敌，又不同灵云姊姊做一路，所以陷入危机。我们去时，只要小心谨慎行事，便不妨事了。"寒萼闻言，愈发兴高采烈，笑逐颜开。轻云便问文琪："你来时，师父对我可还有什么话说？要不要前去叩别请训？"文琪道："师父自接了齐师伯飞剑传书，把起先命我二人步行入川之意完全打消。路上要办的事，已另托人去办，或者师父自己去也说不定。说一会儿还有一个老朋友来访她，命你无须叩别，即时随我动身。破完青螺山之后，先送秦家姊姊到了峨眉，小辈同门相聚之后，再出外积修外功。事不宜迟，我们准备动身吧。"

当下二人各带了些应用东西，同飞紫玲谷口。寒萼这时方想说无法下去，忽见一道五彩光华一闪，正疑紫云障又起了什么变化，猛见紫玲飞身上来。姊妹两人刚要彼此埋怨，紫玲一眼看见文琪、轻云含笑站在那里，未及开口，轻云首先说道："这位是秦家大姊姊么？"说罢，同文琪向前施了一礼。紫玲忙还礼不迭。寒萼也顾不得再问紫玲，先给双方引见。互道倾慕之后，同下谷去，进入石室内落座。紫玲当着外客，不便埋怨寒萼，只顾殷勤向文琪、轻云领教。还是寒萼先说道："姊姊一年难得入定神游，偏这几天平哥来了，倒去用功，害得我们有家难回还在其次，你再不醒来将紫云障收去，连请来的嘉客都不得其门而入，多笑话。"紫玲道："你真不晓事。我因平哥此来关系我们事小，关系母亲成败事大，想来想去拿不定主意，才决计神游东海，向母亲真灵前请示。谁知你连几日光阴都难耐守，私自同了平哥外出。仇敌近在咫尺，玄真子世伯再三嘱咐不要外出，你偏不信，万一惹出事来，岂不耽误了母亲的大事？还来埋怨我呢。"寒萼拍手笑道："你这会儿怪人，我要说出我这一次出外的好处，你恐怕还欢喜不尽呢。"紫玲闻言不解，寒萼又故意装乔不肯明说。文琪怕耽误了程途，正要开口，司徒平怕紫玲着恼，便从白兔引路收回飞剑说起，直说到遇见文琪、轻云，餐霞大师命文琪借弥尘幡去救英琼、若兰，并劝紫玲姊妹移居峨眉等情详细说出。紫玲闻言大喜，对文琪、轻云道："妹子神游东海，向先母真灵请训，曾说妹子等要成正果，须急速求玄真子世伯引归峨眉门下。妹子便去寻玄真子世伯未遇，因舍妹年轻不晓事，平哥又是新来，只得赶回。二位姊姊，久已闻风钦慕，适才光降寒谷，还以为得辱先施，偶然宠顾，已觉喜幸非常，不想却承大师垂怜，指示明路。自应追附骥尾，即时随往青螺山，遵大师法旨行事便了。"说罢，望空遥向餐霞大师拜谢不迭。寒萼道："这会儿知道了，该不怪我了吧？不是我，你哪儿去遇见这两位姊姊接引我们到洞天福地去住呢？"紫玲对寒萼微瞪了一眼，正要开口，轻云道："难得二位姊姊如此仗义，明识大体。既承赞助，我们即刻就动身吧。"紫玲道："请问二位姊姊来时，大师可曾说起李、申二位姊姊被困的地方，是否就在青螺山内？请说出来，大家好早做准备。"

文琪道："不是姊姊提起，我还忘了说。照齐师伯适才飞剑传书说，李、申二位姊姊明早就要动身，她们一入青螺山口，势必轻敌，不与灵云姊姊等做一路，因此在路上必遇见八魔约请来的一个能手。这人名字叫师文恭，乃是云南孔雀河畔藏灵子的得意门徒，又是毒龙尊者最交好的朋友。此人剑术另成一家，还会许多法术。平日倒还不见有什么恶行，只是善恶不分，一意孤行，专以感情用事。李、申二位姊姊恐非敌手。虽然相隔还有这一夜，但是此去川边青螺山相隔数千里，路途遥远。若等她二位业已被陷，再行赶到，那就晚了。"紫玲道："我以为李、申二位姊姊业已失事了呢。既然还差一夜，她二位由峨眉赶到青螺，算她们明日天一亮就动身，飞剑虽快，也得几个时辰。此谷经先父母苦心经营，先人遗爱，不愿就此抛荒。此行暂时既不作归计，意欲略事布置，再随二位姊姊动身。至于道途辽远一节，妹子早已虑到，少不得要在二位姊姊面前卖弄一点浅薄小技，准定在李、申二位姊姊以前赶到便了。"文琪、轻云俱都闻言大喜。文琪道："妹子虽然遵奉家师之命行事，但是自问道行浅薄，奉命之后，就恐两地相隔过远，妹子等御剑飞行万难赶到，所以一再催二位姊姊与司徒平道兄快行。没想到姊姊有此惊人道法，不但李、申两位姊姊可以脱险无忧，妹子等也可借此一开眼界了。"紫玲谦逊了几句，便同寒萼到后面去了有好一会儿，只寒萼一人回来。轻云便问："令姊可曾布置完竣？"寒萼道："她还早呢。她说此时她先出谷，到九华去拜别追云叟白老世伯，就便请示先机及将来的因果。回来之后，还要将这紫玲谷完全封锁得与世隔绝，以免先父母许多遗物被外人取去。然后再随二位姊姊同行呢。"说罢，又回向司徒平说道："平日姊姊总说我大意，这次李、申两位姊姊的事，餐霞大师一再催促快走，她偏要慢腾腾地挨到明早，用千里户庭囊中缩影之法。万一误了事，如何对得住餐霞大师与二位姊姊？我们如果早到半日，不但李、申二位姊姊少受虚惊，我们还可和齐姊姊早些见面，岂不是好？我实在是因为吴、周二位姊姊在此无人陪伴，不然，我就一人骑着神鹫先去了。"轻云坐得较远，见寒萼与司徒平絮絮不休，猛想起久闻紫玲谷内有一只千年神鹫厉害非凡，反正离走还有些时，何不开开眼界？

正要开口去问寒萼，忽然满室金光，紫玲同了追云叟一同现身出来。文琪、轻云慌忙上前拜见，寒萼、司徒平也赶过来行礼。追云叟哈哈笑道："正派昌明，正该你们小弟兄姊妹各显身手的时候，又找我老头子做甚？"紫玲正要开口，追云叟道："你的来意我已尽知，不必再说出了。你们三人正好随文琪、轻云同去，替峨眉建立一点功劳，不但于你二人有益，于令堂也有益的，你还顾忌些什么？餐霞大师接了峨眉掌教飞剑传书，便依言行事。早知你为人持重，事情又在紧急，此时偏有个讨厌的人去寻她，好生不便，特意偷偷给了我一封信，叫我前来开导你姊妹，你不去寻找我也要来的。至于你另外的一件心事，明早你救的那人，她将来自会成全你一番苦心，助你成功正果。至于你妹子寒萼，她愿自投罗网，前因注定，就随她去吧。李、申二女准在明早动身到青螺，你不要太托大，以为你行法快，她二人剑光慢。白眉和尚的神雕两翼风云，顷刻千里，也正不亚于你的独角神鹜呢。不过现在还早，也注定李、申二女该受一次魔难，你们只需在明早丑时动身，就不至于误事了。不久峨眉凝碧崖齐道友召集本门及各派剑仙，为小一辈同行谒祖团拜礼，我定前去参与盛会，到时再与你们相见吧。"说罢，满室金光，众人慌忙跪送时，已没了踪影。

原来紫玲因宝相夫人遗命，凡事均须秉玄真子意旨而行。起初玄真子只命她暂时闭户潜修，静候机缘到来，再行出面。及至司徒平到了紫玲谷，紫玲虽然救母心切，勉遵玄真子、优昙大师、追云叟诸位前辈之命，了此一段前因，总觉多年苦修同自己一向心愿，不甘就此舍弃。后来体察司徒平固是心地纯厚光明，又经立下重誓，仍恐一个把握不住，堕入情网，万分焦急。只好冒险神游东海，去见母亲真灵。难为紫玲，居然能将未成熟的婴儿翱翔苍曼，神游万里，在宝相夫人藏蜕修真的山洞内闯过子午风雷，母女相见。这时宝相夫人的真灵业已炼得形神坚定，时候一到，避开最后一次天雷之劫，便可飞升。见女儿到来，又惊又喜。问起近年情形，得知二女承玄真子、优昙大师、追云叟之助，已与司徒平成了名义夫妇，愈发喜出望外。她在静中参悟，早算出二女异日俱当归入峨眉门下，便对紫玲说了。紫玲又说明了来意。宝相夫人再三劝勉，如果前缘注定，倒也无须固执，能为地仙，何尝不是正果，天仙岂尽人皆能，应当退一步想等语。紫玲无法，那里不能久待，只得闷闷不乐，叩别回来。她婴儿成形以后，虽然当时试作神游，却从没走过这般远路，返神以后，练气调元了好一会儿，才到后面寻寒萼。谁知连司徒平俱已不在，大吃一惊。还疑是在崖上闲立，刚飞身上崖，便遇文琪、轻云随寒萼、司徒平回来。及至听完了二人来意，知道母亲之意已应，虽然心中高兴，总觉弃了这休养生息之地而去，有些恋恋难舍。也知餐霞大师与三仙、二老均称莫逆，不过叫她姊妹如此遽然出面，也不免与玄真子之言前后不符。还有司徒平这段姻缘，经了宝相夫人劝慰之后，仍是于心不死，急切间又无暇赶到东海去向玄真子请示。猛想起追云叟近在九华,何不去求他指示一切?当下先同寒萼把谷中略微布置,应用实物带在身边,飞往九华,才行不远,便遇追云叟。正要说话,追云叟好似已知来意,说道:"到你谷中再说吧。"到了谷中,追云叟不俟发问,将紫玲要问的话完全指示出来。紫玲听出话中微意,这才大放宽心,一块石头落地。起初以为自己有许多宝物,还有母亲在日传授的千里户庭囊中缩影之法,既然李、申二人要明早才行动身,何必这么早赶去空等?正好借此余闲办理一些私事。现在听了追云叟一番话,不敢怠慢,立刻跑到后面,重将未完各事料理。

虽然出去时间不久,寒萼已等得心烦,便问文琪、轻云与司徒平道:"我姊姊还是这般慢法,我想骑了神鹫先行一步。这时起程,算计赶到青螺山口,也不过天才黎明,省得为她误事。哪位愿随我先走,请说一声。"说罢,用目望着司徒平。文琪、轻云会意,同声说道:"姊姊如此热心,非常感谢。我二人道行浅薄,恐不能乘驭仙禽,就请姊姊同司徒道兄先行,我二人仍烦大师姊携带同行吧。"寒萼闻言,笑着点了点头,嘬口做了声长啸。只一转眼间,从室外走进那只独角神鹫。文琪、轻云尚是初次得见,非常赞羡。寒萼也不问司徒平同意与否,似嗔似笑地说道:"你还不骑上去?"那神鹫也随着蹲了下来。司徒平知道寒萼性情,虽不以为然,却不敢强她,只得向文琪、轻云作别,骑上鹫背。寒萼叫他抓紧神鹫颈上的五色长鬃,随着也横坐在鹫背上,挨着司徒平,向文琪、轻云微笑点首,道一声:"前途再见,妹子僭先了。"说罢,将手一拍神鹫的背,喊一声:"起!"文琪、轻云便见那神鹫缓缓张开比板门还大还长的双翼,侧身盘转,出了石室。才一出石室,那神鹫竖起尾上长鞭,发出五色光彩,直往谷外飞去。文琪悄对轻云道:"这神鹫如此神异,不知英琼座下仙雕比它如何?"轻云道:"苦孩儿在许飞娘那里受了多少年的罪,如今却遇见这种旷世仙缘。我看紫玲倒淡淡的,寒萼对他就比她姊姊亲密多了。适才白师伯说的那话,好似说寒萼将来不易摆脱尘网呢。"

文琪正要还言,紫玲忽然飞身进来,说道:"舍妹近日真是心太野了,一点利害轻重也不知道。我并非故意迟延,实在是长行在即,有多少事须亲自料理。也不帮我忙,还丢下二位姊姊不陪,骑着神鹫先走。幸而我们是自家人,不怕二位姊姊笑话。要有外人在此,成何体统?她道基未固,如此轻狂，叫人替她担心呢。"文琪道："令妹原是一番热心，这也难怪。好在姊姊道法神妙，举步千里，也不是追赶不上的。"紫玲道："妹子是怕她半途惹事，别的倒没什么。妹子只将此谷各室封锁了一半，还须稍微料理再来，说不得请二位姊姊枯坐一会儿吧。"文琪道："妹子等进入宝山，还没窥见全豹，如果没有什么妨碍，随姊姊同去瞻仰瞻仰如何？"紫玲道："这更好了。妹子在前引路吧。"说罢，文琪、轻云随了紫玲入内，走了一截路，前面都是黑沉沉地看不见什么东西。轻云暗想："前面到处光明，这里到处漆黑，未免美中不足。"正想到这里，紫玲已经觉察，笑对文琪、轻云道："我们现在经行的地方类似一条甬道，两旁俱是石室，被妹子收去照夜明珠，又用先母传的法术封锁，所以变成漆黑一片了。这也是先母当初一点遗意。这紫玲谷当初不过是一个涧崖底下的怪洞，沮洳荒废，钟乳悬雷，逼仄处人不能并肩，身不能直立，只有蝙蝠可以潜伏。经她老人家苦心经营，才成为这一个人间福地。石壁多系透明，还嫌不亮，又收罗了许多照夜明珠，千年蝙蝠的双眼，来点缀成一个不夜灵谷。诚恐身后愚姊妹道力浅薄，守成不住，行时传了妹子一样法术：若是万一有人侵犯，事到危急，只需用法术将前面封锁，躲入后面，立刻山谷易位，外来的人便难进入一步。万一再被他看破玄机，只要他走进被封锁的地方三尺以内，立刻便有水火风雷，无从抵御。此法名为天高晦明遁，道行稍浅的人遇上，便无幸理。妹子因为长行在即，有一两样极重要的先母遗物不能带走，诚恐知道根底的敌人前来盗取，所以不能不慎重行事。藏那重要遗物之所，须封锁三次，所以耽误些时。二位姊姊不曾看见这里景致，可惜现在全谷石室已封锁了十之六七，不便开启多费时间。室外光景还可看个大概，其余留待异日重来吧。"说罢，将手往上一扬，立刻发出一道极明亮的紫光。文琪、轻云随光到处一看，果然看见到处都是金庭玉柱，美丽光明较前面更胜，只石室门口，光照上去仍是一团漆黑，咕嘟嘟直冒黑气。

三人一面说，一面走，走了好一段路，才到了后面。黑气越浓，紫玲的光照到上面，非常微弱暗淡。紫玲也停步不前，说道："前面便是收藏先母重要遗物之所，不能再前进了。有劳二位姊姊稍待，等妹子行完了法，就可动身了。"说罢，跪了下来，将长发散开，眼含珠泪，先祝告了一番。站起身来，口中念念有词，不住在地下旋转。一会儿又两手据地倒立起来，转走越急。似这样颠倒盘行了好几次，倏地跳起身来，两手往前一扬，手上发出紫巍巍两道光华，照在黑气上面。然后将口一张，喷出一团红光，射到前面黑气之中。隐隐听得风声呼呼，火声熊熊，雷声隆隆，与波涛激荡之声响成一片。紫玲重又跪叩一番，起来笑对文琪、轻云道："左道小技，好叫二位姊姊见笑。如今妹子诸事已毕，只需沿路将未封锁之处封锁一下，就可去追上我妹子同行了。"说罢，便陪着文琪、轻云往外走，一面又用法术将前面封锁。走到洞内广场，用手一张，谷顶几十颗闪耀的明星如雨点下坠般，纷纷坠入紫玲长袖之中。才走到谷外，收了齐霞儿的紫云障，一同升到崖顶。紫玲道："寒谷无人看守，还须借重霞姑紫云障一用呢。"说罢，口中念念有词，先用法术封了谷口。然后将紫云障放起，一片淡烟轻绢般东西随手飞扬，笼在谷上。然后拢起长发，请文琪、轻云闭目站好，约有半盏茶时，只听紫玲喊一声："走吧！"文琪、轻云便觉眼前漆黑，身子站在一个柔软如棉的东西上面，悬起空中。走过个把时辰，忽然觉得身子落下。睁眼一看，正站在一个孤峰上面，满天繁星，天还未亮。

轻云正想："难道这么快就到了青螺山么？"忽听紫玲道："寒妹又多管闲事，二位姊姊在此稍候，容妹子去将她唤来同行。"说罢，飞身往峰下而去。文琪、轻云顺着紫玲去处往前面一看，原来这里四山环抱，只中间有一片平原，依稀看出平原当中还有几点香火，好似有几个人聚集在那里交头接耳。紫玲一到，先放出一片紫光，将场中景物照览无遗。正要细看是否有寒萼、司徒平在内，忽见紫玲大声招呼，请她二人下去。二人借剑光飞下峰顶，近前一看，平原当中搭着一个高台，台上摆了一座香案，立着无数各式各样的长幡，已倒了一大片，八支粗如儿臂的大蜡业已熄灭，只剩当中炉内香火余烬。台前还立着九个柏木桩子，桩上绑着七具剖了腹的尸首。寒萼、司徒平连那神鹭俱站在那里说话。寒萼身旁站定一个十二三岁的女孩，拉着寒萼的手直哭。离她身前不远，倒着一个披头散发的道人尸首。紫玲好似在埋怨寒萼，寒萼只是微笑不答。只听紫玲道："你还嫌我慢呢。你走得早，却在半路上多管闲事。既管，又没法善后，偏来累我。现在时候业已不早，救人当然必须救彻，这女孩的兄弟在哪里呢？还不领我快去，寻出来好早些动身。亏你年纪不小啦，你既有本领将妖道除去，就不会寻到妖道巢穴，将小孩救出来么？"说到这里，寒萼一面叫司徒平把那女孩子抱着前行，一面答道："我同平哥斩了妖道，本要就去救那小孩，因为我既在途中耽误了这么多时候，算计神鹫飞得多快也要落后。知道你动身时必要跟踪寻觅二人，这里既是必由之路，一定能在空中看见，将我和平哥带走。据我救下这小姑娘说，那妖道住的地方在那边峰后一个石洞之内，非常隐秘。我们如去救那小孩，你一定在路上寻不见我。正在踌躇不决，你就到了，并非我存心延挨。"文琪、轻云见她姊妹二人一路拌嘴，一路往前走，便也随在她们身后。

那女孩原是妖道绑在柏木桩上要杀了来炼妖法，被寒萼、司徒平赶来救下的，年才十二岁。受了这一番大惊恐，竟丝毫也不害怕。一面指引去路，一面和司徒平谈着，有问必答，口齿十分聪明伶俐。寒萼越觉她可爱，又从司徒平手上要过来抱着同走。一会儿工夫，便到了那崖洞，里面灯烛辉煌，一样竖着许多长幡。紫玲上前将幡拔倒。寻到后洞，有两个十七八岁的道童正在说话。一个道："适才主灯忽然灭了，不要是师父出了事吧？"一个道："师父也真会造孽，每年端午节前，总要害死这许多人。我们虽说是他的徒弟，看着都不忍心，亏他如何下手？"另一个答道："谁说不是？就拿我们两人说，起初还不是被他拐来，要杀了祭旗的么？不过遇见好心人说情罢了。"

正说着，忽见紫玲等人进来，大的一个刚问做什么的，紫玲不愿再延误时候，喝问道："你师父作孽多端，已被我们杀了，与世人除害。如今这小姑娘的兄弟，妖道将他藏在何处？急速献出，免得随你们妖道师父同归于尽。"这两个道童闻言，慌忙下跪道："我等俱是好人家子弟，被我师父拐来，本要杀害，遇见有人讲情，才收为徒弟。平日只命我两人服侍做事，害人是师父一人所为，与我等无干。那小孩被师父用法术锁在那边石柱上面，我二人只能说出地方，却无法解救。望乞诸位大仙饶命。"

紫玲见这两个道童也是骨相清奇，俱非凡品，脸上并无什么妖气。暗中虽埋怨寒萼不该多事，但是事已至此，只得先命他二人领到那石柱跟前。只见空空一个石穴，什么都没有。

紫玲笑道："原来是个障眼法儿。"说罢，将手一指，指尖上发出一道紫光，光到处立刻现出石柱。柱旁见有一个八九岁的道童，身上并未加锁，围住石柱哭转不休，口中直喊姊姊，已累得力竭声嘶了。众人还未近前，那小女孩已挣脱了寒萼，跑将过去，抱着那男孩哭了起来。紫玲分开他二人，一同抱在手中一看，暗暗赞美。回身向寒萼道："人是救了，此地是妖人巢穴，难保不有余党来往，其势又不能带他们同到青螺山。都是你要先走惹出来的事。"

寒萼正要分辩，轻云抢着说道："姊姊休怪寒姊。虽说我等有正事在身，如果半途我见此事，也不能不管。这一双小姊弟质地这样好法，弃之可惜。我同文姊道力有限，此去青螺，也不过追随骥尾，从旁虚张声势，办不了什么大事。莫如由我和文姊一人带一个同去青螺，对敌时，我二人中分出一个看护他们。但等救了李、申二位，见了齐灵云姊姊，再想法子安顿如何？"紫玲先本为难，听了轻云之言，忽然触动一件心事，立刻答应，并吩咐立刻动身。那两个道童，在大家救那幼童时，一个也未想逃脱。这时见众人要走，反倒慌了手脚，抢着跑过来跪下，哭求道："我师父虽死，师母追魂娘子倪兰心比他还要凶狠刻毒，我二人日后落在她的手内，早晚性命难保。平时见他夫妇害人，吓得心胆皆裂，久已想要逃跑，苦无机会。天幸得遇诸位大仙，望乞救了我二人这条小命，携带着一路走吧。"说时二人俱是眼含痛泪，把头在地下叩得响成一片。起初，紫玲因此去是和敌人交手，胜负难定，比不得无事时安居谷内，本不愿再加一些累赘。后来经轻云一劝，想起追云叟行时之言，触动了心事。暗想："追云叟曾说我脱尘魔人道，应在今早救的人身上。但不知是说李、申二人，还是这几个孩子？且不管他，我今日见人就救，省得错了机会。"又见这两个道童虽在妖人门下，听他们说话，尚未受了妖人熏染，根骨虽比不上适才救的那一双小姊弟，也还是个中上之资。当真见死不救，任他们小小年纪沉沦妖窟，于心不忍。想到这里，便不再和大家商量，决定带了同走。因为时间紧迫，恐怕误了李、申二人之事，无暇再问这四个孩子姓名来历，只说一声："好吧，反正都是一样的累赘。"说罢，吩咐那一双小兄妹连那两道童止哭起立，请轻云、文琪和寒萼、司徒平各携一个，一同走出洞外。命神鹫先行飞走，到青螺后再与众人相会。大家站稳了以后，紫玲施展了法术，喊一声："起！"直往西方飞去。不提。

第八十一回　秦紫玲神游东海　吴文琪喜救南姑

说了半日，寒萼明知紫玲千里户庭囊中缩影之法比神鹫飞行还快，何以执意要负气先走，以及遇见妖道等情，尚未说出，待我在百忙中补叙出来。闲话少说，书归正传。

原来寒萼年纪虽轻，有些憨气，可是她幼承家学与紫玲多年苦心教导，道行已非寻常。无如多秉了一些宝相夫人的遗传，天性好动。自从遇了司徒平，本来的童心和不知不觉中的深情，在无心中流露出来。她姊妹二人和司徒平一段姻缘，已在玄真子那里听过明白开导。她何尝不知坠入情网，便要误却正果，难于振拔。连乾坤正气妙一真人夫妇、追云叟夫妇，俱是成婚以后出家，以那些人的道行，又各得玄门上乘正宗，中间不知遇见多少旷世仙缘，尚且要多费若干年苦修，立无数量的外功，异日是否能成天仙尚说不定。何况她的心中也是和紫玲抱的一样心思，只是道心没有紫玲坚定。既不防患未然，又有点任性，觉着我只和他好，也不过兄妹至好朋友一样，只要不落情欲，有何妨碍？大不以紫玲对司徒平冷冰冰的态度为然。及至引了文琪、轻云回到谷中，说到餐霞大师命她姊妹二人去救英琼、若兰之事，紫玲同她到后面商量，特意点醒她不可太不顾形迹，与司徒平亲密过分。又说："我因为害怕，才冒险神游东海，去请示母亲。母亲真元已固，能够前知。她说我二人与司徒平前缘注定，凡事要退一步想。可见这段孽缘摆脱不易，避他还来不及，如何反去就他？为了母亲将来，我二人当然感他大恩，但是我们异日助他成道，也就可以算回报了。"寒萼却说："司徒平人极长厚纯正，他已发过重誓，只要我们心正，他决不会起什么妄念。既望人家去救母亲，又对人家像外人；既显我们不对，又觉过于杞人忧天。"

紫玲见她执迷不悟，便说："凡事俱有先机，当慎之于始，不可大意。"便把那日司徒平起誓时，并未提寒萼，只说自己一人，自己将来能否免去这一难关固说不定，她却可虑极了。同时又激励寒萼道："如果你真喜欢他，心不向上，情愿堕入情网，不想修成正果，那你到了峨眉后，索性由我做主，择地涓吉，与你二人合卺。反正你早晚是要误了自己，这么一办，倒可免去我的心事，总算帮了我一个大忙。你看如何？"紫玲这种激将之法，原是手足关心，一番好意。不想寒萼恼羞成怒，起了误会，以为紫玲先不和她商量，去向母亲请示，知道前缘不能避免，故意想出许多话让自己去应验，她却可以安心修成正果。暗想："你是我姊姊，平日以为你多爱我疼我，一旦遇见利害关头，就要想法规避。你既说得好，何不你去嫁他，由我去炼修呢？我反正有我的准主意，我只不失身，偏和他亲热给你看，叫你后来看看我到底有没有把握。"当下先不和紫玲说出自己的心事，答道："姊姊好意，妹子心感。要我成全姊姊也可以，但是还无须乎这么急，但等妹子真个堕入情魔，再照姊姊话办，也还不迟。万一妹子能邀母亲的默佑，姊姊关爱，平哥的自重，竟和姊姊一样，始终只做名义上的夫妇，岂不是更妙么？"说罢，抿嘴笑了笑，转身就走。紫玲见劝她不转，叹了一口气，便去寻追云叟。寒萼在前面越想越有气，不过细想紫玲的话虽然过虑，也不是没有道理。正想将司徒平叫出，先试探他一下，却值追云叟到来。又听追云叟行时之言，仿佛说紫玲可以免却这段情魔，自己却不能幸免，又气又害怕，决意和司徒平细谈一下。文琪、轻云在座，二人同出无词可借，后来才故意埋怨紫玲耽延，要和司徒平先走。

二人坐上神鹫，飞出去有千多里路，星光下隐隐看见前面有座高峰，便对司徒平道："我虽知青螺偏在西北，并未去过，行时匆忙，也忘了问。前面有一座高峰，只好落下歇息一会儿，等姊姊赶来，还是一同去吧。"那神鹫两翼游遍八荒，漫说有名的青螺，寒萼原是哄他下来谈她心事。司徒平哪里知道，只觉她稚气可笑。未及答言，神鹫业已到了高峰上面飞落下来。司徒平道："都是寒姊要抢着先走，白招大姊不快，如今还是得等大姊来同走。要是她走岔了路，遇不上，我们再从后面赶去，岂不想快倒慢了么？"寒萼娇嗔道："你敢埋怨我么？你当我真是呆姑娘？实对你说，适才我和姊姊为你吵了一次嘴。我这人心急，心中有多少话想对你说，才借故把你引到此地。我算计姊姊动身还得一个多时辰，我们正好匀出时间来谈谈要紧的话。忘了问青螺的路，那是哄你的。就算我不认得，神鹫它得道千年，哪里没有去过，还怕迷失么？姊姊用的法术叫做千里户庭囊中缩影，是我外祖父雪雪老人在琅嬛天府管理天书秘笈偷偷学来，传与我母亲，我母亲又传给了红花姥姥和我姊姊。要用它动身，真是再快没有。她决不放心我们二人单走，定沿路留神，等片刻我们再放神鹫到空中去等候，决不至于错过的。你莫要打岔，我们谈正经的吧。"司徒平听紫玲姊妹为他口角，必然因为二人私自出谷，好生过意不去，急于要知究竟，便催寒萼快说。

寒萼才说了一句"姊姊今晚叫我到后面去"，神鹫忽然轻轻走过来，用口衔着寒萼衣袖往后一扯。寒萼刚要回身去看，猛觉一阵阴风过去，腥风扑鼻，忙叫司徒平留神。司徒平也已觉察，二人同往峰下一看，不由又惊又怒。原来这座高峰正当南面二人来的路，非常险峻陡峭。上来时只顾说话，先寻了一块石头坐下，转背朝着前面，又有峰头挡着视线，不曾留神到峰下面去。这时被神鹫用嘴一拉寒萼的襟袖，同时又起一阵腥风，二人才同时往峰下看去。只见下面是一块盆地平原，四面都是峰峦围绕。平原当中搭起一个没有篷的高台，台上设着香案，案当中供着一个葫芦。案上点着一双粗如儿臂的绿蜡，阴森森地发出绿光。满台竖着大小长短各式各样的幡。台前一排竖着大小十根柏木桩，上面绑着十来个老少男女。台上香案前站着一个妖道，装束非常奇异，披头散发，赤着双足。暗淡的烛光下面，越显得相貌狰狞。这时腥风已息，那妖道右手持着一柄长剑，上面刺着一个人心，口中喃喃念咒，后来越念越急，忽然大喝一声。台前柏木桩上绑着的人，有一个竟自行脱绑飞上神台，张着两手朝妖道扑去，好似十分倔强。妖道忙将令牌连击，将剑朝那人一指，剑尖上发出一道绿焰，直朝那人卷去，那人便化成一溜黑烟，咻溜钻入案上葫芦之中去了。寒萼再看台前柏木桩上绑着的人仍然未动，木桩并无一个空的，才知化成黑烟钻进葫芦内的是死者的魂灵，桩上绑的却是那人尸首，不由心中大怒。这时那妖道剑尖上人心已不知去向，却刺着一道符箓。二次走向案前，口中仍还念诵咒语，将剑朝着前面一指，立刻鬼声啾啾。一阵腥风过处，剑上又发出一道绿焰，直照到台前一个矮小的木桩上面。寒萼仙根慧目，早看见那小柏木桩上绑的是个年幼女孩子，看去相貌颇为俊秀，好似在那里大骂。眼看那道绿焰忽然起了一阵火花，火花中飞起一柄三棱小剑，慢腾腾向那女孩飞去。妖道好似借那火光，先寻找那女孩什么穴道，剑并不就往下刺。寒萼、司徒平俱是义胆侠肝，哪里容得妖道这般惨毒，早不约而同地一个放起飞剑，一个脱手一团红光，朝那妖道飞去。司徒平先动手，剑光在前，寒萼红光在后。

那妖道名唤朱洪，当初原是五台派混元老祖的得意门徒，平素倚仗法术，无恶不作。盗了混元老祖一部天书和一个护身之宝，逃到这四门山地底洞中潜藏。混元老祖也曾到处寻访他的踪迹，还未寻着，正赶上峨眉斗剑，混元老祖兵解，他愈发没了顾忌。又勾搭上一个姓倪的妖妇，一同修炼妖法。他因正派既同他邪正不并立，五台、华山派又因他盗去混元老祖的护身之宝，以致混元老祖惨败身死，恨他入骨，所以他友伴极少，只夫妻两个同恶相济。近年被他照天书上所传的妖法，炼了个六六真元葫芦。这葫芦应用三十六个有根基的童男童女的阴魂修炼。这三十六个有根基的童男童女并不难于寻找，所难者，这三十六个人须分五阳十二生肖，十二个为主，二十四个为宾。主要的十二个还要照年龄日月时辰分出长男、中男、少男、长女、中女、少女。祭炼的日子还要与这主要的十二个的生命八字相合。尤其难的是少男、少女限定十二岁，中男、中女限定是二十四岁，长男、长女限定是三十六岁。既要生肖对，又要年龄符，还要与祭炼的日时相生，差一点便不行。所以每年只能炼一次，共用三双男女，一正两副。这妖道还嫌妖法不厉害，每次除正副三双男女外，另外还取三个生魂加上。最末一次，再取一个禀赋极厚、生俱仙根的童男作为全魂之主，与妖道自己元神合一。这种妖法六六相生，深合先天造化，阴阳两极迭为消长，共用阴魂四十九个，加上本人真阳，暗符大衍之数五十，其用四十有九。在各派妖法当中，厉害狠毒，无与伦比。当初混元老祖原想炼这种妖法，与正派为敌。到底他虽怙恶，纵容门下，终究不失为修道之士，总觉无辜戕害许多厚根男女，已太狠毒，上干天相；二则炼起来稍一时辰不准，设备不全，不但白费心力，还要身败名裂：故迟疑了多年未炼。及至头次在峨眉惨败，动了真火，不顾利害，正要起始祭炼，便被朱洪连他炼了多年护身之宝太乙五烟罗都一齐盗走。朱洪知道此法厉害非常，正邪两派中人知道，都不容他修炼，隐忍多年。直至混元老祖兵解，他潜藏的地方又在山的洞底，不易为人觉察，他见渐渐无人注意到他，一面命他妖妻在洞底另炼一种妖法，一面决定开炼。因为炼这葫芦一年之中只有一天，还必须在露天之下搭台祭炼，他便在本山另辟了一座石洞。头一次去寻找童男童女极为凑巧，被他顺顺当当地炼成。到第二次，还富余了两个童男。本想下手，遇见他一个绝无仅有的朋友劝阻说："你既打算合大衍五十之数，多杀反而不宜，何不择两个较好的留下做徒弟呢？"他才将这两个多出来的童男留下，便是紫玲等救走的两个道童。

这回是第三次，算出祭炼的日子眼看为日不多，只寻着了八个童男女，缺少一名少女，炼不成功。倘若过了这天，不但这八个童男女到第二年全不合用，连前功俱要尽弃，急得四处找寻。也是合该他恶贯满盈，事也真巧，竟有送上门的买卖。在期前三天，他走到城市上，用他的老法子，借算命为由，寻找他等用的童女，算了多少家都不对。无意中走到乡下官道上，看见一辆扶柩回籍的官眷车上，坐着一双粉妆玉琢的童男女。他便毛遂自荐，假说那一双男女有难，情愿替他们算命，想法禳灾。这家官眷姓章，是一个侧室，因为主人病故在任上，只用一个老家人，带了已故正室所生的一男一女扶柩回籍。妇人家有甚见识，又加长途心烦，再见道人不要钱替小孩算命，那里又是打尖之所，乐得借此歇息。朱洪一算这两个小孩的命，不但女的合今年之用，男的还正合最后时之用。再一看那两个小孩的根骨，竟从来没有看见过这么厚根的童男女，不由心中大喜。故意恐吓了几句，说这两个小孩主于今晚就有灾祸，只有给他带走出家可以免。那官眷自然是不答应。尤其是那两个小孩听说要将他姊弟带走，更是气得张开小口就骂。随行的家人还说他妖言惑众，要将他送官治罪。朱洪说了一声："你们不要后悔。"扬长而去，却暗跟随在他们车后。走出去有二三十里地，使妖法刮起一阵阴风，将这两个小孩盗到山中洞内。这两个孩子聪明非凡，一丝也不害怕，第三日早起，竟想稳住了妖道逃走。逃未逃成，又被朱洪追了回来，将洞封闭，命那两道童看守。自己跑往地底洞内，去提取那八个童男女，准备晚间行法祭炼。

这两个孩子，女的是姊姊，名唤南姑；男的只有乳名，叫虎儿。那两个道童也是好人家子弟，一名于建，一名杨成志，平素极恨师父害人，自己是虎口余生，对他兄妹也同病相怜。便对他兄妹说朱洪如何狠毒，以及用他们祭炼法宝，命在旦夕等语。这小姊弟一听大哭，便求他们相救。于建道："我们日与虎狼同处，他又不曾教过我们法术，如何能救你们呢？你兄弟还有一年可活，你却今晚就完了。"南姑虽是幼女，颇有胆识，闻言低头想了一想道："既然如此，也是命中注定，由他去吧。"立刻止住悲声，反劝她兄弟不要哭。一面用话去套于、杨二道童，打听妖道身旁可有什么最厉害的法宝。问出朱洪平日自称本领高强，又有随身带的一样护身之宝，什么人都不怕，不过总是不愿叫外人看破他的行藏。两次祭炼葫芦时，总是用一面小幡，一经他念诵咒语，展动起来，立刻便有一层厚的黑雾将法台遮盖，所以每次行法，从没被人看破过。于、杨二道童原不知此幡妙用，也是在平日无意中听朱洪向他妻子说的。南姑便问幡在哪里。于建说："这幡原本藏在地下石洞师母那里，因为今晚就要行法，现在已请出来，供在那边桌上。"南姑顺着于建手指处一看，果然那旁供桌上面竖着一面白绫子做的不到二尺长的小幡，上面红红绿绿画着许多符箓。故意仍和两个道童说话，渐渐往那桌子挨近，一个冷不防抢上去，将幡拿在手里，便撕扯起来。于、杨二道童因见章氏姊弟聪明秀丽，无端落在妖道手中，命在旦夕，想起前情，不禁起了同在穷途之感。无奈自己力薄，坐视其死而不能救，惺惺相惜，未免又动了哀怜。虽说奉命看守，知道洞门已闭，章氏姊弟比自己还要文弱，更不愁他们会逃走。彼此再一作长谈，心中只在替他姊弟二人着急，哪里还防到有什么异图。及至师父的幡被人抢去要撕，知道这个关系非同小可，吓得面无人色，上来就抢。一面是师父凶恶，自己奉命防守，责任攸关；一面是情知必死，难逃活命，乐得把仇人法宝毁一样是一样。偏偏那幡竟非常结实，怎么撕扯也难损坏，三人在地下扭作一团。南姑的兄弟同仇敌忾，见姊姊和两个道童在地上打滚，拼命去撕那幡，便也上来相助。于、杨二道童虽然长了两岁，又是男孩，力气较大，怎奈一人拼命，万夫难当，兀自夺不过来。

　　于、杨二道童和章氏姊弟正撕扯作一团，扭结不开，忽然一阵阴风过处，耳旁一声大喝道："胆大业障！难道还想逃么？"四人抬头，见是妖道领了那八个童男女进来，俱都大吃一惊。朱洪见四人在地上扭结打滚，还疑为章氏姊弟又想逃走，被于、杨两道童拦阻争打起来。及至一声断喝过处，于、杨二道童放了章氏姊弟站起，才看见女孩两手抱紧他心爱的法宝，幡的一头正夹在女孩胯下。他并不知这女孩经期已近，连日急怒惊吓，又用了这一会儿猛力，发动天癸，幡上面沾了童女元阴，无心中破了他的妖法，今晚行法就要妖术不灵，黑雾祭不起来，被人看破，身首异处呢。当下他只骂了于、杨二道童一声"无用的东西"，上前将幡夺过，擎在手中。正值时辰快到，知道这幡多年祭炼，绝非一两个孩童所能撕扯，并未在意。只骂了几句，吩咐两道童看守石洞，不准外出。当下擒了南姑，将虎儿用法术锁禁在石柱上，引了那八个童男女出洞往台前走去。除南姑因朱洪见她生具仙根仙骨，打算用她元魂做元阴之长，没有用法禁制外，其余八人俱被邪术迷了本性，如醉如痴地随在朱洪身后。到了法台，各按部位，将九个童男女捆绑在台前柏木桩上。上台先焚了镇坛符箓，将适才小幡展动，念诵咒语，才觉出他最心爱的黑神幡已失了效用，不由又惊又怒。连忙仔细查看，才看出幡头上沾了两三点淡红颜色。猛想起适才那女孩撕这幡时，曾将幡夹在胯下，定是被那女子天癸所污。想不到这女子年纪轻轻，竟这样机智心狠，自己一时未留心，把多年祭炼心血毁于一旦。自己炼这种葫芦，又为天地鬼神所同嫉，全仗这妖幡放出来的浓雾遮盖法台，好掩过往能人耳目。明知这法炼起来要好几个时辰，失了掩护危险非常，但是时辰已到，如果不即动手炼祭，就要前功尽弃。女孩反正得死，倒也不去说她。最可恨的是两个道童不加防范，坏了自己异宝。气得朱洪咬牙切齿，想了一想，总不愿就此甘休。只得冒险小心行法，等祭炼完毕，再要这两个小畜生的性命，以消心中恶气。想到这里，勉强凝神静气，走到台前，用三元剑挑起符箓，念诵咒语，由剑尖火花中飞起一柄三棱小剑，依次将长男、长女、中男、中女、少男、少女六颗心魂先行取到，收入葫芦。这次是用少女做元神，便将其余副身一男一女的心魂也都取到。最后才轮到南姑头上。

南姑本是清醒地绑在那里，口中骂声不绝。因为她绑在柱上一直挣扎，心脉跳动不停，元神又十分凝固，不易收摄，比较费事。朱洪见今晚虽然失了妖幡，且喜并无人前来破坏，十分顺手，好生得意。眼看只剩最后这个小女孩的心魂，取到手中便可大功告成。正待行法，看准那女孩的心房下手，忽然眼前一亮，一道剑光从天而降。知道有人破坏，顾不得再取那女孩心魂，将手中剑往上一指，那柄三棱小剑带着一溜火光，正好将敌人飞剑迎住。猛听一阵爆音，一团红光如雷轰电掣而来，大吃一惊。看不出来人是什么路数，不敢冒昧抵挡。一面迎敌那柄飞剑，忙将身往旁一闪，从怀中取出混元老祖护身镇洞之宝太乙五烟罗祭起，立刻便有五道彩色云烟，满想连台连身护住。谁知慢了些儿，红光照处，发出殷殷雷声，把台上十多面主幡纷纷震倒。接着又是喀嚓一声，葫芦裂成两半，里面阴魂化作十数道黑烟四散。还算太乙五烟罗飞上去接着那团红光，未容打近身来。朱洪惊魂乍定，见自己千方百计，费尽心血，还差二三年就要炼成的厉害法宝坏于一旦，又是痛惜，又是忿恨。这时寒萼、司徒平业已飞身下来。寒萼见妖道那口小剑灵活异常，司徒平的飞剑竟有些抵敌不住；宝相夫人真元所炼的金丹，又被妖道放起五彩烟托住，不得下去。便放出彩霓练，去双敌妖道飞剑，也只帮司徒平敌个平手，一时还不能将那口小剑裹住，不由暗自惊异。便对司徒平道："想不到这妖道还这般难对付。你先小心迎敌，我去去就来。"司徒平闻言，点了点头。寒萼自行走去。不提。

朱洪先以为敌人定是一个厉害人物，及至对敌了一会儿，用目仔细往敌人来路看时，先见对面峰头上飞下两条黑影。等到近前一看，却只是一个英俊少年，指挥着一道剑光和一道彩光，和自己的三元剑绞作一团，渐渐往身前走来。不由怒上加怒，破口大骂道："何方业障，暗破真人大法，管叫你死无葬身之地！"说罢，口中念念有词，立刻阴风四起，血腥扑鼻。司徒平猛觉一阵头晕眼花。寒萼忽然飞身回来，娇叱道："左道妖法，也敢在此卖弄！"说罢，手扬处，紫巍巍一道光华照将过去，阴风顿止。司徒平立刻神志一清。朱洪忽见对面又飞来一个女子，一到便破了他的妖法，知道不妙。他原有几样厉害法宝，因为炼葫芦，不便都带在身上，俱交在妻子手中，想不到遇见劲敌破了他的妖法。不到天亮以后，他妻子不会出来，不知敌人深浅，哪敢大意。又见那口三元剑支持时久，已被敌人放出来的那道像红霓一样的彩光缠住，光芒锐减，愈加大惊，急切间又收不回来。知道再耽延下去，这口心爱的宝剑一样也要毁在敌人手内，好不可惜。果然又过片刻光景，那女子忽然一声娇叱，手扬处，那道紫光又放将出来，射入剑光丛中。眼看自己那口三元剑只震得一震，便被那道彩霓紧紧裹住，发出火焰燃烧起来。又过片刻，剑上光华消失，变成一块顽铁，坠落在下面山石上，"铿"的一声。恨得朱洪牙都咬碎，无可奈何，知道敌人厉害，再用别的法术，也是徒劳无功。只得且仗太乙五烟罗护体挨到天亮，等救兵出来，再作报仇打算。此时敌人的飞剑紫光同那道彩霓破了三元剑后，几次往妖道头上飞来，俱被五道彩烟阻隔，不得近前。

朱洪正觉自己宝贝厉害，忽听头上一声类似鹤鸣的怪叫，烟光影里，只见一片黑影隐隐现出两点金光，当头压下，眼看离顶不远，被那五道彩烟往上一冲，冲了上去。接连好几次。寒萼起初原想叫司徒平在前面去分妖道的神，自己驾了神鹫绕向妖道身后，用神鹫钢爪抓去妖道的护身法宝。才飞身到了峰顶，见神鹫站在峰角，睁着一双金睛注视下面。正要骑了上去，忽见下面妖道施展妖法，恐司徒平吃亏，重又飞回。及至破了敌人飞剑，众宝齐施，仍然没有效果。正要喊神鹫上阵，神鹫想是在上面等得不耐烦，竟不待主人吩咐，往妖道顶上飞扑，谁知接连飞扑三次，依然无效。寒萼又将几样法宝连司徒平飞剑，上中下分几面一齐向妖道进攻。那太乙五烟罗真也神妙，无论寒萼、司徒平法宝从哪里飞来，都有五道彩烟隔住，不得近身。寒萼正在心焦，猛生一计，悄悄拉了司徒平一下，大声说道："大胆妖孽，且容你多活几天，我们还有要事，回来再取你的狗命吧！"说罢，将放出去的法宝、飞剑招呼，一齐收回，同了司徒平往空便走。寒萼原是欲擒先纵，等妖道收了护身法宝，再命神鹫暗中飞下去将他抓死。谁知二人身子刚起在空中，忽然一道金光从后面照来。疑是妖道又弄什么玄虚，连忙回身一看，猛见一道金光从天而降，金光中现出一只丈许方圆的大手抓向妖道头上。眼看那五道彩烟飞入金光手中，接着便听一声惨叫，那道金光如同电闪一般不见踪迹。法台两丈粗如儿臂的大蜡业已熄灭，星光满天，静悄悄的，只剩夜风吹在树枝上沙沙作响。

第八十二回　情重故人　玉罗刹泄机玄冰谷
　　　　　　　同仇敌忾　女殃神先探青螺峪

寒萼、司徒平二人犹自惊疑，耳听一个妇人说道："太乙五烟罗乃混元老祖之物，被妖道偷来，借以为恶。你二人辛苦半夜，本该送与你们，不过老身此时尚有用它之处。妖道已被我飞剑所斩，此宝暂借老身一用，异日东海相见，再行归还。下面尚有人待尔姊妹相救，快查看吧。"说罢，声音寂然。寒萼知道暗中出了能人，急忙放出紫光，飞身往空中观看，哪里有半个人影。招呼了两声"上仙留名"，不见答应，只得下来。走到柏木桩上一看，妖道业已被人斩成两截。九个木桩空着一个，那几个业已死去，仅剩尸身绑在上面。只那女孩不曾死，见二人近前，不住口唤"大仙救命"。寒萼近前将她解救下来。那女孩跪在地下，叩谢了救命之恩。一面哭诉经过，说她还有个兄弟虎儿被困在妖道洞内，务求大仙开恻隐之恩，救她兄弟一命。寒萼见南姑在这九死一生之际应对从容，神志一丝不乱，知道是个有根器的幼女，十分爱怜。问了姓名之后，一听洞中有两个小道童，妖道并无余党，恐怕走开和紫玲相左，便想等紫玲来了再去援救。正和那女孩问长问短，紫玲带了文琪、轻云随后动身，还以为寒萼早走多时，一定还在前面，不想在空中看见神鹫飞翔，才跟踪下来，险些错过。

　　当下几人会合之后，直往青螺山进发。虽然紫玲法术灵异，因为寒萼救人，在途中耽误些时，等到赶到川边，业已大亮。只见群山绵亘，岗岭起伏，纠缭盘郁，积雪不消，雄伟磅礴，气象万千，与南中名山又是不同。行了片刻，紫玲收了法术，忙请女空空吴文琪与苦孩儿司徒平看护章氏姊弟与于、杨二人，自己同了寒萼、轻云去救英琼、若兰。轻云偶问紫玲道："前面就是青螺么？"紫玲闻言大惊，答道："这里是大乌拉山的侧峰，难道姊姊也和妹子一样，此地尚是初来么？吴姊姊呢？"轻云道："她也不知道，仅从家师口中得知青螺在川边，来时匆匆，未及细问。起初见寒萼姊姊抢着要先走，姊姊又是胸有成竹，以为一定知道。不想彼此都错认作是识途老马，这可怎么好呢？"紫玲道："妹子青螺虽未来过，先前却随家母到过川边，知道青螺伏处万山深谷之中，离康定雪山不远，在大乌拉山的西北。心想照我们这种走法，赶到乌拉天还未亮，正可停下来商量，分二人去迎接李、申二位姊姊，由二位姊姊中再分出一位领了余下二人去探青螺。如果能在李、申二位姊姊未被困时遇上，将她们接了下来，岂不省事？谁知舍妹会在半途中惹事，耽误些时。彼时妹子就想问明二位姊姊路径，直接赶赴青螺，一则时间已太匆迫，二则此去尚不知敌人虚实深浅，又带了这四个孩子，还是到了大乌拉下来安顿好了再去，比较稳妥。现在既是大家都不认路，天已不早，事不宜迟，请姊姊带了舍妹做一路，妹子一人做一路，分头往西北方寻找吧。"说罢，三人也无暇再谈，轻云、寒萼先双双飞起。紫玲自比她二人神速，脚一顿处，排云驭气直升高空，顺着大乌拉山西北方留神往下一看，竟是山连山，山套山，如龙蛇盘纠，蜿蜒不断，望过去何止千百余里。虽在端阳藻夏之际，因为俱是高寒雪山，除了山顶亘古不融的积雪外，寸草不生，漫说人影，连个鸟兽都看不见。紫玲救人心急，飞行迅速，不消片刻，已飞过了三数百里。正在心中烦躁，忽然看见西北角上涌起一座大山，形势非常险峻，也不知是青螺不是。正在心中盘算，已飞到了近山一座高峰上。猛低头往下一看，峰右侧不远现出一片平地，大道旁边有一座大庙，庙侧还有树木人家，只不见一个人影。刚想停云下去打听，猛听一声雕鸣，从左侧峰下面飞起一只浑身全黑的大雕，两只眼睛金光四射，展开两片比板门还大的双翼，乘风横云，捷如闪电一般，正朝紫玲脚下飞过，投往东南一座高峰后面落了下去。飞过时吃那雕内翼的风力，竟把紫玲脚下荡了两荡。暗想："这只雕绝非凡品，不知比神鹫道力如何？"正想间，忽然心中一动，猛想起久闻李英琼得了白眉和尚座下雕，这雕适才飞得那样快法，又不住地回顾，莫非是李、申二人就在下边被困，神雕抵敌不过，逃出来去请救么？想到这里，决定先赶到峰那边去看个动静再说。这峰原本群山环抱，凌云拔起，非常之高。紫玲刚刚飞上了峰顶，只见下面景物清幽，杂花野树，满山满崖都是。深谷内黄尘漠漠，红雾漫漫，围绕着一片五六亩方圆的地方。红雾中隐隐看见一道紫光，像神龙卷须一般不住夭矫飞舞。这时日光已渐渐升起，黄尘以外却是许多奇花异草，浴着晨雾朝曦迎风摇曳，依旧清明。知是有人卖弄妖法，正要酌量如何下手。忽听对面两声娇叱，一道剑光，一团红光，直往自己站的峰腰中飞来。紫玲抬头一看，正是寒萼、轻云二人站在对面山崖上。寒萼也看见紫玲站在这边峰顶，高声说道："姊姊休要放走了你脚底下牢洞内的妖僧！"言还未了，紫玲站的半峰腰上已飞出一条似龙非龙的东西，与寒萼、轻云放出来的红光、飞剑迎个正着。

紫玲心中正埋怨寒萼又是性急不晓事，此来救助李、申二人最为要紧，如今尚未察出下落，冒昧与人动手，若果下面红雾黄尘之中困的不是李、申二人，岂不又要误事？但是事已至此，敌人发出来的法宝连宝相夫人炼的金丹至宝都能支持，可见是个劲敌，怎好袖手旁观。当下不敢怠慢，先将自己父亲遗留极乐真人所赐的颠倒八门镇仙旗取出，按部位放起，以防敌人逃逸。飞身到了对面一看，半峰腰上有一个一人多高的石洞，洞前是一块平伸出去的岩石，上面坐着一个豹头环眼、貔鼻阔口的番僧，穿着一件烈火袈裟，赤着一双腿脚，手中捧着一个金钵盂，面前有一座香炉，里面插着三支大香，长有三尺，端端正正合掌坐在那里。紫玲刚要张口问话，忽听一阵风声，雕鸣响亮。抬头一看，正是适才所见那只金眼黑雕飞回。雕背上影影绰绰好似坐着三个人，渐近渐真，那雕也飞往紫玲等站立的所在落下，雕背上的人业已飞身跳下。原来是一男二女，俱都是仙风道骨。紫玲、寒萼等因一面要对付妖僧，未及看真。来的三人中有一个年纪较长的女子早首先说道："想不到轻云妹子也在这里。英琼妹子定是失陷在下面，适才神雕朝我哀鸣，我三人才得知道。这两位姊姊定非外人，我等救了英琼再行见礼吧。"言还未了，那年岁较幼的一个早取出一面镜子，一出手便有百十丈金光，直往下面黄尘红雾中照去。不想那妖法十分厉害，金光虽然将黄尘消灭，那红雾依旧不减，反像刚出锅的蒸气一般直往上面涌来。紫玲已听出李英琼困在下面。看来人形状言谈，想必有齐灵云姊弟在内。势在紧迫，忙喊："妖雾厉害，诸位姊姊后退一步，待妹子亲身下去，将李、申二位姊姊救出。"随说，手中取出一面小幡一晃，踪迹不见。不到一会儿，众人面前忽然多出两个女子。这来的一男二女，正是灵云姊弟与女神童朱文。救上来的正是英琼、若兰，业已中了妖法，昏迷不醒。

原来灵云等自从接了乾坤正气妙一真人齐漱溟的飞剑传书，先数日动身赶到青螺附近一座山中落下，金蝉便叫神雕回去。朱文道："琼妹又不等着骑，我们暂时借它一用多好，何必这么早就忙着打发回去呢？"金蝉趁灵云未在意，悄对朱文使了个眼色，说道："我们大家都在凝碧崖洞天福地相聚得多热闹自在，偏这回教祖单叫我们几个来，姊姊做事又太持重，李、申二位姊姊再三求着要来，都执意不允。如今撇下他们在凝碧崖岂不烦闷？原说神雕将我等送到就放回去。琼妹把这雕视若性命，来时又未言明，还是让它飞回去，给崖中诸位解解闷的为是。"朱文已明白他的用意，抿嘴笑道："如此说来，倒显出我有点自私之心了。"金蝉方要答言，灵云道："文妹、蝉弟不要再谈闲话。虽说离端阳还有数日，时间暇豫，青螺魔宫我等并未来过。闻说青螺伏处万山深谷之中，不易找寻，这还不难；只有敌人方面能人甚多，我们不知虚实深浅，须得先去探查一番才是。这里到处都是亘古不化的积雪，寸草不生，虽说我们不怕高寒，到底无趣。我在成都曾听玉清大师说，她有一个昔年同门女道士女殃神郑八姑，如今已改邪归正，只为性情高傲，不愿附入各派，单独在这山腰中石洞内隐居，与玉清师太情逾骨肉，渊源甚深，倘将来有事西藏，尽可前去请教盘桓。玉清师太原是一句随意闲话，我留神问明了路径同进见之法，不想今日倒用得着了。"金蝉道："既有这样有本领的高人，我们还不快去拜见，只管呆在这里做甚？"灵云道："你先不要忙，待认明了方向再说。"说罢，先看了看山势的位置向背，带了金蝉、朱文，往偏西一条深谷内走了下去。

灵云等上的这座高山，名叫小长白山，积雪千寻，经夏不消，地势又极偏僻，从来就少人迹。灵云想起了玉清大师说的路径，便带了金蝉、朱文往下寻找。刚刚走离谷地一半的路，忽听轰隆一声巨响。回头一看，最高峰顶上白茫茫一大团东西，如雷轰电掣般发出巨响，往三人走的方向飞来，经过处带起百丈的白尘，飞扬弥漫。灵云知道是神雕起飞时两翼风力扇动，山顶积雪奔坠，声势宏大惊人，捷如奔马而来。三人都会剑术，连忙将身刚得飞起，回顾下面，眼看大如小山的雪团正从三人脚底下扫将过去，溜奔谷底。滚到离谷底还有百十丈高下，被一块突出的大石峰迎撞个正着，又是山崩地裂一声大震过去，便是沙沙哗啦之声。兀地将那小山大小的大雪团撞散，激碎成千百团大小冰块雪团，映着朝日，幻出霞光绚彩，碎雪飞成一片白沙，缓缓坠下，把谷都遮没，变成一片浑茫。那座兀立半山腰的小峰也被雪团撞折，接着又是山石相撞，发出各种异声。三人重又落下。朱文道："我才说这里只是上头一片白，下头一片灰黄，寸草不生，枯燥寒冷，比凝碧崖洞天福地差得太远，还没想到会看见这种生平未见的奇景，也可算不虚此行了。"灵云道："你还说是奇景，幸而我三人俱会剑术躲避得快。你看那小峰，方圆也有亩许大，七八丈高，竟被雪将它撞断。要是常人，怕不粉身碎骨，葬身雪窟才怪呢。只是我们远客初来，便被我们的雕翼扇出这种奇观，我们倒看了好景色，不知可会惹主人不快么？"三人正在谈笑之间，谷下面有一个女子声音说道："何方业障，敢来扰闹？有本领的下来，与我相见！"言还未了，谷下忽然卷起一阵狂风，那未落完的雪尘，被它卷起一阵雪浪冰花，像滚开水一样直往四下里分涌开去。不一会儿，余雪随风吹散，依旧现出谷底。朱文、金蝉听下面出口伤人，早忍不住驾剑光飞身直下。灵云恐怕惹事，连忙飞身跟了下去。

　　二人到了谷底一看，近山崖的一面竟是凹了进去的，山虽寸草不生，谷凹里却是栽满了奇花异草，薜萝香藤，清馨四溢，令人意远。再找发话的人，并没有一个人影，谷凹中虽然广大高深，只正中有一个石台，旁边卧着几条青石，并没有洞。灵云朝朱文、金蝉使了个眼色，朝着石台躬身施礼道："我等三人来寻郑八姑，误惊积雪，自知冒昧，望乞宽容，现出法身，容我等三人拜见一谈，如何？"说罢，便听那女子声音答道："我自在这里，你们看不见怨谁？"言还未了，灵云等往前一看，石台上坐着一个身穿黑衣的女子，长得和枯蜡一般，瘦得怕人，脸上连一丝血色都没有。灵云躬身道："道友可是郑八姑么？"那女子答道："我先前以为又是那贼秃驴来和我生事，不想却是三位远客。我看你等生具仙根，一脸正气，定非特地来找我麻烦之人。恕我参了枯禅，功行未满，肉躯还不能行动。你们寻八姑做甚？说明了来意，我再对你们说她的去处。"灵云道："我名齐灵云，乃乾坤正气妙一真人长女，同了舍弟金蝉、师妹朱文，奉命到青螺有事。因以前在成都辟邪村玉清观见着优县大师门下玉清师太，说起八姑大名，十分倾慕，便道来此拜见，并无他意。"那女子闻言，瘦骨嶙峋的脸上，竟透出了一丝丝笑意，答道："三位嘉客竟是玉罗刹请你们来的么？我正是八姑。恕我废人不能延宾，左右石上，请随意落座叙谈吧。"三人各道了惊扰。坐定以后，郑八姑道："我只恨当初被优昙大师收伏时一时负气，虽然不再为恶，却不肯似玉清道友苦苦哀求拜她为师，以为旁门左道用正了亦能成仙。不幸中途走火入魔，还亏守住了心魂，落了个半身不遂，来参这个枯禅，受了欺负。如今眼看别人不如我的，倒得成正果，始知当初错了主意。我因喜欢清静，才选了这一个枯寒荒僻所在修炼。我坐的石台底下有一样宝贝，名为雪魂珠，乃万年积雪之精英所化，全仗它助我成道。不想被西藏一个妖僧知道，欺我不能转动，前来劫夺。我守着心神，不离开这石台，他又奈何我不得。同我斗了两次法，虽然各有损伤，终于被我占了上风。他气忿不过，用魔火来炼我。我情愿连那雪魂珠一齐炼化。炼了一百多天，我正在危险之际，恰好玉清道友前来看我，替我赶走了妖僧。她如要晚来十几天，我便要连人带珠被魔火炼成灰烬。承她故人情重，陪我谈了好多天；又去运了许多奇花，栽植在这玄冰窟内。里面俱非山石，乃是千年玄冰凝结，长年奇寒，一到日落西山，四面罡风吹来，奇冷刺骨。每年只四月半起至七月半止，才能见得着日光，有一丝暖意，所以寸草不生。此地花草下面有灵丹护根，才能亘古长青。玉清道友对我说，她曾向优昙大师代我求问前途休咎，说我要脱劫飞升，须等见了二云以后。我也曾静中参悟，都是以前造孽，才有今日。如今罪也受够了，难快满了，算计救我的人也快来了，每日延颈企望，好容易才盼到道友至此。尊名已有一个云字，还有一位名字有云字的人，想必也是道友同门至契，不知道友可知道否？"

灵云道："同门师姊妹中资质比较高一点的，只有黄山餐霞大师门下的周轻云妹子，要请她来也非难事。若论道行，都和我一样，自惭浅薄，要助道友脱劫，只恐力不从心。不知玉清大师可曾说出如何救法么？"郑八姑道："道友太谦。玉清道友也曾言过，二云到此，为的奉命除魔，在魔宫中遇见一位前辈奇人，得了一样至宝和两粒灵丹，再借二位道友法力热心，我便可以脱劫出来了。"灵云道："既然事有前定，只要用得着绵力，无不尽心。就是我等此来，也是为破青螺，相助一位道友脱难。但是此地从未来过，又不知敌人深浅虚实，特来请教。道友仙居与青螺密迩，想必知之甚详，可能指示端倪么？"郑八姑道："若论青螺情形，我不仅深知，那八个魔崽子还是我的晚辈呢。当初他们的师父神手比丘魏枫娘，原和我有许多渊源。自从我闭门思过隐居此地，不知怎的竟会被她知道，前来访我数次，想拉我和她在一起。彼时我虽然未走火入魔，已是同她志趣不投，推托自己此后决意闭户潜修，不再干预外务，婉言拒绝了她。她终不死心，数次来絮聒。最末一次来，正赶上我用彻地神针打通此山地主峰玉京潭绝顶，直下七千三百丈，从地窍中去取那万年冰雪之英所凝成的雪魂珠。她见我得此至宝，又歆羡又嫉妒，竟趁我化身入地之际，用妖法将潭顶封闭，想使我葬身雪窟，她再设法将珠取去。不知我已有防备，再加寻珠到手，妙用无穷，她那点小伎俩，如何能将我禁锢？我因她徒党甚多，不愿和她明里翻脸，只将潭顶轰坍，我从冰山雪块之中飞身而出。她见我破了她的玄虚，才息了妄念。我虽装作不知，她岂有不明白之理？坐了一会儿，自觉内愧，忽然起身对我说道：'人各有志，不便相强。青螺相去咫尺，我们俱是多年老友，我的徒弟甚多，希望你当前辈的人遇事指教照应，这想必可以请你答应了吧？'她这种小人之心，明是见害我不成，她正图谋大举，我住在她的邻近，怕我记仇去寻她生事，探探我的口气。明人一点就透，我便说只要人不犯我，我不但不管闲事，决不离开此地。照应既无所用其力，为人利用去妨害他人也决不做。她才走去，从此就没有再来。不久我就走火入魔，心在身死，不能转动，老防她来寻我麻烦。直到玉清道友来对我说道，才知被令慈妙一夫人在成都将她斩首，才去了我的心病。论理我应当遵守前言，不该趁她死后，帮助外人对付她的徒弟。但是那用魔火炼我的番僧，就是八魔新近请来的同党。因为这次正派同他们为敌，谣传乾坤正气妙一真人的金光烈火剑，业已在东海炼成，无论何派的飞剑，遇上便化成顽铁消融。知道只有我的雪魂珠能够抵敌，先由那番僧和我明要未允，又来抢夺，差点将我多年苦修的道行毁于魔火之下。他们既能食前言，我岂不可背信？无奈我身体已死，不能前去，只能略说他们一点虚实罢了。"灵云等连忙齐声称谢。

八姑又道："青螺虽是那座大山的主名，魔宫却在那山绝顶中一个深谷以内。这里纵横千余里，差不多全是雪山。只魔宫是在温谷以内，藏风聚气，不但景物幽美，草木繁滋，而形势之佳更为全山之冠。那谷是个螺蛳形，谷口就是螺的尾尖，曲折回环，走进去二十多里，才看得见谷道。外面的人不易看见里面。虽然诸位飞行绝迹，进去寻找魔宫并不算难。但是他们必利用天然形势，随地布置妖法，若果没有防备，也难免不遭暗算。诸位此来，是否准备就去？我好早去准备。"灵云便把接着飞剑传书，才得知赵心源五月初五魔宫赴约之事，这位赵道友想必尚在路上，自己意欲先去探个虚实，再迎上前去与赵道友相见一面等语，说了一遍。八姑道："三位来时，走的是西北云中直路。赵道友既和人相约，定知路径，当由川藏官道旁一条捷径而来。那条路上梵宇甚多，赵道友如在端阳前赶到，定要先寻住所，到时明张旗鼓前去赴约。只需明后日由二位中分出一位，前往东南那条人行路上寻找，便可相见。至于到魔宫去探听虚实，我看现在他们竟敢和峨眉为敌，请的能人一定不少。并非我小看三位道友，实因我将来脱劫，全仗诸位道友，意欲请道友代我看护顽躯，不要远离，我将元神遁化，亲去探看虚实。旧游之地，比较能知详细，即使遇见妖法，也容易脱身回来。道友以为何？"灵云闻言大喜，称谢道："我等因为事要机密，不便另寻寺观投宿，雪山高寒，又少山洞，难得道友不弃，正想在仙居停足数日，冒昧不便启齿，不想道友如此热肠肝胆，真令人感谢不尽了。"八姑道："此后借助之处甚多，无须太谦。不过我已是惊弓之鸟，我这一副枯骨，不得不先用障眼法儿隐去，全仗三位道友法力护持了。"说罢，一晃眼间，石台上仍是空空如也。三人知八姑已神游魔宫，暗暗惊异，各人轮流在石台旁守护，分别在谷中玩赏风景，并不远离。

日光一晃消逝，有回山雪光反映，仍是通明。三人谈了一会儿，俱在石台旁坐定用功，静候八姑消息。半夜过后，八姑仍未回来。朱文道："怎么八姑由申正走，到如今还不见回来哩？"金蝉道："我也正担心她连自身尚不能转动，还去冒这种大险，姊姊不该答应她去。我们在此枯等，难受还不要说，要是人家出了事，岂不对不起人哩。"灵云道："你真爱小看人。八姑与玉清大师同门，要论以前本领，还在玉清大师之上，又在此潜修多年，她如不是自问能力所及，如何会贸然前去？我并非依赖别人，自己畏难偷懒，实为她情形熟悉，比我们亲去事半功倍。难得她又如此热心，要是谢绝她这一番好意，听玉清大师说过，她性情率直，岂不反招她不快么？承她一番相助诚意，将来助她脱劫，即使我和轻云妹子力不能及，也定去求母亲给她设法，好歹也助她成道便了。"三人又谈了一阵，不觉到了天明。灵云也起了惊虑之心，已商量分人前去探看。忽听石台上长吁了一声，八姑现身出来，好似疲乏极了。三人道了烦劳，八姑只含笑点了点头。又停了一会儿，才张口说道："魔宫果然厉害，大非昔比，我也差点闪失。此番不但知了他的细情，还替三位代约请了一位帮手。那位赵道友，我已探出他同行诸位剑仙住在大道旁一座喇嘛庙中。三位少时寻去，便可见面商量进行。"八姑刚要将探青螺之事详细说出，忽听山顶传来几声雕鸣，十分凄厉。金蝉和神雕处得熟了，听出是它的声音，又知道英琼、若兰二人要随后赶来，不由吃了一惊。

第八十三回　鬼风谷神雕救主
　　　　　　　玉影峰恶徒陷师

　　金蝉便对灵云道："姊姊你听，佛奴不是回去了么，如何又在上面叫喊？莫非凝碧崖发生了什么事，前来寻我们么？"灵云、朱文也听出雕鸣不似往日，灵云忙叫朱文去看，金蝉也跟着出来。二人才离开了谷凹，还未张嘴，神雕已在空中看见二人站在下面，长鸣了一声，似弹丸飞坠一般，将两翼收敛，一团黑影从空中由小而大，直往谷底飞落下来，一路哀鸣，往二人身旁扑来。金蝉本有心病，首先问道："你这般哀鸣，莫非你主人李英琼赶了来，在半途中失了事么？"那雕将头点了点，长鸣一声，金眼中竟落下两行泪来。朱文、金蝉双双忙喊："姊姊快来！英琼妹子被恶人困陷了，神雕是来求救的呢！"言还未了，灵云已早看出原因，救人心急，便对八姑道："有一位同门道友中途失陷，愚姊妹三人即刻要去救援，等将人救回，再行饱聆雅教吧。"八姑道："这位道友既有仙禽随身还遭失陷，定在鬼风谷遇见了那用魔火炼我的番僧了。这妖孽妖法厉害，名叫做雅各达，外号西方野佛，与西藏毒龙尊者都是一般传授。不过毒龙尊者门下弟子众多，声势浩大；他只独身一人，知他底细的人甚少。他除会放黄沙魔火外，还有一个紫金钵盂同一支禅杖，俱都非常厉害。二位到了鬼风谷，如那位道友被魔火困住，须要先破去他的魔火，才能过去救人；否则一经被他魔火罩住，便难脱身。千万留神小心，以免有失！"说到这里，金蝉、朱文已连声催促。八姑也说灵云事不宜迟。三人与八姑告罪道别，一齐飞上雕背。那雕长鸣了一声，展开双翼，冲霄便起，健翮凌云，非常迅速，不消片刻，已到了鬼风谷山顶之上。灵云见谷下黄尘红雾中，隐隐看见英琼的紫郢剑在那里闪动飞舞，知道英琼将紫郢剑护身，或者尚不妨事。眼看快要飞到，忽见对崖飞下一道青光，一道红光。定睛一看，对崖上站定两个女子，一个正是周轻云。一会儿又从崖这面飞过一个女子。这两个女子虽未见过，知是轻云约来的无疑。说时迟，那时快，一转眼间，神雕业已飞到对崖落下。这才看见崖对面山半腰中坐着一个红衣番僧，业已放出一条似龙非龙的东西，与轻云等飞剑、红光斗作一团。朱文也将宝镜取出，照向下面，黄尘虽然消灭，红雾未减。本拟飞剑出去助阵，忽听那年纪较长的女子说："请大家后退！"灵云已听郑八姑说魔火厉害，忙拉了金蝉退出去二十多丈。那年长的女子已从怀中取出一面小幡，一展招，连人带幡踪迹不见，一眨眼间已将英琼、若兰二人救上崖来。金蝉、朱文见二人中了妖法昏迷不醒，心中大怒，双双将各人飞剑放出，直取那红衣番僧。

西方野佛雅各达原本不在鬼风谷居住。他听六魔厉吼的好友逍遥神方云飞无意中说起郑八姑从小长白山冰雪窟中将雪魂珠得了去。他垂涎此宝已有多年，怎奈小长白山方圆数百里，只听过高明人传说，不知实在地方及如何下手，又没有练过玄门中开山彻地之法，只得作罢。忽然闻说被一个女子取去，非常嫉忿。知道此话是从神手比丘魏枫娘那里听来的，便约方云飞到魔宫打听个仔细。及至见着八魔，才知魏枫娘已死，果然此宝是落在八姑之手。八魔本来早就听说峨眉派许多能人要在端午节前来，又知雪魂珠有无穷妙用，正好鼓动西方野佛去将珠夺来，自己还可添一个大大的帮手。西方野佛问明了路径，赶到小长白山一看，谷中石凹内空无一人，知道八姑隐了身形不肯见他。连去了两次，用言语一激，八姑才现身出来。他见八姑走火入魔，业已身躯半死，欺她不能转动，便和她明着强要。八姑自是不肯，两人言语失和，动起手来，各用法宝，互有损失。西方野佛见雪魂珠未能到手，反被八姑破了他两样心爱的宝贝，妖法又奈何她不得，恼羞成怒，便用魔火去炼，准备雪魂珠也不要了，将八姑炼成飞灰泄忿。炼了多日，被玉清大师前来将他赶走，愈加气忿。也不好意思去见八魔，暗自跑到鬼风谷内潜藏。仍不死心，想再炼一样厉害法宝，与八姑分最后胜负，非将雪魂珠取到手中，誓不甘休。

这日正在谷内打坐，忽听远处一声雕鸣，抬头一看，只见一只黑雕，两眼金光四射，两翼刮起风力呼呼作响，身子大得也异乎寻常，疾飞若驶，正从谷顶飞过。知道这是有道行的金眼雕，不由心中一动。暗想："遇见这种厉害的大雕，我何必去炼什么法宝？只消迫上去将它擒到收服，一加驯练，便可去寻那郑八姑，二次和她要雪魂珠。如再不允，我只需用法宝绊住她的元神，再命这雕暗中抓去她的躯壳，何愁宝不到手？"正想得称心，谁知那雕竟飞得比电还疾，眨眼工夫已没入云中，只剩一点黑影。刚在顿足可惜，忽然黑影渐大，又朝谷顶飞来。西方野佛好不高兴，这次便不怠慢，口中念念有词，忙将紫金钵盂往上一举。他这钵盂名为转轮盂，一经祭起，便有黑白阴阳二气直升高空，无论人禽宝贝，俱要被它吸住，不能转动。眼看黑白二气冲到那雕脚下，那雕只往下沉了十来丈，忽又升高，长鸣了一声。西方野佛见转轮盂并未将那雕吸住，大为惊异，便将钵盂收回。正要别想妙法，那雕忽然似弩箭脱弦，疾如流星一般，直往谷底飞来，眼看离地还有数十丈高下，猛听一声娇叱道："大胆妖僧，无故前来生事，看我法宝取你！"言还未了，那雕业已飞落面前。适才因为那雕飞得太高，雕大人小，竟没有留神看到雕背上还坐着两个人。此时近前一看，见是两个美貌幼女。情知这两个女子虽然小小年纪，能骑着这种有道行的大雕在高空飞行，必有大来历。但是自恃妖法高强，也未放在心上。暗想："我的钵盂未将你们吸住，你们不见机逃走，反来送死。送上门的买卖，岂能放过？"便大喝道："尔等有多大本领，敢在佛爷头上飞来飞去？快快将雕献来，束手就擒，免得佛爷动手！"言还未了，那两个少女已双双跳下雕背。年长的一个手扬处，一道青光飞来。西方野佛怪笑一声，喝道："无知贱婢，也敢来此卖弄！"将左臂一振，臂上挂着的禅杖化成一条蛟龙般的东西，将青光迎个正着。西方野佛也是一时大意，想看看来人有多大本领，没有用转轮钵去吸收敌人飞剑。刚将禅杖飞出，不想对面又是一声娇叱，那年纪小的一个女子手一扬，冷森森长虹一般一道紫光，直往西方野佛顶上飞来。这才想起用转轮钵去收。刚刚将钵往上一举，谁知敌人飞剑厉害，眼看那道紫光如神龙入海，被黑白二气裹入钵内，猛觉右手疼痛彻骨，知道不好。连忙用自己护身妖法芥子藏身，遁出去有百十丈远近。一看手中钵盂，业已被那道紫光刺穿，还削落了右手三指。来人见妖僧钵盂内出来了黑白二气，自己飞剑被他裹入在内，正在心急，忽然妖僧不见，紫光飞向西北角去。朝前一看，那妖僧手拿钵盂，已逃在半崖腰一块山石上面，自己宝剑正飞追过去呢。

来的这两个女子正是李英琼与墨凤凰申若兰。两人自从神雕飞回,便即别了裘芷仙动身。路上商量,仗着神雕飞得快,打算先飞到魔宫内去建一点小功,再去寻灵云等三人。谁知那雕飞到青螺,八魔已请能人用妖法将魔宫隐住,找寻不着,只得驾那雕去寻着灵云再作计较。往回路走时,飞到一个山谷上面,忽然雕身往下沉了一沉,重又飞起。若兰对英琼道:"下面有人暗算我们。"二人往下面一看,果然下面谷内有一个人正朝天上指手画脚,又见有黑白两道气由上往下朝那人手中飞去。英琼道:"下面的人定是青螺党羽,我们何不拿他试试手呢?"若兰艺高人胆大,自是赞同。便商量先飞下去,一面和那人动手,倘若他是青螺党羽,暗命神雕将他抓走,去见灵云报功。二人商量好了,便降落下来。一看西方野佛打扮同说话,已知是个妖僧,便动起手来。若兰飞剑敌住番僧禅杖正觉吃力,忽见英琼宝剑得胜,妖僧败退到半崖腰上。更不怠慢,一面指挥飞剑迎敌,暗诵咒语,手一扬处,将红花姥姥所传的十三粒雷火金丸朝番僧打去。西方野佛要是先用紫金钵收了若兰飞剑,英琼那把紫郢剑爱同性命,恐有闪失,决不肯轻易放出。他不该一时大意轻敌,反致受伤,伤了宝贝,还算见机得快,没有丧了性命。刚刚败逃出去,敌人飞剑竟一丝也不肯放松,随后追到。正在心慌意乱,忽然又从敌人方面飞来十几个火球,再想借遁已来不及,被火球在背上扫着一下,立刻燃烧起来,同时那道紫光又朝头顶飞到。西方野佛出世以来,从未遇见过敌手,自从和玉清大师斗法败逃以后,今日又在这两个小女孩子手里吃这样大亏,如何能忍受。本想将天魔阴火祭起报仇,未及施为,敌人飞剑、法宝连番又到,知道再不先行避让,就有性命之忧。顾不得身上火烧疼痛,就地下打了一个滚,仍借遁回到原处,取出魔火葫芦,口中念咒,将盖一开,飞出一面小幡。幡见风一招展,立刻便有百十丈黄尘红雾涌成一团,朝敌人飞去。英琼、若兰见敌人连遭挫败,那只神雕盘旋高空,也在觑便下攫之际,忽见敌人又遁回了原处,从身畔取出一个葫芦,由葫芦中飞出一大团黄尘红雾,直向她们飞来。若兰自幼随定红花姥姥,知道魔火厉害。一面收回金丸、飞剑,忙喊:"妖法厉害,琼妹快将宝剑收回走吧。"英琼本来机警,闻言将手一招,把紫郢剑收回。若兰拉了英琼正要升空逃走,已是不及,那一大团黄尘红雾竟和风卷狂云一般,疾如奔马,飞将过来,将二人围住。还亏英琼紫郢剑自动飞起,化成一道紫虹,上下盘舞,将二人身体护住。二人耳际只听得一声雕鸣,以后便听不见黄尘外响动,只觉一阵阵腥味扑鼻,眼前一片红黄,身上发热,头脑昏眩。

似这样支持了有半个多时辰,忽听对面有一个女子声音说道:"李、申两位姊姊快将宝贝收起,妹子好救你们出险。"若兰不敢大意,忙问何人。紫玲用弥尘幡下去时,有宝幡护体,魔火原不能伤她,以为还不一到就将人救出。及至到了下面一看,李、申二人身旁那道紫光如长虹一般,将李、申二人护住,漫说魔火无功,连自己也不能近前,心中暗暗佩服峨眉门下果然能人异宝甚多。知道紫光不收,人绝难救,情知自己与二人俱素昧平生,在危难之中未必肯信,早想好了主意。果然若兰首先发问,立刻答道:"神雕佛奴与齐灵云姊姊送信,寻踪到此,才知二位姊姊被魔火所困,特命妹子前来救援。如今灵云姊姊等俱在上面,事不宜迟,快将法宝收起,随妹子去吧。"英琼、若兰闻言才放了心,将紫郢剑收起,随紫玲到了上面。也是忙中有错,李、申二人该有此番小劫,竟忘了二人在下面不曾受伤,全仗紫郢护体。正在英琼收回紫郢,紫玲近前用幡救护之际,英琼收剑时快了一些,紫郢一退,红雾侵入,虽然紫玲上前得快,已是不及,沾染了一些。二人当时只觉眼前一红,鼻中嗅着一股奇腥。等到紫玲将二人救上谷顶,业已昏迷不省人事了。

这时灵云、朱文、金蝉已相继将飞剑随后放出,直取西方野佛。西方野佛起初见对面又飞来两个敌人,一个是一道金光,一个是一团红光,自己禅杖飞出去迎敌,竟然有点迎敌不下。正要将魔火移到对崖将敌人困住,忽听一声雕鸣,对崖上先后又飞下四女一男。才一照面,内中一个女子从怀中取出一面镜子,发出百十丈五彩金光,照到谷下,立刻黄尘四散。接着另一个女子忽然一晃身形,踪迹不见,转眼间竟将下面两个幼年女子救上来,出入魔火阵中,无事人一般。同时对面敌人先后放出许多飞剑,内有一道金光,一道紫光,还带着风雷之声。不由大吃一惊,想不到这些不知名的年轻男女竟有这般厉害。他已吃过敌人紫光苦头,见来的又有一道紫光,不敢怠慢。一面指挥魔火向众人飞去,一面用手一指面前香炉,借魔火将炉内三支大香点燃。口中念诵最恶毒不过的天刑咒,咬破舌尖,大口鲜血喷将出去。对崖灵云等眼看敌人手忙脚乱,飞剑行将奏功,忽见谷底红雾直往上面飞来，接着便是一阵奇香扑鼻，立刻头脑昏晕，站立不稳。知道妖法厉害，正有些惊异，忽听紫玲道："诸位姊姊不要惊慌。"言还未了，便有一朵彩云飞起，将众人罩住，才闻不见香味，神志略清。同时朱文宝镜的光芒虽不能破却魔火，却已将飞来红雾在十丈以外抵住，不得近前。紫玲一见，大喜道："只要这位姊姊宝镜能够敌住魔火，便不怕了。"说罢，向寒萼手中取过彩霓练，将弥尘幡交与寒萼，吩咐小心护着众人。自己驾玄门太乙遁法隐住身形，飞往妖僧后面，左手祭起彩霓练，右手一扬，便有五道手指粗细的红光直往西方野佛脑后飞去。那红光乃是宝相夫人传授，用五金之精炼成的红云针，比普通飞剑还要厉害。西方野佛眼看取胜，忽见对面敌人身畔飞起一幢五色彩云，魔火又被那女子宝镜光芒阻住，不能上前，正在焦急。猛觉脑后一阵尖风，知道不好，不敢回头，忙将身往前一蹿，借遁逃将出去有百十丈远近。回头一看，一道彩虹连出五道红光，正朝自己飞来。眼见敌人如此厉害，自己法宝业已用尽，再不见机逃走，定有性命之忧。不敢怠慢，一面借遁逃走，一面口中念咒，准备将魔火收回，谁知事不由己。紫玲未曾动手，已将颠倒八门锁仙旗各按五行生克祭起。西方野佛才将身子起在高空，便觉一片白雾弥漫，撞到哪里都有阻拦。知道不妙，恐怕自己被法力所困，敌人却在明处，一个疏神，中了敌人法宝，不是玩的。当下又恨又怕，无可奈何，只得咬一咬牙，拔出身畔佩刀，只一挥，将右臂斫断，用诸天神魔，化血飞身，逃出重围，往上升起。刚幸得脱性命，觉背上似钢爪抓了一下，一阵奇痛彻心。情知又是敌人法宝，身旁又听得雕鸣，哪敢回顾，慌不迭挣脱身躯，借遁逃走。

西方野佛一口气逃出去有数百里地，落下来一看，左臂上的皮肉去掉了一大片，连僧衣丝绦及放魔火的葫芦都被那东西抓了去，才想起适才听得雕鸣，定是被那畜生所害。想起只为一粒雪魂珠，多年心血炼就的至宝毁的毁，失的失，自己还身受重伤，成了残废。痛定思痛，不禁悲从中来。正在悔恨悲泣，忽听一阵极难听的吱吱怪叫，连西方野佛这种凶横强悍的妖僧，都被它叫得毛骨悚然，连忙止泣，起身往四外细看。只见他站的地方正是一座雪山当中的温谷，四围风景既雄浑又幽奇，背倚崇山，面前坡下有一湾清溪，流水淙淙，与松涛交响。那怪声好似在上流头溪涧那边发出。心想定是什么毒蛇怪兽的鸣声，估量自己能力还能对付，便走下涧去，用被剑穿漏了的紫金钵舀了小半钵水，掐指念咒，画了两道符，将水洗了伤处，先止了手臂两处疼痛。一件大红袈裟被雕爪撕破，索性脱了下来，撕成条片，裹好伤处。然后手提禅杖，循声而往。这时那怪叫声越叫越急。西方野佛顺着溪涧走了有两三里路，转过一个溪湾，怪声顿止。那溪面竟是越到后面越宽，快到尽头，忽听涛声聒耳。往前一看，迎面飞起一座山崖，壁立峭拔，其高何止千寻。半崖凹处，稀稀地挂起百十条细瀑，下面一个方潭，大约数十亩。潭心有一座小孤峰，高才二十来丈，方圆数亩，上面怪石嵯峨，玲珑剔透。峰腰半上层，有一个高有丈许的石洞，洞前还有一根丈许高的平顶石柱。这峰孤峙水中，四面都是清波萦绕，无所攀附，越显得幽奇灵秀。暗忖："我落得如此狼狈，也难见人。这洞不知里面如何，有无人在此参修。要是自己看得中时，不如就在此暂居，徐图报仇之计，岂不是好？"

想到这里，便借遁上了那座小峰，脚才站定，怪声又起。仔细一听，竟在洞中发出，依稀好似人语说道："谁救我，两有益；如弃我，定归西。"西方野佛好生奇怪。因为自己只剩了一支独龙禅杖、一把飞刀，又断了半截手臂，不敢大意。轻悄悄走近洞口一看，里面黑沉沉只有两点绿光闪动，不知是什么怪物在内。一面小心准备，大喝道："我西方野佛在此，你是什么怪物，还不现身出洞，以免自取灭亡！"言还未了，洞中起了一阵阴风，立刻伸手不见五指。西方野佛刚要把禅杖祭起，忽听那怪声说道："你不要害怕，我决不伤你。我见你也是一个残废，想必比我那个狠心伙伴强些。你只要对我有好心，我便能帮你的大忙；如若不然，你今天休想活命。"西方野佛才遭惨败，又受奚落，不由怒火上升，大骂："无知怪物，竟敢口出狂言。速速说出尔的来历，饶尔不死！"言还未了，阴风顿止，依旧光明。西方野佛再看洞中，两点绿光已不知去向，还疑怪物被他几句话吓退。心想："你虽逃进洞去，怎奈我已看中了这个地方，我只需将禅杖放进洞去，还愁抓你不出来？"刚把禅杖一举，未及放出，猛觉脑后有人吹了一口凉气，把西方野佛吓了一大跳，回头一看，并无一人。先还以为是无意中被山上冷风吹了一下，及至回身朝着洞口，脖颈上又觉有人吹了一口凉气，触鼻还带腥味。知道怪物在身后暗算，先将身纵到旁边，以免腹背受敌。站定回身，仍是空无一物，好生诧异。正待出口要骂，忽听吱吱一声怪笑，说道："我把你这残废，我不早对你说不伤你么，这般惊慌做甚？我在这石柱上哩，要害你时，你有八条命也没有了。"

西方野佛未等他说完，业已循声看见洞口石柱上，端端正正摆着小半截身躯和一个栲栳大的人脑袋，头发胡须绞作一团，好似乱草窝一般，两只眼睛发出碧绿色的光芒。头颈下面虽有小半截身子，却是细得可怜，与那脑袋太不相称。左手只剩有半截臂膀，右手却像个鸟爪，倒还完全。咧着一张阔嘴，冲着西方野佛似笑非笑，神气狰狞，难看已极。西方野佛已知怪物不大好惹，强忍怒气说道："你是人是怪？为何落得这般形象？还活着有何趣味？"那怪物闻言，好似有些动怒，两道紫眉往上一耸，头发胡须根根直竖起来，似刺猬一般，同时两眼圆睁，绿光闪闪，愈发显得怕人。倏地又敛了怒容，一声惨笑，说道："你我大哥莫说二哥，两人都差不多。看你还不是新近才吃了人家的大亏，才落得这般光景么？现在光阴可贵，我那恶同伴不久回来，你我同在难中，帮别人即是帮自己。你如能先帮我一个小忙，日后你便有无穷享受。你意如何？你大概还不知道我的来历，可是我一说出，你如不能帮我的忙，你就不用打算走了。"西方野佛见怪物口气甚大，摸不清他的路数，一面暗中戒备，一面答道："只要将来历说出，如果事在可行，就成全你也无不可。如果你意存奸诈，休怪我无情毒手，让你知道我西方野佛雅各达也不是好惹的。"那怪物闻言，惊呼道："你就是毒龙尊者的同门西方野佛么？你我彼此闻名，未见过面，这就难怪了。闻得你法术通玄，能放千丈魔火，怎么会落得如此狼狈？"西方野佛怒道："你先莫问我的事，且说你是什么东西变化的吧。"

那怪物道："道友休要出口伤人。我也不是无名之辈，我乃百蛮山阴风洞绿袍老祖便是。自从那年在西藏与毒龙尊者斗法之后，回山修炼，多年未履尘世。去年毒龙尊者与我送去一信，请我到成都慈云寺去助他徒弟俞德与峨眉派斗法。我正因为几年来老吃山人心血，想换换口味，便带了法宝赶到成都，由地遁入了慈云寺。到了不两天，我先将我炼就的十万百毒金蚕蛊，由夜间放到敌人住的碧筠庵内，想将峨眉派一网打尽。不想被一个对头识破，首先有了防备，不知道他用的什么法宝，将我金蚕蛊伤去大半。我在慈云寺心中一痛，便知不好，还算见机得早，赶快用元神将蛊收回。第二天晚上，峨眉派的醉道人来定交手日期，我想拿他解解恨，未及我走到他身前，忽从殿外飞来一道金光将他救走。我岂能放过，一面将法宝祭起，追赶出来。他们好不歹毒，故意叫醉道人引我出来，等我放蛊去追，才由头次破我法的对头放出千万道红丝般的细针，将我多年心血炼就的金蚕蛊两头截断，失了归路，一个也不曾逃脱，全被刺死。我忿极拼命，自现元神，二次将修罗幡祭起。正要取胜，谁知敌人准备周密，能手来了好几个。先飞来一块五云石，将幡打折。接着又是匹练般一道金光捷如闪电飞来，将我腰斩。我脑内藏有一粒玄牝珠，未受敌人损害，只要不被敌人取去，日后仍可修炼报仇。但是敌人非常厉害，事在紧迫，来不及脱身飞走。在这间不容发之际，我门下大弟子独臂韦护辛辰子从阴风洞赶到，将我救到此地。我很奇怪他为何不将我救出山去，却来此地。后来才知他救我，并不是因为我是他师父，安什么好心，他是看中了我那粒珠子。那玄牝珠本是我第二元神，用身外化身之法修炼而成。我虽然失了半截身子，只需寻着一个资质好的躯壳，使我与他合而为一，再用我道法修炼三年零六个月，一样能返本来面目。谁知这厮心存奸诈，将我带到此地，先用假话安慰，说本山出了事不能回去，请我稍微养息，再说详情。我见他既冒险将我救出，哪里料到他有恶意。他趁我不防，先用我传他的厉害法术阴魔网将这山峰封锁，无论本领多大的人，能生入不能生出，到此休想回去。他还嫌不足，又在崖上挂起魔泉幡，以防我运用元神逃走。你看见崖上数十道细瀑，便是此幡幻景。人若打此峰逃走，崖上数十道细瀑，便化成数十条白龙将你围住，不得脱身。他一切布置好后，才和我说明：我既成了残废，不如将玄牝珠给他成道，虽然我失去了人身，元神与他合一，也是一样。原来他不带我回山，并非出了什么事，乃是想独得我这粒玄牝珠，恐我门下十一个弟子不答应，和他为仇。打算将珠得到手中，再回山收服众同门，自为魔祖。你说他心有多毒？只怪我当时瞎了眼，不但将平生法术倾囊传授，还助他炼成了几件厉害法宝。我失却了金蚕蛊和修罗幡，第一元神被斩，不但不能制他，几乎毁在他手里。

"还算我主意拿得稳，自从看穿了他的奸计，一任他恐吓哄骗，好说歹说，老守着我这第二元神不去理他。再要被他逼得太急时，我便打算和他同归于尽。我虽然只剩了半截身子和半条臂膀，一样可以运元神化风逃走。一则他防范周密，四面都有法术法宝封锁；二则我的对头太多，恐怕冤家路窄，遇上更糟，所以忍痛在此苦挨。可恨他陷我在此还不算，每隔些日，还到外面去奸淫、吃人血快活，乐享够了，回来便千方百计给我苦吃。准备等我苦吃够了，受不住煎熬，答应将珠献出，他便将这玄牝珠再加一番祭炼，成为他的身外化身。以后他无论遇见多厉害的敌人，我便可以做他的替身，还可借我来抵挡别人的法宝。这个山峰名叫玉影峰。我住这洞没有名，是个泉眼，里面阴风刺骨，难受已极。他在洞前立了这么一根平顶石柱，每次来此，叫我立在柱上，给我罪受。日前他又来到此地，他说他常回百蛮山去，我那十一个弟子都知道我死了，到处打听仇人。才知那晚破法斩我的人并非峨眉派，乃是峨眉派请来的能人，当年青城派鼻祖、云南雄狮岭长春岩无忧洞极乐童子李静虚。这人道法通玄，已离天仙不远，此仇如何报法？推根寻源，仇人终是峨眉派请来的，便寻峨眉门下报仇。今年春天，居然被他们在云南楚雄府擒住了两个峨眉后辈，虽然年幼，本领倒也不弱。他们将这二人擒回山去拷问，无心中听被擒的人说起，我虽然被李静虚所斩，上半截尸身却不知去向等语。我二弟子紫金刚龙灵知道我有第二元神，既然上半截尸身不见，定然化遁飞去。又知恶徒辛辰子与我是先后脚到的慈云寺，如何他几次回山不见提起？渐渐对他起了疑心，因为本领都不如他，只好强忍在心里。他见众人辞色不对，恐久后败露，到底众寡不敌，特地赶回来，限我十日内将珠献出。他已将此峰四面封锁，不怕我飞去。期满不献，便用极厉害的阴火，将我化成飞灰，以除后患。说罢，又在我的伤处照老法子给我刺了十几下魔针，让我受够了罪，这才急匆匆走去。我看他很慌张，好似有什么要事在身的神气。这山是多少穷山恶岭当中一个温谷，亘古少人行迹，仙凡都走不到此。明知无人前来救我，也不能不作万一之想，我便在洞中借着山谷回音大喊，连喊了八九日。天幸将道友引来，想是活该他恶贯满盈，我该脱难报仇了。"西方野佛一听，他是南派魔教中的祖师绿袍老祖，大吃一惊。暗想："久知他厉害狠毒，从来不说虚话，说得到行得出。前数月听人说，他已在成都身死，不想还剩半截身子活在此地。今日既然上了这座山峰，如不助他脱险，说不定还得真要应他之言，来得去不得。但是自己法宝尽失，已成残废。那独臂韦护辛辰子的厉害也久有耳闻，正不亚于绿袍老祖。倘若抵敌不过，如何是好？"一路盘算，为难了好一会儿，才行答道："想不到道友便是绿袍老祖，适才多有失敬。以道友这么大法力，尚且受制于令高徒。不瞒道友说，以前我曾炼有几件厉害法宝，生平倒也未遇见几个敌手。不想今日遇见几个无名小辈，闹得身败名裂，法宝尽失。万一敌令徒不过，岂不两败俱伤？"绿袍老祖道："道友既能遁上这个山峰，便能救我。只问你有无诚心，如真打算救我出险，并非难事。刚才我说的话，并非故意恫吓，道友不信，可试走一走看，能否脱身离此，便可明白。"西方野佛暗想："他说得辛辰子如此厉害，我就打算救他，也须试一试看，省得他日后小觑了我。"便答道："如果道友看我果真能力所及，决不推诿。不过我还要试一试令徒的法力，如能随便脱身，岂不省事？"说罢，便要借遁走去。绿袍老祖连忙拦阻道："道友且慢。你如真要试验我那恶徒法力，千万须要小心。那旁现有树林，何不用法术推动以为替身，省得自己涉险？"西方野佛见绿袍老祖说得如此慎重，惊弓之鸟，倒也不敢大意。果然拔起一根小树，口中念念有词，喝一声："起！"那树便似有人在后推动，直往潭上飞去。眼看要飞出峰外，忽听下面一阵怪叫，接着天昏地暗，峰后壁上飞起数十条白龙，张牙舞爪，从阴云中飞向峰前。一霎时烈火飞扬，洪水高涌，山摇地转，立足不定。眼看那数十条白龙快要飞到峰上，猛听一声惨叫，一团绿阴阴的东西从石柱旁边飞起，与那数十条白龙才一照面，一会儿工夫，水火狂飙全都消灭，天气依旧清明。再看那株树，业已不见丝毫踪影。绿袍老祖半截身躯斜倚在洞旁石壁上，和死去了一般。西方野佛不由暗喊惭愧。看辛辰子所用的法术，分明是魔教中的厉害妖法地水火风。那数十条白龙般的东西，更不知路数同破法。如果自己紫金钵盂未破，还可抵敌。后悔不该大意误入罗网，恐怕真要难以脱身也说不定。正在沉思，忽见绿袍老祖身躯转动，不一会儿，微微呻吟了一下，活醒转来。说道："道友大概也知道这个业障的厉害了吧，若非道友用替身试探，我又将元神飞出抵挡，且难讨公道呢。"西方野佛含愧答道："适才见道友本领仍是高强，何以还是不能脱身，须要借助他人呢？"绿袍老祖道："道友只知业障法术厉害，却不知他防备更是周密。他防我遁去，除用法术法宝封锁外，还在我身上伤口处同前后心插上八根魔针。他这魔针乃子母铁炼就，名为九子母元阳针。八根子针插在我身上，一根母针却用法术镇在这平顶石柱之下。如不先将母针取去，无论我元神飞遁何方，被他发觉，只需对着母针念诵咒语，我便周身发火，如同千百条毒虫钻咬难过。因为我身有子针，动那母针不得，只好在此度日如年般苦挨。只需有人代我将母针取出毁掉，八根子针便失了效用。我再将元神护着道友，就可一同逃出罗网了。我但能生还百蛮山，便不难寻到一个根骨深厚的人，借他躯壳变成为全人了。"西方野佛闻言，暗想："久闻这厮师徒多人，无一个不心肠歹毒，莫要中了他的暗算？既然子母针如此厉害，我只需将针收为己有，便不愁他不为我用，我何不如此如此？"主意想好，便问那母针如何取法。绿袍老祖道："要取那针不难。并非我以小人之心度你，只因我自己得意徒弟尚且对我如此，道友尚是初会，莫要我情急乱投医，又中了别人圈套。我对道友说，如真愿救我，你我均须对天盟誓，彼此都省了许多防范之心。道友以为如何？"西方野佛闻言，暗骂："好一个奸猾之徒！"略一沉吟，答道："我实真心相救，道友既然多疑如此，我若心存叵测，死于乱箭之下。"绿袍老祖闻言大喜，也盟誓说："我如恩将仇报，仍死在第二恶徒之手。"二人心中正是各有打算，且自不言。

第八十四回　一息尚存　为有元珠留半体
　　　　　　　　凶心弗改　又将长臂树深仇

　　绿袍老祖发完了誓，一字一句地先传了咒语。接着叫西方野佛用禅杖先将石柱打倒，柱底下便现出一面大幡，上面画有符箓，符箓下面埋着一根一寸九分长的铁针。然后口诵护身神咒，将那针轻轻拔起，将针尖对着自己，口诵传的咒语。将针收到后，再传他破针之法，才可取那八根子针。西方野佛哪知就里，当下依言行事。一禅杖先将石柱打倒，果然山石上有一道符箓，下面有一根光彩夺目的铁针。知道是个宝贝，忙念护身神咒，伸手捏着针头往上一提。那针便粘在手上，发出绿荧荧的火光，烫得手痛欲裂，丢又丢不掉。他先前取针时，见绿袍老祖嘴皮不住喃喃颤动，哪里知道这火是他闹的玄虚，只痛得乱嚷乱跳。绿袍老祖冷冷地说道："你还不将针尖对着我念咒，要等火将你烧死么？"西方野佛疼得也无暇寻思，忙着咬牙负痛，将针对着绿袍老祖，口诵传的咒语。果然才一念诵，火便停止。那咒语颇长，稍一停念，针上又发出火光。不敢怠慢，一口气将咒念完。他念时，见绿袍老祖舞着一条细长鸟爪似的臂膀，也在那里念念有词，脸上神气也带着苦痛。等到自己刚一念完，从绿袍老祖身上飞出八道细长黄烟，自己手上的针也发出一溜绿火脱手飞去，与那八道细长黄烟碰个正着。忽然一阵奇腥过去，登时烟消火灭。绿袍老祖狞笑道："九子母元阳针一破，就是业障回来，我也不愁不能脱身了。"说罢，朝天挥舞着一条长臂，又是一阵怪笑，好似快乐极了的神气。西方野佛忿忿说道："照你这一说，那针已被你破了，你先前为何不说实话？"绿袍老祖闻言，带着不屑神气答道："不错，我已将针破了。实对你说，这针非常厉害，我虽早知破针之法，无奈此针子母不能相见，子针在我身上，我若亲取子针，便要与针同归于尽。适才见你举棋不定，恐你另生异心，我如将真正取针之法宝传了你，此宝不灭，早晚必为我害。所以我只传你取母针之法，使你先用母针将我子针取出，九针相撞，自然同时消灭，无须再烦你去毁掉它了。我只为此针所苦，没有母针不能去收子针，我自己又不能亲自去取那母针，须假手外人，因此多加一番小心，倒害你又受一点小苦了。"

西方野佛见上了绿袍老祖的大当，还受他奚落，好不忿恨，知道敌他不过，只得强忍在心。勉强笑答道："道友实是多疑，我并无别意。如今你我该离开此地了吧？"绿袍老祖道："业障今明日必回，我须要叫他难受难受再走。"说罢，对着洞中念了一会儿咒语，挥着长臂，叫西方野佛将他抱起，自会飞下峰去。西方野佛无奈，刚将他半截身躯抱起，只听他口才喊得一声："走！"便见一团绿光将自己包围，立刻身子如腾云驾雾一般下了高峰，绿光中只听得风声呼呼，水火白龙一齐拥来，只见那团绿光带着自己上下翻滚了好一会儿，才得落地。猛听涛声震耳，回望山崖上，数十道细瀑不知去向，反挂起一片数十丈长、八九丈宽的大瀑布，如玉龙夭矫，从天半飞落下来。正要开言，绿袍老祖道："业障的法术法宝俱已被我破去，他素性急暴，比我还甚，回来知我逃走，不知如何忿恨害怕。可惜我暂时不能报仇，总有一天将他生生嚼碎，连骨渣子也咽了下去，才可消恨呢！"说罢，张着血盆大口，露出一口白森森的怪牙，将牙错得山响。西方野佛由恨生怕，索性人情做到底，便问是否要送他回山。绿袍老道道："我原本是打算回山，先寻找一个有根基的替身，省得我老现着这种丑相。不过现在我又想，我落得这般光景，皆因毒龙尊者而起。听业障说，他现在红鬼谷招聚各派能人，准备端阳与峨眉派一决雌雄。他炼有一种接骨金丹，于我大是有用。你如愿意，可同我一起前去寻他，借这五月端午机会，只要擒着两个峨眉门下有根基之人，连你也能将残废变成完人，岂不是好？"西方野佛当初原与毒龙尊者同师学道，本领虽不如毒龙尊者，但是仗有魔火、金盂，生平少遇敌手，有一时瑜亮之称。只因西方野佛性情褊忌，一味自私，不肯与毒龙尊者联合，居心想苦炼多年，再将雪魂珠得到手中，另行创立门户。不想遇见几个不知名的少年女子，失宝伤身。自己势盛时不去看望毒龙尊者，如今失意，前去求人，未免难堪，正在沉思。绿袍老祖素来专断，起初同他商量，总算念他救命之恩，十二分客气。见他沉吟不语，好生不快，狞笑一声，说道："我素来说到做到，念你帮了我一次忙，才给你说一条明路，怎么不知好歹？实对你说，适才你代我取针之时，我看出你有许多可疑之处。如果我的猜想不差，非叫你应誓不可。在我未察明以前，你须一步也不能离开。我既说了，去也得去，不去也得去。如若不然，叫你知我的厉害！"

这一番蛮横不近人情的话，漫说是西方野佛，无论谁听了也要生气。无奈西方野佛新遭惨败之后，久闻绿袍老祖凶名，又加适才眼见破针以后，运用元神满空飞舞，将辛辰子设下的法术法宝破个净尽，已然尝了味道。若论自己本领，纵然抵敌不过，要想逃走，却非不可能。一则自己平素就是孤立无援的，正想拉拢几个帮手，作日后报仇之计，如何反树强敌？二则也想向毒龙尊者讨取接骨金丹，接续断臂。想来想去，还是暂时忍辱为是。便强作笑容，对绿袍老祖道："我并非是不陪你去，实因毒龙尊者是我师兄，平素感情不睦，生恐此去遭他轻视，所以迟疑。既然道友要去，我一定奉陪就是。"绿袍老祖道："这有什么可虑之处？想当初我和他在西灵峰斗法，本准备拼个死活存亡，不料白眉和尚带着两个扁毛畜生想于中取利，被我二人看破，合力迎敌，白眉和尚才行退去，因此倒变仇为友。要论他的本领，如何是我的敌手？上次慈云寺他不该取巧，自己不敢前去，却叫我去上这大当。我正要寻他算账，你随我去，他敢说个不字，日后我自会要他好看。"西方野佛听他如此说法，便也无有话说。

绿袍老祖刚叫西方野佛将他半截残躯抱起动身，忽听呼呼风响，尘沙大起。绿袍老祖厉声道："业障来了，还不快将我抱起快走！"西方野佛见绿袍老祖面带惊慌，也着了忙。刚将绿袍老祖抱起，东南角上一片乌云黑雾，带起滚滚狂风，如同饥鹰掠翅般，已投向那座山峰卜面。绿袍老祖知道此时遁走，必被辛辰子觉察追赶，自己替身尚未寻到，半截身躯还要靠人抱持，对敌时有许多吃亏的地方，西方野佛又非来人敌手。事在紧急，忙伸出那一只鸟爪般长臂，低告西方野佛不要出声，口中念念有词，朝地上一画，连自己带西方野佛俱都隐去。西方野佛见绿袍老祖忽又不走，反而用法术隐了身形，暗自惊心，一面暗中准备脱身之策，静悄悄朝前看去。那小峰上已落下一个断了一只臂膀的瘦长人，打扮得不僧不道，赤着双脚，手上拿着一把小刀，闪闪发出暗红光亮。远远看过去，面貌狰狞，生得十分凶恶。那瘦长人落地便知有异，再一眼看到细瀑不流，石柱折断，愈加忿怒。仰天长啸了一声，声如枭嗥，震动林樾，极为凄厉难听。随又跑到绿袍老祖藏身的洞口。刚要往前探头，忽从洞内飞起两三道蓝晶晶的飞丝。那瘦长人又怪啸了一声，化成一溜绿火，疾如电闪般避到旁边。从身上取出一样东西，才一出手，发出五颜六色的火花，飞上去将那几道蓝丝围住。等到火花被瘦长人收回，蓝丝已失了踪迹。西方野佛看得仔细，那蓝丝出来得比箭还疾，瘦长人猝不及防，脸上好似着了一下。蓝丝破去后，那瘦长人又暴跳了一阵，飞起空中，四外寻找踪迹。不一会儿，跳到这面坡来，用鼻一路闻嗅，一路找寻。西方野佛才看出这人是一只眼，身躯长得瘦长，长脸上瘦骨嶙峋，形如骷髅，白灰灰地通没丝毫血色。左臂业已断去，衣衫只有一只袖子，露出半截又细又长又瘦的手臂，手上拿着一把三尖两刃小刀和一面小幡。浑身上下似有烟雾笼罩，口中不住地喃喃念咒，不时用刀往四处乱刺山石树木，着上便是一溜红火。西方野佛抱着绿袍老祖，见来人渐走渐近，看敌人举动，估量已知道绿袍老祖用的是隐身之法，心中一惊。略一转动，觉着臂上奇痛彻骨，原来是绿袍老祖鸟爪般的手将他捏了一下。强忍痛楚，再看绿袍老祖脸上，仍若无事一般。同时又看敌人业已走到身旁，手上的刀正要往自己头上刺到。忽听山峰上面起了一种怪声，那瘦长人听了，张开大口，把牙一错，带着满脸怒容，猛一回头，驾起烟雾，往山峰便纵。身子还未落在峰上，忽从洞内飞起一团绿影，破空而去。那长人大叫一声，随后便追。眼看长人追着那团绿影，飞向东南方云天之中，转眼不见。猛听绿袍老祖喊一声："快走！"身子已被一团绿光围绕，直往红鬼谷飞去。

第八十五回　紫郢化长虹　师道人殒身白眉针
　　　　　　　晶球凝幻影　怪叫花惊魔青螺峪

　　约有个把时辰，二人到了喜马拉雅山红鬼谷外落下。绿袍老祖道："前面不远，便是红鬼谷。适才若非我见机，先下了埋伏和替身，那业障嗅觉最灵，差点没被他看破。他虽未死，已被我用碧血针刺瞎一目，总算先出一口恶气了。我们先歇一会儿，等我吃顿点心再走进去，省得见面不好意思，我已好几个月没吃东西了。"西方野佛久闻他爱吃人的心血，知道他才脱罗网，故态复萌。心想："红鬼谷有千百雪山围绕，亘古人踪罕到，来此的人俱都与毒龙尊者有点渊源，不是等闲之辈，倒要看他是如何下手。"却故意解劝道："我师兄那里有的是牛羊酒食，我们既去投他，还是不要造次为好。"绿袍老祖冷笑道："我岂不知这里来往的人大半是他的门人朋友？一则我这几月没动荤，要开一开斋；二则也是特意让他知道知道，打此经过的要是孤身，我还不下手呢。他若知趣的，得信出来将我接了进去，好好替我设法便罢；不然，我索性大嚼一顿，再回山炼宝报仇，谁还怕他不成？"西方野佛见他如此狂法，便问道："道友神通广大，法力无边。适才辛辰子来时，你我俱在暗处，正好趁他不防，下手将他除去，为何反用替身将他引走？难道像他这种忘恩叛教之徒还要姑息么？"绿袍老祖道："你哪知我教下法力厉害。他一落地，见宝幡法术被人破去，以为我已逃走。偏我行法时匆忙了一些，一个不周密，被他闻见我遗留的气味寻踪而至，他也知我虽剩半截身子，并不是好惹的，已用法术护着身体。他拿的那一把妖魔血刀，乃是红发老祖镇山之宝，好不厉害，不知怎地会被他得到手中。此时若要报仇，除非与他同归于尽，未免不值。再者，我还想回山炼了法宝，将他擒到后，细细折磨他个几十年，才将他身体灵魂化成灰烟。

现在将他弄死,也太便宜了他。因见他越走越近身前,我才暗诵魔咒,将洞中昔日准备万一之用的替身催动,将他引走。他已差不多尽得我的真传,只功行还差了一点。那替身不多时便会被他追上发觉,他必认为我逃回山去,我门下弟子还多,各人都炼有厉害之宝,他决不敢轻去涉险。等我寻到有根基道行躯壳复了原身,便不怕他了。"

　　二人正说之间,忽然东方一朵红云如飞而至,眨眨眼入谷内去了。绿袍老祖道:"毒龙尊者真是机灵鬼,竟将我多年不见的老朋友东方魔鬼祖师五鬼天王请来。若能得他帮忙,不难寻李静虚贼道报仇了。"言还未了,又听一阵破空声音,云中飞来两道黄光,到了谷口落下。西方野佛还未看清来人面目,忽听绿袍老祖一声怪笑,一阵阴风起处,绿烟黑雾中现出一只丈许方圆的大手,直往来人身后抓去。刚听一声惨叫,忽见适才那朵红云较前还疾,从谷内又飞了出来,厉声说道:"手下留人,尚和阳来也!"说罢,红云落地,现出一个十一二岁的童子,一张红脸圆如满月,浓眉立目,大鼻阔口。穿一件红短衫,赤着一双红脚,颈上挂着两串纸钱同一串骷髅骨念珠。一手执着一面金幢,一手执着一个五老锤,锤头是五个骷髅攒在一起做成,连锤柄约有四尺。满身俱是红云烟雾围绕。西方野佛认出来人是五鬼天王尚和阳,知他的厉害,连忙起身为礼。尚和阳才同绿袍老祖照面,便厉声说道:"你这老不死的残废!哪里不好寻人享用,却跑在朋友门口作怪,伤的又是我们的后辈。我若来迟一步,日后见了鸠盘婆怎好意思?快些随我到里面去,不少你的吃喝。还要在此作怪,莫怨我手下无情了。"绿袍老祖哈哈笑道:"好一个不识羞的小红贼!我寻你多年,打听不出你的下落,以为你已被优昙老乞婆害了,不想你还在人世。我哪里是有心在此吃人,只为谷内毒龙存心赚我,差点在慈云寺吃李静虚贼道丧了性命。他既知我上半截身躯飞去,就该寻找我的下落,用他炼就的接骨丹与我寻一替身,使我仍还本来,才是对朋友的道理。因他置之不理,害我只剩半截身躯,还受了恶徒辛辰子许多活罪。今日特意来寻他算账,打算先在他家门口扫扫他的脸皮,就便吃一顿点心。既遇见你,总算幸会,活该我口中之食命不该绝。我就随你进去,看他对我怎生发付?你这样气势汹汹的,不过是欺我成了残废,谁还怕你不成?"先前黄光中现出的人,原是两个女子,一个已被绿袍老祖大手抓到,未及张口去咬,被尚和阳夺了去。

她二人是女魔鸠盘婆的门下弟子金姝、银姝。因接了毒龙尊者请柬，鸠盘婆长于先天神数，最能前知，算出各异派俱不是峨眉对手，不久正教昌明，自己虽也是劫数中人，总想设法避免，不愿前来染这浑水，又不便开罪朋友，便派金姝、银姝二人到来应应卯，相机行事。不想刚飞到谷口，银姝险些做了绿袍老祖口内之食。

她二人俱认得五鬼天王尚和阳是师父好友，他在此便不妨事。于是走了过来，等尚和阳和绿袍老祖谈完了话，先向尚和阳道谢救命之恩。然后说道："家师因接了毒龙尊者请柬，有事在身，特命弟子等前来听命。原以为到了红鬼谷口，在毒龙尊者仙府左近，还愁有人欺负不成？自不小心，险些送了一条小命。可见我师徒道行浅薄，不堪任使，再留此地，早晚也是丢人现眼。好在毒龙尊者此次约请的能人甚多，用弟子等不着；再则弟子也无颜进去。求师伯转致毒龙尊者，代弟子师徒告罪。弟子等回山，如不洗却今朝耻辱，不便前去拜见。恕弟子等放肆，不进去了。"绿袍老祖听她二人言语尖刻，心中大怒，不问青红皂白，又将元神化成大手抓去。金姝、银姝早已防备，不似适才疏神，未容他抓到，抢着把话说完，双双将脚一顿，一道黄烟过处，踪迹不见。尚和阳哈哈大笑道："果然强将手下无弱兵。绿贼早晚留神鸠盘婆寻你算账吧。"绿袍老祖二次未将人抓着，枉自树了一个强敌，又听尚和阳如此说法，心中好生忿怒。只因尚有求人之处，不得不强忍心头，勉强说道："我纵横二三百年，从不怕与哪个作对。鸠盘老乞婆恨我，又奈我何？"尚和阳也不去理他。他和西方野佛早先原也交好，见他也断了一只臂膀，扶着绿袍老祖半截身躯，神态十分狼狈，便问他因何至此。西方野佛把自己的遭遇大概说了一遍，只不说出事因雪魂珠而起。尚和阳闻言大怒道："这些乳臭未干的无知小辈，竟敢如此猖狂！早晚叫他们知我的厉害！"便约二人进去。

西方野佛又问毒龙尊者此次约请的都是什么能人。尚和阳道："我自从开元寺和优昙老尼、白谷逸老鬼夫妻斗法败了以后，知道现在普天之下，能敌我的人尚多，如极乐童子李静虚、优昙老尼和峨眉一党三仙二老，俱是我的大对头。决意撇了门人妻子，独个儿跑到阿尔卑斯高峰绝顶上，炼成一柄魔火金幢同白骨锁心锤。我那魔火与你炼的不同，无论仙凡被火幂住，至多七天七夜，便会化成飞灰。世上只有雪魂珠能破我的魔火。但是那颗珠子藏在千百雪山中间的盘古冰层之下，须要有通天彻地的本领。先寻着真实所在，住上几年，每日用真火暖化玄冰。最后测准地方，由千百余丈冰层中穿通地窍，用三昧真火护着全身，冒险下去，须要与那藏珠的所在黍粒不差，才能到手。我缺少两样法宝，准备炼成后，定将此珠得到，以除后患。各派现在都忙于炼宝剑，准备三次峨眉斗剑，知道此珠来历的人极少。我也是前日才听一个朋友说起此珠厉害，能破去我的魔火。出山以后，正想命我大徒弟胡文玉日内移居在那里看守，以防被人知道得去。后接到毒龙尊者请柬，他因鉴于上次成都斗法人多并不顶用，所以这次并未约请多人，除我外，只约了万妙仙姑和鸠盘婆。如果这次到青螺山去的是些无名小辈，我们还无须出头。不过因听传说，峨眉掌教也要前来，不得不做一准备罢了。"

言还未了，忽然一道黄烟在地下冒起，烟散处现出一个番僧打扮的人，说道："嘉客到此，为何还不请进荒谷叙谈，却在此地闲话？难道怪我主人不早出迎么？"来人身材高大，声如洪钟，正是西藏派掌教毒龙尊者。绿袍老祖一见是他，不由心头火起，骂一声："你这孽龙害得我好苦！"张开大手，便要抓去。尚和阳见二人见面便要冲突，忙伸左手，举起白骨锤迎风一晃，发出一团愁烟惨雾，鬼哭啾啾，一齐变活，各伸大口，露出满嘴白牙，往外直喷黑烟。尚和阳拦住绿袍老祖骂道："你这绿贼生来就是这么小气，不问亲疏黑白，一味卖弄你那点玄虚。既知峨眉厉害，当初就不该去；去吃了亏，不怪自己本领不济，却来怪人，亏你不羞，还好意思！有我尚和阳在此，连西方道友也算上，从今日起，我等四人应该联成一气，互相帮忙，誓同生死，图报昔日之仇。免得人单势孤，受人欺侮。你二人的伤处，自有我和毒龙道友觅有根基的替身，用法力与你们接骨还原。再若不听我言，像适才对待鸠盘门下那般任性妄为，休怨我尚和阳不讲情面了！"

绿袍老祖闻言虽然不快，一则尚和阳同毒龙尊者交情比自己深厚，两人均非易与，适才原是想起前怨，先与毒龙尊者来一个下马威，并非成心拼命；二则尚和阳虽然出言专横，自己正有利用他之处，他所说之言也未尝不合自己心意，乐得借此收场。便对尚和阳答道："红贼你倒说得对，会做人情。我并非自己吃了仇人的亏埋怨朋友，他不该事后知我元神遁走不闻不问，累我多日受恶徒寒风烈火毒针之苦。既是你二人都肯帮我接骨还原，只要他今日说得出理来，我就饶他。"毒龙尊者见绿袍老祖发怒动手，自己一来用人之际，又是地主，只一味避让，并未还手。一闻此言，哈哈笑道："道友你太错怪我了。去年慈云寺不瞒你说，我实是因为法宝尚未炼成，敌优昙老尼不过，才请道友相助小徒，事先也曾明言敌人实情。万没料到素来不管闲事的李静虚贼道会同道友为难。漫说我闻得道友元神遁走，决不会置之不理，就是小徒俞德，他也曾在事后往道友失手的地方仔细寻找，因为上半截法身找寻不见，戴家场败后回来禀报。我为此事，恨敌人如同切骨，忙命门下采药炼丹，还托人去陷空老祖那里求来万年续断接骨生肌灵玉膏，以为你一定要来寻我，好与你接续原身。谁知等了多日不见你来，又派人到处打听下落。还是我门下一个新收门徒名唤汪铜的，新近从峨眉派中得知你被一个断臂的抢去。我知令徒辛辰子从前因犯过错，曾被你嚼吃了一条臂膀，后来你看出他对你忠心勤苦，将你本领道法倾囊相授，成了你门下第一个厉害人物。你既不来，想是被他救回山去，已想法将身体还原。我再命门人到宝山探望，见到你门下两代弟子三十五人，只不见你和辛辰子。我门下说了来意，他们异口同声说，不但你未回山，辛辰子虽然常去，并未提及你还在人世。他们早疑辛辰子作怪，闻得此言，越发要向他追问根由。我得了此信，才知事有变故，说不定辛辰子欺你重宝尽失，奈何他不得，想起你昔日咬臂之仇，又看中你那粒元神炼成的珠子，要加害于你。正准备过了端阳，亲自去寻辛辰子追问，不想你今日到此。怎么就埋怨我忘情寡意呢？"

绿袍老祖正要答言，西方野佛已上前先与毒龙尊者见礼，转对绿袍老祖道："先前我听道友说，便知事有差池，我师兄决不如此薄情。如今真情已明，皆是道友恶徒辛辰子之罪。我们可以无须问难，且等过了端阳，将诸事办完以后，上天入地寻着那厮，明正其罪便了。道友血食已惯，既然数月未知肉味，不如我们同进谷去，先由师兄请道友饱餐一顿，再作长谈吧。"尚和阳也催着有话到里面去再说。毒龙尊者为表示歉意，亲自抱了绿袍老祖在前引路。毒龙尊者移居红鬼谷不久，西方野佛尚是初来，进谷一看，谷内山石土地一片通红。入内二十余里，只见前面黄雾红尘中隐隐现出一座洞府。洞门前立着四个身材高大的持戈魔士，见四人走近，一齐俯伏为礼。耳听一阵金钟响处，洞内走出一排十二个妙龄赤身魔女，各持舞羽法器，俯伏迎了出来。那洞原是晶玉结成，又加毒龙尊者用法术极力经营点缀，到处金珞璎花，珠光宝气，衬着四外晶莹洞壁，宛然身入琉璃世界。西方野佛心中暗暗惭愧："自己与毒龙尊者同师学道，只为一时负气，一意孤行。别了多年再行相见，不想毒龙尊者半途又得了天魔真传，道力精进，居然做了西藏魔教之祖。自己反落成一个残废，向他乞怜。这般享受，生平从未遭遇过一天。反不如当初与他合同组教，何至今日？"正在愧悔，心中难受，绿袍老祖见着左右侍立的这些妖童魔女，早不禁笑开血盆大嘴，馋涎欲滴。毒龙尊者知他毛病，忙吩咐左右急速安排酒果牲畜，一面着人出去觅取生人来与他享用。侍立的人领命去后，不多一会儿，摆好酒宴，抬上活生生几只牛羊来。毒龙尊者将手一指，那些牛羊便四足站在地下，和钉住似的不能转动。在座诸人宗法稍有不同，奉的却都是魔教，血食惯了的。由毒龙尊者邀请入席坐定后，绿袍老祖更不客气，两眼觑准了一只肥大的西藏牛，身子倚在锦墩上面，把一只鸟爪般的大手伸出去两丈多远，直向牛腹抓去，将心肝五脏取出，回手送到嘴边，张开血盆大口一阵咀嚼，咽了下去。随侍的人连忙用玉盘在牛腹下面接了满满一盘子血，捧上与他饮用。似这样一口气吃了两只肥牛、一只黄羊的心脏，才在锦墩上昏昏睡去。毒龙尊者、尚和阳、西方野佛三人，早有侍者依照向例，就在鲜活牛羊的脊背上将皮划开，往两面一扯，露出红肉。再用刀在牛羊身上去割片下来，放在玉盘中，又将牛羊的血兑了酒献上。可怜那些牲畜，临死还要遭这种凌迟碎剐，一刀一刀地受零罪。又受了魔法禁制，口张不闭，脚也一丝不能转动，只有任人细细宰割，疼得怒目视着上面，两眼红得快要发火一般。这些魔教妖孽连同随侍的人们，个个俱是残忍成性，见那些牛羊挣命神气，一些也不动恻隐。

西方野佛更呵呵大笑道："异日擒到我们的对头，须要叫他们死时也和这些牛羊一样，才能消除我们胸中一口恶气呢！"又对毒龙尊者说起在鬼风谷遇见那几个不知来历的少年男女同自己失宝受伤之事。毒龙尊者闻言，怒道："照你说来，定是俞德在成都所遇峨眉门下新收的一些小狗男女了。"西方野佛道："我看那些人未必都是峨眉门下。我初遇见的两个年轻贱婢，骑着一只大雕。内中一个年纪才十三四岁的，佩着一柄宝剑，一发出手，便似长虹般一道紫光。我那转轮盂，也不知收过多少能人的飞剑法宝，竟被她那道剑光穿破了去。后来我用魔火将这两人围住时,那道紫光在魔火阵中乱闪,竟伤她们不得。救去这两个小贱婢的女子更是厉害,竟能飞进魔火阵中将人救出。也不知她用什么法宝封锁去路,若非我见机,舍却一条手臂逃去,差点被她们擒住。那只扁毛畜生也是非同小可,本领稍差的人,绝难制服收为坐骑。峨眉派几个有本领的人,大半我都知道,并不觉怎么出奇。岂有他们新收的门人,会有这大本领之理?"毒龙尊者道:"你哪里知道。近年来各派都想光大门户,广收门徒,以峨眉派物色去的人为最多。据俞德说,峨眉门下很有几个青出于蓝的少年男女门人,连晓月禅师、阴阳叟二人那样高深道法,竟都奈何他们不得,可想而知。只没有听见说起过有骑雕的女子,不是峨眉门下,必定是他们请来破青螺的党羽。我看这回我们想暂时先不露面,还未必能行呢。"尚和阳道:"若论各派中能用飞禽做坐骑的,以前还有几个。自从宝相夫人在东海兵解后,她骑的那只独角神鹫,只近年在小昆仑有人见过一次,便不听有人说起。白眉和尚坐下两只神雕,五十年前白眉和尚带着它们去峨眉参拜宝光,入山后便连那两只神雕俱都不知去向。后来有不少能人想见他,把峨眉前后山找了个遍,也不能得他踪迹。都猜他参拜宝光遇见佛缘,飞升极乐,以后也不见有人提起。除这几只厉害的大鸟外,现时只剩下峨眉派髯仙李元化有一只仙鹤,极乐童子李静虚新近收服了一只金翅大鹏。此外虽也有几个骑禽的,不是用法术驾驭,便是骑了好玩,不足为奇。白眉和尚的雕,原是一黑一白。先前在谷外,我一听你说那雕的形状,便疑是那只黑的,正赶上忙于大家相见,未及细问。现在再听你说第二回,越发是那只黑雕无疑。这两只雕跟随白眉和尚三百多年,再加上原有千年道行,业已精通佛法,深参造化,虽暂时还未脱胎换骨,已是两翼风云,顷刻千里,相差一点的法宝法术,休想动它们身上半根毛羽。白的比黑的还要来得厉害。如果峨眉派要真将白眉和尚请来,这次胜负且难说呢。"

正说之间,一道光华如神龙夭矫,从洞外飞入。毒龙尊者连忙起身道:"俞德回来说仙姑早就动身,如何今日才到?"言还未了,来人已现身出来,答道:"我走在路上,想起一桩小事,便请令徒先回。二次动身,在路上遇见以前昆仑派女剑仙阴素棠,争斗了一场,倒成了好相识。我知道她自脱离了昆仑派,不甚得意,想用言语试探,约她与我们联合一气,便随她回山住了些日，所以来迟了一步。"尚和阳与西方野佛见来人正是万妙仙姑许飞娘，互相见完了礼。绿袍老祖喝醉了牛羊血，也醒过来。万妙仙姑未料到他虽然剩了半截身子，还没有死，知他性情乖戾，连忙恭敬为礼。

大家正落座谈话，忽见俞德从外面进来，朝在座诸人拜见之后，说道："弟子奉命到云南孔雀河畔请师文恭师叔，他说有许多不便，不愿来见师父。只允到青螺暂住，候至端阳帮完了忙，就回云南去。再三嘱咐，不许惊动师父。弟子恐得罪了他，所以未来复命。前夜师师叔到后，先将青螺用法术封锁，只留下正面谷口诱敌，准备来人易入难出。今日中午，弟子随师师叔出去到雪山顶上游玩，弟子偶尔说起日前听青螺八位师弟讲，小长白山玄冰谷内潜修的女殃神郑八姑将雪魂珠得去，西方师叔曾去索取，一去不归等语。师师叔闻言，便叫弟子领去与那郑八姑见上一面。刚刚走至离小长白山不远处，便遇见一只火眼金睛的大黑雕，背上骑着两个少年女子，由鬼风谷那边高峰上走了下来，并不飞行，只是骑着行走，后面还有一个女子步行随送。弟子认得那贱婢正是在成都遇见过的周轻云。正对师师叔说那贱婢的来历，雕背上女子早跳了下来，手扬处，便有一道数十丈长的紫光发出。周轻云这贱婢和另一个女子，也各将剑光飞出，师师叔认得那道紫光来历，连说不好，忙用遁法先遁到远处去。因为救护弟子，慢了一些，头发都被削去一大半。师师叔大怒，与那三个贱婢动起手来。后来正用黑煞落魂沙将这三个贱婢幂住，忽从空中飞下几个少年狗男女，有两个女子不认得，余下几个是成都遇见过的齐灵云姊弟和餐霞老尼门下在成都用一面镜子破去龙飞九子母阴魂剑的女神童朱文。这还不稀奇，最奇的是竟有许仙姑门下的苦孩儿司徒平也在内，和他们一党。法宝、飞剑如同潮涌一般纷纷祭起，师师叔稍不留神，吃后来的几个狗男女破了黑煞落魂沙，将先前两个女子救去，还中了一火球，将须发烧光。弟子知道厉害，先行遁去。师师叔看出寡不敌众，也想遁走。忽然空中呼呼作响，一只独角彩羽似鹰非鹰的怪鸟，连那一只黑雕，双双向师师叔抓来。师师叔上下四方一齐受敌，难于应付，等到将身遁起时，两条手臂同时吃那两个扁毛畜生抓住。师师叔知道难以逃走，勉强自行将手解脱。等到弟子拼命回身将师师叔救逃回来时，师师叔又中了敌人两飞针，弟子也被削去了两个手指。如今师师叔成了残废，气忿欲死，特来请师父同诸位师伯师叔前去与他医治报仇。"

这一番话说完，只气得在座诸人个个咬牙切齿。尚和阳一听雪魂珠已落对头之手，才想起西方野佛适才对他不曾说起夺珠之事，是怕自己知道也去夺取，差点误了自己之事。暗骂："你这不知进退的狗残废，不用我收拾你，早晚叫你尝尝绿贼的苦头！"心上正如此想，并未形于颜色。毒龙尊者便问万妙仙姑，司徒平因何背叛。万妙仙姑道："我适才有许多话还没有顾得向你提起。如今救人要紧，我带有灵丹，如果断手还在，便可接上。有什么话，到青螺再谈吧。"一句话将毒龙尊者提醒，问在座诸人可愿一同前去。西方野佛一手正扶着绿袍老祖，自忖能力现时已不如众人，心无主意。绿袍老祖忽趁人不注意，暗中伸手拉了他一把，随即说道："我等当然都去，我仍请西方道友携带好了。"说罢，又向万妙仙姑道："久闻仙姑灵丹接骨如天衣无痕，不知怎么接法，可能见告么？"万妙仙姑尚是头一次见绿袍老祖说话如此谦恭，不肯怠慢，连忙从身畔葫芦内取出八粒丹药，分授与绿袍老祖、西方野佛道："此丹内有陷空老祖所赐的万年续断接骨生肌灵玉膏，外加一百零八味仙草灵药，在丹炉内用文武符咒祭炼一十三年，接骨生肌，起死人而肉白骨。像二位道友这样高深的根行，只需寻着有根基的替身，比好身体残废的地方将它切断，放好丹药，便能凑合一体。此丹与毒龙尊者所炼的接骨神丹各有妙用，请二位带在身旁，遇见良机，便能使法体复旧如初了。"二人闻言大喜，连忙称谢不迭。尚和阳在旁早冷眼看出绿袍老祖存心不善。因师文恭素来看自己不起，这次竟为毒龙尊者请得有自己，不肯到红鬼谷相见，越加忿恨，巴不得他再遇恶人，快自己心意，也就不去管他。毒龙尊者与师文恭交情甚深，一听他为自己约请受了重伤，痛恨交集，恨不得急速前往青螺医救，忙催众人起身道："许仙姑灵药胜我所炼十倍，师弟与绿袍道友得了此丹，便不愁不还本来。此番同去，若是捉住几个峨眉小辈，既可报仇雪恨，还可使二位法体如初，岂非两全其美？事不宜迟，我们走吧。"

当下俞德早已先行，毒龙尊者陪了尚和阳、绿袍老祖、西方野佛、万妙仙姑一齐起身出洞。尚和阳道："待我送诸位同行吧。"脚一顿处，一朵红云将四人托起空中，不顿饭时候到了青螺魔宫。迎接进去，到了里面，见着独角灵官乐三官同一些魔教中知名之士。因为救人情急，彼此匆匆完了礼，同到后面丹房之中。见师文恭正躺在一座云床之上，面如金纸，不省人事，断手放在两旁，两只手臂业已齐腕断去。尚和阳近前一看伤势，惊异道："他所中的乃是天狐宝相夫人的白眉针。她如超劫出世，受了东海三仙引诱与我们为难，倒真是一个劲敌呢。此针不用五金之精，乃天狐自身长眉所炼。只要射入人身，便顺着血脉流行，直刺心窍而死。看师道友神气，想必也知此针厉害，特意用玄功阻止血行，暂保目前性命，至多只能延长两整天活命了。"毒龙尊者一听师文恭中的是天狐白眉针，知道厉害，忙问尚和阳："道兄既知此针来历，如此厉害，难道就不知解救之法么？"尚和阳道："此针深通灵性，惯射人身要穴。当初我有一个同门师弟蔡德，曾遭此针之厄。幸亏先师无行尊者尚未圆寂，知道此针来历，只有北极寒光道人用磁铁炼成的那一块吸星球，可将此针仍从原受伤处吸出。一面命蔡德阻止周身血液流行，用玄功动气将针抵住不动。一面亲自去求寒光道人，借来吸星球，将针吸出。还用丹药调治年余，才保全了性命。自从寒光道人在北极冰解，吸星球落在他一个末代弟子赤城子手里。赤城子自从师父冰解后，又归到昆仑派下，因为犯了教规，被同门公议逐出门墙。只有求得他来，才能施治。但是赤城子这人好多时没听见有人说起，哪里去寻他的踪迹呢？"毒龙尊者闻言，越加着急道："照道友说来，师道友简直是无救的了。"众人便问何故。毒龙尊者道："两月前我师弟史南溪到此，曾说他和华山烈火祖师俱与赤城子有仇。一次路过莽苍山狭路相逢，赤城子被他二人将飞剑破去，断了一只臂膀，还中了史南溪的追魂五毒沙，后来被他借遁法逃走。听说他与阴素棠二人俱移居在巫山玉版峡，分前后洞居住，立志要报断臂之仇。烈火祖师还可推说不是一家，史南溪明明是我师弟，谁人不知，他岂有仇将恩报的道理？"言还未了，万妙仙姑接口道："赤城子我虽不熟，阴素棠倒和我莫逆，闻得她和赤城子情如夫妇。莫如我不提这里，作为我自己托她代借吸星球，也许能够应允。虽然成否难定，且去试他一试。此去玉版峡当日可回，终胜于束手待毙。诸位以为如何？"众人商议了一会儿，除此更无良法，只得请万妙仙姑快去快回。

万妙仙姑走后，众人听说宝相夫人也来为难，知道这个天狐非同小可，不但她修道数千年炼成了无数奇珍异宝，最厉害是她这次如果真能脱劫出来，便成了不坏之身，先立于不败之地。虽不一定怕她，总觉又添了一个强敌。毒龙尊者猛想起后日才是端阳，何不用水晶照影之法，观察观察敌人的虚实？一面吩咐俞德去准备，对众人道："我想后日便是会敌之期，峨眉派究竟有多少能人来到还不知道，我意欲在外殿上搭起神坛，用我炼就的水晶球，行法观察敌人虚实。此法须请两位道友护坛，意欲请乐、尚两位道友相助，不知意下如何？"乐三官久闻魔教中水晶照影，能从一个晶球中将千万里外的情状现将出来，虽然只知经过不知未来，如果观察现时情形，恍如目睹一般，自然想开一开眼界。尚和阳本来恨极了师文恭，巴不得他身遭惨死。先以为赤城子和西藏派有仇，决不肯借宝取针，才在人前卖弄，说出此针来历。不想万妙仙姑却与阴素棠是至好，赤城子对阴素棠言听计从，万一将吸星球借来，岂不便宜了对头？知道绿袍老祖适才未安好心，当着众人必不能下手，一听毒龙尊者邀他出去护坛，正合心意。便答道："师道友还有二日活命，后日便是端阳，时机万不可错过。借道友法力观察敌人虚实，再妙不过。"说时故意对绿袍老祖使了个眼色。一会儿俞德进来，毒龙尊者便命他在丹房中陪伴绿袍老祖与西方野佛，自己陪了尚、乐二人，率领八魔到前面行法去了。毒龙尊者也是一时大意，以为绿袍老祖行动不便，不如任他和西方野佛在丹房中静养，不想日后因此惹下杀身之祸。这且不提。

众人到了前殿，法坛业已设好，当中供起一个大如麦斗的水晶球。毒龙尊者分配好了职司，命八魔按八卦方位站好，尚、乐二人上下分立。自己跪伏在地，口诵了半个多时辰魔咒，咬破中指，含了一口法水，朝晶球上喷去。立刻满殿起了烟云，通体透明的晶球上面，白蒙蒙好似幂了一层白雾。毒龙尊者同尚、乐二人各向预设的蒲团上盘膝坐定，静气凝神望着前面。一会儿工夫，烟云消散，晶球上面先现出一座山洞，洞内许飞娘居中正坐，旁边立着一个妖媚女子，还有一个瞎了一只眼的汉子在那里打一个绑吊在石梁上的少年。一会儿又将少年解绑，才一落地，那少年忽从身上取出一面小幡一晃，便化了一幢彩云，将少年拥走，不知去向。球上似走马灯一般，又换了一番景致。只见一片崖涧，涧上面有彩云笼罩，从彩云中先飞起一个似鹰非鹰的大鸟，背上坐着一双青年男女，直往西方飞去。一会儿又飞上三个少年女子，也驾彩云往西方飞去。似这样一幕一幕的，从紫玲等动身在路上杀死妖道，赶到小长白山遇见西方野佛斗法，与灵云、英琼等相遇，直到师文恭受伤回山，都现了出来。毒龙尊者本是西藏魔教开山祖师叱利老佛的大弟子，叱利老佛圆寂火化时，把衣钵传了毒龙尊者。又给他这一个晶球，命毒龙尊者以后如遇危难之事，只需依法施行，设坛跪祝，叱利老佛便能运用真灵，从晶球上面择要将敌人当前实况现出，以便趋吉避凶。只是这法最耗人精血，轻易从不妄用。这次因见西方野佛同师文恭都是道术高强的魔教中知名之士，竟被几个小女孩子所伤，知道敌人不可轻侮；又听尚和阳说宝相夫人二次出世，尤为惊心。所以才用晶球照影之法观察敌人动静。及至球上所现峨眉派几个有名能人并未在内，好生奇怪。晶球上面又起了一阵烟雾，这次却现出一座雪山底下的一个崖凹，凹中磐石上面坐着一个形如枯骨的道姑，旁边石上坐着适才与师文恭、俞德对敌的那一班男女，好似在那里商议什么似的。正待往下看去，球上景物未换，忽然现出一个穿得极其破烂的花子，面带讥笑之容，对面走来，越走人影越大，面目越真。尚和阳在旁已看出来人是个熟脸，见他渐走渐近，好似要从晶球中走了出来。先还以为是行法中应有之景，虽然惊异，还未喊毒龙尊者留神。转瞬之间，球上花子身体将全球遮蔽。猛听毒龙尊者道："大家留神，快拿奸细！"手扬处，随手便有一支飞叉，夹着一团烟火往晶球上的花子飞去。尚和阳首先觉察不好，一面晃动魔火金幢，一面将白骨锁心锤祭起迎敌。就在这一眨眼的当儿，晶球上面忽然一声大爆炸过去，众人耳旁只听一阵哈哈大笑之声。敌人未容法宝近身，早化成一道匹练般的金光，冲霄飞去。毒龙尊者同尚、乐二人无暇再顾别的，连忙升空追赶时，那道金光只在云中一闪，便不见踪迹。知道追赶不上，只得收了法宝回来。进殿一看，那个晶球业已震成了千百碎块，飞散满殿。八魔当中有那防备不及的，被碎晶打了个头破血出。白白伤了一件宝贝，敌人虚实连一半也未看出。

正在懊丧，回头见俞德立在身后吞吞吐吐，欲言又止，便问："又有什么事，这般神色恍惚？"俞德答道："启禀师父，西方师叔与绿袍老祖走了。"毒龙尊者道："绿袍道友性情古怪，想是嫌我没请他来镇坛，怠慢了他。只是他二人尚未觅得替身，如何便走呢？"俞德又说道："师师叔也遭惨死了。"毒龙尊者闻言大惊，忙问何故。俞德战兢兢地答道："弟子奉命在丹房陪伴，师父走不多时，绿袍老祖便厉声令弟子出去，他有话对西方师叔讲。弟子素知他性如烈火,不敢违抗,心中犯疑,原想偷偷观察他二人动静。及至出了丹房,在外往里一看,师师叔忽然醒了转来,刚从云床上坐起,想要下地。从绿袍老祖身旁飞起一团绿光,将师师叔幂住。师师叔好似知道不好,只说了一声:'毒龙误我,成全了你这妖孽吧!'说罢,仍又倒下。绿袍老祖便催西方师叔动手。西方师叔还在迟疑不肯,绿袍老祖将大手伸出,不知怎地一来,西方师叔只得拔出身上的戒刀,上前将师师叔齐腰斩断。弟子这时才看出绿袍老祖并非行动需人扶持,以前要人抱持是假装的。西方师叔斩下了师师叔半截身躯,绿袍老祖便如一阵风似的将身凑了上去,与师师叔下半截身躯合为一体。又夺过西方师叔手中戒刀,将师师叔左右臂卸下,连那两只断手,将一只递与西方师叔,自己也取了一只接好。喊一声'走',化成一道绿光飞出房中,冲霄而去。他二人动手时节行动甚速,弟子知道不好,来请师父去救,不但来不及,而且法坛四外用法术封闭,也进不来。一时情急,便将弟子的飞剑放出。谁知才近那道绿光,便即落地。眼看他二人害了师师叔逃走,救护不及,只好在外面待罪,等师父行法终了,再行领责。"

第八十六回　断臂续身　元凶推巨擘
　　　　　　　追云驰电　妙法散神沙

　　毒龙尊者闻言，只气得须眉戟立，暴跳如雷，当时便要前去追赶，为师文恭报仇。尚和阳早知有此一举，便劝毒龙尊者道："我早疑绿贼元神既在，又能脱身出来，如何行动还要令师弟抱持？万不想会做下这种恶事。如今敌人未来，连遭失意之事，你身为此地教祖，强敌当前，无论如何也须过了端阳，定了胜负，才能前去寻他，何必急在一时呢？"毒龙尊者道："道友难道还不知师道友是藏灵子的徒弟？如不为他报仇，他知道此事，岂肯与我甘休？且等许道友回来，再从长计较。我宁可将多年功行付于流水，也要与这贼拼个死活，如不杀他，誓不为人！"尚和阳又将绿袍老祖在谷外险些伤了鸠盘婆弟子之事说了一遍。毒龙尊者闻言，愈加咬牙切齿痛恨。

　　到了晚间，万妙仙姑面带愁容回来，才知阴素棠一见便知来意，说交情仍在，只不允借宝，自己不便树敌，只得回来。毒龙尊者把师文恭已遭惨死，以及用水晶球行法视影，在球中见她打人之事一一说出。万妙仙姑一听那崖涧景象，好似就在黄山附近，自己从卦象上看出那阴人也离五云步不远，司徒平定是那两个女子勾引了去，便把司徒平受责失踪之事也说了出来。又道："这业障背师叛教，罪不容诛，我正要去寻他，他反同了敌人来到此地。此次我本想暗中相助，暂时不与峨眉破脸。既有孽徒在此，我便有所借口了。尤其是那两个女子不早除去，将来是我隐患，只可惜还不知她们的名姓来历。尚道友说那白眉针是天狐宝相夫人之物，难道内中就有一个是天狐？"尚和阳道："适才我也在法坛，别的我尚不大清楚，惟独那片崖涧，明明像黄山紫玲谷宝相夫人修真的洞府。此谷绝少人知，知道的人也不能进去。我还是在八十多年以前应了一位道友之约，帮助他与宝相夫人斗法，双方正在不可开交，恰遇陷空老祖打那里经过，给双方解和，变仇为友。宝相夫人曾约我们二人到她谷内闲坐款待，所以我还记得。适才晶球中所见从谷中出来的几个女子，虽然有两个与宝相夫人面貌相似，但是绝非她本人可以断言。不过那两个女子既能用宝相夫人的白眉针伤人，不是她的门下，便是她的女儿。宝相夫人未兵解以前，专一迷恋有根基有道行的少年采补真阳，那几个女子当然也是一脉师承，得了她的传授和法宝，所以叛徒司徒平有所恃而不恐了。"万妙仙姑道："我责罚那业障时，曾从卦象上看出他与两个阴人勾结，是我异日隐患。先还以为是他叛降了餐霞老尼，他受不过，才假装招供，求我解绑。万没料到他会弄法，从我手中逃走，我的飞剑竟未追上。我又算出他逃走不远，说也惭愧，踏遍了黄山，竟未能找着。如今既知道来历，此次若能将业障和勾引他的两个贱婢除去更妙，若侥幸被他们漏网，还得仰仗诸位道友鼎力相助，到黄山紫玲谷，将这几个狗男女处死，以免将来为害。诸位道友以为如何？"

毒龙尊者道："这当然是我等义不容辞。只是师道友惨死，他师父藏灵子决不肯与我甘休。诸位道友有何高见？"乐三官道："此事也休怨道友。本来朋友有相助之义，他自己能力不济，中了敌人白眉针。我等又不是袖手旁观，置之不问。虽然疏于防范，被绿袍老祖将他害死，但是许仙姑到了阴素棠那里，并未将破针法宝借来，足见命数有定，师道友应该遭劫。藏灵子岂能逞强昧理，与道友为难？待等此地事了，我们去寻绿袍老祖，为他报仇雪恨便了。"毒龙尊者还未及答言，尚和阳道："转瞬就是端阳，有事暂从缓议。倒是适才震破晶球的那个怪叫花穷神凌浑，真是一个万分可恶的仇敌，以前不知有多少道友死在他的手中。我久已想寻他报仇，他偏乖巧，多少年销声匿迹，不曾出现。这次又寻上门来找晦气，起初不知他弄玄虚，错以为是球中现影，于慢了一些，被他逃走。峨眉派既能将他都网罗了来，定还有能人甚多，你我诸位不妨，倒是道友门下到时真不可轻敌呢。"毒龙尊者道："本来此次发端极小，只为我新收八个门人当中的邱舲，在西川路上与一个姓赵的交手，邱舲中了他同党的暗器，这才派人与那姓赵的约定端阳在青螺相见。那姓赵的还不是峨眉门下，本领也不济，仅他师父侠僧轶凡与峨眉有点小渊源，原无须乎我等出面。先是俞德听说有不少峨眉派帮赵心源同来拜山，还说他们掌教齐漱溟也来，他们恐怕抵敌不住，前来求我。以我和诸位的声望与峨眉门下小辈斗法比剑，虽然必胜，也为天下同道耻笑。不过敌人方面既那样传说，峨眉派又素来一味逞强，不顾信义，万一说假成真，我门下诸弟子岂不再遭他人毒手？这才暗中准备，约请几位神通广大的至好，以防万一。那晶球乃是先师遗传的至宝，一经行法请示，便将敌人最要紧的虚实依次现出。虽然未现完全便被奸细凌浑暗算，但是球中所现诸人尽是些小狗男女，并无一个峨眉派真正能人在内。据我看定是峨眉派诡计，主要的人表示不屑亲到，却命这些新进小狗男女前来尝试，以为我们胜之不武，不胜为耻。又怕我也和他们一般不顾体面出来相助，无法抵敌，才请出这不属于他们一派的贼叫花来装作打抱不平。依我之见，敌人未必有多少真正主要人前来，我们不妨相机行事，非至万不得已时也不出面。那贼叫花倒是一个劲敌，又非常狡猾，从没人听见他失过事，轻易奈何他不得，就烦尚道友监防着他。用白眉针伤人的贱婢，由许仙姑借惩治叛徒司徒平为由将她除去。我和乐道友作为后备，不遇有头有脸的数人，暂不伸手。好在八个新收弟子也请来了好几位能手相助，到时仍按江湖上规矩行事，料他们反不上天去。诸位以为如何？"

尚和阳是深恨凌浑，自己初炼了两件厉害法宝，正要卖弄；万妙仙姑除害心切；乐三官与毒龙尊者本无深交，不过借此拉拢，一到此地，便见连出逆心之事，已有些知难而退，巴不得留在后面，好见风使舵：闻言俱都赞同。这时八魔中有被晶球碎块打伤的，都用法术丹药治好，领了他们邀请来的一些妖僧妖道上来参见。毒龙尊者又吩咐了一些应敌方略，才行退去。俞德已将师文恭残骨收拾，用锦裹好，放在玉盘中捧了上来。毒龙尊者见师文恭只剩上半截浑圆身体，连两臂也被人取去，又难受，又忧惊。再加师文恭面带怒容，二目圆睁不闭，知他死得太屈。再三祝告，说是青螺事完，定为他寻找这几个仇人，万剐凌迟。这才命俞德取来玉匣，将残骨装殓。等异日擒到仇人，再与藏灵子送去。这且不提。

话说灵云姊弟、朱文、周轻云与紫玲姊妹等，在鬼风谷上面救出英琼、若兰，大家合力，赶走了妖僧西方野佛雅各达，还断了他一条手臂。各人将法宝飞剑收起，回身再看若兰、英琼，俱都昏迷不醒。灵云忙叫金蝉去寻了一点山泉，取出妙一夫人赐的灵丹，与二人灌了下去。因郑八姑尚是新交，英琼、若兰中毒颇深，须避一避罡风，仗着人多势众，不怕妖僧卷土重来，索性大家抱了英琼、若兰，同至谷底妖僧打坐之处歇息，等她二人缓醒过来，再一齐护送同走。众人下到谷底，重又分别见礼，互致倾慕。各人谈起前事，灵云听说女空空吴文琪也来了，司徒平弃邪归正，与紫玲姊妹联了姻眷，并奉玄真子、神尼优昙、餐霞大师、追云叟诸位前辈之命，同归峨眉门下，心中大喜。见英琼、若兰服药之后，因英琼以前服过不少灵药仙丹，资禀又异寻常，首先面皮转了红润，不似适才面如金纸。若兰面色也逐渐还原。知道无碍，一会儿工夫便会醒转。便请紫玲姊妹先去将女空空吴文琪、苦孩儿司徒平连章氏姊弟和于、杨二道童接来，再同返玄冰谷，商议破青螺之策。紫玲姊妹走后不多一会儿，英琼、若兰相继醒转，只是精神困惫，周身仍是疼痛。见灵云姊弟与朱文在侧，又羞又忿。灵云安慰了二人几句，便介绍轻云与二人相见，并说还有两位新归本派的姊妹去接吴文琪与司徒平去了。英琼、若兰对于轻云、文琪久已倾仰，又听本派更新添了几位有本领的姊妹，才转愧为喜。灵云道："都怪蝉弟不肯明言二位决意随后要来，我等在玄冰谷崖凹中谈心，不曾留心到外面，崖顶上想有八姑的障眼法术，所以神雕在空中找寻不见我等的踪迹，差点出了大错。异日禀知母亲，少不得要责罚他呢！"若兰道："这事也休怪大师兄，皆是我等年幼无知轻敌所致。妖僧的毒雾好不厉害，起初全仗英琼妹子紫郢剑护身，不时只闻见一丝腥味。后来耳旁听得有人说是奉了姊姊之命下来救我二人，有紫郢剑光隔住不得近身，琼妹急于出险，收剑快了一些，与紫玲姊妹的法宝一收一放，未能恰到好处，才有此失。如今服了姊姊带来的教祖灵丹，虽然还觉头眩身疼，想必不久便可还原。"

灵云仔细考察二人神态，知道尚不便御剑飞行。由此动身往玄冰谷，正好与紫玲等迎个对面。与轻云计议一会儿，决计暂时不令英琼、若兰等去受雪山上空的罡风，由二人骑着神雕低飞缓行，大家在她二人头上面飞行，一则保护，二则好与紫玲等相遇，免得错过。神雕佛奴自从伤了妖僧，便飞起空中，不住回旋下视，以备遇警回报。灵云等把神雕招了下来，请英琼、若兰骑了上去，先缓飞上高崖，再命神雕缓行低飞，往峰下飞去。灵云姊弟与朱文、轻云四人，着一人在神雕身后护送，余下三人将身起在天空飞行，观察动静。英琼、若兰在雕背上与轻云一路说笑，刚刚走离峰脚不远，轻云猛见对面走来一个身高八尺、脸露凶光、耳戴金环的红衣头陀，随同着一个中等身材、面容清秀的白脸道士，从峰下斜刺里走过。定睛一看，那道人不认得，那头陀正是成都漏网的瘟神庙方丈俞德。因为彼此所行不是一条路径，俞德先好似不曾留神到轻云等三人。轻云便对英琼、若兰说："对面来了两个妖人，须要留心。"言还未了，俞德同那道人忽然回头，立定脚步注视着轻云等三人，好似在议论什么。英琼、若兰适才吃了妖僧的亏苦，本来又愧又气，一听轻云说对面来了妖人，便也不顾身体疼痛，双双跳下雕背。这时两方相隔不过数十步远近，英琼首先看出敌人来意不善，先下手为强，手扬处紫郢剑化作一道数十丈长的紫色长虹，直朝俞德等飞去。

那道人正是云南孔雀河畔藏灵子的得意门徒师文恭，应了毒龙尊者的邀请，在路上听俞德说毒龙尊者还请得有尚和阳，心中大是不快，又不便中途返回。到了青螺，不去和毒龙尊者见面，先布置了一番，见快到端阳，敌人还没什么动静。无心中听八魔说起郑八姑得了雪魂珠之事，虽然一样起了觊觎之念，只不过他为人好强，不愿去欺凌一个身已半死不能转动的女子。打算到玄冰谷去见郑八姑，自己先用法术将她半死之身救还了原，然后和她强要那雪魂珠。依了俞德，原要驾遁光前去。师文恭因为左右无事，想看一看雪山风景，这才一同步行前往。刚刚走离小长白山不远，俞德恭恭敬敬随侍师文恭一路谈说，轻云等从峰上下来时并未觉察。还是师文恭首先看见峰头半飞半走下来一只金眼大黑雕，上面坐着两个女子，心知不是常人，便唤俞德观看。俞德偏身回头一看，雕后面还跟着一个女子护送，正是在成都遇见过几次的周轻云，知道这几个女子又是来寻青螺的晦气无疑，不由心中大怒。当下唤住师文恭，说道："这便是峨眉门下余孽，师叔休要放她们逃走。"

师文恭虽是异派，颇讲信义，以为既和人家定下比试日期，何必忙在一时？这几个女子还能有多大本领？胜之不武。只要对方不招惹，就犯不着动手。正和俞德一问一答之际，忽见雕背上女子双双跳了下来，脚才着地，最年轻的一个手一扬，便是一道紫色长虹飞来。师文恭认得那道紫光来历，大吃一惊，知道来不及迎敌，喊声："不好！"将俞德一拉，同驾遁光纵出百十丈远近。因救俞德慢了一些，头上被紫光扫着一点，戴的那一顶束发金冠连头发都被削下一片，又惊又怒。那紫光更不饶人，又随后飞来。师文恭知道厉害，不敢怠慢，先从怀中取出三个钢球往紫光中打去，才一出手，便化成红黄蓝三团光华，与紫光斗在一起。同时轻云、若兰的飞剑也飞将起来助战，若兰更从百忙中将十三粒雷火金丸放出十三团红火，如雷轰电掣飞来。师、俞二人措手不及，早着了一个金丸，将须发、衣服燃烧。师文恭心中大怒，一面掐诀避火，忙喊："俞德后退，待我用法宝取这三个贱婢狗命。"俞德见势不佳，闻言收了飞剑，借遁光退逃出去。师文恭早从身上取出一个黄口袋，口中念念有词，往外一抖，将他炼就的黑煞落魂沙放将出来。立刻阴云四起，惨雾沉沉，飞剑陨芒，雷火无功，一团十余亩方圆的黑气，风驰云涌般朝英琼等三人的当头罩去。轻云知道厉害，忙收飞剑，喊："二位留神，妖法厉害！"说罢，首先纵起空中。英琼的紫郢剑虽不怕邪污，怎耐求胜心切，不及收剑。若兰也慢了一些。二人刚要收剑起飞，猛觉眼前一黑，一阵头晕眼花，立刻晕倒，不省人事。师文恭正要上前拿人，忽听空中几声娇叱，雨后长虹一般，早飞下一道五彩金光，照在落魂沙上面，黑气先散了一半。同时又飞下一幢五色彩云，飞入黑气之中，电闪星驰般滚来滚去，那消两转，立刻阴云四散，黑雾全消，把师文恭多少年辛苦炼就的至宝扫了个干净，化成狼烟飞散。师文恭、俞德定睛往前一看，空中又飞下来几个少年男女。一个手中拿着一面镜子，镜上面发出百十丈五色金光。一转眼间，那幢彩云忽然不见，也现出一个长身玉立的少女。这几个人才一落地，先是一个幼童放出红紫两道剑光，跟着还有一男四女也将剑光飞起，内中一个女子还放出一团红光，同时朝师文恭、俞德二人飞来。俞德认出来人中有成都遇见的齐灵云姊弟、女神童朱文，还有万妙仙姑门下的苦孩儿司徒平，不知怎地会和敌人成了一党，其余两个女子不认得。

师文恭见敌人才一照面，便破了他的落魂沙，又忿恨，又痛惜，咬牙切齿，把心一横，正要披散头发，运用地水火风与来人拼命。谁知敌人人多势众，竟不容他有缓手工夫，法宝飞剑如暴雨般飞来。俞德尝过厉害，见势不佳，二次借遁避了开去。师文恭认得朱文所拿宝镜与寒萼所放出来的那团红光俱非自己的法宝所能抵敌，在这间不容发之际，行法已来不及，只得一面将三粒飞丸放起，护着身体往空遁去。准备先逃回去，等到端阳，再用九幽转轮大藏法术擒敌人报仇。身才飞起地面，紫玲见众人法宝飞剑纷纷放出，早防敌人抵敌不住，伺便逃走，将身起在空中等候。果然敌人想逃，紫玲更不怠慢，取了两根宝相夫人遗传的白眉飞针放将出去。这针乃宝相夫人白眉所炼，共三千六百五十九针，非常灵应，专刺人的血穴，见血攻心，厉害无比，不遇拼死仇敌，从不轻放。宝相夫人在日，一共才用了一次，紫玲因母亲遗爱，平日遵照秘传咒语加紧祭炼，不消数年，已炼得得心应手。今日见师文恭脸上隐隐冒着妖光，一身邪气笼罩，知道此人妖术决不止此，如被他逃走，必为异日隐患；又见他遁光迅速，难于追赶，这才取了两根白眉针打去。出手便是两道极细红丝，光焰闪闪，直往师文恭身上要穴飞去。师文恭知道不好，正要催遁光快逃时，偏偏那只金眼黑雕先见主人中了敌人落魂沙倒地，早想代主报仇，将身盘旋空中，遇机便行下击，忽见敌人想逃，哪里容得，两翼一束，飞星坠石般追上前去。师文恭连白眉针还未避过，又有神雕飞来，防得了下头，防不了上头，一个惊慌失措，将身往下一沉，虽然躲过头部，左臂已被神雕钢爪抓住。暗骂："扁毛畜生也来欺我！"正待用独掌开山之法回身将神雕劈死，耳旁忽听呼呼风响，右臂上一阵奇痛彻骨。回头一看，不知从何处又飞来一只独角神鹫，将右臂抓住。就在这转瞬之间，被敌人白眉针打了个正着，立刻觉着胸前一麻。耳旁又听敌人那边说要擒活的，知道再不忍痛逃走，被这两只怪鸟擒去，身死还要受辱。当下奋起全身神力，咬紧牙关，运用真气，将两臂一抖，格格两声，两手臂同时齐腕折断。师文恭先是装作落地，再借土遁逃走。正赶上俞德伏在远处，见师文恭情势危急，自己又无力去救。正在着急，忽见师文恭从空落下，两只手臂已断，恐落敌人之手，不敢怠慢，冒着万险，借遁光冲上前去，连两只断手一把抱个正着，驾起遁光从斜刺里飞逃回去。

灵云等早见俞德逃走，便全神贯注师文恭一人，一见师文恭中了两根白眉针，又被神雕、神鹫双双飞来擒住，更以为师文恭绝难逃走。忽见师文恭自断两手，身躯坠落下来，因两下里相隔甚远，正待上前将他擒住，却被俞德从潜伏处冲将上去，将师文恭抱起逃走。众人还要分人跟踪追赶，紫玲道："妖人已中了白眉飞针，两手又废，不消多时，那针便顺穴道血流直攻心房，虽然被同党救走，也准死无疑。我看那妖道满身邪气笼罩，本领非比寻常，适才若非我们人多势众，使他措手不及，胜负正难逆料。申、李两位妹子中毒甚重，青螺虚实尚未听郑八姑说完，穷寇勿追，由他去吧。"灵云本来持重，首先赞同。问起吴文琪，知已由她护送于、杨二道童和章氏姊弟到玄冰谷去了。一看英琼、若兰面容灰白，浑身寒战不止，由灵云先给二人口中塞了两粒丹药，先保住二人性命，到了玄冰谷再说。这时那神雕和神鹫一声递一声叫唤着飞将下来。灵云早听轻云说起神鹫来历，这时一见，果然非常威武通灵。这次因申、李二人连受重伤，不敢大意，由紫玲姊妹护着若兰同骑神鹫，灵云、轻云护着英琼同骑神雕，朱文持宝剑在前，金蝉、司徒平二人断后，缓缓低飞，同往玄冰谷而去。

到了谷底，吴文琪刚刚领了章氏姊弟和于、杨二道童用紫玲的梯云尺运到。大家捧起英琼、若兰同进谷凹，见了郑八姑，略谈前事。八姑闻言，又看了看英琼、若兰的中毒状态，大惊失色道："这两位道友中的乃是黑煞落魂沙，只云南藏灵子有此法宝。藏灵子虽是邪教，为人正直，决不与毒龙尊者一党。放沙的人乃是他徒弟师文恭，此人厉害非常。昨晚我神游青螺，见魔宫外面有师文恭设下的妖阵，亏是元神出游，我又处处见机，没有陷身阵内。不料他还炼了这落魂沙。听诸位道友说他来路，分明又是来寻我的晦气，若非诸位道友无心中与他相遇，我还不知能否应付呢！他这黑煞落魂沙与妖僧雅各达的魔火同是一般厉害，若非李、申两位道友根行深厚，遇一已不可救，何况其二。目前仗仙丹护体，不过苟延性命，不致像前人，一经中上，便即魂散魄消，神游墟莽罢了。"大家闻言，非常着急，便问可有解救之方。郑八姑道："她二位中毒已深，甚难解救。除非寻得三样至宝灵药：一是千年肉芝的生血；二是异类道友用元神炼就的金丹；三是福仙潭的乌风草。先用金丹在周身贴体流转，提清其毒，内服乌风草祛除邪气，再用芝仙生血补益元神，尚须休养多日，才能复元。适才听说二位中了魔火仍能醒转对敌，不过仙丹妙用，腹内余毒未尽，又中了这极厉害的落魂沙，所以三者缺一不可。这三样至宝灵药求一尚甚难，何况同时全都得到，哪里有此凑巧的事？"

言还未了，金蝉跳起身来说道："你说的我们已有了两样了。"八姑闻言，惊喜问故。朱文便把申若兰是桂花山福仙潭红花姥姥的弟子，藏有一瓶乌风酒，比乌风草还要有力；金蝉在九华得了一个肉芝，因它数千年道行,不肯伤害,后来又从九华移植凝碧崖等语,说了一遍。八姑道:"人间至宝都归峨眉,足见正教昌明,为期不远。不过她二位已不能御剑飞行,尤其不能再受罡风。峨眉相隔数千里,还有异类元神炼就的金丹无从寻觅,虽有二宝也是枉然。"寒萼听到这里,忍不住看了紫玲两眼。紫玲也不去理她,径向众人说道:"愚姊妹来时,餐霞大师曾传谕命愚姊妹救李、申两位眼前之厄。适才因听说三样至宝不能缺一,非愚姊妹能力所及。如今听说仙草、肉芝俱在峨眉,足见李、申两位妹子仙缘未绝。愚姊妹有一弥尘幡,能带人顷刻飞行千里,周身有彩云笼罩,不畏罡风。金丹更是现成。事不宜迟,此刻动身,尚可赶回来破青螺。不过听说凝碧崖有仙符封锁,极难下去,最好请一位同行才好。"众人闻言大喜。灵云因金蝉与肉芝有恩,取血较易,便命金蝉随行。

八姑问紫玲道:"适才听说师文恭中了道友的白眉针,如今又听道友说用弥尘幡送李、申二位回转峨眉,这两样俱是当初宝相夫人的至宝。初见匆忙,未及详谈,不知道友与宝相夫人是何渊源,可能见告么?"紫玲躬身答道:"宝相夫人正是先母。紫玲年幼,对于先母当时的交游所知无多。不知仙姑与先母在何时订交?请明示出来,免乱尊卑之序。"八姑见紫玲姊妹果是宝相夫人之女,好生惊异。知道紫玲姊妹定得了宝相夫人的金丹,故此对救李、申二人敢一手包揽。又见紫玲谦恭有礼,愈发高兴。便答道:"我与令堂仅只见过几次,末学后辈,并未齐于雁齿。当时承她不弃,多所奖掖指导。算起来我与道友乃是平辈,道友休得太谦。此中经过,一言难尽。二位道友既是夫人爱女,以后借助甚多。现在李、申二位情势危急,请二位道友护送先行,明日峨眉归来,破了青螺,再行畅叙吧。"紫玲闻言,口称遵命。因司徒平道力浅薄,背人嘱咐了神鹭几句,叫它加意护持。然后与寒萼分抱着英琼、若兰,请金蝉站好,晃动弥尘幡,喊一声:"起!"立刻化成一幢五色彩云,从谷底电闪星驰般升起,眨眨眼飞入云中不见。众人大为叹服。

第八十七回　入古刹　五剑客巧结番僧
　　　　　　　煮雪鸡　众仙娃同尝异味

此处轻云、文琪又将紫玲姊妹与司徒平这段姻缘经过一一说知。郑八姑道："宝相夫人得道三千年，神通广大，变化无穷，是异类散仙中第一流人物。秦家姊妹秉承家学，又得许多法宝，现在归入贵派，为门下生色不少。李、申二位道友得宝相夫人金丹解救，不消多日，便能复元了。"灵云又问八姑昨晚探青螺结果。八姑道："昨晚我去青螺，见魔宫外面阴云密布，邪神四集。我从生门入内，因是元神，不易被人觉察。到了里面，才知八魔还约了十几个妖僧妖道相助，其中最厉害的便是那师文恭。我在暗中听俞德与八魔谈话，这次不但毒龙尊者在暗中主持，还约请有西方五鬼天王尚和阳、万妙仙姑许飞娘和赤身教主鸠盘婆三人，俱都是异派中的有名人物。他们准备端阳日将谷口魔阵放开一面，由死门领拜山赴会的人进去。敌人入谷以后，再将谷口封锁，敌人便插翅难飞。他们原是误疑贵派同来的能人甚多，所以才有此大举。先只是八魔等八人出面，见机行事，如来人并无能手，毒龙尊者连所请的人并不出面。他们将拜山的人擒到以后，内中如无峨眉门下，不过仅仅处死泄忿；如有贵派的人在内，就取贵派中人的元阳阴魂炼一种魔幡，为将来与贵派对敌张本。原本毒龙尊者请师文恭也是备而不用，谨防万一。不知怎师文恭会小题大做，摆下这厉害魔阵。幸而天网恢恢，这厮被秦紫玲道友白眉针所伤，那针专刺要穴，顺血攻心，必难幸免。他如死去，魔阵易人主持，就差多了。我探了一些实情，正要出来，迎头遇见师文恭。这厮眼力好不厉害，亏我见机，连忙飞身逃出，差一点便被他看破。适才才知他已得了藏灵子的黑煞落魂沙，元神比不得人身，要被他发觉撒上一点，更不似李、申二位道友能够施救，从此将道行丧尽，坠入九幽，万劫不复。现在想起来，还觉不寒而栗。出了魔宫，便到附近山谷岩洞中，去寻那拜山的赵道友踪迹，到处寻找无着。后来经过一座孤峰，子午方位正对青螺魔宫，峰顶被一片云雾遮盖。要是别人便被瞒过，偏偏从前我见过这种佛教中天魔解体的厉害法术。要在平日，无论多大本领也看不出来；偏偏昨晚是个七煞会临之日，该那行法之人亲去镇压祭炼，须撤去子午正位的封锁。我知此法须害一个有根基道行之人的生命，因寻赵道友不见，恐他一人先到，独自探山，中了敌人暗算，想飞到峰顶上去看个仔细。但是我又无此本领，只得等那行法之人祭炼完了出来，跟在他的身后，到了那人住所，再探听峰顶做人傀儡的是谁。

"我在峰旁等得正有点不耐烦，忽见前面峰脚雪凹下有几丝青光闪动。这种用剑气炼化成飞丝的人并不多，看那青光来路很熟，我追去一看，果然是熟人，还是我的多年不见的老朋友终南山喝泉崖白水真人刘泉。也不知他为了何事满面怒容，指挥他的飞剑上下左右乱飞乱舞，口中千贼丐万贼丐地骂个不住。我见他身旁并无别人，独个儿自言自语，好生奇怪，便现身出来将他唤住，问他为何这等模样。他看出我的元神，才收了剑光，气忿忿地和我相见。

"他说他自那年受峨眉掌教真人点化后，一人屏绝世缘，隐居终南修道，多年没有出山一步。两月前因他门下弟子韦衍到西藏采药，路过青螺，遇见八魔中的仟人龙、邱舲，凭空欺侮，夺了他已采到手的一枝成形灵芝，差点还将飞剑失去，逃回终南求师父给他报仇。刘道友一闻此言，便从终南赶往青螺来寻八魔算账。到了打箭炉落下身来，想寻两个多年未见的好友做帮手，一个便是我，那一个是空了和尚。及至一去访问，空了和尚业已圆寂，我又不知去向。正要驾剑独飞青螺，忽然看见山脚下有一个垂死的老乞丐倒卧，刘道友动了恻隐之心，一多事给他吃了一粒丹药。吃下去不但没有将病治好，反倒腿一伸死去。正觉得有点奇怪，从远处跑来一个中年花子，捧着一壶酒同些剩菜，走到老丐跟前，见刘道友将老丐用丹药治死，立刻抓住刘道友不依不饶。说那老丐是他的哥哥，适才是犯了酒瘾，并没有病，刘道友不该用药将他治死，非给他抵命不可。刘道友这些年潜修，已然变化了气质，并未看出那中年花子是成心戏弄他的异人，觉那花子哭闹可怜，反和他讲情理。说自己的丹药能起死回生，老丐决不会死，必是老丐中的酒毒太深，丹药吃少了，所以暂时昏绝。只需再给他吃几粒丹药，不但醒转，还永远去了酒毒。那花子装作半信半疑的神气，说他弟兄二人本是青螺庙内住持，被八魔赶将出来，将庙盖了魔宫，在外流落多年，弟兄相依为命。如果刘道友再给他兄长吃，能活转更好，不能活也不要抵命了，只求设法将他送回青螺故土，于愿便足。刘道友受了他哄骗，又因青螺从未去过，难得他是土著，情形熟悉，正好向他打听，本是同路，携带也非难事，便答应了他。谁知末后这两粒丹药塞进老丐口中，不过顿饭时光，人不但没活转，反化成了一摊浓血。那花子愈发大哭大跳起来。刘道友无法，只得准备将他带了同行。他便问刘道友如何带法。刘道友说飞剑、法术，二者均可。他装作不信，说刘道友又是骗他，想用障眼法儿脱身，免得给他哥哥抵命，直用话挤对，直骗得刘道友起了重誓才罢。刘道友还怜他寒苦，给了他几两银子，命他去换了衣服同行。他说不要，怕刘道友借此逃跑。刘道友气不过，命他站好，想要提他一同御剑飞行。谁知竟飞不起来，连自己法术也不灵了。刘道友一见不好，似这样如何能到青螺与人对敌？又想不出法术、飞剑何以会不灵起来。当时又惊又急，本想转回终南再作计较。偏那花子不依，说刘道友答应了他，无论如何也得将他送回。刘道友不肯失信，又因自己起过重誓，并且法术已失，业如常人，万一花子真个和他拼命，经官动府，传出去岂非落个话柄？万般无奈，只得同他步行动身。偏那花子性情非常乖张，又好饮酒，一天也走不上二百多里地，不知淘了多少闲气，才到了川边。

"快离青螺不远，刘道友忽然想起：'这花子既说死的老丐是他亲哥哥，为何走时眼见他哥哥尸首化了一摊浓血，他只一味歪缠，要自己带他走，并不去掩埋？'越想越觉不合情理，问他是何缘故。这花子才说出，那丐不但不是他兄长，还根本并无其人，是他成心用障眼法儿诳刘道友送他往青螺的。刘道友一听此言，想起他一路上种种可恶，到了地头，他还敢实话实说，并不隐瞒，这般成心戏弄人，如何再能忍受，伸手便去抓他。那花子虽然长相不济，身手却非常矫捷，刘道友一把未抓着他，反被他连打带跌，吃了不少亏苦。那花子一面动手，一面还说，不但老丐是假的，刘道友飞剑、法术也是被他障眼法蒙住，并未失去，可惜他那种法术只能用一次，过了四十九天，再用就不灵了。一句话把刘道友提醒，一面生着气和他打，一面暗算日期，恰好从动身到本日正是四十九天。也不管那花子所言真假，且将飞剑放出试试，果然剑光出手飞起。那花子一见刘道友剑光，直埋怨他自己不该将真话说出，拨转身抱住头，往前飞跑。刘道友哪里肯容，指挥剑光紧紧追赶。花子竟跑得飞快，一晃眼就没了影子。刘道友无法，正待停步，那花子又鬼头鬼脑在前面出现，等刘道友追过去，又不见了。似这样数次，直追到我二人相遇之处。刘道友恐他逃走，见他出现，装作不知，暗诵真言，用法术将花子现身的周围封锁，再用剑光一步一步走过去。刚刚行完了法术，飞剑还未放出，忽然脸上被人打了一个大嘴巴，打得刘道友头晕眼花。耳听一个人在暗中说道：'你快撤了法术，让我出去便罢；不然，你在明处，我在暗处，我抽空便将你打死。'刘道友听出是那花子声音，却不见人，越发气恼。知道他被法术围困，便将剑光飞起，上下左右乱飞乱刺。满以为封锁的地方不大，不难将花子刺死。刺了一阵，不见动静。正疑又上了那花子的当，被我元神上去止住，谈起前事。我断定那花子定是位混迹风尘的前辈异人，凭刘道友的飞剑、法术，岂是被一个障眼法儿便可蒙住失去效用的？不过此人与刘道友素无仇恨，何以要这般戏弄？此中必含有深意，再三劝刘道友不可造次。刘道友也明白过来，想起来时花子曾说，刘道友的本领仅够给他当小徒弟，还得跟他讨饭多年，才能出世现眼等语。再一仔细寻思他一路上半疯不疯的言行举动，也觉此人颇有些来历，稍平了一些怒气。问我为何用元神出游，我便将同他分手这多年的情况，以及今晚探青螺同那赵道友踪迹之事说出。他猛想起昨日同那花子走过昭远寺门口，那花子说有个姓赵的住在这庙内，前面有人打听他，你便对他说，莫要忘了。当时因为那花子说话颠颠倒倒，没有在意。听我一问，知道事出有因，便对我说了。

"那昭远寺离青螺只有数十里，比我们这里去要近得多。我便邀刘道友同去打探，如果不是，再来跟踪在前面峰顶炼妖法的人也来得及。刘道友见我与他同仇敌忾，又听说我们这边有不少的峨眉派门下高明之士，愈发高兴。我二人同赶到昭远寺暗中探看，寺中二方丈喀音沙布正和几位道友谈天，内中果然有赵道友，还有我从前遇见过的长沙谷王峰的铁蓑道人，知道他们都是到青螺赴会来的。只不知诸位正教中道友，如何会与青螺下院替八魔做耳目的番僧相熟？恐怕其中另有别情，不敢造次，便请刘道友设法将诸位道友引出来，问个明白。恰好引出来的是铁蓑道人，到了无人之处，我现身出来，对他说了实情。问他同诸位道友既与青螺为敌，如何反与八魔耳目为友？莫要中了别人之计。铁蓑道友说，他和诸位道友数日前才往青螺来，路上被一位前辈道友停住剑光唤了下来，命他们先到昭远寺落脚，自有妙用，还嘱咐了一番话。诸位道友自然遵命。一到昭远寺，先和大方丈梵拿加音二、二方丈喀音沙布动起手来。打至中途，两个番僧忽然请诸位道友停手，问起来意。二番僧说他们虽做八魔耳目，实非得已，他二人已准备趁端阳诸位道友与八魔斗法之便，炼天魔解体大法，和八魔孤注一掷，决一死活存亡，以便夺回魔宫。只要诸位道友不和他二人为仇，端阳那天，他二人还能助一臂之力。由此，因打反成了相识。诸位道友虽然觉他二人之言不甚可靠，但未可示怯，遂变敌为友，住了下来。连日并未见他们有什么举动，款待也甚殷勤。只大方丈梵拿加音二每隔三日，必出门一次，说是去炼那天魔解体大法。铁蓑道人疑他另有异图，曾跟他身后，去看过一次，那番僧一到我去过的那个峰头，便没入云雾之中。铁蓑道友看出他果是言行相符，虽放一点心，到底还是时刻留神观察他们动静，以备万一。他说中途唤诸位道友到昭远寺落脚的前辈道友，正是数十年前名震天下的怪叫花穷神凌浑。再问形状，和刘道友所遇花子一般无二。一算时日，那日花子正在一个小坡下睡觉，定是用神游之法，分身前去嘱咐诸位道友。刘道友闻言，才明白凌真人是想度他入门，被自己当面错过，好不后悔。

"我二人别了铁蓑道友，复回原处，路上遇见一阵黄尘，知有佛教中番僧走过。赶到峰前一看，什么迹象都没有，峰头雾沉沉的，知道行法之人已去。妖法封锁厉害，未便轻易涉险。刘道友见凌真人既将他引到青螺，必有用意，与我订了后约，准定揣度凌真人意旨，兼报门人之仇，辅助众位，同破青螺。当时便跪在真人隐身之处苦求，想用至诚感动凌真人出现。我别了刘道友回来，便发生李、申两位道友遭难之事。我见诸位道友个个禀赋非常之厚，深得峨眉真传，又加上秦家姊妹相助，果真再得凌真人帮忙，破青螺，扫荡群魔，是无疑的了。"

正说之间，吴文琪笑道："我自知本领不济，始终守护着这几个孩子，没有跟着诸位姊妹前去涉险。适才秦家姊妹行时，大家都忙着解救李、申二位妹子,也忘了将这四个孩子带去。后日便是端阳,岂不又是累赘?"一句话把灵云提醒,也愁章氏姊弟和于、杨二道童无法安置。偏这四人都非常乖巧,自从与众人见面,分别行了大礼之后,早侍立在旁,留神细听。此时一谈到他们,不约而同,四人分作两双,走上前去,朝众人跪下,叩头不止。这时灵云才细看他们,见四人俱非平常资质,个个灵秀,颇为心喜。只是在座诸人,除郑八姑自身历劫未完,谈不到收徒外,余人俱是峨眉新进后辈,不奉师命,哪敢收徒。想了一想,便问四人将作何打算,如是思家,须等破了青螺,才能分别送他们回去。先是于、杨二道童抢先说道:"弟子等二人,一个是幼遭孤露,父母双亡;一个是父母死后,家道贫寒,被恶舅拐卖与人为奴,受苦两年,又被妖道拐上山去;俱都是无家可归。虽然年幼无知,自在妖道洞中住了两年,每日心惊胆战,如坐针毡。幸遇诸位仙长搭救,情愿等破了青螺之后,跟随诸位仙长归山,做两名道童,生生世世,不忘大恩。"说罢,叩头不止。于、杨二人说完,章氏姊弟也力说不愿回家,情愿出家学道,求诸位大仙收归门下。灵云再三叫他四人起来,用婉言劝告,说出家受苦,仍是等事完送他四人回去,有家的归家,无家的由自己给他们想法安置生理,各按本领,谋上进之路为是。四人哪里肯听,只跪在地下哭求,头都叩得皮破血流。轻云、朱文二人首先看不下去,同劝灵云道:"大姊素受掌教信任,于小辈门人中总算序齿最尊,得道最早。这四人资质不差,即使冒昧收下,不见得就遭教祖责罚怪罪。何况只要回去等教祖或妙一夫人回山时叩请安置,以定去留,那时不允,仍可送他们回去,并不一定就算自己不奉师父之命,随便收徒。别人不敢担承还可,你还有何顾虑?"灵云笑道:"你二人说得倒好。本派自长眉真人开创,门下甚少败类者,就为收徒不滥之故。如今未奉师命,一下便收四人。我等道行尚浅,哪能预测未来,岂可冒昧从事?虽说只带回峨眉安置,并不算收归门下,你要知凝碧崖乃洞天福地,岂容凡夫俗子擅入,此时他四人尚不肯回去,异日如何便肯?教祖虽是我生父,因我一向兢兢业业,未犯大过,才未重责。一旦犯了教规,罚必更严。此事实在不敢妄作主张。至少也须奉有一位前辈师叔伯之命,才能带他们同返峨眉。他们原是秦家姊妹所救,且候她二位回来,再想法安置吧。"轻云道:"秦家两位姊妹虽说道法高强,但是初入本门,还未见过师父,岂不凡事俱听姊姊盼咐？姊姊不能做主，也是枉然。"灵云闻言，再回顾四个孩子，已哭得和泪人一般，郑八姑帮着劝解说："这四个孩子如此向道心诚，如果无缘，岂能遇见诸位？就是道友冒昧收下带返峨眉，教祖与人为善，见他们质地不差，绝无怪罪之理。"灵云看了八姑一眼，口中还是不允。

这时章氏姊弟与于、杨二道童已知灵云是众人中领袖，大家苦劝都不生效，便绝了望。章南姑忽然站起身来，走向轻云、司徒平、吴文琪三人面前，跪下哭说道："弟子姊弟二人，本虎口余生，自拼必死，偏生遇见五位大仙救了性命。两位秦大仙尚未回来，请二位大仙代弟子等转谢救命之恩。并求诸位大仙把舍弟虎儿收下，做一名服侍的道童，以免他回去受庶母虐待，弟子感恩不尽！"一路哭诉方完，猛地站起身来，朝旁边岩石上一头撞了去。虎儿本随姊姊哭了个头昏声嘶，一见姊姊要寻死，从地下爬起来，跌跌撞撞，哭着往前飞跑，想去救援。还未到南姑身前，在地上滑跌了一跤，跌出去有好几尺远近，脸鼻在地上擦了个皮破血流，再爬也爬不起来，一阵急痛攻心，晕死过去。有这许多有本领的人在座，哪容章南姑寻死，她撞的地方离朱文正近，一把早将她拉住。南姑回身望见兄弟虎儿这般景象，愈发号啕大哭。朱文便拉着南姑的手走过去时，虎儿已被灵云就近抱起，取出丹药与他敷治。忽见八姑身一晃，飞下石台。众人回头一望，原来是于建、杨成志二人自知绝望，又见南姑寻死惨状，勾动伤心，趁众人忙乱之际，悄没声站起身来，也想往山石上撞去。八姑坐在石台上面早已看出，见众人都忙于救章氏姊弟，没有注意于、杨二人，正想分神去救，元神刚刚飞起，猛见从凹外伸进一只长臂，正好将于、杨二人拦住。接着现出一个花子，对着于、杨二人骂道："此处不留人，自有留人处。要学道出家，哪里不可，单要学女孩儿寻死！"灵云追随父母多年，见多识广，一见这个花子非常面熟，曾在东海见过次，略一寻思，便想起他正是怪叫花穷神凌浑，不禁大吃一惊。轻云、文琪更是不久前在戴家场见过，又听玉清大师说起他的来历。三人不约而同，喊众人上前跪见。灵云道："凌师伯驾到，弟子齐灵云率众参拜。"

凌浑见了这些小辈，倒不似对敌人那样滑稽。一面唤众人起来，对灵云道："我适才知道几个魔崽子要借水晶球观察你们过去同现在的动静，好用妖法中伤，恐你们不知，日后受了暗算，特意前来护持。见这四个孩子向道心坚,你又执意不允,累他们寻死觅活,我在上面见了于心不忍。我知你并非矫情,自有你的难处。好在毒龙初用晶球照影,须先看以前动静,暂时还不能到此,特意抽空下来与他四人说情,省你为难。他四人质地尽可入门,只杨成志还有许多魔牵,好在既由我出头,以后如有错误,我自会到时点化。你可听我的话,代齐道友暂为收下。此地他四人住居不宜,少时由我代你托人先送他们回转凝碧崖。你等事完回去,不久齐道友同峨眉诸道友聚集峨眉,如果齐道友责尔等擅专,你可全推在我的身上便了。"灵云闻言,忙即跪下领命,又命四人上前跪谢凌真人接引之恩,乘机请凌浑同破青螺。

凌浑道:"我隐居广西白象峰,已有数十年不履尘世。前年极乐真人李静虚路过白象峰,和我谈起如今各派正在收徒,劫运大动,劝我与白矮子弃嫌修好,趁这时机出世,助峨眉昌明正教,就便收两个资质好的门人承继我的衣钵。想当初同白矮子发生嫌隙,我也有不是之处,看在我死去妹子凌雪鸿份上,他又极力让我,赶人不上一百步,见极乐真人出头一说和,也就罢了。极乐真人从我那里走后,偏偏不知死的魔崽子六魔厉吼到白象峰采药,乘我夫妻不在洞中,将我洞中植的一丛仙草偷走。我回来查明此事,因为这种幺魔小丑,不值我去寻他,打算收了徒弟,命徒弟去寻他算账。后来一打听,这些魔崽子自他师父神手比丘魏枫娘死后,又拜在毒龙尊者门下,无恶不作。我在衡山后山看中了一个未来的徒弟,这人名叫俞允中,是家妻崔五姑新收门人凌云凤的丈夫。他先是想投奔白矮子,白矮子看他不中意,不但不收,反用法吓他回去,害得他受尽千辛万苦,投师未投成,从山上跌滚下来,差点送了小命。我将丹药与他服下,送到山下,想逼白矮子收他时,白矮子业已见机先行走避。我气忿不过,白矮子不收俞允中,无非嫌他资质不够,我偏收他为徒,将毕生本领传授,让他做出惊人的事与白矮子看看。我想试试此人心意胆智,留话给白矮子的大徒弟岳雯,等俞允中醒来对他说,他如能到青螺魔窟内将六魔厉吼的首级盗来,我便可收他为徒。果然他向道真诚,听岳雯传完我的话,一丝也未想到艰难危险,立刻由岳雯将他送到川边。他独自一人误投昭远寺,被两个与青螺为仇的妖僧擒住,想利用他炼那天魔解体之法,与魔崽子为难,将他放在青螺对面正子午位的高峰上面行法。他无力抵敌,又想借此得六魔首级,误信妖僧之言,独自一人在峰顶上打坐,日受寒风之苦。我先时还想去救他,后来一想,他虽不通道法,服了妖僧的火力辟谷丹,又传了他打坐之法,不到端阳正午不会丧命。那天魔解体之法也颇厉害,稍一镇摄不住心神,便会走火入魔,正可借此磨炼他扎一点根基。我只暗中护持,静看妖僧、魔崽子窝里反,到了端阳正午以前再打主意。我连去看他多少次,他定力很强,一到子午,眼前现出许多地狱刀山、声色货利的幻象,他一丝也不为所动。可见我眼力不差,甚为痛快。昨今明三晚,是妖僧行法最要紧关头,幻景尤为可怕,还有真的魔鬼从中扰乱。我怕他禁受不起,不比往日,只需分出元神便可照护。彼时我正和一个牛鼻子歪缠,见妖僧飞来,我便随他飞上峰头。等妖僧走后,我对他说了几句话。又到魔窟去看了一遍,正赶上俞德去请几个大魔崽子来为师文恭报仇,毒龙业障正用晶球照影观察敌人动静。这回他原请得有赤身教主鸠盘婆,偏偏派来的弟子又被绿袍老祖得罪回去。将来峨眉斗剑,鸠盘婆必不助他,齐道友可以省事不少。"

说到这里,众人忽觉眼前微微亮了一亮。凌浑道:"大魔崽子果然卖弄来了,你们只管闲谈,待我上去跟他开个玩笑。"说罢,一晃身形,连章南姑姊弟和于、杨二道童俱都踪迹不见。郑八姑适才元神飞下,见了凌浑,也随众参拜,未及上前请求度厄,凌浑业已飞走,好生叹息。当下转托众人,代她向凌浑恳求一二。灵云道:"这位师伯道法通玄,深参造化。只是性情特别,人如与他有缘,不求自肯度化;与他无缘,求他枉然。且等凌师伯少时如肯再降,或者青螺相遇时,必代道友跪求便了。"八姑连忙称谢。等了半天,凌浑仍未返回。那独角神鹫和神雕佛奴竟和好友重逢一般,形影不离。灵云因雪山中无甚生物可食,问起司徒平,知独角神鹫在紫玲谷内也是血食,便唤二鸟下来,命它们自去觅食。神鹫摇摇头。司徒平知它是遵紫玲吩咐,不肯离开自己。正想向寒萼说话,神雕忽然长鸣了两声,冲霄飞起。神鹫也跟着飞了上去。不多一会儿,神鹫仍旧飞回,立在雪凹外面一块高的山石上面,往四外观望。神雕去了有半个时辰,飞将回来,两爪上抓着不少东西。众人近前一看,一只爪上抓着两个黄羊,一只爪上却抓了十几只额非尔士峰的名产雪鸡。在座诸人虽然均能辟谷,并不忌荤食荤腥。轻云首先高兴,取了四只雪鸡,喊了司徒平与朱文,商量弄熟来吃。灵云笑道："你们总爱淘气，这冰雪凹中，既无锅釜之类的家具，又没有柴火，难道还生吃不成么？"大家一想果然，一手提着两只雪鸡，只顾呆想出神。八姑笑道："这雪鸡是雪山中最好吃的东西，极为肥美，早先我也偶然喜欢弄来吃。这东西有好几种吃法，诸位如果喜欢，我自有法弄熟了它。冰雪中还埋藏着有数十年前的寒碧松萝酒，可以助助雅兴。只可惜我不便亲自动手，就烦两位道友将崖上的冰雪铲些来，将这雪鸡包上，放在离我身前三尺以内的石上，少时便是几只上好熟鸡，与诸位下酒了。"朱文闻言，首先飞身上崖去取冰雪。灵云见神雕还未飞走，便命它将羊、鸡取去受用。神雕便朝上长鸣两声，神鹫飞下，二鸟各取了一只黄羊、三只雪鸡，飞到崖上吃去了。朱文、轻云各捧了一堆冰雪下来，见雪鸡还剩下十只，已被司徒平去了五脏，都把来用敲碎的冰雪碴子包好。八姑口中念念有词，先运过旁边一块平片大石。请朱文用剑在石面上掘开一个深槽，将包好的雪鸡放在里面，又取了些冰雪盖在上面，用一块大石压上。准备停当，八姑又指给众人地方，请一位去将埋藏的酒取了出来。然后说一声："献丑。"只见一团绿森森的火光从八姑口中飞下，将那块石头包围。不一会儿工夫，石缝中热气腾腾，直往外冒，水却一丝也不溢出。众人俱闻见了鸡的香味。朱文、轻云二人，口中喊妙不绝。轻云笑问朱文道："你们有多少天不吃荤了，却这般馋法？也不怕旁人见笑。"朱文秀眉一耸，正要答言，吴文琪道："人家郑道友在这冰山雪窖中参修多年，一尘不染，何等清净。被我们一来扰了个够还不算，索性不客气闹得一片腥膻，也不想想怎么过意得去？我们真可算是恶宾了。"朱文道："你和大师姊俱是一般的道学先生，酸气冲天。像我们这般行动自然，毫不作伪多好。你没听郑道友说，她从前也喜欢弄来吃过，煮鸡法子还是她出的呢。你这一说，连主人一番盛意都埋没了。"灵云道："你们怎地又拉扯上我做甚？你看那旁鸡熟了，请去吃喝吧。"朱文、轻云闻言，走过去揭开盖石一看，一股清香直透鼻端，石槽中冰雪已化成一槽开水，十只肥鸡连毛卧在里面。提起鸡的双足一抖，雪白的毛羽做一窝脱下，露出白嫩鲜肥的鸡肉。除八姑久绝烟火，灵云也不愿多吃外，算一算人数，恰好七人，各分一只，留下三只与紫玲姊妹和金蝉。各人用坚冰凿成了几只冰瓢，盛着那凉沁心脾的美酒，就着鸡吃喝起来。朱文、文琪、轻云、司徒平各人吃了一只。灵云只在轻云手中撕了一点尝了尝,便即放下。

大家吃喝谈笑,到了半夜,一幢彩云从空飞下,紫玲姊妹同金蝉由峨眉飞回。说到了凝碧崖,金蝉先去取来乌风酒,与李、申二人服了。又由寒萼用宝相夫人的金丹,为李、申二人周身滚转,提清内毒。再由金蝉去找芝仙讨了生血,与二人服下。不到一个时辰,双双醒转。依了李、申二人,还要随紫玲姊妹带回,同破青螺。紫玲因见二人形神委顿,尚须静养,再三苦劝。李、申二人虽不愿意,一则紫玲不肯带她们同来,神雕佛奴又未遣回,即使随后赶来,也赶不上,只得罢休。请紫玲回到八姑那里,急速命神雕飞回。又请灵云等破了青螺,千万同诸位师兄师姊回去,以免二人悬念寂寞。金蝉又见着芷仙,她每日有猩猿陪伴用功,无事时随意闲游,过了两天也就惯了。灵云闻言,便向紫玲姊妹称谢。仍恐李、申二人于心不死,决定破了青螺,再命神雕回去。又恐神雕见主人不来,私自飞回,便唤了下来嘱咐一番。谁知神雕一见主人不来,又传话叫它回去,哪肯听灵云吩咐,灵云嘱咐刚完,神雕只把头连摇,长鸣了一声,冲霄飞起。那只独角神鹫也飞将起来,追随而去。灵云知道神雕奉白眉和尚之命长护英琼,相依为命,既不肯留,惟有听之,也就不再拦阻。一会儿工夫,神鹫飞回,向着紫玲不住长鸣。紫玲听得出它的鸣意,便对灵云道:"那只神雕真是灵异,它对神鹫说,英琼妹子尚有灾厄未满,它奉白眉和尚之命,一步也不能远离,请姊姊不要怪它。适才我在峨眉,也见英琼妹子煞气直透华盖,恐怕就要应在目前呢。"灵云等闻言,俱都颇为担心,怎奈难于兼顾,只得等到破了青螺之后,回去再作计较。朱文已将石槽中留与三人的雪鸡连那寒碧松萝酒取出来,与三人食用,金蝉、寒萼连声夸赞味美不置。大家又谈了一阵破青螺之事,各人在石上用起功来。

第二日中午,八姑的友人白水真人刘泉走来,由八姑引见众人。行完礼之后,八姑问起刘泉,知道那晚在林中跪求到第二日,虽跪得精疲力乏,因为想用至诚感动凌真人,一丝也不懈怠,反越虔敬起来。直跪到三更将尽,凌真人忽然带了四个少年男女出现,一见便答应收刘泉为徒。由凌真人用缩地符,命刘泉将四个少年男女,送往峨眉凝碧崖内,交与李、申诸人。又命刘泉将人送到后,回来往玄冰谷对灵云等说,明日便是端阳,魔宫内虽有番僧等布下魔阵,自有凌浑去对付它,无须多虑。一交寅末卯初,先是赵心源按江湖上规矩，单人持帖拜山。命金蝉借用紫玲的弥尘幡随刘泉去见心源，装作心源持帖的道童，紧随心源同几个剑术稍差之人，随身护持，遇见危难，急速用幡遁去。其余如铁蓑道人、黄玄极等，也都各有分派，随后动身。交手时，五鬼天王尚和阳如果先败，必乘众人不备，到玄冰谷夺郑八姑的雪魂珠。此珠关系邪正两派盛衰兴亡，除司徒平不能与万妙仙姑许飞娘对面，必须在谷中暂避外，灵云、朱文、轻云、文琪、紫玲姊妹六人中，至少留下一人助郑八姑守护雪魂珠，不可远离。余人可在卯末辰初动身往青螺助战。那时魔阵已被凌浑所破，毒龙尊者与许飞娘连同几个厉害番僧同时出面，众人不可轻敌。如见不能取胜，只可用朱文的宝镜连同各人用的法宝护着身体，支持到了午正将近。但听凌浑一声吩咐，那时番僧梵拿加音二的天魔解体大法必然炼成发动，地水火风一齐涌来。众人只需见凌浑二次出现，急速由紫玲取过金蝉用的弥尘幡，遁回玄冰谷，助八姑赶走尚和阳。青螺后事，由凌浑、俞允中、刘泉三人主持办理。峨眉还有事发生，灵云等事完之后，可带了众人，速返凝碧崖，便知分晓等语。灵云闻言，便命金蝉向紫玲借了弥尘幡，传了用法，随刘泉赴昭远寺去见心源，遵凌浑之令行事。不提。

第八十八回　银光照眼　奇宝腾辉
　　　　　　　　黑眚遮天　妖僧授首

　　灵云等刘泉、金蝉二人走后，便问："哪位妹子愿伴八姑留守？"众人都愿赴青螺一决胜负，你看我，我看你，不发一言。紫玲见众人不说话，只得说自己愿陪八姑留守。灵云道："没听凌师伯吩咐？明日最后保护大家出险，全仗姊姊用弥尘幡，如何可以不去？"紫玲不及答言，吴文琪早忍不住笑道："秦家两位姊姊照凌师伯所说是必须前去的，文妹又须用宝镜和群魔支持，司徒道友根本不能前去，大师姊又是三军统帅，就剩我和轻云妹子。我又比轻云妹子差得多，我一路来俱是干的轻松事儿，从未与敌人照面，索性我偷懒到底，将我留下看家吧。"
　　灵云笑道："你休看轻了这留守是轻松的事儿，那五鬼天王尚和阳是各魔教中数一数二的人物，非同小可。八姑的雪魂珠关系更是异常重大，琪妹所负的责任，且比我们大得多呢。"大家推定文琪留守之后，八姑又把自己脱劫之事重托灵云、轻云，说那能用法宝、丹药救她之人，正是怪叫花穷神凌浑，务必请大家到了魔宫之中，留神那至宝、灵丹，并求凌真人度厄归真等语。灵云及众人同声应允，八姑甚为高兴。灵云便问："倘如明日五鬼天王尚和阳前来夺取雪魂珠，文琪、司徒平未必能够迎敌，八姑有何妙法抵御？"八姑道："我此时身同朽木，只能运用元神，若论迎敌尚和阳这种魔教中厉害人物，本非易事。不过退敌虽难，谨守一两个时辰，等诸位援兵，还办得到。再若不济，我便暗中将雪魂珠交与吴道友避开一旁，即使自身遭劫，誓不能将多年辛苦，冒着九死一生得来的至宝，让仇敌得了去。少时我和吴道友自有打算，请放宽心便了。"灵云知八姑也非弱者，凌浑又有前知，既然命刘泉来吩咐，绝无妨碍。

大家谈说到了晚间，八姑请众人依她指定方位站好，只留吴文琪一人，各运剑光，将玄冰谷封住，以防万一。由她先行了一阵法，然后元神退出躯壳，下了石台，口中念念有词，她坐的那一个石台忽然自行移向旁边。文琪近前一看，下面原来是个深穴，黑洞洞的，隐隐看见五色光华如金蛇一般乱窜。八姑先口诵真言，撤了封锁，止住洞中五色光华，请文琪借了朱文的宝镜在手中持着，飞身入洞。被宝镜光华一照，才看出下面竟是一所洞府，金庭玉柱，银宇瑶阶，和仙宫一般。只是奇冷非常，连文琪修道多年的人，都觉难以支持。八姑移开室中白玉灵床，现出一个洞穴，里面有一个玉匣，雪魂珠便藏在里面。八姑请文琪先藏起宝镜，洞府依旧其黑如漆。八姑口诵真言，喊一声："开！"便有一道银光从匣内冲起，照得满洞通明。八姑从匣内取出那粒雪魂珠，原来是一个长圆形大才径寸的珠，金光四射，耀目难睁，不可逼视。八姑道："这便是我费尽千辛万苦九死一生得来的万年至宝雪魂珠。凡人一见，受不了这强烈光华，立刻变成瞎子。我因得珠之后未及洗炼，使珠子光芒不用时能够收敛。后走火入魔，坏了身体，这珠的金光上烛霄汉，定要勾引邪魔前来夺取。幸而预先备有温玉匣子将它收贮，又用法术封锁洞府，自己甘受雪山刺骨寒飙，在洞顶石台守护至今，才未被外人夺去。此珠只和西方野佛雅各达斗法用过一次，若非此珠，我早已被魔火化成飞灰了。五鬼天王尚和阳更比那妖僧厉害，又恐别人觉察，才请诸位道友在上面守护，还用法术放黑雾将谷面封锁，才敢取出来与道友一观。此珠已经我用心血点化，只要玉匣不加符咒封锁，便能随心所欲。明日道友无须迎敌，只需潜伏洞中，代我守护玉匣。我先传了道友隐形之法，如见我这雪魂珠自飞入匣，必是我抵敌不过来人，元神遁出，躯壳或有损毁也说不定。道友可将此珠紧带身旁，无论洞上面有什么异象也不去管它，由下面驾剑光冲出，遁回峨眉，我自会追随前去。司徒道友，我再替他另觅藏身之处，以防波及。此乃预先防备最后失败之策，并非一定如此惨败，因敌人厉害，不得不作此打算。万一躯壳被毁，说不得仍求诸位道友代求凌真人和掌教真人设法援救，以免把多年苦功付于流水。我此时便要将元神与珠合一，我在前引路上去吧。"说罢，一晃身影，八姑便不知去向，只见亮晶晶一团银光往上升起。文琪随着飞身上来，眼看那团银光飞进石台之上，挨近八姑身旁便即不见，同时石台回了原处。

八姑在石台上开口,请大家收了剑光近前,说道:"有劳诸位道友,适才那团银光便是我的元神与雪魂珠合在一起。我已将珠带在身旁,静候明日与魔鬼决一胜负存亡,便可脱劫还原了。"文琪又将雪魂珠灵异之处对灵云等说了一遍。

时光易过,不觉到了卯时。灵云约了轻云、朱文与紫玲姊妹,别了八姑、文琪、司徒平三人,驾剑光直往青螺魔宫内飞去。这且不提。

话说烟中神鹗赵心源同陆地金龙魏青、黄玄极、铁蓑道人,到青城山金鞭崖会见矮叟朱梅的门人纪登,旧友新知,俱都非常投契。纪登因离端阳尚有多日,答应到了端阳临近,护送陶钧助四人到青螺赴会,并设法请师父矮叟朱梅也来相助。心源闻言,甚为欣喜。铁蓑道人想起去看两处好友,与诸人订了约会先走。心源等便在金鞭崖纪登观中住下,直到四月底边,矮叟朱梅忽然回山,心源拜见之后,跪求朱梅相助。纪、陶二人也帮他跪求。朱梅道:

"这次青螺虽然起因甚小,关系却大。起初不但齐道友请得有我,还约了侠僧轶凡同峨眉门下几位道友。自从戴家场怪叫花凌道友二次出世,神尼优昙大师遇见他夫人白发龙女崔五姑,才知凌道友这次出世,是在无心中得了一部天书,想借这次各派收徒,正邪两派劫运将来之际,收些门人另创一派。知道西藏群魔声势浩大,无恶不作,特意将这些魔教一一铲除,就在西藏创立教宗。他生性特别,夫妻二人一向独断独行,从未求人相助,也从未遇见过敌手。我们知他性情古怪,去了反招他不快,才行中止。不过青螺之事由赵心源而起,不能不去。又恐凌道友万一仍记追云叟前嫌,自己虽取青螺做根基,却不管别人闲事。侠僧轶凡虽非峨眉一派,但是明年便要圆寂飞升。赵心源不久仍归峨眉门下,又得过追云叟的应允相助。侠僧轶凡和齐道友交情甚厚,群魔又公然声称与峨眉为仇,借青螺拜山为由,引峨眉门下前去一网打尽,峨眉掌教同诸位道友万难坐视。偏关碍着凌道友,长一辈的都不便亲自前往,才由齐道友飞剑传书,在小辈门人中选了几个前去相助。同时玄真子听齐道友说,天狐宝相夫人脱劫在即,她所生二女根基极佳,现在已同弃邪归正的司徒平联了婚姻,何不将二女也收归门下,以免她们误入旁门。齐道友知宝相夫人有一至宝,名为弥尘幡,破青螺大有妙用。又用飞剑传书与餐霞大师,请她就近相机行事。宝相夫人二女定然也随几个小一辈的门人同往青螺。尔等此去绝无危难,大约到了青螺便可相遇。为日业已无多,可着纪登送尔等前去便了。"

心源等见矮叟朱梅如此说法,大放宽心,不敢再为渎求。第二日拜别矮叟朱梅,由青城山起身。纪登奉命送四人至打箭炉,便即别去。心源一算时日,离端阳还有十来天。除玄极外,余人均未断绝火食,此去雪山崇峻,四无人烟,不得不先为准备。便在打箭炉附近村镇上住了一天,备办干粮应用之物。又隔了一天,才循入藏朝山的捷径,往青螺进发。虽是步行,几人脚程本快,不消三日,已离青螺不远。行至一条官道与小路岔口处,大家见风景甚好,坐在路旁歇息。遇见结伴朝山的香侣,陶钧上前向一个老者探问赴青螺的路程。那老者一听问的是去青螺路程,面带惊恐,朝陶钧上下打量了几眼,先问陶钧朝山为何不去拉萨朝拜活佛,却往青螺做甚?陶钧推说是幼年时家中尊人许下的心愿,不能不往。那老者先不肯说,经陶钧再三和气打听,那老者才勉强说道:"按理我们出门人不该多嘴,我看尊客行止不似歹人,才敢直言奉告,如今青螺且去不得呢。"陶钧坚问何故,那老者答道:"我也是幼年时听人说起,在数十年前,青螺原是善地,山中有一座昭远寺,里面有两个僧人,俱能吞刀吐火,平地生莲。不料僧人遭劫,不知怎的,去了八个魔王,将两位僧人赶到番嘴子昭远寺下院,将总寺拆了,修起一所魔宫。手下许多魔神,专一四处抢掠少男妇女、金银财帛。入藏行商同朝山的人,往往成群结队,不知去向。先前朝山的人一去不回,只说是僧人度化。前些年有一个从魔宫逃回来的人,说起魔宫中魔神众多,法术通神,还有一个姓魏的女魔君更是厉害。抢去的人除供男女魔王奸淫外,还被他们采去生魂,修炼法宝。害得人家都把朝山视为畏途。即使像我们都是信仰极坚,又预先佩有僧人弟子赐过的灵符,也只敢在大路行走。青螺这条路,久已无有人敢经过,漫说是入山朝拜。尊客年轻,不知行路不易,还是不去,改同我们一起行到西藏朝佛,不是一样?如不去西藏,前面过了雪山,往前行二百余里,便是番嘴子,那里有昭远寺的下院。有二位被魔王赶出的僧人,听说还在那里,尽可到那里去了完心愿,急速回家。青螺山离那里还有百余里,千万去不得。"陶钧道声"领教",辞别老者,回来说与心源。陶钧原是无聊闲问,众人听陶钧说了老者之言,相视一笑。前望雪山绵亘,又知沿途并无村镇,取出带的干粮、酒脯饱食一顿，仍往前路进发。

走不多远，便上雪山，山径险纡，雪光耀目，虽在四五月天气，积雪仍是未消。行到山脊，玄极驾剑光前视，回报说过去百余里，有一村镇，现出红墙，想必便是番嘴子。正说之间，忽听有破空的声音，及至近前落下，乃是铁蓑道人因为访友不遇，返至青城，矮叟朱梅已不在山中，知四人业已动身，一路跟踪到此。心源又把矮叟朱梅之言说了一遍。铁蓑道人闻言，笑道："矮叟故意如此说法，凌真人决不如此量浅。恭喜赵道友，此行无忧了。"说罢，便催四人不必再作步行，由铁蓑道人携带陆地金龙魏青，驾剑光先到番嘴子，见机行事。刚刚飞出去不多远，众人正行之间，猛觉身子直往下坠，好似被什么重力吸住一般，大吃一惊。见下面山坡下正有一人朝上招手，落下来一看，除陶钧外，俱认出是戴家场见过的怪叫花穷神凌浑，心中大喜，分别上前行礼，心源又引了陶钧拜见。凌浑便命众人先往昭远寺投宿，如此如此。众人领命之后，凌浑倏地不见。

铁蓑道人、心源、玄极、陶钧、魏青一行五人，遵怪叫花凌浑所嘱，驾剑光到了番嘴子。落下地来一看，原来是一个荒凉村镇，虽然有几十所土屋茅檐，也都是东倒西歪，墙垣破坏，好似多年不曾有人居住。心源一眼瞥见前面大路旁边有一所大庙，门前树荫下排列着两行石凳。近前一看，果然是昭远寺，门上还有大明万历年间钦赐敕建的匾额。庙门紧闭，隐隐闻得梵呗之声，估量正是晚饭前诵经时候。当下推定陶钧仍作为进香投宿的客人上前叩门。陶钧把环打了好几下，才走出一个中年喇嘛来，上下打量了陶钧几眼，问陶钧来意。陶钧对他说了。那喇嘛狞笑一声，正要开口，一眼看见铁蓑道人同心源、玄极、魏青等装束异样，英风满脸，知道不是平常香客，立刻改了和颜悦色的容貌，说大老爷、二老爷正率全庙僧人做午斋，请众人先到禅堂内落座。心源见那喇嘛相貌凶恶，目光闪烁不定，对人又是前倨后恭，便朝铁蓑道人使了个眼色。铁蓑道人点了点头，众人也都觉察在意。大家到了禅堂落座，那喇嘛便即走去。一会儿工夫，知客僧同了先前出去的喇嘛进来，小喇嘛献上乳茶。大家见那乳茶灰暗暗的，有一股子腥膻之气，俱都未用。知客僧名叫喀什罗，生得身材高大，一脸横肉。与众人问讯之后，又问众人来意。陶钧仍照适才的话重说一遍。知客僧喀什罗道："我们佛门弟子戒打诳语。诸位居士行藏，小僧已看透一半。真人面前莫说假话。诸位居士何以始终说是朝佛进香的呢?"魏青性子最急,见知客僧再三盘问,早已不耐,闻言抢先说道:"你这和尚好无道理!你开的是庙,我们来此投宿,住一天有一天的香资,你管我们是真拜佛假拜佛做甚?"那知客僧闻言,也不作恼,反笑说道:"论理,小僧原不该多问,只因端阳快到,有人到青螺拜山,我们这里是青螺的下院,奉命在此迎候。诸位虽口称是进香朝佛的客人,但是一无香火袋,又不携带行李,只带了一两件零星包裹,跋涉千里雪山,说是朝山香伴,谁也不信。我看诸位趁早说了实话,如是魔主请来的宾友,省得我们招待失礼。"魏青厉声道:"依你说来,如果我们不是八魔崽子的狐群狗党,是来寻他晦气的,你们又当如何?"那知客僧狞笑一声道:"如果来的不是魔主的好友,是他仇敌时,那我们就要无礼了!"这时先前那个中年喇嘛先已走去,魏青未等知客僧把话说完,早已纵身上前,心源一把未拉住。魏青跳到知客僧面前,刚把手伸出去,那知客僧只把身形一扭,避开魏青手掌,一点指之间,魏青业已被他点中了穴,倒在就地。知客僧正要口发狂言,陶钧见魏青一照面便被人点倒,手扬处剑光飞起。知客僧见来人精通剑术,知道不敌,刚刚转身往外逃走,忽从外面飞进一朵红莲,将陶钧剑光托住。心源已走过去将魏青救醒转来。

众人正待动手,外面有人喝道:"你们是好的出来,与佛爷见个高下!"说罢,那朵红莲便即飞去。陶钧首先指挥剑光追纵出去,众人也都随后到了院中。见院中站了好几十个喇嘛,为首一人生得又矮又胖,适才那朵红莲便是他所放。见众人出来,喝问道:"你们是哪里来的?无故到本庙中扰闹!快快说出来历,免得做无名之鬼!"心源道:"妖僧休要猖狂!我便是端阳到青螺魔宫赴会的赵心源,你有什么本领,只管使将出来。"这矮胖番僧正是昭远寺二方丈喀音沙布,一听来人是端阳赴会的赵心源,不由大吃一惊。心想:"八魔尚且怕他,何况自己?"正在沉思之际,他放起的那朵红莲原是魔法幻术,如何敌得过陶钧的飞剑,不消片刻,便被陶钧剑光往下一压,立刻如烟消雾散。铁蓑道人等因喇嘛虽多,并无人上前助战,也都袖手旁观。一见陶钧破了番僧红莲,指挥剑光朝番僧头上飞去,想起凌浑临来时吩咐,正要喊陶钧住手。忽然一阵天昏地暗,阴风四起,一团烈火从殿后飞出,火光中现出无数夜叉、猛兽、毒龙、长蛇,夭矫飞舞而来。

铁蓑道人知是番僧妖法，忙喊陶钧收剑，将手一张，一道白光如长虹般飞起，与那团火光斗在一起。那些毒蛇、猛兽、夜叉挨着铁蓑道人剑光，便即消灭。只那团火光兀自不减，两下斗了一阵，不分胜负。猛听那边一声大喝道："诸位且慢动手，我有话说。"铁蓑道人巴不得停手罢战，好照凌浑之言行事。又恐来人之言有诈，且先收住剑光护住众人，观察动静。剑光往回一收，那团火光果然不来追赶，倏地往下一落，火光灭处，现出一个身材长大的黄衣番僧，合掌当胸说道："诸位檀越如不猜疑，且请到小僧房中，有机密事相告。"铁蓑道人知道应了凌浑之言，答道："我等原不与贵庙为难，既然大和尚不愿结仇，有何猜疑之有？"这时那个矮胖番僧也走了过来，随同请众人进至方丈室内落座。

大家通过问讯，才知这两个番僧正是本庙的两个方丈梵拿加音二与喀音沙布。原来梵拿加音二记恨八魔夺庙之仇，决意炼那天魔解体大法，到端阳与八魔拼个死活。忽然在日前接着八魔传话，说请有独角灵官乐三官同江湖上几位至好，端阳日到青螺魔宫赴会，这些人多半辗转延请，青螺并未来过，如要经过番嘴子，命二番僧务必竭诚款待，接引到魔宫中去。还说仇人赵心源同许多峨眉门下也要打此经过，如见形迹可疑之人到此，能下手便除去他，不能下手速往魔宫送信，好做一准备，庙门须长川有人看守等语。二番僧闻言，心中虽咬牙切齿，并未形于颜色。将来人敷衍走后，彼此一商议，打算借刀杀人。来人如是八魔请来的友人，一样替八魔招待，引往魔宫；如是八魔仇人，便相机行事；如来人是个寻常之辈，便下手除去，以取信于八魔；要是本领高强，索性与他联在一起，告诉他魔宫机密，到来人与八魔交手之际，好趁空使那天魔解体大法，由他双方玉石俱焚，自己却从中取利，夺回旧业，重振香火。二人计议停妥，不多几日，乐三官始终未来，陆续来了好几个八魔转请的友人，到昭远寺请二番僧派人引往青螺。梵拿加音二想多得一点魔宫机密，借送客为由，亲身到魔宫去了几次。今日正在召集众人做午斋，忽听人报庙中来了几个形迹可疑之人，看去不是八魔请的友人，倒有点像对头神气。梵拿加音二便命二方丈喀音沙布去见来人，照以前商定相机行事。一会儿又有人报，说来人已与知客僧言语不合，动起手来，被知客僧先用点穴法点倒了一个大汉，内中一个少年忽然飞起剑光，幸亏二方丈赶到，口吐红莲，将知客僧救出。

如今在前殿院落中动手，因见来人像是几个能手，徒众们俱都旁观，不便上前。内中有一人自称是端阳赴会的赵心源，正是八魔仇敌等语。梵拿加音二一闻此言，立刻飞身出去，正赶上陶钧破了喀音沙布的红莲。一则恐喀音沙布失手，二则想试试来人本领再定敌友，见陶钧飞剑像得过高人传授，使那惯用的魔伽追魂八面龙鬼的魔法恐难取胜，将元神化作一团烈火飞上前去。谁知才一照面，少年飞剑便退，对面闪出一个道人，手一扬飞起一道长虹般白光，一会儿工夫便破了自己的法术。知道再延下去绝难讨好，这才高喊收兵，化敌为友。到了里面，问明来人来历，果是破青螺的主要人物，心中大喜，便将心事说知，求众人助他得回青螺，必有重报。铁蓑道人胸有成竹，立即应允。梵拿加音二便把自己急切报仇，在青螺子午正位上炼那天魔解体大法之事告知众人，请众人到了端阳那日如不能得胜，务必支持到了正午，自有妙用等语。

正说之间，小喇嘛匆匆进来报告，说番僧布鲁音加应了八位魔主之请，前来有话吩咐，快到里面来了。梵拿加音二闻言大惊，忙命喀音沙布速陪众人暂时避往别处，自己急忙起身迎接出去。喀音沙布闻言，将手往墙上钮环一推，便现出一个穹门。众人刚走进去不多一会儿，知客僧已陪了布鲁音加进来。这布鲁音加原是西藏魔教中厉害人物。当初神手比丘魏枫娘的师父，新疆博克大破神鳌岭，寒琼仙子广明师太，因见魏枫娘作恶多端，贻羞门户，特地从天山赶往青螺，想按教规惩罚。不想魏枫娘早已防到此着，她和布鲁音加最为莫逆，便将他约来埋伏在旁，趁广明师太不防，暗用乌鸩刺，坏了广明师太左臂。从此布鲁音加便留住魔宫，与魏枫娘、八魔等人愈发肆无忌惮，同恶相济。魏枫娘死后，布鲁音加立誓给她报仇，在青螺附近寻了一座山谷，炼了九九八十一口魔刀，静等端阳节到，好寻峨眉派报仇雪恨。昨日才将魔刀炼成，回到青螺与八魔谈起，听说峨眉这次人多势众，已由毒龙尊者约了五鬼天王尚和阳、赤身教主鸠盘婆、万妙仙姑许飞娘等人相助。又说俞德去请万妙仙姑许飞娘，路遇独角灵官乐三官，万妙仙姑请他同往青螺，乐三官满口答应。行至中途，乐三官忽然想起去会一个朋友，答应端阳节前赶到，已嘱咐昭远寺小心接待，谨防仇敌等语。布鲁音加道："那昭远寺乃青螺正路，敌人如由四川动身，必定打此经过。敌人俱会剑术，梵拿加音二迎候宾客尚可，要同敌人交手，如何能行？莫如我亲身前去嘱咐他们，布置一番。如果敌人期前到此，往庙中投宿，无须惊敌，只用我的乌鸩刺下在饮食之内，便可取他们性命。要是敌人打空中飞行，必算准日期，非到端阳不来，就用他们不着了。"说罢，辞别八魔，到了昭远寺。

梵拿加音二将他迎接进去，到了方丈室内。布鲁音加说了来意，问起近日情况，得知除接过几个八魔约来的朋友外，并未见峨眉派有人经过。布鲁音加一丝也不疑心梵拿加音二记恨前仇，存心内叛。又因乌鸩刺乃自己刺心滴血所炼，一动念间便可如意飞回，不愁人起异心。便将乌鸩刺取出，嘱咐依言行事，并告诉了用法。叫梵拿加音二到了端阳早晨将刺缴还，无须亲自前去，只需将尖刺朝着青螺方面口诵所传咒语，自会飞回。说罢，作别走去。梵拿加音二送他回来，请出众人一一告知。铁蓑道人取过那乌鸩刺一看，长约三寸八分，比针粗些，形如树枝，上面有九个歧叉，非金非石，又非木质，亮晶晶直发乌光，隐隐闻得血腥。听人说过这东西厉害，仍交与梵拿加音二好好收藏。

梵拿加音二收了乌鸩刺，正要命人为铁蓑道人等寻找密室安顿，忽听院中一声大喝道："大胆孽畜，竟敢私通仇敌！还不与我出来纳命！"言还未了，梵拿加音二手上的乌鸩刺竟然化成一溜绿火穿窗飞去。梵拿加音二闻言大惊，忙对铁蓑道人道："贼秃驴此来必然看破机密，诸位千万助我一臂之力，不可将他放走才好。"说罢，先化成一团火光纵身出去。二方丈喀音沙布同了铁蓑道人、心源、玄极、陶钧、魏青也都跟踪而出。到了外面一看，正是番僧布鲁音加去而复转。原来布鲁音加适才来时，本未看出什么破绽。及至将乌鸩刺交与梵拿加音二，走出去没多远，忽然心中一动。想起往日到昭远寺去，两个方丈都是同时接送，殷勤置酒款待。今日为何不见二方丈出面？大方丈并未提起，神态也有些不自然，行时一句款留之话俱无，自己又这样神思不宁。不由起了疑心，决计回去暗中查看梵拿加音二的动静。及至回转昭远寺，落下来往方丈室内一看，果然梵拿加音二同着几个生面之人，正拿着乌鸩刺把玩说话。略听一两句，便知全是敌人，心中大怒。恐乌鸩刺落在敌人手内，先运真气将刺收回，开口便骂。梵拿加音二明知自己所学，小半都是魔教中参拜祭炼之法，遇见厉害敌人，不能立时应用，准敌布鲁音加不过。无奈自己机关既被他识破，不用说败了没有性命，就是胜了，要让他逃走回去说与八魔，不但前功尽弃，合庙生命财产俱要一扫而空。仗着铁蓑道人等相助，决意和他以死相拼。因知布鲁音加非同小可，不敢大意，才用禅功变化，化成一团红光飞将出去。布鲁音加一见梵拿加音二不敢用真身出现，也知他临阵怯敌；又见只他一人上场，料知室中众人未必有多大本领。他还不知梵拿加音二得过祭炼真传，在青螺前面正子午方位上炼有天魔解体大法，关系人魔生死存亡。一念轻敌，不肯就下毒手，想将梵拿加音二同室内敌人戏侮个够，再行生擒，带回青螺表功。见对面红光飞来，不慌不忙地将手一指，便有五道黄光将那团红光敌住。还恐敌人逃走，从袈裟内取出一个网兜，口中念咒，往空中一撒，化成一团妖雾腥风，往空升起，将昭远寺全部罩住。正在施为，忽见方丈室内飞纵出六个人来，才一照面，内中两个壮士打扮的先飞起两道白光直射过来。布鲁音加哪里放在心上，分出两道黄光上前敌住。对面又飞过两道白光，如长虹一般。布鲁音加见这两道光比先前两道迥乎不同，才知来人中也有能手，暗自惊异。仗着自己魔法厉害，一面分出黄光迎敌，口中骂道："一群无知业障，还不束手受擒，竟敢在此卖弄！佛爷祭起罗刹阴风网，将全庙盖住，如放尔等一人逃走，誓不为人！"

言还未了，忽听一人在暗中说道："贼秃驴，不过是偷了鸠盘婆一块脏布，竟敢口出狂言，真不要脸！你不用横，少时就要你的好看。"布鲁音加闻言，心中一动。再看对面，六人中虽有四个放出飞剑动手，并未说话。那两个，一个是本庙二方丈喀音沙布，还有一个猛汉，俱在凝神旁观，不像个有道行之人，如何会知道罗刹阴风网的根底？好生纳闷。猛想："他们人多，我何不先下手将这两人除去？"想到这里，暗诵口诀，将乌鸩刺放起空中，化成一溜绿火，比箭还疾，直朝陆地金龙魏青头上飞去。铁蓑道人最为留心，一见乌鸩刺飞来，忙喊魏青快快躲避。同时将臂一摇，飞起一道青光迎上前，眼看接个正着。就在这一转瞬之间，那溜绿火似有什么东西吸引，倏地掉转头飞向空中，踪迹不见。铁蓑道人适才听见暗中那人说话，好生耳熟，已猜是来了帮手，乌鸩刺定是被那人破去，便指挥青光上前助战。布鲁音加一见自己心爱的至宝被敌人收去，又惊又怒。同时他那五道黄光，有两道迎敌铁蓑道人与黄玄极的飞剑，本就吃力，这时又加上铁蓑道人一道青光，青白两道光华迎着黄光只一绞，便成两段。黄玄极见铁蓑道人得胜，运用元神指挥前面剑光往下一压，将敌人黄光压住。正赶上铁蓑道人青白两道剑光飞来，三剑夹攻，又一绞，将黄光绞成数截，似流星一般坠落地上。心源、陶钧堪堪不支，凭空添了三道生力军，不由心中大振。就在这一会儿工夫，布鲁音加稍慢一着，五道黄光被敌人像风卷残云般破去。铁蓑道人等破了布鲁音加黄光，正指挥剑光飞上前去，忽见对面起了一大团浓雾，布鲁音加踪迹不见，只见雾阵中有一幢绿火荧荧闪动。众人飞剑飞到跟前，便好似被什么东西阻住，不得上前。一会儿工夫，天旋地转，四外鬼声啾啾，腥风刺鼻。陆地金龙魏青和喀音沙布首先先后后晕倒在地，心源、陶钧也觉得有些头脑发晕。铁蓑道人、黄玄极虽然不怕，也看不出妖僧是闹什么玄虚。只得命各人将剑光联合起来，护着周身，再观动静。正在惊疑，忽见雾阵中冒起百十道金花，布鲁音加在雾里发话道："我已撒下天罗地网，尔等插翅难飞，再不束手就擒，我将九九八十一把修罗刀祭起，尔等顷刻之间便成肉泥了。"

原来布鲁音加被众人剑光绊住，不能施展法宝，乌鸦刺又无端失踪，暗中咬牙切齿。知道敌人俱非善者，再拖延下去绝难讨好，只得狠狠心，拼着将五把戒刀炼成的黄光被敌人破去，也不想再生擒敌人，一面迎敌，暗施魔法，祭起浓雾。正待将自己元神会合九九八十一把修罗飞刀祭起，言还未了，忽听面前有人冷笑。从雾阵中往外一看，面前敌人仍是适才那几个，好生奇怪。猛一抬头，见上面星光闪耀，阴风网又被敌人破去，大吃一惊。不敢怠慢，忙将九九八十一把飞刀飞将出去。铁蓑道人见雾阵中金花像流星一般飞来，知道厉害，忙喊众人收剑，准备用自己剑光单独上前抵挡。忽听面前有人说道："铁牛鼻子休要莽撞，留神污了你的飞剑。等我以毒攻毒吧。"众人俱都听见，只不见人。就在这一转瞬间，眼看一幢绿火带着百十道金花，快要飞到临头，倏地面前起了一阵腥风，一团浓雾拥着一块阴云，直朝对面绿火金花包围上去。接着便见天昏地暗，鬼声啾啾，那幢绿火连同百十道金花，在阴云浓雾中乱飞乱窜。一会儿工夫，猛听有人喝道："妖僧飞刀厉害，铁牛鼻子还不领了众人快退！"言还未了，只听声如裂帛，一阵爆音，绿火金花从浓雾阴云中飞舞而出。同时面前一闪，现出一个矮瘦老头，手扬处，飞起一道匹练般的金光，正往那幢绿火金花横圈上去。忽然眼前一亮，又是一道金光长虹吸水般从天而下，金光中现出一只丈许方圆的大手。矮叟朱梅一见，收回金光，将身一扭，便没了踪迹。那只大手手指上变出五道彩烟，在院中只一捞，一声惨叫过处，所有妖僧的绿火金花连同阴云浓雾，俱都火灭烟消，一扫而尽。金光中大手也如电闪般消失。银河耿耿，明星在天，一丝迹兆俱无。再看地下布鲁音加，竟然腰斩为两截，尸横血地。梵拿加音二才放了宽心。铁蓑道人由身畔取出化骨丹，放了两粒在布鲁音加的腹腔子里，不消片刻，便化成了一摊黄水。众人等了一阵，矮叟朱梅并未回来，也不知金光中那只大手是什么来历。大家一同进了方丈室内，梵拿加音二谢过众人相助之德。恐青螺方面再有人来，另寻了两间密室安顿众人。嘱咐阇庙僧徒，如青螺方面派人前来，只推说布鲁音加并未来此，千万不可走漏消息。

等了数日，八魔正忙着请人布置，见布鲁音加一去不返，以为他必有要事他往，也未派人到昭远寺来。铁蓑道人等见无甚动静，因为凌浑早有嘱咐，无须到青螺探视，到时凌浑自有安排，便都在昭远寺密室中静养，暗中留神梵拿加音二等动静。铁蓑道人还跟他到青螺前面峰顶去过两次，只知他祭炼魔法，与八魔拼命，却不知峰顶上打坐炼法的就是俞允中。又加两位番僧报仇心切，俱都暂时屏绝声色，看不出他们有什么恶迹，彼此倒也相安。这日梵拿加音二要往青螺行法，端阳期近，特备酒筵款待众人。饭后梵拿加音二告辞走去。众人因见连日安静，便留在方丈室内闲谈。到了夜深，郑八姑与刘泉从青螺飞来，将铁蓑道人引出，说起玄冰谷内还到了几个帮手。铁蓑道人回去背着喀音沙布说与众人。

第八十九回　勇金蝉单身战八魔
　　　　　　　怪叫花赤手戏天王

　　第二日晚间，金蝉奉了怪叫花穷神之命，借了秦紫玲的弥尘幡，飞身到了昭远寺，因为寻不着密室，落到院中，正遇喀音沙布。金蝉开口便问可有赵心源在此。喀音沙布不肯明言，反问金蝉来历，二人言语不合，争斗起来。喀音沙布如何是金蝉敌手，才一照面，便被金蝉鸳鸯霹雳剑削了红莲，不是见机早，险些送了性命。梵拿加音二得信，一面着人到密室去请铁蓑道人等出来，说是青螺来了敌人；一面自己赶到前面，见来人是一个小孩，剑光却非常厉害，口口声声只叫领他去见赵心源，不敢怠慢，仍用元神变化成一团红光上前迎敌。金蝉见这和尚才一照面，便化成一团红光滚来，知是妖僧邪法，哪里放在心上。二人正在相持，铁蓑道人已从密室赶到，看来人剑光是峨眉门下，忙喊住手，一面指挥剑光上前拦住，招呼梵拿加音二先退。心源也随后赶到，高呼："赵心源在此，来人寻我做甚？"金蝉也看出铁蓑道人剑光不是异派中人，闻言收了剑光，问请众人姓名，上前相见，对心源说了来意，一同到方丈室内落座。梵拿加音二见金蝉小小年纪，竟有这样本领，暗中好生佩服，不由对峨眉更起了向往之心。
　　到了午夜，白水真人刘泉同了他一个好友也来到庙中。他本来是约同金蝉一路动身，刚刚离了玄冰谷，忽听破空之声，定睛一看，前面有七朵火星在空中移动，由西南向东飞行，知是自己生平第一好友七星真人赵光斗，业已多年未见。便请金蝉先到昭远寺相候，自己驾剑光追上前去一看，果然是他。旧友相逢，好生高兴，彼此各说别后之事，才知赵光斗是往大雪山采千年乌参去的。刘泉对他说了青螺之事，并说自己已然拜在怪叫花穷神凌浑门下，明日便是端阳，凌真人领峨眉门下许多后辈同破青螺。何不暂留一日，一则助自己一臂之力，二则还可结识几个能人，岂不是好？赵光斗与刘泉当初原是同门生死之交，炼有一柄乌灵剑，每逢驾剑光游行，剑光上必然发出七点火星。仗着本领高强，从不隐讳踪迹，并未遇见过敌手，也不轻易树敌。故此他同门中如摩伽仙子玉清大师、女殃神郑八姑、白水真人刘泉、丑魔王邢锟、恶哑巴元达、涤尘老尼等，不是被正教中人点化弃邪归正，便都不免身遭惨戮，只他一人安然隐居贵州黔灵山，虽然是异派中人，倒也逍遥自在，无人与他为难。因听人说起玉清大师自拜神尼为师后，已然历尽五难三劫，不久便参正果，久想遇见良机，归入正教。一听刘泉拜在怪叫花凌浑门下，非常歆羡。又问女殃神郑八姑，才知道八姑住在玄冰谷内走火入魔，业已多年，现在和许多正教中人为友，不久也可脱劫，归到峨眉门下，愈加心喜。便答应刘泉，等破了青螺再去采药，先想请刘泉引他去见八姑一次。刘泉说自己尚须赴昭远寺一行，见八姑不必忙在一时，请他同往昭远寺，交代完了凌真人的吩咐，随同大众明早破了青螺再说。刘、赵二人到了昭远寺，见着众人，传了凌浑之命，请铁蓑道人、黄玄极、陶钧三人，等心源、金蝉走后再行动身。又留下凌浑的一封柬帖，吩咐到了青螺再行打开，按柬帖行事。自己同了赵光斗，带着陆地金龙魏青，另照凌浑分派去做。

大家议定之后，谈说到了丑正。心源、金蝉见到了时候，便与众人作别起身，往青螺进发。剑光迅速，不一会儿到了青螺山谷口，星光底下，望见谷内静荡荡的丝毫没有一些声息。金蝉的一双神目自被芝仙舐洗之后，无论什么妖法深雾俱能透视。日前明明郑八姑说过青螺请来不少妖僧妖道，用魔阵将全谷封锁。就是他因想诱敌，将死门放开，也不能一些迹兆都没有。便猜是怪叫花凌浑已将魔阵破去。且不管他，向心源要了名帖，飞身进了谷内，大声喝道："我奉师父烟中神鹗赵心源之命，应八位魔主之约，前来拜山投帖，如无人接待，恕我师徒擅入宝山了。"言还未了，便听一声金钟响处，从谷旁岩石后面闪出两个面貌凶恶、一脸邪气的道人，飞身过来，拦住去路，问道："拜山就你二人么？是否还有别位？"心源答道："想昔日在西川路上，无心中得罪了八魔主，此乃赵某一人之事，今日单身到此领罪。纵有别位，各有因果，与赵某无干。二位在此把守谷口，想必是八位魔主门人后辈，就烦通报八位魔主，说赵某求见便了。"这两个道人一名秦冷,名号桃花道人;一名古明道,外号天耗子。俱都是云南竹山教的有名妖人,应了俞德之请而来。毒龙尊者因师文恭已死,魔阵无人主持,本想不用。后来五鬼天王说:"既然怪叫花凌浑出面与青螺为难,敌人方面虽不见有峨眉主脑人物,但是来的这一群后生小辈,照连日情形看来,俱非弱者。莫如仍照师文恭的前法,暗中安排准备,即使不能全胜这些小业障,多除掉一个是一个,以免养成异日之害。"毒龙尊者闻言称善,因恐敌人觉察防备,事前并不施为,从请来的能人当中请出七八位传了阵法,等敌人全数入了谷口,再由五鬼天王指挥发动,以免敌人漏网。又请秦、古二妖道把守谷口,寻僻静处隐住身形,等敌人进来,以金钟为号,八魔便迎接出去。秦、古二人等敌人都进了魔宫,暗中将毒龙尊者万魔软红沙放起,同时魔阵中埋伏的七个妖僧妖道也都照样施为,展开魔阵。那时地面上全是烈焰洪水,上面又有五鬼天王尚和阳撒下的七情网,满天都是蝎子、蜈蚣、毒蛇、壁虎、七修、蜘蛛、金蚕等毒物飞舞,遮蔽天日,敌人休想脱逃一个。秦、古二人先以为今日不定要来多少厉害敌人,从子正守到寅初,才见来人仅只一个赵心源,带着一个随侍小童。看上去那小童倒是一身仙骨,道根甚厚,姓赵的并看不出有什么了不得处。来的又只他师徒二人,不知毒龙尊者为何要这样劳师动众,小题大做,不禁又好气,又好笑。再一听心源语言讥刺,透出小看他二人神气,若依二人脾气,几乎当时就要下手。因见大家俱如此持重,绝非无谓,来人所说也不可靠。反正他既来,绝难生还,不必忙在一时。当下强忍怒气,冷笑一声,答道:"我二人并非八位魔主门人后辈,乃是他请来的好友。你连我二人俱不认得,还在此逞什么能?八位魔主现在前面等候,此谷弯路甚多,你带着小孩子拜山,休要走迷了路。"心源未及答言,金蝉抢着笑说道:"师父,八魔怕敌我们不过,还请了几个帮手。"

心源假意怒道:"小孩子家懂些什么!"正要往下说时,忽听一阵呼呼风声,一转瞬间飞到一男一女,来者正是三魔钱青选,四魔伊红樱,问起秦、古二人,答称来人便是赵心源。上下打量了心源几眼,才走过来相见道:"原来阁下便是昔日西川路上伤我八弟的赵心源么?"心源认得钱青选,故作不知道:"愚下正是赵某。去年接着徐岳带来的银镖,彼时正值私事未了,无暇前来,才定下端阳到此拜山领教。二位何人?请道其详。"钱、伊二魔闻言答道:"我二人钱青选、伊红樱便是。你一人竟敢到此拜山?早闻人言,你约了不少峨眉同党,现在何处?何不请进谷中一较短长?"心源道:"赵某能力有限,从不会倚众逞强,今日特为了那西川路上一段公案。后面虽然还遇见过几位峨眉道友,他们到此另有一场因果,与赵某无干。"伊、钱二人见只有心源一人拜山,自己却这般四处请人,大举准备,真是笑话。明知心源之言决不可靠,正要用言语试探,钱青选猛觉心源越看越面熟。猛想起去年长沙岳麓山巧遇追云叟雪夜挨打之事,不禁怒从心上起,对心源狞笑道:"我当赵心源是谁,原来就是追云叟老贼的孽徒!去年岳麓山老贼倚仗妖法,无端欺人太甚。正要寻你师徒算账,你今日又为我八弟之事寻上门来,少时教你难逃公道!"说罢,朝伊红樱使眼色,便想乘机下手。金蝉看出钱、伊二魔不怀好意,知道心源本领有限,一来魔宫立即遭败太没脸面,便抢着说道:"我师徒好意拜山,乃是客体,就说要报当年之仇,分个高下,也应该请到里面,好生款待之后,动手不晚。为何出口不逊?这两个主人对客太无礼貌,师父不值得和他们多讲,且寻那为首之人理论去。"说罢,不俟答言,暗取弥尘幡只一晃,与心源双双飞起,化成一幢彩云,往谷内岩宫中飞去。钱青选、伊红樱见那幢彩云晃眼不见,不知金蝉暗地施为,以为心源果然真有本领,暗幸适才不曾轻举妄动。忙托秦、古二人仍在原处留神防守,便即随后追去。及至赶到魔宫,心源和那带来的小童已和六、八两魔动起手来。

原来金蝉带了心源往前飞行,忽见谷中腰下面有一座宫殿,知是魔宫,一同落下身来。金蝉仍旧持着心源名帖拜山,正面正遇六魔厉吼、八魔邱舲,欺金蝉是个小孩,不知他的厉害,开口便骂:"小畜生,快叫你师父赵心源上前纳命!"金蝉闻言骂道:"原来你们这群魔崽子都是一个窑里变出来的,专一蛮不讲理,出口伤人。要见我师父不难,先让你尝尝我的厉害。"言还未了,邱舲已一眼看见心源站在前面,仇人相见,分外眼红,手扬处,一道黄光朝心源飞去。六魔厉吼见金蝉口出狂言骂人,心中大怒,也将剑光飞起。金蝉喊一声:"来得好!"两肩摇处,鸳鸯霹雳剑光发出殷殷雷声,像神龙一般飞起,与二魔剑光斗将起来;一面将身退到心源面前,准备见机行事。两魔剑光本不是金蝉对手,正在吃紧的当儿,钱青选、伊红樱双双飞到。伊红樱见八魔邱舲正在危急,首先娇叱一声,飞起一道黄光，上前助战。三魔钱青选自从在岳麓山被追云叟破去飞剑，回到青螺同厉吼二人寻到两口好剑，加意祭炼，虽然将剑炼成，因为日浅，较诸昔日大有逊色。这时见金蝉红紫两道剑光雷鸣电掣般满空飞舞，情知自己加入，工夫长了也不是敌人对手。正要暗用法术取胜，魔宫中大魔黄骍、二魔薛萍、五魔公孙武、七魔仵人龙已得信赶到。

　　原来大魔黄骍先以为敌人决不止一人前来，又加事前连出了许多事故，格外小心准备，请毒龙尊者、尚和阳二人摆下魔阵，将所有请来的能人分成七处埋伏，留下独角灵官乐三官在空中传递暗号。先按江湖上规矩，听谷口金钟一响，便由三魔钱青选、四魔伊红樱飞往谷口去引敌人进来。六魔厉吼、八魔邱舲在魔宫外瞭望，等敌人快到，再进来同了大魔黄骍等，按江湖上规矩先礼后兵，将敌人接进，双方交代了过节，再行动手。并不在乎取胜，迎敌片刻，即假装败逃，引敌人到死地上去。乐三官飞身空中，等双方动手，便用妖法发出一道黑烟，上冲霄汉。这时青螺上峰顶主持的五鬼天王尚和阳，便指挥众人催动妖法，撒下七情网、软红沙，现出魔阵，四方八面往中央魔宫圈来，以免敌人逃走。谁知钱、伊二魔听见谷口钟响，飞身前去一看，敌人只是单身带着一名道童。再一细看，竟是在岳麓山仗追云叟之势将自己吓退的那人，勾起旧仇，刚想当时动手，敌人业已往魔宫飞去。钱、伊二魔追赶不上，不及往魔宫去同大魔等送信。金蝉弥尘幡迅速，已然先到，动起手来。八魔邱舲同了六魔厉吼在魔宫外往谷口眺望，忽见一幢彩云一晃，现出二人，一个正是自己仇人赵心源，还带了一名道童。才一落地，那道童首先上前持帖拜山，神态非常傲慢。又见心源单身到此，并未约了多人，分明意存轻视。同时六魔厉吼也看出心源是岳麓山雪夜相遇追云叟吃过大亏的仇人。厉、邱二魔俱是性如烈火，不由气往上撞，不问青红皂白，就上前动手。旁立魔侍见二魔不能取胜，便往魔宫报信。大魔黄骍听说敌人从空飞降，并未经谷口由钱、伊二魔引进，暗中埋怨厉、邱二魔不遵嘱咐，冒昧与敌人动手。因听说敌人厉害，厉、邱二魔抵敌不住，恐怕吃亏，急忙招呼二魔薛萍、五魔公孙武、七魔仵人龙一同飞身出来一看，敌人只是一个中年汉子同了一个道童，正和四魔伊红樱、六魔厉吼、八魔邱舲三人六道剑光斗在一起。

　　钱青选见大魔等出来，暂不使用法术，急忙过来说明究竟。黄骍一听敌人只来了二人，大出意料，好生奇怪，猜不透敌人是闹什么玄虚。猛一抬头，见两个敌人中，那敌人主体赵心源的剑光并不精奇，倒是他带来的那个小道童的两道剑光，竟将伊、厉、邱三魔的剑光压得光芒消散。喊声："不好！"招呼一声，连同薛萍、公孙武、仵人龙刚把剑光飞上前去，八魔邱舲的剑光已被那道童的一道紫光绞断。伊红樱看邱舲危急，想指挥飞剑上前拦阻时，金蝉那道红光哪里肯放，比电还疾地追将过来，只一压，伊红樱的黄光光芒顿减。金蝉更不怠慢，大喝一声，朝着那道红光一口真气喷将过去，伊红樱收剑不及，被金蝉剑光一绞，化成轻烟四散。六魔厉吼剑光稍弱，这时已和邱舲对换，迎敌心源，眼看那道童破了伊红樱、邱舲的飞剑，红紫两道光华正朝二人头上飞去，不由大吃一惊。连忙舍了心源，指挥飞剑上前拦阻，想将伊、邱二魔救下时，恰好黄骊、薛萍、公孙武、仵人龙业已各将黄光祭起，敌住紫红两道光华，伊、邱二人才得保住性命。心源见六魔厉吼倏地将黄光收回去敌金蝉，便指挥剑光追过去。厉吼未及回剑迎敌，早有仵人龙飞剑上前敌住。钱青选最为乖猾，自知新炼成的剑光大弱，又在岳麓吃过苦头，以为心源既是追云叟门人，本领绝非平常，始终未曾上前。见伊、邱二人失了飞剑，满脸懊丧退了下来，便迎上前去说道："我看敌人既敢单身同了一个小童到此，定有惊人本领。大哥等虽然上前，也未能够取胜。莫如通知乐仙长发出暗号，引他们到死路上去，岂不是好？"伊红樱道："三哥只知其一，不知其二。教祖同尚天王摆下大阵，原想借此时将许多敌人引来一网打尽。如今仇敌只有师徒两个，我们兄弟八人都抵敌不过，反去劳师动众，未免脸上无光。不如暂由大哥同众弟兄同上前支持些时，如果敌人真无同党同来，拼着我们炼的法宝不要，一齐祭起，再不能够取胜，然后惊动教祖、天王未晚。"

正说之间，黄骊见金蝉剑光厉害，怕弟兄们又蹈伊、邱二人前辙，与薛萍、公孙武、厉吼、仵人龙四魔打一声暗号，首先退了下来。四魔知道黄骊要叫众人用法宝取胜，一面指挥剑光迎敌，各人从身畔取出一面小幡；钱、伊、邱三人，也各将身畔小幡取出。各按方位站好，等候大魔黄骊一声令下，便即施为。金蝉见敌人忽然分散开去，便知要使妖法，急忙招呼心源留神，不要大意。言还未了，猛见那赤面长须豹眼鹰鼻的一个敌人首脑站在巽位上，手持一柄小幡，口中念念有词。其余七魔也都随着念咒，倏地将剑光同时收转，展动手中小幡。金蝉、心源正指挥剑光追去，就这一转眼间，立刻阴风四起，鬼声啾啾。心源已看不见八魔去向，只见天昏地暗，浓烟扑鼻，八面都是毒蛇怪兽、凶神恶鬼从绿火黄尘中拥将过来。金蝉一双慧眼，早看出八魔各在绿火黄尘掩映下往前围攻，明知妖法厉害，还不想走。忙请心源收回飞剑，红紫两道光华将二人身体护了个风雨不透，一面持定弥尘幡，等到不敌，再行遁走。那绿火黄尘中的八魔拥到二人跟前，想是知道金蝉剑光厉害，俱不再进。两下相持约有一盏茶时，金蝉见八魔欲进又退，时时交头接耳，恐他另有暗算，故意将剑光一指，露出空隙。起初因大魔持重，摸不清敌人红紫两道剑光来路，万一不慎，自己法宝又要被毁，约束众人见机而作。偏偏金蝉近来因增加了阅历，生恐保不住心源被人耻笑，先存了但求无过，不求有功之想，只用剑光护住身体，并不冒昧上前。八魔正等得有些不耐，忽见金蝉剑光迟慢，三魔钱青选首先看出破绽，仗着阴风八卦幡护住身形，飞上前去将幡一摆，幡头飞起八把三尖两刃飞刀，夹着一道绿烟，直朝金蝉、心源二人飞去。没料到金蝉是一双慧眼，早看清了他的动作，眼看敌人快到身前，倏地运用真气朝紫红两道剑光指了两指。先是一道红光像火龙一般飞将上去，将钱青选连刀带人一齐围住。那道紫光却围护着心源、金蝉二人，上下盘旋飞舞，敌人休想近前一步。大魔黄骍、二魔薛萍见三魔钱青选中了诱敌之计，反被敌人剑光围住，情势危急，正要上前相助，忽听谷口金钟连响，知道又有敌人前来。

正在惊疑之际，忽听空中一声大喝道："尔等速退，待我取这两个业障性命！"金蝉闻言，往前一看，从空中飞下一个红衣赤脚的童子，看年纪不过十二三岁，颈上挂着两串纸钱同一串骷髅念珠，两条手臂比他身子还长，一手执着一面金幡，一手执着一柄由下个骷髅攒在一起做成的五老锤，满身俱是红云烟雾围绕。才一落地，除钱青选被金蝉红光围住，还在那里死命支持外，余下诸魔俱都收了妖术法宝，纷纷后退。金蝉虽未见过，因听郑八姑说过来人打扮，知道是五鬼天王尚和阳，乃这次青螺延请来的最厉害的人物。金蝉若是带了心源遁走，什么事也没有。无端贪功心切，心想："好歹我且弄死一个。"正想将那道紫光也指挥上去，先将钱青选斩了再作计较。就在这一刹那的当儿，尚和阳已将魔火金幢展动，立刻便有一团红云彩烟直朝金蝉那道红光飞去,才一接触,光焰便减了一些。金蝉知道宝剑业已受伤,幸是紫光还未飞出,连忙将手一招。刚将那道红光收回,尚和阳又将白骨锁心锤祭起,一团绿火红云中,现出栲栳大五个恶鬼脑袋,张着血盆大口,电转星驰般直朝金蝉、心源二人飞到。金蝉知道单是那团红云已难抵敌,何况又加上这一柄妖锤,不敢恋战,一手拉定心源,将弥尘幡展开,喊一声:"起!"化成一幢彩云而去。尚和阳救了钱青选,眼看白骨锁心锤飞到敌人面前,心想:"你有多大道行,多厉害的飞剑,只要被那五个魔鬼头咬住,绝无幸理。"忽见敌人取了一面小幡,身子一闪,化成一幢彩云,只一晃便失了踪影。认得是宝相夫人的弥尘幡,不知怎地会到那道童手内。只得将法宝取回。正在沉吟之际,忽听四方八面金钟齐鸣,接着一道黑烟从空中挂了下来。尚和阳才知敌人来了不少,心中大怒,忙从身上取出数十面小旗分与八魔,命八魔驾剑光飞起空中,按八卦方位站定,一会儿自己便将七情网放起。如遇逃走的敌人从网中落下,即便上前将这泥犁旗与他插上,敌人便失了知觉,可将他生擒回来,听候处置。八魔接过尚和阳的泥犁旗,领命自去。

尚和阳将魔火金幢与白骨锁心锤插在腰间,披散头发,双手合拢搓了几搓,对四面八方发了出去,便听雷声殷殷。尚和阳发动了魔阵,仔细往四面一听,那雷声四面都有响应,只正面谷口死门上没有回响,大为惊异。连忙取出了七情网想往空中撒去,先罩住了上面,然后亲身到死门上再观察动静。正在捏诀念咒,倏地手中一动,被人劈手一把将七情网抢去。尚和阳大吃一惊,也未看清来人,将口一张,喷出数十丈魔火,直朝对面飞去。只见一个穿着破烂的花子在魔火红云中一晃,往空中飞去。认得那花子正是那日晶球上所见的怪叫花凌浑。他失了七情网怎肯甘休,将牙一错,一朵红云升空便追。看看追到谷口,那花子忽从空中落下,尚和阳跟踪飞下一看,已不知去向。再看死门上横着两具尸身,正是天耗子秦冷和桃花道人古明道,死门已被敌人破去。正在又惊又怒,忽听四面波涛汹涌,火声熊熊,风声大作,知道各处地水火风业已发动。恐怕有失,连忙飞身回到主峰。这时毒龙尊者和俞德接着乐三官暗号,只听四面雷声,便在主峰上行法帮助尚和阳。见魔阵发动不多一会儿,魔阵各门上都起了地水火风。毒龙尊者正喜敌人已入罗网,猛一抬头,各处都是水火烈风响成一片,惟独死门那一面依旧清明。正在惊疑，忽见尚和阳飞来大叫道："我的七情网被那贼叫花抢去，死门失守，竹山教秦、古二位道友被杀。所幸七面阵势只破了一面，还可施为，特地飞来，与敌人决一死战。如今只剩下生门是全阵命脉，那里守阵之人虽多，恐怕敌那贼叫花不过，意欲亲身前去镇守。现在敌人破了死门，以为有了退路，必定深入。死门上无人，可着一人拿我的白骨锁心锤同你的软红沙前去防守，还可反败为胜。"正说之间，独角灵官乐三官从空飞到，口称自己愿去把守死门。这时八魔请来的妖僧妖道除分守各门外，全部聚集在生门，主峰上只有毒龙尊者和俞德同十二个侍者，并无他人。尚和阳报仇心切，一些也未打算，轻易将白骨锁心锤交与乐三官，匆匆传了用法，嘱咐小心在意。乐三官满面含笑接过来，口称遵命。又向毒龙尊者要了两把软红沙，也传了用法口诀，便往死门上飞去。尚和阳等乐三官走后，将脚一顿，一朵红云，直往生门上飞去。这且不提。

话说铁蓑道人、黄玄极、陶钧、魏青与白水真人刘泉、七星真人赵光斗，等心源、金蝉走后片刻，也就动身，飞到青螺山谷中僻静处落了下来。打开怪叫花凌浑的束帖一看，上面说：尚和阳与毒龙尊者所设的魔阵，共分生、死、陷、溺、堕、灭、怖七个门户。生、死两门是全阵的命脉。死门又当青螺入门，那里防守的人是云南竹山教中两个最厉害的妖道：一个叫天耗子秦冷，一个叫桃花道人古明道。这两个妖道炼成许多邪法异宝，各人都带着毒龙尊者的软红沙。叫众人到了谷口，可由黄玄极、陶钧二人前去诱敌，等他们现身出来，将他们引出三十丈以外。先由刘泉乘他们措手不及，从侧面飞到秦、古妖道现身出来之所，将两妖道插在地上的隐形幡拔走。然后大家合力将他们除去。斩了两个妖道以后，那时节魔阵上地水火风必然发动，千万不可深入。只留下魏青一人另有妙用。其余五人可由高空折向东北，飞往生门，与心源、金蝉以及玄冰谷峨眉诸弟子会合。主持生门的是万妙仙姑许飞娘。众人到齐不久，尚和阳、毒龙尊者必将魔阵催动，将阵势缩小。各门镇守的妖人俱各按方位往生门聚集。天空上的七情网虽预先收去，但是生门上尽是些厉害妖人，众人不可轻敌，只可用朱文宝镜同弥尘幡护体。支持到午正，梵拿加音二炼的天魔解体大法也发动了地水火风，众人可在事前留神。但等凌浑二次出面，留下刘泉一人协助凌浑消灭余氛，余人可随秦紫玲遁回玄冰谷去。除峨眉诸位弟子仍返凝碧崖外，余人可在谷中等候刘泉回来，另有吩咐等语。

众人看完了凌浑柬帖，便依言行动。先由黄玄极、陶钧二人飞身进了谷口，只见谷中静荡荡的并没一个人影。二人还待深入，忽听一声金钟响处，崖前闪出两个恶道，拦住去路，问道："尔等进山何事？是否与先前那姓赵的一党？通上名来，好引你们进去。"陶钧道："我奉了师命来此除害擒魔，不同什么姓赵的姓李的。你可叫那八魔出来纳命，免你二人一死。"秦、古二人见来人口发狂言，不由心中大怒，骂道："无知业障！我二人好心好意按客礼相待，引你二人入内送死，竟敢出言无状。本当放你过去，情理难容！"说罢，秦、古二人同时将手一拍剑穴，飞起两道半青半白的剑光，直朝陶钧飞去。黄玄极见敌人虽是邪教，剑光委实不弱，忙朝陶钧使了个眼色，各用剑光敌住秦、古二人。斗了不多一会儿，黄、陶二人装作不敌，倏地收回剑光与身合一，往谷外飞逃。秦、古二人哪肯放敌人逃走，也将身纵起，随后追赶。刚追出去有数十丈远近，忽从对面飞来七点火星，放过黄、陶二人，接着现出一个面容清秀的道人，指挥红星，迎着秦、古二人剑光斗在一起。秦、古二人定睛一看，认得来人正是七星真人赵光斗，知道他的厉害，便喝问道："赵道友，峨眉是我等公敌，你我井水不犯河水，趁早收剑回去，免得伤了和气。"赵光斗笑骂道："你们竹山教这群妖道，专一采生宰割，杀戮奸淫，无恶不作，早就想代天行罚，今日竟敢在此助魔为虐。休得多言，快快上前纳命！"秦冷怒骂道："大胆业障！竟敢认仇为父，出口伤人，叫你知道二位真人的厉害。"说罢，从身旁取出一个葫芦，口中念念有词，正要施展妖法。偏赶上黄玄极、陶钧飞身回来，两道剑光如电闪一般，直朝秦冷飞去。赵光斗知道秦冷葫芦中有炼就的黄蜂刺，怎肯容他放出，忙用手朝着空中红星指了两指，内中分出两点红星，如飞星坠月一般直朝秦冷飞去。两下里夹攻，把秦冷闹了个手忙脚乱。还未及使法宝抵御，从斜刺里又像长虹般飞过一道剑光。秦冷喊声："不好！"欲待遁走，已是不及，剑光过处，尸横就地。

这里古明道见秦冷双拳难敌四手，危急万分，正从怀中取出一支飞箭，想发出去帮助时，还未脱手，秦冷业已身死。同时敌人飞剑、火星像流星赶月一般纷纷飞来。知道众寡不敌，忙收回空中剑光，想遁回原处，隐住身形，等众人追入阵门，暗将毒龙尊者的软红沙飞起，先困住了众人，等少刻魔阵发动，再替秦冷报仇。谁知逃到原处一看，地上两面隐形保身旗幡已不见，不由大吃一惊。回望敌人，已从后面追来，把心一横，二次返身迎敌。没有隐形幡护身，放不得软红沙，只得将二支飞箭祭起，连同飞剑，迎着众人剑光斗在一起。正在拼命支持，忽听身后大喝一声道："妖道还不纳命，等待何时！"言还未了，猛听雷火之声，回头一看，天上一溜火光夹着雷电之声，如飞而至。古明道一时不及避让，被那雷火打中左肩燃烧起来。古明道见势不佳，要想收剑逃走。白水真人刘泉从他身后现出身来，手一起，一道青光飞来。古明道喊声："不好！"拼着飞箭、飞剑不要，将脚一顿，口诵避火咒，驾遁光往空便起。离地还不到十丈，被铁蓑道人剑光直飞过来，将古明道双足削断，往下坠落。古明道连受两次重伤，情知性命难保，咬牙切齿，口诵毒龙尊者传的魔咒，从怀中取出软红沙，准备放将出去，与众人同归于尽。偏偏那三支飞箭、一道剑光本来就敌众人剑光不过，一旦失了统驭，光芒大减。七星真人赵光斗看出便宜，将脚一顿，起在空中，与那七点红星合成一体，往古明道的飞箭剑光丛中只一卷，全都收了过来。猛见古明道被铁蓑道人将两脚削断往下坠落，更不怠慢，把剑光紧得一紧，七点红星飞将过去，围住古明道只一绕，古明道还未及施为，生生斩成几截，落下地来。赵光斗跟踪下去，先从他怀中小葫芦内取了软红沙，又将他身上法宝一齐收去。众人也都过来商议了几句，乃照凌浑之言，径从高空往生门上飞去。

众人到了生门上空往下一看，下面一个高坡上坐定一班妖僧妖道，正中间站着一个道姑，手持蝇拂。正商议要往下降落，忽听各处金钟响动，心源、金蝉双双飞来。金蝉对众人道："刚才我一人同八魔相斗，正要取胜，被那尚和阳救去。我二人自知不敌，用弥尘幡遁走。刚刚升起，便遇凌真人，叫我二人用弥尘幡绕往各门转上一转，引敌人发动魔阵，再往生门来与诸位会合。下面那个道姑便是万妙仙姑许飞娘，最为厉害。诸位可同我在一起，到危急时便好同仗弥尘幡护体，不可大意。"正说之间，忽然一道青光从下面直向众人飞来。

第九十回　施诈术　诓走锁心锤
　　　　　　奋神威　巧得霜角剑

　　金蝉喊一声："来得好！"左臂摇处，飞起那道紫光迎敌。那青光一见紫光，倏地往下便落。众人知是诱敌之计，便跟着金蝉一起降落。许飞娘首先迎上前来，见着金蝉说道："你这小孩子太不晓事，你才出世几年，有多大本领，也随着这些无知之辈来此胡闹？此地有毒龙尊者与五鬼天王摆下的魔阵，设下天罗地网，少时发动地水火风，无论多大本领的人，入阵便成碎粉。我看在你母亲份上，又见你年纪虽幼，资质不差，急速听我良言，回转峨眉，闭门学道，免得玉石俱焚，悔之晚矣！"金蝉也不着恼，笑嘻嘻地说道："好一个不识羞的道婆！我在九华常听你对我母亲同餐霞师叔说，你自混元贼道死后，看破尘缘，决意闭门修参正果，永不参与外事。谁知你口是心非，前次慈云寺代法元约请了许多妖僧妖道，自己却不敢露面，在害了许多狐群狗党受伤死亡，把你贼徒薛蟒也闹成了一个独眼贼。还不觉悟，又到此和一群魔崽子兴风作浪，大言欺人。我母亲说你劫数未尽，三次峨眉斗剑，管叫你死无葬身之地。小爷念你修行不易，又看在你同我母亲认识，平素虽然暗中兴妖作怪，表面上尚是一味恭顺，故此网开一面，放你逃生，急速遁回黄山，免与魔崽子同归于尽。"许飞娘适才一番话，固然语带讥刺，其实也真是爱惜金蝉，一半含有好意。不想被金蝉这一顿数骂，不由怒往上升，骂道："你们与青螺为仇，倚强欺人，原不与我相干。怎奈你们峨眉素来号称教规最严，为何勾引我的孽徒司徒平叛教背师？我到此专为清理门户，惩治叛徒，扶弱锄强。小业障竟敢不听良言，侮慢尊长，本当用飞剑将你斩首，念你年幼无知，我也不屑于与你这乳臭未干的小儿动手。急速下去，唤你们一个主脑人上前与我答话。"金蝉笑骂道："不识羞的泼贱！你配做谁的尊长？与我同来的诸位前辈、同门道友，俱都本领高强，不值得与你这泼贱动手。你不用卖乖讨好，我倒偏要领教领教。"说罢，左肩一摇，一道紫光直向许飞娘飞去。

许飞娘一听金蝉张口漫骂，早已怒不可遏。见金蝉剑光飞来，认得是妙一夫人的鸳鸯霹雳剑，知道此剑厉害非常，忙将手一指，指尖上发出一道青光，迎着金蝉紫光，口中骂道："原来你母亲治家不严，妄将宝剑传你，纵容你这小业障如此猖狂。今日管叫你难逃活命！"说罢，手指前面青光，道一声："疾！"那道青光竟如出海青龙一般，与金蝉的紫光纠结一起。白水真人刘泉正要上前，对面山坡上闪出一僧一道，一个飞起一根禅杖，一个飞起一道黄光，直朝众人飞来。刘泉认识那道人也是云南竹山教中的妖道蔡野湖，便飞起剑光敌住。黄玄极也将剑光放起，迎着那僧人禅杖化成的黄光，喝问道："妖僧留名！"那僧人骂道："你家佛爷圣手雷音落楞伽便是。"黄、刘二人正与妖僧妖道相斗，铁蓑道人见金蝉剑光有点斗许飞娘不下，又见敌人方面还有十来个奇形怪状不僧不道之人站在山坡上一面旗下观阵，尚未动手。知道那些妖人俱都非同小可，又恐金蝉有失，便飞身上前高叫道："金蝉且退，待贫道与许仙姑分个高下。"许飞娘本是故意拿剑光绊住金蝉作耍，静等魔阵发动，将众人生擒，再将金蝉擒送到妙一夫人那里，扫扫峨眉脸皮。一见铁蓑道人飞来，一面迎敌金蝉，一面对铁蓑道人道："铁蓑道友，你无宗派门户之见，乃是散仙一流，何苦也来参与劫数？听我良言，此时回山尚是不晚，少时魔阵发动，悔之晚矣！"铁蓑道人道："铲邪除魔乃修道人本分，道友无须多言，让金蝉下去，待贫道领教道友的剑法吧。"许飞娘冷笑道："道友既然执迷不悟，少不得一同被擒。小业障口发狂言，绝难放他逃生。道友有本领，只管上前就是。"言还未了，手指处又飞起一道青光，直取铁蓑道人。铁蓑道人不敢怠慢，忙将剑光飞出迎敌。

正斗之间，忽听四外隐隐雷声，山坡上面又飞下三个僧人，高声骂道："峨眉业障休要倚仗人多，现有白象山金光寺三位罗汉来也！"说罢，各取一把戒刀抛向空中，化成三道白光飞来。心源、陶钧与七星真人赵光斗刚用飞剑上前迎住，倏地一朵红云从空而降，现出一个红脸幼童。金蝉、铁蓑道人俱认得来人是五鬼天王尚和阳，忙招呼众人俱向一处移拢，以防万一。尚和阳才一落地,首先飞到坡上,拔起那面大旗,口诵魔咒,往空中晃了几下,立刻惨雾弥漫,阴风四起,红焰闪闪,雷声大作,山坡上一干妖僧妖道俱都没有踪影。同时手中魔火金幢正待念咒祭起,倏地从空中照下一道百十丈五色霞光,光到处先后两三声惨呼过去,雾散风消,雷火无功。接着飞下五个妙龄女子,来者正是灵云、轻云、朱文、紫玲姊妹。

这时众人见尚和阳将旗一挥,烟雷四起,敌人除尚和阳一人外俱都不见踪迹,大吃一惊,各用剑光护住周身,不敢迎敌。金蝉一双慧眼,看见雾影中一干妖僧妖道一同飞起十来道杂色飞剑飞刀,分头向各人飞去。金蝉喊声:"不好!"正要取出弥尘幡展开时,恰好灵云等赶到。就中女神童朱文见下面山坡上有一童子手执大旗一挥,立刻雾雷齐起,知是敌人妖法,先将宝镜往下一照。灵云、轻云见光影里两三个同道正在危急,忙将剑光往下飞去。下面这一些妖僧妖道仗着尚和阳的妖法护身,各将飞刀飞剑放起去杀敌人,丝毫没有防到上面。就中有八魔请来的神马谷巴巴庙的两个番僧,一名宗圆,一名小雷音,见金光寺三罗汉迎敌心源、陶钧、赵光斗,心源、陶钧虽然力弱,仗着赵光斗七点红星还能兼顾,并没有分出什么高下。知道心源、陶钧剑术平常,容易下手,便在雾影里飞起两把飞刀,直取心源、陶钧。金蝉虽然看见,因为事在紧急,无法救援。心源、陶钧又不知雾影里有人暗算,等到朱文宝镜照散了烟雾雷火,敌人飞刀业已临头。就在这千钧一发之际,被灵云、轻云两道剑光飞来,迎着敌人两把飞刀只一绞,便即化为顽铁坠地。宗圆、小雷音见飞刀被敌人破去,正想使用妖法逃走,被灵云、轻云的剑光电闪星驰般追将过来,围住二妖僧拦腰一绕,腰斩成四截。灵云、轻云、朱文、紫玲姊妹也都飞身下来,联合下面铁蓑道人等,各用剑光飞上前去。五鬼天王尚和阳见敌人又添帮手,才一照面便破了烟雾雷火,还伤了两个同党,心中大怒,一摆魔火金幢,正待上前。万妙仙姑许飞娘一眼看见朱文手中持着一面宝镜,知道寻常魔火法术奈何他们不得,忙喊:"天王且慢动手,只管去将阵势发动,待贫道上去迎敌。"一面说着,早将手一指,发出五道青光,迎着灵云等剑光斗将起来。其余妖僧妖道也各将飞刀飞剑上前助战。当下灵云、轻云双战许飞娘,七星真人赵光斗、白水真人刘泉与金蝉迎敌白象山金光寺三罗汉朗珠、慧珠、玄珠,铁蓑道人迎敌圣手雷音落楠伽,黄玄极迎敌竹山教妖道蔡野湖,女神童朱文迎敌巫山牛肝峡穿心洞主吴性，陶钧、心源双战吴性的门徒瘟篁童子金铎，秦紫玲姊妹合斗神羊山蜗牛洞独脚夜叉何明、双头夜叉何新、粉面夜叉何载弟兄三人。敌人方面只有五鬼天王尚和阳不曾动手，他在山坡上将两手据地，围着那面大旗倒行急转，口中念念有词，周身俱有云雾笼罩。众人知尚和阳在那里施展妖法，但是俱有敌人迎着动手，不得上前。

紫玲姊妹迎敌蜗牛洞三夜叉，寒萼与独脚夜叉一照面，差点笑出声来。原来三夜叉中，以何明生得最为丑恶：头如麦斗，凹脸凸鼻，獠牙外露，脸上红一块紫一块，身子却又细又长，又是天生一只独脚，长身细颈托着一个大脑袋，摇摇晃晃，形状极其难看。寒萼又好气，又好笑。心想："八魔等人不知从哪里去寻来这些山精水怪，也敢到人前卖弄。不如早些打发他回去，省得叫他留在世上现眼。"心中正这么想，偏那何明形象虽然不济，发出来的那一把飞叉竟是非常厉害。寒萼因守紫玲之戒，不便再将宝相夫人的金丹祭起。及至见斗了一会儿不能取胜，山坡上面五鬼天王尚和阳又念咒倒转越疾，隐隐还听得水火风雷之声在地下发动，知道再有一会儿，魔阵中他水火风便要发动；同时见那独脚丑道士猛地将身一摇，又陆续飞出六把飞叉，叉头上夹着绿火烈焰，直朝自己飞来。寒萼生来好胜，不问青红皂白，将宝相夫人金丹放出。偏巧紫玲双战何新、何载，一道剑光敌住两把飞叉，百忙中回望灵云、轻云敌许飞娘不下，急于前去救援，手指处两根白眉针飞将出去。何新、何载不及避让，打个正着，觉得胸前一麻，知道不好，大吼一声，收叉逃走，未及回到坡上，双双倒地而死。紫玲除了何新、何载，一眼瞥见寒萼又用母亲的金丹去破敌人飞叉，知道今天对阵上能人甚多，恐怕失闪，急忙把剑光一指飞将过去。何明不及躲让，被紫玲剑光将那只独脚刖断，大吼一声，遁回神羊山去了。

紫玲斩断何明独脚，急忙吩咐寒萼收回红光，不准妄用。再一看灵云、轻云的剑光已被许飞娘压得光芒大减，不敢怠慢，忙同寒萼双双飞上前去。寒萼首先上前，手起处一道青光先朝许飞娘飞去。许飞娘刚将左手一扬，飞起一道青光敌住寒萼，紫玲剑光又到。许飞娘见来的这两个女子俱未在黄山见过，发出来的剑光又非峨眉传授，便疑是勾引司徒平的两个阴人。一面分出剑光敌住，口中喝问道："来的两个女子急速通名受死！"寒萼答道："我姊妹乃宝相夫人二女，黄山紫玲谷秦紫玲、寒萼是也！你莫非就是那贼道姑许飞娘么？"许飞娘一听来人果然是勾引司徒平的秦氏二女，知道这两个女子得了宝相夫人传授，师文恭便死在她们白眉针下，不由又惊又怒，口中骂道："贱婢好不识羞！勾引我叛徒司徒平，奸淫叛教，还敢在仙姑面前猖狂。今日定叫你这两个贱婢死无葬身之地！"说罢，手指处剑光紧得一紧。紫玲、寒萼见许飞娘一人敌住四人，发出来的剑光如同青龙闹海一般，知道不敌，正要取出法宝施放。许飞娘早已防到这一着，不俟紫玲姊妹动手，先下手为强，从怀中取出十八粒飞星弹，一出手便是十八颗银星，夹着一团烟火，朝灵云、轻云、紫玲姊妹四人头上飞去。四人一见不好，剑光又被许飞娘剑光绞住，不及撤回救护。正在心惊，倏地空中一声长啸，飞上一人，高声说道："妖阵业已发动，尔等快快收回剑光，照我所言行事。"说罢，将破袍袖往空一扬，许飞娘十八粒飞星弹如同石沉大海，落在那人袖中。四人定睛一看，来人正是怪叫花凌浑。这时女神童朱文已将巫山牛肝峡穿心洞主吴性的瘟篁钉用天遁镜破去，又用飞剑断了他一双臂膀。黄玄极迎敌竹山教妖道蔡野湖，被蔡野湖摆动姹女旗，正觉有点头晕眼花。恰好朱文逼走吴性，追将过来，用宝镜一照，先破了蔡野湖的姹女旗，同了黄玄极双双飞剑过去，将蔡野湖斩首。瘟篁童子金铎双战陶钧、心源，正在难分高下，忽见师父被一个女子用宝镜破了妖法逃走，那女子手中一面宝镜放出百丈五彩金光，所到之处，如入无人之境，知再延下去绝难讨好，连忙抽空收回剑光逃走。

众人正杀得起劲，忽见凌浑现身出来收了许飞娘法宝，说了那一番话，便即隐形而去。同时地下风雷水火之声越来越急，头上黄雾红云如奔马一般，往中心簇拥，知道魔阵业已发动。大家一面迎敌，各往朱文、金蝉二人跟前移近，准备万一。许飞娘见凌浑一照面，便破了她多年辛苦炼就的飞星弹，心中大怒。正要使用法宝，忽见尚和阳在山坡上手持那面大旗一挥，立刻便有一团十余亩方圆的红云往敌人剑光丛中飞去，知道魔阵立刻发动，只得停手收了剑光。余下妖僧妖道也各将法宝收回，随定许飞娘回到各人方位，从怀中取出一面幡，静候尚和阳号令施行。灵云这一面，见山坡上飞起一团红云，敌人将剑光纷纷收回，不敢急慢，恐怕剑光被红云损污，也都各人收了飞剑。朱文早有准备，站在众人面前，将宝镜照将过去，镜上面发出五色金光，将那团红云挡住。尚和阳一见红云无功，用手往四外指了几指，接着便是几声雷响。毒龙尊者同各门上妖僧妖道知道敌人俱已在生门困住，便将阵势在生门上缩拢。灵云等在朱文宝镜金光笼罩之下，只听金光外面震天价大霹雳与地下洪涛烈火罡风之声响成一片。一会儿工夫，毒龙尊者赶到，口中念念有词，号令一声，各门上妖僧妖道将小幡一展：纷纷将软红沙祭起，数十团绿火黄尘红雾飞起在上空，遮得满天暗赤，往灵云等头上罩将下来。同时地面忽然震动，眼看崩塌。朱文一面宝镜只能拦住那团红云，正愁不能兼顾。紫玲见势危急，忙从金蝉手中取回弥尘幡，口诵真言，接连招展，化成一幢彩云，刚刚升起。忽然山崩地塌一声大震过处，众人适才立身之处陷了无数大小深坑，由坑中先冒出黄绿红三样浓烟，一出地面，便化成烈火、狂风、洪水，朝众人直卷过来。紫玲、朱文不敢怠慢，一个用弥尘幡，一个用天遁镜，护着众人，不让妖法侵犯。

似这样支持了两个时辰，五鬼天王尚和阳满以为地水火风一齐发动，又有毒龙尊者软红沙，敌人绝难逃生。谁知敌人先用一面镜子拦住了他的魔火红云，接着又化成一幢彩云，在水火烈风中滚来滚去，虽然将敌人困住，竟不能损伤分毫。正在心焦，偶一回顾各门上妖僧妖道，除已在刚才伤亡逃走者外，个个都在，只死门上独角灵官乐三官没有到来，空着一门。只要被敌人看出破绽，仍可用那幢彩云从死门逃走，不由又惊又怒。他还不知乐三官居心不良，想诳他白骨锁心锤逃出山去。想起那锤乃是自己多年心血炼就的至宝，恐怕乐三官有什么差错，忙对毒龙尊者与许飞娘道："二位道友且在此主持，待我去死门上观察一番就来。"说罢，一朵红云便往死门上飞去。到了青螺谷口一看，日光已快交正午，四外静悄悄的，通没有一丝动静。再寻乐三官，已不知去向，好生惊异。猛一寻思，不由顿足大怒道："我受了贼道的骗了！这锤被他骗去，又误传了他的用法。除非得到雪魂珠，才能收回此宝，报仇雪恨。"刚在自言自语，咬牙痛恨，忽听远处地底起了一阵响动，听去声音不似发自生门阵上，仔细一听，好生惊异。忙将身纵起空中，往四外查看踪迹，猛见对准生门子午正位上，有一座山峰，好像已往生门那边移动，峰上面起了千百道浓烟，看去好像就要拔地飞起神气。适才地底的声音，便是从山峰那面发出。看出是有人用地水火风天魔解体大法，来破自己的魔阵。借着正子午方位，正子午时辰，发出天火地雷,不但魔阵顷刻瓦解,阵中诸人道行稍差的绝难活命,连敌人也要玉石俱焚。就在这转眼之间,那座小峰果然渐渐离开了地面,往魔阵生门飞去。一看日光,收阵已来不及。猛想起:"郑八姑得了雪魂珠,如今又与峨眉一党,她走火入魔,身子不能转动,今日未来,必然还在玄冰谷内。敌人倾巢来此,谷中只剩她一人,何不趁此时机飞到玄冰谷,夺了她的雪魂珠?再去寻乐三官,夺回白骨锁心锤。岂不是两全其美?"想到这里,自以为得计,也不顾魔阵诸人死活,径自喊一声:"疾!"驾红云往玄冰谷而去。

他走不多一会儿,下面岩石后面转出一个大汉,一个花子。那大汉手中提着一个绑着的道士,对花子说道:"师父把这牛鼻子弄死了多干净,还留着他做甚?"那花子答道:"你知道些什么?"说罢,往空中一看,也不说话,劈手从大汉手中抢过那道士,背在身上,往谷外便跑。那大汉忙喊:"师父带我一同去。"那花子眨眨眼已跑得没了踪影。这两人正是怪叫花穷神凌浑与陆地金龙魏青。原来魏青本想随了众人同走,一来自己不会剑术,师父虽传了一条鞭,因不知用法,始终没有用过;二来又有凌浑吩咐,只得留了下来。他独自一人坐在山石上面,眼望众人去处,远远光华乱闪,知道已同敌人交手。心想:"自己又不会剑术飞行,这里正是青螺入口处,要是遇见妖人走来,岂不是白吃亏?"想到这里,便想去寻一个僻静所在藏身,等候凌浑到来再说。他因凌浑在戴家场说过,将来到了青螺,即可收他为徒,所以这次执意随定心源等同来。今日听刘泉说,果然有用他之处,甚是高兴。又恐凌浑走来寻不见自己,岂不将机会错过?不时从藏身的岩石后面往外探头探脑。正在独个儿捣鬼,忽见谷外一个红脸道人,穿着一件水火道袍,额上生着一个大肉包,身背葫芦、宝剑,手里拿着一件骷髅骨做成的兵器,四面俱是烟雾围绕,直着两眼跑来。魏青见那道人一身邪气,连忙缩脚,隐身岩后躲避。只见那道人越跑越近,暗喊不好,正待准备厮杀。谁知那道人好似未见魏青,竟从身旁跑过。魏青正在暗幸,不多一会儿,那道人又飞也似的跑了回来,这次与魏青相隔更近。魏青一面暗中提防,细看那道人已跑得气喘吁吁,头上黄豆大的汗珠子直流,两眼发呆,看准前面,脚不沾尘,拼命飞跑。似这样从魏青身旁跑过来跑过去,有好几十次。魏青见那道人好似中邪一般,慌慌张张,始终没有看见自己。

起初因见那道人形状异样，手中兵器又有烟雾围绕，情知不是对手，所以不敢上前。后来见那道人累得上气不接下气，步法渐渐迟缓。同时又听得远处地底水火风雷之声混成一片，拿不定众人吉凶。凌浑又不见到来，自己藏的地方甚为隐秘，被这道人在身前跑来跑去，师父来了又看不见自己，不由烦躁起来。心想："这妖道定是中了什么邪术，失去知觉。我何不等他过来，掩在他身后给他一刀，也省得在此呆等。"想到这里，手中单刀，静等道人跑来，好蹿将出去下手。刚打好了主意，恰好那道人跟跟跄跄跑了回来。魏青刚要下手，猛一抬头，见对面山崖上坐着一个花子，拿手指定那道人，那道人便随着他手指处往前飞跑，像有什么东西牵引似的。定睛一看，那花子正是怪叫花凌浑，心中大喜，不由失口高叫了一声师父。那道人猛被魏青这一喊，好似有点觉察，稍微迟疑了一下，仍是往来跑着。魏青看见凌浑，顾不得再砍道人，径往对面崖上跑去。眼看跑到凌浑跟前，忽见凌浑站起身来，只一晃便不知去向。魏青好生着急，喊了几声师父，不见答应，四外观察，也看不见凌浑踪迹。才知那道人跑这半天，是受了师父愚弄。暗恨自己不留神对面，错过机会，心中又悔又恨。

　　魏青再看那道人，也不见回转。往他去路一看，相离里许多地的一块山石上，好似卧着一人，疑心师父未走，连忙下崖，跑了过去。渐渐跑近一看，原来还是那道人，两眼发直，口吐白沫，手中拿着那个骷髅做成的一柄大锤，趴伏在山石上面，锤上烟雾已无，不由喊了一声晦气。正要回转，猛一想："这道人虽会妖法，现在已经失了知觉。他拿的那怪锤定是个厉害法宝，还有他背上那口宝剑也定比我这把刀好。本想乘他不觉将他杀死，一则不知他那怪锤的用法，二则又恐道人会金钟罩等功夫，一刀砍不死，反倒打草惊蛇。莫如先将他的怪锤、宝剑盗来，再想法将他捆上，用他的兵器逼问他怪锤的用法，岂不是好？"魏青心性粗鲁，想到就做，从不计什么利害。他起初怕打草惊蛇，以为这样计出万全。殊不知如非凌浑故意成全他两样法宝，用法术将独角灵官乐三官制住，乐三官神志一清，飞剑便要了魏青的性命了。这且不言。

　　魏青打点好了主意，将身蹲下，蛇伏鹤行走近前去，见那道人丝毫没有觉察。便从那块山石下面掩到道人身后，轻脚轻手爬到石上。用手捏着道人背上剑柄，才轻轻往外一抽，"锵"的一声，一道青光，那剑业已出匣。把魏青吓了一大跳，忙接连几纵，纵出去有二十多丈，见石上道人并未转动，才得放心。一见手中这口宝剑，如一泓秋水，青光耀眼，冷气森森，剑柄上盘有一条小青蛇，还有朱文篆字。魏青又惊又喜，不及细看，先抛去了手中刀，决计再去盗那柄怪锤，仍照将才掩身过去。这回是在道人前面，格外加了小心。及至近前，见那道人身子趴在那块山石上面，左手持锤，往下悬着，锤头是五个骷髅攒成的梅花瓣式，白牙森森，口都向外。魏青轻悄悄掩到道人睡的山石下面，恰好石下有凹处可容一人。魏青先掩身山石凹处，略微定了定神，听了听上面没有响动，探头往上一看，道人仍是昏迷不醒。魏青见那锤古怪，不敢用手挨近锤头。想了一想，参着胆子往前一探身，捏住锤柄，从道人手中一夺，容容易易夺了过来。魏青胆子越来越大，又绕回山石后面，摘去道人剑匣，将剑插入，佩在身上。将锤藏过一旁。径去解下道人身上丝绦，将道人四马攒蹄捆了起来。那道人一任魏青摆布，竟和死了一般。魏青将道人捆好，再回身去拿那怪锤来逼问用法时，那锤已不知去向。正在惊疑，忽听道人呻吟了一声，手脚动了两动。魏青大吃一惊，顾不得再寻那怪锤。正要扑上前去，那道人业已醒转，睁眼一看，觉得身上疼痛，手足被捆，大吼一声，便要挣起身来。魏青知他会使妖法，哪里容他挣断绑索起身，早一个虎扑扑上前去，两手掐紧道人喉咙不放。魏青虽然是天生神力，那道人也非弱者，叵耐他拼命奔走了半日，本已累得力尽精疲；加上他身上这根丝绦乃蛟筋拧结而成，不过用彩丝在两头打了几根穗子，魏青捆得又非常结实，急切间挣断不开。咽喉又被魏青用力扣紧，连气都透不出，只得暗运元功和魏青挣命，在山石上打滚。

原来乐三官将五鬼天王尚和阳的五鬼白骨锁心锤骗到手中，又传了用法，心中大喜，仍恐尚和阳看破，不敢现于辞色。及至辞别尚和阳与毒龙尊者，向谷口生门飞去，心想："这白骨锁心锤乃是尚和阳在雪山用数十年苦功，按五行生克，寻到五个六阳魁首，还糟践了四十九个有根基人的生魂才炼成此宝，准备二次出山寻峨眉派的晦气，得来煞非容易。看连日形势，就只一个怪叫花凌浑，已是破青螺而有余，何况听说峨眉方面还来了不少的能人。师文恭何等厉害，尚且身遭惨死，这就是顶好的前车之鉴。我留在此地，虽不一定玉石俱焚，也绝难讨好。我虽与尚和阳初交，他竟肯将这种至宝借我，还传了用法，真是千载良机。不如带了此宝，寻一个无人注目的深山岩穴之中隐藏起来。尚和阳立志和峨眉寻仇，早晚必死在敌人手内，那时我再出山不晚。"想到这里，非常高兴。转眼到了死门，并不往下降落。正待往东方飞去，猛觉脚底被一种力量吸住，往下降落。低头一看，下面正是青螺谷口外面，有一人朝上面招手，自己便身不由主地往下降落，知道遇见能手。先还仗着白骨锁心锤在手，倘若那人为难，还可借他试试锤的厉害。及至落地一看，那人正是日前晶球上现身的那个怪叫花凌浑，不由大吃一惊。才一见面，那花子龇牙一笑，说道："今天青螺山这么热闹，道爷往哪里去？何不与我这花子谈谈，解个闷儿？"乐三官知道厉害，一面暗中准备，假装欢容，躬身答道："贫道本是应青螺友人之招，来此闲游，谁知两派又自残杀，实非修道人本分，不愿参加这场死劫，告辞回山，打此经过。道友相招，不知有何见教？"凌浑闻言，笑道："我招道爷下来不为别的，俗语说得好：'强贼遇见乖贼，见一面分一半。'可惜道爷只得了鬼娃娃一件死人骨头，不好平分，就这样送我，我又于心难安。这么办吧：我如今正想赶走青螺这一群魔崽子，道爷反正暂时拿它无用，不如借我用上几天，再行奉还如何？"乐三官知他说的是白骨锁心锤，既敢明言强要，一定来者不善，心下虽然着忙，仍假装敷衍道："道友敢是要借这柄白骨锤么？贫道将此锤借给道友，原本无关紧要，怎奈此宝乃尚天王之物，贫道向他借来，原另有用处。如今双方正在寻仇，贫道岂能将朋友之宝借与他的敌人？久闻道友神通广大，要此宝何用？休得取笑，告辞了。"

乐三官原知这个怪叫花难惹，自己骗宝逃走未免情虚，所以强忍怒气，只图敷衍脱身了事。谁知言还未了，被凌浑劈面啐了一口，口中骂道："贼妖道，给脸不要脸！你还打量我不知道你是从鬼娃娃手上骗来的么？"说罢，伸手就是个大嘴巴。乐三官猝不及防，被凌浑一下打得半边脸肿起，太阳穴直冒金星。心中大怒，将手一拍腰间，先飞起一道青光直取凌浑。凌浑哈哈大笑道："我徒弟在山顶上受了多少天寒风冷雪之苦，我正愁少时没有酬劳，竟有送上门的买卖。"说罢，手伸处将那道青光接住，在手上只一搓，成了一团，放在口边一吸，便吸入腹内。张开两手说道："你还有什么玩意，快都使出来吧。"乐三官本炼有两口飞剑，一名霜角，一名青冥。

只青冥能与身合一。霜角新得不久，尚未炼成，便是魏青所得的一口。青冥剑经他多年苦修，差不多飞剑均非敌手，一看被凌浑伸手接去，又急又怕。口中念念有词，将白骨锁心锤一摆，立刻锤上起了红云绿火，腥风中五个骷髅张开大口獠牙，直朝凌浑飞去。凌浑随口喊："妖法厉害！"回身往谷内就跑。乐三官不舍那口飞剑，一手掐诀指挥白骨锤，随后便追，口中高叫道："贼叫花子，你快将飞剑还我，我便饶你不死！"刚刚追进谷口，忽见前面凌浑跑没了影子。正在用目往四外观察踪迹，暗中头上被人打了一掌，立时心中一阵迷糊，耳中只听尚和阳的声音骂道："大胆妖道，竟敢将我的法宝骗走，今日不要你的狗命，我尚和阳誓不为人！"乐三官抬头一看，尚和阳手中执定魔火金幢，发出百丈红云，从后追来。吓得心惊胆裂，几次想借遁驾风逃去，不知怎地法术竟失了灵验。知道尚和阳意狠心毒，被他追上，便死无葬身之地，只得亡命一般往前飞跑。跑出去约有十余里地，听得追声渐远，正在庆幸，猛听前面又是一声断喝。抬头一看，尚和阳又在前面现身追来。乐三官吓了一大跳，慌不迭地往回路就跑。刚刚跑到谷口，尚和阳又现身出来拦住。似这样来回来去，跑了有几十次。末后一次，看见前面岩上有一个大洞。回看后面，尚和阳没有追来。这时他已力尽精疲，再也支持不住，提起精神，用尽平生之力，想从下面纵进洞去躲避。身才纵起，便见凌浑站在那块山石上面，自己想退回已收不住脚，恰巧钻在他的胯下，被他骑住。乐三官还想挣扎时，被凌浑两腿一夹，眼前一黑，便晕死过去。醒来又被人捆住，扣紧咽喉。飞剑业已失去，枉自会一身妖法，也是无法施展。只能暗中提神运气，苟延残喘。一面运用元功，想去挣断身上的捆绑。

似这样支持了好一会儿。魏青用两手抔紧乐三官咽喉，眼看将敌人抔得两眼珠努出，红得似要冒火，头上青筋直迸，只是弄不死他，又不敢松手。更恐怕遇见敌人同党走来碰见，便不好办。心中一着急，奋起神威大吼一声，正打算运用鹰爪力重手法，将全身之力聚在十个手指头上，将敌人活活抔死。

忽然眼前一晃，凌浑现身出来。魏青一高兴，口中忙喊师父，微一分神，手中稍微松了一松。乐三官正等这种机会，更不怠慢，双脚在山石上用力一垫，一个鱼跃龙门式，挣脱了魏青双手，从山石上面倒着身挺纵下去。心中还想用法术报仇,身子立定,一眼看见站在魏青一起的正是那怪叫花凌浑,手上拿着自己从尚和阳手中骗来的白骨锁心锤。他并不知适才尚和阳追他是凌浑的法术,一见尚和阳不在,那锤却到了怪叫花手中。揣想尚和阳不是被凌浑赶跑,便是遭了毒手,自己如何能行,吓得回身就想遁去。魏青见道人逃走,一把未抓住,惟恐凌浑又隐形遁去,顾不得再追道人,连忙过去跪在地下行礼,两手紧抓住凌浑衣服不放。凌浑道:"你捉的人呢?"魏青道:"跑了。"凌浑道:"没出息的东西!牛鼻子跑了,你还不去追!"魏青道:"我去追时,你老人家又要跑了。我不去。"凌浑道:"凡是我收的徒弟,都得给我立点功劳。你不将牛鼻子捉住,我也不能收你。"魏青道:"他会妖法,适才是趁他睡着才下的手。如今他又跑远了,叫我如何追法?"凌浑道:"牛鼻子叫乐三官,我捉到他还有用处。我既看中了他,绝跑不了,你看牛鼻子不是又回来了么?"魏青回头一看,忽然那道人又如飞地跑了回来,神情十分狼狈,好似有人在后面追他一样。魏青仍不放开凌浑,还是紧抓凌浑衣服不肯上前。凌浑道:"你再不去将他捉来,我叫鬼骨头咬你。"说罢,将手中白骨锤朝魏青一晃,锤上那五个骷髅头便都离锤飞起,张开大口,伸出獠牙要咬。魏青忙说:"师父休要着恼,我自去捉那道人去。"这时乐三官已从魏青身旁跑过,魏青只得从后追上。那乐三官原本是驾风遁去,身子起在半空,便觉有重力牵引,坠了下来。知道不好,正要觅路逃出山去,忽然胸中一阵迷糊,抬头一看,五鬼天王尚和阳又在前面追来。吓得乐三官慌不迭地回身就跑,耳听后面追赶甚急,连头也不敢回,一味亡命般往前逃走。

乐三官逃了一阵,猛想起:"锤被凌浑夺去,已不在我手中。尚和阳苦苦追赶,早晚被他追上,难保活命。何不索性回身,对他实话实说?他知此宝被凌浑夺去,必不肯善罢甘休,也许舍弃自己,去寻凌浑算账,岂非死中还可求活?"想到这里,便停下步来。听得后面追声已近,正要回身喊:"天王息怒,容我一言。"谁知回头一看,后面追来的哪里是什么五鬼天王尚和阳,却是适才用手差点将自己抔死的那个黑大汉。再一看大汉后面,凌浑并没有跟来,略微放心。心想:"我今日如何这样晦气颠倒?将盗来的宝贝失去不算,还饶上一口飞剑,适才差点死在黑汉手内,他还苦苦追逼。莫如趁贼叫花未跟来,将他杀死报仇,稍出胸中恶气。"想到这里,伸手去拔身后宝剑时，宝剑业已失落。再一看那大汉，业已追到面前，手中拿的一口宝剑正是自己之物，不由又惊又怒。因听魏青适才叫凌浑师父，摸不清他的深浅，不敢造次，先让过魏青手中剑，暗运真气朝着对面一吸。那口剑原经乐三官炼过，虽不能飞行自如，却已身剑相应，被乐三官运用五行真气一吸，果然脱手飞回。乐三官连忙伸手接住，知道敌人并无多大本领。越想越有气，一面举剑便刺，左手掐诀，口中念咒，满想用法术致魏青的死命。魏青见宝剑忽然脱手，飞向道人手内，便知不妙。又见道人口中念念有词，顷刻之间狂风大作，飞沙扬尘，升斗大小的石块满空飞舞，劈面打来。自知不敌，连忙回身就跑，口中直喊："师父，你老人家快来！我将牛鼻子引回来了。"乐三官在后面追赶，听大汉又在口喊师父，恐凌浑埋伏在旁，先还不敢穷追。及至立定脚往前看了看，大汉喊了几声，凌浑并未出来，不由又动了报仇之心，试探着仍往前留神追赶。魏青一面跑，一面喊，见凌浑不露面，猜他又隐形遁去。眼看跑到适才凌浑现身之所，仍不见凌浑影子。后面敌人却越追越近，身上已被石头打了好几下。正在心中着急埋怨，忽见石凹中露出一只泥脚。低头一看，正是凌浑抱着那柄锁心锤，睡得甚是香甜，鼾声大作。锤上面五个骷髅看见魏青，又都在那里张嘴伸牙，像要咬他的神气。魏青顾不得害怕，喊了两声，不见凌浑醒来，道人业已追近。一着急，抓住凌浑两条瘦若枯骨的泥腿往外一拉，将凌浑拖了出来，见凌浑仍是不醒。正要使劲推揉，那锤上五个骷髅忽然凭空离锤飞起，吓得魏青连忙躲避时，那五个骷髅在绿火红光围绕之中上下翻滚，直朝乐三官飞去。这时乐三官追离魏青不过丈许远近，忽见魏青一低身，从山石底下将凌浑拉出，正在惊疑，忽见白骨锁心锤上五鬼飞来。他哪知其中厉害，不但不逃，还妄想用尚和阳所传收锤口诀将锤收回，和宝剑一样失而复得。谁知口诀还未念完，那五个骷髅业已飞到，乐三官只闻见一阵血腥味，立刻头脑昏眩，晕倒在地。

第九十一回　败群魔　莽汉盗天书
　　　　　　　　记前因　藏灵怜故剑

　　魏青眼看那五个骷髅飞近乐三官身旁，正要张口去咬，猛听身后凌浑大喝道："王长子快些领了伙伴回来！这牛鼻子我还留他有用处呢！"说罢，那五个骷髅一齐飞回。凌浑已从地上站起，迎上前去，将身上破衣服脱下，露出一身白肉。那五个骷髅竟上前围住凌浑，张开大口咬住凌浑不放。魏青一见不好，也无暇计及危险，纵身上前，想伸手去将咬住凌浑前胸的一个骷髅抓下。还未等手近前，鼻中忽然闻见血腥，一阵头晕，倒在地下。猛听近身处隐隐一阵雷声过处，耳听凌浑喝道："王长子，你遭劫三十六年，平白代人作恶。现在我来救你，还不及早省悟回头么？"说罢，便听得一种呜咽之声。魏青醒来一看，凌浑坐在身旁山石上面，两手捧定一个骷髅，业已烟消火灭，隐隐听得那骷髅口中发出呜咽之声，魏青好生不解。再看乐三官，却倒卧在前面地上。魏青想起那口宝剑，连忙过去从乐三官手中取来。因那根蛟筋丝绦已被乐三官逃走时震断，恐怕自己身上腰带捆他不住，少时醒来又要被他逃走，正想用剑将他杀死。忽见凌浑将手一扬，像长蛇般飞讨一条彩索，落到身旁。一看，正是适才捆乐二官的那根蛟筋丝绦，仍是好好的并没有断。接着便听凌浑吟咐，将乐三官捆上背起。魏青只得将剑入匣，将乐三官拗颈折足，馄饨般捆了个结实，背到凌浑面前，问师父如何处置妖道。凌浑也不去理会魏青，只顾朝手上捧定的一个骷髅口中哺喃不绝。末后从身上取了一粒丸药，塞在那骷髅口中，说道："王长子，你总算同我有缘，该你绝处逢生。现在我已给你解了魔法禁制，服了灵丹。少时我便带你到躯壳前去。快照我的话先去办吧。"说罢，将手中骷髅往空中一抛，喊一声："起！"手扬处一道金光，拥着那骷髅直升高空，往前面飞去，转眼没入云中不见。

魏青背着乐三官站在凌浑旁边，正看得出神，忽见凌浑站起身来，往空中望了一望，说道："魔崽子来了，我还有用他之处，此时无须见他，姑且容他多活几年。"说罢，口诵真言，将手往四外画了几画。魏青不知他闹的是什么玄虚，张口要问时，猛见一朵红云，疾如奔马从前面飞来，到了二人立处不远降下。一落地，便现出一个红脸幼童，颈下挂着一串骷髅念珠同两挂纸钱，手中持定一个金幢，周身俱有烟火红云围绕，东张西望，好似要寻找什么似的。凌浑离那幼童甚近，也好似不曾看见。魏青几次想问，都被凌浑阻住。那红脸幼童到处寻找了一阵，忽见暴怒起来，将脚一顿，长啸一声，化成一朵红云，破空便起，如火箭一般直往东南方飞去。接着便听远处又起了一种轰轰隆隆之声，从地底下隐隐传来。魏青仍以为是魔阵上发动的声音，没有在意，便请凌浑将乐三官杀死。忽听凌浑说一声："时候晚了，你到魔崽子巢里去等我吧。"说罢，从魏青背上抢过乐三官，背着就往前跑。魏青忙喊："师父，带我一同去！"凌浑已跑得没有一点影儿。

魏青无法，停了脚步，跑到高处一看，除了谷口这一面清静，余下那三方面都是红烟绿雾，一片弥漫，昏暗暗的看不出什么景象。这时地底下传出来的风雷水火之声一阵比一阵紧急。魏青又不知魔宫在什么所在，只得顺着入谷大道，施展轻身功夫往前走去。走了不多一会儿，猛听一个大霹雳过处，天崩地裂一声大震，水火风雷全都停息，远远听得山石爆裂的炸音混成一片，有好几道黄光绿光从空中飞过。心中正在着急，忽然一阵风响，一道白光坠地，现出一人，披散着头发，乱蓬蓬的好似多日不曾梳理，身上穿的衣服也是破旧不堪。魏青连忙停步按剑，那人已首先发言道："你是陆地金龙魏兄么？小弟俞允中，奉了师父凌真人之命，拿了师父柬帖符篆，来此会合魏兄，在此等候一人。事完之后同去魔窟，等师父驾到，再作计较。"魏青一听来人是俞允中，心中大喜，连忙上前相见。

原来俞允中自从被番僧梵拿加音二强逼软骗，到青螺前面一座小峰上面代番僧做替身，炼那天魔解体大法。雪峰高寒，幸有番僧给的白信还阳丹服在肚内，倒还能够支持。打坐到第七天上，便在允中面前发现许多幻景。头一次发现的是些毒蛇猛兽，允中起初也有些害怕，只是除两手外，身子已被番僧禁法制住，不能转动，枉自干着急。及至见那些毒蛇猛兽咆哮搅扰了一阵，忽然不见，想起来时番僧所说，才知这些就是幻象，便把心放定。允中根基本厚，又加上求道心切，索性把死生付之命定，凝神静心，静待将法炼成，好请番僧助他盗取六魔厉吼的首级，见师复命。坐的日子一多，渐渐由暗生明，虽无师父，已有神悟。那些幻象也越来越厉害，越恐怖，允中通没放在心上。

过了二七，凌浑忽然出现。允中见是戴家场见过的那个怪叫花，知他神通广大，连佟元奇、玉清大师都非常敬畏，心中大喜，忙喊："弟子被法术禁住，转动不得，望师父救我。"凌浑道："我因见你求道心诚，白矮子又绝人太甚，赌气收你为徒。因你出身膏粱富贵之家，怕你异日道心不净，违我教规，这才故意拿难题你做，命你盗取六魔厉吼首级。番僧梵拿加音二见你根基还厚，又是童身，才利用你做替身，来炼这天魔解体之法。你道术毫无，此法炼成必难脱身，势必随之同尽。我因峨眉收徒选择甚苛，根行稍差一点便不肯收录，我看不下去，特意取了青螺做根基，专一收峨眉不要的有志之士，修来与他们看看。连日暗中看你心志坚定，颇有悟性，大出我预计。那番僧所炼丹药内有信石，其热无比，多服伤人，虽然保得暂时不受寒侵，终为隐患，不可再服。可将余下的交我，以备别人之用。我再另给你几粒丹药服用，不但能够御寒保身，还可助你明心见性。你在此受苦，此时将你救走本极容易。一则青螺近日所摆魔阵能发地水火风，要破此阵，须要损坏我两样法宝。番僧所炼天魔解体大法也能发出地水火风，因此峰系青螺子午正位，又加上是佛教嫡传大法，比青螺魔阵还要厉害，乐得由他们鹬蚌相争，省却我费许多的事。同时借他们两面的地水火风激动天雷地火，将青螺山谷变迁，好重修仙府。再则借此磨碾你一番，将来成道更速。不过此法总须牺牲一条生命，你到时不能脱身，我自会代你寻来替身，助你脱难。到了端阳前数日最为要紧，那时你面前现出来的，不一定便是幻象。到时番僧也要来此，助你镇摄，我也隐身暗中相助，自不妨事。"说罢，拿出七粒丹药，命允中服下。将番僧给允中留下的自信还阳丹要来，隐身而去。凌浑走后，允中又喜又惊，便照凌浑所说，安心静坐。

过不多日，果然梵拿加音二来到，见允中丝毫没有误事，口中不住夸赞。由此每隔三日便来一次，有两次竟发现了许多恶鬼夜叉，俱被梵拿加音二用法术驱走。端阳头一天晚上，梵拿加音二又对允中道："明日便大功告成，我清晨要在庙中行法，到午时用金刚移山和八魔拼命。到时，这座小峰如果移动，你千万不可害怕，只在峰上执定这面小幡，到了青螺，连展四十九次，自有妙用。事完之后，我自会助你成道，以报你连日辛苦。"说罢，教了允中梵咒，取出一面小幡交与允中，再三叮咛而去。

番僧走后，允中细看幡上面，有许多符咒和四十九个赤身倒立的骷髅。正在展玩，忽见凌浑飞来，允中便对他说了番僧之言，并问自己何时出险。凌浑见了那幡，笑道："妖僧还想愚弄死人，真是可恶！他既知明日魔阵中也有地水火风是他劲敌，才将他历代教祖传家至宝交你。明日此峰飞到了魔阵，如听妖僧之言，在峰头将幡如法招展四十九下，固然魔阵中诸人除了毒龙尊者和两三个道行稍高的，一个也逃走不脱，可是你也会被天雷化成灰烬。你且不去管他，到时我自有道理。"说罢，便从身上取出一柄小剑交与允中道："此剑名为玉龙，乃当年我修道炼魔之物，炼成以来从未遇见敌手。我自得天书后，已用飞剑不着。明日便是端阳，不及传你道法。此剑与我心灵相通，不似别的剑要经自己修炼才能应用。怜你修道心诚，暂时借你应用，等你异日自己将剑炼成，再行还我。如能努力潜修，此剑也未始不能赐你，不过此时还谈不到。另外，再给你三张符箓，一封柬帖。我还收了一个徒弟，名唤魏青。虽然你不曾见过，你二人彼此早已相知。明日我当在此峰离地飞起时，用吹云法送你到魔窟去，路上遇见魏青，再照我柬帖行事便了。"允中闻言，连忙点头称谢。凌浑传了用剑之法，便即走去。允中见那口剑长才三寸六分，寒光射目。拿在手上，跃跃欲动，仿佛要脱手飞去的神气。知是一件至宝，非常心喜，持在手上爱不忍释。

转眼便是天明，忽然觉得身体活动，能够起立，猜是番僧相信自己，业已撤了禁制。心想："虽然少时师父会来搭救，我何不自己先寻一条脱身之路，以备万一？"便试探着寻找下峰之路。谁知足迹所到，只能在三丈方圆以内，过此便如生根一般，拔不起脚来。才知番僧虽然撤去近身禁制，四外仍有法术封锁，不能越出雷池一步，只好作罢。坐了多日，且活动活动腿脚，静等师父到来，再作脱身之计。

时光易过，不觉到了辰巳之交。远望前面山谷中，隐隐看见许多道光华掣动,知道两下业已交手。一会儿工夫,隐隐听得风雷水火之声从远处传来。天光交到午初,忽见峰上峰下起了一阵火光,同时满峰浓雾大作,蓬蓬勃勃如开了锅的蒸笼一般。雾影里,渐渐觉得山峰摇动,似要往上升起。地底下先起了一阵大风,风过处又是一阵水响,澎湃呼号,与先前风声响成一片,更觉声势惊人。接着从昭远寺那一方隐隐传来了一阵雷声,到了峰脚,便起了一阵炸音。炸音响过,水火风雷之声一齐发动,那峰也逐渐往上升起。允中在浓雾中已看不见上面日光,不知天已交了正午没有,只觉得峰越升越高。时机业已紧急万分,凌浑还不见到来。正在怀疑着急,猛觉那峰在空中旋转起来。一会儿工夫,越转越疾,水火风雷之声越来越紧,也不知转了多少转。忽然山崩地裂,一声大震过去,那峰倏地拨转头直朝前面飞去。允中被这几样巨声震得头晕目眩,一手拿着番僧给的那面小幡,一手紧持着玉龙剑。正在惶恐万状,猛然面前一闪,一道金光过处,迷惘中只觉手上小幡被人夺去,自己好似悬身空中。耳边听到凌浑的声音说道:"我已代你寻到替身,用吹云法送你到魔窟去。路上看见魏青,可下去,同他照我柬帖行事。"听罢,便觉神志一清。睁开二目一看,果然已不在小峰上面,身子似有什么东西托在空中飞行。再偏头一看,那座小峰业已悬空百十丈,峰前面平地涌起百十丈洪涛烈火,夹着风声雷声,好似一条银龙、一条火龙一般,直往谷中飞去。允中恐怕失脚,略微看了看,便凝神看着下面飞行。不一会儿飞进青螺谷口,走了不远,便见下面有一大汉行走如飞,不知是否那人就是魏青。心才动念,忽然落地,近前一问,果是魏青。二人寻了一个僻静之所,将凌浑给的柬帖打开一看,上面写着:"现在魔阵已被番僧梵拿加音二炼的天魔解体大法所破,妖僧妖道死了不少。魔窟的大殿宝座下通着地穴,里面有神手比丘魏枫娘藏的天书、丹药。八魔见势不佳,一定逃回魔窟去取天书。命允中将那三道灵符先用传的口诀祭起一道,又分一道给魏青,然后赶至魔窟。地穴有妖法封锁,不可擅入,须等八魔中有人回来撤去地穴封锁时,才可入内。那天书供在与地穴相通的石洞以内,有玉匣装着,入洞时可抢在魔崽子前面,将书取到。你与魏青小心捧着,因有灵符护身,敌人不能看见,只管大胆行事。出地穴时,如遇见一个矮小道人,此人乃是云南孔雀河畔的藏灵子,隐身法须瞒他不过,千万不可和他动手,只由魏青捧定玉匣不放手,他便不会来夺。

万一见了什么异状，魏青可说奉了祖母赛飞琼遗命来此盗书，请他高抬贵手，他便自会走去。你二人得了天书，便在魔窟内等我到来，另有分派。"

允中、魏青看完柬帖，便依言行事。再看那三道灵符，头一张和另外两张有些不同，上面尽是朱文符箓，闪闪生光。允中取了第一张，举在手中默诵口诀，忽然面前一道金光一闪，二人便觉身子离地飞起。不一会儿降下地来一看，已落在一所宫殿中，殿内外站有十来个装束异样的僧道，俱都在那里交头接耳，纷纷议论，好似并没有看见允中、魏青落将下来。允中、魏青知道灵符法力，因不知这些人哪人是八魔，正要凑近前去听他们说话。忽然有破空的声音，院中一道黄光过处，现出两个相貌凶恶、装束奇异的道士，慌慌张张往殿中走来。先前十来个人俱都纷纷上前迎接行礼。内中有人问道："适才听得山崩地裂的声音，二位魔主回宫，想必大获全胜了？"那两个道士也不还言，上殿之后，便吩咐众人到门前等候，如遇敌人前来，急速上前敌住，休要放他进来。众人领命，哄地应了一声，便都往外走去。这两个道士一高一矮，高的正是大魔黄骕，矮的正是六魔厉吼。他二人等手下人走后，黄骕对厉吼道："六兄弟，想不到今日如此惨败。二弟、八弟站离魔阵最近，业被雷火震成飞灰。五弟、七弟受了重伤逃走，此时不见回宫，存亡莫卜。三弟也不知逃走何方。亏我见机，你又离得远，没有受伤。如今大势已去，不知祖师爷同许仙姑有无别的妙法挽救残局。如果他二人不能支持，敌人追来，此地基业必不能守。是我想起石洞中藏的那部天书。据师父当年在时曾说，此书共分上中下三函，另外还有一册副卷。除副卷普通修道之人俱能看懂外，只上函有蝌蚪文注释。师父有的乃是下函和那一本副卷，中函被嵩山二老得了去，上函至今不知落在何人之手。嵩山二老所得的中函因为没有上函，本难通晓，多亏峨眉鼻祖长眉真人指点，传说也只会了一半。师父只精通那本副卷，业已半世无敌。她因天书常发宝光，不好携带，把它藏在通宝座底下的一个石洞之内，外面用副卷上符咒封锁，多大道术的人也难打开。只有一晚在高兴时，传了我一人开法。师父还说，漫说能将三部天书全得到手，只要把这下函精通，便可超凡入圣，深参造化。叵耐不知上函踪迹，无法修炼。此次我们拜在毒龙尊者门下，我本想将它献出，因见俞师兄处处妄自尊大，略微存了一点预防之心，恐献出只便宜了别人。我等弟兄八人，我最爱你为人粗直，不似三弟、七弟胸藏机心。惟恐此宫被敌人夺去，他们虽不能取出此书，我等异日来取必非容易。又因开那石穴须得一人帮忙，才悄悄约你同来。请四妹在外面瞭望，如见前面凶多吉少，速来报信。我便同你下手将天书取出，逃往深山，寻一古洞，寻访那上函天书的踪迹，找通晓天书的高人，拜在他的门下炼成法术，再作报仇之计，岂不是好？"

言还未了，忽然一道黄光飞进殿来，绕了一绕，仍往外面飞去。黄骈面带惊慌道："四妹用剑光示警，一定大事不好！"说罢，急匆匆同厉吼将殿中心宝座搭开，传了咒语，二人俱把周身脱得赤条精光，两手着地倒行起来。转了九次，忽听地底起了一阵响动，一道青烟冲起，立刻现出一个地穴。允中、魏青暗中相互拉了一下，紧随黄、厉二魔往地穴中走去。入内数十丈，果然现出一个石门，上面绘有符箓。黄骈走离洞门两丈，忙叫厉吼止步，仍用前法着地倒行，口中念咒不绝。咒才念完，石门上冒了一阵火花，"呀"的一声，石门自然开放。允中见厉、黄二魔还在那里倒转，更不怠慢，拉了魏青，从斜刺里抢先入内一看，满洞俱是金光，洞当中石案上供着一个七八寸长、三寸来宽、寸许来高的玉匣。魏青连忙抢来抱在怀中，同允中往外便跑。洞门狭小，恰遇黄、厉二魔走进，撞了一个满怀。首先是厉吼正往石洞走进，猛觉身上被人撞了一下，却看不见一丝迹兆，刚喊出："洞内有了奸细，大哥留神！"允中已经与厉吼擦肩而过。被他一喊，允中猛想起："适才那身量高的唤他六弟，莫非他便是六魔厉吼？前者师父曾命我盗他首级，害我吃了许多苦楚，如今相遇，正好下手。"想到这里，用手中玉龙剑一指，一道白光过去，厉吼人头落地。大魔黄骈刚听到六魔厉吼喊声，便见一道白光擦肩而过，忽听厉吼一声惨呼，只喊出了半截，随即血光涌起，人头落地。知道不好，忙将飞剑祭起护住身体，口诵护身神咒。跑到洞中一看，石案上宝光消火，玉匣天书踪迹不见。恐防有人暗算，连忙纵身出来。魏青两手紧抱天书，见允中取了厉吼的首级，也想趁空下手，不料敌人机警，竟然逃脱，只得同了允中走出石洞。

刚到大殿，便见一个矮小道人站在那里。大魔黄骈却站在道人身后，如泥塑木雕一般。这两人一高一矮，那道人身量长仅三尺，只齐黄骈的腹际，相形之下，愈加显得猥琐。允中见那道人虽然形体矮小，却是神采照人，相貌清奇，胸前长髯飘拂，背插一柄长剑，身着一件杏黄色的道袍，赤足芒鞋，正挡着自己的去路。猛想起师父柬帖上吩咐，知道这道人便是藏灵子。正要悄拉魏青止步，从旁边绕走过去，偏偏魏青立功心盛，以为有凌浑的灵符隐身，早忘柬帖上言语，一手紧抱玉匣，一手拔出适才从乐三官手里得来的那柄宝剑，往前便刺。允中一把未拉住，忙喊："魏兄休忘却令祖母临终遗命！"魏青闻言，才想起师父柬帖上所言，想要将剑收回时已来不及，被那道人将手一指，魏青便觉手上被重的东西打了一下，"锵"的一声，宝剑脱手，坠于地下。再看手上，虎口业已震开，鲜血直流。越发知道道人厉害，果然隐身符瞒不了他。只好负痛将两手紧抱玉匣，连宝剑也顾不得去拾，想从道人侧面绕走出去。谁知才一举步，那道人将手搓了两搓，朝着允中、魏青一扬，立刻大殿上下四面许多奇形怪状恶鬼拦住去路，烈火熊熊，朝二人烧来。魏青急切间又忘了柬帖上言语，当着道人，允中又不便明说。正在着急，倏地一道青光，如长虹般穿进殿来，落地现出一个头绾双髻、身材高大的道童，见了这人，躬身施礼道："弟子奉命，将毒龙尊者用师父红欲袋送回孔雀河监禁，静候师父回去处置，特来复命。"说罢，那道人也不还言，只出手朝着魏青一指。那道童便即转身，朝着魏青大喝道："你这蠢汉，快将玉匣天书献上！我师父为人慈悲，决不伤你二人性命。如不听良言，休怪俺熊血儿要下毒手了。"魏青的祖母娘家姓熊，原与藏灵子有一段很深长的因果，凌浑不命别人，单命魏青来取天书，也是为此。此节后文另有交代，暂且不提。

这时火已烧到允中、魏青跟前，将衣服烧着。正在惊恐，魏青听那道童自称熊血儿，一句话将魏青提醒，重想起柬帖上言语。烈火烧身，事在危急，连忙躬身朝着道人施礼道："我魏青奉我祖母赛飞琼遗命，来此取还天书。望乞道爷看我去世祖母面上，高抬贵手，放我过去。"那道人闻言，面带惊讶之色，把手一招，立时烈火飞回，顷刻烟消火灭。那道人仍未发言，把眼朝那道童望了望。那道童便走过来问魏青道："我师父问你，你祖母业已死去多年，看你年纪还不太大，你祖母死时遗命如何还能记得？"允中听道童盘问，正愁师父没有说得详细，替魏青着急。魏青忽然福至心灵，答道："我祖母当年在鼎湖峰和人比剑，中了仇人的暗器，逃回家去，虽然成了废人，因为有人送了几粒仙丹，当时并不曾死，又活了有几十年才行坐化。当时我才四岁，已经知道一些人事。我祖母留有遗命，命我父亲来此盗取天书；如果不能到手，命我长大成人，投了名师，再去盗取。我七岁上，父亲又被另一仇人害死，天书并未盗成。我当时年幼，访了多少年，也不知那仇人姓名。今日趁魔崽子和别人斗法之时，抽空来此，想先将天书盗走，炼成之后，再去寻那两代仇人报仇。你们硬要恃强夺去，我便枉费心血了。"藏灵子闻言，又对那道童将嘴皮动了几动。那道童又对魏青道："我师父向不喜欺软怕硬，知道你是那怪叫花凌浑的徒弟，你说的这一番话也非虚言。那害死你祖母赛飞琼的仇人，便是这里八魔的师父神手比丘魏枫娘。我师父几次三番要替你祖母报仇。一则他老人家业已五十余年未开杀戒，不便亲自下手除她。那淫妇又十分乖猾，始终遇不着机会，也是她的气数未尽。前些年在成都害人子弟，被峨眉派掌教夫人妙一夫人用飞剑将她腰斩，此仇业已替你报去，可不必报了。害死你父亲的，乃是华山派烈火祖师。将来你炼好天书，再去寻他算账吧。我师父看在你祖母份上，天书由你拿去。此书没有上函，仅学副卷中妖法，适以杀身。好在你师父怪叫花他已将上函得到，里面有中下两函的蝌蚪文注释。师父命你努力修炼，将来他还有助你之处。我师兄师文恭被天狐二女用白眉针所伤，本不致命，又被毒龙恶友绿袍贼所害，身遭惨劫。我随师父回山，便要去寻他们报仇。转告你师父，异日我师徒寻天狐二女报仇时，他休得再管闲事，以免彼此不便。"说罢，将手一挥，殿上神鬼尽退，满殿起了一阵青光，藏灵子师徒连大魔黄骅俱都踪迹不见。

原来魏青本是蜀南侠盗魏达之孙，仙人掌魏荃之子。魏达的妻子赛飞琼熊曼娘，乃是明末有名的女侠岷山三女之一。曼娘在岷山三女中班行第二，那两个一个是衡山金姥姥罗紫烟，还有一个是步虚仙子萧十九妹。那时三人约定誓不嫁人，一同拜在岷山玄女庙住持七指龙母因空师太门下学习剑术。因空师太教规，所收弟子不满十年，不能分发受戒。三人修行不到四年，刚将剑术炼得有些门径，因空师太忽然静中悟透天机，定期圆寂，将三人叫来面前，给罗紫烟、萧十九妹每人一种道书。罗紫烟所得的是《越女经》，萧十九妹得的是一部《三元秘笈》，只曼娘没有传授什么。此时曼娘用功最为勤苦，资质也最好，见师父临去，别人都有传授，独她一无所有，漫说曼娘怨望，连罗、萧二人也觉师父对曼娘太薄。她三人本来情逾骨肉，罗、萧二人便帮她跪求。因空师太正在打坐，静等吉时到来飞升，连理也不理。三人跪求了半天，眼看时辰快到，曼娘已哭得和泪人一般。因空师太忽然叹了一口气，说道："你到我门中，平素极知自爱，并无失德，何以我此番临别对你一人独薄？此中实有许多的因果在内。逆数而行，爱你者适足以害你。你师姊妹三人，目前虽然曼娘较为精进，独她缘孽未断。我此时不肯另传道术，她此后下山遇见机缘，成就良姻，虽难参修正果，还可夫妻同享修龄，白头偕老。否则中途冤孽相缠，绝无好果，所以不肯传授。现在你三人既苦苦相求，再要固拒，倒显得我真有偏心。如今聚首已无多时，我给曼娘留下八句偈语，两封柬帖，外面标明开视年月，到日先看第一封。不到时拆看，上面字迹便不能显出，休来怨我。如果第一封柬帖上所说冤孽你能避开，便照第二封柬帖行事，将来成就还在罗、萧二弟子之上。如其不能避开那场冤孽，执意还要照第二封柬帖行事，必有性命之忧。"说罢，便命曼娘取来纸笔，先封了两封柬帖装在锦囊以内，命曼娘收好。又留下八句偈语。三人未及同观，因空师太鼻端业已垂下两行玉筋，安然坐化。三人自是十分哀痛，合同将因空师太后事办完，仍在庙中居住。曼娘见那偈语上写道："遇魏同归，逢洞莫入。鼎湖龙去，石室天宗。丹枫照眼，魔钉切骨。戒之戒之，谨防失足。"曼娘看罢，同罗、萧二人参详了一阵，先机难测，只得熟记在心。

三人又在庙中住了两年，曼娘见罗、萧二人各按因空师太传授的道书用功，一天比一天精进。再看柬帖上日期，还有三年才到开视日期。因师父嘱咐，不到日期开视，便显不出字来，虽然心急，不敢冒昧开视。又加上罗、萧二人用功益勤，自己不便老寻二人作长谈，闲中无聊，未免静极思动，便想下山游玩一番。偏赶上罗、萧二人功候将成，俱都入定。曼娘也未通知二人，径自一人留了封书，独自离了玄女庙，下了岷山，到处游览山水，偶然也管几件不平之事。有一次由四川到云贵去，在昆明湖边遇见一个多年不见的女友，谈起浙江缙云县仙都山旁的鼎湖峰新近出了一个妖龙，甚是猖獗。曼娘久闻鼎湖峰介于仙都、步虚两山中间，笔立千寻，四无攀援，除了有道之人，凡人休想上去。峰顶有一湖，名叫鼎湖，乃是当年黄帝飞升之所，鼎湖峰之名，便由此而得。心想："我左右无事，何不去看一看这黄帝升仙的圣迹？就便能将妖龙除去，也是一件功德。"想到这里，便别了那个女友，转道往浙江进发。

这日行至闽浙交界的仙霞岭，那峰横亘闽浙交界，与江西相连，冈岭起伏，其长不下千里。山有五分之四属于浙境，五分之一为福建所辖。山中岩谷幽奇，不少仙灵窟宅。曼娘行过仙霞关，正值秋深日暮，满山枫林映紫，与余霞争辉。空山寂寂，四无人声，时闻泉响，与归林倦鸟互相酬唱，越显得秋高气爽，风物幽丽。曼娘忽然想取些泉水来饮，偏偏只听泉声，不见水源，便循声往前行走。转过两个岩角，还未看见溪涧，又往前走了一段，忽听路旁荒草堆中窸窣作响。曼娘好奇，恐有什么野兽潜伏草内，便取出宝剑，拨开那丛荒草一看，原来里面有一条长蛇和一只大龟正在交合。此时曼娘剑术虽未炼到身与剑合，飞行绝迹，可是那柄宝剑已能发能收，取人首级于十里之外。这还未炼成气候的龟、蛇如何禁受得起，被曼娘无心中这一拨，竟将龟、蛇的头双双削落在地。曼娘因那蛇是一条赤红有角的毒蛇，乐得替人除害，并未在意，仍去寻那泉源。走不几步，猛觉身上有些困倦，神思昏昏，心中很不宁静，恨不能寻一个僻静处睡上一觉才好。

　　正在寻思，忽见前面树林中有青光在那里闪动。悄悄近前一看，那青光如龙蛇一般，正蜿蜒着从林中退去。曼娘不舍，跟踪追过树林，便见迎面有一个崖洞。那道青光一落地，便现出一个七八寸高的赤身小人，往洞中跑了进去。曼娘猜是深山中得道精灵所炼的金丹，如何肯轻易放过。恐把那东西惊动逃走，屏气凝神，轻脚轻手掩到洞旁。往里面一看，那崖洞只有丈许方圆深广，并没有退路。洞当中磐石上面，坐定一个五柳长髯、眉清目秀的矮小道人，身高不满三尺。这时那青光中的小人已经飞上道人头顶，眼看道人命门上倏地冒起一股白烟，滋溜溜将那小人吸收到命门内去了。曼娘见那道人虽然长得与人一般无二，可是身材瘦小得出奇，又加上所见小人的情形均和普通修道人修炼元神不一样，定是什么得道精灵。可惜自己来迟了一步，被那小人逃回了巢穴。再一看道人，仍然入定未醒，不由又起了希冀之想。打算掩到道人打坐的磐石后面潜伏，等他的元神二次出现，便将他躯壳搬开，使小人迷了归路，回不得躯壳，再用宝剑吓他，盘问他的根底，以定去取。主意打定，便趁道人闭目凝神之际，轻轻掩到他的身后，且喜道人丝毫没有觉察。在石后埋伏了一会儿，身上越觉软绵绵的，心内发烧，不大好受。正有些不耐烦，猛听道人头上响了一声，冒出一股白烟。先前那个小人，从道人命门内二次现身出来，化道青光，仍往外面飞去。曼娘算计小人去远，便起身走到前面，越看那道人形状，越觉可疑。曼娘艺高人胆大，也未暇计及利害，一面拔出手中剑以防万一，伸出左手，想将道人身躯夹起，藏到别处去。先以为那道人矮小身轻，还不一夹便起，并没有怎么用力。及至夹了一下，未将道人夹起，才觉有点惊异。单臂用力再夹，道人仍是坐在那里，丝毫未动。惹得曼娘性起，不但不知难而退，反将剑还匣，将两手插入道人胁下，用尽平生之力往上一提，仍是如蜻蜓撼石柱一般。正打算用力再提，忽见脑后青光一闪，连忙回身一看，适才飞出去的那道青光业已飞回。曼娘猛地心中一动，急忙舍了道人，拔出匣中宝剑迎上前去，想将那小人擒住。那小人见曼娘举剑迎来，并不避让，反带着那道青光迎上前来，飞离曼娘丈许以外，便觉寒气逼人。曼娘才知不好，忙运一口真气，将手一扬，手中剑化成一道白光飞将出去。只见自己飞剑和那青光才绞得一绞，猛觉神思一阵昏迷，迷惘中好似被人拦腰抱住，顷刻间身子一阵酸软，从脚底直麻遍了全身，便失去了知觉。

等到醒来，觉着浑身舒服，头脑有些软晕晕的，如醉了酒一般。那个矮小道人却愁眉苦脸地站在旁边，呆望着自己。洞外满山秋阳，业已是次日清晨。曼娘猛一寻思梦中境况，知道中了妖人暗算，又羞又怒，也不发言，飞起手中剑，便和道人拼命。那道人将手一招，更将曼娘飞剑收去。曼娘自知不敌，惟恐二次又受污辱，不敢上前，眼含痛泪，往岩石上便撞，打算寻一自尽。谁知身子竟如有人在后拉着似的，用尽平生之力，休想挣脱。又想逃走，依然是一样寸步难移。曼娘见求生不得，求死不能，越发痛恨冤苦，指着道人破口大骂。那道人也不还言，等到曼娘咒骂得力竭声嘶，才走近前来，对曼娘说道："熊姑娘休得气苦。你打开你师父的柬帖，便知此中因果了。"曼娘闻言大惊道："贼妖怪，你还敢偷看我师父的柬帖么？"那道人道："我先前要早看见你师父的柬帖，还不致害了人又害自己，铸这千载一时的大错呢。我因适才做了错事之后，非常后悔，想知你的名姓来历，以为异日赎罪之地，用透视法看了柬帖上的言语罢了。"曼娘知道着急也无用，连忙取出柬帖。先看第一封柬帖上所写的开视年月，屈指一算，正是本日。只因这两年在外闲游，不知不觉把光阴混过，前几日自己还算过日期快到，不知怎地会忘了就在眼前，所幸还没有错过日期。不由又喜又忧，两手战兢兢打开来细看。上面写道："汝今世孽缘未尽，难修正果，姑念诚求，为此人定胜天打算，预留揭语，以做将来。此柬发时，汝当在仙霞关前，误遇云南孔雀青河畔修士藏灵子，了却五十年前一段公案。如能避过此劫，明年重阳日再开视第二柬帖，当示汝以旷世仙缘。否则，当遇一熊姓少年，同完宿姻，夫妻同享修龄。欲归正果，须隔世矣。汝失元阴，实因宿孽。藏灵子成道多年，久绝尘念，彼此均为数弄。汝非藏灵子，前生只一孔雀河畔洗衣番女耳，今生尚不能到，何况来世。从此努力为善，他生可卜，勿以无妄之孽，遽萌短见也。某年月日，留示弟子熊曼娘。师因空。"曼娘读罢柬帖，猛想起师父惕语上曾有"逢洞莫入"之言，痛恨自己不该大意多事，闹得败道辱身，不由又放声大哭起来。

藏灵子叹息道："曼娘休得悲伤，且请坐下，容我说你前生的因果，便知因空师太柬帖上所说的孽缘了。我的母亲本是甘肃一家富户之女，因随父母入藏朝佛，被我父亲抢往天灵山内强逼成亲。我外祖父母武功很好，一见女儿被人抢去，约请了许多能人，将我父亲打死，将我母亲救回。我母亲和我父亲虽然成婚只得几天，却已有了身孕。回家以后，因为已经失身，立志不再嫁人。外祖父颇以为然。偏偏外祖母不久死去，我外祖父原有一个侧室，便扶了正。我母亲受不了她的苦楚，先还想生下一儿半女，可以有个指望。谁知这身孕怀了一年零六个月才得分娩。我下地时节，周身长着很长的白毛，从头到脚长才五六寸，简直不像人形。我母亲一见，当时气晕过去，又加产后失调，当时虽然醒转，第三天便即身死。外祖父和他的侧室，口口声声说我是妖怪骨血，我母亲一死，便命人将我抱出去活埋。我被埋在土内过了七天，因为生具我父亲遗传的异禀，不但不曾死，第七天上反从土里钻了出来。也是仙缘凑巧，恰好我恩师青海派鼻祖姜真人走过，听见坟堆里小儿啼声，将我救往孔雀河畔。我恩师因飞升在即，门下弟子虽多，无一人够得上承继道统。见我根基骨格不似寻常，非常高兴，特为我耽误二十年飞升，传我衣钵。及至二十年期满，他老人家飞升之时，将我一人召至面前，说我根基禀赋虽好，可惜受我父遗传性，孽根未断，早晚因此败道。嘱咐我把稳小心，又传我许多道法，才行圆寂。我因记着师父言语，从来处处留神，对于门下教规也甚严。又过三十年，有一天走在孔雀河畔闲游，看见一个穷人家内，有一个小女孩子才三四岁，长得十分秀美可爱。我不时给她家钱米食物，只不过素性喜爱小孩子，并无别意。那女孩极愿意要我抱着她引逗玩耍。一晃眼过了十几年，偏那女孩又与我长得一般高矮。那一带地方的人，都奉我犹如神明。那里佛道两教中，均不禁娶妻。她父母受我恩惠，几次想将这女孩嫁我，这女孩心中也极愿意。我当然执意不肯，不和那女孩见面了。那女孩由此竟得了相思之症而死。她死后第三天，忽然有一个十八九岁的幼年牧童自刎在她的墓前。彼时我因恐那女孩向我纠缠，正在外云游，回来问起此事，才知那女孩恋着我，那牧童却恋着她，两人同是片面相思，为情而死。可惜我回去晚了两月，两人尸骨已朽，无法返魂回生了。这件事我藏在胸中已有多年。因为听说仙霞岭新近出了许多成形灵药，前来采取。叵耐这些灵药已然通灵，非常机警，得之不易。我在此等了多日，每日用元神出游前去寻找，不想你会跟踪到此。起初我见你跑来，本不愿多事。偏你不解事，竟存心想不利于我。我见你枉自学会剑术，连如今最负盛名的三仙、二老、一子、七真的形状都不打听打听。别人还可，惟独我藏灵子的形貌最是异样，天下找不出有第二个似我矮瘦的人，你竟会不知道。起初原是好意，想借此警戒警戒你。没料到你在前面误斩龟、蛇，剑上沾了天地交泰的淫气，我用元神夺你的飞剑，连我也受了沾染。两人都一时把握不住，才铸成这番大错。如今事已至此，你徒死无益。依我之见，你不如照因空师太柬帖上所言行事，如有用我之处，我必尽力相助。"

曼娘被藏灵子再三苦劝，虽然打消了死意，一想到自己业已失身，藏灵子又是一个道行高深的人，莫如将错就错嫁给了他，倒省得被人轻视耻笑。想到这里，不禁脸红起来，不好意思当面开口。正在为难，藏灵子业已看出她的心意，生恐她在此纠缠，只得想了一个脱身之计：骗曼娘服了一粒坐忘丹，暗中念咒施法，等曼娘昏迷在地，径自去了。曼娘服了坐忘丹以后，觉得两眼昏昏欲睡，一会儿工夫便在石上睡着。等到醒来，见自己身卧崖下石洞之内，手中拿着师父一封柬帖，甚为诧异。这时曼娘中了藏灵子法术，把适才之事一齐忘却，只记得自己斩罢龟、蛇，便觉身软欲睡，什么时候跑到这崖洞里来睡着，一些也想不起来，身上也不觉有异样。一看柬帖上言语，当日正是开视日期，上面所说的一丝也解不开。又想："这藏灵子是谁？照柬帖上所说，我与他尚有孽缘，如何在开视柬帖以前并未遇见？莫非我已躲过此劫，只需再躲过那个姓熊的，便可得道了？"想到这里，反倒高兴起来，却不知业已中了人家的道儿。起来整整衣服，便出洞寻路，往鼎湖峰走去。走出前面那片树林，便离适才误斩龟、蛇之处不远，猛见那丛荒草又在那里晃动。心想："莫非又有什么怪东西在这里潜藏？"刚往前走了十几步，忽听荒草丛里扑哧扑哧响了两声，倏地跳出一个浑身漆黑、高才尺许的小人，肩头上背着两片碧绿的翠叶，见了曼娘，飞一般往前逃走。

曼娘正觉稀奇，一听荒草里又在响动，探头一看，正是适才误斩的那只大龟居然活了转来。那条死蛇业已不知去向，只泥里现出一线蛇印非常明显。曼娘因那龟并不伤人，正待寻找毒蛇踪迹，猛想起："以前听师父说过，深山之中常有肉芝、何首乌一类的仙草，日久年深，炼成人形出游，如能得到，便可长生。适才见那小人，莫非便是成形肉芝之类？这龟、蛇是沾了它的灵气，所以能起死回生？"想到这里，顾不得再看龟、蛇死活，忙往那黑小人逃走的方向看去。且喜那小人虽然行动甚快，无奈腿短，还没有跑出多远，便舍了龟、蛇，往前追赶。追越过了两个山坡，两下里已相隔不远。那小人回头一看，见曼娘追来，口中发出吱吱的叫声，愈发往前飞跑。跑来跑去，又跑过一个山坡，那小人忽然往一丛深草里钻了进去，便即不见。曼娘纵进草丛中一看，别处的草都已枯黄，惟独这里的丛草却是青青绿绿得非常肥茂。越猜想是灵药生长之地，便揣测着小人跳落之所，往前寻找。找到乱草中心，忽见草地中有三尺见圆一块空地，寸草不生，当中却生着一棵形如灵芝的黑草，亮晶晶直发乌光。曼娘不由高兴得脱口惊呼道："在这里了！"言还未了，黑芝旁边一棵碧油油的翠草，忽然往地下钻去。曼娘心中着急，探身往前一把未抓住，只随手撕下半片翠叶来。眼看那一棵翠草没入土中，转眼消逝。再看手上这半片翠叶，形如莲瓣，上头大，底下小，真是绿得爱人。虽然不知名字，既能变化，定是仙草无疑。悔不该出声惊动，被它遁去。且喜那一棵灵芝仍在那里未动，惟恐又像那棵翠草遁走，悄悄移步近前，将半片翠叶先收藏怀中。一手先抓紧了近根处不放，一手解下宝剑，恐剑伤了它，只用剑匣去掘那周围的泥土。掘下去有三四尺光景，渐渐露出一个小人头，越发加了小心。一会儿工夫现出全身，果然那黑芝的根上附着一个小人，耳鼻口眼一切与人一般无二,只颜色却是绿的,并不似先前小人那般乌黑。曼娘以为是适才自己眼花看错,未暇寻思,灵药到手,欢喜得要命。这一棵黑芝通体长有五尺,下黑上绿,长得非常好看。曼娘正拿在手上高兴,猛听身后呼呼风响。回头一看,身后深草起伏如波浪一般,有一道红线,红线头上骑着一个黑东西,像箭一般从草皮上蹿了过来。

第九十二回

生死故人情　更堪早岁恩仇　忍见鸳鸯同拼命
苍茫高世感　为了前因魔障　甘联鹣鲽不羡仙

曼娘定睛一看，喊声："不好！"幸喜宝剑在手，连忙甩脱了剑鞘。说时迟，那时快，剑刚出匣，那东西已往曼娘头上蹿了过来。曼娘更不怠慢，将脚一踮，纵身往横里斜蹿出去。就势起手中剑往上一撩，一道白光过处，往那东西的七寸子上绕了一绕，饭碗大一颗蛇头直飞起有十几丈高下。那一段蛇身带着一阵腥风，赤鳞耀目，映着日光，像一条火链般，从曼娘头上飞蹿出去有数十丈远近，才行落地。曼娘起初闻风回视，见那蛇头上骑着一个黑东西，好像适才见的黑小人。斩蛇之后再去寻找，已不知去向了。细看那条大蛇，与前一次误斩龟、蛇所见的那一条一般无二，七寸子下面还有接续的创痕。知道这种红蛇其毒无比，恐它复活害人，不管它是先前那条蛇不是，挥动宝剑，先将它连头带身切成四截，重又一截一截地斫成无数小段，才行住手。觉得手上有些湿乎乎的，低头一看，手上的黑芝根上的成形小人，不知怎地被曼娘无心中碰断了一条臂膀，流出带浅碧色的白浆来。曼娘以为灵药可惜，便就着小人的断臂处去吮吸，入口甘甜，一股奇香刺脑欲醉。喜得曼娘还要口中用力去吸时，忽然觉得一阵头晕眼花，心中作恶，两太阳穴直冒金星，一个支持不住，倒在就地，不省人事。

及至醒来一看，自己身子睡在一个崖洞窝铺之内，旁边坐着一老一少两个猎人。老的一个正坐在一个土灶旁边，口中吸着一根五六尺长的旱烟袋，不时用手取些枯枝往灶里头添火。长着一脸胡须，目光炯炯，看上去身材非常高大，神态也极硬朗。年轻的一个生得虎臂熊腰，英姿勃勃，身上还穿的是猎人打扮。坐在老猎人侧面，面前堆着十几个黄精和芋头，手中拿着一把小刀，正在那里削个不停。四周壁上，满张着虎豹豺狼野兽的皮，同各种兵器弓弩之类。曼娘不知怎地会得到此，心中惊异。正待从卧处起来，猛觉周身一阵奇痛，四肢无力，漫说下床，连起身也不能够。那两个猎人闻得曼娘在床上转动，年轻的一个便喊了一声"爹爹"，朝铺上努了努嘴。老年猎人便走了过来，对曼娘道："姑娘休要转动，你中毒了。所幸你内功甚好，又得着了半片王母草，巧遇见我儿子打猎经过，将你背回，我就用你得来的那半片王母草将你救了转来。如今你元气大亏，至少还得将养三四个月才能下地。要想身体还原，非半年以上不可。我已叫我老伴给你去寻药去了，如能再得两片王母草，你痊愈还要快些。你现时劳不得神，先静养些时，有话过些日子再说吧。"那少年猎人也走过来插口道："爹爹如此说法，叫姑娘怎得明白？我们原是四川人，因为有一点事，将我父母同我逼到外乡来。我父亲会配许多草药，知道仙霞岭灵药甚多，特意来此寻采。我最喜欢打猎，昨天到前岭去打猎回来，忽见草地里有一颗断了的大蛇头，心中奇怪。暗想：'这种大毒蛇，能将它除掉，必是个大有本领之人无疑。'正想着往前走，又看见无数断碎蛇身，我便跟踪寻找。见姑娘倒在地上，业已死去，手中拿着一株仙人羼和半片王母草。我原认不得这些灵药。因见姑娘那柄宝剑非常人之物，那蛇定是被姑娘所斩，以为姑娘斩蛇后中了蛇毒。我佩服姑娘有这么大本领和勇气替世人除害，见姑娘胸前还有热气，我爹爹所配灵药能起死回生，才将你背了回来救治。我爹爹说你所中并非蛇毒，乃是把仙人羼这种毒药，错当做了灵芝服了下去。所幸你内功根底很深，当时并未身死；又加上你得的那半片王母草，乃是千年难逢的灵药，能够起死回生。我爹爹先用王母草给你服下，又用家藏的灵药与你救治。因为缺少一样药草做引子，我母亲到后岭寻找去了，还未回来。我父子虽是采药的猎人，并不是下流之辈。姑娘如家乡甚近，等母亲回来，服完了二次药，给你收拾出地方住上几天，等医得有些样子，我们才敢送你回家去。如果离家甚远，只好等在我家养痊愈了再走。我知姑娘事起仓猝，又和我们素昧平生，必定急于知道我父子的来历，所以才冒昧对你说明。爹爹说姑娘不能劳神，最好照我的话，无须回答。这是性命攸关，请你不要大意，越谨慎小心越痊愈得快。"曼娘闻言，才明白了一个大概。心中最惦记的是自己的一口宝剑，见挂在铺旁，没有失落，才放了心。因神弱力乏，略一寻思，心内便觉发慌，太阳穴直冒金星，头痛欲裂。又见这两个猎人言语诚挚，行止端正，事已至此，只得接受人家好意，由他医治。心中还想说几句感恩道谢的话，谁知气如游丝，只在喉中打转，一句也张不开口来。才知人家所说不假，只得将头冲着这两个猎人微点了点，算是道谢，便即将双眼闭上养神。不多一会儿，又昏迷过去。

过了一阵，觉着有人在扶掖自己，睁眼一看，业已天黑。那少年猎人手中拿着一把火炬，一手捧着一个瓦罐，站在铺前。一个白须如银的年老婆子，一手扶着自己的头，用一个木瓢去盛那瓦罐里的药，一口一口正给自己喂灌呢。那老婆子见曼娘醒来，笑说道："姑娘为世人除害，倒受了大伤了。"说罢，伸手到曼娘被内摸了摸肚皮，说道："姑娘快行动了。"那少年猎人闻言，便将火炬插在山石缝中，捧过来一大盆热水，又取了一个瓦钵放在当地，随即退身出去。少年猎人走后，曼娘也觉着肚内一阵作痛，肠子有东西绞住一般，知要行动，便想揭被下地。偏偏身子软得不能动转，手足重有千斤，抬不起来。那老婆子道："姑娘不要着急，都有老身呢。"说罢，先将风门关好，回转身揭开曼娘盖被，先代曼娘褪了中小衣，一手插入曼娘颈后，一手捧着曼娘两条腿弯。曼娘正愁她上了年岁抱不起来，谁知那老婆子力气颇大，竟和抱小猫一般将曼娘捧起。刚捧到瓦钵上面，曼娘已忍耐不住，扑嘟连声，尿屎齐来，撒了一大瓦钵，奇臭无比。顿时身上如释重负，心里轻松了许多。那老婆子给曼娘拭了污秽，将曼娘捧到床上，也不给她衣服，用被盖好，然后端了瓦钵出去。一会儿工夫，听得老婆子在外面屋内说话，隐约听得那少年猎人说："妈，你不要管我，少时我打地铺就是。救人一命，胜造七级浮屠呢。"那老婆子道："平时我吃素，你还劝我，每日专去打猎杀生，这会儿又慈悲起来了。她又是个女的，毒中得那么深，有的地方，你和你爹爹又不能近前给我帮忙。偏你这孝顺儿子，会想法磨我老婆子一人。"那少年猎人又说了几句，并未听真。又听得那老婆子道："妈逗你玩的。我天天想行善修修来世，如今天赐给我做好事的机会，还偷懒么？她如今刚行动完了，药汤也太热，略让她缓缓气，再给她洗吧。只是你爹爹说，由此每日早晚给她服药、洗澡、行动得好几天，要过十几天，毒才能去尽呢。"那少年猎人道："诸事全仗妈救她，少时给她洗澡以后，我到底是个男子，虽说行好救人，恐防人家多心，我就不进去了。"那老婆子又道："我说你这孩子，虎头蛇尾，做事不揩屁股不是？

你怎么给我抱回来的？这会儿又避起嫌疑来了，只要心里头干净，我们问心无愧，怕些什么？女人家长长短短，当然不能叫你在旁边。她这十几天服药之后，身子一天比一天软，白天不说，晚上扶她起来用药，我一个人怎忙得过来？"那少年猎人闻言，没有言语。

那老婆子随即走了进来，先摸了摸当地的木盆。又待了片刻，才走过来，将曼娘仍又捧起，放到木盆里面。曼娘闻得一阵药香，知道木盆中是煮好了的药汤。那老婆子先取盆内药渣给曼娘周身揉搓，末了又用盆中药汤冲洗周身。曼娘浑身少气无力，全凭老婆子扶掖搓洗了个够，用盆旁干净粗布擦干，捧上床去。那婆子又取过一套中小衣，对曼娘道："姑娘衣服不能穿了，这是老身两件粗衣服，委屈点将就穿吧。"曼娘见那老婆子生得慈眉善目，偌大年纪，竟这样不怕污秽，殷勤服侍自己。想起自己幼遭孤零，从未得过亲人疼爱，纵横了半生，却来在这荒山僻地死里逃生，受人家怜惜，觉着一阵心酸，只流不出眼泪来。暗想："猎家父母儿子三人，俱都有如此好心，见义勇为。将来好了，必定要肝脑涂地，报答人家才好。"又想起适才听得他母子在外屋的对答，难得那少年猎人也这样行止光明。又见他家陈设简陋，并住在崖洞窝铺之中，必是个穷苦猎人，让人如此费神劳顿，越想越过意不去。最难受的是，心中有一万句感恩的话，一句也说不出来。正在胡思乱想，那老婆子已是觉察，便用手抚摸曼娘道："姑娘休要难受，你想心思，我知姑娘有话说不出来，但是不要紧的，我们都猜得到。有什么话，身体好了说不一样么？别看我们穷，不瞒姑娘说，如今我们并不愁穿吃，只为避人耳目，外面现些穷相罢了。"言还未了，便听外屋有人说话道："姑娘受毒甚重，劳不得神，你少说几句吧。"那老婆子闻言，当即住了口，只劝曼娘不要过意不去，安心调养。曼娘一听外面是那老猎人口音，语气好似警戒老婆子不要多口。明白他是怕老婆子说溜了口，露出行藏。猜这一家定非平常之辈，苦于开不得口，没法问人家姓名，只得全忍在心里。一会儿工夫，少年猎人从外面捧了一碗东西进来，站在床前。那老婆子道："别的东西姑娘吃不得，这是煮烂了的黄精，姑娘吃一点吧。"说罢，仍由老婆子扶起曼娘的头，从少年猎人手中一勺一勺地喂给曼娘吃。曼娘舌端发木，也吃不出什么滋味来。那老婆子也不给曼娘多吃，吃了五六勺，便命端走。到了半夜，曼娘又行动了几次，俱都是老婆子亲身扶持洗擦。曼娘虽然心中不忍，却也无奈。

照这样过了有七八天，俱是如此。只泻得曼娘精力疲惫，气如游丝。幸而老猎人一面用泻药下毒，一面还用补药提气。不然的话，任曼娘内功多好，也难以支持。直到第九天晚间才住了泻。那老猎人进屋对曼娘道："恭喜姑娘，今天才算是脱了大难了！"曼娘因遵那猎人一家吩咐，自从中毒以来，一句话也未说过，想说也提不上气来。这几日服药大泻之后，虽然身子一天比一天软弱，心里却一天比一天舒服，不似前些日那样时时都觉如同虫咬火烧了。当晚又喝了一碗黄精和稻米煮的稀饭，由此便一天比一天见好。又过了五六天，才能张口说话。见这一家子对她如此恩义，尤其是那少年猎人对她更是体贴小心，无微不至，把曼娘感激得连道谢的话都说不出口。

谁知曼娘病才好了不到两月，刚能下地走动，那老婆子忽然有一晚到外面去拾枯枝，从山崖上失足跌了下来。等到她儿子到城镇上去买米盐回来救转，业已震伤心肺，流血太多，眼看是无救的了。不但老猎人父子十分悲痛焦急，就是曼娘受人家救命之恩，偌大年纪那般不避污秽，昼夜勤劳，自己刚得起死回生，还未及图报大恩，眼睁睁看她就要死去，也是伤心到了极处。偏偏福无双至，祸不单行。那老婆子命在垂危之际，那老猎人夫妻情长，还想作万一打算，吩咐儿子在家服侍，自己带了兵刃出去，希冀也能寻着一点起死回生的灵药，救老伴的性命。老猎人走后，那少年猎人也和曼娘都守在老婆子铺前尽心服侍，希望老猎人出去能将灵药仙草寻了回来。曼娘更是急得跪在地下叩祷神佛默佑善人，不住口许愿。那老婆子看曼娘情急神气，不由得现出了一脸笑容，将曼娘唤到面前，说道："姑娘你太好了！我要是有你这么一个……"说到这句，忽然停了口，望了那少年猎人一眼，又深深地叹了一口气。曼娘心中正在烦愁，当时并未留出邡老婆了言中深意。直到天黑，还不见老猎人回转，那少年猎人与那老婆子都着急起来，老婆子不住口地催少年猎人去看，少年猎人又不放心走，好生为难。老婆子见少年猎人不去，便骂道："不孝畜生！你还是只知孝母，不知孝父么？再不走，我便一头碰死！"曼娘见老婆子生气，便劝少年猎人道："恩兄只管前去，你娘便是我娘，我自会尽心服侍的。"那少年猎人又再三悄悄叮嘱曼娘，除了在旁伺候外，第一是不能离开此屋一步。说罢，眼含痛泪，连说几声："妈妈好生保重，儿找爹爹去，就回来。"才拿了兵刃走去。

曼娘所说原是一句无心之言，少年猎人才走，那老婆子便把曼娘喊至床前，说道："好儿，你将才对我儿说的话，是真的愿喊我做娘么？"曼娘闻言，不由心中一动，猛想起老婆子适才之言大有深意，自己受人深恩，人家又在病中，匆促之间，不知如何答对才好。刚一沉吟，那老婆子已明白曼娘心中不甚愿意，便把脸色一变，叹了口气，低头不语。曼娘半晌才答道："女儿愿拜在恩公恩母膝下，作为螟蛉之女。"这时老婆子越发气喘腹痛，面白如纸，闻得曼娘之言，只把头摇了摇，颤声对曼娘道："你去与我汲一点新泉来。"曼娘连日也常在门前闲眺，知道洞前就有流泉，取了水瓢就往门外走去。才一出门，好似听见老婆子在床上辗侧声响，曼娘怕她要下床走动，连忙退步回身一看，那老婆子果然下地，用手摘下墙上一把猎刀正要自刎。曼娘大吃一惊，一时着急，顾不得病后虚弱，一个箭步蹿上前去，抓住老婆子臂膀，将刀夺了下来，强掖着扶上床去。这时老婆子颈间已被刀锋挂了一下，鲜血直往下流，累得曼娘气喘吁吁，心头直跳。那老婆子更是气息仅存，睁着两只暗淡的眼睛，望着曼娘不发一言。曼娘略定了定神，不住口地劝慰，问老婆子何故如此，老婆子只不说话。

曼娘正在焦急，忽听门一响处，那少年猎人周身是血，背着老年猎人半死的身躯跑了进来。那老婆子见老年猎人头上身上被暗器兵刃伤了好几处，好似早已料到有这场事似的，对少年猎人道："他也快死了吧？"少年猎人眼含痛泪，微点了点头。老婆子微笑道："这倒也好，还落个干净，只苦于他不知道我的心。"曼娘正忙着先给老年猎人裹扎伤处，老婆子颤声道："那墙上小洞里有我们配的伤药，先给我儿子敷上伤处吧。他同我都是活不成的了。"曼娘见那婆子同少年猎人对那老年猎人都很淡漠，那老年猎人周身受了重伤，躺在铺上，连一句话都不说，好生奇怪。三个恩人，除了身带重伤，便是命在旦夕，也不知忙哪一头是好，听老婆子一说，只得先去给那少年猎人治伤。这时少年猎人业已舍了老年猎人，跪伏在老婆子面前，见曼娘过来给他敷药，便用手拦阻，请曼娘还是去给老年猎人敷治。言还未了，老婆子忽然厉声道："忤逆儿！你知道这人已活不成的么？做这些闲事干什么？我还要你裹好伤，去将他寻来与我见上一面呢。"说时，用力太过,少年猎人一眼看见老婆子颈间伤痕,忙道:"妈又着急了么?孩儿准去就是。适才也请过,无奈他不肯来,愿意死在前面坡上。爹又在重伤,只得先背了回来。"说罢,便任曼娘给他裹好了伤处,咬牙忍痛,往外走去。

去了不多时,又背进一个道装打扮的老年人来,额上中了支镖,虽然未死,也只剩下奄奄一息了。那老道先好似怒气冲冲不愿进来似的,及至一见老婆子同老年猎人都是命在旦夕的神气,忽然脸色一变,睁着一双精光照人的眸子,长啸一声道:"我错了!"说罢,挣脱少年猎人的手,扑到床前,一手拉着老婆子,一手拉着老年猎人,说道:"都是我不好,害了你们二人。现在业已至此,无法挽救,你们两人宽恕我吧。"那老婆子道:"仲渔,这事原是弄假成真。你报仇,恨我们二人,原本不怪你,只是你不该对你儿子也下毒手。他实在是你的亲生骨肉,我跟老大不过是数十年的假夫妻。我临死还骗你么?你去看他的胸前跟你一样不是?"那道人一闻此言,狂吼一声,也不知从哪里来的神力,虎也似的扑到少年猎人身旁,伸手往那少年猎人胸前一扯,撕下一大片来,又把自己胸前衣服撕破一看,两人胸前俱有一个肉珠,顶当中一粒血也似的红点。那道人眼中流泪,从身上取了一包药面,递与少年猎人,指着曼娘道:"快叫你妻子给你取水调服。幸而我还留了一手,不然你更活不成了。"说罢,转身厉声问老婆子:"何不早说?"那老婆子道:"那时你性如烈火,哪肯容我分辩?举刀就斫。我又有孕在身,如不逃走,岂不母子性命一齐断送?我离了你之后,受尽千辛万苦,眼看就要临盆分娩,我又在病中,无可奈何,只得与老大约法三章,成了名义上的夫妻。三十年来,并未同过衾枕。老大因听人说你拜在欧阳祖师门下,炼下许多毒药喂制的兵刃暗器,要取我全家的性命,我们只好躲开。谁知你事隔三十年,仍然仇恨未消。今早我在前山崖上看见一个道人,认出是你,心中一惊,失足跌了下来。偏老大见我伤重,趁我昏晕之际,想出去采来仙草,救我残生。等我醒来,想起你二人相遇,必定两败俱伤,知道追老大回来也来不及。又恐你连我儿子也下毒手,所以不叫达儿前去探望。后来实实忍耐不住,才叫达儿前去寻找你二人的尸首。不想你毕竟还是对他下了毒手。想起我三人当初曾有'不能同生,但愿同死'之言,今日果然应验了。"说罢,又喊曼娘近前道:"我知姑娘看不中我的儿子，不过他现中腐骨毒刀，虽然他父亲省悟过来，给了解药，没有三月五月，不能将养痊愈。请姑娘念我母子救你一场，好歹休避嫌疑，等我三人死后，将尸骨掩埋起来，照料我儿好了再走。我死在九泉，也感激你的恩义。"曼娘正要答言，那老婆子已气喘汗流，支持不住，猛地往后一仰，心脉震断，死在床上。接着便听老年猎人同那道人不约而同地齐声说道："淑妹慢走，我来也！"言还未了，那道人拔出额上中的一支铁镖，倒向咽喉一刺。那老年猎人一见，猛地大叫一声，双双死于非命。

那少年猎人见他母亲身死，还未及赶奔过去，一见这两人也同时身死，当时痛晕过去。曼娘着了一会儿急，也是无法，只得先救活人要紧。当下先从少年猎人手上取了解药，给他用水灌服之后，先扶上床去。再一搜道人身畔，还有不少药包，外面俱标有用法，便放过一旁藏好。因那老婆子对她独厚，想趁少年猎人未苏醒前，给她沐浴更衣，明早再和少年猎人商议掩埋之计。走到她身前一看，那老婆子虽然业已咽气好一会儿，一双眼睛却仍未闭，眼眶还含着一包眼泪。曼娘用手顺眼皮理了理，仍是合不上去。知她恐自己丢下少年猎人一走，所以不肯瞑目，便轻轻默祝道："难女受恩父恩母救命之恩，无论如何为难，也得将恩兄病体服侍好了，才能分手；不然，还能算人么？"谁知祝告了一阵，那老婆子还是不肯闭眼。曼娘无法，只得先给她洗了身子，换过衣服，再打主意。正在动手操作，忽听床上少年猎人大喊一声道："我魏达真好伤心也！"说罢，"哇"的一声大哭起来。曼娘心中一动，连忙过去看时，那少年猎人虽然醒转，却是周身火热，口中直发谵语。知他身受重伤，一日之间连遭大故，病上加病，暂时绝难痊愈。安葬三人之事，再过几日，说不得只好自己独自办理了。便随手取了两床被，为少年猎人盖上。回身又来料理老婆子身后之事。见她目犹未瞑，暗想："自己初被难时，因口中不能说话，没有问过他们姓名。后来自己身子逐渐痊可，一向称他们恩父、恩母、恩兄，虽然几次问他们，俱不肯实说，只含糊答应。今日听那少年猎人梦中之言，才知他家姓魏。师父柬帖上说，我和姓魏的本有前缘，偏偏我又受过人家深恩。如今老两口全都死去，只剩他一人带有重伤，还染病在床，弃他而去，他必无生理；如留在此地，他又非一时半时可以痊愈。孤男寡女常住一起，终是不便。自己一向感激他的情义，凡事当退一步想：我如不遇他救到此地，早已葬身虎狼之口，还向哪里去求正果？如今恩母死不瞑目，定是为她儿子牵肠挂肚。何不拼却一身答应婚事，既使死者瞑目，也省得日后有男女之嫌？虽然妨碍修道，师父遗言与柬帖上早已给自己注定，自己天生苦命，何必再做忘恩负义之人？"想到这里，不由一阵心酸，含泪对老婆子默祝道："你老人家休要死不瞑目，你生前所说的话，我答应就是。"说罢，那老婆子果然脸上微露出一丝笑容，将眼闭上。

这时曼娘心乱如麻。既已默许人家，便也不再顾忌。替老婆子更衣之后，又将老年猎人同道人尸身顺好。先将自己每日应服的药吃了下去，又烧起一锅水来。重新打开那些药包，果然还有治毒刀伤外用之药，便取了些，为少年猎人伤口敷上。那少年猎人时而哭醒，时而昏迷过去。幸喜时届残冬，山岭高寒，不愁尸身腐烂。直到第三天上，少年猎人神志才得略微清楚。重伤之后，悲痛过甚，又是几次哭晕过去。经曼娘再三劝解，晓以停尸未葬，应当勉节哀思，举办葬事。那少年猎人才想起，这几天如非曼娘给自己服药调治，也许自己业已身为异物。又见她身子尚未全好，这样不顾嫌疑，劳苦操作，头上还缠着一块白布，越想越过意不去，当时便要起身叩谢。曼娘连忙用手将他按住道："当初你救我，几曾见我谢来？如今还不是彼此一样，你劳顿不得，我已痊愈，你不要伤心，静养你的，凡事均由我去办，我就高兴了。我衣包中还有几十两银子，现在父母尸骨急于安葬，只需说出办法，我便可以代你去办。"少年猎人也觉自己真是不能转动，又伤心又感激，只得说道："由南面下山三十余里，走出山口，便见村镇。银子不必愁，后面铺下还有不少。就烦恩妹拿去，叫镇上送三口上等棺木来，先将三老入殓。等愚兄稍好，再行扶柩回川便了。"

曼娘又问少年猎人可是姓魏。少年猎人闻言，甚是惊异。曼娘又把他梦中谵语说出，少年猎人才道："我正是魏达。我生父魏仲渔便是那位道爷。我继父也姓魏，名叫魏大鲲，便是给你治伤的老年猎人。此中因果，只再说一个大概。当初我母亲和我生父、继父全是铁手老尼门人。我生父是铁手老尼的亲侄子。我继父虽然姓魏，却是同姓不同宗。我母亲原和继父感情最好，叵耐铁手老尼定要我母亲嫁给我的生父，我母亲遵于师命，只得嫁了过去。两三年后，便有了身孕。我父亲素性多疑，见我母亲嫁后仍和继父来往，老是有气，因为是同门至好，不便公开反目，含恨已非一日。我母亲也不知为了此事受过多少气。偏我继父感情太重，见我母亲未嫁给他，立誓终身不娶，又时常到我家去看望。这日正遇上我父亲奉师命出了远门，那晚又降下了多少年没有下过的大雪，所居又在深山之中，除了飞行绝迹的剑仙万难飞渡。我母亲和我继父无法，只得以围棋消遣，坐以待旦。第二日天才一亮，继父便要回去，偏我母亲要留他吃了点心再走，这一吃耽误了半个多时辰。出门时正赶上我父亲冒着大雪回来，到家看见我母亲正送继父出来，因在原路上并没见雪中有来的足印，知我继父定是昨夜未走，起了猜疑。当时不问青红皂白，拔出兵刃就下毒手。我母亲同继父知道事有凑巧，跳入黄河也洗不清，只得暂顾目前，避开当时的凶险，日后等我父亲明白过来，再和他说理，于是二人合力和我父亲交手。要论当时三人本领，只我母亲已足够我父亲应付，何况还有我继父相助。不过二位老人家并不愿伤我父亲，好留将来破镜重圆地步，只图逃走了了事。偏我父亲苦苦追赶，拼死不放，口里头又辱骂得不堪入耳。眼见追到离师祖住的庙中不远，恐怕惊动师祖出来祖护，虽然心中无病，形迹却似真赃实犯，分诉不清，师祖性如烈火，绝难活命。我母亲只图避让，不肯还手，一个不留神，被我父亲用手法打倒。继父急于救我母亲，趁空用暗器也将我父亲打倒，将我母亲救走。我母亲当时并未见我父亲中了继父的暗器，只以为他是被雪滑倒。逃出来了才得知道，大大埋怨我继父一顿，说是他不该打这一镖，将来夫妻更难和好。絮聒了半天，末了并未和我继父同走，自己逃往一个山洞里面住下，一面托人求师祖给她向父亲解说。谁知师祖本来就疑心我母亲嫁人不是心甘情愿，又加上有我父亲先入之言，不但不肯分解，反将我继父同母亲逐出门墙。

"我父亲吃了继父的亏，立志炼毒药暗器，非报仇不可。幸而他打算先取了继父的首级与我母亲看过，再杀我的母亲，所以我母亲一人住在山洞之中，未曾遭他毒手。光阴过了有好几个月，忽然产前身染重病。起初怕我父亲疑上加疑，想将孩子生出后再行乞怜，求他重收覆水，所以并不许我继父前去看望。一切同门也都因师祖同我父亲说坏话，全无一人顾恤。只我继父一人知我母亲冤苦，虽因我母亲再三说不准他前去相见，他怕父亲暗下毒手，择了附近偏僻之处暗中保护。每日一清早，便将应用的东西饮食给送到洞门外边，却不与母亲见面。母亲先还以为是同门好友背了师祖所为。后来实在病得人事不知，我继父又送东西去，连送两日，见我母亲不出洞来取，怕出了什么变故，进洞一看，我母亲业已病倒床上，人事不知了。继父知她夫妻绝难重圆，救人要紧，索性不避嫌疑，昼夜辛勤服侍。他本从师祖学医，能识百草，知道药性，医治了一月，母亲居然在病中临产，生下我来。在半个月上，神志略清，起初看见我继父还是又惊又怒。后来问起以前每日送东西食物同病中情形，未免感我继父恩义，事已至此，只得从权。等到产后病愈，一见我是个男孩，胸前肉包红痣和我父亲身上一样，甚为欢喜。将养好后，二人商量了一阵，仍由继父抱着我送母亲回去见父亲说明经过。才一见面，我父亲不由分说，便将弩箭、飞刀、金钱镖一手三暗器劈面打来，若非继父早有防备，连我也遭了毒手。当时他见手中暗器俱被继父接去，知道双拳难敌四手，便说：'无论你们说上天，夺妻之仇与一镖之恨，也是非报不可。除非你二人将我打死。'要我们三年后再行相见。继父、母亲无奈，只得又逃了回来。母亲一则恨我父亲太实薄情，二则知道继父爱她甚深，又没有丝毫邪心，自己已是无家可归；后来又听得师祖就在当年坐化，我父亲拜在一位姓欧阳的道爷门下，炼就许多毒药暗器，拼命寻他二人报仇：一赌气，便再嫁给我继父。他二人虽然同居了三十年，只不过是个名头上的夫妻，彼此互相尊重，从未同衾共枕过。以前的事也从未瞒过我。我也曾三番两次去寻我父亲解说，每次都差一点遭了毒手。后来我父亲本领越发惊人，继父知道万难抵敌，狭路相逢绝难活命，只得携了全家，由四川逃避此地。因我父亲毒药暗器厉害，好容易将解药秘方觅到，想配好以作预防。还未采办齐全，我父亲竟然跟踪到此，三位老人家同归于尽。

"今早我听母亲说，她受伤是因为看见我父亲出现，吓了一跳，失足坠下崖来，便知不好。可惜她说得晚了一会儿，我继父业已走了。后来久等不回，越猜凶多吉少。等我赶去一看，果然他二位一个中了毒刀，一个中了毒药暗器，俱在那里扭作一团挣命呢。我当时心痛欲裂，不知先救谁好。及至上前将他二人拉开时，被我父亲拾起地上毒刀，就斫了我两下。我没法子，只得先将继父背回。后来母亲叫我再挣扎去背我父亲时，我已半身麻木了。

"我到了那里，我父亲已奄奄待毙，见我去还想动手。被我抢过他的兵刃暗器，强将他背来。原是怕母亲生气，以为必无好果，谁知三人在临死以前见面，倒将仇恨消了。我父亲要早明白半天，何致有这种惨祸呢？我父亲所用毒刀，还可用他解药救治。惟独他那回身甩手毒药箭，连他自己也没有解药，我继父连中他三箭，如何能活？他也中我继父两支毒药镖。一支打在前胸，业已拔出，虽然见血三四个时辰准死，也还可以解救。但是前额中的一支毒镖，业已深入头脑，焉能活命？我母亲又因失足坠崖时，被地下石笋震伤心脏，换了旁人，早已当时腹破肠流了。我以前还梦想将来用诚心感动三老团圆，如今全都完了！"说罢，痛哭不止。

　　曼娘劝慰他道："如今三老均死在异乡，你又无有兄弟姊妹，责任重大。徒自伤感，坏了身体，于事无补，反做不孝之子。你如听我劝，好好地在家保重，我也好放心出门，代你去置办三老的衣裳棺椁。否则这里离镇上不近，抬棺费时，岂不教我心悬两地么？"曼娘原是怕他一人在家越想越伤心，也寻了短见，才这般说法。魏达本来救曼娘时就一见钟情，不过因为自己平昔以英雄自命，不愿乘人之危，有所表示。魏老婆子猜知儿子心意，几次向他提起，他都不肯。同时相处这些日，爱苗在心田中业已逐渐滋长繁荣，无论如何排遣也丢放不开，一想到曼娘病愈不久便要分手，便有些闷闷的。今日一见曼娘不避嫌疑，照料自己病躯同三老身后，不时诚挚劝慰，处处深情流露，越加感激敬爱到无以复加。再一想曼娘所说的话极有道理，只得遵从曼娘劝解，勉节哀思了。

第九十三回

斩孽龙　盗宝鼎湖峰
失天箓　腐心白水观

到了后半天，曼娘将三老的衣裳棺停运到山脚。曼娘恐抬棺的人看出死者身上伤痕，又去惊官动府，假说自己是外乡人。因家中父母伯叔俱是保镖的，客死此地，不想葬在这个山上，打算将尸骨运了回去。如今同来的几个伙伴不在，想是到山中去搬取尸骨去了。你们且将棺木衣裳放在此地，连绳索全卖给我，等我们的人来了自己装殓，省得再抬上去抬下来的，山高费事。说罢，待众人放下，故意两手抱着棺材一头举了起来，将三口棺木叠在一起。那棺木俱是上等木料，分量甚重，加上里面垫底的石灰，少说也有二三百斤，曼娘抱着一头举起，没有千斤神力，如何能办到。再加曼娘腰佩长剑，满口的江湖话。这些抬棺的人明知这单身女子形迹可疑，但是银子适才业已付过，又见她面上带着悲容，言谈自如，给的绳索费用同酒钱甚多，便也不愿多事，将信将疑，道谢而去。那所在离魏达住的崖洞还有半里多路，地方极为幽僻，往往终日不见人迹。曼娘站在高处，眼看众人走远，才纵将下来。先用双手捧起一个运回崖洞，然后再来运第二个，不消一个时辰，已将三口棺木运完。然后将三个尸身一一装殓起来。新愈之后，经了这一番劳顿，累得浑身是汗，头昏支持不住，只得在三人停尸的铺上躺下休息。起初魏达见曼娘一人劳累，于心不忍，几次想挣扎起来帮忙，都被曼娘再三拦阻，还装作生气，才将他止住。魏达过意不去，说不尽的感激涕零，不知要如何报答曼娘才好。后来见曼娘累得躺倒，越发担心着急不已。及至曼娘醒来，说是这一劳顿，出了一身大汗，倒觉身子轻松许多，魏达才放了心。二人又同时将应服的药服了下去，略进一点吃的，分别睡去。直到第六七天上，魏达才得起床。从此一天比一天见好。

经了这一次生死患难关头，自然彼此情感日深，但魏达终觉不好意思向曼娘求婚。直到年底，他二人要一同将三老灵柩运回四川，起程之时，因孤男寡女路上不好称呼，魏达寻思了好几天，还怕恼了曼娘，只略用言语表示。曼娘早已心许，便示意应允。这才商量扶灵还乡之后，再行合卺。回川以后，二人正式成了夫妇，愈加恩爱，曼娘当年便有了身孕。到了秋天，打开师父给的第二封柬帖一看，不但把前因后果说得详详细细，还说如果第一次将藏灵子这段孽缘躲过，须要三年之后，才能遇见魏达成为夫妇，应在今年今日到鼎湖峰去取那下卷天书。这天书有一条妖龙看守，那妖龙虽是龙种，并不与常龙一样，每隔三十年换一回皮才出洞一次，每次前后只有二月。平常潜伏峰顶鼎湖之内，有金篆符箓护体，再加它已有数千年道行，普通剑仙休想入湖一步。近六十年来，妖龙已不似昔年安分，每逢褪皮出世，时常下峰伤人，它的劫数就在这最近六十年中。这一次曼娘本可趁它褪皮之际，下手夺取天书，无奈曼娘如先和魏达成亲，必然有孕，万万不能前去；否则即使胜得妖龙，也将天书污秽，字迹不显，得了无用，还要上遭天戮。过了今年，那妖龙又须再待三十年才能出现，但是机缘已过去了，去了无益有损等语。曼娘看完，倒有一半不大明白。见柬帖语气，明明师父好似说自己已与那个叫藏灵子的有了沾染，但是自己和魏达成婚那晚上明明还是处女，好生不解。连魏达也觉因空师太柬帖说的与事实不符，不过曼娘有孕却是事实。那鼎湖峰壁立千丈，魏达昔日也曾想上去几次，俱未能够。曼娘身孕临盆在即，自是不便涉险，空可惜了一阵，也未将柬帖所留的话完全明白。直到曼娘临产，生下魏青的父亲魏荃，血光污秽了藏灵子的法术，坐忘丹也失了效用，曼娘才依稀想起前事，又羞又气，又急又可惜，恨不得一头碰死。她也不瞒魏达，竟将前事告知。魏达不但不轻视她，反怕她想起难过，愈加着意安慰体贴，无微不至。夫婿多情与儿子幼小，真叫曼娘事已至此，求死不得。不过对于鼎湖天书还未死心。

第二年曼娘身子恢复了康健，便和魏达商量，到鼎湖峰去盗那天书。魏达见因空师太柬帖预示先机全都应验，知道徒劳跋涉，劝阻多次。曼娘执意不从。魏达强不过爱妻心意，只得雇好乳娘，将幼子托付给好友家中照料，夫妻二人同到鼎湖峰。费了若干的事，才得上去。一看，不但风景灵秀，岩谷幽奇，面积也还不小。偏西南角上有一个百十亩方圆的大湖，清水绿波，碧沉沉望不到底。峰顶既高，天风冷冷。去时正值日丽天中，有时一阵风吹过，湖水起了一阵波纹，被日光一照，闪动起万道金鳞，光华耀眼。再往四外一望，缙云仙都近在咫尺，四围都是群山环绕，若共拱揖。忽地峰半起了一层白云，将峰身拦腰隔断，登时群山尽失，只剩半截峰头和远近几座山巅在云海中浮沉，恍若海中岛屿一般。端的是蛟龙窟宅，仙灵往来之所。二人观察了一会儿，湖水平荡荡的，一些动静也没有。知道湖水太深，下面必有泉眼，更不知妖龙潜伏何处。因见柬帖上说妖龙褪皮，为期约有两月，如今在前几天赶到，必然还未出来。柬帖上又说妖龙褪皮之前，须出湖晒太阳；褪皮之后，每晚到了子时，便如死去一般。与其冒昧涉险，不如寻个隐僻所在，等它自己上来，再行伺机下手。

商量好了以后，便去寻觅存身崖洞，找了好几处都不甚合意。末后又到一处，前面是一片密叶矮松，虬枝低极，如同龙蛇夭矫，盘屈地上，松林后面是一个小山崖。过了松林一看，崖前竟有两座小洞，一东一南，相隔虽只二十几丈，但是两洞都甚隐蔽，站在洞前彼此不能相望。先到东洞一看，洞门上还有两个古篆大字，可惜被天风侵蚀，已漶漫不可辨识了。

入洞一看，里面竟有蒲团丹灶之类，想以前定有人在此住过。正在惊奇，曼娘猛一退步，忽然一脚踏在一个东西上面，觉得软软的，如踏了一堆沙一般。回头一看，不由失声喊道："怪事！"魏达听到曼娘惊呼，顺着她手指处一看，原来是一个道装的死尸，想是年代久了，尸骨已被天风所化，变成灰质，所以曼娘脚踏上去觉得软绵绵的。再一看他身上并无伤痕，只是颈间有一个大洞。虽不敢断定是来此盗取天书被妖龙所害，但是这道人既能来此绝顶修道，定非常人，竟会暴死，其中必有缘故。鉴于道人前车，正有些觉得此洞不吉，忽然洞壁角处起了一阵阴风，吹得二人毛发皆竖，隐约间似闻鬼哭。曼娘忙做准备时，那阴风只有一阵，并无什么动静。二人总觉这里不是善地，决定另寻住所。怜那道人暴骨荒山，再一看洞底竟是土质，与其将他抬出掩埋，不如就将他埋葬原处。当下夫妻合作，就在道人身旁，用兵刃掘了一个深坑，将道人尸首葬好。然后再向南洞一看，虽然较东洞窄小，里面空无所有，但是十分明亮，不似东洞阴森森的。便将携来包裹打开，就洞中大石上铺好。取出干粮，取些泉水来饱餐一顿。

又到湖边望了一次，仍是一些动静无有。二人迎着天风，凭临绝巇，观赏到天黑，才回洞就寝。到了半夜，曼娘正在半醒半睡之际，忽见一个红脸道人朝她拜了几拜。惊醒一看，已经不见。忙喊醒了魏达一问，也说梦中见着道人向他称谢。二人叹息了一阵，猛想起这里与妖龙窟穴相隔甚近，如何这般大意，竟一同熟睡起来？当下夫妻二人才商量：一个上半夜，一个下半夜，分班在洞口瞭望，以防不测。

如此过了两宿，均无动静。到了第三日晚间，因为明日便是妖龙出湖之期，分外加了谨慎。魏达守上半夜，平安无事。到了下半夜，曼娘醒来，代魏达防守，一人在洞前徘徊。一轮半圆的明月，照在洞前松树上面，虬影横斜，松针满地，天风吹袖，清光如水。远远听到湖中水响，与松涛之声交应，眼前景物分外显得幽绝。正算计明日正午便是妖龙出湖之期，自己已是行年五十之人，虽然仗着丈夫家传驻颜灵药，平时照镜，彼此互视，还如三十许人，只是仅保青春，到底难享修龄。倘能侥幸这一次得了天书，除却妖龙，就此寻一座名山古洞，按照天书上修道之法，学古人刘樊合籍，葛鲍双修，同参正果，也不枉辛苦一世。正在胡思乱想，忽见从仙都峰顶上飞起一道带有青黄两色的光华，如匹练一般，直向鼎湖峰这边飞了上来。知道来了本领高强之人，不由大吃一惊。连忙进洞喊醒魏达，低声说道："你快起来，我们来了对头了！"魏达闻言，忙随曼娘出洞，伏在暗处一看，那道青黄色光华在鼎湖上面盘旋飞舞了一遍，倏地飞起，又投向别处，移时又复飞来。似这样飞过了好几次，好似也在寻找洞穴藏身一般。飞转了一阵，越飞越近，末后竟往东洞内飞去。二人见他往面前松林内飞来时，俱捏了一把汗。及至见那道青黄光华并未发现自己，飞入东洞，不见出来，才略为放了一些心。曼娘道："我自幼随师父学剑，颇能分出剑光邪正。来人剑光青中带黄，定非正派门下，而且他的功行很深，不是平常之辈。此番盗取天书，恐怕棘手。"说时好生难过。魏达便劝慰她道："事已至此，莫如径去和来人说明，彼此同谋合力，但能将书得到，大家一同享受，岂不是好？"曼娘道："这个万万使不得！姑不论来人本领在你我二人之上，他不屑与我等合作，而且他还是异派门下，不讲道理，万一遭他之忌，反生不测。为今之计，只有各做各的，惟力是视，看各人仙缘如何。所幸我们藏在暗处，他注意鼎湖那面，一时不致觉察，说不定因祸得福，捡点便宜也未可料呢。"魏达素来听曼娘的话，也就没说什么。

二人不敢再睡，候到天明，还不见那道青黄光出来。二人吃饱了干粮，伏在洞前僻静处静观动静。眼看快到午时，忽然天风大起，鼎湖那边水声响亮，远远望去，波涛上涌。二人见是时候了，恐怕失却机会，也不顾眼前危险，径自商量了一阵，由崖后丛林绕到鼎湖左面山崖上。刚刚寻了适当藏身之处，忽听一声破空声音，那道青黄光华也从东洞飞到湖边，光敛处现出一个道装妖娆女子。这时湖中如开了锅的沸水一般，波涛大作，满湖尽是斗大水泡滚滚不停。猛地哗哗连声，湖水凭空往正中集拢，拔起一根十余丈的水柱，亮晶晶地映着日光，绚丽夺目。那根水柱起到半空，忽然停住，倏地往下一落，如同雪山崩倒，纷纷四散，水汽如同雾索轻绢一般，笼罩湖上。少时湖底又响了一阵，冒起了将才的水柱，一会儿又散落下来。如此三起三落，落一回，湖中便浅下去一两丈，到最末一回，湖水竟然干涸。猛听道姑娇叱一声，手指处一道匹练般的青黄光华直射湖中。曼娘、魏达顺那青黄光所到处一看，湖心一个巨穴金光闪闪，穴中磐石上面正盘踞着一个牛首鼍身、似龙非龙的怪物，长有十余丈，身上俱是黑鳞，乌光映日。见青黄光到来，把嘴一扬，便吐出一团火球迎上前去。那道姑一见，收回青黄光，拨头就跑。妖龙哪里肯舍，身子微一屈伸之际，四脚腾空，直朝道姑追去，眼看追出去半里多路。那道姑猛地大喝道："孽畜还不快将天书献出，你回去已无路了！"说罢，又指挥剑光，上前与妖龙斗在一起。斗了片时，那妖龙抵敌不过，回身便想往湖内逃走。那道姑也不追赶，将头一摇，长发披散下来，口中念念有词，将手往前一扬，立刻湖边四围起了一阵黄烟，直向妖龙卷来。那妖龙想是知道黄烟比剑光还要来得厉害，重又拨回头向道姑扑去，与青黄光斗在一起。由午初直斗到酉初，妖龙渐渐不支，猛地将身伏地，那团火球便化成万道烈焰，将它身子护住。火光中只见那妖龙一阵摇摆，忽然怪叫了一声，接着便听轧轧作响。不多一会儿，火烟起处，皮鳞委地，一条无鳞白龙冲霄便起。那道姑见妖龙褪皮逃走，更不怠慢，右手起处，飞出两道绿光，直朝妖龙头上飞去。随将左手一指，那道青黄光同时星驰电掣般飞将过去，围着妖龙只一绕，便听几声惨啸过去，妖龙两眼被道姑打瞎，再被剑光这一绕，登时腰斩两截，从空中坠落地上。这一场人妖恶斗，只看得曼娘夫妻惊心骇目，哪里还敢起觊觎天书之想。那道姑斩罢妖龙，身剑合一，直往鼎湖心里飞去。去了好一会儿，重又飞了上来，将手一招，收了湖上黄烟，怒气冲冲指着毒龙顿了两足。忽又低头寻思了一阵，猛地走到妖龙跟前，将剑光一指，横七竖八围住妖龙身躯乱绕，只搅得血肉纷飞，摊满了一地。那道姑又用身佩剑匣在妖龙血肉堆中乱搅，好似寻找什么东西似的。直到天将近黑，月光上来，仍是一无所得，这才赌气一顿足，破空而去。曼娘见道姑手下如此惨毒，暗幸没有被她发现，满以为天书已被旁人得去。

道姑走后，夫妻二人垂头丧气走了出来，打算回到南洞取了包裹，准备下山。因道姑已走，无须绕道，便从妖龙身旁走过。只见龙身已被道姑斩做一堆血肉，软摊地上，只剩将才妖龙褪下的躯壳堆在旁边，还如活的一般。曼娘好奇，近前一看，见那妖龙一颗牛头，大如栲栳，鼍身四足，俱带乌鳞，生得甚为长大凶猛。暗想着将才情形，要是没有道姑，凭自己本领，也绝非妖龙敌手。正在寻思，忽见月光底下有一线红光闪动，仔细寻踪查看，正在龙口中发出。连忙招呼魏达，夫妻合力将龙身掀开，便有一道金红光彩直射到二人脸上。魏达往发光处一伸手，便摸出一个宽约三寸、长约七寸的玉匣来，上面还有符箓篆文，正是柬帖所说的玉匣天书。想必妖龙年久得道，这一次出洞褪皮，已将天书吞入腹内。适才因斗那道姑不过，便想将皮褪下，丢下天书逃走，以免敌人穷追。那道姑不曾觉察到此，只在湖中洞穴与妖龙肉身上找寻，枉自费了一番气力，白白伤害了妖龙性命，并不曾得到天书，反便宜了曼娘夫妻。曼娘不意而得，喜出望外。随手将匣上符箓揭去，想打开玉匣观看究竟。那符箓才揭起，便即自动化为一道红光飞去。再看那玉匣，竟如天衣无缝，休想打开。一会儿工夫，忽听湖中水响，到湖边一看，湖水已渐渐涌起，回了原来位置。曼娘见玉匣上面金光四射，恐怕引外人觊觎，不敢大意。夫妻二人匆匆回了南洞，取了应用东西，忙即寻路下山。那山三面壁立，无可攀援，只有西面从下到上横生着许多矮松藤萝之类，上来容易，下去却难。幸得二人早已准备退路，将预先备好的一张桐油布展开，用几根铁棍支好，再用强索捆扎一番，做成一把没柄的伞盖。夫妻二人各用双手抓紧上面铁棍，将必要的兵刃衣服扎在身上，天书藏在曼娘怀中，寻一块突出的岩石，双双往下面便跳。那油伞借着天风，撑得饱满满的，二人身子如凌云一般，飘飘荡荡往下坠落。眼看离地两三丈光景，彼此招呼一声，看准落脚之处，将手一松，双双坠落地上。二人互相欣慰了一番，因时已深夜，想在仙都附近寻一崖洞栖身，稍微歇息，一早起程回川，再寻高人商量开匣之策。

二人高高兴兴正往仙都峰脚走去，曼娘忽然低低一声惊呼。魏达回头看时，天都峰脚下，昨晚下半夜所看到的那道青黄光华，正像流星赶月一般，又飞回鼎湖峰去。曼娘急对魏达道："这道姑去而回转，必然想起忘了搜索妖龙躯壳。她这一回去原不要紧，可恨适才大意走得匆忙，没有将龙壳还原，又不该将剩的干粮同一些无用之物遗在峰顶，被她此去看破，必然跟踪追来。事在紧急，惟有先寻一僻静地方躲避些时，等她走了再作计较。"二人正在寻觅适当藏身之处，那青黄光华又从鼎湖峰顶飞了下来。偏偏月色也有些昏暗，虽然曼娘夫妻本领高强，在这大敌当前，奔逃于危崖绝壑之间，既要防到后面敌人，又要查看前面路径，未免有点手忙脚乱。二人一面往前觅路逃走，一面不时回顾，见那道青黄光华只管盘空飞绕，既不下落，也不飞走，看出是在寻找敌人去路的神情，不禁越发着急起来。所幸二人经行之处尽是些丛林密莽，南方天气温和，虽然时近中秋，草木尚未黄落，野麻灌木之类还在繁茂时期，高可齐人，不时又有山石掩蔽，并未被敌人觉察。眼看那道青黄光华在空中盘旋飞舞了一阵，有时竟飞离二人头上不远，倏地如陨星坠落一般，仍投向天都山西北方来路而去，转瞬不见踪迹。曼娘夫妻如释重负。待了一会儿不见动静，彼此一商量，觉得此间终非善地，仍以离去为佳。这时山上忽然起了一阵浓雾，刮起风来，大小山峦都看不见一些踪影。一会儿风势越大，吹得满山树林声如潮涌，日影昏黄中，隐隐看出四外浓云疾如奔马，往天中聚集。顷刻之间，皓月潜形，眼前一片漆黑。二人知要变天，忙寻崖洞栖避时，忽见前面丛草中现出一道金光，将路径照得十分清晰。曼娘仔细一看，那金光竟是从胸前玉匣上发出。起先急于逃走，并未觉察到。这时月黑天阴，所以光华越显，不由又喜又急：喜的是天篆秘宝竟被自己唾手而得；惊的是强敌尚未走远，前途吉凶难定，宝光外烁，恐怕勾起外人觊觎之心，前来夺取。知道贴身两件衣服绝对遮蔽不住，便将魏达包裹打开，将玉匣取出，准备包得厚密一些，以免光华外露。谁知才一出怀，匣上金光便冲霄而起，照得身旁红叶都起金霞，异彩眩目。曼娘慌不迭地将随身衣服层层包好，又从魏达包裹里取出衣服等物，严严密密包了有十几层，细看毫无形迹，才得放心。

刚刚扎捆停当，适才那道青黄光华又从天都山那边飞起，这次不似适才在空中盘旋，竟直往曼娘夫妇存身方向飞来。曼娘着了慌，知道这次不易脱逃。猛想起适才取匣时，金光照处，曾见道旁有一崖洞，不如钻进去躲避些时再说。忙乱中略估计了一下方向，拉了魏达，连跳带蹿，高一脚低一脚地朝那洞前纵去。所幸相隔不远，快要到时，倏地天空一道电闪照将下来，照得路径十分清晰。曼娘见那洞口不过三四尺方圆，洞外草泥夹杂，十分污秽，知是什么狐猪之类的巢穴。事在危急，也顾不得什么污秽，且避进去再说。招呼魏达将头一低，一前一后，刚将身子钻将进去，接着天上又是一道电闪斜射过来。二人目力本好，借着电闪之光，见洞并不甚深，幸而里面还高，可以站立。洞里黑漆漆地伏着一堆东西，更猜不出是什么野兽，或是什么蟒蛇之类。曼娘怕惊动外面追来的敌人，不敢用自己飞剑防身。夫妻二人背靠背站好，魏达面冲那堆黑东西，将剑拔出，在黑暗中舞动，以防那东西冲将上来。剑刚出匣，便听外面震天价一个大霹雳，山洞藏音，越震得人头脑昏眩。接着又听到洞角那堆黑东西爬动，魏达不知那东西深浅，剑舞越疾。猛觉剑尖上碰着那东西一下，便听一声怪叫，黑暗中一个黑影夺门而出。那东西刚才蹿出洞去，便听洞外一个女子声音喝道："好孽畜！"说罢，便见洞外一道青黄光华一闪。二人听出是那道姑口音，俱都捏了一把汗。这时洞外雷声大作，电光如金光乱闪。等了一会儿，不见动静。曼娘首先掩到洞口，往洞外一看，不由大喜，忙喊魏达道："敌人走了！"魏达也跟着出洞一看，外面大雨早下将起来，那道青黄光华已飞回东北方原路去了。二人猜那道姑必然住在附近山谷之中，越觉非离开此地不可，也无暇计及雨中山路行走不便，仍然鼓着勇气寻路逃走。出去不远，忽见前面有一团黑影，借着闪电的光一照，原来是母牛般大的一只黑山熊，业已腰斩两截，死在地上。才想起适才定是道姑发现金光，追踪到此，看见崖旁小洞起了疑心。恰遇见这只黑熊蹿出，以为洞既小，又藏有野兽，不似有人居住；又因天黑雨大，无处寻踪，才拿这黑熊出气，怅恨而去。若非黑熊解围，吉凶真难预料呢！

二人庆幸了几句，仍往前走。山路滑足，不时有山顶流泉冲足而过，好容易越过了天都峰西面。忽然风静雨止，浮云散尽，浓雾潜消，一轮半圆明月,仍旧高悬碧空,清光大放,照得满山林樾清润如洗。空山雨后,到处都是流泉,岩隙石缝中水声淙淙,与深草里的虫鸣响成一片,分外显得夜色清幽。直走到天将向明,才翻越完了崇冈,走上平地。二人还是足不停留,又赶了有三百余里途程,日已中午,看见前面山坡下面有一座庙宇。二人昨晚被山雨淋得浑身通湿,所有衣服满包着那部天书,不便取出更换,身上穿着湿衣疾行了几百里地的山路,又受了风吹日晒,虽然有功夫的人身子结实,也觉得有点不大舒服。昨晚匆匆中又将带的干粮全部放在鼎湖峰上,一夜半天没进饮食,觉着腹中饥渴,便想到庙中去借顿午斋。走到庙前一看,庙门上有一块匾额,写着"白水观"三字,虽然墙粉剥落,气势甚为雄伟。二人明知这庙孤立山麓旷野,前不挨村,后不挨店,门前冷落,形迹可疑,仗着全身本领,自己是江湖上有名人物,至多遇见同道打个招呼,难不成还有什么意外?便轻轻将庙门铜环叩了两下。待了一会儿,"呀"的一声,庙内走出一个小道童来。魏达说了来意。那小道童上下打量了二人两眼,转身就走。一会儿工夫,从殿内走出一个红脸长须的道人,见了二人,施礼之后,便邀到云房中去落座,一面命道童去准备茶水饭食。魏达见那道人虽然行动矫捷,身材奇伟,倒还看不出什么异样。坐定之后,魏达通了名姓。那道人笑道:"施主原来便是蜀东大侠魏英雄么?这位女施主想便是当年岷山三女之一的赛飞琼熊曼娘了。真是幸会得很!"魏达见道人知道自己来历,颇为惊异,便答道:"愚夫妇多年业已隐姓埋名,还没请教仙长法讳,怎生得知愚夫妇贱名?请道其详。"那道人道:"二位施主名满江湖,何人不知,岂足为奇?贫道昔年也与二位施主同道,专以除恶安良,盗富济贫为事。三年前遇见家师坎离真人许元通点化,来此修道。俗家姓雷,名字不愿提起,如今只用恩帅赐名去恶二字。我见二位施主行色仓皇,衣履湿痕犹在,必是昨晚在山中遇雨奔驰了一夜。想二位施主都有惊人本领,难道还遇见什么惊险不成?"魏达夫妻虽知雷去恶是峨眉门下,到底人心难测,不便说出真情。只说山中遇雨,忽然想起一件急事,须要赶到前途办理等语,支吾过去。道人知他二人不愿实说,也就没有往下深问。一会儿酒饭端来,二人饱餐了一顿。彼此都是江湖上朋友,不便以银钱相酬,只得道谢作别。临行之时,道人对魏达道:"尊夫人晦色直透华盖,但愿是连夜奔走劳乏所致才好。万一前途遇见凶险,远不必说,如果邻近，不妨仍回小观暂住，不必客气。"魏达、曼娘闻言，将信将疑，因见道人情词诚恳，只得口中称谢而去。

走出去约十里来路，曼娘觉着内急，便叫魏达守在路侧，寻了一个僻静之所。刚刚蹲下解完了手，忽听身旁树林内有人说话，连忙将身站起，无心中侧耳一听，原来是一男一女。女的道："你定说天书终要得而复失，失而又得，被眼前的一双狗男女捡了便宜逃走，应在此刻得回。按你球象追寻，又一丝影踪也没有。"那男的笑道："好人儿，你怎么什么事都猴急？我的晶球视影，几时看错过？今早我同你重到昨晚放光之处，不是明明看见那土洞里的男女脚印么？昨晚已两次被你心急错过了机会，再要心急，天书就得不成了，你只依我的话，如得不回天书，你从今再不理我可好？"曼娘先听那女的说话声音，就觉耳熟。再一听他二人所说的话，不由吓得胆战心惊。连忙屏气凝神，轻悄悄绕道赶回魏达身边，说道："祸事到了，快走！"魏达见曼娘满面惊慌，不及细问，连忙施展轻身功夫，放出日行千里的脚程，随着曼娘就跑。走出去还没有一箭之地，耳听破空的声音，面前两道青黄光华一闪，现出一个道姑、一个红衣番僧，拦住二人去路。道姑高声喝道："大胆狗男女！竟敢捡我的便宜，盗取天书。快将天书献出，饶你们不死！"欲知天书果落于何人之手，容下回再为奉告。

第九十四回　乘危放妖氛　冰窟雪魂凝异彩
　　　　　　　锐身急友难　灵药异宝返仙魂

　　曼娘知道道姑凶狠，事已至此，只得挺身上前说道："你这道姑好生无理！为何出口伤人，我同你素昧平生，几曾见你什么天书来？我赛飞琼熊曼娘也不是好欺负的，休得误会，免伤和气。"那道姑闻言，破口骂道："无知贱婢！还要斗口，叫你知道我神手比丘魏枫娘的厉害。"说罢，手扬处一道青黄光华飞出。曼娘早已防备，因敌人还有一个番僧，不知深浅，悄悄嘱咐魏达，千万不可上前动手，免遭不测。一见敌人剑光飞来，也将剑匣一拍，运用真气，飞起一道白光，与魏枫娘的剑光斗在一起。魏枫娘笑骂道："怪不得贱婢执迷不悟，原来偷学了一点剑法，来此班门弄斧。"说罢，将手朝着剑光连指。曼娘虽是正传，到底功行较浅，如何是魏枫娘的对手，渐渐支持不住。那番僧手上拿着一个水晶球儿正在观看，忽然脸上现出惊异之容，也不知对魏枫娘说了句什么，魏枫娘也惊慌起来，将手一招，先将剑光收了回去。曼娘正要指挥白光上前，猛见敌人将手一扬，飞起一道黄烟。曼娘知道不好，回身想逃已来不及，左臂、右腿两处中了魏枫娘的黄云毒钉，哎呀一声，翻身栽倒。魏达见势不佳，拼命上前救护时，被红衣番僧口中念念有词，将手一扬，猛觉一阵头晕眼化，倒于就地。魏枫娘还要上前下毒手时，红衣番僧早一把将曼娘手中包裹取过，看了一看，说道："天书在这里了，那厮眼看就到，还不快走，等待何时？"说罢，将手揽着魏枫娘，也不俟她答言，袍袖一挥，一道黄光冲霄而去。

　　待了一会儿，魏达醒来，见面前站定一个瘦小道人，说道："可惜我来迟了一步，不但天书被人夺去，你妻子还受了重伤，虽然仗我灵药解救，也免不了残废。你等她醒来，说那天书现被神手比丘魏枫娘抢去，此人与许多妖孽盘踞川藏交界的青螺山内。她虽将天书得去，但是没有上函蝌蚪文注释，毫无用处。此书尚未到出世时候，你妻子如不死心，即便跑往青螺将它盗回，也是徒劳无功，得不到丝毫益处。我赠她藏香一支，如到紧急之时，只需用真气一吹，便能点燃，我自会闻香赶救。那魏枫娘天书之外还得了许多道书，妖法厉害，你夫妻绝非敌手。能就此罢手最好，如要去盗时，我必助她一臂之力。我此时不便和她相见。你二人可在附近寻一处所，养息些时，再行回川便了。"说罢，一晃眼间，踪迹不见。

魏达见那道人相貌奇古，身材和小孩童一般，仿佛听人说过，知是异人解救，朝空拜了几拜。忙赶过来看曼娘时，业已悠悠醒转。再一看她臂、腿受伤之处，一片焦黄，虽然不听喊痛，却是大半身麻木，转动不得。曼娘醒来，见天书还是被人夺去，自己又受了重伤，枉受了许多辛苦颠连，不禁一阵伤心，泪如雨下。魏达见她难受，便用言语去宽慰她，把道人解救才得回生之事说了。曼娘一听，忙问道人是何相貌。魏达又将道人生得如何瘦小形容了一遍。曼娘闻言，银牙一咬，当时便晕过去。魏达着忙，唤了好一会儿，才得醒转。曼娘哭诉道："这妖道便是藏灵子。我嫁你以前，若非误于他这冤孽，何至今日？我已被他所害，师父所料不差，冤孽注定无法解救。我也不再稀罕那天书超凡入圣，谁要他送什么人情，去帮我盗回？我只和你回去寻一地方隐居，了此一生罢了。"说罢，越想越恨，竟自一手把魏达手中藏香抢过，折成几段，丢在地上，忿忿不置。魏达才知那道人便是藏灵子。因听他说曼娘还须将养，猛想起适才白水观道人雷去恶行时之言，如今既无处投奔，难得他有此好意，不如就在他观中将养些时，再作回川之计。当下仍用温言劝慰曼娘保重身体，半扶半抱地同回白水观去。雷去恶正在观前眺望，见二人狼狈回来，问起究竟，十分叹息。二人在观中将养了半个多月，曼娘伤势虽好，左臂、右腿都失了知觉，运转不灵。伤心忿恨了多日，也是无可奈何，只得与雷去恶作别回去。从此曼娘才死了心，知道自己仙缘有限，年龄渐老，不再妄想了。

她儿子仙人掌魏荃生性至孝，记得母仇，便去拜在雷去恶门下，学习飞剑。雷去恶因自己尚不一定是魏枫娘敌手，劝他不可造次。魏荃哪里肯听。因为师父说自己能力不是仇人对手，便改了名姓，去拜在魏枫娘门下，觑便盗取天书，报仇雪恨。魏枫娘的徒弟大都兼充面首，魏枫娘爱魏荃生得精壮，强逼成奸。魏荃惦着天书同父母之仇，只得忍辱顺从。刚从仇人口中探出藏放天书的所在，未及下手，偏巧魏枫娘因弑师作恶，恐师伯师叔们不容，想拉拢异教增厚势力，带了魏荃同到华山去见烈火祖师。归途路上，魏荃便想趁仇人身边没有羽翼时节下手。报完了仇，再假传仇人之命，赶回青螺，盗取天书。不想早被烈火祖师看破，暗地跟来，一剑将魏荃双腿斩断。魏荃下手时节，正在魏枫娘的身后，魏枫娘听到金刃劈风的声音，回头一看，烈火祖师正站身后，魏荃业已中剑倒地。魏枫娘还不知魏荃是要暗算于她，以为自己同魏荃苟且，在九华山被烈火祖师看破，争风吃醋，下此毒手。当时大怒，便不容分说，和烈火祖师动起手来。魏枫娘原不是烈火祖师对手，幸而烈火祖师不肯伤她，只用剑光将她逼住，将自己看出魏荃存心叵测，怕她遭人暗算，赶来观察动静，正遇他在她身后下手，所以将他双足斩断，留个活口，等她自己拷问，信与不信，任凭于她等语说了一遍，便破空而去。魏枫娘闻言，将信将疑。见魏荃已经痛晕在地，不省人事，到底心存怜爱，不忍当时逼问，反用丹药给他治伤。等到魏荃醒来，略一试探，魏荃自知活着也是残废，此仇终不能报，痛哭大骂，不等魏枫娘盘问，竟将实话说出。魏枫娘原是杀人不眨眼的女魔王，这次竟不但不生气，反问明他的家乡，送了回去，并未伤他性命。魏荃到家不久，便即身死。死前因魏青年纪幼小，自己并无其他子息，只嘱咐魏青长大速投名师，并未将两代仇人姓名说出，以免儿子又蹈自己覆辙，绝了魏氏门中香火。所以魏青只能知道一个大概。

　　魏青的身世既已交代清楚，如今仍回到魏青、俞允中盗取天书一事。且说藏灵子走后，二人再往四下搜寻魔宫一干人，业已逃走了个净尽。二人便在大殿上谨守玉匣天书与厉吼首级，静等师父回来再作计较。不多一会儿，怪叫化凌浑赴来，笑嘻嘻要过玉匣，口中念涌真言，将手一拂，玉匣便开。里面原是三层：上层藏着天书的副卷；中层藏着六粒丹药同一根玉尺；下层才是天书。玉光闪闪，照耀全殿。凌浑见了，大喜道："我早知鼎湖玉匣藏有三宝，不想妖孽法力浅薄，只开得第一层，学了天书副卷，自取灭亡。中下两层俱未有人打开，广成子的九天元阳尺与聚魄炼形丹，竟无人行过，真是快事！"言还未了，忽然两道光华穿进殿来，现出两个佩剑女子，跪在凌浑面前。俞、魏二人认得内中一个是戴衡玉家中见过的周轻云,那一个却不认得。凌浑笑道:"你二人快起来,又是听玉罗刹饶舌,来要我新得的九天元阳尺和聚魄炼形丹去救郑八姑,是与不是?"灵云、轻云双双躬身说道:"师伯慈悲,仙丹便赐两粒,九天元阳尺乃天府至宝,何敢妄求,不过借去一用。适才玉清大师传优昙师伯的话,此尺不但救郑八姑,如今峨眉有人遭难,也非此宝不解,还要求师伯多借些时呢。"凌浑笑道:"我费了多年心血算计,才得到手片时,便借与人,心实不甘。偏偏优昙老婆子会算计我日后有用你二人之处,竟打发你二人来挟制我。"灵云、轻云道:"弟子等怎敢无礼!师伯异日如有使命,赴汤蹈火,在所不辞。如今尚和阳已被弟子等赶走,八姑危在旦夕,请师伯大发慈悲,怜她修行不易,成全了她吧。"凌浑道:"你们年轻人说话便要算话,日后用你们时休得推诿。拿去吧。"说罢,便取两粒聚魄炼形丹,连那九天元阳尺,交与二人。说道:"此尺乃广成子修道炼魔之宝,天书上卷有用它的九字真符,如无此符,纵得此宝,亦无妙用,索性传授你们。回到玄冰谷后,先用此尺扫荡魔火,再将两粒聚魄炼形丹与八姑服下,另着一人守护,三日之后便可还她本来,行动自如了。"灵云、轻云拜受了符咒,重新叩谢一番,然后朝俞、魏二人点了点头,作别飞去。

原来灵云姊弟、紫玲姊妹与朱文五人,会合铁蓑道人、黄玄极、赵心源、陶钧、赵光斗、刘泉等在生门上,见魔阵中发动地水火风,地裂山崩,洪水涌起,烈火飞扬,忙遵凌浑吩咐,众人都在一处聚拢,由紫玲展动弥尘幡,朱文用天遁镜,化成一幢彩云,出来万道霞光,在魔阵上面滚来滚去,一任他雷火烈焰,罡风洪水,毒云弥漫,妖雾纷纷,一丝也到不了众人身上。众人俱怕妖法污了法宝,只护着身体,不求有功,但求无过。只紫玲的白眉针不怕邪污,百忙中放将出去,魔阵诸妖人根行浅点不知厉害的,挨着便倒。许飞娘见自己的人纷纷伤亡,又恨又怒,便同毒龙尊者各将剑光祭起,也护着众人身体,再作计较。看看支持到午时,毒龙尊者怒吼如雷,将毒沙尽量放出,魔阵中轰轰烈烈之声惊天动地。昭远寺那边早催动了子午风雷,发动地水火风,移山倒海而来。毒龙尊者和许飞娘以为敌人倾巢到此,万没留神到暗中有人使用天魔解体大法。灵云等见快到午正,正在准备退去,忽见一道金光如同匹练下射,金光影里现出凌浑,将手向灵云等一挥。紫玲知是时候了,一声暗号,一幢彩云护着众人便起。

那不知死活的八魔在半空中瞭望，见谷外一座高峰移动，下有水火风雷簇拥，还以为毒龙尊者见难取胜，又使法术，并没放在心上。就中五魔公孙武、七魔仵人龙离魔阵较远，忽见对面飞来一幢彩云，因将才曾见一个小童用此法护持仇人赵心源逃走，便不问青红皂白，将剑光一指，朝那幢彩云飞去。其实他二人剑光并不能飞入彩云中去。偏巧朱文、金蝉都是好事的人，见前面飞来两道黄光，便从彩云中将剑光放将出去。两下相遇，才绞得一绞，两魔剑光便成两段。两魔见彩云里飞出两道剑光将自己剑光绞断，知道不好，想逃已来不及，就在这彩云飞逝疾如闪电的当儿，双双各被剑光扫了一下，倒下地去。幸而见机还早，灵云等又急于回转玄冰谷，没有穷追，才得保全性命。二人脚才落地，便听地裂山崩一声大震，魔阵上罡风大起，烈焰冲霄，十数道青黄光华纷纷往四外飞去。接着空中无数断头断脚，残肢剩体，与沙石尘雾，满天飞舞。五、七两魔已震得头昏目眩，见前面不远落下两段残躯，负痛近前一看，一个只剩半边手臂，看不出是敌是友，那一个正是二魔薛萍的一颗大头。正在惊疑，忽听头上风响，往上一看，正是祖师毒龙尊者被一个道童打扮的人夹在胁下，如飞往西而去。两魔一见，魂不附体，知道大势已去，忙借妖法遁往别处去了。

当时魔阵中人见凌浑二次现形，毒龙尊者和许飞娘二人起初并不甚着慌。及见对阵中许多敌人俱被一幢彩云拥去，心中大怒。毒龙尊者首先将手指咬破，含了一口鲜血，运用真气喷将出去。那百十丈软红沙，登时火山爆发似的化成百十丈长一股烈焰，朝彩云追去。凌浑一见烈焰飞出，连忙将身隐去。这里魔火刚刚飞起，时交午正，昭远寺二番僧的天魔解体大法业已发动地水火风，风驰电掣而来。毒龙尊者猛见一座火山发出烈火狂飙，在千百丈洪水上涌着，照得满天都赤，如飞而至，知道中了别人暗算。眨眼之间，两面地水火风卷在一起，山崩地裂一声大震过处，洪水满地，烈焰烛天。除了许飞娘同几个本领较大的见机得早预先遁走外，余者非死即带重伤，震起残肢断体与树木沙石，在满空火焰中乱飞乱舞。毒龙尊者仗有妖法护身，还想作困兽之斗。忽听阵前火山上有一披发道人，手中拿着一面小幡不住招展，幡指处便有一溜五色火光发出，遇着的人非死即伤。定睛一看，正是适才代尚和阳把守死门的乐三官，不由又惊又恨。再回头一看，自己的党羽俱已死伤逃亡了个净尽。把心一横，重又掐诀念咒，咬破舌尖，一道血光直朝乐三官喷去。光到处，乐三官从小峰上倒下，滚入火海，死于非命。那火峰失去主持，只在烈火洪水上东飘西荡。毒龙尊者还待施展，忽然一道青光从空而下，光影中一个长身道童高声喝道："毒龙业障，还我师兄师文恭的命来！"说罢，手一张，便照出殷赤如血的一道光华，直朝毒龙尊者卷去。毒龙尊者认得来人是藏灵子得意弟子熊血儿，知道不好，想借遁逃走已来不及，被血光卷了进去。熊血儿用红欲袋装了毒龙尊者，径转孔雀河去了。

熊血儿走后，怪叫花凌浑现身出来，正待设法善后。倏地又是一道金光从天而降，现出一个白发老尼，对凌浑道："凌道友大功告成，可喜可贺！贫尼无以为敬，待贫尼替道友驱除魔火吧。"凌浑认得来人是神尼优昙，心中大喜，连忙称谢道："天书虽有炼魔之法，怎奈还得费些手脚。如今魔窟内还有两个新收的弟子等我，多蒙大师施展佛法相助，感谢不尽！"神尼优昙道："其实道友法力胜似贫尼十倍，不过这些异教法宝将来还有用它之处，待贫尼收去保存吧。玄冰谷还有贫尼弟子的一个好友遭难，峨眉日后也有几个后辈遭难，全仗道友法宝解救。贫尼尚有他事，只得偷懒了。"说罢，从怀中取出两个羊脂玉瓶，瓶口发出百丈金光，朝水火风雷卷去。凌浑笑道："我道你真帮我忙，原来还有许多用意，索性让你得个完全的吧。"说罢，将足一顿，也化作长虹般一道金光，朝那水火风雷卷去。二人这一卷一收，不消片时，水火风雷一齐收入玉瓶之内去了。优昙大师收完了水火风雷，对凌浑道："道友开辟仙府，这座小峰留在这里殊为减色，待贫尼仍旧送它回去，异日再见吧。"说罢，口中念动真言，将手一指，那峰便起在空中。优昙大师飞上峰去，朝着凌浑两手合十，道一声："请！"如飞而去。凌浑也就回往魔宫里去。

八魔中除二魔、八魔离魔阵最近，被风雷震成齑粉外，三魔钱青选最为奸猾，见势不佳，先行逃走；四魔伊红樱见魔阵被破，向大魔黄骊、六魔厉吼报完了警，也自逃走；六魔厉吼死于允中剑下；大魔黄骊被藏灵子带回云南孔雀河；五、七两魔受了剑伤，也各寻路逃命。铁桶般的青螺魔宫，还有许多厉害妖人相助，就在这半日之内冰消瓦解。从此青螺便由怪叫花凌浑主持，将魔宫重新改造，在峨眉、昆仑之外另创雪山派，后来和青海派教祖藏灵子还有许多纠葛。此是后话，暂且不提。

话说郑八姑自从灵云等走后不久，便觉心神不定，知道劫数快来，吴文琪、司徒平二人未必是五鬼天王尚和阳的敌手，主要还是得自己小心，便对文琪道："贫道此刻心神不大安宁，生死存亡，在此一举。尚和阳十分厉害。司徒道友因恐许飞娘和他为难，必须事先代他寻觅隐身之所。我那粒雪魂珠关系甚重，不但我个人珠存与存，珠亡与亡，还关系日后邪正两教兴衰。少时敌人到来，道友藏在洞底坚守玉匣，无论我受敌人如何欺凌，不可擅动。如见此珠飞回，我的元神便已与珠合一，道友千万不可存代我报仇之想，只管护着此珠。洞外有我预先施的法术，敌人一时找不着门户，绝难进入。真要觉着守护不住，可将此珠捧在头上，驾剑光逃到峨眉。敌人绝料不到有此一着，此珠自有妙用，仓猝之间，敌人万难夺取。此乃迫不得已的下策，保全此珠，贫道一身也就无暇计及了。"说罢，满脸愁容。文琪、司徒平听了，都代她难过。文琪道："既然此珠关系重大，尚和阳又如此厉害，道友何不暂时避往他处，只需一过午时，各位道友便即到来，那时再合力对付敌人，岂不是好？"八姑道："道友哪里知道，一则劫数当前，无可解脱；二则贫道自走火入魔，躯壳半死，血气全都冻凝，况且隔有多年，纵有天府灵丹，难回本原，敌人魔火正可助我重温心头活火。不过他那魔火厉害，与众不同，时间一长，身子便炼成飞灰。我在谷口所施法术，全为准备多支持些时而已。其实单是他的魔火金幢，还可用雪魂珠去破。听说他还炼有一柄白骨锁心锤，非常厉害。我因要借他魔火暖活周身血气，所以暂时不能用雪魂珠去破。但是时候一到，我将雪魂珠祭起，他必用白骨锁心锤，二宝齐施，那我就要遭劫数了。"当下再三嘱咐了一阵，先将司徒平安置在谷顶一个小石穴之内，用隐形符隐住身形。看看天快交午，忙请文琪到洞底去。独自一人在石台上坐定，施展法术，祭起浓雾，将头顶遮了个风雨不透。

刚刚布置完竣，忽见上面浓雾中有十几道红绿光闪动。知道快要应劫，单靠自己这点法术，决不能阻止敌人下来。只指望支持一刻是一刻，但能挨过午时，算计救援快到，再让敌人魔火近身，转瞬之间便可脱劫。谁知五鬼天王尚和阳非常厉害，也知时机稍纵即逝，不肯丝毫放松。见下面有浓雾挡住魔火，便即口念真言，运用五行真气，接连朝魔火金幢喷去，化成五道彩焰，飞入雾阵之中，恰似春蚕食叶，彩焰所到之处，浓雾如风卷狂云般消逝。八姑也非弱者，见敌人魔火厉害，念咒愈急，那浓雾如蒸气锅一般，从石台上面咕嘟嘟往上冒个不住。尚和阳见上层浓雾才灭，下层浓雾又起，勃然大怒。把心一横，晃动魔火金幢，怪啸一声，将身化成一朵红云，飞入雾阵之中，只转了两转，浓雾完全被红云驱散。八姑见势不好，忙将烟雾收敛，紧紧护着石台时，尚和阳业已现出身来，指着雾影中郑八姑说道："郑八姑，依我好言相劝，快将雪魂珠献出，免我用魔火将你炼成灰烬，永世不得转劫。"八姑知他心狠意毒，不献雪魂珠，还可借峨眉二云之力助自己脱劫，即或不然，也有人代自己报仇；如献此珠，尚和阳也绝难饶了自己。便答道："尚和阳，你身为魔教宗主，竟不顾廉耻，乘人于危。我郑八姑虽然身已半死，自信还不弱于你。雪魂珠实在我手，我就遭你毒手，你也休想拿去。"言还未了，尚和阳已将金幢一指，五道彩焰直向八姑飞来，顷刻之间，又将八姑护身烟雾消尽。魔火才一近身，八姑便觉身上有些发烧。一会儿，魔火将八姑浑身包拢，八姑虽然仗着雪魂珠护身不至送命，已觉浑身和火炙一般，周身骨节作痛，心中又喜又怕：喜的是肉身既已知痛，身子便可还原；怕的是尚和阳比鬼风谷红衣番僧所用的魔火厉害十倍，时间稍长，身子便成飞灰。本想将雪魂珠祭起一试，又恐尚和阳既知雪魂珠是魔火金幢克星，竟还敢用此宝，必然别有打算，莫中了他的道儿，将珠夺去。偏偏灵云诸人还不回来，看看支持不住。欲待舍了肉身，元神飞回洞底，又觉为山九仞，功亏一篑。正在为难，偏那尚和阳原是明知魔火金幢见不得雪魂珠，起初时刻留神，并未敢于深用，满想等八姑雪魂珠出手，拼这金幢不要，身化红云，抢珠逃走。及至见八姑已支持不住，还不将珠放出来，心疑雪魂珠已被峨眉方面的人取去。越想越恨，将身一抖，身上衣服全部卸尽，露出一身红肉，将魔火金幢往上一抛，两手着地倒竖起来。八姑一见，刚喊得一声："不好！"尚和阳已浑身发出烈火绿焰，连人带火，径朝八姑扑来。八姑万没料到尚和阳近年魔火炼得如此厉害，见来势危急，无暇再作寻思，心一动念，雪魂珠化成一盏明灯一般，银光照耀，从八姑身上飞起。

尚和阳一见此珠出现，又惊又喜，正待化身向前抢夺。就在这一转瞬间，忽听空中大声说道："无知妖孽，怎敢无礼！"言还未了，三声霹雳过处，数十道金光直射下来。同时飞下一个妙龄女尼，手中拿着两面金光照耀的金钱，雷声隆隆，金蛇乱窜，直往魔火丛中打去。只震得山鸣谷应，霰起雪飞，响个不住。尚和阳不知雪魂珠经八姑多年修炼，已与身心相合；妄想夺珠逃走，未曾想到来了克星。起初看见雷火金光，认得此宝是神尼优昙的伏魔雷音钱，已知不妙。及见来人是玉清师太，又恨又怕，不肯功败垂成，仗着多年苦炼，还想拼命支持，并不逃走。将身就地一滚，重又赤身倒立，旋转起来。果然尚和阳魔火厉害，一任雷电金光将他包围，并不能将魔火红云震散，尚和阳反在火云中指着玉清大师不住地辱骂。玉清大师正待另想别法制他时，正赶上灵云等驾着彩云飞回，一见八姑只剩躯壳，在石台上面毫无动作，二目紧闭，玉清大师正和尚和阳相持不下。朱文便将宝镜祭起，放出百丈光华，照入红云之中。紫玲姊妹忙喊："诸位留神魔火污了飞剑，待愚姊妹取妖魔性命。"说罢，弥尘幡晃处，姊妹双双飞入魔火红云之中。寒萼手起处，一团红光首先打去。紫玲也将白眉针祭起。尚和阳正在火云拥护之中耀武扬威，忽见彩云散处，现出适才在魔阵中所见的一些男女敌人，便知魔阵已破，对面敌人添了这许多生力军，绝难讨好。谁知还未及盘算进退，内中两个女子又将小幡取出一晃，化成一幢彩云飞来，魔火红云竟阻挡不住，已知不好。刚要想法脱身时，那两个女子才一照面，一个发出一团红光，一个发出两道银线般的东西，朝自己打来。知道再延下去，定有性命危险，将牙一错，猛地将身一滚，化成一溜火光，冲天而去。就任他跑得怎样快，到底还中了紫玲一白眉针，日后另有交代，这且不提。

话说众人赶走尚和阳，过来拜见玉清大师，灵云便问八姑如何。玉清大师道："恩师知她遭劫，怜她苦修不易，特地命我带了雷音钹赶来，已经晚了一些。八姑不知尚和阳魔火厉害，不该妄自以身试火，不早将雪魂珠放出抵挡，弄巧成拙。如今除她心头一片有雪魂珠护持未曾受伤外，其余全都被魔火所伤，三个时辰以内，全身大半都要化成灰烬。她因拼命支持，元神消耗，适才趁我来到，身与珠合，飞入洞内，仗着宝珠还不至于大损。只是时间紧急，稍迟便不能还原如初。恩师说如要救她，非有凌真人新得的九天元阳尺与聚魄炼形丹不可。凌真人虽非异派，我们晚生后辈不易寻他说话。恩师算出他日后创立门户，有用峨眉二云之处，命我传谕灵云、轻云两位妹子，急速前去求借此宝一用。去时可对真人说明，仙丹只要两粒，元阳尺暂时不能归还，还要仗它解救峨眉被困之人。此话必须说得得体，不可忘记。"灵云、轻云闻得峨眉又有人被难，大吃一惊，事在紧急，不敢怠慢，连忙驾起剑光，直飞青螺。二人去后，因玉清大师说要俟丹药取来，才能去唤出八姑与文琪。二云未回以前，众人有好些俱是初见，不免彼此问讯闲谈。紫玲姊妹见司徒平不在外面，以为也是随着文琪避往洞底。及见那只独角神鹫也不来面前，适才空中也未相遇，好生奇怪，当时也未在意。

不多一会儿，二云将九天元阳尺与聚魄炼形丹取回。玉清大师先用法术将石台移开，叫朱文持着宝镜引路，到了里面一看，文琪一人双手捧着玉匣，守在洞内。文琪忽见彩光射人，见是玉清大师，心中大喜，忙即过来相见。玉清大师接了玉匣，一同出洞。文琪见寒萼面带惊异之容，知是为了司徒平，当下大家都要看玉清大师如何解救八姑，也未及先说。及至玉清大师问明了九天元阳尺用法，嘱咐灵云举尺对准石台，如见雪魂珠飞出，便将此尺指着珠下黑影，引八姑真灵入窍。说罢，将玉匣交与轻云捧住。取了两粒聚魄炼形丹，走到石台前面，先将灵丹分置两手，掌心对准八姑涌泉穴，轻轻贴按上去。闭目凝神，将真气运入两掌，由八姑涌泉穴导引灵丹进去。众人只见玉清大师两手闪闪发光，一会儿工夫，撒手下来一看，两粒灵丹已不知去向。玉清大师忙走过来，从轻云手中要过玉匣。命余人各将法宝剑光祭起，将谷口封了个风雨不透。然后招呼灵云注意，自己盘膝坐在灵前面，手捧玉匣低声默祝，然后口诵真言。片刻之间，金光亮处，从匣内飞出一盏明灯似的光亮，照眼生辉，荧荧流转。光亮下一团黑影冉冉浮沉，行动非常迟缓，并不往石台飞去。灵云更不怠慢，早将九天元阳尺指定金光明灯下的黑影，心中默诵九字灵符。尺头上便飞起九朵金花，一道紫气，簇拥着那团黑影，随着灵云手指处引向八姑躯壳。看看黑影将与身合，玉清大师倏地化成一道金光飞将过去，将珠收入玉匣。顷刻之间，便见八姑身上直冒热气，面色逐渐转为红润，迥不似以前骷髅神气。玉清大师才命灵云收了元阳尺，对众说道："八姑虽仗灵丹法宝，得庆更生，暂时尚不能复原，须有人在此守护。如今峨眉有事，除了赵、陶、刘、赵诸位道友须往青螺，铁蓑道人与黄道友须往东海，其余诸位道友均须即刻回去，由我守护八姑便了。"

灵云等闻得峨眉有事，早已归心似箭，巴不得即时就走。正要请紫玲将弥尘幡取出动身时，文琪笑道："诸位师姊师弟只顾回家，也看看我们的人短不短呀！"一句话将众人提醒，一点人数，只不见了司徒平。灵云忙问文琪道："昨日议定，原恐许飞娘与司徒道友为难，曾请八姑用隐身之法将他藏好。现在八姑尚未还阳，你既留守在此，当然看见八姑施为，快指出来同走吧。"文琪正要还言，玉清大师忙赶过来说道："我忙着解救八姑，还未及对诸位说司徒道友的去向。适才我未到以前，八姑知魔火厉害，恐怕玉石俱焚，将司徒道友藏在崖上雪凹之中，用隐形符咒封锁，本来极为稳妥。偏偏正邪各派以外，新近出了一个极厉害的人物打此经过，他见下面浓雾弥漫，知道有人施法，下来一看，隐形法须瞒不了他。这时尚和阳业已到来。此人素来抱定人不犯我，我不犯人的主意，并未上前干预。他见司徒道友资质不差，非常心喜。他知魔火厉害，下面的人绝非尚和阳敌手，好意将司徒道友带往庐山灵羊峰九仙洞。众位道友回到峨眉，不出一月，司徒道友便会回转，这倒无须多虑。惟有秦道友坐下仙禽因为秉性不驯，素来喜事，自从诸位到了魔阵，它便不时盘空回旋，往来于青螺与玄冰谷的高空上面，总想觑便立功。那人解了八姑隐形之法，要将司徒道友带走时，它正从青螺飞回，救主心切，立刻排云下击。幸得我同家师赶到，知道那人手狠，绝非敌手，家师恐仙禽受伤，并且不久还有用它之处，意欲就此将它带回山去，用灵丹化去它的穿心横骨，以备日后之用。恰好它被那人祭起乌龙剪，正在危急万分，被家师暗施法力，将它救下，连乌龙剪一起收去，命我师妹齐霞儿骑了它回山等候去了。大约至多一年，即可物归原主。那时它的横骨已化，比现在还要通灵得多。二位道友不致介意吧？"紫玲姊妹闻言，才放了心，少不得称谢几句。当下众人与玉清大师等作别，仍由紫玲用弥尘幡带了寒萼、灵云姊弟、轻云、义坤、朱文等，化成一幢彩云，直往峨眉飞去。不提。

第九十五回　洒雪喷珠　临流照影
　　　　　　　飞芒掣电　古洞藏珍

话说本书前文提到的裘芷仙，自从灵云等走后，李英琼、申若兰二人也跟着要骑了神雕赶往青螺，只芷仙一人在峨眉留守。芷仙因为凝碧崖虽说洞天福地，洞上还有灵云等法术封锁，但是如今正邪各派势成水火，自己学剑入门不久，本领低微，万一发生事变，如何得了。再加上姊妹们在一起热闹惯了，一旦都要远去，只剩她一人，影只形单，又孤寂又害怕，好生不愿。知道英琼虽然年纪最小，因她得天独厚，生具仙根仙骨，仙缘又好，最得众姊妹敬爱，平日性情坚定，何况她去志甚坚，更难挽回。自己百不如人，怎好勉强她不走？想起若兰性情最为温和，便去朝她委婉诉苦，求她转劝英琼，听大师姊的嘱咐，不要前去。满以为只要若兰为她所动，英琼一个人鼓不起劲，便可无形打消。谁知若兰也和英琼一样心理，好事喜功，不好意思当面拒绝，却去推在英琼身上。芷仙劝阻无效，自己又不敢学她二人的样，背了灵云一同前往。无可奈何，只得由若兰传了木石潜踪藏影之法，又赠了一面云雾幡，以备万一防身之用。眼望着英琼、若兰欢欢喜喜骑雕飞去，一时顾影苍茫，不禁伤心起来。后来想了一阵，自己又宽慰自己："假使不遇妖人，至多不过与夫婿完姻，终老人世，哪里能到得这种仙山福地，与这些仙姊仙妹盘桓，学习飞剑？又承众姊妹不弃，并不因自己失身妖人，天资平常，本领低微，意存轻视。少年喜事好胜，人之常情，自己既无有本领跟去立功，哪能强人所难，硬留别人陪伴自己？何况英琼、若兰还再三劝勉，仿佛怪过意不去似的，走时又承若兰殷勤传了法术，赠了法宝，岂不更为可感？"想到这里，不再烦闷，鼓起勇气，在外面先练了一回剑术，又将若兰所传法术演习了一回，然后入内打坐练气，虽然觉得有些孤寂，倒还不怎难受。初意以为英琼、若兰必定是随了灵云等同回，最早也得过了五月端午以后，算计还得好几天。她们在山，还可随便到洞上去满山闲游，如今既剩自己一人，责重力微，哪敢大意。除了在凝碧崖前练习剑术外，一步也不敢远走。连猩猿袁星上去采摘花果都恐生事，再三嘱咐早去早回。

到第二天，芷仙做完了功课，一时无聊，喊了袁星，一同走到凝碧崖那一个壁立飞泉的小峰下面。因这小峰孤峰独峙，飞涌成瀑，声如仙乐，连那太元洞对面的小峰，都被众人商量取了名字，一个叫仙籁顶，一个叫玉响石。众人无事时，时常喊开金蝉，飞身到仙籁顶上寒泉凹中洗澡。这时正值暑期将近，越显洞天福地，境界清凉。芷仙平时见众人飞上飞下，随意沐浴，好生羡慕。自己因本领不济，又有许多心事，素常不似众人活泼，随意说笑，不便也和众人一样将金蝉喊开；总是趁众人都在前崖练剑玩耍时，悄悄唤了袁星去给她望风，独自一人跑到太元洞对面玉响石，于僻静之处脱了衣服，临流照影，独浴清波。仙籁顶上一次也未去过。这时刚走到峰下，袁星对芷仙道："裘姑娘，你在此玩，我趁主人们不在，上去洗回澡去。"那袁星虽是个母猩猿，自从通了人言以后，处处都爱学人的动作，一样也知羞耻。芷仙无事时，又给它改做了几件衣服穿上，它越发知道爱好。除主人李英琼外，对芷仙最为尽心，芷仙也非常爱它。有一次它见众人俱往仙籁顶洗澡，它也想学样，被英琼看见，犯了小孩脾气，说它一身毛茸茸的，怪它弄脏了水，喊将下来，便要责打，多亏芷仙同众人笑着讲情才罢。

芷仙今日见它又要上去洗澡，便笑它道："你又忘了上次不是？你主人回来，她打你，我可就不劝了。"袁星道："我知姑娘人好，不会告诉的。我对姑娘说，洗澡还是小事，哪里都可以洗。不过我虽是畜类，到过的山水很多，见的奇怪景致也不少，从没有见过我们凝碧崖这座小峰和太元洞前涧中那一块石头那么奇怪的。尤其是仙籁顶这座小峰，孤立在悬崖平顶的上面，流泉飞瀑，永远不断，却无一人知道它这泉源从哪里来的。上次我上去时，看见顶上只是一个三四丈方圆的浅凹，深才三四尺，四面还有二尺许宽的边沿，好似天生成的一个浴池。那水又甜又清，我拿手脚在池底摸了个遍，一个小洞也没有，并且还是平底，只中间稍微陷下去一点，又是实实的。那水本从崖旁那块龙石上流到池中，再由池里分溅出数十道细瀑布往下流的。我又纵到那块龙石上一看，更奇怪了。那龙石从下面看去，好似与凝碧崖相连。到了上面一看，不但完全两不相干，而且石头的颜色都不一样。凝碧崖石头是灰白色同赭色的，龙石却是上下黑绿绿的，连一些深浅都不分。这还不说。再看那水，也是和下面浴池一样的浅深，只东角缺了一块，水从那角流出，变成一股两三丈粗的飞瀑，落到下面浴池内，再往四外飞溅。我正寻找水源，佛奴便去告我主人，将我唤下来骂了一顿。我先不明白佛奴为什么要告我，我又不懂它说话。过了两日，我渐渐懂了佛奴的鸟语，问它那一次何必害我挨打？它先不肯说，我问了多少次，它才说这峰连那太元洞前的玉响石，有许多讲究，现在连主人都不能说，将来机缘到来，自会知道。它以前随白眉老禅师在此住了多年，所以知道得清楚。还说上次我上去，虽然告诉主人，主人并未打我，它还觉不解恨。它奉有白眉老禅师法旨，第一是保护主人，第二便是守护这峰。我再如偷着上去，它也不再告诉主人，定要用它的鸟爪子将我抓死。我自知敌不过它，它的一双眼睛又尖，以后就没敢上去。我每晚常见那块龙石和仙籁顶上宝光冲起，大家都以为是水光和月光相映闪出来的光彩。据我看来，决不是什么水月光华，倒有些和莽苍山那座石洞相仿。你说没有宝贝，四面石壁自发光明，黑夜就如白昼；你说有宝贝，我主人曾命我儿子儿孙同那许多马熊，把那石洞找了个遍，也找不出丝毫影子。别人不说，金蝉大仙生具一双慧眼，竟没留神到那仙泉的来历古怪。我本想对主人说，我又气不过佛奴那样强横霸道，事事它都要占先。总想得一个机会，寻出仙源根底，看看到底发源之处藏有宝贝没有。查看真实了以后，再由姑娘去对我主人说，既不伤佛奴的面子，还讨主人同各位仙姑的喜欢。难得她们都不在家，意欲跑上去看个明白。在没有将宝贝寻出以前，就是她们回来，也请姑娘不要提起才好。"

芷仙听袁星一说，也动了好奇之心，便想一同上去。袁星长于纵跃攀援，自不必说。就连芷仙自经众人指点用功之后，虽不能驭气飞行，轻身之法已经有了根底。何况仙籁顶又只有十几丈高下，虽然龙石要高得多，有袁星相助，想来上去也非难事。凝碧崖又不会有外人闯入。当下便和袁星将上下衣服卸去，芷仙只穿了一身贴身衣裤，从飞瀑喷泉中穿到仙籁顶峰下，由袁星扶掖着，半爬半纵地到了峰顶一看，果然和袁星所说一点不差。起初还以为仙籁顶的浅池是经龙石上挂下来的那一条瀑布积年冲击而成的浅凹，再一看那四周池边宽窄匀圆，四面如一，宛如人工制就一般，才觉有些稀奇。当下先在池中宽了贴身衣服，跑到挨近飞泉落处，冲洗了一阵。又张口去接了些泉水来吃，果然甘芳满颊，清凉透体。那袁星却志不在浴，只管伏身下去，用手足到处摸索。停了一会儿，站起身来对芷仙道："这里寻不出端倪，我们到那发源之处龙石上面去吧。"芷仙这时正披散着头发，迎着飞泉，眼望着龙石上那条瀑布如玉龙飞挂，倒泻银河。自知力弱，还不敢站在瀑布下面，只相离两三丈以外，已觉飞珠喷玉，顶沐寒泉了。一面洗浴，一面观赏四外仙景，耳听瀑声轰轰隆隆，与数十道细瀑泻落在峰下石头上面发出来的琤玙繁响相应，真如仙乐交奏一般。正在得意忘形，袁星语声被泉瀑之声一乱，都不曾听见。直到袁星过来拉她，连说带比，才明白了它的意思。仰头一看，从龙石下面看去，与仙籁顶倒还若断若连。到了上面，才知两下里相隔还有七八丈远。只瀑布发源之处，如龙石一般，平伸出在仙籁顶上。那龙石四面壁削，布满苔绣，滑不留足，不似仙籁顶虽然上丰下锐，还有着脚攀援之所。再加上那道三四丈粗的飞瀑从天半倒挂，银光闪闪，声如雷吼，令人看了眩目惊心。再要逆着瀑布飞身数十丈上去，不禁有些胆怯，把初上来的勇气挫了一多半。袁星见芷仙为难，便说道："要从这里上去，漫说姑娘，连我也上不去。我不过是陪了姑娘先到这仙籁顶上看一看，龙石上面的情形更奇怪呢。姑娘要上去看时，且在这里等候，待我下去，绕道从凝碧崖上面纵将过去，再用山藤援接，只要避开这大瀑布，上去就不难了。"芷仙闻言，笑着点头。袁星便纵下仙籁顶，兴冲冲寻了一根长的山藤，跑到凝碧崖顶上，与龙石相距只有七八丈远。袁星带着山藤只一纵，便飞渡到了龙石上面。在瀑布左近择了迳当地方，把长藤垂将下来。芷仙连忙纵身一把抓住藤梢，攀援而上。到了上面一看，那发源之处却是一泓清水，光可鉴人，石形如半爿葫芦相似，水便从葫芦柄缺口处往下飞坠。下面是那样飞泉飘落，声如雷轰；上面的水却是停停匀匀，若非缺口处水流稍疾，几乎不信这里是发源之处。再看面积，并没有仙籁顶大，水却稍微深了一些，其冷透骨。

那袁星到了上面，一刻也不曾安静，手脚并用地在水中东找找，西寻寻。芷仙便问它找些什么。袁星道："姑娘怎么一丝也不在意？你看这里是几丈粗的瀑布发源之处，水却这般停匀，池底石头如碧玉一般，连一个水穴都无有。如果这里头没有藏着宝贝，姑娘将我两眼挖去。"芷仙笑道："就有宝贝，这样大一座石峰，比仙籁顶还要高大，宝贝藏在里面，怎么取出来？这两座峰又是这里的仙景，漫说无法奈何它，就有法子想，既不敢把它弄毁，以免受大姊她们责罚，教祖怪罪，还不是空想？"袁星道："话不是这样说。但凡洞天福地中，所藏仙佛留下的宝贝，看去虽难，真要仙缘凑巧，得来却极容易。且不用忙，我早晚总要寻出它的根底来才罢。倘若得到一两样宝贝孝敬我主人同姑娘，也不枉我跟随一场，受主人和姑娘许多恩义。"说罢，又满水中去摸索，算计天将近夜，仍是一无结果。芷仙浮沉碧波中，工夫大了，渐渐觉得足底有些寒意，便催袁星下去。好在下去比上来容易，只需从龙石上飞越到凝碧崖便可，无须再取路仙籁顶。当下仍由袁星先飞过去，芷仙紧抓山藤荡到对崖。复命袁星回到仙籁顶上取了贴身衣服，一同入洞换了干衣，重新出洞，坐在崖前。袁星又去取了些果子出来，一面吃，一面谈说。

　　正在得趣之际，忽见一朵彩云从空中飞坠。芷仙从未见过这种彩云，慌得口诵真言，正要用木石潜踪之法隐过一旁，彩云敛处，现出四女一男。男的正是金蝉。四女当中，一个是李英琼，一个是申若兰，业已委顿不堪；还有两个不认得，俱都生得仪态万方，英姿飒爽。才定了心神，上前相见。金蝉先喊芷仙道："若兰姊姊同英琼师妹都中了妖法的毒了。这二位是新入门的秦紫玲、秦寒萼师姊。你快和袁星帮助二位师姊，将她两人扶到洞里头去吧。我还要去寻芝仙要生血呢。"说罢，也没和芷仙引见，急匆匆自往后崖便走。芷仙高叫道："蝉师兄快回来，芝仙不在后崖，适才我见它独自现形出来，在玉响石上面拜月呢，你到那里去寻它吧。"金蝉闻言，才回转身来，往太元洞前跑去。袁星一见主人受伤，早已急得不可开交，眼泪汪汪地随在紫玲姊妹与芷仙身后，到了太元中洞二人的房内。此时英琼、若兰俱都牙关紧闭，面如乌金，两双秀目瞪得老大，不发一言。紫玲知道事在紧急，将申、李二人分别扶上石床之后，便问芷仙道："这位姊姊想必就是灵云大师姊所说的裘师姊了。李、申两位受毒已深，非乌凤酒不救。她们现在已不能出声，师姊可知乌凤酒藏在何处？"芷仙未及答言，袁星听得非乌风酒不救一句话,早已跑进内屋,去将乌风酒取出奉上。紫玲接将过来,叫寒萼去站在门外,以防金蝉闯了进来不便。寒萼道:"你怎么喊我?我还有事做呢。"芷仙便叫袁星到门外去。袁星含泪道:"好姑娘,你去吧,我要看我主人如何呢。"芷仙知它为主心切,只得站了出去。紫玲早知这里有这么一个通灵的猩猿,名叫袁星,却不料它如此忠义,十分感叹。当下先将申、李二人上下衣服一齐卸去。才一打开乌风酒瓶,立刻满屋都充满了奇臭。寒萼道:"这仙酒怎么这般臭法?"紫玲道:"这原是以毒攻毒。留神溅在手上,最好取个什么布条来才好。"袁星闻言,忙将身上衣裙撕下一大片来交与紫玲,飞也似的跑到洞外,顷刻寻来了一根树枝。紫玲刚将布条扎在枝上,袁星便要去把英琼扶起。紫玲知它心意是想自己先救英琼,看它含泪着急神气,甚为嘉许,便对它道:"你快将她放下,我自会先解救你主人的。"说罢,果然先走到英琼榻前,将树枝上布条蘸了些乌风酒,给英琼全身除前后心外俱都抹了个遍。那乌风酒擦在英琼皮肤上面,先冒了一阵蓝烟,知是往外提毒,忙叫寒萼上前施救。寒萼便将宝相夫人的灵丹取出,口运真气,在英琼前后心滚转。一会儿蓝烟散尽,乌金色的皮肤渐渐转了红润。忽听英琼大喊一声:"烧煞我了!"接着一声响屁过处,尿屎齐下,奇臭无比。这时金蝉早已取来芝仙的生血候在屋外,紫玲见是时候,慌忙跑到室外取来芝仙生血,分了一半与英琼灌将下去,嘱咐袁星在旁看守。然后同寒萼去救若兰,也是如法炮制。不多一会儿,英琼、若兰先后醒来。芷仙也进来看视,见二人虽然精神疲惫,脸上病容已减,才放宽心。紫玲便对芷仙道:"她二位业已起死回生,再须将养些时,便可复旧如初了。适才见外面瀑布,最好给她二位洗沐一番。这屋子也须汲些清泉洗扫呢。"金蝉在室外闻言,知是又要自己回避,便朝室内高声道:"我到崖顶看看去,二位姊姊走时不要忘了叫我。"紫玲还言答应之后,金蝉径飞身上崖去了。

英琼醒来,见自己与若兰俱都身卧污秽之中,想起不听大师姊之言,果然吃了亏回来,又羞又气。一眼看见袁星笑嘻嘻站在自己榻旁,娇叱道:"你不去打水来洗屋子,在这里笑些什么?我吃了亏,你倒高兴!"说罢,伸手便要打去。寒萼忙拦道:"你休要错怪好人。刚才我们初下来时,它见你那危殆神气,眼泪汪汪,急得什么似的;如今见你醒来,才破涕为笑。

它那毛脸上眼泪还没有干呢。"英琼闻言，对袁星脸上看了一眼，便不再言语。毕竟若兰性情温和，醒来见已回了凝碧崖，便把一切委之劫数。因自己虽然比英琼修道年深，根基、禀赋、仙缘都没她厚，不敢大意，只顾闭目静养，一听英琼在责骂袁星，忍不住睁眼笑道："琼妹妹就这般性急，什么都是劫数使然，这有什么吃亏不吃亏的？秦家二位姊姊嘉客初来，又救了我们的性命，没有什么好款待，洞天福地倒给我两人闹得一团糟，满屋子臭烘烘的。也不说请芷仙姊姊陪她二位到别屋去坐，或者陪到外面看看仙山风景，却犯什么小孩脾气呢？"紫玲姊妹早听说凝碧崖仙景无边，日后又是自己修道之所，适才下来虽然救人心切，只见一斑，已觉是平生见的仙山之中从未见过。被若兰一句话提醒，急于见识见识，估量金蝉此时定然避开，便答道："此地是愚姊妹将来附骥修道之所，倒不必急在一时，只是二位师姊姊必须沐浴一回。我看适才崖下瀑布就好，何不到那里去呢？"当下又和芷仙分别见礼问讯。

英琼、若兰闻言，便要起床，紫玲忙说此时还不可过劳。当下仍由紫玲姊妹分扶李、申二人，芷仙在前引路，同到仙籁顶下。紫玲姊妹听芷仙说此仙泉甚好，不禁见猎心喜，只留芷仙一人在下边，各人卸了衣服，扶着李、申二人，喊一声："起！"飞身到了上面。洗了一会儿，紫玲姊妹又往四下观赏了一阵，果然是洞天福地，仙景非常，赞不绝口。等到洗完下来，业已到了寅卯之交，袁星早将李、申二人衣服取来穿上了。李、申二人本想跟着紫玲同返青螺，及至驾剑光试了试，竟是非常吃力，驾驭不了。又经众人苦劝，才答应在山中休养。因紫玲姊妹初来，离破青螺还有余闲，便命袁星去请金蝉下来一同陪着，全山游了个遍。紫玲是喜在心里，寒萼更喜欢得眉开眼笑。又听众人说起平常在一起用功之乐，恨不能立刻破了青螺，来此居住，把那旧居紫玲谷早忘记在九霄云外去了。

大众谈说了一阵，又往洞中走去。英琼见袁星不在身旁，便问若兰道："我说袁星被芷仙姊姊惯坏了不是？你看我回来，它都不在旁边，也不知跑到哪里去顽皮去哩！"正说之间，已经入洞，到了英琼所居室内。英琼怕臭，首先捂着鼻子，正要让紫玲等到别屋里去，忽见袁星捧了一个英琼初到峨眉时，李宁制下的一个旧木桶出来。英琼正要喝问，若兰往室内探了探头，忽然扑鼻一股异香。往里一看，忙转身对英琼道："我说你专门错怪好人不是？我说袁星上哪里去呢，就这么一会儿工夫，它见用不着它，已将我们屋子打扫干净了。我们进去坐吧。"寒萼也闻见香味袭人，直喊好香。众人进屋之后，若兰又拿鼻子闻了闻，笑道："这东西真可恶！竟将我从福仙潭桂屋中带来的那盒千年桂实制成的冷艳香，都给偷出来用了。"大家说说笑笑，重新坐下，紫玲才细看二人所居之所。原来是两间极大的石室，四壁光洁如玉，里面石床、石几、石桌、石墩之类，俱如羊脂玉一般细润。再加上若兰爱好天然，把洞外奇花异卉移植了不少进来，更显得幽静之中，别有一种佳趣。转觉紫玲谷富丽中带了俗气。再加这太元洞内千百间石室，自分门户，到处都是金庭玉柱，宏大庄严，光华照耀，亘古通明，真称得起洞天仙府，此为第一。流连观赏，正不舍就去，挡不住金蝉惦着青螺，再三催走。紫玲也想起那边正在用人之际，好在不久便要再来，当下别了英琼、若兰、芷仙三人出洞。三人送至凝碧崖前，英琼又再三叮嘱神雕佛奴，如用它不着，可请灵云大师姊命它先回。紫玲点头告辞，叫寒萼、金蝉站在一起，展动弥尘幡，化了一幢彩云，直往青螺飞去。

紫玲三人刚走不多一会儿，忽然一道金光闪处，飞下一个道人、四个幼年男女。若兰知道峰顶有法术封锁，外人不能擅入，忙做准备时，那道人已远远招呼，说道："贫道刘泉，奉了家师凌真人之命，将秦紫玲道友在途中所救的于建、杨成志、章南姑、虎儿四人送到仙山，请诸位道友暂时收留，候齐灵云道友回来自有交代。贫道尚奉师命，还有他事，改日再行领教了。"说罢，手中拿着一面符箓一扬，便化成一道金光，冲霄而去。

这时于、杨二童与章氏姊弟早跑到若兰、英琼等面前跪下，请求收录。李、申二人连忙唤起，略问了问他四人经过，便命袁星带入太元洞，去安置他四人的住所，再行出来谈话。于、杨二童还不怎样，南姑姊弟见袁星生得那般狰狞高大，不免有些胆怯。芷仙看出他二人脸上的神气，便拉着南姑的手说道："它叫袁星，乃是那位李姊姊用的仙猿，虽然它形态生得怕人，却是面恶心善。你们初来害怕，还是我领了你们去吧。"说罢，便要袁星在前领路，自己带了四人随后跟着。芷仙因听南姑说过经过，不由起了身世相同之感；又加南姑聪明伶俐，谈吐清朗，虽是初来，竟挨在芷仙肘下一同行走，如依人小鸟一般，非常亲热，愈发加了些怜爱。便把她一人先安置在自己一起，等灵云回来再作商议。将于建、杨成志与章虎儿也安置在金蝉房内。并对四人说道："峨眉高寒，这里虽然四时皆春，上面却奇冷难耐。现在夏季还不要紧，你四人俱没有多的衣被之物，等大师姊回来，再给你们想法吧。"说罢，依旧领了四人，出洞来见李、申二人。英琼笑道："我二人中毒太深，虽然被秦师姊救醒过来，身上还不大舒服，所以没陪他们进洞去看住所。裘师姊你将他四人安置在哪里哩？"芷仙笑道："我看南姑这一点年纪怪可怜的，她又不能和她兄弟同住一屋，别的屋我恐她害怕，我先将她安置在我屋内。她兄弟和于、杨二位与小师兄同居，等大师姊回来再说吧。"李、申二人点了点头。大家又在崖前坐谈了一会儿，李、申二人各自回洞静养用功。芷仙无事，便领了于、杨二童与南姑姊弟，带了袁星满崖游玩，又把以前经过说与他四人听了。四人见自己能在这般洞天福地居住，喜欢得个个眉开眼笑。

芷仙平日和众人在一起，本领最为有限，遇事都羞于出面，总是随在众人身后。这时见于、杨等四人均系初次入门，又见李、申二人因为病后养息，无暇顾及招待，便以识途老马自居，领了这四个人一路走一路说，越来越高兴，不知不觉又从凝碧崖绕到太元洞西面。那里是一片山崖，满壁尽是些奇花异卉，碧嶂排天，并无上去的道路。芷仙正要招呼众人转身回去，忽见袁星攀萝附葛，手足并用，捷如飞鸟一般，已上去有十多丈高下。南姑等四人几曾见过这种奇景，不由拍手欢呼起来。芷仙刚喊得一声："袁星下来！"忽听袁星大叫道："裘姑娘快来，在这里了！"说罢，直往下面招手。芷仙初学了轻身功夫，一时见猎心喜，估量十几丈高，上去还不甚难。便舍了四人，将脚一踮，直往崖上纵去，屏气凝神，施展壁虎游行的轻身功夫，毫不费事地到了袁星面前。一看，原来袁星站立之所，是一块光滑滑莹洁如玉的石板，有七八尺见方。这崖数十丈以上，终年有白云遮蔽，看不见顶，并且看上去是越往上面越难走。四周虽然尽是些香草奇花，除了这块可以坐卧的白石，一切都与下面所见一样。便问袁星："喊些什么？"袁星道："姑娘，你看这是什么？"芷仙顺着袁星手指处定睛一看，那块白石前面，薜萝香草密布中，隐隐现出一个洞穴，洞门上还有字迹。这时袁星已用手脚将萝草之类扒开，芷仙往前一看，那座洞门就在这半山崖上，因为终年被藤蔓香草封蔽，所以平时不曾见到。袁星上来时一脚踏虚，才行发现。当下再一看洞门上字迹，竟是"飞雷密径"四个篆字，朱色如新。洞门只有一人多高，三四尺宽广。洞内深处，隐隐看出一些光，里面轰轰作响。

芷仙知道这里是洞天福地，洞中决不会藏什么猛兽怪异之类，再加袁星已首先进去，便随在它身后往前行走了数十步。洞内寒气袭人，涛声震耳，到处都是光滑滑的白玉一般的石壁，什么都没有。及至走到尽头，忽然不见了袁星。正在奇怪，猛听袁星在下面高叫道："姑娘快下来，我在这里呢！"芷仙低头一看，原来洞壁西边角上，还有一个三尺多宽的深沟，沟下面有两三层三尺高下的台阶。下面银涛滚滚，声如雷鸣，也不知从什么地方发来的泉水。便跟着下去一看，石阶尽处，又现出一条石梁，折向西南，有一眼五六尺高的小洞。才将身钻了过去，便觉一股寒气扑面侵来。抬头一看，玉龙似的一条大瀑布，从对面石壁缝中倒挂下去，也看不清下面潭水有多深。只见下面瀑布落处，白涛山起，浪花飞舞，幻起一片银光，再映着山谷回音，如同万马奔腾，龙吟虎啸，声势非常骇人。再看自己存身之处，仅只是不到尺许宽的一根石梁，下临绝壑，背倚危崖，稍一失足，便不堪设想。正有些惊心骇目，袁星又在前面呼唤。芷仙好奇心盛，仗着近来胆力、轻功都有了根底，不怕失足，屏气凝神，跟着过去，谁知前面越走越亮。把这十余丈长的一条独石梁走完，折向南面，忽然面前现出一片石坪，迎面两间石屋。信步走了过去，里面竟和太元洞中诸石室一样，石床丹灶，色色俱全。猛见石壁上有光亮闪动，袁星忙唤芷仙道："姑娘留神，石壁里面定然藏有宝贝哩！我是畜类，未得祖师传授，不敢去拿，姑娘何不跪下祷告祷告？"芷仙闻言，一时福至心灵，果然将身跪下默祝道："弟子裘芷仙误被妖人摄去，多蒙教祖妙一真人接引，收归门下。只是仙缘浅薄，资质平凡，将来难成正果。适才听袁星说石中藏有宝物，弟子肉眼难识，想系以前本洞仙师所留。如蒙仙师怜念弟子一番向道苦心，使宝物现出，赐与弟子，弟子从此当努力向道，尽心为善，以答仙恩。"说罢，站起身，刚要过去，咻咻几声过去，石壁忽然中分，石穴中现出两长一短三柄宝剑插在那里。芷仙大喜，忙跑过去一看，剑下面还压着一张丹书柬帖，上面写着："短剑霜蛟，长剑玉虎。赠与有缘，神物千古。大汉光武三年四月庚辰，袁公归仙，以天府神符封此三剑，留赠有缘。去今三十二甲子同年月日，石开剑出，得者一人一兽。宝尔神珍，以跻正果；恃此为恶，定干天戮!"这数十个大字似篆非篆,笔势刚健婀娜,如走龙蛇。

芷仙虽曾读过多年书,几经辨认,还细绎上下文气,才行认出,不由喜欢得心花怒放。

虽不知袁公来历,估量定是汉时一位得道仙人。重又跪在地下,虔诚默祝,叩谢一番。起来再一细算日期,今日正是柬帖上所说石开剑出的那一天。既说是"得者一人一兽",那有缘人必是指着自己和袁星了。不过人兽虽各一份,剑却有三口,柬帖上又未指明哪个该得长的,哪个该得短的。长剑短剑虽然同是宝物,内中哪一口比较好些也不晓得。捧着这三口剑,看看这个,看看那个,不知要哪一口好。猛一回头,看见袁星站在身旁,瞪着一双大红眼,望着自己手上这三口宝剑,大有垂涎之意。暗想:"为人不可自私。今天如非袁星发现这洞,招呼自己跟了进来,哪里能遇见这种千载一时的机会?况且柬帖上明明写出它也有一份。我只顾欢喜,还没有看看这三口剑的内容,何不拔将出来看个明白,再行分配?"当下先将两口长剑交与袁星捧着,也没对它说明来历。先将短剑托在手中仔细一看,这箭长有二尺九寸,剑匣非金非玉,绿沉沉直冒宝光,剑柄上有"霜蛟"两个字的朱书篆文。将手把着剑柄只轻轻一抽,一道寒光过去,剑已出匣,银光四射,冷气瘆人毛发。便走出石室,在外面石坪上,按照灵云所传剑法略一展动。一出手,剑上面便发出两三丈长的白光,斗大的崖石稍微扫着一下,便如腐泥一般坠落。芷仙因为地势甚狭,恐怕损坏了洞中仙景,连忙将剑还匣。再将长剑从袁星手中拿了一口过来。这剑通体长有七尺,剑柄上刻着半个老虎。再和袁星手上的一口一比,剑柄上也刻有半个老虎,果然是一双成对的长剑。芷仙见这剑太长,便命袁星抓着剑匣,自己手拿剑柄轻轻一抽,一道青光随手而出。拿到手中,先并不觉甚重。及至略一舞弄,觉着吃力,那剑又太长,佩带不便,知道自己无福享受。又听灵云等平日说,各派飞剑以金光为上,白光次之,青光又次之,黄光还要次些。再把袁星手上那一口拔出一看,发出来的光华竟是黄的,越发觉得两长不如一短。

正要开口和袁星说知就里,袁星已忍耐不住,说道:"恭喜姑娘!凭空得了三口好宝剑。我只奇怪这三口剑都好似在哪里见过似的。"芷仙闻言,猛想起留剑的仙人名叫袁公,它又叫袁星,本是猩猿一类。昔日越女曾与袁公比剑，灵云师姊还说过越女剑法同袁公剑法不同之点。袁星又说此剑它曾经见过，莫非袁公便是它的祖先？难得它生得又高又大，此剑想必比我用来要顺手得多，自己仍取那口短的为是。不过虽说仙缘凑巧，又有仙留柬帖，说石开得剑者便是有缘之人，但是自己依人宇下，还未正式得过师传，凡事当由大师姊做主，岂可自己随意处分？这层务须对袁星言明，剑虽是它的，只可暂时由它佩带，正式归它，还得等灵云师姊回来，禀明了经过，由她做主，想必也不会不允，袁星与自己的地位也站得住些。当下对袁星道："活该你这猴儿有造化，这两口长剑是你的呢！"便把柬帖上袁公遗书同自己等灵云回来做主的意思一一说了。

袁星闻言，喜得直跳道："这一来，我也快学做人了。姑娘你知道留剑的袁公是谁么？我听我祖宗说过，他老人家还是我们的老祖宗呢。自从商周时炼成了剑仙，只因在列国时候同越女比剑吃了亏，便躲到深山之中隐居修道，不履人世。听姑娘所说柬帖上言语，定是在那个汉朝时候才成的仙。我的一双眼睛最能看得出宝贝藏的地方。适才见姑娘一下得了三口宝剑，虽然喜欢，却没料到我还有份。只要齐大仙姑一回来，就成了我的，从此再也不怕佛奴看不起我了。我看这洞既是袁公当年修道的地方，也许还藏有别的宝物。姑娘左右没事，何不把它走完，看看还能得到什么仙缘不会？"芷仙被它说动了心，也存了希冀之想，便笑着点了点头，将那口短剑佩在身旁，吩咐袁星仍在前面先走。袁星夹着两口长剑，高高兴兴地觅路，再往前走。

第九十六回　力辟仙源　欣逢旧雨
　　　　　　　　眷言伦好　情切友声

且说芷仙和袁星从石坪过去，又见迎面现出一所石室，两扇石门半开半掩。芷仙跟着袁星侧身而入，见里面像是一条石甬道，不透天光，甚是黑暗。芷仙便将霜蛟剑拔出试了试，剑才出手，好似一道电闪一样，黑暗之中，比适才外面所见还要显得光亮。心中大喜，借着剑上光芒，觅路又往前走，越走路越显得狭窄。走到后来，也不知走了多少里路。忽然走到尽头，迎面好似被山石堵死，到处一找，并无出路。不禁大为失望，便埋怨袁星道："都是你这猴子得了这样好的宝剑还贪心不足，白走了多少冤枉路，害得外面几个人在那里死等。还不快些往回走呢！"说罢，正要停步回身，忽见有一丝青光从对面石头缝里一闪。芷仙知自己剑光是白的，先怀疑是袁星也将剑拔出。及见袁星夹着双剑站在那里，口中直喊奇怪，不住朝那尽头山石上看视，才觉出有些奇怪。此时那一丝青光已从石缝中连闪了好几下，芷仙也学袁星往那发光之处看时，并看不出所以然来，那一丝青光也不再现了。正想问袁星可知什么缘故，袁星已经轻声说道："姑娘，据我看，这洞我们并未走完，这尽头处的山石和洞中石头并不一样，定是被人将去路用山石堵死。适才见那一丝青光来得奇怪，我们何不将这山石打开看个明白？说不定里面还藏着宝物呢！"芷仙闻言，贪心又起，便道："虽然这尽头处山石是此洞出路，但是这是一块整石头，又看不出它有多深多大，我们两个又不会法术，岂能容易打通，还不是空想么？"袁星道："我还有点蛮力，只要这石头没有被人用法术封锁，我就能弄开它。好在打不通我们再回去，也还不晚。"

说罢，将手中长剑交与芷仙，用两只长臂按在石头上面，奋起神力，狂啸一声，朝前推去，连推几下，并无动静。芷仙仍将长剑交它道："我说白费牛力不是？这大山石如何能推得动？我们还是回去吧。"袁星道："姑娘别忙，我末后一次用力，好似觉得这山石稍微动了动，定然没有法术封锁。据我猜测，这石至多有二三丈方圆，推它不动，想是被这洞口夹住。等我想个法子弄开它。"芷仙总觉有些徒劳，不住叫袁星接剑回去。袁星猛见芷仙手中剑光直闪，忽然心中一动，跳起身来，喜叫道："有了！我们有这么好的开山利器，怎么不会用哩！"说罢，接过长剑一抽，一青一黄两道剑光同时出匣。手一抬，直向山石上刺去，只听嚓嚓几声，剑到石开，磨盘大的石块纷纷往下坠落。喜得袁星越发起劲，运动一双长剑，上下左右乱刺起来。不消一会儿，早将山石穿通了一个三四尺方圆、丈许深的孔洞。芷仙见它时而用剑连斫带刺，时而又腾出手来去搬那石头，有时海碗大的石头迸落到它身上，也不在意，仍是兴高采烈，猛力进行，只激得大小碎石满洞飞迸。自己恐被碎石打着，也不敢上前相助。似这样又过了顿饭时间，猛听坠石纷飞中袁星欢呼起来。近前一看，它已将这两三丈深的石壁洞穿，洞外面天光直射进来，便听到洞外涛声震耳。袁星接连又是几剑，竟开辟出一个可以过人的小洞了。

芷仙自是喜欢，便随着袁星从这新辟的石穴中走了出去。到了外面一看，哪里有什么宝物，自己存身之处却是一片伸出的平崖，有数亩方圆地方。一面是孤峰插云，白云如带，横亘峰腰，将峰断成两截。虽在夏日，峰顶上面积雪犹未消融，映着余霞，幻成异彩。白云以下，却又是碧树红花，满山如绣。一面是广崖耸立，宽有数十百丈。高山上面的积雪受了阳光照射，融化成洪涛骇浪，夹着剩雪残冰，激荡起伏，如万马奔腾，汹涌而下。中间遇着崖石凸凹之处，不时激起丈许高的白花，随起随落。直到崖脚尽处，才幻作一片银光，笼罩着一团水雾，直往百丈深渊泻落下去，澎湃呼号，声如雷轰，滔滔不绝。再往对面一看，正对着这面洞门，也是一片平崖，与这边一般无二。平崖当中，现出一座洞府，洞门石壁，有丈许大的朱书"飞雷"二字。原来自己已经到了洞外，对面飞雷洞仿佛听灵云等说过似的。

正算计过崖与否，忽听碧霄中一声鹤唳。抬头一看，一只仙鹤在斜日阳光下闪动着两片银羽盘空摩云而来，眨眼工夫，落到对崖上。这才看出仙鹤背上还爬着一个白衣道童，看年纪不过十五六岁，身子半骑半躺在仙鹤背上，一只手攀定仙鹤背颈，一只手抓紧仙鹤的左翼，仙鹤降地，兀自还不下来。那仙鹤忽地朝着对面洞里长鸣了两声，不多一会儿，便从洞里又跑出一个青衣道童，年纪和先前道童不差上下，口中直说："师兄，你怎么受伤了？"一面忙着将那道童从仙鹤背上扶了下来，正要往洞里走去。芷仙猛听背后一声娇喊道："燕哥哥慢走一步，我来了。"言还未了，早从芷仙身后飞起一团黑影，纵向对崖，把芷仙吓了一大跳。定睛一看，见是英琼，便猜若兰也来了，再回身一看，果然若兰也站在身后。

　　原来芷仙同了袁星入洞之后，好半天不见出来，南姑等四人在崖前等得心焦，依于、杨二人，便要跟踪寻了去。南姑道："漫说这样又高又陡的山崖不好走，就是能走，裘仙姑并没有叫我们跟去，岂不叫她见怪？莫如还在这里等着吧。"四人正在议论不定之际。英琼与若兰本是中毒以后，精神疲倦，才回洞去打坐养息。及至按着峨眉真传用了一回内功以后，二人彼此互问真气运行如何。若兰首先说气不归元，非常吃力。英琼虽然稍好一些，也说没有往日自然。若兰便对英琼道："这次若没秦家姊妹相救，我两人还不知要吃多大的亏呢！"英琼忿怒道："这些妖僧妖道真是可恶！我平生还没吃过这种亏呢。只要有那一天，若不把这些异派妖人斩尽杀绝，我便不是人！"若兰笑道："不羞，一来就说生平如何，你总共今年才多大岁数？打量都像你似的，小小年纪，一出世便遇见许多仙缘，自然凑合？你以为修成仙人容易么？修内功，积外功，吃尽辛苦不必说，哪一个不经过许多灾难？像我们吃了一点亏苦，不但有多少人解救，还有人替我们报仇出气，总算便宜而又便宜的了。那些不但吃了别人的亏，并且因而送命的，还不知有多少呢。"英琼笑道："算了吧，这种丢脸又吃亏的便宜，你下次多捡几回吧，我是不想再捡的了。"若兰道："你倒会打如意算盘，劫数到来，由得么？况祸兮福所倚，福兮祸所伏。我二人遭此一难，焉知不是我二人心狂气盛，自恃本领，不听大师姊嘱咐，教祖想玉我们于成，特意警戒警戒我们，想叫我们异日不奉师命，不准轻举妄动么？这都不说。我两人身体还未复原，用不得功，真急死人。适才因为急于进来用功，也没顾得招呼远客。看神气，那来的四人不一定将来便和我们一样，但是我们到底是主人，不该怠慢人家，免得叫人家以为我们逞能，看不起人才是。"英琼道："我也并不是看不起他们，也不是怕羞，向来我不大爱理生男人，从小就是如此。我同他们不熟，又加没有复原，不知不觉就变成不和人家投缘了。好在芷仙姊姊也是主人，有她代我们款待，不是一样么？"若兰说道："说起芷仙姊姊，真是可怜。人极向上，偏她本领又低，根行又比别人稍浅，直到如今，除我送她一面护身的小幡外，连剑都没有一口。最难得她又自己事事都甘居退让，从不上前，只把大师姊教她一点初入门的本领拼命练习。有时教得难点，她练不上来，便去背人哭泣，越发苦练。对于众同门，更是无论哪一位，她都一样诚心结交，从没丝毫大意。你别看她资质不如我们，孔夫子说得好：'参也以鲁得之。'我看她将来成就还不一定在你我之下呢。就拿这次到青螺去说吧，大家都想立外功，人前显耀，独独把她一人丢在山中看家，当然是又害怕，又不愿意，可怜她连你都不敢当面说，还托我讲情。我已几乎被她感动，想不去了。偏你这位小姊姑娘执意不肯，一定要去，白受了许多罪回来，才真冤哩。"英琼闻言，秀眉一耸，推了若兰一下，笑说道："我顶恨你专一爱做好人。照你一说，仿佛我好欺负老实人似的。去青螺不是你头一个愿意的么？芷仙姊姊跟你商量，你不愿做恶人，却推到我的头上。我又不会作假，只好和她实话实说。这会儿又是我不对了。还有这位芷仙姊姊，同门姊妹在一起，大家又情投意合，比骨肉还要亲切，有什么话不可说，用得着什么客套？心里头有什么事就说出来，能办就办，不能办放过一旁，也不会有人怪你。老那么谦恭，虽不作假，倒显得不亲热了，这是何苦！"

二人正在谈笑辩难之际，忽见芝仙从外面捧着两片其红如火的草叶进来。自从芝仙被移植之后，英琼、若兰、金蝉三人无事时，都爱抱着它玩。灵云因这样要妨害它的道行，时常劝阻，三人仍是不听。芝仙也最爱三人抱它。这时它高高兴兴跑了进来，若兰先和它道谢舍血相救之德，英琼已抢着将它抱在膝上。还未及张口逗弄，芝仙已将一片朱草直往英琼口中便塞，嘴里咿咿呀呀说个不住。英琼见那朱草通体透明，其红如火，一叶二歧，尖上结着珊瑚似的一粒红豆，清香透鼻，知道是一片仙草。见它往自己口里乱塞，便问道："这是一片仙草，你想给我吃是不是？"芝仙呀呀两声，点了点头。英琼先将那叶上红豆吃进嘴里，觉得又甜又香，索性连叶子也吃下去，竟是甘芳满颊，甜香袭人，顿时神清气爽。正在咀嚼余味，芝仙已挣脱了英琼的手，跑回若兰身旁，将那一片也递给若兰。若兰见英琼吃了朱草之后，满口通红，正要笑她，忽见芝仙来叫自己也吃，便笑道："你还是请她吃吧。这草吃下去，把嘴闹成个猴儿屁股，不擦胭脂自来红，才羞死人呢。"英琼笑道："你休要辜负芝仙好意。这不知是什么仙草，我吃了下去，觉得神清气爽，身子复原了一大半哩。"若兰也闻得朱草香味，再听英琼一说，不由也学了英琼的样，将朱草吃了下去，果然芳腾齿颊。英琼见她赞美，正要取笑，那芝仙倏地挣脱了手，跳下地去，往门外便跑。英琼直喊回来，那芝仙回头朝二人将小手招了招，仍往外头跑去。若兰道："芝仙朝我们招手，想必是领我们去采那仙草呢。"英琼闻言，一面点头，便同了若兰，跟在芝仙后面追去。那芝仙跑得甚快，放开其白如雪的两条嫩腿，出了太元洞，便往西面崖旁飞也似跑去。

南姑姊弟与于、杨二人正在崖前等得心焦，忽见远远跑来一个精赤条条尺许高的小人，其疾如飞，后面追的又是英琼、若兰，杨成志喜事，便迎着小人拦了上去。偏偏那里是一条窄径，那小人跑得正疾，猛不防前面有人兜拦，口里呀呀直叫，一时收不住势，又无处避让，眼看要被杨成志擒获。英琼、若兰二人本是和芝仙追赶着玩，一眼看见有人拦住芝仙去路，眼看就要将它捉住，头一个英琼就不愿意，娇叱道："快些闪开！不许拦它！"接着脚一点，飞身纵将过去。说时迟，那时快，芝仙早一纵丈许高下，从杨成志头上纵过，往崖上一跳，晃眼之间不见踪迹。同时英琼也飞到杨成志跟前，埋怨道："你这人怎么这般不知轻重？这就是我们的芝仙，大师姊费了多少事，当初说了多少好话，才从九华将它移植到此，救过好些同门的命，又是我们的恩人。你初来到此，什么都不知道，也该问一声。实对你说，连大师姊和全体同门都极爱它，虽然常和它跑着玩，谁也不敢动它一根寒毛，你倒冒冒失失地拦他。它最怕生人，你要吓着了它，小师兄回来，看他饶你哩！"若兰也从后面赶到，看得清楚。见英琼粉脸通红，指着杨成志没头没脸地乱说。杨成志被她说得颊红脸涨，一句也不敢做声。觉得怪僵的，便劝解道："这也是他远来初到不知就里，好在芝仙现在也不怕人吓了，算了吧，不要说了。我们找芷仙姊姊去吧。"英琼道："真怪，芝仙姊姊不是带这四位远客出来游玩么？她跑到哪里去了呢？差点没闯出祸来。"这时南姑姊弟同于建也走了过来，因为同来的人出了乱子，都吓得不敢言语。这时见问，虎儿到底年纪还轻，便指着西崖上说道："适才那个大猴仙跑到崖上，把裘仙姑也叫了去，他们钻到山里面去有半天了。"若兰道："这事休怨这几位远客，都是芝仙姊姊同袁星把他们丢在这里不管，也不知到崖上去有什么好玩。这崖我们都去过，崖顶也没什么出奇之处，他们到哪里去了呢？"南姑才接口道："裘仙姑同袁星并未到顶上去。先是袁星上了崖半腰，后来喊裘仙姑去看，裘仙姑才上去。袁星便将上面藤草一分，想必是现出什么洞穴，她二位进去就没出来。"英琼、若兰闻言，都动了好奇之心。英琼便对四人道："你们都守在这里，先不要走动。再见那芝仙出来，千万不可再去吓它。我们去找她两个出来。"四人自是一一点头遵命。英琼、若兰又问明了芝仙、袁星去处，双双将脚一点，便到了上面。洞口藤草已被袁星分开，那洞显得明明白白，二人便相随入内。过了瀑布、石梁，到那石室中一看，空空洞洞，什么也没有。出室寻路，上下曲折，又走了不少路。二人借着剑光，一路在洞中飞行，一路观察，顷刻间便走完那通飞雷洞的甬道。忽听潮音盈耳，声如雷轰。出洞一看，见了四外奇景，不禁惊异。同时见芝仙、袁星向着对崖眺望。顺眼一看，正遇那道童从洞内跑出来，扶那鹤背上的同伴。英琼见是熟人，不由心中大喜，忙不择地一面喊着，早飞身过去，和那道童相见。

那道童也认得英琼，连笑带说道："李世姊怎得到此？师伯呢？我师父不在家，师兄前些日与一个小女贼交手，是我帮他将女贼打走。今天师兄一人出洞闲游，好久没回来。适才听得鹤师兄叫唤，他已受了伤回来。幸而师父还有丹药，我们扶他进洞再说吧。"英琼闻言，便喊若兰、芝仙、袁星都过崖来，先引见那道童道："这是我从前和你们说过的周师伯的门人赵燕儿世兄，不知怎的会做了仙人的徒弟。我们有好多话要说，我同若兰姊姊得晚些回去，芝仙姊姊同袁星先回家去吧。都是你们要走开，新来的四个淘气鬼差点把我们芝仙吓坏了呢。"说罢，便请芝仙和袁星快回。这时若兰已略听芝仙说起她得剑大概。英琼忽然看见芝仙、袁星各捧宝剑，因为急欲要和燕儿述说别后之事，顾不得细问，只略略介绍了姓名，便催芝仙、袁星回去。芝仙因听英琼说，因自己走开，新来四人生了事，早着了慌，忙不迭地同了袁星回洞去了。

芝仙走后，赵燕儿便扶着先前道童，请英琼、若兰进洞。英琼、若兰一看这座飞雷洞,又和别处洞府不同。洞门像是人工制就的两扇石门,入门便踏着数十层石级往下走。到了洞底,便见迎面八根钟乳凝成的石柱直撑洞顶,分两行对面排列,如同水晶柱一般通体透明。尤其难得的是,八根水晶柱都是大小匀圆,粗细如一,位置齐整。当中一座丹炉。迎着丹炉,放着五个蒲垫,估量是燕儿师徒用功之所。穿过水晶柱走几步,又是大小粗细不等的百千根钟乳,自顶下垂数十丈,凝成一座水晶屏,恰好将前后隔断,只两旁留出大小如一,宽约三尺,高约八尺的门户。再由门中进去,便见无数根钟乳结成的水晶墙隔成大小十数间屋子。从洞顶到下面,高有三十余丈。也不知哪里来的光亮,射在晶墙、晶屏、晶柱上面,照得合洞光明,到处都是冰花幻彩,照眼生缬。再加上洞中石床、石几之类似晶似玉,莹滑朗润,越显得气象庄严,宝光四射,明洁无尘,气象万千。燕儿将那道童扶到尽里面石室中石床上面卧倒,便请英琼、若兰随意稍坐,急匆匆去寻丹药去了。英琼、若兰见那道童身上并无血迹,只是牙关紧闭,面如金纸,瞪着双眼,不住转动,好似要说什么话说不出口似的。一会儿工夫,燕儿取来丹药和一片莲叶相似的草,若兰认得那药草正是福仙潭的乌风草,忍不住问道:"赵世兄拿的这乌风草,乃先师红花姥姥福仙潭之物。当初齐灵云师姊取到此草,同我行至中途,正要往衡山复命,遇见一位骑鹤的前辈师叔将此草要去,齐师姊曾说那位真人便是峨眉门中的髯仙李师叔。今见此草,莫非这里便是李师叔的洞府么?"燕儿一面忙着救那道童,一面口中答道:"家师正是髯仙李真人。当初将此草送到衡山,交与白师伯转交金姥姥,救了顽石大师。白师伯说,此草乃并世难寻的灵药,如今各派劫数到临,异教中妖术邪法甚多,异日大有用它之处。可惜除福仙潭外,没有地火之处俱都不能栽植。再三算计,只有东海天风窟和九华掌教真人的别府,同这飞雷洞三处可以移植。便将那数十株乌风草分了一半与东海三仙送去,将余下的一半亲自送往九华移植,又从中分了二株与家师,吩咐好好护持。家师自得此灵药,曾救过不少的人,所以我知道用法。"

说时那道童经燕儿给他服了髯仙李元化炼就的仙丹,又用乌风草在浑身拂拭,面色业已逐渐好转。燕儿知道无有妨碍,便说道:"我虽不知我师兄被什么妖法所伤,他既能骑鹤归来,必然受毒还浅。家师在洞时常常嘱咐，说此草以毒攻毒，非常厉害，不到万分危急，不可妄服，所以不敢造次。此草既是这位仙师姊仙山所产，想必知道功效，请看我师兄有无妨碍呢？"若兰道："我看令师兄服了仙丹，脸色虽然渐好，还不见醒，恐怕不是中毒，也许被什么妖法所迷吧？当初先师对于各派妖法均极精通，妹子也学得一二。看他神气，好似中了敌人的香雾迷魂沙似的。我也拿不准是不是，待我来试试看。好在若是救不转，还有别的法子可想。只是赵世兄休得见笑。"英琼道："你几时也学会这些啰唣？赵世兄又不是外人，适才既认出这位师兄被妖法所伤，就该当时下手才对，偏要挨到这时，白叫人等着心急，一肚皮的话没法先说。"若兰道："我没见你这急性子。各异派中妖法千头万绪，我的学历又浅，将才我也没看出来。后来见乌风草在他身上连拂，闻见一股子邪香，才猜是香雾迷魂沙。对不对，还要救醒转来才知道呢。你就爱埋怨人，真讨厌！"英琼还要再说时，若兰已将头发披散，从身上取出一个羊脂白玉瓶儿，说一声："赵世兄休得见笑。"将瓶口对准道童，口中念念有词，一阵奇香过处，那道童脸上倏地飘起几丝粉雾。燕儿见那香熏人欲醉，正在惊异，若兰手中瓶口早闪出一两丝五色火花，射向道童脸上。刚把那几丝粉雾吸进玉瓶之内，便听那道童口中喊得一声："好香！"立刻醒了转来，一眼看见旁边站定两个绝色少女，大喝一声："贱婢竟敢到此！"便要上前动手。言还未了，燕儿知道误会，忙喊："师兄休要莽撞！这两位是我世姊，来救你的。"说罢，忙与二人介绍见礼，匆匆又各说了一些来历。那道童名叫石奇，乃是人家一个弃儿，从小就被髯仙救到山中收为弟子，本领资禀都不在燕儿以下。一听英琼、若兰是妙一夫人门下，本是同门，又加二人英姿飒爽，秀骨如仙，想起适才冒昧，好生过意不去。

大家坐定之后，英琼忙与燕儿细谈经过，才知李宁出家，英琼遇见许多仙缘，众同门凝碧崖练剑；以及燕儿随周淳到成都路上，因叫门投宿不应，周淳纵身入内，遇见七星手施林；燕儿一人在门外等候，险些葬身蛇口，多蒙髯仙救度上山，收归门下学习剑术；后来髯仙等破了慈云寺，从成都回来，才知周淳已被嵩山二老中的追云叟收归门下等情节。彼此听了，都十分感叹欣幸。英琼久闻髯仙之名，便问燕儿："师叔哪里去了？"燕儿道："师父是往九华去的，曾说过了年才回来。如今离过年还早。"

言还未了，忽听一声鹤唳。燕儿猛然想起，向石奇道："我只顾和李世姊说别后之事，还忘了何师兄，师父未回，你被女贼所害，鹤师兄怎得将你救了回来？"石奇道："说也惭愧。我自那日在洞前见那女贼来偷飞雷涧瀑布中的逆鱼，因为是个女子，只要她有本领从千百丈洪涛中将鱼取去，先并没有和她计较。因她不时拿眼看我，我被她看得脸红，便躲进洞来。第二天，那女贼又带来了一个小的，还是明目张胆地偷鱼，我也没管她。谁知那小女孩竟趁着大女贼飞落水中取鱼之际，忽然偷偷纵过崖来向我说：'这位哥哥在这峨眉山后居住，你看见过一只大的黑金眼雕么？'说时满脸惊慌愁苦，好似怕那女贼听见似的。我还未及和她说话，那大女贼已偷了十几条金眼细鳞的逆鱼上来，看那小女孩和我说话，便骂着纵了过来。忽然又对我打量了两眼，笑了笑，也不再骂那个小女孩了。想是要在我面前卖弄，一手夹着她的同伴，驾一道青色剑光飞去。我也没有在意。第三天，女贼一人又来同我纠缠，我气她不过，和她动手，多亏你出来相助，才将她赶走。今早我又到洞外去观瀑，看那金眼逆鱼力争上游，偶尔有一条侥幸冲瀑而上，便化成翠鸟飞去。正想修道人也和它一样，只要心专不怕难，早晚有成就的一天。想着想着，忽然闻见脑后一股子奇香，回头一看，正是那女贼笑嘻嘻掩在我的身后。我还未及放出剑去，便已晕倒，只觉身子被人夹在空中，好一会儿才落地。又仿佛有人扶着我到了一个地方放下。不多一会儿，便听得鹤师兄在耳边叫了两声。我心中虽然明白，亘耐身如火焚，软绵绵地动转不得。又一会儿，便觉鹤师兄将我背起。彼时我已越来越昏迷，心中又痒又麻，两手恨不能拼命抓紧一样东西，一会儿便不省人事了。醒来已回了家，别的我就不知道了。"

英琼听那女孩问人可曾见过一只金眼大黑雕，不禁心中一动。原来英琼从莽苍山得剑回来，得着余英男留书，说她师父广慧师太圆寂以后，原打算搬到后崖来，和她同居做伴。不想遇见已经脱离昆仑派的女剑仙阴素棠，将她逼走，带往枣花崖而去。不知怎么的，她总觉阴素棠太厉害，同她不甚投缘，希望英琼回来，千万请神雕佛奴到枣花崖阴素棠那里将她背回。当时英琼本想开辟了凝碧崖之后，就派神雕前去接她。偏巧灵云深知阴素棠根底，又知她自从脱离昆仑派后，常和异派勾结，助纣为虐，新近炼了两样法宝甚是厉害，难得有这么一个人在她门下，正好窥探她一些虚实。英男本是三英之一，异日峨眉门下的健者，因缘早已注定，更不愁她会由此被外人网罗了去。阴素棠虽然外行不义，剑术已得昆仑真传。她对英男定是看出她资禀过人，才执意强迫收她为徒，并无恶意，乐得借此让她学些本领。有了这几层原因，便主张英琼不要忙着去接。英琼素来极敬服这位大师姊，虽然心中不无恋恋，经灵云一再开导，又加与众同门住在这种洞天福地，日常用功习剑，乐事甚多，日久也就淡然若忘。这会儿听石奇说了这一番话，再一问容貌装扮，越发断定那小女孩定是英男无疑，越想越觉自己对不起人。起初以为她学剑倒还个怎样，现知英男在那里受人欺负，想必盼自己如望岁一般，岂可再袖手不管？但是枣花崖地方从未去过，石奇被那女贼擒去时，因在昏迷之中，并未认明路径，到底是不是枣花崖也还不一定。石奇初交，又非对方敌手，自是不便相烦。燕儿虽系世交，听他语气，虽比自己得师早，本领还未必有自己大。自己在青螺吃了苦头，长了点阅历，知道凡事不可冒昧。想起昔日金蝉曾同朱文骑着神雕追寻英男，到过一个所在，不知是那枣花崖不是。现在既然用石奇、燕儿两人不着，不如先回洞去与芷仙、若兰二人商量，等神雕回来，再邀若兰同去，见机行事。当下便和燕儿道：" 我们要回去了，本想约二位师兄到凝碧崖去游玩一回，因为我还有点事须要与这位申师姊商量办理，好在如今飞雷捷径打通，彼此均可常来常往，过了一二日后，我再来邀请二位师兄过那边去吧。" 说罢，便起身告辞。

若兰先前听到石奇之言，因和英琼常谈，也早疑那小女孩是余英男，当着生人亦未及多问。一见英琼沉思了一会儿，忽然起身说要回去有事与她商量，更猜料中八九。刚张口要问时，见英琼朝她看了一眼，知她不愿当着多人说出，便不再问。及至石、赵二人款留不住，彼此定了后会，二人往回路走时，若兰忍不住问英琼，那小女孩到底是个是英男，为何当着人不肯说出？英琼便将自己的心思说了。若兰道："我当你有什么高明心思呢，你真聪明得糊涂。我因没去过枣花崖，便想等神雕回来，我们一块去。你却把眼面前认得路的忽略了去。" 英琼忙问何故。若兰道："李师叔那只仙鹤不是把石师兄背回来的么？从前英男信上说她在枣花崖，焉知现在还在那里不在？神雕去的地方到底对不对？以前既未再三追寻，如今怎能便一定？我看去是定去接她，省得跟异派人在一起落不出好来。不过那阴素棠我曾听先师说过，总算是有名人物。石师兄说那女贼绝非本分人，我们也不可轻敌。最好查清楚了地点，算准了日期，悄悄前去将她背回。阴素棠如果不服寻上门来，那时端阳已过，我们的人全都回来，便不怕她反上天去。"英琼闻言，喜欢道："你说的话真对。不过总得在大师姊未回时去接，省得她和上次一般又来拦阻。"若兰道："你可错了。大师姊当初因为要知阴素棠虚实和让英男学点外人本领，所以才命暂缓去接。如今英男既然盼你相见甚切，石师兄又说她受女贼责骂神气害怕，平日虐待可知。大师姊如知她遭遇不好，岂有袖手之理？你难道还不知你们这几个号称三英、二云的，与本教昌明所关甚大么？"英琼闻言，虽觉若兰言之有理，到底还是快去接回才放心。当下站定略微商量，仍回身返回飞雷洞，去向燕儿说，最好借髯仙仙鹤一骑，先去认明路径，再作计较。

谁知才出洞门，便见一青二白三道剑光斗在一起，难解难分。再一细看，那使白光的正是石奇和燕儿两人。使青光的是一个女子，装束鲜艳，容态妖娆，眉目间隐含荡意，口口声声要石奇和她回去。要论这三道剑光，都差不了多少，只因是两打一，所以占了上风。那女子见不能取胜，一面指挥剑光迎敌，一面将长发披散，从身后取出一个尺许长的拂尘，口中念咒，正要施展妖法，恰好英琼、若兰二人赶到。英琼一见，便要动手。若兰忙道："你须等一等。这女贼又施展妖雾迷人，虽是邪法，收将来异日与人取笑也是好的。你只需如此如此，我们便可抢过它来。"英琼依言行事，看若兰如何。若兰早将那白玉瓶儿取出，仍和先前一样披发念咒。那女子并未留意身后来了两个劲敌，刚刚将拂尘转动，飞起一团彩雾，猛听身后一声娇叱道："不识羞的贱婢，敢用妖术迷人！"急忙偏身回头一看，原来是一个十三四岁的小女孩，身材容貌和自己师妹余英男不相上下，不过比英男还要来得英朗，佩着一柄长剑站在那里，指着自己辱骂。就在这一转瞬间，还未及张口，猛觉手上一动。再一回头，一道青光闪处，另一个年纪稍长的女孩手中拿着一个白玉瓶子，瓶口发出五色火花，收自己发出去的香雾，另一只手却将自己的拂尘抢了逃走。也不知她用什么法术隐身，竟飞到自己面前，俱未觉察，直到她将自己宝贝抢走，才行看清。不由又惊又怒，正要另施妖法报仇，这时又听先见的小女孩喝道："石、赵二位师兄收剑回去，待妹子取这无耻贱婢！"那女子正愁敌人太多，双拳难敌四手,一见石奇、赵燕儿真个将剑收回,正待指挥飞剑去追若兰,忽见一道紫巍巍剑光如同神龙一般飞到。先前抢宝女子却收了剑光,站在前面,拿着自己拂尘,笑嘻嘻观阵,并不上前助战。

第九十七回　万里孤征　余英男杀贼枣花崖
　　　　　　　一心溺爱　金圣母传针姑婆岭

那女子本来识货，一见这道紫光，便知不是寻常。暗想："世上用紫色剑光的，只听前些年师父说过，并未亲见，不想在此相遇。这两个女子不知是什么来历，小的已经如此厉害，大的更不用说。"不由恨怒之中又有些害怕起来。偏偏自己平素好胜，仗着来时带了许多法宝，还不甘心就走。谁知就在她这一转念的当儿，那道紫光已与青光相遇，才一接触，便感不支。那女子知道不好，欲待收剑已来不及。英琼的紫郢剑自经用峨眉真传炼过，愈发神化无穷，哪容敌人收回，两下相遇，只绞得两三绞，便将那女子青色剑光绞碎，化为万点青萤，坠落如雨。接着英琼将手一点，那道紫光如长虹一般，直朝那女子头上飞去。这次女子见机得早，一见飞剑被毁，虽然切齿痛恨，已知危险万状。再见紫光飞来疾若闪电，无法抵御，不敢再作迟延，连忙取出一样东西迎风一晃，化成三溜火光，分三面冲霄而去。英琼还待追赶，转眼之间已不见踪迹。

那女子逃后，四人重又相见。若兰道："那女贼并非善者，她适才逃走，用的是三元一体坎离化身之法。从前先师也会此法，可惜我未学到。若非得过异派能人真传，绝难有此本领。只可惜没顾得问她名姓来历，便将她吓跑了。"英琼道："只顾我们说话，还忘了问赵世兄，李师叔的仙鹤既能将石师兄背回，必然通灵，知道那女贼的去处。现在我和申师姊要借它引路，到女贼那里去救一个人回来，不知可否？"燕儿道："师妹早不说。鹤师兄原是奉师父之命，回洞取一样东西。就便带来柬帖，说峨眉新辟凝碧崖太元洞，不久便要光大门户，已为各异派所知，迟早就要前来侵犯。飞雷洞是要紧所在，凝碧崖的后路锁钥，叫我和石师兄随时留意，设法将通凝碧崖的道路打通，连成一片，以便互通声气等语。我已将合洞捷径被师姊师妹们打通的事儿写了一封信，托鹤师兄带去回复师父，如今鹤师兄已经走了。"说罢，又问英琼援救何人。英琼把自己借鹤引路去救余英男之事，一一对他说了。果然石、赵二人俱问要自己相助可好。英琼道："现在还谈不到请二位师兄帮忙。鹤师兄已走，我们认不得路，且待神鹤回来，骑了它去试试看。如不行，只好等青螺诸同门回来再说了。"又略谈了一会儿，当下仍和石、赵二人告辞，从原路回转。

刚回到太元洞前，一眼看见芷仙同那新来四人拿腊肉逗雕玩呢。英琼喜得连忙跑了过去，抱着神雕颈子，骑到雕背上去。那神雕见主人无恙，好似非常高兴，不住点头往英琼身上挨贴。倏地舒展板门般的两片钢羽，离地三四尺，满崖低飞起来。只看得新来四人个个脸上带出惊喜神气。飞了一会儿，英琼招呼神雕落下。芷仙又将和袁星入洞得了三口宝剑之事说了一遍。袁星早已手捧长剑跪在一旁。英琼、若兰将这三口剑分别抽出看了一看，果然寒光耀目，冷雾凝辉。知是前辈剑仙用的至宝，非常代芷仙、袁星高兴。也主张除芷仙不算外，袁星的两口长剑，须等灵云回来禀过，再行定夺。暂时仍由袁星佩带，嘱咐不许生事妄用。袁星自是唯唯应命，起来恭侍一旁。英琼便和若兰、芷仙二人商量，依了英琼，恨不能当时就去救回英男。若兰说："现在天已不早，外面比不得凝碧崖永远通明，这几晚又没有月色。还是算计外面尚未通明前再行动身，赶到那里已是日里，也好寻找。"三人商议了一阵，各自回转太元洞，由芷仙领了新来四人，分别先去安歇。英琼、若兰练了一会儿功夫，命袁星出去将神雕唤来。英琼问道："钢羽，你从前不是背着朱师姊、小师兄二人去追我英男姊姊么？后来他二人回来，说你飞到一个地方便往下落。带去英男姊姊的阴素棠，是不是便藏在那洞内？你还认得么？"神雕闻言，不住长鸣点头示意，英琼心中先自欢喜。

到了丑寅之交，芷仙跑来问二人可是真要出去，有无话说。英琼道："我们无非去接了她就回来，至多不过一个整天。洞中之事，仍烦芷仙姊主持。最要紧的是不要让那四个新来的孩子离开你，省得出事就是了。"若兰道："你这人太小心，自己又多大，老气横秋，口口声声喊人家孩子。人家初来，不知轻重，见我们追芷仙，以为我们是要真去捉它，才好意上前相拦。你一点不怕人害臊,一丝情面不留,说了一顿也就是了。人家都那么大了,受了教训还闯祸么?我就可怜那南姑姊弟,适才你骑雕飞着玩时,她不住地赔小心,请我转求你不要怪他四人。她兄弟虎儿口口声声直说没有他的事。他姊弟仿佛同来的人惹了乱子,连他们也带累上似的。偏你又不大爱理他们,他们心里又越发不安了。"英琼道:"谁还再怪他们?我不过是嘱咐芷仙姊,他们初来不知深浅,多留点神罢了。又因为忙着听芷仙姊得剑的事,又忙着商量接英男姊姊回来,他们又拘束不说话,难道我无话想话说么?我也不知什么缘故,南姑姊弟还可,那于、杨二人,我一见面就不大高兴。可见一个人有缘没缘真是难说哩。"若兰见英琼言多矛盾,知她童心犹在,说话率直惯了的,便不往下再说。算计天已不早,英琼、若兰便和芷仙作别,准备去救英男。二人刚出了太元洞,若兰猛想起昨日听赵燕儿说,髯仙李元化的飞鹤传柬之事,便问英琼:"石、赵二人曾愿相助,这种事固然人少为妙,不过也得通知他们一声。还有通飞雷洞捷径不比凝碧崖上有法术封锁,髯仙李师叔还专为此事飞鹤传柬。大师姊他们未回来时,我两人责任很重,虽不一定在我们走这一会儿工夫就出事,但是也不可大意。反正是一样走,莫如我二人仍从后洞出去,见了石、赵二位,把这层意思对他们说了,派袁星把守洞门。我昨天见它新得的两口长剑竟比我的飞剑还好,虽然未经修炼,不能与身相合,能发能收,即此也非寻常异派所能抵御。一旦有警,再加石、赵二位相助,我再留下到紧急时封锁洞门的法术,也就不妨事了。"英琼闻言,也以为是,便带了神雕,径从后洞出去。

这时天色只东方略有微明,正是石、赵二人用功之时。英琼等一出洞,便见石奇站在洞前石坪上,燕儿站在旁侧孤峰半腰上,各用剑光互相刺击,你来我往,在满天星光下面,时如白虹下泻,时如闪电飞掣,银蛇乱窜。再加上左侧广崖上波涛汹涌,汇为洪瀑,谷应山鸣,声若雷轰,越显得当前人物的雄奇壮阔,不禁叫起好来。石、赵二人闻声,见是李、申二人,便收了剑光,上前相见。李、申二人说了来意。燕儿一眼看见神雕和袁星,昨日只听英琼说了个大概,非常羡慕,便又问长问短。英琼笑道:"燕世兄,我们回来再说吧,还有事呢。"石、赵二人也知防守责任重大,便不再说相助的话。若兰又笑道:"其实以二位师兄本领来说,原不怕有人来此侵犯。不过师叔既事前警告，总得谨慎一些。妹子还会一点障眼法儿，乃先师所传，准备妹子深山修道，防人侵害之用。意欲传与二位师兄，做个万一之助，如何？"说罢，取出九面寸许长的小旗，那旗虽小，上面却画着无数风云雷雨，山精水怪，及蚯蚓般的怪符。若兰给大家看了看，按九宫方位口中念咒，朝洞前石坪上分掷过去，九点红光落地，没入地中不见。然后说道："此名乾坤转变潜形旗。如遇敌人厉害，只需口诵真言，避入阵内，自有妙用。此法颇为神妙，先师曾制服过多人。只当初因盗乌风草，被峨眉教祖长眉真人破过一次外，并无一人破得。直到先师归真以前半个月，才传授给妹子做防身之用。此旗只能防守，不能随时取出应用，非先期布置不可。今将用法传与二位师兄，万一有事，不要忘了携带袁星。"又将用法咒语传给石、赵二人，然后同了英琼飞上雕背，各与石、赵二人道别，喊一声："起！"直往枣花崖飞去。

神雕飞行迅速，二人稳坐在雕背上。上面是星明斗朗，若可攀摘；下面是云烟苍莽，峰峦起没，大小群山似奔马一般，直从二人脚底倒退过去。这时遥瞩天边，东方已微微有了明意。倏地起了一阵乌云，把天际青光遮成一片漆黑，连下面云山都在微茫杳霭之中若隐若现。英琼刚说得一声："怎么天还不亮，许要变吧？"一言未了，若兰忙叫："琼妹快看奇景！"英琼侧转头一看，先是东南方黑云中闪出两三丝金影。一会儿工夫，又见有数亩方圆的一团红光忽向上升天半，彩霞四射；忽而没入云层，不见踪迹。若金丸疾走，上下跳动，滚转不停，要从天际黑云中挣扎而出。以后红光越来越显，越转越疾，倏地往下一落，又没入天际，便不再现，只东南半天现出了鱼肚色。头上的星也隐去了好多。二人在雕背上迎着天风，凭虚飞行，一路谈说，一路看那朝日怎样升大。倏地瞥见正东方红影一闪，霎时半轮亩许方圆火也似红的太阳，已经端端正正地从地平上涌起。那些黑云也都不知去向，干干净净的天，只红日出处有半圈红影。满天只剩数十百颗疏星，光彩已暗，摇摇欲坠，越显天高。再低头一看，下面是云潮如海，咕咕嘟嘟簇拥个不住，把脚下群山全都隐没，只剩那几个高山的尖儿如岛屿一般，在云海中隐现。上面却是澄空若洗，一碧无际。英琼笑对若兰道："我们山上观日出，也不知看过多少次，却没想到这日出前的幻影，越到高处越好看。起初错把东南方日光反射的幻影，当做日出的所在，又在说话,直到日已升起了一半才看出来,真是好笑。"

若兰还未及答言,那雕忽然回头长鸣了一声,两翼微收,倏地一个偏侧,直往下面云层里飞去,登时连人带雕都钻入了云层之内。一片片白云直朝二人襟袖飞进飞出,觉着脸上湿润润的。二人猜是到了目的地,顾不得再说闲话,聚精会神,准备见机而作。转眼之间,那雕已背着二人穿过云层,飞落在一座山上。二人飞身下雕一看,这山崖上下到处都是参天枣树,时当五月,金黄色的细碎花朵开得正盛,衬着岩石上丛生着许多不知名的红紫野花,好似全山都披了五色锦绣,绚丽夺目。再加上上有飞瀑,下有清溪,泉音与瀑鸣,琤瑽轰发,交为繁响。浓荫深处,时闻鸟声细碎,偶一腾扑,金英纷坠,映日生辉。真个是山清水秀,景物幽奇,虽比不上凝碧仙府,却另有一种幽趣。

英琼急于要接英男,也无心观赏风景。因听金蝉、朱文二人说过,这山崖上有一个石洞,便和若兰留神四处寻找。若兰主张不可轻易涉险,嘱咐神雕先去横空下瞩,听候招呼。自己和英琼寻到洞旁,觅一僻静所在潜伏。英男如在此山,决不会不出来,但得相遇,便悄悄引她回转峨眉,比较稳妥。真不能相遇,再作计较。二人议定之后,上崖走不多远,又过了一片枣林,果然看见前面有一石洞,洞门上写着"玉女洞"三个篆字,石门关闭,并无人影。二人先在洞旁岩石后面潜伏,静候有人出来,相机行事。等了个把时辰,并无动静,英琼心急,未免不耐。若兰久闻师父红花姥姥说起阴素棠的厉害,再三嘱咐不可造次。英琼无奈,又等了有个把时辰,仍是无有影响。便对若兰道:"这牢洞紧闭,也没个人出来,别说英男姊姊,连这里头到底有没有人都不知道。似这样死等,等到什么时候是了?我看这事绝难平安无事将人接回,还是寻上门去问个明白。如果英男姊姊在这里,我们就说是她朋友,特来看望,先和她见了面再作计较。如果不在,也好另做打算,省得在这里干等着急。"若兰拗她不过,只得说道:"寻上门去,我等力薄;何况阴素棠原本要的是你,更为不可。我以为英男既在此山,决不会不出洞门一步。如怕洞中无人我们空等,我倒可以过去观察一下。"

说罢,嘱咐英琼不要走开,自己飞身到了洞旁,略一看视,回来说道:"真怪极了!这里枣花如此茂盛,又加神雕曾经来过,地方又与小师兄所言相符,当然是枣花崖无疑。适才我去看那洞门,不但紧闭,还曾经人从外面用法术封锁。亏我识窍,没有冒昧挨近洞前。换了别人,早着了她的道儿,脱身难呢。看这神气,洞中人业已他去。她既用法术封锁,决不舍离此地,必要回来,不过日期和时间就说不定了。"英琼闻言,跳起身来说道:"如果洞中的人封洞而去,英男姊姊定在洞中无疑了。"若兰问何以见得。英琼道:"据你们看,那女贼既不是阴素棠本人,必是阴素棠的宠信门徒或同道的党羽,石、赵两位师兄曾说她对英男姊姊不好。英男姊姊既怕她,又急于想和我见面,见人便打听神雕的卜落,此种情形日子久了,岂不被女贼她们看破?当然防范她一定很严。照前后的情形看来,定是阴素棠不在这里,只女贼和英男姊姊在此修炼。那女贼吃了我们的亏,估量自己能力不济,到别处去请别人帮忙,或者就是去请阴素棠也说不定。她恐怕英男姊姊逃走,又不愿带她同去,所以才用法术将她封锁在洞内。若我们能打开这个牢洞,便可将她接走。你说我猜得对不对?"若兰闻言,深觉言之有理,便答道:"如果真在洞内,这事倒好办。她那封锁门户的法术虽然厉害,只是不知道的人误走进去要吃亏,若是事先看破,并不是没有破法,进洞不难。不过人家不在家,攻破人家洞府,不论正派邪派,都觉理上说不过去。莫如我们还是再等一会儿,到了日落不见人回,再行下手。你看如何?"英琼气忿忿地道:"这些邪魔外道,专门害人为恶,同她讲什么理?我只要我的英男姊姊,好歹将她接了回去才罢。"说罢,便起身往洞前飞去。若兰恐怕有失,连忙飞身追去时,刚喊得:"琼妹且慢!"英琼的紫郢剑已化成一道紫色长虹,疾如闪电,飞向洞门,只一冲射之间,便将洞门冲断。倏地一阵烟雾过处,由洞口射出数十道火箭。英琼更不怠慢,朝着剑光一指,道声:"疾!"只见紫电森森,略一盘旋,便将那些火箭扫荡得烟消云散。若兰虽知英琼紫郢剑是仙传至宝,还没料到上起阵来竟是百宝不侵,所向无敌,好生欢喜。见妖法已破,忙招呼英琼住手,自己先飞身入洞,仔细看了看,在地下拔起三面三角小旗。说道:"我只知她洞口暗藏烟云符箓,洞内必有埋伏,却不料她还藏有三面火星旗。琼妹的紫郢剑真是灵异极了!"一面说着,英琼早跟着一同入内。

这洞在外面看去,以为里面甚大,其实只有七八间石室,布置陈设极为华丽,迥不似出家人修道之所。若兰道:"看她洞中陈设,便知这里主人是个旁门左道。"正说之间,忽见一个小女孩的影子在侧面石室旁边一晃。二人连忙追将过去时,英琼一眼瞥见地下有一张纸,好似写着英男字样,顺手拾起。若兰已飞身上前,将那小女孩拉了过来。英琼一看,那女孩只有十三四岁,年纪虽小,却是明眸皓齿,容态娇艳,眉目间隐含荡意,见了生人并不害怕,一面挣扎,一面问:"你们两人是怎么进来的?是不是寻我的大师姊?"英琼刚要张口,若兰朝她使了个眼色,笑问那女孩道:"我们正是找你的大师姊同那余英男,你可知道她二人往哪里去了么?"那女孩闻言,脸上好似有些惊异,说道:"那不知好歹的贱丫头余英男,她没有朋友呀,你们寻她做甚?"英琼一听那女孩骂英男是贱丫头,早已生气,不等说完,上前一把将她抓住,喝道:"我便是余英男的好友。你既然背后骂她,想必她平日受你们的虐待。快快说出她住什么所在,领了我们前去便罢。"言还未了,那女孩一声冷笑,倏地挣脱了英琼的手,脚一顿处,起了一道青烟,便想逃走。若兰笑道:"这些障眼法儿也来卖弄。"说时,早飞身上前将她捉了回来。对英琼道:"这里是出口。我不认得英男,你先快去别屋寻找。待我问这丫头,我自有法子,不愁她不说实话。"英琼闻言,便把全洞寻了个遍,并无一人。又寻到一间房内,有英男昔日穿过的几件衣服。出来一看,那女孩被若兰用法术禁制得两眼泪汪汪,已经说了实话。

原来阴素棠自犯了昆仑教规脱离正教,便处心积虑想独树一帜,与昆仑对抗。同赤城子二人同恶相济,到处物色门徒,不论男女,一律兼收。又开辟了几处洞府,做她门人修道之所。她门下原有四个得意门徒,三男一女,分带了这些新收门徒散居各地。同时又命他们各地留心,物色收罗有根基的男女幼童。枣花崖只是别府之一,起初原住在这里。新近在巫山十二峰中寻了一座好洞府,便带了两个得意门人移居过去,只留下她最宠爱的第三门徒桃花仙子孙凌波和余英男在此居住,并命英男先跟孙凌波学剑。起初阴素棠物色英琼不着,无心中用强收了英男,对英琼并未死心,还想利用英男和英琼交情,将英琼也收罗了去。后来听人说起英琼在莽苍山得了紫郢剑,业已归入峨眉门下。各异派又把英琼所遇种种仙缘奇迹说得锦上添花,都说长眉真人有三英、二云预言,将来必为各异派的隐患。阴素棠好生后悔,埋怨赤城子太不小心,不该将英琼丢在莽苍山中,让外人收罗了去。先对英男极好,本打算将自己昆仑嫡传用心传授。谁知英男自小清修，又加天资颖异，根骨优厚，竟看出阴素棠种种败坏清规劣迹，将来必无好果。又加想起亡师之言，自己与英琼情若骨肉，万分难舍，每日价除了学剑之外，总是愁眉苦脸。阴素棠看出她貌合神离，对师父对同门都不亲热，已经不快。没过多时，又有人提起长眉真人预言，英男名字正犯讳，几次占卜都与自己将来不利，只因英男质地太好，不舍得就逐出门墙。偏偏孙凌波一向得宠惯了的，初见英男时，一听师父说此女根基禀赋俱在众门人之上，恐怕将来英男得宠，传了师父衣钵，好生忌恨。一见师父起了疑虑，便乘虚而入，时进谗言。日子一多，英男渐渐失宠，常受孙凌波的欺侮。英男绝顶聪明，一看情形不对，言行加了许多谨慎，仍是挽回不了她师徒们的欢心。既念亡师，又怀好友，每日价背人欲泣，好不伤心。幸能洞外闲眺，还未禁止，英男便借练剑为由，每日站在洞外，眼巴巴望着空中，盼望神雕飞过，便可带她去与英琼见面。谁知两眼望穿，也不见神雕飞来。只知英琼在莽苍山，想寻了去，又不知路径，更无法下山，只是心中愁苦。自阴素棠移居巫山，在孙凌波掌握之下，更成了刀俎上的鱼肉，虽未遭受毒打，常常受到辱骂，已觉难堪；又加上孙凌波在重庆物色了一个破落户的女儿，拜在阴素棠门下，算是小师妹。那女孩便是若兰、英琼所见的那一个，名叫唐采珍，年纪虽小，已解风情，又刁猾，又能说笑，会巴结人，深合孙凌波脾胃。又加是她自己物色来的，来日不多，已传了好些小妖法。这唐采珍看出孙凌波厌恶英男，愈发助纣为虐。这还没什么。有一次，孙凌波竟从山下勾引了一个姓韩的少年入洞淫乐，吓得英男更加忧惊气苦，觉得此间绝非善地。幸亏孙凌波醋心甚重，姓韩的与英男、唐采珍说话都不许，才略放了点心，只是求去之心愈切。

前些日孙凌波不知听何人说峨眉后山飞雷洞洞中逆鱼味美，明知那里是峨眉派剑仙窟宅，仗着自己妖法剑术，竟大胆前去偷了两次，无人干涉，得着甜头。第三次又去，遇见石奇，觉得比姓韩的又强得多，本就活了心。回来又赶上那姓韩的一味和英男兜搭，被英男戟指痛骂。不由醋心大发，把姓韩的大大排揎了一顿，总算看清不是英男的过错，只略微说了几句挖苦话便罢。次日又想去偷鱼，就便相机勾引石奇，恐怕姓韩的在家作怪，便把英男带了同去。英男见孙凌波又去偷鱼，本就怕姓韩的又来向她啰唣，一听带她同去的地方又是峨眉，愈加合了心意，高高兴兴随她到了飞雷洞。

一眼瞥见石奇英姿勃勃站在那里，猜他不是坏人。此来原是想得便打听英琼下落，知道问本人必定不易知道，那金眼雕又大又出奇，必为人所注目，只需问出雕的地方，便可寻得一些踪迹。趁孙凌波穿瀑偷鱼之际，连忙飞身过去，问石奇可曾见那只神雕。正说之间，被孙凌波上来看见。她原见石奇一脸正气，既住在这种仙灵窟宅所在，必有大来头，虽然心痒难搔，还不敢造次下手，准备多来几次，他自来上钩。一见英男贸然上前搭话，会错英男也有了意，不由醋心又起。追过去刚要责骂，对面一见石奇，更显他仪表非凡，丰神挺秀，越看越爱，不愿将泼辣之态给他看出。又嫌英男在旁碍眼，不便和人家调情，决意明早再来，这才住口，将英男带回。她只防英男，却忘了唐采珍天生淫根，平日见了孙、韩两个浪荡情形，早就动了邪心，趁她走这半天，再被姓韩的一勾引，便苟合起来。孙凌波回去也未看出，只把英男辱骂了一顿。英男被屈含冤，越想越难受，觉得再住下去，一定凶多吉少。又听石奇说并未见过那雕，猜定英琼是在莽苍山未回，不曾见过自己留的那封信，所以不来接她。在此既无生路，不如冒险前去寻她，还可死中求活。因听阴素棠说过，莽苍山在本山的西南方，有好几千里。虽然不认得路，事到如今，只好瞎撞，也说不得了。正在心中盘算不定，偏偏孙凌波心中迷定了石奇，英男在家虽不放心，也不管了。第二日又去借着偷鱼勾引，却被石奇、燕儿两下夹攻，将她赶了回来。她因昨日见石奇对英男说话温温和和的，错认为容易上手，走时匆忙，除随身飞剑外，所有法宝俱未带去，差点吃了大亏，这才知道对方不是可以软求的。回来迁怒于英男，骂了几句。越想越难割舍。第二日又将师父留在家中的法宝取了些带在身上，赶到飞雷洞，恰好石奇在背手观瀑，正好下手，便悄悄掩了过去，暗用迷魂香雾，将石奇抱了就走。

回到洞前，遇见唐采珍赶上来悄悄说道："师父同了一位客人在里面呢。亏得我先前和韩大哥在外面玩耍，不在洞内，没有被她撞着。现在我将韩大哥藏在崖旁隐秘之处，我抽空到外面来等你好几次了。"孙凌波虽知师父也和自己是一般玩面首，不过门下的人明目张胆地在洞中私藏男女还没有过，不能不避讳一点。便将石奇交与采珍，命她择地隐藏。入内一看，那客人正是赤城子，连忙上前相见。阴素棠问她适才何往。孙凌波并未说出峨眉之事，只支吾了几句。阴素棠道："我那云南旧府，自从因想收那姓李的女孩子，已有好久没有回去了。你二师兄新近为了一个女子，吃了一个小贼和尚的大亏，差点送了性命。那小贼秃名叫笑和尚，是苦行头陀的孽徒，年纪轻轻，又狠又坏。你大师兄得信往救，去了多日，不见用信香报信，我打算回去看一看。如今峨眉新出许多小妖孽，非常刁恶。本派根基尚未大定，最好暂时紧闭洞门，不要招惹他们，白吃亏苦。我同赤师叔路过这里，顺便下来嘱咐你们。英男天资虽好，对我信心不坚，你要随时开导教诲于她。采珍也还不错，只稍微浮荡一些。我无暇多留，你遇事留神。如有急难，可将信香焚起，我自会前来解救。"说罢，又命孙凌波取了两件应用的法宝，径同赤城子往云南老巢飞去。孙凌波同余英男、唐采珍送走阴素棠后，孙凌波忙问唐采珍将人藏在何处。唐采珍领了前去一看，那人已不知去向，猜是被他同伴赶来救走，好生可惜。只得权且仍拿姓韩的解闷取乐。

到了翌日，又赶往飞雷。她走之后，那姓韩的和唐采珍正刚上手得趣之时，哪里忍耐得住，竟自在别的室内淫乐起来。英男原本在洞口闷坐闲眺，盘算去留。无心中入内取剑出来练习，撞见二人正在苟且，不由失声惊呼起来。姓韩的本就不安好心，见被英男撞破，索性一不做，二不休，想拖了英男一起下水，赤着身子，上前便扑。英男武艺本就高强，阴素棠所传练剑之法虽然只教了半截，经她下功苦练，已有了根底。姓韩的不过是川东小盗，如何是她的对手。先见这一双狗男女的丑态，已经又羞又怒；再一见他还要沾染自己，随手用剑一挥，将姓韩的拦腰斫成两截。闷气虽出，猛想起自己闯了大祸，少时孙凌波回家，一见心上人被杀，岂肯甘休？当时把心一横，指着唐采珍说道："我不杀你这个臭丫头，我如今走了。少时孙贱人回来，不准你对她说我去的实在方向。你如说了实话，她只要将我追回，我就对她说出你同那贼子的丑行，她也饶不了你！"说罢，匆匆取了纸笔，写了两句自己因拒奸杀了姓韩的，此去不归，行再相见等语，便自下山走去。孙凌波二次吃亏回来，一见姓韩的身首异处，因为日久爱疏，心已他移，并不动心，只用化骨散化了尸体，连眼泪也没滴一点。倒是英男出走，师父知道必定见怪，何况又为自己行为不端而起，决定追上前去，杀以灭口。这次因为惹了峨眉门下，恐人家跟踪寻来，不敢大意。问明英男去的方向，嘱咐唐采珍不要外出，将洞门用法宝埋伏，法术封锁，径驾剑光追赶英男去了。那唐采珍到底年轻，果然怕孙凌波将英男追回问出实话，于自己不利，明见英男往南，却说往北。孙凌波背道而驰，如何追赶得上。这是英男年来经过情形，暂且不言。

话说若兰、英琼由唐采珍口中得知英男一些大概，只知她避祸出走，还不知是去莽苍山寻找英琼。只后悔迟来了半天，英男业已他去，所写纸条也没留去处，茫茫天涯，何处去找寻她的踪迹？又恐她孤身逃走，万一遇见什么异派歹人，岂不是才出龙潭，又入罗网？好生代她忧虑。因为那女孩年纪太小，便饶了她。英男既不在此，无可留恋，便走了出来。那时神雕仍在空中飞翔，见主人出来，倏地长鸣一声，径自飞下。英琼猛想起英男还不会御气飞行，虽然事隔大半天，想必也不曾走远。自己虽然无法寻找，神雕神目如电，排云下观，针芥不遗；它又深通灵性，普通剑客并不是它对手：何不命它沿路追去探看，一旦相遇，便可将她接回，岂不是好？想到这里，忙对神雕说道："前回在峨眉常由你护送到解脱庵去的那个英男姊姊，与我情同骨肉。如今她被恶人逼走，往西南方逃去。我意欲同若兰姊姊顺路追去，只恐查看不到。请你先飞在前面查看，我同若兰在后面分头追寻，好歹要追她回来才好。"说罢，那雕长鸣一声，首先朝西南方飞去。

英琼和若兰又商量了几句，正准备各驾剑光低飞，顺着西南山路追寻，忽听破空的声音，从东北方箭也似疾地飞来两道青光，转眼落地，现出两个女子。才一照面，内中一个才喝得一声："便是这两个贱婢！"立时有两道青光朝英琼、若兰顶上飞到。英琼眼快，早认出内中一个正是飞雷洞败走的桃花仙子孙凌波，一拍剑囊，紫郢剑先化成一道紫虹迎上前去。若兰也跟着将剑光飞起迎敌。来人中一个红衣女子一见紫光飞来，大吃一惊，慌不迭地首先收回剑光。

那孙凌波原是追赶英男，追了半天未追上，便猜英男狡狯，故意说东却往西走，唐采珍不曾弄清。却没想到反是唐采珍怕她知道详情，于自己不利，故意给她当上。她既追赶不上，便想回洞，再细问唐采珍，英男是怎生走法，好歹要将她追回，杀以灭口。反正英男不会御剑飞行，只要中途不被别人引去，无论她如何走得快，也决逃不出自己的手。想到这里，无心中往上面一看，已经追离峨眉甚近。想起近日相遇石奇之事，心中一动,不由啐了一口。刚要往回路飞行时,忽见东南方下面山凹中,一道青光直向自己飞来,近前一看,正是自己的好友姑婆岭黄狮洞金针圣母的女儿千手娘子施龙姑,心中大喜。二人见面之后,施龙姑便邀孙凌波到下面洞中去盘桓些时。

孙凌波和施龙姑原是十年前在姑婆岭采药打出来的相识。彼时金针圣母还未遭劫,她虽然身入旁门,却已改邪向善多年,见龙姑荡逸飞扬,知道将来难成正果。自己只有这个女儿,并无门徒,未免有些溺爱。便对龙姑说道:"古时修道的人,男子炼剑防身,女子炼针防身,一样可以炼得飞行绝迹,致人死命于千百里之外。可惜飞针久已失传,自汉唐以来,女子也都炼剑,没有炼针的。我早年未生你时,不该一时错了脚步,身入旁门,结下许多孽缘。如今虽然改善行为,杜门思过,恐怕将来也绝无好果。五十年前,我也是炼剑,并不知飞针如何炼法。因为同人比剑吃了大亏,又气又恨,日夜寻思报仇之计,无心中在广西勾牙山山寨深处得到一本道书,备载炼针之法。是我昼夜苦修,九年之后,将九九八十一根玄女针炼成。寻找仇人报仇之后,又过了有十几年,刚生你不满三岁,你父便遭了天劫。我触目惊心,看破世情,隐居此山,一意潜修,不再去惹是非。近年悟透因果,知我生平作恶已多,多年挽盖,也难于自赎。幸亏回头得早,转劫之后,还不致性灵泯灭,可以重入轮回,再修来世。我的剑法并不足奇,惟有玄女针非比寻常。目前各派炼有飞针的人虽然不少,但是除了已遭劫的天狐宝相夫人自身眉毛炼的白眉针另有妙用外,余人所用飞针皆非此针之比。本想将我平生本领传你,偏偏你受了你父亲遗传,生具孽根,将来必定步我早年后尘,有了此针,反倒助你为恶,不但你无好收场,连我也牵连造孽受累;欲待不传,我又无有传人,太觉可惜。意欲趁我还有几年气运,想一个两全之法,将针法传你。现在有两条道路,不知你愿走哪一条,应得一条便可。"龙姑想学飞针已非一日,一闻此言,忙问是哪两条道路。金针圣母见她志在学针,对自己生身母亲不久遭劫毫不在意,不禁叹了口气道:"第一条是要你从传针起,立誓不妄伤一人,并不能借此助自己达到不论什么欲望,只能在性命关头取出应用;未传之前,还得与我面壁一年,不起丝毫杂念。"龙姑闻言,连第二条也不问,慌不迭地应允。金针圣母道:"你不要把此事看容易了,还得先面壁一年呢。"说罢,便取了九粒辟谷丹，与龙姑服下，吩咐先去面壁，一年之后传授针法。龙姑服了丹药，径到后洞，以为修道的人，这面壁还有什么难处？哪知头一天还好，坐到三天上，各种幻象纷至沓来，妄念如同潮涌，一颗心再也把握不住。私心还想："心里头的事，母亲不会知道，只需挨过一年，就算功行完满。"

第九十八回　霞煮云蒸　伤心完宿劫
　　　　　　郎情妾意　刻骨说相思

　　偏偏那幻景竟如真的一样，越来越可怖。有时神魂颠倒，身子发冷发热，如在水火之中。不消多日，业已坐得形消骸散，再也支持不住。还待强撑，金针圣母已经走来相唤道："痴孩子，这头一条道路你是走不成的了，另外再想妙法吧。"龙姑还想口硬时，挡不住金针圣母把她在幻景中许多丑态都点了出来，这才哑口无言。金针圣母道："这比不得炼剑时打坐修内功，每日有一定时间修炼，况且那个是着相的。这种面壁功夫最难，是不着相的。比如你想学飞针，已动一念，再想此念不应有，便由一念化亿万念，哪能不起妄想和幻景？漫说是你，连我也未必能行。你如真能一年面壁，不起一念，你已成了道，我还有什么不放心处？因为你虽有遗传恶质，天分却是上等，我望你过切，才叫你试试。万一你在一念初起时能够还光内视，转入空灵，岂不大妙？那日我话未说完，见你也不问明如何坐法，急于尝试，满腔侥幸之心，那样心气浮躁，便知这条路走不通了。这都怨我们做父母的不好，先给你留下孽根，不能怪你。第二条路，是想叫你答应我屏绝世缘，学我闭门修道。这几日一想，这还是不行。一则你学成之后，决不能安分，学而不用，学它何为，你岂肯心甘？如今之计，只有趁你天真未凿，给你觅一佳婿。你虽浮荡，如果夫婿才貌双全，样样合你心意，你夫妻恩爱情浓，也不会再去寻别人的晦气了。"当时龙姑闻言，觉得母亲竟看出自己将来不知如何淫贱似的，好生心中不服。但是一想起幻景中经历，不禁面红耳热起来。便答道："不管如何，反正得将飞针传我。"

　　从此，金针圣母为了这事，又二次带了女儿出山，到处物色乘龙快婿。

知道凡夫俗子,绝非女儿所喜。各大正派虽然对于门下弟子,一任他缘法根行,不禁婚姻,但是教规极严,像自己女儿这样的必然不允,徒自丢人,甚或闹出事来。自己正悔误入旁门,又不愿在旁门中去寻求。为难了多时,才想起藏灵子新创青海派,他虽非正教,也非旁门,介于邪正之间,教规也还不恶。便带了女儿赶到云南,随即登门领教。先和藏灵子结为朋友,然后观他门下弟子,只有一个熊血儿,不但资禀特异,品貌超群,而且是个童身,样样都中自己的意。于是先征求了龙姑意见,然后向藏灵子委婉求亲。藏灵子早知熊血儿尚有尘缘未了,该有这一段孽缘,毫不迟疑,点头应允。不过说熊血儿学业未成,要三年之后,才能与龙姑正式结为夫妇。成婚以后,如要夫妇同居,只能住在孔雀河畔;否则,熊血儿每年只有两个月住在龙姑那里,其余十个月,是要在孔雀河授业的。金针圣母虽然道法高强,却未料出藏灵子别有深心,以致后来出了多少变故,弄巧成拙,结局异常之惨。又加上龙姑与熊血儿本有孽缘,一见倾心,只求得嫁此人,任何条件均可应允。当时两下订了成约同完婚之期。金针圣母带了龙姑,喜滋滋地回转姑婆岭,尽心尽力将九九八十一根玄女针传授了龙姑。龙姑本来绝顶资质,不消一两年,已将飞针运用得出神入化。到了第三年上,金针圣母送女儿到孔雀河畔,与熊血儿完姻。龙姑生具孽根,婚后愉快,自不必说。

谁知三朝以后,熊血儿便入宫听讲,虽然晚间回来,竟是同床异梦。过了几日,龙姑实实忍耐不住,便问丈夫何故如此薄情。熊血儿道:"我师父是五百年童身,照他老人家所修的道行,原可肉身成圣。谁知前些年往仙霞采药,无心邂逅孽缘,坏了道基,须经一次兵解,才成正果。这才知道无论多大本领,强不过缘孽数运。重又改定教规,不禁门下弟子有婚姻之事。我与你本有前缘,所以岳母当时一提便即应允。夫妻恩爱,我岂不知。只因当初我和师文恭师兄俱是承继师父道统之人,可惜师师兄为人刚愎,喜欢同许多异教中人来往,未免在无心之中造了许多孽因,师父说他前途十分难料,由此对我瞩望更切。本门道法最为难学,欲要精通,非数十年苦功不可。我入门才只十余年,离学成还远,偏偏只剩数十年光阴,师父便要兵解。师父想在兵解以前,将道法全数传授于我。每年只有八月底至十月初是归藏时期,不练功夫。除此之外,每天都得加紧苦修。现在正是三月还好,一入五月,不但不能和你恩爱,有时你我虽在一处,连面都不能见了。我因破了色戒,将来也得和师父一样,经过兵解才能修真。再在炼法期中动了情感,一个走火入魔,不但不能承继师父道统,连身子都化成飞灰了。当初师父和岳母说,每年只有两个月与你同住姑婆岭者,就是为此。我想人如同朝露一般,你如能暂时容忍,等我将道法学成,岂不天长地久,何计这片刻欢娱呢?"龙姑因他说得理对,无法驳他,心中好生不快。其实熊血儿也非常贪爱龙姑,只是师父一向严厉,言出法随,不得不遵罢了。龙姑虽然后来十分淫贱,当时还是少女初婚,丈夫又是自己看中,不能埋怨母亲,并且也羞于出口,只是气闷在肚里。

那金针圣母见爱女爱婿一双两好,看去非常恩爱,又加同住在孔雀河畔,在藏灵子卵翼之下,不但不愁人欺负,还可从女婿学一点道法,愈加安心,向平愿了,好不欣幸。屈指一算,自己劫数快到,明知无法躲避,到底免不了侥幸之想,做一事前准备,即使不能脱劫,也可做一个身后打算,便在女儿婚后十天回山去了。临行之时,藏灵子看她可怜,嘱咐了一些取巧道儿。金针圣母闻言大喜,再三感谢而去。因为从了藏灵子高明主意,走时再三嘱咐女儿,此番别后,无论如何,千万不可回山看望,至早都要在三年零七个月之后。否则,回去便会害她遭受天劫,永堕轮回。龙姑见母亲走时光景凄然,只说是惜别,却没料到别有用心,并未注意。她是住惯了名山胜景,洞天福地的人,因为贪恋男人,住在这种穷山恶水、枯燥无味的孔雀河畔,日子一多,本就不惯;又加丈夫只是口头温存,毫无实惠,比较薄情的还要来得难受。藏灵子教规又严,拘束繁重,越忍越不耐烦,渐渐对于熊血儿由爱中生出恨来。几次想禀明藏灵子回姑婆岭去,一则母亲行时再三嘱咐,回去便是害了她,最重要原因还是贪恋新婚时滋味。虽然有时把丈夫恨入骨髓,一想到转眼入秋以后,便是任意快乐时候,又高兴起来。每日眼巴巴像盼星星一样,好容易挨到夏去秋来,入了归藏时期。

有一天,熊血儿喜滋滋回到家中,说是师父给了两月恩假。只是这里同居,当初新婚之日原是勉强,如今日子一多,好些不便,意欲同她寻一好的山林快活两月,再同回来。龙姑闻言,真是喜出望外,却故意笑脸含着娇嗔,说道:"谁稀罕住在你们这种穷荒无味的地方?我守了几月活寡也守够了。既然师父给了假,还是回到我们家里去住吧。"血儿闻言,连忙摇手道:"我听师父说,岳母大劫将临,我们回去便是害了她,千万不可。"龙姑也想起母亲别时之言,便问何故。血儿只推师父所说,不知究竟。龙姑何等聪明,猜是血儿知而不言,再三盘问,也问不出所以然来。当时注意欢娱,便放下不提,又商量往何方去好。血儿道:"如今天已寒冷,我们冷固不怕,但去的所在如果木叶尽脱,满目萧森,有何趣味?听师兄说,云南莽苍山绵亘千百里,峰峦岩岫不下万千,山中藏有温玉。有几处山谷内不但景物幽奇,四时皆春,而且奇花异草,温泉飞瀑,到处都是。那样好的地方,只近数十年来才有人注意,前去隐居学道,仍有好些地方没有人迹。我意欲同你到莽苍山,择那风景极好,有温泉花木,从无人迹之处,找一岩洞,小住两月,每日浴风泳月,选胜登临,席地幕天,乐一个够多好。"龙姑闻言,欢喜得直跳,忙和血儿去辞别藏灵子,动身前往。藏灵子并未见她,只唤血儿嘱咐了几句。

二人到了莽苍山,择了一个温谷住下,每日尽量欢娱,只是时光易逝,转瞬两月期满。龙姑如渴骥奔泉,好容易得偿心愿,这久旷滋味,更胜新婚,一听说要回去,急得几乎哭了出来。熊血儿毕竟是有根骨的,虽然一样贪欢,却怎敢违背师命,不知费了多少好语温存,才劝得龙姑如丧考妣地随了回去。从此又是十个月的活寡。龙姑虽然难耐,血儿心志坚定,不敢违抗师命,也是无法。每日无事时,只练习飞针、飞剑、法术,消遣烦愁,只盼到了第二个假期,再去快活个够。二人之间由爱生恨,由恨转爱,也不知多少次,虽各有一身惊人本领,却是各不相谋。龙姑对血儿,是好容易盼他回来,简直顾不了别的,只去一味挑逗。

有时怨恨夫婿薄情,一个小反目,便是数日不理血儿。血儿用功心切,胜于画眉,乐得她不来纠缠,自去做自己的功课,非等龙姑回心转意,决不迁就。和美的时候很少,纵有,也是美中不足,把光阴都从软语温存,轻嗔薄怒中混过。血儿又是奉着青海派戒条,本门道法万能,不屑剽窃别一门户中的能耐,除了夫妻见面谈话外,不见面时,都是各用各的功。及至到了每年两月的假期,却又欢爱情浓,无暇及此。虽然有时各人施展本领,彼此炫耀,也只不过借以取乐逞能而已。血儿是不要学别人的。龙姑一则贪着欢娱,二则知道青海派法术哪一样都须经过一番苦修和相当的年月，好容易盼到这种宝贵假期，岂肯拿来空空度过。因此他二人夫妻一场，谁也没把谁的本领学了去。

时光易过，转瞬过了三年零七个月。龙姑见离假期还早，正好趁此时机，回山看望母亲一番，省得在此闷气。她自婚后去见藏灵子好几次，都被藏灵子加以拒绝，一赌气，也就从此不去见了。这次因为要回去，明知藏灵子不见，不得不禀明一声，便托血儿致意。谁知这次竟大出意料，血儿回来说，师父听说她要回去，着她即刻就去觐见，有紧要话说。龙姑一听，连忙遵命前去。参见之后，藏灵子凄然说道："你母亲因避大劫，想在大劫未降临前兵解而去。恐你在她身旁不知就里，遇事妄自上前，反坏她的事，所以请我约束你不准回去。后日便是应劫之期，她期前已约好一个昆仑派剑仙半边老尼在姑婆岭比剑，以便借她飞剑兵解。你如现在动身，赶了回去，还可见她一面。你母亲早年虽种下不少恶因，与昆仑派却无嫌隙。这次比剑，是她这三年中故意与半边老尼门下为难，想引得人家寻上门来，好借这次兵解免去大劫，主意原是不错。不过前日有一位道友对我说，你母亲寻人兵解，这种事本极平常，换了别人，除了本门弟子同亲生不能用外，不论寻一个稍微有本领的人，便可借他兵解而去。无如你母亲早年作孽太多，仇人太众。一则自负一世英名，不肯丧在庸人之手；二则对方用的飞剑须要刚刚炼成，从未伤过生物的，才不致损及自己道行。因为这样求全求备，费了多少心血，才打听出半边老尼新近炼了七口青牛剑，准备将来传给门下七个得意弟子昆仑七姊妹，尚未用过。她便故意去寻这七姊妹的晦气。仇不大，半边老尼当然不会寻上门来。如用不相干的法术，又制不了敌人。她打听出七姊妹中的照胆碧张锦雯、姑射仙林绿华、摩云翼孔凌霄三人奉半边老尼之命，领了新入门的缥缈儿石明珠、女昆仑右玉珠姊妹，到张锦雯修道的广西卧狮山顶上天池万顷寒潭席下泉眼里浸涤筋骨，她便赶到那里去挑衅，连用玄女针伤了林绿华、孔凌霄；又用她生平第一件法宝五火赤氛旗的阴火，将石明珠姊妹烧得闭过气去。临走之时对张锦雯说道：'我只是警戒你们，不屑与你们计较，我那玄女针伤人不比飞剑，三天一夜之中，准死无救。我用赤氛旗烧你们，也只是用的阴火，她二人虽然气闭，并不妨事。我如今分别与你们留下解药，照服之后，立时复原。如不服气，可叫你们师父明年今日，到姑婆岭去寻我。'又说了多少挖苦话而去。张锦雯见四个师妹命在旦夕，知道你母亲所留丹药准能解救。如要禀过师父再用，一则相隔太远，不忍见她四人多挨痛苦；二则半边老尼性情古怪，决不肯用仇敌留的丹药；又知玄女针厉害，万一师父不能解救，岂不误了她四人性命：即使逼于无奈用了，自己代师父丢人，到底比师父丢人强些。便擅自做主，将药与四人服下，果然当日痊愈。只顾救人不要紧，这种情形太揭了半边老尼的脸皮，比杀了她徒弟还苦，半边老尼何能忍受。后来知道，把张锦雯大加责骂一顿，立誓非报此仇不可。此尼为人不但性情古怪，疾恶如仇，而且手段又狠又毒。我前日听那道友说起，恐怕你母亲用意被她猜透，到时兵解不成，反着了她的道儿。我又不便出面，曾托她前去暗观动静。如见势危，可出其不意，暗用飞剑助你母亲兵解。她原本也与半边老尼同门，因为成道以后犯了教规，脱离出来，本也不愿露面，因她有求于我，不能不去。她的飞剑虽已伤害无数生物，于你母亲炼魂聚魄稍有妨碍，总比堕劫强些。不过你要认清楚，那半边老尼生得奇形怪状，一望而知。你此番回去，见她和你母亲比剑时，无论如何危急，千万不可上前。你母亲如死在她的剑下，那就再好不过。因为这是你母亲愿望，要她如此，无须认她为仇。倘若她寻你为难，你只高呼奉母命，谢她成全。她知道是中了你母亲道儿，也必省悟而去。如果她二人相持不下，就是已被半边老尼识破真相，故意看你母亲遭劫，以快心意。挨到大后日午时，西方飞来一朵红云，便是你母亲遭劫之期，必有一个年轻道姑，等那红云未到前，将你母亲用飞剑刺死。这道姑名叫阴素棠，便是我请去给你母亲备万一的，休要会错了意，以恩为仇。那时红云业已飞到，你可急速避开，少时再去收拾你母亲的遗骸同法宝。从此无须回到我这里，每年着血儿到姑婆岭，使你夫妻团聚两月，将来我尚有大用你之处，务须自爱，急速回去吧。"

龙姑闻言，想起慈母之恩，也不禁心如刀割，心慌意乱地赶回姑婆岭。到时天已昏黑，时当月初，满天繁星闪烁，地面上到处都是黑沉沉的。刚刚转到自己洞前，相隔半里之遥，忽见一片青光红光在洞前空地上闪动。正要飞近前去看个动静，忽从斜刺里飞过一条黑影，朝龙姑扑来，龙姑吃了一惊。正待准备动手，那人已低声说道："来的是施龙姑么？"说罢，现出一个道装女子。龙姑猜是藏灵子约来帮忙的阴素棠，忙答道："小女子正是施龙姑。来者莫非是阴仙长么？"那道姑一面答应，一手早拉了龙姑走向崖侧僻静之处，说道："你既知我名姓，想必藏灵子已对你说了详情。那半边老尼也是我的同门师姊，非常厉害，现在正与你母亲斗法之际，你千万过去不得。我已来了半日，她二人从日未落时交手，斗到现在，不分胜负，看神气，或许半边老尼尚未觉出你母亲用意。这半日工夫，半边老尼同你母亲各人俱损坏了几样法宝，直到如今，未分胜负。你母亲大约是想等半边老尼将那新炼的青牛剑放出，然后借它兵解也说不定。"龙姑总是想见母亲一面，因为阴素棠再三劝阻，便和阴素棠说，打算近前看个仔细，并不出手。阴素棠不便相拦，只嘱咐仔细小心，不可冒昧动手。

　　龙姑口中答应，也顾不得再说别的，便从侧面崖后绕到洞前，相隔三五丈之内，觅地潜伏。回看阴素棠并未跟来，此时龙姑心乱如麻，并未在意。相离较近，自然越发看得清晰。只见那半边老尼真是生得奇形怪状。年约五旬以上。一颗头只生得前半片，又扁又窄。下面赤着一双白足，瘦得如猴子一样。两只长臂伸在僧袍外面，一手拿着一个青光莹莹、亮晶晶的东西，一手指定一道青色剑光，和金针圣母的红光绞作一团。身背后背着一把花锄，上面还系着一个葫芦，紫烟萦绕，五色缤纷，估量是个厉害法宝。正看之际，忽听金针圣母道："半边老尼，我要献丑了。"半边老尼骂道："不识羞的泼贱！左右还不是那一套不要脸的妖法，你快使出来吧！"言还未了，金针圣母将身一抖，浑身赤条精光，头朝下脚朝上，先是倒立起来。然后两肘贴地，两手合掌，口中念念有词，将手一搓，往前面一扬。立刻绿沉沉飞起一团阴火，星驰电闪般直朝半边老尼飞去。龙姑知是魔教中摩什大法，非常厉害。再一看半边老尼，好似有了防备，也是盘膝坐在地上，眼看阴火包围上来，先将剑光收了回去。然后将手一起，手中那团活莹莹的青光，早飞起护住她的全身，一任那阴火包围，全没放在心上。金针圣母占了上风，反倒是一脸愁容，十分焦急。先是不住将手搓动，那阴火越聚越浓，连半边老尼全身都被遮没，只见绿火烟中青光莹莹，闪烁流动。

　　似这样相持了个把时辰。金针圣母忽然扬手朝前照了一照，绿火渐渐稀散了些，仍不见敌人动静。金针圣母好似智穷力竭，急得满头是汗。倏地又站起身来，着好衣服，自动收了法术，指着半边老尼道："半边道友，你我本无深仇，我原是想领教你的神通和你所炼的七口青牛剑，才约你来此比剑斗法。你为何只是防守，并不还手，莫非见我不堪承教么？"半边老尼闻言，哈哈笑道："不识羞的妖孽，想借我青牛剑兵解么？实对你说，论你生平行为，我早就想给你一个报应。后来闻得峨眉掌教齐道友说，你潜藏此山，颇有悔过之意。我因你造孽已多，早晚必遭天劫，所以没来寻你。不想你竟上门找我的晦气，再不给你点厉害，情理难容。特地在你应劫头一天赶到此地，监临你应那天劫，省得我不来时你又另想诡计，超劫后再禀着你天赋的戾气，为祸世间。据我推算，你至多还有几个时辰气数，这是你自作之孽，无可挽回。如想借着同我斗法，拿我炼成的青牛剑成全你兵解，休要做此梦想吧！"一面说，先前那道青光又飞将出来，与金针圣母红光斗在一起。金针圣母听罢这一番话，顿足咬牙骂道："人谁无过？我近三十年来业已痛悔前非。就说我寻你徒弟为难，也是情急躲劫，出于无奈，并未伤她们一根毫毛。不想你这贼秃竟如此狠毒，乘人之危。如今我离天劫还有好几个时辰，焉知我不能超劫出难，就这等欺人太甚？起初我因此次衅自我开，所以不肯下手，着着退让。如今你既识破机关，你我已成仇敌，难道哪个真怕你这贼秃不成？"说罢，手起处九根玄女针化成五色光华，直朝半边老尼射去。半边老尼哈哈大笑道："无知淫孽，你只不过这点伎俩，死到临头，还要卖弄。"说时，早将身后花锄上系的一个葫芦取到手中，念念有词，喝一声："疾！"葫芦口边五色彩烟接着一团黄云飞将起来，对着玄女针迎个正着。

金针圣母一见五色彩烟中的黄云，便知此宝是怪叫花凌浑的妻子白发龙女崔五姑采取五岳云雾炼成的至宝锦云兜，不但能收极厉害的飞刀飞针，如被用宝的人将这五云精华运用真气催动起来，还能将数人裹入烟岚之内，消灭五行真火，气闭骨软而死。不过此宝不用时原像一团彩云，装在崔五姑的七宝紫晶瓶之中，怎会由敌人葫芦之内飞出？懊悔当初见她这讨饭葫芦上五色烟雾有异，不曾留神，被她瞒过。知道此宝厉害非常，九根玄女针已被彩云裹住收去，自己纵有别的宝贝，也不敢再为尝试。若不见机逃走，势必被她用五色云岚围住去路，脱身不得，坐待天劫惨祸。想到这里，眼睛都要急出火来，把牙一错，便想借着遁光逃走。谁知半边老尼早已防到此着，将手一扬，立刻在金针圣母身前身后身左身右现出四个幼年女子，各人手上拿着一面小幡，一展动间，立刻满山都起了五色烟岚包围上来，将金针圣母困在中间。

龙姑见眼前不远飞起一片彩雾，母亲便失了踪迹，知道凶多吉少，不顾死活厉害，便往前闯。谁知那彩雾竟与平常云雾不同，龙姑闯到哪里都是软绵绵的，像丝网一般，将身拦住，休想近前一步。只见五色云岚影里，一条红影左冲右突，恰似冻蝇钻窗纸一般走投无路。龙姑又忿又怒，便想寻一两个敌人出气，暗下毒手，偏偏半边老尼和那四个幼年女子只在彩云未飞起时现得一现，便隐在五色烟雾之中不见踪影，无法下手。龙姑情急，便将玄女针和飞剑觑准适才敌人站立的地方，四面放将出去，眼看飞剑、飞针纷纷没入云雾之中，如石投大海，哪里有一点影子。只急得龙姑含冤呼号，不住往彩云层里乱闯，一阵急怒攻心，不觉晕倒在地，不省人事。

过了好一会儿，龙姑仿佛听得耳畔震天价一声大震过去，便苏醒过来，见满山彩云全都消逝，自己身子已不在原处，却在阴素棠扶抱之中。远望适才战场上，金针圣母却好端端趺坐在地。不顾别的，连忙挣脱身子，飞身过去，往金针圣母身上便扑。一声"娘啊"还未唤出，觉得身子似抱在一团虚沙上，同时看见金针圣母身躯纷纷化成灰沙，散坍下来。定睛一看，不知被什么法宝所伤，全身业已被三昧真火化成灰烬。再一回看敌人，早已不知去向。不由大叫一声，二次晕死过去。等到阴素棠用丹药二次将她救转，又惨叫两声，顿足号啕，大哭起来。阴素棠再三劝住，说道："你母亲虽然身躯遭劫，侥幸在天劫未降前兵解而去，绝处逢生，岂非幸事，哭她何来？"龙姑闻言，含泪细问究竟。阴素棠道："可见凡事不能尽如人谋，我只以为只需挨到天劫未降临前，暗用我飞剑将你母亲兵解。谁知那半边老尼好不厉害，命她四个弟子用隐形法埋伏，四面俱用云岚封锁。还算我未冒昧近前，惹她笑话。后来你母亲被困云层，我明见你在云外情急冲突，不得进去，白白送掉许多法宝飞剑，好不令人可怜可惜，只无法近前去解救。起初你母亲见事已至此，再三向半边老尼跪哭求饶，均没得到效果。那五色彩云真个厉害，在内的人不能出来，在外的人想闯进去一样要被云雾卷入阵中。我正奇怪你闯了半天，虽未闯了进去，为何不见将你卷入？忽然对面岭上一道金光射入彩云之中，光到处五色云雾如长鲸吸水一般，飕飕地吸向峰头。我以为你母亲来了救星，往对峰一看，正是此宝的主人白发龙女崔五姑,用七宝紫晶瓶将锦云兜收了回去。随后便听崔五姑在峰头对半边老尼高声说道:'半边道友,她虽咎有应得,姑念她悔过多年,难得她女儿秉着遗孽,还有这点孝心,道友也收拾她得够了,就此成全了她吧。'说罢,先是崔五姑飞走。半边老尼也带了她四个女弟子回山。我见你母亲端坐在地,近前一看,太阳穴上有一小孔,业已兵解。知道用飞剑的人是个行家,并未伤着她炼的婴儿,好生代你母亲欣幸。这时业已将近午时,我正要回身将你唤醒,猛见西方天边有一朵红云移动,知是玄都阴雷,你母亲应劫的克星。恐怕波及,连忙抱持你躲到远处。那红云转眼之间,疾如飘风般飞到,只听一声响过处,那红云只往你母亲身上照得一照,便即无影无踪,你母亲周身也化成了灰了。"龙姑一听,重又大放悲声,哭哭啼啼跑到金针圣母遗骸之前,又哭了一阵。阴素棠说尚有他事,只嘱咐龙姑不要伤心,好好将金针圣母遗骸劫灰用玉匣盛起埋葬,作别而去。

龙姑因母亲虽是气数劫运所限,以前生离竟成死别,又加上许多重要法宝全部失去,好不伤心,不管兵解是谁成全,把半边老尼恨入切骨。送走阴素棠之后,回到洞中去取盛殓之物。一进去,便见石桌上有金针圣母留的遗嘱,急忙打了开来。上面大意说是自己以前造的淫孽太多,近年改悔已来不及,幸喜向平愿了,才放心去寻避劫之法。用尽心思,还是无法避免,只有借用兵解去修地仙。因此故意去和昆仑派中的半边老尼挑衅,在应劫前一日约她比剑斗法。期前虔诚默祝,反光内视,算出到日先凶后吉,甚为心喜。遗命叫龙姑要用情专一,夫妻恩爱,不许无故与人结怨,多事杀戮,以免将来步她后尘。此次专为兵解,本不想将自己平生所爱法宝带在身旁。无如卦上有先凶后吉的迹兆,所以除飞剑外,另带了九根玄女针同常用的几件法宝。另外有一部道书同两件得力的法宝,还有余下的七十二根玄女针,均在洞底一个玉匣之内,外有符咒封锁,可按遗嘱去取了出来。这些法宝,俱非平常之物,尤其那玄女针更为厉害,胜似她所炼十倍。在本人应劫时分,藏灵子必命她回来,如在期前赶到,必有嘱咐,母子决不会在生前见面。如见本人兵解以后,一不可惊慌悲痛,二不可寻对方报仇。因为咎不在人,而且对方有成全之德,只要不在事前发生变故,除飞剑不可知外,法宝、飞针因防玄都阴雷损坏,必在兵解以前用法术运开。半边老尼决不会捡这种便宜,可在崖前南北两方仔细寻找,定能找到。

此别至少得在百年以后,婴儿才得炼成。只要操守坚定,照所学道法加紧用功,不为非作歹,说不定还有相逢之日。目前去的所在,乃是在一处洞天福地,多年前业已觅妥,并已做好严密布置。只等本人婴儿回去,更将洞门封锁,内外隔绝,不到日期不能出来。即使寻了去,也无法入内相见,所以不说明地址等语。

龙姑看完这封遗嘱,好不心伤。且喜母亲还给自己留下几件法宝、飞针。正打算去取了出来,就用装法宝的玉匣埋葬尸骨,忽见一道青光穿洞而入。龙姑法宝虽失,尚学会了许多惊人法术,一见青光来路不对,一手掐诀施法,正待抵御,来人已高唤:"奉命还宝,休得误会。"说时青光敛处,现出一秀眉星眼、长身玉立的青衣女子。龙姑忙问来意,那女子答道:"我名张锦雯,奉家师半边大师之命,怜你孝心,将适才所收令堂之法宝,除九根玄女针要留作纪念外,余下飞剑、法宝,一齐送还,请你收下。"说罢,将足一顿,化道青光,穿洞而去。龙姑尚想回来人两句话,飞身赶至外面,只听破空的声音由近而远,无可奈何,只得回到洞中。见石桌上面横着一口小剑、一个天瘟球、一把双龙剪,还有三面小旗、一张纸条。只这小旗没见母亲用过,不知用法,余下的俱是母亲炼就的法宝飞剑,便把来收下。再看那纸条,大意说是半边老尼因怜她一番孝思,又因白发龙女讲情,所以仍将第七口青牛剑将她母亲兵解。彼时本想将所收的飞剑、法宝一齐还她,因见她未苏醒,急于回山;又见阴素棠在侧,此人是昆仑门下逃出来的败类,其结果比她母亲还惨,恐她心存觊觎,才带回山去。现在命大弟子张锦雯亲自送还。命她此后好好潜修,上天与人为善,必得正果。如果秉承乃母遗性,淫恶不法,金针圣母便是她前车之鉴等语。按说龙姑见了此信,又有金针圣母遗嘱说明经过,应该感激才是。谁知她天生恶质,不但不知畏谨,反怪半边老尼起初把她母亲摆布了个够;末后着人还宝,又把最得力的玄女针,以及她母亲还有一样厉害法宝,名叫九转轮的,各不发还;那还宝的女弟子张锦雯,说话又那般狂傲:越想越生气。她并不知九转轮是被别人趁空偷去。当下先到后洞将法宝取出,用玉匣将她母亲尸骨遗灰盛殓,就在姑婆岭择好了地方,用法术叱开山石,埋葬之后,在坟前痛哭了一场。立誓按照她母亲所传的法术、法宝同那本道书练好本领,亲去寻找半边老尼报仇,要还那两样法宝。

第九十九回　难遣春愁　班荆联冶伴
　　　　　　　先知魔孽　袒臂试玄针

　　龙姑刚回山时，因新遭大故，心有悲痛，虽然寂寞，还不觉得怎样。十天以后，渐渐心烦意乱起来。想起孔雀河畔虽然恶水穷山，每天总还有丈夫为伴。一旦离群索居，跟孤鬼一般独处洞中，好生不惯。又因来时熊血儿再三嘱咐，说师父有命，本人要练功夫，不叫她回去看望，不便前往。再加上她所练的功夫俱是旁门，不似各正派中注重由静生明，冲虚淡泊。练到好处，心如止水，不起微波，烦闷无聊时，还可借以排遣。只有时情欲一动，想起与血儿在假期中的恩爱，简直无法遏止，好不难受。起初因金针圣母生前告诫，死后遗嘱，还有些顾虑，并未胡为，只一心盼到了假期，丈夫回家团聚。转眼秋深，熊血儿果然如约而至，龙姑好不喜欢。血儿又去金针圣母墓前凭吊一番。两人恩恩爱爱住守两月，血儿又要回去。龙姑知道挽留不住，只得挥泪而别。

　　由此每年必有两月聚首，血儿也从未爽约。只是少年夫妻，似这样别时容易见时难，也难怪龙姑难堪。头一二年，龙姑还能以理智克制情欲。第三年春天，龙姑独个儿站在洞外高峰上闲眺，算计丈夫回山还得半年，目送飞鸿，正涉遐想。忽见姑婆岭东边悬崖半中腰有一个女子行走，其捷如飞。那崖壁立千仞，上面长满花草，苔藓若绣，其滑如油，就是猿猱也攀援不上去。那女子竟如壁虎一般上下自如，时而用手去采摘些花草之类，放在身后篮中。采了些时，倏地化成一道青光，破空而去。龙姑暗想："怪不得身手如此矫捷，原来她还会剑术。只是山有头，地有主，我母女住此山中并非一年半载。她既来此采药，不知此山有主也就罢了，适才她驾剑飞行，自己同她相隔甚近，她连招呼都不打一个，未免太过妄自尊大。可惜把她放过，没有给她看点颜色。"正在寻思，猛想起那女子的剑光非常眼熟，虽然青光中隐含杂色，颇和那还宝女子张锦雯一个招数，莫非此女也是昆仑门下？不禁勾起前仇，决计明日留神候她再来，先和她见个高下。如不是仇人门下，只羞辱她一场，警戒来人下次；如真是半边老尼徒弟，且先拿她出口怨气，也是好的。

第二日一早，带了全身法宝，隐伏崖侧。等到午后，果然那女子又驾青光到来，轻车熟路般径往悬崖上飞去。龙姑知道那悬崖上并无贵重药草，何以值得她如此跋涉？想先近前去看个究竟，再和来人动手。便随着那女子身后飞了过去。到了地头，两下相隔不过两三丈远近。龙姑见那女子所采的是一种野花，名叫暖香莲的。这药草之性奇热，倒是只有姑婆岭悬崖之上才生得有。龙姑志在和人对敌，便喝道："大胆丫头，竟敢到本山偷盗仙草！"说时，早将飞剑放了出去。那女子见龙姑随在身后飞来，已经留神。见剑光飞到，连忙纵身，先驾剑光飞到峰顶。龙姑如何肯舍，便赶了过去。那女子是怕悬崖上动手将那一片药草糟践，并非怯敌，一见龙姑追来，忙飞起剑光迎敌。斗了一阵，不分胜负。龙姑见不能取胜，先喝问来人姓名来历，以便暗下毒手。那女子原也想知道本山主人来历，因一上手龙姑逼得太紧，只得聚精会神迎敌。及至龙姑发问，彼此通了姓名，龙姑才知那女子正是阴素棠的得意弟子桃花仙子孙凌波，俱都不是外人，立刻停兵罢战。龙姑巴不得交个朋友来往解闷，殷殷勤勤地揖客入洞，两人谈得非常投机，便结了异姓姊妹。

原来阴素棠因为有一件事对不起龙姑，再加上不敢见半边老尼的面是丢脸的事，所以回去并未提起。直到龙姑说起前情，孙凌波恍然大悟，师父前数年所得的九转轮原来是龙姑之物，怪不得从不见提起此事。龙姑又打听半边老尼的下落。孙凌波道："妹子，你的仇日前恐怕难报呢。那半边老尼早先在昆仑派中是首屈一指的人物。前年武当派的心明神尼因为不久圆寂，自己两个得意弟子，一个名叫伍秋雯的误入歧途遭了兵解，一个名叫苏玉衡的又嫁了人，余下门人虽多，俱都传不得衣钵。想起当初头代教祖张三丰成道时，没有指定何人继承道统，以致后来武当门下各收各的徒弟，各有各的教规，各不相下，滥收男女门人，纵容他们为恶，当师长的还加护庇。本是一家，却分成许多门户，势同水火，日久每况愈下，竟互相仇杀起来。心明神尼和师弟灵灵子见照此下去，不但闹得太不成话，将来武当派还有灭亡之虞。两人商议一番之后，知道各长老同门间结怨已深，非片言可了。恰遇教祖显灵，在石室底层觅到那部炼魔剑诀，两人合力躲到贵州黔灵山，炼成了九柄太乙分光剑。然后将同门五长老约到武当聚会，就在教祖法座前痛陈利害及纵容门下为恶之不当。内有一个比较正派的，首先在教祖牌位前认了过错，情愿带了门下避居北海，忏悔三十年。这便是六十年前，北海斩鲸，命丧渔人彭格之手的郝行健。五长老中还有两人，一个是林莽，一个是魔脸子李琴生，这两人不但不听劝诫，反和灵灵子翻脸，动起手来。这一次武当清理门户，大开杀戒，林、李二人同他们门下许多败类，全都死在九柄太乙分光剑下。虽说那三个长老犯了清规，咎有应得，到底还怨师长不能先事防范之过。鉴于前车，想来想去，想起众弟子中只有新收的褚六妹根基尚好，只可惜她年纪太幼，入门不久，功行太浅，不足以孚众望。没奈何，只得把她生平至好半边老尼请来，商量了好些日子。最后在教祖座前请了灵卜，由半边老尼拜灵位认了师叔，作为是自己的师弟，当着灵灵子，将本门衣钵连那炼魔剑诀一齐交付。并叫众弟子全拜在半边老尼门下，将来半边老尼再在众门人当中看谁有出息，再命他来承继。这虽是恐防道统废坠的权宜之策，谁知却引起了昆仑本派几个长老的反感。头一个游龙子韦少少先不愿意，说半边老尼有违教规，在南川金佛寺请钟先生、天池上人、知非禅师同昆仑派许多名宿，将半边老尼唤来当面责难。昆仑派虽然有钟先生、天池上人、知非禅师三人以师兄地位管领全派，不似武当派群龙无首，到底三人俱不是师长地位，平素各人都知自爱，虔奉教规，还能互相尊重。一旦出了过错，再加上举发人韦少少与半边老尼本有嫌隙，如何肯服。半边老尼脾气古怪，见诸长老纷纷责难，大半说她不该觊觎旁门一部炼魔剑诀，忘师背祖。半边老尼当着几辈同门，忍耐不住，对众宣称暂行脱离昆仑一甲子，将来再看她的心迹，此时不愿和众同门为伍。说罢，一怒带了门下七弟子回转武当，与灵灵子分管武当派下男女门人，立下誓言，非将武当门户光大不可。她本就是昆仑派中数一数二的人物，自得了这部炼魔剑诀，兼有武当派的奥妙，愈加厉害，你我如何是她的对手？"

龙姑闻言，恨恨道："我眼见母亲兵解前，这个贼秃欺人太甚，怎能甘心?有道是:'君子报仇,十年不晚。'如不寻她要回那两样法宝,誓不为人!"孙凌波又劝说了一阵。由此二人感情日密,时常来往,日子不久,无话不说。渐渐孙凌波勾引她,用法术诱拐年轻美男子上山淫乐。龙姑生具孽根,正嫌丈夫不能和她长相厮守,果然一拍便合。起初还隐隐藏藏,怕藏灵子和丈夫知道。后来得着甜头,除了丈夫回山前一月不敢胡来外,平时和孙凌波二人狼狈为奸,也不知捉弄死了多少美男。不知怎的,这样过了好些年,藏灵子师徒竟好似丝毫没有觉察,从没有一点表示,因此二人愈益肆无忌惮。孙凌波原是想学师父阴素棠的榜样,又恐师父只许州官放火,不许百姓点灯。难得龙姑孤身一人住在这种清静幽深的洞府,正好利用她那里做一个临时行乐之地。除熊血儿回山那两个月孙凌波不去外,平时总是借着到姑婆岭与阴素棠采做媚药的暖香莲为名,前去参加淫乐。遇上阴素棠不在山中,更是一住月余不回山去。后来阴素棠给众门人分配了住所,将英男交她管教。没有师父在旁,好不称心。她和龙姑照例一人弄一个面首,以免有人向隅。这次前任面首死后,只寻到一个姓韩的少年。此人出身绿林,颇有武功,深得二女欢心。可惜只有一个,美中不足。正待下山再去找一个来,好彼此轮流玩耍,不致落空。

无巧不巧,还没有到秋天,熊血儿破例提前回山。孙凌波久闻他性如烈火,生恐自己和龙姑的私情被他撞见要惹麻烦,当时好不惊慌。亏得龙姑还有急智,见丈夫突然回来,心中虽然吃惊,表面上却能镇定。未容血儿开口,先倒站起身来引见,说孙凌波是自己新交的好友,那姓韩的是她的丈夫。血儿只笑了笑,毫无表示。大家见礼之后,龙姑抽空朝孙凌波使了个眼色。孙凌波知道血儿本领高强,人极精明,本就防他看破,心中不定。一见龙姑授意,明白是想叫自己将姓韩的带走,这一来正合自己心意。好在阴素棠不常回忽花崖,洞中两个小女孩,一个是自己心腹,一个奈美男在自己压制之下,还敢怎样?乐得趁此时机,将心上人带回山去,独吞独享。便拉了姓韩的一下,站起身来,对主人告辞道:"贤夫妇一年才得两个月聚首,难得今年提早回来,正好畅叙离情。我二人改日再来打扰吧。"龙姑会意,少不得还要故意客套几句,才同了血儿送客出洞。眼看孙凌波半扶半抱地带了心爱的情人驾剑光飞走,虽然心里头酸酸的,一则不好现于辞色,二则自己原是不耐孤寂才背着丈夫行淫。其实这些年来所经过的许多面首，到底无论哪一个也比不上自己丈夫。难得他这次提前赶回，自己私情又未被他识破，正好着意温存，恩爱些时再说。却没料到自己送客出来时，血儿在她身后冷笑，仍是一丝也不觉察，满面堆欢，和往时一样，未及进洞，早已纵体入怀。血儿依然和她缱绻，仍是一无表示。最奇怪的是，客人走后好几天，始终没听血儿提过。龙姑心中有病，觉得此事出乎情理，故意提起孙凌波人如何好，本领如何高强；那姓韩的原是世家子弟，武功颇好。孙凌波因奉师命，说她与姓韩的有缘，所以结为夫妇，两人如何恩爱。孙凌波同自己又是几时拜的姊妹。自己孤鬼一般独处山中，天天盼丈夫回来，哪里也不肯去，烦闷无聊，多仗她时常跑来给自己解闷等语。编了一大套入情入理、头尾俱全的瞎话。却故意留着有些使人禁不住要发问的话不说，好等血儿张口。谁知一任她说得多起劲，血儿总是唯唯诺诺，不赞一词。龙姑因丈夫每年回来都怜她独守空山，轻怜密爱之余，总是情话喁喁，不时问长问短，这次情形实在反常。说是看破私情，此人性如烈火，绝难相容；要说不是，又觉种种不对。心中猜疑，干自着急，说又说不出口。

过了十几天，实在忍耐不住，便朝血儿撒娇，怪血儿对她不似先前恩爱，自己为他一年总守十个月的活寡，回得家来也不问问自己别后情怀，太实狠心。血儿先任她说闹，只是笑而不答。后来龙姑絮聒烦了，血儿倏地将两道剑眉一竖，虎目含威，似要发怒神气。才说得一个"你"字，倏又面色平和，仍然带笑说道："往常因你是一个人独居在此，我怜你别后寂寞，问长问短。如今我志在学道，新炼一种法术，要有三数年耽搁。又奉师命去办一件要事，打此经过，蒙师父恩准，提前回来与你聚首。我原有一腔心事，但见你已有了好的伴侣，此后不愁孤寂。你我夫妻多年要好，心中有数，何须乎将有作无，多这些虚情假意做甚？"这些话句句都带双关，越使龙姑听了嘀咕。细看血儿说时，还是一脸笑容，虽然不敢断定怎样，略微放心，仍是轻嗔薄怒，纠缠不已。血儿只拿定主意，含笑温存，毫不答辩，只说日后自见分晓。龙姑又问师父命他炼什么法术，办什么要事，这数年中可能回来。血儿不是说现在还不知道，便说不一定。龙姑拿他无法，只有心中疑虑而已。血儿回来时，原说是经过此地，前来看望，但住未一月，便说要代师父去办那要事。龙姑知他每次说走，绝难挽留，虽然不舍，只得由他。便问回去时可能再来团聚，目下已离每年假期不远，是否仍和往年一样到日回来住上两月。血儿说今年不比往年，凡事不能预言，假期中也许回来，也许不来，一切都得听命师父。至于回云南时，只要经过此间，必定下来探望。龙姑虽然淫贱，到底爱血儿还是真心，别人虽爱，不过是供一时淫乐罢了。一闻此言，不禁难受得哭了起来。血儿望着她，叹口气道："果然师父对我说，你对我情分仍是重的。"龙姑闻言，刚要问时，血儿已抱她在怀里，温存了一阵，道声："珍重！"径自破空而去。龙姑细想他前后所说之言，越想越不是味，连那姓韩的情人都顾不得想，一人在洞中盘算了好几天，才想起找孙、韩二人商量商量。又想起血儿临走曾说不定何时回来，天气不久交秋，假期还有三月，他不动疑便罢，如自己的马脚露了些在他眼里，难保他不暗中回来查看，岂不大糟？还是过些时再说。

龙姑这些年快活惯了的，血儿走后的几天因有心事，还不觉怎样，日子一多，欲火又中烧起来，不是顾虑太多，几乎又去将孙、韩二人找回。这日正在举棋不定，恰遇见孙凌波从天空飞过，立刻追了去，将她邀入洞中，互道经过。听说姓韩的情人因调戏英男被杀，孙凌波又受了别人欺负，不由大怒，便问孙凌波作何打算。孙凌波便说主要是将那逃人寻回，省得师父见怪。末后再同往峨眉飞雷洞将那少年弄了来取乐。龙姑受孙凌波蛊惑惯了的，加上丈夫已走多日不见回转，孙凌波又再三力说血儿决不会看破，是她疑心生暗鬼。如果为防万一，这次弄了人来，索性安藏在枣花崖去，好在师父已走，余英男逃亡，唐采珍是自己心腹，别无妨碍。即使血儿回来看她不在，只说去枣花崖探友，难道有什么错处不成？这一来把龙姑又说活了心，将丈夫忘记在九霄云外。只缘一念之差，图了暂时欢娱，落得日后元胎初孕，便遭万蚁分尸，三魂被斩，七魄飞沉，永世不得超生，好不可怜。此节乃本书后集一大节目，不得不略表一番，这且不言。

话说龙姑、孙凌波二人商量停当，便驾剑光往枣花崖飞去，准备再问一回唐采珍，好去追寻英男的下落。刚刚飞到枣花崖不远，孙凌波一眼先看见自己洞门前站定两个女子，便知有异。忙和龙姑招呼一声，催动剑光，流星下泻般赶了下去。两下相离才十丈以外，早认出是在飞雷洞前破去自己飞剑、法宝，赶走自己的冤家对头。暗骂："好两个贱丫头，得了便宜卖乖。我还未曾去寻你们算账，你们倒寻上门来晦气。"当时怒火上升，仗着身边多带了两样法宝，又有龙姑这样的好帮手相助，竟忘了敌人那道紫色剑光的厉害，不问青红皂白，首先将飞剑放将出去。龙姑先听孙凌波招呼，已有准备，见孙凌波飞起剑光，也跟着将剑光飞将出去。两道剑光如流星赶月，一前一后，还未到达敌人头上，就在这疾如闪电的当儿，忽见对方年幼的一个女子，只将手一拍一扬之间，立刻便有一道紫色长虹神龙出海般飞卷上来。龙姑虽然学了一身惊人本领，以前在金针圣母卵翼之下，从来隐居姑婆岭，除了和孙凌波两人闲着无事比试着玩外，下山掳掠面首，俱是无能之辈，略施些法宝，便可得手，用不着施展本领。这次还是头一次和敌人正式交手，先前未免存了轻敌之心。即见敌人剑光来得厉害，猛想起母亲在时，曾说各派剑光中，除以金光为最厉害，遇见不可轻敌外，余者俱可应付。惟独有一种紫色剑光，乃是峨眉开山祖师长眉真人当初炼魔之物，其厉害不在金光以下。而且这剑经长眉真人历劫三世，从未离身，有数百年修炼苦功，业已变化通灵，神妙莫测。长眉真人成道以前，连传衣钵的教祖都没有赐，反将它藏在一个深山之中，用法术封锁，留有偈语，说若干年后此剑出世，峨眉门户必然光大，同时各异派也将遭受空前浩劫，而得剑的人也是得天独厚极有仙缘的人。紫色剑光放将出来，寒光耀眼，百步以内，冷气侵入肌骨。举世数百年，只有这么一道剑光是紫色的。余外还有一对鸳鸯霹雳剑，发出来的光色也是一红一紫，但是带着风雷之声，与此剑不同。虽然也非凡品，要比此剑就差多了。今日一见敌人出手是道紫光，已经惊异。及至两下剑光才一接触，越觉不是对手。同时对阵上年纪稍长的女子又是一道青光直飞上来。才暗喊得一声："不妙！"孙凌波的一道剑光已首先被那道紫光卷住。才想起头一次丧剑失宝，自己两口飞剑仅剩这一口，如何这般大意？又气又急，收又收不回来，无可奈何，只得运用真气，指挥剑光拼命支持。龙姑的一道剑光，总算英琼小孩心性而幸免于难。因为恨孙凌波淫贱，上次被她逃走，这次既知英男受她的害，决放她不过，一心一意先破去她的飞剑，然后取她性命。还有一个敌人无关轻重，特地留给若兰去收拾，自己好专心一意代英男报仇。因为这种原因，龙姑的剑光才未被紫光卷住。

要论龙姑的本领，差不多尽得金针圣母之长。见紫光固然厉害，这道青光也甚不弱。最奇怪的是，这道青光竟和自己剑光的路数有好些相同。暗忖："与母亲剑光同一派别的，除了桂花山福仙潭红花姥姥，并无第二个。但是那用紫光的女孩分明是峨眉门下无疑，这两个绝对相反的门户怎会合到一起？"想到这里，不由喝问道："对面女子何人门下？快说出来，免得伤了和气。"若兰笑骂道："蠢丫头，不用打听，我早知你的来路，可惜你家姑娘如今不和你认一家了。我名申若兰，那是我师妹李英琼，俱是峨眉乾坤正气妙一真人门下。你两人叫什么名字，什么来历，何不也说出来，看我适才猜得对不对呢？"龙姑闻言，暗自吃惊。当下先还骂了两句，道了自己和孙凌波的名姓，仍旧迎敌。情知再勉强支持下去，不施展别的法宝绝难讨好，头一个孙凌波剑光先保不住，那时敌人两下来攻，自己也吃亏。但又想起母亲之言，无论如何不要生事。尤其是峨眉派，两下相隔咫尺，招惹不得，一不留神，便步母亲后尘，身败名裂。到底初学为恶，顾虑还多。她只顾迟疑不决，猛往旁边一看，孙凌波的青光受紫光压迫，光芒大减，急得脸涨通红。孙凌波有两口飞剑：一口剑是自己采五金之精多年修炼而成，便是初次和英琼在飞雷洞前交手失去之物；这一口是阴素棠早年在昆仑门下防身之宝，因宠爱孙凌波，便赐给了她，比她本人所炼当然要强得多。起初和英琼是仇人相见，分外眼红。一则仗着此剑轻易遇不上敌手，又有龙姑相助，不假思索，先放了出去。及至被紫光圈住，才知厉害。此剑再失，漫说新炼不易，炼出来也是平常，如何肯舍，只顾运用真气支持，连别的法宝也无暇使用。英琼本是恨透了她，一见青光锐减，心中大喜，用峨眉心法，暗运一口太乙先天真气，指着紫光，喝一声："疾！"那紫光顿时平添出无限光芒，将敌人青光包围了个密密层层。先前还似一条小青蛇在紫雾彩焰中闪动，转眼之间，青光越来越淡。孙凌波知道力分不妙，仍存万一之想，忙咬定牙关，把丹田五六十二道真气集中运用出去，想拼命将剑收回。不料运气运得太猛，猛觉身子随着自己那股真气，竟好似被什么东西吸住，往前带了就走，不由吓得出了一身冷汗。耳听紫光氛层中铮铮两声过处，两点残余青光一长一短，从空坠落在山石上面，"轰"的一声，把阴素棠百年苦功炼成的一口飞剑化成顽铁。若非孙凌波见机得快，身子再被紫光吸住，血肉之身怕不变成蘦粉。就在这疾若闪电的当儿，孙凌波连忿怒痛惜的工夫都没有，那道紫光早如闪电一般穿到，孙凌波纵然带有法宝也不及施展。幸而施龙姑早就料到此着，还未等孙凌波剑光被毁，早端正好了玄女针准备万一。眼看危机一发，这时龙姑因记着母亲遗命，不到万分紧急，玄女针不肯轻易使用。暗怪孙凌波既知飞剑难保，不如索性丢开，能敌另想别法，不能敌也好准备脱身之计。岂不知那紫光如此厉害，只要青光一破，必定接着飞来，万难抵御。正想之间，忽见紫光影里，青光愈发暗淡。猛想："今天不得罪人绝难脱身，反正得用玄女针伤人，何不早用，还可保全孙凌波一口飞剑。"灵机一动，更不迟疑，随手取出两套玄女针，喝一声："对面丫头看宝！"那针九根一套，如一串寒星，直朝若兰飞去。

若兰适才听敌人说是金针圣母的女儿，已经心惊，知道她法宝甚多。最厉害可怕的是她母亲用的玄女针，放出来不见人血决不飞回。除非你的本领将它破了，如若不然，无论你用什么遁光逃走，它也能跟定了你。金针圣母在日，也不知用此针伤害了多少生命，因此作孽太多，才遭惨劫。去年奉师父红花姥姥之命，往武当山向半边老尼借紫烟锄和潜琉璃，与石明珠闲谈，听说玄女针已被半边老尼收了去。只要此针不在她手，别的法宝，都经师父在日说过来历破法。自己不先出手，便可占一点便宜，看她来路，相机抵御。因此只用剑光迎敌，留神静以观变。偶尔一眼看见英琼剑光非常得势，正在高兴，猛听对面一声断喝，接着便有九点五色彩星飞来。知道不能抵御，躲也躲不脱，一面忙喊："琼妹留神，敌人妖针厉害！"一面咬紧牙关，将左臂气脉用真气封住，不但不躲，反将一条欺霜赛雪一般的粉臂迎了上去。接着喊一声："琼妹留神，快飞身过来！"同时早一把将头上青丝抖散开来，口中念动真言，正待想法也狠狠回敬敌人一下。猛觉左臂奇痛异常，真气差一点封不住穴道，眼看支持不住。那旁李英琼破了敌人飞剑，高高兴兴，正指着紫光去取敌人性命，忽听若兰一声惊呼，回头一看，业已中了敌人法宝，已是惊心。龙姑第二套玄女针又朝英琼飞来，英琼不知法宝来历，又听若兰警告，不敢再用剑光去追敌人。紫郢剑原与英琼心灵相通，只一动念，便即飞回，龙姑飞针来得快，紫郢剑也回得快，恰好两下迎个正着。龙姑心想："紫郢剑虽厉害，却奈何我玄女针不得。"眼看二宝相遇，口诵真言，将收回来的第一套玄女针也打出去，朝着彩星一指。原打算将十八根玄女针分散开来，使英琼前后不能相顾，无论怎样会躲也得受伤。谁知那道紫光见了玄女针，竟化成一面紫障围将上去，将玄女针挡住。只见九点彩星在紫光中飞舞，如五色天灯，上下流转，休想近前一步。龙姑大吃一惊，这才知道紫郢剑果然名不虚传，恐怕步孙凌波的后尘。敌人的剑光已如此厉害，必是峨眉门下上等人物。同时又见申若兰的剑光和自己的剑光正在纠结，敌人虽然受伤，并未跌倒。又将头发披散，取出三个金环正待施放，认得此宝是红花姥姥镇山之宝三才火云环，越发不敢大意。又见孙凌波也在那里取宝要放。一面用玄女针和飞剑独战李、申二人，一面忙着飞近孙凌波面前，悄喊道：“敌人厉害，还不快走！”说罢，不俟孙凌波答言，一手取出一面手帕一晃，化阵青烟，破空而去，那玄女针和飞剑也随着飞走，转眼不知去向。若兰的火云环刚刚飞出，敌人业已遁走，只得收回法宝、飞剑，坐于就地。

英琼顾不得追赶敌人，连忙过去看视。若兰便对英琼道：“我已中了那贱人的玄女针。那针好不厉害，放将出来，不见敌人的血，决不飞回，被她打中要害，性命难保。亏我知机，拼一条左臂受点微伤，才得免除大难。这贱人名叫施龙姑，乃是金针圣母的女儿。昔日听师父说，她母女二人近年隐居姑婆岭，离峨眉甚近，已是多年不问外事。想是她母亲遭了天劫，无人管束，所以又出来为恶。如今我左臂气穴已经被我封闭，转动不得，一过七日，便成残废。只盼大师姊她们回来，看看有无解救了。”英琼因为强拖若兰出来寻找英男，害她受这般重伤，好不惭愧惶急。反是若兰知道自己应有许多劫难，虽然痛恨敌人，并不在意。

只是一条左臂血脉逐渐凝滞，痛如火焚，实在忍受不住。对英琼道：“敌人走时并非真败，这里是她们的巢穴，她们却往别处败退，叫人好生不解。恐怕其中有文章，不可不防。我已受伤，妹子一人势孤，还是急速离开的好。”一句话将英琼提醒，忙答道："妹子害姊姊受这样灾难，心中难过已极，竟忘了将姊姊护送回山，等调养好了再想法报仇，反倒呆在这里，更是该死！"说罢，便要扶着若兰起身。

若兰道："英男妹子虽然逃出龙潭，并未脱离险地，我二人就此回去，万一她重陷敌人手内，如何是好？此地又不可久呆。依我之见，好在我还可勉强支持，莫如我二人仍是顺她去路，迎着神雕往前寻去。如能相遇，便同了回去；不能相遇，神雕都找不到，我们也是徒然，想必是她灾难未满,且等大师姊回来,再商量个主意,一同前往。好在阴素棠器重英男,即使被她们寻回,也得等阴素棠回来处置,不过多受折磨,不至于死。"正说之间,忽听远空一声雕鸣,二人知是神雕回来,转眼神雕排云盘空而下。英琼见神雕并未将英男背回,好生失望,便问神雕是否见着英男。神雕摇摇头。二人无法,只得由英琼扶着若兰同上雕背,回转峨眉。

第一〇〇回 吮雪肤　灵物示仙藏
　　　　　　　窥碧岑　虎儿遭愚弄

英琼和若兰进了太元洞，二人商量，仍命神雕再去寻找英男下落，如再找寻不见，可在枣花崖周围上空盘旋查看，只要见着英男被敌人寻回，能下去仍将她背回，不能下去，急速回来送信。说完之后，满以为神雕领命即行，谁知神雕却不住摇头，并不飞走。英琼着了慌，忙问："你不肯去，莫非英男已陷别人罗网？再不就是敌人厉害，无法近身？"神雕仍是摇头长鸣。英琼无法。又见若兰回洞以后，说完几句话，便盘坐用功，脸上青一阵，紫一阵，知她虽然不说，定是痛苦异常，越加焦急。还要和神雕说，神雕忽然往外走去，只得回转来慰问若兰。说不上两句，只见芝仙笑嘻嘻地跑了进来。英琼心中一动，还未及张口，那芝仙已纵到若兰身上，不住在掀她左手襟袖，口中呀呀不已。英琼道："兰姊姊受了伤，手快残废了，芝仙能救她么？"芝仙摇了摇头，只用小手往若兰袖子里伸去。若兰因左手肿胀，衣袖解脱不开，正觉束紧难受。见芝仙如此，知有用意，便请英琼代她将袖子割开撕去。英琼代她将衣袖扯断，贴身的一件，差一点与血肉粘成一片。平日玉骨冰肌，藕也似的一条粉臂，如今肿有尺许粗细，胀得皮肉亮晶晶的又红又紫。几个针眼业已胀得茶朴大小，直流黑血。好不心疼，不由流下泪来。再看芝仙，已经站在若兰膝上，抱着她受伤的臂膀，不住用小嘴去舐。若兰受伤以后，时久越觉热胀酸麻，疼痛难禁。知道此针并无解药，灵云等回来，未必能够解救。满拟再强撑些时，如真忍受不住，想是自己命中注定，长痛不如短痛，索性将左臂斩去，免受许多痛苦。只碍着英琼在旁，必要阻挡，难于下手，只好暂时忍痛苦挨。这时被芝仙一舐，竟觉伤口一阵清凉，虽然并未消肿，痛却减了许多。

正和芝仙说感谢的话，忽见袁星、芷仙一同走来慰问。问起芷仙，先是袁星得了神雕传信，由神雕代它守门，袁星又告知芷仙才知道。袁星与二人见礼之后，便说它平日本就懂得神雕的话，适才神雕因见主人着急，今日的事又非示意所能明白，所以才去寻找袁星，托它代说等语。英琼闻言大喜，忙问究竟。袁星道："钢羽说它奉命寻找余仙姑，知道余仙姑所行不远，便在余仙姑去路周围数百里内往返低飞，穷找细寻，并未见着一点踪迹。末后第三次飞过枣花崖不远一个黑谷之内，仗着一双神目，飞入谷内探看，遇见一个道人。那道人竟精通各种鸟语，将钢羽招了下去，说他名叫百禽道人公冶黄。说余仙姑为往莽苍山寻觅主人，误陷浮沙，坠入黑谷。百禽道人算出余仙姑和他有缘，是助他将来脱劫之人，便指引余仙姑由黑谷去莽苍山一条密路，不但近得多，还可避免敌人追赶。又对钢羽说，峨眉不久光大门户，三英行即相见。他本知道主人们在峨眉修道，因为余仙姑到莽苍还有许多仙缘奇遇，所以单是指引余仙姑的道路，未说主人们在哪里。叫钢羽此时不可前去寻她，如要去寻，须同生人前去，就在丑日动身。此时前去，彼此无益有损。钢羽大概知道那道人来历，所以回转。"神雕素通灵性，袁星转述之言自无差错，英琼略放宽心。一会儿南姑姊弟与于建、杨成志也要进来慰问。若兰因赤臂不便，只叫南姑一人进来，看了出去，说与三人，英琼因有髯仙事前警告，便命袁星、神雕同往后洞轮流看守，留芷仙在洞中一同陪伴若兰。若兰经芝仙一舐，伤口肿虽未消，疼痛却止了许多，便去了断臂之想。

因为若兰这一受伤，大家都不甚高兴。其实英琼本非看不上新来的四人，偏那四人一来，先赶上英琼、若兰二人中毒初愈，兴致不佳；接着便是误惊芝仙，招英琼不快；后来李、申二人又忙着去寻英男回来，始终顾不得和四人长谈。那四人初来乍到，除芷仙渐熟外，经英琼上次排揎之后，不知不觉心中畏惧，都不敢和李、申二人亲近。南姑聪明本分，一味约束兄弟虎儿兢兢业业，漫说学道修剑，但能长居仙府，于愿已足。于建性情豪放，胸无城府，自幼饱经忧患，知道这次是旷世仙缘，一心一意只盼青螺诸人回来，拜师学道。因为杨成志闯了祸，不奉芷仙的命令，一步也不敢乱走动。只有杨成志自幼丧了父母，向无管束，虽然天分过人，却是性情忌刻，私心最重，又爱多事。初来凝碧崖，一见这样洞天福地，本抱着莫大的愿望。又见英琼、若兰等人不但本领法术超群，而且还一个比一个生得美赛天仙，容光绝世，比南姑又要胜强好几倍，越加心喜，恨不能常和她们亲近。谁知李、申二人连正眼都未对他看过，到了不久，就因为惊走芝仙，吃英琼当众数说一顿，心中好不觉得难堪。尤其害怕英琼日后告诉未来的师长，说自己心躁气浮，不是大器，又后悔，又气忿。因见本山的人对芝仙如此重视，猛想起以前曾听人说，深山大泽之中，往往有灵芝、何首乌之类的灵药修炼成形，化为小人小马出游，如能得着生吃，便可成仙，想必便是此物。自己正奇怪，自从在妖道洞中出险以后，所遇见的男女剑仙，除了那花子打扮的凌真人、连送四人到凝碧崖的刘真人外，哪一个年纪都不大，最年长的也不过二十来岁，尤其是名字有一个蝉字的小仙童和这姓李的小仙姑，更显得比自己还要年轻，偏又有那种惊人本领，想必定与芝仙有关。正想遇见机会打听个仔细。第二日南姑因和芷仙同居一室，听芷仙讲起芝仙的来历和芝仙血液的宝贵，所以全山的人都爱护它，便对虎儿说了。南姑原是嘱咐虎儿，叫他不要见了芝仙，妄自惊动的意思。虎儿与于、杨二人同居一室，便在闲谈中说了出来。说者无心，听者有意，杨成志愈觉自己所料不差。又自作聪明，以为此中必定还有密情，外人绝难知道，且待机会再说。再听见若兰受伤，芝仙一舐便好，愈加起了机心。

也是芝仙该遭魔难。它给若兰舐了一阵，渐渐疼止，便住了嘴，仍坐在若兰身上，和英琼、芷仙逗弄着玩耍。英琼道："那日你原是领我们去寻仙草，被新来的人将你惊走，以后连着有事，没有顾到寻你，如今那仙草还有么？"芝仙闻言，将小手指着天摇了摇头。一会儿便挣下地来，就往外走。英琼不明它用意，便请芷仙跑去看，是不是指引仙草的地方。芷仙闻言追了出去。芝仙回望芷仙追来，索性停步，似在等她同行。芷仙便请它在前引路。刚出太元洞口，遇见杨成志在前，丁建、南姑姊弟在后，正迎头走来。芝仙一见杨成志，"呀"的一声惊呼，回头纵向芷仙怀内。芷仙连忙抱紧了它，说道："芝仙不要害怕，他们日后都是本门中人，目前初来无知，误惊了你，不会伤害你的。"芝仙仍是一个劲往芷仙怀里躲。杨成志等四人见了这般景象，自是一齐停步，不敢上前。芷仙觉着日后四人长住此地，芝仙每日出游，难保不无心相遇，岂不又吓了它？不住用话开导，又叫四人分别上前相见，请芝仙不要疑虑。四人见那芝仙长才尺许，生得又白又嫩，近身便闻见一股清香，个个都爱到极处，恨不能抱上一抱才好。那芝仙经芷仙再四解释之后，才睁着一双澄碧欲活的大眼，望着四人"呀呀"两声，笑了一笑。虎儿小孩子心性，仗着芷仙好说话，竟涎着脸凑近前去，抚弄芝仙温腴如玉的小手。南姑一见大惊，正要呵斥，那芝仙偏和他投缘，不但不躲，竟伸出小手向虎儿招弄。喜得虎儿心花怒放，连芷仙都觉出奇怪。南姑见芷仙并无不愿神气，到底不敢大意，不住朝虎儿使眼色，叫他退下。于、杨二人觉着好玩，也想学样时，那芝仙已挣脱芷仙怀抱，跳下地来，便往前走。芷仙连忙跟去。杨成志一见，心中大喜，却故意说道："我们跟裘仙姑看看去。"说罢，头一个跟在芷仙身后面走。于建、虎儿、南姑均都童心未退，也都跟去。芷仙为人素无机心，并未禁止。

那芝仙跳跳纵纵，一路穿山越涧走着。不时纵向高崖，采取一种红蒂青皮、形如金橘的果子，整个咬吃。杨成志见芝仙爱吃这种野果，也想采取一个，偏偏满山奇花异果甚多，惟独这种果子非常稀少。芷仙见南姑等跟来，便喊南姑上前说道："芝仙吃的这种果子，名叫翠实，吃了可以明目，乃是一种仙草。一株五叶，叶如野桑，每株顶上生着一粒翠实。此地四时皆春，每隔单月开花，双月结果。每一结果，芝仙便满山满崖地搜寻来吃。大家因芝仙喜爱，都舍不得吃，留给它独个享受了。"说到这里，正走过一个崖凹之下，满崖壁紫草朱藤，奇花欲笑，迎风飘落，清馨四溢。崖下面又是一道宽大溪涧，碧波透明，清澈见底，绿水潺潺，与仙籁顶泉声遥遥相应。明波若镜，山光倒影而下，白云片片，不时在水底花影中穿过。这地方名叫紫花崖、绣云涧，是凝碧仙景中最清丽文秀之所。众人虽是来过数次，也不禁流连赞美，边说边走。忽见芝仙往悬崖上纵去，离地有数丈，一手攀着朱藤翻了上去。芷仙方要跟纵上去，芝仙已经纵下，手中采了六七个翠实，递了五个与芷仙，指了指四人，意思叫芷仙分给四人吃。芷仙笑着分与四人吃，入口苦涩非常，食后回甘，觉得满口清香，凉沁心脾。大家都向芝仙道了谢，又随着往前走。转过崖去，便是一个小山坡，坡上修藤翠竹，黛色参天，风动琅玕，声如鸣玉。奇石小峰掩映其间，块块都是玲珑透瘦，孔窍甚多，若有音乐鼓吹自石中出，又与竹声泉声互相交奏，成为繁响。新来四人，这里却未来过，个个称奇。芷仙道："这里名叫仙音坂，是芝仙玩月之地。虽不在此生根，可是它每晚均来此参拜星斗。"说着,走入竹林深处,现出一个天然石台,周围有亩许方圆大小。台上有两座玉石丹炉,炉前有四个石墩。合台石色墨绿,莹洁如玉。这时芝仙业已走到台后,正面一块翠玉,高足有三十丈,大可十丈,上丰下锐,生得如巧工堆成的假山峰一般,体态灵秀,洞穴甚多,大小不一。芝仙走到峰前停了步,用小手拉着芷仙,指着峰前一个较大的洞,教芷仙去看。新来四人也随着芷仙,往那翠石中间洞穴中看去。脸才凑上去,便闻见一股清香直透鼻端,头脑心神为之一爽。芷仙所见的洞口大些,看见几丛又红又绿的花草在那里摆动。余人只闻异香,并看不见什么。

芷仙便问芝仙道:"那仙草就生长在这灵翠峰石腹里面么?两月前大师姊曾说,前面丹台是太祖师炼丹之所。灵翠峰并非此地原生之石,是从他处移来,峰下面必定藏有至宝。后来大家费了多少事,只差没去将这小峰移开,查看多日,了无他异。你日前仙草是怎么取出来的呢?"芝仙闻言,便将小手伸入洞内掏了一会儿,取出一块形如莲花的翠玉来,先往洞口比了一比,按上去好似天衣无缝。若非预先知道,简直不知这块翠莲花就是这灵峰的锁钥。无怪灵云等当初虽然想到灵峰下面必有宝物,竟会查看不出。芷仙再将那块形似莲花的翠玉取下来一看,背面还有几行朱书篆文,正是长眉真人留谕。细绎文意,才知当初长眉真人开辟凝碧十八仙景之后,曾在前面墨玉台炼有两炉丹药。后来参透玄天秘奥,不久白日飞升,两炉丹药用它不着。欲待传赐门下弟子,又因为诸弟子个个爱好,道行浅深虽然不一,炼丹一门已得真传,不愿他们贪师之功,不劳而获。算计光大本门,须待三英、二云出世。彼时正值正邪各派遭受空前浩劫,这次一代弟子们俱都入门未久,全仗根骨优厚,与邪魔争胜负存亡,所受险阻艰难,过于前代弟子百倍。这灵翠峰下是峨眉全山灵脉发源之所,便将两炉丹药埋藏下面,用仙法共炼一百零八日。日久年深,丹药化去,借洞天福地灵气,化成一种仙草。那仙草名叫丹珠草,碧梗朱叶,其红如火,遍体明如晶玉,一叶二歧,当中歧尖结着一粒朱实。不但吃了延年益寿,无论被什么邪魔外道法宝毒害,将此草连叶取一片服了下去,立刻起死回生。因此草成熟须经多年,恐为外人发现,特从星宿海底取来一座万年碧珊瑚结成的灵翠峰,外用灵符镇压。经过多年,此草借天地灵气成熟结实。同时除了里面保护仙草的灵符还在外,外面灵符也已放去。那仙草共是九株,每株各生阴阳两叶。采叶之后，须隔三十六年，始能二次生叶结实。此中自有奥妙，非有仙缘，不能妄取，取必有灾。到时掌教弟子齐漱溟自有安排等语。芷仙一见，心中大喜。因为素来持重，凡事不敢妄来，连忙招呼众人回转，去报与李、申二人商量，怎样取了这仙草，与若兰治伤。那芝仙也好似非常高兴，却不肯跟芷仙回去。芷仙回到太元洞前，嘱咐四人随意在附近游玩，自己便往洞内报信。

英琼一见翠莲花上长眉真人所留的法谕，心中非常高兴。只是有听候掌教师尊安排的话，不敢擅取。若兰疼痛虽然稍止，伤处未痊，如果要等灵云回来，禀明掌教师尊，又恐缓不济急，好生踌躇。若兰木是行事持重，又随红花姥姥多年，有了阅历，宁愿多受些罪，也不敢有违祖师法谕。英琼又跑到灵翠峰去看了一会儿，见那仙草生在峰内，可望而不可即，就是冒着不是，想去采摘，也办不到。重又回来与芷仙、若兰商量，除了灵云回来想法外，别无善策，只索暂时作罢。

仙府昼夜通明，新来四人饮食起居均由芷仙招呼。这时英琼、若兰已能辟谷，吃不吃均可随意。只芷仙还未能完全禁绝烟火。平时是由袁星去将应用的伙食蔬菜洗涤干净，拿到凝碧崖前昔时白眉禅师喂养两只神雕一个藏谷的石洞，由芷仙自去调制。芷仙无事时，又将仙府各种奇花仙果制成药酒，以备众同门高兴时，前去随喜饮上两杯。那洞本来洁净，经芷仙多日布置，石几、石凳、石灶、酒窖以及应用物品色色俱全。众人又给那洞起了个名字，叫做仙厨。新来四人也随芷仙在仙厨进食。这日芷仙同了四人从灵翠峰回转，与英琼、若兰谈了一阵，又去安排好了四人食宿，仍回若兰房内。因芷仙说南姑如何聪明本分，怪可怜的，英琼素爱热闹，又想起连日因为有事，竟顾不得同新来的人多谈，便请芷仙去叫南姑来到房内，陪若兰谈天。芷仙依言去将南姑唤来，大家谈得颇为投机。过了好一会儿，英琼见南姑有了倦意，自己和芷仙也该是用功时候，好在石床甚大，石室如春，索性叫南姑就睡在若兰床上，连芷仙都不要回去，省得南姑有时一个人在室内寂寞。南姑见英琼只是率真，并非有心骄人，越发心喜。先还不肯就睡，及至见李、申、裘三人相继入定，一合上眼，不觉沉沉地睡去。睡梦中忽听英琼、芷仙说话，惊醒转来一看，英琼首先对她说道："你兄弟和杨成志闯了祸了。"南姑闻言大惊。又听英琼对芷仙道："这姓杨的那日一拦芝仙,我也说不出什么缘故,总觉他不是个安分的东西,果然闯出这样的祸来。如今他二人吉凶莫卜,算是他们咎由自取。只是翠莲花上太师祖法谕分明说那仙草须待掌教师尊安排,妄取有灾,连我们都不敢妄动,他们倒有这大胆子。大师姊又不在家,倘仙草被毁,掌教师尊怪罪,怎生是好?"若兰道:"这事据我看,须怪不得章虎儿,他年纪幼小,知道什么?只是杨成志一人之过。最可怕的是现在芝仙也不知去向,万一同时被困在内,受了损害,那才糟呢!"南姑听三人语气,猜是虎儿受了杨成志引诱,在灵翠峰闯了大祸,又不知虎儿生死存亡。因见二人都是愁眉怒脸,不敢动问,急得眼泪汪汪,望着三人直转。若兰见她可怜,便对她道:"你不要急,一人做事一人当,我们并不怪你。令弟今早起来,大约是受了杨成志的引诱,去盗取仙草,不知怎的陷入灵翠峰内。如今丹台附近都被云烟笼罩,他二人想必被困在内。适才我勉强负痛到了丹台,尽我平生所学,竟不能近前一步。须等大师姊回来才能解围了。"

南姑忍不住试问事情经过,英琼抢着说了大概。原来杨成志居心叵测,先前已曾提过。昨日芷仙发现丹珠仙草之后,因有长眉真人法谕,大家都不敢擅动。杨成志暗想:"虽然吃了芝仙的血可以得道延年,但是这里众人爱护甚严,擅自下手,一旦发觉,必定不肯甘休。那仙草既有这等妙用,难得众人都要等青螺的人回来,禀明了掌教师尊,才敢采取。何不趁此时机下手,偷几叶服了下去,先博个长生不老,岂不是好?只是这事须得找个帮手。"因和于建处得日久,看他平日言行性情,决不敢随自己干这种冒险的事。这几日想从虎儿口中,由南姑那里得到本山实况,同虎儿颇为亲密。还怕虎儿常受南姑告诫,不敢明言,特意想了一套说辞。背着于建怂恿虎儿,说古往今来成仙得道的,全靠仙缘。往往有时师父得到灵药仙草,未及服用,被徒弟偷去服了,立刻成仙,师父反而不能飞升,皆是他本人没有仙缘之故。如今他们发现仙草,不去采来服用,想是注定留给别人。要虎儿帮他前去盗取。虎儿也甚聪明,先记着姊姊的话不肯同去。杨成志心术甚坏,原想利用他涉险,自己却捡便宜;见他不去,又恐他转去告了南姑,事情败露。便道:"你真是傻子。你想那座灵翠峰的洞口,连你都钻不进去,仙草在内如何采取?我要你同去,是因为申仙姑说你根骨不错。那翠莲花背面不明明写着无缘的人不能妄取么?无缘人不能取,有缘的人当然可取了。我们要是无缘的话，我们去了，也不过隔着洞口看看，闻闻香气而已；要是有缘，必然有法可想，怕者何来？假使有缘不取，错过机会，将来还得像平常修道人，一步一步地受尽千辛万苦，才能成道；岂如食了仙草，立地成仙的好呢！再说现在谁也不能断定里面准有多少株仙草，一株不缺。我们盗到手，吃到肚里，即使将来他们知道短了几株，因为事前有芝仙采过，定说是芝仙吃了，也决不会疑心到我们。现在我们去见机行事，看我们仙缘如何，并不强为。成固可喜，不成亦无甚紧要，你道如何？"说罢，又将凭空学道如何受苦，能够在修道以前得着灵丹仙草，便能立地成仙，学他们往空中飞来飞去，如何好法，说得个天花乱坠。虎儿极有义气，感情心又重，虽然有些将信将疑，禁不住杨成志几番哄骗和强求，便答应下来，杨成志得寸进尺，又商量下手之法。他因洞口甚小，芝仙却能入内去取仙草，算计别有入路。知道芝仙常在那里盘桓，决定先去察探芝仙的行径，趁青螺的人未回来，李、裘二人定要照应若兰伤势的这两天内下手。

当日杨成志故意和于建启衅口角，以便不和他做一路，装作往太元洞附近游玩，同虎儿携手偕游。等到去离于建甚远，便和虎儿改道，顺着洞里路径，先到仙音坂丹台附近去看了看。才到丹台，便见芝仙独个儿在灵翠峰前，等到走近却没了踪迹，越猜那峰定有入口。他知芝仙最灵，恐怕惊动了它无法下手，与虎儿使了个眼色，若无其事地在峰前略看一看，便回到丹台，择了一个挨近灵翠峰的地点坐定。虎儿几番要说话，都被他止住，只拿眼觑定峰前，静观芝仙从何处出来。待了一会儿，没有动静。因快到安歇时候，恐怕芷仙、南姑寻他们，只得先回来，到明早再说。刚下丹台要往回路走时，忽听灵翠峰旁极轻微的琤琮两声。杨成志本是五官并用，时时留神，急忙回首一看，仿佛见灵翠峰东北角下一块翠石稍微动了一动。心中虽默记着那个地方，表面却仍作毫不经意地往回路走。虎儿问是哪里响，杨成志故意大声说道："想必是芝仙出来吧，我们快走，莫惊了它，让诸位仙姑见怪。"说罢，拉了虎儿便走。回到太元洞住的室内一看，于建一人盘膝坐在室内，按照芷仙说的峨眉初步入门功夫，在那里试习。杨成志冷笑了笑，也不去理他。于建试坐了一会儿，下榻散息，仍是含笑和二人说话，并没有把适才口角记在心里，杨成志始终冷着脸，爱理不理的神气。虎儿倒没什么，依然说笑。于建问虎儿："适才同杨兄到何处游逛？可是没去过的所在？"虎儿未及答言，杨成志突然站起道："这里规矩严，我们岂敢随便乱走，不过只在仙籁顶看看飞泉罢了。"于建闻言，因二人走时自己正站在高处，明明看他们绕道往绣云涧那边走去，知他瞎说，也不再问，当时并没料到二人有何异举。三人貌合神离的，随即安歇。

杨成志躺在石榻上，心中盘算明早如何下手，哪里能够安眠。算计时光，到了第二日丑末寅初，知道众人都不会出来。听了听于建、虎儿睡得正酣，悄悄将虎儿唤醒，一同轻手轻脚走出洞外。也是合该有事。哀星一向露宿在太元洞口，又深通灵性，外人一举一动须瞒不了它。还有神雕，更是目光如电，敏锐非凡，要被它看破行藏，杨成志和虎儿怕不被它钢爪撕成两片。偏偏这几日奉命把守后洞，一个也不在跟前。杨成志带了虎儿，人不知鬼不觉地溜出洞去。因要暗窥芝仙动静，到了仙音坂，便即放轻了脚步。按照预定主意，叫虎儿预先从仙音坂竹林外面，绕到灵翠峰前东北角下潜伏。自己鹭伏鹤行，轻悄悄由正路抄了过去，慢慢爬上了丹台一看，并不见芝仙踪影。再看虎儿业已到了峰前僻静之处埋伏，二人遥遥相对。等了一会儿，不见芝仙动静。正觉有些失望，猛然间闻着一股子清香。仔细往旁边一看，丹台侧面崖壁上有一盘紫藤，结着十来个昨日所见的翠实，生得非常肥大，猛然心中一动。

且喜相隔不远，轻轻下了丹台，将这十几个翠实全都摘在手中，先吃了两个，将余下的藏在怀中。刚要重往丹台上走去，忽见来路上草丛闪动，有一个白东西在草中乱晃。定睛一看，正是芝仙如小孩一般，从绣云涧那边跳跳纵纵地往丹台走来。走了几步，又低头往地上看看，好似发现什么似的迟疑了一会儿，又欢跳着往前行走。杨成志恐将它惊跑，连大气都不敢出。一会儿芝仙上了丹台，先望空长嘘了两声，声虽不大，其音清越，非常悦耳。然后面向东方，跪拜了一阵，起来朝天吐出一团白气，如数十道游丝在空中飘摆，一会儿又吸了进去。约有半个时辰，更不迟疑，跳下丹台，径往峰前走去。走到峰东北角下，好似预知有人埋伏在侧，不住东寻西找。杨成志不敢怠慢，早已提气凝神，掩了过去。那芝仙自从移植洞天福地，日受众仙侠爱护，虽然忘了机心，到底耳目灵敏。它走到峰前，闻着生人气息，心中惊异，便去寻找。一眼看见虎儿埋伏在旁，惊得"呀"

了一声，便往回跑。一回头，又见日前所见恶人伸开两手扑了上来。灵峰附近经长眉真人符咒祭炼，不比别的地方见土就能钻入。一着急没了主意，慌不择地偏身奔向东北峰角，揭起一块尺半大的翠石，往里便钻。虎儿哪知利害，早扑上前去，一把抓着芝仙一条又嫩又白的小腿，拖了出来。那芝仙挣了两下未挣脱，反被虎儿一把抱紧，知道已遭毒手，将口一张，喷出一团白气，打在虎儿脸上，如同刀割一般疼痛难忍。虎儿害怕，直喊："芝仙厉害，快来帮一帮，我捉它不住了！"杨成志忙喊："虎兄弟千万不可撒手！"说时，一面取下丝绦，将芝仙捆了个结实。然后说道："你再想吐气和逃跑，我便生吃了你。"那芝仙以为要遭大难，呀呀盲哭。

　　虎儿先前倒不觉怎样，及至将芝仙捉到手中，想起姊姊之言，又见芝仙不住哀鸣，不由又害怕，又心中不忍，劝杨成志道："现在已经知道翠峰洞口，把它放了吧。"杨成志瞪了虎儿一眼，说道："好容易才得到手，你知道些什么！"说罢，一手夹紧芝仙，取出那十几个翠实，说道："你只要指引我怎样采那仙草，不但不伤你，还请你吃仙果。"那芝仙被逼无奈，指一指适才逃进的洞口。杨成志见那洞口足可容虎儿出入，连自己也勉强爬得进去，不禁狞笑道："只要进洞，便可取到仙草么？"芝仙含泪点了点头，不住拿眼望着虎儿，大有请他哀怜神气。虎儿看它可怜，劝杨成志道："我们原说是只要从芝仙身上知道采仙草的洞口，现在既然知道，它又不会说话，怪可怜的，把它放了吧。"杨成志也不理他，复对芝仙道："久闻学道的人能遇见你，便是仙缘，你又惜血如金。今日天赐仙缘，既落我手，便饶不得你。"说罢，张口便要往芝仙手臂上咬去。吓得芝仙胆落魂飞，不住在杨成志手上乱挣乱跳。虎儿才知上了杨成志的大当，此时和他善说业已不行，纵起身一个冷不防，朝杨成志劈面一拳打去。随手一把抢过芝仙，不问青红皂白，随手扔出。芝仙本是灵物，一脱人手，虽有丝绦捆住，借虎儿一扔之劲，早甩出去有十来丈远近。不知怎的，滚转之间，一路挣脱绑索，呀呀连声，如飞逃走。

　　杨成志吃虎儿冷不防这一拳，打得两太阳穴金星直冒。虎儿怕他去追芝仙，早趁势纵了上去，两人同时扑倒，扭作一团，在地上打滚。直到芝仙跑得没影，虎儿才松了手。杨成志挣脱起来，他万没料到虎儿天生这一把蛮力，芝血未吃到手，还吃了这大暗亏，把虎儿恨入骨髓。只是他为人奸诈，知道若真个翻脸，不但羊肉吃不成，还得闹一身腥膻。心中一动，又生奸计，反倒敛了怒容，笑对虎儿道："好兄弟，你这是怎么？我怎敢把芝仙怎样？无非是见那洞口太小，不知内里虚实，想逼出它的实况罢咧。你看你把我打成这个样子。如今芝仙已走，再没法想，只得进洞试试，如果得不着那仙草，也只好算我两个福薄命浅罢了。好在这事已做到这般地步，芝仙不会人言，虽不怕它告状，须防它去引了人来，还不下手，等待何时？"虎儿到底年幼，见杨成志被自己打了个鼻青眼肿，他反朝自己赔话，好生过意不去。便答道："杨兄休得怪我，既然是我误会了意，请你原谅我年纪轻。盗草之事，昨日既然答应你，自然是有福同享，有祸同当。只要不伤芝仙，我听你招呼就是。"

　　杨成志朝洞口看了看，便叫虎儿先进去看看里面虚实。虎儿依言，将身子钻了进去，只见黑暗中红绿光影乱闪，鼻中闻见奇香，一摸总是个空，心中害怕，不敢深入，便对杨成志说了。杨成志暗骂蠢材，恐芝仙报信，迟则生变，自己在洞口试了试，居然挨挤得进，便也蛇行而入。一到了里面，既不愿虎儿在先得手，又怕自己查看不到有所遗漏，叫虎儿在他身后帮同寻找。杨成志心急，独自先行，已经走到西南角上。虎儿在他身后，正用手随着红绿光影乱扑，猛觉脑后被小泥块打了一下。回头一看，芝仙正站在洞口朝他招手。觉着奇怪，要喊杨成志看时，见芝仙朝他直摇手。虎儿心中一动，暗想："莫非杨成志没有仙缘，芝仙感恩，前来指点仙草所在么？"正在寻思，猛见芝仙先是连连招手叫他出去，后来又拿手指着虎儿北面。虎儿以为芝仙所指的地方有仙草，便照它所指之处走去。刚刚走到，又听芝仙呀呀连声，现出满面惊惶之色，在洞口一闪便即不见。虎儿方在纳闷，猛听杨成志惊呼了一声。虎儿连忙回头看时，只见一道金光闪处，满洞起了五色烟云，金光影里，杨成志如同中了魔一般，手脚并用，乱挥乱舞，转眼没入烟云，不见踪影。虎儿年幼心热，胆子又大，并不知道厉害，还想上前去看时，身子已被烟云绕住，眼花缭乱，也分不出东西南北，撞到哪里都是软绵绵的，休想移动分毫，进既不可，退亦不能。这才着急害怕起来，喊了两声杨成志，未见答应。顷刻之间，烟云越聚越密，竟将虎儿紧紧包裹，立刻奇冷透骨，五官四肢完全失了效用，一阵头昏眼花，透气不出，倒于就地。

于建睡眠本来警醒，因日里和杨成志口角，晚上又吃他冷笑，想起自己少孤命苦，好容易承凌真人讲情，暂时得住在这种洞天福地。只是尚未正式拜师，此地仙侠又多是女子，未必能够收归门下，前途茫茫，殊难逆料。一向认为杨成志是患难生死之交，却不料他为人如此忌刻，自己若和他一般见识，恐怕越遭诸仙侠轻视，凡事只可逆来顺受。满腹愁肠，好久未曾睡着。后来一想："凡事俱有数在，既能身入仙府，绝非偶然。休管别人怎样，只要自己遇事谨慎，努力潜修，不畏苦难，皇天不负苦心人，终有成就，想这些闲事则甚？"心气一平，便即合眼睡去。睡梦中仿佛听见有脚步声响动，微微睁眼一看，见是杨成志领了虎儿，轻脚轻手地正往室外走去。知他二人回避自己，先是装作不知。二人走后，才想起杨成志平素和自己感情颇好，又叙过生死之盟，昨日忽然借故寻事与自己翻脸，虽说彼此失和，不愿同在一起，何须乎这样鬼鬼祟祟？虎儿一个小孩子，他却格外和他要好，中间许多全是做作。越想越觉他们行动可疑。猛想起南姑曾说，听裘仙姑说这里不但是洞天福地，还到处都生有奇花异卉、仙药仙草。各位仙侠虽在此住了多时，因掌教真人未来指示以前，大家都还不能完全指出名来。除了有几种异果尚可采食外，许多不知名的仙草，谁都不敢乱动，恐防无心中损坏天材地宝。所以再三嘱咐新来四人，如不奉命，只可随意观赏，不可擅自攀折。莫非杨、章二人见了仙草灵药之类，特地生事撇开自己，偷来受用？他二人有了奇遇，自己并不眼红。只是他们这种行为有如窃盗，要被李、申两位仙姑知道，岂能轻恕？不由为他二人担起心来，不肯坐视，决计前去寻着他们，如无异举便罢，如有出轨行为，无论如何也须婉言劝阻，以免闯出祸事，大家遭殃。

当下走出太元洞，因昨日曾见二人绕道往琇云涧，便朝琇云涧追去。经这一番仔细寻思，已经延迟个把时辰。到了琇云涧找了个遍，哪里有二人的踪影。知道全崖仙景甚多，地方又大，不易寻找，只得上崖，想从高处瞭望。才到崖顶，便见仙音坂丹台那边白云弥漫，彩烟笼罩，如同百十丈圆的一个五彩锦堆，云蒸霞蔚，瑞气千条，真个是天府奇景。不由喜欢得手舞足蹈起来。心想这般重的彩雾，连那灵翠峰都隐藏不见，虽不信二人会藏在彩霞之中，到底这般奇景举世难逢。又疑心是有宝物放光，好在相隔不远，便跑近前去，想看个究竟。才离彩云十丈以外，便觉祥光耀目，照眼生辉，不可逼视。再往前走了几步，不但金光彩霞射得眼疼，还觉奇冷透骨，浑身打颤，不敢造次，退了回来。估量二人决然不会在这里，心中总惦记着出事，不敢多作留连，便择高处往回路走。

渐渐走到通飞雷洞的广崖之下，又猛想起初来不久，裘仙姑同袁星无心中在崖上发现后洞，各得了一口仙剑，彼时杨成志甚为眼热，莫非他也有非分之想？那悬崖壁立千丈，险峻非常，杨成志幼时练过武功，纵然勉强能上，虎儿也绝上不去。还有神雕、袁星把守洞内，不能容他二人胡为，又觉不对。因为到处找寻不见他二人，业已过了两个时辰，不多一会儿，便是芷仙招呼众人进餐之时，只得姑且上去试试。谁知那峭壁虽然满生藤萝仙草，可以攀援，脚底下却是其滑如油，万难着足。还未上到山腰洞口，才只上了十来丈，已觉力尽神疲。越猜他二人绝上不去，打算下去。略一疏神，一手抓了个空，失足滚了下来。满以为死虽不至于死，必然要带点伤。看看滚到离地还有两三丈远近，忽然被一堆山石将腰背硌了一下。于建一负痛，不由把腰一挺，变成头朝上脚朝下往下溜去。正在心中暗喜，两脚着地，或者可以不致受伤。就在这一转眼间，猛觉两脚又撞在一块大石上面，撞得脚跟生疼。那山石有四五尺见方，好似浮搁着的，并未生根在崖壁上面，被于建一撞竟撞脱了本体，骨碌碌直往下滚。于建一惊，立时两脚护体，往起一拳，昏迷中竟觉两脚落实。起初以为到了地面，惊魂乍定，低头一看，那山石坠处，竟是一个小洞穴，自己恰好站在洞内，离下面还有一丈七八尺远呢。从上到下虽不过高，可是将才第一次被山石将身子搁向偏处，不是上来时路径。这小洞下面的岩壁凭空缩了进去，形成上凸下凹，除了站在洞口，由一丈七八尺高处往下跳外，连想滚转而下都办不到，不由焦急起来。待了一会儿无法，惶急中无心低头一看，那洞竟有三尺见方，洞口四面俱是青石，莹洁如玉。脚底下站的也不是泥土，而是一块青石板，上面满刻蝌蚪篆文。正中心一道细缝，一边一个凹进去的月牙，月牙里面各伏着一个盘螭纽环。

第一○一回

天惊石破　宝剑龙飞
雾散烟消　淫娃鼠遁

于建暗自惊异，蹲下身去，顺手拿起左边纽环往上一提，觉着并不吃力。刚刚揭起，便见里面金蛇乱窜，吓得于建连忙将石板盖好，一个惊慌疏神，差点没跌出穴外滚下崖去。侧耳一听，洞穴中铮铮乱响，好似金刃相触之声。于建不敢再看，又没法下来。正在着急，忽见半崖腰洞口飞下一条黑影，定睛一看，见是袁星。方喊得一声："袁星救我下去！"袁星已经纵到面前，一见那洞穴，便问于建怎得到此。于建不便说自己疑心二人行动，只说寻找二人，从崖上滚下，被这洞穴挡住，无法下去，请袁仙援手。袁星侧耳往穴中一听，正待搭话，猛一抬头往前面一看，忽然面现惊疑，急匆匆抱了于建，纵下崖去。说道："如今丹台那边出了事，你只在此看定上面洞穴，先不要对旁人说起，我去报信就来。"说罢，正要拔步飞跑，正遇芷仙走来，一眼看见于建，便问可曾看见虎儿和杨成志。于建道："弟子今早起来，不见他两人在室内，出来寻找，如今还未及见呢。"芷仙未及答言，袁星已抢着说道："裘姑娘可知丹台灵翠峰宝物出现么？"芷仙闻言大惊，忙问就里。袁星道："我也才知道。如今事不宜迟，同去见了我主人再说吧。"同芷仙急忙飞回到太元洞内。

若兰自经芝仙舐后肿虽未消，疼痛已止，除了手臂麻木失了知觉外，已无什么苦痛，和英琼正在闲话。见芷仙面带惊慌匆匆跑来，后面还跟着袁星。到了室内，袁星先自趋步上前说道："袁星素常留心凝碧崖前飞瀑仙源，知道本山一定藏有许多奇珍至宝，也曾和裘仙姑说过，虽知那仙源定通别的所在，总未寻着真实地方，未敢妄报。适才同钢羽把守后洞，对崖飞雷洞李真人门下石、赵两位大仙因听袁星说申仙姑在枣花崖受伤，意欲前来探望，命袁星回禀。在洞侧崖上，只见丹台那边仙云大起，灵翠峰已隐没不见，想是宝物出现，再不就是发生了什么事故。请主人和二位仙姑速去探视要紧。"若兰见多识广，红花姥姥在日，曾说凝碧崖藏有长眉真人的法宝甚多；到了以后，又听灵云也是如此说法。一则知道这些法宝俱有仙符封锁，二则无有教祖法谕，谁也不敢乱动。一闻此言，知道教祖不久就要回山，灵云等尚未归来，法宝决不会无故出现，好生惊疑。便问芷仙新来诸人可在室内。芷仙道："我因还有半个时辰便是他们进餐之时，连日见南姑满腹心事，从未好好安眠，难得安睡一刻，意欲先叫他们三人前去安排，回来再唤南姑。见他们三人均不在室内，寻到崖前，只看见于建一人，就回来了。"若兰闻言，心中一动，忙对芷仙道："芷仙姊快去寻找杨、章二人，如果找到，不许他们乱走动。袁星仍回后洞把守，回复石、赵二位道友，说我伤势业渐痊可，不敢劳动。明日便是端阳，等青螺诸位师姊回来，再去奉请。今天但盼不要出事才好。"说罢，匆匆拉了英琼，驾遁光往丹台飞去。袁星忙喊主人慢走，还有话说时，二人业已飞出洞去。

芷仙见咫尺之间，还驾遁光飞走，知道事关重要，忙着出洞寻人。袁星追上前去说道：

"仙姑且慢，还有事呢。"芷仙便问何事。袁星道："我因见这里许多地方每交午夜，必有宝光上腾，时常留心。刚才我从崖上飞下，又被于建无心中撞落山石，发现一个洞穴，里面金铁交鸣，响声甚大，定有宝物在内。那洞穴外有门户符箓，我不敢妄自开看，正要回来报信，便见丹台仙云大起，知道事关紧要，连忙走来先说。偏偏我主人同申仙姑那般性急，不俟把话听完便走。我也知丹台是全山最要紧的所在，主人们定来不及先顾别处。不过洞穴既现，法宝又在里面作响，万一发生事故，岂不怪我知而不报？我看那新来四人中，姓杨的最是有些鬼头鬼脑。于建曾说寻他不见，万一闯了祸，现在也无法挽救。不如我去后洞把守，姑娘亲去洞穴前守护，等主人与申仙姑回来，再作计较。"

芷仙见一波未平，一波又起，估量新来诸人自受申斥，每日颇为恭谨，不敢闹事，便依了袁星。回到崖前，见于建一人两眼望着崖壁洞穴，正在惊慌。见芷仙走来，连忙跑上来说道："仙姑、袁仙快看上面洞穴！"芷仙忙问何故。于建道："二位走后不久，我在下面听见'哧'的一声，从洞中飞出一道青色彩虹，疾如闪电，光华耀眼，冷气逼人，往天上飞去了。"芷仙闻言大惊，忙和袁星拔出宝剑，飞身上崖。走到穴前一看，那穴纹丝不动，两扇洞门仍然关得严严密密的。袁星侧耳一听，里面响声龙吟虎啸，如奏仙乐，只是声音却比先前小了许多。芷仙、袁星商量了一阵，因听于建说业已飞走一道青色彩虹，不敢大意开看。芷仙又问于建怎会发现这洞穴。于建又把上项事情说了。再往丹台那面一看，只见仙云笼罩，彩雾靠罪，也看不见李、申二人动静。问起袁星，知道比先时还要浓厚。袁星恐后洞再要出事，忙着要走。芷仙一时也拿不定主意，只好一人在穴旁把守，且喜响声越来越低，别无动静。过了半个时辰，远远望见李、申二人回到太元洞前。芷仙急忙招呼二人过来，先说明发现洞穴之事，不及细问灵翠峰如何，便要去寻杨成志和虎儿。英琼气忿忿地说道："这两个业障！也许死在灵翠峰了，寻他则甚？"芷仙闻言大惊，刚要问时，若兰道："我已丢了一件法宝，那边未了，这边又有了事，怎么偏在大师姊回来前一日同时发生？如今先顾不得说闲话，先把这洞封住再说。"说罢，口诵真言，用符咒先将洞穴封住。施法以后，立刻穴上起了一阵烟云。若兰大喜道："这里不妨事了。听穴中响声，定然藏有仙剑之类的法宝不在少数。只可惜我知道迟了，适才飞走那道彩虹，不知是什么法宝。大师姊和诸同门不在家，连出许多事，真是气人。我们下去细谈吧。"若兰又盘问于建。于建不敢再为隐瞒，便将二人连日行动可疑及前事说了。三人因于建发现洞穴事出无心，并未怪他，只嘱咐以后诸事留意，分别回洞。

芷仙忍不住问虎儿怎么遭难，真的可曾身死？若兰道："我一到丹台，便看出那仙云不是偶然发出，定是师祖设下的仙阵，如无人私入阵内，决不会发动。我又看出灵翠峰已经飞去，自不量力，想从生门入内，看看有无法宝遗存。谁知师祖仙法妙用无穷，如非当初偶听先恩师说，和师祖在福仙潭斗法，恩师用身外化身得免于难之事，彼时无意中跟着先恩师学了点，差点我也陷身在内。就这样还将我一件护身法宝失落阵内，才得脱身。我当时并未深入阵里，只在生门前观望，隐约见虎儿伏倒在地上。归来驾遁光到处寻找，不见杨成志，定然也陷在阵内。虎儿所入恰好生门，或者不至于死。杨成志那厮就难说了。适才听于建之言，定是他两个业障垂涎仙草，前去偷盗，咎由自取，不去管他。只是芝仙常在那里盘桓游息，它又识得仙草所在,如将它也陷入阵内,那才糟呢!虎儿根骨甚好,虽不似夭折之相,但是仙阵厉害,如有不幸,岂不可惜?"正说之间,南姑惊醒转来,一听众人说起经过,痛不欲生,眼泪汪汪跪在三人跟前,请求搭救,并求众人领她到灵翠峰去。若兰道:"事已至此,我等道力浅薄,有何法想?现在丹台附近仙云笼罩,我等俱不敢上前,你去有什么用处?除等大师姊她们回山,新入门的秦家姊妹法术精深,或者能够挽救;否则只有请大师姊赶往东海,向掌教师尊求救了。"南姑闻言,不敢勉强,只急得饮泣吞声,哽咽不止。英琼见她可怜,便和若兰说了,姑且领她到丹台走走。若兰因为适才冒险撞入仙阵,又驾遁光遍山寻找芝仙与杨成志踪迹,运气时创口受了震动,渐渐觉得伤处又有些胀痛,起初并未十分在意,仍同了南姑再往丹台。南姑走至丹台左近,便跪在地上,求师祖长眉真人怜救虎儿一命。枉自呼号了好一会儿,直哭得力竭声嘶,仙云毫不减退。若兰、英琼也是代她难过,再三劝慰,才将南姑扶起。

刚往回走,英琼一眼看见若兰袖口有紫血流出,忙喊:"兰姊,你看你的手臂又怎么了?"若兰也觉着臂上一阵阵刺骨生疼,将袖一看,那伤口重又迸裂,虽不似先前那般奇痛,渐渐有些禁受不住。芝仙又不知去向,无可奈何,只得一同回转太元洞再作计较。回洞落座不久,又觉伤处一阵奇痒,肉已溃烂,更不能下手抓挠,惟有咬牙忍受。英琼、芷仙虽没有身受痛苦,也是心中难受万分。四人都是愁眉泪眼,好容易挨到第二日。英琼自若兰受伤,早就想派神雕去青螺送信,请灵云先想救治之法。若兰再三不肯,说守山责任甚重,如无髯仙警告,后洞未辟,还可借崖顶上祖师的仙符封锁,不畏敌人侵犯。髯仙警告定要应验,自己又受了重伤,一旦后洞有事,神雕是个有力的帮手,万万遣去不得。英琼只好作罢。且喜当口便是端午,从寅初盼起,直盼到午后,仍未见众人回来。英琼只记着破青螺是在午前,有秦家姊姊的弥尘幡,顷刻千里,不难即回。哪知灵云等破完青螺,还要转救郑八姑,有些耽搁。又疑心灵云等破完青螺不就回来,或者又往别处去,好生后悔日前不遣神雕送信的失策。又见若兰浑身火热,伤处苦痛难忍;南姑关心同气,不住悲泣。越加焦急得如热锅上的蚂蚁一般,一会儿在室中宽慰若兰、南姑,一会儿又跑出洞去向空凝盼。正在望眼将穿,忽见袁星如飞跑来说道:"主人快去,飞雷洞出了事了!"英琼闻言大惊，不及细问，知道若兰不宜劳顿，得知警耗必定焦急，只悄悄嘱咐芷仙在洞中护卫，自己只说到崖顶上去迎接灵云。一出太元洞，速往后洞赶去。这时石奇、赵燕儿因见来人厉害，早将若兰的法宝祭起护着洞门。英琼原知道阵法生克，便和袁星掐诀行法，穿阵而出。到了外面一看，侧面高峰上站定一个道姑和日前对敌逃走的孙凌波与施龙姑三人，正和神雕、石奇、赵燕儿斗在一起。英琼更不怠慢，忙将紫郢剑放出去。袁星见主人上去，也望空一声长啸。神雕听得袁星啸声，倏地由剑光影里一个转侧，疾如投矢般飞下地来。等袁星纵上雕背，二次凌云又起。袁星手舞两柄长剑，发出十余丈寒光，杀将上去。

原来石、赵二人因那日英琼、若兰驾雕飞去，又是歆羡，又是佩服，只盼二人得胜回来，好去瞻谒凝碧仙府。及至等了半天，不见动静。芷仙被英琼喊回洞去，并不知若兰受伤之事，回了太元洞，便被英琼留住陪伴若兰，所以二人先不知音信。后来见芷仙不再出来，却换了神雕和袁星把守对面洞口。一雕一猿，互用鸟语兽言对答，有时袁星又进洞去取些腌腊果子出来，与神雕互相对吃，非常有趣。知这神雕既回，李、申二人也必回来，只不知胜负如何，不通兽语，难为问讯。第二日早起，燕儿忍耐不住，心想："一雕一猿俱是深通灵性，话虽不通，叫它送信示意，总还可以。"便从对崖飞到后洞，对袁星道："我和石师兄因惦记着李、申二位的胜负，意欲入洞探望，请你回去禀报一声如何？"袁星便用人言将若兰受伤之事说了。石奇刚跟踪过来，闻言大惊，便和燕儿商量要进洞慰问，请袁星前去通禀。袁星知是主人好友，不敢怠慢，立刻遵命回报。及至袁星回来，说是灵云等未归，若兰病体未痊，要缓日才能待客，二人只好作罢。因见袁星佩有两柄长剑，问它可会剑法。袁星把得剑之事说了。并说只在平时看主人和各位仙姑练习，默记一点，新得此剑尚无传授，要等齐仙姑回来禀明之后，才能练习。二人将剑取出看了，知是两口奇珍。又问神雕可通人言，神雕摇了摇头。袁星道："我们猿猴猩猩本与人类同种分化，横骨一化，便通人言。有两种猩猩，更是生来一教就会。鸟类中除了鹦鹉、八哥尚能学舌外，余者不脱胎换骨，终难人语。我这位钢羽大哥，本领道行比我要强百倍，只这一样还不知得修多少年呢。"神雕闻言，长啸了两声，好似表示受屈的神气。石、赵二人见雕、猿都这样精灵，有时问到神雕，便由袁星做通译，谈谈说说，颇为有趣。

直到天晚，石、赵二人在飞雷崖前比剑练习了一阵，又叫袁星也练。袁星先说一声："二位大仙指教。"便将两柄长剑舞动起来。剑一离剑匣，便是两道二十来丈的青白光华，在微月繁星之下舞将起来，越显得晶莹耀眼，瘆人毛发，比以前看时大不相同。袁星虽然不能运动剑光飞出手去，舞剑本领竟比石、赵二人还强，喜得石、赵二人连连拍手称赞不置。袁星一得夸赞，越发起劲，将平时所偷记的峨眉剑法舞成了一团寒光雪影，疾如电闪，在平崖上下翻滚。石、赵二人好生惊奇。正舞到酣处，神雕想是也有些技痒，一声长啸，舒展健翮，冲霄飞起，睁开两只火眼金睛，野鹰攫兔般觑定崖上那团寒光，盘空下视，倏地两翼一收，水鸟啄鱼般疾若飞星，穿入剑光丛中。只听袁星一声怪啸过处，一团黑影，两点金星，早带了那两道寒光腾空飞起。那神雕好不促狭，从空飞泻，用钢爪从袁星手上夺去那两柄长剑，兀自在空中盘桓飞舞，也不远去，不时低飞，离袁星头上丈许高下，等到袁星纵身欲抢，它又冲霄飞去。直急得袁星在崖上连连顿足怪叫了好一阵，直露出哀求的神气，才敛翼飞将下来。袁星连忙纵过去，将剑抢到手中，归入鞘内，才用人言说道："我想请石、赵二位大仙指点剑法，并非特意卖弄。你不怪你错投了胎，既没有长两手，又不会人言。谁还不知你从白眉禅师听经学道多年，能抓取人的飞剑？何苦气不服我则甚？"言还未了，神雕延颈顾盼之间，一声长鸣，又要飞起。吓得袁星往石、赵二人身后直躲，满口告饶才罢。引逗得石、赵二人哈哈大笑不止。袁星虽是畜类，心极向上，自得此剑，爱逾性命，神雕和它玩笑也怕得要死，又和神雕说了一阵好话。神雕延颈瞑目，偏着一个头，大有不屑神气。又引逗得石、赵二人一阵大笑。末后神雕叫了几声，袁星面带喜色，对石、赵二人道："我们钢羽大哥要带我到空中去舞剑呢。"说罢，二次拔出双剑，将身一纵，上了雕背，神雕凌空便起。石、赵二人仰头一看，只见那袁星骑在雕背上，舞动两道剑光，穿云掣电，上下青冥。舞到疾处，好似千百条青白神龙围裹着一团黑影，在星光之下乱窜，时而高出云霄，时而低翔岩谷，光华盘空，腾挪变幻。一霎时风声四起，草木萧萧作响，连那个崖上洪波巨瀑都听不见响声。石、赵二人看得兴起，也将剑光放出，迎上前去。三人一雕，驾驭着四道青白剑光，满空飞舞，出没云际，约有个把时辰。神雕倏地束紧双翼,流星飞泻般直往侧崖万丈洪瀑之中穿了下去。猛听袁星一声怪叫过处,神雕微一腾扑,便已翻身上崖。等到石、赵二人收剑赶过来一看,袁星已经下了雕背,正在收剑入匣。再看神雕,仍和刚才一样,钢爪抓地,稳如泰山般站在那里,慢条斯理地剔毛梳翎,黑羽上亮晶晶直泛乌光,金睛四射,顾盼威猛。燕儿见一雕一猿如此神异,好生代英琼欣幸。石奇心想:"凝碧仙府禽兽已经如此本领,余人可想。"二人俱都不舍回洞,直玩到午夜做功课时,才回飞雷洞去。

第二日一早,便到崖前仍和袁星说笑玩耍,袁星又回洞去取了许多储藏桃杏之类出来,大家同吃。石奇问起袁星,知道今日端阳,灵云等破完青螺便要回来,越发高兴。一会儿工夫,便到中午,石、赵二人俱未能断绝火食,回洞用完了素食,刚刚走出洞来,迎头遇见袁星说道:"适才钢羽飞翔空中,去捕生鹿回来腌腊,在姑婆岭上空看见两个异派女子和一个道姑驾了剑光,正往我们这里飞来,半途又遇见一个异派中的道士,便落下去。我问那些人的形象,有一个颇与那日与二位大仙交手的女贼相似,也许这个女贼又约人来此寻衅,二位大仙须要留意。"正说之间,忽听神雕连声长啸,袁星连忙舍了石、赵二人,纵过崖去。就在这一转顾之间,忽见两道青黄色的剑光从侧面孤峰顶上飞将下来。石、赵二人不敢怠慢,忙将剑光飞出迎敌。抬头一看,孤峰顶上站定一个道姑和两个女子。内中一个正是那日逃走的桃花仙子孙凌波,却未动手,只在一旁高声喝道:"那两个业障还不束手投降,随仙姑们回去,少时便要死无葬身之地了!"言还未了,这边袁星早骑在神雕背上,舞动双剑,冲霄而起,杀上前去。孙凌波一见神雕来势甚急,雕背上坐着一个似人非人的东西,舞动两道青白长虹,风驰电掣般飞来,摸不着深浅,不敢怠慢。自己两柄飞剑俱被敌人破去,便将阴素棠给她的一柄白骨飞叉祭起,化一道青灰光华迎上前去。那道姑识货,知道神雕来历,大吃一惊,忙喊:"二位道友去擒那两个小厮,待我来对付这个孽畜!"说罢,口中念念有词,先喷出一团轻烟,笼罩着三人全身。由孙凌波与另一女子迎敌石、赵二人,自己准备单独迎敌袁星。神雕毕竟见多识广,一见道姑身旁起了一股黑烟,口中连连鸣啸,倏地拨头飞下地去。袁星正待上前立功,忽见神雕不战而退,口中连连叫唤,知它用意。下了雕背,忙跑近石、赵二人面前,说道:"神雕说来的妖人厉害,二位大仙不可轻敌，可将申仙姑法宝祭起护着洞府，我回去请主人去。"说罢，拨头往洞中便跑。神雕放落袁星，二次仍又飞上前去。石、赵二人本觉迎敌吃力，因为年少气盛，不肯示怯，其势又不能弃了洞府逃走，只得将若兰法宝护住两边洞府，以备缓急，奋力与敌人决一胜负。那三个敌人当中，孙凌波首先不愿伤害石奇。还有一个正是施龙姑，一则有了孙凌波先入之言，再见燕儿也是一身仙骨，恨不得将这两个道童生擒回去，与孙凌波各分一个受用，两不相扰。两人俱是一般心思，俱都不肯轻下毒手。

那道姑本是为寻峨眉门下报仇而来，谁知一到此地，便见崖下飞起一只火眼金睛的黑雕，认得是白眉和尚座下神禽，不由大吃一惊。以为神雕既然在此，白眉和尚也必定驻锡此间，如果遇上，绝非敌手。当着孙、施二人，又不便知难而退。暗怪自己不该轻信人言，说是峨眉主要人物俱在东海炼宝，只剩几个初入门的仇人在此，不难手到成功，谁知上了大当。知道神雕厉害灵巧，两只钢爪善攫法宝，不畏飞剑；何况雕背上还坐着一个似人非人的东西，手中两道剑光发出十余丈青白光华，竟看不出是何家路数。不敢怠慢，先将黑青沙放出一团黑烟，将三人身体护住，以免遭那神雕暗算。然后独自上前迎敌。就在这略一寻思之间，眼看那雕才一照面，便即飞了下去，雕背上似人非人的东西竟是一个猿猴。适才因为飞行太疾，又有剑光围绕，不曾看清。又见猿猴一下雕背，和那两个道童匆匆说了两句，便纵身跳进对崖一个山洞中去了。那猿猴如此灵异，定然又是白眉和尚豢养的灵兽，想是看出来人厉害，入内送信。正猜疑今日之事有些凶多吉少，忽见下面起了一阵彩烟，敌人剑光并未退去，两边山崖洞府连那两个道童俱都失了踪迹；同时那只神雕重又冲霄飞起，直往剑光丛中扑去。那道姑一面嘱咐孙、施二人留神，一面运用全神，将一道青灰的剑光迎敌。那神雕何等灵巧，早看出来人剑光不弱，不能得手，身上仗着白眉禅师用不坏金光护身法炼过全身，敌人剑光伤不了自己，只往剑光丛里虚张声势，扑了一下，便即破空直上，隐入青冥。道姑见神雕飞走，以为它害怕剑光，正暗忖白眉和尚座下神雕有名无实，想要帮助孙、施二人先将敌人剑光破去，再作计较。谁知那神雕并未远走，忽从云层里直扑下来，往三人头上抓去。那道姑见日影里弹丸飞坠般落下一点黑影，直往头顶上罩来，暗骂："不知死的孽畜！竟敢暗算伤人。"将手一扬，黑青沙化成一团黑烟，往上冲起。神雕见难下手，一个转侧，舍了三人，又往剑光丛中飞去。一任它鹰飞鹘落，上下翻腾，想尽出奇制胜之法，那道姑俱有防备，不能占得丝毫便宜。石奇、燕儿本非来人敌手，仅仗神雕相助，勉强支持个平手。道姑明知敌人用的是隐形阵法，几番想用黑青沙从敌人剑光起来之处打将下去，俱被孙、施二人拦住。

正在相持不下，忽听一声娇叱，下面岩石上现出一个幼女，手扬处飞上一道紫虹般剑光。施龙姑识得厉害，忙喊："这丫头用的是紫郢剑，二位留意。"道姑已将那道青灰色剑光迎上前去，与紫光相遇，只绞得一绞，便觉支持不住，心中大惊。同时神雕飞将下去，又背了袁星舞动两道青黄色长虹飞将上来。孙凌波知道今日不下毒手绝难取胜，对施龙姑道："姊姊还不下手，等待何时？"施龙姑此来，原是受孙凌波和道姑的鼓动，目的只想觑便生擒石、赵二人回山，并不想用玄女针伤人。先见石、赵二人用阵法隐去两边洞府，易了山谷位置，便知不易得手。及见神雕飞跃，日前在枣花崖相遇的那个使紫郢剑的小女孩子又出来助阵，情知这里离峨眉派根本之地太近，更不知有多少厉害敌人还未出来。孙凌波只管催促，龙姑只管迟疑不决。那道姑见飞剑光芒锐减，情势不妙，想要用力收回，哪里能够，被英琼紫郢剑一夹，便成了两截，余光青荧，似两截断了的火柴飞坠。那紫光更不饶人，破了剑光，便直往道姑头上飞去。孙凌波见势不佳，舍了石、赵二人，忙将飞叉迎上前去，想抵挡一阵，好让道姑行法。谁知又被紫光迎着一绞，化成无数断光流萤四散。施龙姑先迎敌石、赵二人还不怎样，及至袁星舞动玉虎剑二次飞了上来，虽不能飞剑出手，可是骑在雕背上来往盘旋，竟不亚于飞剑活跃。那两道剑光又大又长，舞起来如黄龙离海，长虹贯日，用尽元神，休想克动分毫，本就难于应付。及至孙凌波见道姑危急，分出飞叉前去接应，只剩龙姑一人独敌这四道剑光，如何能是对手。偏偏孙凌波白骨飞叉迎着紫光便成数截，龙姑心惊微一疏神，便被袁星两道剑光绞住，指挥不灵。石、赵二人见英琼带着一雕一猿连连得胜，又喜又愧。一见龙姑飞剑已被袁星两道剑光绞住，石奇暗运真元，指挥剑光，直往龙姑身上飞去。那道姑虽然满身妖术邪法，除了一柄飞剑，用起来大半仗着符咒。起初全神贯注飞剑，不舍得把它失去，难于分心。及至飞剑被敌人破去，又惊又怒。她还不知紫郢剑何等厉害，以为黑青沙满可以护住三人身体，剑光一挨，便受邪污坠落。放放心心地一手取一把黑青沙，一手拿着一个泥犁落魂幡，正在念咒施为，英琼紫郢剑已经绞断孙凌波白骨飞叉，往三人站立的孤峰飞来。孙凌波飞剑、飞叉全都毁在英琼剑下，虽然万分痛惜忿恨，也不敢再用法宝出手。眼看紫光飞来，见那道姑仍若无其事一般，也以为黑青沙可以御敌破剑，一时疏忽，只一味催促施龙姑快放玄女针。言还未了，英琼、石奇的飞剑双双飞到，英琼与孙凌波仇人相见，分外眼红。也是那道姑命不该绝，英琼将手一指，紫郢剑舍了道姑，直取孙凌波。只听一声惨呼，紫光过处，一道白光直从峰顶坠落。那道姑和施龙姑各驾遁光分头窜开。山峰阴风大作，愁云惨雾中夹杂着许方圆一团黑影，鬼声啾啾，直往下面英琼立足崖前罩下，同时更有八九道红光射将下来。那神雕连连叫唤，展开双翼，将身向前。雕背上袁星也舞动剑光，护着全身迎了上去。英琼经了几次大难，已知慎重，自己仅这一口紫郢剑，见敌人连施妖法，无力兼顾，只得舍了敌人，将剑收回，待要护住全身。

就在这一转眼间，先是一道金光从天而降，接着便是一团五彩云幛滚入黑氛浓雾之中，同时，又见七八道各色剑光直往对面峰头飞去，立时烟消雾散，满眼清明。灵云姊弟率了紫玲姊妹、朱文、文琪、轻云等飞身落地。英琼心中大喜，连忙收了乾坤转变潜形旗，与诸人相见，又将石、赵二人请来见了。石奇因为飞剑受污，好生难过，同众人见礼之后，先飞到崖下寻着那柄落下的飞剑。再上那孤峰去一看，除了孙凌波尸横就地外，道姑和施龙姑业已在妖法被破时逃走。

原来施龙姑被孙凌波催放飞针时，忽见紫光、白光同时飞到，正要抵御，那白光近身数尺，忽然落下。正想赞美黑青沙厉害，却未料紫郢剑不怕邪污，竟然冲烟而入。只听孙凌波狂叫一声，连肩带臂断为两截，倒于就地，把龙姑吓了一跳。所幸见机甚速，还被剑光微微扫了头顶一下，将青丝齐根寸许削落。吓得龙姑胆落魂飞，忙驾遁光避开。惊魂乍定，不由急怒攻心。再看那道姑已将泥犁落魂幡展动，黑青沙放出去，把心一横，索性也将玄女针放出，准备报仇雪恨。没料到灵云等从青螺回来，行近峨眉后山，紫玲忽闻着一股腥风，连说有异。便将遁法升高，看见不远处黑烟笼罩，连忙赶了过去。朱文首先将天遁镜放出。紫玲一见那八九道红光，认得是金针圣母的玄女针,大吃一惊,恐怕下面的人受伤,知道此针只有弥尘幡能破,连忙飞了下去。龙姑也颇识货,一见敌人声势大盛,连孙凌波尸首俱顾不得携带,连忙收了飞针逃走。那道姑自知邪不敌正;妖法被天遁镜一破,早化黑烟逃走。孙凌波仇未报成,枉送了自己性命。这且不言。

灵云等担心凝碧崖,又不见若兰、芷仙等在侧,只剩英琼同一雕一猿在飞雷洞崖上与敌人争斗,忙问凝碧崖可曾出事。英琼道:"话长呢,后洞现已打通,我们回家再说吧。"当下仍将乾坤转变潜形旗交与石奇,吩咐神雕、袁星把守后洞,匆匆别了石、赵二人,一同由后洞回去。

众人剑光迅速,俱都惦记凝碧崖发生变故,无心观赏沿途景致,转眼便将飞雷捷径走完,收了剑光。英琼忙将若兰受伤经过说了个大概。灵云、朱文一听若兰受伤,先不顾别的,便率众往太元洞走去。才走近若兰门首,便见芷仙满面惶急,在室前探头凝望。一见众人回来,心中大喜,高声喊道:"兰姊,大师姊回来了!"说着,便迎了众人进去。原来若兰在英琼出去这一会儿,伤势越发沉重,渐渐元气隔不断要穴,毒气要往肩胛一带蹿了上去。不是因为灵云等今日就要回来,几乎想将一只臂膀断去。南姑心念虎儿,也是哭得如泪人儿一般。芷仙看护二人,本就代她们忧急,因等英琼独自御敌,好一会儿不见回来,越发担惊害怕。正在无计可施,正好众人回来。灵云先进室中,见若兰袒臂在床,忙回身喊金蝉止步,自己同了紫玲姊妹,走近石床前看视。若兰因为运气阻遏毒血流行,不能行动说话,只微微用目示意。灵云未及开言,紫玲一见若兰创口,便知是中了金针圣母的玄女针。忙问若兰受伤时间,已经两日,好生惊异。说道:"这玄女针若中的不是要害,如不将伤处残废,至多一个时辰,毒气攻心而死。申师妹能延长这么多时候,足见道力高强了。"灵云因紫玲知道来历,便请她从速施治。紫玲先要过凌浑所赠丹药,与若兰敷了半粒,又用半粒服了下去。然后道:"这种飞针,是取五金之精与百虫百鸟之毒,千锤百炼而成,再加多年修炼,再也狠毒不过。当初先母也会炼此种飞针,因为嫌它太毒,不曾修炼,仅炼了红云针与白眉针两种。除白眉针万不得已时作防身之用外,红云针中了并不要紧,仅仅使敌人受伤而已。闻金针圣母已遭天劫兵解,如此毒针随便传人,恐怕她末劫不易超拔呢!适才神雕想是知道此针厉害，救主心切，竟横展双翼迎上前去。我们若来迟一步，李师妹虽仗剑光护体不致妨事，那神雕必定受伤无疑。因为此针之毒，各家妙用不同。愚姊妹虽知破针之法，医治伤处却无解药。若非凌真人赐的仙丹，申师姊道力高深，能以维持数日，虽不丧命，也残废了。"说时，若兰自敷了神丹，紫血不流，疼痒立止，臂上一阵白烟过去，虽未立刻还原，浮肿渐消，皮肤也由紫黑转成红润，屈伸自如。便要下床和众人见礼。灵云、紫玲连忙拦住。大家落座，细说前事，才知有芝仙舐臂之事。

第一〇二回

两界等微尘　幻灭死生同泡影
灵岳多异宝　金精霞彩耀云衢

且说南姑先见众人前来，都忙着与若兰治伤，不敢请求，心中却是焦急非常。一见众人坐定说话，再也忍耐不住，逡巡含泪，上前朝着灵云等跪下，方要开口，英琼已抢着将前事说了。灵云一面招呼南姑起来，听完英琼之言，说道："不但灵翠峰下师祖藏有仙药，凝碧全崖共有五峰九泉十八洞，到处皆藏有剑仙宝笈灵药奇珍。只为蝉弟等年少喜事，掌教师尊未来，恐他无知妄动，所以未对众同门详说。如今错已铸成，芝仙通灵，既能平时出入峰内，料无妨碍。只索先去救人要紧。"南姑闻言，略放宽心，忙又叩头称谢不置。当下除了芷仙仍陪着若兰外，连南姑都随着众人同去。

灵云等到了丹台附近一看，只见仙云弥漫，彩光耀目，变幻不定，俱都赞叹仙家妙用。灵云先将身纵起高空细看仙阵门户，下来对众人说道："这是师祖先天一气仙符化成的两仪微尘阵。听家母说此阵共分生、死、晦、明、幻、灭六门，入阵的人只要不落幻、灭两门，生死系于一念。要入此阵，非从死门入内不可。若要破去此阵，恐非我等浅薄道力所能及了。"寒萼素来好大喜功，方要开口，紫玲时刻留神，忙对她使了个眼色。灵云已经觉察，便问："何人愿随愚姊同往，去将被陷的人救出？"寒萼闻言，首先答应："妹子愿随大师姊入阵瞻仰。"紫玲好生不以寒萼为然，但是话已出口，又不好叫她不去，好生不悦。余人大半明白灵云用意，同声答道："既有二位师姊入阵，料无妨碍。我等入门日浅，道力微末，如用不着时，不去也罢。"灵云又问紫玲可愿同去。紫玲自是谦逊不遑。金蝉方要开口，被朱文止住。灵云也不勉强，便向朱文借过宝镜，对寒萼道："师祖仙法深参造化，恐非旁门法宝所能应付，可将此镜带在身旁，以备防身之用吧。"寒萼暗想："弥尘幡乃母亲修炼多年的至宝，大师姊竟说是旁门法宝难于应付。不信这驱遣云雾的阵法，倒有如此厉害。我不免入阵相机行事，倘能破去，岂不人前显耀？"心中虽如此想，面上毫未显出，含笑将镜接过藏在怀里，又向紫玲要了弥尘幡。紫玲微瞪她一眼，再三嘱咐诸事小心，一切听大师姊指挥。寒萼也不理会，只笑着点了点头，便走过去问灵云从何方入阵。灵云道："此阵死门在东北，生门在西南，幻门在中央，灭门在极东，晦门在极南，明门在西北。被陷两人尚不知在哪一门上。死门难入，易于求生；生门易入，容易被困；灭门是破阵的枢纽，此时尚谈不到；幻门变化无穷，容易迷途，陷害真灵；晦门黑暗如漆，恐非寻常所能应付；只有西北明门可以开通。妹子初来，不知峨眉玄妙，不如你我分道而行。你由西北明门入阵，我去打通东北死门，一齐往中央会合，便可从幻景中用我的元阳尺，你的天遁镜，观察被陷的人所在了。"寒萼闻言，虽然不甚心服，反正自己并不知此阵就里，正好由容易之处下手，便即领命，与灵云各道了一声"请"，各用法宝护身，双双飞入仙云彩雾之中。

寒萼因灵云说极东灭门是全阵的枢纽，此门一破，全阵冰消，打算先将西北门打通，不赴中央，直往灭门相机行事。倘能仗身带法宝破了全阵，岂不大有光彩？即或不能，便推说自己法力浅微，入阵之后迷了方向，有弥尘幡护身，也不愁无法脱身。主意打定，便往西北明门飞去，艺高人胆大，想要看看此阵到底有何玄妙。初入阵时，竟连弥尘幡也不用，驾着剑光，穿入云雾之中。只觉彩云弥漫，围绕周身，并无什么异处，暗自好笑。英琼说若兰此次探阵百般小心，仅在阵门前略微观望，并未深入，还遗失了一件法宝，才得脱身，实在张大其词。她却不知此阵各门变化不同，若兰入的是生门，根本便错了步数。灵云因连日见寒萼质性气傲，非修道人所宜，想借故折服她。又因师祖阵法奥妙，恐她过分闪失，特地让她由明门进去，又将天遁镜与她护身，使她到时知难而退。寒萼既不知就里，一味在云雾中恃强前进，并不觉有什么阻碍，逐步留神，毫无变故发生。只觉云层厚密，除彩光炫眼难睁外，什么也看不见。想起自己已经走了有好一会儿，要按外面所见形势，这一堆彩云至多不过数十亩方圆，剑光何等迅速，再按时间计算，这一会儿工夫至少也飞行了百十多里，何以还未将阵走完？也看不出一丝迹兆？想到这里，一面将弥尘幡取出，一面又将宝相夫人的金丹放起。要照平时，这两样法宝一经放起，一个是化成一个五色云幢护住全身，一个是一团栲栳大的红光，无论敌人法宝、阵法如何厉害，有此二宝护身，身隐彩色红光之中，不但进退自如，还可破去敌人的法术、法宝。谁知不用这两样法宝还不怎样，刚将二宝取出才一施展，便见红光照处，身旁彩云倏地流波滚滚一般，往四外退去，霎时云散雾消，面前只剩一片白地。误以为法宝生效，正好笑灵云虚言，这彩云也不过平常驱遣云雾法儿罢了。自觉明门已破，待要往正东方灭门飞去，四外一看，不由惊疑起来。原来彩云退后，四外已通没一丝云影，只见一片平地，白茫茫四外无涯。再仰头一看，天离头顶甚低，也是白茫茫的上下一色。前面既看不见灵云同被陷的人所在，后顾来路也看不见同门诸人。山谷林木俱都不是适才景色，仿佛又到了一个天地。先还以为自己飞了好一会儿，也许剑光迅速，穿出阵去，飞离凝碧仙府。后来又想："凭自己目力，无论剑光如何迅速，飞到何处，也没有四望无涯、看不见一丝边际的道理。"再一想："自己原是由西北直扑正东，眼前景象不似真的天地，莫非已经到了灭门？莫要被阵中幻景瞒过？"想到这里，重又振作起来，不问青红皂白，反正有弥尘幡在手，且往东去，相机行事，不行再回来也不迟。当下仍用弥尘幡往前飞行，只见大地如雪，闪电般往脚下身后退去。走了又是好一会儿，前途依然望不见边际，天却眼看低将下来。寒萼毕竟是一时神志昏迷，渐渐有些警觉；越走越觉情形不对，只是心中还未服输。暗想："弥尘幡能藏须弥于芥子，动念之间顷刻千里，何不飞身回到原处，看看是否仍在阵内？如果已飞出阵外，可见此阵并无多大玄妙；如果仍在阵内，再看情势以定行止。"想到这里，便回身飞驰，以为不难顷刻回到适才的所在。谁知一转身，便见头上的天越发低将下来。猛见手上弥尘幡与那粒金丹俱都还原，彩云红光全都消逝，才知不妙，又恨又急。这才想起灵云之言，刚把天遁镜从怀中取出，那头上的天已如一张无垠广幕一般罩将下来。一霎时天地混沌，一阵大旋大转，七窍闭塞，头晕脚软，晕死过去。

等到醒来一看，已睡在太元洞若兰室内石床上面。紫玲站在自己面前，面带惊喜之容。一边南姑手上抱着虎儿，也好似沉睡方醒，两眼半睁半闭。金蝉手上却抱定一个赤体的婴儿，口中只管唠叨。那婴儿浑身白如凝脂，两只肥胖胖欺霜赛雪的小手环抱着金蝉头颈,与身后朱文牙牙学语。余人俱在室内或坐或立。寒萼似梦方醒,正待起立,觉得身子有些软绵绵的,重又睡倒。这才想起前事,暗想:"不好,莫非失陷阵内,被人救出?失陷师祖阵中并不算出丑,只是母亲的弥尘幡和那金丹如有损坏,自己百死不能蔽其辜。"也不顾紫玲说她,忙问道:"姊姊见我们的弥尘幡么?"紫玲忍不住说道:"你有多大道行,竟敢妄窥师祖仙阵?大师姊见你狂妄无知,不好不准你去,特意借了朱师妹的天遁镜与你,原是想你稍微瞻仰师祖道法,知难而退。你竟私下逞能,不肯先行取出应用。若非大师姊怜惜,诸事小心,特意命你从明门入阵,你再妄入晦、灭两门,母亲数百年辛苦、历尽千灾百难炼就的金丹至宝,岂不断送你手?那杨成志误入生门,看见仙草,妄动先天一气灵符,困入阵内三日,虽被大师姊救出,有仙丹搭救,现在还是奄奄待毙。虎儿一念仁慈,得芝仙指点,避入明门,因不似你逞能深入,只是饿了三日,服了仙丹即可复原。芝仙因想救虎儿出险,灵符发动,也同时被陷在内。幸而它通灵,识得奥妙,见势不佳,虽然不及遁走,只是被陷晦门附近,为云层所困,总算万幸,没被伤害。不然,新来四人虽被我等所救,杨成志已经闯了大祸,再伤芝仙,罪更大了。大师姊仗着九天元阳尺,先救出芝仙、杨成志、虎儿。阵中变化无穷,九天元阳尺只能护着大师姊全身,发出来的光华也不过照见离身数丈以内,往返数次,并未见你的踪迹。末次出阵,另由明门入阵,看见天遁镜金光闪动,追踪过去,才见你横卧在一面神旗之下,一手拿着宝镜和母亲的金丹,一手却拿着我的弥尘幡,业已人事不知。仍用九天元阳尺将你连人带宝一齐救出阵来,总算侥天之幸。二宝在阵中虽然失了效用,出阵试验并无损坏。除杨成志昏迷最甚外,只你一人连用丹药和九天元阳尺救治,才得醒转。以后休再以微末道行妄自尝试了。"寒萼吃紫玲训斥了一顿,不禁满面惭愧,不发一言。轻云、文琪等见寒萼不好意思,各用言语又劝勉了一番。寒萼虽得醒转,还是四肢无力。灵云嘱咐她与若兰、虎儿俱须养息些时。知道长眉真人的法术无人能解,只得等掌教师尊回山再作计较。

因为连发事故,又有髯仙李元化先期警告,俱都不敢大意,当下又派金蝉、朱文、周轻云、吴文琪四人分班带了神雕、袁星去守护后洞。等过了当日,再约飞雷洞石奇、赵燕儿来凝碧崖观赏风景。分派以后,灵云同了紫玲、英琼、芷仙四人便往太元洞侧崖上去，查看若兰用法术封闭的洞穴。到了穴旁一听，里面依旧金铁交鸣。英琼、芷仙俱说适才若兰封洞时，洞中响声业已渐小，这回声音比前时要响亮得多。灵云闻言，猜想穴中定然藏有飞剑之类的法宝，起初不及预防，业已飞去了一口。恐再有差错，重用符咒封锁，才行回转太元洞去。这才分配众人的住室：轻云与文琪同居；紫玲与寒萼同居；南姑仍和若兰、英琼同居一室；因恐新到之人再去生事，由金蝉带着虎儿、于建、杨成志同居一室。议定之后，灵云、紫玲又去看了杨成志的病状，见他业已醒转，只周身疲惫到了极处，便又给他吃了粒丹药，吩咐静养。便同紫玲回到若兰屋内探视，见虎儿已能起立，南姑两眼含泪正在劝说，神气非常友爱。见灵云、紫玲进来，忙又上前跪下谢罪。灵云吩咐事已做错，以后诸事小心，无须多礼。南姑姊弟称谢起来，站过一旁。

这时除吴文琪在后洞防守、金蝉去采摘仙果准备款待新来同门外，余人俱在室内。寒萼连服丹药，业已复原。若兰伤口也渐收合，毫不妨事。大家相见，分别就座。灵云招呼南姑姊弟也随便坐谈。芷仙便将开辟飞雷捷径与袁星合得三口宝剑之事说了，又将宝剑取出请灵云做主。灵云道："凝碧同门以芷妹根基较差，遭逢最苦，用功最勤，人最和善本分，因为未得教祖夫人传授，仅随我等练习，造诣不深，远非诸同门之比。我们各有飞剑法宝，皆出师长所赐，漫说无命不便擅赠，即便赠了，芷妹也不能使用。难得仙缘凑合，又有袁仙留谕，自然归芷妹佩用才是。惟独袁星不比神雕钢羽有数千年道行，又经白眉禅师佛法点化，异日帮助我等光大本门，出力之处甚多。它仅只是莽苍山一个老猿猩，遭逢异数，得遇仙缘，蒙琼妹将它带到这种洞天福地，享受莫大清福，已觉非分。现又凭空得了这两口玉虎剑，遇合太觉容易。适才在飞雷洞上空见它在雕背上舞动双剑，虽不能脱手飞行，已有峨眉嫡派家数，足见它平日凭心我等练习，藏有深心。用之于正，不但是琼妹一条臂膀，同时令教外人看了，也觉峨眉门下禽兽都有几分仙气，岂不光彩？只恐它野心未退，得意忘形，出外为恶，就像杨成志那般无知妄为闯出祸来，莫说琼妹，连我也担待不起。剑是它得的，自然归它，从此不但我等要多留一分心，连琼妹也须时刻告诫，导入正轨才是。"英琼闻言，忙代袁星领谢遵命。芷仙听了这一席话，心中暗自一惊,哪敢把众人未回时,袁星带了自己去探仙籁顶仙源之事说出。英琼又去将袁星从后洞唤来,向灵云拜谢,将剑呈与众人观看,俱都代它欣羡不置。只有灵云正色训道:"这两口玉虎剑,乃你祖先袁仙在东汉飞升时遗留之宝,非比寻常。你一个异类遭逢绝世仙缘,须要忠诚小心,时刻留意,谨守教规,努力潜修。异日教祖回来,我等自会代你恳求,使你脱胎换骨,得一正果。如敢得意忘形,犯了大过,你须知峨眉教规最严,不但追去飞剑,并将你斩首消形,万劫不复,那时悔之晚矣!此剑仍归你佩用,由你主人李仙姑暇日传你身剑合一练法。仍回后洞,小心防守去吧。"袁星闻言,吓得战兢兢叩头山响,将剑接过,捧在头上,又向英琼和室中诸人分别跪叩,才倒退了出去。紫玲姊妹同南姑姊弟见灵云宽严合宜,语言得体,无不暗中佩服。

袁星去后,灵云又道:"现在该商量新来四人的处置待遇了。起初我因我等既不能收徒,又未奉命师尊法谕,不敢将他等妄行带回。偏偏凌真人见他等可怜,现身说情,尊长之命,不敢违拗,就是掌教师尊也未便不给情面,才由凌真人送他四人到此。按说凌真人用青螺旧址新创青海派,正需门人,他等四人资质大半中人以上,为何不自收留,却要他等归入峨眉门下?我等此时决不敢妄自接受,僭收弟子。况他四人来了不多日,已经闯出祸来,虽说无知,终系大错。据我听虎儿之言,杨成志心术最不堪问,掌教师尊回山,决不收留。现因凌真人之介绍,如要遣去,凌真人性情古怪,不无介介。若是仍留在此,漫说凝碧崖仙迹与宝藏甚多,恐他日久故态复萌,又出差错。要等掌教师尊回来再行处置,诸多碍难。当初凌真人原说异日掌教师尊如不肯收归门下,他愿收留。依我之见,此时对他四人暂以同等道友相待,暂时且不传授剑法。如见四人中真有不堪造就之处,省得掌教师尊回山,关系凌真人情面为难,由我抽空借送还九天元阳尺为由,将他等一同送往青螺,向凌真人说明苦况经过,听他处置。好在凌真人夫妇道术高深,别创一派,如蒙收归门下,与在此间学剑仅止门户不同,一样可以深造。诸位以为如何?"众人自然惟灵云之马首是瞻。

只苦了南姑姊弟,不知怎的,一到此地,便觉有了归宿似的。起初因虎儿受杨成志利用犯了过错,南姑早就提心吊胆。此时一听灵云之言,不禁惶急起来,见室中诸人,连日前再三恳托过的若兰、芷仙、英琼三人俱无异词，猜是灵云领袖群英，言出法随，请求决然无用。心中埋怨虎儿，若非他做错了事，尚可有词求情。连日见三人对自己情意，如单为自己请求或能生效，但是又不舍与同胞幼弟分别。低头沉思了一阵，除了从此约束虎儿处处小心谨慎，暗中再分别求众人说情之外，别无良法。她只顾思虑呆想，众人俱看出南姑心意。英琼看她可怜，才要张口，灵云忙使了个眼色，英琼只得用言语岔开。大家商议了一阵，紫玲便请教灵云如何下手用功。灵云略微谦逊，便将峨眉要诀尽心传授，详释正邪不同之点，把紫玲姊妹听了个心悦诚服。

灵云料有神雕在后洞防守，一时也未必有事，便叫轻云去喊来吴文琪、金蝉参加练习，吩咐雕、猿格外小心，有警即报。到了午夜以前，除该班守洞的人外，俱都回室用功。到了丑初，是众人在洞外互相练习击刺的时候。灵云率领众同门来在凝碧崖前，有的分据几个峰间和树梢，有的站立当地，各人任意择好了地方。只听灵云一声吩咐，便分别将剑光朝中央灵云站立的地方飞去。先彼此互相击刺了一阵，然后乘虚蹈隙，三五错综，十余道金光、紫光、青光、白光、红光，在离崖十丈高下满空飞舞，夭矫腾挪，变化无穷，舞到酣处，如数百条龙蛇乱闪乱窜。内中只英琼一人站立在飞雷洞口，居高临下，正指挥着一道紫色长虹，与灵云、金蝉二人的剑光，似三条神龙一般，在空中纠结。忽听一阵金铁交鸣之声起自脚底，留神一听，竟从下面洞穴中发出。暗忖："这洞穴已经若兰、灵云二人先后用法术封闭，怎么会响得连相隔数十丈以外都听得这般大声？"想到这里，觉得奇怪，将手一招，将紫光先行收回，想到那洞穴前看个究竟。灵云姊弟看英琼剑光退出，以为英琼又要玩什么花样，把手一指，姊弟二人三道剑光，随后追去。若兰、朱文二人的剑光本是作对儿相敌，一见英琼剑光收退，灵云姊弟的剑光追上前去，双双不约而同地将剑光一指，迎上去敌个正着。五道剑光在空中纠结，相隔英琼立处甚近。若兰剑光较弱，加以重创新愈，堪堪有点不支。金蝉倏地将手一指，一红一紫两道剑光，一个迎敌若兰，一个竟反友为敌，帮助朱文向灵云反攻起来。灵云微微一笑，运一口气喷将上去，光华大盛，力敌三人飞剑，毫无怯色。朱文觉得有趣，朝若兰打了个招呼，喊一声："蝉弟休要逞能！"说罢，抛下灵云，会合若兰的飞剑，反转来朝金蝉夹攻。灵云本是劲敌，再加上朱文、若兰俱非弱者，金蝉堪堪不支，忍不住口中高叫道："文姊太没道理，我好心好意帮你，你们倒以多为胜起来。"紫玲、寒萼见他们几人斗得十分有趣，舍了轻云、文琪，刚想上前代金蝉解围，轻云、文琪也抱着同样心思。四人剑光才刚飞到，忽听英琼在崖壁上一声娇叱。随见英琼站立之处，飞起一道青光，长约七尺，有碗口粗细，正往当空飞去。灵云一见，喊声："不好！众姊妹休放这道青光飞走。"言还未了，将足一顿，身剑合一，先自往空便起。众人一见，不假思索，也忙着驾剑光分头堵截。那道青光本是朝南飞走，迎头被灵云剑光拦住。刚要迎敌，觑便擒收，那道青光倏地盘空一个回旋，青龙游海，拨回头如电闪星驰般飞逃。灵云用峨眉秘授捉光掠影之法，一把未抓着光尾。同时众人剑光分中左右三面随后追拦上去，只有飞雷洞口那一面无人迎挡。那道青光识得退路，径往这面飞去，疾如闪电般，转眼便穿洞而入。众人虽然剑光不比寻常，亘耐那道青光并不迎敌，只是逃遁，所以不易追上。灵云猛喝道："紫妹还不用弥尘幡，等待何时？"紫玲闻言，刚将幡取出，未及施用，忽见飞雷洞口一条黑影一闪，眨眼现出个赤足小和尚，只一伸手，便将那道青光接住，拿在手里。那青光先还似青蛇般乱闪乱跳，似要脱手飞去，被那小和尚两手一搓，便变成尺许长一口小剑。同时袁星也从洞内飞身出来，手舞两道青黄剑光，往那小和尚头上刺去。那小和尚只一闪身，不知怎的一来，袁星早着了一掌，直跌下崖去。

英琼原是听见穴内响声，赶去看视，才到穴前，便听出那响声有异。先以为既有灵云封锁，绝无妨碍。正想喊众人去看，忽见穴上闪出一片金光，接着一阵云烟过处，便见烟中飞起一条青蛇般的光华，出穴便飞。英琼因听说洞内藏有飞剑，自己不会收剑之法，事起仓猝，一时慌了手脚，只顾惊呼，没有将剑去挡。及见众人纷纷上前一堵，止待相助，恰好那青光又往头上飞回。英琼相隔最近，自然不肯放过，忙将紫光放出追去，两下相去仅有数丈远近。猛见飞雷洞口闪出个小和尚，将青光接去。英琼记着髯仙留谕，后洞不久有人前来寻衅，这小和尚既未见过，又从后洞现身，不经把守的人通报，已猜是敌人无疑。又见袁星追去，被小和尚一掌，便跌下崖来，更难容忍，娇叱一声："贼和尚休得无礼！"早将紫郢剑飞去。众人中倒有一半不认得来人的，又在追拦青光忙乱之际，遇见这般突如其来的怪事，眼看袁星吃了大亏，更未留意听灵云呼唤。在前面追赶的，除了灵云、紫玲姊妹飞行最快，若兰离得较近，同时呼叱连声，纷纷将剑光法宝放起，飞上前去。金蝉追来，大声喊嚷："这是笑师兄，自己人，诸位师姊休得无礼！"那小和尚见神龙般的剑光连同彩云红光，似疾雷骤雨般飞到，早已自知不敌，一声"失陪"，秃脑袋一晃，登时无影无踪。等到四人听明金蝉之言，轻云、文琪、朱文也同时赶到，来人已不知去向。

第一〇三回 长笑落飞禽 恶岭无端逢壮士
　　　　　　　还乡联美眷 倚闾幸可慰慈亲

　　袁星从崖下狼狼狈狈地爬了上来，走到众人面前，躬身禀道："吴仙姑因要回来比剑，原说去去就来，命袁星和钢羽把守后洞。这小贼和尚从空中一个斤斗坠将下来，袁星被来人打下崖去，本未听明来人来历，先在后洞又吃了来人一些亏苦，未免有些气忿，'贼和尚'三字冲口而出。"金蝉见它出言无状，正要呵责，忽听"叭"的一声，袁星左颊上早着了一巴掌，疼得用一只毛手摸着脸直跳。金蝉笑道："打得好！谁叫你出口伤人？"英琼见它连连吃亏，于心不忍，一面喝住袁星，休得出言无状，好好地说。金蝉不住口地喊："笑师兄快现身出来，我想得你要死哩！"连喊数声，未见答应。
　　袁星见金蝉这等称呼，才明白来人竟是一家，自己白挨了许多冤打。众人又在催问，只得忍气答道："袁星见和尚从空跌下，以为是什么人把他从空中打下的，好意怕他跌伤，叫钢羽来接。钢羽却说那和尚怕是奸细，且等他下来再说。袁星素来信服钢羽，却忘了前一时候和它口角，它借此报复，给袁星上当，不但未去接救，反拔出剑来，准备厮杀。果然那和尚是存心捉弄人，眼看他快要落地，不知怎的　来，便没有了影子。凹身看，他正往洞内跑，嘴里头还唠唠叨叨地说：'峨眉根本重地，眼看不久一群男女杂毛要来大举侵犯，却用这么一个无用的秃尾巴大马猴守门，真是笑话。'因他不经通报，不说来历，旁若无人地往里就走，又口口声声揭袁星的短处，又忘了钢羽也在洞前一块山石上面站着，却并未阻拦，一时气忿不过，便追上前去。先因看不清是敌是友，只用剑将他拦住，问他是哪里来的。他也不发一言，先站定将袁星从头到脚看了个仔细，然后说道:'我看你虽然做了正教门下家养之兽,可惜还有一脸火气,须得多几个高明人管教才好。'弟子又忍气再问他的来历。他便退出洞去,说道:'你问我的来历,想必是有人叫你在此做看家狗。你既有本事看家,来的敌人必定也对付得了。要是敌不住来人,你就想问明人家来历,也是白饶。莫如我和你打一架玩玩,看看你到底可能胜任,再说来历不迟。'袁星原是恨他骂人,又恐错得罪了主人的朋友,巴不得和他交交手,便问他怎样打法。他说他用空手,叫袁星用剑去砍他。袁星以为哪有这样便宜的事,先怕错杀了人,还是用手。是他连声催促,袁星又吃他打了几下很重。他人虽小,巴掌却比铁还硬。被打不过,好在是他逼袁星用剑。谁知不用剑还好,一用剑,任袁星将剑光舞得多急,只见他滴溜溜直转,休想挨得着一点。被他连骂带打,跌了十几次斤斗,周身都发痛。他竟说我是无用的废物,不和我打了。说罢,往里便走。钢羽始终旁观,不来帮忙。和尚一走,直催弟子快追。追到此地,看出主人仙姑们和他并不认识,才想在他身后乘机下手。只觉得他一转身,手上两口剑好似被什么东西挡住。接着便被他打了一下,踢了一脚,便跌到崖下去了。"

英琼闻言,觉得其错不在袁星,来人又是在暗中打人,未免有些不悦。这时,凡与来人认识的,俱都齐声请笑师兄现出身来,与大家相见。金蝉正喊得起劲,猛觉手上有人塞了一样东西。金蝉在成都与来人初见时,常被来人用隐形法作弄,早已留心到此。也顾不得接东西,早趁势一把抓了个结实。心中一高兴,正要出声,忽听耳边有人说道:"你先放手,我专为找你来的,决不会走。只是这里女同门太多。我来时又见那猴子心狂气傲,仗势逞强,特意挫挫它的锐气。不想无心得罪了人,所以更不愿露面。我还奉师命有不少事要办,你同我到别处去面谈如何?"金蝉知他性情,只得依他。再看手上之物,竟是两个朱果。无暇再问来历,便对众人说道:"笑师兄不愿见女同门,你们只管练习。我和他去去就来。"说罢,独自往绣云涧那边走去。英琼一眼看见金蝉手上拿着两个朱果,猜是莽苍山之物,不由想起若兰,心中一动,正要问时,金蝉业已如飞跑去。灵云因法术竟封闭不住那洞穴,恐怕里面还有宝物再出差错,约了众人同去查看,想法善后。不提。

金蝉过了绣云涧无人之处,笑和尚才现出身来,手中拿着一口寒光射眼的小剑和一封书信。彼此重新见礼,互谈了一些经历。

原来慈云寺事完之后,众弟子奉派分赴各处,积修外功。笑和尚因与金蝉莫逆,便请求和黑孩儿尉迟火做一路,往云南全省游行,以便与往桂花山福仙潭去取乌风草的金蝉等相遇。先并不知金蝉等中途连遇髯仙、妙一夫人,不回九华,径赴峨眉开辟凝碧崖仙府。后来计算金蝉等途程,该到桂花山,便和尉迟火商量,仗着隐形剑法,也不怕红花姥姥看破,索性赶往桂花山福仙潭看个动静。如红花姥姥讲理,答应给草便罢,否则还可助金蝉等一臂之力。

二人赶往福仙潭一看,那潭已成了火海劫灰,许多山石都被烧成焦土,找遍全山,不见一人。猜是金蝉等业已回山,只不知可曾得手,只得过些时日,再往九华相晤。他二人便决定深入民间,积修善行。他和尉迟火各人生就一副异相:一个是大头圆脸,颜如温玉,见人张口先笑,看似滑稽,带着一团憨气。一个是从头到脚周身漆黑如铁,声如洪钟,说话愣头愣脑,毫无通融,带着一团戆气。又俱在年轻,看上去不过十四五岁,装束又是一僧一道,不伦不类,结伴同行,遇见的人都以为他们是那寺观中相约同逃的小和尚和小道童。笑和尚见别人见他二人奇怪,越发疯疯癫癫,游戏三昧,所到之处,也不知闹过多少笑话。笑和尚心最仁慈,不到迫不得已,不妄杀人。惟独黑孩儿尉迟火心刚性直,嫉恶如仇。无论异派淫凶、恶人、土豪遇见他,十有九难逃性命。笑和尚觉他太不给人以自新之路,恐造恶因,劝他多次,当时总改不了,只落得事后方悔。

这一日走至昆明附近万山之中,眼看夕阳已薄暮景,时交暮春三月,山光凝紫,柳叶摇金,景物十分绚丽。尉迟火忽对笑和尚道:"笑师弟,常闻人说,你一声长笑,不但声震林樾,百鸟惊飞,还可惊虎豹而慑猿猩。我比不得你幼入佛门,素食惯了的,又会辟谷之法,吃不吃都不打紧。我虽在玄门,师父从未禁我肉食。腰中只剩师父给的五七两银子,业已沿途食用精光。这几日化些斋饭,难得一饱。满想在山里打只虎豹之类,烤肉来吃,既为世人除害,又可解馋。这里尽是些深山大壑,形势险恶,四外并无人烟,必有猛兽潜藏。你何不笑上一回,惊出些虎豹之类的猛兽来,请我受用?"笑和尚虽然本领高强,但是才脱娘胎,便被苦行头陀度化。因他生具佛根,极受钟爱。苦行头陀戒律最严,笑和尚奉持清规,潜移默化了十五六个年头。初次出世，积修外功，虽也有不免见猎心喜之时，闹着玩还可，总不愿无故随便杀生。便答道："虎豹虽是吃人猛兽，但是它潜伏深山之中，并未亲见它的恶迹，我等用法儿引它出来杀死，岂不上干天和？恕难从命。"尉迟火道："你真是呆子！天底下哪有不吃人的虎豹？现今不除，等到人已受害，再去除它，岂不晚了？你如不信，你只管笑它出来，我们迎上前去。如果它见我们不想侵犯，可见是个好老虎，我们就不杀它。你看如何？"

笑和尚强他不过，只得答应。两人先寻了一个避风之处，又搬了几块大石，支好野灶，然后同往高处。四下看了一看，果然到处都是丛林密莽，危崖峻岭，绝好的猛兽窟宅。猛回头，远望山东北一个深谷里面，雾气沉沉，谷口受着斜日余照，现出一片昏暗暗的赤氛。笑和尚心中一动，暗想："这时候天气清明，虽说是山高峰险，林菁茂密，可是这里有不少嘉木高林，杂花盛开，被这斜阳一照，到处都是雄奇明艳的景致。怎么向阳的一面，却是这般赤暗昏黄的晦色？凭自己目力，竟会看不到底。自入云南以来，沿途也遇见过许多毒风恶瘴，又与今日所见不类。那个地方，决不是什么好所在。"正想到这里，黑孩儿连声催促。笑和尚笑道："黑师兄，听仔细，莫要震聋了耳朵。"说罢，大脑袋一晃，延颈呼吸，调匀了丹田之气，微张开口，先发出的是一种尖音，声如笙簧，非常悦耳。发声不过刹那，便听侧面树林之中，扑腾扑腾，起了一阵骚动。天边晚鸦，闻得长吟，俱都飞翔过来，就在二人头上展翅飞翔，盘旋不去。末后连别种雀鸟也闻声飞来，越聚越多，把二人所在之处，直遮成了一片黑影。尉迟火笑得打跌道："笑师弟，原来学会的是女人腔。似这般引逗乌鸦耍子，几时才饱得了我的肚子？还教我留神耳朵，算了吧。"

言还未了，就在这余音未歇之际，笑和尚倏地引吭长笑，轰轰连声，如同晴天霹雳当头压下，山岳崩颓，风云变色。只吓得空中飞鸟登时一阵大乱，乱飞乱窜，扰作一团。有的吓得将头埋入翅间，不能自持，纷纷坠地。有那闯出重围的拨转了头，束紧双翼，如穿梭般纷纷失群，四下飞散。尉迟火也觉禁受不住，直喊："笑师弟，快些住口，这不是玩的，再笑，我耳朵都要聋了！"笑和尚也急忙住口顿足道："糟了！糟了！我只顾一时高兴，和你打赌，却不料误伤了许多鸟雀，师父知道，如何是好？"说着，又连声称怪道:"我用师父所传,运化先天一气,练为长笑。每一发声,的确可以惊百兽而慑飞鸟。怎么连用刚柔之音,不但虎豹,连猴子也不见一个?我不信这里百里方圆之内,连一只虎豹都没有。"

正说之间,忽听声如洪钟般一声大喝,从山脚下跑上一个满头长发、身披豹皮、手执一根铁铜的矮短汉子,近前大喝道:"哪里来的小杂毛小秃驴,在这里怪叫,将我哥哥吓死!"说罢,对准笑和尚,当头就是一铜。笑和尚先见那人装束,形如野人,以为这一带多族杂处,定是山民之类,本想拿他开开玩笑。及听他说话口音,竟是汉人,想必自己适才狂笑,惊动人家,错在自己,便不和他计较,身微一闪,才待避开。尉迟火早一手将那人持铜的手抓住,喝道:"哪里来的野人,出口伤人,动手就打,待我管教管教你。"那人原因笑和尚怪笑,将他一个病中的好友吓晕过去,特地前来拼命寻仇。却没料到一铜打下去,眼前人影一晃,便没有踪迹,同时身子却被一个黑面的小道士将持铜的手捉住。彼此一较劲,谁也没有将铜夺了去。那人一着急,起左手乌龙探爪,劈面便抓。他原不会什么武术,尉迟火只微一偏身,又将他左手擒住。尉迟火因见那人太凶横,不问青红皂白,就用重兵器伤人,这一铜要换了别人,怕不打得脑浆迸裂,死于非命。存心想将他跌倒,打服了再问他来意。他却不知那人有一肚皮的气苦和天生就的神力。虽然将他两手擒住,用力一抖,并未抖动。尉迟火心中一动,大喝一声,拉紧来人双手,用力先往怀中一带。猛地左臂一歪,右脚一上步,紧跟着用擒拿法,右臂乌蛇盘肘,盖向来人左腕。右脚膝照来人腿弯,往前一靠。同时左肘横起来,点向那人右胁。满拟那人绝难禁受,必定倒地无疑。谁知那人看去愚蠢,心却灵巧。未等尉迟火上步,也是一声大喝,两臂同时往上一振,差点被那人将双手挣脱。那人不只是一股子蛮劲,尉迟火连用许多巧招,都被那人随机应变避开,心中好生惊异。

笑和尚早从旁看出那人外愚内秀,骨格非凡,已有几分爱惜。见尉迟火跌他不倒,上前笑说道:"我等在这里笑着玩,怎生便会将人吓死?你先别和我师兄打,何不把事情说出来,看看谁是谁非?如果真是我吓死的,我给你救他回生如何?"那人被尉迟火擒住双手,拼了一阵,心中惦记山穴内吓晕过去的好友,情知斗这小黑道士不过,已不想打,急于想回去看视,偏又脱不得身,急得颈红脸涨。一闻此言,一面仍和尉迟火厮拼,口中骂道："都是你们这两个小贼！我妈在时，说我力大，怕打死人，从来也没和人动过手。适才天未黑时，我哥哥正在生病，听见你这秃贼鬼叫，他偏说是飞来了凤凰。我扶他出来一看，才知是你这个秃贼叫唤。先时还不甚难听，招来了一群黑呱呱，我哥哥也很喜欢。他不认得你，却知道你姓孙。正说你好，你却号起丧来。我哥哥大病才好一些，被你几声鬼嚎，当时吓死过去。我将哥哥抱回洞去，拿了打老虎的铜，打死你，给我哥哥抵命。你却不敢动手，却让这黑鬼用鬼手抓人。是好的，你叫他放了手，同我回去，看我哥哥跟那日一样，死了半天，又活回来没有？要是活了，我听我妈死时的话，不要你这两个小贼的命。要是不死不活，我便和你们对打三铜。你先动手，打完我，我再打你同这黑鬼。谁打死谁，都不许哭一声，哭的不是好汉。"说到这里，尉迟火已听出原因，微一疏神，两手松得一松，早被那人挣脱了手，拨转头，捷如飞鸟般，往侧面数十丈高崖纵了下去。接连几个跳蹿，早蹿入崖后，没了影儿。

尉迟火未去追，回望笑和尚，也不知去向，知是用隐形法追去，便也跟踪前往。才到崖后，便听山石旁一个低穴内有人说话。一看里面，地方不大，光线甚是黑暗。近门处一块大青石上，乱置许多衣被，上面躺着一个少年，业已死去。那人喊了两声，不见答应，大喝一声，持铜往洞外冲出。刚一出穴，便见面前人影一闪，笑和尚现身出来。那人先是吃了一惊，及至看清面目，分外眼红，举铜当头便打。笑和尚微闪身形，便到了他的身后。那人头一次学了乖，铜未到头，先准备收劲。一铜打空，未等铜头落地，早收铜回身，寻找敌人。一见笑和尚态度安详，满面含笑，站在身后，第二铜当头又到，二次又被笑和尚如法避开。那人将一柄铜，只管挥舞得和泼风一般。笑和尚也不还手，只围住那人身躯，在月光之下，滴溜溜直转，休想得沾分毫。尉迟火袖手旁观，不由哈哈大笑，引得那人越发急得暴跳如雷。末后知道再打下去，也不能奈何人家，气得将铜往地上一丢道："我不打死你，不能解恨。这么办，照刚才的话，你先打我三铜，我决不躲。打完，我再打你。要不这样办，你躲到天边，我也要追着将你打死，岂不麻烦？"笑和尚笑道："我同你无冤无仇，何必打死你则甚？"那人急怒道："实对你说，我自幼就挨打惯了的。我的头，常和山撞，你绝打不死我。我因为你太滑溜，比那黑鬼还不是好人，才想出这个主意。你打我不死，我却一下就打死你，岂不报了仇？"笑和尚道："你把心事都对我说了，我岂肯还上你的当？我不打你，你也不好意思打我，多好。"那人越发急怒道："你这话对。我为什么要对你说我的主意？如今你不打我，我也打不了你。你也出个主意，让我打你，怎么样？"笑和尚道："这多新鲜。我为什么那样贱，活得不耐烦了，出主意让你打我？"

那人眼看仇人在侧，奈何不得，瞪着两只大眼睛，目光炯炯，恨不能把笑和尚生吃下去。又怕笑和尚飓便逃跑，笑和尚微一转动，便拦了上去，一拦总是一个空，急得满头大汗。尉迟火却只是含笑旁观，不发一言，笑和尚估量已将那人火气磨了个够，才笑说道："你不但奈何我不得，连拦我也拦不住。我要想走，你连影子都休想追上。你只依得我一件事，我便将你哥哥救活，如何？"那人闻言，半信半疑地说道："人要是没了气，那就叫死。我妈死时，我找了多少人，请过多少医生来，都没有救活。末后还是把她葬了。适才我已听你说过，我只不信，我哥哥已经没了气，你会救活？只要他真能活，上天入地，我都听你。"笑和尚道："既然如此，且不说别的，先救人给你看，如何？"那人闻言，大喜道："那敢情好。不过我不哄你，我现时抓你不着，是这里四无遮拦。那洞口可没出路，你要和从前那些医生一样，人救不活时，我只把洞口一拦，你休想出来。我现在把话对你说明，省得你后悔。"笑和尚也不理他，径自走进洞去。那人果然把门一拦，注目看笑和尚施为，等人救不活时，下手报仇。

其实笑和尚适才早已随他隐形入洞，一眼便看出那青石上死去的少年骨格清奇，连那矮汉都是生有异禀，暗中惊异。心想："荒山野谷之间，怎会有这么两块未经雕琢的美玉？此番出外积修外功，师父曾说，积千功不如度化一人。师父门下，只自己一个，如有闪失，师父衣钵，便无人承继。这两人资质，俱不在中人以下。这少年仅是病后气虚，受惊晕倒，并未真死，何不如此如此？"当下打定主意，先暗中和尉迟火使了一个眼色，叫他不要多事。自己把那矮汉捉弄了一阵，进洞再看少年，经了许多时间，已有微息。便将师父给的丹药取出一粒，塞进口内，对着嘴，一口元气渡了进去。丹药化成元津，随气运行，直入腹内。不到片刻，便听那人喊一声："震杀我也！"立时缓醒过来。他要挣扎坐起，笑和尚连忙按住说道："你大病新愈，须要将养，先闭目养神吧。"说时，又给他服了一粒丹药。那少年觉得丹药入口清香，一到口中，便顺津而下，一股暖气，直达涌泉。他生病已有两月，醒来觉着浑身舒畅，知是异人搭救。待要唤人时，那矮汉一见少年果然起死回生，早掷了手中铜，扑了上去，抱头欢笑道："哥哥，你真活了！这小和尚真是好人。"少年道："二弟休得胡言。愚兄病入膏肓，虽蒙二弟扶持，已难望好。这时觉得周身轻快自如，似没病一样，定是仙佛真人搭救。愚兄遵命，不敢下床，可代我上前拜谢恩人。"

那人闻言，慌不迭地答应，立刻击石取火，点燃了一束松燎。是时尉迟火也走了进来。他便走过去，朝着笑和尚、尉迟火二人，纳头便拜。笑和尚也不再打趣，忙将他扶了起来。那人道："你真是活神仙，将我哥哥救醒。适才我得罪你，请你不要见怪。你要办什么事，你说吧，我哥哥已活，只要不离开他，全都听你的。"笑和尚道："那事现在先谈不到，你且说你弟兄二人来历名姓。"那人道："我妈姓商，我也跟着姓商，小名叫风子。我哥哥姓周。这是你，别人我不说真话。"笑和尚这才知道他和那少年并非同胞兄弟，见他对友如此血诚，愈发惊异。那人又要说他和姓周少年结交经过，那少年已在石上插言道："我这兄弟天真烂漫，二位恩公，由我说吧。"笑和尚同尉迟火闻言，便走了过去。那少年又要起身，笑和尚拦住道："你虽服了丹药，元气亏伤太过，须待三个时辰以后，方能复原。你此时说话还可，且不要动。明朝起床，便不妨事。最好能吃点什么粥食才好。"那少年也觉着腹中饥饿，便问商风子，可有什么吃的。商风子答道："哥哥要吃东西，真是好了，快活死人。还是前日你叫我将你的衣服卖了一两五钱银子，买得些米，熬了一锅菜粥。你吞吃不下，我心中难过，也没有吃，留在那里，我给你生火煮去。"

说罢，便去生火煮粥，嘴里却唠叨道："我哥哥好了，又来了两个好人朋友。偏偏这一月多天气，这天蚕岭野兽都死绝了，连鹿儿也捞不着一个。我再几天不吃，倒不要紧。这两个好人朋友，一定还未吃东西，又救了我哥哥，拿什么给人家吃？真正难死我了。"笑和尚一听说近日山中猛兽绝迹，可见以前是有，想起适才长笑之事，好生奇怪。那少年因商风子一说，也想起因商风子食量宏大，他先还打野兽来吃，自从野兽绝迹，自己和他一月多工夫，已将所带银钱衣物吃尽卖光，没法款待来人，不由着急起来。笑和尚看出他意思，说道："你先不要着急。我吃素，吃不吃，没关系。我这位师兄倒吃荤。我们出家人都能饿个十天八天，你不用管我们。我看你言行服饰，面容手掌，定然出身富贵之家，怎生至此？你且说个详细。如有为难，我二人或许能助你一臂，也未可知。"少年闻言，也实无法想，只得在枕上颔首，说明经过。笑和尚一听，原来那少年不是外人，竟是醉道人新收不久的弟子周云从，便也说了经过，愈加高兴起来。

原来第一回上的周云从，自从在慈云寺被陷，大风雷雨的夜里，身经百险，逃出龙潭虎穴，多蒙张老四父女二人搭救，弃家逃出。行至神眼邱林家中，遇见峨眉派醉道人收归门下。因张氏父女对云从有救命之恩，由醉道人作伐，命云从与张女玉珍联了婚眷，又赐他一口霜谭剑，算是与玉珍的聘礼。醉道人要往碧筠庵会合众仙侠商议破慈云寺，匆匆只传了云从一部剑法入门，便即别去。云从与张氏父女拜送醉道人走后，到了次日，云从主仆与张氏父女一行四人往家乡进发。一路上有张氏父女护持，且喜没有出事。及至到了贵阳，张老四本想先寻一店房住下。后来因为云从十六个同年惨死，他又是半途回家，虽说事先并没结伴同行，到底有许多不便，盘算了一阵，还是同去的好。当下云从便叫小三儿骑着快马，先去向父母密禀，将内室整顿出一间来，以备玉珍居住。

云从的父亲子敬，自从云从走后，不多几日，未知因何便觉心惊肉跳，坐立不安。他们老弟兄九人原极友爱，且九房只此一子，均为云从入京之事着急。俱都后悔有如许家财，又是书香之裔，云从已有功名，比不得是个白丁，只顾一时高兴，由他跋涉山川，求取功名。这般万里辽隔，倘有闪失，如何是好？老弟兄九人，只一见面，都是谈的云从进京之事。子敬又说了自己近来夜梦不祥，常有警兆。云从小孩子不说，老家人王福偌大年纪，原教他不要心疼银钱，路上一遇便人，就捎信回家。初上路还不断有平安信回，这多日来，简直音信全无，好叫人放心不下。众人闻言，焦急了一阵。子敬说："今日已不早，如明日没有音信，准定派人多带银钱，兼程赶路，追上前去，如能将云从追回，再好不过。如云从定不肯回，便叫那人跟随照应。沿路打听往来客商，不惜花费，托他随时捎信回来。如无便人，至迟不过半月期限，哪怕专人往返，也不能让信息中断。"大家多以子敬之言为然。周氏弟兄虽未分家，却都住在邻近，分灶度日，每月也有几次轮流会食。这日大家心绪不佳，各自分别回去。

子敬正在焦愁烦恼，忽见小三儿满脸灰尘，一手提着一根马鞭子，急匆匆跑了进来。子敬夫妻一见小三儿半途回转，想起前日许多警兆，俱都大吃一惊。偏小三儿跑得太急，口中又直喊旁立的人出去，愈发叫子敬夫妻心慌意乱，谁都不敢先开口，问公子安否。还算小三儿机灵，看出主人着急，头一句叫人出去，第二句紧接着说："老爷夫人万安！公子回来了。"子敬夫妻本来恬淡，原不计较功名，一闻云从回家，好似天上掉下一颗明珠，喜出望外，忙问公子现在何处。小三儿见从人业已退尽，上前低声道："公子身经百难，出生入死，多蒙一位姓张的老英雄相救，现在护送公子平安回家，已离家不远，着小的回来报信。张老英雄有一位姑娘，请老爷命人先行收拾两间住室。等公子回来，再详说一切。"子敬闻言，又惊又喜，一面叫人去收拾屋子，又叫人与八位兄弟送信，又不住口问小三儿详情。小三儿慌道："这里面有多少事，公子说暂时先不要声张，等公子见面再说，先收拾屋子要紧。"

子敬闻言无奈，便叫他妻子杨氏先去命人收拾屋子，自己带了小三儿，忙到门外去观望。望到黄昏过去，天色渐黑，才见云从同了一个老者、一个少女骑马走来。小三儿赶忙迎上前去，拉住马嚼环。云从一见父亲倚闾凝望，想起前事，不禁一阵心酸，抢步上前，便要行礼。子敬在这个把时辰，已从小三儿口中得知一些大概，连忙唤住，身子往旁一偏，揖客入内。自有小三儿和旁立诸人，去帮同拿了三人行李，开发把式。子敬父子引了张氏父女直入内厅。云从的母亲也得信赶了出来，一见面，不顾别的，先把云从抱在怀里，把好儿子连叫。子敬已知张氏父女是风尘中英雄，还未引见，有多少正经话要说。一面唤住妻子，一面招呼张老四父女落座。云从过来，拜见了父亲，起来先朝子敬使了个眼色。然后躬身给张氏父女引见，说道："孩儿不孝，因不耐长途风霜跋涉劳顿，又想起父母伯叔无人侍奉，行至半途，便赶了回家。船在江中遇险，多蒙张家岳父与玉珍姊姊奋不顾身，从百丈洪涛中，救了孩儿出险。因为玉珍姊姊救孩儿时救人情急，忘了男女之嫌，事后思量，打算终身不嫁。经一位仙长作伐，聘了玉珍姊姊为妻，一路护送回转，还望爹爹、母亲恕孩儿从权订婚之罪。所有经过情形，等过些时再行详禀吧。"

子敬也甚机警，见云从所言与小三儿之话不大相符，知有缘故，便不再问。云从的母亲放了云从，一眼看见一个面容美秀、丰神英爽的女子，已在赞许。及经听出是云从的聘妻，是救命恩人，又见她随侍在她父亲身旁，几番让座，都只谦辞答谢，越爱她知道礼教。未及云从把话说完，便过去强拉了来，坐在身旁，问她是怎生救的云从，不住地问长问短。玉珍因云从未来时嘱咐，知道有许多地方要避人耳目；未过门媳妇，初见婆婆的面，又不便说诳，答否皆非，正在为难。恰好云从把话说完，子敬招呼他妻子道："聘媳初来，有话少时你怕问不完，还不随我拜谢救命恩人张亲家，只顾唠叨些什么？"一句话将云从母亲提醒，还忘了拜谢恩人，连忙舍了玉珍，随着子敬过去，夫妇双双下拜。张老四也连忙跪下还拜。云从朝玉珍看了一眼，小两口也各跟父母跪在一旁。子敬口中说道："寒门德薄，弟兄九人，只此一子。此次不该由他小孩子心性，急于功名，跋涉长路。若非亲家令爱搭救，险些葬身鱼鳖之口，寒门祖宗血食，亦将因之中断。又蒙亲家不弃，订以婚姻，亲自护送到此，越发令人感恩不尽。"张老四早年也是江湖豪侠，长于应对，一见子敬为人伉爽知礼，不以富贵骄人，越觉女儿终身有靠，欢喜非凡，随口谦逊了几句。大家拜罢，起身落座。

云从母亲总是想问出个详细，见子敬连使眼色，心中又忍耐不住，便对子敬道："媳妇远来，适才小三儿话又没说明白，也不知她住的房，对她心意不？年轻人莫要委屈了她。你且陪亲家说话，我领她看一看去。"说罢，和张老四客套两句，拉了玉珍，便往里走。玉珍万想不到自己配着这般如意郎君，偏偏公婆又是这般慈爱，早已心花怒放。明白婆婆言中之意，当即含笑起立，用手扶着云从母亲，往后面走去。云从母亲见她如此大方伶俐，也是喜爱得说不出口。婆媳二人，喜喜欢欢入内。不提。

子敬、云从又陪着张老四看好了房子，择好住所，遣退从人。云从早忍不住泪如泉涌，重又上前跪下，打慈云寺遇险逃出，多蒙玉珍搭救，二次遇见醉道人点化作伐，赠剑脱险之事，详说一遍。子敬虽有涵养，也不禁舐犊情深，心如刀割，泪流不止。当下重又谢了张老四几句。因为同行诸人俱都废命，各有从人留在重庆，异日难免不发生极大纠葛，觉得明说与隐瞒，两俱不妥。商量了一阵，还是暂时隐瞒为是，大家想好了同一的言词。下人早将酒饭备好，静候主人吩咐。子敬知道天已不早，别人都用了饭。云从本应亲往各房叔伯处叩见，因人数太多，云从又是历遭颠沛之余,好在大家友爱,视云从如亲生,可以不拘礼节,索性吃完了饭,再命人去请来团聚。计议已定,云从母亲命小三儿来说,酒饭已摆在内堂,请老爷、少爷陪着张亲家老爷入内用饭。子敬闻言,略一沉思,便邀张老四入内。云从跟随在后,一眼看见自己母亲两眼哭得又红又肿,知道玉珍已然禀明了实情,不禁伤心到了极点,早越步上前,母子二人又是一场抱头大哭。张氏父女再三劝慰才罢。

虽然大家都是想起前情,十分痛心,只是事已过去,云从依旧无恙回来,还得了一个美貌侠女为妻,悲后生喜,俱都破涕为笑。云从、玉珍是共过患难夫妻,子敬夫妻又是洒脱的人,不拘束什么形迹,边谈边吃。玉珍更是应对从容,有问必答。这一顿酒饭,倒是吃得十分欢畅。等到吃完,业已将近午夜。子敬才想起只顾大家谈笑,还忘了给各位弟兄送一喜信。若是这时去请,大家就是睡了,也许得信赶来,漫说人数太多,云从长途劳乏,不胜应对之繁。并且这般夜深,惊动老辈,也于理不合。决定还是明朝着云从亲自登门禀安为是。主意想定,便和云从母亲说了。云从母亲闻言,不由"哎呀"一声道:"我们只顾说话,竟会忘了此事。别位兄嫂不要紧,惟独她有个小性儿,平时就爱说些闲话,近来又有了喜,越发气大,岂不招她见怪?"子敬道:"二嫂虽然糊涂,二哥倒还明白。我弟兄九人,都读书明理。今已天晚,其势又不能命云儿单去她家一处。明日对大家说了详情,纵然二嫂见怪,二哥也未必如此,随他去吧。"夫妇二人便将此事搁过不提。

子敬又和张老四联坐密谈,商量云从夫妻合卺之事,直到三更过去,才行就寝。云从的母亲又拨了两名丫头服侍玉珍,当晚就叫玉珍和自己同睡,叫子敬父子到外面书房去睡。父子婆媳,难免在床上还有许多话说。

第二日早起,云从起身,正准备去拜见各房尊长,洗漱刚完,便见仆人入报,各位老爷太太驾到。子敬夫妻也得着信,父子夫妻四人慌忙迎了出去,众弟兄妯娌已满脸堆欢走了进来。子敬见来的是大、三、五、六等八位兄嫂,二、四、八、九等四房夫妻还未来到。一面命云从上前叩见,便要着人分头送信。子敬的大哥子修笑道:"老七,你不要张罗,我们先并不知云儿回来,还是昨晚二更左右,你二哥着人挨家问询,说有人见云儿回来,老七可曾着人送信不曾?我猜定是云儿回来太晚,你怕他一人走不过来，所以没叫云儿过去。我想云儿长途劳乏，此次不考而归，必有缘故，若叫他一家一家去问安回禀，未免太劳。所以我得了信息，忙着叫人分头说与大家，吩咐今日一早，到你这边吃饭团聚，又热闹，又省云儿慌张，话反听不完全。我来时顺路喊了三弟、五弟、六弟，又叫人去催老二他们，想必一会儿就到了。"子修是个长兄，人极正直，最为弟兄们敬服，平素钟爱云从，不啻亲生。云从听完了这一番话，忙上前谢过大爷的疼爱。刚刚起立，子敬的二哥子华、四哥子范、八弟子执、九弟子中等也陆续来到，只子华是单身一人，余者俱是夫妇同来。大家见礼已毕，子敬夫妇问二嫂何不同来？子华脸上一红，说道："你二嫂昨晚动了胎气，今日有点不舒服，所以未来。"云从母亲闻言，朝子敬看了一眼，说道："少时快叫云儿看看他二娘是怎么了。"又问子华："可请医生看了没有？"子华只是含糊其词答应。云从原是一子承祧九房香火，诸尊长俱都来到，忙着问安禀话，当时并未上子华家中去。全家团聚，自是十分欢乐。由云从照昨晚商就词句，当着诸尊长面前禀过。末后才由云从母亲陪了诸妯娌入内，引了玉珍上前拜见。外面也引见了这位新亲家张四老爷。男女做两起饮宴。

席后，云从要往子华家中探病，又被子华再三拦住，说："云从初回，你二娘又没有什么大病，改日再去不晚。"云从连请几次，俱被子华拦住。一阵谈说，不觉天晚。接连又是夜宴，席间大家商定，准在最近期中，择吉与云从夫妻合卺。直到夜深，才分别回去。

第二日一早，云从便到子华家中探病，只见着子华一人，子华妻子崔氏并未见着。临出门时，看见外面厢房门口站定一人，生得猿背蜂腰，面如敷粉，两目神光闪烁不定，并不是子华家人。见云从出来，便闪进房内去了。云从当时也未做理会，顺路又往各位伯叔家禀安。这些伯叔们都是老年无子，除子华外，云从每到一家，便要留住盘桓些时，直到夜深，才回家。云从知道诸位伯母中，只二娘崔氏是续弦新娶，出身不高，与妯娌不和，恐父母不快，回去并未提起不见之事。末后又连去了两次，也未见着。赶到云从喜期，崔氏正在分娩期近，更不能来。这时老家人王福，业已着人唤回。云从自经大难，早已灰心世事。因是师命，玉珍又有救命之恩，所以才遵命完姻。夫妻二人虽是感情深厚，闺房之内却是淡薄。每日也不再读书，不是从着乃岳学习武艺，便是与玉珍两人按照醉道人传的剑诀练习。云从的父母伯叔鉴于前次出门之险,他既无意功名,一切也自由他。

过了不到一月,崔氏居然生下一子。这一来,周氏门中又添了一条新芽,不但大家欢喜,尤其云从更为遂心。子华大张筵宴,做了三朝,又做满月。亲友得信来贺者,比较云从完婚,还要来得热闹。玉珍完婚三日,曾随云从往各房拜见尊长,只崔氏临月,推托百天之内忌见生人,连子华也不让入内,只许两个贴身丫鬟同一个乳母进去。玉珍先未在意,及至满月这天,诸妯娌仍未能与崔氏相见。到了晚间回家,临行之时,玉珍刚要上轿,一眼瞥见云从前日所见的那个猿背蜂腰的少年,不禁心中一动。回家问云从,云从说道:"白天入席之前,也曾见那人一面,大家都以为是不常见面的亲友,均未在意。自己却因回家时曾见那人住在二伯家内,觉着稀奇。席散时节,趁二伯一人送客回转,便迎上前去,想问问那人是何亲友,为何不与大家引见。说未两句,便见二伯脸涨通红,欲言又止。猛一回头,看见那人正站离身旁不远,用目斜视,望着自己,脸上神气不大好看。同时二伯也搭讪着走去,没顾得问。"玉珍闻言,忙着云从去请她父亲进来,将前事说了。张老四闻言,大惊道:"照女儿所说,那人正是慈云寺的党羽。府上书香官宦人家,怎会招惹上这种歹人?"云从闻言,也吓了一大跳,忙问究竟。张老四道:"我当初隐居成都,先还以为智通是个有戒行的高僧。直到两年以后,才看出他等无法无天,便想避开他们。一则多年洗手,积蓄无多,安土重迁,着实不易。且喜暂时两无侵犯,也就迁延下去。有一天,我同女儿去武当山打猎回来,遇见一伙强人,在近黄昏时往庙内走进,正有此人在内。彼此对面走过,独他很注视我父女。第二日智通便着人来探我口气,邀我入伙。来人一见面,就是开门见山的话,将行藏道破,使我无法抵赖。经我再三谢绝,说我年老气衰,武艺生疏,此时只求自食其力,绝无他志。我指天誓日,决不坏他庙中之事,走漏丝毫风声,才将来人打发走去。后来我越想越觉奇怪。我青年时,虽然名满江湖,但是只凭武艺取胜,并非剑侠一流。智通本人不是说门下党羽多精通剑术之人,要我何用?若说怕我知道隐秘,不但似我这种饱受忧患、有了阅历之人,决不敢冒险去轻捋虎须;即使为防备万一,杀人灭口,也不费吹灰之力。只猜不透他们用意。我彼时虽未入伙,却同那知客僧了一谈得很投机，时常往来，慢慢打听出他们用意，才知是那人泄的机密。那人名叫碧眼香狒闵小棠，是智通的养子。我和他师父南川大盗游威，曾有几面之识。我初见他时，才只十四五岁，所以没认出来。他却深知我的底细，并非要我入伙相助，乃是他在庙门看见珍儿，起了不良之心，去与智通说了，打算做了同伙，再行由智通主持说媒。被我拒绝，虽不甘服，当时因他还有事出门，智通又因善名在外，不肯在成都附近生事，料我不敢妨他的事，闵贼已走，也就放过一边。我知道了实情，深忧那里万难久居，骤然就走，又难保全，只得隐忍，到时再说。一面暗中积蓄银两，打点弃家避开；又向菜园借了些钱，在附近买了十来亩地，竭力经营，故作长久之计，以免他们疑心。不久便随你逃到此地。起初只知闵贼出门作案，不想冤家路窄，下手之处，却在你家。这厮生就一双怪眼，认人最真。只要是他，早晚必有祸变。他当初师父就很了得，如再从智通学了剑术，连我父女也非敌手。为今之计，只有装作不理会，一面暗中禀明令尊，请他觑便问令伯，这厮怎生得与府上亲近，便可知他来历用意。我再暗中前往，认他一认。如果是他，说不得还要去请像令师这一流的人物来，才能发付呢。"

第一〇四回

张老四三更探盗窟
周云从千里走荒山

云从恐父母听了着急,还不敢实话实说,只说见那人面生可疑,想知道他的来历,和二伯有何瓜葛。子敬闻言,叹了口气道:"这事实在难说。当你中举那年,不知怎的一句话,你二伯多了我的心,正赶你二伯母去世,心中无聊,到长沙去看朋友,回来便带回了一个姓谢的女子。我们书香门第,娶亲竟会不知女家来历,岂非笑话?所以当时说是讨的二房。过了半年多,才行扶正。由此你二伯家中,便常有生人来往。家人只知是你二伯的内亲。我因你二伯对我存有芥蒂,自不便问。你大伯他们问过几次,你二伯只含糊答应,推说你二伯母出身小户人家,因她德行好,有了身孕,才扶的正。那些新亲不善应酬,恐错了礼节,不便与众弟兄引见。你诸位伯叔因你二伯也是五十开外的人了,宠爱少妻,人之恒情。每次问他,神气很窘,必有难言之隐。老年弟兄不便使他为难,伤了情感。至多你二伯母出身卑下,妻以夫贵,入门为正,也就不闻不问。及至你这次出门,你二伯母将她家中用了多年的女仆遣去,那女仆本是我们一个远房本家寡妇,十分孤苦,无所依归,我便将她留了下来。被你二伯母知道,特地赶上门来不依,说那女仆如何不好,不准收留,当时差点吵闹起来。你母亲顾全体面,只得给那女仆一些银子,着她买几亩田度日,打发去了。据那女仆说,你这二伯母初进门时,曾带来两个丫头,随身只有一口箱子,分量很重。有一天,无意中发现那箱子中竟有许多小弓小箭和一些兵器。不久她连前房用的旧人,一起遣去,内宅只留下那两个丫头。二伯问她,她只说想节俭度日,用不着许多人伺候。她娘家虽有人来,倒不和她时常见面。除此便是性情乖谬,看不起人,与妯娌们不投缘罢了。"

云从闻言，便去告知张老四。张老四沉思了一会儿，嘱咐玉珍："云从虽然早晚用功，颇有进境，但是日子太浅，和人动手，简直还谈不到。醉仙师赐的那口宝剑，不但吹毛断钢，要会使用，连普通飞剑全能抵御，务须随时留心，早晚将护才好。"到了第二日晚间，张老四特意扮作夜行人，戴了面具，亲身往子华家中探看。去时正交午夜，只上房还有灯光。张老四暗想："产妇现已满月；无须彻夜服侍。这般深夜，如何还未熄灯？"大敌当前，不敢疏忽，使出当年轻身绝技，一连几纵，到了上房屋顶。耳听室内有人笑语。用一个风飘落叶身法，轻轻纵落下去。从窗缝中往室内一看，只有子华的妻子崔氏一人坐在床上，打扮得十分妖艳。床前摆有一个半桌，摆着两副杯筷，酒肴还有热气。张老四心中一动，暗喊不好，正要撤步回身，猛听脑后一阵金刃劈风的声音。张老四久经大敌，知道行踪被人察觉，不敢迎敌，将头一低，脚底下一垫劲，凤凰展翅，横纵出去三五丈远近。接着更不怠慢，黄鹄冲天，脚一点，便纵出墙外。耳听嗖嗖两声，知是敌人放的暗器，不敢再为逗留，急忙施展陆地飞腾功夫，往前逃去。

且喜后面的人只是一味穷追，并不声张。张老四恐怕引鬼入宅，知道自己来历，贻祸云从，只往僻静之处逃去。起初因为敌人脚程太快，连回头缓气的工夫都没有。及至穿过一条岔道，跑到城根纵上城去，觉得后面没有声息。回头一看，城根附近一片草坪上，有两条黑影，正打得不可开交。定睛一看，不由叫声惭愧，那两人当中，竟有一个和自己同一打扮，一样也戴着面具，穿着夜行衣服。那一个虽纵跃如飞，看不清面目身材，竟和前年所见的那个碧眼香狒闵小棠相似，使的刀法，也正是他师父游威的独门家数。本想上前去助那穿夜行衣服的人一臂之力，后来一想不妥，自己原恐连累女婿，才不敢往家中逃去。难得凑巧，有这样好的替身，他胜了不必说，省去自己一分心思；败了，敌人认出那人面目，也决不知自己想和他为难。权衡轻重，英雄肝胆，到底敌不了儿女心肠。正待择路行走，忽见适才来路上，飞也似的跑来一条黑影，加入闵小棠一边，双战黑衣人。这一来，张老四不好意思再走，好生为难。终觉不便露面，想由城墙上绕下去，暗中相助。

刚刚行近草坪，未及上前，便听那黑衣人喝道："无知狗男女！你也不打听打听俺夜游太岁齐登是怕人的么？"一言未了，闵小棠早跳出了圈子去，高喊双方住手，是自己人。那夜行人又喝问道："俺已道了名姓，我却不认得你二人是谁。休想和刚才一般，用暗器伤人，不是好汉。"闵小棠道："愚下闵小棠，和贵友小方朔神偷吴霄、威镇乾坤一枝花王玉儿，俱是八拜之交。这位女英雄也非外人，乃是王玉兄的令妹、白娘子王珊珊。若非齐兄道出大名，险些伤了江湖义气。我和珊妹因近年流浪江湖，委实乏了。现在峨眉、昆仑这一班假仁假义的妖僧妖道，又专一和江湖中人为难，连小弟养父智通大师，都没奈何他们。公然作案，他们必来惹厌。恰好珊妹在长沙遇见一个老不死心的户头，着实有很大的家财，便随了户头回来。本想当时下手，又偏巧珊妹怀了身孕。那户头是个富绅，九房只有一个儿子，还不是他本人亲生。前月珊妹分娩，生了个男孩，乐得给他来个文做，缓个三二年下手。一则可避风头，二则借那户头是个世家大户，遇事可以来此隐匿。不料近日又起变化，遇见一个与我们作对的熟人，只不知被他看出没有，主意还未拿定，须要看些时再说。好在那厮虽是父女两人，却非我等敌手。如果发动得快，一样可以做一桩好买卖。到底田地房产还是别人的，扛它不动。不如文做，趁着他们九房人聚会之时，暗中点他的死穴，不消两年，便都了账，可以不动声色，整个独吞。今晚看齐兄行径，想是短些零花钱，珊妹颇有资财，齐兄用多少，只说一句话便了。"

齐登人极沉着，等闵小棠一口气将话说完，才行答道："原来是闵兄和王玉兄的令妹，小弟闻名已久，果然话不虚传。适才不知，多有得罪。恭喜二位做得这样好买卖。峨眉派非常猖獗，小弟纵横江湖，从来独来独往，未曾遇见对手，近来也颇吃两个小辈的亏苦，心中气忿不过。现在有人引进到华山去，投在烈火祖师门下，学习剑术，寻找他们报仇。路上误遭瘴毒，病了两月。行到此地，盘川用尽。此去倒并不须多钱，只够路上用费足矣。"闵小棠与王珊珊同声说道："此乃小事一端。本当邀齐兄到家一叙，因耳目不便，我等出来时已不少，恐人觉察，请齐兄原谅。待我等回去，将川资送来如何？"齐登道："我们俱是义气之交，又非外人，无须拘礼，二位只管回去。川资就请闵兄交来，小弟愧领就是。"说罢，闵、王二人便向齐登道歉走去。一会儿，闵小棠单身送来了一个包裹，交与齐登，大概送的金银不少。齐登谦谢，便行收下。闵小棠又要亲送一程，齐登执意不肯，才行分别走去。

齐登原是在安顺铜仁一带作案，路遇诸葛警我从关索岭采药回山，吃了大亏，幸得见机，没有废命。齐登立誓此仇不报，决不再做偷盗之事。谁知路上生了一场大病，行至贵阳，待要往前再走，钱已所余无几，重为冯妇，又背誓言。心中烦闷，进城寻了一家酒铺，买了些酒肉，独个儿往黔灵山麓无人之处，痛饮吃饱。想了想，这般长路，无银钱还是不行。借着酒兴，换了夜行衣，恐万一遇见熟人，异日传成笑柄，便将面具也戴上，趁着月黑天阴，越城而入。一看前面是一片草坪，尽头处有一条很弯曲的小巷，正要前进，因为饮酒过量，贵州的黄曲后劲甚烈，起初不甚觉得，被那冷风一吹，酒涌上来，两眼迷糊，觉着要吐，打算呕吐完了，再去寻那大户人家下手。刚刚吐完，猛觉身后一阵微风，恍惚见一条黑影一闪。未及定睛注视，巷内蹿出一人，举刀就砍。这时齐登心中已渐明白，见来人刺法甚快，不及凑手，先将身往前一纵，再拔出刀来迎敌。两人便在草坪上争斗起来。闵小棠本从智通学会一点剑术，虽不能飞行自如，也甚了得。因为昨日遇见熟人，晚间便来了刺客。张氏父女和周家关系，早从子华口中探明，便疑心来人定与张氏父女有关。所以紧追不舍，仗着脚程如飞，想追上生擒，辨认面目，问明来因，再行处死。偏巧一出小巷，便见敌人停了脚步。先后两人，俱是一般身材打扮，所以他并不知道这人并非先前奸细。及至打了半天，各道名姓，竟是闻名已久的好友。彼此忙中有错，忘了提起因何追赶动手之事，自己还以为无心结纳了一个好同党。万不料适才刺客，已经隐秘而去。

张老四等他二人走后，才敢出面。暗想："幸亏自己存了一点私见，如果冒昧上前，一人独敌三个能手，准死无疑。如今详情已悉，自己越装作不知，敌人下手越慢。"因为出来已久，恐女儿担心，耳听柝声，已交四鼓，便绕道回来。果然下珍已将父亲夜探敌人之事对云从说知，正准备跟踪前往接应。一见张老四回来，夫妻二人才放了心，忙问如何。张老四连称好险，把当时的事和自己主意，对云从夫妻说了。命云从暂时装作不知，最好借一个题目，少往诸伯叔家去。又说："听敌人口气，对我们尚在疑似之间，此时我就出门，容易招疑。你可暗禀令尊，说我在江湖仇人太多，怕连累府上，可从明日起，逐渐装作你父母夫妻对我不好，故意找错冷淡我。过个一月半月，装作与你们争吵，责骂珍儿女生外向，负气出走。对方自昨晚闹了刺客,必然每晚留心,说不定还要来此窥探。不到真正侵犯,千万不可迎敌。他见我等既不去探他动静,又不防备,定以为珍儿没有认清。最近期内,他要避峨眉派追寻,必不下手。我却径往成都去寻令师,寻不见便寻邱四叔,转约能人,来此除他,最妙不过。"大家商议已定,分别就寝。

闵小棠、王珊珊两个淫恶等了三天,不见动静,竟把刺客着落在齐登身上。但还不甚放心,第四日夜间,到云从家中探了一次,见全家通没做理会,便自放心走去。子敬并不知个中真相,一则因张老四是全家恩人,加上相处这些日来,看出张老四虽是江湖上人,其言行举止,却一点都不粗鄙,两人谈得非常投机。故由亲家又变成了莫逆至好,哪里肯放他走。说是纵有仇家,你只要不常出门,也是一样隐避,何必远走,再三不肯。经张老四父女和云从再三陈说利害,云从母亲只此一子,毕竟胆小怕事,才依了他们。子敬终是怕人笑话忘恩负义,作不了假。结果先是过了半月,由张老四借故挑眼,和玉珍先争吵了两句。云从偏向妻子,也和乃岳顶嘴。双方都装出赌气神态,接连闹了好几回假意气。周家虽是分炊,等于聚族而居,弟兄们又常有聚会,家中下人又多,渐渐传扬出去。各房都知他翁婿不和,前来劝解。张老四更是人来疯,逢人说女生外向,珍儿如何不对,闹得一个好女婿,都不孝敬他了。自己虽然年迈,凭这把力气,出门去挑葱卖菜,好歹也挣一个温饱,谁稀罕他家这碗怄气饭吃,有时更是使酒骂座,说些无情理的话。

闹不多日,连这一班帮他压服云从夫妇的各房伯叔都说是当老辈的太过,并非小辈的错。内中更有一两个稍持门第之见的,认为自己这等世家,竟与种菜园子的结了亲,还不是因为救了云从一场。如今他有福不会享,却成天和女儿女婿吵闹,想是他命中只合种菜吃苦,没福享受这等丰衣足食。先还对他敷衍,后来人都觉他讨厌,谁爱理他。张老四依旧不知趣似的,照样脾气发得更凶。子敬知道一半用意,几次要劝他不如此,都被云从拦住。张老四终于负气,携了来时一担行李,将周家所赠全行留下,声称女儿不孝,看破世情,要去落发出家。闹到这步田地,子敬不必说,就连平日不满意张老四的人,也觉传出去是个笑话,各房兄弟齐来劝解,张老四暂时被众人拦住,只冷笑两声,不发一言,也不说走。等到众人晚饭后散去，第二日一早，张老四竟是携了昨日行囊，不辞而别。玉珍这才哭着要云从派人往各处庙宇寻找，直闹了好几天才罢。

这一番假闹气，做得很像，果然将敌人瞒过。云从夫妇照醉道人所传口诀，日夜用功。云从虽是出身膏粱富厚之家，娇生惯养，但却天生异禀，一点便透。自经大难，感觉人生脆弱，志向非常坚定。闺中有高明人指点，又得峨眉真传，连前带后，不过三数月光景，已是练得肌肉结实，骨体坚凝。别的武艺虽还不会，轻身功夫已有了根底。一柄霜镡剑，更是用峨眉初步剑法，练得非常纯熟。就连玉珍，也进步不少。夫妻二人每日除了练剑之外，眼巴巴盼着张老四到成都去，将醉道人请来，除去祸害，还可学习飞剑。谁知一去月余，毫无音信。倒是玉珍自从洞房花烛那天，便有了身孕，渐渐觉着身子不快，时常呕吐，经医生看出喜脉，全家自是欢喜。玉珍受妊，子敬夫妻恐动了胎气，不准习武。只云从一人，早晚用功。云从因听下人传说，二老爷那里现时常有不三不四的生人来往；张老四久无音信，也不知寻着醉道人没有，好生着急烦恼。

有一天晚上，夫妻二人正在房中夜话，忽然一阵微风过处，一团红影穿窗而入。云从大吃一惊，正待拔出剑来，玉珍已看清来人，忙喊休要妄动，是自己人。云从一看，来人是个女子，年约三十多岁，容体健硕，穿着一身红衣。手里拿着一个面具，腰悬两柄短剑，背上斜插着一个革囊，微露出许多三棱钢尖，大约是暗器之类。举动轻捷，顾盼威猛。玉珍给来人引见道："这位是我姑姑，江湖上有名的老处女无情火张三姑姑。"说罢，便叫云从一同上前叩见。张三姑道："侄婿、侄女不要多礼，快快起来说话。"

三人落座之后，玉珍道："八年不见，闻得姑姑已拜了一位女剑仙为师，怎生知道侄女嫁人在此？"三姑道："说起来话长，我且不坐呢。侄婿是官宦人家，我今晚行径，不成体统。且说完了要紧话，我先走去，明日再雇轿登门探亲，以免启人惊疑。"玉珍心中一动，忙问有何要事。三姑道："侄女休要惊慌。我八年前在武当山附近和你父女分手后，仍还无法无天，做那单人营生。一天行在湘江口岸，要劫一个告老官员，遇见衡山金姥姥，将我制服。因见我虽然横行无忌，人却正直，经我一阵哀恳，便收归门下。同门原有两位师姊。后来师父又收了一个姓崔的师妹，人极聪明，资质也好,只是爱闹个小巧捉弄人。我不该犯了脾气,用重手法将她点伤。师父怪我以大欺小,将我逐出门墙,要在五年之内,立下八百外功,没有过错,才准回去。只得重又流荡江湖,管人闲事。因为我虽在剑仙门下,师父嫌我性情不好,剑法未传,不能身剑合一。如今各派互成仇敌,门人众多,不比昔日。所以和江湖上人交手,十分留心。

"上月在贵州入川边界上,荒野之中,遇见你父亲,中了别人毒箭,倒卧在地,堪堪待死。是我将他背到早年一个老朋友家中,用药救了,有一月光景,才将命保住。他对我说起此间之事,我一听就说他办得不对。侄婿是富贵人家,娇生惯养。醉师叔是峨眉有名剑仙,既肯自动收侄婿为徒,他必看出将来有很好造就,岂是中道夭折之人?遇见家中发生这种事,就应该自己亲身前往成都,拜求师尊到来除害才是,岂可畏惧艰险?你父亲早年仇人甚多,却叫他去跋涉长路。侄婿虽然本领不济,按着普通人由官道舟车上路,并不妨事。反是你父亲却到处都是危险。就算寻到醉师叔,也必定怪侄婿畏难苟安,缺少诚敬,不肯前来。怎么这种过节都看不到?你父亲再三分辩,说侄婿父母九房,只此一子,决不容许单身上路,又恐敌人伺机下手,一套强词敷衍。我也懒得管理。因多年未见侄女,又配的是书香之后,峨眉名剑仙的门下,极欲前来探望。又因你父亲再三恳托,请我无论如何都得帮忙,最好先去成都寻见醉师叔,婉陈详情,请他前来。又说醉师叔如何钟爱侄婿,决不至于见怪等语。我看他可怜,因他还受了掌伤,须得将养半年,才免残废。我将他托付了我的好友,便往成都碧筠庵去,见着醉师叔门下松、鹤二道童,才知慈云寺已破,醉师叔云游在外。那里原来是别院,说不定何时回来,回来便要带了松、鹤二童同往峨眉。我将来意说了。一想慈云寺瓦解,这里只有闵小棠、王珊珊两淫贼,估量我能力还能发付。等了两三天,又去问过几次,果不出我之所料。这后一次,醉师叔竟然回来又走去。听松、鹤二道童说,醉师叔听了这里的事,只笑了笑道:'你周师弟毕竟是富贵人家子弟,连门都懒得出,还学什么道?你传话给张三姑,叫她回去,说你师弟虽然今生尚有凶险,只是若做富贵中人,寿数却大着呢。凡事有数,穷极则通,久而自了。'松、鹤二童关心同门,把详情对我说了。

"我一闻此言,只路遇熟人,给你父亲带了个口信,便赶到此地。日里住在黔灵山水帘洞内,夜里连去你二伯父家探了数次。本想能下手时,便给你家除去大害,再来看望夫妇。谁知到了那里一看,闵、王两淫恶还可对付,因为慈云寺一破,一些奉派在外的余党连明带暗,竟有十三四个能手在这里。你二伯父迷恋王珊珊,任凭摆布,做人傀儡,对外还替他们隐瞒,只说是他妻子娘家乡下来了两三个亲戚,其实连他自己也不知来了多少人。如今闹得以前下人全都打发,用的不是闵贼同党,便是手下伙计。所幸他们至今还不知侄婿这面有了觉察,因避峨眉耳目,准备先将家中现有金银运往云南大竹子山一个强盗的山寨中存放,然后再借着你二伯家隐身,分赴外县偷盗。末了再借公宴为由,用慢功暗算你全家死穴,你全家主要数十人,便于人不知鬼不觉中,陆续无疾而终。最后才除去你的二伯,王珊珊母子当然承袭你家这过百万的家业,逐渐变卖现钱,再同往大竹子山去盘踞。你道狠也不狠?我见众寡不敌,只得避去。想了想,非由侄婿亲去将醉师叔请来,余人不是对手。他们虽说预备缓做,但是事有变化,不可不防。我一人要顾全你全家,当然不成。若单顾你父母妻子,尚可勉为其难。意欲由侄婿亲去,我明日便登门探亲,搬到你家居住,以便照护。至于侄婿上路,只要不铺张,异派剑仙虽然为恶,无故决不愿伤一无能之人。普通盗贼,我自能打发。天已不早,我去了。明早再来,助侄婿起程。"

说罢,将脚一顿,依旧一条红影,穿窗而去。云从夫妇慌忙拜送,已经不知去向。因听张老四中途受伤,夫妻二人越加焦急,玉珍尤其伤心。因为三姑性情古怪,话不说完,不许人问,等到说完,已经走去,不曾问得详细,好不悬念。知道事在紧急,云从不去不行,又不敢将详情告知父母,商量了一夜。第二日天一亮,便叫进心腹书童小二儿,吩咐他如有女客前来探望少太太,不必详问,可直接请了进来。一面着玉珍暗中收拾一间卧室。自己还不放心,请完父母早安,便去门口迎候。不多一会儿,老处女无情火张三姑扮成一个中等人家妇女,携了许多礼物,坐轿来到。云从慌忙迎接进去,禀知父母。那轿夫早经开发嘱咐,到了地头,自去不提。子敬夫妻钟爱儿媳,听说到了远亲,非常看重,由云从母亲和玉珍婆媳二人招待。云从请罢了安,硬着头皮,背人和子敬商量,说是在慈云寺遭难时许下心愿,如能逃活命,必往峨眉山进香。回来侍奉父母,不敢远离,没有提起。连日得梦，神佛见怪，如再不去，必有灾祸。子敬虽是儒生，夫妻都虔诚信佛。无巧不巧，因为日间筹思云从朝山之事，用心太过，晚间便做了一个怪梦。醒来对妻子说了，商量商量，神佛示兆，必能保佑云从路上平安，还是准他前去。

云从闻知父母答应，便说自家担个富名，这次出门，不宜铺张，最好孤身上路，既表诚心，又免路上匪人觊觎。子敬夫妻自是不肯。云从又说自己练习剑术，据媳妇说，十来个通常人已到不了跟前。这些家人，不会武艺，要他随去何用？当时禀明父母，悄悄唤了七八个家丁，在后院中各持木棍，和云从交手。子敬夫妻见云从拿着一根木棍当剑，纵跃如飞，将众家人一一打倒，自是欢喜。云从又各赏了一些银子，吩咐对外不许张扬出去，说主人会武。子敬夫妻终嫌路上无人扶持，云从力说无须，只带了小三儿一人。又重重托了张三姑照看父母妻子，然后拜别父母起身，循着贵蜀驿道上路。因为想历练江湖，走到傍晚入店，便打发了轿子，步行前进。

走了有四五天，俱不曾有事。最后一日，行至川滇桂交界，走迷了路，误入万山丛里。想往回走，应往西北，又误入东南，越走越错。眼看落日衔山，四围乱山杂沓，到处都是丛林密莽，蔽日参天，薄暮时分，猿啼虎啸，怪声时起。休说小三儿胆战心惊，云从虽然学了一些武艺，这种地恶山险的局面，也是从未见过，也未免有些胆怯。主仆二人一个拔剑在手，一个削了一根树枝，拿着壮胆，在乱山丛里，像冻蝇钻窗般乱撞，走不出去。头上天色，却越发黑了起来。又是月初头上，没有月色，四外阴森森的，风吹草动，也自心惊。又走了一会儿，云从还不怎么，小三儿已坐倒在地，直喊周身疼痛，没法再走。幸得路上小三儿贪着一个打尖之处，腊肉比别处好吃，买了有一大块，又买了许多锅盔（川贵间一种面食），当晚吃食，还不致发生问题。云从觉着腹饿，便拿出来，与小三儿分吃。小三儿直喊口渴心烦，不能下咽，想喝一点山泉，自己行走不动，又不便请主人去寻找，痛苦万分。云从摸他头上发热，周身也是滚烫，知已劳累成病，好不焦急。自己又因吃些干咸之物，十分口渴。便和小三儿商量，要去寻水来喝。小三儿道："小人也是口渴得要死，一则不敢劳动少老爷，二则又不放心一人前去，同去又走不动，正为难呢。"云从道："说起来都是太老爷给我添你这一个累赘。我这几个月练武学剑,着实不似从先。起初还不觉得,这几日一上路,才觉出要没有你,我每日要多走不少的路。走这半天,我并不累。今天凭我脚程,就往错路走,也不怕出不了山去。你如是不害怕,你只在这里不要乱走,我自到前面去寻溪涧,与你解渴。"这时小三儿已烧得口中发火,支持不住,也不暇再计别的,把头点了一点。

云从一手提剑,由包裹中取了取水的瓶儿,又嘱咐了小三儿两句,借着熹微星光,试探着朝前走去。且喜走出去没有多远,便听泉声聒耳。转过一个崖角,见前面峭壁上挂下一条白光。行离峭壁还有丈许,便觉雨丝微蒙,直扑脸上,凉气逼人,知是一条小瀑。正恐近前接水,会弄湿衣履,猛看脚下不远,光彩闪动,潺濛之声,响成一片。定睛一看,细瀑降落之处,正是一个小潭。幸得适才不曾冒昧前进,这黑暗中,如不留神,岂不跌入潭里?水泉既得,好不欣喜,便将剑尖拄地,沿着剑上照出来的亮光,辨路下潭。自己先喝了几口,果然入口甘凉震齿。灌满一瓶,忙即回身,照着来路转去。这条路尚不甚难走,转过崖角,便是平路,适才走过,更为放心大胆。如飞跑到原处一看,行囊都在,小三儿却不知去向。云从先恐他口渴太甚,又往别处寻水,他身体困乏,莫非倒在哪里?接连喊了两声,不见答应,心中大惊。只得放下水瓶,边走边喊,把四外附近找了个遍,依然不见踪影。天又要变,黑得怕人,连星光通没一点。一会儿又刮起风来,树声如同潮涌,大有山雨欲来之势。云从恐怕包裹被风吹去,取来背在身上,在黑暗狂风中,高一脚低一脚地乱喊乱走。风力甚劲,迎着风,张口便透不过气来。背风喊时,又被风声扰乱。且喜那柄霜镡剑,天色越暗,剑上光芒也越加明亮。云从喊了一阵,知是徒劳,只得凭借剑上二三尺来长一条光华,在风中挣扎寻找。不知怎的来,又把路径迷失,越走越不对。

因在春天,西南天气暖和,云从虽只一个不大的随身包裹,但是里面有二三百两散碎银子,外加主仆二人一个装被褥和杂件的大行囊,也着实有些分量。似这般险峻山路,走了一夜,就算云从学了剑诀,神力大增,在这忧急惊恐的当儿,带着这些累赘的东西,一夜不曾休息,末后走到一个避风之所,已劳累得四肢疲软,不能再走。暗想:"黄昏时分,曾听许多怪声,又刮那样大风,小三儿有病之身,就不被怪物猛兽拖去,也必坠落山涧,身为异物。"只是不知一个实际,还不死心,准备挨到天明,再去寻他踪迹。此时迷了路径,剑光所指,数尺以外,不能辨物,且歇息歇息,再作计较。便放下行囊,坐在上面,又累又急,环境又那么可怕,哪敢丝毫合眼。只一手执紧霜镡剑柄,随时留神,观察动静。山深夜黑,风狂路险,黑影中时时觉有怪物扑来。似这样草木皆兵的,把一个奇险的后半夜度去。

　　渐渐东方微明,有鱼肚色现出,风势也略小了些,才觉得身上奇冷。用手一摸,业已被云雾之气浸湿,冷得直打寒噤。云从先不顾别的,起立定睛辨认四外景物。这一看,差一点吓得亡魂皆冒。原来他立身之处,是块丈许方圆的平石,孤伸出万丈深潭之上,上倚危崖,下临绝壑。一面是峭壁,那三面都是如朵云凌空,不着边际。只右方有一尖角,宽才尺许,近尖处与右崖相隔甚近。两面中断处,也有不到二尺空际,似续若断。因有峭壁拦住风势,所以那里无风。除这尺许突尖外,与环峰相隔最近的也有丈许,远的数十百丈之遥。往下一看,潭上白云瀚莽,被风一吹,如同波涛起伏,看不见底,只听泉声奔腾澎湃。云从立脚之处最高,见低处峰峦仅露出一些峰尖,如同许多岛屿,在云海中出没。有时风势略大,便觉这块大石摇摇欲坠,似欲离峰飞去,不由目眩心摇,神昏胆战。哪敢久停,忙着携了行囊包裹,走近石的左侧。一夜忧劳,初经绝险,平时在家习武,一纵便是两三丈的本领,竟会被这不到两尺宽,跬步可即的鸿沟吓住,一丝也不敢大意。离对崖边还有两三尺,便即止步,将剑还匣,先将行囊用力抛了过去,然后又将小包裹丢过,这才试探着往前又走了两三步,然后纵身而过,脱离危境。

第一〇五回　举步失深渊　暮夜冥冥惊异啸
　　　　　　挥金全孝子　风尘莽莽感知音

　　云从惊魂乍定，才往崖边又看了一看。暗想："昨晚拿剑触地，一路乱走，都是实地。曾记有一空隙，剑光照见是一条尺多宽的沟，只顾随便跨了过去，恰好走的正是离对面大石极近之处。当时若非劳累已极，不能再走时，稍一多走两步，便坠入万丈深渊，怕不粉身碎骨？"想到这里，又急出了一身冷汗，觉出有点头晕，不敢再看。待去寻小三儿时，不知路径应如何走法。高喊了几声，不见答应。默想昨晚来路，以为再往前走越走越远，便回头觅路。且喜这条来路，倒甚平坦，只是路甚曲折，树木也不甚多，还是且走且喊。走来走去，忽见前面两边危崖壁立，出口路分左右，时闻一股幽香，随风袭人。站定想了想，想出该往右崖转走。这崖左半伸出路侧，右半却是凹缩进去。

　　云从刚刚往崖右转过，便见满山满崖，俱是奇花老松，红紫芳菲，苍翠欲流。对崖一片大平坡，万千株梅花，杂生于广原丰草之间。花城如雪，锦障霏香，时有鸣禽翠羽啁啾飞翔。崖上飞瀑流泉，汇成小溪，白石如英，清可见底。溪水潺潺，与泉响松涛交应，顿觉悦耳爽心，精神一振。若非关心小三儿忧危，几乎流连不忍速去。沿溪行完崖径，转入一个山坳，走到一个峭壁底下。这山谷里面，陂陀起伏，丰草没腔，山势非常险恶。有松梅之属，杂生崖隙，比起来路景物，清华幽丽，相去何止天渊。云从一路喊一路走，还不时回望梅林景致。正行之间，猛听头上面鼻息咻咻。抬头一看，离头三四尺高处磐石上面，正爬伏一个吊睛白额大虎，浑身黄绣，彩色斑斓，瞪着一双金光四射黄眼，看看云从，张开大嘴发威。云从几曾见过这个，吓得哪敢再看第二眼，拔步便跑。逃出有半箭之地，忽听那虎在后面一声狂啸，登时山鸣谷应，腥风大作，四外丰草如波浪一般，滚滚起伏。定睛一看，怕没有百十条大虎，由草丛中跑了出来。云从匆忙逃走，包裹行囊，竟会忘了卸下，跑起来十分累赘。等到想起卸下，那些大虎已分四方八面包围上来。云从心胆皆裂，眼看无路可逃，猛地灵机一动，暗想："死生有命，自己虽不比剑侠一流，据妻子玉珍说，因为师父剑诀是峨眉真传，数月工夫，通常数十人休想近前。尤其这一口霜镡剑，吹毛过铁。枉自学了本领，何不拼他一拼？"想到这里，不等那虎近前，先将宝剑舞起。那剑映着日光，分外显得青光闪闪，晶莹生辉。那些虎群本已近前，作势待扑，见了这般景象，想是知道厉害，那头一条大虎吼了两声，首先旋转身躯退去。其余众虎，也都分别蹿入丰草之中，转眼没有踪影。

云从知是师父宝剑之力，胆气为之一壮。这时才觉腹中饥饿，因为所剩食物不多，不知今日能否出山上路，又怕寻着小三儿没有吃的，忍着腹饥，背了行囊前进。满想小三儿如果未死，只需寻着昨晚瀑布之所，便可跟踪寻觅。谁知直走到午牌时分，云从心急如焚，施展轻身功夫，且跑且喊，也不知翻了多少崇山峻岭，登高四望，漫说小三儿，连那昨日黄昏分时所见的景致，都看不到。被他四路乱跑，越走越远，走到午后，周身疲乏，饥火中烧。没奈何，将昨日所剩的吃食取出一看，还剩有七个锅盔，斤许腊肉，各吃了一小半，略解肚饥。喝了一些山泉，歇息了一会儿，太阳业已衔山。知道不特小三儿寻找不着，今晚恐怕也难走出山去，不得不预为准备，只好挣扎上路。这次两俱绝望，且先寻了落脚住处再说。

走不多远，便见山崖旁有一石洞，入内一看，洞里倒甚干净，便将被褥打开铺好。进洞时已近黄昏，往附近高处观望，还作那万一之想。观望了一会儿，仍是毫无朕兆。下山时节，猛见道旁树林内一条黑影一闪。云从惊弓之鸟，连忙举剑准备。定睛看时，一只苍背金发、似猿非猿的东西，如飞从林中蹿出，疾若飘风，转眼间纵到对面峰后去了。云从因它不来侵犯，只受了点虚惊，准备回洞安歇。猛觉脚底下踏着一样软绵绵的东西，低头一看，正是小三儿穿的一件外衣，不知被什么东西撕破，上面留有血迹爪印，腥气扑鼻。适才又见那许多大虎，知他准死无疑。想起自幼相随，这次跋涉长路，辛苦服侍，何等忠心。悔不该不由官道坐轿马走，害他葬身虎口，不禁痛哭起来。读书人毕竟有些酸气，他见小三儿死去，只剩一件血衣,没有尸骨,便想用剑掘土埋了,当做坟墓。那剑何等锋锐,触石如粉,不消一会儿,便埋了血衣。云从又用剑在山石上划了"义仆小三衣冢"六个大字。一切做完,已是夕阳落山,暝色向暮,不敢再像昨日莽撞夜行,独个儿空山吊影,踽踽凉凉,回到洞中坐定。才想起这里野兽甚多,此洞焉知不是它们巢穴,少时睡着,前来侵害,如何是好,再走势又不能,而且哪里都不是安乐之地。筹算了一会儿,又往洞外去搬了许多大小石块,当洞门堆了两个石堆,摆放一前一后,特意做得不牢固,一碰便倒,以便夜中闻声惊觉。将石堆好,委实力尽精疲,再也不能动转。因为连日连夜辛劳,身一落地,便睡得如死了过去一般。

一梦非常酣适,忽觉有东西刺眼,醒来一看,早晨阳光,正斜射到脸上,洞门口石堆还是好好的。暗想:"自己昨晚竟睡得这样香法,且喜没有出事。"觉着腹中饥饿,且先不管它。略揉了揉眼睛,伸了伸懒腰,手提着剑走出洞去一看,洞门挨近处,竟伏了一地的斑斓大虎。这一惊非同小可,连忙举剑纵身时,见那些虎都不怎动弹。留神一看,满地都是血迹,心肝五脏撒了一地,那些虎个个脑裂肠流,伤处都在脑背两处。虽然死去,却都是爬伏在地,没有倒卧的,虎目圆睁,威猛如生。那虎何等凶恶,尚且死了这些,那杀虎东西,必定比虎还要厉害十倍。昨晚迭经猛虎怪兽之险,自己竟丝毫不觉,安然度过,不由越想越怕。知道这里不是善地,连东西都不顾得吃,回洞取了随身包裹,算计小三儿绝无生理,择那轻便得用之物带了,余者连行囊都不要,省得上路累赘。二次出洞,忽见洞口遗有一个提篮,篮里尽是些松榛杏子同许多不知名的山果,好似采摘未久,有的还带着绿叶。算计是贩卖果子的小贩,山行至此,为虎所伤,遗留在此。昨晚自己入洞时天色向晚,不曾发现。自己正愁食物只够一顿,心中焦急,这满满一提篮,也可敷三四日之用。左右无主之物,便用手提了,绕过那群死虎,死心塌地,专打出山主意。先以为此地既有小贩来往,必离山外不远。谁知一路攀藤附葛,缒涧穿壑,也不知受了多少辛苦颠连,行到日落,依然只见冈岭起伏,绵亘不断,不知哪里是出山捷径。想起家中之事,着急也是无法。没奈何,只得又去寻找山洞住宿。连遭惊险,长了阅历,不敢再为大意,老早就筹备起来。

寻到山洞之后,相看好了地势,先运两块大石到洞里去,将地铺打好。

再出洞去搬运石块,将洞口堆塞,只留一个尺许宽、三尺来长的孔隙,作为出入口。然后将余剩的腊肉、锅盔和那拾来的松榛山果,胡乱饱餐一顿。天将近黑,便即入洞,将两块大石叠作一起,连那仅可容人的孔隙,一并填没。因时光还早,事到如今,惟有一切听天由命,不再忧急。睡了一会儿睡不着,便起来做了阵功课,才行就卧。第二日倒没什么异处,仍旧认定一条准方向往前走,不管是什么地方,出山就有了办法。就这样在万山之中辛苦跋涉了十多日。最后一天,登高四望,才见远处好似有了村落,还隔有好几个山岭。知道自练剑诀以来,连日山行经验,目力大增,至少还得走一两天,才能走到那所在去。总算有了指望,心里稍微安慰一些。自己离家日久,决计一到有人烟地方,问明路径,便雇车船,兼程往成都进发,以便早日请了师父同回,免得父母妻子悬念。一看提篮中山果,还足敷三数日之用,不由想起自打那日拾这提篮,第二日便断了粮,这十多日山行,全仗它充饥,怎么老不见少,还是这么多?若说命不该绝,神灵默佑,怎又不见形迹?这晚因见路旁有适宜的地方,老早便歇了下来。

闲中无事,将那些山果一一数过,再行饱吃了一顿,看看明日还有那么多没有。第二日早起一看,篮中山果竟少去十分之二。走到下午,又吃了一顿,简直去了一少半。并不似往日,天天吃,天天都是那么多。好生后悔,不该数它,破了玄机,行粮再有二日,便要断绝。一路上虽然见有不少野生果树,彼时因携带不便,篮中之果又甚多,赶路心急,不曾留意摘取。末后这两日,夹道松篁,并无果树,须要早些赶出山去才好。想到这里,越发不敢怠慢,努力前行。

且喜行到第二日午牌时分,已望见远处山脚附近人家水田,有了村落,心中大喜。决计趁今日傍晚时分,赶出山去。沿途又经了许多艰险难行之路,直到日色偏西,才走到尽头一看,是一座大峭壁,离下面还有百十丈高下。绕行了许多路,有的还隔着深潭大壑,壁立耸拔,四无攀援。眼看下面就是村落,只是无法下去,干着了一会儿子急。末后看到一处离地较低,长着许多藤蔓,上面丛刺横生。云从情急无奈,拣那粗的拉起,用剑将刺削去,以便把握,用力试试,倒还坚韧。将十来丈的大藤接好了两三大盘,先寻大石挂住,放下崖去,将剑插在背后包裹上面系牢,然后两手摸藤,倒换手往下缒落。

崖底附近人家，先见这亘古无人的高崖上面有人来往，非常诧异。村人闻声惊动，群出围观。云从一时心急，竟有一盘刺未削尽，下到半崖，手上已被藤刺扎伤了好多处，觉得非常麻痛，其势欲罢不能，只得奋勇咬牙下落。眼看离地还有两丈多高，两手一阵肿痛酸麻，再也支持不住，手一松，坠落下去。幸得练过轻身功夫，连日山行，长了不少勇气阅历，又在生死关头，疼痛迷惘中，将气一提，一个蜻蜓点水架势，两脚着地。那些村人见云从两丈多高失手坠落，都代他心惊，以为即使不死，必带重伤。见落地无恙，不由轰雷也似的喝了一个大彩，纷纷上前相问。这时云从两手已肿起一两寸高，疼胀得连话都说不出来。

众人中有一个姓姚的老年人，在本村算是首富，早年也曾进过学，因为性子倔强，革了衣领，隐居在此，已有三十多年，人极好善。见云从穿着虽不甚华贵，形容举止都是衣冠中人，便排众上前，对云从道："这北斗岩是此间天生屏障，从没有生人来往，尊兄怎得到此？"说时，见云从牙关紧咬，面色难看，一眼又看到云从的手上，说道："这位尊兄中了毒刺，难怪不能言语。快着两人来扶他到我家去想法医治吧。"说罢，便有两个壮汉，一人一边，将云从架住。云从几次想要说话，都觉口噤难开，周身发冷，手痛又到了极处，连谦谢都不能谦谢，只苦笑着，点了点头，任那两人扶起就走。到了姚家老者家中，已是面如金纸，失了知觉。幸得主人好善，村中又有解毒藤刺伤的药，先与他将毒刺一一用针挑出，敷上解药，日夕灌饮米汤。不消二日，毒是解了，只是一连十多日在山中饱受的惊险劳乏，风寒湿热，一齐发作，重又病倒。医了两日，问起地名，叫做万松山，有数百里的绝缘岭，尽头已入云南腹地。四周山峦杂沓，仅有一条八百里山径小道，可通昆明省城。如要入川，须由此路到昆明附近大板桥，再雇舟车上路。

云从心忧祸患，惦记着父母妻子，便将自己迷路事向主人说了。只隐瞒了家中现有隐患一节，说自己有大事在身，出门已有多日，急于入川寻人，决计带病上路，请主人设法，觅一代步。姚老者因他病势沉重，时发时愈，疾发时便不知人事，勉强又留住两日。云从病中也勉强用功，连出过两回透汗，觉着好些，再三谢别要走。姚老者劝他不住，只得好人做到底，派了两个老成可靠佃户，用山兜抬着他走。姚老者是个富家，救命之恩无法答谢，只得口头上谢了又谢，问明了姚老者住址，同他两个儿子名字，记在心里，准备将来得便报恩。姚老者又带了儿子亲送了一程，才行作别回去。那两个佃户极为诚实，久惯山居，行走甚速。云从有时昏迷，全仗他二人照料。不时把些银钱与他，愈加感激卖力，虽是病中行路，却比山行还觉舒适。一路无话。

这日走离大板桥还有二十里路，离省城也只有二十八里，地名叫做二十八沟。云从一行三人到了店中打尖，觉着病已好了十分之四，心中甚喜。刚刚摆好酒饭未及食用，忽听人声鼎沸，闹成一片。云从喜事，走到店门前一看，隔壁也是一家饮食铺子，门前有一株黄桷树，树上绑着一个黑矮汉子，相貌奇丑。两个店伙嘴里乱骂，拿着藤鞭木棍，雨点般没头没脸地朝那丑汉打去。那丑汉低着头任人打，通没作理会，也不告一声饶。云从看着奇怪，忙喊跟来佃户前去打听。店小二从旁插口道："客官不要多事。这是本镇上有名赖铁牛，前年才到此，也不知哪里来的。想是爹娘没德，生下他，一无所能，有气力又不去卖，只住在山里打野兽吃。打不着没有吃的，就满处惹厌，抢人东西。如今官府太恶，事情小，不值得和他经官。他每次来搅闹一次，人家就将他痛打一顿。他生就牛皮，也不怕打。每次抢东西吃了，自知理短，也不还手，只吃他的，吃完了任人绑在树上毒打。打够了，甩手一走，谁也追他不上。他曾到小店中抢过几次，我们老掌柜不叫打他；别人打他，还劝说。后来他也就不来抢了。隔壁这家，原本也小气一些，一见必打。他也专门抢他，抢时总是跳进店堂，或抢一个腊猪腿，再不就整块熟肉，边吃边走。你打他，虽不还手，如果想夺回他抢去的东西，二三十人也近不了前。隔壁这家恨他入骨，可是除了臭打一顿，有什么法子？打够了的时候，他自会走的。客官外方人，不犯招惹这种滥人，由他去吧。"

说到这里，忽见隔壁出来一个面生横肉的大胖子，手中拿着一个烧得通红的大火钳，连跑带骂道："你这不知死的赖铁牛！平常十天半月专门搅我，今天也会中了老子的圈套，且教你尝尝厉害。"那丑汉见火钳到来，也自着急，想要挣脱绑绳，不料这次竟然不灵，把一株黄桷树摇晃得树叶纷飞，呼呼作声，眼看那火钳要烙到那丑汉臂上。云从早就想上前解劝，一看不好，一着急，一个旱地拔葱，纵将过去，喊声："且慢！"已将那胖子的手托住。那胖子忽见空中纵下一个佩剑少年,吓了一跳,凶横之气,不由减去大半,口中仍自喝问道:"客人休要管我闲账!这赖铁牛不知搅了我多少生意,他又不怕打。今番好容易用了麻渍和牛筋绞了绳子,用水浸透,将他捆住,才未跑脱,好歹须给他一些苦吃才罢。"云从道:"青天白日,断没有见死不救、任人行凶之理。你且放了他,他吃你多少钱,由我奉还如何?"那胖子闻言,上下打量云从两眼,狞笑一声道:"我们都不是三岁两岁,说话要算数,莫待他跑了,你却不认账。"说罢,便吩咐两个店伙计停打解绑。那绑绳本来结实,又经水泡过,发了胀,被矮汉用力一挣,扣子全都结紧,休想解开。那丑汉仍挣他的,口中骂不绝口,直喊:"好人休要多事,我不怕他。"那胖子见他骂人,抢了鞭子,又上去打。

　　云从方要解劝,说时迟,那时快,耳听咔嚓咔嚓连声大响,尘土飞扬,观众纷纷逃窜,一株尺许粗细的黄桷树,被那丑汉连根拔断,连人带树朝胖子扑去。一个用得力猛,手又倒绑树身,树根断处,还有尺许,带着许多根株,焉能行走。还未抢走两步,早已连树带人,扑倒在地。那胖子早知不好,三脚两步跑进店去,抢了一把厨刀,奔将出来。云从一见,想起身佩宝剑,未容胖子近前,拔剑出匣,日影下青光闪处,绑绳迎刃而解。丑汉将身一摇,背上断树连枝带叶,倒在一边。同时胖子也提刀赶到,口中大喊:"我这条命与你们拼了!"说时,提刀便砍。云从见势不佳,迎上去将剑轻轻一撩,厨刀连柄削断。胖子见云从的剑晶光耀眼,寒气逼人,高喊:"强盗杀人了,地方快来!"说着,掉头就跑。那丑汉也要追去,却被云从横身上前拦住。丑汉急得直跳道:"好人放手,我力气大,休跌了你。因他上月骂我死去的娘,我想起原是怪我不该强拿他东西,这两回都只寻别人要,并没寻他。今天我到村里讨些盐回来煮菜吃,已走过他的门口,是他着人追上我,说他店里新煮肥腊肉,问我要不要,我说你只要不骂我娘就要,他满口答应。给肉我吃了,才说要打我,看看到底我有多大本领。一来事前没有讲吃了不打,二来这些日身上痒酥酥的,只得凭他。他却使巧法,用他水泡过的牢瘟绳子捆我,使我打够了,挣不脱,才用火来烧,我岂能饶他?"说着,便想绕道追过去。他虽然天生神力,怎奈云从身法灵活,他又不愿将云从撞跌,只是着急。

　　云从暗想:"小三儿已死,这人如此诚厚多力,我不久便是世外之人,讲什么身份？何不与他结交，也好做暂时一条膀臂。"便诳他道："你休得倔强，不听我劝，打死人要偿命的。你死了，何人管你死去的娘？阴灵也不得安。若就此丢手，我情愿与你交朋友，管你一世吃喝穿用。你看如何？"那丑汉闻言，低头想了想，说道："你说得对。我娘在时，原说我手重，如打死人，她没得靠的，便要寻死。如今她死了，人还在土窟窿里睡着。山上野兔野猪多，莫不闹得没人管。还是信我娘的话，吃了点亏，算了吧。只是我还从没遇过你这样的好人。话可说在前头，你管我吃，我可吃得多。你要嫌我时，打我行，一不许你骂我娘，二不许如那胖猪一般，用火烧我。"

云从见他一片天真，言不忘母，好生喜欢。因为那胖子已去喊了地方和一伙持棍棒的人来到，猛想起昆明还有两个亲友世家，心中一宽。忙对丑汉道："你说的话，我件件依从，连打都不打你。你现在可不许动，由我分派。"说罢将剑还匣，迎了上去。这两个跟来的佃农见云从亮剑，以为要出人命，吓得躲在一边，这时听明云从意思，才放心走拢。未及说话，一眼看见那两个地方竟是熟人，心中大喜，不等云从吩咐，早抢先迎了上去，那正地保早先本是那佃农同乡，受过姚老者大恩。一听佃农说起经过，云从又是位举人老爷，姚老者的上宾，心下有了偏向，早派了那胖子一顿不是。那胖子不服道："我虽然用巧打他，也是他祸害得我太厉害。就拿今天这株黄楠树说，还是我爷爷在时所种，少说也值五六钱银子，如今被他折断，难道凭你一说，就算完了？"云从笑道："你先不用急，树已折了，没法复活。连他吃你的腊肉一起，算一两银子给你，准可完了吧？"胖子还待不依，地方发话道："你这人也太不知足。这位老爷不和你计较，只说好的，给你银子，世上哪里去找这样劝架的人？赖铁牛谁不知他浑身不值三个钱，莫非你咬他两口？再不依，经官问你擅用私刑打人，教你招架不起。"胖子见地方着恼，又经旁人说好说歹，才接了银子要走。地方又拉住道："你可记住，银子是举人老爷买价，那黄楠树须不是你的，当面讲好，省得人走了，又赖。"胖子见地方想要那树，又不服起来。还是云从劝解，树仍旧归他，另赏了地方一两银子，才行了账。地方谢了又谢。众人都说，毕竟当老爷的大方，一出手，就讲银子。那赖铁牛不知交了什么好运，免了火烧，还跟老爷走，正不知有多少享受呢。纷纷议论，不提。

云从再寻丑汉,他独自一个人坐在断树身上,瞪着眼正望着前面呢。云从唤他近前,同进店中。病后用了些力,觉着有些头晕,当时也未在意。先命丑汉饱餐一顿。问起他的姓名家乡,才知姓商,并不姓赖,乳名风子,本是乌龙山中山村的人。他母亲做闺女时,入山采野菜,一去三年,回来竟有了身孕。家中本有一个老母,想女身死。邻舍见她不夫而孕,全不理她。好容易受尽熬煎,又隔了一年零八个月,生下风子。三四岁上,便长得十来岁人一般。加以力大无穷,未满十岁,便能追擒虎豹,手掠飞鸟。人若惹翻了他,挨着就是半死。幸是天生至孝,只要是母命,什么亏都吃,什么气都受。众人畏他力大,不敢再欺凌他母子。及见他娘并不护短,又见他力大无穷,想法子支使磨折,不当人待。他原是块浑金璞玉,心中何尝不知众人可恶,碍着母命,仍是埋头任人作践。有时问他母亲:"怎么人都说我无父,是个畜生,什么缘故?"他母亲一听就哭,吓得他也不敢再问,自始至终只从母姓。后来他母亲实受众人欺负不了,才由他背了,到天蚕岭东山脚下居住。母子二人,都不懂交易。先时他打来的野兽皮肉,都被众人诓要了去,所以自始至终,不知拿野兽换钱。那村的人虽不似先时村人可恶,也利用他不肯明说,众人给他打了一条铁锏,叫他去打野兽。打了来,拿点破衣粗盐、日用不值钱的东西和他换。有时他母子也留些自用。他母终究受苦不过,得病将死,急得他到处求人。他又没钱,打听是医生,就强背回去医治,始终也未治好。死时说:"你爷是熊⋯⋯"一句话未完,便即咽了气。因死前说过那村也没有好人,娘死了,可将娘葬在远处,也休和他们住在一处等语,自己用斧子砍了几根大木,削成尺许厚的木板,照往时所见棺材的样,做了一口大材。盛殓好了尸首,将铁锏及一切应用的东西绑在材上,也不找人相助,两手托着材底,便往山里跑。由岭东直到岭西,走了两天,好容易才寻着一个野兽窟穴,将野兽一齐打死,就穴将材埋葬。每日三餐,边吃边哭,边喊着娘。因为先时披着兽皮打猎吓伤过人,守着死母的诫,一到没有吃的,出山强讨,总是穿着那件旧衣,不围兽皮。他也能吃,也能饿,知人嫌他,不到万般无奈,从不出山。近两月天蚕岭野兽稀少,所以才时时出山强讨,不想遇见云从。吃完之后,见云从仍和先时一样,只和他温言问答,喜得不知如何是好。

云从问完他话,那两个佃户也和地方叙了阔别进来,乡下人老实,也没管闲事。一行四人,同着起身,到了大板桥,又给商风子买了衣服。因为适才耽误,天已不早,须得明早上路。那两个佃户又说家中有事,要告辞回去。云从给每人二两银子,打发走了。不时觉着身上不舒服。商风子也说要走,云从问他为何,他说要回去看娘。云从才把人死不能复生,人生须要做一番事业,你纵守庐墓一生,济得甚事,种种道理,婉言告诉。商风子恍然大悟,只是执意还要回去跟娘说声,请云从先走,只要说了去路,自会追上。云从不便再拦他孝思,又恐他憨憨呆呆,明日追迷了路。心想:"反正今日不能起身,即或回不来,明早打他那里动身,再雇车马,也不妨事。自己又不是没有在山中宿过,何不随他同去看看?"当下便问路的远近。风子道:"并没多远,我一天走过十来个来回,还有耽搁呢。"云从便说要和他同去。风子闻言大喜。云从存心和他结交,命他不要满口好人,要以兄弟相称。当下算完店账,由风子买了些吃食,拿了云从包裹,一同前走。走到无人之处,云从想试试他脚程,吩咐快走。风子道:"哥哥你赶得上么?"云从说是无妨。风子笑了笑,如飞往前跑去。云从到底练习轻身法不久,又在病后,哪当他生具异禀,穿山如飞,勉强走了一二十里路,休说追上,还觉有些支持不住。风子也跑了回来道:"我说哥哥追不上呢!"云从称赞了他两句,一同将脚步放慢。

又走了二十多里,云从见山势越发险恶,夕阳照在山背后,天暗暗的,十分难看,便问还有多远。风子道:"再转一个山环就到了。"二人边走边说,快要到达。行过一个谷口,风子因洞中黑暗,想抢在前面,去把火点起来。刚前走没多远,忽听云从在后喊道:"你看这是什么?"风子闻声,回头见赤暗暗一条彩雾,正往谷里似飞云一般卷退回去。云从晃了两晃,直喊头晕,等到风子近前,业已晕倒。风子连问:"哥哥是怎么了?"云从只用手指着心口同前边,不能出声。风子大惊,便把云从捧起,跑回山洞,放在铺上。第二天还能言语,说是昨天走过谷口,看见谷里飞也似的卷出一条彩雾,还未近前,便闻见一股子奇腥,晕倒在地,如今四肢绵软,心头作恶等语。说到这里,便不省人事。由此云从镇日昏迷,风子又不知延医,直到遇见笑和尚、尉迟火,才行救转。

笑和尚一听云从是醉道人新收弟子,便将自己来历说了。云从闻言,越发心喜,忙即改了师兄称谓。又说起家中隐患及自己出来日久之事,不觉泣下。笑和尚道："师弟休要伤心，既遇我和尉迟师弟，便不妨事。你病后还得将养数日，由我传你运气化行之法，才能完全复原。醉师叔终日在外云游，你行路迟缓，去了还不一定便能相遇。他既知你家中有这种隐患，漫说是自己得意门人，就是外人，异派余孽如此猖狂，也决不袖手。他原见你资质虽好，却出身膏粱富厚之家，恐你入门不惯辛苦，特地示意，命你亲去受些磨折，试试你心地专诚与否。现在已然连遭大难奇险，终未变却初志，即此一桩，已蒙鉴许，恐怕不俟你赶到成都，你家之事已了。为万全计，我二人俱能御剑飞行，往返成都也不过一日。可由一人先去，如见醉师叔未去你家，可代你呈明中途迷路遭险，养病荒山之事，必蒙怜悯垂援。你这事看似重大，其实倒无关紧要。反是适才见那谷口妖气笼罩，你又在那附近中过毒，里面必有成形的妖魔之类潜伏，看神气离成气候已是不远。我二人奉命出外积修外功，难得遇见这种无形大害，万不能不管，正好趁它将发未发之际除去，以免后患。不然它一出世，左近数百里内生灵无噍类了。"云从自然是惟笑和尚之马首是瞻，不住伏枕叩谢。

当时议定，由尉迟火去成都，就便寻同门师兄，要些银子路上使用，由笑和尚看护云从。吃粥之后，互谈了些往事。商风子先见尉迟火一道光华，破空飞行，又听笑和尚说了许多异迹，忽然福至心灵，恳求笑和尚教他本领。笑和尚道："我哪配收徒弟，你如有心，且待事完之后，以你这种天性资质，不患无人收录。且待明日尉迟师弟回来，除妖之后再说。"

当晚三更时分，笑和尚跑到洞外观看那妖物的动静。商风子也要跟了前去。笑和尚又给云从服了一粒丹药，吩咐睡下，才同风子出洞。到了高处，商风子见谷里黑沉沉没有什么迹象，便对笑和尚道："笑师兄隔这么远，哪里看得见，何不往前看去？"笑和尚道："你是肉眼，哪里看得透。待到天色将明，便有把戏你看。这妖物我也断不透它的来历，我在这里都闻见腥味，定然其毒无比，漫说近前，无论什么飞禽走兽，离它二三丈以内，休想活命。怪不得白日里，我笑不出野兽来。我本可遥祭飞剑将它除去，只是还想趁它未成气候以前，看清是个什么东西，长长见识。你且噤声，少时自见分晓。如有举动，你千万不可上前，一切俱要听我吩咐。"说罢，便寻了一块石头坐下。

又待了一会儿，不觉斗转参横，天将见曙。风子见仍无动静，正想开口,笑和尚连忙用手点了他一下,风子便觉周身麻木,不能出声。正在惊异,忽然听远远传来一种尖锐的怪声,好似云从在那里唤他一般。再看笑和尚,踪迹不见。心疑云从出了什么变故,想奔回洞中看视,怎奈手脚都不得转动,空自着急。忽见谷内冒起拳头大小两串绿火,像正月里耍流星似的,朝空交舞了一阵,倏地火龙归洞似的依次收了回去。觉着有人摸了自己一下,不禁失口说了一声:"这是什么玩意?"同时手脚也能动转。惦记云从,正想奔回洞去,猛觉有人将自己拉住,回头一看,正是笑和尚。

第一〇六回　雾涌烟围　共看千年邪火
　　　　　　　香霏玉屑　喜得万载空青

商风子刚想问笑和尚，使什么法儿将自己制得不能动转？笑和尚道："真险真险！我稍疏虞一步，差点误了你和周师弟的性命。现在天色已明，我们回洞再说吧。"风子满腹茫然，待要问时，笑和尚已迈步前行。回到洞中一看，云从睡梦方酣，还未醒来。便问笑和尚道："适才你往哪里去了？我听见我哥哥喊我，可有什么事？"笑和尚道："那是妖怪的叫声，哪里是你哥哥喊你。日里我见那谷中妖气弥漫，与寻常妖气不同，便疑心可有特别凶毒怪物潜伏。我自幼从师，常听师父说，在深山大泽之中行走，如闻异声呼唤名字，千万不可答应，否则气机相感，必被它循声追上，遭了毒手。又教给我许多鉴别妖物之法，因此知道厉害不过。我随恩师到处斩妖除害，像谷里那般狠毒的东西，连恩师也只知道来历，没有见过。这东西乃千百年老蝎与一种形体极大的火蜘蛛交合而生，名文蛛，卵子共有四百九十一颗。一落地，便钻入土中。每闻一次雷声，便入土一寸。约经三百六十五年，蛰伏之地还要穷幽极暗，天地淫毒湿热之气所聚，才能成形，身长一寸二分。先在地底互残同类，每逢吃一个同类，也长一寸。并不限定身上何处，吃脚长脚，吃头长头。直到吃剩最后一个，气候已成。再听一回雷声，往上升起一尺，直到出世为止，那时已能大能小。这东西虽是蛛蝎合种，形状却大同小异。体如蟾蜍，腹下满生短足，并无尾巴。前后各有两条长钳，每条长钳上，各排列着许多尺许长的倒钩刺，上面发出绿光。尖嘴尖头，眼射红光，口中能喷火和五色彩雾。成了气候以后，口中所喷彩雾，逐渐凝结，到处乱吐，散在地面，无论什么人物鸟兽，沾上便死。它只要将雾网一收，便吸进肚内。尤其是没有尾窍，有进无出，吃一回人，便长大一些。腹内藏有一粒火灵珠，更是厉害。日久年深，等被它炼成以后，仙佛都难制服。还会因声呼人。起初离它五六里之内，听见它的叫声，无论谁人听了，都好似自己亲人在喊自己名字，只一答应，便气感交应，中毒不救，由它寻来，自在吞吃。以后它的叫声越叫越远，直到它炼形飞去为止，所到之处，人物都死绝了。因它形体平伸开来宛似篆写"文"字，所以名叫文蛛。秉天地穷恶极戾之气而生，任什么怪物，也没它狠毒。先前我用定力慧眼远看，见暗雾中有两条长臂带着一串绿星，隐约闪动，便疑心是这怪物。及至听见叫声，又稍看清了上半截形象，与当年恩师所说一般无二，更知是它。此时见你站在旁边，恐你一答应，虽然它全体尚未出土，不致追来吃你，一则初见这种怪物，不敢拿准，二则气机相感，中的毒也非同小可。事在紧急，又恐周师弟醒转，闻声答应，连忙将你点了哑穴，才回来用法术封了这洞。再赶去时，它已隐入土中。这东西要等全身现出，才可下手，一入土中，便无法除它。从今日起，如无我话，千万不可离开此洞。周师弟新愈，你二人尚无吃的，待天大明之后，我飞身入城，与你二人化点饭食度过一顿。尉迟师弟回来，带有银钱，你二人便不愁用度了。"

说罢，略待片时，云从醒转。笑和尚恐风子无知莽撞，又再三嘱咐云从。将云从霜镡剑要来，暗悬洞口之内，又用法术封了洞口。然后取了饭钵，别了二人，笑嘻嘻将大脑袋一晃，转眼间不知去向。约有个把时辰，端了一钵熟饭，还买了许多荤菜、锅盔回来。风子一见大喜，上前便接过去，首先端与云从食用。笑和尚笑道："我因见你能吃酒肉，服侍周师弟这几日，必定馋得可以，适才还为你破了戒，平白拿人家十两银子，又拿银子去偷换了许多荤菜与你。恩师知道，说不定还怪我呢。"说罢，又从身上取出几两散碎银子，交与风子。云从好生过意不去，忙问究竟。笑和尚道："我每日代尉迟师弟向人化斋，从未遇见这等刻薄人家，不给我饭是他本分，硬说我是他逃走的雇用小厮，要叫人捆我。是我气他不过，隐身形打了他两个嘴巴，顺手掏了他十两银子。和尚不便买荤，我又隐形到了铺中，取了荤菜。我见那施主甚是本分，留了一半银子与他。自从出家，做贼还是第一次呢。"风子听笑和尚戏耍那刻薄人家，不由哈哈大笑。笑和尚本能辟谷，斋饭有时还吃，却不动荤。云从病后腹饥，风子更是连饿数日，狼吞虎咽，各吃了一个大饱。饭后云从精神大振，觉着腹痛作响，由笑和尚扶着，出外行动了一次，才向笑和尚重新跪谢。笑和尚无法，还礼起来，便在洞外闲眺，也无甚动静。

下午过去，谷中赤氛又起。尉迟火也从成都赶回，得知醉道人自打发了张三姑娘，不多几日，留话给松、鹤二童，说有要事往衡山一行，归途还往云从家去代他除害。又代他起了一卦，本人凶险甚多，且喜吉人天相。如有人来，可着原人护送云从回家，待他妻子生产，安排好了家务，不必再往成都，径往峨眉飞雷洞李师叔处相见等语。云从闻言，自是大放宽心。尉迟火又问笑和尚，可知这里妖物来历。笑和尚道："看你神气，必然遇见前辈师伯叔指教，何妨先说给我听听？"尉迟火道："我倒未遇见别位尊长，只因周师弟等要用钱，知道辟邪村玉清师太存有不少施主善资，前去讨些。说起我和你在此，玉清师太便问可曾发现什么妖气，我对她说了。她说她昔日打此经过，知道这天蚕岭潜伏着一个极厉害的妖物，名叫文蛛，只因时刻未到，无法下手。非等今年五月端午，大雷雨后，不能出世。现时各位师尊为准备三次峨眉斗剑，均有要务在身，她又在端午前后要连往青螺魔宫两次，去救她当年一个同门生死患难之友，不能建此大功。如有人将它除去，不下立十万外功，还得妖物的腹内一颗乾天火灵珠，助将来成道之用。嘱咐你我须要小心从事，莫放妖物跑了。据她算计，妖物还不应该遭劫，如今只两条前钳出土，不到端午，白费辛劳。最好叫你我先行送周师弟回去。不要打草惊蛇，等端午前一日赶到，便可下手。你看的又是怎样？"笑和尚道："与玉清大师所说一些不差。她既如此说法，幸喜不曾冒昧下手。为今之计，只好先送周师弟回去再说。只是那妖物虽然还不能现身害人，但毒气太重，又能发声叫人，生物挨近一些，便难活命。倘如我们走后，有人误来此地，我等知而不备，岂不有罪？"

尉迟火道："据我看，这山势崎岖危险，二三十里方圆，连樵径都没有，常人绝难到此。有几个似这位呆兄弟，到这种好地方来往？这层倒也过虑。"风子也说，终年并无人迹，只有野兽来往。如今才想起，自从谷里每日下午有了红雾，连野兽都逐渐稀少绝迹。随大家去极好，但是他娘还葬在这里，恐尸首被妖物所害，要笑和尚想个法儿。笑和尚说："已死的人，相隔又远，绝无妨碍。不过就此一走，终难放心，恐怕有人误蹈险地。"当下先飞身上空,相好地势。然后下来,在二三十里周围要口山石上面,口诵真言,画了许多灵符。若有人到此,自会被许多法术妙用化成的怪兽大蟒吓退。笑和尚先没想到最厉害的妖物文蛛,自己又不愿往世俗人家跑。原打算叫云从在这里养病,传他运气化行之法,日夕打坐,就便自己除妖。今见妖物毒气如此重法,又有玉清大师传语,不敢怠慢,只好先送云从回家之后再来。

布置完竣,便要动身。风子又去他母亲葬处,将身伏在土堆上,不住数说。三人见他虽未出声大哭,泪落不止,知是伤心到了极处,用好些譬解,才行劝住。将云从交给尉迟火,笑和尚带了风子,吩咐紧闭二目,喊一声:"起!"破空便飞,觉着风子并不骨重,越发爱他资质。

剑光迅速,飞到贵阳云从家中,天不过二更向尽。这时敌人方面因为接着一个受了重伤的同党送信,说是由川入贵途中,在野外遇见张老四和一个峨眉门下小辈,名叫孙南的,打听醉道人踪迹,露出一些口风,虽未听得详细,已知与周家之事有关。那人又打听到醉道人要往衡山一行,趁张老四与孙南分手走单时节,将他用暗器打倒。自己往回走时,不知怎的,竟会被那小辈孙南追上。正在危急受伤之际,幸遇一人相救,才得活命,一路将养到来,请大家留心在意。敌人一听这信,才知踪迹果被张氏父女看破,喜得张老四已中毒药暗器身死,还不妨事。只恐夜长梦多,便提前由云从父子先下手。及至一打听,云从业已走了数日,猜知必是张老四不回,亲往成都、峨眉两处求救。当天即派同党分两路去追,追上便行杀死。这里也同时发动,数日之内,连用重手法,暗中点伤了好几个周氏老兄弟。张三姑因自家势孤,玉珍又有身孕,如要解救,反启敌人注意,祸发更速,惟有权且隐忍,等醉道人来了施治。事已至此,云从的父母又因子远出,思念太切,还不如说明的好,便命玉珍便中婉言略说真相。云从的父母因家中新出变故愁烦,一听媳妇张玉珍说了经过,心中大惊。想起云从一去多日,尚未出贵州境内,托便人捎过两封书信,以后连亲家张老四都渺无音信。虽然媳妇和张三姑俱说无碍,到底不放心。而云从夫妻又是恐吓着老人,一番孝心,不得不从权行事,势难怪他们。仇敌如此狠毒,事若经官闹明了,反而愈加猖獗,全家俱有性命之忧。张三姑和媳妇只能保住自己全家,不能兼顾别人,眼前同胞骨肉,命在旦夕,心急如焚。他却不知敌人势大，正因为云从不在家中，恐怕打草惊蛇，想等人将云从追上杀死，再行下手，否则头一个就是他全家遭殃。张三姑和玉珍岂有不知之理，不过恐二老忧惊过甚，不得不拿话壮胆罢了。

谁知天不绝人。在大、三、四、五、六房相继出事，无故病倒，除了云从父母知道祸变，他人俱还闷在鼓里之际，有一晚云从父母在中堂以内，正和张三姑、玉珍愁颜相对，忽然一阵微风穿帘而入。张三姑疑是敌人行刺，大喝一声，便飞身迎上前去。烛影闪动处，现出一个背红葫芦的道人。玉珍认得是醉道人，喜从天降，首先伏地下拜。三姑也收剑上前，招呼云从父母一同见礼，又叩谢了救子之恩。坐定以后，一见云从并未跟来，心下好生不定。醉道人看出了心意，说道："令郎虽然近时灾晦很多，但处处因祸得福，绝无妨碍。贫道先从卦象上看出敌人发动还早，想往衡山会一位老友，随后再来。路遇同门师侄孙南中了妖法，我将他安顿好，即到此地，每日在尊府各房巡视，都由贫道暗中向受伤的人说了经过。恐妨打草惊蛇，令这一干妖孽又逃往别处，为祸世间，将贤昆仲一一救转之后，仍请他们装病不起，静等贫道所约的两个同伴到来，一齐下手，省得敌人漏网。适才同伴已到，事完之后，便要远行。令郎已收归贫道门下，将来前途甚佳。因承祧九房，不能不勉徇世俗之见，令他略尽人事，娶妻生子，即此已误他许多功行了。不久双喜临门，尊府积善之家，日后子孙必能昌达。只是令郎非功名中人，如生子之后强留在家，反倒于他有损无益。知贤夫妇爱子情深，恐难割舍，特在事前面告。再约半月，自有高人送他回转。生子周年，也必入山学道。又过三年，他仍可时常回家省亲，并非从此便弃家不返。那时，望贤夫妇勿拦阻。"

说罢，玉珍、三姑还想叩问自己前途时，醉道人袍袖展处，一道光华，破空而去。云从父母吓得慌忙下拜，起来思量，几曾见过这样飞行绝迹的仙人？不由信心大增。知道爱子不久便从他去，成仙虽是好事，到底难于割舍，既是命中注定，想留也未必能够。且喜弟兄无恙，云从再有半月即回，仙人之言，决不会差，才放了心，一切俱等到时再说。

第二日，家人偷偷报信，说是昨晚三更后，二老爷上房院中光华乱闪。今日午前，二老爷亲自开门，喊近邻三老爷家去几个人，帮他打扫。入内一看，上房院内有好几摊黄水，只丢下二老和他跟前的小少爷奶妈。其余从二太太起，连那些亲友下人，俱都不在。二老爷说昨晚和二太太拌嘴，天没亮就吵着回娘家。那些下人，原都是那些亲戚荐用，夫妻一赌气，所以二太太连闲住的亲戚和那些下人都带走了。二老爷没人使唤，所以唤去几个服侍，一面招呼旧日用人回来等语。子敬一听，吩咐下人，二老爷性情不好，你们休要乱说。一面入内，去喊媳妇和张三姑来问。只玉珍一人到来，问起此事，玉珍说："昨晚张三姑曾随后追了醉仙师去，天明前回来，说醉仙师约有两位剑仙，共同将敌人用飞剑杀死，一个也未曾漏网。末后，又用化骨丹将尸首化去。二伯父已于前晚看破敌人奸谋，所以并不难过，只向醉仙师恳求，留下那小孩。醉仙师因小孩无知，本不想杀戮，便即走了。三姑因有他事，又要去看望媳妇父亲，托媳妇代为辞行，回家去了。"子敬夫妻听了，好不骇然。一会儿，九房弟兄齐来，背人互说了经过，分别嘱咐家人，不准传扬。好在周氏是积善之家，那些人俱非本乡本土，一去不归，先还有人诧异，事不关己，久亦淡忘。

这晚正在计算日期，忽见一道金光直坠庭心，现出四人，竟有云从在内。以为同来的人，又是剑仙一流，忙着便要下拜。笑和尚早料到此，先就拦住。云从也忙着略说了一些来历。问起家中之事，果然已了，好不欣慰。因为不是外人，一面着人去唤玉珍与笑和尚等见礼。然后才分别落座，细说详情。云从父母和玉珍见云从面容消瘦许多，本已担心他路途受苦，及听说完经过，才知又是出生入死。小三儿还不知存亡下落，俱都伤心不止。感激笑和尚等相救之德，免不了朝三人又有一番称谢。云从因自己行踪奇特，恐启人疑，悄悄传来心腹家人，嘱咐了一套说辞。一面安排来宾住处。笑和尚、尉迟火二人，除教云从、风子二人一些初入门的口诀功夫外，所有外人一概不见。常时依旧出门积修外功，有云从财力相助，救助孤寒的事，着实做了不少。

光阴迅速，转眼还有五日，便到端阳。笑和尚因此去除妖，不便携带风子同行，命风子与云从做伴，等玉珍分娩，尽完人事，同往峨眉寻师，再图相见。自己同了尉迟火二人，告辞上路。云从又备了不少黄金白银，请二人带在身旁行善。二人离了周家，驾剑光直飞天蚕岭。行至云贵交界，遇见矮叟朱梅，在空中将二人唤住，一同收了剑光，落地叙话。笑和尚拜见之后，请示机宜。朱梅道："你出世未久，便去建立这样大功，休说斩除恶妖，功德无量，文蛛腹内那粒乾天火灵珠，如能得到，加以修炼，与身相合，将来成道时，也可抵千年功行，真是旷世难逢的机遇。不过那妖物护这粒火灵珠甚于性命，先斩了它，珠便自行飞去。先得珠时，斩妖又恐生变化。此事关系重大，非同小可。那妖物未出土以前，必将珠吐出离它头顶三丈以内，照着妖物出来，同时往上升起。妖物全身蜕壳出土，便即与珠合为一体，成形飞去。不到正午，不可下手。可是妖物出土，也只一刹那工夫，稍纵即逝。等到妖物身与珠合，就非你的能力所能胜任。所以下手的时节，须要一人在前，去抢那珠。珠到手后，妖物必不甘休，定然放出满腹毒气追来。那珠本是它的内丹，相生相应，无论你怎样隐形潜迹，也能跟踪而至。纵用法力将它斩掉，但是业已中了它的毒气，难于解救。这时全仗在后之人，从后面用飞剑斩它，才能完全成功。那乾天火灵珠乃天材地宝，正邪各派俱都重视，非有积世福德根基，不配享受。适才袖占一卦，若论斩妖，还不怎么，只恐有阴人从旁暗算。你二人又面带晦色，主有灾难，我和诸位道友俱有要事在身，无暇及此。如为万全之计，最好你二人趁这还有数日余暇，寻找剑术较深的同门师兄弟相助，以防其他妖人暗算。事不宜迟，必须慎重小心从事。切记：专顾得珠，便不能建除妖之功；想建功，便不易得那珠。二者轻重差不多，只能各居其一，不存贪念，当无妨碍。"说罢，先行飞去。

二人拜送之后，尉迟火自知能力有限，一切全凭笑和尚主持，无所希冀。笑和尚起初以为妖物纵然厉害，到底初次成形。凭自己能力，还不手到擒拿？及至听了矮叟朱梅嘱咐，先时也未敢怠慢。计算小辈同门，自己素常不惯和师姊妹交往，不便相烦。这投契相熟的，只有玄真子门下诸葛警我，还有金蝉、尉迟火二人。金蝉道行虽浅，两口宝剑却是至宝，不畏邪污。已听尉迟火在成都得来消息，说金蝉端阳节前要往青螺。其他同门虽多，不是不熟，便是本领不济。想了想，还是找诸葛警我去。到了东海三仙洞府中一打听，只遇见玄真子一个道童，说三仙俱在丹炉旁祭炼宝剑，诸葛警我奉命往雁荡采药未归。笑和尚闻言，也没惊动三仙，径直离了东海。一则艺高人胆大，一则贪功心甚，不由改了念头。暗想："自己本领，隐形潜踪，出神入化，纵有异派妖人作梗，难道还胜似慈云寺那一千妖孽不成？再说各位前辈俱知那妖物出世，为祸不小，岂有不去剪除，放在一边之理？明明怜爱小辈，将这般大功留给自己，自己还不领受，只管找人相助作甚，那火灵珠只得一颗，又不便分润，只需自己事前多加留神便了。"他这一念之差，才惹出失剑百蛮山，再遇绿袍老祖，智劈辛辰子，三探阴风洞，再斩文蛛，风雷洞面壁十九年，几乎丧了道行之事，这且不提。

笑和尚自把主意决定后，心想："矮叟朱梅曾说有妖人在侧暗算，何不早去两日，仔细搜索，作一个预防之法，以备万一，省得临时出错。"当下同了尉迟火，径飞天蚕岭，仍往风子所居的土穴潜身。到时天色尚早，见谷里虽无甚动静，妖氛已浓。飞身四外查看自己前时行法之处，知道无人来过，略觉放心。便叫尉迟火去到村里，备办他自己的食粮，等他回来，再设法封山，遮掩异派中人耳目。还恐妖人早在山内潜伏，尉迟火走后，独自又往周围数十里内加意搜查，稍觉形迹可疑之处，丝毫也不肯放过。

到了下午，除谷内妖气较前更浓外，一无所获。自信一双慧眼，决不至于看漏，想是妖人要到时才来。这时尉迟火业已回转，二人又商量了一阵，到时由笑和尚在前面去抢珠子，尉迟火由后面下手斩妖，只要引得那妖物回首，笑和尚再由前面回身，两下夹攻，合力将它除去。这种算计，笑和尚虽然略存私心，但是要换了尉迟火在前，委实也有些能力不够。计议定后，笑和尚才向天默祝，朝着东海下拜，叩求师父法力遥助自己成功。祝罢起身，走到山崖上面，叫尉迟火站在身后，暗运飞剑护法，相机保卫。自己盘膝入定，按照苦行头陀所传两界十方金刚大藏真言，施展开来，用佛法改变山川，潜移异派视线，到时纵有妖人想来，也无门可入。由戌初直到第二日辰初，才行完了大法。起身问尉迟火，昨晚在这密迩妖穴的高岩上面冒险行法，可曾见什么异象？尉迟火道："自你入定，一会儿便隐去身形。我知你还坐在我前面，不敢大意，四外留神，先倒没有什么异兆。一交子时，远远看见谷内一点红光，比火还亮，引起两串绿星，离谷底十丈高下，如同双龙戏珠一般，满空飞舞。那红光先时甚小，后来连那两串绿星，都是越长越大。直到月落参横，东方有了明意，仿佛见红光左近不远，冒起一阵黄烟，那红光引着两串绿火，倏地飞入黄烟之中，只一个转折，疾若流星赶月一般，便飞入谷里，连那黄烟都不见了。你难道一丝也不曾看见？"

笑和尚道："我炼这两界十方金刚大藏非同小可，炼时心神内敛，不能起丝毫杂念。恐妖物知道不容，前来扰害，所以才请你护法，为备万一，还将身形隐去。这还是妖物不曾出土，敢于轻试，否则岂敢轻易冒险？此法一经施展，别的妖人休想到此，我们可以安心从事了。你所说情形，大约还是妖物独自作怪，且等晚来亲见再说吧。"因隔端阳还有两夜，闲着也是无事，仍和尉迟火遍山搜寻。因昨日时间已晚，一恐打草惊蛇，二因下午毒气太重，全山俱都查遍，只谷内妖穴没有轻易深入，便着尉迟火在离谷不远的高坡上瞭望。自己趁着正日照中天，阳光最盛之际，飞身入谷，查看妖穴。到了谷中一看，那谷竟是个死的，恰如瓶口一般。谷底四面危崖掩护，终古不见阳光。地气本就卑湿，再加崖上野生桃杏之属，成年坠落谷中，烂成一片沮洳，臭气潮蒸，中人欲呕。靠近妖穴处，有一个丈许方圆的地穴，背倚危崖，拔地千丈，慧眼观去，深不见底，咕嘟嘟直冒黑气。时见五色烟雾，耳中闻得呼噜呼噜之声，响成一片。笑和尚内服灵丹。还是凌空下视，已觉气味奇腥，头目昏眩，估量这般奇毒险恶之区，除了妖物，异派中纵有能人，也绝难潜伏。不愿再作流连，便往回飞走。

出谷之际，一眼瞥见谷口内有一块凸出的岩石，上面安排着八堆石块，成一个八卦形势，门户分得非常奇特。石旁野生着许多丛草矮树。猜是前人镇压之物。因为看了谷里形势，甚合下手心意，急于要和尉迟火商量，没有十分在意，匆匆飞回。见尉迟火正在那里呆望，近前一看，觉着尉迟火脸上颜色发青。笑和尚到底细心，问尉迟火可觉身体有些异样？尉迟火说："想是昨晚在山头露立了一夜，适才又往谷口看了一看，顺风闻着腥味，便即退回，也许稍中了一些妖毒。现时只觉头有些晕，并不怎样。"笑和尚嘱咐小心，不要妄入，一切由自己安排。当下给他吃了一粒丹药，也就放过一边。他却不想尉迟火纵然剑术造就不及他深，但是从师多年，已能飞行绝迹，身剑相合，岂是一夜风露和那些毒气所能侵袭？这一大意，几乎害了尉迟火性命，这且留为后叙。

尉迟火服药之后，头晕稍好，两人商量下手之策。因听苦行头陀说，妖物天生异禀，全身只要一见风，便变成了钢鳞铁骨。只当胸前有一白团，是它心窍，连那初出土时两只后爪，比较柔嫩。别处纵用飞剑斩断，也不能将它除去。且这东西最灵，一受伤，自知不敌，便要化风逃走，无法跟寻。算计妖物从地穴中一出土，必往谷口方面冲出，到时着尉迟火在谷底危崖顶上，居高临下，运用元神，指挥飞剑，静等笑和尚抢珠到手，先用飞剑斩去那两只后爪，妖物必然负痛回身。笑和尚再驾无形遁光，从前面远处动用飞剑，乘它后爪斩断、前爪登起之时，直刺它的心窍。双管齐下，前后夹攻，以防它弃珠不要，入土遁走，异日又为祸人世。计议停妥，不觉到了下午。这次不比往日，夕阳衔山，异声便起，谷内外宛似百十亩晴云笼罩，邪彩氤氲。二人看了，暗自心惊。待了一会儿，异声渐厉，仿佛是唤二人名字。二人虽是预知厉害，屏息凝神，不去理它，笑和尚还可，尉迟火已觉闻声心颤，烦躁不宁。

子夜过去，一粒鲜红如火的明星，倏地从彩雾浓烟中疾如星飞，往上升起，红光闪耀，照得妖穴左近的毒氛妖雾，如蒸云蔚霞，层绢笼彩，五色变幻，绚丽无俦。耳边又听轧轧两声，接着飞起两串绿星，都有碗大，每串约有二十多个，绿闪晶莹，光波欲活，随着先前红星，互相辉映，在五色烟雾中，上下飞翔。舞到极处，恰似两条绿色蛟龙，同戏火珠。忽而上出重霄，映得满山都是红绿彩影，忽而下落氛围，变成无数星灯。氤氲明灭，若隐若现。尉迟火看到奇处，不由目定神移，几番出声呼怪，俱被笑和尚止住。等到天将见曙，红绿火星渐渐由高而低，由疾而缓，倏地冲霄三次，瞥然下落，没入妖穴，不见踪影。阳光升起，妖云犹未散去，仍如五色轻纱雾縠，笼罩崖穴。只尉迟火昨早所见妖穴附近的黄烟，始终没有出现，未免又疏忽过去。算计过了今晚，明日正午端阳，便该是妖物出土之期。二人恐惊动妖物，一同飞到远处，各将飞剑放出，互相演习了一阵。尉迟火不知怎的，总觉人不对劲，气机不能自如，吃力勉强。向笑和尚要了一粒丹药服下，又运用了两个时辰内功，一同回至天蚕岭。此番不往妖穴查看，只在附近周围巡视，以防万一有异派妖人潜伏。这连日查看结果，只到处都是些零乱鸟毛，鸟身却不见一个，野兽自然早已绝迹。知道这些飞禽俱为妖物吞食，吃剩羽毛，随风飞散。

且喜别的尚无异兆，当下回到风子土穴。尉迟火独自坐在石床上进食，忽然失声道："笑师兄，我们先后在这土穴来了多少次，你觉着有些和别处异样么？"笑和尚问是为何？尉迟火道："先我并不觉得，这些年蒙恩师指教，已能寒热不侵。自从前晚到谷口转了一下，便觉身上烦热，连服两次丹药，也未全好。我只一坐在这石头上，心里便凉爽起来。起初还认为是偶然，今早听了那妖物怪声，又同你练了一回剑，老是心烦发热，神志不宁。适才进来，又坐在这石头上，一会儿便宁贴了许多。莫不这石头还有些异处？"笑和尚日来一心只在除妖搜敌，百事俱未在心，一闻此言，不禁起了好奇之想，叫尉迟火起来，仔细端详这土穴和那块大石形势，看出那土穴附在崖脚，泥石夹杂，并无别的异处。五月天气，穴内自较外面凉爽，原不足奇。那块大石是风子昔日睡处，虽然是一块方方青石，却是通体整齐，有六尺见方，四面端正，出土约有三尺，下截埋在地里。穴口太小，风子纵有天生神力，绝难运进。石身又是那般四周平滑光洁，穴内清凉，抚石却有温意。据风子说，本是狐獾之类扒掘的巢穴，何以洞里面却藏着这一块方石？越看越觉稀奇，左右暂时无事，想查个水落石出。略一寻思，先不动石，二人合力将石旁乱石泥沙用剑拨开。然后用穴中风子留下的锹铲，不一会儿工夫，便将那石扒见了底。细一端详，竟是上下四方，高下如一，毫厘不差。凭二人神力，毫不费事将石抬开，往下一看，粗如人臂的黄精，似无数黑蟒般，纠缠盘结作一堆，也不知有多少。笑和尚折了一截来尝，入口甘芳，胜似先前所食十倍。猛然心中一动，大喜道："斩妖之后，师弟将乾天火灵珠让我独享，受之有愧。今见这石形如此奇异，起初以为有别的宝物藏在下面，今见这好而又多的黄精附生石底，先前你又有清心感觉，定是石中宝物灵气感应。再说石中如无宝物，外形决不会如此整齐，如人工磨就一般。说不定还能帮助明日除妖之事，也未可知。不过我虽常听师父说，莽苍山万年美玉晶英结成温玉莲花，与将来光大峨眉门户有关，只是还不到出世之期，也只听说，没有见过。这石头摸上去倒也温热，可不知里面是否也藏有温玉之类的宝物？既经发现，又有这半日余闲，其势不能放过，凭我二人飞剑，不难削石如泥，但是不知此石来历，要在无心中损毁了，岂不可惜？石形四方，宝物必定蕴藏石中。我较你略微细心，还是由我一人动手，如能侥幸得着宝物，仍赠你如何？"

尉迟火还要推谢，笑和尚已叫他站过一旁，手指处，一道金光绕石旋转，四周如同霰迸雪飞，霜花四撒。顷刻之间，剥茧碾玉一般，早去了三分之一。先时毫无异状，只石质越往后越觉细腻，金光闪闪，玉雪纷飞。不多一会儿，六尺见方一块大青石，变成尺多方圆，六尺高的一根石柱，仍是一无所获。笑和尚一面动手，正在后悔自己不该贪心，将天然生就一块光滑成形的大石,削得一无所用。眼看越削越小,已只剩八九寸粗细,忽见金光影里,似有银霞。连忙住手,近前一看,这石上下皆形如常玉,只中心处有银色从石里透出,隐约可辨,估量大小,也不过六七寸之间。知道所料不虚,宝物行即发现。金光过处,先将上半截青石切去,移开一边,再将下半截同样削断。笑和尚刚将石心捧起,准备拿过一旁细看,尉迟火无心中低头往下半截石根上一看,只见哧的一股清泉,细如人指,从下半截石根心处直喷起来。

蜀山剑侠传 ③

— 著 —
还珠楼主

人民文学出版社

目录

第一〇七回	积虑深仇　劫妖天蚕岭	
	伤心前路　求友钓鳌矶	923
第一〇八回	藏珍无份　寒萼怨偏私	
	敌忾同心　金蝉急友难	935
第一〇九回	彩縠撑空　万顷金波飞恶蛊	
	阴风入洞　一团红肉走妖蚕	947
第一一〇回	匝地妖氛　脱身悲失剑	
	弥天血雨　极恶斗元凶	958
第一一一回	穷搜岩涧　手挥剑气晃银河	
	直上苍穹　足踏云流行紫昊	971
第一一二回	万蹄扬尘　铁羽红裳驱兽阵	
	孤身犯险　灵药异宝返仙魂	979
第一一三回	美仙娃失机灵玉崖	
	呲少年巧得玄龟剑	995
第一一四回	猛兽报恩　神禽救主	
	真人遗柬　侠女寻珍	1006
第一一五回	重返仙山　灵泉初孕暖冰肌	
	三探妖窟　毒耆齐飞裂地肺	1018
第一一六回	合群力　同收青索剑	
	从众请　初试火灵珠	1031

1

回次	回目	页码
第一一七回	斩妖尸　得宝返仙山 逢巨恶　无心留隐患	1040
第一一八回	绝巘立天风　朗月疏星白云入抱 幽岩寻剑气　攀萝附葛银雨流天	1050
第一一九回	涤垢污　失衣逢异士 遭冤孽　辟石孕灵胎	1060
第一二〇回	两仙童风穴盗冰蚕 四剑侠蛮山惊丑怪	1072
第一二一回	双探穹顶　毒火煅文蛛 同入岩窝　飞光诛恶蛊	1092
第一二二回	晶锅幻彩　邪雾蒸辉　彻地分身消魔首 仙阵微尘　神刀化血　先天正气炼妖灵	1106
第一二三回	恶计毁仙山　巧语花言谋荡女 对枰凌绝巘　玄机妙用警淫娃	1119
第一二四回	迷本性　纵情色界天 识灵物　言访肉芝马	1129
第一二五回	困仙山　群魔惊失利 闯妖云　二女建殊功	1142
第一二六回	涉险贪功　寒萼逢异叟 分光捉影　乙休激藏灵	1152
第一二七回	行地窍　仙府陷双童 拜山环　幽宫投尺简	1164
第一二八回	完使命　得宝返峨眉 斩妖旗　冲烟入敌阵	1175
第一二九回	掣电飞龙　妖氛尽扫 涤污掩秽　仙境长新	1187
第一三〇回	临难得奇珍　纳芥藏身　微尘护体 多情成孽累　伤心独activ　永誓双栖	1195
第一三一回	舌底翻澜　解纷凭片语 孝思不匮　将母急归心	1208
第一三二回	灿烂金光　雁山诛鲦怪 霏飞玉雪　微雨赏龙湫	1219
第一三三回	运仙传　发火震伏尸 破狡谋　分波擒异獭	1234

第一三四回	敌众火雷风以抗天灾　返照空明 历诸厄苦难而御魔劫　勤宣宝相	1252
第一三五回	龟策著灵　初呈妙算 蛮烟瘴雨　再作长征	1269
第一三六回	虎爪山单刀开密箐 鸦林砦一剑定群雄	1277
第一三七回	天惊石破　万蹄踏尘 电射星驰　双猱救主	1290
第一三八回	惊兽阵　绝涧渡孤藤 采山粮　深林逢恶道	1298
第一三九回	入穴仗灵猿　火灭烟消奇宝现 惊风起铁羽　大鸣地叱雪山崩	1332
第一四〇回	灵山圣域　巧拜仙师 紫海穷边　同寻贞水	1343
第一四一回	心存故国　浮海弃槎 祸种明珠　奸人窃位	1353
第一四二回	极穷途　三凤初涉险 凌弱质　二龙首伏辜	1366
第一四三回	报大仇　群凶授首 恋红尘　一女私心	1380
第一四四回	莽莽红尘　重复乐土 茫茫碧海　再踏洪波	1396

第一〇七回　积虑深仇　劫妖天蚕岭
　　　　　　　伤心前路　求友钓鳌矶

　　尉迟火猝不及防，溅了一脸。猛觉口里沾了一点，觉着甘芳凉滑，沁人心脾，知是灵泉。自己正在烦渴之际，恐怕洒落可惜，也顾不得喊笑和尚，张开一张大口，堵着泉眼便接，咕嘟嘟连饮两口。立刻觉着身心轻爽，头脑空灵，烦渴一祛，如释重负。不舍住口喊人，便将两脚直顿，反手招摇。等到笑和尚过来问他，尉迟火才住口喊他去饮时，口才一住，同时泉也涓滴无存。尉迟火说了泉的好处，笑和尚恍然大悟道："你饮的分明是灵石仙乳，万载空青。我只注意怎样取出石中宝物，未及分润一口。幸而你平素迟钝，这次却有灵机，否则灵泉无多，转瞬流尽，大家都吃不成了。可见一饮一啄，莫非前定，仙缘际合，各有来因。我这样用心，竟会一时大意，忘了上下两头，若照先前削法，岂不可以分润一些？适才我将石心捧过，觉着手上温润，连忙回身，见你头伏石根，回手招我，已是不及。恭喜师弟，饮了这空青仙乳之后，不但可抵多年功行，目力还大异寻常，虽未必视彻九幽，比我练就的慧眼，就强多了。"尉迟火笑道："师兄且慢，可惜这石下半截既有，上半截难道便无？何不将那上半截石根细细探寻，如有时，岂不是你我又可多得一点仙气？"

　　笑和尚闻言，也觉有理。果然取过上半截断石，仍用剑光细削，直到连下半截石根都削完，哪有涓滴。且喜石心有宝，业已断定，两人坐到一起，重用剑光细细磋磨，对于石里的银色，一丝也不敢伤损。不多一会儿，银色愈显，仿佛在石中跳动，愈发兢兢业业，不敢大意。忽见一丝白气，从石眼里"哧"的一声喷出，转瞬即灭。再看石面上，现出七个小孔。二人业已看透石层里面，竟是空的，中间好似盘着一个东西。剑光削处，七个小孔越显越大，见石中之物乃是一条银色小牛，在里面转动不停。二人都不知是什么宝物，恐怕取出遁走，便停了手。谁知石里银牛透了外面空气，渐渐行动由急而缓，一会儿工夫，伏在石上，不再动转。尉迟火主张取出，笑和尚还不甚放心，先使了禁制之法。然后再用金光将石面削去一看，石心圆平，形如盘盂。那牛非石非玉，通体银光灿烂，碧眼白牙，四蹄朱红，余下连角都是银色，形态如生，全是天然生就，看不出一丝制作之痕。明知天生灵物，只不知用处来历。二人俱都大喜，尤其尉迟火爱不忍释。笑和尚抽了几根僧衣上麻缕将银牛系好，挂在尉迟火贴胸之处，另用符咒禁制，以免真形飞去。

宝物得到，时已黄昏。尉迟火服了石乳空青，身心愈发通畅。高高兴兴一同走出穴外一看，对面妖谷业已妖云弥漫，毒雾蒸腾，映着落日余霞，满山都是暗赤色彩，比昨晚还要浓厚许多。二人看了一会儿，日落西山，夜色已浓，满天繁星，一点微风都没有。四外静悄悄的，只见谷中妖气，蓬蓬勃勃涌个不住，时而现出点红绿光影。因为相隔明日端午还有不少时辰，此时也无法下手，便同飞到远处，盘膝用功。三更过去，以前所见的红绿火星相继出现。这次星光愈大，更显光华，已能看出妖物两条长爪，一个尖头，在烟雾中飞舞隐现。一交子夜，愈更猖獗。红星长有栲栳大小，引着两串碗大绿火，在妖穴上空乱飞，映得妖云毒雾，如同蜃光叠彩，五色迷离，分外好看，不时闻得奇腥之气。妖物身形，也越来越显，似要现出全身，出土飞去。二人若非玉清师太与矮叟朱梅谆嘱，几乎就想上前动手。因恐妖物觉察，笑和尚早已隐去身形，尉迟火也在僻静之处潜伏。细看那妖物，浑身碧色，头尖口锐，阔腮密鳞，身形颇似蟾蜍。腹下生着两排短脚，形如鸟爪。两条前爪长有三丈，色黑如漆，尽头处形如蟹钳；中节排列着许多尺许长的倒钩，形如花瓣，发绿光的便是此物。只剩两条后爪，尚有半截没有出土。近身半截，与前爪大同小异，只颜色却是白的。玉清师太曾说妖物腿射红光，此时并未看出。那鸣声却异常凄厉，听了叫人心神难安。正在观察之际，忽见前面妖物不远，另有几点绿火，夹着一阵黄烟，直扑妖物头上火星。就这一转眼的工夫，时光离天明还早，倏地妖云乱卷，毒火齐收，如流星坠雨般纷纷落下，连妖物全身都没入土内，不见踪迹。只剩一堆毒氛彩雾，如五色锦堆般笼罩岩谷。

直至天明，也不见再有动静。二人俱都诧异，与往日不同，先疑是妖物自己弄的狡狯，并未想到别的。等到交了巳正，日丽天中，碧空万里，又是端阳藻夏，风和日暖，休说雷风暴雨，连一丝云彩影子都无。尉迟火道："玉清师太曾说，今日午时大雷雨后，妖物才得出土。你看天气这般好法，哪有雨来？"正说之间，笑和尚抬头一看，只见西北天际，似有几缕轻云飞动，果然没有雨意。因昨晚情形不似往日，也觉有些疑虑。时已不早，且不管天气怎样，仍照以前商定下手。当下同了尉迟火，由高空飞行，越过妖谷，到了那千丈危崖之上，下面便是妖物出土的巢穴。一切俱经预先商定，毋庸再为谆嘱。又恐惊动下面妖物，俱都用手略微示意。笑和尚安置好了尉迟火，往回飞走，打算飞到前面谷口内平崖之上，等妖物出土，上前抢那乾天火灵珠。仗着隐去身形，静等尉迟火将妖物两条后爪斩断，护痛回身之际，再行飞回，两下夹攻。身刚飞落平崖，忽然一阵狂风吹过，抬头一看，时光刚交午初。就在这一会儿工夫，西北乌云已如潮涌卷至，转眼阳乌匿影，四方八面的云雾疾如奔马，齐往天中聚拢。满天黑云弥漫，仿佛昼晦，天阴已极。倏地黑云层的电光，如金蛇乱窜，只闪得一闪，震天价一个大霹雳打将下来。那些笼罩岩谷的毒气妖雾，经这大雷一震，全都变成彩丝轻缕，随风四散。接着妖谷上空电光闪闪，雷声大作。那大霹雳紧一阵，慢一阵，轰隆轰隆之声，衬着空谷回音，恰似山崩地陷，入耳惊心。只震得山石乱飞，暴风四起，同时酒杯大的雨点也如冰雹打下。那大雷虽然响个不停，却只在妖穴上空三四丈高下发火震散，并不下击。妖谷中先时一任雷声震动天地，毫无动静。那雷声直打了一个半时辰，渐渐雷声愈大，雷火也愈形降低，雷火去离妖穴只有丈许远近。忽然一道红光疾发如星飞，直往天空冲起，照得山谷通明，比电光还要明亮。这时正有一个霹雳朝那穴打下，经这红光一冲，竟在下空冲散。随后雷声越响越高，那道红光仍往妖穴落下。红光才收，雷火也随着降低。二次红光再起，又将雷火冲高。似这般几起几落，眼看午时将近，妖穴不远冒起一阵黄烟，忽然雷声停息，云散雨收。妖穴中先是红光闪了两闪，那毒雾妖云腾腾勃勃由穴中涌出，将妖穴附近笼罩，恰似一个彩堆锦幛，映着阳光，越显奇丽。

待了不多一会儿，又见彩烟中冲起一粒红星，离地约有三丈多高，停在空中，不住滚动。远看好似浑圆一个火球，没有前几次所见的大，光辉也凝而不散，不似先前虽然光焰较大，却带阴晦之色。知道妖物经了这次雷劫，气候已成，那粒乾天火灵珠也凝炼精纯，可大可小。因妖物身躯还未出土，不敢贸然去抢。正在盘算之际，倏地妖穴里又冒出千百条五色匹练般的毒气，荡漾空中。紧接着两条三四丈长的前爪先行出土，爪上绿星在阳光下倒不显怎样光明，只是那发出来的毒气却异常腥臭，闻着头脑昏眩。知道妖物快要出土，愈发不敢大意，聚精会神，真气内敛一处，准备相机下手，眼看妖物两条前爪直伸向天，舞了几下，那空中停留的乾天火灵珠也由近而远往前移动。长爪尽头，先现出妖物身躯，裹着一身腥涎毒雾，好似非常疲倦，缓缓由穴内升了上来。大白日里，看得分外真切，有时两爪交叉，果似一个古写的半截文字。尖头上生着一双三角眼睛，半睁半闭，射出红光。嘴里的烟雾，一喷便似十来丈长的匹练，喷一回，往上升起一些。看它神气，颇觉吃力。笑和尚见妖物转瞬出土，这般厚重的毒雾，如何近身？那粒乾天火灵珠照在妖物顶上，四周俱有毒雾妖云环绕，不拼冒着大险，绝难抢到手中。这时那妖物两条后爪又上来了半截，前爪交叉，直撑空际，后爪着地，全身毕现。加上那样生相凶恶，奇形怪状，又知妖物毒气非常厉害，纵然口中含了灵丹，也未必能保无恙。又知时机稍纵即逝。正在为难，忽见妖物后爪只出来了一半多，倏地停止不动，伏地怪啸起来。鸣声异常尖锐凄厉，叫得人耳眩心摇，不能自主，比较前时还要格外难听。叫约有四五十声，倏又昂头将身竖起，两眼闭拢，将尖嘴阔腮一张，白牙森森，吐出来的火信疾如电闪，𪙷𪙷吞吐，肚腹一阵起伏，似往里吸收什么。先前所喷出来的毒雾妖云似五色匹练，如众流归壑一般，纷纷向妖物口中吸涌而进，顷刻间只剩妖物口前有两三尺火焰，所有妖氛一齐被它收去。同时它又人立起来，两条后爪快要出完，空中乾天火灵珠也似在那里往前移动。

笑和尚一看，还不下手，等待何时？说时迟，那时快，当下驾起无形剑遁，直朝那粒乾天火灵珠飞去，口诵避毒真言，伸手便抢。方喜容容易易将珠得到手中，及至抢了珠子，回身飞遁，才觉那珠似有一种东西在下面牵引，拿着飞走，甚是吃力。百忙中往下一看，那妖物已有了觉察，一双三角眼全都睁将开来，尖嘴中火信直吐，待要喷出毒雾。笑和尚大吃一惊，在这千钧一发之际，急中生智，一手提定那珠，往回飞走，手指处将飞剑放出，往那粒乾天火灵珠下面一绕，果然无心中将妖物真气斩断。那珠失了依附，入手轻灵，与先前重滞宛不相同。笑和尚用飞剑时不能隐形，已被妖物觉察。还算妖物初经雷劫之后，正在出土吐纳养神之际，气体不充，飞行不远，只怒得怪啸连声，口中一二十丈长的毒气又似匹练般直朝空中喷去，同时两条后爪也一齐出土，待要全身飞起。笑和尚见已得手，哪敢怠慢，早已收回剑光，隐形飞遁。

尉迟火在危崖上潜伏注视妖物动静，见大雷雨后，妖物果然现身，火灵珠停在空际，左右毒气甚重，先时也代笑和尚着急。及见金光闪了一闪，火灵珠不见，知已得手，心中一喜欢，略微慢了一慢，那妖物业已全身出土。先时动作尚慢，突然刮起一阵腥风，妖物口中乱喷五色匹练，周身有彩雾烟云环绕，张开四爪，恰似一个七八丈长的四脚蜘蛛，往前便飞。尉迟火才大喝一声，将剑飞出去斩妖物两条后爪。这时妖物离地也不过才两三丈高，还待向上去追仇敌。忽见谷口一个伸出的危崖上面，先是一溜绿火，直敌尉迟火的飞剑。接着起了一阵绿烟黄雾，恰似一面百数十丈方圆的烟网。烟雾中一个断臂长人，面貌狰狞，披头散发，手持一面纸幡，连人带烟，直朝妖物扑去。这时先前那一溜火，已迎着尉迟火的飞剑两下一碰，同时一绿一白两道光华，双双坠地消灭。

笑和尚原意，是遁出毒雾氛围，再回身运用飞剑，与尉迟火前后夹攻。刚飞出去里许地面，猛一回身，正见那断臂妖人破了尉迟火飞剑，用一团黄绿烟雾，网一般围住妖物全身，连人带烟，抱住妖物，破空飞去。不由大吃一惊，忙喝道："大胆妖孽休走！"手指处，一道金光疾如闪电，往前便追。那断臂妖人想是知道厉害，也不回身迎敌，怪啸一声，疾如飘风，直从尉迟火潜伏的危崖上面飞越过去。笑和尚剑光何等神速，连忙追去时，刚刚飞至危崖上面，忽然闻着一股奇腥，立刻觉着天旋地转，目眩头晕，若非素常修养精纯，几乎倒地。就在这略一停顿之际，妖人逃走已远。再看尉迟火，业已倒地不省人事。笑和尚大吃一惊，不顾再追敌人，因崖上毒气太浓，不敢停留，百忙中屏着一口真气，就地上抱起尉迟火，先飞离了险地再说。知道一时疏忽，闯了大祸。到了土穴左近，将尉迟火放在地上一看，尉迟火两目紧闭，浑身绵软，只前胸以下肉色未变，其余自颈以上，俱是色如乌漆。连忙塞了两粒丹药下去，在旁守护。等了两个时辰，丝毫不见醒转，知他受毒已深，灵丹无效，越发忧急。这时妖物虽然逃走，余氛犹自笼罩岩谷，在晴空中随风飘荡。倘若随风吹散，必要贻祸于人，也是将来隐患，只苦无法消除，干看着急。准备尉迟火到晚上不醒，只好自己抱着他，驾剑光回转东海，拼着一身不是，求师尊们搭救，别的暂时也顾不得了。

渐渐日色偏西，正在无法可施之际，猛见一道金光，电闪星驰般地飞来，宛似神龙夭矫，围着妖穴附近绕去。接着便是震天价一个大霹雳，那道金光往岩谷上面只绕了一转，便掉转头长虹泻地般直往妖穴射去。笑和尚一见金光，便认出是三仙一派，来了救星，只不知三仙中哪一位，不由又惊又喜。不等来人现身，早合掌跪在当地，不敢抬头。耳旁又听霹雳两声，悄悄拿眼偷觑，金光敛处，现出一位慈眉善目的清瘦法师，缓缓从空中往二人存身之处行来。笑和尚见是师父，目前妖氛已尽，尉迟火也不致丧生，固然欣幸。但是想起自己许多措置失当之处，虽然师父平日钟爱，定难免去责罚。吓得跪在地上，不敢出声，只不时拿眼偷看动静。苦行头陀也似不曾看见笑和尚跪在地上一般，径走近尉迟火身前，将他扶起，手指处一道金光，细如人指，直往尉迟火口中钻去。一会儿工夫，那金光穿口出鼻，就在尉迟火七窍中钻进钻出，不住游走。约有顿饭光景，苦行头陀才收回金光，双手合掌，口诵真言，搓了两搓，手上放出光华，往尉迟火上半身摸了一遍。然后取了两粒光彩晶莹、绿豆大小的丹药，塞进尉迟火口内。又过了顿饭时候，才听尉迟火长长地咳了一声，缓醒过来，见是苦行头陀，连忙起身下拜。苦行头陀道："这次很难为你。如非事先疏虞，未看出妖人潜伏之处，妖物定然授首。我同玄真子道友在东海炼丹，正是火候吃紧，那丹关系三次峨眉斗剑及几辈峨眉道友生死存亡，我三人采药多年，才得齐备，一毫大意不得。所以来迟了一步，致你失去飞剑，身受妖毒，几乎堕劫沉沦。那妖物毒气本就厉害，这是它的救命毒烟，休说你等小小功行，连正邪各派中主要人物，也未必全能禁受。幸而你事前无心中服了万载空青灵石仙乳，又有东方太乙元精所化的石犀护着前心，仅仅七窍中了毒气，不然纵有灵丹，也难复原了。更幸妖物毒烟，终身只放一次。它因没生后窍，食物有入无出，腹中淤积天地间淫毒污浊之气，不到生死关头，不会发泄。这次因失去它的元阳，变成纯阴之质，又被妖人在急中一抢，那妖人又完全知它克化禁忌的来历，无法脱身，情急无奈，才将这万分恶毒之气，震开腋缝，发将出来。妖气已泄去大半，此后除它，比凭空遁去，容易多了。只是你飞剑既失，元气又伤，事情为助我的孽徒成功而起，你始终不存一毫贪念，即此已很难得。现时你也不能再去积修外功，可随我回转东海，由我炼一口飞剑，赐还与你，以奖你这一番苦劳之功便了。"

这时尉迟火已听出苦行头陀有怪罪笑和尚之意。笑和尚更是早已听出语气不佳，吓得心头乱跳，战兢兢膝行挨近前去，想等师父把话说完，再行苦告乞恕。谁知苦行头陀始终不曾理他，把话一完，不候他二人张口，僧袍展处，单携了尉迟火，一道金光，直往东方飞去。笑和尚一见不好，忙驾无形剑遁，从后追随。到了东海一看，洞门紧闭，知道师父剑光迅速，业已早到。若像往日，已经叩户径入。因为负罪之身，又猜不透师父究竟要怎样责罚，彷徨无计，只得跪在洞门外面，低声默祝。直跪到第二日清晨，毫无动静，越发焦急起来。暗想："自己一出世，便由师父抚育教诲，甚得钟爱，说是将来还要传授衣钵，平素从无过错，连重话都未责罚过一句。今番斩妖无成，只是一时疏虞，没有看出妖人藏匿在旁，也是无心之过，何以情形这般严重，大有摒诸门墙之外的意思？自己长跪哀求了一夜，竟不能丝毫挽回。"越想越伤心，不由哀哀痛哭起来。悲泣了一阵，先于求恕之中，还有些怨望师父薄情，处罚太过。后来一想："以这次而论，要专为除妖不成，那只是自己法力经验不够，并非自己不尽心力，纵然有罪，何至于此，其中必然还有缘故。"又仔细想了一想，才想起自从参加破慈云寺后，因为出马得意，又见众同门能如自己者甚少，未免狂妄自大。一路上虽然也积了不少外功，回想许多处置事情，都有点不得其平，一任自己喜怒。尤其那日听说妖物身上藏有宝珠，不该心心念念只在珠上盘算，斩妖除害之事反倒不甚注意。如与尉迟火异地而处，或者得珠之时，不再狂喜远遁，也许纵有妖人潜伏，不致使妖物遁去。又想起师父教规素严，那日代云从、风子化斋，土豪固然可恶，惩治尚可，岂能犯戒，盗人银两，以供自己快意？虽然银子并非自用，终是犯了清规。更想起路遇矮叟朱梅那般谆谆嘱咐，不该因为宝珠存下私念，找寻诸葛警我不着，便迳能不再找人。照那日形势，如再得一人相助，得珠之后，将珠交与助手，自去对付妖物、妖人，何能让它逃走？岂非一念之私，误了全局？越想越觉错误太多，事情全坏在自己身上，责无旁贷，怎能怪师父薄情？不禁心寒胆战，愧悔万分。

正在惶急，忽见玄真子与乾坤正气妙一真人双双缓步走来。笑和尚一见，仿佛是得了救星，连忙膝行着迎上前去，恳求代为缓颊。妙一真人道："你师父性情，平素看去，较我等还要和易，但是戒律却异常精严。你不应连犯贪、嗔、妄三行戒条。据我看，你师父心中甚是难过，大有将你逐出门墙之意。所幸你尚能忏悔，觉悟前非。我又念你能为峨眉宣劳，因此约了你玄真师叔，向你师父求情，纵能免却追还飞剑，逐出门墙，责罚也不在小。你可小心在此谨候，万勿任意行动，少时自有回音。"笑和尚哪敢答言，不住含泪叩谢，眼看妙一真人与玄真子走到洞府门前，石门自开，双双走了进去。一会儿诸葛警我走来，向笑和尚略一领首，匆匆入内。又待有两个时辰，才见诸葛警我面带忧色，走了出来，唤笑和尚起立道："师弟，恭喜恭喜，已蒙师伯怜宥了。"笑和尚大喜，忙问："师父可准小弟进去拜谒请罪？"诸葛警我道："此时谈何容易。这事都怪我晚回了两三日，累得师弟你遭此无心之过。适才师父和妙一师叔向苦行师伯再三求情，只免逐出门墙，尚有许多下文，暂时无暇谈此，可随我到钓鳌矶新辟的洞府中细谈吧。"

笑和尚闻言，不由忧喜交集，先向着洞府跪谢师父宽恕之恩。然后随着诸葛警我下了仙山，驾起剑光，直飞海滨钓鳌矶神吼洞坐定，听诸葛警我详说经过。才知苦行头陀果然怪他不该狂妄贪嗔，盗人银子，一心看重宝珠，精神不属，以致未看出妖人潜伏，遗留莫大后患。对他甚是灰心，不但不肯传授将来衣钵，还要追去飞剑，逐出师门。幸而念在他资禀不差，又是初次犯过，事后跪在洞前，尚能自觉前非。又经玄真子、妙一真人再三说情，才免逐出之罪，给与自新之路。

那妖人乃是百蛮山阴风洞妖孽绿袍老祖门下、叛师恶徒辛辰子。自从绿袍老祖在慈云寺被极乐真人李静虚腰斩，恰巧辛辰子赶到，趁着顽石大师失利的当儿，冒险将绿袍老祖上半身抢了逃走。他拼命救师，心里并非怀有好意。他因早已知道绿袍老祖尚有第二元神炼成的玄牝珠，乃是邪教中的至宝，存心不良，并不将绿袍老祖上半身送回百蛮山，寻找替身还元。而是径将他带至西藏大雪山极隐秘的玉影峰风穴寒泉之内，用妖术、法宝将峰封锁，每日毒钉邪火禁制，要逼绿袍老祖将玄牝珠献出。绿袍老祖知他性情歹毒，与自己不相上下，宁受折磨，至死不肯将珠交出。辛辰子才知弄巧成拙，凭自己法力，只能给他受尽痛苦，要弄死却非容易。又加上百蛮山尚有三十几个两辈同门，时常查问绿袍老祖上半截尸身下落，俱疑辛辰子捣鬼，绿袍老祖未死，渐渐追问甚急。玄牝珠如能到手，便不愁他这些同门余孽不服，如果珠不能得，迟必生变。再要走漏机密，被人救去，绿袍老祖残忍非常，报复起来，定比自己施之于人者，不知还要惨上多少倍。越想越害怕，擒虎容易放虎难，情急无奈，只得费尽心力手脚，盗了红发老祖一把天魔化血神刀。这原是绿袍老祖的克星，交珠便罢，否则便用神刀将绿袍老祖连残身带元神全部斩化。

谁知迟了一步，绿袍老祖径被妖人西方野佛雅各达救走，狠心毒意，乘人之危，在青螺魔宫中，双双活割了青海派教祖藏灵子得意门徒师文恭的身躯，接复后，遁回百蛮山去。发下大誓，二次再炼百毒金蚕蛊，捉到辛辰子，将他折磨三十年，身受十万毒口，然后斩去元神，化骨扬灰，用法术咒成蛊蚁，轮回生死，日受毒蚕咬食，永世不完苦孽。辛辰子当时被绿袍老祖用拔毛代体、化神替身瞒过，未得追上，已知上了大当。后来一闻此信，吓得胆落魂飞，哪敢再回百蛮山去，到处潜伏匿影，以避绿袍老祖搜寻。知道尽自藏躲，终非了局。又听别的妖人说起，要破金蚕蛊，只有生擒到云南天蚕岭的千年文蛛，用自己心血祭炼，与妖物分神化体，用此才可将金蚕一网打尽。否则这次绿袍老祖下了狠心，不久便将身与金蚕合而为一，蚕存与存，蚕亡与亡，就未必能制了。他得了那妖人指教，又传了妖物文蛛禁制之法，用千年毒蜗脂涎和鲛丝结的毒网，去擒妖物，抢先在妖谷内用妖法隐去身形。笑和尚同尉迟火去时，他已察觉，本想下手暗算。又因妖物有乾天火灵珠护体，非毒网所能克制，指教他的妖人，也算出他非因人成事不可，因此才隐忍未动，决计借别人抢珠之时下手。但他生性太恶，就这么打算，还趁尉迟火往谷口探头之际，暗打了他一阴魂毒火弹。那弹中上，不出七天，便要烦渴而死。偏偏尉迟火无意中又服了万载空青灵石仙乳，才保无恙。及至笑和尚得珠到手，辛辰子趁他回身，用毒网抱了文蛛，污坏了尉迟火的飞剑，行法遁走。笑和尚追他时，他因乾天火灵珠已与妖物元气脱离，不但没有顾忌，反起觊觎，原想暗使妖法一网打尽。一则恐人觉察，传扬出去，做贼心虚；二则笑和尚剑光非比寻常，同时文蛛又放出那救命毒气，他虽满身妖法，又知禁忌，也觉禁受不住，连已经倒地的尉迟火都未及下手，径自逃走。谁想冤家路窄，指点他盗取文蛛的妖人走漏了消息，那绿袍老祖门下一个名叫唐石的听了去，密告了绿袍老祖，自是容他不得，早派了十几个门下妖孽跟踪窥探。一则怕他那柄化血神刀，又兼想连那妖物文蛛一起得去，当时并未下手。直等辛辰子得手之后，暗地跟随，到他潜伏的玉屏岩地穴以下，用妖法隐形化身入内。趁他和一个妖妇饮庆功血酒之时，暗下销魂散，将辛辰子和那妖妇醉得昏迷过去，再用柔骨丝缚好，连鲛网中的文蛛一起带回百蛮山阴风洞去。行至中途，正遇红发老祖寻来，向辛辰子要还化血神刀。这一伙妖人不知厉害，言语不逊，恼了红发老祖，施展妖法，困住众妖，斩断柔骨丝，震醒辛辰子，索还化血神刀。辛辰子醒转一看，才知中了仇敌道儿，如非红发老祖索刀启衅，要被这些同门妖孽捉了回去，其身受的惨毒，哪堪设想。当下便向红发老祖跪下谢罪，将刀献还，历说绿袍老祖怎样狠毒，他盗刀自卫，情出不得已，再四苦苦哀求搭救。红发老祖也未理他，将刀取回，竟自飞回山去。辛辰子趁众人畏惧红发老祖不敢动手之际，见红发老祖一走，连那妖物文蛛和心爱的妖妇都顾全不得，也乘机同时行法遁走。这伙妖孽欲待追赶，已是不及，只得带了那妖妇和妖物文蛛，回山复命。

绿袍老祖闻得辛辰子中途逃走，暴跳如雷，不但恨红发老祖切骨，怒到极处，竟怪唐石不加谨慎，一口咬断唐石臂膀，又要将这些妖人生吃雪恨。还算雅各达再三求情，说他等俱非红发老祖之敌，文蛛既已得到，除了后患，可以将功折罪。辛辰子失了文蛛和化血神刀，无异于釜底游魂，早晚定可擒来报仇雪恨，何必急在一时？这些妖孽才免葬身老妖之口。那绿袍老祖自从续体回山，性情大变，越发暴戾狠毒，每日俱要门下妖人出去抓来人畜，供他生吃。人血一喝就醉，醉了以后，更是黑白不分，不论亲疏，一齐伤害。不似从前对门下，暴虐之中，还有几分爱惜。总以为自经辛辰子这一来，其他余孽难保不有人学样。传授法术，学成以后，去为将来叛师害己之用，简直休想。他从前虽然狠毒，女色却不贪恋。自得妖妇，忽然大动淫心，每日除了刺血行法，养蚕炼蛊之外，便是饮血行淫。偏那妖妇又不安分，时常与门下妖孽勾搭，偶然觉察，他却不究妖妇，只将门人惨杀生吃。门下三十几个妖人，已被他生嚼吃了好几个。在他淫威恶法禁制之下，跑又跑不脱，如逃出被他擒回，所受更是惨毒。不逃走，在他身旁，法术既不曾再传，又是喜怒难测，时时刻刻都有惨死之虞。他回山没有多日，闹得这些门下妖人个个提心吊胆，如坐针毡。及至这次唐石领了多人盗回文蛛，除去他的隐忧，有功不奖，反将唐石咬断一只臂膀，又要生吃众人。虽经人解劝得免，可是一见唐石断臂，便想起昔日咬断辛辰子臂膀，结怨复仇之事，不时朝唐石狞笑，话言话语，总拿辛辰子作比。

唐石平时虽是恶毒，甚得众心。向辛辰子追究绿袍老祖下落，也是他一力主持，却闹得这般结果，朝不保夕。越发众心解体，反觉不如当初与辛辰子一气，同谋将他除去，倒不致受今日荼毒。真是众叛亲离。那辛辰子也自知早晚没有活路，探知绿袍老祖也想利用文蛛炼成妖法，与峨眉寻仇，得到以后，并未弄死。只因金蚕蛊尚未炼成，不能分心，将文蛛仍用鲛网网好，关在阴风洞底风穴之内。自己既与恶师势不两立，除了将文蛛再行盗回，觅地藏炼，将来还可拼个强存弱亡之外，更无善策。处心积虑，想去冒险一试。半月之内，必要前去。

苦行头陀用佛法坐禅，神仪内莹，智珠远照，算出许多因果。又看玄真子与妙一真人情面，将斩除妖物之事，责成笑和尚前去办完。命诸葛警我传语，指示了绿袍老祖藏匿妖物之所。给了三个密束，外面标明日期，到日危急，才许开看。斩妖回来，不但将功赎罪，那时苦行头陀也值功德圆满，仍可令笑和尚继承衣钵。

笑和尚备悉经过，好生忧急，忙对诸葛警我道："斩妖赎罪，责无旁贷。只是那绿袍老祖何等厉害，门下许多妖人，俱非弱者，我人单势孤，本领有限，如何能够深入妖穴？师兄念在往昔情分，好歹救我一救。"诸葛警我道："你真遇事则迷，枉自平日那样聪明。你想师伯既将全责交你，如非预算成功，岂有叫你前去送死之理？不过怪你这次狂妄自私，犯了教规，特意借此磨折你一番罢了。绿袍老祖厉害，我等自不是他对手，其间当然免不了许多惊险魔难。所幸师伯虽命你一人负责，并未禁止你约请帮手。前辈师伯叔自不便请去相助。连我也因三次峨眉之事，师父和这两位师伯师叔时有差遣,不能离开一步。但是别的同门尚多,尤其是破完青螺以后,新入门的几位同门,不但本领高强,还有许多异宝。师伯第一封柬帖外面,写有你起身日期,计算离今天还有半个来月,你何不趁此时期,请好助手,再往百蛮山去,相机行事,岂不是好?"笑和尚道:"我平日不善和师姊妹们应酬,除你之外,只和小师弟金蝉交好,但他的能力,还不如我。余者同门虽多,我俱不熟,又不知何人身有异宝,也不好意思事急请人相助,这便如何是好?"

第一〇八回　藏珍无份　寒萼怨偏私
　　　　　　　敌忾同心　金蝉急友难

诸葛警我道："你又呆了，斩妖除害，乃是我等应为之事，虽说助你，也是为公，不过你身任其难罢了。只一对他们说，除非另奉师命，有事在身，都是义不容辞。峨眉与我等一家手足，俱是同门，分什么男女和交情深浅？我代你打算，这些同门当中，别看小师弟金蝉本领不如你，还就数他是第一福人，毕生永无凶险，又最得妙一夫人和诸同门爱护，难得他又和你交好，约他相助，最为妥当。你如不好意思请师姊妹们相助，一约他去，师姊妹们也决不袖手，纵然自己不去，必借法宝助你成功。我听说他们所有法宝，除朱文有朱师伯的天遁镜，专破妖氛毒气外，如李英琼的紫郢剑，秦家姊妹的弥尘幡，还有申若兰借用半边老尼的紫烟锄也未送还。他们现时俱聚集在峨眉山凝碧崖洞天福地之内，前门法术封锁，初去不易找寻。你可往髯仙李师叔飞雷洞对过后洞入内，只需约去小师弟，再借得两件法宝，悄悄偷上百蛮山，用隐身法入洞，去斩文蛛，金蝉与你接应，纵不手到成功，也不致失陷妖人手内。事要慎秘，不可再似前时大意。我将师父给我的九转真元再造神丹给你两粒，以防不测，少赎我力不从心、不能分身相助之罪如何？"

笑和尚知那仙丹经三仙多年道法炼成，因念诸葛警我频年采药劳苦功高，戒律谨严，从无过犯，同门中只他一个得蒙恩遇，赐了七粒，有此在身，不啻多得一条生命，连忙跪谢，又谢了指教之情。因为事不宜迟，大功未成，师父不许见面，诸葛警我又忙着检配新采灵药，事已商量停妥，无可留恋，将那火灵珠与诸葛警我看了，又商谈了一些别的事，便别了诸葛警我，径往峨眉飞去。

虽听说飞雷洞在峨眉后山，有危峰峭壁围绕，人迹罕到，但是从未去过。照诸葛警我所指的路径，在空中飞行，寻了好一会儿，才看见山阴峰峦耸聚之下，有一片平崖，上面有一座洞府，背倚崇冈。一面孤峰拔云，一面广崖上洪波浩浩，急流汹涌。到崖尽处，直落千寻，飞沫喷雪，银涛幻彩，声如雷轰，震动山谷。洞府对面，又是一座洞府，洞门似较稍小，白石如玉，映日生光。洞前有亩许方圆平石，突伸出去，左右各有一根白玉石柱对列。两崖中断，下有百丈深潭，寒波澎湃。两洞相去并没多远，到处都是奇花异卉，古木灵石，允称仙境，笑和尚算计这两座洞府，必有一处通着凝碧仙府。正待收剑下落，忽听一声雕鸣。定睛一看，从洞内高视阔步地走出一个金眼大黑雕，出洞便纵向洞旁石柱上面，铁羽神骏，顾盼威猛。紧接着洞中又纵出一个比人还高的大猩猿，手中拿着两柄长剑，出洞便在平崖上舞将起来，光华闪闪，纵跃如飞，虽不能与身合一，已宛然峨眉家数。笑和尚看着稀奇，暗想："前日闻得凝碧崖有一个仙缘极深的女同门，名叫李英琼，得了白眉禅师的神雕佛奴，甚是通灵。却不想还有这么一只大猩猿，居然也得了峨眉传授。诸葛师兄说不久有许多妖人来此侵犯，有这两个灵物守洞，寻常异教还难擅入雷池一步呢。"

正想看那猩猿舞完了剑再行下去，忽见空中飞过一群大山鸠，那时猩猿正舞到疾处，倏地将足一点，连人带剑，直突高空。那群大山鸠飞逃不及，早被冲入鸠群，剑光过处，穿杀了好几个，纵下地去。收了双剑，便作人言，叫那黑雕去吃。那黑雕偏着头看了它两眼，嘴里叫了两声，想是不肯领情。那猩猿一赌气，提起几只死鸠，便往崖溪中丢去，零毛碎羽，落了一地。笑和尚心最仁慈，暗骂："扁毛畜生！才学了多少本领。既会人言，必已通灵，如何行事还这般残忍？前辈师伯叔从不收异类为徒，金蝉比较淘气，说不定就是他所豢养。这东西已学会峨眉剑法，又有这两口好剑，现时见它为恶，不加惩治，异日多事杀生，再要野心不退，归入旁门，岂不贻羞峨眉门户，害它主人为它受过？何不下去惩治它一番，就是它主人知道此事，也难怪我。"想到这里，故意闹个玄虚，收了无形剑遁，从空中似断线风筝般，飘飘荡荡往下坠落。神雕得自白眉和尚佛法点化，笑和尚无形剑遁须瞒不过去，早看出来人是峨眉一家，存心给袁星一点苦吃，才有袁星吃亏挨打之事。笑和尚连打带闹，戏耍了袁星一阵，已断定这里定是凝碧仙府的后洞无疑。正待迈步往前行走，忽然鼻孔闻着一股子异香，见洞口里石头上放着三个朱红如火的果子。拿起一看，清香扑鼻，以为是洞中仙果，被袁星盗来。尝了一个，非常香甜好吃，顺手揣起，往里便走。

原来袁星委实心高志大，自见主人为余英男逃走莽苍山之事每日焦急，想到与神雕同立奇功，将英男寻回，以博主人欢心。背着众人，和神雕商议。神雕也因日前寻英男无着，觉着有负使命。先因奉命看守后洞，不敢擅离。禁不起袁星一再怂恿，说它自幼生长莽苍山，洞穴甚熟，又有许多子孙，可以相助找寻，除非英男不在那里，否则没有寻不着之理。你飞行又快，哪有这么巧，就会出事？何况对门还有两位大仙相助，绝无妨碍。倘如寻着，其功非小，也省得主人着急。又从脑后拔下几根长毛，交与神雕。说莽苍山同类中，凡年代深远一点的都通鸟语，可将此毛带去，用鸟语说了英男相貌。你如当时寻不见英男，只管回来，明日再去，它们自会帮你找寻，随到随回，不过几个时辰。我再故意绊着对面两位大仙，在此说话学剑，即使有警，由二位大仙抵敌，我回去送信，也不至于误事。如此既可立功，又可不废职守，岂不两全其美？神雕被它说动，又因深通灵性，能预知警兆，预料目前不会有事，便由袁星先将石、赵二人请出，借学剑为由，帮助防守，径往莽苍山飞去。

那里千山万壑，大小洞穴不计其数，自不能一一遍寻，仅在空中盘旋下视，全山寻遍，倒见了不少大马熊。除此之外，虽遇见几个小猩猿，俱是年龄尚轻，灵气毫无，一见神雕飞来，吓得乱抖乱叫。一一抓住，问了问，哪里通什么鸟语。将袁星长毛与它们看，倒似乎有些认得，也没有什么特别表示。神雕便舍了这些小的，再去空中寻找，休说英男，连大点猩猿一个都无。记挂后洞，不敢久停，只得回飞。飞过一处山崖，见地上有几个朱果，神雕自然识货，飞身下去抓起。四外细看，只有儿十匹马熊，在那里吃草，余无朕兆，便飞回来。到家先埋怨袁星所言不实，颇为嗔怪。袁星不住指天发誓，表明心迹。更担心同类子孙又被什么木魅之类的妖物所害，苦于不能分身前去，好生难受。那朱果共是五个，因未禀命而行，人未寻回，不敢向主人们呈奉，和神雕商量分吃。神雕昔日承主人赐过好几个，只吃了两个，多分一个给袁星。袁星想自己吃一个，偷偷送两个给芷仙，报她得剑之恩。因那仙果清香扑鼻，闻一会儿，看一会儿，放在石上，不舍就吃。却被笑和尚跑来拿去，如何肯舍，大叫一声，拔出剑来，拼命就追。

笑和尚何等迅速，身又隐去，顺着洞中路径，到了凝碧崖，见着金蝉，同往无人之处，把来意告知，问金蝉可肯帮忙。金蝉自是一口应允。又说起责罚袁星经过，金蝉听了大笑。笑和尚问出袁星也是女同门李英琼豢养的神猿，深悔适才不该处治过分。虽说同门一家，自己初来，到底是客，只顾一时高兴，举动太以放肆，不好意思去见众人，好生踌躇。金蝉笑道："笑师兄，你又太迂了。我们年轻道浅，本不应收门徒，何况异类。无非李师妹仙缘太好，又是在未入门以前收下，得了掌教夫人默许。大师姊早就虑它野性难测，异日在外生事。偏它当了我们，又非常恭谨，不能无过相责。不料背地却敢放肆，得你做戒一番，再好不过。就拿这两个朱果说，闻得李师妹说，只莽苍山才有，并且不是年年结实，叫它把守后洞，它却不知偷往哪里弄来，也不禀报，多么可恶。适才我们来时，听李师妹在后呼唤，想必有事。我们且先回去，和大家见了面。好在时间还早，索性留你盘桓些日，到时她们即使不去，好歹也借几件法宝。日前髯仙李师叔曾派仙禽传书，说不久凝碧崖还有妖人侵犯呢。"笑和尚强不过金蝉，只得随他同往太元洞内，请新旧诸同门一一见礼，红着一张脸，又向英琼道了歉。金蝉便说袁星任意妄杀，咎由自取，责它乃是为好，并不过分。

说还未了，英琼记着英男，也未暇计及别的，抢着问道："袁星一个畜生，做错了事，本应责罚，岂能介意？倒是笑师兄所持朱果，乃莽苍山之物，笑师兄必从莽苍山来，可曾见着一个孤身女子？"笑和尚自来不善和女同门应对，未及开言，金蝉早将朱果取自袁星说出。英琼一听，忙要去喊袁星来问。袁星适才听英琼和灵云等谈说朱果，早恐少时事要泄露，满腹鬼胎，等在外面，不等呼唤，入内跪下，战兢兢说了经过。它这种行为，正合英琼的心意，拿眼望着灵云，并不作声。芷仙、朱文也先代它说情。灵云道："妄戮飞禽，已有笑师弟责罚过了。把守后洞，何等重要，岂可远离？连神雕佛奴俱有放弃职守之罪。姑念为主心切，从宽免罚。下次再若故犯，轻则追回宝剑，逐回莽苍，重则飞剑斩首，决不宽容。速往后洞，小心防守去吧。"袁星闻言，喜出望外，连忙叩头谢了众人，起身出去。

金蝉为友心切，便将笑和尚现奉师命，要往百蛮山阴风洞斩妖除害，将功折罪，只因绿袍老妖厉害，人单势孤，来请同门相助之事说了。这一班小辈同门，除了灵云、秦紫玲、吴文琪几个素来持重外，余下都是急功喜事，好几个都愿前往。笑和尚当然满口称谢，金蝉更是兴高采烈，不住地商量怎样法去。灵云看了，甚是好笑，插口说道："蝉弟你就是这火暴性子，也不知乱些什么。你先不要打岔，听我来说。"金蝉见灵云脸色似不赞同，心中大为不快，鼓着一张嘴，抢着说道："姊姊，这还有什么说？我们既然以剑仙自命，斩妖除害，乃是天职。何况笑师兄受了苦行师伯重责，独肩千斤重担，我和他情同骨肉，你们不肯帮他，也得帮我。莫非这义不容辞的事，也要禀命而行么？我不管你们，谁要怕事，只管不去。适才文姊姊和李师妹、申师妹、秦二师姊都说去的，想必不会说了不算，再连我一同……"还要往下说时，灵云见他一面激将，一面挟制，又好气，又好笑，不等说完，喝道："蝉弟住口，休得胡言！这凝碧仙府，乃本派发扬光大之基。我以微末道行，奉师父前辈之命，暂行主持。以后同门日多，都似你这样放肆狂妄，言行任性，如何能行？昔在九华，念你年幼无知，处处宽容。如今年龄与学识俱应竿头日进才是，一言一动，都似这般浮躁，岂是修道人的体统？外人为妖孽侵害，我等遇见，尚难袖手，何况同门至契。只是凡事须有个条理章法，大敌当前，尤须慎重，岂是随便张皇，便能了事的？"金蝉原有些畏惧灵云，只因激于一时义愤，疑心灵云不肯相助，才说了那一番话。被灵云义正词严地数说了一顿，早羞了个面红过耳。英琼、朱文一知来意，就首告奋勇。寒萼、若兰也相继说是要去。英琼素来天真，最得全体同门钟爱，谁说她也不计较。朱文与灵云姊弟又是生死患难之交，更不在意，反看着金蝉受屈好笑。若兰得依峨眉，引为深幸，平素本极敬重灵云，反认为自己冒昧，不该也抢着说去。其余自紫玲起，没一个不佩服灵云的。笑和尚自不便有何表示。只寒萼，人生来不曾受过拘束，自负甚高，又系初来，闻言好生无趣。

灵云心中明白，转向笑和尚道："前者成都众同门分手，掌教师尊原有飞剑传谕，命我等分头建立外功。彼时正值护送朱师妹往福仙潭求取仙草，归来开辟仙府，接着又破青螺，未能下山历练。如今遇见这种事，不但相助师兄，如能侥幸成功，将绿袍老妖除去，正是我等积修外功机会，为公为私，俱无坐视之理。偏偏仙府正值多事之秋，灵峰飞走，灵药恐生变化。

日前藏珍出现，也不知是何宝物，化成一道光华，破空飞遁。适才第二口飞剑又要遁走，多亏师兄赶来，用分光摄影之法，才得收住。现在不知穴中宝物还有多少。算计这两日宝物飞化，都有一定时间，我等法力有限，封锁无效，要到明日，才能分晓。封既不能，只有事先预防，通力合作，等它一出便收。要是宝物还多，须留两位本领较大、能收宝物之人在此防守，以收尽为止，免致化形飞去，落于异派之手。时日甚难预料。最重要的，还有李师叔仙鹤传警，说不久有异派来滋扰。此间根本重地，师祖昔年贮藏的灵药异宝甚多，芝仙也移植在此，稍有失陷，非同小可。李师叔只说为期不远，并未指明时日。全数在此，尚恐抵敌不过，再如分开，其力更微。李师妹有一姓余姊妹，异日也是本门中人，如今孤身独走莽苍山，虽知她绝无凶险，总在魔难之中，李师妹几番要约人前去寻访，我也在为难，尚未决定。百蛮山除妖，为期尚有半月，如在此期中妖人来犯，正好借师兄大力相助御敌。事完之后，酌留数人守护仙府，余者随着师兄同建奇功，岂不是好？只恐妖人迟迟不来，我等难以兼顾。蝉弟福厚，毕生无甚凶险，诚如诸葛师兄所言，令他一人同去还可，其余同门只好到时再定行止了。"

这一席话，自是解释尽情。笑和尚早知师父以重责相委，必有魔难，绝无容易之理，原在意料，倒也泰然，能得金蝉相助，于愿已足。金蝉虽不甚乐意，想起目前仙府中实多碍难，只有盼望妖人早来侵犯，决一胜负罢了。

商议停妥，笑和尚便将适才接的那口飞剑交还灵云。又将束封外面注明赴百蛮山日期，与众人看了。灵云见那口飞剑形式特别，连柄长只尺许，剑身三棱，青芒耀眼，寒气瘆人毛发。众人正在传观，笑和尚猛地心中一动，对金蝉道："藏剑宝穴现在何处，发现以后，既然未能封锁，各位师姊师兄可曾入内观察？"一句话将灵云提醒，忙答道："这几日，一则仙府多故，二则初回时因未看见飞走的法宝形象，恐能力有限，不敢妄入。今日见这第二柄宝剑化成青蛇飞去，才猜宝物是按时飞行。又因师兄新来，忙于接谈，竟未及想到入穴窥探。现被笑师兄一提，才想起若论我等本领功行，本不该冒昧擅窥师祖的宝藏。但是穴中宝物既要次第飞遁，先已失去一件，再不先事防范，如有遗失，后悔无穷，自以冒险入内试探为是。不过穴中宝物深浅难知，时听里面金铁交鸣，我等是否能收尚不可料。稍一失措，便有杀身之危，此事不能大意。所幸笑师兄无形剑遁，妙术通玄，更有朱、李、秦三位师妹各有至宝。我等不求有功，先求无过。入内人不须多，只由我与笑师兄二人，借了三位师妹的紫郢剑、天遁镜、弥尘幡，连那九天元阳尺四样宝物，入内观察，以作防身之用，得便将穴中法宝收住。余人各驾剑光，在穴外防守，以防宝物遁走，最为稳妥。"

当下便向三人要过三样宝物，将新得飞剑带在自己法宝囊内，布置好了众人，将弥尘幡交与笑和尚，元阳尺藏在袖内，一手持着天遁镜，一手拿着紫郢剑，领了众同门，走到宝穴前面峭壁之下。先和笑和尚飞剑上去，在穴口侧耳一听，里面金铁交鸣之声又起，只不如先前响亮。灵云道："先时每值宝物飞去以前片时，响声甚大，宝物一经飞出，便即停息。据这两次闻声观察，这穴必甚深广。现在就要进去，笑师兄可有何高见？"笑和尚道："师姊道法通玄，为同门表率，无须太谦，就请下手吧。"灵云便将手一挥，峭壁下除了英琼已将紫郢剑借与灵云，芷仙不能身剑合一，只在下面旁观外，余人各将剑光放起，连人带剑，十来道光华，冲霄而上，似五彩匹练起在半空，神龙夭矫，略一游转，齐往宝穴上空会合。寒光宝气，耀目生辉，杂以雷电之音，穿织成一盘光网，笼罩穴顶。灵云料无疏虞，对笑和尚道得一声："有僭！"揭开石穴盖，用手中天遁镜往下一照。见里面是一个井一般的深穴，从上到下，约有二十余丈，比穴口约宽三倍。内壁上面有一个石门，余外三面俱是平滑如玉的石壁，一无所有。才知宝穴原是两层，宝物正藏在石壁以内。略一端详，看出穴中并无异兆。回头招呼笑和尚，一前一后，飞身下去。到了穴底，走向石门前一听，果然金铁之声出自门里，空穴传音，分外清晰，铿锵悦耳。见那石门竟似天然生就，仅略看出一丝轮廓，无法进去。二人商量了一会儿，先用笑和尚的飞剑，往缝隙里试了试，竟不能削动分毫，也不知以前宝物怎能破壁飞去。猜这石门定有仙法妙用，不然何致笑和尚的飞剑都破它不开。又用弥尘幡试了试，以为弥尘幡能随心所至，穿金入石，必能连身入内。谁知彩云起处，仍不能飞入雷池一步，只在石门之上回旋。才知仙法厉害，越发不敢大意。忙收了弥尘幡，取出英琼紫郢剑，向门缝里刺去。先以为飞剑、宝幡失效，紫郢剑也未必成功，姑且试试。谁知紫光到处，立刻一道白烟一闪，石门不见，石门以内金光耀眼，夹着一团彩气，疾若闪电一般盘旋，阻住去路。二人不禁吃了一惊，先以为这是宝物。猛听出金铁交鸣之声，出自光层里面，才悟出这是仙法封锁宝物的妙用。

灵云将天遁镜交与笑和尚，要过弥尘幡，叫笑和尚持镜远照，相机进退，自己决意冒险入内一探。一手持着紫郢剑，用弥尘幡护体，再与自己飞剑将身合一，试探着往光层里穿去。笑和尚在光层外面瞭望，眼看一道紫光，会合一幢彩云，穿入光层以内。顷刻之间，便见灵云带着一条青光，重又穿光而出，落地收了法宝、飞剑，口中连称好险。笑和尚忙问究竟，灵云道："我用法宝、飞剑护身，侥幸入了宝穴，里面地方甚是深广，玉柱瑶阶，如同仙阙。尽头处见有五道光华，互相纠结盘绕，其形不一，色彩各异，光华照眼，也辨别不出是什么宝物。我正寻思一人绝难下手收取，脚才着地，便觉适才师兄所收那形如青蛇的三棱飞剑，在百宝囊中跳动，未及检看，便化成一条青蛇，破囊而出，亏我手快，才得将它收回。百宝囊已破，无法收藏，只得连弥尘幡拿在手内。这青蛇才一照面，五道光华之中，倏地一道形如蜈蚣的红光，往我手上扑来，这青蛇也好似要在我手上挣脱，同时那余外四道光华也纷纷飞到。我恐措手不及，仍用前法遁出，才保无恙。那五道光华，好不厉害。那头一道红光飞到时，若非紫郢剑敌住，险遭不测。就这样，还将百宝囊损伤，连玉清师太所赠的乌云神鲛网，以及我自己炼的两样小法宝，俱都失落在内，还不知能保原璧与否。幸喜九天元阳尺藏在袖内，不曾失落。那尺不用真言，不能发挥妙用。要是失陷损伤，不但见了凌师伯无法交代，日后还有不少用它之处呢。不过我已看出一些下手之法，至少还得三位有本领的同门，才能前去收宝。若只你我二人，绝难胜任。"

正说之间，忽见一道光华从空飞降。来人正是轻云，手中拿着两封柬帖，标明拆看次序。那柬帖正是妙一夫人的飞剑传书，先是金蝉接到。因金蝉霹雳剑仅比紫郢剑稍次，胜过众人，可以帮助防守。又因有一封柬帖标有取宝之法，才请轻云下来，交与灵云。灵云先朝柬帖跪拜，打开第一封一看，不由心中大喜。顾不得先说别的，忙请轻云将那青蛇形飞剑带了上去，交与寒萼代收。再约秦紫玲与朱文，连她本人一同下来，相助收宝。余人仍在上面防守。不一会儿，轻云将朱、秦二人约到，灵云才将收宝之法说出。

原来那宝物乃是长眉真人采五行精英，用九九玄功，按七真形相炼就的七口飞剑。深藏在凝碧崖旁天波壁中腰青井穴中元洞内壁上七个玉石剑囊之内，总名七修，分龙、蛇、蟾、龟、金鸡、玉兔、蜈蚣七种，各有象形，专破异派五毒，乃是峨眉至宝。长眉真人飞升之时，因火候尚未纯青，未传门下。用法术将洞穴一齐封闭，由七口飞剑各依生克，昼夜三次，在洞中自相击刺磨炼。仅留了一封柬帖，交与妙一真人。昨日妙一真人算计时日已到，打开柬帖，才知这七口飞剑来历和收用之法。柬帖上并说因为那日母猿袁星身上来了周甲天癸，五灵脂污了青井穴的法术封锁，也正值宝物该是出世之期，穴外法术虽然被污，内洞还有两层封锁：头一层便是那石门，第二层是一面六阳玦。这六阳玦如遇午年午月，每日午时阳盛阴衰，物极必反，转致失了效用。同时那七口宝剑在洞内互相击刺，因有生克关系，较弱的一口，必乘此时被迫穿出，石门阻隔不住，自然随它本身灵性飞遁。内中有一口玄龟剑，首先化形飞去。第二口蛇形的青灵剑，也在次日相继飞出。虽然当时收住，如不会运用，仍要飞逃。头一口玄龟剑飞出之后，落在一个未入门的弟子手内，不久自会珠还。其余六口，务要早日下手，以免失落异派之手。妙一真人因为与玄真子、苦行头陀轮流合炼一样纯阳至宝，不能分神，恰好妙一夫人到东海看望，也因有事他去，才用飞剑传书，命灵云率领轻云、朱文等，照长眉真人所传收剑之法，即时下手。收剑之后，由灵云收藏，等真人回山，再行分派。

灵云吩咐好了众人，传了咒语，手举九天元阳尺，念动真言，朝洞门内旋转的光华一指，金光闪处，光华全敛，一面玉玦，随之飞入灵云手内。众人入内一看，洞中五道光华仍在闪转腾挪，互相纠结，斗个不息。正待往里进步，门外六阳玦一收，宝物好似有了觉察，倏地相次分散，向外便飞。灵云早有防备，手中九天元阳尺往上一起，先化成一道金虹，往那五道光华围去。余人早各按分派，念动收宝真言，照预说的方位，往左右四壁一指，那五道光华也各依众人指处，掉转头，疾如闪电往壁上飞去，晃眼钻入壁中不见。灵云收了元阳尺，见适才遗失的乌云神鲛网等宝物仍在地上，因未使用与剑相敌，并未损伤，便取来收好。同了众人近前一看，果然有大小七个玉囊嵌在壁上，色如羊脂，与壁相平，仅看出周围细缝。

囊形也与剑形相类，注有古篆剑名：龙名金鼍，蟾名水母，鸡名天啸，兔名阳魄，蜈蚣名赤苏。除去玄龟、青灵二剑外，俱在囊内。众人各用真气将七个剑囊一齐吸出，忽见金光闪处，壁上空穴全都生长还原，并无缝隙，俱都惊叹仙法妙用不置。再看手上玉囊，竟是透明如晶，囊中剑形，俱与名称相符。

各人高高兴兴捧了出洞，驾剑光上升穴顶，招呼洞外诸人，同往太元洞内。又向寒萼要过青灵剑，藏入囊中。众人见那七个剑囊，只龙、蛇二剑最大，约有尺许，小的只三四寸大小。听灵云说起收剑经过，才知竟有若干妙用，互相称贺了一阵。灵云便将这天啸剑取来带在身上。其余五剑，金鼍交与紫玲，水母交与轻云，阳魄交与英琼，赤苏交与朱文，青灵交与若兰，玄龟剑空囊交与芷仙暂时佩带，静等教祖回来定夺。灵云原意，七修剑乃是灵物，三次峨眉斗剑破异教五毒囊的至宝，剑数太多，既不能全数随身携带，供在室内又恐疏虞，不如分给众人佩带，较为稳妥，既非私情赠授，又未传用法，不过是暂时分着保存，并非有所厚薄。不料随意一分，引起寒萼许多不快，心中好生怏怏。紫玲从旁看出，知道灵云事出无心，寒萼尘孽本重，生恐她倚强任性，入门未久，得罪同门，大是不便，觑着众人不注意时，偷偷用目示意。寒萼明白乃姊用心，只微微笑了一笑，面容转趋和蔼，仍和往常一样，寻着若兰说笑，好似依了紫玲暗示一般。紫玲才放了心。这时灵云已将妙一夫人的第二封柬帖打开，与众人传观。

原来妙一夫人未到东海以前，路遇诸葛警我。诸葛警我知道妙一夫人道行高超，性情尤其宽厚，同门仙侠无不尊崇，若求她向苦行头陀缓颊，必蒙允准。上前参谒之后，便禀明笑和尚获罪之事。并说绿袍老妖何等厉害，笑和尚独入虎穴，绝无幸理，务求夫人援手说情，妙一夫人道："笑师侄九世苦修，厚根独具。苦行道友不久功行圆满，要用他承继法统，纵然稍犯清规，不过借此惩戒，使他早完三劫，磨炼身心，以备异日付托衣钵之重。此去虽当凶险，定能因祸得福。你既关心同门，且待我到了东海，见了诸位道友，问明前后因由，再作区处。"说罢，别了诸葛警我。到了东海，见三仙正在丹房内轮流交替，用自身三昧真火炼一件纯阳之宝，只在便中与妙一真人晤谈，除命灵云照长眉真人遗柬收取七修剑外，顺便谈起笑和尚之事。妙一真人道："你来了正好。我同玄真、苦行两道友因炼这件纯阳之宝，大干许多邪教禁忌，虽不畏妖人破坏抢夺，总恐他们得信准备，一切都不可不防。又因此宝炼时颇耗元气，宁愿多延时日，凡事谨慎。自炼宝之日起，我等三人以二人对看丹炉，运用玄功，发动真火；一人休息，化身照护，隐蔽宝光，以免妖人发觉。似这样每隔三日轮流接替，还有八九之期，便可炼成。现时不但斩除文蛛，消灭妖人未炼成的恶盅，事关紧要，峨眉也在多事之秋。灵峰飞去，有恩师遗留仙阵封锁，尚可等我回山，再取灵药。只是三英行即同归门下，内中英男为往莽苍山寻找李英琼，现受黑霜阴霾之厄，冻僵在莽苍山阴寒晶之内，已有数日。幸得她未遭难时，因腹中饥饿，从几个大猩猿手中夺了几个以前英琼采遗的朱果吃了，借着仙果之力，周身气血虽已冻凝，惟独心头方寸尚是温热，苟延残息。那莽苍山冰冻万丈，如此高寒之所，只为山阳藏有万年温玉精英，亘古不凝冰雪，四时皆春；所有阴寒之气，萃于山阴。英男年幼无知，被一妖道利用，想借她一身仙骨，几世纯阴，去盗取寒穴玄晶之内的冰蚕。他又本领不济，未算准日时生克化用。英男去时，正值寒风归穴之际，入穴数步，便被寒风吹倒。妖道眼看别人为他僵死洞内，他却袖手而去。如今英男骨髓皆已化成寒冰，纵有我等灵药，救活之后，非得到万年温玉，不能回温复原。峨眉不久又有许多妖人来盗芝仙精血，众弟子不能远离。英琼仙缘最厚，多服灵药仙草，元阳充沛，又有神雕、灵猿为她辅助，神雕顷刻千里，灵猿莽苍原是故里，众弟子中，只她一人可以前去。趁寒风出穴之际，入内将人救转峨眉，再敌住五妖尸，盗取万年温玉。笑和尚百蛮山除妖之日，也正是妖人侵犯峨眉之时。若论力敌，众弟子皆非对手，此事全仗临机应变，举动慎秘，人多反不相宜。可着金蝉借了朱文天遁镜，助他前往便了。"妙一夫人便照妙一真人意思及应如何行事，写了两封柬帖，用飞剑传书，命灵云等依次行事。

大家看完了妙一夫人柬帖，头一个英琼悲喜交集，当下便要带了一雕一猿，赶往莽苍山去，将英男救回。灵云道："琼妹先不必如此急躁。既有掌教夫人之命，去是一定由你前去，不过你初次独身远行，虽有神雕相助，也须慎重。按说，救人只需寻到了地头，并非难事。只是那冰蚕和温玉两样宝物，一个有妖道觊觎，一个有妖尸守护。那妖道处心积虑，想得冰蚕，他见英男妹子失事，决不就此甘休，必要另想法儿。你救人时，难保不会遇上。若论你的剑术，虽然入门未久，仗你资禀颖异，苦功练习，造诣已非常人。加以紫郢剑又是师祖炼魔之宝，如会运用，无论正邪各派飞剑，俱非敌手。可惜你应敌阅历稍差，青螺两次遇险，皆由于临事疏忽，并非此剑能力不济。此去如遇妖人阻拦，切忌贪功轻敌，务须记住守多攻少。若用剑光护身，无论对方如何厉害，至多不能取胜，万无一失的。还有柬上所说寒风洞穴，约在丑末寅初，现在时辰已过，去也无益。神雕顷刻千里，何必如此亟亟？为防万一起见，可将紫玲师妹弥尘幡借去一用，在今晚课完时起身，将人救回以后，再商盗玉之策便了。"

英琼答道："师姊之言极是，只是妹子与英男姊姊情同骨肉。昔日她在解脱庵失陷，彼时妹子能力太差，各位师姊有事在身，又断定她借此可学昆仑剑术，并无凶险，延搁至今，累她受了多少气苦，可怜她盼望妹子接她回来，犹如望岁。现在又为寻找妹子，奔走逃亡，受尽艰辛，冻僵在寒穴之内。虽说吃了朱果，苟延残息，但是身已冻僵，不能转动。每日尖风刺骨，其苦更甚于死。妹子读完恩师柬帖，心如刀割。不知踪迹，还打算明日禀明师姊，拼着命不要，上天入地，也要寻她回来。今既知道她受苦之处，哪能再作迟延？即使时辰已过，寒风厉害，此乃有形之物，不比妖法难于防范，如见不能前进，自会知难而退，但求早早见着她的本人，寸心才安。而况袁星虽是畜类，自随妹子，业已离乡甚久，适才听它说起莽苍情形，它的子孙多半失踪，想有妖物侵害，情甚可悯。提前赶去，既可代它除害，又可观察情形，先事准备。妹子定遵师姊吩咐，倘遇妖人，决不冒昧从事便了。"灵云起初原恐英琼早去不能救人，遇见妖人怪物，又去贪功吃亏，才命她算好往返时辰前往。及见英琼秀目红润，慷慨陈词，眷言伦好，诚挚悲壮，不禁为之动容。又因莽苍山面积甚大，柬帖只说风穴在山之阴，并未说明地址，纵然神雕飞行迅速，目光锐利，早去探寻，也不为无理。只得请轻云、文琪二人暂代神雕守洞。再三嘱咐小心，不可大意。紫玲将弥尘幡递过，英琼道谢收下，别了众人，与轻云、文琪二人径往后洞，连袁星同跨神雕，直飞莽苍山而去。

第一〇九回　彩縠撑空　万顷金波飞恶蛊
　　　　　　阴风入洞　一团红肉走妖蚕

英琼走后，灵云便问笑和尚，对金蝉同去，意下如何？笑和尚道："来时诸葛师兄早料及此。既有掌教夫人传谕，不久便有妖人来盗芝血，诸位师姊不能分身，除妖之事，孽由自作，无可推诿。能得蝉弟同去，又承借用朱师姊的宝镜，已属万幸了。除妖日期相隔还有十多天，本想在此暂住，倘如妖人早来侵犯，还可从旁少效微劳。现观柬上所言，百蛮山除妖之日，正是妖人来犯凝碧之时，两地同时发动，势难兼顾，在此暂住，并无用处，还是同了蝉弟先行为便。一则可以早日赶到，先观察好了情势，商量如何下手。二则就这十来天空闲，往成都去见见玉清道友，看看可能相助一二。她为人甚是和蔼热心，对于同门知无不言，言无不尽。昔日共破慈云寺，在辟邪村玉清观中承她指示，说我一二年内必犯灾劫，叫我处处留心。此番去斩妖物文蛛，承她对尉迟师弟预示先机，可惜彼时自己狂妄，未将忠言在意，才惹出乱子，犯了清规，如今想起，悔之不及。所以想在便中向她请教。大师姊如无甚吩咐，现在就想同蝉师弟告辞。"灵云再三留他盘桓几日，笑和尚本不惯和女同门周旋，求助之事只限于此，无意留连，仍是执意要走。灵云只得留他暂住一日，明日早行，和众同门陪了他将凝碧仙景走了一遍。又嘱咐金蝉许多言语。将朱文天遁镜借过，传了用法，交与二人。大家互相谈说了一些别后经历。

　　第二日清晨，笑和尚与众同门作别道谢，约同金蝉，驾无形剑遁，先往成都飞去。到了玉清观一看，玉清大师不在观内。笑和尚原知事已至此，无可解脱，倒也坦然自在，并不忧急未来。转和金蝉二人沿途耽搁，遨游名胜，缓缓往百蛮山进发。一路上虽也管了几件不平之事，左不过是惩戒凶顽，铲除奸恶。所遇的人，俱都是些土豪恶霸，污吏贪官，无甚出色人物。以笑和尚、金蝉的本领，嬉笑怒骂，举手便了，情节平常，不值一述。

这一日游到滇桂交界，屈指行程，距离苦行头陀柬上除妖日期，只有三日。笑和尚对金蝉道："这回事情，我是犯了清规，孽由自作，却累师弟随我跋涉冒险。明日便是拆看柬帖之期，大后日便须赶到百蛮山去。绿袍老妖何等厉害，此去只可智取，见机行事。我如遇见不测，师弟你不比我，切不可轻易涉险，可驾剑光遁往东海，求恩师念在自幼相随之情，宽我既往，与我报仇除害。再将我元神度去，仰仗恩师法力，转劫托生，不致昧却未来，就感恩不尽了。"说罢，不禁凄然。金蝉因素昔笑和尚总是嘻嘻哈哈，从无愁容，闻言心中甚是难过。便劝慰他道："据家母飞剑传书，和诸葛师兄所说之言，此去凶险魔难，自是难免。至于便遭不测，漫说你来因甚厚，本领高强，就是苦行师伯自幼教养，一番苦心，平素又那样疼爱，也决不会任你葬身妖穴。至于我更是和你情逾骨肉，除妖去恶，分所应为，更谈不到感谢之言。师兄只管放心，纵不马到成功，我想万无一失。"笑和尚强笑道："多谢师弟好意。我又何尝不知恩师用心，怎奈我平素嫉恶如仇，现时虽想谨慎从事，一入妖窟，见了那般凶残狠毒之行，一个按捺不住，不暇计及利害轻重，稍一失慎，便遭毒手。事难逆料，蝉弟你只谨记我说的话便了。"金蝉又劝慰了一阵，二人本来天性旷达，仍和往日一样，行行止止，随意游赏。

第二日行至中途，打开苦行头陀第一封柬帖一看，除外面注明下手日期、去的路径外，里面只写着四句偈语："逢石勿追，过穴莫入；血焰金蚕，以毒攻毒。"二人彼此参详了一阵。笑和尚道："'逢石勿追'，那石不是人名，便是人姓。诸葛师兄曾说绿袍老妖手下有一恶徒，名叫唐石，曾被他妖师嚼吃了一条臂膀，本领不在辛辰子以下。恩师命我等如遇上将他打败，不要穷追，还可说得过去。第三、四两句，含有鹬蚌相争、渔人得利之意，现时虽难深知，也可解释，只需到时留神取巧便了。惟独第二句'过穴莫入'，穴便是洞，这妖物文蛛明明被绿袍老妖封藏阴风洞底，要不入内，从何斩起，岂不难人？"金蝉道："苦行师伯预示先机，必有妙用，我等反正得去见机行事，猜他作甚？"笑和尚道："话不是这般说法。以前就为大意，才惹出乱子，还是谨记恩师手谕，彼此提醒得好。现在下手除妖，为期还隔一日。恩师柬帖既未禁止早去，我意欲留贤弟在此，先去探一探动静，并不下手，稍等着一点虚实，再与师弟同去如何？"金蝉执意不肯，定要同行。笑和尚无法，只得同了金蝉，径往百蛮山进发。

剑光迅速，不多时，已离百蛮山还有百十里之遥。那百蛮山独峙南疆万山之中，四面俱是穷山恶水。岭内回环，丛莽密菁，参天蔽日，毒岚烟瘴，终年笼罩。离山五七百里外，还有少数山民，野外穴居。五七百里以内，亘古无有人踪。除潜伏着许多毒虫怪蟒外，连野兽都看不见一个。二人用无形剑遁盘空下视，见下面尽是恶云毒烟笼罩沟谷之中，时见奇虫大蛇之类，盘屈追逐，鳞彩斑斓，红信焰焰。知是百毒丛聚之区，此去须与盘踞此间的绝世妖人，决一生死存亡，还未深入重地，见着这般险恶形势，已经触目惊心。因二人俱是初来，按照柬帖所示途径，一路留神观察。正待寻找百蛮主峰阴风洞所在，忽见下面烟岚由稀而尽，四周山势如五丁开山，突然一齐收住，现出数千百亩方圆一片大平坂。中间一峰孤矗，高出天半，四面群山若共拱揖。万崖断处，尽是飞泉大瀑，从许多高低山崖缺口泻将下去，汇成无数道宽窄清溪。从空中往下凝视，宛如数百条玉龙，挂自天半，与地面数百条匹练，围摊在那一片平坂上下，飞翔交错，涛声轰轰，水流淙淙，轰雷喧豗之声，与瀑援细碎之音，织成一部鼓吹，仿佛凝碧仙瀑，有此清奇，无此壮阔，不禁大为惊异。

渐行渐近，见这主峰虽五六百亩大小，因为上丰下锐，嵯峨峻嶒，遍体都是怪松异石。山石缝中，满生着许多草花藤蔓，五色相间，直似一个撑天锦柱，瑰丽非常。笑和尚、金蝉从一路毒烟恶瘴上面飞了过来，万没料到这山民殊域、妖邪奥区，却有这般仙景。心中虽然互相惊异，因妖人机灵，不敢出声，只围在峰的上面绕行观察。刚刚飞向四面，笑和尚一眼瞥见峰西北方高崖后，似有几缕彩烟，袅袅飘荡。同了金蝉飞过崖去一看，那崖背倚平坂孤峰，十分高阔。崖前有百十顷山田，种着一种不知名的花草。那崖壁石色深红，光细如玉，纵横百十丈，寸草不生。一顺溜排列着三个大圆洞，上下左右，俱是两三寸大小窟窿，每个相隔不过尺许，远望宛如峰案一般整齐严密。不时有几缕彩烟从那许多小窟中袅袅飞扬，飘向天空。仔细一看，那彩烟好似一种定质，并不随风吹散，由窟中飞出，在空中摇曳了一阵，又缓缓收了回去。飞行较近，便闻着一股子奇腥，知是妖人闹的玄虚。再一细看，崖下那一片田畴中所种的花草，花似通荸，叶似松针，花色绿如翠玉，叶色却似黄金一般，分罫井布，层次井然。尤其是花的大小，叶的长短，与枝干高下，一律整齐，宛如几千百万万个金针，密集一处，在阳光之下闪动；又似一片广阔的黄金丽褥上面，点缀着百万朵翠花，更显缛丽。笑和尚暗想："久闻这里妖孽专惯血食。奇峰仙景，还是天生。这些花田和这许多不知名的花草，分明人工种植。难道妖人吃人吃腻了，特意种些奇花来观赏么？"

正在寻思之际，忽听一阵怪啸之声，起自崖后孤峰那边。二人连忙将剑光升高，遁入云中，往孤峰那面一看，只见峰脚南面一个洞中，走出二十四个奇形怪状的高矮汉子，俱都面如白纸，没有一丝血色，相貌狰狞，宛似出土僵尸一般。每人上身穿着一件不长不短，敞着颈口的红衣，胸前戴着一个金圈，两手袖长只齐肘。手腕上黄毛茸茸，青筋暴露，干瘦如柴。下身赤着一双泥脚。手中各持一面白麻制就的小幡，血印斑斓，画着许多符篆和赤身倒立的男女。为首一人，面相和日前所见的妖人辛辰子相似，却没他高，也断了一只手臂，单手拿着一柄长剑，麻幡却插在身后，走起路来摇摇晃晃，口中不住发出嘘嘘之声。一个个满身邪气笼罩，随着为首断臂妖人，缓缓往前行走，宛如行尸，毫不自如，渐渐走到崖前。那断臂妖人先是口中喃喃，似念邪咒，倏地怪啸了一声。这些妖人立刻按八卦方位，分散开来，站好步数，将足一顿，升起空中，与崖顶相齐。那为首妖人忽然忙乱起来：时而单手着地，疾走如飞；时而筋斗连翻，旋转不绝。口中咒语，也越念越疾。余人随声附和，手中幡连连招展，舞起一片烟云，喧成一片怪声，听着令人心烦头昏。似这样约有个把时辰，日光略已偏西。那断臂妖人将手中剑一挥，只见一道绿光，朝空中绕了一绕，随即飞回。然后将剑还匣，取出背后麻幡，会合全体妖人，一声怪啸，各将空中妖幡朝下乱指。便见幡上起了一阵阴风，烟云尽都敛去，随幡指处，发出一缕缕的彩丝，直往花田上面抛掷，越往后越急。二十四面妖幡招展处，万丝齐发，似轻云出岫，春蚕抽丝般，顷刻之间，交织成一片广大轻匀的天幕，将下面花田一齐罩住，薄如蝉翼，五色晶莹，雾纱冰纨，光彩夺目。透视下面花田中，翠花金叶，宛如千顷金波，涌起万千朵翠玉莲花。若非闻着腥风刺鼻，目睹妖人怪状，几疑置身西方极乐世界，见诸宝相放大奇观。

二人知道厉害，各用手互拉示意，借着无形剑遁，盘空下瞩，连一丝形迹也不敢遗漏。正在相顾惊奇，这五色天幕业已织得只剩为首断臂妖人存身之处，有二尺方圆空隙。断臂妖人又长啸了一声，余人都停了手脚，全往空隙上空聚拢，仍驾阴风，按八卦方位立定，安排就绪。断臂妖人从空隙中飞身而下，降离崖前约有十丈，仍是单手着地念咒，手舞足蹈了一阵，先放起一团烟雾，笼罩周身。口中又是念念有词，将手一撒，便有三溜绿火，朝崖上三个大圆洞中飞去。法才使完，更不息慢，接着慌不迭地腾身便上。身才离地，崖前狂风大起，崖上三个圆洞中，先现出三个妖人：居中一个，头如栲栳，眼射绿光，头发胡须绞作一团，隐藏着一张血盆大口，两行獠牙，身有烟雾环绕，看不甚清，一望而知是妖人首脑绿袍老祖；右洞妖人，与先见妖人形象装束相似；左洞妖人，是个红衣番僧，生得豹头环眼，狸鼻阔口，金蝉认得是昔日在西藏雪山鬼风谷所见妖僧西方野佛雅各达。忍不住正想和笑和尚说他来历，耳听下面吱吱连声，猛觉笑和尚将他拉了一把，意思叫他噤声，往下面观看。

就在这拨头转脸的工夫，金蝉往下一看，不由吓了一跳。原来作者一支笔，难于兼顾，就在断臂妖人行完了妖法，慌慌张张往上升起，绿袍老祖在洞前现身之际，崖上成千累万的小洞穴中，一阵吱吱乱叫，似万朵金花散放一般，由穴中飞出无量数的金蚕，长才寸许，形如蜜蜂，飞将起来，比箭还疾。那绿袍老祖好似成心与断臂的妖人为难，容他飞离五色天幕还有一半，突然伸出一条又细又长像鸟爪一般的手臂，望空一指。上面二十三个妖人令到即行，毫不顾惜那断臂同门生死，各将手中幡指处，又抛出无数缕彩丝，将那空隙一齐封蔽。断臂妖人也早知有这一场苦吃，飞得本快，眼看穿隙而上，忽见空隙被彩丝封蔽。金蝉慧眼看得最真，只见他满脸怒容，咬牙切齿，口中喃喃，待要施为。又见那天幕一面的同党，好似朝他用目示意，那断臂妖人才长叹一声，重又飞落下去。同时穴中飞出来的万千个金蚕，早如万点金星，朝天飞起。飞近天幕，似有畏忌，纷纷落下，飞入花田之中，食那金叶，吱吱之声，汇成一片异响。断臂妖人刚往崖前落下，一部分千百个金蚕，忽然蜂拥上来，围着断臂妖人，周身乱咬。断臂妖人想必万分畏惧绿袍老祖，对这些并未炼成的恶虫，只用一只手护着双目，不但不敢伤害，丝毫也不敢抗拒，跪在地上，不住口喊师父救命。转眼工夫，咬得血肉纷飞，遍体朱红，眼看肉尽见骨。连空中妖人见了这般惨状，脸上都含不忍之色，一则上下相隔，二则绿袍老祖万分残毒，谁也不敢开口。还是西方野佛看不过去，朝着绿袍老祖说了几句，似在代他求情。绿袍老祖才狞笑了一声，厉声说道："唐石，你须记住：今日我炼的金蚕尚未成形，已经这般厉害。异日擒到你那叛逆师兄辛辰子，须令他供我金蚕每日零碎咬啃，见筋见骨，再与他上药生肌，连受三年金蚕之苦，才将他挫骨扬灰，消魂化魄。你也被我那日发怒时咬去一臂，今日先给你稍微尝点厉害，你如学他背叛，便是榜样。今看雅各达之面，且将你狗命暂且饶过。"说罢，随手一指，一道绿光一闪，那些金蚕似有灵性，纷纷舍了断臂妖人，飞往花田之中去了。断臂妖人忍痛起身，已经浑身破碎，成了血人，咬着牙将身一纵，飞入南面大洞去了。

再看花田之中，那些金蚕真是厉害，耳旁只听蚕翅摩擦之音，与嚼吃吱吱之声，混合在一起，震人耳鼓。花田里面，竟如一片黄金波涛，涌着万千朵翠玉莲花，起伏闪动。不消片刻，万马奔腾般"轰"的一声，千万朵金星离开花田，朝空便起。绿袍老祖早有准备，突将手着地倒立，口中念咒，时而起立旋转。细长脖颈上，撑着一栲栳大的脑袋，乱摇乱晃。倏地两手一搓，一条细长鸟爪般的手掌，往崖壁上密如蜂窝的小洞穴中连连乱指。血盆大口张处，喷出一道绿烟，飞向崖上。同时这些小洞穴中如抛丝般飞出千百万道彩气，仿佛万弩齐发，疾如闪电，射往金蚕群里，那千万金蚕全被彩气吸住。每两缕彩气，吸住一个金蚕，挣扎不脱，急得吱吱乱叫，转眼工夫，全被彩气收入万千小洞穴之内。这时黄金一般的花田，已被这些恶虫将千顷金叶嚼吃精光，只剩一些翠绿莲花，分行布列，亭亭田内。绿袍老祖用妖法收完金蚕，将长手往两旁圆洞一指。右洞一个妖人与左洞雅各达，各带四个妖人，手中各抱一个高大如人的葫芦，走出洞来，先朝绿袍老祖打一稽首。然后飞身花田之上，约有五丈高下，分八卦方位站好，口念手书，行使妖法。猛然一声怪啸，俱都头朝下，脚朝上，连葫芦也都倒转，将手把葫芦一抱，血光闪处，红雨飘洒，由葫芦之内喷了出来。十个妖人凌空旋转，将这花田全都洒遍。绿袍老祖怪啸了一声，雅各达同众妖人收了妖法，各抱葫芦归洞。

将手往空一招，左洞内唐石手持麻幡，狠狠狈狈飞了出来，会合上面妖人，各使妖法，展动妖幡。眼看天空无量数的彩丝结成的天幕，渐渐由密而稀，随着妖幡招展，剥茧抽丝一般，顷刻之间化为乌有。众妖人仍和先时一般，缓缓走了回去。

笑和尚、金蝉二人隐身高空，正在触目惊心，凝神下注，忽见绿袍老祖伸出长颈大头，往空连嗅了两嗅，倏地一声凄厉的怪啸，大口一张，一溜绿火，破空而起，直往二人存身之处飞来。金蝉不知就里，还未在意。笑和尚早就留神，一看绿袍老祖神气，便知不妙，纵能支持，也是众寡不敌，柬帖所示时机未到，仍以退去为是。未容绿火近身，轻轻对金蝉喊一声走，驾着无形剑遁飞去。笑和尚终是细心，飞出去约有数十丈，回头观看，那一溜绿火，先飞向适才存身之处，直冲上空。倏又急如闪电一般，左右四方上下激射。虽似在搜寻敌人踪迹，只如浑水捞鱼，并无一准目的，也未跟踪追来。想是妖人嗅觉甚灵，闻出生人气味，故而如此。且喜自己隐形剑遁，并未被他识破，略放宽心。正在徘徊瞻顾，那绿火在空中绕了几转，倏地往四外爆散开来，绿星飞溅，在百十丈方圆内，陨星如雨般坠了下去，相距二人也不过咫尺光景。知道厉害，决计明日再照柬帖所言行事。

当下仍往回路飞走，寻到一处瘴烟稀少的山谷之中落下，互商明日进行之策。笑和尚对金蝉道："那妖幡上所发出的彩丝，连妖人自己俱都不敢沾染，想是什么虫蛇腥涎、毒岚恶瘴炼成的妖术邪法。那万千金蚕虽未炼成气候，看那千顷花田，被这些恶虫顷刻之间咬吃净尽，定非易与。花田中的异草，虽然翠花金叶，生得好看，既用血雨培植，也不是什么好东西。今日虽然得知一些情形，到底阴风洞是在孤峰下面，还就是那崖壁上三个大洞，尚且不能断定。师父柬帖，又有'以毒攻毒'之言。以我之见，明日到了那里，第一由我一人隐形飞身下去，你在上面接应。等我先探明了封藏文蛛之所，然后相机行事。诸葛师兄原说，明日辛辰子也要赶到，这'以毒攻毒'，定应在此人身上。到时我们只隐形窥伺，先不下手。那辛辰子定敌绿袍老妖不过，决不敢公然下手。他此来目的，不外两种：第一想盗走妖物文蛛；第二在恶虫尚未成形之时，偷偷下手除去。他以前本是绿袍老妖得意门徒，轻车熟路，自是清楚。我们只消暗中跟定他的身后，他如得手，我们便惊动绿袍老妖，将他绊住，然后由我去将文蛛刺死；他如不胜,我们已经尽知虚实,辛辰子或逃或擒,绿袍老妖决不疑心除他之外,还有别人暗算,也可乘其不备,骤然下手。我二人俱非绿袍老妖之敌,只把妖物刺死,大功已成,那时进退由心,胜固可喜,败亦可以回山复命。虽说师父柬帖尚有两封,事没这般容易,我又还有许多魔难未完,但是谋事在人,成事在天,不能不作此打算。大敌当前,能如我们预料固好,万一失利,遭劫受害,你千万记着昨日所托之言,不可轻易涉险,即速赶往东海,或者我还有一线生路;否则白白连你一齐失陷,于事无补,就更糟了!"

金蝉见笑和尚这几日总是防前顾后,把失利的话说了又说,面色非常沮丧,好生代他难过,劝慰了一阵。同寻了一个洁净山洞,正准备打坐运用玄功,到翌日黎明起身,忽然一阵腥风吹入洞来,笑和尚何等机警,一见风势,便知有异,知道此洞并无出路,除非与来的妖人迎个对头。忙用隐形法连金蝉将身隐起,又用手拉了金蝉一把,示意噤声。二人刚把身形隐起,那阵怪风旋转起一根风柱,夹着沙石,发出嘘嘘之声,业已穿洞而入。金蝉慧眼看得最真,看出风沙之中,隐约有一条细长黑影,进洞之后,略一回旋,"嘘"的一声,候又往洞外飞去。金蝉便要追出,又被笑和尚一把紧紧拉住,轻轻在耳边说道:"蝉弟休要妄动,留神妖人回来。"

一言甫毕,果然嘘嘘之声由远而近,二次又飞进洞来。这次竟是忽东忽西,上下四方,满洞飞滚。笑和尚早有防备,拉了金蝉,紧随风柱之后,与他一齐滚转,存心不让他发觉自己,倒看看他是个什么来历。飞转了一阵,那旋风忽然收住,现出一个长身细瘦、形如枯骨、只眼断臂的妖人,正是那日在天蚕岭所遇绿袍老祖门下恶徒辛辰子。见他才一现身,便朝洞内举手喝道:"洞中道友,何不现身出来相见?"连喊几声,不见答应,渐渐有些不耐。先是脸上现出怒容,末后好似想了一想,又勉强忍住,改说道:"道友在此修炼,我本不合入洞扰闹。但是为事所逼,须借贵洞用上三日,事成之后,必报大德,暂时惊扰,请勿见怪。"说罢,他见仍无应声,便盘膝打坐起来。

原来辛辰子自在唐石手中漏网之后,情知长此避逃,终须要遭绿袍老祖毒手,不如趁他金蚕蛊尚未炼成,心无二用之际,下手一拼,还可死中求活。特地在别处借了几件法宝,赶到此间,见这洞正合行法之用,入洞一看，先就闻见生人气味，却看不出一丝踪影，起了疑心，不敢停留。及至往别处飞行了一阵，虽有许多洞穴，俱无这里隐秘合适。又因先时闻出的气味，不似以前同党和仇敌设下的机关，以为是隐居修炼之士，想回来看看动静。如果所料不差，自己正缺少帮手，能得那人相助更妙，不然，或者将他除了，或者彼此言明，两不侵犯。所以二次又回进洞来，施展妖法，想查出那生人踪迹。谁知转了好一会儿，仍无朕兆。换了别人，定以为误认。可是辛辰子嗅觉最灵，明明闻着那生人气味就在左近，偏偏查看不出，只得收了妖法，又打招呼。及见通通无效，如非穷途危难，普通隐形之法，他原不放在心上。若在平日，早就发威逞凶，用最狠毒的妖法，禁制洞中之人现身出来。无奈自己已成惊弓之鸟，这里又密迩仇敌，不敢再树敌结怨，忍了又忍。如是另寻洞穴，布置妖法，再没这般隐秘合适之所；如就用本洞，虽然知道那生人绝非绿袍老祖一党，自己有妖法异宝护身，也非普通剑仙所能伤害，但是自己行法之际，却伏着一个外人在暗中窥伺，终是不妥。踌躇了好一会儿，才决定仍与洞中之人打个招呼，一边小心提防，姑试为之。如果洞中之人是个隐居修炼、独善其身之士，不来干涉，再好不过；否则自己即用妖法将洞口封锁，他如轻举多事，说不得只好和他决个胜负便了。也是辛辰子太自大，以为除绿袍老祖而外，别无忌惮，却忘了东海三仙隐形剑法和金蝉两口霹雳剑，决不是他的妖法所能封锁，以致少时被笑和尚、金蝉二人无心中破了他从红发老祖门下借来的五淫呼血兜，终于惨死在阴风洞绿袍老祖之手。这且不提。

且说笑和尚、金蝉见辛辰子独自捣鬼，看不见自己，只是好笑，艺高人胆大，并未放在心上。若非记着柬帖"以毒攻毒"之言，依笑和尚心思，还想在暗中戏耍他一番。谁知辛辰子才一坐定不久，便从身后取出七面妖幡，将手一指，七道黄光过处，一一插在地上。又取出一个黑网兜，挂在七面幡尖之上。口中念念有词，喝一声："疾！"幡和网兜突然由地而起，后面四根幡高与洞齐，前面三根只齐洞口一半，将那网兜撑开，恰似山中猎人暗设来擒猛兽的大网。网撑好后，辛辰子站起身来，披散头发、赤身单手着地，口中念咒，绕着幡脚疾走。顷刻之间，便见幡脚下腥风四起，烟雾蒸腾。若在旁人，早不见妖人形影。似这样约有三四个时辰，又听一声怪啸，一溜绿火，往洞外一闪，满洞烟云尽都收敛，连人带幡，俱都不见。

金蝉用慧眼定睛一看，妖人虽走，七根妖幡仍然竖在地上。幡头上有一层轻烟笼罩，连带网兜俱未携走。知是妖人弄的玄虚。这里离百蛮山阴风洞少说也有三四百里，妖人法宝却在此地施为，猜不透是什么用意。二人正想低声商议，金蝉猛往洞口外一看，忙说道："师兄，外面天都快明了。"一句话将笑和尚提醒，才知只顾看妖人行法，忘记天已不早，一着急，拉了金蝉，驾遁光往外便飞。金蝉一见笑和尚飞得太急，竟忘了咫尺之内，就是妖人设下的妖幡妖网。昔日在慈云寺尝过妖法厉害，不敢大意，连话都不及说，忙将双肩一摇，身旁霹雳剑化成红紫两道剑光，护着自己和笑和尚全身，由幡网中同往洞外冲去。耳旁只听咝咝两声，当时并未在意。出洞一看，果然五月天气，天色已渐微明。金蝉一面飞行，一面对笑和尚道："可笑妖人枉自捣了半夜鬼，费了多少心神，他那妖术邪法竟无多大用处。"笑和尚问是何故，金蝉便将前事说了。

原来笑和尚的目力不如金蝉，竟未看出妖人的妖幡尚在，一听金蝉说洞外天明，才知妖人已走，恐怕迟去误事，忙着往外飞遁，若非金蝉机警，说不定便中了妖法暗算。笑对金蝉道："起初我还小看妖人，以为本领不甚出奇，谁知那妖法竟这样厉害，连我都未看出。以为时间还早，仗着我们飞行迅速，打算与你商量几句，再随后追赶。当时我只见洞外黑乎乎的，听你一说天明，才想起你二目被芝仙舐过，已能透视尘雾，忙着飞走。见你展动霹雳剑，还以为是一时技痒，却不想妖幡还在，据我看，妖人将妖法设置在远处洞穴之内，必是想用诱敌之计，将仇敌引来，陷入网内。那妖幡、妖网敢与老妖为敌，绝非寻常。你那霹雳剑原是峨眉至宝，我两人既未被妖法困住，妖人法宝必然被你飞剑所毁无疑了。"

正说之间，金蝉忽喊："师兄快看妖人！"笑和尚举目一看，前面天空云影里，隐约有一星星绿火闪动，连忙催动遁法，往前追去。不多一会儿，已追离百蛮山主峰不远，眼看快要追上，那一溜绿火忽从云层里陨星坠落一般往下泻去。二人跟踪飞将下去一看，下面正是昨日所见的花田，就这一夜工夫，田中金草竟然长成，映着朝阳，闪起千顷金波。崖壁上彩烟缕缕，徐徐吞吐。四外静荡荡的，一点声息都没有。再看辛辰子，业已不见踪迹。正在留神观察，忽见崖上左面圆洞，有一条人影一晃。连忙飞近洞前一看，这三个圆洞里面，各有一个妖人打坐。中洞妖人，正是那绿袍老祖，细颈大头，须发蓬松，血盆阔口，獠牙外露，二目紧闭，鼻息咻咻，仿佛入定。身旁俱是烟雾围绕，腥气扑鼻。笑和尚心想："妖人在此入定，正好趁此时机，去斩文蛛。柬帖上虽说文蛛藏在阴风洞底，不知是否就从此洞入内？"正在寻思，忽见辛辰子从左侧洞内飞身出来，手中拿着一面璎珞垂珠、长有三尺的幡幢，对着崖壁才一招展，腥风大作。便听吱吱之声，广崖上万千小洞穴中，成千累万的金蚕，似潮涌一般轰轰飞出，直向那面幡幢扑去。辛辰子更不怠慢，口中念念有词，将手中幡幢往空中一抛，发出十丈方圆烟雾，裹住一团红如血肉的东西，电闪星驰，往他来路上飞去。那些金蚕如蚁附膻，哪里肯舍，轧轧吱吱之声响成一片，金光闪闪，遮天盖地，纷纷从后追去。金蚕飞走，不多一会儿，左洞一声怪啸过处，飞出昨日所见的断臂妖人唐石，抬头往空一看，见金蚕全都飞走，不由慌了手脚。先飞身进了中洞，见绿袍老祖入定未醒，急得口中连连发出怪声。顷刻之间，又由中洞内飞出二三十个妖人，齐问："师兄何事，这般着急呼唤？"唐石道："祸事到了！师父的金蚕，全被人引走。师父入定醒来，我等性命难保，还不快追！"

众妖人闻言，俱往崖上看了一眼，不约而同怪啸一声，全都飞起高空。只见尘沙漫漫，烟云滚滚，宛如一阵旋风，簇拥着一天绿火，直往来路追去。那辛辰子埋伏在洞侧崖壁之下，始终未被人发现。众妖人走后，唐石倏地浓眉倒竖，目露凶光，将足一顿，待要飞向中洞。刚刚飞至洞口，又似有所顾忌，拨转头似要飞走，身才离地，辛辰子也随着跟踪而起。这时崖洞中只有绿袍老祖与右洞西方野佛入定未醒。依了金蝉，恨不能乘机下手，将这两个妖孽杀死。笑和尚细心，早看出唐石昨日无辜受了荼毒，怀恨在心，适才命许多同门去追金蚕，自己却置身事外，便知他不怀好意。看他欲前又却，并未下手。这种妖人，居心狠毒，有甚师徒情义，分明知道厉害，顾忌不敢下手。又因绿袍老祖虽然入定，满身烟雾，似有防备，仍以慎重为是。辛辰子引走金蚕，并不逃走，必是想盗文蛛。柬帖又有"逢石勿追，以毒攻毒"之言，只需跟定辛辰子，便知文蛛下落。正向金蝉示意拦阻，谁知唐石一去，辛辰子也跟在身后，大出意料之外，诚恐稍纵即逝，不假思索，便也随后追赶。

第一一〇回 匝地妖氛　脱身悲失剑
弥天血雨　极恶斗元区

当下辛辰子跟定唐石，二人又跟定辛辰子，刚刚飞过那座孤峰，忽见辛辰子朝前面唐石打了一个招呼。唐石回头一看，见是辛辰子，先要变脸动手，猛一寻思，将手一招，双双落了下去。二人也隐身跟下，才一落地，便听唐石道："我早猜那金蚕是你放走。如今我和你也是同病相怜，我已被老妖吃了一条臂膀，昨日又叫金蚕咬我全身见骨，说擒着你，便是榜样。若非许多师弟再三拦我，昨日便准备拼命逃走。不想祸不单行，你又来惹这大乱子。如今我已想开，事难怪你，我再不逃走，早晚也遭毒手。你想我帮你叛他，我却不敢似你这样大胆，我自去九星岩等你。那文蛛有三个藏处，两个你都知道。惟有一处，在他打坐的石头底下风穴之内，有法宝封锁，只恐你盗走不了。似他这般狠心恶毒，我何尝不想将他害死，无奈他在玉影峰吃你困住，他用第二元神修炼多日，静中参悟玄机，比了从前还要厉害，漫说你我，就是各派剑仙有名的飞剑，也伤他不了。可笑他心肠狠辣，当时只顾将师文恭害死，取了人家尸体，接续全身，没料师文恭原是中了天狐白眉针，闹得要死不活，一见难逃老妖毒手，将所中两根白眉针，运用玄功真气导引，藏在两腿之内，自己却甘愿受老妖飞刀之苦，只为叫老妖难得便宜，多受痛苦，老妖原是瞒着毒龙尊者行事，做贼心虚，急于将身接续。谁知忙中有错，每日一交寅卯辰三时，白眉针在两腿穴道中作怪，痛痒酸辣，一齐全来。欲待斩断重续，一时又找不着这好法体。那针没有吸星球，无法取出。到了每日寅卯辰三时，只好将穴道封闭，将真火运入两腿，慢慢烧炼。须过两个八十一天，才能将那两根白眉针炼化。炼时元气须要遁出，以免真火焚烧自己。他自从你背叛以后，把门人视若仇敌,入定时非常小心,常用法术护卫全身,元神却遁往隐僻之处,以防门人暗算。那西方野佛雅各达,也用师文恭的断手相接,虽无白眉针在内,不知师文恭使甚法儿,也是到时作怪。若非他防备周密,情知制他不了,适才我就下手了。这时他正如死去一般,不到巳初,你只不能近他,要盗文蛛,正是时候。这洞穴虽在他的座下,但是与藏养蚕母的洞穴相通,在他身后,形如七星,趁蚕母全都被你引出,正是时候。那金蚕虽未炼成,已甚厉害,我只不明白你用什么法儿能将它们引出?"辛辰子道:"话说起来太长。我此次前来,原是以死相拼,相机行事,昨日已来过一回,见你吃他茶毒,万没料到你会和我做一路。那些恶虫已被我一网打尽。承你好意相助,指引明路,少时待我大功告成,再作细谈。"言还未了,猛然抬头一看,不由大惊失色道:"恶虫飞回,红发老祖法宝被人破去,如何是好?"笑和尚闻言,回头往来路一看,远方云空中,果有一丛黄光绿火波动。正在观望,猛觉金蝉拉了他一下,转身再看两个妖人,业已不在眼前。正要问金蝉,可曾看见妖人何往,金蝉用手往前面一指,说道:"那不是辛辰子?"

原来辛辰子自被红发老祖亲自将化血神刀取还,愈发不是绿袍老祖敌手。他和红发老祖门下姚开江、长人洪长豹俱是至好,那化血神刀也是洪长豹偷来转借。情知要和绿袍老祖拼命,除了请洪长豹设法,转求红发老祖相助,绝无办法。及至寻着洪长豹一问,说红发老祖无故不愿和人开衅,为那化血神刀,自己还招了许多埋怨,漫说求他相助,连自己下山也不能够。不过自己也不肯坐视,愿将两件心爱法宝,一个叫做天魔聚毒幡,一个叫做五浑呼血兜,借他拿去报仇。这两样东西,专破正邪各派法宝、飞剑。五浑兜更是金蚕蛊的克星,乃是师父所传镇山之宝,为了朋友情长,担着不是相借,务须谨慎从事,以防失落。又传了他一种极厉害的潜形匿影的法术,如遇紧急,只管使法,将二宝抛在隐秘之所,别人任是道力高强,也难看出,以免落入外人之手。辛辰子知道二宝厉害,当下不便再求红发老祖相助,道谢起身,昨日便赶到了百蛮山阴风洞上空,往下窥探。绿袍老祖闻风知异,先将阴火放起追寻。幸而辛辰子新学红发教下潜形之法,没有被他发现,只吓了一跳。不敢怠慢,遵照洪长豹所传,先觅好了相当之地,如法布置。不料笑和尚、金蝉二人已先在洞中隐身,辛辰子报仇心切，以为洞中之人是别派中隐居岩穴的炼士，又仗着法宝厉害，未曾顾忌。被金蝉慧眼看出行径，霹雳剑虽然不如紫郢剑，也同是当年长眉真人炼魔除邪之宝，自赐与妙一夫人，更经多年修炼，已是百邪不侵，无意中遇见克星，竟将他借来的五淫兜破去。辛辰子哪里知道？先趁着绿袍老祖入定之际，用妖法将金蚕一齐引走，自己再安安稳稳盗取文蛛，得手之后，回往原处。那些同门妖人，除了唐石一人还可与他支持外，余人本不是他的对手，何况又有两件厉害法宝在身。说好便好，说不好，索性一齐除去，虽不能当时便将绿袍老祖制死，也可去掉他身边的羽翼。偏巧又看出唐石也要背叛，更是心喜。二人见面之后，算计时间还早，正在兴高采烈，劝唐石和他一同背叛，恶师心毒，单是逃避，并不是事。话还没说几句，猛抬头看见天边金光闪动，仔细一看，金蚕业已飞回，知道五淫兜定被别人破去，好不咬牙痛惜，暴跳如雷。情知事已紧急，许多昔日同门必然回来，将绿袍老祖惊醒；蚕母回穴，更是无门可入，文蛛不能到手。被绿袍老祖知道行径，再想得手，岂不万难？依了唐石，原主慎重，暂时避开，改日下手。辛辰子哪里肯听，事已至此，不入虎穴，焉得虎子，说不得只好孤注一掷。

当下见唐石不敢同去，狞笑一声，往广崖那面便飞。笑和尚、金蝉二人自是不舍，也双双随后追赶。身才离地，便听身后一声惨呼，金蝉回头一看，大小两溜绿火，正往孤峰之下投去。金蝉知道那两溜绿火，有一个是唐石所化，怎会多出一个妖人，自己当时竟不曾看见？正想之间，无形剑遁迅速，已追离辛辰子背后不远。眼看辛辰子并未觉察二人跟在身后，径投中洞，望着烟雾环绕中的绿袍老祖，咬牙切齿，戟指低骂了两句，急匆匆转过身后，钻入一个形如七星的小洞下面去了。笑和尚、金蝉二人连忙跟踪而入，只见下面黑沉沉，腥风扑鼻，深有千寻。二人初入虎穴，莫测高深，只跟定前面那溜绿火往前游走。在黑暗中转了不少弯子，末后转入一个形如扩穴的甬道，忽闻奇腥刺鼻，尽头处有一个深窟，窟口挂着一面不知什么东西织成的妖网，彩雾蒸腾，红绿火星不住吞吐。定睛一看，正是那妖物文蛛，四只长爪连同腹下无数小足，紧抓在那面网上，似要破网飞去。这时辛辰子已经现身出来，离窟口三五丈远近立定，身上衣服业已脱尽，正在赤身倒立，念咒行法。那文蛛一见生人到来，早又张开尖嘴阔腮，露出满嘴獠牙，呱呱怪叫起来，声音尖锐，非常刺耳。金蝉尚是初见这种丑恶体态，不禁骇然。笑和尚情知这种毒鲛蛇涎结成的妖网，专污正教法宝飞剑，不敢下手，只好静等辛辰子的机会。只需他将妖网一破，再在暗中出其不意，连辛辰子带妖物一齐斩杀。眼看辛辰子使完了法，站起身来，手指处一道绿光火焰，粗如人臂，直往网上烧去。那妖物正在怪叫挣扎，不大耐烦，一见绿光飞到，啸声愈加凄厉，猛地将口一张，从网眼中喷出万朵火花，将那绿光迎住，两下相持，忽前忽后，约有半个时辰。辛辰子想是知道时光紧迫，直急得抓耳搔腮，满头大汗。笑和尚见辛辰子不能得手，虽说潜形遁迹，不怕妖人看见，到底身居危境，也是非常着急。

只有金蝉年幼心高，并不怎么顾忌，反倒看着好玩。猛地失声说道："师兄，这样等到几时，我们还不下手？"一句话将笑和尚提醒，猛想起自己身边现有矮叟朱梅的天遁宝镜，何不取出应用？想到这里，刚要用手取镜，那辛辰子百忙中闻得黑暗中有人说话，吓了一跳，以为中了绿袍老祖的道儿，心慌意乱，长叹一声，把心一横，先收回那道绿光，咬破舌尖，一口血随口喷出，化成一道黄烟，笼罩全身，直往窟口扑去，伸手便要摘网。同时笑和尚也将宝镜交与金蝉，吩咐小心从事。自己收了无形剑遁，准备运用剑光下手。正在这双方张弓待发，时机一瞬之际，辛辰子原知绿袍老祖妖法厉害，所有宝物全都能发能收，所以先时不敢去摘，及见阴火无功，时机转瞬将逝，不得不拼死命连网带妖物一齐盗走，逃出之后，再作计较。手将伸到网上，金蝉迫不可待，也将镜袱揭开，口念真言，道一声："疾！"一道五彩金光，匹练长虹般，也已罩向网上，登时烟云尽灭，光焰全消。那妖物文蛛也似遇见克星，抓伏网上，闭着一双绿黝黝的双目，口中不住怪叫，毫不动弹。那辛辰子忽见一道金光一闪，现出一个小和尚和一个幼童。认得那小和尚曾在天蚕岭盗文蛛时见过，剑术甚是了得。尤其是那幼童，手上拿着一面宝镜，出手便似一道五彩金虹，照得满洞通明，烟雾潜消。知道来者不善，未免有些心惊。猛一转念："何不趁着眼前时机，抢了文蛛逃走？"说时迟，那时快，辛辰子已将鲛网揭起半边，一见文蛛如死去一般，并不转动，心中大喜，正要往前扑去。忽听脚底下鬼声啾啾，冒起一丛碧绿火花。知道中了仇人暗算，顾不得再抢文蛛，正待飞身逃走，已来不及，被那一丛绿火涌起来，当头罩住。同时觉着脚底下一软，地下凭空陷出一个地穴，似有什么大力吸引，无法挣脱，活生生将辛辰子陷入地内去了。

这里笑和尚全神注定辛辰子，准备他从妖网之内将文蛛抱出，便飞剑过去，一齐腰斩。忽闻异声起自地中，陷出一个地穴，冒起一丛火花，将辛辰子卷了进去，便知不妙。正唤金蝉小心在意，猛觉眼前五根粗如人臂的黑影，屈曲如蚓，并列着飞舞过来，也不知是什么东西，忙着招呼金蝉。正待先将身形隐起，将身剑合一，身子已被那五条黑影绞住。笑和尚一着急，大喝一声，索性用剑光分出迎敌。谁知眼前起了一阵绿火毒焰，闻见奇腥刺鼻，自己飞剑竟失作用，身子又被几根蛇一般的东西束住，才知飞剑被污，身已被人擒住。刚喊："我已失陷，蝉弟快照昨日所说，逃往东海。"一言未了，一道金色长虹照将过来，金光影里，看清那地穴中现出一个碧眼蓬头的大脑袋，伸出一只瘦长大手臂。来者正是妖人绿袍老祖，束身黑影便是妖人邪法变化的大手。被金蝉天遁镜照在他的脸上，眼看妖人绿眼闭处，手也随着一松。笑和尚连忙用力挣脱。那大手想也畏惧镜上金光，竟然疾如蛇行，收了回去。笑和尚已被妖人大手束得周身生疼，喘息不止。金蝉忙着跑了过来，刚将笑和尚扶好，地下鬼声又起。先是一丛绿火彩烟过处，那封藏文蛛的怪洞，忽然往地里陷落下去，如石沉水，一点声息全无。接着满洞绿火飞扬，四壁乱晃，脚底虚浮，似要往下陷落。

笑和尚见事危急，忙喊："蝉弟快快带着我将身飞起，我飞剑已被邪法污损了。"金蝉闻言大惊，刚刚扶着笑和尚将身飞起，果然立脚之处又陷深坑，脚底火花如同潮涌。光影中隐隐看见绿袍老祖张开一张血盆大口，眼露凶光，舞摇长臂，伸出比簸箕还大、形如鸟爪的大手，似要攫人而噬。金蝉不敢怠慢，连用霹雳双剑护着全身，手持宝镜照住坑穴。穴内万千火花被金光一照，便即消灭。叵耐妖法厉害，灭了又起。下面绿火彩烟虽被天遁镜制住，可是四外妖火毒烟又渐渐围绕上来。这时地洞中方位变易，已不知何处是出口。相持了好一会儿，笑和尚知道妖人厉害，暂时虽擒不住自己，必然另有妖法，迟则生变，好不着急。及见四外火烟虽然越聚越浓，却只在二人两三丈以外围绕，并不近前，情急生智，悄声嘱咐金蝉："火烟不前，说不定便是霹雳剑的功效，你一双慧眼，能烛见幽冥。何不权拼万一之想，冒险觅路逃生，死中求活？"金蝉原是全神贯注绿袍老祖，恐他乘隙冲起，抵敌不住，惊慌忙乱之中，竟忘了逃走之路。被笑和尚提醒，才定睛往四外一看，火烟中依稀只左侧有一条弯曲窄径，仿佛来时经行之路。余者到处都已陷落，四外都是火海烟林，一片迷茫，无路可通。一面夹着笑和尚，身与剑合；一面将宝镜舞起，一团霓光，光照处，火烟消逝，路更分明。可是后面地下异声大作，竟如儿啼，也随着追了上来。笑和尚忙喊快走。金蝉运用真气，大喝一声，直往外面冲出。才飞走了不远，便听后面山崩地裂一声大震。二人哪敢回头，慌不择路，有路便走，居然飞离穴口不远，金蝉慧眼已看见穴外天光，心中大喜。就在离出穴还有两三丈远近，忽见眼前数十点黄影，从两旁壁上飞扑上来。金蝉见那东西并不畏惧天遁镜上金光，大吃一惊。恐有闪失，将手一指，先分出一口雄剑上前迎敌。一道红光闪过，只听吱吱连声，数十道黄星，如雨般坠落，并不济事，才略放心。身临穴口，刚要飞出，又见有数十条彩缕在穴上飞动，忙将宝镜一照，悉数烟消。赶忙趁势飞了出去，一眼看见外面天空，似穿梭一般，飞翔着二十四个妖人。只为首之人不是唐石，却换了红衣番僧雅各达。各拿一面妖幡，彩丝似雨一般从幡上喷起，已组成了一面密密层层的天幕。见二人出穴，齐声怪啸，二十四面妖幡同时招展。那面五彩天幕，映着当天红日，格外鲜明，被妖法一催动，渐渐往二人头上网盖下来。

　　二人见势不佳，因知妖网一定厉害，想起昨日曾经看它在生门上留有空隙，欲待寻着飞出，省得以身试险。定睛细看，果然西面角上有一个小洞没有封闭，只是相隔甚远。正要驾剑光飞冲过去，忽听后面怪声。回头一看，绿袍老祖同了几个手下妖人，已从穴内飞出，现身追来。一丛绿火黄烟，如飘风一般涌至，相隔二十丈远近。绿袍老祖长臂伸处，又打出千百朵绿火星。同时那五彩天幕，已离二人头上不过两丈。金蝉用大遁镜上下左右一阵乱晃，后面绿火虽能暂时抵住，镜上金光照向天幕，却并无动静，越发心慌意乱。眼看天幕越低，将及临头。烟火中绿袍老祖用一只手挡着头面，另一只长手不住摇晃，就要抓到。四外妖人，也都包围上来。二人只凭一面天遁镜护住全身，顾了前后，顾不了左右，稍一疏虞，被妖火打上，便有性命之忧。见情势业已万分危急，一落妖人之手，便无幸理。只一转念间，耳听绿袍老祖猛然两声怪啸，四外妖人忽然分退。由绿袍老祖身旁飞出三道灰黄色匹练，直往二人卷去，天幕也快要罩到二人头上。

笑和尚知道再不冒险冲网而出，绝没活路，忙叫蝉弟快走，口中念起护身神咒。说时迟，那时快，金蝉先也是怕两口飞剑被妖人彩幕所污，及见存亡顷刻，把心一横，用丹田真气大喝一声，驾着红紫两道剑光，冲霄便起，剑光触到网上，仿佛耳边哗哗几声。及至飞起上空，那天幕竟被霹雳剑刺穿了一个丈许大洞，彩丝似败绢破绢般四外飘拂。

绿袍老祖以为这两个小孩已是瓮中之鱼，虽然被他刺死许多蚕母，自己却可得着两个生具仙根的真男，作一顿饱餐，还可得那面宝镜。正在又怒又喜，万没料到来人虽然年幼，飞剑却这般厉害，竟然不怕邪污，破网而去。出其不意，又惊又恨，暴跳如雷，怪啸一声，率了手下妖人，破空便追。笑和尚、金蝉见后面满天黄烟妖雾，绿人星光，如风卷残云般赶来，哪敢迟延，急忙催动剑光，如飞遁走。无奈笑和尚飞剑被污，不能隐形潜迹；霹雳剑虽然迅速，云空中现出红紫两道光华，正是敌人绝好目标。绿袍老祖狠毒凶恶，蚕母被戮，吃了大亏，哪里肯舍，只管死命追赶。转瞬之间，已追离昨晚投宿山洞不远。二人在空中偶一回望，别的妖人飞行没有绿袍老祖迅速，俱都落后，只剩绿袍老祖一人，业已越追越近，烟光中怪声啾啾，长臂摇晃，眼看不消片刻，就要追上。

正在危急万分，忽见脚下面腥风起处，一片红霞放过二人，直往后面飞去。二人又飞出去有百十里远近，渐渐听不见后面声息，觉着奇怪，这才回身看去。遥见远远天空中，适才所见那一片红霞，已和后面追来的绿火黄烟绞作一团，光烟潋滟，翻腾缭绕，宛如海市蜃楼，瞬息千变，知道妖人又遇劲敌。适才所见红霞，虽然逃走匆忙，不及细看，但是色含暗赤，光影昏黄，隐闻奇腥之气，定是一个妖邪之辈，不知为何帮助二人，反与妖人火拼，甚是不解。金蝉还想稍往回飞，看个动静。笑和尚飞剑被污，心乱如麻，又痛又惜，急于寻觅地方，拆看第二封柬帖。那一片红霞虽说相助自己，也不一定是好相识，再要抵敌不过，又生意外。当下催着金蝉飞走，直飞到云贵交界的绝缘岭，看妖人并未追来，才行落下。先寻了僻静之处，打开柬帖，一看柬帖所说，已不似第一封严厉。

原来笑和尚三劫将临，所幸根行甚厚，并非不可避免。第一次到百蛮山阴风洞，如果守定时间，不预先前去探看，便不会先在洞穴中遇见辛辰子，无心中被金蝉破去他的五淫兜，辛辰子必在第二日早启用五淫兜将百万金蚕恶蛊一网打尽。那时笑和尚、金蝉也按照时间赶到。金蚕蛊因绿袍老祖用精血妖法修炼，虽未炼成，已是息息相关，金蚕飞走，必然警觉，跟踪追去。笑和尚、金蝉恰好乘虚而入，就由他坐处飞身到阴风洞底风穴之内，寻见文蛛，先用天遁镜破去封锁，再用飞剑，便可将它除去。只因一时过于小心，上来便错了步数。后来又只顾从辛辰子、唐石二人身上得点虚实。谁知他二人刚跟在辛、唐二人身后，飞走不多一会儿，绿袍老祖以为辛辰子只能将金蚕引走，并不妨事，还不知他借有红发老祖的五淫兜，想给他一网打尽。仗着有法收回，自己又正当白眉针在身上按时作怪之际，不能归窍，功亏一篑，便用第二元神紧随辛、唐二人身后。一来笑和尚、金蝉隐身潜形，没有被他发现；二来痛恨辛辰子切骨，情知他逗留不走，必是为了文蛛，不得已他和唐石一同入洞，自投罗网。及见唐石虽学辛辰子叛师，胆子却不大，并不敢去。知道辛辰子只要一入洞，便难逃走。却不愿便宜了唐石，那辛辰子一走开，先将唐石制住。这时众妖人已用妖幡将金蚕招回。绿袍老祖收了金蚕，将众妖人一一嘱咐布置妥当，然后飞入阴风洞底，由外到内用妖法层层封锁。到了洞底一看，辛辰子正在施为，想破他的妖网。绿袍老祖强忍怒气，也不去惊动他，只在暗中运用第二元神，附在文蛛身上，放出妖火，和他支持。挨到本身痛苦时间过去，才将元神归窍，二次入洞，又发现正教中还有两人，不知何时闯入，虽然年纪不大，本领却甚高强。内中有一个手持一面镜子，发出五色金光，已将文蛛制伏不动。绿袍老祖一见大怒，先用妖法将辛辰子擒了。见笑和尚立得较近，便将玄牝珠运用元神幻化大手抓去。笑和尚的无形剑在同辈门人自炼的飞剑中自然数一数二，但到底年轻，功候未纯，不是玄牝珠的敌手。见大手抓来，忙用飞剑抵敌，一照面，便被妖法污损，还了原质。那剑本是苦行头陀采用西方太乙精英千锤百炼而成。还算笑和尚机警，连忙收作，剑虽失了效用，未曾脱手失去。

　　绿袍老祖擒住笑和尚，正往回收，预备擒入地穴，再擒金蝉，正遇金蝉手中宝镜光芒，直往他脸上射来；手中笑和尚飞剑虽然被污，仍有一身本领，也在用力挣扎，元神不及分用。只因小觑敌人，不料天遁镜如此厉害，险些吃了大亏。绿袍老祖自经大劫，在玉影峰风穴寒泉中，已炼成不坏之身，功行只差这一双碧眼。见势不佳，又惊又怒，只得收回元神，护住双目。手松处，笑和尚业已挣脱，被金蝉救去。还以为妖法严密，敌人已成釜底游魂，纵然暂时侥幸，也绝难逃出罗网。便用一手护着双目，仍用妖法幻化元神，打算生擒享用。几番冲起，都被金蝉天遁镜、霹雳剑阻住。越发暴跳如雷，顿改了原来打算，将洞底风窍开放，想用阴飘恶飓，将两个敌人吹化。更不料金蝉生具一双慧眼，竟从妖云毒雾中辨清门户遁去。出穴之时，又将他硕果仅存的蚕母用霹雳剑杀死。

那金蚕原是南疆产生的一种毒虫，在千百种恶蛊之中最为厉害，其性异常凶淫。雌的虽不如雄的厉害，但是繁殖之力极强，一雌常交百雄，始能产卵，每产千枚，见风即能化成小蚕。绿袍老祖当初受毒龙尊者之托，赶往慈云寺与正派为仇，所炼十万金蚕恶蛊，一齐带去，只剩下四十九条衰弱蚕母，随意弃置在阴风洞底隐秘之处，当时并未在意。及至在慈云寺被极乐童子李静虚将金蚕一齐刺死，遭劫回山，见那些蚕母竟未被辛辰子发现，只是久未用生血饲养，都快僵死，便用丹药生血，先行调养。怎奈蚕母这东西秉天地极淫极戾之气而生，久旷疾疲，体气业已亏残，仅仅可供生育，别的效能已失。其种又绝，更无法寻觅许多雄蚕配合。只得另想妙法，在百蛮山西，阴毒污湿的天愁谷内，寻到许多天蝎代替雄蚕。这天蝎也是一种极淫恶的毒虫，形如常蝎，有翼能飞。经绿袍老祖寻到以后，先用毒药喂养，符咒祭炼。三日之后，再给天蝎吃了自身生血，去与蚕母配合。一昼夜间，天蝎与蚕母交尾后，全被蚕母吃光，第三日便生下无数小蚕。绿袍老祖嫌它力弱，知道天蝎在天愁谷专吃瘴岚湿毒淫气凝聚而生的一种金丝菌，便在阴风毒洞前崖，又开辟了千顷花田，移植毒菌，喂养金蚕，果然吃了更增体力。又因金蚕食量太大，一经放出，千顷花田似春蚕食叶般，顷刻净尽，供不应求，又命门人寻找毒虫毒蛇生血浇种。一方面用法术催长，当时虽然吃完，第二日又是千顷金波，恢复旧观。放时四周用妖气组成天幕罩住，防备周密。只这次所生尽是公蚕，所以对这些衰老蚕母极为珍惜，打算等小蚕成长，再与蚕母配合，只要产出母的，便可取之不尽。不料这些蚕母封闭地方，正是一条出口密径，被金蝉无心遁出，见有生人到来，如何不上前嚼咬，被金蝉霹雳剑光一绕，全数了账。绿袍老祖岂不恨如切骨，死命追赶。

追至中途，偏巧遇见对头红发老祖的门人、长人洪长豹。他因和辛辰子交情深厚，当时有事不能分身。及至将法宝借与辛辰子，又后悔起来，恐自己法宝有甚闪失，拼着冒险，瞒了红发老祖，盗了天魔化血神刀，借着往绝缘岭采药为名，偷偷赶到百蛮山来。他知辛辰子必在百蛮山左近寻觅地址，设下妖阵，以便运用五淫兜将金蚕引来，一网打尽。一路寻踪追迹，寻到一处，见下面有一岩谷，藏风聚气，地势隐秘，离百蛮山主峰不过二百里左右，甚是合用。正心疑辛辰子在此施为，不由停了遁光，仔细留神一看，果然闻见五淫兜的气味，忙即下来，找到辛辰子昨晚行法的洞穴。一进门便知五淫兜业已被人破去，又惊又怒，好生痛惜。再捡了现形魔兜及七根妖幡一看，不知被什么东西啃咬粉碎。两样至宝全都被毁，如何不恨。辛辰子又不见踪迹，忿恨切骨，正要赶往百蛮山阴风洞去。忽听头上雷声隐隐，夹着一阵破空之声，一红一紫两道光华，如电闪星驰一般，由远处空中打头上飞过。暗想："绿袍老祖妖法高强，这里是他老巢，如何会有别派之人到此？"好生诧异。刚想借遁光飞起迎上前去看个动静，身才起在空中，来人剑光迅速，已打他头上飞出好远。猛一抬头，看见绿袍老祖发出万点绿星，烟雾围绕中，伸出乌爪一般的长臂大手，风卷残云般赶将过来。因为时间凑巧，便猜前面逃走的红紫光华许是辛辰子请来的帮手，被绿袍老祖战败追来，已然快到面前。百忙中并未寻思邪正不能并立，峨眉教下岂能与辛辰子一党。心疼法宝，怒发千丈，仗着本领高强，学会身外化身，又有绿袍老祖克星天魔化血刀在身，不问青红皂白，劈头迎上前去，厉声喝道："辛辰子何在？我的五淫兜是否被你所毁？"

绿袍老祖催动妖云，正在追敌心急，忽见一片红霞中现出一个身高丈许、相貌狰狞的赤身红人，拦住去路，挡住妖火，已是不快。及听来人发话，定睛一看，认得是辛辰子莫逆好友、红发老祖门人洪长豹，不由勃然大怒。两下里连话都未多说，就在空中争斗起来。一会儿工夫，后面手卜妖人一齐追到，一片妖云绿火，将洪长豹围了个风雨不透。洪长豹见人孤势薄，寡不敌众，长啸一声，将化血神刀放起。一道赤阴阴冷森森的光华才一飞出手去，满天绿火星扫着一点，便如陨星纷纷下坠，近身妖人早死了好几个，凭空变成数段残躯，落下地去。绿袍老祖先见洪长豹放过笑和尚、金蝉，将他拦住，本想就下毒手，到底有些顾忌着来人的师父红发老祖。打算使洪长豹知难而退，自己好去追赶两个逃走的肥羊。谁知洪长豹本领竟是不弱，一片红霞，裹住了满天绿火，丝毫不能前进一步，眼看先前两个仇敌逃走已远，已是咬牙切齿忿恨。及至洪长豹放起天魔化血神刀，一出手先破了妖云绿火，死了四五个门人，不由怒从心上起，恶向胆边生。这时手下妖人正在纷纷败逃，化血神刀劈面飞来。绿袍老祖把心一横，一声怪啸，元神运化长臂，伸出簸箕般的大手，就近抓起一个门人，迎上前去。只听一声惨呼，那道暗赤光华接着那人只一绕，便斩成两段。绿袍老祖更不怠慢，将手一指，一阵阴风吹处，从那门人血腔子里冒出一股绿烟，将那暗赤光华绕住。两半截残躯并不下落，不住在空中飞舞，刀光过处，血雨翻飞，霎时间尽变残肢碎骨。仍是随着绿烟，与刀光纠结，兀自不退。虽然几次被化血神刀冲散，怎奈那是妖人阴魂，受绿袍老祖妖法催动，随聚随散，紧紧围住刀光不能上前。

　　洪长豹见绿袍老祖竟是这般残忍，不惜牺牲门人生命，用小藏炼魂却敌大法，将飞刀裹住，不由大吃一惊。正要另想别的妖法施为，对面一闪，绿袍老祖踪迹不见。还未及仔细观看，忽觉眼前一团绿阴阴的光影罩向头上，才暗道得一声："不好！"已被绿影里绿袍老祖元神、玄牝珠幻化的大手抓个正着，顿觉奇痛彻骨。知道想要全身后退，已来不及，只得咬紧钢牙，厉声喝道："我与你这老妖今生今世，不死不休！"说罢，玄功内敛，怪啸一声，震破天灵，一点红星一闪，身躯死在绿袍老祖手上，元神业已遁走。绿袍老祖原因化血神刀厉害，自己此时回山不久，法宝未成，尚不能破，用一个门人去做替死鬼，纠住刀光，暗运玄功，擒到洪长豹，心中大喜。满想擒回山去，用极恶毒的邪法消遣报仇，不想洪长豹竟学会红发老祖身外化身之法，将元神遁走。人未擒到，反与红发老祖结下血海深仇，将来平添一个劲敌，又惊又怒。再看化血神刀时，那刀终究是灵物，主人一去，失了主持，竟也随了飞去。绿袍老祖未施解法，一任那千百残骨碎肉，缠绕着化血神刀，电闪星驰，破空飞去，当时并未在意。只想起今日蚕母被害，连连丧失许多法宝、门人，看看手上洪长豹尸身，越想越恨。猛地张开血盆大口，咬断咽喉，就着颈腔，先将鲜血吸了一阵。算计那两个敌人无法追寻，厉声命将已死门人带回山去享用。手持残尸，一路叫嚣嚼吃，驾起妖云，回去拿辛辰子泄忿去了。

　　这一幕惊心惨剧，把手下一干妖人吓得魂飞魄散。积威之下，虽不敢彼此商量，兔死狐悲，物伤其类。先见他用自己人去抵挡化血神刀，临死还遭销魂碎骨之惨，邪教入门时，本有舍命全师誓言，还可说临危救急，不得不尔。及见最初那几个为他御敌而死的同门，都要将尸身带回山去嚼吃，未免触目惊心，一个个都有了异图。那不见机的十来个，还诚惶诚恐，奉命维谨地带了那几口死尸回去。见机一点的，彼此存心落后，觑一个便，纷纷逃走，即或被同类发现，俱有心照，谁也装作不知。这一天工夫，绿袍老祖手下妖人，连死和逃叛，倒去了多一半，共只剩下十来个胆子较小的妖人回转。洪长豹白白为了辛辰子牺牲一个肉身，又丧失了几件法宝，元神回到山去，与他师兄姚开江相见。真是无独有偶，一个丢了法体，一个坏了元神，好不伤心。红发老祖见两个传衣钵的心爱门人俱都吃了大亏，对于怪叫花凌浑，自然早就怀恨结仇；对于绿袍老祖，也是当然不肯甘休。不过他为人比较持重，不肯轻举妄动，机会一到，自然会去代徒报仇。这且留为后叙。

且说笑和尚看罢苦行头陀第二封柬帖，知道了一些失败的大概，事尚未完，仍须努力。只是飞剑被污，要复原状，须待斩完妖物回山之后。柬帖上虽说金蝉现有双剑，可以借用一口，就本来功行，向金蝉请教峨眉剑诀及使用之法，便可应用。但是失去无形剑遁，隐不住身形，硬要冒险，再入虎口，岂不比初上百蛮山，还要难上十倍？一手拿着柬帖，望着这口被污了的飞剑，虽然晶莹锋利，不比凡铁，但是灵气已失，不能使用，前途危难正多，丝毫没有把握，好不伤心。

金蝉见他难过，再三劝慰说："师伯故意使你为难，无非玉成于汝，虽蹈危机，终无凶险，忧急作甚？"笑和尚含笑道："我岂不知师父成心激励我成人，我只可惜这口飞剑，自从师父传授到如今，没有一天断了修炼，也不知费了多少心血和工夫。柬帖上虽说异日成功回山，仍可祭炼还原，到底能如以前不能，并不知道。实不瞒师弟说，师父和许多前辈师伯叔，都道我宿根既厚，功行又好，年纪虽轻，因为师父苦心传授，在小辈同门中，可算数一数二。不想一败涂地，若非师弟仗义相助，几死妖人之手，岂不令人惭愧伤心？"金蝉道："胜负乃兵家常事，这有何妨？柬帖上教你我先觅地休养十余日，将我的飞剑分一口给你，练习纯熟。到了时候，只需谨慎小心，仍有机缘成功。此时悔恨，有何用处？"

笑和尚也明知除了奋斗成功，不能回山再修正果，只得打起精神，照柬帖所言行事。他和金蝉俱是一般心理，不获成功，不愿再回凝碧崖去。见绝缘岭风景甚好，可惜并无相当的洞穴可以打坐凝神，寻了几处，不大合意。笑和尚猛想起莽苍山藏有两口长眉真人炼魔飞剑。其中一口叫做紫郢，现被李英琼得去，连许多前辈剑仙的飞剑都不能及，尤其是不假修炼，便能出手神化。还有一口，尚未出世。那山岩洞幽奇，何不赶到那里，一面借练霹雳剑，顺便寻访。即或自己与此剑无缘，也可先行默祝，暂借一用，将来再物还原主。如能到手，岂不比分用霹雳剑要强得多？金蝉因李英琼现正寻找余英男，不知已否找到，她为人甚好，又有神雕，说不定她能背着灵云，乘机助笑和尚一臂之力，闻言甚为赞同。二人打好了主意，离开绝缘岭，直飞莽苍山。

第一一一回　穷搜岩涧　手挥剑气晃银河
　　　　　直上苍穹　足踏云流行紫昊

笑和尚和金蝉飞到莽苍山时业已深夜，先寻了一处树林打坐，养神敛息。不久天明起身，看了看地势，并不中意。重又飞身空中，留神观察适当地点。笑和尚昔时虽曾路过，无奈此山面积太大，路径不熟，飞了许多地方，一些朕兆都没有。明知此山太大，要寻觅那口飞剑，无殊大海捞针。恐怕误事，只得落下，先寻了一个山洞存身，向金蝉借了一口雌剑，学了口诀用法。苦行头陀所传，与峨眉剑法原是殊途同归，当时便能使用。虽然霹雳剑不比寻常，初学难于驾驭，仗着笑和尚功夫本来精纯，至多约有五七日，便可运用纯熟，略放了一些宽心。决计先将此剑练习纯熟，再去寻找那一口长眉真人遗藏的飞剑，能到手更妙，不能也不妨事。金蝉终是喜事，因知英琼纵然将人救回，还要来盗温玉，决不会相遇不上。将剑法传了笑和尚，便由他在洞中凝神修炼，独自一人，离了山洞，到处寻找英琼下落。因昔日曾听英琼说，当初曾被一群马熊、猿猩将她抬往一个大山洞内，那便是埋藏温玉之所，只需发现大群马熊、猿猩，便不难跟踪寻觅那座山洞。尤其那山洞，据母亲飞剑传书上说，里面还有一个厉害妖人，正想独吞那块温玉，必有形迹显露，岂会寻找不见？他不知走错了方向，自己身在山南，昔日英琼所住的山洞却在山北一个环谷之中，外有密林掩覆，路径甚是隐僻曲折，身经其地尚且不易发现，何况又是驾剑光在空中寻找，纵然一双慧眼能辨毫芒，也难转折透视，一直寻到天黑，毫无踪影。顺便采了些松仁果实，摘了一个干葫芦，用剑掏空，装了一葫芦山泉，回洞与笑和尚同吃。

　　第二日一早，又去寻找。似这样寻了三四日，俱未寻见。猛想起英琼盗温玉并非易事，预计还得好些时日，经过多少麻烦，才能到手。漫说她用紫郢剑和妖人争斗，不会不露形迹，就是那一雕一猿，俱是庞然大物，焉有不见踪迹之理？定是日里潜伏，夜晚才去动手，也说不定。想到这里，决定晚间再去寻找。这日晚间，恰巧笑和尚已将霹雳剑运练纯熟，二人约好一同寻找，由黄昏时分，直找到半夜，猛见西北方远处有一道银光，疾如流星，直往正北山凹里飞投下去。笑和尚见那剑光非比寻常，虽看不出是何派中人，绝非异教所有，好生惊奇。急忙同驾剑光，跟踪飞去，落地一看，竟是一处广崖，下临清流，崇岗环抱，稀稀落落地生着数十棵大楠树，古干撑天，浓荫匝地，月明如水，光影浮动，时有三四飞鹤归巢，鸣声唳天，越显景物幽静。遍寻那道银光下落，已无踪迹。又等了一会儿，并不见他二次飞起，心中好生纳闷。猜他不曾去远，必在附近岩穴之中隐身。虽然事不关己，因见那道银光正而不邪，不是同门，也是同道之士。此山早有妖人盘踞，如是一向在此潜修，必难两立；要是新从别处赶来，必有所为。惺惺相惜，总想寻出一个下落，与那人见上一面，看看到底何许人也。

找来找去，找着一个山洞，甚是宽敞洁净，连外面风景都比前几日所居要强得多。便决定移居在此，就便寻访那道银光的下落。商议既定，同出洞外，飞身上空，四外观察。这时朗月疏星，犹自隐现云际，东方已现了鱼肚色。一会儿日出天明，四围山色苍翠如染，远处高山尖上的积雪，与朝霞相映，变成浓紫，空山寂寂，到处都是静荡荡的。二人飞行巡视了一阵，那道银光还是神龙见首，不再出现。最奇怪的是，连寻了好几天，竟没一处似英琼当时所说的景致，虽有时也看见许多虎豹豺狼、野鹿黄羊之类的野兽，独没遇见过一猩一熊。

金蝉暗自奇怪。末后采了些山果，取了些清泉，回转洞中，才看出洞外岩壁苔藓中，还隐隐现有"奥区仙府"四个古篆。入洞细看，那洞坐东朝西，没有出路，四壁钟乳璎珞下垂，宛如珠帘。虽甚整洁广大，除了洞外景物幽秀外，并无什么奇特之处，显然与洞壁所题不符。当时也未在意，一同坐下，互相谈说。笑和尚道："想不到昨晚看得那般仔细，相隔又不甚远，那道银光竟未发现，我近来真是越修越往后退了。"金蝉道："谁说不是？李英琼师妹明明在此山中，我前后寻了这几日，连个影子都未找见，真是古怪。我们还是先找师祖遗藏的那口宝剑吧。"笑和尚道："人都寻找不见,那口宝剑,外面必有法术符箓封锁,更是可遇而不可求了,适才我在空中,见此山有许多地方甚是灵奇幽奥,还有极隐秘之处。莫看我们穴中寻找,一目了然,反倒难于发现。离往百蛮山去,还有好多天,我借你飞剑已能应用,闲着也是闲着,莫如从今日起,我们实事求是,穷幽探奥,步行寻找那藏温玉的古洞。想和凝碧崖一般,别有洞天,就连那口宝剑,也会在无心中发现,都说不定。"

金蝉闻言,猛想起道："我们初出来时,家母来书曾说,余英男失陷在山阴一个风穴之内。李师妹如去过,必有些踪迹可循。连日都以为英男妹已被李师妹救出,只注意那藏温玉的古洞,竟未想到风穴。莽苍山虽是李师妹旧游之所,你想她当时并未成道,是由猩、熊将她抬到那里,后来又走了好多天,才遇见我们同返峨眉,沿途路径,如何记忆得真?她有雕、猿引导,自然容易寻到。我们仅凭这想象情形,来时我又不承想到这里来,只知在山南一面寻找。这山有千百里方圆,无怪乎难于找到了。至于那口宝剑,据说不久三英相见,纵不能为你所得,也该是出世之时了。我们再往山阴一带看看,只需寻到那风穴,总可寻着一点迹兆。你看如何?"笑和尚闻言称是,二人一同起身出洞,先端详了一下方向,舍却明显之处,专往狭窄幽僻的崖径寻找。

且行且说,所谈尽是以前旧事和英琼得剑经过。刚走到昨晚降落之地,金蝉的眼尖,看见北山密林掩覆中,后面广崖中间,似有一条尺许宽的狭缝,从丛树隙里望过去,仿佛看见里面花树藤萝,交相披拂。不由动了好奇之想,拉了笑和尚,径往密林里走了过去。近前一看,那片峻险高崖,依然一片完整,并无缝隙。若在别人,必然回去。金蝉自信不会错看,猛一转身,忽然大悟,回头笑道:"在这里了!"原来刚才站处是一片山坡,由坡上到坡下,少说也有二十来丈。那些密林俱是多年古木,合抱参天,虽是上下丛生,因为生得太密,将地形遮住,远看斜平,似无高低。那岩缝生在半崖腰间,二人谈笑忘形,所以一时蒙住。及至回看来路,上下相去甚高,举头一望,才看出危崖撑天,中腰裂开一条十来丈长的窄缝,宽处不过一尺,上下俱被藤萝矮松遮掩,只刚才所见之处,略微稀疏。飞身上了隙口,往里一看,竟是一个极幽深曲窄的岩孔,斜坡向下,形势奇险,猿猱都难飞渡。尽头处似见天光，照见花影闪动，知有奇境。二人因不能并肩而行，驾着剑光一前一后，顺斜坡往下飞走。到了有天光处一看，只是一个天窗，直达崖顶，中通一线，并没有什么奇境，不禁有些失望。笑和尚正想招呼金蝉回去，金蝉仍不死心，答道："当初我们在峨眉开辟凝碧崖时，也是走到尽头，是一个突出的孤崖，上极青冥，下临无地，幽暗逼窄，毫无意思。若非李英琼师妹去过，又有神雕领路，也不会发现仙府奇景。反正没事，别处找也是一样，这岩孔生得太古怪，总要寻个水落石出，我才死心。"

正说之间，忽见左侧一个稍宽的所在，壁上藤蔓中似有银光闪闪。笑和尚忙拉了金蝉一把，悄悄飞身过去。金蝉早已看出一些迹象，猛伸手将壁上藤蔓揭起，现出一个极窄小的洞口。一个秀眉虎目、隆准丰额的白衣少年，长身玉立，英姿飒爽，满脸笑容，站在那里。二人未及发言，那少年已开口问道："二位敢莫是峨眉同道么？"二人见那少年一脸正气，虽不认识，知非异教中人，甚是心喜。金蝉忍不住先答道："正是峨眉掌教之子齐金蝉。这位是东海三仙之一、苦行禅师门下弟子笑和尚。道友何以知我二人来历？"那少年闻言，慌忙下拜道："原来是二位师兄。小弟乃是太湖西洞庭山妙真观方丈严师婆的侄孙，贱名严人英，新近拜在峨眉醉道人门下。奉师尊之命，来此等候一人。"说时，脸上微微一红，略顿了一顿，又说道："那人该要明日才来，秘助她得一口长眉真人遗留的青索剑。到手以后，再和她一同去助刚才二位师兄所说的李英琼师姊，同盗温玉。来时师父曾说，妖人厉害，就是明日那二位师姊同来，借紫郢、青索二剑之力，也不过将他逐走，并不能就此除去。小弟道浅才疏，吩咐到此觅地潜伏，不可妄动。那晚小弟也曾冒险到北山一探，果然妖人布置严密，难以下手。彼时曾见月光下一团紫光，护着一只大黑雕往东飞去。小弟剑光在黑夜中极为显目，也幸妖人只顾追赶那道紫光，不曾发现小弟，不敢逗留，就回来了。"笑和尚一听是长眉真人同辈的剑仙、碧雯仙子严师婆的侄孙，又是醉道人新收弟子，同门一家，越发欣喜，忙着还礼。听完答道："昨晚银光，竟是你么？真正门下无虚。我二人找了一夜，也未发现，不想无心相遇，真妙极了！"金蝉也喜得不住拍手。人英谦道："二位师兄大夸奖。我日前到此，无心中寻见这座洞府，里面奇景甚多，外人且难发现呢。今早还探出一条甬道,直通妖人洞旁一个古树穴内,明日盗玉,甚是有用。刚刚将这条路打通回来,行至此间,看见洞外漏进天光,才知这里还有这么一个小洞,正在查看,忽听见二位师兄说话声音。我知这里是一个夹岩壁,下面有一凹窟,潜伏着千百马熊,甚是凶猛,除了奇人异士,常人绝难到此。因不知就里,伏在一旁静听。后来听清是自己人,正想用剑斩去藤蔓,出来相见,不想已被二位师兄发现。二位师兄想必也是为了盗玉之事而来,正好合力进行。请到里面看看,如果合意,大家同住此间,岂不有趣?"金蝉正要答言,笑和尚道:"话说起来太长,我们入洞再详谈吧。"人英闻言,举手揖客。

二人进洞一看,那洞口也是一个天然生就的岩隙,仅有数尺宽的一块大石可以容足,里面甚是幽暗。石尽处直落千寻,只底层隐隐见有光亮,仿佛甚是宽敞。人英已驾起银光在前引导,剑光照见两面壁上,尽是碧油油的薜萝香草,万绿丛中,时见嫣红数点,越显幽艳。也不知是什么奇花异草,扑鼻清香,中人欲醉。只可惜生在这种幽暗深邃,不透天光的岩洞以内,清标独秀,终古孤芳,不能供人赏玩罢了。剑光迅速,转眼到达地面,才将那段千寻高下的岩洞走完,豁然开朗,现出一座洞府。落脚处是一间广大石室,洞壁如玉,当中一座黑石丹炉,云床石鼓,设备齐全。石壁上悬嵌着栲栳大一团银光,照在四壁透明钟乳上面,真个是金庭玉柱,锦屏珠瓔,五色迷离,庄严华美。人英先领二人巡视大小石室,共有二十余间,每间俱有刚才所见的银光,大小不同,因室而异。及至到了洞外一看,正门是个方形,高有两丈,上面有"清虚奥区人间第十七洞天"十一个古篆字。洞门外仍被山石覆住,地平若砥。又走出去有十余丈远近,忽见清波阻路,喷珠飞雪,奔流浩浩。两面俱是万丈峭壁,排天直上,中腰被云层隔断青旻,偶从闲云卷舒中,窥见　点点天口。阳光从云缝里射入碧渊,宛如数十条银线,笔直如矢,随云隐没,时有时无。奇境当前,引得金蝉、笑和尚不住口地称赞。

原来那洞深藏绝壑凹岩之内,又有藤蔓薜萝隐蔽。两道峭壁,亘古云封,上出重霄,下临无地,奇险峻削,不可落脚。如非素知其处,纵使来人是个剑仙异人,能够降落洞底,踏波而行,不到洞口,也难发现。果然不愧是人间洞天,奥区福地。三人观赏一阵,重又回身入内。金蝉忍不住问道:"看这洞府题额和设备,自然是往昔仙灵的窟宅,用不着说了。难道各石室壁上光明,也是前人遗留的奇迹么?"人英请二人在就近一间石室内坐下,答道:"此洞是哪位高人修真之所,因为初来,又从未听人说起,还不知底细。至于室内光明,乃是小弟当年在东洞庭采来萤火炼成的小玩意儿,共是二十八个。此洞什么都好,只是黑暗异常,是个缺点。恰巧所有石室也是二十八间,一时高兴,将它安上,倒也合用。小弟自从先祖姑同了我师姊姜雪君路见不平,从黄山五云步万妙仙姑许飞娘手内救回小师妹廉红药之后,只传了不到一年的道法,便值功行圆满,将衣钵传与了姜师姊,吩咐她带着廉师妹,仍在东洞庭修炼,静候三次峨眉斗剑,前去相助,以应劫数。因先祖姑得意弟子、先母天聋老女早已遇劫兵解,大仇未报,小弟自幼留养观中,虽承先祖姑赐了这一口银河剑,但是根行太浅,先祖姑飞升以后,无人教诲。若从姜师姊学习,又因男女有别,恐遭敌派物议,好生为难。恰值家师醉道人至洞庭登门拜访,谈起许多前后因果,先祖姑才想起当初教祖长眉真人遗言,命小弟拜在家师门下,从此归入峨眉。不久先祖姑圆寂,肉身坐化。小弟拜别遗容,辞了师姊师妹,径往成都碧筠庵。在武侯祠门首,遇见家师,说奉了掌教师尊之命,命小弟到莽苍山相助李英琼师姊,共敌妖人,同盗温玉。又交代了一些话和一封柬帖,外面注明相遇和下手时日;小弟性急,又因此山甚大,不知妖人藏于何所,想先来看个动静。自来此山,差不多已有一月光景。初来数日,一心到处寻找妖人踪迹。那日行至洞外悬崖之上,见下面云雾甚浓,以为是个无底深壑,并未在意。忽见远处疾如闪电,飞来一道光华,直投壑底,看出无人驾驭,是个宝物,急忙跟踪追去。穿过云层,追到下面岩凹,才看出这里有这么一个洞府。小弟因为洞太幽秘,必有仙灵潜伏,那道宝光定是洞中人在操纵发收,虽然不似邪教之人所有,不知虚实深浅,也未敢深入。多次装作叩门试探,终不见洞中有何回应。后来冒昧闯入,直将全洞走完,不见一人。细查洞中情形,知道洞中主人离去已久。因为先时慎重,耽搁了半日,那宝光已不知去向。此地既无人住,我便以洞主人自居,各室都安了萤光,每日除用功外,满洞搜寻那道宝光下落,至今没有再发现它。前日开视柬帖,知道李师姊同了一位周师姊,明日要来,盗玉在即,对那宝光仍不死心。全洞都好似一块整石生成,势难一一发掘。猜它必藏在洞中隐秘所在,有宝之处,终有迹象可寻,又穷搜了一阵,仍未搜着。下午出洞闲游,听见怪兽惨叫。向山北低洼之处一看,见两个道童正用妖法驱逐七八只大马熊,往北面崖上走去。我因马熊并非善兽,未去理他。猛想起此山向无人迹,这两个道童满身妖气,定是妖人爪牙。悄悄跟他们走到北山崖后一个弯曲山环之内,果然发现柬帖上所说的大洞。又从那两道童口中,得知日前已有一个女子来盗温玉,他师父几乎吃了大亏,更知是妖人无疑。那妖人想是有了戒心,洞外烟云环绕,似有邪宝笼罩。因见妖法厉害,恐被觉察,当即回转。昨日晚间又去,刚才已曾说过。今早无事,又在洞中寻找宝物,无意发现后洞深处岩窗内,藤萝荫覆中有一极窄小径。循径而入,越走越深,竟通到妖人所居洞外的一株古树腹内。如从此径前去盗玉,可以避去外洞邪法,不致被妖人觉察。回来便遇见二位师兄了。"

笑和尚、金蝉听完人英之言,也将经过细说了一遍。人英道:"原来二位师兄另有使命。且喜时日还宽,盗玉就在明后两日,功成之后,如不嫌我功力浅薄,小弟情愿追附骥尾,勉效微劳,如何?"笑和尚闻言,连忙称谢。又向人英道:"适才师弟说,明日先助一位道友去得那口长眉真人遗留的青索剑,后来又提起周、李二位师妹,那得剑的人,想便是周师妹了。既然此剑仗师弟相助才能到手,醉师叔必将藏剑之所与下手之法,先行示知。我同蝉弟日前在百蛮山失败,也曾有借剑一用妄想。现在知道物各有主,未便妄借,颇愿一闻究竟,可能说否?"人英闻言,脸上又是一红,微现忸怩之色,答道:"若论此剑,原与李师姊所得紫郢功用大同小异,只是取时比较紫郢要难得多。地方也离此不远,并非小弟不肯明言,实因其中尚有难言之隐,不久自知。倒是我以前所见那道光华,不是异宝,定是极好的飞剑,遍寻无着。并非小弟心贪,既经发现,或许有缘,此时畏难放弃,异日落入外人之手,岂不可惜?何不我们三人一同加细搜寻,倘幸得到手中,岂非快事?"笑和尚一见人英,便看出他语言纯挚,胸襟兀爽,不愧峨眉门下之士,心中甚是敬爱。及见他两次提到得剑之人,都是面红迟疑,末后又拿先时发现的那道光华岔开,情知内中必有隐情。等他说完,见金蝉还要追问,便使了个眼色,止住金蝉道:"严师弟之言极是,我们先助他寻那宝物吧。"

人英也知笑和尚看出他适才语意矜持,怎奈自己平素那般豁达,竟不好意思将原意说出,只得含糊答应道:"这洞门比里面矮得多。那日追赶宝光,追到洞口,仿佛见它入洞,往上斜穿进去,及至在洞外耽误了一会儿,便不见踪迹。忖度当时情形,不像飞入地内。这洞甚高,又有许多复壁甬道,死岩窗到处都是,虽然被我连日搜寻,只恐还有遗漏之处。所以我想借二位师兄法眼,仔细搜查,或者发现,也未可知。"说到这里,金蝉忽然灵机一动,插口问道:"你说那道宝光,可是颜色金黄,杂有乌光,飞时光芒闪烁,变幻不定的么?"人英诧道:"那光华正和师兄所说一样,怎便知晓?"金蝉又问明发现时日,拍手笑道:"恭喜师兄!这宝剑定是峨眉凝碧崖青井穴七口飞剑当中的玄龟剑,而且这剑终究归你所得无疑了。"

第一一二回

万蹄扬尘　铁羽红裳驱兽阵
孤身犯险　灵药异宝返仙魂

人英听了金蝉之言，忙问何故。金蝉便将青井穴封锁，被灵猿无心污秽，又该是七修剑出世之时，彼时众人俱在青螺未归，被它遁走了一口。后来问起芷仙，所说剑光与人英所说相似，以及妙一夫人柬帖之言，一一说出。笑和尚道："若论那七修剑中的青蛇剑，收时颇为容易。后来我和大师姊入穴，去收其余五口，却是那般繁杂。只不知这口如何？要和那五口一样，我们三人不定能不能收呢。且不管它，这剑原为三次峨眉斗剑破妖人五毒之用，不能缺少，既经发现，关系重大，现在就去找吧。"说罢，仍由人英领路，把全洞极隐秘之处，一齐又找了一遍，然后再互相分头搜寻。别人不说，如有宝光，须瞒不过金蝉慧眼，结果仍是一无所获。既知是七修剑中之一，三人哪肯死心，直找到第二日清早，恐怕英琼等要来，彼此相左，才废然停手，一同出洞。由笑和尚和严人英在洞前守候，着金蝉顺她二人来路，飞身迎上前去。

到巳未午初，果然英琼同了轻云并驾神雕，摩空穿云而来。金蝉早在空中等候，连忙上前招呼。彼此都不及谈话，由金蝉引导，到了洞前，停雕下地，任神雕自行飞去。见着笑和尚与人英，大家叙礼之后，一同入内落座。金蝉想起袁星，不由冲口问道："大师妹，你不是将袁星也带来了么？它呢？"英琼说道："再也休提，连我都几乎吃了大亏，它至今死活还不能定呢。"轻云笑道："你两个说话，总是这般性急，像这般没头没脑的问答，别人怎会清楚？蝉弟你只静听，由她从头说吧。"说时，无意中与人英目光相对，二人都觉心中有什么感觉，彼此都把脸一歪，避将过去。这里英琼也将救余英男，涉险盗玉之事说出。

原来英琼那日读罢妙一夫人飞剑传书，允许她独往莽苍山救回英男，为友血诚，早已关心。又加入门未久，师尊竟许以这般重任，不由喜出望外。急匆匆辞别了凝碧崖诸同门，独自带了一雕一猿，星驰电掣般直往莽苍山赶去。英琼自到峨眉，一向随着众同门在凝碧崖修炼，从未单身骑雕长行。上次与若兰骑雕同飞青螺，去时兴高采烈，互相谈笑，并未留神下面景致；两次中毒大败，铩羽而归，又是紫玲用弥尘幡护送，迷惘中更谈不到观赏。想起前情，时常气闷。难得有这种机会，又在连日功行精进之余，大可一试身手，心中好不痛快。身在雕背上穿云御风，凭临下界，经行之处，俱是崇山大川，一些重冈连岭，宛如波涛起伏，直往身后飞也似的退去。有时穿入云层，身外密云，被雕翼撞破，瑗瑰氤氲，滚滚飞扬，成团成絮，随手可捉。偶然游戏，入握轻虚，玉纤展处，似有痕缕，转眼又复化去，只余凉润。及至飞出云外，翱翔青冥，晴辉丽空，一碧无际，城郭山川，悉在眼底，蚁蛭勺流，仿佛相似，顿觉神与天会，胸襟壮阔。迎着劈面天风，越飞越高兴，娇叱一声："佛奴带了袁星前走，看我追你。"一言甫毕，早已超出雕背，身剑合一，紫虹贯日，疾如星飞。神雕见主人高兴，愈发卖弄精神，倏地束拢双翼，如弹丸脱手，往下坠落。离地数十丈，倏又振羽高骞，破空直上。一路闪展腾挪，凤舞龙翔，往前疾飞。英琼秉着峨眉真传，紫郢名剑，也只能追个平手。只苦了袁星，用两条长臂，紧抱神雕翅根，不住口怪叫："主人快些上来，袁星要跌死了！"英琼明知神雕故使促狭，不由又好气，又好笑。后来确见神雕翻腾震动，太过激烈，袁星吓得连眼都不敢睁开，于心不忍，骂得一声："蠢东西，胆子这么小！"一言未了，收剑光重上雕背。神雕见主人上骑，阔翼展处，又复平如顺水行舟。只见脚下山川，倒着飞退，铁羽凌风，仅剩雕顶柔毛微微颤动，稳速非凡。袁星才止了喘息。英琼还径自说它没有勇气，将来怎能和人交手？袁星哪敢还言，只拿眼偷觑前面，忽对英琼道："前面莽苍山到了！"神雕闻言，回望英琼。英琼便照柬上所指道路，吩咐先莫惊动妖人，快往山阴飞去。神雕点了点头，又往上升高了百十丈，照旧飞行。袁星见主人没有了愠意，才敢恣意说话，不住口指给英琼，何处是昔日旧游所经，前面不远，便是那斩妖所在。

飞行迅速，谈笑中不觉飞过莽苍山阳，渐及山阴。忽听尖厉之声，起自山后,恍如万窍呼号,狂涛澎湃。隐隐看见前面愁云漠漠,惨雾霏霏,时觉尖风刺骨,寒气侵人。英琼驾着神雕,便往阴云之中飞去。凭着自己与神雕两双神目,仔细寻找那寒晶洞坐落何处。在阴云中飞行了一会儿,忽听神雕长啸一声,倏地左翼微偏,一个转侧,斜飞上去。英琼情知有异,连忙定睛下视,只见下面愁云笼罩中,隐隐现出一座悬崖。崖根凹处,旋起一阵阴风,风中一股股黑气,似开了锅的沸水一般,咕嘟嘟涌沫喷潮,正往雕脚下冒起。神雕想是知道厉害,刚将身侧转避过,那旋风已卷起万千片黑影,冲霄而上,飞起半空,微一激荡,便发出一种极尖锐凄厉的怪声。倏地分散,化成千百股风柱,分卷起满天黑点,往四面分散开去。英琼在雕背上微微被风中黑点扫了一片在脸上,觉着奇冷刺骨,激灵灵打了个寒战。取下一看,色如墨晶,形同花瓣,薄比蝉翼,似雪非雪,虽然触手消融,微觉冰痛麻木,情知袠上黑霜定是此物。再看神雕、袁星,均各自着了几点,袁星固是喊冷不置,连那神雕也不住抖翎长鸣,片刻方止,不由暗自心惊。霎时间怪声渐远,风势渐小,下面景物略可辨认,才看出那崖背倚山阴,色黑如漆,穷幽极暗,寸草不生。崖根有一个百十丈方圆的深洞,滚滚翻翻,直冒黑气,仿佛巨狮蹲坐,怪兽负隅,阔吻怒张,欲吞天日,形势险恶,令人目眩。

正要下去看个仔细,忽听巨洞中怪声又起。神雕早有防备,不等旋风黑霜从穴中卷起,首先冲霄直上。这次飞得较高,只见雕足下千百根风柱中墨青翻腾,飞花四溅,怪声嚣号,万壑齐吼,较先前声势还要来得骇人。英琼虽在风的上面,有时雕翼被风头扫着一下,竟觉铁羽钢翎都有些抵御不住,知道厉害。等二次旋风吹散,重又冲霾下视,才及穴口,三次旋风又起。似这样循环上下,飞行了十来次,以英琼神雕的本领,竟无法在下面落脚,休说再想入穴救人,英琼好不着急。神雕被狂风激荡了一阵,倒不怎样。袁星已有些禁受不住,因为适才在雕背上被英琼数说过几句,不敢现出畏难之色,虽在强自支持,上下牙齿却不住在那里打战。英琼暗想:"这也难怪,它不过是一个畜类,通灵未久,怎比神雕受过真传,道行深厚。袠上原说趁寒风出穴之际,才能入穴救人。看风势一次比一次激烈,想必还早。何不命神雕领去寻找袁星的子孙和那些马熊下落,以备再来盗玉之用?"想到这里,便将心意对神雕、袁星说了,又吩咐谨慎小心,休要惹事淘气。袁星闻言，正是求之不得，骑着神雕，领命自去不提。

英琼索性飞身上空静候，直等到正午时分，风势才渐渐减小。救人心急，不顾寒冷，决计用弥尘幡和剑光护体，冒险冲入。主意打定，恰好旋风黑霜渐渐停歇，只穴口还有黑气，似洞中山泉微微起伏翻滚。英琼先不使弥尘幡，身与剑合成一道紫虹，从天下注，直往洞内穿去。飞临洞口，觉着那洞口黑气竟似千万斤阻力，拦住去路。毕竟紫郢剑不比寻常，被英琼娇叱一声，运用玄功，冲破千层黑青氛围。入洞一看，紫光影里，照见洞口内只有不到五六尺宽的石地，日受霜虐风残，满洞石头都似水蚀虫穿，切锉铲削，纷如刃齿。过去这数尺地面，便是一个广有百寻的无底深穴，黑氛冥冥，奇寒凛冽，瘆人毛发。这还是寒飓业已出尽之时，连英琼这般身具仙根仙骨，多服灵药灵丹，已有半仙之体，都觉禁受不住，不敢怠慢，便将弥尘幡展开护身。再看英男，哪有踪迹。心想："柬上原说她被妖道所算，入穴便倒。如今不见在此，万一陷入无底深穴之内，怎生下去寻找？"正在伤心焦急，忽听穴底隐隐又起异声，洞外怪啸也仿佛由远而近，遥相呼应。暗喊："不好！倘如狂风归洞，与霜霾出穴，两下夹攻，万一这幡不能支持，岂不连自己也葬身穴内？"又因柬上指定今日，时机稍纵即逝，想起英男，不忍就去，徘徊瞻顾，好不惊惶失措。口中连喊英男，毫无应声，反觉穴底风吼雷鸣，越来越紧。紫光影里，眼看穴内黑氛越聚越浓，冷得浑身直打抖战，危机转瞬将临。心想："今日不将英男救出，休说对不起死者，屡次出山失败，有何面目去见凝碧同门？"不由把心一横，咬紧银牙，准备驾剑光冒奇险，到穴底探看一番。

英琼身临穴口，还未下入，忽见一丝黄光，在洞壁上闪了一闪。回身一看，洞口黑氛聚处，隐隐见有一道黄光退去。猛一眼瞥见洞口左近地面上，似有一个四五尺长短的东西隆起，通体俱被黑霜遮没，只一头微微露出一块白色。定睛一看，不由心中大喜，如获至宝，飞上前去，抱了起来，立觉透体冰寒，身体麻木。同时穴内异声大作，黑氛已经冲起。知道危机一发，不敢丝毫怠慢，也不暇再顾身上寒冷，战兢兢舍死忘生，驾起剑光，从洞口千层黑氛中破空飞起。身才离地不过数十丈高下，忽见一道黄光直从对面飞来。英琼怀中抱着一人，浑身冷战，正愁无法抵御，忽然又见一团黑影翩然下投。英琼仗着紫郢剑刚刚让开，耳听一声惨叫，两道光华同时闪处，那黄光如陨星坠落，落下地去。回头一看，那团黑影正是袁星骑着神雕，舞着两口长剑，发出两道光华，已将敌人击落。英琼因为救人要紧，自己虽有幡、剑护身，仍恐闪失，忙喊："你们快来！"神雕闻声回飞，英琼在彩云拥护之中，命往山阳飞去。行未片刻，后面狂风大作，黑青遮天，又是刚才阴惨气象。不一会儿，飞过山阴，寻了一个有阳光之处落下。一看自己周身，业已湿透。再看怀中英男，全身僵硬，玄冰数寸，包没全身，只微微露出一些口鼻。不由一阵心酸，流下泪来。急于想将英男身上坚冰化去，看看胸前是否还温。所幸山阴山阳，一冷一热，宛如隔世，又值盛夏期中，阳光下不消片时，玄冰化尽，现出英男全身，面容如生。只是颜色青白，双目紧闭，上下牙关紧咬，通体僵直。解开湿衣一摸，果然前胸方寸虽不温热，却也不似别处触手冰凉。知还有救，先将身带灵丹强撬开口塞了进去。问起袁星，知它子孙和马熊俱受妖尸之害，现藏在两处幽岩夹层之内。英琼专注英男，不愿将袁星带来带去，便命它暂留莽苍山，等自己救人回来，一同去盗温玉。匆匆抱起英男，上了雕背，直往峨眉飞回。

到了凝碧崖落下，灵云等见将英男救回，甚是心喜，连忙接入洞内。这时英男服了丹药，一路上受了和风暖日，自腹以上，已不似先时寒冷，只四肢手足还是冰凉。灵云对英琼道："不料琼妹竟如此神速，将人救回，真是可喜。据我观察，必有更生之望。不过她在玄晶洞，多受风霜之厄，已经冻得周身麻木，失去知觉，此时将她救回，五肢精血俱已成冰，必然痛苦非常。还是由琼妹急速去将温玉盗来，方可施救。适才飞雷洞赵师弟来说，你走后不久，便发现妖人痕迹，着我留意。事不宜迟，快去快回吧。"英琼闻言，急匆匆换了湿衣，又向灵云要了几粒丹药，带在身旁备用。见英男秀目紧闭，仍未醒转，抱着满腹热望，二次别了众人，驾起神雕，直往莽苍山飞去。

飞到山麓，业已深夜，空山寂寂，四无人声。英琼在雕背上借着星月光辉，凭虚下视，四外都是静荡荡的，除泉鸣树响外，什么动静都没有。暗想："适才急于救回英男，没顾得细问袁星，那些马熊、猩猿藏在什么地方，妖尸巢穴是否昔日洞府？"正想之间，已经飞到日里救人所在，按下神雕，喊了几声袁星，神雕也连作长鸣，俱都不见回音。暗骂："蠢东西，日里虽不曾明白吩咐,难道就不知我回来,等在原处?"先在附近僻处找了一遍,仍未找着。二次上了雕背,凭着神雕一双神目,仔细搜查,哪有些微踪迹。观看星色,已离天明不远。一赌气,命神雕重又降下。惟恐离开后,袁星寻找不见,只得仍在原处,候至明天,再作计较。神雕放下英琼,便自飞走,只剩英琼一人,独坐岩石旁边。正在调息凝神之际,忽听远远风吹树梢,簌簌作响,声音由远而近。只顾盘算盗玉之事,当时听了,并未在意。

一会儿工夫,忽觉一股冷气吹到脸上,登时不由激灵灵打了个冷战,毛发根根欲竖。定睛一看,离身三尺以外,站定一个白东西,形如刍灵,长有尺许,似人非人,周身俱是白气笼罩,冷雾森森,寒气袭人,正缓缓往自己身前走来。这黑夜空山之中,看了这种奇形怪状的东西,英琼虽是一身本领,乍见之下,也不免吓了一跳。及至定睛注视,才看出那东西一张脸白如死灰,眉眼口鼻一片模糊,望着自己直喷冷气,行起路来只见身子缓缓前移,不见走动。英琼猜是深山鬼魅之类,估量它未必有多大能为,一面暗中准备,且不下手,看看它玩些什么花样。见它前进一步,自己也往后退下一步。那东西也不急进,仍是跟定英琼,缓缓往前移动。似这样一进一退,约有二十多步。英琼猛想起袁星平素极为灵敏,怎会今日不在此地相候,莫不是中了妖物暗算?不过袁星身佩双剑,不比寻常,似这般蠢物,岂有不能抵御之理,又觉不像。想到这里,忽然颈后又是一股凉气吹来。回头一看,也是一个白东西,与先前所见一般无二,正在自己身后,相离不到二尺,一伸手便可将自己抱住。怪不得先前一个并不着急,只是缓缓跟随,原来是想将自己逼到一处,两下夹攻。暗骂:"大胆妖物,你也不知我的厉害,竟敢暗算于我。"说时迟,那时快,那两个白东西倏地身上锵锵响了两下,风起云涌般围了上来。英琼早已防备,脚点处,先自将身纵开。正待将身旁飞剑放起,忽见那两个白东西竟互相扭作一团,滚将起来。只觉冷气侵人,飞沙走石,合抱粗树被它一碰就折,力量倒也着实惊人。有时滚离英琼身旁不远,竟好似不曾看见一般,仍在扭结不开。英琼好奇,便停了手,静作旁观,心中好生奇怪,只不解这是什么来历用意。眼看东方已见曙色,这两个白东西仍是滚作一团,不分胜负。英琼不耐再看,手指处,紫郢剑化成一道紫虹,直朝那两个白东西飞去。紫光影里,只见一团白影一晃,踪迹不见,竟未看出是怎么走的。

天光大亮,神雕尚未飞回。先以为神雕昨日原和袁星一路去寻猩、熊,必见袁星不在,前去寻找。及至等了一会儿,雕、猿两无踪迹,不免着起急来,将身飞起空中,四处瞭望。这时朝阳正渐渐升起,远山凝紫,近岭含青,晴空万里,上下清明。惟独北面山背后有数十丈方圆灰气沉沉,仿佛下雾一般,氛围中隐隐似有光影闪动。英琼年来功行精进,已能辨别出一些朕兆。情知袁星失踪,昨晚又看见那两个白色怪物,神雕一去不归,吉凶难测。附近一带,纵非妖人窟穴,也非善地。那团灰雾,说不定便是妖人在弄玄虚。想到这里,便往那有雾之处飞去。飞过北面山崖,往下一看,不由大吃一惊。原来下面是一个极隐秘的幽谷,由上到下,何止千寻。四围古木森森,遮蔽天日。那雾远望上去,还不甚浓;这时身临切近,简直是百十条尺许宽、数十丈长的黑气在那里盘绕飞舞。隐隐看见袁星骑在雕背上,舞动两道剑光,在那里左冲右突。神雕飞到哪里,黑气也跟到哪里,交组成一面黑网,将神雕、袁星罩住。袁星两道剑光有时虽然将黑气挥断,叵耐那黑气竟似活的一般,随散随聚,刚被剑光冲散,重又凝成一条条黑色匹练,当头罩到,休想脱出重围。英琼见雕、猿正在危急,心中大怒,不问青红皂白,也未看清对面妖人存身之所,娇叱一声:"袁星休急,我来救你!"一言未了,连人带剑,直往黑气丛中穿去。果然长眉真人炼魔之宝不比寻常,一道紫色匹练往黑气影里略一回翔,便听一阵鬼声啾啾,漫天黑氛,都化作阴云四散。英琼心中大喜,精神勇气为之一振。袁星在雕背上杀了半夜,已杀得力尽精疲,神魂颠倒,只顾舞那两道剑光,竟未看见主人到来,妖法已破,仍不停手。还是神雕看见主人从空飞降,不住昂首长鸣,才将它惊觉。同时英琼也飞身上了雕背,忙问妖人何在。袁星气喘吁吁地答道:"是两个鬼小孩,就在那旁岩石上面。"英琼手指剑光,护着全身,从袁星手指处一看,半崖腰上,有一块突出险峻岩石,石上放着一个葫芦,余外什么都没有。不敢大意,先将剑光飞过去,只一绕间,葫芦裂成粉碎。近前观察,并无什么奇异之处。情知袁星适才只顾迎敌,神志不清。又问神雕,可知妖人去处。神雕也摇头表示不知。英琼无法,默忖妖人知难而退,必在暗处弄鬼,自己现在明处,不可大意,还是暂时离去,问明了袁星经过,同妖窟所在再说。

正要命神雕飞走，袁星忙道："主人慢走，它们俱在下面岩洞中呢，我们走了，一个也休想活命，求主人开恩，救救命吧。"说罢，张口朝下面长啸了两声。不多一会儿，只听下面一阵杂沓之声，震动山谷，尘土飞扬中，先高高矮矮纵出二三百个大小猩猿，后面跟随着四五百只马熊，一个个朝着上面英琼伏膝哀鸣，甚是依恋凄楚。英琼想起前情，颇为感动，便向袁星道："昔日莽苍山那些猩猿、马熊俱尽于此么？"袁星眼泪汪汪答道："它们都被妖怪害了，剩的就只这些。昨日袁星在两处夹岩层里将它们找着，听说主人前来，又可代它们斩妖除害，欢喜非常。不料昨日以为主人走了再回来，还得好久时候，又去和它们团聚，大意了一些，被妖人手下两个鬼小孩看见，跟在袁星身后，引鬼入室，来捉它们。袁星和他们打了半天，被他们用妖法全数赶到下面岩洞以内。只袁星仗着两口宝剑，虽吃他们困住，他们却没法近前。到了半夜，又被内中一个鬼小孩捉去十八只马熊和袁星的子孙，想必难免一死了。他们虽捉袁星不住，可是有那黑气罩住，一刻也不能停手，只要被黑气挨上一点，立刻便倒。正在危急时候，远远听见鬼叫，鬼小孩一听，连忙收了黑气，将洞封住就走了。袁星和它们合力去推，也未推开，只得拼命叫喊，只盼主人听见，赶来搭救。忽然洞口响了一下，听见钢羽在外叫唤，洞口石头也被它抓开。封洞的石头并不大，不知先前怎会推它不开。它们初见钢羽都害怕，不敢上前。正想说明，唤它们逃命，那两个鬼小孩业已飞了回来，未容钢羽飞起，先放出一条条的黑气。钢羽说主人已来，那黑气是生魂炼成的妖法，它也怕缠上走不脱。幸而这两口剑不怕邪污，叫袁星快用剑光护着全身，只要主人一来，便不妨事。那黑气真是厉害，看似空的，剑斫上去，虽能将它斫散，却是非常费力，刚刚斫散，又合拢成条。急得袁星一面拼命抵敌，一面高喊主人快来。后来钢羽说，声音被黑气罩住，外面听不见，除了主人自己寻来，只有到危急之时，它拼着再转一劫，自己顶上炼的金丹，将它烧化飞去了。后来袁星实实支持不住，催它快烧。它又舍不得，说主人定会寻来，实在危急再说。眼看气力用尽，主人就寻来了。"

英琼自经青螺两次大难，比先前持重。明知敌人不战而退，必有用意，现时处境，颇为危险。眼看着这么多的猩、熊，凭自己一人，怎能护着退走？即使侥幸走出谷去，猩猿身轻矫健，长于纵跃，还可命它们自行觅地潜藏。惟独那些马熊，俱是庞然大物，又蠢又重，走起路来，蹄声震动山岳，最易为人追踪觉察。妖尸厉害，和那些猩、熊在一起，岂非给敌人一个绝好的标记？如果救出谷去，就丢开手不管，它们仍是一样，要葬送妖人之手，何必多此一举？好生迟疑不决，只顾在雕背上沉思。那些猩、熊竟一齐延颈哀鸣起来，袁星更是不住垂泪哀告。英琼不由动了恻隐之心，暗想："朿上原有借助它们之言，且做到那里再说。"想罢，将神雕降低飞行，命袁星手舞双剑在前领路，自己在雕背上压队护送。那谷甚是幽僻曲折，连穿过了两个岩洞，才得出险。且喜后面始终无人追赶，那些猩猿、马熊，想都被吓破了胆，出谷以后，只顾随着袁星攀援纵跃，穿林过岭，飞也似的往前奔跑，头都不回，直搅得崖土滚滚飞扬，蹄声动地。

英琼驾雕横翼低飞，督率这些威猛无匹的兽队，宛然中军主将。铁羽凌虚，英华绝世，寒虹在手，翠袖临风，顾盼自豪。也不知经过了多少峻岭崇冈，幽谷大壑，前路欲尽，忽见袁星领着猩、熊竟往一个密林之中穿去。林后碧嶂摩空，壁立万丈，仿佛无路可通，神雕已停飞不前。英琼暗骂袁星："蠢东西，适才经过许多隐僻之处，却不藏躲，我当你有什么好所在，却跑到这树林以内，人家就寻不见么？"正要呼唤袁星近前来问，只见密林中一阵骚动过去，树梢青叶起伏，宛如碧浪，耳听兽蹄踏在残叶上面，沙沙作响，与枝干摩擦出萧萧杂杂之声，汇成一片。顷刻之间，风息树静，所有猩、熊都没了踪影。英琼心中奇怪，娇叱一声："袁星何往？"身早离了雕背，飞身穿林而入，密林尽头，便是适才外面所见峭壁，一片浑成，并无洞穴，猩、熊一个不在。猛见袁星从一个藤萝掩覆的崖缝中钻了出来，英琼喝问："这里是什么所在？那些猩、熊何往？它们既受妖尸之害，可知那妖穴在什么地方么？"袁星答道："这里是个崖孔，里面有一地穴，甚是广大僻静，自从那年袁星因采果子发现，还从没有人来过。今日因为事在紧急，北山虽有几处地方，都被那两个鬼小孩搜遍，难以藏身，所以才带了它们来此潜伏。那妖尸巢穴，便是昔日主人斩完山魈所居的山洞。昨日主人走后，它们已对袁星说了详细，连主人昔日命它们留神寻找的宝贝，也被妖尸得去。说起来话长，妖尸向来不出洞，那两个鬼小孩却要防他们跟踪寻来。待袁星去对钢羽嘱咐两句，请它在妖穴附近空中巡视防备，再请主人到地穴里详说如何？"英琼闻言，点了点头。袁星便去嘱咐好了神雕，回至崖前，将危崖根际一盘百数十年古藤揭起，请英琼入内。

英琼见那入口处是四五尺方圆的一个洞穴，黑影中仿佛只有两丈四五尺深便到了尽头。壁上尽是苔藓，触手湿润。山石错落高下，甚是难行，不似有多大容积。入内走不两步，袁星已将封洞古藤还原，越过英琼前头领路。走离尽头还有三四尺光景，忽然回身，又走两步，往下一沉，便即不见。英琼近前一看，袁星降身之处，乃是一块突出的大石。如从地面上看过去，举步便到了尽头。须由石上越过，回转身来，才看出那石根脚还有一个三尺大小孔洞，通到下面。洞并不直，形势弯曲，常人至此，须要反身转侧，前胸贴石，滑溜而下。否则即使发现这洞，也当它是一个石上死窍，用东西试探，触手可以见底，难知里面尽有深奥呢。英琼见那洞只能蛇形而入，索性驾起剑光，穿了进去。初进去时，那孔洞与螺旋一般。有的地方石齿犀利，幽险绝伦。有的地方石润如油，滑不留手。休说常人难至，就连袁星也是连滚带溜而下。转过两三次弯环以后，越走越宽，袁星已能立起身来。又向下斜行有半里左右，才将这甬穴走完，到了平地。猛见极薄一片丈许宽的光华，直射地面，恍如一张数百丈长银光帘子，自天垂下。定睛一看，出口之处，乃是一个广约数顷，天然生就的地穴，四外俱被山石包没，只穴顶有一条丈许宽的裂缝，阳光便从此处射入。耳听兽息咻咻，声如潮涌。光幕之下，照见前面千百条黑影，在那里左右徘徊。英琼才一现身，那些猩、熊早轰地吼了一声，争先恐后，跳纵过来，离英琼身旁尺许，纷纷爬跪欢呼。英琼急于要知妖尸底细，不耐烦嚣，吩咐袁星命它们退散开去，不许喧哗。袁星领命，吼了两声。这些异兽真也听话，吓得一个个垂首帖耳，轻轻缓缓散过一旁，只微微一阵骚动过去，即便宁静。

袁星又领了英琼走入侧面一个凹洞之内，寻了一块石头，用手拂拭干净，请英琼坐定，说道："那妖尸的洞，主人昔日曾经住过，离刚才袁星被陷之处，不过二十余里。因为主人这次所行方向不对，未曾看出。那洞内先前盘踞过两个山魈，自被主人除去，本山猩、熊便成了一家。那洞本来甚大，主人去后，因为行时吩咐，还有再来之言，想起恩德，愈发不敢无故伤生，同居一处，甚是相安。因知主人爱吃那朱果，以为别处还有，它们每日吃饱，便去满山寻找。数月前在原生朱果的一个崖洞之内，居然找到一株。它们知道那朱果如不采摘，永远不落，每日总有数十猩、熊在洞外轮流看守。

"不多几天，忽然看见前回从天上飞落用剑光伤了几只马熊的姑娘，还同了一个女的，飞落在那先前生朱果的大石上面。马熊虽然记恨她昔日残杀同类之仇，只怕她飞剑厉害，不敢上前。起初以为她也寻找朱果，后来见连那朱果树下大石都被她翻转，又用剑光在周围挖土寻找，才知不是，朱果也没被她发现。她二人由早起来，找到天黑，什么也没找见。忽然径往洞里走去，和主人先前寻找宝物一样，用剑光到处搜寻。满洞猩、熊都被吓跑，且喜这次一个俱未伤害，只在洞中连住了几日。有那胆大一点的猩猿，常去偷看，见她二人全都面壁而坐，手里不知拿着什么东西，放出一道光华，照向壁上，也不知是什么意思。第三天，又有猩猿前去偷看，那洞已被她们用光华将石壁打通，新发现了许多石室，还有一层天井。那两个女子又满处搜寻了一阵，最后忽然朝着主人昔日在洞里坐卧的那块大石打起坐来。两人四手，不住在石上摩擦，只擦得光华闪闪，火星直冒。火光射到那块大石上面，没有多少时辰，听见石头沙沙作响，石灰子像下雪一样纷纷飘洒。从石里也发出一片半黄半青的光华，先是由青黄转成深黄，又由深黄转成红紫，末后又变成深紫。石头也由厚而薄，由大而小。忽然又是一亮，由石上闪起三尺来高的紫色光焰。

"那两个姑娘好似非常喜欢，正在同时伸手往那发紫光的地方去取时，倏地一声像夜猫子般的怪啸，凭空现出一个四五尺高、塌鼻凸口、红眼绿毛、一身枯骨、满嘴白牙外露的僵尸。那两个姑娘只顾注定石上紫光，起初丝毫没有觉察。那僵尸突然出现在大石旁边，一照面，便像怀里取东西一般，先将那发紫光的东西伸手抢去。那两个姑娘又惊又气，于一扬，飞出两道青光，直朝那僵尸头上飞去。那僵尸怪笑一声，把嘴一张，冒起一道黄烟，"当当"两声，青光落地，原来是两口宝剑。那两个女子一见不好，内中一个不知拿出一个什么东西，火光一亮，同时飞走。幸得那僵尸颈上锁着一条铁链，双脚底下又套一个铁环，跳起身来，追了没有多远，铁链已尽，只好落下。急得他两手扯住铁链，又咬又叫，却没法去弄断它。在气忿头上，不知怎的，被他飞起身来，用那双枯瘦如柴的手臂一捞，捉住了几个猩猿和马熊，当时被他咬断咽喉，吸血而死。只有两个伏得最远的猩猿，得逃活命。逃出对大众一说，知道洞里出了妖怪，比以前山魈虽小，却厉害得多。偏偏它们在洞中住惯，觉得哪里都没有这个洞好，割舍不下，虽不敢当时回去，过了两日，老断不了前去窥探，想趁僵尸睡时报仇。

"有一次去了三个猩猿、两个马熊，刚到洞口，便被僵尸看见，追了出来，居然逃回了一个，才看出僵尸那条链子能长能短，是他克星，只能追离洞口十丈以内，任他怪叫挣扎，也不能再长。一到尽头，链上便发出火星，烧得他身上绿毛枯焦腥臭，枉自着急跳叫，只好回去。可是他口中黄烟沾上就死，如非他头上有条链子，那些猩、熊都要被他害尽了。后来去一个死一个，去两个死一双，实在无法近前，个个胆寒，也都不敢再往洞里去了。

"过没多日，洞里又多出两个小孩，也是僵尸手下，长得倒和生人一样。不过他们受了僵尸传授，头上又没有锁链。自从出了这两个小孩，全山猩、熊便遭了大殃。也不知他们使什么法术，只将手里那些黑气放出，猩、熊挨着，便被捆上，随着他们走，先还是每日出来，捉上三两个，供僵尸吸血，他们吃肉。随后简直是见了就捉，不拘多少。还算他们每次捉猩、熊时，都有一定远近，只须逃出他们站立之处半里以外，便不妨事，他们也不来追赶，单将离他们切近的捉去，因此才没被他们绝种。众猩、熊逃来逃去，好容易逃入两处崖夹层里去，苟延残喘，有半个多月，没有受他们伤害。直到昨日主人带衰星到来，寻见猩猿和马熊，才知走后已被他们害死了十成之七。被捉去的猩、熊，仅仅在半月前逃回了一个。据它说起洞中情形，那僵尸身上已渐渐长肉，不似先前浑身尽是骨头。每日在洞中只磨那条链子，却命那两个鬼小孩出洞到处去搜寻野兽。捉了回去，不全是为吃，每次总挑出七个，用口中妖火烧死，将那冒出的青烟，收在一个葫芦以内。那两个鬼小孩虽是他的手下，他并不放心，每次命他们出洞，也用一条黑烟绕在头上，回洞再由他收去，大约有一定长短，走过了头便不行，所以他们不能离洞太远。这日共被他捉去了十五个，头一天烧死了七个，第二天照样烧死七个。只剩下逃回来这一个，原被僵尸用黑烟捆住，在后洞地穴内不住哀号，以为准死不活。万不料妖怪也会发善心，另外一个从没见过的小孩忽然走来，手上拿着一口黑魆魆的小剑，上面发出乌光，往捆的地方一指，便将黑烟挑破，放了出来。逃时走过前洞，见僵尸和那两个鬼小孩俱都不在洞内，满洞尽是猩、熊的残肢碎骨，血肉狼藉，烧化成灰的更不知有多少。

"袁星自是伤心，彼时因主人要救余姑娘，急于回转峨眉，不及细说。等主人走后，又去寻找他们，不料有一个鬼小孩中途跟上袁星，到了地头，便被困住，差点连袁星都遭了毒手，幸得主人赶到，才得活命。因见两个鬼小孩惧怕主人，不敢露面，又知他们自有黑烟拘束。昨日虽然比往日离开妖洞要远得多，如往这里来，相隔有二百里山路，他们没有僵尸吩咐，绝来不了，又是绕路走的，还穿过几处崖洞，只要他们不从后面偷偷跟来，再也看不透我们的去向，何况还有主人保护呢。百十年前，本山原有一条山龙，甚是凶恶，专吃野兽，这地穴便是当初仙人驯龙之所。袁星出生不久，曾见这龙大白日里从适才入口处破壁飞去。一则地太隐秘，二则有龙盘踞，先时从没敢到这崖前来的。年深月久，那龙也不见飞回，袁星才敢到崖前林中采果。那年春天采桃子，落了一个在崖壁下面，揭起藤萝寻找，才发现那裂口。一时好奇深入，寻到此地，当时不甚在意。自随主人们学习内功，猛想起这地穴还有多少奇处，恰好它们受僵尸侵害，无处存身，引到此地躲避，再好不过。即使被僵尸寻到，不知底细，也进不来。只是昨晚还被一个鬼小孩捉了许多猩、熊去，至少捉到便须死几个，余下的也要挨日烧死。只望主人赶来除妖，救它们活命了。"说罢，跪了下来。

英琼闻言，只管盘算如何对妖尸下手。还有三个妖童，俱甚厉害，这些猩、熊已是望影而逃。束上所说借助它们，想必便是从袁星口中得知这些底细了。既说盗玉，当然还须隐秘，且等自己前去探个动静再说。便向袁星问明了路径，正要由原路出洞，袁星道："主人既不要袁星同去，这地穴后面有一条窄路，转过去又是一片凹地，比这外面还宽，生着许多花草野果，尽头处是个夹层，两崖对立，高有百丈，有一天窗，直达崖顶。因为太高太陡，没爬上去过，想必通着外面。主人何不打那里出去，顺便看看景致？"英琼命袁星领路，由石缝中钻了出去，果然是一片凹地，黑暗中花影披拂，时闻异香。走有数十丈远近，到了夹层，两面峭壁削立，宽才数尺，黑暗阴森，异常幽险。渐行渐窄，忽见路旁壁上，有二尺方圆白影闪动。抬头一看，已到崖窗底下，上面窗口密叶交蒙，隐约只露微光。当下舍了袁星，驾剑光飞身而上，越往上升，窗口光影越暗，转觉窗口并非出路。正在心中奇怪，猛一回身，瞥见侧面还有一个岩隙，适才那团白影，竟是从这隙口漏入。随即飞将过去一看，果然是个出口。随意用飞剑将隙外藤萝削去，以便出入。毕竟心中好奇，还放那崖窗不过，重又回身，还想从崖窗上面飞出。近前借剑光一看，哪有洞口，崖顶石形错杂，一条一条的甚是纷乱，色黑如漆，并非枝叶。暗忖："刚才在下面明明看见这里密叶交蒙，怎么到此反不见有什么孔窍？"心中惦记往妖穴探看，不愿久延。正要飞身回转，忽见头上光影微微一闪，照在石顶条纹上，仿佛枝叶闪动，和先前下面所见一样，转眼消逝。情知有异，急忙定睛细看，忽然又是一闪，才看出那光影是从侧面凹处一个石缝中反射进来。不假思索，指挥剑光，竟往那石缝中射去。一道紫虹闪过，碎石分裂，喳喳两声，震开石缝，连人带剑，飞将出去，落在崖顶上面。耳旁猛听"咦"的一声，一道乌光敛处，面前站定一个青衣少年，猿臂蜂腰，面如冠玉，丰神挺秀，似带惊异之容。英琼久闻灵云等常说异派剑光，颜色大都斑驳不纯，离不了青、黄、灰、绿、红诸色。这人用的剑光，乌中带着金色，虽未听见说过，估量不是什么好人；又加这里离妖穴虽有二三百里，并不算远，适才率领狸、熊逃遁，难免不被妖人跟踪追来。来人年纪，至多不过十七八岁，穿着似僧非道，赤足芒鞋，也与袁星所说鬼小孩相似。一时情急，见面不由分说，娇叱一声："大胆妖孽，敢来窥探！"一言未了，手指处，一道紫虹，直朝那青衣少年飞去。那少年原怀着一肚皮心事，特意到此练习剑法，正在得心应手之际，忽见地下石缝震开，飞起一个美如天仙的红衣少女，已是先吓了一跳。及至定睛一看，来的女子正和日前仙人指示的一般，心中大喜，只苦于说不出口。正待上前用手招呼，那少女已娇嗔满面，指挥着一道紫虹，直往头上飞来。情知危险，忙将那日仙人所传剑法，将手中小剑飞起，一道乌光，将紫光迎个正着，斗将起来。这少年来历，后文自有交代。

且说英琼满以为紫郢剑天下无敌，少年怕不身首异处。谁知敌人并非弱者，那道剑光乌中带着金彩，闪烁不定，与自己紫光纠结一起，暂时竟难分高下。暗想："妖尸手下余孽，已是如此难胜，少时身入妖穴，势孤力薄，岂不更难？"不由又急又怒。一面留神看那少年，也不张口说话，只管朝自己用手比画。恐他另用妖法，又和以前一样吃苦，将脚一顿，飞身上去，用峨眉真传，身剑合一，迎敌上去。那少年先见紫虹夭矫，宛如飞龙，甚是害怕。

及见自己乌光竟能敌住，略放宽心。正用手比画，招呼敌人住手，忽见敌人飞入紫光之内，身剑相合，凭空添了许多威势。自己虽承日前仙人传授身剑合一之法，只是尚未学会，敌人又不知自己心意，一个失手，立刻便有性命之忧。机会到来，又舍不得就此遁走。只得停了手势，聚精会神迎敌，仍是不支。渐渐觉着自己剑光芒彩顿减，再不逃走，眼看危机顷刻。无可奈何，暗中叹了一口气，将手一招，收回飞剑，借遁光便往后路逃走。英琼一向赶尽杀绝，紫郢剑疾若闪电，饶是少年万分谨慎，且敌且退，就在收剑遁走的当儿，还被紫光飞将过来，微微扫着一点紫芒。只觉头上一凉，情知不妙，飞起时一摸头上，后脑发际已扫去一大片。吓得亡魂皆冒，不敢再顾旁的，催动遁法，飞星坠落般逃命去了。

英琼哪里肯舍，忙驾剑光随后追赶。眼看一道黑烟中含着一点乌光，比闪电还快，往正北方疾驰而去。追过两三处山峦，忽然乌光一隐，便没了踪影。上面碧空无云，下面虽有陂陀，也无藏身之处，又未见乌光下落，不知被他用什么法儿隐去。仔细往四外一看，晚照余霞，映得四外清明，正北山后面如下雾一般，灰蒙蒙笼罩了二三里方圆地面。飞近前去一看，颇与袁星所说地形相似。按剑光落下，寻着袁星所说的石洞窄径，飞身进去，越走路越低，往下转了几个弯曲，觉着方向又变往回路。行未多时，已将窄径走完，看见缺口外面天光，才一出口，便是昔日遇见缥缈儿石明珠的大石下面，知道已到旧游之地，那大洞就在旁边不远。连忙敛了剑光，略沉了沉气，细一辨认，洞前风景，依稀仍似以前一样。心想："偷盗终是黑夜的事，自己又不知温玉形象，天已不早，索性等到天黑，再行入内，先看明了温玉所在，能下手便盗，不能再退出另打主意。"这时太阳已被高峰隐蔽，满天晴彩，将近黄昏，倦鸟在天际成群结队飞过，适才所见灰色浓雾，已不知何时收去。峰峦插云，峭壁参天，山环水抱，岩壑幽奇。洞旁绿柳高槐上，知了一递一声叫唤，鸣声聒耳。花草松萝，随着晚风飘拂，越显清静幽丽，令人到此意远神恬。谁又料到这奥区古洞中，还潜伏着一个穷凶极恶的妖尸，危机咫尺呢！英琼想好了主意，便将身隐入缺口以内，待时而动。

身才立定，忽闻人语。悄悄探头往外一看，由侧面大洞中，走出两个幼童打扮的人来。及至近前，细看容貌，一个生得豹头塌鼻，鼠耳鹰腮，一双三角怪眼闪闪发光，看去倒似年纪不大；那一个生得枯瘦如柴，头似狼形，面色白如死灰，鼠目鹰腮，少说也有三旬上下。都和先前所见青衣少年一样，道袍长只及膝，袖子甚短，头梳童髻，赤足芒鞋。英琼暗忖："据袁星所说，妖尸手下已有三个妖童。这两个妖人，虽然生得短矮，并非幼童。照这样推测，洞中妖尸，正不知有多少党羽。自己孤身涉险，倒不可以大意呢。"正在寻思之间，那两个妖人已走至缺口左面一块磐石上，挨着坐下，交头细语。英琼伏在缺口左面，心想："如在暗中下手，将他们除去，枉自打草惊蛇。不如先从这二人口中探一些虚实。"便轻轻向左移了两步，正当二人身后，相隔不过数尺，虽是悄声低语，也听得清楚。

第一一三回 美仙娃失机灵玉崖
              哑少年巧得玄龟剑

先听那瘦子对他同伴说道:"米道兄,你知我因在黑海采千年珊瑚,无意中救了玄天姥姥的外曾孙黄璋,承他传我向玄天姥姥学会的七禽神术,从来算无一失。当初我原说温玉虽好,一则没有昆仑、峨眉、华山、五台诸派的三昧真火,不能化石如粉;二则不将后洞打通,不能知道藏宝之所,待洞一通,你我的对头便会出现。你偏不听,硬说当年偷看了长眉真人遗简,温玉该在此时发现,另有能人开石取宝,临时出了变故,只须知道底细,临机应变,手到拿来。我素常谨慎,怎样劝说也强不过你。又为若得了温玉,便寻得出青索剑的线索之言所动,才商量好一个盗玉,一个盗剑,同来此地。当时如依我,你先进去探看,也不至连我也失陷此地。如今被他收去法宝,破了飞剑,强逼着我二人做他的奴隶,打扮得大人不像,孩子不像。休说见着同道,即使将来法宝盗回,脱身逃走,传将出去,也是笑话。"

那姓米的闻言,叹了一口气,答道:"刘道兄,事到如今,埋怨也是枉然。凭良心说,我二人并非善良之辈,可是一到他的手内,才觉出世上恶人还多。这还是长眉真人的火云锛,尚未被他弄断。他的元神,尚未炼得来去自如,凭他用尽心力,离不开洞前五里方圆。山中猩、熊,已被他害死过千。现在因要采取生魂,炼阴魔聚兽化骨销形大法,用得着,还不去说他。起初没打算火云链如此难破,还在想元神脱出,采用童男童女祭炼之时,每回捉到猩、熊,总是当时一齐弄死,略吸一点血便丢开,一任猩、熊宛转哀号,休说放走一个,从未看他变过脸色。又要逼我们做他徒弟,又不放心我们。每次命我们出去擒捉生物,总是用他多年在石穴内采取的千年地煞之气炼成的黑煞丝,将我们套住,以防我们逃走。他却不知我们千辛万苦炼成的法宝,俱已被他收去,如不还给我们,叫我们走,我们也不愿意。后来猩、熊死的死,逃的逃,渐渐没有踪影,他却说我们不愿他炼成法宝,一意凌逼我们。可他这般凶恶,还有登门拜师的。那孩子一身仙骨,别说他,连我看了都爱,那种好质地,又值各派收徒之际,何愁没人物色,偏投到他的门下。我以为他见了必定不怀好意,也不知那孩子和他说了些什么,居然他头一次开了笑脸,并且非常宠信。我们得道多年,还得受那孩子节制,每次都由那孩子去探出猩、熊所在,算准了里数、方向,才命我们套了黑煞丝,前去寻找。我们像狗一般,被他套来套去,一些不能自主。今早捉猩、熊时,好容易连白眉和尚的神雕也都困住,还有那只神猿。不料飞来一个红衣女孩,用一道紫虹,斩断黑煞丝,破去他的造孽葫芦,硬将那一群猩、熊彰明昭著地公然救走。我好心好意要跟踪探个下落,那孩子却说早晚猩、熊还可寻找,你二人却休想借此逃走,也不敌那女子,立逼我们回洞。我早看出那孩子心怀叵测,藏有深意,若论他的性情,决不会和他一气,这一来越发可疑,果然他回去编了好些谎话。若不是念在他往时讲情好处,几乎想给他明说出来。总算他一听那道剑光形如紫虹,只有吃惊,没有迁怒于人,还是万幸。那玉被他终日擎在手上,我们挨近身前便倒。虽说每日黄昏前后与天明前后,有个把时辰回死入定,有那孩子在侧守护,也难近身,要想盗玉,更是休想。早晚他元神炼就,他道一成,我们便死无葬身之地了。"

那姓刘的答道:"你莫多虑,适才我又私下占了一卦,甚是不祥。我们身在虎穴,固是不好,可是他的劫数,也快到来,眼前有一厉害阴人与他为难。早上所见红衣女子,定非寻常。最奇怪的是,卦象上现出昨早捉来的百十只猩、熊,竟是他莫大的隐患。我们平时是怕他发觉追赶,只须乘他不利之时,冒险闯入他以前潜伏的石穴,盗了自己宝物逃走便了。"

英琼闻言,才知这两个矮子,不是妖尸本来党羽,出于暴力压迫,为他服役,心中并不甘愿。连另外一个孩子,也都未必和妖尸一气。无形中要少却多少阻力,颇为心喜。不过温玉现在妖尸身旁,片刻不离,谁都不能近身。这两个矮子,虽不知他们道行如何,听他二人说话语气,也非弱者,竟被妖尸制得行动不能自由,妖尸本领厉害,可以想见。下手盗玉,绝非易事。且喜已从二人口中得知妖尸黄昏、黎明前后，有一两个时辰回死，这二人已抱了坐山观虎斗之心，只须制得住那妖尸宠信的少年，便可下手。此时想是妖尸回死之时，所以这二人在洞前这般畅言无忌。适才赶走的少年，如是他们所说的孩子，正好趁此时机，前往洞内探个明白。只是自己不会隐形之法，如要出去，又恐被这两个矮子觉察，到底有些不便。

正在委决不定，猛然灵机一动："现放着两个绝好内应，何不现身出去，和他二人说明？不提盗玉之事，只说奉了长眉真人遗命，来此除妖，情愿助他二人盗宝脱身，叫他们说出那孩子详情，谅无不从之理。"想到这里，才要举步走出，忽听洞内传出一阵异声。那两个矮子一听，立刻现出慌张的神气，互相拉了一把，一言不发，起身便走。同时洞前一点乌光，从空飞坠，现出适才所见青衣少年。才一现身，便指着那两个矮子直比手势，口中喃喃，单见嘴动，不见出声。那两个矮子好似和他分辩，隐约听见"师父入定，我二人因洞中烦闷，又以为你在洞中守护，出来闲眺，并未远离"等语。那少年仍是戟指顿足，比说不休。英琼已看出矮子所说的孩子，果是适才所见少年，不由又增了几分胆气。看神气甚是向着妖尸，他这一次又和自己想定的主意作梗，心中有气，暗骂："看你一表人才，却去做那妖尸手下鹰犬！何不趁此时机，将他除去，去了妖尸爪牙，乘机入洞，除妖盗玉便了。"随想随即将手一指，一道紫虹，直往少年顶上飞去。

那少年猛不提防，大吃一惊，知道厉害，一面仍用那乌光迎敌，一面往洞中退走，两手不住朝着英琼连挥。那两个矮子，早一道黑烟直往洞内飞去。英琼也不明白那少年挥手用意，趁妖尸未醒，索性一不做二不休，紧紧追逐不舍。那少年见英琼进洞，满脸现出惊疑之容，不住比手顿脚。英琼也不理他，追入洞中一看，洞门依旧，里面景物已非昔比。以前所睡的大石，业已不知去向。当中石壁上，开通了丈许宽的门户。满洞血肉狼藉，猩、熊残肢碎骨到处都是，腥气扑鼻。这时那少年已从石门中退入，英琼跟踪追进。里面已开出一个天井，方圆约有数十丈。庭心有一株大可十抱的枯树，年代久远，已成石质。放眼左右，石室纷列，玉柱丹庭，珠璎四垂，光怪陆离，美丽已极。到了这里，那少年越发情急，拼命运用玄功，迎敌英琼飞剑，手里直比，不到万分无奈，不肯退后一步。英琼早变了先前主意。暗想："不入虎穴，焉得虎子。这哑少年又非自己敌手，既已显露形迹，乐得追到妖尸存身所在，乘他未醒时，将他除去，岂不一举两得？"

正在举棋若定之际，忽见那少年脸色惨变，猛觉脑后微微有一丝冷气，那少年突地将手一指那道乌光，身子从旁飞纵出去。英琼见那少年竟然不顾危险，离却剑光护庇，身子往侧纵开，暗骂："不知死的妖孽！"刚要指挥紫光放出毒手，取那少年性命。英琼先前迎敌方酣，又知妖尸未醒，那两个矮子心有异图，不会前来助战，并未留神到脑后那一丝冷气。就在用紫光追逐少年、侧身转眼的当儿，猛觉脑后寒毛直立，打了一个寒噤。情知有异，连忙回身一看，不由吃了一惊。只见离身三二尺远近，站定一个形如骷髅的怪人。头骨粗大，脸上无肉，鼻塌孔张，目眶深陷，一双怪眼，时红时绿，闪闪放光，转幻不定。瘦如枯木，极少见肉。胸前挂着一团紫焰，浑身上下乌烟笼罩。走路如腾云一般，不见脚动，缓缓前移。正伸出两只根根见骨的大手，往英琼头上抓来。英琼兀自觉着心烦头晕，寒毛倒立，激灵灵直打寒战。知道妖尸出现，想起飞剑传书之言，自己恐不是他的对手，不敢再顾杀那少年。少年剑光也非弱者，诚恐腹背受敌，连忙将手一招，招回剑光，护住全身。百忙中一看那少年，业已收剑旁立，面带忧容，并未上前助战。英琼若趁此时遁走，本来无事。无奈素常好高，贪功心切，总以为紫郢剑万邪不侵，目前已炼得身剑合一，即使不能取胜，再走也还不迟。只这恃强一念，几乎命丧妖窟。这且不提。

且说英琼放下少年，飞剑直取妖尸。眼看紫光飞到妖尸头上，那妖尸忽然一声狞笑，从头上飞起一条红紫火焰，直敌紫光。一颗髑髅般的大脑袋，撑在细颈子上，如铜丝钮的拨浪鼓一样，摇晃个不停。那红紫火光宛如龙蛇，和英琼紫光绞在一起。舞到疾处，有时妖尸颈上也冒起火来，烧得他身上绿毛焦臭，触鼻欲呕。那妖尸满嘴獠牙，错得山响，好似他也怕火非常。只不知他自己炼的法宝，何以用时连他本人也要伤害。似这般相持了个把时辰，渐渐那条红紫火光被英琼剑光压制得芒烟锐减，那妖尸却怪笑连声。英琼暗忖："原来妖尸不过如此，除了那条火光，并无别的本领。"正在心中高兴，猛听两个矮子在暗中说道："你看师父颈上的火云链，只要一被这女子的紫光烧断，便可出世了。"英琼一听，猛想起适才在洞外所闻之言，那道火光便是长眉真人的火云链。怪不得妖尸忍受火烧，也不用别的法宝和自己对敌，原来是想借自己紫郢剑，去破火云链，他好脱身。若不是这两个矮子从旁提醒，险些上了妖尸的大当。这妖尸本就凶恶，火云链一去，更是如虎生翼，那还了得。但是既不能用飞剑除他，难道和他徒手相搏不成？就在这稍一迟疑之际，那妖尸好似欣喜万状，怪笑连声，跳跃不停。颈上火光逐渐低弱，眼看就要消灭。英琼一见不好，连忙将手一招，刚要将剑光收回时，那妖尸已似有了觉察，未容剑光退去，倏地将长颈一摇，口中喷起一口黑气，催动那条火光，如风卷残云般飞将上去，裹住紫郢剑光尾只一绞。英琼收剑已来不及，耳听铮铮两声，紫光过处，将那条整的火光绞断，爆起万千朵火星，散落地面。英琼情知火云链已被紫郢剑绞断，好生后悔。同时那妖尸早狂啸一声，破空飞起。英琼不识妖尸深浅，见他想逃，惦着那块温玉，一时情急，忘了危险，竟将手上紫光一指，朝空追去。

紫光升起，约有二三十丈。英琼正待跟踪直上，猛觉脑后寒风，毛发直竖。急忙回身，又见一个妖尸，与前一个一般无二，周身黑气环绕，直扑过来，离身不过数尺，便觉脑晕冷战，支持不住。知道中了妖人分身暗算，收回剑光护身，已来不及。当此危机一发，忽然急中生智，猛想起昔日与若兰同赴青螺，芷仙一人留守峨眉凝碧崖，心中害怕，若兰曾传芷仙木石潜踪之法护身，自己当时好奇，将它学会，从未用过，如今事在危急，何不试它一试？当下一面将身纵开，百忙中竟忘了收回紫郢，心中默念真言，就地一滚，刚要将身形隐起，对面妖尸已喷出一口黑气。总算英琼一身仙骨，禀赋过人，逃避又快，虽然沾受一点妖气，立时晕倒，身已隐去。那妖尸原知紫郢剑来历，拼着忍受痛苦，借它断了火云链后，知道敌人有此异宝护身，绝难擒到。且喜锁身羁绊已去，便将元神幻化，先将紫郢剑引走，然后趁敌人身未飞起，从她身后暗下毒手。偏偏英琼十分机警，竟自避开，将身隐去。妖尸也看出敌人用的是隐身之法，必然尚在旁边。因为不知敌人本领虚实，又因敌人既然身带长眉真人当年炼魔的第一口宝剑，必是峨眉门下嫡传得意弟子，不论来人功行如何，就这口飞剑先难抵挡。明知敌人尚在洞中受伤未去，顾不得擒人，不如趁她暂时昏晕之际，来一个迅雷不及掩耳，先使用法术将她困住，将那口宝剑隔断，然后用冷焰搜形之法，慢慢将她炼化，以除后患。英琼才一隐身，妖尸便口中念念有词，黑气连喷，顷刻之间，地上隐隐起了一阵雷声过去，偌大山洞，全变了位置。妖尸知道紫郢剑通灵，外人无法收用。敌人已被自己用玄天移形大法困住，除了即时钻通地窍，不易脱身。仍回地穴之内，去炼那冷焰搜形之法。不提。

且说英琼当时觉着一阵头晕眼花，浑身冷战，倒在就地，耳旁只听雷声隐隐，身体宛如一叶小舟在海洋之中遇见惊涛骇浪一般，摇晃不定，昏沉沉过了好一会儿。所幸生具仙根，真灵未泯，心中尚还明白。强自支持，坐起身来，从身畔取出灵云给的丹药，咽了下去，才觉神志清醒。猛想起那口飞剑还未曾收回，知道那剑是通灵异宝，除了自己，别人无法驾驭。即使勉强收了去，一经自己运用吐纳玄功，一样可以收回。谁知连用几次收剑之法，毫无影响，猜是入了妖尸之手，这才着急起来。再看四外，都是漆黑一片，仿佛身在地狱。用尽目力，也看不出是什么境界。又过了一会儿，雷声渐止，已不似先前天旋地转，痴心还想逃出。后来见无论走往何方，俱如铁壁铜墙一般。飞剑在手，尚可勉强想法；利器一失，更是束手无策。情知已被妖法困住，不能脱身，直急得浑身香汗淋漓，心如油煎。正在无计可施，忽听四壁鬼声啾啾，时远时近，凭空一阵阵冷气侵来，砭人肌骨，地底也在那里隆隆作响。先还可以禁受，几个时辰过去，渐渐冻得身摇齿震起来。那鬼声越听越真，现出形象，英琼知难抵御，只索性仍用那木石潜踪之法，避个暂时。丛丛绿火中，隐隐看见许多恶魔厉鬼，幢幢往来，似在搜寻敌人。那地下响声，更如万马奔腾，轰隆不绝，听了心惊。英琼强忍奇寒，咬紧牙关，如捉迷藏一般，与这些恶鬼穿来避去。有时避让不及，身微挨近绿火，愈发冷不可当。

似这般避来躲去，也不知经过了多少时候。忽又听到远远妖尸怪啸，那冷气好似箭镞一般直射过来。先还是稀稀落落，后来竟似万弩齐发，由疏而密。漫说是黑暗之中，就在明处，任你天生神目，遇见这种无形的冷箭，也叫你无法躲闪。英琼被这冷箭射到身上，宛如利镞钻骨，坚冰刺面，又冷又疼。觉着东边冷箭射来得密，便躲到西边，西边密，又躲到北边。一方面还得避着那些鬼火魔影，到处都是危机。似这样在这不见天日的幽暗地狱中蒙头转向，四面乱撞，不知如何是好。一会儿妖尸怪声越来越近，虽仗有法术隐身，究不知能否瞒过敌人眼目。再加魔鬼寒飙，无法抵御，地下响声大震，更不知妖人闹的什么玄虚。时候一多，实觉支持不住，眼看危机顷刻，就要冻得痛晕倒地。忽听山崩地裂一声大震过去，接着又听万蹄踏地之声，轰隆四起。正在惊心骇目，以为死在眼前，猛觉一股温热之气，由前面袭来。那些冷箭寒飙，也如一阵狂潮，从身后涌到。英琼一个抵挡不住，扑地跌了一跤。昏瞢惊惶中，觉着背上吹过一阵飓风，勉强将身站起，冷箭已息，只剩四外绿火，仍在闪动。阵阵暖风从侧面吹将过来，奇冷刺骨之余，被这暖风一吹，立时觉得百骸皆活，如被重棉，舒服了许多。起初不明究竟，还在惊疑，正赶上一大丛绿火涌来，英琼当然回身就跑。刚一回身，便见黑暗中有数十点蓝光闪动，先又疑是鬼魅妖火。忽听那蓝光丛里发出怪兽吼声，听去甚是耳熟，留神一听，地下大响渐止，只剩蹄声骚动。不但那吼声和马熊相似，同时还听到神雕也在不远的高处长鸣，猛然灵机一动。暗想："妙一夫人飞剑传书，曾说马熊要助自己成功。适才听那一声大震，便觉冷气全收，暖风袭来。莫非那些马熊寻来，将这陷身的妖穴攻穿？事已至此，只得冒险一试。"便向那有蓝光之处跑去。身临切近，已听出马熊咻咻鼻息，心中大喜，不由失声说道："我李英琼被妖法困住，你们若是马熊，急速领我逃了出去！"一言未了，那些蓝光果然纷纷后退。恰好有一个马熊回身时节，一条长尾正扫到英琼身上，英琼顺手一抓，毛茸茸地抓了个满手。料无差错，连忙随了这群马熊就跑，只听巨蹄踏地，吼啸四起。前行没有几步，便见最前面蓝光下落，听到马熊纵落之声。英琼恐有差池，看准蓝光落处，纵将过去一看，下面是一地穴，仿佛有亮光从外透进。正待也将身随着纵下，忽听身后马熊悲鸣，奔腾跳跃，拥将过来。英琼忘了自己有法术隐身，马熊虽能暗中视物，怎能看见自己，一不留神，被马熊一撞，撞落穴底。百忙中回头一看，身后还有十几点蓝光，业已随着惨叫，不复再有声息。那许多绿火魅影，正飞也似往穴口扑来。

原来妖尸想在他潜伏的地穴之内，先使妖法，驱遣魔鬼，想要生擒敌人，好久没有结果。算计敌人绝未被妖气喷倒，仍然隐住身形，擒她不了。此女不除，隐患无穷。把心一横，拼却自己不能享受，玄功入定，再使那冷焰搜形之法，想将英琼活活冻死，已经过了两天一夜。却未料到英琼多服灵丹仙果，已有半仙之体，虽然难以支持，末后又被马熊攻穿地窍，破了冷气。那些魔鬼也颇厉害，虽擒不了英琼，却能循声追迹。英琼不该情急失声，被魔鬼追将过来。英琼已经逃脱，只苦了后逃的七八只马熊，白白送了性命。

英琼一见魔鬼追来，知道不妙，正要往那有亮光之处逃跑。忽然顶上剥啄一声大响，一道紫虹自上而下，紫光影里，照见一块大石，连着上面天光，直射下来。外面雕鸣分外清晰。英琼认得是自己的紫郢剑，不由喜出望外，连忙将手一招接住。这时上面鬼火魔影，也在那里纷纷下投，直吓得下面马熊乱撞乱叫，走投无路。英琼飞剑在手，胆气一壮，因为鬼火已快临近，惊弓之鸟，原只想护身逃走。谁知紫光才一出手，近身魔火宛如寒冰投火，一见消散。接着又听远处妖尸啸声，上面魔影全都蜂拥退去。英琼听到外面神雕鸣声越急，知它通灵，必是在唤自己逃走。忙驾剑光，飞身上去一看，立身之处，正是妖尸洞前一块石地，陷身石穴，虽然宽大，高只丈许。那些马熊，约有四五十只，也都奔纵上来，只管四望叫啸，并不往身前走拢，似在寻找什么。猛想起自己还隐住身形，连忙收了法术，现出身来。神雕早已注定紫光，翩然降下，一见主人无恙，不住昂首长鸣示意。此时英琼虽脱虎口，尚在险地，觉着周身酸痛，四肢麻木。又见神雕用嘴紧扯衣袂，情知不是妖尸对手，要想盗玉，还得略微将养再来。正待乘雕飞走，忽见那些马熊一齐围拢上前，伏地哀鸣。适才全仗它们攻穿地穴，才得脱身，丢下它们而去，必然死于妖尸之手。欲待似前次救走，势又不能。正在为难之际，一眼瞥见黑烟起处，妖尸已从洞中飞身出来。神雕越发用力衔扯，似催英琼赶快逃避。两下相隔，原不甚远，眼看黑烟快要飞到跟前。英琼一见势在紧迫，紫郢剑失而复得，有了前车之鉴，不敢再使飞剑离身上前迎敌；又加这些马熊于己有恩，弃之不仁，只得勉强用剑光护住全身，相机进退。

那妖尸一见紫郢剑仍在英琼手内，大吃一惊，正要施展妖法取胜。英琼见妖尸忽然停步，周身冒起黑烟，转眼之间，又是天旋地转。知道再如不走，难免又蹈先前覆辙，玉石俱焚，将身飞上雕背。倏地晴空一个大霹雳，夹着数十道金光，从天下射。未及看清来历，便觉眼前一片漆黑，耳旁呼呼风响，身在雕背上，仿佛腾云驾雾一般。以为又被妖法陷住，忙运玄功，两手紧抱雕背，将剑光舞得个风雨不透。过没有多大时候，倏地眼前一亮。定睛一看，自己仍骑在雕背上，并没飞动，存身之处，已换了一个境界，妖尸不知去向，面前一片大梅林。虽然五六月天气，早过了梅花时节，老干槎枒，绿叶浓荫，鸣禽上下，衬着满山野花杂卉，姹紫嫣红，远山含翠，近岭凝青，越显得天时融淑，景物幽艳。偶觉身上还在痛楚，想起前事，如在梦中。再往绿林尽处一望，一角墙宇，朱红剥落，若有梵宇。四望云林烟树，岩壑泉石，无不依稀似曾相识。心想："明明适才和妖尸交手，霹雳一声，便觉昏暗不能自主，怎会换了这个所在？莫不又是妖尸玄虚？端的吉凶难测。"

正在惊疑之际，忽听神雕长鸣示警。耳听头上飞剑破空之声，一道乌光，直往身前不远降下，现出以前两次交手的青衣少年，一手拿着一张纸卷，一手连连摇摆，似要试探着走将过来。英琼见妖尸党羽跟踪而至，又惊又怒，不问青红皂白，手指处，剑光直飞过去。那少年早已防到，也不抵敌，先将手中纸卷扔将过来，满脸愁容，将足一顿，破空便起，一点乌光，转眼飞入云中消逝。英琼吃过苦头，不敢穷追。那纸卷上面还包着一块石头，拾起一看，大出意料之外，甚是后悔。

原来那少年名叫庄易，本是与红花姥姥同辈的异派剑仙可一子的惟一门人。只因可一子早悟玄机，不肯滥收徒弟，为祸世间，自知所学不正，难参正果，爱庄易资质，不肯误他，只传了一些防身法术。兵解以前，庄易正因误食涩芝，失声喑哑。可一子与他留下两封柬帖，吩咐到时开视，自有仙缘遇合。可一子兵解以后，庄易到时打开柬帖一看，上面写着命他某日去到莽苍山灵玉崖前，有一大洞，里面有一个妖尸，守着一块万年温玉。那妖尸生名谷辰，曾将自己一部道书盗去，穷凶极恶。后来长眉真人用七口神剑将他诛心而死。知他因得那部道书，已能变化幽冥，当时不能将他元神消灭，若干年后，仍要出土为害，给他颈下锁了一根火云链，再用玄门先天妙术开叱地窍，将他尸身元神一齐封闭。那谷辰秉天地极戾之气而生，与百蛮山阴风洞绿袍老祖心肠手段一样毒辣。只因真人飞升在即，不及运用八九玄功将他元神炼化，出此权宜之计。当时曾经留下两口炼魔宝剑同两个预言，等妖尸地窍中炼得可以出土之后，自有能人前去除他。那妖尸虽能将火云链炼得长短随心，到底长眉真人至宝，有生克妙用，无法取脱，仍不能离开灵玉崖一步。再加他在地窍之内，日受地风，周身已成枯骨，虽然得了那块温玉，只能使身上渐渐还暖，不能长肉生肌，须要本门百草阳灵膏，才可使他还原。命庄易拿了阳灵膏同一封书信，假说师父被峨眉所算，死时想起谷辰该到出世之日，命庄易拜在谷辰门下，用阳灵膏坚他的信心，必蒙收留。只须设法将他那块万年温玉盗在手内，便不愁没有机缘，得归正果等语。庄易看完柬帖，依计行事。妖尸先要吃他生血，经庄易表明来意，交了书信，妖尸果然大喜，非常信任。他知妖尸厉害，那温玉日常挂在胸前，虽然早晚有一两个时辰回死，怎奈人一近前，便中邪倒地，不敢造次，只得静等机会。无事时，也常往满山游玩。

这日无心中发现洞前枯树下有暗道，一时好奇，飞身下去，想探个仔细。先时穴径甚狭，越走越宽。刚走到一处甬道，忽见对面飞来一道乌光，大吃一惊。知道后退已来不及，冒险用他师父可一子所传收剑之法一试，居然收住。原来是一口龟形小剑，乌光晶莹，鉴人毛发，剑柄上有两个"玄龟"篆字，知是一口上好飞剑。正在谛视，忽然满壁红光，现出一个道婆，白发飘萧，高鼻大耳，手拄一根铁拐。庄易见那道婆气概不是寻常，以为剑的主人追来，情知不敌，一时福至心灵，躬身施礼，便要将剑奉还。那道婆已看出他是个哑子，便对他道："物各有主，果然不差。剑是你的，无须还我。我隐居在此已有多年，从无一人知道。今日正在丹室闲坐，瞥见一道剑光飞过，我认得那是长眉真人的七修剑之一，稍来慢了一步，已经落在你手，想是前缘。我看你资质甚好，虽然所学不正，人却是一脸正气。你口哑不能出声，乃是误服毒草，并非生来口哑。这后洞门户原通灵玉崖，自从长眉真人禁锁妖孽谷辰，倒转山岳，移动地肺，业已封闭多年，你竟能到此，必是妖尸业已出土。问你也说不出，你在此少候，待我去看看，或能助除妖盗玉的人一臂之力，也未可知。"说罢，便化成一道红光，往庄易来路飞去。

约有顿饭光景，道婆飞回，手中拿着一封柬帖，说道："长眉真人，纤微之事俱能前知，真不愧为一派开山宗祖。你的来历，我已明了。我现受长眉真人遗柬之托，说你奉有师命，准备改邪归正。那温玉你到不了手，自有能人来取。从今以后，可以息了你那盗玉之想，处处取那妖尸信任，静候机缘到来。那盗玉的人，名叫李英琼，是个少女，所用飞剑，是一道紫光。你只须助她成功，必能归到峨眉教下。此洞已与妖穴相通，我已不愿居此。我近来也正嫌此洞幽秘，新近另辟了一座洞府，即时就要移去。这口玄龟剑，虽仗你师父所传收剑之法将它收下，但此剑乃长眉真人当年亲炼，异派中人能运用者极少。我现在先传你口诀，从明日起，你可抽空去到外面崖顶练剑，还有别的机缘凑合。那妖尸也知此剑来历，你回洞以后，不可隐瞒，可比手势，说你今日闲游，到山南一座破庙旁边石洞之内，看见一块画有符箓的石碣，被你无心中将它推倒，便见下面陷一深穴。下去一看，石案上平列着七口异形的小剑。刚取得这一口龟形的，便觉天摇地动，雷响光摇，心中一害怕，连忙纵起时，只见六七道五色光华，从穴中冲霄飞去。少时没有动静，再下穴去一看，除了这口玄龟剑当时拿在手里外，余下六口，俱都飞走。还要故意问他可知此剑来历。妖尸闻言，不但不疑，一定另传你用剑之法。你只管阳奉阴违，每日仍来此地学习便了。"庄易已看出那道婆是神仙一流，早跪了下去，还未及请问法号，那道婆把话说完，化道红光飞去。

第一一四回　猛兽报恩　神禽救主
　　　　　　　　真人遗柬　侠女寻珍

　　庄易因出来时久，也从原路回转，并未深入。回去对妖尸一说，果然并无疑忌。对那两个矮子，却是拘束百端。他看出两矮心有异志，乐得利用，不时市恩市惠，代他两人解围。这日出外闲游，发现袁星同一大群猩、熊。心想："妖尸虽然多伤性命，犯不着助他为恶。但是米、刘二人，正为妖尸祭炼百兽生魂，寻不见猩、熊，每日受罪。加上这些俱是山中猛兽，猩猿还可，那马熊何等凶恶，多死几个，以暴除暴，也不为过。"便回去说与米、刘二人，禀明妖尸，算准地点，由二人拿了法宝妖丝，前去擒捉。先擒回来了百十个马熊，除照例弄死一些，余下关闭在地穴之内。第二次前去，因袁星双剑厉害，米、刘两人多时不回，庄易奉命前去监督，正遇英琼飞到，救了神雕、袁星，还破了装黑煞丝的葫芦。庄易一见用紫色飞剑的女子，便知道婆之言应验，心下大喜，只碍着米、刘二人，不便上前相见。他恐米、刘二人与英琼为难，借一个故，逼着米、刘二人隐身退去。
　　当日天明，又照往常到那崖顶练剑，复遇英琼从下面飞身出现，几次想表明心迹，只苦于说不出口。末后被逼无奈，恐防玄龟剑有失，只得先行遁走，差一点没被紫郢剑送了性命。正往妖洞飞逃，忽觉身子似被什么力量吸着下沉，大吃一惊。及至落地一看，正是前日所见的道婆，说："那女子我已在暗中见过，长眉真人果然赏识不差，只可惜杀劫太重了些。她顷刻之间便要追入妖洞，被妖尸困住。你如见她失陷，可算准那关马熊的石穴上面，将这一道符箓焚化，三日之内，自有妙用，使她脱身。那时妖尸行法未完，必不能即时收法追赶。你再隐住身形，将第二道符箓焚化，将妖尸震倒。同时将这第三道符箓，朝那女子身旁南面掷去，顷刻移山易岳，那女子连在旁生物，便都离开了险地。然后再拿我一个纸卷，速驾遁光，往南方追去。等那女子落地现身，你再将这纸卷丢与她看。上面写有你的来历，教那女子速返峨眉，约请一个姓周的女子，同来盗玉除妖。那妖尸我也难以制他。这三道灵符，俱是长眉真人遗留，还是那日你我相见时，在一个洞窟里寻到。用时只须默念发火真言，便生妙用。切不可乱了次序。"当下传了发火真言，递过三道灵符，一个纸卷，道袍展处，一道红光，踪迹不见。

庄易两次和那道婆相见，俱都不及问得姓名。只得默记于心，望空跪拜，赶回洞去。刚到洞前，便和英琼交起手来。心中还想用手势叫英琼趁妖尸未醒前回去，偏偏英琼听了米、刘两人之言，有了先入之见，苦苦追逼，以致妖尸警觉，借英琼紫郢剑破去火云链，用妖法将英琼困住。庄易去看囚马熊的石穴，已经无门可入。趁妖尸入穴行法之际，偷偷化了灵符，眼看一道银光，直穿地下，才行暂时离开。然后在左近隐形观察。到了第三日，听到地下怪声大震，日前所见那只金眼大黑雕钢爪上抓住了那道紫光，不住用长喙去啄地下石头。接着闻得地下隆隆之声，那女子已现身出来。妖人也由洞中飞出追赶。忙将第二、三两道灵符次第焚化，见妖尸已被震倒，他就追上英琼，将纸卷扔下，才行飞去。

英琼看完纸卷，才知那哑少年并非妖尸一党，如果早些得知就里，不但不会涉险被围，下手还要容易得多。如今妖尸颈上火云链被自己紫郢剑斩断，行动已能自如，又有了防备，岂不难上加难？照纸卷上所说，明指着要周轻云相助，才能成功。暗想："轻云虽然入门较久，论她飞剑能力，还未必能胜过自己。况且凝碧崖正在多事之秋，若须她相助，妙一夫人飞剑传书怎未明言？来时颇为自负，怎便事急回去求人？而且轻云也未必分身得开。好在已有哑少年做内应，妖尸每日仍有两次回死，莫如还是再试上两回，真不能盗玉，再行回山求助不迟。"

主意打好，吩咐那些马熊自行觅地潜伏，径跨神雕回转原处。穴中猩、熊见她回转，俱都欢呼跳跃，围上前来。英琼一见袁星不在穴内，等了一会儿，也未见回来，心甚忧疑。刚刚飞身出穴，想命神雕前去寻找，袁星已经狼狼狈狈跑了回来。问它何往？袁星说道："因听神雕回说，它在妖尸洞顶上空瞭望，见洞中妖氛四起，将附近山环全都遮蔽。待了好一会儿，仿佛看见主人的剑光闪了几下，便不见动静。待要飞身下去，不知虚实，未敢造次。主人无事，固用不着；万一有事，再连它一齐失陷，回去求救的都没有。回来一见主人果然未回，才着了慌。知道袁星此地路径甚熟，背了袁星到妖穴附近落下，由袁星前去先探个动静，它在空中接应，想法将主人救出。到了那里，由那条螺形山窟钻出去一看，只见那洞已变了形状，宛然不似先前主人住时样儿。刚想偷进洞去，便遇见那日所遇见过的两个鬼小孩。袁星知敌他们不过，回头就跑，以为他们俱会妖法飞行，必定追上。谁知他们先只是步行，直到追出很远，才一人一面，将袁星围住。他们说主人业被洞中妖尸害死，要袁星答应他们两件事，才饶活命：第一是袁星归顺了他们；第二是要袁星将两口长剑送他们。袁星不服，便用宝剑和他们打。这两个鬼小孩并无法宝、飞剑，不知他们用什么妖法，兀自天昏地暗，山摇地动，怎么走也走不出去，到处都有恶鬼现形。

"正在危急，忽见一道紫光一闪，耳听钢羽叫声，立时妖云全散，两个鬼小孩也不知去向。及至留神一看，只见钢羽飞来，爪上抓着主人的飞剑。它说它在上空飞翔，看见主人剑光在山崖后地面上不住盘旋，不时穿入地内，好似要择一个所在飞入。它知主人被困时，剑光业已自行飞走，恐怕失落在敌人之手，仗着白眉禅师传它抓剑之法，费了无穷气力，追逐过好几个山头，先前很难抓住，有时抓住也被它挣脱，还伤了好几片毛羽。末后剑光好似失了驾驭，在空中自在游行，才得冒险上前抓住。算计剑光自行往地下冲击之处，必是主人失陷之所。知主人仙根仙骨，不会送命，想往剑光飞翔之处寻找。回来看见两个鬼小孩将袁星困住，只可惜不敢将剑光松爪，不及兼顾，被两个鬼小孩逃走。因救主人情急，也不管利害轻重，一面命袁星仗着路熟，偷入洞中寻找；钢羽却往先前发现剑光的地方，用另一只钢爪去抓开山石。若是真正无法，再行回山求救。除妖尸住的后进有妖气挡住，舞动剑光也冲不进去外，凡是从前所晓得的地方，全都找遍，也未寻见主人踪迹。总觉地形全都改变，与前大不相同，钢羽说是妖尸弄的玄虚。似这样寻有两天，老想回山送信，老是迟疑不定。洞中共有三个鬼小孩，除了有一个穿青衣身材略高一点的，见了我们自己避开外，先遇那两个，遇见几次，都被钢羽赶跑。

"第三天上，钢羽忽然抓了剑光飞去。等了有好一会儿，那两个鬼小孩又现身出来。袁星因钢羽不在,连忙寻了一处地方潜伏,幸而未被他们看见。后来见钢羽飞回,看准一个地方,连连用爪抓地,只几下便听得几声地震,主人带了马熊飞身出来。袁星心里喜欢,刚要过去,忽听洞中怪声大起,飞出一个似僵尸的怪物,放出黑气,朝主人飞去。眼看近前,晴天一个大雷,射下无数道金丝,将那怪物震得跌了一跤,爬起来回头往洞里就跑。同时又见一朵彩云,比电闪还急,往南方飞去。再看主人、钢羽,连那许多马熊,俱都不知去向。这时袁星正往主人站的地方跑去,劈头遇见两个鬼小孩从地上爬起,迎个满怀。连忙舞动剑光退走,逃到一个山环之内,被他们追上,又将袁星困住。正在头晕眼花,支持不住,一道乌金光亮一闪,那穿着青衣的小孩飞来,一见面便唤住那两个鬼小孩,收了妖云,袁星业已将要晕倒。后来这个却是哑巴,眼看他和那两个鬼小孩比画了一阵,又争论了一阵。那两个鬼小孩先是不服,后来这个又用手在地上画了几下,才勉强分出一个,将袁星追上。说他三人中一个,主人已经见过。那两个矮鬼,一个姓米,一个姓刘,俱非鬼怪,乃是天生异相。主人已经被人救走,他们也不再同我们为敌,并且还愿为主人的内应。只求将来擒妖尸时,不要伤他们。现在妖尸已被长眉真人灵符震伤元气,须要静养,养好就要离开此地,请主人急速下手。适才妖尸传话,每日要寻取十三只马熊、猩猿,连饮生血,并炼法宝。知主人回山再来,还得两天。袁星就是猩猿头子,在主人未斩妖尸以前,务必给他们办到,以免妖尸亲自用法术搜寻,玉石俱焚,并省他们受妖尸凌逼。如若不从,纵有后来穿青衣的讲情,他二人也不能放袁星逃走。

"袁星被逼无奈,只得答应下来。他二人果然没有追赶。走没多远,便遇钢羽飞来,将袁星接回。它说适才明明看出主人就困在附近地下,只是无门可入。忽然看见山南有先辈熟人的剑光一闪,知道有了救星。飞过去一看,果然是失踪多年、在白眉禅师那里听过经的前辈异派剑仙中数一数二的人物青囊仙子华瑶崧,便向她哀鸣求救。听华仙姑说起,她本就要离开此山,也是受了长眉教祖之托,知主人有难,前来相救。因为这次妖尸劫数未到,不愿露面结仇,只可在暗中指点。说主人已被妖尸易岳移山,陷身地肺之内。漫说妖法厉害,就是洞中阴恶之气,也受不住。所幸根基甚厚,多服灵药,暂时还不妨事。还算妖尸一时疏忽,移山时恰巧将关马熊的石穴一齐倒转，正当地肺的穴窍，那里比较容易攻穿。上面虽有妖法封锁，却忘了下面那些马熊受不住闷气，必然用头乱撞。这东西原是山中力大无穷的猛兽，不消两日，便可攻破，地气一泄，妖寒全散。惟恐主人还不易脱身，又给了一道破山灵符，命钢羽掷向主人陷身之处。只需稍露孔隙，主人剑光便可穿入，震开山石，脱身出来。它谢了华仙姑，依言行事，将主人救出。又叫袁星对主人说，还是急速回山，寻一位仙姑相助才好。"

英琼一听，妖尸震伤，手下全都和自己一气，多一周轻云，也无关重要。想起那哑少年曾在洞顶相遇，何不再去寻他，问明详细，以定行止。想到这里，便命袁星暂时回洞歇息，神雕仍往妖穴附近探看。独自一人，回到夹缝中，飞身穿出崖顶一看，那哑少年庄易面带焦急之容，正在那里往来盘旋。见英琼现身出来，慌忙上前相见，先用手指了指心、口两处。英琼知他口哑，便先向他道了歉。然后请他坐下，用手在地上写画，以代谈话。庄易点了点头，随手折了一根树枝，在地上写道："那妖尸被长眉真人灵符震伤元气，须要修炼三十六天，才能复原。颈上火云链已破，复原之后，便要飞往别处。现在正命刘、米两矮子到处搜寻猛兽，祭炼妖法。因与英琼交手时节，见庄易未曾上前相助，颇起疑心，如今谁都不肯信任。为防英琼再去和他为难，已用身外化身之法，将元神分化。另用极厉害的妖法防卫本身，全洞都布置好了罗网。除却晨昏回死之时，妖尸元神须要入穴守护，外人一进洞，便会被获遭擒。就是趁他回死之际，休说他藏身地穴，那头层洞门都难进去。我此时抽空与你送一个信，须要急打主意才好。"英琼又问了问妖尸的起居动作，知妖尸防护严密，那块温玉就挂在他的胸前，实实想不出好法子。庄易又因身在虎穴，妖尸颈上束缚已去，行踪诡秘，来去飘然，万一回醒，元神飞出，一个不及觉察，被他看破，便有性命之忧，急于要想回去。

英琼正待起身相送，猛想起自己来时，曾借有秦紫玲的弥尘幡。救若兰回山时，因为想借天风阳光暖和一下，又因雕行迅速，自己到底功行尚浅，弥尘幡虽快，上次在青螺中了妖法，被紫玲救回峨眉时，昏惘之中，兀自觉得头晕心跳，又未遇见大敌和危险，所以仅止用它护身，回去并未催动，一直再未使用。只奇怪二次救马熊，正苦无法护送，头一次虽仗敌人未来追赶,第二次被妖尸困住,何以也忘了取出应用?想到这里,伸手往怀中一摸,不由急出了一身冷汗,粉面通红,心头直跳。原来那弥尘幡已不知在何时失去。连忙唤住庄易,略微镇静心神,想了想,猜是被妖尸困住时节,那幡不比紫郢剑,已和自己成了一体,别人不能使用,不被妖尸得了去,也必遗失在地穴之内。休说回山去约轻云,此宝一失,怎好意思去见秦家姊妹之面?越想越急,便对庄易说了,请他留神探个动静。庄易又急匆匆在地上写出,那幡似未落到妖尸之手,不是遗失地窍以内,便是在旁处失去。只要遗在地窍,自适才被马熊和英琼的剑光攻破以后,妖尸并未使它还原,进去搜寻不难等语。英琼连忙重重拜托,连用法一齐传他,如果寻着,急速飞来。庄易点头答应,便作别飞去。英琼几番细想,除了遗失地穴以内,实在想不出遗落何所。据庄易传那华仙姑之言,再三说是如无轻云相助,一人绝难成功。先前是不想回山,现在就是想回山,不将弥尘幡寻到,也是无颜回去。左思右想,打不定主意。

一会儿黄昏过去,进入深夜。算计妖尸已经回醒,不便前去,且候至清晨见了庄易,再作计较。在崖顶忧惶徘徊,到了天色黎明,庄易飞来,说弥尘幡遍寻不见。妖尸已对他起了疑心,无可奈何,只得编了一套说辞,现在尚不能明告。问英琼愿去约人来助不?如想独自盗玉,他说对妖尸所说那一番话,正是一个机会。只要英琼到时肯委屈假意承应,即使被擒,仍可脱身。可趁今晚黄昏,妖尸回死时,前去一试。不行再回峨眉求助,也不迟在这一日。英琼问他承应什么?庄易又不肯明写出来,把树枝指在地上,脸上红了又红。英琼心乱如麻,一心记挂失幡之事,见他为难,也未追问。一会儿庄易又告诉英琼,前洞外人已难入内,指明了崖夹缝中那条通至二层洞门古树穴内的窄径暗道,请英琼由此前往,可以躲过头层封锁,省得用妖尸所传出入之法,招妖尸疑心。万一被擒,休要慌急,能暂时从权更好,倘如不能,他必在无人之时前来看望,彼此一切意会,千万不可说私话。因为妖尸心灵无比,如不在他回死之时,离他五六十丈远近以内,口角微动,他俱觉察。不能从权降顺,痛骂他一顿,倒是无妨。一露马脚,二人同时遭殃。说罢,作别飞去。

这一来,英琼越发失望。庄易走后,猛想起救英男回山时,曾在山南一座崖前取暖。回来又在一个地方等候袁星,打了一夜坐,被两个似人非人的白色怪物放寒气将自己惊动。莫非一时不留神,将幡遗落在彼?何不趁着这富余时间,前往寻找?明知法宝非常物件,如无绝大本领之人盗去,或是再被妖法困住,心神无主,绝难随便失落。但是事已至此,不能不作万一之想。当下便令袁星留守,带了神雕,先往山南降落之处,寻了一个仔细,哪有丝毫踪迹,满腔失望。再往那晚打坐之处飞落,仍留神雕在空中,先往树林之中寻找,仍无踪迹,细想那两个白色怪物相斗时情形,正要出林再找,忽听远远起了一阵细微声息。英琼自来机警,便停声缩步,从林隙中往外一看。只见一阵旋风,卷起一团白雾,从西面峰脚一个岩洞中飞落林外。这次两个白东西一落地,先揭去头上的白面罩。看身量容貌,俱都生得一样,好似两个孪生的兄弟。英琼才知那晚两个怪物,竟是这两个妖人闹的玄虚。弥尘幡如果遗失,必落他们之手。一着急,几乎飞出林去。再看那两个白衣人,已走近身旁不远立定,说起话来。英琼藏身树后,侧耳听时,偏是相隔稍远,那两人说话声音又低,唧啾不似人言,一句也听不出。英琼又急又恨,待要移前几步,听他两人说些什么。身略移动,猛然一眼看见树杪阳光,将自己的影子斜射了半个在地上,离那两人立处不远,心中一动:"那两人既会法术,自己的人影落在他们面前,没有不见之理,怎么连头都不往后回一回,若无其事一般?这事太不近情理,莫非又在闹什么鬼?"

才一转念,忽听空中一声雕鸣,日光之下一团黑影,直往自己顶上扑到,疾如飘风。只听身后风声呼呼,树木折断,咔嚓连响。知有变故,连忙回身一看,一个面如黑铁的道人,一手拿着一张小木弓,弓上排列着数十小箭,似连珠般射将上去;另一手拿着一柄拂尘在头上连挥,顷刻之间,白色茫茫,将道人全身笼住。那小箭一出手,倒是一溜黄色火星。空中神雕,正用两只钢爪抓那火星,虽然随抓随灭,无奈火星太多,只这一转瞬间,已射了三四十个上去,看看有些忙乱神气。

原来那道人正是利用余英男去盗冰蚕的无影道士韦居。自盗蚕未能得手,反被英琼在风穴中剑斩了爱徒魏宗,恨如切骨。当时因见英琼剑光厉害,又有白眉和尚座下仙禽,未敢公然报仇。跟踪到了莽苍山阳,见英琼业已救了英男飞走。正在无可奈何,忽听有人呼唤,回头一看,正是多年老友、福建武夷山雪窟双魔黎成、黎绍。同恶相济,久别重逢,自然一见心喜。问起情形，才知黎氏兄弟被怪叫花凌浑追逃到此，就在这莽苍山阳的兔儿崖玄霜洞内藏身。韦居也略说了经过，约他俩同盗冰蚕，开创一家道数。黎氏兄弟便约他同居洞中，相机行事。

第二日英琼又来，黎成在暗中看出英琼身有异宝，想好计策，先用魔雾想将英琼迷倒。不料英琼多服灵药，仙根甚厚，还未近前，便即警觉。黎氏兄弟以前吃过许多苦头，见英琼身旁剑气瘆人，魔雾难侵，不敢再上。改用幻影，乘英琼分心之时，由韦居隐了身形，偷至英琼身后，用妖法将弥尘幡盗去。彼时英琼正注视两个怪物满地乱滚，神雕又不在跟前，并未在意。随后便驾剑光飞起，去查看袁星踪迹。三个妖人跟踪追到袁星被困所在，见下面黑气如丝，满空交织，英琼已将剑光飞出手去，一道紫光过处，妖氛尽扫，救出猩、熊。三个妖人俱认得那雕是白眉和尚座下仙禽；又见英琼驱遣猛兽；还有先前雕背上那一只大猩猿，手使两道剑光，也分不出什么家数，宛如神龙闹海，长虹刺天，寻常不易得见；尤其那满空黑丝，何等厉害，被紫光一照面，便破了去，施放的人比自己定然高明。故未敢露面，任她从从容容将这数百猩、猿救走。知这女子来历必然不小，当时并未敢造次，仍回兔儿崖。取出所盗来宝物，见是一面似锦绣织成的小幡，上面绘有烟云古篆，霞光隐隐。三个妖人未曾见过天狐，虽知是件异宝，只苦于不知来历用处，暂时商量，先由韦居保管。正在商量之时，忽见幡上彩霞做湘，光云骤起。就在这疑诧谛视之间，倏地轰隆两声，似花炮脱手般，化成一幢彩云，冲霄飞去，转眼不见。再看韦居，拿幡的左手业已震破，五根手指倒震断了四根。黎氏弟兄原知正派法宝，外人到手不易使用，特意叫韦居去盗，如能使用无事，再和他强要，本无好心。一见韦居果然吃了苦头，好不暗幸。对于英琼，更是不敢轻视。偏那韦居不知死到临头，一面将自备丹药嚼破敷治，越发心中忿恨，只是觉着能力不济，也无可奈何。

事有凑巧。那妖尸洞中两个矮妖人，一名米鼍，一名刘遇安，原是异派中有数人物，因盗温玉未成，反被妖尸谷辰强作奴仆，常思背叛。这时趁妖尸困住英琼，入穴行法，庄易又不在跟前，偷偷溜出商议，正赶上韦、黎三人闲游北山。两矮原与黎氏弟兄相识，五人相见之后，互谈经过。两矮便请韦、黎三人遇机相助。三人一听妖尸谷辰业已出世，两矮那般本领，都被他收去法宝，做了奴隶，如何敢惹，略与敷衍，便即避开。因两矮谈起被困女子穿着容貌和被困时情形，好似那女子法宝虽然厉害，自身并无多大道行。头一个韦居心中后悔，为女子先声所夺，未使妖法一试。当时也未想到英琼会脱出妖尸毒手，以为必死，也就丢开。

今日三人正商量用什么方法去盗冰蚕，忽见神雕背了英琼飞来，落下便即飞去。依了黎氏弟兄，说英琼既能逃出虎口，本领必非寻常，不可冒昧。韦居执意要代爱徒报仇，非下手不可，猜英琼是为了寻仇而来。仍由黎氏弟兄故意飞到英琼身前说话，引她偷听注意。再由韦居从林后入内，暗使妖法冷箭，两下夹攻。不料这次神雕并未飞远，早看见两个妖人飞落近英琼身前不远，因见主人未有动作，也未下击。忽见还有一个妖道，隐身绕入林中，要从主人身后暗下毒手，如何不急，两翼一束，如弹丸飞坠，从空下投，快要到达地面，才长鸣示警。林中树林丛密，虽然碍事，禁不起神雕得道多年，炼就钢爪钢羽，一双阔翼，收合之间，成抱大树，俱都纷纷折断，沙石纷飞。妖道韦居已拿着数十支穿心弩，口念咒语，想要发将出去。忽听大风扬尘拔木，当头一大团黑影飞到，知道不好，连忙将身飞纵出去一看，正是日前所见白眉和尚座下仙禽，已经离头不远，大吃一惊。忙使妖法，展动在手拂尘，祭起一团浓雾，护住身躯。神雕识货，见主人业已警觉，妖道拂尘上的妖雾异常污秽，不愿沾染，将身飞起高空。妖道在急忙中，不顾暗算英琼，左手穿心弩向空发出。只见神雕伸开钢爪，一抓就是一个。妖道着了慌，便把手中弩箭化成数十点黄火星，连珠发出。心中暗骂："你这扁毛畜生！任你钢爪能抓，只要射中一支，怕你不周身寒战，落下地来。"神雕原本性烈，一见黄火星飞来太多，不好应付，略一疏忽，左翼上连中两箭，身上一冷，知道已吃了亏，长啸一声，将两翼展开，直朝那数十点火星扑去。等到一齐射到翼上，倏又将两翼一收，将那数十点火星一齐夹入腋下，一个禁受不住，直往林外坠落。

就在神雕刚中头两支弩箭时，英琼已经回身，看出神雕忙乱，娇叱一声，一道紫光，直往雾影中妖道穿去。韦居想是应该遭劫，明知敌人飞剑厉害，竟会以为自己护身妖雾，聚天地至淫极秽之气炼成，专污法宝飞剑，用它护身，万无一失。正可借此牵制敌人，会同黎氏弟兄，另用别的妖术邪法，两下夹攻，使敌人措手不及。万没料到紫郢剑不怕邪污，等到紫光飞入雾影氛围，并未坠落，才知不好，休说遁走，连"哎呀"两字俱未喊出，被英琼飞剑拦腰斩为两截。黎氏弟兄中的黎绍最为奸狡，早就垂涎英琼姿色，一见英琼回身和韦居交手，忘了身后敌人，脚一点处，首先飞到英琼身后，取出一面妖网，正要张口喷出一股妖雾，再将妖网罩将过去。谁知英琼一心惦记弥尘幡，见妖雾散处，妖道腰斩就地，早纵将过去，低身便要搜检。忽闻一股奇腥从后吹来，觉得头脑昏眩，猛想起那两个白衣妖人尚在身后，暗道一声："不好！"忙摄心神，连人连剑飞起。回头一看，离身不远，一个白衣妖人口中冒出黄烟，手持一团五色妖网，似要发出。英琼不问三七二十一，指挥剑光，直飞过去。黎绍刚把妖气喷出，忽听身后喊得一声："且慢！"便见韦居身首异处。英琼纵身过去，口中妖气又未将人迷倒，知道不能讨好，不敢再将手中妖网发出。还未及回身逃遁，英琼剑光已疾若闪电，飞射过来，紫虹齐腰一绕，登时了账。黎成比较胆小，见神雕飞来，英琼已和韦居对面，抱了坐山观虎斗的主意，原不想上前。一见黎绍轻敌，到底骨肉关心，喊了一声"且慢"未喊住，忙也纵身入林，想将黎绍唤住，正赶上英琼连斩韦居、黎绍。英琼见神雕中弩飞坠，不知吉凶，飞身出林，寻踪查看。一见黎成飞来，再也凑巧不过，两下连话都未说一句，被英琼紫光迎面当中穿过，黎成只"哎呀"一声，肚肠已被剑光穿破。

英琼连诛三凶，听神雕在前边长啸，更比弥尘幡还要来得关心，也不顾搜检三凶尸首，忙驾剑光飞身过去。只见神雕正站在林外一块岩石上面，两爪紧抓石根，两翼展开，似飞不飞，浑身羽毛根根直竖，抖颤不已，仿佛平时抖翎发威的神气。身旁不远，散落着一地的小弩箭，箭头黄色火星早已熄灭，只微微有些放光。英琼起初不知神雕身受重伤，见它依旧神骏，略放宽心。一眼看到适才妖人施放的法宝，顺手便要拾取。可怜神雕业已周身寒战，不能奋飞，一见主人又要步它后尘，奋起神威，一声长啸，倏地从岩石上跃掠下来，微微将英琼身子一撞，撞出一两丈远近。英琼见神雕无故撞她，两翼不收，身上毛羽老是不倒，才觉出有些异样。忙停了手，走近身旁，用手一摸，到处都是冰凉抖颤，触手麻木。不由吃了一惊，忙问道："我看你这样儿，莫非受了妖人的害了么？"神雕闻言，将头连点几点，不住低头去挨英琼手臂，慢声长啸，甚是依恋。英琼忙将身上丹药与它吃了，仍是无效。言语不通，又不知怎样才能解救，飞又飞不起来。意欲用自己剑光勉强带它飞转岩穴，它又只是摇头，心中焦急万状。一会儿神雕强挣着将头低到地面，连颤带抖地用嘴在地上画了一个"袁"字。英琼猛想起神雕异常灵异，必然自知解救之方，只苦于鸟语难通，想必是要叫袁星前来代它传话，问了问，果然点头。明知邻近妖人窟穴，不知是否还有余党，丢它在此，去带袁星，不大放心。但是事已至此，无可奈何，只得嘱咐它不要叫唤惊动敌人，自己去去就来。神雕又点了点头。英琼什么都不顾，忙驾剑光直飞岩穴。袁星倒不曾外出，英琼只说得一声"跟我走"，命袁星横倒，伸出一双皓腕，将它抱定，驾剑光飞回来路。

剑光迅速，来去不到一个时辰，且喜没有出事。神雕见主人带袁星飞来，不住低鸣，示意袁星跑近前。袁星问了问，对英琼道："它和妖人对敌时，见妖人放的冷箭太多，抓收不及，恐防中了要害，坏了功行，仗着佛法，运用真气，护住前胸，特地展开双翼，将那些冷箭一齐收去。它却中了妖法，只是外面寒颤，不能飞行。又服了主人给的灵丹，并不妨事。不过眼前不能飞动，须在附近择一隐秘之处藏身，由它自运玄功，将阴寒之气从翎毛中抖散，须要好几天工夫，才能复旧如初。命中该遭此劫，仗着主人福庇，没受大伤，还算便宜。请主人不要忧惊。"英琼闻言，略放宽心。想起适才曾见妖人从西面崖脚洞中飞出，远看那洞倒不甚小，如无妖人余党在内盘踞，这里峰回路转，四周山岭排天，林峦幽静，倒是绝好藏身之所。想了想，命袁星看护神雕，自己飞往洞中一看，那洞果然高大明亮，细细搜寻了一遍，并无妖人余党，心中甚喜，连忙回身。因神雕已不能飞行，纵跃俱觉为难，便命袁星伏下地去，举起神雕双脚，同往洞内放下。才准备去寻弥尘幡，出洞搜检三个妖人的尸首。

袁星忙道："适才钢羽说，妖人冷箭是采北海阴寒之精炼成，虽然妖人死后失了作用，寻常还是近它不得，遗留此间，恐为别的妖人得去。请主人用紫郢剑将它毁了，切不可用手去拿。"英琼才明白神雕撞她用意。仍命袁星守护，径往林中一看，三个妖人尸首俱在林中未动，血污遍地，蚊蝇纷集。惟独第二次杀死的白衣妖人，身上一个蚊蝇都无有，猜他怀中有宝。因恐又有冷箭之类的东西，用剑挑破衣服一看，竟是一无所有，只左手拿着一个五色网兜，隐隐放光。试探着拾起一看，轻如绿绡，薄比蝉翼，颜色鲜明,似丝非丝。估不透来历,且揣在身旁囊内,将来回山问了诸同门再说。妖人左手却压在下面,用剑背拨翻转来,见还压着一个装宝物的兜囊。挑开一看,中有一块似晶非晶、似玉非玉的东西,色如渥丹,入手阴凉。另有一柄小剑,一本道书,翻了翻,俱是符箓,全不认得。再将那两个尸身细细搜检,除最后死的妖人身旁也检出一口同样小剑,那行刺自己的妖人,除了那柄放妖雾的拂尘,已被紫郢剑斩断,冷箭被神雕收去外,别无长物。连搜数次,哪有弥尘幡的踪迹,不由又着急起来。因天已不早,须赴庄易之约,无可奈何,只得把所有搜来的东西,全装入自己宝囊以内,用剑光将许多冷箭断成粉碎,飞身入洞。命袁星不许离开神雕,驾剑光飞回地穴。

第一一五回

重返仙山　灵泉初孕暖冰肌
三探妖窟　毒眚齐飞裂地肺

黄昏将近，英琼算计庄易不会再来，便照他所说的捷径，往灵玉崖妖尸洞内飞去。起身时节，仿佛见身侧下面，似有一丝银光一闪，因为时机紧迫，没有在意。黑暗之中，借着剑光照路，不多一会儿，便从那枯树窟中，穿了出去。一看，静悄悄的，一个人影俱无。天空雾蒙蒙，低得似要到了头上。再看二层洞门，黑气弥漫，定睛细看，仅仅辨出门户。英琼大着胆子，身剑合一，冒险从二门穿了过去。里面倒还光明，只封锁门户的黑气有二三尺厚，虽然闻见奇腥，却无他异。到了里面一看，一排五间天然生就的石室，几榻丹炉，森然罗列，石壁莹洁，似玉一般。因早得庄易指示，知道当中一间钟乳屏障后面，甬道尽头处，有一深穴，下面便是妖窟，便将剑光按住，悄悄循路走进。走完甬道，忽觉奇腥刺鼻，霉气袭人。

指剑光一照，果然有一深穴，又有黑气笼罩，看不见底。只得加紧戒备，仍用剑光护身，往下飞落。在浓密黑氛里弯曲转折，降有数十百丈，才得到底。又前行了几丈远近，忽睹微光，渐渐身子也穿出浓雾。剑光照处，看出两旁岩石低合，只有人高。前面现出一个广洞，到处都是湿阴阴的，霉气中人欲呕，那微光便从洞中发出。知妖人巢穴已到，且喜没有惊动。二次收了剑光，移步行近洞前，微微听得兽息咻咻。

探头往里一看，洞里竟是一个怪石丛列、穷极幽暗深窟，宽约百丈。满地上竖着数十面长幡，俱画着许多赤身魔鬼。每面幡底下，叠着三个生相狰狞的马熊、猩猿的头颅，个个睁着怪眼，磨牙吐舌，仿佛咆哮如生。当中有一面一尺数寸长小幡，独竖在一个数尺高的石柱之上。幡脚下有一油灯檠，灯心放出碗大一团绿火，照在妖幡和兽头上面，越显得满洞都是绿森森阴惨惨的,情景恐怖,无殊地狱变相。英琼虽然胆大,看看也未免心惊。正在细查妖尸踪迹,忽听当中主幡后面起了一阵怪声。接着满洞吱吱鬼叫,阴风四起,大小妖幡一齐摇动,那些兽头也都目动口张,似要飞起。英琼疑心妖尸又闹什么玄虚,待要使用剑光护身时,怪声忽止,阴风顿息。猛一眼看见石柱背后,还躺着一个绿衣怪物,微将身纵起,辨出正是日前对敌的妖尸。周身四围,突现出一圈绿火,将他围住,绿衣赤足,僵卧地上,口里黑烟袅袅。胸前碗大一团红紫光华,正是那块温玉放光。心中大喜,不问青红皂白,就要飞进。

刚一入洞,忽然劈面一样小东西打来,被剑光一挡,落在地上。同时好似见石柱往里闪动,迎面有一道乌金光华飞来。定睛一看,哪有什么石柱,竟是哑少年庄易,穿着一身墨绿怪样衣服,垂手站在那里,头顶一个灯檠,因为满洞幽碧,适才没有看清。见他飞剑来得甚慢,知是示警,叫自己退去,并非为敌。暗想:"日里明明和他约定,来此一试,他既未再见自己的面,事前又未说明妖窟还有这般布置,只说往常妖尸回死,他便可随意飞出,怎又与妖人去做灯檠?尤其是以前两次和自己对敌,总怕紫郢剑伤了他的剑光,且战且退,这次却死命抗拒自己的飞剑,拦住去路,不能上前抢玉,令人不解。"

一面迎敌,一面盘算。还待抽空冲到妖尸身旁动手时,忽听洞顶怪石上有人喝道:"胆大女娃,竟敢前来送死!"言还未了,便听当当几声磬响,衬着地下回音,眼前怪状,格外令人心悸。英琼循声注视,看出洞顶怪石上面,还站着日前所见的米、刘两矮,穿着麻衣麻冠,脸如死灰。手中一个持磬连敲,一个持钟待打,手却指着英琼,往外直挥,意思也是要她退出。英琼虽然明白他们示意妖尸厉害,但是事已至此,一不做,二不休,娇叱一声:"妖孽休要猖狂,还不纳命!"说罢,算计庄易剑光不会伤害自己,打算不管庄易,上前抢玉。

正在这连前带后没有多少分晷之际,猛地磬声才毕,钟声又响,地上妖尸突然缓缓坐起。先是目瞪神呆,宛如泥塑。倏地咧开阔嘴,露出满口獠牙,似笑似哭地怪啸一声。接着把手一指,大小妖幡全都展动,满洞阴风起处,鬼声啾啾,兽息咻咻。暗绿光影里,数十个兽头,带起浓雾黑烟,直扑过来。妖尸身旁绿火,化成千万点黄绿火星,一窝蜂般飞起,妖气熏人，头晕目眩，地动山摇，又和上回被陷情形一样。英琼惊弓之鸟，才知先未见机，后退嫌迟，不敢怠慢，忙将身剑合一，依原路往外飞逃。且喜紫郢剑光毕竟是长眉真人至宝，英琼又是不求有功，但求无过，始终不曾离身。就在这惊慌昏暗之中，暗运玄功，一任剑光觅路飞遁，紫光闪闪，宛如飞电驾虹般，往上游走穿行。不时听到后面地合石坠，宛如雷震山崩，惊心悸胆，哪敢回看。不多一会儿，穿过甬道，出了二洞石室，慌不择地忙往古树穴内钻去。到了地穴，见那里猩、熊三个一堆，二个一丛，分散在穴内盆地之上，自在嚼食藤草花果。看见紫光飞来，一齐昂首长鸣示意，跳跃不停。暗想："谁说畜生无知？猩猿一向素食，倒没什么，这些马熊都是天生异兽，凶猛绝伦，性喜血食，多厉害的虎豹豺狼，遇上便无幸理，竟会被自己当初几句劝勉的话，改用草木充饥，不再杀生害命，真是难得。"心中惦记雕、猿，适才拼死命从妖窟冲逃，虽仗有紫郢剑护身，仍沾染了一些妖气，兀自觉得头脑昏眩，心头作呕。见猩、熊无恙，便不下落，只在穴中略一回翔，径往兔儿崖玄霜洞飞去。袁星早在洞口等候，迎接进去，见神雕仍在抖颤不停。英琼问袁星："钢羽可曾好了一些？"袁星说："钢羽须照这样运用玄功接连七日七夜，才能将阴寒之气一齐驱散。洞外三个妖人尸首，已经埋好，以免显露形迹。适才听到山北地震，疑是主人又遭失陷，袁星和它都非常着急。再候一个时辰，主人不归，便要命袁星去寻找日前那位救星了。"

英琼见雕、猿如此忠义，甚为感动，近前抱着神雕头颈，抚摸它的毛羽，觉得虽然冷气侵人，已不似先前触手麻木，知道好些，略微宽慰。渐渐月上中天，月光从洞内移向洞外。黑暗之中，只有神雕一双火眼金睛放光。英琼觉得心头发烦，又为失了弥尘幡无处寻找，神雕中邪不能远离，好生焦急。待了一会儿，嫌洞中黑暗闷气，出洞飞上顶去一看，半轮明月高悬空表，碧空万里，净无纤云。下面却是四山云雾齐起，到处都是白茫茫成团成絮，包围着许多遥峰近岭，只露角尖，宛如大海汪洋独棹扁舟，容于洪涛骇浪之中，时见远方岛屿出没隐现。转觉昔日莽苍山夜月梅花，有此清丽，无此壮阔。奇景当前，终因心事在怀，身体不适，无意留连。兔儿崖原是山中最高所在，洞在崖根，一面平冈，一面下临绝壑，云雾都在足下。英琼正想心事，忽见崖冈之下，似有银光一闪，低头一看，一片轻云，正从脚下升起。先似成团白絮，笼以轻绡。不一会儿零云整雾，暖魂凝合，山下云层逐渐升高。身在银海，一片浑茫，更觉得没什么意思，心头又烦热作恶。便将身转回洞去，寻了一块石头坐下，尽自盘算心事，越来越觉得头晕难受。无聊中想起日里在妖人尸身上搜来的几样东西，见洞口云稀，月光又现，打算取出观看。往宝囊中一伸手，首先摸着日里所得的那一块似晶非晶、似玉非玉的圆石。才一取出，顿觉满洞黄光闪耀。定睛一看，那光竟从石上发出，光虽不强，近身三两丈内，已能毕睹，猛想起弥尘幡失落，因为归时天晚，还忘了搜寻洞内，何不搜寻一回？

当下又强打起精神，持玉照路，在洞中寻找。找来找去，忽然发现石壁旁边还有一个石穴。钻将进去一看，里面也是一间石室，有两个石榻，一个石案，陈列着一些酒肉、干粮、鲜果之类，还有半葫芦丹药，知是妖人遗留之物。正苦烦渴，随手取了两个桃杏吃了。再找室内，别无他物。刚喊袁星进来，将案上果子取去，与钢羽同吃，猛觉头脑昏眩，身上烦热，越发厉害起来。一个懒劲，坐在榻上，便即晕倒，以后便神志昏昏，不知人事。有时清醒，觉着周身寒热酸疼，仍难坐起。见袁星已用葫芦吸来清泉，随侍在侧，问想饮不。英琼问天亮了没有。袁星道："天已亮了。钢羽说主人身染妖气，有一半天将养，便见痊愈，并不妨事。千万不可劳动心神，求速转缓。"英琼闻言，想起自己又病倒荒山，妖穴密迩，虽有雕、猿随护，神雕一样的在那里受苦；尤其是温玉未得，反将弥尘幡失去，无颜回山。一阵焦急，心如油煎，立时又昏了过去。

迷惘中，不知过了多少时候，仿佛听见袁星在喊："主人醒来！秦仙姑来接你了。"睁眼一看，果然是秦紫玲含笑坐在身旁。先以为是心切成梦，及见是真，想起弥尘幡，不由"咦"了一声，羞得无地自容。正要起身开口述说，紫玲道："你受毒不轻，现在尚未复原，且缓起来。我们正在后洞抵御许多妖人，忽见神雕独自回山，你又多日不返，疑你失陷，大师姊特地命我抽空由前洞暗开教祖封锁，偷偷前来，探个动静。行至中途，想起你身边的弥尘幡，不知可曾失落？那幡经我母亲和我用过心血祭炼，已与身合，虽然非我母女亲手相借，外人不能使用，但是那妖尸神通广大，恐用邪法毁去。一时情急，姑且用收宝之法一试，径从东南方飞来。上面还附着我母亲一封小柬，说近来得三仙相助，功行大进，参透玄秘。那日正受完了风雷之苦，忽见弥尘幡飞回，以为我姊妹失了事，大吃一惊。忙拔了一根头发，用三昧真火，点起信香，请玄真师伯驾到洞前，哀求解救。经玄真师伯运用玄机，告知因果，才知你还有八难未满，掌教师尊特地命你饱历艰辛。我姊妹并未遭难，幡是在你手中失去。并知你连在妖穴失利之事。你中的乃是万年地煞阴霉之毒，仗你一身仙根仙骨，并无大碍，仅只数日，便可满难。我母亲因灵元初复，不能多耗真气，将幡给我送回，知我不久便会知道，用法收转。又以超劫在即，嘱我峨眉事完之后，与司徒师兄同寒妹等大劫到前再去等语。及至神雕将我领到这里，才放了心。至于仙府，目前正值多事之秋，被妖人大举围困，业已多日，须等你将玉盗回，英云遇合，才能将妖阵破去，妖人逐走。所幸前洞通天绝壑，长年云封，下临无地，又仗教祖灵符障眼，没被妖人觉察，出路未断，才能前来接你回去，将息好了再来。有了弥尘幡，更可随意出入。一切话长，你多日不归，大师姊们虽知你不致失陷，总不甚放心，神雕一回，更是悬念，还以先回山去为是。钢羽、袁星尚有用它之处，无须同回，仍留在此，省得山中出入不便。"英琼闻言，又感又愧，不便再说什么，只得由紫玲扶起。出室一看，神雕业已昂首长鸣，依然神骏。先问袁星，才知刚刚病了二十三昼夜，且喜未生变故，卧忆前尘，好不心惊。

当下二人同出洞外，嘱咐雕、猿小心潜伏，只可探查情形，休要轻举妄动。然后由紫玲抱定英琼，取出弥尘幡一晃，化成一幢彩云，飞回峨眉。英琼在空中往下一看，妖云密布，山壑潜踪，时见光华乱窜，也分辨不出底下是什么所在。就在这微一寻思的工夫，觉得身子往云雾中飞沉，忽然满眼光明，仙景如绘，已降落在凝碧崖前。南姑正在太元洞前闲立，一见彩云飞坠，现出二人，慌忙迎了上来，说道："适才敌人又用风雷攻袭飞雷后洞，诸位仙姊俱往后洞迎敌去了。"紫玲闻言，忙对英琼道："琼妹身尚未愈，千万不可造次，可由南妹扶你进洞养息。我去见了大师姊们，叫她们放心。"英琼身子也委实软得厉害，眼看紫玲仍用弥尘幡一晃，竟往侧崖飞雷捷径飞去。南姑殷勤来扶英琼进内，到了室中一看，只有虎儿一人在石榻上面壁兀坐。南姑要唤他下来相见，英琼连忙拦阻说："用功夫时，不宜中断，等他坐完再说。"南姑笑道："他哪有那个福气就得传授？就是妹子，学了一些入门口诀和坐功，除了转教他打打坐、养养心神外，本门真传，漫说自己尚未得着皮毛，就是会了，没有诸位姊姊吩咐，怎敢私相授受？不过是怕他淘气，仙府正在多事之秋，恐他又和上次一样闯祸，逼他面壁养心罢了。"

　　说时，虎儿已跳下来，上前施礼相见。英琼见他果然安详得多，随口夸奖了几句。正要问妖人侵犯之事，几道光华闪处，灵云、轻云、紫玲姊妹及芷仙先后入室。诸同门相见之后，灵云首先说道："异派妖人想乘各位前辈炼宝不能分身，欺我等年幼力薄，勾结许多同类侵犯仙府，打算劫取芝仙和七口飞剑。石、赵两位师弟被困飞雷洞前，业已数日，仗有掌教师尊灵符护体，没有受害。如今全山虽被妖法封锁，一日三次风雷攻山，有我等支持，并不妨事。英男师妹，已蒙掌教夫人飞剑传书，收归门下。知取温玉尚须时日，怜她受苦，特赐殊恩，用灵符开了本山温泉，将她身体自腰以下浸入泉眼，借灵泉阳和之气暖身，已能言笑如常，就只暂时不能随意走动。再将温玉得来，当时便好。这里的事，话说起来太长。你中邪情形，我们业已尽知。你须要服了丹药，静养一半天，痊愈之后，再与周师妹同往莽苍，先寻师祖遗留的青索剑，再去盗取温玉。只有你两人双剑合璧，用弥尘幡护身，飞入妖阵，斩断妖人的都天神雷烈火旗，才能将妖人封锁破去，大获全胜呢。"

　　英琼闻英男回生，心中大喜，急着想见一面。灵云说："此后成了同门，朝夕聚首。她既不能离开泉眼，你又急于调治，好在不出数日，诸事全了，何须急在一时？你走后接连飞剑传谕，莽苍妖尸自被他误破火云链，脱了羁绊，情知正教要和他为难，你必还要再去。一则聚兽妖法尚未炼成，不舍功亏一篑；二则意狠心毒，还想借着机会报仇，到时将山脉倒转，将来人陷身地肺，和他以前所遭一样。助你的庄、米、刘三人，除庄易是奉有师命，准备归入本门外，那米、刘二人，又将妖人的钟磬故意慢打，才使你十万分危急之中，脱身而去。彼时稍慢一些，地肺翻裂，纵有紫郢剑护身，也难脱走。这三人都被妖尸看透藏，处死他们，不过一举手之间，因为尚有利用之处，表面故作不知，心中已恨如切骨。庄易有华仙姑传授仙法，到时尚可脱险。米、刘两人，以前虽行不义，近已洗手多年，又有向善之心，不宜负他们。掌教夫人说，你将来光大门户，用人之处甚多，与别人不同，特授取舍之权，任你伺机处置。不过你到底年幼道浅，一切仍须小心谨慎为是。"英琼见师尊如此器重,自是感奋异常。灵云说完了话,便取飞剑传书中附来的丹药,与英琼服了,吩咐好生静养,一交子夜,起来运用两次玄功,便可痊愈。说罢,等众同门略微寒暄,便即一同出去。关于妖人侵犯凝碧之事,留为后叙。

且说英琼服药不久,便觉神气渐渐清健,到了第四日早上,已经复原。苦思英男,正想前去探望,忽见轻云一手拿着弥尘幡,飞将进来说道:"适才寒萼师姊轻敌,从正门上空出去,绕向飞雷崖敌人阵后,想破掉妖阵中央主旗,没有得手,若非仗有弥尘幡护身,差点陷入阵内。归途看见你那神雕独自盘空下看,似要择门飞入。恐妖法厉害,将神雕陷住,命它暂在远方高空等候,回来送信。紫玲师姊袖占一卦,说是应在袁星身上。大师姊因你身体业已痊可,本想敌罢妖人,回来命我和你遵照飞剑传谕,同往莽苍。一听神雕飞回,必然莽苍有事,不便延迟,着我和你即刻动身,现在一干妖人正用妖法攻洞,我们由前洞通天绝壑上去吧。"英琼闻言,连忙接过紫郢剑,与轻云同驾弥尘幡,一幢彩云,飞出通天壑,直升高空。神雕早在空中等候,迎上前来。当下二人一雕,同往莽苍山飞去。先到了地穴之中一看,果然袁星不见踪迹。又飞往兔儿崖玄霜洞,亦是无有。英琼忙问神雕:"袁星被妖尸捉去了么?"神雕点了点头。依着英琼,当时便要前往探看。还是轻云再三主张慎重,说:"既然妖窟有了三位内应,妖尸又在黄昏时分回死,何必急在一时?"英琼只得勉强忍耐。因地穴之内黑暗卑湿,穴中猩、熊又未被妖尸发现,决定暂住玄霜洞内,与轻云先寻那口青索剑的藏处,到了傍晚再作计较。

轻云取出飞剑传书附来的柬帖一看,大意说紫郢、青索,一个阳刚,一个阴柔。青索剑原埋藏在妖洞左近,离昔日英琼斩木魈的山壑不远。自那日妖尸倒转山谷,泄了地气,封锁灵符失去效用,青索剑原本灵通,径自在地下穿行,已离奥区仙府不远。三日之内,便要穿透地壳,自行飞往北海。不到时候,没法掘取。到时稍一防备不及,稍纵即逝,难于追寻。那奥区仙府,在猩、熊潜伏的地穴附近,已由醉道人派一位与轻云有三世宿缘的弟子在彼准备,命轻云于后日午前赶到,一切自能应手等语。英琼惦记袁星,只草草看过,不曾留神。轻云猛想起昔日餐霞大师传授飞剑时,曾有"宿缘三世,有碍飞升"之言,不但把来时一腔欢喜一齐冰消,反倒羞急起来，当时也未便说明。

到了黄昏将近，轻云与英琼骑着神雕，便往灵玉崖飞去，离崖不远落下。英琼以为仍可从三个内应口中，得知一些底细，照旧由袁星所指的密径出去。那密径原来窄小，自经那日妖法震动，好些地方俱被堵塞。两人用剑光费了好些事，才得走到出路的缺口。英琼首先听到外面有人笑语和野兽悲号之声。探头往外一看，并非庄、米、刘三人，乃是两个从未见过的道童，地下生着一堆火，一边躺着一个被妖法禁制的野猪。两个道童便坐在猪的身上，一人手持一柄短剑，另一人手持一个半片葫芦，里面盛着一些红水，不住拿短剑就活猪身上挑开皮毛，切那生肉，就火烤吃，也不将猪先行杀死，一任它悲鸣呼号，以为笑乐。火光之下，照见两童虽然不过十六七岁，却都生相异常凶恶。再见了这般惨恶之状，英琼首先按捺不住，将手一拉轻云，相继飞身出去。才一照面，那两个道童已经觉察，知道来了敌人，同时站起，手扬处，各将短剑化成一道黄光飞出。轻云暗笑："小小幺魔，也会卖弄。"玉肩摇处，早将剑光飞出，将两童黄光绕住。接着飞纵过去，用玉清师太所传禁身擒拿之法，双双捉住。那两道黄光已被英琼剑光绞断。一同将两童擒入缺口喝问，才知妖尸发觉庄、米、刘三人联合背叛，终觉有些不妙。偏偏这日又来了一个恶党，便是这两个小道童的师父、云边石燕峪三星洞的青羊老祖路过莽苍山，看见一只猩猿在那里舞剑，宛然峨嵋嫡派，细看无人在侧，用妖法将它擒住。那猩猿竟通人言，说剑是在土内掘的，因昔日偷看别人舞剑，学得一些，并没师传，只要放了它，自愿拜师，跟回山去。它说这山里还有一口剑，可惜拿不出。青羊老祖自是心喜，要它领去。领到一处山崖，忽从空中飞来一只大黑雕，那猩猿忽然高叫起来，那雕闻声，往下飞扑。青羊老祖看出那雕是白眉和尚的神禽，才知上了当。正和那雕对敌，巧遇洞中妖尸神游洞外，帮着青羊老祖用妖法将雕赶走，将猩猿擒回洞去，留青羊老祖师徒帮他几日的忙。那猩猿非常狡猾，几番想逃，都被识破。本来想将它杀死，因为妖尸要用它日后炼那妖法，如今吊在地穴，已有数日了。

正说到这里，轻云见那两个道童一身妖气，知非善类，本想杀他们除害，又因他二人年纪太幼，于心不忍。正在寻思，忽听缺口外面一声怪叫，两童闻声，同时高喊道："师父快救我们！"轻云手提二人原未沾地，因见他们俱都驯服乞怜，毫不挣扎，渐渐疏了防范。这时听外面有了怪声，略一分神，两童喊了一声，倏地往下猛力一挣，一道黑烟闪处，直往缺口外面飞去。英琼、轻云也跟踪追出，见迎面飞来一个青脸长须道人，穿着一身青服，手持一根竹杖，一颗头长得如山羊一般。那两个道童业已落地，一溜烟往洞里跑去。那道人将手中竹杖一晃，化成一条青蛇飞来。英琼知是道童师父，手起处紫光飞出。道人一看见紫光，知道不妙，想收法宝，已来不及，紫虹过去，将那青蛇断成两截。略一回旋，更不怠慢，直往道人顶上飞去。道人见情势危急，不及再使别的妖法，化成一溜黑烟，径往洞内飞逃。英琼刚要追进，倏地四周黑烟弥漫，地动山摇，鬼声啾啾，惨雾蒙蒙。隐约听到神雕在空中连声示警，不敢怠慢，连忙招呼轻云，用剑光和弥尘幡护体，纵身高空，上了雕背，故意往东遁走。初升起时，还听后面怪声，转眼不听响动，才绕回兔儿崖落下。英琼见今晚情形和那日涉险一样，妖尸到时并未回死，越发长了凶焰。尤其袁星被擒，三个内应俱被妖尸觉察，适才可惜不曾问那两个道童，三人情况如何，估量吉少凶多，越发焦急。轻云也是另有心事在怀，默默相对。

到了次日清早，英琼又要轻云前往奥区，早将飞剑到手，便可早日将事办完。轻云说："师尊命有时日，早去也是无用。"英琼道："不是还有一位同门道友在那里守候么？我以前怎地竟未发现？就是不能得剑，早作商量也好。"轻云仍是推托不去。英琼无法，对于妖穴三个内应毕竟仍然放心不下，见这日无事可做，觉得既有弥尘幡可以护身退走，索性日里前去探上一回。轻云不便再不应允，只得答应一同前往。这次神雕也不带，命它守洞，径自出其不意，直扑妖穴，与他一个迅雷不及掩耳。或者盗玉，或者救出袁星，一得手便即遁回。只须两人紧持弥尘幡，形影不离，再加有紫郢剑光护体，虽不一定有功，料无闪失。商议已定，由轻云将弥尘幡一展，化成一幢彩云，直往二层妖洞飞去。刚要到达，离地还有数十丈，便见下面黑雾沉沉，将一座山洞完全罩住。转眼之间，云幢护着二人身体，业已穿过雾层，落在二层洞内一看，四外静得一点声息俱无。二人见未被敌人觉察，忙将弥尘幡收起，暗持手内。英琼原是熟路，悄声将那已成化石的古树穴指给轻云，以备万一脱身之用。然后轻悄悄照日前行经之路，仍由当中石室走了进去。

才一进门，便听见侧面一间石室有人叹息，英琼侧耳一听，甚是耳熟。一个道："你说救星快来，怎么还不见动静？时机一过，没活路了。"另一个正要还言，英琼已经探头往里，看出说话这人脚上头下，倒悬空中，两脚似被什么东西绑住，却又不见绳索痕迹，英琼便要近前相救。轻云自在成都辟邪村与玉清大师同居多日，对于旁门妖法已经知道不少，看出那两个矮子被妖法禁制，倒吊室中，身旁定有妖法埋伏，防人援救。见英琼毫不思索，便要走近，连忙拉住，悄悄对英琼说了，叫她不可造次。同时两矮也看见英琼同了一个仙风道骨的女子站在室外，正议论救他二人之事，忙同声喊道："我们虽被妖尸用黑煞丝捆住吊起，身旁设有埋伏，但是并拦不住李仙姑的紫郢剑，只须用那紫光朝我两人头脚身侧绕它一绕，便可破去。我们已和庄易商量好了，决计改邪归正，助李仙姑盗温玉斩妖。快请下手相救吧。"英琼不俟二人把话说完，早指挥手上剑光，直往二人近身之处飞绕了两圈。紫光影里，果然看见百十条黑丝似断线一般，满室飘扬。米、刘两矮脱身之后，慌不迭地跑将过来说道："那妖尸甚是机警，此时必因炼法将身绊住，如不快走，等他发觉，必然又用妖法移形换岳，将我等困住，再用阴飙地火，化成齑粉，那时想走，便走不脱了。"

言还未了，英琼正想向他打听衰星、庄易踪迹，猛觉双脚一软，往下一沉，脚下的地凭空直陷下去。同时阴风四起，鬼声啾啾，黄雾绿烟一齐飞涌，红火星似火山爆发一般往上升起。轻云本就时刻留神，一见不好，首先一手抓住英琼，一手展动弥尘幡，往上升起。烟雾火星中，眼看足下成了一个无底火坑。米、刘二矮猝不及防，哪里存身得住，竟似弹丸飞坠，往下翻滚飞落，口中不住哀号："仙姑救命！"就在英琼、轻云转瞬升起之际，一见二人命在顷刻，竟忘了危险，同时大动恻隐之心，连话都未及说，好似彼此都有意会，不约而同地手中掐诀，反身往下飞沉。彩云飞坠中，降没有二十多丈，早一人抓着一个，同喊得一声："起！"比电闪还疾，冲霄直上。英琼百忙中注视下面，忽见一朵火花一闪，往脚底冲上，耳旁又听怪声，那妖尸突地从地穴下面现身追上，睁着一双黄绿不定怪眼，张开满嘴獠牙，手拿着一面妖幡，一手掐诀，那五色焰火似春潮一般，往上冲来。且喜挨近彩云，全都消灭。再抬头往上一看，不禁大吃一惊，原来二人只顾救人，忘了危机四伏。

就在彩云下沉之际，虽然时光不及分晷，上面适才裂开的地穴，突又四面合将拢来，眼看只剩二尺宽的隙口。下面是无边无底的火焰地狱，上面地壳又将包没，如何不急。刚要将紫郢剑飞出手去，猛听嚓嚓连声，身子已在彩云保护中穿出地面。再看下面，石块如粉，已将地壳包没，真个是危机一发，稍迟便未必能够脱身。这时石室业被妖法震裂，二人便驾着彩云，提着米、刘二矮，穿透黑氛，直往空中飞去。到了兔儿崖落下，米、刘两矮先谢了救命之恩。英琼问起袁星，才知袁星被擒以后，几次逃脱，都为不舍那两口宝剑，想要一同盗走，最后仍被那羊面妖人擒住。先因想将袁星带回石燕峪看守门户，并没害它之心，后来看出野性难驯。同时妖尸谷辰又因主幡短一灵兽真魂，起初碍着青羊老祖情面，本想就庄、米、刘三人中择一代替，及见袁星不肯驯服，用它做主幡元神，自是再好不过。如今袁星同庄易俱被妖尸困入地穴，业已二日。早先三人未被妖尸看出行藏时，曾定本月庚辰为妖法炼成之期，颈上残留的半截火云链也同时可以脱卸。自从英琼来到，它知敌人厉害，日夜加紧祭炼。近来虽说每日仍有几个时辰在穴中行法，已无须回死。大后日才是庚辰，如果日期不改，庄易、袁星尚有数日活命。青羊老祖手下两个道童虽然年幼，也是穷凶极恶，每日常去凌虐米、刘二矮。昨早听他们在室外说话，仿佛说妖尸有突然改期，在期前下手之说，庄、袁吉凶就不可知了。说着，忽然跪了下来，说是他二人虽然身在旁门，业已洗手多年，这回偶因一时贪心，几蹈不测。算出此次虽得侥幸脱难，因为以前造孽太多，魔劫还重，非归入正教门下，跟着广积功行，不能免祸。又看出英琼一身仙根仙骨，前程远大。明知峨眉门下男女弟子不能乱收徒弟，尤其是异派旁门中人。但因向善与避祸心切，他二人也颇会一些旁门道术，善于隐形潜踪，入地穿行，并不一定要求传授，只望作为驱遣的奴仆。一则借她福庇；二则除了妖尸时，好代他们夺回已失的几件法宝和他们所炼的护命元丹。说罢，叩头不起。

英琼正为袁星之事愁烦，一则念他二人前次在妖穴两番提醒之功，二则又不忍见他们身遭惨死，三则想得一点虚实，才奋勇冒险将他们救出。一闻跪求之言，又不便伸手相扶，不禁着起急来道："你两人真是胡闹！我在峨眉不但所学有限，为时不多，而且许多年长功深的同门，并无一人收徒。无心收了一雕一猿，已恐教祖怪罪，何况你二人虽在旁门，俱是得道多年，又是男的，我怎能违了教规，做你们的主人师父？你们如有心向善，事成之后，待我代你们禀过大师姊，教她给你们设法，此时万万不可。"边说边往侧面避开。米、刘二矮仍不起来，一味哀求说："仙姑来历我等已早闻传言，非比寻常。又从卦象上看出，主人如不收容，我们早晚必遭横死。否则，这位周仙姑一样是仙根深厚，因为无缘，所以不敢相求。主人既因教规为难，我等情愿立下重誓，永归正教，只求收为奴仆，托庇门户。也不敢随主人厕居仙府，但求事完带往峨眉，我们另在附近择地潜修，不奉呼唤，也不妄与士人相见。有事驱遣，再命我二人前去，岂不可以两全？雕、猿畜类尚蒙主人收留，何况我等。"无论如何恳切陈词，英琼只是一味躲闪。

二矮忽然对使了个眼色，一阵旋风，似走马灯一般将英琼围住，跪拜哭求起来。轻云本就见二矮生相奇特，又见英琼受窘，不禁好笑。正要开言劝说，英琼被迫不过，倏地秀眉一耸，说道："我一肚皮愁烦，你二人却如此纠缠，真悔适才误救了你们。再不起来，休怪我下绝情了！"说罢，手一扬，将剑光飞出，指着二人。英琼原是想将二人吓退，谁知出手快了一些，二矮又是十分情急，不曾留神躲避，紫光照处，只听"哎呀"两声。英琼一见不好，忙将剑光收起时，二矮已双双倒于就地，鲜血淋漓。英琼连忙同轻云近前一看，一个削落半截手臂，一个将头发削去大半，头皮也削去一层，痛晕过去，好生过意不去，直说："怎好？"忙着便要取灵丹出来救治。

轻云早看出二人受伤不重，一多半是用幻术打动英琼怜悯。一则因来时有灵云吩咐；二则代米、刘两人设想，也是旁门中得道多年有数人物，只为脱劫心切，情愿为一女子奴仆，可见修行委实不易，早动了恻隐之心。一见英琼为难，乐得觑便成全，便说道："琼妹你忘了临来时大师姊传掌教夫人法旨么？三英二云，独你根厚，日后光大门户，险难正多，不比旁人，须多要几个助手。雕、猿遇合，因是仙缘注定；这两人如此存心，也非偶然。人家为做你门人，落得受了重伤，你还不屑答应么？"英琼着急道："你怎么也帮着说情？你看他两人生相和以前行为，漫说教规有碍，我也不敢当此大任，保他们将来。如说助我盗玉有功，向善心切，我情愿遇见机会，尽力量帮助他们，不是一样，何必非做我徒弟、奴仆不可？于我有损无益,还伤了他们的体面呢。"轻云道:"缘有前定,由不得你。掌教夫人怎不准别位同门相机行事?你如再为难,不妨和他们说明,须等事完回山,禀过大师姊,问了诸同门,再定可否;如蒙赞许,不论为徒为仆,仍照他们自己请求,在仙府附近另寻修真之所,平时供你驱遣,到时助他们脱劫。你看如何?他二人俱是旁门,被你仙剑所伤,不易痊可。我曾从玉清师太学了一点旁门法术,你如依得,我情愿成全他们,将伤治好。否则成了残废,你又不收人家,孽由你造,我可不管。"英琼经轻云再三劝说,只得勉强应允。轻云才含笑过来,只取了两粒灵丹,在二人伤处各按一粒,口中念念有词,喊一声:"疾!"二人应声而起,先向英琼叩完了头,又谢了轻云成全之德。英琼一看地上血迹虽在,二矮伤处却是好好的,任何仙丹,也无此快法,才知上了人家的当。既已答应,不便反悔,埋怨了几句。轻云只含笑不答。米、刘二矮却是垂手侍立,非常恭敬。因知袁星被困地穴,除了制伏妖尸,万难入内,只得先商议寻剑之事。

第一一六回 合群力　同收青索剑
　　　　　　从众请　初试火灵珠

　　二人正在商议之间，英琼一眼瞥见米、刘二矮站在洞门口边交头接耳，低声细语。神雕在洞外，也不住长鸣。英琼对这两人本是无可奈何，暂时将他们收下，并非出于心愿。一听神雕鸣声有异，出洞一看，夕阳偏西，松林晚照，四外静荡荡的，悄没一些声息。回头见二矮仍在低语不休，越发起了疑心。正待开言喝问，二矮已走近身侧，躬身说道："弟子等蒙恩收录，异日超劫有望，只是寸功未立，难邀主人及各位仙长信任。回想以前，弟子等原在北海潜居，为了莽苍山这块万年阳和之精凝成的温玉与长眉真人遗留的青索剑而来。那剑原分雌雄二口，交相为用，能有无穷变化，神奥超玄。即使不能双剑合璧，能得一口，也非异教旁门所能抵御。一时起了贪心，冒险前来盗剑。自经劫难，痛悟前非，才知神物有主，弟子等福薄道浅，不配觊觎。因见主人已将雄剑紫郢得去，如再将青索到手，异日必为一代宗主。未来时商量，本想脱出妖穴，取来献上。无奈那剑原藏在妖洞不远深壑之内，起初不知地点，四处搜寻不遇。自那日主人被陷脱身，震穿地肺，无心泄了地气。那剑因有长眉真人封锁，不能即时往上飞升，连日顺着泄口，在地下穿行。晚来宝气上烛重霄，弟子等刚刚寻见一些蛛丝马迹，未及下手，便被妖尸发觉行藏，用黑煞丝困住，不能脱身。偶听主人与周仙姑商量取剑之事，不知是否此剑？如是此剑，主人与周仙姑虽然剑术精深，仍恐难以到手。当初长眉真人原为此剑未炼到火候纯熟，非常野性，极难驾驭，所以才将它封锁地肺之内，受地底水火风雷昼夜淬炼，循环不息。一出地面，便有千百丈精光，照耀天际。幸是此山有石处太多，不然，此剑早已出土飞去。须要预先有人深入地肺，取了剑囊，顺着此剑穿行之路，由后追赶，直追到它出土之所。上面更须有剑术极精之人，还得用四五口极好仙剑拦堵。那剑异常灵通，一见不能飞越，必然掉转头来，飞回故道。恰好地下之人，正手持剑囊等候；上面的人，再一用峨眉本门收剑口诀。一入剑囊，得剑之人只须受过峨眉真传，行法之后，再照预先布置防它飞遁，取出试习，一与身合，此后便能应用自如。当日我等探寻宝气来源，发现长眉真人遗偈，参详后，知道此剑如此难收，自知能力不济，恐求荣反辱，所以不敢下手。那剑囊现时仍在那深壑岩缝之中，弟子等虽有入地之能，只是还有长眉真人封锁，非有本门解法，不能近前。那妖尸和青羊老祖原知此剑来历，但也知此剑是他克星，又无法驾驭。因见宝气上腾，知道快要出世。又因主人迭次和他为难，一见那口紫郢剑，便料出是长眉真人所命，越发惊慌。更因祭炼妖法，不能离开，出洞寻仇，诚恐那剑被正教中人得去，神物遇合，于他不利。所以昼夜赶炼，想在期前成功飞遁。所幸他还不知长眉真人留有收剑偈语；又因党羽太少，一心炼法，不及兼顾。那剑囊所在，虽与妖尸近隔咫尺，但没有防守。如果今晚趁妖尸入定之时，命弟子等前去，弟子等得到剑囊，照适才所言行事，必能成功。这里山脉阴阳向背，地层厚薄，昔日寻剑，弟子等业已查勘详细。只须傍晚时分，先行看准那剑穿行之处，算好出土之时，至多不过二日，那剑必冲破地层，斩断山脉而出。主人和周仙姑只在那里守候，此剑一得，雌雄二宝遇合，如妖尸不在期前遁去，绝无幸理。只是期前须要再约两位剑术精通、持有仙剑之人，以保万无一失才好。"

英琼闻言，方在半喜半疑，沉吟不语。轻云早看出二矮虽在旁门，并非凡士，所说真诚，亦无虚假，心中大喜。便代答道："你二人如此诚心，异日必蒙教祖嘉许。至于收剑一层，我们事前已有掌教夫人传谕，到时自有安排。惟独你们所说剑囊，甚关紧要。你二人既有入地之能，等到今晚，看准宝剑穿行所在，由我们亲身保护尔等前去，用解法解开深壑封锁，好让你们下去。此乃入门第一件奇功，你二人所受艰苦不少，须要格外仔细。我再给你二人灵丹数粒，以防地气中人。"说罢，取出四粒丹药，分给二矮。二矮连忙称谢，接过道：

"弟子等当初所炼旁门左道，原善于在地下潜形遁迹，寻常阴寒卑湿恶毒之气，已是不能侵害。可惜此山石质太多，宝剑穿行范围恐怕不大，稍觉费事。更恐时久，有些窒息，无处吸引清气。有此灵丹，更无妨害了。"

四人一阵问答，时光易过，不觉到了黄昏。出洞一看，神雕不知何时他往。六月天气甚长，夕阳虽已没入崦嵫，远方天际犹有残红，掩映青旻。近处却是暝烟晚雾，笼幂林薄，归岭闲云，自由舒卷。时当下弦，一轮半圆不缺的明月，挂在崖侧峰腰，随着云雾升沉，明灭不定。崇山峻岭，茂林修竹，因风碎响，与涧底流泉汇成音籁。端的是清景如绘，幽丽绝伦。惟独干莫宝光，深藏地肺，渺难追探；不似丰城剑气，上射穿霄，可以迹象。看了一会儿，忽然风起云涌，弥漫全山，月光底下，仿佛银涛，又和那晚英琼所见一样，浓云广覆，宝光剑气，更难寻觅。漫说李、周二人觉与二矮所言不对，连二矮也自惊奇，说道："那剑光只初发现时最盛，光华上烛，就是俗眼，也不难窥见。第二日只在西南方现得一现，便被云遮。本山常起云雾，虽是时隐时现，但是像适才那样清明景象，应无不见之理。此剑决不会为妖尸得去。若说就在弟子等被困之时，为外人取去，又无这等容易。这都不足为虑，只恐神物变化通灵，业已穿出地肺，化龙飞去，那就太可惜了。"轻云虽知飞剑传书仙谕，不会落入外人之手，听二矮一说，也觉可虑。

正想命二矮去探剑囊在否，忽听一声雕鸣，神雕从半峰腰上穿雾摩云而来。英琼刚要问它适才到哪里去了，神雕业已近前落下，口中衔着一封柬帖。英琼取过一看，上面写着："青索剑明日正午便当出世。妖尸明晚子时定将妖法炼成，因为自恃穷凶，一意孤行，急于飞遁，不俟庚辰正日，便行举动，弄巧成拙。命轻云等仍照已定之策，明日午前前往奥区仙府，自有能人相助。得剑以后，稍微练习纯熟，一齐飞往妖穴深处，有此两剑合璧，便能护身无碍。那温玉挂在妖尸胸前，妖尸一斩，急速用弥尘幡罩住妖尸，以防他变化元神抢走。那剑光华冲霄，恐为外人发现，已用法术隐没，少时便当一现。"周、李二人正看之间，忽然二矮齐声喊道："那不是宝光，主人们快看！"周、李二人顺二矮指处一看，西南远方，相离数十里之间，果然有一团青气，穿出云雾之上，缓缓往前移动，转眼消逝。二矮道："弟子等日前所见，较此还要明亮，不知何故？"周、李二人才将柬帖与他二人看了，只未署名。英琼看出是那日所见纸卷华瑶崧笔迹，一问神雕，果然点头。料知明日便可告成功，心中甚喜，和轻云望空拜谢了一阵。因二矮说那剑既是明午出土，恐来不及，须要早些前去，取那剑囊，照计而行。

当下仍留神雕守洞，四人站在一起，英琼原本去过，展动弥尘幡，直飞昔日生朱果的深壑之中落下。二矮以前曾用许多心机探寻，更是轻车熟路。先寻到一个岩凹之内，将石上遗偈与周、李二人看了，果与所言相符，便由二矮自去进行。因离妖穴太近，恐防待的时候久了，惊动妖尸，便用弥尘幡同转兔儿崖，决计当晚不再前往妖穴，养气凝神，静等明日午前，赶往奥区仙府，寻着相候之人，先取那口青索剑。

时光易过，不觉到了巳时。英琼主张不用弥尘幡，驾了神雕先去，两翼翔云，一会儿到了岩穴前面落下。金蝉已早在半路相候，迎接下去，与严人英、笑和尚相见，互说经过。人英因为醉道人事前有话，先时见了轻云，未免神态不宁。谈了一阵，因见为时无多，那剑又该归轻云所有，只得忸怩对轻云说道："小弟来时，奉有师命，原有柬帖一封，面交师姊。小弟只知上面写有取剑之法，不过家师曾说此信只可令师姊一人观看罢了。"说罢，躬身正色，将柬帖取出，放在身旁石上。轻云原本心内有病，连忙拾起，走向旁边一看，不禁脸上红了又红。转身对人英说道："醉师叔柬上说，师兄已知收剑之法，就请师兄吩咐，相助妹子成功吧。"人英道："理应如此。不过师姊原是主体，目前尚少一人相助，不知会不会有差错？时机已到，我们先到外面指定的地方商量，以防万一如何？"金蝉忍不住答道："严师兄，先前问你怎样取剑，你不愿说。如今又和周师姊对打哑谜，说什么还缺少一个人。莫非以我们五人之力，还不行么？"

说时，五人正往外走，忽见外面一道乌光，一闪而过。人英惊呼道："那口仙剑在这里了！"一言甫了，大家全以为青索仙剑出世，纷纷驾起剑光飞出。英琼在后面，先未听清，及至随了众人飞出一看，乌光敛处，现出一个青衣少年，正是那被困妖穴的庄易，连忙唤住众人，分别引见。庄易急匆匆在地上写出时辰已到，速照仙柬所言行事。轻云忙请人英领到那日金蝉、笑和尚第一次发现的洞中，说道："庄道友来，恰好足了人数。现在就请庄道友和笑师兄、严师兄、琼妹分守四角，如见仙剑出土，急速拦住，再由琼妹用紫郢剑去逼它回转。那时我已从二矮手内取过剑囊，用本门收剑之法，引它归鞘。"

那洞原本甚大，众人分配已毕，才将方位站好，便听地下隐隐起了异吼。众人俱都聚精会神，目不旁瞬，觑准中心束帖所指之处。一听地下声音越吼越近，一声招呼，除英琼，余下四人各将剑光飞起，乌光、银光与金蝉、笑和尚霹雳双剑的红紫光华，连接成一团异彩光圈，照眼生辉，笼罩地面。不一会儿，地皮震裂，渐有碎石飞起。英琼也连人带剑，化成一道紫虹，飞贴洞顶，注目下视。顷刻之间，石地龟坼，裂纹四起，全洞石地喳喳作响。忽然"轰"的一声大震，洞中心石地粉碎，宛似正月里放的火花一般，四下飞散，地下陷了一个大洞。沙石影里，一条形如青虬的光华，离土便要往洞外飞腾。当门一面，正是庄易、严人英，一道乌光，一道银光，如银龙黑蟒，双绞而上，拦住去路，只几个接触，便觉不支。恰好笑和尚、金蝉二人的霹雳剑也转瞬飞来，才行敌住。四口仙剑，纠缠这道青光，满洞飞滚了好一会儿，渐渐青光越来越纯，也不似先时四下乱飞乱撞，急于逃遁。轻云也飞身入穴，从二矮手中取来剑囊，估量时候已到，喊一声："琼妹还不下手！"英琼早等得不甚耐烦，闻言指挥紫郢剑飞上前去，才一照面，青光倏地在空中一个大翻滚，大放光华，挣脱原来四口飞剑，拨转头便往原来地穴飞去。轻云正用自己飞剑护着全身，口诵真言，使用收剑之法，一见青光飞来，方要手举剑囊，收它入鞘，猛觉一股寒气，瘆人毛发，竟将自己剑光震开。刚喊得一声："不好！"幸而人英飞剑追来，一见轻云危急，不顾利害，飞身与剑合一，直穿过去。英琼剑光也同时飞到，两下一合，将青光压住。轻云才觉站定，六人五道剑光，紧逼着这道青光缓缓归鞘，入了剑囊，才行停手。

大功告成，轻云自是心喜。因为急于要用此剑去盗玉除妖，一切都顾不得谈，先回人英洞内，寻了间石室，请大家在室外守护，以防不测。独自在室内，用峨眉心法炼气调元，身与剑合，一俟纯熟，便可前往除妖夺玉。那口青索剑也真奇怪，先时那般神妙莫测，夭矫难制，一经用了峨眉本门心法，收剑归鞘之后，便即驯服。轻云入门较久，功夫颇深，因知此剑非比寻常，仍是丝毫不敢大意。先将真气调纯，诵完口诀，二目聚精会神，觑定剑柄，谨谨慎慎，运气吐纳，直到那剑顺着呼吸，出入剑囊，青光莹莹，照得眉发皆碧，了无异状，才敢放心大胆，将剑收起，凝炼先天一气，指挥动静。不消个把时辰，虽还不能身剑相合，已是运用随心，不禁大喜。练到黄昏过去，居然可以驭剑飞行。轻云便驾着剑光出室，满洞游行了一转，才收去剑光，落下与诸同门相见。大家自免不了一番称赞道贺。

英琼对轻云道："这位庄道友被困妖穴，业已数日。原来妖尸要拿他和袁星择一个来祭炼妖法，只因青羊妖道爱袁星质地，执意想收回山去看守门户。妖尸性情执拗，说一不二，只为妖法炼成飞走之后，青羊妖道虽无他厉害，于他却甚有用处，这次又帮他的忙不少，不好意思违拗。盘算了多时，最后决定，用庄道友生魂主持妖幡。又因事机紧迫，不及等待庚辰正日下手，恰好今日时辰是个庚辰，便定在今早辰时祭幡，一切俱已布置完备。如在原来地穴下手，庄道友甚难幸免。想是妖尸恶贯满盈，作法自毙，要等我们前去除他，庄道友不该遭他毒手，好端端在前些日倒翻地肺，变了形位，泄了东方太乙之气，所居地穴已成死户，与日时生克不合，将地下法坛移至二层洞前举行，仗着妖法封闭严密，以为外人万难入内扰乱。谁知青囊仙子华仙姑早已预料到此，埋伏在二洞前面古树穴内，眼看时辰快到，乘妖尸闭目入定，准备身与幡合，再由青羊妖道代他摄取庄道友生魂，连那口玄龟剑，一起拘纳主幡之际，倏地冒着百险，隐身上前，从青羊妖道手下抢了庄道友，便向古树穴中逃去。这不过与妖尸一个措手不及，知道庄道友受妖法禁制，神志昏迷，逃时万不及使用隐身之法，必被妖尸、妖道觉察，跟踪追赶。彼时我等青索剑尚未到手，要任他追到此间，岂不引鬼入室，给我们添了大患，误了取剑之机，妖尸岂不更为难制？但是上有妖法封锁，不能逃出，除此之外，别无他法。刚避入穴底凹处，正要先连庄道友身形一齐隐去，妖尸、妖道已经追离切近，匆促忙乱之间，妖尸忽然又使故智，移山换岳，想将逃人困住。不料弄巧成拙，地形才倒转一些，华仙姑退路忽然裂了一条大缝。华仙姑见后面土石已夹着妖气潮涌一般卷来，后退一样无路，姑且冒险，连用剑光冲进，万一地层不厚，破土而出更好，总比束手待毙强些。恰巧那条裂缝正通青索剑穿行之路，上面便是我等昨日所见藏剑的入口，居然一些也未费事，平安逃出。当时真是危急，间不容发。华仙姑带了庄道友隐身通到别处，妖尸已追赶不及了。更巧的是地层变动，将通奥区那一条捷径，被妖尸无心堵死。他不知我们有多少人和他为难,恐再将袁星失去,妖法更炼不成功,追敌未得,便赶回去,未曾觉察,尚是幸事;否则刚才取剑,岂不棘手?如今妖尸因时辰已经错过,计算干支,除了今夜子时勉强可用外,余者便非等庚辰正日不可,否则便不能得天地交泰之气,妖幡灵效更差。生魂定用袁星,青羊妖道自无话说。我们因为时间不足一个整日,华仙姑说妖尸鉴于以前失误,这次防备更为严密,所以妖术、法宝,全数使用出来,宛如设下好几层天罗地网。没有紫郢、青索两口仙剑开路,纵使弥尘幡也难入内。这口青索剑非常神异,收时那般难法,万一师姊驾驭不住,错了机会,温玉未得,反误了袁星性命,如何是好?不想师姊功夫如此深纯,炼得这般快法,真是难得。"

轻云道:"哪是我功夫深纯。一则仗诸位师兄妹道友相助,先免去收剑时难关;二则教祖仙剑不比寻常,原是本门之物,一经收伏,自能运用。你得那口紫郢剑,不比我更易吧?"金蝉道:"仙剑合璧,本门光大,妖尸授首在即。先时李师妹那般着急,如今正该早些前去除妖夺玉,也省得袁星多受许多罪,怎么大家都说起闲话来了?"英琼道:"大家都说我性急,小师兄竟比我还要性急。你没见适才庄道友所写华仙姑的话,须在妖尸、妖道行法之时前去,乘妖尸入定,下手夺玉,比较要容易些么?"金蝉方才无话。

英琼见笑和尚总是闷闷不语,便笑问道:"听说师兄得了一粒宝珠,何妨取出来大家鉴赏一回?"笑和尚道:"再休提这粒珠子。我如非一时贪心,尚不致惹出这般大祸,将多年辛苦炼成无形仙剑,成了顽铁。此珠虽在身旁,因尚未除去妖物,将珠献过家师,奉命收用,一则不知用法,二则有些悔恨,实不愿取出来赏玩。日前只蝉弟强着看了一次,不看也罢。"轻云道:"师兄休要心中难受。那无形仙剑乃是苦行师伯独门传授,不同寻常宝剑。是凝聚五金之精,采三千六百种灵药,吸取日月精英,化成纯阳之火,纯阴之气,更番洗炼成形。再运用本身真元,两门灵气,合而为一。可惜师兄功夫尚未上臻绝顶,所以才被邪污。但是灵物一样要受灾劫,才成正果。听家师说,三仙二老以及各位前辈所用镇魔之剑,哪一口不经几回灾劫,才到今日地步。何况灵气未失,本元尚在,只须除妖回山,略破一些工夫,必比以前还要神妙,何必为此愁烦呢?倒是这粒宝珠,委实非比寻常,异日一经苦行师伯祭炼,化邪宝为灵物,足可照耀天地。上次在凝碧仙府未及鉴赏,还请取出,我等一开眼界如何?"笑和尚本来见了女子不善应答,被周、李二人相继一说,虽不甚愿意,不便再为拒绝,只得说道:"此珠我尚不会应用,不过早年随家师学了一些藏光晦影的障眼法儿。因见此珠精光上烛九霄,自知本领不济,恐启外人觊觎,特地将它收入宝囊,将光华用法术封闭。如就这样观看,只是一颗鹅蛋大小的红珠,并无甚出奇之处。如要看它原形,须稍费一些事罢了。"说罢,从僧袍内先取出一个形如丝织的法宝囊,然后把那粒乾天火灵珠取将出来,请大家观看。

众人围拢前去一看,那珠果有鹅蛋大小,形若圆球,赤红似火,摊在笑和尚掌上,滴溜溜不住滚转,体积虽大,看去却甚是轻灵,余无他异。英琼好奇,便请笑和尚将法术解去,看着光华如何。笑和尚答道:"此珠自经那日在东海当着诸葛师兄封闭宝光之后,虽与蝉弟看过,并未显露宝光。妖穴密迩,一旦被妖尸警觉,岂不有了麻烦?"英琼说:"此洞深藏壑底,宝珠虽然灵异,光华岂能穿山贯岳而出?"执意要看。金蝉也因以前未见此珠灵异之处,从旁力请。笑和尚无奈,答道:"我此时正当背晦,还是谨慎些好。我这宝囊乃是家师采集东海鲛丝,转托严师兄的令祖姑、太湖西洞庭山妙真观方丈严师婆用神女梭织成,经过法术祭炼,专一收藏异宝。另有一根鲛丝绦,系在颈间,一经藏宝入囊,不但不会遗失,外人也休想夺去。既是诸位同门道友执意要看,好在离除妖还有两个时辰,待我将它先收好了再看,也是一样。"说罢,先将火灵珠收放囊内,手持囊颈,盘膝打坐,口诵真言。约有顿饭时顷,渐渐囊上发出一团红光,照得满洞皆赤,人都变成红人。宝囊原极稀薄透明,先还似薄薄一层层淡烟,笼着一个火球。顷刻之间,光华大盛,已不见宝囊影子,仿佛一个赤红小和尚,手擎着比栲栳还大的火团一般。除了金蝉一双慧眼,余人俱难逼视。更不知经过祭炼,运用时节,还有多大神妙。

大家齐声称赞了一会儿。笑和尚正要施展法术,封闭宝光,英琼猛听洞外神雕连声鸣啸,心中一动,喊声有警,便驾剑光飞出洞去。宝光果然上透崖顶,把天红了半边,星月都映成了青灰色。循声一看,山北面一道黄光,如电闪星驰般飞走,神雕展开双翼,正在追赶。英琼知有妖人窥探,哪里容得，忙驾剑光追上前去。身还未到，神雕已先追临切近，那黄光倏地回头朝神雕飞来。英琼见这道黄光与那日妖洞道童所用虽是一样路数，光华却强盛得多，恐怕神雕有失，手指处，紫郢剑飞迎上去。后面众人也随后追到，纷纷将剑光祭起。还未近前，黄光已被英琼紫光绞个粉碎，化成百十点金星四散。再寻那行使飞剑之人，已经不知去向。

第一一七回 斩妖尸　得宝返仙山
　　　　　　　　逢巨恶　无心留隐患

英琼听神雕随着落下，还在叫唤，过去一看，原来钢爪之下，还紧紧抓着一个妖人，神气业已奄奄待毙。英琼认出是那日所见羊面妖人的徒弟，正要接过来问，庄易连忙抢上前去，口诵禁法，从身旁取出一根丝绦捆好，提在手上，不使沾地，与众人比了比手势。轻云想起那日被他挣逃，明白用意，知道小妖人曾借土遁逃走，便和众人说了。那道童先是装死，后知识破机关，绝难活命，不住口大骂，尤其把庄易骂了个淋漓尽致。众人问他话，也不言语，只管骂两声，高喊一声"师父救命"。金蝉恨他不过，顺手一个嘴巴，连门牙打掉了好几个，他仍是骂不绝口。这时笑和尚也收了宝珠飞来，见他拼死大骂，过来说道："你好好招出实情便罢，否则你想好死，且不能呢！"说罢，将手一指，使用佛门降魔锁骨缩身之法，那道童立刻觉着周身又疼又痒，骨髓奇酸，实在禁受不住，忙喊："快请住手！我说就是。"众人问他来意，才知他名杜远，还有一个师兄名叫甄柏，俱是青羊老祖门徒，适才妖尸正将袁星绑出，布置法坛，忽见南山红光烛天，看出是一种千年修炼的稀世奇珍。因为时辰快到，妖尸和青羊老祖俱不能分身。两童宝剑又已被周、李二人日前破去，没有防身利器，虽然得了袁星两口长剑，尚难运用飞行。便命二童同驾青羊老祖的剑光前去探看，准备到子夜炼成了妖幡之后，再去取那宝物，同回云边石燕峪三星洞去，联合各异派能手，与峨眉为仇。二童到了奥区仙府前面，正遇神雕盘空巡视，哪里容得，只一下先将杜远抓擒。甄柏一见不好，首先撇下杜远，独驾剑光逃走。

众人一听还逃走了一个，少不得回去报信，已经打草惊蛇，多数主张就此前往。惟独笑和尚不以为然,说道:"妖尸自恃妖法厉害,决不舍去炼幡机会,轻易逃走,至多寻了前来。既然华仙姑事前指示,还以到时进行为是。好在为时无几,我们如不放心,且将人分布妖穴上空,相机行动如何?"金蝉、英琼不肯,仍主早些下手。笑和尚不好意思拗众,只得作为罢论。依了笑和尚与人英,妖童到底年幼,既已说了实话,不妨告诫一番,饶他活命。英琼却说那日亲见他杀猪饮血凶恶之状,妖人手下绝无善类,还是除去好。米、刘二矮也从旁说此人万不可留,久必为恶多端。杜远还待哀求,金蝉已等得不甚耐烦,只说了一声:"这还有什么为难的?"把手一扬,剑光过处,斩为两截。

当下由米、刘二矮前导,同驾剑光,直飞妖穴。到了一看,到处都是黑烟妖雾笼罩,哪里看得出山崖洞府。众人端详了地位,按照前定,首由周、李二人当前开路;余人由金蝉手持弥尘幡护身,跟踪下去。英琼、轻云二人刚一落地,便见庭院之内,景象阴森,无殊地狱变相,与那日地穴所见大略相同。满院云烟笼罩,到处兽嗥鬼哭。数十面大小妖幡,发出黄绿烟光,奇腥刺鼻。二人剑光到处,黑烟随分随聚,虽然不为妖法所伤,只看不清妖尸、妖人与袁星所在。正待指挥剑光,往发光的妖幡上扫去,忽听金蝉高叫道:"周师姊,那西边古树前面,不是袁星么?你们还不赶快上前救它!"英琼闻言,忙和轻云驾剑光往西飞去。身临切近,青紫两道光华照处,才看见袁星绑在一面长幡之下。英琼剑光过去,数十缕黑丝,化为飞烟四散。袁星脱了羁困,看见紫光在黑烟中飞翔,方要赶过,忽然一只枯如蜡人的怪手伸将过来,一把将袁星抓去,接着群幡齐隐,不见踪迹。英琼闻声追上,那怪手已隐入黑烟之中。这里严人英、庄易、笑和尚、金蝉与米、刘二矮六人,仗着金蝉一双慧眼,早借弥尘幡掩护,各人指挥剑光,将青羊老祖围住。周、李二人见黑烟越来越盛,看不见妖尸所在,袁星又被妖尸抢去,情知危险,又恐妖尸逃脱,焦急万状。一会儿工夫,青羊老祖的飞剑连被人英等剑光绞断,自知不敌,一同没入黑烟以内。众人愈发冥搜无着,只得由人英等六人将剑光在空中交织,以防妖尸遁走。

正在无计可施,刘遇安忽对笑和尚道:"满天都是黑煞丝,妖尸将温玉光华祭起,我们虽有至宝护身,要想伤他,颇非容易。妖尸诡计多端,迟则生变,莫要中了他的道儿。大仙那粒乾天火灵珠,精光上烛重霄,是纯阳之宝，何妨取出一试？"笑和尚自得此珠，因为取自妖物身上，未奉师命，不知用法来历，从未用过。被刘遇安一句话提醒，心想："用虽不能，若持在手中，照觅妖迹，或者可用，也说不定。"当下忙请金蝉、人英等到一处，用弥尘幡护身，盘膝坐地，口诵真言，解了禁法。刚刚将宝囊取到手中，便觉地皮震动，同时一团红光透起，照彻天地，妖气尽扫，阖院通明。这才看出妖尸已将满院妖幡全数移在隐僻之处，袁星又被绑在一根幡脚之下，青羊老祖守护在侧。妖尸闭目兀坐，口诵手摇，五指上发出五道黑气，指着袁星。英琼、轻云一见袁星情势危急、双双飞出剑去，一取妖尸，一取青羊老祖。紫光过处，青羊老祖应声而倒，斩为两截。刚要协助轻云夹攻妖尸，猛听地底"砰"的一声大震，立刻地覆天低，当院陷下一个无底的深坑，坑内罡风夹着烈焰，如怒涛一般往上涌起。就趁众人惊心骇顾之间，妖尸倏地化成一股黑气，比电闪还疾，冲到英琼身边。英琼日前吃过苦头，不知是妖尸炼成的黑煞飞剑与身相合，微一顾忌却步，被他就地上又将袁星抢起，也不和众人为敌，满院乱飞，所到之处，将地上竖立的数十百面大小妖幡逐一拔起；二矮知道妖尸就要收幡夹了袁星逃遁，连忙齐声高叫："诸位大仙！妖尸就要拔幡遁走，温玉在他胸前黑煞丝结成的囊内，非有生血，不能点破，快快下手！"

二矮只顾一路狂喊，众人早将剑光纷纷飞上前去，虽有剑光弥尘幡护身，烈火不侵，但是妖尸非常厉害，一条黑气，宛如乌龙出海，在七八道剑光丛中闪来避去，怪声啾啾，并没有受着一些伤害。得便就将妖幡收去，转眼工夫，妖幡剩了不到十面。英琼既恐袁星丧命，又恐妖尸带了温玉逃走。正在着急，恰巧笑和尚触动灵机，暗想："妖尸如此重视那些妖幡，到了这般田地，还想带了逃走，我们怎的见事则迷，何不先将妖幡斩断？"想到这里，径将剑光直往那妖幡上面飞去。这些妖幡，共是八十一面，每一面都经妖尸在地底修炼多年，好容易才采得千百只猩、熊生魂，如何肯舍，打算收一面是一面，到了势在临危，再行遁走。一见众人只顾追敌，不曾顾到妖幡，愈发得志。他那黑煞剑在异派中最为厉害，又存心不与紫郢、青索迎敌，一味避让，所以众人困他不住。只可惜安坛之时，颇费手脚，虽能随意移动位置，收起来也非顷刻可能了。知道今日虽无幸理，只须避开紫郢、青索二剑，余人剑光不能伤他。英琼、轻云一时情急，忘了双剑合璧之训，由他往复纵横，干自着急。这时一见笑和尚飞剑去斩妖幡，猛被提醒，二人一个在东，一个在南，双双不约而同，各将剑光直朝一面幡前飞去。

也是妖尸该遭劫数，自恃不走，抢幡心切。英琼的紫郢剑原与金蝉的霹雳剑同是一般的颜色，只光华威势略有差异，先与金蝉同追妖尸。妖尸一见笑和尚已将妖幡连连斩去两面，九九之数既不能全，恐再不足八九之数，异日报仇更难，情急匆忙，回顾紫光追来，只图避让，直往幡前飞去，没料到英琼候地分道扬镳。妖尸一到，正要用收诀取幡，猛见轻云青索剑迎面飞来，一时乱了步数，不及躲闪，打算姑且一挡再走，谅不妨事。无巧不巧，英琼紫郢剑也同时飞到，青、紫两道光华无心合璧，光华大盛，幻成一道异彩，绕着黑气只一绞。只听"吱哇"两声惨叫，黑气四散，一朵黄星疾如星飞，冲霄而去。这时上面妖雾未散，地下烈焰犹在飞腾。金蝉眼快，一眼看见黑烟散处，两团黑影正往火坑中坠落，想起袁星在那黑烟之中，忙将弥尘幡展动，往下一沉，伸出两手，一把一个，抓个正着。上来未及说话，严人英叫道："此处快要地震，我们飞身出去再说吧。"众人见金蝉一手提着妖尸躯壳，一手提着袁星，还带着一团红紫光华。知道袁星遇救，妖尸除去，温玉已得，心中大喜。闻言纷纷各驾剑光飞起，到了远处峰头落下。妖尸天灵盖震破，直冒白烟。袁星满口血迹，两手紧持那块温玉，业已死去。英琼见了，不由悲恸起来。米、刘二矮道："主人不必难受。袁道友想是听我二人说那温玉在黑煞丝结成的囊内，潜光晦华，非有生血，不能破去，趁妖尸夹着它飞行，疏于防范之际，咬碎舌尖，破了妖法，将玉抢到手中。正值妖尸在遭劫之时发觉，急欲运用元神遁走，没顾得下手将袁道友弄死，也许只喷了一口妖气。如将它带回仙府，必能设法起死回生。那妖尸神通广大，幸是我们下手快了一步，妖尸又只图留着它活命，以为炼幡之用；不然微一弹指之间，怕不将它身体裂如碎粉，纵有起死灵丹，也难活命了。"袁星虽然周身依旧温暖，众人因为连用丹药施救无效，它两口宝剑也不知失落何方，纵得温玉，也觉得不偿失，个个戚然无欢。恼得英琼、轻云性起，各将飞剑放出，指着妖尸枯骨，青紫光华连连绕转，只听碎骨沙沙之声，顷刻粉碎。

正待商量携着袁星骸骨回山，忽听山崩地裂一声大震，连众人站立的峰头都摇摇欲坠。眼望妖洞那边沙石纷飞，扬尘百丈，把一座大好灵山仙洞，震塌了一个深坑。金蝉眼快，看见尘沙之中，似有两道光华冲起，正随着许多残枝碎木，由上往下飞落。知是宝物，忙将弥尘幡一晃，一幢彩云直往尘沙之中飞去。少时飞回，捞了许多东西回来。内中正有袁星两口宝剑，只是剑鞘全失。还有一柄拂尘，两个铁铃，一柄乌金小剑。二矮一见大喜道："我等知道地肺倒转，顷刻山崩地裂，不及收回法宝，原打算事定之后，再去掘土搜寻，不想齐大仙竟施妙法，代我们取来。只此两件，是我二人多年辛苦炼成，虽被妖尸收去，灵气已失，再加祭炼，仍可还原。余下还有几件东西，且等随了诸位大仙回转灵山，认明仙府，再来寻取吧。"说罢，拿眼望着轻云。轻云知他二人志在寻回故物，又恐后返峨眉事有变局。因已看出二人向善心诚，便对他们道："你们随我们同返，或是后去，俱不妨事。我等回山，必代你二人力求，如有仙缘，早晚俱是一样，莫如你二人还去寻你们的法宝，就便寻取袁星失落的剑鞘，以免落入外人之手。"说时，金蝉早将所得之物交还二矮。二矮闻言，正合心意，一面谢了金蝉，答道："既承周仙姑体谅微衷，还望主人开恩成全。万一袁道友难于回生，我二人情愿深入北海，盗取返魂香，救它活转，以报收容之恩。"英琼点了点头。

二矮刚走，英琼猛想起神雕为何不见？正问众人可曾看见，忽见神雕健羽摩云，从西南方面盘空而来，转眼到众人头上，钢爪松处，掷下一封柬帖。更不停留，旋转双翼，竟往妖洞陷落之处飞去。英琼打开柬帖一看，乃是青囊仙子华瑶崧交神雕带回来的，大意说：众人去得稍早了一步，妖尸末劫未终，仅仅兵解而去。所炼妖尸、邪宝，俱已失去，解却异日凶焰不少。笑和尚所得乾天火灵珠同这块温玉，俱是纯阳至宝，未有师承，不可妄用。袁星乃被妖尸邪气所中，昏迷不醒，只须回转仙山，用九天元阳尺驱走邪气，再用灵丹调治，即可回生。袁星剑匣与米、刘二矮失去的宝物，俱被埋藏地底，业已告知神雕，自会取去。还有妖尸遗下的数十面聚兽妖幡，也在地下埋藏。妖尸元神虽然遁走，对他心血祭炼而成之物必然不舍，一将元神凝炼成形，或借躯还形，定要回来收取。那幡已与妖尸心灵相通，无论藏在何方，都能跟踪寻觅。尤其那幡上许多无辜猩、熊生魂，永受妖尸禁制，也觉可怜。青囊仙子意欲自己带去，寻一位道行高深的同辈，设下法坛，将幡上邪法破去，解了猩、熊生魂羁缚，以便转轮化生。等神雕将妖幡搜出以后，可做一堆放好，自会来拿；并命众人不可私自携走，无益有损。庄易可随笑和尚、金蝉同往百蛮山先立外功，自有复音良机。余人回转峨眉，双剑合璧，解困退敌之期已至。不久便是妙一真人夫妇回山，开辟峨眉五府，众弟子分宝修真，出世济人之时等语。

众人读罢，少不得望空拜谢一阵。尤其是哑少年庄易，受恩深重，临别竟未得向青囊仙子当面叩辞，异日有无见面之期，柬上未曾提起，心中更为难过。金蝉道："笑师兄，我们此去百蛮山，又得一个好帮手了。"庄易闻言，连忙摇手逊谢不迭。再说神雕一经飞落灵玉崖妖尸地穴之上，钢爪起处，沙石翻飞，顷刻之间，便掘深下去有三数十丈。米、刘二矮又帮着用彻地玄功，一同寻找。不多一会儿，将七十余面妖幡、两个剑匣，连米、刘二人失去的宝物，全都搜掘出来。二矮当中，以刘遇安存心最贪。他知妖尸主幡共是大小九面，还有两面最小的才只七寸多长短，更见妖尸行法时持在手内，估量是个厉害法宝，恰巧寻时首先被他自己发现，便悄悄取来藏在宝囊以内。神雕何等灵异，况且来时青囊仙子说过数目多少，那妖幡不运用时虽然看似黄色粗麻织成，上面仅只画些赤身男女魔鬼与奇怪符箓，并无异处，但是上面妖气怎能瞒得过神雕，事完以后，还不住在他头上盘桓飞鸣。偏偏众人也飞身过来，刘遇安不由又悔又惊。先已藏过，再当着众人取出，深觉不便；不取出交还，又恐神雕不允。只得悄悄低声默祝："雕仙成全，容我这一回。"神雕意似不允，眼看越盘越低，众人也身临切近。

刘遇安正在为难，忽听一阵破空声音，一道黄光自东方飞来，落地现出一个黄冠草履、身容威猛的长髯道者，直奔那一堆妖幡，伸手便要拾取。事出不意，柬帖又有"自己来拿"之言，多半疑是青囊仙子遣来，方打算上前问讯。只庄易看出来人是异教之士，打算上前拦阻。忽然一道光华一闪，比电还疾，光华敛处，现出一个年老道姑，认出来人正是青囊仙子华瑶崧，业已抢在道人前面，将幡取在手中，对那道人道："吴道友，飞升在即，还要此物何用？让贫道拿去，解却这些沉沦的冤魂吧。"那道人原是个异派中的能手，路经此地，看出便宜，打算飞身下来，抢了妖幡便走。没料到青囊仙子早已隐身在此，没有得手，反闹了个无趣，不由厉声喝道：

"老虔婆,自从那年青城一遇之后,多少道友寻你报仇,俱不知你下落,以为你死多年,不料你却在此兴妖作怪,移形换岳,倒转灵玉崖,坏了灵山仙景,定是你这老虔婆和你手下这一干无知的小辈所为了。你不露面,还可饶你,你既敢现身出来,如不将灵玉崖那块温玉献出,我定和你清算青城旧账,叫你这老虔婆难逃公道!"青囊仙子闻言,一丝也不冒火,含笑说道:"我们一别多年,没料道友还是这般气盛。夺去道友金鞭崖,乃是当年道友误听恶徒蛊惑,擅起兵戎,以致为矮叟朱道友赶走。贫道当时因为贵门徒虽然多行不义,道友本身尚少惭德,曾为道友再三缓颊,才得免遭飞剑殒身之难。怎么不去寻朱道友报仇,倒怪起贫道来了?至于倒转地肺,破坏灵玉崖仙景,乃是妖尸谷辰所为。贫道只为峨眉门人斩了妖尸,取去温玉,所遗妖幡附着千百野兽生魂,意欲解除异类冤孽,向峨眉诸道友要了,还未取走,便遇道友驾临,不得不现身出来相见。闻得道友功行不久圆满,理应名山静养,以等仙缘,何苦出山多事?难道忘了极乐真人前时预言么?"

那道人闻言,转身往左右一看,见英琼、轻云、金蝉、笑和尚、庄易、严人英等个个仙风道骨,不比寻常,俱都环立在侧,怒目相视,不由又惊又怒道:"原来老虔婆仗着峨眉小辈人多,故而口出狂言。须知我吴立一生言出法随。你既然在此,盗玉之事,绝非这几个小辈所能办到,必定是你主持无疑。快将幡、玉献出,免我动手。"青囊仙子未及答言,金蝉早向庄易、英琼问明敌友,一见道人出言不逊,一个忍耐不住,用手一拉笑和尚,先喝一声:"无知妖道,胆敢在此猖狂!"接着各将霹雳双剑飞出手去。那道人先见这些少年男女资禀出群,虽然惊异,心中还以为不过是峨眉门下新收弟子,以前又未听说过,仗着自己本领,并没放在心上。一听骂声,回脸一看,竟是那面如冠玉、垂发披肩、颈戴金圈,在众人当中最年幼的一个,还不屑放出飞剑,只打算行法禁制,略微给他一点苦吃。

就这一转念头之际,忽见那幼童同另一个小和尚将手朝他一指,便有红紫两道光华,夹着风雷之声,迎头飞来,认得是峨眉掌教的霹雳双剑,才知这些小孩并非易与。忙将手一张,先飞出两道黄光,分头敌住。英琼本来早想动手,因为轻云见青囊仙子一任来人出言冒犯,并不发怒动手,猜那道人必非弱者,力主慎重行事。英琼虽被轻云拦住,心中还是跃跃欲试。一见金蝉和笑和尚动手，庄易、严人英也跟着将剑光放出，如何能耐，也将紫郢剑放起。轻云见大家动手，战端已开，道人既非易与，自然是相助为佳了。吴立分出两道黄光，敌住了金蝉、笑和尚。因为对面强敌青囊仙子尚未动手，不敢怠慢，正待另使法术、飞剑取胜时，侧面又飞来一道银光、一道乌光。喊一声："来得好！少时让尔等这一干小妖孽知道祖师爷的厉害。"随说将手一挥，又飞起七八道黄光，打算一半迎敌，一半乘隙飞将过去，乘敌人措手不及，伤他性命，再另用一口主剑，去敌青囊仙子。

谁知这些少年年纪虽轻，剑光却如游龙一般，神化无穷。黄光虽然较多，休说飞越过去伤人，竟被这四道光华阻止，休想上前一步。暗忖："这些小孩，哪里来的这许多好飞剑？"方在失惊之际，倏地又听两声娇叱，对面两个少女，各人又飞出一道紫光、一道青光，比电闪还疾，直往剑光丛里穿去。越知不比寻常，略一迟疑，后来这两道青紫光华，已与自己黄光接触，只绕得一绕，倏又合拢，盘绕着三四道黄光，似毒龙互斗，绞结挣命一般，微一屈伸，便见黄光收敛。知道不妙，想收回已经不及，被敌人青紫两道光华联合截住三道黄光一绞，黄光四碎，往下飞落，宛如明月天香，洒了一天桂子。余下六道，一道被敌人银光盘住，一道被乌光盘住，先时两道被霹雳剑盘住，急切间一道也收不回来。剩下还有两道，又被这后两道青紫光华二次盘住，光华渐敛，眼看又要步适才两道后尘。再看青囊仙子，仍是含笑旁立，始终不曾动手。才知今日轻敌，上了大当，不由又痛又惜，又悔又恨，急出一身热汗，无计可施。末后实实不舍多年心血炼就的飞剑，把心一横，用手一拍顶门，先披散了头发，口中念念有词，正要将舌尖咬碎，行法向敌人喷去。忽见满天黄雨，纷纷落下，空中六道黄光，同时又被敌人破去四道。下余两道也在危急，敌人更不容情，立刻破了，纷纷如陨星坠落一般，直飞过来。又听青囊仙子说道："峨眉诸道友虽然年轻，已受本门心法，内有紫郢、青索两口仙剑。道友一再执迷，莫非还要待毙么？"吴立一听那青紫光华，竟是长眉真人当年炼魔之宝，久已闻名，不想今日在此遇上，眼看大祸临头，危机一发，再不见机遁走，定要身败名裂。

他自前些年和矮叟朱梅斗剑，失去金鞭崖后，怀恨在心，立志报仇，炼成了二十六口黄精剑，准备约好当年同住金鞭崖的同门伴侣麻冠道人司太虚，去寻朱梅晦气，夺回金鞭崖。到了崂山一谈，才知司太虚自青城一败，隐迹参修，已悟正果，不但不肯相助，反劝他道："你我二人超劫在即，以前原是自己错误，难怪旁人，何苦又动无明，自寻魔障，耽误飞升？"吴立终觉恶气难消，见司太虚执意不肯下山，一怒而去。因为以前朱梅有追云叟、青囊仙子等人相助，这多年来，更听说与峨眉派有了密切交情，惟恐众寡不敌，想另约几个能人，异日可壮声势，再寻朱梅晦气方休。

刚越过莽苍山，迎面飞来一朵黄星，疾如电掣，知是异派中人的元神破空出游。因想看看是谁，给他开个玩笑，忙用玄门先天一气大擒拿法，想将那黄星收住。那黄星竟似早已料到此着，并不躲闪，眼看近前，倏地黄光一闪，自动飞入吴立袍袖之内。吴立很是惊异，便问："适才我没留神，今见道友这般行径，莫非是我的熟朋友么？"说罢，忽听袖中尖声答道："吴道友，你不认得我，我却认得你。现在时机紧迫，没工夫多说。我现在被人所害，躯壳已失，须要借你法体隐身，日后另觅屋舍，报仇雪恨。我在地肺之内采地下万年玄阴之气，用黑煞丝凝炼成了数十面玄阴聚兽幡，也一同失去。幸而我预先掩去幡上灵气，敌人并不知就里。诚恐我走后，敌人将它破坏，现在情愿送给道友。你可速往前面灵玉崖，那里已经陷成深坑；你如见一人俱无，那幡便已失去，可以不必找寻；如见有人，想他们必然还在寻找，可来个迅雷不及掩耳，抢了就走，省得肥水便宜仇人。"吴立一听，暗忖："久闻人言，当初玄阴教祖谷辰未死以前，惯炼聚兽之法。这玄阴幡乃是异教中至宝，如得在手中，再知用法，足可报仇，胜似寻人相助。"因为袖中连连催促，说时机稍纵即逝，利心一动，也未计及袖中元神是谁，所言真假，不计利害，便照所言往灵玉崖飞去。到了一看，崖已倒陷成穴，地上尘土飞扬，果然有数十面黑幡妖气隐隐，放在一堆。离幡不远，站定几个少年男女。此时神雕正在低飞追迫着刘遇安将私藏的幡献出。吴立志在取幡，也未留神到这一个白眉和尚座下神禽，一催剑光，径往下面飞坠。原以为对方既能移形换岳，斩了袖中之人，本领必不寻常，只打算抢了就走。及至现出一个老道姑，正是当年帮助朱梅夺去金鞭崖的青囊仙子，以为一切之事，俱都是她所为。幡未到手，还吃人家奚落，已是羞恼成怒。自问能力，还可抵敌，想起前仇，正要动手，谁知反吃了几个小孩的大亏，连被破去好几口黄精剑。知道紫郢、青索厉害，纵使法术，也是无效。如要脱身，不但外面剩余两剑难保，还得牺牲两口，才能免祸。就在这一转瞬之间，所有放出去的飞剑全数消灭，敌人飞剑纷纷往自己头上飞来。幸而吴立早已见机，先放起四道黄光迎住，接着又放起两道黄光去敌霹雳双剑。

事已至此，多延一刻，多遭一点殃。又想起袖中黄星，竟是那厉害魔王妖尸谷辰的元神，有名的心狠意毒，请是请来了，不知该如何打发，福祸委实难测。又悔又急，又惜又恨，心乱如麻。微一踌躇，第二次放出去的剑光又有消灭之势。暗道不好，将脚一顿，也不再收那六口飞剑，径驾剑光破空逃走。刚刚飞过峰顶，忽听一声雕鸣，金睛火眼，一只大黑雕直从下面冲霄追来。定睛一看，认出是白眉和尚座下神禽，不由吓了个亡魂皆冒。一面驾着剑光逃遁，一面默使隐身之法，已是慢了一步，被神雕追来，钢爪舒处，正抓在吴立背上，连皮带肉，抓下一大片去。吴立拼命挣脱，且喜身形隐去，神雕也未穷追，才得逃命。

这里英琼等见吴立逃走，正要分人去追，青囊仙子连忙止住，吩咐众人："暂且停手，待我奉些微意。"说罢，将手一指，飞起一道光华，先将空中六道剑光圈住，然后默用玄功收了下来，分给众人，恰好六人各得一口。原来是六柄黄色短剑，大小长短，一般无二，非金非铁，映日生光。众人心中大喜，连忙拜谢。

第一一八回

绝巘立天风　朗月疏星白云入抱
幽岩寻剑气　攀萝附葛银雨流天

青囊仙子道："吴立虽是异教，除了性情刚愎外，并无多大过恶。他因心慕正教，采取黄金之精，炼成此剑，辛苦淬砺，已有多年。先还不敢自信，一出手先遇见峨眉派两位道友，因他飞剑有二十余口之多，众寡不敌，败在他的手内，渐渐自满得意。意欲再寻几个助手，找矮叟朱道友报仇雪恨，夺回金鞭崖。却不想遇见你们，虽是入门不久，各人仙剑俱非寻常。尤其紫郢、青索二剑，乃长眉真人遗命传授，你们前辈诸道友中，也找不出第三口，他如何能是敌手。他功行将满，不久羽化飞升。我始终不出手者，就是想使他败在你们手内，让他知道峨眉后辈尚且如此，如何能再为仇？知难而退，免遭兵解之苦。后来我又留神观察，他竟带着一身妖气，为以前所无，而他所炼飞剑，并无邪气。适才明明见他从远方飞来，一到就抢妖幡，好似预定一般。如非我早在旁隐身防备，几乎被他拿去，为祸后来。假使他是无心路过，遇见妖尸元神，得了指示，在妖尸固然是得益不少，如虎生翼，可是他本人异日惨祸，恐怕还不止于兵解呢。袁星现虽昏迷，回山之后，有了元阳尺，解去邪毒，自然会醒，尔等事已办完，可以速返峨眉，去解围退敌了。"英琼、庄易又分别上前叩谢解救之德。米、刘二矮也双双过来，跪请指示仙机，并求代向众人说项。

青囊仙子对英琼道："你应劫运而生，光大峨眉门户，与别人不同。三英二云，独你杰出。虽然杀气太重，然亦非此不可。不久齐道友回山，自会特许你一人便宜行事。他二人虽然出身邪教，现已悔悟回头，向道真诚，你尽可收录，决不受责。吴立走时，我拦阻白眉仙禽稍慢了一步，临逃还吃了大亏。此人心地褊狭，必然痛恨切骨。他门户以外，有本领的朋友甚多,如不见机改悔,必从此多事。米、刘二人,于你也甚有用,不过他们所炼法宝、飞剑,均属旁门左道,暂时又不能使他们丢弃,务须用之于正,以免耽误正果罢了。"说罢,拿眼看了刘遇安一眼。刘遇安原本心中有病,适才向青囊仙子求情时,语带双关,惟恐青囊仙子向他索取妖幡。一闻此言,又喜又愧,首先起誓明心:"弟子如将那宝去行错事,必遭惨祸,永久沉沦!"青囊仙子早明白他言中之意,微笑说道:"你二人苦修也非容易,既能如此,再好没有。倒是我不久超劫,原不想参加此次劫数,所以只在暗中相助,并不露面,以为妖尸绝难知道有我。谁知临时生变,非出面不可。如今造下恶因,绝难脱身事外。起初我原想将这妖幡去寻一位道友,共同解去冤孽。这一来,又须缓日行事,留它以毒攻毒,相助三次峨眉斗剑时一臂之力了。只是我如用这妖幡制胜,伤我清名,我索性成全你们。你二人到了峨眉,等候教祖回山。入门听训之后,可仍回此地。我当再到奥区仙府,传你二人用幡之法,以备异日即以其人之道,还治其人之身,何如?"米、刘二矮闻言惊喜,尤其刘遇安更是喜出望外,形于颜色。青囊仙子当时微微皱了皱眉头,众人俱未觉察,只笑和尚看在心里。青囊仙子又道:"庄易自赴百蛮山相助除去文蛛,不久便可复音还原。现在髯仙李道友飞雷洞被毁,除妖之后,他门下弟子移居凝碧,人英前去,也不愁起居寂寞了。"说罢,向众人一举手,道声:"各自珍重前途!"一道光华闪过,破空而去,转眼没入云中不见。

  这里众人也各自分手。英琼、轻云、人英三人,带了袁星身体,与米、刘二矮同弥尘幡同回凝碧仙府。笑和尚、金蝉、庄易仍往奥区,共商二上百蛮山之策。笑和尚道:"都是蝉弟心急,如不是米、刘二人提醒我,取出乾天火灵珠,后来妖尸又不舍弃幡逃走时,险些功败垂成。此番到了百蛮山,再心急不得了。"金蝉道:"我也是怕时间稍纵即逝,早去岂不更好?谁知妖尸竟那般厉害,黑烟密布,离开剑光和弥尘幡光华所照之处尺许以外,连我都看不清楚,别位更是不行。彼时我一手持定弥尘幡,一手指挥霹雳剑,这幡和剑俱非寻常法宝。幡因发出妙用,非运玄功不能把持。那剑更因我学剑成功日浅,不敢大意。只顾全神贯注,大敌当前,简直无暇将怀中天遁镜取出。后来准备收剑取镜,你已将火灵珠取出。此珠真也神异,发出来的光华四面均亮,不似天遁镜只照一面。你虽吃了许多辛苦,坏了无形飞剑,得此也足以自豪了。"笑和尚道:"你说哪里话。休说那剑经我多年苦修,而且出诸师父,岂能与珠去比得失?何况只我冒险一试,尚不知用法呢。"金蝉道:"事已过去,悔也无益。你得此珠,总可算是慰情聊胜于无。适才李师妹托我,说此间猩、熊对她有些恩义,因为回山匆忙,不及招呼。它们现藏在地穴之中,还有一些在山南觅地潜伏,因为惧怕妖尸,不敢外出求食,恐怕日子久了,地穴内的丛草不够吃的,请我去放它们出来。我们何不去看一看?"说罢,同了笑和尚、庄易,径从天窗洞下去。

那些猩、熊先见紫光红光,以为英琼回来,个个踊跃欢呼。及至三人落地一看,并不认得,尤其庄易昔日捉过它们,有的吓得乱叫乱窜,有的竟拼命向三人扑来。三人将剑光升往高处,下面猩、熊还是咆哮不已。金蝉道:"这种胜于虎豹的恶兽,见人就扑,放了出去,岂不造孽?"笑和尚道:"这话并不一定,也许是我等面生之故,你且将话说明了试试看。如果真的冥顽无知,哪怕李师妹异日见怪,不但不能放它们,还得惩治一番,以免将来受害。"金蝉答道:"你的话不错。李师妹日里相见时不是说过,它们俱有灵性,自从收伏以后,轻易从不伤生,只知以草木为食么?"说罢,高声喝道:"尔等休要咆哮。尔等的恩人李仙姑,已和我们合力除去妖尸,因为急于回山,不及来此看视,请我们到此,放尔等出去。尔等如系一时误会,以恩为仇,可一齐俯伏,我便放尔等过去;倘如自恃猛恶,出去为祸生灵,我们飞剑便不容情了。"说罢,下面猩、熊便驯服了一大半。金蝉又高声再喝一遍。先是下面猩猿朝着那些马熊叫啸了几声,倏地同时俯伏,昂首鸣啸起来。

三人都觉奇怪。金蝉还不甚放心,又亲自飞落下去,试探一回。那些猩、熊见金蝉落下,不但不似先前磨牙张口,咆哮扑噬,反而缓缓爬行过来,围着金蝉跪伏,不时用口在金蝉脚底闻嗅示媚,神气非常驯善亲昵。金蝉心中大喜,又招呼笑和尚与庄易飞身下来。那些猩、熊对笑和尚也和金蝉一样,惟对庄易却有好多都是怒目狺狺,带着又恨又怕神气。金蝉、笑和尚才知适才咆哮,是为了庄易。便对它们说道:"这位庄大仙已经弃邪归正,与我们是一家人了,你们怕他作甚?外面已无敌人,尔等去留,可以随便,无须再存戒心了。"说罢,又叫庄易特地去挨近它们。众猩、熊仍是望而却退，也不往外走出，意似观望。金蝉、笑和尚俱觉它们能解人意好玩，不时摸摸这个，抚抚那个。过有顿饭光景，忽听外面隐隐有猩、熊鸣啸，声音由远而近。洞内猩、熊也互为应和，声震耳鼓。正要分人出外看视，忽听扑腾腾响成一片，百十只大小猩、熊，相继由壁侧缝中转了过来。同时满洞猩、熊，俱都悲鸣起来。三人料是山南那些猩、熊已发觉妖尸伏辜，前来会合。不多一会儿，众猩、熊忽向三人跪下，昂首吼了几声，纷纷站起，猩猿在前，马熊在后，转过岩壁，径往入口之处纵跑上去。三人跟在后面，一同走出。那些猩、熊到了后面，又都回身伏地，意甚依恋。笑和尚道："妖尸已除，尔等已无后虑。此后可各寻岩穴潜伏，优游岁月，将来转劫，自有善果，勿伤生灵，以干天戮。我们不久也要他去，尔等无须再为依恋，只顾走吧。"说罢，将手一挥。众猩、熊又同声狂吼了一阵，才起立欢啸，三五成群，蹿高纵矮而去。三人见此光景，甚为感动。笑和尚道："这般猛兽，为数又多，不是李师妹以德感化，正不知每日要伤多少生灵。无怪诸位前辈，说她将来要光大门户，领袖群英。即以这件事而论，出世不久，便积了若干外功，虽然仙缘注定，一半也可算得时势造成，好事都叫她遇上，岂非奇怪么？"

金蝉道："这几日除了练剑，无甚事做。闻说此山颇多奇迹，庄道兄先来多日，定然知道，我们去玩一玩，好么？"二人点头称善，一同离了奥区，先往兔儿崖走了一遭。见崖上洞府甚是清幽雅净。金蝉嫌奥区黑暗，人英又将各室悬的星光收走，青囊仙子曾约米、刘二矮来此传授妖幡用法，此时不归，想是为了三人借居之故，主张移居玄霜洞内。好在三人除身以外，俱无长物，决定了移居之后，因见星月交辉，又往别处游了一会儿，才行回洞打坐。

到了午夜过去，笑和尚运用玄功，将真气转透三关，连坐完了两个来复，觉得身心异常舒泰。想起借用金蝉这口宝剑，虽已运转精熟，到底还是比不了自己的无形剑，用过多年苦功，可以随意变化，出神入化。又见洞外月朗星明，景物幽静，想到外面崖前练上一回。回看金蝉、庄易，俱在瞑目入定，便不去惊动他二人，径自起身，走出洞外。见月虽不圆，因为立身最高之处，云雾都在脚下，碧空如拭，上下光明。近身树林，繁荫铺地，因风闪烁。远近峰峦岩岫，都回映成了紫色。下面又是白云舒卷，绕山如带，自在升沉。月光照在上面，如泛银霞。时有孤峰刺云直上，蓊莽起伏，无殊银海中的岛屿，一任浪骇涛惊，兀立不动。忽然一阵天风吹过，将山腰白云倏地吹成团片，化为满天银絮，上下翻扬。俄顷云随风静，缓缓往一处挨拢，又似雪峰崩裂，坠入海洋，变成了大小银山，随着微风移动，悬在空中，缓缓来去。似这样随分随聚，端的是造物雄奇，幻化无穷，景物明淑，清彻人间，比那日英琼对月，又是一番境界。这般清奇雅丽之景，漫说难于形诸笔墨，也不能绘以丹青，作者一支秃笔，仅能略述梗概，尚未穷其万一。闲言少叙。

且说笑和尚振衣绝顶，迎着天风，领略烟云，心参变化，耳得目遇，无非奇绝，顿觉吾身渺小，天地皆宽，把连日烦襟祛除净尽，连练剑都忘却了。正在越看越舍不得离开，猛想："如此灵山胜域，纵无异人寄迹，亦定多有仙灵来往，怎么连日除遇青囊仙子和新来不久的严、庄二人，并无多士，难道偌好灵山，只供妖尸盘踞么？好在还有几日不走，明日会同金蝉、庄易二人，且去搜寻一下，或有奇遇，也未可知。"刚想到这里，倏见下面崖腰云层较稀之处，似有极细碎的白光，似银花一般，喷珠洒雪般闪了两下。要是别人，早当是月光照在白云上的幻景。笑和尚幼随名师，见闻广博，何等机警，一见便知有异。心想："日里俱驾剑光往来，崖下还不曾去过。适才所见，明明是宝物精光，破云上烛，岂可失之交臂？"想到这里，更不怠慢，急驾剑光，刺云而下。到了崖脚一看，这一面竟是一个离上面百余丈高的枯竭潭底，密云遮蔽崖腰。虽不似上面到处光明如昼，时有月光从云隙里照将下来，景物也至幽清。满崖杂花盛开，藤蔓四垂，鼻端时闻异香。矮松怪树，从山左缝隙里伸出，所在皆是。月光下崖壁绿油油的，别的并无异状。再往银光发现之所仔细找寻，什么迹兆都无。悄悄潜伏在侧，静候了好一会儿，始终不曾再现。

又一会儿，云层越密，雾气湿衣，景物也由明转暗，渐渐疑是自己眼花。还想再候一会儿，忽然下起雨来，又闻得上面金蝉相唤之声，觉着无可留恋，便驾剑光飞身直上。行近崖腰云层，劈面一阵狂风骤雨，幸是身剑相合，没有沾湿僧衣。到了上面一看，依然月白风清，星光朗洁。金蝉早迎上前来，问他到下面去作甚，可有什么好景物？笑和尚便将适才所见说了。金蝉道："你说得对，这样仙山，必有异人怀宝潜藏，明日好歹定要寻他一寻。"庄易闻言，过来用树枝在月光地上写道："我自随妖尸不久，常于夜晚在灵玉崖闲眺，时见银光在云海里飞翔，一瞬即逝，知有异人在此，几次追踪，没有追上。后来见严道兄用的剑光也是银光，以为是他，见面匆促，没有细问。适才听笑师兄所说，那光华仿佛是撒了一堆银花，这才想起除妖夺玉时，所见严道兄的银光似一条白练，与此不类。我们如过于加紧追寻，恐宝物警觉遁去。笑道兄既然记准了地方，我每次观察宝物出现，多在午夜以后顷刻之间，地点也在这附近一带。现在时间已过，莫如暂不惊动。明早先下去端详好了地势，看看有无可异之处。等到晚来宝物出现时节，上下分头埋伏准备，稍显痕迹，便跟踪寻找。难道它还胜过青索，怕它跑上天去不成？这时仍以少说为是。"笑和尚、金蝉看了，点头称善，便丢下这个不谈，同赏清景，静候天明。

转眼东方有了鱼肚色，极东天际透出红影。三人都巴不得早些天明，谈笑之间，一轮朝日已现天边。一边是红日半现，浮涌天末。一边是未圆冰轮，远衔岭表。遥遥相对，同照乾坤。横山白云，也渐渐散去，知道下面雨随云收。山居看惯日出，夜间清景已经看够，志在早些下手觅宝，无心观赏日出，天甫黎明便一同飞身下去。宿雨未干，晓雾犹浓。三人到了下面，收去剑光，端详地势，不时被枝藤露水弄了个满身满脸。朝阳斜射潭底，渐渐闻得岩石缝间矮树上的蝉鸣，与草地的虫声相为应和。知了卿卿，噪个不住，从笑和尚所指方向仰视，峭壁排云，苔痕如绣，新雨之后，越显肥润。间以杂花红紫，冶丽无俦，从上到下，碧成一片。仅只半崖腰上，有一块凸出的白圆石，宛如粉黛罗列，万花丛里，燕瘦环肥，极妍尽态当中，却盘坐着一个枯僧，方在入定一般。

昨晚笑和尚因下来匆忙，只顾注意潭底，那地方又被密云遮去，没有看到。这时一经发现，三人不约而同，又重新往上飞去。落到石上一看，孤石生壁，不长寸草，大有半亩，其平若倚。一株清奇古怪、粗有两抱的老松，从岩缝中轮囷盘拿而出。松针如盖，刚够将这块石头遮荫。石头上倚危崖，下临绝壑，俱是壁立，无可攀援，绝非常人足迹所能到达。细看石质甚细，宛如新磨。拔去壁上苔藓一看，石色又相去悬殊，仿佛这块石头并非原来生就，乃是用法术从别的地方移来一般。三人当中，笑和尚见闻较广，早已看出有异。金蝉、庄易二人也觉奇怪。那石又恰当昨晚笑和尚发现银花的下面，便猜宝藏石中，和尉迟火得那灵石仙乳万载空青及灵玉崖温玉一样。先主张剖石观看，又因那石孤悬崖腰，将它削断，既恐坏了奇景，又恐坠落下去，损了宝物；不削断，又不知宝物藏在石的哪一端。正在彼此迟疑不决，金蝉一面说话，一面用手去揭那挨近石根的苔藓，揭来揭去，将要揭到古松着根的有罅隙边，笑和尚道："蝉弟真会淘气，苔藓斑驳，多么好看，已经看出这石不是崖上本生，何苦尽去毁残作甚？"

正说之间，猛听金蝉大喝一声道："在这里了！还不与我出来！"一言未了，倏地从树根罅隙里冒起一股银花，隐隐看见银花之中，包裹着一个赤身露体、三尺多高的婴儿，陨星飞雪一般，直往崖下射去。三人一见，如何肯舍，忙驾剑光跟踪追赶。到了崖底一看，已经不知去向。金蝉直怪笑和尚、庄易不加小心，被他遁脱。笑和尚道："我看那婴儿既能御光飞行，并非什么宝物。那银花正而不邪，定是他炼的随身法宝。只是他身上不着寸缕，又那般矮小，只恐不是人类，许是类乎芝仙般的木石精灵变化，也说不定。好在他生根之处，已经被你发现，早晚他必归来，只须严加守候，必然捉到无疑。假如我所料不差，又比芝仙强得多了。"金蝉道："适才我因看出石色有异，便想穷根究底，看那块石头是怎生支上的。只要找着线索，便可寻根。你偏和庄道兄说宝藏石中，我又防宝物警觉，未便嘱咐。其实我揭近根苔藓时，已仿佛见有小孩影子一闪了。我仍故意装作不见，原想声东击西，乘他不备，抢上前去。后来我身子渐渐和他挨近，猛一纵身，便看见他两手抱胸，蹲伏在树根后洞穴之中，睁着两只漆黑的眼睛望着外面。先一见我，好似有些害羞，未容我伸手去捉，只见他两只手臂一抖，便发出千点银花，从我头上飞过，冷气森森，又劲又寒，我几乎被他冲倒。随后再追，已经晚了。你说他与芝仙是一类，依我看，不一定是。因为我和芝仙平时最是亲热，它虽是天地间的灵物，到底是草木之精英所化，纵然灵通善变，周身骨肉柔而不刚，嫩而不健。我们爱它，常时也教它些本门吐纳功夫，它却别有长进，与我们不同。而且见了刀剑之类就怕，不能练剑。适才所见小孩，虽然看似年轻，却甚精炼，体健肉实，精华内蕴。若非人类修炼多年，得过正宗传授，不能到此。看神气颇和你我相类，怎能说是草木精灵所化？他昨晚既有心显露，今日与我初见时，又那般乐呵呵的。如存敌视，我适才未想到他如此厉害，丝毫没有防备，要想伤我，易如反掌。既不为仇，何以又行避去？只怪我太忙乱了些，果真快一步，未必不可以将他拦住。否则先打招呼，和他好好地说，也许知他来历用意。如今失之交臂，岂不可惜？"笑和尚道："如照你所说，他要是有本领来历的高人，必有师长在此，待我向他打个招呼。"便向崖上大声说道："道友一身仙气，道术通玄，定是我辈中人，何妨现出法身，交个方外之友？我们绝无歹意，不过略识仙踪，何必拒人千里，使我们缘悭一面呢！"

说了两回，不见答应。又一同飞回石上，照样说了几遍，仍无应声。再看他存身的树根石隙，外面是藤蔓香萝掩覆，一株老的松树当门而植，壁苔长合，若从外看，简直看不出里面还有容身之所。再披藤入视，那缝隙宽只方丈，却甚整洁，松针为褥，铺得非常匀整。靠壁处松针较厚，拱作圆形。三人恐有变故，早将剑光放出，光华照处，隐隐看见石壁上有一道装打坐的人影子，身材比适才所见婴孩要大得多，此外空无所有。又祝告了几句，仍无动静。金蝉提议，分出庄易在崖底防守，笑和尚在崖顶瞭望，自己却埋伏在侧，一有动静，上中下三面一齐会合，好歹要知道他到底是人是宝，不然决不甘休。分配已定，一直等到天黑，仍无动静。因为再过一会儿，便是笑和尚发现银光之时，庄易往常所见，也差不多是这时候，所以并不灰心，反而聚精会神，守候起来。谁知半夜过去，依然是石沉大海，杳无影踪。转眼天将黎明。今晚不比昨晚清明，风雾甚大。崖顶上笑和尚因为地位最高，有时还能看见星月之光。崖下庄易立身最低，也不过是夜色冥蒙，四外一片漆黑。惟独苦了金蝉，身在崖腰危石上面，正当云雾最密之处，不多一会儿，衣服尽都沾湿。虽然修道之人不畏寒侵，又生就一双慧眼，可以洞察隐微，到底也是觉得气闷难受。天光明后，知道暂时不会出现，便招呼崖上笑和尚与崖下庄易，同到危石上面。因为浑身透湿，又沾了许多苔藓，甚是难看，便对笑和尚道："这东西想是存心避着我们。你一人且在这里，不要走开。容我去寻一溪涧，洗上一个澡儿，就便将衣衫上面的五颜六色洗了下去，趁着这热天的太阳，一会儿就晒干了。今晚他再不出现，我非连他的窝都给拆了不可。"笑和尚、庄易见金蝉一身通湿，沾满苔痕，说话气忿忿的，鼓着小腮帮子，甚是好笑。

等金蝉走后，笑和尚和庄易使了个眼色，然后说道："蝉弟虽然年幼，从小便承掌教夫人度上九华,修炼至今,怎么还是一身孩子气?穴中道友耽于静养,不乐与我们见面,就随他去吧,何苦又非逼人家出面不可?少时他回来,他一人去闹,我们已守了一天一夜,且回洞歇息去吧。"庄易会意,点了点头,二人一同飞身上崖,且不入洞,各寻适当地位藏好,用目注定下面。约有半盏茶时,先见危石松树隙后,似有小人影子闪了一下。不一会儿,现出全身,正与昨晚金蝉所见小孩相类,浑身精赤条条,宛如粉妆玉琢。乌黑的头发,披拂两肩。手上拿着一团树叶,遮住下半身。先向上下左右张望了一下,倏地将脚一顿,直往天空飞去。日光之下,宛似洒了一溜银雨。笑和尚也不去追赶,径对庄易道:"果然金蝉弟所料不差,这小孩确非异类。看他天真未凿,年纪轻轻,已有这么大本领,他的师长必非常人。只不明白他既非邪教,何以不着衣履?这事奇怪,莫非此人师长没有在此?昨晚蝉弟守株待兔,他却仍在穴内,并未走开,如非岩下另有间道,必是用了什么法术,将我等瞒过。如今我们已看出他一半行径,只须趁他未回时,到他穴内潜伏,便可将他拦住相见。如能结为好友,或者拉他归入本门,也省得被异派中人网罗了去。"说罢,同了庄易,飞回悬石,潜身树后穴内藏好,暗中戒备,以防又和昨日金蝉一样,被他遁走。

又待有半个时辰过去,忽听风雷破空之声,往石上飞来。笑和尚见金蝉回转,恐他警觉小孩,自己又不便出去,正想等他近前,在穴口与他做个手势,叫他装作寻人上去时,金蝉已经收了剑光,落到石上,脸上带着一脸怒容。一眼看见笑和尚在穴口探头,便喊道:"笑师兄,你看多么晦气,洗个澡,会将我一身衣服丢了。"笑和尚一看,金蝉穿着一身小道童的半截破衣服,又肥又大,甚是臃肿难看,果然不是先时所穿衣履。因已出声相唤,只得和庄易一同走出问故。金蝉道:"我去寻溪涧洗衣浴身,行至灵玉崖附近,见下面马熊、猩猿正在撕裂人尸,因为日前才行告诫,怎的又残杀生灵?便飞身下去,想杀几个示儆。那些猩、熊一见我到,竟还认得,纷纷欢呼起来。我心里一软,手才慢了一些,否则又造了无心之孽。原来它们所撕的,竟是那日所斩的妖童,它们也未嚼吃人肉,只不过撕裂出气,它们身受其害,也难怪它们。我只略微警戒几句,逼着它们扒土掩埋。我又见那妖童所穿衣服虽剩半截,又有泥污,因为猩猿是给他先脱下来再撕裂的,尚是完好。又见一只小猩猿穿着一条裤子,更是干净。想起昨日所见小孩赤身露体，我便将这身衣裤取来，打算见时送他。到了灵玉崖那边，寻着溪涧，连我衣服，一齐先洗净，择地晒好。还恐猩、熊们无知淘气，乘我洗澡时取走，特意还找了几个猩、熊来代我看守。马熊还不觉怎样，那些猩猿竟是善解人意，不但全明白我所说的话，还做出有人偷盗，一面和来人对敌，一面给我送信的样子。我逗了它们一会儿，安心乐意，洗了一个痛快澡。因为那水又清又甜，不舍起来，多耽延了一会儿。忽听猩、熊咆哮呼啸，先以为它们自己闹着玩，没有想到衣服上去。及至有两个跑下来做手势唤我，赶去一看，我的一身衣服已不知去向，只剩下这妖童所穿的半截道袍和一条裤子，业已快干。我大怒之下，既怪它们不加小心，又疑猩猿监守自盗。后来见猩猿俱举前爪，指着崖这面的天上，日光云影里，隐隐似有些微银星，一闪即逝。才想起是那小孩，见我们昨晚守候在此，不让他归巢，怀恨在心，暗中跟来，将我衣服盗去。否则那猩、熊固然无此胆子，那样凶猛精灵的野兽，平常人物也不敢近前呀。总算他还留了后手，要是连这一身一齐偷去，我也要和他一样赤条精光了。"

第一一九回

涤垢污　失衣逢异士
遭冤孽　辟石孕灵胎

笑和尚、庄易闻言，好生发笑。笑和尚对金蝉道："这都是你素常爱淘气，才有这种事儿发生。适才你走后，我们想看一看这穴壁上的人影，才到，你便飞回。这位小道友既避我们，必然不会出面。这身衣服送给他，交个朋友，有何不可？如嫌这身衣服不合适，好在为期还有数日，我二人陪你回转凝碧崖，换上一件，再去百蛮，也不至于误事。我们无须在此呆等，且回崖上去商谈吧。"笑和尚原是故意如此说法，好使那小孩不起疑心，仍用前策行事。金蝉不明言中之意，听了气忿忿说道："衣服事小，若是明送，休说一件，只要是我的，除却这两口飞剑，什么都可。他却暗取，让我丢人，不将衣服收回，日后岂不被众同门笑话？他如不将衣服送还，或者现身出来与我们相见，我早晚决不与他甘休。"笑和尚又再三相劝，说包在自己身上，将衣服寻回，这事太小，还有要事，须回洞中商议，才将金蝉拉了一同飞上崖顶。先和庄易说了几句耳语，然后高声说道："庄道兄，你和华仙姑相熟，你可到奥区去看她回来不曾？"说完，等庄易走后，又拉金蝉同往洞中。金蝉便问笑和尚："意似做作，是何缘故？"笑和尚道："我适才和庄道兄亲见那小孩现身，同往树后石穴守候，无心中看见对崖有一通天岩窗，外有萝树隐蔽，埋伏在彼，甚是有用。那小孩虽然现在还断不定他的家数，可是质地本领俱非寻常，恐防异派中人网罗了去。又因他异常机警，恐被觉察，不便在石上商量，请庄道兄借着探望华仙姑为名，绕道往对面岩窗埋伏。他既盗你衣服，存心与你作耍，必然还要再来。我们只须装作没有防备，等他来到临近，才行下手，将他收服。即使被他遁回穴内，庄易已经由对崖转往他存身的穴内隐藏，三面一齐下手，何愁不能将他擒住？昨晚你在他穴旁等了一夜，他却另由间道回去，不再出现。如仍在那里守候，岂非守株待兔么？"金蝉闻言，点头称善。

先在洞中等候了一阵，随时留心，并没什么动静。金蝉耐不住，又拉了笑和尚装作崖前游玩，举目下视，石上仍无小孩踪影。对崖看不见庄易，知道他藏处必甚隐秘。算计小孩出现，定在晚间，只得走回洞去。路上金蝉悄对笑和尚道："这厮如老不出现，到了我们要去百蛮山时，岂不白费心思？"笑和尚正说不会，忽然一眼望到洞中，喊一声："快走！"首先驾剑光飞入洞去。金蝉也忙驾剑光，跟入一看，洞门石上，放着自己适才失去的那件上衣，裤子却未送还。四外仔细一寻，哪有丝毫人影。笑和尚想了一想，对金蝉道："我明白了，此人早晚必和我们做朋友。他明明是因为赤身露体，羞于和我们相见，所以将你衣服盗去。后来你在石上一骂，他恐你怀恨，坏他洞穴，所以又将上衣给你送还。只不懂此人虽然幼小，已有如此神通，他的师长必非常人，何以他连衣服都没一件？以我三人之力，用尽方法，俱不能查出他的踪迹，始终他在暗处，只能以情义结纳，收服之事，恐非容易。姑且先不将庄道兄唤回，等你将自己衣服换了，待我将这一件送到石上，和他打个招呼，看看如何，再作计较。"说罢，将金蝉换下那件半截道衣拿了，回身到了石上，对穴内说道："小道友根器本领，我等俱甚佩服。我师弟一身旧衣，既承取用，本可相赠，无奈游行在外，尚有使命他去，无可穿着。今蒙道友将上衣送还，反显我等小气了。现有半截道衣一件，虽然不成敬意，权供道友暂时之需。如蒙下交，今晚黄昏月上，我等当在崖上洞中相候。否则我等在此已无多日，事完之后，当为道友另制新衣，前来奉约如何？"说罢，将衣挂在松树上面，仍返洞内。

没有多时，庄易也飞了回来，金蝉便问可曾见那小孩。庄易往地上写道："先并未见他出现。后来二位道兄到石上与他送衣，适旧走后，才凭空在石上现身，也未看出他从哪里来的。身上穿着齐道兄那条裤子。先取那半截衣服试了试，他人本矮小，那条裤子虽是短裤，他穿了已差不多齐着脚面，这半截道衣虽不拖地，却是太肥大，实在不成样子。他试了又试，好似十分着急，忽然脸上一变，带着要哭的神气，拿了这半截衣服，径回穴内去了。我见二位道兄适才那般说法，自忖一人擒他不住，也未曾过去惊动，就回来了。"话还未完，金蝉早跑了出去。笑和尚知道金蝉去也白去，并未在意，只和庄易一个用手，一个用口，互相计议，怎样才能和那小孩见面。

谈有顿饭光景，忽听金蝉与人笑语之声，由崖上传来。出洞一看，见金蝉裤子也换了原来所着，同着一个罗衫芒履，项挂金圈，比金蝉还矮尺许的幼童，手拉手，一同说笑欢跃走来。定睛一看，正是适才石上所见的小孩，生得面如凝玉，目若朗星，发际上也束着一个玉环，长发披拂两肩，玉耳滴珠，双眉插鬓。虽然是个幼童，却带着一身仙气。笑和尚与庄易俱都喜出望外，忙着迎了上去。金蝉欢笑着，给二人引见道："这是我新结交的石兄弟，他名叫石生，他的经历，我只知道一半。因为忙着要见二位道兄，给他装扮好了，就跑来，还没听完。且回洞去，等他自己说吧。他还说要同我们去百蛮山呢。"

那石生和三人都非常亲热，尤其是对金蝉，把"哥哥"喊了个不住口。大家兴高采烈，回至洞中坐定，细听石生讲述经历。才知石生的母亲，便是当年人称陆地金仙、九华山快活村主陆敏的女儿陆蓉波。陆敏原是极乐真人李静虚的未入门弟子，九华快活村陆姓是个首富。到了陆敏这一辈，几房人只有陆敏这个独子，幼年酷好武艺，专喜结纳方外异人。成家以后，父母叔伯相继去世，陆敏一人拥有百万财富，愈发乐善好施，义名远播。因为尚无子息，家务羁身，不能远方访友；于是广用金帛，派人出外，到处约请能人，到快活村教他本领。自古只闻来学，不闻往教，异人奇士，岂是区区金银所能打动。凡来的人，差不多俱是些无能之辈。陆敏并不以此灰心，只要来的，不管有无真实本领，莫不以礼相待。他这千金市骏骨的办法行了数年，终无影响。幸而他为人饶有机智，长于经营田产，并不因食客众多，而使家道中落。

有一年闻得黄山出了一个神尼，在天都峰结茅隐居，善知过去未来，因为相隔甚近，悄悄独自一人前去拜访。起初不过想同一点休咎，也是合该仙缘凑合。他裹粮在黄山寻了数日，把天都峰都踏了个遍，并无神尼踪影。以为传闻之误，正要回去，行至鳌鱼背附近，不知怎的，一个失足，坠落悬崖下面。此时他虽不会道术，武功已甚了得，坠到悬崖中间，抓着一盘春藤，侥幸没有葬身绝壑。当他失足坠落之时，看见一道光华，由侧面峰头疾如闪电飞来，等他抓住了壁上春藤，又倏地飞了回去。陆敏攀藤上崖，惊魂乍定。想起这道光华，颇似江湖上传说的飞剑。异人咫尺，岂可当面错过，便息了回家之念，径往侧面文笔峰上下寻找。仅见峰顶危石旁边，放着一个石丹炉，一个蒲团。日前没有走到危石前面，所以不曾发现。这一来，更证实了所见不差。连在峰顶候了数日，把干粮俱都吃尽，终不见剑仙踪迹。心知这般呆等，绝无效果，故意装作粮尽回去，口里自言自语，埋怨剑仙拒人太甚，此番决计回去，心中却逐处留神。时当三四月间，遍山俱是果树，一路采了些充饥，连头也不回，径往峰下走去。其实他沿路采果耽搁，并未走出多远。那峰笔立千丈，途径极为难走。由上到下，须要攀藤扶树，绕峰旋行。渐渐转行到危石下面，上下相隔，不过两丈来高，倏地施展轻身功夫，一个鹞子翻身，出其不意，直跃上去。果然看见一个中年女道姑，面对丹炉，端坐蒲团上面。才一照面，便放起一团光华，连身带丹炉一齐罩住。近身数尺以外，炫眼生花，冷气瘆人毛发。陆敏不敢再进，只得向前跪下，低声默祝。道姑始终不走，光华也未撤去。一会儿丹炉里面放出火花，颜色由红转黄，由黄转白，变幻不定。

　　陆敏跪了一天一夜，直到第二日正午，直跪得形骸皆散，痛楚非常，将要委顿不支。忽见丹炉内一道青焰冲起，炉顶焰头上结着一朵五色莲花。同时光华收处，道姑现身，伸手在丹炉内取出一捧丹药，清香袭人。炉中火焰莲花，也都不见。那道姑缓缓起立，对陆敏道："居士请起说话。"陆敏见已肯和他说话，知道有望，精神一振，痛楚全忘。哪里敢立起身来，越发虔敬，跪请收录。道姑道："居士义侠，本是我辈中人，无奈贫道门下不便收容。且请起来，当为设法如何？"陆敏不敢再为违拗，好容易勉强起立，腰腿都酸疼得要断。道姑道："居士生长膏粱富厚之家，却有这般诚心，委实难得。这里有丹药一粒，服了下去，可解痛苦。以居士根骨而论，原属上品，只可惜纯阳之质已丧，纵有奇缘，难参正果罢了！你且回去，一月之内如有异人来访，倘蒙收录，纵不能置身仙佛，将来亦可解脱尘孽，千万不要错过。"

　　陆敏躬身接过丹药服下，不消一会儿，果然神清气爽。重又跪谢，苦苦哀求，并问法号。道姑道："贫道餐霞，日前采来灵药，欲在此峰炼丹，见有一人失足坠崖，前去援救。不料你竟会武功，坠至中途，攀藤而上。因此现了形迹，被你跟踪寻来。我因与你无缘，本不想见你。一则见你意念虔诚；二则预定时机，不便错过。明知你必去而复转，只是正当发火时候，不能与你分说，倒累你跪在风露之中，受了许多苦楚。将访你的那位金仙，是贫道的前辈，已经快成正果，胜似贫道百倍，与你别有一种因果。急速回去，准备静室迎候吧。"陆敏情知仙人不会诳他，再求也是无益，便道谢拜辞而去。到了家中，将所有江湖上宾朋，俱都设辞多送金银遣开。另辟了一间静室，每日在村前恭候。

过了半月光景，果然来了一位长身玉立、仙风道骨的道人，陆敏看出有异，慌忙下拜。那道人也不客气，径由陆敏迎接到了静室之中。屏退从人，跪问姓名，才知道人便是名驰八表的极乐真人李静虚，因为成道在即，要五方五行的精气凝炼婴儿。这次根寻东方太乙精气，循搜地脉，看出九华快活村陆敏后园石岩底下，是发源结穴所在。因为时机还差月余，便道往黄山闲游，遇见餐霞大师上前拜见，谈起陆敏如何向道真诚。极乐真人道："我因门户谨严，虽有几个门徒，魔劫尚多，未必能承继我的衣钵。陆某质地虽佳，已非纯阳之体。不过既借他家采炼太乙精气，总算与我有缘。且俟到日后，我亲去查看他的心地如何，再行定夺吧。"餐霞大师原是极乐真人的后辈，见真人并未峻拒，知道有望，不敢再多说。因怜陆敏虔诚，略示了一点玄机。由此陆敏便从极乐真人学了一身道法和一种出奇的剑术，只是正式列入门墙，未蒙允许，只算做一个循墙未入室的弟子罢了。陆敏自得仙传，当时看破世缘，便想弃家学道。反是极乐真人说："世上无不孝的神仙，你家嗣续尚虚，又早坏了纯阳之体，非超劫转世，不能似我平地飞升。即使要出家静修，完成散仙功业，也须等有了嗣续以后。"

陆敏不敢违拗，且幸往黄山时，妻子便有了身孕，等到临盆，竟然双生一男一女，不由心中大喜。这时极乐真人已经将法炼成别去，陆敏便将抚育儿女之事交托妻子，独自在静室之中勤苦用功。他那子女，男的单名叫达，女的叫做蓉波，俱都生得玉雪可爱，聪敏非凡。

蓉波尤其生有凤根，自幼茹素，连奶子都不吃荤的。等到长到十来岁光景，每当早晚向陆敏室中问安之时，必定隔户跪求学道。陆敏此时已是大有精进，家中虽然一样有求必应，广行善举，自己本人，却是推说远游在外，杜门却扫，连妻子儿女都不常见面。后来看出蓉波小小年纪，不但根器极好，向道尤其真诚。心想："神仙也收弟子，何况亲生。"渐渐准她入室，教些入门功夫。蓉波竟非常颖悟，一学便会。陆敏自是心喜。又过了几年，见儿子已经成人，嗣续无忧，家声不致废堕，索性带了蓉波，出门积修外功，交结剑仙异人。隔个五七年，有时也回家看望一次。因爱莽苍山兔儿崖玄霜洞幽静，便以那里为久居之所。陆敏常以自己坏了纯阳之体，遇着旷世仙缘，仍不能参上乘正果，引为终身恨事。所以对于蓉波非常注意，几次访着极乐真人，代她求问将来，俱没有圆满答复。气得蓉波赌神发誓：如坠情孽，甘遭天谴。最末一次见面，极乐真人对蓉波道："你志大力薄，孽重缘浅，甚是可怜。我给你一道灵符，作为保身之用吧。"蓉波跪谢领受之后，极乐真人便不再见。陆敏不再回家去，父女二人隐居玄霜洞，一意修持。有时出门积修点功行，原无甚事。

偏偏这一年，南海聚萍岛白石洞凌虚子崔海客，带了虞重、杨鲤两个门人闲游名山，行至莽苍山，与陆敏父女相遇。凌虚子原是散仙一流，陆敏昔日带了蓉波往东南海采药，曾经见过两面。多年不见，异地重逢，又有地主之谊，便留他师徒盘桓些日。凌虚子本爱莽苍山风景，又经陆敏殷勤留住，便在玄霜洞住了下来。凌虚子喜爱围棋，愈发投了陆敏的嗜好，每日总要对弈一局。虞重生性孤僻，沉默寡言，虽在客居，每日仍是照旧用功，一丝不懈。杨鲤却是凌虚子新收弟子，年才十六七岁，生得温文秀雅，未言先笑，容易与人亲近。又是入门未久，一身的孩子气，与蓉波谈得来。仙家原无所谓避忌防闲，杨鲤贪玩，蓉波久居莽苍，童心未退，自以识途老马自命，时常带了杨鲤各处游玩。

这日两人又在洞前闲眺，见下面云雾甚密。杨鲤道："此崖三面都有景致，惟独这一面笔立千寻，太过孤峭了。"随便谈说，两人并未在意。后来又一同去南山一带闲游，看见一条大溪中，兀立着两块人石，温润如玉。蓉波猛想起适才之言，便对杨鲤道："你不是嫌我们洞前崖壁太过孤峭么，我将这石运回去，给它装上，添些人迹难到的奇景如何？"杨鲤年轻喜事，自然十分赞同。彼时崖壁下面，还有瀑布深潭。二人商量好了形势，便由蓉波用法术将大石移去一块，就在瀑布泉眼下面，叱开崖壁插入。又移植了一株形如华盖的古松。那石突出危崖半腰，下面是绝壁深潭，头上瀑布又如银帘倒卷，白练千寻，恰好将那块石头遮住，既可作观瀑之用，又可供行钓之需，甚是有趣。二人布置好后，坐谈了一会儿，回洞各向师父说了，也都付之一笑。

第二日蓉波做完早课，不见杨鲤，还想给那块石头添些花草做点缀。到了石上一看，杨鲤正如醉如痴地靠壁昏睡，身旁散堆着许多奇花异卉，俱是山中常见之物。以为杨鲤也和自己是一样心思，并没想到修道之人，怎能无端昏睡，正要上前将他唤醒，忽然看见那些花草当中，有一种从未见过的奇花，形状和昙一般无二，只大得出奇。花盘有尺许周围，只有一株，根上带着泥土，独枝两歧，叶如莲瓣，歧尖各生一花，花红叶碧，娇艳绝伦。更有一桩奇处：两花原是相背而生，竟会自行转面相对，分合无定。蓉波本来爱花成癖，见了奇怪，不由伸手拾起端详，放在鼻端一闻，竟是奇香透脑，中人欲醉。方要放下，转身去唤杨鲤，忽然觉得一阵头晕目眩，耳鸣心跳，一股热气从脚底下直透上来，周身绵软无力，似要跌倒。知道中了花毒，随手将花一扔，方要腾身飞起，已经不及，两腿一软，仰跌在石头上面，昏沉睡去。

直到日落西山，杨鲤先自醒转。他原是趁早无事，采了些异样花草，想种植在近石壁上。采时匆忙，并未细辨香色，只要见是出奇的便连根拔来。及至到了石上，种没两株，越看那朵大花越觉出奇，拿近鼻间一闻，当时异香扑鼻，晕倒于地。蓉波后来又步了他的后尘。那花名叫合欢莲，秉天地间淫气而生，闻了便是昏沉如醉，要六个时辰才能回醒。轻易不常见，异派邪教中人奉为至宝，可遇而不可求。不想被杨鲤无心中遇见采来，铸成大错，几乎害了蓉波功行性命。蓉波如不随手将花掷落潭底，也不至于险些惹出杀身之祸。虽然因祸得福，到底受了多少冤苦，这些留为后叙。

且说杨鲤一见蓉波跌卧在地，如果稍避嫌疑，回洞去请凌虚子与陆敏来解救，原无后来是非。总是二人相处太熟，只知是中了花毒，想将蓉波唤醒。喊了有十几声，约有半盏茶时，蓉波才得醒转。再找那花，已经不知去向。还等种植余花时，忽听陆敏在上面厉声呼唤。

二人飞身上去一看，才知南海来人，说岛中有事，请凌虚子师徒急速回去。相处日久，彼此自不免有些惜别。蓉波见陆敏送客时节面带怒容，当时既未在意，也忘了提说中了花毒之事。从这日走，蓉波兀自觉得身上不大自在，渐渐精神也有些恍惚，心神不定，做起功课来非常勉强。又见陆敏每日总是一脸怒容，愁眉深锁，对自己的言动面貌，非常注意，好生不解。几次想问,还没出口。这日又到了那块石上闲眺,想起前事,暗忖:"我虽中了花毒,昏迷了几个时辰,但是既能醒转,当然毒解,怎么人和有病一般,身体上也有好些异样,每日总是懒懒的,无精打采?"想了一阵,想不出原因,便随意卧倒在石上,打算听一会儿瀑声,回去请问她的父亲。

身才躺下,便听崖上一声断喝:"无耻贱婢,气煞我也!"一言未了,一道银光,如飞而至。蓉波听出是父亲陆敏的声音,心想:"父亲近年来很少呵责自己,今日为何这般大怒,竟下毒手?"这时蓉波处境危机一发,已不容多加思索,忙将自己平时炼的飞剑放起抵御。一面高声问道:"女儿侍父修道,纵有过失,也不应不教而诛,为何竟要将女儿置诸死地?"言还未了,只见对面银光照耀中,陆敏厉声骂道:"无耻贱婢,还敢强辩!昔日恩师极乐真人常说你孽重缘浅,成不得正果。我几番要将你这贱婢嫁人,你赌神罚咒,执意不从。你虽修道多年,自是将近百岁的人,竟会爱上一个乳臭未干的黄口孺子,还在我眼皮底下,公然做出这样丑事。我如留你,一世英名,被你丧尽。"说罢,将手一指,千万点银花,如疾风骤雨而至。

原来那日陆敏正和凌虚子对弈,忽然凌虚子一个门人从南海赶来,说岛中出了变故,须要急速回去。陆敏一见蓉波、杨鲤俱不在侧,又见他师徒正在愁烦商议,恍如大祸之将至,知道他二人定在新移大石上观云听瀑,便亲自出洞呼唤,起先并未有什么疑心。及行至岩前,忽听下面杨鲤连唤师姊醒来,声甚亲密,不禁心中一动。想起昔日极乐真人之言,女儿素常庄重,只恐孽缘一到,堕入情魔,不但她多年苦功可惜,连自己一世英名,俱都付于流水。又想起二人连日亲切情形,越觉可疑。连忙探头往下面一看,正赶上蓉波仰卧地上醒转,杨鲤蹲在身旁不远,不由又添了一些疑心。厉声将二人唤了上来,首先端详杨鲤,英华外舒,元精内敛,仍是纯阳之体。心虽放了一半,怀疑蓉波的心理,却未完全消除。暗幸发觉还早,凌虚子师徒就要回去,省却许多心事。送客走后,再看蓉波,虽不似丧失精神元气,总觉她神情举止,一日比一日异样。末后几日,竟看出蓉波不但恍惚不宁,腰围也渐渐粗大,仿佛珠胎暗结,已失真阴。猛想起自己和凌虚子一言投契,便成莫逆,以前相见时短,连日只顾围棋,竟不曾细谈他修行经过。散仙多重采补，莫非他师徒竟是那一流人物？杨鲤这个小畜生，用邪法将女儿元精采去，所以当时看不出他脸上有何异状？越想越对，越想越恨越气。已准备严询蓉波，问出真情，将她处死，再寻凌虚子师徒算账。一眼瞥见蓉波又病恹恹地往石上飞去，便咬牙切齿，跟在后面。由崖上往下一看，蓉波神态似乎反常，时坐时立，有时又自言自语。后来竟懒洋洋地将腰一伸，仰卧在石头上面。更想起那日所见情景，一般无二，以为是思恋旧好，春情勃发。不由怒火中烧，再也按捺不住，想迅雷不及掩耳，飞剑将她刺死。

蓉波天资颖异，随父名山学道多年，已尽得乃父所传。只所用飞剑出于自炼，不比陆敏的太白分光剑，是极乐真人炼成之后相赠，所以差了一着。偏偏陆敏又是在万分火气头上，一任蓉波悲忿填膺，哀号申诉，一味置之不理，口中怒骂不绝，只管运用剑光，绝情绝义地下毒手。蓉波眼看自己飞剑光芒渐减，危石上下左右俱被银花包围，危机顷刻，连抽身逃遁都不能够。蓉波此时并非惜命，只想辩明不白之冤。一面竭尽精力抗拒，一面不住在剑光中哀号道："爹爹，你纵不信女儿，你只暂为停手，略宽一时之命，女儿决不逃死，只求说几句话。难道父女一场，这点情分都没有么？"陆敏只是不听，又骂道："一切都是我眼中亲见，你还有何话说？想要乘机逃走，做梦一样。我如不清理门户，也对不起恩师极乐真人。"

第二次又提起极乐真人，猛将蓉波提醒，暗想："昔日师祖曾说我孽重缘浅，赐我灵符一道，以备临危活命，何不取出一试？"想到这里，忙伸手从胸前贴肉处，将灵符取出时，自己那道剑光已是光芒消逝，快要坠落。飞剑一失，便要身首异处，知道危急万分，反正是死，生机只靠在这道灵符上面。惊慌悲忿中，将银牙一咬，也不再顾那口飞剑，运用一口先天真气，朝那道灵符喷去。神一转注，耳听咔嚓之声，蓉波一看飞剑，已经被陆敏剑光绞成粉碎，银光电闪星驰，飞近身来。人到临死，自是忙乱求生。蓉波"哎呀"一声，忙不迭地往后便退。倏地一道金光，上彻云衢，从身后直照过来，金光到处，崖壁顿开。蓉波慌忙逃了进去，身才入内，崖壁便合。猛见眼前银光一亮，还疑是父亲剑光追来，悲苦冤忿，拼死逃窜，业已精力交敝，吓得魂不附体，晕死过去。

醒来见穴中漆黑，面前似有银光闪动，定睛一看，竟是自己父亲素常用的那口飞剑。试一运用，竟和往日自己向父亲讨来练习时一般地圆转随心。惊魂乍定，细想前事，知是灵符作用，只猜不透为何要将自己关禁穴内？几番想运用飞剑破壁而出，竟不能够。正在惊疑，忽听壁外隐隐有陆敏的声音说道："蓉儿醒来没有？适才为父错疑你了。幸而师祖灵符妙用，仙柬说明原因，才知我儿这段宿孽，非在穴中照本门传授，静中参悟三十六年，不能躲过魔孽，完成正果。你此时已有身孕，并非人为，乃是前孽注定，阴错阳差，误嗅毒花合欢莲，受了灵石精气，感应而生。此子将来成就，高出我父女之上，生育以后，务须好好教养。日期不到，因有你师祖灵符封锁，不能破壁出来。你师祖赐我那口仙剑，已因追你时为你师祖灵符收去，现在便转赐给你。日后道成，可再赐给尔子。我现奉你师祖之命，怜我修道多年，有功无过，命我到北海去受寒冰尸解，转劫以后，才能与你相见。玄霜洞尚留有我父女炼的丹药、法宝，将来可一并传授尔子便了。"蓉波闻言，不由放声大哭。陆敏在外，不住劝慰，说是此乃因祸得福，暂时父女分别，无庸悲伤。蓉波自然禁不住伤心，陆敏又何尝不是难受。父女二人似这样隔着一层岩壁，咫尺天涯，对面不能相见，各自哭诉了个肝肠痛断。终因师命难违，不便久延，陆敏才行忍痛别去。

蓉波由此便在穴中苦修，直到第二十一年上，功行精进，约知未来。算计日期，知道元胎已成，快要出世，才用飞剑开胁，生下婴儿。因秉灵石精气而生，便取名叫做石生。母子二人在穴中修炼，又过了十五个寒暑。石生生具异禀，自然是无论什么，一教就会。只是没有衣穿，常年赤身露体。蓉波将自己外衣用飞剑为针，抽丝当线，改了一身小孩衣帽服饰。又将身上所戴昔日离家时母亲赐给的簪环，用法术炼成了金圈。只暂时不许石生穿戴，另行用法术封锁藏好。临要坐化时节，对石生先说明了以前经过。然后说道："我面壁三十六年，仗着师祖极乐真人真传，静中参悟，已得上乘正果。如今元神炼成真形，少时便要飞升。我去以后，岩壁便开，你仗着我传的本领，已能出入青冥，翱翔云外。只是修道之人，岂能赤身露体出去见人。我不是不给你衣穿，惟恐我去以后，你随意出游，遇见邪魔外道，见你资质过人，引诱走入旁门。所以暂时不给你衣穿，也不准出山偷盗，坏本门家法。你须记住，此后你便是无母之儿，一切须要好好为人，莫受外魔引诱，但看洞外石上瀑布干时，便是你出头之日。接引你的人，乃是峨眉派掌教真人转劫之子，名叫金蝉，也是一个幼童模样。不见此人，任何人都不许你上前相见。你二人相遇之后，他自会接引你归入峨眉门下，完成正果。"石生听说慈母就要飞升，远别在即，好不伤心难过。

到了这日午夜将近，蓉波重新嘱咐了石生一遍，将飞剑转赐，说明了玄霜洞藏宝所在。然后两手一擦，朝岩壁一照，一阵隐隐雷声过处，岩壁忽然开辟，领了石生，走出穴外大石上面。又移植了许多藤蔓，将穴口遮没，指点石生地势景物。石生初见天地之大，星月景物之美，虽然心中高兴，也免不了失母的悲痛，悲悲切切，随着回转穴内。蓉波硬着心肠，又嘱咐了几句，将石壁一指，飞身上去，立刻身与石合，微现人影。石生一把未拉住，眼看一朵彩云从壁上人影里飞起，上面端坐着一个女婴，与自己母亲身容一般无二，冉冉出穴，飞入云中不见。一阵伤心，独自在穴内望着石像，哭了个力竭声嘶，才行止住。他虽是有一身惊人本领，一则初见天日，二则饱闻乃母警告，所以非常谨慎。先时每日并不外出，望着石影，面壁用功，与乃母在时一般。后来静极思动，渐渐也知拾一些松毛树叶，铺在洞内。每日只盼瀑布流干，好和接引之人相见。这日正在石上闲眺，忽见崖上似有光华闪动。潜身上去一看，原来是一个女子和三个奇形怪状之人动手。那女子所用紫光非常厉害，手下还养着一只金眼大黑雕，顷刻之间，便将三个怪人杀死。后来竟在玄霜洞住下。石生见不是意中所期之人，甚是闷闷。因听母亲常说各派剑仙家数，猜是峨眉派门下。想向她打听，自己赤身露体，怎能和幼女相见？连日又过两次地震，潭已枯干见底，接引的人还未见来。屡次往北山一带夜游，总发觉有人驾着一道玄色光华，跟踪追赶。几次想和那人见面问讯，想起母亲临去谆嘱，不到出世时节，不准和生人相见，只得避去。独处空山，好不寂寞焦急。生恐将机缘错过，当夜又出去夜游。回来时，云雾甚密，形迹稍微显露了些，差点被崖上的女子发现。

过了三日，忍不住飞上崖去窥探那女子有无同伴。行至洞前，那只金眼大黑雕竟展开一双阔翼飞扑出来。心想："一个大飞禽还有什么，姑且将飞剑放出试试。"竟不能伤那黑雕分毫。又想："一只黑雕已经如此，那女子必更厉害,无怪母亲说外面能人甚多。"恐将洞中女子惊觉,连忙遁了回去。且喜那雕见他一退,并未跟踪追赶。

又等了多日,忽见又是接连一日两次地动山摇,崖上瀑布点滴无存。正盼得两眼将穿,忽有三道光华飞落崖上。内中有一道颇似那日女子所用,疑有接引之人在内。刚要上前探看,那三道光华倏又飞起,也未看清来人模样。到了晚间,自己出外洗完澡回来,竟为崖上之人发觉,跟踪下来寻找。他在石上往下一看,原来是个小和尚,并非预期之人。且喜云雾甚密,没有被他发现。

第一二〇回 两仙童风穴盗冰蚕
四剑侠蛮山惊丑怪

那小和尚在下面找到天明,又喊来两人,内中一个幼童,竟与母亲所说一般无二,不禁喜出望外。原想下去相见,后来一想到自己赤身露体,未免太不雅相;如不下去,又恐错过机会。正在委决不下,忽被金蝉发现那块大石,上来寻找,竟看出形迹,上前擒捉。两下一对面,越发不好意思,慌不迭地驾起剑光逃走。当时并未逃远,他又长于隐形潜迹,众人追他时节,他正潜伏在那块石头底下,乘人不觉,用隐形法回转穴内,望着金蝉等三人商议分路防守,暗暗好笑。几次想和金蝉说话,都是羞于出口。虽知以前母亲给他做过一身衣服,苦于当时未及问明,不知藏在什么地方,遍寻无着,兀自在穴中着急。

直到次日天明,金蝉要去洗澡,那小和尚也唤了那个同伴走开,听二人语气,仿佛对他不甚注意,不久就要离开此山,这才情急起来。暗想:"再不露面,定会失之交臂。他去洗澡,也是赤身露体,何不趁此时机,赶去相见?说明以后,再请他弄件衣服穿穿。"想到这里,探头往上下看了看,且喜无人在侧,便驾剑光跟踪而去。因为金蝉先走了好一会儿,只知照着他飞行的方向追赶,却没料到金蝉半路途中下去警戒猩、熊,取那妖童所遗衣服,无心中听见泉声,换了径路。石生飞了好远,连见下面几个常去的溪涧,并无金蝉踪迹。失望之中,也恐是走错了方向,姑且再往回路找寻,仍未遇见。正行之间,猛见在下方许多猩、熊围着一人在那里咆哮。飞行前去,低头一看,原来是几件衣服,摊在一个石笋上面,远望跟人一样。当时以为是无主之物,衣服主人已享兽吻,自己正无衣穿,乐得拿走。刚刚飞身下去,那数十只猩、熊一见有人抢衣,纷纷怪吼,猛扑上来。论石生本领，这些猩、熊岂值得他一击。一则出世不久，一切言谈行动，无不幼稚；二则不愿杀生害命，急匆匆地抱起便飞。

刚刚升到空中，偶一偏头，看见石后溪涧之中，有人泅泳方欢，定睛一看，正是自己想见之人。再往手上一看，那衣服原本共是两身，急忙之中，随手拿了两件。原想回穴穿好，再从隐处探他三人对自己有无嗔怪之意，然后出面相见。剑光迅速，顷刻回转穴内。穿好一看，因为金蝉一身短装，石生又是初次穿衣，觉得非常满意。正要出穴去见人家，猛想起母亲在日，曾再三嘱咐，说自己家法最严，不准偷盗他人之物，何况偷的又是接引自己之人，不告而取，怎好和人相见？不禁又为难起来。想要送还，又舍不得。正不知如何是好，忽听石上有人说话的声音。侧耳一听，正是金蝉和笑和尚在说失衣之事，并说如不将衣送回，决不甘休。才知上穴还有人在彼守候。金蝉只有一身衣服，恰巧自己取了来，暗幸自己回穴时节，径往下层穴内，没有到上穴里去，未曾被那小和尚堵上。因听金蝉嗔怪，愈发添了悔恨，便乘二人不觉，决计将衣服送还，再图相见之地。及至绕到玄霜洞，刚将一件衣服脱下，金蝉、笑和尚已经回转，恐怕撞见，连忙飞回穴内。一会儿又听金蝉、笑和尚二次到了石上，商量赠衣之事，又感又愧。等二人去后，才从下穴回到上穴，探头往外一看，大石上面果然无人守候。这才断定，所来三人并无恶意，只不过想和自己交个朋友。不由喜出望外，忙跑出去将所赠衣服拿起就穿。道袍原本宽大，又断去半截，虽然长短还可将就，只是袖子要长出多半，肥胖臃肿，远不如金蝉所穿衣服合身好看，越看越不顺眼。来人走得快，更不容再为延迟。又想起母亲教养恩深，如今天上人间，不知神游何所，自己就要出世，连衣服都没给留一件。想到伤心之处，一时忿极，发了童心，赌气将衣服一脱，奔回穴去，两手抚着壁上遗容，哀哀恸哭起来。

哭没多时，恰好金蝉见衣追来，一眼看见昨日所见的孩子赤着上身，在穴中面壁而哭。恐怕又将他惊跑，先堵住穴口，暗做准备，身子却不近前，远远低言道："何事如此悲苦？可容在下交谈么？"说罢，见那小孩仍是泣声不止，便缓缓移步近前，渐渐拉他小手，用言慰问。石生原已决定和来人相见，请求携带同行，只为盗衣之事，有点不好意思。又因慈容行将远隔，中怀悲苦。一见金蝉温语安慰，想起前情，反倒借着哭泣遮羞，一任金蝉拉着双手,也不说话,只管悲泣。金蝉正在劝解之间,忽听四壁隐隐雷鸣,穴口石壁不住摇晃。石生一下地便被关闭穴内多年,知道石壁有极乐真人灵符,以前业已开阖几次,恐又被封锁在穴,不见天日,连忙止了悲泣,道声:"不好!"拉着金蝉,便飞身逃出。忽见一道光华一闪,后面石壁凭空缓缓倒了下来。

二人刚刚飞到穴外石上,将身坐定,那石壁已经倒下丈许方圆大小,落在地面,成了一座小小石台,上面端端正正,坐着一个道姑。石生定睛一看,慌不迭地跑了进去,抱着那道姑放声大哭。金蝉也跟了进去,看那道姑,虽然面容如生,业已坐化多时。听那小孩不住口喊亲娘,连哭带数,知是他的母亲,便随着拜叩了一番。立起身来,正要过去劝慰,猛见道姑身旁一物黄澄澄地发光,还堆着一些锦绣。拿起一看,原来是一个金项圈和一身华美的小衣服,猜是道姑留给小孩之物。忙道:"小道友且止悲泣,你看伯母给你留的好东西。"说时先将那件罗衫一抖,打算先给小孩穿上,忽见罗衫袖口内,飘坠下一封柬帖。石生已经看见,哭着过来,先接过柬帖。还未及观看,金蝉已一眼看清上面的字迹。同时穴口石壁上下左右,俱一齐凑拢,隆隆作响。知道不妙,慌忙一把将石生抱起,喊一声:"石壁将合,还不快走!"二次出穴,才行站定,又是一道光华闪处,石壁倏地合拢,除穴口丈许方圆石壁没有苔藓外,余者俱和天然生就一般,渺无痕迹。石生见慈母遗体业已封锁穴内,从此人天路隔,不知何年才能相见,自然又免不了一番悲恸。金蝉温言劝慰了好一会儿,才行止泪。

再细看手中柬帖时,外面只写着"见衣辞母,洞壁重阖,见机速离,切勿延搁"十六个字。再打开里面一看,大意是说石生的母亲陆蓉波,在穴中面壁苦修多年,静中参悟,洞彻玄机,完成正果,脱体飞升。算准石生出世之日,特以玄功先期布置,使石生临别,得瞻谒遗体。此后由金蝉接引,归入正教,努力前修,母子仍有相见之日。所留衣饰,早已制就,因恐石生年幼,有衣之后,随便见人,离穴远游,错走歧路,所以到日,才行赐与等语。石生读完,不禁又是伤心。经金蝉再三劝慰,说伯母飞升,完成正果,应当喜欢,何况只要努力向道,还有相见之日。一面说,又给他将上下衣服穿的穿,换的换,金项圈给他戴好。这一来越显出石生粉妆玉琢,和天上金童一般。金蝉交着这么一个本领高强的小友,自然高兴非凡。石生头一次穿这般仙人制就的合体美衣，又加金蝉不住口地夸赞，也不禁破涕为笑。他自出娘胎，除了母亲怜爱外，并未遇见一个生人。自从乃母坐化飞升，每日守着遗容，空山寂寂，形影相吊，好不苦闷。一旦遇见与自己年貌相若、性情投契的朋友，既是接引自己的人，又那般地情意肫挚，哪得不一见便成知己，口中只把"哥哥"喊不住口，两人真是亲热非常。略谈了一些前事，金蝉起初只想和他交友，不料竟能随他同去，喜得无可形容。为要使笑和尚、庄易听了喜欢，忙着将他脱下的衣服换好，急匆匆拉了他便往玄霜洞走去。

众人见面之后，自是兴高采烈，觉着此行不虚。谈了一阵，石生便去玄霜洞后昔日英琼寄居养病的石室里面，用法术叱开石壁，取出陆敏遗藏的几件法宝。然后又约了金蝉等三人，重到那大石上下观察，见下穴也同时封闭，仙山瘗骨，灵符封锁，不愁有异派妖邪来此侵犯，才行复回玄霜洞坐谈。金蝉笑问石生，昨日为何隐形回穴，让自己在穴外白等一夜？才知那穴先时只有上层，因为陆蓉波坐化以后，石生时常独自游行，屡次发现有人跟踪，恐怕早晚无意中被人寻到地方，匆忙中不及隐形藏躲。他原会叱石开山之法，偏那石穴有极乐真人灵符作用，仅有一处石脉没有封闭，被他用法术打通，里面竟有极曲折的长石孔，通到大石下面两丈远近。有一石穴，穴口虽只二尺多宽，只能供人蛇行出入，穴内却甚宽广，比上穴还大得多。穴外藤蔓封蔽，苔痕长合，非知底细，拨藤而入，绝难发现。而且上下两层，须自己叱石开山，才可通行，所以外人不能发现，笑和尚道："那日我见蝉弟追你，银光往下飞落，一闪不见，后来又发觉你仍在穴内，便知下面必有路可通，我曾经四处细找，全穴并无缝隙。却不知石弟还会玄门禁制大法，叱石开山。却累蝉弟白白守了你一夜，岂不有趣。"石生忙向金蝉谢过。金蝉又笑问石生："既是等着了相见之人，何以来了又不肯相见？"石生红着脸，又将赤身怕羞，及见众人势欲擒捉，气势汹汹，拿不准来人用意好坏说了。众人见他天真烂漫，一片童心，俱都爱如手足。金蝉嫌他怕和生人见面，又将如今异派纷起，劫运在即，遇见妖恶，须要消灭，为世人除害，才是剑仙本色，详为解说了一遍。石生道："哥哥你看错了。我怕见人是因守着母训，不到时候之故。不然诸位未来时，我常往灵玉崖窥探，看见妖雾弥漫，早就下手了。"

金蝉闻言，自是越发高兴。再看陆敏给他所留的宝贝，共是三件，倒有两件是防身隐迹之物。一件是两界牌，如被妖法困住，只须念动极乐真人所传真言，运用本身先天真气，持牌一晃，便能上薄青旻，下临无地。一件是离垢钟，乃鲛绡织成的，形如一个丝罩，运用起来，周身有彩云笼罩，水火风雷，俱难侵害。还有一件，乃是石生母亲陆蓉波费三十六年苦功，采来五金之精炼成的子母三才降魔针，共是九根。只可惜内中有一根母针，因为尚未炼成，便因孽缘误会，封锁在穴内，运用起来，减了功效。大家观赏夸赞了一阵。石生天赋异质，又经仙人教养，从小即能辟谷。其余三人，笑和尚自不必说，金蝉、庄易，俱能服气，原用不着什么吃的。只金蝉喜欢热闹，说想出去采些山果，作一个形式上的庆会。石生也要跟去。笑和尚道："本派同门虽多，只我和蝉弟知己，如今添了石弟，更是一刻都形影不离了。既然去采果子，何不我们大家同去，一则好玩，二则此山佳果甚多，多采一些，也省得遗漏。"说时，金蝉猛道："前在凝碧崖见你时，你拿的那两个朱果，这东西吃了可以长生，乃本山所产。这些日来，忙着除妖，也不承想起，何妨同去找找？"笑和尚点了点头。当下约定，四人分成两起：金蝉、石生去往山南；笑和尚、庄易却往山北。分途往采佳果，回来聚餐，就便留神寻觅朱果。

先是金蝉、石生飞往山南，四处寻找，并没什么出奇的果子，不过是些特别生得肥大的桃、杏、杨梅、樱、枣之类。路上遇见许多猩、熊，拦住两个猩猿，连叱带问，也问不出什么来。因为笑和尚是往山北去寻朱果，便和石生也往山北飞去。这次飞行较远，归途在无心中飞越一个高峰，一眼瞥见山阴那边愁云漠漠，阴风怒号，嘘嘘狂吼，远远传来。猛地心中一动，想起日前英琼曾说余英男被妖人诓去，代盗冰蚕，以致失陷风穴冰窟之内。后来她将英男救走，始终也不曾将冰蚕得到。反正无事，何不前去探看一回，侥幸得手，也未可知。便和石生说了，同驾剑光，直往山阴飞去。两处相隔，甚是辽远，飞行了个把时辰，才得飞到。快要临近，便听狂飙怪啸，阴霾大作，黑风卷成的风柱，一根根挺立空中，缓缓往前移动。有时两柱渐渐移近，忽然一碰，便是天崩地裂一声大震，震散开来，化成亩许方圆的黑团，滚滚四散，令人见了，惊心骇目。二人虽驾剑光飞行，兀自觉得寒气侵骨。一两根风柱才散，下面黑烟密罩中，无数根风柱又起，澎湃激荡，谷应山摇，飞沙成云，坠石如雨。试着冲上前去，竟会将剑光激荡开来。幸都是身剑合一，不曾受伤。二人一见大惊，石生忙将离垢钟取出，将二人一齐罩上。金蝉也将天遁镜取出，彩云笼罩中，放起百十丈金光异彩，直往狂飙阴霾中冲去。这天地极戾之气凝成的罡风发源之所，竟比妖法还要厉害。二人虽然仗着这两件异宝护身，勉强冲入阴霾惨雾之中，但是并不能将它驱散，离却金光所照之外，声势轰隆，反而越发厉害。

二人年少喜功，也不去管它。正在仔细运用慧目查看风穴所在，忽见下面危崖有一怪穴，穴旁伏着一个瘦如枯骨的黑衣道人，两手抱紧一个白东西闪闪放光，似在畏风躲避的神气，金光照处，看得逼真。金蝉一见，认定是妖邪，见他见了宝镜金光并不躲闪，不问青红皂白，手一指，剑光先飞将出去。石生自然随着金蝉，也将剑光飞出。眼看剑光飞近道人身旁，倏地道人身上起了一道乌油的光华护着全身，也不逃避，也不迎敌。及至二人飞离穴口较近，那道人忽然高声喝道：“来的峨眉小辈，且慢近前。你们无非为了冰蚕而来，这冰蚕已落在我的手中。只因取时慢了一步，正值罡风出穴，无法上去。此物于你们异日三次峨眉斗剑大是有用，我也不来哄骗你们。此时我尚有用它之处，如能借你二人法宝护身，助我上去，异日必将此物送到峨眉。如不相信，今日天地交泰，罡风循环不息，此时罡风初起，还可支持，少时玄冰黑霜，相继出来，再加上归穴狂飙，两下冲荡，恐你二人也难脱身了。”金蝉见那道人喊自己做后生小辈，已是不快。再一听所说的话，意存恐吓，暗想：“既能下来，岂难上去？这道人身形古怪，一身鬼气，定是邪魔外道，不要被他利用，中了道儿。”正要开言，那道人又厉声喝道：“休要观望，我并不怕你们。前时你同门李英琼来救那姓余的女子，一则仗着时日凑巧，罡风不大；二则有仙剑、神雕相助，侥幸得手。今日窟内玄霜，被我取冰蚕时用法术禁制，才未飞扬。少时地下玄阴之气发动，我的法术不能持久，出穴时比较平常尤为猛烈，你们法宝仅可暂时护身，一不小心，被归来风旋卷入地肺，后悔无及。”

言还未了，忽听穴内声如雷鸣地陷，怪声大作，早有无数风团，卷起亩许大的黑片，破穴而出，滚滚翻飞，直往天上卷去，那穴口早破裂大了数十百丈。那道人直喊：“不好！你二人还不快到我跟前来，要被归穴罡风卷入地肺了。”金蝉、石生还要迟疑，就这一转瞬之间，猛听头顶上轰隆轰隆几十声大震，宛如山崩海啸，夹着极尖锐的嘘嘘之音，刺耳欲聋，震脑欲眩，无数的黑影似小丘一般，当头压下。金蝉一看不好，连忙回转宝镜，往上照去。金光照处，亩许大小的黑团散了一个，又紧接着一个，镜上力量重有万斤，几乎连手都把握不住。同时身子在彩云笼罩中，被身侧罡风激荡得东摇西荡，上下回旋，渐渐往穴前卷去。用尽本身真气，兀自不能自主，宝镜又只能顾着前面，那黑霜玄冰非常之多，散不胜散，才知不好。正在惶急，眼看被罡风黑霜逼近穴口，穴内又似有千万斤力量往里吸收。危机顷刻之间，那道人忽然长啸一声，张口一喷，同时两手往上一张，飞出大小数十团红火，射入烈风玄霜之内，立刻二人眼前数丈以外，风散霜消。风势略缓得一缓，那道人接着又厉声喝道："你们还不到这边来，要等死么？"此时二人惊心骇目，神志已乱，身不由己，直往道人身旁飞去。才得喘息，道人所放出的数十百团烈火，已卷入罡风玄霜之内消逝。同时风霜势又大盛，穴口黑霜时而咕嘟嘟黑花片片，冒个不住，时而又被穴外罡风卷进。

二人持定宝镜，护着前面，不敢再存轻视之意，回问道人来历姓名，分别见礼。那道人道："现时无暇和你们多说。我虽不是你们一家，已算是友非敌。并且你们持有矮叟的天遁镜，可以助我早些脱身，少受玄冰黑霜之苦。此时分则两害，合则彼此有益。我立身的周围十丈以外，已用了金刚护身之法，只是地窍寒飙厉害，不能持久。又恐损害冰蚕，须要早些出去。今尚非时，须等狂飙稍息，我三人用这一只钟护身，用你天遁镜开路，再借我本身三昧真火烧化近身玄霜，避开风头，冲了上去，才能脱离危境。你二人虽有法宝，不善应用。我又无此法宝，起初只想趁今日天地交泰当儿，风平霜止，取了冰蚕就走，没料到这般难法。所以如今非彼此相助不可。"金蝉因道人是个异教中人，虽然尚未尽信，无奈适才连想冲上去好几次，都被风霜压回。又见道人语态诚恳，又肯在危机之中相救，除此别无良法，只好应允。

待了有两个时辰，忽然惊雷喧腾中，数十根风柱夹着无量数的黑霜片，往穴内倒卷而入。道人道得一声："是时候了。"首先两手一搓，放出一团红火，围绕在彩云外面，三人一同冲空便起。金蝉在前，手持天遁镜开路。那无量数的大黑霜片，常被旋飙恶飓卷起，迎头打来，虽被镜上金光冲激消散，叵耐去了一层，又有一层。金蝉两手握镜，只觉重有千斤，丝毫不敢怠慢。身旁身后的冰霜风霾，也随时反卷逆袭。尚幸其势较小，石生和那道人防备周密，挨近彩云火光，便即消逝，金蝉不致有后顾之忧，只一心一意，防着前面。由下往上，竟比前时下来要艰难得多。费了不少精神，约有顿饭时候，才由恶飓烈霜之中冲出，离了险地，一同飞往山阳，业已将近黄昏月上。二人见那道人虽然形如枯骨，面黑如漆，却是二目炯炯，寒光照人。手上所抱冰蚕，长约二尺，形状与蚕无异，通体雪白，隐隐直泛银光，摸上去并不觉得寒冷。

正要请问道人姓名来历，那道人已先自说道："你们不认得我，我名叫百禽道人公冶黄。七十年前，在枣花崖附近的黑谷之内潜修，忽然走火入魔，身与石合为一体。所幸元神未伤，真灵未昧，苦修数十年，居然超劫还原，能用元神翱翔宇宙。所居黑谷，四外古木阴森，不见天日，地势幽僻，亘古不见人踪。积年鸟粪，受风日侵蚀，变成浮沙，深有数丈，甚是险恶。任何鸟兽踏上去，万无幸理。我的躯壳，便在那一片浮沙之上的崖腰石窟以内。那日刚刚神游归来，见一女子陷入沙内，救将起来一问，才知她名余英男，乃是阴素棠门下的弟子，因受同门虐待，欲待逃往莽苍山，去寻她的好友李英琼。见那女子生就仙风道骨，根器不凡。目前又听人说起，峨眉门下不久有三英二云，光大门户。内中有一李英琼，座下有白眉和尚仙禽神雕，新近又在莽苍山得了长眉真人遗留的紫郢剑。因为那女子不会剑术，我又正在修炼法体，脱离石劫，不能相送，便指引她一条去莽苍山的捷径。那女子走后多日，我的功行也将近圆满，忽遇多年不见的同门师侄玉清师太打从黑谷路过。招呼下来一谈，才知李英琼早已离却莽苍，归入峨眉门下。余英男因走捷径，路遇妖人，利用她去盗冰蚕，陷身冰窟之内。幸得英琼得信赶去，将她救走。因那冰蚕是个万年至宝，于自己修道甚有用处，功行圆满以后，算明时日生克，造化玄机，赶到此地。刚将冰蚕取到手内，便为霜霾困住，连使金刚护体之法，才得勉强保全。如果你二人不至，须要经受七天七夜风霾之苦，过了天地交泰来复之机，风霜稍息，方能脱难。正在勉强支持，恰遇你们二人赶到。我一向独善其身，对于各派均无恩怨，此番经过数十年石灾苦劫，愈发悟彻因果，原不打算相助任何人。只因自己道成，便即飞升，那时冰蚕要它无用。因玉清师太再三相嘱，与你二人相助脱险之德，情愿用完以后，送至峨眉，以备异日之用。"说罢，将手一举，道得一声："行再相见。"立刻周身起了一阵烟云，腾空而去。

石生道："这位仙长连话都不容人问，就去了。"金蝉道："他既和玉清师太相熟，虽是异派，也非敌人，所说想必是真。我们枉自辛苦了一场，冰蚕没得到，真是冤枉。出来时久，恐笑师兄他们悬念，我们回去吧。"二人所采山果，早在风霜之中失却。天已傍晚，急于回去，只得驾起剑光，空手而归。刚刚飞落玄霜洞前，笑和尚、庄易也已飞到。

原来二人照袁星所说神雕昔日得朱果之处寻找，并无踪迹。产果之地，原在灵玉崖左近，已被妖尸谷辰连用妖法倒翻地肺，成了一堆破碎石坑，更是无有。便随意采了一些佳果回洞，久候金蝉、石生不回，知此山地方甚大，岩谷幽奇，多有仙灵窟宅，恐防出事，又往山南寻找，盘空下视，哪有踪影。笑和尚因金蝉剑光带有风雷之声，石生剑光飞起来是一溜银雨，容易辨认，便同庄易飞身上空，盘空下瞩。直到天黑，才见金蝉、石生二人剑光自山阴一面飞来。跟踪回洞一看，二人手上空无所有，一只山果也未采到。问起原因，互说经过，笑和尚一听大惊道："你二人真是冒昧，哪有见面不和人说话，就动手之理？听师父说，各异派中，以百禽道人公冶黄为人最是孤僻，虽是异派，从不为恶。他因精通鸟语，在落伽山听仙禽白鹦鹉鸣声，得知海底珊瑚礁玉匣之内藏有一部道书，费了不少心力，驱走毒龙，盗至黑谷修炼，走火入魔，多年苦修，不曾出世。他的本领甚是惊人，而且此人素重情感，以爱憎为好恶。若论班行，照算起来，如果玉清师太不算，要高出你我两辈。还算他现在悟彻因果，飞升在即，不和我们后生小辈计较，又有借助之处，否则以你二人如何是他的对手？事已过去，下次见人，千万谨慎些好。"大家谈了一阵，又将采来果子拿了，同出洞外，观云赏月，随意分吃，言笑晏晏，不觉东方向曙。算计还有两日，便是往百蛮山之时，又商量了一阵，才行回洞用功。

第二日照样欢聚。因为头次走快一步，出了许多错，这次决计遵照苦行头陀束上时日下手。直到第三日早上，才一同驾剑光直往百蛮山飞去。一入南疆，便见下面崇山杂沓，冈岭起伏，毒岚恶瘴，所在皆有。石生第一次远行，看了甚是稀奇有趣，不住地问东问西，指长说短。剑光迅速，没有多少时候，便到了昔日金蝉遇见辛辰子，无心中破去五浑兜的山洞上面。笑和尚因为柬上说去时须在当日深夜子正时分，见天色尚早，那里地势幽僻，去阴风洞又近，石生、庄易均是初来，不可大意。虽说诸事业已商妥，必须先行觅地藏身，审慎从事。便招呼三人，一同落下。进洞一看，那几面妖幡虽然失了灵效，依然竖在那里，知道此地无人来过，更觉合用。四人重又商量一阵。笑和尚主张照柬上所说时刻，将四人分作两起：由金蝉和自己打头阵，冒险入穴；庄易、石生随后接应。金蝉说庄易、石生俱都形势生疏，妖人厉害，现时纵然说准地方，到时一有变化失错，反倒首尾不能相顾，还是一同入内的好。庄易凡事随众进退，只石生初生犊儿不怕虎，既喜热闹，又不愿和金蝉离开，便说他随乃母陆蓉波在石内潜修，学会隐身法术，又有离垢钟可避邪毒，两界牌可以通天彻地，护身脱险，更是极力主张同去。笑和尚虽强不过二人，勉强应允，心里总恐石生经历太少，出了差错，对不起人，便将以前去时情形和阴风洞形势，再三反复申说，嘱咐小心。

　　那藏文蛛的地方，原有三个通路：一处便是绿袍老祖打坐的广崖地穴；一处在主峰后面，百丈寒潭之上，风穴之内；还有一处是绿袍老祖的寝宫，与妖妇追魂娘子倪兰心行淫之所。那第一处广崖深穴，自从笑和尚、金蝉初上百蛮山，在穴底被困之时，已为绿袍老祖用妖法将地形变易，因防敌人卷土重来，除在穴内设下极恶毒的妖法埋伏，等人前去入阱外，文蛛业已不在原处。第二处风穴和潭中泉眼，便是禁闭辛辰子和唐石凌辱受罪之所，旁有不少妖人看守。柬上说第一处广崖深穴布置妖法最密，不可前往，往必无幸。而对于二、三两处，只说俱可通至藏文蛛的地方，并未指定何者为宜。笑和尚因为绿袍老祖厉害，业已尝过，第三处既是他的寝宫，必然防备周密，进行较难，第二处风穴泉眼，纵有他的门下余孽防守，既能居人，想必容易入内。四人既是同去，到时简直俱在一起，不要分开，径由第二处通力合作，不求有功，先求无过，以免重蹈覆辙。各人到了以后，第一步先将护身隐迹的法宝紧持备用，稍有不利，即行隐身退出。最后一次商量决定，各人聚精会神，先做完了一番功课。挨到亥初光景，不用金蝉的霹雳剑，以防风雷之声惊动敌人，各自运用玄功，附着庄易的玄龟剑，由最上高空中，直往百蛮山主峰飞去。到了地头，隐身密云里面，由金蝉运用慧眼穿云透视。因为飞行甚高，如此高大一座主峰，在月光里看下面周围形势，竟似一个盘盂中，端端正正竖着一个大笋一般。隐隐只听四围洪涛飞瀑微细声浪。留神旷观三面，俱无动静，只有主峰后面，略有红绿光影闪动。知道置身太高，纵使将剑光放出，也不易被人看破。

彼此稍微拉手示意，便在距离主峰尚远的无人之处落下，然后试探着往峰后风穴泉眼低飞过去。那峰孤立平地，四面俱有悬崖飞瀑。四人落处，恰在主峰以外十来里的一个斜坡上面。金蝉用目谛视，果然前面没个人影，与空中所见仿佛。当下仍用前法同驾剑光，留神前飞，直飞到峰前不远，仍是静荡荡的。及至由峰侧转近峰后，才看出这峰是三面洞流的发源之所。近峰脚处，峭壁侧立千丈，下临深潭。潭侧危崖上有一深穴，宽约丈许，咕嘟嘟直冒黑气。潭中心的水，时而往上冒起一股，粗约两三抱，月光照去，如银柱一般。那水柱冒有十余丈高下，倏地往下一落，喷珠洒雪般分散开去。冒水柱处，凭空陷落。四周围的水，齐往中心汇流，激成一个大急旋儿，旋转如飞。崖穴、潭面，不时有光影闪动，黑影幢幢。四人定睛一看，原来是七个穿着一身黑衣、手执妖幡、形态奇特的妖人，正分向崖穴、潭心行使妖法。这七个妖人，周身俱有黑气笼罩，身形若隐若现，口中喃喃不绝。每值幡头光影一闪，潭心的水柱便直落下去，崖穴口的黑气也随着一阵阴风，直往穴内反卷回来。

四人隐身僻处看了一会儿，正想不出该当如何下手。忽听潭心起了一阵怪声，那崖穴里面也呜呜怪啸起来，两下遥为呼应，仿佛与那日笑和尚、金蝉在洞中所听辛辰子来时发出的怪声相类，听去甚为耳熟。这时潭面、崖穴两处的妖人也忙碌起来，咒语诵不绝口。倏又将身倒立，上下飞旋，手中妖幡摇处，满天绿火。接着又是一片黄光，将崖、潭两处上下数十亩方圆团团罩定。为首两个妖人，各持一面小幡，分向崖穴、潭心一指。先是崖穴里面一阵阴风过处，一团黑气，拥着一个形如令牌、长有丈许开外的东西出来，飞到潭边止住。上面用长钉钉着一个断臂妖人，一手一足，俱都反贴倒钉在令牌之上，周身血污淋漓，下半截更是只剩少许残皮败肉附体，白骨嶙峋，惨不忍睹。笑和尚、金蝉认出那妖人正是辛辰子，虽受妖法虐毒，并未死去，睁着一双怪眼，似要冒出火来，满嘴怪牙，错得山响，怪啸不绝。接着又是一阵阴风，从潭心深穴里，同样飞起一个令牌，上面钉着唐石，身上虽没血污，也不知受过什么妖法荼毒，除一颗生相狰狞的大头外，只剩了一具粉也似的白骨架。飞近辛辰子相隔约有丈许，便即立定，指挥行法的为首妖人，低声说道："再有一个时辰，师父醒来，又要处治你们了。我看你二人元神躯壳俱被大法禁制，日受金蚕吸血、恶蛊钻心、煞风刺体、阴泉洗骨之厄，求生不得，求死不得，除了耐心忍受，还可少吃点苦，早点死去；不然，你们越得罪他，越受大罪，越不得死，岂不自讨苦吃？我们以前俱是同门，并没深仇，实在也是被逼无法，下此毒手。自从你们逃走，我们俱都受了一层禁制，行动不能随心。听说师父大法炼成以后，先去寻捉逃走的同门，只要捉回来，便和你们一样处治，越发不敢冒险行动。我们每日虽然被迫收拾你们二人，未尝不是兔死狐悲，心里难过，但是有何办法？不但手下留情做不到，连说话都怕师父知道，吃罪不起。今日恰巧师父因为白眉针附体，每日须有几个时辰受罪，上次又差点被辛师兄将金蚕盗走，昼夜用功苦炼，虽然尚未炼化，今日竟能到时减却许多痛楚，心中高兴。雅师叔想凑他的趣，特地从山外寻来了几个孕妇胎儿，定在今晚子初饱饮生血，与淫妇倪兰心快活个够。这时他本性发动，与淫妇互易元精，必有一两个时辰昏睡。我们知他除了将寝宫用法术严密封锁外，不会外出，才敢假公济私，趁你二人相见时，好言相劝。少时他一醒来，一声招呼，我们只得照往常将你二人带去，由他凌迟处治了。"

唐石闻言，口里发出极难听的怪声，不住口埋怨辛辰子，如不在相见时拦他说话，必然和那许多逃走的同门一般脱离虎口。就是见面，若听他劝，先机逃走，也不致受这种惨劫。他只管念念叨叨，那辛辰子天生凶顽，闻言竟怒发如雷，怪声高叫道："你们这群无用的业障，胆小如鼠，济得甚事！休看他老鬼这般荼毒我，我只要有三寸气在，　灵不昧，早晚必报此仇，胜他对我十倍。你们这群脓包，几次叫你们只要代拔了这胸前匕根毒针，大家合力同心，乘他入定之时，害了金蚕，盗了文蛛，我拼着躯壳不要，运用元神，附在你们身上，投奔红发老祖。他记恨老鬼杀徒之仇，必然容留，代我报仇，也省得你们朝不保夕，如坐针毡。你们偏又胆小不敢，反劝我耐心忍受，不得罪他，希冀早死，少受些罪苦，真是蠢得可怜。实对你们说，受他荼毒，算得什么！那逃走的峨眉小辈必不甘休，机缘一到，只要外人到此，我便和他们一路，请他们代我去了禁制，助他们成功，报仇雪恨。一日不将我元神消灭,我便有一日的指望。我存心激怒老鬼,使他想使我多受折磨,我才可望遇机脱难。谁似你们这一干废物,只会打蠢主意。快闭了你们的鸟嘴,惹得老子性起,少时见了老鬼,说你们要想背叛,也叫你们尝尝我所受的味道。"

这伙妖人原都是穷凶极恶,没有天良,无非因自己也都是身在魔穴,朝不保暮,时时刻刻提心吊胆,见了辛、唐二人所受惨状,未免兔死狐悲,才起了一些同情之念。谁知辛辰子暴戾恣睢,悍不畏死,反将他们一顿辱骂,说少时还要陷害他们;再一想起平时对待同门一味骄横情形,又是这一次的祸首,不禁勃然大怒。为首一人,早厉声喝骂道:"你这不识好歹的瞎鬼!好心好意劝你安静一些,你却要在师父面前陷害我们。师父原叫我们随时高兴,就收拾你。我因见你毒针穿胸,六神被禁,日受裂肤刮骨、金蚕吮血、阴风刺体之苦,不为已甚,你倒这般可恶。若不叫你尝点厉害,情理难容!"说罢,各自招呼了一声,将手中幡朝辛辰子一指,一溜黄火绿烟飞出手去。那辛辰子自知无幸,也不挣扎,一味乱错钢牙,破口大骂。火光照在那瞎了一只眼睛的狰狞怪脸上面,绿阴阴的,越显凶恶难看。眼看火花飞到辛辰子头上,忽然峰侧地底,起了一阵凄厉的怪声。那些妖人闻声好似有些惊恐,各自先将妖火收回,骂道:"瞎眼叛贼,还待逞凶,看师父收拾你。"说罢,七人用七面妖幡行使妖法,放起一阵阴风,将四围妖火妖云聚将拢来,簇拥着两面妖牌,直往峰侧转去。

四人见形迹未被敌人发现,甚是心喜。妖人已去,崖穴无人把守,正好趁此机会,潜入风穴,去斩文蛛。互相拉了一下,轻悄悄飞近前去一看,哪里有什么穴洞,仅只是一个岩壁凹处,妖氛犹未散尽。金蝉慧眼透视,看不出有什么迹象,显然无门可入。要说苦行头陀柬上之言必然不差,只可惜来迟了一步,洞穴已被妖法封闭。庄易自告奋勇,连用法术飞剑,照辛辰子现身所在冲入,冲了几次,都被一种潜力挡回,知道妖法厉害,恐防惊动妖人,又不敢贸然用天遁镜去照,只索停手。笑和尚猛想起师父柬上既然只说广崖地穴不可涉险,余下两处当然可去。不入虎穴,焉得虎子,何不径往妖人寝宫一探?想到这里,将手一招,径往适才妖人去路飞去。月光之下,只见前面一簇妖云,拥着那两面令牌,业已转过峰侧,绕向峰前而去。

四人知道妖人善于闻辨生人气息，虽在下风，也恐觉察，不敢追得太紧，只在相隔百十丈以外跟踪前往。两下俱都飞得迅速，顷刻之间，四人已追离峰前不远，忽见正面峰腰上，现出一个有十丈高阔的大洞。这洞前两次到此，俱未见过。远远望过去，洞内火光彩焰，变幻不定，景象甚是辉煌。前面妖云已渐渐飞入洞内，不敢怠慢，也急速飞将过去。这时地底啸声忽止。前面妖人进洞之后，洞口倏地起了一阵烟云，似要往中心合拢。笑和尚恐怕又误了时机，事已至此，不暇再计及成败利害，互相将手一拉，默运玄功，径从烟云之中冲进。兀自觉得奇腥刺鼻，头脑微微有些昏眩，身子已飞入洞内。定睛一看，这洞竟和外面的峰差不多大小。就这一转眼间，洞口业被妖法封闭。立脚处，是一个丈许宽的石台，靠台有百十层石阶，离洞底有数十丈高下，比较峰外还深。洞本是个圆形，从上到下，洞壁上横列着三层石穴，每层相隔约有二十余丈。洞底正当中有一个钟乳石凝成的圆形穹顶，高有洞的一半，宽约十亩，形如一个平滑没有底边的大琉璃碗，俯扣在那里，四围更没有丝毫缝隙。洞壁上斜插着一排形如火把的东西，行隔整齐，火焰熊熊，照得合洞通明，越到下面越亮。那琉璃穹顶当中，空悬着一团绿火，流光荧活，变闪不定。适才所见七个妖人，业已尽落洞底，在琉璃穹顶外面，簇拥着两面令牌，俯伏在地。令牌上钉着的辛辰子，仍是怪啸连声。四人俱都不约而同，蹲身石上，探首下视。

笑和尚因为立处没有隐蔽，易为妖人发现，地位太险，不暇细看洞内情景，先行觅地藏身。一眼瞥见近身之处石穴里面，黑漆漆地没有光亮。趁着一干妖人伏地，没有抬首之际，打算先飞纵过去查看，能否藏身。心才转念，石生已先见到此，首先飞纵过去。笑和尚觉得石生挣脱了手飞去，一想自己和金蝉俱都仗着庄易、石生二人行法隐形，石生前去，自然比较自己亲去还好。只恐石生阅历太浅，涉险贪功，不是寻觅藏身之处，就不好办了。正想之间，手上一动，石生业已飞回，各人将手一拉，彼此会意，悄悄往左近第二层第三个石穴飞去。金蝉先运慧眼，往穴内一看，那穴乃是人工辟成石室，深有七八丈，除了些石床石几外，别无动静。而且穴口不大，如将身伏在穴旁外视，暗处看明处，甚是真切。虽然不知此中虚实深浅，总比石台上面强些，便决计在此埋伏，谨谨慎慎，相机行事。也是合该四人成功，这一座峰洞，正是绿袍老祖和手下余孽居处炼法之所。正中间琉璃穹顶，乃是绿袍老祖的寝宫，通体用钟乳石经妖法祭炼而成。洞壁上石穴，便是他门人余孽所居，每人一个，环着他的寝宫排列。自从在玉影峰遭劫，青螺峪断体续身，逃回百蛮山后，暴虐更甚于前，门人余孽被伤害逃亡，两辈三十六人，总共才剩了十一个。因他行为太狠毒，众门人触目惊心，一个个见了他，吓得战兢兢忘魂丧胆。他见众心不属，不怪自己恶辣，反觉这些门人都不可靠，越发厌恶，如非还在用人之际，又有雅各达苦劝，几乎被他全数杀戮。虽然留了这十一个，他也时刻防着他们背叛，防备非常严密。每值与妖妇行淫，或神游入定之际，必将寝宫用妖法严密封锁，连声气一齐隔绝，以防内忧，兼备外患。否则他嗅觉灵敏异常，添了四个生人，如何不被觉察？四人潜伏的石穴，恰巧穴中妖人又是早已死去，所以才能尽得虚实。这且留为后叙。

再说四人刚将身立定藏好，便听啸声又隐隐自地下传出。探头往外一看，那琉璃穹顶当中那一团荧活绿火光倏地爆散，火花满处飞扬，映在通体透明的钟乳上面，幻成了千奇百怪的异彩，绚丽非常。一会儿又如流星赶月般往靠里的一面飞去。接着起了一阵彩焰，踪迹不见。绿光收去，这才看清穹顶里面，一个四方玉石床上，坐着那穷凶极恶、亘古无匹的妖孽绿袍老祖，大头细颈，乱发如茅，白牙外露，眼射绿光，半睁半闭。上半身披着一件绿袍，胸前肋骨根根外露，肚腹凹陷，满生绿毛。下半截赤着身子，倒还和人一样。右脚斜搁石上，左脚踏在一个女子股际。一条鸟爪般的长臂，长垂至地，抓在那女子胸前。另一只手拿着一个下半截人尸，懒洋洋地搭在石床上面。断体残肢，散了一地。莹白如玉的白地，斑斑点点，尽是血迹。余外还有一两个将死未死的妇女，尚在地上挣扎。只他脚下踏定的一个女子，通体赤身，一丝不挂，并没有丝毫害怕神气，不时流波送媚，手脚乱动，做出许多丑态，和他挑逗。直急得穹顶外面令牌上面的辛辰子吼啸连声，猖猖恶詈。那绿袍老祖先时好似大醉初醒，神态疲倦，并不作甚理会。待有半盏茶时，倏地怪目一睁，咧开血盆大口动了一动，便听一种极难听的怪声，从地底透出。随着缩回长臂，口皮微动，将鸟爪大手往地面连指几指，立刻平地升起两幢火花，正当中陷下一个洞穴，彩焰过处，火灭穴平。那七个妖人，早拥着两面妖牌，跪在当地，四人俱没有看清是怎样进来的。估量那赤身女子，定是辛辰子当初失去的妖妇无疑。

这洞虽有许多石穴，可是大小式样如一，急切间看不出哪里是通文蛛的藏处。绿袍老祖现身醒转，更是不敢妄动，只得静以观变，相机而动。

那妖妇一见辛辰子身受那般惨状，丝毫没有触动前情，稍加怜惜，反朝上面绿袍老祖不知说了几句什么。倏地从绿袍老祖脚下跳起身来，奔向辛、唐二人面前，连舞带唱。虽因穹顶隔断声息，笑语不闻，光焰之中，只见玉腿连飞，玉臂忙摇，股腰乱摆，宛如灵蛇颤动。偶然倒立飞翔，坟玉孕珠，猩丹可睹。头上乌丝似云蓬起，眼角明眸流波欲活。妖妇原也精通妖法，倏地一个大旋转，飞起一身花片，缤纷五色，映壁增辉。再加上姿势灵奇，柔若无骨，越显色相万千，极妍尽态。虽说是天魔妖舞，又何殊仙女散花。偏那辛辰子耳听浪歌，眼观艳舞，不但没有怜香惜玉之心，反气得目眦欲裂，獠牙咬碎，血口乱动，身躯不住在牌上挣扎，似要攫人而噬。招得绿袍老祖张开血盆大口，大笑不已。妖妇也忒煞乖觉，竟不往令牌跟前走近。见那七个妖人俱都闭目咬唇，装作俯伏，不敢直立，知道他们心中难受，愈发去寻他们的开心，不时舞近前去，胯拱股颤，手触背摇。招得这些妖人欲看不敢，不看不舍，恨得牙痒筋麻，不知如何是好。妖妇正在得意扬扬，不知怎的不小心，一个大旋转舞过了劲，舞到辛辰子面前，媚目瞬处，不禁花容失色，刚樱口大张了两张，似要想用妖法遁了开去。那辛辰子先时被妖法禁制，奈何她不得，本已咬牙裂眦，忿恨到了极处。这时一见她身临切近，自投罗网，如何肯饶，拼着多受苦痛，运用浑身气力，一颗狰狞怪头，凭空从颈腔子里长蛇出洞般暴伸出来，有丈许长短，咧开大嘴獠牙，便往妖妇粉光腻腻的大腿上咬去。

座上绿袍老祖见妖妇飞近辛辰子面前，知道辛辰子也是百炼之身，得过自己真传，虽然元神禁制，身受荼毒，只不过不能动转，本身法术尚在，不能全灭，就防他要下毒手。还未及行法禁阻，妖妇一只腿已被辛辰子咬个正着。绿袍老祖一看不好，将臂一抬，一条鸟爪般的手臂，如龙蛇天矫般飞将出去，刚将辛辰子的细长头颈抓住，血花飞溅，妖妇一条嫩腿业已被辛辰子咬将下来。同时辛辰子连下巴带头颈，俱被绿袍老祖怪手掐住，想是负痛难耐，口一松，将妖妇的断腿吐落地面。绿袍老祖自是暴跳如雷，将手一指，一道浓烟彩雾，先将辛辰子连头罩住。嘴里动了几动，麦晃着大头长臂，从座上缓缓走了下来，一手先将妖妇抱起，一手持了那条断腿，血淋淋地与妖妇接上。手指一阵比划，只见一团彩烟，围着妖妇腿上盘旋不定，一会儿工夫，竟自连成一体。妖妇原已疼晕过去，醒转以后，就在绿袍老祖手弯中，指着辛辰子咬牙切齿，嘴皮乱动。绿袍老祖见死妇回醒还原，好似甚为欣喜，把血盆大嘴咧了两咧，仍抱妖妇慢腾腾地回转座位。坐定以后将大口一张，一团绿火直往辛辰子头上彩烟中飞去。那绿火飞到彩烟里面，宛似百花齐放，爆散开来。彩烟顿时散开，化成七溜荧荧绿火，似六条小绿蛇一般，直往辛辰子七窍钻去，顷刻不见。妖牌上面的辛辰子，想是痛苦万分，先还死命在妖牌上挣扎，不时显露悲忿的惨笑，末后连挣扎都不见，远远望去，只见残肢腐肉，颤动不息。

这原是邪教中最恶辣的毒刑锁骨穿心小修罗法，本身用炼就的妖法，由敌人七窍中攻入，顺着穴道骨脉流行全身。那火并不烧身，只是阴柔毒恶，专一消熔骨髓，酸人心肺。身受者先时只觉懒洋洋，仿佛春困神气，不但不觉难受，反觉有些舒泰。及至邪火在身上顺穴道游行了一小周天，便觉奇痒钻骨穿心，没处抓挠，比挨上几十百刀还要难受。接着又是浑身骨节都酸得要断，于是时痒时酸，或是又酸又痒，同时俱来。本身上的元精真髓，也就渐渐被邪火耗炼到由枯而竭。任你是神仙之体，只要被这妖火钻进身去，也要毁道灭身。不过身受者固是苦痛万分，行法的人用这种妖法害人，自己也免不了消耗元精。所以邪教中人把这种狠毒妖法非常珍惜，不遇深仇大恨，从不轻易使用。

实因绿袍老祖大劫将临，这次借体续身，行为毒辣，被师文恭在临死之前暗运玄功使了一些魔法，回山以后，不但性情愈加暴虐，自得倪氏妖妇，更是好色如命。他因山外摄取来的女子，一见他那副丑恶穷凶长相和生吃人兽的惨状，便都吓死过去，即或胆子大一些的还魂醒来，也经不起他些须时间的蹂躏。虽然吸些生血，不过略快口腹，色欲上感觉不到兴味。只有妖妇，虽然妖术本领比他相差一天一地，可是房中之术，尽有独得乃师天媱娘子的真传，百战不疲，无不随心。残忍恶辣的心理，也和他差不许多，仅只不吃生人血罢了。因此绿袍老祖那般好恶无常、极恶穷凶的人，竟会始终贪恋，爱如性命。

其实妖妇自从当年天媱娘子被乾坤正气妙一真人用乾天烈火连元神一齐炼化后，便结识上了妖道朱洪，原想一同炼成妖法异宝，去寻峨眉派报杀师之仇。不想朱洪法未炼成，被秦寒萼撞来，身遭惨死。因自己人单势孤，敌人势盛，本不打算妄动。无奈天生奇淫之性，不堪孤寂，时常出山寻找壮男，回去寻乐。无巧不巧，这一天回山时节，遇见辛辰子，见她生得美貌，已经大动淫心。所居洞内，深藏地底，更是隐蔽，可以藏身，便强迫着从他。妖妇见辛辰子独目断臂，狰狞丑恶，比朱洪还要难看。昔时嫁给朱洪，也是一半为事所迫，无奈的结合。好容易能得自由自在，事事随心，如何又给自己安上一副枷锁，当然不愿，两人便动起手来。妖妇虽然不是弱者，却非辛辰子敌手，打了半天，被辛辰子破去许多法宝，末后还被辛辰子擒住。先前爱她，一半也为了这所居的洞府。天生淫凶，哪有怜香惜玉之念，一经破脸动手，已成仇敌。虽然占了上风，自己法宝也损失了两件，不由发了野性，当时便想活活将妖妇抓死。幸而妖妇见势不佳，忙用天媱娘子真传——化金刚荡魂邪法，媚目流波，触指兴阳，引起辛辰子淫心，才得保全性命，结为夫妇。本是万般无奈，恨入骨髓。如果隐居地底，原也无事。偏生辛辰子报仇心切，隐忧念重，盗了化血神刀，又盗文蛛。还未及与妖妇炼成邪法前去报仇，便被绿袍老祖派唐石率领许多妖人，将他二人擒住。辛辰子幸遇红发老祖中途索刀，得逃活命。妖妇自己却吃了苦头，到了百蛮山阴风洞，一见绿袍老祖比辛辰子还要丑恶狠毒，心中自是越加难受。为了顾全性命，只好仍用妖淫取媚一时。因为绿袍老祖喜怒不测，恶毒淫凶，毫无情义，门下弟子都要生吃，时时刻刻提心吊胆。但封锁紧严，又无法逃走。便想了一条毒计，暗运机智，蛊惑离间，使他们师徒相残，离心背叛。既可剪去绿袍老祖的党羽，异日得便逃走，减些阻力；又可借此雪恨。这种办法收效自缓，每日仍得强颜为欢，不敢丝毫大意。追本穷源，把辛辰子当做罪魁祸首。因为唐石畏服绿袍老祖，被擒时，连施妖法蛊惑，都被唐石强忍镇定，没有放她，于是连唐石也算上。及至辛、唐二人被惨以后，每日身受妖刑时节，她必从旁取笑刻薄，助纣为虐。唐石自知魔劫，一切认命，只盼早死，还好一些。辛辰子凶顽狠恶，反正不能脱免，一切都豁出去，能抵抗便抵抗，不能便万般辱骂，誓死不屈。

绿袍老祖本来打算零零碎碎给他多些凌辱践踏与极恶毒的非刑，又见他将心爱的人咬断一截嫩腿，越发火上浇油。因所有妖法非刑差不多业已给他受遍，恨到极处，才将本身炼就的妖火放将出来。还恐辛辰子预为防备，行法将身躯骨肉化成朽质，减去酸痒，先将妖雾罩住他的灵窍，然后施展那锁骨穿心小修罗法，摆布了个淋漓尽致。约有半个时辰，估量妖火再烧下去，辛辰子必然精髓耗尽，再使狠毒妖法，便不会感觉痛苦，这才收了回来。嘴皮微微动了几动，旁立七个妖人分别站好方位，手上妖幡摆动，先放出一层彩绢一般的雾网，将辛、唐二人罩定，只向里一面留有一个尺许大小的洞。那唐石早已触目惊心，吓得身体在妖牌上不住地打颤。这时一见要轮到他，越发浑身一齐乱动，望着绿袍老祖同那些妖人，带着一脸乞怜告哀之容。辛辰子仍是怒眦欲裂，拼受痛苦。绿袍老祖只狞笑了一下，对着怀中妖妇不知说了几句什么。妖妇忙即站起，故意装作带伤负痛神气，肥股摆动，一扭一扭地扭过一旁，远远指着雾网中辛、唐二人，戟指顿足，似在辱骂，那绿袍老祖早将袍袖一展，先是一道黄烟，笔也似直飞出去与雾网孔洞相连。接着千百朵金星一般的恶蛊，由黄烟中飞入雾网，径往辛、唐二人身上扑去。虽然外面的人听不见声息，形势亦甚骇人。

半月多工夫，那些金蚕恶蛊已有茶杯大小，烟光之下，看得甚为清晰。只见这些恶虫毒蛊展动金翅，在雾縠冰绢中，将辛、唐二人上半身一齐包没，金光闪闪，仿佛成了两个半截金人。也看不清是啃是咬，约有顿饭时候。绿袍老祖嘴皮一动，地底又发出啸声，那些金蚕也都飞回，众妖人俱将妖雾收去。再往两面妖牌上面一看，辛、唐二人上半截身子已经穿肉见骨，但没有一丝血迹。两颗怪头，已被金蚕咬成骷髅一般，白骨嶙峋，惨不忍睹。绿袍老祖也似稍微快意，咧开大嘴狞笑了笑。妖妇见事已完，赶将过去，一屁股坐在绿袍老祖身上，回眸献媚，互相说了两句。在旁七个妖人，便赶过去，将两面妖牌放倒，未及施为。辛、唐二人原都是断了一只臂膀，一手二足钉在牌上，有一半身躯还能转动。辛辰子毕竟恶毒刁顽，胜过旁的余孽，不知用什么法儿，趁众人不见，拼着损己害人，压了一个金蚕蛊在断臂的身后。那恶蛊受绿袍老祖妖法心血祭炼，辛辰子元神受了禁制，勉强压住，弄它不死。及被金蚕在身后咬他的骨头，虽然疼痛难熬，还想弄死一个是一个，略微雪仇，咬定牙关不放。这时一见妖妇又出主意，要收拾他，来翻令牌的又是适才和自己口角的为首妖人，早就想趁机离间，害他一同受苦。这时见他身临切近，不由计上心来，暗施解法，忍痛将断臂半身一抬。那恶蛊正嫌被压气闷难耐，自然慌忙松了口，飞将出去，迎头正遇那翻牌的妖人。这东西除绿袍老祖外，见人就害，如何肯舍，比箭还疾，闪动金翅，直往那妖人脸上扑去。

那妖人猝不及防，不由大吃一惊，想要行法遁避，已是不及，被金蚕飞上去一口，正咬了他的鼻梁。因是师父心血炼就的奇珍，如用法术防卫，将这恶虫伤了，其祸更大，只得负痛跑向绿袍老祖面前求救。那辛辰子见冤家吃了苦头，颇为快意。又见余下六个妖人，也因恶虫出现，纷纷奔逃，正是进谗离间机会，便不住口地乱叫，也不知制了些什么谗言。绿袍老祖先见辛辰子偷压金蚕，去害他的门下，正要将金蚕收去，再亲身下来收拾辛辰子，经这一来，立时有了疑心。那受伤妖人飞身过来，未及跪下求饶，忽见绿袍老祖两只碧眼凶光四射，一张阔口朝着自己露牙狞笑，带着馋涎欲滴的神气，晃动着一双鸟爪般的长臂，荡悠悠迎面走来，便知中了辛辰子反间之计，情势不妙。还未及出口分辩，一只怪手已劈面飞来，将他整个身体抓住。那妖人在鸟爪上只略挣了一挣，一只比海碗还粗的臂膀，早被绿袍老祖脆生生咬断下来，就创口处吸了两口鲜血。袍袖一展，收了金蚕。大爪微动，连那妖人带同那只断臂，全都掷出老远。妖人趴伏地上，晕死过去。绿袍老祖这才慢悠悠走向两面妖牌面前。剩余六个妖人，见同门中又有一人被恶师荼毒，恐怕牵连，个个吓得战战兢兢，不敢仰视。

绿袍老祖若无其事地一伸大爪，先将辛辰子那面妖牌拾起，阔口一张，一道黄烟过处，眼看那面丈许长的妖牌由大而小，渐渐往一起缩小。牌虽可以随着妖法缩小，人却不能跟着如意伸缩。辛辰子手足钉在妖牌上面，虽然还在怒目乱骂，身上却是骨缝紧压，手足由分开处往回里凑缩，中半身肋骨拱起，根根交错，白骨森列。这种恶毒妖刑，任是辛辰子修炼多年，妖法高强，也难禁受。直疼得那颗已和骷髅相似的残废骨架，顺着各种创口直冒黄水，热气蒸腾，也不知出的是汗是血。这妖牌缩有二尺多光景，又重新伸长，恢复到了原状。略停了停，又往小里收缩。似这样一缩一伸好几次，辛辰子已疼得闭眼气绝，口张不开。绿袍老祖才住了手，略缓了一会儿，一指妖牌上面钉手足、前胸的五根毒钉，似五溜绿光，飞入袖内。辛辰子也乘这一停顿的工夫，悠悠醒转。睁开那只独目怪眼一看，手足、胸前毒钉已去，绿袍老祖正站在自己面前。大仇相对，分外眼红，倏地似飞一般纵起，张开大嘴，一口将绿袍老祖左手咬住。

第一二一回

双探穹顶　毒火煅文蛛
同入岩窝　飞光诛恶蛊

绿袍老祖满以为辛辰子纵然一身本领，连被自己摆布得体无完肤，元神又被玄牝珠禁制，每次下手，始终没见他有力抵抗。这次信了妖妇谗言，说不愿意见辛辰子怒目辱骂，要将他手足反钉，面向妖牌。因是自己亲自动手，事前又给辛辰子受了新的毒刑，收拾得周身骨断筋裂，晕死过去，还能有何反抗？一时疏忽，未令手下妖人持幡行法相助。没想到百足之虫，死而不僵；蜂虿有毒，积仇太深。辛辰子眼睛一睁，未容下手去抓，已从牌上一阵飘风般飞将起来，一口将他左手寸关尺咬得紧紧，纵有满身妖法，也不及使用。若非辛辰子元神被禁，受伤太过，百伤之躯，能力大减，势必齐腕咬断。情知辛辰子拼着粉身碎骨而来，咬的又正是要紧关穴，稍差一点，定然不会松口。将他弄死，原是易事，又觉便宜了他。只得一面忍痛，忙运一口罡气，将穴道封闭，使毒气不致上袭。右爪伸处，一把卡紧辛辰子上下颚关节处，猛地怪啸一声，连辛辰子上下颚，自鼻以下全都撕裂下来，整个头颚只剩三分之一。一条长舌搭在喉间，还在不住伸缩。这两片上下颚连着一口獠牙，还紧咬着左手寸关尺，并未松落。绿袍老祖此时怒恨到了极处，暂时也不顾别的，先伸手将辛辰子抓起，紧按在妖牌上面，袍袖一展，五根毒钉飞出手去，按穴道部位，将辛辰子背朝外、面朝里钉好。这才回转身来，见左手还挂着两片颚骨，獠牙深入骨里，用手拔下。怒目视着唐石，晃悠悠走了过去。

这时妖妇早慌不迭地跑近前来慰问，朝绿袍老祖说了几句，不住流波送媚。这几句话，居然似便宜了唐石，没受缩骨牵筋之苦。绿袍老祖听了妖妇之言，便停了手，咧开大嘴怪笑。伸出鸟爪将妖妇拦腰抱起，先在粉脸嫩股上揉了两下，慢腾腾回转座位，嘴皮动了几动。旁立六个妖人忙挥妖幡，放起妖雾，将唐石笼罩。然后上前如法炮制，将唐石钉好，收了妖法，推到绿袍老祖面前。绿袍老祖同妖妇商量了几句，分派了三个妖人将辛辰子推走，仍往风穴，留下唐石。五色烟光过去，地下啸声传出，三个妖人已放起烟云，到了琉璃穹顶外面，洞门开处，一阵阴风卷了出去。余下三个妖人也扶了适才那受伤的妖人，待要走出穹顶。绿袍老祖忽又将手一挥，大嘴动了几动。那受伤妖人连忙跪拜一番，才随三个妖人，仍如适才一般走出穹顶，受伤妖人自驾阴风出洞。这三个妖人正要折转，倏地一同仰着头，往笑和尚等四人潜伏的方向用鼻嗅了几嗅，面上都带着惊讶神气。笑和尚一见，知是闻出生人气息，不禁着慌，忙拉了金蝉、石生等一下，暗示留神。四人正在警备，且喜三个妖人只朝四人藏处看了一下，各又互相看了一眼，便即若无其事地绕向穹顶后面而去。

　　笑和尚等先因穹顶里面妖人的一切举动虽然都看在眼里，但除有时听见地下透出怪啸外，别的都听不见声息，知道声息被穹顶隔住，不易透过，略微放心。待了半日，只目睹了许多穷凶极恶的惨状，始终未察出文蛛踪迹。进来虽然容易，出去实无把握。除了石生初出茅庐，又有穿山透石之能，虽然有些触目惊心，还不怎样。余人连金蝉素来胆大，都在心寒。尤其笑和尚责任最重，又带了三个年幼识浅的同门好友同蹈危机，更是万分焦急。无奈这寝宫内外，四面如一，洞壁上巢穴虽多，除了穹顶后面有一处七八丈长、四五丈宽的洞壁，从上到下，通体莹白浑成，并无洞穴。虽有一块长圆形的白玉嵌在石上隐现妖光外，别无异状。未尝不猜那里是个暗穴，一则密迩妖人，不敢妄动；二则也不知怎样破去那石上妖法封锁。在极危绝险中，只好焦急忍耐，静候时机。这时又见形迹已被这三个妖人觉察，暗忖："门下小妖的嗅觉尚且如此灵警，万一老妖走出穹顶，岂能再隐蔽？"未免吃了一惊。只不知道三个妖人既然发觉敌人，何以并不下手？莫非故作不知，另有暗算？个个提心吊胆，各把防身逃遁的法宝又准备了一下，一同用眼觑定那三个妖人的动作。

　　说时迟，那时快，三个妖人已到了那长圆白玉石壁下面，各自将身倒立悬转，口中念念有词。没有多时，便听石壁里面发出一种尖锐凄厉似唤人名的怪声，由远而近。四人中只笑和尚听这音声最熟，不由又惊又喜，侧身向金蝉咬了一下耳朵，说声："来了！"三人一听，越发精神紧张，跃跃欲试。一会儿，怪声越来越近，三个妖人也似慌了手脚，旋转不停，倏地将身起立，往壁上一指，随即分别飞身避开，摆动妖幡，放出烟雾护住全身。转眼之间，壁上又是"吱吱"两声怪响，石壁先似软布一般晃了两晃，倏地射出一股黄色的烟雾。白玉长圆石壁忽然不见，现出一个圆圆的大洞，远远望见两串绿火星从烟雾之中飞舞而出。一会儿全身毕现，正是笑和尚在天蚕岭所遇的妖物文蛛。众人虽未见过，也都听说过形状，果然生得丑恶，令人恐怖。这妖物近日自经绿袍老祖喂了丹药，行法祭炼，虽然它数千年内丹已经失去，却依然不减出土时的威风。才一现身，见有生人在前，便"吱吱"叫了两声，张牙舞爪，飞扑过去，浑身毒烟妖雾笼罩，五色缤纷。再加上前爪上两串绿火，如流星一般上下飞腾，越显奇异骇人。那三个妖人原是奉了绿袍老祖之命，特意用解法去了壁洞封锁，将妖物引出，给它些人肉吃。谁知行法时节，绿袍老祖禁不起妖妇引逗，行淫起来。正在得趣之间，哪管别人死活。反见他们逃避狼狈，情形有趣。妖妇更是笑得花摇柳颤，周身摆动不已。那座穹顶，内外相隔，有极厉害妖法封锁，胜似铁壁铜墙，天罗地网。那三个妖人既知妖物厉害，又不敢动手伤它，除了用妖幡护身、借遁光飞逃外，只盼绿袍老祖早些完毕，开放门户。否则稍有疏虞，便受伤害。一个个俱都恨得敢怒而不敢形于颜色，一味拼命飞逃。妖物如何肯舍，也是一味紧紧追赶不已。幸而那座穹顶孤峙中央，四外俱是极宽的空间，三个妖人又非弱者，一时不易追上。当下三个妖人在前，妖物文蛛在后，紧围着这座琉璃穹顶绕转追逐开来。只见烟云翻滚，火星上下飞腾，映在那透明的穹顶上面相映生辉，幻成异彩，真是美观异景，莫与伦比。

笑和尚几番想乘妖物近前时节下手除去，一则出路毫无把握，二则又有这三个同门至好在一路。适才亲见绿袍老祖处治异己的惨状，倘有闪失，如何对人？不比自己独来，可以拼着百死行事。妖人密迩，稍有举动，必被觉察，一个也幸免不了。师父柬上原说只可暗中下手，方保无事，明做自是危险万分。思来想去，一阵为难。反倒暗止众人不可妄动，决意看个究竟，将一切出路和妖人妖物动静观察明白以后，再暗中前去将妖物刺死。庄易、金蝉，一个少年老成，一个虽然胆大，也经过几次教训，俱惟笑和尚马首是瞻。惟独石生几次跃跃欲试,都被笑和尚、金蝉二人拉住,心中好生气闷。这时三个妖人已被妖物越追越近,两串绿火快与妖幡上烟雾接触。三个妖人知道毒重,虽有妖幡护身,也恐难以抵敌。正在危急之间,忽听地下起了一阵怪声,三个妖人如获大赦一般,慌忙飞身到了穹顶前面,往旁一闪,一阵烟光过处,便入了穹顶。妖物也跟踪追入,才一照面,便向绿袍老祖飞扑过去。眼看扑近,忽从绿袍老祖头上飞起一团绿光,正罩向妖物顶上,竟似有甚吸力,将妖物吸在空中,只顾张牙舞爪,"吱吱"乱叫,却不能进退一步。妖妇凑趣,早一手提起座旁半截妇人残躯,往妖物面前扔了过去。快要扔到绿光笼罩底下,好似被什么东西一挡,跌落下来。妖物急欲得人而噬,眼看着不能到嘴,越显猴急,不住乱舞乱叫。

绿袍老祖狞笑笑了一下,大嘴微动了动,用手朝绿光一指,绿光倏地迸散开来,化成千百点碗大绿火星,包围着妖物上下左右,不住流转,只中间有丈许地方,较为空稀。妖妇仍将那半截女尸拾起,再次朝妖物扔去,这次才没了阻拦。妖物本已等得不甚耐烦,一见食物到来,长爪一伸,抓个正着,似蜘蛛攫食一般,钳到尖嘴口边,阔腮张动,露出一排森若刀剑的利齿,一阵啃嚼,连肉带骨,吞吃了个净尽。吃完以后,又乱飞乱叫起来。妖妇早又把地上几具妇人尸首和一些残肢剩体,接二连三扔上去,照样被妖物嚼吃。直到地上只剩一摊摊的血迹,才行住手。那妖物吃了这许多人肉,好似犹未尽兴,仍望着绿袍老祖和妖妇张牙舞爪,乱飞乱叫。妖妇又不住向绿袍老祖撒娇送媚,意思是看着妖物吃人有趣,还要代妖物要些吃的。绿袍老祖忽然面色大变,大嘴一张,怪啸声音又从地底透出。不多一会儿,先前六个妖人又从洞口现身,待要下入穹顶,一眼看到穹顶里面绿袍老祖神气,各自狂吼了一声,比电闪还疾,穿出洞去。气得绿袍老祖发狠顿足,啸声越厉,两只鸟爪不住乱伸乱舞。六个妖人想已避去,始终不见再行进来。

笑和尚见这些妖人才一现身,又行退出,正猜不透这一群恶徒是什么用意。那绿袍老祖见手下妖人竟敢不听指挥,玄牝珠要照顾妖物,运用元神去追他们,又防妖妇被文蛛伤害,万分暴怒。猛一眼看见身旁妖牌上面钉着的唐石,立刻面容一变,颤巍巍摇着两条长臂,慢腾腾摇摆过去。那唐石先前早已触目惊魂,心寒胆裂,这时一见这般情状,自知不免惨祸,愈发吓得体颤身摇，一身残皮败肢，在令牌上不住挣扎颤动。绿袍老祖因取媚妖妇，急切间寻不出妖物的食物，门下妖人又揣知他的用意不善，望影逃避。恰巧唐石未曾放入寒泉，正用得着。惨毒行径原是他的家常便饭，哪有丝毫恻隐之心。妖妇更是居心令他师徒自残，好减却他的羽翼，反倒在旁怂恿快些下手。唐石连丝毫都没敢抵抗，被绿袍老祖收了牌上妖钉，伸鸟爪一把抓起，先回到位上，搂抱妖妇坐定。然后将绿光收回，罩住自己和妖妇，将唐石扔出手去。那妖物文蛛虽享受了许多残尸败体，因受法术禁制，方嫌不甚称心，一旦恢复了自由，立刻活跃起来，先朝绿袍老祖飞去，飞近绿光，不敢上前，正在气忿不过，爪舞吻张，大喷毒气。一眼看见唐石从绿袍老祖手上飞起，如何肯舍，连忙回身就追。人到临死时节，无不存那万一的希冀。唐石明知恶师拿他残躯去喂妖物，穹顶封锁紧严，逃走不出，还是不甘束手去供妖物咀嚼。把心一横，竟和妖物一面逃避，一面抵抗起来。逃了一会儿，暗忖："老鬼如此恶毒，起初不敢和他抗拒，原想他稍动哀怜，早日将自己兵解，可少受许多非刑。谁知临死，还要将自己葬身妖物口内。穹顶封闭严密，逃也无用，反正免不了这场惨祸，何不拼死将妖物除去，也好灭却老鬼一些威势。"想到这里，不由略迟了一些，妖物已疾如飘风，赶将过来。身还未到，一口毒雾早如万缕彩丝一般，喷将出来。唐石元神受禁，本能已失，仅剩一些旁门小术，如何是妖物敌手。未容动手施为，猛觉双目昏花，一阵头晕，才知妖物真个厉害。想要转身已来不及，被妖物两只长爪大钳包围上来，夹个正着。唐石在昏迷中望见妖物两只怪眼凶光四射，身子业已被擒，自知必死，面容顿时惨变。当时也不暇思索，忙将舌尖咬碎，含了一口鲜血，运用多年苦功炼就的一点残余之气，直朝妖物的头上喷去。这种血箭，原是邪教中人临危拼命，准备与敌人同归于尽的厉害邪法。非遇仇敌当前、万分危迫、自己没了活路、连元神都要消灭时，从不轻易使用。

　　绿袍老祖以为唐石已成瓮中之鳖，又有自己在旁监察，妖物文蛛何等厉害，何况唐石又失了元神，岂是它的对手。一时疏忽，万没料到唐石还敢施展这最后一招辣手。眼看妖物长爪大钳将唐石夹向口边，忽然红光一闪，一片血雨似电射一般，从唐石口里发出。知道不妙，忙将手一指，头上绿光飞驶过去。妖物二目已被唐石血箭打中，想是负痛，两爪往怀里紧紧一抱，接着又是一扯，唐石竟被妖物扯成两片，心肝五脏撒了一地。妖物一只爪上钳着半片尸身，夹向口边，阔腮动处，顷刻之间嚼吃了个净尽。再看妖物，仍在乱叫乱舞，两只怪眼凶光黯淡，知道受了重伤。绿袍老祖恨到极处，将手朝绿光指了一指，便见绿光中出现一个小人，相貌身材和唐石一般无二，只神态非常疲倦。落地以后，似要觅路逃走。逃不几步，绿袍老祖将口一张，一团笆斗大的火喷将出去，将那小人围住，烧将起来，先时还见小人左冲右突，手足乱动。那绿火并不停住，小人逃到哪里，也追烧到哪里。末后小人影子越烧越淡，顷刻之间，火光纯碧，小人却不知去向，只剩文蛛像钻纸窗的冻蝇一般，绕着穹顶乱扑乱撞。

　　绿袍老祖忽又怪啸两声，从穹顶后面壁洞中又飞出一个妖物，轻车熟路般飞到穹顶前面，烟光闪处，飞入穹顶。笑和尚一见那妖物生得大小形状与文蛛一般无二，只爪上绿火星与围身烟雾不如远甚，不由大吃一惊。暗忖："这妖物听说世上只有一个，哪里去寻出这一对来？"正在寻思，那妖物已飞到绿袍老祖面前，阔腮乱动。绿袍老祖狞笑了一下，将手一指，妖物身上妖雾忽然散尽，落下一个红衣番僧。金蝉慧眼，先见妖物出来时，仿佛抱着一个红人。及至烟光散尽，去了妖法，才看出这后来妖物并不是真的，他原与绿袍老祖一党，为何又将他幻化文蛛？好生不解。那红衣番僧雅各达，现出全身之后，走近绿袍老祖座前，似在商量一件事情。妖妇却横躺在绿袍老祖长腕之上，跷起一只粉腿，又去向雅各达撩拨。雅各达哪能禁受这种诱惑，好似按捺不住，又碍着绿袍老祖，有些不敢，脸上神气甚是难看。绿袍老祖想有觉察，倏地将妖妇一甩，推向旁边，摇晃着一双鸟爪般长臂，颤巍巍走下位来。漫说雅各达，连妖妇都觉做过了火，有些害怕，脸带恐怖之容，分别倒退开去。壁上旁观四人，都以为又有什么惨况发生，还待往下看去，将妖物来去下落观察仔细，以便下手。却没料到雅各达虽忿恨绿袍老祖，却没有他门下厉害，还是一样敌忾同仇。适才从藏妖物的洞内飞出时，已觉察出有生人在穹顶外面潜伏。一则壁上洞穴甚多，二则笑和尚等又隐去了身形，没有被他看破。他见察不出形迹，来人既敢入虎穴，必非弱者，径去告诉那绿袍老祖。绿袍老祖用他幻化文蛛，另有用意，这且不提。唤他出来，原因是好些门人同时叛逃。虽然现在不比以前，各人都下有禁制，不怕他们逃走多远，都可用妖法寻踪追去，加以杀害。无奈恶蛊和一些法宝尚未炼成，至少还得三五人相助，惟恐那看养金蚕的几个门人也受逃人引诱。要是现在就一齐杀害，自身白眉针余毒未尽，行法之时，无人代他照料。想命雅各达先监视岩洞中几个妖党，自己再用妖法将逃走的人挨次抓回，残酷处死。一听雅各达说洞中有奸细，不禁暴怒，倒吓了雅各达和妖妇一大跳。

那壁洞口潜伏的笑和尚、金蝉、石生、庄易等四人，见绿袍老祖走下位来，并未处治妖妇和雅各达，只将手朝妖物一指，一团妖光护定文蛛。烟光一闪，到了穹顶外面，怪声吱吱，比箭还疾。转眼飞回原来壁洞。石生再也不能忍耐，手一起，正要将法宝飞出。幸得金蝉眼明手快，一眼看到穹顶里面有了变化，觉出石生手动，连忙拉住，没有发出，直催还不施展隐身法宝快逃。石生也回头看出异样，四人互拉了一下，原打算仍隐身形，用法宝由壁上从来时入口飞出。谁知对面烟光，已如一片铁墙飞至，只觉奇腥刺鼻，头脑晕眩。笑和尚低声喊得一声："不好！"幸得石生机警，一见前面受阻不能飞越，忙即悄喊："哥哥们休慌，快拉在一起，由我开路，往后试试。"说时迟，那时快，石生已一手持定两界牌，默念真言，将牌一晃，带了笑和尚等三人，竟从穴后石壁穿将出去。三人只觉眼前一黑，忙用剑光护身，转眼已透石上升，飞入青旻。惊魂乍定，各道了一声惭愧。低头下视，足底百蛮主峰已是妖雾弥漫，霞蔚云蒸，彩艳无俦。因走时迅速，又未飞出剑光，显露身形，但盼不被妖人觉察，再来就省事了。妖法厉害，虚实已得大概，且等回去看完最后柬帖，再作计较。当下四人仍隐身形，径往来路上飞去。

原来四人正看妖物回穴时，笑和尚、金蝉二人也未始不想乘机一试。猛然看见绿袍老祖又朝空指了几指，穹顶上面忽然开了一个大洞，仰首向四外嗅了一嗅，发出一声凄厉的怪笑，大手爪一搓一扬，先飞出一团烟雾，弥漫全洞。接着将手一招，绿光飞回，元神幻化出一只鸟爪般的大手，陡长数十丈，竟朝笑和尚等潜伏的壁洞飞抓过来。幸得他擒敌心急，下手错了一着，以为有妖雾封锁全洞，不愁敌人飞遁。不料石生有穿山透石之能，又有两界牌护身，逃得异常迅速，一个也没有遭毒手。四人遁后，绿袍老祖仍以为奸细隐身洞中，不曾逃走，及至待了一会儿，既未见敌人中毒现身，又未见敌人有何举动。原是嗅着生人气息所在下手，不曾看清敌人形迹，笑和尚等一去，渐渐闻不见生人气息。虽疑敌人业已事前逃走，门户封锁又是好好的。出洞一看，也未见丝毫踪影。当时因急于要处治异己，自恃妖法高强，元神奥妙，穹顶封闭严密；极乐真人李静虚闻已成道，不问世事，别的正邪各教中人，俱不能伤害自己，纵有奸细混入，迟早被擒，不足为虑。一时大意，也没往笑和尚等藏身之所观察，只用妖法暗将各处埋伏，以等敌人自投罗网。布置就绪，同了番僧雅各达，径往那藏养文蛛的壁洞之内飞去。不提。

话说笑和尚、金蝉、石生、庄易四人飞回原住洞内，打开柬帖，互相观看。不但上面语气较前两次柬帖温和许多，还指示了四人时间和下手之法。另外还附有四张隐身灵符。知道大功将要告成，不由又惊又喜。彼此商量了一阵，决定到时各人佩了苦行头陀灵符，分作两起，照柬帖所说行事。由庄易、金蝉去斩妖僧雅各达幻化用来诱敌的假文蛛，随即虚张声势，用飞剑去除崖壁上的金蚕恶蛊，以便将绿袍老祖引出巢穴。笑和尚、石生事先从妖人口内得了开闭之法，再由适才穿出的石隙中入内，到了里面贴壁飞行，顺路绕向那藏文蛛的白玉石壁上面，破了封锁。等文蛛自己飞出，它二目已被妖人血箭所伤，必然误陷在绿袍老祖埋伏的妖火之中。等到二毒相遇，燃烧起来，飞走不脱，再用霹雳剑由它阔腮中刺入，直穿妖物脏腑。妖物灵气一失，身子便被妖火所化。大功一成，急速退身遁走，飞到空中去与金蝉、庄易二人会合。因为时机迅速，稍纵即逝。尤其是除妖时节，穹顶内尚伏有那倪姓的妖妇，虽然封闭严密，不能走出，可是笑和尚、石生也是无法飞进。妖妇一见文蛛飞出，误触埋伏，必用妖法惊动绿袍老祖。此时下手稍迟，被绿袍老祖飞将回来，玄牝珠绿光一照，灵符便失了效用，不但妖物难斩，还有性命之忧。大敌当前，险难正多，除了石生，余下三人俱都小心翼翼。几番计议筹划，惟恐闪失。直谈到次日黎明，算计时辰快到，笑和尚同了石生，先往柬帖上所说的暗谷里去探机密。二人走有半个时辰，金蝉、庄易也随后动身而去。

且说笑和尚、石生二人隐形借遁飞往百蛮山主峰的南面，照柬帖所指的暗谷之中落下一看，那谷形势异常险恶，丛林密莽间，到处都是毒岚恶瘴，秽气郁蒸，阴森森一片可怖的死气。阳光射到谷里，都变成了灰色。除了污泥沮洳中，不时遇见毒虫恶蝎，成围大蟒，在那里盘屈蜿蜒，追逐跳跃外，静荡荡的，漫说人影，连个鸟兽之迹都无。笑和尚因为时光紧迫，急于寻找绿袍老祖的叛徒，也无心去除那些虫蟒，拉了石生一同往谷的深处飞去。那谷是个螺旋形，危崖交覆，怪木参天，古藤蔽日，越往里走越暗，眼看走到尽头，了无迹兆。正在着急，忽听一种怪声自远处传来，侧耳细听，仿佛人语。循声追去，径从一处岩壁缝里发出，外有藤萝遮蔽。揭藤一看，现出一条宽有二尺的夹衖，壁苔绣合，草气熏人。深入了半里光景，耳听水声潺潺，面前忽然开朗，碧树挺生，野花竞丽，水秀山幽，景物甚是清淑。举目凝望，隔溪对面山崖脚下有一洞穴，那怪声便从洞中发出，时发时止，只是声音尖厉，听不清说些什么。

　　笑和尚知那洞中必有妖异，仗着灵符隐身，不怕被人看破，便同石生往洞中飞去。里面一片暗红，光焰闪闪。定睛一看，那洞深广约有数丈。当中洞壁上钉着一个妖人，认出是绿袍老祖门下叛徒之一。面前有四面小幡，妖火熊熊，正在围着那妖人身子焚烧。虽没见烧伤哪里，看神气却是异常苦痛，不住呼号，挣扎悲啸。心想柬上所说，必是此人。还未及上前问讯，那妖人已经觉出有了生人进洞，忽然停了悲啸，怪声惨气地说道："来的生人，莫不是想除绿袍老鬼的么？你的隐身法很好，老鬼法术厉害，你也无须现身。如能应允我一件事，我便助你一臂之力。"笑和尚见他觉出形迹，便喝道："绿袍老祖凶恶狠毒，你们是他门下，一有不对，便受这种暴虐非刑，想必已知悔悟。如能改恶向善，向我等泄了机密，相助成功，我便救你脱难。"那人闻言，冷笑道："我虽不知你们有何本领，要说除他，除了极乐真人还在人间管闲事，别人再也休想，救我脱难更是休提。要不是他如此厉害，我等或逃或叛，早已下手，不再受这种度日如年的痛苦，还等你来？我不过想和你们交换，少受些罪罢了。"笑和尚道："既不能除他，助我何用？"

　　言还未了，妖人已抢着说道："以前曾有一个小和尚和一个小孩来盗文蛛，想是受了高人指教，怕他将来如虎添翼，先期下手。他迷恋女色，自恃本领，没人敢捋虎须。彼时又恰巧我大师兄辛辰子前来报仇，本可乘他不备，如愿以偿。不想来人不明地理与这里机密，未盗成文蛛，差点送了性命，还害我们多受老鬼一番疑忌。虽说未等他下手禁制，见机逃走的也有好些，早晚仍是要遭他毒手。昨日他因讨好淫妇，将我等二次唤入寝宫，去喂文蛛。我等明知逃走不脱，不过当时进内既是必死，何如暂且避开。万一时过境迁，他想起正在用人之际，不宜多残同类，饶了我们，岂不又可苟延残喘？谁知老鬼真个心毒，事后一个也未幸免。因为元神早被禁制，容易追寻，一个个俱被他用法术分别钉住身躯，用各种恶毒非刑，先摆布了个够。末后再将我等生魂元神去炼一种厉害法术。现在他用阴火烧我，并非没有破法。只是此火一灭，他立刻现身追来，那时连你也逃不脱，要想救我，如何能成？我只希望早死，只盼有人能暗入他的寝宫后面阴风前洞，将妖物文蛛除了。一是去掉他的羽翼，稍息心头之忿；二则妖物一死，他那种狠毒妖法便炼不成，留下我等无用，必然早日处死，可以少受许多罪苦。那阴风洞有他法术封锁，即使进去，不识途径，误走阴风洞后户金峰崖，那里有番僧雅各达幻化的假文蛛为饵，更埋伏有极厉害的妖法。一中埋伏，地水火风同时发动，必将来人化为灰粉。要进此洞，非会本门法术和我们用的六阳定风幡不可。昨日老鬼处治我们，色蒙了心，竟然没有收去我们随身的法宝。那文蛛藏身的空壁上面有一石匣，内中有十来根三寸六分长的小针，每根针上钉着一小块血肉。你从右至左，数到第六根针上，下面钉着的便是我的元神。你只要将针一拔去，我这里虽然躯壳被阴火焚化，身遭惨死，元神却得遁走转劫，不致消灭。不过拔那根针，比除文蛛还难得多。此针一拔，老鬼就到，被他玄牝珠照住，休想脱身，最是危险。我将死之人，自知罪大恶极，该有恶报。不说明，连累了你，也救不了我，所以明说在先。如自问法力不行，就作罢论。你如敢去，你只要答应我除了文蛛之后，代我将那根针拔去，不但传你解法和那面六阳定风幡，万一侥幸，脱劫转生，异日相遇，必报大德。我知你们正教中人不打诳语，如能应允，现在正是老鬼行法入定之际。你如到了他的寝宫，必见他端坐在那里，似有知觉。其实老鬼多疑，仗着法术封锁，并不虑有人侵害他的躯壳，元神并不在此。他一面用阴火去炼化身上白眉针的余毒，元神却在金峰崖，监视那照料恶蛊的几个残余同门。你进去无须害怕，也不可因见老鬼入定，就打算将他除去，那是自找苦吃。只有一直贴着圆壁飞行，到了那白玉圆石下面，用我传的法术，将幡一指，那块假玉石便即不见。入洞以后，不可照直路走，须往左一拐，有一极幽暗曲折的地穴，穴底便是文蛛潜伏之所，那时凭你自己能力行事好了。"

笑和尚闻言，心中大喜，忙即答应了那妖人的请求。随又说道："我不但以前来过，并且昨日也曾亲眼目睹，明明见那文蛛等洞一开便自己飞出，怎说是深藏穴底，还要入内找寻呢？"那妖人一听，不由面色惨变，厉声说道："原来你深知虚实，只是无法去开那壁洞而已。你如等他飞出，我的元神怎能飞遁？幸你自己说出，不然我又上当了。"笑和尚见妖人已在反悔，暗悔自己口快，不该没有传了解法，便露出束上进行之法。事机一瞬，不敢放松，笑了笑答道："你误会意了。实对你说，我便是东海三仙之一苦行头陀门下弟子笑和尚。也知绿袍老祖厉害，奉命先除文蛛。你只要传我解法，比入内除它容易。我除了文蛛以后，定然入内将你元神救出。有德不报，过河拆桥，乘人之危，岂是修道之人所为？"那妖人闻言，想了想，叹口气答道："你说得是，按说原是等文蛛自己飞出更好。我总怕除了文蛛，宫内淫妇将老鬼惊醒，你虽成功，我却无望。不过传你解法，到底多一丝希望。现在一切委之命定，孽由自作，悔已无及，负我不负，任凭于你。我名随引，是老鬼门下第八弟子。除妖之后，如能冒险相救，异日必报大德。那幡经老鬼传授，我自己多年心血祭炼，已拼一死，恐被老鬼搜去，藏在洞外枯树腹内，有法术隐蔽，外人不能取用。待我传你取幡与入洞之法，你急速前往便了。"

笑和尚自是高兴，学了解法，照所指地点取了妖幡，忙不迭地同了石生直往百蛮主峰飞去。虽然妖雾浓密，因为灵符在身，不畏毒侵，顺顺当当地寻着昨日出路，飞入寝宫。只见绿袍老祖并不在内，只有妖妇赤身横陈石座之上。二人隐住身形，到了穹顶后面的圆长玉壁之下，按照解法，将幡一指，也学昨日妖人所为，忙即纵过一旁。转眼间烟雾起处，妖物啸声又由地底传出，渐渐由远而近，毒烟妖雾中带起两串绿火星，张牙舞爪飞将出来。才一出洞，似有觉察一般，竟往笑和尚、石生面前飞来。笑和尚知道妖物异常灵警，必是闻出生人气息。又知妖人寝宫到处都是埋伏，一触即发，不敢大意，只得沿着洞壁一面飞避。那妖物也紧追不舍，围着洞壁绕逐起来。毕竟妖物身躯庞大，追来追去，绕到第二圈上，因为相隔越近，笑和尚一着急，倏地往下一沉身，打算绕到妖物脚底，往后反逃过去。身子刚一转侧，忽见头上一亮，有千百点暗赤火星飞起，满洞彩氛同时蒸腾，不禁吃了一惊。恰巧身侧壁间有一洞穴，连忙同了石生纵身入内，站定观看。那千百点暗赤火星,已将妖物包围成一团,四外彩氛也向妖物身旁聚拢,妖物飞到哪里,火星彩氛也追到哪里。彩烟之中,只见红绿火星滚滚飞扬,煞是好看。妖物且斗且逃,逃来逃去,逃到穹顶上面,不知又触动了什么妖法,"轰"的一声,穹顶上面起了一阵黄烟,妖物周身的千百点暗赤火星也都爆散开来,化成一片烈火,连同下面黄烟,将妖物团团罩住,脱身不得。直烧得妖物口中毒气直喷,吱吱怪叫,爪上两串绿火星似流星赶月般舞个不停。笑和尚见是时候了,忙运玄功,将手一指,霹雳剑化成一道红光,直朝妖物口中飞去。只听"哇"的一声惨叫,业已洞穿妖物脏腑,飞将回来。那妖物灵气一失,整个身子便落在穹顶上面,被妖火围着,燃烧起来。笑和尚见大功已成,想起妖人随引所托之事,不愿负人,更不怠慢,拉了石生,径往妖物出口的壁洞之中飞去。

穹顶中的妖妇正在假寐,忽然妖物飞出,因是司空见惯,又未见有敌人踪影,以为绿袍老祖又弄玄虚,只是旁观,没做理会。及见妖物触动埋伏,飞到穹顶上面,被妖火围烧,方在惊异,猛见一道红光,比电还疾,从侧面飞来,直穿妖物口内,随又飞回不见。看出那道剑光是正教家数,才知不妙。忙用妖法告警时,妖物已经坠落穹顶,被妖火烧死。那绿袍老祖身上的白眉针虽然余毒未尽,已无大害。今日正在寝宫行法,先听后洞雅各达告警,赶到一看,雅各达业已身首异处,所有埋伏均未触动,知道来了能人,不由又惊又怒。猜想敌人绝难走远,必是隐身在侧。忙用妖法将出入口严密封锁;一面运用元神满洞搜寻,如被玄牝珠光华照上,不愁他不现出身来。正在施为,猛觉一阵心血来潮,金峰崖前门下余孽又在告警。急忙赶出去一看,一道乌光与一道带有风雷之声的紫光,正在飞跃。壁洞中三个看护文蛛的妖人,业已死去两个,只剩一个,展动妖幡护着自身,一面狂喊报警,也不敢上前迎敌。岸壁间封锁金蚕的彩雾,已被敌人破去少半,万千金蚕满空飞舞。这些尚未完成气候的毒虫,怎经得起玄门至宝,被那乌、紫两道光华追杀得吱吱乱叫,金星坠落如雨。有些被剑光追散的金蚕,更是三五成群,往四外逃开去,眼看伤亡在即。越发痛惜忿恨,怪啸一声,便往那两道光华飞去。谁知来人忒也乖觉,绿光才现,便即破空而去,转眼隐去形迹,一任玄牝珠能照形显影,一时也难以追寻。又痛惜那些心血祭炼的金蚕恶蛊,只得强忍怒气,乱错钢牙。先顾不得去追敌人，运用玄功，先将那些逃散的金蚕一一追回。那些恶蛊又是生来野性，虽用心血喂炼，心息相通，到底还未炼到功候纯熟，这次又未用法术先行禁闭，被敌人剑光惊走，收起来自然艰难，不觉便费了些时刻。估量敌人既是那以前来过的小孩，自己一到便即逃避，惊弓之鸟，必然走远。对着那些死去的恶虫，忿怒了一阵，见看守的人死亡殆尽，又恐敌人去而复转，想了想，还是迁地为良。刚用妖法将所有金蚕收聚一起，带往昔日藏文蛛的中洞地穴之下。因在用人之际，只对那一个未死的门人狞笑了两声，并未责罚，仍命他在穴中看守。恨到极处，到处都埋伏下水火风雷，严密防守。准备敌人不来则已，如来，不得手，自被妖法所困；纵使得手，也必同归于尽。

绿袍老祖刚布置好，又听前洞妖妇用石窍传音的妖法，在那里呼救，猜是刚才逃走的小孩，又往前洞扰闹。暗想："后洞虽有地水火风，因防雅各达同时受伤，还有松懈之处，以致被敌人察明虚实，得利而去。寝宫埋伏森严，只一挨近穹顶，任你天人也难脱身。此番若将这小业障擒住，必与辛、唐二人一般处治，方消胸中恶气。"一面打着如意算盘，身已飞回。一见文蛛业被阴火围住，不由大吃一惊，连忙收去妖法，而文蛛已成灰烬。入内问起妖妇，听说了经过，气得暴跳如雷。一把将妖妇甩开，径往后壁洞中飞去。原意以为今日敌人是受了高人传授，深知虚实，乘其不备，觑便下手，必然得手逃去，决不敢和自己对面，报仇只有俟诸异日。想起文蛛穴内，尚禁制着几个叛徒元神，目前用人之际，门下死亡殆尽，打算将石匣取了，挑放两个备用，并无搜敌之意。不想刚刚飞到洞口，猛觉心中一动，知道又有人在内去救那些叛徒元神，已经破了自己的禁法。也是合该笑和尚、石生不该遭难。绿袍老祖如将那洞先用妖法封闭，再发动地水火风，一个也休想走脱。偏他报仇心切，只想生擒敌人，不假思索便往洞内飞去。恰巧笑和尚、石生按照随引所说，果然寻着了石匣，依言行事，将第六根妖针刚才拔起，下面那团血肉便化成一溜火星，一闪不见。石生觉得好玩，随手也拔起一根。笑和尚连忙拦阻，刚喊得一声："还不快走！"便见一团绿火劈面飞来，知道不妙，仗着隐住身形，径从斜刺里飞避开去，打算让过绿光，往外逃走。刚刚避开逃出穴外，那绿袍老祖立即追到，忽闻一股生人气味从身旁飘过，知道敌人业已隐身遁走，心中大怒，狂啸一声，那团绿光倏地暴涨开来，比电还疾，顷刻照耀全洞。笑和尚、石生仍想从原来石隙遁走，焉能做到。绿光射处，首先将隐身灵符破去，现出身形。笑和尚知道不好，忙用霹雳剑护身时，绿光中一双数十丈长的怪手，业已抓将过来。幸得石生机警，趁百忙中绿袍老祖一意生擒敌人，收了妖法，去了许多阻力，把两界牌一晃，一道光华，竟然破壁飞去。二人方喜脱离虎口，后面绿袍老祖业已催动烟光，电闪星驰般追来。笑和尚知难脱身，正要反身迎敌，忽然一道五彩金光，原来是金蝉同了庄易手持天遁镜，劈面飞到，放过笑和尚，直敌绿袍老祖。笑和尚、石生见大功告成，金蝉、庄易俱都得手无恙，不由精神大振。四人会在一起，合力迎敌，百忙中彼此略说了两句经过。金蝉、庄易索性将两道灵符藏好，以免被妖法污损。四人剑光，俱都不怕邪污，由金蝉用天遁镜阻住妖氛，各人指挥剑光应战。

绿袍老祖见前面敌人果有上次来的那两个小孩在内，自己纵横一世，却在地沟里翻船，吃了几个小孩的大亏，愈发怒上加怒。暗忖："上次因想生擒，行法慢了一步，被你们走脱，今日饶你们不得。"知道剑光虽多，并不能伤自己。只有天遁镜厉害，毒雾烟光，不能上前。狞笑一声，长臂挥处，烟雾越浓，倏地分成数团，分向四人涌去。绿袍老祖妖雾是随消随涨，不比寻常，宝镜光芒一照便消，只能阻住前进。金蝉天遁镜只照一面还可，四面挥照，便显力薄，不能同时使它消散。飞出去的剑光，明明绕到敌人身上，绿光闪处，依然不能损伤分毫。四人见势不佳，知道再若延迟下去，必然凶多吉少。一面由金蝉用天遁镜去抵抗前面妖雾，一面由各人将剑光收回护身，准备逃走。那绿袍老祖早乘四人慌乱分神之际，从烟光中用身外化身，将玄牝珠元神幻化成一只数十丈长的大手，绿光荧荧伸将过来，映得天地皆青，眉发尽碧。笑和尚等四人正待逃走，忽见一只怪手已从烟光中飞临头上。石生动手最早，连用子母降魔针，宛如石沉大海，降魔针投入绿光之中，杳无反应。笑和尚、金蝉又双双冒险将霹雳剑放出抵挡，剑光只围着绿光怪手，随断随合。眼看来势大疾，危机一发。

不知四人性命如何，且待下回分解。

第一二二回　晶锅幻彩　邪雾蒸辉　彻地分身消魔首
　　　　　　仙阵微尘　神刀化血　先天正气炼妖灵

话说笑和尚等四人正在危急之际,倏地三道匹练般的金光,如长虹泻地,从空中往下直射,接着便是惊天动地的一个大霹雳打将下来。四人身躯好似被什么大力吸住,直甩出去约有半里之遥,脱出了险地毒手。只是震得耳鸣目眩,摇魂荡魄。知道来了救应,略一定神,往前一看,所有前面毒氛妖雾,已被霹雳震散,金光影里,现出两个仙风道骨的全真和一个清瘦瞿昙,正是东海三仙玄真子、苦行头陀和乾坤正气妙一真人驾到。笑和尚、金蝉心中大喜,胆气为之一壮,匆匆说与庄易、石生,便要上前再斗。这时三仙的三道金光,正与敌人那亩许方圆一团绿光斗在一起,宛如三条金龙同抢一个翠珠,异彩晶莹,变化无穷,霞光四射,照彻天地。四人刚刚飞近,苦行头陀将手往后一挥,吩咐不要上前,暂待一旁候命。

四人才住脚步,又听得破空之声,三道光华,两个自北一个自西同时飞到,现出三个矮子。西边来的藏灵子首先到达,生得最为矮小,一露面便高喊:"三仙道友,暂停贵手。我与老妖有杀徒之仇,须要亲手除他,方消此恨!"言还未了,北面来的也现出身来,正是嵩山二老追云叟白谷逸和矮叟朱梅,同声说道:"三位道友,我们就听他的,看看藏矮子的道力本领。他不行,我们再动手,也不怕妖孽飞上天去。"这时三仙已各向藏灵子举手,道声遵命,退将下来。藏灵子手扬处,九十九口天辛飞剑如流星一般飞上前去,包围绿光,争斗起来。绿袍老祖狞笑一声,骂道:"无知矮鬼!也敢助纣为虐,今日叫你尝尝老祖的厉害。"说罢,长臂摇处,倏地往主峰顶上退飞下去。藏灵子哪里肯舍,大声骂道:"大胆妖孽!还想诱我深入,我倒要看看你有何伎俩。"说罢,将手一指,空中剑光恰似电闪星驰般直朝绿光飞去。

三仙二老也不追赶，大家都会在一起。峨眉掌教乾坤正气妙一真人齐漱溟，从法宝囊内取出六粒其红如火、有茶杯大小的宝珠和十二根旗门，分给玄真子、苦行头陀与嵩山二老每人一粒宝珠、两根旗门，自己也取了一套。剩下一珠二旗交与笑和尚，传了用法，吩咐带了金蝉、庄易、石生三人，将此旗、珠带往东南角上，离百蛮主峰十里之间立定，但听西北方起了雷声，便将珠、旗祭起，自有妙用。笑和尚去后，妙一真人对众说道："我正愁除此妖孽需费不少手脚，会不会在我等行法时，他用元神幻化逃窜，实无把握。难得藏灵子赶来凑趣，正好在他二人争斗之际，下手埋伏，想是妖孽恶贯满盈，该遭劫数。不过藏灵子虽是异派，除了他任性行事外，并无大恶。这生死晦明幻灭微尘阵，乃是恩师正传，又有我等三人多时辛苦炼成的纯阳至宝为助，到时他如果见机先退还好，不然岂不连他也要玉石俱焚？莫如我和玄真师兄交替一下，由我来主持生门，给他留一条出路如何？"矮叟朱梅道："你虽好心，一则恐他执迷不悟，二则他既见机退出，绿袍老祖岂有不知之理？倘或妖孽也随着遁走，我们竟投鼠忌器，万一闹了个前功尽弃，再要除他就更难了。"苦行头陀道："齐道友言得极是。上天有好生之德，藏灵子数百年修炼苦功，也非容易。如被纯阳真火烧化，身灵两灭，不比兵解，反倒成全。此事不可大意，因果相循，误人无殊误己。长眉真人预示妖孽命尽今日，绝无差错，我等宁被妖孽遁走，再费手脚，也不可误伤了藏灵子性命，才是修道人的正理。"众人闻言，俱都点头赞可。当下除妙一真人与玄真子相换，去守生门外，余人也各将方位分别站好，静等时机一到，便即下手行事。

这时主峰上空的藏灵子，正和绿袍老祖杀了个难解难分。藏灵子用白铁精英炼成的九十九口天辛剑，只管在那团亩许大小的绿光中乱穿乱刺，但故人恰似没有知觉一般。适才又在三仙二老面前夸下大口，越俎不能代庖，岂不笑话，不由又愧又怒。想另使法宝取胜时，那绿袍老祖早有算计，将藏灵子诱入了重地之后，乘他一心运用飞剑、不及分神之际，暗中行使妖法，下了埋伏。一切准备停当，才将手往空中一指，空中玄牝珠那团绿光倏地涨大十倍，照得天地皆碧。藏灵子刚将法宝取到手内，忽见绿光大盛，飞剑虽多，竟只能阻挡，无力施为，才知绿袍老祖玄牝珠真个厉害，大吃一惊,不敢松懈,也先将手往空中一指,正用全神抵御之间,忽听地下怪声大起,鬼声啾啾,阴风怒号,"砰"的一声大震,沙石飞扬,整个峰顶忽然揭去。五色烟雾中,只见一个赤身裸体的美妇影子一闪,一座琉璃穹顶比飞云还疾,升将起来。飞到半空,倏地倒转,顶下脚上,恰似一个五色透明的琉璃大蒸锅,由藏灵子脚下往上兜去;上面飞剑抵不住绿光,又平压下来。藏灵子先见峰顶揭开,烟雾弥漫中,有一赤身美妇,只疑是敌人使什么姹女阴魔,前来蛊惑自己,并没放在心上,只注重迎敌头顶上的绿光,防它有何幻化。百忙中见脚底烟雾蒸腾而上,随手取了一样法宝,待要往下打去,猛一定睛运神,看出下面烟光中那座穹顶。才知绿袍老祖心计毒辣,知道自己也擅玄功,不怕那玄牝珠幻化的阴魔大擒拿法,力求取胜,竟不惜将多年辛苦用百蟒毒涎炼成的琉璃寝宫,孤注一掷地使将出来。若是旁人,精神稍懈,岂不遭了毒手?就在这一转念间,早打定了主意,拼着牺牲一些精血,不露一些惊惶,暗将舌尖咬碎。等到穹顶往上兜来时,忽然装作不备,连人带剑光,竟往烟光中卷去。

绿袍老祖见敌人落网,心中大喜,忙将绿光往下一沉,罩在穹顶上面,以防遁逃。然后将手一指,正待将穹顶收小,催动阳火将敌人炼化时,忽见穹顶里面,霞光连闪两下,两道五色长虹,宛如两根金梁,交错成了十字,竟将穹顶撑住,不能往一处收小。接着,喳喳微响了一下,烟光尽散,藏灵子已不知去向。那座仰面的大穹顶,底已洞穿,恰似一个透明琉璃大罩子,悬在空中,自在飘扬。才知害人不成,反着了敌人的道儿,将多年心血炼成的法宝破去,不由又惊又怒。方在查看敌人踪迹,忽然一道光华,从身后直射过来。连忙回身看时,一朵黄云疾如奔马,飞驶过来,快将自己罩住。情知今日和藏灵子对敌,彼此都难分高下,绝非寻常法宝、法术所能取胜。这朵黄云定是藏灵子元神幻化,索性一不做二不休,自己也用元神,和他一拼死活。想到这里,略一定神,无暇再收拾残余法宝,因舍不得本身这副奇怪躯壳,敌人势盛,恐遭暗算,便暗使隐身妖法,往地下钻去。同时精魄离身,与元神会合一体,直往黄云中飞去。两下一经遇合,那黄云竟似无甚大力,暗笑敌人枉负盛名,竟是这般不济,也敢和我动手。正待运用玄功将敌人消灭,倏听地底一声大震,黄光如金蛇乱窜,藏灵子从烟光中破空直上,手中拿着绿袍老祖两半片怪头颅,厉声喝道:"该死妖孽！还敢逞能。你的躯壳，已被祖师爷用法术裂成粉碎了。"

原来藏灵子适才飞入穸顶时，先用法宝将穸顶撑住，然后喷出一口鲜血，运用玄功破了妖法。知敌人凶狡，妖法厉害，自己本领未必能够伤他，便猛生巧计，脱险以后，暂不露面。先使滴血分身，假幻作自己元神，装作与他拼命。本人却隐身在侧，觑准绿袍老祖隐身之所，猜他必将躯壳潜藏地底。忙即跟踪下去，只苦于不知藏处深浅，姑且运用裂地搜神之法，居然将敌人躯壳震裂。绿袍老祖也是自恃太过，才两次着了敌人的道儿，躯体已毁，日后又得用许多心力物色替身。空自痛恨，也无办法。那藏灵子更是恶毒，将那绿袍老祖两半个残余头颅拿在手中，口诵真言，用手一拍，便成粉碎。再将两掌合拢一搓，立刻化成黄烟，随风四散。眼看前面黄云已渐被绿光消灭，知用别的法宝绝难抵敌，便将身往下一沉，落在山岩上面，将九十九口飞剑放出，护住全身。然后将手往头顶一拍，元神飞出命门，一朵亩许大的黄云，拥护着一个手持短剑、长有尺许的小道士，直往天空升起。这时玄牝珠已将先前那朵黄云冲散，劈面飞至，迎头斗将起来。藏灵子运用元神和多年炼就的心灵剑，想将绿袍老祖元神斩死。绿袍老祖又想乘机幻化，将残余的金蚕恶蛊放出来，去伤藏灵子的躯壳。

两下用尽心机，一场恶战。绿光、黄云上下翻滚，消长无端、变化莫测。直斗了有个把时辰，未分胜负。斗到后来，那道绿光芒彩渐减。藏灵子久经大敌，这会儿工夫已看出玄牝珠的神化，虽不能伤害自己，却也无法取胜。一见敌人似感不支，便疑他不是蓄机遁逃，就是别有用意。正在留神观察，猛听绿光中连连怪啸，似在诵念魔咒，半晌仍无动作。又斗了半盏茶时，对面绿光倏如陨星飞泻，直往下面坠落。藏灵子早有防备，连忙追将下去，刚刚坠落到主峰上面，绿光已经在前飞落。还未等到跟踪追入，忽见下面绿光影中，一道红光一闪，一阵血团黑烟劈面飞洒而上。知敌人又发动了埋伏，不知深浅，未敢深入，略一迟疑，绿光已随血团飞出。藏灵子运用真神，看出那血团中有好几个阴魂厉魄催动。知道那些血团是绿袍老祖用同党生魂血肉幻化，甚为厉害。便将心灵剑飞出手去，一团其红如血的光华，立刻长有亩许方圆，先将那阵血团黑烟围住，然后再用元神去敌绿袍老祖，两下才一接触，猛然又听异声四起，吱吱喳喳，响成一片。接着"嗡"的一声巨响，从后崖那边又飞起千万点金星，漫天盖地飞叫而来。一个妖人手持长幡，幡上面放出数十百丈的妖云毒雾，笼罩着这些金蚕恶蛊，在后督队，正要往自己存放躯壳的山崖飞去。才知敌人故意用妖法绊住自己元神同那口心灵剑，暗中却将毒蛊放出，嚼吃自己的躯壳，不由大吃一惊。这时敌人元神光华大盛，心灵剑虽然神妙，偏偏那些血团俱是妖人精血所化，诛不胜诛。尽管被剑光斩断，并不消灭，反而由大变小，越来越多，紧紧缠定剑光不舍。下面躯壳虽有九十九口天辛剑护身，无奈这些受过妖法训练的通灵恶蛊，见了生人，胜似青蝇逐血，死缠不舍。又秉天地奇戾之气，憨不畏死，得空便钻，见孔就入，不比别的法宝尚可抵御。大敌当前，自己元神不能兼顾，只凭飞剑本身灵气运转，略有疏忽，被恶蛊侵入了几个，定遭粉身碎骨之惨。自己功行尚未完满，便将肉身失去。正后悔不该贪功好胜，将元神离身，铸此大错。忽听下面怪啸连声，那金蚕后面的督队妖人便停了飞行。金蚕原受那面妖幡指挥，也跟着不再前进，只管在妖雾中乱飞乱叫。

转眼间，从斜刺里飞来两道妖光，涌现出两个妖人，其中一个断了一只臂膀，两人各持一面妖幡，烟雾围绕。才一照面，便对那督队妖人喝道："老鬼劫运快到，现在云南教祖和三仙二老，正在合力除他。我等元神，已蒙一位恩人救去。你看他平时对我等那般暴虐狠毒，到了这般田地，还将众同门的精魂血肉，供敌人宰杀诛戮。我们已将洞底禁法破坏，少时他那化血分魂之法，便要被敌人破去。侥幸他因用你，还了元神，还不趁他有力无处使时，急速带了这些恶蛊，随我们死中觅活，等待何时？"言还未了，三个妖人已经聚在一起，呼啸一声，各将长幡一摆，烟云起处，簇拥着那些金蚕，便往东南方向飞去。

绿袍老祖见众叛亲离，又将费尽辛苦炼成的金蚕恶蛊失去。虽受过心血祭炼，灵感相应，无奈这三个妖人本领俱非寻常，驾驭金蚕又是自己所传。元神禁制，还不怕他们反逃上天；如今他们元神被人解放，自己元神又被敌人绊住，眼看着奈何不得，只急得"呜呜"怪啸。藏灵子以为自己躯壳必毁在恶蛊毒口，万料不到敌人起了内叛，居然保全。同时敌人所用化血分神之法，原是受了同党的救援。内中妖人乘绿袍老祖与敌人交手之时，前往阴风洞底去将自己元神救去。不料被绿袍老祖赶来，遭了毒手，又将他们元神驱遣御敌，因为受了禁制，只能甘受对方宰杀，无力避免。

及至二次被那两个同党暗中去破了禁制，自然纷纷逃散。妖人元神一去，妖法便失了灵效，血团妖云顷刻消灭，更是喜出望外。方在得意，忽听西北方起了一个震天价响的大霹雳，接着四外雷声同时响应，六七道长虹般的金光，倏地从远处飞向中央主峰上面，满空交织。见那三个妖人驾着烟云，带着那成千上万的金蚕飞出好远，被这金光闪了两闪，顷刻不见。正在惊疑，猛听耳旁有人低语道："妖孽凶顽，一时难以诛灭。贫道等奉了长眉真人遗命，已布下生死晦明幻灭微尘阵，将妖窟完全罩住。道友何必多费精神与他苦斗？快请退出西北生门，且由贫道等来代劳吧。"

　　藏灵子听出是三仙用十里传音警告，此山已设下生死晦明幻灭微尘阵。这阵法乃是长眉真人当年除魔圣法，非同小可，如不见机退出，势必连自己也一同消灭在内。再往上下四方一看，先前金光闪过几闪之后，已经了无踪影，只觉到处都是祥云隐隐，青蒙蒙上不见天、下不见地，别的并无异兆。知道适才雷声，阵势业已发动，危机顷刻，不顾再和敌人争持。百忙中往下一看，九十九口天辛剑光华绕处，自己躯壳仍旧好端端坐在那里。知是三仙二老不但给自己留了出路，连躯壳都未用阵法隐去，好让自己全身而退，心中又感又愧。不敢怠慢，忙将手一指，心灵剑稍缓敌人来势，运用元神，如飞星下逝，遁回躯壳，刚合得体，飞起身来。上面心灵剑抵不住玄牝珠，敌人元神业已追到，哪敢再作迟延，就势收了心灵剑，使用遁法，忙往西北方飞去。那绿袍老祖急怒之余，虽未听出传声示警，已看三仙二老有了动作，仗着玄功奥妙，敌人不能伤害。一见藏灵子想要逃遁，如何肯舍，紧紧追去。两下里遁光俱都迅疾非凡，藏灵子驾着遁光在前，绿光在后，恰如飞星过渡、电闪穿云，相隔也不过十丈左右。这里三仙二老用千里传音，警退了藏灵子。见绿袍老祖元神也随着退出。当时如将阵势发动，玉石俱焚，又违了初意；否则妖孽也要跟着逃遁，日后成了气候，更难消灭。正在举棋不定，绿光已追离阵门不远。乾坤正气妙一真人见势不佳，正待飞身上前阻挡，藏灵子已首先退出阵来。就在这一友一敌，首尾衔接，绿光转瞬便出阵门之际，倏地一片红霞从斜刺里飞来，放过藏灵子，便见一道血光比电还疾，直朝绿光飞去，恰好两下碰个正着，只听绿光一声惨啸，掉转头便遁回去了。妙一真人看出来人是红发老祖，用化血神刀伤了绿袍老祖元神一下。知道红发老祖定要前往追逐，恐那化血神刀也葬送阵内，忙中不及开言问讯，袍袖扬处，先飞起一道金光，将化血神刀敌住。再用手往空一指，一团红光飞将起来，顷刻化作一片火云，直往空中布去。然后上前与来人相见。此时，藏灵子自觉无趣，早道得一声："道友留情，再行相见。"驾遁光飞遁回去了。

红发老祖为报绿袍老祖杀徒之仇，特意炼了两件法宝，前来寻他算账。一到便看出绿袍老祖追赶藏灵子甚急，乘其不备，给了他一化血神刀。刚要往前追赶，忽见一道金光飞起，将神刀阻住，不能前进。定睛一看，放剑的人正是峨眉掌教，怎会相助妖孽？正在诧异，阵势业已发动，才看出是一番好意。相见不用分说，自知这阵法非同小可，不愁杀徒之恨不消。与妙一真人见礼之后，又去寻见追云叟，谈了几句，便即作别回山。

那绿袍老祖先时只知敌人有了动作，还不知轻重利害。及至追赶藏灵子快出阵间，看见前面祥云中隐现的旗门宝光，才知不妙。方要随敌飞逃，不想才出阵门，便遇克星，吃了一刀。红发老祖亲来，不比洪长豹，可用玄功幻化欺骗。虽有抵敌的法宝，匆忙之中也来不及行使，前进不能，只得后退。一时急怒交加，惊慌忙乱，竟忘了退路更险。才退不到丈许，阵门已合。这时一座百蛮主峰，周围数十里上空，俱是祥云瑞霭笼罩，红艳艳一片金霞异彩，更看不清丝毫景物。只不时看见那团亩许大的绿光东冲西突，闪动不定。三仙二老各在本门方位上盘膝坐定，运用玄功，放起纯阳真火，手扬处便是一个震天大霹雳，带着一团火云，直往阵中绿光打去。四外雷声一个接着一个，只震得山摇地动，石破天惊。静等满了一十九日，消灭妖人元神，扫荡毒氛。这且不提。

话说把守灭门的笑和尚等四人，先时因为灭门是全阵死门，不愁敌人飞遁，只须到时听见雷声，依法行事。到了灭门以后，刚将阵法布好，笑和尚猛地想起借幡指引自己去斩蛛的随引，虽是妖人余孽，颇有悔过之诚。自己受了人家好处，完成大功，虽说冒险将他元神救出，不知他是否遁走，如等阵势发动，岂不玉石俱焚？还有那辛辰子，也是穷凶极恶，如不是他，自己何至失却无形剑，差一点身败名裂？石生在阴风洞底，又曾误放了一个妖人元神，如要是他，岂不又留祸患？看目前形势，藏灵子与绿袍老祖不斗到智穷力竭，决不罢手。何不趁此时机，前往一探虚实？因自己隐身灵符已为妖法所毁，便向庄易要了来，再三嘱咐谨守阵门，自己顷刻即回。

金蝉、石生闻言，也争着同去。笑和尚因石生初次出世，阅历太浅，虽说除妖还不到时候，守阵责任重大，便留下金蝉。又向他要了灵符，交与石生佩用，随自己一同前往，以便到了紧急时刻，一闻雷声号令，就用他的两界牌飞回，商议定后，直往今日相遇随引之处飞去。飞经主峰后面，风穴上空，遥望辛辰子还被钉在妖牌上面挣扎，知他元神未被石生错放，心中大喜。正以为手到成功，忽见一溜绿火，在风穴口外一闪，现出昨日先在风穴看守辛辰子、后来被绿袍老祖咬去一只臂膀的妖人，单手持着那面妖幡，指着辛辰子骂道："你这恶鬼临死还要害人！昨日我好心好意劝你忍耐一些，少受些罪，你却向老鬼去搬弄是非，害我断了一只手臂，眼看要步你后尘。不想我的元神，竟会自己飞出。如今乘老鬼和敌人动手之际，先报了仇，再行远走高飞，特地前来寻你算账。"一边说着，早将那面妖幡插在背后，从怀中取出一把三尖两刃的刀子，一道黑烟，便要脱手向辛辰子飞去。辛辰子元神受了禁制，残躯毁灭，早在意中，只没料到毁他的不是绿袍老祖，而是昨日的同门。身子又背朝外钉在那里，耳听仇人恶骂，连口都张不开，只急得在牌上乱抖乱颤。

笑和尚一想这两个东西俱非善类，自己除灭这类炼就元神化身的妖人，正觉无甚把握，乐得假手妖人，以毒攻毒。便停止上前，徐观动静。眼看那道黑烟中，一把飞刀快飞到辛辰子后心要穴，忽听一丝破空之音，从斜刺里比电还疾地飞来一溜绿火，恰好将那道黑烟阻住。现出一人，正是昨日借幡给自己去斩文蛛的随引，一现身便将那断臂妖人拦住说道："他虽不好，也和我们同门多年。自从今早诸同门被老鬼禁制后，我也被他寻着，受了许多活罪，自知命在旦夕，不知还要受多少毒刑。想起以前为恶多端，方在悔恨，不想来了救星，将我元神救出。你元神脱禁，也未始不是那位恩人所放。我本要就此逃遁，走没多远，便看出老鬼和六南教祖藏灵子斗法，东海三仙与嵩山二老俱都到来。老鬼纵能脱身，也绝顾不了处治我们。想起多年同门之情，兔死狐悲，物伤其类，意欲乘此空隙，往阴风洞底解去大家禁制，再一同逃走。好在文蛛已死，老鬼元神又得全力对付敌人，只要不被他撞上，还怕谁来？事机迅速，稍纵即逝。你我恨辛师兄，也不过将他躯壳毁了，他的元神尚在。我等差不多一样功行，除了老鬼的玄牝珠能将他消灭，再不就遇上峨眉派的纯阳仙剑，不然，我等仍奈何他不得。

何苦为伤别人,反而耽误自己?"说罢,又转身对辛辰子道:"师兄,你也是平日为恶最甚,才遭此惨报。我二人前去,决定将你元神也一齐放出,不过时间太促,牌上宝钉须要你自用玄功解化,恕不能前来代劳了。"那断臂妖人还在忿恨,随引将话说完,拉了他一同化成两溜绿火而去。

笑和尚见随引果然悔过脱身,甚是高兴。当时如果将辛辰子身躯毁灭原非难事。只是这种妖人,元神如在,终必为祸世间。随引既说峨眉纯阳仙剑可以斩他的元神,何不隐身在侧,随引此去,如不将他元神救出便罢,如果救出,便趁他归窍之际,拿霹雳剑试他一试。主意打定,悄悄拉了石生,隐身埋伏在侧,等候到时行事。辛辰子也是恶贯满盈,气运将终,到了这般田地,还恋惜着原来这一副残躯,以致受完孽报,结果还是神形一齐消灭。笑和尚、石生等了不多一会儿,便见一团灰暗暗绿阴阴的妖火,从主峰那面朝辛辰子飞来,看去颇为疲惫,飞得并不迅速。想是辛辰子的元神已被随引救出,诚恐将他惊跑,悄悄嘱咐石生在旁留神警备,直等那绿火飞近辛辰子头上,将要入窍之际,才将精神集中,运用玄功,身剑合一,冲上前去,以便一击不中,还可随后追赶。辛辰子脸朝里钉着,笑和尚又有灵符隐身,一丝也不曾觉察。及至听见隐隐风雷之声起自身后,才知不妙,可是已来不及了。那元神原也异常精灵,剑光一现,便即往空中飞遁,无奈被绿袍老祖禁锢已久,日受玄牝珠妖火烧炼,元气大伤,怎敌峨眉至宝。退飞没有多远,被石生飞剑一挡,略一迟顿,笑和尚霹雳剑正从后方追到,恰好从绿火中心穿过。耳听妖牌上"哇"的一声惨叫,那团妖火已被剑光斩为两半,还在飞跃。石生的飞剑如一阵银雨涌了上来,会合笑和尚剑光,围住这两个半团绿火一绞,光焰由浓而淡,逐渐消灭。笑和尚万不料这般顺手。回看妖牌上面的辛辰子,还在"吱哇"惨叫,更不息慢,指挥剑光飞将过去,围着妖牌绕了几下。牌上妖雾散处,连辛辰子带妖牌俱都斩断成好几截,半晌毫无反应。知道大功告成,方要同了石生回转,忽见随引驾着遁光飞来,喊道:"恩公留步!老鬼正打算放那恶蛊出来,去害藏灵子躯壳。快将那面幡儿还我,待我去将恶蛊引来,将它消灭,以免日后为害。"笑和尚闻言,刚将幡取出还了随引,未及搭话,便见金蝉从灭门上飞至,说道:"适才苦行师伯巡视各门,给了我们一道灵符,说是少时如见金蚕,可用此符破它。如今距离除妖不远,吩咐你快回去呢。"笑和尚一听，顾不得再与随引多说，道了声："好自为之，得手速急逃走，以免玉石俱焚。"便同金蝉、石生飞回原处。

不多一会儿，果然随引同了两个妖人，各持妖幡，将千万金蚕恶蛊引来。笑和尚忙用真火将灵符焚化，一道金光宛如一幅天幕，从空中落下，将随引等三人和那万千金蚕一齐罩住。笑和尚见随引也不免于难，甚是难过。方要代他跪求师父开恩时，随引已和一个妖人从金光影里脱身出来，朝着笑和尚等下拜说道："我到阴风洞底去放各位同门元神，刚刚得手，有几个同门想生吃那妖妇报仇，只管在洞中寻找，我劝他们不听。刚刚逃出，老鬼忽然回来，那几个后走的同门，连人带元神都被他擒住，死于非命。我听老鬼又在吩咐将恶蛊放出，才向恩公要回幡儿，去与这位同门带了金蚕逃出，行到此间，被金光罩住。正愁难得逃命，耳旁忽听'速弃妖幡，立誓改邪归正，便可免死'。我二人刚刚依言，起了重誓，金光也闪出了一条道路。那断臂同门名叫乔瘦，想是他平日积恶太重，未及逃出，只见他在一团红云里挣扎了两下，便没有踪影。这位同门名叫梅鹿子，入门最晚，人甚忠厚，这次迭经险难，看出因果，决计弃邪归正。此时如求各位仙长收录，自知我等以前罪恶太重，必难获允。意欲先寻地方隐居潜修，过些年月，出外积修功行，以赎前愆，俟有成效，再求恩公代向诸位仙长讲情，收归门下吧。"笑和尚闻言，不禁点头称善。二人又向金蝉三人分别见完了礼，直到雷声大作，仙阵发动，才作别而去。

笑和尚等四人，按照苦行头陀吩咐，直守到第十九天的正午时分。忽听四外雷声如战鼓密集一般，往中央聚拢，猛地主峰那边，又是震天价一个大霹雳响过，眼见一道青烟往上升起，立刻祥光尽敛，红云齐收。三仙二老同在主峰上空现身，传谕四人过去，知道妖孽身灵，业被真火炼化消灭。四人连忙一同过去参见。这时四面岸卜下瀑全部停歇，主峰周围数十里方圆地面，塌陷成一个大湖荡，清泉涌突，洒雪喷珠，翻滚不停。那座主峰只剩半截，独峙湖心，高出水面约有数丈。正中冒起一股温泉，有百十丈高，十来丈粗细，热雾蒸腾，晶光幻彩，恰似一根撑天宝柱，百色缤纷。再衬着四外清流浩浩，飞白摇青，越显雄伟奇丽，气象万千。四人参拜了三仙二老之后，笑和尚单独向苦行头陀请罪，并谢各位师伯叔成全之德。玄真子道："你连经魔难，不辱使命，你师父已经许你将功折罪。日后光大峨眉,用你之处正多。你虽得了火灵宝珠,却失了无形仙剑,终是缺陷。现在绿袍、谷辰两个妖孽,已除其一。谷辰劫运未到,正是尔等小辈个人修道积功之机会。你如想求深造,可先回山,等到宝相夫人脱劫之后,到她风雷洞去面壁十九年,于静中参悟,重炼无形仙剑,炼成以后,再出山积修外功,自能得着正果。不过你师父功行圆满,不久飞升。一入风雷洞,不俟将来正果修成,不能相见。你师父门下只你一人,他的剑法系释家炼魔至宝,与我等所用不同,虽说殊途同归,到底别有玄妙。你师父已参佛家正谛,对此末法,原不重视。只我同你妙一师叔,不愿你师父剑法失传,欲令你承继你师父剑法衣钵,归入峨眉门下。无奈你师徒聚首日浅,怕你不能在短时间内尽得真传。此番回转东海,须一丝也懈怠不得,否则到时功亏一篑,岂不可惜?"言还未了,笑和尚一听师父不久便要飞升,想起平日教养深恩,不禁悲从中来,跪在地上泪流不止。

苦行头陀道:"业障,你枉自随我多年,还这等免不了贪嗔痴爱,只须努力潜修,道行岂有止境?自你两次触犯戒律,我便看出你非佛门弟子,欲待将你逐出门墙,又念你平时尚无大过,苦修不易,过出无心,罪不至此。若就放任,依旧传我外相衣钵,又恐我去以后,你又重犯贪嗔,中途变节。虽说各位师伯叔可以帮我制你,到底也是我的过恶。因此,才命你三上百蛮,饱尝忧患,见你虽有悔过之诚,究竟难保未来。只打算就你自己平时心得,由你自己参悟,不再传授心法。经你诸位师伯叔再三苦劝,你妙一师叔并答应将你收归峨眉门下,以免日后放纵。固然是你凤根深厚,遇此仙缘,但是也非容易。还不上前行了拜师之礼,只管做些世俗之态作甚?"笑和尚一肚皮委屈,哪敢还言,恭恭敬敬上前,朝着乾坤正气妙一真人,重行拜师之礼,请求训示。妙一真人道:"我念你天资功行,均非凡品,恐日后无人管束,误入魔道,辜负你师父多年教养苦心,才请求将你收归门下。你本有凤慧仙根,自会努力潜修,无庸多为晓谕。我不久回转峨眉,本派三辈同门,俱来聚会,乃是长眉祖师飞升以后,第一次大典,万无一人不到之理。不过你师父玄功奥妙,飞升在即,诚恐往返费时,误你功课,特降殊恩,准你一人无须赴会,可在东海早晚虔诚用功参悟。等到参透玄机,前往风雷洞面壁潜修。一过中秋不久,就是你师父功德圆满之时。只此有限时光,能否承继你师父衣钵,全在你自己修为何如了。"

笑和尚跪领训示之后，玄真子道："此次虽将妖孽消灭，事前还逃走了几个余党和那个姓倪的妖妇。虽说他们能力有限，到底日后免不了兴风作浪，为祸人间。好在妙一师弟回山之后，自会传谕同门弟子，前往相机行事。这些余孽如能悔过，自当不咎既往；否则下手宜速，以防他们投入谷辰门下，助纣为虐。我与白、朱两位道友，尚须往北海一行，要先走了。"说罢，同了追云叟白谷逸、矮叟朱梅向苦行头陀与妙一真人举手，道得一声："请！"百道金霞展处，升空而去。苦行头陀便对妙一真人举手道："贫僧回山，便着尉迟火到时前往仙府受训。凝碧崖之会，恕贫道无此缘法。道友此去九华见了妙一夫人，请代致意。贫道尘缘将满，只好先走一步，不及面别了。"笑和尚早和金蝉、石生、庄易三人叙过别意，彼此自然都有些依恋不舍。见师父把话说完，连忙赶过来重向妙一真人跪下叩别。妙一真人又谆勉了几句。将他师徒送走后，才将金蝉等三人唤过，首对金蝉道："你年来颇有精进，但是童心犹在，言行均欠谨饬，不是修道人的风度。我以后不常在山，你更须时常外出积修外功，务须事事留心，听从汝姊及各前辈同门的训诲，以免误却历劫三生的慧业夙根和异日的成就。芝仙与你仙缘最深，你和众弟子用它之处甚多，更要好生将护，不可大意。我此去九华、黄山，与餐霞大师及汝母尚有事商量。峨眉之围已解，你可同了石生、庄易回山等候便了。"

金蝉跪领训示已毕，石、庄二人仍在地上未起，等妙一真人说完，便恳求收录。妙一真人点了点头，由二人行了拜师之礼，方盼咐起立。先对石生道："你母苦修多年，因有宿孽，感了灵石精气，无夫而孕。你外祖不察究竟，严加责罚。如非极乐真人先赐灵符防身，几乎将一生功行付于流水。你秉两间英灵毓粹之气而生，异质仙根，得天独厚。我门下教规甚严，只需努力潜修，不犯戒条，异日成就，不在三英二云以下。此番到了峨眉，可先向师姊师兄们请教。等我回山，再传授你功课吧。"石生领训，跪谢起立。妙一真人又对庄易道："你也是生具异禀，只为宿孽，使你误服涩芝，失音喑哑。你前师可一子虽在旁门，心术品行极为纯正，以他能力使你复音，原是易事。他因见你质地不恶，恐你得了他的真传，反倒误入歧途，再入正教，修为不易，才行作罢。这是他对你用心深厚之处，不可不知。本想俟我回山，再行与你医治。一则见你心地虔诚，修为勤谨；二则你和诸同门均是初见，言语不通，全用手势，终是憾事。特为你耽延片刻，使你复音。此后入了本门，要知仙缘不易，坚固初衷，勤积外功，力求精进，勿负我意才是。"庄易闻言，不禁感激涕零，拜将下去。妙一真人便取出一粒丹药与庄易服下，然后命庄易盘膝内视，运气调元。少时如觉各宫部位有何感应，须要镇静心神，不可动念。坐有片刻，坎离业已配合。妙一真人才将手一指，一线金光细如游丝，直往庄易左鼻孔之中穿去，不多一会儿，又由右鼻孔钻出，再入左耳，游走完了七窍。最后走丹田，经涌泉，游天阙，达华盖，顺着七十二关穴逆行而上，才从口内飞出。庄易只觉一丝凉气，从涌泉顺天脊直透命门，倏地倒转，经灵关、玉海、夺门而出，立时觉得浑身通泰，心旷神舒。直到妙一真人说道："好了，起来。"不由情不自禁地喊了一声："恩师！"居然复音如常，心中大喜，忙即翻身拜谢。妙一真人将袍袖一展，一道金光如彩虹际天，电射星飞，转瞬没入云中不见了。

第一二三回 恶计毁仙山　巧语花言谋荡女
　　　　　　　　对枰凌绝巘　玄机妙用警淫娃

金蝉、石生跪送妙一真人走后,俱代庄易心喜,抢着问长问短。各自称道了一阵师父恩德,又观赏了一些眼前奇景,才一同驾起剑光,径往峨眉凝碧崖飞去。飞行迅速,没有多时,便离峨眉不远。正行之间,忽见两道青光,从天边由西往东南一闪即逝。金蝉认得那两道剑光虽是异教,却已得了峨眉传授。揣看来路,正从峨眉方面飞起,疑是凝碧崖新入门不久的同门,不知有甚急事飞得那般快法,偏又相隔太远,不及追上前去询问,只得作罢。一路寻思,眼看快到凝碧崖上空,倏地又见一道紫光、一道青光冲霄直上,定睛一看,正是英琼、若兰二人。连忙迎上前去,未及开言,英琼首先抢问:"来时路上可曾看见寒萼与司徒平二人去向?"金蝉答道:"我倒未见二人,只看见两道青光,像是本门中人,由此往东南天际飞去。难道山中又发生了什么急事?"英琼忙对若兰道:"你猜得对,他二人定是回转紫玲谷去了。我们赶快追去。"金蝉还要追问究竟,英琼急道:"这没你的事,只是她姊妹闹点闲气,我们要去追他回来。你先回仙府,等我们将人追回再谈吧。"说罢,也不俟金蝉答言,匆匆拉了若兰,同驾剑光冲霄而去。金蝉见二人飞行已远,便带了石生、庄易往下降落。刚要着地,又见神雕佛奴在前,秦紫玲驾着那只独角神鹫在后,迎面而来,紫玲在神鹫背上,只朝金蝉等三人笑着点了点头,便即往空飞去。金蝉降落下去一看,崖前静悄悄的,只有袁星站在仙籁顶飞瀑底下,掬水为戏。见了金蝉,跪下行礼。金蝉便问:"他们都往哪里去了?"袁星躬身答道:"各位仙姑和新来几位大仙,都在太元洞内商量事呢。"金蝉闻言,慌忙同了石生、庄易,直往太元洞前跑去。

石、庄二人见这凝碧崖果然是洞天福地，仙景无边，俱都惊喜非常。因为金蝉催促快走，不暇细细赏玩，一同进洞。一看正中石室内坐定的除了齐灵云、周轻云、朱文、严人英、吴文琪、裘芷仙等原有诸同门外，还有好多位男女同门，也有认得的，也有未见过的。只余、杨二人与南姑的兄弟虎儿不在洞中。灵云见金蝉成功回转，甚是心喜。金蝉等三人与大家彼此见礼，略一叙谈，才知余英男自英琼等取来温玉，日服仙药，业已复原。妙一夫人日前曾回山一行，南姑已蒙恩收归门下，昨日才回了九华。这些新到的同门，皆为重阳盛会在即，久慕仙府奇景，又急与久别诸同门相见，所以先期赶来团聚。还有多人，有的尚未得到传谕，有的因事羁身，有的已经得了师长传谕尚在途中，不久都将陆续到齐。目前已到的，除了风雷洞髯仙门下的石奇、赵燕儿，因洞府毁于妖气，奉命移居凝碧崖外，远客计有岷山万松岭朝天观水镜道人的门徒神眼邱林，青城山金鞭崖矮叟朱梅的弟子纪登和陶钧，昆明开元寺哈哈僧元觉禅师的弟子铁沙弥悟修，以及前在风火道人吴元智门下的七星手施林、灵和居士徐祥鹅。一个个都是仙风道骨，气宇不凡。

　　金蝉原有一肚子的话想问，因见灵云把大家聚在这平时准备朝参师长的中间石室以内谈话，必有要事商议，只得勉强忍住。一眼看见朱文独自一人坐在离门最近的一个石墩之上，默默不语。近旁不远，恰巧空着一个位子，便搭讪着走了过去。灵云正在说话，看了他一眼，金蝉也未在意。一落座，便悄问朱文："妖人围山何时已解？紫玲姊妹因何淘气？可有英琼、若兰在内？司徒平又是何时回山？为何也与寒萼同行？"一连问了好些。朱文只把嘴朝着灵云努了努，一言不发。金蝉见连问数次，朱文俱不答理，一赌气把头转向一边，身子往旁一偏，将石生招了过来，坐到一起。

　　二人刚坐下，猛听灵云道："诸位师兄师弟师妹，昨日掌教夫人临走前，说秦家姊妹现有灾难，曾留下柬帖一封，吩咐到时开看。不想她姊妹今晨因小事反目，寒萼师妹年幼无知，竟不惜干犯戒条，挟制司徒师弟私自离山他去。因见李、申两师妹大难已完，命她们追去当无妨碍。偏偏紫玲师妹又因为求好过切，非要亲自前去将他二人追回处罚不可。此次开山盛会不比寻常，本派长幼同门，非经掌教师尊特许，届时不准不到。如今端阳期近，误了盛会，不但寒萼师妹吃罪不起，就连愚妹也负有平日失于纠察之责。秦氏姊妹乃有功之人，更不忍见她们受难受灾。适才拜观掌教夫人柬帖，才知她姊妹因在青螺峪用白眉针伤了藏灵子门人师文恭，此番回山，无心与藏灵子相遇，该有十六日险难，稍一救援不及，便遭惨祸。尤其是八月中秋，便是她母亲宝相夫人脱劫之时，更不可误却这千载一时的良机。此事除怪叫花凌真人，不能解围。现奉掌教夫人之命，着愚妹借送还九天元阳尺为名，前往青螺峪邀请凌真人出山相救，就便送于建、杨成志二人前往学道。事有周折，即时便要起程。只是这凝碧崖仙府，先前因掌教师尊及各前辈师伯叔均不在此，掌教师尊原住的峨眉丹云嶂全真洞，又因简冰如师伯超劫在即，用风雷将洞封锁，面壁静修，不能来此主持，掌教师尊才命愚妹暂时看守。当时仙府新辟，异派不知底细，崖顶又有师祖灵符封锁，无人前来侵扰。自从飞雷捷径打通，便引起了妖人异教的觊觎。先是阴素棠门下孙凌波，几次前来寻衅。接着便是施龙姑等勾引了华山派门下一干妖孽，围困本山，目前虽然妖氛已解，这些漏网余孽岂肯就此甘休？难保不在掌教真人回山以前，乘隙前来侵犯。防守仙府，责任重大。难得各位同门日内俱要到来，不比以前势太孤单。不过暂时还须有个主持，以免有事发生之时，失去通盘筹算。按照入门先后和道力深浅，自以纪师兄为第一，意欲请纪师兄代愚妹统率一切，便不虞有失了。"

峨眉门下，班次之分甚严，灵云虽不算最长，因奉师命，义无多让。既有要事他去，论道行班次，均以纪登为长，自然不便推却，只口头上略致谦辞，便接受下来。灵云又命南姑去将于、杨二人唤来，说带他二人前往青螺峪。杨成志自从惊了肉芝，连次惹祸，自知不得众心，巴不得离此他去。于建却是万分不愿离开仙府，但是又不敢违拗，眼望南姑等人，露出十分依恋，恨不得都代他求说几句。南姑知于建同去，灵云原另有作用；再说，自己泥菩萨过江，好容易才得保全，哪敢再管别人闲事。只好装作不解，将头偏过一旁，兀自觉心里酸酸的。朱文素来口快，见于建这般情景，方要开言，灵云看了她一眼，也就住口。当下灵云略微分派，又嘱咐朱文、金蝉，好好在洞中听从纪师兄吩咐，不要离开。然后带了于、杨二人，用遁法直往青螺峪飞去。

灵云走后，大家略谈了一阵，均各自便。人英带了庄易，往洞外去观赏仙景。金蝉拉了石生，径去寻了朱文、轻云二人，追问别后之事。原来施龙姑和阴素棠的弟子孙凌波本是死党,自从二人看中石奇,前往飞雷洞寻衅,结果羊肉未吃成,闹了一身臊,孙凌波身遭惨死,自己也几乎送了性命,本就怀恨在心。偏巧阴素棠赶到云边旧府时,她两个心爱门人已被峨眉门下铁沙弥悟修、七星手施林、灵和居士徐祥鹅等杀死。仇人业已远飏,枉自忿怒。回转枣花崖,见孙凌波与余英男俱都不在。唐采珍还不知孙凌波已死,只说余英男乘孙凌波出门逃走,孙凌波回来去追,未追上,隔日又找她的好友施龙姑,前往峨眉飞雷洞,从此一去不归等语。阴素棠闻言大惊,暗忖:"那风雷洞是峨眉派髯仙李元化的洞府,她二人怎敢冒险深入虎穴?"知徒莫若师,算准孙、施二人到飞雷洞去,绝非寻常采药访友,必有所为。又看出唐采珍胸前双乳隆起,秀眉含润,媚目流波,颦眸之间春情溢露,哪里是一个处女?便再三喝问真情。唐采珍年幼胆小,禁不住阴素棠威吓,只得哭着说出孙凌波平时行为,怎样和姓韩的少年藏在洞内淫乐。末后又看中了风雷洞一个道童,头一次已将那道童摄来,因值师父回山,被那道童乘机遁脱。二次又去擒那道童,那姓韩的便乘她不在,强将自己奸污。同时还想强奸英男,被英男用剑将他杀死,恐孙凌波回来不饶,才行逃走。最后一次,孙、施二人同往风雷洞,也是为了那道童才去的等实话,一一说出。阴素棠免不得责骂了唐采珍一顿。情知孙凌波最后前去,必遇峨眉主要人物,说不定已丧了性命。虽恨她胆大,瞒着自己行事,到底多年师徒之情,又是一个得宠得力的门人,心中不免难过。尤其是峨眉门下欺人太甚,就在这一二月之间,竟连伤自己好几个爱徒。孙凌波如侥幸不死,还可缓图;如已死在敌人之手,再不给她报仇,岂不于自己面上也太下不去?虽知敌人势盛,也就顾不得了。想到这里,决计去见施龙姑,问明真相和孙凌波的生死存亡,再作计较。便将枣花崖洞府封销,留下唐采珍,独自一人赶到姑婆岭。

到了施龙姑洞前,忽听头上有破空的声音,两道半青不白的光华如太白经天,直往洞中飞去。阴素棠现在虽然失足,走入邪道,毕竟出身昆仑正派,除了自己多行不义外,对于各派邪正,分别颇清,这时看出来人是华山派中能手。暗忖:"施龙姑既嫁给了熊血儿,难道就不知轻重利害?背了藏灵子师徒,偷偷摸摸已是不可,怎便大招大揽,连华山派这一干色魔也延纳了来?自己和藏灵子交谊颇厚,施龙姑行为不检,未必不是自己徒弟的勾引。那华山派中的史南溪，又曾伤害过自己的情人赤城子，万一狭路相逢，岂非不便？"正在欲前又却，踌躇不定，忽听有男女笑语之声由洞中传出。连忙将身闪过一旁，待要避开，已是不及。那出来的几个男女，内中有两个女的：一个是施龙姑，一个是魔教中有名的勾魂姹女李四姑。还有三个男的，正是华山派几个魔君：史南溪、阴阳脸子吴凤、兔儿神倪均。一出洞便由施龙姑为首，抢上前来拜见。余人也随着打了问讯。阴素棠见了史南溪，心中自是万分痛恨。那史南溪却如没事人一般，一张红脸笑嘻嘻地献殷勤，闹得阴素棠反倒不便发作。见孙凌波没有出来，已知凶多吉少，方要询问，施龙姑已恭请入洞再谈。阴素棠既已现身，当然不能拒绝，只得由施龙姑陪了一同入洞。刚得落座，施龙姑便含泪将孙凌波怎样在飞雷洞前身遭惨死，自己同李四姑若非见机得早，也步了她的后尘等经过情形，说了一个详细。

原来施龙姑自从飞雷洞前漏网逃脱，归途路上，勾魂姹女李四姑遇见旧好阴阳脸子吴凤，便约他相助报仇。才知毒龙尊者师弟史南溪，因年来浮荡，没有归宿，也没有创立什么门户。烈火祖师和他至交莫逆，便劝他和自己做一党，一同管领华山派，以图增厚势力。史南溪加入了华山派以后，愈发声势赫赫，无恶不作。李四姑与他原是旧好，已有多年不见，便请吴凤去将史南溪约来，得便寻几个助手，好报峨眉之仇。吴凤去了没有多日，果然将史南溪约到。史南溪本是色中饿鬼，最善采补之术，与李四姑叙旧，自不必说。李四姑嫌一人分身不开，连施龙姑也一起拉了下水，四人两对，更番淫乐了些日，才互商报仇之策。史南溪略知峨眉虚实，便说道："现在峨眉虽是几个后辈在彼，但是前洞凝碧崖顶有长眉真人封锁，不易攻进。既然他们将后洞打通，纵有几个小辈防守，也未必是我们对手。报仇还在其次，那凝碧崖洞中，还有长眉真人遗藏的许多灵药异卉，几株肉芝也移植在内，我们如能攻进去，不但报了仇，扫了他们的脸，还得了那些好东西，助我们增长道力，真是一件美事。日前听说，峨眉派重阳前后，要在凝碧崖太元洞召集长幼同门，开开山大会，那时他等人多势众，去也徒劳。最好趁他们在东海采药炼丹，不能分身之时前去，要容易得多。不过我们的人还嫌少些，那群小辈的道力虽是不济，几口剑皆非凡品。孙凌波前次失利，便是吃了人少的亏。烈火道兄和他师弟兔儿神倪均，炼了一个都天烈火仙阵，厉害非凡，不论仙凡，一入阵里，便被风雷所化。任是一等仙山，受风雷攻打，不消数日，也成灰烬。现在去寻他对付几个小辈，虽说有点小题大做，不过那阵原为峨眉这群业障而设，先去消灭他们的根本重地，也未尝不是善策。且待我前去和他商量一番。"当下便别了龙姑等三人，径往华山，一问方知烈火祖师已往陷空岛有事，须要年底才回。且喜兔儿神倪均和那阵图法宝，俱在山中。彼此一商量，割鸡焉用牛刀，既然阵图法宝都在，何必要烈火祖师亲去。便写了十几封柬帖，吩咐门人去约请帮手，自己同倪均先在枣花崖相候。

史南溪眼光何等精灵，一眼便看见下面洞门前站定的阴素棠，想起以前剑伤赤城子之事，不便上前相见。自己又想了一个主意，便抢在阴素棠前头入洞，对施、李二女说了大概，吩咐如此如彼，千万不可将阴素棠放走。然后一同出来，将阴素棠接进洞内，说完许多经过，又请阴素棠加入相助。阴素棠对报仇自是十分愿意，但心里还是记着史南溪前仇，只管唯唯否否，未下肯定答词。一面又看四人亲昵情形，不住拿话去点醒龙姑，意思说她不要如此明目张胆胡为，藏灵子师徒不是好惹的。谁知施龙姑已为史南溪等淫魔邪术所迷，闻言强笑道："血儿他不顾我，把我一人冷冷清清地丢在此地。以前几次要拜他师父的门，学些本领道术，想是他师父嫌我资质太低，不堪教训，始终没有答应。这次在峨眉吃了多人的亏，差点送了性命。事后思量，皆是自己道行不济之故，非常害怕。现在我和李四姑都拜在烈火祖师门下，静等祖师回山，就行拜师之礼了。"

阴素棠闻言，便猜龙姑因为贪淫，又恐后患，竟至毅然不顾一切，背叛丈夫，投身到华山派门下。知她将来必无好结果，错已铸成，无可再说。至于寻峨眉派报仇之事，这些淫魔前去，果能如愿，更省得自己费事。否则等他们失败回来，自己再广寻能人为后助，设法报仇，也免得沾他们的光。此时正好坐山观虎斗，人已死了，报仇何在早晚？自己羽毛未丰以前，何苦随着他人去蹚浑水？想到这里，便推却道："孽徒惨死，原该为她报仇，但眼下峨眉势盛，非一人之力所能成就，原想俟诸异日。难得诸位道友与龙姑同仇敌忾，又有都天烈火大阵，不患不能成功。我道力有限，对于此阵奥妙，莫测高深，有我不多，无我不少。近在山中炼了一样法宝，也是为了报仇之用，如今尚未炼成，意欲向诸位道友告辞回山，俟有用我之处，再来如何？"兔儿神倪均道："仙姑这话奇了，我等原因龙姑相约，为报令徒之仇而来，仙姑本是主体，怎会置身事外？令人不解。"众妖人又再三从旁婉劝，说得阴素棠无话可答，只得应允。最后仍说山中有事，法宝也未随身，决定届时赴约。又坐谈了一会儿，才行辞去。一路暗想："久闻史南溪这个恶道性如烈火，怎么今日几次给他难堪，他都始终和颜悦色地对答，情意殷殷？莫非他后悔伤害赤城子，又不便明和自己道歉，特意和自己殷勤，释嫌修好？也未可知。"又想起孙凌波随自己多年的师徒情意，既有这种现成的时机，还是先报杀徒之仇再说。主意定后，便往枣花崖飞去。

阴素棠原也是昆仑派中健者，只为一时情欲未尽，与赤城子有了苟且行为，被众同门逐出教外，一赌气想和赤城子另创新派，争回颜面。经营多年，不但没有成效，近来又遭失意之事。如就此知难而退，她除平时淫行外，尚无别的大恶，一时也不致便伏天诛。偏偏遇上孙、施两个淫女往峨眉闯祸，把她引入漩涡。起初不愿和仇人共事，主意本打得不错，何曾想到史南溪阴险淫凶，心存叵测，别有深意。这次同犯峨眉，便种下恶因，闹得身败名裂，万劫不复，此是后话。

再说史南溪知阴素棠也非弱者，就此引她入港，说不定还讨个没趣。见她执意要先回山，只好欲擒先纵，放松一下，龙姑此时已无所忌惮，异日熊血儿不知更好，只须等他回时，略避一些形迹；如若事情败露，好在有华山派作为护符，索性公然与他决裂，省得长年守这活寡。等阴素棠走后，三男二女五个淫魔，又会开无遮，任情淫乐起来。

过没三日，约请的人陆续来到，除了华山派门下的百灵女朱凤仙、鬼影儿萧龙子、铁背头陀伍禄外，还有昔日曾在北海无定岛陷空老祖门下的长臂神魔郑元规。那郑元规自从犯了陷空老祖的戒条，本要追回飞剑法宝，将他处死，多亏他大师兄灵威叟再三求情，又给他偷偷送信，才得逃走。自知师父戒律素严，早晚遇上，还是难讨公道，便投奔到百蛮山阴赤身寨五毒天王列霸多门下。逃走时节，又偷了他师父许多灵丹仙药，害得灵威叟为他在北海面壁罚跪三年，自己却得逍遥事外。那列霸多是个蛮族，自幼生着一身逆鳞，满口獠牙，本就无恶不作，自从得了郑元规，愈发同恶相济。因见各派俱在收罗门人，光大门户，也想把那赤身邪教开创到中土来,便命郑元规到崆峒山创立赤身教。他与史南溪等都是极恶淫凶一流,平时情感甚密。这次史南溪侵犯峨眉,派人前去请他。他听来人说起峨眉凝碧崖有许多美女,已是动心;何况还有那千年难遇的肉芝,更是令他垂涎不已,一接信便赶了来。见面略一商量,仍然公推史南溪主持一切。因为还有约请未到的人,定在第五日子正去袭峨眉后洞,能偷偷进去更好,如果敌人有了准备,便用都天烈火大阵将凝碧崖包围,强逼敌人献了肉芝降顺;否则便豁出肉芝不要,将敌人根本重地化成灰烬。主意打定,一面着施龙姑去与阴素棠送信,一面又同一干妖人就在姑婆岭前演习阵法。一个个兴高采烈,静等到时行事。不提。

且说施龙姑到枣花崖见了阴素棠,说明经过。阴素棠知她执迷不悟,不好再劝。心中究竟还是恨着史南溪,不愿立刻就去,推说再有三四日,法宝才能炼好,请上复史道友,准定在期前赶到便了。龙姑辞别回去,行到离姑婆岭不远,见自己洞前一片暗赤光彩,杀气腾腾,千百道火线似红蛇乱飞乱窜,知是史南溪等在演习阵法。正要催动剑光前进,忽然一眼瞥见离姑婆岭还有三十余里的一座高峰绝顶上,有两个人在那里对坐。暗想:"那座峰上丰下锐,高出左近许多峰峦之上,似一根倒生着的石笋挺立半空。上面除了有些奇石怪松外,漫说是人,连鸟兽也难飞渡。峰的上半截,终年云雾包没,时常看不见全身。今日虽然天气晴明,罡风甚大,寻常修道的人也不会上去盘桓,这两个人来头想必不小。现在各道友正在姑婆岭练法,莫要把机密被外人得了去。记得以前因采药曾上去过两次,有一次在无意中发现上面有一个洞穴,直通到半峰腰下。当时因为那洞幽深曲折,洞底又是一个极深水潭,无甚用处,没有再去。反正此时回山也没甚事,何不就便前往探个动静?那两人如果是峨眉敌派,乐得结纳引为己用。要是自己这一派的敌人,便看情形行事,凭自己能力,能除去他更好,不能也不去惊动他,回去约了人再来,也不为晚。"想到这里,因为相隔不远,恐防被人觉察。那峰位置,原在姑婆岭西南,如要前去,本应南飞。故意把剑光折转往东,一路将剑光降低,飞出约有三五里光景,恰好穿入前面密云层里,估量峰上的人已看不见自己,方向一改。即使刚才露了形迹,也必以为自己是个过路的人而忽略过去。

施龙姑便将剑光降低,折回来路,仗着密云隐身,紧贴着山麓飞行,顷刻之间,到了峰底。无巧不巧,峰半腰上也起了一圈白云,将峰腰束住,看不见顶。龙姑心中暗喜,急匆匆找着以前去过的那个洞穴,飞身入内。才一入洞,便见剑光影里,有一团大如车轮的黑影,迎面扑来。一个不留神,差点被那东西将粉脸抓破。还算龙姑机警,忙运剑光去斩时,那东西已疾如电逝,掠身而过,飞出洞外去了。龙姑暗想:"无怪人说深山大泽,多生龙蛇。连这一个多年蝙蝠也会成精,竟然不畏剑光,自己一时疏忽,差点还吃它伤了。回来得便,定要将这东西除去,以免年久害人。"当时微觉左耳有些疼痛,因为急于要知峰上人的底细,并未在意,仍旧觅路前进。亘耐以前来路大部不甚记忆,兀自觉得洞中黑暗异常,霉湿之气蒸蒸欲呕。一任自己运用玄功,剑光只能照三尺以内,也不知飞绕了许多曲折甬径,仍未到达上面。末后依稀辨出昔日行路,算计不会再有差错。刚飞上去约有十来丈左右,明明看见前面是一个岩窗,正待运用剑光飞升而上,忽地前额一阵剧痛,火花四溅,眼前一黑,许多石块似雨点一般打来,同时自己的飞剑又似被什么绝大力量吸收了去。刚喊得一声:"不好!"一阵头晕神昏,支持不住,竟从上面直跌下来,"扑通"一声,坠入下面深潭臭水里面,水花四溅,水声玎玦,与洞壁回声相应,入耳清脆,身已没顶,闹得浑身通湿。恰好被水的激力冒出水面,看见自己的飞剑正从上面坠落。惊慌昏乱之中,不暇细思别的,忙运一口真气,将剑光吸来与身相合,仍旧腾身而起。忙取出随身法宝,一面用法术护身,四下里留神观察,只觉出头面上有几处疼痛,余外并无一丝一毫异状,既无鬼怪,也无敌人在侧,心中好生惊异。再仔仔细细飞向适才坠落的顶上一看,原来是一块凸出的大怪石,黑暗之中看不甚清,连人带剑撞将上去。因飞时势子太猛,正撞在自己头上,将头脑撞晕,坠落潭底。若换了寻常的人,怕不脑浆迸裂,死于非命。那丈许大小的怪石,也被剑光撞得粉碎。所以当时看见火星四溅,并非有甚埋伏。暗怪自己鲁莽,受这种无妄之灾,还闹得浑身污泥臭水,好不丧气。欲待就此回去,更衣再来。一则不好意思对众人说起吃亏之事,二则恐峰上的人离此他去。想了想,这般狼狈情形,怎好见人?决计还是上去,只探明了实情就走。略将身上湿衣拧了拧,顺手往脸上一摸,剑光照处,竟是一手的鲜血,知道虽未受重伤,头皮已撞破无疑。自出娘胎修道以来,几曾吃过这般苦楚?不由怨忿气恼,一齐袭来,越发迁怒峰上之人，好歹都要查出真相，以定敌友。

　　人入迷途，都是到死方休，甚少回头是岸。龙姑虽是异教，学道多年，功行颇有根底，并非弱者。她没有想想，一个飞行绝迹的剑仙，岂是一个大蝙蝠所敢近身？一块山石，便能将自己撞得六神无主，头破血流，身坠潭底，连飞剑都脱了手的？仍是一丝也不警悟，照样前进。因为适才吃了大亏，不敢再为大意，一路留神飞行。偏这次非常顺利，洞中也不似先前黑暗得出奇，顷刻之间，已离绝顶只有一两丈光景。恐被对方觉察，收了剑光，攀援而上。到达穴口，探头往外一望，果然离身不远，有两个人在一块磐石上面对弈，旁边放着一个大黑葫芦，神态极是安详。定睛一看，两人都是侧面对着自己。左边那人，是个生平第一次见到的美少年。右边那人，是个驼子，一张黑脸其大如盆，凹鼻掀天，大眼深陷，神光炯炯。一脸络腮胡须，长约三寸，齐蓬蓬似一圈短茅草，中间隐隐露出一张阔口。一头黄发，当中绾起一个道髻，乱发披拂两肩。只一双耳朵，倒是生得垂珠朝海，又大又圆，红润美观。身着一件红如火的道装，光着尺半长一双大白足，踏着一双芒履。手白如玉，又长又大，手指上留着五六寸长的指甲，看去非常光滑莹洁。右手指拈着棋子，沉吟不下。左手却拿着那葫芦，往口里灌酒。饶是个驼子坐在那里，还比那少年高出两个头，要将腰板直起，怕没有他两人高。真是从未见过的怪相貌。再细看那美少年，却生得长眉入鬓，目若朗星，鼻如垂玉，唇似列丹，齿如编贝，耳似凝珠，猿背蜂腰，英姿飒爽。再与那身容奇丑的驼子一比，越显得一身都是仙风道骨，不由看得痴了。

第一二四回 迷本性　纵情色界天
　　　　　　　识灵物　言访肉芝马

　　话说美少年与驼子所在山峰，因高耸入云，上面不生杂树。只有怪石缝隙里，疏疏密密并生着许多奇古的矮松，棵棵都是轮囷盘郁、磅礴迂回、钢针若箭、铁皮若鳞、古干屈身，在天风中夭矫腾挪，宛若龙蛇伸翔，似要拔地飞去。驼子和少年对弈的磐石，正在一株周有数围、高才丈许、荫覆数亩的大松盖下，两个黑钵里，装着许多铁棋子，大有寸许，看去好似一色，没有黑白之分。敲在石上，发出丁丁之声，与松涛天风相应，清音娱耳。那洞穴也在一株松针极密的矮松后面。穴旁还有一块两丈多高的怪石，孔窍玲珑，形状奇古。人立石后，从一个小石孔里望出去，正看得见前面的磐石和那两人动作，石前的人，却绝难看到石后。龙姑见有这种绝好隐蔽，便从穴口钻出，运气提神，轻轻走向石后，观察那两人动静。身刚立定，便听那少年说道："晚辈还奉师命，有事嵩岳。老前辈国手无敌，晚辈现在业已输了半子，难道再下下去，还要晚辈输得不可见人么？"说到这里，那驼子张开大口哈哈一笑，声若龙吟。龙姑方觉有些耳熟，那驼子忽地将脸一偏，对着她这面笑了一笑，越发觉出面熟异常。看神气好似自己踪迹已被他看破，不由大吃一惊。总觉这驼子是在哪里见过面，并且不止一次，只苦于想不起来。当时因为贪看那美少年的丰仪，驼子业已转过头去与少年谈话，适才那一笑，似出无心，便也放过一旁，继续留神静听二人讲些什么。

　　那驼子先听少年说了那一番话，只笑了笑，并未答理。这时忽对少年道："你忙些什么，白矮子此时正遍处去寻朱矮子，到百蛮山赴东海三仙之约，你去嵩岳也见不着，还得等他回来，此时赶去有甚意思？还不如留此陪我，多下一局棋，就便看看鬼打架，岂不有趣？"那少年答道："既是家师不在嵩岳，弟子去也无用。老前辈玄机内莹，烛照万象。此次三仙二老均往百蛮，不知妖孽可会漏网？"说时又在石的右角下了一子。驼子答道："妖孽恶贯满盈，气数该尽。不过这业障忒也凶顽习狡，如非魔限已终，三仙所炼的生死晦明幻灭六门两仪微尘阵，连那纯阳至宝，虽然厉害，无奈他玄功奥妙，阵法不能当时施展，稍微被他警觉一些，至多斩掉他的躯壳，元神仍是不能消灭。偏我昨日遇见青海派藏矮子，怀着杀徒之仇，执意要寻天狐二女为难。是我激他道：'一成敌人，胜者为优，只怨你自己师父传授不高，不能怪人辣手。你那孽徒虽中了白眉针，若非妖孽借体还原，并非没有救法。你们自己同党尚且相残，何况敌人？像这种学业尚未炼成，眼睛没有睁开，喜与下流为伍而给师父丢脸的徒弟，早就该死，还给他报什么仇？既要怪东怪西，头一个就得去寻那害他的同党算账。欺软怕硬，算的是哪门子一派的教祖？'藏矮子向不服人，闻言大怒，便要和我交手。我又逗他：'你和我交手还早呢。第一你先去百蛮山，把你孽徒的仇报了来。你如无此胆子，我还借乌龙剪给你助威。事完之后，我明年端午准到云南去登门求教。'我当时不是不愿和他动手，实因昔年峨眉道友助过我一臂之力，久无以报，恐他们大功难成，本要亲身前去相助。难得巧遇三寸丁，他性情执拗不下于我，他也会这种分神化炼玄功，他只要被我激动，一到百蛮，必定好胜贪功，自告奋勇，正好由他去见头阵，让三仙道友抽空布置。谁知他果然着了我的道儿，忿忿要走。我还怕激他不够，行前我又对他说道：'我知你这个没出息的三寸丁，只为利用一个女孩子来脱劫免难，自己当了王八不算，还叫徒子徒孙都当王八。我生平除极乐童子外，没有人敢在我面前叫阵。早晚不给你点颜色看，你也不知我驼子贵姓。'他知我是那下流女孩母亲的旧友，他那种做法也太不冠冕，便说他并非成心拿圈套给人去钻，实因那女孩母亲求他允婚时，见那女孩资质还不错。只是先天遗留的恶根太厚，早晚必坠入淫孽，形神销毁，不堪为他弟子匹配，不肯答应。经不住那女孩的母亲再三苦求，他因以前好友之情，又念在那女孩母亲苦修数百年，只有这一点骨血，连门人都没有一个，眼看快遭天劫，能避与否，尚不可知。当其途穷日暮之际，不好遇事坚拒，才将婚事答应。起初原想过上几年，查明心迹，引入他的门下。谁想那女孩天生孽根，无法振拔，叛夫背母，淫过重重。如依他徒弟心理和他的家法，本应将其斩魂诛体。但是一则看在亡友份上，二则他自己以前又不是没有看出将来收场结果，想了想他教中原有献身赎罪之条，才暂时放任，留为后用。我没等他说完，便呸了他一口，说道：'那女孩虽没出息，你若使其夫妻常在一起，严加管束，何至淫荡放佚到不可收拾？你明明纵人为恶，好供你将来的牺牲，还当我不知你的奸谋么？'他闻言冷笑答说：'漫说我徒弟是我承继道统之人，不能常为女色耽误功行，就是任其夫妻常聚，也不能满其欲壑。如若不信，尽可前往实地观察，便知我所说真伪。'他那种办法，此时看去，似存私念，其实还是看在故人情分，使她到时身死而魂魄不丧，仍可转劫为人。否则那女孩淫根太深，积恶过重，异日必追乃母后尘，而道力又不如远甚，万难似乃母一般侥幸脱劫，以至形毁神灭，岂不更惨？说完便和我订了后会之约而去。他前往百蛮，我正可省此一行。想起那女孩的母亲也曾与我有旧，情知藏矮子所言不谬，但是还想亲来看看，万一仍可振拔，迷途知返，岂不堵了藏矮子的嘴？及至到此一看，这女孩真是无可救药，只得由她去了。"

那少年道："同门诸位师伯叔与老前辈，尽有不少香火因缘。这里的事，老前辈适才已然说知因果，只一举手，便可使诸同门化险为夷，又何必坐观成败呢？"那驼子答道："你哪知就里。一则劫数所关；二则我与别人不同，人不犯我，我也向来不好管人闲事。照你所说，各旁门中尽有不少旧友，若论交情深浅，岂不便是峨眉之敌呢？"那少年也不再答言，似在专心一意地下棋。那驼子说完了这一席话，两眼渐渐闭合，大有神倦欲歇神气。

龙姑这时虽在留神偷听，一边还贪看那美少年的丰仪，仅仅猜定驼子虽不是峨眉同党，也决不是自己这一面的人，别的并未注意。后来听出驼子所说的藏矮子，有点像云南孔雀河畔的藏灵子。又仿佛在说自己与熊血儿结婚经过，越听越觉刺耳。听驼子之言，自己所行所为，藏灵子师徒已然知道真相，怪不得上次熊血儿回山，神态如此冷漠。只是熊血儿素常性如烈火，藏灵子也不是好惹的人，何以装作不知，不和自己破脸？如说有用自己之处，熊血儿不说，藏灵子玄功奥妙，道法精深，若遇天劫，岂是自己之力所能化解？又觉有些不类，心中好生惊异。若照前半年间，施龙姑只在山中隐居，虽和孙凌波同流合污，弄些壮男偷偷摸摸，毕竟守着母训，胆子还小。那时如闻驼子这一番话，纵不惊魂丧魄，痛改前非，也会暂时敛迹收心，不敢大意。再听出那驼子与母亲有旧，必定上前跪求解免，何至遭受日后惨劫？无奈近来群魔包围，陷溺已深，淫根太重，迷途难返。先时也未尝不入耳惊心，不知怎样才好。继一寻思："藏灵子师徒既已知道自己行为，即使从此回头，不和外人往来，也绝挽回不了丈夫昔日的情爱；纵使和好如初，也受不了那种守活寡的岁月。烈火祖师门人众多，声势浩大，本领也不在藏灵子以下。事已至此，索性将错就错，先发制人。即使明白与熊血儿断绝，公然投到华山派门下，还可随心任意，快乐一生，看他师徒其奈我何？"

想到这里，不禁眉飞色舞，对驼子底下所说，也不再留神去听。只把一双俏目，从石缝之中注视那美少年，越看心里越爱。色令智昏，竟看那美少年无甚本领。若非还看出那驼子不是常人，自己适才又不该不留神，闹了个头破血流，浑身血污，不好见人时，几乎要现身出去，勾引一番，才称心意。正在恨那驼子碍眼，心痒难挠，猛想道："看这驼子气派谈吐，都不是个好相识。这峰密迩姑婆岭，必已得了虚实。那美少年明明是峨眉门下无疑，万一驼子为他所动，去助敌人，岂不是个隐患？何不乘他不备，暗中给他几飞针？倘若侥幸将他杀死，一则除了强敌；二则又可敲山震虎，将那美少年镇住，就势用法术将他迷惑，摄回山去，岂不胜似别人十倍？"随想，随即将头偏过石旁，准备下手。因猜不透驼子深浅来历，诚恐一击不中，反而有害，特地运用玄功，将一套玄女针隐敛光芒，觑准驼子右太阳穴发将出去。那金针初发时，恰似九根彩丝，比电闪还疾。眼看驼子神色自若，只在下棋，并未觉察，一中此针，便难活命。

就在这一眨眼的当儿，那少年倏地抬头望着自己这面，将手一扬，仿佛见有金光一闪。那驼子先把右手一抬，似在止住少年，那金光并未飞出。同时驼子左手却把那装棋子的黑钵拿在手内，搭向右肩，朝着自己。驼子动作虽快，看去却甚从容，连头都未回望一下。那棋钵非金非石，余外并无异处。说时迟，那时快，龙姑的九根玄女针恰好飞到。只见一道乌光，与针上的五色霞光一裹，耳听"叮叮叮叮"十来声细响过处，宛如石沉大海，无影无踪。龙姑大吃了一惊，这才知道轻捋虎须，驼子定不肯甘休。

刚想重用法宝飞剑防御,驼子不知取了一件什么法宝向龙姑反掷过来,一出手便是一团乌云,鳞爪隐隐,一阵风般朝龙姑当头罩来。龙姑忙使飞剑防身,欲待驾起遁光退避,已来不及,当时只觉眼前一黑,身上一阵奇痛,神志忽然昏迷,晕死过去。

过了有好一会儿,觉着身子被一个男子抱在怀中,正在温存抚摩,甚是亲昵,鼻间还不时闻见一股子温香。起初还疑是在梦中,微睁媚目一看,那人竟是个美貌少年道士,眉若横黛,目似秋波,流转之间隐含媚态,一张脸子由白里又泛出红来。羽衣星冠,容饰丽都,休说男子,连女人中也少如此绝色。转觉适才和驼子对弈的美少年,丰神俊朗虽有过之,若论容貌的温柔美好,则还不及远甚。尤其是偎依之间,那道士也不知染的一种什么香料,令人闻了,自要心荡神摇,春思欲活。见他紧搂纤腰,低声频唤,旁边还放着一个盛水的木瓢,看出并无恶意。刚要开言问讯,那道士已然说道:"仙姊你吃苦了。"依了龙姑心思,还不舍得就此起身,到底与来人还是初见,已经醒转,不便再赖在人家怀里。才待作势要起,那道士更是知情识趣,不但不放龙姑起身,反将抱龙姑的两手往怀里紧了一紧,一个头直贴到龙姑粉脸上面挨了一下。龙姑为美色所眩,巴不得道士如此。先还故意强作起立,被道士连连搂抱,不住温存,早已筋骨皆融,无力再作客套。只得佯羞答道:"适才被困在一个驼背妖道之手,自分身为异物,想必是道友将我救了。但不知仙府何处?法号是何称呼?日后也好图报。"道士道:"我已和仙姊成了一家,日后相处甚长,且休问我来历。适才见仙姊满身血泥污秽,是我寻来清水与仙姊洗涤,又给仙姊服了几粒丹药,才得回生。请问因何狼狈至此?"

龙姑此时业已色迷心窍,又听说道士救了自己,越发感激涕零,不暇寻思,随即答道,"妹子施龙姑,就住前面姑婆岭。路过此山,见有二人下棋,疑是敌人,前来窥探。被内中一个驼背道人,收去妹子一套玄女针,又用妖法将妹子制倒,幸得道兄搭救。那驼子不知走了不曾?"那道士又细细盘问明了驼子的相貌,虽然脸上频现惊骇之容,龙姑却并未看见。等到龙姑说完,那道士忽然扭转龙姑娇躯抱紧,说道:"亏我细心,不然几乎误了仙姊性命和攻打峨眉的大事呢。"龙姑忙问何故。道士道:"我便是巫山牛肝峡铁皮洞的温香教主粉孩儿香雾真人冯吾,与烈火祖师、毒龙尊者、史南溪等俱是莫逆之交。因为前数月毒龙尊者曾派他门下弟子俞德到牛肝峡请我往青螺赴会，偏巧我不在山中，往福建仙霞岭采阴阳草去了。回山才知峨眉门下一干小业障请来怪叫花穷神凌浑，破了毒龙尊者水火风雷魔阵，强霸青螺峪，死伤了许多道友，毒龙尊者又被藏灵子擒往云南。我闻信大怒，立誓要代各位道友报仇。刚得下山，便遇黄山五云步万妙仙姑许飞娘，说峨眉气势方盛，报仇还不到时候。他们新近开辟了根本重地凝碧崖太元洞，里面藏有不少珍宝。还从九华移植了肉芝，吃了可以入圣超凡。如今一班有本领道行的敌人都分头在祭炼法宝丹药，准备应劫，凝碧崖只有几个孩子在那里看守。飞娘来时，曾路遇华山派的使者，说史南溪在姑婆岭主持，乘峨眉无备，去潜袭他的凝碧崖，夺走肉芝，代众道友报青螺之仇。飞娘本人因有要事在身，不能前往，便代他们来约我前去相助。因我终年云游，正拿不定我回山不曾，恰好半路相遇。我久慕仙姊丽质仙姿，别了飞娘，赶往姑婆岭。正行之间，忽然看见下面山谷中有条似龙非龙、虎头蓝鳞、从未见过的异兽，刚落下遁光，想看个仔细。恰好遇我一个仇人和那个驼子，正说要将你处死。是我用法宝飞剑，将驼子和那仇人赶走。恐他们约人回转，于你不利，才驾遁光将你摄到此地，用清泉洗去你脸上的血泥，又用我身带仙丹将你救转。只说无心之中救了一人，没想到你便是姑婆岭的施仙姊，真可算仙缘凑巧了。"

龙姑这时已看清自己存身所在，并非原处。又听说那道士便是史南溪常说的各派中第一个美男子，生具阴阳两体的巫山牛肝峡粉孩儿香雾真人冯吾。一听惊喜交集，全没想到冯吾所言是真是假，连忙挣着立起身来下拜道："原来仙长便是香雾真人，弟子多蒙救命之恩，原是粉身碎骨，难以图报。"言还未了，冯吾早一把又将她抱向怀中搂紧，说道："你我凤缘前定，至多只可作为兄妹称呼，如此客套，万万不可。"说罢，顺势俯下身去，轻轻将龙姑粉脸吻了一下。龙姑立时便觉一股温温暖气，触体酥麻，星眼流媚，瞟着冯吾只点了点头，连话都说不出来。淫男荡女，一拍便合，再为细表，也太污秽椿墨，这且从略。

那冯吾乃是本书前文所说妖人阴阳叟的师弟。阴阳叟虽然摄取童男童女真阳真阴，尚不坏人性命。冯吾却是极恶淫凶，天生就阴阳两体，每年被他弄死的健男少女，也不知若干。自从十年前与阴阳叟交恶之后，便在牛肝峡独创一教，用邪法炼就妖雾，身上常有一种迷人的邪香，专一蛊惑男女，仗着肉身布施，广结妖人，增厚势力，真实本领比起阴阳叟相差得多。那驼子却是本书正邪各教前一辈三十一个能手中数一数二的人物，姓名来历，且容后叙。那美少年便是追云叟白谷逸的大弟子岳雯。两人都爱围棋，因此结了忘年之交。这次驼子用激将言语说动藏灵子去往百蛮山后，想起金针圣母友谊，特意到姑婆岭点化施龙姑，先给她吃了点苦头。然后将她带到落凤山，交给屠龙师太善法大师，原想使她躲过峨眉之役，托屠龙师太指点迷途，管束归正。谁知施龙姑魔劫太深，业障重重。驼子到了落凤山，屠龙师太业已他去，只剩她徒弟眇姑和神兽虎面藏彪看守洞府。驼子将她交给眇姑，嘱托一番，便即同了岳雯走去。眇姑见龙姑一身都是血泥污秽，驼子虽用了解法，尚未醒转，想进洞去取点丹药泉水，与她服用。才一转身，正遇冯吾得了许飞娘之信，从巫山赶往姑婆岭。他以前在雁荡山吃过屠龙师太大苦，并不知屠龙师太移居此山。一眼看见那神兽在谷中打盹，觉着稀奇，身才落下，便见崖上躺着一个面有血泥的女子，似乎很美。心刚动得一动，忽听风雷破空之声，看出是屠龙师太回山，吓了个魂飞魄散。幸而手疾眼快，忙将身形隐起。

屠龙师太也是著名辣手，近年不大好管闲事，万没料到有人敢来窥伺，一到便往洞中飞去。眇姑自然说了前事，就这问答工夫，谷底神兽早闻见崖上生人气味醒转。无巧不巧，冯吾行法太急，又正站在龙姑身前，连龙姑也一起隐起。冯吾先还只以为龙姑是屠龙师太新收弟子，自己既没被仇人看见形踪，更可借此摄去淫乐，以报昔日之仇。一见神兽蹿上崖来，不问青红皂白，将龙姑抱定，摄了便走。屠龙师太和眇姑闻得兽啸，出洞一看，人已不见，只当龙姑自醒逃走。本就不愿多事，并未追究。倒是冯吾淫贼胆虚，飞出好远，才另寻了一个幽僻山谷落下。寻来清泉，洗去龙姑脸上血泥，竟是美如天仙。再一抚摸周身，更是肌肤匀腻，滑不溜手。起初还怕她倔强，不肯顺从。正要用邪法取媚，龙姑已经醒转，极露爱悦之情，愈发心中大喜。再一问明来历，才知还是同道。这还有什么说的，随便择了一个山洞，尽情极致仙一度，彼此都觉别有奇趣，得未曾有。又互相搂抱温存了一会儿，商量一同回转姑婆岭。这时已是次日清晨，龙姑问起道路，才知离家已远。两人便一起驾遁光，手挽手，往姑婆岭飞去。到了洞前落下，冯吾忽然想起一事，唤住龙姑，低声嘱咐，见了史南溪等人，休提遇见驼子及自己半途相救情形，只说无心在云路中相遇便了。龙姑不知冯吾连见屠龙师太都吓得心惊胆裂，哪里还敢去和那驼子交手。把他先时的信口胡诌当成真言，竟以为他不愿人知道和自己有了私情，故而隐过这一节。本想对他说，史、吴、倪等人一向俱是会开无遮，不分彼此，只要愿意，尽可任性取乐，日后用不着顾忌。因已行到洞口，不及细说，恩爱头上，自是百依百顺，笑着一瞟媚眼，略一点头，便即一同入内。进洞一看，见里面除了原有的人外，又新到了一个华山派的著名党羽玉杆真人金沈子，也是一个生就玉面朱唇的淫孽。座中只长臂神魔郑元规与冯吾尚是初见，余下诸人见了冯吾，俱都喜出望外，分别施礼落座。从此一个个兴高采烈，欢欣鼓舞，每日照旧更番淫乐，自不必说。

　　史南溪派出去约人的使者，原分东南西三路。东西两路所请的人，俱已应约而至。只派往南路的人，有个头陀名叫神行头陀法胜，却未到来。此人百无所长，飞剑又甚寻常。仅有一件长处，是他在出家时节，无心中得了一部异书，学会一种七星遁法，能借日月五星光华飞遁，瞬息千里，飞行最快。那东西两路派出去的人，原都是见了所约的人，只须传了口话，递了柬帖，事情一完，各自回山。惟这神行头陀法胜，史南溪因他有七星光遁之长，飞行绝迹，盗取肉芝大有用处，特地命他与被请的两人同到姑婆岭听命。起初算计他去的地方虽远，回来也最快。谁知人已到齐，而他请的人未来，连他本人也渺无音信。直等到第四日过去，也不见法胜回转。知他虽然平素胆小怯敌，却极善于隐迹遁逃，不致被敌人在途中擒杀。而且所约两人，乃是南海伏牛岛珊瑚窝的散仙，南海双童甄艮、甄兑，俱非寻常人物，万无中途出事之理。想了想，想不出是甚缘故。这些淫孽，多半是恶贯满盈，伏诛在即，并未深思，也不着人前去打探，以为峨眉只几个道浅力薄的后辈，狮子搏兔，何须全力。南海双童不来也罢，既然定了日期，决计到时动手就是。

　　光阴易逝，不觉到了第五日子正时刻，阴素棠果然如期赶到。她本人虽然一样犯了色戒，情欲不断，毕竟旁观者清，一见这班妖孽任意淫乐，公然无忌，便料知此次暗袭峨眉，纵使暂时胜利，结局也未必能够讨好，早就定了退身之策。与众人略微见礼，互道景仰，已到了动身时刻。一干妖人由史南溪为首，纷纷离洞，各驾妖遁剑光，齐往峨眉山飞雷洞前飞去。这一干妖人，只说峨眉都是些后生小辈，纵有几个资质较佳，受过真传，也不是自己一面的对手，何况又是潜侵暗袭，不愁不手到成功。没料到他这里还未动身，人家早已得信准备。自从髯仙令仙鹤回山报警后，灵云等人早就日夜留神。接着又连连掌教夫人飞剑传书，指示机宜。只是金蝉、英琼俱都有事羁身，离山他去。这还不算，紫玲的独角神鹫，现在优昙大师那里，等用仙法化去横骨；神雕钢羽与灵猿袁星，又因英琼一走，也都跟去。这三个虽是披毛带角的畜牲，却是修炼多年，深通灵性，要用来观察敌情，防守洞府，有时比人还更有用。这么一来，无疑短了好几个有用的帮手。

灵云等知道敌人势盛，责任重大，哪敢大意。除将石、赵请来，连同仙府中原有诸同门，妥善计议，通力合作，定下防守之策外，又命芷仙去将芝仙唤来，对它说道："仙府不久便有异派来此侵犯，志在得你和仙府埋藏的重宝。我等已奉掌教真人之命，加紧防御，料无闪失。你自移植仙府，我等因见你修道千年，煞非容易，又感你灵血救人之德，视若同门至友，既不以异类相待，亦不觊觎你的仙体灵质，以助成道之用。你却因此忘了机心，上次在微尘阵前，吃了杨成志的大亏，几乎送了性命，未始不是你乐极生悲，上天给你预兆。后来我等回山，斥责杨、章等人，你以为无人敢再侵犯，故态复萌。偌大仙府，尽多美景，难道还不足意？昨日朱仙姑往前山解脱庵，去取余仙姑的衣物，归途竟见你独自在前洞门外，追一野兔游玩。枉有多年功行，还是如此顽皮。万一遇见邪魔异派，我等不知，何能救援？倘或膏了妖孽的馋吻，岂不悔之无及？现在为你安全设想，你生根之处虽然仙景最好，仙果繁植，因为这次来的妖人俱非弱者，诚恐幻形隐身，潜来盗你，容易被他发现。适才和奉仙姑商量，因你平日满崖游行，地理较我等要熟得多，着你自寻一所隐秘奥区，将你仙根移植，由秦仙姑再用仙法掩住敌人目光。只是此法一施，非俟破敌以后，你不能擅自离体神游，你深通灵性，当能逆料。如自知无事，只须多加小心，不离本洞，也无须多此一举；如觉将来仍有隐忧，还须依照我等所言行事，以免自误。"

芝仙先时闻言，脸上颇现惊异之色。及听灵云说完以后，也未表示可否，径自飞也似的跑向若兰面前，拉着衣角往外拖拉。众人俱当它要拖去看那隐秘地方，知它除金蝉外，和若兰、英琼、芝仙三人最为亲热，所以单拉若兰。灵云、紫玲自是必须前往，余人也多喜它好玩，都要跟去。谁知众人身才站起，芝仙却放了若兰，不住摆手，又向各人面前一一推阻。众人都不解是何用意。灵云问道："看你神气，莫非只要申仙姑同你一路，不愿我等跟去么？"芝仙点了点头。灵云知它必有用意，又见它神态急切，便不多问，拦住众人，单命若兰随往。芝仙才高兴地张着两只又白又嫩的小手，跳起身往若兰怀里便扑。若兰知它要抱，刚伸手将它抱起，芝仙便急着往外连指。

若兰抱起芝仙出洞之后，众人重又落座叙谈。紫玲猛想起灵云适才说，朱文在凝碧崖顶的洞门外面遇见芝仙之事，便问朱文道："朱师姊从解脱庵回来时，在何处遇见芝仙？可曾看清它追的野兔是个什么模样么？"朱文道："我当时因为降落甚速，先只瞟了一眼，看见它追的那东西浑身雪白，有兔子那么大小，并没看得仔细，一晃眼便逃到草里去了。我因芝仙还要往草里去追，想起它关系重大，不论哪一派人见了这种灵物，谁都垂涎，它又没有能力抵御，恐受他人侵害，才转身回去，将它抱起回洞。可笑它记仇心甚重，因为昔日蝉弟在九华得它时节，我曾劝蝉弟就手将它生吃，补助道行，蝉弟不肯，它却永远记在心里，从不和我亲热。这次抱它时，它虽没有像往常遇见不愿的人，便往土里钻去，却也在我手里不住挣扎，口里乱嚷，小手往后乱舞。我也没理它，就抱着一同回来了。迎头遇见大师姊，才没说几句，它便溜下地去跑了。"紫玲好似对朱文后半截话不甚注意，抢问道："那东西师姊未看清，怎便说是野兔呢？"朱文笑道："我今儿还是头一次见秦大师姊这么打破沙锅问到底。刚才不是对你说过，那东西是白白的，洞外草长，看不见它全身，仿佛见它比兔子高得多，还有一双红眼。白毛红眼，又有兔子那般大小，不是野兔是什么？"紫玲还未答言，灵云已听出一些言中之意，便问紫玲道："文妹虽然年来功行精进，但是阅历见闻，都比贤姊妹相去远甚。听玲姊之言，莫非这洞外又有什么灵物出现么？"紫玲道："大师姊所言极是。诸位师姊请想，那芝仙秉天地灵秀清和之气而生，已有千百年道行，非极幽静明丽之区，不肯涉足，性最喜洁，岂肯与兽为伍？而且它虽是灵物，胆子极小，见了寻常虫豸，尚且惊避不遑，何况是个野兔，怎敢前去追逐？照适才拉扯申师姊情形与朱师姊所言对证，那东西决不是什么野兔，说是匹小白牛白马，比较对些。纵然不是芝仙同类，也是天地间的灵物异宝。大师姊说它大胆，擅自出游。据妹子看，它冒险出游，绝非无故。既不要我们跟去，必有原因，少时申师姊回来，便知分晓。如说是它领人去寻那避敌之所，恐怕不像。"

正说之间，若兰已抱了芝仙回转。芝仙两只小手搂着若兰脖子，口里不住呀呀，也听不出说些什么。看神气好似有些失望，手里却是空无所有。朱文首先问道："兰妹，芝仙可真是领你夫寻一匹小白马么？"若兰道："你们怎地知道？"朱文便将紫玲之言说了。若兰道："马倒像马，可惜晚了一步，我又莽撞了些，被我将它惊走。用先师传我的法术阻拦，已来不及。听秦大师姊之言，那马定是芝仙同类无疑了。"众人便问究竟。若兰道："我起初也当芝仙是领我去寻地方。我抱它出了洞，依它指的路到了凝碧崖前，它又用手往崖顶上指。我便驾剑光上去，走出前洞，直到昔日英琼师姊割股疗亲的崖石底下。芝仙忽然挣脱下地，用手拉我，意思是教我藏伏起来。我一时未得领悟，它已离开我，往深草里飞扑过去。我跟踪一看，原来是一个有兔子大的白东西。当时我如忙着使用小修罗通法，连芝仙一起禁制住，必然可将那东西擒住。偏偏我看见芝仙扑到那东西背上，刚骑上去，叫了两声，那东西两条后足忽然似燕双飞，往起一扬，将芝仙跌了一跤，回身似要去咬。我恐伤了芝仙，不加寻思，先将飞剑放出去，原想护住芝仙，并无伤它之意。谁知芝仙落地时，竟将它一只后腿抱住，没有放开。等我看见，剑光业已飞到，吓得那东西像儿啼一般叫将起来。芝仙连忙放手时，那东西像被剑芒微微挨着一下，受了点伤，惨呼一声，便钻到土里去了。这时因为身临其境，才略微看清。那东西生得周身雪也似白，比玉还要光亮。长方的头，长着火红的一双眼睛。这时听你们一说，又想起那东西抬腿时，两腿有蹄无爪，蹄上直泛银光，说它像匹小马，再也不差分毫。芝仙见它借了土遁，急得直朝我乱叫乱跳，好似我如早用法术禁制，定跑不脱，即或我不管它，也能将那东西擒住似的。后来我想再仔细搜寻，芝仙却拦住我，拉我回来，其实它如先时不拦，大家同去，也许人多手众，还跑不了呢。"说时，芝仙已挣下地来，往洞外走去。芷仙追出洞去，已经不知去向。

紫玲又细细问了问那小马形象，对众说道："天地生物，无独有偶。本教昌明，所以迭有灵物归附。那匹小马不是千年成形灵芝，也是何首乌一类的灵药，经多少年修炼而成。据我猜想，芝仙和它必是同类，惺惺相惜，恐为外人侵害，想连它移植仙府中来，与它做伴。这种灵物，最怕受惊。但愿没被申师姊飞剑所伤才好。不然它既受了亏损，还变成惊弓之鸟，或者自移他处，潜藏不出，我等纵有法力，它不现形，其奈它何？再要被异派妖人遇上，不问它死活，只图到手，暗中得了去，岂不可惜！"灵云道："事已过去，芝仙不让兰妹再寻，想必灵物已不易得。如今既已知道芝仙冒险私自出游，是有所为。适才又嘱咐过它，它本来灵慧异常，不领我们另寻藏身之处，或者知道无须，也说不定。在我为求万全，须替它代谋为是。绣云洞那边邻近丹台，师祖仙阵在彼，敌人纵然偷偷进来，也不敢轻易前去涉险。就烦兰妹与紫妹在那里寻一善地，今晚亥末子初，二气交替之时，将它仙根移植，用法术封锁。破敌之后，再任它自在游行便了。至于新发现的灵物，虽然暂时无暇及此，但是如为外人得去，不但可惜，而且异派中人多是狠毒，只顾自己便宜，必定加以残杀。不似我等一样也用它的精血，却给它另有补益，爱护惟恐不至。起先不知，也倒罢了；既已知道，焉能袖手坐观天地间灵物异宝，葬身妖孽馋吻？不过目前防御事急，两害相权，须弃其轻，我们也不便专注此事。诸位师姊师弟，可仍照先前所议行事，只由兰妹与紫妹负巡视全洞之责，略可兼顾一二，在妖人未来侵犯以前，随时同往灵物现身之处相机视察。二位师妹俱擅异术，倘能遇上，必可生擒。再去寻着根源，好好移植在芝仙一起。日子一久，野性自退，岂不又给仙府添一活宝？倘如灵物因受兰妹剑伤，惊遁入土，或即因此耗了元精，不能化形神游，藏根之所必然有些异样。以二位师妹之敏慧与道力，只须细细寻踪，想必不致疏漏。如还不得，便是我等无此缘法，只好俟掌教师尊回山，禀明之后，再作计较。中间一有警兆，便须迅速应付，共支危局，不可贻误。"

灵云说完，紫玲等俱都称善遵命。当下便照先时商定人选配置行事。石奇、赵燕儿二人，自即日起暂停内修坐功，只是在飞雷洞左近防守，探查敌情，兼为仙府后洞犄角。前洞洞顶有长眉真人灵符封锁，原不愁外人闯入。但因昨日芝仙竟能出游，虽说芝仙善于土遁，能缩形敛迹，通灵幻化，非妖人所能，也不可不防。特命紫玲、若兰随时巡视全洞全崖，以防万一。除芷仙本领最次，不堪御敌，在洞内管束于、杨二人与南姑姊弟外，余人均分班在飞雷捷径、后洞口外把守，一经发现敌人，便会合石、赵二人，一面迎敌，一面分出一人飞剑传书。灵云等虽明知一两日内还不至出事，因为责重力微，不能不先事演习，如临大敌一般，以免临阵着慌。除吴文琪一人原在后洞值班外，余人俱都各按职掌，领命而去。

第一二五回 困仙山　群魔惊失利
　　　　　　　闯妖云　二女建殊功

且说紫玲、若兰还未到亥末子初，先去寻找芝仙。到了芝仙生根之所一看，芝仙并不在那里。照往常一般唤了几声，也未出现。依了若兰，简直就要将它那原体往绣云涧那边移去。紫玲却主张慎重，说芝仙如不愿移植，必有理由，还是寻着它，问明之后，如愿意，再行移植为是。于是二人又在崖前崖后，连绣云涧、丹台，全都找遍，仍是没有。眼看即交子初，若兰猛道："它是不是又上去了呢？"紫玲点头会意，便和若兰飞身到了上面，只见灵云一人正站在那里查看形势，二人便问见着芝仙没有。灵云道："我在亥初来此，曾见它在崖脚深草中呼唤，我将它唤到面前，说妖人不久来犯，此地太险，叫它回去，不要出来。它和我连比手势，指着草里，意思是有些不舍。我又问它愿意移植不？它摇了摇头。随后又往草里钻去，便不见了。我连唤几声，没有出来。想看看它的出入路径，直寻到现在也未寻着。我猜它已由间道回去，刚要回转，你二人就来了。紫妹见闻广博，你看此事该当如何？"紫玲道："看芝仙神气，似乎不愿移植。它能变化通灵，想必无甚妨害。倒是前洞有师祖灵符封锁，我们不带它，竟能随意出入。万一这条密径不仅是芝仙可以通行，那还了得！总得寻它出来才好。"一边说，一边往四下留神细看。忽然径往深草里走去，虽是星月交辉，又是一双慧眼，还嫌丛草碍眼，便将剑光飞出去削那草。忽然惊唤道："二位师姊快来，在这里了！"灵云、若兰也在帮着寻找，闻声过去一看，紫玲剑光照处，那一片草竟是特别繁茂，正中央一处土地，已被紫玲无心中用飞剑挑起，现出深若三尺的土穴，微闻一股异香，清馨扑鼻。紫玲忽又惊叹："毕竟被它走了，真是可惜！"二人便问何事？紫玲道："二位师姊，请看这穴里的土，不是明明像一匹小马卧过的痕迹？又有这种遗留的香味。以前，灵物定在这里生根，可惜我们不曾发现，又被申师姊飞剑误伤惊走。适才大师姊见芝仙打此不见，这一类灵物，都长于土内穿行，想必跟踪而去，也未可知。"

正说之间，忽见轻云从洞内飞身出来，手里拿着一封柬帖，见了灵云说道："我从太元洞出来，正要经飞雷捷径往后洞去寻吴师姊，忽见一道金光，带着这封柬帖飞来。我知是师尊飞剑传书，接将过来，金光已是飞走。师姊请看。"灵云望空拜过，接来一看，里面还附着两道灵符。上面大意说：过了明晚子丑之间，妖人定来侵犯，因知前洞有长眉真人封锁，决不会擅侵前洞，后洞关系重大。各前辈师长均有要事羁身，不能归来。妖法虽然厉害，有灵云九天元阳尺，合众弟子之力，终能无事。只须挨到紫郢、青索双剑合璧，便是驱敌之日。石奇、赵燕儿有难在身，髯仙的飞雷洞也恐怕难保。可将这两道灵符与赵、石二人佩戴，即使为妖法所困，也于性命无损。芝仙灾劫已满，无须移植。纵有潜入的敌人，也是自来送死。芝仙所寻的灵物，也是一个多年成形肉芝，名叫芝马，日后必为芝仙引植仙府，功用甚大。此时无须兼顾，抗敌为重。芝仙出入的道路，乃是五府中另一捷径，到处有灵符封锁，只有草木之灵，可以借着地气在地下面穿行，无须防守。另外还指示了一些应敌的机宜。灵云看完，说与轻云、若兰、紫玲等三人。因见为期已促，自己的调度还有未尽善处，柬上既说明了日期，期前必定无事，正可从容重新布置。便命紫玲住手，仍将浮土拢好，一同回洞，召集众人传观赐柬，依言行事。当晚无话。

第二日仍然不见芝仙的面，因有柬上预言，料知无事，都未放在心上，一个个聚精会神，准备迎敌。因恐人少，将于、杨二人与虎儿姊弟，分别关在室内，由紫玲用法术封锁，以防万一。芷仙改去照料英男。当日黄昏过去，仍着吴文琪值班，防守后洞；因见时辰将到，特命申若兰前去相助。余人都在洞中候信。若兰领命，正由飞雷捷径往后洞飞行，快离洞口不远，忽见一个小人从一处石缝中逃出，往前飞跑，定睛一看，正是芝仙。连喊两声，未曾喊住。后洞正当敌人来路，恐它出去涉险，便驾剑光追了出去。吴文琪正在后洞门口，与对面飞雷洞石、赵二人隔崖谈话，忽听后面若兰连喊："快将芝仙截住！"回身一看，芝仙跑得比箭还疾，转瞬已到了面前，将手一抓未抓住，被它从腿缝里穿过。一任二人叫喊，连头也未回，径往飞雷崖左侧的孤峰下跑去。二人知道时光已到戌正，敌人快来，哪敢怠慢，连忙飞身追去。叵耐今日芝仙竟像疯了一般，穿石越坂，纵跃如飞，满峰乱窜乱蹦。二人剑光虽快，恐怕伤它，又不敢指挥上前拦阻，只好分头兜捉。眼看追上，又被它遁入土中。及至定神细寻，又在旁的石缝中出现。二人看看追到峰后，正在顾此失彼，无计可施，敌人来犯时辰已渐渐切近。若兰忽然急中生智，悄悄与文琪打个暗号，由文琪上前兜拿，自己暗用木石潜踪之法，将身形隐去，静等吴文琪追赶芝仙路过，暗中出其不意，将它擒住。刚刚行完法术，隐去身形，不一会儿，眼看吴文琪正从远处将芝仙追了回来，忽听身旁丛草中轻轻响动，先疑是什么虫豸之类。回身一看，正是昨日所见那匹小白马，从一个石罅里钻将出来，昂头向芝仙来路望了一望，又往四下一看，似要觅地遁走。若兰一见，喜出望外，未容它往前窜走，早一伸手将它两只前腿捉住。那马知道着了道儿，惨叫一声，两条后腿往下便挣。若兰知它脚一着地，便要遁去，哪肯怠慢，就势一伸左手，又将它两条后腿捉住，提了起来。这时芝仙已来到切近，若兰正想换手去捉时，那芝仙好似闻见什么气息，忽然停步，仰头闻个不已。恰好文琪也赶将过来，将它抱起。若兰忙解去法术，现出身来。芝仙见那匹白马被若兰擒住，十分欢喜，更不挣扎，只一手朝着天上连指。二人这时已微闻峰那面隐隐有了破空之声，猛想起来时只顾捉回芝仙，误了守洞责任。这一惊非同小可，不暇多说，一同把手一挥，径往洞中飞去。

刚刚越过峰顶，便见下面飞雷洞被妖云毒雾笼罩，石、赵二人不知去向，隐隐见有剑光飞跃，自己洞门这面，站定灵云、轻云、紫玲、寒萼、朱文等人。除各人剑光外，灵云手上的九天元阳尺，已化成百十丈金光异彩，将洞门护住，正和飞雷洞上空十来个妖人对敌呢。原来那峰高出天半，二人不知不觉中追越过去老远。妖人来路正当峰前，又是偷袭，形迹诡秘，所以没有觉察。忧急之中，料知敌人尚未侵入，略放宽心。正打算飞剑护身，冲破妖氛，去与灵云等人会合。身子还未飞投到那一片妖云毒雾之中，那在飞雷洞上空的十来个妖人业已看见若兰、文琪二人，自侧面峰顶飞来，就中鬼影儿萧龙子和铁背头陀伍禄两人，正闲着无事，见来的是两个绝色女子，喊一声："众位道友，待我擒她。"首先从妖云中飞将过来，一人放出一道半红半黄的光华，往若兰、文琪飞去。二人正忙着抵挡，妖阵中长臂神魔郑元规和粉孩儿香雾真人冯吾，一个放起一片五色迷人香雾，一个放起一团烈焰，飞向对阵，却被灵云的九天元阳尺光华阻住。眼看几个绝色美女不能到手，正在垂涎焦躁，猛一眼看到后来两个女子，一个抱着一个小人，另一个抱着一匹小马。定睛一看，心中大喜，也不招呼别人，不约而同地双双舍了对阵四人，竟自收转火焰，飞赶上去。那长臂神魔郑元规来得更快，长啸一声，将两条手臂一振，倏地隐去身形，幻化成两条蛟龙一般的长臂，带着数十丈烈焰，直扑吴文琪。同时灵云等人，也看清若兰、文琪二人抱着芝仙和一匹小马，从侧面高峰飞回。紫玲首先喊声："不好！"忙道："申、吴二位恐要失陷，大师姊们可用全力御敌，待我前去救援。"言还未了，一展手中弥尘幡，早化成一幢五色彩云，冲破妖云，直达若兰、文琪二人面前。

若兰、文琪刚将剑光飞去敌那对面来的僧道，忽见飞来一团烈火，当中现出两条长臂飞舞而至，后面还紧跟着一片五色彩雾，便知妖人厉害，自己还得分神去顾手上的芝仙、芝马，正愁难以脱身。忽见紫玲驾着一幢彩云飞来，哪敢怠慢，连忙收转剑光，与紫玲会合一起，郑元规、冯吾眼看可望成功，忽见一幢彩云似电闪般在眼前亮了一亮，便即飞回，再寻敌人，哪有踪迹，好生痛惜。只得重又回身，来敌灵云等人。这时，飞雷崖下两道匹练般金光，倏地冲霄而上。接着便听两三声惨呼过去，那剑光顷刻布散全崖。史南溪带了十来个妖人，正往高处升起，疑是又来了什么劲敌，也忙着飞遁开去。再往对阵一看，凝碧崖后洞站定的几个敌人，全都遁去，不见踪迹，只剩数十丈高的金霞，灿烂全山，丝毫没有空隙。猛听史南溪在那里叫喊呼唤，一同飞身过去一问，才知史南溪见敌人法宝飞剑厉害，正在率领众妖人布置都天烈火阵法，忽然两道金光冲霄直上，便知中了埋伏诡计。不及施展法术抵御，连忙率众打算稍退时，那用法术困住崖上石、赵二人的兔儿神倪均，竟自不及退却，陷在金光埋伏之内。同时鬼影儿萧龙子和铁背头陀伍禄反身飞回，正遇金光骤起，一个被金光卷走，一个挨着一些，半身皮肉都被削去。阴素棠离得较近，刚想去救，偏偏伍禄急痛攻心，神志昏迷，不往上空遁走，反倒往下坠落。阴素棠识得金光厉害，不敢过于冒险，眼看伍禄葬身金光影里。敌人未伤分毫，自家人却惨死了三个。一干妖人锐气顿挫，只气得史南溪与郑元规怒发不止。

原来石奇、赵燕儿在飞雷崖前，正与吴文琪闲话，只见申若兰追赶芝仙飞身出来，文琪也随着往侧面高峰上赶去。燕儿年轻好玩，也打算跟去看个下落，被石奇阻住。起初以为她二人去去就回，谁知等了好一会儿不见回转，眼看时辰快到，不由焦急起来。正打算分出一人往太元洞送信，忽听远远天空中，似有极细微破空之声，由远而近。石奇机警，情知不妙。

果然一转眼间，从空际陆续飞来十来个男女妖人，奇形怪状，丑俊不一。见凝碧崖后洞无人防守，关系大为重要。明知妖人势盛，抵敌不住，惟恐他们乘隙侵入，毁了仙府。忙喊："师弟快去送信！"言还未了，双足一顿，早身剑合一，化成一道白虹，迎上前去。也是合该仙府不应遭劫，这新辟的飞雷捷径，只有施龙姑与追魂姹女李四姑二人来过，余人俱都不知底细，便由施、李两个淫女在前引导，一照面便遇石奇飞身迎战。施、李二人一见又是那个道童，想起前情，不由勾动淫念。两心一意想将石奇生擒活捉回去，双双放出飞剑，将石奇围住，忘了指给众妖人真正地点。赵燕儿本往飞雷捷径跑去，一见师兄危急，同仇敌忾，重又回身，放出飞剑应战。那些妖人见敌人并无防备，只有两个道童应战，并未在意。原想乘虚而入，偏偏凝碧崖后洞外观，远不如髩仙飞雷洞来得雄伟奇峻。又见石、赵二人从洞前崖上飞起，以为那洞便是凝碧崖后户，不问青红皂白，纷纷往飞雷洞飞去。施、李二淫女正与石、赵二人杀得难解难分，百忙中看出错误，刚喊得一声："那里不是，在这一边！"李四姑的情人兔儿神倪均忽然一眼看到施、李二淫女双战两个道童，兀自不能得手，猜出二人心意。大喝一声："二位且退，待我擒他！"说罢，口中念念有词，将两手往前一张，一片黄烟红雾，风卷一般直朝石、赵二人飞去。施、李二淫女知道这是华山派中最厉害的波斯懑迷神邪火，只得避开，领了众妖人去侵凝碧崖后洞。石、赵二人被二淫女剑光绊住，眼看妖人侵入自己洞府，正在着急。忽见对面飞来一个兔耳鹰腮、油头粉面的妖人，才一照面，便飞出一片黄烟红雾，如风涌一般卷至，情知不妙。恰好敌人剑光也在这时撤去，不敢迎敌，收转剑光，待往凝碧崖后洞逃遁，身子已被烟雾罩住。顿时便觉奇腥刺鼻，头眩目昏。勉强落到崖上，用尽功力，将两道剑光护住全身，只顾保命，竟忘了施展妙一真人所赐两道灵符。

石、赵二人被困之时，太元洞中的齐灵云等人，因为时辰已至，不见后洞传警，尚以为妖人未来。还是寒萼、朱文二人心急，主张先去看个动静。灵云等人也因洞中埋伏业已设好，正好前往迎敌。当下朱文、寒萼在前先行，余下众人也都随往。才一出洞，便见飞雷崖上烟雾弥漫，文琪、若兰二人不知去向。还未及看清石、赵二人被陷，施龙姑早领了五六个妖人劈面飞来。朱文、寒萼心中大怒，首先将剑光放出手去。对阵鬼影儿萧龙子、铁背头陀伍禄、勾魂姹女李四姑、施龙姑四个淫孽刚将飞剑放起，猛听几声娇叱，敌人身后又飞出几道光华，光中现出几个绝色美女。两下剑光才一交接，妖人这面便感不支。粉孩儿冯吾、长臂神魔郑元规和史南溪、阴素棠在后督队，看见敌人虽只几个幼年女子，发出来的飞剑竟是宛若游龙，神化无穷，才知敌人并非可以轻侮，料知这般战法难以取胜。史南溪打了一声暗号，同了两个妖人自去布置阵法。余人便各自将妖法异宝施展开来。灵云、紫玲见妖人纷纷放起法宝烟雾，知道厉害，除灵云、轻云、朱文三人的飞剑不怕邪污外，余人都只得将飞剑收回，另打主意。众妖人见敌人撤了几口飞剑，正在得意洋洋，不料想就中一个长身玉立的女子，倏地从法宝囊内取出一个似尺非尺的东西，向烟光中一指，便飞起九盏金花，一团紫气，立刻放出金光异彩，将所有妖法邪宝一齐阻止，休想上前一步。

众妖人中，除了史南溪与长臂神魔郑元规自恃本领、不知忌惮，粉孩儿冯吾天生淫孽、色胆包天外，余人多不知此宝妙用。只阴素棠出身昆仑门下，得过真传，虽然走入歧途，见闻广博。起初联合妖人一起，本早打点好了取巧主意。交手之际，便看出对阵敌人个个仙根深厚，剑术得有峨眉真传，不是等闲之辈。她还以为这些妖人厉害，或者可以取胜。及至灵云九天元阳尺一出手，虽未见过，却深知此宝来历功用。漫说敌人皆非弱者，即此一宝，已足保障峨眉而有余。后来萧龙子、伍禄自知不济，退了下来，正遇若兰、文琪飞回，赶上去迎敌。郑元规、冯吾又看出若兰、文琪手上的芝仙、芝马，想捡便宜，却被紫玲抽空将若兰、文琪接应回去。阴素棠又看出紫玲用的是宝相夫人的弥尘幡。暗想："敌人年纪不大，哪里去得来的这些奇珍异宝？"正在惊疑，那石奇、赵燕儿飞剑光芒锐减，看看危殆。燕儿早已不支。石奇更被妖雾蒸得头晕目眩，好容易用剑光掩护，一步一步退进洞口。忽然力尽神昏,一跤绊倒,被洞口一根石乳绊住道袍,"哗"的一声撕破,倏地怀中金光一亮,猛然想起两道灵符。忙喊:"师弟还不施展教祖灵符,等待何时?"说罢,忙即如法施为。二人刚刚诵完运用灵符的真言,便即心力交瘁,倒在地上。那灵符便在这时化成两道金光,往上升起,笼罩全山,立刻妖焰消逝,毒雾无功,反死了几个妖人。这一来,阴素棠更看出那灵符是玄门仙法,只有长眉真人有此道力,因而疑心洞中尚有能人埋伏;不然只有那两个道童,又被妖法困住,怎能施为?越发萌了不求有功,但求无过之想。偏那史南溪竟不肯知难而退,一见自己这边连遭失利,反而暴跳如雷。又看出金光起后,并无能人出来应战,敌人反而退却。明明是预先留下保洞之法,虽然厉害,伎俩止此,如用妖法攻打,并不难将金光消灭,随心所欲。想到这里,索性约齐一干妖人,不必再用飞剑法宝和敌人争斗,各持妖幡,按方位站定,由他与长臂神魔郑元规、粉孩儿冯吾三人总领全阵妙用,施展都天烈火阵法,打算每日早午晚三次,用神雷和炼成的先天恶煞之气,攻打飞雷崖和凝碧崖后洞。阴素棠在众妖人中最有本领,但因阵法尚未谙熟,便请她领了施龙姑等在空中巡哨,以防敌人冲出求救。在这攻打期间,如敌人一干主脑不得信来救,绝无败理。却不料那灵符竟是当年长眉真人飞升时节留下的九道灵符之一,连那封锁前洞的灵符,俱都各有无穷妙用,岂是史南溪的妖法魔阵短期内所能消灭。他这里只管打着如意算盘,暂且不提。

话说紫玲将若兰、文琪二人接了回去,见着灵云,恰好对崖灵符起了妙用。因有飞柬预示机宜,知道凝碧仙府应有此劫,石、赵二人虽然被困,生命不致危险。如就在此时冲出御敌,或许尚有差错。便各将飞剑法宝收了回来,静观动静。果然顷刻之间,听见雷声隐隐,金光上层似有烈焰彩雾飞扬,妖阵已经发动,暂时除了困守,别无善法。因飞柬尚另有机宜,灵云须得回转太元洞去主持,暂留下紫玲姊妹与轻云、朱文和那九天元阳尺防守后洞,以备万一。自己同了若兰、文琪回洞。那芝仙、芝马在若兰、文琪犯险遇敌之际,本已在二人怀中,吓得乱喊乱叫。一经回洞,当若兰、文琪忙着相助应战妖人之际,早就挣脱开去。最奇的是那匹芝马,起初那般野性,一入山洞,竟然驯顺起来,任芝仙骑着往洞内飞跑,丝毫也不抗拒。众人因芝仙业已回转,到了安全地方,便不再去管它。灵云回洞时节,问若兰、文琪何故擅离职守，二人说了经过。被灵云好生埋怨了一阵，然后命若兰、文琪依照柬上之言行事。布置妥帖，重又再往后洞。依了灵云，既然飞柬明示仙府应有此次被因之厄，索性到时再议。妖人攻打不进，必然设法偷入，只专心在洞中等他前来落网，无须冒险出去迎敌。紫玲、轻云俱以灵云之言为然。朱文、寒萼却不忿妖人猖獗，定要相机出战。灵云料知战虽无功，也无大碍，便自由她。因灵符金霞笼罩全山，固然外人攻打不进，里面的人也不能冲破光围而出。便将九天元阳尺交与朱文，吩咐二人小心在意，稍得小胜即回，切勿贪功轻敌。妖阵厉害，最好借九天元阳尺护身出阵，再和妖人对敌。二人领命，兴高采烈地将九天元阳尺往金霞中一指，立刻便有九朵金花、一团紫气护住二人全身，联袂破空而上。金花紫气过处，顶上金霞分而复合。

　　上面一干妖人早将妖阵布好，满以为敌人借着灵符金霞隐蔽，不敢出战，正准备到了预定时辰，动用烈火风雷猛力攻打。华山派玉杆真人金沈子，正把守阵的东面，猛见脚底霞光如万丈金涛，突地往上升起有数十丈高下，金霞升处，飞起九盏金花，一团紫气，内中现出两个绝色美女。虽然垂涎美色，也知道那九朵金花的厉害。正想运用风雷拦阻，敌人却已由金花紫气护身，飞出阵去。金沈子料知两个女子定是逃出求救，从自己阵地上遁走，于面子上太不好看，忙驾妖光追上前去。阴素棠领了施、李二淫女，正在空中巡游，忽见金光紫气中拥着两个女子，竟冲破妖阵飞身而出，也猜是去寻峨眉主脑人物报警求救的。虽知九天元阳尺厉害，一则自己既已与史南溪等暂时连成一气，究竟不便坐视成败；二则来的又是两个无名后辈，就此让她们从自己手内遁走，岂不贻笑于人？正待飞身上前迎敌，施龙姑早看出来人之中，有昔日腰斩孙凌波那一个女子在内。仇人相见，分外眼红，不问青红皂白，便将两套子母金针对敌人打去。只见九朵金花闪处，两套十八根飞针，如石沉大海，渺无踪迹。刚在惊愕痛惜，谁知敌人异常大胆，破了金针之后，反倒将那金花紫气收去，现出全身，指着施龙姑等骂道："我姊妹二人一时无聊，出山游戏片刻，便要回转仙府。不想遇见你们这群妖孽，阻我清兴。如用玄天至宝和你对敌，显得我姊妹倚仗师长法宝，来胜你们，忒显得我姊妹法力不济。有何本领，只管使将出来，莫待我姊妹倦游归去，你们不曾伏诛，失了指望。"言还未了，后面的玉杆真人金沈子业已赶到，同时施龙姑、李四姑两个淫孽也将飞剑放出。金沈子料知敌人非自己飞剑所能取胜，一追到便将手中拂尘一指，黑沉沉一片玄霜，直朝寒萼、朱文飞去。寒萼、朱文刚将飞剑去敌施、李两个淫孽，玄霜尚未临头，便觉身上一阵奇冷。朱文宝镜业被金蝉、笑和尚借走，正懊悔不该听信寒萼之言，恃强欺敌，将九天元阳尺收去，适才又说了许多狂话，不好意思再将尺取出。正在为难，喜得寒萼已将宝相夫人那粒金丹放将出来，一团其红如火的光华，飞入玄霜之内，所到之处，那淫秽污恶邪岚妖瘴所炼成的毒霜，竟被红光融化成了极腥奇臭的水点，雨一般往峨眉山顶落了下去。

金沈子原想用毒霜将二女迷倒，不料心爱之宝受损。一见不好，忙使法术收转时，业已消溶殆尽，心中大怒。只得收了拂尘，也将飞剑放出，会合施、李二淫女，同敌朱文、寒萼。那阴素棠本在踌躇，忽见来人轻敌，破了施龙姑金针之后，反将九天元阳尺收去，暗骂："好两个无知业障，有了玄天至宝不用，岂非自找无趣！"及见朱文、寒萼放出飞剑，去敌施、李、金三人，一个是餐霞大师嫡传，一个是宝相夫人心法，旁门玄妙，加以峨眉派的正宗传授，果然变化无穷。才知来人口出狂言，原有所恃。虽是暗中夸赞，毕竟二女剑术不在她的心上。见施、李、金三人不能取胜，喝一声："大胆贱婢，敢在此猖狂！"手一指，一道青光宛若神龙出海，直往朱文、寒萼顶上飞来。二女和施、李二人对敌，本可占得上风。添了一个华山派的能手金沈子，已觉只可勉力应付，不能取胜。忽又加上阴素棠修炼多年，深得昆仑派奥妙的两口飞剑，怎是敌手？寒萼首先感到不支，尚幸来时早和朱文商量好了步骤，一见敌众我寡，势不能敌，便用新招。恰好朱文也见出不妙，双双对打一声暗号，寒萼忙从法宝囊内取出一件宝物，口诵真言，往剑光丛中飞去。一出手，便是一条数十丈长、三两丈宽的五彩匹练，首先将阴素棠两口青白光华绞住。阴素棠一见寒萼施展当年天狐惯用的己寅九冲小乘多宝法术，才明白这女子竟与天狐宝相夫人有关，不知怎地会投到峨眉门下？既用旁门幻术御敌，足见敌人伎俩已穷。骂得一声："左道妖法，也敢来此卖弄！"说罢，将手朝两道青白光华一指，立刻光华大盛，似两条蛟龙，纠结着那条彩练只一绞，"嗌"的一声，便化成无数彩絮，飞扬四散，映目生花，恰似飘了一天彩雾冰纨，绚丽无俦。阴素棠刚在快意，忽听剑光丛中"哎呀"一声。定睛往前一看，喊声："不好！"不及再作招呼，长袖一展，连人带剑飞上前去。那青白两道光华立刻便涨有数倍，将施、李二淫女护住。

就在这时，那边妖阵上的史南溪，也看出下面敌人中有两个女子飞出阵去，阴素棠和施、李、金四人兀自不能取胜。知道骤然上前迎敌，二女有九天元阳尺在身，未必能够生擒。便暗施毒计，将妖阵暗中隐隐向前移动，等到将敌人陷入阵中，再行发动，使其措手不及，主意打定，正在施为之际，忽见玉杆真人佥沈子中了敌人法宝落地。接着阴素棠又运用玄功，施展平生本领去救护施、李二淫女。便知事有不妙，刚要飞身上前相助，猛听一声娇叱道："无知妖孽，暂饶尔等狗命！我姊妹要少陪了。"史南溪一见敌人想走，又恨又怒，怪叫一声，把手里一面都天烈火旗往前一挥，口中念念有词，立刻妖阵发动，千百丈烈火风雷，似云飞电掣一般合围上去。谁知敌人早有防备，又是九朵金花、一团紫气飞起，所到之处，烈火风雷全都分散。眼睁睁看着那两个少女冲破下面金霞，飞回凝碧崖去了，虽然暴怒，无法可施。那金沈子已在受伤时节，被下面金霞卷落，料知难有生理。只不知敌人用的是什么法宝，竟然这般厉害。及至一见阴素棠，才知是当年天狐宝相夫人所炼的白眉针。想是金沈子一时疏忽，被敌人打中要穴，致遭惨死。敌人既有玄天至宝护身，怎便就此逃走，得胜之后，便即退了回去？好生不解。

第一二六回

涉险贪功　寒萼逢异叟
分光捉影　乙休激藏灵

原来朱文与寒萼都是有些性傲，嫉恶如仇。寒萼素常更加小性，这次随了紫玲投到峨眉门下，见一干同门姊妹个个俱是仙风道骨、剑术高妙，同处在凝碧崖洞天福地，未尝不欢喜佩服，兴高采烈，以为从此可以参修正果。偏偏齐灵云奉了师父之命，暂时统领同门，镇守仙府，自知责任重大。起初人少，又加一干同门大半素有交谊，都是深受过师长戒律，奉命维谨，不用操心过虑，还好一些。及至从青螺归来，添了紫玲等人，虽然无歧视，因见寒萼轻纵任性，表面上对众人不得不端起一点尊严，以防日后有人逾闲荡检，违了教规。紫玲向道心诚，救母情殷，不但不以为苦，反越发加了几分敬佩。灵云见她如此，自然免不了有许多奖勉敬爱之言。寒萼素常在紫玲谷放纵惯了的，见灵云待她姊妹显有歧异，自己又好几次恃强逞能，越众行事，结果却不甚佳，本已无趣。再加灵云对她虽没深说过什么，那种不怒而威的神气，也令她有些不快。及至在两仪微尘阵内失陷，被灵云救出时，紫玲又当众责难。灵云新得长眉真人七修剑，分给众同门保管，却没自己的份儿，愈发认为没有面子，表面上说不出口，只是心里怏怏失望。总想得一机会，立点功给大家看看。难得妖人侵犯仙府，正好建功出气。谁知灵云却坚持师命，略向妖人对敌，等灵符发动，便命谨守，好生不以为然。因和朱文素日投契，再四怂恿出战。朱文虽和寒萼性情相投，对于灵云姊弟，既有救命之恩，又有师长之命，却与别的同门一样敬爱服从。因为好事贪功，再听寒萼说应敌之法，觉得有胜无败，不禁跃跃欲试，便随了寒萼去向灵云请战。灵云本想不准，因连日觉出寒萼神情有些阳奉阴违，不愿意当众扫她的面子；又料知二人并无灾厄，只得答应,将九天元阳尺交与二人防身,冲破金霞光围出战。

二人冲出妖阵,便照预定方略,收尺诱敌。不料敌人势盛,尤其阴素棠的飞剑厉害。因为玉杆真人金沈子神气鬼头鬼脑,语言无状,早已恼在心里:一面由寒萼用天狐宝相夫人的旁门真传己寅九冲小乘多宝法术炼成的一条锦带飞上前去,暂将阴素棠剑光敌住;同时朱文便取出九天元阳尺准备退却,寒萼就势取出几根白眉针首先朝金沈子七窍打去。那金沈子见阴素棠剑光厉害,正想生擒敌人,心存邪念之际,忽见眼前似有几丝光华一闪,便知道不妙,忙想避开,已是不及。只觉两眼一阵奇痛,心中一团迷糊,往下一落,正落在金霞之上,被卷了去。

话说寒萼那条锦带,原是旁门一种速成法宝,不论何物,只须经过九个己寅日便可炼成。看去虽数十百丈五色光华,却没多大作用。不过这种旁门小乘法术,也经过一些时日祭炼,虽然遇上正经法宝飞剑不堪一击,却足能阻挡片刻工夫。行法的人见势不敌,豁出牺牲数日苦功炼成的法宝被别人损坏,便可此时乘隙遁走,再妙不过。这原是宝相夫人传授二女遇见强敌脱身之法。紫玲姊妹到了峨眉,朱文等人因她姊妹擅长旁门法术,比若兰所学还多,平时常请她姊妹施展出来,以开眼界。紫玲遇事谦退,总是强而后可。寒萼原喜卖弄,在无事时,用小乘法炼了几件宝物,准备几时大家比剑,使出来博取一笑。出战之时,偶然想起,便带在身旁,果然用上。及至用白眉针伤了金沈子,二次又用针去伤施、李二淫女时,被阴素棠识破,知道来人所用宝物是极厉害的白眉针。施、李二人危机一发,想起施龙姑母亲金针圣母的交谊,不好意思袖手,连忙身剑合一,运用玄功,飞上前去救护她们。寒萼见小乘法宝已被敌人破去,阴素棠剑光厉害,白眉针竟被阻住,知道再不见机,不能讨好,乐得占了便宜卖乖。本还想多说几句大话开心,正遇见史南溪见警追来,妖阵发动,更不迟延,与朱文会在一起,各驾剑光,仍在九天元阳尺的金花紫气拥护之下,冲破下面光层,飞回洞去。灵云、紫玲等人见寒萼、朱文已去多时,正在悬念,忽见二人面带喜容飞回,问起出阵得胜情形,也甚心喜,便赞了寒萼几句。寒萼自是高兴,哪把妖人放在心上。灵云、紫玲都主张得意不可再往,寒萼、朱文哪里肯听,当时并未争论什么。

这头一日,众妖人因连遭失利,都在气忿头上。史南溪更是气得暴跳如雷，尽量发挥妖阵威力，虽然有金光彩霞罩护洞顶，那烈火风雷之声竟是山摇地动，十分清晰。众人不敢怠慢，除若兰、文琪要在太元洞左近埋伏外，余人全都齐集后洞，准备万一。寒萼、朱文几番要想乘隙出战，都被灵云阻住。朱文还没什么，寒萼好生不满，背着灵云单人试了试，没有九天元阳尺，用尽平生本领，竟冲不到上面去，这才作罢。

第二日起，没出什么事变。第五日以后，护洞金霞却越来越觉减少。敌人方面，自然也是每日三次烈火风雷，攻打越急，渐渐可以从金霞光影中，透视出上面妖人动作。休说寒萼、朱文等人，连灵云明知九天元阳尺可以应付，也有些着慌起来。寒萼更坚持说灵符光霞锐减，纵不轻敌出战，也须趁金光没有消灭以前，就便分身上去，探一个虚实动静，省得光霞被妖法炼散。九天元阳尺只可作专门防敌之用，无法分身。灵云也觉言之有理，仍由朱文拿着九天元阳尺，陪了寒萼同去。

寒萼、朱文满以为这次仍和上次一般，好歹也杀死两个妖人回来。高高兴兴地走出洞外，将九天元阳尺一展，九朵金花和一团紫气护着二人，冲破光霞，飞身直上。这时正值敌人风雷攻打过去，上面尽是烈火毒烟，虽然金花紫气到处，十丈以内烟消火灭，可是十丈以外，只看出一片赤红，看不出妖人所在。来时灵云原再三嘱咐，九天元阳尺固是妙用无穷，妖阵也极为厉害，颇有变化，务须和上次一样，不可深入，等冲出妖阵，敌人追来，再行迎敌。如见妖阵往前移动，不论胜负，急速飞回，以免迷了门户，纵有至宝护身，难免被困。偏偏二人轻敌贪功心胜，一见敌阵无人，以为妖人没有防到自己隔了数日，又复出战，必定还在阵的深处。仗着九天元阳尺护身，算计好了退路方向，径往妖阵中央飞去。前去没有多远，猛觉天旋地转，烈火风雷同时发动，四围现出六七个妖僧妖道，分持着妖幡妖旗，一展动便是震天价一个大霹雳，夹着亩许大小一片红火，劈面打来。且喜九天元阳尺真个神妙，敌人烈火风雷越大，金花紫气也越来越盛，休说近身，一到十丈以内，便即消灭。一任四围红焰熊熊，烈火飞扬，罡飙怒号，声势骇人，丝毫没有效用。二人才略微放心，便想仍用前法诱敌出阵交手。谁知无论走向何处，烈火风雷都是跟着轰打。寒萼还梦想立功，几次将白眉针放将出去，总见敌人身旁一道黑烟，一闪便没踪影。留神一看，原来是一个奇胖无比的老头儿，周身黑烟围绕，手里拿着一个似锤非锤的东西，飞行迅速，疾若电闪。每逢寒萼放针出去，他便赶到敌人头里，用那锤一晃，将针收去。寒萼一见大惊，不敢再施故技，这才知道敌人有了准备，无法取胜。暗道今日晦气，互打一声暗号，打算往原路飞回。不料史南溪自从那日失利，一面用妖法加紧严密布置，准备诱敌入阵，再行下手，事前隐身阵内，并不出战。同时这两日内，又到了几个极厉害的帮手，有两个便是史南溪派神行头陀法胜往南海伏牛岛珊瑚窝去约来的南海双童甄艮、甄兑。还有一个，便是破寒萼白眉针的陷空老祖大徒弟灵威叟。

甄艮、甄兑原是南海散仙，素常并不为恶。因前些年烈火祖师和史南溪往南海驼龙礁采药相遇，正值甄艮、甄兑在诛那里一条害人的千年鲨鲸，虽然有法术制住，兀自弄它不死。史南溪趁鲨鲸吐出元珠，与甄氏兄弟相抗之际，从旁捡便宜，用飞剑从鱼口飞入，将鲨鲸穿胸刺死。因这一点香火因缘，就此结交。以后每一见面，必谈起峨眉门下如何恃强欺凌异派。甄氏弟兄隐居南海多年，不曾出山，各派情形不甚了了。激于情感，听了心中不服，当时未免夸口说："史道友异日如有相需之处，必定前往相助一臂。"当时只顾高兴一说，后来又遇同道中人一谈，才知从小就以仙体仙根成道，僻隐海隅，见闻太少。那峨眉派竟是光明正直，能人众多。倒是烈火祖师和史南溪辈，素常无恶不作。便对史南溪等冷淡了起来。及至这次法胜奉命相请，约攻峨眉，甄氏弟兄本不愿去，一则不便食了前言，二则久闻峨眉威名，想到中土来见识。弟兄二人一商量，去便是去，只是相机行事，仗着裂石穿云之能，略践前言即归，拿定主意，不伤峨眉一人。这才同了法胜前往。眼看快离姑婆岭不远，不料遇见一个驼背异人，将甄氏弟兄同法胜困住，冷嘲热讽，耍笑了一个极情尽致。甄艮头次出门，还未上阵，便栽跟斗，原想知难而退。甄兑却主张好歹践了前言再说，真个能力不济，索性再投名师，学习道法，去报驼子之仇。反正一样打兴，总算对史南溪践了前言，哪怕下回不管。法胜又从旁苦求，三人依然上路。到了姑婆岭，见洞门紧闭，又由法胜领往峨眉。史南溪说了此来目的，甄氏弟兄一听，凝碧崖有成形肉芝，不禁心中一动。又值史南溪要命法胜前去偷盗，得便暗伤敌人。甄氏弟兄便自告奋勇，愿意一同前去。甄氏弟兄同法胜在路上吃亏，以及盗芝之事，暂且留为后叙。

且说那灵威叟不约而至，事出有因。当初长臂神魔郑元规在陷空老祖门下犯了戒条，灵威叟因郑元规既有同门之谊，又有一次在无心中救过他的爱子灵奇，才再三替他求情送信，免去许多责罚。谁知郑元规狼子野心，逃走时节，趁陷空老祖正在炼法，不能分身追他，便盗去许多灵丹法宝，还投身到五毒天王列霸多门下，无恶不作。害得灵威叟受了许多苦楚，未免灰心，不想再和他相见，偏偏事有凑巧。那灵奇原是灵威叟未成道时，和一个贵家之女通奸所生的私生子，落地便被灵威叟盗走，寄养别处。那女子不久死去，灵威叟也被陷空老祖收为弟子。想起前情，几次求陷空老祖准灵奇上山，陷空老祖却执意不允。灵威叟无法，舐犊情殷，只得求了一些灵药给灵奇服用，自己也时常下山去传授他的道法。灵奇天资颇好，本领也甚得，只是少年心性，虽不仗着本领采花为恶，却无端在衡山闲游，遇见金姥姥罗紫烟的门人崔绮，一见钟情，便去勾搭。崔绮翻脸，两下动起手来。彼时崔绮入门不久，看看可以取胜，又遇崔绮的同门何玫和追云叟的大弟子岳雯，在远处闲眺看见，相次赶来。三打一，对吴、崔二女还可应付，那岳雯却是异常了得。正在危急，幸遇郑元规路过，救了性命。因那里距追云叟、金姥姥的洞府最近，灵奇业已带伤，并未恋战，即行退去。但灵奇却是一往情痴，爱定了崔绮，三番五次前往衡山窥伺，很少遇上；遇上时候，总有能人在侧，不敢与上次一般涉险。灵威叟得知此事，知道金姥姥不大好惹，只得将灵奇逼往缙云峰喝石崖仙源洞去，用法术将洞封锁，命灵奇在洞中养心学道。

第二年便值郑元规犯戒，灵威叟被处罚面壁三年。及至期满出山，前去看望，灵奇再三苦求解禁，决不出外生事。灵威叟先还不信，及见灵奇三年静修，果然悔过样子，才略放心。解禁后，灵奇也几年未往衡山去。不料事有凑巧，日前又在仙霞岭附近遇见崔、吴二女。灵奇与崔绮原有前因，不禁又勾起旧情，不知怎的，竟会怎么也丢不下。暗中跟随二女在山中采药，走了好几天。末后一个按捺不住，趁崔绮和何玫分手时，竟现身出来，跪在地上，直说自己也是修道之上，自知情孽，并无邪念，只求结为一个忘形之交；否则就请崔绮下手，用飞剑将他杀死。崔绮方在沉吟惊异，恰好何玫路遇半边老尼门下缥缈儿石明珠、女昆仑石玉珠，一同飞身回来。何玫刚说此人便是以前在衡山调戏崔绮、被同党救走的妖人，石氏姊妹全吃过异派的亏，疾恶如仇，不问青红皂白，飞剑便杀。灵奇只得起身抵挡，因在洞中潜修数年，又得乃父尽心传授，本领大进。石氏姊妹不比岳雯，虽然一人敌四，还是可以支持。崔绮因石氏姊妹动手，不好意思旁观。何玫也因金姥姥说过灵奇来历，知他并不似异派中的淫孽，也没有伤他之心。反是石玉珠见难取胜，将师父新传的五丁斧暗中放将出去。五色华光一闪，还算灵奇逃避得快，斩断了一只左腕。石氏姊妹正要下毒手，多亏崔、吴二女拦住说："师父说此人尚无大恶，由他改过自新去吧。"灵奇才从死里逃生，见四女已走，拿着半截断腕回洞痛哭。正在自怨自艾，不好和父亲夫说，恰值灵威叟便中路过，下来看望，一见爱子受伤，又不肯明说实话，又恨又心痛。好容易向师父求了万年续断和灵玉膏，将他手腕接上。无奈事隔数日，精血亏耗太过，不能复原。再向师父去求灵丹时，陷空老祖却说，因他多事，被郑元规盗走了一葫芦灵丹，药草虽已采齐，还得数年苦功去炼。自己不久也有灾劫，所剩不多，要留着自己备用，不肯赐与。

灵威叟无法，猛想起郑元规盗走师父灵丹不少，这几年虽不来往，自己于他有救命之恩，何不去向他讨要？及至到了崆峒山一问，说郑元规已被史南溪约往峨眉。又赶到峨眉后山飞雷崖上空，才得相见。郑元规反怪他近年来不该和他冷淡，事急相求，须助他破了凝碧崖再说。又说灵奇定是为峨眉门下所伤，不然，他素来不喜生事，与人无仇无怨，除了峨眉门下，一见异派不问青红皂白，恃强动手，还有何人？灵威叟万没想到他儿子还是遇见了崔绮，一见伤处，早疑心是峨眉、昆仑两派中人用的法宝，闻言动心，起了怒意。灵威叟为了顾全爱子，几方面一凑合，便答应下来。今日对敌，见来人用的是玄天至宝，甚为惊奇。后来又见放出白眉针，知道厉害，便用北海鲸涎炼成的鲸涎锤，将针收去。

朱文、寒萼见势不佳，欲往回路遁走。不想史南溪在二女进阵时节，已暗用妖法移形换岳，改了方向。二女飞行了一会儿，才觉得不是头路。寒萼一着急，便对朱文道："师姊，我们已迷失方向，休要四面乱闯。不管他青红皂白，凭着天尺威力，往前加紧直行，总有出阵之时。好歹出阵，看明白了再说。"说罢，二人一齐运用玄功，照直疾飞。那妖阵原是随时移动，二人先前一面退走，一面还想相机处治一两个敌人，所以不觉。一经决定逃遁，毕竟九天元阳尺神妙无穷，不但所到之处火散烟消，众妖人连用许多妖术法宝也都不能近身,竟被二人冲出阵去,用目一看,已离前洞不远。知道难从后洞回去,又虑敌人知道前洞地点。正在且飞且想,众妖人也在后面加紧追赶之际,忽然正对面飞来一道奇异光华和一道红线,那光华竟拦在二人前面,将金花紫气阻住。红线却往二人身后飞去,猛听一声大喊道:"史师叔请速回去,这两个贱婢自有云南教祖来收拾!"一干妖人,倒有好几个认得来人是毒龙尊者的门人俞德。一听藏灵子竟来相助,不由喜出望外。知道藏灵子脾气古怪,招呼一声,一齐退去。

寒萼、朱文见金花紫气被来人光华阻住,心刚一惊,不知怎地神志一晕,朱文手中的元阳尺凭空脱手飞去。同时那道光华便飞将上来,先将朱文、寒萼围住,现出一个容貌清奇、身材瘦小、穿着一件宽衣博袖道袍的矮道士,指着二女喝道:"那两个女子,谁是天狐遗孽?快通上名来送死,免得旁人无辜受害。"言还未了,俞德业已阻住史南溪等人,单同了灵威叟飞身过来。一见二女已被藏灵子困住,心中大喜。闻言正要搭话,忽见一片红霞,疾如电掣,自天直下,眨眼飞进藏灵子光圈之内。接着便听到洪钟般一声大喝道:"好一个倚强凌弱的矮鬼!枉称一派宗主,食言背信,怕硬欺软,替你害羞。"俞德定睛往光圈中一看,红霞影里,一个身材高大、白足布鞋、容貌奇伟的驼背道人,伸出一双其白如玉的纤长大手,也不用什么法宝,竟将那光圈分开。近手处,光华凭空缩小,被驼子一手抓住一头,一任那光华变幻腾挪,似龙蛇般乱窜,却不能挣脱开去。驼子骂了藏灵子几句,便对寒萼道:"你二人还不快走!由我与矮鬼算账。"朱文、寒萼失了九天元阳尺,已是吓得魂飞天外;又被来人用剑光困住,知道不妙。正当危机一发,刚将剑光放出,准备死命相拼之际,忽见一片红霞中飞来了救星,一照面便将敌人剑光破去,虽不认得那驼子是谁,准是一位道行高深的老前辈,绝非外人。方在惊喜,一闻此言,朱文首先躬身答道:"弟子一根九天元阳尺被妖人收去,还望仙长做主取回。"驼子笑道:"都有我哩。你二人都不是矮鬼对手,那尺我自会代你二人取回。急速闪过一旁,免我碍手。"朱文、寒萼不敢违拗,适才一与敌人剑光接触已知厉害,既有前辈能人在场,不犯再拼,便驾遁光,从驼子肘下穿将出去。

驼子放过二女,将手一放,那光华便复了原状。同时那瘦矮道士也飞身来,收了剑光,正要另使法宝取胜,那驼子已指着喝道:"矮鬼且慢动手,听我一言。"矮道士也真听话,便即停了施为,指着驼子骂道:"你这万年不死的驼鬼!我自报杀徒之仇,干你甚事,强来出头?别人怕你,须知我不怕你。如说不出理来,叫你知我厉害。"驼子闻言,一些也不着急,咧着一张阔口笑道:"藏矮子,不是我揭你短处,前月在九龙峰顶上相遇,我同你说的什么?敌我相遇,胜者为强。害你孽徒身死,乃是他自己的同恶伙伴。你却怕仇人妖法厉害,不敢招惹,当时答应了我,还是不敢前去寻他。三仙道友与你素无仇怨,他们因事不能分身,被一干妖孽将洞府困住,你却来此趁火打劫,欺凌道行浅薄的后辈,枉自负为一派宗主,岂不令各派道友齿冷?还敢在我面前逞能,真是寡廉鲜耻!"那矮道士闻言大怒道:"驼鬼休再信口雌黄!前日听你之言,便要去寻绿袍老妖算账。分别时,你用话激我,说到了时日才能前去。我因为时日尚早,闲游访友,行至此间,又遇俞德,苦苦哀求,要我放他孽师。我见他为师之命,不惜再三冒死跟踪,准备带他回去。忽见前面有两个女子,拿着九天元阳尺飞行逃遁。他认出有一个是天狐之女,顺便之事,岂有不办之理?我还不肯乱杀无辜,正待问明仇人,将她擒回云南报仇,你便出来多事,谁在倚强凌弱和趁火打劫?"驼子答道:"你还要强词夺理。我辈行事须要光明磊落,不当效那世俗下流,见财起意。就算你不是趁火打劫乘人之危,秦女是你仇人,那餐霞道友的女弟子朱文,和你又有什么杀徒之恨?却倚仗一些障眼的法儿,将她九天元阳尺抢去?你如以一派宗主自命,还是我那几句老话:天狐二女不过微末道行,岂是你的敌手?你如将绿袍老妖诛却,再来擒她回山处治,只要你不怕开罪峨眉,自问道力胜过三仙二老,谁能说你做得不对?如今放着首恶元凶不敢招惹,却来轻举妄动,说你不是成心欺软怕硬、避重就轻、遮羞盖丑,谁人肯信?再说天狐二女如今已投入了峨眉门下,你和峨眉诸道友也有一些香火之情。他们的弟子行为狠辣,在仇敌相遇之时,不肯手下留情,以致伤了你孽徒性命,你心怀不忿,也应自己上门和诸道友评理。哪怕你自己理亏,不肯服输,兴起兵戎,胜了显你道力本领,超轶群伦,不枉你一派宗主。就是败了,也可长点阅历见识,重去投师炼法,再来报仇,毕竟来去光明。如今别人家长不在家,你却抽空偷偷摸摸来欺负人家小孩子,胜之不武,不胜更加可笑。自古迄今,无论正邪各教各派中的首脑人物,有哪一个似你这般没脸?依我之劝,天狐二女逃走不了。不如急速回山，到了时日，自去寻绿袍老妖算完了账。只要你能亲手将元恶诛却，优胜劣败，各凭道力本领，我驼子决不管你们两家的闲账。"

一言甫毕，只气得那矮道士戟指怒骂道："驼子，你少肆狂言。今日我如不依你，定说我以大压小。我定将绿袍老妖诛却，再来寻她们，不过容她们多活些时，也不怕这两个贱婢飞上天去。那九天元阳尺原在青螺峪，与天书一起封藏，被凌花子觑便，派一个与我有瓜葛的无名下辈盗去。我不便再向那人手里要回，便宜花子享了现成。他却借与旁人，到处卖弄。我如想要，还等今日？不过暂时收去，问明仇敌，处治以后，即予发还，你偏来多事。你这驼鬼素来口是心非，要我还尺，须适才那女子亲来，交你万万不能。"驼子笑道："你词遁理穷，自然要拿话遮脸。我还给你一个便宜：只要你能斩却老妖，谅你也不敢与三仙二老启衅，省你到时胆小为难，我要代替三仙二老做主，在中秋节前找着天狐二女，自往紫玲谷相候，作为你们两家私斗，胜败悉凭公理。我将劝三仙二老不来袒护，由我去做公断，决不插手。你看如何？"说完，便将手一招，将朱文喊了过来，说道："这位是青海派教祖藏灵子，适才抢去你的元阳尺，如今还你，还不上前接受？"说时，藏灵子早把袍袖一扬，九天元阳尺飞将过来。朱文忙用法收住，躬身道谢。正要和驼子见礼，藏灵子已带了俞德，口里道一声："驼鬼再见！容我将诸事办完，再和你一总算账，休要到时不践前约。"说完，一道光华，破空而去。

朱文、寒萼早猜出来人是藏灵子。一见驼子这么大本领，双方对答时，藏灵子虽嘴里逞强，却处处显出知难而退，不由又惊又喜。见他一走，连忙上前拜见驼子。驼子并不答理，只将手一招，灵威叟飞落面前，躬身下拜。原来灵威叟起初见藏灵子赶来相助，因是师父好友，正准备随了俞德上前拜见，猛见一片红霞飞来，一个驼子用玄门分光捉影之法，将藏灵子剑光擒住。定睛一看，认出来人是曾在北海将师父陷空老祖制服，后来又成为朋友的前辈散仙中第一能手。师父平日常自称并世无敌，只有驼子是他惟一克星。知道此人喜管闲事，相助峨眉，一举手间，史南溪这一班妖人便可立刻瓦解。见机早的，至多只能逃却性命而已。因这人手辣，不讲情面，一意孤行，本想溜走，忽见驼子目光射来，已经看见自己。暗想：

"此时不上前参拜，日后难免相遇，终是不妙。"灵机一动，想起此人灵丹更胜师父所炼十倍，有起死回生、超凡换骨之功。与其多树强敌，去乞怜于忘恩负义的郑元规，何如上前求他？主意一定，见两下方在说话，便躬身侍立在侧。未及与藏灵子见礼，已然飞走。又见驼子招他，连忙上前参拜。驼子道："你是你师父承继道统之人，怎么也来染这浑水？我早知这些淫孽来此扰闹，因不干我事，不屑与小丑妖魔比胜，料他们也难讨公道，不曾多事。适见藏灵子以强凌弱，又受一个后辈苦求，才出面将他撵走。你见我还有事么？"灵威叟说了心事。

驼子便取了一粒丹药交与灵威叟，说道："你有此丹，足救你子。如今劫数将临，你师父兵解不远，峨眉气运正盛，少为妖人利用。这里群孽，我自听其灭亡，也不屑管。速回北海去吧。"灵威叟连忙叩首称谢，也不再去阵中与群妖相见，径自破空飞走。

驼子又唤朱文、寒萼起立，说道："我已多年不问世事，此番出山，实为端午前闲游雪山，无心中在玄冰谷遇见一个有缘人，当时我恐他受魔火之害，将他带回山去一问，才知他乃天狐之婿。我于静中推详原因，知道天狐脱劫非此子不可，就连忙带他回山，也有些前因后果。如今我命他替我办事去了，不久便要回转峨眉。他已在齐道友门下，我自不便再行收录。念他为我跋涉之劳，知天狐二女目前先后有两次厄难，又因东海三仙昔日有惠于我，先在路上激动藏灵子，使他去助三仙道友一臂之力。又到此地来助你二人脱难。"朱文一听甚喜。驼子又道："只是藏灵子记着杀徒之恨，必不甘休，百蛮山事完，定要赶到紫玲谷寻你姊妹报仇。此事三仙二老均不便出面。我这里有柬帖一封，丹药三粒，上面注明时日，到时开看，自见分晓。凝碧仙府该有被困之厄，期满自解。你二人回去，见了同门姊妹，不准提起紫玲谷之事；不到日期，也不准拆看柬帖，只管到时依言行事，自有妙用。只齐灵云一人知我来历。现时洞中已有妖人潜袭，妖阵虽然寻常，你二人寡难胜众，可从前洞回去便了。"

朱文、寒萼听来人口气，料知班辈甚高，自然唯唯听命。等到听完了话，方要叩问法号，请他相助，早日解围。驼子早将袍袖一挥，一片红霞，破空而去。同望山后，妖焰弥漫，风雷正盛，恐众同门悬念，不敢久停，径从前洞往凝碧崖前飞去。远远望见绣云洞往丹台那条路上光华乱闪，疑心出了什么变故,大吃一惊。急忙改道飞上前去,近前一看,若兰、文琪两人正用丝绦捆着一个头陀,一人一只手提着那头陀的衣领,喜笑颜开地刚要飞起。若兰一眼看到朱文、寒萼二人飞来,便即迎上前去说道:"我二人奉命,持了教祖灵符在太元洞侧防守,也不知这贼和尚和两个小贼用甚妖法穿光进来,想将芝仙盗走。我二人闻得地下响动,便将灵符施展。为首两个小贼妖法飞剑都甚厉害,若非预先防备,几乎吃了他们的大亏。如今已被教祖灵符发生妙用,引入丹台两仪微尘阵去困住,等候教主回山再行发落。只有这个贼和尚,见吴师姊破去他的飞剑,想要逃去,被我将他擒住,不愿杀他,以免污了仙府,正准备去见大师姊请命处治呢。"

说罢,四人一路,擒了那头陀,直往飞雷捷径飞去。到了一看,灵符金光靠后洞一边的,已经逐渐消散收敛,只剩飞雷洞口一片地方金霞犹浓。敌人注意后洞,只管把烈火风雷威力施展,震得山摇地动,石破天惊,声势十分骇人。灵云、轻云、紫玲三人,已各将飞剑放出,准备灵符一破,应付非常。因九天元阳尺被朱文、寒萼二人携走,一去不归,虽然柬上预示没有妨害,终不放心。正在着急,一见四人同时从飞雷捷径飞来,又惊又喜。刚要见面说话,猛听震天价一个大霹雳,夹着数十丈方圆一团烈火,从上面打将下来。洞口光华倏地分散,变成片片金霞,朝对崖飞聚过去。烈焰风雷中簇拥着五六个妖人,风卷残云一般飞到。众人这一惊非同小可,纷纷放出飞剑法宝抵御。灵云连话也顾不得说,早将朱文手中的九天元阳尺接过,口念真言,将手一扬,飞起九朵金花、一团紫气,直升到上空。将洞顶护住,才行停止。这时那九朵金花俱大有亩许,不住在空中上下飞扬,随着敌人烈火风雷动转。一任那一团团的大雷火一个接一个打个不休,打在金花上面,只打得紫雾生霞,金屑纷飞,光焰却是越来越盛。雷火一到,便即消灭四散,休得想占丝毫便宜。

众人先时还恐灵云独力难支,大家一齐动手。及见这般光景,才行放心,不愿白费气力,各人收了飞剑。谈说经过,才知朱文、寒萼出战不久,上面雷火曾经稍微轻缓一些。灵云等方以为是朱文、寒萼将敌人引出阵外对敌,施展九天元阳尺的妙用,所以雷火之势稍减。约过去个把时辰,忽然敌人声威大盛,烈火风雷似惊涛掣电一般打来,同时护洞金霞也被妖火炼得逐渐衰弱。灵云方后悔不该将九天元阳尺交朱文带走,万一妖火将金霞炼散,如何抵御?谁知敌人一面用那猛烈妖火攻洞;一面却请南海双童甄氏弟兄带了神行头陀法胜,运用他二人在南海多年苦功练就的本领,穷搜山脉,潜通地肺,从峨眉侧面穿过一千三百丈的地窍,循着山根泉脉,深入凝碧腹地,在太元洞左近钻将上来,打算乘众人无力后顾之际,先盗走芝仙、芝马,二次回身再里应外合。幸而飞剑传书,预示先机,灵云早已严密布置,命若兰、文琪二人在太元洞、绣云洞一带,持了教祖所赐的灵符游巡守候。若兰担任的是太元洞左近,因为好些天没有动静,灵云又不许擅离职守,也不知后洞胜负如何,正在徘徊悬想。忽见路侧奇石后面草丛一动,芝仙骑着芝马跑了出来,快到若兰跟前,倏地从马背上跳下,口中呀呀,朝着前面修篁中乱指。若兰颇喜那匹芝马,自从前些日救它回洞,仍是见人就逃,始终不似芝仙驯顺,听人招呼。见芝仙一下地,它倒如飞跑去,便想将它追回,抱在手里,看个仔细。身刚离地飞起要追,文琪原在绣云洞左近窥视,远望芝仙骑着芝马跑出,这种灵物谁不稀罕,也忙着飞身过来。猛一眼看见芝仙神态有异,连忙唤住若兰。身一落地,芝仙早伸小手拉了二人衣袂,便往前走。走到修篁丛里,朝地下指了两指。又伏身下去,将头贴地,似听有什么响动,忽地面现惊惶,口里"呀"了一声,朝芝马走的那一面飞一般跑了下去。文琪道:"兰妹,你看芝仙神色惊惶,又指给我二人地方,莫非柬上之言要应验了么?"言还未了,若兰忙比划手势,要文琪噤声,也学芝仙将耳贴地,细心一听,并无什么响动。情知芝仙绝非无因如此,又恐大家守在一起,旁处出了事故难以知晓,两人附耳一商量,反正早晚俱要施为,还是有备无患的好。

第一二七回 行地窍　仙府陷双童
　　　　　　　拜山环　幽宫投尺简

话说若兰、文琪合计之后，便由文琪运用灵符，施展仙法妙用，将绣云涧往丹台的埋伏发动，只留下一条诱敌的门户。若兰自恃本领，却在芝仙所指之处附近守候。不消片刻，文琪也施为妥当，照旧飞行巡视，与若兰立处相去仅三数十丈，有甚动作，一目了然。二人俱都聚精会神，准备迎敌。待了一会儿，文琪遥用手势问若兰有什么动静。若兰摇了摇头，重又伏身地上一听，仿佛有一种极微细的破土之音，心中又惊又喜。知道来人擅长专门穿山破石，行地无迹之能，一不留神，将他惊走，再要擒他，便非易事。非等他破土上升，离了地面，用第二道灵符断却他的归路，不能成功。一面和文琪打了个招呼，暗中沉气凝神，静静注意。没有半盏茶时，地底响声虽不甚大，伏地听去，已经比前入耳清晰，渐渐越来越近。若兰倐地将身飞起。文琪知有警兆，连忙准备，也将身形隐去。沙沙几声过去，三道青黄光华一闪，从修篁丛里飞起三个人来，为首一人是个头陀，后面是两个道童打扮的矮子。这三人一出土，若兰已看出那头陀本领平常，后面的矮子却非一般。忙将气沉住，先不露面，趁来人离了原地有十丈以外，口诵真言，抢上前去，将第二道灵符取将出来，往空一展，立刻一道金光飞起，瞬息不见。知道埋伏俱已发动，敌人退路封锁，万难逃遁。这才娇叱一声道："大胆妖孽，已入樊笼，还不束手受缚！"

一言甫毕，那来的三人，正是南海双童甄氏弟兄和神行头陀法胜。他们先在史南溪面前告了奋勇，以为峨眉纵有灵符封锁，也挡不了自己有穿山入地的无穷妙用。起初从峨眉侧面，带了法胜，施展法术，直钻下去，穿石行土，仿佛破浪分波，并无阻挡，心中甚喜。及至下到千余丈左右，循着山脉再往横走，快达敌人地界，觉着到处石土都和别处不同，石沙异常坚硬，休想容易穿透。用尽法术心力，有好一会儿工夫，只钻进了二三十丈远近，山脉又只此一条通路。正在着急，忽见左侧不远，三人行过之处，有一团白影子一闪。法胜虽也会地下穿行，却比甄氏弟兄差得太多，首先追将过去，并未查见什么。甄氏跟着近前，从剑光影里仔细辨认，竟看出有一处土石松散，像一种伏生土内的东西出入之路，鼻端还微微闻见一丝香气。知道峨眉仙府地质坚硬，难于穿透，若非天生灵物，离地面这般深的所在，虽是夏日，其热如火，怎能支持？闻得肉芝通灵无比，差一些的法术封锁，都阻它不住，适才白影，便是肉芝也说不定。既在此地发现，生根之处想必不远。这里石土这样坚硬，何不循它经行之路搜查，若能到手，岂不省事？想到这里，刚拉了乃弟甄兑打算前进，那法胜也在无意中寻着一处地方比较松软，看出便宜，首先循路往前钻去。

甄氏弟兄对肉芝本有觊觎之念，因是为友请来，还不好意思得了独吞。先见史南溪派神行头陀法胜跟了同来，便疑他有监视之心，已是不悦。及见法胜贪功直前，暗忖："一路来时，都是我弟兄给你开路，这时发现肉芝，你却抢在前头。凝碧崖是峨眉根本重地，未必没有准备。莫看这里土松，便认作通行无阻，少时难保不叫你知道厉害。"弟兄二人彼此用手一拉，虽然都是一样心思，毕竟大利当前，不由得不往前注意。谁知路一打通，竟比初下来时还要易走。法胜更是卖弄，穿行如飞。惟独白影却未再现，料知已惊逃上去。算计快达峨眉腹地，仍是法胜在前，三人便一同斜着往上穿行，凑巧经行之处的泥石也正合心意，仿佛天生的一条地下甬道。试试别处，依旧与先前一样艰难。利令智昏，哪里知道敌人早有了准备，特地给他们留的入口。等到快达地面，神行头陀法胜首先飞出，甄氏弟兄也就随在后面，飞身直上，深入敌人腹地。虽然艺高人胆大，也不免要加上几分小心，一面放起剑光，准备遇敌交手。定睛一看，到处都是瑶草琪花、嘉木奇树、岩灵石秀、仙景无边，果然不愧是奥区仙府，洞天福地。只是地方虽大，四外都是静荡荡的，不见一个人影。

三人以为敌人定是倾巢出战，内部空虚，正好从容下手，那肉芝既在来时地底发现，生根之处必在左近，且寻着了再作计较。走没多远，一眼看到路侧矗立一座洞府。正在搜寻观察，猛觉身后似有一片金霞闪烁了一下，便知有警。接着又听见一个女子的呵叱声音。连忙回身一看，一个美如天仙的少女，正从身后飞到，一照面便是一道青光飞来，别的却无什么动静。甄兑喊一声："来得好！"也将一道青光飞起，才得敌住。那女子猛然又是一扬手，便是数十溜尺许长像梭一般的红光飞将过来。甄艮一见，暗忖："以前曾听师长说过，各派飞剑中，像梭的只有桂花山福仙潭红花姥姥一人，乃是独门传授。这女子既在峨眉门下，怎会有异派的厉害法宝？"恐乃弟吃亏，一面将剑光飞出助阵，一面从法宝囊内取出师父所传的镇山之宝——用十余对千年虎鲨双目炼成的鱼龙幻光球，一脱手便是二十四点银色光华，宛似一群碗大的流星在空中飞舞。及至与若兰的丙灵梭一接触，倏地变幻了颜色，星光大如笆斗，辉映中天，照得凝碧崖前一片仙景彩霞纷披，瞬息千变，浮光跃金，流芒四射。那丙灵梭是红花姥姥亲自炼成的镇山异宝，虽能将敌人法宝阻住不得上前，但那光华过分强烈，一任若兰练就慧目，兀自被它照射得眼睛生疼，不可逼视。心神稍一疏懈，飞剑光芒便受了敌人压迫。文琪又被那头陀绊住，不能飞剑相助，才知敌人果然厉害。想照先时打的主意，凭自己法宝道力将来人生擒，决不能够。只得微咬银牙，将手一招，身剑相合。因为敌人法宝厉害，还不敢就将丙灵梭收回，仍用它抵挡敌人。一面往绣云涧那边退走，诱敌入阵。甄氏兄弟焉知厉害，见敌人败走，不假思索，径自追了下去。

这时法胜和文琪对敌，剑光已被文琪压得光芒大减，正在危急。甄氏弟兄因他适才情形可恶，又不知道前行不远便进入了埋伏，反而存心让法胜吃点苦头，想先将这少女擒住，再行回身相救。飞行迅速，转眼已入绣云涧口。见前面峭壁拂云，山容如绣，清溪在侧，泉声淙淙。心中正夸好景致，忽然前面金霞一闪，那少女连她所用的丙灵梭和眼前景物，全都没了踪影。用目四顾，到处都是白茫茫的，什么东西也看不见，天低得快要压到顶上。情知不妙，待要回身，哪里都是一般。没有多时，心里一迷，忽一阵头晕神昏，倒于就地。由此甄氏弟兄便陷身两仪微尘阵内，直到乾坤正气妙一真人回山，才将他们放出，这且不提。

且说那神行头陀法胜，在华山派门下，除了早年得到一部道书，学成了穿山行地的异术，飞行迅速，来去无迹外，别的本领俱甚平常，班辈也是最卑。前奉史南溪之命出外约人时，因知自己地遁功夫尚有欠缺，闻得南海双童是此中圣手,满想便中求甄氏弟兄指教。谁知甄氏弟兄近年已深知烈火祖师、史南溪等为人,方在后悔择交不慎。为了以往相助之德,不便推却,此来本属勉强。一见法胜满脸凶光,言行卑鄙,心中已是厌恶。偏偏行近姑婆岭时,路过一个大村镇,法胜因为连日忙着赶路约人,未动酒肉,要下去饱餐一顿。在酒肆中遇见一个驼子和一个俊美少年,法胜见那少年是峨眉门下,仗着甄氏弟兄在座,不问对方深浅,逞强叫阵。被驼子引到山中无人之处,空手接去三人的宝剑法宝,羞辱戏侮,无所不至。末了又将三人陷在烂泥潭里,受了好几天的活罪,才还了飞剑法宝,放三人逃走。甄氏弟兄推原祸首,口里不说,心里却恨法胜到了极点,哪里还肯教他法术。幸而那驼子行时,自己表白不是峨眉派中人。又经他再三苦求,总算向史南溪复了使命,省却一场责罚。对于甄氏弟兄,未免由嫉生恨,一听二人要偷入凝碧盗取肉芝,看出别有用意,偷偷向史南溪递了个眼色。史南溪也恐甄氏弟兄见宝起意,临时生了异心,明着派他前去相助,暗中实是监防。

法胜到了土里一看,果然甄氏弟兄道术惊人,直穿地底千百丈,直似鱼入江河,游行无阻。自己平时钻山入地,哪有这般神妙。甄氏弟兄又故意拿他取笑,足登处便是数十丈远近。他虽是顺着二人打通之路前进,到底山石沙土,不比天空水里,哪里追赶得上,累得力尽精疲,兀自落后。快达腹地,石土忽然坚硬起来。正在钻寻无路,忽见白影一晃,无心中竟被他发现一处地方,泥沙异常松软。连忙施展本领,往前一钻。那经行之处,约有二尺方圆,恰可容人进入。虽一样有泥沙填没,一经使法穿行,竟是顺溜已极,仿佛原有地底一条斜行往上的现成甬洞。离身二尺以外,又照样坚硬。以致他在前面穿行,甄氏弟兄那般地行神速,都不能越过,反而循着他开的甬道前进。知是巧遇山脉中的气孔,不由喜出望外。因适才地下闻见异香,猜那肉芝生根之处必在附近地面之上。一出土便东张西望,用鼻连嗅,准备一见就下手。走出原地没有多远,忽听身后一声娇叱,刚要回望,倏地侧面崖壁上飞落一个紫衣少女,一照面,便是一道青光飞将过来。知道敌人有了准备,忙将剑光放出迎敌。起初还仗有甄氏兄弟相助,并未着忙。百忙中偷眼往侧面一望,才见另外还有一个少女,剑光法宝甚是厉害,正和甄氏弟兄杀得难解难分。甄氏兄弟两个打一个,并不管自己的闲账。对面紫衣女子的剑光又神化无穷，顷刻工夫，竟将自己那道黄光绞住，任凭运用全副精神，休说取胜，连收回逃遁都不能够。渐渐势弱光消，急得头上青筋直暴，通体汗流。正在心慌着急之际，若兰已经诱敌诈败逃走。

起初文琪见那两个矮子放出来的剑光厉害，自己站在远处，尚觉光彩射目。时候一久，恐若兰有了闪失，正怪她还不退走。相隔又远，恐敌人警觉，不便高声招呼。见来的头陀剑术平常，暗付："这种蠢物，何须小题大做？"当下便运用玄功，朝着空中剑光一指，立时光华大盛。法胜见势不佳，知道飞剑万难保住，又因甄氏兄弟乘胜追敌，明明有心不来相助。自己被紫衣女子绊住，既不能脱身追上一路，又不便出声求救，势在紧急，当然保命要紧。暗中咬牙痛恨，把心一横，念咒施法，便想择路遁走。气刚一懈，那道黄光被紫衣女子的青光压得光芒锐减，猛然"锵"的一声，断为两截，恰似带火残枝，"当当"两响，变为顽铁，坠落地上。法胜心里一惊，慌不迭地刚要回身逃走，正赶上若兰诱敌陷阵飞回，一见头陀被文琪破了飞剑想逃，哪里容得，法宝囊内取出一根丝绦，使用禁法，将手一扬，一道光华飞起，将法胜捆个结实。三个敌人，一个也不曾漏网。大功告成，正遇朱文、寒萼到来，便一同到后洞见了灵云等人，说了经过。

这时在敌人妖阵压罩之下，烈火风雷越来越盛，护洞金霞消逝殆尽，只剩飞雷洞前石奇、赵燕儿存身的上空，有亩许大一团光华，一任雷火攻打，依旧辉耀光明罢了。灵云等人哪敢怠慢，一齐合力防守，静等时机到来。遇到紧急之时，除灵云运用九天元阳尺外，余人各将飞剑放起，准备万一。似这样在危急震撼之中，又过了两天，神雕突然飞回。灵云因李英琼自救回余英男后，二次前往莽苍山除妖盗玉，多日没有音信，正愁她出了差错，一见佛奴独自飞回，大吃一惊。忙请紫玲持了九天元阳尺暂代防守，退入后洞，问神雕："英琼是否在莽苍有难，需人去救？"神雕点头示意，连声哀鸣。灵云见状大惊，敌强我弱，正愁力量不支，怎能分人去救？稍一迟延，英琼生命堪虞，还有温玉和青索剑再落敌手，那还了得！神雕虽是灵异，言语不通，又不知英琼怎么遇难，对方能力高下。算计无论莽苍方面情势如何，道行稍差一点的同门，纵然去了也是无用。细一寻思，自己主持全局，万难分身。只有紫玲精细稳练，剑术虽非正宗，却有几件得用法宝，道术更高出侪辈之上。此时虽然靠她之处正多，为救英琼，别人实未必能够胜任。见神雕不住哀鸣示意，料知事在紧急，迟则生变，不暇再多计利害，匆匆赶往后洞，同紫玲附耳说了机宜。命紫玲带了两粒灵丹，骑着神雕，暗出前洞，飞往莽苍山相机行事。如见事缓，可先将英琼救回再说。又因紫玲一走，如同去了一条膀臂，归来早晚，难以逆料。虽说洞中擒着了三个妖人，各处俱有埋伏布置，不愁敌人偷入，毕竟还不甚放心。若兰、文琪要代紫玲相助众人御敌，洞中无人。南姑虽无本领，自随众人练气学道，也颇身轻足健。便命紫玲出洞时，放出南姑姊弟，去帮助芷仙照料英男。芷仙不时巡行各地，如有动静，无须迎敌，可用飞剑传警，以便分人救援。芷仙能力有限，两口宝剑却是仙人遗留神物，临危用人之际，总比没有强些。

紫玲领命去后不久，灵云又接到妙一夫人飞剑传书。大意说：教祖即行回山，聚会神仙，开辟五府。英琼归来伤愈后，可命轻云随了同去，先取青索剑，后斩妖尸。史、郑诸孽，能力止此，伎俩已穷。除每日三次烈火风雷攻打最烈时，大家多留一点神外，有那九天元阳尺尽可应付，无须全体日夜防守，荒了日常功课。余外还预示了一些机宜。灵云拜观已毕，传与诸同门，俱都放心大悦，照书行事。只轻云曾前往黄山，听得餐霞大师说起三英二云之中，惟有自己一人尘缘未尽，将来婚姻应在姓严的身上。行时赐偈，并有英、云遇合的暗示，心中时常想起难过。这次阅读飞剑传书，见有严人英的名字，又说自己前往取剑，全仗姓严的相助，才能成功。想起餐霞大师的前言，不由又羞又急。无奈师命难违，心中又想得那一口青索剑。暗忖："灵云起初未始不是三世尘缘纠缠，全仗毅力解脱。自己只拿定主意，怕他何来？且喜众同门均注重应敌，没能留神到这一节，索性搁置一旁，到日再相机应付。"

第二日，紫玲将英琼救回峨眉休养。身体复原之后，灵云便命轻云照飞剑传书所言行事。英琼便同了轻云三上莽苍，先会见了严人英、庄易、金蝉、笑和尚等人，寻着青索剑，剑斩了妖尸躯壳，倒翻灵玉崖，带了温玉回到峨眉，仍从前洞入内，见灵云等人一个也未在太元洞内。问起芷仙，敌人那面又添了两个万妙仙姑许飞娘约来的妖党，只有早晚、子夜过去，风雷稍懈。灵云因余英男日受灵泉浴体，自腰以下血脉渐渐融和，有了知觉,反倒痛苦起来,抽空同了紫玲回洞看望。

上面新来的两个妖人看出下面轻敌,忽然又用烈火风雷攻打。朱文以为敌人又施故伎,并没放在心上,照旧使用九天元阳尺迎敌。猛一眼看到烈火风雷掩护之中,有一个紫面长须、相貌凶恶的道人,手里持着一面小旗,所指处,雷火也随着攻打起落。朱文受了寒萼怂恿,一时贪功好胜,没有防到敌人卖弄玄虚,误认妖道手里拿的是妖阵主旗。先还未敢擅离洞口,忽然看到一股猛烈雷火过处,烟光中的妖人飞临切近,被朱文九天元阳尺连指几指,九朵金花、一团紫气飞将过去,雷火也立时消散。那妖道好似被金霞扫着一些,受了重伤,往下一落,重又勉强飞起,往左侧面斜着上升。送上门的一件大功,哪里肯舍,忙与寒萼二人飞起追去,追没多远,妖道便被金花紫气罩住。方在心喜,忽听若兰连声娇叱,回身一看,有两三亩大的一团烈火,后面跟着四五个妖人,疾如云飞,正往洞口卷到。才知中了敌人诱敌之计,虽相隔不远,已是不及救援。若兰便用全神将飞剑法宝放出抵御。那团烈火已然罩向头上,眼看危机顷刻,若兰性命难保。不顾再斩那坠落的妖道,慌不迭地忙使九天元阳尺飞回抵御时,倏地眼前一黑,一片乌云中隐现出两条形如蛟龙的黑影,比电闪还快,同时也在洞口前面落下。以为妖人双管齐下,若兰定难免难。就在朱文、寒萼飞回应援,金花、紫气正往烈火团中飞落之际,那片乌云竟赶在妖人烈火之前,当着若兰前面降落。等到朱文、寒萼飞回,乌云已将妖人烈火托住。接着又是一片紫阴阴的光华从空飞下,现出一个英俊少年。

寒萼首先看出来人是苦孩儿司徒平,不由又惊又喜。知道那片乌云是司徒平用的法宝,恐为九天元阳尺所损,忙喊"师姊留神"时,朱文也认清了敌友,早默诵真言,用手将尺一指,玄天至宝,果然灵异非常,那九朵金花带着一团紫气,竟舍了那片乌云,往那团烈火飞去。敌人来得太猛,先被那片乌云出其不意地一挡,略一停顿间,正值金花、紫气飞星坠流一般赶到,一个收法不及,两下一经接触,恰似火山爆发,散了一天的红雨,转瞬烟消火灭。那隐在乌云中像两条蛟龙一般的东西,在司徒平的指挥下,更不怠慢,也跟着交头接尾,飞空直上,朝着烈火后面诸妖人卷去,只听"哎呀"一声惨叫过去,凭空掉下两个半截尸身。寒萼、若兰等人方要乘胜追赶,朱文因为刚才稍一离洞,差点闪失,连忙止住。同时敌人方面已将妖阵发动，烈火风雷如疾雨狂涛一般打到。

灵云、紫玲也从洞中回来，见了司徒平，也是心喜惊奇。一面运用仙尺抵挡雷火，一面问起前情。才知那日在玄冰谷崖上雪凹之中将司徒平带走的人，便是巫山灵羊峰九仙洞的大方真人神驼乙休。他是多年不曾出世，正邪各派之外惟一的高人。因为路过青螺，行至雪山顶上，见下面妖雾魔火弥漫，无心中看出司徒平资禀过人，又算出与他有缘，一时心喜，将司徒平带回山去，传了些道法。只有十多天，便留下司徒平，命在洞中炼他传授的法术，然后独自出游。日前回去，又传授了一柄乌龙剪和两道灵符、一封柬帖。说道："峨眉仙府现为妖人所困，解围后不久，便是天狐脱劫之期，你须在期前回去。见了天狐二女，照柬行事。那里上有妖阵笼罩，非我灵符不能下去。下时如见金花紫气，那便是峨眉门下所持的玄天至宝九天元阳尺，只一现身便可相见。事前必须代我办一点事：岷山白犀潭底，住着我一个多年未见的朋友，你可拿那另一道灵符和一根竹简，绕道前往潭边，口中呼三声'韩仙子，有人给你带书来了'。说完不可稍停，即将竹简投往潭内，无论有何动静，不许回望。只将我传的真言急速行使，便借灵符妙用回往峨眉。不过去时甚难。你驾剑到了岷山，便须下落。那潭在山背后，四围峭壁低处又阴森，又幽静，路极险峻难走。你须在山脚一步一拜，拜到潭边。路上必遇见许多艰难困苦，稍一心志不坚，便误我事，你也有性命之忧，不可大意。如将此事办成，我日后必助你如愿成道，以酬此劳。"司徒平前在万妙仙姑门下，见闻本不甚广，惟独这位神驼乙休的大名却听说过。明知他有大本领，却命自己替他办事，必非容易。不过这人性情古怪，丝毫违拗他不得。况又得了他许多好处，更是义不容辞，只得恭恭敬敬地跪谢领命。神驼乙休带笑将司徒平唤起，另给一粒丹药服下，吩咐即时起身。说他自己还与人订了约会，要出山一行。路过峨眉时，也许伸手管一回闲事。说罢自去。

司徒平送走神驼乙休后，便独自往岷山进发。到了山脚，落下剑光，照神驼乙休所指途径，诚心诚意，一步一拜地拜了上去。初起倒还容易。后来山道越走越崎岖，从那时起，直拜了一天一夜，一步也未停歇，还未走出一半的路。若换常人，纵不累死，就是一路饥渴，也受不了。总算司徒平修炼功深，又有灵丹增补体力，虽觉力困神乏，尚能支持。他为人素来忠厚，受人重托，知道前路艰难，并不止此，除虔心跪拜外，尚须留神观察沿路动静。先一二日并无什么异兆。拜到第三天早上，拜进一个山峡之中，两崖壁立，高有千丈，时有云雾绕崖出没，崖壁上满生碧苔，绿油油莫可攀附。前路只有一条不到尺宽的天然石埂，斜附在离地数百丈的崖腰上。下面是一条无底深涧，洪波浩浩，飞泉击石，激起一片浪花水气，笼罩涧面，变成一片白茫茫的烟雾。耳旁只听涛声震耳，却看不见真正的水流。真个是上薄青旻，下临无地，极险穷幽，猿猱难渡。司徒平拜进那条窄石埂上，情知已达重要关头，前路更不知有无危险，一不小心，功亏一篑。略缓了缓，敛息凝神，将真气全提到上半身，两膝并拢，行道家的最敬礼，五体投地，往前跪拜行走。

那石埂原是斜溜向外，窄的地方只容一膝，力量不能平均，稍一不慎，便要滑坠涧底。

一任司徒平有练气功夫，在连日跪拜、毫不停歇、心神交瘁之下，提着气拜走这艰难绝险、蛇都难走的危壁，真比初学御气飞行还要费劲十倍。幸而那条石埂围附崖腰，虽然高高下下，宽宽窄窄，一些也不平顺，尚无中断之处，否则更是无计可施。走了半日，行进越深，形势越险，直累得司徒平足软筋麻，神庸骸散，心却丝毫也不懈怠，反倒越发虔敬起来。行至一处，崖回石转，默忆路程，转过崖角，径由一个石洞穿出，便是潭边。功成在即，心中大喜，不由精神一振，拜到崖边，刚立起来，待要折过崖角，重拜下去，还未及注视前面路径，忽然一片轻云劈面飞起。等到拜罢起身，已是一片溟蒙，周身裹在云中，伸手不辨五指。危崖掩覆之下，本就昏黑，不比平日，哪有月光照路。又当神疲力尽之际，两眼直冒金星，哪里看得清眼前景物。遵守着神驼乙休之命，既不能放出剑光照路，更不能用遁法飞行，只得提神运气，格外谨慎留神，摸一步拜一步地往前行进。拜走还没有两三步，猛然闻见奇腥刺鼻。定睛往前面一看，云气瀚翳中，一对海碗大的金光，中间各含着一粒酒杯大小、比火还亮的红心，赤芒耀目，像一对极大的怪眼，一闪一闪地，正缓缓往前移来，已离自己不远。

司徒平猜那金红光华，必是什么凶狠怪物的双目。这一惊非同小可，忙着便要将飞剑放出，防身抵御。猛一动念："来时神驼乙休曾说，此去山途中，必然遇见许多艰难怪异之事，除了山路难走，余外皆是幻象，只须按定心神，以虔诚毅力应付，绝无凶险。何况前面不远便是仙灵窟宅，岂容妖物猖獗？反正是福不是祸，是祸躲不过。事已至此，索性最后一拼，闯将过去，看看到底是否幻景。自己也是劫后余生，天狐深明前因后果，她既说全仗自己脱劫，岂能在此命丧妖物之口？即使遭受凶险，神驼乙休纵未前知，也必不能坐视不管。譬如当初不遇秦氏姊妹，也许早就惨死在许飞娘手下，又当如何？"想到这里，把心一横，两眼一闭，重又恭恭敬敬，虔诚拜将下去。身才拜倒，妖物虽还没有就扑到身上，那股子奇腥已经越来越近，刺鼻晕脑。虽说信心坚定，毅力沉潜，当这密迩妖邪，转眼便要接触，又在这幽暗奇险的环境中，毕竟还是有些心惊胆怯。料知不消片刻便可过去，适才主意一个打错，被妖物扑上身来，那时想逃已不可能，不死也必带重伤。又想到此时一个把握不住，万一怪物是假，岂不将连日所受艰难辛苦，都付流水？宁可葬身妖物口内，也不可失言背信，使垂成之功，败于俄顷。索性两眼睁开，看看妖物到底是何形状，死也要死个明白，成败付之命数。

刚把胆子一壮，便听一种类似鸾凤和鸣的异声，由前面远处传来。睁眼一看，前面光华已经缓缓倒退下去，金光强烈，耀眼生花，用尽目力也未看出那东西形状。只依稀辨出一些鳞角，仿佛甚是高大狰狞。金红光华在密云层中射透出来，反映出一层层五光十色的彩晕，随着云儿转动，卷起无量数的大小金红旋圈，渐渐由明而晦，朝前面低处降了下去，半响才没有踪迹。那云也由密而稀，逐渐可以分辨眼前景物。才看出经行之处，是一个宽有丈许的一条平滑岗脊。两边都有深壑，高崖低覆，密阴交匝，不露一线天光，阴沉沉像一个天刚见曙的神气。往前又拜不了两步，伏地时节，摸着一手湿阴阴的腥涎。细一辨认，岗脊中间，有一条四五尺宽的蜿蜒湿痕，那妖物分明是龙蛇一类。计算距离最近时，相隔至多不过丈许，暗中好不庆幸。妖物既退，云雾又开，惊魂一定，越发气稳神安，把一路上劳乏全都忘却，渐行渐觉岗脊渐渐低了下去。

拜走约有两三里之遥，两面危崖的顶，忽然越过两旁溪涧，往中央凑合拢来。景物也由明而暗，依稀辨出一些大概，仿佛进入了一个幽奇的古洞。前行约有里许，岗脊已尽，迎面危壁挡路，只壁根危石交错处，有一个孔窍，高可容人。知从孔中拜出，下面便是深潭，不由又惊又喜。略一定神，循孔拜入，从石窍拜到潭边，约有一箭之地。虽然不远，上面尽是一根根的石钟乳，下面又是石笋森立，沙石交错，锋利如刃，阻头碍足。常人到此，怕有穿肉碎骨之险。还算司徒平练就玄功，虽未受伤，也受了许多小痛苦，才行通过。到了窍口，将身拜倒，探身出去，偷眼往上下一望，那潭大抵十亩，四面俱是危崖，团团围裹，逐渐由宽到窄往上收拢，到极顶中间，形成一个四五尺的圆孔。日光从孔中直射潭心，照在其平如镜的潭水上面，被四围暗色一衬，绝似一片暗碧琉璃当中，镶着一块璧玉。四壁奇石挺生，千状百态，就着这潭心一点点天光，那些危壁怪石，黑影里看去，仿佛到了龙宫鬼国，到处都是鱼龙曼衍，魔鬼狰狞，飞舞跳跃，凶厉非凡。初看疑是眼花，略一细看，更觉个个形态生动，磨牙吮血，似待攫人而噬。那孔窍突出壁腰，距离下面已有千百余丈，从顶到底，其高更不必说。满眼都是雄隐幽奇，阴森可怖的景象。知道不是善地，不敢多作留连，忙从身畔法宝囊中取出竹简，捧在头上，默诵传的咒语。刚刚念毕，猛见潭心起了一阵怪风，登时耳旁异声四起，四壁鬼物妖魔、龙蛇异兽之类，一齐活动，似要脱石飞来，声势好不骇人。

　　司徒平哪里还敢有丝毫怠慢，战兢兢拜罢起身，双手持简，照乙休嘱咐，喊了三声，往潭心中掷了下去。简才脱手，猛觉腰上被一个极坚硬的东西触了一下，奇痛无比。不敢回看，就势默运玄功，驾起遁光，径朝潭心上面的圆孔天窗中穿了上去。才一飞起，便听异声大作，越来越盛，怪风狂涛，澎湃呼号，山鸣谷应，石破天惊。及至飞出穴口，上面竟是岷山顶上一个亘古人迹不到的所在。虽是夏日，积雪犹未消融，皑皑一片，白日无光。耳听后面一片风沙如疾雷暴雨一般打到，慌不迭地直飞，逃出岷山地界。后面没了声响，心才稍定，精力已尽，身又受伤，再被空中罡风一吹，觉着背上伤处奇痛入骨。

第一二八回　完使命　得宝返峨眉
　　　　　　　斩妖旗　冲烟入敌阵

话说司徒平寻了一个僻静的山谷落下，又寻了一个石洞，取出丹药服了，然后运用玄功，直休养了两天，方渐痊愈。心中惦记仙府被困之事，便往峨眉后山飞来。到了一看，正值史南溪、郑元规等连续失利，旷日无功，又约来了两个妖党：一个是华山派本门的厉害人物赤火神洪发，一个是竹山七子中的金刚爪戚文化。俱因在路上遇见黄山五云步的万妙仙姑许飞娘，说知史南溪等一干妖人潜袭峨眉之事，劝他二人前去参加。洪、戚二人得了信，便赶到峨眉。史、郑等人虽仗烈火风雷，将敌人洞府围困，不但未占便宜，反伤了许多党羽。日前有一女子从外飞至，正想乘大家不备，暗破都天烈火神旗。幸亏香雾真人冯吾赶到，正待将那女子擒住，又被一个同党女子将她救走。后来才知是天狐宝相夫人的二女秦氏姊妹。先来的一个名叫秦寒萼，同了一个姓朱的女子，已经在阵中出入数次，众人俱没奈其何，这一次差点被她坏了中央主旗。目前下面敌人护洞金光虽被烈火风雷炼化，只是敌人手内有九天元阳尺，乃是玄天至宝，烈火风雷一律无功。还有南海双童甄氏兄弟和神行头陀法胜，在初来几日内，曾用地下穿行之法，偷入敌人洞府去盗肉芝，也是一去不归，不知生死下落。正在愁烦，一见洪、戚二人赶到，甚是心喜。见面之后，说了经过，互商克敌之法。洪发道："诸位道友，怎地这般临阵儿戏行事？敌人首脑一个不在，只几个黄毛幼女，我等便吃了许多大亏，连伤许多道友。再延挨下去，峨眉一干妖道得信回山，更无胜理。依我之见，少时仍用烈火风雷攻打，戚道友长于身外化身，可由他用替身幻化诱敌，只须将那用九天元阳尺的女子引开一旁，再由我与众道友乘隙下去，运用全力，将敌人根本重地毁去,顺便好歹也杀他几个出气,岂不是好?"史、郑等人闻言大喜。当时照计行事,先由戚文化在上面运用元神,幻化替身前去诱敌。朱文、寒萼果然着了道儿,以为敌人受了重伤,近在咫尺,还不手到擒来。谁知才一离洞,洪发已看出九天元阳尺厉害,戚文化弄假成真,元神已受了重伤,迫不及待,将一团烈火飞起。不想正遇苦孩儿司徒平赶到,见下面妖云弥漫,烈焰飞扬,连忙取出乌龙剪,展动灵符,冲破妖氛直下。一见申若兰正在危急,将手一扬,乌龙剪先飞将上去,挡住敌人妖火。及至朱文反身回救,司徒平见金花紫气照处,烈火全消,更不怠慢,将手一扬,乌龙剪飞将过去,似两条蛟龙,往上一绞,将洪发腰斩两截,跌下地来。史、郑等人又折羽翼,自是懊丧万分。知道敌人不可轻侮,就此罢手更是不甘。只得仍用老法攻打,静候烈火祖师事毕赶来,再行克敌报仇。灵云这一面,虽有九天元阳尺护住洞口,却也不能擅离,反守为攻。两方暂时仍是相持不下。司徒平与众人见面之后,互谈了一阵经过,协助防守。

就在第二天,英琼、轻云、严人英等从莽苍山斩了妖尸,得了青索、温玉,带了米、刘二矮和袁星的尸体赶回。本打算一到,便用紫郢、青索二剑联合去破敌人中央主旗,因有袁星碍事,仍入前洞,在凝碧崖前落下。先往太元洞见了芷仙,问了连日敌情,放下袁星尸体。径往后洞与众同门相见之后,灵云又取出最后飞剑书传,与三人观看,恰好破敌之期应在明午。既有一日空闲,索性将袁星救转,英男身体复原,再行协力破阵。便将九天元阳尺仍交朱文,与严人英、寒萼、司徒平、若兰、文琪等人一同防守。余人先往灵泉,扶起英男,由英琼与轻云将她抱往太元洞内,放在石榻之上。英男虽得回生,仍是奄奄一息,近来日受灵泉阳和之气浸润,骨中冰髓逐渐融解,有了知觉。因未全体融化,反觉痛楚,不住皱眉咬牙喊疼。灵云忙命英琼取出温玉。又命轻云寻来芝仙,向它求血。芝仙惨然应允。灵云便取一块玉玦,在芝仙左臂上轻轻割了一下,用玉瓶接了十来滴仙液。再取一粒仙丹,分为两半,与芝仙半服半敷伤处。见这次芝仙已不似以前,一经取血便形神委顿,仍是好好的。知它功行大进,俱都代它心喜。谢慰了几句,仍由轻云送往生根之处将息。

诸事齐备,灵云才对众人道:"英男师妹陷身的冰窟,乃天地穷阴凝闭之气所萃,纵有半仙之体,若在黑霜发动时陷入,也难生还,何况凡体。

总算她仙根深厚,又在无心中服了灵药仙草,虽然通体冻僵,元气不曾消散,又仗教祖灵丹,才得回生。但是她骨髓业已冻结,下半身便成了坚冰一般。九天元阳尺虽有纯阳奥妙,只能引魂归窍,祛除邪毒;而且阳气太盛,由外照射进去,定然骨髓受伤。此次如不得万年温玉,或者再迟些日,便误事了。"一面说着,早将玉瓶对着英男的嘴灌服下去。然后命紫玲坐上榻去,将英男湿衣解了,扶起靠在紫玲怀中坐定。再命英琼取出温玉,放在英男两足心中间,用两手各握一足,紧紧夹拢。那玉实体只有鹅卵大小,微微带扁。一出现便是紫光艳艳,时汸红霞,满室皆春,照得众人面目眉发时红时紫。英男先服了芝血下去,精神稍振。那块温玉一贴上了足心,立刻觉着千百丝暖气由涌泉穴底钻入,穿过毛孔,直通经络,瞬息到了腿际,又觉一阵辣痒痒的,通体舒泰,骨髓疼痛逐渐减轻。芝血又引着阳和之气,自上而下,两下会合行动。两个时辰过去,精神大振,已不似先前气喘吁吁。早有芷仙将备就的麦粥,掺了灵丹端来。英琼在旁连忙接过,用羹匙一口一口地喂给她吃。先时英男虽早从芷仙等人口中得知英琼冒险相救细情,心中感激,高兴自不必说,日日总想和英琼见面长谈。无奈英琼使命未完,回去不久就走,自己又体弱气虚。这时身略复原,一见众姊妹这般殷勤救护,尤其英琼情义深重,现于颜色,内心感动过甚,不由喜下泪来。英琼又将妙一夫人恩准收录,仙府美景如何佳妙,众同门个个道法高深,情感水乳,胜于骨肉,明日破敌之后便可随了大师姊学习剑法,一一说了。英男听了,自是加倍心喜。大家治愈了英男,本该去救袁星,因九天元阳尺要守后洞,不能取来应用,只好候破敌之后再说。米、刘两矮自随英琼拜见灵云等人之后,英琼总觉自己资历学行尚浅,越众收徒,心内不安,便命等在凝碧崖前候命。子夜过去,英男身体逐渐康复,约计不消多的时日便可恢复安健。

灵云见时辰快到,便责成芷仙、南姑照料英男,重新分配众人职务,定准到时由紫玲、英琼、轻云、人英四人绕出前洞,乘敌人烈火风雷攻打正盛之时,用弥尘幡护身,直攻妖阵,用紫郢、青索二剑联合去斩断敌阵中央主旗。那时敌人见有人由外攻入,必然舍了下面,反身接应。自己带了后洞诸同门,用九天元阳尺冲破妖氛,里应外合。

计议已定,英琼想起米、刘二矮出身旁门左道,虽说立誓改邪归正,又有青囊仙子华仙姑说情保他们，灵云、紫玲等人见了也说可以收录，到底其心难测。仙府尽多灵药异宝，自己责任太大，见灵云忘了分配二矮职务，留在洞内，不甚放心，只得据实和灵云说了。灵云笑道："你平时那般天真，怎么一到自己头上，顾虑就多起来了？你想仙府重地，这两人如非夙因仙缘，休说不能到此，就连青囊仙子也不会从旁多口。上次掌教夫人曾对我说，众同门中，只你将来险难太多，一切均准便宜行事。昨日二人初来，我已看出他们的意志诚恳，悔过之心甚切。虽出身旁门左道，只不过当初误入歧途，比较杨成志生具恶根，还强多了。你莫胆小多疑，阻人迁善之路。昨日匆忙，未及细问，不知他二人有何本领。妖阵中人不比寻常，所以不曾吩咐他们去应攻应守，正要问明了你，给他们一点建功之路呢。"英琼便将二人所能说了。灵云道："穿地之能，此时尚用不着。可带在你身旁，同去破阵，由他二人相机建功便了。"英琼正要去唤二人前来谢命，灵云又喊住说道："本门收徒，自师祖长眉真人以来，各位师伯师叔收徒，男女之分，素未错过，你入门不久，独蒙特许，必有深意。既在你的门下，总算一家，每日令其在崖前打坐。无处存身，也不要紧，不久各男同门陆续都要到来，可令他们暂时与于、杨二人同居。等五府开辟，拜见了掌教师尊之后，再作计议便了。"英琼领命，将二矮唤至后洞，向灵云拜谢起立，静候时辰一到，便即分别出去破敌。

灵云这一提到杨成志，寒萼却又多了心。因为杨成志自从觊觎芝仙，误入两仪微尘阵闯了大祸，自知在峨眉门下不能立足，又悔又恨。因自己当初陷身妖窟，是蒙秦氏姊妹援引，痴心妄想，拟求秦氏姊妹讲情。紫玲素有远见，又极谦逊，方后悔当初多此一举，怎肯代他进言。寒萼却是小孩心性，挡不住杨成志再三苦求，便冒冒失失答应下来。及至朝灵云一说，灵云道："此事非同小可。如今芝仙无恙，虽然可以恕其无知，不咎既往，但是仙阵被他发动，教祖遗留的灵丹至宝不知有无伤损，掌教真人回山，大家都担着许多不是，怎能容他在此？破敌之后，便要将他送往青螺。他如有志悔过向上，凌真人也非等闲之辈，一样可以成就。本门教规素严，似他这等狂妄胡为，即使我等拼着受责，代他求下鸿恩，收列门墙，异日有了差错，岂不更是求荣反辱？"寒萼闻言，当时也觉灵云之言有理，并未放在心上。后来一天一天过去，总觉出灵云等人对紫玲还可，对自己处处都显出有些歧视。再加上几次敌势稍懈,灵云不肯转守为攻,自己不服气,逞能出头,都遭失败,越显没脸。先时还只怨恨灵云一人。末后几天,一次负气冒险,偷出前洞,去破敌人中央主旗,陷身阵内,若非紫玲得信赶救得快,险被妖人掳去。回来时节,被紫玲当众埋怨了一阵。又一次,便是司徒平回山那一天,撺掇朱文离洞擒敌,若兰险些命丧妖人雷火之下,紫玲又着实数说了几句。于是连紫玲也暗怪起来。英琼在众同门中得天独厚,备受掌教真人恩遇,而年纪却是最轻,论到资历和功行,又属不深,再加上众同门的过分爱护。寒萼相形之下,本就不服。这次见她竟从外面擅自收了两个左道旁门回山,灵云不但毫不阻止,反说她秉承师命,一切均可便宜行事。暗想:"杨成志虽由妖窟救出,并未多受妖人习染。这新来的米、刘二矮,明明以前是异派中为恶多端的妖人,力穷来归,焉知可靠?分明以人为重,显有厚薄。"越想越气。当时因应敌在即,未说什么,只望着司徒平冷笑了笑,便即走开。

不多一会儿,天光近午,众人各按分派行事。紫玲首先持了弥尘幡,带了英琼、轻云、人英三人与米、刘二矮,飞出前洞。这时史南溪等妖人因迭有死伤,忿恨已极,虽然多日攻打不生效用,仍想着敌人主脑人物不在洞府之内,只凭一柄九天元阳尺和几个少年男女,只要一有空隙,仍有求胜之道,所以到时仍用猛烈雷火攻打。只有阴素棠旁观者清,料到围困多日,敌人首脑一个不归,事先必有通盘筹算。几次建议:既是烈火祖师一时难到,单用阵法围困,旷日持久,延到敌人那边的主脑回山,纵然烈火祖师赶来,也难济事。不如暂将阵法撤退,诱敌出战,对方没有法术封锁的仙府做防御,九天元阳尺只能抵挡一面,料这一群小孩子有何道行,好歹还可伤他几个,遮遮着脸。史、郑等人未始不听,几次将阵势撤退,故意露出破绽,好诱敌人冲出。谁知对方早有主意,给他一个不理不睬。间有一两个女子出敌,不是少胜即去,便是败了被人救回。只急得有力无处使。这日史、郑等人在焦躁仇恨之中,决计来一次全体出动,一面用烈火风雷攻打,一面豁出损失一些法宝,大家同时各施本领,一齐施为,给敌人来个以多为胜,措手不及。除阴素棠一人早萌退志,以为此非上策,借口要防敌人由外冲入,约了施龙姑仍在空中防守外,余人都随着史、郑诸人,到时发动。

这里众妖人刚刚分道扬镳，紫玲、英琼、轻云、人英等六人，已用弥尘幡化成一幢彩云飞至。阴素棠与施龙姑隐身空中，正在巡行，见山那边一幢彩云飞起，疾如电逝，转眼快到面前，认得是宝相夫人的弥尘幡，知道敌人又来冲阵。依了施龙姑，便要上前拦阻。阴素棠知此宝神妙无比，敌人如不收宝现身迎敌，有彩云拥护，寻常法宝飞剑攻不进去，敌人却可由内放出法宝飞剑应战，有胜无败。又加慧目看出彩云中隐隐光华闪动，敌人来势颇盛，此番不比上回，来者不善。史、郑等人既非好相识，眼前形势又绝难讨好，更加打点了退身步数，不肯去蹚浑水。想看金针圣母情面，将龙姑点醒，走时一路，又觉不好意思。只得巧说敌人攻阵，并非冲出求援，正是自寻死路。我们先无须露面，容他过去，堵他退路，岂不反劳为逸？话才说完，那幢彩云已到了近旁，一晃投入阵去。龙姑见阴素棠连日神态消极，这时又不肯动手，好生不满。正待开言，猛觉后面一片红光照来，未及回身，便听脑后有人大喝道："妖孽势穷力竭，劫数已在眼前，你还在此等死么？"说罢，那一片红光已罩到龙姑头上，也未看清来人是谁，只觉一阵头晕神昏，便被来人用法宝摄去。阴素棠先疑又有敌人暗使法宝，闻声注视，红光中现出一个高大道童，手持红袋，朝着自己微一躬身，便将龙姑摄走，转眼没入天边，只依稀剩下云际一丝残红影子，认得来人正是云南藏灵子的得意门人熊血儿。知道史、郑等人定然凶多吉少，心中一动，也想退走。毕竟此时胜负未分，还恐异日相见不好意思，迟疑了一会儿。及至降到阵前上空，往妖阵一看，一道紫巍巍和一道青莹莹的光华夭矫腾挪，正似两条神龙彩虹一般，在阵中飞跃，所到之处，妖氛尽散。定睛一看，不由大吃一惊。料知众妖人必定瓦解无疑，纵然下去也是有败无胜，及早抽身，是为上策。便不再入阵，径自借遁光回转枣花崖去了。不提。

紫玲等一行六人将要飞到妖阵上空，一眼看见左近不远，有两道遁光游行，竟自没有上前阻拦，猜是敌人意在引敌入阵。因为时辰已至，破阵要紧，既是敌人不来阻拦，乐得省事，早些下手。却不料是阴素棠生了异心，被熊血儿赶来将龙姑摄走，以致日后生出许多事来，这都留为后叙。且说紫玲等彩云迅速，转瞬便闯入妖阵中去。弥尘幡虽然神妙，毕竟不如九天元阳尺玄天至宝，又值雷火最烈之际，众人在彩云拥护中，兀自觉得有些震撼。知道厉害，不敢大意，便将飞剑纷纷放起，以备万一。这时四围都是一片暗红，罡飙怒号，火焰弥漫，一团团的大雷火直往下面打去，山摇地动，声势委实有些惊人。六人正行之间，忽地对面一个大霹雳，带着十几团栲栳大的烈火，疾如闪电，打将过来。众人有弥尘幡护身，也禁不住晃了几晃。紫玲知是来了敌人，口诵真言，将手一指，六人全从彩云中现出全身。各运慧眼，定睛往前一看，雷火过处，对面飞来一个妖娆道姑，手里拿着一面红旗，上面绘着许多风云符箓，旗角上烈焰飞扬，火星滚滚，只一展动，便是震天价的霹雳烈火飞起打来。这女子正是史南溪的新恋淫女异教邪魔追魂姹女李四姑。因见史、郑等人今日运用全力出战，自己以前和施龙姑在飞雷崖前吃过峨眉派的苦头，自知能力不济；敌人有九天元阳尺，迷人的妖术魔法又无处施展，特意向史南溪讨了这个轻松差使，代他持着都天烈火神旗，从上面往下发动雷火。以为这旗经烈火祖师修炼多年，有无穷妙用，人一遇上，便成齑粉。只有一柄九天元阳尺可以抵御，敌人又须用在下面应战。如无人进阵便罢，一有便是自来送死。

正在得意扬扬，尽量施展雷火威力，为一干妖人助威之际，忽见对面阵门上风雷开处，烟氛滚滚，一幢彩云，从火焰中似冲风破浪一般飞来，认出是那日救走陷阵女子的那幢彩云，知道来人不是弱者。偏偏史、郑等人事前没料到，敌人也会乘此时来破阵，全力贯注下面，阵上面并未派人主持，以为有了那面都天烈火神旗，便不妨事。曾告李四姑，万一有人进出，只管用雷火飞打，非到紧急，无须报警。所以李四姑虽知来人厉害，并不着慌。头一次施展烈火风雷，正值紫玲等在彩云中现出身来，并不知是敌人存心露面，还以为风雷收效，将彩云冲散了些，心中甚喜。说时迟，那时快，第二次又将风雷祭起。紫玲知道烈火厉害，还在持重，打定有胜无败的主意，想俟二次风雷过去，再行下手。英琼方听紫玲说了一句："那女子持的不是妖阵中的主旗么？"早已忍耐不住，就在对面风雷二次又起之际，同时喊一声："周师姊还不动手，等待何时？"二人剑光原已放出，英琼说毕，紫郢剑首先飞起，轻云的青索剑也跟着出去。两条剑光才一离开云幢，便如长虹亘天，神龙出海，一紫一青两道光华，汇成一道异彩，横展开来，似电闪乱窜，迎着烈火风雷闪了两下，立刻雷散烟消。更不用人指挥，就势拨转头，往前驰去，倏地光华大盛，烛地经天。因为去势太疾，淫孽李四姑连看也未看清，只觉眼前紫青色光华一闪，登时连人带手中拿的都天烈火神旗，同时被青紫光华绞住，血肉残焰，有如雨落星飞，一齐了账，"哎呀"之声都未及喊出。

众人破了妖阵主旗，见阵中余焰未消，先不下去，各人运用法宝飞剑，随着索、郜青紫两道剑光，驱散妖氛。只见光霞潋滟，所到之处如飘风之扫浮云，立刻消逝。那史南溪同了长臂神魔郑元规、香雾真人粉孩儿冯吾、阴阳脸子吴凤、百灵女朱凤仙，还有连日新由许飞娘转约来的青身玄女赵青娃、虎爪天王拿败、天游罗汉邢题等一干妖人，先用雷火攻打了一阵，一声招呼，同时下落。对面金花紫气中，一眼看见神行头陀法胜被敌人用法术绑在后洞门首，神态甚是狼狈，史南溪越发忿怒，对郑元规道："这一干狗男女，捉了人去不杀，却吊在洞门，羞辱我们。几次去抢，俱被那妖尺挡住。我等脸上大无光彩，活活要将人气死！师兄玄功奥妙，变化无穷。等我用雷火去对付那妖尺，诸位道友同时施展法力，去和敌人相拼。道兄可在旁乘隙将法胜抢回，以免我们丢脸。"说时，众妖人早已忍耐不住，纷纷各将剑光法宝祭起。

灵云自紫玲走后，知破阵克敌在即，自是越发谨慎小心。早带了朱文、寒萼、文琪、若兰、司徒平等，在后洞口外静候。先见一阵猛烈雷火打下，仍用九天元阳尺往上一指，金花紫气起处，妖焰尽散，雷火无功。那风雷烈火尽管随散随消，仍是越来越盛。料知敌人伎俩已穷，静候紫玲等前去破了妖阵主旗，里应外合，一丝也不着急，安心谨守，以逸待劳。那雷火攻打了一阵，忽然一阵红云紫雾中，现出十来个奇形怪状的妖人，从烈火后面飞来。为首一人正是史南溪，遍体火焰，一身妖雾，两手一搓一扬，便有震天价大霹雳打将过来。灵云见妖人势盛，只管发挥天尺妙用，也不上前。急得对面妖人在用许多法宝妖术，全被天尺的金花紫气阻住，不得上前。寒萼、若兰更是淘气，见敌人情态急躁，没处奈何，便指定妖人大骂："无知妖孽，转眼伏诛授首，还敢在此猖狂！"骂声未了，对阵百灵女朱凤仙被二人一骂，忽然想了一个怪主意，对众说道："贱婢如此可恶，我们何不羞辱她一番，借此出出心头恶气。"一句话将众妖孽提醒，一面仍旧攻打，口里也骂将起来。他这骂更是可恶，淫词秽语，骂不绝口。那阴阳脸子吴凤、粉孩儿冯吾、虎爪天王拿败与百灵女朱凤仙，几个异教中的下流妖孽，更是肮脏不堪，骂了几声，索性连上下衣一齐脱去，赤身露体，做出许多恶形丑态，满口污秽言语。

寒萼等人起初因为好容易盼到今日是解围破敌的日子，由内往外，由外往里，反正是自己这几个人，还不是一样。及见灵云持重不出，只守不攻，已是气闷。又见了众妖孽这一阵秽骂丑态，休说众人，连灵云也恼怒起来，觉得这些妖孽万不可任其存留在世，为祸人间。算计紫玲等六人已达妖阵，不知收功与否，还想忍耐片时。旁边恼了朱文，口称："大师姊，今日既是克敌之期，你看妖人如此可恶，我等还不动手，岂容他等长此猖獗，污人耳目？"灵云未及还言，寒萼早万分忍耐不住，口里随声附和，用手左拉朱文、右拉若兰，三人先后飞出阵去。灵云恐防有失，忙喊："师妹们少等，容我同行，休得分开。"接着将手一指，将那九朵金花及紫气分散开来，原想护着众人迎敌，以防有失。谁知寒萼因为开始辱骂是对阵那个妖女，恨她不过，一出阵，便朝百灵女朱凤仙飞去。若兰、朱文却又认定那粉孩儿冯吾妖形怪状，秽语淫声，同那副不男不女的丑态，罪该万死，不约而同地飞剑过去。她三人事先没和灵云商量，怒气头上，各自行动不打紧，却正合了敌人的心意，巴不得她们能够分开，才好下手，只略引远一片，便即施为。灵云见三人不在一起，虽不定有碍，究非稳妥。同时妖阵上面雷火来势更急，灵云既防雷火，又顾三人，不免心中一慌。暗想："敌人如此势盛人多，若不待英琼、轻云两口飞剑得胜回来接应，恐难取胜。敌人雷火妖法俱在对面施展，必须多加小心，前后留神，稍向前面移动，谅不妨事。好在已到破敌时辰，紫玲等人也快由上而下，仍是先护着三人要紧。"喊了两声，见三人盛怒之下仍未回头，只得运用天尺飞上前去。果然身才飞起，对面那个赤身露体、不男不女的妖道，忽然放出一片五色粉雾，眼看若兰、朱文似要晕倒，往下败退。灵云一见不好，连忙飞上前去，金花紫气照处，香消雾散，朱文、若兰神志也立即清爽。

就在这时，忽听司徒平连声大喝。回头一看，就在灵云救人空隙，从空中飞下一只亩许方圆的大毛手，正要去抓那洞壁上倒吊着的头陀。那日擒来法胜，灵云因为这班妖孽永世不会悔悟，本要将他斩首。寒萼再三说，可以留着诱敌。灵云因她连日正犯小性,想日久缓缓感化,暂时不愿多伤她的感情,便允了她。由若兰用法术禁制,吊在洞口,以作激怒敌人之用。众人离洞迎战时节,吴文琪素来度德量力,见灵云不愿妄动,虽然一样仇恨妖人,并未上前。司徒平见三人同时离洞,灵云也往前追去,惟恐隔离过远,防守无人,也未上前。见金花刚随灵云离开洞口不过丈许远近,忽然一只大毛手从空飞下,直取法胜。司徒平急不暇择,一面高声报警,先将飞剑放了出去。谁知剑光绕在大毛手上,敌人竟似没有感觉。同时灵云、朱文、若兰三人一见洞口有警,忙舍敌人飞回时,上面烈火风雷又同时打到,只得仍用九天元阳尺抵御。文琪飞剑也难制敌,那只毛手竟将法胜抢起,就待飞走。司徒平见飞剑要失,一着急,猛想起神驼乙休所赐的乌龙剪,还未及使用。百忙之中,也不顾得别的,忙从法宝囊内将剪取出,才一离手,两条蛟龙般东西,带起一片乌光黑云,疾如电闪,追上前去。那毛手想已知道厉害,不顾再救法胜,将手一松,缩入上空不见。司徒平的剑光还在空中悬绕,那法胜坠在空中,被乌龙剪赶上一绞,立时腰斩坠地。司徒平也不穷追,忙将剑光收起。

当寒萼、朱文、若兰三人分头出战之际,众妖人原想将敌人引得离开洞口远一些,不在九天元阳尺金花的罩护之下,再行下手。不料寒萼怒在心里,出阵太急,与百灵女朱凤仙一照面,飞剑刚放出去,左手一扬,白眉针连续而出,一线细如游丝的光华只闪得两闪,朱凤仙躲避不及,竟将双目打中,败退下去。那针顺血攻心,败退不远,登时坠地身死。虎爪天王拿败一见朱凤仙惨死,心中大怒,与青身玄女赵青娃双双飞剑出战。正待展动法宝,寒萼心辣手快,一面飞剑抵御,白眉针接连发出,拿败虎爪上早中了一针。赵青娃未及施展妖法,被阴阳脸子吴凤看出那针厉害,忙喊:"仙姊留神,这是天狐白眉针!"赵青娃闻言大惊,忙取一个飞囊往空一掷,一朵妖云将身护住。这边香雾真人粉孩儿冯吾,贪看来的二女美貌,正要行法擒拿,忽被灵云破了迷人香雾救去。方在悔惜,一眼瞥见寒萼正在大显白眉针威力,丰神美丽,也不亚于适才二女,连忙转身飞来。天游罗汉邢题,也看出便宜,赶来合围。

这里史南溪见灵云带了出战的人反身回去,重施九天元阳尺,护住洞口。长臂神魔郑元规人未救出,反伤了法胜性命。又见寒萼将百灵女朱凤仙用针刺死，连着又伤虎爪天王拿败。俱都怒火千丈，不约而同飞将过来，欲得寒萼而甘心。还未近前，史南溪猛听上面雷火忽然停止，正在惊疑，忽见敌人洞口一干青年女子倏地全数冲杀上来。百忙中往上一看，见有两道青紫光华，似游龙一般满空飞舞，所到之处，烟火齐消。妖阵中心，天光已是照下，知道妖阵已破，主旗定然被毁，这一惊非同小可。同时对面敌人紫光业已飞到。史南溪恼怒到了极处，大喝一声，连同那几个残余妖人，各将法宝飞剑纷纷祭起，分头接住厮杀，准备决一死战。对面齐灵云知敌人妖法厉害，众同门业已分开应战，便持着一柄九天元阳尺飞行空中，往来接应，专破妖法。那虎爪天王拿败的虎爪中了一白眉针，自知不妙，幸而他生就畸形，本来无手，两只虎爪原是用妖法安上去的，恐那针透入手臂，连忙自行断去，重又飞剑上前助战。

  香雾真人粉孩儿冯吾早看出今日形势凶多吉少，无奈为色所迷，只管恋恋不走。先见寒萼势单，想找便宜。及见妖阵一破，众妖人不顾得合围寒萼，分开应敌，他知寒萼白眉针厉害，留下天游罗汉邢题去敌寒萼。劫数当前，邪心犹自未退，仗着自己邪法摄人厉害，遁法迅速，满想在对阵许多美女中觑准一个剑法平常的，乘她措手不及，用妖雾迷了摄走。主意打好，一眼看到敌人虽然个个年幼，本领俱非寻常。只有一个与青身玄女对敌的青衣女子，剑光不似峨眉嫡派，以为好欺。忙用遁光飞将过去，乘那女子全神贯注飞剑之际，便想趁机下手。那女子正是黑凤凰申若兰，一上阵早看见一干妖人俱在应敌，只有适才用妖雾差点将自己迷倒的那个妖道在空际盘旋，似想相机行使妖法。无奈对面青身玄女赵青娃是个劲敌，急切不能取胜，自己吃过亏，不由加了几分防备。此时猛见他鬼鬼祟祟，正朝自己身后飞来，便知来意不善。一面指挥飞剑应付前面敌人，暗从法宝囊内取出丙灵梭，未容冯吾施展那迷人香雾，倏地回身将手一扬，便是数十溜尺许长像梭一般的红光，直朝冯吾打去。冯吾眼看飞临切近，那女子丝毫也未觉察，刚在心喜，将手一指，一片五色香雾才飞出去，忽见那子女回身将手一扬，数十溜红光陨星一般飞到。心想："这女子倒也狡猾，居然用法宝来暗算自己。"当下一面放出飞剑，想将那红光敌住；一面仍指挥香雾过去迷人。正打着如意算盘，就在那片香雾快要飞向若兰头上，冯吾剑光也与丙灵梭刚刚接触之际，倏地眼前一亮，九朵金花和一团紫气如电驶云飞般直卷过来,光华一照,粉雾全消。冯吾方悔功败垂成,猛见一道紫虹从空飞射,相离数十丈外,已觉寒光耀眼,冷气森森。知道不妙,正待抽身,哪知连人带飞剑已被紫光罩住,性命垂危。忙用脱体分身之法,咬紧牙关,把心一横,将一条左臂平伸出去,紫光扫处,断了下来。同时冯吾也借血光行使妖法遁走。

第一二九回　掣电飞龙　妖氛尽扫
　　　　　　　涤污掩秽　仙境长新

　　话说冯吾逃走后，那口飞剑眼看被紫光一绞，便要毁灭。若兰看出那剑虽是妖人所用，本质不差，毁了未免可惜。恰巧灵云指挥九天元阳尺过来，破了妖人香雾，见青身玄女赵青娃剑光不弱，便将飞剑放出助战。抽空舍了敌人，高叫道："琼妹莫坏这剑，你只将它挡住，待我收了它去。"英琼原是同了紫玲、轻云等，用紫郢、青索两道光华在上面驱扫妖焰，顷刻之间业已将近毕事。氛云散处，一眼看见下面有人暗算若兰，飞剑下来相助，一照面，剑光便将冯吾罩住，只见一道血光一闪，妖人业已断臂遁走。心中正可惜下手晚了一些，还想去破那口飞剑时，听若兰一喊，忙即止住。那剑失了凭依，又有剑光圈住，哪能飞遁，不多一会儿，便被那数十道红光围住，追得缓缓降下。若兰将手一招，连那丙灵梭一齐收入法宝囊内。

　　英琼见若兰将剑收去，回头一看，战场上敌我形势已经大变。原来虎爪天王拿败独战女空空吴文琪，被严人英用飞剑追杀，只见银光一闪，登时毙命。天游罗汉邢题，剑光甚是灵活，又识得白眉针厉害，寒萼连放飞针，俱被邢题用妖法防身，未能奏效。寒萼着急，便将宝相夫人金丹放出，一团栲栳大的红光，直朝邢题打去。邢题料难抵敌，想要收剑逃走，正遇司徒平伤了竹山七子中的金刚爪戚文化，飞身过来，一指乌龙剪，一片乌光中现出两条蛟龙，交头剪尾飞来。邢题忙着收剑，慢了一些，将双足齐膝绞断。还算他玄功奥妙，怪叫一声，负痛破空逃走。这一干妖人死散逃亡之余，只剩下长臂神魔郑元规、阴阳脸子吴凤、青身玄女赵青娃与史南溪四人，还在死命支持。尤其是史、郑二人最为厉害，若论本领，峨眉一班小同门原非敌手。也是妖人该遭劫数，偏遇见英、云会合与紫郢、青索双剑出世，又有那一柄九天元阳尺，纵有妖术邪法也无处施用，才有这场惨败。这且不提。

那阴阳脸子吴凤，原与邢题、赵青娃等人合敌寒萼，一见敌人纷纷出战，正要迎上前去，猛见妖阵被破，从空中先后飞坠下六个人来，一眼看到那最后落下的两个矮子甚是脸熟。不及细看，对阵女神童朱文已经飞到，只得迎着交起手来。两人恰是劲敌，剑光绞在一起，杀了个难解难分。这时妖焰已散，阳光透下，恢复了清明景象。吴凤诡计多端，看见下面飞雷洞口光影里，横卧着那日初来时所见的两个道童，护身金光被多日烈火风雷轰打，已经稀得似一团光雾。情知这两个道童仗着灵符护身，虽中妖法，并未身死。暗想："自己这面死伤多人，敌人一个也不曾受伤，明明形势凶多吉少。现时史、郑二人不退，不便单独遁走，早晚终须败逃。何不暗使法术，分身过去，趁那两童护身金光散去，抽空将他们杀死，可略微解恨。"想到这里，暗运玄功，将手一招，空中剑光倏地飞回，与身相合，重又朝着朱文飞去。朱文以为敌人身剑合一来拼死活，也将身飞起，与剑相合，迎上前去。谁知吴凤暗使狡猾，早已隐身往下飞坠。刚刚飞近两个道童身旁，正待行法破去那残余金光，施展毒手。脚才沾地，猛被两只怪手将他擒住，心中大惊。还未及行法抵御，倏地迎面飞来一道黑烟，立时一阵头晕，不省人事。那朱文身剑合一，去敌敌人飞剑，几个回旋之后，猛觉敌人飞剑光华未减，忽然失了灵活，仿佛无人驾驭一般。先还恐是敌人诡计，及见敌人飞剑一任自己压迫，恰巧寒萼得胜飞来，看出破绽，忙唤："师姊，敌人业已逃走，现成便宜你还不捡？"一句话将朱文提醒，又有寒萼帮着，果然很容易地将那飞剑收了。

正在这时，恰值英琼飞来，一眼看到朱文获胜，对阵妖人只剩三个，青身玄女赵青娃独敌灵云，连施邪法异宝，都被九天元阳尺破去，智穷力竭，势将逃遁。英琼哪里容得，娇叱一声，紫虹电闪般飞出。赵青娃刚驾遁光飞起，被英琼紫光横扫过来，只一绕，身首异处。那史南溪与长臂神魔郑元规先战轻云、紫玲，一个有弥尘幡，一个有青索剑，神妙无穷。又有灵云往来策应，妖法雷火全然无效。郑元规一见大怒，忙运玄功，元神幻化大手，从空往轻云头上抓来。轻云飞剑是峨眉至宝，郑元规所用飞剑原不是它敌手。无奈妖人邪法厉害，更番变化。轻云久经大敌，不求有功，先求无过，防卫时候较多。及至斗了一会儿，见妖人飞剑光芒大减，心中大喜。正盼成功，忽见头上乌烟瘴气中，隐现一只大手抓来，不由吃了一惊。未容收剑防御，正遇严人英斩了拿败，飞身过来助战。见轻云危急，银光疾如电闪，飞将出去，与那大手斗在一起。偏偏这时灵云又回身去救护若兰，身子被赵青娃绊住，急切不能奏功。史、郑二人一见金花紫气飞走，暗忖："不乘此时下手，更待何时？"双双一打招呼，各将全身妖法本领一齐施为。

　　长臂神魔郑元规料知自己飞剑不是敌人对手，索性收了回来，只用元神变化应战。郑元规已是劲敌，再加上史南溪双手雷火猛烈，妖法厉害。紫玲、轻云和人英三人见势不佳，只得用弥尘幡护身，勉强应战，以免有失。轻云飞剑虽然仍旧活跃，也难取胜。双方拼命恶斗没有半刻，众妖人一齐伏诛逃散。一干峨眉同门先后包围上来，满天空都是法宝飞剑，光华灿烂。史、郑二人先时急怒攻心，存了有敌无我之念，此时也心慌起来。郑元规首先觉出金花紫气二次飞来，如再恋战，绝无幸理，正想逃遁。紫玲在彩云掩护之下应战，一见灵云、英琼先后飞到，忙喊："周师姊，还不将双剑会合去除敌人？"说罢，便将宝幡收起。轻云闻言，一指青索剑，与英琼紫光合而为一，便朝敌人飞去。双剑合璧，威力大增。郑元规刚要飞走，元神已快被金光罩住，又遇青紫光华横卷过来，百险中陡生急智，倏地将飞剑放将出去。先是一阵黑烟一闪，一道绿光迎着青紫光华互相一绞，绿光便化粉碎，撒了一天的鬼火，纷纷下落。轻云、英琼鼻端只闻着一股子腥风，再找妖人，已经不见。史南溪此时忽然见机，一见郑元规快被金光罩住，放起飞剑，便知他准备弃剑逃走。遭此惨败，势孤力弱，纵能伤害一二敌人，又何济于事？不如回山等烈火祖师回来，再商报仇之策为是。就趁众人围攻郑元规之际，倏地两手一扬，十数团大雷火朝紫玲、人英等打去。紫玲刚把弥尘幡抵御，史南溪已在雷火光中逃走。灵云知道追赶不上，便同众人去救石、赵二人。

　　这时妖云尽散，清光大来。仙山风物，依旧清丽；岚光水色，幽绝人间。除了地下妖人的尸身和血迹外，宛然不像是经过了一番魔劫的气象。及至到了飞雷洞前一看，好好一座洞府，已被妖人雷火轰去半边，锦珞珠璎，金庭玉柱，多半震成碎段，散落了一地。那石奇、赵燕儿二人护身金光业已消散，躺在洞前，奄奄一息。灵云见飞雷洞受了重劫，非一时半时所能整理。又恐妖人去而复转，须将他二人抬往太元洞内医治，才为稳妥。只是后洞仍须派人轮流防守，便问何人愿任这第一次值班。紫玲方要开言，寒萼先拿眼一看司徒平，抢着说道："妹子愿任首次值班，但恐道力不济，平哥新回，不比众姊妹已受多日劳累，他又有乙休真人赐乌龙剪，意欲请他相助妹子防守后洞，料可无碍。不知大师姊以为胜任否？"灵云因善后事多，又忙着要救石、赵二人和袁星，知道二人夙缘，寒萼要借此和司徒平叙些阔别，略一思考，便即答应，留下寒萼、司徒平防守后洞。命人英、英琼、轻云三人扶了石、赵二人，大家一齐回转太元洞去，少时再来收拾余烬。司徒平知道寒萼有些拗性，虽觉她此举有些不避形迹，面子上还不敢公然现出。紫玲闻言，却是大大不以为然。又听寒萼当了众人唤司徒平做平哥，形迹太显亲密，一些不顾别人齿冷。虽说众同门都是心地光明，不以为意，也总是不妥。又知二人缘孽牵缠，寒萼心浮性活，万一失检，连自己也是难堪，心中好生难过。本想拦阻，无奈灵云已经随口答应，只得走在后面，回头对寒萼看了几眼。寒萼心里明白紫玲用意，不禁又好气、又好笑，装作不知，把头偏向一边去了。自此两人误会越深，暂且不提。

且说灵云带了众同门回转太元洞，将石、赵二人放在石榻之上。然后取出妙一夫人预赐的金丹，命人英塞入二人口内，再用九天元阳尺驱散邪气。二人本未曾死，不过被妖法雷火困住多日，身子疲惫不堪，经此一番救治，不多时，便行醒转。灵云吩咐尚须慢慢调养，不要下榻。二人只得口中称谢。灵云救好了二人，再拿着九天元阳尺去救袁星。先给它口里塞了灵丹，诵罢真言，将尺一指，那九朵金花和那一团紫气，便围着袁星滚转起来。不消片刻，袁星怪叫一声，翻身纵起。一见主人同众仙姑一同在侧，知是死里逃生，忙又跳下榻来，跪倒叩谢。灵云道："你这次颇受了些辛苦，快出外歇息去吧，少时还有事要你做呢。"袁星叩了几个头，刚刚领命走出，英琼忽然想起一事，"哎"了一声，便往外走。灵云忙问何故？英琼回身道："众人都在，破了妖阵之后，独不见米、刘二人，还有神雕佛奴。原因他们辛苦多日，一则妖法厉害，二则今日也用他们不着，命他们在太元洞前警备，防有妖人偷入，适才回洞，也未看见。佛奴不怕有何灾难，只恐米、刘二人吉凶难保，所以想往后洞去看个仔细。"灵云道："便是我适才也因后洞飞雷崖有好些妖人的尸身血迹，需人打扫，欲待救了袁星,等它出洞,稍微运行血气,复原之后,领了米、刘二人,去往崖上打扫。适才匆匆回来,不是你提起,还以为二人是听你吩咐,在洞外候命呢。"紫玲道:"适才战场上,我见有一个两面妖人和朱师妹对敌,那厮忽用玄功分身之法遁走,意在乘隙侵害石、赵二位师兄。曾见米、刘二人突然在飞雷洞前现身,与那妖人交手。只一照面,便即一同隐去。彼时正值匆忙之中,不及赶去救援,也不知他二人胜败如何。"

正说之间,袁星忽从洞外进来跪禀道:"米、刘二人说他们追赶妖人,被佛奴追去擒来抓死,尸首已带回飞雷崖,有佛奴看住,现在太元洞外候命。"灵云略一寻思,说道:"反正还有事分配他们二人,命他们无须进洞,我等即时出去。"说罢,便命人英看护石、赵二人,大家一同出洞。米、刘二矮见众人出洞,迎上前来拜见。灵云便问和妖人交战经过。米、刘二人刚要开口,袁星在旁,大声说道:"你二人还是实说的好,那佛奴好不刁钻,我还吃过它不少的苦呢。"二矮把脸一红。英琼早已看出,喝问袁星鬼祟什么?米、刘二人知难隐瞒,便由刘遇安躬身答道:"弟子等自知道力不济,不是妖人敌手。初入仙山,又急于建立一点功劳,破完妖阵之后,便隐身在旁,等候时机。后来见众仙姑都忙于交战,崖前被困的两位大仙却无人照管。弟子二人知那护身金光将要消散,挡不住厉害妖人,恐防有失,便起了立功之想。隐身守在二位大仙身旁,只说不求有功,但求无过。等没多时,果然有一个妖人看出便宜,化身飞来,刚把二位大仙护身余光破去,便被弟子二人出其不意,用旁门擒拿魔法,合力将他擒住。一看,才知他是当年弟子等的师叔阴阳脸子吴凤。便将他带往僻静之处,原想问他一些虚实,再擒将回来。经不住他再三说好话,弟子等想起师门大义,心中不忍,忘了他一向心辣手狠,不合将擒拿法解了。谁知这厮一旦脱身,便与弟子等翻脸。那擒拿法原是先师未兵解时所传,吴凤以前虽是同门一派,却并未学会。不过那法须预先布置,引人入彀,匆促之间,不能使用。所幸那厮有两样厉害法宝,事前因想脱身,已经送与弟子二人,否则定遭他的毒手无疑。弟子等见他忘恩反噬,就要下手,一面虚与委蛇,反而向他求情,暗中想法抵敌。未及施为出来,已经被他看破。也是那厮该死,因知弟子等有入地之能,竟下绝情,用法术将弟子等困住,苦苦逼迫,先要还他那两样法宝。弟子等情知中了奸计,本就难以脱身,故作投降,乘他不备，打了一黑霉钉，正中他的左脸。那厮急怒交加，催动妖法，四面都是烈火红蛇包围上来。眼看危险万分，忽从空际飞下一黑一白两只火眼金睛大神雕来。黑的一只正是主人座下仙禽佛奴。白的一只更是厉害，首先冲入火烟之中，两只银爪上放出十来道光华，把那些火蛇一阵乱抓，那雷火竟不能伤它半根毛羽。那吴凤先不见机，只管运用妖法。及至见势不佳，想要逃走，却被佛奴两爪将他前胸后背一齐抓住，再被白雕赶上前来一爪，一道黑烟闪处，被佛奴生生抓死。两只神雕对鸣了几声，白的一只冲霄飞去。佛奴抓了吴凤尸身，回到飞雷崖放下，长鸣示意。秦仙姑也命弟子等进洞请命。弟子等不合擒敌又纵，几遭不测，还求主人和众仙姑开恩饶恕。"

英琼心想："两矮纵敌，只为顾念师门恩义，情有可原。"便听灵云发落。灵云却早听出二人还有些许不实不尽之处，便道："你二人之事，我已料知。念在暗保石、赵二仙有功，暂时免罚。"说罢，便向紫玲道："有劳紫妹带他二人和袁星去往飞雷崖，借紫妹法力，汲取隔崖山泉，洗净仙山，监率他三人等将残留妖人尸身碎体，搬往远处消化埋葬如何？"紫玲巴不得借此去相机劝化寒萼，欣然领命，带了三人便走。灵云因掌教真人回山开府在即，微尘阵内还困着南海双童，须往查看，便带了众同门自去。不提。

且说寒萼、司徒平二人等众人走后，便并肩坐在后洞门外石头上面，叙说别后经过。二人原有夙缘，久别重逢，分外显得亲密。司徒平毕竟多经忧患，不比寒萼童心犹在，见寒萼举动言语不稍顾忌，生恐误犯教规，遭受重罚，心中好生不安，却又不敢说出。寒萼早看出他的心意，想起众同门相待情节，显有厚薄，不禁生气，满脸怒容对司徒平道："我自到此间，原说既是同门一家，自然一体待遇；若论本领，也不见得全比我姊妹强些。偏偏他们大半轻视我。尤其齐大师姊，暂时既算众姊妹中的领袖，本应至公无私，才是正理。但她心有偏见，对大姊尚可，对我处处用着权术，不当人待。如说因我年轻，管得紧些，像大姊一般，有不妥的地方，明和我说也倒罢了，她却故意装呆，既知我能力不济，那次我往微尘阵去，就该明说阵中玄妙，加以阻拦，也省得我身陷阵内，几遭不测，还当众丢脸。随后好几次，都对我用了心机，等我失利回来，明白示意大姊来数说我。还有那次得那七修剑，连不如我的人全有，只不给我一口，明明看我出身异教，不配得那仙家宝物。更有大姊与我骨肉，却处处向着外人。你道气人不气,只说等你回来,诉些心里委屈,谁知你也如此怕事。我也不贪什么金仙正果,仙人好修,这里拘束闲气却受它不惯。迟早总有一天,把我逼回紫玲谷去,有无成就,委之天命。"司徒平知她爱闹小性,众人如果轻视异类,何以独厚紫玲?不过自己新来,不知底细,不便深说,只得用言劝解。说的话未免肤泛,不着边际,寒萼不但没有消气,反倒连他也嗔怪起来。

正说之间,忽见神雕抓着一个妖人尸首,同了米、刘二矮飞到崖前落下,见寒萼、司徒平在那里防守,米、刘二矮便上前参拜。略说经过,稍有不实,神雕便即长鸣。寒萼也懒得问,便命神雕看着尸首,米、刘二矮前往太元洞外候命,自己仍与司徒平说气话。司徒平见她翠黛含颦,满脸娇嗔,想起紫玲谷救自己时,许多深情蜜意,好生心中不忍,不住地软语低声,温言抚慰。说道:"我司徒平百劫余生,早分必死,多蒙大姊和你将我救活,漫说牺牲功行,同你回转紫玲谷,就是重堕泥犁,也所心甘。无奈岳母转劫在即,眼巴巴望我三人到时前去救她。峨眉正教,去取门人甚严,侥幸得入门墙,真是几生修到。异日去救岳母,得本派助力,自较容易。就往岳母身上想,也应忍辱负重,何况将来还可得一正果?同门诸师姊都是心地光明,怎会分出厚薄?只恐是见你年轻,故意磨你锐气,心中相待原是一样。纵有什么不对之处,也须等见掌教师尊,自有公道。此时负气一走,不但有理变作无理,岳母千载良机,岂不为我二人所误?"寒萼冷笑道:"你哪里知道。听大姊素常口气,好像我不知如何淫贱似的。只她一人和你是名义上的夫妻,将来前途无量。似我非你有那苟且私情不可,漫说正果,还须堕劫。却不想我们这夫妻名头,既有母亲做主,又有前辈仙尊作伐,须不是个私的。神仙中夫妻尽有的是,休说刘桓、葛鲍,就拿眼前的掌教师尊来说,竟连儿女都有三个,虽说已转数劫,到底是他亲生,还不是做着一教宗主。怎地轮到我们就成下流?我早拿定主意,偏不让她料就。可是亲密依旧亲密,本是夫妻,怕什么旁人议论?便是师长,也只问德行修为如何,莫不成还管到儿女之私?我们又不做什么丑事,反正心志坚定,怕她何来?她既如此,我偏赌气,和你回转紫玲谷去,仍照往常修炼功课。等掌教师尊回山开府,再来参拜领训,我同你好好努力前途,多立内外功行。掌教师尊既是仙人,定然怜念,略迹原心,一样传授道法。

既省烦恼,还可争气。只要我们脚跟立定,不犯教规,难道说因我得罪了掌教师尊的女儿,便将我二人逐出门墙?那仙人也太不公了。怎能说到因此便误母亲大事,便坏自己功行呢?再过两日看看,如果还和以前一样,我宁受重谴,也是非走不可。"

司徒平见她一派强词夺理,知道一时化解不开,只得勉强顺着她说两句。原想敷衍她息了怒,过了半天,问明紫玲之后,再行劝解。偏巧紫玲领命飞来,一眼看见二人并肩同坐,耳鬓厮磨,神态甚是亲密,知寒萼情魔已深,前途可虑,不禁又怜又恨。因后面米、刘二矮就要跟来,只看了二人一眼。寒萼笑着招呼了一声,仍如无事。司徒平却看出紫玲不满神色,脸涨通红,连忙站起。米、刘、袁星也相次来到,紫玲当了外人,自是不便深说,便和二人说了来意。正要吩咐行事,见神雕还站在阴阳脸妖人的尸体旁边,一爪还抓住不放,见紫玲到来,连声长鸣。心中奇怪,走过去定睛一看,又问了袁星几句,忙喊寒萼近前说道:"你看这妖人,分明已将元神遁走,如果潜藏在侧,岂不仍可还阳?难怪神雕守着不走。师姊命你二人在此防守,责任何等重大,你们只顾说话,也不看个仔细。休说妖人元神偷来附体,就是被妖党前来盗走,也是异日之患。怎地这般粗心?"寒萼闻言,也低头细看了看,冷笑道:"大姊倒会责备人。你看妖人前脑后背,已被神雕抓穿,肚肠外露。他如有本领还原,岂能容容易易便被神雕抓来?我和平哥已是多日不见,母亲超劫在即,趁无事的时候商量商量,也不算有犯清规咧。如说妖人想弄玄虚,只恐妹子本领虽然不济,也没这般容易。"这一番话,当着米、刘二矮,紫玲听了甚是难过,略一寻思道:"如此说来,不但我,连神雕守在这里也是多事的了。"说罢,便对神雕道:"这具妖尸,由我们三人处理,将他用丹药消化掩埋。你擒敌有功,少时再告诉你主人。如今敌人惨败,难保不来生事,可去天空瞭望,有无余孽来此窥伺?"神雕闻命,睁着一双金睛,对紫玲望了一望,展开双翼,盘空而去。

第一三〇回　临难得奇珍　纳芥藏身　微尘护体
　　　　　　　多情成孽累　伤心独活　永誓双栖

　　紫玲便命二矮与袁星去将崖上所有残尸碎体一齐提来，与吴凤尸身放在一处，再用仙药消化，自己也随在二矮后面指点。寒萼抢白了紫玲一顿，见她无言可答，略觉消气，索性仍唤司徒平到洞口石上坐谈。司徒平见他姊妹拌口，已是不安。又见寒萼唤他，其势不能不依。跟着走没几步，正在心中为难，忽听紫玲在身后大喝道："无知妖孽，竟敢漏网！"接着光华一闪，便是一幢彩云飞起。寒萼、司徒平大吃一惊，连忙回身注视，吴凤的尸身已经复活，从地上卷起一团黑烟正要飞走。幸而紫玲早有防备，存心欲擒先纵，明是随了二矮前走，时刻都在留神动静，未容吴凤飞起，弥尘幡已化彩云飞来，将他罩住。就在这时，那神雕何等通灵，早看出紫玲心计，并未飞远，一见妖人想逃，星流电闪般束翼下击。起先吴凤因黑白二雕来势厉害，知难逃命，把心一横，舍了躯壳，将元神隐遁。二雕并未看出，原可逃回山去，借体还原。及见原身并未被二雕抓裂，不禁又起希冀：一则借体还原，总不如原有的好；二则法宝囊内还有两样宝物，舍不得丢弃，重又回身窥伺。心想："只要原身一脱雕爪，便可与元神合了遁走。"谁知神雕受了同伴指示，紧紧抓定，竟然不肯离开一步，只由二矮回去请命。吴凤干自心急，知道这东西异常厉害，适才已经吃过苦头；又以为二雕一样神化，若以元神相拼，本无不可，偏偏原身又被它抓住，投鼠须要忌器。法宝飞剑已无用处，万一惊觉，只要它两爪抓裂，便成粉碎。不敢造次，隐藏在侧，静候时机。认定成固可喜，败亦至多毁了躯壳，元神仍可逃走。不料袁星能通鸟语，一出来便代神雕解说它受了白雕指教，留下妖人躯壳。言还未了，紫玲机警，已明白是诱妖人元神前来伏诛，忙止住袁星。便唤寒萼来问，偏遇寒萼顶嘴，索性将计就计，故意遣走神雕，装作不备。

吴凤恐神雕觉察，元神藏处相隔本远，袁星又只说了一半，没有听清，只听明了秦氏姊妹的大声问答。先听紫玲盘问之言，以为看出破绽，甚是吃惊。及见她二人拌嘴走开，再举目往空中一望，不知神雕隐身彩云以内，一见没有踪影，心中大喜。暗忖："闻得峨眉消骨丹药甚是厉害，莫待她回来措手不及，功败垂成。"匆促之中，又忘了弥尘幡彩云飞动，疾如电掣，以为紫玲纵然到时警觉，相隔有三数十步之遥，也必追赶不上。谁知元神刚与身合，驾遁飞起，彩云已经照临头上。此时吴凤如果仍旧弃了躯壳，未始不可二次逃生。也是他该遭劫数，已回原身，不舍就弃，一时乱了主意，妄想抵敌，连身逃遁，左手雷火刚刚发出，接着又在法宝囊内去取宝物。就在这略一停顿之间，上面神雕飞到，紫玲与袁星、二矮齐放飞剑法宝。寒萼因自己适才任性，看走了眼，万一妖人逃走，少时又受埋怨，又气又急。忙喊："平哥，还不快放你的乌龙剪！"司徒平已将飞剑放出，闻言又将乌龙剪放在空中。吴凤本是打战中逃走主意，及见敌人法宝飞剑纷纷祭起，幸而彩云被自己雷火略微托住，势子一缓，正好逃走。猛地又见头上一片乌云罩到，现出两点金睛，知是神雕飞来。忙把遁光往下一落，一面运用玄功，准备万一难以脱身，仍将元神遁走。不料司徒平的乌龙剪又从下面飞上，迎个正着。那剪原是神驼乙休多年修炼的异宝，专斩修道人的元神，只要不能抵御，被那两条蛟龙般的乌光绞住，便难脱身。吴凤恶贯满盈，不但躯壳被众人飞剑斩成多段，连元神也同时被斩消灭。

紫玲眼看吴凤顶上隐隐飞起一道白烟，被乌龙剪绞散，知获全功，大家收了法宝飞剑相见。寒萼虽然内愧，幸而敌人是死在司徒平手内，还可遮羞。见紫玲没有说话，也就不再开口。紫玲也不去理她，这才正经命二矮、袁星，将全崖妖人尸首残肢收放一起。再命袁星先在远处择好一个僻静所在，掘下深坑等候。二矮便求紫玲将吴凤法宝囊赐他二人。紫玲点头应了，二矮心中大喜，感激非凡。又对紫玲说，他二人能用法术将尸骨残肢运走。紫玲含笑点头。二矮立刻口诵咒语，施展旁门搬运之法，将所有尸体全都移到袁星所择之处，抛入坑内。紫玲取出化骨丹药洒了下去，顷刻之间化成黄水。才命袁星、二矮用土掩埋好了，回转飞雷崖。又从身旁取出四面小旗，分与袁星、二矮，传了咒语，自己也拿着一面，向隔崖一指，那水倏地飞起四五尺粗细的四股飞泉，宛如四条银龙，起自洪涛之中。随着四旗指处，满崖飞舞冲射，不消顷刻，已将崖上妖迹血污，洗荡得干干净净。袁星素来看惯不说。那二矮自命是旁门能手，只为高人点化，志在逃劫避灾，屈身奴仆，虽然心意甚诚，究还不知峨眉门下有多大本领。及至来此没有多日，先见大众飞剑法宝神化无穷，又见紫玲等适才对敌施为，连雕、猿都如此灵异，才自愧弗如，只配供人奔走役使，不配置身雁列，越发是死心塌地、不起异念的了。紫玲洗罢仙山，时已黄昏，斜阳从远山岭际射到，照在新洗过的林木山石上，越显山光清丽，不染尘氛，心中也觉快意。回望寒萼，仍与司徒平并肩低语，喁喁不休，暗叹了一口气，不忍再看。这时神雕已经飞走，便带了二矮、袁星回洞复命。走时连司徒平也不愿理，略微招呼，就此走去。

寒萼等紫玲走后，又说道："我同了朱文，拿着九天元阳尺去闯妖阵，败下阵来，又遇云南教祖藏灵子摄去元阳尺，要报杀徒之仇。幸遇神驼乙休相救，还赐了三粒仙丹，一封柬帖，吩咐到日才许开看。他又说你和他有缘，他定助你成功。适才又听你说，他也赐了你一封柬帖，开示日期与我正同，都是应在十日之后。我听大师姊和申若兰师姊说起乙真人来历，真是神通广大，法力无边。此人并有拗性，别人以为不能的，只要得他心许，无论如何艰难的事，都要出力办成，比那怪叫花凌真人的性情还要古怪。先前身材高大，容颜奇伟，背并不驼。因为屡次逆天行事，遭了天劫，假手几个能手，合力行法暗算，移山接岳，将他压了四十九年。幸而他玄功奥妙，只能困住，不能伤他，反被他静中参悟禅功，参透大衍天机，一元妙用。等到七七功行圆满，用五行先天真火炼化封锁，破山出世。当初害他的人，闻信大半害怕，不敢露面，谁知他古怪脾气，反寻到别人门上道谢，说是没有当初这一举，他还不能有此成就，只要下次不再犯到他手内，前仇一概不记。内中有一个，便是凌真人，反和他成了至好朋友。齐师姊说，掌教夫人曾说他还有一个妻子，与他本领不相上下，百十年前不知为何两下分开，没有下落。他素常还爱成人婚姻，他那日又曾提起你我未来的话，且等到时开看柬上的话，定于我们有益。"司徒平也把代神驼乙休拜上岷山之事，详细说明。正谈得高兴，忽见若兰、朱文飞来，说是奉了大师姊之命,代他二人接班防守。寒萼见紫玲才去不久,便有人来接替,又起疑心,不便向外人发作,迟疑气闷了一会儿。

寒萼正要转身回洞,忽听遥天一声长啸,甚似那只独角神鹫。寒萼连日都在惦记,飞身空中,循着啸声,迎上前去看个明白。只见新月星光之下,彩羽翔飞,金眸电射,从西方穿云御风而来,转眼便到了面前,正是那只独角神鹫,爪上还抓着一封书信,心中大喜。便跨了上去,飞近洞口,唤道:"平哥,你去太元洞相候,我骑了它由前洞下去。"说罢,骑了神鹫径飞前洞,在凝碧崖前降落,见一干同门正在比剑。紫玲早迎上前来,劈头问道:"大师姊因今日诸事就绪,你我所学本门心法,尚有两关未透,着朱、申二位去换你前来传授,怎地这时才来?神鹫是怎样回来的?"寒萼闻言,方知适才自己多疑,气便平了。只得说正待回洞,忽听神鹫空中鸣啸之声,上去接它,故此来迟。因优昙大师那封书信是给灵云的,便递了过去。灵云拆开一看,大意说开府盛会在即,正教昌明不远,可喜可贺,到时当领全体门人前来赴会。那日在冰崖上所救神鹫,因当时乌龙剪来势甚急,只得收了。神驼乙真人脾气虽然古怪,人却正直,道力也甚高强,异日当为峨眉之友。不愿开罪于他,事后便将乌龙剪给他送还。中途路遇,果然他心中不忿,斗法三日,不分胜负。幸遇极乐真人空中神游解围,化敌为友。他因乌龙剪以前是自己心爱法宝,竟被外人收去,不屑再用,欲转赠被他救去的司徒平。此剪如能善用,神妙非常,专斩异派妖人元神。如已见赠,须要加功修炼,不可大意。神鹫横骨已经化去,可与神雕佛奴的功行不相上下。知秦氏姊妹还有用它之处,特命它飞归故主。书末又说不久各同门均要先期回转仙府,敬候开山盛典,命灵云早为准备安置等语。灵云观毕,传示众同门,一齐向空谢了。大家练了一会儿功课,回转太元洞。

第二日将所有石室全都汲了灵泉洗净,把正中供朝参石室旁的三十六间石室分供掌教师尊和前辈师伯叔居住。余下百十间石室,分成男东女西,以备众同门来了起居和做功课之用。又因同门中道行深浅不一,好多未断火食,便命神雕、神鹫连日出外猎取猛兽。肉由英琼、芷仙、若兰三人腌腊,皮由米、刘二矮持往城市变卖,连同英琼昔日遗留的银两带去,备办米粮和应用物品。山中有的是黄精首乌、异果野菜,只须袁星每日出外采取。洞中又有芷仙平日用奇花异果酿成的美酒甚多。不消两三日，一齐备齐。又责成芷仙管领仙厨，米、刘二矮与袁星供她驱遣，南姑姊弟也愿帮忙。大家都兴高采烈，静等佳客降临。到第七八天上，妙一夫人忽然回山，布置了一番，住了两日，嘱咐灵云一阵，才行走去。先后又来了许多同门，除石、赵二人原是近邻移居不算外，远客计有岷山万松岭朝天观水镜道人的弟子神眼邱林、昆明开元寺哈哈僧元觉禅师的弟子铁沙弥悟修，以及风火道人吴元智弟子七星手施林、灵和居士徐祥鹅、青城山金鞭崖矮叟朱梅弟子长人纪登、小孟尝陶钧等。余者不下百十位，俱已得了师命，有的因事羁身，有的尚在途中，均当在开辟仙府以前赶到。大家聚在一起，新交旧识，真是一天比一天热闹。每日欢聚一阵，不是选胜寻幽，便由灵云、纪登为首，领了众人练习剑法，互相切磋砥砺，功行不觉大进。

这期间只苦了寒萼、司徒平两个。因为紫玲见她一味和司徒平时常厮守在一处，外表上俨然伉俪一般，心中害怕，其实二人名分已定，众同门均已知道；又知寒萼是个小孩心性，有时和若兰、英琼也是如此，不以为怪。事一关心太过，反要出事，乃是常理。紫玲何尝不知他二人心地光明，但是惟恐因情生魔，堕了魔孽，坏了教规，不时背人劝诫。谁知寒萼暗怪紫玲不偏向她，时常给她难堪。这一责难过甚，反而嫌怨日深。司徒平左右为难，无计可施。偏偏又遇见一个多事的神驼乙休，给二人各留了一封束帖。到日二人借着防守后洞之便，同时打开一看，除了说明二人姻缘前定而外，并说藏灵子从百蛮山回来，定要到紫玲谷报杀徒之仇。秦氏姊妹本非敌手，就连峨眉诸长老也有碍难之处，不便出面相助。乙休怜二女孝思和司徒平拜山送简之劳，准定到时前往相助一臂。命二人只管前去，必无妨碍。不去倒使乙休失信于藏灵子，反而不妥。此番前去，因祸得福，齐道友必能看他面子，决不见怪等语。二人看了，又惊又喜，忙即向空拜过。本想和紫玲说知，偏巧紫玲因今早不该他们二人值班，却双双向灵云讨命，愿代别人往后洞防守，起了疑心。暗中赶来，见二人在那里当天拜跪，又无甚事，更误会到别的地方，便上前盘问，语言过分切直了些。恼了寒萼，也不准司徒平开口，顶了紫玲几句嘴，明说自己不想成仙，要和司徒平回转紫玲谷去。紫玲也气到极处，没有详察就里，以为二人早晚必定闹出事来，既是甘心自弃，无可救药，莫如由他们自去，省得日后闹出笑话。心里却还原谅司徒平是为寒萼所迫，还想单独劝解。不料寒萼存心怄气，也不容人说，立逼着司徒平随她飞走，不然便要飞剑自刎。司徒平知她性情无法劝转，好在有神驼乙休做主，且等事完之后，劝她姊妹言归于好。当下便与紫玲作别，随之飞去。

紫玲在气头上，竟没有想起宝相夫人转劫之事，因后洞无人，只得代为防守。二人刚走不久，忽然想起救母事大，正值轻云、文琪游玩回来，紫玲匆匆请她二人代为看守，忙即回转太元洞，正遇灵云、英琼、若兰、英男四人在洞外闲谈。紫玲略说经过，问该如何处置。灵云因妙一夫人说她姊妹有难，又知寒萼拗性，她和英琼、若兰二师姊情感甚好，可着她二人前去劝他们回转便了。二人领命去后，紫玲终觉不妥，执意要去。灵云劝她不住，想起优昙大师那封书信曾有神鸷备用之言，便命骑了同去。去时三人先后遇见金蝉、石生、庄易、笑和尚等回山，前已表过，不提。

且说寒萼与司徒平看罢神驼乙休柬帖上预示的机宜，正值紫玲赶来规劝，寒萼料知此番回转紫玲谷凶险不少，又因紫玲连日对自己多有误会之处，心中不快，借此和紫玲翻脸。一则可以出出心中闷气；二则此行既有神驼乙休为助，定然逢凶化吉，乐得独任其难，显显自己本领和毅力。即使师尊怪罪，还可借口乙休力主，事要机密迅速，不得不如此。当下和紫玲说了几句，便立逼司徒平连众同门都不说一句，竟然同驾剑光往黄山紫玲谷飞去。司徒平对于秦氏姊妹，原是一般感激爱重。不过紫玲立志向上，参透情关，欲以毅力坚诚摆脱俗缘，寻求正果。与司徒平名义上虽是夫妻，除了关心望好之外，平时总是冷冷的。寒萼却是天真烂漫，纯然一派童心，觉得司徒平这人心地光明，性情温厚，比乃姊还要可亲可爱。二人本来又有前生夙缘，如磁引针，那情苗竟在不知不觉中滋润生长。紫玲情切骨肉，关心忧危，不得不随时提醒一二。谁知责难过甚，倒起反感，欲离更合。使得司徒平心目中看她姊妹一个春温、一个秋肃，情不自禁便偏向着了一头。所以此次回转紫玲谷，被寒萼娇嗔满面，一派要挟，连想和紫玲说明经过都未能出口，竟被寒萼逼了同行。

二人剑光迅速，没有多时，已离紫玲谷不远。因为神驼乙休预示先机，不敢大意。等到飞近紫玲谷上空，先不下落，按住剑光，定睛往下一看，见崖上面齐霞儿的仙障封锁犹存。除了白云瀺灂，岚光幻灭而外，空山寂寂，四无人踪。寒萼暗忖："难道自己赶在头里，那藏灵子还未来到？"想起那两只白兔尚留养谷中，不禁又勾起童心，便与司徒平一同降下。寒萼自初遇司徒平，重访五云步与轻云、文琪相会，因仙障封锁，几乎无法飞转谷中，赴青螺时节，早向紫玲学了解法用法。落地时节正站在崖前，口诵真言，要将仙障收了回来。忽见一片红霞从身后照来，知道不妙。刚要回身，猛听身后有人喝道："无知贱婢，今日是你授首之期到了！"寒萼、司徒平双双回身一看，面前站定一个面容奇古的矮小道人，认出是青海派教祖藏灵子。那日与朱文拿了九天元阳尺去闯史南溪的妖阵，尝过厉害，虽然有神驼乙休预示，心中也未免有些着慌。寒萼见司徒平不知厉害，露出跃跃欲试神气，这时二人身子已被红云罩住，恐怕失闪，忙使眼色止住。寒萼硬着头皮挺身说道："云南教祖，休要逞强！你我相争，强存弱亡。贵高足师文恭朋恶比匪，杀害生灵，无恶不作。愚姊妹奉师尊之命，往除八魔，路遇他与俞德上前动手，被愚姊妹用白眉针将他打伤。彼时同党恶人如肯约请能人施救，并非不治。不想这些同恶妖孽乘人之危，将他断体惨死。即此而论，贵高足纵不遇愚姊妹，已有取死之道。教祖不明是非，放着首恶不诛，却与一二弱女子为难，只恐胜之不武，不胜更传为笑谈。愚姊妹如果怕事，自身现在峨眉教下，三仙二老，道流冠冕，难道还任教下门人受邪魔外道摧残？尽可安居凝碧崖，一任教祖找上门来，自有师长做主，何足置念？只为愚姊妹以前也曾学有微末道行，明知秋萤星火，难与日月争光，但一想到本门师长多与教祖有旧，愚姊妹身入师门，行为无状，寸功未立，岂能为些许小事劳动师长清神？又奉乙真人示谕，特地赶回紫玲谷来候令领罪，只作为弟子与教祖私争，不与师门相涉。初拟教祖为一派宗主，道力高深，行为必然光明，定任愚姊妹竭其防卫之力。在愚姊妹只求幸免一死，于愿已足，并无求胜之心。教祖亦可略示宽大，一任愚姊妹有可施为，以教祖法力，也难幸脱死罪。谁知教祖仗能前知，算就小女子与外子今日回山，埋伏在此，乘人不备，未容家姊赶到，稍加防卫，便下毒手。纵然难逃刑诛，未免贻羞天下。"

言还未了，藏灵子怒骂道："大胆贱婢！死在目前，还敢以巧语花言颠倒是非。孽徒文恭命丧毒手，罪有应得，我决不加袒护。汝姊妹倚仗天狐遗毒，用此恶针，为祸人世。我寻汝姊妹，乃是除恶务尽，为各派道友除害。前赴峨眉,驼鬼作梗,用言相激,我才暂留汝姊妹多活几日,亲赴百蛮山除去绿袍老妖,才来申讨。你既说乘你无备,我就姑且网开一面,容你半日,看你有何伎俩,只管使将出来,看你能否逃脱罗网?这半日之内,汝姊若不来,便是规避,我自会前去寻她。"说罢,怒容满面,将袍袖一扬,一道光华闪过,藏灵子踪迹不见。

司徒平方要开口说话,寒萼又使眼色止住,与司徒平飞落谷底。那两只白兔正在树下吃草,见主人归来,欢鸣跳跃上前。寒萼毕竟童心犹在,在此危急存亡之秋,还有闲情将那白兔抱在怀中,一同入内。进谷一看,不由叫得一声:"哎呀!"原来上次前往青螺,紫玲后走,将谷顶明星全数收去,所以里面漆黑一片。来时负气,又忘了问紫玲要回。按照神驼乙休之言,谷中原有一番布置,虽然练就慧眼,到底不便。想了想无法,只得各将剑光放出照路,直奔里面一看,后洞藏宝之处,又被紫玲行时用法术封锁。宝相夫人当年遗留的两件御敌之宝和一幅保山保命的阵图,全都不能取出。这一急非同小可,后悔来时应当与紫玲说明,约了同行,不该负气任性,以致有此差失。如今时机紧迫,又不及回转峨眉求助。正在无计可施,那白兔素通灵性,也仿佛看出主人有大难将至,只管哀鸣不已。寒萼把心一横,暗想:"是福不是祸,是祸躲不过,总须和藏灵子一拼。既有神驼乙休答应事急相助,想必不至便遭凶险。好在还有一会儿,且将两个白兔藏过,以免玉石俱焚。"当下同了司徒平,一人抱了一个,向昔日司徒平养伤室内放下。嘱咐道:"我如今大敌当前,吉凶难保,少时便须出去交手。你两个不要出去,免遭毒手。"

寒萼说罢,走出室去,用法术将石室封锁。走将出来对司徒平道:"起初只说照乙真人之命,将母亲阵图取出,防过几日便不妨事,所以约你同来。如今御敌之宝被大姊封锁,又不及回山去取,事在紧迫,至多挨过两三个时辰,便要应敌,全凭齐仙姑这个仙障保命了。如果敌人厉害,宝障无功,乙真人早来还好,若是来迟,我两人性命休矣!我死原不足惜,不但连累了你,还误了母亲飞升超劫大事,如何使得?那藏灵子与你无仇无怨,你如回山,必不阻拦,你可趁此时速返峨眉。我凭齐仙姑仙障与母亲先天金丹至宝,与那矮鬼决一死活,存亡委之命数,以免为我误了母亲大事。"司徒平道:"寒妹切莫灰心短气。乙真人妙术先知,绝无差错,既命我二人到此，必有安排。他柬上原说可约大姊同来，虽你一时负气，疏忽了一步，须知我二人仙缘前定，生死都在一处。昔日在往岷山以前，乙真人曾对我说过，我的重劫大灾业已过去，如今只有一难未完，绝无死理。难道你死我还独生？寒妹休要过虑。"寒萼未始不知司徒平在此一样凶多吉少，口里虽强迫他走，心里却正相反，正愿其不去。人在危难之中，最易增进情感，两人这一番携手并肩，心息相通，说的又尽是些恩深义重、荡气回肠的话，在不知不觉中，平添了许多柔情蜜意。连二人也不知怎的，虽未公然交颈，竟自相倚相偎起来。藏宝之处既被紫玲预先封锁，等到少时交手，更无别的准备。寒萼仍不住在催司徒平快走，固是口与心违。

司徒平天生情种，到这急难关头，分明并命鸳鸯，更是何忍言去。一阵推劝延挨，不觉快到时候。寒萼一想："与其坐以待毙，何不出谷应战，还省得坏了旧时洞府。"见司徒平执意不走，便道："平哥，你既如此多情急难，反正死活我二人都在一起。那矮鬼好不厉害，那日朱师姊拿着九天元阳尺玄天至宝，竟会被他夺去。寻常飞剑法宝全用不得，白白被他损坏。此番上前，但盼齐仙姑仙障有功，我二人还可苟延性命，否则不堪设想。如等他来，倒显我们怯敌怕他，上去吧。"一边说着，上了谷口，抬头一看，崖顶一角，隐隐见有红霞彩云混作一团，才知紫玲已经赶到，先与藏灵子动手，弥尘幡已被敌人困住。不由起了敌忾同仇之心，把成败利害置之度外。口中念动真言，正待展开仙障护身，驾遁飞起，忽听头上断喝道："秦家贱婢！既敢出面，有何伎俩只管使来，汝姊即将伏诛。我已设下天罗地网，不怕你逃上天去。"言还未了，一片红霞随着罩将下来。幸亏寒萼防备得快，同时也将仙障展开，迎上前去。那齐霞儿的紫云仙障，原是优昙大师镇山至宝，又经霞儿多年修炼，真个神化无穷。初起时，只似一团轻绢雾縠，彩绢冰纨。及至被红霞往下一压，俾放出五色毫光，百丈彩雾，将二人周身护住。二人知难上去，便在谷底搂抱坐定，静候外援。不提。

原来紫玲百忙之中，原因弥尘幡太快，恐赶在二人头里，还得回身来寻，便驾了神鹫赶去，谁知去晚了些。在鹫背上运用慧目往去路上一看，见前面天边云影里，有两三点青光隐现移动，当下催动神鹫往前追赶。偏那青光飞行甚速，越赶越远，只依稀辨出一些影子，追了一会儿，并未追上。猛觉青光不见，细一留神，才想起不是往紫玲谷去的道路，已经在无意中转了方向。更加英琼、若兰跟在后面，为何不见紫郢剑的紫光？神鹫飞行，不亚于寒萼剑遁，怎会追赶不上？还恐二人中途起了别意，成心避却自己来追。便将弥尘幡取出，连人带鹫仍往那两三点青光前路追去。不一会儿，将要追上，相高切近，才看出错认。正待飞回紫玲谷，前面青光中人也转飞现身招呼。紫玲因那青光甚与自己相似，内中一道比较还要强些，猜是前辈中人，不敢怠慢，只得暂停。同时青光敛处，现出一个老道婆同两个少年女子。见面一问讯，正是衡山金姥姥罗紫烟和两个门人何玫、崔绮。

原来金姥姥因从东海去会三仙，归途又往岷山访友，遇见何玫、崔绮，说是在武夷采药，发生了一点事情。料知金姥姥要往岷山，赶到一问，知还未到，又往回赶，才在云中相遇。金姥姥带了吴、崔二人折转武夷，行经峨眉不远，见后面远处有峨眉门下御剑飞行，先时并未在意，及至赶到前边，认出那弥尘幡是宝相夫人之物。又见紫玲功候深纯，仙风正气现于眉宇，着实夸奖了几句。再一问起经过，金姥姥笑道："我在东海听三仙说，此番你回紫玲谷，必遇藏灵子来报前仇。结果有一能人相助，因祸得福，令堂超劫便在事完之后。此次乃汝姊妹一番劫数，令师并不见怪，但去无妨。我此番将事办完，便往峨眉赴那群仙盛会。今既相遇，总算有缘。藏灵子独创异宗，虽是旁门，法力远在汝姊妹二人之上。相遇之时，一切法宝飞剑均难施为，只可紧持弥尘幡护身，以待后援。不去原可避此一劫，无奈藏灵子神光厉害，如不使其分心两顾，专注一处，汝妹寒萼恐难幸免。今将我镇山之宝纳芥环借你，略备万一吧。"说罢，取出一个寸许大小青彩晶莹的圈儿，递与紫玲，传了用法。

紫玲拜谢之后，便辞别金姥姥，直飞紫玲谷。既知就里，越发关心，同怀忧危。不消片时，已经飞到谷顶上空。先运慧目往下一看，见下面白云消散，齐霞儿所传紫云仙障已被人收去，不禁吓了一跳。暗想："难道这么一会儿工夫，寒萼、司徒平已遭毒手？否则他二人既知大敌当前，如何进谷之时，不将谷顶封锁？"正在惊疑，忽见下面崖畔红霞一闪，现出一个矮小道人，趺坐当地。两手一搓，便飞起数十丈红霞，正要往谷底罩去。事不关心，关心者乱。紫玲哪知寒萼已得高人指教，存心收了紫云仙障备用。竟以为藏灵子还是初到，刚刚破了仙障，等下毒手。寒萼、司徒平尚在谷中，她没有觉察，惟恐他二人被敌人暗算。心里一着急，便将云幢往下一落，高声说道："何方道长驾临，怎不叩关入内，却在暗中窥伺，要待主人出迎么？"

那藏灵子自以为胜算在胸，秦氏姊妹难逃掌握。纵有神驼乙休作梗，自己已经斩了绿袍，难道他还有何话说？正好反怪他不令秦氏姊妹全来，违言背信。又因寒萼适才语言尖刻，讥他不敢前往峨眉，激动烦恼，打算除了寒萼，再去峨眉寻找紫玲。两个时辰过去，见寒萼还不出面，料知她并无伎俩，无非延挨时刻待救，心中又好气又好笑。自己是一派宗主，不便乘人不备。正待将炼就的先天离合神光照向谷中，打一个招呼与敌人，促她出战。忽见眼前光华一闪，一幢彩云从空飞坠，彩云拥护中，现出一个紫衣少女，亭亭玉立，举止从容。虽然语近讥刺，却是那般和平，不亢不卑，容貌又与寒萼相似，知是乃姊。因她来时，事前自己并未觉察，不免也有些惊异。暗忖："莫怪狐女猖狂，果然有些道行。既敢同来，多少须有些防备，倒不可过分轻视于她呢。"便怒喝道："来的是天狐长女秦紫玲么？汝姊妹以天狐余孽，妄用毒针，残害生灵，本教祖代天兴讨。适才来此，遇见汝妹寒萼，巧言规避，是我容她多活几个时辰。只说驼鬼言而无信，汝已逃死远遁。现既敢来，难道也同汝妹一般，想求我容你多活些时么？"紫玲为人，虽然事前持重，却是外和内刚，一旦遇上事，决不胆怯。一听寒萼、司徒平未遭毒手，胸中顿时一放。情知藏灵子专心寻上门来，无可避免。仓猝之中，不知寒萼何事耽延，不肯动手。也未想到姊妹见面，再商量应战一层。更错听金姥姥说除了弥尘幡，一切法宝飞剑均难施为的话，忘了宝相夫人遗留的阵图。紫玲闻言，冷笑道："原来道长是云南教祖藏灵子，为了杀徒之恨而来。愚姊妹早已投身峨眉门下，各派仙长大抵知闻。紫玲谷虽是儿时旧居，每日勤于功课，从不轻易回来。若非今日抽空回谷探视，岂不令教祖在此空候，其罪倒更大了。今既相遇，无所逃死，任凭教祖处治吧。"

藏灵子见紫玲态度倔强，言中有刺，不禁大怒。戟指骂道："无知余孽贱婢！我门人师文恭附匪丧身，咎由自取。只是汝姊妹不该用这种狠毒邪针，为祸人世。我今日除恶务尽，断乎宽容不得！任汝姊妹如何巧说激将，也须除了汝等，再寻汝师长算账。"说罢，两手合拢一搓，将那多年辛苦，用先天纯阳真火炼就的离合神光发挥出来，化成数十丈红霞，向紫玲当头罩下。紫玲早有防备，一面展动弥尘幡护住全身，暗中念诵真言，又将金姥姥新赐的纳芥环放起。玄门异宝，果然妙用无穷。那大约寸许的小圈儿，一出手变成青光荧荧一圈亩许寒光，在彩云拥护中，将紫玲全身套定，一任藏灵子运用神光化炼，竟是毫无觉察。紫玲暗中留神观察，静等寒萼、司徒平出来，如二人能见机逃走更好，不然，自己便运用玄功飞移前去，连他二人一齐护住，以待救援。谁知敌人厉害，哪能容她打算。待没多一会儿，忽见藏灵子双手一搓一扬，分出一片红霞，飞向崖下。紫玲喊声："不好！"待要移动，猛觉身外亩许远近，阻力重如泰山，虽然二宝护身，不受伤害，却是上下四方，俱被敌人神光困住，休想挪动分毫。只见崖前红霞下去，倏地又有一片彩雾云霞冲起，稍微迎拒，随又降下。才知齐霞儿的紫云仙障未被敌人收去，想必寒萼、司徒平二人已经知警，并封锁了谷顶，心中略宽。预料灾难未满，一时半时难以脱身，索性盘膝地面，静心宁气，打起坐来。由此紫玲姊妹与司徒平三人分作两起，俱被藏灵子的神光困住。

　　那藏灵子满怀轻敌之气，初到时，正赶寒萼已将紫云仙障收去，没有在意寒萼持有异宝。后来紫玲飞到，虽然看出彩云护身，也听说过弥尘幡妙用，终以为天狐旁门异类，纵有道行，也非自己对手，何况又非本人。秦女初入峨眉不久，不过得了乃母几件遗留宝物，有何本领？一交手间，怕不成为齑粉？谁知来人胸有成竹，只守不攻。先时云幡耀彩，发生妙用，竟将神光阻隔，不能透进，已出意料。及见彩云影里，飞起一圈光芒，定睛一看，认出是金姥姥的纳芥环。这两件宝物，论起来虽不如九天元阳尺，但是此宝俱有各人心传收用之法；不比元阳尺，用的人如道行稍弱，便可夺取。明知敌人大胆赴约，只守不战，必有强援在后。以自己道力本领，竟不能制服两个无名后辈。正在又恨又怒，恰值寒萼、司徒平出来，又飞起一团彩烟霞雾，抵住神光，保护全身。更认出那是神尼优昙当年镇山之宝紫云仙障，不禁吃了一惊。暗想："此次东海三仙不肯出面，必是为了三次峨眉劫数，不愿多树强敌之故。这个老尼却甚难斗，倘助二女，自己胜算难操。若一失败，只好埋头闭门，连三次峨眉斗剑，想要出头参与，都无颜面了。"越想越恨。又因两次被神驼乙休言语所激，兼有杀徒之恨，便只管运用玄功,发挥神光威力,欲把敌人炼化。几天工夫过去,果然两处敌人的法宝光华逐渐减退,也无后援到来,心中甚喜。

第七天头上,紫玲虽然看出身外彩云减退了些,纳芥环青光依旧晶莹,还不觉得怎样。那寒萼、司徒平二人,仗着齐霞儿的紫云仙障护身,先时只见头上红霞低压,渐渐四面全被包裹,离身两三丈,虽有彩烟霞雾拥护,但是被那红霞逼住,不能移动分毫,仍然不知厉害。因紫玲有弥尘幡护体,紫云仙障又将神光敌住,以为时辰一到,自会脱难,仍和司徒平说笑如常,全不在意。二人感情本来极好,又有前世夙缘和今生名分。寒萼更是兼秉乃母遗性,一往情深。不过一则有乃姊随时警觉,一则司徒平又老成持重,熟知利害,不肯误人误己。所以每到情不自禁之时,二人总是各自敛抑。这种勉强的事,原难持久,何况今生患难之中,形影相依,镇日不离,那情苗不知不觉地容易滋润生长。果如二人预料,仅只略遭困厄,并无危难,还可无事。谁料第三日,护身仙霞竟然逐渐低减,这才着慌起来。初时还互相宽解,说既是一番灾劫,哪能不受丝毫惊恐。乙真人神通广大,事已前知,到了危急之际,必定赶到相救。及至又等候了两天,外援仍是杳无消息,护身仙云却只管稀薄起来;那敌人的红霞神光,还在离身五七尺以外,已是有了感应:渐渐觉着身上不是奇寒若冰,冷浸骨髓,便是奇热如火,炙肤欲裂。一任二人运用玄功,驱寒屏热,又将剑光放出护身,俱不生效。这是中间还隔有仙障烟霞,已是如此,万一仙障被破,岂能活命?这才看出厉害,忧急如焚。似这样拼死支持,度日如年,又过了两夜一天。眼看护身仙云被敌人神光炼退,不足二尺,危机顷刻。不定何时,仙云化尽,便要同遭大劫,司徒平为了二女,死也心甘,还强自镇静,眼巴巴盼神驼乙休来到。

第一三一回 舌底翻澜 解纷凭片语
孝思不匮 将母急归心

寒萼自从仙云减退,每到奇寒之时,便与司徒平偎依在一起,紧紧抱定。此时,刚刚一阵热过,含泪坐在司徒平怀中,仰面看见司徒平咬牙忍受神气,猛然警觉,叫道:"我夫妻绝望了!"司徒平忙问何故。寒萼道:"我们只说乙真人背约不来救援,却忘了他柬中之言。他原说我等该有此番灾劫,正赶上他也有事羁身,约在七日以外才能前来。所以他命我们将母亲练就的仙阵施展开来,加上齐仙姑这紫云仙障,足可抵御十日以上还有余裕。那时他可赶到,自无妨害。偏我一时任性,想和大姊赌胜,宁愿单身涉险,不向她明说详情,以致仙阵不能取出,仅凭这面仙障,如何能够抵御?如今七日未过,仙障烟霞已快消尽,看神气至多延不过两个时辰。虽然我们还有乌龙剪同一些法宝飞剑,无奈均无用处。此时敌人神光尚未透进身来,已是这样难受,仙障一破,岂非死数?这又不比兵解,可以转劫投生,形神俱要一起消灭。我死不足惜,既害了你,又误了母亲飞升大事。大姊虽有弥尘幡护身,到底不知能否脱身。当初如不逼你同来,也不致同归于尽,真教我悔之无及,好不伤心!"说到这里,将双手环抱司徒平的头颈,竟然哀哀痛哭起来。司徒平见她柔肠欲断,哀鸣婉转,也自伤心。只得勉抑悲怀,劝慰道:"寒妹休要难受。承你待我恩情,纵使为你粉身碎骨,堕劫沉沦,也是值得。何况一时不死,仍可望救,劫数天定,勉强不得。如我二人该遭惨劫,峨眉教祖何必收入门下,乙真人又何苦出来多此一举?事已至此,悲哭何益?不如打起精神,待仙障破时,死中求活,争个最后存亡,也比束手待毙要强得多。"寒萼道:"平哥哪里知道。我小时听母亲说,各派中有一种离合神光,乃玄门先天一气炼成,能生奇冷酷炎,随心幻象，使人走火入魔，最是狠辣。未经过时，还不甚知，今日身受，才知厉害。仙障一破，必被敌人神光罩定，何能解脱？"

说时又值身上奇热刚过，一阵奇冷袭来，仙障愈薄，更觉难禁，二人同时激灵灵打了个冷战。寒萼便将整个身子贴向司徒平怀里去。本是爱侣情鸯，当此危机一发之际，更是你怜我爱，不稍顾忌。依偎虽紧，寒萼还是冷得难受，一面运用本身真气抵抗，两手便从司徒平身后抄过，伸向两胁取暖。正在冷不可支，猛地想起："神驼乙休给自己柬帖时，曾附有一个小包，内中是三粒丹药，外面标明日期。那日一同藏入法宝囊内，因未到时，不准拆看，怎就忘却？"想到这里，连忙颤巍巍缩回右手，伸向法宝囊内取出一看，开视日期业已过了两日。打开一看，余外还附有一张纸条，上书"灵丹固体，百魔不侵"。连忙取了一粒塞入司徒平口内，自己也服了一粒。因给紫玲的无法送去，便将剩的一粒藏了。这丹药才一入口，立时便有一股阳和之气，顺津而下，直透全身。奇寒酷热全都不觉，仍和初被困时一般。深悔忙中大意，不承想起，白受了两三天的大罪。及至一想，霞障破在顷刻，虽然目前暂无寒热之苦，又何济于事？不禁又伤心起来。司徒平见寒萼不住悲泣，只顾抚慰，反倒把自己的忧危一齐忘却。似这般相抱悲愁，纠结不开，居然又过了一夜。护身仙障眼看不到一尺，司徒平还在温言抚慰。寒萼含泪低头，沉思了一阵，忽地将身仰卧下去，向着司徒平脸泛红霞，星眼微扬，似要张口说话，却又没有说出，那身子更贴紧了一些。二人连日愁颜相对，虽然内心情爱愈深，因为危机密布，并不曾略开欢容。这时司徒平一见寒萼媚目星眸觑着自己，柔情脉脉，尽在欲言不语之间，再加上温香在抱，暖玉相偎，不由情不自禁，俯下头来，向寒萼粉颊上亲了一亲。说道："寒妹有话说呀！"寒萼闻言，反将双目微合，口里只说得一声："平哥，我误了你了！"两只藕也似的白玉腕早抬了起来，将司徒平头颈圈住，上半身微凑上去，双双紧紧搂定。这时二人已是鸳鸯交颈，心息相通，融化成了一片，恨不能地老天荒、永无消歇，才称心意。

谁知敌人神光厉害，不多一会儿，便将二人护身仙障炼化，一道紫色彩光闪处，仙障被破，化成一盘彩丝坠地，十丈红霞，直往二人身上罩来。这离合神光原是玄门厉害法术，专一随心幻象，勾动敌人七情六欲，使其自破真元，走火入魔，消形化魄。何况二人本就在蜜爱轻怜、神移心荡、不能自持之际,哪里还经得起藏灵子离合神光的魔诱?仙障初破的一转瞬间,司徒平喊得一声:"不好!"待要挣起,无奈身子被寒萼紧紧抱持。略一迟缓,等到寒萼也同时警觉,那神光已经罩向二人身上。顿觉周身一软,一缕春情,由下而上,顷刻全身血脉贲张,心旌摇摇,不能遏止,似雪狮子向火一般,魂消身融,只顾暂时称心,什么当前的奇危大险,尽都抛到九霄云外。正在忘形得趣,眼看少时便要精枯髓竭,反火烧元,形神一齐消化。猛见一团紫气,引着九朵金花,飞舞而下。接着便各觉有人在当头击了一掌,一团冷气直透心脾,由上而下,恰似当头泼下万斛寒泉。心里一凉,顿时欲念冰消,心地光明。只是身子悬空,虚飘飘的,四面都是奇黑。这才想起适才仙障破去,定是中了敌人法术暗算,心里一急,还想以死相拼。待将剑光法宝放出,耳旁忽听有人低语道:"你两个已经脱险,还不整好衣履,到了地头出去见人!"语音甚熟。

一句话将二人提醒,猛忆前事,好不内愧。暗中摸索,刚将衣衫整好,倏地眼前一亮,落在当地。面前站定一人,正是神驼乙休。知已被救,连忙翻身拜倒,叩谢救命之恩。因知适才好合,已失真元,好不惶急羞愧,现于容色。神驼乙休道:"你二人先不要谢,都是我因事耽搁,迟到一天,累你二人丧失真元。若再来迟一步,事前没有我给的灵丹护体,恐怕早已形神一齐消灭。我素来专信人定胜天,偏不信什么缘孽劫数,注定不能避免。这里事完,你夫妻姊妹三人,便须赶往东海,助宝相夫人超劫之后,即返峨眉,参拜开山盛典。等一切就绪,我自会随时寻来,助你夫妻成道,虽不一定霞举飞升,也成散仙一流,你二人只管忧急作甚?"寒萼、司徒平闻言,知道仙人不打诳语,心头才略微放宽了些,重又跪谢一番。并问紫玲有无妨害,吉凶如何?神驼乙休道:"这里是黄山始信峰腰,离紫玲谷已有百十里路,你二人目力自难看见。秦紫玲根基较厚,毅力坚定,早已心超尘孽,悟彻凡因。既有乃母弥尘幡,又新借了金姥姥的纳芥环护体,虽然同样被困七日,并未遭受损害。此时已由齐灵云从青螺峪请来怪叫花凌浑相助脱险,用不着我去救她。如果当时你姊妹不闹闲气,你二人何至有此一失?不过这一来也好使各道友看看我到底有无回天之力,倒是一件佳事。如今凌花子正拿九天元阳尺在和矮鬼厮拼,到了两下里都势穷力竭之时,我再带你二人前去解围便了。"

寒萼、司徒平闻言，往四外一看，果然身在黄山始信峰半腰之上。再往紫玲谷那面一看，正当满山云起，一片浑茫。近岭遥山，全被白云遮没，像是竹舞参差排列，微露角尖，时隐时现，看不出一丝朕兆。神驼乙休笑道："你二人想看他们比斗么？"寒萼还未及答言，神驼乙休忽然将口一张，吹出一口罡气，只见碧森森一道二三丈粗细的青芒，比箭还直，射向前面云层之中。那云便如波浪冲破一般，滚滚翻腾，疾若奔马，往两旁分散开去。转眼之间，便现出一条丈许宽的笔直云衢。寒萼、司徒平朝云孔中望去，仅仅看出相近紫玲谷上空，有一些光影闪动，云空中青旻氤氲，仍是不见什么。正在眺望，又听神驼乙休口中念动真言，左手掐住神诀，一放一收，右手戟指前面，道一声："疾！"便觉眼底一亮，紫玲谷景物如在目前。果然一个形如花子的人，坐在当地，正与藏灵子斗法，金花红霞满天飞舞。紫玲身上围着一圈青荧荧光华，手持弥尘幡，站在花子身后，不见动作。知道神驼乙休用的是缩天透影之法，所以看得这般清楚。定睛一看，藏灵子的离合神光已被金花紫气逼住，好似十分情急，将手朝那花子连连搓放，手一扬处，便有一团红火朝花子打去。那花子也是将手一扬，便有一团金光飞起敌住，一经交触，立时粉碎，洒了一天金星红雨，纷纷下落。只是双方飞剑，却都未见使用。正斗得难解难分之际，忽见一幢彩云，起自花子身后。寒萼见紫玲展动弥尘幡，暗想："难道她还是藏灵子对手？凌真人要她相助不成？"及见云幢飞起，仍在原处，并未移动，正不明是甚作用，耳听司徒平"咦"了一声。再往战场仔细一看，不知何时藏灵子与凌浑虽然身坐当地未动，两方元神已同时离窍飞起，俱与本人形状一般无二，只是要小得多。尤其是藏灵子的元神，更是小若婴童。各持一柄晶光四射的小剑，一个剑尖上射出一道红光，一个剑尖上射出一朵金霞，竟在空中上下搏斗起来。真是霞光激滟，烛耀云衢，彩气缤纷，目迷五色。

斗有个把时辰，正看不出谁胜谁败，忽见极南方遥天深处，似有一个暗红影子移动。起初疑是战场上人在弄玄虚，又似有些不像。顷刻之间，那红影由暗而显，疾如电飞，到了战场，直往凌浑身坐处头上飞去，眼看就要当头落下。这时凌浑的元神被藏灵子元神绊住，不及回去救援。身后站定的秦紫玲好似看出不妙，正将彩云往前移动，待要救护凌浑的躯壳。忽然又是一片红霞，从凌浑身侧飞起，恰好将那一片暗赤光华敌住。两下才一交接，便双双现出身来：一个是红发披拂的僧人，那一个正是助自己脱难的神驼乙休。忙回身一看，身后神驼乙休已经不知去向。二人还想再看下去，见神驼乙休朝那僧人口说手比了一阵，又朝紫玲说了几句，便见紫玲离开战场，驾了云幰，往自己这面飞来。面前云衔忽见收合，依旧满眼云烟，遮住视线。二人谈没几句，紫玲已经驾了云幰飞到。说道："寒妹、平兄，乙真人相召，快随我去。"说罢，双方都不及详说细底，同驾弥尘幡，不一会儿飞到紫玲谷崖上。落下一看，神驼乙休、藏灵子、怪叫花凌浑，连那最后来的红发僧人，俱已罢战收兵。除神驼乙休和怪叫花凌浑仍是笑嘻嘻的外，那红发僧人与藏灵子俱都面带不忿之色，似在那里争论什么。

三人一到，神驼乙休吩咐上前，先指着那红发僧人道："这位便是南疆的红发老祖，与三仙二老俱有交情，异日尔等相见，也有照应。"说完，又命寒萼、司徒平拜见了怪叫花凌浑。然后吩咐向藏灵子赔罪，说道："云南教祖因你姊妹伤了他门人师文恭，路过峨眉寻仇。我因此事甚不公平，曾劝他先除了绿袍老祖再来，彼时我原知他虽是道力高强，但是要除绿袍老妖也非容易。他此去如能成功，算你姊妹二人该遭劫数，自无话说；如不能成功，谅他不会再寻汝姊妹，也算给汝姊妹留了一条活路。我既管人闲事，自不能偏向一面。当时留下柬帖，仍命汝姊妹到日来此待罪。我往天凤山途中，听人说绿袍老妖虽死，乃是被东海三仙、嵩山二老，连同他门下弟子用长眉真人遗传密授的两仪微尘阵所炼化，并非藏灵道友之力。我以为藏灵道友既未将事办到，必不致对后生小辈失言背信，仍自寻仇。又值有一点闲事不能分身，未到紫玲谷来相候。不料藏灵道友虽未诛灭绿袍老妖，倒惯会欺软怕硬，竟自觍颜寻到此地。如非凌道友见事不平，扶救孤寡，你们又有我给的灵丹护住元气，秦紫玲仗有弥尘幡、纳芥环，虽然不致丧生，秦寒萼与司徒平，早在我同凌道友先后赶到以前形消神灭了。藏灵道友口口声声说，宝相夫人传给秦氏二女的白眉针阴毒险辣，非除去不可。须知道家防身宝物，御敌除魔，哪一样不是以能胜为高？即以普通所用飞剑而言，还不是一件杀敌防身之物，更不说他自家所炼离合神光。若凭真正坎离奥妙，先天阳罡之气致敌于死，也就罢了。如何炼时也采用旁门秘诀，炼成因行归邪，引火入魔之物，以诈制胜，败坏修士一生道行？其阴险狠毒，岂不较白眉针还要更甚？我因凌真人已与藏灵道友理论是非，不愿学别人以众胜寡，以强压弱，只作旁观。等到二位道友也分了胜负，再行交代几句。偏偏红发道友也记着戴家场比擂，凌真人杀徒之忿，路过此地下来寻仇。虽是无心巧遇，未与藏灵道友合谋，终是乘人不备，有欠光明。故此我才出面，给三位道友讲和。红发道友已采纳微意。藏灵道友依旧强词夺理，不肯甘休。因此我才想了个主意，请三位道友先莫动手。我们各人都炼有玄功，分身变化，道力都差不多，一时未必能分高下，何苦枉费心力？莫如先将你姊妹之事交代过去。你姊妹与我并无渊源。司徒平为我曾效劳苦，已心许他为记名弟子。他夫妻原是同命鸳鸯，我自不能看他们同受灾劫。有道是：'小人过，罪在家长。'藏灵道友既说毁了绿袍躯壳，不算没有践言，难道不知道家元神胜似躯壳千倍？躯壳毁了，还可借体，令高徒师文恭因何惨死，便是前例。元神一灭，形魂皆消，连转劫都不能够，何能相提并论？此话实讲不过去。我也难禁藏灵道友心中不服，便将这场仇怨揽到自己身上。恰巧我四人都值四九重劫将到，与其到时设法躲避，莫如约在一起，各凭自身道行抵御，以定高下强弱，就便也解了凌道友与红发道友的纷争。如藏灵道友占了胜着，你夫妻三人由他处治；否则一笔勾销。纵使到时幸免灾劫，而本身道力显出不如别人，也不得相逢狭路，再有寻仇之举。三位道友俱是一派宗主，适才已蒙允诺，事当众人，自难再行反悔。不过我又恐届时藏灵道友千虑一失，岂不难堪？才特意命你夫妻三人前来，先与藏灵道友赔罪，就便交代明白。"

神驼乙休这次挺身出来干涉，红发老祖自知乙休、凌浑如合在一起，自己绝难取胜，不愿再树强敌，当时卖了面子。藏灵子却是被神驼乙休一阵冷嘲热骂，连将带激，本是恨上加恨，无奈神驼乙休的话无懈可击。末后索性将秦氏二女冤仇揽在他自己头上，约他同赴道家四百九十年重劫，以定胜负，更觉心惊。情知单取秦氏二女性命，势有不能。当时与乙、凌二人交手，纵然幸免于败，绝无胜理。何况凌浑与红发老祖俱已答应，岂能示弱于人？只好硬着头皮依允。暗忖："那四九重劫非同小可，悔恨自己不该错了主意。当初青螺峪天书已经唾手可得，偏偏情怜故旧，让给魏青，致被凌浑得去。乙休既敢以应劫挑战，必有可胜之道。凌浑有那天书，也有避免之方。红发老祖不知如何。自己却实无把握。当初对于避劫，原曾熟虑深思，打好主意。如今势成骑虎，一经答应，不特前时准备的一齐徒费心劳，还白累心爱徒弟熊血儿终年忍辱含垢，枉为自己受了许多委屈。现今距离应劫之期，虽说还有三十四年光景，但在修道人看来，弹指即到。明白赴难，当众应付，全凭真实本领和道行深浅，丝毫也取巧不得，不比独自避灾，稍一不慎，纵不致堕劫销神，也须身败名裂。真恨不能将神驼乙休粉身碎骨，才快心意。"表面虽仍是针锋相对，反唇相讥，内心正自焦虑盘算。忽见神驼乙休命秦氏姊妹与司徒平三人上前向自己赔罪，又说出那一番话来，不由怒火中烧，戟指骂道："你这驼鬼！专一无事挑衅，不以真实道力取胜，全凭口舌取巧，只图避过当时。现在和你计较，显我惧怕灾劫。好在光阴易过，三数十年转瞬即至，重劫一到，强存弱亡，自可显出各人功行，还怕你和穷鬼与妖狐余孽能逃公道？只不过便宜尔等多活些时。此时巧言如簧，有甚用处？尔等既不愿现在动手，我失陪了。"说罢，袍袖一展，道声："行再相见。"一片红霞，升空而去。

藏灵子走后，红发老祖也待向乙休告辞。乙休笑阻道："道友且慢，容我一言。适才拦劝道友与凌道友的清兴，并非贫道好事，有甚偏向。二位道友请想，我等俱是饱历灾劫，经若干年苦修，才到今日地步。即使四九重劫能免，也才成就散仙正果，得来实非容易。我借同赴重劫为名，了却三方公案，实有深意在内，并不愿内中有一人受了伤害，误却本来功行。只为藏灵道友枉自修炼多年，还是这等性傲，目中无人，祖护恶徒，到时自不免使他略受艰难，也无仇视之意。这次重劫，我在静中详参默审多年，乃是我等第一难关，过此即成不坏之身，非同小可。曾想了许多抵御主意，自问尚可逃过，毕竟一人之力，究属有限，难保万全。假使我等四人全都化敌为友，到时岂不更可从容应付？只是藏灵道友正在怒火头上，视我胜于仇敌，此时更不便向他提醒，道友功行，虽与贫道不同，共谋将来成就，也算殊途同归。昔日戴家场，虽是凌道友手辣一些，令徒姚开江济恶从凶，玷辱师门，也有自取之咎。这等不肖恶徒，护庇他作甚？再为他误却正果，岂非不值？何如容我愚见，与凌道友双方释嫌修好，届时我等同御大劫，究比独力撑天，来得稳妥。不知尊见以为然否？"

红发老祖虽是南疆异派，人甚方正。自从当年在五云桃花瘴中助了追云叟白谷逸夫妇一臂之力，渐与三仙二老接触，日近高人，气质早已变化；

再加多年参悟，越发深明玄悟。平时只隐居南疆修炼，虽然本领道力高强，从不轻易生事。只为各派劫运在即，俱趁此时收徒传宗，又经门人鼓动，想把异派剑术传到中土，创立一个法统。谁知姚开江野性未化，一出山便遇坏人引诱，比匪朋恶，被怪叫花凌浑伤了他的第二元神，还算见他是初次为恶，手下留情，没有丧命，得逃回山。道基已坏，只如常人一般，须经再劫，始可修为。他原是红发老祖惟一爱徒，纵然所行非是，也觉面子难堪。无奈怪叫花不是好惹的，心想报仇，苦无机会。今日路过黄山，看见怪叫花正和藏灵子争斗，明知未必全胜，只想乘隙下手，用化血神刀毁去他的躯壳，挽回颜面。无端又被神驼乙休挺身出来干涉，当时度德量力，听了劝阻，心中未免忿怒。一面又想到那道家的四九重劫，自己因早听追云叟等人警告，曾有准备，毕竟也无把握。不过乙休性情古怪，更比凌浑难斗，树此大敌，必遭没趣。

　　红发老祖正在盘算未来，见藏灵子受了乙休讥刺，负气一走，暗想："藏灵子道力不在凌、乙二人之下，正好与他联合，彼此关助，以免势孤。"只是骤然跟去，当着凌、乙二人，觉得不好意思。略一停顿，便被乙休拦住，说出这番话语。细一寻思，再想起姚开江、洪长豹等的素日行径，果是不对。如果将自己多年辛苦功行，为他们去牺牲，太不值得。立刻恍然大悟，便对神驼乙休道："道友金玉良言，使我茅塞顿开。如凌道友不见怪适才鲁莽，我愿捐弃前嫌，同御四九重劫。"言还未了，怪叫花凌浑早笑嘻嘻地道："你这红发老鬼，溺爱不明，放任恶徒和妖人结党，残杀生灵。当初我在戴家场相遇，若不是看你情面，早已将他置于死地。你不感念我代你清理门户，手下留情，反倒鬼头鬼脑，乘人于危。亏我事前早有防备，又有驼鬼前来拦阻，要换别人，岂不中你化血刀的暗算？驼鬼是我老大哥，有他做主，谁还与你这野人一般见识？实对你说，便是矮鬼，也算是异派中一个好人，我又何尝愿意惹他。只为有一个要紧人再三求我，又恨矮鬼当初在青螺峪夸口，才和他周旋一下，不想倒招他动了真火。并非我和驼鬼夸口，这次四九重劫，乃是道家天灾，最为厉害，如无我和驼鬼在场，你和矮鬼纵然使尽心力，事前准备，也难平安度过。即使四人合力，还未必到时不受一些伤损。若当仇敌，各凭本领试验，更是危到极处。难为你一点就透。我念在你当年破桃花五云瘴相救舍妹之德，与你交个朋友吧。"

三人话一说明，立刻抛嫌修好，共商未来。红发老祖得闻先机，越发心惊，暗幸自己持重，不曾错了主意。重向乙休谢了解围之情，又订了后会之期，才告辞而去。

红发老祖走后，凌浑又问神驼乙休何往。乙休道："我也不想作甚一教宗主。自从新近脱难出世，一班老朋友超劫的超劫，飞升的飞升，剩了不多几人。他们都因劫数在即，各有事做，只我一人闲散逍遥。新近交了两个后辈棋友，常寻他们对弈一局。本来清闲已极，前数月忽然静极思动，遂管了这件闲事。经此一来，藏灵子虽然老脸，也不好意思再寻她们的晦气了。本想这里一完，往当年旧游之地看望一回。昨日来时，遇见一个晚辈道友，说起莽苍山妖尸谷辰的元神近已毁了长眉真人火云链，逃脱出世，正在觅地潜伏，准备大举为恶。一则是峨眉隐患；二则这东西留在世上，不知残害多少生灵。东海三仙与我虽无深交，昔年遭难时曾有相助之德，既知此事，怎能不管？欲待那东西未成气候以前，赶往查看，能下手时，便将他除去，岂不是好？你此时便回山去么？"凌浑道："我原在青螺炼了几口飞剑，传授门人。是齐道友长女灵云，因见昔日我做主引进的四个孩子中有一杨成志，连在峨眉生事，恐异日师父回山碍我情面，不大好处；又因秦女有难，借送还九天元阳尺为名，将杨成志、于建二人与我送去。此女所说的话甚是得体，造就也极深厚，我甚心喜，才允她来此解围。行时曾接齐道友领名的请柬，请我往峨眉赴开府盛典。难道不曾约你？"乙休道："他既知我出世，必来邀约，只恐寻不着我一定地址，也未可知。"

正说之间，忽见遥空中光华闪闪，裹着一团黑影，星驰飞来，渐近渐大。紫玲等还未及看清，乙休说道："白眉座下神禽飞来，定是峨眉门人来援秦女。闻此鸟为一姓李的女孩子所得，长眉真人曾有预言，说她是三英之秀。我们慢走，看看是否此女，有无过誉？"言还未了，空中雕鸣连声，英琼、若兰骑雕降下。见了紫玲姊妹，正要说话，紫玲忙令见过乙、凌二位真人。英琼见果然围解，甚是心喜，闻言忙和若兰上前，行了参拜之礼起立。乙休见二女俱是仙根仙骨，神仪内莹，英华外宣，尤以英琼为最。拍手笑道："果然峨眉后起多秀，人言实非过奖。如此美质，我二人纵未受人之托，也应遇机扶助她们才是。"凌浑点首称善。二女忙又称谢二位真人栽培。紫玲姊妹、司徒平见乙、凌二人把话说完，重又上前跪谢救命之恩。乙休道："汝母超劫在即，今再赐汝夫妻三人灵符四道，届时连同汝母分别佩戴一道，可作最后防身之用。急速回山，略微准备，前往东海，汝师父等必有安排。"说罢，将符递给他们，便向凌浑微一举手，各道一声再见，一片光华闪过，转眼无踪。紫玲忙又领了众人跪送。然后问英琼、若兰："你二位走在头里，怎会此时才来？"英琼道："话说起来长呢。我等来迟，二位师姊和司徒师兄，曾受什么伤损没有？"寒萼、司徒平闻言，不禁脸上一红。紫玲道："大家都非片言可了，回山再说吧。"寒萼忙道："姊姊且慢。多少要紧话都没顾得说，还有事也没办，就忙着回去？都是我和你怄气，齐仙姑一面紫云仙障，被那矮鬼妖道毁去，还了原质，异日相见，何颜交代？又把我害得……"言还未了，眼圈一红，几乎落下泪来。

紫玲在适才神驼乙休和红发老祖等谈话时，已经得知一些大概。姊妹情长，只有怜悯之心，闻言不忍苛责。正要回话，英琼抢着说道："来时我遇见齐霞儿师姊，也已尽知这里之事。仙障被毁乃是劫数使然，她因急于回山，无暇来此。嘱我见了二位师姊，说此宝灵光虽失，原质犹在，仍可修炼复原。务须好好代她保存，等峨眉开府相见时还她。并无见怪之意，事非有意，急它作甚？"紫玲也道："不是我着急回山，你没听乙真人说，母亲超劫在即，回山见过大师姊，便要在期前赶去么？"寒萼满肚委屈，又不好出口，怏怏说道："母亲超劫还有好多天，这紫玲谷旧居封锁既去，母亲遗留的阵图法宝，难道就此丢下，留待外人来得？还有玄真师伯赠的一对白兔，也忍心不要么？"紫玲道："我先时说走，无非为念母亲心急如焚，恨不能立刻飞往东海。彼此话长，回山见了众同门，又须再说一遍，耽延时间，并非舍此不管。你没等说完做完，就心急起来。母亲所遗的法宝阵图，原本深藏谷底，外有法术封锁，是她老人家几次三番嘱咐，不许妄动。如今仙障虽破，仍可用母亲所传的天魔晦明遁法封闭一时。那遁法经过母亲当年辛苦勤修，从玄真师伯指示参悟而成，虽不如仙障妙用自然，外教邪魔也不易窥破。而且当我行时早已布置，只须移到谷顶，并不费事。那双白兔自然带往峨眉。还有甚话说呢？我们快准备走吧。"寒萼闻言，又想起紫玲以前未传天魔遁法，以致这次取不出阵图，失了元阴，虽知前缘注定，好不悔恨心酸，口中还自埋怨不休。紫玲一面命雕、鹫两神禽盘空守望，邀了众人一同下去。眼看寒萼神情凄怨，也甚代她难受，且行且答道：

"这事须怨不得我,一切皆禀母命而行,凡事皆有前定,丝毫勉强不得。何况那日你忙着先走,否则你见我行法,我纵不传,也经不起你一磨,岂有不会之理?就以这次而论,乙真人明明柬上写明令三人同来,你偏独行独断。我知你用意:一则好胜任性;二则因大敌当前,胜固可喜,败则独任其难,免我同遭劫运。原有一半好意,却不知我平日虽然不免当众责难,原为峨眉教规严谨,我等仙缘不易,恐你触犯戒条,悔之无及,爱深望切,不觉语言切直了些,并非待你不如外人。几次和你解说,你终执迷不悟,才有今日惨败。还有当初白眉针伤师文恭,乃是我首先发出,敌人认为我姊妹为仇。倘若伤你,怎能容我一人独生,岂非打错了主意?"

寒萼还要再说,紫玲已经到了后洞深处行起法来。那双白兔原本通灵,想是知道就要将它们携往仙府,不住绕着众人脚下欢蹦乱跳。英琼、若兰看着可爱,一人抱起一个,逗弄玩耍。不多一会儿,紫玲布置完毕,邀众人出谷,飞身上崖,将遁法移向谷顶。口中念诵真言,道一声:"疾!"耳听风雷之声,烟云过处,偌大紫玲谷,竟然不知去向。那谷的原地方,变成一条悬崖底下的浅溪,浊流汩汩,蔓草污秽,一些不值得留恋。英琼见了,连声赞妙。

紫玲心注东海,归心似箭,便请众人聚在一处。英琼、若兰携了白兔,仍跨神雕。紫玲姊妹与司徒平三人,同跨那只独角神鹫。展动弥尘幡,一幢彩云拥护着两只神禽。没有多时,便飞达峨眉,到了凝碧崖前落下,这时仙府内又添了不少位同门。灵云也从青螺回转,见五人无恙回来,甚是心喜,连忙接入太元洞内,与众同门相见。大众都是喜气洋洋,互询前事。只苦了寒萼、司徒平二人,各怀鬼胎,羞急在心里。所幸除紫玲外,休说英琼、若兰不知就里,连灵云和一干同门,俱都似不曾看破。灵云更是连私离洞府一层都未深说,只说是既有乙真人之命,还应对大家说一声,以免悬念,也多派两个同门相助,比较稳妥。寒萼痛定思痛,本已渐渐悔悟以往任性之非,又见灵云大度包容,仍和往日一样,越发内心愧悔,当众向灵云认了不是。灵云又用温言劝慰,听说仙障被破,好生可惜。

第一三二回　灿烂金光　雁山诛鲦怪
霏飞玉雪　微雨赏龙湫

话说灵云听紫玲说罢往事，便道："紫、寒二妹，无须心急。伯母超劫之事，我在青螺已闻凌真人谈起。因为伯母连年苦修，功行大进，功成之日，灾劫魔障也应时而至。虽然应在期前赶往，尚有数日之隔，并不急在一天半日。回山时节，路遇玉清师太，说郑八姑即日复原，此番前去接她，定在今日可到。这两位同门先进，道妙通玄，对于伯母之事也曾道及，曾说届时愿效绵薄。如今二位师妹与司徒师弟到了东海，正值三仙师长俱在闭洞炼宝，不到时候也见不着，只能在伯母洞前守候。何妨再等半日，见了长辈领教再去，有益无损。"紫玲道："妹子明知期前赶去为日还早，无非想母心切，想早日相见，预先密筹而已。乙真人行时，原有回山商妥再去之言。既然玉清师太与郑八姑今日将到，自应稍候为是。"灵云又问英琼、若兰，为何去时相左？英琼这才说起经过。

原来英琼同了若兰，当时急于追赶寒萼、司徒平回来，连神雕也顾不得呼唤，竟驾了剑光追去。偏偏迎头遇见金蝉、笑和尚等四人回山，拦住叙谈。紫玲谷，英琼本未去过，若兰也仅仅到过一次黄山。先在途中耽延些时，寒萼、司徒平飞行已远，不见踪迹；再被金蝉耽搁，停顿了一会儿。又听金蝉说来时路遇两道青光，便照所指方向追了下去。却忘了寒萼是从后洞飞雷崖上飞去，自己出的是前洞，金蝉只在半途中远远瞟见青光一眼，方向略有差误，走错了些。紫玲后出，又误追金姥姥，走向歧路，所以始终不遇。二人只管催动剑光，终未追上。若兰心想："紫玲谷既在黄山，只须往黄山进发，料无寻不着之理。"却没想黄山方圆多大，紫玲谷深藏壑底，既是初来，谷外又不似始信、天柱等峰可以揣寻，一时半时，怎能找到二人？

到了黄山，正在盘空下视，没有主意。猛觉身子被一种力量往侧牵引。英琼眼快，往下面一看，只见云海苍茫，群峰尽被云遮。只那旁有一座高峰，形体不大，笔也似直。下半截没入云中，一点也看不见；上半截孤立在云海里，像一个大海里的中流砥柱，云涛起伏，随着烟波起落，似要飞去。峰顶上站着一个老尼，手持拂尘，正向二人招手。二人身不由己，飞了过去。落下一看，只见那道姑年在五旬，气宇冲和，举止庄重，一身仙气。料是一位未见过的前辈仙人，不敢怠慢，上前拜见。一问法号，才知那道姑便是黄山的餐霞大师。二人忙又拜倒，行了晚辈之礼。餐霞大师问二人何往，二人说了。

餐霞大师道："秦氏姊妹该有这回劫数，我已早知。藏灵子是异派能手，你二人绝非敌手。好在她们七日难满，自有能人相救。尔等去了，有害无益。当初优昙大师门下弟子齐霞儿，因在雁湖斩蛟，激动雁湖底下红壑中潜伏的神鲦，幸有优昙大师同往，仗佛法将峰顶雁湖封锁，以免洪水伤害生灵。本想当时将恶鲦除去，无奈那东西有数千年道行，除非有长眉真人遗留的紫郢、青索二剑之一，还须大师本人用自己所炼的九口天龙伏魔剑将它围住，连炼一百零八日，才能奏功。想那东西劫运未至，偏值大师因功行圆满在即，未了之事甚多，又须赶往青螺一行，只得命霞儿仗那九口天龙飞剑看守，以防逃出为祸，随后动身往青螺去了。昨日给我来了一封飞柬，说雁湖妖鲦，日内就要带了湖底禹鼎逃遁，齐霞儿独立难支。妖鲦逃时，带起百十丈洪水，所过之处，桑田尽成沧海。虽然妖鲦入海，水即平息，但这一路上，生灵田产之失，何止百万。大师偏有要事，不能分身前去。且喜莽苍妖孽已诛，凝碧仙府之围已解，众弟子先后齐赴开府盛典，暂时俱在闲中。静中默算你二人将赴秦氏姊妹之难，此去不但无功，反有妨害。霞儿现正势孤，正好趁此数日空闲，赶往雁荡山峰顶雁湖上面，相助霞儿一臂之力，同建此不世奇功，实为一举两得。并请我今日在此相候。等你二人助霞儿成功回来时，秦氏姊妹之难已解，岂不是好？"

英琼、若兰闻言，因以前听轻云、文琪等说过，当在紫玲谷约秦氏姊妹同往青螺时，灵云的妹子齐霞儿正在黄山向餐霞大师借神针去除恶鲦。后来知道师父优昙大师正在紫玲谷，才改请她师父同去。那妖鲦深藏红壑绝底，潜修数千年，踪迹隐秘，自来无人知晓。霞儿因斩雁湖恶蛟，无意中发现蛟虽斩去，还有异兆，又从湖畔神碑得知就里。不敢轻举妄动，才请了师父同去。此乃一件莫大外功。霞儿自幼便被优昙大师度去，早参上乘妙谛，并未转动历生，看去虽似年轻女孩，已有多年道行，此次功成，便可圆满正果。若非要助父母参与三次峨眉劫数，功成即可飞升。自己闻名已久，无奈霞儿每日勤修内外功课，除一年一次往东海参谒父母外，连灵云姊弟都不轻易相见，相遇之机甚难。此次峨眉开府，算计她必要来，众姊妹方在欣喜盼望，不想自己竟先能往雁荡相见，同立奇功，真是喜出望外。当下忙称："弟子领命，请示机宜。"

　　大师又取出一封柬帖和九九炼魔神针，交与二人道："当初霞儿向我借针，我因彼时此针拿去，若不将妖鲦用仙剑分身，并无用处，又恐为禹鼎所毁，未曾应允。此番你二人见着霞儿，那妖鲦通灵变化，不可多言语，将柬帖与她看了，照此行事，自然明了。定要说话，只可用手在地上比划，以防惊觉。到了第五六日头上，便是妖鲦逃遁之时。英琼先不动手，直等那恶鲦身旁放起万丈红光，才用你的紫郢剑，突破优昙大师飞剑光层，斩去妖首。妖首斩后，速将这炼魔神针一齐放出，便有一团五色光华将鲦首围住。妖物元灵，便在那妖首之中，不可大意。剩下半截尸身，连那禹鼎，霞儿、若兰自有制它之法。若兰代霞儿取得禹鼎后，谨持手中，抱在怀中，盘膝坐定，把生死置诸度外，如有怪异，不可理它。三个时辰过去，霞儿已能收用，仍用此鼎将洪水压平，大功便告成了。"

　　二人连忙拜谢，接过柬帖、神针，正要告辞，忽听神雕在空中鸣叫。大师道："白眉座下神禽，于此行甚有用处，来得甚是凑巧。"说罢，神雕佛奴已盘空飞下，先朝大师点首长鸣示礼。大师笑着摸它顶道："汝土不久成道，你也快完劫成正果了。"那雕又长鸣了几声，才走近英琼身旁。二人当着大师，不便就骑，允行拜辞，驾遁光飞起。回望峰顶，霞光起处，大师不见，才同上雕背，往浙江雁荡山峰顶雁湖飞去。相隔还有十来里路，便见雁湖上空笼罩着一片红色霞雾，远望如南疆中山岚瘴气一般，不时有几十道金光乱窜。寻常人眼目中望去，好似山顶密云不雨，只见电闪，不闻雷声。二人身临切近一看，半山以上全被浓云封锁，大小龙湫，只剩顶端半截，似两条玉龙倒挂，直往下面云海里钻去。其余景物尽在云层以下，俱都隐没。只有雁湖顶上，霞蔚云蒸，无数金光，似龙蛇一般乱闪。二人先不下去，双双离了雕背，驾起遁光，将手一指，那雕会意，径自飞入青昊去了。二人见那湖方圆数十顷，俱是水雾霞光笼罩。正待仔细寻找齐霞儿下落，忽然一道红光从脚底下冲起，现出一个数十丈高下的光柱。二人定睛往下一看，只见下面光围中，现出一片岩石，当中坐定一个紫绡少女，一手掐诀，一手往上连招，料是霞儿无疑，连忙一同飞身降下。身才落地，便听轰隆澎湃之声大作，顷刻之间，声息俱无。那少女掐诀一收一放之间，一个大霹雳往光雾中打去，立刻前面光雾全消，现出湖面，才看出存身之处正在湖岸。那湖实大不过十顷，湖中波浪滚漩，百丈洪流正朝湖底退落，去势甚疾。云雾中隐隐现出一个奇形怪状的东西，转瞬没入湖中。那数十道金光结成的光幕，也随着怪物退却，紧贴水面。此外除了四周围封山霞彩依旧浓密外，全湖景物俱都看得清清楚楚。那少女已停了法，站起身来说道："妹子齐霞儿。二位师姊敢莫是家师约来的么？"二人守着餐霞大师之戒，忙着摇手，在地上写道："妹子李英琼、申若兰，正是奉命来此。师姊乃同门先进，休得这等称呼。"写罢，若兰早把手中柬帖递过，三人同观。

霞儿看了，也在地上写道："这恶鲦真是厉害！愚姊拿了师父炼魔仙剑，仗着剑法道法，炼过它一百零八日，怎奈法力不够，虽然将它困住，并不能损伤它分毫。湖底还有一件至宝，乃夏禹当年治水的十七件宝物之一，名为禹鼎。妖鲦也是为了此鼎，不曾拼命逃出。如今别的不愁，只怕它算出劫数，舍了禹鼎逃走归海，不但关系千百万生灵性命田庐，逃走时节必用那鼎来抵敌家师仙剑，势必鼎、剑两伤，它却乘机逃走。而且这东西灵警非凡，愚姊自到此间，不曾少息，元神稍懈，它必乘机冲出。若非素日略炼苦功，又有家师仙法仙剑，早遭它的毒手了。适才正和愚姊厮拼，二位师妹一到，忽然窜入湖底，想必知道厉害，回壑排气蓄势，以备再来无疑。它不出时，湖中的水有时能被它收得涓滴皆无，只剩一团妖雾笼罩在它存身的无底红壑上面。一出水便带起千百丈洪水。幸而家师早有防备，双方支持了这么多日，否则近山数百里生灵田庐早已化为乌有了。愚姊只恐功败垂成，求荣反辱，每日提心吊胆，不敢对妖物过分用强，以防它情急作祟。恰值二位师妹到来，真是再妙不过。前听家师说起，李师妹是峨眉后辈中第一流人物。又得了长眉师祖的紫郢仙剑和白眉老禅师座下神雕，俱是至宝仙禽，非同小可。申师妹前在福仙潭红花姥姥门下，本已妙道通玄，今归峨眉，必更功行精进。今有二位师妹相助，更有餐霞大师预示仙机，妖物授首之期定不远了。"二人闻言，也用手写，逊谢道："妹子等末学后进，怎比师姊参修正果，业已多年。此番前来略效微劳，未必便能有益高深，还请师姊预示机宜才好。"霞儿答道："所有机宜，俱在餐霞大师柬中，适才已经同观。妖物既还有五六日才行逃遁，依愚姊之见，仍用前法，只防不攻。如见真个紧急，请申师妹暂助一臂。李师妹的紫郢剑，不到时节不可动手，以防妖物看透机密，毁了禹鼎至宝。就便请二位师妹看清那怪物形状，也可广广见闻。"二人点头称善。计议已定，把紧要关节俱已商妥，寻常言语不怕妖物听去，仍用口说。三人谈得甚是投机，彼此相见恨晚。英琼、若兰因听霞儿说，那妖物生相奇特，巴不得早开眼界。偏那妖鲛却是一经潜伏，便不再现。

直到三天过去，连霞儿也觉奇怪起来，说道："往日妖鲛虽有深藏不出之时，那都在我聚精会神，运用玄功，想借仙剑之力一鼓成功的当儿，也从没经过三日之久。若说逃走，那红壑原是天生封锁妖物的石库，当初封锁妖鲛时节，壑底全有法术祭炼，坚逾精钢，下有地网，上有镇妖禹鼎。几千年来，虽被妖物潜心修炼，参透禹鼎玄机，不但不能制它，反被它挟以自用。但据大师说，那面太阴地网，它却无法弄破。除了雁湖，并无第二出路，从下面逃遁，决然不会。这次耽延甚久，必然又在故弄玄虚，否则在打逃走主意。此番不出则已，出来必比以前来势厉害得多。"正说之间，便听湖底似起了一阵乐声，其音悠扬，令人听了心旷神怡。霞儿说道："这多日来，并不曾听过这种乐声。"俱甚惊异，不敢怠慢，一同聚精会神，注视湖心变化。不多一会儿，湖底乐声又起，这番响了一阵，忽起高亢之音。霞儿偶然往上一看，云幕上面，仿佛有大小黑点飞舞，半响方止。似这样湖底乐声时发时歇，每次不同。有时八音齐奏，箫韶娱耳；有时又变成黄钟大吕之音，夹以龙吟虎啸。如闻钧天广乐，令人神往。如非身临妖窟，几乎以为置身天上，万不信这种从未听过的仙乐，会从妖窟之中发出。正在惊疑，湖底又细吹细打起来，其音靡靡，迥不似先则洪正。过有半个时辰，戛然中断。接着声如裂帛，一声巨响，湖水似开了锅一般，当中鼓起数尺水泡,滚滚翻腾,向四面扩展。一会儿左侧突起一根四五尺粗、两丈多高的水柱,停留水面;约有半盏茶时,右边照样也突起一根。似这样接连不断,突起有数十根之多,高矮粗细虽不一样,俱是红生生里外通明,映着剑光彩影,越觉入目生辉,好似数十根透明赤晶宝柱,矗立水上,成为奇观。霞儿见妖物此次出动和往常不同,猜是幻术,只将飞剑光幕罩紧湖上,留神注视,一任那些水柱凌波耀彩,不去理它。那些水柱也是适可而止,最高的几根距湖岸光幕还有数尺,便即停止,不往上升。又耗约一个时辰,"哗"的一声响过,几十根水柱宛如雪山崩倒,冰川陷落,突地往下一收,耳听万马奔腾般一阵水响,湖水立时迅速退去。只见离岸数十丈处,妖雾弥漫,石红若火,哪有滴水寸流。

霞儿知道妖物快要出现,刚喊得一声:"妖鲧将出,二位师妹留意!"便见湖底妖雾中,隐隐有一团黑影缓缓升起,顷刻离岸不远,现出全身。定睛一看,原来是一个九首蛇身、胁生多翼、约有十丈长的大怪物,并非妖鲧原形。霞儿正疑它卖弄玄虚,刚把飞剑光幕罩将下去,湖底妖云涌处,又是一团黑影飞起,不一会儿显露原身,乃是一个女首龙身、腹下生着十八条长腿的怪物。一上来,竟然避开光层,飞向西面。霞儿恐是妖物分身变化,忙运玄功,将手一指,飞剑立刻金光交错,布散开来,将湖口紧紧封闭。就在这时,湖底妖云邪雾滚滚飞腾,陆续飞上来的妖物也不知有多少:有的大可十抱;有的小才数尺;有的三身两首,鸠形虎面;有的九首双身,狮形龙爪;有的形如僵尸,独足怪啸;有的形如鼍蛟,八角歧生。真是奇形怪相,不可方物。幸而那些妖物飞离湖岸数尺,因有飞剑光幕阻隔,俱都自行停住。身旁妖雾,口里毒氛,虽然喷吐不息,并不再往上冲起。末后湖底中心,忽然起了一声怪响,妖云中火光一亮,飞起一个其大无匹的妖物。才一出现,所有先时飞出来的那些千百种奇形怪状的妖物,全都纷纷避让,退向四边。

三人仔细一看,这东西更是生得长大吓人。狼头象鼻,龙睛鹰嘴。獠牙外露,长有丈许,数十余根上下森列。嘴一张动,便喷出十余丈的火焰。一颗头有十丈大小,向上昂起。背上生着又阔又长的双翼,翼的两端平伸开来,约有十四五丈长短。自头以下,越往下越觉粗大。身上乌鳞闪闪,直发亮光,每片大约数尺,不时翕张。由湖面到红壑底,因下有妖云弥漫,看不出多少深浅，但以湖水退涛估算，从上到下，也有七八十丈。那东西挺立湖中，只能看到它大如岗岳的腹部，其凶恶长大，真是无与伦比。霞儿先时以为最后妖物出来，定有一场恶战。还不知以前那些妖物中，是否有妖鲧潜形变化在内。又因这些奇形怪状的妖物生平从未见过，正恐是湖底恶鲧的同类，并非幻术。倘若本领道行和恶鲧一般，凭她们三人，绝难抵敌。口中虽未明言，心中却是忧惊。还算好，这长大的妖物也和别的妖物一样，升离光幕数尺，便即停止。霞儿仍是不敢丝毫怠慢，全神贯注湖中，把优昙大师九口天龙伏魔剑的妙用尽量施为，光霞笼罩，密如天罗，一丝缝隙都无。一面觑准湖中群妖动静。双方耗有多时，英琼忽然失惊道："这些妖怪的眼睛，有的虽然大得出奇，怎么却都像呆的？"无意中的一句话，将霞儿提醒，睁慧眼定睛一看，果然湖中妖物的眼睛，虽是闪闪放光，千形百态，却都像嵌就的宝玉明珠，并不流转。暗忖："师父以前曾说，当初禹鼎铸好，包罗万象，雷雨风云，山林沼泽，以及龙蛇彪豸，魑魅魍魉之形，无不毕具。这些妖物虽是生相凶恶，既不似妖法变幻，有形无质；又不似精灵鬼怪，各显神通。不但目光呆滞，而且行动如一，仿佛有人暗中操纵。莫非是禹鼎上所铸山妖海怪之类，受了妖鲧利用，故布疑阵，惑弄人心？"正在想得出神，湖底音乐又起。响未片刻，忽然一阵妖风，烟雾蒸腾，湖中群妖随着千百种怪啸狂号，纷纷离湖升起。一个个昂头舒爪，飞舞攫拿，往那九口天龙伏魔飞剑的光网扑去。为首那个最为长大的狼首妖物更是厉害，口里喷着妖火，直冲中心。

当时霞儿正在沉思，略一分神，差点被它冲动。所幸优昙大师飞剑不比寻常，霞儿深得师传，功候深纯，见势不佳，忙运全神，将一口真气喷将出去。经此一来，九口飞剑平添了许多威力，居然将狼首妖物压了下去。那剑光紧紧追着许多妖物头顶，电闪飙驰一般疾转。只见光层下面，光屑飘洒，犹如银河星流，金雨飘空，纷纷飞射。那妖物仍是拼命往上冲顶，好似不甚觉察。霞儿因往日妖物和自己抵敌，虽然厉害非常，全凭它数千年功行炼就的一粒元珠，并不敢以身试剑。这些妖物却拿头来硬冲，仿佛不识不知。这般神妙的飞剑，竟未诛却一个。越想越像是禹鼎作用无疑。眼看下面金屑飞洒，九口天龙飞剑却没丝毫伤损。生恐长此相持，坏了禹鼎至宝，实为可惜，但又不能收回。正打不出主意，忽又见下面一阵奇亮，千百个金星从那些妖物顶上飞出，竟然冲过飞剑光层，破空而去。霞儿疑是妖物乘机遁走，正在心惊，湖底乐声又作，换了靡靡之音。一片浓雾飞扬，将那些妖物笼住，一个个傈地拨头往下投去。接着水声乱响，甚是嘈杂，转眼没入洪波，不知去向。忽然在离岸数十丈处，涌出一湖红水，金光罩处，其平若镜。霞儿提心吊胆，静气凝神一听，隐隐仍听见红壑底下的妖鲧喘声，和往日斗败回去一样，才知并未被它逃遁。只不知适才飞起的那千百个金星主何吉凶，仍是有点放心不下。这时先后已经过了四天四夜。

到了第五天的正午，估量妖鲧暂时不会再出作怪，便邀英琼、若兰二人在岩石上坐定，互相参详了一阵，俱猜不透那千百个金星作用。到了这日晚间，湖中并无动静。霞儿仍是只管沉思，忽然失惊地"咦"了一声。英琼、若兰同问何故？霞儿打了个手势，在地上写道："那金星竟能冲开家师飞剑，厉害可知。而妖物并未乘此时机逃去，更是令人莫解。适才我又细观餐霞大师柬帖，虽未说出金星来历，上面曾有封锁禹鼎的大禹神符，届时必定为妖物所毁，恐其将鼎带走，或用以顽抗，作脱身之计等语，并传我们收鼎之法。照此看来，那金星想是大禹神符妙用了。妖鲧虽能参透玄机，将鼎上形相放出，但要去那神符，却无此法力。所以才假手我们飞剑，将灵符毁去。如果所料不差，那最长大的狼首双翼妖物，定是禹鼎的纽，灵符关键也必在纽上。据我估算，妖鲧此时运用禹鼎，还难随意施为，尚须加一番功候。今日或者不出，明后两日，正合餐霞大师柬上所指时日，方是重要关头。成败在此一举，我等三人务须慎重行事，不可大意。"当下按照柬上所示机宜，重又详细筹商了一阵。果然那晚平安度过。

直到第二日下午申酉之交，三人正在凝神观察，忽听湖底乐声发动，八音齐奏，声如鸾凤和鸣，铿锵娱耳。知道事在紧急，顷刻便有一场恶斗。霞儿将手一挥，三人同时打了一声招呼，各站预定方位行事。霞儿将手一指，飞剑光层越发紧密。英琼忙向光层以外寻一高崖隐秘之处藏好，准备待机而动。若兰却藏在霞儿身后，静候霞儿收了禹鼎，接来抱定，再由霞儿飞身上前御敌。三人布置就绪，那湖底乐声也越来越盛，紧一阵、缓一阵，时如流莺啭弄，时如虎啸龙吟，只管奏个不休。却不见妖物出现，湖水始终静荡荡的。到了亥时将近，乐声忽止，狂风大作，"轰"的一声，三根水柱粗约半亩方圆，倏地直冲起来，矗立湖心烟霞之中，距上面光层三尺上下停住，里外通红透明，晶光莹彻，也无别的举动。三人只管定神望着，防备妖鲦遁逃。

一交子初，那根红晶水柱，忽然自动疾转起来，映着四围霞彩，照眼生缬，那水却一丝也不洒出。湖底乐声又作，这次变成金鼓之音，恍如千军万马从上下四方杀来一般，惊天动地，声势骇人。乐声奏到疾处，忽又戛然一声停住。那根水柱倏地粉碎分裂，光影里宛似飘落了一片红雨，霞光映成五彩，奇丽无俦。水落湖底烟雾之中，竟如雪花坠地，不闻有声。只见烟雾中火花飞溅，慢腾腾冲起一个妖物。这东西生得人首狮面，鱼背熊身。三条粗若树干的短腿：两条后腿朝下，人立而行；一条前腿生在胸前。从头到腿，高有三丈。头上乱发纷披，将脸全部遮没。两耳形如盘虬，一边盘着一条小蛇，红信吞吐，如喷火丝。才一上来，便用一只前爪指着霞儿怪叫，啾声格磔，似人言又不似人言。霞儿因和妖鲦对敌多日，听出它口中用意，大喝道："无知妖孽！谁信你一派胡言？你如仍似以前深藏壑底，原可不伏天诛。你却妄思蠢动，想逃出去，为祸生灵。你现求我准你行云归海，不以滴水伤人，谁能信你？要放你入海不难，你只将禹鼎献出，用你那粒内丹为质。果真入海以后，不伤一人，我便应允。否则，今天我已设下天罗地网，休说逃出为恶，连想似以前在壑底潜伏都不能够。"妖鲦闻言，从蓬若乱茅的红发中，圆睁着饭碗大小的一对碧眼，血盆大口中獠牙乱错，望望头上，又瞪视着霞儿，好似忿怒异常，恨不得把敌人嚼成粉碎。却又知道头上飞剑光层厉害，不敢轻于尝试。

霞儿见妖鲦今日改了往常行径，开口便向自己软求，情知它是故意乞怜，梦想连那禹鼎一起带走，一面对答，暗中分外警惕。那妖鲦见软求无效，又向霞儿怪叫怒吼。霞儿见它又施恐吓故伎，便喝道："想逃万万不能！如有本领，只管施为。因你适才苦求，你只要身子不出湖面，尚可容你偷生片刻。今日不比往日，如敢挨近我的飞剑，定叫你形神消灭，堕劫沉沦，永世不得超生。"妖鲦见霞儿今日竟是只防不攻，飞剑结成的光幕将全湖罩得异常严密，越知逃遁更难。不由野性大发，怪吼一声，将口一张，一颗碧绿晶莹、朗若明星的珠子，随着一团彩烟飞将出来。初出时小才数寸，转瞬间大如栲栳，流光四射，直朝顶上光层飞去。霞儿见妖鲦放出元珠，便将手往九口天龙伏魔剑一指，那光幕上便放出无量霞光异彩，紧紧往下压定，将那珠裹住。正在施为，忽然身后若兰低唤："师姊留神妖物。"霞儿再往前一看，妖鯶已被一团极浓烟雾裹定，看不见身影。顷刻之间，越胀越大，仿佛一座烟山，倏地厉声怪吼。趁上面光层裹住元珠，湖面有了空隙，霞儿运用慧目一看，烟雾中裹着一个大如山岳的怪头，两眼发出丈许方圆两道绿光，张着血盆一般大口，正朝自己面前飞到。霞儿大喝一声："妖物敢来送死！"左肩摇处，一道金光，一道红光，将自己的两口飞剑发将出去。若兰藏在霞儿身后，恐飞剑不能伤它，暗取丙灵梭，运用玄功诀，先将光华掩去，然后朝妖鯶两眼打去。霞儿先因妖鯶重视那粒元珠胜如生命，决不会弃珠而逃，所以才将九口天龙剑将珠裹定。没料到妖鯶却乘隙变化飞出，不知妖鯶是忿恨到了极处，舍死来拼。恐它乘此时机收珠遁逃，一面将自己两口飞剑放起抵御，一面注视那九口飞剑。稍现危机，便招呼英琼下手，禹鼎不能到手，也说不得了。那妖鯶原见霞儿全神贯注空中飞剑，想乘其不备，变化原形伤人。谁知去势虽急，敌人动作更快。先是两道金红色剑光迎面飞来，知道厉害，正欲回身，猛地眼前又是几道红光一亮，两只眼睛被丙灵梭双双打中，怪叫一声，风卷残云般直往湖中退去。

　　霞儿、若兰见红光亮处，碧光一闪不见，知道妖鯶双眼受伤，心中大喜。一面忙把各人飞剑法宝收回。霞儿乘此时机，运用一口真气往空中喷去，想收那粒元珠时，湖底一道白气，早如白虹贯日一般升起，眼看那粒元珠如大星坠流，落了下去。接着湖底乐声大作，千百种怪声也同时呼啸起来。有的声如儿啼，非常凄厉；有的咆哮如雷，震动山谷。湖底骚动到了子正，乐声骤止。便听水啸涛飞，无数根大小水柱朝上飞起，哗哗连声。日前所见各种奇形怪状的妖物，一齐张牙舞爪，飞扑上来。霞儿等知道妖鯶要乘此时逃遁，不敢大意，各自聚精会神，凝视湖面。静等那狼首双翼、似龙非龙的怪物，和妖鯶一出来，便即下手。就在这些妖物连番往上冲起，都被飞剑光层阻隔之际，又听湖底惊天动地一声悲鸣怪吼，一团烟云中飞起那狼首双翼的妖物。先在光幕之下、湖沿上面盘旋了两周。才一现身，先上来的那些妖物，全都纷纷降落，随在它的身后，满湖面游走，鱼龙曼延，千姿百态，顿呈奇观。绕了三匝过去，湖底又将细乐奏起。这一次才是妖鳋上来，胸前一只独爪，托定一个大有二尺、似鼎非鼎的东西，金光四射。细乐之声，便从鼎中发出。大小妖物，一闻乐声，齐朝妖鳋身旁拥来，都升到湖面，朝着霞儿怪啸一声，将爪中宝鼎朝飞剑光层打去。鼎一飞起，还未及近前，妖鳋早冲到湖面，朝着霞儿怪啸一声，将爪中宝鼎往空一举。立时鼎上乐声变成金鼓交鸣的杀伐之音，一盘彩云拥护中，朝顶上光层冲去。同时，那狼首双翼、似龙非龙的东西，率了湖中千百奇形怪状的妖物，也齐声怪吼，蜂拥一般从鼎后面追来。

霞儿早有防备，左手掐诀，右手从法宝囊内取出优昙大师预赐的一道灵符，交与身后若兰。口诵真言，连同一口先天五行真气喷出。立时化成一座霞光万道、高约百丈的光幢，将若兰全身罩住。若兰忙将身剑合一，在光霞围绕拥护之下，比电还疾，一转瞬间，未容宝鼎与飞剑光层接触，仗着优昙大师灵符妙用，一伸双手，便将宝鼎接到手中。更不怠慢，连忙回身飞到原来岩石上面，将鼎抱在怀里，盘膝打坐，默用玄功。鼎后面千百大小妖物，也都纷纷赶到，围在光层外面，不住张牙舞爪，怪啸狂吼。若兰仗有光霞护身，也不去理它，只管默念冥思，随机应变。那妖鳋冷不防宝鼎被人收去，又怒又急，连忙幻化原形，随后追来，被霞儿迎面一截，忽然回身隐入湖内。霞儿料知它还要拼死冲出，暂时退逃，必有作用。仗着四外封锁，又有九口天龙伏魔飞剑结成的光幕，也不穷追。回望若兰存身之处，一片乌烟瘴气中，现出霞光万道，怪声大作，怪影飞翔，如同狂潮惊飞，甚是骚乱，料无妨害。一心注视湖底，驾起剑光，凭空下视，静候最后时机，招呼英琼下手，同建奇功。

约有两个时辰，若兰盘坐岩间，见千百妖物全被光层所阻，不能近前，以为妖物伎俩止此。心一放定，精神未免稍懈。因这些妖物多是生平罕见，一时好奇，定睛往外一看，那日所见为首妖物奇形，这时才得看清。变化到极大时，从头至尾，约有百十丈长短，身子和一座小山相似，越到下面，越显粗大。股际还生着四条长爪。自股以下，突然收小，露出长约数丈、由粗而细、形如穿山甲的一条扁尾。拼命想往手上宝鼎扑来。其余妖物，也都是能大能小，随时变形，猛恶非凡。正在观看，远远闻得湖底怪啸一阵，鼎上乐声忽止。那些妖物也都比较宁静了些，只是盘绕不退。忽觉怀中一股奇冷，其寒彻骨，直冷得浑身抖战，两手几乎把握不住。知道不妙，忙运玄功，从丹田吸起一股阳和之气，充沛全身。刚得抵住一些，忽然鼎上生火，其热炙肤，又不敢松手。眼看两手、前胸就要烧焦，想起餐霞大师朿上之言，把心一宁，连生死置之度外，一任它无穷变化。一会儿热退，又忽寒生。身体并未受伤，愈发觉出那是幻象。双手紧握鼎足，静等收功。猛一眼看到那鼎纽上盘着一条怪物，也是狼首双翼，似龙非龙，狞恶非凡，与光层外面那条为首怪物的形象一般无二。再一细看鼎的全身，其质非金非玉，色如紫霞，光华闪闪。鼎上铸着许多魑魅魍魉、鱼龙蛇鬼、山精水怪之类。外面那些妖物，俱与鼎上所铸形象一丝不差。这才恍然大悟，原来这鼎便是那些妖物的原体和附生之所，无怪乎它们要追围不退。只是这种数千年前大禹遗留的至宝，少时除了妖鲧之后，怎样收法，倒是难题。正在寻思不决，忽见光幢外面红光千丈，冲霄而上，耳听波涛之声，如同山崩海啸，石破天惊，起自湖底。同时一道紫虹，自天飞射，数十道细长金光闪处，怪声顿止。又待不多一会儿，忽见光幢外面，大小妖物纷纷乱闪乱窜，离而复合。一道匹练般的金光直射进来，定睛一看，正是霞儿。一照面便喊："妖鲧已斩，快将禹鼎与我，去收妖物，压平湖中洪水。"说罢，不俟答言，一手将若兰手中禹鼎接过；另一手持着一粒五色变幻、光华射目的珠子，塞入鼎盖上盘螭的口内。然后揭起鼎盖一看，忽然大悟，口诵真言，首先收了灵符光芒，与若兰一同现身出来。

妖鲧一死，那些妖物失了指挥，虽然仍是围绕不退，已减却不少威势，好似虚有其表、无甚知觉一般。二人才一现身，纷纷昂头扬爪，往霞儿手上宝鼎扑来。霞儿虽得餐霞大师预示机宜，一见妖物这般多法，形象又是这般凶恶，也不能不预为防备。早把天龙飞剑放起，护住全身，照着连日从妖鲧口中呼啸同适才禹鼎内所见古篆参悟出来的妙用，口诵真言，朝着那为首的妖物大喝一声。那狼首双翼的妖物，飞近鼎纽，忽然身体骤小，转眼细才数寸，直往鼎上飞去，顷刻与身相合，立时鼎上便有一道光华升起。首妖归鼎，其余妖物也都随后纷纷飞到，俱都由大变小，飞至鼎上不见。这时湖底洪流，业已升过湖面十丈以上，虽未继续增高，也不减退。幸有优昙大师预先封锁，没有往山下面横溢泛滥，看上去仿佛周围数里方圆的一块大水晶似的。英琼正用紫郢剑化成一道长约百丈的紫虹，在压那水势，回望二人飞来，心中大喜。霞儿口中念动真言，将鼎一拍，从鼎上铸就千百妖物的口鼻中，飞出千百缕光华，射向水面。初发出时，细如游丝，越长光华越大，那水立刻减低了数尺。霞儿围着那鼎游行了一转，才飞到雁湖上空，由鼎上千光万彩压着那水缓缓降落。约有半个时辰，水已完全归入湖底红罄之中。霞儿随着水势降了下去，岸上的水也是涓滴无存。

一会儿，霞儿持鼎上来，对英琼、若兰道："全仗二位师妹相助，才得大功告成。目前洪水虽然退入地心，不会再起，但这红罄之内，还有一面地网，也是禹王至宝。一则未奉师命，二则也不知取用之法。还有这座禹鼎，虽然收了，仅从连日妖鲦啸声悟出鼎内真诀，勉强试用，侥幸成功。一切俱以意会，并不能运用随心。此宝又大有数尺，携带不便。家师现时约在邛崃，意欲前往献宝请示，同时将妖鲦首级带去。二位师妹回山，可代愚姊向众同门问候。开府之日，定随家师前往峨眉参谒。秦家姊妹与藏灵子对敌，那面紫云仙障必被损坏，见面之时，请代致意。仙障灵效虽失，务必代我好好保存，交与秦姊，等开府相见时，取回祭炼，仍可应用。"说罢，收了四围封锁，将手一举，一道金霞破空飞去，转眼不知去向。

二人见霞儿本领竟比灵云还要高出一头，甚是钦羡。这时妖鲦既除，天朗气清，水后山林，宛如新沐。又值晨曦初上，下视大小山岳，高耸围拱。摩云、剪刀诸峰，或如雕翼搏云，或如怪吻刺天，穷极形相。更运慧目遥望富春诸江，如大小银练，萦纤交错；太湖之中，风帆片片，出没烟波，细才如豆。再望西湖，仅似一盘明镜，上面堆些翠白点子。二人迎着大风，凭凌绝顶，指点山川，目穷千里，不觉襟怀大畅。待了一会儿，兴犹未尽，想起雁荡山水，奇秀甲于吴越。反正无事，现在刚到第七日早上，去紫玲谷还早，何不就便游玩一番？商量之后，同意先去看那大小龙湫，便步行往大龙湫走去。若兰问起除妖之事，才知底细。

原来昨晚天未明前，若兰收了禹鼎回飞，破了它声东击西之计。妖鲦怒啸追来，被霞儿剑光逼入红罄里面，怪吼一片。忽然将内丹炼成的元珠飞出，与九口天龙飞剑相斗。本想将飞剑光层冲高一些，便可乘隙飞出，再收回它的本命元珠，冲破优昙大师的封锁逃走。不想敌人早有防备，霞儿得餐霞大师指示，业已料到此着。又见妖鲦二目中了若兰的丙灵梭，竟能复原如初。知是那粒本命元珠作用，只须将此珠用飞剑紧紧包围，决不愁妖鲦走脱。何况这次不比往日，禹鼎既收，功已成了一半。空中又有英琼在彼防守,打起欲擒先纵主意。一面放起飞剑防身,将全神贯注在那九口天龙伏魔飞剑上面,将手一指,光层倏地升起,变成一道光网,将妖鲧的本命元珠紧紧裹定。对于妖鲧动静,连理也不去理它。妖鲧起初见光层升起,不再密罩湖面,还在心喜,以为得计,连忙驾起云雾,蹿上湖来。身一腾空,便喷出一股白气,去收那珠。谁知飞剑光网,密得没有一丝缝隙,一任它用尽精神气力,那粒栲栳大的光华,在金光包围之中,左冲右突,休想逃出,这才着急起来。刚待回身,蹿回湖内,默运玄功,将珠收回,耳听大喝一声:"无知妖孽,还不授首!"接着便有一道金光飞来。妖鲧知道情势危急,把心一横,胸前独爪往湖中抓了两抓,就在这湖水响动中,震天价怪吼一声,整个身躯忽然裂散,往下一沉。从躯壳内飞起它数千年苦功修炼的元神,周身发出万道红光,张牙舞爪,直朝飞剑光网猛扑,欲待弃了躯壳,抢了内丹,发动洪水逃走。霞儿见它来势甚疾,正想招呼空中英琼下手,一道紫色长虹已经从天而下、冲入光网之中,似金龙掉首,只一搅间,又是数十道红光飞下。霞儿知道妖鲧被斩,大功告成,连忙飞身上前,用手掐诀,只一招,先将那粒元珠收去。这时妖鲧身首业已落下,近前一看,虽然小才数尺,竟与原形一般无二。料它功行还差,只是临危脱壳。如炼过有形无质这一关,便难制服了。又见那颗怪头虽被神针钉住,二目仍露凶光,知难将它形神消灭。便收入法宝囊内,仍借神针钉压,回山请示,再行发落。所余下半截尸身,用丹药化去。躯壳已坠入湖底,无关紧要。刚刚料理完竣,那湖水已漫上岸来。回望若兰,正被千百妖物包围,知道禹鼎尚在手内。霞儿自幼就在神尼优昙门下,虽然看去仍如幼童一般,已有多年功行,道妙通玄,最得师父钟爱。连日听出妖鲧啸声有异,潜心体会,顿悟玄机,知那鼎纽上盘着那条狼首双翼的怪物,是全鼎枢纽。从若兰手中接过禹鼎,便用一颗主珠将鼎纽镇住。随手将鼎盖一掀,又看出鼎心内铸就的龙文古篆灵符。试一运用,竟然得心顺手,将千百妖物收回禹鼎,回山复命。不提。

英琼二人且行且谈,不觉已行至大龙湫下。正值连日降雨,瀑布越显浩大,恍如银河倒泻一般,轰隆之声,震动远近。尽头处,水汽蒸起亩许大一团白雾,如轻绡烟云,随风飞扬,映着日光,幻成异彩,煞是奇观。留连了顷刻,若兰还说要往筋竹涧、小龙湫两处观赏一回,忽听头上雕鸣佛奴盘空而下。英琼笑道："连日防守妖鲦，也不知佛奴飞身空中做些什么？这时飞来，必有缘故。这里岩谷林泉虽然优秀，毕竟还是不如仙山景物。你看小龙湫附近岩石上面似有山民攀援采药，不去也罢。久闻紫玲谷风景更好，今日午后，正是秦家姊妹脱难之期，不如趁早赶去，接了她们同回仙府，就便还可看看谷中景致怎样，岂不是好？"若兰幼随红花姥姥游过许多仙山灵域，雁荡并未过分在意。只为闻名已久，初次登临；又因英琼热心好事，如早到紫玲谷，遇见紫玲姊妹被困，说不定又要锐身急难，于事无补，徒留异日隐患，多树强敌，故借看山为名，耽延时刻。听英琼一说，举首一看日色，算计赶到黄山已差不多。又见神雕不招而降，当即应允。一同跨上雕背，刚升高大约二三十丈，便听下面人声呐喊。低头一看，见岩谷树林中，走出许多山民，俱都仰首向天，齐声惊诧。才想起此山多产药材果木，山地肥美，山麓尽是良田美竹，居民甚多。暗幸昨晚侥幸将妖鲦除去，否则洪水发动，休说入海这条路上的千万生灵，就这附近一带田庐生命损失，也就可观了。正在沉思，神雕双翼扶摇已上青旻，穿云凌风，直往黄山飞去。会见秦氏姊妹后，携了一双白兔，同返凝碧仙府。

第一三三回

运仙传　发火震伏尸
破狡谋　分波擒异獭

且说大家将经过情形一一告知灵云以后，不一会儿，只见袁星飞奔入洞，报称辟邪村玉清大师同了另一位仙姑驾到。众人知是约了女殃神郑八姑同来，便一齐接了出去，迎入太元洞内。众同门有与郑八姑尚是初见的，便由灵云分别引见。落座之后，玉清大师笑道："恭喜诸位道友，初步功行已有基础。开山盛会一过，便须分别出门，建立外功了。"说罢，又向英琼、若兰道谢相助霞儿雁荡诛鲦之劳。然后向着灵云、紫玲二人说道："贫道此来，一则奉了家师之命，因开山盛会在即，各派群仙领袖以及先后辈同门道友均要到此参与大典，三仙二老与各位师伯叔俱奉长眉教祖遗敕，有事在身，期前不能赶到，特命贫道来此相助，布置接待。二则此番宝相夫人期前超劫，比较容易躲过，但那天魔来势厉害，不比寻常，虽然秦道友诚孝格天，又有三仙师叔助力，防御周密，到底初次涉险，难知深浅，稍有疏虞，便成大错。贫道前一位先师，也是旁门，遭逢天劫时，八姑师妹彼时随侍在侧，躬预其难，几遭不测，总算得过一番阅历。再则她又有那粒雪魂珠，可御魔火。又恰巧八姑师妹大难已满，法体复原，本该来此赴会。只为在雪山修炼家师所赐的飞剑尚需时日，为此才赶往雪山，助她勉强成功，邀她同来。先陪了秦道友姊妹、司徒道友同往东海，相助宝相夫人脱了天劫，再返仙府候命，岂非一举两得？来时听家师说，秦道友此时赶往东海，防备宝相夫人当年许多强敌得了信息，乘机危害，原是正理。不过此时三仙正闭门行法，期前必然不能拜谒，势必仍用以前神游之法，乘风雷稍住之时，入洞与宝相夫人相见。迟早母女重逢，此举万万不可。一则宝相夫人正在功候紧急之际，不可使她分神；二则东海有三仙在彼，异派邪魔原不敢前往窥探。无奈三仙奉敕闭洞，行法炼宝，外人知者甚多。当初宝相夫人的仇敌又众，如乘三仙闭洞之际潜往侵害，有玄真师叔先天遁法封闭，本不易被外人找见门户，这一来正好被敌人看破，引鬼入室。诸位道友到了那里，可按平时所知门户外面，故布疑阵。真正紧要入口，由八姑师妹暗中巡视防守。即遇强敌，也不致被他侵入洞内，妨害大事。一切布置防卫，贫道在雪山时已与八姑师妹商量妥当。到时由她相助安排，只须挨到三仙事完出洞，便无害了。诚恐秦道友姊妹念母心切，急于相见，贻误事机，日前曾请齐道友致意，请为暂候，略贡刍荛之见。司徒道友所得神驼乙真人的乌龙剪，大是有用。那弥尘幡、白眉针一类宝物，只可抵御外敌，天魔来时，千万不可使用，以免毁伤至宝。玄真师叔期前必留有预示，贫道尚恐万一事忙疏漏，再三转恳家师默算玄机，带来柬帖一封，到了正日开看，便知分晓。"说完，递过一封柬帖。

紫玲、寒萼闻言，早已感激涕零，与司徒平三人一同过去，跪下称谢不已。玉清大师连忙扶起，连说："同是一家，义所应为，何须如此？"紫玲道："愚姊妹幼遭孤零，备历艰辛，每念家母日受风雷之灾，心如刀割。多蒙大师垂怜，预示仙机，又承郑仙姑高义相助，不特愚姊妹刻骨铭心，就是家母也感恩无地了。"玉清大师道："患难相扶，本是我辈应为之事，何况又是自家人，何必如此客套？但盼马到成功，宝相夫人早日超劫。此时就起程吧。"

当下紫玲、寒萼、司徒平与女殃神郑八姑四人，向众同门告辞出洞，到了凝碧崖前。紫玲因玉清大师说独角神鹫带去无甚用处，便将神鹫留在峨眉。将手向众人一举，展动弥尘幡，一幢彩云拥护四人破空升起。飞行迅速，当日便飞到了东海，过去不远，便是宝相夫人被困的所在。正快降落，忽见钓鳌矶上飞起一道金光，直朝自己迎来。四人看出是同门中人，便收了弥尘幡，迎上前去。紫玲以前常往三仙洞内参拜，认得来人正是玄真子的大弟子诸葛警我。知他在此，必与宝相夫人超劫之事有关，心中大喜。彼此一招呼，各收遁光，一同落下。各自见礼通问之后，诸葛警我道："伯母苦行圆满，脱难在即，偏偏家师奉了长眉师祖遗敕，闭洞行法，须要到日，始能相助。惟恐期前有以前仇敌得信前来侵害，又知二位师妹正与藏灵子在紫玲谷相持，恐有疏虞，预示应付机宜，命我从今日起昼夜在此守望。正恐力弱难胜，且喜四位道友同来，料无一失的了。伯母所居洞中，此时风雷正盛，去了也难相见。这钓鳌矶高出海面数百丈，与那洞相距只有数十里，最便眺望，如有事变，即可立时前往应援。听家师之言，期前所来的这些外教邪魔，俱无足虑。只有一个，乃是大鹏湾铁笛坳的翼道人耿鲲，道术高强，心肠更是狠毒，又与伯母有杀弟之仇。为人也介乎邪正之间，不比别的邪魔，多半志在乘机剽窃伯母连年辛苦所炼的本命元胎，并无拼死之心。而且此人素来恃强任性，胁生双翼，顷刻千里，精通秘魔大法，行踪飘忽，穷极变化。更擅玄功地遁、穿山过石、深入幽域、游行地肺，真是厉害非常。即使明知家师在此，也要前来，分个胜负，决不甘心退让，何况我等。不过此人心地还算光明，轻易不使鬼蜮伎俩。他如不知这里虚实便罢，如知家师闭洞行法，不能在期前助力，或者反要到时才来也说不定，事难逆料。何况还有别的外教邪魔，均非弱者，自宜小心预防为是。为今之计，我等五人，可由三人在此防守，分出二人在伯母所居洞前四外巡视，以免敌人不从空中飞行，正面出现，却用妖法出奇暗算，这里守望疏漏。现在各位师长俱在本山行法，小一辈同门又都奉命分头赶赴峨眉，等候参与开山大典。这十日左右，当不会有自家人来此。如见外人到来，固不必说。就是遇见沙石林木有了异征变态，也须留神观察，运用剑光报警，不可丝毫大意。"计议停妥，便由紫玲与郑八姑二人在洞前四外巡视，司徒平、寒萼随着诸葛警我在钓鳌矶上瞭望防守。紫玲便同郑八姑驾起遁光，先往宝相夫人炼形的所在飞去。

当初天狐兵解之后，玄真子因她那时业已改邪归正，结了方外之交。以后又救助诸葛警我脱去三灾。又照极乐真人李静虚的嘱托，便将天狐躯壳用三昧真火焚化埋藏，另寻了一座石洞，将元神引入，使其炼形潜修。外用风雷封锁，以免邪魔侵害。宝相夫人虽然出身异类，原有千年道行。又经极乐真人点化，参透玄机，在洞中昼夜辛苦潜修。不消多年，居然形凝魄聚，炼就婴儿，静中默悟前因后果，决意在洞中甘受风雷磨炼，挨过三次天劫再行出世。一俟外功积修完满，减却以前罪孽，便可成道飞升。似这样每日艰苦潜修，道行大为精进。所炼婴儿，也逐渐长成。又用身外化身之法，调和坎离，炼那本命元丹，以期早日孕育灵胎，躲过天劫，参修正果。这日忽见玄真子走来，说是因奉长眉真人遗敕，得知天狐道行精进，灾劫也随之移前，但是不可幸免。灵胎初孕之时，便是她大难临身之日。当初风雷封洞，一为彼时她元神未固，恐那外魔侵害；二则借此淬炼，减轻未来灾劫。此时本可不用，无如宿孽太重，树敌甚多，惟恐事前发生变故，还得增加风雷之力，以防仇敌乘隙扰乱道心。

但是风雷过烈，势必勾动地壳真火。本人又因奉命闭洞行法，期前不能来此相助，全仗风雷阻挡不住敌手。已由妙一夫人飞剑传书，示知秦氏二女与司徒平，命他们到时赶来防卫。惟恐勾动真火，以后只顾抵御，误了功行，特地赶来告知，并借了一件宝物与她，以作护身之用，然后别去。宝相夫人闻言，自是感激万分。知道己身成败，在此一举，只要躲过这一关，便可永脱沉沦，翱翔八表。又是惊，又是喜，愈发奋力修为。不提。

紫玲同郑八姑等到达的时候，正是地壳真火发动、风雷正盛之际。那洞位置在一座幽崖下面，出入空口甚多，俱被玄真子用法术封闭。洞的中心，深入地底何止百丈。宝相夫人便在其中藏真修炼。八姑和紫玲因有玉清大师预先警告，不敢径至往常入口之处，飞到那崖侧面相距数十丈处，便即落下，停止前进。眼望那崖洞明穴显，山石嶙峋，形势分明，看不出一丝形状。八姑叫紫玲侧耳伏地一听，也只微微听出一些轰隆之声汇成一片，还没有以前神游入洞时的声势浩大，心甚诧异。八姑道："这定是玄真子师伯恐风雷齐鸣，光焰烛天，更易招引仇敌，特意用法术将风雷遮掩，不到身临切近，难知妙用。我等道力还浅，所以不易觉察出来。"紫玲闻言，知是八姑谦词，便不敢轻易深入，一同在附近周围巡行了两转，细心留神搜查，且喜并无异状。

第二日清晨，寒萼在钓鳌矶顶上正闲得无聊，一眼望见紫玲与八姑二人只管贴地低飞，游行不息。以为八姑素无深交，仗义相助，却累人家这般劳神，于心不安。便飞身下去和紫玲说了，意欲对调，使八姑稍微休息。紫玲也有同样心理，闻言颇以为然。姊妹双双先向八姑道了劳，将心意说出。八姑见二人情意殷殷，满脸不过意神气，初见未久，不便说她二人能力不如自己。只得嘱咐遇敌小心，不可轻易动手，以先报警为是。然后由寒萼接替巡行，自己往矶上飞去。八姑走后，寒萼随紫玲巡行了一阵，不觉日已偏西，上下两地均无动静。

寒萼对紫玲道："我二人在一起巡行，惟恐还有观察不周之处。不如你我两人分开来,把母亲所居的洞当做中心,相对环绕巡行,你看如何?"紫玲也觉言之有理。分头巡行还没有一转,忽见海天一角,一叠黑云大如片帆,在斜阳里升起,渐渐往海岸这一面移动。云头越来越大,那灰白色的云脚活似一条龙尾下垂,直到海面,不住地左右摆动。海天远处,隐现起一痕白线。海岸边风涛,原本变幻不测。紫玲运用慧目,凝目观察,云中并无妖气,略微放心。一会儿那云渐渐布散开来,云脚也分成了无数根,恰似当空悬着一张黑幔,下悬着许多长短的灰白穗子。转瞬之间,海上飓风骤起,海水翻腾,狂涛骇浪往倚崖海岸打来,撞在礁石上面,激起百十丈高的银箭。一轮斜日已向云中隐去,天昏地暗,景物凄厉,声如雷轰,震耳骇目。不消多时,海浪已卷上岸来,平地水深数丈。这时方看出海浪涌到崖洞前面,相隔有里许地,仿佛被什么东西阻住,不能越过,浪卷上去,便激撞回来,知是玄真子法力作用。虽然那风云中无甚异状,因为来势猛烈,越发兢兢业业,不敢大意。双双对巡了几转,风势越盛,海水怒啸,天色逐渐黑暗如漆,只听澎湃呼号之声,震天动地。二人有时凌波飞翔,被那小山一般的浪头一打到面前,剑光照处,隐约似有鱼龙鬼怪,随波腾挪,明知幻影,也甚惊心。钓鳌矶上三人,俱都格外留神,戒备万一。这风直到半夜方才停止,渐渐风平浪静,岸上海水全退。云雾尽开,清光大来。半轮明月孤悬空中,碧海青天,一望无际,清波浩淼,潮音如奏鼓吹。景物清旷,波涛壮阔,另是一番境界。

紫玲方庆无事,忽听寒萼在远处娇叱一声,剑光随着飞起,不禁大吃一惊。忙驾遁光飞将过去一看,寒萼已被五个浑身雪白、不着一丝、红眼绿发的怪人围住。原来寒萼自从连遭失利,长了阅历,顿悟以前轻躁之非。在东海这两日,虽无甚变故发生,因为关系乃母忧危,随着紫玲巡行,一丝也不敢懈怠。适才飓风来得太骤,已是有了戒心。等到风平浪息,月光上来,虽然景物幽奇,也无心观赏,只顾随时留心查看。正在飞行之间,忽见前面海滩上,棕林下面似有黑影一闪。忙即飞身入林一看,四面浓荫匝地,月光从叶隙叶缝中透射沙上,闪闪放光。巡行了一周,并无所见,以为是风吹树影,看花了眼。刚刚退身出林,偶一低头,地面海沙似在漫漫往上拱起,先以为是海边蛟鳄产卵,生长出壳。只一注视间,那一块沙竟拱起有三尺来高,倏地又往下一落,与地齐平,仍和方才一般,复了原样,不显一丝高低痕迹。正觉稀奇,忽然相隔四五尺远近,又有一处海沙照样拱起,一会儿低落下去,又在旁处出现。总当是土生虫豸一类,不愿大惊小怪,也未与众人报警。接连三处起落过去,方要离开,飞向别处,忽听噬噬之声,先前所见拱起之处的海沙,忽然自动四外飞散,仿佛地下有什么力量吹动,又匀又快,转眼便现出了一个四尺大小的深穴。一时好奇,想看看到底是个什么东西,不由停下。低头往穴中一看,那穴竟深不可测,以自己的目力,还不能够见底。同时旁的两三处,也和这里一样,海沙四外旋转如飞,无风自散。正在观看,猛见头一个穴口内,一团绿茸茸如乱草一般的东西,缓缓往上升起,俄顷上达地面,先露出一个头来,渐渐现出全身,才看出那东西是一个似人非人的怪物:满头绿毛披拂;一双滴溜溜滚圆的红眼,细小如豆,闪闪放光;鼻子塌陷,和骷髅差不甚多;一张像猴一般凸出的方嘴,唇如血红,往上翘翻,露出满口锐利的钩齿;头小身大,浑身其白如粉,上部肥胖;手足如同鸟爪,又长又细,形态甚是臃肿。寒萼知是妖异,娇叱一声,便将剑光飞出手去。谁知那东西颠顶不灵,却甚厉害。眼看剑光绕身而过,并不曾伤它一丝一毫。同时那旁的两处,也同样冒起两个怪物,也是行动迟缓,不见声息。猛一回顾,身后面不知何时也冒起了两个,恰好团团将寒萼围住。寒萼见运用飞剑不能伤它们,大吃一惊。因恐四面受敌,正想飞出重围,再行应付,紫玲已闻警赶来,各自将飞剑放出。

那五个怪物,俱似有形无质,剑光只管绕着它们浑身上下乱绕乱斩,终如不闻不见。身一出穴,缓缓前移,向二人围拢。紫玲一面应战,一面示警。钓鳌矶上三人,好似不曾看见,并不赶来应援,猜那边一定也出了事故,不禁着慌起来。眼看那五个怪物快要近身,虽未见有甚伎俩,毕竟不知底细,恐有疏失。只得将身飞起,再作计较。谁知那五个怪物也随着飞起,围绕不舍,离二人身前约有五尺光景。五张怪嘴同时一咧,从牙缝里各喷出千百条细如游丝的白气。幸而紫玲早有防备,展动弥尘幡,化成一幢彩云,将身护住。因怪物五面袭来,寒萼只得与紫玲相背而立,分防前后。有一个怪物距离寒萼较近,竟被那白丝沾染了一些,立时觉得浑身颤抖,麻痒钻心,不能支持。幸而紫玲回身将她扶住,见她神色大变,知已中了邪毒,忙将峨眉带来的灵丹取了一粒,塞入她的口内。情知怪物定是外教邪魔一类，自身虽有弥尘幡护住，不知有无余党乘隙侵害宝相夫人，又无驱除之法，更不知钓鳌矶上发生什么变故，寒萼又受了伤，一阵焦急。把心一横，正待借宝幡云幢拥护，飞往洞前查看，忽见下面离洞不远处有一道金光、两道青光同时飞起，看出是诸葛警我、郑八姑、司徒平三人，心中一定，连忙追随上去。原想诸葛警我等三人已看见自己彩云，必然来援，那时再回身协力除那怪物。谁知那三人仍是头也不回，催动遁光，电闪星驰般往前飞走。紫玲不解何意，以为定是怪物厉害，三人自知不敌，率先逃走。别人还可，司徒平怎地也是如同陌路，不来救援？惊疑忙乱中，猛一回顾，那五个怪物想因宝幢飞行太快，知道追赶不上，径舍了紫玲、寒萼，掉头崖洞前飞去。

紫玲一见不好，也不暇再计成败利钝，刚待回身追赶。眼看五个怪物将要落到地上，忽见前面离地数十丈处，似火花爆发一般，崖前上下四方，俱是金光雷火，也不闻一些声息，齐向那五个怪物围拢，一团白气化成轻烟飞散，转眼雷火怪物全都不见。月明如水，景物通明，依旧静荡荡的。猜那五个怪物定中了玄真子的法术埋伏。正在迟疑之际，忽听后面有人呼唤。回头一看，正是郑八姑与司徒平二人驾了剑光飞来。一见面，八姑首先说道："事变将来，更恐妖人还有余党，二位速往钓鳌矶相助诸葛道友守望。由我与司徒道友代替巡行吧。"紫玲知八姑之言有因，匆匆不及细问，忙即道谢，和寒萼同往钓鳌矶飞去。幸而寒萼服了灵丹，仅只胸前有些恶心，头略昏眩，尚无大碍。见了诸葛警我一问，才知那五个怪物才一现身，八姑首先看出来历，喊声："不好！"知道紫玲、寒萼有弥尘幡护体，可保无事。便和诸葛警我略一商量，由诸葛警我行法，将阵法暗中发动，引敌深入。然后与八姑、司徒平入阵，去除来的邪魔。因那五个怪物乃是千年腐尸余气，由来人从地下采取穷阴凝闭的毒氛，融合炼成，有形无质，飞剑伤它不得。又见紫玲姊妹驾着云幢，正往崖洞飞行，这时甫将敌人困住，诚恐警觉，被阵外五个怪物逃了回去，故意引开紫玲姊妹。等到敌人知道被陷，想将那五个怪物招来相助逃遁时，才行发动风雷，将敌人与五个怪物一齐化为灰烬。那怪物的来历，还算女殃神郑八姑知道底细，不然不等天灾到来，宝相夫人已无幸了。

原来适才来的妖人，乃是南海金星峡的天漏洞主百欲神魔鄢什，专以采补，修炼邪法。当初原与莽苍山灵玉崖的妖尸谷辰同在天淫教下。自从天淫教主伏了天诛，妖尸谷辰被长眉真人杀死，元神遭了禁锢，所有同门妖孽俱被长眉真人诛除殆尽，只有鄂什一人漏网，逃往南海潜藏。知道长眉真人道成飞升，门下弟子个个道法高深，轻易不敢往中土生事，便在海中采取生物元精修炼。那天漏洞底，原有五个盘踞魔鬼，时常出海祸害船舶上的客商。这些东西乃是几个被人埋在海边山洞中的死尸，死时气未断尽，所葬之处又地气本旺，再加日受潮汐侵蚀，山谷变成沧海，尸体逐渐深入地底。年深日久，海水减退，山谷重又露出海边。这些东西虽然成了僵尸，无奈骸骨为巨量海沙掩埋，不能脱土出来。又经若干年代，骸骨受不住地下煞风侵蚀，虽然化去，那尸身余气反因穷阴凝闭，与地底阴煞之气融会滋生，互为消长，逐渐凝炼成魔，破土出来，为害生灵。鄂什因爱那洞形势险恶幽僻，在内隐居。无意中与这五个魔鬼遇上。他知这些东西如能收到手下炼成实体，足可纵横世间，为所欲为。便仗妖法，费尽心力，将这五个魔鬼收伏，又用心血凝炼，成了他五个化身。炼了多年，可惜缺少真阳，那东西依旧有形无质。寻常飞剑法宝，固是不能克制，到底美中不足，难遂报仇之念。闻得天狐宝相夫人兵解以后，仗三仙相助，二次炼就法身，日内就要功行完满。如能将天狐所炼的那粒元丹得到，用妖法化炼，便可形神俱全。先时深知三仙厉害，还不敢来。后来探知三仙奉了长眉真人遗敕，闭洞行法，自然多日耽搁，不由喜出望外。他也知三仙虽然闭洞，宝相夫人并非弱者，必有防备。

恰好这日海上起了飓风，正可行事。便用地行之法赶来一看，果然有两个女子驾着剑光，低飞巡视。看出剑光是峨眉家数，自己多年惊弓之鸟，恐二女身后有人，还不肯轻易出现。一面暗遣五鬼，迷害二女，自己却往那崖前去搜寻天狐藏真的洞穴。他才露面，便被女映神郑八姑看出行径，诚恐风雷封锁，他走不进去，被他看破玄机逃遁。知道诸葛警我受了玄真子真传，能发收仙阵妙用，给他放出门户，诱他深入。鄂什贪心太重，忘了厉害，以为三仙不出，纵有法术埋伏，自己有通天彻地之能，那两个防守的女子又被五鬼困住，万无一失。到了崖前，还在一心寻找入洞门户，打算破洞而入，抢了元丹就走。猛觉眼前金花一闪，那崖便不知去向，同时身上火烧也似的疼，却不见一丝火影，才知不妙。不消顷刻，已是支持不住，不敢久延。偏偏上下四方俱有风雷封锁，身又陷入阵中死户，不能脱身。如不招回五鬼，用那地下行尸之法化气逃走，就不能活命。刚使妖法将五鬼招来，诸葛警我早在留神，一见五鬼舍了紫玲姊妹，飞入阵去，知道敌人厉害，一经逃走，便留后患，只得将玄真子预先埋伏在阵内的五火神雷发动了一处，将鄢什与五鬼齐化为灰烟，四散消灭。

话说五火神雷，乃是玄真子闲中无事，当海洋狂风骤雨之际，用玄门妙法，采取空中雷火凝炼而成。一共只收了两葫芦，原备异日门下弟子功行圆满时节，防有外魔侵扰，以作封洞之用。因知宝相夫人魔劫太重，来者多是劲敌，虽有仙阵封锁，仍恐遇见能手不能抵御，便将这两葫芦雷火也一同埋伏在彼，传了诸葛警我用法。并说这神雷乃是五火之精，经用玄门妙法禁闭凝聚，一经引用真火发动，立时爆发，无论多厉害的邪魔，俱要与之同尽。不比别的宝物，能发能收，只能施用一次，须要多加珍惜，不遇极难克制的强敌，不可妄费。诸葛警我久闻鄢什恶名，更听八姑说那五鬼厉害，又见紫玲姊妹飞剑无功，鄢什虽陷阵内，被无形风雷困住，并未身死，还在卖弄邪法，迫不得已，才行施展。

妖人虽死，但是未来的仇敌尚多，五火神雷只能再用一次，不可不多加准备。便与八姑商量，先由八姑与司徒平去将紫玲姊妹换回休息，顺便告知防御之策。这五人当中，诸葛警我是玄真子得意弟子，早得玄门正宗心法，事前奉了师命，胸有成竹。因郑八姑虽然出身异教，不但道术高深，而且博闻多识，不在玉清师太以下。自从雪山走火入魔，在冰雪冷风中苦修多年，得了那粒雪魂珠后，又经优昙大师点化，功行精进。司徒平道行剑术，原不如紫玲姊妹。一来关系着本命生克，是这一次助宝相夫人脱难的主要人物；二则得了神驼乙休的乌龙剪，差一点的邪魔外道，皆不是他的敌手。所以才和八姑商议，目前各派邪魔无足深虑，只有那翼道人耿鲲是个劲敌，变化通玄，有鬼神不测之机，诚恐一时疏于防范，被他暗地侵入阵内，施下毒法，非同小可。紫玲姊妹不知来人深浅，遇上了无法应付。那人吃软不吃硬，容易受激。请八姑带了司徒平前去，仔细搜查全崖有无异状，相机行事，将紫玲姊妹换回，告知机宜，到时如此如彼。寒萼平时固是自命不凡，就连紫玲也因得过父母真传，中经苦修，更有弥尘幡、白眉针等至宝在身，又见凝碧诸同门不如己者尚多，对人虽是谦退，一旦遇事，并无多让。起初听说翼道人厉害，虽持谨慎，还不怎样惊心。谁知头一次便遇见强敌，如非玄真子早有布置，加上诸葛警我、郑八姑二人相助，几乎有了闪失，闻言甚是惊惶。这才在钓鳌矶上，随定诸葛警我，凝神定虑，四下瞭望。只见郑八姑与司徒平并不分行，一道白光与一道青光连在一起，疾如电闪星驰，围着那崖流走不息。时而低飞回旋，时而盘空下视，直到次日并无动静。似这样提心吊胆、惊惊惶惶地过了两日，且喜不曾有什么变故。

到了第六日夜间，因为明日正午便是宝相夫人超劫之时，当日由午初起，一交子正，三仙出洞，再过一日，便即成功脱难。八姑见连日并无妖人来犯，大出意料之外。因明午便是正日，越应格外戒备，不敢疏忽离开。便请司徒平去将紫玲替来，商议一同飞巡。悄声说道："前日妖人用千年僵尸余气炼成的五鬼来犯，伏诛以后，据我与诸葛道友推测，事已开端，妖人纵无余党偕来，别的邪魔外道定要赓续而至。尤其是那翼道人耿鲲，更是必来无疑。因此人最长于大小诸天禁制之法，只要被他暗中来此行法布置，不须天魔到临，便能用替形挪移大法，将此崖周围数十里地面化为灰烬。就是玄真子师伯的仙阵风雷，也未必能够禁他侵入。侥幸我以前略明克制，又得了这粒雪魂珠，珠光所照，物无遁形。他如行使妖法，借用别物代替，毁灭此崖，必被看破。仍恐破法时节，敌他别的法宝不过，你与令妹的飞剑也皆非其敌。只司徒道友的乌龙剪，乃乙真人镇山之宝，尚可应用，故邀他同来相助。谁知正日将到，仍无动静，优昙大师与玄真子师伯俱能前知，绝无料错之理。只恐那些妖魔外道到时偕来，我等既防天劫，又要应付强敌，危机甚多。适才想了又想，事已至此，除了竭尽我等智力抵抗重劫外，并无良策，明日午初以前，令堂必然脱劫出洞，天魔也在那时相继而来。在这千钧一发之际，可由司徒道友乘内外邪未到之际，紧抱令堂元婴，觅地打坐。你与令妹左右夹护。将出入门户按玄真子师伯仙柬所说，故布疑阵，引开仇敌。翼道人和其他外教邪魔，由我与诸葛道友抵挡。只须挨到三仙出临，便无害了。"紫玲因为祸事快要临头，道浅魔高，一切形势又与玉清大师预示有了不同，心中忧急如焚。

时光易过，不觉又交子夜。一轮明月高挂中天，海上无风，平波若镜，银光粼粼，极目千里。因近中秋，月光分外皎洁，景物清丽，更胜前夜。

虽然距离正时越近，竟看不出有一丝异兆。紫玲一路随着八姑飞行，心中暗自默祝天神，叩求师祖垂佑，倘能使母亲超劫，情愿以身相殉。八姑已经觉察，笑对紫玲道："你我自雪山相见，便知道友神明湛定，慧根深厚。连日更看出一片孝思，即此至诚，已可上格天心，感召祥和。你看素月流光，海上风平浪静，简直不似有甚祸变到来的样子，但盼这些邪魔外道，到日也不来侵犯，我等专抗天魔，便可省却许多顾虑，不致有害了。"紫玲正在逊谢之间，忽见海的远处起了一痕白线，往海岸这边涌来，离岸约有半里之遥。白线前边，飞起一团银光，大若盆盂，直升空际，仿佛凭空又添了一轮明月，光华明亮，流芒四泻，照得海上波涛金翻银浮，远近岩石林木清澈如画。八姑知道这光华浮而不凝，不是海中多年蜃蚌之类乘月吐辉，便有妖邪来犯。正唤紫玲仔细，倏地狂飙骤起，那团光华好似飞星陨射，银丸脱手，直往波心里堕去。霎时间阴云蔽月，海涛翻腾，海里怪声乱啸，把个清明世界，变成了一片黑暗。八姑、紫玲一见事变将临，自是戒备越紧。那钓鳌矶上三人看出警兆，因为正时将到，恐有疏虞，未容下边报警，留下诸葛警我一人在矶上操纵仙阵，司徒平与寒萼早双双飞下矶来，协同巡守。八姑见天气过于阴黑，惟恐各人慧眼不能洞察，刚将雪魂珠取出，忽见一个高如山岳的浪头直往岸上打来。光影里照见浪山中有好几个生相狰狞、似人非人的怪物在内。大家一见妖邪来犯，司徒平首先将乌龙剪飞将出去。眼看那浪山快要近岸，忽然一片红光像一层光墙一般，从岸前飞起，直往那大浪山里卷去，转眼浪头平息。司徒平的乌龙剪也没入红光之中，不知去向。紫玲姊妹的飞剑相随飞到时，红光只在百忙中闪了一闪，与那大浪头一齐消没。八姑最后动手，一见司徒平才一出手，便失了乌龙剪，大吃一惊。司徒平更是痛惜惶骇，不知如何是好，连使收法，竟未回转。这时海上风云顿散，一轮明月又出，仍和刚才一样，更无别的异状。如说那红光是来相助的，不该将司徒平的乌龙剪收去；要说是敌非友，何以对于别的飞剑没有伤害，反将妖魔驱走？那乌龙剪自从到了司徒平手中，照神驼乙休亲授口诀用法，已是运用随心，收发如意。一出手便被人家收去，来人本领可想而知。

众下正都测不透主何吉凶，忽见近海处海波滚滚，齐往两边分涌，映着月光，翻飞起片片银涛，顷刻之间，便裂成了一个一丈数尺宽的裂缝。

郑八姑疑是妖邪将来侵犯，飞身上前，将手一指，雪魂珠飞将出去。刚刚照向分水缝中，猛见银光照处，海底飞起一个道人，两手各夹着一个怪物，吱吱怪叫。定睛一看，又惊又喜，连忙将珠收起，未及招呼众人，那道人已飞上岸来。司徒平首先认出来人正是神驼乙休，不由喜出望外，忙和众人一同拜倒。神驼乙休一上岸，将手臂上夹的两怪物丢了一个在地上，手一指，两道乌光飞出去夹在怪物身上，也不说话。另一手夹着一个人首鼍身、长约七尺的怪物，迈开大步，便往宝相夫人所居的洞前走去。众人也顾不得看清那两个水怪形状，忙即起身，跟在后面。神驼乙休看似步行，众人驾着遁光俱未追上，眨眼便入了阵地。钓鳌矶上的诸葛警我先见海岸红光，早疑是乙休。这时见他走入阵内，众人又跟在身后，忙将门户移动，准备放开通路时，猛觉阵中风雷已经被人暗中破去，正在大惊。那郑八姑和司徒平、紫玲姊妹四人，追随神驼乙休入阵没有多远，八姑一眼望到前面杉林旁有一座人力堆成的小山，和宝相夫人所居的崖洞形式一般无二。刚暗喊得一声："不好！"神驼乙休已直往那小山奔去，将那人首鼍身的怪物往地上一丢，两手一搓，飞起一团红光，将小山罩住。口中长啸了两声，那怪物胸前忽然伸出一只通红大手，朝海沙连忙扒了几下，扒成一个深坑。回手护着头面，直往沙中钻去，顷刻全身钻入地下。便见那小山逐渐缓缓往上隆起，一会儿离却地面。仔细一看，那怪物已从沙中钻下去，将小山驮了起来。小山通体不过数尺，怪物驮着竟好似非常沉重，爬行迂缓，显出十分为难神气。神驼乙休又长啸一声，将手往海一指，怪物被逼无奈，喘气如牛，不时回首望着乙休，仿佛负重不堪，大有乞怜之意。神驼乙休一手指定红光，一手掐诀，喝道："拿你的命，换这一点劳苦，你还不愿么？"怪物闻言，摇了摇头，嘴里又啸了几声，仍然且行且顾，不消片刻，已经出了阵地。

八姑知道怪物行走虽缓，乙休使了移山缩地之法，再有片刻，一到海面，便可脱险。正在沉思，忽听天际似有极细微的摩空之音，抬头一看，月光底下，有一点白影，正往崖前飞来。快离海岸不远，便有数十道火星，直往众人头上飞星一般打下。众人一见又来敌人，神驼乙休仍若无其事一般，连头也不抬一下。寒萼心急，方喊了一声："乙真人，敌人法宝来了！"一言甫毕，那数十点火星离头只有两三丈，眼看快要落下。乙休倏地似虎啸龙吟般长啸了一声,左手掐诀,长臂往上一伸,五根莹白如玉的纤长指甲连弹几下,便飞起数十团碗大红光,疾飞上去,迎着火星一撞,便是巨雷似的一声大震,红光火星全都震散纷飞。紧接着一个撞散一个,恰似洒了一天火花红雨。霹雳之声连续不断,震得山鸣谷应,海水惊飞。只吓得那蛏物浑身战栗,越发举步维艰。毕竟玄门妙法厉害,双方斗法之际,那人首鼋身的怪物,已将小山驮到海边。神驼乙休左手指甲再向空中弹出红光,与敌争斗。右手往海里一指,海水忽又分裂,那怪物将小山驮了下去。没有半盏茶时,海中波涛汹涌,怪物二次飞上岸来,跑至乙休足前趴跪,低首长啸不已。

乙休正在全神注视海中,等怪物一奔上岸,便握紧右拳,朝着海里一捏一放。便听海底宛如放了百子连珠炮,一阵隆隆大响过去,忽然"哗"的一声,海水像一座高山,洪波涌起,升高约有百丈,倏地裂散开来。月光照见水中无数大小鱼介的残肢碎体,随着洪涛纷纷坠落。这时月明风静,碧波无垠。只海心一处,波飞海啸,声势骇人,震得众人立身的海岸都摇撼欲裂。乙休连忙将一口罡气吹向海中,举右掌遥遥向前紧按了按,波涛方才渐渐宁息。同时左手指甲上弹出来的红光,也将敌人火星一齐撞散消灭。焰火散处,一个胁生双翼的怪人飞身而下。众人见来人生得面如冠玉,齿白唇红,眸若点漆,晶光闪烁,长眉插鬓,又黑又浓。背后双翼,高耸两肩,翼梢从两胁下伸向前边,长出约有三尺,估量飞起来有门板大小。身材高大,略与神驼乙休相等。上半身穿着一件白色道家云肩,露出一双比火还红的手臂。下半身穿着一件莲花百叶道裙,赤着一双红脚,前半宛如鸟爪。那人面鼋身的怪物,见他到来,越发吓得全身抖颤,不再叫啸,藏在乙休的身后去了。怪人一照面,便指着乙休骂道:"你这驼鬼!只说你永远压在穷山恶水底下,万劫不得超生。不料又被人放出来,为祸世间。你受人好处,甘心与人为奴,忘了以前说的大话。巴结峨眉派,与藏灵道友为难,已经算是寡廉鲜耻的了。玄真子因妖狐有救徒之恩,护庇她情有可原;你与妖狐并不沾亲带故,却要你来捧甚臭腿?又不敢公然和我敌对,却用妖法挟制我的门下;乘我未来,偷偷坏我的移形禁制大法。今日如不说出理来,叫你难逃公道!"

乙休闻言,也不着恼,反笑嘻嘻地答道:"我老驼生平没求过人,人也请我不动。闲来无事，想做什么，就做什么。你这披毛带角的玩意，不通人情，也不细打听，就张嘴胡说。天狐与我虽无瓜葛，她却是我小友诸葛警我的恩人，我记名徒弟司徒平的岳母。爱屋及乌，我怎不该管这场闲事？你既和她有仇，我问问你：天狐自从兵解，这些年来元神隐藏东海岩洞，托庇三仙道友宇下，日受风雷磨炼，你因惧怕三仙道友厉害，不敢前来侵犯，却趁三仙道友奉敕闭洞，不能分身之际，乘人于危；来又不和人家明刀明枪，而是鬼头鬼脑。自己已经不是人类，还专收一些山精海怪，畜生鬼魔，打发它们出来献丑。用邪法暗中污了人家封洞风雷，从海底钻透地层，打算移形禁制，连此岛一齐毁灭。不承想你那两个孽徒偏不争气，事还未办完，好端端觊觎老蚌明珠，兴风作浪，巧取强夺。我只一举手，便破了你的奸谋。你看你那两个孽徒：一个被我乌龙剪制住，还在挣扎；一个口口声声说你心肠歹毒，事败回去，定难活命，哀求归降。你除了惯于倚强凌弱，欺软怕硬，还有什么面目在此逞能？"

那怪人闻言大怒道："无知驼鬼，休以口舌巧辩！以前妖狐兵解，藏匿此间，我因彼时除她，虽只是一弹指之劳，一则显我落井下石乘人于危；二则妖狐所作淫孽太多，就此使她形神消灭，未免便宜了她，特意容她苟延残喘。她以为悔过心诚，又有三仙护庇，从此潜心苦修，更可希冀幸脱天灾，超成正果。我却乘她苦炼多年，志得意满之时，前来报仇除害。也是因山中有事，一时疏忽，晚来了一步，被你这驼鬼偷偷破了我的大法。我门人弟子甚多，这两个畜生背师胡为，被人乘隙而入，咎由自取，既落你手，凭你杀害。那妖狐断不容她再行脱劫，蛊惑世人，祸害无穷。如不将她化魄扬尘，此恨难消！你既甘为妖狐爪牙，有本领只管施为便了。"

紫玲、寒萼、司徒平三人已从那怪人牛相看出是那翼道人耿鲲。先时原有些畏惧，后来听他口口声声左妖狐、右妖狐地辱骂不休，不禁怒从心起，尤其是紫玲姊妹更是忿不两立。也是耿鲲自恃太高，轻敌过甚，心目中除对神驼乙休还有一二分顾忌外，对于乙休身侧立的几个不知名的男女，哪里放在眼下，只顾说得高兴。还要往下说时，紫玲姊妹早已孝思激动，气得连命都不要，哪里还顾什么利害轻重。悄悄互相扯了一下，也不说话，各自先将飞剑放出手去。耿鲲一见，微微笑道："微末伎俩，也敢来此卖弄!"肩上两翅微展,从翅尖上早射出两道赤红如火的光华,将二人飞剑敌住,只一照面,紫玲姊妹便觉敌人光华势盛,压迫不支。司徒平见势不佳,也将飞剑放出应援。乙休笑道:"我不像你们喜欢众打一,既要上前,何不用你的乌龙剪?"司徒平闻言,将手一招,那乌龙剪果从地面妖物身上飞回。这时敌人肩上又飞起一道光华敌住乌龙剪。三人飞剑,眼看不支。耿鲲仍若无其事一般,并指着乙休道:"你既不愿现在动手,且等我除了这几个小业障,还你一个榜样,再和你分个强存弱亡。"耿鲲以为自己玄功变化,法力高强,连正眼也不朝三人看一看。正朝着乙休夸口之际,旁边郑八姑、诸葛警我二人知道乙休脾气古怪,未必此时相助。紫玲等剑光相形见绌,恐有疏虞,一声招呼,一个将剑光放出,一个将雪魂珠飞起。耿鲲先见诸葛警我剑光不似寻常之辈,虽然有些惊异,还未放在心上。刚又放出一道剑光,忽见一团银光飞来,寒光荧流,皓月无辉,所有空中几道光华俱觉大减,知是仙家异宝,不由心里一慌。正要行法抵御,谁知紫玲姊妹明知剑光不敌,还有别的计算,一见雪魂珠出手,银光强烈,阵上敌我光华俱都减色,越发合了心意,忙趁敌人疏神之际,暗中默运玄功,将白眉针直朝敌人要害接连打去。

耿鲲识得雪魂珠厉害,忙将双翼一舒,翅尖上发出数十道红光,敌住雪魂珠。接着便想展翼升空,另用玄功变化,伤害众人。就在这一时忙乱之中,忽见有十余条线细如游丝的银白光华往身上飞来。因那雪魂珠银光强烈,宛如一轮白日辉照中天,曜隐星匿,双方飞剑光芒尽为所掩。耿鲲虽是修道多年,一双慧目明烛纤微,竟没有看清敌人何时发出白眉针,直到近前,才得警觉。猛想起天狐白眉针厉害非常,自己因为想报当年仇恨,还炼就一样破她的法宝。闻得她所生二女现在峨眉门下,曾用此针伤过好几个异派能手,怎地一时大意,忘了此宝?说时迟,那时快,在这危机紧迫之中,一任耿鲲玄思电转,万分机警,纵有法宝道术,也来不及使用施为。略一迟疑,眼看针光快要到达身上,知道此针能随使人的心意追逐敌人,除了事前早有防备,一被针光照住,想要完全逃免,断乎不能。只能将身一侧,先避开几处要害,不但不躲,拼着两翼受伤,急忙迎上前去。那十几道银丝打在翼上,登时觉着好些处酸麻。惟恐顺着血流攻心,忙运玄功,暗提真气,将全身穴道一齐封闭。身受暗伤,急需设法将针取出,以免两翼为针所毁。再加神驼乙休这个强敌还未交手,雪魂珠又非寻常法宝,同时司徒平的乌龙剪又如两条神龙交尾而至,其势难以恋战。起初只说乙休难斗,谁知反败在几个无名小辈手里,阴沟里翻船,好不痛恨懊悔!咬牙切齿长啸一声,借遁光破空而去。八姑连忙唤住众人,各收飞剑法宝,侍立神驼乙休面前,听候吩咐。那初被乙休夹上岸来的一个怪物,乃是鱼首人身,胁生四翼,两脚连而不分,与鱼尾微微相似,却生着两只长爪。它已在司徒平收回乌龙剪时,身首异处了。

神驼乙休见翼道人耿鲲受了重伤,狼狈逃走,不禁哈哈大笑。对众人道:"我自在紫玲谷气走藏矮子后,被凌花子硬拖到青螺峪去住了两天,又回去办了一点小事。知道天狐怨家甚多,魔劫太重。她以前虽有过恶,也还有许多善处。自经极乐真人与三仙道友点化,兵解以后,潜心忏悔,改邪归正,仍还脱不了天劫这一关,已堪怜悯。何况寻她晦气的又都是些邪魔外道,除老耿略好些外,余下平日为恶,更比天狐还胜百倍,偏要来此趁火打劫,委实令人不平。再加三仙道友、诸葛小友与我这记名徒弟的情面,我又最爱打抱不平,前日便到了此地,已经迎头将许多邪魔骗走诛戮。那耿鲲好不歹毒,他与天狐有仇,却想连此岛一齐毁灭。他因自己是乃母受大鸟之精而生,介于人禽之间,平日不收人类,专一取一些似人非人的东西做徒弟,打算别创一派。偏又疑忌太多,心肠狠毒,恐这些东西学成本领,出来闯祸,丢他的脸,教规定得极严,错一点便遭惨死。可是他的门下,除了本来炼就的功行外,得他真传的极少。除非有事派遣,才当时交付法宝,传些法术。他曾从南海眼金阙洞底得了蚩尤氏遗留下来的一部《三盘经》。除本来炼就玄功外,所炼法术法宝,俱是污秽狠毒。虽然他也不多生事,无故不去欺凌异己。每次派出来的徒弟,除临行传授一些应用法术外,必有他的一两样护身法宝和一根鸟羽。外人见了那鸟羽,一则因他难惹,二则所行之事又非极恶大过,多不愿与他结怨。因此成道以来,不曾遇过敌手,目空一世。不想今番却败在你们几个人手上。他与北海陷空老祖颇有交情,必到那里将针取出。但盼他二次赶来,有我与三仙道友在场,办个了结。否则仇怨更深,你们从此多事,防不胜防了。

"他这次派出来的两个徒弟,死的一个是鲛人一类,专在海中吐丝,网杀生灵。自被他收服，仍改不了旧恶。他对别的门徒最严，惟独这东西因有许多用处，道行也最高些，特予优容，时常派遣出外。另一个是人鱼与旱獭交合而生，名为獭人。除四爪外，胸生独手，能钻入海底，穿行地面，比较不甚作恶。耿鲲也是一时疏忽，只知道此地有风雷封锁，三仙道友奉敕闭洞，至多派两个门下相助防守，不在他的心上，又贪图和他新娶妻子乌女儿苏南怡厮守。便派两个怪物徒弟到此布置，由獭人从海底偷偷钻入阵地，再由那鲛人先用雌霓淫精破了风雷。照他所传法术，用海沙筑成一所小岛崖洞，与这里地形无二，外用吐出鲛丝包好。静等天狐快要出洞应劫之时，耿鲲赶来，施展那移形禁制之法，只一举手间，将那小山毁去，所有此岛山林生物，还未等天劫到临，便一齐化为灰烬，沉沦海底。这两个怪物俱甚狡猾，事一办完，仍由原路钻回海底潜藏，一丝形迹不露。你们只注意阵外，哪里观察得出？即使被雪魂珠光华照见，你们还未动手，两个怪物在海底先有惊觉，立时施展禁制之法，此岛仍是毁灭，你们依然不知。

"我知道如不先将此两怪擒获，事甚可危。能在事前将他禁法破去，耿鲲赶来，也无法照那般的狠毒布置了。正想深入海底搜寻，合该我省事。两怪在水中静极思动，恰赶上一个从别处游来的千年老蚌乘月吐辉，吸采大阴精气，被两怪看见，起了贪心，从海面现身赶来，想夺老蚌那粒明珠。被我双双拦住，先夺了鲛人胸藏的禁制之符，从从容容将它夹上岸来，耿鲲原本要到明日辰巳之交才到，偏那鲛人最是刁狡，以为我惧怕耿鲲，竟乘我转身之时，吐火将耿鲲给的鸟羽点燃。那鸟羽原从耿鲲两翼脱卸，这里一烧，那里便得了警兆，还未容我将小山驱入海中销毁，耿鲲已得信追来。那座小山若被他放出来的火星打中，此岛便会震裂下沉。还算我早有防备，一面用全神护着小山，一面和他抵敌，用缩地法将小山驱入海心深处，还隔断了他的生克妙用，才借他禁符将山毁去。你们但看适才破法时声势，便知厉害。起初本不愿伤他徒弟性命，只想臊臊耿鲲的脸，警戒他以后不要目中无人，使其知难而退。后来见你们动了手，仇怨已深；那鲛人又是恶贯满盈，仗它师父来到，以为我必投鼠忌器，竟敢在乌龙剪夹困下，暗放毒丝出来害人，我才将它杀死，倒是那獭人自一见面，就口口声声哀告，准它归降，永远为我服役，以贷一死。我平素不喜收徒弟，留它看洞,也还不错。"

　　说时那人首鼍身的怪物早从乙休身后爬到前边,跪在地上。一听乙休答应收它,不住欢跃鸣啸。乙休又道:"我虽收它,留此无用,待我行法将它送回山去。天已快亮,该做御劫准备了。"说罢,在那獭人身上画了一道灵符,口诵真言,将手一指,一团红光飞起。那獭人将头在地连叩数下,长啸一声,化成一溜火星,被红光托住,离地破空而去。

第一三四回

敌众火雷风以抗天灾　返照空明
历诸厄苦难而御魔劫　勤宣宝相

话说乙休送走獭人，率领众人来到宝相夫人所居岩洞前边，说道："可惜这里风雷已为妖法所破，先时所打主意大半无用。所幸玄真子道友在地下所埋藏的五火神雷因为藏在葫芦以内，又有玄门妙用，未为妖法所毁。此宝颇有用处，但是你们都动它不得，少时由我代为取出，由诸葛警我持在手内备用便了。现在一交午时，天劫便临。也是天狐魔劫太重，优昙大师、玄真子虽然默算玄机，事前慎加防卫，仍不免稍有出入，稍一疏忽，定成大错。还算我在事先赶来，所有来犯的邪魔外道，俱被我驱除殆尽，只剩耿鲲一个，少却你们许多顾虑。只要等到三仙道友出洞，便可将天劫躲过。我不久也有此一关，不能过抗造化之力，以干天忌，天狐一出洞，便须避开。到时可仍参照玄真子道友预示，由我按天地阴阳消长之机，用玄门遁法布下一阵，倒转生门，直通岩洞门户。由司徒平坐镇在死门位上，运用峨眉传授，澄虑息机，心与天会，把一切祸福死生置之度外。我再传你一道保身神符。专等秦氏二女从生门口上将她母亲婴儿护送入阵，便接过来紧抱怀中，急速用本身三昧真火，连带来诸符焚化。你三人天门自开，元神出现，借神符妙用，护住全身。

"午时天劫来到，初至时必是乾天纯阳之火。这火不比平常。非寻常法宝所能抵御。全仗你三人诚心坚忍，甘耐百苦，将本身元神与它拼持。那火专一消灭道家成形婴儿，自然感应而来，对常人反难伤害，此中含有阴阳消长不泄之机。你三人中如有一个禁受不住苦痛，就会全功尽弃。等到这火过后，便是巽地风雷，其力足以销毁万物，击灭众类，已非道家法术所炼者可比，你们所有飞剑法宝全无用处。届时可由诸葛警我将玄真子道友葫芦中炼藏的五火神雷放将出去，以诸天真火制诸天真火，使其相撞，同归于尽。雷火既消，罡气势减，八姑的雪魂珠乃在此时运用。巽地风雷过去，末一关最是厉害。这东西名为天魔，并无真质，乃修道人第一克星。对左道旁门中人与异类成道者更为狠毒。来不知其所自来，去不知其所自去，象由心生，境随念灭，现诸恐怖，瞬息万变。稍一着相，便生祸灾，备具万恶，而难寻迹。比那前两道关，厉害何止十倍！除了心灵湛明，神与天会，静候三仙道友出洞，用他们所炼无形法宝，仗着无量法力，硬与天争，将它或收或散，才能过此一关外，无别的方法抵御。耿鲲纵然厉害，在这三重天劫到临之时，也不敢轻易涉险。此次再来，不是前期阻挠，便是事后寻仇。他如先来，有我在此；后来时，三仙道友业已出洞。纵还有别的邪魔来犯，也无足虑，你们只管谨慎行事便了。"

秦氏二女和司徒平闻言，早一同拜伏在地。乙休吩咐已毕，便行法布置起来。一面又将阵中机密收用之法，生死两门用途，如何将死户倒转生门，生门变成死户，怎样置之死地以求生，一一详为解说，传与司徒平牢牢谨记。等到行法完毕，业已巳初时分。司徒平忙往阵中死门地位上澄息静念，盘膝坐定，先将玄功运转，以待宝相夫人入阵。诸葛警我仍去钓鳌矶上瞭望。紫玲姊妹分立岩洞左右，先将剑光飞起，一持弥尘幡，一持彩霓链，静待接引。八姑暗持雪魂珠，飞身空中戒备。到了巳末午初，正喜并无仇敌侵扰，忽见乙休飞向钓鳌矶上，与诸葛警我说了几句话，一片红光闪过，升空而去。乙休一走，宝相夫人就要出来，大劫当前，阵内外夫妻姊妹三人，俱各谨慎从事，越加不敢丝毫松懈。待有半盏茶时，忽听岩洞以上"哗"的一响，一团紫气拥护着一个尺许高的婴儿，周身俱有白色轻烟围绕，只露出头足在外，仿佛身上蒙了一层轻绢雾縠。离头七八尺高下，悬着碧荧荧一点豆大光华，晶光射目。初时飞行甚缓。一照面，紫玲姊妹早认出是宝相夫人劫后重生的元神和真体，不禁悲喜交集，口中齐声喊得一声："娘！"早一同飞迎上去接住。紫玲一展弥尘幡，化成一幢彩云，拥护着往阵内飞去。司徒平在死门上老远望见，忙照乙休真传，将阵法倒转。一眨眼彩云飞至，因为时机紧迫，大家都顾不得说话。紫玲一到，一面收幡，口中喊道："平哥看仔细，母亲来了！"说罢，便将宝相夫人炼成的婴儿捧送过去。司徒平连忙伸手接住，紧抱怀内。正待调息静虑，运用玄功，忽听怀中婴儿小声说道："司徒贤婿，快快将口张开，容我元神进去，迟便无及了。"声极柔细，三人听得清清楚楚。司徒平刚将口一张，那团碧光倏地从婴儿顶上飞起，往口内投去。当时只觉口里微微一凉，别无感应。百忙中再看怀中婴儿，手足交盘，二目紧闭，如入定一般。时辰已至，情势愈急，紫玲姊妹连忙左右分列，三人一齐盘膝坐定，运起功来。

当婴儿出洞之时，便听见西北天空中隐隐似有破空裂云的怪声，隆隆微响。及至婴儿入阵，司徒平吞了宝相夫人那粒元丹，用本身三昧真火焚了灵符。一切均已就绪，渐渐听得怪声由远而近，由小而大。那钓鳌矶上诸葛警我与空中巡游的郑八姑俱早听到。先时用尽目力，并看不见远处天空有何痕迹。过了一会儿，回望阵中死门地位上，已不见三人形体，只见一团紫霞中，隐隐有三团星光光芒闪烁，中间一个光华尤盛。知道三人借灵符妙用，天门已开，元神出现，时光即交正午。诸葛警我还不妨事，八姑究是旁门出身，未免也有些胆怯。天劫将到，耿鲲未来，料无别的外魔来侵，无须再为巡游，便也将身往钓鳌矶上飞去。准备第二次巽地风雷到来，再会合诸葛警我，一用玄真子的五火神雷，一用雪魂珠，上前抵御。八姑刚飞到钓鳌矶上，便听诸葛警我"咦"了一声，回首一看，西北角上天空有一团红影移动。

这时方交正午，烈日当空，晴天一碧。那团红影较火还赤，看上去分外显得清明。初见时只有茶杯大小，一会儿便如斗大，夹着呼呼隆隆风雷之声，星飞电驶而来，转眼到了阵的上空。光的范围，大约亩许；中心实质不到一丈，通红透明，光彩耀眼。眼看快要落到阵上，离地七八丈高下，忽见阵里冒起无数股彩烟，将那团火光挡住，相持起来。那团火光便仿佛晓日初出扶桑，海波幻影，无数金光跳动，时上时下，在阵地上空往来飞舞，光华出没彩烟之中，幻起千万层云霞丽影，五光十色，甚是美观。火光每起落一次，那彩烟便消灭一层。诸葛警我与郑八姑看出那彩烟虽是乙休阵法妙用，但至多不过延宕一些时间。果然那火光越来越盛，紧紧下逼阵中彩烟，逐渐随着火光照处，化成零丝断纨，在日光底下随风消散。顷刻之间，火光已飞离死门阵地上空不远，忽然光华大盛，阵中残余彩烟全都消散。"砰"的一声大震，那团火光倏地中心爆散开来，化成千百个碗大火球，陨星坠雨一般，直往阵中三人坐处飞去。到离三人头顶丈许，那三颗青星连那一团紫气,便飞上去将那火光托住。两下里光华强弱不一,此盛彼衰,此衰彼盛,相持有个把时辰,不分高下。八姑以前有过经验,先时甚代三人担心悬念。及见这般光景,知道那乾天真火乃是一团纯阳至刚之气,来势异常猛烈,先被乙休布下仙阵,借用地底纯阴之气抵挡一阵,已缓减了不少威势。难得阵中三人俱能同心如一,将死生置之度外,坚毅能忍,拼受熏灼,居然受它敌住。只须挨过未正,头一难关便逃脱了。

八姑正在惊叹心服之际,那一丛火光忽然大减,同时那三颗青星除当中一粒光华更强盛外,其余二颗都渐晦暗。方暗道一声:"不好!"当中那颗青星忽先往下一落,然后朝上冲起,直往火丛中一团较大的主光撞去。才一碰上,那团主光便似石火星飞,电光雨逝,立刻消散。主光一灭,所有空中千百团成群火光,像将灭的油灯一般,一亮一闪,即时化为乌有,八姑、诸葛警我知那团主光乃是五火之原,因灵感应,疾如电飞,瞬息万里。一见被司徒平的元神撞碎,便知大功将成。不料余火消灭得这么神速,说灭便灭了,无形迹可寻,不由喜出望外。再往阵中一望,阵法已是早被乾天真火破去。三颗青星,有一颗已离开紫气围拥,像人工制成的天灯,悬在空中,浮沉不定,并无主宰。料是受创已深,元神无力归窍。且喜第二关风雷之劫,要交申时才到,还有半个时辰空闲,连忙飞身过去救援。飞临切近,各念归魂咒语,将雪魂珠取出,放出一片银光,罩向那最高一颗青星上面,缓缓压了下去,到离司徒平头顶不远才止。再一细看,紫气围绕中的三人,一个个闭目咬牙,面如金纸,浑身汗湿淋漓,盘膝坐在当地。因四围俱有紫气围绕,恐有妨害,不便近身。

正要商量离开,忽听司徒平怀中的婴儿开目细声说道:"二位道友,借此宝珠之力,便可近前。他三人因救难女,已被乾天真火所伤。难女元丹原附在小婿身上,适才因见势万分危急,冒着百险,上去助他一拼,侥幸逃脱此劫,力尽神疲,几乎不能归窍。多蒙道友珠光一照,立时清醒。如今小婿虽然不致有害,两个小女已是不可支持,虽不送命,还有两重劫难难以抵御。望乞二位道友救他们一救,将此宝珠,向他们三人命门前后心滚上一遍,再请诸葛道友将令师预赐的灵丹给他们每人一粒便无害了。"二人闻言,便由八姑持珠,诸葛警我紧随身后,一同上前。果然雪魂珠光华照处,紫气分而复合。到了三人面前,八姑先用手向紫玲身上一摸,竟是火一般烫。将雪魂珠持在手内，在紫玲身上滚转了两周，立时热散，脸色逐渐还原。诸葛警我也将玄真子预给的灵丹，塞了一粒在她口内。然后再按同样方法救寒萼与司徒平。等了一会儿，直到三人一齐复原，头上元神依旧光明活泼，才行离去，一同往钓鳌矶上飞行。

诸葛警我道："这乾天纯阳真火，只听师长说过，不想有这般厉害！如无道友的雪魂珠，三位道友不死也重伤了。"八姑道："昔年随侍先师，曾经身遇其难。那火所烧之处，不但生物全灭，连那地方的岩谷洞壑，沙石泥土，皆化为灰烬，全都不显一丝焦灼之痕。此时晴日无风，我们又是离地飞行，虽然附近树木也有无故脱落的，看去还不甚显。少时，巽地风雷一到，便看出那火的厉害了。这次若非宝相夫人多年苦炼，道力精深，适才冒险与司徒道友元神合而为一，指引他去撞散原火，主光如在，余火随散随生，消而又长，秦家姊妹中，紫玲尚可支持，寒萼最是可危。她的元神一受重伤，连带其余二人，不但宝相夫人遭劫，此后他姊妹夫妻三人，重则丧失灵性，不能修真；轻则身受火伤，调治当须时日。这次居然脱过，岂非万幸？"诸葛警我虽然在小辈同门中功行比较深造，到底没有八姑经历丰富、见闻广博。他闻言往四外一看，远近林木山石仍然如旧，树叶仍是青葱葱的，并无异状。虽觉她言之稍过，也未再问。到了矶头上面，因第二关有用着自己之处，先将五雷真火葫芦从身后摘下，持在手内，静候申时风雷一到，便即迎上前去下手。先时乾天纯阳之火来自西北，此时巽地风雷却该来自东南。那钓鳌矶恰好坐西南朝东北，与三人存身的阵地遥遥相对，看得一清二楚。二人便站向东南方，一同注视。

这时离申初不远。神驼乙休阵法已破，除了死门上三人仗着护身紫气，盘膝坐定在那一片平石上面，以及钓鳌矶上八姑、警我二人遥为防守外，樊篱尽撤。诸葛警我方在和八姑笑说："翼道人耿鲲幸是先来，受了重伤而去，若在此时来犯，岂非大害？"一言未了，忽然狂风骤起，走石飞沙。风头才到，挨着适才天火飞扬之处的一片青葱林木，全都纷纷摧断散裂，仿佛浮沙薄雪堆聚之物，一遇风日，便成摧枯拉朽，自然瘫散一般，声势甚是骇人。诸葛警我疑是风雷将至，忙做准备。八姑先运慧目四外一看，说道："道友且慢。此风虽也从东南吹来，不特风势并不甚烈，又无雷声，而且远处妖云弥漫。那些林木裂散并非风力，乃是适才乾天之火所毁。一切生物已经全灭，因为先前微风都无，所以尚存一些浮形，遇风即散，并无奇异。现距申时还有刻许，只恐别的异派邪魔乘隙来犯，请道友仍在此矶上防守，以御雷火。贫道此来，未出甚力，且去少效微劳，给来犯邪魔一个厉害。"说罢，便往三人坐处飞去。诸葛警我眼见八姑飞离三人里许之遥，将手一扬，一道青烟过去，司徒平等三人连那紫气青星，全都不见。只剩八姑一人趺坐地上，手足并用，画了几下。知她是用魔教中匿形藏真之法，将三人隐去。

八姑布置刚完，风势愈大，浮云蔽日，烟霞中飞来了许多奇形怪状的鬼怪夜叉，个个狰狞凶恶，口喷黑烟。为首是一个赤面长须、满身黑气围绕的妖道。左手持着一面白麻长幡，长约两丈，右手拿着一柄长剑，剑尖上发出无数三棱火星。到时好似并未看见八姑在彼，领着许多鬼怪夜叉，一窝蜂似的直往宝相夫人以前所居的岩洞中飞去。诸葛警我先见来势凶恶，也甚注意，准备上前相助。一见这般形状，敌我胜负已分。眼看那妖道同那一群鬼怪夜叉烟尘滚滚，刚刚飞入岩洞，便见八姑将手一指，口中长啸两声，那般高大的危岩，倏地像雪山融化一般塌陷下去，碎石如粉，激起千百丈高，满空飞撒。满空中隐隐听得鬼声啾啾，甚是杂乱。过了一会儿，才见那妖道带领那一群鬼怪夜叉，从千丈沙尘中冲逃出来，头脸尽是飞沙，神态甚为狼狈。八姑早长啸一声，迎了上去。妖道这才看清敌人，不由大怒，一摆手中长幡，幡上黑烟如带，抛起数十百根，连同那些鬼怪夜叉，一起向八姑包围上去。八姑骂道："不知进退死活的妖道！连这点障眼法儿都看不透。我仅略施小技，便将你这群妖孽差点没有活埋在浮沙底下，怎还配觊觎宝相夫人的元丹？你吃了苦头，可还认得当年的女殃神郑八姑么？"说时，将手一扬，先飞起一道青光，将那些黑烟鬼魅逼住，不得前进。

八姑先时无声无息，坐在地上，生得矮瘦，形如骷髅，又穿着一身黑色道服，远望与一株矮的树桩相似。而妖道又是受了别个妖人利用，初来冒险，志在一到便抢宝相夫人的元丹遁走，所以没有在意。入洞便被八姑使了禁制，一座已被真火烧成石粉的灰山平压下去，怕没有几千百万斤重量，一任妖道妖法厉害，一时也难以逃出。何况周身俱被灰尘掩埋，五官失灵，上面又有那般重的压力压下，无论仙凡，也难承受。还算那妖道本领并非寻常，所带鬼怪夜叉又是有形无质，一见脚下发软，知道越避越险，口诵护身神咒，用尽妖法抗拒，往上硬冲，费了无穷气力，吃了许多苦头，才行逃出。一见八姑高喝，迎面飞来，知是宝相夫人请来帮手。刚在行使妖法抵敌，一听来人自报姓名是女殃神郑八姑，正是昔年的对头冤家，越发又愧又怒，又惊又恨。仇人对面，无可逃避，只得破口大骂道："你这贼泼贱！原是一样出身旁门，却偏与旁门作对。想当初我师父向你提亲，原是好意，你却恋着昆仑钟贼道，执意不肯，以致引起许多仇怨。后来你师父遭了天劫，九剑困方岩，神火炼冷焰，将你与玉罗刹等一干泼贱困住，偏又被你两个逃脱。她认贼作父，早晚难逃公道；你也未嫁成那钟贼道。这些年来，听说你独自逃往雪山潜伏，走火入魔，不死不活地苦受苦挨。不知又被哪个贼党救将出来，与自家人作对。天狐不在，定然被你弄死，捡了便宜。趁早将那元丹献出，免得死无葬身之地！"言还未了，八姑虽是近多年道心平静，也禁不住他任意诬蔑，勃然大怒道："无知业障！有什法力？无非仗着你那孽师一灯老鬼的势力，到处为恶，欺压良善。今日犯在我的手里，如和前次一般，放你生还，休要梦想！我且先不杀你，让你先尝尝活埋的滋味，再伏天诛。"说罢，将手一指。妖道忽觉脚下一软，知道不妙，方要腾空飞起，猛见头上灰蒙蒙一片压将下来。待使循法逃避时，已被八姑早在暗中行法困住，地下似有绝大力量吸引，头上又有数千百万斤东西压下，身不由己，连人带那些鬼怪夜叉，全都陷入地内。这次更不比刚才，八姑存心与他为难，用魔教中最狠毒的禁法，暂时也不伤他性命，只教他在地下无量灰沙中左冲右突，上下两难。

八姑将妖道困住，一望日影，已入申初。暗恨妖道言行可恶，把心一狠，收转适才剑光，飞回钓鳌矶上。诸葛警我连赞八姑妙法，顷刻除了妖道。八姑道："那妖道是已伏天诛的一灯上人门徒。虽然无恶不作，也非弱者，更炼就许多成形魔鬼，遇到危险，可以随便择一替身逃遁。名叫风梧，人称百魔道长。论贫道本领，只能将他赶走，要想除他，却是万难。也是这厮恶贯满盈。他未来前，岩洞附近一片山地，尽被纯阳真火化炼成了朽灰，只是暂时表面还看不出，再被我一用禁法，更难辨认，先使他到洞底吃了一番苦头。因为自己弃邪归正，不由生了与人为善之心。谁知这厮怙恶不悛，才将禁法发动，虽不比耿鲲能够移形禁制，借物毁形，却能借着这现成的浮沙，将他陷入地内。上面又一并将那座毁崖朽灰移来，与他压上。他纵然精通法术，可以脱身，也须挣扎些时。这种恶道留在世上，终究为害。不如趁此极巧机会，将他除去，连手下鬼怪夜叉一网打尽，岂不是好？如今时辰已到，少时罡地风雷便到，等道友发动五火神雷以前，算准时分，将禁法一撤，恰好降下神雷，这群妖道魔鬼不愁不化为灰烟了。"

正说之间，诸葛警我一眼瞥见东南角上有一片黑云，疾如奔马，云影中见有数十道细如游丝的金光，乱闪乱窜，忙喊八姑仔细。一面举着手中葫芦，口诵真言，准备下手。八姑知那风雷来势甚快，耳听云中轰轰发动之声，越来越响。不俟近前，便将手朝下一指，连禁法与阵中三人隐身匿形之法一齐撤去。这时妖道陷身之处，已成一片灰海烟山，尘雾飞扬，直升天半。那妖道在灰尘掩埋中，领了那一群鬼魔冲将上来，恰巧罡地疾风疾雷同时飞到，一过妖道头上，便要朝司徒平等三人打去，轰轰隆隆之声，惊天动地。雷后狂飙，已吹得海水高涌，波涛怒啸，渐渐由远而近。诸葛警我早已准备，用手一指，一道金光将那葫芦托住，直向那团飞云撞去，一面忙将金光招了回来。耳听"砰"的一声，二雷相遇，成团雷火四散飞射。那妖道未离土前，还在想寻仇对敌，一眼看到前面三颗青星，贪心又起。未及上前，猛见头上一朵浓云，金蛇乱窜，飞驶而至，大惊失色。方要逃避，业已雷声大震。这一震之威，休说雷火下面的妖道与鬼怪夜叉之类要化为飞烟四散，连诸葛警我与郑八姑，俱觉耳鸣心怖，头昏目眩。那海上许多大小鱼介，被这一震震得身裂体散，成丈成尺成寸的鱼尸，随着海波满空飞舞。若换常人，怕不成为齑粉。迅雷甫过，罡风又来。乙休还说神雷既破，风势必减，已吹得海水横飞，山石崩裂，树折木断，尘覆障目了。八姑见罡风的翼略扫矶头，矶头便觉摇晃，似要随风吹去。哪敢怠慢，忙将雪魂珠放出手去。然后飞身上空，身与珠合，化成亩许大一团光华，罩在司徒平等三人头上。这万年冰雪凝成的至宝，果然神妙非常，那么大风力竟然不能摇动分毫。风被珠光一阻，越发怒啸施威，而且围着不去，似旋风般团团飞转起来。转来转去，变成数十根风柱，所有附近数十里内的灰沙林木，全被吸起。一根根高约百丈，粗有数亩，直向银光撞来。一撞上只听轰隆一声大震，化作怒啸，悲喧而散。

诸葛警我在矶头上当风而立，耳中只听一片山岳崩颓、澎湃呼号之声，骇目惊神,难以形容。相待约有个把时辰,银光四围的风柱散而复合,越聚越多,根根灰色,飙轮电转。倏地千百根飞柱好似蓄怒发威,同时往那团亩许大小的银光拥撞上去。光小,风柱太多,互相拥挤排荡,反不得前,发出一种极大极难听的悲啸之声,震耳欲聋。风势正苦不前,那团银光忽然胀大约有十倍。那风似有知觉,疾若电飞,齐往中心撞去。谁知银光收得更快,并且比前愈小,大只丈许。这千百根风柱上得太猛,同时挤住不动,几乎合成了一根,只听摩擦之声,轧轧不已。正在这时,银光突又强盛胀大起来,那风被这绝大胀力一震,"叭"的一声,紧接着嘘嘘连响,所有风柱全都爆裂,化成缕缕青烟四散。不一会儿,便风止云开,清光大来,一轮斜日,遥浮于海际波心,红若朱轮。碧涛茫茫,与天半余霞交相辉映,青丽壮阔,无与伦比。如非见了高崖地陷沙沉,断木乱积,海岸边鱼尸介壳狼藉纵横,几疑置身梦境,哪想到会有适才这种风雷巨变?那空中银光,早随了郑八姑飞上矶来。八姑已是累得力尽精疲,喘息不已了。

这第三次天魔之灾,应在当晚子夜。除了当事的人冥心静虑,神与天合,无法抵御。八姑与诸葛警我二人自是爱莫能助,除了防范别的邪魔而外,惟盼三仙早时开洞出临而已。

且说苦孩儿司徒平与秦紫玲姊妹护着宝相夫人法体元神,抵御乾天真火之灾,身体元神俱被真火侵灼,痛楚非凡,元神受损,几乎不能归窍。多亏女殃神郑八姑的雪魂珠与诸葛警我给服的三仙灵丹,总算躲过这第一关重劫。元气还未十分康复,又遇邪魔来侵,虽然仗有八姑抵挡,未被妖人侵害。同时异地风雷又复降临,远远便听见雷霆巨响,震动天地,狂飙怒号,吹山欲倒。那被第一次天火烧过的岩石林木,早已变成了劫灰。风雷还未到达,便受了侵袭,成排古木森林和那附近高山峻岭,全都像浪中雪崩一般,向面前倒坍下来。休说司徒平夫妻三人见了这般骇人声势会惊心悸魄,就连宝相夫人早参玄悟、劫后重生、备历艰苦磨炼、深明造化消长之机的人,也觉天威不测,危机顷刻。一有不慎,不特自己身体元神化为齑粉,连爱婿爱女也难保不受重伤。四人俱在强自镇定、拼死应变之际,诸葛警我首先用玄真子的五火神雷与来的天雷相挡,虽然以暴制暴,使仙家妙用与诸天真阳之火同归于尽,那一震之威,也震得海沸鱼飞,山崩地陷。何况雷声甫息,狂飙又来,势如万马奔腾之中,杂以万千凄厉尖锐的鬼怪悲啸。眼看袭到面前，忽见雷火余烬中飞起一团银光，照得大地通明，与万千风柱相搏相撞，挤轧跳荡。经有半个时辰，竟为银光所破，化成无量数灰黄风丝，四外飞散，那银光也往钓鳌矶上飞去，知是八姑的雪魂珠妙用。这第二关风雷之灾，虽比乾天真火厉害得多，仅只受一番虚惊，平安度过，好不暗中各自庆幸。三劫已去其二，只须挨过天魔之劫，便算大功告成。因为前两关刚过，最后一关阴柔而险毒异常，心神稍一收摄不住，便被邪侵魔害，越发不敢大意，谨慎静候。这时，崖前一片山地，连受真火风雷重劫，除了司徒平四人存身的所在约周围二三亩方圆，因有紫气罩护，巍然独峙外，其他俱已陷成沙海巨坑，月光之下，又是一番凄惨荒凉境界。

到了戌末亥初，司徒平与紫玲、寒萼姊妹二人，已在潜心运气，静候天魔降临。忽听怀中宝相夫人道："此时距劫数到来还有个把时辰。适才默算天机，知道末一关更是难过，如今虽说三灾已去其二，犹未可以乐观。想是我前生孽重，忏悔无功，虽有诸位仙长助力，未必便能躲免。先因急于抗抵大劫，未得与贤婿夫妻深谈。惟恐遭劫以后，便成永诀，意欲趁此危难中片刻之暇，与贤婿夫妻三人略谈此后如何修为，以免误入歧途，早参正果。如今祸变随时可发，你三人天门已开，元神在外，无须答言。只于警戒之中，略分神思，听我一人说话便了。我的前因后果，你夫妻三人早已深悉。大女紫玲，一心向上，竟能超脱情节，力求正果，她的前途无甚差误，我甚放心。贤婿原非峨眉门下上乘之士，将来难免兵解成道，所幸仙缘遇合，得蒙神驼乙真人另眼相看，收为记名弟子。他如躲过末劫，贤婿虽仍在峨眉门下，也可借他绝大法力，免去兵解之危，成为散仙一流。只次女寒萼，秉我遗性，魔劫重重，日前一念贪嗔，失去元阴。虽然与贤婿姻缘前定，无可避免，究还是资禀不良所致。尚幸未曾污及凝碧仙府；又与贤婿已有夫妻名分，曾由玄真子与优昙大师做主，不算触犯教规。三仙道友更因三次峨眉斗剑，群仙大劫，实由万妙仙姑许飞娘一人而起，除这罪魁元恶，须在你姊妹二人身上。对于次女，只要不犯清规大戒，小节细行，未免略予姑容。我如侥幸脱劫，自可于凝碧开山盛典之时，苦求教祖，将你夫妻三人带返紫玲谷，或在仙府内求赐一洞，同在一处修为，有我朝夕告诫，自不患有何废颓。否则，次女连遭拂逆，虽然暂时悔过，无奈恶根未尽,仍恐把握不住,误犯教规,自堕前程。务须以我为鉴,从此艰苦卓绝,一意修为。等开山盛典过去,便须奉敕出外,积修外功,尤不可大意轻忽,招灾惹祸。

"我那白眉针最是狠毒,大犯旁门各派之忌。以前相传,原为我不在旁,一时溺爱,留汝姊妹以备防身之用。事后时常后悔,既然师长不曾禁止,我也不便收回。冤家宜解不宜结,总以少用为是。前次青螺针伤师文恭,适才又针伤翼道人耿鲲。藏灵子报仇,虽有乙真人揽去;耿鲲之事,尚还难说。这二人俱是异派中极难惹的人,汝姊妹初生犊儿,连树强敌,如无诸位真仙师长垂怜,焉有幸理?我如遭劫,次女务要事汝姊若母,一切听她训诫。对于众同门,应知自己本是出身异类,同列雁行,已是非分荣光。虽然略谙旁门道术,此时诸同门入门年浅,造就多半不深,有时自觉稍胜一筹。一经开山之后,教祖量人资禀,传授仙法剑术法宝,你们以前所学,便如腐草流萤,难与星月争辉了。再者教祖传授,因人而施,甚至暂时不传,观其后效者。未传以前,固要善自谦抑,一切退让,恭听先进同门嘱咐。既传以后,更不可因原有厚薄,而怀怨望,致遭愆尤。须知汝母年来默悟玄机,身在此地,心悬峨眉,往往默算汝姊妹所为。当时心忧如焚,无奈身居罗网,不能奋飞,只有代为提心吊胆而已。如能善体我意,三次峨眉劫后,也未始无超劫成道之望,只看你们能否知道自爱耳。我今日所受之灾,以末一灾最为难过。天魔有形无质,而含天地阴阳消长妙用,来不知其所自来,去不知其所自去。休说心放形散,稍一应声,元精便失。但是不比前两次灾劫可以伤人,只于我个人有大害而已,因不能伤害你夫妻三人,我虽遭劫,夫复何恨?这次我的元神不能露面,全仗贤婿夫妻保护。尤以贤婿本命生克,更关紧要。只要贤婿神不着相,二女纵使为魔所诱,也无大害。贤婿务要返神内照,一切委之虚空,无闻无见,无论至痛奇痒,均须强忍,既不可为它诱动,更不可微露声息。我的元神藏在贤婿紫阙以下,由贤婿元灵遮护,元灵不散,天魔不能侵入,更无妨害。此魔无法可退,非挨至三仙出洞,不能驱散。此时吉凶,已非道力所能预测,虽有幸免之机,而险兆尤多,但看天心能否鉴怜而已。"说罢,三人因为不能答言,只是潜心默会。因为时辰快到,连心中悲急都不敢。只管平息静虑,运气调元,使返光内莹,灵元外吐,以待天魔来降。不提。

钓鳌矶上诸葛警我与郑八姑一眼望见下面紫气围绕三人顶上的三朵青星，当中一朵忽然分而为二，落了一朵下去。一望天星，时辰将到，知道天魔将临，宝相夫人元神业已归窍。御魔虽有力难施，惟恐万一翼道人耿鲲乘此时机赶来报仇侵害，不可不防。二人略一商量，觉得钓鳌矶相隔尚远，倘或事起仓猝，那耿鲲长于玄功变化，不比别的邪魔。仗有雪魂珠护身，决计冒险飞身往三人存身的上空附近，仔细防卫。二人飞到那里有半个时辰过去，已交子时，一无动静。月光如水，碧空万里，更无纤云，未看出有丝毫的警兆。正在稀奇，忽听四外怪声大作，时如虫鸣，时如鸟语，时如儿啼，时如鬼啸，时如最切近的人在唤自己的名字。其声时远时近，万籁杂呈，低昂不一，入耳异常清脆。不知怎的，以司徒平夫妻三人都是修道多年、久经险难的，听了这种怪声，兀自觉得心旌摇摇，入耳惊悸，几乎脱口应声。幸有玄真子、乙休和宝相夫人等事前再三嘱咐，万一闻声，便知天魔已临，连忙潜心默虑，镇摄元神，不提。

三人起初闻声知警，甚为谨慎。一会儿工夫，怪声忽止，明月当空，毫无形迹。正揣不透是何用意，忽然东北角上顿发巨响，惊天震地，恍如万马千军杀至。一会儿又如雷鸣风吼，山崩海啸，和那二次巽地风雷来时一样。虽然只有虚声，并无实迹，声势也甚惊人，惊心动魄。眼看万沸千惊袭到面前，忽又停止，那东南角上却起了一阵靡靡之音。起初还是轻吹细打，乐韵悠扬。一会儿百乐竞奏，繁声汇呈，浓艳妖柔，荡人心志。这里淫声热闹，那西南角上同时却起了一片匝地的哀声，先是一阵如丧考妣的悲哭过去，接着万众怒号起来，恍如孤军危城，田横绝岛。眼看大敌当前，强仇压境，矢尽粮空，又不甘降贼事仇，抱着必死之心，在那里痛地呼天，音声悲忿。响有一会儿，众声由昂转低，变成一片悲怨之声。时如离人思妇，所思不见，穷途天涯，触景生悲；时如暴君在上，苛吏严刑，怨苦莫诉，宛转哀鸣，皮尽肉枯，呻吟求死。这几种音声虽然激昂悲壮，而疾痛惨怛，各有不同，但俱是一般的凄楚哀号。尤其那万众小民疾苦之声，听了酸心腐脾，令人肠断。

三人初听风雷杀伐、委靡淫乱之声，因是学道多年，心性明定，还能付之无闻。及至一听后来怨苦呼号之声，与繁音淫乐遥遥相应，不由满腔义侠，轸念黎庶，心旌摇摇，不能自制。幸而深知此乃幻景，真事未必如此之甚。这同情之泪一洒,便要神为魔摄,功败垂成。只是那声音听了,兀自令人股栗心跳,甚是难过。正在强自挨忍,群响顿息。过一会儿,又和初来时一样,大千世界无量数的万千声息,大自天地风雨雷电之变,小至虫鸣秋雨、鸟噪春晴,一切可惊可喜、可悲可乐、可憎可怒之声,全都杂然并奏。诸葛警我、郑八姑道行较高,虽也一样听见,因是置身事外,心无恐怖,不虞魔侵,仍自盘空保护,以防魔外之魔乘机潜袭。一听众响回了原声,下面紫气围绕中,三点青星仍悬空际,光辉不减,便知第一番天魔伎俩已穷。果然不消顷刻,群噪尽收,万籁俱寂。方代下面三人庆幸无恙,忽见缤纷花雨自天而下,随着云幢羽葆中簇拥着许多散花天女,自持舞器,翩跹而来,直达三人坐处前面,舞了一阵,忽然不见。接着又是群相杂呈,包罗万象,真使人见了目迷五色,眼花缭乱。元神不比人身,三人看到那至淫极秽之处,紫玲道心坚定,视若无睹;司徒平虽与寒萼结过一段姻缘,乃是患难之中,情不由己,并非出于平时心理,也无所动;惟有寒萼生具凡母遗性,孽根未尽,看到自己与司徒平在紫玲谷为藏灵子所困时的幻影,不禁心旌摇摇起来。这元神略一摇动,浑身便自发烧,眼看那万千幻象中隐现一个大人影子,快要扑进紫气笼绕之中。寒萼知道不好,上了大当,连忙拼死镇摄宁静时,大人影子虽然退去,元神业已受了重伤。不提。

一会儿万幻皆空,鼻端忽闻异味。时如到了芝兰之室,清香袭脑,温馨荡魄;时如入了鲍鱼之肆,腥气扑鼻,恶臭熏人。所有天地间各种美气恶息,次第袭来。最难闻的是一股暖香之中,杂以极难闻的臊膻之味,令人闻了头晕心烦,作恶欲呕。三人只得反神内觉,强自支持。霎时鼻端去了侵扰,口中异味忽生,酸甜苦辣咸淡涩麻,各种千奇百怪的味道,一一生自口内,无不极情尽致,哪一样都能令身受者感觉到百般难受,一时也说之不尽。等到口中受完了罪,身上又起了诸般朕兆:或痛、或痒、或酸、或麻。时如春困初回,懒洋洋情思昏昏;时如刮骨裂肤,痛彻心扉。这场魔难,因为是己躬身受,比较以前诸苦更加厉害,千般痛痒酸麻,好容易才得耐过。忽然情绪如潮,齐涌上来,意马心猿,怎么也按捺不住。以前的、未来的、出乎料想之外的,一切富贵贫贱、快乐苦厄、鬼怪神仙、六欲七情、无量杂想,全都一一袭来。此念甫息,他念又生。越想静,越不能静；越求不动，却偏要动。连紫玲姊妹修道多年，竟不能澄神遏虑，返照空明。眼看姊妹二人一个不如一个。首先寒萼一个失着，心中把握不住，空中元神一失，散了主宰，眼看就要消散。寒萼哪里知道是魔境中幻中之幻，心里刚一着急，恐怕元神飞逝，此念一动，那元神便自动飞回。元神一经飞回，所有妄念立止。等到觉察，想再飞起防卫，却不知自己大道未成，本无神游之能，只是神驼乙休灵符妙法的作用。神散了一散，法术便为魔力所破，要想再行飞起，焉能做到？紫玲虽比寒萼要强得多，无奈天魔厉害，并不限定你要走邪思情欲关，才致坏道，只你稍一着想，便即侵入。紫玲关心宝相夫人过切。起初千虑百念，俱能随想随灭，未为所动。最后不知怎么一来，念头转到宝相夫人劫数太重，天魔如此厉害，心中一动，魔头便乘虚而入。惟她道行较高，感应也较为严重，也和寒萼一样，猛觉出空中三个元神被魔头一照，全快消灭。以为元神一散，母女夫妻就要同归于尽，竟忘了神驼乙休的行时警告，心中一急，元神倏地归窍。知道不妙，忙运玄功，想再飞出时，谁知平时虽能神游万里之外，往返瞬息，无奈道浅力薄，又遇上这种最厉害的天魔，哪还有招架之功？用尽神通，竟不能飞起三尺高下。

宝相夫人的左右护翼一失，那天魔又是个质定形虚、随相而生之物，有力也无处使。这一来，休说紫玲姊妹吓得胆落魂飞，连空中的诸葛警我与郑八姑一见空中三朵青星倏地少了两朵，天还未亮，不知三仙何时出洞，虽然司徒平头上那朵青星依旧光明，料定道浅魔高，支持稍久，绝无幸理，二人也是一般心惊事急，爱莫能助。尤其女殃神郑八姑，发觉自己以前走火入魔，还没有今日天魔厉害，已是不死不活，受尽苦痛。眼看宝相夫人就要遭劫，兔死狐悲，物伤其类，更为难过。暗忖："自己那粒雪魂珠，乃是天地精英，万年至宝，除魔虽未必行，难道拿去保护下面三人还无功效？"一时激于义愤，正要往下飞落，忽听诸葛警我道一声："怪事！"定睛一看，觉得奇怪。论道行，司徒平还比不上紫玲姊妹，起初紫玲姊妹元神一落，便料他事败，只在顷刻。谁知就在二人沉思观望这一会儿工夫，不但那朵青星不往下坠落，反倒光华转盛起来，一毫也不因失了左右两个辅卫而失效用，二人看了好生不解。

原来苦孩儿司徒平幼遭孤露，尝尽魔难，本就没有受过一日生人之乐。及至归到万妙仙姑许飞娘门下，虽然服役劳苦，比起幼时，已觉不啻天渊。后来因自己一心向上，未看出许飞娘私心深意，无心中朝餐霞大师求了几次教，动了许飞娘的疑忌。再被三眼红蚬薛蟒从中蛊惑进谗，挑拨是非，平日已备受荼毒。末一次若非紫玲谷二女借弥尘幡相救，几乎被许飞娘毒打惨死。人在万分危难冤苦之中，忽然得着两位美如仙女的红粉知己，既救了他的性命，还受尽温存爱护之恩，深情款款，以身相许，哪能不浃髓沦肌地感激恩施。当日一听，说异日有用他处，已抱定粉身碎骨、赴汤蹈火在所不辞之念。再一想到峨眉门下所居的洞天仙府，师长前辈尽是有名的正派中飞仙剑侠，同门个个仙根仙骨，自己前途修为无量。又知道此次宝相夫人劫数，有三仙等前辈先师相助，事非真不可为。万一事若不济，便准备以一死去谢二女。因切得报恩之心，更有敢死之志。以他平日那样谨饬恭慎的人，竟敢不惜得罪灵云等诸先进同门，异日受师长谴责，甘受寒萼挟制，径往紫玲谷去会藏灵子，以身犯险，也无非是为此。此番到了东海，若论临时敬畏，并不亚于紫玲姊妹。论道行法术，还不如寒萼；比起紫玲，更是相差悬殊。也是司徒平该要否去泰来，本身既寓有生克之机，又赶上第一次乾天真火来袭，眼看道高一尺、魔高一丈，危机一发，忽被宝相夫人冒险将元神飞出，助长他的真灵，与真火相撞，居然侥幸脱难，再一听宝相夫人所说的一番话，忽生妙悟，暗想："宝相夫人遭劫，自己无颜独生以对二女。现在元神既因乙真人灵符妙用飞出，宝相夫人已和自己同体，那天魔只能伤夫人，而不能伤我，我何不抱定同死同生之心？自己这条命原是捡来的，当初不遇二女，早已形化神消，焉有今日？要遭劫，索性与夫人同归于尽。既是境由心生，幻随心灭，什么都不去管它，哪怕是死在眼前，有何畏惧？"主意拿定，便运起玄功，一切付之无闻无见无觉。一切眼耳鼻舌的魔头来侵时，一到忍受难禁，便把它认为故常，潜神内照，反诸空虚，那魔头果然由重而轻，由轻而灭。司徒平却并不因此得意，以为来既无觉，去亦无知，本来无物，何必魔去心喜？神心既是这般空明，那天魔自然便不易攻进。中间虽有几次难关，牵引万念，全仗他道心坚定，旋起旋灭。先还知道有己，后来并己亦无，连左右卫星的降落，俱未丝毫动念。不知不觉中，渐渐神与天会，神光湛发，比起先时三星同悬，其抗力还要强大。道与魔，原是此盛彼衰，迭为循环。过不一会儿，魔去道长，元神光辉愈发朗照。所以空中诸葛警我与郑八姑见了十分惊异。

这时只苦了紫玲姊妹，自知误了乃母大事，一面跪地呼天，悲号求赦；一面吁恳三仙出洞救难。惊急忧惶中，不禁偷眼一看司徒平，神仪内莹，宝相外宣，二目垂帘，呼吸无闻，不但空中星辉不减，脸上神光也自焕发。那婴儿也是盘膝贴坐在司徒平怀内，若无闻见。虽看出还未遭劫，毕竟不能放心。二女正在呼吁求救之中，猛听四外怪声大作，适才所见怪声幻象，忽然同时发动。紫玲姊妹固是惊惶，那空中的八姑、警我也看出兆头不对。如果所有六贼之魔同时来犯，休说一个司徒平，任是真仙也难抵御。正在忧急，忽见西南角上玉笋峰前，三仙洞府门首飞起一道千百丈长的金光，直达司徒平夫妻三人坐处，宛如长虹贯天，凭空搭起一座金桥。这时海上刚刚日出，满天尽是霞绮，被这金光一照，奇丽无与伦比。诸葛警我知是三仙开洞，心中大喜。眼看那道金光将司徒平等三人卷起，往回收转。就在这时，东北遥空星群如雨，火烟乱爆，夹着一片风雷之声，疾飞而来。烟光中，翼道人耿鲲展开双翼，疾如电掣般直往金光中三人扑去。八姑喊声："不好！"刚要飞身上前，忽然天魔的一派幻声幻象一齐收歇。从下面三人坐处，飞起一个慈眉善目的清瘦霍景，一个仙风道骨的星冠白衣羽士，双双将手往空中一指，也未见发出什么剑光法主，那翼道人耿鲲兀自在空中上下翻飞，两翼间的火星像暴雨一般纷纷四散坠落，洒了一天的火花。过没半盏茶时，忽然长啸一声，仍往东北方破空飞去。下面三人就在双方斗法之间，随着那道金光到了三仙洞中。诸葛警我知道大功告成，忙邀八姑跟踪过去，到了洞前落下。一同入内一看，三仙正与司徒平等三人说话，连忙上前拜见。玄真子便命诸葛警我到妙一真人房内，取来妙一夫人日前遗留的一身道衣。然后吩咐紫玲从司徒平怀中抱过婴儿，拿了那身衣服，入室与宝相夫人更换。等到紫玲出来，宝相夫人已成为一个妙龄道姑了。

原来司徒平刚将六贼次第抗过，忽又同时袭来。眼看危急万分，正赶上三仙奉敕闭洞修炼仙法，功行圆满出来，首由玄真子与苦行头陀用先天太乙妙术驱散天魔。仍恐魔高道低，再由乾坤正气妙一真人用长眉真人天篆玉笈中附赐的一口降魔仙剑，借本身纯阳真气，化成一道金光，接引三人入洞。偏巧耿鲲在北海陷空岛取出了白眉针，修炼复原，赶到报仇，原想乘隙使用毒手，伤害三人性命。正值苦行头陀与玄真子除了天魔，用无影剑将他赶走。司徒平等三人到了洞中，叩见三仙之后，宝相夫人多年苦修，业已炼体归原，婴儿可大可小，三仙早向妙一夫人要了一身仙衣相赠。紫玲姊妹见母亲仍和从前一般模样，只是添了一身仙气，好不悲喜交集。

宝相夫人更衣出来，先向三仙谢了救命之恩。又同二女、司徒平重又跪谢诸葛警我与八姑相救之德。妙一真人便取一封仙札，交与宝相夫人，说道："我三人奉了先师遗敕，闭洞开看玉笈，修炼法宝。笈中附有这封仙札，吩咐你持此札去往峨眉前山解脱庵旧址的旁边，那里有个洞穴，直通金顶，可在里面照札中仙示修炼，直到三次峨眉斗剑，方许出面。事完之后，功行便自圆满，飞升仙阙。积修外功，由你二女代为。千万不可离开，自误功课。苦行道友飞升在即，也为相助行法，略延时日。我不久即往峨眉，准备群仙聚会和开府大典。此番魔劫只司徒平一人无碍，道心坚定，甚是可嘉。你女俱受魔侵，元神亏损，尤以寒萼为甚。须俟回山开府，取了先师太极两仪微尘阵中所藏仙丹，方可复原。你母子多年未见，方得重逢，又要久违，可同到峨眉聚上三二日，再照仙札修为便了。"宝相夫人闻言，忙将仙札跪领过去，默谢长眉真人施恩。这才起身，率了众人向三仙拜辞。玄真子道："诸葛警我在此无事，也随了一同去吧。"

第一三五回

龟策著灵　初呈妙算
蛮烟瘴雨　再作长征

话说宝相夫人与诸葛警我、郑八姑、司徒平夫妻等人拜别三仙，出了仙府，各驾遁光法宝，齐往峨眉进发，到了凝碧崖前落下。灵云同了一干小辈同门，已在延颈相候。互相见礼之后，问起宝相夫人脱劫之事，俱都惊喜非常。自那日司徒平等四人走后，陆续又来了不少两辈同门。洞中之事，已由髯仙李元化代为主持。因为开府在即，来的人一天多似一天，接待一切，俱都派有专司。这都暂且不提。

那宝相夫人原不甚放心寒萼，打算脱劫以后，母女三人同在一起修炼，就便监管。不料又奉长眉真人仙札，只能相聚二三日便须分手，往解脱庵侧岩洞之内修为，知道运数如此。这两日里，默观众小辈同门之中，只有英琼不但根器最厚，前途造就更是难量。又见她和寒萼颇投契，越发心喜。再三叮嘱寒萼，对于英琼，务要极力交欢。自己又当面向灵云、英琼重托，说二小女劫重魔深、缘浅道薄，务望随时照应等语。到了第三日，不能再延，打开仙札拜观，不由又惊又喜。便又嘱咐了紫玲姊妹与司徒平三人几句，才行辞别各老少同门，径往解脱坡岩洞之中潜修去了。

宝相夫人走后，紫玲姊妹自是心酸难过，大家不免又劝勉一番。这日英琼、若兰、紫玲等四人，奉命在飞雷捷径的后洞外面接待仙宾，米、刘二矮与袁星、神雕俱都随在身侧。等了一阵，不见人来。英琼偶然想起教祖不久回山，米、刘二矮跟随自己业经多日，似这般门徒不像门徒，奴仆不像奴仆，虽说奉有师命，可以便宜行事，又有灵云极力主持，到底自己年幼道浅，越众行事，心中老是不安。因此米、刘二人屡向自己告奋勇，求准他二人出山积点外功，或采取一些灵药，俱未敢轻易允准。适才又向自己讨令，说今日起了一个先天神数，算出有一同门在途中遇难，打算前去探听搭救。若兰、寒萼也代二人请托。"何不姑且试他一试，果然灵异，也不枉冒着万千不是，收他二人一场。"想到这里，便命二矮姑且离山，探看可有同门到来。

那米鼍、刘遇安去后不久，英琼等四人正在闲谈，芷仙忽然同了余英男来到后洞。英琼便问二人出洞作甚，英男笑道："我自身子复原以后，大师姊因我还不会剑术，命我与南姑帮助裘师姊管理仙厨，好两天也没见你的面，心里头怪想的。适才朱师姊到仙厨，来取百花酿给醉师伯饮，我问起你，她说随了三位师姊在此迎接仙宾。后洞口我还没有来过，本想抽空前来看你。一则不认得路，相隔又远；二则恐大师姊们有事呼唤。心里正在盘算，恰好裘师姊把今日应办之事办完了，因所剩鹿脯已然无多，要请你派佛奴去捉几条鹿来熏腊。又值大师姊走来，知我想到后洞看看风景，便请裘师姊带了我同来，与你谈谈。别的也无甚事。"

原来英男劫后重生，大家因她生具仙根，又是三英之一，十分爱重。她的性情又是英爽之中夹以温和，个个投缘，俱都抢着传她剑法口诀。此次款待仙宾，英男入门不久，不能御气飞行，本未派她职事。英男见众同门俱有事做，只自己是个闲人，定要求灵云派她一些职事。灵云只得命她相助芷仙、南姑管理仙厨。因英琼奉有师命，两日未见，甚是想念，抽空请芷仙带来看望。她二人原是生死患难之交，自比别的同门感情更要来得亲切，不见就想，见了又谈说不完。

英琼当时只顾和英男对答，也忘了派神雕前去擒鹿。芷仙也在和寒萼、轻云、若兰三人说话，问紫玲谷所酿的桃叶春与桂花山福仙潭的千年桂实制成的琥珀春怎样做法。并问若兰，上次带来的千年桂实，剩得还多不多。谈了好一会儿，才得想起命神雕佛奴出山擒鹿之事，便催英琼快些吩咐。英琼笑道："只顾闲谈，倒把正经事儿忘了。"说罢，唤了两声，佛奴俱未答应。四外一看，连袁星也跑没了影子。先疑袁星在近处山中采取果实，神雕必在空中飞翔。等了又一会儿，不见回来，才飞身空中一看，哪有雕、猿的踪迹。知道雕、猿未奉使命，不会走远。下来和芷仙说了，心中正在奇怪，忽听空中雕鸣。抬头一看，雕背上和雕爪上影影绰绰似有几个人影。转眼飞下，快要落地，袁星先从雕爪上纵下地来。及至神雕落地，才见米、刘二矮也骑在背上，把那两少年扶了下来。然后向英琼说道："我二人因算出本门有人中途遭难，奉了主人之命，前去接引。快近峨眉后山山麓，便遇见两个小妖道，将这两位困住，已经身受重伤。我二人看出两位剑法是峨眉传授，刚刚救护过来，未想到岩石上面还坐着两个小妖道的师父——越来岭黄石洞的飞叉真人黎半风。当时便动起手来，眼看抵敌不住，正值佛奴、袁星赶来相助，偏巧又遇元敬师太路过，将妖道赶走。所幸妖道因见二位根基甚好，想命他两个徒弟逼二位投入他的门下，初动手时未下毒手，不然早已丧了性命。元敬师太赶走妖道之后，说他二位一个姓周，一个姓商，俱是醉真人新收不久的门徒。因在贵阳接了醉真人派人带去的法谕，吩咐在重阳以前赶到峨眉凝碧仙府赴开山盛会，谒见教祖，传授仙法仙术。一路之上，遭受了许多魔难。大师已经在路上托人救过他二位一次了。大师还说，是二位该当有此一难。本人有事，不能同来，须到重阳的前一日，方能来此赴会。当时给了两粒保命灵丹，吩咐我等骑雕护送回来，请齐仙姑用教祖的灵丹，给他二位治那飞叉之伤等语。"

四人闻言，因芷仙正要回洞，便托她带了米、刘二矮，护送那二少年入洞去见灵云，医伤安顿。英琼又问袁星，才知它和神雕见无事做，便商量骑了神雕，飞往阴素棠所居的枣花崖，盗那大枣。刚刚飞离峨眉山后，便见老少三个妖道，在和米、刘二矮动手。其余也和二矮所说一样。英琼便命神雕前去擒鹿。英男起初在解脱庵住时，因访英琼，原骑过神雕。一时兴起，以为擒鹿不比与别人动手，没有凶险，便要骑了同去。平素英琼爽快，这次竟会持重起来。见袁星在旁无事，便命随往保护。又因英男手无寸铁，便将在莽苍山兔儿崖从死妖人法宝囊内得来的两口小剑，交她带去防身。英男走后，若兰笑道："余师妹也和琼妹一般，有些小孩脾气。自己剑未学成，不能飞空，连骑着雕飞飞也是好的。只苦了佛奴背上背着一人一猿，爪上还得抓着两个鹿儿，真是晦气。"轻云半晌俱未说话，闻言忽道："若论余师妹，李师妹和她有生死患难之交，情厚自不必说。即我们全体同门，哪个不爱重她的根骨和好性情？不过吉凶祸福生乎动，她平日那么文静静的，今日忽然想起骑雕玩耍，不要闹出点事故吧？刚才我本想说，后来一想，她大难方过，九死一生，遭的劫比谁都重，目前应该否去泰来，脸上又没有晦容，佛奴、袁星虽是异类，也不是好对付的，也就罢了。"四人这里只管说笑。不提。

且说周云从在天蚕岭中了文蛛之毒，巧遇笑和尚和黑孩儿尉迟火相救，并护送回家，才知仇敌妖道、妖妇已被师父醉道人除去。送笑和尚与尉迟火二人走后，便在家中与商风子按照醉道人与笑和尚所传口诀剑法坐功，闭门日夜练习。那商风子原是一块浑金璞玉，又加无有家室人事之累，心性空灵，无论什么，一学便会，竟比云从还要精进。过没多日，他岳父张老四也伤愈回来，云从家事更多了一人料理。再加妻子生了一子，有了宗嗣后，几次想和商风子往成都去寻醉道人。俱因父母不甚放心，自己也因此一去不定多少时才回，一方面求道心切，一方面孺慕依依，便迁延下来，老是委决不下。

这日正是七月半间，残暑未消，天气尤热。云从与商风子，随了乃父子华、岳父张老四，日里同往黔灵山游玩了半天。余兴未阑，还想去到南明河畔看放莲花灯，就便到一个富户人家看做盂兰盛会。下山时节，已是将近黄昏，夕阳业已落山，明月初上，衬着满天绮云，幻成一片彩霞。归巢晚鸦，成阵成群地在头上鸣噪飞过，别有一番清旷之景。四人沿着鸣玉涧溪边且行且谈，人影在地，泉声贴耳，不但三个会武功的人兴高采烈，连云从的父亲子华虽是一个文弱的乡绅，安富尊荣惯了的，都觉乐而忘倦。眼看快到黔灵山麓，忽见路侧林隈尽处一家酒肆门口，系着一匹紫花骡子，浑身是汗，正在那里大嚼草料，喷沫昂首，神骏非常。张老四猛然心中一动，忙请云从父子与商风子先行一步，自己径往那酒肆之中走去。一会儿同一个红衣女子，牵着那匹紫花骡子出来，追上三人。云从父子一看，那骡子的主人正是上次锐身急难、代云从去求醉道人搭救全家的老处女无情火张三姑。各自上前拜谢之后，便请张三姑家中一叙。张老四忙代答道："三姑此次正为贤婿之事绕道来此。她还在黔灵山上约好一个人，须去会晤。而且她这般江湖打扮，同行也惊俗人耳目。莫如我们径去家中相候吧。"说罢，张三姑含笑点了点头，道声："少时再见。"径跨上了骡子直往黔灵山麓，绕向山后而去。只见微尘滚滚，那骡子一路翻蹄亮掌，转眼不见。商风子直夸骡子。张老四道："舍妹已到剑侠地步，能够飞行自如。那骡子并非她的，是上次我在途中遭难，前往借居养伤那一家的主人所有，就是那江湖上有名的紫骡神刀杨一斤。这次杨一斤忽然洗手出家，托她将这骡子同一些兵刃暗器带往云南省城，交给他的心爱侄子镇远镖行主人杨芳。舍妹因他救我一场，答应替他办理后事，安排家务并交这些东西。正走到路上，忽遇贤婿的令师醉真人的弟子松、鹤二童，奉了醉真人之命，各处传递仙谕，吩咐门下弟子在重阳前赶往峨眉山凝碧崖仙府，去参加本派教祖乾坤正气妙一真人的开山盛典。因舍妹上次到成都碧筠庵，为代求醉真人除害，有过一面之缘。知道舍妹是府上至戚，他二人又有事往旁处去，便托舍妹略绕些路，将仙谕带来。我认得那紫花骡子是杨一斤的坐骑，以为本人到此，不料与舍妹相遇。她虽是女流，忤子最急，我如不进酒店探看，这次相逢又错过了。"老少四人，一路谈笑回家。

到了午夜，老处女无情火张三姑从空中飞下，子华、云从夫妇与张老四、商风子等早在院中迎候，一同入内落座。一问黔灵山所会之人，也是一个峨眉门下，因犯了教规，罚在黔灵山后水帘洞内苦修，与张三姑有极厚的交情，那匹紫花骡子，便寄顿在那里。此人也是书中一个重要角色，须到后文方有详传，暂且不提。

且说张三姑见了众人，说了来意，便将醉道人的仙谕取出。大意说醉道人自从上次诛凶之后，曾亲往云从家，暗中查看了几次，知他向道尚勤，品行端正，甚是心喜，切实奖勉他几句。日前教祖乾坤正气妙一真人奉了长眉真人玉笈仙札，就要回山开辟五府，分配门下弟子修真之所，量才传授道法。此会非比寻常，所有本派几辈同门，除有特别原因外，均须届时前往听训。按云从的道行，本来还弱，只是这种仙缘良机千载难逢，特赐恩准前往参拜。可告知父母，此行虽难免小有阻难，并不妨事，终必因祸得福。并说商风子天赋既佳，性又至孝，可与云从搭伴同行，到了凝碧仙府，自有仙缘遇合等语。

子华夫妻虽因柬上说云从此行还有阻难同因祸得福之言，不甚放心。一则仗着云从的师父是个仙人，既说无碍，必无过分凶险；再者自己全家满门全是醉道人所救，怎能违抗？又经张老四与张三姑极力劝说，仙缘难得，良机一失，抱恨终身，务须早日前往，以免错过。子华夫妻盘算再四，只得从了云从之志。张三姑交代完了，便作别而去。云从与商风子起身之日，父子夫妻大家都免不了一些离情别意。众中尤以云从的妻子张玉珍最为难过，暗想："当初醉真人作伐时，曾说自己日后也有仙缘遇合，迄今并无一丝影子。"良人远别,丢下双亲幼子,仰事俯畜,责任重大,更谈不到别的,心中好不愁虑。行时再三叮嘱云从,到了峨眉,得遇仙缘,千万给她想个法儿,接引到峨眉门下。但求能如她姑姑一般,学成剑术,心愿已足。云从练到剑术以后,也须时常回家,探望父母,就便传她道法。云从一一应了,然后同了商风子,向父母拜别起身。子华夫妻近来已知云从武功颇好,通常数十人近不了身,带人无用,便重重拜托了商风子。眼看二人走远,才行忍痛回家。不提。

云从、风子一上路,想起不久就遇合仙缘,身居仙府,好不兴高采烈。因为云从自从病后服了仙丹,体力大增;又朝夕按照峨眉剑法苦练,一柄霜镡,已练得精熟非常。商风子也不比小三儿,一则天生异禀神力,通常便可手捉飞禽,脚踏虎豹;再加练了这些日子,心领神会,越发本领出奇,哪里还把什么蛇虫野兽放在心上。二人俱是赶路心切,除了食宿耽搁外,晓夜赶路。因为求快,便专一走山径小道。云从这次出门,有了上回经验,每次俱将路径探明了再走,以为不会再有迷路之虞。却没有料到如从官驿正路入川,直往峨眉,原可无事。这一抄近,便招出许多事来。黔川两省山岭本多,二人所行又是荒山僻径,往往走上数百里,深林密菁,叠嶂重峦,不见一些人烟,全凭日光分辨去路。出了贵州省界,一路之上虽遇见好几次蛇虎侵袭,都被二人除去,无事可记。刚一入四川省,走入虎爪山乱山之中,忽然降起雨来。二人见雨势甚大,又走了半日,腹中有些饥渴,便择了一处岩洞避雨,就便取出干粮饱餐一顿上路。

那山乃是川滇黔三省交界的野茅岭,乱山丛沓险峻,最难行走。二人原来如走黔北,经遵义、桐梓、过綦江,到重庆,再由重庆经巴县、永川、隆昌、富顺、犍为等地,而达峨眉,未免路长费时。特意改走黔西,经大定、毕节,到了川属长宁。翻山越岭,渡过横溪,由石角营再横越大凉山支脉,直赴峨眉。路虽险恶得多,却要少走许多日子,途程也差不多要近二分之一。因为一路平安,又算计前程已过一半,照连日这般走法,不消多日便可到达。

当日在岩洞中吃完了干粮,又待一会儿,雨还不止,轰隆之声,震动山谷。原来打算再赶一程,及至出洞一看,那雨竟如银河倒泻一般,大得出奇。只见湿云漫漫,前路冥冥,岩危径险,难以行路。那夹雨山洪,竟如狂潮决口，满山都是玉龙飞舞，银蛇奔窜。成围成抱的山石林木，俱随急流卷走，互相撞击排荡。加上空中电闪霹雳，一阵紧似一阵，一片轰轰隆隆之声，震得人耳鸣目眩，恍如万马千军，金鼓齐鸣，石破天惊，涛鸣海啸。再衬着天上黑云，疾如奔马，偶然眼睛一个看花，便似山岳都被风雨夹以飞去，越觉声势骇人。知道此时万难再走。观一阵雨景，那天越发低暗起来，势要在压到头上。远近林木岩壑，都被雾罩烟笼，茫茫一片黑影中，只见千百道白光，上下纵横，乱飞乱窜。渐觉寒气侵人，只得一同回转岩洞以内，席地坐谈。且喜那洞位置甚高，不虑水袭。因嫌雨声喧杂，不便谈话，索性打起不走主意，将行囊往洞内的深处择地铺好，取出蜡烛点燃，准备在洞中过夜。天色昏黑，洞中不辨早晚，二人谈得兴尽，加上连日劳乏，便自沉沉睡去。

　　第二日云从醒来一看，蜡泪已干，天尚未明，雨声仿佛已经停歇。见风子还在酣眠，也不去叫醒他，重又点起一支蜡烛，意欲坐以待旦。待不一会儿，忽闻鸟声繁碎，从洞外传将进来。心中奇怪，跑出洞口一看，天色已经大亮，只日头被对面山头挡住，没有上来。这时雨静风清，山色浓如色染。大雨之后，岩峰间添了无数大小飞瀑流泉，奔湍激石，溅玉喷珠，音声玲珑，与枝头鸟语、草际虫鸣汇成一番天然鼓吹。真是目遇耳触，无限佳趣。只是断木折林，坠石淤沙，将去路壅塞，上路为难罢了。云从见雨住天晴，正好行路，略微观赏了一会儿，便赶回洞去。风子业已醒转，云从对他说了，匆匆各持水具，汲了点山泉，盥洗饮用，吃饱干粮，继续前进。因为到处都是积水乱流，须得绕道，越过前边那个山脊方能前进。

　　二人分肩行李，一路纵跳飞跃，虽然路滑道险，倒也未放在心上。及至上了山顶一看，不由大失所望。原来山脊那边，是一片盆地，尽头处危峰独峙，经昨晚一阵大雷雨，将那危峰震塌了一角，倒将下来，恰巧将去路堵塞。那一片盆地，也被山洪淹没，成了一个大湖荡。许多大树，只剩树梢露出水面，如水草一般，迎着微风摇曳。平涛百顷，闪绘起一片縠纹，被朝阳一照，宛若金鳞，衬着碧天云影，浮光悠悠，风景倒也美丽，只是无法飞越。欲待绕向别路，到处都是密莽荒榛，刺荆匝地，高可及人，随着地形高下起伏，一望无际。除非胁生双翼，纵是野兽也难穿过。云从正在无计可施，还算风子自幼生长南疆，身轻力大，天生铜筋铁骨，不畏荆棘，便向云从告了奋勇，往前探路。云从因一路上所见毒虫蛇蟒甚多，林菁丛莽之中，正是它的潜伏之地，加上那些不易看得出的浮沙沼泽，更是危险，一不小心便被陷入，再三嘱咐，小心从事。风子笑道："无妨。"留下云从仍在山脊高处瞭望，施展天赋本能。健步如飞，一路蹿高纵矮，往山脊下跑去，不一会儿，便到了那片榛莽前面。略一端详日影，便拔出身佩的那柄铁铜和云从行时给他定打的一把苗刀，分荆披棘，钻了进去。云从在山脊上只见那片榛莽头上，一条碧线往前闪动，风子时而纵起身来，又落了下去，一纵便是十来丈远近。那般厉害的刺藤荆棘，竟没将他阻住，好生赞叹佩服不已。

第一三六回

虎爪山单刀开密莽
鸦林砦一剑定群雄

话说风子去有半个多时辰才得回转。云从连忙携了行囊，迎上前去。一问究竟，风子叹口气道："这条路真是难走！适才我在高处看，单这片荆棘，怕有二百里长短。还算好，没有污泥浮沙，地尽是沙，雨水也没有存住。有些蛇虫，也禁不住我的铜打刀劈。只是路太长了，我低着头用铜护着眼面，费了无穷气力，才走上十几里地，你说怎样过法？想是天神保佑，我正寻不见出路着急，忽然一处地势较高，竟有丈许方圆地面未生荆棘。当中却盘了一条大蛇，一见我，就昂首奔来，被我一刀、一铜，将蛇头打了个稀烂。那蛇性子很暴，死后还懂得报仇，整个身子像转风车一般，朝我绕来。我怕被它绕住，将身往前纵有七八丈远。落地时节，无意中看见左侧荆棘甚稀，隐见一座低岩洞，比昨晚所住要宽大很多。我不管三七二十一，便往里探去，那洞又深又大又曲折。走完一看，正是我们去路危峰塌倒的后面，你说巧不巧？不过这十几里荆棘，你却走不过去。且等一会儿，待我用这苗刀给你开出条路来再走吧。"说罢，脱下上衣，赤着身子，一手持铜，一手持苗刀，往荆棘丛中连砍带打而去。云从也将霜锷宝剑拔出，口中喊道："二弟莫忙，你那刀、铜没有我的宝剑厉害。"风子已开出了丈许长、二尺来宽一条路径，闻言回头说道："哥哥你生长富家，不像我是个野人出身，宝剑虽快，招呼荆棘刺伤了你。那刺上还多有毒，不是玩的。由我一人来吧。"

云从因一路上劳累的事都是由风子去做，适才硬往榛莽中探路，险些为蛇所困，哪里过意得去。见风子不肯停手，便将行囊挂在一株古树上，手持宝剑追上前去。二人谁也不肯让谁。一个仗着天赋奇禀，皮糙肉厚，力大无穷,铜起处,荆断木飞;刀过去,榛莽迎刃而折。奋起神力,一路乱砍乱打,所向披靡。一个是手中有仙人所赐奇珍,漫说荆棘榛莽,就是间或遇上些成抱的灌木矮树,也是一挥而断。云从先时也知艰难,及见仙剑如此锋利,毫无阻隔,再不愿风子左劈右打,多耗气力,再三将他唤住,说道:"你这般傻来作甚?岂不是多费气力?莫如你我一左一右,并肩齐上。你我二人,一个用刀,一个用剑,也无须像你那般乱打乱砍。只各用刀剑,朝根上削去,就手挑开,岂不省事?"风子闻言,想了一想,觉得有理,仍恐云从在前,被荆棘伤了皮肉衣服,坚持和云从换了兵刃,他在前面,用剑将荆棘榛莽削断,由云从用刀、铜去挑向两旁。云从强他不过,只得依了。当下二人三般兵器齐施,手足并用。约有个多时辰,竟然将那十多里的荆榛丛莽打通开来,到了风子所说的岩洞前面。风子这才唤住云从,请他在那岩洞口外等候,自己返回去取那行囊。这次往来容易,纵有一些没砍伐干净之处,也经不起风子健步如飞,纵高跳远,没有半个时辰,便将行囊取到。又寻了些枯木,做成火把,同往洞中穿行出去。那枯柴偏是有油质的木料,被昨夜雨水浸透,点了好一会儿才点燃,烟子甚浓,闻着异常香烈。二人觉得那柴香很奇怪,急于走出洞去,也未管它,且喜洞中并无阻拦,也没虫兽之类潜伏,不多一会儿,便到危峰下面。绕过峰去,忽见高岗前横。登岗一望,前面林中炊烟四起,火光熊熊,东一堆西一堆地约有数千余处之多,知是到了山寨。

云从猛想起来时曾向人打听过,说此山数百里荆榛丛莽,只中间有处地方,名叫鸦林砦。有不少山民野猓杂居,性极野悍,喜吃生人,浑身多是松香石子细沙遮蔽,不畏刀斧,厉害非常,汉人轻易不敢向此山深入。只有一个姓向的药材商人,因母亲是个山民,自幼学得土语,时常结了伴,带一些布匹、盐茶之类的日用品和他们交易,换了药材再往成都、重庆一带贩卖。指引途径的人,曾跟那姓向的走过,并且通过此山往峨眉朝过一回顶,所以对路径知道甚详。可惜在云从未到以前,那姓向的已往鸦林砦去了,否则他和山民的头子饿老鸦黑狁姥甚是交好,只须拿上他一件信物到了那里,不但毫无伤害,还能好好接待并护送过山等语。云从当时一则急于赶路,二则仗着风子一身本领,自己纵不敢说精通武艺,有那口霜镡剑,足可抵挡一切,既是虔诚向道,哪能畏惧艰险?便谢了那人指引,仔细问明了去路。那人原也说，去时如果不畏蛇虎，到了那危峰下面，从另一条道走，虽是榛莽多些，却可绕开那座鸦林砦。想是合该生事，中途遇上狂风暴雨，将峰震塌一角，山洪暴发，断了去路，终于误打误撞地走到。因那人说除绕走另一条小路外，非由砦前通过不可，幸而来时备了礼物，准备万一遇上，以作买路之用。但愿那姓向的还留砦中未走，事便好办得多。当下和风子一商量，风子根本就没把这些山民放在心上，主张不必答理，随时留点神，给他硬绕过去。云从自是持重，再三告诫说："强龙不斗地头蛇。如得了对方同意，第一可以问明真实的捷径，第二又省得时时提心吊胆。"

风子闻言，便道："并不是我轻看他们。早先我娘在日，也和他们打过交道，土语也说得来几句。记得我那时打了野兽，换了盐茶，再和他们去换鹿角蛇皮，卖给药材客人。深知这些东西又贪又诈，一点信义都没有。打起来，赢了一窝蜂，你抢我夺，个个争先。别看他们号称不怕死，要是一旦败了，便你不顾我，我不顾你，脚不沾尘，各跑各的。这还不说。再一被你擒住，那一种乞怜哀告的脓包神气，真比临死的猪狗还要不如。我看透了他们，越答理他们越得志。那些和他们交易的商人，知道他们的脾气，除了多带那些不值钱的日用东西外，一身并无长物，到那里，由他们尽情索要个光，再尽情拣那值钱而他们决不稀罕的东西要。一到之后，虽然变了空身，回去仍然满载。这些蠢东西还以为把人家什么都留下了，心满意足，却不知他们自己的宝藏俱已被人骗去。因此他们往来越久，交情越厚。我何尝不知这地方大险，但是既到这里，哪能一怕就了事？我们不比商人，假如我们送他们的礼物，当时固是喜欢，忽又看中我二人手持的兵器，一不给，还不是得打起来，与其这样，不如径直闯过去。他们如招惹我们，给他来一个特别厉害，打死几个，管保把我们看做天神一般，护送出境，也说不定。"云从总觉这样办法不妥，最不济，先礼后兵，也还不迟，能和平总是和平的好。商量停妥，因风子能通土语，又再三不让云从上前，便由风子拿了礼物，借寻姓向的为由，顺带拜砦送礼，相机行事。云从跟在身后，惟风子之马首是瞻，虽不放心，一则见风子平时言行虽是粗野，这次一上路却看出是粗中有细，聪明含蓄；二则想强也强不过去，自己又不通土语，只得由他。这半日工夫，二人俱都费了无穷气力，未免腹中饥渴。先不让山人看见,择了一个僻静所在,取了些山泉、干粮饱餐一顿。一人身后背定一个小行囊。风子嫌那把苗刀太轻,不便使,便插在背后。一手持着那铁锏,一手捧定礼物,大踏步直往那片树林走去。云从手按剑把,紧随风子身后,一路留神,往前行走。从峰顶到下面,转折甚大,看去很近,走起来却也有好几里路。那条山路只有二尺多宽露出地面,除了林前一片广场没有草木外,山路两旁和四外都是荆棘蓬蒿,高可过头,二人行在里面,反看不见外面景物。

风子因知山民惯在蓬蒿丛中埋伏,狙击汉人,转眼就深入虎穴,自己虽然不怕,因为关系着云从,格外留心。走离那片广场约有半箭多地,猛见林中隐现出一座石砦,石砦前还竖着一根大木杆,高与林齐,上面蹲踞着两个头插羽毛的山人,手中拿着一面红旗,正朝自己这一面指点。回头一看,路侧蓬蒿丛中,相隔数丈之外,隐隐似有不少鸟羽,在日光之下随着蓬蒿缓缓闪动,正朝自己四面包围上来。知道那木杆定是山人瞭望之所,踪迹已经被他发现,下了埋伏,只须那木杆上两个山人将旗一挥,四外山人便会蜂拥而上。形势严峻,险恶已极。反正免不了一场恶斗,惟恐来势太急,荆棘丛中不好用武。一面低声招呼后面云从留意,脚底加紧,往前急行,且喜路快走完。刚刚走出蓬蒿,忽地眼一花,蓬蒿外面猛蹿出数十个文身刺面、身如黑漆、头插鸟羽、耳佩金环、手持长矛的山民,一声不响,同时刺到。那些山人这头一下,并不是要将来人刺死,只是虚张声势,迫人受绑,拿去生吃。偏生风子心急腿快,见快走完蓬蒿,一望前面无人,便挺身纵了出去。却没料到蓬蒿尽处本是一个斜坡,山人早已蹲伏地上,一见人来,同时起立,端起长矛便刺。风子猝不及防,一见银光刺眼,数十杆长矛刺到,知道躲不及,急中生智,索性露一手叫他们看看。只灵机一动间,猛地大喝一声,右手铁锏护着面门,径直挺身迎了上去。两下都是猛势,只听扑通连声。那数十山人被风子出其不意,似巨雷一声大叫,心里一惊。再被这神力一撞,有的撞得虎口生疼,挤在一旁;力小一点的,竟撞跌出去老远。风子身坚逾铁,除衣服上刺穿了数十窟窿外,并未受伤。就在这众山民纷乱声中,喊得一声:"大哥快随我走!"早已一纵多高,出去老远。身才落地,便听一片铿锵咔嚓之声。回头一看,日光之下,飞舞起数十百道亮晶晶的矛影,身后云从早从断矛飞舞中纵身出来。风子一见大喜，连忙迎上前去，背靠背立定，准备厮杀。

忽听一声怪叫，由林中走出一个高大山人，身侧还随着一个汉装打扮的男子，正缓缓向前走来。那些山人俱都趴伏地上，动也不动。原来云从在风子身后，自从发现蓬蒿中的埋伏，好不提心吊胆。眼看一前一后，快将蓬蒿走完，猛听风子大喝，便知不好。刚要纵身出去接应，身才沾地，便听脑后风声，知道身后敌人发动。也顾不得再管前面，忙使峨眉剑法，缩颈藏头，举剑过顶，一个黄鹄盘空的招数，刚刚转过身来，不知那些山人从何飞至，百十杆长矛业已刺到面前，来势疾如飘风。休说以前云从，便是一月以前，云从剑法还未精熟时遇上，也早死在乱矛之下。云从见乱矛刺到，心中总是不愿伤人启衅，猛地举剑迎着一撩，脚底一垫劲，使了个盘龙飞舞的解数，纵起两三丈高。手中霜镡剑恰似长虹入海，青光晶莹，在空中划了个大半圆的圈子。众山民手中长矛，挨着的便迎刃而断，长长短短的矛尖矛头，被激撞上去，飞起了一天矛影。二人这一来，便将那些山人全都镇住。尤其见风子浑身兵刃不入，更是惊为神奇，哪个还敢再行上前。正在这时，山酋饿老鸦黑狝姥也得信赶来。云从见那山酋身侧有一个汉人随着，便猜是那姓向的。低声告诉风子留神戒备，切莫先自动手，等那汉人走到，再相机行事。那山酋和那汉人也是且行且说，还未近前，早有两个像头目的山人低着身子飞跑上前去，趴伏在地，回手指着二人，意似说起刚才迎战之事。那山酋闻言，便自立定，面现警疑之色，与那汉装男子说了几句，把手一挥。两个山人便低身退走开去。山酋依旧站住不动。那汉装男子却独自向二人身前走来。云从一见形势颇有缓和之兆，才略微放了点心。

那汉人约有四十多岁，相貌平正，不似恶人，身材颇为高大。走离二人还有丈许远近，也自立定，先使个眼色，忽然跪伏说道：“在下向义，奉了鸦林砦主黑神之命，迎接大神。并问大神，来此是何用意？云从方要答言，风子在云从身后扯了一把，抢上前去说道：“我是小神，是这大神的兄弟。因为奉了天神之命，要往峨眉会仙，路过此地。这些山崽子不该暗中来打我们。本当用我们的神铜、神剑将他们一齐打死，因看在来时有人说起你是个好人，黑神又是条好汉子，现在送你们一点东西。只要黑神派人送我二人出境，多备好酒糟粑，便饶他们。”向义跪在地上，原不时偷看二人动作，一闻此言，面上立现喜色。忙在地上趴了一趴，将两手往上一举，这才起身去接风子手中礼物。口里却低声悄语说道："砦中现有一个妖道，甚是可恶，现在出游未归。二位客人必被黑狖姥请往砦中款待，不去是看他不起，只是去不可久停，谨防妖道万一回来生事。"说罢，接过礼物，也不俟风子答言，径自倒身退去。走到那山酋面前，也是将两手先举了举，口里大声说了一套土语。山酋一见礼物，已是心喜。听向义把话说完，便缓缓走了过来，口里咕噜了几句。

那四外伏藏地上的众山民，猛地震天价一声呐喊，全都举着兵刃，站起身来。云从不知就里，不由吓了一大跳。还算风子自幼常和生熟山人厮混，知道这是山人对待上宾的敬礼，忙走上前，将两手举起，向众一挥，算是免礼的表示。同时对面黑狖姥也喝了一声，从虎皮裙下取出一个牛角做的叫子，呜呜吹了两下。四外山人如潮水一般，俱都躬身分退开去，转眼散了个干净。向义才引着黑狖姥，走近二人面前，高声说道："我们黑神道谢大神小神赐的礼物，要请大神小神到砦中款待完了，再送上路。"风子答道："我们大神本要到黑神砦中看望，不过我们还要到峨眉应仙人之约，不能久待，坐一会儿便要去的。"向义向黑神狖姥叽咕了几句，黑狖姥向二人将手一举，便自朝前引路。由向义陪着二人，在后同行。风子、云从成心将脚步走慢，意在和向义道谢两句。却被向义使眼色拦住，低声说道："山民多疑，砦中还有小人，二位请少说话。我们都是汉人。"云从、风子闻言，只好感谢在心，不再发言。一会儿进了树林，一看林中也有一大片空地，当中堆起一座高才及人的石砦。砦的四围，到处都是些三叉铁架，架下余火还未全熄，不时闻见毛肉烧焦了的臭味与酒香混合。砦门前站着两个山民卫士，也是文身刺面，腰围兽皮，身材高瘦，相貌丑恶异常，一见人到，便自跪伏下去。快要行近砦前，忽然砦中跑出一个小道士来，与黑狖姥各把手举了一下。猛一眼看见向义陪着两位生客在后，好似十分诧异。向义忙将双方引见道："这二位和令师徒一样，俱是大神，要往峨眉会仙，被黑神请至砦中款待，并不停留，少时就要走的。"

那小道士看去只有十七八岁，生就一张比粉还白的脸，一脸奸猾，两眼带着媚气，脚底下却是轻捷异常。听向义说头两句，还不作声。及闻二人是往峨眉会仙，猛地把脸一沉，仔细打量了二人两眼，也不容向义给双方引见,倏地回转身,往砦中走去。向义脸上立现吃惊之色。二人方暗怪那小道士无礼,黑犵姥已到砦前,回身引客入内。二人到此也不再客套,径直走进。

那砦里是个圆形,共有七间石室。当中一间最大,四壁各有一间,室中不透天光,只壁上燃着数十筐松燎,满屋中油烟缭绕,时闻松柏子的爆响,火光熊熊,倒也明亮。室当中是一个石案,案前有一个火池,池旁围着许多土墩,高有二尺,墩旁各有一副火架钩叉之类。黑犵姥便请二人在两旁土墩落座,自己居中坐定,向义下面相陪。刚才坐定,口中呼啸一声,立刻从石室中走出一个山婆,便将池中松柴点燃,烧了起来。黑犵姥口里又叫了一声,点火山婆拜了两拜,倒退开去。紧跟着,四面石室中同时走出二十多个山女,手中各捧酒浆、糌粑、生肉之类,围跪四人身侧,将手中东西高举过头,头动也不动。黑犵姥先向近身一个山女捧的木盘内,取了一个装酒的葫芦,喝了一口放下。然后将盘中尺许长的一把切肉小刀拿起,往另一山女捧的一大方生肉上割了一块,用叉叉好,排在火架上面去烤。架上肉叉本多,不消一会儿,那尺许见方的肉,便割成了两三大块,都挂上去。黑犵姥将肉都挂上,用左手又拿起酒葫芦,顺次序从头一块肉起,用右手抓下来,一口酒一口肉,张开大口便嚼。他切的肉又厚又大,刚挂上去一会儿,烤还没有烤熟,顺口直流鲜血,他却吃得津津有味,也不让客,只吃他的。当初切肉时,向义只说了一声道:"这是鹿肉,大神小神请用。"云从恐不习惯,一听是鹿肉,才放了心,便跟着向义学,也在山女手中切片薄的挂起。只风子吃得最香,虽烤得比黑犵姥要熟得多,块的大小也差不多。云从因适才来时已经吃过干粮,吃没两片,便自停了。黑犵姥看着,好生奇怪。向义又朝他说了几句土语,黑犵姥才笑了笑。

一会儿,大家相次吃完。那黑犵姥吃完了那三方肉,还补了半斤来重巴掌大小的两块糌粑,才行住嘴。他站起来将手一挥,地上众山女同时退去。向义和他对答了几句,便对云从道:"我们黑神因适才手下报信,说大神手内有一宝剑,和我们这里的一位尤真人所用的兵器一样,无论什么东西遇上,便成两半。尤真人那剑放起来是一道黄光,还能飞出百里之外杀人。我们黑神已经拜在他的门下。如今尤真人出门未归,只有一位姓何的小真人在此。我们黑神因听说大神的剑是青光,想请大神放一回,开开眼界。"云从闻言，拿眼望着向义，真不知如何是好。风子知道山人欺软怕硬，他所说那姓尤的妖道必会飞剑，且喜本人不在，不如吓他回去，即刻走路，免生是非。便抢着代云从答道："大神飞剑，不比别人，乃是天下闻名峨眉派醉真人的传授。除了对阵厮杀，放出来便要伤人见血。恐将黑神伤了，不是做客人道理。我们急于上路，请派人送我们走吧。"向义闻言，正向黑犵姥转说之际，忽听一声断喝，从石室正当中一间小石室飞身纵出一人，骂道："你们这两个小业障！你少祖师爷适才瞧你们行径，便猜是峨眉醉道人门下小妖，正想等你们走时出来查问。不想天网恢恢，自供出来，还敢口出狂言。你如真有本领，此去峨眉，还要甚人引送？分明是初入门的余孽。趁早跪下，束手就擒，等我师父回来发落；不然，少祖师爷便将尔等碎尸万段！"正说之间，那向义想是看出不妙，朝黑犵姥直说土语，意思好似要他给两下里劝解。黑犵姥倏地狞笑一声，从腰中取出那牛角哨子使力一吹，正要迈步上前，这里风子已和云从走出砦去。

原来风子早看出那小妖道来意不善，其势难免动手。猛想起日前与云从在家练剑法，云从无意中说起，当初醉道人传授剑法时，曾说峨眉正宗剑法，非比寻常，那柄霜锷剑更是一件神物异宝，纵然未练到身剑合一地步，遇见异派中的下三等人物，也可支持一二。听小妖道口气，必会飞剑，如在砦中动手，便难逃遁。现在身入虎穴，敌人深浅不知，不如先纵出砦外，自己代云从先动手。好便罢；不好，也让云从逃走，以免同归于尽。没等小妖道把话说完，便和云从一使眼色，双双纵了出去，接连几纵，便是老远。猛听人声如潮，站定一看，成千累百的山人，早已听见黑犵姥的哨子呐喊奔来。同时后面敌人，也接着追到。那姓何的小妖道口中直喊："莫要放走这两个峨眉小妖！"同了黑犵姥如飞追到。云从一见这般形势，料难走脱，便要拔剑动手。风子因自己虽然学剑日子较浅，剑法在云从以下，但身轻力大，却胜过云从好几倍。恐有疏失，早一把将云从手中剑夺了过去，自己的一把苗刀拔出换与云从，口中说道："大哥你不懂这里的事，宝剑暂时借我一用。非到万不得已，不可动手。"说罢，不俟云从答言，早已反身迎上前去，口中大喝道："妖道且慢动手，等我交代几句。"那黑犵姥近来常受妖道师徒挟制，敢怒不敢言，巴不得有人胜过他们。先见两下里起了冲突，正合心意，哪里还肯听向义的劝，给两下分解。原准备云从、风子输了，又好得两个活人祭神；如小妖道被来人所杀，便将来人留住，等他师父归来，一齐除去，岂不痛快？正想吹哨集众，约两下里出砦，明张旗鼓动手，来的两人已经纵身逃出。不由野性发作，心中大怒，一面取出牛角哨子狂吹，赶了出去。

那小妖道名叫何兴，一见黑狳姥取出哨子狂吹，便知敌人逃走不了。一心想捉活的，等他师父回来报功。刚刚追出，不料敌人反身迎来，手中拿着一柄晶光射目的长剑，知是宝物，不由又惊又喜。正要搭话动手，后面向义也已追来，情知今日二人万难逃脱，好生焦急，只苦于爱莫能助。一听风子说有话交代，便用土语对黑狳姥说："二神并非害怕小真人，有几句话，说完了再打。黑神去拦一拦。"黑狳姥一见来人并非逃走，反而拔剑迎了上来，已是转怒为喜。闻言便迈步上前，朝何兴把手一举。向义乘机代说道："黑神请小真人暂缓动手，容他说完再打不迟。"风子便朝向义道："请你转告黑神，我们大神法力无边，用不着他老人家动手，更用不着两打一，凭我一人，便可将他除去。只我话要说明，一则事要公平，谁打死谁全认命，并非怕他。因为我们大神不愿多杀生灵，又急于赶往峨眉会仙，他打死我，大神不替我报仇；我打死他，黑神也不许替他报仇。你问黑神如何？"风子本是事太关心，口不择言，只图云从能够逃生，以为山人多是呆子，才说出这一番呆话。不知山人虽蠢，那小妖道岂不懂得他言中之意？且看出敌人怯战。没等向义和黑狳姥转说，便自喝骂道："大胆小业障！还想漏网？"说罢，口中念念有词，将身后背的宝剑一拍，一道黄光飞将出来。

何兴原是那姓尤的妖道一个宠童，初学会用妖法驱动飞剑，并无真实本领。风子虽然不会飞剑，却仗有天赋本能，纵跃如飞。那口霜锷剑又是斩钢切玉，曾经醉道人淬炼的异宝。

何兴一口寻常宝剑，虽有妖法驱动，如何能是敌手？也是合该何兴应遭惨死，满心看出来人不会剑术，怀了必胜之想。他只顾慢腾腾行使妖法，却不料风子早已情急，一见敌人嘴动，便知不妙，也不俟向义和黑狳姥还言，不问青红皂白，倏地一个黄鹄穿云，将身蹿起数丈高下，恰巧正遇黄光对面飞来，风子用力举剑一撩，耳中只听"锵"的一声，黄光分成两截，往两下飞落。百忙中也不知是否破了敌人飞剑，就势一举手中剑，独劈华岳，随身而下，往何兴顶上劈去。何兴猛见敌人飞起多高，身旁宝剑青光耀目，便看出是一口好剑，以为来人虽是武艺高强，必为自己飞剑所斩。正准备一得手，便去捡那宝剑。还在手指空中，念念有词，眼看黄光飞向敌人。只见青光一横，便成两截分落，也没有看清是怎样断的。心里刚惊得一惊，一团黑影已是当头飞到。情知不妙，刚要避开，只觉眼前一亮，青光已经临头，连"哎呀"一声都未喊出，竟被风子一剑当头劈为两半。血花溅过，风子落地，按剑而立。

正要说话，忽听四外芦笙吹动，鼓声咚咚。向义同了黑犵姥走将过来，说道："这个姓何的道士，师徒原是三人。自从前数月到了这里，专一勒索金银珠宝，稍一不应，便用飞剑威吓，两下里言语不通，黑神甚是为难，正遇我来，替他做了通事，每日受尽欺凌。最伤心的是不许我们黑神再供奉这里的狼面大神，却要供奉他师徒三人。这里不种五谷，全仗打猎和天生的青稞为食，狼面大神便是管青稞生长的，要是不供，神一生气，不生青稞，全砦山人，岂不饿死？所以黑神和全砦山人，都不愿意。几次想和他动手，人还没到他跟前，便吃从身上放出一道黄光，挨着便成两截。他又会吐火吞刀，驱神遣鬼，更是骇人。心里又怕又恨，只是奈何他师徒不得。日前带了他另一个徒弟，说是到川东去约一个朋友同来，要拿这里做根基。行时命黑神预备石头木料，等他们回来，还要建立什么宫观。起初听说大神会使一道青光，只不过想看看，并没打算赢得他过。后来一交手，不料竟是黄光的克星。小神有这样的本领，大神本领必然更大。但求留住几日，等他师父回来，代我们将他除去。这里没什么出产，只有金沙和一些贵重药材，情愿任凭二位要多少送多少。"

先时云从见妖人放起飞剑，风子飞身迎敌，同仇敌忾，也无暇计及成败利钝，刚刚纵上前去，却不料风子手到成功，妖人一死，心才略放了些。一闻向义之言，才想起小妖道还有师父，想必厉害得多，再加赶路心急，哪里还敢招惹。忙即答言道："我弟兄峨眉会仙事急，实难在此停留。等我弟兄到峨眉，必请仙人来此除害。至于金沙、药材，虽然名贵，我等要它无用。只求黑神派人引送一程，足感盛意。"向义闻言，却着急道："二位休得坚拒。如今他的徒弟死在二位手内，他如回来，岂肯和这里甘休？就是在下也因受他师徒逼迫，强要教会全砦山人汉语，以备他驱遣如意，方准回去。日伴虎狼，来日吉凶难定。二位无此本领，我还正愿二位早脱虎口，既有这样本领，也须念在同是汉人面上，相助一臂才是。"那向义人甚忠直，因通土语，贪图厚利，常和黑犵姥交易。不想这次遇上妖道师徒，强逼他做通事，不教会山人汉语，不准离开。如要私逃，连他与黑犵姥一齐处死。一见二人闯了祸就要走，一时情急无奈，连故意把二人当做神人的做作都忘记了，也没和黑犵姥商量，冲口便说了出来。

黑犵姥自被妖人逼学汉语，虽不能全懂，已经知道一些大概。原先没想到妖道回来，问他要徒弟的一节可虑，被向义一席话提醒，不由大着其急，将手向四外连挥，口里不住乱叫。那四外山人自何兴一死，吹笙打鼓，欢呼跳跃了一阵，已经停息。一见黑神招呼，一齐举起刀矛，渐渐围了上来。风子先见云从话不得体，明知山人蠢物可以愚弄，姓向的却可左右一切。便朝向义使了个眼色，说道："我们大神去峨眉会仙，万万不能失约。如想动强，将我们留住，适才初来时，你们埋伏下那么多山人和那小妖道，便是榜样，你想可能留住我们？适才你不说你是汉人么，大神当然是照应你和你们的黑神。不过我们仍是非动身不可。好在妖道是到川东去，还得些日才回，正好我们会完了仙，学了仙法来破妖法，帮你除害。你如不放心，可由你陪我们同去，如迎头遇见妖道，我们顺手将他杀死更好，省得再来；否则事完便随你同回。你看好不好？如怕途中和妖道错过，他到此与黑神为难，可教黑神一套话，说小妖道是峨眉派醉道人派了两个剑仙来杀他师徒三人，因师父不在，只杀了他一个徒弟，行时说还要再来寻他算账。他必以为他的徒弟会剑术，如非仙人，怎能将他杀死？说不定一害怕，就闻风而逃呢，怎会连累你们？"

向义闻言，明知风子给他想出路，此去不会再来。无奈适才已见二人本领，强留决然无效。他话里已有畏难之意，即使留下，万一不是妖道敌手，其祸更大。细一寻思，除照风子所说，更无良策。不过自己虽可借此脱身，但是妖道好狠毒辣，无恶不作；山人又极愚蠢，自己再一走，无人与他翻话，万一言语不周，妖道疑心黑犵姥害了他的徒弟，哪有命在？既是多年交好，怎忍临难相弃？倒不如听天由命，这两人能赶回更好，不然便添些枝叶和他硬顶。想到这里，便和黑犵姥用土语对答起来。风子见四外山人快要缓缓走近，黑犵姥仍无允意，惟恐仍再留难，索性显露一手，镇一镇他们。便低声悄告云从道:"大哥莫动,我给他们一手瞧瞧。"云从方喊得一声:"二弟莫要造次。"风子已大喝一声道:"我看你们谁敢拦我?"说罢,两脚一垫劲,先纵起有十来丈高下。接着施展当年天赋本能,手中舞动那霜锷剑,便往那些山人群中纵去。一路蹿高纵矮,只见一团青光,在砦前上下翻滚。山人好些适才吃过苦头,个个见了胆寒,吓得四散奔逃,跌成一片。风子也不伤人,一手舞剑,一手也不闲着,捞着一个山人,便往空中丢去。不消片刻,已将那片广场绕了一圈。倏地一个飞鹰拿兔,从空中五七丈高处,直往黑犵姥面前落下。

那黑犵姥正和向义争论不愿派人上路,忽见风子持剑纵起,日光之下,那剑如一道青虹相似,光彩射目,所到之处,山人像被抛球一般向空抛起,以为小神发怒,已是心惊。正和向义说:"快喊小神停身,不再强留,即时派人引送。"只见一道青光,小神已从空当头飞来,不由"哎呀"了一声,身子矮下半截去。偷眼一看风子,正单手背剑,站在面前,对着向义和黑犵姥道:"你看他们拦得了我么?"随说随手便将黑犵姥搀起,就势暗用力将手一紧。山人尚力,黑犵姥原是众山民之首,却不想被风子使劲一扣,竟疼得半臂麻木,通身是汗。愈发心中畏服,不敢违拗,便朝向义又说了几句。向义先听黑犵姥"哎呀"了一声,黑脸涨成紫色,知道又吃了风子苦头,越答应得迟越没有好。闻言忙即代答道:"二位执意要走,势难挽留。只是黑神与妖道言语不甚通晓,恐有失错,弄巧成拙,在下实不忍见人危难相弃。只是黑神适才说,二位俱是真实本领,不比那妖道的大徒弟,初来时和他斗力输了,却用妖法取胜,使人不服。二位绝能胜过妖道师徒,峨眉事完,务请早回,不要食言,不使我们同受荼毒,就感恩不尽了。"

云从见向义竟不肯弃友而去,甚是感动。便抢答道:"实不相瞒,我们并非见危不援,实有苦衷在内。此去路上遇妖道师徒,侥幸将他们除了,便不回转;否则即使自己不来,也必约请能人剑仙,来此除害,誓不相负。"向义见云从说得诚恳,心中大喜,答道:"此去峨眉原有两条捷径。最近的一条,如走得快,至多七八日可到。但是这条路上常有千百成群野兽出没,遇上便难活命,无人敢走。引送的人仅能送至小半途中,只须认准方向日影,决不至于走错。另一条我倒时常来往,约走十多日可到。送的人也可送到犍为一带有村镇的去处,过去便有官道驿路,不难行走。任凭二位挑选。"说罢,细细指明路径走法。云从、向义在无心中又问出一条最近的路,自是喜欢,哪还怕什么野兽。向义道:"这条路也只山民走过。好在两条路都已说明,如二位行不通时,走至野骡岭交界,仍可绕向另一条路,并无妨碍。"说时那领路的两个山人已由黑犵姥唤到,还挑许多牛肉、糌粑之类,准备路上食用,二人知是向义安排,十分感谢,彼此殷勤,定了后会。风子将剑还了云从,才行分别上路。

　　向义将小妖道的两截断剑寻来,尸身埋好。那剑只刻着一些符篆,妖法一破,并无什么出奇之处。因为是个凭证,不得不仔细藏好,以待妖道回来追问。不提。

　　那跟去的两个山人力猛体健,矫捷非常,登山越岭,步履如飞,又都懂得汉语,因把二人当做神人,甚是恭顺得用。一路上有人引路,不但放了心,不怕迷路,而且轻松得多。只走了一日,便近野骡岭交界,当晚仍歇在山洞以内。

第一三七回　天惊石破　万蹄踏尘
　　　　　　　　电射星驰　双猱救主

　　第二天早上起来，风子见两个山人在用土语叽咕，先以为他们只是畏难，哪知一入野骡岭，便要告辞回去。后来又见他们脸上带着惊慌神色，问他们什么缘故，都不肯说，越发动了疑心。风子知道山人习性，便拔出铜来，大喝一声，平地纵起七八丈高下，一铜朝路旁一块丈许高的山石打去，"叭"的一声，那石被击碎了小半截，碎石纷飞，火星四溅。吓得两个山人跪在地上，浑身抖战，口中直喊小神饶命。风子喝道："你们只管告诉我，为什么那样惊慌？"那山人被逼无法，四下偷望了望，才低声说道："昨晚我二人在洞外大树上睡，看见那神了。想是因为那老真人师徒不准我们供他，供着外来的神，想抽空将大神和小神吃了解恨。我二人本想逃了回去，因还没走到野骡岭，怕黑神杀我们；不逃又怕走在路上，连我二人一起吃了去。如今被小神逼着说了，他如吃不了大神、小神，我二人回去时是没命的了。死我们不怕，只是被神吃了，是不能投生转世的。好歹想个法儿，救救我二人吧。"说罢，便鬼嗥般哭了起来。
　　风子知他说的便是所供的狼面神，山人惯会见神见鬼，又说是什么不常见的野兽虫豸之类，便问："既是你二人亲见，可曾看清是什么形状？"二山人又做张做智答道："昨晚月光很亮，我们正说明午可以回去，忽见那神背着一个和大神差不多高矮生相的神，比飞还快地跑来，一到，便直进洞去。待了一会儿，两个神出来，站在地上争论。我们才看清那神是一张人脸，两手极长，并不算高。那另一个神，说话神气也和大神、小神差不多，只上下身都穿着虎皮，脑后从头到背生着一把金毛，直放光，腰间也围了一张虎皮。和另一个争了一阵，末后吼了一声，仍然背了便走。刚一动步,从南山上又来了一个又高又大的神,更是怕人,除脑后生着极长的金毛外,周身俱是黄光,脸有点像猴,眼睛又红又绿,比闪电还亮。一见前面两个神已走,也没进洞,便追了去。走起路来和风一样,转眼追上先前两个,一会儿便没了影子。刚起步时,有一株大树正碍他路,被他长臂一扫,便成两段。我们先时原要在那树上睡来着,因为枝叶太密,才换了另一株。幸亏不在那树上,要不昨晚就没命了。当时吓得大气也不敢出,悄悄从树上溜下来,寻了一个土窟窿伏了一夜。算计这三个神必跟在我们后面,哪还敢说回去?这一说,神必见怪,只好死活都随大神一路了。"

风子正因前路不熟,山人事前说明不愿再送,觉着不便。不想这一来,不用劝,反而志愿跟去。与云从对看了一眼,暗自心喜,风子知道山人蠢而畏鬼,昨晚所见,必是梦境。要不自己不说,云从素来睡觉警觉,稍有响动,便自醒转,昨晚怎么毫不知觉,那东西也没甚侵犯?又想两个山人怎会同时入梦,所见分厘不差?也许是什么奇兽,凭自己和云从的本领,再加上那口霜镡剑,也没什么可虑之处。乐得借此威吓二人道:"你二人不说,我已知道。昨晚那神进洞,原是被我们大神打跑,因为我们贪睡,没有追赶,没想你们这等害怕。本来到了野骡岭,我们原用不着你们引路,只是那神吃了我们的亏,保不得拿你二人出气,待我与大神说,如念你们可怜,便准你们同往峨眉,再行分手。此去路上,再不许像刚才那样做张做智。晚来露宿,你们在外边,如见动静,不论他是人是怪,只管进来报信,我大神自会除他,保你无事。"二人因眼见昨晚二神入洞好一会儿,云从、风子并未受伤,闻言甚是相信,立现喜容,一一应允。云从因二人所说那东西的形状好似在哪里见过,苦于一时想不起来,只管沉思不已。风子与二人把话说完,便请上路,因有二人报警,毕竟有些戒心,各将宝剑、铁铜持在手内,随时留意,往前赶路。

不消多时,走进一座山谷,便入野骡岭。云从望见山形果然险恶,两边危崖壁立,高耸参天。长藤灌木,杂以丹枫,红绿相间,浓荫遮蔽天日。红沙地上,尽是荆榛碍足,径又窄小。这种路,山人素常走惯。只云从没经历过,仍是风子在前开路。走没多远,便将这条峡谷走完,又横越了一片满生荆莽的小平原,便到野骡岭的山麓底下。这山纵横数百里,林丰草长,弥望皆是。须要越过此山,才能到达峨眉,一行四人便往山上走去。

荒山原本没路，危崖削嶂间，尽是些蚕丛鸟道。有时走到极危险处，上有危石覆额，下临万丈深渊，着足之处又窄又滑溜，更有刺荆碍足。走起来须要将背贴壁，手扳壁上长藤，低头蹲身，提着气，镇定心神，用脚找路，两手倒换，缓缓前移。一个不留神，抓在腐木枯藤上面，脚再往下面一滑，便要粉身碎骨，坠落深渊。除风子外，休说云从，连那惯走山路的山民，都有些心寒胆战。有时又走到了头，无路可通，再从数十百丈高崖上攀藤缒身而下。深草里蛇虫又多，一不小心便被缠住。好在四人俱有武器，所带包裹又不甚大，还不碍事。这一路翻高纵矮，援藤缒登，费力无穷。且喜这般极危险之处，路均不长。

走有两个时辰，居然走到较为平坦的山原。虽在秋天，因是山中凹地，四面挡风，草木依旧丰盛。那极低湿之处，因为蓄了山水，长时潮润，丛莽分外丰肥。顶上面结着东一堆西一堆的五色云霞，凝聚不散，乃是山岚瘴气，还得绕着它走。两个山人更如狸猫一样，一路走着，不住东张西望。云从问他们何故？二人说是本山惯出野兽，往往千百成群，行走如飞。人遇上纵不被它们吃了，也被它们冲倒，踏为肉泥。还有昨晚那神更是厉害，所以心中害怕。云从见草木这般茂盛，明明没有兽迹，闻言也没放在心上。四人且谈且行，不觉又穿过了那片盆地，翻越了一处山脊，走入一座丛林里面。山那边野草荆棘，何等丰肥。这森林里外，依然也是石土混合的山地，却是寸草不生。树全是千百年以上古木，松柏最多，高干参天，虬枝欲舞，一片苍色，甚是葱茏。风子偶然看见两株断树，因为林密，并未倒地，斜压在别的树上，枝叶犹青，好似方折不久，断处俱留有擦伤的痕迹，心中一动，便喊三人来看。二人见了便惊叫起来，说这树林之中必有水塘，定是什么猛恶野兽来此饮水，嫌树碍路，将它挤断，来得还不在少数。说罢便伏身地面。连闻带看，面带凄惶说："趁日色正午，野兽出外觅食，不致来此，急速走出林去才好。因为林中松柏气味太盛，闻不出什么异味，但地上已经发现兽迹了。"

风子照他所指，看了又看，果然地上不时发现有不明显的碗大蹄痕。再往前走，越走蹄迹越多，断树也越多，有的业已枯黄。又走了一二里地，果然森林中心有一个大的水塘，深约数尺，清可见底，清泉像万千珍珠，从塘心汩汩涌起，成无数大小水泡，升到水面，聚散不休。塘的三面，俱有两三亩宽的空地。地的尽头，树林像排栅也似的密。只一面倚着一个斜坡，上面虽也满生丛林，却有一条数丈宽的空隙，地上尽是残枝断木，多半腐朽。地面上兽迹零乱，蹄印纵横，其类不一，足以证明山人所见不差。那斜坡上面，必是野兽的来路。

可是那林照直望过去，已到了尽头，广壑横前，碧嶂参天。漫说是人，鸟兽也难飞渡，非从那斜坡绕过去不可。明知这里野兽千百成群，绕行此道，难保不会遇上。少还好办，如果太多，不比山人杀一可以儆百。一来便往前不顾死活地乱冲，任是多大本领，也难抵挡。但是除此之外，又别无他途。风子和云从一商量，想起无情火张三姑来传醉道人的仙柬时，原说此行本有险难，途中应验了些，既下决心，哪还能顾到艰危？决计从那斜坡上绕行过去。因一路都见瘴气，有水都不敢饮。一行四人，均已渴极，难得有这样清泉。见那两山人正伏身塘边牛饮，二人便也取出水瓢，畅饮了几口，果然清甜无比。饮罢告诉山人，说要绕走那个斜坡。二人一路本多犹疑，闻言更是惊惶。答道："这条路，我二人原是来去过两次，回来时节，差点没被野骡子踹死。当时走的，也是这片树林，却没见这个水塘，想是把路走偏了些，误走到此。照野骡子的路走，定要遇上，被它踏为肉泥。只有仍往回走，找到原路，省得送命。"

风子哪肯舍近求远。事有前定，野兽游行，又无准地，如走回去，焉知不会遇上？便对二人再三开导，说大神本会神法，遇上也不妨事。如真不愿行，便听他二人自己回去。二人闻言，更是害怕，只得半信半疑地应允。风子因路已走错，用不着二人引导，好在方向不差。二山民怕鬼怕神，此时也决不会逃跑。便和云从将身背行囊解下来交与二山民，自己一手持刀、一手持铜，在前开路。那路上草木已被野兽踏平，走起来本不碍事，不多一会儿，便将那斜坡走完。想是不到时候，一只野兽也未看见。二人却越加忧急，说和他们上次行走一样，先时如看不见一个，来时更多。云从、风子也不去理他们，仍是风子在前，二人在中，云从断后，沿着前面山麓行走。走了一会儿，忽见林茂草深，兽迹不见，也没有什么动静，二人方自转忧为喜。

四人俱已走饿，便择了一空处，取出食粮，饱餐一顿，仍自前行，按照日色方向，顺山麓渐渐往山顶上走，也不知经了多少艰险的路径，才到山巅。四顾云烟苍茫,众山潜形。适才只顾奋力往上走,没有回头看,那云层也不知什么时候起的,来去两面的半山腰俱被遮没。因为山高,山顶上依旧是天风冷冷,一片清明。四人略歇了歇,见那云一团一团,往一处堆积,顷刻成了一座云山。日光照在云层边上,回光幻成五彩,兀自没有退意。山高风烈,不能过夜,再不趁这有限阳光赶下山去,寻觅路径,天一黑更不好办。反正山的上半截未被云遮,且赶一程是一程,到了哪里再说哪里。能从云中穿过更好,不然就在山腰寻觅宿处,也比绝顶当风强些。商议停妥,便往下走。渐渐走离云层不远,虽还未到,已有一片片一团团的轻云掠身挨顶,缓缓飞过。一望前路,简直是雪也似白,一片迷茫,哪里分得出一些途径。而从上到下,所经行之处,截然与山那面不同。这面是山形斜宽,除了乱草红沙外,休说岩洞,连个像样子的林木都没有。丛草中飞蚁毒蝇,小蛇恶虫,逐处皆是,哪有适当地方可以住人。这时那云雾越来越密,渐渐将人包围。不一会儿,连上去的路都被云遮住,对面不能见人,始终未看清下面途径形势,怎敢举步,只各暂时停在那里,等云开了再走。正在惶急,忽听下面云中似有万千的咯咯之声,在那里骚动,时发时止,两个山人侧耳细听了听,猛地狂叫一声,回转身便往山顶上跑去。

风子一把未抓住,因在云中,恐与云从相失,不敢去追。却是行囊全在二山人身上,万一被他们带了逃走,路上拿什么吃?同时下面骚动之声越听越真,二人渐渐闻得兽啸。那两个山人逃得那般急法,知道下面云层中定有成千成百的兽群。来时由上望下,目光被云隔断,没有看出,忙着赶路,以致误蹈危机。如今身作云中囚,进退两难。虽然人与兽彼此对面不见,不致来袭,不过野兽鼻嗅最灵,万一闻见生人气味,从云雾里冲将过来,岂不更要遭殃?反不如没有这云屏蔽,还可纵逃脱身了。二人虽有一身本领,处在这种极危险的境地,有力也无处使,就在这忧惶无计之际,云从无意中一抬手,剑上青光照向侧面,猛一眼看见风子的双脚。再将剑举起一照,二人竟能辨清面目,不禁想起昔日误走绝缘岭,失去书童小三儿,黑夜用剑光照路寻找之事。方要告诉风子,自己在前借剑光照路,风子在后拉定衣角,一步一步地回身往上,觅地潜伏。言还未了,风子倏地悄声说道:"大哥留神,下面云快散了。"云从和风子说话时,正觉他的面目不借剑光也依稀可以辨认。闻言往下一看，脚底的云已渐渐往上升完。仅乘像轻纳雾縠般那么薄薄一层和一些小团细缕，随着微风荡漾。云影中再看下面山地，只见一片灰黑，仍是看不很清。抬头一看，离头三二尺全被云遮，那云色雪也似白，仿佛天低得要压到头上。银团白絮，伸手可以摸捉，真是平生未见的奇景。

刚想举剑到云中去照，试试剑光在云中可以照射多远，恰值一阵大风劈面吹来。适才在云雾中立了一会儿，浑身衣服俱被云气沾湿，再被这剧烈山风一吹，不由激灵灵打了一个冷战。刚道得一声："好冷！"猛听下面又有兽啸，接着又听风子惊咦一声。这时那脚底浮云已被山风一扫而空。化成万千痕缕吹烟一般，四散飞舞而去，浮翳空处，那下面的一片灰黑，竟似在那里闪动。定睛一看，并非地色，乃是一种成千成万的怪兽聚集在那里，互相挤在一起，极少动转，间或有几个昂颈长嘶。其形似骡非骡，头生三角，通体黑色如漆，乌光油滑。黑压压望不见边，也不知数目有多少，将山下盆地遮没了一大片，这一惊非同小可。这山从上到下，地形斜宽，无险可守。山这面比山那面，从上到下要近得多，立身之处与群怪兽相去也不过二里高下，五七里远近。风子知道，这种野兽生长荒山，跑起来其疾若飞。虽自己与云从俱都身会武功，长于纵跃，无奈听山人说，杀既杀不完，跑又跑不及，更不能从成千成万野兽头顶飞越而过。除了不惊动它们，让它们自己散去外，别无法想，山形是那般一览无遗，急切间寻不出藏身之所。只得用手一拉云从，伏身地上，眼前先不使它们看见，再想主意。

二人身才一蹲下去，云从头一个听到离身不远的咻咻之声。昔日误走荒山，路遇群虎，有过经验，听出是野兽喘息声。忙和风子回头一看，不知何时，在相隔数丈以外，盘踞着七八只与下面同样的野兽。兽形果然与地名相似，头似骡马，顶生三角，身躯没马长，却比马还粗大。各正瞪着一双虎目，注定二人，看去甚是猛恶。内中有一只最大的，业已站起身来，将头一昂，倏地往下一低。风子自幼生长蛮荒，知道这兽作势，就要扑过，刚喊"大哥留神"，那只最大的早已把头一低，"呜"的一声怪吼，四条腿往后一撑，平纵起数丈高下，往二人身前直冲过来。当大的怪兽一声吼罢，其余数只也都掉身作势，随着那大的一只同时纵到。云从、风子原不怕这几只,所怕的乃是下面盆地里那一大群。知道这几只大的定是兽群之首,已经被它们发现,吼出声来,下面千百成群的怪兽也必一拥齐上。此时逃走,不但无及,反而勾起野兽追人习性,漫山遍野奔来,再说天近黄昏,道路不熟,也无处可以逃躲。擒贼先擒王,如将这头几只打死,下面那一大群也许惊散。

二人心意不谋而合,便各自紧持兵刃,挺身以待。说时迟,那时快,就在这一动念间,那七八只似骡非骡的怪兽,业已纵临二人头上不远。风子未容它们落地,腿一使劲,手持铁锏,首先纵起空中,直朝那当头最大的迎了上去。这怪兽四脚腾空,将落还未着地,无法回转。被风子当头迎个正着,奋起神威,大喝一声,一铁锏照兽头打去,"叭"的一声。那怪兽嘴刚张开,连临死怪吼都未吼出,立时脑浆迸裂,脊背朝天,四脚一阵乱舞,身死坠地。风子就借铁锏一击之劲,正往下落,猛听山下面盆地中万兽齐鸣,万蹄踏尘之声,同时爆发出来,声震山岳。心里一惊,一疏神,没有看清地面,脚才点地,正遇另一只怪兽纵到,低头竖起锐角,往胸前冲来。这时两下迎面,俱是猛劲,风子如被撞上,不死必伤。风子一见不好,忽然想起峨眉剑术中弱柳摇风、三眠三起败中取胜的解数。忙举手铁锏,护着前脑面门,两足交叉,脚跟拿劲,往后一仰,仰离地面只有尺许。倏地将交叉的双脚一绞。一个金龙打滚,身子便偏向侧面,避开正面来势。再往上一挺身,起右手锏,朝兽头打去,这一锏正打在兽的左角上面,立时折断。风子更不怠慢,左脚跟着一上步,疾如飘风般一起手中腰刀,拦腰劈下,刀快力猛,迎刃而过,将那怪兽挥为两段。刀过处,那怪兽上半截身子带起一股涌泉般的血水,直飞穿出去丈许远近,才行倒地。风子连诛二兽,暂且不言。

那云从不似风子鲁莽,却杀得比他还多。总是避开来势,拦腰一剑,一连杀了三只。剩下两只,哪禁得起二人的宝剑、铁锏,顷刻之间,七只怪兽全都了账。二人动手时,已听见盆地中那一大群万声吼啸,黑压压一片,像波浪一般拥挤着往上奔来。先以为兽的主脑一死,也许惊散。谁知这类东西非常合群,生长荒山,从未受人侵袭。除了天生生克、一物制一物外,只知遇见敌人一拥齐上。由上到下,原是一个斜平山坡,相隔又近。这一大群怪兽奔跑起来宛如凭空卷起千层黑浪,万蹄扬尘,群吼惊天,声势浩大，眼看就到眼前。这时二人处境，上有密云笼罩，下有万兽包围，进既不可，退亦不能；再加斜阳隐曜，暝色已生，少时薄暮黄昏。那些怪兽全是纵跃如飞，一拥齐来，任是身有三头六臂，也是杀不胜杀。一经被它扑倒，立时成为肉泥。就这危机俄顷之际，虽然明知绝望，不能不作逃生之想。正在张皇四顾之际，头上云雾又往上升高约有两丈。云从猛一眼看到云雾升处，离身数丈远近的山坡上面，露出二三株参天古树，大都数围，上半截树梢仍隐在云雾之中，只有下半截树干露出。急不暇择，口里大声招呼风子，脚底下一连几纵，便到了树的上面。风子因为那万千野兽漫天盖地奔来，相隔仅有半里之遥，知道逃已无及，二人说话声音又为万啸所乱，也没听清云从说的什么，一见云从纵到树上，便也跟着纵去。

第一三八回

惊兽阵　绝涧渡孤藤
采山粮　深林逢恶道

　　二人身才立定，猛想起那怪兽一纵跃就好几丈高下，这树虽高，有何用处？刚想另觅逃藏之处，那为首的一小群，约有百十来个，已经奔到那七个死兽面前，相去咫尺，下去必无幸理。四面观望，俱无出路。只得各持兵刃，仗着树身枝干掩护，与它来一个杀一个，拼到哪里是哪里。正定睛往下看时，那兽群为首的百十个奔到死兽面前，忽然不往前进，纷纷围着那死兽转将开来。前面的不进，后面的却仍是往前奔逐，互相挤撞。只望见前后数里方圆一片灰黑，在掀天灰尘影里起落波动，比初见时仿佛要多出好几倍，哪里估得出多少数量。渐渐后面的一大群，将与前面那一群挨挤上时，才看出小群当中，有两个竟比适才杀死的那几个最大的还要大出一倍，围着死兽转了两圈，猛地狂吼了两声。这两个大的，想是那万千兽群的主脑，它这一吼，所有怪兽全都惊天价吼啸起来。这次乃是物伤其类、志在寻仇的同情怒吼，不比适才乍见生人的寻常啸声。再加上空谷回音一震，直似万千迅雷同时爆发，石破天惊，山崩海啸，只震得二人双耳都聋。吼声过处，那两个大兽倏地鹤立鸡群般将头昂起，朝二人存身的大树上面看了一看。猛又怒吼一声，两腿一扬，便要纵将过来。紧随大的身后那百十个，也都跟着将头昂起，做出前纵的势子，眼看就要一同扑来。

　　这时二人处境之险，真是间不容发。那些怪兽如是一个一个零零落落扑来，还可手起剑刺刀斫，来一个杀一个。虽然来数太多，后面望不见前面，只知拼命向前，不会杀一惩百，使其知难而退，到底比较容易应付。这一二百个同时往树上纵扑，后面成千累万也必相次发动。休道那一株大树，再有几十株，也必被它们冲倒。覆木之下，焉有完人？在这万分危急之中，云从猛一眼看到离身两丈以外，并排立着两株大树，枝丫相接，仅只数尺。就在那千百怪兽将纵未纵之际，用手一拉风子，先自将足在树干上一垫劲，单手钩着对面树枝，趁那悠荡之势，一翻身便到了邻树上面，隐身密叶之中。风子也将刀铜并在一手，随着纵到。刚得站稳，便见下面百十条黑影带起一阵风声，"嗖嗖嗖"比箭还急，直朝适才存身的树上扑去。

接着便听"喀嚓"连声，一株参天古树，登时干断枝折，上半截树身直从半空中倒将下来。群兽咆哮践踏之声，响成一片。看神气，那些怪兽全听那为首大兽号令，好似又吃了数目太多的亏，互相挤撞咆哮。云从、风子纵逃到别的树上，并未被它们瞧见，只顾在那断树枝叶里吼啸践踏。只听枝叶纷断与兽蹄之声，乱成一片。顷刻之间，残枝寸折，碎叶如粉，一大株古树竟被它们踏成个扁平堆子。二人方幸未为所见，假使人在下面，焉有生理？忽听那大的一个不住在残枝碎叶中低头闻嗅，似在寻觅仇人踪迹。二人隐身密叶丛中，眼看群兽绕树游行，吓得哪敢出声。

偏那树梢有许多枝干年久枯朽，恰巧被风子踹在上面，虽有要断的声音，已为兽啸所隐。等到风子觉着脚底一软，连忙移向别处时，脚底一根三尺多长的枯干已被踏折，落了下去。无巧不巧，正打在树底下一个怪兽的头上。那兽一惊，立时怪吼一声，仰起头来，随着上面枝颤叶动处，把二人看了个逼真，接着连声怪吼。下面群兽一齐回身，昂头往上注视。二人除存身之处外，更无别的地方可以藏躲。下面更是黑压压一大片，全被群兽挤满，连立足之处都没有。刚暗道一声："我命休矣！"又听下面群兽一齐悲鸣，声音与适才所闻不同。方以为就要作势扑来，除死方休，忽见这处群兽背上有两道金线，比电还疾，转瞬便到面前。所经之处，群兽大乱，恍如黑浪翻滚。那两道金线飞到面前，就在群兽背上，往二人存身的大树上飞到。耳中又听一声惨叫，好些团黑影凭空从树干近处坠落下去，百忙中也没看清一只。各持兵刃，正准备着困兽之斗，去敌那两条黄影时，猛听有人呼唤"少老爷"之声。虽然下面群兽喧嚣，没有听真，云从已觉出那人声音非常耳熟。风子眼尖胆大，早看清来的两条黄影是两个似人非人的怪物。有一条背上背着一个身围虎皮的赤身少年，与昨晚二人所说一样，两手乱摆，口中直喊少老爷。同时下面为首百十个怪兽又纷纷往树上纵来。在这绝危奇险中，来势又异常迅速，哪还分得出敌友？

风子只听到耳边一阵"扑嗒"之声，眼前一花，那凶人的怪物长臂分处，近身枝干全如摧枯拉朽，纷纷断落，喊声："不好！"正要一铜当头打去，不料怪物两只脚爪业已抓紧树身，两条手臂又长又快，只一伸手，将风子的铁铜接住。风子觉着力猛非常，身站树杈用不得力，百忙中左手抓树，右手用尽平生之力往回便夺。两下里方一较劲，那怪兽背上少年一面学着怪兽啸声，一面直喊："少老爷！是自己人！"这时下面群兽奔腾悲啸之声，已震得山摇地动，哪还听得出人的说话。云从手持宝剑，见群兽未退，怪物又来，原也准备冒死一拼。及见两条黄影刚一飞近树前，看出身形，内中一条忽然翻身退下；另一条背上背着一人，仿佛面熟，仍是如飞扑来。正要仗剑上前，与风子合力迎敌，猛一眼看到兽背上那人口里乱叫，双手乱摆。定睛一看，正是以前误走绝缘岭，在荒山黑夜之中走失的自幼贴身书童小三儿，不由又惊又喜。连喊风子住手，俱未听见。只得越过枝去，在风子耳边大声急呼道："这怪物背上背的是自己人，想必没有恶意。"风子刚把话听出一些，劲略一松，对面怪物好似有了知觉，竟然舒爪将剑拨开，长啸一声，往树上纵去。云从见那怪物回身时节，背上却是苍色，长着一缕极长金发。猛想起先前误走荒山，走失小三儿，第二日所遇那苍背金发、行走疾如飘风、似猿非猿之物。既和小三儿一起，当然是友非敌。适才这两条黄影初飞来时，曾见兽群大乱，飞到树前，正值为首百十个怪兽纵起，被内中一个长臂挥处，纷纷坠落，能救自己与风子出险也未可知。

这时小三儿已从怪物背上纵到树枝上，与云从相见。主仆都有一肚子话想说，无奈兽啸喧天，一句也听不出。急得小三儿用手往下连指。云从、风子同往下面看时，因为这两个怪物从兽群后面飞来，为首的怪兽尚无知觉，正待纵起寻仇，被内中一个赶到，一阵乱抓，连死了好几个。这才知道来了克星，吓得那已纵起的四肢无力，跌了下去。未纵起的，刚一看见，便自齐声悲叫，拼命逃窜。偏偏兽群太多，路被自己阻塞，急切间哪里逃走得了。只见数十丈灰尘影里，万头攒动，互相践踏挤撞，乱作一堆。前面兽群不知道逃，后面的又被怪物吓得往群中乱钻。这些兽群越拥挤，那两个苍背金发的怪物好似越着急。猛地将身同时纵起，就在万千兽群头顶上往来奔驰。长臂一起，便一爪抓起一个，掷出数十丈远去。所到之处，团团黑影，满空飞舞，恍如千顷黑浪中闪出两条金线。那些怪兽原极合群，只管悲鸣跳跃，兀自不会寻路逃遁。

那两个苍背金发的怪物在兽群中飞跃了一阵，忽又聚在一处，略一交头接耳。内中一个便往最前面奔去，转眼只剩了一点黄星闪动，半晌没有回转。另一个却飞了回来，纵到树杈上，朝小三儿连声高叫，长臂爪乱挥乱比。小三儿便用手示意，拉了云从、风子一把，先往树下纵去。被那怪物一把抱定，放在地上，一同举臂，向上连招。云从、风子见那些怪兽见了它，个个胆落魂惊，知无差错。万千兽群仍还未退，除了依它，更无善策。便一同纵下，由小三儿同那怪物在前引路，往山上面便走。

这时云雾已开，斜阳犹存余照。下面虽是尘沙弥漫，吼啸震天。山上面却是山容如绣，凝紫萦青，秀草蒙茸，因风摇曳，甚是庄严幽丽。那怪物走了一截，又将小三儿抱起，神态亲密非常。不时回首观望，见二人走得不慢，嘻着一张血也似红的阔口，好似欢喜。走有二里多路，云从、风子偶一回首，往下一望，后面兽群仍在挤撞悲鸣，豕突狼奔，只最前面金星跳动处，兽群似有前移模样。正在观看，忽听小三儿大声呼唤，连忙跟了过去。那引路的怪物已走入一个巨石缝中。那石缝高可过人，宽有数尺，外有丛莽遮蔽，不到近前不易发现。二人随了进去一看，里面甚是坎坷幽暗，幸有剑光照路，还可辨认。曲折行了有三丈多远，忽见天光。出去一看，两面俱是悬崖，相隔约有四五丈。两崖高下相差也有数丈，下临绝壑。除此无路可通，不知怪物引到此地是何用意。刚开口想问，小三儿已拉了怪物，含泪过来，跪在地上。云从连忙唤起，又命给风子见了常礼，然后细谈经过。

小三儿指着那怪物道："这是小的妻子，虽是异类，已经通灵，能知人语。它母亲更是在仙人门下，本领高强。那些野兽原是野生的驴马与熊交合而生，日久年深，越来越多，人遇上便难活命。往往过起来两三天过不完。这块盆地从无人迹，本是这些野兽的巢穴。既有引路的山人，不知怎会到此？昨晚小的夫妻原想与少老爷相见，朝家中带个口信。因为它母亲的主人从卦象上看出，说它母女这两日内不能与生人相见，所以昨日跟在身后，只晚间等到少老爷睡时，来望了望。少老爷想是抄这野骡岭近路往四川去。这条路虽是险些，原也有贪利药材商人走过。应该从那树林中，不走那小坡，往南绕走，斜穿过去，照样有一个与这里大同小异的山脊，较这里远些，蛇虫也多，却比较平安。那两个山人不在，小的寻了一路也没见他们回去，想必已被野兽踏死。这事都是小的不好。昨晚见罢少老爷，本还想当时随在身后护送，便不会受此一场惊恐。偏因小的妻子正该今日服用换形丹药，被小的遗忘家内。又因主人有两个山人引路，不会遇上兽群，只得回去。今日服药之后，小的总不放心，便同它母女两个跟踪寻找，虽寻了几条路，俱未遇上。以为错走回路，又往回赶，连两个山人俱无踪影。还是小的岳母断定是误入兽穴，将小的提醒。它母女双眼俱能看出一二十里的人物动作，一到便见兽群往树上纵扑。这东西铁蹄之内，暗藏极短的钩爪，非常锋利。大的纵起来，可纵到十丈来高。它母女见树已被扑倒一株，在那里践踏，便恐少老爷受害。不想未曾受伤，真是万幸。现在山下面的路全被野兽遮断，这石缝内又住不得人，除了由小的妻子背着跳往对崖，便须等到小的岳母将兽群轰开，才能觅地安睡了。"

言还未了，那怪物又朝小三儿连比带叫。小三儿又对云从说道："小的妻子说，它母亲的主人虽说这两日内不能见生人，照说的时候算起，这时恰好过去。日前它母亲奉命采药，曾见前途还有毒虫，恐少老爷又去遇上，情愿相随护送，到了地头，再行分手。"云从闻言，心中大喜。风子自出生以来，除笑和尚外，从无人敌过自己的神力，适才铁锏差点被它夺去，甚是心惊。这时细看它生得面貌狰狞，通体黄毛，苍背金发，形状与二山人所说完全不差。小三儿又生得那般文秀，两个却是夫妻，本已好笑。暗想："这东西两臂比身子还长，似猴子又不似猴子，也不知是个什么兽类？"心中好奇，便低声叫云从去问小三儿。谁知怪物耳聪已极，忽然对着小三儿，指着风子连叫几声。云从因小三儿说它能通人语，恐它不快，正暗怪风子莽撞，用目示意，小三儿已经说道："小的妻子说，商老爷意思，想问小的妻子出身，叫小的代它搭话。它名叫长臂金猱，乃是专食百兽脑髓的神兽。它母亲生下它时，有一天捉了数十只虎豹，正要裂脑而食，忽遇它主人守缺大师走来，嫌它残忍，当时要用飞剑将它斩首。它母亲修炼多年，已有灵性，伏地哀鸣，再三苦求。大师念它修炼不易，食兽乃是秉着上天以恶制恶的天性，便将它收在门下，采药守洞。小的妻子因同类极少，没有配偶。正值小的那日随少老爷到成都去，误入深山，半夜口渴生病。老爷去寻水时，忽然来了一只野狗，将小的扑倒要吃。彼时小的已经吓死过去，猛觉身子似被什么东西夹走在天上飞行一般。天亮之后，才得醒转，身在洞内，病已渐好，旁边正立着它母女两个。先是吓得要死；后来见它拿果子来喂，并无恶意，又疑它是山神。便跪下向它苦求，请它指引出山，与少老爷相见。它母女竟通人言，互相商量了一阵，小的岳母便拿着小的一件外衣，一提篮果子，跑出洞去。第三天病好，便成了夫妇。日子一多，又由它母女领去见了守缺大师，才知小的被野狗扑倒时，被它救回洞去，又向大师求了灵丹，才得活命。那提篮本是小的妻子以前在山中拾的，因恐少老爷山行缺粮，装了果子送去。又因少老爷有一口仙人宝剑，人兽不通，恐起误会，不敢现身。只得先用小的血衣故意给少老爷看见，每日暗随身后，往提篮内添装果子，直护送到绝缘岭尽头，才行回转。大师又说，他的剑术只为防身炼魔之用，所参乃是上乘佛法。小的根基不深，不配做他徒弟，仅仅传了一点轻身练气之法，以备居山不为寒暑所侵，游行轻便。后来小的岳母又苦求了几次，大师说小的另有机缘，时犹未到，总是不肯收留。此山原与昔日少老爷迷路的荒山相通，它母女便在这野骡岭的北山顶山洞中居住。小的在此日久，便能知它母女语言，只不大说得出，倒也惯了，只时时想着少老爷。昨早小的妻子说，从山顶上远望，有汉人经过。先并没想到少老爷会打此经过，本想托人捎个平安口信。偏偏我岳母回来说，前晚它主人说，这两日如见生人，虽不致送命，它母女必有凶险，恐小的夫妻不知误犯。回洞送信，路遇四人，竟有少老爷在内。小的执意要见一面，它母女把大师的话奉如天神，一定不允。小的无法，只得商量暗中先在远处见上两面，过了两天的期限，再行相见说话，于是便远远随在少老爷身后。走到晚间，少老爷入洞安睡，小的忽然执意要入洞一看，只不说话。小的妻子强不过我，只得背了小的入内，见少老爷已经睡着，又欢喜，又伤心，几乎哭了出来。当时没有唤醒，因小的妻子今日要服大师赐的换形丹药，只得回去。出洞时，岳母赶来，还说小的不听大师言语，早晚必要出事。经小的夫妻再三分说，没有和少老爷对面谈话，才息了怒。今日恐小的又蹈前辙，寸步不离。直到午后好一会儿，算计时限将满，才准跟踪前来。偏又找了好几条路，都找不着，几乎误了大事。如今它母女守了大师的教训，已不吃血肉，终年采异果为食，也不妄杀生灵。不然今天那些野兽不知要死多少呢。"云从、风子闻言，因那长臂金猱能通人语，便一齐向它称谢。那金猱竟似懂得客套，做出逊谢神气。

这一席话罢，天已黄昏月上。三人一兽在岩石上坐定，望见对崖藤蔓阴阴，月光照在上面都成碧色，颇有野趣。久等老猱不来，因山高气冷，正与小三儿商量宿处，忽然一阵山风吹来，顿觉衣薄身寒，有些难耐。猛想起行囊食物俱在山人身上，适才说到两个山人，因急于想听小三儿涉险经过，未顾得谈，便和小三儿说了。小三儿闻言，忙叫他妻子长臂金猱快去找寻。言还未了，他妻子倏地起身，往来时石缝外面纵去。风子恐伤那二人性命，忙着跑出，在它身后直喊："这事不怪他们，只将行囊取来，莫要弄死他们。"月光之下，一条金影疾如星飞，已往山顶上穿去，晃眼不知去向。再往山下面一看，只见万头攒动，烟尘弥漫，吼啸之声仍自未减。估量野兽太多，退完还得些时，便回身与云从说了。小三儿道："少老爷不愁没有宿处，少时小的妻子回来，如野兽仍未退尽，可由它和小的岳母将少老爷与商老爷背起，由兽背上行走，回到小的山洞中住上一夜，明早再由它母女背着护送出山便了。"风子插口道："我看你走起路来也是它背，它母子既背了我们，你岂不是落了空？"小三儿道："小的不过比它母女走得慢些，急于想见少老爷，才叫它背的，并非不能行走。不过从兽背上过，可由它抱一个背一个也就是了。"

风子闻言，哈哈大笑说："我大哥常和我提你，说你聪明忠心，可惜在荒山之内，连尸骨都找不到，只给你留了一个衣坟。谁想你不但没死，反娶了个好婆娘，一身本领，连你出门，不论走多远多险的路，都用不着发愁，这有多好！不过我弟兄都是快出家的人，论甚主仆？你只管小的小的，听起来连我弟兄都变俗了，干脆我们一齐弟兄相称多好。"小三儿闻言，哪里敢应，口中逊谢不已。云从因听惯了的，先不觉得，一闻风子之言，也说："改了为是，何况又有救命之恩。就是太老爷知道，也决不会见怪的。"小三儿总是不敢。后来风子发急，云从也一再劝说，才免去许多卑下之称。

三人正在争论，长臂金猱母女忽然同时到来，手中提着二人的包裹。一问可曾伤害两个山人？小三问了他妻子几句，代说两个山人想是由云雾中冒险往上，打算越过山脊奔逃。那背行囊的一个失足坠落在山那边石笋上面，穿胸而死。另一个不知怎的，被一条潜伏的山蛇缠住，正在挣命，被小三儿妻子赶到，将蛇弄死，救了下来，已经毒发身死，只把行囊寻了回来。云从、风子想起这种山民专一劫杀汉人生吃，乘危逃走，咎由自取。且喜那行囊并未开动过，不知怎的，会被两个山人结在一起，偏又是失足附崖的山人带在身上，未被毒蛇所缠，总算幸事。小三儿又说，他妻子寻见二人与行囊后，回来遇见它母亲，说今日是个季节，那些野兽俱聚集在山下盆地中向阳配对，越发恋群。又遵它主人之戒，不敢多杀，费了好些手脚，才逼它们上路，如今已陆续往东面一片森林之中退去。兽群太多，如等退完，至少还得两个时辰。恐云从等得心焦饥渴，特地赶回，问云从打算怎样？如想乘夜前进，便须照小三儿所说之法，由它母女背抱着，从兽背上行去。如想暂时住下，对崖现有一虎豹巢穴，甚是宽大，它母女一到，虎豹自会逃走。在那里暂宿一宵，明早兽群必定退完，再行上路。云从因为今日饱受惊恐劳乏，再要飞越十来里路长的兽背，虽说它母女背着不畏侵袭，到底不妥。又因小三儿异域重逢，此次又不能随着跟去，很想畅谈一番。好在忙也不在这半夜工夫，明日上路后，中途仍须歇息，不如今晚无忧无虑睡个好觉，明日打点精神前进为妙。风子原以云从为主，略一商量，便采用了第二条办法。

不过两崖相隔既阔，上下相差又复悬殊，风子总觉凭自己本领，还让一个大母猴子背着纵过去，不好意思；单独纵跳过去，又无把握。早就盘算好了主意，一见小三儿要命他妻子来背人，便对他道："你且叫它慢背，先纵过去一回，我看看，我也学一学样，能照样过去更好，不能再另想法。它到底是个女的，背你不要紧，背我们大不雅相。"小三儿妻子闻言，望了风子一眼，咧开大嘴笑了一笑。跑向崖边，两条长臂一挥，两腿一并，脑后金发全都竖起，身子一蹲一弓之际，便飞也似的往对崖纵了过去。风子见它起在空中，两条长臂连掌平伸，似往下按了几按，仿佛鸟的双翼一般，心中一动。暗中提劲用力，照峨眉轻身运气之法，照样学按了两下，果然身子可以拔起，不由恍然大悟。正想冒险试试，忽听小三儿的妻子在对崖长啸一声，它母亲也已飞过，一同在对崖摸索了一阵，才一同飞回，身后还各带一长串东西。云从、风子一看，乃是两盘长长有二十余丈的多年藤蔓，被它伸直带了过来。由小三儿的妻子两爪各执一头，对小三儿叫了两声。它母亲便伏身藤上，前后爪一齐分开，将藤抓住。小三儿便请云从骑在它身上,渡了过去。云从不似风子好胜,再加两崖此低彼高,形势险峻,下临不测之渊,看去都觉眼眩,哪敢存纵过之想。起初以为由它母女背着飞渡,及见这等情况,暗想:"这东西心思灵敏,真不愧有神兽之称。"当下也不用客套,朝金猱母女各打一躬,道声:"得罪!"便跨了上去。那金猱一路手足并用,转眼工夫,便已援藤而过。

风子早已折了几根竹竿,用带子扎成十字,从包内抽出两件旧衣,将它撑好,一手拿定一个,蓄势待发。那金猱方从对崖回转,风子大喝一声,奋神力两脚一垫,两手一分,便往对崖纵去。风子本能纵往对崖,只因形势太险,先时有些目眩心怯。及至一纵起身,手上有了兜风的东西,容容易易地纵了过去。云从不知他来这么一手,见他将身纵起,方代他捏紧一把冷汗,风子已经纵到。这一来,休说云从、小三儿见了心惊,连那长臂金猱母女也觉诧异。当风子纵起时,那老金猱还恐有失,仍从藤上援了过来,准备风子失足还可援救。及见风子无恙,才过去将小三儿渡将来。它女儿也随着纵过。那老金猱早已走向前面,翻过崖那边去,不一会儿,便听虎啸之声。大家跟将过去一看,只见日光之下,早有大小六七只猛虎翻山逃避。走入虎穴,点起烛火一看,还有两只刚生不久的乳虎,见了长臂金猱母女,吓得乱叫乱蹦。小三儿的妻子已在此时跑出了洞。云从、风子便各将干粮肉脯类取出来吃。小三儿久离烟火,吃着很香。那金猱已不动荤。等了一会儿,小三儿的妻子不见回来,老金猱渐渐露出有些烦躁神气。云从便问小三儿的妻子何往?小三儿答道:"它因此时无事,想去采些山果相赠,不想去了个把时辰还未见来。"正在问答之间,老金猱突然立起,朝着小三儿吼了几声,便往洞外跑去。

云从料是寻它女儿,一问小三儿,果然不差。小三儿并说,他岳母已能通灵,因为此次他妻子一去好多时,想起它主人之言,恐在途中遇见歹人出事,行时甚是忧急等语。风子闻言,便答道:"它母女帮了我们这般大忙,如遇歹人,我们岂能袖手不管?反正我们吃饱了无事,没它母女回来,也不能上路,我们何不也跟踪寻去,助它一臂之力?"云从方要说两下里脚程相差甚巨,老金猱去已好一会儿,何从寻觅?小三儿已喜答道:"小的也正为它母女着急,如得二位老爷同去相助,再好不过。"云从明知那金猱何等神力本领,它如不胜来人,自己更不是敌手。但事已至此,义不容辞,不能不前往一拼，但盼无事才好。

这时小三儿因老金猱也去有半个时辰未回，越更惶急，立即引了云从、风子出洞，便往外走，口里说道："小的妻子就在崖那边半里多地一片枣林里面，那里结着一林好人参枣。这枣长有两三寸，又甜又脆又香，旁处从来没有。它原想采些来与二位老爷尝个稀罕，不知怎的，连它母亲都一去不来。定是应了它主人之话，遇见凶险了。"一路说明，脚底下飞也似朝前奔去。云从、风子才知小三儿脚程甚快，并非行走均需它妻子背带。风子因他又在满口"老爷""小的"，正想劝说，行经一片广坪前面，猛见小三儿凝神往前静听了听，忽然面色惨变。对二人道："我妻子和岳母定已遭人毒手，不是受了重伤，不能行动，便是被人擒住。我先到前面一看，二位老爷随后代我接应吧。"说罢，撒开大步，拼命一般，朝那前面广坪上树林之中跑去。风子一把没拉住，刚喊得一句："忙什么，一块走！"猛听两声兽啸，正是金猱母女的声音。风子连忙住声，悄对云从道："看这神气，来人本领一定不小。我等前去，须要智取，千万不可力敌。我常跑荒山，善于观察形势。大哥先不要上前，等我探完虚实回话，再去救援，以免有失。"云从知他又是锐身急难，哪里肯听，便答道："凡事皆由命定，我们如万一该死，也等不到现在，还是一同去吧。"风子无法，只得拔出铁锏、腰刀，云从也将霜镡剑拔出，一同往前跑去。

越行近树林，那金猱母女的悲啸之声越听得真。二人循声跟踪，入林一看，林深叶茂，黑沉沉的，小三儿已跑得不知去向。时闻枣香扑鼻，偶然看见从密叶缝中筛下来的一些碎光杂影，随风零乱。除了树木，别的什么也没有。入林约有二里多路，忽然眼前一亮，林中心突现出一大片石坪。二人因为金猱母女啸声越近，更是留心，眼观四面。一听啸声就在前面不远所在发出，早停了步，轻脚轻手往前移进。距离石坪将近，风子首先隐身一株大树后面，往前一望，那石坪上面摆定一座石香炉，里面冒起二三寸宽一条条的黑烟，直飞高空，聚而不散，一会儿又落将下来，还入炉内。炉后面坐定一个兔头兔脑的小道士，手执拂尘，闭目合睛，仿佛入定。再往他前面一看，离那小道士两丈多远，有七根石柱，粗均尺许。金猱母女正抱定挨近前侧面树林的末一根石柱，在那里一递一声悲鸣，周身围绕着几条黑色带子，恰与炉烟相似。二人知被小道士妖法所困，正想不出救它之法。再朝那小道士一看，猛见小三儿端定一块三尺方圆的大石，从小道士身后轻手轻脚掩来，似要往小道士头上打去。眼看已离小道士坐处只有二尺，两手举起那块石头就要落下，好似被什么东西拦了一拦，立时"吧嗒"一声，石落人倒。小道士仍如无觉，连头也不曾回。吓得小三儿连忙爬起，逃入林去。这时那金猱母女悲鸣越急。一会儿工夫，又见小三儿绕过前侧面树林出来，走向金猱母女被困之处，口里喊得一声："要死死在一处吧！"便往他妻子身上扑去。那石柱之上便冒起一股黑烟，将小三儿也一齐绕住。

风子一见这般情景，便悄悄对云从道："我们大家都死无益，大哥不可上前，待我借你这口宝剑试试。"说罢，不俟云从答言，放下腰刀，夺过那口霜镡剑往前便跑。云从方以为风子必遭毒手，谁想风子竟有心计，跑近那石柱面前不远，竟然立定，用手中剑朝那黑烟撩去。青光闪处，那黑烟居然挨着便断，一截一截地往空中飞散开去。风子一举成功，心中大喜，举剑一阵乱砍乱撩，转眼之间，金猱母女与小三儿全部脱身，行动自如。风子更不怠慢，手举剑、铜便往炉后奔去，拿剑先试了试，见无阻拦，大喝一声，右手剑刺，左手铜打，同时动作。那小妖人奉命炼法入定，只以为有他师父妖法护庇，少时即可大功告成，一切付之不闻不见。不料遇上一口不畏邪侵的霜镡剑，被风子无心用上，一剑先刺了个透明窟窿，再一铜打了个脑浆迸裂，死于非命。

云从自从上次在天蚕岭中毒回家，与笑和尚、尉迟火二人盘桓了些日，已经长了不少见识。一见那小道士人虽死去，尸身未倒，炉中黑烟蓬蓬勃勃冒个不住，知是妖人邪法，必有余党，决不止那小道士一人。正忙催快走，那金猱母女早已纵向高处眺望，忽然口中长啸，飞跑下来。小的一个，一把先将小三儿抱起；那老金猱径自奔到云从、风子面前，伸开长臂，一边夹了一个，拨头便往前面树林之中蹿去。急得风子一路连声怪叫，直喊："我自己会走，快放下来！"那老金猱母女也不做理会，行动如飞，顷刻之间，便走出去有三数十里。行经一座崖洞，钻了进去，才将云从、风子放下，对小三儿连叫了几十声。小三儿便走将过来说道："商爷休得见怪。我妻子原因那里的枣最是好吃，别处没有，不想正在林中采取，忽遇见那小妖道的师父走来，被他行使妖法，放起几股黑烟，将它困在石柱上面。那妖道师徒原是老少三人。那看守丹炉的一个，始终没有言语行动。老妖道将我妻子擒住以后，对另一小妖道说：他在那里祭炼法术，已到火候，只为捉来的七个童男忽然跑脱了一个，不能收功。本想用那看守丹炉的小妖道，又觉于心不忍。正在为难，不承想天助成功，居然在无心中擒到这样灵兽，虽然是个母的，正好改炼那玄阴六阳之宝，还可免伤他师弟性命。说时，好似十分欢喜，并说要去取那六个童男前来，连我妻子一齐采用生魂，命那小妖道帮助看守。说罢，驾起一道黑烟往空中飞去。老妖道走不一会儿，小妖道忽然跑进左侧树林以内，拉了一个十二三岁的小孩出来。先抱头哭诉了几句，然后将那小孩抱起，朝那打坐的小妖道也低声说了几句。我妻子见老妖道一走，正在拼命挣扎，没有听清。忽见平地起了一阵金光，那小妖道竟抱着那小孩腾空而去。又过了一会儿，我岳母赶来，它因随侍过守缺大师，一到便看出是妖人邪法，不敢去惹那打坐的小妖道。悄悄掩过去，想将那石柱拔断，冒着大险，带我妻子连石柱一起抱走，去求它主人解救。以为口里念着大师的护身神咒，小妖道又在入定，至多人救不成，再另设法求救，自己想不致被陷。不料妖法厉害，石柱上黑烟竟是活的，人一沾上便跑不脱。手才挨近石柱，便被黑烟束住，用尽平生之力，休想挣脱。末后我又赶到，被我岳母看见，再三叫我不要近前。我想回去求守缺大师解救，相隔太远，没有我妻子背着走，必然无及。以为那妖法是小妖道主持，寻了一块石头，想暗中将他砸死。刚一近他身前，便似有极大力量将我阻住，撞了回来。这场祸事，皆由我不听大师之言所致，觉得太对不住它母女，一时情急，想去死在一起。刚刚跑到它母女身旁，正遇商爷赶来。这口仙剑真是宝贝，那般厉害的妖法，竟是一挥便断，连小妖道也死在这口剑上。当少老爷催大家快走时，我岳母和妻子因那老妖道去了好一会儿，恐他赶来，特意往高处瞭望。果见月光下有一团黑烟，从后飞来，相隔只有十多里路。知道细说还得经过我一番唇舌，怕来不及，只得从权，母女二人夹了我们三人便逃。它母女说，幸而那团黑烟想是携着那六个男童，飞得不快，不然被他听见商爷喊声追来，也许遭了毒手了。如今往四川和往我们山洞的路，俱都经过那妖道盘踞的地方，天明能动身不能，还不敢定呢。"

言还未了，风子一听那妖道还擒有六个幼童，不禁又恨又怒，便对云从说,要用那口宝剑去将妖道杀死,将六个童男救来。云从闻言惊道:"此事固是义举,无如我们虽有一口仙剑,却不会法术。那小妖道因为入定被杀,乃是适逢其会。休将此事看得易了,还是慎重些好。"风子忿忿道:"我们现在既打算学剑仙,岂能见死不救?我们如果该死,好几次都死过了。你没听张三姑说,凶险虽有,不会送命么?这等伤天害理的事儿,我们不知道,无法;既然知道,岂能不管?焉知那厮不是恶贯满盈,也和他徒弟一样,冷不防下手,一剑就送了终呢?"云从闻言,也觉事虽奇险,那妖道行为万恶滔天,明知卵石不敌,也无不管之理。便答应风子,要一同去。风子却又推说剑只一口,云从没他力大身轻,去也无用,执意不肯。二人正在争论,那老金猱又向小三儿哇哇叫了几声。小三儿便对二人道:"我岳母说,它也恨极那个妖道。并说妖法虽是厉害,如用那口仙剑照杀他徒弟一样,乘他没防备时猛然刺他一剑,只要刺上,便可成功。不过事终太险,人多反而误事。还是由我岳母随了商爷同去,藏身近处,先由它悄悄探好虚实,再用手势比给商爷前去动手。据小的妻子所见,那妖道行法之时,也是闭目合睛,仿佛无闻无见,只有口动。如遇见他在打坐,那就更好了。"云从见争论无效,只得再三嘱咐风子:"老金猱虽是异类,却在高人门下,久已通灵。它如不叫你下手,千万谨慎,不可冒失行事。"风子一一应了。

　　老金猱便过来要背他。风子将剑匣要过佩上,仍是坚持自走。老金猱只得指了指方向,两脚往上一起,踏树穿枝,翻山越涧,电闪星掣般往前飞去,转眼没有踪迹。风子原知它母女跑得快,因天性不喜人相助,以为三数十里的程途,片刻可以赶到,何用背抱?却没料到快到这般出奇。等到前面那条金线跑没了影子,才想起适才被它夹起逃走,出林时节曾转了个弯。如今它不在此,路径不熟,要是走错,岂不误事?况且有它背,还可早到。斩妖人方是大事,何必拘此小节?虽然有些后悔,以为金猱在前面探完了虚实,必要回头,只管脚下加劲,还不着急。谁知估量着走有三十余里,还未进入林内,知道走错。又恐金猱在前遭了妖人毒手,好不焦急。在眼面前一面是个谷口,一面是个斜坡,当中一面却有一座小孤峰阻住去路,心中拿不定走哪条路好。只得纵上峰去,往四外一看,来路并无像刚才那么大的树林,只去路谷口里面一大片黑沉沉的,月光如昼,远望分明,不见边际。才知自己性急多疑,并未走过头。心中一喜,忙着跑下峰来,往谷中奔去。

刚入谷口,便听谷口里岩石后有人问答之声,一个似是童音。风子知道这般荒山空谷,哪里来的人语?虽是胆大,也恐与妖道不期而遇。连忙轻收脚步,紧按剑柄,伏身石后。贴耳一听,只听一个小孩带着哭音说道:"自从哥哥走后没两年,听说张家表哥与表姊在城外辟邪村玉清观拜了一位师太为师,第二年一同出门云游,就没回来。听姑母说,那师太是有名的剑仙,同峨眉派剑仙都有交情。表姊临快出游时,还常替哥哥可惜,你那般好道,也不知这两年遇见高人没有?如在成都的话,岂不眼前就有一条明路?母亲不似张家姑母那般想得开,自己又不会武,老担心你。那日我去武侯祠代母亲许愿求签,便被这妖道捉来,不承想哥哥却会做了他的徒弟。幸亏我机灵,看你一使眼色,没敢和你说话,不然,岂不连你也给害了?如今母亲还病在床上,再见我忽然失踪,岂不活活急死?你会放金光在天上飞,还不快些同我驾云回去,只管在这里耽搁作甚?"另一少年答道:"毛弟,你哪知道。我自和张二表姊赌气离家,原打算不遇见剑仙学成本领,决不回家。谁知今年春天在终南山脚下遇见这个妖道,看上了我,强迫着收为徒弟,说我可以承受他的衣钵,苦倒未曾受到。我见他法术不正,时常奸淫妇女、伤生害命,想逃又不敢。上两月来到此山,择了适才那片树林中的空地炼法。炼成以后,便去山里寻他一个同道,创立一个邪教。他炼这妖法须用七个童男,先已捉来六个藏在山那边洞里,用法术禁住。最后才将你捉来,定在三日之内取你生魂,重炼那玄阴六阳迷神灵剑。我一见你是我老弟,又惊又苦,几乎落下泪来。知他心比狼还狠,求情不但无用,弄不好连我也送了命。亏你聪明,不曾被他看破。但是你被法术禁住,无法解脱。他到林中去行法时,居然这一次未命我去,虽然抽空说了几句话,还是无法救你,急得我在洞外朝天碰地大哭。正伤心到了极处,忽然遇见一个矮老头的恩人,传了我三道符和救你之法。那第一道符,不但能救你脱难,还可隐身。第二道符,一念矮恩人传的真言,便有金光护体,随意飞行。第三道符,发起来是一个大霹雳。恩公原命我将你救到这里等候一个人,那人也是被妖道追赶到此。我趁他一个冷不防,将那神雷发出手去,虽说不定能除他否,但绝可使他受伤逃走。那时再同了你,将那同难的六个小孩，用那第二道灵符带到成都。再由我家拿出钱来，送他六人各自回转家乡，与他们的骨肉团聚。"

正说到这里，风子忽然觉得脑后风生，回头一看，正是那老金猱探道回来。风子便问妖道现在何处？那老金猱用手势朝风子比了一比。风子看出妖道也和小妖道一样，在那炉前打坐，原想赶去。猛想起那石后说话之人，颇似和自己一条道路。连忙探头一看，已经不知去向。风子便将宝剑拔出，藏在身后，迈步要走。那老金猱忽然又用手比了一比，意思是要与风子同行。风子本不认路，便由它在前引导。此时相去只有二三里远近，转眼便快到达。那老金猱忽然抢上前去，望了一望，飞身回来朝着风子直摆手，大有阻止再往前进之意。风子虽料知有了变故，哪肯就此罢手，也回了一个手势，表示自己主意已定，非上前不可。老金猱还紧拦时，风子便将手中的剑吓它，老金猱无法，只得退过一旁。

风子也不去管它，轻脚轻手，悄悄走到那片空地。由林后探头出去一看，那妖道生得相貌异常凶恶，穿着一件赤红八卦衣，一手持一口宝剑，一手拿着一沓符箓。虽是闭目合睛站在炉前，口中却是念念有词，不时用剑指着前面划，并不似那小妖道坐着不动，不由起了戒心。再往他前面一看，刚才绑金猱母女的石柱上面，正立着适才被自己杀死的那个小妖道的无头尸首。余外六根石柱上，却绑着六个童男，俱都是眉清目秀，齿白唇红，周身也有黑烟围绕。只见那妖道口中念了一阵，又从怀内取出一口小剑，连符掷向那黑烟的炉内，立时黑烟不见，冒起七股淡黄光华。妖道先朝那已死小妖道念了几句咒语，用剑一指，便见剑尖上多了一颗鲜红的人心。正要往炉中丢去，忽然低头想了一想，猛地大喝一声，将剑朝前一指，剑尖上那颗血滴鲜红的人心忽然不见，立时便有一道黑烟飞向林内。风子知道踪迹已被妖道看破，以为适才救金猱母女时，那绕身黑烟曾被自己用霜镡剑破去，所以并不着慌。见黑烟飞到，便持剑往上一撩，剑上青光过处，黑烟随剑消散。风子哪知厉害，得了理不让人，大喝一声，纵出林外。正待举手中剑向妖道刺去，妖道已将剑光飞起。

原来那妖道先时擒了金猱母女，喜出望外。当他回转巢穴，将那六个童男摄来，准备剖腹摘心，收去生魂，炼那最狠毒的妖法。及至返回林中一看，适才擒来的两个金猱与大徒弟俱已不知去向，绑金猱石柱上面的黑煞丝也被人破去，丹炉后面打坐的小妖道已经死于非命。先疑有敌派能人到此，破了妖法，又惊又恨，本想收了丹炉，摄了六个童男逃往别处。又一寻思："近日大徒弟形迹屡与往常相异，自从摄取最末一个童男回山，更看他脸上时带愁容，第三天那童男便失了踪，遍寻无着。当时虽然有些觉察，因为相随已久，不曾在意。又因急于将法术炼成，好往姑婆岭去相会一个同党，共图大事，偏偏童男便逃走了一个。那小徒弟入门未久，本想将他代用，到底师徒一场，有些不忍。自己方在踌躇，无心中擒着那两个长臂金猱，才息了杀徒之念，祭起黑煞丝，将二金猱困在石柱之上。如今二金猱虽然被人破了妖法放走，但是大徒弟失踪，二徒弟又被人杀死，怎的来人未将丹炉中炼的法宝取去？那炉内与余下六根石柱上的黑煞丝依然存在？"不由动了疑念。偶一回身，看见身侧树林中遗下一个小孩的风帽，取在手中一看，正是那失踪童男所戴之物。猛想起初擒到手时，曾见那童男的相貌和自己大徒弟相似，恍如同胞兄弟一般，彼时心中曾微微动了一动。第三日便没了影。照眼前情形看来，分明是大徒弟起了叛意，先放走了失踪的童男，又乘自己不在解了黑煞丝，放走金猱，又恐他师弟泄露，行时将他害死。越想越觉有理，不由暴跳如雷，连忙身飞空中仔细瞭望，并没一丝别的迹兆，更以为所料不差。本想跟踪追擒，又因那徒弟虽然学会了两样妖法，仅可寻常防身，不能高飞远走。那失踪童男想是他兄弟，故此放了逃遁，走必不远，定然还在近处岩洞间藏伏，终久难逃罗网。自己急于将法炼成，原想用那小徒弟凑数，他今被人害死，正好趁有妖法禁制，生魂未散之际，行法祭炼。再说两个徒弟一死一逃，剩下这六个童男，带着行走既是不便，放在洞内还须人看守，刚巧丹炉中所炼法宝已经到了火候，索性就此时取了这十个生魂，炼好妖法，再去寻捉叛徒泄忿。主意一定，便将小妖道解了禁法，将他尸身与六个童男仍用黑煞丝分别绑在七根石柱之上。先到炉前打坐，默诵一阵咒语，起身行法。

刚将那小妖道的一颗心用妖法割腹取出，待往炉中掷去，猛见月光之下，树林影里似有一道青光闪了一闪。那妖道虽非异派中有数人物，却也不是寻常之辈，新近又从一个有名同党那里学会了几样妖法，炼会了黑煞丝，总算久经大敌。风子只不过急于想往前看个仔细，一不小心，手中的剑在身后闪了一闪，便被他看出动静。那妖道原是心辣手狠，刚一发现有人，忙使妖法将小妖道那颗心掷还，就势一声大喝，便将黑煞丝放起，朝风子飞去。他那黑煞丝炼法，虽与妖尸谷辰同一家数，一则妖道功候比妖尸谷辰相差悬远，二则又非地窍穷阴凝闭毒雾之气炼成，哪里经得起仙家炼魔之宝，所以一挥便成断烟寸缕，随风飞散。妖道见黑煞丝出去无功，便猜来人不弱。跟着见敌人纵身出来，举剑刺到，妖道才看出敌人仅有一口好的宝剑，并不能脱手飞出，运转自如。心中一定，哪还容得风子近前，袍袖一扬，便有一道黄光飞出手去。风子还以为那黄光也和黑煞丝一样，忙举剑去撩时，刚一接触，便觉沉重非常，才知敌人是口飞剑，不由大吃一惊。所幸生有天赋，身手灵敏，一见剑头被黄光一压，力量不小，忙按峨眉真传将以实御虚的解数施展开来。当下一个空中，一个地上，一青一黄，两道光华往来冲击个不休，一时之间，竟是难分高下。

妖道先以为剑光飞出手去，敌人非死必伤。及见来人竟然凭着一口手中宝剑，与自己剑光斗在一起，那青光还自不弱，虽不能像自己剑光一般随意运用，却仗来人的身手矫捷，剑法高妙，一样的蹿高纵矮，疾如闪电。就这一会儿工夫，已看出来人不是凡品。再加上垂涎那口宝剑，打算人剑两得。一手指挥空中黄光与来人争斗，暗地却在施展妖法。风子原是粗中有细，知道宝剑既不能破去黄光，敌人能随意运用飞剑，自己却得费足力气纵跃抵御，微一疏忽，挨上黄光，便有性命之忧，工夫长了，定然气力不济，吃亏无疑，早有打退身的主意。无奈敌人的黄光追逼甚紧，休说逃走，连躲闪都不能够。正在着急，猛觉黄光来势略缓了些。百忙中偷眼一看，妖道一手指天，嘴皮乱动。刚料敌人要弄玄虚，忽然闻见一股奇腥，黑烟缭绕，劈面飞来，立时两眼一花，两太阳穴直冒金星。喊声："不好！"用尽平生之力，大喝一声，拔步便起，一个白虹贯日的招数，连人带剑舞成一个大半圆圈，直往林中纵去。也是风子命不该绝。一则妖道本领平常，飞剑力量不足；二则又在行使妖法之际，分了些神。风子这一纵起时，正赶上那道黄光一绕未绕上。妖道知道风子那口宝剑厉害，恐伤了自己的飞剑，每遇风子迎敌得猛烈时，总是撤了回去，二次再来。这次刚刚撤退了些，恰巧将黑煞丝放起，原以为风子飞剑被黄光绊住，注意空中，势难兼顾，只一缠上便倒。万没料到风子会这一手峨眉剑法中的救命绝招，黄光又撤得恰是时候，被风子剑光过处，黑烟依旧四散。等到黄光再飞上前去取敌人首级时，恰值风子破了黑煞丝，连人带剑纵起，迎个正着。风子仿佛听见两剑相遇，"锵"的响了一下，身子已蹿入林内，飞步便逃。

那妖道见黑烟快要飞到敌人面前，敌人刚从空中下落，还未着地，同时自己的飞剑又二次飞将出去，两下夹攻，这种情势，原属万难躲闪的。不料敌人脚刚沾地，恍如蜻蜓点水一般，倏又纵起，剑光撩过，黑烟随着敌人手上青光四散飞扬。心里一惊，气刚一懈，猛地又见青黄两道光华都是疾如闪电般飞起，刚一接触，便觉自己元气震了一下。知道不妙，想往回收，已是不及，那黄光竟被青光一击，落下几点黄星，像一条飞起的黄蛇被人用重东西拦腰打了一下，蜿蜒着往横里激荡开去。知道飞剑受伤，好不痛惜。再望敌人，业已往林中蹿去，越发暴跳如雷。一手指定空中飞剑，再回手一招，炉中黑烟像刚生火的烟囱一般，蓬蓬勃勃，卷起百十条黑带，随定妖道身后，直往林中追去。

这时风子已如惊弓之鸟，脚一沾地，连望也未往回望，一纵十数丈，往前便逃。逃没多远，便听脑后风声呼呼，妖道追来，一任风子脚底多快，终久不如妖道遁光飞行迅速。快要逃到谷口，猛一转念："我今日如何这般胆怯？敌不过人家就死罢了，怎地引鬼入室，连累大哥？"这一转念，脚步便慢了些，转瞬间，妖道竟离身后不远。风子见反正逃不了，把心一横，索性连身后那根铁锏也拔出来，正待回身迎敌，妖道的黄光黑烟已是同时飞到。风子安心拼死，不问青红皂白，一手持锏助势，一手拿着霜镡剑施展峨眉剑法，舞了个风雨不透。这次妖道早就打好主意：见风子回身迎敌，知他宝剑是口仙剑，故不上前，由他将剑乱飞乱舞；只把黄光黑烟同时放起，将风子围住。静候风子力尽神散，然后乘虚而入，取他性命。不到半盏茶时，风子看出敌人用意，暗中咬牙切齿。心想："照此下去，早晚力竭而死。如今解数使开，除了得胜，便是遇救；不然休说再想逃走，手势略缓，便吃大亏。"眼看那道黄光只在近身乱闪乱窜，似落不落，似前不前；黄光外头顶上的黑烟却是越聚越浓，似要笼罩下来。连身舞起，用剑去撩，那烟却又上升，妖道嘴皮还在乱动。他原是剑、锏同舞，使力量均匀，以免单臂使剑费劲。一见妖道又不知要闹什么玄虚，越想越恨。右手仍是舞剑，猛地借着一个盘花盖顶的解数，抽空一扬手锏，朝对面妖道打去。

妖道一时疏忽，以为鱼已入网，静等力竭之时，或擒或杀，定心在那里口诵咒语，目视空中黄光、黑烟，指挥运用，万没料到敌人会有此着。猛听面前金刃劈风之声，回眸一看，一条黑影迎面飞来。料知不妙，连忙纵开时，铁铜业已飞到，正打在左肩头上面。风子原是天生神力，又在怒极之时，使力更猛，这一铜竟将妖道左臂打折，倒在地上，几乎痛晕过去。他这里受了重伤倒地，元气一散，黄光、黑煞丝俱都无人主持。被风子无意中连人带剑舞起，连撩几下，竟然散的散，撞退的撞退。风子如乘此时逃走，未始不可以走脱。偏偏他得理不让人，一见敌人中伤倒地，妖法困不住自己，立时转忧为喜，好胜之心大炽。就势纵起，待要手起剑落，将妖道杀死，再去救那六个童男。那妖道骨断筋折，虽然痛彻心扉，仍还有一身的邪法。正在挣扎起身，猛见风子纵到面前，举剑要刺，迫不及待把口中钢牙一错，使出他本门中临危救急最狠毒的邪法，咬破舌尖，一口鲜血喷将出来，立时便是栲栳大一团红火往风子脸上胸前飞去。风子见妖道忽然立起，并未晕倒，刚起戒心，便见一团烈火飞来。两下里势子俱疾，收不住脚，无法躲闪。刚喊一声："不好！"猛地眼前金光一亮，紧接着震天价一个大霹雳打将下来。惊慌忙乱中，眼前金蛇乱窜，火花四溅，头上似被重东西打了一下，一阵头晕目眩，倒于就地。

待了一会儿，醒转一看，剑仍紧握手内，老金狲正站在自己面前，用那两条长爪在胸前抚摸呢。这时月落参横，远近树林都成了一堆堆的暗影，正东方天际却微微现出一痕淡青色，天已经有了明意。再找妖道，已不知去向。风子不知就里，正和老金狲比手势问答，忽听破空之声，从前面那片树林中冲起一道金光，光影里似笼罩着一群小孩，往入川那条路上斜飞而过，转眼没入星云之中，不见踪影。风子虽不知妖道存亡，但是自己震晕在地，既未被妖道伤害，那六七个小孩又有金光笼护飞起，想必妖道不死必伤，只不知那救走小孩的是谁？

连问金狲，俱都摇头。风子做事向来做彻，暗想："妖道如果被雷震伤，也和自己一样晕倒在地，必然逃走不远。倘或寻见，就此将他杀死，岂不替人间除了一害？"当下便和老金狲一比手势，老金狲又摇了摇头。风子也不去理它，径往前面林中一路寻找过去。走没几步，先将那柄铁铜寻着，插在身后。直寻到妖道行法所在，见石丹炉内烟已散尽，七根石柱全都倒断，哪有一个人影。风子见那石丹炉尚还完好，恐妖道未死，日后重来，又借它来害人，便手起剑落，一路乱斫。斫得兴起，又将身后铁铜拔出，一阵剑斫铜打，石火星飞，顷刻之间都成了碎石才罢。仰头一望，满空霞绮，曙光瑶灿，天已大明。回望老金猱，正蹲在一株枣树上面，捧着一把枣子，咧开大嘴，望着他笑呢。

风子刚道得一声："你这老母猴，笑些什么？"忽见碎石堆侧有一物闪闪放光。近前一看，乃是一面三寸大小的八角铜镜，阴面朝天，密层层刻着许多龙蛇鬼魅鸟兽虫鱼之类，当中心还有一个纽，形式甚是古雅。同时老金猱也从树上飞身下来，伸臂想取，偏巧两手握枣，略缓了一缓手，刚换出来，被风子先拾在手内。翻转身一看那镜的阳面，猛觉一道寒光直射脸上，不由激灵灵打了个冷战，知是一面宝镜。还疑有别的宝物，再细一找寻，又在死道童打坐之处寻着一个破镜囊。别的一无所有。恐云从惦念，便将镜子连镜囊揣入怀内，往回路走。那老金猱虽没和风子要那面铜镜看，满脸都是歆羡可惜之容。

事情已完，回程迅速。老金猱脚下更快，早跑向前面老远，一会儿没了影子。风子走离昨晚所居岩洞不远，云从与小三儿夫妻已得老金猱报信，迎了上来。原来昨晚自他走后，许久不归，云从主仆俱甚忧急。小三儿的妻子却说它母亲十分灵敏，此番前去，不比适才救女情急，致遭妖道毒手。守缺大师之言，既已应验，当无妨害。它既未回来，想是在相机下手救人，必未被妖道所害。云从仍是将信将疑，宝剑不在手中，去也无用。天明以后，正决计冒险前往一探，恰值老金猱先回，说它因拦劝风子不成，只好独自避开，以免同归于尽。后来风子和妖道动手，它在远处暗中窥探。见风子危险之中，忽然撒出飞铜，将妖道打倒，跟着上前，想取妖道性命。正替他心喜，猛见红光一闪，凭空打了一个大雷。那妖道就在雷火飞到之际，化成一溜黑烟，惨叫一声，破空逃走。同时侧面山石背后，又飞起一道金光，投向妖道行法之所。先恐妖道还有同党，不敢近前。待了一会儿，不见动静，才走过去。刚将风子救转，先前那道金光二次飞回，还带了几个小孩冲空而去。才知那金光是妖道的对头，六个小孩已经遇救。风子还想到林内看个下落，它也顺便去采那林中的枣。正笑风子把一个一无用处的石丹炉只管乱砍乱扒，白费心力，却被风子将地上一面宝镜拾去，想是小三儿无此福分等语。

云从听小三儿把话翻完，也顾不得吃枣，连忙一同迎出洞来，彼此见面，叙谈经过。云从要过那面铜镜一看，果然古朴茂雅，寒光闪闪，冷气逼人。又见柄纽上刻有古钟鼎文，正在辨认。风子一眼望到地上，忽然惊"咦"了一声。小三儿和金猱母女也都围拢过来，一同蹲身注视地上。云从便问何故。风子忙答道："大哥手先莫动，你看这地底下的东西。"云从低头一看，那镜光竟能照透地面很深，手越举得高，所照的地方也越大。镜光所照之处，不论山石沙土，一样毫无阻隔。那深藏土中的虫豸，一层层的，好似清水里的游鱼一般，在地底往来穿行。再往有树之处一照，树根竟和悬空一般，千须万缕，一一分明。大家俱觉宝镜神奇，喜出望外。风子更是喜欢，重又接过去，东照照，西照照，爱不忍释。直到云从催金猱母女去探兽群走完没有，才行罢手。将宝镜仍交给云从拿着，自己到洞中将行囊搬出，大家进了食物，收拾捆好，准备上路。云从把玩了好一会儿，始终没认出那镜纽上的几个古篆。因小三儿当时不能跟去，心里难过，便将宝镜交与风子藏在怀中，等到峨眉见了师父，再问来历用处。

主仆二人坐在山石上面，殷勤叙别。待有半个时辰，金猱母女才行回转。又特意折了些树枝树叶，编了一个兜篮，采了满满一兜枣，请云从、风子带到路上吃。说前途野兽业已差不多过尽，请即上路。云从、风子便向它母女谢了相助之德，仍由昨晚那座峭壁照样飞越过去，从山石孔中穿出。果然山下面的兽群业已过完，晨光如沐，景物清和。当下三人二兽，同往前途进发，有金猱母女护送，既不患迷路，更不畏毒蛇猛兽侵袭。走到中午时分，便将那山走完。前面不远，便要转入有人烟的所在，金猱母女不便再往前送。云从、风子便取出食粮，大家重新饱餐了一顿，与小三儿各道珍重，彼此订了后会，才行分手。

云从走出了老远，不时回望，小三儿夫妻母女三个，还在山顶眺望挥手。心想："小三儿与我从小一同长大，屡共患难，虽为主仆，情若友昆，自不必说。那金猱母女，本是兽类，也如此情深义重。此次到了峨眉，拜见仙师，异日成道以后，不知能将他们度去不能？"心中只顾沉思，忽见风子又取出那面宝镜摆弄，且走且照，时现惊喜之容。云从也是年轻好奇，便要过来也照了一会儿，所见大半仍与来时所见差不多，并无什么特别出奇之物。走到黄昏时分，望见前面有了人家。云从因连日均未睡好，尤其昨晚更是一夜无眠，便命风子收了宝镜，前去投宿。那家原是一个山民，汉语说得甚好，相待颇为殷勤。

第二日一早，二人问明路径，辞谢起身，仍抄山僻捷径行走，午后便经筠连，越过横溪。第二日穿过屏山，距离峨眉越近。二人一意贪快，仗着体健身轻，不走由犍为往峨眉的驿路官道，却想由石角营横跨大凉山支脉，抄峨边、马边、乌龙坝、天王校场、回头铺、黄角树等地，渡大渡河，直奔峨眉后山。这一路不时经过些山圩小镇，中间很有些难走的地方，登攀绕越，备历险阻。到了乌龙坝，前面便是大渡河不远。场坝上朝乡民一打听，才知这条路比走驿路还要远得多。二人求速反慢，白多走了两日。幸而已快到达。匆匆在村镇上添买了点食粮。渡过河去一望，那一座名闻天下的灵山胜域，业已呈现眼前，不日便可到达，朝拜仙师，学习道法，好不心喜！当晚到了山脚，先觅一人家住宿，斋戒沐浴。第二日天未明，便起身往山里走去。入山越深，越觉雄奇伟大，气势磅礴。云从、风子原照无情火张三姑所说路径，走的是峨眉后山，尽都是些崇山峭壁、峻岭深壑。耳边时闻虎啸猿啼之声，丛草没胫，森林若幕，景物异常幽静。漫说平时少见人踪，连个樵径都没有。路虽险嵯难行，因为志愿将达，明早绕过姑婆岭山脚，至多再走一日，便可到达凝碧仙府的后面。再加上时当深秋，到处都是枫林古松，丹碧相间，灿若云锦，泉声山色，逢迎不尽。只觉心旷神怡，喜气洋洋，哪里还想得到疲倦两字。

风子因那面宝镜可以照透重泉，下烛地底，走一会儿便取出来照照，希冀能发现地底蕴藏的宝物奇景。先一二日，因云从想起笑和尚、尉迟火二人常说，越是深山幽谷、岩壑古洞，越有异人异类潜踪，告诫风子不可到处炫露，以防引起外人觊觎。风子童心未退，虽然忍耐不住，毕竟还存一点机心。及至一入峨眉，以为仙府咫尺，纵有异人，想必也是一家。何况连日行来，一些异兆都未见，便不放在心上。据连日观察，那镜照在石地上面，似乎还不甚深，碧沉沉地极少看见石中什么东西。越是照到泥沙地上，不但深，而且分外清晰，地底下无论潜伏的是什么虫豸蛇蟒，无不层次分明、纤毫毕现。遇到这种地方，风子从不放过。云从同是少年好奇，也加上地底奇景太多，渐渐随着贪看起来。

二人且行且照，一路翻山越涧，攀藤附葛，走到黄昏将近，不觉行抵峨眉后山侧面的姑婆岭山麓下面。本来还想再赶一程,忽然一阵大风,飞沙扬尘,夹着一些雨点劈面吹来。风子一眼瞥见衔山斜阳已经隐曜潜光,满山头云气瀴瀜,天上灰蒙蒙,越更阴晦起来,知要下雨。便和云从商量,因初入仙府拜见师长,容止须要整洁一些,恐被雨湿了衣履。再说山路崎岖,雨中昏黑,也不好行走,便忙着寻找歇脚之地。走不几步,雨虽未降,风势竟越来越大,一两丈大小成团的云,疾如奔马般只管在空中乱飞乱卷。正愁雨就要落下,寻不着存身之所,云从忽又腹痛起来,见路侧有一丛矮树,便走进去方便。看见树丛深草里横卧着一块五六尺高、三丈多宽的大石,一面紧靠山岩。无心中探头往石后一看,空隙间处仅有尺许,那岩口高下与石相等,深才尺许。岩顶突出向上,岩脚似有数尺方圆那么一团黑影,望去黑沉沉的。顺手拾起一个石块往那黑影掷去,仿佛那黑影是个小洞穴,耳听石块穿过落地之声。以为纵然是个洞穴,那么低小,也难住人。解完了手,便站起身来,刚走出树丛外面,弹丸大的雨点已是满空飞下。想起适才所见那岩虽然低浅,却正背着雨势,可以暂避。匆匆拉了风子,携了行囊,往大石后面跑去。且喜回身得快,身上还未十分淋湿。那雨又是斜射而下,地形也斜,雨势虽大,连面前那块大石都未淋湿,二人立定以后,耳听风雨交加,树声如同涛鸣浪吼,估量暂时不会停止,今晚无处住宿,正在愁烦。风子又取出那面宝镜往岩缝中乱照,碧光闪闪,黑暗中分外光明。

云从记得这里还有一个洞穴,随着镜光照处,见满壁尽是些苔藓布满,并无什么洞穴。只石缝中生着一大盘古藤,从地面直盘向岩壁之上,枝叶甚是繁茂。风子正用镜往藤上照,忽然失声道:"这里不是一个洞么?"说罢,将藤掀起半边,果然岩壁间有一个三四尺大小的洞。那盘古藤恰好将它封蔽严密,不揭起,再也看不出来。风子正要将那盘藤蔓折断入内,云从连忙拦阻道:"这盘老藤将洞口封得这样严密,除了蛇虫以外,平时绝无兽类出入。要是里面能住人的话,留下它,我们睡起来也多一层保护。好好的多年生物,弄断它作甚?"风子闻言,便一手持镜,一手持铜,挑开半边藤蔓,侧身低头而入。起初以为那洞穴太低,即使勉强可以住人,也直不起腰来。及至到了洞中一照,里面竟有一两丈宽广,最低处也有丈许高下,足可容人。虽然磊砢不平,却甚洁净,并无虫蛇潜伏形迹。忙请云从入内，重新仔细看过。在穴口壁角间择好了一处较平的石地，将行囊摊开，又在石壁背风处点起一支蜡。

抱膝坐谈了一阵，云从觉着口渴，取水罐一摇，却是空的。风子便要出外取去。云从道："外面天黑雨大，忍耐一时吧。"风子答道："我自己也有些口渴。反正穿的是件破旧衣服，明日到仙府时，莫非还把这肮脏的衣履都带进去？"说罢，便将水罐拿起，一手持镜，掀起藤蔓，走了出去。一会儿，接了有多半罐雨水进来，口中直喊好大雨，浑身业已湿透。云从道："叫你不要去，你偏要去，这是何苦？快把衣服换了吧。"风子道："这雨真大。我因它是偏着下，树叶上的雨又怕不干净，特意择了一个空地，将罐放好，由它自接。我却站在靠崖没雨处去，并未在雨中等候，就会淋得这样湿。"

说时，正取衣服要换，猛从藤蔓缝里望见外面两道黄光一闪，仿佛与那日在鸦林砦与小妖道何兴对敌时所见相似，猛地心中一动。忙朝云从一摇手，纵过去将靠壁点的那支蜡吹灭，拔出身后铁锏，伏身穴口，探听外面动静。云从知道有警，也忙将剑出鞘，紧持手内，轻悄悄掩到穴口，从藤缝中往外一看，只见两三道黄光在洞口大石前面不远盘旋飞舞。因有那块大石挡住，时隐时现，估不出实在数目，算计来人决不止一两个，看神气是在搜寻自己。情知风子适才出外接雨，显露了点形迹，被人发觉追来。想起那日鸦林砦剑斩何兴，事出侥幸。今晚敌人不止一个，又在黑夜风雨之中，事更危险。幸喜敌人尚未发现藤后藏身的洞穴，几次黄光照向藤上，俱是一晃而过。生恐风子冒昧行事，再三附耳低嘱，不俟敌人寻到面前，千万不可动手。但盼他寻找不着，自动退去才好。待了好一会儿，那黄光还是不退，只管围着石前那片矮树丛中飞转，起落不定。约有个把时辰过去，忽然同时落到那块大石上面。

这时风雨已逐渐停歇，黄光敛处，现出两老一少三个道士，俱都面朝外坐，只能看见背影。中坐的一个道："我明明看见宝物放光，与雷电争辉，决不是同道中用的飞剑，怎么会看不准它隐去的地方，寻了这许多时候，不见一丝踪影？我想宝物年久通灵，既然显露形迹，必将离土出世。这里靠近敌人巢穴，常有敌人在空中来往，不可轻易放过，致被敌人得去。你师徒两个可在这石上守候，留神四外动静。那东西出现，必在黎明前后。

我回洞去,做完了功课,再带了你两个师侄来此,大家合力寻找,好歹寻见了才罢。等宝物到手,法术炼成,交代了许仙姑,再随你师徒同往鸦林砦,去谋根本大计。"说罢,化道青黄光华破空飞去。

二人在藤后洞穴中一听那道士说起鸦林砦,猛想起:"来时经过鸦林砦剑斩何兴时,曾听向义说起,那小妖道原是师徒三人。小妖道师父姓尤,在前些日带了他一个徒弟云游未归,不想却在此处相遇。只是先说话走去的一个妖道不知是谁?听妖道说话神气,分明是风子拿着宝镜在雷雨中照路,被他发现跟来,错当做地下蕴藏的宝物,不寻到手决不甘休。虽然人的踪迹未被发现,但是被这两个妖道堵在洞内,怎生出去?此时天还未明,或者不致被他寻着。天一明后,先去妖道带了同党前来,那时敌人势力越盛,更难抵敌。自己既然能够发现这洞,迟早必被敌人搜着,如何是好?"

方在焦急无计,又听洞外妖道师徒在那里问答。从谈话中听出那妖道竟是峨眉派仇人,平素奸淫残暴,无恶不作。因为受了正派中的疾视,存身不住,路过鸦林砦,见地势荒僻,山人愚蠢,便用妖法将山酋黑犵姥镇住,打算役使他们,在砦中建立寺庙,以做巢穴。先立下根基,一面摄取童男童女淫乐,暗中祭炼妖法,以备将来寻峨眉门下报仇。这次出来召集党羽,遇见一个本门姓黎的妖道,受了一个姓许的道姑之托,在姑婆岭后,正对凝碧崖后飞雷峰顶炼一种邪法,约他前去相助。来此多日,再有六七天,妖法便可炼成。晚间山顶眺望,忽见山下大雷雨中有一道碧光,与雷电争辉,连连闪动,宝气直冲霄汉,知是一件异宝。连忙赶来寻了好一会儿,也未寻见,恐为峨眉门下路过捡了便宜。意欲天明将左近一带全行发掘。如再寻不见,便要命同党在当地轮流搜寻,非得到不走等语。

风子一听,暗想:"这般耗下去,早晚必被妖道寻见。与其束手待毙,何如趁妖道同党没有齐集时,和他一拼,得手便逃,还有生路。以前在鸦林砦斩那小妖道时,全仗手快。这次添了一人,更须出其不意,方能成功。"主意想好,因与妖道相隔甚近,恐被察觉,便悄悄拉了云从一下,轻轻移往洞的深处,附耳低声一说。云从先时胆小持重,再三嘱咐风子留心谨慎。及至一听妖道师徒之言,知道生路已绝;再一听风子主意,虽不稳妥,除此别无法想,只得应允。风子原恐云从不肯行险,一听痛快答应,立时勇气大增。便将那面铁铜斜插身后,试了一试,觉得顺手。又和云从叮嘱了几句，将宝镜藏在洞壁角里，走向洞口听了听，妖道师徒还在计议鸦林砦建庙之事。便隔着藤蔓唤道："洞外二位仙人，可容小人出见么？"

妖道师徒正谈得起劲，忽听岩壁之内有人说话唤他们，不禁吃了一惊。立时纵下石去，回身喝问道："你是人是怪？从速说了实话，免得真人动手！"风子答道："小人姓商，是贵州人，自幼爱武。因在家乡被一个恶人所逼，逃了出来。听人说起山里神仙甚多，想求仙人收为徒弟，学了仙法，回家报仇。一连在山中寻了多少日，也未遇见。前两天路经此地，看见这林内冲起一道八角形光华，照得满山绿亮亮的。先以为是妖怪，不敢近前。后来猜是宝贝，近前一找，却又不见。在这里已经隐藏了好几天，虽看出宝贝埋藏的地方，只是无法弄到它。几次等它自己出来，也没捉住。适才睡了一觉，醒来听见仙人在外面说话，小人自知没福，不配得那宝贝，只求仙人收我做个徒弟，我便将宝贝藏处说出。仙人你看好么？"

那妖道正是向义所说的尤太真，原是越城岭黄石洞飞叉真人黎半风的师弟。闻言贪心大炽，便命风子出去相见。风子趁势将藤折断，掀过一旁，出洞便向妖道跪倒行礼。妖道命他起来一看，生相虽然英武，却不似学过道法剑术之人，适才那一番话，已信了一多半。再一细看风子，骨格奇伟，禀赋甚厚，越更心喜。便命指出藏宝所在。风子立时改口称了仙师，重又行了拜师之礼。又朝小妖道见了礼。起身指着妖道坐的那块大石说道："弟子守了好两天，才看出宝贝逃去时，总是在这石头底下一晃不见。偏这石头太重，一个人弄它不动。"妖道这时利令智昏，见风子满脸憨厚的神气，完全信以为真。先指着那小妖道道："这是你师兄甄庆。你二人站过一旁，待我行法将石移去，看看宝物在地下不曾？"说罢，便站在前，闭目合睛，口中念念有词，将手一指，那重有数万斤的一块大石，竟自动移出数丈以外。风子原意以为诳那妖道师徒与自己一同去推那石，自己再出其不意，照预定暗号，拔铜将小的一个打死。同时云从也从洞口伏处蹿将出来，给那妖道一剑。不想妖道妖法厉害，不用人力，竟将那大石移开。深悔妖道闭目行法之时，没有下手，错过机会，正在心惊着忙。也是妖道运数将终。移去大石以后，不见宝物痕迹，以为深藏地底，又命风子指出宝物隐迹的所在。风子随便指了一处。妖道因这种异宝必藏在地下深处，如不先行法封锁周围，仍要被它遁走。便命那小妖道和风子站在身前，注视风子指的地方,自己背向山岩,盘膝坐定,二次闭目合睛,口中念念有词,一手指定地面,不一会儿,便有数十道手指粗细的黑烟直往地下钻去。

风子一见小妖道也在手指口动,暗忖:"还不下手,等待何时?"心一动念,暗把全身力量运在右臂,将脚轻轻一移,便到了小妖道的身后。一声干咳,右手刚把身后铁锏拔出,朝小妖道头顶打去。对面妖道忽然怪眼一睁,见风子举锏照小妖道头上打去,才知风子不怀好意。大喝一声:"好业障!"手一指,一道黄光便飞出手去。那小妖道正在行法,猛听一声干咳,脑后生风,知道有人暗算。刚要纵起,被妖道猛地一声喝骂,以为自己有什么错处,微一疏神,略缓了缓,风子的铁锏业已打到,手快力猛,只一下,便打了个脑浆迸裂,死于非命。这时风子已看见妖道察觉,黄光迎面飞来,知道不妙。惊慌忙乱中,顺手抓起小妖道跌而未倒的尸身,向妖道打去,就势脚下一垫劲,纵出去有七八丈高远,准备迎敌。忽见对面黄光影里,飞起一团东西,落在地上,骨碌碌往山坡下面滚去,定睛一看,妖道尸身业已栽倒。云从也跟着纵了出来,举剑直向那道黄光撩去。妖道一死,飞剑失了驾驭,独自在空中旋转,被云从纵身一撩,当当两声,坠落地上。拾起一看,上面刻有符箓,与鸦林砦所杀小妖道何兴所用相似,只是晶光耀目,剑却要强得多多。再一搜妖道身畔,在腰间寻着剑匣,还有一个兜囊。仓猝中也顾不得细看内中所藏何物,便将剑和兜囊交给风子带好。匆匆入洞,取了行囊宝镜,便要连夜避开险地。风子忙拦道:"妖道师徒虽死,还有昨晚走那妖道,更比这两个厉害。他们能用妖法飞行,我们纵走得快些,要被他追来,仍是跑不脱。莫如趁天明还早,将妖道尸身藏过,故意做出妖道瞒心昧己,吞没宝贝逃走的神气,以免他跟踪来追,岂不是好?"云从见风子近来一天比一天聪明,简直不似初见时憨呆光景,连声称赞。当下便将妖道师徒的首级和尸身抬起,扔到来时路过的深涧之中。用剑将那所有血迹所在的泥土山石全都掘碎混合,又在那原放大石之处掘了一个三四尺深的坑。

一切做得差不多,看天上星色,知离天明已不甚久,才藏好宝镜,背起行囊,忙着往前进发。且喜去路与妖道来路相背,无须绕道,只盼不被他发觉追上,便不妨事。走了有个把时辰,天色渐明。二人又赶走了一程,没见后面有什么动静,才略微放了点心。因连惊带累了大半夜,又急走了不少的山路，觉着有些力乏饥渴。再加雨后泥泞，衣服湿污，天明一看，还各溅了不少血迹。便择了个僻静地方，先将衣履全换了新的，旧衣履丢掉。然后各人进了些饮食，吃完，打算略微歇息再走。于是便说起刚才斗妖人的经过。

原来风子在洞穴时和云从商定，只听风子在外咳嗽一声，云从便从洞中蹿出下手。彼时妖道正在闭目行法，一听咳声有异，睁眼一看，见风子持铜正要打他徒弟，不禁勃然大怒，大喝一声，也不顾地下宝物，径直放出飞剑，要取风子首级。谁知忙中有错，他大喝一声，反被他徒弟误会了意，吃风子打死。妖道急怒攻心，全神注在前面仇人，却不料后面还伏一个劲敌。云从从后洞内一个长蛇出洞，冲将出来，原想一剑从妖道后心刺去。因见妖道黄光业已朝风子飞去，同时又见小妖道从风子身旁飞起，没看清是风子打出来的尸体，以为风子没有得手，心一惊，手便慢了些。蹿出时走步太急，身子已纵离妖道身后不远，忙将手中剑改了个推云逐雾的招式，横着一剑，反手腕朝妖道头上挥去。仙传宝剑何等锋利，妖道刚觉脑后风生，青光一闪，未及回头，已经身首异处。云从一剑得手，就势一翻左肩，朝右侧一个鹞子翻身，纵向前面，剑光过处，将妖道一颗首级挑起十余丈高下，才行坠落地上。彼时般般都是凑巧，否则妖道事前稍有警觉，或是二人下手略慢，一个也休想活命。事后谈起，云从还自心惊，互道侥幸。因见风子要取妖道身上得来的兜囊，看看内中何物，云从忙拦道："此时虽然敌人未曾发觉追来，未到仙府以前，总以小心为是。如不是你昨晚拿宝镜照路，哪会有这大乱子？快休取出，以免生事。"风子只得停手。

因为仙府将要到达，有许多不要紧之物，便将两个行囊重新收拾，把日后要用的衣服另打了一个包裹，余者虽仍带着，准备快到时丢去。妖道那个兜囊，原塞在行囊以内，收拾时两人都是心忙，被风子无意中掖在腰间，当时俱未觉察，便即上路。默记张三姑所说赴仙府后洞的途径里数，算计当天日落以前，如无阻隔，便可到达仙府。

入山越深，景物越发幽静灵奇，越上越险。二人见天色晴朗，白云如带，时绕山腰，左近群山万壑，随时在云中隐现。加上仙灵咫尺，多日辛苦之余，眼看完成夙愿，越前进，越兴高采烈。一路无事，渐渐忘了忧危。谁知乐极生悲，祸患就在前面相俟，二人一些也不自知。经行之路是一条山梁，须要横越过去。还未走到山梁上面，行经一片森林之内，正要穿林上去，忽听头顶上隐隐有破空之声。二人抬头从树隙里往上一看，日光下似见两点淡黄星光飞过，一会儿又飞了回来，来回往复，循环不已，就围着那山梁一带飞绕，也不下落。二人此时见了这般异状，如果隐身密林中不出，或者不被敌人发觉。偏偏心里虽觉有些惊奇，脚底下仍忙着前赶，并不停歇。及至走出那片树林，前行没有几步，云从、风子猛地同时想起昨晚所遇之事，这才疑心到那是仇敌追来，在空中寻觅自己踪迹。连忙择地藏身时，空中两道黄光忽然并在一处，闪了两闪，在左侧面来路飞落下去，转眼不见，暗幸所料不中。待有半盏茶时，见无动静，愈发放心，便仍往前行走。刚一越过山梁，下坡之际，忽听身后天空中又有破空之声。回头一望，那光越盛，又添了一道青黄色的，照二人所行方向，疾如电掣流星而来，偏偏山梁这一面尽是斜坡石地，除石缝中疏落落生着一些矮松杂草外，急切间竟寻不着藏身之所。云从因为隐身无地，来人从高望下，容易观察，既逃不了来人目光，不如故作从容，相机应付。自己一慌张，岂不反露马脚？便低声嘱咐风子装作不知，照常赶路。风子原本没有云从害怕，闻言答道："是福不是祸，是祸躲不过。左右已给他看见，怕他怎的？"

正说之间，已有两道黄光追出二人前面丈许远近落下，现出两个道童打扮的少年。内中一个较为年长的，一落地便迎头拦上来问道："你二人往何方去？是做什么的？"言还未了，后面那一个已插口大喝道："师兄，你还问什么？这小黑鬼身畔带的不是尤师叔的法宝囊么？还不捉了他去见师父？"风子先时一见两道童拦路问话，已料来意不善，早伸手暗握昨晚所得那口宝剑的柄，准备先用话去支吾，略有不对，仍是给他来个先下手为强。一听身带兜囊被后面道童看出是昨晚妖道之物，知道行藏败露，除了一拼，无可避免。不等后面道童把话说完，暗朝云从递了一个眼色，也不出声，倏地左肩一摆，甩下身背行囊，就势左手先拔身背铁锏，一个箭步纵上前去，照准头一个道童当头就是一锏。这回对敌的事，不比先前两次，均出敌人之意，那道童能力又远在鸦林砦所遇小妖道何兴之上，哪里能打得上。那道童见风子一锏打到，口里骂得一声："业障！"脚一点，往上纵起，右手掐诀，口里念咒，伸出左手正要往腰间宝剑拍去，飞将起来伤人。

1326

却不料风子早打好双料主意，左手锏打出去，右手仍还紧握身后斜插着的剑柄。见敌人身法甚快，躲过迎头那一锏，忙将右手一用力，顺着身后宝剑出匣之势，身往左一侧，一反腕，使了一个分花拂柳的招数，剑尖从左侧下面向上撩起。跟着再变了个猿公献果的招数，就着敌人往侧纵避之势，连肩削去。那道童万没料到敌人右手上还持有一柄剑，身手又是那般快法，喊声："不好！"连忙缩臂收剑，往后平倒，打算避过剑锋，再放飞剑出来。只觉右手尖一凉，右手已被风子的剑撩着一点，割落了两个半指头，顿时便疼痛起来。风子还待赶上前去动手，忽见黄光一闪，后面那个道童已将飞剑放出，快到头上，不敢怠慢，忙将峨眉剑法施展出来。一个空中，一个地上，争斗不休。所幸敌人剑术不高，还未炼到身剑合一地步，偏巧风子昨晚又得了那口好剑，若单是那柄铁锏，命早完了。当下风子单和第一个道童交手，两下动作俱都疾如飘风。

  云从见风子使眼色，知要发动，刚将剑拔出，风子已和来人交手。及至头一个道童受伤退下，后一个道童恨得咬牙切齿，脚一站定，便将飞剑放起助战。正遇云从飞身赶到，迎个正着。两上两下，一个对一个，厮杀起来。这两个道童出身旁门，入门不久，虽然剑术不高，却学会了一身妖术邪法。因恨风子切骨，一见敌人不会飞剑，仅各人一道剑光，已将敌人连人带剑绊住，正好施为，用法术取胜。想是二人命不该绝，两个道童刚互道得一声："这两个业障可恶已极！我们用法宝法术将他们捉住，碎尸万段，给师叔、师弟们报仇！"云从一听，心中方在着忙，忽听侧面山坡上有一人说道："徒儿们，不可如此。这两个业障颇有几分资质，如肯乖乖投降，拜在为师门下，相随回转仙门修道，我便不咎既往。否则你们可凭真实本领，将他们心服口服地擒住，带回洞去，从重发落，与你们师叔报仇。"这几句话一说，两个道童便知师父起了爱才之意，暗示生擒，不准伤害。虽然怀恨不愿，怎敢违拗，只得指着二人怒骂道："我们要杀你二业障，不费吹灰之力。偏我师父黎真人见你二人有点资质，如肯投降，拜真人为师，便饶你二人不死，否则仍要将你二人碎尸万段。快快回话，以免自误！"

  云从、风子与空中两道黄光斗得正酣，一听有人发话，是那两道童的师父。百忙中偷眼往山坡上面一看，一块山石上还坐着一个黄衣草履的道人，头戴九梁道冠，斜插着好几柄小叉。怪不得适才明明看见空中三道黄光，怎地只有两人落下。那道人在匆忙中看去，仿佛面相异常丑恶，说话口音正与昨晚先走那一个妖道相同。两个徒弟已经那样厉害，妖道本领不问可知。自己是仙人门下，怎肯屈身于左道妖邪？云从又想起张三姑所传仙示，虽然有险，并无大碍。在紧急之时，定和野骡岭被万千群兽围困，忽然来了救星一样。既然妖道起了爱才之意，不准徒弟用邪法暗地伤人，正可多支持一刻，以待救星。故闻言并不搭话，只是一味苦斗。那风子自从这次随云从同赴峨眉，逐处都能以运用机智化险为夷，偏在这时动了呆气，闻言竟自一面动手，口中大骂道："你两个小太爷，俱是凝碧崖太元洞峨眉派仙长醉真人的门下，岂能做你妖道邪魔的徒弟？你们会妖法，小太爷还会仙法呢！你师徒三个快快放小太爷走路便罢，不然，少时我师父、师伯叔们仙人多着呢，看你小太爷老不回去，驾云寻来，将你们老少三个妖道捉回山去，那才要千刀万剐，给天下人除害呢。"

　　风子一面说着狂话，一面又在那里暗打主意。他初动手时，原是剑、铜并用。及至敌人剑光飞出，知道铁铜挨上去便断，以手中所持的剑和空中飞剑相争，即使峨眉心法也觉费力，稍一疏忽，便有性命之忧。急切间应敌还来不及，哪里匀得出工夫再用铁铜？拿在手上不但无用，反倒多了一些累赘；就此扔落地上，又恐为敌人得去可惜。正没个主意。暗想："自己一方只有二人，敌人却是三个，最厉害的一个还未动手。擒贼须要擒王，何不照顾了他？"主意打好，正值手中剑与黄光绞了两下，照先前本该风子朝侧纵开，以备缓一缓气，敌人也指挥着黄光随着追去，再行动手。这次风子却拼冒奇险，不但不往侧后避纵，反而出其不意，就在两下里一格一绞之间，倏地将剑一抽，埋头剑下，护住头顶，用尽全身之力，脚下一垫劲，朝前面山坡妖道坐处平纵出去有十来丈远近，真是其疾如射。脚方落地，后面道童也指挥着黄光追来。风子先不下手，一回身，先迎着敌人飞剑，又一招架格绞，二次又往回路纵去。就这一往复，业已觑好准头，乘那间不容发的一点空隙，猛地偏头回身，撒手飞铜朝妖道头上打去。这一绝招使得也真太险，落地纵回之时，不比第一次乘人不防，又一撒手飞铜，未免略微迟延。先听"锵锒"一声响过，也不知打中妖道没有。身才落地，还未站稳，便听耳根有金刃劈风之声，黄光从脑后照来，敌人飞剑距离头颈仅只数寸。风子喊声："不好！"忙举剑尖舞起一个剑花，就地一滚，准备使一个乳猫戏蝶的解数避过。耳旁猛又听一声大喝："徒儿们！"那道童见敌人倒地，心中大喜，正要指挥剑光下落，忽听师父喝唤，还以为师父不准伤害敌人，剑光略停。风子已举剑斜护面门，脚跟着地，一个鲤鱼打挺，斜纵出去，躲过奇险。

原来那妖道先听风子怒骂，已是着恼。又听风子说起师父是醉道人，猛想起只顾收服两个好徒弟，忘了这里离峨眉巢穴不远，倘如首脑人物寻来，人被救去无妨，万一被敌人看破机密，岂不前功尽弃，白费连日心血？偏又爱惜这两人资质实在不差，纵不肯降顺门下，生擒回去，做异日报仇炼宝时主要生魂也是妙事。方在委决不定，不想风子竟会从奇危绝险中撒手一铜打来。妖道纵不是旁门高手，也非平常之辈，这一铜何能打中。妖道见两个敌人竟能在步下与飞剑相持了好一会儿，身手矫捷，疾胜猿猱，一路纵奔跳跃，两个徒弟一点也未占着便宜，尤以风子更为灵活。刚赞得一声："峨眉剑法真是不凡，连两个初入门的小辈已是如此。"忽见敌人纵起时猛一偏头，手扬处打起一样东西。妖道暗骂："好业障！死到临头，还敢暗箭伤人。"将身一侧，便已让过。风子力量本大，那铜又沉，用的更是十二成的足劲，铜虽未打中妖道，却打中妖道身后一根二尺粗细、七尺来高、上丰下锐的石笋上面。只听"咔嚓"一声，火星飞溅，那根石笋齐腰折断，倒将下来，正落在妖道的背上。妖道原是两手交叉，箕踞而坐。铜飞来时，知是一件寻常兵刃暗器，懒得用手去接，一时大意，随便将身一侧。却不料身后还有这根石笋，碎石火星先飞溅了一头，接着那大石笋倒下来把妖道后心打了一个正准。若换常人，怕不筋断骨折，满口喷血而死。就饶妖道一身本领法术，也因轻敌太甚，疏于防护，虽未受着重伤，也打得脊梁发烧，心里怦怦乱跳。这一来，将妖道满腔怒火勾动，忙怒喝道："徒儿们！快下手将这两个业障擒回山去祭炼法宝，只暂时休伤他们的性命。"活该风子命不该绝，妖道偏在此时一喊徒儿，那道童以为不许下手伤他，略一迟延，风子已从飞剑底下逃了活命。不提。

那妖道师徒三人来历，且在此抽空一叙。

那妖道乃是越城岭黄石洞飞叉真人黎半风，前文业已表过。出身旁门，早年作恶无算。近数十年因受一个能人警诫，本已杜门不出。不料徒弟惹祸，新近在罗浮吃了武当派中人的大亏，又将他袒护的爱徒杀死。知道势孤力薄，本领又不如人，本想投奔北海陷空老祖那里，借他炼了法宝报仇。偏巧在福建武夷山顶，路遇万妙仙姑许飞娘，说起三次峨眉斗剑之事，内中有两个阴人与她为难。意欲寻一个多年不露面、不为峨眉派中人注目的人，潜往峨眉后山，祭炼一种邪法，以备事先将那两个阴人引来除去。意欲烦他前往，就便约他归入五台一派。黎半风一问那两个阴人，正是天狐宝相夫人的二女秦紫玲姊妹，所行的法又是先破去二女元阴。既可借此结纳许飞娘和许多异派中的能手，又可满足色欲，还能得一件旁门异宝。当时揽了下来，接过许飞娘的宝幡灵符，传了炼法，便悄悄带了两个徒弟往峨眉后山姑婆岭飞娘所指之处进发。好在深知峨眉派素来与人为善，不咎既往，只要自己不露出为仇痕迹和在外胡为，炼法之处又深藏地底，有符封锁，除非先知底细，绝难为人发现。即使遇见峨眉派中人，也可和他明说自己因爱峨眉灵秀，隐居修炼，也不致受人干涉。师徒三人到了地头，便每日天明，照传授之法施为起来。到底做贼胆虚，知道自己两个新收的门徒本领不济，不能胜瞭望之责，事虽隐秘，还恐有敌人中的高手寻来为难。想寻一个同党，以便自己行法时在山顶瞭望，一遇有警，一个暗号，立时可将法收起，敌人寻来也不怕，岂非万全？亘耐自己多年不曾出世，所有当年同恶，因受各正派逼迫伤害，大都或死或逃，不通音问，急切间寻不着人。起初又忘了请飞娘代约，只好仍命两个徒弟勉为其难，小心行事。

这日忽然静极思动，到峨眉城内寻一酒家小饮，冤家路狭，下山一露面，便遇见矮叟朱梅、醉道人和元敬大师三个。心里一慌，刚暗道一声："晦气！败了兴致。"本想回山，又知这三人灵警无比，恐启人疑，故意装作不见，仍在城中买醉，吃了一顿堵心酒。回山时节，忽然遇见多年不见的一个小师弟，便是那姓尤的妖道。说起也因避迹多年，静极思动，无心中在鸦林砦山民群里发现一个好所在，地甚隐僻，还可以役使山人建造宫观，以为立足之地。南疆僻远，足可尽情快乐。已约好一个姓门的同党，在野骡岭炼迷魂丹，丹成便即前往赴约。此次带了一个心爱徒弟到成都去寻工匠，路遇许飞娘，说起炼法之事，约他前来相助等语。黎半风闻言，正合心意。先还留神矮叟等人，数日不见有甚动静，好在添了助手，可以闻警即行防备，也就略微放心。

云从、风子避雨那一晚，山腰以上原本满天星月，两个妖道各带爱徒在山头对酌，装那闲散逍遥神气。忽见风子手持的宝镜光华，上烛重霄，看出不是曾经修道人祭炼过之物。以为宝物出土，连忙追踪一寻，并未寻着。黎半风忙着炼法，又不舍那宝物，防为外人得去。贪心一萌，以为只此一晚无人瞭望，哪有这巧就出事？便留下妖道师徒搜寻，自己回山炼法。天明事完，赶来一看，昨晚所坐大石已经移开，岩壁间现一洞穴，妖道师徒踪迹不见。看出那大石是本门妖法所移，起初也为风子所布疑阵所惑，疑心妖道师徒吞没异宝逃走，勃然大怒，骂不绝口。偏他两个徒弟一名晁敏，一名柏直，均甚机智。晁敏说："尤师叔虽是多年不见，他人单势孤，正想这里事完，约师父同去创立基业。又说了他许多机密和鸦林砦根本之地，如若吞宝逃走，岂不怕我师徒寻去？"妖道先还不信，以为要真是件奇珍异宝，岂还不舍一个将要创业的地方？后来柏直忽然拾着一个法宝囊，里面装的丹药和一些炼而未成的法宝，认出是小妖道之物，上面还染有血迹。再把地上掘动过的地方一查看，竟无处不有血迹。先还当是遇见峨眉方面敌人，后来跟着泥中脚印，又在附近山涧中寻着妖道师徒尸身首级一看，一个虽似飞剑所伤，而小妖道头破脑裂，分明是寻常人用的兵器。妖道师徒怎会死在平常人手内，好生不解。因尸首未用丹药化去，已知不是峨眉门下所为。黎半风素来心硬，见妖道已死，所炼妖法已快完功，当地邻近敌人巢穴，不愿再去生事，也就罢了。偏两个小妖道因既断定那伤处是平常兵器所伤，必是山中潜伏的盗贼乘其无备下手暗害，否则何必还要移尸灭迹？而且地上现有凡人脚印，是个明证。不代报仇，说不过去，执意要去搜查。妖道到底心还惦着宝物，也未拦阻。只嘱咐不要飞离太远，以防遇见敌人，只可在附近寻找。如有可疑之人，急速先与自己送信，拿稳下手。嘱罢，便自先回。两个小妖道以为常人决不会走远，又值雨后，一路脚印鲜明，更易查访，一心以为必在近处潜伏。却没料到风子、云从走路本快，又是心急奔逃，早跑出老远。那雨又下了半边山，有的地方并没点雨。两个小妖道寻了好一会儿，忽然不见脚印。两人一商量，便驾剑光飞身空中，盘旋下观。寻没多时，便发现云从、风子二人踪迹，回去向黎半风报信。

第一三九回

入穴仗灵猿　火灭烟消奇宝现
惊风起铁羽　大鸣地叱雪山崩

黎半凤因姑婆岭后山麓云林冈一带已离凝碧崖不远，知道峨眉不久开辟五府，常有敌派高人经过，本不敢前往生事，偏又舍不得昨晚所见的宝物。便嘱咐两个徒弟，去时不可造次，务要见机行事，问明了那人的来踪去迹，昨晚是否杀人，再行下手。自己在后，暗中接应，暂不露面，以防遇见峨眉敌人时，好措词搭话。谁知晁、柏二人俱是少年喜事，报仇心切。对面商风子更是急性。晁敏还没问明敌人来历，柏直在后面一眼看到风子兜囊，才出声一喊，两个便跟着动起手来。黎半凤原是隐身在侧，相隔甚近，首先发觉风子身旁暗藏有宝。再一细看二人资禀，竟胜过自己徒弟好几倍。默察来踪去迹，料知是峨眉门下新收弟子，既爱其宝，又爱其人，满想两得。肯甘心归顺自己门下，固然是好，不然生擒回去，日后也有好大用处，所以始终未下毒手，欺着敌人不会飞剑，由晁、柏二人去将他制服。不料峨眉剑法竟是神奇非常，两下争斗了一阵，并无胜负。同时晁敏的飞剑比着云从手中那口霜镡剑还有相形见绌之势。恐耽延下去，被峨眉派中能人走来，遇上不便。正想行使妖法，忽被风子撒手一飞铜，因为轻敌太甚，猝不及防，铜虽没有打中，却被身后断石碎块连压带激溅，脊背头面连挨了好几下，怎不怒发如雷。口中念念有词，将手往前一指，头上便飞起九道黄光，光中裹着九根飞叉，直往云从、风子头上飞去。

云从、风子用步法迎敌空中飞剑，本已吃力，哪里还经得起这么多的飞叉，没有两个照面，已受了好几处伤。所幸妖道心还未死，打算逼着二人投降，未下绝情，才得暂延残喘。二人被空中飞叉、飞剑围绕，耳听妖道师徒齐声喊着："肯降便活！"正在死命支持，危急万分，忽见眼前又是两道青黄光华一亮，闪出两个道装矮子。以为敌人又加添了帮手，刚自惊惶，猛听双方喝骂之声，又一眼瞥见空中黄光分开大半，与来人青黄光华斗在一起，才知是友非敌。正暗想那光华之色不对，猛觉眼前一黑，伤处疼痛，便即晕倒在地。那来人是米、刘二矮，因从卦象上看出本门人在中途遇难，便向英琼讨命，前去接应。一到便认出云从、风子的峨眉剑法，被飞叉真人黎半风困住，连忙上前救应。交手不多一会儿，云从、风子已经受伤倒地。那黎半风初见二矮飞来，以为同党。及见他们一到，竟相助敌人，同敌自己飞叉，不禁勃然大怒，手指处又发出两套飞叉，同时便要施展妖法取胜。那米、刘二人自知不是妖道敌手，见云从、风子倒地，本想上前抢了，借遁光地行逃回山去，偏偏敌人飞叉如骤雨一般打来，应付尚且不暇，怎能救人？眼看黎半风招呼两个小妖道，要将云从、风子擒走，忽听空中一声雕鸣，接着便见两道光华一齐飞来。定睛一看，来者正是神雕，雕背上坐着袁星。一到便直入黄光丛里，长臂起处，那两柄长剑的光华便如神龙离海、青虹贯日一般，上下翻飞，疾如闪电。黎半风一见这厉害的雕、猿，知道寻常妖法绝难取胜，便从身上取出一面小幡，方要招展，忽然身侧有人喝道："大胆妖孽，敢在此间放肆！"言还未了，从斜刺里一道金光比电闪还疾，直往黎半风手上那面妖幡飞去。黎半风闻声注视，早看出来人是谁，吓了个魂飞胆落，连忙回身逃走，只怕不及。金光过处，黑烟飞扬，黎半风手上妖幡折为两段。还算妖道见机得快，没有受伤。二矮、袁星见来人是个中年女尼，知是本门前辈，上前拜见，一问法号，正是元敬大师。

原来黎半风受了万妙仙姑许飞娘的蛊惑，师徒三人来到姑婆岭后山行法，准备异日三次峨眉斗剑，暗害秦紫玲姊妹。自以为多年不曾出世，又和峨眉派无甚仇怨，布置下手均极严密，人不知，鬼不觉，事完自去，等到两下里对敌时节，再来发动。不承想妙一真人早已防到敌人的各种阴谋，预先派了醉道人和元敬大师巡视全山，探察一切。黎半风到的第一日，便被醉道人在暗中看出他的行迹诡秘，当时本要下手除害，元敬大师却主张从缓。一则黎半风洗手多年，新恶未著；二则敌人一计不成，定生二计。不如欲取姑与，听他施为，暗中将他的虚实探明，预先想下防御之策，到时再将妖法破去，以挫敌人锐气。当下议定，每值黎半风行法之际，便由元敬大师用玄门隐遁，另由别的地方穿入地底，察探细情。几天过去，知道敌人是借了鸠盘婆的摄心铃和一道魔符，炼那因意入窍小乘魔法。虽然厉害，只要在事前知道底细，凝碧仙府仍有克制之宝，不足为害，越更放心。

这日路遇矮叟朱梅，特意在黎半风面前现身示警，黎半风仍是无所觉察。云从、风子无心中显露宝镜，计杀妖道师徒，醉道人和元敬大师俱已看在眼里。后来黎半风师徒追去，本要上前救援，猛想起妖道空巢而出，正好趁此时机暗入地底，先将那摄心铃破去，减去异日妖法许多阻力。那摄心铃也是魔教中一件至宝，破时又要保存原来形式，不使敌人看出形迹，甚是费手。元敬大师和醉道人到了黎半风行法的地方，各运玄功将飞剑炼到细如游丝，穿入铃孔，将铃中一粒晶丸磨去，换了元敬大师小半截发簪，施了法术，使它照样发声。算计那铃轻易不会振动，不到动手时节，不致被敌人看破，才赶出来，去救云从、风子。元敬大师刚一露面，便将黎半风吓退。那两个道童见势不佳，也各用妖法遁走。雕、猿、二矮还要追赶，被元敬拦住。给云从、风子服了点丹药，吩咐送回仙府，仍会合醉道人前去行事。不提。

那黎半风逃回山去，不多一会儿，两个道童也一同逃了回来，一问敌人，并未随后追赶。先疑踪迹败露，存身不得，好生后悔。想要离去姑婆岭，又因所练妖法只有两夜便要功行圆满，又觉可惜。想了想，敌人既未追来，想是逃走得快，藏身之处又在地底，所以未被发觉。还是冒一点险，多加小心，将法练成之后，再行离去为是。师徒三人便在地底潜伏了三日两夜，刚将一套魔法练完，便相率出了地底。仍由两个道童瞭望，悄悄用邪法将行法之处封闭，离开峨眉，去寻许飞娘复命。那摄心铃、因意入窍魔法，三次峨眉斗剑时自有交代。

神雕、袁星和米、刘二矮护送云从、风子到了飞雷崖，见了英琼。正值芷仙要英琼命神雕去擒捉野味，回来腌腊，余英男忽然定要跟去。英琼因英男大难已过，平时擒捉野味的地方相离峨眉不远，料必无事，便命袁星保了同去。米、刘二矮将云从、风子送入凝碧仙府，走至太元洞前，正遇齐灵云陪了玉清大师一同走出，米、刘二矮说了经过。玉清大师略看伤势，说是无妨，少时服了丹药，当日便可痊愈。吩咐灵云送入洞内纪、陶二位道长房中，请纪道长调治。米、刘二矮正要托起云从、风子，玉清大师忽然唤住问道："你二人从后洞来时，可曾看见余仙姑么？"米矬便将英男骑着佛奴、带了袁星前去擒捉野兽之事说了。玉清大师便命二矮速将云从、风子送入洞府，回来候命。二矮闻言自去。

玉清大师笑对灵云道："昨晚我略露口风，英男便警觉。她知无此剑，也难与三英二云并列了，只生性太急了些。"灵云便问何故？玉清大师道："英男师妹因开山盛典在即，门下弟子只她一人道浅力薄，连口好剑都无。虽有英琼妹子送她一口，偏又本质不佳。昨晚因听我说起法宝囊内藏有几口从异派手中得来的好飞剑，意欲在开府时分送给几个新进的同门，她便示意求我挑一口好的相赠。我笑对她说：'你是本门之秀，三英之一，怎便看上异派之物？你的宝剑自有，每日闲着，只不去找，却要这个作甚？'她便请我给她指点一条明路。我来此无事，也为她无剑可惜。仙府珍品虽多，都远比不上紫郢、青索。曾代她算过，知道她应得一口好剑，虽仍非紫郢、青索之比，却也相差不甚远。经她一磨，我又给她占了一卦，卦象竟是甚奇，大概一出门便可到手，剑也是在那里等着她的。那藏剑的人与她颇有渊源，得时也颇费一些周折，并且此行只宜独行，却又要假手一个异类。我因她得剑时，既不能约了众姊妹同去，而得剑以后，又有仇敌从旁劫取，以她能力万非敌手，当时再三劝她不要心急，容我今日和你把开府一切应办之事布置定了，然后想好主意，由她一人先去取剑，算准她得到手后，再派人前去与她接应。她却这般性急，恨不能今日便到了手。因我说了一句借助异类，便骑了佛奴，带了袁星同往。剑是一定可得，只是难免遇见大敌。虽说她大难已过，不致凶险，总是不可不防。那阻碍英男的敌人，正是米、刘二人以前同党，命他二个急速跟去，便无碍了。"正说之间，米、刘二矮已经事毕复命。玉清大师示了方略，米、刘二人领命自去。不提。

且说英男的心事，已在玉清大师口内说出。她从小就饱经忧患，自被英琼救回凝碧仙府，借灵泉、温玉、仙丹之力，复体还原之后，见英琼已是一步登天，自不必说，其余诸同门个个英姿仙骨，都一个赛似一个，自愧弗如，满腹俱是艳羡钦服之心。虽然时常虚心请益，从来只在本分内用功，并没丝毫过分的要求。再加上人既绝顶聪明，性情又复温和异常，对谁也是一样亲热,分不出一点深浅。因此除英琼共过患难,是她至交外,所有仙府同门,个个都成了她的莫逆。只为开府在即,听灵云说,到日教祖回山,不论同门新旧、本领高低,俱要当众将自己艺业施展出来,给师长评定。英男虽是柔顺服低,人总是向上的。因见仙府同门俱有师父仙剑,自己仅有英琼送的一口得自异教的飞剑,本质既是下品,而且那剑经过邪法祭炼,仅能作为平时练习之用。如改用本门心传,下苦功夫将它炼好,似太不值;炼起须时,也来不及。听说玉清大师收了几口飞剑,虽然得自异派手内,剑的本质却要好些。因见玉清大师平时对她甚好,估量去要,不会不肯。及至被玉清大师一点破,恍然大悟。暗想:"英琼得那口紫郢剑费了多少事,吃了多少辛苦,干莫神物,岂能随便到手?久闻玉清大师占验如神,何不前去试它一试?"便问明了大师剑的方向,想背人先和英琼商量一下。到了后洞一看,同门好几个在彼,不便将英琼唤开说私话,只好暂时秘而不宣,省得徒劳,不好意思。正赶上神雕奉命擒捉野兽,去的方向恰好正对,便借骑雕飞行闲游为名,带了袁星同去。

在雕背上飞行了一阵,乘虚御风,凭凌下界,觉得眼界一宽,甚是高兴。暗忖:"玉清大师虽从卦象上看出神物方向,却未说准藏在哪里。茫茫大地,宛如海底捞针,何处可以寻找?"不由把来时高兴打退了一半。知道雕、猿俱是灵通之物,玉清大师又有借助异类之言,想了想,无从下手,只得对雕、猿道:"我余英男昨日受玉清大师指点,说我该得一口仙剑,就应在前途和二位仙禽仙兽身上。我肉眼凡胎,实难找寻,千万看在你主人份上,帮我一帮,把它得到,真是感恩不尽!"说时,袁星原在英男身后扶持,闻言刚要搭话,那神雕已经回首,向着英男长鸣一声,倏地双翼微束,如飞星陨泻一般,直往下面山谷之中投去。英男望见下面崖转峰回,陂陀起伏,积雪未消,一片皑白,日光照上去都成灰色,只是一片荒寒人迹不到的绝景,以为神雕发现什么野兽。及至落地一看,神雕放下英男,便将双翼展开,往对面高峰上飞掠过去。英男见那山尽是冰雪布满,一片阴霾,寒风袭人,乃完全荒寒未辟境界,休说野兽,连飞鸟也看不见一个,不知神雕是何用意?方在猜疑,忽然一阵大风吹起,先是一阵轻微爆音,接着便是惊天动地一声大震。定睛一看,对面那座雪峰竟凭空倒将下来,直往侧面冰谷之中坠去。那峰高有百丈,一旦坠塌,立时积雪纷飞,冰团雹块,弥漫天空,宛如数十百条大小银龙从天倒挂,四围都是雾毂冰纨包拥一般。那大如房屋的碎冰块纷纷坠落,在雪山深谷之中震荡磨击,势若雷轰,余音隆隆,震耳欲聋。就在这时,耳际似闻神雕鸣声。仰面一看,神雕飞翔越高。袁星站在身后两丈远近,用长臂向着空中连挥。再看神雕,只剩一个小黑点,只管时隐时现,盘旋不下。英男尚以为神雕是将自己放落,好去擒捉野味。知道袁星能通人语,正想再说那刚才寻剑之话,连喊数声,亘耐雪声如雷,兀自不止。走将过去一看,只见袁星面向对崖,定睛注视着下面的奔雪,连眼都不瞬一下。刚走近前,忽见袁星将手连摆,指了指天上,又指了指下面的山谷,又叫英男将身隐伏在近侧一个雪包后面。英男猛地心中一动,刚将身伏倒,便见谷中雪雾中冲起一道五色光华,直往空中飞去。转眼追离神雕那点小黑影不远,忽然往上一升,一同没入云中不见。

  袁星连忙站起,喊声:"余仙姑,快随我走!"说罢,拉了英男一把,首先往谷中窜了下去。英男闻言,灵机一动,连忙飞身跟了下去。英男禀赋既佳,轻身功夫又好,身体更是在冰雪寒霜中经过淬炼,脱劫以后,又多服灵药仙丹,日近高人,端的奇冷不侵,身轻如燕。不一会儿,一路履冰踏雪,到了下面,见袁星在前,径往雪尘飞舞中钻了进去。赶到跟前,竟是三座冰雪包裹的洞穴,里面火光熊熊,甚是光亮。入内一看,洞内宽大非凡,当中燃着一堆火,看不出所烧何物。到处都是晶屏玉柱,宝幔珠璎,流辉四射,光彩鉴人。英男万没想到寒荒冰雪中,会有这般奇境灵域,好生惊奇。原来那洞本是雪山谷中一座短矮孤峰,峰底有个天生古洞。因洞外峰顶终年积雪包裹,亘古不断,再加谷势低凹,那峰砥柱中流,山顶奔雪碎冰到此便被截住,越积越高大,渐将峰的本形失去,上半截全是凝雪坚冰。雪山冰川,少受震动便会崩裂,哪经得起适才神雕双翼特意用力一扇,自然上半截冰雪凝聚处便整个崩裂下来。英男见洞中不但景物灵奇,而且石桌冰案,丹炉药灶,色色俱全,料知必有仙灵盘踞。袁星既将自己引到此间,必与那口宝剑有关。方在定睛查看,忽见袁星拔出双剑,朝室当中那团大火一挥,立时眼前一暗,火焰全灭。猛听袁星又高叫道:"宝物到手,仙姑快些出去,省得对头回来撞见不便。"英男闻言,又惊又喜,连忙纵身跳出。袁星业已跃向前面,往崖上跑去,两手抱定大有五尺、形如棺材的一块石头。英男跟着袁星一路飞跑，蹿高纵矮，从寒冰积雪中连越过了几处冰崖雪坡，直到一个形如岩洞的冰雪凹中钻了进去。袁星才将手中那块石头放下，说道："仙姑的剑想必藏在石中，只没法取。待我去将佛奴唤回，带回山去，再想法吧。"说罢，便自走出。

英男往那石头一看，石质似晶非晶、似玉非玉，光润如沐。正中刻着"玄天异宝，留待余来；神物三秀，南明自开"十六个凸出的篆书。细玩词意，心中狂喜，知道是前辈仙人留给自己的。"南明自开"，想必要用火炼。用手一捧，竟是沉重非凡，何止千斤。暗忖："自己不会飞行。袁星抱着它跑了一路，已累得浑身是汗。除了神雕此时回来，带了回去，求众前辈师伯叔与众同门行法打开，更无法想。适才那道五色光华，必是藏石之人，本领定然不小，万一回洞发觉追来，怎生抵敌？神雕怎地去了这一会儿还不见回来？"想到这里，探头往外一看，天空灰云中，那一道五色光华已高得望上去细如游丝，正和一个黑点飞行驰逐，出没无定，双方斗有好一会儿，忽听一声雕鸣，黑点首先没入云空，那道五色光华也相继不知去向。袁星却从侧面跑来，近前说道："佛奴已将对头引到远处，少时便要飞来，带了我们逃回峨眉。那对头也颇灵敏，恐她发觉，请仙姑到崖后面等去。"说罢，进洞将那大石夹起，引了英男，直奔崖后。到了一看，相离那座崩塌的雪峰已有三十余里，中间还隔着许多崇岗峻岭，甚是隐秘。仍择了一个幽僻之所，先将那大石放下，静等神雕一到便走。

英男仰望天空，只是一片昏茫，估量神雕不会就回。便问袁星："自己寻取仙剑之事，除玉清大师外，并无别人知晓。适才在雕背上想起得之不易，虽求雕、猿相助，也只为玉清大师事前指示，有借重异类之言，一时情急，说将出来。怎地今日之事这般凑巧，仿佛一切俱有人安排一般？是否玉清大师先有分派，事情才这样顺手？"袁星答道："袁星事前也不知道。还是今日佛奴从姑婆岭接应米、刘二人回来的前两个时辰对我说，那日破史南溪都天烈火妖阵时，它在空中巡视，正遇它师兄白眉老禅师座下仙禽白雕飞来，说它近来随着我主人的父亲，在龙藏山波罗境，参一微宗佛法。日前奉到白眉老禅师法旨，说佛奴近来功行俱都精进，不久便和它一样，断食换毛，静等主人大功告成，即可一同飞升。只是还有一因三劫未完，命它随时仔细。那一因便是仙姑昔日在凝碧仙府的前洞，与我主人结了姊妹之后，常常来往。偏巧神雕每隔些时，要往老禅师处听经，以致撇下主人一个，被赤城子摄往莽苍山去。仙姑去寻找主人，又被阴素棠逼走。主人得剑，仙姑本身有劫，事有前定。但是佛奴若非听经之后起了贪心，与白雕偷往北溟岛绛云宫盗取九叶紫灵芝，耽误些时，仙姑遇见阴素棠的前一日恰好赶回，那就必定骑了它，同往莽苍去将主人寻回。异日纵有灾劫，也不致在莽苍山阴被玄冰黑霜冻死。虽说仙姑经此重劫，免却许多魔难。但佛门最重因果，佛奴造一因便须还果。也是仙姑运气，白眉禅师知道达摩老祖渡江以前所炼的一口南明离火剑，藏在大雪山边境一座雪峰底下，有琼石匣封，不遇有缘人，不能得去。偏在二十年前，被一个异派中的女子知道，为了此剑，不惜离群脱世，独自暗入雪峰腹内，辟了一座洞府，寻到那藏剑的琼石匣。一见那匣上的字与她的名字暗合，越发心喜，以为得此剑，便可寻求佛门降魔真谛。心虽存得不坏，可惜错解了词意，那剑也并非她应得之物。以致她在雪峰腹内枉费心机，借她本来所炼三昧真火，凝成一团，将这石匣包围，每日子午二时，连炼了二十三年，石匣依然未动。白眉老禅师因此剑早注定是仙姑所有，特命佛奴相助成功，了此一场因果。又因凝碧崖五府开辟在即，大受异派嫉恨，教祖未回以前，仙府左近常有妖人潜伏窥伺：一则觊觎仙府许多灵药异宝，打算相机夺取；二则探听机密。来人俱佩有绛云宫神女婴的隐身灵符，不和人动手，除了三仙二老几位尊仙，简直不易看破行藏。连佛奴一双金睛神眼都看不出，几次闻见生人邪气，扑上前去，便是一个空，因此不敢大意。今日仙姑一上骑，便直往这里飞来，先用双翼将雪峰扇塌，引出那异派女子，再由袁星陪了仙姑前去盗剑。那女子一经追远，必然想起洞中宝剑，赶将回来。佛奴等她不追，再从侧面绕回。去了有这一会儿，想必也该回来了。"

正说之间，忽见远处坡下面隐现一个小黑点，由小而大，往前移动，转眼到了面前，正是神雕佛奴贴地低飞而来。英男、袁星见大功垂成，正在高兴，准备起程回山，忽听头上一声断喝，一道五色光华从云空里电一般射将下来，跟着落下一个又瘦又干、黑面矮身的道装女子。同时袁星也将双剑拔出，待要上前去，却被神雕一声长鸣止住。那女子一现身本要动手，一见雕、猿是英男带来，知道厉害，把来时锐气已挫了一半，便指着英男问道："我与道友素昧平生，为何盗取我的宝物？"英男知道来人不弱，先颇惊疑，及见来人先礼后兵、神态懦怯，顿生机智，便答道："我名余英男，乃峨眉山凝碧崖乾坤正气妙一真人门下弟子。此宝应为我所有，怎说盗取？"

那女子一听英男是峨眉门下，又见英男从容神气，摸不出深浅，更加吃惊。暗忖："来人虽非善与，但是自己好容易辛苦多年，到手宝物，岂甘让人夺去？"不由两道修长浓眉一竖，厉声答道："我名米明娘。这装宝物石匣外面的偈语，明明写着'南明自开'，暗藏我的名字；又经我几次费尽辛苦寻到，用三昧真火炼了多年，眼看就要到手。怎说是你之物？我虽出身异教，业已退隐多年，自问与你峨眉无仇无怨。我看道友仙风道骨，功行必非寻常。峨眉教下，异宝众多，也不在乎此一剑。如念我得之不易，将石匣还我，情愿与道友结一教外之交。我虽不才，眼力却是不弱，善于鉴别地底藏珍，异日必有以报。道友如是执意不肯，我受了这多年的辛苦艰难，绝难就此罢手。漫说胜负难分，即使让道友得了去，此剑内外均有灵符神泥封锁，你也取它不出。何苦为此伤了和气？"

英男听她言刚而婉，知她适才尝过神雕厉害，有点情虚，仗有雕、猿在侧，越发胆壮。答道："你只说那剑在你手中多年，便是你的。你可知道那剑的来历和石匣外面偈语的寓意么？我告诉你，此剑名为南明离火剑。南明乃是剑名，并非你叫明娘，此剑便应在你的身上。乃是达摩老祖渡江以前炼魔之宝，藏在这雪峰底下，已历多世，被你仗着目力寻见。果是你物，何至于你深闭峰腹炼了二十三年，仍未到手？听你说话，虽然出身异派，既知闭户潜修，不像是个为恶的人。如依我劝，由我将此剑携回山去，不伤和气，以后倒真可以做一个教外朋友；否则漫说我，你不是对手；便是这一雕一猿，一个是峨眉仙府灵猿，一个是白眉老禅师座下神禽，谅你也不是对手。"

那米明娘原是米罂的妹子，当年异教中有名的黑手仙长米和的女儿。只因生时天色无故夜明，所以取名叫做明娘。兄妹二人，俱都一般矮小。尤其明娘，更是生就一副怪相奇姿，周身漆黑，面若猿猴，火眼长臂，一道一字黑眉又细又长，像发箍一般，紧束额际，真是又丑又奇。左道旁门原不禁色欲，偏明娘人虽丑陋，心却光明。自知男子以色为重，自己容貌不能得人怜爱，如以法术摄取美男取乐，岂非淫贱？起初立志独身不嫁，专心学道。后来见父兄行事日非，看不下眼去，几次强谏。有一次触怒黑手真人米和，几乎用法术将她禁死。就在那一年，米和因恶贯满盈，伏了天诛。明娘痛哭了一场，见乃父虽死，乃兄米鼍仍然怙恶不悛，越想越害怕。她母亲原是民女，被米和摄去成为夫妇，早已死去。好在原无牵挂，便着实哭劝了米鼍好几回，终因不纳忠言，两下反目分手。明娘由此避开异派一干妖邪，独自择了名山洞府，隐居修道。自知所炼的道法，若说防身延年还可，于此中寻求正果，终究难免天劫。正教中又多半是父兄仇敌，而且也无门可入。在山中静养了些年，便独自一人出游。仗着天生的一双慧目，到处搜求宝物，到手以后，再用法术祭炼应用。年复一年，着实被她寻见许多稀世奇珍。她既与人无争，又不为恶，见了昔日同党，又都老远避去。虽然形单影只，好似闲云出岫，倒也来去由心。

这一年无心中游到雪山底下，也是赶上雪崩峰倒，一眼望见千丈雪尘影里暗藏宝气。用法术驱散冰雪，跟踪一寻，竟在地底寻到那个石匣。一看匣外偈语暗藏自己名字，并由宝气中看出匣中宝物是口宝剑，心中大喜。知道自己势单力薄，那石匣内外有灵符神泥封锁，不能容易取出。这般异宝，难免不被能人看破，前来夺取。见那雪山终年都是冰雪封锁，景物凄厉，亘古人迹罕到，正合自己用处。还恐有能人路过发现，特意寻了那座雪峰。先本想用法术开通一个容身之处，无巧不巧，所开之处，正有一个现成洞府。那时高兴，真是难以形容。因自己出身左道旁门，还未炼到辟食地步，每隔些日月，仍须出外采办食物。便用法术将现成冰雪做了门户，以备出入。地势既极幽僻，又有天然冰雪做隐蔽，纵有人打此经过，也看不出。由此便在雪峰洞腹内，每日子午二时，用三昧真火烧炼那石匣。日里又用她自己频年积炼的明阳真火包围石匣，昼夜不息地焚烧。直炼了二十三年，还是没有炼开石匣。起初存着戒心，时刻都在提防。因石匣太大，不便携带，每值出门，虽然少去即回，也都加紧戒备。年数一多，见没人来惊扰，不觉渐渐疏了一点防范。

这日刚刚在峰腹内做完了功课，忽然天崩地裂地一阵大响，地底回音比英男在外面所闻还要厉害。她见峰壁未动，知道不是地震，是洞外雪峰崩坠。出洞觉着风势有异，抬头一望，见风雪中有一只大黑雕，金睛铁喙，钢羽翻起，端的是千年以上神物。知道雪峰崩坠，是被大雕双翼扇塌。猛一动念,暗忖:"自己孤身一人,无论多好洞府,只一出外,连看守的人都没有。又不敢滥收徒弟,以防学了左道为恶,给自己造罪。难得遇见这么神骏的一个异类,如果用法力将它收下,不但可以当做坐骑,而且有事出门时,也可用它看守洞府。"主意想好,便即飞身上去。谁知那雕厉害非常,用了许多法术法宝和飞剑,竟不能伤它分毫。

那雕不但善于趋避,捷如星飞电驶;而且狡狯非凡,竟好似存心和自己开玩笑似的。追逐了一阵,打算知难而退,却又飞近身来引逗,追去却又凌云远飏,无奈它何。恨得明娘咬牙切齿,决计非擒到手不可。后来越追越远,经了好些时候,才想起一时疏忽出洞,见雕以为手到擒来,竟然飞身而上,洞府忘了封锁,万一有能手经过,看破宝物,如何是好?心里一惊觉,便舍了雕不追,忙着飞了回来。刚一进洞,一见火光熄灭,石匣不知去向,知道中了敌人诱敌之计。当时急怒攻心,追了出来,飞身高空,运用慧目四外一看,正见神雕飞行方向。忙用遁法迎上前去,恰是两下同时赶到。只见一个少女,旁边立着一个大猩猿。才一照面,便看出袁星宝剑不比寻常。暗想:"此女虽然年幼,手下雕、猿已是如此,本领可想。"不敢造次,强忍了怒气,上前搭话,打算以情理感动。末后一听说南明剑和英男与一雕一猿的来历,虽知不妙,毕竟神物难舍。略一盘算:"此宝费了如许心血,岂容她唾手而得?自己虽在旁门,炼了许多狠毒邪法,从未使过。那女子身旁猩猿的剑已非寻常,若凭飞剑,绝难取胜。除了暗下毒手,是无法退敌的。"

第一四〇回

灵山圣域　巧拜仙师
紫海穷边　同寻贞水

　　明娘想到这里，把心一横，手掐暗诀，默诵真言，倏地将手四外一指，又将手朝着英男一扬。立时愁云漠漠，阴风四起，一片啾啾鬼声同时袭来，惨雾狂风中，现出其红如火的七根红丝，直朝英男头上飞去。同时地下又轰轰作响，大有崩裂之势。袁星原是站在英男身侧，一见敌人神态不对，方疑有变，刚将双剑拔出，忽然神雕一声长啸，一双钢爪舒处，抓起石匣往空便飞。袁星听出是向它报警，便将双剑一举，舞起一团虹影，杀上前去。明娘一见神雕抓起石匣飞走，知道追赶不上，越发红眼，把牙一错，两手一扬，又飞起数十缕黑烟，飞向英男。英男起初以为明娘被她用话镇住，方在得意，不想敌人骤施毒计，大吃一惊。还算袁星动手得快，没有受伤。自知宝剑不行，施展出来，不但无用，反使敌人看轻。再一看对面敌人那七根红丝，带起一团乌烟瘴气，宛如赤电纷飞，红蛇乱窜。袁星两道剑光虽是不弱，终不如敌人变化神奇，渐渐有些手忙脚乱。同时存身的一片冰原雪阜，受了狂风吹撼，已有好些地方崩裂。神雕又复抱石飞去，无术脱身。

　　方在忧急惊惶之际，忽见对面烟雾之中又是两道青黄光华一闪。刚疑敌人又使妖法，猛听袁星和对方女子同时高唤。定睛一看，来人正是米、刘二矮，心才略放。未及听清双方言语，倏地又是一道匹练般的金光，疾如电掣，自空飞下，立时红丝寸断、烟雾齐消，那金光早将明娘和米、刘二矮罩住。休说明娘吓得魂飞胆落，就是米、刘二矮也自惊慌失措。还算袁星比较在峨眉日久，一看来势，早看出是本门中人。见米、刘二矮情势危急，眼看玉石俱焚、同归于尽，忽然急中生智，一挥双剑，两道长虹般的光华飞上前去，将来人金光敌住，米、刘二矮才得趁势避开。连明娘也得保了性命，情知万分不是来人对手，心里一酸，正想借了遁光逃跑，猛觉金霞射目，来人金霞业已布散开来，成了一片光网，想要逃跑，焉得能够？再看对面敌人，业已收了宝剑，在和来的一个绛衣女孩说话。自己哥哥米鼍和他老同党刘遇安，却和那猩猿一起，躬身侍立在盗剑女子身侧，随着问答，不由起了一线生机。逃生路绝，反倒定了心神，站在那里静候敌人发落，只不知乃兄米鼍怎会和敌人做了一起？

待有一会儿，忽见米鼍和来的女子说了几句，便走来说道："适才取剑的，乃是峨眉门下三英之一的余仙姑英男。后来的是神尼优昙大师门下齐仙姑霞儿，路过此间，见你行使恶毒妖法害人，本要斩你首级。多蒙仙府神猿袁道友，因恐我和刘道友受了误伤，一时情急，用仙剑将齐仙姑剑光挡住，才得保全性命。如今我已在李仙姑英琼门下，适才我向齐仙姑哀求，余仙姑也给你讲情，才答应宽恕了你。只是齐仙姑还要告诫你几句，吩咐你上前搭话。"明娘闻言，猛地灵机一动，暗忖："兄长和刘遇安以前为恶多端，一旦回头，便能投身正教。自己这多年来从未为恶，何不趁此时机上前表明心迹，倘承收录，岂非幸事？"想到这里，便朝米鼍点了点头，半忧半喜地走向齐霞儿跟前，躬身施礼，先谢了不杀之恩，然后跪将下去。

霞儿原因凝碧仙府开辟在即，近年忙着积修外功，许久未和灵云等一干骨肉同门相见。自和英琼、若兰在雁湖除了恶鲦，得了禹鼎之后，便即回山复命。神尼优昙大师见她功行精进，又费了多日艰危，除此未来大害，着实夸奖了几句。霞儿便要拜别大师，先往凝碧仙府与众同门叙阔，等候开山大典。大师道："此番开府，不比往昔，除本派外，别派来人也甚多，到时难免有事，须得事前做一准备。有好些位长老道友迟迟未往，也是为此。你且在山中再留一二日，帮我料理完了，再去不晚。"霞儿只得又在山中耽延了两日。临行之时，大师又对霞儿道："我本佛门中人，只为峨眉三劫，迟我数十年飞升。且喜如今你师姊妹三人，道法俱都精进，以后便可自立门户，省我许多烦扰。素因、玉清两个徒儿，已奉我命，准其选择那有根基的人收为弟子，在汉阳、成都两处各立分观，各收门徒，度世济人。只你一人，因自幼随我，相离时少，尚未收徒。从今日起，准你便宜行事，得随缘收徒。等峨眉开府以后，便去两浙一带，寻一半村半郭之间，再立下一座分观。从此由你三人代我完那十万善缘，我便可安心在洞府潜真，不问外事，静候完那峨眉三劫了。"

霞儿谦谢了几句，便即领命，往峨眉进发。刚一行近大雪山边际，便见英琼座下神雕佛奴抱着一个石匣，凌风破云，往峨眉那一方飞去。低头往下一看，相隔数十里远近的雪山深谷之间，有一团浓雾弥漫，黑烟中有七道红丝和两道光华互斗，看出是异教中最狠毒淫恶的缠蛇七绝钩。但不知明娘逼而出此，以为行法之人定是一个极恶淫凶之辈。那两道光华又是峨眉家数，断定有自家人被仇敌困住。抱定除恶之心，所以一降身，便下绝情。不料米、刘两矮也正在此时赶到，多亏袁星见米、刘二矮同在危急，百忙中用剑光一迎，才得保全。它那双剑本非霞儿剑光的对手，幸而霞儿一见袁星和所用剑光，已猜是英琼所收神猿，看出情势有异，才将手指化成一片光网，将敌人罩住，待问明了因由发落。

袁星已首先收了双剑，招呼米、刘二矮上前拜见霞儿，与英男相见，互通姓名。问完经过，霞儿因明娘所用妖法太毒，本来不肯宽容。经米、刘二矮再三苦求，力说明娘比他二人回头还早，虽然多年不见，一向只闻独身修行，从无过恶。妖法乃是昔日乃父所炼之宝，从未见她用过，定是逼而出此，不是立意害人。英男也把明娘适才初见面所说一一告知。霞儿还不甚信。及至把明娘唤到面前一看，虽然形容丑陋，竟是骨相清奇，满脸俱是正气，比米、刘二矮还要来得纯正。暗自点了点头，略微告诫了几句，正待详问根底。

这时明娘虽已算是降服，那地底轰轰之声，仍是响个不休，地面龟坼，左近的冰山雪壁，相次在那里倒塌，轰隆巨响，接连不断。大家心俱注在霞儿与明娘对答，谁也不曾料到危机顷刻。英男、袁星恃有霞儿在侧，凡百无忧。只二矮虽是出身左道旁门，到底见闻甚多，听了心中惊异。就连霞儿随着优昙大师多年，先时也错以为明娘妖法未收，没有在意。方要问明娘既愿降服，怎还弄这些左道玄虚作甚？言还未曾出口，正值身侧不远一片雪崖崩裂，冰飞雪舞，声震天地。众人立身之处，立时裂散开来。猛地觉出有异，方在观察因由，忽然一片红霞比电闪还疾，自天直下，落地现出一个老年道姑、两个少女。霞儿认出是衡山金姥姥罗紫烟，同了两个门人何玫、崔绮。正待上前施礼问讯，猛听金姥姥喝道："地劫将至，魔怪即刻出世，霞儿你一人不怕，难道就不替他们设想么？还不快些随我去！"一句话将霞儿提醒，方要施为，金姥姥已是将手中诀一扬，袍袖展处，喊一声："起！"一片红霞遁光将众人托起，比电还疾，直往峨眉方面飞去。众人起身时节，从雷驰飙逝中回首一望，只见下面冰雪万丈，排天如潮，千缕绿烟，匝地飞起。雪尘烟光中，现出一个装束奇特的道士，和一个形如僵尸、赤身白骨的怪物，驾起妖光，从斜侧面往东南方向飞去，遁光迅速，瞬息百里，转眼不见。还听到冰雪崩坠，地裂山崩之声。

不多一会儿，众人已在凝碧后洞飞雷崖前降落。英琼等在崖前迎候。因神雕抱了石匣先回，英男、袁星并未同来，一问神雕，英男有无危难？神雕却又摇头。正在忧疑不解，一见英男无恙而归，还同了金姥姥、齐霞儿等人同来，方才转忧为喜，便即分人迎了进去。金姥姥师徒三人，匆促间连明娘一齐救出了险地，误当成了俱是霞儿一起。英男因霞儿不便说话，也未作声。米、刘二人更巴不得明娘也归到峨眉门下，见众人未拦，自是高兴。霞儿已经恕了明娘，虽原无收罗之心，见金姥姥连她带来，以为金姥姥并不是路过，是事前受了嘱托赶来援救，金姥姥既连明娘带回，必有用意。也是明娘该有仙缘遇合，本人又是福至心灵，当着这些成名剑仙，竟然会阴错阳差，赖着混入了凝碧仙府。众人走出飞雷捷径，玉清大师已和灵云在太元洞前迎候，接入洞中，见了长幼两辈同门道友，各按尊卑叙礼。明娘早已拿定主意，也跟着众人跪拜。行完了礼起来，髯仙等长一辈的剑仙，便邀了金姥姥居中落座。有那未曾见过的同门，正在互询姓名。明娘倏地越众上前，跪伏地上，口称："各位仙师垂怜，收录弟子吧！"金姥姥才猛地察觉过来，仔细朝明娘看了一眼，哈哈笑道："你这妮子真是精灵，连我和众道友俱都被你瞒过，混了进来，岂非笑话！也是你向道心诚，才有这一次仙缘巧遇。既是我忙中疏忽，将你误带至此，索性成全你到底。你且起来，等我与众道友说明了经过，看哪位道友与你有缘，再行拜师之礼便了。"明娘大喜，连忙叩谢仙师成全之恩，起身侍立在小一辈同门的身侧，恭听训示。霞儿闻言，方知来时误会了意，暗自好笑。

金姥姥便对众人说道："我原因何玫、崔绮两个徒儿在仙霞岭有难，前往救援。归途接着仙府请柬，我因她二人仰慕仙府胜境已非一日，久欲观光，不得其便。又因我不久便要摆脱世缘，而门下弟子功行多未成就。前者顽石大师在我洞中养病,曾托她代向掌教道友致意,已蒙允异日加以收录。本打算带了她们同来,偏又有两个俱奉命在外积修外功。她二人又是心急,屡次向我陈说。我想迟早终须来此,左右无事,便带了她二人先由衡山动身。行至中途,遇见一个旁门道友,说起他有一个师弟,以前虽然身在旁门,业已一同改邪归正。近来忽受人愚,前往青螺峪盗取凌道友的天书,被凌道友门下弟子擒住。因凌道友云游未归,尚未发落。知我与凌道友的夫人白发龙女崔五姑有患难之交,赶往衡山,托我前去说情,正好中途相遇。我受了他托,便到青螺峪。恰巧凌道友夫妻也同时回山,只一说,便将那人放了。行时说起妖尸谷辰又在那里兴风作浪,只为那厮劫运未到,无人制他。还有那大雪山八反峰底下的七指神魔,也快出世等语。我闻言心中一动,便想顺道绕往大雪山,去看看那妖魔的动静。刚一到,便看出那厮正用极恶毒的妖法攻穿地窍。同时又见有正教中的剑光飞跃,先以为奉命来此除妖,及至落下去一看,才知所料不对。因为地窍已快被妖魔攻穿,霞儿不怕,别人和袁星怎能禁受?事在危急,见他们几人俱在聚谈,神气好似一路。知道近年异教中有识之士,改邪归正投身峨眉门下的人甚多,不暇问明,便将他们一同用遁光托起,救出险地。到了凝碧后洞,又为迎候的几位师侄匆匆迎接进来,大家均是一时误会。此女福至心灵,便乘机混入了仙府。适才我细看她气宇根骨,以前虽然出身异教,不但一脸正气,与别的异派不同;而且神仪内莹、仙光外宣,心灵湛定、基禀特异,非多年潜修静养又有凤根,不能至此。适才我还见有两个矮的,比她便差得多。我如非出世在即,也愿收入门下。此女我决可保她将来成就,不知诸位以为然否?"

说时,长幼两辈同门俱都定睛朝着明娘注视,果觉她形容虽然丑陋,神光足满,比起米、刘二矮强得多,俱都暗自点头。髯仙李元化道:"罗道友论断不差。掌教师兄虽然未来,我等也未始不可擅专。只是本门收徒,除李英琼因奉遗命特许,尚系暂时便宜行事外,均不似异派中混杂。此时女同门尚无人到,可暂时准她随众小辈同门班次,等开府时人到齐后再议如何?"说罢,金姥姥与玉清师太方要答言,明娘忽又走出,朝上跪禀道:"李仙姑门下米鼍,乃是弟子兄长,班次不容混乱。弟子适才一时愚昧,不服余仙姑之劝,恰值齐仙姑飞来,一到便将弟子制服。又闻兄长之言,才得猛省，决计改邪归正。明知齐仙姑乃优昙尊师高徒，掌教真人之女，道行高超，未必收我这等孽徒。但是弟子得到此间，全仗齐仙姑当头棒喝，才能转祸为福，总算有缘。望乞列位仙尊做主，转请齐仙姑不弃菲恶，收弟子为徒，情愿不惜艰危，为本门服役，勤求正果。若有差池，永堕沉沦。如令拜在别位前辈尊长门下，一则兄妹同事两辈，班次不符；二则弟子自知薄质，也所不敢。"金姥姥闻言，首先抚掌称善道："此女聪慧，谦而有礼，霞儿得此高足，可喜可贺！"

霞儿正与灵云叙阔，闻言方自谦逊。玉清大师道："师妹现方奉命行道，正需用人。适才见此女不凡，已经有意，方要向各位仙长陈说，不想此女竟能出于自愿。此系前缘注定，何须谦谢，不辜负此女向上之心么？"髯仙李元化、金姥姥罗紫烟，俱都应声称善。霞儿也因奉了师命，又见明娘根基甚厚，又有各尊长同门相劝，只得躬身说道："弟子今日原是路过雪山，见此女使用邪教中最恶毒的妖法害人，本想下去除害。多亏袁星因恐误伤米、刘二人，用它双剑将弟子天龙伏魔剑接住，看出情形有异，才停了手，连此女也一同保住。直到后来，英男师妹与她说情，她兄长又再三苦求，唤她近前告诫，方看出不是惯于为恶之人。先只打算警诫几句，放她自去。不想金姥姥驾临，将她误带到此，又蒙众仙尊加以鸿恩，使其归入本派门下，固是此女仙缘凑巧。但是弟子道行微末，虽然奉了师命，以后复回本派，代师尊创设分院，行道济众，收徒尚系初次，似宜禀过师尊和父母，以昭慎重。今遵二位叔叔之命，暂时收她为一记名弟子，留待师尊、父母回山，再行拜师请训，传授本门心法如何？"髯仙李元化道："此言甚是有理。掌教师兄回山，自有我等代你陈说便了。"

明娘原知齐霞儿自幼就得神尼优昙嫡传，道法高深，看去年轻，本领已不在一班峨眉前辈以下，初见便尝了滋味，心悦诚服。又知三次峨眉劫后，峨眉前一辈剑仙多半不是应劫转化，便是劫后道成飞升，此时拜师，相随已无多日。转不如小一辈的几位剑仙，正是方兴未艾，可以相随深造，寻求正果。一听髯仙和金姥姥为她做主，知道霞儿不会坚辞，早起身跪在霞儿面前叩头，恭听训示。及听霞儿说起，奉命收徒尚系初次，佛家道家俱重长门弟子，愈发心喜欲狂。与霞儿行完了拜师之礼，玉清师太便走过去，先给霞儿道了贺。然后代霞儿领了明娘，向两辈同门尊长依次引见行礼。因还有奉有职司不曾列坐的尊长未见，又亲自领了出去，向后洞诸人和仙厨中的芷仙、南姑等相见。玉清师太领了明娘去后，长幼两辈同门又纷纷向霞儿道贺，霞儿自是逊谢不遑。

众人二次落座，英男才敬陈离山寻剑之事。髯仙道："此事自你走后，曾听玉清道友说起。适才佛奴已将石匣带回，现在灵云室内。此剑名为南明离火剑，乃达摩老祖渡江以前炼魔之宝。不但妙用无穷，还专破一切邪魔异宝，与紫郢、青索、七修诸剑各有专长，难分轩轾。我虽闻名，还未见过。今入你手，须要善自宝用。只是此剑系达摩老祖取西方真金、采南方离火之精熔炼而成，中含先后天互生互克之至妙。闻得炼剑时，融会金火，由有质炼至无质，由无质复又炼至有质者，达十九次，不知费了多少精神修为，非同小可。后来达摩老祖渡江，参透佛门上乘妙谛，默证虚无，天人相会，身即菩提，诸部天龙，无相无着，本欲将它化去。末座弟子归一大师觉着当年苦功可惜，再三请求，给佛门留一相外异宝，以待有缘拿去诛邪降魔。达摩笑道：'你参上乘，偏留些儿渣滓。你无魔邪，有甚魔邪？说谁有缘，你便有缘。此剑是我昔日化身，今便赐你。只恐你异日无此广大法力，解脱它不得。'说罢，举手摩顶，剑即飞出，直入归一大师命门。后来达摩老祖飞升，归一大师虽仗此剑诛除不少妖魔，不知怎的，总是不能及身羽化。最后才在南疆红瘴岭，群魔荟萃之区，也学乃师面壁，受尽群魔烦扰，摘发捋身，水火风雷，备诸苦恼，心不为动。虽有降魔之法，并不施展，以大智力，大强忍，大勇气，以无邪胜有邪者十九年。直到功行圆满，忽然大放光明，邪魔自消，这口南明离火剑方脱了本体，成为外物，但仍是不能使它还空化去。计将它舍给道家，用一丸神泥，将剑封固，外用灵符禁制，留下偈语，将剑藏在雪峰腹内，以待有缘，然后圆寂。那石匣并非玉石，便是那一丸神泥所化。要想取出此剑，却是难事，恐怕非掌教师兄回来不可了。"

金姥姥道："我也闻人说过，剑外神泥有五行生克之妙，只有紫云宫的天一贞水方能点化。若用火炼，反倒越炼越坚，毫无用处。不过五行反应，西方真金未始不能克制。玉清道友见闻广博，且等她来，看看有无妙法。"正说之间，玉清大师已领了明娘见罢诸同门进来。霞儿重又起来道了劳。玉清大师笑谢了几句，便命明娘重向上拜了诸尊长，侍立在霞儿身侧。

金姥姥又提说刚才之事。玉清大师望着英男笑道:"余师妹原因开府盛会无有合用宝剑,相形见绌,始往雪山盗取此剑。如等掌教师尊回山再行取出,岂非美中不足?紫云宫乃地阙仙宫,非有穿山裂石之能,不能前往。南海双童尚未收服;前辈仙师限于分际,不便前往;门下弟子无人胜此重任。我想五行回生,神泥后天虽是土质,先天仍是木质,真金克木,本派现有不少剑仙,何妨试它一试?"

髯仙闻言,便命人去将英琼、轻云等换回。又命灵云去将石匣取出,置在室中。当下由髯仙李元化与金姥姥罗紫烟、玉清师太三人为首,向着石匣坐定。再选出灵云、轻云、英琼、人英、霞儿、金蝉,各有著名仙剑的六人,分布石前,相隔约有两丈开外,按九宫位向坐定。髯仙一声号令,各人便一同将剑放起。围着中藏南明离火剑的石匣,电闪星驰般旋转开来。这九人十八口飞剑,俱是仙府奇珍,才一出手,便见满室光霞璀璨,彩芒腾辉,真是奇丽无俦。休说初入门的米明娘见了惊心,连见惯的及诸门弟子,也同钦仙剑妙用,歆羡不置。

剑光正在飞跃,猛听一声断喝:"快些住手!"一道光虹直从洞外射进室来,落地现出一个背葫芦的道人。众人因醉道人原是奉命巡游,突然飞来,知道有故,连忙停手,一同上前参见。醉道人先往石旁一看,见无损伤,连说幸事。髯仙问是何故?醉道人道:"适才前山巡行,忽见金虹飞过,知是掌教师兄飞剑传书。截住一看,说苦行道友因为门下弟子耽延,今日方始圆寂。飞升时间,曾运玄功内照,知道三英仙剑各已圆满。最后余英男所得一口南明离火剑,应在今日。此剑系达摩老祖故物,归一禅师雪山藏珍,剑之神妙,自不必说。那封剑的一丸神泥,乃是佛家异宝,如得天一贞水化合,重新祭炼,异日三次峨眉斗剑尚有大用,毁之可惜。现此剑已被英男带了雕、猿由雪山取回,诸道友无法取出,必用本门许多仙剑会合磨削,将这一丸神泥的妙用毁去。为此飞剑传书,前来阻止。并说此剑在开山以前必须取出,除了天一贞水和凌道友的九天元阳尺同时运用,更无别法取出。现命齐灵云、齐霞儿二弟子再往青螺峪,去见凌道友,二借九天元阳尺。并请凌道友夫妻开会前早一日到此,那时掌教师兄也必来到,尚有要事相商。惟有天一贞水,乃紫云宫中之物,该宫深藏海底地窍之中,常人不得擅入。宫主三人在宫中享那世外奇福,已逾百年,极少与外人来往。异教中还有几个交游，正教中人除嵩山二老有些渊源外，素乏往还。前往盗取既欠光明，贻人口实，善取又恐不从。只有石生之母，现在宫中执事，又有一面两界牌，可以通天彻地。只要入内找着乃母，便可托她代求。又恐对方有了异教中人先入之见，不知成全此事彼此有益，特命我等代掌教师兄写下一封书柬，再给石生择一同伴，将书柬带去。先见她三人中值年的一个，明言向她借那天一贞水，微露五十年后，助她抵御地劫之意。她如应允，更好；否则便由石生以见母为名，求见乃母，再行相机行事等语。我刚一到，便见二位道友领了他们在此施为，恐怕宝物有失，方在后悔中途接书观看，略迟了些分晷，不料竟无伤损。异日峨眉之劫，敌人毒沙无所施其技了。事要保密，此去不可露出取水何用。我尚须在外巡游，请髯兄分派他们吧。"说罢，辞别众人，飞身而去。

髯仙因离开府盛典为日无多，九天元阳尺也是人到即可借来，并不费事。先命齐灵云、齐霞儿二人带了一封书柬，前往青螺峪，就便请怪叫花凌浑与白发龙女崔五姑，领了众门人早日到来，赴那开府盛典。石生去时，便借用紫玲的弥尘幡，以求来去迅速。灵云、霞儿辞别去后，才与金姥姥罗紫烟商量石生的助手。因为关系重大，派去的人本领既要高强，应付还得十分机警，才可胜任。众弟子中，只笑和尚前往最妙，偏又在东海面壁潜修，不在身侧。正在商议之间，玉清大师一眼看见石生在和金蝉低语，以手示意，不禁点了点头。

原来石生天真烂漫，因自己得入正教，全仗金蝉接引，彼此性情又极相投，所以分外交好，形影不离，无论练剑修课，起居行止，俱在一起。起初听说紫云宫天一贞水可以化解神泥，不知怎的，心中一动，本想自告奋勇前去盗取。只为金蝉自从经了几次事变，已不似已往轻率。再加近日来了许多尊长同门，不比往日只是些同门同辈相聚。又加常受灵云告诫，不敢再为大意。并且转诫石生，说本门尊卑之分与规矩素严，言行务须格外留意。石生久闭石中，得见天日，已觉幸事。一旦住在这样灵伟奇秀的仙府中，愈发喜出望外。自己尚未正式拜师，尤怕误犯了规矩，逐出门墙，常把金蝉的话记在心里。是以心中虽想，不敢请求。及至醉道人飞来，说掌教师尊飞剑传书，指明命他前去，以为殊恩异数，不由惊喜交集。对于同伴，心中早想约了金蝉同去，只是不敢公然陈说，低声悄告金蝉，叫他自己上前请命。金蝉本愿同去,却被朱文看出二人低语时心意。朱文因以前听餐霞大师说过那紫云宫的厉害,道行稍差一点的前辈剑仙都非对手。除非像石生这样奉了师命,料知无妨外,如髯仙、金姥姥不曾亲派,最好还以不轻涉险为是,便朝金蝉摇头示意。金蝉虽然不愿,因素来敬爱朱文,不好意思违拗,欲言又止。

这三人正在各打主意,互相示意,忽听玉清大师对髯仙、金姥姥道:"同门师姊妹虽然尽有道行高超、法宝神奇之人,无奈此去不为斗力。第一,去的人须能不动声色,直入地窍;第二,须要心灵嘴巧,随机应变。若论人选,自以金蝉师弟最为相宜。一则他三世苦修,备历灾劫,是本门中仙福最厚之人,此去即或对方不愿,也不致有甚凶险。二则紫云三友素喜幼童,见他二人这般年幼禀赋与胆智本领,先自心喜,不起恶意。为备万一之计,仍将朱文师妹的天遁镜带去备用;另请金姥姥将玉瓶借给石生,盛那天一贞水。等他二人去后,再命一位同门带了隐形符,骑了神雕,赶往接应。无事便罢,如二人到了,不能明求,须暗取时,紫云三友必出地窍追来,可由后去的人相机行事。一面接水隐形先回,一面驾弥尘幡遁走,只一遁出百里之外,便无虑了。"

髯仙答道:"我原想到金蝉前往相宜,只愁他道力稍弱。所幸他灾劫已满,掌教师兄必然还有布置。接应的人多固不便,少亦难胜,可由轻云同了英琼二人前往便了。"计议已定,金姥姥便从法宝囊内取出一个约有拇指粗细、长有三寸的黄玉瓶,连朱文的天遁镜、紫玲的弥尘幡,一同交与金蝉、石生二人。由石生带了玉瓶,金蝉接过幡、镜,向诸尊长、同门告辞起身出洞,一展弥尘幡,化作一幢彩云,拥着二人破空而去。二人走后,髯仙嘱咐了轻云几句,命她带了英琼,骑雕随后跟去。不提。

第一四一回　心存故国　浮海弃槎
　　　　　　　　祸种明珠　奸人窃位

且说那紫云宫三个首脑，原是孪生姊妹三人，乃元初一个遗民之女。其父名唤方良，自宋亡以后，便隐居天台山中。此时人尚年轻，只为仇人陷害，官家查拿甚紧，带了妻室，逃到广东沿海一带，买了一只打鱼船，随着许多别的渔船入海采参。他夫妻都会一些武功，身体强健，知识更比一般渔人要高出好多倍，遇事每多向他求教，渐渐众心归附，无形中成了众渔人的头脑。他见渔船众多，渔人都是些身强力壮的小伙子，便想利用他们成一点事业，省得受那官府的恶气。先同众人订了规矩，等到一切顺手，全都听他调度，才和众人说道："我们冒涉风涛，出生入死，费尽许多血汗，只为混这一口苦饭。除了各人一只小船，谁也没甚田产家业。拿我们近几年所去过的所在说，海里头有的是乐土，何苦在这里受那些贪官污吏的恶气？何不大家联成一气，择一个风清日朗的天气，各人带了家口和动用的东西，以及米粮蔬菜的种子，渡到海中无人居住的岛屿中去男耕女织，各立基业，做一个化外之人，一不受官气，二不缴渔税，快快活活过那舒服日子，岂不是好？"

一席话把众人说动，各自听了他的吩咐，暗中准备。日子一到，一同漂洋渡海，走了好几十天，也未遇见风浪，安安稳稳到达他理想中的乐土。那地方虽是一个荒岛，却是物产众多，四时如春，嘉木奇草，珍禽异兽，遍地都是。众人到了以后，便各按职司，齐心努力，开发起来。伐木为房，煮海水为盐，男耕女织，各尽其事。好在有的是地利与天时，只要你有力气就行。不消数年，居然殷富，大家都有饭吃有衣穿，你有的我也有，纵有财货也无用处。有方良做首领，订得规矩又公平，虽因人少，不能地尽其利,却能人尽其力。做事和娱乐有一定的时期,互为劝励,谁也不许偷懒,谁也无故不愿偷懒。收成设有公仓,计口授粮,量人给物,一切俱是公的。闲时便由方良授以书字,或携酒肉分班渔猎。因此人无争心,只有乐趣。犯了过错,也由方良当众公平处断。大家日子过得极其安乐。方良给那岛取了个名字,叫做安乐岛。

光阴易过,不觉在岛中一住十年。年时一久,人也添多,未免老少程度不齐,方良又择了两个聪明帮手相助。这日无事,独自闲步海滨,站在一片高可参天的椰林底下,迎着海面吹来的和风,望见碧海无涯,金波粼粼。海滩上波涛澎湃,打到礁石上面,激起千寻浪花,飞舞而下,映着斜日,金光闪耀,真是雄伟壮阔,奇丽无比。看了一会儿海景,暗想:"如今渔民经这十年生聚教训,如说在这里做了一个海外之王,不返故乡还可;假如说心存故国,想要匡复,仅这岛中数百死士,还是梦想。"又想起自己年华老大,雄心莫遂,来日苦短,膝下犹虚,不禁百感交集,出起神来。正在望洋兴叹,忽听身后椰林中一片喧哗,步履奔腾,欢呼而来。回头一看,原来是众渔民家的小孩放了学,前往海边来玩。各人都是赤着上下身,只穿了一条本岛天产的麻布短裤。这些儿童来海边玩耍,方良原已看惯。因为正想心事,自己只一现身,那些儿童都要上前招呼见礼,懒得麻烦,便将身往椰林中一退,寻了一块石头坐下,似出神、非出神,呆呆望着前面林外海滩中群儿,在浅浪中欢呼跳跃,倒也有趣。待了一会儿,海潮忽然减退。忽见这群儿童齐往无水处奔去,似在搜寻什么东西,你抢我夺,乱作一堆。

方良当时也没做理会,见海风平和,晴天万里,上下一碧,不由勾起酒兴,想回家去约了老伴,带些酒食,到海边来赏落日。方良的家在林外不远,慢慢踱了出来。走没几步,便被几个小孩看见,一齐呼唤:"方爹在那儿!"大家都奔了过来见礼。方良见群儿手上各拿着几片蚌壳,蚌肉业已挖去,大小不一,色彩甚是鲜明,便问:"要这东西作甚?"就中有一个年长的孩子便越众上前答道:"这几日蛤蚌也不知哪里来的,多得出奇。海滩上只要潮一退,遍地都是,拾也拾不完。我们见它们好看,将肉挖了,带回家去玩耍,各人已经积了不少了。"方良闻言,见他手上也拿着一只大的,蚌的壳虽已被他掰开,肉还未抠去,鲜血淋淋,尚在颤动,不禁起了恻隐之心。当下止了回家之想。将众儿童唤在一起说道:"众子侄们既在读书,应知上天有好生之德。海中诸物,如这蚌蛤等类,除了它天生的一副坚甲,用以自卫外,不会害人。我们何苦去伤害它的性命?这东西离水即死,从今以后,不可再去伤它。当你们下学之后,我在离海岸两三丈外,设下数十根浮标,下面用木盘托住,一头系在海滩木桩上面,标顶上有一绳圈。我教你们学文学武之外,教给你们打暗器之法。蚌过大的,由你们送它入海;只你们手能拿得起,打得出的,以年岁力气大小为远近,照打飞镖暗器之法,往浮标上绳圈中打去。过些日子、手法练准,再由我变了法来考你们。谁打得最远最准的,有奖。既比这个玩得有趣,又不伤生,还可学习本领,岂不是好?"方良在这安乐岛上,仿佛众中之王,这些儿童自然是惟命是从,何况玩法又新鲜。由此每当潮退之际,总是方良率领这群孩子前往海滩,以蚌为戏。那些小蚌,便用扫帚扫入海中。日子一多,也不知救了多少生命。

转眼二三年。方妻梁氏,原是多年不育。有一天,随了方良往海滨看群儿戏浪击蚌,甚是快乐,不由触动心事,正在伤感。忽见十几个年长一点的孩子,欢天喜地捧着一个大蚌壳,跑到方良夫妻跟前,齐声喊道:"老爹老娘,快看这大蚌壳。"那大蚌壳,厚有数寸,大有丈许,五色俱全,绚丽夺目,甚是稀奇。蚌壳微微张合,时露彩光。夫妻二人看了一阵,正要命群儿送入海中,忽听身后说道:"这老蚌腹内必有宝珠,何不将它剖开,取出一看?"

方良回首一望,正是自己一个得力助手俞利。原是一个渔民之子,父母双亡,自幼随在众渔民船上打混,随方良浮海时,年才十二三岁。方良因见他天资聪明,生相奇伟,无事时,便教他读书习武。俞利人甚聪明,无论是文是武,一学便会。加上人又机警沉着,胆识均优。岛中事烦,一切均系草创,无形中便成了方良惟一的大帮手。只是他的主见,却与方良的不同。他常劝方良说:"凡事平均,暂时人少,又都同过患难,情如兄弟,虽不太好,也不会起甚争端。但是年代一久,人口添多,人的智力禀赋各有高下,万难一样。智力多的人,一般的事,别人费十成心力,他只费一成。如果枉有本领,享受仍和众人一样,决不甘愿,成心偷懒。人情喜逸恶劳,智力低的人,见他如此,势必相继学他榜样,可是做出来的事又不如他。结果必使能者不尽其能，自甘暴弃；不能者无人率领，学为懒放。大家墨守成规，有退无进，只图目前饭饱衣温，一遇意外，大家束手。古人一成一旅，可致中兴。既然众心归服，何不订下规章，自立为王，做一海外天子？先将岛中已有良田美业，按人品多寡分配，作为各人私产。余者生地，收为公有。明修赏罚，督众分耕。挑选奇才异能子弟，投以职司。人民以智能的高下，定他所得厚薄。一面派人回国，招来游民，树立大计，该有多好。如还照现在公业公仓规矩，计口授食，计用授物，愚者固得其所，智能之士有何意趣？无怀、葛天之民，只是不识不知，野人世界。如果人无争竞向上之心，从盘古到现在，依然还是茹毛饮血，哪会想到衣冠文物之盛？一有争竞向上之心，便须以智力而分高下。均富均贫之道，由乱反治草创之时固可，时日一多，万行不通。趁老参现在德隆望重，及身而为，时机再好不过。"

方良闻言，想了想，也觉其言未为无理。只是事体太大，一个办不得法，立时把安乐变为忧患。自己已是烈士暮年，精力不够。渔民多系愚鲁，子弟中经自己苦心教练，虽不乏优秀之子，毕竟年纪幼小的居多，血气未定，不堪一用。当下没有赞同。后来又经俞利连说几次，方良不耐烦地答道："要办，你异日自己去办。一则我老头子已无此精力；二则好容易受了千辛万苦，才有目前这点安乐，身后之事谁能逆料？反正我在一天，我便愿人家随我快活一天。这样彼此无拘无束，有吃有穿有玩，岂不比做皇帝还强得多？"俞利见话不投机，从此也不再向方良提起，只是一味认真做事，方良该办的事，无不抢在头里代为布置教导，尤其是尊老惜幼。与一班少年同辈，更是情投意合。休说方良见他替自己分心，又赞又爱，连全岛老少，无不钦佩，除了方良，就以他言为重。

这日原也同了几个少年朋友，办完了应办之事，来海旁闲游，看见方良夫妻，正要各自上前行礼，未及张口，忽然看见这大蚌，不禁心中一动。一听方良要命群儿送入海去，连忙出声拦阻。一面与方良夫妻见礼，直说那蚌腹之中，藏有夜明珠，丢了可惜。方良回首回答道："我教这群孩子用蚌壳代暗器的原意，无非为了爱惜生灵。休说这大老蚌定是百年以上之物，好容易长到这么大，杀了有伤天和；而且此端一开，以后海滩上只要一有大的出现，大家便免不了剖腹取珠。大蚌不常有，一个得了，众人看了眼红,势必不论大小,只稍形状长得稀奇,便去剖取。先则多杀生命,继则肇起争端,弄出不祥之事。别人如此,我尚拦阻,此风岂可自我而开?我等丰衣足食,终年安乐,一起贪念,便萌祸机。你如今已是身为头领,此事万万不可。"

这一席话,说得俞利哑口无言。梁氏人甚机警,见俞利满脸通红,两眼暗含凶光。知道近年来方良从不轻易说他,全岛的人平日对他也极其恭敬,一旦当着多人数说,恐扫了他的颜面,不好意思。便对方良道:"这蚌也大得出奇,说不定蚌腹内果有宝珠,也未可知。我们纵不伤它,揭开壳来看看,开开眼界,有何不可?"方良仍恐伤了那蚌,原本不肯,猛觉梁氏用脚点了他一下,忽然省悟,仰头笑对俞利道:"其实稀世奇珍,原也难得,看看无妨,只是不可伤它。我如仍和你一样年纪,休说为了别人,恐怕是自己就非得到手不可了。"俞利闻言,左右望了两个同伴一眼,见他们并未在意,面色才略转了转,答道:"老爹的话原是。利儿并无贪心,只想这蚌腹内,十九藏有稀世奇珍,天赐与老爹的宝物,弃之可惜罢了。既是老爹不要,所说乃是正理。弄将开来,看看有无,开开眼界,仍送入海便了。"说罢,便取了一把渔叉,走向蚌侧。方良方喊:"仔细!看伤了它。"俞利叉尖已经插入蚌壳合口之内。方良以为那蚌轻重必定受伤,方在后悔,不该答应,猛听俞利"哎呀"一声,一道白光闪过,双手丢叉,跌倒在地。原来俞利叉刚插入蚌口,忽从蚌口中射出一股水箭,疾如电掣,冷气森森,竟将俞利打倒。俞利同来的两个同伴,一名蓝佬盖,一名刘银,都是少年好奇,原也持叉准备相助下手。一见俞利吃了老蚌的亏,心中气忿,双双将叉同往蚌口之内插进。叉尖才插进去,只见蚌身似乎微微动了一动,又是数十百股水箭喷出,将二人一齐打倒。前后三柄叉,同被蚌口咬住。二人也和俞利一般晕倒地下,不省人事。

方良夫妻大惊,连忙喝住众人不可动手。一言甫毕,蚌口内三股渔叉同时落地。方良知是神物。一看三人,只是闭住了气,业渐苏醒。忙命人将俞、蓝、刘三人先抬了回去。恐又误伤别人,便对梁氏道:"此物如非通灵,适才群儿戏弄,以及我夫妻看了好一会儿,怎无异状,单伤俞利等三人?我等既不贪宝,留它终是祸患。别人送它入海,恐有不妥,还是我二人亲自下手,送了它,再回去料理那三人吧。"梁氏点了点头,和方良一同抄向蚌的两侧，一边一个抬起，觉着分量甚轻，迥非适才群儿抬动神气，越发惊异。行近海滨，方良说道："白龙鱼服，良贾深藏。以后宜自敛抑，勿再随潮而来，致蹈危机，须知别人却不似我呢！"说罢，双双将蚌举起，往海中抛去。那蚌才一落水，便疾如流星，悠然游去，眨眼工夫，已游出十丈远近。梁氏笑道："也不知究竟蚌腹内有宝珠没有？却几乎伤了三人。"说罢，方要转身，忽见那蚌倏地旋转身朝着海边，两片大壳才一张开，便见一道长虹般的银光，直冲霄汉，立时海下大放光明，射得满天云层和无限碧浪都成五彩，斜日红霞俱都减色，蔚为奇观，绚丽无俦。方良夫妻方在惊奇，蚌口三张三合之间，蚌口中那道银光忽从天际直落下来，射向梁氏身上。这时正是夏暑，斜阳海岸，犹有余热。梁氏被那金光一照，立觉遍体清凉，周身轻快。强光耀目中，仿佛看见蚌腹内有一妙龄女子，朝着自己礼拜。转眼工夫，又见疾云奔骤，海风大作，波涛壁立如山，翻飞激荡。那道银光忽从天际直坠波心，不知去向。方良知要变天，连忙领了群儿赶将回去，还未回到村中，暴雨已是倾盆降下，约有个把时辰，方才停歇。且喜俞、蓝、刘三人俱都相次醒转，周身仍是寒战不止，调治数日，方才痊愈。蓝、刘二人素来尊敬方良，并未怎样愿意。俞利因吃了老蚌的大亏，方良竟不代他报仇，仍然送入海去，又闻蚌腹珠光，许多异状，好不悔恨痛惜。那梁氏早年习武，受了内伤，原有血经之症。自从被蚌腹珠光一照，夙病全去，不久便有身孕。

俞利为人，本有野心。起先还以为自己比方良年轻得多，熬也熬得过他去；再加方良是众人恩主，也不敢轻易背叛谋逆。及至有了放蚌的事，因羞成忿，由怨望而起了叛心。方良却一丝也不知道，转因年华老大，壮志难酬，妻室又有了身孕，不由恬退思静起来。好在岛事已有几个年少能手管理，乐得退下来，过些晚年的舒服岁月。每日只在碧海青天、风清月白之中啸遨，颐养天和，渐渐把手边的事都付托俞利和几个少年能手去办。这一来更称了俞利的心愿，表面上做得自是格外恭谨勤慎，骨子里却在结纳党羽，暗自图谋以前所说的大计。利用手下同党少年，先去游说各人的父母，说是群龙无首，以后岛务无法改善。口头仍拿方良做题目，加以拥戴。等方良坚决推辞，好轮到他自己。这一套说辞，编得甚是周到有理。

众人本来爱戴方良，见他近两年不大问事，心中着急。又加上人丁添多，年轻的人出生不久便享安乐，不知以前创业艰苦；又不比一班老人因共过患难，彼此同心，相亲相让；再加上俞利暗中操纵，争论时起，有两次竟为细事闹出人命仇杀。人情偏爱怙过，被杀的家族不肯自己人白死，杀人者又无先例制裁。虽经方良出来集众公断，一命抵一命，却因此仇恨愈深，怨言四起，迥非从前和平安乐气象。虽然身外之物，死后不能带去，人心总愿物为己有。譬如一件宝物，存放公共场所，爱的人尽可每日前往玩赏，岂非同自有一样？却偏要巧取豪夺，用尽心机，到手才休，甚而以身相殉，极少放得开的。众人衣食自公，没有高下，先尚觉着省心，日久便觉无味。这一来都觉俞利所说有理，既然故土不归，以后人口日繁，势须有一君主，订下法令，俾众遵守。除目前公分固有产业外，以后悉凭智力，以为所获多寡，以有争谋进取福利，以法令约束赏罚。

筹议既妥，众心同一，便公推俞利等几个少年首要，率领全岛老幼，去向方良请求。俞利却又推说以前受过方良坚拒，改推旁人为首。方良先因梁氏有了身孕，夫妻均甚心喜。谁知梁氏肚子只管大得出奇，却是密云不雨，连过三年，不曾生养，脉象又是极平安的喜脉。心中不解，相对愁烦。这日早起，正要出门，忽听门外人声喧哗。开门一看，全岛的人已将居屋围住，老幼男女，已跪成一片。只几个为首少年，躬身走来。方良何等心灵，一见俞利躲跪在众人身后，加上连日风闻，十成已是猜了个八九。当下忙喊："诸位兄弟姊妹子侄辈请起，有话只管从长计较。"言还未了，那几个为首少年已上前说明来意。方良非众人起立，不肯搭话；众人又非方良搭话，才肯起来。僵持了有好一会儿，方良只得笑了笑，命那几个少年且退，将俞利唤至面前，当众说道："我蒙众人抬爱，岂敢坚辞。只因愚夫妇年老多病，精力就衰，草创国家，此事何等重大，自维薄质，实难胜任。若待不从，诸位兄弟姊妹子侄必然不答应。我想此事发源俞利，他为人饶有雄才大略，足称开国君主。我现在举他暂做本岛之主，我仍从旁赞助，一则共成大业，又免我老年人多受辛苦，岂非两全其美？"一言甫毕，俞利一班少年同党早欢呼起来。众老人本为俞利所惑，无甚主见，各自面面相觑，说不出所以然来。俞利还自故作谦逊。方良笑道："既是众心归附于你，也容不得你谦逊。一切法令规章，想已拟妥，何不取来当众宣读？"俞利虽然得意忘形，毕竟不无内愧，忸怩说道："事属草创，何曾准备一切?只有昔日相劝老爹为全岛之主,曾草拟了一点方略,不过是仅供刍荛,如何能用?此后虽承全岛叔伯兄弟姊妹们抬举,诸事还须得老爹教训呢。"方良道:"我目前已无远志,自问能力才智均不如你,但求温饱悠闲,大家安乐,于愿足矣!你心愿已达,可趁热锅炒熟饭,急速前去赶办吧。"俞利听方良当众说才智能力俱不如他,倒也心喜。及至听到末后两句,不禁脸上一红。当时因为方良再三说自己早晨刚起,不耐烦嚣,事既议定,催大家随了俞利速去筹办,便自散去。

众人退后,梁氏对方良道:"自从那年放那老蚌,我便看出这厮貌似忠诚,内怀奸诈。你看他今日行径,本岛从此多事了。"方良道:"也是我近年恬退,一时疏忽,才有此事。凡事无主不行,他只不该预存私心,帝制自为罢了。其实也未可厚非,不能说他不对。不过这一代孑遗之民,经我带了他们全家老幼,涉险风涛,出生入死,惨淡经营,方有今日。他如能好好做去,谋大家安乐,我定助他成功。此时暂作袖手,看他行为如何。如一味逞性胡为,我仍有死生他的力量。只要同享安乐,谁做岛主,俱是一样,管他作甚?"不想俞利早料到方良不会以他为然,网罗密布,方良夫妻的话,竟被他室外预伏的走狗听去。像方良夫妻所说,尽是善善恶恶之言,并没有与他为难的意思,若换稍有天良的人听了,应如何自勉自励,力谋善政,将全岛治理得比前人还好,才是远大有为之主。偏生俞利狼子野心,闻言倒反心怀不忿,认方良是他眼中之钉,此人不去,终久不能为所欲为,只是一时无法下手罢了。

他原饶有机智,先时所订治岛之策,无不力求暂时人民方便,所用的却尽是一些平时网罗的党羽。岛民既将公产分为己有,个个欢喜。只是人心终究不死,俞利升任岛主的第一日,一干长老便在集议中,请求全岛的人应该生生世世感念方良,本人在世不说,他夫妻年老无子,现在梁氏有孕,如有子孙,应永久加以优遇。俞利明知梁氏久孕不育,必然难产,为买人心,就位第一道谕旨,首先除分给方良优厚的田业外,并订岛律,此后方氏子孙可以凭其能力,随意开辟全岛的公家土地。这种空头人情,果然人心大悦。方良几番推谢不允,只得量田而耕,自给自足。全岛长老听了,都亲率子弟去为服役。方良无法,只好任之。俞利见民心如此,越发嫉恨,心里还以为方良年老,虽然讨厌,耗到他死,便可任性而为。谁知上天不从人愿,梁氏怀孕到了三年零六个月上,正值俞利登位的下半年,竟然一胎生下三女。梁氏年老难产,虽然不久便自死去,偏那三个女孩因为全岛人民大半归附方良,怀孕既久,生时又有祥光之瑞,一下地都口齿齐全,可以不乳而食,因此博得全岛欢腾,都说是仙女临凡,将来必为全岛之福。俞利闻言,又有碍他子孙万世之业的打算,大是不安。想起自己生有二子,如能将三女娶了过来,不但方良不足为患,越发固了自己的地位和人民的信仰。谁知派人去和方良求亲,竟遭方良婉言拒绝。这一来,更是添了俞利的忌恨,昼夜图谋,必欲去之为快。

他知道方良悼亡情深,近来又厌烦嚣,移居僻地,每月朔望,必亲赴梁氏墓地祭奠。便想了一条毒计:利用岛民迷信鬼神心理,使心腹散布流言,说方良所生实是仙女。乃妻梁氏业已成仙,每当风清月白之夜,常在她墓前现形。并说方良闭门不出,乃是受了他妻子度化,所以每月朔望都去参拜,现在静中修道,迟早也要仙去。这一番话,甚合岛民心理,一传十,十传百,不消几日,便传遍了全岛。方良自爱妻一死,心痛老伴,怜惜爱女,老怀甚是无聊。情知俞利羽翼爪牙已丰,自己也没此精神去制他,索性退将下来,决计杜门却扫,抚养遗孤,以终天年。他这般聪明人,竟未料到祸变之来,就在指顾之间。那俞利见流言中人已深,这才派了几个有本事的得力心腹,乘方良往方氏墓上祭扫之时,埋伏在侧,等方良祭毕回家之时,一个冷不防,刀剑齐下,将他刺死。连地上沾血的土铲起,一同放入预置的大麻袋之中。再派了几名同党将方氏三个女婴也去抱来,另用一个麻袋装好,缒上几块大石,抛入海里。给方家屋中留下一封辞别岛民的书信,假装为方良业已带了三女仙去的语气。自己却故作不知。过有三五日,装作请方良商议国事,特意请了两位老年陪着,同往方家,一同看了桌上的书信,故意悲哭了一阵。又命人到处寻找,胡乱了好几天才罢。

方良新居,原在那岛的极远僻处,因为好静,不愿和人交往。众人尊敬他,除代耕织外,无事也不敢前往求见。家中所用两名自动前往的下人,本是俞利暗派的党羽,自然更要添加附会之言。如上种种风传,都以为他父女真个仙去。有的便倡议给他夫妻父女立庙奉祀。这种用死人买人心的事,俞利自是乐得成全。不消多日,居然建了一座庙宇。庙成之日,众民人请岛主前去上香。俞利猛想起唇齿相亲,还有被咬之时,那共事的九个同党不除，也难免不将此事泄露出去。故意派了那行使密谋的九个同党一点神庙中的职司，又故意预先嘱咐他们做出些奉事不虔的神气。那九个同党俱是愚人，只知惟命是从，也不知岛主是何用意，依言做了。众岛民看在眼中，自是不快。到了晚间，俞利赐了九人一桌酒宴，半夜无人之际，亲去将九人灌醉，一一刺死，放起一把火，连尸体全都烧化，以为灭口之计。岛民因有日间之事，火起时在深夜，无人亲见。俞利又说，夜间曾梦神人点化，说九人日间不敬，侮慢神人，故将他们烧死示儆。岛民愈发深信不疑。方良死后，俞利便渐渐作威作福起来，这且不提。

且说方良的尸身与三个女婴，被俞利手下几个同党装在麻袋以内，缒上大石，抛入海内。那三个女婴，方良在日，按落胎先后，论长幼取了初凤、二凤、三凤三个名字，俱都聪明非常。落海不久，正在袋中挣扎，忽然一阵急浪溅来，眼前一亮，连灌了几口海水，便自不省人事。及至醒来，睁开小眼一看，四壁通明，霞光潋滟，耀眼生花，面前站定一个十二三岁的少女，给了三女许多从未见过的食物。三女虽然年纪才只二岁，因为生具异禀仙根，已有一点知识，知道父亲业已被害，哪里肯进饮食，不由悲泣起来。那少女将三女一同抱在怀内，温言劝慰道："你父亲已被仇人害死。此地紫云宫，乃是我近年潜修之所。你姊妹三人可在此随我修炼，待等长大，传了道法，再去为你父亲报仇。此时啼哭，有何用处？"三女闻言，便止住了悲泣，从此便由那少女抚养教导。

光阴易过，一晃便在宫中住了十年。渐渐知道紫云宫深居海底地窍之中，与世隔绝。救她们的人便是当年方良所放的那个老蚌，少女乃是老蚌的元胎。因为那蚌精已有数千年道行，那日该遭地劫，存心乘了潮水逃到海滩之上，被俞利看出蚌中藏珠。如非方良力救，送入海内，几乎坏了道行。这日在海底闲游，看见落下两个麻袋，珠光照处，看出是方良的尸身和三个女婴。老蚌因受方良大恩，时思报答，曾在海面上看见方良领了三女，在海滩边上游玩，故此认得。忙张大口，将两个麻袋一齐衔回海底。元胎幻化人形，打开一看，方良血流过多，又受海水浸泡，业已无术回生，只得将他尸首埋在宫内。救转三女，抚养到十岁。

老蚌功行圆满，不久飞升，便对三女说道："我不久便要和你姊妹三人永别。此时你姊妹三人如说出没洪波，经我这十年传授，未始不可与海中鳞介争那一日之短长。如求长生不老，虽然生俱仙根，终难不谋而得。这座紫云宫，原是我那年被海中孽龟追急，一时无奈，打算掘通地窍藏躲，不料无心发现这个洞天福地。只可惜我福薄道浅，为求上乘功果，尚须转劫一世，不能在此久居。近年常见后宫金庭中心玉柱时生五彩祥光。这宫中仙景，并非天然，以前必有金仙在此修炼，玉柱之中，难免不藏有奇珍异宝。只是我用尽智谋，无法取出。我去之后，你们无人保护，须得好好潜修，少出门户。轮流守护后宫金庭中那根玉柱，机缘来时，也许能将至宝得在手内。我的躯壳蜕化在后宫玉池之中，也须为我好好守护，以待他年归来。要报父仇，一不可心急，二不可妄杀。待等两年之后，将我所传的那一点防身法术练成之后再去，以防闪失。"

三女因老蚌抚育恩深，无殊慈母，闻言自是悲伤不舍。老蚌凄然道："我本不愿离别，只是介类禀赋太差，我好容易炼到今日地步，如不经过此一关，休说飞升紫极、游翔云表，连海岸之上都不能游行自在。连日静中参悟，深觉你们前程无量。报了父仇之后，便有奇遇。我超劫重来，还许是你姊妹三人的弟子。但愿所料不差，重逢之期，定然不远。"说罢，又领了三女去到宫后面金庭玉柱之间，仔细看过。又再三嘱咐了一阵，才领到玉池旁边，说道："我的母体现在池中深处玉台之上，后日午刻，便要和你们姊妹三人分手。此时且让你们看看我的原来形体。"随说，将手往池中一招，立时池中珠飞玉涌，像开了花一般，一点银光闪过，浮起一个两三丈大小的蚌壳，才到水面，壳便大开，正当中盘膝坐定一个妙龄少女，与老蚌日常幻形一模一样。蚌口边缘，尽是些龙眼大小的明珠，银光耀目，不计其数。回头再找老蚌，已经不知去向。一会儿工夫，蚌壳沉了下去。老蚌依然幻成蚌壳中的少女，在身后现身，说道："那便是我原来形体。我走之后，你们如思念太甚，仅可下到水底观看。只是壳中有许多明珠，俱能辟水照夜，千万不可妄动。我此去如果不堕魔劫，异日重逢，便可取来相赠。此时若动，彼此无益。"三女毕竟年幼，闻言只有悲痛，口中应允。

那紫云宫虽然广大华丽，因为三女从小受老蚌教养，不让去的地方不能去，平日只在一两个地方泅泳盘桓。这次离别在即，老蚌指点完了金庭玉柱和蜕骨之所，又带她们遍游全宫，才知那宫深有百里，上下共分六十三层，到处都是珠宫贝阙、金殿瑶阶、琼林玉树、异草奇葩，不但景物奇丽,一切都似经过人工布置。休说三女看了惊奇,连老蚌自己也猜不透那宫的来历,以前是哪位仙人住过。游了一两天,才行游遍。老蚌也到了解化之期,便领了三女同往玉池旁分手。行前又对三女言道:"宫外入口里许,有一紫玉牌坊,上有'紫云宫'三字,连同宫中景致,一切用物,我算计必有仙人在此住过,被我无意闯入。你姊妹三人如无仙缘,绝难在此生长成人。可惜我除了修炼多年,炼成元胎,略解一点防身之术外,无甚本领,并不能传授尔等仙法。倘若宫中主人万一回来,千万不可违拗,以主人自居,须要苦苦婉求收录,就此遇上仙缘,也说不定。宫中近来时见宝气蒸腾,蕴藏的异宝奇珍定不在少。除了守护金庭中那根玉柱外,别处也要随时留意,以防宝物到时遁走。好在你们十年中不曾动过火食,宫中异果,宫外海藻,俱可充饥,如无大事,无须出游。我的能力有限,封闭不严,谨防你们年幼识浅,无心中出入,被外人看破,露了形迹,担当不了。报仇之事,切不可急,须俟你们照我吐纳功夫,练足一十二年,方可随意在海中来往。大仇一报,急速回宫。如你们仙缘早遇,道法修成,可在闽浙沿海渔民置户之中寻找踪迹,将我度到此间。我因元胎生得美秀,屡遇海中妖孽抢夺,几陷不测。此去投人,除双目与常人有异外,相貌必然与现在相似,仍不愿变丑,不难一望而知。如宫中至宝久不出现,你们不遇仙缘,只要我的元灵不昧,至迟三四十年,我必投了仙师,学成道法,回宫看望你们,就便传授。只须谨慎潜修,终有相逢之日。"

一面谈说,又将三女抱在怀中,亲热了一阵。算计时辰已到,便别了三女,投入池底。三女自是心中悲苦,正要跟踪入水观看,前日所见大蚌,又浮了上来,只是蚌壳紧闭。三女方喊得一声:"恩娘!"只见蚌壳微露一道缝,一道银光细如游丝,从蚌口中飞将出来,慢腾腾往外飞翔。三女知道那便是老蚌之神,连忙追出哀呼时,那银光也好似有些不舍,忽又飞回,围着三女绕了几转。倏地声如裂帛,响了一下,疾如电闪星驰,往宫外飞去。三女哪里追赶得上,回看玉池,蚌壳业已沉入水底。下水看了看,停在石台上面,如生了根一般,纹丝不动。急得痛哭了好些日子才罢。

由此三女便照老蚌所传的练气调元之法,在紫云宫中修炼。虽说无甚法力,一则那宫深闭地底,外人不能擅入;二则三女生来好静,又谨守老蚌之戒,一步也不外出。宫中百物皆有,无殊另一天地,倒也安闲无事。

只是金庭中玉柱下所藏的宝物，始终没有出现。

三女牢记父仇，算计时日将到。因方良被害时，年纪幼小；自来宫中，十余年不曾到过人世；平日老蚌虽提起方良放生之事，并没断定害死方良的主谋之人是否俞利。所幸只要擒到一个，不难问出根由。但是安乐岛上面，从未去过，三女也不知自己能力究竟大小，知道岛上人多，恐怕不是对手。商量了一阵，决计暗中前往行事，心目中还记得当时行凶的几个仇人模样。到了动身那日，先往方良埋骨处与老蚌遗蜕藏放之所，各自痛哭祝告了一场。各人持了一只海虾的前爪，当做兵刃，照老蚌传授，离了紫云宫，钻出地窍，穿浪冲波，直往海中泅去。

第一四二回

极穷途　三凤初涉险
凌弱质　二龙首伏辜

且说三女水行无阻，转眼到了安乐岛海洋，藏在礁石底下，探头往上一看，海滩上面正在乌烟瘴气，乱作一堆。原来方良死后，这十二年的工夫，一班老成之人死病残疾，零落殆尽。俞利去了眼中之钉，愈发一意孤行，恣情纵欲，无恶不作。所有岛中少具姿色的妇女，俱都纳充下陈。又在海边造了一所迎凉殿，供夏日淫乐消夏之用。后来索性招亡纳叛，勾结许多海盗，进犯沿海诸省，声势浩大。地方官几次追剿，都因海天辽阔，洪波无际，俞利党羽慓悍迅捷，出没无踪，没奈何他。日子一多，渐渐传到元主耳内。哪里容得，便下密旨，派了大将，准备大举征伐。俞利仍是每日恒舞酣歌，醉生梦死，一点也没放在心上。

三女报仇之日，正是俞利生辰。当时夏秋之交，天气甚热。俞利带了许多妃嫔姬妾和手下一干党羽，在迎凉殿上置酒高会，强逼着中原掳来的许多美女赤身舞蹈，以为笑乐。三女在紫云宫内赤身惯了，本来不甚在意。一旦看见岛上人民俱都衣冠整齐，那些被逼脱衣的女子不肯赤体，宛转娇啼神气，互看了看自己，俱是一丝不挂，不由起了羞恶之心，恨不能也弄件衣服穿穿才好。正在凝神遐想，暗中察辨仇人面貌，无奈人数太多，那殿在海边高坡之上，相隔又远，虽然看出了几个，不敢离水冒昧上去。

待了一会儿，忽见数人押了一个绝色少女，由坡那边转了过来，直奔殿上。为首一人，正是当年自己家中所用的奸仆。方良被害后，便是他和一名同党，亲手将三女放入麻袋，抛下海去。仇人相见，分外眼红。三凤比较心急，当时便想蹿上海岸动手。初凤、二凤恐众寡不敌，忙将三凤拉住。再看那少女，两手虽然被绑，仍是一味强挣乱骂，已是力竭声嘶，花容散乱。怎奈众寡不敌，眼看快被众人拥到殿阶底下。俞利哈哈大笑，迎了下来，还未走到那少女面前，不知怎地一来，那少女忽然挣断绑绳，一个燕子飞云式，从殿阶上纵起一丈多高，一路横冲竖撞，飞也似直往海边跑来。这时海岸上人声如潮，齐喊："不要让她跑了！"沿海滩上人数虽多，怎奈那少女情急拼命，存了必死之志，再加本来又会武功，纵有拦阻去路的，都禁不起她一阵乱抓乱推，不一会儿工夫，便被她逃离海边不远。后面追的人也已快临切近，为首一个，正是三女适才认出的那个仇人，一面紧紧追赶，口中还喊道："海潮将起，招呼将大王的美女淹死，你们还不快预备船去！"且赶且喊，相隔少女仅只两三丈远近。

忽然看见地上横着一条套索，顺手捞起，紧跑几步，扬手一抡，放将出去。那少女眼看逃到海边，正要一头窜了下去，寻个自尽。不料后面套索飞来，当头罩下，拦腰圈住，拉扯之间，一个立足不稳，便自绊倒。为首追赶的人，见鱼已入网，好不心喜。心想："海边礁石粗粝，不要伤了她的嫩皮细肉，使岛主减兴。"便停了拖拽，趁着少女在地上挣扎，站立不起之际，往前便扑，准备好生生擒回去献功。

那少女倒地所在，离海不过数尺光景，正是三女潜身的一块礁石上面。为首那人刚刚跑到少女面前，只听海边"呼"的一声水响，因为一心擒人，先时并未在意。正要用手中余索去捆住少女的双手，猛见一条白影，箭也似的从礁石下面蹿了上来，还未及看清是什么东西，左腿上早着了一下，疼痛入骨，几乎翻身栽倒。刚喊得一声："有贼！"回手去取身背的刀时，下面又是两条白影飞到，猛觉腰间一阵奇痛，身子业已被人夹起，跳下水去。这为首的人，便是蓝佬盖的兄弟蓝二龙。当时俞利害死方良，将所有同谋的人全都设计除去灭口。只有蓝二龙因为乃兄是俞利膀臂，功劳最大，害死同党的计策又是他兄长所献，俞利深知他弟兄二人不致背叛，不但饶了他，还格外加以重用。蓝二龙仗着俞利宠信，无恶不作，气焰逼人。这次众人见少女被他用索套住，知他脾气乖张，不愿别人分功，便都停了脚步，免他嫉视。忽见他刚要动手将女子擒回，从海边礁石底下像白塔一般冲起人鱼似的三个少女，各自手执一根奇形长钳，赤身露体，寸丝不挂。为首一个，才一到，手起处，便将二龙刺得几乎跌倒。连手都未容还，后面两个少女也是疾如电飞赶到，一个拦腰将他夹起，另一个从地上扯去倒地女子身上绳索，也是一把抱起，同时窜入海内。这一干人看得清清楚楚，因为相隔不远，只见那三个赤身女子身材俱都不高，又那般上下神速，疑心是海中妖怪，只管齐声呐喊："蓝将军被海怪擒去了，赶快救呀！"但大半不敢上前。

俞利在殿阶上一见大怒，忙喝："你们都是废物，还不下水去追！"安乐岛上生长的人，全都习于游泳。有那素来胆大的，迫于俞利威势，仗着人多势众，也都随众入水。岛人纵是水性精通，哪能赶得上初凤姊妹三人，自幼生长海底，天赋异禀，又经老蚌十年教练，一下水，早逃出老远。等到俞利手下岛人到了海中，洪波浩淼，一片茫茫，只见鱼虾来往，哪里还有三女踪迹可寻。白白在海中胡乱泅泳了一阵，一无所得。只得上来复命，说人被妖怪擒去，休说擒捉，连影子都看不见丝毫。俞利好好一个生辰，原准备乘着早秋晴和，海岸风物清丽，在别殿上大事淫乐。不想祸生眉睫，无端失去一名得力党羽和一个心爱美人，好不扫兴。只得迁怒于当时在侧的几十个侍卫，怪他们未将美女拦住，以致闯出这般乱子。一面又命人准备弓箭标枪，等妖怪再来时，杀死消恨。当日虽闹了个不欢而散，他并未料到自己恶贯满盈，一两日内便要伏诛惨死，仍是满心打算，设下埋伏，擒妖报仇。不提。

三女当中，三凤最是性急不过。起初看见仇人，已恨不得冲上岸去，生食其肉。初凤、二凤因见岸上人多，各持器械，身材又比自己高大，不敢造次，再三劝阻三凤。想在傍晚时分，择一僻处上岸，跟定仇人身后，等他走了单，再行下手。正在商议之间，偏巧蓝二龙押着的那个少女解脱绑索，往海岸逃走，看看身临海岸。蓝二龙当年受了俞利秘命，假献殷勤，为方良服役，三女都被他抱过一年多。一晃十年，音容并未怎变，认得逼真。又加那被追少女花容无主，情急觅死神气。三凤首先忍耐不住，身子往上一起，便冲上海岸，刚给了仇人一虾爪。初凤、二凤恐妹子有失，也同时纵上，一个擒了蓝二龙，一个就地上抱起那少女，跳入海内，穿浪冲波，瞬息百里。二凤在前，因所抱少女不识水性，几口海水便淹了个半死。蓝二龙生长岛国，精通水性，怎奈脖颈被初凤连肩夹住，动转不得，也灌了一个足饱，失去知觉。回宫路远，恐怕淹死，无法拷问。便招呼一声，浮上海面，将所擒的人高举过顶，顺海岸往无人之处游去。

一会儿到了一个丛林密布的海滩旁边,一同跳上岸去。先将少女头朝下,控了一阵,吐出许多海水,救醒转来。那蓝二龙也已回生,一眼看见面前站定三个赤身少女,各人手持一根长虾爪般长叉,指着自己,看去甚是眼熟,不禁失声道:"你们不是初凤姊妹?"一言甫毕,猛地想起前事,立即住口。心中一动,暗道不好。适才吃过苦头,身带兵刃,不知何时失去,自知不敌。恰好坐处碎石甚多,当时急于逃生,随手抓起一块碗大卵石,劈面朝左侧站立的初凤脸上打去。就势出其不意,翻身站起,一个纵步,便往森林之内跑去。跑出还没有半里多路,忽听一阵怪风,起自林内,耳听林中树叶纷飞,呼呼作响。猛地抬头一看,从林中蹿出一条龙头虎面、蛇身四翼的怪物,昂着头,高有丈许,大可合抱,长短没有看清。虎口张开,白牙如霜,红舌吞吐,正从前面林中泥沼中蜿蜒而来。蓝二龙一见,吓了个亡魂皆冒。欲待择路逃避,忽然脑后风生,知道不妙,忙一偏头,肩头上早中了一石块。同时腰腹上一阵奇痛,又中了两叉。立时骨断筋折,再也支持不住,倒于就地。接着身子被人夹起,跑出老远才行放下,也没听见身后怪物追来。落地一看,三女和少女俱都站在面前,怒目相视。身受重伤,落在敌人手内,万无活理,便将双目紧闭,任凭处治,一言不发。

　　过没一会儿,便听三女互相说话,但多听不大懂。内中听得懂的,只有"爹爹岛上""二龙"等话,愈知道三个赤身少女定是方良之女无疑,正在寻思,腿上奇痛刺骨,又着了一叉。睁眼一看,三女正怒目指着自己,似在问话。二龙知道说了实话必死,但盼三女落水时年幼,认不出自己,还有活命之望,便一味拿话支吾。三女越朝着他问,二龙越摇头,装作不解,表示自己不是。恼得三女不住用那虾爪朝他身上乱叉,虽然疼得满地打滚,仍然一味不说。原来三女少时虽然生具灵性,一二岁时便通人言,毕竟落水时年纪太幼。到了紫云宫内,与老蚌一住就是十余年。姊妹间彼此说话,俱是天籁,另有一种音节。时日一久,连小时所会的言语,俱都变易,除几句当年常用之言外,余者尽是舌音意造。三女见二龙所说,依稀解得;自己所说,二龙却是不解,问不出所以然来。好生忿激,三只海虾长爪,只管向二龙手脚上刺去,暴跳不已。

　　似这样闹了一阵,还是那被救的少女心灵,这一会儿工夫,已看出三女是人非怪,对自己全无恶意。虽然言语不通,料知与擒自己的仇人必有一种因果。又看出二龙神态诡诈，必有隐情。便逡巡上前相劝道："三位恩姊所问之事，这厮必不肯说。且请少歇，从旁看住他，以防他又逃走。由小妹代替拷问，或者能问个水落石出，也未可知。"三女原是聪明绝顶，闻言虽不全解，已懂得言中之意。便由初凤将手中虾爪递给那个少女，姊妹三人，从三面将二龙围定，由那少女前去拷问。少女持叉在手，便指着二龙喝问道："你这贼子！到了今日，已是恶贯满盈。我虽不知这三位恩姊跟你有何仇恨，就拿我说，举家大小，全丧在你们这一干贼子之手，临了还要用强逼我嫁与俞贼。我情急投海，你还不容，苦苦追赶。若非遇见三位恩姊，岂不二次入罗网？我和你仇恨比海还深，今日就算三位恩姊放了你，我宁一死，也不能容你活命。适才听你初见三位恩姊时说话神气，分明以前熟识。她问你话，也许你真是不懂。但是以前经过之事，必然深知。莫如你说将出来，虽然仍是不能饶你一死，却少受许多零罪碎剐。"

说时，三女原是不着寸丝，站在二龙身侧，又都生得秾纤合度，骨肉停匀，真是貌比花娇，身同玉润。再加胸乳椒发，腰同柳细，自腹以下，柔发疏秀，隐现丹痕一线，粉弯雪股，宛如粉滴脂凝。衬上些未干的水珠儿，越显得似琼葩着露，琪草含烟，天仙化人，备诸美妙。三女素常赤身惯了，纵当生人，也不觉意。可笑蓝二龙死在眼前，犹有荡心奇艳。三女一停手，便睁着一双贼眼，不住在三女身上打转，身上痛楚立时全忘，连对方问话，全没听清说的是什么。三女见他贼眼滴滴，只疑他又在伺隙想逃，只管加紧防备，并没有觉出别的。那少女见他问话不答，又看出种种不堪神气，不禁怒火上升，喝道："狗贼，死到临头，还敢放肆！"说罢，拿起手中虾爪，便朝二龙双目刺去。二龙正涉遐想，猛听一声娇叱，对面一虾爪刺来，连忙将头一偏，已直入归一大师命门，瞎了一个，立时痛彻心扉，晕死过去。

少女便对三女说道："这贼忒已可恶，这般问他，想必不招。莫如将他吊在树上，慢慢给他受点罪，多会招了，再行处死。以为如何？"三女闻言，点了点头。急切间找不到绳索，便去寻了一根刺藤，削去旁枝，从二龙腿缝中穿过，再用一根拴他捆好，吊在一株大椰树上面。这时蓝二龙业已悠悠醒转，被那些带刺的藤穿皮刺肉，倒吊在那里，上衣已被人剥去。少女捡了半截刺藤，不时朝那伤皮不着肉的所在打去，起落之间，满是血丝带起。一任二龙素来强悍，也是禁受不住。除了原受的伤处作痛外，周身都是芒刺，钻肉锥骨。净痛还好受，最难过的是那些刺里含有毒质，一会儿工夫发作起来，立时伤处浮肿。奇痛之中，杂以奇痒，似有万虫钻吮骨髓，无计抓挠。二龙这时方知刑罚厉害，虽是活色生春，佳丽当前，也顾不得再赏鉴。先是破口大骂，只求速死。继则哀声干嚎，啼笑皆非，不住悲声，求一了断。真是苦楚万分，求死不得，眼里都快迸出火来。那少女见他先时怒骂，反倒停手不打，只一味来回抽那穿肉刺藤。口里笑着说："昨晚我被擒时，再三哀求你留我清白，抛下海去，或者给我一刀。你却执意不肯，要将我作今日送俞贼的寿礼，供他作践。谁知天网恢恢，转瞬间反主为客。你现在想死，岂能如愿？你只说出三位恩姊所问的事，我便给你一个痛快；否则，你就甘心忍受吧。"

二龙已是急汗如膏，周身奇痛酸痒，不知如何是好。他起初并非忠于俞利，不肯泄露机密，只为心还想活，又为奇艳所眩，三女所说，俱未听清。及至刺瞎一目，晕死转醒，知道生望已绝，只求速死，一味乱骂。直到受了无量苦痛，才将对方言语听明。他哪里还熬忍得住，慌不择地说道："女神仙，女祖宗！我说，我说，什么我都说。你只先放了我，说完，早给我一个痛快。"少女不慌不忙地答道："放你下来，哪有这样便宜？多会儿把话说完，想死不难。我只问你，你既认得我三位恩姊，她们各叫什么名字？为何要擒你到此？快说！"二龙只求速死，哪还顾得别的，便将俞利昔日阴谋、三女来历，一一说出。那少女本不知就里，因话探话，追根盘问，一会儿工夫，问了个清清楚楚。三女原通人言，只不能说，闻言已知大意。得知老父被害经过，自是悲忿填膺。连少女听见俞利这般阴狠残毒，也同仇敌忾，气得星眸欲裂。等到二龙把话说完，三女正要将他裂体分尸，二龙已毒气攻心，声嘶力竭。少女方说："这厮万恶，三位恩姊不可便宜了他，且等将贼人擒来，再行处死。"

一言甫毕，忽听椰林深处一片奔腾践踏，树折木断之声，转眼间狂风大作，走石飞沙，来势甚是急骤。三女深居海底，初历尘世，一切俱未见过，哪知轻重。那少女名叫邵冬秀，自幼随父保镖，久走江湖，一见风头，便知有猛兽毒虫之类来袭。因见适才追赶二龙所遇那双首四翼的虎面怪物，被三凤用虾爪一击便即退去，疑心三女会什么法术，虽知来的东西凶恶，并不十分害怕。一面喊:"恩姊留神,有野东西来了!"一面奔近三女跟前,将手中虾爪还了初凤,准备退步。蓝二龙昏迷中已听出啸声,是安乐岛极北方的一种恶兽长脚野狮,性极残忍,纵跃如飞。自知残息苟延,绝难免死,不但不害怕,反盼狮群到来,将三女吃了,代他报仇泄忿。就在这各人转念之际,那狮群已从椰林内咆哮奔腾而出。为首一个,高有七尺,从头至尾长约一丈,一冲而出,首先发现椰树上吊着的二龙,在那里随风摆荡,吼一声,纵扑上去,只一下,便连人带刺藤扯断下来。那二龙刚惨叫得一声,那狮的钢爪已陷入肉内,疼得晕了过去。同时后面群狮也已赶到,在前面的几个也跟着抢扑上来,一阵乱抓乱吼乱嚼,此抢彼夺,顷刻之间,嚼吃精光,仅剩了一摊人血和一些残肢碎骨。

三女看得呆了,反倒忘了走动。冬秀见三女神态十分镇静,越以为伏狮有术,胆气一壮。她却不知狮的习性,原是人如静静站在那里,极少首先发动;等你稍一动身,必定飞扑上来。适才二龙如非是吊在树上随风摇摆,也不致遽膏残吻。所以山中猎人遇上狮子,多是诈死,等它走开,再行逃走。否则除非将狮打死,绝难逃命。那狮群约有百十来个,一个蓝二龙,怎够支配,好些通没有到嘴。眼望前面还立着四个女子,一个个竖起长尾,钻前蹲后,就在相隔四女立处两丈远近的椰林内外来回打转,也不上前。三女先时原是童心未退,一时看出了神。后来又因那狮吃了活人以后,并未上前相扑,一个个长发披拂,体态威猛雄壮,只在面前打转,甚是好看,越发觉得有趣,忘了危机,反倒姊妹三人议论起来。说时迟,那时快,就在这不大会儿工夫,冬秀见狮群越转越快,虽见三女随便谈笑,好似不在心上,毕竟有些心怯;又以为三女见群狮爪裂二龙,代报了仇,不愿伤它,便悄声说道:"仇人已死了一个,还有贼人俞利尚在岛中,大仇未报。我虽知三位恩姊大名,还没知道住居何处,多少话俱要商量请教。这里狮子太多,说话不便,何不同到府上一谈呢?"

三凤闻言,想起二龙和那些杀父仇人虽死,主谋尚在,忙喊道:"姊姊,我们老看这些东西作甚?快寻仇人去吧。"说罢,首先起步。那狮子当四人开口说话之际,本已越转越急,跃跃欲扑。一见有人动转,哪里容得,纷纷狂吼一声,一起朝四女头上扑来。冬秀在三女身后,虽有三女壮胆,这般声势,也已心惊,飞也似拨头便跑。逃出没有几步,猛听异声起自前面。抬头一看,正是适才追赶二龙、森林内所遇的那个虎面龙头、蛇身四翼的怪物,正从对面蜿蜒而来,不由吓得魂飞胆落,想要逃走。无奈自从昨日船中遭难,已是一日夜未进饮食;加上全家被害,身子就要被仇人污辱,吁天无灵,欲死无计,直直悲哭一整夜;晨间拼命挣脱绑绳,赴海求死,已是力尽神疲,又在水中淹死过去一阵。适才林间拷问二龙,随着三女奔波,无非绝处逢生,大仇得报,心豪气壮,精神顿振。及至二龙死于群狮爪牙之下,一时勇气也就随之俱消,饥疲亦随之俱来,哪还当得住这般大惊恐。立时觉得足软筋麻,艰于步履。刚走没有几步,便被石头绊倒,不能起立。

奇险中还未忘了三女忧危,自分不膏狮吻,亦难免不为怪物所伤,反倒定神。往侧面一望,只见林中一片骚扰,剩下几十条狮的后影,往前面林中退去,转眼全部没入林内不见。再看初凤,手中持的一只虾爪已经折断,正和二凤双双扶了三凤朝自己身旁走来。三凤臂血淋漓,神态痛楚,好似受了重伤一般。心中诧异,三女用甚法儿,狮群退得这么快?方在沉思,猛一眼又见那龙头虎面怪物,不知何时径自避开四女行歇之处,怪首高昂,口里发出异声,从别处绕向狮群逃走的椰林之内而去。这才恍然大悟,那怪物并不伤人,却是狮的克星。见三凤受了伤,本想迎上前去慰问,只是精力两疲,再也支持不住。只得问道:"三位恩姊受伤么?"说时,三女业已走近身来,一看三凤面白如纸,右臂鲜血直流,臂已折断,只皮肉还连着,不由又惊又痛。冬秀见初凤、二凤对于妹子受伤虽然面带忧苦,却无甚主意,便就着初凤一同站起身来说道:"这位恩姊右臂已断,须先将她血止住才好。快请一位恩姊去将仇人留下的破衣通取过来,先将伤处包扎好,再行设法调治。"初凤经冬秀一阵口说手比,便跑过去,将狮爪下残留的破衣拾了些来。冬秀惊魂乍定,气已略缓,觉着稍好。激于义气,不顾饥疲,接了初凤手中破衣,将比较血少干净一些的撕成许多长条,一面又将自己上衣脱下,撕去一只衫袖,将三凤断臂包上,外用布条扎好。这才在椰树下面席地坐下,谈话问答。

初凤见她疲乏神气,以手势问答,方知已是两日一夜未进饮食。本想同她先行回宫,进些饭食,略微歇息,再寻俞利报仇。又因适才她在海中差点没有被水淹死,说话又不全通,正要打发二凤回宫,取些海藻果子来与她吃。冬秀忽然一眼望见离身不远有大半个椰壳，因饿得头昏眼花，语言无力，便请二凤给取过来一看，椰心已被风日吹干，尘蒙甚厚。实在饿得难受，便用手将外面一层撕去，将附壳处抓下，放在口内一尝，虽然坚硬，却是入口甘芳。一面咀嚼，暗想："此时夏秋之交，这里从无人踪，除了果熟自落外，便是雀鸟啄食。椰林这么多，树顶上难免不有存留，只是树身太高，无法上去。"便和三女说了。三女见她吞食残椰，除三凤流血过多，仍坐地上歇息外，初凤、二凤闻言，便自起身，同往椰林中跑去。搜寻了一阵，居然在椰林深处寻着了十多个大椰子。虽然过时，汁水不多，但更甜香无比。冬秀固是尽量吃了个饱，三女也跟着尝了些。冬秀吃完，剩有六个。初凤对二凤道："恩母行时，原命我们谨慎出入，报完仇便即回宫，不可耽延，常在宫中出入。加上冬秀妹妹水里不惯，如留在这里，报完仇回去，她又没有吃的；海藻虽可采来她吃，也不知惯不惯。适才寻遍椰林，才只这十几个椰子，若给她一人吃，大约可食两天，足可将事办完，再打回宫主意。如今三妹受了伤，报仇的事由我和你同去，留她二人在此便了。"

三凤性傲，闻言自是不肯。冬秀见她姊妹三人争论，声音轻急，虽不能全懂，也猜了一半。知她三人为了自己碍难，便道："妹子虎口余生，能保清白之躯，已是万幸。此时赴汤蹈火，在所不辞。不过这里狮群太多，适才大恩姊曾说，才一照面，便将手中虾爪折断。三恩姊虽然仗着二恩姊手快，将伤她的一只大狮抓起甩开，仍是断了一条左臂。如今狮群虽被怪物赶走，难保不去而复来。妹子能力有限，三恩姊身又带伤，现在这样，大是不妥。我们四人既同患难，死活应在一起。妹子虽无大用，一则常见生人；二则昨晚被困，一意求死，颇留神贼窟路径。他新丧羽翼，必防我们再去。我们无兵器，如由原路前往，难免不受暗算。闻说此海陆地甚少，此地想必能与贼窟相通。不如我们由陆路绕过去，给他一个出其不意，将俞利杀了，与伯父报仇，比较稳妥得多。"

三女闻言，俱都点头称善。二凤便下海去捞了许多海藻海丝上来，姊妹三人分着吃了。那海藻附生在深海底的岩石之间，其形如带，近根一段白腻如纸，入口又脆。冬秀见三女吃得甚香，也折了一段来吃，入口甘滑，另有一股清辛之味，甚是可口，不觉又吃了两片。三女因彼此身世可怜,冬秀更是零丁无依,几次表示愿相随同回紫云宫潜修,不作还乡之想。只为宫中没有尘世间之食物,深海中水的压力又太大,怕她下去时节禁受不住,着实为难。今见她能食海藻,吃的可以不愁,只须能将她带回宫去,便可永远同聚,甚是可喜。大家吃完歇息一阵,冬秀见时已过午,商量上路。见虾爪只剩一根,虽然尖锐,却是质脆易折。便请三女折了几根树干,去了枝叶,当做兵器,以防再遇兽侵袭。算计适才来的方向,穿越林莽,向俞利所居处走去。陆行反没有水行来得迅速,经行之路,又是安乐岛北面近海处的荒地,荆榛未开,狮虎蛇蟒到处都是。四女经过了许多险阻艰难,还仗着冬秀灵敏,善于趋避,不与狮蟒之类直接相搏。走有两个时辰,才望见前面隐隐有了人烟,以为快要到达。不料刚穿越了一片极难走的森林险径,忽然沼泽前横,地下浮泥松软,人踏上去,便即陷入泥里,不能自拔。二凤在前,几乎陷身在内。前路难通,一直绕到海边,依然不能飞渡。最后仍由初凤、二凤举着冬秀,由海边踏浪泅了过去。绕有好几里路,才得登岸。

冬秀一眼看到前面崖脚下孤立着一所石屋,背山面海,小溪旁横,颇具形胜。忙请三女藏过一边,悄声说道:"这里既有房屋,想必离贼窟不远。招呼给贼党看见有了防备,我们人少,难保不吃他亏。且待小妹前去探个明白,再作计较。如果室中人少,我一比手势,恩姊们急速奔来接应,只须擒住一人,便可问出贼窟路径了。"三女依言,隐身礁石之后。冬秀一路蛇行鹭伏,刚快走近石室,看出石墙破损,室顶坍落,不似有人居住神气。正想近前观看,忽见后面三女奔来,竟不及与冬秀说话,飞也似往室中纵去。冬秀连忙跟了进去一看,室中木榻尘封,一应陈设俱全,只是无一人迹。再看三女已经伏身木榻之上,痛哭起来。忙问何故?才知三女初上岸时,便觉那地形非常眼熟。及至冬秀往石屋奔去,猛想起那石屋正是儿时随乃父方良避地隐居,卧游之所。触景伤怀,不禁悲从中来。没等冬秀打手势,便已奔往室中去。冬秀问出前因,见三女悲泣不已,忙劝慰道:"此时报仇事大,悲哭何益?这里虽是恩姊们旧居,毕竟彼时年纪太小,事隔十多年,人地已生。万一有贼党就在附近,露了形迹,岂非不妙?先前我见恩姊们俱是赤身无衣,去到人前,总觉不便。只是急切间无处可得,本想到了贼窟,先弄几身衣服穿了,再行下手。看这室内,好似老伯被害之后，并无什么人来过，衣履或者尚有存留。何妨止住悲怀，先寻点衣履穿了。附近如无贼党，正好借这石室作一退身隐藏之所；如有贼党，也可另打主意。"

三女闻言，渐渐止住悲泣，分别寻找衣履。那石室共是四间，自方良被害后，只俞利假装查看，来过一次。一则地势实在隐僻；二则岛民为俞利所惑，以为方良父女仙去，谁也不敢前来动他遗物。俞利自是只会作假，布置神庙，哪会留心到此，一任其年久坍塌。房舍虽坏，东西尚都存在。四女寻了一阵，除寻出方妻梁氏遗留的许多衣物外，还寻出那些方良在世时所用的兵刃暗器。便将树干丢了不用，由冬秀草草教给用法。这时天已黄昏，海滨月上。冬秀见室中旧存粮肉虽已腐朽，炉灶用具依然完好无缺。各方观察，都可看出附近不见得有甚人居。适才所见炊烟尚在远处，只是心还不甚太放，便请三女暂在室中躲避，由她前去探看贼窟动静。冬秀出室，先走到小山顶上一看，远处海滩上一带屋舍林立，炊烟四起，人物看不甚真。有时顺风吹来一阵乐歌之声，甚是热闹，路径也依稀辨出了个大概。计算俞利虽遭了拂意之事，仍在纵饮作乐，庆贺生辰。因为相隔不远，便回来对三女说道："这里我已仔细看过，大概周围数里并无人家。如为稳当计，有这般现成隐身之所，正好拿这里作退身之步。等到明早，探明了路径，再行下手。不然便是乘今晚俞贼寿辰，贼党大醉，夜深睡熟，疏于防范之际，去将俞贼劫了来。不过三位恩姊俱都长于水行，去时第一要看清何处近海，以防形势不佳时节，好急速往水里逃走，千万不可轻敌冒险。大仇一报，即便归去才是。"

三女都是报仇心切，恨不能立时下手，便用了第二条主意。商量停妥，因为时间还早，冬秀见室中灯火油蜡俱全，先将窗户用一些破布塞好，找到火石将灯点起，以备烧些热水来吃。无心中又发现一大瓶刀伤药，瓶外注着用法。冬秀正为三凤断臂发愁，打开瓶塞一看，竟是扑鼻清香，知道药性未退，心中大喜。连带取了盛水器具，在屋外小溪中取了清泉进来。又寻了新布，请三凤将断臂间所包的布解下。狮爪有毒，又将一只臂膀断去，受海中盐水一浸，一任三凤天生异质，也是禁受不住。再加血污将布凝结，揭时更是费事，疼痛非凡。恼得三凤性起，恨不得将那只断臂连肩斩去，免得零碎苦痛。还算冬秀再三温言劝慰，先用清水将伤处湿了，轻轻揭下绑的破布。重取清水棉花将伤处洗净吸干，将药敷上，外用净布包好。那药原是方良在日秘方配制，神效非常。一经上好，包扎停当，便觉清凉入骨，适才痛苦若失。药力原有生肌续断之功，只可惜用得迟了，先时匆匆包扎，没将骨断处对准，又耽误了这么多时候，不能接续还原。后来伤处虽痊，终久成了残疾，直到三女成道，方能运如。这一来倒便宜了冬秀，只为给三凤治伤这点恩情，三凤感激非常，成了生死之交，以致引出许多奇遇，修成散仙。此是后话不提。

　　冬秀和初凤、二凤见三凤上药之后，立时止痛，自是人家欢喜。二凤又要往海中去取海藻，准备半夜的粮食。冬秀忍不住说道："恩姊水中见物如同白昼，我想海中必有鱼虾之类，何妨挑那小的捉些来，由妹子就这现成炉灶煮熟了吃？一则三位恩姊没食过人间熟物；二则鱼汤最能活血，于三恩姊伤处有益。"二凤闻言，点了点头，往外走去。不多一会儿，两臂夹了十几条一二尺长的鲜鱼进来。冬秀一看，竟有十分之九不认识。便挑那似乎见过的取了三条，寻了刀，去往溪边洗剥干净，拿回室内，寻些旧存的盐料，做一锅煮了。一会儿煮熟，三女初食人间烟火之物，虽然作料不全，也觉味美异常。三凤更是爱吃无比，连鱼汤全都喝尽。三女又各吃了些海藻才罢。冬秀见三女如此爱吃熟东西，暗想："贼窟中食物必定齐全，少时前往，得便偷取些来，也好让恩人吃了喜欢。"她只一心打算博取三女欢心，却不想烟火之物与修道之人不宜。后来三女竟因口腹之欲，不能驻颜，几乎误了道基，便是为此。

　　大家吃完之后，彼此坐下互谈。冬秀又教她的恩人语言。三女本是绝顶聪明，一学便会，虽只不长时间，已经学了不少，彼此说话，大半能懂，无须再加于势了。挨到星光已交午夜，算计乘夜出发，走到贼窟也只丑寅之交，夜深人静，正可下手。大家结束停当，定好步骤，由冬秀指挥全局，径往贼窟而去。这时岛地已经俞利开辟多半，除适才四人经过的那一片沮洳沼泽，浮泥松陷，是个天然鸿沟，无法通行外，余下道路都是四通八达，至多不过有些小山溪径，走起来并不费事。再加月明如水，海风生凉，比起来时行路，无殊天渊之别。四女离了方良旧居，走不上七八里路，便有人家田亩。虽然时在深夜，人俱入睡，冬秀终因人少势孤，深入仇敌重地，不敢大意，几次低声嘱咐三女潜踪前进。快要到达，忽然走入歧路，等到发觉,已经错走下去有三四里地。只得回头,照日里所探方向前进。

冬秀因昨日被擒,无心中经过俞利所居的宫殿,默记了一些道路。后来从看守的岛妇口中得知俞利寝宫有好几处,有时因为天热,便宿在近海滨的别殿上,但不知准在何处。原打算先擒到一个岛民,问明虚实下手。无奈经过的那些人家俱是十来户聚居,房舍相连,门宇又低,恐怕打草惊蛇,不敢轻举妄动。正在寻思,能遇见一个落单人家才好。忽见前面山脚下相连之处,有一片广场,丰碑林立。靠山一面,孤立着一所庙宇,庙侧两面俱是椰林。由高望下,正殿上还有一盏大灯光,静沉沉的,梵音无声。看神气,好似人俱睡熟。冬秀见庙墙不高,左近极大一片地方,四无居人。暗想:"前行不远,想已快近贼巢穴。人家越多,更难下手,何不翻墙入庙,捉住庙中僧道拷问?"便低声和三女说了。行近庙墙,正要一同纵身进庙,月光之下,猛见小山口外奔来一个人影。方想等他入庙时节,纵上去捉个现成。四人刚打算走近庙门旁埋伏等候,谁知那人并不进庙,奔到庙左侧椰林前面,只一闪,便即不见。四女起先并未见林内有人家,这时定睛往林中一看,密阴深处,竟还有一所矮屋,另一面却是空无所有。四外观察清楚,知道庙中人众,便绕路往那矮屋掩去。

那矮屋共是三间,屋外还晾着一副渔网,像是岛中渔民所居。四人刚行近石窗下面,便听屋内有人说话。冬秀忙和三女打个手势,伏身窗外一听,只听一个年老的说道:"当初方老爹没有成仙,你我大家公吃公用公快活,日子过得多好。偏偏这个狗崽要举什么岛王,闹得如今苦到这般田地。稍有点气力的人,便要日里随他到海上做强盗,夜晚给他轮班守夜。好了,落个苦日子;不好,便是个死。方老爹心肠真狠,自己抛下我们去成仙,还把三个仙女带去。我们苦到这样,大家天天求他显些灵,给狗崽一个报应,仍照从前一样,那有多好。"年轻的一个道:"阿爸不用埋怨了,如今大家都上了他的当,势力业已长成,有甚法子想?除了他手下的几个狗党,全岛的人谁又不恨呢?也是活该,昨晚抢了海船上一个美女,蓝二龙那狗崽原准备给他今日上寿的,不承想那女子有烈性,上殿时节,挣脱绑绳就往海边跑。眼看追上,忽然从海边冲起三个妖怪,将那美女和蓝二龙一齐都捉了去。有些人说,那妖怪有两个,长得和方老娘一般无二,说不定便是方爹看不过眼去,派了那三个仙女来给我们除害。如果这话不差,狗崽就该背时了。"

冬秀一听室中父子口气,对于俞利已是痛恨入骨。知道方良恩德在人,正可利用这个机会,使三女现身出去,对室中人说出实话。顺手便罢;不顺手时,室中也只父子二人,不难以力挟制。便不往下听去,悄悄拉了三女一把,同往僻静之处,商量停妥。因三女说话常人不易全懂,便令三女伏身门外,听暗号再闯进去。自己走到矮屋门前,轻轻用手弹了两下,便听室中年轻的一个答话道:"老三下值了么?我阿爸今日打得好肥鱼,来这里喝一杯吧。"

说罢,"呀"的一声,室门开放。冬秀便从门影里闯了进去。入内一看,室中点着一盏油灯,沿桌边坐着一个老者,桌上陈着大盘冷鱼,正在举杯待饮。那年轻的岛民,也跟着追了进来,见是一个女子,已甚惊异。定睛一看,认出是日里逃走的美女,便喝问道:"你不是早晨被海怪捉去的美人么?岛王为你气了一天。你是怎生从海怪手里逃出,到此作甚?快说明白。如若回心转意,不愿寻死,我便领你去见岛王,少不得有你好处,我也沾一点光。"说时,眼望那门,意思是防备来人逃遁。

冬秀喝道:"你口里胡说些什么?我日里因不肯失身匪人,蹈海求死。眼看被蓝二龙这狗贼追上,谁想方老爹所生三位仙女,因全岛人民公忿俞利这个狗贼无恶不作,日常求告,奉了你们方老爹之命,前来代你们除害。行至海边,正遇我在遭难,才将我救去。如今蓝二龙已伏仙诛。三位仙女因从小成仙,离岛日久,恐来时岛民不知,受了俞贼胁迫,与她们抗拒;又不知俞贼今晚住处,误伤好人,特地命我前来打探俞贼今晚宿处。方才我们行经窗外,知你父子深明大义,心念故主,故此叩门询问,哪有什么海怪?"这一席话,正与日间传说吻合,老岛民已经深信不疑,闻言停杯起立,便要搭话。

第一四三回

报大仇　群凶授首
恋红尘　一女私心

年轻的一个因处积威暴虐之下，还有一些顾虑，忙抢先答道："你说的话，我们未始不信。只是岛王近年手下招了许多能人，如你没有三位公主帮忙，想到他宫中行刺，凭你一个年轻女子，定遭毒手。那时问起根由，定然连累我们父子。除去俞狗崽本来是全岛的公意，只是他防备得严，无人敢去下手。你如使我父子见上三位公主一面，休说指路，叫我父子死都去。"

冬秀闻言道："足见你们还有人心。"一面便朝门外低唤道："三位仙姊，请进吧。"说罢，便听叩门之声。岛民忙将门一开，将三凤姊妹放了进来。老岛民原见过三女小孩时模样，又有两次先人之言，一见便即断定不差。首先奔了过去，跪了下去，叩头不已，口里直喊："公主救救我们！"那年轻的一个见老的认出，也慌不迭地随着跪倒。冬秀笑道："你们无须如此，起来讲话。天已不早，我们还办正事呢。"岛民父子这才恭敬起立，让三女榻上坐定。老者重又跪禀道："我名蓝老铁，他是我儿子蓝佬石，俱受过方老爹仙爷大恩。三位公主如有用我父子之处，万死不辞！"初凤便照预定，朝冬秀指了指。冬秀答道："三位公主别无用你父子之处，只要即刻告知我们俞利的住处。如胆大时，便领了我们前去。也无须你父子相助动手，自有除他之法。"

岛民父子闻言，心中大喜。老的一个忙跪答道："那俞利狗崽，自从方老爹成了仙后，无人再能制他，勾了手下一干党羽，胡作非为。先还只役使岛民给他建造宫殿，选那长得好的岛中姊妹去做他的什么妃子，强派众人给他纳粮。后来越闹越不像话，竟违了方老爹在时所定不与元朝胡人相通的规章，擅自逼人造了海船，漂洋前往闽粤等地，采办金珠、歌妓和好吃好玩的东西，拿全岛人民的血汗供他糟践享乐。意还不足，近年又招纳了一干海盗，专在海上劫掠商船，害死的人不知多少。大家都皆恨到极处，没奈他何。谁稍有一点抗拒，不是无缘无故不知下落，便被他逼着同去做海盗。到了洋里，将人抛下水去喂鱼，回来只说遇见官兵战死，还假装慈悲，发下些抚恤的钱。他也知全岛人民十有八九恨他入骨，除挑选心腹做护卫以防不测外，又将所居宫殿建造得十分高固。我儿子便因小的年老性直，受不得他手下爪牙的气，假意对他忠心，费了不少做作，才补了一名近身的护卫。因为他对方老爹全是一番假恭敬，神庙中并无僧道，人民再一求说，才派了小的三人在庙外林中居住。明着每日管理庙中灯油香火，暗中却要为他打听人民求告时的言语有无怨望。小的因为不肯作孽，连月没有给他告密，听说还要换人呢。适才听小的儿子说，他今晚正和一个姓牛的妖妇住在海滨别殿上。如要下手，最好再候一会儿，赶天快明以前去。"

那岛民的儿子便接续道："那妖妇原有丈夫。岛上自这两个狗男女来，方才坏得不可收拾。那男妖道叫秦礼，惯会邪法，呼风唤雨，遣将驱神。出海打劫的船，便是此人率领。连蓝二龙那般势，只能做个副手。女妖道更是又淫贱，又狠毒，岛中少男长女也不知被她糟掉多少。听说新近在海中三门岛得了一部天书，要和俞贼、妖道一同修炼。今早三位公主抢去蓝二龙，救走这位大姑时，正赶妖道海上有事未回，妖妇又去什么仙山采那血灵芝来与俞贼上寿，俱都不在岛上。妖道回来，听说尚有几日。妖妇已在午后回转，得知海边出了海怪，可笑她哪知三位公主的仙法，还说是什么鱼精，在海边闹神闹鬼地行了好半天法，说是已经布下天罗地网，不论什么妖怪，都要送死。如今三位公主不是好好上来？可见她也没有真实本领，不过哄哄俞利这狗贼罢了。这妖道夫妇原与狗崽不分彼此，同在一处淫乐。狗崽原配的妻子也因不甘被妖道污辱，寻了自尽。此时前去，正是他们淫乐高会之际。平日就护卫森严，何况今日又是狗崽的生日。照例每晚淫乐到天快明以前，服了妖道的药入睡。那时他几十个亲近的护卫跟着累了一天，纵不全睡，也都疲乏已极。除了两个率领上值的死党外，余下便是与小人一般的外侍卫，虽未必全叛狗崽，只要经小人一说明三位公主奉了方老爹之命前来除害,也决不会反抗的。"

冬秀抢答道:"三位公主的意思是不愿惊动众人耳目。既然俞贼在天明前就寝,那你就算准时刻,领了我们前去,说明俞贼睡处的方向路径,我们自会行事。事前不可妄告一人,等到除了俞贼之后,我们已走,宣示与否,任凭于你便了。"岛民父子又跪求方老爹以后降福大家,时常显灵,最好能留一位公主在岛上主持,使大家重过安乐日子。冬秀招呼他父子起立,用话诳道:"这事我们不敢擅自做主,须等除了俞贼复命之后,才能禀明方老爹定夺呢。"正说之间,蓝佬石猛想起三位公主进屋这些时,连茶水也未孝敬一杯。父子二人忙将桌上残肴撤去,重新摆上杯箸,说道:"小的只顾禀话,也忘了整备酒食。如今离天明还有一会儿,家中没甚可敬。昨日打得鲜鱼,做了鱼冻,还有些烧肉和隔年陈酒,待小的父子整理出来,与公主、大姑权当接风。吃完就该是时候了,便起身。"冬秀因想三女尝点人间之物,也不客套,便代三女允了。

岛民父子愈发大喜,老少同奔隔室,先端了两大盘鱼冻和烧肉及一葫芦酒出来,请四女饮用。另外泡了两大碗冷饭,又去开了一个大西瓜,用木盘盛好捧上。东西不多,已是将一个小方桌堆满。还在东寻西找,恨不能把家中所有全拿出来献上,才称心意。三女见其意甚诚,甚是感动。冬秀便叫他父子一处同吃,再三不敢,也就罢了。三女原惟冬秀之言是从,不懂客套,再加初食人间有调和的东西,比起适才盐水白煮鲜鱼又强得多,三凤更是连夸味美不置。不一会儿,先将酒饭鱼肉吃尽,又将西瓜吃了,吃得甚是高兴。蓝佬石因家中剩饭不多,煮又不及,每人只吃得半碗,甚是歉然,再三说三位公主和大姑以后如想吃人间之物,只管前来,千万赏光,不要客气。初凤、二凤还不怎样,三凤口馋,当时未说,却记在心里。

冬秀命蓝佬石出去看星光,归报已离天明不远。重又问了一回路径形势,便由岛民父子在前引路,往海滨别殿的后墙外进发。出了小山口不远,绕着坡道,弯弯曲曲,走有五六里路,折向海边,便是俞利避暑的别殿。相去还有半里,望见那别殿建置在海滨山坡上面,周围大有百亩,四面都是花园,只当中一丛高大宫室,巍然独峙,除朝海一面的凉殿突出宫外,四围都有宫墙围起。宫墙里靠墙一面,点着许多鲸油明灯,大如栲栳,用两三丈长的木杆挂着,每隔几步便有一个,灯罩上绘满花彩,远望高低错落，灿如锦星。围着宫墙外面，到处都竖立着大有数丈的木伞，伞下面都有人在那里坐卧。那所宫殿却是黑沉沉蹲踞在月光灯影之下，通没一丝光影透出，好似殿中人俱已睡熟神气，却不时听得一种细吹细唱的乐歌之声，随风吹送。冬秀与三女随了蓝氏父子正行之间，眼看离那宫墙后身只有十丈远近，忽见蓝老铁把手向后连摆，停了下来。冬秀便照预定暗号，忙拉三女躲向一边，俯伏在地。这时蓝佬石已快步奔向前去，一会儿回头招手。蓝老铁引了四女重新前进。原来众人因正路上防卫太多，改从山坡上爬行下来。谁知这隐僻处的防卫也不在少，沿途尽是一些小木伞低藏凹处。每伞下面俱有四人，拿着兵器在那里防守。所幸岛民良懦，素来无警，除内宫一些死党为讨好俞利，故示忠诚，有许多做作外，宫外这些防守的人，日子一长，见无甚事，大多是奉行故事。一过午夜，有的倚背假眠，有的席地而卧，俱已沉沉睡去。

蓝氏父子犹恐惊醒防守的人不便，仗着佬石有腰牌口号，总是由他在前探路，看出无警，再回首招呼众人过去。不多一会儿，一同走到墙后，先择了一处隐僻树林藏好，重商下手之策。蓝佬石悄声说道："我在宫中当护卫只有半年多，先只说各路口上俱都有人防守，却未料到这种隐僻难走的宫墙后面也设有埋伏。且喜人都睡熟，没被他们看见。现在宫殿里面奏细乐，这些狗男女定然还多没睡熟。小的看还是稍等一等，等他们睡了，再同进去下手，要省事得多。"

冬秀知他胆怯，悄问殿上怎无亮光？蓝佬石道："狗崽又贪凉爽，又怕风寒，除日里会人时是在殿上外，夜间淫乐却在地底下一层。殿上所有隔扇，都有布幔遮蔽，以防外人窥探。地室里却是灯光如昼，外边哪里看得见？小的因为日前虽补上了他的近身护卫，每晚只在上层宫殿随班上值，地室却未去过。日前听得人说，下通地室共是三条道路，除正殿宝座后面台阶是条正路外，只知有一条直通海口。那里还备得有船，另有铁闸开闭出入，不知什么用处，地方在三位公主日里上来的礁石的后面暗礁上面。近来狗崽因海水日涨，说那洞已经无甚用处，正和蓝二龙密计，另开一条道路呢。但另外一条，不知在什么所在。通海这条，须要绕向前面，一则绕走不便，二则有那铁闸关闭，也无法进入。我们只能从正殿进去。殿上共有狗崽手下二十四名护卫，殿外更不知有多少。他每晚临与妖妇同睡以前,必令许多赤身美女奏这细乐,直到他二人睡熟方才退去。如照往日,此时早已睡熟,今日想是因狗崽生日,妖妇又不知给他什么烂药吃,这般精神。"

正说之间,乐声忽止,东方已依稀有了明意。冬秀见再不下手,少时天明人起,更费手脚,便对蓝氏父子道:"你二人身家性命都在岛上,事情如有失手,岂不连累了你们?好在我们虚实尽得,无须你们指引。天已不早,我等自会越墙行事,你二人不必跟去了。"蓝氏父子坚持不肯。本想再待一会儿进去,因见冬秀和三女心切,又看出有点疑他胆怯,便不再说。探头往墙内看了看,并无动静,回身一打手势,一同越墙入内。宫中防守之人虽多,一则蓝氏父子也是岛中有名的好身手;二则俞利寿辰,人们累了一天,都以为不会有甚事故,放心假寐的居多;更因蓝氏父子熟悉内情,善于趋避,不多一会儿,便到殿上。

蓝佬石知道殿门此时紧闭,推不进去。一路鹭伏鹤行,挨着殿上隔扇轻推,偏巧殿上留值的几位侍卫因为天气大热,嫌闭在殿中气闷,背了人偷偷虚开了一扇漏风,后来忘了关上。蓝佬石正愁无法入内,无心中推到这一扇,见是虚掩,心中大喜。知道里面还隔有一层布幔,先探头进去,隐在幔下,偷眼往前一看,见殿中灯烛尚未全灭,除通俞利行乐的地室入口处,有两人在那里带着倦意持戟倚壁防守外,余下一二十个护卫俱都抱着兵刃蜷卧在地,有的尚似在聚头低语。知道这般进去,只被一二人发现,便将全数惊醒。正想不出好主意,猛觉身后有人拉了一下衣袖。回头一看,见是冬秀等四人。刚要悄问何故,又见冬秀朝外连指。转身回头一看,前殿侧木伞下面的人,不知何时俱都起身,往殿阶上奔走。刚暗道得一声:"不好!"忽见那些外侍卫走近殿阶,便即止步,坐了下来,纷纷交头接耳,似在议论什么。知道踪迹未被看破,心中略定。猛地又听殿中当当两声。再一回首,冬秀和三女俱都不在。忙探头二次往中殿一看,殿上睡熟的人仍然未醒,只那把守地室门户的两个持戟武士业已双双跌倒,冬秀和三女正相率往地穴中走去。再一看自己的父亲,已经不知去向。暗想:"老父年迈,痛恨俞贼入骨,今晚本不愿他同来冒险。一则仗着仙女壮胆;二则知道老人家脾气,不敢拦他高兴,一时疏忽,带了同来。适才回首时节,只见仙女她们四人。如非在自己未见时随了三位公主入内,便是遭了毒手。"

想到这里，情急关心，便也撩开围幔，往殿中纵去。

却没料到隔扇底下，正睡着两个内殿护卫，佬石下地时，恰好一只脚踹在一人的腿上，立时惊醒，叫唤起来。佬石方要动手将那人打倒，不想那人一嚷，所有殿中已睡和半睡的二十多个护卫大半惊觉。所幸俞利平日虽无恶不作，岛中却从没出过一回事，故众人平顺日子过得惯了，俱都不以为意，反问那人乱嚷什么？佬石看见人多，不敢下手，猛地心生一计，便哄那首先警觉的二人道："我因贪立一些功劳，适才下值，没有回家，径往海边，守候日里抢去岛主美人的海怪动静。等了一夜，适才竟看见她在海岸近处探身出游。我想入宫与岛王送信，因殿门推不开，才越窗而入。不想误踹在你的脚上，将诸位惊醒。让我到地殿中去报信吧。"其实这班俞利的内殿侍卫，共是四十八人，轮班上值，昼夜不定。因俱认为是精通武艺的心腹，当值时，只要凑足二十四人之数，除另外四个头子外，余下并不限定谁是谁替，私下尽可通融。佬石如不说出由外入内，众人睡梦昏昏之际，大家都是昼夜常见熟人，殿上灯火明亮，最先惊醒的二人已认明是自己人。那两名把守地穴的执戟武士，因四女入殿时，初凤姊妹三人在前，身手异常剽疾，一到穴口，便一人一个将他弄死，倒卧在宝座后面，有屏风挡住，人一时看不见，或者不致引人疑虑。候到他们二次就睡，再入地穴接应四女，业已成功归去，也不会发生异日一段美中不足之事。自以为想法甚妙，却不料反因此露了马脚。

先听话的二人倒未怎样在意，偏偏旁边不远的地上，还惊醒了一个头目，这人便是俞利的死党。先见是蓝佬石误踹人脚，将人吵醒，也未在意。及听他说了那一番话，猛想起今夜当值时，他曾说老父有病，不能当值，告退回去，怎地又往海边去守候海怪？再说牛仙姑曾再三嘱咐，那里环海一带设了天罗地网，不准人近前，近前便难脱身，他怎能前去？越想疑窦越多。见他说完，便要往宝座后地穴那一面跑，忙喝道："佬石过来，我问你话。大家也都过来。"说罢，暗将左侧睡的两人踢了一脚。佬石回身一看，是俞利的死党起身相唤，知他难惹多诈，未免有点情虚。又见众人大半注视自己，齐往那人身侧走近。知道不去，其势不行，只得强作镇静，走了过去。方想仍用那一套假言敷衍，身才近前，那头目便喝道："你们急速分出一半人来，将没醒的唤起，连岛王地宫和各窗户口一齐把住，我要盘问这厮。"

蓝佬石心知不妙，正待解说，那头目已冷笑道："我把你这该死的狗崽！你凭什么敢私往岛王地宫回事？岛王虽补你做近身侍卫，你有入宫的号牌么？"佬石以为他见自己越级巴结差使，有了醋意，心才略定。便强辩打脱身主意道："我因无心中看见海怪出现，一时喜极忘形，忘了规矩。请你不要见怪，现在由你去报信领赏何如？我回家去就是了。"说罢，便想往适才进来的隔扇下面奔去。还没有走出几步，身后左右诸人早得了那头目暗示，一拥齐上。

佬石回头见众人追来，正要加紧逃出殿左去，忽见一人从屏风后奔出，高叫道："快莫放他逃走，把守地宫口的两位武士被人害死了，殿里恐怕还有别的刺客，快快鸣钟报警呀！"说时，左右前后的人全都惊起，向佬石包围迎截上来。佬石知道踪迹败露，除了盼望三女成功，出来解围，更无活路。又惦记着老父不知去向。立时把心一横，一不做，二不休。来时因腰间只带了二尺多长的一把短刀，殿上诸侍卫各持长枪大刀，知难抵敌。

就在这一转瞬间，一眼瞥见殿角大钟架前面用来撞钟的八尺来长杵形的一根镔铁钟锤，正有两名护卫想要奔近前去打钟。这钟一鸣，立时殿外各处的岛兵便会全部闻声齐集，势更不得了。猛地灵机一动，并不思索，脚底下一垫劲，便往钟架前飞纵过去。

这殿本为数亩地面宽广，那钟架立在殿的西角，两面靠着石墙，并无出路。一则佬石身轻力健，本领在众护卫中也算数一数二；二则都只防他逃走，万没想到他存下拼死之心，会往钟架前纵来。偏偏事有凑巧，那钟锤悬挂在钟架前不远的一根梁上。佬石情急力猛，纵得太高，刚纵到钟锤跟前，用刀使足平生之力，往那系锤的两根索上砍去。足还没有落地，那准备奔过来打钟的两名护卫已经赶到，见佬石在头上飞起，以为有了便宜。当先的一个举起手中枪往上便刺，当时只顾刺人，没防备到钟锤近钟的一头被佬石用刀砍断，掉了下来，势疾锤沉，正打在那人的前心上面，"当"的一声，立时口吐鲜血，直往后倒跌开去。另一个护卫使的也是长枪，正站在死的一个身后，原本跟着想举枪上刺，被先一个的尸体往怀中一撞，恰巧枪正端起，想让不及，"扑哧"一声，扎了个对穿而过。后来这人一见误伤了同伴，未免吃了一惊。再加枪尖陷入死人骨缝以内，不易拔出，略一迟顿。佬石眼明手快，业已飘然落地，早认出这两人俱是俞利手下的贴身死党，平时鱼肉同类，无恶不作，便乘他惊慌失措之际，迎面一刀砍去。也是这人恶贯满盈，正用力一拔枪，枪未拔出，一见佬石刀到，竟会忘了撒手丢枪，先行让过，反举左手往上抵挡。等到刀临臂上，转念明白，已是不及。热天俱着的是单衣，如何能挡得住利刃，被佬石一刀正砍在手腕上面，连筋砍断，仅剩下一些残皮和下半截衣袖连住，没有整个落掉，这才撒手丢枪。想逃时，佬石更不怠慢，底下一腿，就势一横刀背，朝这人腹间扎去，扑哧吧嗒连声，两具死尸连这人手中兵刃，全都掉落地上。

佬石复一纵身，又是一刀，将另一头系钟锤的索一齐砍落。便将钟锤持在手中，虽觉稍微重些，也还将就使用。这原是转眼间事，未容佬石迈步上前，适才那个头目也率了众人赶到。佬石估量单手持锤太重，便趁那头目冷不防，将手中那把短刀迎面飞去。岛中诸人自幼就从方良学习暗器，个个能发能避，偏偏又吃了人多的亏。那头目带了众人一窝蜂上来，原以为可将佬石堵在殿角，便于擒拿。不防一刀飞来，头目在前，一见刀到，忙将头一低，虽然让了过去，后面的人却未看见，内中一个死党又被那刀斜砍在脸上，翻身栽倒。这时殿上一片喊杀之声。

佬石也抡开那柄杵形钟锤，似疯了一般，指东打西，指南打北。众人平时虽俱会武艺，无奈多半是俞利近身死党，不做海上生涯。一则没有经过正仗；二则一经入选之后，大都养尊处优，作威作福，武功多半荒废，哪经得起。佬石平日既受老父之诫，朝夕苦练，又在情急拼命之际，锤沉力猛，纵然众寡悬殊，殿门已闭，不易冲出，也不能持久，可是众护卫已带伤有好几个。

那头目原因断定刺客只佬石一人，此时便入宫报警，或邀人集众，既没有面子，又不好捏词报功。及见佬石似凶神附体一般，众人越斗越畏怯不前，连自己也几乎挨了一下重的，而钟锤已失，无法集众。正在怒骂督饬众人上前之际，猛听殿门外有多人连声撞击，暗骂自己："外面现在有许多帮手，怎地这般糊涂？"便任众人和佬石相持，自己纵上前去，将殿门钢闩一拔。立时铁杠落地，一声鼓噪，殿外面二百多名岛兵似已知有警，各持器械齐拥进来。佬石一见敌人势盛，三女还未出穴，吉凶不定。心中一慌，招式便乱，看看有些支持不住。忽见敌人方面一阵大乱，有人高喊自己名字，好似父亲老铁的声音。抽空偷眼一看，果然不差，老铁手执双刀，正率来的岛兵，在追杀殿上原来的护卫呢。这一来，立时精神大振，喜出望外。转眼间，岛兵拥到面前，帮着自己与敌人争斗起来。

那头目开门时节，本想回身率了外来援兵杀上前去。仍盼仗着声势，由自己手内将佬石擒到，挽救面子。一听身后大乱，一回头便看出众心离叛，大吃一惊。知道乱子不小，不敢恋战，径自溜入地穴。先将通俞利寝宫的道路开了机关，把一座钢墙封闭，以防变兵侵入。再由另一通道走向宫墙外面主营之中，唤醒主将报警。一面命人传信岛中各死党前来平乱。他哪知俞利恶贯满盈，转眼伏诛遭报，还以为自己机智神奇，运筹若定，一些也不惊醒俞利，就可将大乱削平。少时升殿，报了奇功，怕不平步登天，立时便补了蓝二龙的缺。岛中规矩：那护卫头目虽只二三等的小将，因是俞利最亲信的死党，紧急之时，可以便宜行事。等他二次由地道回殿，那些岛将一听别殿有警，一面全岛传警；一面各自带了现有兵将杀入宫来，人数也不下数百。

蓝老铁父子正率领了平日与老辈结纳的二百余名把守宫垣的一干兵将，将殿上侍卫擒杀殆尽，忽然在外露营的几名岛将又带了岛兵杀入。双方正待交手，蓝老铁便率众冲至殿阶，高叫道："诸位子侄们，还不快把三位公主显灵之事说出？我们杀的是狗崽和他手下的几十个贼党，尽伤自己人作甚？"一言甫毕，众人本俱同居一岛，无不相熟，非亲即友。蓝氏父子这一面的人，便各自唤了对面自己亲近人的名字高叫道："日里捉去蓝二龙的不是海怪，乃是方老爹所生的三位仙女。因见俞利狗崽同他手下这群贼党无法无天，害得我们大家吃苦受罪，却便宜他几十个狗崽快活，方老爹特命三位公主下凡来救我们。先将二龙捉去审问明白，杀了除害。又命三位公主今晨到来，说与蓝老铁叔叔，命他父子引路，现在已到地宫，去捉俞利狗崽和妖妇去了，少时便要出来。你们还不快把你们的贼官捉了，叫三位公主少时升殿发落么？"这一番话一说，人人果然停步不前，互相交头接耳起来。

那后面统兵诸死党，一见这般光景，不禁大怒，喝道："这老狗崽反叛胡喷！这方老爹父女成仙业已十多年，哪有下凡的道理？你们单听他的妖言惑众，再不上前动手，少时惊动岛王，请牛仙姑施展仙法，还不将这群狗崽捉住,千刀万剐!那时大家都是死罪。"喊了几声,见众人仍是逗留不进,恼得一个为首死党性起,近身的,被他接连用刀砍翻了好几个。一面口中喝道:"他说仙女显灵,你们亲眼看见么?再不随我杀上前去,我们几个人便先将你们这些不听号令的人杀死,看你们值也不值?"

众人虽然心思方良,久已想叛俞利。一则外营人多,事先未经老铁说好;二则日里虽有种种传说附会,到底还没有人亲眼目睹蓝二龙被海里蹿上来的三个赤身美女捉去。此时听对面叛兵呐喊了一阵,细看三位仙女总是不见出来,后面俞利死党却又逼得太紧,送命就在日前。积威之下,此时谁也没想到对这几个统兵死党倒戈相向。心里一顾虑,都打了暂时还是上前动手,等到亲眼看见了三位公主,再作计较的主意。

当下便吼了一声,冲上前去。这工夫一耽搁,四外俞利的死党俱都得了传报,纷纷带了岛兵前来应援。老铁父子先看几句话就乱了敌人军心,甚是高兴。及至停了一会儿,众人受了几个主将威逼,就要杀上前来。知道众人为势所迫,并无斗志,只要杀了那几个为首主将,立时瓦解,先还不甚着慌。不承想四外岛兵杀声动地,也如潮水一般涌到。明知此时三女一现身,便即无事,偏偏三女和冬秀一个不见。后来眼看敌人与先来的会合,相次杀到阶前,连自己这一面的岛兵也在那里交头接耳,面带忧疑,这才着起急来。势已至此,只得身先士卒,硬着头皮迎上前去。双方正待接触,老铁毕竟老谋深算,猛地心生急智,大骂蓝佬石道:"小畜生!只管待在这里作甚?还不快到地宫内去将三位公主请了出来,把抗命的人杀他一个不留!"这几句话一出口,前面众人又显出欲前又却的神气。那几个俞利手下死党,见前面的人又在观望,后面援兵被前面人阻住不得上前,不由暴跳如雷,各举兵刃,一边喝骂众人;一边便越众抢上前去,准备厮杀。

老铁知道缓兵之计绝难持久,这几个为首敌人个个俱是岛中能手,如等他们杀到面前,梢一抵敌不住,众心便即溃散。正在焦急,忽见最前面敌人纷扰处,一个身材高大的首将手持一柄三环链子烈焰叉,飞步从人丛里抢到阶前,大喝一声:"胆大狗崽,竟敢反叛岛王!"言还未了,"哗啦"一声,手中链子一抖,早一叉朝阶上老铁当胸打到。老铁知道这人是俞利手下数一数二的心腹勇将,名唤郎飞,武艺精通,力猛如虎,所使一柄三环链子叉又长又重,单凭手中兵刃,休说抵敌,连近身都不得能够。连忙将身往后一纵,退避回去。郎飞就势往阶上纵来。老铁这一面的岛兵,起初敌人声势虽大,还不怎样畏惧,一见他也得信赶来,知道此人性如烈火,残忍凶暴,哪里还敢迎敌,吓得纷纷往殿上倒退。前面岛兵虽一再被老铁拿话唬住,一则始终没有三女出来,渐渐由信生疑;二则后面几个主将连杀带打,催逼得紧。一见郎飞一到,只一照面,便将变兵吓退,立刻换了一番心理,齐声呐喊,也跟着杀上前去。

这面老铁刚将敌人的叉避过,猛听对阵中喊杀声起。自己这面不俟与敌人交手,已露出溃败形势,知道自己若再稍微怯战,立时瓦解。当下把心一横,大喝一声:"方老爹有灵有应,快显神通呀!"一面喊,脚一点地,用足平生之力,连人带枪纵起空中,直朝殿阶中腰的郎飞分心刺去。也是真巧。那殿阶由上到下,高有一丈七八。郎飞素来得理不让人,身刚奔到阶前,头一叉抖出手,见老铁不敢迎敌,紧跟着就势一变招式,由飞龙探爪化成长虹吸水,仗着力猛叉沉,向殿上岛兵横扫过去。岛兵又都吓得纷纷倒退,不由起了轻敌之心,哪把这二三百个变兵放在心上。满打算凭自己一人,就可斩尽杀绝,少时去向俞利请功。当下一纵身,就上有丈许多高,脚未立定,三次叉叉出手。因为出手太疾,殿上岛兵不及避让,早有两个被他扫倒。那叉尖横扫到第二人身上,势子未免略缓了缓。内中有一个岛兵人极愚蠢,武艺虽然平常,却有一把子好气力。原与那打倒的两个同伙并排站在一处,郎飞叉到,一害怕,想往后退,没想到身后人多拥挤,退不下去。略一延缓之间,郎飞的叉头业已扫到面前。猛地急中生智,就势往横里一纵,顺手抄住叉头,死命往上便拉,再也不肯撒手。身后两个岛兵也看出便宜,抢上前来相助。郎飞叉柄原有护手套在手腕上面,见叉头被人接住,用力往怀里一抖,三个岛兵纷纷跌倒在地。郎飞原是一勇之夫,心神一分,没有贯注全局。冷不防老铁在他叉头刚要被岛兵接去时,凭空飞起,没有容他二次用力回拽,一杆精铁铸就的长枪,业已由上而下刺到胸前。郎飞一手被叉的护手套住,抽不开来,叉在人手,脱身不得。猛见老铁的枪刺到胸前,心里一慌,不由自主,举右手叉柄便想隔架。不承想对面三个岛兵俱都死命紧持叉头,和他对扯,被他一抖跌趴地上,并未松手。他这里用叉柄去挡老铁的枪尖,被那持叉头的三个岛兵死命用力往怀里一扯,郎飞匆忙慌乱中,顾此失彼。就在敌人枪尖寒光耀眼之际,觉着手上猛地一动，身子便不由自主地朝前一扑。口里刚喊得一声："不好！"老铁一柄尺许长的枪尖业已到了胸前。两个都是急劲，无法躲闪，等到郎飞想用左手去拦抢敌人枪头时，已是不及，"扑哧"一声，枪尖透胸而入。双方全是迎撞之势，力猛势疾，老铁枪尖竟是透穿郎飞背脊，连枪身都随尖没入尺许。郎飞哪里经受得住，负痛一着急，暴雷也似大喝一声，一只左手便朝枪杆上打去。老铁情急拼命，无心刺中敌人要害，脚落阶沿。刚得站稳，正要将枪拔出，被郎飞这一掌力量何止千斤，枪杆立时打折。老铁虎口都被震开，再也把握不住，连忙撒手将枪丢去。知郎飞力猛如虎，手脚厉害，恐他还有绝招，连忙纵过一旁时，耳听郎飞狂吼一声，已被上面三个岛兵拉倒，斜躺在阶沿上面，带着胸前半段长枪，死于非命。

下面为首几个脓包主将先见郎飞得胜，一面打骂手下，早已越众向前，各率一些心腹岛兵蜂拥而至。刚赶上了台阶，郎飞已经身死倒地，各自心里一惊，脚下虽然停住，还在催促别人上前。当时便是一阵大乱。老铁见郎飞身死，心中大喜。殿上那些岛兵见敌人中最厉害的已被老铁刺死，不由军心大振，退后的也都折转身来，朝前喊杀。老铁仍因寡不敌众，一面约住众人，对方如不杀上殿来，不可动手，仍照先前一样，齐声呐喊说："三位公主已到，正在地宫擒住俞利这狗崽和妖妇审问。如念方老爹在时的恩德和现在成仙后的法力，可急速投降，以免同受诛戮、玉石俱焚！"下面几个为首主将见郎飞身死，虽然心中胆寒，声势少挫，及见老铁并未追杀下来，势子一缓，毕竟还欺敌人势孤力薄，不住口地喝骂，催众上前。这几人手下也各有一些有本领的死党，这时也都相继赶到阶前，彼此略一观望，一声呐喊，便往殿阶上杀来。老铁业已另外取了一件兵刃，挺身立在阶前，约束进退。见这番敌人势众，来的又都是岛中精锐，知道无可避免，只得严阵以待，眼看接触。

老铁方在惊慌，忽听身后一阵大乱，似有人喊道："大家闪开，公主来了！"刚一回身，便见数十条明光耀眼的东西从头上越过，朝下面敌人打去，敌人方面挨着的，便纷纷受伤倒地。定睛一看，身后岛兵纷纷往两边闪退，佬石胁下夹着适才去与俞利同党报信的几个护卫头目，已捆得像馄饨一般，独自当先在前领路，身后紧跟着冬秀和三凤姊妹。不由大喜，朝下高声大喝道："三位公主已经出来，你们还不快些丢了手中兵器，跪下投降，要等死么？"言还未了，佬石、冬秀已引了三女来到殿阶前面。老铁这才看清初凤一手还夹着俞利，业已半死；二凤手上却提着那妖妇的首级。知道大功告成，越发喜出望外。见三女还待往殿阶下面走去，恐怕多伤无辜，忙朝佬石使了个眼色，再向三女跪禀道："狗崽已诛，除了几十个他的狗党外，余者俱是为他势力所迫，只要他们悔悟投降，请三位公主饶恕他们吧！"说罢，就初凤手中接过俞利，又命佬石也向二凤手里要过妖妇的首级，一同举起。正要朝下宣示德威，猛见敌人丛中一阵嘈杂喧哗，乱作一团。

原来三女在地宫中杀了妖妇，捉了俞利，看见宫中许多兵器件件精奇，寒光耀眼，不由爱不忍释，各人夹了一抱准备带回海底玩弄。及至佬石擒了头目，入宫报警，出来接应老铁时，三凤单手夹着十来件长枪刀矛之类，与冬秀二人紧随佬石身后。一出殿门，便见下面敌人喊杀连天，声势浩大。三凤一着急，首先放下所夹兵刃，取了两杆长枪朝下掷去，便有两个敌人应声而倒。初凤、二凤也跟着学样。这一来，殿下面的岛兵连死带伤，便倒了一大片。先声夺人，本已有些胆寒，又听老铁在那里高声呼喊三位公主出来了。为首几个主将先还以为老铁又使故智，只管督促手下往上冲锋，没有在意。谁知老铁喊声未了，转眼工夫，三女果然出现，俞利和妖妇一个就擒，一个授首。蠢的几个还在晕头转向，高声喊杀；稍微聪明一点的，早已脚底明白，回身便想往人丛里逃走。

这些岛兵，平日心目中早深印下方良的影子；有那见过三女幼年时相貌的，将耳闻目睹，凑合在一起；又听了老铁父子的先后宣示，存下先入之见，深信是仙女临凡，自不消说。就是那些没见过的幼年岛兵，因为日里三女擒走蓝二龙、抢去美女，种种传说，又加三女出现时的威势，早已人心不摇自动。

再加上有好些人家感戴方家恩德和平日所闻方良仙去的奇迹，处于俞利和他一干爪牙淫威挟持之下的岛民，一旦见三女真个现身，俞利、妖妇被擒伏诛，立刻转变过来。早不等上面吩咐，先已不约而同地高喊道："三位公主真个奉了方老爹之命，来捉岛王，搭救我们。怪罪的只是几个为首的狗党，与我们无干，还不跪下求恩么？"这几个一领头，余人也都相继随声附和，纷纷丢了兵刃，跪倒乞恩，叩头不止。那几个先开步逃走的主将，在人丛里走没几步，早被一些眼明手快、贪功取巧的岛民一拥齐上，分别按倒，擒至阶前献上。同时那不知死活、还在喊杀的几个死党，也吃身旁的岛兵打倒。除了一些其恶未彰，自知或能幸免，转变得快，先行跪降的外，凡是想逃走的，一个也不曾漏网。

冬秀见事已大定，当时因海底波涛险恶，三女仅止生具异禀神力，善于水居，并非什么神仙之类，未免存了一点自顾的私心。略一寻思，便向三女道："三位恩姊如今大仇已报，照来时所说，原应归去才对。只是元恶虽去，余孽尚未伏辜。岛中人民俱是老伯的旧日袍泽，听老铁父子所说，虽然为俞贼淫威挟制，一心仍是怀念故主。所以三位恩姊一出，立即倒戈归顺。此时一走，岛中群龙无首，必定纷乱。倘又为俞贼奸党所挟，岂非又入水火，违了老伯在时爱护人民厚意？三位恩姊能在此更好，否则亦请暂为岛民之主，先将俞贼与他手下党羽宣示罪状，明正典刑，等到选出公正岛王，再行归去，也还不迟。"

初凤一心记着老蚌别时之言：报仇之后，便即回宫，红尘不可久居，自误仙缘。方在摇头不允，三凤初经繁华，见了尘世上许多饮食服用，无不新奇，首先就活了心。二凤也在踌躇不决。姊妹三人只管争论不休，难决去留。

冬秀乘机朝老铁父子使了个眼色。老铁父子正想挽留三女，正合心意，先高声说了一遍，便率领众人跪下，哭求起来。这时全岛人民俱都得了三个公主降凡信息，个个喜出望外，扶老携幼，全数齐集宫墙内外。听老铁父子在殿上说了挽留三女做岛主的话，连殿阶下许多投降的岛兵都一齐跪倒，哭喊之声，震动天地。三女原本绝顶聪明，这一日夜工夫，对于人事语言，已经明白大半。见殿前左右同宫墙内外的人民全都跪满，号哭挽留，有的竟以死相挟，如不应允，便全数蹈海寻死，不由也有些感动。初凤先还不允，架不住二凤、三凤、冬秀三人再三劝说，知道此时不便强违众意，暗想："俞利被擒尚未伏辜，母墓未扫，反正得把这些事办完再走，何不暂时假意应允？等俞利正法、祭完母墓，再逼着我两个妹子偷偷回转海底，岂非两全？"当下便朝冬秀连说带比，表示暂留之意。冬秀大喜，对众人大声说道："公主已有允意，尔等暂止悲号，听我代为宣示。"一经传布三女有了允意，立时宫殿内外欢声雷动。

冬秀又命众岛民起立，推举几十个长老和岛兵，拿了岛中平素所用的刑具上殿来，帮同审判俞利。不一会儿，由全岛人民中选了二十余个年高有德的长老，先上殿阶，去见三女。冬秀知道这些人俱与方良同时共过患难，未来前，早悄声嘱咐三女，见时以礼相待。三女知旨，等这些老人上来，便盈盈拜了下去。老人们自是谦谢不遑。冬秀又吩咐将俞利平素所用的宝座抬至阶前，请三女居中坐定。另给这些长老也看了座位。一面命佬石去准备香案和方良夫妻的灵位。众岛民认为三女已是仙人，还这般知礼敬老，愈发心喜爱戴，感激涕零。一会儿，老铁将执刑服役的武士选好，拿了刑具上阶，分侍两旁。老石也将香案、灵位设好。冬秀请三女上香叩祝，全岛人民自是相随跪叩不迭。冬秀为使岛民亲眼目睹三女手刃大仇，行礼之后，便命人在海岸边竖立一长一短两个高竿，将香案灵位抬去放在高竿下面。人多手快，真是令出风行，立时办妥。这才命老铁父子先将妖妇首级挂在短的一根高竿上示众。然后再率两名岛兵押过俞利。

那俞利在地穴中业已身受重伤，先只认作逃走的美女勾了党羽前来报仇，乘他熟睡不备，杀了妖妇，将他擒住。一心还在痴想，以为全岛爪牙密布，能手众多，只要当时不被敌人刺死，一出地穴，便不愁没人搭救。及至被三女夹着出了地穴，渐渐听出三女来头甚大，是仙人降凡，已觉不妙。后来便听出敌人正是方良之女，全岛人民业已倒戈相向，手下党羽大半被擒，知道绝无活理。暗骂自己当年那些党羽误事，没有将三女也和方良一样杀死之后再行抛入海内，以致留下祸根。正在悔恨，胡思乱想，一听冬秀传话，吩咐带他，已是胆寒。再一眼看到所取来的刑具，俱是自己平时用来处治异己的非刑，狠毒异常。知道漫说求生绝望，连想求个速死也未必能够，越发吓了个胆落魂飞。惊急中，想起敌人性暴，适才地穴中被擒时，略微挣拒，便吃她一刀，几乎连肩砍落。事已至此，只好还是用言语激怒敌人，求个速死，以免多受荼毒。主意打定，刚一张口想骂，谁知冬秀恨他入骨，已防到这一着，手里解下一把枪缨在旁相候，等他骂还没有两句，早纵到他的身旁，将那一把枪缨整个给他嘴里填塞进去。俞利口张不开，瞪着两只怪眼，一句也喊不出，只有任人宰割。

那冬秀更是毒辣，且先不收拾俞利。又命老铁父子将台阶下一干余党押了上来，共是二十七个。冬秀先问明老铁这些人的恶行罪状，分别首从，挑出了六个为恶最甚的人,朝着下面全岛人民宣布了罪状,众无异词。再把二十一名从恶定了监禁,暂行押在牢内,听候次日发落。然后把这六个首恶押跪在俞利身旁,指着在地宫中取来的那一堆刑具,问道:"我随我父母自幼生长江湖,后来长大才洗手,为人保镖。虽然闯荡江湖已有多年,像这般奇怪的刑具,也还有好些个我没有见过。你们既是俞贼手下爪牙,想必知道用处。如今三位公主命我代她们审判,也不杀你们,只先将你六人试一试你们平时用的新鲜玩意,一人一件,熬得过,我便放你们。死活各凭大命,如何?"

这六人到了此时,平日威风早已化为乌有,知道倔强更难活命。偏偏冬秀挑出来的那六样刑具,俱是当时俞利与手下死党处治异己费尽心思想出来的非刑。虽不见得件件要命,无不狠恶非常,任是铁打铜铸,也难禁受。这种零碎地受宰割,还不如速死痛快。一听报应临头,昔日施之于人者,今日便要轮到自己身受,怎不魂惊胆落。六人中有两个脓包的,早已哀声求饶。稍微刚强一点的几个,也是不住哀求,赐一速死。冬秀笑骂道:"我已问明蓝二龙,三位公主的几个仇人,枉为俞贼害人,临了还是被俞贼杀了灭口。只剩下他一人,已为三位公主昨日擒往海底仙府之内正法。你们这伙余孽,虽然作恶多端,并非三位公主的仇人,我只是代全岛人民除害。少时试完了刑,便用一条小船将你们送往海内,死活看你们各人的造化。只可惜害我全家的那一些余党,尚在海上打劫未归。少不得事完之后,我仍要请三位公主大显神通,将他们一网打尽。你们想想,平时害过多少人?作过多少恶?不要你们狗命,还不便宜?前昨两日我落在你们手中,也曾苦求过,你们理么?"

说罢,便命老铁父子率了岛兵,将那六件刑具拿起,每人一件,试用起来。那刑法原分刺、痒、酸、麻、痛、胀六种,一经试用,由不得他们不啼笑杂呈、神号鬼哭,如那待死的猪羊一般,发出一片极难听的哀声。不消半个时辰,那六人禁受不住,全都晕死过去。

第一四四回

莽莽红尘　重复乐土
茫茫碧海　再踏洪波

冬秀便命抬过一旁，由他们自醒。这才分别轻重，一件一件地选出刑具来，与俞利挨次试用。那俞利平时以新刑施诸异己，引为乐事，今日见了这般惨状，心情自与往日不同，触目心惊。正在揣测仇敌要用哪一件来对付自己，猛听二次将他押过，不由吓了个魂飞天外。冬秀先替三女数骂了一顿，然后指着他道："这一次该轮到你了。"说罢，便下位去，命老铁父子相助，自己亲自动手，由轻而重，把六件非刑全给俞利试遍。每晕死一回，便用凉水喷醒过来。略容他缓一缓气，再行动手。只治得俞利哭一会儿、笑一会儿，疼、痒、酸、麻、胀全都躬亲尝试，死去还魂了四五次，才行试完，已是奄奄一息。

三女不知冬秀心意是一面拿仇人泄忿出气，一面想借此留住三女，使她深受众人爱戴，好在岛中长住。见日色偏西，天已不早，昨晚吃了烟火食后，几自觉出腹中有些饥饿，便催冬秀急速将俞利处死。冬秀看出三女心意，自己忙了大半日也觉有些腹饥，便悄声告诉老铁吩咐别殿执事，准备上等酒食，然后回身走向三女身侧，悄声说道："小妹岂不知三位恩姊姊急于回转仙府，无奈十多年杀父之仇与全岛人民的公忿，不能就此便宜了他。二则岛上人民尽都是当初老伯在日带来，方登乐土，便遇恶贼为虐，心念故主之恩，沦肌浃髓。此时如走，必然逼出许多人命，老伯在天之灵也是不安。适才我将俞贼的嘴堵住，一则防他和蓝二龙那狗贼一般求死恶骂。二则还是防他说出老伯归天，是他阴谋害死。好在全岛的人都当老伯仙去，当时下手的奸党，除俞贼外全数伏辜，绝无泄露。正可借此时机，选一贤明岛主，使众人重享安乐，以符老伯在日之志。三位恩姊纵不乐居红尘，也应体念老伯遗志,权留些日,等岛主举出,再行回转仙府。岛上人民不论尊卑,因为有了这场事,俱以为有仙人在暗中福善祸恶,谁也不敢为非作歹。把这一岛造成永久的世外桃源,岂不是老伯积下了无量功德?"

言还未了,三凤抢答道:"我们还得到母亲墓上行祭,今天反正是回去不成。只不过我们想到海中弄点东西吃,要你先把俞贼杀了,打发众人走去,才好下去罢了。"冬秀笑道:"杀俞贼须三位恩姊下手,那极容易。若说遣散众人,这些岛民心思不用问,定是怕三位恩姊暗中回转仙府。就令他们散开,也必有许多人昼夜防守挽留。只有等过些日子,众人看出三位恩姊俱都没有走的意思,才好想法回去。如今要他们相信,全数走开,哪有这般容易?至于吃的,三位恩姊也应该略微享受人间之味,我已令人办去了。"初凤因二凤、三凤俱有留岛之意,闻言虽然不愿,一心只记准老蚌别时之言,不过知道冬秀也是一番好意,并且当日回宫已是不及。打算明日祭墓之后,再暗劝两个妹子一次,如若不听,决计独自先回,以防万一宫中宝物出现,失了良机。主意打定,当时也不说破。冬秀见初凤并无话说,自己私愿十有九可望如意,暗自心喜不置。

这时俞利几经非刑处治,死而复苏,嘴又被人堵住,遍体鳞伤。已疼得肌肉乱颤,透不过气来。冬秀亲到俞利身前仔细看了看,见他气息仅属,奄奄待毙,知已离死不远,便对俞利道:"若非三位公主再三催促将你正法,我还想给你多受点罪,方消我杀父之仇。虽然便宜你速死,只是你一人须抵不了多少命债。待我先斫你几刀,再请三位公主行刑。我和你的仇恨不消说了。这是三位公主的事儿,你也知道。如今这般治你,不冤枉吧?"俞利闻言,已听出冬秀心存异念,想利用方良仙去之说,来治理全岛人民,并且看出三女虽因报杀父之仇,要他的命,并不像冬秀这般狠毒,也无据岛为王之心,想给她揭穿,偏又张不开口。只急得瞪着一双眼睛望着仇人,红得似要冒出火来。

冬秀知他怒极,笑骂道:"你这狗贼!还不服么?待我给你将嘴里塞的东西掏了出来,让你换口气如何?"俞利不知是计,还在打主意:"反正免不了惨死,只要能张口,便给她喊破,至不济,也恶骂她几句。"谁想冬秀更毒,一面说,早放下手中刀,从一件刑具上摘下一只钩子。俞利被绑倒在地,也没看见。等到冬秀扯去口中枪缨,正张口伸舌,想吐去满口碎麻再骂时，冬秀左手扯枪缨，一见他吐了口气，舌头方伸出，早就势右手一钩，将他舌头钩住，往外用力一扯。顺手抄起地下的刀，齐嘴唇一割，俞利的半截舌头便已割断，顺口角鲜血直流。疼得只在喉咙里哼了两声，连声音都未能急喊出来，手足微一挣扎，又已晕死。冬秀亲自接过老铁手中冷水喷了两口，方得二次回生。一见冬秀含笑站在面前，低头望着自己，满脸俱是喜容，自是恨逾切骨。怎奈身落人手，别无计较，便暗中拼死般提起气力，含着满口鲜血，朝冬秀脸上喷去。

俞利虽是垂死之人，平时内外武功俱有很深根底；何况又是情急拼命，作困兽之斗，不顾伤处疼痛，将周身所剩一点余力，运足气功，用在这一口血上。冬秀武功本来平常，在那得意忘形之际，以为仇人还不是一任自己随意宰割，万没防到他会有此绝招。见俞利死又还魂，因见殿阶旁诸长老见俞利受刑惨状，先时还不怎样，末后一次，有几个竟将眼看向别处，大有不忍之意。不便再多加荼毒，满想再给他两下，便去请三女下位动手。猛见俞利口张处，眼前红光一闪，料知不妙，想避已是不及，竟喷了个满脸开花，立时觉着脸上似无数钉刺肉一般奇痛非常。幸而眼闭得快，稍慢一些，怕不打瞎才怪。吃了大亏，不由毒火中烧，也无心注意旁观的人如何，扯起衣角，略一抹拭面上血痕，蹿上前去，避开正面，用刀朝俞利口中一阵乱搅乱撬，却不往下扎去。转眼工夫，将俞利一张嘴割了个乱七八糟，连上下唇带门牙全部弄碎。又给他腿背上不致命的所在找补了几刀。俞利又是死去还魂了两三次。冬秀也觉力乏，才住了手，回身请三女。

当时冬秀尽忙着收拾俞利，并暗中打算如何利用时机去做岛中女工，虽然脸上疼痛未消，并没在意。反是三女因冬秀聪明巴结，善体人意，身世又极可怜，惺惺相惜，对她已无殊骨肉。起初见冬秀用刀在俞利头、脸、腿、臂上连割带削，流了一地的鲜血，殿侧列坐的诸长老都目视旁处，后来竟自以袖障面，二凤、三凤还不怎样，初凤却觉冬秀报仇稍过。及见冬秀一回身，满脸俱是血痕，先已听冬秀后退时"哎呀"连声，知道受伤不轻。二凤、三凤同仇敌忾，自不消说，连初凤也大怒起来，当下同时立起，走向俞利身侧。冬秀道："这狠贼万死不足以蔽其辜！小妹杀父之仇，已略报一二。三位恩姊不可便宜了他。反正他也活不了两个时辰，给他一顿乱刀砍死，再将他一颗狠心取出来敬神吧。"三女闻言，果然取了三把快刀，一齐下手。俞利十年为恶,一旦遭报。当冬秀住手时,已是十成死了九成,仅止知觉未断,哪还禁得起这一顿板刀面,几下便已断气。冬秀恨犹未消,帮着三女一连乱砍。三女力猛手沉,不一会儿,砍成一堆血肉。才将首级割下,从烂肠破肚之中,用刀尖将一颗心挑了出来。命老铁将首级持去挂在长竿之上示众,贼心用来祭灵。余下贼党,等候明日扫墓之后,再行发落。

分派已毕,佬石已命宫中厨房将酒食备好,设在偏殿之中。冬秀传命众人散去。众人哪里肯散,有那在宫墙外挤不进来的人民,因隔得太远,没有看清公主的容貌,还想请求到殿阶下面瞻仰。冬秀几经命老铁父子向众申说,天已不早,公主以后既然久留,终会相见,大家可以回去,各安生理,此时正在进膳,无须如此呕呕。众人方才散了大半。那些岛兵,便由老铁父子率领,各自归队。除恶行素著者外,余人概行豁免。

初凤姊妹虽然入世不深,见冬秀处理井井有条,也都佩服,赞不绝口。初凤在席间笑对冬秀道:"我姊妹三人因受恩母遗命,不回海底,难免误却仙缘;况且岛上之事,一概不知,也难治理。我看姊姊是个干才,何妨便代我们做了岛中之主?一则省得姊姊水中上下不便,二则也符岛人之望,岂非一举两得?"冬秀笑答道:"漫说我本无此德能,昨日俘虏,今做岛主,难以服众。纵然三位恩姊错爱,如今贼首妖妇虽死,还有妖道和一些余党未归。适才在地宫中擒俞贼时,妖妇已经惊醒,如非二恩姊下手得快,出其不意,将她刺杀,那满宫中的无情毒火,转眼烧到面前,如何抵挡?后来虽知她只是个障眼法儿,但妖道是她丈夫,想必比她厉害。三位恩姊如不在此,留下妹子一人,孤掌难鸣,到时岂不也和俞利一般,任人宰割?况且全岛人民思念故主,一念忠诚,三位恩姊一去,就说他们不真个相率投海,难道又任他等在妖道回来后堕入水火之中么?"初凤闻言,沉思了一会儿,便问二凤、三凤两人怎样?二女俱都附和冬秀的主张,三凤更是坚决。初凤好生忧急。

少时用完酒宴,冬秀因地宫血迹污秽,便命老铁父子将宫中许多妇女全数放出,本岛有家的还家,无家的等到明日另行择配。只留下四名服侍的宫女。另率人将宫中几具贼党尸首抬出掩埋,打扫干净听用。

当晚便请三女离了别殿,宿在王宫之内。出殿时节,岛民闻信,齐集别殿宫墙外面,夹道欢呼。一路上香花礼拜,灯烛辉煌,自有一番欢乐气象。及至到了王宫起居别殿之中,又更华丽非常。真是堂上一呼,阶下百诺,起居饮食,无不精美。人情大抵喜新厌旧。海底紫云宫虽是仙宫,一则三女在那里生息多年,过惯了,不以为奇;二则彼时仙书未得,还有许多灵域奥区未曾开辟;三则人间繁富,尚系初来,三女不能辟谷,海底仙药犹未发现,每日只吃异果海藻,衣服更谈不到,一旦尝了人间滋味,又穿了极美观的衣服,未免觉得人间也是一样有趣。除初凤质厚心坚外,余人俱有乐不思蜀之想。初凤一再重提前事,二凤、三凤虽不曾公然反抗,均主暂留。初凤见劝说不听,便对二女道:"你们既愿在这里,明日祭墓之后,我只好独自回去。紫云宫中异宝不现,决不再来。冬秀姊姊不能涉水相随,下去须吃许多苦头。你二人须记取恩母之言,红尘不是久恋之乡,务要早回,以免惹些烦恼,自误仙根。"二女不假思索,满口应允。冬秀劝了一阵,见初凤执意不从,只好由她。因二凤、三凤愿留,已是喜出望外,便不深劝。

蜀山剑侠传 4

— 著 —
还珠楼主

人民文学出版社

目录

第一四五回	重返珠宫　一女无心居乐土	
	言探弱水　仙源怅望阻归程	1401
第一四六回	虎啸龙翔　冲波戏浪	
	山崩海沸　熔石流沙	1411
第一四七回	光腾玉柱　贝阙获奇珍	
	彩焕金章　神奴依女主	1421
第一四八回	茫茫热海　巧拯同枝	
	烈烈狂飙　生擒异兽	1433
第一四九回	都火梵呗　毒炼少林僧	
	撒手烟云　惊逢铁伞道	1444
第一五〇回	挥宝扇　祥光驱邪祟	
	服贞水　脱骨换灵胎	1458
第一五一回	本是双清　翻成投怀燕	
	剧怜同病　难为比翼鹣	1470
第一五二回	犯珠宫　一妖授首	
	游少室　二女寻真	1484
第一五三回	顶礼拜番僧　晶球示兆逢魔女	
	寻仇追野狉　荒崖肆虐遇仙娥	1507
第一五四回	珍重故人情　碧海黄泉寻旧侣	
	深衔前世恨　洪炉宝鼎炼神沙	1512

第一五五回	友谊更亲情　玉雪仙童双入海	
	淫娃换姹女　迢遥甬道迭传言	1523
第一五六回	久候寂无音　初探紫云穿秘甬	
	深攻同陷阵　频摧玉柱斩灵鲛	1529
第一五七回	四女困双童　异宝护身欣脱险	
	一心成两用　前言在耳苦求全	1538
第一五八回	炼法中魔深　与拒违衷棋不定	
	飞行经海上　救援逢阻遇偏奇	1545
第一五九回	秘阵困英云　海中兀立玄龟殿	
	片言消误会　天外飞来女神婴	1553
第一六〇回	迎仙岛被羁　忍耻勉完知己托	
	紫云宫再入　曲全聊寄解纷书	1559
第一六一回	飞剑斩琼林　火树银花惊魔女	
	护身凭宝伞　妖光邪雾困神婴	1566
第一六二回	牟尼珠奏功　一丸独破璇光尺	
	传音针告急　两矮初乘辟魔梭	1575
第一六三回	渔利设机谋　飞娘祝嘏邀同恶	
	贪淫排陷阱　金蝉定志战妖尼	1583
第一六四回	一念固元关　妖法千般终自毙	
	双童捧仙敕　神雷一震退群魔	1590
第一六五回	教主返仙山　梁孟同收微尘阵	
	妖尼辞水府　金石三入紫云宫	1596
第一六六回	人语烟中　三仙逢矮叟	
	雀环飙转　万里走神沙	1616
第一六七回	呈奇计　酒海涌碧波	
	庆芳辰　珠宫开血战	1630
第一六八回	势迫危临　一奴救主	
	邪消正胜　双凤亡身	1640
第一六九回	仗异宝　横扫紫云宫	
	困磁光　失机铜椰岛	1653
第一七〇回	三女负荆　千鲸掀巨浪	
	双童遇救　矮叟戏痴仙	1665
第一七一回	洗髓脱毛　岂为贪功甘入险	
	除根斩草　都因疾恶苦追求	1676

第一七二回	误逐暴宾　嫌生山人祖	
	重逢慈父　喜煞孝女儿	1686
第一七三回	复道行波　奇观穷宙合	
	藏珍在鼎　秘偈示仙机	1699
第一七四回	金镜神光　同心求百宝	
	蹄涔沧海　无意失双鹅	1712
第一七五回	图解勤参　寸心通妙谛	
	飞云可捉　咫尺误仙缘	1727
第一七六回	阻险窜荒山　落日穷途　仙乡何处	
	兴亡说古国　尺刃寸弩　殷鉴空悲	1737
第一七七回	疾老成　僬人初窃位	
	拯生灵　侠女再除妖	1761
第一七八回	云腾鹤举　飞剑斩毒虺	
	电掣雷轰　神光歼巨憨	1782
第一七九回	灵根不昧　再世修真	
	狭路逢仇　初番涉险	1831
第一八〇回	偷秘笈　密炼花煞罡	
	聚阴魂　暗设玄牝阵	1850

第一四五回

重返珠宫　一女无心居乐土
言探弱水　仙源怅望阻归程

四女在宫中宿了一宵，次日一早起身，宫墙外面已是万头攒动，人山人海。冬秀安心显示岛上风光，早命老铁父子准备旧日俞利所用仪仗，前呼后拥，往方母墓地而去。因为方母葬处地势偏僻，俞利本没把此事放在心上，岛民又只知往方良夫妇庙中敬献，方良死后，无人修理，墓地上丛草怒生，蓬蒿没膝。三女自免不了哭奠一场。冬秀知三女对于世俗之事不甚通晓，仍然代三人传令，吩咐如何修葺。祭墓之后，又往昨晚所去的庙中祭奠方良。三女想起父亲死时惨状，不由放声悲哭起来。冬秀恐岛民看出破绽，再三劝慰才罢。祭毕出来，初凤当时便要告别。冬秀道："大恩姊当众回宫，恐为岛民所阻。不如晚间无人，悄悄动身的好。"初凤道："你们只不想随我回去便了，如想走时，何人拦阻得住？你可对他们说，我姊妹三人已选你为岛主，留下二妹三妹暂时相助。我宫中无人照料，急须回转。他们如相拦，我自有道理。"

冬秀沉思了一会儿，知她去志已决，无法挽留，只得在庙前山坡上，略改了几句意思，向众晓谕道："三位公主原奉方老爹之命，来为你们除害，事完便要回去，是我们再三挽留。如今大公主急须回转海底仙府向方老爹复命，留下二、三两位公主与我为全岛之主。命我代向全岛人民告辞，异日如有机缘，仍要前来看望。"岛民因昨日三女已允暂留岛上不归，先以为初凤复命之后，仍要回来，还不怎样。及至听到末两句，听出初凤一时不会再来，不免骚动起来，交头接耳，纷纷议论。没等冬秀把话说完，便已一唱百和，齐声哭喊："请大公主也留岛中为王，不要回去。"冬秀见众喧哗哭留，正在大声开导，忽见初凤和二凤、三凤说了几句，走向自己身前,刚刚道得几句:"姊姊好自珍重,除了妖道余党之后,须代我催二妹三妹急速回去,便不枉你我交好一场。"说罢,脚一顿处,凭空纵起一二十丈,朝下面众人头上飞越而过。接连在人丛中几个起落,便已奔到海边。冬秀连忙同了二凤、三凤赶到时,初凤已经纵身入海,脚踏洪波,向着岸上岛民含笑举了举手,便已没入波心不见。

岛民见大公主已去,挽留不及,一面朝海跪送;又恐二、三两位公主也步大公主的后尘,纷纷朝着二凤、三凤跪倒,哭求不止。冬秀知岛众不放心,忙拉了二凤、三凤回转。岛众见二、三公主真个不走,才改啼为笑,欢呼起来。二凤、三凤当日同了冬秀回宫,无话。

第二日,冬秀命老铁用几只小舟,将俞利手下数十个党羽放入舟内,各给数日粮食逐出岛外,任他们漂流浮海,死生各凭天命。一面问了岛中旧日规章,重新改定,去恶从善,使岛民得以安居乐业。因知妖道邪法厉害,如等他回来,胜负难测。仗着二凤、三凤精通水性,想好一条计策:派佬石选了几十名精干武士,驾了岛中兵船,请二凤、三凤随了前去,暗藏舱中。由投降的俞利心腹大官中再选一可靠之人,充做头目,假说俞利寿日,酒后误食毒果,眼见危急;妖妇因岛中出了妖怪,不能分身,接他急速回去,有要事商议。等他到派去的船上,由二凤、三凤下手,将他刺死。再传俞利之命,说从妖妇口中探出妖道谋为不轨,只杀他一人,命妖道船中所有余党全数回岛,听候使命。等这些余党回到岛中,再行分别首从发落,以便一网打尽。佬石领命,便同了二凤、三凤,自去不提。

事也真巧,冬秀如晚一天派人,事便不济。那妖道原本定在俞利生日那天赶回庆祝,偏巧在洋里遇上一阵极大的飓风,连刮了三日。妖道本领原本平常,本人虽能御风而行,却不能连那两只大船也带了走。仅仗着一点妖法,将船保住,躲入一个岛湾里面,避了三天。等到海里风势略定,俞利、妖妇业已就戮了。因为俞利寿日已过,这次出门从洋船上打劫了不少玩好珍奇之物,另外还有两个美女,满心高兴。打算把那两个女子真阴采去,先自己拔个头筹,再回岛送与俞利享受。归途中,只管同了盗船中两个为首之人尽情作乐,一丝也不着忙。

这一面二凤、三凤随了佬石,到了船上,见茫茫大海,无边无岸,走了半日,还看不见个船影子。一赌气跳入海中,先想赶往前面探看。无心中推着船底走了一段，觉出并不费甚大劲。前行了一阵，仍不见盗船影踪。姊妹二人嫌船行太慢，便回身推舟而行。这同去的人，原是俞利旧部，虽说为二凤姊妹的恩威所服，毕竟同是在岛中生息长大，盗船中人大半亲故。有几个胆大情长一点的，因知出海行劫的这一伙余党大半是首恶；妖道平时作威作福，不把人放在眼里：死活自不去管他们。余人这次要回岛去，绝无幸理，未免动了临难相顾之心，各自打算到时与各人的亲故暗透一个消息，好让他们打主意逃生。及见二凤、三凤下水以后，船便快一阵、慢一阵，末后竟似弩箭脱弦一般，乘风破浪，往前飞驶，顷刻之间，驶出老远。这只兵船，俞利新制成不久，能容二三百人，又长又大，比起妖道乘往洋里行劫之船还大两倍。众人见二凤、三凤下水便没上来，不知她姊妹二人幼食老蚌精液，生就神力，在底下推舟而行，以为是使甚仙法。妖道平时呼风行船，还没她们快。个个惊奇不置，不由有些胆怯起来。

又行了一阵，佬石在舵楼上用镜筒渐渐望着远方船影。恐二凤姊妹还要前进，迎上盗船，出水时被妖道看破，动手费事，船行疾如奔马，反无法命人打招呼。正在为难，恰巧二凤姊妹推得有些力乏，"哗"的一声带起一股白浪，自动蹿上船来。佬石便说前面已见船影出没，恐是盗船，请二凤姊妹藏入舱底。二凤姊妹眼力极强，闻言定睛往前面一看，果然相隔里许开外，洪波中有一只船，随着浪头的高下隐现，船桅上竖着一杆三角带穗的旗，正与岛中的旗相似。佬石知是那盗船无疑，一面请二凤姊妹藏好，一面忙做准备。两下相隔半里，便照旧规，放起两声相遇的火花信号。

妖道正在船上淫乐，闻报前面有本岛的船驶来，知道岛中两只大兵船业已随着自己出海，新船要等自己回岛之后才行定日试新，怎便驶出海来？便猜岛中必有事故，忙命水手对准来船迎上前去。佬石因新降之人不甚放心，再三重申前令，告诫众人：两位公主现在舟中，稍有贰心，定杀不宥。等到船临切近，除那头目外，暗禁众人不可到对船上去。自己却装作侍从，紧随那头目身侧，以防万一泄了机密。众人中纵有贰心，一则害怕二位公主；二则佬石精干，防备甚紧，暂时俱是无计可施。佬石监视着那头目，说俞利误服毒果，昏迷不醒，岛中无人主持，偏巧岛岸边又闹海怪。现奉牛仙姑之命，用新制好的兵船，前来接他一人回去，搭救岛主。至于那只盗船，最好仍命他在海中打劫，无须驶回。妖道对于俞利原未安着什么好心,几次想将俞利害死,自立为王。只是妖妇嫌妖道貌丑,贪着俞利,说此时害死俞利,恐岛民不服,时机未至,再三拦阻。妖道有些惧内,便耽搁下来。此时一听俞利中毒,不但没有起疑,反以为是妖妇弄的手脚,接他回去篡位。因盗船上多半是俞利手下死党,恐同回误事,故此止住他们,不消几句话,便已哄信。

依了妖道本心,当时恨不得驾起妖风赶回。一则那头目说仙姑有话,新船务要带回;二则也舍不得那只大船,恐人看破失去。反正那里离岛已不甚远,见原乘两船中俞利的党羽已在窃窃私语,知已动疑,满心高兴,也不去理他们,竟然随了头目、佬石纵过新船。海上浪大,两船相并,本甚费事,妖道过船,这边船钩一松,便已分开。妖道想起还有那抢来的两名美女,二次纵将过去,一手一个,夹纵过来。盗船上人见他什么都是倚势独吞,又闻俞利中毒之言可疑,个个都是敢怒而不敢言。妖道也是运数该终,过船之后,越想越得意,不等人相劝,便命将酒宴排好,命那头目作陪,两个美女行酒,左拥右抱,快活起来。

他这里淫乐方酣,舱中二凤姊妹早等得又烦又闷。三凤更是心急,不等招呼,拿了一柄快刀,便自走出。二凤恐有闪失,连忙跟出。妖道醉眼模糊,方在得趣,忽见侧面隔舱内闪出一个绝美女子,一时也没在意,回身指着那头目笑道:"你来时在海上得了彩头,却不先对我说,此时才放她走出。"一面说着,放开怀抱中女子,便打算起身搂抱三凤。说时迟,那时快,三凤早纵到席前,举刀当头就砍。妖道眼前一亮,寒风劈面而至,方知不好,膝盖一抬,整个席面飞起,朝三凤打去。口里刚说得"大胆"两字,正准备行使妖法,没防到二凤乘妖道回头与那头目说话之际,早从三凤身后蹿到妖道身后,手起快刀,一声娇叱,朝妖道头颈挥去。妖道防前不顾后,往后一退,正迎在刀上。猛觉项间一凉,恰似冰霜过颈,连"哎呀"都未喊出,一颗头颅便已滴溜溜离腔飞起,直撞天花板上,吧嗒一声,骨碌一滚,落在船板上。颈腔里的鲜血,也顺着妖道尸身倒处,泉涌般喷了出来。

妖道一死,佬石便命将船头掉回,去追两只盗船时,偏巧两只盗船正疑妖道夫妇闹鬼,并未疑到旁处,俱打算暗自跟在大船后面,回岛看个详细,并未远走。反是见大船回头来追,以为恼了妖道,有些害怕。可又不敢公然违抗，见了大船上旗令，勉强停住。因妖道素日手段凶辣，未免怀着鬼胎。及至船临切近，听说妖道伏诛，大称心意，一些也没费事，便随了大船回转。那些与盗船上有亲故关系的几个，因为佬石监视甚严，谁也不敢暗中递个消息，见他们俱都中了道儿，只叫不迭得苦。那里离岛原只大半日路程，当时正当顺风大起，无须二女下水推行，照样走得甚快。事已大定，佬石早请二女换了湿衣，在中舱坐定，监督两只盗船在前行走。盗船中人虽然远远望见后船中舱坐着二女，因洋里不比江河，二船虽同时开行，前后相隔也有半里远近，观望不清，俱以为大船来时，在洋里得的彩头，没有在意。船行到了黄昏时分，便抵岛上。冬秀早将人埋伏停当，船一拢岸，等人上齐，一声号令，全都拿下。当时将二女接回宫去。将盗船上劫来的两名美女交给执事女官，问明来历择配。一干余党押在牢内。当日无话。

第二日，冬秀同了二凤、三凤升殿，召集岛中父老，询明了这些余党的罪恶。有好几个本应处死，因第一次处治那些首恶，也曾网开一面，特意选定两种刑罚，由他们自认一种。第一种是和处治上次余党一般，收去各人兵刃，酌给一些食粮，载入小舟，任其漂洋浮海，自回中土，各寻生路。第二种是刖去双足，仍任他在岛中生活，只另划出一个地方，与他们居住。非经三年五载之后，确实看出有悔过自新的诚念，不能随意行动。这伙人平时家业俱在岛中，抛舍不开，再加海中风狂浪大，鲨鲸之类又多，仅凭一叶小舟，要想平安回转中土，简直是万一之想，自然异口同声甘受那刖足之刑，不愿离去。冬秀原是想袭那岛王之位，知道全岛并无外人，大抵非亲即故，想以仁德收服人心，又恐这伙人狼子野心，久而生变。

明知他们知道孤舟浮海，九死一生，料到他们愿留不愿走，才想了这两种办法。一经请求，便即答应，吩咐老铁父于监督行刑。

这时俞利党羽已算是一网打尽，岛众归心。二凤、三凤只知享福玩耍，一切事儿俱由冬秀处理，由此冬秀隐然成了岛中之王。她因岛民崇拜方氏父女之心牢不可破，自知根基不厚，除一意整理岛政外，对于二凤、三凤刻意交欢，用尽方法使其贪恋红尘，不愿归去。日子一多，二凤、三凤渐渐变了气质，大有乐不思蜀之概。自古从善政之后，为善政难；从稗政之后，为善政易。岛民受俞利十多年的荼毒，稍微苏息，已万分感激。何况冬秀也真有些手腕，恩威并用，面面皆到。加以有二凤、三凤的关系，愈发怀德畏威，连冬秀也奉如神明了。

冬秀和二凤、三凤在安乐岛上一住三年，真可称得起政通人和，百废俱兴。她以一个弱女子随了老亲远涉洋海，无端遇盗，遭逢惨变，全家被杀，自身还成了俎上之肉，眼看就受匪人的摧残蹂躏。彼时之心，但能求得一死，保全清白，已是万幸。救星天降，不但重庆更生，手戮大仇，还做了岛中之主，真是做梦也不会想到。满想留住二凤姊妹，仗她德威，励精图治，把全岛整理成一个世外乐园，自身永久的基业。偏偏聚散无常，事有前定。那二凤、三凤先时初涉人世，对于一切服食玩好贪恋颇深。年时一久，渐渐习惯自然，不以为奇。第三年上，不由想起家来。冬秀本因二凤姊妹虽然应允留岛，却是无论如何诱导劝进，不肯即那王位。对于岛事，更是从不过问。又知她姊妹三人情感甚好，年时久了，难免不起思归之念，心里发愁。后来更从三凤口中打听出她姊妹二人不问岛事，乃是初凤行时再三叮嘱，并说她姊妹三人既救冬秀一场，她又是凡人，不能深投海底，索性好人做到底，由二凤、三凤留在岛上，助她些时。等过了三年五载，二凤、三凤纵不思归，初凤也要出海来接。现在三凤自己去留之计尚未打定，二凤已提议过好几次了。冬秀一听，越发忧急起来。人心本是活动，二凤姊妹彼时尚未成道，又很年轻，性情偏浮。起初相留，固是连胞姊相劝都不肯听；此时想去，又岂是冬秀所能留住？一任冬秀每日跪在二女面前哭求，也是无用，最终只允再留一月。

冬秀明知自从初凤走后，从未来过。当时二凤、三凤要暂留岛中，尚且坚持不许，此时二女回去，岂能准其再来？平时听二女说，紫云宫里只没有人世间的服食玩好，若论宫中景致，岛上风光岂能比其万一？再加宫中所生的瑶草奇葩，仙果异卉，哪一样也是人间所无。二女这三年中对于人世间的一切享受已厌，万难望她们去而复返，正在日夜愁烦。这日升殿治事，猛想："初凤三年没有信息，莫非宫中金庭玉柱间的瑰宝已经被她发现，有了仙缘遇合？不然她纵不念自己，两个同胞姊妹怎么不来看望一次？起初只为海底波涛险恶，压力太大，自己不精水性，不能出没洪波。这三年来，日从二凤姊妹练习，最深时，已能深入海底数十丈，何不随了二凤姊妹同去？拼着吃一个大苦头，有她二人将护，料不致送命。倘若冒着奇险下去，能如愿以偿，得在地阙仙宫修炼，岂不比做小小岛国之主还强百倍？"

冬秀暗自打主意既定，立时转忧为喜。下殿之后，便往二女宫中奔去。到了一看，二女正在抱头痛哭呢。冬秀大吃一惊，忙问何故？二凤还未答话，三凤首先埋怨冬秀道："都是你，定要强留我们在岛上，平日深怕我们走，什么地方都不让去。如今害得我们姊妹两个全部回不去了。"二凤道："这都是我们当时执意不听大姊之劝早些回去，才有这种结果，这时埋怨她，有何用处？"说罢，便向冬秀将今日前往海中探路之事说出。

原来二凤早有思归之念，直到三凤也厌倦红尘，提议回宫去时，二凤因冬秀始终恭顺诚谨，彼此心意又复相投，情感已无殊骨肉；又知此次回宫，初凤定然不准再来，此行纵然不算永别，毕竟会短离长，见冬秀终日泣求，情辞诚恳，不忍过拂其意。心想："三年都已留住，何在这短短一月？"便答应下来。这日冬秀与二女谈了一阵离情别绪，前去理事。

二凤猛想起，自从来到岛上，这三年工夫，冬秀老怕自己动了归心，休说紫云宫这条归途没有重践，除带了冬秀在海边浅水中练习水性，有时取些海藻换换口味外，连海底深处都未去过。当时因想反正来去自如，姊妹情好，何必使她担心多虑？况且浅水中的海藻一样能吃，也就罢了。昨日无心中想取些肥大的海藻来吃，赶巧红海岸处所产都不甚好，多下去有数十丈，虽说比往日采海藻的地方要深得多，如比那紫云宫深藏海底，相去何止数十百倍。当时海藻虽曾取到，兀自觉着水的压力很大，上下都很费劲。事后思量，莫非因这三年来多吃烟火，变了体儿？地闭仙府归路已断，越想越害怕，不由急出了一身冷汗，便和三凤说："久未往海底里去，如今归期将届，程途辽远。今日趁冬秀不在宫中，何不前往海底试一试看？"三凤闻言，也说昨日潜水，感觉觉水力比得气都不易透转等语。二凤闻言，愈发忧急。姊妹两个偷偷出宫，往海岸走去。到了无人之处，索性连上下衣一齐去尽，还了本来面目，以为这样，也许好些。谁知下海以后，只比平时多潜入了有数十丈，颇觉力促心跳，再往深处，竟是一步难似一步。用尽力气，勉强再潜入了十来丈，手足全身都为水力所迫，丝毫不受使唤。照这样，休说紫云宫深藏海心极深之处，上下万寻，无法归去，就连普通海底也难到达。幼时生长游息在贝阙珠宫，不知其可贵；一旦入天迥隔，归路已断，仙源犹在，颇似可望而不可即，怎不悲忿急悔齐上心来。拼命潜泳了一阵，委实无法下去。万般无奈，只得回上岸来，狼狼狈狈回转岛宫，抱头痛哭。

恰值冬秀赶来，本想冒着奇险与二女同去，闻言不禁惊喜交集。猛地心中一动，眼含痛泪，跪在二女面前，先把当日来意说了。然后连哭带诉道："妹子罪该万死，只为当初见岛中人民初离水火，没有主子，难免又被恶人迫害，动了恻隐之心，再三留住二位恩姊。只说岛中人民能够永享安乐，那时再行回宫也还不迟。不想竟害得二位恩姊无家可归，如今已是悔之无及。妹子受三位恩姊大恩，杀身难报。落到这般地步，心里头如万把刀穿一般，活在世上有何意味？不如死了，倒还干净。"说罢，拔出腰间佩剑，便要自刎。三凤一见，连忙劈手一掌，将冬秀手中剑打落，说道："你当初原也是一番好意。二姊说得好，此事也不怨你一人。我只恨大姊，不是不知道我姊妹不能久居风尘，不论金庭玉柱中所藏宝物得到手中没有，也该来接我们一回才是。那时我们入世未深，来去定能自如。哪怕我们不听她话，仍咬定牙关不回去，今日也不怨她，总算她把姊妹之情尽到，何致闹到这般地步？她怎么一去就杳无音信，连一点手足之情都没有？我想凡事皆由命定。我姊妹三个，虽说恩母是个仙人，从小生长仙府，直到如今，也仅只气力大些，能在海底游行罢了，并无别的出奇之处。命中如该成仙，早就成了，何待今日？既是命里不该成仙，索性就在这岛上过一辈子，一切随心任意，还受全岛人民尊敬，也总比常人胜强百倍。大姊如果成了仙，念在骨肉之义，早晚必然仍要前来接引，否则便听天由命。我姊妹二人，永留此岛，和你一同做那岛主。譬如我父亲没被俞利所害，我们二人自幼生长在岛上，不遇恩母，又当如何？"

冬秀见苦肉计居然得逞，脸上虽装出悲容，却暗自心喜，正想措词答话。二凤先时只管低头沉吟，等三凤话一说完，便即答道："三妹不怪人，便尽说气话，当得甚用？你又没见着大姊，怎知她的心意？大姊为人表面虽说沉静，却最疼爱我们，断不会忘了骨肉之情。况且我二人不归，恩母转劫重来，也不好交代。焉知不是当初见我二人执迷不返，特意给我们一些警戒？依我看，金庭玉柱中宝物如未发现，她不等今日，必然早来相接同归了。三年不来，仙缘定已有了遇合。不是在宫中修炼，便是等我们有了悔意,迷途知返,再行前来接引,以免异日又落尘网。我们仍还要打回去主意,才是正理。"三凤道:"这般等,等到几时?反正我们暂时仍做我们的岛主。她来接引,更好;不来接引,也于事无碍。我们已不似从前,一入水便能直落海底,哪里都可游行自如,有什么好主意可打?"二凤道:"话不是如此说。来时路程,我还依稀记得。我们此时知悔,大姊也是一样深隔海底,未必知道。依我之见,最好乘了岛中兵船。我们三人装作航游为名,将岛事托与老成望重之人,一同前往紫云宫海面之上。以免一路上都在水上游行,泅之了力,又无有歇脚之所。等到了时,我和你便先下去,能拼死命用力直达海底宫门更好;否则,老在那所在游泳。大姊往日常在宫外采取海藻,只要被她一看见,我们只是吃不住水中压力过大,别的仍和以前一样,只须大姊上来两次,背了我们将水分开,即可回转宫去。假如她的宝物已得,仙法练就,那更无须为难,说不定连冬秀也一齐带了,同回海底。大家在仙府中同享仙福,岂不是好?"三凤闻言,不住称善。当下便催冬秀速去准备,预定第二日一早便即起程。论年岁,冬秀原比二女年长,先时互以姊姊相称。只因受恩深厚,又因二女受岛民崇拜关系,冬秀执意要当妹子,所以年长的倒做了妹妹。闲话表开。

冬秀当时闻言,情知未必于事有济,但是不敢违拗。立刻集众升殿,说二位公主要往海中另觅桃源,开辟疆土。此去须时多日,命老铁父子监国,代行王事。一切分派停当。

第二日天一明,便即同了二凤姊妹上船,往紫云宫海面进发。岛民因冬秀私下常说大公主曾在暗中降过,说已禀明方老爹派二、三两位公主监佐岛政,再加亲见二凤姊妹屡次出入洪波,俱是到时必转,日久深信不会再走。况且此次又与冬秀乘船同出,除集众鼓乐欢送外,一些也没多疑。二凤以为当初出宫中起身,在海中行路,不消两个时辰便达岛上,行凡至多不过一日。谁知船行甚慢,遇的还是顺风,走了一日,才望见当初手戮蓝二龙的荒岛。三凤好生气闷,又要下船推行。二凤拦道:"我们来此,一半仍是无可奈何,拿这个解解心烦,打那不可必的主意。遇好玩的所在,便上去玩玩。多的日月已过,也不忙在这一日两天。我们原因多食烟火,才致失去本能。正好乘这船行的几天工夫,练习不动烟火,专吃生的海藻,蓄势养神,也许到时气力能够长些。此时心忙作甚?"说时,又想起那荒岛侧礁石下面的海藻又肥又嫩,和宫门外所产差不甚多。反正天色将晚,索性将船拢岸,上去采些好海藻,吃他一顿饱的,月儿上来再走,也还不迟。当下便命人将船往荒岛边上行去。一会儿船拢了岸,二凤姊妹命船上人等各自饮食,在船上等候。同了冬秀往荒岛上去,绕到岛侧港湾之内。二凤姊妹便将衣服脱下,交与冬秀,双双跳入水内,游向前海,去采海藻。

冬秀一人坐在湾侧礁石上面,望着海水出神,暗忖:"二凤姊妹归意已决,虽然她二人本能已失,无法回转海底,但是还有一个初凤是她们同胞骨肉,岂能就此置之不管?早晚总是免不了一走。目前岛政修明,臣民对于自己也甚爱戴,二女走不走俱是一样。无奈自己受了人家深恩大德,再加朝夕相处,于今三年,情好已和自家骨肉差不多。自己一个孤身弱女,飘零海外,平时有二女同在一处,还不显寂寞;一旦永别,纵然岛国为王,有何意味?再说二女以前留岛俱非本心,全系受了自己鼓动。起初数月还可说是岛民无主,体上天好生之德,使其去忧患而享安乐,就是为了自己打算,也还问心无愧。后来岛事大定,不论自己为王或另选贤能,均可无事。彼时如放二女走去,二女本质受害还浅,也许能回转海底仙府。不该又用权术,拿许多服食玩好去引三凤留恋。假使真个因此误了二女仙缘,岂非恩将仇报?"想到这里,不由又愧又悔,呆呆地望着水面出神。

正打不出主意,忽听椰林内隐隐有群狮啸声。猛想起昔年与三女在此宰割蓝二龙,受群狮包围冲袭,险些丧了性命。三凤那么大力气还被狮爪断去一臂。后来多亏一虎面龙身的怪兽将狮群赶走。虽在方良旧居石屋中寻了刀创药,将三凤断臂医好,终因当时流血过多,筋骨受损,至今没有复原。现在二凤姊妹下去了好一会儿,天都快黑,怎还不见上来?仗着自己已经学会水性,如果群狮袭来,便跳下水去,也不致遭膏狮吻,心中虽然胆怯,还不怎样害怕。又待了一会儿,狮吼渐渐沉寂,有时听见一两声,仿佛似在远处,便也不做理会。远望海心一轮明月,业已涌出波心。只来路半天空里悬着一片乌云,大约亩许,映着月光,云边上幻成许多层彩片,云心仍是黑的。除这一片乌云外,余者海碧天晴,上下晴光,无涯无际。四外静荡荡的,只听海浪拍岸之声,汇为繁响。觉得比起避难那一年晚上所见的景色,虽然一样的清旷幽静,心境却没这般闲适。屈指一算时间,三年前的今天晚上,正好被难遇救,真是再巧也没有。

第一四六回

虎啸龙翔　冲波戏浪
山崩海沸　熔石流沙

冬秀正在对着月光回首前尘，心中感慨。猛听海水响动，月光下照见前面港湾转侧处，海水忽然裂了个丈许宽的巨缝，浪向两旁分开。当中一股黑影高出水面约有丈许，直向离身不远的海岸边冲来，哗哗连声大响，海波分处，那股黑影业已冲上岸来。等到全身毕现，方看出那东西长有十丈，形状似龙非龙，与那年所见虎面龙身之物相似，但要长大些。只是没有看清，晃眼工夫，蹿入椰林之内。方在吃惊，浪花涌处，又蹿起两条白影，持刀定睛一看，正是二凤姊妹。一见面，便同声齐问："冬秀见着那东西么？"冬秀见二女同来，心中大喜，便将适才所见说了。二凤姊妹闻言，更不答话，急匆匆各持兵刃往林内追去。冬秀也随后追赶，追了半里多路，人兽都没有追上。恐有狮群在暗中潜袭，独个儿有些害怕，只得仍回水边等候。过了半个时辰，二凤姊妹方才回转。三凤急得直跺脚道："都怪我不好。我们已合力将它擒住，偏生我这只手臂前年为狮所伤，使不上劲。就在二姊伸手取海藻的工夫，被它挣脱逃走。又不该顾拾这把劳什子刀，没有追上。这东西先前不知怕人，好捉。如今吃了苦头，想必见人就躲，一上岸就跑得没了影了。知道哪年哪月才擒得到呢？"说时甚是惶急。冬秀不明二女要生擒那东西作甚，正要问，又听二凤道："三妹总是性急。这东西既以海藻为粮，这岛不大，一面有污泥阻路，只要肯费工夫，总擒得到。好在我们无心中已发现它的短处，有了制它之法。此时空愁有甚用处？"说罢，便将采的几片海藻大家分吃，三人坐在石上，边吃边说海中遇怪之事。

原来二凤姊妹到了水底，游向前年取海藻之处一看，哪里还有。暗想：

"前年这地方海藻甚多,并且这东西生长极繁,就算被海底鱼类吞食,像这方圆约有十里的一大片,也不会被它们吃尽。"算计不是事隔三年记忆不真,看错了地方,便是前面还有。想着想着,不觉游出老远。间或遇上一些,也都不甚肥嫩,还不如安乐岛海滨所产,不值一取,便丢了不采。又往前走有数里,忽见前面翠带飘动,游鱼往来上下,如同穿梭一般。心中高兴,便将腰中所佩的刀拔在手内,准备上前割取。二女天生异禀,幼服老蚌灵液,两目在水中视物如同白日之下,观察甚是敏锐。刚往前穿行没有几十步,忽见海藻丛中直打水漩,漩起两三丈大小的圆圈。四外和上下的水,依旧静沉沉地停着。漩圈以内,却是空的。二凤因这种海底空漩,平生从未见过,先疑是那里有甚海眼。但漩圈上的水却又不往下压,好似有什么无形无质的东西将海水凭空托住,心中奇怪。那一片地方的海藻又是格外长大肥多,目光被藻带阻住,看不甚清。翠影披拂中,仿佛里面伏着一个带角有鳞的东西,却没见它行动。二凤比三凤来得机警,猜是海中蛟龙海怪之类,不敢轻易涉险。正想拉着三凤同走,不去生事,偏巧三凤看上当中两片极肥嫩的海藻,头往前一低,两手一分,早平着身子,冒冒失失地往漩圈之内冲了进去。

　　水中只能以手示意,不能说话。二凤一个未拉住,见三凤已经冲进,恐防有失,连忙跟踪而入。眼看三凤在前,一手提刀正往那当中的两片肥大海藻上砍去。就在这一晃眼的工夫,忽从三凤身旁海藻丛中蹿起一条龙形怪物,也没伤人,径往侧面穿去,连头带尾,长有十丈开外,形体甚是长大得骇人。二凤姊妹常在海中游行,怪鱼如虎鲨鲸、鳄象之类的厉害东西也常遇着,似这样似龙非龙的东西却是罕见。先时不敢轻易招惹。后见那东西经行之处,水漩也在跟着移动,离那东西的头部四外十来丈左近,水竟自然避开。等到缓缓游向侧面海藻丛中,才想起似在哪里见过。细一寻思,正与前年在荒岛上赶走狮群,给姊妹三人解围的虎面龙身怪兽相似。如不亏它,那些恶狮何止百数,姊妹三人岂不膏了狮吻?当时因为忙着寻报父仇,也没再寻那怪兽的下落。后来连问岛人,俱说从未见过,日久也就不再提起。不想这东西还有分水之能。因这怪物以前曾给自己解过围,又未见它有伤人之意,不由把恐惧之心减了一半。再往它伏处一看,四外海水依然空漩着。姊妹二人同时想起这东西既有分水之能,看上去又颇驯善,倘能将它制伏,驾驭着回转紫云宫,岂非一桩妙事?

当时因为求归海底心切,也无暇计及危险。互相一打手势,仗着那东西行得缓慢,自己天赋本能未曾丧尽,水底游行比鱼还快,决计跟踪过去,试探行事。谁知行近漩圈之内,那东西本似在翘首闭目假寐,偶一睁眼,见有人来,又复警觉避向别处。一连多次,俱是如此。二女见它游得较快,有时遇见片肥大的海藻,便顺嘴咬去嚼吃。虽说避人,并不见有甚恶意,不由胆子越来越大。追逐了好些时候,渐渐越追越近。末一次,三凤见那东西爱吃海藻,又觉察它转折时姿态,只须避开它后面,不致被长尾扫着,便无妨碍。即使惹翻了它,也有法躲。便和二凤打了个手势,仍由二凤从侧面去惊它,决计冲入空圈之内试试。自己找了几片肥大海藻,绕出它的前面,猛地迎头堵去。右手急握剑柄戒备,左手便准那两片大海藻向怪物嘴上递去。这时三凤因为身临切近,身在空处,脚已踏实在海沙上面,看清那怪物后半身仍在水内,只头部前半身周围没水。三凤身子离水,便不能和在水中一般自在起落。那怪物却又生得高大,昂起头来,离地足有两三丈高下。三凤见两下相差太甚,虽说怪物不伤人,面对面地看了那般狞恶凶猛的形态,未免也有些胆怯,再加身子不在水中,不敢过于大意。就这迟疑之间,那怪物已低头张开大嘴来咬。三凤一害怕,忙把身子往后一退。不料一脚正踏在海底淤泥里面,将一条玉脚陷进半截,急切间拔不出来。那怪物已经张开血盆大口,缓缓游了过来。三凤无法,正挥刀准备抵敌,觉着左手一动,怪物的头忽然停住,不往下落。定睛一看,漂来那两片海藻比手中刀要长出好几倍。三凤因是情急用力,无心中左手也举了起来。那怪物本不伤人,只是奔了三凤手中的海藻而来,恰好迎个正着。那怪物竟和养驯了的家畜一般,就在三凤手里嚼吃。吃到一半,三凤将手一松,被它衔了就转身。同时二凤也从侧面冲入空圈以内。二凤忙叫道:"二姊留神!这里尽是极黏腻淤泥,我已被陷在此。这东西很驯善,你快将它轰开,放水进来,我好脱身。"

原来海底那一摊并非淤泥,乃是鲸鱼的粪,日久年深,沉积海底,又黏又腻。三凤正踏在上面,所以急切间无法脱身。二凤一听三凤之言,忙绕到怪物身后,举手中刀背朝怪物腰间打去。怪物正吃三凤手中海藻,猛然身痛一回头,便朝二凤拱去,来势甚疾。二凤恐它野性发作,身子又站在无水之处，逃遁不速。见怪物血口张开，朝自己冲来，不及躲闪，一着急，顺势横着刀背朝怪物面部打去，正打在怪物鼻尖上面。二凤才悔下手匆忙，没用刀斫，用了刀背，这一下怎能将怪物斫伤？势必愈发将它触怒，更难抵敌。想到这里，猛地灵机一动，顺着刀背在怪物鼻间一按之间，就势腾身一纵，跨上怪物颈间，骑了上去。说也奇怪，那样长大、生相凶恶的东西，吃二凤一刀背打在鼻上，竟然将头一低，乖乖地全身俯伏下来。二凤先不知这一刀背正打在怪物的痒处，见它如此驯善，心中正在奇怪。百忙中举目朝前一望，三凤仍在淤泥中挣扎不出。心想将怪物轰开，好使三凤脱身。好在自己骑上怪物颈间，不怕它反咬。又举刀背往怪物颈侧拍去，原想将它赶走。谁知怪物因鼻间受了一刀，竟然伏身地上，动也不动。二凤连连喝拍，过有一会儿，怪物才自行起去，往侧面海藻丛中游去，好似不知身上还骑着人一般，照旧吃它的海藻。怪物一离开，海水依然涌至。

三凤一得了水，拼命用力一挣，便将两腿拔出。见二凤已骑在怪物身上，将它制伏，这一喜真是非同小可，连忙奔了过去。二凤知那怪物水陆两栖，适才赤身下海，没有带着绳索，想把怪物赶到海岸上去。见那怪物一任自己用刀背在身上乱拍乱打，它只顾低头吃那海藻，不做理会；全不似头一下，一打下去便贴伏不动。正在无计可施，猛地一使劲，刀背斜了一些，也不知斫在怪物什么地方，那怪物一护痛，登时野性发作，便在水里乱转乱旋起来。

这时正值三凤赶到，怪物又将头一昂一低，便要作势往三凤身上撞去。二凤猛地想起刚才，身子骑在怪物颈间，本够不着怪物的头面，怪物这次将头一昂，正好够着。便将身往前一伏，举起手中刀背，朝怪物头面部连打。偏巧头一下就打中怪物痒处，立时全身瘫软，卧伏下来。

二凤这才看出那怪物的鼻子是它短处。等怪物停了一会儿，就抬手照样又给它一下，果然依旧贴伏。心中大喜，连喊："三凤，你莫上来，只用你手中兵器按着它的鼻子，它便不动。"三凤闻言，便用刀背去按紧怪物的鼻子。怪物睁着一双怪眼望着三凤，一丝也不动，似有乞怜之容。三凤因它以前有救命之恩，心中老大不忍，手刚松了一会儿，怪物便将头昂起。刀背一按，重又跪倒。二凤说道："你只随我到岸上，将你练习熟了，送我姊妹到紫云宫去，我们绝不伤你。"说罢，因怪物喜吃海藻，便命三凤：

"按紧这怪物的鼻尖，不要移动。我去给它取点海藻来。"一面说，跳下身，奔往海藻丛中，挑那又肥又大的海藻，割了好些游回。正要骑将上去，三凤见怪物鼻尖为刀背所压，酸得眼泪长流，不由又动怜惜之心，便叫二凤给它些海藻吃，自己并将手松开。这次因为按的时间稍长，待了好一会儿，怪物才将头昂起，缓缓伸将过来。二凤姊妹见它比先前愈发驯善，不由疏了防范。二凤将手中刀夹胁下，两手分持海藻，一片一片地递去喂它。怪物先就二凤左手中零的慢慢嚼吃了两片，猛地张开血盆大口，竟往二凤右手中那一束多的咬去。二凤不及躲闪，被它全数咬住。以为它贪吃多的，本就是喂给它的，也没怎样在意。怪物咬住整束海藻一甩，便脱了二凤的手，大口一张一张，落了满地。

二凤哪知它的用意，一面低头去拾，口中还骂道："我把你这贪多嚼不烂的畜生，没的糟践好东西！"一言未了，谁知那怪物竟使下心计，趁二凤去拾海藻，三凤看它吃得出神之际，猛一伸头，张开大口直扑三凤。三凤见势不佳，忙横刀背去按它鼻子时，已是不及，被怪物将头一偏，嘴张处，恰好将三凤的刀咬住。人力哪里敌得住神兽，被怪物咬着只一甩，便已脱手飞去。接着扭转身，分水逃走。三凤方喊："二姊快来！"怪物已逃出老远。回身时节，差点没被长尾扫上。三凤忙就地下将刀拾起，同了二凤，紧紧追赶。二女水行虽比怪物迅速，无奈怪物这次有了机心，边走边摆动那条长尾，水浪排荡如山，不能近前。加上头昂水外，即使追上，人也够不着它的鼻子。绕来绕去，追逐到了二女下水之处，一不小心，被怪物转身时节一尾扫到。幸亏二女在水中比鱼还要灵活，忙将身往下一沉，紧贴海底，没被打中。等到起身，怪物已逃到岸上。连忙追上岸去，已经蹿入椰林深处，没有追上。

二女在海岸边上，算计怎样才能将那怪物擒住。因这东西身躯庞大，下手不易，商量了一阵，终无善法。最后由二凤回转大船，携了绳索、用具、酒菜之类，准备就在海边露宿，不将怪物擒住不休。去时二凤一同船上人等，因适才与怪物是在海中争斗，除浪大一些，并无别的动静。二凤暗喜，便命大家不许上岸，只在船上候命，便即回转。二凤、三凤除饮一点酒外，已决计不再进食烟火之物。冬秀多吃海藻不惯，便做了饭菜，一人独吃。二凤姊妹不时前往椰林之内窥探，盼那怪物出现，不觉到了半夜。

这时海岸上月白风清，美景如画，上下天光，一碧无际。椰树高达二三十丈，碧盖亭亭，影为月光照射地上，随着微风交舞。再加上狮吼虎啸之声，时远时近，越觉添了许多野趣。三女面向海岸，且谈且饮，言笑方酣。冬秀一眼望见适才所见来路上那片乌云，忽然越散越大，变成一个长条，像乌龙一般，一头直垂海面，又密又厚。映着云旁边的月光，幻成无数五色云层，不时更见千万条金光红线，在密云中电闪一般乱窜，美观已极。海滨的云变幻无常，本多奇观，尤以飓风将起以前为最。像今晚这般奇景，却是自来安乐岛三年之中从未见过，不禁看出了神。三凤见她停杯不饮，面向着天凝望，笑问道："一年四季好月色多着呢。我们商量事，你却这般呆望作甚？"冬秀指道："你看这云映着月光，却成了乌金色，有多好看！"

一言未毕，便听呼呼风起，海潮如啸，似有千军万马远远杀来。岸上椰林飞舞摆荡，起伏如潮。晃眼之间，月光忽然隐蔽，立时大地乌黑，伸手不辨五指。猛觉脚底地皮有些摇晃。二凤姊妹和冬秀俱都年轻，阅历甚少，从没见过什么大阵仗。方在惊疑慌张之际，猛地又听惊天动地一声大震，脚底地皮连连晃动。冬秀首先跌倒。二凤闻声，方将她勉强扶起，尚未站定，一股海浪已像山一般劈面打来。三女支持不住，同又跌倒。勉强挣扎起来，高一脚低一脚地往后退去。那一片轰隆爆炸之音，已是连响不绝，震耳欲聋。三女退还没有几步，适才坐谈之处，忽然平地崩裂，椰树纷纷倒断，满空飞舞。电闪照处，时见野兽虫蛇之影，在断林内纷纷乱窜。这时雷雨交作，加上山崩地裂之声，更听不见野兽的吼啸，只见许多目光或蓝或红，一双双，一群群，在远近出没飞逝罢了。海岸上断木石块被风卷着，起落飞舞，打在头上，立时便要脑浆迸裂。还算是二凤姊妹天生着一双神眼，看得甚真，善于趋避，没有被它打中。除身上被惊沙碎石打了不少外，尚未受着大伤。

惊慌逃窜了一会儿，二凤猛想起这般地震狂风，岸上饱受惊骇，为何不到水底趋避，就便保全三条生命？想到这里，连喊数声，俱为风号地裂之声所乱，三凤、冬秀对面无闻。二凤一着急，只得一手一个，拉了便往前蹿。这一来，三凤、冬秀也都恍然大悟，一同赶到海边，冒着浪头跳下海去。游出港湾，到了前海，探头出去四下一找，哪里还有大船影子。三人在水的深处，虽然水力大出几倍，还不怎样难支。身一露出海面，那如山如岳的海浪,便都一个跟一个当头打到,人力怎生禁受?最苦的还是冬秀,头刚出海,见大船不知去向,再回头一看,一股绝大火焰像火塔一般直冲霄汉。算计海中只有安乐岛一片陆地,这场地震,定是火山爆发,全岛纵不陆沉,岛上生命财产怕不成为灰烬?自己费尽心血,末了仍是一场空。苦海茫茫,置身无地,心中好不酸痛。正自难过流泪,就这定睛注视的工夫,一片百十丈高的海浪忽又当头飞来。若非二凤姊妹知她水性体力相差太远,随时护持,就这一浪头,已经送了性命。二凤眼快,见浪头打来,忙抱着她往下一沉,侥幸避过。同时二凤也看出安乐岛火山崩炸神气,便将冬秀交给三凤,比了比手势,叫她们休要妄动,打算游往回路,看个动静。

二凤前行不及十里,海水渐热,越往前越热得厉害。探头出去一看,远远望去,哪里还有岛影,纯然一个火峰,上烛重霄。海面上如开了锅的水一般,不时有许多尸首飘过。那爆炸之声加大风之声、海啸之声,纷然交响,闹得正欢。除火光沸浪外,什么也观察不清。渐觉身子浸在热水中,烫得连气都透不出来。不敢再事逗留,只得往回游走,直沉到了海底。身子虽觉凉些,那海底的沙泥也不似素常平静,如糨糊一般浑浊。直到游回原处,才觉好些。三女聚到一处,先时倒不怎样。只冬秀一人不能在水底久延时刻,过一阵,便须由二凤姊妹扶持到海面上换一换气。冬秀浮沉洪波,眼望岛国,火焰冲霄,惊涛山立。耳边风鸣浪吼,奔腾澎湃,轰轰交汇成了巨响。宛如天塌地陷,震得头昏目眩、六神无主。伤心到了极处,反而欲哭无泪,只呆呆地随着二凤姊妹扶持上下,一点思虑都无。

过了半个时辰,岛上火山忽然冲起一股绿烟,升到空际,似花炮一般,幻成无量数碧荧荧的火星,爆散开来。接着便听风浪中起了海啸,声音越发凶厉。这时二凤姊妹刚扶着冬秀泅引海面,换了口气,往下降落。降离海底还有里许深浅,见那素来平静的深水中泥浆涌起,如开了锅灰汤一般,卷起无边黑花,逆行翻滚,方觉有异,水又忽然烫了起来。二凤猜是海底受了火山震荡所及,同时溜塌,倘如被热浪困住,怕不活活烫死。水里又讲不得话,暗恨眼看岛国地震崩裂,如何不早打主意,还在左近逗留?灵机一动,忙打手势与三凤,一人一边夹了冬秀,便往与火山相背之路急行逃走。果然那水越来越热,海水奇咸,夹以奇臭,只可屏息疾行,哪能随便呼吸。逃出去还没有百里，休说冬秀支持不住，早已晕死过去，就连二凤姊妹自幼生息海底，视洪涛为坦途的异质，在这变出非常，惊急骇窜之中，与无边热浪拼命搏斗，夺路求生，经了这一大段的途程，也是累得筋疲力竭，危殆万分。

好容易又勉强挣扎了百多里路，看见前面沉沉一碧，周围海水由热转凉，渐渐逃出了热浪地狱。才赶紧泅升海面，想找一着陆之处，援救冬秀回生，就便歇息，缓一口气。谁知距离火山虽绕出有二三百里，只是海啸山鸣之声比较小些，海水受了震波冲击，一样风狂浪大。上下茫茫，海天相接，恶浪汹涌，更无边际，哪有陆地影子。二凤姊妹情切友生，虽然累得难支，仍然不舍死友。总想纵不能将冬秀救转还阳，也须给她择一好地方埋骨，不能由她尸骨在海里漂流，葬身鱼介腹内。姊妹二人都是同一心理，虽然受尽辛苦，谁都不肯撒手。所幸脱了热浪层中，无须奋力逃生。上面水浪虽大，深水中倒还平静，不甚费力。二女在水中一面游行，一面不时升出海面探看前途有无岛屿。又将冬秀衣服撕了一块，塞在她的口内。每出海面一次，便给她吐一次水。先时见冬秀虽然断气，胸际犹有余温。随后胸际逐渐冰凉，手足僵硬，两拳紧握，指甲深掐掌心，面色由白转成灰绿，腹中灌了许多海水也鼓胀起来，知道回生之望已绝，好不伤心流泪。

水中游了好一会儿，始终不见陆地影子。只好改变念头，打算在海底暗礁之中择一洞穴，将她埋藏在内，万一异日能回转紫云宫，再作计较。二女在海面上商量停当，便直往海底潜去，寻找冬秀埋骨之所。谁知自从海啸起了热浪逃出之后，因水底泥沙翻起，俱在海水中心行走，始终没有见底。越往前，海水越深，二女通未觉得。及至往下沉有数里深浅，渐觉压力甚大，潜不下去，后退既不能，前进又水势越深。为难了一会儿，猛想起这里水势这般深法，莫非已到了紫云宫的上面？正在沉思，忽见前面有许多白影闪动。定睛一看，乃是一群虎鲨，大的长有数丈，小的也有丈许，正由对面游来。这种鲨鱼性最残忍凶暴，无论人、鱼，遇上皆无幸理。海里头的鱼介遇见它，都没有命。专门弱肉强食，饥饿起来，便是它的同类，也是一样相残。海中航行的舟船，走近出产鲨鱼地带，人不敢在海沿行走，一不小心，便会被它吞吃了去。二女以前也时常遇到，知道它的厉害，故此偶然出行，带着海虾前爪，以备遇上厉害鱼介之用。一则天生神力,遇上可以抵御;即或遇上成群恶鱼,仗着游行迅速,也可逃避。偏巧这时二女力已用尽,困乏到了极处;再加岛居三年,多食烟火,本来异质丧耗太多,迥非昔比,手上还添了个累赘,哪禁得起遇上这么多又这么凶恶的东西,不禁惊慌失色。

就这转眼工夫,那鲨群何止百十条,业已扬鳍鼓翅,喷沫如云,巨口张开,锐牙森列,飞也似冲将过来,离身只有十丈远近了。二女见势不佳,连忙转身便逃。就口之食,鲨鱼如何肯舍,也在后面紧紧追赶。二女本就力乏难支,泅行不速,加上手夹冬秀碍手,不消顷刻,业已首尾相衔,最近的一尾大虎鲨相去二女身后仅只二三尺光景。在这危机一发之际,三凤心想:"事在紧迫,除了将冬秀尸体丢将出去为饵,姊妹两个再往斜刺里拼命逃走,或者还有一线之望外,别无生理。"想到这里,更不寻思,左手朝二凤一打手势,右手一松,径自两手分波,身子一屈伸之际,用足平生力量,直往左侧水底斜蹿下去。二凤姊妹本是一人一边夹着冬秀尸体,并肩相联而行,二凤正在拼命而逃,见三凤把手一扬,左侧冬秀身体便往下面一沉。再看三凤也自往斜下面逃走,二凤知道她是打算弃了冬秀尸体逃生,暗忖:"冬秀与自己共过患难,情逾骨肉,漫说临难相弃,于心不忍,而且这些虎鲨非常凶狠,除了像昔年相遇,用虾爪将它二目刺瞎外,无论遇上人、鱼,向来不得不止。与其将冬秀弃去,仍免不了葬身鱼腹,何如大家死活都在一起?"二凤想头甚好,却不料三凤一去,冬秀尸体失了平衡,更觉泅行起来迟缓费事。

说时迟,那时快,就在二凤寻思一瞬之间,后面那尾大虎鲨业已越追越近,前唇长刺须有一次已挨着二凤的脚。二凤觉得脚底微痛,百忙中偶一回顾,身后虎鲨唇上刺须高翘,阔口开张,露出上下两排又尖锐又长的白牙,正向自己咬来。同时身子受了鱼口吸力,也已有些后退。稍迟丝毫,便要被它吞噬了去。手中兵刃早已失去,更是无法抵御,不由吓得亡魂皆冒。手中拉着的冬秀受了鲨鱼口里呼吸冲动,又往侧面沉去,拉行更觉费劲。奇危绝险中,猛地灵机一动,情知再回头转身逃走已是无及,忙就冬秀尸体下沉之势,一个金鲤拨浪姿势,往下一蹿。那虎鲨追了好一会儿,俱是平行,眼看美食就可到口,鼓鳍扬翼,疾如穿梭般蹿近二凤身前,刚张口想咬,却不料二凤急中生智,竟然整个翻滚,恰巧将鱼头让过。二凤原是死中求活，也不知自己究竟脱险了没有，斜肩单手拉着冬秀尸身往下一冲，两脚一蹯，用尽平生之力，双足蹬水，往上蹬去。这一下正蹬在鱼项上面，二凤觉得脚底踹处坚硬如铁，以为身离鱼身已近，暗道一声："不妙！"情急逃命，也无暇再作寻思，两手一分水，不由将手中冬秀也脱了手。两脚越发用力，拼命往下一冲，疾如电闪，往海心深处逃去。鲨鱼来势太猛，身子又非常长大，虽游行迅速，转侧究竟不便，等到折身追寻，二凤逃走已远。

后面许多凶恶同类，见前面美食快到为首大鱼口中，个个情急。大鱼再一翻身，海面上浪花激荡，高涌如山，水心也如云起雾腾，声势浩大。后面群鱼在波涛汹涌中，没有看清美食已经逃走，以为落在大鱼口中，俱都忿怒，本有夺食之心，蜂拥一般赶到。内中另有两条长大不相上下的，恰被为首这条大的突然回头，一鱼尾打中，彼此情急，各怀忿恨。后两条不肯甘伏，朝为首那条张口便咬，无心中又将后面几条撞动，彼此围拥上来，撞在一起。此冲彼突，口尾并用，咬打不休，反倒舍了美食不追，竟然同类相残起来。

这些恶鱼个个牙齿犀利，胜如刀剑。无论鱼大鱼小，咬上便连鳞带肉去掉一大块。这一场恶战，由海面直打到海心，由海心又打到海面。只见血浪山飞，银鳞光闪，附近里许周围海水都变成了红色。这些恶鱼拼命争噬，强伤弱亡，不死不休，这且不去管它。

第一四七回

光腾玉柱　贝阙获奇珍
彩焕金章　神奴依女主

且说二凤死里逃生，一蹿便逃出里许。想起逃时情急，撒手冬秀尸体，必已葬在恶鱼口内。三凤在先只想往海心逃走，也不知她的生死存亡。心里一痛，不禁回头往上一看，只见上面波涛翻滚中，有无数条白影闪动，看出是群鲨夺食恶斗，越猜冬秀没有幸免之理，只不知三凤怎样。正在难受，寻择方向逃走，猛地又见头上十多丈高下处有一人影，飘飘下沉。定睛一看，正是冬秀尸体，后面并无恶鱼追下。不禁悲喜交集，忙即回身上去，接了下来。冬秀尸体既然无恙，上面鱼群所夺，便是三凤尸体无疑。越想越伤心，心中忿怒。欲待拼命回身与三凤报仇，一则手无寸铁，二则上面恶鱼太多，就是平常遇见，除逃避外，也是束手无策。事已至此，徒自送死无益，只得一手拖了冬秀尸体，寻觅方向逃遁。

行没多远，又见一条人影，从斜刺穿梭一般飞泅过去，远远望去，正是三凤，喜出望外。正待上前去，再往三凤身后一看，后面还跟着一条两丈长短的虎鲨，正在追逐不舍，两下里相隔也仅十丈远近。这条虎鲨比起适才所遇那些大的虽小得多，若在平时，只须有一根海虾前爪在手当兵刃，立时可以将它除去。无奈此时姊妹二人精力用尽，彼此都成了惊弓之鸟，哪里还敢存敌对的心思。

三凤先时原是舍了冬秀尸体，一个斜翻，往水底穿去。当时为首那条大鱼已近二凤，喷起浪花水雾，将后面群鲨目光遮住，三凤逃得又快，本没被这些恶鱼看见。偏巧三凤心机太巧，满想二凤也和她一样无情，不顾死友，冬秀尸体势必引起群鱼争夺，便可乘空脱身。所以往下逃的时节，立意和冬秀尸体背道而驰。却没料到忙中有错，惊慌昏乱中，只顾斜行往下,方向却是横面,并未往前冲去。下没多深,后面鱼群便已追到,互相残杀起来。这些东西专一以强凌弱,斗了多时,较小一点的不死即逃。内中有条小的所在位置较低,因斗势猛烈,一害怕,便往下面窜去。本想转头往回路逃走,一眼望见前面三凤人影,不由馋吻大动。又无别的同类与它争夺,不比适才鱼多食少,现成美食,如何肯舍,铁鳍一扬,便往前面追来。幸而三凤发觉还早,一看后面有鱼追逐,这才想起逃时忘了方向,连忙加紧逃遁。几次快要追上,都仗转折灵巧避开。一路上下翻折,逃来逃去,忽见二凤带了冬秀尸体在脚前横侧面往前游行。不等近前,忙打手势。二凤也在此时发现了她,姊妹二人不敢会合,互相一打手势,一个左偏,一个右偏,分头往前逃走。后面恶鱼见前面又添出两人,贪念大炽,愈发加紧往前追赶。逃了一阵,二凤姊妹精力早已用尽。尤其二凤手上拉着一个冬秀尸体,更是累赘迟缓。追来追去,三凤反倒超出前面。那恶鱼追赶三凤不上,一见侧面二凤相隔较近,人还多着一个,便舍了三凤,略一拨转,朝二凤身后追来。

二凤这时已累得心跳头晕,眼里金星直冒。猛一回望,见恶鱼已是越追越近,心想:"平游逃走,必被恶鱼追上。只有拼命往下潜去,只要到底寻着有礁石的地方,便可藏躲。如今已逃出了老远,不知下面深浅如何?"明知水越深,压力越大,未必潜得下去。但是事已万分危险,人到危难中,总存万一之想。因此,拼命鼓起勇气,将两手插入冬秀肋下,以防前胸阻力;用手一分浪,头一低,两脚蹬水,亡命一般直往海底钻去。二凤原是一时情急,万般无奈,反正冬秀回生无望,乐得借她尸体护胸,去抵住前胸阻力,即使她受点伤,也比一同葬身恶鱼腹内强些。先以为下去一定甚难,不料下没十来丈,忽见下面的水直打漩涡,旋转不休。此时因恶鱼正由上往下追赶甚急,也未暇想起别的,仍是头朝下,脚朝上,往下穿去。因这里已逃出了紫云宫左近深海范围,水的压力阻力并不甚大,却是漩子漩得又大又急,身子一落漩中,竟不由自主,跟着漩子旋转起来。二凤猜定下面必是海眼,只要漩进去,休想出来。先还拼命挣扎,甚是焦急,转念一想:"葬在海眼之中,总比死在恶鱼腹内强些。何况精力交敝,纵想逃出漩涡,也是万万办不到。"立时把心一横,索性翻转身,抱住冬秀尸体,两脚平伸,先缓过一口气,死心塌地由着水力漩转,不再挣扎,准备与冬秀同归于尽。眼花缭乱中，猛见离身十多丈的高处，那条恶鱼也撞入漩涡，跟着旋转起来，想是知道厉害，不住翻腾转侧，似想逃出又不能够的神气。

二凤被水漩得神魂颠倒，呼吸困难，死生业已置之度外。看了几眼，越看上面鱼影越真。自知无论是海眼，是恶鱼，终究不免一死，便也不去理它。又被漩下十数丈，越往下，漩子越大。正以为相隔海眼不远，猛地想起一事：刚才身外忽然一松，昏惘中恍惚已离水面，身子被人抱住似的。接着一阵天旋地转，便已晕死过去。醒来一看，身已落地，卧在海底礁石之上。存身之处，并没有水，周围海水如晶墙一般，上面水云如盖，旋转不已。一眼看见面前不远，站定地震前所见的虎面龙身怪兽，静静地站在当地，张着大嘴，正吃几片海藻，鼻子里还穿着一条带子。因为适才在漩涡中动念，便是想起此物，一见便知所料不差。猛又想起落下时节，两手还抱着冬秀未放，怎地手中空空？那恶鱼也不知何往，本想挣扎起身，只是饱受惊恐，劳乏太甚，周身骨节作痛，身子如瘫了一般，再也挪动不得。

这时二凤已猜出适才上面漩涡是怪兽分水作用。恶鱼虎鲨不见，必已逃出漩涡。知道怪兽不会伤人，但盼它不要离开，只要如那日一般，骑上它的颈项，休说不畏水中恶鱼侵袭，说不定还可借它之力，回转紫云宫去。想到这里，精神一振，又打算勉强站起。身子刚一转动，便觉骨痛如折，不由"哎呀"了一声，重又跌倒。耳边忽听一声："二妹醒了！"听去耳音甚熟。接着从礁石下面蹿上一条人影，侧目一看，来的女子竟是初凤。穿着一身冰绡雾縠，背后斜插双剑，依然是三年前女童模样。只是容光焕发，仪态万方，项前还挂着一颗茶杯大小的明珠，彩辉潋滟，照眼生花。二凤心中大喜。正要开言，初凤已到了面前，说道："我因跟踪灵兽到此，刚将它制伏之后，忽见前面海水中人泅影子，随见水漩乱转，你头一个抱了冬秀妹妹尸体落下。我刚接着，那恶鱼也落了下来。被我一剑杀死。因不见三妹同来，又有恶鱼追赶，便将你和冬秀妹子尸体匆匆分开，口里各塞了一粒丹药。飞身上去寻找，不想她也失去知觉，误入漩涡里面，正往下落。我将她接了下来，与冬秀妹子尸体放在一起。连给她二人服了好几粒仙府灵丹，虽然胸前俱有了温意，如今尚未完全醒转。正要再给你些灵丹服，不料你已缓醒过来。此丹是我在紫云宫金庭玉柱底下，昼夜不离开一步，守了一年零三个月才得到手。照仙箓上所载，凡人服了，专能起死回生,脱胎换骨。你和三妹只是惊劳过甚,尚无妨碍。冬秀妹子不但人已气绝,还灌满了一肚海水,精血业已凝聚,灵丹纵有妙用,暂时恐难生效。所幸灵兽现已被我制伏,只等将三妹救醒还阳之后,我们三人带了她的尸首,回转紫云宫去,见了金须奴再作计较吧。"说罢,便将二凤扶起。

二凤一听金庭玉柱的宝物已经出现,初凤既能独擒灵兽,本领可知,不由喜出望外,身上疼痛便好了许多。急于回宫之后再行细说,当时也无暇多问。由初凤扶抱着纵下礁石一看,果然适才追逐自己的那一条虎鲨身首异处,横卧在礁石海沙之内,牙齿开张,森列如剑,通体长有二丈开外,形态甚是凶恶。若非遇见初凤,怕不成了它口中之物。想起前事,犹觉胆寒。绕过礁石侧面,有一洞穴甚是宽广,冬秀尸体便横在洞口外面。三凤已经借了灵丹之力醒转,正待挣扎起身,一眼看见两个姊姊走来,好不悲喜交集,一纵身,便扑上前来,抱着初凤放声大哭。

初凤道:"都是你们当初不听我劝,才有今日。我如晚来一步,焉有你三人命在?如今宫中异宝灵药全都发现。又在无心中收了一个金须奴,他不但精通道法,更善于辨别天书秘篆。因感我救命之恩,情愿终身相随。仗他相助,地阙金章,我已解了一半。因等你们三年不归,甚是悬念。又因金须奴避他仇家,须等数日后方能出面。我便留他守宫,独自从水底赶往安乐岛探望你们下落。出宫不远,见海水发热,正觉奇怪。后来看出安乐岛那一面海啸山崩,先疑心你们三人遭了劫数。后来一想,金章仙篆上曾有'三凤同参'的偈语,你二人又能出没洪波,视大海如坦途,事变一起,难道不会由水里逃走?冬秀妹妹纵然难保,你二人绝不会死,才略放了一点心。算计你二人必在海底潜行,找了好一会儿,也未找到,忽然遇见那头灵兽。仙篆偈语中也曾有它,并曾注有降伏之法。这兽名为龙鲛,专能分水,力大无穷。我便照仙篆预示,将它擒住,居然驯善无比。不多一会儿,便见你二人先后降落,业已惊劳过度,晕死过去。话说起来甚长,我们先回宫去,再作长谈吧。"

说罢,便走过去抱起冬秀尸体。姊妹三人高高兴兴往怪兽龙鲛身前走去。初凤将系龙鲛的一根丝绦从礁石角上解下,将手一抖,那龙鲛竟善知人意,乖乖趴伏下来。初凤抱着冬秀尸体,先纵上去,骑在龙鲛项间。然后将二凤、三凤也拉上去骑好,重又一抖手中丝绦。那龙鲛便站起身来,昂首一声长啸,放开龙爪,便往前面奔去。所到之处,头前半步的海水便似晶墙一般,壁立分开,四围水云乱转,人坐在上面,和腾云相似。晃眼工夫,便是老远。不消多时,已离紫云宫不远。二凤、三凤一看,三年不归,宫上面已换了一番境界:海藻格外繁茂,翠带飘拂,沉沉一碧。希珍鱼介,往来如织。宫门却深藏在一个海眼底下,就是神仙到此,也难发现。渐渐行近,初凤将冬秀尸体交给三凤抱住,自己跳下骑来,手拉丝绦,便往当中深漩之内纵去。那灵兽龙鲛想已识得,也跟在主人身后,把头一低,钻了下去,水便分开。下有四五十丈,路越宽广。又进十余丈,便到了避水牌坊面前。再走进十余丈,便达宫门。初凤一拍金环,两扇通明如镜的水晶宫门便自开放。一个大头矮身,满头金发下披及地,面黑如漆,身穿黑衣的怪人,迎将出来,跪伏在地。初凤命他领了灵兽前去安置。自己从兽背上接过冬秀,姊妹三人一同回到宫里。二凤、三凤连经灾难,自分身为异物,不想珠宫贝阙依然旧地重来,再加所服灵丹妙用,周身痛苦若失,俱都欣喜欲狂。三凤连声喊:"大姊快引我们去看看金庭玉柱。"初凤道:"你也是此地主人,既然回来,何必忙在一时?我们且先谈别后之事,等金须奴回来。想法救了冬秀妹子,再去不迟。"说罢,便将回宫苦守,怎样发现仙箓、奇珠之事,一一说出。

原来初凤自从在安乐岛苦劝两个妹子不听,只得独个儿回转紫云宫来。同胞骨肉,自幼患难相依了十多年,一旦离群索居、形影相吊、踽踽凉凉,心中自是难受。但是一想起老蚌临终遗命和前途关系的重大,便也不敢怠慢。每日照旧在后宫金庭玉柱间守视,除了有时出宫取些海藻外,一步也不离开。眼看玉柱上五色光霞越来越盛,只不见宝物出现,直守了一年零三个月,仍无迹象。一面惦记着柱中异宝,一面又盼望两个妹子回来。这日想到伤心处,跑到老蚌藏蜕的池底,抱着遗体,绝悲号,老蚌立时现形,容态如生,与在宫时一般无二,只是不能言笑。初凤痛哭了一场,回时本想采些宫中产的异果来吃。刚一走近金庭,忽见庭内彩雾蒸腾,一片光霞,灿如云锦,照耀全庭,与往日形状有异,不禁心中一动。跑将进去一看,当中一根最大的玉柱上光焰激溅,不时有万千火星,似正月里的花炮一般喷起。猜是宝物快要出世,连忙将身跪倒,叩头默祝不已。跪有几个时辰过去,柱间雷声殷殷,响了一阵,光霞忽然敛尽,连往日所见都无。正在惊疑之间，猛地一声爆音过处，十九根玉柱上同时冒起千万点繁星，金芒如雨，洒落全庭。接着，当中玉柱上又射出一片彩霞。定睛一看，十九根大可合抱的玉柱，俱都齐中心裂开一个孔洞，长短方圆各个不同。每孔中俱藏有一物，大小与孔相等。只当中一个孔洞特长，里面分着三层；上层是两口宝剑；中层是一个透明的水晶匣子；下层是一个珊瑚根雕成的葫芦，不知中藏何物。再看其余十八根玉柱内所藏之物，有十根内俱是大大小小的兵器，除有三样是自己在安乐岛见过的宝剑、弓、刀外，余者形式奇古，通不知名。另外八根玉柱孔内，四根藏着乐器，两根藏着两个玉匣子，一根藏着一葫芦丹药，一根藏着三粒晶球。

这些宝物都是精光闪耀，幻彩腾辉。知道宝物业已出现，惊喜欲狂。恐玉柱开而复合，重又隐去，匆促间也不暇一一细看，急忙先取了出来，运往前面。宝物太多，连运几次，方得运完，且喜无甚变故。先拔出宝剑一看，一出匣，便是一道长约丈许的光华。尤以当中大柱所藏两口，剑光如虹，一青一白，格外显得珍奇。便取来佩在身旁，将其余两口收起。再看别的宝物，哪一件也是光华灿烂，令人爱不忍释，只是多半不知名称用处。算计中柱所藏，必是个中翘楚。那珊瑚葫芦，小的一个虽也是珊瑚所制，却是质地透明，有盖可以开启，看出藏的是丹药。惟独中柱这一个，虽一样是珊瑚根所制，却是其红如火，通体浑成，没有一丝孔隙。拿在耳边一摇，又有水声，不知怎样开法。那透明晶匣里面，盛着两册书，金签玉笈，朱文古篆，是一细长方整的水晶，看得见里面，拿不出来。书面上的字，更认不得一个。那两个玉匣长约三尺，宽有尺许，也是无法打开。想起老蚌遗命，异宝出现，不久自有仙缘遇合，且等到时再作计较。紫云宫深藏海底，不怕人偷。除几件便于携带的，取来藏在身上外，余者俱当陈列一般，妥放在自己室内。

宝物到手，越盼两个妹子回来。欲待亲自去寻，又恐宫中宝物无人照看，又不能全带了出去。虽说地势隐秘，终是不妥。盘算了多日，都未成行。每日守着这许多宝物，不是一一把玩，便是拔出宝剑来乱舞一阵。这日舞完了剑，见那盛书的晶匣光彩腾耀，比起往日大不相同。看着奇怪，又舍不得用剑将晶匣斫破。想了想，没有主意，便往老蚌藏骨之处默祝了一番。这回是无心中绕向后园，走过方良墓地，采了点宫中的奇花异草供上。一个人坐在墓前出神,想起幼年目睹老父被害情形,假使此日父母仍然睡在,同住在这种洞天福地,仙书异宝又到了手,全家一同参修,岂非完美?如今两个妹子久出不归,在得了许多宝物不知用处。仙缘遇合,更不知应在何日?越想心里越烦,不知不觉中,竟在墓前软草地上沉沉睡去。睡梦中似见方良走来唤道:"大女,门外有人等你。你再不出去将他救了进来,大事去矣!"初凤见了老父,悲喜交集,往前一扑,被方良一掌打跌在地。醒来却是一梦,心想:"老父死去多年,平日那等想念,俱无梦兆,适才的梦来得古怪。连日贪玩宝物,也未往宫外去采海藻,何不出去看看?如果梦有灵验,遇上仙缘,岂非大妙?"想到这里,便往宫外跑。

初凤自从安乐岛回来之后,平时在宫中已不赤身露体。仅有时出来采海藻,一则嫌湿衣穿在身上累赘;二则从安乐岛回来时忘了多带几件衣服,恐被水浸泡坏了,没有换的。好在海底不怕遇见生人,为珍惜那身衣服,总是将它脱了,方始由海眼里泅了上去。这次因为得了梦兆,走得太忙,走过宫门外避水牌坊,方才想起要脱衣服时,身子已穿进水中。反正浑身湿透,又恐外面真个有人相候,便不再脱,连衣泅升上去。钻出海眼一看,海底白沙如雪,翠带摇曳,静影参差,亭亭一碧,只有惯见的海底怪鱼珍介之类,在海藻中盘旋往来,哪里有甚人影?正好笑梦难做准,白忙了一阵,反将这一身绝无仅有的衣履打湿。随手拔出身后宝剑,打算挑那肥大的海藻采些回宫享受。剑才出匣,便见一道长虹也似的光华随手而起,光到处,海藻纷纷断落。只吓得水中鱼介纷纷惊逃,略挨着一点,便即身裂血流,死在海底。

初凤先时在宫中舞剑,只觉光霞闪耀,虹飞电掣,异常美观,却不想这剑锋利到这般地步,生物遇上,立地身死。不愿误伤无辜鱼介,见剑上一绕之间,海藻已经断落不少,正想将剑还匣,到海藻丛中拾取,猛觉头上的水往下一压。抬头一看,一件形如坛瓮的黑东西,已经当头打下,离顶只有尺许。忙将身往侧一偏,无心中举起右手的剑往上一撩,剑光闪处,恰好将那坛瓮齐颈斩断,落在地上。低头一看,坛口内忽然冒出一溜红光,光敛处,现出一个金发金须,大头短项,凹目阔口,矮短短浑身漆黑的怪人,跪在初凤前面,不住叩头,眼光望着上面,浑身战抖,好似十分害怕神气。初凤有了梦中先人之言,只有心喜,并没把他当怪物看待。因水中不便说话，给怪人打了个手势，往海眼中钻了下去。怪人一见有地可藏，立时脸上转惊为喜，回身拾了那来时存身的破坛，连同碎瓦一齐拿了，随了初凤便走。过了避水牌坊，又回身伏地，听了一听，才行走向初凤身前，翻身跪倒，重又叩头不止。初凤这时方想起他生相奇怪、行踪诡秘，有了戒心。先不带他入宫，一手按剑，喝问道："你到底是人是怪？从实招来，免我动手！"

怪人先时见了初凤手持那口宝剑掣电飞虹，又在海底游行，感激之中，本来含有几分惧意。一闻此言，抬头仔细向初凤望了一望，然后说道："恩人休怕。我乃南明礁金须奴，得天地乾明离火之气而生。一出世来，便遭大难。幸我天生异禀、长于趋避，修炼已历数百余年，迭经异人传授，能测阴阳万类之妙。只因生来的火质，无处求那天一贞水，融会坎离，不免多伤生物，为造物所忌。日前闲游海岸，遇一道人，斗法三日，被他用法坛禁制，打算将我葬入海眼之中，由法坛中所储罡地罡煞之气，将我形骸消化。不想遇见恩人，剑斩法坛，破了禁制，得脱活命。情愿归顺恩人门下，做一奴仆，永世无二。不知恩人意下如何？"初凤不知如何答对，正在筹思，那怪人又道："我虽火性，生来好斗，却有良心。何况恩人于我有救命之恩，而且此时我大难未完，还须恩人始终庇护，方可解免。如不见信，愿将我所炼一粒元丹奉上，存在恩人手内。如有贰心，只须将此元丹用这剑毁去，我便成了凡质，不能修为了。"说罢，将口一张，吐出一粒形如卵黄的金丸，递与初凤。初凤接过手中，见那金丸又轻又软，仿佛一捏便碎似的。见他语态真诚，不似有甚诡诈。又因适才梦兆先入之见，便问道："我姊妹三人在这紫云宫中修炼，本须一人守门服役。你既感我救命之恩，甘为我用，也无须以你元丹为质。只是那道人有如此本领，倘如寻来，怎见得我便能抵敌过他，求我护庇？"

那怪人道："小奴初见恩人在这海底修炼，也以为是地阙真仙。适才冒昧观察，方知恩人虽然生具异质仙根，并未成道，原难庇护小奴。不过小奴一双火眼，善能识宝。不但宫中宝气霞光已经外露，就是恩人随身所带，连这两口宝剑，哪一样不是异宝奇珍？实不瞒恩人说，以小奴此时本领，休说甘与恩人为奴，便是普通海岛散仙也非我主。只缘当年小奴恩师介道人羽化时节留下遗言，应在这两日内超劫离世，得遇真主，由此自有成道之望。先见海岸所遇道人异样，以为是他，不想几乎遭了毒手。恩人收留，虽说助小奴成道，便是恩人也得益不少。既承恩人见信，将元丹归还，越令小奴感恩不尽。此后小奴也不敢求在宫中居住，只求在这宫外避水牌坊之内栖息，听候使命，但求不驱逐出去。那道人的坛一破，必然警觉，用水遁入海寻找，但不知海眼下面还有这样地阙仙府，以为小奴已经遁往别处，免为所擒，于愿足矣。"初凤道："他既当你遁走，你还怕寻来作甚？"怪人答道："小奴先不知他便是那有名狠心的铁伞真人。此人脾气最怪，人如惹恼了他，当时虽然逃走，他必发誓追寻三年五载。如不过期，遇上必无幸理。一则这里深藏海底，便是小奴如非恩人引路，当时也未看出，可以隐身；二则恩人有许多异宝，就是寻来，也可和他对敌，所以非求恩人庇护不可。"初凤因听他说善能识宝，正合己用，只是心中不无顾虑。一听他自请不在宫中居住，更合心意，当时便答应了他。等过些日子，察透他的心迹，再将宝物一件一件取出，命他辨别用法。

过有月余工夫，道人始终不曾寻上门来。那金须奴处处都显出忠心勤谨可靠。初凤先问他可会剑法？金须奴答称："所会只是旁门，并非正宗。"初凤要他传授。金须奴早已看出初凤形迹，因知她仙根仙福太厚，又因前师遗偈，自己成道非靠她不可，恐她疑忌，也不说破，一味装作不知，只是尽心指点。初凤自是一学便会。渐渐将各样宝物与他看了，也仅有一半知道名称用法，初凤俱都记在心里。最后初凤取出当中玉柱所藏的水晶宝匣。金须奴断定那是一部仙箓，非用他本身纯阳乾明离火化炼四十九日，不能取出。除此之外，任何宝物皆不能破。初凤因许久无法开取，闻言不信，试用手中宝剑，由轻而重，连砍了几十下，剑光过处，只砍得匣上霞焰飞扬，休想损伤分毫，只得将匣交他去炼。

金须奴领命，便抱了晶匣，坐在避水牌坊下面，打起坐来。一会儿胸前火发，与匣上彩光融成一片，烧将起来。初凤连日出看，俱无动静。直到四十九天上，金须奴胸前火光大盛，匣上彩光顿减，忽听一阵龙吟虎啸之声起自匣内，"琤"的一声，两道匹练般的彩光冲霄而起。金须奴也跟着狂啸一声，纵身便捉，一道彩光已是化虹飞走，另一道被金须奴抓住，落下地来，晃眼不见。初凤赶过去一看，乃是上下两函薄薄的两本书册。金须奴微一翻阅，欢喜得直蹦，随又连声可惜道："这是《地阙金章》，可惜头一函《紫府秘笈》被它化虹飞走。想是我主仆命中只该成地仙。"初凤忙问究竟。金须奴道："这仙箓共分两部，第一部已经飞走。幸亏小奴手快，将这第二部《地阙金章》抓住。此书一得，不但我主仆地仙有分，宫中异宝的名称用法以及三位主人穿的仙衣云裳，俱在宫中何处存放，一一注明。便是小奴数百年来朝夕盼望，求之不得的天一贞水，也在其内。岂非天赐仙缘么？"

初凤闻言，自然越发心喜。这些日来业已看出金须奴心地忠诚，委实无他，便也不再避忌。问明了仙箓上所指示的各种法宝名称及用法之后，径领他同入宫内，前去辨别。原来这紫云宫乃千年前一位叫做地母的散仙旧居，不但珠宫贝阙、仙景无边，所藏的奇珍异宝更不知有多少。自从地母成道、超升紫极，便将各样奇珍灵药、天书宝剑封藏在金庭玉匣之中，留待有缘，不想却便宜了初凤姊妹。金庭当中，头一根玉柱的珊瑚葫芦内所盛，便是峨眉派诸仙打算用来炼化神泥的天一贞水。

初凤同金须奴先认明了各样宝物，首先照仙箓所注藏衣之处，将旁柱所藏的两玉匣用仙箓所载符咒，如法施为。打开一看，果然是大小二十六件云裳霞裾，件件细如蝉翼，光彩射目，雾縠冰纨，天衣无缝。不由心花怒放，忙唤金须奴避开，脱去湿衣，穿将起来。穿完，金须奴走进，跪请道："小奴修炼多年，对于天书奥妙，除第三乘真诀须主人到时自行参悟外，余者大半俱能辨解，不消十年，便可一一炼成。至于各种异宝，仙箓上也载有符咒用法，短时间内亦可学会。只可惜上乘剑术不曾载在仙箓之内，暂时只能仍照小奴所传旁门真诀修炼，是一憾事。小奴托主人福庇，对于成道有了指望，一切俱愿效指点微劳。但求第七年上，将那珊瑚葫芦中的天一贞水赐与小奴一半，就感恩不尽了。"

初凤此时对于金须奴已是信赖到了极点，当时便行答应。便问他："既需此水，何不此时就将葫芦打开取去？"金须奴道："谈何容易。此水乃纯阴之精，休说头一部天书业已飞去，没有解法，葫芦弄它不开；即使能开，此时小奴灾劫尚未完全避过，又加主人道力尚浅，无人相助，取出来也无用处。既承主人恩赐，到时切莫吝惜，就是戴天大德了。"初凤道："我虽得了如许奇珍至宝，如不仗你相助，岂能有此仙缘？纵然分你几件，也所心愿。岂有分你一点仙水助你成道，到时会吝惜之理？如非你那日再三自屈为奴,依我意思,还要当你师友一般看待的呢。"金须奴愁然道:"主人恩意隆厚,足使小奴刻骨铭心。只是小奴命浅福薄,不比主人仙根深厚。有此遇合,已出非分,怎敢妄居雁行?实不瞒主人说,似主人这般心地纯厚,小奴原不虞中途有什么变故。只是先师昔日偈语,无不应验,将来宫中尚有别位仙人,只恐数年之后,俱知此水珍贵,万一少赐些许,小奴便功亏一篑。事先陈明,也是为此。"初凤抢答道:"无论何人到来,此宫总是我姊妹三人为主。你有此大功,就是我恩母回来,我也能代你陈说,怎会到时反悔?"金须奴闻言,重又跪谢了一番。

从此初凤便由金须奴讲解那部《地阙金章》,传授剑法。初凤早就打算将两个妹子接回宫来,一同修炼。因金须奴说:"二位公主早晚俱能重返仙乡。一则她二位该有此一番尘劫,时尚未至;二则这部天篆说不定何时化去,我们赶紧修炼尚恐不及。万一因此误了千载良机,岂非可惜?"初凤把金须奴奉若神明,自是言听计从。却不料金须奴既因前师遗偈,知道三凤是他命中魔障,不把天篆炼完,绝不敢接回三凤,以免作梗。更因初凤是自己恩主,那天篆不久必要化去,意欲使初凤修炼完成,再接二凤姊妹,好使她的本领高出侪辈。将来二凤回宫,再由初凤传授,也可使她们对初凤多一番崇敬之心,省得又如在安乐岛时诸事不大听命。他对初凤虽极忠诚,此举却是含有私心,初凤哪里知道?无奈人算不如天算,金须奴枉自用了一番心机,后来毕竟还是败在三凤手里。可见事有前定,不由人谋。这且不言。

初凤和金须奴主仆二人,在紫云宫中先后炼了年余光景,一部天篆只炼会了三分之一。二凤姊妹仍是不归,屡问金须奴,总说时尚未至。初凤先还肯听,后来会了不少道法之后,心想:"安乐岛相隔并不甚远,当日恩母行时,曾命我姊妹三人报仇之后,急速一同回转,此后不要擅出。虽然她二人不听母言,沉迷尘海,一别三年,岛中难保不有仇敌余孽没有除尽,万一出点什么不幸的事,岂非终身大憾?天篆既由仙人遗赐自己,想必仙缘业已注定。如果仙缘浅薄,自己即使守在这里,一样也要化去,看它不住。难道去接她们,这一会儿就出变故?"于是行意渐决。金须奴先是婉劝,后来竟用言语隐示要挟,不让初凤前去,双方正相持不下。这日金须奴领命出宫采取海藻,刚出漩涡,忽觉海底隐隐震动,正由安乐岛那一面传来。知道紫云宫附近，除近处一座荒岛外，数千百里陆地火山，只有安乐岛这一处。猜定是那里火山崩陷，发生地震海啸。算计二凤姊妹一样能海底游行，山崩以后，无处存身，不去接也要回来。只得长叹一声，取了海藻回转宫去。紫云宫贝阙仙府，深藏地底，初凤在宫中并未觉察外面地震。吃完海藻，待了一会儿，又提起去接二凤姊妹之事，以为金须奴又要像以往一样力争。谁知金须奴并不像往日一般拦阻，只请主人速去速归。

第一四八回　茫茫热海　巧拯同枝
　　　　　　　烈烈狂飙　生擒异兽

初凤心中大喜，立即持了双剑，带了两件宝物，起身往安乐岛去，行没多远，便即发觉地震。初凤不常出门，还不知道就是安乐岛火山崩陷，震况又那般强烈。又往前游有数十里，忽觉海水发热，迥异寻常，渐渐望见前面海中风狂浪涌，火焰冲天。默计途程，那日去时，沿途并无陆地，那根火柱正是安乐岛的地界。这一惊非同小可，连忙加速前进。好在身旁带有宝珠，寒热不侵。渐行渐近，只见黑云如墨，烟霾蔽空，狂飙中那根火柱突突上升，被大风一卷，化成无数道火龙，分而复合。海中骇浪滔天，惊涛山立。沿途所见浮尸断体、零碎物品，随着海水逆流卷走，更觉声势浩大，触目惊心。初凤一心惦记同胞骨肉忧危，心胆皆裂，只顾疾行前进，海水已是热如沸汤。行近安乐岛一看，已成了一座通红火山。树木房舍俱都成了灰烬，哪里还有一个人物的影子。左近礁石遇火熔化，成了红浆，流在海内，犹自沸滚不休。若换常人，休说这样铄石流金的极热溶液，便是落在那比沸汤还热的水之内，也都煮成熟烂了。初凤虽因带有宝物，不畏炎威，这般狂烈的火势，毕竟见了胆怯。绕着火岛边沿游行了半周，烟雾弥漫中，望见山地都被火化成了软包，不时整块陷落。估量自己既难登攀，岛上此时也绝无生物存在。冬秀想已遇难身死。两个妹妹俱都会水，如还未死，定然逃向别处。此时在火焰中寻找她二人下落，岂非白费心力？她二人如已逃出，必往紫云宫那一面逃去无疑。只是来时又未相遇，看来凶多吉少。越想越伤心，暗恨都是金须奴拦阻自己，如早两天将她们接回宫去，何致她二人遇此大难？事已至此，留此无益，只得往回路仔细去寻找她二人的下落。

初凤哪知她二人同冬秀事前出游，无心脱险，并未在岛上遇难。只是所去之处，偏向一角，不是正路，一个由正东往西南，一个由正西往东北。二凤姊妹又因冬秀累赘，时上时下，本质已弱，不敢老在狂飙骇浪中挣扎。初凤目力虽佳，偌大海面，哪能上下观察得纤细不遗？常言说得好："事不关心，关心者乱。"初凤一路搜寻，仍是没有寻见二凤姊妹影子，真是心乱如麻，不由悲痛已极。眼看行离紫云宫不远，猛想起昨日自己曾出宫外，到海底采取海藻，并未发觉地震。看适才海面浮尸神气，这火山震裂，为时尚不甚久。如今自己在海中游行，已比从前快有十倍，她二人说不定还未到达这里。这一路上海水上热下凉，她二人也不会在海面游行。自己只顾注意四外，却未深寻海底。她们如能逃到了紫云宫，定会回去。最怕是逃时受伤，中途相左，需要自己接应。想到这里，复又翻身往火岛那一面的海底寻去。

一会儿工夫，游出有百十里路，忽见前侧面水中漩涡乱转，颇与紫云宫外漩涡相似。暗忖："莫非这里面又有什么珠宫贝阙？"救妹心急，虽在寻思，并没打算入内去观察。谁知那漩涡竟是活的，由横侧面倏地改道，径向自己冲来，来势更是非常迅疾。方在诧异，已被漩涡包围。初凤也没去理它，仍自前进。猛地里身子一冲，已出水面，面前站定一个虎面龙身的怪物，后半身仍在水内，前半身相隔数丈的水，上下左右，全都晶墙也似的分开。定睛一看，正是那年安乐岛为狮群所困，赶来相救，逐走猛狮的怪兽。灵机一动，想起日前天箓上曾说此兽名为龙鲛，角能辟水分波，生来茹素，性最通灵，专与水陆猛兽恶鱼为敌，遇上必无幸理。又能口吐长丝，遇见强敌，或到紧迫之时，便吐出来，将对方困住。那丝和细瀑布相似，通体晶明，却是又黏又腻，不经它自己吸回，无论多厉害的东西，沾上休想解脱。仅鼻间有一软包，是它短处。知道它底细的人，只须将它鼻端用东西紧紧按住，立时蹲趴地上，浑身瘫软，再也动弹不得。相遇时可如法将它制服，用一根丝绦从它天生鼻环中穿过，便可顺从人意，要东便东，要西便西了。此兽一得，不但可充紫云宫守户之用，还可借它分水之力，采取海眼中的灵珠异宝。天箓上并说这种天生灵兽，千载难逢，极为少有，异日相遇，不可错过。

那龙鲛遇见行人，并不走开，也无恶意，只顾低头拣海底所产的肥大海藻嚼吃。初凤心里还惦记着两个妹子的安危下落，急于将它收服。忙将腰系一根长绦解下，拔剑在手，走上前去，仰头用剑指着龙鲛大喝道："昔日我姊妹三人被困狮群，多蒙你赶来相助，颇感大德。似你终日在海陆游荡，难成正果。我姊妹所居紫云宫，乃是珠宫贝阙，仙家宅第。如肯随我回去，乖乖降服，将来造化不小。否则我奉仙箓金敕，少不得亲自动手。我这仙剑厉害非凡，那时你受了重伤，反而不美。"那龙鲛原是因安乐岛地震山崩，热浪如火，存不住身，逃到当地，见海藻繁茂，动了馋吻，正在嚼吃。初凤刚一说，便住了嘴，偏头朝下注视，好似能通人意，留神谛听。等到初凤话一说完，倏地拨转身往侧面逃去。初凤记准仙箓之言，如何肯放过去，连忙随后追赶，一口气追了有二三十里途程。因它以前曾有解围之德，只打算好好将它收服，不愿加以伤害，始终没有用剑，总想赶在它头里，给它鼻端一下。

那龙鲛何等通灵，先前在安乐岛海底已吃过二凤姊妹的大苦头，知道人要算计它的要害之处，一面昂首飞逃，一面将身后长尾乱摇乱摆，竭力趋避，不使头部与人接近。初凤既决计不肯伤它，这东西又如此生得长大，在水中穿行又是异常迅速，初凤追了一阵，只在它身侧身后打旋。有时赶到它头前，刚一照面，它便掉头又往侧面穿去。打算去按它的鼻端，简直成了梦想。长尾过处，排荡起的水力何止数千百斤。如换常人，休说被它长尾打中，单这强大水力，也被挤压成肉饼了。

似这样上下左右，在这方圆二三十里以内往返追逐，初凤老不能得便下手，好生焦急。末后一次，正要得手，龙鲛因敌人追逐不舍，也发了怒。猛地将头一偏，身子往侧一穿，长尾一摆，照准初凤前胸打来。两下里都是势子太疾，初凤一个躲避不及，眼看就要打中。这一下如打在身上，任是此时初凤得了仙箓传授，也是经受不起。初凤正想飞身越过龙鲛头前，给它一个迅不及防，纵上去照鼻端来那一下。没料它这次改了方式，没等人越过头，竟然旋身掉尾打来。一转侧间，便觉水力如山，从侧面压到，那条长尾也已离身甚近。知道再像先前一样，沉身海底躲避，万分不及。忽然急中生智，不但不往下沉躲，反顺着水的排力，一个黄鹄冲霄，往前面上方飞起，升约十余丈高下，恰好长尾从脚下扫到离脚不过半尺，居然躲过。百忙中再低头一看，龙鲛身形已经掉转，头前尾后，长蛇出洞般，一颗大头昂出水外,分波劈浪,往前飞走。暗忖:"这样前后追逐,何时可以将它制服?并且还有危险。怎不骑在它的身上,慢慢挪向前面,岂不比较可以安全下手?"念头一转,身子往下一落,正骑在龙鲛后半身近尾之处。

那龙鲛见敌人骑上身来,身子摇摆得愈发厉害,前蹿更速。走了一阵,倏地将长尾一甩,往自己背上打去。初凤知它野性发作,想将自己打死,此举正合心意。便也将身一起,顺着它长尾之势,一个鲤鱼打挺,蹿出前面水外,落在龙鲛项上。更不怠慢,一手攀着龙鲛头上长角,身子朝前一探,左手举剑,径向它鼻端按去。眼看龙鲛阔口张处,刚喷起半个晶明水泡,被这一按,立时将嘴闭紧,浑身抖战,趴伏在地,丝毫也不动弹。初凤知已将它制服,低头一看,大鼻孔中果有天生的环眼。忙回左手解下云裳上的一根丝绦,右手长剑仍然按紧它的鼻端不放。身子从它头上滑了下去,滑到鼻前,用双脚钩住它的长角。再将丝绦从鼻环中穿过,打了一个紧结。然后松手,跳下身来,将龙鲛鼻端所按之剑收回。龙鲛缓缓站起身来,一双虎目泪汪汪望着初凤,大有可怜之容。

初凤见它已经驯服,迥不似先前桀骜神态,甚是心喜。试将丝绦轻轻一抖,龙鲛跟了就走;微一使劲,便即趴下身来。知它鼻间负痛,忙即停手。又见它经行之处,每遇肥大海藻,便即偏头注视,猜它定是腹饿思食。虽然救妹情殷,毕竟初得神物,心中珍惜,便即对它说道:"我两个妹子也从安乐岛逃出,如今不知去向。你可急速在此饱餐一顿,我自在左近先去寻找她们。如找寻不着,我再回到此地,骑你同去寻找。找着之后,同归仙府,随我修炼,日后也好谋一正果。"

说罢,就在海藻肥盛之处,寻了一个海底潜礁,将丝绦系好。正待穿入水中,先在附近搜寻,猛一抬头,看见上面水漩乱转中有一条白影,随着漩涡旋转而下。心中一动,忙即纵身上去一看,正是二凤和冬秀搂抱在一起,业已气绝身死,仅只二凤胸前还有余温,冬秀已是骨僵手硬,死去多时。二凤既然无心相遇,三凤想必也在近处遇难。同怀良友,俱遇浩劫,虽然身藏灵药,可以希冀还生,到底心酸。况且三凤下落还无把握,怎不难过。悲痛中,匆匆取出身藏灵丹,给二人口中强塞了几粒进去。手足之情,总比外人厚些。因要上去寻找三凤,恐龙鲛无心中移动,海水将二凤冲走，便将二凤尸身放在系丝绦的礁石之上，冬秀尸身却安置在礁石左侧崖洞外大石上面。刚放好，二次待要穿上水去，又见上面水中白影旋转，只是比起二凤下来时长大得多，旋起来时疾时缓，好似在漩涡中挣扎神气。心中奇怪，定睛一看，竟是一条大虎鲨。知道这种恶鱼非常残忍，定是追踪二凤、冬秀尸体到此，不禁大怒。说时迟，那时快，就在初凤注视寻思之际，那条恶鱼已从水漩中落了下来，虽然失水，见了人还想吞噬。大嘴刚一张开，初凤随手就是一剑，剑光过处，立时齐颈斩为两截。

初凤斩鱼之后，便即飞身往水漩中穿了上去，行没多远，便见三凤顺水漂来。因离海底甚近，上面水的压力太大，不易翻浮上去。适才逃命时节用力过度，忽然昏迷，又灌了一肚子海水，业已气绝身亡。所幸人已寻到，还可设法挽救。当时惊喜交集，匆匆抱了回转。因二凤存身之处太窄，便与冬秀尸身放在一处。同时塞了灵丹，先将她姊妹二人救转。回到宫中，互说经过。

初凤因她二人当初不听良言，今番已受了许多险难，只温言劝慰了几句，不再埋怨。一面谈说间，早将玉匣中仙衣云裳取了出来，与她二人更换。又将宫中异果海藻之类，取些与她二人吃了。二凤一听宫中金庭玉柱果然发现，得了许多奇珍异宝，还有一部仙箓，照此潜修，便可成仙得道，不由欣喜欲狂。只三凤性情褊狭，虽然心喜，总以为姊妹俱是一样，却被大姊占在头里，好生后悔，不该在安乐岛贪恋了这三年，以致闹得几乎耽误仙缘，葬身鱼腹。所幸天书尚在，只要虔心修炼，仍可和大姊一样，否则岂不大糟？她只管如此想，谁知事偏不如人意，以致日后魔劫重重，几乎又闹得身败名裂。此是后话不提。

且说冬秀毕竟是个凡体，元气在水中伤残殆尽，仍无回生之望。初凤见她回宫这么多工夫，面色已逐渐由苍白转成红润，只是仍未醒转。虽不似二凤姊妹般骨肉关心，终以昔日共过患难，是出生以来所交的第一个朋友，既有几许之望，不愿使其独个儿化为异物。欲待寻金须奴商量解救之策，却自从宫外一见，将龙鲛交他前去安置，一直没有进来。龙鲛置放何地，也未来复命。心中诧异，便让二凤姊妹各自观赏宫中所有奇珍异宝，自己起身前去寻找。

刚刚转过外面宫庭，便见晶墙外面金须奴独自一人满面含愁，背着双手，徘徊往来于避水牌坊之下，时而仰天长叹，时而举手搔弄头上金丝般的长发，好似心中有万分为难，又打不出主意神气。初凤因他自从来到紫云宫，每日恭谨服役，总是满面欢容，只有适才初动身去救二凤姊妹时，脸上有些不快，似这般愁苦之色，从未见过，不禁怀疑。知道这宫中晶壁外观通明，内视无睹，索性停步不前，暗中观察他的举止动作。待了一会儿，见他盘旋沉思了一阵，并无什么异状。忽然跪在地下，朝天默祝了一番，然后起身垂头丧气，缓步往宫前走来。恐被他看出不便，便开了宫门，迎将出去，问道："你怎地这么久时候不进宫来？龙鲛安放何处？我还等你来商量救转一个朋友。"金须奴躬身答道："那龙鲛乃是灵兽，稍加驯练，便可役使。已暂时先将它系在宫后琼树之下，那里有不少花果，如今正贪着嚼吃。小奴也知同来的另一位姑娘仙根本来不厚，周身骨脉脏腑俱被海浪压伤，非小奴不能救转。既是主人好友，不能坐视。怎奈适才拆看先恩师所赐锦囊，知不救此女，纵难飞升紫阙，还可在这贝阙珠宫之内成为地仙；如救此女，虽有天仙之望，但是极其渺茫，十有九难望成就。而且此女正是小奴魔劫之根，稍一不慎，即此地仙亦属无望。但是她又与三位主人非常有益。为此迟疑不决，在宫外盘算好些时，主人想已看见了。"

初凤闻言惊道："我看你动静，并无别意，只缘你向来忠谨，平时总是满脸高兴，自我今日去接二位公主起，你便一时愁过一时，心中不解。我和你虽分主仆，情逾师友。她们三人，两个是我妹子，一个受我两次救命之恩。你日后纵有错处，我已无不宽容，她们还敢怎地使你难堪？至于有甚灾劫的话，我等同学这部天书，本领俱是一样，你的道力经验还比我们胜强得多。休说外来之灾，据你说，只须道成以后，行法将宫门封锁，天仙俱难飞渡。就使自己人有甚争执，也未必是你敌手，何况还有我从旁化解，你只管愁它作甚？"金须奴道："如今主人道法尚未炼成，哪里得知。仙缘俱有分定，这一部天篆虽然一样，并无二册，但是修过中篇，主人能自通解时，便无须由小奴讲解。那时上面的符篆偈语，便视人的仙缘深浅，时隐时现。主人学会以后，也须遵照上面仙示，不能因小奴以前有讲解传习之功，私相授受。便是二、三两位公主的道行本领，也比主人要差得好几倍，怎能由人心意？小奴明知只一推说返魂无方，日后便少许多魔障。一则对主不忠，有背前誓，将来一样难逃应验；二则小奴以荒海异类，妄觊仙业，命中注定该有这些灾难，逃避不脱。就按先恩师遗偈之意，也无非使小奴预先知道前因后果，敬谨修持，以人定胜天罢了。"

初凤闻言，总觉他是过虑，虽然着实宽勉了几句，并未放在心上。当下又问解救冬秀之策。金须奴道："这姑娘服了许多灵丹，元气已经可以重生，将来体质只会比前还好。不过她受水力压伤太重，五官百骸无法运转。此时她已经有了知觉，但言语不得，所受苦痛，比适才死去还要厉害。小奴既已情愿救她，不消三日便可复原。请主人先将金庭玉柱灵丹再取十二粒，用宫后仙池玉泉溶化，给她全身敷上，暂时先止了痛。小奴自去采取千年续断和红心补碎花来，与她调治便了。"

初凤因两种灵药俱未听见金须奴说过，以为他要出宫采取，便问道："你常说你的对头铁伞道人尚要寻你，此去有无妨碍？可要将宫中法宝带两件去，做防身御敌之用？"金须奴笑道："小奴此时出宫，天胆也是不敢。主人哪里知道，这两种灵药全都在我们紫云宫后苑之内，其余灵药尚多。小奴起初也是不知底细，自主人今日走后，独自详看天书，才行悟得。这千年续断，与人间所产不同，除紫云宫外，只有陷空岛有出产。虽比这里年代还久，用处更大，但仅由列仙传说，自来无人发现。这红心补碎花，却是这里独一出产，别处无有。这两种灵药，一有接筋续骨之功，一有补残生肌之妙，再加用了若干地阙灵丹，岂有不能回生之理？"初凤喜道："我以前仅觉后苑那种奇异花卉终年常开，可供观赏，不想竟有这般妙用。如此说来，其余那些花草也都是有用的了？"金须奴道："虽不全是，也大半俱是尘世所无哩。"初凤又问道："你说那红心补碎花，我一听名儿，便晓得那生着厚大碧叶，花形如心，大似盈钵，一茎并开的小红花。续断名儿古怪，可是那墨叶长梗的矮树？"金须奴道："那却非续断，乃是玉池旁和藤蔓相似的小树，出产甚少，只有一棵。这两种灵药取法用法俱都不同，少时取来，一见便知。此时救人，以速为妙。"说罢，二人分手。

初凤便照金须奴所说，先取玉泉化了灵丹，与冬秀敷匀全身。一摸胸前，果然温暖。拨开眼皮一看，眼珠灵活，哪似已死之人。只是通体柔若无骨，软瘫在床，知道全身大半为水力压碎，不知身受多少苦痛，好生代她难过。敷完灵丹，金须奴早采了药来，在外相候。初凤将他唤了进来，问明用法。先将周身骨节合缝之处，用续断捣碎成浆涂了。再取红心补碎花照样捣碎，取出丹汁，由二凤、三凤帮同给她全身擦遍。然后取了一袭仙衣与她穿了。

未满三日，冬秀逐渐复原，她的五官百骸早已有了知觉。在她将醒未醒之际，已经得知就里。这一来，不但起死回生，而且得居仙府，有了升仙成道之望，自然是喜出望外，对于初凤姊妹感激得肝脑涂地。由此，每日与二凤、三凤随着初凤，照仙箓传授修炼。闲来时便去宫中各处游玩。贝阙珠宫，仙景无边，倒也享受仙家清福。

只是一件美中不足，仙箓所有道法，俱是循序渐进。四女的天资禀赋有了厚薄，所学的程度也因之有了高下。初凤生具仙质，六根无滓，灵府通明，一学便悟，又是首先入门，自然领袖群伦。二凤因受红尘嗜欲污染，多服烟火，但本质尚可，仅只所学日期较晚，不如乃姊，学时还不十分显出费力。三凤自为猛狮伤了一臂，流血过多，体气已有损耗，再加这几年的尘欲锢蔽，她的私心又重，休说初凤，比起二凤已是不及。冬秀更是本来凡体，从患难百死之际，饶幸得遇仙缘。她为人虽是聪明好胜，饶有机智，因为心思太杂，于修道人反不相宜。先时同学，不甚觉得，日子一多，所学愈发艰深，渐有相形见绌之势。她不想自己因资禀有限，反以为是初凤同金须奴对她和二凤姊妹有了厚薄，不肯尽心相传。初凤于己有几次救命之恩，还不敢心存恨意。对金须奴却是嫌隙日深，只是胸有城府，不曾外露罢了。

又过了数月，初凤对于那部《地阙金章》已能自己参悟，无须金须奴从旁解说。并且书上的字也是时隐时显，除初凤外，连金须奴有时也不能看出字来，由此初凤日益精进。主仆五人，原本定有功课，每当参修之时，俱在子夜。照例由初凤领了四人跪祝一番，然后捧了仙箓，在宫庭当中围坐。初凤分别传了二凤姊妹与冬秀的练法，然后由金须奴持剑侍侧，自己对书虔心修悟。等自己习完，再将可传的传给金须奴修炼。这日习到天箓的末一章，刚刚通悟，还未练习精熟，上面的字忽然隐去。末章后页忽现数行偈语，将初凤姊妹三人和冬秀的休咎成就略微指示，并有"初凤照所得勤修，不久便可成为地仙。以后欲参上乘正果，全仗自己修持，积修外功，万不可少。余人仙缘较浅，全视各人自己能否虔心参悟，力求正果为定，不可妄多传授，因而自误"等语。

初凤看完，刚刚起身跪谢，那书忽从手上飞起，化成一片青霞笼罩全庭，顷刻消散。初凤知道自己道将学成，仙箓先期化去，便将书上偈语当众说了。二凤虽然失望，知道仙缘注定，还不怎样忿怨。冬秀和三凤俱知金须奴火炼玉匣，抢出天箓之事。这次天箓飞去，见他满面笑容，躬身侍立在侧，并未动手，若无其事一般。猜他已将天箓学全，必有防它化去之策，却故意不让大家学全，由它化去。情知所学还不及初凤的一半，原想只要书在，日久自和初凤一般，能够自己参悟。这一化去，虽说初凤厚爱同怀，情重友深，也未必敢违了天箓偈语，私相授受。越想越恨，越想越难受，竟然放声大哭起来。经初凤劝勉了一阵，才行闷闷而罢。冬秀更因哭时金须奴未来解劝，好似面有得色，越发把他恨在心里。

　　光阴易过，转眼十年。二凤虽然比初凤相差悬远，因为始终安分潜修，倒也不在话下。惟独三凤和冬秀俱是好强争胜之人，除平时苦心练习，磨着初凤传授外，总恨不能有点什么意外机缘遇合，以便出人头地。初凤受她二人缠绕不过，也曾破例传授。二人意总未足，几次请求初凤准她二人出海云游，寻访名师，以求正果。初凤记着老蚌之言，归期将届，再三劝阻，好歹等恩母回来，再行出外。冬秀表面上还不违抗，三凤哪里肯听，姊妹二人闹了好几次，终究三凤带了冬秀不辞而别。

　　她二人走没多日，老蚌居然重回地阙，初凤、二凤自是心喜。接进宫中，一问经过，才知老蚌蜕解后，便投生到浙江归安县一个姓仇的富户家中为女。因乃母生时，梦见明珠入怀，取名慧珠。生后一直灵根未昧。七岁上父母双亡，正遭恶族欺凌，遇见天台山白云庵主明悦大师看出她的前因，度往庵中，修炼道法一十二年。大师因她不是佛门弟子，命中只该享受地阙清福，始终没有给她剃度，传了许多小乘法术。圆寂之时，指明地点，命她仍旧回转紫云故里。她领了遗命同儿封密偈，寻到紫云宫海面，用小乘佛法叱开海水，直达宫中与初凤等相见。

　　此时慧珠已是悟彻前因，一见只有三凤不在，便问何往。初凤便将姊妹三人安乐岛报完父仇，以及二凤、三凤贪恋红尘，在岛上一住三年，自己劝说不听，回宫苦守，玉柱开放得了许多奇珍；后来收金须奴和龙鲛，救回二凤姊妹和冬秀；三凤性傲，不听约束，日前与冬秀私自出走，说去寻师学道，曾命金须奴出宫追赶，也未寻回等事，一一说了。

慧珠道："三凤真想不开。我常听师父说，我们这座地阙仙宫深居地心，为九地灵府之一。只须等你将那部《地阙金章》中修道之法炼成以后，我同你姊妹三人带了宫中异宝，再出去将外功积修圆满，那时重归仙府，纵不望飞升紫阙，一样可求长生不老，永享地阙清福，比起天仙，相去能有几何？她这一出去，万一误入歧途，岂非自误仙业？你说那冬秀一个寻常凡女，遭遇仙缘，也这等不知自爱，跟着胡行，尤其大是不该。我本想回宫以后从你炼法，道未炼成，不再出世。她这一走，我便放心不下，只好趁她二人迷途未远以前赶去，将她们追了回来，以免一落左道旁门，便无救药。我经此番尘劫，仅学了点小乘法术。在我未把天篆道法炼成，元神重孕婴儿之前，本不愿出海问世。只因你的道力虽已有了根底，无奈自幼隐居海底，尘世阅历太浅，对于目前正邪各派中人物无甚闻知，恐遇上时难以辨别。二则三凤心性既变得如此倔强，先不听话而去，岂肯出海之后再随你回来？有我同去，毕竟要听话些。我虽无甚高深本领，但是自幼随了师父云游天下，哪一派的人物差不多都有一半面之缘。就是不认得的，也能一望而知。再则师父临飞升以前，曾传我内照前知之法，为日尚浅，纵难及远，对于目前事物，一经湛定神明，归心反视，便能略知未来。适才听你说话之际，我因思念三凤，潜心默参吉凶，得知她二人已离海岸，漫游中土，行踪当在嵩岳泰岱之间，颇有因祸得福之象，故此非去不可。不过尚有一事为难：地阙仙府根本重地，况有许多不能全数携带的宝物在此，虽说深居海底，暗藏地府，外人不易知晓，终须留一自己人在此，以防万一。二凤留守，自是当然，但她法力浅薄，最好留下金须奴与她同守，再加神兽龙鲛守护宫门，定可无虑。无奈金须奴他对我说，魔障将临，去留于他均有妨害。此人功高苦重，恐误了他的功果，令人委决不下。"

正说之间，金须奴忽从门外走进，面带愁容，朝着慧珠跪下道："小奴近些日来，忽然道心不静，神明失了主宰。算计先恩师遗偈暗示，想是大难快要临头。就是主人此次不出外，小奴也请假暂离此地，以求免祸。地阙仙府非无外魔觊觎，但是尚非其时，照小奴默参运数，约在诸位主人将来二次出游归来之后，方有一番纷扰。过此，仙府即由主人用法术封锁。从此碧海沉沉，仙涛永静，不到百年后末次劫运降临，不会再与生人往还。此时休说还有二公主与龙鲛留守，纵使全数离开，也绝无一些事变发生。

倒是小奴魔劫重重，依次将临。明知逃到哪里都难避免，不过与主人同行，一旦遇上外魔，不能与之力抗，尚有主人德庇，还可脱险。只有这内欲一起，却难强制，一个把持不住，不但败道丧生，还负了主人再造深恩。思来想去，只有同行稍好一些。望求主人俯允，感恩不尽。"

此时慧珠道行尚浅。便是初凤虽然今非昔比，对于金须奴的出身来历和天生的异禀，也是一样茫然。因知金须奴素来忠诚，又善前知，与慧珠、二凤商量了一番，便放放心心由二凤在宫中留守。又将龙鲛唤来，嘱咐了几句，命它就在避水牌坊下面看守门户，不许擅自离开一步。那龙鲛本是神兽，自经初凤姊妹这些年驯练，已是通灵无比，闻言点首长鸣，转身自去。慧珠、初凤便带了金须奴，出宫直升海面，同驾遁光，先往嵩岳飞去。

第一四九回

都火梵呗　毒炼少林僧
撒手烟云　惊逢铁伞道

慧珠等三人到了嵩山，遍寻三凤、冬秀二人踪迹，一点影子也无。慧珠随师多年，熟悉寺庙中规条。因来时算出二女是往嵩岳一带，估量尚未远去。便命初凤带了金须奴在少室等候，以免惊骇俗人耳目。独向少林寺一带庵观中寻觅禅友，打听下落。

那少林寺在元明之际，正是极盛时代，能手甚多。慧珠原从后山赶向前山，因寺中方丈智能以前曾有一面之缘，打算寻他，询问门下僧徒，在每日樵苏挑水之时，可曾见过像二女打扮的女子。不料行近少林寺还有三数里远近，见前面悬崖陡立，上出重霄。崖侧一条深涧挡住去路，宽约二丈。正欲飞身越过，忽听木鱼之声起自天半，心中诧异。抬头一看，悬崖危壁上面附着一片灰云，云影里映现着一株古怪松，斜坐崖隙，那梵呗之声，便从那里发出。慧珠知道当地异人甚多，见那僧人故炫精奇，来路不正，不愿招惹，装作不知，径直纵过涧去。身才立定，便听洪钟也似的一声"阿弥陀佛"，眼前现出一个红衣赤膊、相貌极其凶恶的番僧，左手持着一柄铁禅杖，背着一个大盆般的铁钵，右手单掌当胸，指着慧珠道："此山豺虎甚多，女檀越孤身独行，意欲何往？可要和尚护送一程么？"慧珠知他来意不善，暗中留神，合掌当胸答道："弟子因来此游玩，中途失去两个伴侣，欲往前面少林寺中探听有无人见。自幼曾学过少许薄艺，虽是独行，倒也不畏豺虎。前行不远，即可到达，无须烦人保护。禅师好意，只有心领了。"

番僧闻言狞笑道："女檀越竟与少林寺智能贼和尚是旧相识么？我奉大力法王之命，来此已有九日。每日早晚功课完毕，便到寺前寻他。他却缩头不出，弄些障眼法儿将寺门封锁，不敢出面。本当冲了进去，又觉我和尚老远到此赶尽杀绝，未免有些不好。昨日我已递了法牒，限他三日将全寺让出，由我住持。今日已是第二天了，还没见他动静。且等三日过去，仍没回音，我便用佛家禅火将全寺一火烧个精光。昨日我已在寺前大骂，你那两个同伴不知轻重，竟敢出言和我顶撞，被我略施佛法，将她二人锁在后山天荡崖洞底之内。预备这里事完之后，将她二人献与法王享受。我看你生得比她二人还要美貌，又是她二人的同伴，正好打做一路，乖乖由我送往崖洞之内等候，免得丢丑。"

慧珠一听，以智能那般道行，竟由他在本山猖狂胡为，这个番僧必非易与，如若力敌，恐怕不是对手。三凤、冬秀被他摄去，又不知天荡崖在后山什么所在。莫如将计就计，等他到了崖前，再用师父所传遁法脱身回去，告诉初凤、金须奴，想主意救人除害。想到这里，刚要张口答话，那番僧已好似看出她心意，两道浓眉倏地往上一皱，骂道："你这贱婢！目光不定，想在大和尚面前捣鬼，哪里能够？你这个贱货，好好善说，叫你随我到天荡崖去；若然不听，非出乖露丑不可。"说罢，将袍袖往上一举，慧珠见势不佳，暗道一声"不好！"正待行法遁走，猛觉眼前一亮，一片黄云已将身子罩住。知道逃走不及，连忙手中捏诀，盘膝坐定，将小乘法术中的金刚住地之法施展出来。先将身子定在山石上面，化为一体，以免被敌人的妖云卷走。然后虔神内照，一拍命门，放起一片银光，将身子护住。这佛门小乘法术专备修道人在深山中修道防身之用，专一以静制动。虽不善攻，却极善守，只要心不妄动、神不乱摇，任你多厉害的邪术也难侵害。

那番僧原是西藏大力法王妖僧哈葛尼布的大弟子，所炼邪法妖术甚是厉害。因为路过嵩山，想起少林寺方丈智能为人止直，剑术高强，法王手下红衣妖僧屡次吃他人苦，气忿在心，又觊觎寺中那片基业，仗着自己新近炼成了一种毒火红沙，亲往寺中寻仇。谁知智能早已得了能人报警，知道一时难以抵敌，一面用飞钵传书，各处求救；一面约束手下徒众禁止出外，紧闭寺门，外用法术封锁，以待救援。番僧见全寺均被云封，知道内藏奇门妙用，攻不进去。连在寺前辱骂了几日，始终不见人出来。又防中了诱敌之计，不肯轻易施展毒火，好不气闷。

那三凤同了冬秀离了紫云宫，原打算游历天下名山古洞，寻访仙师。

无奈一个是自幼深居海底,各地名山胜域均无闻知;一个虽是自幼随了父亲保镖,闯荡江湖,仅知道一些有名的江湖好汉,至于神仙居处,仍是茫然。二人先在海外闲游了几处岛屿,觉得景致平常,不似仙人所居,好生扫兴。末后冬秀想起幼时曾听父亲说起,嵩山少林寺惯出能人异僧,名头高大,有一次曾亲见寺中一个和尚放出飞剑,斩人于数十里外等语。不知事隔多年,寺中还有这种能人无有?便和三凤说了。三凤笑道:"我们姊妹几个,哪个不会?何况我们深居海底仙宫,出入惊涛骇浪。大姊曾说我们本领道法已和散仙差不多了,寻常能放飞剑的人,寻他有甚用处?"冬秀道:"话不是如此说。天外有天,人外有人。就拿金须奴说,他的本领已比我们二人高强得多,如论道行,还远在大姊之上。但是每一提起他那对头铁伞道人,事虽过去,还在胆寒。我们此次出门,原为争这口气,不成不归,有志者事竟成。且不必单说前往嵩山,你我把天下名山,人迹不到之处,全走一遭,早晚必能遇上。即使我们真个仙缘浅薄,开开眼界,长点见识也是好的。"三凤本无目的,因在安乐岛时常听冬秀说中土山川雄秀,如何好法,早就神往。既然嵩山常有异人剑仙来往,便先往嵩山一游,到了再议行止。

当下说定,同往嵩岳进发。一入中土,遇见繁华城镇,也曾降下去游览,就便访问嵩山少林寺的途径。冬秀因二人所着都是仙家衣履,惹人注目,想起乃父在日之言,江湖上行走,不宜过事炫奇。虽说现在所学已离仙人不远,到底还怕遇见能手。一落地,首先将从紫云宫中带出来的两枝珊瑚,向大城镇中去换些金银备用。那珊瑚,紫云宫后园中到处皆是,冬秀所带虽是两枝极小的,在尘世上已是无价之宝,立刻便将金银换来。先买了两身寻常衣履,与三凤一齐换了。有了前车之鉴,仗有灵丹辟谷,除打听出附近有甚名山胜迹,必去登临外,大都无甚耽搁。不消数日,已达嵩山。先在山麓降下,商量了一阵,然后往少林寺中走去。

此时少林寺声望虽称极盛,但是山径崎岖,犹未开辟。除慕名学艺和有本领的人来往外,寻常人极少问津。二人在来路上已屡听人说起少林寺的威名远震,寺中和尚如何勤苦清修。有了先入之见,不由起了几分敬爱之心。冬秀更是满心记着昔日江湖上寻师访友的步数。因寺庙中不接待女施主,原打算到了寺前遇着本僧,略显身手,将寺中人引了出来,看看有无真实道法，再行定夺。起初以为这么大一座丛林，纵不接待女客，进香的男子必不在少。谁知入山走了好一程，一个人影俱未遇上。二人也未觉奇异，仍往前走。没有顿饭光景，已经望见前面树林隙里，红墙掩映，知离寺门不远。正待前行，耳边忽听喝骂之声。再往前几十步，便出树林，半山崖上现出一座大庙，墙宇高大，殿阁重重，看去甚是庄严雄伟。只是庙门紧闭，庙前岩石上坐定一个身背大铁钵，手持铁禅杖的红衣番僧，正在戟指朝着寺门大骂。三凤还要前进，还是冬秀机警，忙把三凤一拉，同时止步，躲在一株古树后面，看那番僧动作。那番僧说话声如洪钟，所骂之言俱都不堪入耳。骂了一阵，想是骂得火起，猛将手中禅杖一起，一脱手，便化成一道半红不黄的光华，龙蛇一般直往寺门冲去。转眼冲到，倏地寺前起了一片粉红色的云烟，弥漫开来，将全寺罩住。光华只管左冲右突，休想前进一步。气得番僧口中喃喃念那梵咒，满头须发皆张，状如丑鬼，仍是无用。只得将手一招，收了回来。光华才敛，寺前云烟也跟着隐去，依旧大门紧闭，庙貌庄严，巍立在半山之上，没有丝毫伤损。那番僧二次持杖大骂了一阵，又将禅杖化成光华飞起，在云烟中冲突了些时，又重飞回。如是者好几次。

　　三凤越看越气，大忿，便向冬秀道："这贼和尚同人家有何仇恨？他骂了这半天，人家关上门不理他也就是了，为何这般辱骂不休？待我去问他去。"先时番僧脸朝寺门，本不知道二女藏处，骂得正在起劲，忽听二女说话声音，便即回身寻视。三凤本是初生犊儿不怕虎，随说便走了出来。冬秀虽因生长江湖，除聪明机警外，历练也甚寻常，在树后看出了神，三凤说话时节，也未拦阻。及见番僧闻声回视，知要出事，想拉三凤，已是不及，只得跟着迎了上去。三凤指着番僧问道："庙中和尚，与你何仇？人家怕了你，不出来，为何还要苦苦辱骂作甚？"番僧也未还言，睁着一双怪眼，只管上下打量二女。三凤见他神色鬼祟，越发不耐，正要喝问。番僧狞笑着答道："听你说话，你莫非与智能贼和尚相好么？我奉法王之命，到处寻找美貌女子，数日以来，并未寻着一个可意之人，不想无心相遇。识时务的，快快归顺，等我破了少林寺、杀了智能，带你二人去到法王那里，叫你快活不尽。"一言未了，三凤早已怒气填胸，按捺不住，娇叱道："贼和尚！死在眼前，还敢胡言！"说罢，左肩摇处，一道青光直往番僧头上飞去。冬秀见三凤业已动手,知道番僧凶横,决难善罢甘休,也将飞剑跟着放出,上前夹攻。番僧见二女同时放出飞剑,哈哈大笑道:"难怪贱婢猖狂,原来还会这些伎俩。禅师面前须容不得尔等。"随说,随将手中禅杖抛起,化成一道半黄半红的光华,疾如闪电,将二女飞剑接住。三凤见飞剑无功,正想探怀取宝,番僧口中念动梵咒,倏地大喝一声,手扬处,一片乌黑云烟飞向二女顶上。二女还未及施为,已被云烟罩住,猛闻一股奇膻之气,立时头晕眼花,再也支持不住,只觉身子悬空,半晌方才落地。等到醒来一看,身子已在一个石洞之内,四外阴黑。几次想行法冲出,谁知番僧业已用了妖法,将石洞封闭禁制,洞壁比起百炼精钢还要坚硬十倍,一任二女用尽生平本领,休想损伤分毫。

妖僧将二女困入少室石洞以后,因寺门有智能法术封锁,攻不进去。心中贪恋二女美貌,本想先用一个。又因法王这次所需有根基的少女正是两名,恐日后知道怪罪,只得作罢。仍回崖壁上面,算计寺中不见人出,不是等候救兵,便是设有埋伏,想诓自己毒沙。决计再等数日,寺僧不肯投降,便用魔火化炼全寺,逼他出来。那时再用毒沙,一个也难漏网。自己仍不攻进去,以免中了敌人奇门遁法。

正在唪诵魔咒,忽见崖壁转角又走来一个绝色美女。慧珠本是千年老蚌转生,丽质仙根,比起初凤姊妹还要美貌得多。番僧见了,如何舍得放过。便飞身下去,拦住去路,以为也和前日两个美女一样,手到擒来。不想慧珠虽不善攻,却精于守,坐在地上,身子竟似与山合体,生了根的一般。番僧连用妖法,但都未能将她摄走。两下相持了大半日工夫,番僧想去少林寺前恶骂,不能分身。崖下面不比崖壁之上,可以远观寺中虚实,又恐智能乘机逃走,就此罢手,心又不甘,好生委决不下。这一面,慧珠虽仗小乘佛法,用禅功入定,屏御百魔。无奈这种法术只能防身,不能冲出妖云氛围逃走,除了静以待变外,别无善策。还算自幼出家,心神澄定,不为恐惧忧危所扰;否则心神一乱,真灵失了主宰,定遭毒手无疑。

两下正在相持,忽听暴雷也似一声长啸,空中飞下四道光华,直取番僧。番僧见来的敌人是三个绝色少女和一个脑披金发、相貌奇丑的怪人。三女当中,一个穿着一身仙衣霞裳,另外两个正是日前被自己擒住,囚禁少室的女子。那封锁少室的魔法极其厉害,不知怎能到此?心中大吃一惊。

那仙女装束的一个,剑光尤其厉害。一面飞起手中禅杖,化成一道红黄色的光华迎敌;一面口诵真言,打算行使妖法取胜。谁知新见一男一女的剑光,疾如电掣虹飞,自己一柄禅杖竟然应付不了,急迫中大有有力难施之势。知道稍一疏虞,被敌人飞剑攻近身旁,不死必伤。不敢怠慢,连忙转攻为守,先将禅杖招回,护住全身,再作计较。

这来的正是初凤、三凤、冬秀和金须奴四人。原来初凤、金须奴自慧珠走后,二人便在山头闲眺,等候慧珠回音。初凤忽然想起金须奴得道多年,便问他嵩山可曾来过,少林寺中可听说有甚能人?金须奴道:"小奴生长极荒寒海之地,距离中土甚远,先时所知俱是海外散仙。后来因为心怀远志,也曾数游中土名山胜境,访求正道。这嵩山虽是旧游之所,还在数十年前来过两次,彼时少林寺仅有几个精通武艺的高僧,无甚出奇之处。倒是末次重游此山,在少室绝顶遇见两个矮子在那里对弈,小奴不合欺他们生得矮小、貌不惊人,躲在他二人背后,暗用禁法,将棋子移乱取笑。不料棋子没有移动,如非那两个矮子意在儆戒,不肯伤人,险些丧了性命。就这样,还被他们用剑光将小奴圈住,跪在他二人下棋的石旁七天七夜,直等那一盘残棋终了,才行释放。后来一打听,才知二人是有名的嵩山二矮白谷逸和朱梅。他们年纪不大,学道日子更是不久,却是得了真仙传授,不但剑法高深,彼此已有半仙之分。只恨缘悭眼拙,遇见异人不去跪求度化,反而意存戏弄,自找无趣,后悔了好些年。如今不知可在那里隐居没有。除此以外,四川峨眉山还有一位极厉害的正派剑仙,名叫长眉真人,宋初已经得道,只为发下宏愿,要创立一个正派教宗,积修十万外功,才行出世,所以至今还未飞升。别的正邪各派异人能手虽多,据小奴所知,当以此人为目前在世正邪各派散仙中的魁首了。"

初凤听得高兴,便想叫金须奴领往少室,一寻仙踪。问他以前曾经开罪,此去可有妨害?金须奴道:"小奴被他二人收去剑光释放时,曾听他二人说,小奴虽是异类,平日尚知自爱,看去没有恶意。自随主人在海底仙府修炼天篆秘笈,不仅道行增长,心地愈觉光明正大。这类仙人大都除恶奖善,自问无过,至多无缘不见,否则不在此地隐居,绝无别的妨害。不过我们离开这里,恐老主人回来相寻费事罢了。"初凤道:"这有何难?"说罢,放出飞剑将路旁大树的皮削去数尺,划上几行字迹,请慧珠回来,前往少室相晤。当下同了金须奴同往少室飞去。剑光迅速，相隔又近，转瞬便即到达。刚一落地，金须奴首先惊"咦"了一声，同时初凤也看出山顶四围隐隐妖气笼罩。情知有异，再一寻找少室的门户，竟是无门可入。初凤猜是内中必有妖人盘踞，悄问金须奴："洞中潜伏的人虽然路道不正，一则他没有招惹我们，不犯多事；二则我们俱是初次出门，不知外面各派中人深浅，万一抵敌不住，岂非求荣反辱？还是回到原处去等母亲吧。"金须奴闻言，仔细向四外看了一阵，答道："话不是如此讲。仙家内外功行并重，主人此时内功已经修成了十之八九，外功却一件未立，除恶去害，分所当然。这妖气如此浓厚，洞中绝非安分之人。如今我们明明算出三公主现在此山，到此却遍寻无着，说不定陷落洞中妖人之手，也未可知。再加我们既然到了他的门户，他在洞中不会不知道，却不出面，又将洞门用妖法封闭，情更可疑。主人不可大意，被他瞒过。万一三公主真个被陷，夜长梦多，如为妖人所害，那时悔也无及了。"

初凤听他说得有理，不禁着起急来。《地阙金章》中原有拨云破雾之法，连忙禹步立定，施展起来。不消顷刻，妖云尽扫，现出洞门。入内一看，里面还有一层门户，门外有一玉屏风，将出入道口堵得严严实实。试用手推了一推，觉出坚固异常。一心惦着同怀好友的生死下落，也不再寻洞中有无能人，左肩摇处，放出剑光，直往玉屏上射去。眼看剑光飞近玉屏，倏地眼前一晃，现出一个矮子，一伸右手，便将剑光接去。初凤大吃一惊，忙又将第二道剑光放出，才一飞近矮子面前，那矮子只笑了一笑，一伸左手，又将第二道剑光接去。初凤痛惜至宝，忙运玄功，打算收回。谁知一青一白两道光华，只管似龙蛇般在矮子手上乱掣乱动，一任初凤用尽心力，哪里收得回来。正在着忙，忽听金须奴在旁高叫道："主人快请住手！这位真人便是我说的那位矮仙师。"一言未了，猛地又听矮子笑道："你们既无本领去破别人妖法，没得将我们这座玉屏风毁去，你们赔得起么？这剑还你，还不快些进去救你妹子。"说罢，影子一晃，两道剑光已经飞回，矮子踪迹不知去向。再看当门的一座玉屏风，已于转眼工夫移向壁间。初凤虽然道法已非寻常，因为初逢异人，似这般神龙见首，也闹了个迷离惝恍，不知如何是好。

金须奴毕竟懂的事多，见初凤还在迟疑，忙道："仙人已走，三公主定在里面，还不快去解救！"初凤被他提醒，不暇答话，匆匆往洞内便走。行没几步，忽听洞内深处隐隐有两个女子怒骂之声，颇似三凤、冬秀口气。心中怦地一动，忙即抢先冲了进去。刚一起身，忽然一道剑光从黑暗中劈面飞来。幸而初凤剑术煞有根底，知道来势太猛，不及迎敌，忙用遁法避过。身刚立定，又是一道剑光接踵而至。跟着冲出两个女子，定睛一看，果是三凤和冬秀二人，已是急得满头大汗，神色甚是狼狈。同时金须奴也由外赶到，彼此认清面目，俱都喜出望外。

三凤道："我们在少林寺前，被一个红衣妖僧用妖法困此洞内，已经二日，用尽法术飞剑，俱难脱身。本来都绝了望，准备妖僧再来，用剑自杀。适才猛觉洞壁虚软，死中求活，拼命往前一冲，竟然空若无物。不想却是姊姊亲来解救。二姊可同来么？"初凤一听困她二人的果非适才所见矮子，对头是另一个红衣妖人。一同出洞，各将前事一说。金须奴又重将矮子来历及适才所听语气，解说了一遍，这才明白封洞妖法还是矮子所破。只不知这洞既是矮子清修之所，何以又容妖僧将人困入洞内？因听三凤、冬秀说那红衣妖僧正与少林寺中和尚为难，又那般好色作恶，恐慧珠前往遇上也遭了他的毒手，话一说毕，便即领了众人直往少林寺前飞去。

行至中途，便望见下面妖云蒸腾。低头仔细一看，那红衣妖僧正站崖下，面前一幢云雾凝聚不散。金须奴目光厉害，断定雾中被困的人正是慧珠，必有防身法术，所以尚未被妖僧擒去，快救还来得及。三女闻言，同仇敌忾，忙即招呼一声，各自将手一挥，纷纷将剑光飞起，直取妖僧。论四人此时的道力法宝，初凤虽然最好，也非妖人对手。偏是占了人多势众的便宜，妖僧猝不及防，又是满腹轻敌之心，这才闹了个手忙脚乱。纵有一身妖法和毒火神沙，不但一时施展不开，收回禅杖护身时，略一心慌疏忽，还几乎为初凤飞剑所伤。好生咬牙痛恨，一面暗想恶毒主意，报仇雪忿。

且缓说妖僧暗中施为。只说初凤等四人用剑光困住了妖僧，忙即行法驱散妖云，与慧珠相见。母女难中重逢，自是惊喜交集。初凤因妖僧有光华护住身体，不能将他除去，正待另想法宝取胜，忽见妖僧身旁飞起一团绿阴阴的妖焰，里面夹杂着许多红黄火星，风卷残云般往上直升。四人的飞剑光华竟阻它不住，眼看飞入空中，布散开来，就要往四人头上罩下。

猛地想起仙箓上曾载有各派邪法异宝中，有一种都天毒火神沙，厉害无比，遇上须要速避，一沾身上，立时把道行打尽，化成脓血而亡。但并未载着破法。所说形状与此相似。同时又听慧珠、金须奴同声高喊道："妖法厉害，你们还不快躲！"

大家正在忙着，忽然身后一阵风声吹到，眼前人影一晃，现出一僧一道。慧珠见那僧人穿着法衣，相貌甚是庄严，正是少林寺的方丈住持智能。那道人不认得，生得形容古怪，凹鼻凸眼，两颧高耸，骨瘦如柴。面目手足比墨还黑，一张阔嘴唇却比胭脂还红。微一张口，露出上下两排雪也似白的密齿，三色相映，越显分明。手持一柄铁伞，一纵到便即将伞撑开，大有丈许。先时伞上起了一股浓烟，烟中火星四外飞溅，布散开来，遮蔽了数亩方圆的地面，恰好连慧珠等四女一男一齐护住。这时上面番僧的毒火神沙也自天空布散飞下。两面刚一接触，道人铁伞上的火星黑烟越来越浓，倏地往上一起，立刻烟火消散，化成一片乌光，将毒火红沙托住，往上直升。对面番僧想已看出不妙，急得满头大汗，口中梵咒念个不住。放出去的毒沙兀自收不回转，眼看被敌人那柄铁伞越托越高，变得越来越小，渐渐都附到伞上，凝在一处。

猛听道人大喝道："大胆妖僧！我师侄智能在此清修，与你有何仇恨，你每日上门欺人？他不与你计较也就是了，你还倚强逞能，限他三日之内献出少林寺，否则便用魔火将全寺僧徒炼化。你不过凭着老秃驴的妖势胡作非为，有何本领道行，敢口出狂言，把数百年清净禅林化为灰尘？今日祖师爷特地从海外追来，领教你佛教中的妖火，到底有多大狠处，原来也只如此微末伎俩。本当暂饶你的狗命，由你归报老秃驴前来送死。只是情理难容，此时想逃，焉得能够！"说罢，袍袖扬处，飞出七道尺许长的乌金华光，直取番僧。当道人初来时，初凤姊妹和冬秀三人看出来了帮手，不但未将飞剑收回，反倒运用玄功指挥飞剑，将番僧困了个水泄不通。妖僧一柄禅杖护身已觉不支，加上毒火神沙被道人铁伞托住，飞入云空，不见踪影，知被收去，越发心乱着忙，哪里再禁得起道人的黑门散仙多年修炼的至宝修罗神钉。看见七道乌光飞来，刚暗道得一声："不好！"打算弃禅杖不要，借了遁光逃走，已是不及。被那七道乌金光华分光直入，相次打在身上，"哎呀"一声，翻身栽倒。道人更是狠毒，接着将手一指，那乌光便似七道小电闪一般,围着番僧尸首乱闪乱窜,不消顷刻,便刺成一堆鲜血烂肉,才行收了回去。

慧珠忙领众人上前参见时,忽然一眼看到金须奴跪在道人身侧,索索索抖个不住,心中好生奇怪。智能见慧珠朝他行礼,只打了个问讯。那道人竟连理也不理,慢腾腾先从身后葫芦内倒出一些粉红色的药粉,弹向番僧死尸的腔子里。然后指着金须奴骂道:"当年我在极海钓鳌,你竟敢无故坏我大事。后来被我用法坛将你封闭,原想将你永埋海底,万劫不得超生。不想海底潜伏着你的同类,将我法坛毁去,潜藏海眼之内。那时我因忙着擒鳌,不暇寻你算账。你这孽畜偏也灵巧,在我禁期之内,居然潜伏了九年没有出世。今日相遇,你以为我的限期已过,可以饶你?谁知我那九首金鳌自从被你惊走,再也不肯上钩,累我多年不能飞升灵空天阙。非用你这千年得道鱼人的灵心,不能将那金鳌钩住。你如知事,等我宝伞飞回,乖乖地随我回转极海,由我取用。我恩开一面,当可助你转劫托生;否则形神一齐消灭,化为乌有,悔之晚矣!"

初凤见道人装束打扮和所用的一柄铁伞,又见金须奴伏地害怕神气,已猜出他是金须奴的对头铁伞道人,闻言正在惊惶无计。旁边三凤始终不知番僧毒火厉害,因看道人倨傲,已是不悦,还念在他有解围之德,没有发作。及听了道人这一席话,竟要强取金须奴的性命。平时和金须奴虽有嫌隙,到底是自己人,不由敌忾同仇,勃然大怒,走上前去,对道人说道:"这个金须奴平日在海底潜修,从不上外生事。此番随了家姊来到嵩山,也未做过一桩坏事。你执意要伤他的性命,是甚缘故?"道人朝着三凤冷冷一看,答道:"无知女娃,晓得天有多高、地有多厚?谁不知我铁伞真人言出法随?休说你们这几个小女孩子,便是各派群仙,谁敢与我违拗?念你年幼无知,不屑与你计较,快些住口,少管闲事,以免自找无趣。"

三凤正要发作,慧珠和初凤见智能那般恭谨,及金须奴害怕样子,深知道人难惹,刚在彼此用目示意,一同跪下,代金须奴乞命,一见三凤神色不善,怕她闯出祸来,越发不妙,正要上前禁阻。忽听"叭"的一声,道人手捂着左脸直跳起来,四下观望,目露凶光,似有寻仇之意,心中不解何故。忙先把三凤拉开时,道人右脸上也"叭"的响了一下,登时两面红肿起来。气得道人破口大骂道:"何方妖孽,竟敢暗箭伤人?少时叫你死无葬身之地！"随说，袍袖展处，早飞起一片红云，将身护住，睁着一双怪眼，四外乱看。一眼望到地下跪着的金须奴倏地纵身起来，驾遁光便要逃走，愈发暴怒如雷，口里喝得一声："大胆业障，往哪里走！"袍袖展处，一只漆黑也似的铁腕平伸出去，有数十丈长短，一只手大有亩许，一把将金须奴抓了个结实，捞将回来。

慧珠、初凤等人见道人用玄功幻化大手擒回金须奴，知他性命难保，俱都捏着一把冷汗，又想不出什么解救之策。正在忧急，还未上前，道人"哎呀"一声，接着便听一个生人发话道："好一个不识羞的牛鼻子，挨了两下屈打，还不知悔悟，专门欺负天底下的苦命东西，你也配称三清教下之人？"大家循声注目一看，道人面前不远站定一人，正是初凤在嵩山少室外面所见的那个矮子。金须奴好端端地站在矮子身后，面有喜容，并未被那道人的大手抓去，心中奇怪。再朝道人一看，不知何时闹了个满头满脸的脓包，护身红云业已消尽。气得连口都张不开来，手一指，便飞起七道乌光，直取矮子。那矮子却不慌不忙，笑嘻嘻站在当地，眼看乌光飞临头上，也不放甚法宝飞剑迎敌，只将小脑袋一晃，立时踪迹不见，众人并未看出他是怎么走的。方疑道人不肯罢休，必要迁怒旁人，猛听"叭"的一声，矮子又二次在道人身前出现，打了道人一巴掌。这一巴掌想是比前两下还要厉害，直打得道人半边脸特别高肿起来。

道人连吃大亏，越发暴怒如雷，也顾不得收回飞剑，手一伸处，一把未抓住，眼看矮子一晃身形，从手臂下钻了过去。刚暗道得一声："不好！""噗"的一声，背心上又吃矮子打了一拳。拿这样一个天下闻名的铁伞道人，这一下竟会禁受不住，好似一柄重有万千斤的铁锤打在身上一般，立时觉着心头吃一大震，两眼直冒金星，身子连晃数晃，几乎栽倒在地。这才知道矮子用的是金刚大力手法，厉害非常。幸是自己，若换道行稍差一点的人，这一拳，怕不立时打死。情势不妙，不敢再次轻敌。一面收回剑光，先护住了身子，静等那铁伞在空中化完毒沙魔火飞回，再打报仇主意。矮子想已看出他的心意，也不再上前动手，仍是态度安详，笑嘻嘻地说道："你这牛鼻子，全靠那柄破伞成名。我今日原是安心领教，你无须着忙，由那破伞将沙托升灵空二天交界之处，受乾天罡气化尽之后，再行回来与我争斗也不为迟。你的伞如不飞回，我是绝不会走的。"

此时矮叟朱梅刚刚成道，不过数十年光景，新奉师命下山积修外功。本领虽高，还未成大名。这一席话，把道人气得咬牙切齿，当时又无奈他何。明知敌人既会金刚大力手法，必已尽得玄门秘奥。适才见他那般神出鬼没、变化无穷，就是铁伞飞回，也未必能把他怎样。不过以自己多年的威望，一旦当着人败在一个无名小辈之手，如不挽回一点颜面，日后怎好见人？越想越恨，越难受。偏那番僧的毒沙虽能用铁伞收去，无奈那沙也是魔教异宝，除将它送往云空，任乾天罡煞之气化去外，无法消灭。但是二天交界之处，距离地面约有数千百里。法宝上升虽快，到底相隔太远，往返需时，不是片刻之间可以回转。只得耐心忍辱，饱受这人的冷嘲热讽罢了。

待有半个时辰，那伞仍未飞落。这期间只苦了一个智能。他和嵩山二老同居一山，平时原本相熟。当朱梅刚一现身之际，本想上前招呼，为两下引见。谁知朱梅一到，便叭叭连打了道人两个嘴巴。知道道人性情古怪，素来惟我独尊，从未吃过人亏，万万不肯甘休，哪敢再作和解之想。后来见道人虽吃大亏，暴怒如雷，而朱梅直朝他笑，智能愈发吓得低头合掌，休说出声，连人都不敢去看一眼。初凤等四人见矮子如此神奇，个个佩服欣喜。金须奴在奇危绝险之中，凭空救星自天外飞来，一交手便看出双方高下，不禁喜出望外。除智能外，都想看个水落石出，事完之后，上前与矮子拜见。

又候了一会儿，矮子倒在一块山石上面熟睡起来，人虽矮小，打起呼来却如雷鸣一般，衬着山谷回音，甚是震耳。道人料他存心装睡，不知又用甚法儿诱敌，上前定中他的诡计。一心想等法宝回来，只将剑光紧护身子，不去理他。又相持了个把时辰，那伞却望不见一丝影子，不禁动起疑来，暗忖："宝伞自将毒沙托入云空，先后已有了两个时辰，怎么还不见它回转？看那矮子诡计多端，莫不是他故意装作熟睡，却运用元神升入天空，半路打劫？自己却在这里呆等，倒中了他的暗算？"又一想，"那伞经过自己多年心血修炼，别人不知口诀，无法运用。即使被矮子打劫了去，也该有点朕兆才对。"

刚一宽心，忽听身后有人哈哈大笑。回头一看，身后又出现了一个矮子，装束身量均与先前敌对的矮子相似，手里持着一柄铁伞，正是自己的法宝。道人一见大惊，连忙运用玄功将手一招，打算将那伞收回时，那矮子道:"牛鼻子,你可认识嵩山二矮白谷逸与朱梅么?今日叫你见识见识。你不必鬼画桃符,嘴里嘟嘟囔囔,我把这伞插在地下,你有本领的,只管来拿了去。"说罢,便将伞朝地上一掷,石火光溅处,端端正正插在地上。道人口诵真言,将手连招。那伞好似灵气已失,不但光焰全无,一任道人施为,竟是动也不动。道人情急万分,不问青红皂白,将手一指,飞出剑光,直取敌人,身子便往伞前飞去。谁知敌人也和先见矮子一样,并未用法宝飞剑迎敌,身形一晃,便已不见。

道人一心顾伞,方寸已乱,竟未想到世上哪有这样便宜的事?见敌人遁走,也没顾到别的,恰好飞临伞前,伸手便要拾取。刚一低头想将那伞拔起,就在这一转瞬间,猛地又听空中呼呼风响,有人高叫道:"白矮子,大功已成,牛鼻子法宝已被我劫到了手。我现在月儿岛等你,你打发了他,可去那里,同入火海取那玩意吧。"道人情知不妙,抬头往上一看,一片金霞拥着一团乌光。先前与自己敌对的那一个矮子,正拿着自己的铁伞,在光霞围绕中疾如电掣,往东南方飞去。再看石上熟睡的矮子,业已不知去向。一时情急万分,也顾不得再辨别地下那柄假伞是什么东西幻化,一纵身形,收回飞剑,驾遁光便想去追。身子离地不过丈许,猛地眼前一黑,喊声:"不好!"想躲已是不及,被人打了个正着。立时觉着胸前一酸,耳鸣心跳,撞出去老远才得停止。再看空中,先见那矮子已经不知去向。后出现的那矮子却叉手站在面前,朝着自己笑个不住。

道人情知法宝已失,再无法追赶,不由把敌人恨到极处,暗忖:"这两个矮鬼虽长于幻化,却始终未见他使甚飞剑法宝。每遇自己放出飞剑,总是运用玄功,隐形遁去。明来不能伤他,就此罢手,留得他日报仇,一则心里不甘,二则当着智能面子难堪。"心中一横,顿生毒计。便趁敌人叉手不动之际,装出负伤难耐,低头缓气之态,暗使都天罗刹赤血搜形之法,拼着自己真元受伤,去致敌人死命。默诵真言,左右捏诀,猛一抬头,右手一指,剑光先行飞起。接着咬破舌尖,一口鲜血化成无量数豆大火星满天飞洒,径往矮子头上罩去。道家精血非同小可,用上一回,至少修炼十余年才得将元气修复。这都天罗刹赤血搜形之法更是厉害,不遇深仇大敌,生死存亡关头,从不轻易使用。铁伞道人纵横一世,极少敌手,与人拼命,还是初次。因是炼就真灵元气所化,与本身灵元相为感应,由行法人心神所注,专找敌人下落,不得不止。加以化生无穷,不是寻常法宝所能破。沾身便攻七窍,勾动敌人三昧真火,将敌人化成灰烬。一经发出,顷刻之间,方圆十里内,仇人休想避开,任是遁法多快,也难逃躲。

道人见自己暗自施为,矮子毫未觉察,心中暗喜,且先报了这一半仇,日后再找那劫宝的仇人算账。原打算先飞剑光出去,觑准矮子隐身的方向,再下毒手,比较容易些,以免搜形迟缓。谁知这次剑光飞到矮子身前,矮子并未躲闪,只一伸右手,便将剑光捉住,似一条乌银长蛇一般,在手中乱闪乱窜。道人满嘴鲜血,刚化成火光喷出,见飞剑被敌人赤手收去,才知敌人不但玄功奥妙,还会分光捉影之法。正在大吃一惊,火星已如雨点飞临矮子头上。说时迟,那时快,就在火星将落未落之际,矮子早将左手也伸出来,捉住道人剑光,合掌一揉。然后举向头上,一口真气喷将出去,再将双手往上一挥,剑光立时粉碎,化作成千累万的乌光银珠飞起,与空中火星迎个正着。只听咇咇连声,两下里一遇上,便即同时消灭,化为乌有。

道人猛想起自己那道剑光为要出奇制胜,乃是采取海底万年寒铁、水母精华,千提百炼而成。不想被人收去毁了不算,还把它化整为零,用真水克制真火,使其同归于尽。自己辛苦修炼,多年心血炼成两件至宝奇珍,一旦遇见一个未成大名的劲敌把它们毁的毁、收的收。更因报仇心急,用那狠毒的法术,结果白白损了自己的真元,敌人一丝也没有受着伤害。这一场惨败,怎不急怒攻心,痛彻肺腑。加上连中敌人金刚大力手法,又在运用元神行法之际受了这般重创,立时灵府无主,神志昏迷,怪啸一声,晕倒在地。

智能连忙上前将他抱住,满脸悲苦,想要回走。矮子将他唤住道:"这牛鼻子虽然可恶,却是一向在海外穷荒欺凌异类,总算没有为恶人间;又看在你这秃儿份上,是你焚千年龙脑,引他来此助阵,故而饶他不死。他真元已破,不久必要走火入魔,仍难活命。我讨得有长眉真人仙丹在此,可拿去与他服用。牛鼻子心肠褊狭,我虽然手下留情,他日后也未必知道改悔。你扶他回寺,救醒之后,加以告诫。那番僧的妖师终须寻他报仇,命他早晚仔细。铁伞待朱道友用完必定还他。他如不服,十年之后,我在衡山岳麓峰候他报仇便了。"智能知道白谷逸厉害,哪敢多言。匆匆接过丹药,扶着道人,自驾遁光走去。

第一五〇回

挥宝扇　祥光驱邪眚
服贞水　脱骨换灵胎

智能一走，金须奴知道矮子必要起身，忙和众人一使眼色，一同上前跪倒在地，叩请收录。白谷逸对大家看了一眼，哈哈笑道："你们这一群都是海怪，我矮子门下哪能收容？姑念诚求，相遇总算有缘，且随我同往月儿岛走一回，看你们各人造化如何。如遇机缘，将来休忘了我的好处。"说罢，将手一挥，一片金光红霞将众人拥起，直往天空飞去。别人还在其次，连初凤一部《地阙金章》虽然还未参入微妙，已经炼会了十之六七，道行法术也算不浅，这一起身空中，觉得身子被金光红霞围拥，用尽目力，什么也看不见，直如电闪星驰一般，顷刻千里。不消多时，猛觉一阵热风吹来，光霞收处，身已落地。

定睛往四外一看，大家都落在一个寒冰积雪、山形异常危峻的孤岛上面。矮子不知何往。那岛一面濒海，想是邻近北极穷荒之地。海里面尽是些小山一般大的冰块，顺着海潮风势往来激撞，轰隆之声不绝于耳。海中大鱼像一二十丈长的巨鲸，三五成群，不时昂首海面。呼吸之间，像瀑布一般的水箭喷起数十丈高下。加以波涛险恶，靠山那一面红光烛天，把四外灰蒙蒙的天都映成了暗赤之色，越显得凄厉荒寒，阴森可怕。正不明矮子把大家带到此岛作甚，忽见金须奴在前面山腰上高唤道："主人们，快到这里来！"

初凤等闻言，连忙扶了慧珠，驾遁光跟踪过去，落在山头。往山那面一看，那山高有千丈，下面乃是数百里方圆的一片盆地。中间有一火海，少说也有百里大小。因为那火发自地底，那山又高，所以山那边只见满天红云，看不见火。这时全景当前，才看了个大概。只见烈焰飞扬，时高时低,时疏时密。偶然看清一根火柱由地面往下,足有百十多丈长短。再往下看,火已混合在一处,熊熊呼呼,打成一片。连慧珠、金须奴生就神目都望不到底。盆地上石头,近山脚处,比墨还黑。越往前,挨近火海之处越红,仿佛地是铁铸的一般。三凤好奇,嫌相隔太远,看不甚清,拉着冬秀硬要往火海边上飞去。金须奴忙喊仔细时,三凤、冬秀已经驾遁光往前飞起。才一飞近火海上空,便觉炙威逼人,热不可耐,只得升高往下注视。盘旋了一阵,除火势时大时小外,并未看见其他异状。偶一回顾来路山头,初凤、慧珠俱在招手,唤她二人回去。正待返身,忽见火海中冲起一道亩许大的乌光金霞,甚是眼熟。定睛一看,正是适才在嵩山所遇的白、朱二位矮仙,已从火海中飞出,同执着得自道人那柄铁伞,脚底踏着一片亩许方圆的金霞,落在火海岸上。三凤猛地心中一动,用手朝冬秀一打招呼,不顾炎热,便要往下降落。伞下矮子想已知觉,忽听一个高喝道:"两个女娃子要找死么?"二女本觉浑身都似火烤,奇热难耐,还想冒险下落。闻言刚一停顿,下面乌光金霞已经飞迎上来,才一近身,立觉周体清凉。身子被那乌光吸住,一同往来路山头上飞去,转眼落下,乌光便已收去。

那后去的矮子说道:"这火海中有当年长眉真人的师叔连山大师遗蜕。当年大师曾发宏愿,想将诸方异派化邪为正,不惜身入旁门,亲犯险恶。不出百十年,居然做了异派宗主。谁知成道时节,万魔嫉视,群来侵扰。终致失了元胎,以身殉道,在这月儿岛火海之中火解化去。未解化以前,用无边妙法,将遗留下的数十件仙箓异宝,连同遗蜕,封存海底,并留遗偈,每逢五十二年的今日,开海一次,到期准许各派有缘能手入海寻珍。只是此海乃地窍洪炉,非同凡火。每次开海,为期只得一日。每人每次,只准挑选一件,多则必为法术禁制,陷身火海之内。不知底细的人,算不准开海日期;知道底细的人,又须有避火奇珍护体,方能下去。故此连山大师解化三百余年,只有第一次开海时节,长眉真人因见大师宝物中有一双仙剑,是个至宝,恐为外人得去,入海将它取走。此后几次,虽不断有人问津,俱是失望而归。日前我二人方蒙长眉真人指示玄机,各人来此寻取几件待用之宝。因为真火猛烈,只有铁伞道人那铁伞可以相助护身,他本人又非善良之辈,才将它强劫了来。且喜一到,便即功成大半。一则你们该有这次仙缘遇合;二则此次得那宝伞,也由你们身上引起;三则我二人须用之宝，还差一件，须要借助你们：所以才将你们带到此间。如想下去盗宝，单仗那柄铁伞，下虽容易，上来却难。你们五人中，如能选出一人下去代我们将火海中墨壁上连山大师遗容下面那两个朱环取来，我二人便依次用剑光护送其余四人下去，凭仙缘目光深浅，各取一件至宝到手，岂不是好？"

初凤等闻言，退下来一商量，金须奴首先声言："愿为二位仙人效劳，不要宝物。"正打算由他先入火海取那墨壁上面的朱环，三凤、冬秀忽然不约而同起了机心，私下计议：伪称情愿放弃所得，让与金须奴，由三凤先下去取那壁间朱环，等到环取到手，交与二矮。实则是想由冬秀末后取了宝物出来，乘二矮不备，抢了铁伞，便驾遁光逃回紫云宫去，等到下次开海，再一同仗伞来取，岂不可以多得？二女只顾利令智昏，止住金须奴，和二矮说了。二矮含笑点了点头，好似并没有看出二女心意。

三凤越发放心，高高兴兴地从白谷逸手上接过宝伞。白谷逸令她驾遁光，头上脚下往海中飞落。然后将手一指，一片金霞将三凤护住，往火海中射去。三凤见身外火焰虽然猛烈，宝伞头上那片乌光所到之处，竟会自然分开，身子也不觉热，心中大喜。及至下有千丈，穿透火层，落到地底一看，地方甚大，也是漆黑，和上面地皮颜色一般。四外空无所有，仅正中心地上，冒起一股又劲又直的青焰，直升上空，离地百十丈才化散开来，变成烈火。三凤更不思索，径往洞中走去。那洞异常高大，洞外立着两个高大石人，手执长大石剑，甚是威武，当门而立。正想从石人身后钻将进去，那石人倏地自动分开，让出道路。三凤本还想在遗容前祷告，试探着多取一两件宝物。一见这般神异，才想起二矮那般本领，何必借助于人？恐怕弄巧成拙，稍息了无厌之想。先朝把门石人行礼祷告了两句，然后入洞一看，洞内甚是光明宽敞，四壁俱如玉白，光华四闪。只尽头处是块墨壁，壁当中印着一个白衣白眉的红脸道人，那一对朱环乃是道人绦上佩戴之物。暗想："这个宝物只是画的，如何取得？"方一寻思，忽然一道光华一亮，"当"的一声，那一对朱环竟然坠落地上。不禁吓了一跳，连忙拾起，朝道人遗容跪叩了一番。起身再往侧面壁上细看，果然宝物甚多，还有一部天书。心刚一动，猛觉脑后风生。回头一看，门外石人面已朝里，石剑上冒起一道光华，正指自己。不敢急慢，连忙退出，准备上升。再看石人，已复原位。匆匆飞升，穿出火外，到了山头，将那对朱环交与白谷逸。

第二个轮到初凤。慧珠自知法力较浅，便问二位真人："可否弟子等二人同下？"二矮含笑点了点头道："火海法宝俱是身外之物，中有灵丹，不可错过。"慧珠福至心灵，闻言警悟，便和初凤接过宝伞，如法下去。到了洞中一看，除法宝仙书之外，果有两个碧玉匣子，各盛着一粒通红透明、清香透鼻、大如龙眼的丹丸。二女略一商量，决计不要宝物，各自朝遗像跪谢，将仙丹服了。入口随津而化，立时神明朗澈，周体轻灵，心中大喜。记着二矮之言，不敢再觊觎别的宝物，一同飞升而上。

三凤见了，自不免问长问短。初凤、慧珠便将得丹之事说了。三凤毫不在意，反说初凤、慧珠太不聪明，现放着洞中许多宝物，不一人取它一件。紫云宫金庭玉柱所存灵丹甚多，自己已是仙根仙骨，要它何用？说时金须奴正在旁边，早留了心。这次本该冬秀下去，末一个才是金须奴。冬秀因为早与三凤定下诡计，未安好心，硬要金须奴先下。

金须奴此次离宫出来，本知必有灾劫，果然一到嵩山，便和铁伞道人狭路相逢。正在危急之间，偏巧嵩山二矮赶来相救。虽说脱去险难，无奈命宫魔蝎绝无如此便宜，所以逐处都在留心。当众人未入火海以前，见三凤和冬秀这两个命中注定的对头又在鬼鬼祟祟，窃窃私语。他的耳目本灵，略一潜心谛听，早明白了个大半，知她二人必难讨好。一听冬秀让他先下，正合心意。先谢了僭妄之罪，从初凤手上接过宝伞，飞身到了下面。入洞一看，宝物甚多，暗忖："身外宝物，不过用以防身御敌，总不如灵丹脱骨换胎，可以增长道力。何况自己以异类成道，更比别人需要。"便先在遗像前潜心叩祝了一回。起身往四壁寻视，别的宝物全未放在心上，但希冀也能寻它一粒服用。偏偏洞中灵丹只有两粒，已为初凤、慧珠二人得去，哪里还有。金须奴只顾在洞中细找，不由便耽延了好些时候，末后实觉绝望，只得改取别的宝物。金须奴也是审慎太过，因为这种机缘旷世难逢，总想寻着一样特奇的异宝。看这件好，那件更好，总是拿不定主意。末后看到一柄铜扇，金霞闪耀，照眼生颖，悬嵌在洞壁上隐秘之处。别的宝物均少注释，只有这扇柄上不但镌有"清宁"两个古篆文，旁边壁上还注有朱文的偈语用法，说此扇专为炼丹伏魔之用。知是一件至宝，便叩了一个头起来，先用手取，并未取出。后照壁间偈语将手一招，一道金光飞入手内。宝扇刚一到手，那守洞石人便走将过来，石剑上发出光焰，直指自己。金须奴知旨，连忙退了出来，飞身上去。这上时原应手持宝伞，撑向头上，外由白、朱二人的飞剑光霞护住足下，冲破火层上去，与下来时势子顺逆倒置，越迅速越好，否则那洪炉真火异常厉害，稍慢一点，纵有剑光护住下半身，那里奇热，也是难耐。金须奴一手持伞，一手持扇，上时心中高兴，略一寻思，便显迟慢了些。猛觉一股奇热的上身来，一着慌，不暇寻思，顺手使扇一挥，一片霞光飞起，那火便似狂风卷乱云般，成团往四外飞开，同时身子也在宝伞剑光笼绕之下飞身到了上面。不禁心中一动，又惊又喜。先和众人一般，去见白、朱二人称谢。二矮见他手上持着那把宝扇，面上顿现惊诧之容，彼此互看了一眼。

冬秀早已等得难耐，怒目微睁，瞪了金须奴一眼，接过宝伞，如法飞下。冬秀刚一动身，三凤便折向白、朱二矮面前，提着心静候冬秀一出火海，便即照计行事。初凤、慧珠各人服了一粒灵丹，俱觉神志愈发清灵，心满意足，也没想到三凤、冬秀二人会有什么举动。正在谈论火海中的奇景，忽见金须奴苦着一张脸，悄声说道："白、朱二位大仙道行高深，无微不照。适才小奴听见三公主与冬姑商量，等到末次在火海中取了宝物出来，便要乘白、朱二仙不备，盗了那柄宝伞逃走。小奴之见，此举甚是不妥，一个弄巧成拙，大家都不得了。本想事前劝阻，势必使三公主与冬姑更恨小奴入骨，如今事已急迫，转眼就要发生，还请主人早点打个主意，站定脚步才好。"

初凤、慧珠闻言，大吃一惊。一看三凤，果然站在二矮旁边，两眼注定前面火海，面带焦急，神色甚是可疑。正要飞身过去劝阻，忽见火海中一片金霞拥着一团乌光升起，冬秀业已飞身上来。身刚离火，那片金霞倏地向白、朱二矮身旁飞去。冬秀并未朝众人立足的山头飞来，一道光华一闪，竟然带了那柄宝伞，驾起遁光，破空逃走。初凤方喊一声："不好！"正要飞身追去将她赶回，猛听耳旁有人大声喝道："且慢起身，到这里来，我有话说。"同时便觉身子被一种绝大力量吸住，不能往上飞起。回头一看，白、朱二矮满面含笑，若无其事般站在原处，正用手相招，叫自己和慧珠、金须奴三人过去呢。再看三凤，跪在二矮身旁，正在不住恳求。冬秀盗伞逃走，二矮既未拦阻，又不许追，不知是何用意。只得硬着头皮，一同飞身过去，跪下听候吩咐。

朱梅道："你们这群蠢丫头，快些起来说话，我们见不惯这个。"金须奴以前在嵩山尝过味道，知二矮脾气古怪，忙请大家起身侍立。白谷逸先指着金须奴道："你虽是个冷血异类，却有天良。你三番大劫，已逾其二，还有一劫，回去便当应验。那水乃地阙灵泉，不可妄费，用后可将它觅地保存，以待有缘。三劫完后，自有你的好处。"

说罢，又对初凤道："地阙三女，只你一人仙根深厚。此番服了灵丹，又得一部天书副册，不出十年，必有大成。如不妄为，地仙有望。望你姊妹好自修持，也不枉我成全一场。你那二妹人较忠厚，虽难比你，将来却也不差。只你三妹天性既是凉薄，惯爱使奸行巧，终将弄巧成拙，惹火烧身。十二年后，你们刚有成就，必有异派能人前去寻事。到时如果紧闭宫门，仗着天篆法术封锁，来人决难混入，他也无奈你们。否则便是异日一个隐患。我二人奉了长眉真人仙敕，特地传谕告诫，须要谨记在心。你们得为地阙散仙，全仗此行。适才你说了许多感恩图报之言，有甚意思？如能饮水思源，须知火海奇珍乃是长眉真人师叔连山大师所遗留，将来峨眉门下后辈如有人入宫侵犯你们，须念成道渊源，留一点香火情面。至于铁伞道人，恶行不多，虽然身在旁门，所杀全是天地间的害物。今日吃了我二人许多苦头，灵元受伤，已算惩治其罪。那把铁伞原说暂借，正无人与他送还。恰好你的同伴生心，乘机盗走。我二人正好假她的手送还。再待片刻，必在途中的铁门岭山头与铁伞道人相遇，她如何是牛鼻子的对手？吃亏原是咎由自取。只是她还在火海中得有一本天书副册，关系着你全宫诸人成败，不可不速去救援，以免落在牛鼻子的手内。你们此番追去，虽然人多，也未必是牛鼻子对手。所幸金须奴新得那柄宝扇，乃是连山大师炼丹降魔的第一件至宝。此扇被大师另用仙法封锁，不比别的宝物悬嵌壁上，一望而知，不遇有缘，不会出现。连我二人两入火海，虽知此宝，俱未寻到。大师既以此宝相传，必然还有深意，应在未来。此去与牛鼻子交手，不可恋战，乘其不备，暗使仙传妙法，举扇连挥，便可将他逐走。你们便即回宫，好好潜修便了。话已说完，急速去吧。"

初凤闻言，方知二矮不追之意。因白谷逸说冬秀有难，又气又急，匆匆拜别二矮，问明方向，正当归途所经，忙即率众追去。三凤弄巧成拙，也是又羞又急，痴心还想急速赶上相助冬秀，不使宝伞失去，恨不得举步便到，才称心意。偏偏那铁门岭和月儿岛虽然一样孤悬海中，却是一东一北，相隔既是遥远，众人又从未到过，冬秀已飞行些时，哪能一说便到？且不说众人心中焦急。

那冬秀原与三凤商量了一条苦肉计：先由冬秀将伞劫走，三凤便照预定步骤，向二矮跪求说，为代二矮取那朱环，众人都得宝物，只自己一人向隅。冬秀盗伞逃走，必是为了自己打算。求二位大仙怜念，将那宝伞借上数十年，以做防身御魔之用。一俟道成之后，定行送往嵩岳奉还等语。原想二矮答应固好，即使不答应，这一纠缠，冬秀飞行已远。万一二矮执意不允，再将冬秀追了回来，念在代取朱环之功，也不好意思把她二人怎样。二人只顾打着如意算盘。及至冬秀末次下了火海，走入连山大师藏宝的洞内一看，宝物甚多，先也不知取那样是好。后来看到那本玉叶天书，见上面有"秘魔三参，天府副册"八个朱书篆文。暗忖："别的宝物尽足防身御敌。初凤在紫云宫金庭玉柱得了一部《地阙金章》，从此道行精进，可惜还未学会便即化去。这书既是仙府副册，想必还要强些，何不将它取回宫修炼？岂不较比别的宝物强些？"主意一定，便朝连山大师遗容跪祝了一番，那书便从壁间飞下，连忙恭恭敬敬接在手内。回头见守洞石人剑上火光直指自己，不敢贪得无厌，想连忙叩两个头退身出洞。正要冲破火层上升，猛想起："二矮飞剑何等神奇，自己打算乘机盗伞逃走，怎未想到那片护身金霞？少时飞到上面，二矮只一变脸，指顾之间，性命难保。"不由为难起来。复又一想："自己奸谋并未被人觉察，且等到了上面再行相机行事，举动放从容些。如愿更好，即使所打主意成为画饼，至多宝伞还他，也不致有什么凶险。"

谁知飞身到了上面，刚刚离却火层，正在迟疑，脚底金霞忽被二矮收去，不由喜出望外。暗想："此时不走，等待何时？"暗运玄功，驾遁光电驶云飞，拼命往归路逃走。起初还怕二矮剑光迅速，前来追赶，飞行了一会儿，忍不住一看身后，竟是一点动静都无。冬秀人极机智，虽猜三凤苦肉计成功，还不敢丝毫怠慢，就此减缓速度，反倒越发紧催遁光，加紧飞逃。算计成功顷刻，正在患得患失，忧喜交集，忽见前面海中一座高岭横亘海中，半山以上，全被云封，山顶积雪皑皑，长约千里。下面波涛浩荡，触石惊飞，越显山势险恶。冬秀虽在紫云宫从初凤修道多年，已能排云驭气，绝迹飞行，到底根骨太薄，不耐罡风。飞到后来，因见始终无人追赶，不由把遁光降低了些。一见前面山高，去路被阻，须要飞越过去。刚把遁光往上一升，眼看就要贴着岭脊飞过，忽听一声断喝，一道乌油油的光华劈面飞来。冬秀一见有人暗算，大吃一惊。也未及看清来人是谁，一面飞剑暂行抵挡，身子早驾遁光纵避开去。等到飞落岭脊之上，定睛朝敌人一看，对面站定两个道人：一个生得又瘦又长，黄衫赤足，手持拂尘；那另一个和自己交手的人，正是嵩山所遇的铁伞道人。明明在嵩山吃了二矮大亏，被少林寺方丈智能救走，不知怎地到此？知道厉害，不由又怕又急，暗忖："自己这口飞剑虽说是紫云宫仙家至宝，但是月儿岛火海藏珍无算，有了这柄铁伞，将来就能陆续取到手内。"想来想去，还是伞合算。尽自筹思，怎样才能舍剑遁走。忽又听对面铁伞道人喝道："大胆贱婢！竟敢盗去我的宝伞。快快跪下还我，饶你不死；否则叫你死无葬身之地！"冬秀明知好歹都难脱身，猛生一计，便激怒他道："你真枉称作前辈有名的仙长，也不想想，你的伞是我盗去的么？自己道行浅薄，遇见能手吃了大亏，眼睁睁被人将宝伞夺去。是我看着不服，跟踪前去，从矮子手内又将它盗了回来。不过是暂借一用，日后少不得仍要送还原主。你没本领奈何仇人，却来欺凌我一个女子。异日传将出去，也受各派道友笑话。"说时，暗从怀中将这次和三凤出走，由紫云宫带出来的几件宝物取出，持在手内。原打算乘一空隙，暗算敌人，能将飞剑同时收回更好，否则便连飞剑也弃了逃走。

冬秀人虽机智，毕竟经历太少。她也不想想，自己遁光怎能有敌人迅速？那伞又经敌人多年心血祭炼，与身相合，除了得伞的人道行胜他许多，否则休想据为己有。冬秀正打算伺隙而动，道人怒骂道："好个大胆贱婢！明明两个矮贼怕我日后报仇，命你前来送还，你竟敢昧心吞没。原想由你亲手交还，成全矮鬼面子。你却不知好歹，竟敢信口胡说。不令你乖乖献上，你也不知道我的厉害！"说罢，用手朝冬秀一指。冬秀觉手持宝伞重如泰山，再也擎它不起。伞上光华大盛。喊声："不好！"连将飞剑收回时，全身已被罩住。乌光闪闪，冷气森森，四外光围，休想动转一步。道人喝道："贱婢看这柄宝伞，你能劫去么？快快跪下降伏，饶你活命。"冬秀万不料宝伞不在道人手内，一样听他运用。好生后悔，不该妄起贪心盗此宝伞，落得身入罗网。知道道人狠毒，逼着自己降顺绝无好意，只得运用玄功，将剑光护住身子，以防意外。一心只盼三凤同了众人回来的时候，也打此岛经过，或者有救。此外除了挨一刻是一刻外，别无善策。

两个相持不多一会儿，忽然听见黄衫道人说道："白、朱两个矮鬼，我们终不与他甘休，道友要这虚面子作甚？此女如此倔强，把她擒回山去，交与徒儿他们享受便了。"说罢，手中拂尘一指，发出千万点黄星，直扑冬秀。冬秀眼看那些黄星风卷残云，一窝蜂似的扑到面前。正在危急之际，忽然一片红光从来路上飞来。转眼笼罩全山，上烛霄汉，岭脊上罡风陡起，海水群飞，似要连这横亘沧海的千里铁门岭都夹以俱去一般。就在这自分无幸，惊惶骇顾之间，那万千黄星首先爆裂，化为黑烟消散。紧接着又听一声长啸，一黑一黄两道光华闪过，便觉手上一轻，那柄铁伞倏地凌空飞起。抬头一看，红光中飞下三女一男，正是初凤、三凤、慧珠和金须奴四人。那红光便从金须奴手持一柄宝扇上发出。再看对面敌人，连那柄铁伞俱都不知去向，仅剩遥天空际微微隐现着一点黑影，转眼没入密云层中不见。惊魂乍定，似梦初回。

众人相见，未说经过，三凤先暴躁道："都是那矮子促狭，要是少说两句话，岂不早些到此？况只略迟了一步，再用许多心机，那柄铁伞仍被那牛鼻子夺了回去，真是可惜。"初凤看了她一眼，便问冬秀，那本天书副册可曾失落？冬秀忙说："不曾。"把书从怀中取出，交与初凤。初凤翻开看了看，叹口气道："昔日《地阙金章》曾载此书来历，此是天魔秘笈。听白、朱二位之言，我等此书虽可幸求长生，也不过成一地阙散仙，上乘正果恐无望了。三妹此行总算不虚。如今凭空添了一个对头，异日还有人寻上门来，不可不加紧潜修。我们急速回宫去吧。"说罢，一行五人同驾遁光，直往紫云宫飞去。

二凤正在宫外避水牌坊下面，用海藻引逗灵兽龙鲛，一见大家安然归来，好生欢喜，连忙迎了入内。金须奴看出三凤、冬秀二人心意，不愿他在侧侍立，便即托词避开。好在重劫又脱过了一关，又得了一件至宝，一心记着白谷逸嵩山少室之约，每日除苦心修炼外，静候到日，取用天一贞水，再往赴约不提。三凤、冬秀始终憎恨着金须奴，回宫以后，便提议：

那部天书副册可是她和冬秀二人费了许多心血，自己还白丢了一件宝物未要，才得到手。大家空入宝山，只金须奴一个便宜，独得了一柄宝扇，回宫又不交出。此书不能和他一同修炼，方显公平。初凤、慧珠自在火海中服了灵丹，神明朗澈，照白、朱所说，料定金须奴异日别有仙缘。闻言只笑了笑，也未劝说。三凤见大姊不拦，越发逞强，索性与金须奴说明，众人练习，不准入内。金须奴原本志不在此，也未介意。二凤人较忠厚，看了倒有些不服，因为初凤不说话，虽不相劝，由此却对金须奴起了怜意。

众人在宫中潜修到了第三年上，金须奴功行大进，已深得《地阙金章》秘奥。这日开观他师父留的最后一封遗偈，得知还有数日，便是天地交泰服贞水之期，服后便可脱胎换骨，有了成道之分，忙和初凤说了。初凤便告知众人，定日行法，助他服用。这三年工夫，除三凤、冬秀仍是与他不睦外，二凤已是另眼相看，听说他服了贞水便可换形，真是欣喜。照这偈上说，服水那一天，须要一人在旁照应，七日七夜不能离开一步。初凤看了三凤一眼，然后问："哪位姊妹愿助他一臂之力，成全此事？"三凤道："他一个奴才，又是个男的，据说服后赤身露体，有许多丑态，你我怎能相助？除非叫他另寻一个人来才好。"初凤也知道此事非同小可，金须奴固是关系着他一生成败，便是在旁照应的人，因为当时法坛封闭，不到日子，无法遁出。金须奴服水之后，要待第三日上才能恢复知觉。醒来这三四天工夫，本性全迷，种种魔头都来侵扰，不到七日过去开坛时节，不能清醒。一个受不住他的纠缠引诱，立时坏了道基。自己要主持坛事，别人无此道力。三凤和金须奴嫌隙甚深，如允相助，金须奴素来畏她，易于自制，比较相宜。偏又坚不肯允，闻言好生踌躇。二凤见三凤作梗，初凤为难神气，心中不服，不由义形于色道："助人成道，莫大功德。何况金须奴与我们多年同过患难，他是自目为奴，论道行还在我等之上。当他这种千年难遇的良机和毕生成败的关头，怎能袖手不管？我们以前终日赤身露体，也曾在人前出现，都不知羞，现时都是修道人，避甚男女形迹？以他功劳而论，便是我们为他受点罪、吃点亏，也是应该，何况未必。就是等他初次换形醒转之时，为魔所扰，有什么不好举动，我们也并非寻常女子，可以由他摆布。再说他灵性既迷，平时本领决难施为。事前我们既知那是应有之举，而且彼此有害，更无与他同毁之理。如真无人照应，我情愿身任其难便了。"

初凤一想，二凤虽然天资较差，没有三凤精进，但是这三年的苦修，天书副册上的法术已经学会不少，防身本领已经足用。金须奴昏迷中，如有举动，想必也能制住。除她之外，别人更难。便即应了，仍嘱小心行事，不可大意。

金须奴参详遗偈，以为到时有人作梗，不许他使用天一贞水，不想只是三凤不肯相助。自信年来颇能明心见性，但能得水，有人照应固好，真是众人不肯相助，又无处寻找外人，说不得只好甘冒险难行事，也绝不肯误却这千载一时的良机。见初凤为难，正想开口，不料二凤竟能仗义执言，挺身相助。不由喜出望外，走上前去，朝二凤跪下道："大公主对小奴恩同覆载，自不必再说感激的话。不想二公主也如此恩深义重，小奴真是粉身难报了。"二凤忙挽起道："你在宫中这些年来，真可算是劳苦功高。我姊妹除大姊曾救你命外，对你并无什么好处。今当你千钧一发之际，助你一臂，分所当然。但盼你大功告成，将来与我们同参正果便了。"金须奴感激涕零地叩谢起身。他平日对人原极周到，这时不知怎地，心切成败，神思一乱，竟忘了朝别人叩谢。初凤、慧珠俱都倚他如同手足，只有关心，倒未在意。旁坐的三凤和冬秀好生不悦。尤其是三凤，因金须奴得道年久，此次换形之后，以他那般勤于修为，必能修到金仙地步，比众人都强得多，本已起了忌刻之心。再见他独朝二凤跪谢，不理自己，明显出怀恨自己作梗。好人俱被别人做去，越觉脸上无光，又愧又忿，暗思破坏之策不提。

初凤分派好了一切，法坛早已预定设在后宫水精亭外，到时便领了众人前往。由慧珠取来天一贞水交与初凤，照遗偈上所说，行法将坛封锁。命慧珠、三凤守坛护法。二凤早领了金须奴朝坛跪下，先行叩祝一番，然后请赐贞水。初凤道："紫云仙府深居海底，无论仙凡，俱难飞进，本无须如此戒备。无奈诸天界中只有天魔最是厉害，来无踪影，去无痕迹，相随心生，魔由念至，不可捉摸，不可端倪，随机变幻，如电感应。心灵稍一失了自制，魔头立刻乘虚侵入。因此我奉令师遗偈，以魔制魔。照天府秘册所传，设下这七煞法坛，凡诸百魔悉可屏御。行法以后，你到了这座水精亭内，立时与外隔绝，无论水火风雷，不能侵入。我用尽心力求你万全。你当这种千年成败关头，也须自己勉力，挨过七日，大功即可告成了。"金须奴原本深知厉害，闻言甚是感激警惕，忙称："小奴谨领法谕。"初凤便将贞水三滴与他服了，又取一十三滴点那全身要穴。命二凤扶导入亭。

那贞水原是至宝，一到身上，立即化开，敷遍全身。金须奴猛觉通体生凉，骨节全都酥融，知道顷刻之间便要化形解体，忙随二凤入亭。亭中已早备下应用床榻，金须奴坐向珊瑚榻上，满心感激二凤将护之德，想说两句称谢的话，谁知牙齿颤动，遍体寒噤，休想出声。眼看亭外红云涌起，亭已封锁，内外隔绝。同时心里一迷糊，不多一会儿便失知觉。二凤见状，连忙将他扶卧榻上，去了衣履，自己便在对面榻上守护。一连两日，金须奴俱如死去一般，并无别的动静。第三日上，二凤暗想："金须奴平日人极忠厚，只是形态声音那般丑恶。这解体化形以后，不知是甚样儿？"正在无聊盘算，忽觉榻上微有声息。近前一看，金须奴那一副又黑又紫，长着茸茸金毛的肉体，有的地方似在动弹，以为日期已到，快要醒转。无心中用手一触，一大片紫黑色的肉块竟然落了下来。二凤吓了一跳，定睛一看，肉落处，现出一段雪也似的粉嫩手臂。再试用手一点别的所在，也是如此。这才恍然大悟，金须奴外壳腐去，形态业已换过。知将清醒，忙用双手向他周身去揭，果然大小肉块随手而起。一会儿工夫，全身一齐揭遍。地下腐肉成了一大堆，只剩头皮没有揭动，猜是还未化完，只得住手。暗想："这般白嫩得如女人相似的一个好身子，要是头面不改，岂不可惜？"

第一五一回

本是双清　翻成投怀燕
剧怜同病　难为比翼鹣

二凤正在好笑，忽听金须奴鼻间似有嗡嗡之声，仿佛透气不出。人中间隐现出一根红线，渐久渐显。猛地心中一动，试用手一撕，"哗"的一声，从人中自鼻端以上直达头脑全都裂开，肉厚约有寸许。心中大喜，手捏两面皮往左右一分，竟是连头连耳带着脑后金发，顺顺当当地揭了下来。最后才揭向口边，往上微微使力一起，一张似分还合的人面皮便揭了下来。同时眼前一亮，榻上卧的哪里是平日所见形如丑鬼的金须奴，竟变了一个玉面朱唇的美少年。正在惊奇，榻上人的一双凤目倏地睁开，双瞳剪水，黑白分明，衬着两道漆也似的剑眉斜飞入鬓，越显英姿飒爽，光彩照人。二凤呆了一会儿，只见金须奴口吻略动，似要说话，又气力不支神气。二凤问道："你要坐起么？"金须奴用目示意。二凤便过去扶他坐起，玉肌着手，滑如凝脂，鼻间隐闻一股子温香气息。又见他仿佛大病初回，体态不支神气，不由添了怜惜之念。及至将他扶了坐起。背后皮壳业已自行脱落，粉光致致，皓体呈辉，真是明珠美玉，不足方其朗润。这时金须奴脱形解体之后，除身高未减外，余者通身上下俱已换了形质，只是起坐需人，暂时还不能言笑罢了。二凤先笑朝他称贺道："你如今已是换形解体，变了一身仙骨。再有四天静养，便即大功告成了。"金须奴将头点了点，不住用目示意，看向两腿。二凤猜他是要打坐入定，运用玄功，便代他将双膝盘好。起初忙着代他揭去外皮，一见变得那般美好，虽然出乎意外，因为一心关注他的成败安危，还不觉得怎样，仅止赞美惊奇而已。及至扶他安然坐起，玉肤相亲，香泽微闻，心情于不知不觉中已经有些异样。再给他一盘腿，猛一眼望到对方龙穴之下垂着一根玉茎，丹菌低垂，乌丝疏秀，微微有两根青筋，从白里透红的玉肉之中隐现出来，更显出丰润修直，色彩鲜明。不禁心中起了一种说不出的感觉，立时红生玉靥，害起羞来。忙把金须奴适才所脱的衣服取过，因为变体以后，衣服显得肥大，再加元气未复，不便穿着，只得先将他腹部上下围掩。再看人时，已在榻上紧闭双目，入定过去。

这才退回自己榻前坐好，好生无聊。知道金须奴初次回醒，这一打坐，须等真元运行新体，满了十二周天，到当夜子时天地交泰之际，才能言动自如，暂时还不需人照料扶持。闲着无事，便也用起功来。坐了一会儿，不知怎地，觉出心神烦乱，再也收摄不住。两三个时辰过去，正在勉强凝神定虑，猛想起金须奴入定已经好久，他现时举动需人相助，不知还原了没有？今日心绪偏又这般乱法。想到这里，睁眼一看，金须奴依然端坐在对面珊瑚榻上，鼻孔里有两条白气，似银蛇一般，只管伸缩不定。知他玄功运行已透十二重关，再不多时，便可完成道基。正暗赞他根行深厚，异日成就必定高出众人之上，猛觉一阵阴风袭入亭内，不由激灵灵打了一个冷战。知道这亭业经初凤行法封锁，无论水火声光都难侵入。那阵阴风明明自外而入，说不定要生什么变故。一面施展防身法术，仔细四下观察时，什么迹兆都无。再看榻上金须奴，依旧好端端地坐在那里，一丝未曾转动。只是鼻孔间两道白气吞吐不休，其势愈疾。

二凤哪知危机业已潜伏，还以为他功候转深，不久便能下榻，言动如常。又待了一会儿，才看出金须奴浑身汗出如浆，热气蒸腾，满脸俱是痛苦愁惧之容，神态甚是不妙，不由大吃一惊，暗忖："他已是得道多年的人，虽说这次刚刚解体换骨，真元未固，那也是暂时之事。只要玄功运行透过十二重关，不但还原，比起往日道力灵性还要增长许多。适才见他坎离之气业已出窍仕复，分明十二重关业已透过，怎生到了这种难忍难耐的样儿？"越看越觉有异，心中大是不解。看到后来，那金须奴不但面容愈加愁苦，双目紧闭，牙关紧咬，竟连全身都抖战起来。自己没有经过这类事，虽知不是佳兆，无奈想不出相助之法。再一转眼工夫，适才所见那般仙根仙骨的一个英俊少年，竟是玉面无光，颜色灰败，浑身战栗，宛如待死之囚一般。二凤平素对他本多关注，自从解体变形以后，更由赞美之中种了爱根。目睹他遭受这种惨痛，哪里还忍耐得住，一时情不自禁，便向他榻前走去。

这时金须奴原正在功将告成之际，受人暗算，偷开法坛，将魔头放了进来。如换旁人，真元未固，侵入魔头，本性早迷，不由自主，什么恶事都能做出。还算他平日修炼功深，当那真元将固，方要起身与二凤拜谢之际，猛觉阴风侵体，知道外魔已来，情势不妙。连忙运用玄功屏心内视，拼着受尽诸般魔难挨过七日。哪怕误了自己，也不误人、恩将仇报。情知一切苦厄俱能勉强忍受，只为感激二凤之念一起，也和日后宝相夫人超劫一般。这意魔之来，却难驱遣，一任他凝神返照，总是旋灭旋生。二凤如果不去理他，虽然受尽苦难，仍可完成道基。偏偏二凤不知厉害，见他万分可怜，走了过去，想起自己身旁还带有一些玉柱中所藏的灵丹。那丹原是三凤掌管，金须奴日前曾向初凤索讨，以备万一之需。三凤执意不允，自己心中不服。恰巧以前初凤交给三凤时，自己取了十余粒，打算背着三凤相授。后来因自己反正要入亭照料，便带了来，准备金须奴还原时给他。这时他正受苦，岂非正合其用？以为此举有益无害，便对金须奴道："你是怎么了？我给你备了几粒灵丹，你服了它吧。"

可怜金须奴正在挨苦忍受，一闻此言，不由吓了个胆落魂飞，知道大难将至。虽然身已脱骨换胎，十二重关已透，不致全功尽弃，变成凡体；但是这些年的心血、盼想，稍一把持不住，势必败于垂成。在这魔头侵扰紧要关头，又万不能出声禁止。万般无奈中，还想潜运真灵，克制自己，以待大难之来，希望能够避过。正在危急吃紧之际，猛觉二凤一双软绵绵香馥馥的嫩手挨向口边，接着塞进一粒丹药。当下神思一荡，立时心旌摇摇，顿涉遐想。刚暗道得一声："不好！"想要勉强克制时，已是不及。真气一散，自己多少年所炼的两粒内丹，已随口张处喷出一粒。同时元神一迷糊，便已走下榻来。那二凤好心好意拿了一粒丹药走向榻前，刚刚塞入金须奴口内，见他鼻孔中两条白气突然收去，口一张，喷出一口五色淡烟，二凤猝不及防，被他喷了个满头满脸。

那金须奴虽和人长得一样，乃是鲛人一类，其性最淫。只为前在北海遇见一位高人，见他生具天赋异禀，根基甚厚，当时度到门下，传授道法，修炼多年。金须奴颇知自爱，自入门后，强自克制，加上乃师提携警觉，从未为非作歹。后来乃师成道兵解时，对他说道："你后天淫孽虽尽，先天淫根未除。虽然仗你多年苦功，于本元神之外又炼了第二元神，此时可不防事。将来成道时节，你身在旁门，易为魔扰。如舍弃五百年功行，趁我在这数日内将你本身元神化去，异日可以省却许多阻力。否则到了紧要关头，一个克制不了情魔，难免不为所害，那时悔之晚矣！"当时金须奴一则仗着自己克欲功深，二则不舍五百年苦功，三则知道无论正邪各派仙人成道时均免不了魔头侵扰。这事全仗自己修为把持如何，到时有无克欲之功。纵舍元丹，再迟五百年成道，仍是一样难免魔劫。便不愿听从，以致留下这点祸根。那五色淡烟便是那粒内丹所化，无论仙凡遇上，便将本性迷去。

二凤哪里禁受得住，当时觉着一股子异香透脑，心中一荡，春意横生，懒洋洋不能自主，竟向金须奴身上扑去。神思迷惘中，只觉身子被金须奴抱住，软玉温香，相偎相搂，一缕热气自足底荡漾而上，顷刻布满了全身。越发懒得厉害，有一种说不出的难过神气，血脉贲张，浑身微痒，无可抓挠。正要入港，又觉金须奴用力要将自己推下床去。暗忖："这厮怎这般薄情寡义？"不由满腹幽怨，由爱生恨，张开樱口，竟向金须奴肩上就咬。星眼微睁处，看见金须奴那肩头竟似削玉凝脂、琼酥搓就的一般。心刚一动，樱口业已贴向玉肌，莹滑香柔，着齿欲嚌，哪里还忍再咬下去，只用齿尖微微啃了一下。爱到极处，如发了狂一般，一双玉臂更将金须奴搂了一个结实。那金须奴灵元还有一点未昧，正在欲迎欲拒、如醉如醒之时，哪禁得起她这么一番挑逗，口里微呻了一声，长臂一伸，也照样将她搂了一个满怀。二人同时道心大乱，双双跌倒在珊瑚榻上，任性癫狂起来。一个天生异质，一个资禀纯粹，各得奇趣，只觉美妙难言，什么利害念头，全都忘了个干干净净。直绸缪到第六日子夜，魔头才去。二人也如醍醐灌顶，大梦初觉，同时清醒过来，已是柳憔花悴，云霞满身。

二人你望着我，我望着你，相对着一声苦笑。彼此心里一阵悲酸，双双急晕过去。等到二次醒转，二凤在榻，猛听耳边金须奴低声相唤。睁眼一看，金须奴正两眼含泪，跪在榻前相唤呢。二凤见他神情悲惨，也甚怜惜。闭目想了想，倏地起身将他拉起道："这事不怨你，都怪我自己不好，累你坏了道基。如今错已铸成，无可挽救。少时便到开坛时候。三公主见我这次助你解化，已是不悦，如知我二人经过，岂不正称心意？你比我道行较深，须想套言语遮盖才好。"金须奴道："此乃前生注定魔孽，无可避免。但是这法坛业经大公主行法封闭，那六魔纵然厉害，怎能侵入？想起小奴坐功正在吃紧的当儿，三阳六阴之气已经透出重关，呼吸帝座，眼看真元凝固，骨髓坚凝，内莹神仪，外宣宝相了。忽然阴风侵体，知道中了旁人暗算，将魔放进。拼受诸般苦难，末了一关仍是不能避过，终究失了元阳，坏了戒体，应了先师当日预示。此事别无他人敢为，说不定又是三公主闹的玄虚了。"

二凤恨道："三丫头害你不说，怎连我也害在其内？少时开坛出去，怎肯与她甘休！"金须奴道："事有数运，公主不必如此。闹将出去，徒称奸人心意，小奴之罪更是一死难赎。小奴与公主真元虽坏，此后勤苦修持，仍可修到散仙地步。三公主与冬姑如此忮刻私心，大非修道人气度，恶因一种，终有报应，此时无须与她理论。嵩山白、朱二仙约定日内前去，必然预知此事。怜念小奴苦修不易，此行定有挽救之方。好在道基虽坏，凡体已经化解，法力犹存，且等去了回来，再作计较。大公主年来功行精进，三公主们所行之事，当时虽不知道，一见我们的面，必然猜出一些，为了顾全公主颜面，绝不说出。公主索性装得坦然些，小奴受公主殊恩，此后不但久为臣奴，上天入地，好歹助公主成道。至不济，也要求一个玉容永驻，长生不死。哪怕小奴为此粉身碎骨，在所不辞。"

二凤闻言，愈发感愧道："你不要再小奴小奴的。你的道行本来胜过我姊妹三人，只为想要超劫解体，求那上乘正果，才自甘为奴。平日受尽她的欺侮，如今你道基已坏，还尽自做人奴才作甚？我身已经属你，如仍主仆，越增我的羞辱。现时且不明言，等我暗向大公主说明经过，由她做主，作为你道已成，不能再沦为奴隶。《地阙金章》曾经载明你我二人有姻缘之分，令我嫁你，索性气气她们。好便罢，不好我和你便离了此地，另寻一座名山修炼，你看如何？"金须奴闻言，先甚惶恐，后来仔细想了一想，说道："公主恩意，刻骨难忘。公主主意已定，违抗也是不准。我金须奴以一寒荒异类，上匹天人，虽然坏了道基，也就无足惜了。"说罢，互相对看了一眼，不由又相抱痛哭起来。两人虽不再作寻常儿女燕婉之私，却是互相关怜恩爱到了极点。似这样深情偎依，捱到开坛之时，彼此又把少时出去的措词，以及日后怎样挽救修为之策，商量了一番。这才分坐在两边榻上，静候开坛出去。也是他二人无这天仙福分，才闹到这般结局。

其实三凤并非存心要害二人，只因第一日见二凤陪了金须奴入内，初凤镇守主坛，瞑目入定，更是郑重非常，本就有些不服。再加自己和慧珠、冬秀分守三方，不能离开一步。头两三日还能忍耐，勉强凝神坐守。及至金须奴在室中坐到紧要关头，三凤因此动了嗔念，同时也为魔头所乘，不知怎地，觉着气不打一处来，暗忖："他一个异类贱奴，过了这一关，道基稳固，日后功行圆满，便可上升仙阙。自己枉具仙根，反不如他。"越想越恨，竟忘了当前利害，赌气离了守位。猛又想起："二姊还在里面，魔头万一侵入，岂不连她一齐害了？凡事均有前定，何必忌他作甚？"这投鼠忌器之心一起，立时心平气和，回了原位。且喜初凤没有觉察，法坛上霞光仍盛，并无动静，还以为没有什么。谁知那魔头来去渺无痕迹，随念而至。全仗初凤等三人冥心内视，远用灵元，代室内之人防守。三凤念头一错，魔已乘虚而入；再一离开本位，只这刹那之间，便被侵入室中。休说三凤看不出来，就连初凤坐守主坛，只管澄神定虑，反虚生明，直坐到七日来复，下位开坛，也以为自己道心坚定，万念不生，魔头绝未侵进，金须奴大功告成了呢。

时辰一到，初凤收了禁法，将坛开放。一阵烟光散处，看见晶亭内两边榻上，一边坐定二凤，一边坐定一个赤着上半身的美少年。算计他已超劫化解，换了凡体。地下却堆了一摊人皮金发，好生心喜。连忙带了三凤、冬秀、慧珠等入内。二凤首先下榻说道："他此时旧衣已不能穿着。恰好那日收检仙衣，竟有一套道装，式样奇异，不似女子所穿。他没化解前，因为大小相差过甚，没有想到他身上。适才方得想起，待我去与他取来，穿了相见吧。"三凤方要答话，二凤已经往外走去。一会儿仙衣取到，放在金须奴身侧，由他自着。五女便退往别殿，等金须奴坐功完了，自去相见。三凤、冬秀见金须奴一旦变得那般俊美英秀，自是又妒又羡。到了别殿坐定，纷问经过。二凤自是伤心，忍着悲痛，照议定之言，说了经过。初凤、慧珠俱赞金须奴根行深厚，有此仙缘。一会儿金须奴穿了新衣来见，叩头谢恩。众人见那装束甚是奇特：上身一领淡红色的云荷披肩，长只及肘，露出两条玉臂；下半身一件金黄色的道裙，长只及膝，赤着一双其白如霜的脚；头上秀发披拂两肩，周身都是彩光宝气，越显出仙风道骨，丰姿美秀。初凤见那身衣服以前置放在玉匣底层，以为都是女衣，不曾取出检视，这一穿上,竟是为他而设,再也无此相称,可见他本是宫中之人,仙缘早经前定。连三凤、冬秀先时还不愿意将仙衣给他,到此也无话可说。当时谁也没有看出异样。

直到金须奴告退出去,二凤才怀着满腹悲酸,偷偷告知初凤、慧珠。初凤、慧珠知是前孽,叹惜了一阵。仔细寻思,二凤心意已决,除了下嫁给金须奴外,别无善法,只得答应。等金须奴赴了白、朱二仙之约回来,再由初凤想好说辞,当众宣示,以正名分。商量停妥,二凤又背人说与金须奴。不消多日,便从三凤口中探出受害缘故。从此金须奴夫妻便和三凤、冬秀二人生了嫌隙,以致日后闹出许多事故。这且不提。

等到赴约之日,金须奴带了那柄宝扇,辞别初凤姊妹,径往嵩山飞去。白谷逸、朱梅二人已在少室山顶相候。双方相见之后,金须奴先说了化解入魔经过,哭求指示玄机,有无挽救。白谷逸道:"月儿岛连山大师所藏旁门法宝甚多,火海数十年才一开放,难免不为左道妖人得去。不到日期,想入火海须要两件防身宝物:一件是长眉真人修道防魔用的九戒仙幢,一件便是你所得的那柄宝扇。仙幢可以护身,宝扇可以消灭守洞石人剑上的真火,相依为用,缺一不可。我二人向长眉真人借宝时,曾闻真人法谕,说紫云三女虽然生具异禀,只是得了一点千年老蚌的灵气,凤根不厚,修到地仙已是侥幸。将来能否避却劫难,尚要看她们修为如何而定。倒是你一个寒荒异类,禀赋天地间至淫奇戾之气而生,竟能反性苦修,不避艰危,用尽毅力,诚心寻求正果,大是难得。目前道基虽坏,恶骨已换。只要仍和以前一样虔诚苦修,前途成就尚非无望。并且长眉真人还有用你之处,应在三百年后,所以特借仙幢,由我二人与你同入火海。那些旁门法宝,我二人一概不要,俱都赠你。只内中有一册连山大师当年的修道目录,藏在大师的遗蜕之下,须要带往峨眉,交与长眉真人。此书装在一个金函以内,非我二人亲自下手,不能取出。余外还有几粒丹药,与初凤、慧珠二人上次在火海中所服功效相同,俱能增长道力,驻颜不老。那日三凤代为我二人取那朱环,未得宝物,我本另想酬谢。不料她竟起了私心,唆使同伴想劫了铁伞道人的宝伞逃走。我二人才故作不知,使其弄巧成拙。此次将各种法宝取出,俱都给你,以酬此劳。尔等俱是旁门,虽说避完灾劫一样长生,可是异日修炼到了吃紧当儿,一个坎离失了调匀,虽不一定便走火入魔、形神消逝，容颜却立时变成了老丑。如得此丹服了，容颜常似婴儿，亘古难老。我二人俱是玄门正宗，要它无用。你可带它回去，分给未服的人每人一粒。不特你夫妻可增道力，也可与向日对头释嫌修好。从此永驻青春，为地仙中留一佳话，岂非妙事？你回宫后，与众人再在海底潜修数十年，避过一切灾厄。那时道行大进，再行分途出海，积修外功。外功圆满，重返海底。等三百多年后，末次大难再一躲过，纵然不能修到金仙，也成为不死之身了。那月儿岛连山大师遗留仙法，非比寻常。那本修道目录一经取出，埋伏立时发动，厉害已极。连我二人俱是冒着奇险行事。你宝物到手，即要先行逃走，彼时各不相顾。故此事前把话与你说明，以免临时仓猝不能细说。从此一别，你与我二人须等三百年后或能再有相见之期。那时的紫云宫，重重封锁，与世相隔，不论仙凡，俱难擅入，远非昔比。紫云五女勤习那部天书副册魔宫秘笈，必已悟彻魔法奥妙，多半自恃道法，起了骄意。那时如有峨眉弟子擅入宫内，有所营求，你夫妻须看我二人份上，不可使其难堪，相机予以方便。那去的人虽然年幼道浅，大都具有仙根异禀，此时助人，日后也无殊自助。否则地仙也是不足五百年一世，何况五女之中还有两三个平日积下许多恶因，到时收果，势所难免。灾劫未至，先树强敌，一旦相逢狭路，大难临头，悔之晚矣！"

金须奴一一恭聆训诲，默记于心。白谷逸把话说完，又和朱梅商量好了步骤，才同驾遁光起身。金须奴随了白、朱二人，飞离月儿岛还有老远，便见前面浊浪滔天，寒钊四起，愁云惨雾中，灰沉沉隐现着一片冰原雪山，迥非前一次所见红光烛天的样儿。及至飞落岛上一看，昔日火海俱被寒霜冰雪填没，不知去向，连山形都变了位置，知道火海业已封闭。正在定睛注视，白、朱二人已轻车熟路般走向一座冰壁前面，只双双将手扬了几下，便带了金须奴一同飞起空中。耳听脚底先起了一阵音如金玉的爆裂之声，接着便是震天价一声巨响，那一排耸天插云的晶屏竟然倒坍下来，立时四山都起了回音，冰尘千丈，海水群飞。左近冰山受了这一震之威，全都波及，纷纷爆散震裂。近海一带竟是整座冰山离岸飘去，砰扑排荡，声势骇人，半响方止。

冰壁稍静，三人同时飞身而下。地面上又换了一个境界，除了到处是断冰积雪外，冰壁陷处，现出一个深穴，下面隐隐冒着一缕缕的轻烟。朱梅首先走向穴边，手先朝金须奴一挥，命他留意。然后两手一搓，朝穴中一放，便见一点红光飞向穴底。转眼之间，下面"轰"的一声，一道火焰倏地从穴底升起。三人早有准备，未等火起，早已二次飞向空中。金须奴低头往下一看，那火势真个厉害。先见地穴只有亩许大小，火刚上来，便是万丈火苗夹着一股浓烟直冲霄汉，那穴便相随震裂，越来越大。所有地面上如山如阜的坚冰积雪，立时都消溶成水，波涛滚滚，夹着少许碎冰块，恰似万股银流互相挤夺争驰，往海中涌去。不到半盏茶时，附近数百里内的冰山雪峰全都消灭。只剩下围着火海的一座石峰，仍恢复了当日火海形状，才略止崩裂烧融之势。

三人见火势发泄没有初出来时猛烈，更不怠慢，按照预定方法，由朱梅手持长眉真人九戒仙幢护身，金须奴持着那柄宝扇当前避火。避过火头，下到数十丈深，下面已经无火，除奇炎极热、烁石热金外，那火的根苗只是尺许粗，其直如矢的一股青烟。三人哪敢招惹，匆匆下落海底。守洞石人早手持石剑，迎了上来，剑头一指，便有千百朵五角火星直朝三人射来。金须奴早得白、朱二人嘱咐，知这石人剑上的火非同小可，漫说轻易不能抵御，就是手中宝扇能够破它，稍一息慢，被它飞近那根火苗，立刻引烧起来。火头不向直飞，径从横里烧来，立时到处都被这种烈火填满，全岛爆炸，纵是大罗神仙，也要化为灰烬。知道厉害无比，忙将宝扇连挥，迎头扇去，不使火星升起。且喜扇到火灭，如同石火星飞，一闪即逝。约有数十扇过去，石人剑上火星才行发完，方得近前。石人口中忽又喷出一股臭气，触鼻欲晕。正不知如何破法，忽听白、朱二人口称连山师祖，喃喃祷祝了几句，一道金光飞出手去，烧向两个石人，只一转，便已断为两截，倒在地上。三人慌忙越过石人，飞身入洞，先到连山大师遗容前，恭恭敬敬叩祝一番，这才起立，分头行事。

金须奴见满洞壁上尽是法宝，心花怒放，连忙上前摘取，石人法术已破，无不应手而得。刚刚取完，便听白谷逸低喝道："你不快走，等待何时？"金须奴回头一看，正当中那面洞壁忽然隐去，连山大师的遗容不知何往，却现出一个羽服星冠的道士，端坐在一个空床上面，容貌装束与遗容一般无二。白、朱二人俱跪在道人座前。正在这惊惶骇顾之际，猛见道人身旁红光一闪，同时白谷逸好似从朱梅手里抢过一样东西，又喊一声："快拿了走!"早抛将过来。金须奴第一次闻警,业已起立,准备遁走。一看白谷逸抛过一个玉瓶,猜是那丹药,连忙伸手接住,也说了句:"大恩容图后报!"双足一顿,驾遁光飞出洞去。到了洞外,更不怠慢,连挥宝扇,避开火焰,脱出火海,直升上空。白、朱二人取那目录,后文金蝉、石生二进紫云宫盗取天一贞水时自有交代。

且说金须奴满载而归,好不心喜,排云驭气,往回路进发,暗忖:"白、朱二仙说那丹药共有四粒,除初凤、慧珠已服过外,正好给宫中诸人每人一粒。自己费尽辛苦才行得到,二凤是患难夫妻,当然有份,自不必说。那三凤、冬秀平时相待既是可恶,此次化解又坏在她的手里,再将这种灵丹赠她,情理未免说不过去。如不给她二人,只和二凤一人分吃两粒,一则二凤定要盘问实情,知道不肯;二则多服少服俱是一样,白白糟掉,岂不可惜?那灵兽龙鲛心灵驯善,自己以前也和它相差不多,同是水族,何不将剩余的丹药给它服上一粒?另一粒藏好,以待将来之用?"又觉与白、朱二人之言有违不妥,一路沉思,委决不下。

不觉到了紫云宫上空,飞落海底一看,二凤已在避水牌坊之下相候,手里拿着几片海藻,正与那条龙鲛引逗着玩呢。一见金须奴带着满身霞彩飞来,知道必有喜音,迎着一问。金须奴起初原是想着三凤、冬秀可恼,本不惯于说谎,没料到二凤早在宫外相候,丹药还没有藏过,不便隐瞒,只得将前事说了。谁知二凤竟和他是一般心理,也不愿将丹药分与三凤、冬秀。金须奴经她一说,愈发定了主见。就在宫外揭开玉瓶,将丹药先取出三粒,自己与二凤各服一粒,又给龙鲛服了一粒。将余下那粒藏好。这二人一起私心,只便宜了灵兽龙鲛,服丹之后,对着二人不住昂首欢跃,意思甚是感激。二人也觉遍身芬芳,神明湛定,好不心喜。

金须奴因所得宝物共有一十三件,有两件因为行时匆促,尚没看清壁间所载用法。件数太多,不及一一取看,打算见了初凤等人,再行同观。二凤道:"呆子!那两个见你得了许多法宝,岂不又要眼红?她们现时都在后宫黄晶殿内修炼法宝,且得些时才完呢。我因心里有事,又不愿和大家炼同样的法宝,才走出来等你。你且把那知道用法的先交给我藏起一半。连能用与不能用的,剩下五六件,算计每人送她一件,也就是了。"金须奴此时对二凤自是言听计从,便将法宝分别取出,与二凤解说,藏起七件。

那六件中有一对金连环和一根玉尺,上面虽然刻有朱文古篆,一件叫龙雀环,一件叫璇光尺,俱都不知用法。二人分配好了宝物,将剩的六件,由金须奴拿着同进宫去。在别殿中又谈了一会儿,初凤等人才行走出。金须奴仍照前行礼,将赴嵩山经过,略说了一说,并将那六件宝物献上,任凭众人挑选。

初凤先将宝物接过,分别传观之后,放在一旁,且不发付,对众说道:"我有一桩心事,藏在心中多年,因未到时,总未说出。想金道友生具仙根异禀,此时道行更是高出我等三人之上,只缘劫难重重,难以避免,这才舍身为奴,在本宫中服役多年,劳苦功高,自不必说。他和二凤妹子还有一段夙缘,应为夫妇,同驻长生,《地阙金章》上早有明示。如今二妹道行已非昔比,金道友更是贞水换骨,化解凡身,一切灾厄均已避过。我计算仙箓所载时日,金道友嵩岳归来,正是他和二凤妹子圆满之期。我平居默坐,体证前因,知道他二人这段姻缘万难解脱。为此当众说明,使他二人配为夫妻,正了名分。大家与金道友既成一家,不许再存歧视之心。还有慧珠姊姊,本是恩母转劫化身,应为宫中道主,屡经我等请求正位,不但坚执不允,反不许母女称谓,令我权做宫中之主,否则便要离此他去。此事众姊妹业均知晓,无庸细说。这几日经我熟思切虑,权衡轻重,宫中人渐增多,不可无主,只得恭敬不如从命,同在今日改了称谓。以前我因本宫并无外人,我姊妹三人同胞一体,有甚高下可分?如今已知,除我略有一线之望外,诸人均难修到天仙。不特道行各有深浅,因为无人正经率领,姊妹间常因细故发生嫌隙争执,均非修道人所宜。像上次三妹、冬秀负气出走,几酿大祸。以后我定下规章,共同遵守。我暂为宫中之长,言出法随,诸姊妹与金道友均须随时在意,共勉前修,勿堕仙业,才是正理。"

说罢,便命金须奴与二凤交拜行礼。二凤在旁闻言,触动心事,早已泪如雨下。金须奴虽与二凤有约在先,也是又感激,又惶恐,还待谦谢几句,初凤只说了声:"前缘注定,无须再作俗套。"便促二人行礼。金须奴慨然道:"小奴以仆当主,妄跻非分,情出不已。此中因果和苦衷,主人俱已洞悉,不便多言。今承主人深恩,正名当主,仍须无废主仆礼数才对。"说罢,便单独向初凤姊妹、慧珠、冬秀五人,行了臣仆之礼。然后起身与二凤交拜天地道祖之后,再行分别与众行礼。

众人除慧珠早经初凤说明外，三凤、冬秀俱都蒙在鼓里。加上金须奴得宝不私，恰好又是六件，正好各得其一，不由减了敌视之心。不料初凤说出这番话。现时初凤不但道力高深，不由众人不服。对于众姊妹更是言温理正，身端容肃，俨然表率，三凤、冬秀本已日益敬畏。再加事起仓猝，初凤又说出本人已为宫中之长，言出法随等语。二人事前没有商量，一心只在盘算宝物，闻言虽甚为骇异，谁也不愿首先发难。见初凤说时，二凤满面泪容，以为她以主配奴，必不甘愿，料初凤决难勉强。满想等二凤一开口，再行群起出言阻挠。谁知二凤只流了两行珠泪，竟是一言不发，就随了金须奴交拜起来。几次想发话，又不好出口。末后想要劝阻，已是不及，只得隐忍过去。

初凤等二凤、金须奴与众人分别行礼之后，又对众人道："后苑之中，已由慧珠姊姊设下酒食。那酒也是慧珠姊从人间学来方法，用宫中异果制的。我们虽不必效那世俗排场，礼节总不可废。加以妹夫多年劳苦功高，今日总算劫难完满，又新得了许多宝物，正好给他夫妇二人贺喜，就便大家也尝尝新。我还有许多话，且到后苑落座之后再说吧。"

众人便随初凤到了后苑。三凤见一张珊瑚案上，早排满了酒果之类，怪不得适才黄晶殿炼宝，初凤、慧珠俱不在侧。这才知道初凤、慧珠固是早有安排，便连二凤也久已承诺了，所以初凤一说，便无异词，只瞒着她和冬秀二人。越想越气，只是不好出口，不住朝冬秀以目示意，陪坐在旁，一言不发。初凤明白二人心意，不愿大家日后还是犯心，只想不出用甚法儿给双方释嫌修好。二凤见初凤欢饮中间，忽然停杯寻思，偶想起那六件宝物尚在前殿，便问初凤怎样分配。初凤闻言，猛想起适才金须奴献那六宝时，三凤神气甚是垂涎，只要把她一人感动，冬秀自无话说。便命三凤往前殿取来，大家看了，再行定夺。

三凤巴不得自己先挑选一番，便笑道："那些宝物件件霞光闪闪，想必不是寻常。如能知道用法，岂不更好？"金须奴便将得宝时，壁间所载用法，大半俱已记下，只龙雀环、璇光尺两件，原嵌在一处，刚取到手，便听白真人示警，匆匆遁走，没顾得细看壁间符偈用法等语说了。三凤好以小人之心度人，暗忖："白、朱二人既以全宝相赠，怎便忙在一时？偏是自己爱那柄短尺，他却不知用法，哪有这种巧事？分明知道这两件宝物最好，故意不肯说，以便别人不要，据为己有。少时分配，定和冬秀要这两件，豁出去自己再破些时苦功，重行祭炼，也是一样使用。"主意打定，推说要冬秀相陪，以便搬取，拉了冬秀径往前殿。

二人走后，金须奴不敢瞒着初凤，便将宝物实数说了，只灵丹一层未说。初凤正觉宝物乃金须奴所得，他虽谦让，分与众人，于理不合，但又想借赠宝给大家释隙和好，一时难以委决，闻言甚喜。一会儿三凤和冬秀各捧三宝回席，交与初凤。初凤重给大家传观之后，说道："妹夫亲身犯险跋涉一场，此宝又经白、朱二仙指明赠他一人，论情理原不该分给大家。一则今日妹夫、二妹嘉礼之期；二则妹夫情意殷殷，定要分给每人一件，过分谦谢，反倒不似自家人情分。家庭私谊，俱是以大让小，不比修道守法，以长为尊。这些宝物，俱是新得，我等俱未用过，莫测高深。且由妹夫说明用处，再由冬秀、三妹、慧珠姊姊依次挑取，我与宝主殿后如何？"三凤、冬秀早已在前殿商量好要哪两件，正愁初凤分配不能随心所欲，此举正合心意，高兴自不必说。别人知道初凤用意，更无异词。便由金须奴取宝在手，一一解说试演。

除那两件不知用法以外，其余四件，以一件名为炼刚柔的，看去最为厉害。此宝形如一个鸡心，中有鹅卵大小，颜色鲜红，表里透明，只有许多芝麻大小的黑点，通身细孔密布，其软如棉，也不知是什么东西炼成。一经使用，便飞出一片脂香，万缕彩丝。另由那针眼细孔中射出一种又黏又腻，颜色清明，香中略带腥咸之味的汁水。敌人法宝飞剑，除了一种西方太乙纯金之精炼成之宝是它的克星外，余下只一沾上，立时百炼钢化为绕指柔，坠落地上。另三件一名销魂鉴；一名烦恼圈；一名遁形符，是两面竹简，可以分合。具有妙用，且待后文详叙。

三凤、冬秀等金须奴说完，仍是取那预定之宝：三凤取了那璇光尺，冬秀取了那龙雀环。慧珠倒取了那炼刚柔，初凤取了那遁形竹简，将剩下的销魂鉴、烦恼圈仍还给金须奴与二凤。重新开怀畅饮。

众人取完宝物之后，金须奴见三凤只管拿着那璇光尺摆弄，霞光闪闪，幻成无数连环光圈，与别的宝物不同。暗忖："此宝取时，最后嵌在龙雀环的后面，甚是隐秘，正看偈语用法，便即闻警遁走，仿佛壁间有'璇功万象'几字。起初没打算将宝物隐起一半，适才在宫外和二凤见面，匆匆挑选，只拣那名好和自己略知深浅的藏起，不曾细考。因为这尺不知用法，没有在意。及至出了手，才觉出珍奇有异，偏又落在三凤手中。"不由便对那尺多望几眼。三凤原就留心，这一来，更以为不出自己所料，两下嫌隙始终仍未解除。初凤在席上又说："据我连日暗中参悟，众人只能修到散仙地步。既有这样好的珠宫贝阙，等白真人所说的敌人寻上门来以后，大家可分头出海，将那有根基的女孩子度些入宫，以充宫中侍女。一面传授道法，创立宗派；一面积修外功。等外功圆满，使用天魔遁法封锁海底。大家只在宫中潜修，享那仙府清福，再不出宫干预闲事，静俟最后一劫过去，便与海同寿，岂不是好？"众人俱都称善。

第一五二回　犯珠宫　一妖授首
　　　　　　　　游少室　二女寻真

席散后，慧珠仍想从俗礼，送金须奴、二凤回房。二凤还未及开口，初凤道："妹夫、二妹婚姻，实由前缘注定，岂同世俗儿女？一切浮文俱用不着。二妹所居锦雯宫，原有五间，从此妹夫便移居在二妹所居室外面，夫妻二人同在一起修道便了。"二凤明知初凤怕他夫妻又因情欲乱了道心，特想提醒，便看了金须奴一眼，见他满面俱是愧恨之色，不禁凄然。当日无话。

　　由此大家俱在宫中潜修，杜门不出。二凤夫妻也在暗中练习那些宝物。

　　光阴易过，不觉多时。这日初凤正和大家在前殿聚谈，忽听殿外灵兽龙鲛长鸣不已，听出声音有异，三凤首先奔出。初凤猛想起昔日白谷逸之言，算计已到时候，知三凤素来恃强任性，忙率众人跟踪出去。才到外面，便觉炎热非常，地阙清凉，怎地有此？好生奇怪。抬头往上一看，避水牌坊上面，海水业已通红如火，正和那年往救二凤、三凤，安乐岛火山崩陷时的海水情景相似。那灵兽龙鲛正在牌坊下面昂首怒啸，不时往上蹿起，俱为初凤封锁法术所格，旋起旋落。一见主人到来，愈发啸个不住。

　　初凤知事不妙，一面禁止龙鲛吼啸，吩咐大家不许造次。一面忙使窥天测地之法，将手往地下一指，地面凭空起了一个镜子一样的圆光。众人定睛往圆光中一看，只见滔天红浪中，隐现着一个道人和一个头梳抓髻的幼童。道人一手执剑，身背铁伞，类似金须奴以前对头铁伞道人的装束，容貌却又不似。后头那道童骑着一个浑身雪白、双头六翼，长约五尺的怪鱼，手中拿着一个两尺来长的口袋，头朝下、底朝上，只对准紫云宫上面的海眼，发出一股和烈火相似的红焰。海水被它照得通红，炎热异常。红焰所射之处，那些深水里的鱼介之类禁受不住，恰似沸水锅里煮活鱼一般，兀是在热水中乱蹦乱窜，渐渐身子一横，肚皮朝上，便即活生生地烫死。三凤大怒道："这厮如此杀害生灵。待我上去将他除了！"初凤连忙拉住，悄声说道："你忘了白真人别时之言么？这厮正想用妖法煮海，使我们存身不住，和他争斗。这时出去，恰好中了他的道儿。且不要忙，我自有道理。"说罢，收了法术，命慧珠约束众人，金须奴随了自己，用那两面隐形符偷偷上去，看看来人虚实来历，再行下手应敌。

众人在避水牌坊下等候，见上面海水越来越红，下面越发炎热难耐。初凤、金须奴上去已有好一会儿，毫无动静。初凤又预先将那圆光收去，众人不知上面情形，莫测吉凶。有的忿怒，有的焦急，各人有各人的心事。三凤几次要开了封锁上去，俱被慧珠阻住。平日冬秀总是怂恿三凤出头，这次见初凤面带惊疑，知道厉害，也就不敢造次。众人正在纷纷议论，交头接耳，忽见一道细如游丝的青光从身后飞出，电掣星奔，直射海面。回身一看，偌大一座紫云宫，竟然隐得没有踪迹。慧珠知道初凤已回宫内，布置好了法术，二次飞去与敌人交手，便和众人说了。

三凤一听，又要上去，众人劝阻不听，慧珠一把未拉住，三凤已经行法，破空而上，同时觉着热减了好些。三凤一走，冬秀、二凤也要上去。慧珠无法，只得再三嘱咐："如今紫云宫已被隐形封锁，除初凤回来，休说敌人，连自己人也无法回宫。初凤如此施为，敌人必然厉害，上去时节，须要见机而行，千万不可造次。"二凤应了，便自飞身而去。慧珠正打算跟去，灵兽龙鲛忽然奔到面前，不住昂首长鸣。慧珠道："你要我骑你上去么？"龙鲛点了点头。慧珠刚骑在龙鲛背上，忽见上面一片红光中，猛飞起万点银流，映着四周蔚蓝的海水，顿成奇观。心想："初凤等人平时并无这种法宝，敌人定是狷獝异常。"正在斟酌进止，座下龙鲛已是几番腾嘶欲上，知道此兽灵异非常，必有原因。众人俱已上去应敌，如有不测，也难独免。只得开了禁法，骑着龙鲛飞出海眼。一看，初凤不知何往，金须奴独斗那骑着怪鱼的童子，二凤、三凤、冬秀三人合战道人，剑光法宝纷纷飞起，星飞电闪，银雨流天，正在相持不下。那龙鲛原有避水之能，又在海底潜修多年，服过连山大师遗藏的灵丹，本领更非昔比。才一飞到上面，四外的海水便疾如奔马，纷纷避开，露出方圆数里的一大片白沙海底。双方本在水中交战，经这一来，二凤、金须奴等人知道龙鲛功能，看惯无奇。骑鱼道童与金须奴敌斗方酣，正在一心专注于法宝上面，猛觉身子一空，近身海水突然消逝。那条六翼双头的怪鱼倏地失水，往下一沉，几乎将自己翻跌下去。幸而那怪鱼也非凡物，忙将六翼展开，飞将起来，才得稳住。道童不禁心里一惊，神微一散，早吃金须奴乘机放起一件法宝，一道白光闪过，一任道童逃避得快，眉头上早着了一下，立觉奇痛非常。忙又使法宝抵御时，金须奴何等机警，知他厉害，早已收了回去，只气得道童骂不绝口。

慧珠这时方才看清那道童，看去虽然年轻，却生得狮头环眼、凹鼻阔口、獠牙外露、赤发披肩，生相甚是凶恶。那道人虽与铁伞道人一般打扮，却要年轻得多，生相也较清秀。因金须奴是一个敌一个，二凤等人却是三打一，道童似比道人厉害，慧珠便想相助金须奴。刚把龙鲛一拍，飞上前去，忽听金须奴喊道："这小妖道扎手。有一个破口袋，已被大公主用玄功变化收去。还有这一个劳什子圈儿，坚利非常，飞剑遇上便折，伤了我们好些法宝，只我这件波罗刀能够制它。适才又被我打了他一丧门铜，已受重伤，少时便要成擒。慧姑还是去助三公主她们除那妖道吧。"同时那道童也怒喝道："你们这群不知死的业障！命你们好好将金须奴献出、紫云宫让我，免却一死，竟敢凭仗人多，与大仙交手。我那归藏袋乃仙家至宝，岂是容易收的？如今虽然被那贱婢用诡计抢去，怎知其中妙用？少时必然作法自毙，化为灰烬。我这仙环乃百炼精钢，千年修炼，任你什么法宝飞剑也非敌手。少时除去你们这些业障，夺了紫云宫，此宝仍是我囊中之物，夸甚大口？"说时好似愈发忿怒，将手连指那一个带着九个芒角的白光圈子，光华愈盛，将金须奴用来抵敌的一道黄光围住，铮铮之声，响成一片。

慧珠闻言，不禁心中一动，想起金须奴所赠炼刚柔专破坚钢之宝，难得这厮自己将法宝来历说出，正好一试。想到这里，也不再向金须奴回言，一探法宝囊，将炼刚柔取将出来，依法行使，往空中飞去。金须奴原因和道童一照面，便连损了两件月儿岛得来的宝物。末后将波罗刀放起，才得敌住，心中痛惜非常。这时初凤仗遁形符，用玄功变化，将敌人用来煮海的归藏袋夺去，一直未曾现身，不知是什么原因。不敢造次再用别的宝物，仅乘道童疏忽之际，打了他一丧门铜，惟恐被伤，占了一点小便宜，急忙收回。见慧珠骑鲛上前，恐又蹈自己覆辙，方才提醒。忽见慧珠并不使飞剑迎敌，径自将炼刚柔放出，这才想起此宝妙用，心中大喜。恐波罗刀又被波及，连忙收回。

那道童见自己的九宫仙环光华越盛，正在心喜。忽见对面飞来一个骑着分水异兽的女子，放起一团夹着无数黑点银星的粉红光华，带着微微呜咽之声飞来，同时敌人的波罗刀便又收去。那光华与自己法宝刚一接触，鼻间微微闻见一股粉香。那光华中又飞起许多淡红的水珠，自己法宝立时光焰渐散。知道不妙，想要收回。谁知那光华竟将九宫环吸住，一任自己用尽玄功，休想动转丝毫。眼看环上九个星角光华由大而小，转瞬之间芒彩全消，才行坠落。这一惊非同小可，心里痛惜已极。强敌在前，竟然忘了厉害，一拍座下怪鱼头颈，飞上前去想夺。那金须奴正相机待发，怎肯失此机会，没等敌人的九宫环落地，早二次将波罗刀放起。道童这时连番失利，神志已昏，一面想接宝物回去重炼，一面只防到对面的慧珠，却没想到金须奴来势如此迅疾。催着怪鱼上前，刚一伸手，忽见一道黄光疾如电掣，从斜刺里飞射过来，再取宝行法抵御，均所不及。忙将两足一夹鱼背，往下一沉，满打算怪鱼飞腾甚速，拼着残宝不要，且先避过危机，再想报仇之策。谁知两下相隔已近，慧珠座下龙鲛何等灵异，见了那条鱼早已眼红，存心缩着长颈待机即动。一见飞临切近，又想往下逃遁，哪里容得，就在怪鱼将落未落之际，猛地一伸长颈，两个大头同时张开血盆大口，恰将怪鱼双头咬住，只一下，便身首异处。那怪鱼名为双首银鳌，也甚通灵，见着龙鲛原有几分畏惧，只为受了道童法术驾驭，不得不听命上前，白白地送了性命。

道童正落之间，眼睛一花，两个血盆大口捷如风翻，突在面前张开，再想驾鱼后退，已是不及，身子一顿，一双鱼尸已被怪兽咬住。同时敌人的法宝飞剑也从四面袭来，情知非死即带重伤，再不逃遁，性命难保。只急得把獠牙一错，就着怪鱼尸身下沉，血光崩现之际，将身在鱼背上一扭，径直化道赤虹，怪啸一声，直往海上飞去。饶他遁光迅速，还被金须奴的波罗刀断了一条左臂，又被二凤用销魂鉴照了一下，终至性命难保。只为一念之贪，受人蛊惑，把多年道行付于流水。这且不言。

众人等道童逃走后，见地下横着一条左臂。那波罗刀伤人，只一见血，便心发甜酸而死,除了瀚海中的千年苦泉,不能救治。知道童已受重伤,逃得又快,便也不去追赶。那同来的道人,早已为二凤等人杀死。慧珠座下龙鲛,自从咬死怪鱼,几番腾跃,似要摆脱慧珠。慧珠知它心意,纵身下来。龙鲛便衔了那怪鱼的头,往海底钻去。

大家聚在一起,才想这会儿工夫,怎地不见初凤?起初都以为紫云宫根本重地,初凤收了敌人归藏袋,恐敌人又有别的花样,回宫坐镇,不疑有他。又见敌人死亡逃散,龙鲛回宫,海水重合,上面无可留恋,各自从海眼中飞回。谁知到海底一看,除一座避水牌坊依旧矗立外,偌大一座紫云宫,竟然不知去向,有一片青茫茫的光雾笼罩前面。众人尚以为初凤定在宫中驻守,同声呼喊,不见应声。连进数次,俱被一层软绵绵的东西拦住去路,无门可入。

金须奴猛想起适才在上面,听道童说起那归藏袋妙用无穷,被初凤收去,定要弄巧成拙,化为灰烬等语。当时只说是恐吓之言,初凤道行今非昔比,既能收去,必无妨害,没有在意。此时看出情形蹊跷,知道有些不妙。方在惊疑,忽听龙鲛啸声甚厉,仔细一听,竟在往日宫墙后面龙鲛栖息之所,心中一动。又见青雾层中光射去,前面光雾犹如狂风之扫残云,成团成絮地纷纷分散。不暇和众人说话,拉了二凤循声而往。走到近前,仍为光雾所隔,只听啸声,无法进入。急迫中,二凤忽道:"大姊不知在宫里作甚?现在光雾阻隔,走不进去。我们那法宝之中不是有一件能够分光拨影的么?"一句话,把金须奴提醒,忙喊"快些取出,试它一试"时,二凤早把一面透雾分光宝镜取出,运用玄功,照连山大师所传用法,一口真气喷向镜上,立时从镜上现出一道冷气森森的白光将雾照散。二人便照龙鲛啸声寻去一看,地方正是宫苑后面。又前行了几步,光雾消处,猛见龙鲛长尾摆动,转眼现出全身,才看出龙鲛横卧在地,怀中抱着一团赤红色的光镜,正照在上面。光华隐隐中现出一个人影,定睛一认,正是初凤,全身俱被那团赤黄色的光华围绕,手中却抱着那怪鱼的头,从鱼口中发出一片银光护住前胸,脸上神气甚是苦痛。

二人一见大惊。金须奴救主情殷,首先扑了上去。刚一起步,那地下卧着的龙鲛忽然一尾扫来,将金须奴拦住。金须奴猝不及防,几乎吃它扫跌了一跤,知道龙鲛拦阻必有原因。明知是那归藏袋作怪,投鼠忌器,又不敢用别的法宝去破，只得仍用二凤的分光镜去驱散那团光华，谁知竟是无效。眼看光中初凤面容愈发惨痛，正在急苦愁闷，忽见面前未散青雾中，无数五彩光圈旋转不停，飙轮旋转般冲将出来。光照处，青雾冰消，比从适才分光镜所照还要来得迅速。顷刻工夫飞到面前，正是慧珠、冬秀、三凤三人，那光圈便从三凤那柄璇光尺上发出。二凤迎上前去，方要述说初凤遭难之事，三凤已经一眼看到初凤在赤黄光华中挣扎，更不答话，径直飞到初凤面前，手中尺往光华中一指，便有无数大小圆光圈子飞上前去。金须奴以为彼此都不知璇光尺的用法，纵知与分光尺一样，有分光拨雾之能，也未必能将归藏袋的阴火破去。正在提心吊胆，那些大小光圈一经飞入赤黄光华里面，只一旋转，赤黄光便如红雨飘洒、金蝶乱飞，发出一阵极细微的呜咽之声。接着又如皮囊破气般，"噗"的一声，光华消尽，无影无踪。地上却横着一条软绵绵腻脂脂、长约三尺、似布非布、似肉非肉的无底口袋。

初凤业已昏倒在地，众人连忙扶起，各将身带灵丹取出，分给初凤、龙鲛口中塞了进去。三凤一眼看到怪鱼头口中银光闪闪，一手接过看了看，心中大喜。伸手一拍，将鱼脑拍开，取出一粒珠子，不与众人观看，径自揣向囊内。众人都关心初凤安危，也未在意，匆匆把初凤扶起，由后苑回转宫去。这时封锁全宫的光雾，因初凤被困，失了主宰，又被三凤拿着璇光尺到处一照，差不多消散殆尽，毫无阻隔。众人扶着初凤回到黄晶殿，安置在白玉床上。待有好一会儿，初凤渐能起坐，言动自如，只是元气受伤，还未复原罢了。众人才放了心，互相谈起经过。

原来初凤起初本打算封锁海眼，闭门不出，一任敌人在上面猖獗，反正不会攻将进来。及见敌人妖火愈发厉害，海水被它烧得奇热，海眼上面成千成万的鱼介之类，活生生成队地被它煮死，不禁动了恻隐之心，暗忖："敌人如是有为而来，绝不轻易退走。地阙仙府纵不攻进，那些水族生命何辜遭此惨死？"这才同金须奴商量，二人合用那两面遁形符，先上去窥探了一番。看出两个敌人只是法宝厉害，道行并不甚深。因他们任意残害生灵，无故寻上门来，欺人太甚，这才决计将他们除去。同时想起嵩山白谷逸、朱梅二仙之言，不敢造次，当时并未现身动手。忙和金须奴一同回转宫中，命金须奴将所有法宝一齐带将出去应敌。再由自己行法封锁全宫，准备退路。

一切停妥,二次同了金须奴飞身上去,打算借遁形符隐身,暗中先将那用法宝煮海的道童除了。又因那符不能分用,便命金须奴现身上前,和来人对敌,自己暗中下手。谁知那道童颈间戴着一个圈儿,初凤飞近身前,刚把飞剑放出,打算行刺,那圈儿异常灵应,竟自动飞起九道芒尾般的白光团着一圈光华,绕着初凤那飞剑,只一绞,把初凤在金庭玉柱中所得来的一口宝剑绞得粉碎,银光如雪,纷飞飘逝。不由大吃一惊,连忙退下身来。见那道童也在张皇四顾,似在寻找敌人踪迹。知是他的法宝功效,本身并未看出有人暗算。猛一眼又见他手上所持的那条口袋,赤红光华时幻五彩,所照之处,海水如开了锅一般。同时那光圈已朝金须奴飞去。不禁心里一动,恐道童还有别的灵应宝物,便息了行刺之想。忙运玄功飞上前去,暗使天书副册中大搜摄法,一把将那口袋劈手夺去。道童觉着左手虎口奇痛,手一松,法宝忽然脱手飞去。这一急非同小可,定睛一看,那条归藏袋赤红光华已经锐减,隐隐看见一个少女从光华圈绕中往前急驶。忙和道人追时,金须奴的法宝已接二连三发出。等到自己九宫环将敌人法宝破去,少女连人带宝俱都不知去向。加上对面这个少年并非弱者,法宝连伤,毫不后退。末后又放一件法宝,敌住九宫环,一任道童和同伴任意施为,竟占不了一点便宜。

就在这时,二凤、三凤、冬秀三人相继出敌。金须奴恐她们蹈了自己覆辙,见那道人似乎稍弱,便指挥三人去敌道人,由自己独战道童。三凤、冬秀见初凤不在,本不愿助金须奴,自去和道人交手。二凤见那道童猖獗,丈夫不能取胜,哪肯袖手。才一上前,飞出剑去,金须奴连止不住,一照面,飞剑便被九宫环吸住,一绞两段,这才知道厉害。又见金须奴举手连挥。只得舍了道童,与三凤、冬秀三人战道人。那三凤、冬秀先见道人飞剑不甚出奇,只说无甚本领。谁知那道人正是铁伞道人的心爱门徒樊量,不但好色如命,而且凶狡异常。起初见金须奴法宝甚多,不肯冒险,只用一口飞剑助战。打算敷衍一时,由道童去与他拼命,等把来人虚实深浅看清,再行下手。及见对面飞来两个美如天仙的少女,不禁色心大动,便不问青红皂白,除那柄身后背的铁伞,因初得到手,用法不精,尚未急于行使外,所有身带的飞剑法宝全都施展出来。三凤、冬秀二人正难抵御,恰好二凤回身来助，才得敌住。三凤一面迎敌，见金须奴夫妇的法宝竟是层出不穷，接连施展了十余件，多半为平时未见之宝，知月儿岛所得，不由日忿重添，当时也未说破。

那道人起初原想生擒，等夺了地阙仙府，好与道童分用。及斗到后来，见道童无功，自己受三女合攻，运用法宝俱被二凤破去，大有相形见绌之势，不敢再为大意。只得披散头发，脱去衣服，口诵真言，一声大喝，收去飞剑法宝，现出九个赤身女子，连同自己，俱都倒立舞蹈，做出种种丑态。打算用天篆迷魂大法，迷了三女灵智。能全数生擒更好，不然便将最厉害的一个，乘她出神之际，暗放飞剑斩了，剩下两个，不愁不为己有。谁知三女一部天书副册正是魔宫秘笈，早已炼得纯熟，班门弄斧，如何能行，刚一施展，便被三女破了。三凤首先喊声："来得好！"返身朝顶门一拍，满身仙衣自解，露出一个俏生生的赤体，狂笑一声，飞入舞阵之中，照样两手据地，倒立舞蹈起来。

道人情知不妙，连忙站起，想要收法，已来不及，竟被三凤抱住。粉弯雪股，妙态毕呈，玉软香温，腻然入抱。立时神志一荡，迷了本性。又见对面女子一双欺霜赛雪粉光致致的嫩腿，突地朝着自己左右分开，玉脐之下，玄阴含丹，柔毫疏秀，只一翕动之间，早已令人忘却生死关头。刚想鞠躬尽瘁，忽觉玉门中透出几丝似有若无的微妙气息。一经闻到，愈觉精摇神散，昏昏沉沉，如醉如痴。就在这销魂荡魄之际，倏地心里一凉一酸，竟被冬秀、二凤两柄飞剑乘隙飞来，斩为数段。道人色魔迷心，还不知怎么死的。

这种魔法最是厉害，除金须奴外，全宫姊妹虽然学会，初凤一则嫌它恶毒，二则自身总是女子，赤身行法，有许多丑态，胜人不武，不胜为羞，再三告诫叮咛，不许大家妄用。如非道人满念淫邪，首先发难，将二凤惹恼，也不致惹火烧身，死于非命。道人死后，剩有身藏飞剑法宝，连那柄铁伞共是三件，俱被三凤、冬秀二人得去。三凤见那柄铁伞与以前铁伞道人所用形式一般无二，不知这般厉害法宝，道人何以不使用对敌，却来作法自毙？好生不解。二凤因自己法宝甚多，乐得向隅，让三凤多得一件。回望金须奴、慧珠二人与道童斗得正在吃紧，连忙上前去相助。三凤、冬秀相次随上，道童也受了重伤逃走。

众人先俱以为初凤夺那归藏袋时曾一现身，是成心如此。却不料初凤不知归藏袋的用法收法，没有持着袋底，刚一到手，便被阴火将身吸住。知道不妙，袋的主人尚在，恐在宫外被他发觉，施展用法，愈发难取。仗着玄功奥妙，连忙运用玄功，先将心神护住，连人带剑飞回宫中。可是阴火照处，遁形符已渐失功效，微微现出一点形迹，被道童识破，只无法分身追赶罢了。初凤到了海底，恐阴火烧了仙府宫庭，不往正门走进。想起那天一贞水正与此火相克，自金须奴用过后，曾将余者埋藏在后宫苑内，便直往后苑飞去。走离藏水之处还差一半的路，真灵渐渐抵御不住阴火，浑身炎热欲燃。知道再也不能勉强前进，一个闪失，元气一破，全身便要化成一堆灰。只得盘膝坐到地上，将本身元气运调纯一，死命与火支撑，也不知受尽了多少苦痛。还算初凤年来道行大为增进，修养功深，早从静中参悟。姊妹数人，只自己和慧珠收场尚好，纵不能修到金仙，也不致失去地阙散仙之位。这种灾厄，修道人在所难免，一任毒火侵烧，心神未乱，所以元气始终未破。

挨过好些时候，越久越觉不支，渐渐本身灵光被阴火炼得愈发微弱。正在危急万分，那灵兽龙鲛忽然衔了鱼头赶来。这东西已有千年以上道行，知道主人有难，一落海底，便嗅着气味，一路狂嘶乱闯。初凤在危迫中，闻得龙鲛啸声，以为众人得胜回宫，无法进入。虽知她们道力不如自己，人到快要绝望之际，总存万一之想。又知金须奴有许多法宝，也许能够破去妖童法宝。虽然有了一线生机，一则自己须用全神去敌阴火，再想全宫封锁收去，力有不逮；二则还恐万一众人并未获胜，引寇入室，势更不妙。就在这存想之间，眼看火势愈盛，危机顷刻，不容少懈。只得死中求活，拼命运起一口真气去敌住妖火，抽空行法，将宫中封锁微微开出一些门户。神一分，灵光突被妖火压得仅剩丝微，转瞬就要消灭。恰巧龙鲛正从那开处冲将进来，见主人为阴火所围，连喷两口灵气，火仍不灭，便奋不顾身冲进火中，将初凤盘了起来。这龙鲛原秉纯阴之精而生，又是千年灵物，虽然道力尚浅，不能灭火，一时却伤它不了。

初凤见只有灵鲛独个冲进，不见众人，以为凶多吉少。刚在悲愁，猛觉奇火极热中，忽然身上透来一丝凉气。定睛一看，龙鲛已将全身环抱，口中还衔着一个鱼头，鱼头口内银光闪闪，那凉气也是从鱼口中发出。暗忖:"这鱼正是妖童坐骑,既被龙鲛咬死,众人未必便败,许是为了自己封锁所隔,闯不进来。"不由又生了希冀,便伸手从龙鲛口中将鱼头抓将过来,抱在怀中,护住前胸,那归藏袋与鱼头竟是相生相克。当初初凤将袋得到手时,见袋口阴火厉害,连忙撒手一扔,没有扔掉,反被袋口将左臂吸住,只管发出阴火焚烧。初凤也运行全身真气去抵御。及至鱼头抓到手中,袋口阴火好似磁石引针一般,一个劲齐往鱼头围绕。那鱼口中也放出一团银光敌住。初凤身上才不似先前烧炙得难受,但仍然是苟延残喘,周身骨软筋麻,如散了一般,更无出困之策。直到金须奴夫妇与三凤等相次来救,巧用璇光尺破了归藏袋,勉强脱身回宫,服了许多灵药,仗着根基甚厚,还养息静修了好多日,方得复原。那龙鲛原是水中灵物,当时救主情急,虽然受伤不轻,却好得甚快。

初凤痊愈以后,便在黄晶殿中召集全宫人众,说道:"此次妖人来犯,一见面就交手,连仇敌姓名俱未问明,来历更是不知。看三妹所得那柄铁伞,虽然不知用法,颇似当年铁伞道人之物,来人必是他的徒党。那道童既然逃走,必不甘休,早晚终将卷土重来。头一次已经这般厉害,二次约了能手,如何抵御得了?我们这座仙府好处还不仅在贝阙珠宫,乃是因它深藏海底,不为外人所知,利于潜修,不致引起外人觊觎之故。倘被传扬出去,虽说我们有法术封锁,不易攻进,毕竟各派高人甚多,一个抵敌不住,不特此宫难保,便是大家多年苦功也都付于流水。为今之计,莫如乘敌未至,先发制人,由妹夫、二妹出去,先往嵩山少室,寻着白、朱二位,一探妖人来历,并问明除他和抵御之法,急速回宫。大家商量妥当,寻上他的门去,将他除了,省却这一桩心事。好在我们此时道力,出海已差可应付。事完之后,索性分头出海,先期积修一点外功。然后回转宫中,从此闭门不出,潜修正果。岂不甚好?"

众人大都静极思动,闻言无不称善。只不过三凤另存着一副私心,坚持同往,以便寻见白、朱二人,暗探月儿岛宝物是应为金须奴独得,还是他私吞起来?初凤近日已听她背人和自己说过几次,不准她去,疑团难解,势必与金须奴夫妇嫌怨日深;又知白、朱二人性情古怪,既不喜她,去了无益。只得再三嘱咐小心恭谨,不可大意。三凤自是随口应允,当下便随了金须奴夫妇,同往嵩山少室飞去。

到了嵩山少室一看，古洞云封，哪里有嵩山二友的踪迹。三人寻不见白、朱二人，又不知云游何处，恐出来久了，妖童去而复转，初凤等势孤，只得赶回。本想回宫见了初凤另商妙策，行至中途南海岸侧，忽见下面有一座荒礁，高只离地数十丈，上丰下锐，孤立海边。礁顶平圆如镜，大有数亩，中间放着一个大鼎，鼎前立着一个和尚，相貌古怪，头顶绝大。左手拿着一面铜镜，闭目合睛，面朝着海，口中念念有词。先用右手一指那鼎，鼎中便冒起了一片彩烟热气，分布开来，飘散海面。三人在空中闻见那股气息，仿佛鼎中煮着什么异味，甚是香浓，令人食指欲动。细看那和尚，全身虽隐隐有光华围绕，却又不似妖邪一流，觉着奇怪，不由略一停视。依了金须奴，本不愿多事。三凤执意要看个究竟；二凤也以为隐身云空，并不往下降落，看看何妨？金须奴见二凤也如此说法，只得应了。见离礁石不远还有一个礁石，虽然形状不佳，却甚隐秘高大，可以藏身，便引了二女往礁石上飞去。

刚一着地，忽听三凤道："二姊快看，这是什么？"原来三人往邻礁上落下时，鼎中热气已化作无量数的彩丝，稀疏疏地将近海岸一带数十里方圆的海面布满，根根似长虹吸水一般，一头注向海中，一头仍在鼎内，千丝万缕，脉络分明，一毫也不散乱，映着日光，鲜艳夺目。同时和尚口中诵咒越急，双目仍自紧合，脸上却带着盼望焦急神气。不多一会儿，忽听海中风起浪吼，恍如万马千军，在海底骚动了一阵，"轰"的一声，海水群飞，波涛山立。浪花中涌现出无量数的怪物，三头骈生，形如人面，蓝睛闪闪，宛若群星，半截身子露出海面，个个俱如铁塔也似，成千累万，排着整齐队伍，分波逐浪，疾如奔马，直朝和尚存身的荒礁上冲来。海面上阴云四合，狂风大起。这些怪物转瞬到达，纷纷狂啸，声如儿啼。顶上三头一齐张口，喷出一股银箭也似的水，往上射去。接着身子往上便起。

三人见怪物这么多，和尚又露着手忙脚乱神气，正替他捏一把汗。忽见和尚左手镜往前一举，那一面漆黑的镜顿放光明，宛如一轮明月，寒光凛凛，直照波心。右手连放雷火，连珠也似发出。怪物口中射出的水箭，尽被镜中光华摄去。只是怪物仍然未退，前一排的已快纵到礁上。这时看清全身，每个张着三张血盆大口，獠牙森列，身长有十丈，蟒身鱼尾，形相狰狞。和尚见怪物不退，好似也有些手忙脚乱，倏地浓眉紧皱，一声长啸，声如龙吟。左手仍持着那面镜子，右手往下一伸，竟将那大约丈许的一座铁鼎举将起来，朝着前面一抢。鼎中也不知是什么东西，一团团带着彩烟热气洒向海中，那股香气愈发浓厚。怪物更不顾性命地飞抢上来，口一张，衔了两三个鼎中放出的东西便走。来得也快，去得也速，前争后挤，声势愈发骇人。再看和尚，已不似先前惊慌神气，手中鼎只管下倒，满脸俱是笑容。三人才看出那些怪物不是与和尚为难，乃是为了鼎中之物，只不知和尚如此施为，是何用意。

三人正在猜想，猛听空中一声大喝道："贼秃驴，你还要这些无辜生物绝种么？"随说，便紧跟着一个震天价的大霹雳，带着百丈金光，从天直下，一闪即逝。只震得山岳崩颓，三人存身的大礁石都摇摇欲倒。同时阴云尽散，海面上万缕彩烟全都消尽。吓得那些黑色怪物纷纷乱窜，齐往海心中亡命一般钻去，转眼工夫，全都没了影子。再看荒礁上，那大头和尚业已趴伏在地，将那面镜子顶在头上，体似筛糠，吓得直抖。过有半盏茶时，三人见适才那雷声金光虽盛，只是突如其来，并没看见一个人影。这时云尽天空，风息浪静，怪物也都散尽，只剩和尚一人在荒礁上挣命，无甚可观。正想飞身走去，忽听左侧有人颤巍巍地说话道："三位道友休走，快请救我一救，日后自有报答。"仔细一听，语声径从荒礁上发来。

三凤生性好奇，想知究竟，本不愿走，便停了步，往荒礁之上飞去。金须奴夫妇料知无甚乱子，只得跟往。落在荒礁上一看，那大头和尚已勉强站起，颤声说道："我被天乾山小男无意中打我一先天神雷，将我元气震散。幸而有这一面宝镜护身，防备得快，没将全身震成粉碎。目前已是飞行不得，须要经过三天两夜方能复原，离开此地。偏我又有一个生死仇敌，知我在此采取三星美人蛳的阴精，炼这一面水母玄阴镜，去破他阴火，恨我入骨。偏巧他正值害人没害成，反倒受了重伤。新败之后，我又在这荒礁四外设下埋伏，事前并没敢前来寻仇。可是他所居离此甚近，我适才鼎中所焚乃是千年毒蟒之肉，内中放有极毒之药，奇香异味，三百里内俱能闻到。他既知我用毒蟒为羹，去招引深藏海眼寒泉中的三星美人蛳，岂肯就此善罢甘休？必乘我宝镜尚未炼成之际，乘我人在行法，不能分神之际，前来暗算。适才听得雷声，定已料出我行法太狠，有人与我为难，少不得要乘机加害于我。这荒礁周围法术已为神雷所破，无计可施。三位道友初来之时，我还有戒心。后来看出是路过好奇，只作旁观，忙着行法，甚是失礼。如今我危难之中求助，自知不妥。务乞三位道友念在我行法虽然狠毒，也是为那无数万万的水族生灵除害，务乞助我一臂之力，在此小住三日。我本身元神虽伤，法术法宝还在，如那厮来犯，只须代我施为，依然抵御，万无一失。如承相助，事后必有重报。"

金须奴听他说起阴火，不禁心中一动，便问道："老禅师法力适才已曾领教，想必见闻广博。这善施阴火的人，现今共有几人，可知道么？"和尚道："道释两家，三昧真火虽然各依道力而分高下，人人俱炼得有，无甚出奇。魔教中一种魔火，固是厉害，还不如我那仇人的阴火，乃由地心中千百万年前遗留下的人兽骨骼中，采出的一种毒磷凝炼而成。常人遇上，固是化成飞灰；便是有道行的人，如被火围烧，暂时纵能抵御，久了也将元阳耗尽，骨髓枯竭，烧成一堆白粉。真是厉害已极，能克制的人甚少。以前有一位月儿岛的连山大师，炼了两件法宝，能破此火。后来大师化解成仙，许多宝物俱都埋藏炎山火海之中。听说玄门中有两位能人前往火海探索过两次，那宝物始终未闻使用，不知可曾取出。此外便是现在峨眉派的开山祖师长眉真人炼有两口宝剑和一件采太阳真火所炼赤乌球，可以破得。这世上使用阴火的，除我仇敌外，还有赤身教主鸠盘婆，比他更凶，竟是随手可发，无有穷尽。但是鸠盘婆隐居西方，人不犯她，她不犯人。不似这厮，逞强任性，倚势豪夺。

"其实这厮和我俱是海岛中散仙，他在南海，我在东海，风马牛全不相干。以前从无嫌怨，一样无拘无束，可逍遥自在，度那清闲岁月。他偏于心不足，想为群仙盟主，创立宗派。三十年前，忽然发帖，遍邀天下散仙往南海赴会。席终说明居心，隐然要执众仙牛耳。彼时那真有道行本领的，接着他的请柬，全都付之一笑，没有理他。所去的人，不是道行浅薄，想借此攀附，以便日后有相须之处外，便是像我这样因闻他那里景物奇丽，惯产圣药，一则观光，二则到底看看他有甚惊人法力。他在席上将话说完，有那道力较高的人虽然不服，还未张口，我不合首先发难，要当面和他斗一斗法。彼时他阴火刚刚采集到手，尚未炼成法宝，吃我和一位姓姜的道友用法宝飞剑，将他夫妻二人一齐打败，因此结下仇怨。

"他在南海杜门十载，将阴火用千年鲟鳇鱼肚炼成一个袋子，又在海底得了一部邪书,学成了不少妖法,到处找我寻仇。有一次他在黄妙城外寻着了我,我已吃了大亏,险些丧命。多蒙东海钓鳌矶神僧苦行头陀走过,因与我有过一面之缘,将我救走。他气仍不出,非将我置诸死地不可。我万般无奈,才辗转设法向鸠盘婆求救,她传了我这破阴火的法术。我明知鸠盘婆也因这三星美人蚺的内丹是破她阴火的一个硬敌,想借我为名,用恶毒之法,将这些东西灭种,但是为了报仇和自身利害,也不能不允。那三星美人蚺巢穴就在他所居的近处,他虽知道美人蚺内丹是玄阴水母精华,可以灭他阴火,但这千年美人蚺为数甚多,又极通灵,一则没法除去,二则这东西镇年潜伏海眼之中,与人无争,也不会和他为难,所以平时没有在意。如一旦知道我要来此采集,绝不甘休。万一到时鸠盘婆所传法术为他所破,岂不自送虎口?为此迟疑多年,静等良机到来,再行下手。这日鸠盘婆忽派一个女弟子传话,说那厮新近受了铁伞道人门徒蛊惑,前去侵犯几个海底潜修的散仙,打算强夺人的珠宫贝阙。交手时弄巧成拙,受了人家重伤,有好些日将息,催我急速下手。想不到眼看功成,却遭毒手。

"我那仇家名唤甄海。其父乃是南宋末年一个福建的舟子,载客人飘洋浮海,遇风浪将舟卷向南海一座岛上。那里天生各种灵药甚多,无有食粮,便以岛中草果为食。有一天,无心中吃了一枝迷阳毒草,原是极热之药,为采补中的圣品。被他误服下去,立时欲火烧身,忍受不住。仗着食了三年草果,内中不少灵药,体健身轻,力大无穷,因为无从发泄,便在海水中泅泳解热。遇见一只母海豹,被他擒住。这舟子一沾生物肉体,越发欲火如狂,当下将那海豹擒上岸来,交合了二日三夜。虽然泄了欲火,人已从此瘫倒,不能行动。那海豹居然还有良心,每日衔些小鱼虾给他挨命。同时海豹已有了孕,到第九年上,生下一子,海豹随即死去。舟子因此子是海豹所生,取名甄海。此子幼禀异质,不但生而能言,而且出没波涛,行动如飞。由舟子教导,埋了他母亲,照样去采鱼虾草果与乃父度命。又挨过了十余年,舟子方才老死。甄海在南海流荡,忽然遇见异人,爱他质地,传了他许多道法,才有今日。"

正说之间,三凤便接口,将日前来犯紫云宫的道童模样和所骑的怪鱼说出,问和尚可是此人?和尚答道:"正是那厮。不知三位怎生认得?"三凤又将前事说了。和尚狂喜道:"照此说来,我们同仇敌忾,更是一家人了。难怪连日我在此行法,并无丝毫动静。鸠盘婆明明尽知此事,仍想借我之手,将三星美人蚹除去,好减却异日的对头,害得我差点没被神雷震死,用心也太机巧了。那厮归藏袋已破、同党已死,别的我都能制他。诸位既还不知道他的姓名,想必恐他卷土重来,故想知他的来历踪迹。何不伴我三日,等我复原后,同去他的巢穴将他除了,以免后患,岂不两全其美?"

三凤闻言,首先称善。金须奴见这和尚貌相虽恶,还不似藏有奸诈。打算趁这三日闲暇,分一人回转紫云宫与初凤送信,就便看看妖童甄海日内可曾二次来犯。再将初凤邀来,同去报仇。和尚却力说妖童自受重伤,尚未痊愈,必俟伤愈,另约能人报仇,此时绝不会有所妄动。自己所畏者,只有归藏袋,如今此袋既失,他已不是自己对手,只要三人伴他过了三日,一到便可将他除去,无须再约他人相助。金须奴终是持重,起初还当他受了震伤,不能起飞,故此需人相助;后来又说他法宝法力仍在,甄海归藏袋已失,既是毫无足畏,何以又非三人伴守三日?似乎先言后语有些矛盾。当时也不给他说破,只说:"初凤是全宫之长,既然得知妖童踪迹,便须禀命而行,不容不回宫请命。"和尚闻言,方才默然不语。

金须奴又问了他法号,才知这和尚便是东海孽龙岛长风洞的虎头禅师。在未入紫云宫跟从初凤姊妹时,听人说过,他原是异派中一个有名的散仙,生而秃头,所以着了僧装,并非佛门弟子。虽不似别的旁门专做恶事,手段却也狠辣。因所居与苦行头陀相近,不知因甚事做得过了一些,被苦行头陀制伏过一回。适才听他说起与甄海狭路相逢,险遭毒手,还多亏了苦行头陀解救,才得保全性命,大约业已改行归善。知道了根底,略觉放心,暗和二凤使了个眼色,嘱她留意。便即起身告辞,往紫云宫飞去。

到了一看,宫外封锁甚严,到了牌坊下面,便难再进。幸而冬秀隐身宫门入口,见他独自飞回来,以为出了乱子,忙着出接,才得走进。一问初凤、慧珠二人何在,说是因为前车之鉴,正在黄晶殿中同炼天书副册中所载的一种极厉害的魔焰,要三日后方得完成。当日恰是第二日,法未炼成,不能出殿。如今全殿封闭,谁也不能进见。初凤行法之时,曾留有话,算计金须奴等三人见了嵩山二友,往返也得一两日工夫。回来如有动作,不过也只隔一日。多一件法宝御敌,毕竟强些。应用之物,早经采集,起初初凤因这种魔法狠毒，没有急需，不愿炼它。自从吃了阴火大亏，恨那妖童入骨，特地炼来报仇。如三人回宫，可少候一日等语。金须奴原想一到便拉了初凤同走，不想这般不凑巧，偏在这时正炼魔法，须要候上几日。好在虎头禅师原约三日之后，也不忙在一时，便在宫中暂候，等初凤魔法炼成，再定夺行止。谁知初凤行法时，差一点功候，几乎白费心力，又迟了大半天，直到第三日子正过去，才将法术炼成，开殿出来。金须奴忙即上前相见，说了经过。初凤自是心喜，因时间大促，不能再延，略谈几句，便留下慧珠、冬秀二人看守门户，从宫门牌坊前起，直达海面，都用法术层层封锁。兴冲冲同了金须奴起身前往。

到了那座荒岛一看，虎头禅师和二凤、三凤三人都已不知去向。金须奴回宫时，虎头禅师又未说明甄海所居之处。而且违约先走，其中难免不有差错，不由大吃一惊。二人一商量，甄海巢穴既相隔那荒岛不远，除了在附近海中搜寻外，别无法想。仗着二人都是惯于水行，踏波涛如履康庄，那一带的岛屿又不多，尚易寻找。二人在海中行未多时，忽见前面有一座大岛。近前一看，满岛都是瑶草琪花、珍禽异兽，景物幽秀，形势雄奇，颇似仙灵窟宅。因水上没看见什么异状，猜是到了地头，忙即飞身上去。那岛地面不大，方圆不过百里，高处望去，仿佛一目了然。二人分途搜寻，不消顷刻，便走完了一半，一点朕兆俱无。初凤暗忖："二凤等如果来此，必与妖童对敌，绝不会没有一点踪迹。就说地方不对，这里花草有好些都经过人工布置，怎地没个人影？"正在焦急，忽见金须奴在左侧面山麓之下用手连招。忙着飞过去时，金须奴已不等她到，径往山下面的一个大湖之中钻去。

飞近一看，那湖位置正当岛的尽头，三面俱有山峰围绕，宽有十里，深约百丈，清可见底。水中荠着许多海豹，正围着几道光华张牙舞爪，欲前又却，已有几个尸横湖底。初凤一见那光华，业已认出是自己人，无暇多观，正待飞身而下，金须奴已将那两道光华带起，飞上岸来。放在地上一看，正是二凤和三凤两个，被许多形如长带、又白又腻的东西捆了个结实，连试了许多法宝飞剑，俱斩不断。初凤看出那东西是纯阴之质，恐湖中敌人尚在，不便迎敌，只得夹了二人，驾遁光先回紫云宫。与慧珠、金须奴三人围定二女，运用玄功，施展三昧真火，连炼了三日，才将那东西烧断。所幸二女神志尚清，服了点丹药，便即还原，言动自如。一问原因，才知又是三凤招惹出来的祸事。

原来金须奴走后，三凤便不住向虎头禅师探听甄海虚实，除归藏袋外还有什么宝物。虎头禅师本无机心，便照直说，甄海曾得异人传授，所炼法宝俱无足奇，自己此番前去，一则为了报仇除害，主要还有别的原因，暂时不能明说。三凤知他必还觊觎甄海的法宝，便和二凤以目示意。想是被虎头禅师看出，恰巧金须奴和初凤又去迟了一步。虎头禅师在第三日之前，人便复原，他起初不愿人多，既要别人相助，又恐到时翻脸，和他要那朝夕梦想欲得的一部道书。一见三凤神色有异，急中生智，故意装作入定，忽然失惊，说甄海即将离海他往，去请能人，时机一失，不但制服不了，日后彼此俱有大祸。自己只得冒险前往，与甄海拼一死活，请二女在荒岛上等到金须奴约了初凤回来，再行同去接应。二凤因守金须奴之戒，还在将信将疑，力持等金须奴到来，再行同去；否则便请他说了地方，随后与他接应。三凤却是利令智昏，明知其中有诈，偏猜他只须守过三日，便无用人之处，想一人前去独吞，再三力说："既是妖童将要他去，你一人势单。彼此都为报仇，无须再候大姊。"非一同前往不可。虎头禅师装作无可奈何，才行应允。二女也未看出。二凤知三凤性拗，拦她不住，又恐三凤有失，只得同往。因虎头禅师说，如能三人同去，手到成功，连催起身，什么都未顾及。

一到海岛上，果是日前妖童出来应战，二女更是深信不疑。谁知刚和敌人交手，虎头禅师忽然隐去。甄海已是觉察，狂吼一声："大胆妖僧、贱婢，竟敢用诱敌之策，前来盗我仙书！"说罢，也不再和二女交战，径直飞入湖中。二女当然紧追下去。三凤听出虎头禅师果有私心，那仙书必是异宝，越发动了贪心。及至追落湖中一看，虎头禅师已将湖水劈开，左手拿着一个玉匣，另一手放出一道乌光，正和一个女子对敌。那女子已受重伤，兀自不退，见甄海飞落，只喊得一声："艮、兑带书走了。我受了这贼秃重伤，且去那边等你。切莫恋战，改日再报大仇吧！"说完，一道白烟冒过，便即不见。虎头禅师还想追赶，甄海已红着双眼杀上前去，将他拦住。三凤见虎头禅师手中拿着一个玉匣，也不知他那道道书到手也未。因为还在争斗，便恨不能早些将敌人杀死，好问个明白。偏那甄海虽在紫云宫受伤惨败，失了重宝，依然还有全身本领，玄功奥妙，幻化无穷，不似上次轻敌，一时半会儿不易取胜。同时又因这里是他巢穴根本重地，不舍丢失，只管拼命相持，并无退避之意。

斗到后来，甄海忽从身畔取出一个透明晶球，一脱手，便连人化成一团黄光，直往三人头上飞来。二凤、三凤的法宝飞剑竟失功效，只能围在黄光之外乱转，不能抵御。说时迟，那时快，黄光业已罩临头上。那虎头禅师一味敷衍应敌，原为诓他这粒身外元丹。一见诱敌计成，心中大喜，忙将长袖一抬，飞出千百道细如游丝的紫光，朝那团黄光射去。二凤、三凤见黄光临头，方觉一阵心慌神迷，那紫光业已射入黄光之中，只听喳喳连声，黄光立即缩小，只如碗大。接着又听一声怪啸，一道青光直往那座宫内飞去。虎头禅师早已防到，手一抬，先将那团下落的黄光收去，也化作一道青光，从后追赶，转眼同入宫内。等到二凤、三凤心神稍定，想追时，那座宫门业已紧闭，将二女关在外面，不得入内。恼得三凤兴起，连忙指挥空中法宝飞剑上前攻打。那座宫殿也不知何物制成，异常坚固，二女飞剑法宝攻上前去，眼看光华飞绕中，黄沙如雨，只管破碎，却是不易即时攻破。

待了一会儿，宫门自开，虎头禅师笑容满面飞身出来。二凤便问妖人何往？虎头禅师道："仇敌已诛，大功告成，全仗二位道友相助。异日有缘，再图重报吧。"说罢，便要走去。三凤本惦着那部道书，此时又见他胸前袈裟鼓起，猜是又得了什么宝物，便没好气拦道："禅师且慢！适才我见你得了一个玉匣，想是那部道书，可容借我一观么？"虎头禅师早已看出三凤心怀不善，只因人家相助一场，如无二女，怎能分身入宫盗宝？不愿恩将仇报，打算就此别去。见三凤不知进退，满脸俱是怒容，料知善说无效，再加适才见二女法宝也颇厉害。念头一转，猛生巧计，便对三凤道："道友要观此书，这有何难？"说罢，一面装着取书，一面暗中行法。三凤眼巴巴看他将玉匣取出，正要上前，猛见虎头禅师把手一扬，数十道光华劈面飞来。二女方知不妙，想用飞剑抵御时，身子一紧，便被那数十道光华将身缠住，倒于就地。耳听虎头禅师道："道友存心不良，我不能不先发制人。早晚你那同伴必会寻来救你，且在这里安卧一时吧。"说完，便将身遁去。甄海因是海豹所生，原养着许多海豹，宫门一开，便即纷纷拥了出来，看见生人，如何肯舍。还仗二女飞剑没有收起，虽然身子被绑，不能言动，神志尚清，一心还想用飞剑断绑脱险。那些不知死活的海豹，上去一个死一个，余下的不敢上前，只在左近咆哮。直到初凤、金须奴到来，才将二女救回宫去。

那逃走的女子，正是甄海的妻子鬼女萧琇，本领虽不如甄海，却极知进退。起初甄海去犯紫云宫，曾经再三拦阻，说自己在南海修炼，岛宫水阙，仙景无边，大家同是修道的人，何苦贪心不足，侵害人家，一个弄巧成拙，岂不求荣反辱？甄海受了铁伞道人门徒的蛊惑，执意不从。及至在紫云宫海中惨败，失了重宝回来，萧琇越知不妙，力劝甄海敛迹，闭门不出。甄海哪里肯听。这日见虎头禅师带了二女前来叫阵，仇人寻到，分外眼红，立时出去迎战。萧琇本有机心，算计仇敌来者不善，善者不来。他夫妇除这座水阙外，附近岛上本还有一座洞府。甄海一出去，忙将那部道书从玉匣中取出，交与两个幼子带往别洞，以免事败，为仇人所夺。刚打发走了二子，正要准备出宫助战，虎头禅师已抽空潜入宫中，盗了那玉匣便走。萧琇将那玉匣留在宫内，本为诱敌，使来人心愿既达，容易退去。当时故作不知，直等虎头禅师盗了出宫，才行追去，原想与丈夫会合一处，再行应敌。

谁知虎头禅师心辣手狠，因为以前吃过甄海苦头，这次前来，炼了好几件厉害法宝。盗书之时，因恐二女只能绊住甄海，未必能是对手，所以急速退出。一见萧琇追来，忙即回身应战。一交手，便用飞钵断了萧琇一只右臂，接着又打了她一菩提钉。萧琇虽受重伤，因上面敌人还有两个，结局不堪设想，心中惦记二子，当时逃遁，又恐引鬼入室，玉石俱焚，只得咬牙忍痛，勉强支持。幸而为时不久，甄海便发觉敌人诡计，舍了二女赶回。萧琇料知甄海性情刚愎，不会就退，自己委实不能再支持下去，便略微告诫了几句，隐身遁去。痴心还想甄海真个抵敌不住，总会知难而退，他又长于玄功变化，逃走不难。回到别洞，略用了一点丹药，忙即忍痛行法，将全洞封锁，准备甄海回时，万一敌人追来，也好抵御。谁知甄海劫数已到，急怒攻心，竟将身外元丹放出去与敌人拼命，身遭惨死，连元神都被虎头禅师用诛魂收魄之法消灭。

萧琇待了一会儿，伤处毒发，越来越重，连服丹药，终不见效，望着二子垂泪。等了一日，夫妻情重，冒险出视。见了甄海遗体，一恸几绝。只因二子尚幼，终日忍痛，苟延残喘，传授那部道书。只传了一多半，实在痛苦难支，精血业已耗尽，只得自行兵解。临终以前，再三嘱咐二子将道学成以后，务必寻了虎头禅师与紫云宫一干男女报仇雪恨。

这二子便是现在被困凝碧崖六合微尘阵内、本书七矮中的南海双童甄艮、甄兑。因了这一场因果，三方面结下不解之仇，以致日后七矮大闹紫云宫，金蝉、石生全仗双童相助，巧得天一贞水，才能融化神泥，开辟五府。这且不提。

初凤姊妹回转紫云宫后，又修炼了多年，道法越更惊人，便分别出海云游，积修外功。起初打算建立一点天仙基业，用意原善。谁知众人福命有限，只初凤和金须奴努力，不能挽回运数；加上所学道法又非玄门正宗，三凤、冬秀时常在外惹事，任性胡为，有过无功，金须奴、二凤又早失了元阳和元阴，诸多阻滞。二凤、三凤更记着虎头禅师前仇，屡次前往报复，仇未报成，反辗转结下许多冤家，中间也不知经过多少险难。初凤为助二妹，无心中也铸了两件大错，这才知道仙业无望，凡事难以强求，于是翻然改计，决心只做一个海底散仙。便告诫众人，从此不准再问外事，专一整顿珠宫贝阙，把一座紫云宫用法力重新改建。又从十洲三岛神仙圣域，移植来了无数的瑶草琪花，收服驯养了许多的珍禽奇兽。在宫前设下魔阵，海面加了封锁，以防仇敌侵入。另由后苑宫门开了一条长逾千里的甬道，由地底直达一座海岛的地面，一层层俱有埋伏，无论仙凡，莫想擅入一步，并将昔日在外面物色来的弟子，一一派了执事，分任炼丹、驯兽、锄花、采药之责。初凤自为全宫之主，更是不在话下。满以为海腹潜修，别有世界，长生不死。

谁知天下事往往微风忽于蘋末，出人意料，一经种因，终必收果，任你用尽心机，终是徒劳无功。如照当时的紫云三女闭门不出，全宫深藏海底，布置天罗地网，胜过铁壁铜墙，是谁也侵犯不了她们，偏巧又在闲中生出事来。紫云宫那般戒备森严，众人意犹未足。这日初凤升座，按察全宫诸仙使的职司，偶想起那条上通地面的甬道，原本多为石土，虽经法术祭炼，无殊玉石，到底尚欠美观。又闻人言，甄海二子甄艮、甄兑立志给他父亲报仇，从一位散仙门下学了地行神法，透石穿沙，如鱼行水。虽说这两人只说要找虎头禅师寻仇，追原祸始，难免不来侵犯。纵不足畏，这般坚固的甬道被人侵入，也是笑话。见近宫一带海底所产的珊瑚、铁晶、彩贝之类甚多，打算采集了来，用法术炼成一种神沙，将那条甬道重新筑过。那甬道长逾千里，纵是玄门奥妙，筑起来也颇费心力。算计宫中执事人等虽然不少，异日甬道筑成，各层埋伏，均须派人主持，恐到时不敷使用，便命金须奴夫妇、三凤、慧珠、冬秀五人，分头出海去，各自物色一个有根器的少年男女，度进宫来备用。五人领命之后，初凤便率了宫中诸仙使，尽量采集应用之物，建下五行炉鼎，等五人一回，便即开始祭炼。

不消三月工夫，二凤、慧珠、冬秀每人俱寻了一个有根器的男女，回宫复命。只金须奴和三凤因为选择太苛，并无所获。恰巧这日二人在云贵交界的深山中无心相遇，彼此一谈经过，才知打的是一个主意。因未出家而有根器的少年男女寻觅不到，想到名山胜境中寻一个曾经学道未成之士，收伏了回去。正在互商如何进行，忽见一道光华拥着一个少女，慢腾腾从前面峰侧飞过，似要往上升起。二人一见，知是业已成道的元神，如能收了回去，胜似常人十倍。见她飞升迟缓，看出是脱体未久，所以觉着费力。只要飞行些时，不遇见外人侵害，一经挣扎，升出云层，便凭虚上升，直入灵空天界，完成正果。二人存身之处，本已甚高，这光华中的女子更高离地面，不下千丈，再升千余丈，便无法能制。这类事如被正派中仙人遇着，不但不去害她，反要飞身上去将护，助她脱险上升。三凤为人任性，自私之心太重，哪管对方多少年辛苦修持，好容易脱体飞升，完成正果。一见时机瞬息，也不和金须奴商量，手一扬，剑光先飞出手去，打算逼迫那光中少女降下。那少女见有人为难，知道是命中魔头，愈发奋力上升。三凤见飞剑飞近少女面前，为护身灵光所阻，无所施为，眼看少女又飞高了数十百丈，知此女道力不浅，稍纵即逝。眉头一皱，顿生恶念，口喊一声："那女子还不投降，休想逃走！"接着便将所炼魔沙取出，朝少女打去。

这魔沙乃近年三凤在外云游时，瞒了初凤，也不知费了多少心力才得炼成，与初凤昔日为报甄海之仇所炼大不相同。除善于污毁敌人的飞剑法宝外，差一点的仙人被它沾上，重则神迷昏倒，任人处置；轻者也要打落多少的道行。那少女平时法力虽然高强，这时一个甫行脱体飞升的婴儿，如何禁受得住。还算那少女见闻广博，知道魔沙厉害无比，一被打中，不但一样身落人手，异日再想飞升，又须借体还原，再行转劫，受诸多灾劫，把这多年石中苦修付于流水，岂非更加不值？明知敌人逼迫归顺，不怀好意，无奈已万分紧迫，再不当机立断，所受更惨。莫如拼着再受数十年辛苦，把所炼护身灵光毁去，以免损及元婴。少女方才想到这里，三凤已将心一横，运用玄功的魔沙变作万千团黄云红焰，风卷而来。少女把这护身光华化成一道经天彩虹，迎上前去，将来的云焰拦住，口里连喊："道友高抬贵手，容我下来相见。"说时，那护身灵光一经脱体，少女的身便不似先前游行自在，飘飘荡荡，御风降落下来。

三凤见魔沙飞上前去，竟被一道长虹拦住，正暗惊少女仅是一个甫行脱体的婴儿，竟有这般神奇的道力。偶闻少女已在答话，离开光华，自行降落，才知她是恐怕毒沙伤了元婴，已有降服之意，不由动了恻隐之心，连忙飞身上去，将她捧住。那少女降至中途，回望空中彩虹为魔所污，业已逐渐减退，即使敌人应允放行，已不能即时飞升，心里一阵惨痛气忿，业已急晕过去。金须奴见三凤行为如此可恶，委实看不过去。知道这种初脱体的元婴，一任她平日道力多高，此时也是至为脆嫩，什么灾害都禁受不起。恐不知怎样调护，再伤了她，先取出一粒玉柱中所藏的灵丹与少女塞入口中，然后轻轻唤道："道友莫要惊恐，我等并非邪派中的恶人，要借道友的元神去炼什么恶毒法宝。乃是宫中需用几位根骨深厚的男女，相助办一件事。我同这位三公主奉命物色，因唤道友降落不听，一时情急，使用神沙，原想逼着道友降落，并无恶意。道友胆小，丧了护身灵光，如今再想上升仙阙，已不可能。不如随我等回转紫云宫海底，同享散仙奇福。宫中现有固元灵胶，道友无须借体，便可复原。只须暂助我们些时，不过迟却数十年飞升。异日遇见机缘，道友仍可成就仙业，岂不是好？"

少女闻言，猛想起："昔年师祖曾说，自己福薄缘悭，虽仗行坚洁，向道虔诚，可以人定胜天，但仍有两次重大灾劫。经过之后，还要多立外功，始能飞升。后来冤遭无辜，在石壁中幽闭多年，一意苦修，侥幸修就元丹，脱体飞升。当是因祸得福，谁知仍会遇见这种天外飞来横祸。可见事有前定，无法避免。"想到这里，心略一宽，睁开双目一看，自己被一个女子托住，旁边还立着一个仙风道骨的美少年，正在殷殷劝慰。这一男一女虽是一路，那男的却是一脸正气，而不似那女子一望而知是左道旁门中人。身落人手，只好听其自然，一切委之命数。便答道："这也是我仙缘浅薄，命中该有这一场劫难。此番随了二位道友回宫，只要在修道人本分以内，为奴为仆，俱所甘愿。不过事要约定：此劫不过五十年，日后机缘到时，须由我自由，不得强留。如今我护身灵光已失，原来躯壳又毁，本打算借体还原，未必能寻着好的庐舍。适才道友所说的固元灵胶，也须赐我一用。否则既遭罗网，只好任凭二位，宁可形神消散，也不能奉命了。"

三凤见这少女元婴长才三尺，光彩照人，说话不亢不卑，委婉尽致，不禁心折，暗忖："五十年期限虽短，只要她肯相随回去，有宫中那般的景物享受，还怕羁魔她不住？况且她本身躯壳已失，又不愿借人形体，虽有固形灵药，难道除元神之外，又炼成第二元神不成？乐得卖个慷慨，应允了她。"便答道："我一时莽撞，误发神沙，坏了你的灵光，歉悔无及。我那紫云宫深藏海底，在三十六洞天以外，自由自在，享受无穷，珠宫贝阙，仙景非常。既愿相随同归，足见明识大体。至于五十年后，任你自去之说，虽非我等所愿，有了这五十年工夫，宫中新收诸人的道法想已炼成，留固可喜，去亦无妨。适才只说你旧日庐舍还在，既已失去，想已火解。宫中不但固元灵胶甚多，还有天一贞水和各种灵药异宝，此去定然有益，只管放心便了。"那小女闻言，含愁谢了，仍不下地，就在三凤怀里，略问了问宫中主人姓名、来历和修道派别，知与别的左道旁门不同，愈发放心，当下改了称谓。三凤所求既得，又比众人不同，好不心喜，也不管金须奴怎样，略为话别，便独自带了这少女往紫云宫飞去。

第一五三回

顶礼拜番僧　晶球示兆逢魔女
寻仇追野狌　荒崖肆虐遇仙娥

金须奴原想寻一深山洞壑中修道未成之士，收回宫去，彼此有益。谁知三凤如此狠毒，阻人升仙，为恶太甚。类此孽因，异日必无善果。大错已铸，无法挽救。三凤走后，坐在路旁树根上，望空咄咄，好生慨叹。因那峰峦灵秀，景物雄奇，不舍离去，便多盘桓了数日，就便物色所求。

这日黄昏以后，正在闲眺，忽见天空飞过一片宝光，恰似群星飞逝，洒了一天银雨。看出是隐居深山异人所用的剑光，想会他一会，忙飞身追去。那银光似有觉察，电闪飙驰一般，直向一座高崖下投去，转眼不见。到了一看，乃是一座参天石壁，平整整四无空隙，苔痕如绣，藤蔓如盘，哪有迹兆可循。寻到第二日早晨，正在无聊，忽又听遥天云际破空之声。举目一看，一道银光，直往前面飞落，现出一个俊美道童，一见面便问金须奴在此作甚？金须奴因他所用剑光也是银色，以为与昨晚所见是一个人，也忘了问这道童来历，竟先把昨晚发现银光追踪到此不见之事说了，问是否道童本人。道童闻言，呆了一呆，转问金须奴跟踪之意。金须奴因见道童一身仙气，正而不邪，心发非常，把那日遇了三凤来此寻人，只见一个甫成道的女婴，现已被三凤妄用魔沙，收回宫去，自己因使命未完，尚在寻找等语，通盘说出。道童人甚机警，闻言心里又惊又急，脸上却未显出，反笑向金须奴说："在下正是昨晚驾光出游之人，所居并不在这崖下，只为寻找一件药草未得，随即起身，从崖下深谷中绕飞回去，所以未有相遇。既承青睐，可入选否？"金须奴见这道童看上去年纪虽轻，人甚老练，飞剑已有根底，绝非初学之士，如能网罗回去，岂不比那女婴又要强些？只为他穿着道童装束，必有师长，不便出口。难得他一些唇舌不费，自愿前往，正合心意。只是事大容易，引了生人入门，不能不加慎重，便盘问道童的来历和师长的姓名。这道童原有深心，随机应变，造了一套言语。假说姓韦名容，师父原是一位散仙，自己因犯小过，为师逐出。自念学道未成，稍一不慎，误入歧途。终年遍游名山大川，一为访师，二为择地隐修。难得有这种海阙仙景、旷世奇缘，故此降心相从，敬求引度等语。辞色诚挚，极其自然。金须奴那般精细谨慎的人，竟为所动，信以为真，暗忖："即使万一有点什么，自己也还制伏得他。"便满口应允，度他入门。道童大喜，立时拜倒在地。又略问了问宫中应守规则，以及众人称谓。便由金须奴率领，回转紫云宫去。

那三凤用强逼迫收去的女婴，便是当年兔儿崖玄霜洞陆敏之女陆蓉波。自从感石怀孕，陆敏疑她与人有私，险遭惨死。多亏极乐真人预示仙机，赐了一道灵符，叱开石壁，逃了进去。在壁中生下石生。先后辛苦潜修了多少年，好容易才将婴儿修炼成形，破石飞出，准备上升灵空天界，完成正果。谁知孽因注定，仍难避免，竟会遇上三凤这个魔头，破了护身灵光，迟去数十年飞升。直至日后母子重逢，助石生、金蝉二人脱难，盗去天一贞水，巧破朱砂神路，逃归峨眉门下，紫云三女与峨眉结下怨仇，峨眉五府开辟，群仙盛会，两仪微尘阵放出南海双童，金蝉、石生、甄艮、甄兑等暗入紫云宫，双剑斩双凤，夺回蓉波元命牌，石生为母独炼灵丹，才得完成正果。此是后话不提。

那初凤见三凤、金须奴一个收了一个已成道的元婴，一个引进一个有法力的仙童，先后回来，问起经过。因三凤这种行为最干天忌，虽然埋怨了几句，心中未尝不喜。因这五人都是新收，须要经过教练。尤其是后收这一个女婴，出自强迫，不是人家心愿，又坏了人家道基，不能不加防范。错已铸成，索性一不做、二不休，表面上仍好好的，用言安慰，给她服了固元胶和金庭玉柱中留藏灵药；暗中却用魔法立了一面元命牌，把蓉波的真神禁制，如有异图，无论逃到何方，俱有感应。又将其余四人一一分别考察，命他们随众朝参，传授道法。

先收三人，乃是二男一女。一名吴藩，乃福州旧家独生子弟，幼喜方术小筮之学，年才十五，便被异派中恶人引诱，入了魔道，专以采补为事。

这年他师父前往云贵采药，一去不归。闻得鼓山来了一个番僧，法术高强，便去领教拜门，那番僧人却正直，长于晶球视影，一见吴藩，说他资质本来不差，只缘自幼误入歧途，淫过太重，恐难得收善果。吴藩心还不服。番僧又拿出晶球，行法透视，说吴藩的师父申鸾，因在南疆采炼房中淫药，为峨眉门下醉道人飞剑所斩。他本人因为倚仗邪法行淫，坏了好些小女童贞，也在三年之内必遭雷击。吴藩听他说起自己经过，宛如目睹。起初申鸾说过，醉道人是他生死对头，已经遇险三次。这次出门，过期多久不归，便已疑遭不测。再听番僧一说，不由不信。他人甚聪明，师父已死，失了靠山，平素积仇又多，纵不遇雷劫，也难自保。见那番僧声如洪钟，容貌奇古，两个眸子寒光炯炯，射出二三尺远，知是异人，再三跪求收录。那番僧却力说与他无缘，不能收纳。因怜念他尚有悔道之念，二次用晶球行法视影，命他冥心静观。转眼工夫，相次不见，只有穿云裳霞裙的美女御空飞翔，脚底下的海却变作许多城镇山林，一幕一幕转换。后来飞向一座濒海的山头，看去甚是眼熟，好似以前常游之所。正待往下看去，球上又是一片白雾过去，人物都没了影子，依旧还原，空明无物。番僧道："你想避过雷劫，再享数十年仙福，快去寻那女子，求她携带，便可如愿。"说罢，瞑目入定，再也不见答理。

吴藩无奈，只得拜辞出来。细想那座山头，分明是两年前和申鸾到台湾去采海獭肾，来炼淫药的地方，他原也会许多邪术，便借遁法前去，寻到那座山头，果然与球中景致一般无二。仔细端详好了女子降落之处，地势极险秘，人却不见，只地下有两个土穴，土中生的草木，仿佛新被人连根拔走。有一穴内，还剩下一些断根残须，断处白浆珠凝，尚未干去。沾了点一闻，清香透鼻，猜是两株药草，被那女子新来拔去，刚走不久，可惜来迟一步，错过机缘。正在悔恨欲绝，忽见草丛里有一物闪闪放光。拨草一看，乃是一根簪子，非金非玉，宝光灿烂，映日生辉。知是那女子遗物，不禁又生希冀。隐身石后，守候了一阵，忽听破空之声由远而近，一道青光自天直下。光敛处，现出一个女子，正是球中所见之人，手中拿着两株灵芝，一到便往穴中寻视。吴藩见那女子美如天仙，心更怦怦跳动，诚恐时机稍纵即逝，忙从石后纵将出来，跪在地下，直喊："仙姑垂怜，援救弟子！"来的女子，正是冬秀。目前宫中诸人，个个神通广大，只她一人稍弱。自从奉命出宫，云游了数日，俱无所遇。这日行经台湾上空，见下面景物甚美，随意降落，下来游览，无心发现两株灵芝，因是稀见仙草，打算拔了送回去，再出来寻人。采头一株时，心忙了些，折断了许多根须。恐泄了灵气，便将头上一股碧瑶簪拔下，掘那第二株，连根拔起，完好无缺。心中一喜，匆匆飞行，那股簪儿却遗落草内。中途想起，返回寻找不见，正在可惜，忽听身后有人走动，纵出一个十七八岁的少年，装束华贵，丰神丽秀，手捧遗簪，跪在地上，苦求收录。冬秀见这少年根骨仿佛不差，加上拾宝不取，在此守候，更见得是个有心人。愈发心喜，把他看中。唤起身来，一问经过，彼此俱符所望，一拍即合。吴藩父母双亡，亲族早已鄙弃，一听紫云宫仙景无边，还有许多仙女，早已神飞，顿萌故念。虽然家中还有姬妾财产甚多，哪里值得留恋。这等人原无天良，径直随了冬秀，往紫云宫飞去。

另一个男的，是个幼童，不啻西山中山民之子，姓龙名唤力子。生具畸形，头扁而小，凹鼻上掀，两眉当中多生着一只眼睛，两手六指并生，一般长短。因为相貌古怪，一下地便能言语，父母当他是个妖怪，扔在山沟里去喂虎狼。那山中的虎见了，不但不伤他，反拿乳去喂。到了五六岁时，忽然在山中路遇他的父母为群兽所围，这孩子本具灵性，虽只生时一面，却还记得他父母模样，当下打散群兽，救了出来。他父母也还记得他的异相，他又身量不高，一见便认出是自己儿子。因为他不为虎狼所伤，那般勇猛，上下树抄峰峦，疾如飞鸟，又把他当天神降世，便要带回家去抚养。谁知孩子自幼生长荒山，性子极野，家中居不多日，讨厌四外山人礼拜看望的烦嚣，仍逃了出来。可是天性极厚，每隔些日，总要采打些山果送回家去，看望父母一回。留却留他不住，他父母也没奈他何。到第三年上这日，他又回家省亲时，他父母俱都不在。一问邻人，才知他父母出外贩货，为隔山野猓所杀，尸骨无存。他也不哭，强逼那邻人领路，到了隔山，仗着身轻力大，连杀了许多野猓。他父母的仇人为他打死，还不肯走，定要把野猓杀完才罢。野猓众多，后来见上去一个死一个，才害怕逃走。一则没有他跑得快，二则性蠢，逃起来是一窝蜂，不知分散四逃。后来被他追入一个两面峭壁千丈，只有一条窄沟，越发无法逃躲。他跳入野猱丛中,小手一抓,就是一个。抓到手内,连身跃起,先用五指,往胸间一戳,弄死之后,再随手掷向危崖之上,打得鲜血四溅,脑浆迸裂,尸横地上。又如法炮制,再去抓第二个。这最后一群百十个野猱,被他打得好似落花流水一般。

第一五四回

珍重故人情　碧海黄泉寻旧侣
深衔前世恨　洪炉宝鼎炼神沙

龙力子正杀得起劲，恰值慧珠从空中路过，见下面一条窄山沟里，许多野猱在拥挤践踏，内中一个怪眉怪眼的小孩，看年纪不过六七岁，不时飞入野猱丛，手一起，便抓了一个，掷向崖壁之上，死于非命。慧珠生性仁慈，暗想："这孩子小小年纪，怎地这般歹毒？"先本想惩治他，便将剑光往下一坐，落了下去，抓着那孩子颈皮，飞身而上，到了无人之处降下，问他何故如此狠毒。那孩子见神人把他凌空抓走，直上青曼，已吓得哭了出来。及至落地一看，乃是一个从未见过、浑身华美的仙女，便跪在地下，结结巴巴哭诉报仇经过。慧珠看出他天生异禀，根骨非凡，知是可造之材，便和他说明，带回宫内。

还有一个少女，名唤金萍，原是一个异派中女仙弟子，在相宝山古洞中随师修炼。这日因师父出外云游，一去不归，正在崖前闲眺，遇见二凤，把她收伏回来。

这五个少年男女，虽然本领不齐，个个资禀特异，只须略加教练，便可使用。初凤先时只见了一面，认为中选，除蓉波由自己去调养教练外，余人俱命金须奴等一人带了一个，去传授道法，先并不觉有异。等到过了些日，众人复命，所教诸人，已能奉命行事。初凤升殿考询分派职司，才看出金须奴所收的韦容，虽是道童打扮，不但一身仙风道骨，与众不同，而且道行法术，俱有根底，所学也是玄门一派，已有散仙之分，怎会降格相从，来做旁门散仙的弟子臣仆？难保不有别的用意。再一细问金须奴收他时情形，除了全出本人自愿外，并没有丝毫其他破绽。一则因为神沙采集齐备，急待升火祭炼，需人之际；二则估量韦容纵有异图，也绝非宫中诸人对手。所以只是暗中留了一份心,表面上也未显出,仍然照旧分派职司。为求快些,那炼沙的鼎已添成九座,每个俱都大有亩许,按九宫八卦,分立在宫苑后面,通甬道广场之上。便命金须奴看守那座中央主鼎;慧珠、二凤、三凤、冬秀四人分守坎、离、震、兑四门;韦容守西北方乾门,蓉波守西南面坤门,龙力子守东北方艮门;又从原来宫中执事诸人中派出一个名唤许芳的守东南方巽门。还选出一男一女两个,女名赵铁娘,是个石女,自幼出家,隐居深山为尼,与慧珠原本相识,慧珠回宫以后,方才引进。男的名唤黄风。俱是初凤得意爱的弟子,分任送沙入鼎之役。铁娘在宫中,专任炼丹,此时本来闲着。只把新收下的两个少年男女,去代了许芳和黄风的职司,便即分派停当。初凤领了众人就位之后,又嘱咐一番话,走向九鼎后面的太极主坛之上,命赵铁娘与黄风手持引沙法铲,分侍两旁,然后端坐行法。过有个把时辰,初凤运用玄功,将手朝着二凤所守的高宫位上一扬,离宫鼎内便飞起一团酒杯大小的火星飞舞空中,光焰摇摇,升沉不定。初凤口中念念有词,一口真气喷将出去,将手一指,道一声:"疾!"那团火光便似花炮一般,忽然爆散开来,化成九颗弹丸大小的火光,投向九鼎之内,立时鼎中火焰熊熊,九鼎同时火发。这时初凤口中诵咒越急,又将头发披散,倒立旋转了一阵,倏地回到位上,瞋目大喝一声,将手一挥。铁娘、黄风早有准备,手持法铲,分朝两旁早经设备的沙库铲了一下,然后朝着九鼎遥遥一送。那库中的沙便似一红一黑两道长虹一般飞起,到了鼎的上面。再经初凤行法一指,仍和那火一般,各自分化九股,分注鼎内。赵、黄二人随着持铲连连挥送那阴阳二沙,也只管往炉中注入,若决江河,滔滔不绝。那鼎原是初凤采那海底万年精铁,用法术制成,形式奇异,共有三口,一口注火,一口注沙,一口出沙。炼到第七口了时,所有的沙业已炼成合用。初凤早下了法坛,带了预先派定的二十门下弟子,驱遣魔神,将先前甬道毁去,将新沙从出口行法引出,另行筑就。那出口的沙已成了一种光华灿烂的沙浆,从九鼎口中分九股流出,直注甬道之内。这一面随着初凤法术禁制,往前兴筑。那一面的沙,依旧由刘、黄二人分注入鼎,新旧更替。

只四十九日工夫,这长有千里的甬道,居然筑成。众人个个尽职,毫无差错,初凤等自是欣喜。细察韦容,除对蓉波一人似乎比其他同门稍觉关心外，别的并无差错，渐渐消了疑虑，反倒格外宠信起来。其实那韦容并非真名，所有事迹全是捏造。此来既非投师，也非爱慕海底奇景、贝阙仙景，更不是像初凤所疑的避甚厉害仇敌，乃是为了陆蓉波而来。此人便是前文所说陆蓉波感石怀孕以前所交的好友，即南海聚萍岛白石洞散仙凌虚子崔海客的门下弟子紫府金童杨鲤。那年随了师父和师兄虞重，在莽苍山兔儿崖玄霜洞与蓉波订交，感情十分莫逆。盘桓没有多日，便因聚萍岛中出了神鳄，甚是猖獗，崔海客留守的两个门徒连与它相持数日，制它不了，特地分出一人，将他师徒追了回去。彼时正当和蓉波俱因误啖淫药合欢莲昏迷过去，虽然先后醒转，蓉波业已感石有孕。他师徒走后没有多日，蓉波便遭陆敏疑忌，定要飞剑斩她，以清门户。多亏极乐真人灵符解救，才得逃入石中，保全性命。那快活村主陆敏，也奉师命，前往北海冰解。杨鲤先并不知自己走后，发生许多事故。这一次出游，承蓉波指点了玄门奥旨。回岛以后，师徒合力，斩了神鳄。又参以师父所传心法，日夕勤苦用功，他的资禀原好，不消多年，道行大为精进。这年崔海客考验众门人道法，看出他所学有异，一问原因，才知是出于蓉波指点，笑对杨鲤道：“你陆师姊所学，乃是她师祖极乐真人李静虚的传授。你虽只得了一些皮毛，已是得益不少。不过玄门正宗，内外功行并重，不比我们岛屿散仙，随心所欲，自由自在。你资质本在众门人之上，既然遇此机缘，或者天仙有望，也说不定。你陆师伯乃极乐真人弟子，所学必定渊深。莫如日内径拿我的书信，前往兔儿崖玄霜洞求他指引。他昔日见你资质本甚期许，又重我的情面，想必不致吝于传授，岂非比他女儿口头略微指点胜强十倍？等到得了真传，再去修炼外功，前途何可逆料？"杨鲤本就时常想起蓉波指点和相待之德，此行正是两全其美。

过不多日，便禀明了师父，径往莽苍山飞去。到了一看，古洞云横，峭崖苔合，旧梦前尘，宛然犹在。只是陆敏父女不知去向，寻遍了玄霜洞内外，始终寻不出一丝迹兆。想起陆蓉波昔时曾对自己说过，陆敏最爱莽苍山景物清奇，除非数百年以后功行圆满，成道飞升，绝不会迁居别处。还叫自己时常前去盘桓。如果出外云游，也定以信香相报，以免徒劳跋涉。如有机缘，还要到聚萍岛一游。因此还以为他父女定是出外云游，终须归来。及至细一寻思，陆敏已有半仙之分，纵然出外云游，自己的洞府岂有置之不理,丝毫未用法术封锁,一任它污积尘封之理,断定不是迁居,便是出了别的事故。只得惘然回转海岛,和师父说知。崔海客一听,便知有异。再一细问洞中情况,越知不妙,暗忖:"陆敏与自己虽是新交,却极为投契。何况他又说玄霜洞隐居,虽是心爱那里景物,主要还是为了奉有师命,怎会随便迁居?目前各异派甚是势盛,莫非有人与他为难,朋友义重,不知便罢,既已看出有疑,好歹也须查出他的下落才罢。"又加上杨鲤再三怂恿,便用小衍神数,测地参天,因物测象,潜心运神,默察来往。经过三日研究搜讨,方始洞彻前因。便把蓉波误服淫药,在灵石上酣卧,感而有孕,陆敏不察,以为她和杨鲤有了私情,定要置之死地,多亏极乐真人预赐灵符,蓉波方得逃入石壁之中活命。同时陆敏也奉了极乐真人遗柬,往北海冰解成道,并知女儿实是冤枉,悔已无及。陆敏去后,蓉波便在石中参修,现已生下一子,还有十数年,方能炼成婴儿,脱体飞升等语,对杨鲤说了一遍。杨鲤闻言,想起蓉波相待之厚,是自己误采毒草,才害她受此苦楚,越想越觉对她不住。又听崔海客说,蓉波如今出来,险难甚多,极乐真人命她石中潜修,也为避祸,壁上封锁,功用神奇,不到时候,纵是天上神仙,也无法打破。此时前往助她脱身,反是无益有损。思来想去,除了等她到日自开外,绝难相见,只得仍在岛中苦修,静等石开之日前往。

驹光易逝,不觉十有余年。屈指一算时日,已离蓉波飞升之期不远。满拟前往见上一面,就便帮助她飞升,以报当日之德。当下禀明师父,直往莽苍山兔儿崖飞去。行至中途,忽然看见下面山谷中法宝剑光飞舞,有本门中人在内。仔细一看,竟是师兄虞重,和一个师父当年的仇敌拼死相持,义无袖手之理。何况距离莽苍只有一半途程,几个时辰之内便可到达。蓉波破壁飞升,还有两日工夫,迟一点也不至于误事,便飞身落下相助。谁知那仇敌甚是厉害,一连厮拼了好几天,虞、杨二人虽未受着伤害,人已被妖法困住。杨鲤斗得神疲力倦,只是脱身不得。正在危急之间,忽然一个大霹雳,带着一片金光,自天直下,将敌人惊走,现出一个仪容美秀的绛衣少年。一见面,对杨鲤道:"二十余年前我受极乐真人之托,来此助你一臂。陆蓉波与你,还有一段尘缘未了,现有柬帖两封:第一封即时避人,可以开看;另一封外面标明时日,到日自有灵验。务须照柬行事,不可大意。"说罢,也未容虞、杨二人答话相谢,一片金光,夹着轰隆隆之声飞起，转眼没入云层之中，不知去向。

杨鲤送走虞重，打开一看，才知自己此番途中耽搁，业已过了蓉波飞升之期，蓉波现为魔宫中人劫走。又说此去兔儿崖，如遇一姓金少年，只须设词随他同去，便可相见，日后相机助她脱离魔窟等语。杨鲤看完，好生焦急，暗忖："又是自己来迟，害她遭难。既有仙示，好歹上天入地，也须寻去相助。"恐又错过机会，连忙赶往兔儿崖。恰巧遇着金须奴，仗着胸有成竹，居然用一套言语将金须奴哄信，引他入宫。其实金须奴先见银光，乃是石生驾剑光出游，见有生人追来，早已躲向旁处，并非杨鲤。偏巧杨鲤剑光与石生的虽有上下之分，颜色却大略相似。金须奴一时疏忽，将杨鲤引进，以致日后私放石生，倒反紫云宫，闹出许多事变。这且不提。

杨鲤因是为了蓉波而来，特地改名韦容，隐起真姓名，以免人家搜探根底。到了宫中不久，果然见着蓉波，不禁悲喜交集。只苦初去不久，一切谨慎，不能速然说话罢了。蓉波他乡遇故，又是当年良友，虽然有些惊异，并不知是为了她而来，还以为凌虚子原是散仙，所学介乎邪正之间，杨鲤是他门下弟子，自然容易与宫中诸人接近，投入门下，原在意中。因为初受切身之痛，反而有些鄙薄。见杨鲤未先朝她招呼，也就置之不理。及至炼沙时节，分派众人执事，一听初凤把他唤作韦容，心想："当年曾与杨鲤在莽苍山兔儿崖盘桓多日，相貌声音，宛然如昨，凭自己目力，万万不会误认，怎么好端端地改了名姓？"正在寻思，忽听金须奴对初凤说："这新来诸人，只有韦容等三人可胜重任。"知道杨鲤也是新来不久，再一想到他改的姓名，竟有一字与自己之名声音相同，好似含有深意，这才恍然大悟，"韦容"乃"为蓉"之意，不禁偷偷看了杨鲤一眼。偏巧杨鲤觑着众人在殿上分派问答，朝她偷看，彼此都机警异常，略微以目示意，便都明白，当时就装作陌生人模样。直到初凤炼完神沙，筑成甬道之路，吩咐全宫中人与新来五人互相见礼，又过了些时，故作日久互熟，闲来常共盘桓，才抽空彼此说了经过。二人共了患难，交情自然更深一层。蓉波连用宫中贞水、灵药，身体早已坚凝，只是形体比起常人要小得多。日子一久，知道元神受了魔法禁制，难以脱身，先时甚为忧急。后来细察宫中诸人，在上几个虽是法力高强，一个胜似一个，但俱都入了魔道，绝非仙家本色。初凤、慧珠人较正直，可惜入了旁门，纵有海底密宫藏身，未必灾劫到来便能避免。只金须奴未习那天魔秘笈，没有邪气而已。下面更是除龙力子一人还可造就外，余人不是迷途难返，便是根浅福薄，俱非成器之流。有时潜神反视，默察未来，竟觉出祸变之来，如在眉睫。加以宫中如三凤、冬秀等人，虽因初凤也看出不久必有事变，禁止出宫，但自从神沙甬道筑成以后，愈发骄恣狂傲，料定她们运数不能长久。可是自己元神暗受禁制，如不事先设法盗出，一旦出了乱子，纵未必玉石俱焚，于自己二次飞升终是阻碍。几次避人和杨鲤商议，打算预为布置，时机一到，便下手先将元命牌盗走。无奈初凤行法术之所，有极厉害的魔法层层封锁，漫说外人无法擅入一步，便是二凤姊妹不曾奉命，一样不许妄自行近。也不知晓元命牌是否就藏在殿中，一个画虎不成，立时永堕沉沦，哪敢丝毫大意。只得除了应尽职司外，无事时尽力潜修，以待机会，心中焦急也是无法。

那龙力子原具宿根，自从到了宫中，虽然随着众人学习魔法，但他偏以为蓉波、杨鲤所学的道法剑术是他心爱，每见二人无事练习时，便再三恳求传授。二人因宫中规章并不禁止私相传授，便也乐于指点。那龙力子看去粗野，却是一点就透，一学便精，只不过正教道法与旁门妙术同时并学，有些驳而不纯罢了。

那初凤见神沙甬道已成，可以倒转八门，随心变化。如发觉有人擅入，只须略展魔法，那一条长及千里的甬道，立刻化成许多阵图，越深入越有无穷妙用。除非来人有通天彻地本领、金刚不坏之身，还须见机得早，在初入阵时发觉，急速后退，逃离甬道出口百里之外，方可无事；否则也是一样陷入阵内，不能脱身。为了锦上添花，又命金须奴和宫中诸人到处物色珍禽奇兽，驯练好了，来点缀这些阵图。把神兽龙鲛，分派在第三层入阵正门。除头层由门下弟子管领消息外，余下每一层，俱有灵兽仙禽防守。直到快达宫中的五行土阵，才用宫中主要诸人轮流主持。真是到处都是罗网密布，无论仙凡，插翅难飞，哪里把区区仇敌放在心上。金须奴等原有惊人道法，不消多时，一切均已齐备。初凤分配已定，好不心喜。因当初姊妹诸人在外云游，各自结交下几个异派中的朋友，曾约日后来访，一则恐来人误踏危境；二则志得意满，未免自骄，存心人前炫耀，把神沙甬道尽头处那座荒岛，也用法术加了一番整理，遍岛种上瑶草琪花、千年古木，添了不少出奇景致。把岛名也改作迎仙岛，并在出入口上，建了一座延光亭,派了几个宫中仙吏,按日轮值,以迎仙侣。旧日避水牌坊上面的海眼出口,早已用了魔法封锁,除主要诸人外,余人均无法出入。蓉波、杨鲤见了这般情状,哪怕异日就将元命牌盗走,也出不去,何况事属梦想,暗中只叫苦不迭。此时初凤对他二人并无疑念,也曾轮流派二人前往迎仙岛延光亭去接待仙宾。蓉波是因元命牌未得,逃也枉然。杨鲤虽可逃走,却又为了蓉波,死生都要助她同脱罗网,绝不他去。

光阴易过,不觉多时。起初并没有甚人前来岛上拜访初凤姊妹,日子一多,因为金须奴等出外,遇见几个旧日游侣,说了经过,才渐渐传说出去。第一次先来了北海陷空老祖门下大弟子灵威叟,看望了一会儿自去,并无旁事。第二次便是晓月禅师,带了黄山五云步的万妙仙姑许飞娘,慕名前来拜谒。两次都轮着蓉波、杨鲤,分别接引入宫。初凤原本想除三五旧友外,不见别的生人。见晓月禅师与自己不过以前经劫的道友引见,一面之缘,径自带了人来,未免有些不乐。只为晓月禅师名头法力高大,不便得罪,没敢形于辞色罢了。谁知物以类聚,许飞娘一到,首先和二凤、三凤、冬秀三人成了莫逆之交。仗着生就灿花妙舌,论道行本领经历,都是旁门中数一数二的人物,日子稍微一多,连初凤也上了套。她们哪想到许飞娘别有深心,只接连会晤过三四次之后,便把她当成知己。许飞娘早看出她们的心病在最后一劫,时以危言耸听故作忠诚,以便笼络。对于自己和峨眉结仇之事,却从没和初凤提过。把宫中应兴应革,和将来怎生抵御地劫,规划得无微不至。由此宫中首脑诸人,大半对她言听计从。只金须奴觉得此人礼重言甘,处处屈己下人,其中必有深意。也是紫云宫运数将终,二凤平日对于金须奴本敬爱相从,这次偏会和三凤、冬秀做了一路,认为许飞娘是个至交良友。金须奴一连警告了两次,反遭二凤抢白,说他多虑:"休说紫云宫到处天罗地网,与飞娘不过是同道相交,她并未约着做甚歹事,而且将来抵御末劫或者还要仗她相助。大姊是全宫之主,道法须比我高深,她都和飞娘相好,难道还有甚差错?现在大家又不出外,怎会惹出乱子?"金须奴虽被她说得无话可答,可毕竟旁观者清,无论许飞娘怎样工于掩饰,一时没有露出马脚,形迹终觉可疑。暗想:"她原是晓月禅师领来,说是云游路过,因慕海底贝阙珠宫之胜,便道观光。可是晓月禅师到了以后,匆匆辞去,便不再来。此后许飞娘倒成了紫云宫座上嘉客,来得甚勤。同道投契，常共往还，原是常事，不足为异。可是她每次前来，必定托词，不是海外采药，路过相看，便是想起宫中有甚应办之事，前来代为筹措，辞色又做得那般殷勤。这紫云宫僻处寒荒极海，除附近那座迎仙岛和以前发火崩裂的安乐岛外，周围数千里，休说可供仙灵居住的岛屿，就连可以立足的片石寸土也没有。头一次晓月禅师说是云游路过，已不近情，更哪里有甚灵药可采？分明心有诡诈，恐人生疑，欲盖弥彰。"又想起前些年出外云游，闻听人言，各派剑仙正当杀劫，峨眉、五台两派争斗尤烈，仇怨日深一日，这许飞娘正是五台派中能手。便是那晓月禅师，又因与峨眉门下作对，惨败几死。遇见他时，他说尚须修炼数年，方能勉强还原。如今尚未到期，好端端引了飞娘远涉荒岛。蛛丝马迹，在在可以察出他的来意，如非觊觎什么重宝，便是虚心结纳，以为异日报仇之助。虽然宫中戒备森严，众人道法高强，杜门潜修主意业已打定，飞娘未必便是祸根，总非善良种子。大家经了多少困苦艰难，好容易才能享受到这种仙福，多一事不如少一事为妙。见众人俱为飞娘所惑，话说不进去。只慧珠虽然平时惟初凤马首是瞻，但比较聪慧明察，便背人和她一说。慧珠到底前生有了千年宿慧，始终没有忘却禅门根本，不但能运用魔法，而不为魔所扰，反从天书副册魔法真谛中，参悟反证出许多禅门秘奥，一颗心空明莹澈。魔法邪术虽非初凤之比，如论修道根行，已远出众人之上。许飞娘一来，早从静中默悟，知道许多前因后果，众人大半仙福将次享尽，劫运将临。左右不能全数避免，反不如听其自然，免生别的枝节。自己只从旁代他们多种善因，到了紧要关头，再行竭尽全力，相机行事，能救一个是一个。一听金须奴也独见先机，便把自己心事和他一说，并说："初凤以前人甚明白，那部《地阙金章》虽非玄门正宗，也并非旁门邪术，借以修到散仙，却是易事。如今因知天仙难望，劫运难逃，一念之差，专一在魔道上用功，于是道消魔长。一部天书副册虽被她尽穷秘奥，人已入了魔道，性情行事，渐非昔日。自用魔法筑成神沙甬道以后，更与前判如两人，所以易为飞娘所动。此时劝她，定然无效。所幸她慧根未昧，又无积恶，到时当能迷途知返。依我静中观察，除你一人，因三凤嫉妒，未炼魔法，异日当能免劫外，初凤或可幸免，二凤纵遭兵解也能再世，至于三凤、冬秀，难脱罗网。其余宫中诸门下，能转祸为福者，至多三四人而已。目前宫中隐患，岂只飞娘一人？我看不久便要变生肘腋呢。"金须奴惊问道："慧姑既有先见，怎不对三位公主明言？"慧珠道："此乃天数。说也奇怪，难道宫中就你我二人明白？休说初凤，便是三凤她们，也都有了许多年道行，哪一个不有智慧？不过当事则迷，只见一斑。我以前也曾略微提醒，她们竟是充耳不闻。又因祸由自取，以前所为已是大干天条，倘如因我一言再生事端，徒增罪孽，于事仍然无补，何苦之尔！就以我说，如非不忘师门根本，回途得早的话，每次初凤行法，均由我为助，只恐陷溺之深，也不在她们以下呢。"金须奴闻言，轸念忧危，好生惶急。别人不去管他，惟独初凤、二凤两人，一个恩深，一个情重，万一将来有什么不测，自己岂能独生？然而此时劝诫必然不听，说也无益。因此日夜焦思，连素来静止的道心，都被搅乱。这且不提。

许飞娘不久又来紫云宫，给初凤姊妹出主意，劝初凤炼炼颠倒五行大混沌法，以为最后抗劫之用。这颠倒五行大混沌法，乃天书副册末章，以魔炼魔，厉害非常。以前初凤也曾想到，一则因为自己默参运数，将来不是没有生机，这种魔法太已狠毒，没有护法重宝，镇压不住，一个弄巧成拙，反而不美；二则为期尚有五十年，还想另遇机缘，别谋打算，非到事先看出智穷力竭，不肯下手。飞娘几次怂恿，俱未答应。这日恰值三凤和金须奴夫妇，把月儿岛连山大师所遗留的那几件不知用法的宝物俱已炼成，运用自如。别的法宝不说，有那一柄璇光尺，已足供护法镇坛之用。飞娘更以大义责难，说初凤自己将来纵能凭着道力超劫脱险，也不能不给众人预为打算。况且末劫以前，还有许多灾难仇敌，此法一经炼成，岂非万全？二凤、三凤、冬秀三人因是切身利害，也从旁鼓动，说大姊不炼，我们宁犯险难，自行准备。初凤被众人说活了心。因自己学的是魔法，这种法术却专门从禁闭诸大神魔下手，炼时心神微一松懈，反为所乘，故而绝不许别人参与，决定独自在黄晶殿中祭炼三年，把宫中事务交派首脑诸人，按年轮值。

飞娘原因劝说他们与峨眉为敌，初凤定然作梗，好容易才说得她入了圈套，有这三年工夫，尽可设法蛊惑。初凤封殿行法之后，飞娘每一到来，必要留住些日，渐渐谈起目前各派剑仙中，只峨眉派不但猖狂，而且把许多天生灵物，如千年成道的肉芝和红花姥姥遗留的乌风草之类，俱都据为己有。只可惜他们道法高强，心辣手狠，谁也奈何他们不得。否则像那千年成道芝血，得它一点，便可助长五百年道力，众姊妹最后一劫，又何足顾虑呢？说时看出众人有些心羡。于是又说峨眉派专一巧取恶夺，幸而紫云宫深居海底，不能轻入，贝阙珠宫，不为世知，否则宫内有这许多的灵药异宝，早已派人盗取了。飞娘说这一席话，原意只要说动一个，前往峨眉盗取芝血，便不愁两家不成仇敌。谁知三凤等人虽是心贪好动，此时尚能守着初凤之戒，又和峨眉素无嫌隙，虽和飞娘相善，闻言也有些心动，并无出宫之想。飞娘知非三言两语可以如愿，再说反启人疑，只得暂时搁开，以待机会，暗忖："只要我常常来此，反正不怕你们不上钩，何必忙在一时？"便行借故辞去。

又过没多时，正值华山派史南溪同了诸妖人，用风雷烈火攻打凝碧崖飞雷洞，南海双童用地行神法潜入凝碧崖，被擒失陷，不知生死。紧接着便是三英二云相见，紫郢、青索双剑连璧，大破烈火阵。飞娘毁灭峨眉根本重地之策又复失败，反死伤了好些羽翼。正自忿怒，猛想起南海双童乃甄海之子，与紫云三女有不共戴天之仇。峨眉虽然好戮异派，对于素无恶名又有那么好根质的南海双童，绝不至于杀害，已经收归门下也说不定。利用这番揣度，前往紫云游说诸人，岂非绝妙？当下忙即飞往迎仙岛，由神沙甬道内见了二凤等人，说是果然不出以前所料，峨眉派因闻人言紫云宫有许多灵药异宝，知道南海双童是诸位仇人，特地擒了不杀，反而收归门下，意欲借他地行神法，前来盗宝，并派能手助他报当年父母之仇。自己闻信赶来，诸位须要做一准备。三凤听了，首先冷笑道："我这紫云宫，胜似天罗地网，海面入口已经封锁。这神沙甬道，看去那么富丽辉煌，却能随心变幻，有无穷妙用。起初我本要往南海寻他们斩草除根，大姊却说人子欲报父仇，乃是应有之义，随他去吧。便是筑这神沙甬道，起因也半是为了成全这两个孽种的孝思，不愿伤他们性命，使其到此，知难而退。等他们来时，自然叫他们知道厉害，理他们作甚？"飞娘见众人仍打的是以逸待劳主意，不肯轻易出宫，不再勉强往下游说，少留数日，便又辞去。

飞娘来时，所说这一番话，原是凭着己意揣度，姑妄言之，不想竟然被她料了个大同小异。而异日情节之重大，更是彼甚于此。当她走未三日，奉派到迎仙岛神沙甬道口外把守的，正轮着那吴藩。论他道力，原本不够。

只因他善于趋承人意，心虽怀着叵测，面上极为端谨，冬秀最是喜他。又经他几次请求，才命他随班轮值，此来尚系初次。在他以前轮值的，恰是杨鲤，平时见他身带邪气，常与冬秀鬼头鬼脑说话，本就看不起他。一见是他前来接班，自己与蓉波又失了一个私谈片刻的机会，好生烦恼，便含怒问道："你来此接班，可识得神沙甬道的奥妙么？莫要求荣反辱，误蹈危机，丧了性命。我看你还是以后和冬姑说，另谋别的职司吧。"吴藩原因迎仙岛上这两年来移植了许多奇花异卉，内中恰有一种最毒的淫药，名叫醉仙娥的，当年申鸾未死时，常听说起，乃求而未得之物。当初三凤从天山博克大坂经过，无心中发现此草，爱它花大如盆，千蕊丛合，暮紫朝红，颜色奇丽，也不知它的来历，径自移植回来。被金须奴看见，识得此草来历，说与初凤，本想断绝根株，三凤执意不允，才得保留。吴藩自闻岛上有此淫药，知道如能到手，配合别的淫草毒物，炼成丹散，不论仙凡，只被用上，不怕他不丧志迷心，此来别有深意。一听杨鲤说话，意存藐视；杨、陆二人情好，又早被他看在眼里。不过他为人城府极深，心中虽然怀恨，表面上却不显出，反装出一脸笑容道："小弟明知防守此亭之事，虽然职守是送往迎来，接待仙宾，如有外敌来此，便须引他进入神沙甬道。仙阵神沙，奥妙无穷，稍一不慎，形魂消逝，责任何等重大。无奈冬姑和二、三两位公主之命，怎敢不遵？说不得，只好谨慎小心，勉为其难。师兄道法高强，又在此防守过多日，一切还望指教才好。"杨鲤见他目光闪烁，看透他口甜心苦，不愿多答理，冷笑了一声道："既是她们三位之命，想必能以胜任。我还不是和你一样，有甚可以指教？"说罢，径直飞身回去。

第一五五回　友谊更亲情　玉雪仙童双入海
　　　　　　　淫娃换姹女　迢遥甬道迭传言

吴藩见杨鲤如此待他，越发忿恨，杨鲤一走，便骂道："你这小狗贼！谁还不知你和姓陆的贱婢鬼鬼祟祟？却在我面前大模大样，这等欺人太甚。早晚犯在我手里时，你两个休想活命！"骂了一阵，便去寻觅那淫药醉仙娥。谁知此草自从移植岛上，初凤因把守迎仙岛的都是宫中后辈，法力有限，万一被外人知道，前来盗走，岂非不美？早用魔法禁闭。除首脑诸人和指名观赏的仙侣外，莫说采了，看都休想看它一眼，吴藩如何能寻得到？海面上不似宫中终年常昼，吴藩费尽心力，遍搜全岛，哪有醉仙娥的影子。过了一会儿，天色向暮，一轮红日，渐渐低及海面。平波万里，一望无涯，只有无数飞鱼、海鸥穿波飞翔，涛声哗哗，更没停歇。吴藩所求不遂，心里烦闷，对着当前妙景，也无心肠欣赏。正在无聊，忽见西北方天空中似有一点霞影移动。就在这微一回顾之间，还没转过头去，一幢五色彩云疾如星飞电掣，已从来路上凭空飞坠。刚在惊异，亭前彩云敛处，现出两个英姿俊美的仙童。一个年纪较长的，手中拿着一封书信，上前说道："借问道友，这里是通海底紫云宫的仙岛么？"吴藩却也识货，见这两个仙童年纪虽轻，道行并非寻常，当是宫中首脑诸人的朋友，忙躬身答道："此处迎仙岛，正是紫云宫的门户。在下吴藩，奉了三位公主之命，在这延光亭内迎接仙宾。但不知二位上仙尊姓高名，仙乡何处，要见哪位仙姑？请说出来，待在下朝前引路，先去见过金须道长，便可入内了。"那为首仙童答道："我名金蝉，这是我兄弟石生。家住峨眉山凝碧崖太元洞内。现奉掌教师尊乾坤正气妙一真人之命，带了一封书信，来见此地三位公主。如蒙接引，感谢不尽。"石生方要张口询问乃母蓉波可在宫内，金蝉忙使眼色止住。吴藩一听是峨眉门下,正是以前杀死师父申鸾的仇敌,心中老大不愿。无奈来得日浅,摸不清来人和三女交情厚薄,不敢过于怠慢,便说:"二位暂候,容我通禀。"说罢,走向亭中,也不知使了什么法术,一团五色彩烟一闪,立时现出一条有十丈宽大、光华灿烂的道路,吴藩人却不见。石生问道:"我好久不见母亲的面,便是醉师叔也说是到了宫中,请母亲带去引见三位公主,哥哥怎不许我问呢?"金蝉道:"你真老实。行时李师叔曾命我等见机行事。你想伯母以前原是炼就婴儿脱体飞升,应是天仙之分。如今去给旁门散仙服役,其中必有缘故。起先我也想先见伯母求她引见,适才见吴藩那厮带着一身邪气,以此看来,宫中绝无好人。便是伯母,也如当年家母所说,成道元婴,往往因为外功不曾圆满,易受外魔侵害一样,飞升时节,被他们用邪法禁制也说不定。醉师叔原说,如能找着伯母,才托她代求。如今怕母未见,私话说不成了。先见这种旁门异类,岂可随意出口?反正紫云三女如看重师父情面,留异日余地,允借天一贞水,那时客客气气请见伯母多好。否则我们来去光明,她门下中人已知来意,也无从隐瞒,反不如不说出伯母,或许事到难时,多一助手。"石生闻言,方始省悟。只为母亲飞升,时萦孺慕,只说人间天上,后会无期,不想却能在此相晤,恨不得早进宫去相见,才称心意。偏偏吴藩一去好久,便不出来。二人起初守着客礼,还不肯轻入。及至等到红日匿影,平波日上,仍无动静,二人俱是一般心急。正商量用法宝隐身而入,忽见甬道内一道光华飞射出来,到了口外,现出一个比石生还矮的少女,满身仙气,神仪内莹,比起刚才吴藩,大有天渊之别。金蝉方诧异原来宫中也有正人,未及问询,石生业已走上前去,抱着那女子,跪下痛哭起来。这才明白,来人乃是石生母亲陆蓉波,无怪身材这般小法。忙也上前跪下行礼。

蓉波一见金蝉,又与石生同来,想起师祖极乐真人仙示,料是金蝉,连忙挽起说道:"你二人来意,我已尽知。如今宫中情势大变,你二人此来成败难测。所幸这时该我轮值,宫中首要诸人正在炼宝行法,不许惊动。那先前值班的吴藩找不着金须奴,因是初次,不知如何处置才好,和我商量。我一听你二人来了,吓了一大跳。这神沙甬道,何等厉害,连我算是他们自己人,其中变化也不过略知一二,岂是可以轻涉的?恰好轮值时辰将到,我便绕了过来。以前大公主初凤未受许飞娘蛊惑,有峨眉掌教真人书信，还可有望。如今她闭殿行法，许久不出。余人除二凤的丈夫金须奴略能分出邪正外，俱与许飞娘情感莫逆，怎肯随便将宫中至宝送人？不过掌教真人既有飞剑传书，想必成功终是应在你二人身上。我看险难仍不在少，绝非容易到手，我们只好量力行事便了。这神沙甬道内，有四十九个阵图，变化无穷。其中奥妙虽不尽知，不过魔由心生，因人起意，而起幻象。你二人万一遇险，只把心神拿定，息虑定神，以阻内魔，一面用自己法宝以御外魔，当能少受侵害。如今事机已迫，几个宫中首要行法将完。我仍装作不知，拿了这封书信，前去回禀，他们如愿相见，再来唤你二人进去；事如不济，还有一位道友名唤杨鲤的，也为助我，投身宫内，均做你二人内应。"说罢，又将甬道中许多机密尽知道的详说一遍，再三嘱咐谨慎行事。然后拿了书信，匆匆往宫内飞去。蓉波去后，二人便在迎仙岛延光亭内静候回音。

头一次吴藩入内时，暗将第一层阵法开动，以防二人入内，看去里面光华乱闪。及至蓉波入内，因恐二人年幼无知，妄蹈危境，便就自己法力所及，将阵法止住。谁知这一来，反倒害了二人，几乎葬身其内。原来这神沙甬道中各种阵法奇正相生，互为反应。奉命把守的人，魔法操纵仅能个人自己出入。虽然初凤为省事起见，略传了众人一些应用之法，以备寻常外敌侵入，可由众人随便发付，其中玄妙，大半茫然。蓉波、杨鲤因为本来道行深厚，所知较多，也不过十之二三，比起吴藩差胜一筹罢了。起初金蝉、石生见甬道内光华乱闪，随时变幻，连金蝉那一双慧眼，都看它不真，还不敢轻易涉险。及至蓉波将阵法止住，看上去清清楚楚，只是一条其深莫测、五色金沙筑成的甬道，看出去十余里光景，目光便被弯曲处阻住，别无他物。加上蓉波也传了出入之法，不由便存了侥幸之心。这阵法是动实静，是静实动，一层层互为虚实。如将头层阵法开动，至多不过闯不进去，即使误入，也比较易于脱险。这头层阵法一经止住，从第二层起，俱能自为发动，有无限危机。此后越深入，越不易脱身。二人哪里知道。

那甬道虽然能缩能伸，毕竟长有千里，往返需时。第一次吴藩入内，二人在外面等了许多时候，已是不耐。这时蓉波一进去，又是好些时没有回音。金蝉首先说道："目前掌教师尊快要回山，五府行将开辟，有不少新奇事儿发生。还有同门中许多新知旧好,也要来到。我们正是热闹有兴的时候,偏巧我二人奉命来此取那天一贞水,如取不回去,岂不叫众同门看轻么?"石生答道:"天下事不知底细,便觉厉害。我自幼随家母修道,除日浅外,所有道法本领,俱都得了传授。我母亲既能打此出入,又说出其中玄妙,我想此行并非难事。好便好,不好,飞入宫中,盗了便走,愁它怎的?倒是取水还在其次,我母亲禁闭石中,苦修多年,好容易脱体飞升,无端被这三个魔女困陷在此,还坏了道行。她好好将水给了我们,还看在师尊金面,只将母亲救了同走;否则我和她亲仇不共戴天,饶她才怪呢!"金蝉道:"话不是如此说。伯母已经脱体飞升,忽遭此厄。虽说道家婴儿将成之际,定有外魔阻挠,不过事前都有严防,受害者极少。这回被难,伯母匆匆没有提到此事。旁门行为,阴毒险辣,以前绿袍老祖对待辛辰子,便是前车之鉴,你我不可造次。"石生虽听劝说,但念母情切,终是满腹悲苦。又过了个把时辰。二人哪知蓉波因宫中诸首要仍在行法未完,不便擅动,渐渐越等越心烦起来。石生道:"甬道机密,母亲已说了大概,想必不过如此。我们有弥尘幡、天遁镜、两界牌这些宝物,我又能穿石飞行,即使不济,难道这沙比石还坚固?我们何不悄悄下去,照母亲所说走法,潜入宫中?她们如肯借水,就是我们擅自入内,必不会怪。还叫她们看看峨眉门下本领,向她们借,乃是客气。她们如不肯,此时入内,正可乘其无备。岂不是好?"金蝉近来多经事故,虽较以前持重,一则石生之言不为无理;二则弥尘幡瞬息千里,所向无敌;又盼早些将天一贞水取回,好与诸位久别同门聚首,略一寻思,便即应允。二人先商量了一阵,彼此联合一处,无论遇何阻隔,俱不离开一步,以便万一遇变,便可脱身。

一切准备停当,金蝉先打算驾着弥尘幡下去,又因那幡飞起来是一幢彩云,疾如电逝,恐蓉波出来彼此错过,误了事机,仍同驾飞剑遁光入内。进有十余里远近,二人一路留神,见那甬道甚是宽大,除四壁金沙,彩色变幻不定,光华耀目以外,并无别的异况,俱猜蓉波入内时,已将阵法闭住,愈发放心前进。遁光迅速,不一会儿穿过头层阵图。二人正在加紧飞行之间,猛见前面彩云激溅,冒起千百层光圈,流辉幻彩,阻住去路。因听蓉波说过,那是头层阵图煞尾和二层阵图交界之处,如遇这种现象,外人极难冲过。强自穿入,甬道神沙便会自然合拢,将人困住,不能脱身。

只要穿过这一层难关，余下诸层，每七层阵图合为一体，首尾相应，奇正相生，另有宫中首要主持发动，又各有恶禽毒兽防守助威。如要不去惊动，径照蓉波出入之法，照准甬道中心飞行穿入，如无别的深奥变化，便可直达宫中。当下二人联合，将剑光护住全身，直往彩光中穿去。二人飞剑俱是玄门至宝，那头层神沙竟未将他们阻住。二人只微觉一阵周身沉重，似千万斤东西压上身来，忙即运用玄功，略一支持，便穿越过去。身子刚觉一轻，便见前面又变了一番景象：上下四方，大有百丈，比起头层，固是大出数倍。中间还按日月五星方位，挺立着七根玉柱，根根到顶。当中一根主柱，周围大有丈许。其余六根，大小不一，最小的也有两抱粗细，看去甚是雄伟庄严。再衬着四外五色沙壁，光华变幻，更觉绚丽无比，耀目生花。柱后面阴森森，望不到底，邪雾沉沉。这种景象，却未听蓉波说过。若照往日，金蝉早已穿柱而进。因为来时髯仙等诸前辈再三告诫宫中魔法厉害，尤其这神沙甬道，经紫云三女费过无限心力而成，非同小可。这七根玉柱，按七星位置设立，其中必有奥妙。适才蓉波虽略谈阵中秘奥，只是尽其所知而言，以备万一遇上，知所趋避，而她所知不过十之二三。行时又再三嘱咐谨慎行事，不是万不得已，不可妄入，不可造次。便止住石生，暂缓前进，踌躇起来。

原来这神沙甬道，自从筑成以后，并无人来侵犯。纵有来宾到此，经人与第三层轮值的主持人一禀报，早将甬道全阵停止。因为从未出事，防守的人只知佩着穿行神符，照所传寻常出入之法来往，不但没有险阻，而且除全甬道许多奇景，什么都看不见。这次蓉波因防二人误入，特将阵法闭住，以为那头二层交界处的沙障，可以阻住二人前进，到此便可知难而退，不料二人竟然冲进。若照往日，这第三层原有一个首要人物在此防守主持。自从初凤闭殿炼法以后，二凤、三凤往往擅改规章，许多事都不按预定方略。偏巧后两日是紫云三女降生之时，到时飞娘和几个旁门中好友俱要前来庆祝。仗着甬道厉害，无须如此时时戒备。敌人越深入，越易被擒，纵任他进来，也不足为虑。特地先数日由三凤发起，聚集宫中诸首要，各炼一种幻法，准备明日娱宾之用，就便人前显耀，所以无人在此。也是二人命不该绝，才有这等巧遇。可是那二层入口的沙障，乃全阵门户，此障一破，全甬道四十九个阵图，全都自然发动。

二人哪知其中奥妙，商量了一阵，石生力主前进。金蝉因蓉波一去不回，比吴藩去的时刻还久得多，说不定机密业已被人看破，不再放她出来。再退出去，又要经过那层彩障，白费许多心力。想了想，雄心顿起，决计涉险前进，不再反顾。那七根玉柱，却静荡荡地立在那里，不知敌人用意，恐有闪失，便将弥尘幡取出备用，与石生同驾剑光，试探前进。刚刚飞过第一根玉柱，忽见一片极强烈的银光，从对面照将过来，射得石生眼花缭乱，耀目生光。金蝉圆睁慧眼，定睛一看，头一排参差列立的两根玉柱，已经消失。一条虎面龙须似龙非龙的怪物，借着光华隐身，从甬道下端张牙舞爪飞将上来，朝那最末一根玉柱扑去。龙爪起处，那根玉柱又闪出一片最强烈的紫光，不知去向。同时便觉身上一阵奇冷刺骨，连打了几个寒噤。猛一眼瞥见石生被那紫光一照，竟成了个玻璃人儿，脏腑通明，身体只剩了一副骨架，与骷髅差不许多。才知道这七根玉柱幻化的光华，能够销形毁骨，不由大吃一惊。说时迟，那时快，就这转眼工夫，那怪物又朝余下的几根玉柱扑去。每根相隔约有数十丈远近，怪物爪起处，又是一根玉柱化去，一道黄光一闪，二人便觉身上奇冷之中杂以奇痒。眼看危机已迫，金蝉暗忖："这七根玉柱不破，进退都难。"索性一不做、二不休，把心一横，忙取天遁镜往前一照，回腕抱住石生，运用玄功，一口真气喷将出去，霹雳双剑化作一红一紫两道光华，一道直取怪物，一道径往那巍立当中最大的一根玉柱飞去。同时左手弥尘幡展动，便要往前飞遁。这时石生也将身带法宝取出，许多奇珍异宝同时发动，百丈金霞中夹着彩云剑光，虹飞电掣，休说龙鲛不是对手，便是那神沙炼成的七煞神柱，也禁受不住。金光霞彩纷纷腾跃中，金蝉、石生二人刚刚飞起，还在惊慌，不知能否脱险，忽听一声怪啸，前面怪物已往地下钻去。当中那根玉柱被二人飞剑相次绕到，立刻化成一堆五色散沙，倒坍下来。

第一五六回　久候寂无音　初探紫云穿秘甬
　　　　　　　深攻同陷阵　频摧玉柱斩灵鲛

　　主柱一破，其余六根被天遁镜和二人的剑光乱照乱绕，也都失了功效，纷纷散落。此时金蝉、石生业已飞越过去，一见奏功，忙即收了法宝飞剑。停身一看，光华尽灭，身上寒痒立止，七根玉柱已变成了七堆五色金沙，怪物已钻入地底逃走，地下却断着一截龙爪。一问石生，除先前和自己一样，感觉周身疼痒外，别无异状，才放了心。一看前途，尽是阴森森的，迥非来路光明景象，知道越往前进，其势越险。但是已经破了人家阵法，伤了守阵异兽，势成骑虎，欲罢不能，除了前进，更无后退之理。当下便和石生照蓉波所说，用法宝护身，照着中央的路往前深入。二人不知阵势业已发动，蓉波此时不奉命怎会出来？仍恐彼此途中错过，不到万分危急，不施展弥尘幡。虽然这一来有些失计，暗中却因祸得福。这且不提。
　　二人过了第二层阵中，前行虽然漆黑，因为二人一个是生就慧眼，一个是自幼生长在石壁以内，能够暗中观物，近处仍是看得清楚。行了一阵，方觉这第三层阵中，四外空荡荡的，并无一物，忽听前面风声大作，甚是尖锐。二人原知敌人阵中如此黑暗，必定潜有埋伏，用天遁镜反而惊敌，俱都隐着光华飞行。听风声来得奇怪，便按着遁法，准备抵御。等了一会儿，前面的风只管在近处呼啸，却未吹上身来，也无别的动静。老等不进也不是事，依旧留神向前。过去约有百丈左右，风声依然不止，二人也不知是何用意。正待前进，忽听四外"轰"的一声，眼前陡地一黑。二人忙各将飞剑施展开来，护住身体，以防不测。谁知四外俱是极沉重的力量挤压上来。剑光运转处，虽是空虚虚的，并未见甚东西，可是那一种无质无形的力量，却是越来越重如山岳。不消片刻，把二人竟累了个力乏神疲，而且微一松懈，那力量便要加增许多。二人柱自着急，只管竭尽全力抵御，连想另出别的法宝，俱难分神使用。知道这种无形无质的潜力，定是那魔沙作用，一个支持不住，被它压倒，立时便要身死。幸亏二人俱能身剑合一，不然危机早迫。

又过了一会儿，金蝉急中生智，猛地大喝道："石弟，我们在这里死挨，不会冲到前面去么？"一句话把石生提醒，双双运足玄功，拼命朝前冲去。这一下冲出去有十里远近，虽然阻滞非常，比起头二层交界处的神沙彩障还难透过，且喜冲出险地。二人俱都累得气喘吁吁，打算稍微休息，身外又觉有些沉重。这一次不敢疏忽，金蝉急不暇择，左手天遁镜首先照将出去。千百丈金光照处，才得看清那慧眼所看不到的东西，乃一团五色彩雾，正如云涌一般，从身后卷将过来。被金光一照，先似沸水冲雪般冲成一个大洞。再被金光四外一阵乱照，立刻纷纷自行飞散。身上便不再感到丝毫沉重。无形神沙一破，全甬道又现光明。

二人万想不到天遁镜竟有如此妙用，心中大喜，胆气更壮。略一定神，再往前面一看，四壁俱如白玉。离身百余丈远处，正当中放着一个宝座，宝座前有一个大圆圈，圈中有许多尺许来长的大小玉柱。走近前去一看，那些玉柱高矮粗细俱不一般，合阴阳两仪，五行八卦九宫之象。除当中有一小圆圈是个虚柱外，一数恰是四十九根。金蝉生具三世宿根慧业，自幼长在玄门，耳濡目染，见闻也不在少。虽不明圈中奥妙，可是一见外形，便想起蓉波所说，甬道中阵图共分四十九层。这圈中大小玉柱，也是四十九个，加上当中虚柱，分明大衍之数。不禁灵机一动，忙嘱石生不要乱动。又仔细一看，那些玉柱根根光华闪闪，变幻莫测，只外层有一大一小两根，毫无光彩。那根大的，柱顶还有七个细白点，宛然七星部位。不由恍然大悟，这圈果是全阵锁钥，每根玉柱应着一个阵图。如能将它毁去，说不定全甬道许多阵法不攻自破。又想："这般重要所在，却没个能人在此把守，任它显露，莫非又是诱敌之计？"盘算了一会儿，因为适才急于脱险，不但破了对方的阵法，还将怪兽断去一爪，善取终是不成，不如试探着毁他一下，如能成功更好，否则也不是没有脱险之策。便命石生取出两界牌，又将弥尘幡给他拿着备用，自己试着下手，如有不妙，急速逃遁。安排妥当，然后一手持着天遁镜，先不施为，以备万一。另一手指定剑光，去破那些玉柱。默察阵法，知道大衍之数五十，其用四十有九，虚实相生，那个虚柱定是其余四十九阵之母。只是空空一个圈子，如何破法？试拿剑光点了一下，不见动静。心想："管他三七二十一，我把圈子这一块给他削去，看看如何？"

其实这一圈玉柱，果是全甬道的外层枢机所在。除宫中还有一幅全图外，以往均有主要人物在此轮流把守。无论哪一层阵中有甚异常，俱可由此看出，发动行使，困陷敌人。每破一阵，便有一根光华消灭。偏巧今日是三凤接金须奴的班，因三女生日在即，忙于炼法娱宾，又因甬道阵法神奇，自来没事，纵有人来，有那第一层的七煞魔柱和灵兽龙鲛把守，这三层阵中，更有无形神沙阻路，外人到此，非死不可，休想过去，所以擅离重地，没有在意。便连金须奴素常持重，也没料到这等巧法，今日偏有人来侵犯。也是金蝉忽然过于聪明谨慎，如果一到便不问青红皂白，用霹雳双剑将那四十九根长短玉柱排头砍去，虽然其中还藏有妙用不能断完，到底断一根便少一层阻力。这一小心，反倒误事，虽将内中要阵毁去一半，仍然留着许多大阻力，几乎送了性命。这且不提。

金蝉见那虚柱剑点上去没有动静，前后一迟疑，便耽误了一些时候。及至第二次想将有虚柱那一块铲起时，谁知这虚柱虽是全圈枢纽，却与宫中那幅全图相应，只供主持此圈的人发动阵势之用，外人破它不得。剑光连转，依然如故。金蝉见剑光不能奏效，又见没别的迹兆，一时兴起，这才指定剑光，往那四十九根玉柱上绕去。头两根，剑光转了几下便断，并无异兆。说时迟，那时快，及至断到第三根上，才出了变化。剑光才绕上去，便有一蓬烈火从柱上涌起，其热异常。如非二人早有戒备，几乎受了大伤。幸而金蝉手快，一面飞身避开，左手天遁镜早照了上去。那火虽然猛烈，势却不大，只有丈许来高，数尺粗细的火头，镜光照上去，一会儿便行消散。火灭以后，那柱才被斩断。第四根似乎易些，只冒了一股子彩烟，香气扑鼻，闻了身软欲眠，神思恍惚，也被镜光照散、飞剑斩断。余下几根，俱是有难有易，每根俱有异状发现，至少也须剑光绕转一阵，才行断落下来，并非一遇剑光便折。金蝉因这些玉柱各有妙用，虽然发作起来具体而微，终是不可大意。斩断三四根后，便学会破法，总是先用天遁镜照住，再行下手。约有顿饭光景，居然被他斩了十几根。末后一根，金蝉剑光斩上去，也不知触动了圈中什么奥妙。那根玉柱低才三寸，眼看剑光绕到上面，五彩霞光乱闪。适才断的几根中，临将断时，也有这等现象，没有怎么在意，以为也是将要断落。算计自从动手，业已过了好些时候，圈中玉柱还未破完，倘被宫中诸首脑发觉，岂非功亏一篑？愈发连用玄功，催动霹雳双剑，加紧下手。转眼之间，忽见眼前一亮，千万点金星像正月里的花炮一般爆散开来。金蝉一上来就很顺手，不由疏忽了些，眼见发生异状，并未害怕后退，仍是一手持着天遁镜，照定圈中，一手指挥两道剑光，照旧行事。

谁知神兽龙鲛在第二层阵内受伤之后，已借神符之力，从地底逃回宫去，不特宫中诸首要得了信，连在黄晶殿行法的初凤也得了警兆，相继用缩河行地之法追来。那千万点黄星，乃是金须奴等到时，路上发现有几层阵法俱都失了作用，知道敌人得了阵中秘奥，正毁那九宫图内的大衍神柱，喊声不好，连忙大家合力，运用天魔妙法，一面颠倒五行转换阵势，匆匆从地底九宫图内追出，一到便想将金蝉霹雳双剑收去。金蝉正在得意施为，猛觉手上一沉，所运真气几乎被一种大力吸住，大吃一惊，连忙收剑。定睛看时，光霞敛处，面前那一个大玉圈，忽然自动疾转，捷如风吹电逝，一连只几旋，便没入地底之内，顷刻合缝，地面齐平，不显一丝痕迹。幸是双剑出自仙传，收得又快，差一点失去。忙用天遁镜四面去照时，上下四壁，都是光彩闪闪，空无一物。再照前面，又复一片漆黑。二人知势不妙，方才惊愕骇顾，猛听连声娇叱，面前人影一晃，现出四女一男，个个俱是容颜俊美、羽衣霓裳，手中各持宝剑法宝，将金蝉、石生二人团团围住，怒目相视。

金蝉、石生俱知不易善罢甘休，仍打着先礼后兵的主意，躬身说道："诸位道友中可有紫云宫三位公主么？"内中一个女子怒答道："大胆妖童！既知你家公主大名，为何还敢来此侵犯？"说罢，便要动手。那男的一个却拦道："三公主且慢下手，反正如今全阵都已发动，釜中之鱼，料他也走不脱，何必忙在一时？我们先问明了他们的来历再说。"金蝉见那男的口出不逊，大是不悦，便怒答道："我二人乃是峨眉掌教乾坤正气妙一真人门下，今奉师命，带了一封书信，来向三位公主取那天一贞水一用。我二人到了迎仙岛延光亭，先遇见贵宫的守者，名唤吴藩，托他持信代为通禀。他信也未拿，只嘱我们在亭中暂候，便自先入甬道，半晌不见出来。等了几个时辰，又来了一个女子，才将书信接去，仍嘱我等暂候。又等过去好些时候，仍无回音。想我们两家虽非一派，总算同在玄门，彼此均有相需之处，允否在你，怎便置之不理？又因峨眉山凝碧崖五府开辟在即，各派群仙俱要来此赴会，门下弟子俱有职司，我二人事完之后，还要急于回山。又闻仙宫神沙甬道奥妙非常，想借便观光，冒昧入内。初意原想到了宫门，再行通名拜谒。谁知甬道中主持人见我等入内，接连发动阵法，意欲将我二人置于死地。这才明白诸位道友是居心要我等自行投入，否则何以接信不出？而起初两位防守延光亭司迎宾之责的门下，道行并不甚高深，何以竟能随便出入呢？既是诸位道友意欲试探我二人是否有此本领涉险入宫，而阵中神沙又那般厉害，师命在身，义无反顾，为防身计，只得竭尽微力周旋。诸位道友有这种魔法妙术，就应该仍在暗中不出，指挥发动，看我等两个峨眉门下的末学后辈，是否有此能力，连破这四十九个大衍阵法，直达宫门才是，怎么我二人才冲入第三层阵内，便恼羞成怒，倚仗人多势众，出来与我等为难？依我之见，群仙五百年大劫将临，神沙甬道阵法虽然神妙，我二人微末道行尚能闯入，怎能抵御最后末劫？莫如少赠贞水，略留香火因缘，异日事到危急，本派各位尊长念在前情，必来援手，岂不甚好？如果执意当门欺人，胜之不武，不胜为笑，还不要去说它，万一我二人凭了师尊些须传授，取回贞水，徒伤两家和气，悔之晚矣！"

二凤姊妹和金须奴等，先在宫中各人炼成了一种幻术，正在殿中互相争奇斗胜，试为演习。冬秀因为道行较差，比不过众人，好生无趣，不等看完，便走出殿来。见蓉波拿着一封书信，面带焦急，侍立殿外，便问何事。蓉波知她与许飞娘近来最为莫逆，如先被她知道，必要坏事，想掩藏时，已被冬秀看见，问是何人书信？蓉波不敢再隐，只得双手奉上。正看之间，恰值三凤出来，冬秀恐信为金须奴、慧珠所见，连忙拖了三凤，走向一旁，将信与她看了。三凤见书信上面仅写派两个门下前来取水，未说出来人姓名。况又有了飞娘先人之言，纵未疑心到南海双童身上，也是不愿。暗忖："凭自己与飞娘交情，不出宫助她与峨眉为难，已经背了朋友之义，怎还能将宫中圣水借给她的仇人？峨眉派名头高大，初凤、金须奴如知此事，必允借水无疑。所幸初凤现正闭殿行法，金须奴拗不过自己；再加对方是向自己取东西，允否之权在己，不能说所求不遂，便算开罪于他。莫如派人与来人回信，说天一贞水乃宫中至宝，有许多用处，不能借与外人，将他打发，省得飞娘知道不快。"正和冬秀商议之间，殿中诸人也相继出来。蓉波见三凤拿了书信走向一边，和冬秀密议，知她不怀好意。见众人一出殿，拼着三凤嗔怪，上前向二凤禀道："适才奉命防守延光亭，遇见峨眉掌教真人派了两个门下弟子，拿了致三位公主的书信，来索天一贞水。因二位公主俱在殿中行法，不敢擅入，业已等候多时。现在书信被三公主索去，请示如何回复人家？"金须奴一听，想起近来三女与飞娘交好情形，便知这事稍一不慎，必有差错。正打算劝二凤应允，日后多结一处厚援，忽见三凤、冬秀从旁跑来说道："二姊，你看龙鲛无故回宫，莫非甬道中发生什么变故么？"说时，已闻得龙鲛的啸声。众人回身一看，那灵兽龙鲛正从神沙甬道的地窖中飞身出来，不住昂首悲啸。把守后窖的龙力子面带惊慌，奔将过来，高叫道："启享诸位公主大仙，龙鲛被人断去一爪，受伤逃回来了。"众人连忙飞身近前一看，龙鲛左爪果然被人断去，疼得直抖，料定是两个下书人所为。这一来，休说二凤姊妹暴跳如雷，连金须奴也气忿起来。众人正要赶向甬道之中将敌人擒住碎尸万段，忽听初凤传呼之声。

那初凤闭殿行法之时，原和众人说好，不遇非常紧急之事发生，不许众人入内。那全甬道四十九阵的总图，正在她行法的黄晶殿中，忽在此时传呼，必有重大变故。俱以为神沙甬道中变化无穷，敌人既伤龙鲛，必已深入。第三层阵内，有那无形神沙阻隔，敌人纵不身遭惨死，也要困陷在内，休想走脱，便暂缓起身。三凤匆匆吩咐龙力子，取了些丹药，让他给龙鲛敷治伤处；等到寻着那只断爪，再用宫中灵药，与它接上。说罢，一同往前宫黄晶殿飞去。蓉波知道乱子业已闹大，不奉使命，岂敢妄出，启人疑忌，万一石生等被陷，更少一个救援；何况二人既然攻入二层，全甬道阵图必已发动，自己去已无益。心念爱子，好生焦急。趁宫中诸首要不在面前，径去寻找杨鲤商量。不提。

这里二凤等五人飞近黄晶殿前，见殿中霞光腾耀，殿门业已大开。忙飞进去一看，初凤正对着那总图面带愁容，行使魔法，众人自是不便问询。约有半盏茶时，初凤方转了怒容，回身问道："今日外层主阵何人主值？怎便擅离职守？如今敌人已经深入重地，冲破无形沙障，直达三层主阵，将外层枢纽大衍图内应生神柱，用法宝断了十余根，连破外层十七个阵图。如非我事先谨慎，将内层总图设此殿内，全阵被毁，俱无人知道，岂不枉费我们多年心血？总算中央主阵未破，还可重新整理复原。不过敌人上门欺人，如此猖獗，必有重大来头。难道一路进来，你们就毫无觉察么？"金须奴便把峨眉掌教真人派了两个门下投书借水，恰值众人为了庆贺三位公主寿诞，炼法娱宾，防守延光亭的人接信之后不敢妄入，想是来人等得不耐，便仗势逞能，硬冲进来，不但冲破两层无形毒沙神障，还将神鲛左爪断去一只等语，略说一遍。初凤先听是峨眉派来的，颇为惊讶。及要过书信一看，一则上面没提来的两个童子名字，未免心疑；二则来人先礼后兵，不等人回，即行动手，分明是预先得了师长之命，纵非妖童甄海余孽，这般强横，已是欺人太甚；又听神鲛受伤，越觉来人可恶。不由勃然大怒道："无怪许飞娘说，峨眉门下专一欺压良善。我海底潜修，与他素无仇怨，竟敢纵容门下上门欺人。我此时已将阵法倒转，敌人纵有异宝，也不能再行破坏，不消片刻，便被无极圈锁住。此时必仍在大衍图前卖弄玄虚，不知就里，绝难逃走。你五人先出去会他，无须匆忙。到了那里，来人如仍未被陷，先问明了来历姓名，是否妖童甄海余孽，然后和他动手。我这里自有妙用。暂时不可伤他性命，等将他生擒到此，一面尽情惩治，一面派人与峨眉送信，叫他前来领人，羞辱他一场，看他有何话说？我不信凭仗我这神沙甬道、海底珠宫，他能把我怎样！"说罢，二凤等五人便领命出去迎敌。

这时大衍图中阵法枢纽业经初凤用了魔法，倒转变化，金蝉剑光已是无能为力。只要再过些时，无极圈便要发动。偏巧三凤因今日恰值自己轮值，连被敌人毁去十七个仙阵，忿恨到了极处，竟不等初凤这里妙用发动，匆匆催着众人运用魔法，缩河行地，直从大衍图中赶出。这法行使起来，沧海一粟，户庭千里，何况神沙又是自己炼成之物，那消顷刻，便即到达。五人一现身，便将金蝉、石生团团围住。三凤本来就急于动手，再一听来人出言无理，更是怒不可遏。再一听二人只说是峨眉门下，仍未说出姓名，好像故意隐瞒一般；何况二人身量虽略有高低，却都是仙风道骨、丰神俊朗，装束打扮也差不多，看去颇与同胞弟兄相似，更以为是甄海之子南海双童，越发加了仇恨。破口大骂道："大胆妖童余孽，竟敢擅入仙府，今日叫你等死无葬身之地！"言还未了，手一指，剑光先飞出手去。三凤这口仙剑虽是金庭玉柱藏珍，又经过她姊妹三人多年祭炼，毕竟旁门奥妙，哪里是金蝉霹雳剑的对手。碧荧荧一道光华刚飞出去，才一交接，就差点被金蝉双剑绞住。还算人多势众，二凤、金须奴、慧珠、冬秀见三凤业已动手，也相次将剑光放起。金蝉、石生见敌人势盛，暗打一个手势，二人联合一起，红紫两道光华，一溜银雨，夹着殷殷雷电之声，与敌人五道碧光斗将起来，各自耀彩腾辉，不分上下。

金须奴原因初凤有生擒来人之命，又因神鲛受伤，一时忿怒，随众出战。这时一见敌人剑光神妙，变幻无穷，暗忖："来人年纪俱都不大，不过峨眉门下后辈新进之士，已有这般道力本领，掌教诸人可想而知。"正在惊诧，猛又想起："当年嵩山二老两番相助，往月儿岛及连山大师藏珍时，曾说异日如有峨眉门下有事于紫云宫时，务要看在他二老份上，少留香火情面。今日既已应验，如果遽下毒手，不但二老份上交代不过，而且末劫未完，先树强敌，将来岂不更多阻难？再则来的这两小孩，俱都一身仙骨，宿根深厚。南海双童仅是妖人余孽，纵然学会道术，初入峨眉几天，哪有这等气象？三凤不问明来人姓名来历，便自动手，万一误用厉害法宝伤害了他们，此事更难收拾。"越想越怕，便不肯施展法宝，口中大喝道："来人既是峨眉门下，当非无名之辈，不肯通名，却是为何？"金蝉喝道："小爷金蝉，这是我师弟石生。谁还怕你不成！"石生，金须奴还未听人说过。却知金蝉是峨眉掌教真人爱子，几次听许飞娘讲起。今日一见，果是话不虚传，越发不敢冒昧。

斗了一会儿，三凤连使眼色，催金须奴使用法宝。金须奴心已内怯，故作不解。三凤性情褊狭，贪功好胜，因今日敌人入阵，咎在自己擅离职守，不愿由初凤发动阵法去困敌人，居心要将敌人亲手除去。再一听来人道了姓名，虽非南海双童，却是飞娘大仇之子，更想见好飞娘，卖弄自己本领。见金须奴不肯下手，本有嫌隙，越以为他存心敷衍，不肯相助，不由忿恨到了极处。那金蝉、石生的飞剑，各具玄门真传，疾如电掣星流，稍一疏神，便要吃亏，逼得她匀不出下手工夫。好容易才借遁光纵开一边，已是气到极处。略一停顿，便将那柄璇光尺取将出来。这尺自到三凤手中，便知是一件异宝，当时只苦于不知运用之法。自从甄海侵犯紫云宫，二凤无意中用璇光尺解了初凤之危,暗忖:"此尺不知用法,已有如此神妙,如再加一番苦功祭炼,岂不更是厉害?"索性不再研究原来用法,径照天书副册上炼宝之法,重新祭炼。不消多久工夫,居然被她炼成,专破敌人法宝飞剑。此时刚一出手,便转起数千百道五彩光圈。二凤等四人知道厉害,忙各将剑光收回,退向一边,以防有损。金蝉、石生正斗之间,忽见先前一道青光退出,接着便见先动手的那个女子从身边取出一件法宝,飞出无数五彩光圈,余下敌人也都纷纷退出。同时自己飞剑才只与那光圈接触,便差一点被它卷上,幸是二人收转得快。金蝉起先因敌人势盛,恐防又有别的邪法,早取出天遁镜备用。一见来势不佳,一面疾收飞剑,一面早把天遁镜照出手去。两件至宝遇在一起,千丈金光霞彩,竟将那无数五彩光圈扭住,幻成奇观。

第一五七回　四女困双童　异宝护身欣脱险
　　　　　　　一心成两用　前言在耳苦求全

　　三凤先以为敌人手到擒来，谁知那璇光尺虽然厉害，到底只经过魔法祭炼，不是本来面目。那些大小光圈，只在金光红霞影里飙轮霞转，消长不休，一面是转不上前，一面是照不过去，倒也难分高下。这时不但金须奴一人惊讶，便是二凤等人，也觉峨眉门人名下无虚，敌人竟有这样宝物，把以前倚势轻敌之心全都收起。三凤见自己只管和敌人相持，余人俱都袖手旁观，料自己单人独手不能成功，再也忍耐不住，不禁向着二凤、冬秀、慧珠三人大喝道："峨眉小辈如此猖狂，众姊妹还不施展法宝将他擒住，等待何时？"这两句话，除金须奴是故作痴呆外，早将二凤等三人提醒，纷纷从法宝囊内各将法宝取出。正待施为，忽听后面甬道深处隐隐有风雷之声，知道阵法业已发动。回身一看，果见一团红霞，拥着一个与太极图相似的圈子，发出百丈红光，疾如奔马，飞将过来。除三凤一人还在和来人对敌外，余人俱各停手避开，站在一旁，静候成功。金须奴一见阵法被初凤倒转发动，敌人万难逃走，心中想起二老前言，好生焦急，只得故意大声喝道："大公主已将阵法倒转，敌人万难逃走，三公主还尽自与他相持作甚？"金蝉、石生见连天遁镜都不能奏功，已知这里敌人非同小可，自己身在重地，本就留意。猛见对面甬道深处，一团红霞拥着太极图飞来，忽又听金须奴这么一说，愈发心惊。刚在踌躇进退，猛又觉身后一股奇热，觉着适才进到第三层阵口所遇的那一种压力，又从四外挤压上来，才知再不逃走，势便无及。也是二人命不该绝，三凤听金须奴一喝，不知他是存着万一之想，故意提醒来人，心想："阵法倒转，前后埋伏俱已发动，乐得坐观敌人入网。"便将璇光尺收了回去。金蝉、石生都机警非常，一见对面五彩光圈退去，心中大喜，更不恋战。金蝉收转宝镜护身，石生早展动弥尘幡，化成一幢彩云，由金蝉镜光冲破无形神沙阻力，比电还疾，一晃眼，便冲出重围，直往迎仙岛甬道外面逃去。三凤等人眼看无形神沙与太极图一齐发动，敌人转眼入网，万无逃走之理，万不料敌人身边会飞起一幢彩云，将全身笼罩，往前冲去。金光影里，照见彩幢所到之处，那些无形神沙都将原质显现，数十百丈深厚的五彩金沙，竟被冲成了一个巨洞，宛如滚汤泼雪，立见冰消，再也包围不上。说时迟，那时快，金光彩幢只在众人眼前闪了几闪，便即没入暗影之中，不知去向。纵有阵法宝物，也来不及施展，大家都骇了个目定口呆，面面相觑。

一会儿工夫，初凤也自赶到，见敌人一个也未擒到。问起众人，金须奴便抢在头里，说了经过。初凤闻言，才知峨眉果非易与，不由害怕起来，暗忖："自己费了许多心力，炼成这一条长及千里的神沙甬道，只说不论仙凡，俱难擅越雷池。如今峨眉首要并未前来，仅凭两个后辈，就被他闹了个马仰人翻。虽仗自己防范周密，敌人并未得手。可是人家一到，便将外层阵法连破去了十六个，末后又被人家从容退去，一根毫发俱未伤损。似这等任凭外人来去自如，异日怎生抵御末劫？"一面想到强敌的可虑，一面又想到异日切身的安危，好生忧急。深悔自己不该听信飞娘之言，闭殿炼甚法术，今日如果自己在场，得知此事，势必早把来人延接进去，纵不借水，也用好言婉却，怎会闹得骑虎难下？又一想："错已铸成，敌人暂时虽然逃走，天一贞水未曾取去，使命未完，必然再来。宫中神兽龙鲛已被敌人断去一爪，如再将天一贞水好好奉上，休说太伤了紫云宫体面，众人也必不答应，而在情理上也说不过去。"越想越难过，不知如何打算才好。正在愁思，金须奴看出初凤有些内怯、举棋不定，便乘机进言道："其实这两个峨眉门下也是性子太急，偏巧我们又都有事，守岛的人不敢擅入殿中通禀，以致他们妄行撞入，伤了和气。否则当初月儿岛承嵩山二老相助取宝时，也曾托过我们，看在白、朱二位道友份上，也不见得吝而不与，怎会闹成仇敌之势？"一句话把初凤提醒，决计暂时仍是回宫，加紧防守。万一来人再次侵入，便是擒到了手，也不伤他。只等白、朱二位出来转圜，立刻卖个人情，将天一贞水献出，虽然有些委屈，还可两全。想到这里，觉着事情还未十分决裂，心才略宽。便命金须奴专守外层主阵，不得擅离。

其余众人回转宫中，重将全甬道阵法整理复兴，以防敌人卷土重来。

众人先因初凤阵法未收，前面有无形神沙阻路，无法追赶敌人，只得暂候。及见初凤赶到，听完经过，以为她必如众人一般忿怒，必定随后追赶。谁知她面带忧疑，呆立了一阵，竟命众人回转。阵法被破，龙鲛受伤，吃了许多无理的亏，还不如初次闻警时那等着恼，俱都猜不出是何心意。三凤更是心中不服，怒问道："大姊，我们就眼看两个小辈上门欺了人逃走，就不管么？"初凤知她在火头上，难以理喻，便答道："据你们说，敌人所用法宝如此神妙，逃时疾如电逝，我来已过些时，怎追得上，何必徒劳？来人天一贞水不曾取去，焉有不来之理？我们只在宫中等他，加紧准备，到处都有埋伏，又不比先时是措手不及，事出仓猝，难道还怕擒不到他么？"三凤早从初凤言语神色上看出是金须奴闹的鬼，恨在心里，当时也不说破，只冷笑了两声。初凤去寻龙鲛那只断爪，已被来人飞剑绞碎，又经一场恶斗之后，残趾断踵，拼凑不全，心中也甚烦恼，只得拿了，闷闷地带了众人回转宫中。三凤料定金须奴素来不喜许飞娘，又受有嵩山二老嘱托，初凤命他把守外层主阵，到时必要卖弄人情，去见好于人。想起自己以前和冬秀在月儿岛定计盗宝，结果弄巧成拙，反吃亏苦，只白便宜了金须奴一人，不禁勾起旧仇。打定主意，日后擒到来人，峨眉派讲理服输便罢，如若不然，一不做、二不休，与五台、华山等派联成一气，去与峨眉为难。自己姊妹三人，索性在各派群仙之外另树一帜，有何不可？如说峨眉势盛，多树强敌，于异日末劫有害，眼前峨眉的大仇敌如飞娘等人，仍是好好的，也未见峨眉派把她怎样。经过这一番胡思乱想之后，便向初凤讨令，由冬秀去保护天一贞水。这时初凤虽已略知轻重利害，无奈运数将尽，又不该听信飞娘之言，闭殿行那狠毒不过的魔法，不料中途出事，法未炼成，人却入了魔道，变了心性，举棋不定，也没寻思，便允了三凤之请。三凤暗中嘱咐了冬秀几句，一面先将天一贞水把住，一面由自己专一留心，暗中监防金须奴。静等许飞娘来庆寿时，再行合谋定计。不提。

且说金蝉、石生见势不佳，飞剑和天遁镜全无功效，四面的无形神沙二次挤压上来，对面那个太极图一般的圈子不知是甚魔法异宝，不但前进不能，再不见机，还要陷身圈内，遭人毒手，双双不约而同，各将法宝挥动，一路将光华乱卷，直往阵外冲去。这次神沙有初凤主持，不比第一次是原设埋伏，自行发动，要厉害得多。二人虽仗着这许多异宝，运用玄功，拼命往前直冲，还被那神沙挤压得气喘吁吁。等到逃出甬道，到了迎仙岛上，已累了个元气耗损、力尽神疲了。料知后面敌人追赶不上，除迎仙岛外，海天辽阔，洪涛万里，无可落脚之处，只得暂在岛上隐僻处歇息，如果敌人追来，再作道理。等了一会儿，敌人并未出现。喘息略定，石生想起乃母蓉波，自从入内送信，便未出来，不知机密是否被敌人看破，有无凶险，好生焦急。金蝉劝道："听适才众妖人之言，伯母的信必然递到，我们机密绝未看破，定在宫中无疑。现时妖人虽未追来，亭内少不得还要派人轮值，只不知有无妖法隐蔽。只等元气稍复，往那亭内探视，如遇有人，且先不进甬道，擒到无人之处，当可问出底细。伯母如有甚灾劫，来时各位前辈师尊早就提起。等天一贞水取到了手，我们问明伯母能否脱身，再行设法，此时只管忧愁作甚？"石生道："甬道千里，魔法厉害，如今敌人又有了准备，我二人再想进去，恐非易事哩。"金蝉道："不经一事，不长一智。魔法虽厉害，我二人业已经过，使命未完，怎好回去？我们头次下甬道，因为怕和伯母相左，又还打着先礼后兵的主意，顺着路途入内，经过一层，又是一层，我们不知阵中奥妙，只能胡乱相机应付，容易惊动敌人，阻隔甚多。这一来，已看出我们这几件法宝的妙用。二次入内时，只须我二人将所有法宝同时施展，如能闯过这条甬道，到了宫中，便有望了。不过那两层无形沙障却真厉害。头一次无人主持，还觉好些。末后一次竟跟定人挤压，直到甬道口方止，真费尽无穷的气力，歇了这么一会儿，我身上还觉着有些酸痛。最好能先将防守的人擒来一个，问出一点机密，下手便较易了。"石生道："我们来时，李师伯早料定善取不易，曾说派两位有本领的同门随后相助。纵然弥尘幡飞行迅速，差不多也出来了一日一夜，怎地还未到来？"

正说之间，忽见一道银光从延光亭那面飞起，沿岛盘旋低飞，似在寻找敌人踪迹。二人存身的地方，在岛边一块凹进去的礁石之内，极为隐蔽，便是宫中诸人也从无到过，一时不易为人发现。那银光先时飞行较缓，后来越飞越疾，时高时低，从全岛连飞绕了六七匝。有时也飞近二人藏身的近处，却未落下，银流飞泻，一瞥即逝。二人正要准备出去相会，那银光倏地升高数十百丈，又在空中盘飞起来。金蝉方觉那道银光，与石生飞剑家数有些相似,忽见青紫白三道光华如长虹经天,银光便感不支,拨转头,流星飞泻一般,直往延光亭中落去。金蝉认出来的是英琼和轻云,好生欢喜,不等下落,便即迎上前去,接了下来。那与轻云、英琼同来的,是一个女子,看去举动虽然老到,身材却极矮小,颇似七八岁的幼女,相貌也极清秀。穿着一身青色衣服,腰系紫绦,提着一个长约七八寸的紫荷包,背插一口尺多长的短剑。一双星眼,威光显露,迥非寻常新进可比。大家相见之后,互道姓名,才知那女子乃云南昆明府大鼓浪山摩耳崖千尸洞一真上人最心爱的弟子、神尼优昙的侄甥女神婴易静。金蝉在九华山学剑时,曾听妙一夫人说过,此女生具慧质仙根,不但剑法高强,还精于七禽五遁,道术通玄,本领高强,已经得道多年,身材却异常矮小,所以有女神婴的称号。当她剑术初成时,因为性情刚烈,疾恶如仇,屡次在外惹事结仇,专与异派作对。有一次惹翻了赤身教主鸠盘婆,几乎被敌人用倒转乾坤大法,九鬼唉生魂,送了性命。多亏乾坤正气妙一真人走过,硬向鸠盘婆讨情,才得免难。一赌气逃回山去,立誓不能报前仇,绝不在人前露面,由此再未听人提起她的踪迹。自己闻名已久,不想在此不期而遇,好生心喜。便向英琼问道:"你和周师姊为何这久时候才来,莫非今早才动身么?"英琼道:"哪里,你们一走,我二人没待多时,便动身了。"正要往下说时,轻云拦道:"这里密迩紫云宫,我们在路上已知天一贞水还未到手,与紫云三女动了干戈,适才还有一个敌人,一照面,便被他逃走,大家急于见面,也未追赶,此时必入宫中报信邀人。这些话,且等事完再说。还是先问二位师弟,怎样与人动手,宫中情形如何,以便相机下手为是。"金蝉道:"说起来话长。我二人元气都略受了点伤,周身还在酸痛,须要略微歇息些时。况且此时神沙甬道内防备甚紧,去了未必成功。我们正打算打坐片刻,运转玄功,将真气复原,再去擒来一个防守甬道的敌党,拷问一些虚实,再行入内。恰值那道银光升起,好似四处搜寻我二人的踪迹,我们正要上前擒他,便遇三位师姊到来,将他惊走。甬道中妖法神妙,甚是厉害。我们已知紫云三女寿辰在即,一两日内必有异派中人前来庆寿,可以乘机下手。掌教师尊尚未回山,凝碧崖五府开辟,群仙盛会,还得些日,无须急在这一两天工夫。今天我们入内,遇险逃出,敌人未曾追赶。适才虽有一个敌党出来探视,想是查看我们回山去未,或者是诱敌之意,也未可知。

看这里光景，定是仗着甬道厉害，多设埋伏，严阵待敌，以逸待劳。我们不去寻他，不致出来惹事。我二人已受了不少辛苦，正可趁此时机，略谈片刻，打一回坐，等元气康复之后，再行一鼓作气，奋勇入内。再如不成，便等三女寿日，相机下手，忙它作甚？"轻云仍恐有人窥伺，用邪法暗算，不住朝四外留神查看。女神婴易静见了不耐道："我们原要寻他，还怕他来么？我正想听二位师兄说甬道中情形，周师姊无须过虑，我自有道理。"说罢，便将秀发披散，拔出背后短剑，禹步行法。一阵清风过处，众人只觉脚底下软了一软，别的也无甚动静。易静笑道："我已用七禽遁法，敌人不暗算我们还好，否则即以其人之道，还治其人之身，叫他来得去不得。我们索性围坐石上，畅谈一阵，容他听个清清楚楚，再拿他开刀吧。"众人还没听出言中还有别的深意，便依她同在礁石上坐下，互谈经过。英琼性急，先由金蝉说出与紫云三女翻脸动手之事，然后再由英琼说来时经过。

原来轻云、英琼自金蝉、石生一走，便由髯仙李元化略说程途机宜，命她二人同驾仙雕，随后赶去接应。先时英琼以为天一贞水有妙一真人书信，还不手到取来，并不心急。及至起身空中，飞行了一会儿，轻云笑对英琼道："你还不催佛奴快走，弥尘幡多快，莫要接应不上呢。"英琼道："这次接应，不过李师伯为备万一起见罢了，难道紫云三女这般不知轻重，吝而不与么？否则何必命我二人随后起身，又骑着佛奴前去，不御剑飞行呢？"轻云道："你哪里知道。我们俱是未学后辈，皆因宿根深厚，时机太巧，才遇见这等旷世仙缘，入门不久，便到了今日地步。如按寻常道人，正不知要经受多少险阻艰难、灾厄苦难呢，哪有这般容易？此次之行，如果事情容易，师尊选人时，必要挑灾厄已满的门下，也不会派我们两个打接应。须知五府开辟，门下弟子赐服师祖所遗灵丹之后，我们虽离超凡入圣还远，人半总有半仙之分。石生入门，功劳不多，听土清大师说，他异日所得甚厚，此次紫云之行，对他必然含有深意。掌教真人那封书信，不过是先礼后兵之意。闻得天一贞水乃地阙至宝，与峨眉颇有渊源，三女何人，岂得据为私有？我看飞剑传谕，既有便宜行事之言，这事不但运用全在我们，恐怕还要大动干戈，不只我们四人可了。你没见我们行时，玉清大师曾拿着优昙大师一封手札，交与李师伯，又朝我二人含笑点头么？只不知命我们驾雕前往，故将形迹示人，行又较缓，是何缘故罢了。"英琼闻言,也觉有理。正要催雕快飞,那神雕佛奴自从轻云说它飞行迟缓,早展动铁羽钢翎,疾如箭射般往前飞驶。二人在雕背上凭凌苍宇,迎着劈面罡风,御虚飞行,顷刻千里,比起驾着飞剑飞遁,也慢不了多少。知道神雕道行日益猛进,甚是代它高兴。飞行了两三个时辰过去,遥望前面,山峰刺天,碧海前横,已抵海隅,再有数千里远近,便可到达。正自快意,猛觉神雕身子往下一沉,还未及看清下面,神雕一声长鸣,重又往上升起。刚飞到原来高处,倏又往下沉落,这一次竟落有数十百丈高下。

第一五八回　炼法中魔深　与拒违衷棋不定
　　　　　　　飞行经海上　救援逢阻遇偏奇

英琼本已听出神雕报警，不由又惊又怒。忙向下面一看，脚底下三面皆是山峦杂沓，一面临海，展现出一个大约数百顷的平原。当中建了一所宫殿，琳宇金阙，玉阶朱柱，回廊曲槛，华表撑天，看去甚是庄严华丽。大殿阶前有一大平台，广约百亩。先时目光被山挡住，这时刚刚飞过一条高岭，正临殿宇上空，由高下视，一目了然，看得极其清楚。偌大宫殿，竟不见一个人影。可是神雕双翼，已是吃什么绝大的力量吸住，只管奋力腾扑，不能前进，渐渐还有下沉之势，二人知道定有妖人藏在殿中作祟。眼看神雕飞落越低，鸣声越疾，先没看出神雕双爪已吃人法宝套住。及至二人离了雕背，刚要往下飞落，去寻殿中妖人，英琼慧眼猛然看见神雕脚下似有一股青气，颜色极淡，看得甚真，时隐时现。因见神雕鸣声凄凉，飞腾不起，一时情急，顾不得先寻妖人，将手一指，紫郢剑化成一道紫虹，脱匣飞出，不问三七二十一，便往神雕脚下绕去。起初英琼心理，不过姑试为之，那青气看上去似有若无，并没确定是敌人法宝。不想竟奏奇效，剑光才绕到神雕双爪之下，便听无数裂帛之声同时发作，那青气由隐而现，"哗哗"连声，全部变成千千缕长短青丝，雨雪一般满空飞洒，随风飘落，斜阳影里，顿成一片从未见的奇观。那神雕本来拼命往上挣扎，脚底下束缚一去，铁羽翻风，一声长啸，振翼便起。因为用力太猛，直似弹丸脱手，眨眼直上青冥。那些万千缕的青丝，经了这两翼的风力鼓荡，愈发似杨花乱飘，翻滚浮沉，半晌还未落到地上。神雕佛奴已有千年道行，何等通灵厉害，两翼神力何止万斤，岂能轻轻巧巧便被人套住，不能脱身？而且一脱网罗，便如惊弓之鸟，直没云空，不再飞回。殿中人的厉害，已可想见。

二人如果见机，自己又有使命在身，敌人既未出面，正好赶上神雕，骑了飞去，岂不是好？及至破了敌人法术之后，不但英琼因为神雕吃了大亏，妖人无故寻衅，心中忿恨，便连轻云也觉这般海滨荒寒之区，却有这般华丽的一所宫殿，此中主人绝非善类，不知便罢，既已遇上，又无故与人为难，岂能再容他在此猖獗？加上自从紫郢、青索合璧以来，到处纵横，所向无敌，也未免略有骄意。还算是加了一分谨慎，下去时节，招呼英琼，如果敌人厉害，须要合而为一，不可分开。英琼气忿填膺，闻言也没在意。说时迟，那时快，就在神雕振羽高翔，青丝断落，飞舞零乱之中，二人只略一招呼，早同往殿前平台之上飞去。毕竟轻云见闻较广，又比英琼持重，飞离平台还有数十丈高下，猛一眼看出那平台竟是一块整玉所成，不但五方十色，暗藏六合阵法，而且光华隐隐，彩霞腾耀。想起昔日在黄山学剑时，餐霞大师曾经说过，如遇这等境地，定有能人主持，千万不可妄入。忙将遁光一催，拦向英琼前面，口中喝道："琼妹且慢！敌人无礼。我们须守教规，不问明是非，未奉师命，须要叩门而入，不可妄入人室。"英琼心想："教规虽然如此，眼看敌人恶行已露，明明妖邪一流，还与他讲甚礼教？"正要答话，吃轻云剑光一拦，再往前一逼，双双一同降落在平台之下。英琼原本想直入大殿，去寻敌人算账。一落地正待张口相问，轻云忙使眼色，将她止住。英琼方在不解，轻云已朝殿上喝道："我二人奉了师命，骑雕打此经过，并未打扰，尔等无故阻拦，是何道理？还不出来答话，我二人要无礼了。"

言还未了，忽见一道青光，从大殿内直飞出来。英琼正要迎敌，来人好似早已知道，在离身十丈以外首先落地，现出全身，乃是一个二尺多高、生得奇形怪状的小孩。轻云看那小孩生得又胖又矮，一双黄眼生在额上，鼻子高耸朝天，加上底下一张阔口和一个又大又圆的蛤蟆头，越显丑陋非常。不过小孩形状虽似妖邪，那道青光来路又非旁门左道；而且小小年纪，便有这等道力。宫殿又这么大，如非妖邪，其中能人必不在少。正在寻思，那孩子如飞也似摇着双手跑了过来，说道："这里是海仙湾玄龟殿。今日全殿的人都各在殿宇中做晨参，只我兄弟两个轮值。起初看见这只黑雕神骏，这东西太大，飞行又高，我兄弟也没看清上面有人，冒冒失失地打算放起青瑶锁，去将它捉住，收服养了玩。一见上面有人下来，知道惹祸，我正想命我兄弟快将法宝收回,已为你们飞剑所毁。好在你们坐骑未伤,我们也是事出无心,伤了一样至宝,已经晦气,悔之无及,何必得理不让人,又寻上门来?你们走你们的,岂不甚好?"轻云见来人说话不亢不卑,未必好惹;又想起使命在身,急于上路,已有允意。见英琼怒仍未息,正想借势收篷,答言劝走,忽然大殿内又是一道青光飞出,落地现出一个相貌俊美、英气勃勃、年约十六七岁的童子,一见便朝二人说道:"你们在此乱喊些作么?我虽同你们开了个玩笑,我的青瑶锁却被你们飞剑斩断。少时我祖父完了晨参,还不知想什么法儿交代,我不寻你们,你们倒上门欺人。对你们说,省事的快走,我弟兄认晦气,不与你们女流一般见识;再如迟延,我便把你二人擒住,做我殿中侍女,稍微做错点事,便打你们五百海蟒鞭,叫你们吃罪不起。"

言还未了,英琼一听他出言强横,比先来那个要不说理得多,不由勃然大怒,喝骂道:"大胆妖童,无故开衅,还敢出言无状!"说罢,手一指,剑光便飞上前去。先来那个见英琼动手还口中骂他妖童,也怒骂道:"好个不知趣的丫头,放你生路不走,谁还怕你们不成!"一面说,弟兄两个的飞剑早先后放起迎敌。二童剑光哪是紫郢剑敌手,轻云青索剑还未放出,两下略一交接,已感不支。英琼满心气恨,哪肯放松,一道紫虹如龙飞电掣,把二童的飞剑压得光芒渐减,势颇不支。轻云也恼那后来童子无礼,不过已从来人言谈动作和飞剑家数上,看出来人不是妖邪左道,知是海外散仙一流,而且"玄龟"两字,又好似在以前听人说过,故不肯轻易动手。无奈双方已成僵局,无法和缓,只得静以观变,相机处置。三道剑光在空中斗了不多一会儿,这两弟兄万不料敌人飞剑如此厉害,本想引敌人到那平台之上,无奈剑光被人逼紧,撤不回去,只急得满面通红,无计可施。轻云见双方旦相持不下,敌人业已势败,便劝英琼道:"我们还有事在身,饶了他们吧。"话才出口,内中一道剑光已吃紫光绞住,立时粉碎,青芒飞落如雨。另一道势子略松,被一童收了回去,喊一声,直往大殿中飞逃。

英琼得了胜,怒气稍解,又听轻云催走,本未想追。抬头一看,神雕佛奴仍在空中极高之处往来飞翔。正要飞身上去,猛听大殿内一声娇叱,又是两道青光,一个全身缟素的淡妆少妇,后面跟着先前那两弟兄,一同飞身出来。一照面便喝道:"何方贱婢,敢毁吾儿飞剑?速速通名纳命!"

英琼听她一见面就骂人,哪里容得,也不容轻云答话,早将紫郢剑飞将出来。那少妇见了英琼剑光,好似有些吃惊,忙对二子喝道:"让我独擒这两个贱婢,尔等不可动手。"二童会意,径自闪开,袖手旁观。轻云见那少妇剑光虽非紫郢剑之敌,却比起先前二童要强得多,英琼一时半时取不了胜,暗忖:"紫郢仙剑,以前未合璧时,也曾敌过许多异派能人,并未遇上敌手,这少妇的飞剑,竟有如此功力,再若恋战下去,万一又勾出敌人的助手,脱身更是不易。自己忙着往紫云宫去,无端遇见二童,业已耽延些时。莫如还是合力将她打败,好早些上路,省得误事。"想到这里,刚把青索剑放起助战,准备双剑合璧,将敌人飞剑绞碎,只要她一败走,立时便舍了她飞走。等紫云宫事毕归来,向师长问明这宫殿中人的来历,再作计较。谁知那少妇与英琼刚一交手,便知自己飞剑不是敌手,一面喝退二童,暗中早在那里准备擒敌之法。

也是该当英琼、轻云二人要结这场想不到的闲怨。就在少妇法术未及施为出来之际,轻云的青索剑已经飞起。先前轻云敌那二童,因见既不是妖邪一流,殿中人必然不好惹,只想略加儆戒,使其知难而退,还留了点情面。这时急于脱身,一出手,便将本门心传施展出来。那少妇单打独斗,尚非对手,如何经得起双剑合璧。二道光华在空中只一绞,少妇便知不妙。一面又在暗中行法,哪里收转得及,立时断虹也似坠将下来。英琼剑光欲要跟着下去伤那少妇,轻云忙喝:"琼妹勿伤敌人,我们且走,由她去吧。"说时,青光刚将英琼的紫光拦住,忽听少妇身旁二童拍手笑道:"无知丫头,今番看你们往哪里走?"一言未了,英琼、轻云猛觉天昏地暗,阴风四起,黑影中千万道红光像箭雨一般,夹着风雷之声,四面射来。喊声不好,忙和英琼一声招呼,二人连在一起,身剑合一,想要冲出去时,敌人阵法业已发动,将二人困住。二人刚被陷时,不知敌人早暗用颠倒乾坤五行移转大法,将殿前石台上预先设好的大须弥正反九宫仙阵移向对敌之处,将自己困入阵内,还以为敌人左不过使什么五行遁法而已。凭紫郢、青索两口仙剑,当年华山、五台派史南溪等一干妖人暗袭凝碧仙府,设下都天烈火大阵,有万丈烈火,无量风霜,何等厉害,尚经不起双剑合璧,不消顷刻,全都消灭,在这里岂有冲它不出之理?谁知在黑暗中飞行了一阵,虽然暂时没有别的动作,可是老飞不出去,连神雕鸣声也听不见。正在惊讶,忽听先前那两个童子中，后来的一个发话道："两个丫头，休得逞能，想要逃走才是做梦呢。你们已被我母亲暗用仙法困入大须弥正反九宫仙阵之内。只因你们还算运气，我祖父早参灵空仙阙，神游太清，归途又要往星宿海去看望我大师叔，尚未回殿，我母亲虽将你们困住，未奉法谕，不便伤害你们罢了。依我金石良言相劝，快快将你们所用两口仙剑献出，赔还我母子，我母亲念你二人年幼无知，必能手下留情，饶你们乘雕逃命；否则明日我祖父回来，得知你们上门欺人，必将阵中真假五行发动，叫你们形神消灭，那时后悔就来不及了。"

英琼闻言，只是加了几分忿怒。轻云却因童子之言，猛想起昔日在黄山曾听师父餐霞大师说起，天下群仙首脑源流，正邪各派群仙中，最著名厉害的，除了神驼乙休夫妇之外，在南海边上还有一家散仙。为首的是一个白发朱颜老者，姓易名周。此人在明初成道，因逢意外仙缘，拔宅飞升。只有一个儿子，无此仙福，在他成道前一年，为仇人所害。当时没有成仙外，还有他妻室杨姑婆，女儿易静，侧室林明淑、芳淑两姊妹，以及历劫六世的儿子易晟，儿媳绿鬓仙娘韦青青，孙童易鼎、易震，个个俱精通剑法，自成一家，先在昆仑山星宿海飞鲸岛上修炼，后来将岛宫让给乃子易晟的师叔无咎上人居住，才举家移居南海。曾在那里用千年玄龟、海底珊瑚和那许多异宝，盖了一所宫殿。因知过于炫奇，难保不有能人前去寻隙，又在殿前设了一座大须弥正反九宫仙阵。其中神妙莫测、变化无穷，不知个中三昧的人陷身其中，除了死活由人处治外，休想脱身一步。虽还比不上长眉真人在凝碧崖灵翠峰所设生死幻灭晦明六门两仪四象微尘阵的玄奥，却也厉害非常。适才听童子说了殿名，听去耳熟，这才忽然想起。如果是他，只恐难以脱身。不由焦急起来。正打不出主意，又听那童子发话道："大哥，母亲命我们在此运用阵法，这两个丫头兀自不肯服输。她们毁去我们的法宝，衅自我开，情有可原，但不该又将我们的飞剑连毁两口，分明欺人太甚。依我之见，母亲已将阵法发动，祖父回来，好坏都隐瞒不过，左右只有一个不是，不如将这两个丫头处死，得她们这两口好剑，赔我们也是好的。"说罢，那另一个好似不以为然，在那里低声拦阻，两人争执了一会儿。但轻云、英琼仍然冲不出去，也未见甚动静。

二人在黑暗中乱闯又有好一会儿，不时闻得二童谈话声音，就在近侧不远，只是用尽方法，看不见人。几次暗运玄功，飞剑合璧，朝发声之处横卷过去，总是扑空，反遭二童讪笑。只得闷声不语，照着一个方向往前冲。好些时辰过去，忽见四处黑影中有千万道红影，似金蛇一般乱闪。二人不知敌人弄甚玄虚，又想不出脱身之计，心中惦记紫云宫之行，焦急万状。幸而紫郢、青索双剑神妙，那千万道红光虽乱射如雨，一近身前，便自消灭，没有受到伤害。可是无论二人怎样上天下地，横冲直撞，总被黑暗包围，用尽方法，也难冲出阵去。后来轻云因听二童说话声音不离前后左右，知道敌人阵法厉害，自己虽是飞行老远，其实身子仍未离却阵内方圆数十丈之内，枉费许多心力，毫无用处。便招呼英琼，停了飞行，聚在一处，只将剑光运转，护住全身，伺隙观变。身才停飞，又听敌人在那里喁喁私语。

英琼气他不过，暗忖："适才几次循声飞剑去斩敌人，俱未得手，反受了人家许多冷嘲热讽，因为屡击不中，便停下了手。如今已有两三个时辰，敌人必料自己不会再去徒劳，说不定此时已疏了防范。再则，前几次飞剑循声斩敌，因恐失事，俱是和轻云做一起，事前彼此示意，容易为人警觉。这口紫郢，乃通灵异宝，昔日自己初得到手，剑术未成，尚能随心所欲、来去自如，何况又经炼过。日前听玉清大师说，因为这剑乃长眉师祖炼魔之宝，万分神奇，妙用无穷。自己虽受峨眉心法，能以飞行绝迹，毕竟年时尚浅、功时还差，尚未将此剑的本能发挥一半。今日困入妖阵，历久不出，似这样相持，挨到何时方可脱身？何不和从先一样，心中默祝，冒着奇险，乘敌人一个冷不防，将剑发出，任它自去寻找敌人。反正仇已结成，纵难逃脱，伤他一个主体，也可略消气忿。"想到这里，把心一横，心中默祝："师祖保佑，仙剑大显灵异，为我斩敌奏功。"倏地暗用玄功，分开剑光，直朝二童发声之处飞去。

那易氏弟兄因乃母绿鬓仙娘韦青青本在殿中有事，抽空出来会敌，一将敌人困住，便即回殿，行时再三叮嘱，只可生擒，夺她们双剑，赔还失剑，不可遽将阵法一齐发动，加以伤害。以为敌人已成网中之鱼，不久自会晕倒就擒。谁知敌人虽被困入阵内，那两道剑光却是神妙莫测，护住敌人身体，恰似红紫两道光华团成一个彩球，芒彩四射，在阵中电转星驰，滚来滚去，竟不能伤她们分毫。后来易震等了一会儿，实是不耐，与易鼎争论一番，拼着受责，将离官上阴阳火箭发动，去射敌人。不料才一挨近敌人，箭光便即消灭，这才不敢大意。又恐乃祖明日回殿，不知嗔怪与否，想再发动阵法，又恐一样无功，反伤异宝，也是在那里着急。头两次轻云二人飞剑去伤易氏弟兄，一则剑未离身，由着二女指挥；二则易氏弟兄人在明处，一见敌人剑光飞来，即将阵法略一倒转，便即避开，二人也忙着收回。及至屡击不中，二人停手，易氏弟兄果如英琼所料，以为不会再来，敌暗我明，未免略疏防范，再加英琼此次是以意灵运用，由紫郢剑本身灵妙前去寻敌，比较迅速得多。易氏弟兄正在阵中心打算擒敌之策，忽见敌人分出一道紫光飞来，才一看见，便已临头，喊声："不好！"忙将阵法倒转，危机瞬息，刚得避开，那紫光竟是灵异非常，已是随后追到，逼得易氏弟兄走投无路，只得连将阵法倒转，苟延喘息，仗着阵法，变幻不停。英琼、轻云只见紫光在近身不远上下纵横，电射不停，不知敌人如此狼狈。否则轻云青索剑也照样飞起，两下夹攻，易氏弟兄休想活命。轻云先时颇恐英琼鲁莽，及见剑光近侧飞绕，却未闻敌人讪笑，也未见有甚别的动作，猜知不甚失利。

这一来，一方受着紫光追逼，一方又恐有别的失利，彼此都不知如何才好，两下里又经过好些时候。英琼因自己紫郢剑只管在黑影中飞掣，知道此剑灵异，一放出去，如不奏功，非经自己收回，绝不回转。时间已很久，也恐闪失，正想收回，忽然一道白光在黑暗中出现，与紫光只略一交接，便听一个女子声音喝道："鼎、震二侄，还不快收阵法，真要找死么？"一言甫毕，眼前倏见一亮，依旧天清日朗。二人的身子不知何时已移在殿前石台之上。面前不远，站定一个身材极其矮小的少女，手指一道白光，将空中紫光拦住，还在互相纠结。先见那两个童子，满脸忿恨，却在那女子的身后一言不发。轻云一见这般情势，便知那少女定是解围之人，恐英琼飞剑厉害，又出外错，刚喊："琼妹且慢！"那少女已含笑说道："峨眉道友果是不凡，便连我这口阿难剑，也非敌手呢。我们俱是一家人，二位道友快请停手相见，免伤两家和气。"说时，英琼得了轻云招呼，又看出来人之意，便各自将飞剑收回，彼此相见叙谈。

果不出轻云所料，后来的这一个少女，便是易氏弟兄的姑姑、云南昆明府大鼓浪山摩耳崖子尸洞一真上人心爱弟子、神尼优昙的侄甥女神婴易静。自从被赤身教主鸠盘婆用魔法困住,九鬼唊生魂,吃了大亏,负气回山以后,除了每隔三年到玄龟殿省一次亲外,多年不曾出世。这次出山,一则因接了神尼优昙的飞剑传书,说峨眉教祖在峨眉山凝碧崖开辟洞府,群仙盛会,命她到日前去赴约;一则因自己所炼法宝已成,不久要去寻鸠盘婆算那旧账。故此在往峨眉赴约之前,回殿省亲,就便取一些灵丹和贺礼带去。行近玄龟殿上空,忽见殿前面九宫台上阵法发动。先以为父亲兄嫂定在阵中主持,暗忖:"何人大胆,竟敢来此侵犯?"及至入阵一看,仅是两个侄子易鼎、易震在内,已被一道紫光迫得走投无路,又认出那紫光的来历。父亲兄嫂不在,知道易震素来逞强,惯好生事,峨眉门下绝不至无故侵犯,定是他兄弟两个趁着祖父、父母入定晨参之际,惹出乱子。阵法运用,又不能全知,虽将敌人困入阵内,反被人家迫得这等狼狈。久闻峨眉门下用紫色剑光的只有两人,内中有一口紫郢剑,更是冠冕群伦,现为峨眉三英中一个名叫李英琼的女弟子所有。这被困的也是两个女子,想必是她无疑。又想起昔日乾坤正气妙一真人救命之恩,无论来人是否有理,也须放她出阵才对。

想到这里,一面喝止住易氏兄弟,命他们将阵法收去;一面飞出剑光,去试试紫郢剑到底如何,果然厉害非常,好生赞羡。互相收手,一问起衅原因,才知其咎不在二人。刚想唤易氏弟兄上前见礼,回身一看,只有易鼎一人尚躬身立在自己身后,易震已在双方说话时溜走。易静猛想起嫂嫂素常溺爱护短,与自己颇有嫌隙,必以为是帮助外人,欺压她的爱子,倘如闻信走出,绝不甘休。父亲晨参,神游未回,无人制服得了,当着外人,岂不面子难看?忙对英琼、轻云道:"二位姊姊既奉师尊之命,有事南海,想已在此耽误些时。紫云三女近来与许飞娘等各异派妖人交深莫逆,绝不借水。愚妹原意也往峨眉赴约,便道回家,取些礼物丹药。不想舍侄如此无礼,阻滞云程。现听大舍侄说,家父神游未归,正好陪了二位姊姊前往紫云宫,会那三凤姊妹。事毕归来,家父必已回转,那时便道下来,取了应带之物,随了二位姊姊,同往峨眉。岂非一举两得?"轻云道:"承蒙相助,感谢不尽。愚姊妹一时鲁莽,误伤尊嫂令侄飞剑,心实不安,意欲请出尊嫂,谢罪之后再走,如何?"易静道:"既是一家,事出误会,相见何须在此片刻?南海之行,关系重要,还以速去为是。"

第一五九回

秘阵困英云　海中兀立玄龟殿
片言消误会　天外飞来女神婴

　　轻云、英琼已经耽搁了将近一日一夜，巴不得即刻动身。只因知道了人家底细，易静又是那等谦和，觉得心中抱愧，不能不打个招呼罢了。一听易静这等说法，正合心意。正要道谢起程，易静忽道："二位姊姊先行一步，小妹对舍侄还有两句话要说，少时自会随后赶上同行的。"轻云一则急于上路，二则久闻女神婴大名，想试试她的本领如何，便和英琼一使眼色，各道一声"有僭"，便破空飞去。神雕佛奴本来隐身云空相候，见主人飞起，迎了下来。二人因要和易静比快，连雕也不骑，只嘱咐那雕随后跟去，到了迎仙岛，听命再行下落。说罢，回望下界，易静还在殿前石台上与易鼎说话，殿中有一道青光刚刚飞出。二人也不及细看，彼此一招呼，双剑合璧，化成一道红紫两色的彩虹，电闪星驰，直往迎仙岛飞去。飞行了一会儿，眼看下面波涛浩淼，水天相连处，隐隐有一座岛屿，浮萍般漂浮在水面，知离目的地不远，易静还未追来。正在心喜，想到了岛的上空，再停着剑光等她到了，一同下去。就在这催着遁光飞行的当儿，倏地一道白光，如经天长虹一般，从后面直追上来，与自己会合。二人心中暗自惊异，女神婴果是名不虚传。当下三道光华合在一起，同往前途进发。飞行迅速，顷刻之间到了迎仙岛的上空。三人看见一道银光盘岛飞翔，上下不定，易静性子最急，一问不是同道，便迎了上去。那道银光却也知机，先与白光接触，已是微觉不支，再与紫光一碰，更知不是对手，哪敢迟延，一拨头，便似陨星一般，往延光亭那一方飞落下去。三人刚要跟踪追赶，金蝉、石生已迎了上来，接下去彼此见礼。因金蝉、石生元气还未康复，先由易静行法，将存身之地封锁，然后谈说经过。

彼此说完了紧要之言，金蝉、石生又在石上打坐。一个多时辰过去，二人先后运用玄功，复了元气，跳下石来，金蝉刚张口说，要往延光亭内，去偷擒一个轮值甬道的宫中徒党，来盘问底细。女神婴易静拦道："二位道友且慢。愚妹初来，寸功未立，情愿代劳，擒一个妖党做见面礼如何？"说罢，不俟金蝉还言，猛的一声大喝，将手一指，面前不远，现出一个长身玉立的白衣少年，站在当地，一言不发，满脸俱是羞怒之色。易静喝道："你这厮苦未吃够，还敢对我不服么？再不细说魔宫虚实，看我用禁法制你，叫你求死不得！"那少年也喝道："俺杨鲤也是自幼修道，身经百难，死不皱眉，难道还怕你不成？我原是一番好意，被你错认仇敌擒住，又用法术禁制，出声不得罢了。"言还未了，金蝉、石生自那少年一现身，便看出他与蓉波所说内应好友杨鲤相似，听他道出姓名，忙说："这位杨鲤道友是自家人，因为彼此均是初见，所以容易误会。"易静闻言，忙将禁法撤去，又向杨鲤致歉，才行分别就座，谈说宫中之事。

原来先时那道银光，便是杨鲤借着擒敌为名，自告奋勇，出来通风报信。偏偏金蝉、石生藏得隐秘，没有发现。三女一到，看出是外人，便动手，打又打不过，只得暂时逃将下去，意欲等来人落地，到了亭内，再现相见，相机行事。谁知下来时，又见两道剑光迎了上来，一道恰似一溜银雨，一道夹着风雷之声，与蓉波所说相似，才知后来三道是峨眉派来的接应。遥见五人聚在一起，便隐身过去，想听完了来意出面。谁知女神婴易静法术通玄，早已料到逃走的那一道银光绝不甘休，暗中用法术下了埋伏，杨鲤身刚近前，便被困住。安静点还好，越想挣脱，越吃苦头，只得耐心等候。易静原知有人被擒，仍然故作不知，不动声色。直到把话说完，金蝉、石生元气康复，要去擒人来问，才将他现出。这一存心取笑不要紧，从此易静和杨鲤又结下仇怨，日后几乎两败俱伤。不提。

杨鲤被释以后，因为素来好胜，又关系着蓉波的重托，恼也不是，好也不是，只得忍怒对石生说道："令堂入宫交信，因值敌人行法未完，候了些时。不想二位已闯入甬道，伤了神鲛，连破去外层十六个阵图。虽然二位性急，不过不如此，紫云三女受了许飞娘蛊惑，也绝不将贞水献出。如让她接书之后，好好款待，将二位迎请入宫，用善言婉谢，反倒不好翻脸，倒不如这样硬做为妙。目前大公主初凤正在重新布置已毁阵法，各处均添了法宝和埋伏，愈发不易攻进。那天一贞水已交给三公主三凤，此女心性狭隘，为人阴险狠毒，最是难惹。现由第三层主阵二公主二凤的丈夫金须奴主持，此人曾受嵩山二老之助，在月儿岛连山大师藏真火穴之内得了许多法宝，虽然人较善良，可是道法厉害。神沙甬道长有千里，阵法随时变幻，妙用无穷。据我与令堂平时留心观察刺探，他那阵法虽属魔道，却是参天象地，应物比事，暗合易理，虚实相生，有无相应。数共五十，用者只四十九，其一不用者，乃阵之母。全甬道阵图，皆由此分化，虚阵不破，纵将四十九阵全阵破去，也无甚大用。再加上各首要人的法宝，经我目睹过的，如烦恼圈、炼刚柔、两仪针、璇光尺等，更是厉害非常，不可轻视。"

金蝉便问道："此阵如此玄妙，我见先前有一轮值之人，并无甚道行，但他往来无阻，莫非这些阵法俱不怕自己人误蹈危机么？"杨鲤道："此阵以海底千年珊瑚、贝壳和许多恶毒水产生物的精血炼成一种神沙，再用魔法筑就，名为神沙甬道，全以神沙为主。全甬道共有三十层，最厉害的是无形沙障，任是大罗神仙，也难随意通过。我冒险泄机，也是为的此事而来。但凡宫中党羽，大半都有初凤给的一面护身通行的神简。那在延光亭外轮值的人，除了这一面神简以外，每人还有四十九粒沙母。这沙母乃当初炼沙时，从五色神沙中采炼出来的精华。得到手的，只有我与陆道友、龙力子、吴藩和宫中一个先来的妖道名叫于亨的五个轮值延光亭的人。除吴、于二人外，我三人均甚莫逆。那龙力子只轮值了一次，因他生具异禀，心性好奇，第一次轮值，就故蹈危机，把沙母试去了好几个。被那初凤在宫中总图中窥见阵法时动时止，猜出是他淘气。恰巧我在旁侍立，便命我去替他，将他唤入宫去责罚。我知龙力子年纪尚幼，最得宫中诸首要欢心，罚必不重，当时略留了一点心，把他的沙母索取一半。初凤问时，只说首次误触仙阵，一时害怕过甚，惟恐一粒无效，抓了一把撒去，及至二次又试，才知只用一两粒，便可平息，悔已无及等语。初凤果然被他瞒过。又经大家一求情，念其年幼无知，只训斥了几句。恐他又轮值生事，便将余剩沙母追回，调了防守甬道入口的职司。事后一数，我共得了二十六粒。诸位有了这沙母，如在甬道中遇见神沙作怪，只须口诵所传咒语，用一粒沙母向上一掷，立时便有一团五色霞光，由小而大，往四面分散出去，便将阵中神沙抵住。等到沙母与神沙相合,身已离了险地。只要把十三层沙障渡过,便可直达宫内了。不过话虽如此,大阵口全有宫中一二首要人把守,便是寻常地方,也各有灵禽异兽盘踞。我二人所能助力者,仅此二十六粒沙母,仍是有限,全仗诸位道法施为罢了。"说时,看了女神婴一眼,忿恼之色仍未减退。易静知他余忿未解,说话意思,似有点激将自己,故作不知,将脸往旁一侧。

英琼要过一粒沙母一看,大如雀卵,乍看透明,色如黄晶。再一细看,里面光霞潋滟,彩气氤氲,变幻不定,也不知有多少层数,知是宝物。众人传观之后,杨鲤便将从龙力子手中得来的二十多粒沙母,除自己留下两粒以备万一之需外,俱都交给金蝉去分配。又将用法咒语,一一口传。然后起身作别道:"我杨鲤道浅力薄,所知止此,只为陆道友重托,冒险出来,略效绵薄。不料为人误解,耽误了这许多时候。宫中诸人个个灵敏非凡,前者五台妖妇许飞娘来此,已对三凤说我形迹可疑,须加仔细,此番回宫,吉凶莫测。我原是自行投到,又加遇事留心,不似陆道友受有妖法禁制,就此脱身,本无不可。无奈丈夫做事,贵乎全始全终。想当初随家师往莽苍山兔儿崖访友,与陆道友相遇,承她不弃,下交愚鲁,心甚感激。不料后来闹出许多事故,在石中禁闭了多少年,方得成道飞升,又遇恶魔劫持,强令服役。虽说前孽注定,我总是个起祸根苗,追念昔日传我玄门道法盛情,不能自已,才投身到紫云宫门下,本想助她脱难。过了些日,才知三女因她是已成道的仙婴,恐她中途逃走,用魔法炼了一块元命牌,将她真灵禁制。如不背叛三女,在宫中执事,永久可以相安;否则一有异志,只要被三女觉察,无论相隔千万里,三女略施禁法,用魔火魔刀去烧砍那面元命牌,陆道友立刻被烈焰烧身、利刃刺骨,不消两个时辰,化为青烟,形神一齐消灭。我与她誓共生死患难,说不得仍然忍辱负重,冒险回宫,一切听之命数。那龙力子生相丑矮,一望而知,此事我已与他明说,诸位如在宫中遇见,他能为力,必定相助。如不得已,为掩敌人耳目,与诸位交手,须要手下留情,留异日见面地步。明日许飞娘同了几个妖党前来祝寿,我等相见固难,见亦无用。诸位道法高强,又得了这些沙母,最好早些下手,要省却许多障碍。天一贞水到手之后,诸位既与石生同门,当能为急母难,千万将那面元命牌盗走,将陆道友接返凝碧仙府,掌教真人自有救她之法。这机一失，陆道友更无超劫成仙之望了。我本拟助陆道友脱难，同入峨眉，寻求正道。如今无端受了挫辱，无颜同往，此念已消。等诸位这两件大事办完，送走陆道友，便去觅地苦修，侥幸小有成就，再图良晤。这数日内纵使相遇，也与仇敌无殊。此乃形势所迫，不得不尔，还望原谅。前路珍重。"说罢，又看了女神婴易静一眼，脚跟顿处，一道银光，直往延光亭内飞去。

轻云知他记了易静的仇，早晚定要报复，想劝说几句，业已飞走。易静笑道："不想这人性情如此褊狭。当初因他用隐身法前来窥探，形迹诡秘，哪里料到是自己人？再加上他被我法术困住后，又不老实，屡次想用法宝飞剑暗算我，这才给了他许多难堪。虽怪我做得稍过，其咎也是由他自取，既是一家，何不早点出头露面？他几番朝我示意，我看诸位道友面上，没有理他，谁还惧他报复不成？"轻云笑道："这人倒也满脸正气，只是修道人不该如此恩怨太分明罢了。"英琼、金蝉齐声催道："这些闲事，管他呢，我们快办正经事吧。"轻云也觉许飞娘一来，事更棘手，便命金蝉取出沙母，分与众人，以备缓急。只女神婴易静，因为适才杨鲤辞色不善、嫌怨未解，不便借助于他赠的东西，再三不要。轻云苦劝不从，知她道法高深，既然执意不取，必有所恃，只得罢了。一数那沙母，共是二十四粒，除易静外，四人恰好每人六粒。

分配定后，便由金蝉在前引路，由岛滨暗礁上往岛心延光亭中飞去。到了一看，那圆形甬道中，现出一条直通下面的大路，看去氛烟尽扫，迥不似头一次入内，霞光乱转，彩雾蒸腾之象，便和众人说了。轻云等俱猜敌人门户洞开，藩篱尽撤，必是诱敌之计。易静道："此事不然。紫云三女已知我等此来，奉有师长之命，取那天一贞水，不到手，怎肯回去？头一次虽遇伏败走，可是使命未完，无论多么艰难，也须卷土重来，何必再用诱敌之计？其中定然另有文章。小妹当初曾受掌教真人救命之恩，无以为报，此时正应勉效微劳，为诸位道友前驱，一查就里。"说罢，便要越众进去。轻云忙拦道："姊姊且慢。此次前来，重在那天一贞水，并非扫灭敌巢，仙府盛会不远，事情以速为妙。杨道友所赠之物，不过留备万一。金蝉师弟携有宝相夫人弥尘幡，心灵所及，瞬息可达，捷于形影。我等还是会合一处，同驾弥尘幡下去。如能穿越甬道，同抵宫中，岂不省事？如真不能通过,再请姊姊当先,施展法力,破他阵势,也不为晚。"

易静道:"弥尘幡妙用,小妹久有耳闻,不过紫云三女这大衍阵法,出之天魔秘笈,委实变化无穷,除了精通地行妙术,在他甬道以外循着地脉穿行入宫,不能进去。昨日金蝉二道友侥幸入内,连破了外层十六阵,乃是出其不意,尚且那般烦难。今日敌人已是时刻留意,防备周密。昨日二位道友退出时,必被她看出是弥尘幡妙用,她只须等我深入以后,在内层主阵总图中将阵法颠倒,参伍错纵,随时变化,我等纵仗法宝护身,不致失陷,要想脱身,却是万难。转不如明张旗鼓,按照五行生克,一层层破将进去,试探前进,虽然较迟缓,却要稳妥得多。其实天魔秘笈诸阵法,小妹也只闻前辈师长们述说,并不能尽晓其中微奥。不过家君在玄龟殿前所设阵法,运用发挥,却所深知。虽然其中施为各有不同,一样也是参天象地,根据阴阳生克五行,倒转八卦,有无相循,虚实相应,本乎数定于一,一生万物之妙,渺乾坤看一粟,缩万类看咫尺。否则以二位姊姊道行那等深厚,又有紫郢、青索双剑合璧,何等厉害,怎会在阵中飞行了半日,依然未离石台数亩之内呢?小妹愚见,以为道家妙用,邪正虽殊,其理则一。莫如仍由小妹先驱,相机前进,先将他外层阵法破完,他等忿恐交集,势必只留初凤一人看守黄晶殿中主图,余者倾巢出战。那时诸位只管应战,由小妹一人用法宝护身,借隐身遁法直入宫中,偷偷寻着陆、龙等内应,问明藏水所在,盗了出来。先分出一位,带了贞水,回山复命。二次再去盗她的元命牌,连陆、龙二位一齐救走。岂非绝妙?"

第一六〇回

迎仙岛被羁　忍耻勉完知己托
紫云宫再入　曲全聊寄解纷书

轻云虽然素闻女神婴之名，来时玄龟殿只是初遇，不知她道法深浅。一听她说得这般容易，虽是半信半疑，但是论理，也不为无见，只得暂且依允，到了里面，再作计较。当下便由女神婴易静为首；金蝉、石生一持弥尘幡，一持天遁镜，为易静之佐；自己与英琼为殿。表面上是让易静做先锋，其实无殊五人同进，以防万一有事，仍可借弥尘幡、天遁镜护身退却。易静知道轻云持重，信不过自己的能力，又不好意思违人善意，所以这等布置，暗中好笑。仗着深明诸般阵法玄妙，愈要卖弄本领，使轻云等心服，当时并未说破。一路观察形势，仔细试探前进，顺着甬道飞行了几十里地，沿路平洁，除壁上神沙彩光照耀外，丝毫没有动静，心中好生奇怪，只想不出是什么缘故。又飞行了十余里，一问金蝉，已快到达昨日金、石二人几乎失陷的第一层阵。正在悬揣，忽见前下面一道光华飞了上来。易静刚要迎敌，光华敛处，现出一个羽衣星冠、面如白玉、丰神俊秀的少年道人，见了众人，也不说话，只将手连摇不止。金蝉认出是昨日会战的金须奴，刚想飞剑动手，金须奴忽又借遁光往甬道下隐去，同时便有一片东西飞来。石生看出似一封束帖，伸手接过一看，果然是一片海藻写成的书信。连忙止住众人，大家聚拢一看，大意说阵法玄妙厉害，罗网密布，峨眉诸道友不可深入。他本人受过嵩山二老大德，又承重托，理应稍效绵薄。无奈此时双方已成仇敌，不便面叙，他一人又难以拗众，故将前三层阵法开放，等诸人入内，面交此柬，以当晤谈。此时有两人作梗，诸多不便，请即回转峨眉，等过了三女寿日，定取贞水，前往献上，绝不失信。否则此水现为三凤保管，藏在金庭玉柱之中，有魔法封锁，即使能达宫中，也恐不能到手等语。众人刚一看完，那片海藻忽然化成一股青烟而散。

众人看完那海藻上所写的字，略一悄声计议。女神婴易静首先以为金须奴言之稍过，把神沙甬道形容得那般厉害，心中不服。轻云等也觉奉命取水，畏难而退，不特不好交代，又值长幼同门、各派群仙聚集之时，这般回去，脸上无光。石生更因母亲为三女劫持，被妖法困在宫内，以前只当升了仙阙，每想慈恩，犹极悲痛。现在已知为妖人所劫，陷身魔宫，就此舍去，何以为子？一见轻云等沉吟计议，心中一着急，便含泪跪到众人面前，无论如何，要请众人相助，将乃母救返峨眉才罢。金蝉忙一把拉起，轻云已说道："此事还用石师弟重托？休说我等同门之谊胜于骨肉，便是外人有此苦境，我等见了，也难袖手。事已至此，义无反顾。我不过见那书信看完，便即化去，据我推测，投书人举动如此慎秘，顾忌必多。第三层主阵，又是他镇守。他已打了我等招呼，存心不恶。少时到了里面，他为形势所迫，不得不极力拦阻前进。我等到时应该如何发付才好？"石生闻言，转忧为喜，正要称谢。易静道："这有何难？他既不忘二老恩德，打算暗助我等，即使为妖党所挟，力不从心，我等念他良心犹在，动手时节败了不说，胜了也给他留一点生路，放他逃走，也就足矣。看前面黑影中，忽有光霞出现，阵势已经发动，且待小妹上前试他一试。"说罢，便纵遁光往前飞去。石生、金蝉一见，正合心意，即同借遁光跟踪而往。

轻云原想与众人商议，就着金须奴暗中相助机会，到了第三层阵内，用言语示意，表明自己奉命而来，绝无后退之理。金须奴允相助，便交手一场，暗将出入之法点破；或者一面假装败退，由金须奴再用前法投书，说出盗水之策。自己看在他份上，也不伤害宫中之人，俟得了手，顺便将陆蓉波救走。如果爱莫能助，再凭各人法力，相机行事。不料众人这等心急，又不知易静是否可操必胜，见英琼也要相机追去，忙一把拉住，悄声说道："易道友与两位师弟都甚性急，成败难以预料。我二人如见情况不佳，便将双剑合璧，百魔不侵。且莫急于动手，等他三人不济，也好接应。魔阵厉害，须要慢进快退，方可万全。"说罢，才一同往前追去。

五人剑光本都迅疾非常，就这说几句话的瞬息时间，前行三人已冲入金霞之中。等到轻云、英琼飞到，已不知三人何往。二人便直往金光霞彩中冲去，紫郢、青索双剑毕竟不凡，那么厉害的沙障，竟不能挤压上身，剑光所到之处，那千寻金霞，竟似彩浪一般，纷纷冲开，幻成无数五色光圈，分合不已。二人在金霞中左冲右突，除互相看得见彼此的剑光外，四方上下，全是层层霞彩，氤氲灿烂，照眼生缬，哪里看得出前行三人影子。恼得英琼性起，便回身迎着轻云的青光，运用玄功，将青紫光华合在一起，化成一道青紫混合的彩虹，冷森森发出数十丈寒芒，飞龙夭矫般一阵腾挪卷舞。这一来果然有了效应，不消片刻，耳听极轻微的散沙之声，光霞逐渐稀少。忽听一声长笑过处，眼前一暗一明之间，所有光霞倏地隐去。近身不远，有百丈金光白光一幢彩云，及红紫银白四道剑光，正在往来冲突，刚刚收住，现出易静等三人。二人刚要飞身过去相见，猛听金蝉惊呼了一声："快追！"回头一看，一团黄光白气，大约亩许，簇拥着一团霞光隐隐的圆东西，星飞电掣般直往甬道前下面退去。这里金蝉为首，石生、易静跟着驾遁光追去，前面一暗，现出一片黄墙，已将甬道去路堵死，哪里追赶得上。

轻云已知阵法厉害，连忙止住众人，暂且缓进，商量妥当，再行下手。一问经过，才知三人在前，易静自恃道法高强，金蝉、石生又因二次重来，知道那金霞是有形沙障，比无形的容易冲过，没有十分留意。谁知刚一冲进数十丈左右，剑光稍一运转迟缓，金霞便挤压上来，看似光华，没有东西，却是挨着一点，痛便彻骨，而且压力极大，迫得人气都难透。幸而三人俱是能手，发觉又早，只金蝉略受微伤。一见不妙，忙将弥尘幡取出应用，护住身体。虽然未受别的伤害，只是这次要厉害得多，敌人早有布置，暗中运用不息，比不得上次阵中无人主持。四面金霞像狂涛一般涌到，三人所经之处，层层彩浪。石生用天遁镜去照，虽不时将近身金霞冲破，一转眼间，依旧浓密，顾了前面，后面又起。金蝉算计轻云、英琼早就该跟踪而至，可是用尽目力，也看不见二人所在。

还是易静比较年长道深，因适才在夸大口，地遁未成，自己反仗金、石二人的法宝护身，心中未免有些惭愧。只盘算怎么动用法宝出奇制胜，准备一出手，便即成功。随着金、石二人彩云金光笼护之下，飞行了一会儿，才决定将多年苦功炼成用来寻鸠盘婆报仇的七件至宝当中的一件，名为灭魔弹月弩的，取出一试。因为这七件专门克制魔教邪法的至宝，炼时固非容易，使用起来，除头一件护身法宝兜率宝伞出手便可运用外，余者大半都是由静生动之宝，用起来颇费一点手脚。易静为报前仇，炼成这七件至宝，大费心力，珍爱非常，今日使用，尚是初次。因恐用出来被仇人辗转得去信息，有了防备，所以先时颇为迟疑。后见阵中沙障魔光委实厉害，绝非别的宝物所能克破，再四踌躇，方行决定。她炼成这灭魔弹月弩，采聚三百六十五两西方太乙真金，在丹炉内炼了三百六十五日，先将它熔炼成了无色浆液。后用仙法，借巽天罡风吹了七日。吹得渐冷之后，方放入凭自己心意预先用五方真土炼成的模子以内，放入丹炉，再烧再炼。又是三百六十五日过去，才刺了自己一滴心血，去开炉结火，告成大功。此宝形如弩筒，藏着五颗无色金丸，中有机簧，可以收发由心，专破魔火邪烟，妖光毒沙，神妙无比。只使用之时，须默用玄功，由本身三昧真火发动，方始有力。

易静因知敌人用的是天魔邪法，格外慎重。刚刚取出，准备停妥，将本身三昧真火引入弩中，正要发动，恰值石生手中天遁镜突破一条彩虹，长约十丈。易静原是行家，一眼望到面前光霞分合中，似有一个彩圈，现而复隐，看出敌人阵法是不时倒转，大家枉自飞行了这多时候，一定还没有离开原地。气忿之余，猛地心中一动，暗生巧计。忙将手中宝弩暂时停止不发，飞近石生跟前，说道："石道友，宝镜暂且借我一用。"石生不知是何用意，迟疑了一下，才行交过。易静接镜在手，又对金蝉道："道友，我们冲不上去，方向错了，这边走吧。"金蝉因自己入阵始终不偏不倚，照直前进，除石生的宝镜是四面乱照外，虽有时回顾英琼、轻云可曾追到，方向并不曾错；而且自己是一双慧眼，明明好几次看出上次在第三层阵内所见圆形金柱和形如太极的圈子，在前面隐现闪动，怎会错了方向？未免将信将疑，不肯回身。易静又不便说出敌人在那里时时倒转阵法，似这般一步也难上前；自己又看出金须奴只阻来人前进，不愿伤害，故意往相反方向退去。等敌人阵法略停动转，倏地乘其不备，回身一手用宝镜冲破金霞，一手用弹月弩将五颗金丸相次发出，不但消灭敌人魔光，还可破去敌人外层阵图。一见金蝉不肯回身，便说道："道友但从我言，我自有破阵之法。"金蝉只得依了。刚一回身，易静知连弥尘幡飞行迅速，后退无阻，恐妨飞远，猛喝道："二位道友少停，看我破他魔光！"说罢，倏地回身，刚刚举弩，发出一粒金丸。就在三人借回身略一迟疑之际，英琼、轻云已将双剑合璧，化成一道青紫色长虹卷来。

对面金须奴见来人接了警告不去，仍行先后深入，好生焦急，使用全力抵御，将阵法连连倒转，一心只想来人知难而退。谁想来人护身法宝厉害，一点也不怕那神沙侵体。相持了好一会儿，又见先来三人退去，后来二人的剑光忽然合在一起，所过之处，金霞纷纷消散。知道不妙，正在着忙，那先来三人中，一个持镜的幼女，倏地回身将手一扬，便有一点深红奇亮的火星飞出。接着爆散开来，化成无量数针尖也似的微芒，光并不大，可是一经射入金霞层里，所有放出去的神沙，立即逐渐消灭。这两起法宝飞剑，有一起已受不了，何况双管齐下。知道这第三层外圈阵图，当初炼成颇非容易，因想拦阻敌人，外层十四阵的神沙都被自己运来使用。万不料敌人如此厉害，所有法宝飞剑，俱是神奇莫测。万一阵图玄机再被窥破，不特负了初凤的重托，而且全阵俱受影响。甬道一失，紫云宫难免瓦解。本就打算暂且携图遁往内阵，再想御敌之策。忽又想道："一切前因后果，三凤、冬秀两个实是惹祸根苗。即以这次而论，三层主阵，本是自己负着防守专责，偏生三凤、冬秀执意要大家轮值。日前三凤来代自己时，原是留着对弈一局。又是冬秀跑来，提起后日是三位公主降生逢百盛典，几句话，把三凤说高了兴，一面行法请客，一面还要炼宝娱宾。自己不便违拗，也和众人一样无知，以为甬道中阵图神妙，埋伏重重，无论仙凡，俱难飞入，自筑成以来，从未出过些须事变。一时大意盲从，谁知惹出这么大乱子，好端端树下这么一个并世无两的强敌，不论眼前胜败如何，异日俱不得了。否则自己如在三层阵内防守，先遇防守延光亭的报信，先知此事，必想起以前嵩山二老之托，哪怕冒着不是，也要暂时瞒着众人，偷了天一贞水，送与米使。即使是三凤轮值，接了信去，也值一局未终，仍得先知此事。姑无论三凤意思怎样，此时来人候的时光不久，必不会擅行冲入，彼此未曾伤了和气，仍可相机转圜，劝说三凤等人。答应给水更好，不然，自己也可借着婉辞来人为名，出去相见，略说苦况，请来人先行回山；或在中途相候，自己等把人打发走，便和二凤商量停妥，盗了天一贞水，赶送了去。非但没有这场大祸，有此一段香火因缘，日后还受益不浅。适才第一次来人遁走时，初凤因被自己言语提醒，已有回心转意之念。又是这两个对头作梗，用言相激。一个将贞水要去，藏在极严密的所在，用天魔秘法封锁，休说去盗，人一近前，她便惊觉。一个却在内阵入口处坐镇，一则意在监视自己，有无通敌举动；二则因初凤说来人法宝厉害，外阵有无形沙障，俱未必能阻挡得了，特地约了三凤，除原有阵法中种种厉害设施外，又将二人近年所得所炼的法宝，全都带在身旁，准备敌人破了外阵入内，好施辣手。紫云三女应劫在即，二女不知避祸，还要如此倒行逆施，定为灭亡之兆。自己如不见机，初凤、二凤定然殃遭鱼池，自己也难幸免。明知敌人有进无退，何不借了外人力量，能将二女除去更好，否则略施惩戒，使二女吃点苦头，也免得她们事事一意孤行。"想到这里，便在第四层阵内，运用阵法，照计布置：等来人攻将进来时，将一连十余层的阻力私行撤去，引入冬秀防地。反正来人该胜总是要胜，乐得假手除害。如来人真为二女所败，至多不过被阻不前，单有那几件法宝护身，也绝不致有甚伤害。自己乘此机会，用缩沙行地之法急飞入宫，告知初凤，说自己因连施阵法法宝，俱敌不过来人，恐外层诸阵被来人破完，只得将来人引入内阵。三公主和冬秀能否获胜，实不可料。一面看初凤辞色，相机进言力劝，痛陈一切利害。初凤只是近来朝夕祭炼那不可轻炼的魔法入了魔，一时心里糊涂。只要说动，便由她自去取水，交与来人带回，说明误会之由。这时胜负尚未大分，又是来人等信不及，无知误闯，伤了神兽，不特曲不在我，还可卖个人情与白、朱二老，一点也伤不着面子，岂非善策？为了全宫存亡关系，倘如因此得罪二女，不肯甘休，便偕了二凤，离开这里，去另寻名山修炼，也说不得了。

且不说金须奴独自寻思，暗做准备。那英琼、轻云等五人，相次发现阵图而不曾追上，会合到一处，彼此说明经过之后，女神婴易静便将宝镜还了石生。轻云看出甬道阵法厉害，力主这次前去，五人同在一处，千万不可分离、再有丝毫大意。适才下书人始终不曾出战，颇有留情之意，遇上也须稍留情面。商量定后，易静细参阵法方向，看出前面正是入路。那片黄墙，不过敌人退走之时，用来略微遮阻，以防窥探他的底蕴而已，并无甚过分深奥之处。虽不算是障眼法，却也容易用法力攻破。众人不测深浅，正好逞能。便请众人少退，只准备遁光，等自己破去那面黄墙，即行入内。众人依言，任她施为。易静禹步站好，暗运玄功，一口气喷在手上。然后双掌一合一搓，朝着那片黄墙只一扬，便有一团火光飞出，落到墙上，一声小小的炸雷之音,那墙便化成一团浓烟四散。烟尽处,眼前又是一亮,那甬道变成了一条玉石筑成的长路,两旁尽是瑶草琪花、琼林仙树。长路尽头,有一座翠玉牌坊。坊后面,是一所高大殿阁。远望霞光隐隐,真是金庭玉柱、琼宇瑶阶,庄严雄伟、绚丽非凡。易静、轻云俱都看出是魔法幻景,也没放在心上,照旧驾着遁光前进。五人遁光本极迅速,可是那一段里许长的玉路,却老是飞不完。明明看见殿宇在前面,就是到达不了。五人不知金须奴一番好意,暗中行法,缩短甬道,将阵法掩过,引五人去直攻内阵。一见久无动静,当是敌人诱己深入,好生猜疑。又飞了一会儿,金蝉首先不耐,暗忖:"这道旁琼树花叶虽然灿烂,却似宝玉装成,并无生气,说不定便是阵中门户。左右与宫中诸人成了仇敌,不管三七二十一,且给他毁了,看看有无变动再说。"

第一六一回

飞剑斩琼林　火树银花惊魔女
护身凭宝伞　妖光邪雾困神婴

金蝉想好了主意，也没和众人商量，径自一指剑光，直往道旁两排琼树上砍去。石生见金蝉动手，也跟着将剑光一指。英琼近年道行精进，虽不似以往时那般性急，飞行这一会儿，也是有些难耐，见二人飞剑乱砍，也跟着指挥剑光动手。那些琼林仙树，原是每层阵图的门户和魔法的布置，多系神沙炼成的神柱，虽然厉害，哪经得这三口仙剑同时发动，自然不消剑光连连几绕，便即倒断。三人砍得兴起，准备挨排往前砍去，不问它是不是阵中的玄虚和甬道中的陈设点缀，不管三七二十一，给它来个全体毁坏，毁到尽头，总会有人出来交手。

前面易静闻声回顾，刚刚转过身来，后面两排琼树已被三人同时施为，用飞剑砍倒了六七株，还在顺路往前面砍去。金、石二人双剑一起同施，砍那左边的；英琼单人用剑光砍那右边的。先时琼树纷纷倒断，并无动静。砍到第八九株上，易静、轻云也想跟着下手。剑光刚飞出去，易静忽然一眼看到，那边琼树乍看分列两行，不过略有高低大小；这时一经细看，方看出不但树的形状枝叶各自不同，连那生根之处也有参差。有的三五丛生，有的挺然独秀，明明暗藏阴阳奇正。方觉有异，那第八、九两株，正同时被金蝉、石生、英琼三人相次砍断。金、石砍的是末一株，树是独株，不似前几株左奇右偶，几株并在一起而生。树刚砍断，便见树根断处，射出丝丝暗碧火花。易静见多识广，早已心动，一见便认出是魔法中极狠毒的阴火，后面必然还有别的厉害作用。昔日自己被赤身教主鸠盘婆用魔法困住，便是被这阴火所伤，通体寒噤，法宝全污，几乎被她用九鬼唉生魂，丧了性命，所以知道厉害。这时大家搜索前进，持着宝幡、宝镜，准备将来施为，又加上一路无事，金蝉、石生、英琼三人再一停步下手，先断好几株，并无异状，未免分神，有些疏忽。一旦变出仓猝，再用法宝护身，必然无及。幸而三人是先将阴火阵中的副柱全行砍断，等到末一根主柱发动，效力要轻一些；再加金须奴走时，意在将人引入内阵，早将阵法封闭，更失了不少效力；那阴火只是本身之力，自行发动。有此三种原因，所以要轻得多。

易静一见不妙，情知出声示警，未必能保三人无伤。仗着自己炼有这种护身法宝，忙即将兜率宝伞取出，往发火处投去。口中喝道："魔阵已经发动，妖火厉害，三位道友还不退向我等一处，合力破它！"说时，一幢火云刚刚罩向绿火之上。金蝉等三人也都闻警回身，忽听树根下面的地底下，一阵极轻微的爆音过处，一团碧荧荧的光华飞将出来。待要突起，被火云往下一压，两下交接，只三起三落之际，碧光倏地雨一般爆散往四面飞射。那团火云，竟具有相克之妙，也跟着绿光飞射处爆散开来，化成一团火网，将碧光包没。眼看火云中碧光乱掣，由大而小、由多而少，转眼工夫，尽行消灭。火云依旧成了一团整的，被易静将手一招，飞将回来。众人方在称奇歆羡，忽然罡风大作，刺骨奇寒。顷刻之间，黄尘滚滚，两排望不到底的仙树琼林，倏地疾如奔马一般，此东彼西，隐现分合，错综变化，自行移动起来。英琼便招呼轻云，将双剑合璧，上前扫荡。易静忙拦道："这是敌人因为我们破了他的魔火，必在那里变化阵法，此时还测不透他的深浅。好在我们存身之处，妖法已破，不前进不会有甚危险。索性用宝护身，小心准备，等他部署停当，看明了他的方向门户、生克之妙，再行下手，也还不迟。"众人对易静自是信心越坚，便即依言停手。

约有半个时辰过去，风势忽止，稍现光明。大家运用慧眼一看，尘沙稍息，前面却是黑沉沉的，所有先见的琼林仙树，俱都不知去向。稍微往前一探，那地却是软的。易静仔细看了一阵，昏茫茫一片，休说其中玄妙，连门户也分他不出。知道不撞上前，引阵势发动，一时分他不出。未免心中有些惭愧，红着脸，和众人说了。轻云闻言，仍主张和先前一样，联合前进，不要远离，以防万一。金蝉等三人俱都无话。只女神婴易静因适才初试兜率宝伞奏了奇效，暗忖："自己平日枉负盛名，与众人俱是新交，出手并未怎样获胜。这神沙甬道中诸般魔阵，纵难识透玄妙，难道还比鸠盘婆的魔法厉害？随了众人，联合前进，有他们那几件至宝护身，固是稳妥，但是适才说了大话，没甚表现，到底不是意思。"想凭着身藏七宝与地行仙通，单人当先破阵，试他一次。便开言道："小妹常随家父研讨过正邪各派诸般阵法，像凝碧崖仙府所设两仪微尘阵之类的先天妙道，玄门秘奥，固所难窥，若说各异派中用魔法妖术布成的邪阵，倒也略知一二。适见前面阵势，竟分不出它的门户，必是敌人知道我等厉害，恐被看破，另用什么天魔大掩藏等类的蔽眼妖法，将阵隐起。诸位姊妹道友就此同进，自无一失。为求迅速成功，还是由小妹前驱引导，先相机设法，使他门户现出，再行下手为妙。"

众人对于甬道中的阵法，原无所知，俱把易静当做识途之马。只轻云稍微有些顾虑。易静道："姊姊不须忧疑。适才所用法宝，名为兜率伞，专破魔火妖焰，乃小妹多年来费尽辛苦炼成的七宝之一。此去纵不能胜，有此一伞，足供护身之用了。"说罢，将手一扬，径驾遁光，往前飞去。轻云等四人也各驾遁光追去。先时无甚异状，眼看易静就在前面相隔不远飞驶。忽然阵中起了"沙沙"之声，四外一暗，前面易静将适才那团火云放起，知道阵势业已发动。方在准备，一转眼间，易静便不知去向。同时上下四方，俱是一团团的黑影飞舞，朝四人身上打来。四人经历过几次，已有准备。金蝉、石生各将幡、镜取出展动。英琼、轻云也忙运用玄功，将双剑合一，扫荡妖气。天遁镜金光照处，那一团团的黑影里，还有许多奇形怪状的乌鲁鬼怪之类，张牙舞爪，飞扑而来，势虽凶恶，但听不见叫嚣之声。这些黑影，吃金光一照，俱都化为轻烟而散。许多乌鲁鬼怪之类，也都眼看消灭。妖法虽破，阵中仍是黑沉沉的。四人也不管他，仍然照旧前进。不多一会儿，又和先前一般，阴风骤起，寒飑袭人。接着不是沙障围压，便是阴云鬼怪齐至。

话不烦絮，似这样一连经过了八九次，俱被众人用法宝飞剑破去。轻云暗想："全阵只有四十九个阵图，目前已被金蝉、石生破了十几处，纵使被紫云三女用魔法修复，如都照这样破法，至多三五日，必能将全甬道阵图破去。只奇怪这半天工夫，始终未见一个敌人出战，令人不解。"

正在寻思，忽听四面起了轰隆之声，不绝于耳。霎时间，那惊天动地般的大霹雳，夹着一团团的大小雷火，密如冰雹，从上下四方打来，声势甚是浩大。四人虽有弥尘幡护身，那一幢五色彩云也时常被大雷火震动。因为此次比起适才诸阵来得厉害，不敢大意。在五色云幢拥护之中，石生手持天遁镜，放起百丈金霞，到处乱照。英琼、轻云试了试，也退入彩云里面，只得运用玄功，将紫郢、青索双剑联合，化成一道青紫色的百丈长虹，放出去迎敌，一面仍往前冲进。剑光金霞到处，虽然奏功，成团雷火遇上便即消散，无奈这阵法乃是外层诸阵中最厉害的一处，那些雷火全是初凤用天魔秘法，从神沙中提炼出来的精英，其多难以数计。况且这时金须奴业已退回黄晶殿，见了初凤，告知敌人如何厉害，凭外层诸阵决阻不住，恐全被破去，枉自损失许多异宝神沙，自己已特地缩沙掩阵，将来人引入内阵。依他之见，峨眉门下仅派来几个无名后辈，已有如此神奇的道法剑术，怎能与他结仇作对？莫如乘来人在内阵被困时，想一番说辞，两方化嫌归好，将天一贞水交出，不特彼此脸面无伤，日后多一后援，还可稍报昔日嵩山二老赠宝之德。初凤闻言，方在为难踌躇，一眼望到全阵主图上面起了变化，内中一阵又被破去，便对金须奴道："此事非我固执，无奈三妹现在除去道行稍浅外，所有天魔秘法，已经十之八九学会，又有那柄璇光尺在手。这次峨眉来人太已无礼，她昨日将水要去保管，立誓不与峨眉甘休，此时令她交出，定然不允，徒伤姊妹和气。"说到这里，总图上又有一道光华闪了几闪。初凤惊道："敌人竟有一人当先，已经冲入内阵，少时纵不死伤，难免被三妹等困住。一人后面还跟有四人，俱都不弱，也在继续前进。目前敌我胜负尚属难分，如被他等将全甬道阵火破去，休说三妹，连我也难就此罢手。来人如有伤亡，或全数困入阵内，三妹必下毒手。为今之计，只有用倒阵法，暂时将未入网的四人引出阵去。一面你急速赶往内阵，传我的话，嘱咐三妹，说如将敌人困住，只可生擒，不可伤害，擒来我处自有处治。"金须奴领命自去。

其时，正当轻云等四人紧追易静之际，再进须臾，便入内阵。被初凤阵法一倒转，四人便与易静背道而驰，只当是前进，谁知却是后退。所经诸阵，均是金须奴退时掩蔽的阵图。一则，末一阵被五人前进时，无心破去阵法，本身自起变化现了出来；二则，初凤近来入魔益深，无甚主见，虽听了金须奴良言相劝，仗着自己所炼神沙取用无尽，只要内阵总图不为人全数破去，外阵纵被敌人破去，也不难立时修复，想借此看看敌人本领；

三则，又想使敌人多尝一点厉害，讲和交水时，话好说些。有此三种原因，不但未将阵法止住，反暗中行法，加了功效。谁知总图上连起变化，敌人所到之处，竟是势如破竹，所有沙障法术，全被破去。想起自己连费多年心力，好容易炼成这长及千里的神沙甬道，应用起来，连几个不甚知名的峨眉后辈都抵挡不住，不禁又惊又恨、又羞又恼。这时正值轻云等四人快破到末一阵，初凤知道敌人所用几件法宝厉害，便将内层诸阵中的大五行魔火神雷移向前面。如果这一阵再不成功，除了横下心来一拼，再将敌人引入内阵外，别的更是无效。索性暂且从缓，将外层未被敌人攻破诸阵一撤，将敌人放出去，用神沙将门户堵死，等会集全宫首要计议之后，再定和战之策。主意打定，便即施为。

轻云见阵中魔火太密，比起昔日史南溪所用烈火风雷，还要厉害得多，虽然近不了身，也震得大家头昏目眩。知道如再冲不过去，时候一久，稍一疏虞，也有伤害。见众人都在运用玄功，各施己力，合力抵御，上下四方，都是一片砰嗙轰隆之声，震耳欲聋。几次大声疾呼，俱为雷声所掩。正在这危险之际，内中英琼也是有些禁受不住，猛想起杨鲤所赠沙母，适才因为法宝尽足护身，尚未用过，这时无计可施，何不试他一试？她一取将出来，金蝉、轻云也都先后想起。同时石生更是初经大敌，未免心惊，慌不迭地将两界牌取将出来。大家一齐发动。英琼手脚最快，头一个将沙母按照杨鲤所传用法放出。这东西虽是一个大如雀卵之物，才一出手，便有栲栳般大小。起初是千百层透明五色光霞，荧荧流转。转瞬间遇上雷火，立即"噗"的一声爆散，成了一团五色彩气，分布开来。千万雷火遇上，便即消灭无声，端的妙用非凡。四人原在弥尘幡彩云拥护之下联合一处，这里三人相次发出沙母，石生也将两界牌施展，金蝉更是时时刻刻准备驾弥尘幡往前急冲。这般诸宝齐施，样样都是凑巧，等到轻云想起那沙母，有一个已经足用。这东西每个只用一次，不比别的宝物能发能收，用了还在。当轻云想到多用可惜时，自己和金蝉已同时跟着英琼发将出去。紧接着雷火一消，前面无了阻拦。云幢飞驶中，一道光华闪过，眼前修地风清日朗，身已出了甬道，落在岛上。

众人好生惊讶，连忙收了弥尘幡。仔细一看，那延光亭地底又起了飞雷之声，一片五色烟光过处，那甬道入口忽然自行填没。众人忙再驾遁光，施展法宝飞剑，照原地方冲去时，光华疾转中，只将那五色金沙冲得如雪雨一般飞洒。费了好些心力，才冲成一个长约数丈、大仅丈许的深坑。这般长约千里的甬道，纵使内中没有魔法异宝，似这般开掘，何年何月，才能冲透？刚停手不多一会儿，沙又长满，与地齐平。二次入阵，再也休想。又想那女神婴易静，自从下手，独自一人向前攻阵，一直不曾再见，也不知她的生死存亡，料已失陷阵中，凶多吉少。大家俱记得明明在甬道内，连破了许多阵法，往前冲进，忽然一转眼间，竟然冲出阵外，好生不解。金蝉以为是误用了两界牌，便去埋怨石生。英琼道："这事乃是敌人弄的玄虚，休怪石弟。适才雷火比雨雹还密，定是魔阵中最厉害的出入门户，被我们误打误撞遇上。弥尘幡飞行迅速，敌人雷火被沙母一破，已无阻隔，我们只说前进，不想却走了回头路。敌人再用阵法来困我们，已来不及，只得将甬道暂行封闭，另想别的主意，与我们为难。否则我们用那许多的法宝飞剑，尚且不易收功，单凭一面两界牌，怎能冲出？如今休说水未取到、人未救出，连易姊姊在中途相助我等，好意同来，单把她一人失陷阵内，也难袖手。目前甬道已封，攻不进去。听杨道友说，明日便是三女生日，许飞娘和一些异派中妖邪俱要来此庆寿，难道她们就不派个人出来接引？我们除非埋伏在延光亭附近，守到他有人出来，想要攻将进去，恐非易事。还有一个最奇怪处：除小师兄和石弟头一次入阵，遇见过一次敌人外，今日我等入内，攻破他许多处阵法，不但未遇一人，连退出时也无人追赶，不知是甚缘故？"轻云道："琼妹之言虽是，只是敌人将甬道封闭，明明注重在守，所以阵中无人应战，只在暗中运用。如说他要接引外来庆祝的宾客，他以前原本就是海底出入，焉知没有别的入口？我们守株待兔，殊非善策，还得另打主意才好。"众人想了一阵，仍然暂时依了英琼，姑且埋伏亭外，守过一会儿再说，俱想不出别的好办法。

正在焦急，忽听远远天空中有人御剑飞行，破空前进，音声甚是清脆，老远俱听得见。抬头一看，两道青光，如流星飞坠般，正从来路往岛上飞泻。方以为是来与三女祝寿宾客，细看家数，虽是旁门，但是正而不邪，又觉不类。众人刚在猜疑，各自示意埋伏之际，那两道青光已落向岛上。光敛处，现出一丑一俊两个幼童，一到便往亭中飞去，好似胸中早有成竹。那丑的一个，从怀中取出一把东西，往地上一掷，立时满庭俱起云烟，青光连闪几闪,转眼之间,烟光不见。再看亭中二童,俱无踪影。轻云认出来人正是昨日来时在玄龟殿殿前先遇见的那一双弟兄、女神婴易静之侄易鼎、易震。众人忙追过去一看,那甬道仍和先前一样,不知他二人来此何事,凭着什么法儿入内,连一点痕迹不显。金蝉慧眼,也只看出易氏弟兄到时,取出一把光华灿烂的东西,围绕着一道金光,只往地上一掷,身子便穿了进去,随即不见。众人猜详了一阵。英琼、轻云因在玄龟殿易静既请自己先行,又说她有几句话要招呼她两个侄子,也许易氏弟兄此来是与易静约好;再不然是易静被困阵中,难以脱身,行法向玄龟殿告急,召来的救兵。可惜适才没有赶到前面,向他一问。这末一猜,果然料中。众人又候了一会儿,忽又听破空之声,好几道青光黄光,比电还疾,从远方飞来,直穿亭内。众人看出是异派一流,满以为到了甬道入口,三女如派人迎候,势须出现,否则必然被阻,且看清来人是谁,再行下手不迟。谁知这几道光华一落亭中,竟似轻车熟路,另有出入门户一般,连人也未现出,径自直入地底,不见踪迹。

众人一见大惊,入宫门户不只这一处,只是外人不知入内之法,这一来简直没了主意。正在着急,猛觉地下又和适才初出时一般,轰隆作响,连全岛也被震动。过了半盏茶时,一团约粗二尺的光华,围绕着一股长有丈许的金光,从甬道入口处飞将出来。才一穿出地面,金蝉、石生疑心敌人又弄玄虚,刚要动手,光华敛处,现出两俊一丑,一女二男,三个矮子。定睛一看,正是易静和易氏弟兄。众人一见大喜,忙上前去询问经过。易静先给大家和易氏弟兄引见。然后说道:"阵中险遭失利,一言难尽。诸位道友姊妹且慢,大家先择一僻静所在,仍照先时行法隐蔽,容我看完家父的书信再说。"说罢,匆匆引了众人同出亭外,仍往上次藏身的暗礁之下,先行法封锁了藏身之处。从怀中取出一封书信,看完喜道:"诸位道友姊妹勿忧,据家父来信所说,此行不但天一贞水可得,大家还要另得许多宝物,连小妹也可附骥,列入峨眉门墙。神沙甬道虽然厉害,日内掌教师尊必命二位新入门的能手来此相助。除金须奴和陆、杨二位道友外,宫中诸人遭劫被难者颇不在少呢。"众人闻言,自是心喜。易静又谈起怎生在阵内遇见敌人,被困脱险之事。

原来易静一时好胜,独自当先。谁知众人无心中砍断琼树,将阵破去。

三凤在内层阵中已有觉察，不由大怒，忙将阵法倒转，迎上前去。猛又想起敌人护身法宝厉害，上次已要入网，仍是被他逃走，不如引他分散开来，纵不全数受擒，到底擒一个是一个。等易静一入阵，便用魔法将阵分开。轻云等在阵中寻不见易静，在追踪之时，恰值初凤那里也同时发动，只剩易静一人进了内阵。三凤等她到了阵的中央，才同了二凤、冬秀迎上前去。易静原明阵法，正行之间，忽见暗云高低中，千百根赤红晶柱，从四方八面涌现出来，便知敌人阵势发动，局势看去甚为险恶。再一回顾后面，轻云等所驾的那一幢彩云竟无踪影，众人没有跟来，必为敌人分开。自恃身藏七宝，并未放在心上，仍旧照直前进。正待施为，那千百根晶柱忽然发出熊熊烈火，齐往中央挤来。易静骂道："无知妖孽！不敢公然出战，专弄这些障眼妖法济得甚事？"说时，先将兜率宝伞取出，化成一幢红云，护住全身。正在打算用何法宝取胜，那千百根晶柱已挤得离身只有数尺，连成了一团火墙。虽被宝伞红云阻住不能再进，那柱上面发出来的烈火，也是挨近红云便即消灭，可是那些晶柱不计其数，俱一齐往中心挤来。火声风声，轰轰发发，搅成一片，甚是浩大。前面的一被阻住，后面的又跟着拥了上来。等到围成一圈，便互相挤轧排荡，万响齐发，如山崩地裂一般。易静所带法宝虽然玄妙，无奈当初炼时，专为对付赤身教主鸠盘婆报仇之用。除护身法宝兜率宝伞外，其余如用起来，颇为费手，不是当时便可出手。紫云三女虽然无鸠盘婆道力高深，这内阵中的晶柱，却是秉着天魔秘传，用子母神沙炼成，生生不已，变化无穷，多少大小，分散聚合，无不如意，比起鸠盘婆的毒沙邪雾，阴风魔火，还要厉害十倍。易静见四围晶柱兀自不退，几次想仗着宝伞冲将出去，无论冲向何方，仅将柱上所发魔火微微冲散了些，要想冲出重围，哪里能够。而且这面柱上火势才减，其余三面其势又盛。相持了一阵，四围晶柱挤轧之声，越来越密。到了后来，竟和除夕放的花炮一般，爆裂之声，密如雨霰。易静暗忖："这些烈火晶柱，俱是神沙聚炼，能分能合，如若爆散，必有别的狠毒作用。想不到内阵竟有如此厉害，万一宝伞抵御不住，岂不身败名裂？除了冒险运用法宝，怎能脱困？"想到这里，眼看四围火柱就要爆炸，忙向法宝囊中取宝，准备一拼时，忽听暗中有人对话，似在争论，为风火之声所掩，听不真切。转眼之间，忽然奇光耀眼，那成千的烈火晶柱竟自行退去，立即火灭柱隐，无影无踪。自身仍在甬道当中，面前站定三个仙衣霞裳的女子。

易静原没见过紫云宫中诸人，方在猜疑，为首一个已发话道："大胆女娃，竟敢擅闯仙阵！如非我大姊命人再三相劝，此时业已化成灰烟而灭。快快跪下就缚，由我姊妹三人向你那没有家教的师长答话便罢，否则叫你死无葬身之地！"易静笑骂道："你这不识羞的丫头，便是紫云三女么？只当你藏头缩尾，不敢露面，居然还敢口出狂言。你仙姑乃女神婴易静，休要有眼不识泰山。有何本领，只管施展出来，谁还怕你不成！"言还未了，侧面一个黄绢女子大怒道："二姊、三姊，还不动手，这等峨眉后辈，与她有何话说？"说罢，手一指，便是一道青光飞来。易静笑骂道："原来你们仗着人多为胜么？"说时，一面先将飞剑放出抵敌，一面心中盘算："来时曾听杨鲤说起，初凤专在黄晶殿内防守总图。除紫云三女外，宫中有一妖女，名叫冬秀，最为可恶，必是此女无疑。何不先下手为强，暗中施展毒手，给此女尝点厉害？"想到这里，便从怀中取出昔年师父一真上人归真时所赐炼魔之宝乌金芒。此宝与宝相夫人的白眉针大同小异，专刺人的骨窍。虽没白眉针狠毒，也是一真上人初成道时，用那两道修眉炼成，放起来细如毫芒，仅有一丝极细的乌光，比起白眉针还要隐晦，事前如不深知预防，极难逃躲。易静如非深知冬秀、三凤二人最是可恶，也不轻易暗用此宝。该冬秀有此一劫。三凤也是好胜心盛，因听敌人说自己倚仗人多，仗着鱼已入网，早晚受擒，见冬秀已先动手，便不上前。没想到两下里正斗之间，忽然敌人手指处，一丝极细的乌光闪了一下，便即不见。情觉有异，便听冬秀"哎呀"一声，身子几乎跌倒。接着说道："二姊、三姊，休叫敌人逃走，我已中了她的暗算了。"说罢，便将剑光收回，退过一旁。

第一六二回

牟尼珠奏功　一丸独破璇光尺
传音针告急　两矮初乘辟魔梭

三凤闻言大怒，忙即飞剑迎战。二凤因金须奴早有暗示，还在迟疑，经不起三凤连声催促，只得也将剑光放起。冬秀中了乌金芒，正打在胯骨之间，痛痒难支，愈把来人恨入骨髓。见二凤勉强应战神气，暗想："金须奴心向外人，他夫妻是一条心。初凤万一再为所动，不特此仇难报，还负了许飞娘重托。幸而上次飞娘别时给有信香，三凤又给过自己几粒沙母，并传了通行甬道之法。明日已是三女正寿，为何今日还不见她们同所约的人到来，难道中途有甚事儿发生不成？且不管他，权用这信香将她催来，一则多一助手，二则可以由她挟持初凤，合力与峨眉为仇。"想到这里，咬牙忍痛，自去行法点那信香。不提。

易静独战二凤、三凤，始终不见众人踪影，料定凶多吉少，不敢大意，一面飞剑迎敌，一面仍用兜率宝伞护身，以防万一。过了一阵，见敌人虽是异派中人，剑法却非寻常，不另打别的主意，绝难取胜。二次又将乌金芒取出，抽空暗中放出。二凤受了金须奴再三告诫，自无伤害来人之心。那三凤虽也奉了初凤之命，但是心性贪狠，纵不便把敌人置于死地，也要使她吃点大亏。又因以前常听许飞娘说起，峨眉门下多为未学新进，可是所用法宝飞剑，俱都出自仙传，名贵非凡。先见易静所用的宝伞，居然能将沙柱抵住，已是有些垂涎，还想看看有无别的法宝，当时未施辣手。后来又见易静发出一丝乌光，只闪了一下，冬秀便即受了重伤，知是一件厉害法宝，越想得而甘心，时刻都在打算留神，怎样才能夺到手内。见易静把手一指，又是乌光一亮，忙将手中准备就的璇光尺施展出来。易静方以为乌金芒放出去，三凤必和冬秀一般，受伤败逃。谁知刚一脱手，便见敌人手扬处，飞起无数层的五色光圈，飙轮电转，飞将过来。那一根乌金芒，只眨眼之间，竟如石投大海，卷入光圈之中，极清脆地微微响了一下，料已被折断。刚在惊异，敌人两道剑光忽然先后收转，那五色光圈竟朝自己剑光飞来。才一接触，便似磁石引针，将自己剑光吸住，其力甚大。忙运玄功，奋力将剑光收回时，已惊出一身冷汗。知道不妙，别的宝物不堪抵御。便趁敌人阵势没有发动，宝伞神妙，尚足护身之际，匆匆伸手去宝囊内将七宝当中比较容易使用的牟尼散兜丸取出一粒。潜神定虑，运用真元，把本身所炼先天太乙精气，聚在左手中指之中。用大指托住那一粒黄豆大小、其红如火、光明透亮的朱丸，口诵真诀，猛地一扬手，使中指弹了出去。便有一点溜圆火星，飞入光圈里面，转眼火星胀大有千百倍，只听迅雷也似一声爆炸，光华尽散，坠于地上。此宝专能分光破气，异派魔教中所炼法宝本质不高，遇上便无幸理。还算璇光尺经三凤用魔法祭炼而成，原是连山大师镇山之宝，本是玄门奇珍，不像普通异派宝物，遇上便被炸成灰烟碎粉。日后归到峨眉门下，仍有大用，没有糟蹋这件至宝。

那三凤见璇光尺虽将乌光破去，并未到手，始终也没看出那是什么法宝。便和二凤一打招呼，收回飞剑，打算再用璇光尺去收敌人的剑光和那一团护身的红云。谁知敌人警觉，才一接触，便将剑光收去。璇光尺的五彩光圈虽将红云围住，却吸它不动。敌人竟反攻为守，由遁光托住，盘膝坐在红云之下，闭目合睛，打起坐来。先只当是敌人知道难以脱身，想运用玄功和法宝护身，以待救兵，暗中好笑。正打算另使魔法夺宝，不想敌人倏地秀目一睁，大指和中指捏紧一粒赤红透明的朱丸，打将出来。心想："我这璇光尺，也不知会过多少厉害法宝，这一粒小红朱丸，还会怎样？"就这微一寻思的当儿，刚觉红光耀目，有些异样，已经射入璇光尺光圈之中，暴胀开来。三凤虽然有些惊异，还在迟疑，不知进退。那朱丸已经爆炸，把那无量数层的光圈全部震裂，分成一丝丝的彩云飞散消灭。那璇光尺也还了原形，"铮"的一声，落到地上。

这一来，三凤不由怒火千丈，更不暇再顾到初凤的告诫，决计非将敌人致死不可。二次忙又施展阵法，催动三千九百六十一根赤沙神柱，将易静围困了个风雨不透。易静所炼朱丸，共只七粒，炼时煞费苦心，如非势在紧急，也绝不舍得妄用。先见璇光尺那般厉害，居然一发出去，便即奏功,心中大喜,不由胆子一壮。刚刚定了定神,准备迎敌,忽然一阵罡风过去,眼前一黑,对面敌人早失踪迹,那成千百根的透明火柱,又如乱潮一般飞涌上来。一到护身红云外,便即排成一个大圆圈,互相挤撞起来,声势比起以前还要猛烈得多。易静也是久经大敌,知道敌人至宝被自己毁坏,仇怨愈深,这次必用最狠辣的魔法来拼。经过了一次,只当兜率宝伞可以支持些时,依旧打定心思,盘膝坐在红云拥护之中。以为适才那些五彩光圈既被朱丸破去,这些发火的晶柱看似厉害,无非是阵中魔法炼成,必能奏功,便又伸手法宝囊中去取。易静这一番揣测,仿佛有理,却没想到,宝物法术妙用不同。那牟尼散光丸虽能分光散雾,惯破魔教中异宝,怎奈这些晶柱全是神沙炼成,又有阵法运转,分合无端,不论分合,俱可应用;不比别的法宝,一经将光华烟雾炸裂分散,便即不能再用。当被宝伞红云阻住之际,依着阵法作用,自身本来就在怒挤强轧,准备自行炸裂,化成无量数的有质火星从上下四方涌来,将那团红云包住,连人带宝,炼成灰烟,哪还再经得起用法宝去炸裂,岂不更促其速?

也是易静不该遭劫。第二次伸手法宝囊中取那朱丸时,因见四围火柱势盛,护身红云大有挤压得不能动转之势,心内一慌,恰巧摸着一根子母传音针,正在囊中自行跳跃,不禁心中一动,暗想:"来时匆忙,又值老父神游灵空,不曾问过所行成败。自己自从昔年在阿萨河畔吃了鸠盘婆大亏,回山炼宝报仇。父亲知道后,特地费了五年工夫,炼成了两件异宝,一件便是子母传音针,所有易氏门中子女门人,各赐一根,以备异日遇见危难时求救之需,无论是被什么天罗地网、铁壁铜墙困住,只须将此宝往上下一掷,便即发出隐隐雷声,飞回玄龟殿去,哪怕相隔万里,瞬息可至。并且此宝经父亲与使用诸人刺过心血祭炼,能预知警兆。如今在囊中跳动,必然有异。此针一到,老父即派自己人用那另一件法宝来救,万无一失。自己多年不曾出山,尚未用过。今日同来诸人俱都失踪,两个大敌却都在此,眼前形势,越看越无把握,说不定凶多吉少。听说鸠盘婆为了对付自己,也炼了不少邪法异宝。这内阵未破一处,已用去一粒朱丸,照此前进,怎堪设想?何不先行脱身,到了甬道外面,看看众人是否逃出阵去,再作计较?如若不见他们,必已失陷阵内,那就急速回转玄龟殿,见了父亲,问明破阵之法,一面与峨眉送信,再行会合前来,岂非事出万全?"想到这里，还是求救快些，忙将针取出，朝上一比，又朝地下一掷。那针果然灵验非凡，想是地下行较难，等易静一离手，竟掉转头，往上飞去，一线金光一闪，便从火云中飞逝。

易静平素与长兄易晟之妻绿鬈仙娘韦青青本来姑嫂不和，所学道法宗派也各有不同，所以易静除每隔三年回家省亲外，轻易也不愿在玄龟殿多住。这日易氏弟兄闯了祸，韦青青正在殿中，得了警信出来，她也深知峨眉派的厉害；况且曲在自己孩子，不该无故开衅。来人如有伤害，公婆神游回来，必要怪罪。只因护犊情深，飞剑被毁，有些小忿。又知峨眉门下异宝甚多，想给敌人一个儆戒，逼他讨饶，答应赔偿，再行放他上路。当时虽将来人用阵法困住，也曾嘱咐易氏弟兄谨慎行事，并未敢下毒手。谁知英琼、轻云二人剑光迥异寻常，阵法只能阻她们前进，不能损伤分毫。末后英琼飞剑追敌，易氏弟兄还几遭不测。恰值易静赶来，解围之后，易鼎自知把事做错，还不怎样。易震素来淘气喜事，径直逃回殿去，朝乃母诉苦。易静猜有口舌，恐外人见笑，忙催英琼、轻云二人先走，自己暂留，与她理论。韦青青二次闻报追出，因是易静将来人放走，越发气恼。易静见她不知轻重利害，更成心怄她道："峨眉掌教以下，与爹爹不少至交，优昙姑姑屡有仙谕，你不是不知道。适才你母子用阵法将人困住，我如来迟一步，鼎、震二侄岂不受了重伤？来的两位道友，乃峨眉小一辈中有名人物，今因奉命有事南海，说好的，紫云宫法宝甚多，她二人得胜回来，自会看我情面赔你。你打量人家怕你么？你也无须不服气，如有本领，且待峨眉五府开辟，群仙盛会之后，我自会陪了她们，瞒着爹爹母亲，约了地方，与你见个高下如何？"两下争论了几句，韦青青一怒回殿，易静也自起身。

那易鼎、易震弟兄二人自从出世，就在玄龟殿随着祖父母修道，从未出去和人交过手。今日与英琼、轻云二人争斗，尚是初次，巴不得有事才好。一听易静说起紫云宫之事，仅只听一些大概，已是眉飞色舞，巴不得随了易静前去，开开眼界；并相助峨眉派破了紫云宫，相机得他两件法宝。无奈母亲、姑姑俱在火头上，不好启齿，闷闷回转殿去。正在想心事，乃祖易周忽然醒转。再隔一会儿，便接了易静告急的子母传音针。易周掐指一算，抚髯微笑道："我虽举家成了地仙，可惜家人根骨尚薄，只我一人可以得成正果。如今峨眉门户光大,静儿不久便转入峨眉门下,连鼎、震二孙也可附带同往,总算了我一番心愿。如今静儿在紫云宫甬道内为神沙所困,不得脱身。三女阵法厉害,破阵的人尚未到齐,她们还有数日运数。鼎、震二孙可拿我束帖,带上九天十地辟魔神梭,即时飞往紫云宫甬道之内,将你姑姑救出。先不回殿,脱难后便与峨眉诸弟子相见,照束行事,随同破阵,取了天一贞水,径随众人同往峨眉赴会。我到时前去,再向齐道友面托便了。"说罢,又吩咐了易氏弟兄一番言语,和去紫云宫的方向,与宝物升降之法,命即时起身。易氏弟兄闻言,自是喜出望外,匆匆领命,就在殿前接了九天十地辟魔神梭,拜辞起身。鼎、震二人驾起遁光,用催光穿云法,将手一指,霹雳一声,二人便起在空中,疾如闪电,往迎仙岛延光亭飞去,顷刻之间,落到亭中。

二人受过乃祖指示,一切俱有步骤。一落地,便将神梭取出,施展用法,往地下一掷,立时化成一道光华,直往甬道之中穿去。这时易静四周的火柱尽是一片爆音,眼前就要炸裂。正在危机一发,想不出脱身方法之际,忽然一道光华,其形如梭,从地底冲起,停在面前。有一面的火柱,竟被激荡开了些,爆音愈烈。易静以前并未用过这法宝,又在惊慌忙乱之中,以为敌人又闹什么玄虚。正待想法抵御,忽见光华中间裂了一洞,探出两个人头。定睛一看,正是侄儿易鼎、易震,知道来了救星,心中大喜。这时风火爆炸之声密如连珠,语声全为所掩。也不及再行答话,先将身纵入光华之中,回手一招,刚收了法宝,光洞立即闭上。耳听光外天崩地陷,金铁交鸣。易静把宝伞一收,四围火柱得了空,齐往中心挤轧,立即爆炸开来。等到化成一片毒沙火云,包上来时,易静姑侄三人业已驾了神梭,穿透沙层,由地底逃出阵去。

那九天十地辟魔神梭,乃易周采取海底千年精铁,用北极万载玄冰磨冶而成,没有用过一点纯阳之火,形如一根织布的梭。不用时,仅是九十八根与柳叶相似,长才数寸,纸样薄的五色钢片。一经使作,这些柳叶片便长有三丈,自行合拢,将人包住,密无缝隙,任凭使用人的驱使,随意所之,上天下地,无不如意。如要中途救人,只须口诵真言,将中梭心七片较小的梭叶一推,便现出来一个小圆洞的门户,将人纳入,带了便走。如再有敌人法宝飞剑追来,那七片梭叶便即旋转,发出一片寒光,将它敌住，一转眼，已是破空穿地而去。易周自信这辟魔神梭纵不能冠绝群伦，高出各家法宝之上，如说用它避祸脱身，可称并世无两。虽然有些自夸，却也真有许多妙用。这且不提。

易静与众人见面之后，说完前事，又把乃父易周的柬帖与大家同看。上面大意是说紫云三女想避大劫，用天魔秘法炼那狠毒无比的子母如意神沙，伤害了成千成万的生命，到头不但劫运避不了，反因此上干天谴，受祸更速。金庭玉柱底下，有一册此宫旧主遗留的天书，业已备载前后因果，三女运数将终，不久便要伏诛。只有金须奴和慧珠得免，初凤也只暂时逃脱。其余首要和几个临时相助的异派，将同遭惨戮。手下党羽，逃脱的也没几个。昨日乾坤正气妙一真人夫妇，先期回转峨眉凝碧仙府，便是为了此事。那被困在灵翠峰两仪微尘仙阵之内的南海双童甄艮、甄兑，已为真人放出。如今服了真人所赐仙丹，修养一个对时，传了穿沙破阵之法，便即前来，会合先到诸人，入宫破阵。来时必定带有掌教真人仙谕，指示一切机宜。嘱咐易静与众人不可轻易再行入阵，只管在岛上守候。五台派的万妙仙姑许飞娘，已往宫中庆寿，得知此事。三女受了她的蛊惑，将在子时以前，命一妖尼同了三凤、冬秀出战。众人如能将来人一齐除去更好，否则那妖尼绝不要使她漏网，以免日后生事，于易静尤其不利等语。众人看完易周的信，英琼、轻云因易静年长道深，易鼎、易震又是她的侄子，便推她为首，发号施令。易静也不推辞，仍以原藏身的暗礁做根据地，由金蝉、石生、易鼎、易震四人分两班轮流在亭侧守候，以引妖人入伏。自己同了英琼、轻云，用乃父易周所传奇门遁甲，驱遣六丁，将全岛封锁，以防少时妖尼逃遁。

一切准备停当，天方交子时，正值天色阴晦，冰轮匿影。只听海面上风狂浪汹，吼成一片。金蝉与易震值班，两人坐在延光亭侧一块大石上，谈得正起劲，忽听甬道入口的地底隐隐雷鸣，知道妖人将要出来。忙即站起身来准备时，一阵五色烟光散处，甬道忽然开放，和初来时所见一样。二人守着易周之戒，也不去理它。待了一会儿，甬道中纵出来一个身材矮小、形容奇丑的幼童，径往亭外跑来。易震当是妖人，刚要上前迎敌，金蝉一看幼童模样，便猜来的是杨鲤所说的龙力子，此来必有缘故，连忙一把拉住易震，抢到前头。正待喝问，那幼童也甚眼快心灵，一看见亭外飞来一高一矮两个童子,早猜是峨眉门下,自己身后有人,恐对方不知,说出话来,露了马脚,忙使个眼色喝道:"我是龙力子,现奉紫云宫中三位公主之命,将甬道开放。尔等如能通过甬道,到了宫中,便将天一贞水奉上。"一面不住将手连摇,意思是不可入内。说完,回身就走。金蝉何等机警,见龙力子张皇神气,知有顾忌,便不再叫明,反喝道:"无知妖童,速速回去,传话紫云三女,有本领的快些出来纳命,只管这般藏头缩尾,躲在妖窟之中作甚?"说时,龙力子故作诱敌之状,回身便逃。易震不知就里,看出来人无甚本领,还想去擒。金蝉止住道:"小小妖魔,不值我等动手,早晚就要扫荡魔窟,且由他多活一日。我们进阵,三女也不敢出战,还不如在此等候各位道友到齐,再行一同动手,那时一举成功,岂不省事得多?"

这时三凤、冬秀已将万妙仙姑许飞娘请来。初凤劫运将至,入魔已深,举棋不定,被飞娘一席话说动,已经改了初衷,变本加厉,惟恐双方仇怨不深。因敌人从甬道中逃出,许久不见动静,知道是在岛上等候接应。许飞娘便怂恿出战,约了三凤、冬秀和同来的两个妖人,走往甬道出口。先因恐敌逃走,故意将甬道开放,命龙力子出来诱敌,打算等人入内,再凭阵势和妖法,将来人一网打尽。一听敌人发话,果然是在阵中吃了亏,等候峨眉的救兵。听了龙力子挑战之言,只叫骂两句,竟不肯上当。三凤首先忍耐不住,心想:"外面只有几个小辈,何必小题大做?"万妙仙姑许飞娘最近又受了一位不在正邪各派之中的前辈仙人的再三告诫,依然执迷不悟,来时除自己外,还约了云南西昆山九还岭的桃花仙尼李玉玉,江苏崇明岛的八眼金刚司空虎、三才尊者司空玄叔侄二人,清江浦枯竹庵的无形长老曹枯竹和他门下弟子姜渭、倪不疑等六人,借拜寿之名,前来蛊惑生事。明知紫云三女未必是峨眉对手,不过慷他人之慨,仗着紫云宫有神沙阵法甬道,能将敌人杀死几个,稍泄多年气忿,岂非妙事?如果峨眉诸首脑寻来,那时自己再见机行事。胜了固好,败了,紫云宫有险可守,或者攻不进;真要是看出不妙,便老早远走高飞。吃亏的是别人,与自己无伤。这次出战,因听三女说起,来的仅是几个后辈,犯不着劳师动众。又因峨眉几个新收的得意弟子,自己大半见过,想先看看来的都是何人。自信本领对付得了,便将两个妖法厉害一点的同党留在宫中,由初凤、二凤等去款待,先只自己同了三凤、冬秀出战。那桃花仙尼李玉玉,平时精于玄牝吞吐,摄神收精妖术,听说来人俱是峨眉门下几个生具仙根仙骨的童男女,不由欲心大动,跟了出来。

许飞娘见三凤要出战,外面答话的是金蝉,心想:"此人乃峨眉掌教真人之子,甚得乃母钟爱。虽有几世夙根,仅仗着乃母赐的一双霹雳剑,功法并不甚深,这般厉害的紫云宫,怎会令他涉险?外面定然还有不少同来的党羽,藏在隐秘之处,做他的接应。既要做,索性就做得狠些,但能将此子除去,胜似别人千倍。"念头一转,便准备先将金蝉一人置于死地。忙把三凤拉住,暗中嘱咐桃花仙尼李玉玉,一出去,便用全力独自对付金蝉,摄他元阳。此外不问敌人有多少同党,俱由自己和三凤、冬秀抵挡。李玉玉闻言,正合心意,好生高兴。

第一六三回　渔利设机谋　飞娘祝嘏邀同恶
　　　　　　　　贪淫排陷阱　金蝉定志战妖尼

　　许飞娘等四人计议好后,一起由甬道中往外飞出。金蝉一见来人有许飞娘在内,便知个硬敌,不敢怠慢,留神准备,喝骂道:"你这不知死的泼贱!我母亲和餐霞师伯几次三番饶你狗命,你却屡屡兴风作浪,蛊惑各异派中妖人,侵犯峨眉。等到害得人家伏诛,你却早已逃走,置身事外。真是丧尽天良、寡廉鲜耻之辈。今日我再饶你,不算是玄门弟子。"随骂,随将手一指,霹雳双剑飞出手去,虽然迎敌,却是暗中准备后退。偏偏易震的飞剑已为英琼的紫郢剑削断,来时向祖姨母林明淑借了一对太皞钩,比起自己以前所用飞剑强胜十倍,一见来了敌人,巴不得试他一试。及至金蝉动手,也跟着两肩一摇,两道形如新月、冷气森森、白中透青的光芒,早飞上前去,一取冬秀,一取三凤。

　　许飞娘初见金蝉带了一个从未见过、又丑又矮的幼童,以为又是峨眉新收弟子,未甚在意。及见这两道流芒四射的寒光,以前见过易周,知是他当年炼魔之宝,不禁大惊。心想:"此人早已不问外事,如助峨眉,不但又是劲敌,而且自己刚在天山博克大坂雪狮崖黄耳洞约了一位能人,加入二次峨眉斗剑,敌人那面却添了他的对头克星,处处都是制伏着自己。"不由又惊又恨。见三凤、冬秀已迎着那丑童动手;桃花仙尼李玉玉也指挥着七道粉红色的光华与金蝉霹雳双剑斗在一处,一面正在卖弄风骚,朝着金蝉做出许多荡态。来人仅是两个后辈小孩,目前已是三人对二,凭自己身份道力,不便再上前相助,只是四面查看还有敌人没有。

　　那金蝉原想一交手便诱敌入网,一见易震指挥两道寒光,与敌人杀了个难解难分,丝毫没有准备退走之意,好似把易静忘却。许飞娘不曾动手,自己这面没有不支之状,又不便马上败走。再看对面那个妖尼,只管做那丑态,越往后越不堪,不禁由厌生恨,暗忖:"这个妖尼,易仙长来柬曾有勿令漏网,遗祸将来之言。看她这般淫贱,必有其他迷人妖术。易震又不肯退,自己不便单独败走,何不先除去此尼?许飞娘丧了同类,绝不甘休,等她动手,再假败诱敌,岂不是好?"

想到这里,运用玄功,将剑一指,那霹雳双剑威力大增,红紫两道光华夹着风雷之声,电掣一般,与桃花仙尼李玉玉的剑光绞在一起。不消片刻,裂帛也似响了两下,李玉玉的桃花七煞剑早绞断了两口。李玉玉起初一见金蝉如天上金童一般,真无愧是几世童身,神光满足,不禁喜出望外。先打算生擒回去,慢慢受用,没有施展毒手。一面施展桃花七煞剑迎敌,一面用媚眼摄神,去荡敌人心志。满以为那桃花七煞剑曾由极秽七物祭炼,专污飞剑法宝;那摄神妖术一经使用,道行稍浅一点的人,只要彼此目光相触,心便一荡,接连几次之后,定即心旌摇摇,不能自制。那时自己再故意败逃,将敌人引到僻静之处,装作倒地,授人以隙。此时敌人已为所惑,便不忍下毒手。只要敌人的手微一沾着她的肌体,便即失魂丧志,任凭自己摆布,至死方休。不承想到金蝉既是几世童身,凤根深厚;再加上从九华山得了肉芝起,不特先后多服灵药仙丹,那一双慧眼,又常受芝仙舐润,更是神光湛湛,迥异寻常。目为六贼之首,不见可欲,则心不乱。目既不为妖淫所动,心身怎会受害?霹雳剑又出自仙传,不畏邪污,任她用了许多伎俩,不见生效,方在情急,那桃花七煞剑反为敌人剑光断去两三口。想起当初背师盗宝逃走,被赤身教主鸠盘婆追回,重申五戒,逐出门墙时说:"你既不愿在此苦修,此番离了我门下,成败仗尔修为。异派中能躲去七劫,成了正果的人尽有。谨记着剑在人在,剑亡人亡。"不由又惊又恨。当下怒睁杏眼,倒竖柳眉,张着一个比血还红的香口,朝金蝉大骂道:"不知死活的业障!竟敢毁去你仙姑的宝剑,叫你识得厉害!"一面说,随即掐诀,施展妖法。金蝉见对面妖尼飞剑断了两口,心中大喜,愈发催动剑光,如迅雷急电一般卷掣,眼看粉红光华又断了一道,化成满天花雨,四散洒落。忽听妖尼破口大骂,露出两排森森的白牙,恨不得要咬自己两口,甚是情急可笑。刚想回骂两句,那妖尼倏地将残余四道剑光收了回去,一片桃色烟光升处,径直冲霄逃走。金蝉一味疾恶如仇,竟没想到许飞娘在侧尚未动手,即使妖尼剑光被斩也没上前相助,也没想到妖尼即使抵敌不过,也绝不会就此逃走,却一心记着易周柬帖所言,放走妖尼是异日的隐患,也跟着破空追去。

金蝉身刚起在空中,妖尼所化的五色烟光,已经由浓而淡,似有似无,如薄雾一般四散分开,转瞬间没了痕迹。金蝉心中一惊,猛想起易震尚在下面,众人藏身的暗礁与延光亭相隔甚远,万一众人还未得信,如何能是许飞娘等人对手?烟光全消,算计妖尼已用妖法逃遁,只得回身落地。及至低头往下一看,并非适才飞起之地,也看不见下面对敌诸人的剑光,只见细草繁花,茂林如锦,地平似毡,景物甚是绮丽。刚略迟疑,一眼瞥见妖尼赤着全身掩藏在一株大树后面,手中拿着一副小弓箭朝着自己,作势欲放。这时金蝉只当下面是迎仙岛的另一角,妖尼先用幻影引自己追赶,一面隐身逃向别处,抽出空来,用妖法暗算。没看出下面全都是魔境,径直大喝一声,追将下去。身未及地,便觉四外有一片极薄的五色轻烟往上合拢,转瞬不见。立时便有一股子异香袭来,中人欲醉,猛地灵机一动,暗忖:"自己是一双慧眼,这一片五色轻烟,比适才所见不同,不是寻常目力所能看见,这香也来得古怪。起初追赶妖尼,明明追出没有多远。迎仙岛虽有数百里方圆,由上往下看,不过是大海中一个孤岛,一目了然,并没多大,凭自己眼力,怎会看不见原来的地方?定是妖尼弄鬼,莫要上她的当。"恰巧弥尘幡带在身旁,刚准备再找妖尼踪迹,忽然不见。脚已落地,觉着地皮肉腻腻地往下一软。若换以前,金蝉早已中伏入网。也是他大难已满,福泽深厚,目光又与别人不同,真假易分,当此危机一发之际,竟在祸前动念。一经查出有异,再定睛一看,那些木石花草,远望那么繁褥华美,近看却是了无生气,和假设的差不许多,愈知不妙。先不求功,一面指挥剑光护身,想要飞走时,脚底似已粘住,同时全身阳脉偾兴,一股热气正由足心往上升起,心便荡了两荡。喊声:"不好!"忙把弥尘幡取出,刚刚展动,将身拔地而起。百忙中偶一低头,看见下面哪有什么草地花木,只是一片亩许大小彩云般的锦茵,妖尼赤身露体,仰面朝天,卧在下面。金蝉恨到极处,一面驾着弥尘幡遁走,还想抽空飞剑下斩时,那妖尼一双玉腿伸处,那五色烟雾蓬蓬勃勃,疾如飘风,往上激射。同时五色彩烟又由隐而现,从天空四外包罩下来,将金蝉所驾云幡围困在内,似有大力吸住，脱身不得。

且不说金蝉为妖尼元阴摄神妖法所困。只说那三凤、冬秀战易震，见敌人太皓钩寒光闪耀、冷气森森，兀自不能取胜，正待施展别的妖术法宝。恰巧礁底下潜伏的女神婴易静、英琼等五人，因为时辰已到，不见金蝉、易震诱敌前来，相隔又远，正在悬揣商议，派一人前往窥探，就便嘱咐金蝉，如见敌人不可恋战，略一照面，速速同了易震往暗礁这面逃来。忽听金蝉霹雳剑风雷之声大作，以为就要逃回，便止住去人缓行。又等了一会儿，仍不见至。英琼、轻云深知金蝉脾气，恐有差池；易鼎也知乃弟急躁好事性情；石生与金蝉更是深交患难，故俱主张反守为攻，同时杀上前去。易静知道如不将来人诱入伏中，妖尼定然漏网。当时一则恐被人看破，失了功用；二则双方俱在拼命死斗之际，也来不及；三则又不便拗众，又是客礼，只得随了众人，同驾剑光赶去。到了一看，金蝉不知何往。只离岛不远，有一团烟雾，和初散蜃气相似，暂时也未想到金蝉困在其内。见易震独斗二女，会战方酣。许飞娘背手观望，状甚闲暇，便知不妙。石生头一个着急，因见飞娘一人袖手旁观，以为金蝉已遭了她的毒手，大喝一声道："贼道姑，我的金蝉哥哥呢？"人到剑到，一溜银雨早向飞娘飞去。飞娘见桃花仙尼李玉玉将金蝉用妖法困住，正在得意欣喜，忽听破空之声，五七道各色光华疾如电掣飞来。当先一个粉妆玉琢、如美童的小孩，一照面便发出一片雨也似的银光，忙先放起一道青光抵住。再看来人，果有玄龟殿易周之女女神婴易静在内。暗想："峨眉派真个厉害，怎么这等根器极厚的男女，都被他收到门下？"不禁沉思起来。易静原本见过许飞娘，知道她不大好惹，石生未必能是对手，便喝道："石道友且上那边去，待我来除去这个泼贱！"石生道："姊姊且慢，我问她我金蝉哥哥呢。"飞娘见石生纯然一片天真稚气，不知怎地一来，忽然动了怜爱之想，笑答道："你问金蝉么？我嫌他太顽皮，已由我一位道友将他擒入甬道之中去了。如今死活，全在我的掌握之中。你如懂事，快快投降，拜我为师，我便饶你；不然，连你也一同送死。"石生闻言，愈发大怒，一面运用玄功，将飞剑像暴雨一般杀上前去；一面把贼妖妇骂了个不绝于口。

易静也甚喜他天真，见英琼、轻云、易鼎等三人已分头去助易震，恐防石生有失，又拦他不住，只得将剑光飞出相助。许飞娘一见又飞起一道剑光,喝道:"易道友,我与你往日无冤、近日无仇,你又不是峨眉门下,何苦也助纣为虐呢?"易静笑道:"许道友,不是我说你,自从你师父为三仙无形剑所斩,你逃隐黄山五云步,如果苦心修炼,不但无人侵犯,像妙一夫人、餐霞大师二位前辈,还可随时助你成道,何等美妙!你却偏生执迷不悟,到处兴风作浪,惹祸招灾,到头来总是害己害人,有何好处?即以此次而论,紫云三女海底潜修,虽是旁门中人,并未为祸人间;就是她们修筑神沙甬道,多杀生灵,上干天谴,也还未到遭劫时候。如无你蛊惑,将天一贞水献出,或者还能转祸为福。如今闹得势成骑虎、祸在目前,都是害在你一人的身上。试仔细想想你一生所行所为,哪一件不是倒行逆施、天良丧尽?玄门中几曾见有你这等败类?还敢在此花言巧语,说我多管闲事么?"飞娘闻言大怒,喝骂道:"无知贱婢!我不过是看在你那老不死的易周老儿份上,不和你一般见识,你竟不知好歹,叫你知道我的厉害!"说罢,将手一指,空中飞剑倏地分化成了数十道青虹,光华满天,顿增了许多威势。饶是石生、易静的飞剑不比寻常,只勉强敌住,休想占得一分便宜。

且说英琼、轻云、易鼎等三人赶到时,正值易震一人独战两个妖女。易鼎同胞关心,知道乃弟本领不济,一时心急,忙喊:"周、李两位仙姑,快帮舍弟一帮。"英琼、轻云也早看见许飞娘站在旁边,只因想起来时,无心中将易震的飞剑斩断,事后成了一家,还承人家远道赶来相助,好生过意不去。再听易鼎一说,二人俱是一般心理,意欲相助易震,将敌人飞剑夺来相赠。又见石生、易静先后与飞娘动手,便各将飞剑一指,上前助战。轻云一面交手,一面飞近易震,悄问道:"易道友,你可见我金蝉师弟么?"易震曾见金蝉追赶妖尼,一去不回,自己又半晌不能取胜,正觉势孤,恰值众人赶来。闻言惊道:"金蝉道友先与妖尼交手,后来那妖尼化了一片五色烟光逃走,金蝉道友也驾了遁光追去,便没有见回来。我正想退走,诸位仙姑便同我姑姑、哥哥追来了。"轻云闻言,想起易周柬帖,曾说妖尼厉害淫凶,遇时须要小心,勿使漏网。如真是败退,许飞娘就在眼前,万无袖手之理。倘如中了妖尼道儿,回山复命时,怎好意思与灵云相见?所幸金蝉近来已多经事变,又有弥尘幡藏在身旁,想来不至于受害,但也须寻出一个着落才好。忙又问易震妖尼逃走时情形和金蝉追赶的方向。当时易震也是迎战方酣,没甚顾及,但方向还知道,便朝左侧一指。轻云顺他指处一看,骇浪滔天,一望无涯,只来时所见离岛不远半空悬着的那一团烟雾仍未消散,闻言心中一动,暗忖:"这团彩雾颇似海中常见新散不久的蜃气,难道金蝉便被妖尼困在其内?"再一想:"金蝉见妖尼厉害,必用弥尘幡与剑光护身。这两件法宝,一个是五彩云幢,这海天空处,不比甬道魔阵,怎会看它不见?一个是用起来不特光同电闪,还带着风雷之声,相隔再远,也不致听不到一点声息。"又觉有些不类,不禁十分愁急。

对面三凤自从璇光尺为易静所破,便将二凤的烦恼圈强借了来。一见敌人虽是个小孩,那一对形如新月的光华,却是件异宝,虽不知来历名称,估量必是飞剑一类的宝物,不禁又起了贪念。便和冬秀一使眼色,打算两下合力,将那小孩困住,夺为己有,不使那法宝受伤。谁知那太皓钩不比寻常飞剑,只要知道用法,便无关使用人的道力深浅。一任三凤、冬秀怎样运转飞剑压迫,光芒丝毫不曾减退。引得三凤兀自心爱、无计可施,后悔没将慧珠借给的炼刚柔一试。末后心想:"桃花仙尼引走了一个敌人,未见回转,许飞娘旁立微笑,必已成功。自己和冬秀两人对付一个幼童,许久不胜,岂不叫飞娘耻笑?"便对冬秀道:"小丑儿这般不知进退,我们打发他上路吧。"冬秀自从上次紫云宫分宝,得了龙雀环后,先也是和三凤一般不知用法。后来见三凤把璇光尺炼得那等神妙,便也跟着学样,用魔法祭炼。二人居心,原是一般贪险阴毒,所炼法宝的用途大致相仿。不过冬秀道行较浅,炼时既不如三凤肯下苦功,那龙雀环原来用法又与璇光尺不同。璇光尺能够敌住敌人法宝,也能收敌人法宝,使其无伤,成为己用。这龙雀环就不然,每一施为,只是一蓝一黄,两个连环光圈飞将起来,敌人法宝如被束住,便往小处收紧,断成数截。冬秀曾自己炼了两件寻常法宝,试过两回,居然奏功,大是心满意足。她却不知此环原是子母两副,专为仙家成道时御魔之用,并非炼来破坏敌人法宝。那母环早已为嵩山二老初入月儿岛火海时取去。第二次带了金须奴重探火海,附带也为寻找此宝,后来不见,一算才知在匆忙中,已为金须奴取走。子母合璧,尚非其时,便即任之。凭三凤、冬秀福泽,焉能承受这两件至宝?三凤在甬道中虽将璇光尺破去,还未受伤。冬秀竟在这次差点送了性命。当她得了三凤招呼,正待施为,恰巧英琼、轻云等同时飞来。冬秀不知厉害,斗了不多一会儿,见三凤已将炼刚柔飞起,当时只想见功,也把龙雀环飞出手去。不知怎的,单会看出那道青光较易对付,竟然直取轻云的青索剑。她却不知对面这几个敌人,不特紫郢、青索二剑冠绝群伦,便是易氏弟兄,一个是借了姨祖母的太皓钩,已是不同凡响;尤其易鼎最得全家长辈欢心,人又纯谨,这次初出茅庐,把他二姨祖母的断金块要了来,还带了不少厉害法宝。真是哪一个也不好惹。只因轻云急于要知金蝉下落,正与易震谈话,又看出敌人飞剑不过如此,没有放在心上,所以剑光虽放出手,也未怎样加功运用,看去好似弱些罢了。冬秀的龙雀坏刚一出手,轻云话已问完,正想主意,忽见敌人飞起一蓝一黄两个光圈,直朝自己飞剑迎来,才一交接,便将青光套住。轻云不知对方法宝分俩,心里未免一惊,不由小题大做,忙运玄功,朝青索剑一指,立时光华大耀,竟似蛟龙一般,反卷过来,也成了一环,互相纠结不开。

第一六四回　一念固元关　妖法千般终自毙
　　　　　　　双童捧仙敕　神雷一震退群魔

　　且说轻云的青索剑光与冬秀的龙雀环光华绞在一起，轻云方觉出敌人法宝不如自己。刚想将它绞成粉碎，旁边易静正斗许飞娘，偶一眼看出便宜，忙高声大喊道："此乃玄门异宝，贱婢不知用法，周姊姊何不将它就势收去呢？"轻云原因那两个连环光圈来得异样，一见飞剑绞住，恐敌人收回，只打算迅雷般将它破坏，没有想到这一着。闻言省悟，试将剑光往回一招，竟然带了那两个圈一同飞回。仍用剑光逼住，由大而小，缓缓收落。那龙雀环原有的法力，因为冬秀不知用法，无从发挥，仅凭魔法运转，被青索剑一绞，已经化为乌有，仍变成了一副金连环，轻轻巧巧落在轻云手中。冬秀仍是不知厉害，当三凤收起炼刚柔、自己施展龙雀环之际，本想将先放出去的飞剑收回，以免伤己物。偏巧易鼎赶来，恐兄弟吃亏，一见英琼直取三凤，便将断金块放起助战。冬秀飞剑敌易震的太皓钩，也只平手，再加上一件断金块，剑光便被一钩一块绞住，一时难以收回。又见敌人法宝件件厉害，这才改了打算，先破了敌人这道青光，跟着再将初凤所赠金庭玉柱中所藏的两件法宝取出，看三凤炼刚柔奏功与否，再行相机施展出去。不料龙雀环才一照面，便被轻云收去，不由又惊又惜。百忙中再往三凤那面一看，炼刚柔已为紫光所毁，越发心慌意乱起来。易震先为二女所逼，有宝难施。这时来了生力军，一面交手，暗中早将乃母绿鬈仙娘韦青青行时所给的火龙钗取在手内。易鼎与他同一心理，也在暗中将祖母给的一粒冷光珠取出。弟兄二人，不先不后，俱朝冬秀打去，冬秀怎能禁受。当此危机一发之间，幸而许飞娘在侧，看出形势不妙，一声呼叱，空中飞剑倏地化成一道经天长虹，阻住易静、石生二人的飞剑。自己忙纵遁光，飞将过去，手扬处，一道光华，刚把易震发出来的一溜火光敌住，一把将冬秀夹起时，易鼎发出来的一团白影，已打中冬秀。冬秀觉着一股奇寒之气逼向胸头，一个禁受不住，立时晕死过去。同时空中剑光也吃那断金块、太皓钩双双夹住，一拧一绞，化成万点光芒，坠落如雨。这且按过一边。

那侧面的三凤见敌人忽添了三个帮手，忙把炼刚柔施展出来。因恐伤了自己飞剑，心中还在想那形如新月的法宝，所以单取英琼。哪知英琼紫郢剑不特是西方太乙精华所炼，又是峨眉派数一数二的宝剑，休说炼刚柔，任何法宝也难损它丝毫。当英琼正斗之间，见敌人忽然放起软绵绵、色彩鲜明的一团光华，虽然不知来历，仗着自己紫郢剑是剑家至宝，会过了许多邪法异宝，从未失事，一毫也未放在心上。估量三凤的剑光吃自己剑光略微交接，光华将顿减，易震尽可从容应战。倒是这新出手的东西，一定比较厉害一些。不问青红皂白，径将空中紫光一指，舍了三凤飞剑，直往那团光华射去。刚一近前，三凤方以为那炼刚柔必和从前一样，射出烟雾法火，去破敌人飞剑。谁知道遇了克星，晃眼工夫，敌人剑光已将炼刚柔圈住，剑光圈越来越往小里缩紧，发出喳喳声音。两下相持不多一会儿，等到三凤看出不妙，想要收转，已是不及。耳听"嘣"的一声极清脆的爆裂之音过处，那月儿岛连山大师当年炼就的一件异宝，竟被英琼紫郢剑所破，化为一片粉红的淡烟，似雾縠轻绡一般，冉冉消逝。英琼之意，原是想将三凤那口飞剑夺来，赠与易震，又不愿将飞剑毁损，所以一得手，仍指剑光上前相战，一心只注重在那口剑上。否则舍剑取人，三凤早已不死即伤，吃了大亏。三凤哪知进退，一见炼刚柔又被敌人毁去，少时回宫，见了慧珠，拿甚相还？不由怒从心起，恨入切骨。一面指挥飞剑应战，暗中口诵魔咒，披散秀发，正待把初凤从金庭玉柱中所得的地阙二十九件奇宝施展出来置敌人于死命时，正值飞娘救起冬秀，见自己这一方连遭失利，也是怒发如雷，又知紫郢剑厉害，恐三凤寡不敌众，受了重伤，先忙向三凤飞来。才一到达，便从法宝囊中把近年在黄山五云步炼成的修罗网取将出来，倏地收回剑光，往空一撒，立时愁云漠漠、惨雾霏霏，万丈黑烟中，簇拥着无数大小恶鬼夜叉之类，猛从四面八方向英琼、轻云、易静、石生、易鼎、易震等六人包围上来。

这修罗网污秽狠毒，无与伦比。其中鬼魔夜叉全是幻影，敌人只把心神一分，立时便要为飞娘的六贼无形针所暗害。飞娘炼成此宝，原备三次峨眉斗剑之需。实因英琼等年纪虽轻，法宝飞剑俱非寻常，又知三英二云是峨眉小辈门人中主要人物，所以才下此毒手，准备一网打尽，少解心头之恨。这回使用，尚是初次，惟恐敌人觉察，下手甚速。除自己收回飞剑外，连三凤都未及打个招呼。一看黑云妖雾已将对面六人一同盖住，看不见自身所在，心中大喜。忙又从法宝囊内取出六贼无形针，刚待觑准敌人，乘隙发放，忽听天际破空之声甚疾。抬头一看，长才尺许两道金光，如流星电闪一般，从遥空中飞驶而来，快得异乎寻常。就这闻声昂首之际，眨眨眼，已经临头不远。明知是敌人来的救星，只猜不出是哪一派中人物。就这么一寻思的当儿，忽然一片光华自天直下，照得大地通明，连四面海水俱成金色，奇芒飞射，耀目难睁。才亮得一亮，紧跟着一个惊天动地的大霹雳，夹着百万金鼓之声，从云空中直打下来，只打得妖气四散，海水群飞，恍如山崩地裂一般。飞娘一闻雷声有异，猛地想起一人，不由大吃一惊，吓得连来人面目也未及看清，慌不迭地收转法宝，口唤："三妹速退！"一手仍抱着冬秀，一手把三凤一拖，径往甬道之中遁去。不提。

　　这一面英琼等六人正要得胜，忽见飞娘赶来，一照面，便将手一扬，似轻烟一般，激射起无数缕黑丝，转瞬间起了愁云惨雾，千万恶鬼从四外潮涌而来。再看飞娘，已失所在。易静姑侄三人知是妖法，虽用法宝护身，还不甚意。轻云却识得飞娘厉害，忙喊众人快聚在一处，将青索剑和紫郢剑会合一起。石生也忙将天遁镜取出。正待合力迎敌，猛听破空之声，金光迅雷，接踵而至，岛上妖气尽扫，敌人不知何往，空中来人也降了下来。大家见来人是两个头梳丫髻的道童，心刚一动，未及出声招呼。石生闻得附近风雷之声，猛一眼看见海面上适才所见的那股子蜃气，已被迅雷震散，却现出一幢彩云，和金蝉所用一红一紫两道光华，在那里上下飞舞。还有一团粉红色的彩光刚刚飞起，还未飞远。忙喊一声："那不是我金蝉哥哥！"脚一纵处，一溜银雨，先自往前飞去。余人也都相继看见。内中轻云和易静同时想起易周柬帖所言，知道适才海面蜃气，乃是金蝉被困在内。那逃走的粉光，定是桃花妖尼李玉玉，因妖法为迅雷震散，又见飞娘遁走，心中害怕，抽身逃遁，哪里肯舍。互喊一声："休放妖尼漏网！"双双跟踪追去。英琼和易氏弟兄、新来的两个童子闻言，也都相率追去。到了一看，那桃色光华由浓而淡，转眼间已无踪迹。那弥尘幡所化的五色云幢，仍在海面上升沉不定，也不他往，知道金蝉必然中邪。好在轻云、石生俱知使用宝幡之法，忙将弥尘幡收起。再看金蝉，虽未受着伤害，已是目定神呆，有些昏迷之状。忙由石生代他收了双剑，扶着驾遁光同回岛上。轻云先取一粒丹药与他服了，刻许工夫，才得复原。一问何故如此，才知就里。

原来金蝉有弥尘幡和双剑护身，本可无恙。只因看出幻境时，脚已踏在妖尼妙腿之间，幸是元阳坚定，至宝护身，飞起时又快，虽未被她元阴吸阳之法吸住，人已为妖法所中。总算元神还有主宰，弥尘幡绝不离手。加上双剑灵异，只管活跃。人虽逐渐昏迷，妖尼仍是无法近身，逞其所欲。后来邪云被金光迅雷震散，妖尼回望，连飞娘都吓得逃走，知道不妙，径直遁走。她如就此逃回山去，也不至于就遭惨死。偏偏追她的是石生，又是一个特异纯阳之资，再加上金蝉不曾到手，心终难舍，忙用换影移形之法，将身潜入海中，等众人退去，依旧偷偷回转甬道。不提。

众人救治金蝉时，那来的两个道童，早向前一一见礼，报了姓名，原来是南海双童甄艮、甄兑。轻云以前原见过他弟兄二人，余人也早料到，俱都大喜。等金蝉复原，才坐到一处，谈说此来使命。

原来南海双童自从那日被困在凝碧崖灵翠峰峨眉开山祖师长眉真人遗留的六合两仪微尘阵内，当时人便昏昏沉沉，不省人事，和死了一般，不觉过了多少时日。那阵分生、死、幻、灭、晦、明六门，有无穷的奥妙。除掌教妙一真人夫妇和玄真子受过长眉真人遗命，能够运用外，连其余峨眉诸长老，俱都不敢轻易进阵。在妙一真人未回山以前，一直也无人理会。灵云、轻云等各自走后，过了两天，长幼两辈仙侠来得越多，自有玉清大师、长人纪登等分头接了进去。那髯仙李元化正在太元洞内会集群仙，与谈五府开辟之事，算计掌教真人夫妇还得些日才到。玉清大师躬身向众人道："金蝉、石生两个师弟和周、李两位师妹，前往紫云宫取那天一贞水，数日不回，定然出了变故。李师伯易数通玄，何不算他一算？"髯仙道："我昨日本想卜他四人吉凶，后来一想，取水之事，掌教师兄既命人前去接应，必早知中途要生变化，连日未奉仙谕，料无凶险。又值恒山云梗窝狮僧普化，托顽石大师来此借宝，谈话耽搁。之后众后辈门人又纷纷请教，我想无关宏旨,就此搁起。你也能前知休咎,既问此事,可曾算过么?"玉清大师答道:"那日弟子读了掌教师尊飞剑传书,便猜此事不是如此平常。今日闲中掐算,他四人已连遭惊险,并且还有几个尚未入门的道友在那里相助。但是紫云宫源流长远,此事颇多变化。弟子道力浅薄,只知紫云三女绝无幸理。至于怎样破那神沙甬道、取来天一贞水,及掌教真人因何向一素不相识的异派中人借宝,仍是算他不出。李师伯与诸位前辈尊长,俱都深通玄奇秘奥,先知先觉,敬请指示仙机,以开愚昧。"

髯仙正要答话,旁坐金姥姥罗紫烟,也是精通易理,善知过去未来,先听大师说,早已澄神内视,定念明心,默运先天神术,体察未来,忽然张目说道:"李道友无须算了,紫云宫源流,我本略知一二,适才又加推算。此事不特变化甚大,还关系着三次峨眉斗剑之事。那紫云宫地阙仙府,乃昔年水母五女玉阙章台,避祸修真之所。后来五女分封五湖水仙,弃此而去。又过了若干年,有一异派散仙算出就里,坏了五仙禁法,入宫隐居。成道时,多亏长眉真人助他脱了魔劫,无恩可报,所炼许多法宝飞剑既不能带去,又不舍将数百年心血毁于一旦,便连那部地阙仙书全赠与长眉真人,任凭处置。此时长眉真人已是神通广大,妙法无边,只是外功未完,成道较晚罢了。当下默算未来,已知因果,便领了他的敬意,仍请那位散仙在飞升以前,将法宝仙书封藏在宫中金庭玉柱里面。柱底藏有柬帖,备载此事。以致日后为一老蚌从侧面穿透海眼,入宫盘踞。这老蚌已有千年道行,略知宫中之事。它与方氏三女之父,有一番救命因缘,又将三女引入宫内,才有今日地步。齐道友一则事忙,又因三女修为不易,神沙甬道虽然多害生灵,也是避劫心重,出于不得已。便借取水为名,试她们一试。她们如恭顺,将水献出,日后还可助她们成道。等开府盛会之后,再派一同辈道友前往宫中,取出玉柱中遗书,与其说明前因后果。金蝉所带去的书柬,其中颇多点化之言。三女入魔已深,歧路徘徊,又受了奸恶蛊惑,竟然执迷不悟,自取败亡。偏巧她们又在月儿岛火海内得了连山大师一部天魔秘笈。那神沙甬道中大衍阵法,委实厉害非常。紫云宫又深藏海底,利用魔法封闭,神仙也难飞进。齐道友原知她们不外三条出路。又知三女也有凤根,长女尤厚。第一条,是我们人到,便将水献出;第二条,是献水之后,中途变计,反悔追赶;第三条,是不特吝而不与,反要倒行逆施,与去的人为难。所以将去的人分成两起。先还以为三女已修道多年，或者不致倒行逆施，公然为敌。及至我们的人去后，一则金蝉躁进，石生救母心切，先行擅入，伤了守宫神兽；二则三凤又是有心为难。许多阴错阳差，以致起了争端。即使这样，依了初凤心意，仍有转圜之机。无奈三女运数将终，魔头太重，种种阻碍，终于变志为仇。她们那里有何举动，齐道友业已全知，只因东海之事异常重大，才延到今日。为了此事，提前数日回山，少时一到，便有分派。那紫云宫暗切紫玲和灵云、轻云的名字，日后应为她三人修真养性之所，三女不过暂时盘踞而已。如今许飞娘和妖尼李玉玉等俱在彼助纣为虐。齐道友申正回山，明早寅正便开放灵翠峰两仪微尘阵，收伏南海双童甄艮、甄兑，取出长眉真人遗藏的至宝，传了双童道法。再过数日，便派双童前往紫云宫接应诸人，取回天一贞水。在此时期内，还有一位我们多年不见的道友，带了两个得意弟子前来。那南海双童之父名叫甄海，也是异派中散仙，为三女所杀，与三女有不共戴天之仇。此去带有那位道友灵符，一到便可将飞娘等妖人吓走。到时白、朱二位也要前去。宫中诸人除有两个不在劫的外，初凤或能幸免，余者不死即受重伤，成功无疑的了。"众人闻得掌教真人少时回山，俱都高兴。有那不曾见过的后辈，更是欣喜若狂。

第一六五回

教主返仙山　梁孟同收微尘阵
妖尼辞水府　金石三入紫云宫

时光易过，一会儿到了未申之交。髯仙率领长幼两辈同门和各方好友，俱由凝碧崖前升至前洞崖上迎候。甫交申正，众小辈门人正在引颈东望，忽见空中微微有一道金光，电掣金蛇般微微闪了一闪，髯仙和前一辈的同门已慌忙下拜。同时崖前便平添了男女两位仙长，俱作道家打扮。知是妙一真人夫妇驾到，哪等细看，连忙跪倒行礼时，便听妙一真人道："愚夫妇来时，原恐惊动各位道友，所以事前未曾通知，连遁光俱都隐去，不想仍劳远迎，曷以克当？"言还未了，金姥姥道："二位道友真个法力无边，这无形剑遁不但无影无光，连丝毫声息都听不出。若非二位道友下降时特地显示，只恐进了仙府，我们还在此呆等呢。"说罢，群仙俱各粲然。妙一真人夫妇便请金姥姥等各派群仙先行，大家彼此互相略微谦逊，各驾剑光同往太元洞中飞去。到了洞中落座，髯仙率了小一辈的门人上前参拜之后，群仙中有许多年不见的，与妙一真人夫妇各谈了一阵别后之事，方知修为的深浅。妙一真人然后对众人说道："日前拜读仙师遗札，始得略知两仪微尘阵中秘奥，自审道力浅薄，尚难自信。如今金蝉等诸弟子两入紫云，历久无功。三女不知顺逆，连那老蚌也因历劫一世，忘了本来根源。先时意在成全她们，所以先礼后兵；如今毁书拒使，已成仇敌。区区妖魔，无须我辈前往。那微尘阵中所困的甄艮、甄兑虽是左道旁门，不特没有什么罪恶，为父母报仇，苦心修炼，还有孝行。只因乃师化时遗命说紫云三女厉害非常，不将法宝炼到精深地步，不可以卵投石，妄自入宫行刺，以致迁延至今。正在苦心焦虑，待时而动，却受了妖人蛊惑，侵犯峨眉。如今陷入阵中，身虽未死，至多也只保得旬日。幸俱被陷在晦门上，否则已无生理。此来一则早与诸位道友和长幼两辈同门相见；二则将他二人救出，略加指点，使其改邪归正，径往南海去报亲仇，就便相助金蝉等诸弟子，将天一真水取回。这两仪微尘阵乃恩师长眉真人所设，中藏不少异宝灵药，以为光大本门之用，中分生、死、幻、灭、晦、明六门。此时往收阵法，诸位道友有兴，何不同往观看，相助一臂？"群仙俱愿一开眼界。妙一真人夫妇便率了长幼两辈门人与各派群仙，同往微尘阵去。

刚出太元洞，便遇醉道人飞来，见妙一真人行礼之后，递过一封柬帖，说道："小弟在本山巡游，路遇嫫姆，说是她从人雪山盘鸠顶闲眺，看见掌教师兄驾了无形剑遁，往这里飞来，算出为了南海之事。如今许飞娘同了两个妖人，也在那里，恐众弟子费手，趁着她往北极访友之便，带了三道灵符同这一封柬帖，命我交与师兄，转赐甄艮、甄兑带去，将飞娘惊走。"妙一夫人微笑道："嫫姆真非常人。我们用无形剑遁在空中飞行，她在相隔千里的盘鸠峰顶上，竟能看见，这双神目，真是举世所稀了。"说时，妙一真人早已看罢书信，揣入怀内。仍率群仙门人，同往灵翠峰走去。还未到，就望见绣云洞那边瑞气蒸腾，五色寒光凝成一片异彩。那长一辈的仙人久闻此阵之名，今日一见，俱都惊异不置。妙一真人到了阵前，率了两辈弟子，先望着阵门下拜。然后向众微一谦逊，径同了妙一夫人步入阵去。外面长幼群仙看阵顶祥光霞彩，时起变化，瞬息万端，谁也窥察不出阵中玄妙。

待了有个把时辰，忽听阵中起了雷声，隆隆不绝。不多一会儿，一片极强烈的金光闪过，霞彩全收，现出妙一真人夫妇，手上恭恭敬敬捧着长才九寸的旗门。身旁站定两个梳丫髻的道童，俱都是失魂丧魄，如醉如痴模样。群仙一见，纷纷上前称贺。妙一真人只对众人说道："贫道幸托恩师庇佑，已将微尘仙阵收去。所藏灵宝仙丹，业已暂时行法封锁，等到开山盛会，再行取出。甄艮、甄兑弟兄二人因被陷多日，虽经救转，元灵消耗太甚，神志已昏，须得调养一日，始能传授道法。如今我等且回洞去，再作计较。"说罢，一同回到洞中。髯仙早命玉清师太、纪登、朱文、寒萼四人布好筵席，由芷仙管领的仙厨中取来交梨火枣、仙酿灵药这类，待人一回来，便请人入席。妙一真人从怀中取了两粒灵丹，交与顽石大师，吩咐白侠孙南、苦孩儿司徒平领了南海双童，随同前往金蝉、石生二人所居室内，将丹药与双童服了，由大师主持，用玄门度气调元之法，相助双童恢复真灵，再行带来听训。

大师与孙南、司徒平带了双童，领命走后，各派群仙俱愿闻阵中秘奥，请妙一真人夫妇略说经过。妙一真人道："仙阵委实神妙无穷，愚夫妇如非恩师预示仙机，只恐也难轻易将它收却。此阵三次峨眉斗剑尚有大用，且等盛会之日，玄真子师兄驾到，再请各位道友相助，重布此阵，请诸位道友入阵一游，便知就里。"群仙闻言，俱都大喜。席散，醉道人使命未完，先自辞去。妙一真人夫妇陪了各派群仙，游览全崖，并将开府之后是何异境，一一说了。群仙自是赞佩不置。

那南海双童初被困入阵中时，知道上了敌人大当，万无生理，想起亲仇未报，无端受了史南溪等人蛊惑，闹到这般田地，死也难以瞑目。心中有了悔意，便想变计投降，一心只求饶命，以便日后好报亲仇，即使任何屈辱，也所甘心。可是心虽如此想法，无奈身不能动、口不能言，除了听其自然，别无法想。时日一多，渐渐失了知觉。妙一真人夫妇将他们救转时，还是有些恍惚。直到顽石大师将他们引入金蝉所居室内，用玄门度气之法运转真元，朝他们口中喷去，由那一股真气打通七窍，经过一十二重关穴，运行全身之后，弟兄二人又各服了一粒妙一真人所赐的灵丹，才得清醒。一见对面坐定一个中年女尼，旁立两个道装少年，知是救他们之人，连忙拜倒，请顽石大师说了经过。甄氏弟兄一听，不但道行无损，亲仇可报，还可投到峨眉门下，怎不喜出望外，立时便请顽石大师带去求见。顽石大师又命双童自己按照平时坐功，运行一周。知道再有一半日，便可复原，才将他弟兄二人带往太元洞内。甄氏弟兄一见上面坐的是妙一真人夫妇和许多位各派群仙，左右两排乃是髯仙等峨眉派长一辈的同门，在后站的方是小一辈的门人。长一辈的仙人不说，单这些小一辈的门人，无一个不是仙风道骨、灵根深厚，哪里还等多看，忙即上前跪倒，匍匐在地。妙一真人先命向长幼群仙一一拜见。然后传了本门修炼之法。吩咐司徒平将他们带去安置，休养一日，再来领命，前往南海，去助金蝉等取回天一贞水，就便报那父母之仇。甄氏弟兄闻训之后，不禁悲喜交集，感激涕零。当下叩辞出来，随了司徒平，走入所赐的石室之内，按照峨眉真传，潜心体会，用起功来。

到了第二日，仍由司徒平领去，叩见过妙一真人之后，妙一真人便将嫘姆所赠灵符交与二人，又指示了一番机宜，给了一件法宝和一道催光速电之符，才命起身。甄氏弟兄领命，拜辞出洞，先将催光神符展动，跟着驾剑光升起，破空前进。二人的道行本非寻常，近来又受了顽石大师指点，再加上神符妙用，真是比电还快，不消半日工夫，已到南海。远远望见迎仙岛上仙光法宝，纷纷飞翔，敌我相战方酣。忙照妙一真人仙示，不等近前，便将嫘姆所赐的一道灵符取出，朝着下面数人一扬。立时便有万丈金霞，夹着迅雷，自天直下。等到己身落在岛上，与轻云等人相见，万妙仙姑许飞娘早为雷声所震，带了三凤、冬秀先自逃走。金蝉因追桃花仙尼李玉玉，误为邪术所中，脚沾了李玉玉的法身，等到看出形势不妙，取出宝幡护身时，身虽为五色云幢护住，无奈神志已昏，失了主宰，要想脱身飞走，势已不能。所幸金蝉凤根深厚，迷惘中仍有几分清醒，两手紧持弥尘幡，不为淫邪所动；那霹雳双剑又是妙一夫人未成道时炼魔之宝，出诸仙传，有了灵性，自能发动，保卫主人，外敌收它不去，又不怕邪污，除在五色云幢外飞跃不息，还随时朝着敌人进攻。闹得李玉玉枉自看着一块就口的肥肉，只到不了口内，连用了许多邪法妖术，都奈何二宝不得。所以金蝉除当时心神有些昏乱外，并未遭了毒手。及至神雷震散妖气，金蝉遇救，服了丹药，神志复原以后，愈发把李玉玉恨入切骨。

当下众人见面，互相说了来意和当地情形。因为破宫在即，事毕便可回山，参加群仙盛会，俱都踊跃非常。甄氏弟兄又说了破宫取水，惊走飞娘，斩除群孽和救走蓉波、杨鲤、龙力子三人，来时掌教师尊早已事前一一盼咐停妥，应在明晚子时以前。赶在紫云三女庆寿之时前往，先由南海双童在寿筵前，明说奉命破她神沙甬道，并报人仇，各人再行按照掌教师尊仙谕行事。俱恨不得当时就去动手才好。当下众人在岛上，互相计议。不提。

且说那许飞娘会战轻云等诸人，正待施为放出辣手，忽听破空之声来得有异，抬头一看，金光迅雷已打将下来，当是克星已至，暗忖："此人如来，休说三凤、冬秀、李玉玉三人不是对手，连自己也要吃她大亏。"惊弓之鸟，心胆已寒，究竟来人是否如自己所料，都不敢细看，忙展遁光，一手抱着冬秀，一手拉着三凤，微喊一声："来了劲敌，还不先行退入阵去！"

三凤原非弱者,虽看出金光迅雷厉害,并无败退之心,还在张皇四顾,准备抵御时,已被飞娘遁光卷走。一入甬道,飞娘便命速将阵法催动,准备迎敌。三凤问她何故如此惊惶?飞娘事出仓猝,惊魂乍定,闻言反倒一怔,来人真假没有分清,不便明言自己怯敌太甚,只得饰词说道:"来的这人,乃是峨眉派中数一数二的能手。我等原是出来诱敌,诸位道友没有同来,势力较单,冬妹又为敌人法宝所中,惟恐有失,劲敌当前,不得不小心谨慎行事。故宜退入阵中,以逸待劳,就便将冬妹救治还原,岂不两全。"三凤因此番出来,原以为飞娘道法惊人,对方不过几个峨眉后辈,就不凭阵法,也操必胜。谁知自己连失异宝,冬秀还受了重伤,桃花仙尼李玉玉不知何往,飞娘又是这等虎头蛇尾。先还以为果是峨眉方面来了劲敌,等了约有半个多时辰,并不见敌人入阵,李玉玉却是垂头丧气而归。下甬道时,因为阵势业已发动,所幸主持的人俱在外阵,预先看出是自己人,如在内阵时,弄巧还要受了误伤。及至见面,问起引走金蝉,可曾得手?岛上敌人添了能者,回时可曾窥见动静;李玉玉却说:"金蝉被困时,有彩云剑光护住,不能近身。正在行法,忽为雷声震散,敌人接踵追来。因回望飞娘等退走,人单势孤,不便迎敌,便用粉光障眼之法,隐身遁回。到了延光亭,才见那施放神雷的,仅是两个矮小道童。本想出其不意,隐身上前,将敌人伤害他一两个出气,谁知敌人当中有一女道童,竟在暗中施展出了玄门中最厉害的阵法,只一近前,必为所困。幸是自己以前吃过亏苦,早在远处看破,否则又是弄巧成拙,因此仍旧隐身回来。"三凤闻言,敌人不过又添了两个峨眉后辈,飞娘却说是峨眉中数一数二的人物,未免有了轻视之心。飞娘何等奸猾机智,早看出三凤不满,暗忖:"适才雷声金光,明明是自己克星的家数。如说是她门人,也应是两个幼女,怎会来的是两个道童?这人神出鬼没、变化无穷,就算派了门徒,自己本人未来,也还是不可轻去招惹,且等弄明白了,再作计较为上。"见三凤辞色不善,装作不见,只拿医治冬秀遮盖。一会儿,冬秀已被飞娘治愈。又等了好几个时辰,敌人始终未至。三凤闷闷不乐。飞娘正想命人出去探看,慧珠忽然带了蓉波赶来说:"初凤新近又和大家商量,仍以坚守为是。现在准备庆寿,请飞娘等回去,由蓉波看守阵门。反正敌人如果进犯,宫中总图也可窥知虚实。这半日工夫,敌人动作人数,想已查知。他既逗留不去,无须诱他入阵,自会前来。因敌人屡次从阵中逃出，今日初凤已将全阵一齐发动，加紧防备，便是大罗金仙，也难飞入。峨眉派虽然厉害，不求怎样有功，但求无过，当不至于有甚差错。"许飞娘闻言，方在踌躇，三凤早已气忿忿地道："我们适才出战，岛上除了原有一群后辈外，仅添了几个小孩子，却连失异宝，还带伤人，杀得大败。如非许道友看出峨眉派来了一个前辈名手，急速用遁光携带我同了受伤的冬妹一齐败回，说不定还要吃什么大亏。待一会儿李道友败回，又说并未看见什么大人。只因敌人防备甚严，恐遭暗算，没敢近前窥探，虚实难辨。我因二位道友名满天下，尚且如此，冬妹又是受伤新愈，惊弓之鸟，也不敢冒昧出去，只好听许道友之言，在此耐心等候敌人自己入阵，以逸待劳。谁知过了许多时辰，没见敌人一点动静。我刚猜敌人那些小业障是等救兵，目前或者并无能手到来，要请许道友发号施令，冒着大险出去探看真假，省得为几个小孩所欺，你就来了。"

许飞娘平时虽是深沉阴险，善于忍辱负重，听了三凤这等言语奚落，也难忍受。正待还言，猛一动念，暗忖："贱婢不知轻重、不识抬举，不屑与她计较。何不如此如此，胜了固是高兴，败了也是有益。"想到这里，不但脸上未带出丝毫怒容，反故作没有听出道："既是大公主相招，仙阵全体发动，万无一失。敌人不退，终须进犯，早晚是网中之鱼，也不忙在一时。三公主失却异宝，皆是贫道防卫不周所致。荒山尚藏有几件法宝，得自崆峒山广成子修道的洞府以内，俱是万年前黄帝成道以前所炼，尚属不恶。待等此番战败敌人，贫道回山，取出两件来奉赠，以酬重劳，聊赎前愆如何？"飞娘所说崆峒宝物，前曾向三女提过，三凤早已歆羡。知她性情极为贪鄙，故为此言。原意是：胜了，自己借用人力，报仇泄忿，送她一件法宝，不但缔交更深，三次峨眉更多一个后援；败了，紫云宫必然瓦解，三凤就是走了脸皮要，自己早明言在先，有胜了才给的话，尚可反悔。何况自己还打着混水捞鱼的主意，那时同三女已成仇敌，更谈不到再践前言了。三凤心贪喜得，哪知飞娘深心诈术，闻言不特变忿为喜，转觉自己适才不该出言尖酸过甚，借着称谢，又和飞娘殷勤起来。除慧珠外，飞娘断定来人不是对头，也是她的门下，不到万不得已，不便再行出去。三凤虽然言语讥刺，恨敌切齿，可是连失异宝，受了挫折，又见飞娘那般怯阵，知道敌人不是易与，怒气一消，渐渐起了退志。冬秀惟三凤之马首是瞻，又在阵前尝过厉害，更无话说。当下略一商量，俱主三女寿辰在即，莫要辜负了盛会，莫如暂时回宫，等寿辰过后，再作计较。

就中桃花仙尼李玉玉性本淫凶，又复骄暴，在逃回甬道时，见三凤对人礼貌辞色，都不似未出战以前，已是不快。及至后来，慧珠来请众人回宫，三凤所说的话句句挖苦，不由勃然大怒。如在别处，早向三凤质问，翻脸成仇。只因知道神沙甬道阵法厉害，恐吃眼前亏，勉强忍住。就这样，还是在旁冷笑，不发一言。等三凤、飞娘把话说完，诸人要走，才行开口说道："贫尼道行浅薄，适才寸功未立，实在无颜回去。如凭现成阵地取胜，难免敌人讪笑。诸位道友且请回宫，贫尼愿单人出阵，二次会战峨眉群小。胜了自然擒敌献寿，以博诸位道友一笑；如再失败，从此不复相见了。"许飞娘深知李玉玉的性情本领，听出言中之意，是不满三凤。知她此番出去，必用炼就多年从未用过的桃花七煞销魂网，与敌人决一死战，以便擒了心上人回山取乐。她如胜了，去掉几个峨眉门下的心爱弟子，正合自己心意；如果失败，既用此网，必难活命，正可借此蛊惑她避祸三劫、隐遁多年不闻外事的父兄——北海铁犁山无底洞的金风老人与散花道长，出山为她报仇，岂不是好？恐众人拦劝，忙即答道："道友此举甚好，我等在宫中静候佳音便了。"三凤早看出李玉玉辞色不善，心想："我倒要看看你一人有甚本领。"便冷笑答道："原来李道友适才出战，竟为我们所误，未展所长。此番出战，为我们报仇雪恨，成功如愿，无疑的了。"李玉玉听她话中带刺，恨在心里，不再多说，勉强道一声"再行相见"，连头也不回，径驾遁光，往甬道外飞去。三凤又故意高声喊道："李道友且慢行一步，阵门还未开放，你不比许道友，已知出入之法，恐怕出不去呢。"李玉玉闻言，知她存心奚落，意在留难，越发忿怒。只是话已说出，势成骑虎，如果回身等她缓缓开放阵门，再行出去，更觉示弱服低，脸上无光。气得把满口银牙一错，正打算拼着冒险硬冲出去时，慧珠早看出二人龃龉神气，平时虽鄙李玉玉为人，毕竟来者为客，三凤行为太不合理，不等三凤把话说完，早做准备，一言不发，手掐魔诀，暗将阵门开放。等到三凤见李玉玉闻声不理，大有反友为敌状，想将阵势发动，用阵之一层门户的沙障，给她尝点厉害，将她困倒，挖苦几句，再行放走时，李玉玉何等机警，已乘机冲出险地，将身隐住。三凤一见李玉玉飞出阵去，知是慧珠所为，便埋怨道："这淫尼因迷恋峨眉余孽，没有到手，却向我们口出狂言。看她走时神色，分明日后要和我们作对。我正想发动阵法，教训她一番，儆戒她的下次，你却放她逃出阵去作甚？"慧珠还未答言，李玉玉早在阵外现出身形，破口大骂道："无耻贱婢！遇见几个峨眉后辈，便不敢明张旗鼓与人相见，只知倚仗些须妖法，用魔阵邪术暗算，背后出口伤人，有甚光彩？你仙姑此时有事在身，等我除了峨眉群小，再来扫荡魔窟，叫你知道我的厉害。"三凤闻言大怒，一面封闭阵势，想将李玉玉困住，一面便要追去。无奈李玉玉也非弱者，头层沙阵既被冲出，难关已过，又加善于隐形，遁光迅速，未容三凤施为，一片桃花色的烟光过处，只听李玉玉一声冷笑，形影不见。三凤还要追赶时，笑声渐远，人已飞出甬道之外。同时初凤又派人前来催请，说宫中有了变故，请飞娘等人不论如何急速回宫，有要事相商。三凤知道李玉玉隐遁迅速，阵中未将她困住，追出也是无用，气得千淫尼万淫尼地痛骂不绝。除金须奴外，慧珠凤根比较未曾全昧，连日因见三女不听良言，与峨眉作对，常常忧虑。一听宫中有事，便吃了一惊，忙将阵门封闭，交与蓉波防守，催着众人回转。

李玉玉原是许飞娘约来的助手，在先三凤与她口角暗斗，已使飞娘有些难堪。三凤索性想用阵法留难，没有做到，又是一场彼此痛骂，丝毫不留余地，起因又完全曲在三凤，怎不叫飞娘恨怒。在三凤以为，飞娘出战没有得手，反累自己坏了法宝，枉负盛名，并无实力。她却不知飞娘近年来处心积虑，勤苦修炼之余，不但道行剑术大进，所炼几件旁门中的至宝，更有惊人妙用。适才出阵，一则轻云、英琼、金蝉、石生和易氏姑侄几人所用法宝飞剑俱都仙传，非同常品；二则飞娘为要应付三次峨眉浩劫，不肯将所炼奇珍异宝轻易使用，使敌人得知，有了准备。以为三凤、冬秀法宝飞剑俱都不弱，即使不然，单凭自己剑术法力，对待这几个峨眉后辈，也不难获胜，未免托大了些。再加一出阵，先只遇见易氏兄弟两个能力较低的敌人，休说施展全力，连自己都觉胜之不武，不屑交手。不料想轻云、英琼等救兵来得那般快法，方一照面不久，冬秀先受了重伤。飞娘正忙着救护冬秀，三凤法宝又为敌人破去，使她措手不及。等她抱起冬秀，赶去救援三凤时，更没料到南海双童又是来得那般快法，一到，神雷金光，便捷如闪电，自天直下。飞娘吃过媖姆几次大亏，看出来路，哪敢停留，连来人身影俱未看清，立时遁走，怎还谈得到施为。般般凑巧，碰在一起，把飞娘闹了个虎头蛇尾。

三凤如非轻视飞娘，又贪着她那崆峒至宝，结局固不至于那般惨法。同时如非激走李玉玉，南海双童等第一次偷入紫云宫，到了紧要关头，便要妄用妙一真人法宝，二次入宫，怎会那般容易？固然三凤命该如此，大半也是倒行逆施，孽由自作。当三凤和李玉玉斗口时，南海双童同了金蝉、石生竟在慧珠阵门开放之际，乘虚隐身而入。休说三凤、冬秀、慧珠三人不曾看见，连飞娘那样机警的人，也为阵法一收一放，光霞激滟所乱，又在忿怒头上，当时通没丝毫觉察。一任南海双童等凭着法宝隐护，如入无人之境，尾随在三凤身后，通行无阻，直往宫中飞去。

话说李玉玉骂了三凤几句，带着满腔盛气，出了甬道，隐身往亭外一看，敌人大半仍都聚集在一块石坪之上，互相指点烟岚，谈笑风生，如无其事一般。知道敌人绝非畏惧甬道中神沙阵法，不是等候援兵，便是待时而动。因为看出敌人聚集之处虽然无何异状，却是杀气隐隐，内中一个矮小少女，老是注目亭内，神色举动，尤为可疑。先前在海上，为神雷震散妖法，逃回甬道时，敌人已有防备，正待施为，这半日工夫，必更设置周密。自己仗着练就神目，仅能看出一点破绽，却不知阵法，明知近前无幸。一则就此回山，必为紫云三女所笑，心不甘服；二则敌人除后来二道童不见外，就中几个幼童，生具仙根仙骨、神采奕奕、丰姿夷冲，真是一个胜似一个，不消说都是历劫多世的童男。尤其是先前交手的金蝉，俊美绝伦，此时已不知何往，料是埋伏在侧。回忆适才，越想越爱，哪里舍得丢下。呆看了一会儿，一时色令智昏，心想："敌人防卫严紧，众寡相悬，自己既不便上前涉险，只有和先前一样，将他们先引出防地，金蝉必要出现。那时再用桃花七煞销魂网，将心上人困倒，摄回山去享用。此外更无别法。"想到这里，便即现身出去。

那李玉玉看出神色有异的少女，正是女神婴易静。因为先前在暗礁之上设伏诱敌，不但没有成功，还几乎使自己人吃了大亏。自从南海双童来到，用仙府神雷惊走敌人之后，轻云主张既和敌人正式交手，又有许飞娘在内中策动，众人无论在哪里聚集，俱是一样。暗礁地势虽好，但是相隔遥远，呼应不灵。不如就在亭外相机应付，以待时至。又因敌人善于隐身，仍请易静施展仙法，暗中埋伏，以做准备。那南海双童，从未学会道法时，便立志要手刃亲仇。这次借口妙一真人之命，要到三女生日之时，才行领众入宫。早就想弟兄二人先往宫中查看一回虚实，能得手便将仇人刺死一两个。恐众人跟去不便，知道轻云入门较久，隐然为诸人表率，便向她请命一往。轻云知他们志切亲仇，颇为嘉许，只嘱咐小心行事，不可大意。金蝉、石生本来等得不甚耐烦，尤其石生关心乃母，恨不得早早救出才能放心，更是执意非去不可，轻云拦他不住。易鼎、易震也要偕往，被易静止住。

南海双童同了金蝉、石生去后，易静因适才所见妖尼善于隐遁，行踪飘忽，早晚必有诡计。恐她隐身来犯，除用乃父所传先天易数奇门禁法将众人存身所在四下埋伏，等敌人入阱外，一面运用神目，注视着延光亭内动静，以防万一。易静这一双神目，虽不能像金蝉慧眼透视云雾、洞烛幽冥，因为道法较深，经历宏广的缘故，若论瞩机察微，防患于萌，却是要强得多。一见四人方入亭内，那甬道口外忽然闪过一片五色烟光，还疑是敌人存心将阵门开放。后又见四人入甬道时，倏地将身形隐去，又不似遇敌之状。正在猜疑，不消半盏茶时，甬道口中隐隐飞射出一片极微薄的桃花烟光，颇与妖尼在海上逃走时所见相类。以易静的目力，那般留神观察，仅略看出一丝痕迹。其余诸人，竟是毫无所见。易静断定是桃花妖尼要来作怪，暗中与众人打了一个招呼，各自小心，加紧防备，决计不使妖尼再行漏网。刚在准备，李玉玉已现身出来，飞至亭外，且不近前，指名要金蝉上前相会。易静见妖尼停步不进，猜她看破埋伏，也甚惊异。正要出战，英琼生性疾恶如仇，早闻妖尼淫贱凶顽，哪还见得这轻狂模样，口中说得一声："易道友和周师姊只防备空中，断她归路，待小妹前去除她。"说时，指剑，早纵人飞上前去，更不答话，一道紫光，直取李玉玉。李玉玉看出这道剑光不比寻常，不禁大吃一惊。暗忖："日前听飞娘说起峨眉门下有两个女子，一名英琼，一名周轻云，各有一口宝剑，一名紫郢，一名青索，乃玄门奇珍，仙家至宝。如是合璧连用，同时施为，无论哪一派的有名飞剑，均非其敌。此女所用紫光，比起先前金蝉的一道紫光，要胜强得多，必是那口紫郢剑无疑。劲敌当前，稍一不慎，便吃大亏，进退都须神速才好。"一面想，不敢轻用自己的剑，早把九九八十一口桃花飞刀放起空中。

明知自己飞刀虽多，绝不能把敌人飞剑损伤分毫，只不过将敌人剑光敌住，相斗片时，等将心上人引出，好施展那桃花七煞销魂网，也不再有贪多之想，一得手便即逃回山去。异日约了师门能者或约异派的能人，再来紫云宫寻找三凤，以洗今日之辱。

她只管打着如意算盘，对面李英琼见敌人一照面，便飞起百十道粉红色的光华，知道敌人还有别的妖法，不敢轻视，喊一声："来得好！"一纵遁光，身剑合一，那道紫虹立时光华大盛，直往粉红丛中穿去。后面轻云与易静姑侄相次上前助战。李玉玉的桃花飞刀本就有些邪不胜正，不是紫郢剑之敌，哪里还经得起五人一齐上前夹攻，不禁有些着忙。再一看敌人只出来五个，金蝉与一个生得和玉娃娃相似的道童，却始终不见露面。知道再耗下去情势愈险，就此丢手心又不甘。正在迟疑。一眼看到易鼎，虽不似金蝉根骨资禀深厚，却也生得长身玉立、丰神挺秀，暗忖："起初一心只注在金蝉身上，没有细看，这少年却也有点意思。"便起了慰情聊胜于无之念。一面指挥空中飞刀与敌人混战，暗中早将七煞销魂网取出，手掐灵诀，口诵邪咒，正待隐身施为。易静因乃父再三嘱咐，不可放走妖尼，以留后患，又因她善于隐形遁身，甫有觉察，还未动手，早将七宝中的六阳神火鉴取将出来，暗中准备应用。同时，轻云见妖尼飞刀活跃，变化无穷，虽然看出光华渐减，妖尼有些手忙脚乱，想要大获全胜，还得些时。算计破宫时辰相隔渐近，如能早将妖尼除去，岂不要从容些？便歇了收取敌人法宝之想，也将遁光纵起，将那道青虹，去与英琼的紫郢剑连在一起。周、李二人双剑方才合璧，李玉玉见飞刀光华锐减，愈发不敢迟延。一面觑准众人，将桃花七煞销魂网放出，一面又忙着收那九九八十一口桃花飞刀时，那青紫二色会合的一道光华，早似经天长虹一般，伸长开来，倏地龙飞电掣闪了两闪，立时将那百十道桃花刀光一齐卷住。这时阵上诸人，除易静见双剑合璧，便将自己剑光收转，手持宝鉴，专防妖尼逃走和行使妖法外，那易鼎、易震早从旁看出便宜，手指处，各人的剑光法宝，早分头朝着李玉玉飞去。那李玉玉的桃花七煞销魂网业已飞将出去，一收飞刀，被敌人剑光卷住，没有收回，已是心惊。再见对阵那少年和一丑童又将法宝剑光迎头飞来，不及抵御。情知自己辛苦多年炼就的飞刀必难保住，危机瞬息，如不及早忍痛割爱，难免受伤。好在只要宝网成功，敌人所用件件都是异宝,休说全数成擒,但能摄走一两个,也不患得不偿失。当下把满口银牙一错,弃了飞刀不要,一片桃色淡烟散处,踪迹不见。

那易静见妖尼正斗之间,忽然手扬处,飞起千万道其细如丝的七彩光华,交织成蛛网一般飞射空中,转眼弥漫全岛,和天幕相似,眼看罩将下来。只以为她又使故伎,想要逃走。暗喜自己所用法宝刚巧合适,便将一口真气喷向六阳神火鉴上,朝着空中照去。那宝鉴为易静所炼七宝之一,乃西方太乙真金炼成,形如一块方铜镜,能发六阳真火,专破魔法妖术。鉴光所照之处,任何妖人俱难潜形匿影。原为对付鸠盘婆之用,谁知却成了李玉玉的克星。鉴上一团其红如火的光华刚照向空中,立时便有六个火球飞起,互相才一击撞,便化成一团火云,万丈烈焰,朝那万千缕七色彩丝射去,转眼之间,便燃烧起来。那李玉玉刚待将身子隐去,再行暗中施为,忽见敌人持一面宝鉴照向空中,放出火焰,还以为自己这法宝乃凝聚天地间极毒极污之气炼成,有形无质,隐现随心,无论仙凡和敌人的法宝飞剑,只一被这网儿罩住,自己再化身入内,略一施展妖法,便可取舍如意。虽知紫郢、青索双剑不怕邪污,未必能将敌人全部困住,没有做全胜之想,却也未放在心上。却没料到易静宝鉴的火与寻常道家所炼三昧真火不同,专破她这一类法宝。说时迟,那时快,就在李玉玉寻思隐形之际,那一片火云已经布散,将空中千万缕七色彩丝全数托住,燃烧起来。李玉玉见自己七煞销魂网不但没将敌人的烈火灭去,反被它将自己苦炼多年,存亡与俱的至宝燃烧,一时情急,忘了利害,竟然纵身飞升空中。正打算先将七煞销魂网收了回去,另用别的妖法一拼时,那九九八十一口飞刀已被英琼、轻云的青、紫二剑绞成粉碎,粉红色的残光洒布满天,乱落如雨。

英琼、轻云破了飞刀,回顾易静,手持宝鉴,发出烈火,正向空中七色彩烟照去。再看妖尼,不知去向。易鼎、易震正驾剑光上升,却被易静大声喝住,知道那片烟光之中,必有妖尼在内。二人更不寻思,同驭剑光破空便起,直往火云烟光之中冲去。李玉玉见飞刀全失,好不心痛。一收七煞销魂网,竟被下面火云吸住,收不转来。只管咬牙切齿,不舍就走。倏地从下面火云中,又冲起一团斗大的红光,已照到自己身上。知道不妙,想躲已是不及,隐身妖氛先被破去,现出形体。正在张皇不决,那轻云、英琼二人已冲破千层彩丝追来,见李玉玉还在空中弄鬼,哪里容得,惊鸿电掣般飞上前去。李玉玉万想不到隐形法会被破去，敌人剑光来得如此快法，不由吓了个亡魂皆冒，当时逃命要紧，一切不暇再顾，驾遁光破空便起。任是抽身得快，那道如虹似的剑光，已从她下半部绕来。李玉玉"哎呀"一声，身虽侥幸逃出，那一双平时用来迷人、欺霜赛雪、粉致精圆的白足，已齐足踝被剑光斩断。总算是起先易静动手稍快，否则如等李玉玉隐入桃花七煞网中，化身施为，再行发动，便是那上半截残躯，也难保全。等到轻云、英琼二人飞剑去迫，易氏弟兄也相次赶到时，妖尼已借血光遁去。

且不说李玉玉负伤逃走，中途遇见朱梅，仍遭惨死。且说南海双童甄艮、甄兑志切亲仇，同了金蝉、石生冒险入宫，先准备隔着上面甬道，从地下穿行而入。好在身旁带着几道应用灵符，又有弥尘幡、天遁镜等至宝，即使遇见险阻，也不妨事。便传了金、石二人潜光蔽影之法同进。刚一行近神沙甬道口外，忽见里面光华乱闪处，阵门开放。甄艮、甄兑恐敌人出来，心中一动，忙拉了众人一下，径自隐身，乘虚而入。身刚到达头层沙障外面，便见光华敛处，桃花仙尼李玉玉带着满面怒容，飞身出来。金蝉恨妖尼入骨，如非关着大局和甄氏弟兄拦阻，当时就要动手。四人乘着阵门开放之际，到了里面，一眼望见许飞娘、三凤、冬秀等人，旁边还侍立着石生的母亲陆蓉波。这第一层阵法，金蝉曾经两次涉险，知道凭着一幡一镜，尽可闯出。休说金蝉跃跃欲试，便连南海双童也几乎想要乘机暗施辣手，先将三凤、冬秀二人刺死，才称心意。只因大敌当前，身虽隐住，不能出声说话，仅能以手示意，此行所关甚大，事先不商量一致，不便为首发难。再则金蝉先虽有些动心，后来一想："飞娘厉害，不比妖尼，此行甄氏弟兄并未施展掌教真人所赐灵符，用的乃是旁门隐身之法，能混入阵来，已是侥幸。再从暗中下手，倘如还没进身，便被窥破，纵不至于失陷阵内，毕竟劳而无功，反不如深入宫中，查看明了虚实，以待时相机下手，方为上策。"念头一转，反转来拦阻双童。方在委决不下，李玉玉已在沙障外面破口大骂起来。三凤发怒要追，人已隐遁。接着便是初凤二次命人催请。

金蝉和甄氏弟兄见飞娘等往宫中退回，始终没有觉察防备，经行之处，毫无变化，心中大喜，忙即追去。只石生一人见乃母独留，早就想现形相见，无论如何，不肯偕往。金蝉连拉几次不听，眼看飞娘等飞行较远，不能再延，只得舍了石生，同甄氏弟兄向前面敌人追去，两下相隔约有十丈远近。事也真巧，四人先进来时，正值阵法一收一放之际，全甬道光华散乱，以飞娘那等目力与道行经验，竟被瞒过。回宫时节，三凤只将甬道路程用魔法缩短，气忿头上，一时大意，并未发动阵势。四人又早得杨鲤指示，照准甬道中心，四面凌空飞行，所以只见前面甬道比电还疾，从足底身旁飞过，也不知见了多少阵中设置的奇禽怪兽、灵境珍物，顷刻之间，已离宫不远。快出甬道之时，三凤才想起全阵门户洞开，连忙施为时，三人已相继随了出来。定睛往四外一看，到处都是金庭玉柱、琼宇瑶阶、火树银花、珠宫贝阙。那甬道出口处，乃是紫云宫后苑的中心。一出甬道，便是一条宽有数十丈的白玉长路。路旁森列着两行碧树，每株大有十围，高达百丈，朱果翠叶，郁郁森森。时有玄鹤丹羽、朱雀金莺，上下飞鸣，往来翔止。阵阵清风过处，枝叶随风轻摇，发出一片玎玞鸣玉之声。与这许多仙禽的鸣声相和，如闻细乐清音，笙簧迭奏，娱耳非常。玉路碧树外，是一片数十百顷大小的林苑。地上尽是细沙，五色纷耀，光彩离离。数十座小山星罗棋布，散置其间。也不知是人工砌就还是天然生成，俱都是岩谷幽秀、洞穴玲珑。有的堆霞凝紫，古意苍茫；有的横黛笼烟，山容浩渺。山角岩隙，不是芝兰丛生，因风飘拂；便是香草薜荔，苔痕绣合。再细看满地上的瑶草琪葩、灵芝仙药，竞彩争妍，灿若云锦。越显得瑰奇富丽、仙景非常、气象万千、目难尽赏，三人身在龙潭虎穴之中，危机瞬息，正事要紧，哪有心情细看，略一经眼，便朝前面敌人跟踪追去。

那条玉路，从甬道出口处计算，长有三里，形如卍字。每头都有一座宫殿，共分四路八殿，暗合八卦。往初风行法的黄晶殿，还须两个转折。南海双童等三人在未到达以前，便见前面路转尽头处，有一座高大宫殿，通体宛如黄金盖成，精光四射，庄伟辉煌。殿前有数十亩大小的白玉平台，当中设有一座极高大的丹炉，旁边围着八座小丹炉，乃是昔日紫云三女炼那五色毒沙之物，如今移在殿前，当做陈设。三人正行之间，见前面许飞娘等一人转角，忽然落下遁光。不敢急进，便缓了势子，尾随前行。这时路上所见宫中执事的人渐多，只没见杨鲤和龙力子两个。仗有法术隐身，俱未把敌人放在心上。眼看许飞娘等已到殿前，步级而上，殿中也有人迎了出来。正要跟踪过去，甄艮猛觉目光一闪。抬头一看，那殿前平台当中一座大丹炉，不知何时添了一面五丈许方圆的大镜子，寒芒远射，宛如一个冰轮悬在那里，只是光华明灭不定。光灭时，晦若无物，连镜子的暗影都几非寻常目力所及；放光时，虽只一瞬，却是远近数十步外的人物，纤微可见，三人前进之状，完全映现，暗忖："自己原是隐了身形前进，怎会照了出来？敌人此镜，异常厉害，绝非无因而设。"再往镜中一看，果然站着一个与三凤装束相似、云裳霞帔的少女，手中掐诀，对镜凝视。暗道一声："不好！"拉了金蝉，用地行神法，便往地下遁走。同时金蝉、甄兑也都看见那面怪镜，因为甄艮心思最细、志更坚忍，恐金蝉、甄兑二人不知轻重，来时早就嘱咐停妥，一切依他行事，故此三人差不多是一个动作。

那初凤自从峨眉来人，两次入宫，虽被神沙甬道阻住，未得长驱直入，但是敌人未损分毫，自己这面却连失重宝，阵法又被敌人破了好几处，本就有些着慌。这日飞娘等到来，南海双童已归峨眉，更是心病。想了想，把心一横，一不做、二不休，豁出自己多耗一点精血，一面命人在黄晶殿中大摆寿宴，庆贺生辰；一面将天书副册最后一页所载的血光返照太阴神镜之法施展出来。这镜并非法宝，乃是一种极狠毒的魔法，最耗行法人的真血元精，不到危急，不敢妄用。紫云三女，初凤道行法力最高，虽然早就炼成，从未用过一次。这次也是因为敌人来势太凶，关系全宫存亡，逼而出此。却不想这种狠毒的魔法，最干天忌，非同小可。当时未暇计及利害轻重，等到身败名裂，已无及了。那神沙甬道全阵的总图，原在内阵之中。初凤入魔已深，存心在人前炫耀，便请飞娘同来的几个异派中妖人同入内殿，先看了看总图，并无动静。然后对众说道："许、李二位道友同了三妹、冬妹出去探敌这些时，看图中动静，胜负难知。我想许、李二位道友法力高强，久出不归，敌人必定厉害，少不得还要诱敌入阵。我这总图，虽可指挥操纵全甬道的阵势，但只能窥见敌人现在哪一层阵上，敌人面目能力，尚不能知。现在我将这血光返照太阴神镜之法施展出来，便能洞烛隐微。敌人不入阵则已，只要一入阵，便似盆水寸鱼，一举一动，全在我等眼中了。"说罢，双膝盘坐，屏气凝神，默用玄功，将本身真元聚在左手中指尖上，咬破舌尖，一口鲜血，喷了出来；同时左手掐诀，将中指往外一弹。那一口鲜血聚而不散，渐渐长大，化成一片青光，形如满月，悬在空中。初凤又施展魔法，将诀一收，立时光辉敛去，成了一团和古镜相似的暗影。然后对众说道："我这太阴神法颇耗真气，不宜常用。等总图中现了敌人动静，诸位再看便了。"正说之间，总图中忽然起了一片烟雾。初凤忙掐灵诀，一口真气喷将出去，朝着那团暗影把手一扬，并无敌人入阵。只见飞娘等三人回了甬道，看去颇现狼狈。李玉玉不知何往，冬秀还有受伤模样。初凤猛一动念，忙收了镜法，请慧珠用缩沙行地之法，急速前往，将飞娘、三凤等三人请回。除各阵地上原有防守的人而外，头层阵门上，只须派一个能力较高且可靠的人足矣。慧珠领了机宜自去，她近日极喜陆蓉波，便将蓉波带了同往。

慧珠、蓉波去后，隔了一会儿，总图上忽然烟雾大作。初凤本疑是有人入阵，施展镜法一看，却是三凤和李玉玉争辩，李玉玉正往外走。猜是三凤开衅，恐生事端，二次又命人催请速归。这时恰值南海双童同了金蝉、石生混入阵来，按说阵中原有反应。一则初凤见自己人似乎起了内讧，心中惊疑；二则又当慧珠、三凤将阵法一收一放之际，烟光缭乱，飞娘、三凤等人动作还可辨出，南海双童等四人身形业已隐过。魔镜固是神秘，毕竟甬道相隔千里，总图包括全阵枢机，看上去人同蚁大，略一疏忽，便被瞒过。那血光返照太阴神镜耗损真元，不宜多用。后来见飞娘、三凤、冬秀三人已随了去人同返，总图中无有朕兆，便将镜法停止。她却没料到三凤、慧珠归途忙乱中，先将阵法收起，没有发动。初凤偏又一心专注那魔镜，以致铸成大错。及至三凤快要走出甬道，想起发动时，初凤忽见总图上似有丝毫动静，那地方已抵出口，乃全甬道的尽头，如系自家人行动，何致有此现象？情知有异，忙又施展镜法。果见有三条极淡的人影，在甬道出口之处闪了一下，那人影竟淡到寻常目光所难及的地步。千里神沙，如入无人之境，仅在出口之际，略现一丝痕迹。如非镜光所照甚真，敌人业已身入户庭，还未觉察。自己费尽心血所炼的神沙魔阵，要它何用？这一惊真是非同小可，哪里还敢丝毫怠慢，忙和众人道："现在三个敌人不知用甚法术，竟能隐着身形，安然穿行甬道，深入宫中，必非弱者。他们欺人太甚，事到如今，说不得拼个强存弱亡。这里有两个无形魔障，乃海底万年朱蚕之丝炼成，与这太阴神镜相辅而行。无论来人有多厉害神妙的隐身法术，镜光一照，自现真形。等他们一到，镜光所照三百步内外，便将此障往空中一抛,再经我法术施为,此障立时化成千万缕无影无形的柔丝。敌人只要被缠住,周身骨软如棉,神志昏迷,休想走脱。请一位道友与舍妹夫各持此障,躲在殿前平台两角,我这镜上一现火花,立时如法施为,自有妙用。"说罢,那被许飞娘约同前来的几个妖人俱都各说:"愿效微劳。"初凤说道:"四手天尊江涛道行最高。"便将障交与了他。因为敌人已入腹地,初凤不敢迟延,除江涛外,余人连两句客套话都未顾得说,急匆匆口诵魔咒,暗运真气,将手一指,那团暗影便随着指挥往殿外飞了出去,到了平台,悬在空中,停住不动。初凤接着行起法来。

这时镜中敌人已出了甬道,随定飞娘、三凤诸人身后,隐形遁进。初凤暗忖:"三凤等粗心不说,许飞娘多年盛名之下,何等机智,怎会从阵中引来三个敌人,通没丝毫觉察?敌人本领,定非寻常,既不能一举成擒,被他逃走,阵中虚实,大概已为所得。为除隐患,莫如等他本人飞上平台,再行动手,方可不致漏网。事在紧迫,就是多耗损一点真元,也说不得了。"一面寻思,不时把镜法展动。不多一会儿,镜中敌人已到"卍"字亭路转角,影子越来越真,渐渐眉发毕现。来人又是三个幼童,除金蝉前日在甬道中见过外,那两个竟和当年侵犯紫云宫的妖童甄海生得一模一样,如飞娘日前所说,果是不虚。想起昔日贝阙金页最末一面,明示异日休咎结局,曾载有"双童报仇,最应当心"之言,未免有些心惊。回顾金须奴,隐身平台一角,满脸忧色。当初如果信他的话,将水献出,何致闹得这等僵法?事已至此,悔也无用,除了竭尽所能,拼个死活而外,更无善策。想了想,估量敌人将到,又是一口真气喷向镜上一看,数人紧随飞娘等身后,已到殿前。当时惊忿交集,一面双目注定神镜,暗中默运玄功。准备放过飞娘等几个自己人,等敌人一上平台,台上原设有五方五行天魔锢形遁法,再一施展那两面无形魔障,便无殊上有天罗、下有地网,敌人任是精通什么玄妙的遁法,不论上天入地,俱都休想脱身。

初凤虽然如此着想,但是那太阴神镜悬在殿外,不比殿内,运用起来,那一片皎如明月的寒光,休说金蝉、双童等的慧眼,便是寻常人,也一望而见。起初初凤也想到这一层,用禁法将光蔽住,又有绝大的炼沙炉鼎相隔,外人不能看见。这时一见飞娘等上了平台,敌人眼看接踵而至,百忙中,一面要从镜中观察敌人动作,一面又要施展那无形魔障,心神一分,不及施展禁光蔽影之法，早被金蝉等三人看破机密。等到初凤看出敌人要逃，将手一扬，镜上冒起火花，金须奴与四手天尊江涛将两面无形魔障放起时，敌人业已同时遁走，一个也未擒住。这紫云宫中的地面，虽不似平台之上埋伏密布，并非寻常沙石泥土，初凤万不料敌人遁走得如此神速，不由大吃一惊，呆在那里，作声不得。

飞娘刚达殿前，已看出了八九分，暗忖："自己得道多年，竟被几个小孩子瞒过，跟了一路，都未觉察，岂不惭愧？凭自己法力，破了敌人隐身法，使其现形，原是不难。一则因三凤适才出语讥诮，令人难堪；二则不知敌人在快出甬道时才被发现。以为初凤既知敌人私入甬道，并欲在事前发动阵势，或者志在诱敌深入，别有用意。自己此时返身擒敌，装作早知敌人跟来，故意引他入宫，再行下手，固然可以遮盖失察之羞。但是峨眉这些小辈，大都青出于蓝，敢于深入虎穴，必有所恃。使其现身容易，万一擒他不住，宫中诸人本就有多半怯敌，必说自己引贼升堂，反而不美。再则以前明知紫云三女非峨眉之敌，不过略增自己声势，与峨眉多树几个强敌，能胜固好，不能胜，多少也总可剪却敌人几个羽翼。"及见敌人主要人物一个未来，就凭几个后辈门人，已把神沙甬道搅了个河翻水乱，结局定无幸理，本就想另打主意。再经三凤随便出口伤人，又将李玉玉气走，许多令人难堪，更是羞恼成怒，有了嫌隙。便当时敷衍不去，全是为了垂涎宫中所藏各种异宝，并未存有好心。这时宫中发现敌人踪迹，正好冷眼旁观，相机而动，看看三女的本领。反正敌人通行甬道时，三凤、慧珠等俱是主持全阵之人，千里神沙，被人随便通过，尚且不知，外人不明阵中奥妙，怎能见笑？越想越以不动手为是，始终一言不发。直到敌人业已逃遁，才随众人纷纷与初凤相见。

初凤因自己认为千里铁壁神沙甬道尚且阻敌不住，也不好意思再怪外人，只把三凤、慧珠、冬秀三人暗中埋怨了几句。随即将足一顿，一耸两道秀眉，随即收了法宝，率众入殿。这一来，众人十分扫兴，原以为初凤必要忙着搜敌，谁知却如无事人一般，好生不解。只有金须奴和慧珠看出她满脸戾气，必要逆天行法，知她素来外和内刚，只要动了真怒，谁也拗不转，空自忧的，又不敢劝。果然初凤请众人落座以后，便发话道："我们在海底隐居修炼，与他风马牛各不相干。那天一贞水乃本宫至宝，借不借由我。他先命门人前来强取，第一次不等回话，伤我神兽龙鲛；第二次大闹神沙阵，又坏了三舍妹的璇光尺。我仍不愿与他结仇，只将甬道封锁，不肯出战。如今几个小辈，竟寻上门来，真是欺人太甚！愚姊妹虽然道行浅薄，也在海中潜修了数百年，自问道行也不弱于他。只因我那几桩大法有天篆示警，不到迫不得已，不能轻易使用罢了。现在敌人乘隙侵入宫中，适才我用无形障擒他，又被漏网。如不再将峨眉门人除却几个，稍杀敌人气焰，以后各派群仙有甚奇珍异宝，俱都予取予求，永无宁日了。三个小业障隐身法已被看破，没有我们自己人引导，绝出不去，必在宫中逗留。到了子时，便是愚姊妹贱辰。诸位道友远来盛意，岂能为小辈所扰？我算他此来定为盗那天一贞水。此水已为三舍妹藏在金庭玉柱之内，本有法术封闭。我再施展七圣迷神之法，三个小辈如不去还可多活些时，否则这黄晶殿固是上下埋伏重重，敌人来即入网；便是别处，只一出去，立时被我妙法困住。然后将他擒到殿台之上，凌辱摆布个够，再行处死，以博大家一笑何如？"说罢出位，披散头上秀发，口诵召魔真言，就在殿前倒立舞蹈起来。约有半盏茶时，从初凤身旁，升起红、黄、蓝、白、黑、青、紫七缕轻烟，冉冉往殿外飘去，转眼分散，由淡而隐。

　　金须奴见初凤简直换了一人，竟不畏惹火烧身，连那天书副册中最恶毒狠辣的七圣迷神之法，都毫无顾忌地施展出来，真是忧急恐惧，不打一处来。本想借词出殿，想一善策，釜底抽薪。谁知他只管变颜变色，面带惊疑，早被初凤看破。行完法后，便笑对众人道："今与峨眉誓不两立，我志已决。少时处死敌人，宴散之后，不等敌人寻来，我便去峨眉凝碧崖，上门问罪。无论是自己人还是诸位道友，未得我言，千万不可离开此处，静候我一人施为如何？"说时，又看了金须奴一眼。金须奴哪里还敢开口，只急得暗中跺足。只有三凤、冬秀兴高采烈。许飞娘和一干妖人，更是合心称意，巴不得有此一举，俱向初凤称佩不置。

　　初凤正说之间，忽见东南方飞鲸阁畔，一片黄烟升起，大喜道："敌人业已被困，只不知可是全数入网。三妹持我灵符，用太昊真诀防身，速将小辈擒来，听候发落。"三凤闻言，接过灵符，带了两个随侍的女仙官，径往飞鲸阁飞去。三凤走后不久，初凤在殿中遥望，一道金光，像电闪一般掣了两下，那片黄烟忽然消散。不禁大惊失色，暗道一声："不好！"

忙又取了两道灵符，分给二凤、慧珠道："敌人真个奸猾，不知用甚法儿逃出罗网。幸而这一关，修道人比较易过，还不妨事。你二人速去相助三妹，我这里将血光返照太阴神镜运转，飞向你二人面前。此镜不便常用，每放光明，便向空中注视，自能观察敌人踪迹。凭我七圣大法，再加上你二人的法宝，两下夹攻，绝不怕敌人能飞上天去。"说时，正南方彩蜃殿，又有一片青烟升起。初凤指给二人观看，说道："敌人现在逃往彩蜃殿被困，可速前去。"

第一六六回　人语烟中　三仙逢矮叟
　　　　　　　　雀环飙转　万里走神沙

　　且说二凤、慧珠领命刚走,先是东方大熊礁红烟升起,紧接着正西的蚣蝮殿、正北方的圆椒殿、西北方的虹光湖、西南方的珊瑚榭,相继各色烟光升起。紫云宫碧树琼林、玉宇瑶阶、珠宫贝阙,所在皆是,本就雄深美妙、绚丽无穷,再被这各色彩烟笼罩其上,越显得光华缤纷、蔚为奇景。休说那几个初来妖人平生未睹,便连那经历宏富的许飞娘,也都叹为观止。众人目眩神奇,心惊妙术,哪知就里。其中最难受的,仍是金须奴和初凤。一个知道大乱已开,初凤入魔益深,自己受恩深重,又想不出挽救之方,只好守定身侧,到了万分急难之时,以身相代而已。一个是满拟这诸天世界,七圣大法随心感应,捷于影响,休说三个后进小辈,便是峨眉诸长老到来,也难破解。谁知刚将敌人困住,便被走脱。随着青烟继起,敌人入网,未见逃出,方在庆幸,忽然间四方八面各色彩烟纷纷全数放起。姑无论成功与否,就说一处困住一人,已有六七个之多。

　　适才只见三人偷入,还说是自己人疏忽,引贼升堂,这其余诸人从何而至?照这样,神沙甬道岂不形同虚设?真是越想越烦。初凤为人原具深心,自从神沙甬道筑成以后,所学不正,再一多杀生灵,入魔益深,朝夕筹划,惟恐祸变之来,因此她把全宫殿都用魔法封锁埋伏。这座黄晶殿位居中央,又是甬道的命脉,总图所在,指挥操作,全在此地,无形中便成了全宫的枢纽。明知今日事太扎手,再加上适才新召来了魔中七圣,如果伤了敌人回来,还易打发;否则魔头无功而归,便要反攻行法之人。虽然自己能发能收,早有准备。但是这魔头不比圣神丁甲,乃天地间七种戾煞之因。冥冥中若有魔头主掌,似虚似无,若存若有,看去并无形质。非具绝大智慧，不能明烛几微；非具绝大定力，不能摒除身外。一为所动，灵明便失，任其颠倒死灭，与之同归。受害的人虽为烟雾笼罩，只外人还略能看出些许形迹，本身却一无所觉，真个厉害无比。万一侵害了自己人，岂不冤枉？惟盼三凤、二凤、慧珠等三人能将被困的几个敌人擒来，用魔法禁制讯问，才知对方真相。眼看敌人随意出入，藩篱尽撤，只剩下宫中一些埋伏及各人法宝，还有这一两桩不能轻易行使的魔法。即使暂时获胜，想和峨眉前辈数十位名头高大、道法宏深的剑仙相抗，怎有把握？心中刚一明白，三凤等尚未擒回敌人，忽见金庭玉柱间光霞上升，彩雾蒸腾，知有敌人前去盗宝，中了埋伏。念头一转，不由又勃然大怒，忙命金须奴速去查看。

　　金须奴持了护身灵符去后，先是二凤、慧珠两人空手回转。初凤见她们后去先回，无功而归，惊问究竟。二人便将奉命往大雄礁、蚣蝼殿、虹光湖、珊瑚榭等有各色彩烟升起之处擒敌，远看烟雾弥漫，越是近看，越没一丝痕迹，等到转身，离得较远，烟雾又由淡而浓，不解何故；如今四方八面俱已寻到，皆是如此，那发烟之处，并无一物等语，说了一遍。初凤刚问可见三妹，三凤已同了随去的人狼狈而归，也是一无所获，初凤更是骇异。再一问经过，三凤说道："我到了飞鲸阁前，还有半里多地，眼见烟雾中还有三个人影，忽然似一朵金花爆散开来，转眼即行消灭。那烟雾也越近前越淡，及至到了阁前，连一点痕迹都无有了。如说被敌人破去，怎又不见敌人踪迹？我因此法厉害，大意不得，不敢去了大姊的护身灵符。等到离阁不多远，不但阁前那片烟雾又由淡而浓，而且四方八面如蚣蝼殿、虹光湖、珊瑚榭等处，又连起来六七片各样颜色的烟雾。心想此法不将敌人困住，不会露出痕迹，疑心敌人大举进犯。恃有灵符护身，挨次巡视，俱是远观彩烟弥漫，近视杳无踪影。只末一处，行经蚣蝼殿，似闻烟中人语，仿佛说我们'迷途罔返，大限将临。你父母之仇，早晚得报，毋须急在顷刻'。接着便见一个很眼熟的矮子背影，一晃不见。那烟雾也和别处一样，四处留神搜查，别无迹兆。大姊看是如何？"

　　初凤此时魔法已为高人破去，害人不成，反害自己，正是魔头高照之际。闻言虽觉三凤所说烟中人语有些惊诧，以为这类魔法，被困的人一切幻象，均由心生，千奇百怪，变化万端，常有自言自语的时候。那各色彩烟既未消灭,七圣大法定未被人破去,还不要紧;否则敌人如能随意行动,怎地不敢现形出面?三凤所闻所见,定是敌人刚刚入网。这七处的敌人必非庸流,或者被陷之时有了觉察,遁入地内,也未可知。不过敌人就是分头来,也应是几个做一路,怎会单单按照自己所布的魔法,分成七处,和预先知道的一般,同时发动又同时落网,哪有这等巧法?好在那七圣大法,只一冒起烟雾,必有敌人被陷,绝不致空。即使会用甚绝妙的隐形地遁之法,也只掩得两三个时辰耳目。再则,这种无形伤人的魔法,今日这么多的敌人,不见得全数都在事前警觉,个个同时往地下遁去。必还有几个道行深厚的人,虽然中法被困,还在那里运用真灵,以绝大定力来相抵御,神志不会十分昏迷,身又预先隐起,所以看他不见。想到这里,便问二凤、慧珠道:"你二人去时,血光返照大阴神镜曾在前面查照,我这里连着几次行法,难道也不见一丝朕兆?"慧珠道:"我们初出殿时,原本指挥此镜,注目飞行。先到第一处彩烟前,此镜曾放了一次光明,并未照见敌人形迹。后来连飞巡了六七处,直到回殿,便始终是一团黑影了。"初凤闻言大惊,忙掐灵诀,如法施为,那团暗影依旧是寒光皎皎,纤微俱照,知未被人破去,这才放心。这几种厉害魔法,天书副册原有互相克制之言。只缘炼成之后,从未施为,稍一疏忽,便会徒劳无功。想了想,便自丢开,自己还以为万分谨慎。不到烟中有了敌人现形,不去收那魔法,以防万一敌人不曾入网,魔头反攻自己,不易打发。只要有一两个发现,再行收法,便无妨害。那些隐入地下的,更是釜中之鱼,留到最后收拾不迟,却不料七魔害人不成,业已反攻,不久便会乘隙发动。可怜初凤也是仙骨仙根,只缘一念之差,闹得身败名裂,受尽诸般魔难。

初凤等诸人正说之间,金须奴也从殿外飞来。初凤忙问金庭玉柱中可有变故?金须奴答道:"金庭玉柱,远看彩雾蒸腾,光霞辉耀;近视依旧是好好的,并无一物埋伏,也不见有敌人侵入形迹。不知是何缘故。"初凤一点也没想到可疑,暗忖:"自从昔年玉柱开放,取出许多异宝灵丹之后,数百年来,一直没有想到玉柱底下也藏有宝物。看今日神气,颇和昔年发现宝物时情形相似。莫非因为强敌大举来犯,知我难以抵敌,又有宝物出现不成?"越想越有理,心里一高兴,便连前事也不加重视。因为降生时辰将至,成心想在人前炫耀,施展那近数月来所炼成的各种幻景法术,便吩咐除黄晶殿外，再设一席寿筵在金庭玉柱之间。一则宴请仙宾，犒劳宫众；二则请大家一玩金庭玉柱奇景，当时如真能发现藏珍，岂不凑趣？

金须奴因那金庭玉柱乃宫中禁地，藏珍奥区，平日除了本宫主要人物外，仅有一两个宫中防守执事的人可在里面出入，自己人尚且不得妄进，何况外人？这许飞娘邪魔外道，居心叵测，怎可任其轻入？还有那黄晶殿，乃全甬道总图所在，许多埋伏的枢纽全在其内，平时尚且不可轻离，怎到了强敌当前，这等紧要关头，却如无事一般？闻言好生惊异，便谏劝道："金庭玉柱宝库所在，如今敌人业已混入，就擒与否，尚难定准。黄晶殿全宫命脉，万法总枢，正当多事之秋，谨慎防卫犹恐不周。如在两地开宴，相隔辽远，万一疏虞，岂不开门揖盗？望公主稍微慎重。"初凤笑答道："妹夫未习天书，不知就里。便是三妹、二妹，也因道力稍浅，难测玄妙。我在百十年前，已将这部天书通体彻悟，洞悉玄奥，运用变化，无不如意了。只因此法太辣，有干天忌，从未轻举妄用。如今峨眉欺人太甚，我已横了心，拼着不成正果，永为海阙散仙，也要将所有妙法尽量施为，与他分个强弱。我岂不知这两处关系重要，特地开放门户，正为引敌入网，无论仙凡，涉我藩篱，必无幸理。敌人满布宫中，俱精地遁，虽为七圣大法所困，因未现形，难知就里，不便收法。恐还有别的余党，未必全数成擒，借此娱宾，兼以诱敌，岂非绝妙？"金须奴见初凤颇为自恃，总觉她今日神情异常，满脸戾气，不似往日仙灵丰采，疑虑不释。慧珠也看出初凤不似平日谨慎，有点倒行逆施。但见金须奴谏劝无效，当着几个外人，不便再为深说，只有心中焦急而已。除金须奴、慧珠比较明白外，余人俱都深信初凤法力，只知同仇敌忾，不但毫没在意，反巴不得少时开宴，当众逞能，将多日筹备的魔法幻景一一施为，以显自己道法玄妙。

那许飞娘等几个左道妖人，久闻金庭玉柱之名，因是宫中禁地，不便请求入观，每次来时，仅在外面看见金光宝气、霞蔚云蒸，早就心羡。一听初凤要在那里开宴延宾，好不欣喜。别的妖人，知道三女厉害，此时尚无妄念。飞娘早已断定必败无疑，适才在甬道中和三凤口角时，已存了趁火打劫之想。知道金庭玉柱埋伏重重，如不在事前入内窥知底细，三女一败，便为敌有，已是无及。正苦无从下手，这一来可算天夺初凤之魄，正合心意。否则初凤也非根行道力浅薄之人，适才施展那么厉害的七圣大法，连自己都觉必有成功之望，怎么敌人来了许多，从未就擒，就连形影都未见到一个？烟中人语，分明是真，她却自信太深，说是应有幻景，此事出乎情理之外。她连一丝也不觉察，岂非自速败亡？来人定是三仙二老之辈，或者还有自己的克星在内，如非想收渔人之利，此际便应及早抽身，才是上策。哪有这般大意，骄敌之理？几个同党，俱是自己约来，算计峨眉如果大举，当在子时开宴之际，此时当众不便预为示警。好在自己预备有防身脱险法宝，且等到时，胜固可喜，如真见势不佳，再一同逃走不迟。飞娘也是利令智昏，只顾自己如愿，不管旁人。适才李玉玉负气前去，不曾拦劝，也未遁去，以致妖尼惨死，已遭了大怨。这次又因事前不警告几个同类，少时逃走，大半伏诛。自己也仅以身免，一无所获。无意中害了旁人，又结了许多仇恨，后悔已无及了。

且说南海双童甄氏弟兄，同了金蝉，跟在三凤、许飞娘等人身后，隐身通过神沙甬道，偷入紫云宫，已经到达黄晶殿台阶之下。仗着掌教真人所赐灵符护身，事急可以退走，正待暗入宫中，窥探虚实，相机下手行刺。忽然一眼看见殿前玉平台上九鼎后面，悬着一面镜子，放出皓月般的清光，时明时暗，照得三人眉目毕现。知道行藏败露，以为中了诱敌之计，只说进行顺利，不想如此厉害，不由大吃一惊。甄艮素来胆大心细，又因多年薪胆，大敌当前，丝毫不敢大意，忙一拉金蝉，便同往地底遁去。见殿前一带地底放光，恐怕敌人预设埋伏，又恐甬道出口有甚变化，也不敢往原路退回，径往东南方遁去。退有二十余里，不见上面有甚动静。先由甄艮隐身形遁出地面一看，面前复道行空、杰阁高耸、金碧辉煌、霞光闪闪，比起别处所见，又是一番景象，真个是富丽已极。遥望黄晶殿与神沙甬道出口等处，不但不见一人，也没有别的异状，心中奇怪。敌人纵非成心诱敌，适才明明已看出自己踪迹，逃走之时，仿佛已在行使妖法，怎会没有一点动作？莫非因见敌人精于地行，无法擒拿，故示镇静，却在暗中埋伏，以待入网不成？继而又想："自己抱着不共戴天之仇，涉险深入一场，不久破宫时辰将至，还得出去约了轻云、英琼等人进来，尽自在宫中徘徊观望，也不是事。"

正要入地招呼同伴，金蝉、甄兑已经等得不耐，遁出地面，互一商量，觉得那面镜子悬在殿台之上，必是一种照影窥形的魔法，未必可以移动。

敌人既不能地行来追，索性再冒一次险，仍隐身形，由地底出其不意，绕向殿侧相机行事，看看黄晶殿周围地底那一片放光的地质是否可以通过？如可通至殿上，好歹也立点功回去；如其不能，再看出妖法埋伏厉害时，便决计不贪这一时之功。能好好退出更好，否则便将媖姆所赐的灵符施展出来，给他一个下马威，略寒敌人之胆；再将掌教真人灵符施展，直由海面上升，逃出宫去，会合迎仙岛上诸同门，二次大举，破宫报仇。

正打主意要由地行前往，猛见黄晶殿内飞出七道各样颜色的彩烟，转眼工夫，像雾縠轻绢一般，布散开来，分向七路，离殿不过三丈远近，便由淡而隐。三人俱都看得清清楚楚，知道这七道彩烟必是有为而发，说不定有什么极厉害的魔法，这等无形之物，定难抵御。幸而自己是在地下行走，又将身形隐住，当不至于受了暗算。三人刚互相打着招呼，要往地下遁走，猛觉身上激灵灵打了一个冷战。甄氏弟兄修道多年，又加在峨眉吃过一回大亏，愈发机警谨慎。便是金蝉，近年也是久经大敌，屡闻前辈仙人指教，长了不少的阅历经验，早猜敌人不肯甘休。及见黄晶殿内飞起七道彩烟，有一道正对着飞鲸阁飞来，忽然无影，已是在那里留心提防。再一打寒噤，修道的人好端端哪得有此？三人俱知事情不妙，连忙按定心神时，仿佛神志一昏，万绪如潮，一涌而至，竟忘了往地下遁去。颇觉三女可恶，忽然怒发不可遏止，各自一指遁光，便要往黄晶殿飞去。刚一动念，初凤为首，已率了二凤、三凤、许飞娘和全宫众人杀来，剑光法宝，纷纷祭起。三人盛怒之下，各自指挥飞剑法宝迎敌，过了好些时辰，未分胜负。这些敌人，全是幻景，总算三人道基深厚。一个是几世童身，神明湛定；那两个又是久在玄门，精通道法，身旁又藏有掌教真人和媖姆的灵符，所以虽然暂时中邪，尚未成擒。否则这七圣迷神魔法，一经被侵，喜怒哀乐爱恶欲，必有一桩中人，能在瞬息之间，现出千万种幻象。身当其境的人，只要觉着事情一称心如意，便即被陷，不得脱身，任人擒去摆布，饶是多大本领道法，也是除死方休。

三人先时哪知中了魔法暗算，只知拼命般迎敌，杀得难解难分。其实身手并没转动，法宝飞剑也未施为，人是站在当中，如醉如痴，不过尚未倒地昏迷罢了。正在危机密布，不可开交之际，金蝉猛地心灵一动，暗忖："适才明明要由地遁往黄晶殿去，刚要动身，敌人便即杀来，杀了半日，未分高下，这还不说。往常也和妖人对敌，怎地今日这般越杀越有气？"想到这里，盛气一平，魔头自然有些难侵，心中便微一明白。再往四外一看，不但黄晶殿不知去向，眼前人物都如在烟雾之中，随着自己的念头时隐时现。知道自己一双慧眼，可以透视云雾，无微不显，这般鲜明的景象，怎倒不会看清？情知中了敌人道儿，连忙大喊道："二位师兄留神！这是敌人妖法幻景，我们不要理他，快将法宝护住身子，以免受他暗算。"连喊数声，未见甄氏弟兄答话。正在着急，要用手去拉，忽听前面连珠也似起了一阵极轻微的爆音，接着便是一片黄色烟光冒起。经这一来，不但金蝉心灵完全复原，连南海双童也明白清醒过来。但都不知身陷危境，来了救星。一见敌人忽然无踪，面前现出一片烟雾，反以为变出非常，敌人又闹什么花样。

正在张皇骇顾，准备迎敌之际，猛觉身子被一种绝大的力量吸住，凌空而起。金蝉忙取弥尘幡。甄氏弟兄更是情急，竟要将掌教真人灵符启动，以谋出险。俱还未及施为，猛听耳边有人说道："尔等已陷魔网，我奉齐道友之托，来此解救，时机瞬息，休得妄动。"金蝉听出是矮叟朱梅的口音，心中大喜。转瞬落地一看，已是蚣蝂殿侧，现出一个矮老头儿和一个少女，果是矮叟朱梅，同了廉红药。金蝉忙给甄氏弟兄引见，拜倒在地。朱梅道："我今晨同白道友到了凝碧崖，得知你们来此，取那天一贞水之事。因为这座紫云宫，原是连山大师别府，天一金母旧居。紫云三女前身，乃天一金母侍女，此番转世重来，仍然误入歧途，难免劫数。她们仅将金庭玉柱中所藏的法宝和道书取去，柱底还有大师、金母每人一匣遗书和许多奇效的丹药，俱未取出。宫中渊源，我知之颇详。此次赶来，便是为了那两匣遗书，就便相助你们取水。三女劫数将至，尔等无须忙在一时。尔等所中魔法，甚是厉害，连我也难破解。幸我事先料到，请媖姆派了她弟子廉红药，持了法宝灵符前来，不但已将那七道魔法破去，并且还故布疑阵，混乱她的目光，使其觉着来人业已入网，有恃无恐。现在离三女生辰不远，留下红药在此行法，尔等三人可随我由宫前海眼旧道退出宫外，将周、李、易诸人接引进来。乘她寿宴高张、邪术娱宾之际，红药去破她黄晶殿中总图，尔等破宫取水便了。"金蝉因石生尚在神沙甬道第一层阵内，刚想请问朱师伯见未，朱梅已吩咐众人站定，手掐灵诀，行使仙法，一展袍袖，隐了身形，直往前宫飞去。到了辟水牌坊之下，才驾遁光，飞身而上。那里虽经三女的五色神沙将出口堵塞，外加魔法封锁，却早为朱梅入宫之时，用媖姆一粒无音神雷破去。三女开宴之前，方才觉察，急忙重加封锁时，敌人已用妙一真人法宝神符，连破四十九阵，从甬道中长驱而入。

金蝉、甄艮、甄兑随了朱梅升出海面，直飞迎仙岛落下。轻云等因时辰将至，还不见金蝉、石生、甄氏弟兄回来，掌教师尊和媖姆所赐的破宫退敌的灵符，又全在二人身上，正在等得心焦。忽见三人同了矮叟朱梅，已由延光亭甬道径从远处海面飞临，知道少时成功无疑，好生喜欢，纷纷迎上前去。易静原见过朱梅几次，忙率易鼎、易震，随了周、李二人上前行礼。金蝉一眼不见石生，不禁大惊，"咦"了一声。朱梅笑道："石生至孝，根深福厚，无须急他有甚不测。他留在里面，大是有用，但此时尚难退出，尔等少停前去破阵，便可在甬道中相遇了。"金蝉闻言，才略放心。大家便随侍朱梅，请问峨眉开府之事。

朱梅道："此次凝碧盛会，乃掌教齐道友奉了长眉真人所留法谕，趁这五百年劫运到来之际，光大门户，发扬道宗。除一些左道旁门的仇人外，各派剑仙散仙，届时俱来赴会，推荐弟子，共建仙景。以前武当张三丰道祖虽有过这类举动，却无如此之盛，真乃千百年来惟一盛事。我内外功不久完满，本想将门下诸弟子移荐于峨眉。只因师弟伏魔真人姜庶再三和我说，先恩师当年创设青城宗派，苦修多年，颇非容易，后来兵解仙去，此志未成。临化遗命，虽曾说他自己因收徒不慎，误收了四师弟秦深，造了许多杀孽，以致耽误许多功行，门下弟子异日收徒，务须格外严谨，如无好资质，宁使本门派宗绝传，也不可轻易收录等语，难得目前是五百年群仙转劫脱劫之期，异禀良资甚多，不愿本门宗派无有传人，执意要创设青城一派，以传本门衣钵。头一代，按照先恩师遗偈，共只收男女弟子十九人。准备再传以后，便可发扬光大。我不便强他，所以各派荐徒，惟独青城无有。青城、峨眉同是玄门正统，殊途同归，分合皆可。姜师弟虽不免门户之见，但他眷怀师门恩德，念念不忘，所言也不为无理。只是我闲云野鹤，疏懒已惯，峨眉劫后，便即道成化去，不愿多结尘缘，再惹烦累。现已与他商妥，我只尽力相助，不能为教祖。异日我去之后，将道统传让与他，再由他去传与门下弟子。

"昔日在月儿岛,同了白道友往火海去取连山大师遗留的龙雀环,得见壁上遗偈,方知紫云宫源流因果。青城门下十九人,竟有两个是宫中转劫的侍者。中有两样异宝,本是昔年天一金母所赐之物,现藏玉柱之下,应为所有。我恐落在别人手内,将来又生波折;再加齐道友因我曾经三入火海,备知这里底细,加以嘱托。此来一为破宫取水;二为代那两个未来的门人将此二物取出保存,以备将来物归原主;三为尔等法宝飞剑俱出仙传,恐那二人兵解之后禁受不起,事前总有一番调度。紫云三女自恃无敌的只有神沙甬道和那七魔销魂之法。此法已为廉红药用媆姆灵符破去,她们如今还在梦中。所剩神沙甬道,少时我等入内,便要瓦解。其余法宝妖术,均不足为虑。倒是金须奴在月儿岛火海之中得了几件法宝,内有一柄清宁扇,乃连山大师当年采取三才灵气所炼,极为厉害,须我亲自会他。还有三凤手内有一根璇光尺,因她不知运用,另以魔法炼成,目前虽为尔等将它破去,但是此尺神妙仍在,功用仅少逊于九天元阳尺。许飞娘垂涎已非一日,如见三女失败,必要趁火打劫,如落她手,大是异日之患。

"金蝉少时入阵,到了宫中,可小心监察三凤。先由甄艮、甄兑去敌二凤,等她遭劫以后,再去相助金蝉,斩了三凤、冬秀,以报杀父之仇。事成谨防许飞娘乘机下手,先将璇光尺取到手内。再会合前往金庭玉柱之中,取天一贞水和那两匣柱底遗书。飞娘夺尺不成,还不就此甘心逃逸,必往金庭盗宝。你四人如觉敌她不过,可将媆姆灵符展动,发动神雷,将她惊走,你四人均非其敌,不可穷追。这时廉红药与石生必将元命牌盗出,同了蓉波、杨鲤来到。尔等只守着金庭,等我到来,再一同回山复命。易静去敌慧珠,此女未入迷途,转劫苦修颇非容易,又未为恶,不得伤她的命,可任其逃走,无须追赶。易鼎、易震同敌余孽,除龙力子和金萍、赵铁娘二女外,具是在劫之人,尽可全数诛杀。轻云、英琼双战初凤,她已为七魔反攻,神志已乱,非你二人之敌。金须奴救主情切,必舍死来救。初凤平日为人,尚知自爱,所有恶孽,俱出三凤、冬秀二人蛊惑。不过筑炼神沙甬道,杀孽太重,恐难免劫。可看在金须奴为主忠义,暂时放她逃走,给与自新之路,能否挽救,全在她了。我先去敌那几个异派妖人,胜后再往各处接应。"

分派已毕,便即率众起身,直往延光亭飞去。到了甬道外口,矮叟朱梅吩咐易静姑侄，用九天十地神梭，先将甄艮、甄兑、英琼、轻云四人穿行地心，渡入宫中。如见地质有异，发出青光，那便是珊瑚榭宫中最僻静的所在。那里经自己初次入宫时，放有苦行头陀遗赠妙一真人的寂灭神钟。众人到此方可上升，以免神梭出土时，雷声光华惊动敌人，有了觉察。出地面后，隐去身形，再奔黄晶殿，由殿后金门入内。这时总图已为红药用媆姆法宝神雷破去，可会合在一起，同出扰敌寿筵，分散敌人心神，以便这里破他神沙甬道中的四十九阵，可少许多手脚。易静等领命，施展神梭，地行而去。

金蝉忍不住，又问石生何在？朱梅道："现在二层阵中被困，入阵便可相见。"说罢，带了金蝉，径入阵内。这时总图尚未被红药破去，头三层的有无形沙障，仍和先前一般厉害。朱梅来时，早有准备，到了阵中，见前面五色光华乱闪，笑对金蝉道："这东西却也有趣，将它毁了可惜。好在孽是紫云三女所造，与我们无干，且收下来，留待峨眉开府时，给你们仙府添点景致。"随说，将手一扬，飞起一红一白两个晶彩透明的圈儿，钏轮电转，流光荧荧，直往沙障之中飞去。转眼之间，耳听咝咝之声，红光白光越来越盛。对面数十百丈的五色光华竟然越缩越小，穿入圈中，现出甬道原形。朱梅也不收那两个光圈，径率金蝉往前飞去。金蝉道："朱师伯，你那法宝怎不收回？"朱梅道："此宝便是龙雀环，经我与白矮子祭炼以后，第三人休想妄动。他本要与我同来，因五府开辟，群仙俱有奇珍相赠，我二人却想不出什么好礼物，难得有此机会，岂可放却？才商量由他在衡山等我，将这三层有无形沙障收了与他送去，以便到时赴会，岂不是好？"说时，已到第三层阵口。朱梅将手一招，后面红白二光圈便飞越上前。不消片刻，和头层一样收了。仍悬空中不动。

二人正往前进，朱梅忽道："金蝉，你双慧目，可能看出石生母子二人在哪里么？"金蝉闻言，定睛仔细朝前一看，只是一片灰蒙蒙，仿佛轻烟薄雾相似，内中隐隐似有银光青光闪动，却不见人。知石生母子已陷入无形沙障之内，自己尝过厉害，不敢抢前。忙道："朱师伯快发慈悲，救他母子脱困吧！"朱梅道："你先别忙。他二人虽然被困，因有法宝飞剑护身，并未受着伤害。只缘妄用沙母，被三女识破，知道宫中有了奸细，故意从总图中倒转阵法，先使他们受尽荼毒，等到力尽精疲，再行处死。少时总图便破，我用此环将这头三层的沙障沙柱收去，他母子便可脱险相见了。"正说之间，忽听地底起了一阵极轻微的炸音，顷刻便止。朱梅笑道："总图已被红药破去，大事成矣！"说罢，将手往后一招，那红白两个光圈又复飞上前去，眼看前面一片浑茫，倏地现出十百丈五彩金霞，咝咝之声响个不绝。起初只见里面光华微微隐现，直到金霞快被宝环吸尽，才现出天遁镜与蓉波、石生二人所用剑光宝光。金蝉见各种光华围护中，蓉波背上还伏着一个素未见过的少女，与石生闭目相背而立。蓉波母子被困多时，已有些神志昏迷，还不知魔法、神沙已为人破去，只管拼命运转各人的法宝飞剑，以防侵害。金蝉连喊数声，不见答应，又被剑光法宝隔住，近身不得，心中焦急，刚喊一声朱师伯，朱梅已手掐灵诀，将手朝前一指，天遁镜原是朱梅故物，首先飞回。朱梅接到手内，递与金蝉。然后将手合拢，一搓一放，立时便有一个轻雷发出去。石生被困之时，因蓉波说那五色神沙工夫久了，最损双目，便将双目闭上。正在运用玄功，拼死抵敌，猛觉上下四方轻了许多。接着手一松，天遁镜似被人凭空夺去，不由大吃一惊。耳边又听一声雷响，首先警觉过来。定睛往前一看，见是金蝉同了矮叟朱梅。同时蓉波也为雷声惊醒。二人见救援已至，俱如绝处逢生，喜出望外。忙收剑光法宝，跑上前去，先向朱梅跪倒行礼，再来与金蝉相见。

朱梅道："妖阵总图已破，只元命牌还未到手。此牌关系蓉波成败甚大，非石生亲手滴血，破了妖法，不能得到。时机瞬息，不可延误，待我将这些神沙送回衡山，速速随我入宫吧。"说罢，手掐灵诀，运用玄门先天妙术，对准空中宝环一指。那一红一白两个光圈，便带起两道粗约丈许、长约千丈、像微尘一般的淡影，直往洞外飞去。蓉波乘机跪请道："弟子所背女子，名叫金萍，原是宫中得力执事，与弟子交深莫逆，久有弃邪归正之意，只是无门可入。今日她原防守九宫图，见弟子母子被无形沙障所陷，欲待放起沙母解救，不想三女倒转阵法，沙母失了功效，反将她压倒。幸得弟子看见，冒死上前，将她救起，人已失了知觉，身软如棉，不能行动。望乞真人赐救，感同身受。"朱梅道："我来时，金姥姥也曾托我，说宫中有一名叫金萍的女子，与她颇有瓜葛，请我手下留情，给她带回峨眉，不想她已能事先觉迷归正。她不过灵窍为神沙阻塞，又被压伤而已，这有何难？你且将她背贴胸怀抱起，索性救她回生再走。"说罢，又给了一粒丹药与金萍衔在口内。蓉波如言施为，朱梅便将口一张，两股细如小指的白气，像箭射一般，直向金萍鼻中钻去，转眼像蛇一般，穿行七窍已毕。然后照头顶就是一掌，喝道："还不醒来！"金萍"哇"的一声，口中喷出一粒雀卵大小的沙母，立时醒转过来。蓉波匆匆说了经过，同向朱梅谢了救命之恩。

朱梅道："金萍新愈，不便入宫会敌，总图已破，只须将外图破去，甬道四十九阵即可瓦解。不过此中有不少猛禽恶兽、毒龙大蟒，俱是世上稀罕之物，同归于尽，未免可惜。我的意思，异日灵云、紫玲等来住紫云宫，由海中上下，也是无趣，阵法虽破，甬道不妨留下。他那九宫外图，就在前面，我本想由此图直达宫中，只惜无人代我破那外图。难得金萍在此，正可代我行法，到了那里，我将应用法宝灵符交你。候我等四人由图中遁去，约有刻许时辰，你可将这面天遁镜照着那图，再将灵符展动，用这粒无音神雷，对准图中主柱发出，自有灵效。此图一破，甬道中所有禽兽蛇龙水怪之类，失了统驭，必定到处游行乱窜，你有此镜在身，足可抵御，只是不可多杀，惩一儆百足矣。事成仍在原处守候，金须奴必保初凤由此图中神穴遁走，你念在随侍多年，也有恩德，无须拦阻，可卖个人情给她，为异日相见之地。"金萍躬身领命。

当下朱梅为首，带了四人前进，前行不远，已到九宫图前。这时宫中总图已破，那阵法看去仍是厉害，图中霞彩缤纷，光华耀眼。朱梅识得厉害，离图丈许，便唤住众人，向金蝉要过天遁镜，连同灵符、无音神雷，一齐交与金萍。然后从身旁取出妙一真人在东海炼成的铁甗仙盾，运用西天太乙真气，照图中主柱掷去。此宝乃妙一真人采取东海底万年寒铁所炼，其形颇似一面护身盾牌，盾的上端是一个甗首，非道法高深的人不能应用。用时人在盾后，以先天太乙真气驾驭前进，那甗口和甗目内自会发出百丈寒光，两条白气。所到之处，无论沙石金铁，遇上便即消融。再被那两条白气一吹，立时成了康庄大道，其疾如箭。真个是石流沙熔，无坚不摧，穿山行地，瞬息千里。矮叟朱梅掷盾以后，首先驾起遁光，随盾而入。除金萍留后以便施为外，余人俱各有了准备，纷纷驾起遁光，紧随在朱梅身后，由地底暗道进发。不提。

且说轻云、英琼、易静姑侄、甄氏弟兄等一行七人，在延光亭甬道外面，奉了矮叟朱梅之命，由易鼎取了九天十地辟魔神梭，施展玄门妙法。立时一片光华将众人拥护，发出隆隆雷声，朝地下钻去。千里神沙，犹如户庭，一路之上，并无一毫阻隔。不消多时，望见前面地底青光激艳，知已到达珊瑚榭，便即停止。飞出地面一看，那所台榭，通体俱是珊珊建制，到处宝气珠光，华丽已极。众人也无心细看，当下由轻云收了寂灭神钟，一同隐了身形，直扑黄晶殿。行至殿前不远，易静见多识广，道行较高，早看出妖道潜伏，邪氛隐隐，四外都有厉害埋伏，连忙止住众人，不可前进。正待绕向后殿金门，忽见殿中一道银光，飞出一个白衣少年，众人定睛一看，正是杨鲤，剑光甚是迅速，一出殿，便要往神沙甬道入口处飞去，神色异常匆遽。众人方疑矮叟朱梅在甬道之中破阵，三女有了觉察，派人去看。谁知杨鲤刚一飞出殿角，忽听黄晶殿内男女哗笑之声，接着阶前便殿飞起数十根彩丝，比电还疾，罩向杨鲤头上。就在将要缠住之际，杨鲤倏地又拨转剑光，直朝殿中飞回。

众人虽不知三女闹甚花样，估量杨鲤凶多吉少。因为急于前往后殿，会合红药，看看总图破未，暂时爱莫能助，无暇及此，便仍往后殿飞去。到了一看，后殿六角形，每角各有一个金门，俱都有人防守，每人手里持着一个五六寸大小金钟。众人等先到头一处，见防守的人是吴藩。金蝉估量他无甚本领，仗着身形隐住，便要硬冲进去。易静看出吴藩固然无用，手中所持金钟却妖气甚重。这般紧要关头，敌人焉有不设埋伏之理？那钟不是埋伏的信号，也必有大用。今日势在必行，义无反顾，仍以慎重为是，省得功亏一篑，关系全局。当下又往第二个金门飞去，见把守的人正是龙力子。金蝉知他业已投顺，心中大喜，便和易静、轻云等低声一商量，先由金蝉和甄艮等飞上前去，将他身形隐住，然后相见，以免为别的妖人看出底细。金蝉等如言施为。那龙力子见了二人，又惊又喜，忙问金蝉："你们怎得进来？路上可曾与蓉波相遇？如今杨鲤知她脱困在即，假名在前殿侍宴，想盗她的元命牌，业已去了好些时，并无音信。"金蝉不等他把话说完，抢答道："我们多人俱已深入，你毋需多说别的，只问这里有甚厉害妖法，怎样可以通到放置甬道总图所在？"龙力子道："前殿因为正对甬道来路，又是宫中主殿，近数日间，初凤连设了许多厉害埋伏，不论仙凡，到此俱难脱身。这后殿金门，平时原只魔法封闭，并未派人防守过。今日午刻,初凤说七圣大法虽将敌人困住,难保没有漏网的余党,与其任他乘隙潜入,不如索性开门揖盗,便派了几个宫中执事轮流防守。我刚接班未久,命我如见敌人,毋需迎敌,只须略见形影,或是有甚感应朕兆,便将钟摇动,前殿诸人闻声即至,自有妙用。那总图就在这金门里面一间晶室之内,诸位如果进去,听杨鲤道兄说,他曾探过一次,却未入内,曾见晶室四外,设有万应神机,中藏魔网魔闸。如不先行破去,人一近前,便自行发动,将人陷住,去时千万不可大意。我已与杨、陆二位约好,死活俱要改邪归正。这钟我绝不摇动,仍请隐住人形入内,我定装作不知便了。"

第一六七回 呈奇计　酒海涌碧波
　　　　　　　庆芳辰　珠宫开血战

这时易静、轻云等也都上前相见。听完龙力子之言，易静自请当先，率领众人，径往金门内走去。入门十余步，迎面便是座大晶屏，宝络珠缨，五色变幻，光彩迷离，耀眼生缬。转过屏后，现出一间十亩大小的敞厅，黄玉为顶，无柱无梁，当中设着十多个羊脂白玉大小座位。余下陈设俱是珊瑚珠翠之类，虽也不少，因为地方太大，疏落落更觉华贵。那地面是一整块的水晶铺成，下面是水。每隔五步，更嵌着一粒径寸的夜光珠，将地底千奇百怪水族贝介，照得纤微毕现，越显奇观。

　　众人也无心观赏，便照龙力子所说方向路径，往那存放总图的内殿飞行。接连穿过十几重门户，从一个高斜的小甬道飞上。刚一走完，忽又现出一间大敞厅，比进门时所见约小一半，高却过之。里面果有一座亩许大小的殿台，位置却非正中，共是六个门户。通体水晶做成，四围有一层极薄的淡烟围绕，乍看并无形质，仗着慧眼仔细观察，方看出一点痕影。正中殿顶，悬着一片极淡的黑影，如非预先有人指示，决想不到这两样便是魔网、魔闸。

　　众人不敢冒昧冲入，离殿三四丈，便即停住。遥望那里面通明，殿中炉鼎丹灶及各种法器，俱都看得清清楚楚，只不见廉红药的踪迹。情知矮叟朱梅指挥若定，早有前知，红药又是媖姆高足，不致闪失，但是人总不曾看见，好生奇怪。正在寻思，易静细看殿中陈设和殿顶四外，忽然触动灵机，悄问众人，所见晶殿中景物如何？彼此是否相同？竟是各人各见，答出之言俱不一样。愈发省悟，悄对众人道："紫云三女魔法真个厉害。我们进来时，未遇一个敌人，本就恐怕无此容易。这般紧要所在，就算是初凤一人神志已昏,还有不少能人,怎得这般大意?后来到了这里,见了此殿形式,已疑这里便是藏图所在。那晶殿乃是虚设,连她宫中自己人俱被瞒过。我等只一近前,虽不一定被困,也必有许多纠缠。我算计红药道姊必在这敞殿之外,成功与否尚属难知,说不定还有一些羁绊呢。如我意料不差,我们现时从后而来,眼中所见,只有这后中、左、右三门,和前左、前右的侧面,前中一门尚未看到。就此绕行而过,恐踏埋伏,陷入危境,或将敌人惊动。家父精研各家阵法多年,小妹略有知闻。诸位道友,可随我身后,鱼贯而行,绕向前面。这晶殿外魔网,虽是诱敌入殿时的埋伏,却还没有当中那片黑影厉害,切不可挨近殿的中心。等到了那里,如再不见红药道姊,再相机行事如何?"因轻云、英琼两人剑光俱是百邪不侵,便请轻云紧随自己在前,英琼断后,算准方向,避开殿中心二亩大小的地面,鱼贯绕行过去。

遁光迅速,转眼飞越到了前面。正觉仍无所见,有些失望。英琼断后,虽也遵照易静所说,心里总是将信将疑,暗忖:"朱师伯受了掌教师尊之托,早已前知,来时说得那般容易,怎地到此又为难起来?这座晶殿明明是真,至多有了妖法变幻,怎说总图不在其内,形乃虚设?"想到这里,随意将剑光一指,光华撩处,猛地飞起一片火烟。恰巧前行诸人业已飞到前面,一见除晶殿外,空无所有,正在惊疑回望。易静一眼望见英琼剑光撩处,碧焰飞扬,再定睛一看,不由低声喝道:"在这里了!"众人循声注视,那团碧焰已熄。易静更不怠慢,略一端详形势,便请轻云、英琼为首,将光剑合一,与自己连在一处,朝适才发火之处穿去,缓缓而进,不可太疾。为防万一伤了自己的人,余人也各将剑光法宝护身,准备接应。三人当先,剑光刚飞前些许,团团碧火烟光,彩气妖雾,同时发出,被剑光一扫,都化为千点流荧,万缕轻烟,满殿飞舞而散。似这样又进丈许,渐见晶殿中现出一个红衣女子,在离地三丈的一座法坛之上,凌空落下,周身俱是红光围护。众人知是红药被困在内,心中大喜。顷刻间烟火妖氛同时消灭。红药也早发现来了救应,连忙上前相见。

原来这间敞厅便是内殿。红药奉了朱梅之命,用媟姆所赐神针和灵符掩了声音,隐去身形手,由殿顶穿孔飞入黄晶殿初凤行法的内殿之中。此时初凤正在里面施为埋伏,未敢造次下手。直等初凤行完了法,寿辰已至,出去开宴，才行飞下。那总图就在晶殿前面内殿中心法坛之上，起初破图，因有妙一真人的辟邪玉斧和嬷姆的无音神雷，下手极为容易。照着预定，红药破完了图，便应迅速离开法坛，避开中央各种埋伏，以俟众人到来，再行同往会敌，便可无害。偏偏红药初出茅庐，开头便遇劲敌，连获胜利，一时得意忘形，贪功太甚。破图之后，见图中烟雾飞扬，纷纷爆裂，炸散坍塌，别无什么异处。心想来时曾闻此阵甚是厉害，今日一见，也不过如此。又知道那座晶殿乃是魔法虚设，四面俱是埋伏。紫云三女好几件重要法宝，连同陆蓉波的元命牌，俱在其内。那门户就在这法坛之上，只一时观察不出。自己父母全家皆被许飞娘害死，如今仇人现在外殿赴宴。还须等轻云、英琼等五人到来，始能出去，未免显不出师门道法高妙。何不将这假晶殿的门户寻着，趁众人未到以前，破了魔法入内，再代石生将蓉波元命牌盗入手中，就此出去隐身，将仇人刺死，岂不痛快？

　　正在寻思，四处搜寻那假晶殿的入口，却没料到初凤内殿几处重要所在所设埋伏，俱按奇正相生，此伏彼应，互为循环。总图破完，门户虽然现出，埋伏也同时发动，又是极污至秽之物炼成，红药的道力哪里禁受得起。起初破图容易，不过是仗着灵符和无音神雷的妙用。此时俱已用完。她还以为自己仗有嬷姆所赐的雷泽神剑，百邪不侵，适才总图尚且应手而碎，何况这些许幻景妖法。只顾报仇心切，一时大意，几乎误了大事。刚看见总图中火灭烟消、邪气尽散，忽然身后又是一道光华直照过来。幸而当时机警，防备得早，先将剑光护住身子，再行回头查看，那剑又不畏邪污，没有为初凤魔法中暗设五淫脂所伤。就这样躲避得快，隐形之法已受污被破。红药先尚不知埋伏发动，及见身后光霞一闪即逝，并未受着什么伤害。正要收转剑光，猛觉周身前后左右，都似有重力压来，四外都是昏沉沉的，什么也看不见。想往前冲出，竟似有千百万斤力量阻住，连冲几回，俱是如此。方知不妙，连忙悬空跌坐，运用玄门心法，保住身子，以待救应。

　　刚将心神收定，倏地又觉身子一轻，压力全去，一时百念纷呈，心旌摇摇，几难自制。初凤这诸天五淫脂魔法厉害非常，所用五淫脂如不将人打中，这诸天欲魔五淫便齐来纠缠。如换别人，必以为魔法已破，尽可放心，只稍一不慎，魔头立时乘虚而入，令人自己毁灭性灵而死。偏巧红药得过嬷姆真传。起初虽然是连胜之余，大意贪功，致有失误。及见朕兆不佳，便想起自己孤身一人，独在危境，朱师叔有名前辈剑仙尚且诸多谨慎，自己怎能背命而行？一有悔过之心，早把轻敌之念打消。再加她自从在黄山受责，被媖姆救去，学道之初，首先学的是收心固神，息欲屏虑，曾经过好几次试验。魔头一来，便被警觉，愈发不敢妄动，专一定虑澄神，与魔相抗。不消多时，易静等便一同赶到。

这诸天五淫魔法施展开来，那被困的人固然身上感受诸般酸、疼、痛、痒、甜、软、舒、适，心头万念丛生，七情杂呈，非俟有人将法破去，什么也看不见。就是未曾被困的人在埋伏外面看去，不但空空的一无所有，连被困的法宝剑光也尽被蔽住。也是三女劫运将终，红药不该有难，被英琼无心用剑光一扫，先将五淫脂破去，接着会合轻云，双剑合璧，同时进攻，又将魔氛扫荡干净，红药方始安然脱险。轻云与红药前在黄山原本相识，便给众人一一引见，依了红药，魔法已破，正好将那假设的晶殿破去，将元命牌盗出，一同出去会战三女和一干妖孽，省得重来费手。轻云道："破这晶殿不难，但是朱师伯说，非石生师弟亲手滴血，不能取走。这事关系他母亲成败甚大，我们不可造次。还是请红妹在此暂候，等他到来，一同下手为妙。红妹想报亲仇，恐少时出去，仇人业已惊走，误了时机，原是为人子的正理。无奈飞娘运数未完，应劫须在三次峨眉斗剑之时，即使赶去相会，也是无济于事，何必急在一时呢。"红药见心事被轻云说破，只得应了。轻云仍请易静为首，率领众人，前去会战三凤。

当下各人仍将身形隐住，一同飞向前面正殿。这内殿本是初凤行法炼道之所，全宫最重要的所在，埋伏自然不少。一则易静道力高深，见多识广，英琼双剑神妙；二则有朱梅预先指示机宜，再加身形隐住，即使遇见一两个宫中余孽，无不应手伤亡，所过之处，势如破竹，一些也没有阻隔。只刻许工夫，便人不知鬼不觉潜侵入三女摆设寿筵的正殿不远。众人见下手这般容易，俱各欣喜非常，暗忖："如照这样，飞到筵前，只须乘他一个冷不防，将各人的飞剑法宝同时发将出去，纵未必全数诛戮，至少也除却几个首要。"一路寻思，耳闻仙韶杂奏之声四起，不觉行抵殿前。遥望殿中，四壁尽是鲸烛珠灯，晶辉灿烂，大放光明；青玉案上，奇花异果、海错山珍，堆如山积。紫云三女同了众妖人，正在觥筹交错，一面炫幻争奇，各逞己能。满殿上鱼龙往来、仙禽翔集，纷纷衔杯上寿、闻乐起舞。真个是变化无穷，极尽诡妙，虽是左道魔法，却也令人心惊目摇，不敢轻视。三女高坐中案，款宾献术，只管互为赞美，笑言晏晏，俱不料危机瞬息，就要发作。

这时三凤忽从众中立起，手里擎着一个白晶酒杯，满盛碧酒，对众说道："适才诸位道友妙法，俱已领教。小妹不才，也炼了一样小术，现在施展出来，与诸位道友略助清兴，就便领教如何？"众妖人纷道："三公主妙法无穷，定比适才还要新奇，我等得开眼界，真乃幸事。还请先道其详，以便到时不致和许仙姑的五仙上寿一般，突如其来，我等事前不知，错过观赏机会，又误认来的是仇敌惊扰，几乎贻笑大方，倒觉扫兴。"原来许飞娘何等机智，又与三凤不和，胸藏叵测。这时因见三女酣饮狂欢，全不以大敌当前为虑；慧珠、金须奴虽也强颜为笑，却是面隐深忧。尤其初凤迥非往日持重敏练，有时竟仿佛醉了酒一般，语言皆无伦次，简直反常，变了性情。虽然初凤修道数百年，不致像常人中酒那般颠倒错乱，怎能逃得过许飞娘耳目，略一细心，便可辨出。再加飞娘又知道那七圣魔法厉害，陷人不成，行法之人必要身受其害。初凤行法以后，并未擒到一个敌人，其中定有差池。峨眉派岂是好惹的，既已成仇，怎能容你自在？也许强敌业已深入，少时就要发动。想到这里，顿生巧计，以为事急劫宝遁走试验，故意借着娱宾为由，乘冬秀正弄幻景将完之际，亦取出自己带来祝寿的数十枚怀山仙果，暗将炼就五鬼驱遣出来，持果献寿。三女和众妖人事前不知就里，一见五个模样狰狞的道者忽在殿中出现，俱误以为来了仇敌，纷纷惊扰欲起。飞娘见初凤神志果已混沌，自是心喜。易静、轻云等将到时，飞娘的法刚刚行完，殿中仙韶歇而复作。众妖人因飞娘闹过这一次把戏颇煞风景，所以如此说法。

三凤闻言，答道："此法无甚珍奇，也非幻景。日前因愚妹贱寿在即，想不出娱宾妙法，偶忆昔日纣王肉林酒池，枉被世人称为无道荒淫，伤耗许多财力民命。其实不过是一个人力做成的贮酒池罢了，哪里配得上'酒池'二字？我这法儿，不似纣王那般残民以逞，只用上百十个有限的鱼虾而已。少时先请诸位仙宾和众师姊暂蒙法眼。这法一施，黄晶殿立时变成万顷仙酿、千层酒浪，再将这只晶杯化成一个水晶大盆。我等置身其内，同泛碧波，随意取饮，都是本宫仙酿。这酒海中，还有不少鱼虾游泳，诸位食指一动，告知小妹，便可指物下酒。区区小术，无异班门弄斧，诸位休得见笑。"

众人正逊谢间，三凤已将满头秀发披散，口诵玄天魔咒施展魔法。将翠袖一挥，音声尽止，满殿灯烛光华全都熄灭，殿内外俱是一般漆黑，眼前只见云烟乱转，不辨一物。转眼工夫，忽听三凤大喝一声，耳听涛声浩浩，酒香透鼻，众人觉着身子微微动了一动，一座黄晶殿已化成一片广阔无垠的酒海，除长案几座杯盘外，原来景物不知何往。三凤手中所持那只晶杯，变成亩许大小一个晶盆，银光闪闪，直冲霄汉，结成一团皓月，清辉流射，照得上下通明，宛如白昼。水中各种鱼虾介贝之属，不住掉尾扬鳍，穿梭般来往。三凤挑众妖人喜吃的海鲜将手一指，波涛上便涌起一架金花，火焰熊熊。那些鱼虾便往火上投去，霎时烤熟，随着那朵金花直往盆中漂来。众妖人在晶盆之内，手持原有青玉案上的杯箸，随意往海中舀酒取鱼饮食。

方在同声赞美惊奇，忽闻细乐之声起自海上，一团彩云簇拥着数十个羽衣霞裳的仙官仙女，各自骑鸾跨凤，手捧乐器，浮沉于海天深处，若隐若现，仙韶送奏。衬着这晶盆皓魄，上下天光，碧云银霞，流辉四射，置身其中，几疑瑶池金阙，仙景无边，也未必有此奇丽。

易静、轻云等这时也正赶到。身经其境的人，仿佛是另一天地。局外人看去，却是具体而微，其中人物，与海市蜃楼相似。不但那酒海仅有原来殿堂大小，连众妖人都变成了尺许长短。易静知是魔家的寸地存身之法，虽比不上佛家的粒粟中现大千世界，却也神妙非常，不可轻视。此时贸然闯进动手，极易被敌人警觉，一个不巧，便会中了敌人的道儿。连忙示意众人缓进，等三凤把魔法施完，殿中景物回了原状，再行入内。

眼看殿中二女与诸妖人止在狂欢极乐之际，晶盆前面酒波中忽然冒起一道红光。众妖人还当是又有什么新奇花样。三女却知来了外人，既敢从殿中地底穿出，定是能手，原法必制他不住。三凤首先大喝一声，收了妖法。初凤在殿中原有准备，也早运元灵，将手一指头顶悬的魔镜，一团暗影，立时发出一片寒光，向来的红光照去。众妖人也都警觉过来，正各自准备施展法宝飞剑迎敌。忽听红光中有人喝道："紫云三友，今日怎地连我也认不得了？"说罢，光敛处，现出一个长髯飘胸、大腹郎当的红脸矮胖老者。三女认得来人正是北海陷空老祖门下大弟子灵威叟，寿辰前曾给他发过请柬，想必有事羁身，这时方得赶来祝贺。立时转惊为喜，忙将镜光敛去，收了法宝。方拟请众妖人一一上前相见，然后入座款待，灵威叟已大声疾呼道："三位公主，事已危急，无须再做客套，先容我把话说完。日前接了三位公主招宴请帖，五百年仙寿芳辰，本想早来庆祝。偏巧随侍家师炼两极丹，不能分身，只得留到日后登门负荆补祝，原无赴宴之意。不料昨日紫昊峰严老前辈来访家师，求取万年续断，谈起媖姆因受南海双童甄氏弟兄师父天游子临化以前重托，助他二人报那杀父之仇。如今甄氏弟兄从凝碧崖灵翠峰微尘阵内脱身，拜在峨眉掌教妙一真人门下，由媖姆与妙一真人同授他仙法神符，还有许多峨眉长幼两辈中能手相助，应在今日子时，分两路入宫，破去神沙甬道，取那天一贞水，并报前仇。三位公主劫运已至，恐难挽回。我听了这些话，才请准师父前来报警。先还以为紫云宫天罗地网、埋伏重重，峨眉道法固是高妙，但千里神沙变化无穷，何等厉害，来人未必如此容易。谁知行近迎仙岛上空，便见昔日连山大师两枚朱环化成两个光圈，正摄着那五彩神沙，如彩虹经天一般往衡岳一带飞去。越知事情有些不妙，忙催遁光，赶往岛上，见延光亭内无人延宾。我仗有前层沙母及护身入宫之法，特由地底穿行入宫，以测神沙仙阵破否。我知黄晶殿为宫中奥区，至宝所在，上下四方俱有法宝封锁埋伏，先只准备在殿前略远处现身，未敢妄入重地。万没料到不但直达宫中畅行无阻，便连这座黄晶殿也是藩篱尽撤。只是敌人踪迹，却未发现一个。方疑诸位已遇强敌，不敢疏忽，才用法宝护身，闯出一探，才知盛筵甫开。除我一路所见神沙甬道以及各地埋伏都已被敌人破去而外，此地却是别无动静。诸位道友道法高深，敌人大举入犯，岂无一丝警觉？适才所见，又似三位公主诱敌之计，好生令人不解，目前子正，正是严老前辈所说应劫之时，不可不加准备，防患未然，以免敌人乘虚而入，悔之晚矣！"

这一番话，休说几个宫中主脑听了失魂丧胆，一干妖人也无不惊心，俱都面面相觑，暗做警备。初凤仓猝闻警，惊惧过甚，神志才微有些清醒。待运用元灵指挥魔镜照察时，灵威叟已看出初凤神色张皇，知道所料不差，三女祸在顷刻，且非峨眉之敌。正想劝她姊妹三人同了大家，趁仇敌未到以前，或是见机逃走，或是将贞水献出，暂免一时，话还未说两句，忽然

"叭"的一声，脸上早着了一个大嘴巴，半边左脸立时由红透紫，直打得灵威叟暴跳如雷，刚骂了声："何人大胆，暗中伤人？"便见眼前一晃，现出一个矮老头儿，指着灵威叟哈哈大笑道："我把你这冒名顶替、不知死活的胖老儿，竟敢在这时候赶来讨好卖乖。如不看在你那孽师面上，我一举手，便送你去见真灵威丈人去。只打了你一下，还不服气么？"

灵威叟看出来人正是嵩山二老中的矮叟朱梅，他素来谨慎，惟恐闪失，知道不是寻常，哪敢招惹。好在朋友情分业已尽到，不敢再为留连，便朝三女高呼道："峨眉能人定来不少，诸位道友切莫轻敌，致取败亡。贫道去也。"初凤等见朱梅突然现身，不由一阵大乱，纷纷施展法宝飞剑，上前对敌时，灵威叟先自遁去。紧接着朱梅也将身形一晃，不知去向。初凤大怒，将手一指魔镜，满殿俱是寒光，还想查照敌踪时，旁立许飞娘一眼望见镜影中现出许多少年男女，就中金蝉独自一个正往三凤身旁扑来。因为适才朱梅隐身现出，三女早防还有别的敌人暗算，各自施展护身魔法，金蝉欲待飞到身前，再行出其不意，飞剑斩敌，尚未到得跟前。飞娘暗忖："峨眉势盛，今日业已侵入腹地，紫云宫必破无疑。这些长幼敌人，俱有法术护身，众人更难于应付。初凤虽有魔镜，太耗真元，不敢常使。何不将来人隐身之法破去，一则显露己能，以洗昨日败退之羞；二则可使三凤对己重坚信赖，好乘机诓骗宝物。"想到这里，便趁来人法宝飞剑还未施为之际，大喝道："峨眉门下小业障，竟敢耍弄障眼法儿来此扰敌么！"说罢，将手一扬，飞起一团红似淤血，时方时圆，软而透明的东西，光华暗赤，上下飞扬，满殿凶煞之气，寒光俱为所掩。易静认得这种邪法乃赤身教主鸠盘婆所传，最是污秽不过，恐众人不知厉害，便即喝道："此乃赤身教下赤癸球，待我破它。时辰已到，诸位道友还不现身出战，等待何时？"说罢，早将顶先备就的灭魔弹月弩对准那团暗赤光华射去，光华似棱一般，正向当中穿过，立即爆散开来，化为万点红雨，飞洒下落。这时众人隐身法吃那赤癸球一照，正在将破未破之际，被易静一声警觉，又见魔镜现形，隐身不住，各自收了法术，纷纷放出飞剑法宝，上前迎敌。众妖人见敌人来了这么多，又惊又怕，也各纷纷应战。

那金蝉随了朱梅，会合石生母子，由外围飞行，直入内殿。见了红药，知总图已破，易静、英琼、轻云等一行七人业已飞向前殿。朱梅便留下石生母子，指示机宜，由红药相助取那元命牌。自己同了金蝉径往前殿，一到先将灵威叟惊走，便自隐身退去，去办另一件要事。不提。

金蝉来时，原受朱梅吩咐，到了殿中，等朱梅一走，便现身出战，诸事小心。及至朱梅去后，金蝉见众人并未看见自己，不由起了贪功之想，暗忖："许飞娘素来厉害，自己本敌她不过，又要防她劫走那璇光尺，责任甚大。何不乘机上前，暗放飞剑，斩了三凤，将她法宝囊一并抢走，岂不省事？"正在那欲前又却之际，飞娘已将赤癸球放起，因为贪功一念，未先将双剑护身。幸是易静提醒得快，差点被血光照向头上，坏了道行。及见隐身不住，便指金光，先朝三凤飞去。

飞娘见赤癸球被破，心中大怒，正要给金蝉一个辣手。易静原敌慧珠，知道众人皆非飞娘之敌，早将弹月弩收回，飞起剑光，直取飞娘。飞娘大喝道："易道友并非峨眉党羽，为何也来此助纣为虐？"易静答道："你这无知泼贱，到处惹是生非！我念你未到伏诛的时候，速速遁走，还可活命；如想在此趁火打劫，再也休想！"飞娘一听心事被她道破，不由吃了一惊。一面飞剑应战，暗中偷看众人：甄艮、甄兑双战二凤、金须奴；英琼、轻云双战初凤、慧珠；另外还有两个道童，在一条梭形光华之下，到处穿飞，不时现出上半身，用飞剑法宝杀害宫众，任何法术法宝俱不能伤他们分毫，甚是猖狂。再看三凤，因敌不过金蝉霹雳剑，已将数十件仙兵祭起，仍是占不了一丝便宜。余外还有像朱梅那样厉害的能手，不知多少，未曾露面。只见满殿光华飞舞中，敌人未伤一个，宫中侍众以及来的妖人，却是伤亡不少。心中惦记着三凤收藏的璇光尺和金庭玉柱中的宝物，几次想飞近三凤身侧，俱被易静法宝飞剑绊住。正在发急，旁边的金须奴虽然相助二凤与南海双童动手，因早料今日绝无胜理，又见初凤正在危急，屡次暗示二凤作速遁走，自己好分身去助初凤。二凤偏又不舍眼前这片基业，总想侥幸将敌人战退，执意不肯。金须奴一面要顾夫妇之情，一面要全主仆之义，朱梅在此，又不敢胡乱施展法宝，真是战既不可，退亦不能，好生着急为难。猛一眼瞥见初凤已被英、云双剑逼得风雨不透，不但魔法无功，反连失了许多宝物，虽有慧珠死命保护支持，仍是无用。想起昔日相救相随恩义，心如刀割。知道敌人势盛，绝非对手。这时黄晶殿已由初凤行使魔法，与金庭玉柱连成一气，在两处设了寿筵。原拟宴饮中间，等众人献完了法，最后才由初凤一举手,将众人移向金庭,再显神通,施展魔法,以娱仙宾。此时事在危急,除初凤行法,率领几个本宫首要,遁入金庭玉柱之间将它封锁,自己再冒险出见朱梅,献出贞水,以求免祸,或者还有几分之望外,别无善策。一见二凤只管不退,忽然把心一横,竟是舍了她,直往初凤身前飞去。二凤原非双童之敌,偏巧金须奴日前为防遇见峨眉门下,二凤误用法宝伤人,以后仇隙越深,更难转圜,将她所有宝物全要过去。今日来了强敌,金须奴还在持重,不肯速下辣手。二凤屡次催他施为,他俱不肯。先还以有他在侧,总可无虑。讵知无端抛下自己飞去,不由着起忙来,喊了一声,未见答应。知道自己势孤力弱,再不见机,定有闪失,也打算跟踪飞走。

南海双童与三女有杀父之仇,看出二凤想逃,哪里容得。甄兑早在暗中取出三棱戮魔刺,将手一扬,对准二凤打去。此宝乃双童师父在日炼魔之宝,取海中恶鲨脊刺炼成。与别的法宝不同,每根只能用上一次。发出去是一条大指粗的银光,光尖上有三棱芒刺。一经打中敌人,立时在身上爆散开来,化成无数坚利的碎刺,钻骨刺心,耗蚀精血。双童一则因为乃师临去时谆谆告诫,此宝狠毒,中上极难幸免,只能作为报仇除害之用,不可轻易行使;二则此宝不能收回,遗留无多,用一次,少一次;故而前受史南溪等妖人之愚,用地行神法暗入峨眉盗取肉芝,遇见那么厉害的劲敌,都未轻易行使。论起二凤所得月儿岛各样法宝中,原有御敌之物,偏又不在身旁,本就双拳难敌四手。临逃仓猝之际,微一疏神,不及回剑防身,恰被打在右腿之上,觉着腿一麻,忽又觉着裂骨般的奇痛,知道不妙。好个二凤,身受这等重伤,如换旁人,早已支持不住,身死敌手,她却能当机立断。不俟敌人二次又下毒手,连头也不回,暗运玄功,施展魔教中解体脱身之法,将手一拍胯间,起了一片烟光。双童眼见二凤坠落,忙指剑光飞下,却是一条白生生欺霜赛雪的玉腿横在地上,一声爆响,震成粉碎。二凤已往金须奴那一面飞去。双童如何肯舍,跟着紧紧追将过去。其实二凤如趁此时逃生,还来得及。只为一念情痴,又恼着金须奴不该撇下她而去,气在心里。一则想过去喝问;二则还想催他速使法宝,报仇却敌;三则也是劫运已至,竟没想到"逃"之一字。

第一六八回　势迫危临　一奴救主
　　　　　　　邪消正胜　双凤亡身

　　二凤在这里刚起身时,那边慧珠护着初凤,力战英、云,在紫郚、青索双攻之下,一连丧失了许多法宝仙兵。正在危急之际,初凤心惊强敌,神志也有些清醒。恰值金须奴舍了二凤飞来,一到便高声大喝道:"敌人势盛,恩主还不施展仙法,退往金庭之中,从长计较么?"一句话将初凤提醒,但并无悔过之心,只不过想起金庭玉柱也是重要所在。一面由慧珠、金须奴敌住英、云,忙将秀发披散,口诵魔咒,待要施展魔家诸天挪移大法。带了一干自己人往金庭玉柱中退去,只留下许飞娘和那些赴会的妖人在殿中迎敌,以便匀出一些工夫,施展魔法报仇。初凤起初将寿筵设在两处,原为娱宾显能之用,除许飞娘等众妖人因未到施为之时,尚未通知外,其余宫中诸首要俱已早知梗概。只须照法行使,一声暗令,便现出一道金桥,由一团五色彩云簇拥,众人自会随之移往。

　　初凤正在行法之际,慧珠的一口飞剑又被轻云青索剑绞断。先是英琼见金须奴来助初凤,便指着大喝道:"今日三女在劫难逃,我等念你尚知顺逆,只为救主,情有可原,不与你计较。还不退去,少时同归于尽,悔之晚矣!"金须奴情知所说不差,也不还言,只管运用剑光抵敌,好让初凤设法遁走。英琼见他不听,一指剑光,龙飞电掣一般卷上前去。金须奴本觉不支,再一见慧珠飞剑又被绞断,一时救主情急,便将清宁扇取将出来,正待施为。倏地眼前一晃,矮叟朱梅重又出现,指着金须奴笑骂道:"你这业障,还不夹了尾巴逃走,也要跟着找死么?"说时,初凤已将魔法行使开来,正要发出暗令,招呼众人往桥上飞去。朱梅突将手一扬,一团火球发将出去,打在金桥上面,立时将桥炸成粉碎。

金须奴见朱梅二次来到，已经大吃一惊。再见金桥被朱梅破去，愈发吓了个魂不附体。知道事已危险万分，逃往金庭，绝难如愿，哪敢丝毫怠慢。当时只想拼着百死，救护初凤逃走，一切均未顾到。忙即一把拉了慧珠，抢向初凤身旁，拼着损伤重宝，先从法宝囊内取出一件锁阳钩，敌住英、云双剑，口中大喊道："朱真人格外施恩，暂饶我等，容我恩主改过自新吧。"初凤先受七魔反攻，神志时清时乱，魔法一破，心里一急，重又迷糊。见英、云剑光乘隙飞来，一些也未在意。多亏金须奴双管齐下，一面使法宝敌住飞剑，一面早将月儿岛得来的绿云仙席取出，往空中一掷，便化成丈许方圆的一片绿云，与慧珠两人双双夹了初凤，飞身云上，电转星驰，往殿外飞走。英琼、轻云已使双剑合璧，将她法宝破去。一见初凤逃走，忙即指挥剑光追赶。朱梅刚喝一声："且慢！"金须奴在绿云拥护中，见英、云二人御剑追来，知道双剑厉害，无法抵御，万般无奈，只得将清宁扇朝着二人一挥，当下便有百丈寒辉，带着罡风吹来。英、云二人毕竟功候还浅，怎能抵挡。幸亏朱梅在侧，知道此扇厉害，忙运玄功，将手一搓，朝着前面一推，口中喝道："念你忠义，我索性回风助你一程吧。"那罡风眼看吹到，被这一推，突又回向那片绿云吹去，疾如奔马，转眼没了影子。

就在这几头忙乱中，二凤恰巧断了一腿飞来，看见金须奴、慧珠夹了初凤，正往绿云上飞去，忙喊："金哥助我！"此时金须奴只一援手，便可将爱妻同时救走。偏生正在亡魂丧胆、危机瞬息之际，急于救主逃生，心慌意乱；又值殿上正邪两派群仙大战，风雷之声四起，没有听清。等到飞云逃走，才得想起时，英、云已飞剑来追。原想挥动清宁扇，将敌人扇退，再行回身抢救，偏又被朱梅运用玄功将风推回，漫说不敢再行回身，即使打算冒险来救，那片绿云被这罡风一吹，已是不由自主，比箭还疾，往前飞去，退回哪里能够。英、云二人见追初凤不曾追上，一眼望见二凤在那里逡巡欲遁，如何容得，忙指剑光追去。朱梅此次出现，原为二凤在三女之中，以她恶行最少，此次不过应遭此难，如被英、云仙剑所斩，形神一齐消亡，便难转劫，特地赶来相救。一见剑光飞出，知难喝止，忙将手一指，一道金光飞起，将青紫两道剑光挡住。可怜二凤一腔悲忿，眼见双剑飞来，无可抵御，忽有救星，出乎意料。正想行使魔法遁走，南海双童业已赶至,弟兄二人法宝飞剑同时施为,截个正着,二凤如何禁受得住,当时尸横就地。英、云二人回望朱梅,忽又不见。知道朱梅成心让南海双童手刃父仇,见已奏功,便联合一起,去助金蝉、易静,与三凤、飞娘对敌。

四人刚飞身过去,还未到达,忽见殿侧穿门里飞射出一团其红如血的火球,四围雾烟围绕,正要腾空往殿外飞去。南海双童知是妖人要借妖法遁走,忙挥剑堵截。那火球见前面来了敌人,突地回头,又要往三凤身侧飞去。轻云、英琼更不怠慢,也各将剑光一指,追上去,紫郢、青索二剑飞起空中,似蛟龙剪尾一般,追上火球,只一绞,便听一声惨呼,火烟熄处,一个披头散发、赤身浴血的女子坠将下来,尸横就地,正是首恶冬秀。同时穿门内银光闪处,蓉波、杨鲤、石生、红药四人也飞追出来,见冬秀已死,甚是快意。彼此一打招呼,各按预定,分头行事。不提。

原来蓉波、石生随定矮叟朱梅到了内殿,见着红药破了晶殿外魔闸、魔网,由石生上前刺破中指血,按照朱梅传谕,谨谨慎慎地将血滴在元命牌心肉钉之上,然后行法,取下交与蓉波。正要一同赶往正殿,朱梅忽道:"刚才杨鲤因想盗这面元命牌,借着执事为名,打算偷入内殿,被冬秀识破。杨鲤见势不佳,便用他师父所传千里腾光之法逃走。不料三女在殿前早设下好些埋伏,他刚逃到殿口,便被擒住。三女当时就要将他处死,偏巧冬秀说,他既想私自入殿,谋为不轨,必与外人勾结。何不将他拷问明白,再行处死不迟。初凤便命冬秀带了他往正殿侧穿门天刑室内,用各种魔法拷问,水、火、风、雷,备受荼毒,杨鲤死而复生好几次。冬秀先因二凤下嫁金须奴,动了欲念,杨鲤一来便被看中,屡示殷勤,杨鲤却不理睬,本就衔恨。这时一则假公济私;二则借此要挟,并非定要杨鲤的命。见他宁死不发一言,无可奈何,必用饰词回话初凤。我等到了前殿,此女阴毒险狠,又极见机,一见我等大举深入,必暗往天刑室内用好言劝说杨鲤,约他同逃。杨鲤本就在忍死待救,一听我等俱来,自是越发不从,那时冬秀必下毒手。正殿上悬有魔镜,又有许飞娘在彼,隐身法须瞒她不过。到了那里,我必现身。可乘其慌乱不备,尔等隐身法术未破之际,红药、蓉波、石生三人速由穿门入内,休走正路,逢弯左转,便到天刑室内,先护住了杨鲤,再由红药持我灵符解救。蓉波、石生上前迎敌,以防她情急害人。"

蓉波、石生、红药领命到了正殿，朱梅一现身，众妖人纷纷大乱。三人本不知穿门所在，正在寻找，忽见冬秀离众而起，走向殿东，用手朝壁上一指，便现出一个穿门，径往门内走去，三人急忙跟踪而入。这时正值许飞娘行法之际，三人侥幸未被赤癸球血光照见。到了门里一看，里面尽是复室曲甬，冬秀已不知去向。只得依照朱梅吩咐，一路迂回曲折前进，虽然遁光迅速，也费了好些事，才得走到。那天刑室乃是一个大约方丈的圆形穹隆，三人未到以前，便听烈火风雷之声时发时止。到了一看，杨鲤手足腰腹俱被火环套住，悬空吊挂在室当中一根晶柱上面。冬秀正用那威逼利诱的言语，站在当地朝他劝说。手指处便是一团烈火，掷向杨鲤面前。另一手拿着一把极细的长针，做出要发不发之状。杨鲤在浑身银光环绕之下，只管紧闭双目，潜神内照，忍受荼毒，毫不为动。蓉波见了，好生难过，忙和石生抢飞过去。刚到杨鲤身前，冬秀已是由爱转恨，指定杨鲤骂道："好个不识抬举的东西，如今峨眉大举进犯，我好心好意待你，你却这般执拗。休以为你会护身之法，能抗烈火风雷，这天刑室内三十六般毒刑，你也深知，漫说你这点微末道行，便是大罗神仙，只要被这五个仙环套住，发动诸般天刑，也难保性命。再不应允，我便将这神鲨刺刺入你全身要穴，制住你的魂魄真灵不能逃遁，然后发动天刑，使你形神全化灰烟，悔之晚矣！"

廉红药闻言，忍不住骂道："无耻贱婢，这等狠毒，叫你死无葬身之地！"说时，剑光早飞出手去。冬秀也甚灵敏，猛见身侧光华一亮，便知不妙，不等见人，一面飞剑抵御，心里一发狠，将那一把神鲨刺朝杨鲤打去。谁知红药这里现身，杨鲤身旁的蓉波、石生也同时发动，由蓉波取出矮叟朱梅借给的两仪分光锉，朝着那五个人环挨次一转，立即断落坠地，将杨鲤抢救出险。石生见冬秀手上毒针发出，一手使天遁镜照去，另一手一指剑光，一溜银光，电掣星飞，直取冬秀。冬秀见是蓉波，便大骂道："不知死活的丫头，元命牌早将你真灵制住，也敢与杨鲤一党，同谋叛逆么？"言还未了，天遁镜上百丈金霞，早将神鲨刺化为乌有。这时除杨鲤刚刚出困，饱受荼毒惊恐，神志未复，未动手外，三人的飞剑法宝，早纷纷齐上，一转眼间，冬秀飞剑先被红药的剑光绞断。冬秀忙将身带法宝全数施展出来。不消片刻，俱被三人破去。去路又被红药、石生抢在前面阻住，不能脱身。

知道弄巧成拙，危机一瞬，越发惊急气忿。想了想，把心一横，一面发动室中三十六般天刑，一面暗使那天魔解体之法，准备万一不济，自残肢体，作为替身逃走。

这边三人见冬秀法宝飞剑纷纷断落，只剩一团光华护身，用两柄飞戈苦苦相持，业已不支。正在得势，忽见冬秀口中喃喃诵念魔咒不绝，猜是又要施展什么邪法异宝。方在留神，果然冬秀诵完魔咒，双手掐诀，朝着四外挥了几下。立时风雷之声大作，愁云漠漠，惨雾沉沉，满室飞叉、飞箭、飞刀之类密如雨雾，更有碗大雷火排山倒海一般，连同那些刀叉挨次当头打到，声势甚是骇人。石生忙施天遁镜照时，那百丈金霞所照之处虽然随照随消，可是破了一样，又来一样，刀叉雷火消灭后，又有飞针毒钩同时生发。毕竟蓉波道行最高，见冬秀乘机已将两柄飞戈收转，这些埋伏一出现便被宝镜破去，仍是层出不穷，料她伎俩已穷，想分散敌人心神，抽空脱身。刚喊："大家仔细，休放这魔女逃走！"言还未了，冬秀猛然一声娇叱，把满口银牙一错，头上秀发全部披散，浑身衣服脱落，赤身露体，不着一丝，猛地飞起身来，一个大旋转，不但没有逃退之状，反朝杨鲤扑去。同时上下四方突伸出数十根大火爪，朝着四人抓来。起初那些风雷刀箭发自一方，这次却是上下四方一齐夹攻。天遁镜只照一面，蓉波等不得不各自先用法宝飞剑抵御，又恐杨鲤中了暗算，心神一分，没料到冬秀奸猾，用的是欲退先进之计。等到蓉波等三人分头救助时，冬秀还未扑到杨鲤面前，猛地又一个大旋转，玉腿双张，头下脚上，往下一沉，就势避开天遁镜光华，往外逃走。

这时四壁飞爪尚未全数消灭，众人正在忙乱抵御之际，一见冬秀逃走，哪里容得。石生一手持镜去破那飞爪，一手挥飞剑追上前去。红药、蓉波也各自纷纷发动。眼看冬秀这次逃走，除了周身烟云围绕，并无法宝护身。三人剑光迅速，霎时追上冬秀，只一落一绕之际，便已斩为两段，一团火烟冒起，尸横就地。俱以为大功成就，好生心喜。这时石生的天遁镜正将飞爪扫灭净尽，无心中照将过来，恰巧照在冬秀坠落处，竟没看出冬秀尸首。定睛一看，地上只有两截断指，血痕犹新。蓉波忙道："我等中了妖女解体分尸之计，逃走了。"众人闻言，也不暇再管天刑室中妖法埋伏是否破完，连忙往外追去。等到追出室门，冬秀已为英、云、双童等人所斩。

这时殿上众妖人有的因许飞娘未退，还在苦苦支持；有的见金须奴、慧珠夹了初凤逃走，也知不妙，想要遁走。不知怎地，走到哪里，俱有拦阻，不能遁出。无奈何，只得回身抵敌。偏生易鼎、易震道力虽然稍差，所御九天十地辟魔神梭，却是厉害无比。有此护身，满殿横冲直撞，有时乘隙暗放飞剑法宝出来会敌，不问成功与否，众妖人不能伤他分毫，有胜无败，先就占了便宜。那旁许飞娘苦战易静，想想易氏全家厉害，自己与易周曾有数面之缘，未破过脸，不便施展辣手，树此强敌，总想等到三女势败不支，抽空抢了宝物逃走。斗了一阵，先见初凤等已逃，还当是初凤、金须奴、慧珠三人逃往金庭，取其法宝出来会敌。及见半晌没有动静，冬秀又为敌人所斩，英、云、双童诸人正分头往三凤身前飞去。知道三凤独斗金蝉不过是个平手，尚难取胜，何况又添了这许多劲敌，必无幸理。便朝易静大喝道："我与令尊曾有交谊，不愿与你一般见识，伤了两家和气，你却执迷不悟。如再不退，休怪无情！"易静喝骂道："你这泼贱，专一无事生非。三女如胜，你便添了爪牙；三女如败，你又想趁火打劫，于中取利。鬼蜮伎俩，已被朱真人看破。我等早有准备，速速遁走，还可多活数年，完那三次峨眉劫运；否则我们便要成全你早死了。"飞娘被她道破心事，不由大吃一惊。继一寻思："今日峨眉诸首脑仅来了一个朱梅，稍现两现即逝，自信勉强对付得过，所最怕的还是嬴嫫姆。先在甬道外，虽听见她的神雷，可是始终未见本人。此人性情淡泊，久已不问世事。自从那年劫去廉红药，提心吊胆了好些日。屡次打听同道中高明之士，俱说她化解在即，劫去廉红药只为路见不平，并无他意，绝不致再来为难。以她那样高的道行班辈，未必便受峨眉利用。否则早该现身，怎会三女势将瓦解，还无她的踪迹？"想了想，到口馋首，终不愿就此舍去。也不再和易静斗口，暗从法宝囊内取出一条长方素绢，上卜一抖，立时便是一片白光，高齐殿顶，将易静隔住。一面急将飞剑收回，径往三凤身侧飞去。

那三凤初战金蝉，一见飞剑不能取胜，便将各种法宝施展出来，数十种各色各样的青光电掣虹飞，纷纷齐上。金蝉霹雳双剑虽非凡品，毕竟有些寡不敌众。三凤看出金蝉不支，拼着损伤两件法宝，将手一指，分出一半法宝，去绊住双剑，另一半直取金蝉。金蝉正在奋力抵御，忽见光华雾中分出数十道，当头飞落，来势甚疾，自己双剑又被绊住，知道不及回剑防御，且喜弥尘幡早在手上拿着，原准备万一敌人有甚厉害邪法异宝时，作为防身之用，正好施展。忙即一纵遁光，避过眼前危急。接着口诵真诀，将幡一展，立时便有一幢彩云护住全身，二次又杀上前去。三凤见许多法宝仍是不能伤他，气得银牙直错。一面运用法宝，将霹雳双剑裹住。正要暗中施展魔法取胜，猛一回头，初凤同了金须奴、慧珠已在行法，准备往金庭中退去。此时三凤还未看出二凤受伤，分身遁走，刚暗骂："大姊糊涂，敌人虽然深入，只不过是朱梅一人，同了几个后生小辈，未必抵敌不住，怎便当着外人，退避示弱？你退我偏不退。"正在寻思自恃，便见朱梅二次现身，初凤魔法被破，金须奴用一片碧云，将初凤、慧珠一同带走。说时迟，那时快，三凤这里方稍稍吃了一惊，紧接着又见二凤紧追初凤、金须奴不上，想要回身逃遁，已是无及，死于南海双童飞剑之下。同时英琼、双童等飞追过来，又将冬秀杀死。三凤正在急痛攻心，又惊又恨，一晃眼间，英、云、双童等已一同追到，各将剑光朝自己飞来。先还以为法宝众多，仇人没有彩云护身，正可使用前法，杀他两个，略解仇恨。刚想分出法宝迎敌，对面红紫两道光华已如经天长虹一般飞到，将那数十道青光圈住。三凤方觉出敌人不可轻视，耳旁猛听许飞娘大喝道："二位令姊一死一逃，峨眉派来了不少凶人，紫云宫行将瓦解。我等现在已非其敌，道友还不随我暂且退去，打点异日报仇之计么？"说罢，取出一件法宝，待要发出。南海双童大仇在身，手疾眼快，上来时见对面数十道青光乱闪乱窜，自己飞剑知非其敌，早就暗中打了主意。及见英、云双剑一出手，便将那些青光裹住，心中大喜，忙各将法宝祭起。三凤本就有些手忙脚乱，再被飞娘这一喊，心神一分，一个疏忽，胸肩上连中了两下，"哎呀"一声，血肉炸裂，倒于就地。

对阵金蝉见英、云等追来接应，便知大功将成，早防到飞娘劫宝逃走之计，弥尘幡始终不曾撤去。趁着紫郢、青索围绕数十道青光纠结之际，方将霹雳剑招回，静候行事。猛见飞娘从侧面飞到三凤身前，众人尚未大获全胜，又不是施放神雷的时候，暗道一声："不好！"明知不是飞娘对手，一则仗有弥尘幡护身，二则事在紧急，时机稍纵即逝，便不问三七二十一，一纵云幢，疾同电射，径往三凤身前抢去。刚刚到达，双童法宝业已奏功。金蝉更不怠慢，一指飞剑，先将身受重伤的三凤斩为两段。

就势一把抓起她的法宝囊,便往旁边遁开。等到飞娘法宝施展开来,彩云飙转,业已无及,不由大怒。还待施展辣手,给众人一个厉害,恰巧英琼、轻云的双剑已将那数十件法宝断为两截,化作百十道青虹纷纷飞舞,坠落满殿。许飞娘一眼瞥见彩云幢里,金蝉剑斩三凤,抢了法宝囊遁走,抛起一片红霞追来。英琼、轻云知是劲敌,各将剑光一指,双剑合璧,迎上前去。

许飞娘识得双剑厉害,暗忖:"此时紫云宫大势已去,自己纵能伤却一两个峨眉后辈,济得甚事?何况对面人多势众,胜负尚是难说。莫如趁敌人全数在此,暗中遁往金庭,到底还有所获,岂不是好?"想到这里,大喝道:"峨眉群小,休得倚众逞能,仙姑暂容尔等多活些日,再行相见。"说罢,手扬处,数十丈长一道青光护住全身。再将手连招两下,收回两处法宝。星飞电掣,直往殿外飞去。金蝉忙喊:"大家快来,这贼道姑定往金庭盗宝,那里无人防守,我等同驾弥尘幡追去。"说罢,金蝉、英琼、轻云、甄艮四人首先飞过,也不及再俟甄兑,径往金庭飞去。弥尘幡虽快,飞娘遁光也是不弱,四人招呼之际,又未免略迟了一步,等到弥尘幡降落金庭之前,六扇封闭好的金门已被飞娘用法术震开,依稀还看见飞娘后影在前一闪,四人忙即跟踪追入。刚一进门,忽然眼前一亮,一片白中带青的光华将四人阻住,弥尘幡冲上去,竟是异常坚韧,阻力绝大,休想通过。英琼一着急,首先将紫郢剑放将出去,紫光射在青白光华上面,只听声如裂帛,哧地响了一声,依旧横亘前面,将路堵得死死的,连一丝空隙都无。四人无可奈何,只得各将飞剑法宝放起。英琼、轻云又将双剑合璧,上前攻打,光霞潋滟中,只听裂帛之声响个不绝,那光华兀自不曾消退。渐渐听得金庭中有了风雷之声,算计飞娘在玉柱间闹鬼。正在发急,忽听耳边有朱梅的声音从远处传来,说道:"此时我有要事,不能分身相助。此乃许飞娘用童男女头发炼成的天孙锦,已为紫郢、青索刺破,尔等还不冲将进去,等待何时?"

四人闻言大悟,连忙一纵彩云,穿光而入。原来那光华便是适才飞娘用来阻隔易静的那片素绢。飞娘料知敌人既已识破自己奸谋,难免不跟踪追赶,一入金庭,便将它施展开来,化成一道光墙,将敌人阻住,以便下手盗取玉柱中法宝。此宝飞娘初炼时颇费苦功,虽被英、云刺透,光华并未减退,四人不知就里,差点误了时机。等到飞身入内一看,许飞娘手指一团雷火,正在焚烧玉柱。离柱不远,倒着三个妖人的尸首。那些玉柱根根都是霞光万道,瑞彩缤纷。四人刚将剑光指挥上前,好个许飞娘,见敌人追入,一丝也不显慌张畏缩,左肩摇处,首先飞起一道百十丈长的青虹,直取四人。一手仍指定雷火,焚烧玉柱。另一手从法宝囊内取出一物,往上一掷,便化成一团碧焰,四外青烟萦绕,当头落下,护住全身,只管注视雷火所烧之处,连头也不再回。英、云双剑被青光敌住,虽然势盛,无奈许飞娘的剑也非寻常,急切间尚难取胜。金蝉、甄艮的法宝飞剑只围在碧焰外面飞舞,一些也攻不进去,竟不能损伤飞娘分毫。

金蝉见飞娘碧焰护身,媖姆灵符仅剩一道,诚恐一击不中,事更为难,所以有些踌躇。那玉柱光华经飞娘雷火一烧,越发奇盛,幻成异彩。猛听甄艮喝道:"贼道姑还要在此卖弄鬼祟,少时媖姆驾到,你死无葬身之地了!"金蝉因南海双童来时奉有指示,知是提醒他下手,这才将灵符往前一掷。立时一片金霞,夹着殷殷风雷之声,照耀全殿,光中一只大手,正朝飞娘抓去。那玉柱被飞娘雷火连烧,柱上光华已由盛而衰,地底雷声轰隆不绝。金蝉这次小心过度,还差点误了大事。飞娘先听甄艮呼喝,惊弓之鸟,虽是有些惊疑,怎奈贪心太炽,又疑敌人诈语,只管咬牙切齿,运用玄功,注定庭中玉柱,但一开动,现出宝物,便即乘机攫走,连头也顾不得回。眼看柱上光华越淡,功成顷刻。猛听雷声有异,忽见一片金霞从后袭来,便知不妙。因上回在岛上虚惊了一次,好生贻笑,心仍不死,还想死力支持,不到真个媖姆现身,不肯退走。谁知金霞所照之处,护身烟光先自消灭。忙一回视,一只大手已从身后抓到,暗道一声:"不好!"便自一纵遁光,将手一抬,身剑合一,飞身便起。英、云等正挡其出路,虽有朱梅前言,怎舍放她逃走,飞剑法宝一齐发动,合围上去。飞娘知道这些后辈俱都不可轻侮,自己弄巧成拙,枉伤两件心爱法宝,危机瞬息,惊忿交集。百忙中把心一横,倏地将手一扬,便是一团大雷火打将出来。众人知她厉害,俱有防备,见势不佳,连忙回剑护身时,耳听震天价一声巨响,雷火光中,满殿金尘玉屑纷飞如雨,飞娘已将庭中心金顶震穿一个巨孔,驾遁光逃走。那只神符幻化的大手,也跟着破空追去。不提。

除英琼、轻云外,金蝉、甄艮连人带飞剑,全被雷火震得荡了两荡。飞娘已去,知难追赶,齐往柱前飞去。见那些玉柱光华虽退,根根粗大莹澈,通明若晶,真是瑰丽庄严,奇美无俦。便各照朱梅吩咐,准备盘膝坐在当地施为。此时易静、甄兑、红药、杨鲤、蓉波、石生母子,都已陆续到来。只有易鼎、易震因甄兑而不及追随英、云等四人驾弥尘幡同往金庭,刚要另驾遁光跟踪追去,不料旁边飞立一个妖道,与甄兑撞了个迎面。甄兑贪功,忙用飞剑法宝截堵,不料战不多时,被妖道打了一飞钹,受伤倒地,几遭不测。多亏易静赶来,救了甄兑。易氏兄弟大怒,忙驾九天十地辟魔神梭,一直往外追去,尚未回转。谈起宫中妖人执事,业已死伤逃亡殆尽。所有投降诸人,俱都奉命在黄晶殿上消除打扫。四人闻言大喜,互相略说了几句经过。易静因见玉柱火光已敛,料是开放在即,恐有疏虞,忙请众人围坐玉柱四周,各自运用玄功准备。不消片刻,地底风雷声越来越盛。接着又听金铁交鸣一阵,当中主柱忽然转动起来,众人忙即立起,各将法宝飞剑放出,以防柱底宝物飞去。眼看主柱越转越急,四围的玉柱也都跟着转动,倏地庭中一道金光闪过,现出朱梅,哈哈大笑道:"全宫肃清,大功告成,回去正好赴那开庭盛会了。"

说罢,便命众人避开,只带了金蝉、石生二人,同往主柱面前,一口真气喷向柱上,大喝一声:"速止!"那柱立时停住不转,风雷金铁之声全歇。然后走近前去,两手捧住主柱下端往上一提,喝一声:"疾!"那柱便缓缓随手而起。渐渐捧离地面约有三尺,柱基处现出一个深穴,里面彩气氤氲,奇香透鼻。石生早奉命准备,忙将天遁镜往柱底深穴照去。金蝉更不怠慢,一展弥尘幡,随镜光照处,飞身而入。到了底下,用慧眼一看,乃是一个圆球般的地穴,里面奇热无比。当中珊瑚案上,放有一个光彩透明的圆玉盒子。盒前燃着一盘其细如丝的线香,香烟散为满穴氤氲,幻成彩雾。四壁悬着十余件奇形怪状的法宝。金蝉事前已得朱梅指点,见一样便取一件。那香燃烧甚速,金蝉初下去时还有大半盘,只这取宝的一转眼间,便烧去了多半。再加穴中奇热无比,虽有弥尘幡护身,仍是难耐。尤其是取宝时,手一近壁,直似火中取栗一般,烤得生疼。等到挨次将壁间法宝取完,香已烧剩下只有两圈。知道天一金母的遗书连那两件异宝俱在案上玉球之中,关系最为重要。香一烧尽,地穴便合拢来。这是地心真穴所在,如被葬在内,休想得见天日。不禁吃了一惊,忙即上前伸手去捧。谁知那玉球竟重如泰山,用尽平生之力,休想动得分毫。猛想起忘了跪礼通诚，匆匆翻身拜倒。叩头起来，那香已烧得仅剩半环，危机一发。慌不迭地抢上前去，伸手一抱那球，觉得轻飘飘的，又惊又喜。猛一回头，那香只剩了三两寸，晃眼便尽。顾不得再取那珊瑚案，一纵弥尘幡，便往外飞去。身刚出穴，一眼望见朱梅，两手紧捧主柱，已是面红力竭，周身白气如蒸。把手一松，那柱刚一落地，便听穴底微微响了一下，并无别的动静。

金蝉取了宝幡，上前拜见，将取来法宝献出。朱梅接过，连声夸赞不止。英琼、轻云、金蝉等几个常见朱梅之人，俱知他道行深厚，无论遇上什么劲敌险难，从未皱过眉头。今日捧那玉柱却甚吃力，浑身直冒热气，在那将放未放之时，更显出慌急神气，便问："师伯何故如此？"朱梅笑道："连许飞娘那么见多识广的妖人尚且不知轻重，何况你们。这主柱下面，乃是地心真穴。当年天一金母用绝大法力，辟为藏珍之所。飞升之际，默算未来，在穴中置有一盘水香。此香在穴中燃得极慢，一见风，顷刻之间，可以燃尽。此香一灭，穴便自行封闭，立刻地心真火发了，无论人物，俱化劫灰。这根主柱乃当初大禹镇海之宝，被金母移来此地镇压。此柱一折，不特紫云宫全宫化为乌有，这附近千里内的海面，俱都成了沸汤，遗祸无穷。飞娘只知穴内藏珍，凭着她的妖法，可以劫取，却不晓其中厉害。放着旁柱内藏的天一贞水和许多现成法宝不取，妄自觊觎重器。休说此柱重有一万三千余斤，她未必能够捧起。即使她预先学了鸠盘婆的大力神法，驱遣群魔将柱抬起，入内见了许多宝物，定起贪心，稍有疏忽，那香烧完，势必同归于尽，有甚便宜？我来时想起，祸患往往忽于未然，这等关系重大的事，谨慎些好。知道紫云宫除了这里，还有一个最紧要的所在，乃地窈深处，最为脆薄，同是关系全宫命脉。紫云三女居此数百年，竟未发觉。惟恐许飞娘和同来几个妖党万一事前有人从晓月贼秃、鸠盘婆那里闻得底细，到了势危之时偷偷赶去，来一个损人不利己，将它震裂，我们虽未必身受其害，此宫绝难保全。因此一到，首先赶到那里防护，行法将周围封闭。二次现身，相助二凤兵解之后，又去降伏那神兽龙鲛。此兽已在金蝉初入甬道前伤去前爪。这东西性最忠义，一见斗我不过，又闻我说三女遭劫之讯，欲以身殉。经我再三诫谕，并允等它主人转劫成道以后，仍可随侍，方始收伏。少时便带它回返峨眉，以为仙府点缀。这一来，便耽搁了些时刻。不料你们仍是贪功,想伤飞娘,不给出路,以致被她用妖法冲破金庭逃走。虽无大碍,但是此庭乃天一金母运用天、地、人三才真火,采取西方真金熔铸而成。异日英、云等来此居住,道成时节,虽可炼金来补,到底不如原来,留一缺陷,岂不可惜?金蝉所发,乃是媖姆寄形化身妙用,本属虚设。那只大手一经追出,数百里外,必被飞娘看破,所幸你们尚未穷追。飞娘近来所炼几件厉害法宝,又要留为三次峨眉之用,不到危急,不肯轻易施展;否则你们追去,必受伤害无疑。这中央主柱,自从三女取宝百十年后,被三凤一日无心中发现柱中封锁符箓,她不知何用,试一演习,主柱忽然自行封闭。内中还藏有别的法宝,也未被三女发现取出。嗣见别根柱内有大同小异的符咒,彼时三女道法日深,渐渐悟出那符是一开一闭。试一演习,果然应验。只是当时忘记了主柱的开法,一直无法重开。那天一贞水,便藏在左侧第三根玉柱之中玉瓶葫芦之内。如果事前封闭,也难开取。偏巧初凤被夺其魄,这次庆寿,把所有庭中玉柱全数开放,以便酒阑,将寿筵移来,人前显耀。三凤素极狂妄,初藏时虽加封锁,因为初凤这一来,仗着里外俱有埋伏,既是全数让人观光,不便留此一处,也未谏阻。可笑飞娘枉是自负,竟会被三女魔法瞒过。尔等可去取来,再往黄晶殿带了新收诸弟子,回返峨眉,中途有人相候呢。"

这时众人见那几行玉柱上下浑成,并无开裂之痕。方在寻思,朱梅忽将两手一搓,一片火星散将开来,往柱间飞去,那些玉柱便燃烧起来。一阵乌焦臭味过去,众人眼前一亮,见庭中玉柱依然莹洁,透体通明,内中宝物纷呈异彩,晶光宝气掩映流辉。再加妖气已尽,氛雾全消,衬着金庭翠槛,越显奇观。金蝉首先跑到第三根柱前,见那盛着天一贞水的玉瓶果在其内,另外还有一个葫芦。一同取下一看,上面俱有朱书篆义,写着"地阙奇珍,天一圣泉"八字。大功告成,好生欣喜。忙与朱梅看了,揣入法宝囊内。再随众人去看其余玉柱,每根俱藏有奇珍异宝,还有许多不知名的仙药,件件霞光灿烂,照眼生缬,众人见了,俱都惊喜非常。

朱梅道:"紫云三女因想人前卖弄家私,把宫中宝物大半收来,陈列此间,给我们省了不少的事。可惜我当时无暇兼顾,被周、李二弟子的紫青双剑将金母降伏海岭猪龙遗留下的数十件法宝全数斩断。又忙于追赶许飞娘,未想起收取,被一个手疾眼快的妖人抢拾了六件逃走。易静看出此宝有用，去拾时，已经不全了。"说罢，将柱间宝物分别去留，指示众人。留的仍置柱内，照柱中开闭符偈，全数封闭。庭顶被飞娘冲裂之处，约有碗大，也经朱梅将从柱中取出来的一个玉球掷上去，行法堵住。然后率领众人走出庭外，说道："此宫异日应为灵云、紫玲等所居，我等去后，无人防守，内中还有不少宝物，难保不启异派妖人觊觎。来时齐道友托我将长眉教祖的两仪微尘阵移设此间，原不妨事。不过宫中妖人太众，此时虽已死伤逃亡殆尽，但是来时媖姆曾示先机，暗示灵云等异日来此修道，还不甚容易。以我道力，几次占算，也似有些微朕兆，竟会算不出是否有人潜伏于此。微尘阵虽能笼罩全宫海面三千里方圆，外人不能擅入，假使此时有人伏在宫内，这里有的是灵药仙草，尽可在此潜修，只不能出去，毫无妨碍。固然事有前定，我却偏要和媖姆拗一下，详搜全宫，到一处，封锁一处。万一连我也事昧先机，防备不周，留有遗孽在此，那要紧的所在他也无法进去。"当下朱梅先将金庭行法封锁，然后率领众人，挨次巡视全宫，逐处加以封锁。紫云宫面积何等广大，饶是步行速速，也耽误了不少时候。等到巡行殆遍，最后至黄晶殿，准备领了龙力子等几个初投门下的男女弟子再往后苑宫殿中，去带神兽龙鲛，转回峨眉时，那龙鲛已在殿上，龙力子正骑在它的背上，呼叱为戏。见了朱梅等到来，连忙下骑，随了赵铁娘等，上前参拜。朱梅便问龙鲛怎得到此，龙力子道："弟子因久候真人不至，知殿外妖法业已破去，走往殿台探望，见它从后苑那一面跑来。因听真人行时说，要将它带回峨眉，以前弟子曾看守过它，知道降伏之法，恐被逃走，便上前将它唤住，与它说了真人恩意，劝它投顺，引上殿来，不久真人便来了。"

正说之间，朱梅忽然心中一动。想起易氏弟子追赶妖人，中途尚有险阻，须去救援，不宜在此久延。以为龙鲛通灵，降伏之后，必是久候自己不至，自行走出寻找。适才巡视全宫，不见丝毫朕兆，媖姆所示仙机和自己卦象上所现可疑之点，定是另有应验。宫殿已经去过，到处都曾施展玄门捉影搜形之法寻查，料无遗漏。那地方不关重要，无须再去封锁。当下便带了众人，走出黄晶殿，仍由甬道出去，飞到九宫柱前。问起金萍，果见金须奴、慧珠二人夹着初凤，周身云光围拥，由此飞出。初凤已是神志失常，叫嚣不已，好似发狂中邪模样。问毕，大家一同飞出甬道，走出延光亭。

第一六九回　仗异宝　横扫紫云宫
　　　　　　　困磁光　失机铜椰岛

众人正准备回山之际，朱梅笑问英琼道："你的神雕佛奴呢？"英琼闻言，方想起来时，因为甬道神沙厉害，曾吩咐神雕只在空中飞巡，不可下落，却忘了大海茫茫，附近数千里，并无它存身之所。自己二次入宫时，就未见它影子。这时方才想起，不知飞往何方。连忙引吭呼唤，不见神雕飞下。正要飞空寻找，轻云拦道："你那神雕耳目最是灵敏，平时数百里内闻呼即至，你连唤数声不见影子，不是不耐久候，飞转峨眉，便是出了别的事故。朱师伯既那般说法，必然知道，为何舍近求远？"英琼闻言，忙向朱梅拜问。朱梅道："你那神雕本就通灵，自来峨眉，道行愈发增进。它本来自负，这次恐它为甬道神沙所伤，不许下去。它在空中盘飞时久，不觉厌倦，当时恰巧有两个许飞娘约请赴宴的妖人从崇明岛赶来赴宴，被它在远处看见，不等近前，便迎上去。那妖人是姑侄两人，一老一幼，初见神雕，妄想收它。不料一照面，便被神雕抓去飞叉，将小的一个抓裂投入海中。那老的一个看出不妙，便即往回路遁走。神雕贪功不舍，展翼追去，两下里飞行均极迅速。正在追逐之际，恰值我从峨眉赶来，无心中看见，最初相隔尚有十里远近。彼时我因紫云宫事机紧急，缓到一刻，必有人要遭毒手。又认得那逃走的妖人，是江苏崇明岛金线神姥蒲妙妙，邪法颇非寻常，恐神雕闪失，曾用千里传音之法，连喊数声，神雕竟未回顾。两下里本是背道而驰，瞬息间相去已是数百里外。我当时错以为神雕两翼藏有白眉禅师神符，至多被困一时，绝无大害，无暇分身，并未回头追去。如今未归，必在岛上被妖法陷住。此时大功告成，援救易氏弟兄无须多人。你与轻云有紫郢、青索双剑，只要遇事谨慎，百邪不侵，再将天遁镜带去，必能成功无疑。"又命石生将镜交与英琼,吩咐即时动身,往崇明岛赶去。二人一听神雕有难,慌忙接镜,拜别起身。

朱梅又对众人道:"易氏弟兄现在必是被困在铜椰岛上。岛主天痴上人门徒众多,虽是异派,并不为恶多事。他二徒少年任性,不知进退,咎有应得。我与岛主曾有数面之交,既不便前去,又不能不去,事出两难。只可暂由易静、蓉波、红药三人前去通名拜岛,看他如何对付,相机行事。我自在暗中赶去相助。余人由金蝉、石生率领,回转峨眉复命便了。"说罢,又吩咐易静等三人一些应付机宜,各按地方分别起身。

且不说金蝉、石生展动弥尘幡,带了新入门的弟子,回转峨眉复命。却说易静、红药、蓉波三人驾遁光离了迎仙岛,照朱梅所说方向,往铜椰岛飞去。先是大海茫茫,波涛浩瀚,渺无边际。飞行了好一阵,才见海天相接处,隐隐现出一点黑影,浮沉于惊涛骇浪之中。知道离岛已近,连忙按落遁光,凌波飞行。眼看前面的岛越显越大,忽见岛侧波浪中突出许多大小鲸鱼的头,一个个嘴吻刺天,纷纷张翕之际,便有数十道银箭直往天上射去。再往岛上一看,岛岸上椰林参天,风景如画。岸侧站定二三十个短衣敞袖、赤臂跣足的男女,每人拿着三五个椰实之类,弹丸一般往海中跃去,正在戏鲸为乐。正要近前,那些男女想已看见三人来到,倏地有四个着青半臂的少年,往海中跃去,俱都踏在一条鲸鱼项上,将手一挥,那四条鲸鱼立时拨转头,冲破逆浪,直向三人泅来,其行如飞,激得海中波涛像四座小山一般,雪花飞涌,直上半天,声势甚是浩大。

三人早得矮叟朱梅指教,不等来人近前,忙即由易静为首,一按剑光,飞身迎上前去,说道:"烦劳四位道友通禀,南海玄龟殿易静,奉了家父易周之命,偕了同门师姊妹陆蓉波、廉红药,专诚来此拜谒天痴上人,就便令舍侄易鼎、易震负荆请罪。"那四人见了易静等三人面生,正要喝问,一闻此言,立即止鲸不进,互相低语了几句,为首一人说道:"来人既拜谒家师,可知铜椰岛上规矩?"易静躬身答道:"略知一二。"那人道:"既然知道,就请三位道友同上鲸背,先至岛岸,见了我们大师兄,再行由他引见家师便了。"说罢,其余三条鲸项上所站的青衣少年,俱往为首那人的鲸背上纵来,让出三条巨鲸,请三女乘行。三女也不客气,把手一举,飞向三鲸项上立定。那四人将手一挥,在前引导,同往海岸前泅去。这时海面群鲸俱已没入海中。岸上二十多个男女，也都举手迎宾。等三人由鲸背上飞身抵岸，人群中便有一个长身玉立、丰神挺秀的白衣少年，从人群中迎上前来。这人便是岛主天痴上人的大弟子柳和，本是潮州海客柳姓之子，三岁丧母，随父航海，遇着飓风，翻船之际，乃父情急无奈，将他绑在一块船板上面，放入海中，任他随水漂流。不想一个浪头将他打在一只大鲸鱼的背上。也是他生有凤根，由那鲸背了他，泅游数千里，始终昂头海面，未曾没入水里。直泅到铜椰岛附近，被天痴上人看见，救上岸来。彼时上人成道未久，门下尚无弟子，爱他资质，便以椰汁和了灵丹抚育，从小便传授他道法。虽是师徒，情逾父子。上人后来续收了四十七个弟子，独他在众弟子中最得钟爱。上人岛规素严，门人犯规，重则飞剑枭首，轻则鞭笞，逐出门墙。当许飞娘约请异派仙宾往紫云宫祝寿时，路过南海覆盆岛，见下面有一个穿青半臂、短袖跣足的男子在那里练飞叉，迥异寻常家数，猜是海外散仙之流，按落遁光，上前问讯。才知是上人第十九名弟子，名叫哈延，奉命在覆盆岛采药炼丹的。飞娘一想："久闻天痴上人大名，门下弟子个个精通道法，各人练就飞叉，胜似寻常飞剑。只是这多年来，从未闻他预闻外事。如能将他师徒鼓动，勾起嫌隙，岂非峨眉又一个大劲敌？"便用一番言语蛊惑哈延，说峨眉如何妄自尊大，不分邪正，专与异派为仇，劝他加入自己一党，同敌峨眉。叵耐哈延知道师门法重，不敢轻易答应。飞娘见说他不动，又将紫云宫三女庆寿，铺张扬厉，加以渲染。说那里朱宫贝阙，玉柱金庭，海底奇景，包罗万象。那神沙甬道，又是如何神妙。大家俱是同道，何不抽暇同往观光，以开眼界？

哈延少年喜事，不觉心动。只因当时炼丹事重，不能分身。便由飞娘分了一粒沙母，传了入宫之法，约定三女寿辰那天，恰好丹成，赶去参与盛会。哈延因与三女素昧平生，初次前去祝寿，还备了两件珍奇宝物，以为见面之礼。彼时飞娘并未料到紫云三女就要瓦解，不过多约能人，既可壮自己的声威，又可借此联络，以便逐渐往来亲密，可以乘机为用。谁知哈延到日前往，按照飞娘指示到了宫内，刚和三女见面，入席不久，便生祸变。先本不想多事，后来见所有来的宾客俱都纷纷上前应战，惟独自己袖手旁观，未免有些难堪。欲待上前，又觉来人个个剑光法宝神妙无穷，略一交接，敌我胜负之势，已可看出大半。自己与主人既是素昧平生，便是许飞娘也不过一面之识；再者师门家法严厉，不准在外面惹是生非。冒昧出手，稍有闪失，不特给师门丢脸，回去还受重责，太不上算。好生后悔，当初不该轻信人言，无故多事。此时哈延如若见机遁走，本可平安回岛。偏是少年好胜，总觉在此一走，不好意思似的。正是进退两难，迟疑不决。这时殿上外来的妖人连同宫众，除了几个首要与英琼、轻云、易静、金蝉等捉对儿厮拼外，人数尚多，声势也还不弱。偏易氏弟兄仗着九天十地辟魔神梭护身，只管在殿上左冲右突，从光华拥护中施展法宝飞剑，追杀敌人。宫中诸人，自是敌他不过，所向披靡，纷纷伤亡。那飞娘约来的妖人，却颇有几个能手，一见易氏弟兄这等猖狂，俱都忿怒异常，也各把妖法异宝一一施展出来，准备将易氏弟兄置于死地。

易鼎、易震哪把这些妖人放在心上，一见妖人势盛，群起合攻，反正敌人无法侵害，弟兄两个一商量，索性将神梭停住，任他夹攻。等到敌人妙法异宝尽数施展，层层包围之际，先将光华缩小，一面暗中运用玄功，发挥神梭威力，突地手掐真诀，喝一声："疾！"辟魔神梭立时疾如潮涌，往四外暴涨数十倍。一面将太皓钩等厉害法宝从神梭上施光小门内飞将出去。一干妖人见易氏弟兄在大家法宝飞跃之下，忽然隐入光华之内，停在殿中不动，也不再探头现身，俱当他们被别人法宝所伤，尚未身死，纷纷收了法宝，施展妖法，放出雷火合围。后见那团光华逐渐缩小，有那不知来历的，恨不能捡个便宜，收为自有。那自问不能收得的，便想连人带宝，化为灰烬。几个在劫的妖人，连同那些该死的宫众，不由越走越近。万没料到易氏弟兄并未受伤，倏地暗施辣手。那神梭何等神妙，这一暴涨开来，首先是将雷火妖氛惊散。接着便由合而分，化成无数根数丈长的金光，朝四外射去。再加以宝钩、宝玦同时飞跃，疾同电掣。众妖人见势危急，再想用法宝飞剑抵御，已是无及，伤的伤，亡的亡。能全身遁逃的，不过才两三个。至于那些宫众，更是连看都未看清。

哈延相隔本远，还在逡巡犹豫之际。易氏弟兄的九天十地辟魔神梭发挥威力，光华暴涨处，金霞红光似电弩一般飞来。如非哈延也是满身道术，防御得快，差点也被打中。不由心中大怒，仗着天生一双神眼，看出敌人乘胜现身，忙将一面飞钹朝着光华中的敌人打去。偏巧易氏弟兄见妖人虽是死亡不少，还有几个不曾受伤的，似要乘机遁走，一时贪功心盛，把神梭光华一缩，重又合拢，打算追了过去，哈延飞钹怎能打中。哈延知道敌人有此宝护身，无奈他何，正寻思如何出这口恶气。猛一回头，二凤身遭惨死，初凤、金须奴、慧珠三人又复逃走，料出事情不妙，想了想，还是忍气回岛为是。刚要起身，飞娘已舍了易静，去助三凤。同时敌人方面也有多人一拥齐上，夹攻飞娘、三凤。心想："难怪飞娘说峨眉派倚强凌弱，得理不让人，真是可恨！"就这寻思晃眼工夫，三凤已毙于飞剑之下。许飞娘一纵遁光，往外逃走。哈延暗道一声："不好！紫云宫全体瓦解，此时不走，等待何时？"便息了交手之想，满打算追上飞娘，一同遁出宫去。

  这时甄艮已随了英琼、轻云、金蝉三人飞往金庭，事机瞬息。只甄兑一人，因见地上残断的法宝，形状奇古，精光照人，想拾两件回去，略微缓了一缓，不及同驾弥尘幡同去。甄兑一见落了后，不顾再拾地上法宝，一缩遁光，正要追赶，身刚飞起，恰巧哈延迎面飞来。甄兑新胜之余，未免自骄，一眼看见对面飞来一个周身青光闪闪的妖人，哪里肯容他遁走，一指剑光，飞上前去截堵。他却不料哈延早防敌人暗算，用的是东方神木护身之法，寻常飞剑哪能伤他。一见有人拦阻，越觉敌人欺人太甚，丝毫不留余地，正好想要重创他一下。剑光飞到，故意装作不觉，却在暗中将飞钹朝甄兑打去。甄兑见来人只顾逃遁，剑光飞上前去毫无所觉。方以为成功在即，忽觉眼前青光一亮，便知不好。忙纵遁光避开，施展法宝抵御，已是无及，竟被那青光扫着一下，立时坠落。哈延方要再下毒手，将他结果，这时恰值易鼎、易震驾神梭追杀别的妖人赶到，见甄兑受伤，忙驾神梭追将过来。因为这一日工夫俱是所向披靡，以为乃祖这九天十地辟魔神梭妙用无穷，有胜无败，未免恃胜而骄，哪把哈延放在心上。他们却不知哈延虽非天痴上人最得意的门下，却也不是寻常，这时遁走，只缘顾虑太多，并非怯敌。一见易氏弟兄追来救援，知道他们法宝厉害，再加那旁又飞来了几个少年男女，声势越盛，想将受伤敌人致死，已不可能。又见易氏弟兄轻敌，上半身显露在外，并不似适才那般的时隐时现。便扬手一连两面飞钹打去，满想自己飞钹出手迅疾，乘其不意，一下可将敌人打伤，略微出气。然后便用本门最精妙的木公遁法，地行逃走，顺神沙甬道遁出迎仙岛回去。

  那易氏弟兄与他也是一般急功心意，哈延那里打出飞钹，这里早将太皓钩放出。刚把第一面飞钹敌住，哈延的第二面飞钹又到。若换别人，这一下不死也带重伤。幸而防身宝物神妙，易氏弟兄又应变机警，眼前青光一晃，便知不妙，忙将头往回一缩，神梭上的小门便自封闭，光华电转。耳边"当"的一声响过处，青芒飞泻，那面飞钹被神梭上旋光绞成粉碎。真个危机瞬息，其间不容一发，稍有些微延缓，必被打中无疑。易氏弟兄因适才敌人在用许多雷火法宝攻打，只在神梭光华之外，并未丝毫近身，没料到敌人法宝如此神速，虽未受伤，不由勃然大怒。哈延因敌人现身有隙可击，才将两面飞钹接连打出，以为必中无疑，谁知仍然无用。第一面吃一钩寒光敌住，未分胜负，还不要去说它。第二面因为深入光华之中，眼看成功，敌人忽往现身的小门内一缩，立时光圈飞转，将钹绞为万点青荧，散落如雨，转瞬在光霞之中消灭净尽。师门至宝，一旦化为乌有，也是又惊又悔，又惜又恨。心想："再不见机，少时必要身败名裂，不能逃生。"不敢再为恋战，将手一抬，收回法宝，便往地下遁去。

按说易鼎、易震已经获胜，又毁了敌人一件法宝，穷寇本可不必追赶。偏生好胜心切，又见甄兑受伤，自己也险些被他打中，二人都是初次人前出手，未吃过亏，把敌人忿恨到了极处，一面又看中敌人那面飞钹，想要人宝两得，哪里肯容他逃走。见敌刚一飞出殿外，便往地中遁去，正合心意。自己原是奉命对付道行本领稍次的妖人与那些宫众，现在敌人伤亡殆尽，在眼前逃去的，只剩这一个最可恶。反正大获胜利，使命已完，何不收个全功？决计随后追赶，也一指神梭，穿入地中追去。这番还加了点小心，恐又遭敌人暗算，并不探头现身，只从梭上圆门旋光中，觑准敌人前面那一道疾如流星的青光，跟踪追逐不舍。

哈延起初只想遁回岛去，再约集同门师兄弟，向天痴上人请罪，心中已悔恨万分。还以为神沙甬道不比别的地方，自己尚是仗着飞娘转赠的沙母和通天灵符，才得穿行自在，敌人绝不会追来。谁知入地不久，又听风雷之声，起自身后，回头一看，敌人竟未放松自己，依旧追来。光霞过处，冲激得那四外的五色神沙如彩涛怒涌，锦浪惊飞，比起地面上的威力还要大得多。来势之迅疾，较自己遁法似有过之，并无不及。惊骇之余，愈发咬牙切齿痛恨敌人。暗忖："师父所赐飞钹，乃东方神木所制，适才被他一绞，便成粉碎，此宝定是西方太乙真金炼成无疑。自己既奈何他们不得，看来意，无论逃到哪里，他们必追到哪里。反正无故惹事，至宝已失，师父责罚，在所难免。索性一不做，二不休，拼着再多担些不是，将这两个仇敌引往铜椰岛去，师父无论如何怪罪，也必不准上门欺负。再者，还有那么多同门师兄弟，岛上有现成相克异宝。敌人不去，此仇只可留为后图；如若追去，绝无幸理，岂不是可以稍出胸中这口恶气？"想到这里，耳听身后风雷之声越追越近，不敢怠慢，忙运玄功，把遁光加快，亡命一般往前途逃走。

不多一会儿，便奔出神沙甬道，到了迎仙岛。刚刚穿出地面，后面易氏弟兄也驾神梭追到。依了易鼎，紫云宫业已瓦解，大功告成，同来诸人俱往金庭取宝，既可借此观光，一开眼界，又可得众人结伴，同住峨眉，赴那千年难遇的群仙盛会。敌人地行甚快，不易追上，与其徒劳，不如回去。偏巧弟兄二人适才现身时，是易震当先，差一点没被飞钹打在头上；再者他和甄兑虽是初交，彼此极为投契，性情又刚，疾恶如仇，执意非追不可。易鼎拗不过，只得暂且由他，原打算追出延光亭，追不上时，强制他回去。出地时方要劝阻易震，不想哈延此时换了主意，早就防到他们要半途折转，出亭时故意缓了一缓。易震看敌人在前面不远，眼看就要驾遁光升起，哪里肯舍，一催所驾神梭，加紧追去。易鼎因敌人授首在即，也就不去拦他。就这一迟疑之间，两下里飞行俱是神速异常，一前一后，早已破空升起。等到易鼎想要劝阻易震折回去时，业已飞出去老远。两下相隔，不过一二里之遥，只是追赶不上。易震因易鼎再三制止他前进，恐回去晚了，不及见金庭奇景，刚有些变计，略一迟缓，前面敌人倏地停止，回身大骂："峨眉群小，倚多为胜。我今日赴会，忘携法宝，任尔等猖狂。仙府就在前面岛上，现在回去取宝，来诛戮尔等这一干业障。如有胆量，便即同去；如若害怕，任尔等无论逃避何处，俱要寻上门去，叫尔等死无葬身之地，一个不留！"说完，便催遁光，加紧逃走，晃眼工夫，已是老远。

这一席话，休说易震听了大怒，连易鼎也是有气。明知敌人口出狂言相激，必有所恃。继想乃祖易周，曾说这九天十地辟魔神梭，如果用来和人交战，真要是遇上道行法力绝高的前辈，或是异派中数一数二的能手，虽未必能够断其必胜，要是专用它来逃遁，却是无论被困在什么天罗地网、铁壁铜墙之中，俱能来去自如，决受不着丝毫伤害。能够克制此宝的，只有南北阴阳两极精英凝结的玄磁。但是此物乃天灵地宝，不是人力可以移动，此外别无所虑。这次来救姑姑易静，便可看出此宝威力。彼时神沙甬道中雷火猛烈，千百根神沙宝柱齐来挤轧，声势何等伟大，尚且不惧，目前追的这个妖人，虽在仓猝中没顾得问及他的姓名来历，看他本领，除了能在地下飞行外，并无什么出奇之处。这里虽是南海，距离南极磁峰尚有数万里之遥，即使妖人果真想将自己引到那里，借用太阴玄磁暗算，见机抽身，也来得及。否则便追到他的巢穴之中，胜了固好，如不能，尽可冲破妖法而出，有何妨碍？既有了易胜难败之想，再加易震从旁再三怂恿，说妖人如此可恶，不将他除了不解恨。起初不追也罢，追了半日，空手回去，也不好看。反正紫云宫已为峨眉所有，金庭奇景，早晚看得见，无须忙在一时。因这几种原因一凑合，易鼎不由活了心，便依了易震，同驾神梭追去。何况又受了一激，自然愈发加紧追赶，恨不能立时追上妖人，置于死地，不再作中途折回之想。

哈延见敌人果中了激将之计，虽然欣喜，及见来势迅疾，比起流星还快，也不免有些心惊胆寒。忙催遁光，电掣虹飞，往前急驶，哪敢丝毫怠慢。还算好，逃未多时，铜椰岛已是相隔不远，才略微心宽了些。未等近前，早将求救信号放出。易氏弟兄正追之际，眼望前面敌人由远而近，再有片时，不等到他巢穴，便可追上，绝不致赶到南极去，越加放心大胆。正在高兴，忽见前方海面上波涛汹涌，无数黑白色像小山一般的东西时沉时没，每一个尖顶上俱喷起一股水箭，恰似千百道银龙交织空中。二人生长在海岸，见惯海中奇景，知是海中群鲸戏水。暗忖："这里鲸鱼如此之多，必离陆地不远，莫非已行近妖人的巢穴？"再往尽前面定睛仔细一看，漫天水雾溟蒙中，果然现出一座岛屿影子。岛岸上高低错落，成行成列的，俱是百十丈高矮的椰树，直立亭亭，望如伞盖，甚是整齐。易鼎见岛上椰树如此之多，好似以前听祖父、母亲说过，正在回忆岛中主人翁是谁。还未想起，说时迟，那时快，就这微一寻思之际，不觉又追出老远，离岛只有三数十里，前途景物，越发看得清清楚楚。又追了不大工夫，倏见岛上椰林之内纵出五人，身着青白二色的短半臂，袒肩赤足，背上各佩着刀叉剑戟葫芦之类，似僧非僧，似道非道，与所追妖人装束差不多。这些少年直往海中飞下，一人踏在一只大鲸鱼的背上，为首一个将手一挥，便个个冲波逐浪，迎上前来。五只大鲸鱼此时在海面上鼓翼而驰，激得惊波飞涌，骇浪山立，水花溅起百十丈高下。前面逃人好似得了救星，早落在那为首一人的鲸背上面，匆匆说了几句，仍驾遁光，往前飞走。没有多远，便有一只巨鲸迎了上来，用背驮了他，回身往岛内泅去。易氏弟兄见了这般阵仗，仍然无动于衷。算计来的这五个骑鲸少年，定是妖党，不问青红皂白，更不搭话，一按神梭，早冲了上去。又于那旋光小梭门中，将宝钩、宝玦一齐发出，直取来人。

那五个骑鲸少年在岛上闻得师弟哈延求救信号，连忙骑鲸来救，一见哈延神色甚是张皇，后面追来的乃是一条梭形光华，只有两个人影隐现。哈延与为首的一个见面，又只匆匆说道："我闯了祸，敌人业已追来，大师兄呢？"为首的一个，才对他说了句："大师兄现在育鲸池旁。"言还未了，哈延便驾遁骑鲸，往岛上逃去。

五人听他这一说，又见来人路数不是左道旁门，以为哈延素好生事，定是在外做错了事，或是得罪了别派高人，被人家寻上门来。铜椰岛名头高大，来人既有这等本领，又从这么广阔的海面追来，必知岛上规矩和岛主来历，绝无见面不说话就动手之理。师门规矩，照例是先礼后兵。欲待放过哈延，迎上前去，问明来历与启衅之由，再行相机应付，所以并未怎样准备。及至那梭形光华快要追到面前不远，为首一个忙喊："道友且慢前进，请示姓名，因何至此？"谁知来人理也不理，不等他话说完，倏地光华往下一沉，竟朝自己冲来。五人不知此宝来历，见来势猛烈迅疾，与别的法宝不同，适才哈延又是那等狼狈，不敢骤然抵御，一声招呼，各人身上放出一片青光，连人带鲸，一齐护住，齐往深海之中隐去。易震见敌人空自来势煊赫，却这等脓包，连手也未交，便自败退，不由哈哈大笑。一看前面哈延已将登岸，心中忿极，便不再追赶这五个骑鲸少年，竟驾神梭急赶上去，片刻到达，哈延已飞入椰林碧阴之中。易氏弟兄仍是一点不知进退，反因那几个骑鲸少年本领不济，更把敌人看轻，一催神梭，便往椰林中追去。

那些椰树俱都是千百年以上之物，古干参天，甚是修伟，哪禁得起神梭摧残。光华所到之处，整排大树齐腰断落，轧轧之音，响成一片。入林不远,因为树木茂密,遮住目光,转眼已看不见敌人的青光影子。二人一心擒敌,一切都未放在心上,只管在林中往来冲突,搜寻不休。不消多时,忽听一声钟响,声震林樾。接着便见前面一大片空地上,现出一个广有百顷的池塘,池边危石上立着几个与前一样打扮的少年,为首一个,正和哈延在那里述说。二人以为擒敌在即,便追将过去。那边少年见神梭到来,仿佛不甚理睬。眼看近前,相隔还有数十丈左右,为首的一个忽从石旁拿起一面大渔网,大喝一声:"大胆业障,擅敢无礼!"手扬处,那渔网便化成一片乌云,约有十亩方圆,直朝二人当头飞到。二人猜是妖法,正要与他一拼,说时迟,那时快,两下里都是星飞电掣,疾如奔马,就要碰个迎头。忽听空中一声大喝道:"来人须我制他,尔等不可莽撞!"言还未了,那片乌云倏地被风卷去。

这时二人因为敌人就在地面立定,飞行本低,见敌人法宝刚放出来,又收回去,正猜不出是何用意。忽听前面敌人拍手笑语,定睛一看,那些穿半臂的少年业已回身,背向自己,齐朝前面仰头翘望,欢呼不已,好似不知神梭就要冲到,危机瞬息神气。再顺着他们所望处一看,只见一个笔直参天的高峰矗立云中,相隔约有十来里光景,并无别的动静。易鼎虽没有易震那般过于自恃,也料出敌人必有诡计。刚在猜想,猛觉所御神梭的光华似在斜着往前升起。弟兄二人俱在疑心,百忙中一问,并非各人自主,连忙往下一按。谁知那神梭竟不再听自己运转,飞得更快,好似有甚大力吸引,休说往下,试一回身转侧,都不能够。晃眼工夫,竟超越诸少年头上老高,弹丸脱弦一般,直往前上方飞去,越飞越快,快得异乎寻常。一会儿,前面云中高峰越离越近,才看出峰顶并非云雾,乃是一团白气,业已朝着自己这一面喷射过来,与神梭光华相接。就在二人急于运用玄功,制止前进的片刻之间,神梭已被白气裹向峰顶粘住,休想转动分毫。忙用收法,想将神梭收起逃遁时,那神梭竟似铸就浑成,不能分开丝毫。知道情势已是万分危险,急欲从梭上小圆门遁去,又觉祖父费了多年心血炼成的至宝,就这般糊里糊涂地葬送在一个无名妖人手里,不特内心不服,而且回家也不好交代。略一踌躇,忽觉法宝囊中所藏法宝纷纷乱动。猛想起敌人将自己困住,尚未前来,囊中现有的太皓钩等法宝,何不取出,准备等敌人到来,好给一个措手不及,杀死一个是一个。那法宝囊俱是海中飞鱼气胞经林明淑亲手炼成，非比寻常。如非二人亲自开取，外人纵然得去，也不易取出其中宝物。

二人想到这里，刚把囊口一开，还未及伸手去取，内中如太皓钩一类五金之精炼成的宝物，俱都不等施为，纷纷自行夺囊而出，往前飞去。因有神梭挡住，虽未飞出，却都粘在梭壁上面，一任二人使尽方法，也取它们不动，这一急真是非同小可。正在彷徨无计可施，旋光停处，五条黑影伸将进来。易鼎一面刚把宝玦取在手中，想要抵御，已是不及，倏地眼前一暗，心神立时迷糊，只觉身上一紧，似被几条粗索束住，人便晕了过去。等到醒来一看，身子业已被人用一根似索非索的东西捆住，悬空高吊在一个暗室里面。知已被擒，中了妖人暗算，连急带恨，不由破口大骂起来。骂了一阵，不见有人答应。捆处却是越骂越紧，奇痛无比。骂声一停，痛也渐止，屡试屡验。无可奈何，只得强忍忿怒，住口不骂。这时二人真恨不如速死，叵耐无人答理，始终连那妖人的影子都未见过。

就在这悔恨欲绝之际，耳听远远洞箫之声吹来，连吹了三次，也未听出吹的是什么曲子。恍如鸾凤和鸣，越听越妙，几乎忘了置身险地。易震忍不住，刚说了声："这里的妖人，居然也懂得吹这么好听的洞箫。"箫声歇处，倏地眼前奇亮，满室金光电闪，银色火花乱飞乱冒，射目难睁。二人以为敌人又要玩弄什么妖法，前来侵害，身落笅笼，不能转动，除了任人宰割外，只有瞪着两只眼睛望着，别无法想。一会儿工夫，金光敛去，火花也不再飞冒，室顶上悬下八根茶杯粗细、丈许长短的翠玉笔，笔尖上各燃着一团橄榄形的斗大银光，照得阖室通明。这才看清室中景致，乃是一间百十丈大小的圆形石室。从顶到地，高有二十余丈，约有十亩方圆地面，四壁朗润如玉，壁上开有数十个门户。离二人吊处不远，有两行玉墩，呈八字形，整整齐齐朝外排开。当中却没有座位，只有两行灿如云霞的羽扇，一直向前排去。尽头处，紧闭着两扇又高又大的玉门，上缀无数大小玉环，看去甚是庄严雄丽。待了一会儿，不见动静。那八朵银花，也不见有何异状。正在互相惊异，忽又听尽头门里边笙簧迭奏，音声清朗，令人神往。晃眼之间，所有室中数十个玉门全都开放。每个门中进来一个穿白短半臂的赤足少年，俱与前见妖人一般打扮，只这时身上各多了一件长垂及地的鹤氅。进门之后，连头也未抬，从从容容地各自走向两排玉墩前面立定，每墩一人，只右排第十一个玉墩空着。两排妖人站定后，上首第一人把左掌一举，众妖人齐都朝着当中大门拜伏下去。那门上玉环便铿铿锵锵响了起来，门也随着缓缓自行开放。二人往门中一望，门里仿佛甚深，火树银花，星罗棋布，俱是从未见过的奇景。约有半盏茶时，乐声越听越近，先从门中的深处走出一队人来。第一队四个十二三岁的俊美童子，手中提灯在前；后面又是八个童子，手捧各种乐器。俱穿着一色白的莲花短装，露肘赤足，个个生得粉妆玉琢，身材也都是一般高矮。一路细吹细打，香烟缭绕，从门外缓缓行进。还未近前，便闻见奇香透鼻。这十二个童子后面，有八个童子，扶着一个莲花宝座，上面盘膝坐定一个相貌清癯、装束非僧非道的长髯老者，四外云霞灿烂，簇拥着那宝座凌空而行。尽后头又是八个童子，分捧着弓、箭、葫芦、竹刀、木剑、钩、叉、鞭之类。这一队童子刚一进门，便依次序分立在两旁羽扇之下，放那宝座过去。那宝座到了四排玉墩中间，便即停住。玉门重又自行关闭。那灿若云锦的两排羽扇，忽然自行向座后合拢。随座诸童子，也都一字排开，恭敬肃立在羽扇底下。二人细看室中诸人，却不见从紫云宫追出来的那个妖人，好生奇怪，俱猜不出这些妖人闹甚把戏。

　　明知无幸，刚要出声喝问，座中长髯老者忽然将右手微微往上一扬，地下俯伏诸人同时起立就位，恭坐玉墩之上。长髯老者只说了一声："哈延何在？"上首第一人躬身答道："十九弟现在门外待罪。"长髯老者冷笑道："尔等随我多年，可曾见有人给我丢这样脸么？"两旁少年同声应道："不曾。不过十九弟哈延今日之事，并非有心为恶，只缘一时糊涂，受了妖妇之惑，还望师主矜原，我等情愿分任责罚，师主开恩。"长髯老者闻言，两道修眉倏地往上一扬，似有恨意。众少年便不再请求，各把头低下，默默无言。略过了一会儿，上首第一人重又逡巡起立，躬身说道："十九弟固是咎有应得，姑念他此番采药炼丹，不无微劳，此时他已知罪，未奉法谕，不敢擅入。弟子不揣冒渎，敬求师主准其参谒，只要免其逐出门墙，任何责罚，俱所甘愿。"长髯老者略一沉吟，轻轻将头点了一下。那为首少年便朝外喝道："师主已降鸿恩，哈师弟还不走进！"说罢，从石壁小门外又走进一个半臂少年，正是易鼎、易震所追之人，这才知道对头名叫哈延。在这一群人当中，中坐长髯老者，方是为首的岛主。

第一七〇回 三女负荆　千鲸掀巨浪
双童遇救　矮叟戏痴仙

易鼎、易震虽没听过哈延是何来历,看这种排场神气,必非寻常异派可比。因为他擒来敌人尚未收拾,反怪罪门下弟子,不该受了妖妇许飞娘愚弄,言谈举动,甚觉出乎意料,不由看出了神。眼看哈延满脸俱是忧惧之色,一进门便战兢兢膝行前进,相隔宝座有丈许,便即跪伏在地,不敢仰视。长髯老者冷冷地道:"无知业障!违弃职守,擅与妖人合污。昔日我对尔等说过,目前正逢各派群仙劫数,我铜椰岛门下弟子虽不能上升紫府,脱体成真,仗着为师多年苦修,造成今日基业,早已化去三灾。又炼成了地极至宝,不畏魔侵,何等逍遥自在!此番命你炼丹,关系重大,你就要往别处游玩,也应俟回岛复命以后。你却听信妖妇怂恿,带了丹药,私往紫云宫赴宴。幸还逃了回来。我那丹药,乃长生灵药,以众弟子之力,费了数十年苦功,方始采集齐备。如今虽分作多处烧炼,缺一不可。其余八人,俱已复命,独你迟来。如在紫云宫将此丹失去,你纵百死,岂足蔽辜!易周老兄家教不严,有了子孙,不好好管教。既然纵容他们出来参与劫数,就应该把各派前辈尊长的居处姓名一一告知,也免得他们惹祸招灾,犯了人家规矩,给自己丢脸。满以为他那九天十地辟魔神梭所向无敌,就没料到会闯到我的手里。这虽然是他的不是,若非你这业障,他们也未必会寻上门来晦气。我处事最讲公平,我如不责罚你,单处治易家两个小畜生,他们也不能心服口服。你如不愿被逐出门墙,便须和易家两个小畜生一般,各打三百蛟鞭。你可愿意?"哈延闻言,吓得战兢兢地勉强答道:"弟子罪人,多蒙师父开恩,情愿领责。"长髯老者把头微点了点,便喝了一声:"鞭来!"立时便从座后闪出两个童子,手中各拿着一根七八尺长乌光细鳞的软鞭，走向座前跪下，将手中鞭往上一举。

长髯老者笑指易氏弟兄道："你二人虽然冒犯了我，但是此事由我门弟子哈延所起。当时你们如不逞强穷追，那只有他一人的不是，何至自投罗网？今日之事，须怨不得我无情。此鞭乃海中蛟精脊皮所炼，常人如被打上几鞭，自难活命。你二人既奉令祖之命，出来参与劫数，必然有些道行，还熬得起。首先整我家规，打完了我自己的门人，再来打你们，省得你们说我偏向。你二人挨打之后，我保你们不致送命。即使真个娇养惯了，禁受不起，我这里也有万木灵丹，使你二人活着回去。归报令祖时，就说铜椰岛天痴上人致候便了。"说罢，便命行刑。

易氏弟兄先听长髯老者说话挖苦，易震忍不住张口要骂，还是易鼎再三以目示意止住。及至听到后来，已知长髯老者并非妖邪一流，至少也与乃祖是同辈分的散仙。自己不该一时没有主见，闯此大祸，悔已无及。再一听说来历，不由吓了个魂不附体。想起祖父昔日曾说，凡是五金之精炼成的宝物，遇上南北阴阳两极元磁之气，均无幸理。现时正邪各派群仙中只有三五件东西不怕收吸。不过两极磁相隔一千零九十三万六千三百六十五里，精气浑茫，仙凡俱不能有，又系天柱地维，宇宙所托，真磁神峰大逾万里，无论多大法力，俱难移动，虽然相克，不足为害。惟独南海之西，有一铜椰岛，岛主天痴上人得道已数百年，不知怎地会被他在岛心沼泽下面地心中寻着一道磁脉，与北极真磁之气相通。他将那片沼泽污泥用法术堆凝成了一座笔直的高峰，将太乙元磁之气引上峰尖，几经勤苦研探，竟能随意引用封闭。当初发现时，天痴上人同两个门徒身上所带法宝、飞剑，凡是金属的，全被吸去，人也被磁气裹住，几乎葬身地底。多亏他一时触动灵机，悟出生克至理与造化功用，连忙赤了身子，师徒三人仅仗着一个宝圈护身逃出。自从筑炼成了这座磁峰以后，门人逐渐众多，道力也日益精进，于正邪各派剑仙散仙之外自成一家。他每隔三十年，必遍游中土一次，收取门人，但论缘法，不论资质，虽然品类不齐，仗着家法严厉，倒也无人敢于为恶。他门下更有一桩奇特之处：因为磁峰在彼，专一吸化金铁，所有法宝、飞剑，不是东方太乙神木所制，便是玉石之类炼成，五金之属的宝物极少。他那磁峰，虽比两极真磁之母力量要小得多，可是除了世间有限的几件神物至宝外，只要来到岛上，触恼了他,将峰顶气磁开放出来,相隔七百里内,不论仙凡,只要带着金属兵器,立时无法运用,不翼而飞,当时连人一齐吸住,真个厉害已极。当时全家聚谈,只当长了点见闻,并没在意。不想初次出门,无心遇上。料他必与祖父相熟,哪里还敢再出恶言。

正在寻思之间,地下哈延一听上人喝呼行刑,跪在地上,说了声:"谢恩师打!"早不等那两个童子近前,起身两臂一振,身上穿的半臂便自脱落。再将手往上一举,从宝顶垂下一根和捆易氏弟兄长短形式相近的长索,索头上系着一个玉环,离地约有二十来丈左右。哈延脚点处,纵身上去,一把将环抓住。那两个童子先用单腿朝宝座前一跪,左手拖着长鞭,右手朝上一扬,便即倒退回身,扬鞭照定室中悬着的哈延打去。好似练习极熟,打人并非初次,动作进退,甚是敏捷一致,姿势尤为美观。那蛟鞭看去长只丈余,等到一出手,却变成二十多丈长一条黑影。二童此起彼落,口里还数着鞭数,晃眼工夫,哈延上身早着了好几下,身上立时起了无数道紫杠。痛得他两手紧攀玉环,浑身抖颤,牙关错得直响,两只怪眼瞪得差点突出眶外,看神气苦痛已极。易震因他是个罪魁祸首,恨如切骨,见他受了这般毒打,好生快意。全没想到天痴上人存心这样,既保持了铜椰岛尊严,等异日易周寻上门来时,又好堵他的口,还可问他索赔折断的千年铜椰古树。打完哈延,便要轮到他弟兄二人头上。易鼎虽然知道厉害,但是事已至此,也没可奈何,只得悬着心,看仇敌受责,聊快一时。二童挥鞭迅速,不消片刻,已打了一百余下。哈延雪白的前胸后背,满是紫黑色肉杠,交织坟起。二童子仍是毫不徇情地一味抽打不休。正打得热闹之间,忽听远处传来三下钟声,天痴上人将头朝左侧为首的一个少年一扬。那为首少年便跪下来,说了几句,意思好像代哈延求情,说话声音极低,听不清楚。余人见状,也都相继跪下。上人冷笑道:"既是你等念在同门义气苦求,也罢,且容这业障暂缓须臾,饶却饶他不得。现有外客到此,还不快去看来。"当下吩咐止刑。二童长鞭住处,哈延落了下来,遍体伤痕,神态狼狈已极。一落地便勉强膝行到宝座前,跪伏在地,人已不能动转。这时那为首少年业已谢恩退了出去。

上人道:"有人拜岛,不知是否旧交?这里不是会客之所,尔等仍在此相候,我到前面浴日阆会他。"说罢,仍由服侍诸童扶了宝座,往前走去。

走到石室前面尽头，上人将手一指，立时壁间青光乱转，顷刻间，现出一个三丈多高大的圆门。除了两旁诸少年和那手执刑具的四个童子外，俱都随定宝座，跟了出去。易氏弟兄先前只猜那里是片玉石墙壁，通体浑成，并无缝隙。如今忽又现出圆门，算计外面还有异景。恰巧上人出去，并未封闭，扭转头顺圆门往外一看，这两间大石室想是依山而筑。门外那间要低得多，看得甚是清楚。上人仍然在诸童围侍中，端坐在宝座之上。只两旁少去两排玉墩，添了几个略微同样的青玉宝座，尽头处，敞着向外面，设有一排台阶，两边有玉栏杆，有些类似殿陛，余者也都差不多。来客尚未走到。再看室内跪伏的哈延，已由两个少年扶起。先前行刑二童，各从一个同样的葫芦里取出几粒青色透明的丹药。另一少年取来一玉瓶水，将丹药捏散，化在里面，摇了两下，递与哈延口边，喝了几口。然后由那行刑二童各含了满口，替换着朝哈延喷去，凡是受伤处全都喷到。眼看那么多条鞭伤，竟是喷一处好一处。等到一瓶子水喷完，哈延已可起立。先跪倒谢了众同门求情之恩，又向二童谢了相救之德。二童低语道："恩师法严，我两个奉命行刑，不敢从轻，实出不已。现在拼着担点不是，随了各位前辈师兄略尽私情，虽可暂时止痛，这新伤初愈，二次责打，还要难熬。师兄休得见怪。"哈延自是逊谢。易鼎正看得出神，易震偶一回头，忽然"咦"了一声。易鼎回头往圆门外一看，适才出去的那个为首少年，正领了三个女子，恭恭敬敬，历阶而上。一见便认出当中走的是自家姑姑女神婴易静。其余二女，一个是陆蓉波，一个是廉红药。俱是同破紫云宫自己人，不知怎会到此？料与自己有关，不由惊喜交集。见易震几乎要出声招呼，忙用眼色止住。

易静早看到两个侄儿绑吊在里屋之内，心中虽然有气，并未形于辞色，仍如未见一般，从从容容，随了引导，行近宝座前立定，躬身施了一个礼，说道："晚辈易静，因往紫云宫助两位道友除魔，事后才知两个舍侄追敌未归，忽奉家父传谕，命晚辈同了媖姆门下廉红药，峨眉齐真人门下陆蓉波，来此拜山请罪。就便带了两个无知舍侄回去，重加责罚。不知上人可能鉴此微诚否？"上人闻言，微笑道："我当令尊不知海外还有我这人呢。既承远道惠临，总好商量。且随我去里面，再一述这次令侄辈在此行为如何？"说罢，不俟还言，将手一扬。那宝座便掉转方向，仍由诸童扶持，往圆门中行进。易静、红药、蓉波三人只得跟着进去。宝座刚回原位，上人吩咐看座。那为首少年将手朝着地下一指，便冒起三个锦墩，一字排开在宝座前侧面。

上人命三女落座之后，才笑指哈延，对三女道："这便是我那孽徒哈延，因受妖妇许飞娘蛊惑，往紫云宫赴宴，失去宝物，坏了我门中规矩，咎有应得，原与令侄辈无关。只是他未奉师命，违弃职守，犯的乃是本门戒条，在外却无过恶，事前又不知你们和紫云三女为难。道家往来宴会，常有之事。适才派人问明，当时他见你们两家动手，本要回来，无奈你们防备紧严，心辣手狠，一味残杀不休，令侄辈又不肯网开一面。他心里不服，才用法宝伤人，原想借此逃走。谁知令侄辈不容，破了他的法宝。他已地行逃遁，还要执意斩尽杀绝，仗着令尊神梭威力，苦追不舍，非置诸死地不可。这也是他孽由自作，不去管他。后来追到我铜椰岛，我门下均守我规矩，并未敢遽然动手，只由海岸上几个值日的门人骑鲸上前，询问来历姓名。此时令侄辈如照实说出，以礼来见，不特不致被老夫擒住，还须重责哈延以谢，岂不是好？叵耐令侄辈一味逞强，见了我的门人，不分青红皂白，才一照面，便即倚强行凶。他们未奉我命，仍是不敢交手，连忙回岛禀告时，令侄辈已经追到岛上，横冲直撞，如入无人之境，将我数千年的铜椰仙木撞折了七十四根。后来我门下弟子吴遇见来人闹得太不像话，正要用四恶神网伤他们，我已闻声出来，看出是令尊子孙，不愿下此毒手，才收去宝网，用太极元磁之气取了神梭，将他二人用意绳擒住，悬吊此间。我想此事衅自我门人所开，专责令侄，未免说我不讲理，心有偏向；如果专责哈延，未免又使众门人不服，说我畏惧令尊，人已打上门来，还一点不敢招惹，未免说不过去。为此我先命哈延供出情由，查明双方曲直。本拟用蛟鞭当着令侄打完了哈延，再同样代令尊责罚了孙，然后命人送他二人至玄龟殿，请令尊来此，将我那七十四株铜椰神木医治复原。我虽讲情面，处事极重公平。既然令尊得信，派你三人来此，代令侄求情请罪，我如不允，未免又是不通情理。不过他三人其罪惟均，要打要罚，须是一样才妥。可惜你三人来迟了一步，哈延已经挨了一百余下蛟鞭，令侄辈却是身上尘土未沾。就这么放走，纵然令尊家法严峻，将他二人处死，我们也未看见；万一护短溺爱，哈延也打得略有一点冤枉。我想还是省事一些,由我处治。哈延之责,尚未足数,也不必再补。令侄辈照他数目领责,也绝不使其多挨一下。如何?"

易静见上人说话挖苦,早就生气,因守矮叟朱梅之诫,一面强忍忿怒,一面还想措词反驳。那易震素来刁钻,见三女前来,胆气顿壮。开始还以上人是乃祖好友,不敢乱说,静候他重释前嫌,一走了事。后来一听,不但没有允ه,反连乃祖也骂其内。反正难免吃苦,把心一横,忍不住破口大骂道:"不要脸的老鬼!用障眼法儿打门人,还好意思说嘴。你看你那孽徒身上有伤么?"天痴上人原不护短,家法也严,只因来人将他心爱仙木撞折,才动了真怒,执意非打来人一顿不可。又因哈延虽然无知闯祸,平素却无过错。明知当时挨打,虽多受苦痛,打完之后,众门人必要徇情庇护,虽未授意医治哈延鞭伤,并未禁止。偏巧打到半截,三女前来拜山,师徒俱未料到是为了此事而来。上人一出去见客,众门人见哈延打得可怜,师父又没有禁令,忙不迭地给他医治,却不想授人以柄。上人进来时看见哈延身上伤痕平复,并未在意。及至被易震一驳,匆促中,竟回不出什么话来。眉头一皱,勃然大怒道:"小畜生,无端道我偏向,难道我还怕你祖父易周,成心弄假不成?你无故犯我铜椰岛,绝难宽容。我也照样用障眼法儿打你,打完也给你医便了。"说罢,便命行刑。

三女当中,蓉波是转过一劫之人,又在石内苦修多年,道力虽高,尚无火性。易、廉二女早就按捺不住,一见上人翻脸,话又伤人,如何还能忍受。因知上人厉害,还不敢造次,只想将易氏弟兄救了逃走。刚互相一使眼色,往易氏弟兄飞去。同时地上两个行刑童子,巴不得师父喊打,手中鞭便已扬起。猛听钟声连响,这次却是起自室后。上人脸上方有些惊讶,室中一道青光飞入,一个穿白半臂少年现身跑禀道:"磁峰上起了一片红光,磁气忽然起火,请师父快去!"言还未了,就在这三方忙乱之际,忽见圆门外现出一个赤足驼背的高大老头,声如洪钟,大喝道:"痴老头,别来无恙?你这么大年纪,还欺凌后辈作甚?人我带去,你如不服,明年秋月岷山白犀潭寻我,不必与人家为难。"说时,早把手一招,易氏弟兄绑索自然脱落,刚巧被易静一手一个接住。地上两童的蛟鞭已打了上来,眼看打在三人身上。恰巧蓉波见二女动手,随后赶到,一见来了救星,二女业已得手,二童挥鞭打上,喝声:"不得无礼!"手指处,两片碧荧荧的光华将蛟鞭接住，绞为两段。天痴上人闻得磁峰有警，本已大吃一惊。又看从圆门中来的那个驼子，乃是多年未见的神驼乙休，愈发又惊又怒。刚要伸手取宝，满室金霞，红光照耀，一阵霹雳之声，连乙休和易静等五人俱都不知去向。室后钟声更是响之不已。全岛命脉，存亡所关。又知神驼乙休用的是霹雳震光遁法，瞬息千里，追赶不上。还是救护磁峰要紧。只得舍了不追，一指宝座，如飞驶向磁峰一看，一溜火光，疾同电闪，一瞥即逝，磁峰要紧之处仍是好好的，并无动静，才知中了人家调虎离山之计。磁峰人不能近，只不知乙休用的是甚法儿，会使它起火。自己误以为敌人勾动地心真火，使其内燃，闹了个手足无措。枉有那么高的道行法力，竟吃了这等大亏，不禁咬牙切齿痛恨。从此便与易周、乙休二人结下深仇，日后互相报复，不可开交。如非乾坤正气妙一真人亲率峨眉长幼三辈同门赶到，以大法力解围，几乎被乙休穿通海眼，宣泄地气，点燃地心真火，烬天沸海，闯出无边大祸。此是后话，不提。

且说易静、红药二人刚刚飞近易氏弟兄身前，易氏弟兄已经脱绑坠落。因为事出突然，只觉身子一松，往下落去。等到得知遇救脱险，正要飞身逃走，易静也抢上前来，将他二人一手一个夹起。因为几方面都来得异常迅速，又忙着救人，又是同时发现乙休到来，并未看清，一得了手，只想逃走，连乙休的话都未听明。正想招呼后面的蓉波，猛又见下面两条鞭影打将上来，想躲万来不及，正拼着挨他一两下。恰巧蓉波赶到，用法宝玉钩斜断了长鞭，幸免一鞭之厄。就在这仓皇骇顾之间，倏地霹雳大震，满室俱是金光红霞。除蓉波一人稍后，看出是神驼乙休施展法力之外，易静、红药俱当做天痴上人为难，又知道元磁真气厉害，凡是金属的法宝都施展不得，方在有些胆寒，未及动作，三女眼前一暗，身子已凌空而起。易静、红药仍以为落入险境，还想冒险施为，打脱身的主意。猛听耳旁有人喝道："尔等三人业已被我救走，不准妄动。"蓉波未受惊骇，又曾见极乐真人用过这种遁法，神志较清，忙喊："易、廉二位姊姊，休得猜疑。适才敌人正对我们要下手时，来了一位前辈仙人，用霹雳震光遁法，将我等救出险地了。"易静、红药闻言，才想起雷声霞光发动时，仿佛曾听有人在与天痴上人搭话，原来竟是救星，不由喜出望外。

约有两个时辰光景，眼前又是一亮，身已及地。易静等五人定睛一看，存身之处,乃是一座绝高峰顶,四外云气浑茫,千百群山,只露出一些角尖,环绕其下。上面满是奇松怪石,盘纡攫拿,乘着天风,势欲飞舞。只偏西角顶边上,繁阴若盖的老松下面,有一块平圆如镜的大磐石,石上设有一盘围棋,残局未终。石旁只坐定一个丰神挺秀的白衣少年。众人刚一现身,便忙着迎上前来,口称:"老前辈,顷刻之间,便将五位道友救出罗网。可曾与天痴上人交手么?"五人闻言,回头一看,身后红光敛处,现出一人。除蓉波外,余人方得看清来人是个身材高大、装束奇特的红脸驼叟。只有易氏弟兄和红药见闻较寡,不知他的来历。蓉波、易静虽未见面,久已闻名,一看这等身材装束,早料出是神驼乙休无疑,慌忙一同跪下,谢了相救之德。乙休只将手一摆,便答那少年道:"我们两次对弈,俱是一局未终,又惹闲事。好笑朱矮子现有龙雀朱环,不敢去招惹痴老头,偏要请我去替他们解围,自己却在暗中捣鬼。我和痴老头本来无冤无仇,他为人好高,我这回虽未肯伤他,已给他一个大没趣,日后怎肯甘休,这不是无事找事么?"少年笑道:"天痴上人法力道行,在诸位老前辈中,原属平常。但是他那元磁真气,却是厉害无比,如非老前辈法力无边,亲展拿云手,朱师伯一人前去,怎能这般容易?如今救了这五位道友,不但齐师伯感谢盛情,便是朱师伯与家师、易老前辈、嬷姆等,也感佩无地了。"乙休笑道:"我昔日受齐道友相助之德,无以为报,给他帮点忙,也应该。不过朱矮子为人,太取巧一点。"众人见乙休讲话,只得行完了礼,躬身侍侧,静听他说完了话,告辞起身。

乙休还待往下说时,似闻头上有极细微的破空之声,晃眼落下一人,正是矮叟朱梅。众人慌忙上前拜见。那少年也忙着行礼,口尊师叔。朱梅先不和乙休说话,劈头便对少年道:"我从铜椰岛出来时,中途遇见往南海独鱼峰借九火神烬的李胡子,说你师父已到了凝碧崖,你还不快去?"少年闻言,慌不迭地便向乙休拜别,行完了礼,和众人微一点头,便自一纵遁光,破空飞走。乙休大声嚷道:"朱矮子,你这人太没道理。我下棋向没对手,只有诸葛警我和岳雯这两个小友,可以让他们一子半子,时常抽空到此陪我,解个闷儿。适才一局刚快下完,便接到你从紫云宫转来求救的急信,我帮了你的忙,你却搅散我的棋局。"朱梅笑道:"驼子莫急。近日这些后辈俱都有事在身,又忙着早日赴会,人家不好意思拒却,你偏不知趣,只要遇上，定下个不休。他等一来道行未成，正是内外功行吃紧的当儿，又都有个管头，哪似我等道法高深，游行自在？这孩子无法脱身，又不敢不辞而别，经我这一说，正合心意。你没见他连我都未行礼告别，就一溜烟地走了么？亏你还是玄门中的老手，永留残局岂不比下完有趣？如真要下时，他两人俱是我的师侄，不是小友，用不着客套，等会散事完之后，我命他们轮流奉陪如何？要不你就同我们追到峨眉，当着许多同辈小辈的诸友，逼他二人下棋好么？"乙休笑道："矮子无须过河拆桥，形容我的短处。我这人说做什么就做什么，就追往峨眉下棋，有何不可？不过我还有点事须办，又厌闹喜静，接了齐道友柬帖，到了赴会之日，不能不去而已。我真要下棋时，他要走得了，才怪。"朱梅道："以强凌弱，以老逼小，足见高明，这且放过不谈。你适才将人救走就罢了，偏和人订的什么约会？休看你此时帮了我一个小忙，到时你仍须借重于我。我那无相仙法，本可使人看不见你的影子。我去时已经在磁峰上放起幻火，用了个调虎离山之计，你如暗中将人救走，怎会结此深仇？我原因痴老头人颇正直，家法又严，不愿过于伤他脸面，才约你相助，暗中行事。这一来你不必说，我早晚也不免与他成了仇敌，那时势必欲罢不能。好则闹个损人不利己，否则还难保不是两败俱伤，何苦多此一举？"

乙休嗤道："我向来不喜鬼鬼祟祟行事，痴老头他如识趣，不往岷山找寻便罢；他如去时，休说我不能轻饶了他，便是山荆，也未必肯放他囫囵回去。我们素不喜两对一，总有一人与他周旋便了。"朱梅笑道："你少在我面前说嘴。你自与尊夫人反目后，已有多年，两地参商，明明借此为由，好破镜重圆，和尊夫人相见。否则哪里不好做约会，你单约他在岷山去？不过你那年鸳湖剑斩六恶，将尊夫人兄嫂弟侄尽行诛戮，委实怨你心辣手狠，不给她留点香火之情，害她应了脱皮解体，身浸寒潭的誓言，已经恨你切骨，立誓与你不再相见，只恐在用心机吧？"乙休微笑不答。朱梅又道："闻得痴老头近年颇思创立教宗，发奋苦修，道行远非昔比。他那劫后之身，也逐渐凝固，再过些时，便可复原，无须驱遣烟云，假座飞行了。我等适才占了上风，一则出其不意，二则故意破坏他的全岛命脉，使其心分两地，所以才闹得他手忙脚乱。如真要明张旗鼓，以道力法宝比较高下，真无如此容易呢。你两家结成仇敌，他胜固无望，但是他有三光化劫之能，为各派仙人所无,要使其惨败,却也未能够。他屡受小挫,绝不甘休,势必常年寻你为仇,又无法致他死命,长期纠缠不休,岂不麻烦惹厌?现今除极乐真人与我和白谷逸外,尚无人能够制服于他。依我之见,趁此衅端初启、仇怨未深之际,我等同往峨眉请齐道友,与他补下一封请柬,约上齐道友,在群仙盛会上,由齐道友出席讲和,略给他一点面子消释前嫌,再归于好。既免得日后逼他与异派妖邪同流合污,走入绝路,将多年苦练清修毁于一朝之忿;又免得你多了这么一个死缠不舍的累赘,误却你异日飞升的功果。岂非两全其美?"乙休冷笑道:"我向来不知什么顾忌,也从未向人服过什么低。既已做了就做了,他如死缠,怨他自找灭亡。你不要管,我自有法儿制他。你如不听我话,私请齐道友下了请柬,那时大家无趣。我尚有事他去,烦告齐道友,说我盛会前两个时辰准到便了。"说罢,袍袖展处,满峰顶尽是红云,人已不知去向。众人慌忙拜送不迭。朱梅叹道:"这驼子真有通天彻地之能,鬼神莫测之妙。只为他性情古怪,任意孤行,已历三劫,还是如此倔强。此事由我邀他相助而起,如不事前与齐道友商妥,尽量设法代为化解,不特害了别人,又误自己,一个不巧,双方都铤而走险,还要闯出无边的大祸呢。"

易静请问道:"弟子来时,家父曾命紫云事完,归途顺道回家一行,就便携取礼物。不想两舍侄中途遭难,生了波折。这里已离峨眉不远,本可无须回去。只因家父所炼九天十地辟魔神梭现在遗陷铜椰岛,意欲回家一行,不知可否?"朱梅道:"此梭虽为天痴上人收去,并无伤损,早晚珠还,不足为虑。令尊先因开府盛会上颇有两个不愿相见的旧雨,行止未决,所以才命你归途绕道回家携取礼物。如今发生铜椰岛的事端,适才接了我的飞剑传书,又加全家都愿观光,已定日内起程,尽可不必回去。倒是现时因各异派知道峨眉盛会在迩,长幼两辈同门均须亲往,长一辈的他们奈何不得,于是各约能手,专与小一辈的同门为难。我和白道友等四五人,俱受齐道友重托,四处接应小门人回山,繁忙已极,此时须往汉阳白龙庵一行。我算计英琼、轻云二人往崇明岛救援神雕,尚欠一个帮手。先时你是分身不得,此时正可代我前去,一得胜急速同返峨眉,不可过于贪功。开府盛会,相隔已无多日了。"易静领命,拜辞起身。朱梅又命廉红药领了蓉波、易鼎、易震三人,同往峨眉进发。然后一道金光,破空飞去。不提。

且说英琼、轻云二人辞别矮叟朱梅，径往江苏崇明岛，去救神雕佛奴。一路上尽是无边大海，骇浪滔天，波涛山立。飞行了好一会儿，才看见前面海天尽处，现出几点黑影，知将到达。正待催着遁光赶去，忽然前边海面上卷起一阵飓风，天际阴云密布，激成一片吼啸之声，震动天地，海水被风卷起数百丈高下，化成好些根擎天水柱，在怪霾阴云中滚滚不休。二人只当变天，仍然逆风而行，并没在意。这时前面岛屿已在阴云弥漫之中失了影子。遁光迅速，不消顷刻，已与那些水柱相隔不远。二人知道这类水柱力量绝大，本未打算冲破，只图省点事，绕越过去。那些水柱好似俱有知觉，二人遁光刚刚穿进，倏地发出一片极凄厉的怪吼，飙驰电掣，齐向二人挤拢。轻云首先觉出啸声有异，地隔崇明岛又近，不禁心里一动，疑是妖人弄鬼。忙喊英琼留神时，英琼见四外水柱压来，除了直冲过去，无可绕越，早娇叱一声，运用玄功，一按遁光，直往水柱丛中穿去。轻云见英琼已有了准备，也将身剑合一，跟踪直穿过去。这一紫一青两道光华，恰似青龙闹海、紫虹经天，那些水柱虽有妖法主持，如何禁受得住，只听霹雳也似一声大震过处，头一根水柱挨得最近，先被紫光穿裂，爆散倒塌，银雨凌空。余下数十根，只一挨近，也都如此。二人所过之处，巨响连声，那么多的高大水柱，转眼工夫，纷纷消灭。柱中不少大鱼水族，沾着一点剑光，便即破腹穿胸，随浪高掷，横尸海面。水柱既消，飓风随息。再一注视前面，青螺浮沉，一座孤岛，业已呈现面前。一会儿到了岛上一看，地方甚是广大，岩壑幽深，花木繁秀，四面洪涛围绕，颇具形势。沿海一带，奇石森列，宛如门户，尤称奇景。二人只得重又飞起，驾遁光分途搜寻。几次发现岩洞，俱是潮湿污秽，不似修道人居处之所。约有半个时辰过去，已抵全岛中心，忽见一座高峰，矗立前面，峰顶仿佛平广，参天直上。

第一七一回

洗髓脱毛　岂为贪功甘入险
除根斩草　都因疾恶苦追求

且说英琼和轻云飞越峰顶一看，峰顶直塌下去，深约百丈。原来那里是古时的一个大火山口，年代久远，火已熄灭。又经了人工布置，把穴底填平开辟，约有百亩方圆，自上望下，形若仰盂。当中一片，地平如镜，石比火红，不生一草一木。但有两具丹炉，一大一小。四壁上却尽是奇花异卉铺满，兰草尤多，五色缤纷，无殊锦绣。近地十余丈的峰壁，也都齐整整往里凹进，成了一个大圆圈。北面略高，似有一座洞府，隐在壁内。

正在端详，猛听神雕一声长啸，从下面传来，知道到了妖人巢穴。英琼一着急，刚要飞下，轻云连忙一把拉住，低语道："我等不知敌人虚实，虽说不怕，也是小心些好。适才海面上旋风来得奇怪，分明敌人已经有了觉察。我等到此一会儿，他始终没有露面，必有严密准备。你看下面石土和形势布置，处处暗合奇门生克妙用。他在暗处，我们在明处，不可不防。你慢下，待我试他一试。"说罢，便从法宝囊内将在峨眉无事时从紫铃、寒萼、若兰三人炼来当做玩意的法宝，取了一件出来，手掐灵诀，朝下一掷。这种法宝，虽是一班小辈同门炼来取笑之物，实用有限，声势却是不小。一出手，便是一片五彩霞光，带起千万团雷火，直朝下面打去。轻云原因来时遇见飓风恶浪，又遍飞全岛，敌人不会不知，想将敌人引了出来，在明处交手，以免中人暗算。或是试探出下面是否实景，再行下去。眼看霞光雷火才行打落地面，竟似点燃了一座火池般，忽然"轰"的一声大震，千百丈烈火红光，夹着一片烟云，比电还疾，立时喷将起来。二人早有准备，忙运剑光护身升起。正待观察准了路数迎敌时，就在这起落停顿之间，那么声势骇人的烈火烟云，竟如昙花一现，转瞬消灭。再定睛往下一看，适才所见之处，已变作了一座完整的峰顶，上面杂花群树，绿色油油，红紫芳菲，争妍斗艳。那座火山穴口，已经不知去向，心中好生惊异。英琼只埋怨轻云："做事太小心，适才如果硬冲下去，直捣他的巢穴，妖人纵有厉害埋伏，自己有紫郢、青索二剑防身，也绝无吃亏之理。如今被妖人堵塞死了门户，想来用的是五行挪移妖法。如是真山，何时才可以攻入妖窟呢？"轻云道："你不要忙。看神气，你说敌人用的是五行挪移大法，一点也不假。据我猜想，这里原有火山穴口，也就是他的窟穴。必见我等来势厉害，不敢轻敌，特地设下埋伏，以逸待劳。说不定神雕被陷，也由于此。他既把我等一件玩物当成了真，冒冒失失将埋伏发动，事后必无不知之理。略迟片刻，纵无人出来应战，也必恢复原形。人已寻上门来，岂能一躲了事？不过他志在擒敌，我等人尚未下，他就施为起来，于理不合。不是这里无人主持，便是另有作用，比这个还要厉害得多，我们还是不可大意呢。"

二人谈论了一会儿，那峰头仍是好好的，一点没有可疑之兆。英琼执意说那峰头是障眼法，妖人怯敌不出，下面必是妖穴，要和轻云身剑合一，冲峰而下。轻云想了想，也觉不为无理，便依了她。当下双剑合璧，将青紫两道剑光，汇成一条数十丈长的彩虹，照准峰顶，往下攻去。那石峰虽然坚硬，怎禁得这两口光耀峨眉、光大门户的至宝奇珍，只见满峰顶上花草狼藉，枝干断折，沙石惊飞，声震天地。一条彩虹，在尘雾弥漫中，上下冲突，恍如电闪龙飞，不消片刻工夫，已攻穿了数十丈深的一个大洞。计算适才所见火山穴口的深度，已将到底。只是上下四方，仍是石土，并无异状。轻云猛然触动灵机，忙拉英琼飞了上来，说道："琼妹，我们白费力气，上了人家的大当了，妖人用的是移花接木之计。妖窟必在左近，他见埋伏未将我等困住，已将妖窟移回原处，分我们心力，迁延时刻，暗中必还另有奸谋，尚未完成，否则早已出面。还不快随我寻去。"说罢，招呼英琼，一同起身空中，算计妖窟必在滨海之处，便往来路飞行。

飞出约有三十余里，果然在路上丛山之中寻到，所见形势布置，与前一般无二，仍是不见一人。二人正要飞下，忽从正面凹壁大洞之中，飞出一道白烟，现出一个周身穿白、容颜妖艳、短衣赤足的少妇。一见面便喝道："且慢动手！尔等何人？为何来此侵犯？毁损仙景，通名纳命。"英琼怒道："你便是金线妖妇蒲妙妙么？我们乃峨眉门下李英琼、周轻云的便是。大胆妖妇，快将我神雕放出，饶尔不死；否则教你形神俱灭，永世不得超生！"那白衣少妇怒骂道："原来你便是那万恶扁毛畜生的主人呀！我姑母金线神姥，岂能和你这班小辈交手？你仙姑乃是神姥的侄媳玉飞来凤四仙姑。我丈夫往紫云宫赴宴，与你们有何仇怨，被你那扁毛孽畜所伤，死于非命？我和姑母正要火炼完了孽畜，再寻你们算账。还敢大胆寻上门来，叫你们今日死无葬身之地！"言还未了，英琼一听神雕现受妖火之危，早发了急，首先一指剑光，飞上前去。凤四姑想是知道厉害，并不迎敌，只把两足一顿，仍然是一团白气围绕全身，只管随着剑光追逐，上下左右飞避，疾如电掣，竟与紫郢剑一般神速，暂时兀自伤她不了。英琼见妖妇既然出面，只管逃避，并不施展法宝飞剑迎敌，正在不解。轻云早就看破敌人心意，喝道："大胆妖妇，休使缓兵之策，看我飞剑取尔狗命！"说罢，手一指，一道青光飞上前去。凤四姑早知双剑威名，因奉金线神姥之命，恐敌人下去快了，妖法尚未布置完竣，故使缓兵之策。先想借问答激将拖延片刻，谁知英琼心急，没等她说完，便即动手。她哪里敢和紫郢剑抵拼，只得把她多年炼就专长淫毒之气施放出来，护住全身，在空中飞驰奔避。仙剑神妙无穷，几次险些送命，本就胆战心寒，知难持久。在进退维谷之际，心事已为轻云看破，又是一道青虹飞起。不由吓了一个亡魂皆冒，哪里还敢恋战，拨回头，亡命一般往下面洞中逃走。

英琼自然不舍。轻云明知妖妇这般行径还有诡计，无奈英琼无法唤阻，恐其势孤失闪，也一按剑光，跟踪追下。二人因头一次的经历，以为下面必有埋伏，俱都留神应变。谁知大出意料之外，落地后一点动静全无。英琼当先，紧追凤四姑，眼看追到凹壁正中的洞门，两下相隔约有十丈左近。忽见洞门里冒起一团极浓的白雾，敌人在雾影中一闪即逝。等到近前，用飞剑驱散妖雾一看，两扇满绘符箓的石门业已关得紧紧的。耳边渐闻神雕长啸之声，心中焦急，不问青红皂白，一指剑光，便往门上冲去。紧接着，轻云赶到，飞剑在旁相助。那石门虽有妖法封固，也禁不住这两口仙剑的威力，只冲得石门上火花四射，烟雾蒸腾，不消顷刻，已将石门攻破，见里面黑暗暗的。刚要往洞中冲入，猛听一个鸦鸟般的怪声大喝道："无知贱婢，死在目前，还敢在此猖狂么！"

二人还未看清敌人所在，猛然眼前一阵奇亮，千万道又长又细的金光似密雨一般扑面飞来。知道敌人发动埋伏，当即飞退出洞，准备破了妖人法宝，再行冲进。倏地又是一阵大震过处，地底火花飞射，四壁凹处无数小洞穴中，像炮火一般打出许多火球。同时那千万道金光早在空中交织成了一面密层层的光网，当头罩下。二人知非善与，忙将双剑合璧，化成一道长虹，在光网火球之中上下冲突了好一会儿。那光网破了一层，又是一层，地底火花和四壁火球，更是随射随发，越来越密，风火熊熊，甚是震耳。虽有仙剑护身，不畏伤害，却也令人心惊目眩。二人见妖人法宝层出不穷，既不能将她一时消灭，又无后退之理。而且斗了这些时，连妖人的影子俱未看见。风火声中，渐听神雕鸣声越急。英琼恐神雕被妖光炼死，暗忖："照这般相持不下，挨到几时？不如冒险冲进洞去，将神雕先救了出来。能将妖人除了更好，不能，便仗双剑之力，冲了出来，岂不是好？"想了想，把心一横，忙一招呼轻云，二次往洞里面冲进。

　　轻云不知用意，见她涉险，紧迫中无法拦阻，又不便任其独往，分了双剑之力，彼此不利，只得随着一同往里冲进。二人刚一进洞，见那金光千丝万缕，蓬蓬勃勃，往外抛出。二人也不管他，径直冲破千层光网，直飞进去。到了里面一看，地方甚大，阖洞光明，都呈青色，迥不似先前那般黑暗，正中有一个矮小法台，台上立着一个大转轮，飙飞电掣，旋转不休，那千万道光丝便从轮中发出。轮后高坐一个身穿金色坎肩、赤臂赤足、豹头环眼的胖大老妇。旁边立着两个相貌奇丑的女童，也是差不多的打扮。正要飞身过去，百忙中忽闻神雕啸声。回头一看，左侧也有一个法台，台上有一座和洞外所见相同的丹炉。炉前不远，光丝密网中，倒吊着神雕。适才逃走的妖妇凤四姑正站向炉旁，披发仗剑，往炉中一指，便从炉中升起一团绿火，向神雕烧去。二人见神雕挣扎狼狈，知道苦难无穷，又急又怜，也不愿再和妖人对敌，径飞上前。剑光绕处，光丝先已冲破。再往神雕脚上一绕，便已脱绑飞起。二人忙用剑光将它护住，往外冲出。这时金线神姥蒲妙妙正和凤四姑在洞中主持，见敌人仙剑神妙无穷，金线烈火不能奏功，也甚惊心。刚准备行使那最恶毒的妖法取胜，不料敌人来得这般神速，才一发现，飞虹电转中，神雕已被救走，再想施为，已是无及。不由勃然大怒，决意与仇敌拼个你死我活。一声怪啸，将手往上一举，霹雳也似一阵炸音过处,洞顶前半截立时爆裂四散,现出那两座法台。往前一看,敌人业已飞身上去。一时情急,正待弃了法台不用,追将出去,一道青紫二色的长虹自天飞坠,敌人二次又飞将下来。

原来英琼、轻云二人起初听矮叟朱梅说,妖人姑侄一个为神雕抓裂海中,一个又被神雕追走,估量无甚出奇本领。不料蒲妙妙妖法另成一家,邪术也颇惊人。所炼法宝,俱有一番设置,不便随身携带。再加她虽然在崇明岛潜修多年,为人狡狯淫凶,自知所炼三七下乘魔法尚未炼成,除了凤四姑等偷偷在民间作恶害人外,从不轻易惹事。各异派同恶相济,固然无甚仇隙;便是正派中人,只一遇上,便即避去,绝少正面冲突。这次受了飞娘代约,以为前去赴会,自己并无仇敌,用不着格外戒备。万不想行至中途,会遇见神雕佛奴,乃侄三手仙郎蒲和又不知死活,遇上这等疾恶如仇的仙禽,躲还怕躲不及,竟敢妄想收为己有,一照面,便被神雕抓死。蒲妙妙心痛爱侄,看出神雕威力不寻常,法宝飞剑绝难伤它。一个不小心,被它抓住,便有性命之忧。除却引它回去,用岛洞中设置的三七轮和碧血神焰,不能将它制死,以报杀侄之仇。当下便一纵三七遁法,诱敌逃走。也是神雕该遭此劫,贪功心盛,竟不听矮叟朱梅招呼,展翼追去,一到便被三七轮上发出来的金光线绑吊起来。再由凤四姑发动碧血神焰,打算用妖法将神雕炼化成灰。那碧血神焰甚是厉害,只这一半日之间,神雕铁羽竟被烧残好些。正在危急之间,恰好英琼、轻云赶到,将它救出。二人有了这一番经历,才知妖人并不似自己预料那般易与,又忙着赶向峨眉,与诸同门会晤,只想救雕逃走,本不想再贪功恋战。及至飞到上面一看,神雕佛奴已是遍体伤残,哀鸣不已。

英琼素来把神雕爱如性命,几曾见它吃过这等亏苦,心中痛惜到了极处,把妖妇恨如切骨。忙从怀中取了两粒从峨眉带出来的灵丹,喂与神雕服了。见它尚能飞翔,吩咐在上面守候,见机而退,不可下去,免得又遭毒手。一面怒对轻云道:"周师姊,这两个妖妇如此可恶,差点将我佛奴烧死,如不杀她,此恨难消。我们适才已经领教过了,并无别的伎俩。她那妖法鬼火,也奈何我不得。你如能助我一臂之力,一同下去除她,为佛奴报仇更好;否则,便请护送佛奴回去,我不杀她,誓不为人!"说罢,不俟轻云答言,便往下面飞去。英琼说时,轻云已听得下面山崩地裂之声,金光火云中，碎石尘沙飞扬而上。再加适才眼见敌人许多施为，妖法绝不止此。临来时，矮叟朱梅又有"救雕即回，不可贪功，免生别的枝节，种下异日隐患"之言。况且神雕在白眉禅师座下听经多年，早通灵性，铁羽钢翎，飞剑尚难伤它分毫，竟为妖火烧残，还不知受有内伤无有。既然救出，原该回山，给它医治才是。就说为它复仇，也应俟诸异日。这等操切行事，纵免丧生，也难操胜算；无奈英琼性情刚烈，素来天真，心直口快，说得出便做得到。除了尊长，谁也拗她不过。自己比她年长，既拦不住，怎能任其孤身入险？略一寻思，只得双剑相合，跟踪同下。神雕这次受伤，英琼简直气疯了，仗着双剑护身，不怕妖光邪火，哪还管甚青红皂白。因为放妖火炼化神雕的是凤四姑，一落地，首先看见妖人前半截洞府业已震揭开去，显露出那两座法台，金线神姥与凤四姑一边一个，正在作势欲起。仇人见面，分外眼红，一纵剑光，疾逾飞电，便朝凤四姑射去。凤四姑见敌人二次下来，仗有金线神姥在前，痴心还在暗幸，敌人得了便宜不退，自投罗网，必遭金线神姥毒手。谁知敌人比起上次救雕，还要来得神速，刚刚发现影光，转眼已到身旁。不由大吃一惊，不及抵御，忙化白气飞起时，这次双剑合璧，威力大长，不比适才在上面只是英琼一人，想逃活命，哪里能够，长虹卷处，血肉纷飞。也是凤四姑平日淫孽太重，应遭恶报，连声也未出，立时形神俱化，为仙剑所斩，死于就地。再一绕，断了台前炉鼎。

英琼气忿稍除，忙收回剑光，从妖光邪火中，去杀金线神姥时，法台依然，金光如丝，仍然见台上妖轮悬转，千条万缕密层层抛射不已，敌人却不知去向。恼得英琼性起，飞剑光过去，朝着妖轮乱绕乱转，一片爆音，密如串珠，连轴带轮，斩成粉碎，只剩残余下来的妖光邪火弥漫四外。英琼、轻云二人合着双剑，一阵上下冲突，那妖光没有妖轮主驭，不消片刻，又都扫荡殆尽。英琼四顾，不见妖妇踪迹，无从泄忿。一眼看见当中那两座炉鼎隐隐放光，四壁妖火仍发个不休，知是妖妇有用之物，打算毁了泄忿。剑光飞过，先将大的一座斩裂瓦解。正要再破去那座小的，猛听妖妇在暗中大喝道："此乃红发老祖五行神炉，贱婢毁它不得，看我仙法取你狗命！"

言还未了，剑光过处，炉鼎碎裂地上。英琼闻得妖妇语声，正待跟踪寻追,忽然天旋地转,四外尘昏,除剑光所照之处,到处黑雾漫漫,神号鬼哭。轻云抬头一看,上面一片沉沉黑影,已是当头压下。猛地想起妖妇还会大挪移法,定使移山妖术。适才曾用缓兵之计,自己破敌全仗神速,保不定还有别的厉害妖法,否则朱真人不会那般叮嘱。忙拉英琼先行遁走。英琼新胜气锐,又知妖妇尚在暗中藏避,执意搜寻,杀以快意,以为纵有妖法,也非双剑对手,哪里肯退。轻云既不便舍她独行,眼看暗影越降越低,看不出是什么路数。耳畔又遥闻妖妇道:"无知贱婢,已经入我埋伏,任你飞剑厉害,一万年也冲不出去。"轻云知道不妙,一着急,猛又想起身旁带有天遁镜,起初因妖光邪火,非仙剑之敌,不曾取用,何不取出试试?一面随着英琼飞驰,一面将镜取出,百十丈金霞,立时脱手而出,头上暗影竟被阻住不下。偶然抽空,往四外一照,迥非以前景象,镜光竟照不见底,敌人更是声影毫无。先照着上面冲去,冲了好一会儿,总是不能出险。又往横里冲去,亦复如是。二人飞行何等迅速,算计上下左右,冲得均有老远,毫无效果。英琼也才着起急来。只是事已至此,无法可施,幸而还有仙剑宝镜护身,尚未受着别的伤害。

英琼更恐身子被困,神雕在上面又为妖人擒走。正在焦急,忽听一阵霹雳,一大团烈火红光自侧面打来。因为宝镜正照上面,猝不及防,连二人剑光都被震荡了一下。刚刚吃了一惊,连忙回镜去照时,猛听一个女子声音喝道:"周、李二位妹姊在下面么?妖妇已被我赶走。她用的乃是颠倒五行挪移乾坤迷形大法,二位中了她的诡计,以横为直,以上为下。我发了一粒灭魔弹月弩,能给二位引路,照此冲出,便即脱困。"二人一听语声,乃是女神婴易静,心中大喜,忙照火发处冲出,妖妇已走,妖法无人主持,果然转瞬脱险。易静道:"我如晚来片刻,她妖法完成,此山便合,二位越下越深,势必陷入地肺,为地水风火所困,除了各诸尊长亲来,连我也无法处置了。此法甚是厉害,昔日鸠盘婆曾以困我,故而识得。二位姊姊在困中时,无论往何方飞行,均被妖妇行法颠倒,移向下面。她又故意开通地下,引人入陷。如非仙剑、宝镜功用神妙,她再一使别的邪法异宝,岂能幸免?妖妇想是行法匆忙,上面忘了掩盖。我奉朱真人之命,来此相助,一到便见神雕在峰顶上和妖妇飞扑。妖妇一手掐诀,口中念咒,几次飞剑伤它。神雕想是受伤甚重,迥非初见时神骏威武,大有不敌之势。

我用法宝逐走妖妇。一看下面黑暗沉沉，时有剑光闪动，便知二位入陷，尚属不深，便用灭魔弹月弩给二位冲出一条路径。"

正说之间，英琼忽闻神雕哑声长鸣。英琼初上来，便望见它蹲伏在路旁危石之上，神情甚是狼狈。因正和易静相见，想听完了话，再行过去。一听易静只将妖妇逐走，并未诛除，本就觉着遗憾。及闻神雕鸣声有异，忙回首一看，神雕已离地盘旋低飞，两爪在攫拿，颇似和人追逐神气，却不见有敌人踪迹。正待飞身过去，猛听易静喝道："大胆妖妇！不知逃命，还敢暗中弄鬼么？"说罢，扬手一道寒光，早飞上前。英、云二人闻言省悟，知道妖妇转身回来，意欲暗算，哪里容得。英琼手指剑光，朝神雕扑抓之处飞去。轻云因妖人身形隐起，不便追杀，又将天遁镜取出照去。三人法宝、飞剑同时发动，蒲妙妙饶是满身妖术，也禁受不起，镜光照处，首先破了她的隐身之法。妖妇身形一现，三人飞剑便疾如闪电，飞追过去。

金线神姥蒲妙妙原因爱侄夫妇惨死，痛恨英、云，又知双剑神妙，无法抵御，生怕毁了自己洞府，把多年辛苦布置的妖阵施展出来，意欲颠倒仇敌神志，使其仗双剑之力自行冲入地肺。然后用挪移大法移山封闭，再将地水风火发动，将英、云炸成灰烟。正在施为之际，神雕救主情切，勉强挣扎，奋起神威，上前拼命。蒲妙妙知道此雕厉害，初遇时连用许多邪法异宝，俱不能伤它分毫。最后好容易才将它诱入洞中，用金光神线将它擒住。如今转光轮已为英、云所毁，无物可制；一面又要运用阵法，去困陷下面的敌人，不禁着起忙来。见来势猛烈，只得先放出一团烟雾，护住身子，一面飞剑迎敌。因为两面兼顾，不由便分了点心神。英、云二人也就蒙受其福，没有当时便深陷地肺之内。蒲妙妙和神雕斗了一会儿，神雕是劫火余生，受创太重，威力大减，不但为妖妇飞剑所阻，飞不上前，并且时候久了，渐有支持不住之势。几番长啸，欲警醒主人，声又为妖法阻隔，透不下去。蒲妙妙见神雕势蹙不支，方在欣喜功成在即，正在大骂："不知死活的扁毛畜生，少时不教你化为飞灰，誓不为人！"不料女神婴易静忽然飞来，一到便运用法宝飞剑攻上前去。蒲妙妙情知万难抵御，暗中咬牙，叹息了一声，便自化成一团白气逃走。易静谨守朱梅之诫，又知妖法厉害，恐时候久了英、云受伤，忙着救人，也未追赶。

蒲妙妙本可就此逃生，也是恶贯满盈，已经逃出，仍要回去，自投罗网。逃至中途，越想越恨，越伤心。又想起那座五行神火炉鼎，借自红发老祖门下，原是私相授受，如今为敌人毁去，异日以何相还？当下把心一横。因为此事系由那只恶雕而起，目前虽奈何不了敌人，那雕新受火伤，适才见它已不似以前威猛，估量敌人此时必要到穴底去救被困之人，何不偷偷赶了回去？如果新来的敌人不明阵法，正好连她一齐陷身在内；否则乘她救人之时，将那只恶雕除去，也可略报杀侄之仇。想到这里，连忙隐着身形回转。谁知易静早已防到她去而复回，只用灭魔弹月弩冲破妖气，人却守在上面，并未下去。蒲妙妙到了一看，就这片刻之间，人已被她救出，不由大吃一惊，愈发知道来人不是易与，哪敢轻易上前。正在徘徊欲退，神雕神目如电，蒲妙妙隐身法怎能瞒得它过，仇人相见，自然拼命飞扑上去。蒲妙妙又惊又怒，痴心还想伤了神雕，再行逃走。易静、英、云已经发觉追来，隐身法又为天遁镜照破，只得飞身逃走。易静生性也和英琼一般的疾恶如仇，不过经历得多，比较持重罢了。先时不追，原是势难兼顾。妖妇后回，已经恼恨。再见英、云业已当先追去，早把朱梅来时嘱咐忘在九霄云外，一催遁光，也跟着紧紧追赶。妖妇这时隐身法已被破去，任她飞行迅速，也没有三人的剑光来得快，不消多时，已被三人追出百里之外，眼看首尾衔接，略一迟延，便要身首异处。方在亡命遁逃，忽见西南方一片红云疾如奔马，正从斜刺里穿过。妖妇定睛一看，惊喜交集，连忙一催妖烟，迎上前去。后面三人正追之际，见下面山势越发险恶，妖妇忽然改了方向。往侧一看，高山恶岭，蜿蜒前横，山后红云弥漫如飞，从侧面横涌过来，相隔益近。妖妇业已投入红云之中，一同往下落去。三人追高了兴，决意除敌，忙按落遁光，追了下去。红云开处，现出一伙红衣赤足、手持长剑幡幢、怪模怪样的妖人，两下里势子都是异常迅疾。英琼当先，见妖妇正与为首妖人说话，一落地，不问青红皂白，早一指紫郢剑，一道紫虹，飞将过去，拦腰一绕，便即尸横就地。蒲妙妙还以为遇见救星，那些来人个个厉害，与峨眉颇有渊源，敌人不会不知来历。即使冒昧动手，有那些宝幡云幢，也能保得住性命。不想双方来势仓猝，为首一人听她说没几句，方在发怒喝问，英琼剑光已经飞到。喊声不好，不及救护蒲妙妙，忙一纵红云飞起时，蒲妙妙已为飞剑所斩。为首妖人不是见机逃避得快，差点也被殃及。不由勃然大怒，一声怪啸，将手中长剑一挥，连同手下十余个同党，各将幡幢招展，立时红云弥漫，彩雾蒸腾，众妖人全身隐入云雾之中。

英琼斩了妖妇，方觉快意，忽见红云弥漫，密层层围将上来，知是妖妇余党所为，哪放在心上，还想追杀和妖妇对话的为首妖人时，忽闻一股异香透鼻，立时觉着神昏体俯，摇摇欲坠。才知那红云声势虽不大，比起雷火妖光，却要厉害得多。喊声："不好！"连忙一振心神，一面运用玄功，屏住邪气；一面飞转剑光，绕护全身，四外找寻敌人踪迹。那轻云、易静也双双赶到。易静阅历虽较英、云为广，竟也未看出红云的来历。一见英琼剑斩妖妇，为红云所困，便一同冲杀上前。轻云青索剑刚刚飞起，易静微闻异香，估量红云中含有毒气，连忙屏息凝神，手扬处，灭魔弹月弩发将出去，一团光华射入红云之中，爆裂开来。便听有一妖人大喝道："来者便是峨眉门下，如此欺人，我等还去作甚？他们倚仗紫郢、青索双剑厉害，我等不可轻敌，且禀告师尊去。"接着，又听那十多个同党齐声喝道："瞎了眼的无知贱婢，休得逞能！如无胆量，莫要追赶，我等去也。"说罢，声息寂然。

这时满地红云，甚是浓厚，看不见敌人的踪迹。英、云二人因恐为邪香所中，业已双剑合一。轻云又将天遁镜取出运用，只管上下冲突，扫荡妖氛。有此三宝护身，还不怎样。易静道高人胆大，见红云来得异样，与别的妖法不同，虽经自己发了一回灭魔弹月弩，可是那些被震裂的妖云仍是成团成絮，略一接触，又复凝在一起，聚而不散。除了英、云合璧的双剑还能将它冲裂得五零四散外，连天遁镜的光华也只能将它逼开，不能消灭，心中好生惊异。一听妖人要走，暗忖："英琼小小年纪，竟能直入敌人群里，剑诛首恶。如今敌人仗着妖法护身，看不见影子，何不也显一显神通？纵不能将敌人全数诛戮，好歹也杀他两个。"想到这里，刚将身藏七宝取出备用，谁知敌人已恨三女恃强欺人到了极点，不过深知双剑厉害，无法伤害，又恐红云为三女破去，万分不已，才准备全师而退。易静这一念贪功，恰好授人以隙。为首妖人正率众退却之际，忽见对面一女从法宝囊内取出一件形式奇特的宝物，金光闪闪，正在施为。便凭一道剑光护住上身，忙取出一根太白刺，照易静下半身打去。接着将手一挥，率领一干同党，一面收转火云，径往来路上遁去。

第一七二回

误逐暴宾　嫌生山人祖
重逢慈父　喜煞孝女儿

那太白刺从千年刺猬身上长刺中抽出，经过红发老祖多年修炼，分给众门人作防身之用。虽不似白眉针、乌金芒那样厉害，却也非同小可，中在人身上，不消多时，便遍体发热，毒气攻心，人如瘫了一般，不能转动。幸而易静久经大敌，身带灵药异宝甚多，又长于诸般禁制之术，当她手中拿着法宝刚要发放，忽见一丝白光朝腿上射来，知是敌人法宝暗算，躲避不及，连忙运用玄功，一固真气，迎上前去，两条腿便坚如铁石。那白光也刚巧飞到，左腿着了一下。因得事前机警，敏于应变，就势用擒拿法一把抄起一看，乃是一根其细如针、其白如银、约有尺许长短的毒刺。虽没深进肉里，左腿浮面一层，已觉火热异常。顾不得再使法宝，一面行法护身，以防敌人再有暗算；一面取了一粒丹药，嚼碎敷上。再查看敌人踪迹时，匝地妖氛，倏地升起，似风卷残云一般，团团滚滚，往前飞去，最前面红云簇拥之中，隐现着一伙执长幡的妖人，已经遁出老远。心中大怒。见英、云二人尚未发觉，敌人在妖云邪雾掩盖之中遁去，还在运用双剑和天遁镜扫荡残氛。忙喊道："妖人已逃，我等还不快些追去！"一言未了，英、云二人也看出妖人逃走。也是活该异派中遭劫人多，一任三仙二老怎样优容顾全，结果终于无事中生出事来，以致双方发生仇隙，闹到后来，虽然正胜邪消，毕竟在数难逃，彼此均有损害。此是后话不提。

三人中，英琼最是疾恶如仇，遇上便想斩尽杀绝，为世除害，才称心意。易静当时如主张穷寇勿追，英琼归心本急，轻云尤甚，就此回去，还不致惹出乱子。偏是易静吃了点亏，轻觑敌人，以为无甚本领，妖云不如剑光迅速，志在报复。这一主张追不打紧，连轻云素来持重平和的人，见易静、英琼俱已当先飞起,也不能不跟着追去。起初易静只说不消片刻,便可追上。谁知敌人一经加紧飞行,竟如火星飞陨,并不迟慢,急切间且追他不上。三人只顾穷追,也没留神前面什么所在。到底三人遁法不比寻常,比较妖云要快一些,追了有好一阵,居然快要追上。三人原是相并而行。英琼忽想起适才追赶妖妇,尚只辰巳之交,神雕佛奴并未跟来,途中还仿佛听见它长啸之声,因为杀敌在逸,也未留神。如今日已平西,又追了不少的路,不知它为妖火所伤,究竟有无妨害?心刚一动,猛一眼看见下面丛岗复岭,山恶水穷,峭壁排云,往往相距脚底不过咫尺,但那最高之处竟要飞越而过。不由脱口喊了声:"好险恶的山水!"轻云极少往来南疆一带,闻言只朝下看了一眼,也未在意。易静却被这句话提醒,往下一看,不知何时已行近南疆中洪荒未辟的地界。想起那伙妖人俱是山民的装束生相,自己幼随师父修道多年,各派有名望的散仙剑仙会过的颇多,只红发老祖未曾谋面。久闻他乃南疆异派中鼻祖,不但道法高强,极重恩怨,更有化血神刀、五云桃花毒瘴和许多厉害法宝,轻易招惹不得。那伙妖人说不定便是他的门下,这事还须仔细些才好。刚一有了戒心,还未及招呼英、云二人,忽见妖云前面一股子红光,有大碗粗细,笔也似直上出重霄,约有数百丈高下。晃眼工夫,忽然爆散,化为半天红云,与所追妖云会合,直落下去,映着半边青天和新升起又圆又大的新月,越显得其赤如血。这时两下里相距本近,三人虽在观察应变,遁光并未停止。还没有半盏茶时,红光红云俱都敛尽。飞行中,忽听下面众声呐喊:"大胆贱婢,速来纳命!"三人低头一看,下面乃是一个葫芦形的大山谷,口狭腰细,中底极大。尽头处是座危崖,崖中腰有一座又高又大的怪洞。洞前平地上,妖人平添了两三倍。先前见过的一伙居前,各人手执幡幢,兵形排开。中间是两短排,各持刀叉弓箭。后面又是一长排,有的臂绕长蛇,有的腰缠巨蟒,个个红巾包头,形式恰是一个离卦象,也分不出何人为首。

三人看出敌人布阵相待,已经追到人家门上,就此望尘却步,未免不是意思。易静和英琼俱打先下手为强的主意,按遁光往下一落。见敌人笔直站在各自部位上,毫无动静。只当中第一人举手刚喊了一声:"贱婢!"二人的飞剑早长虹电掣发将出去。轻云在后,看出敌人声势大盛,未必能操胜算,不得不多加几分小心,一面飞剑相助,一面忙把天遁镜朝前照去。

三人飞剑刚一近前，忽见敌人阵后厉声大喝道："原来是朱矮子主使你们来的。尔等且退，待我亲去擒住三个贱婢，再与她们师长算账！"说时，一片红光闪过，所有敌人全部不见，只现出一个面赤如火、发似朱砂、穿着一身奇怪装束的山人。方一照面，便有一道红光从衣袖间飞出，赤虹夭矫，宛如游龙，映得附近山石林木都成一片鲜红，光华电闪，芒焰逼人，比起英、云二人的双剑正也不相上下。这怪人一出现，再加上这道红光一起，休说女神婴易静，便连英、云二人也看出来人是红发老祖，知道不好惹，俱都心惊着忙。英、云二人又知道此番峨眉开山盛会，邀请外教群仙，便有此人。英琼暗忖："事已至此，如果释兵相见赔罪，对方定然不肯宽恕，回得山去，难保不受罪责。倒不如以错就错，给他一个装作不知，稍微一抵御，便即抽身遁走，比较好些。"

想到这里，便朝易静、轻云一使眼色。易静早看出适才离火阵的厉害，暂时隐去，不过遮掩敌人耳目。明白英琼心意，便大声道："无知山妖，擅敢与崇明岛妖妇蒲妙妙朋比为恶。今日如不将尔等如数扫荡，绝不回去！"一面指挥剑光作战，暗中却将七宝取了两件到手，准备施为。红发老祖自以为那把化血神刀天下无敌，虽闻紫郢、青索双剑之名，并未见过。及至交手，才知果然奥妙无穷，化血神刀大有相形见绌之势。不由大怒，将手朝红光一指，一口真气喷将出来，那红光立时分化，由一而十，由十而百而千，变成了无数红光，电卷涛飞，朝三人包围上来。英、云二人喊一声："来得好！"收了天遁镜，各将手一招，身剑双双合一，化成一道青紫二色的长虹，迎上前去，双剑合璧，平添了若干威力，飞入千万道红光丛中，一阵乱搅，幻成满天彩霞。眨眼工夫，红光愈发不支。红发老祖一见大惊，知道再延片刻，便要为双剑所破。暗恨："贱婢竟敢到我妙相恋门上欺人，我看在你们师长份上，只打算生擒尔等，送往峨眉问罪，尔等却如此可恶！"想到这里，顿生恶念，准备收回飞刀，引三人追入阵地，发动六阳真火，炼成灰烬。刚把手朝空中一指，红光如万条火龙，纷纷飞坠。满拟二人剑光随后追来，便可下手。不料易静先前另有一番打算，见化血神刀来势猛烈，自己飞剑不比紫郢、青索，绝非对手，早乘英、云二人身剑相合飞起抵御时，抽空将剑收回，另取一件法宝，往空掷去。再用六戊潜形之法，隐过一旁，静待时机，好助英、云二人全师而退。这时一见红发老祖一面收转化血神刀,一面却在捏诀念咒,向阵地上蹈步作法。知要诱敌入阵,恐二人贪功追去危险,忙将身一起,迎着二人剑光,倏地现身喝道:"穷寇勿追!还不一同回山复命,等待何时?"

二人也和红发老祖一样,先见易静忽然收回剑光,又有一道光华星飞电掣朝来路遁去,转瞬不见,俱以为易静乘隙逃走。英琼还在暗笑她一人先逃,没有道义。二人知易静道法高强,素来自恃,既然不战而退,越可见红发老祖不可轻视。只因化血神刀来势太急,如不取胜,无法脱身,只得运用玄功,拼命抵御。仗着双剑威力,虽将化血神刀战败,因有许多顾忌,本无侥幸贪功之想。剑光刚缓一缓,恰值易静现身警告,大家不约而同,立时会合一处,向来路遁去。三人遁光迅速,得胜反退,出乎敌人意料之外,原可无事。偏巧易静小心过甚,知道红发老祖厉害,定要随后追来,未必能够脱身,一面现身警醒二人速退,手中的灭魔弹月弩连同一粒除邪九烟丸,早先后朝着红发老祖打去。红发老祖这时刚将化血神刀收去,以为英、云二人必要追来,正待发动阵势。忽见敌人双剑光华迟了一迟,先前遁去的女子重又出现,还未听易静张口,就在这一晃眼间,便有一团茶杯大小碧荧荧的光华打来,急迫中竟未看出那是什么宝物。冷笑一声,将手一指,一团雷火迎上前去。满拟这不似双剑精妙,不过是件异常法宝,一下便可将它炸裂,无足轻重,并未放在心上。雷火发出去后,目光仍注定空中,恰听见后现女子招呼敌人速退,愈发忿怒。忙即移动阵法,待要阻住敌人逃走,口里一声号令,把手一挥。适才阵地上站立的数十个门徒,刚刚现出身来,那团雷火已与碧光相撞。霹雳一声,碧光立时爆发,只听一阵噬噬之声,碧光裂处,化为九股青烟,像千万层浓雾,自天直下,笼罩天地,前面只是一片清蒙蒙的烟雾,将敌人去路遮蔽,什么也看不见。红发老祖闻见一股子奇香刺鼻,猛想起此烟厉害,喊声:"不好!"忙将真气一屏,大喝:"众弟子速运玄功,收闭真气,不可闻嗅,待我破它。"言还未了,前排持幡的门人已闻着香味,倒了好几个。气得红发老祖咬牙切齿,二次将化血神刀飞起,化成一片火也似的光墙,打算去阻住青烟侵入。又把两手一阵乱挥,斗大雷火连珠也似朝青烟中打去,霹雳之声,震得山摇地动,那青烟果然被震散了许多。这些事儿,差不多都是同时发作,说时迟,那时快。红发老祖虽然法力高强,因为事均出于仓猝,先前又未安心施展毒手，所有厉害法术法宝均未使用。及至积忿施为，已是无及。加上对方临变机警，动作神速，处处都不如敌人快，所以上了大当。

当第一团雷火震散青光之际，红发老祖闻了一点异香，虽然警觉得早，防御得快，毕竟也受了点害，兀自觉着头脑有些昏昏，不过能够支持罢了。这时一面忙着乱发雷火，去破敌人青烟；一面还在妄想化身追敌。谁知化血神刀和手中雷火刚发出去，猛又见红光雷火中飞来一道光华，业已近身，躲避不及，不禁大吃一惊。忙将元神振起，身子一偏，避开胸前要穴，一声爆响，左臂已挨着了一点，几乎齐腕打折。那光华斜飞过去，又中在身后一个心爱门人身上，狂啸一声，倒于就地。等到元神飞上重霄一查敌人踪迹，星河耿耿，只绝远天际，似有一痕青紫光华飞掣，略看一眼，即行消逝不见，哪里还能追赶得上。只得飞身下地，救治受伤门人。连遭伤败，愈发暴怒如雷，痛恨峨眉到了极处。

原来红发老祖接了峨眉请柬，本想亲身前去参与盛会。因闻妖尸谷辰元神漏网以后，新近又遁入南疆蚩尤山一带极隐僻之处潜伏。自己自从三仙二老火炼绿袍老妖以后，准备在南疆独创宗教，大开门户，已将各处洞府连同众门人修道之所一齐打通，方圆有数千里地面，恐远游峨眉无人坐镇，妖尸谷辰前来侵犯。师徒商量，决计自身不往，只选了十二个道行较高的门人前去送礼观光。偏巧那去的十二弟子中，为首一个名叫雷抓子，除了姚开江、洪长豹外，就数他多得红发老祖传授。只是生性好色，每每背了红发老祖，借着出山采药之便，结识了好些异派中的妖妇淫娃。他在红发老祖门下的职司，是监守宝库和采药、生火三事，手里边管领着九山十八洞的炉鼎神灶。蒲妙妙备知底细，心存叵测，格外和他结纳，以备向他借用，因此两下里私交最为深厚。雷抓子恋奸心热，却不过情面，竟不顾师父怪罪，偷偷将一座五行神火炉鼎，借与蒲妙妙去炼宝物丹药。雷抓子知道南疆异派本不禁忌男女情欲，结识的妖妇，又均出于自愿，并未为恶人间，即使被师父知道，也不过申斥几句。只是那五行炉鼎乃师父当年得道时第一座炼丹炼宝的炉鼎，平时最为珍爱。起初因蒲妙妙再三恳求商借，别的炉鼎均甚庞大，只这座最小，便于搬动，以为略用即可送还。谁知蒲妙妙姑媳二人鼎到了手，炼完丹药，又炼法宝，源源不绝，久借不归。每次向其索要，总是以婉词媚态相却，当时不忍翻脸索鼎，一直延了两三年工夫。前些日忽听师父说起，不久便要取出应用。偏巧红发老祖近来又未派他出门，更不便假手别的同门去要。惟恐事情败露，监守自盗，罪必不小，枉自焦急了多日。好容易盼到峨眉赴会，师父不去，只命他率众前往参与，正可趁此时机，绕道往崇明岛，抽空向蒲妙妙索要，私传开放宝库之法，叫她姑媳偷偷将那五行神火炉鼎送回原处。他只顾畏罪情虚，毫不计及利害，竟打算以开放宝库秘法传给外人，正中了蒲妙妙姑媳二人的诡计。如非英、云、易静三人斩尽杀绝，蒲妙妙姑媳相次伏诛，此法一传，蒲妙妙势必乘此机会，私开红发老祖宝库，将许多至宝重器全数盗走。那时雷抓子闻言，绝不敢回转师门，被逼无奈，必与妖妇同流合污，投到妖尸谷辰门下，引狼入室。红发老祖损失了许多重要法宝，自难为敌，不必等到天劫降临，已早葬送在妖尸妖女之手了。闲话休提。

  雷抓子欲令智昏，方在引为得计，先骗众同门，说有一好友，也往峨眉赴会，曾有同往之约，要众人绕道同去。及至行近崇明岛，又说无须多人同往，令大家在途中相候，只自己一人少去片时，约了那人，便即同去。众人明知他闹鬼，因师门规矩，尊卑之分素严，雷抓子从师最早，又奉命率领，谁也不敢违抗议论。正在商量何地降落，蒲妙妙已狼狈逃来。一见面首先告诉峨眉门下无故欺人，自己往紫云宫赴宴，并未招惹她们，被她们先使恶雕抓死侄儿，随后又斩尽杀绝，追到崇明岛，炸裂了洞府，杀了侄媳，末后将那座五行神火炉鼎毁去等语。蒲妙妙情知红发老祖现与峨眉通了声气，话不动人，雷抓子至多当时庇护，保全性命，绝不肯轻易与来人抵敌。只顾絮叨诉苦，还仗着有这许多厉害帮手，敌人纵不看红发老祖情面，也伤害自己不了。谁知雷抓子因她屡次失信，好生不愿。又听到自己最爱的情人被杀，更加动容。及至听到宝鼎已毁，这一惊尤其非同小可，不由悔恨交集。仍以峨眉是友，不会一见面就骤然动手，方在喝问蒲妙妙失鼎底细，有无补救之策。一个疏忽，忘了防御，英琼剑光又来得迅速异常，稍一不慎，便被波及。顾不得再救蒲妙妙，刚纵遁光避开，蒲妙妙业已尸横就地。这一来，越显得蒲妙妙所说峨眉门下横暴之言，一些不谬。当时急怒交加，也不暇再问青红皂白，便即动起手来。其实彼时只要一说姓名来历，轻云知是红发老祖门下，况且妖妇已死，绝不与轻启仇怨，势必拦阻英琼，向对方说明经过。彼此同返峨眉，禀明师长，对那已失炉鼎想一补救之策。不但双方不致成仇，也不致事后红发老祖查出根由，痛恨雷抓子，逼得他受罪不过，怀恨在心，逃往妖尸谷辰门下，引狼入室，几乎闯出大祸，使数十万山民身家性命，连同数万里山林川泽膏腴之地，化为劫灰了。后来雷抓子见来人剑光厉害，再不速退，必无幸理，心恨敌人刺骨。左右要受师父重责，便把心一横，决计回转深山，给峨眉勾起仇怨。还恐来人不追，又在暗中伤了易静一下。恰巧三人一时不知轻重，追了前去。易静急于脱身，放出九烟丸，掩住敌人耳目，打了红发老祖一灭魔弹月弩。由此双方变友为敌，直到后来九仙聚会，再斩妖尸，由神驼乙休化解，方得言归于好。可是红发老祖门人已伤亡大半，而峨眉好些小辈同门也都受伤不浅了。

且说易静、英琼、轻云三人一见对方是红发老祖，无心冒犯，后悔已来不及。心想："与其被他擒住受辱，还不如回山去自受处分要强得多。"女神婴易静，更仗着自己闯祸是在未拜师以前，或者不会受过，当时只顾脱身逞能，连用法宝伤了红发老祖和许多门人，并未计及日后利害轻重。及至三人驾遁光逃出老远，回顾没有追赶，大家略按遁光歇息时，易静才和英、云二人说起。轻云逃时匆促，尚不知此事，闻言大惊道："易姊姊，你闯了大祸了！这红发老祖量小记仇，和本门好几位师长有交，掌教师尊此时还下帖请他。我们上门忤犯，乱子已是不小。单单逃回，还可说事前不知，他的门下又都未见过，见他们护庇妖妇，我们疑是同党。等到他本人出现，看出就里，他又那般凶恶，若被擒去，玷辱师门，不得不暂时抵御，以谋脱身之计。这一来，我们已经遁走，还回手用法宝伤他，他虽是异派旁门，总算是以下犯上，太说不过去。我想他如就此和本门为仇，不去峨眉，还较好一些。他如能隐忍，径去赴会，当着老幼各派群仙质问掌教师尊，诉说我们无状，姊姊这时还算外客，尚不妨事，我二人至幸，也得受一场责罚，岂非无趣？"

易静脸一红，尚未答言，英琼笑道："周姊姊想是和大师姊常在一起，受了熏陶，潜移默化，无一件不是万般仔细，惟恐出错。天下事哪里怕得了许多？你只顾事事屈着自己说，却不想当时易姊姊如不施展法宝将他打伤，照若兰姊姊平时所说红发老祖的行径和法力，岂能不追我们？要是一个不小心，被他赶上，擒了去，受他一场责辱，押着我们往峨眉一送，那时丢人多大？与其那般，还不如死呢。既然抵敌为的是脱身逃回，谁保得住动手不伤人？我们吃了亏，也还不是白吃么？"易静笑道："毕竟李姊姊快人快语。师尊如果责罚，红发老祖乃我所伤，我一人领责便了。"轻云道："我们既在一处，祸福与共，错已铸成，受责在所不计。不过昔日在黄山，闻得家师常说，目前五百年群仙劫运，掌教真人受长眉师祖大命，光大门户，身任艰难，非同小可。一则因各派群仙修炼不易，格外成全；二则为了减少一些敌党阻力，凡是虽在异派旁门，并无大恶，或能改恶从善者，不是勉予结纳，便是加以度化诱导，使其自新。那红发老祖起初并非善类，因以前追云叟白师伯夫妇甫成道时，曾在南疆受了桃花瘴毒，蒙他无心中相助，屡次苦劝，方行弃恶归善，又给他引进东海三仙与许多前辈师长，由此化敌为友。论道行，他乃南疆剑仙中开山祖师，门人众多，非同小可。我们这一次与他成仇，岂不是从此多事，连累师长们操心么？"英琼道："事已至此，说也无益。适才不见佛奴飞来，想必受伤沉重。它独留崇明岛，莫不又遇见别的妖人？我们快寻它去。"轻云道："你休小觑佛奴，它已在白眉禅师座下听经多年，自从做了你的坐骑，多食灵药仙丹，更非昔比。近来我看它已不进肉食，想是脱毛换骨之期将到，故有这一场火劫。适才见它虽受重伤，仍能飞翔。依我看，它必能为自身打算，不会仍在崇明岛，我们走后，定已飞回峨眉了。"英琼终不放心，仍强着轻云、易静，绕道往崇明岛一行。

刚刚飞起空中，行了不远，忽见正西方一片祥光，疾如电掣，从斜刺里直飞过来。彩气缤纷，迥非习见，连易静也看不出是何家数，来势甚疾，不知是敌是友。方在猜疑，那祥光已经飞到。英琼见光霞围绕中，现出一个高大僧人，朝着自己把手一抬，便往下面山头上落去。不禁狂喜万分，顾不得再说话，跟着朝下飞落，致道光拜倒在地，抱着那僧人的双腿，泪如泉涌，兀自说不出一句话来。易静、轻云见英琼朝那僧人追去，忙也跟踪而下。轻云见了这般情状，已经猜出来人是谁，正要上前相见。忽听那僧人含笑说道："琼儿，我随你白眉师祖已得了正果，早晚飞升极乐。便是你也得了仙传，异日光大师门，前路正远。我父女俱是出世之人，怎还这般情痴？我此次与你相见，原出意外，别久会稀，正该快聚两日，只管哭它作甚？"说时，轻云已上前跪下，口称伯父。一面又招呼易静，上前拜见道:"这便是琼妹妹的令尊李伯父。与家严为异姓兄弟,久共患难。现在白眉禅师门下。"易静早知不是常人,闻言愈发肃然起敬,忙即上前拜倒。

原来这僧人正是本书开头所说的李宁。二人上前拜见之后,英琼眼含清泪,哭问:"爹爹怎得到此?"李宁道:"我近来独在一处静养参修,本没想到能和你们相见。今早做完功课,心里忽然动了一动。出去一看,恰值恩师座下神雕飞来,衔着师父法旨,言说他老人家因念群仙重劫,再迟数纪飞升。适才接了你师父请束,命我相代前往参与,就便解说红发老祖与你们结仇之事。并说今日是黑雕佛奴脱毛换体之际,现在崇明岛身受火劫,命我带了天地功德水,先去为它净身洗骨。到了崇明岛一看,你们追敌已经去远,黑雕早得白雕预告,成心犯此重劫,等我前去相救,并未走开。当时我带了佛奴,飞往离此百余里的依还岭上,替它剪毛洗身。赴会以前,准可换了毛羽复原。适才在山顶闲眺,运用慧目神光,查看你们归未,一会儿便见你们遁光似要往崇明岛飞去,知是寻找佛奴,特地追来相会。目前凝碧仙府长幼各派群仙已到了不少。你们的师长正用天一贞水点化神泥,专炼新得那口仙剑。此剑乃达摩老祖遗宝,炼成以后,与紫郢、青索,堪称鼎足而三了。"

说罢,又对轻云道:"昔见侄女,尚在孩提之中。后遇令尊,始知拜在餐霞大师门下,当时琼儿昼夜歆羡,恨不得也做个剑仙才好。不想没有多日,令尊与你妹妹,连那赵燕儿,俱都做了同派同门。我也身入禅门,参修正果。想起当年,我和令尊、杨叔父三人,号称齐鲁三英,积了多少杀孽。除杨叔父早逝外,竟能有此结果,真乃几生修到的仙福。须要好好努力潜修,勿负师门栽培期许才好。你杨叔父有二子一女,小的两个颇有凤根,现在流落江湖,仍操旧业,终非了局。你和琼儿异日如果相遇,务要设法度化引进,以完小一辈的交情。后日我见令尊,再行当面嘱托,也使他好记在心里。此时你姊妹二人,可随我去至依还岭,小聚一两日,等佛奴伤愈复原,同往峨眉,也还不迟。只不知易道友可愿同去?"易静久闻白眉和尚是近数百年第一神僧,李宁是他传授衣钵的门徒,况又是英琼之父,知道此去必然还有缘故,连忙躬身答道:"老前辈盛意见招,哪有不去之理?"英琼、轻云二人自然更无话说。

李宁便命三人站好,大袖挥处,一片祥光瑞霭,簇拥着腾空而起。三人俱都惊羡佛法精奥，比起玄门道术，又是另一番妙用。百余里途程，顷刻便到。祥光飞近岭半，便即落下，一同步行而上。三人见那依还岭正当峨眉归途的西南方，伏处深山之中，并不见怎样高。满岭尽是老桧松柏梗楠之类的大木，郁郁森森，参天蔽日，奇花异卉，遍地皆是。加以涧谷幽奇，岩壑深秀，珍禽异兽，见人不惊。端的是一座灵山胜域，非同凡境。李宁率了三人，且行且说道："此岭为西南十七圣地之一。僻处南疆万山之中，四外都是崇山恶岭包围，更有数千里方圆的原始森林隔断，人入其中，纵不迷路，也为毒蛇野兽所伤。再加环山有一条绝涧，广逾百丈，下有丁寻恶水，便是猿猱也难飞渡。只有我们所走的这条来路，为南来入岭捷径。可是这条路上尽是沼泽，泽底污泥，瘴气极毒，终年不断。所以自古迄今，常人竟无一个可以到此。百年前有一佛女，在此岭上修道，因为她是人家弃婴，为灵兽衔上岭来抚育，后服本山所产灵药成仙，生无名字，便以岭名做了道号，人称依还神姑。飞升以后，所显灵迹甚多。将来此岭的主人，也是你们同门，与琼儿颇有一些因果渊源。那神女修道的洞府，深藏在岭顶幻波池底，外人不知底细，定难进入。今借佛奴脱体之便，一则使你们先行认清出入道路，好为异日之用；二则池底洞中，藏有神女遗留的毒龙丸，乃古今最毒烈的圣药，专能降妖除怪，异日颇有大用。但是神女遗偈，取丹的人须是女子，方能如愿到手。你们少时取了这毒龙丸，还可将池底神女所植的十二种灵药仙草，连根移植回去，岂非绝妙？"说时，已达岭顶。那岭原是东西横亘，长约数十里，就只当中隆起如坟，最高最大。

英琼到了上面，一路留神细看，并未见佛奴踪迹。正开口想问，耳听泉声淙淙，响个不绝，仿佛就在近前，四周一看，却找不着在哪里。这时已走到一片树林以外，正当岭的中心地带。眼看前面生着一大片异草，绿波如潮，随风起伏不定。李宁忽然笑道："琼儿，我们已经到了幻波池边了。你觉得看不见佛奴影子，心中奇怪么？我们慢慢下去，好让大家见个仔细。"说罢，将手往那片异草中心一指，那草便往地底陷落下去。众人飞身一看，只见离顶数丈之间，清波溶溶，雪浪翻飞，从四外奔来，齐往中心聚拢，现出一个数顷方圆的大池。原来那地方是一个大深穴。适才所见异草，乃是一种从未见过的奇树，约有万千株，俱都环生穴畔，平伸出来，互相纠结，将穴口盖没。除当中那一点较稀外，别的地方都被树干缠绕得没有丝毫空隙。树叶极为繁密,根根向上挺生,万叶怒发。每叶长有丈许,又坚又利,连野兽都不能闯入。休说远处看不见下面有池,便是近看,也只能看见些微树干。众人俱都称异不置。李宁道:"这还不算,真的奇景,还在下面呢。"说罢,又朝下面池水左侧波浪较平之处一指,那池倏地分开,现出一个空洞,望下去深几莫测。李宁这才率领众人,由水空之处飞身而下,约有数百丈深,方行到底。英琼等抬头往上一看,那池竟凌空悬在离地数百丈的空隙,波光闪闪,一片晶莹。细一观察,才知穴顶一圈,俱是泉源。因为穴口极圆,水从四方八面平喷出来,齐射中央,成了一个漩涡。然后汇成一个大水柱,直落千丈,宛如一根数百丈长的水晶柱,上头顶着一面大玻璃镜子。那穴底地面,比上穴要大出好几倍。有五个高大洞府,齐整整分排在四围圆壁之上。底中心水落之处,是一个无底深穴,直径大约数丈,恰好将那根水柱接住,所以四外都是干干净净的,并无泛滥之迹。再看地平如砥,四壁石英云母相映生辉,明如白昼。越显得宇宙之奇,平生未睹,愈发赞妙不置。李宁道:"这依还岭共有两处:一个得静之妙,一个得静之奇。你们将来自知。南向一洞,为圣姑生前修道之所,此时尚不能入内。西洞为炼丹炉鼎所在,她飞升之时,毒龙丸刚刚第二次炼成,尚未开炉,便即化去。那十二种仙草,也在其内。此洞与其余三洞相通,关系日后不小,大家务要留心,以为异日之用。佛奴现正在丹炉上面养伤,大约再有一日,便可痊愈了。"说罢,便率众人往西洞走去。

众人先见五洞五样颜色,因为只顾看那水幕晶柱,未甚在意。这时走近南洞,见那洞门质地颇类珊瑚,比火还红,上面有两个大木环,双扉紧闭。英琼上前推了两推,未推动。及至走向西洞一看,形式大略相仿,两扇洞门金光灿烂,上面也有两个黑环,洞门俱是圆拱形,关得严丝合缝。如非门色与石色不一样,几疑通体浑成。李宁笑道:"你们虽然道法深浅不同,俱都得过仙人传授。这门曾经圣姑封锁,可有打开之法么?"易静平日虽颇自恃,闻言知非容易,惟恐万一出丑,轻云只是谦退,俱不则声。英琼多年不见慈父,一旦重逢,早就喜极忘形,闻言便答道:"女儿先推那红门,没有推动,今番且来试试。"李宁笑道:"琼儿毕竟年幼无知。你看两个姊姊道法俱比你高,均未说话,只你一人逞能。试由你试,但是不许你毁伤这洞门。"英琼原想紫郢剑无坚不摧,打算齐中心门缝来上一剑。一听不准毁伤，便作难起来。李宁又道："此洞须留为异日之用，并且内中还有层层仙法埋伏，休说不可妄为，即使欲加破坏，你易、周二位姊姊哪个没有法宝、仙剑，还能轮到你么？你凤根禀赋，至性仙根，无一不厚，只是涵养还差。此番开府盛会以后，教规愈严，门下弟子不容有丝毫过犯。你杀气太重，凡事切忌鲁莽，以免有失，悔之无及。"英琼闻言，便借此停手不前，只管望着乃父，嘻嘻憨笑，口称："女儿谨遵，不敢忘记。"李宁这才走上前去，先对着那门躬身向南，默祝了两句。然后伸出左手三指捏着门环，轻敲了两下。将右手一指。一片祥光闪过，便听门上起了一阵细乐，那两扇二丈多高大的金门，徐徐开放。

李宁仍在前引导，走进洞去。众人见那头一层石室甚是宽大，室中黄云氤氲，仅能辨物。李宁走到尽头，拉着壁上一个金环，往怀中用力一带，再往右一扭，忽觉眼前奇亮。又是一阵隆隆之音，当中三丈多高的一块长方形石壁，忽往地下沉去。进门一看，乃是一个与门一般大小的曲折甬道。顶上一颗颗的金星，往前直排下去，每隔二三丈远，必有一个，行列甚是整齐，金光四射，耀眼生花。行约七里，才行走到第二层洞府的门前。那门比头一层要矮小一半，门黑如铁，上有四个木环。李宁如法施为，祥光闪过，门即开放。众人见那门宽只四五尺，却有四五尺厚，恰似两根石柱一般。它不往内开，竟向壁间缩了进去。众人入内一看，比头层还要高大出约两倍，四壁尽是奇花异草，正当中设着一座大丹炉。

英琼急于要见神雕佛奴，正待赶奔过去，忽听李宁道："琼儿先莫忙，将这两条路要看明了，省得明日走时匆忙，有了贻误。"说罢，便指着那缩进壁中的两扇方门道："这门设有圣姑仙法，不知底细的人固然不能关闭。即使知道运用，能开能放，绝不能使其平开平放。那两条要道，均在两扇门里。且待我用金刚大力神法试它一试。少时我如将门抵住，你和轻云可由门中入内，约进二尺，朝内的一面，便现出一个尺许宽的小门，与门的空处恰好合榫，一些也错不得。只一错过少许，任是天上神仙，也难出入。我行法颇费精力，你二人分头进去，得了通入别洞的要道急速回来，不可深入，以免我支持不住，将你二人关闭在内，出来不易。易贤侄女如愿去，可与琼儿一路。"李宁嘱咐已毕，走向门中，盘腿坐下，两手掐着灵诀，朝着两旁一抬一放，那门便朝中央挤来。李宁忙将两掌平伸，一边一个，将门抵住，闭目合睛打起坐来。二人见那门心离地尺许，果有一个一人高的洞。轻云向左，英琼向右，易静跟在英琼身后，三人分两路入内。

轻云进有二尺，见壁上现出尺许宽的一个小门，里面黑洞洞的。因恐时候久了不便，索性驾起遁光前进，那路又狭又曲折，飞行了一阵，渐行渐高，忽见前面有了微光，出去一看，已达室外。那室四壁漆黑，约计高出地面已有数十丈，奇香袭人，四壁黑沉沉空荡荡的。剑光照处，只当中一座长大黑玉榻，上面平卧着一个羽衣星冠的道姑，美艳绝伦，安稳合目而卧，神态如生，甚是娴雅，那微光便从道姑头上发出。轻云猜是圣姑遗蜕，忙躬身施礼默祝，道了惊扰。正要近前细看，忽见道姑灵眸微启，瓠犀微露，竟似回生一般，缓缓坐了起来。轻云虽然久经大敌，不觉也吓了一跳，忙往后退了两步。那道姑也随着卧倒。似这样三起三落。

轻云知圣姑不愿人近前，方在迟疑进退，忽听一声长啸，似龙吟般起自榻底，阴风大作，四壁摇摇欲倒。猛想起李宁来时之言，不敢久停，慌不迭地回身遁走，一路加紧飞行，暗中默记道路，不消片刻，已达门外。恰巧英琼、易静也同时由对面驾遁光飞出。再看李宁面色，已不似先时安闲，颇有吃力神气。三人刚一飞出门外，李宁倏地虎目圆睁，大喝一声，一道祥光闪过，接着便听"叭"的一声大震，两扇门业已合拢。李宁道："不料圣姑仙法，竟有如此厉害。起初我只说至多我运用神力，支持不住，将你三人关闭在内，须由别洞走出，多费一些事罢了。谁知我看尔等久不出来，元神刚一分化入内，一边是埋伏发动，一边是艳尸复活，大显神通。幸你三人见机，逃避得快，又是事先向圣姑默祝，否则事之成败，正难说了。照此看来，异日盘踞此洞的人，虽有艳尸玉娘子崔盈勾引，既能涉险入内，本领却也了得呢！我等到此，异日得益不少。你三人所行之路，务要处处谨记才好。"

第一七三回　复道行波　奇观穷宙合
　　　　　　　　藏珍在鼎　秘偈示仙机

轻云惊问道："李伯父之言，莫非侄女所见并非圣姑遗蜕么？"李宁道："圣姑遗蜕藏在中洞，虽可相通，寻常怎能得到？那具艳尸，便是我所说的玉娘子崔盈，也是左道中数一数二的人物。去今百年以前，因来此洞盗宝，为圣姑太阴神雷所殛。还算她事前预有准备，早防到了，人虽死去，元神不曾受伤。她因舍不得那臭肉身，又想借这洞天福地躲去一重大劫，索性留守在此，昼夜将元神附着死体潜修，静等两甲子后复原，占据此洞，为所欲为。如今历有百年，身子已能起坐。再有一二十年，便可重生了。适才非贤侄女逃遁得快，势必连你也禁闭在内。青索剑虽利，你一个肉身，终不能驾着它穿透千寻石壁。你有我先入之言，误认她为圣姑，容易上她圈套。只一被她元神迷住，你便失了本性，沦为她的爪牙，一同等到出困之日，助纣为虐，万劫不复了。我起初只闻人言艳尸被禁在此，不知深居何处。如非一时触动灵机，分神入内观察，也难知底细呢。"英琼道："以爹爹的法力，何不趁着她未成气候以前，带了女儿与二位姊姊，合力将她除去，岂不是少却许多后患么？"李宁道："琼儿你哪里知道，此事关系群仙劫运，如能弭祸无形，还用你说么？圣姑也不将这毒龙丸与仙皁留给你们了。"

　　轻云要问英琼、易静入门所见，英琼猛想到佛奴尚未见到，忙往室中火鼎前跑去。李宁也同了轻云、易静跟去。走到炉前，先命三人跪下，虔诚通白，才将手一指，一片祥光，将鼎盖托起，李宁便命三人快快取丹。三人见炉火中托着一朵青莲，昙花一现般顷刻消失。闻得鼎内异香扑鼻，比起先时所闻还要浓烈。各将身剑合一，飞入鼎内一看，适才花现处有一只碧玉莲蓬,立在鼎的中心,内中含着莲子大小的十粒丹药,颜色翠绿,透明如晶,每人拾起几粒。李宁便吩咐勿闻此丹,更不可摇动那碧玉莲蓬,大家要速速退出。三人依言出来。英琼上下四顾,未见佛奴存身何处,忍不住又要问时,李宁道:"我先不知艳尸所在,恐她暗中走来加害佛奴,已用佛法隐过。待我收法,你们就看见了。"说罢,朝上一指,又是一片祥光闪过,佛奴果然高悬在鼎的上面,离地约有四五十丈,周身毛羽业已落得净尽,仅剩一张白皮,紧包着钢身铁骨,闭目倒挂,状如已死,神态狼狈至极。英琼连喊两声佛奴,才微抬了抬眼皮。漫说英琼见了伤心落泪,便是轻云也惋惜不置。李宁笑道:"痴儿,这正是它的成道关头,你不替它喜欢,却哭什么?它已服了灵丹,刷毛洗骨,如今正在敛神内视。明日此刻,便换了一身白毛,与你师祖座下白雕一样灵异了,你伤心怎的?你不见它身上已生了一层白茸么?"英琼定睛往上一看,佛奴身上果如轻霜似的,薄薄地生了一层白茸。虽知乃父之言绝不会差,佛奴已是转祸为福,终究有些怜惜,便想飞身上去抚慰一番。李宁拦道:"佛奴生有至性,它此时正当养性凝神紧要关头,不可便去扰它。明日便可功行完满,何必忙在这一时?待我行法,将这炉鼎神火重新燃起,助它些力吧。"英琼只得恋恋而止。

李宁吩咐三人随意游散,径自走到炉鼎后面,盘膝坐定,口宣佛咒,两手合掌,搓了两搓,然后朝着炉中一放。便听炉鼎中有了风火之声,一朵青莲花似的火焰,冉冉升起,离鼎约有丈许高下,止住不动。再看李宁,业已瞑目入定。轻云见洞侧不远横着一条玉榻,甚是宽长,形式奇古,便拉了英琼、易静二人坐下,重问适才右壁探路之事。才知英琼、易静二人也和轻云一样,由李宁指示的门心窄缝里飞行而入。初进去时的门户道路,俱和轻云所经之路差不多。不过经了几个转折之后,那条甬路却渐渐越走越深,渐渐闻池底波涛之声,洋洋盈耳。路尽处也有一个小门,出去一看,面前顿现出一片奇景。那地方大约数百亩,高及百丈,四壁非玉非石,乃是一种形如石膏、白色透明的东西凝结而成。内中包含着千万五色发光的石乳,大小不一,密若繁星,照得各洞透明,纤尘毕睹。地面平坦若镜,光鉴毫发,却有许多石乳到处突起。经了一番人工,就着乳石原形加以雕琢斧修,成为许多用具,如同几案、屏风、云床、丹灶、饰物、鸟兽之类。

猿蹲虎踞，凤舞龙蟠，样样明洁如晶，映着四壁五色繁光，炫为异彩。再寻那水声发源之处，乃是洞中心一个十亩方塘。那塘甚深，塘中云雾溟蒙，波涛澎湃，激成数十百根大小水柱，直上塘边，水花乱滚，珠迸雪飞，景尤奇绝。二人正在留连观赏，易静猛一眼看到近洞顶的壁上面有好些处？地方水光闪闪，流走如龙。仔细一看，想起下来时所见幻波池奇景，不禁恍然大悟，便和英琼说了。英琼随她所指处一看，再一听解说，也就把疑团打破。原来这里的石壁俱都有缝，可通上下。那十亩方塘便是幻波池的水源，从洞顶幻波池中心直落千寻，下入深穴，流回潭中。因就天然的形势，再经当初洞中主人苦心布置，用绝大法力压水上行，由各处石缝中万流奔赴，直射到上面幻波池四外的那一圈发水口子，使其夺关奔出。这四外的水飞出数十百丈，射在中央，冲力绝大，又极平匀，所以上下看去，只见茫茫一白。那四外的水到了中央，此激彼撞，经过一番排荡回旋，才成了一个绝大漩涡，引着那股子洪瀑下临深渊。上面的人以为是一个大水池子；下面的人又疑池在上面，被一根擎天水柱托起。那水落到深穴以后，便归入这个方塘里面，重新往上喷射，循环往复，永无休歇，可是水量增减极微，所以那大洪流流下面受不到淹没。真正巧夺天工，奇妙到了极处。

　　二人赞赏了一阵，因为时间甚暂，不可久留，还想有所发现。易静因此来除将幻波池水源探出外，别的尚无所得。四面景物虽然奇丽，连连飞巡两周，俱与异日无关重要。算计这洞中如此神秘，说不定珍奇宝物藏在塘中，为水所隔，看它不出。与英琼一商量，决计一同辟水入塘，查看究竟。当下便由易静行法，各驾遁光，一同飞身穿波而下。先以为塘中也和上面幻波池一样。谁知下面的水其深无际，二人下沉了百十丈还未及底。渐觉那塘竟下宽上窄，下圆上方，大小相差几十倍。正降之间，猛见四壁有许多门进去的深沟，条极长而细的银链光色灿烂，横拖在那里，看不到头，也不知有多少丈长短。英琼心中奇怪，随手抓起那链子刚拉得一拉，耳中忽听李宁低唤："琼儿、贤侄女速回，迟便无及。"二人一听大惊，知有变故，连忙舍了链子，飞身上塘时，四外波涛忽如排山倒海一般挤压上来。二人虽有飞剑法术护身，也被撞得荡了几荡。同时又见水深处有千点碧荧，飞舞而上。二人哪敢怠慢，各运玄功，加紧飞升。及至冲出波心一看，上面已是阴风怒号，怪声大作，四壁摇晃，似要倒塌。百忙中窥见入口小门，刚得飞身出去，偶一回顾，小门已合，群响顿寂。仗着飞行迅速，虽然顷刻出险，因为来去匆忙，变生瞬息，闻警之时急于夺路逃回，经行之路并未记清，不似轻云去时就处处留心，默识于心。以致后来二人三入幻波池，救起燕儿，费了许多手脚。此是后话不提。

三人谈了一阵，见四壁俱都植有奇花异卉，不下百余种，俱非常见。因李宁入定，也未去取，互相观赏品评，各人俱看中了好几种。再看顶上青莲，光焰纯碧，里外通明，悬立空隙，甚是美观。上面悬的神雕，身上白茸毛已似长了好些，英琼自是欣喜。似这样过有两三个时辰，李宁才行睁眼，将手往炉中按了两按，那朵青莲便沉入鼎中，转眼消灭，还了原质。李宁道："佛奴经我用天池真水刷毛洗骨，筋髓皆寒，如无这座现成炉鼎和我本身元阳之火融精暖骨，复原绝无这等快法。它周身新毛已生，元气已复，只须再过一昼夜，便可长成。琼儿如要看它，此刻已无妨了。"英琼巴不得有这一句，忙即飞升顶上，到了神雕身旁，用手微一抚摸，那些新长的茸毛真是比雪还白，入手温暖，柔滑异常。以前铁羽钢翎，早已脱落净尽。不禁伸手把神雕的头搂在怀内，一阵心酸，落下泪来。神雕见主人这等爱抚，也微睁二目，将头连点，意似感激。一会儿轻云、易静也一同飞了上来观看。英琼还只管抚慰不休，直到李宁相唤，才随了轻云、易静一同降落。李宁道："痴儿痴儿，似你这般情长，异日怎得容易解脱？"英琼笑问那些花草何时取走，怎能生在石内。

李宁笑道："这里奇花异草虽多，异日凝碧仙府大半俱有，且胜于此。可供携取的灵药，只有一二十种。此时勿急，而且取时也非容易，等到行时，我自有吩咐。这里共是五洞府，九条甬道，八十七间石房石室。除却中洞是圣姑仙蜕所在外，北洞上层为艳尸潜踞，异日妖窟便在那里。北洞下层为幻波池的发源，全洞命脉，埋伏重重。这两处最关重要，你们三人已经去过，可一而不可再。余如东、南二洞和那上下三层，五六十间仙房石室，复道盘蹜，尽多奇景。适才我恐你三人历久涉险，分化元神，入内救护，以防不测，无意中得见壁间仙偈。那东洞中层，竟是藏珍之所。当年圣姑封藏，留待有缘，便乘入定之际，慧珠内莹，默察未来。此去虽不免要受一些惊恐，终有同道解化，取宝同归。你们既入宝山，岂可轻回？只是那洞三层通路，俱有仙法封锁隔断，既不能仗着尔等仙剑法宝将它毁坏，好好进去又非容易。说不得我只好略存私心，仗我佛法，相助入内了。"英琼道："爹爹说我们进去要受惊恐，难道爹爹这么高深的法力，都不能破么？"李宁道："你哪里知道，圣姑生性，最恶男子，直至成道化去时，仍未能免除这点私见。我已见过她三处遗偈，关于洞中灵药异宝，俱都寓有传女不传男之意。她彼时所学，不是玄门正宗。婴儿成形脱化以后，只能遨游十洲，绝迹独行，介乎地仙之间，不能飞升紫府，证列天仙。更恐二番入世坏了道基，不愿再历一劫。现在上昆仑仙山自本岩潜修，要炼过九百年后，方遂飞升之愿。只有你师祖能以佛力助她减却许多苦修，也只有我可以代求。有此一段因缘，我方能为你三人开路。至于洞里如何，此去约要多半日才能毕事，险阻甚多，全仗你三人同心合力，相机应付，不便一同入内，以免违背她的本意。"

英琼闻言，拉着李宁之手，面带愁容道："女儿和爹爹多时不见，梦里都在想念。好容易才得相会，爹爹又说赴会之后，便即回去，此别茫茫，不知何日重见？一想起就万分难受，还有多少话，均未顾说。适才为了入洞探路与救助佛奴，已耽搁了好些时候，不得随侍爹爹说话，如今又要耽搁上大半天。明日回山，爹爹与许多师长们相见，不能与女儿多谈。师长们都说女儿这口紫郢剑，足称无敌，爹爹同去尚可，既不同去，宝物有甚稀罕，由周、易二位姊姊入内取宝，女儿随侍爹爹，在外相候便了。"李宁道："你自身经历，一一尽知，无须再为详说。此乃千载一时良机，不可轻易放过。里面说不定有仗双剑合璧之处，你怎能不去？你既有如此孝思，等到开府以后，只须多积内外功行，不愁没有相见之日，何必重此半日之聚？"英琼不敢违命，见进来时的门户已闭，便问道："易姊姊说，此门已难开了。我们去往东洞，可打此门而出么？"李宁看了易静一眼，笑对英琼道："毕竟易贤侄女道力见解，都胜似你二人。以我法力，此门再开，虽然比先前费事，尚非甚难。只缘左侧艳尸已经警觉有人来此，既恐将这里宝物取走，又恐断了她的出路，现在正潜伏出口，乘机欲动，静等我将此门一开，门中甬路略有一线可通之隙，她的元神便即飞出。有我在此，虽然不能为害，一则她的运数未尽，二则还要假借她的手聚歼几个首恶，完成峨眉几个小辈同门的功行，尚得暂留她活上几年。既然放将出来，佛奴在此，便非除去不可，除又费手。为免生事，我便在你们遁出时，用大力金刚禅法将此门封固,须等艳尸出世机缘到来,始由她引一同恶党羽到此破法,将她放出。这洞上下三层,到处都是复壁甬路,除已被封锁者外,无不贯通。易贤侄女既能观察隐微,足征道力。可知除却此门,尚有其他出路么?"

易静躬身答道:"侄女适才听周姊姊详说探险经过,忽然想起侄女所经之路,所见之景,此洞外分五行,暗藏五相,通体脉络相通,分明似一人体。此地西洞属金,金为肺部,此门颇似左叶六塞之脉,出路必在右侧,旁通肺管之处。寻得此道,绕向南洞心部,循脉道以行,便达东洞。不知是否?"李宁赞道:"贤侄女来此不久,经历无多,居然领会到此,异日成就,实未可量。我不愿用法宝法力毁伤此壁,也为的是将来有许多用处之故。这里外面看去,俱是石壁,所有道路,可经人行者不下十数,全都暗藏壁内,应就时辰,还有富余。你三人可各去寻来,看看你们眼力如何?"英琼、轻云一闻易静之言,早就往右侧注视,见壁上石形虽然间有凸凹,却是通体浑成,并无缝隙。这时再走过去,几番推弹查看,毫无可疑之状,一些看不出路在哪里。以为易静既然悟到,必能查出。及至一看易静,也和二人一样,说虽容易,行起来却难。二人自知道浅,还未怎样。易静素来好胜,闻得李宁夸奖,意颇自负,自己见解既然不差,必可按图索骥。谁知这等难法,好生内愧,急得满面通红。李宁道:"不是你们眼力不济,只缘不能有所毁坏,受了限制。见壁上许多磊块之处,毫无痕缝,又恐意料不中,所以说不出来。全洞为人形,是个卧像。你们再略微审详部位,便可看出来了。"易静本就看出右壁满是大小不一的磊块,惟独靠里一面有一大片石壁坟起,圆拱平滑,血痕万缕,隐现其间,觉着奇怪。闻言忙奔过去,用力一推,没有推动。猛听英琼惊喜道:"在这里了!"说罢,便飞身过来,拉着那块拱石,朝外一面的边沿往外一扳,也未扳动。易静见状,心中一动,也学她的样,两手扳着朝里一面的边沿,试轻轻往怀中一带。说也奇怪,那一片十来丈方圆、数万斤重的石壁,竟是随手而起,拉开有二三尺远近。英琼、轻云忙赶过去相助,三人合力,居然将那石扳了开来,现出莲蓬也似的七个圆孔。最大的一个偏下约有三丈,其余也可通人,不禁同声欢笑起来。

原来那块大石正是通行门户。一则石体庞大,又经过圣姑神工修饰布置,严丝合缝,密如浑成,如非知道底细的人,绝难看出;二则三人为壁间许多奇形怪状的磊块所惑,没想到那大的石壁竟和门一般,可以移动开闭。及至英琼见易静看出部位,奔将过去查看,忽见石下水渍之痕甚为明显,细看石色和别处不同,贴壁之处似实若虚,上下俱有空隙,有好些地方仿佛嵌在壁内。猛想起莽苍山灵玉崖妖尸古洞中暗壁,颇与这里相似,算计可以拉开,不料果然猜中。不过开的一边,却在靠里洞的一面。七个圆洞现出以后,三人觉着靠上面两洞微微有光影闪动,寒气侵人。正不知何洞可以通行,李宁已走将过来说道:"这里门户甬路,俱就原来形状,略加修改布置。除却几处有法术封锁外,无一处不是巧夺天工。就拿这扇子石来说,其重何止数万斤,因那一边藏有千年精铁炼成的机轴,便是常人也能移动。你们说奇也不奇?"三人转入门里,随李宁手指处一看,下半截紧贴地上,看不出什么痕迹;上半截有一根二寸粗细光华灿烂的钢轴,一头插在石门上面,由上下合榫处露出尺许,被一个大小相等的有柄玉环圈住,玉柄就在内壁门上,如生了根一般钉住。机轴俱都深藏在内石壁里,外面哪里看得出来?英琼道:"这门轴极细,既是千年精铁所炼,不必说了。这么一个小小的玉环,却管着十来万斤重的石门,定是一件宝物。"李宁道:"这倒不过是个寻常玉环,因为施有禁法,坚逾精钢。各地类此之物甚多,无甚稀罕。这七个洞,暗分日月五星。最上一洞,乃是万流交汇之处。中层斜列三洞,其中左右二洞一通中洞,一通北上洞,已被封锁。下层左右二洞,一风一火,俱不可深入。只二层和下层居中两洞的圆甬路,一个是由南洞去往东洞的曲径,一个是明日我们起行时的出路。我们此时且由这二层小洞中走去,余下留待后来。我当先引路,所经甬路,有几处转折和弯路,均与别洞相通,须要记住才好。顺着一边左转,便是出路了。"

说罢,一按祥光,径往中层当中洞内穿去。三人也即跟踪而入。两洞相隔虽然不算很近,四人飞行何等迅速,原本无须多时。但因此行一半为了探悉路径,以备日后之用,加以甬道盘曲迂回,李宁一手指点解说,时行时止,约有刻许工夫,才将这一条黑沉沉的长南路走完。四人正行之间,见甬路尽处红光如火,门内焰影幢幢。出去一看,乃是一个极高大的石洞,正当中有一盏倒挂的大灯,灯形颇似一人心,由一缕银丝系住,从顶上垂将下来,上面发出七朵星形的火光,赤焰熊熊,照得阖洞通红。灯下面是个百亩方圆、形如莲花的水池,深约三尺,清可见底。内外石色俱是红的,水色俱是青碧,细看绿波溶溶,仿佛是什么液体一般。李宁道:"这洞便是南洞的主洞。池中所贮,并非真水,乃是石髓。上面所悬心灯之火,便是吸取此髓而发。发出来的火焰,又被此池吸收了去。如此循环不息,亘古长明。灯上面洞顶便是万流总汇。圣姑用法术逆水上行,成为幻波池奇景,全仗此火之力。这里也是全洞最紧要的所在,异日一旦落在妖人手里,他知此髓乃是天材地宝,既可供他引火炼丹炼宝,服了以后又可抵得许多采补之用,于左道旁门大有益处,势必不管此洞兴废,取用无餍。如非你们几个小辈同门来此驱除,为峨眉创立别府,迟早灯尽髓枯,全洞失了水火交济之功,池水不复上行,上层洞府虽仍存在,下层定为水淹,毁了这千年奇景,纵使他用妖法禁制,暂时仍和以前一样,毕竟灵气全无,失却天然,岂不可惜?此外洞门已闭,经由东西二洞甬道,省事得多。过去便是东洞藏宝之所,难关将到,你们务须仔细。少时你们行至甬道中见光之处,可将各人所带法宝飞剑施展出来,护身前进,以防不测。我只能护送你们走完东洞甬路,走出内侧门,等开了第二重洞门,便不能再进了。到了里面,危机四布,埋伏重重。你们既要将它破去,才能到达藏宝之所,又要留神,不伤原来奇景。后洞设有圣姑打坐的云床,须去虔诚通白,万不可随意取携。这些大半是我从遗偈中参详出来,时日短促,无暇入定默察内中情景。至于何处有甚险难,尚无所知,全仗你们相机应付了。"嘱咐已毕,三人俱都惊喜交集,兢兢业业,如临大敌一般,随定李宁往东洞飞去。

这条甬路,孔道却是长方形的,只有一个,就在右壁。还未进去,便微闻远远狂飙怒号,如万木摇风,惊涛飞涌,声势浩大。甬路里面更是酷寒阴森,黑沉沉的,只是一片浓影。剑光照处,反映成绿色,人行其中,须眉皆碧。比起西洞到前洞经行之处,要觉大得多。有时看见壁上俱是一根根又粗又大和树木相似的影子,路径迂回甚多,上下盘曲。连经了好些转折,三人因为李宁催促速行,不要回顾,路虽比较长些,剑光迅速,一会儿便即通过那一条长甬路,飞出南洞侧门之外。三人见那地方正是南洞的外层洞府,也是一间广大石室,满壁青光照眼。靠里一面有三座洞门,当中洞门最为高大,两旁较小。只左边来路的一门开着,中门和右侧门俱都双扉紧闭。门是青色,门上各钉着两个朱环,气象甚是庄严。室中陈设颇多,形式奇古,大半皆修道人所用,也未及细看。三人正待李宁开了中门入内,忽闻异香透鼻,令人心神皆爽。又听李宁微微"咦"了一声,回头一看,见李宁从地上拾起一根残余的香木,余烬犹燃,面现惊讶之色。英琼忙问何故。李宁道:"我们来迟了一步,已有人先往洞中去了。"英琼惊问道:"爹爹佛法高深,这洞如此难开,又不为外人所知,难道事前竟未觉察么?"李宁道:"我虽能入定,默察未来,但是功行还浅,非仓猝之间所能做到。此番奉你师祖之命,说此洞幽僻合用,可助佛奴脱毛换骨,方知这里有许多奇景,来此洞尚是初次。直等第二次发现甬路中圣姑所留遗偈,才得备知梗概。我到此才只一昼夜工夫,哪能尽悉?此香乃东海无尽岛千载沉香,看这烧残异香尚未熄灭,来人绝非在我到达以前来此,必是适才我们在西洞勾留之时到达。这人既知用异香向圣姑虔诚通白,再行启关入内,必已尽知底细。只不知他是何派中人,道力如何。我本想在西洞打坐入定,运用神光,体会清了前因后果,方令尔等三人入洞取宝,虽然略延时日,你们却知许多趋避。后来一想,你三人尚未回山复命,加以盛会在即,难免思归,佛奴明日便可复原,我也想早和峨眉诸友相见,又不愿你们得之太易,谁想还是被人捷足先登。事有前定,你们此时进去,难免与人争执。来人如果有缘,必能怀宝而去,何必徒种恶因?如若无缘,他必被陷在内。不如还是多耽搁半日,由我参禅入定,察明了再进不迟。"

三人满腔热念,闻言不禁冷了一大半。先是面面相觑,不发一言。末后轻云说道:"伯父之言,侄女怎敢违背?只是适才伯父说,圣姑遗偈明示洞中取宝限于女子,来人既焚香通白,绝非前辈女仙。方今正邪两派中,后起的女弟子,有名者并无几个,异派中更少,只有一个许飞娘,是万恶的根苗。宝物如为同派中人得去还好,力 为此人得去,岂非如虎生翼,愈发助长其恶焰?依侄女之见,莫如还是伯父施展佛法,开了这门,由侄女等进去,相机行事。来人如是妖邪一流,便将她除去;如是同道,侄女等也可借此多一番经历。伯父以为如何?"李宁看了看三人面色,忽然闭目不语。一会儿睁眼说道:"这事很奇怪。此时洞中的人乃是一男一女,非敌非友,已经陷困在内。虽然时间短促,不及详查他们的来历,他们既然犯了圣姑之禁而来,必然自恃不是寻常人物。你们进洞,须要量力而为,有得即退，不可贪多，免蹈前人覆辙。等到功成退出之时，如见那被困之人，尽可助他们出险，不必再问姓名来历，是敌是友。我已得有先机预兆，此事一个处置不善，必贻异日之悔。你们各自准备，待我行法，此门大开，急速一同飞入便了。"说罢，便朝着中门相隔三丈站定，双手向南，口宣佛咒。末后将手搓了两搓，左手掐诀，右手一扬，随手发出一股尺许粗细的祥光，逐渐放大，最前面光头有五丈许方圆，正照在门的中心。那光好似一种绝大的推力，照上去约有半盏茶时，那门才渐渐露出一丝缝隙。接着便听如万木摇风、松涛怒吼之声，从门内传将出来，比起适才甬道所闻，势益猛烈。转眼间，又射出一条青光，门已渐启。

这时已是到了紧要关头，那门后也好似有一种绝大的推力，与光力两相抵触，双方互有短长，各不相让。李宁站在当地，直似岳峙山停的一般，右掌放光作出前进之势，双目神光如电，注视前面。眼看那门已被光力推开数寸，仍又重新合拢。似这样时启时闭了好几次，有一次竟开有两尺许宽窄。论理三人原可飞身冲入，偏生开得稍宽时，关闭起来也更速。李宁又嘱咐须俟门大开时，始可入内。英琼、轻云自然尊重李宁之言，不敢造次。易静虽然未便独行，这半日工夫，对于李宁，因白眉和尚名高望重，佛法无边，李宁却是成道未久，自己是个晚辈，恭敬之心则有，信仰之心却不如周、李二人。及见李宁用祥光推门，半响未曾大开。后来两次，门已露有一二尺的空隙，还是不令进去，未免有些性急。心想："门中利害，未必尽如李伯父所言，何必这么慎重？"不由又起了自恃之心。正在等得烦躁，忽见李宁虎目圆睁，猛地将手朝门用力一推，那股子祥光顿现异彩，发出万朵金莲，如潮水一般朝前冲去，一片狂声。怒涛澎湃声中，那门立时大开。三人俱是一双慧目，也被光华射得眼花缭乱。正在惊顾之际，耳听李宁喝道："你们还不入内，等待何时？"易静闻言，用手一拉周、李二人，首先飞入。二人也忙将身剑合一，疾同电掣，直往洞中冲去。三人身刚入内，双门已合。轻云少许落后，几乎擦着门边而过，虽未碰着，已觉出门上那股子青光的力量迥异寻常。不禁咋舌，低嘱英琼："洞内埋伏必定厉害，我们能力较弱，伯父那等叮嘱，千万不可逞强任性，不求有功，但求无过才好。"英琼自与老父重逢，喜出望外，进来并非所愿，并且有好些孺慕之怀，未曾吐露，一心只想早些完事，好出去与老父相聚，对于洞中宝物，并未怎样看重。只因这一念孝心，不起贪念，免却许多魔难，此是后话不提。

且说女神婴易静幼蒙师父钟爱，出生未久，便即得道，独得师门秘授心法。后来奉命下山积修外功，纵横宇内，从没受过挫折，未免心骄气盛，不把一干异派妖人放在眼底，遇上便随意诛戮。终因在芒砀山用飞针刺伤了赤身教门下淫女随精精，两下里结了仇怨。更因旁人一激，寻上门去，被赤身教主鸠盘婆用邪法困住，险些形神俱灭，万劫不得超生。幸而遇救脱险，虽然经过一番重劫，除与鸠盘婆成了不解之仇外，平时盛气仍未敛抑。等到苦心积虑，炼成灭魔七宝以后，愈发有些自恃。这次进了幻波池底南石洞后，暗忖："周、李二人，只有那两口宝剑无人能敌，如论道法，还差得远。惟此次不准伤洞中景物，除却遇险时防身而外，并无别的用处。"满拟独显奇能，破了洞中埋伏，亲自得到手中，再行分与二人，到了峨眉，面上也有光彩。所以一进洞，便独自当先。三人到了里面，见四壁空空，耳听风雷水火之声越发浩大，只是有声无形，看它不见。这二层内比起外洞反而小得多。正面壁间，有一排大的树木阴影，一闪即逝，随生随灭。与甬路所见相同，四外不见一点门户痕迹。那里困的两个男女，也不知何往。易静算计正面壁上必然藏有门户和法术埋伏。细看了看形势方位，想起此洞既按五行布置，东方属木，壁间又有这许多树木阴影闪动，说不定用的是玄门先天五行无量遁法。且喜当年随侍父亲学习此法，深明其中妙用，何不试它一试？便请英、云二人暂行按住遁光，略微退后。手捏灵诀，口诵法咒，暗中准备停当。然后将手一指，一道黄光朝前飞去。刚一飞到正面壁上，果然触动埋伏，立时狂风大作，墙壁忽然隐去，变作千百丈青光，夹着无数根树木影子，如潮水一般涌到。易静见所料不差，心中大喜，喊一声："来得好！"两手一合，再朝前一放，便有一片白光，带起万千把金刀朝前飞去。两下才一接触，转眼之间化为一股青烟，一股白烟，同时消散。前面哪有墙壁，乃是一条极大的甬路。风涛之声，已不复作。那条甬路，竟长得看不到底。英、云二人俱觉奇怪。易静道："以我三人的目力，少说点，也可看出数百里远近。这条甬路，难道比紫云宫还长么？看前面空洞洞的，除微有一点云气氤氲外，不见一物，不是幻象，便是埋伏。好在头一个主要难关已经渡过，想来纵有法术埋伏，也不足为虑。"说罢,仍由易静当先,往前飞进。

一进甬道,还没多远,忽然眼前一暗,轰隆之声大作。轻云见势不佳,忙把天遁镜取出,百丈金霞照向前面一看,甬路已经不见,前面一片甚是空旷,千百万根大树碧玉森森,重重叠叠,潮涌而来。被镜光一照,前排的虽然止住,后排的仍是一味猛进不已,互相挤轧磨荡,汇为怒啸,声势惊人。再看易静,手中持着一个刀刃密布的金圈,正在禹步行法,脸上带着愧容,倏地大喝一声,朝前掷去。才一出手,那金圈便中断开来,化成一个丈许长的半环金光,飞上前去,生克妙用,果然稀奇。那些树木,看上去原是密密层层,无边无际,及至这半环形的光华一迎上去,先是将最前面的树木包住了些,接着环光的两头像双龙出洞般分左右包围上去。环径并不甚大,顷刻之间,那么多大树,好似全被包住。一声雷震,青烟四起,万木全消,连那条长甬路也换了一种形状。三人存身之处,是一间数十丈长大的石室以内。只来路上的情景,没有变动。最前面立着一座二十多丈长短的木屏风,时有缕缕青烟冒起,上面刻有林木景致,近前一看,不禁恍然大悟。原来屏风上不但刻有成千上万丛大树,所有幻波池底,全洞的景物,无不毕具。每一景必有一些符咒附在上面。不过那些林木俱已折断,生气毫无。余外也有好些残破的所在,只西南、北中两洞,俱都工细完好。易静知是全洞各处禁法埋伏的总汇,上面埋伏发动未完,侥幸发现,正可按图索骥,拣那有害之处逐一破去,可省却许多阻碍。便和英、云二人说了,照木屏风所刻东洞全景仔细一查,凡是属于东洞的埋伏,大都毁坏无遗。只那藏珍之处是一间宝库,尚还完好。料是先来的一男一女所为。易静暗忖:"先来的人既有如此本领,将好些禁法埋伏破去,为何宝物尚未取走?这一路上又未见着一点踪迹?"正在诧异,忽听轻云手指东洞一角,"咦"了一声。易静、轻云随指处一看,东洞那片断林入口处的前面,有一个坎卦的水池,下有青烟笼罩,大约尺许见方。屏风虽是立着,居然储有一泓清水,并不下滴。最奇怪的是,有两个赤身男女在里面游泳,身材才如豆大,浮沉上下,嬉乐方酣。女的生得和玉人相似,眉目如画,仿佛甚美。男的须髯如戟,遍身虬筋裸露,奇丑非常。这两个男女虽然生得极小,却是具体而微,无一处不与生人相似。英琼问易静道:"这里埋伏俱在屏风上面,难道发动起来,连人也摄了上去么?"易静道:"此法总名为大须弥障。适才那些成排大树卷来,一个破不了它,便即被陷。此时我三人正好在屏风上树林之中捉迷藏呢。当时不知它如此厉害,稍微疏忽了些,已经入伏,尚无警觉。若非周姊姊动手得快,那面天遁宝镜先将它止住,怎得从容应付?否则能否免于失陷,正是难说呢。这一男一女,定是李师伯所说先来探洞之人,他们已将洞中好几处埋伏破去,明明知道这里虽是以木为本,暗中必藏有五行生克,变化无穷,何以不能趋避,被这一泓之水所围?"

第一七四回　金镜神光　同心求百宝
　　　　　　　蹄涔沧海　无意失双鹅

　　易静说时，英琼、轻云一面留神细看那池中小人，俱已闻得三人问答，省悟过来，先将身化成两道白光，打算凌空飞起。谁知那水竟和胶漆一般，任他们辗转腾挪，只不能离开水面。这才惶急起来，互相还了原身，跪在水面上狂呼道："何方道友至此，相助一臂，异日必有一报。"小人那两道光华其细如丝，呼声更是比蚊子还细，约略可辨，神态悲窘万分，看去颇为可怜。英琼不由动了恻隐之心，刚要开口，易静连忙摇手示意，将英琼、轻云拉到一旁，低声说道："我看这两人路数，虽不敢断定他们便是异派妖邪，也未必是什么安分之辈。我们已得此中奥妙，此时将他们放走，并非难事。不过藏珍尚未到手，万一放出之后，他们比我们深知底细，捷足先登，或与异派妖邪有些关联，我们岂不白用心思，自寻烦恼？李伯父原说事成之后，再行释放，何必忙在一时？我们再细看屏风上面前进有无别的阻碍，速急下手吧。"说罢，又领二人回至屏风前仔细观察。

　　英琼童心未退，因那被困的一双男女小得好玩，忍不住又近前去观看。这水池中男女已知失陷，又身上寸缕全无，各把下半身浸在水里，彼此隔开，口中仍是呼救不已。英琼侧耳一听，只听那女子哀声说道："听诸位道友之言，颇多疑虑。我二人是西昆山散仙，与各派剑仙从无恩怨往来。因在岛宫海国得见一部遗书，知道此间藏宝之所和许多破法，勤习数年，一时自信过甚，又因独力难支，一同前来，先时倒也顺利。谁知犯了圣母禁忌，一不小心，为水遁所困，再迟些时，便要力竭而死。如蒙诸位道友相助释放，我等先来迭尝艰苦，不无微劳，否则后来的人也无此容易。宝鼎、宝库两处藏宝甚多，我等并无奢望，只求相候事成之后，略分一两件，不致空入宝山，于愿已足。恩将仇报，意存攘夺，均无是理。再者诸位法力虽高，此中机密未必尽知，有我二人向导，不但省力不少，且可席卷藏珍，彼此均有益处，岂不是好？"说到这里，英琼听她说得颇有情理，刚又有些心动，旁边易静已经看出屏风后面一些机密，将手一招二人，当先往后便走。英琼刚说了句："那两人又在说话呢。"又被易静以目示意止住，时机紧迫，急等事完，无暇再为深说，只得相随往屏风后走去。

到了一看，前面一片青玉墙上，果然留有圣姑遗影，云鬟端正，姿容美秀，略似道姑打扮，形态装束，均甚飘逸。像前矗立着一座九尺高的大鼎，非金非玉，色呈翠绿，光可鉴人，上面都是朱文符箓。三人先照李宁吩咐，朝着遗像跪拜通诚，然后立起，恭恭敬敬地走向鼎前。易静抓住鼎盖，用力往上一揭，竟未将它揭动。方在诧异，忽听身后有人微哂，后颈上吹来一口凉气。这时英、云二人俱并肩同立，看那鼎沿符箓，并无外人。易静疑是有人暗算，连忙飞身纵开，回头一看，身后空无一人。只有圣姑遗像，玉唇微露，丰神如活，脸上笑容犹未敛去。当时不知就里，以为除屏风所示消息之外，别有埋伏，用法术一试，并无朕兆。因李宁一再嘱咐，不可毁坏洞中景物，接连两次破去屏风上的禁法，已是情出不已，何况鼎中藏有奇珍，更以善取为是。除非真个智穷力竭，再用法术破它。主意打好，二次又走向鼎侧，暗使大法力一揭。方一迟疑，耳听"哧"的一声冷笑，接着脑后又是一股冷风吹来。易静法力并非寻常，竟被吹中，毛发皆竖，不由大吃一惊。及至回首注视壁间遗像，笑容依然，空空如故。愈疑有人先在鼎后潜伏，成心闹鬼。便和英、云二人说了，请轻云用天遁镜四外一照，毫无异样。第三次又走向鼎前，一面留神身后，准备应变。暗忖："这次再揭不起，说不得只好借助法术法宝，将鼎上灵符破去了。"

轻云人最精细，先见易静事事当先，毫不谦让，心中虽有些嫌他自大，并未形于辞色。第一次未将鼎盖揭起，微闻嗤笑之声，回视并无朕兆，只是圣姑遗像面上笑容似比初见时显些，倒疑心到笑声来源，出自像上。因易静道法高深，既未看出，或者所料未中，未肯说出。及至第二次易静方在用力揭那鼎盖，英琼猛觉一丝冷风扫来。猛一回顾，见壁上圣姑遗像忽然玉唇开张，瓠犀微露，一只手已举将起来，接着又放下，神情与活人相似，不禁一拉轻云。轻云连忙回身去看，遗像姿态已复原状，依稀见着一点笑痕袂影。英琼方要张口，轻云忙以目示意，将她止住。

易静原早觉出脑后笑声和冷风，只因正在用大力法揭鼎之际，又因疑心有人埋伏身后暗算，先飞纵出去，再行回头，所以独未看出真相。轻云暗忖："看这神像神情，分明圣姑去时，行法分出本身元神守护此鼎，面带笑容，也无别的厉害动作，必无恶意。壁间遗偈既说留待有缘，何以又不令人揭鼎，莫非此鼎不该易静去揭？自己绝非贪得，不过此时说破，未免使她难堪。自己和英琼再若揭不开，岂不自讨没趣？反正藩篱尽撤，出入无阻。易静终是初交，事有前定，勿须强求，索性等她一会儿，再作计较。"

等到易静请轻云用宝镜四照，见无异状，三次又去揭那鼎盖时，英、云二人料她揭不起来，俱都装作旁观，偷觑壁间遗像有何动作。不料这次易静飞身起来，手握鼎纽，正用大力神法往上一提，壁间遗像忽然转笑为怒，将手朝鼎上一指。轻云机警，猜是不妙，急做准备，喊了一声："易姊姊留神！"易静因这次身后无人嗤笑，正打算运用玄功试揭一下，忽闻轻云之言，有了上两次的警兆，事前早有应变之策，一料有变，连忙松手，一纵遁光，护身升起。说时迟，那时快，就在她将起未起之际，全鼎顿放碧光，从鼎盖上原有的千万小纽珠中猛喷出一束五色光线，万弩齐发般直朝易静射去。总算见机神速，有法护身。同时轻云一见鼎放光明，早随手将天遁镜照将过去，方才将那五色光线消灭。易静认得那五色光线，是玄门中最厉害的法术大五行绝灭光针，道行稍差的人，只一被它射中，射骨骨消，射形形灭。自己修道多年，内功深厚，如被射中，虽不到那等地步，却也非受伤不可。

这一场虚惊，真是非同小可。算计鼎上还有埋伏，不敢造次，忙下来问轻云，怎样预知有变？英琼接口道："你看圣姑遗容，可有什么异样么？"易静往壁间一看，圣姑遗像已是变了个怒容满面，心中一惊，这才恍然大悟。立时把满怀贪念打消了一大半，想起适才许多自满之处，甚为内愧。明看出圣姑不许自己取宝。就此罢手，不特不是意思，难免使周、李二人疑心自己，把好意误会成了抢先贪得。欲待不去睬她，硬凭自己法力法宝，破了鼎上禁法，将宝取出，再行分送周、李二人，显显能为，贯彻前言，也好表明心迹，又不知圣姑还藏有什么厉害的埋伏，自己能否战胜得过，实无把握。正在进退两难、迟疑不定之际,忽听鼎内起了一阵怪啸,声如牛鸣。接着又听细乐风雨之声。三人凑近鼎侧一听,乐声止处,似闻鼎内有一女子口音说道:"开鼎者李,毁鼎者死!琼宫故物,不得妄取。"说罢,声响寂然。鼎盖上细孔内,又冒起一股子异香,香烟袅袅,彩气氤氲,闻了令人心神俱爽。易静才知开鼎应在英琼身上,好生难过。平日任性好高惯了的,眼前大功告成,无端受此挫折,对于圣姑,从此便起了不快之意。见英、云二人闻言并未上前,眼望自己,还是惟马首是瞻的神气,只得强颜笑道:"我因痴长儿岁,略知旁门道法门径,意欲分二位姊姊之劳,代将宝物取出。不想圣姑却这等固执,好似除了琼妹亲取,他人经手,便要攘夺了去一般。如非物有主人,不得不从她意思的话,我真非将它们取出,全数交与琼妹,不能表明心迹了。"

轻云忙道:"易姊姊此言太见外了。休说姊姊此番去至峨眉拜师以后便成一家,就是外人,既然共过了患难,难道有福就不同享?姊姊如是那样人,我们也不会聚在一起。圣姑仙去多年,凡此种种,俱是当年遗留。虽说是'开鼎者李',天下姓李的道姑甚多,未必准是琼妹;即使是她,也必别有因缘。且让琼妹再虔诚通白一回,看是如何,必可分晓。"易静见英、云二人辞色始终敬重如恒,心才平些,终是怏怏,冷笑一声道:"姓李道友虽多,轻易谁能来此?况且还有'琼宫故物'之言,必是琼妹开鼎无疑。不过这位圣姑已是天仙一流,还有这许多固执,可笑是稍有不合,便即发怒,现于颜色。既不许旁人妄动,还留有遗音,预先在遗偈上说明,或是在屏风上注出也好,尽自卖弄玄虚,设下许多埋伏吓人作甚?我先倒很敬重她是一位成道多年的前辈仙人,不承想如此小家气。适才如非我略知旁门禁法,预有防备,险些被她暗藏的大五行生克光线所伤。"

还要往下说时,轻云见她一再说圣姑是旁门法术,面带不悦之容,知道圣姑灵异,惟恐再有别的忤犯,闹出事来。易静虽然投契,毕竟初交未久,又是同辈中先进,不好意思多为劝说,只得拿话岔开道:"时候不早,李伯父现在外面等候,我们还是快些办完此事出去的好。易姊姊以为如何?"易静本来还想亲取,看出轻云怕事,恐怕别生枝节,不数日内便成同门,也不便过拂她意,强笑答道:"周姊姊说得极是,且由琼妹将宝物取到手内,再作计较。屏风上面还有两人被困,待我们去时救援。这旁门禁法也颇狠毒，延时一久，精神恐支持不住呢。"轻云闻言，便同了英琼重新跪在遗像前面，虔诚通白，易静心中不快，站在一旁，并未上前，等二人行罢了礼，才一同去至鼎后。虽然适才闻得鼎中遗言，仍是不无戒心。当下由英琼为首，去揭鼎盖。轻云、易静，一个持着天遁宝镜，一个行使护身避险之法，以防不测。

说也奇怪，起初易静用大力神法，揭那鼎盖时，好似重有万斤，何等艰难。及至换了英琼，起初也以为纵然可开，也非容易。谁知两手握住鼎纽，还未十分用力，只轻轻试探着往上一提，竟然随手而起。鼎盖一开，立时异香扑鼻，一片霞光从鼎内飞将出来，照耀全室，俱都大喜。易静满怀忿怒，也减了好些。英琼放下鼎盖，各自飞身鼎上，往鼎内一看，里面的宝物除有两件类如切草刀和梅花桩一类的四五件外，余者大都不过径尺以内，犹如幼童玩具一般。人形马车，山林房舍，以及刀剑针钉，各种常用的东西，无不毕具。有的悬挂在鼎腹周围，有的陈列鼎底，件件式样灵巧，工细非常，神光射目，异彩腾辉，令人爱不忍释。一计数目，约有一百余件之多。英琼见鼎的中心挺生着一朵玉莲花，比西洞那朵要小得多，颜色却是红的，晶莹温润，通体透明，那异香便从花中透出，心甚喜爱。暗忖："这朵莲花如能携走，岂非快事？"试用手握住莲柄一摇，竟不能动。方觉有些美中不足，猛一眼看见花里字迹隐现。用手一拨花瓣，随手而开，现出一张一指多宽、五寸来长、非纨非绢的字条。上面写的便是适才鼎中人语，字迹渐隐渐淡，连那字条也随手化去。

英琼方在惊奇，轻云已催她快将法宝取出。当下仍由英琼将鼎中宝物一一取出，分装在三人所带的法宝囊内，直到取完，并无他异。英琼盖鼎时，还不能忘情那朵赤玉莲花。手托鼎盖，一面赏玩那莲蓬，觉与寻常者不同，颜色深紫，形似兰萼，又似一把玉制的钥匙，越看越爱，不禁起了贪心。暗中默祝："弟子等三人深入宝山，独英琼一个得蒙仙眷，赐了许多奇珍至宝，原已深感无地，本不应再有觊觎，只缘此洞不久便受妖孽盘踞，宝物在此，难免受其摧残。如蒙鉴怜愚诚，准许弟子将此朱莲连同西洞鼎中的青玉莲花一并请至峨眉仙府供奉，以免落于妖邪之手。"刚刚说罢，正想分手去摇那莲柄，忽觉鼎底一股奇热之气冲了上来，其力极猛，令人难以禁受，心中一惊。刚将头昂起，避开那股热力，倏地一片玉色毫光一闪，手中鼎盖便被那一股子神力吸住，往下沉去，重有万斤。再也把握不住，手微一松，铮铮两声响，鼎盖自合，关得严丝合缝，杳无痕迹，恰如铸就生成一般，比起初见时严密得多。知是圣姑不许，幸喜不曾吃了亏苦。见易静、轻云正拿着一件法宝，在互相谈说。近前一看，乃是一柄两三寸长的黄玉钥匙，形如兰蕚上的符咒，与鼎内的莲心一般无二，只是要小去一半。三人俱不知用处，略微传观之后，轻云道："大功已成，时已不早，我们拜别圣姑，救了那两人，出洞去吧。"

英琼闻言，想起被困小人所说，还有一所宝库，正要开口，偶回身往壁上一看，圣姑遗像已不知何时隐去。心想："圣姑既然隐迹，来时爹爹也只说鼎中有宝，并未说及宝库。再者四壁空空，通体浑成，哪有迹象可循？那被困小人不是传闻不真，便是成心说谎。这次入洞，得了许多奇珍，正好出去说与爹爹喜欢。"孺思一动，立即忙着走出，始终未将莲蓬玉钥之事向周、易二人说起。行时易静仍未礼拜，只轻云、英琼二人朝壁专诚拜别。一同转过屏风，去救那被困之人。因为破除禁法，英、云二人自问不行，俱推易静施为。英琼心急，话一说完，便跑在屏风下面一看，见池中被困男女业已力竭声嘶，语细难辨，神态更是委顿不堪，忙催易静下手。易静道："此种禁法，非同小可。如待它发动再破，看似声势惊人，倒还易与；就此解除，稍一不慎，被困其中的人，立成粉碎，一毫也大意不得。如能觅得它总枢关键所在，便容易至极。适才忙着入内取宝，匆匆看出内中无险，便即走进，也未看出它枢机暗藏何处。今番且一同细细看来，如见可疑之处，互相告语，等审度稳妥，再行下手，免得误了别人，又误自己。"道罢，大家分头往屏风上查看。

英琼因那两个小人空入宝山，在受了许多艰险，宝物不曾到手，反倒失陷在内，境遇可怜，恨不得立时将他们救出，才称心意。自己学道日浅，不明禁制之法。见易静和轻云二目注定屏上，逐处仔仔细细地观察，毫无线索可寻。再看那两小人，这时神气愈发疲敝，浮沉池面，奄奄一息。心里又急于出去和老父相见。暗忖："偌大一具屏风上面的景物不知多少，不过才看过了三分之一，也没找出一点破法，似这样找到几时？那被困之人眼看支持不住。初进来时，那等厉害埋伏尚且不怕，此刻事已办完，为何反倒小心起来？不如仍用前法，请周姊姊拿着天遁镜照向屏上，以防万一，然后将双剑合璧,硬将这小池子毁了,将小人救出,岂不是好?"

想到这里,刚要和易静去说,忽见小池中水波飞涌,急流旋转,成了一个大漩涡。那两小人上半身原本露出水面,各将双手挥动不休,时候一久,渐渐有些力竭势缓。及至池水无端急漩,想是知道危险万分,一旦卷入池心漩涡之中,便没了命,各自放出一丝青白光华,拼命在水中喘吁吁地扎挣,逆水而泅,不使池波卷去。无奈水力太大,又在久困之余,那女的有两三次差点卷入池中漩涡之中,吓得小嘴乱张,似在狂呼求救,已不成声。最奇的是池并不大,池水尤清,可是用尽目力,不能见底。在池心水花急转中,隐现水底红光闪闪,似有一朵木莲,开合不休。英琼见状,猜是危机瞬息,等到寻出此中关键,再行施救,必不可能。虽然一举手之劳,便可将两小人提出水面,因知此中玄妙非常,易静又再三嘱咐不可轻举妄动,稍一不慎,便要误己误人,不敢冒昧下手。忙喊:"周姊妹、易姊妹,你们快来,再不救他们,要救不成了。"

这时易静方悟出一些线索,只是还未判明,正在寻思。闻言吃了一惊,忙和轻云飞身过来,向屏上水池一看,失惊道:"琼妹所言不差,我们如迟延,此二人必为水化。我刚看出一点头绪,还未找着关键。这里处处都用的是玄门中最厉害的禁法,名叫大五行莲花化劫之法。我只略知门径,不悉精微,如寻到行法的枢纽,还可立时解救。今已时迫势急,说不得只好毁了此洞,尽我三人之力,为他们死中求活了。"

英琼无心接口道:"你说什么莲花化劫?我见池底也似有一朵朱莲,随着池水开合,莫非这二人被困便是那莲花作怪么?"易静闻言,灵机一动,忙问莲花何在。英琼忙往小池中心一指。易静运用慧目定睛一看,果然池底有一朵朱莲,随水开合。猛想起适才轻云从鼎中取出的那柄形式奇特的玉钥,恍然大悟,惊喜交集。因见池水益疾,两小人势益不支,不暇细说,忙请轻云将那玉钥取出。又将手一摆,请英、云二人退后,无论见何警状不可妄动。如觉支持不住,可用双剑护身,退出洞去。自己自有脱身之法。

话刚说完,那池水倏地起了一个急漩,眼看那两个小人身子一歪,卷入漩涡之中。易静喊声:"不好!"右手一扬,一片霞光笼罩全身。左手早先伸往屏风上小池之中,将那两小人用手指抓住,并未使其出水。一面运用玄功,使足神力,顺着水面,将二人拖离池心大漩,往池边泅去。英、云二人好奇，只退后了不几步，看得逼真。英琼方暗悔早知这般容易，也早把这两人救了。寻思未终，忽听波涛之声大作，起自屏上，恍如山崩海啸一般。易静的手仍在池里，并未将小人提了上来。那片霞光笼罩她的全身，越来越小，晃眼间人成尺许，渐渐与池中小人相似，飞落池中。英、云二人一看大惊，以为易静也陷身池内，忙奔过去一看，涛声顿止，那小人业已身横水面，晕死过去，只小小胸膛还在喘动起伏。再看易静，人已不知何往，只剩那片祥光，在池底隐现。

正在骇异，忽听易静喝道："二位姊姊快些避开正面七尺以外，驾遁速起，我们要出险了。"声音极细，比适才小人呼救之声高不了许多。英、云二人方才听真，刚往旁一闪，飞身起来，便听屏上风雷大作，白茫茫一股银光，从小池中直射下地来，逐渐粗大。洪瀑中似见一个人影随流而下，一落地便现出身形，正是易静，一手一个，提着那被困男女，俱已复了原形。那女的仍是全身赤裸，那男的腰围着易静身披的一条半臂，身材俱与常人相似。人已醒转，只是大困之余，神志颇现委顿。那屏上洪瀑，仍发个不住，顷刻之间，全室的水高达三丈。易静一出现，便离水飞升起来，口里喝道："二位姊姊，快将这两人接去，不可被水沾身。"说罢，手一扬，刚要把手提的人抛出，那被困的一男一女已答言道："尔等起初竟见死不救，此时方蒙救援，虽感盛情，已坏了我二人数百年苦练之功。今得脱困，我二人自能回去，后会有期，容图报德。"说时，早化作两道碧森森的光华，疾如电掣，往外飞去。易静闻言，好生不悦，欲待追赶，人已飞走。眼看下面波涛又增高了两丈，无暇和英、云二人说话，仍用霞光护身，往屏上池中飞去，晃眼不见。不多一会儿，易静手持那柄玉钥飞身出来，那水忽往屏上收去，似长鲸吸水一般，往小池中倒灌。约有半盏茶时，全被收尽，那股洪流，不行涓滴。

三人这才落地重新相见。易静道："早知这二人如此可恶，适才也不救他们了。"英琼问故，易静道："此地不可久留，我们出去再说吧。"当下各驾遁光，往洞外飞去。先以为屏上诸般禁法埋伏，凡是有关本洞这一路的，大半失效。即使进来时，那二层洞门仍旧封锁未辟，有李宁在外守候，三人出去，不会不知，必然开门接引。及至飞到门前一看，只见前面青光疾转，涌起千万朵青莲花，层出不穷，比起初进时所见之势要盛得多，哪里还分辨得出门的影子。易静暗忖:"法屏上面,明明设有这座洞门,虽未将它毁去,李伯父道法高强,绝无不知我三人取宝成功之理。适才既能施展佛法,由外开放,此时何竟不能?再者,除此并无别路,那被困男女怎能遁去?"好生惊讶。轻云见门不开,便取天遁镜照将上去。百丈金霞,照向青光丛里,只幻成一片异彩,仍是不能通过。

英琼着急道:"难道我们事已办完,还被困在这里么?我们用紫郢、青索二剑合璧斩关而出吧。"轻云道:"还要你说?没听伯父来时吩咐,不许擅毁洞中景物么?这出入门户重地,更比别处不同,怎能轻易毁得?伯父在外,少待一会儿,必有感应,开放此门,接引我们出去,何必忙在这一时呢?"英琼无奈,只得作罢。易静沉吟了一会儿,忽然看出玄机,忙请英、云二人将鼎中所得诸般宝物取将出来详观。轻云问故,易静道:"我虽识得这里禁法来历,只是道行浅薄。初入门时,所遇埋伏还能侥幸将它破去。后来那些没有发动,多半是得了前人的便宜,否则成功绝无如此之易。如今我细看这里千层青光,俱现莲花之形,有些异样,说不定此时已被那两个被困男女遁出时,用异宝毁去。不过全洞禁法,均具生克妙用,层层相因。尤其是这门户重地,必然另有呼应。此门一毁,遇伏便即发动,李伯父在外,不会不知。既然如此厉害,那两人难免不葬身在内。以我三人之力,未必冲得过去。适才屏上莲池,涓滴之水即可化为沧海,我们救那两人出险,全仗无心中得来的那柄宝钥。圣姑数百年间所炼法宝,全在鼎内,也许有合用的法宝,助我三人冲出呢。只是琼妹还可,你手持宝镜须要放仔细些。"

英琼闻言,心中又是一动,想起鼎中莲萼玉钥要大得多,那把小钥能闭神池之水,大钥必然更有妙用。念头只转了转,忙着取宝查看,仍未想到反身入内,重取鼎中宝钥,再行搜查。当下便和易静把法宝囊打开,各取出所获宝物,正在查看。轻云刚一伸手去取宝囊,天遁镜偏得一偏,前面青光忽如溜云卷到。轻云大惊,连忙定神,端正宝镜,才行抵住。前面青光力量,兀自觉得大了许多,哪里还敢丝毫疏忽。易静忙赶上前说道:"这里禁法真个厉害非常,没沾惹它时,还是在原处,一经行法用宝和它接触,立成不两立之势。我一退,它必进,不被卷去不止。幸而这面宝镜是件稀有奇珍,如换别的法宝,就这一下便支持不住了。"说罢,早代轻云解下身畔宝囊，由轻云用天遁镜抵住前面青光，自己与英琼退后十余丈，先用剑光护身，以备万一。然后取出那些宝物，逐件审视。

易静、轻云二人囊中所藏，适才俱经二人看过一遍，并无类似宝钥一样的法宝，件件精光射眼，有些连名称都不知道，休说它的用处。只英琼取宝时，忙着盖那宝鼎，易、周二人未及细看。此刻易静等取出来一看，还未寻到合用之物，首先入眼的，已有两件闻名未见的仙家至宝，稀世奇珍。方暗忖英琼仙缘，真个不浅，正在歆羡，猛一眼看到英琼手上拿着一块并无光华、长只七寸三分、类似一块醒木的东西，上面古锈斑斓，四边隐有莲花篆文。要过来细辨那篆文，乃是"百宝珍玦"四字。心中大喜道："如我所料不差，我们所得宝物，名称用法，俱在这小小宝物里面了。侥幸我还略知开法，且来试它一试。"说罢，双手合掌，按紧那匣的底面，运用玄功，一口真气喷将上去，再将双手一搓。那匣是一抽盖，便随手徐徐移动，刚刚露出一点缝隙，便从匣内射出一片金光。易静更不怠慢，聚精会神，运用神力，喝一声："疾！""锵"的一声，朵朵五色莲花，从匣中飞出，一晃即逝。匣盖立时揭开，匣中现出薄薄一本小书，玉绢朱文，薄如蝉翼，约有三十余页。书面四个篆文，与匣上相同。书底下夹着两道灵符和三把玉钥，长才寸许。翻开那书第一页，便看出内中一道灵符，可以通过全洞，无论在洞中遇何险难，只须将此符用本身真火焚化，自有妙用。另一道却是收符，也只须同样施为。三人俱都喜出望外，因为忙着出去，也未细看后页。匆匆将各样宝物藏起，所余的一道灵符带上，异书仍由英琼收好，一同走向前面。

易静先嘱咐轻云："等灵符焚化，便即收了宝镜，看是如何，相机行事。"说罢，施展禁法，将灵符往前一掷，那符便悬在空中。然后运用玄功，一口真气喷将出去。轻云忙收宝镜，火光一闪，灵符不见，化成一朵金莲，上托一幢三丈多高、丈许方圆的金光，似要往前面青光层里飞去。易静忙喊："快随我来！"用手一拉英、云二人，一同往金光中纵去。三人便被那朵金莲托住，朝前缓缓飞行。所过之处，前面青光似波分云散一般，纷纷消散。不一会儿，已冲出光层。到了门外一看，李宁坐在门侧，正在盘膝入定。三人连忙离开金光笼罩之下。易静见金莲光幢仍是冉冉往前游动，并未消歇。知道力量绝大，如不收去，头层洞门一切禁物，必被摧毁。

便将那另一道灵符取出,仍用前法,往光幢中掷去。才一脱手,便听霹雳般一声大震,数十丈红光飞向金光幢里,两下里只一混合,化成一片彩霞,恍如狂涛怒涌,直朝三人迎面飞回,其势迅疾异常。三人猝不及防,一见大惊,想要纵身避开,已来不及。就在这危机一发之际,忽从身侧又飞来一片祥光,将三人裹住,耳听万马奔腾之声,从头上和身左右卷将过去,瞬间没了声息。祥光敛处,李宁已站在面前,三人才知那祥光是李宁所发。惊魂乍定,侥幸俱未受伤。回顾那二层洞门,业已关闭如初,毫无动静。各自上前拜见,互说取宝之事。

李宁道:"此事我已略知梗概,只因你们行时匆忙,仅嘱咐你们取宝之后再行救人。我先时曾经略微参详,知那被困男女于你们有不利之兆,事完之后,便无可奈何你们。谁知我功力尚差,不能在片刻之间洞悉机微,以致仍免不了给你们树下异日的强敌,终为隐患。等到你们入内,我算计还有好些时迟延,左右无事,才得潜心体会,默察前因后果。方知那一男一女,乃西昆山散仙中数一数二的人物,入洞时已将各层埋伏用法力破去,为你们打通了不少难关,否则成功绝无如此容易。他们终因犯了圣姑禁忌,又加自恃心盛,洞中禁法生克循环,变化无穷,最后遇见先天庚金转化后天癸水,将二人陷入法池之内。他二人原是夫妻,你们进去时已经着迷,并无所觉。此事原有两种应付之法,可惜我事前不知,铸成大错。一种是你们在法屏上发现他二人被困,不许出声,径往屏后取宝,成功出来时,再行施救。他二人身在迷津,不知被陷,还在水阵中浮沉游泳,不致行法图逃,发动禁法中所藏妙用,引起灾祸。他们也只有感激之心,却无复仇之念。一种是你们将他们惊觉,他们狂呼救助,索性照琼儿意思,当时救他们脱险,因他二人感恩,又早知藏宝秘密,必然指给你们二处藏宝之所。宝物虽要被他们分去几件,却是多得奇珍,还交下两个教外之友,也不为失计。你们既已将人惊动,又不理他们。等到取了宝,他们已力竭智穷,眼看元气大伤,形神将亡之时,才行施救。他们以为你们既然从容深入宝山,法力定非寻常,绝不想你们未得宝钥,虽知禁法来历,也无此胆量,以身试验,以为是成心如此捉弄。他们气量本狭,想起费了许多心思,死中讨活,给你们去享现成,还闹得如此结果,怎不衔恨切骨?这两条路任走一条,也可免患。但等我详悉,已无及了。适才他二人出困以后,用千金神驼，冲门冒险遁出，又勾动了洞上禁法。虽得闯过，因在池中耗损真元太多，不如进时容易，身受创伤，愈发仇上添仇。见我在此打坐，知是你们一党，不问青红皂白，打了我一下神木钵。幸我坐时，有佛光护身，此宝无功，知非易与，才行负伤遁去。"

英琼道："女儿听到那女的号叫说藏宝地方共有两处，如能相救出险，她可助女儿同去。女儿还以为如若另有奇珍，爹爹不会不知，当她出言相诱。又忙着出来，虽有救她之心，但易姊姊要取完了宝物再救，免得生事，便跟着进去，没有管她。照此说来，是真的了。但是除那藏宝的鼎外，也曾细看，四壁空空，毫无朕兆，宝库到底在什么地方呢？"李宁道："易贤侄女之言，原本无差。只缘你们对我信心太过，我又是事前毫无准备，又因你们忙于回山，未加详参，只在你们探寻洞径涉险未出时，分化元神，入内防护，无意中见题壁仙偈，只知大略，不知内中底细，方有此失。其实那另一宝库，便在壁上圣姑遗像后面，开壁的便是鼎中朱莲内所含那柄形如兰蕚的宝钥。你起初发现蕚中藏的千载留音神偈时，只须将那莲瓣微微分开，便可取出。你却见那朱莲可爱，动了贪心，想将它折了回来。却不知事前圣姑早有层层布置，相生相应，时机一瞬即逝，不可复得。各洞中的宝鼎均有妙用，独这东洞莲蕚藏有仙钥，那朱莲、宝鼎一体，怎容妄取？你只管贪玩流连，错过机会，被鼎内原伏的乙未青神之气将鼎盖吸去，严密盖合。你平日也颇有慧心，竟会迷于一时，始终在洞内未向二贤侄女提起，直到出来才向我说，已是无及。否则你易姊姊精通道法，定能测透秘奥，二次入内用法术开了宝鼎，将宝钥取出，扣壁取宝了。出而复入，原无不可，偏又被逃人勾动禁法埋伏，你们无法出来。借着仙箧藏符之力虽得通行，但是那符具大法力，无坚不摧，不收则全洞景物难免不遭毁灭；一用收符，洞门重新关闭，所有汰屏上各种埋伏，重又借着此符相生相应的妙用，一一回了原状。以你三人之力，不遇机缘，再想入内，其势难如登天。仙缘止此，事由前定。且将那本小仙册取来我看。"英琼忙将小匣藏书取出献上。

轻云闻言，虽觉许多仙家异宝失之交臂，有些可惜，还不怎样。易静却不禁心中一动，盘算不置。李宁看那小册所载，除宝物名称用法外，并有圣姑遗偈。大意说鼎中百零九件宝物，均赠妙一夫人，转行分配给门下女弟子。英琼所得最多，灵云、轻云、英男、若兰、易静、紫玲、寒萼等人次之。俱注有各人的名字，所有女同门一个不空。那壁内藏珍，如何取法，以及宝钥用处，也载得清楚。只未注明应归何人所得，能否二次入洞。英、云二人观书，均面有喜色，惟独易静默然。

  李宁早明白因果，已知其意，笑对三人道："一饮一啄，莫非前定。多历艰难辛苦，所获益多。不过贪嗔两字，总足为害，小不忍则乱大谋，全仗慧心定力，去克制它。你三人此地早晚仍须重临，壁中宝物，说不定应在何人头上。只是经此一来，外间知者渐多，定要群来攘夺。物各有主，圣姑早有布置，该为何人所有，定而不移，绝不会择强而归。像今日之事，出于定数，无可避免，所以连我也临事慌乱起来。所望你们日后不论谁来，遇事可适可而止，少开杀戒，能让过便让过，切不可因其异派，多事杀戮，以致冤冤相报，没有了结，种下仇敌，徒留异日隐患，也不枉我今日引你们到此一番奇遇了。"易静原极机智，闻言竟会当做泛论，一心只盘算怎得一人再来取宝而归，听过便置诸脑后。李宁知她日后再入幻波池，关系毕生成败，怜她多年苦修不易，此番相会，总算有缘，当时不便说明，只好到了峨眉，见了掌教诸人，再为设法，以助她成功。也是易静仙缘尚厚，才得遇见李宁，就这样日后还是受尽艰危，几乎遭了杀身之祸。此是后话不提。

  李宁说完，仍命三人各将法宝收起，且等到了峨眉，呈与师长，再行分配。英琼问道："爹爹，我们出去仍是来路么？"李宁道："头层洞已被那两人来时用千金神驼冲开，他们只比我们先入洞不到一个时辰。论理我们还在他们之先，因为他们一到就直入东洞，我们从西洞甬路中一路绕行过来，沿途观赏奇景，解说一切，延时甚多，否则我们早就进去了。虽然你们多遇艰险，有此双剑一镜，也足以应付。他们见你们捷足先登，却不知第二藏宝之所，不是双方说明，通力合作，便是等你们去后，再行下手，何至结此一重仇怨呢。此门不闭，更足引起外人觊觎，又不知要葬送好些生灵。且体上天好生之德，我们也由此门出去，到了外面，再用佛法封锁，使那道法稍差、不知洞壁中甬路的人知难而退。以免涉险入洞，为洞门内禁法埋伏所伤，徒废了多年苦修，也是好的。"说罢，便引了三人，从头层正门走出。

走过两重石室广洞，才达门口，见两扇青绿光亮的洞门业被冲得小开。李宁便命三人站过一旁，盘膝坐定，口宣灵偈，施展佛法，手朝洞门一扬，一片祥光，飞上前去。先是洞门徐徐关闭，等到祥光散去，门已不见，与洞痕一般相似，杳无微痕。英琼道："爹爹，后来的人既敢到此，定知里面有几座洞府。这门虽被佛法隐去，难道不会按各洞方向部位间隔的远近寻找么？"李宁道："你说得倒也容易。原洞口就在这里，紫郢、青索乃峨眉至宝，万邪不侵，任何禁网，大概都能冲破。有我在此无妨，且向我的小旃檀妙法试上一试，看看我佛门妙用如何？"英琼闻言欣喜，诚心要在老父面前卖弄，暗地运用玄功，将师门心法施展出来，一道紫虹闪处，身剑合一，直往原有洞门之处冲去。连冲数次，只觉所冲之处柔如丝发，坚逾精钢，一种绝大刚柔兼备的神力阻住去路，只冲得祥光激滟，瑞彩缤纷，休想进得一步。

英琼仍是不信，收剑现身，笑对李宁道："女儿道浅，不能冲过。师尊常说，紫、青双剑合璧，妙用无穷，只须知道出困方向，绝无阻隔。女儿想和周世姊再试一回如何？"李宁笑道："琼儿，你还不服么？三教无不可克制之物理，双剑合璧进力愈大，阻力愈甚，你们不可小觑了呢！"英琼固想借此娱亲，轻云也见猎心喜，俱仗着李宁在侧，绝不会吃甚亏苦，也从旁跟着请求。李宁含笑点首。易静虽不知佛法奥妙，一听说是小旃檀妙法，不禁吃了一惊。暗忖："李师伯追随白眉禅师未久，怎便将禅门中多年苦修最难炼的降魔辟邪妙法俱学了来？闻得此法最为玄妙，今用它封锁洞门，自己如非已有了一番经历，知道洞中复道甬路，异日再来，还真非易与呢。"

一看轻云，已向李宁告罪起身，随同英琼，各将剑光放起，一声招呼，双剑合璧，化成一道青紫二色的长虹，二次往前冲去。这次居然一冲而入，好似毫不费事一般。易静正赞双剑神妙，同时又暗笑小旃檀法枉负盛名，也不过如此。忽见二人剑光在祥光瑞霭中闪了几闪，突然直冲出来，待朝外飞去。就在这疾如电掣之际，猛听李宁一声洪钟般的大喝道："你二人还不省悟么？"接着将手一指，剑光落地，现出英、云二人，面面相觑，恍恍惚惚，好似睡梦初回神情。

李宁道："你们看如何？你二人虽各有一口好剑，道行尚浅，仅凭本门真传剑术。遇敌时如见机得快，不等敌人发动厉害法术，立即回剑防身，诚然是万邪不侵。可是敌人如真是个能手，他只将法术颠倒变化，要想脱身却难。何况我这小旃檀妙法，乃佛门秘传，你师祖白眉禅师所授，我以毅力恒心，面壁九月零五日，才得学成。休说是你们姊妹，便是峨眉诸友，也极少能破此法者。不过佛家以静制动，炼来只为修道护法之用，并非上乘。若是上乘便不着相，本来无物，何有于法？万魔止于空明，一切都用不着，哪有敌我之相呢？"英琼道："女儿初同周世姊进去时，双剑合璧，颇觉容易。及至在祥光中飞行约有数十里，方在惊奇，怎么还不到底？念头一动，忽闻一股沉檀异香，人便昏迷，醒来却在原处，不知何故？"

李宁笑道："此中妙谛，你此时也参它不透。我法不易伤人，万相随念而生，念头动处，仍还本来。日后你道力精进，自能了解。此刻神雕想已复原。西洞内层门户业已关闭，艳尸正在乘隙欲出，不可再开。我们由北洞水路入内，再行法出去吧。"说罢，领了三人，走向北洞，仍照西洞一样，行法入内。到了里面，将门封锁，指着壁间一个孔窍说道："里面便是水路，我们可由此回去。"三人往孔中一看，孔并不大，里面隐隐见有几条水影闪动。听李宁说得一声："速闭双目。"言还未了，祥光闪过，身子忽然凌空飞起，耳听四外涛声震耳，顷刻之间，人已及地，睁眼一看，已达中洞。

这大半日工夫，神雕已经大半康复，满身雪羽甚是丰满，一双钢爪抓在鼎纽之上，正在剔羽梳翎，比起未脱毛换骨时，还要神骏修洁得多。英琼一见大喜，连忙飞身上去，抱着雕颈，抚爱不休。李宁道："论理它还须养息半日，才可飞翔。所幸它年来道力精进，复原甚速，你们又忙着回山。你三人可骑在它的背上，由我行法，护送回去吧。"说罢，三人分携了所得的至宝奇珍，李宁指着四壁灵药，命拔起了十余种，骑上雕背。英琼问："洞门已闭，打从何处出去？"李宁笑道："我自有出路，待我给那艳尸留个警戒。"当下指着宝鼎，默诵了一阵佛咒。然后指着洞壁一角道："这里无水，牢记此处，以备异日之用。"说罢，又口宣佛咒，将手一指，一片石裂之音，一块三丈许见方的大石忽然落了下来。李宁又将手一指，一片祥光，将石托住。三人驾雕飞出一看，已是外层洞室，耳听巨声发于后面。李宁跟着出来，洞壁已合。仍用前法，出了洞门，到了外面。李宁袍袖展处，数十丈祥光，围拥着四人一雕，齐往峨眉飞去。

第一七五回　图解勤参　寸心通妙谛
　　　　　　　　飞云可捉　咫尺误仙缘

且不说李宁率领英琼等前往峨眉凝碧仙府赴会。如今先补叙由戴家场分手出来的几个本书中重要人物的事迹，以便归入到峨眉开府盛典。下文繁妙节目甚多，日后俱可一一交代。这且不言。

且说老英雄凌操的爱女、俞允中的聘妻女侠凌云凤原是追云叟白谷逸的内侄曾孙女。当白谷逸的妻子凌雪鸿在开元寺坐化时，对白谷逸同穷神凌浑的妻子白发龙女崔五姑再三嘱咐说："凌家仙根甚厚，五十年后必有子孙得道，务必代为留意。"后来，白谷逸算出应在云凤的身上，便借众仙侠大破戴家场之便，给烟中神鹗赵心源去了一封柬帖，命他到时开看，等白发龙女崔五姑一现身，便即将柬帖呈上去，说自己门下并无女弟子，请她务必克践前言渡引云凤。五姑此来，一半相助众仙侠驱除异派，一半也是为了度化侄曾孙女之事，当然照办。

云凤本来心性高洁，向道甚诚，只为老父年迈，又鲜兄弟，不得已才许配俞允中。虽然允中英姿飒爽，武艺高强，又是世家子弟，堪称佳婿，到底不是夙愿。及至和姓罗的结仇，避至戴湘英兄妹家中，先后遇见了好几位剑仙侠士，大都飞虹百里，上下青冥，才知仙人也是人为，愈发动了向往之心。几次想和老父商量，就着这当前仙缘，投师学道，俱被阻止。云凤无法，只好暗中背人去激允中，谁想允中十分痴情，也是执意不肯。云凤暗中甚是气闷，原准备破了戴家场，拼死命苦求群仙接引，以死自誓，好歹也要了却这层心愿。不想一出去便遇见假头陀姚元，仗着一手神枪，刚要得胜之际，忽被姚元暗放瘟篁迷魂沙，冒起一股黄烟。云凤闻着一股奇腥气味，刚暗道得一声："不好！"立时中毒倒地，眼看死在姚元禅杖之下,多亏戴湘英赶来接应,一弹子将姚元右眼打瞎。凌操见爱女倒地,忙赶过去救时,倏地眼前一闪,现出一个白发妇人,就地上抱起云凤,身形一晃,不见踪迹。

云凤在迷茫中,微觉身子被人捧住,轻飘飘地凭空腾起,渐渐不知人事。等到醒来一看,已卧在一间极修整的石室以内,面前站定一个满头银发、手拄铁杖的妇人,正抚着自己满头秀发说道:"小孙孙,你能知我是谁么?"云凤幼年便听凌操说起自己家中曾祖姑成道的仙迹,一听这等称呼,把白发龙女崔五姑当成了凌雪鸿。适才曾为敌人毒烟晕倒,定是遇救到此。连忙下拜道:"你老人家可是五十多年前在开元寺坐化的那位曾祖姑么?"崔五姑道:"你曾祖姑业已兵解化去,又经过了三十余年的流转,才转动托生,在苏州阊门外七里山塘一个姓杨的渔人家里,不久便可相逢。我是你叔曾祖父凌浑的妻子白发龙女崔五姑。因你曾祖姑坐化时,曾再三向我和你曾祖姑父追云叟白谷逸说,凌家仙福尚厚,他年还有出世之人,要我三人随时留意,度化接引。日前你叔曾祖算出应在你的身上。今日打擂时,赵心源又拿着你曾祖姑父的书柬,请我渡你到此,先传授你坐功剑法,日后再引进到峨眉门下。你叔曾祖日内便去青螺峪驱除八魔,创立教宗,我本应相偕同去。只因你叔曾祖虽然道法高强,在各派剑仙中享有盛名,只是他还不算是玄门正宗,门下弟子异日均难免于兵解。昔日你曾祖姑便是吃了此亏。他性情又有些古怪,异日学成剑术,必不容你转入峨眉。所以他本想将你带往青螺,是我执意不肯,才将你带在这风洞山白阳崖花雨洞暂住。我先赐你一口玄都剑,按我所传,每日虔心练习。我不时离此他去,每隔旬日,必来看你一次。此洞为昔日白阳真人学道之所,灵迹甚多,乃人间七十二洞天之一。内洞壁上,有白阳真人遗留的图解熊经鸟伸,外具百物之形,内藏先后天无穷变化。你只要勤加揣摩,以你天资,日久自能融会贯通。稍能有成,再下山去略积外功,便可持我柬帖,趁着峨眉开辟五府之便,前去拜师了。开府盛会,为时相距不远。同门中身怀绝艺、道法高强之人甚多,你既是我引进之人,虽不能超越群伦,也须相差不远。此事成败,全仗你自己修为,勿负我的期许才是。不过此山远在黔桂边境,数千里山岭杂沓,除了山北铁雁冲黄狮寨一带,略有多族杂居外,虽然风景奇丽,时为仙灵窟宅,但亘古以来,洪荒未辟,大泽深山,山魈木魅、虫蟒怪异之类甚多；再加上此洞久传藏有白阳真人一部针诀和两匣芒饵，中间经过许多异教中人来此搜掘，至今不曾发现，连我也未知藏处，难免不再有人觊觎。我再赐你神针一枚，可随心收发，作为防身之用。你若有缘将真人遗物得到手中，足可助你数十年苦练之功。可随时留意，那就看你缘分如何了。"云凤闻言，不禁感激涕零，抱着崔五姑的双膝叩头不止。

崔五姑笑道："我知你向道心诚，今日正称你的心愿，尽自伤心作甚？快起来。"云凤含泪起立道："曾孙女蒙曾祖母天高地厚之恩接引到此，九死难报！只是爹爹年迈，并无子息，所生只曾孙女一人，平时甚是钟爱，今见曾孙女失踪，必然悲痛不止。还望曾祖母恩施格外，大发鸿慈，将他接引到此，即使修道无缘，也可朝夕侍奉，不知可否？"崔五姑笑道："痴丫头，你当修道成仙就这般容易么？此山已高出云表，你此时人在洞中，又服我的灵丹，还不觉得洞外罡风何等凛冽。常人到此，便即吹化。便是你，也须修炼四十九日之后，始能出洞游行。他一个暮年衰叟，到此怎能禁受，洞中食用之物俱所不备，你在数年内还未必能服气禁食。这四十九日中，尚须我给你采办黄精松子之类充饥。自出取食，须待四九期满，骨坚气凝之后。他来岂非受罪？至于忧思爱女，在所难免，但已有人为之分说，决可放心。他此刻有俞、戴两家留住款待，正好安乐。你只要有志向上，年余光阴，便能见面。你必将我的灵丹与他服食，纵难成仙，也可延年益寿。一人得道，九祖升天。图这年余之聚，反分道心作甚？"云凤不敢再说。

当下崔五姑便命云凤盘膝坐下，道："你如此孝思，索性我再助你一臂之力，使你早日学成，父女重逢。此举省却你苦功不少。须知此等仙缘，旷世难逢，勿以得之太易，不自珍惜，浅尝辄止。"云凤闻言悚然，恭谨领命。崔五姑伸出一手，按住她的命门。云凤只觉五姑的手微微在那里颤动不止，渐觉一股热气由命门贯入，通行十二玄关，直达涌泉，再由七十二脉周行全身，遍体奇热难耐。云凤只管凝神静志，一意强忍。先时五内如焚，似比火热。半个时辰过去，方觉浑身通泰，舒适无比。忽听五姑喜道："想不到你定力根骨如此坚厚，真不枉我渡你一场了。"接着又传了云凤坐功，说道："你此时百脉通畅，百病皆除。日后运气调元，可以毫无阻滞，后洞现有我适才采来的黄精，外有铁釜一口，支石为灶，足供半月之粮，可照我法做去。半月后,我再来传你剑诀。"说罢,取出一口长才二尺的宝剑和一根三棱铁针,交与云凤,传了针的用法,说得一声:"好自修为,行再相见。"云凤只见满洞之中金光耀眼,人已不知去向。知道洞外罡风厉害,不敢追出去看,只得望空拜倒,谢了大恩。先将那口剑拔出,"铮"的一声,电光闪处,剑已出匣,寒光射眼,冷气侵肌。仙家异宝,果自不凡。神针无事不敢妄发,也知是件宝物无疑。不由喜出望外。心里记着后洞壁间图解和白阳真人灵迹,以为其中必多仙景,恭恭敬敬朝后洞叩了几个头,存着满腔虔诚之心,往里走去。

这洞共分前、中、后三层,只前洞最为光明整洁,中洞深藏山腹,虽然高大宏深,已不如前洞明朗。云凤见上下壁内到处都是残破之痕,料是前人发掘遗迹。走向洞壁尽头,见有一块高约两丈、厚有三尺的石碑,碑上并无字迹。转过碑后,才是后洞门户,高只丈许。进门一看,洞内异常黑暗阴森。云凤原有内家武功,目力曾经练过,仔细定睛巡视,依稀略能辨出一丝痕影,还是看不清楚。洞中仿佛比前、中两个洞还大得多,除当中一个石墩和零零落落竖着许多长短石柱外,并无甚出奇景物。再走向壁间一看,那图解也只影影绰绰,有些人物痕迹,用尽目力搜查,不见一字。仅在东南角寻到一堆黄精、松子和那一口铁釜,心中未免觉着有些美中不足。孤零零坐在当中石墩上,只管出神寻思,也不想弄吃的。暗忖:"曾祖母既说图解为用甚大,必非虚语。这一点点人物立坐飞跃淡影,不见一字,洞中如此黑暗,叫人怎生索解?如不从此中悟出一些妙理,休说自己汗颜,曾祖母必当自己不堪造就,负了期许,也许就此罢手,岂不误了仙缘?"想了一阵,又往四壁注视一阵。那飞跃屈伸之状,还可照着内行功夫依式学样,偏生坐像最多,十九一式,即使看得清楚,也无从下手学习。似这样起坐巡行,过了好些时候,老是寻不出一点线索,不由着起急来。越着急,觉着洞中越更黑暗。末后把气沉下去,闭了双目,略微定了定神,把心一横,暗骂:"好容易遇上这等仙缘,偏又资质这等愚下。如不悟出壁间图解用意,誓以身殉!反正曾祖母要过了半月才来,无须急在这时,何不先照她所传炼气之法,勤加练习,缓些时再去参悟?"想到这里,便将双膝一盘,冥心用气,打坐入定。等到做完功课起身,也不知是甚时候,只觉身轻骨健,神清气爽。睁眼一看,洞中也没有初进来时黑暗,壁间图解隔老远便能稍稍辨认。这才稍悟虚空生白之理。适才是由明入暗，满腔欲望，心盛气浮，所以看不大见。此时坐功之后，矜平躁释，神清志宁，便好得多。以后勤加练习，定能视暗如明。只要图像能一目了然，无须尺寻寸视，纵无字迹注解，多少总要体会出一些道理。不禁转忧为喜，愈发奋勉不置。

云凤自从戴家场遇救，到此已有一天多时间未进饮食，这时心里一宽，方觉腹饥。走向壁角置釜之处，一面先剥了松子入口。猛又想起仙人点化，往往示意于不知不觉之中。前洞尽有光明方便所在，这锅灶偏生安置在后洞最黑暗的地方，看似无关，定非寻常，说不定又含有深意，且莫去动它。一面随手取了一根黄精，咬了一口，觉着苦涩。见其中还杂有许多山芋，打算煮熟了吃，釜旁柴火颇多，也有火种，只是无从寻水，出洞又畏罡风。只得用身带的一把小刀削些胡乱生吃了一顿。吃完起身，又向壁间巡视，除看得比前清楚外，仍无所得。一心苦练，洞中又无床榻被盖，索性不睡，径去石墩上二次打起坐来。做完一次功课，异常舒散。或是吃些山芋、黄精、松子之类，又去打坐入定。似这样做过了十几次功课，始终未曾离开后洞。洞中黑暗，不分昼夜，算计时候，约有三天光景。因是潜心一意，勤苦参修，再加天资颖异，凤根深厚，进境极快。但云凤本人尚不知道，只觉心智空明，耳目分外灵敏而已。

有一次，刚刚入定醒来，偶看壁间图解，格外比前清晰，知是打坐之功。自忖："再有数日，只要按着曾祖母所传坐功，能在一次中将气机运用纯熟，通行逆关，过了十二周天，做到她老人家所说境界，便可照着壁间图解，不问悟出门径与否，一一试练了。"正自寻思，微闻水声滴石，静中听去，分外清楚。细一留神，听那水声竟出自那块打坐的石墩之下。云凤连日用功，除吃些山粮外未进滴水，也未行动过一次，忽然听得水声，不禁忐饮。心想："洞中灵迹甚多，除壁间图解外，也曾仔细搜索，并无所见。石墩下面是实是虚，怎未想到移开一看？这水声好似时近时远，石墩又大，莫非下面还盖有洞穴不成？"想到这里，走近前去，两手搬着石墩往前一拉，竟能移动，连忙运足平生之力，一阵搬移，移开二尺来远近，渐渐发现穴口，心中大喜。等到石墩移向一旁，再看全穴口，比石墩只稍小一圈。低头往穴里一看，水声已住。那穴道由前往后，斜行下去，看去虽然很深，不过斜径陡些，并非直落无际。有了着身之处，自信从小练就一身轻功，还可提气贴壁上下。略微歇了歇，振起精神，将真气往上一提，身坐穴口，伸足入穴，背贴着那滑削陡险的穴壁，缓缓往下溜去。快要到底，才将气一舒，放快了势子。等到脚踏实地一看，地方不大，石笋林立，均甚粗大。石壁没有上面平整，到处都是孔窍洞穴，仍有不少发掘过的痕迹。再一细寻那水声之处，只在一声形如槎丫的奇石上面洞窍里有一线流泉，涓涓下滴。想是年代深远，水滴石穿，已成了一个尺许方圆的水坑。水与地平，也不溢出。用剑一探，不能到底，仿佛很深。张口就着泉流一尝，竟是甘洌异常。心想汲些上去，又没盛水的东西。如若上去，将那口铁釜搬下来盛，又恐拿着东西，走这样滑削的穴壁，下来容易，上去却难。想了想，无计可施。一心想吃点熟东西，只得取下身披的肩巾，先放在水坑里洗了个净，就着那涓涓细流，将它浸湿。再脱去上身衣服，放在石上，以免弄湿了没有换的。一切准备停当，口含湿衣，走向穴壁。仍是背贴着壁，将头往上略伸，手足向壁，施展轻身功夫，一提气飞也似往上游去，一会儿到顶。出了穴口，奔向釜前，将巾一阵拧绞，居然有一碗多水。左右闲着无事，穴底温暖如春，也不嫌麻烦，一连上下三次，才凑了有半釜子水。就石上晾起肩巾，将脱去的衣服着好。一面生火，一面削芋放入釜中去煮。不消片刻，水开芋熟，香味扑鼻。取出一尝，不但那芋甘芳酥滑，连汤也是清香甜美，益觉适口异常。尽情大嚼之余，不觉吃多了些。

云凤连日吃了许多冷东西，在前又服了崔五姑的涮洗肠胃的灵药，药力早已发作，又几天没有行动，被热汤热食一冲，不一会儿，忽然腹痛如绞。恐污秽了洞府，洞外罡风厉害，强忍着跑出洞去，择一僻静山石后面，刚一蹲下，便如奔流夺门，不可遏止。等到站起身来，积滞全消，顿觉身子一轻，五内空灵。细看当前景物，置身已在白云之上。四外高峰微露角尖，俱在脚底。正当中午时分，天风冷冷，仿佛甚劲，但是一毫也不觉冷。偶一低头，见崖下面长着许多奇木异卉。向阳一面，有一处黑沉沉的，似有洞穴，当时未有意去看。闲眺了片时，径回洞中，去做功课。坐时觉着一缕热气由丹田起来，缓缓通过十二玄关，直达命门，然后又顺行下去，与崔五姑传授时手按命门的情况相似。知道第一层功夫业已圆满。坐罢睁眼一看，全洞光明，无微不瞩，不禁狂喜。壁上图解，连日来已是越看越显。云凤打定主意，只是练五姑所传功课，一直未去理它。

这次做完功课，见四壁人物鳞介飞潜动跃之形，不特神态如生，竟悟出自东壁起始，个个俱似有呼应关联。一数全壁，共是三百六十四个图形。暗忖："这图解分明按着周天三百六十五度，怎么少了一个？"四外又无残缺之痕，再四揣摩不出。反正无师之学，全仗自己用心试习，并不深知玄妙，且试试再说。便决计从东壁许多图像起，照样练习起来。起首是一连十二个人形的坐像，俱都趺坐朝前。头一个两手直向膝头，一目垂帘内视，首微下垂。第二个头略正些，态甚安闲。以下的十个坐像，俱都相同，看不出有甚不一样处。

云凤虽猜是坐功次序，但是四壁三百六十四个图像，飞潜动静，无一雷同。这起首十二个，除头一个首略俯，算是坐功起始，调息时的姿态外，后面这十一个既无甚姿态，要它何用？定有深意在内，只是自己心粗，没有看出它的异处。她定了定神，再仔仔细细查看那十一个图像的同异之点。除面貌胖瘦、身材高矮不一外，休说姿态相同，连服装和那衣纹都是一个样式画出似的，想不出个道理来。后来一想，这也许是当初真人门下练图解的十二个弟子，也未可知。看壁上人形，一共不足二十，除这十二个有衣冠外，余者均是赤着身子，所料或者不差。想了想，把初意略微变更，便舍了这十二图像，暂且不学，竟从第十三个图像开始学习。其实云凤如按初定主意，不问三七二十一，竟从头一图学起，日子一久，自可悟出玄门上乘大道。只为天资过分聪明了些，心略一活动，这一改主意，反倒舍近求远。等把壁间图解学完，悟出走错了路，已该是下山时候，无暇潜修。日后到了峨眉，不能与三英二云比肩，仍要随定一辈道行略次的同门，在左元洞内，苦练三百六十五日。差一点便和雷、杨等人同样走火入魔，白费多年的辛苦。这且不提。

十三图起，尽是些人物鸟兽各式各样的动定状态。云凤便照着上面熊经鸟伸，一一练习起来。先只是打算照本画符，以为不知怎么难法。原拟每次功课完毕，每一像学上几次，不问有效无效，能通与否，先练习上十多次，再挨次往下练去。反正不惜辛苦，把这三百六十四像一一练完，看是如何，再作计较。及至照图才练了两式，便觉出有些意思，一式有一式的朕兆，不禁心里头怦怦跳动。连饮食都顾不得用，照式勤练不已。第一日连着几次，练了二十余式。坐完了功课便练，练完又坐，虽已入了悟境，尚不能将各式融会贯通。等到第三日过去，已会了百十来式。有一次练完，试照幼年在家练习武功之法，将各式先挨次连贯如打拳般练了一遍。然后又颠倒错置，再练一遍。练时猛觉气机随着流行，和坐功时相仿，愈发狂喜。不消十来天的工夫，壁间图像俱已练到。虽然只知依样葫芦，不能深悉其中微妙，对于运气功夫，却是已有进境。

崔五姑去时，曾说每隔旬日，必来看望一次。这日云凤做完功课，一算日期，已有半个多月，五姑说来传授剑法，并未来到。可是洞角所留的食粮，看去还是那么多，丝毫不见减少。起初只顾每日苦练，没有注意到此，这时一经想起，觉着奇怪。暗忖："神仙绝不打诳语，但是飞行绝迹，来去无踪。"一想到这里，便留了神，将所余食粮，分别估了数目，打了记号，照自己每日食量一估，还敷月余之用。过了两三天，一查看竟少了些。尤其是自己最喜煮来吃的山芋，一根无存，好生后悔，不该暗破玄机，又去打甚记号。

光阴易过，云凤在白阳崖花雨洞中，不觉过了一个多月，五姑始终未见一临，眼看着食粮将罄。喜得那日五姑曾说四九期满，便可出洞觅食，如今相隔已无多日。洞外罡风凛洌，日前也曾试过两次，除风力稍劲外，并无所说之甚。连日忙着用功，仅在洞前稍立，偌大一座仙山，俱未涉足。再过两日，如五姑还不见到，便准备在本洞左近，先采办一点食粮存储，省得用完之后，急切无处采办。虽然仙法未得传授，好在自己原有一身武艺，又有一口仙家宝剑，还有那根神针防身，纵遇山魈木魅，自信尚能应付。出家人山居修道，一切艰危灾害，原所难免，也怕不了许多。

正在沉思，偶望壁间图像，个个姿态生动，仿佛欲活，仙人手笔果是灵奇，越看越出神。猛然想起自己曾将三百五十二像一口气连贯习完，觉着与坐功真气运行流替虽有动静之分，但殊途同归，并无二致。五姑去时未传剑法，正苦无法练习，何不用这口仙剑，照着壁图也试它一试，看是如何？万一也和上次一般，悟出些道理来，岂非绝妙？云凤想到就做，当下拔出那口玄都剑，按着图形，参以平日心得，一招一式，击刺纵跃起来。头两次练罢，得心应手，颇能合用。只因图形部位变化不同，有的式子专用右手便难演习，非换手不可。如真照了样做去，到时势非撒手丢剑不可，觉着有些美中不足。练到十次以上，动作愈发纯熟。快练到一百零三式时，又该两手交剑,才能过去。心想强它一强,看看有无别的解法。心里虽这么想,身法并未停住,就这微一迟疑之际,已然练到那一式上。这中间一截,共有七十多式,多是禽鸟之形,大半都是爪翼动作,并无器械。云凤用剑照式体会,都能领悟用法。

那一百〇一、一百〇二两式:一个是飞鹰拿兔,盘定下瞩;一个是野鹤冲霄,振翼高骞。一上一下,本就不易变转,偏生一百零三式单单是个神龙掉首,扬爪攫珠之形。云凤先将身纵起,右手持剑,去伐飞鹰右爪,作势下击。刚一落地,倏又纵起,去学第二式。因第一式未悟出着力之点,只知横剑齐眉,却伐鹤的右翼,如要跟着提气飞身回首旁击,格于图中形势,非两手换剑不可。当时略一慌乱,想变个办法,只顾照式练习下去,不料那些图形一式跟着一式。云凤急于速成,动作又快,身在空中,刚照式一个翻腾,猛见眼前寒光一闪,自己的头正向手中宝剑擦去。这时云凤的剑原是用虎口含着,大、二、中三指按握剑柄,平卧在手臂之上,再想换式将剑交与左手,已是无及。情知危险万分,心里一着急,就着回转之势,右手一紧,中指用力照着剑头一按,同时右臂平斜向上,往外一推,那口剑便离了手,斜着往洞顶上飞去。云凤身子已盘转起来,见剑出了手,心里一惊。这些动作每日勤练,非常纯熟,不知不觉中照着龙蟠之势,身子一躬一伸,便凌空直穿出去。她原是一时手忙脚乱,想将那脱手的剑收回来。谁知熟能生巧,妙出自然,又加气功已经练到击虚抓空境地,平日独自苦练,尚无觉察,忽然慌乱中的动作,竟然合了规矩,这一来恰好成了飞龙探珠之势。

说时迟,那时快,剑又是口仙剑,既发出去,何等迅速。照理云凤只是情急空抓,万不料手刚往前一探,那股真气便自然然到了五指。猛觉手中发出的力量绝大,那剑飞出去快要及顶,竟倒退飞回,到了手中。能发能收,大出意料之外。且喜人未受伤,连忙收式落地。暗忖:"那剑明明脱手,怎会一抓便回?好生奇怪!"后一想:"连日苦练,只觉真气越练越纯,也不知进境深浅,壁间图解是否可与剑法相合。难道这么短的时日,已可随心收发不成?"想着想着,试将剑轻轻往前一掷,跟着忙用力往前一抓,果然又抓了回来。欢喜了一阵,该是进食的时候,一查食粮,所余已是无多。一时乘兴,带了那口玄都剑和飞针,径直出洞,去寻觅食粮。

到了洞外一看，恰值云起之际，离崖洞数丈以下，只是一片溟蒙，暗云低压，远岫遥岑，全都迷了本来面目，不知去向。崖洞上面，照例常时清明，不见云雨，这时也有从云层中挣出来成团成块的云絮，浮沉上下，附石傍崖，若即若离，别有一番闲远之致。云凤先见下面云厚，虽然前几日看出一条方向路径，到底不曾亲身经历过，怎敢冒昧穿云而下。方自有些迟疑，忽然一团雪也似的白云从崖下飞起，缓缓上升，往身旁飘来。觉着有趣，伸手一抓，偏巧一阵风过，那云已是升高许，往前飞去。云凤一捞，捞了个空，心中不舍，便追了去。这风一吹，不但这团孤云飞行转速，便连下面的云海也似锅开水涨，波卷涛飞，滚滚突突，往上涌来，转瞬之间，已与崖平。云凤只顾纵身捉云，忘了存身之处已离崖边不远。刚将身纵起，见那云突又前移，暗骂："云儿也这般狡猾，我今日若不将你捉住才怪。"不便在空中施展近日新学来的解数，往前一探，又悬空飞出了两三丈远近，恰好将那云团双手抱住，身子才往下落。

猛一低头，见脚底云涛泱奔，浩瀚无涯，哪里还有着脚之所。知是一时疏忽，已经纵在崖外，不禁大惊，急切间想不出好主意。等到想起提气盘空，凌虚回旋，身子已坠入云层之中，睁眼不辨五指，哪里还来得及。又不知脚底下是崖的哪一面，仗着胆大心灵，立时变了方法，把气紧紧提住，随时留神着脚底的地方，使下落之势略缓，只要觉着脚一挨着实地，便可站定。正落之间，渐觉凉风侵肌，冷云扑面，周身业已湿透。正猜云中有雨，猛听云底下风雨大作，声如江涛怒吼，四周的云越暗，水气越厚，几如浴身江河之中。约有顿饭光景，才将这千百丈厚的云层穿过，风雨之声，也越发听得真切。定睛往下面一看，底下也是一座山脊，因为终年上面有云封蔽，尚未见过它的形势。身子正从狂风暴雨中飞落，离地少说也有数十丈高下，一旦失足，万想不到下落这么低速。自己如非在洞中练习了这四十多日图解和坐功，一旦自天坠地，直落千丈，还不是个粉身碎骨么？想到这里，好生害怕心寒，哪敢丝毫怠慢。先将气一舒，使其速降，转眼离地只有十来丈，才忙将气重新提住。紧接着再做出一个俊鹘盘空之势，以便觅地降落。

第一七六回

阻险窜荒山　落日穷途　仙乡何处
兴亡说古国　尺刃寸弩　殷鉴空悲

且说云凤想不到自己的一口真气已提了好一会儿，毕竟练功日子太浅，根基未固，又处在惊急忙乱之中，下落太高，这气一散，便不易再为调匀，势子也不能随意变化，想和初下来时那般缓缓提气下落已不能够。云凤见下坠甚速，恐心身受了震伤，正在拼命往上提气，一眼看见前面绿荫丛密之中有一株古树，大约十围，槎丫怒挺，突出群杪。云凤下时，原是两臂平分，双足朝上的式子，往下斜飞坠落。打算万一不济，临时再化成一个风飘柳絮的招式，翻折而下，虽保不住要受一点震伤，到底好些。一见这株古树，正好攀附，好生心喜。说时迟，那时快，想起这主意时，已经超过树顶两三丈以下，离地只有四五丈光景。也顾不得看清树上有什么东西，双手一分，双足用力往上一踹，凌空一个鱼鹰入水的招式，竟往树腰的一枝老干上斜穿下去。等到近前，左手一伸，捞住树干。因从千百丈高处坠落，势子又疾又猛，一经抓住实在东西，便似秋千般荡了起来。等到把力匀住，右手攀枝上翻，准备坐在树干上略微喘息，再行下落时，身子已经荡了两荡。

只这略一耽搁下来，忽听树叶丛里窸窣有声。身刚翻到干上坐定，回头一看，丛枝密叶间忽然现出许多双头怪蛇。有的长有丈许，粗若碗口，大小不一，顺着树顶繁枝密干，各自将双头昂起，红信吞吐，宛如火焰，蜿蜒而下，其行甚速。云凤惊魂乍定之际，一见来了这许多的怪蛇，知道此蛇厉害，其毒无比，身在树上不易防御，慌不迭地便往树下纵去。身才及地，抬头往上一看，为首几条已经飞蹿到才落坐的老干上面，将头悬了下来。用手一摸宝剑，且喜不曾失落。顺手拔出，两足一顿，正想纵起，朝那为首几条怪蛇头上挥去。猛觉脚底一阵奇紧,双足似被什么东西缠住。幸是云凤武功已臻上乘,身灵心巧,一觉双足受缚,连忙稳住势子站定。如换旁人,早已绊倒。云凤疑是下面还有蛇群,身被绞住,不禁大吃一惊,哪还顾得细看,手中剑早顺脚而下,嚓嚓两声,绑缠断落。低头一看,乃是一大片似藤非藤、似索非索的东西,无枝无叶,都有拇指粗细,遍地都是,广约亩许,根根互相纠结,形如猎网,却又有好些不类。荒山寂寂,更无人踪,也不知这东西怎能自己捆人?仰望树巅怪蛇,业都全身毕现,一条条将尾巴钩住枝干,身子恰似千百彩绳,悬了下来。为首几条大的已经松了尾巴,大有下窜之势。不敢怠慢,二次举剑,刚将身纵起,两条大蛇已劈面飞来。

那白阳真人壁间图解,原是昆虫鳞介,人物鸟兽,各样各式的动作,无不包含在内。云凤天资颖异,又加刻意勤求,虽因日浅,功候尚差得多,还未悟彻精微,但外表式子已能融会贯通。一见那蛇来势,正与平时所习的蛇形相合,不知不觉,便静心运气,照着图解,将头一低,剑尖朝内,护住面门。两臂如环,由白鹤冲霄的式子,运足浑身气力,将两腿交叉着一绞一踹,两臂一合一分之间,化成一个龙跃天门,暗藏灵鹫搏雕的招式。身子便翻转过来,成了仰面朝上,不但没有向左右避开,竟从蛇头底下,斜着平穿上去。刚一让过蛇头,更不怠慢,一个拨浪推波的解数,右手的剑早朝二蛇头上反削出去。那蛇与敌人迎面错过,离树凌空不能转折,还待下落时挥尾下击,剑已临身。虽然生得那般长大猛毒,仙家宝剑毕竟禁受不起,一道寒光闪过,立时身首异处。凡是怪蛇,多半命长,虽然被剑斩断,那四颗怪头一负痛,再就着前蹿之势,竟平飞出二三百步远近,才行坠落,在地上乱蹦起一两丈高下。这里云凤一剑斩去双蛇,知道树上毒蛇还多,必不甘休,未容蛇尾下击,早转招变式,就着那拨浪推波之势,一个鹞子翻身,紧接着掉头转身,又一个龙归沧海,身子一拱一伸,往斜刺里蹿去,脚才落地,恐被地面上怪藤缠住,这番有了经历,用脚略一拨划,立时脱了绑缠,变成寸断。再看那两条毒蛇的身子,也蹿出老远,才行坠落,一到地便被怪藤缠住。蛇头虽断,蛇性犹存,只管挣扎屈伸,蹦跃不已。那怪藤说也稀奇,蛇身不挣犹可,越挣纠缠越紧,眨眼工夫,便被缠作一团。云凤见了暗自心惊,幸而有此利器在手,否则休说毒蛇,便落在这些怪藤上面，也难脱身，不禁伸舌，道声："好险！"因适才仓猝应变之际，接连几个尽妙奇险的动作，俱都身子悬空，不曾着地，端的变化自然，神速无比。想不到那图解初学不多日子，已有这许多妙用。异日悟出深微，火候纯青，那还了得！一面心喜，一面想起进境甚速，也颇自负，胆气愈发壮了起来。

蛇类复仇之心极盛，树上群蛇何止千百。内中还有三四条次大的，上半截业已伸出，大蛇一死便缩了回去，口中红信焰焰，嘘嘘乱叫。群蛇也互为和应，好似商量报仇一般。似这样怪叫了一阵，忽然停住。内中一条大的，猛往前一蹿，似要朝云凤立处蹿来。云凤胸中有了成竹，那两条最大的已容容易易地除去，何惧其余。再加相隔比前要远出两倍，易于看清群蛇动作，便于相机应付，不似先时手忙脚乱，所以一毫也不着慌。地下怪藤密布，如同网罗。不愿纵向别处去费手脚，乘着蛇叫未下之际，只将附近周围的藤网用剑一阵乱削乱斫，清出一片两丈许方圆的石地，将断藤用剑拨开。一面想着肃清毒蛇之策，以为世人除害。及见群蛇叫声甫息，又有一蛇作势蹿来，心想："这些毒蛇虽然大的只有几条，可是数目太多，最小的也有三四尺长短。如果全数一拥齐来，虽然自己所练壁像图解上曾有好几式破法，毕竟也要涉多少险，费好些手脚气力，方能脱险。何况这东西其毒无比，一毫大意不得，休说使它沾身，就为毒气所中，也难禁受。也照先前二蛇榜样，便可来两个死一双，略微施展，登时了账，那就妙了。"

正在筹思，准备不迎上去，以静制动。不料头一条蛇身刚离树，第二条大蛇便接蹿飞起，两颗怪头一交叉，径将前蛇的尾巴紧紧夹住，与前蛇首尾相连，一同朝前飞蹿过来。第三条蛇也跟着飞起，又将第二条的尾巴夹住。似这样连二连三，晃眼之间，连上了五六条，如空中长虹也似，成了一条直线。看神气，后面的蛇还在接连不已。这几条蛇虽没头两条蛇长大，也差不了许多。后两条较短的，也长有丈许。当头一蛇，相离云凤存身所在仅五丈远近，只要再接上四五条，次大的便可到达。同时树上千百条毒蛇都照样发动，一个连一个飞蹿出来，化成数十条粗细不等的长虹，附树凌空，笔直挺出，顿成奇观。

云凤原早料到群蛇要齐来拼命，只是这般奇特来法，却未想到。图解上虽有金针刺万蜂和一鹰落群鸦诸式，俱是以寡胜众，半个不留。但这蛇却是以一为主，数身相连，你用剑斩了头一个，势必第二个又如箭一般连珠射到，叫你缓不过势子来。反不如四面八方，合围而上，或是势如潮涌，千蛇同进，一个可用风卷残云的解数，近身则死；一个可用力划鸿沟的解数，剑到头落，比较容易发付。先只想到群蛇齐上较难，却不想这等来法，更难得多。才知天下事无奇不有，不经一事，不长一智。不敢冒昧上前，先要防到败路。往后一看，只见一片广原，尽是藤网纠结，甚为繁茂。猛想起适才两条蛇身为藤所缠之事，自己有剑在手，不怕藤缠。少时蛇来，如真无法应付，索性以毒攻毒，诱它入网，岂不是好？这口仙剑，不曾在空中坠落时失去，如今才得仗它防身免祸，真是万幸。想到这里，猛又想起五姑所赐防身法宝飞针，传时说是能发能收。因为一放出去，不见血、不伤人物不归，虽然传了一次，也未试过。想必比剑还妙，怎便忘了取用？伸手往怀中一掏，刚刚取出那根飞针，最前头的一连串大蛇已离身不足两丈远近，口中红信吐出二尺多长。只见群蛇似波纹般一阵乱弯乱拱，"嘘"的一声怪叫，后蛇把双头一开，当头一蛇忽如弩箭脱弦，直射过来。

　　云凤不知因两个蛇王被斩，群蛇齐出拼命，一见蛇到，喊声："来得好！"两足一点劲，凭空纵起数丈高下，准备让过蛇头，再使一水中捞月之势，将它斩为两段，以免当头迎去，被它喷出毒气。谁想那蛇竟灵警非凡，云凤刚一纵起飞蹿中，就把身子一拱，尾尖着地，双头朝天，也跟着夭矫直上，蹿了起来。还算云凤满身解数，变化无穷，一见这条蛇不似先前那两条势子迅急蹿过了头，也跟着自己往上蹿来。忙即改变招式，不等那蛇过头，口鼻闭住了气，一个玉带围腰的解数，拦颈一剑斫去。立时迎刃而过，两个蛇头左右飞起多高，颈中鲜血飞溅如泉。那蛇余势未完，身子兀自不倒，仍往上蹿。云凤百忙中忽听嘘嘘之声四起，知是后蛇继起，不敢下落。不顾血污，左手袖子一遮面目，一个大鹏展翅的招式，旋过身来，就势双足往蛇身横着一踹，借劲往斜刺里一纵，死蛇身子便往后直倒下去。

　　群蛇来势，原是一个跟着一个射来。就在这瞬息之间，第二条蛇跟着蹿到，见仇人飞身直上，为首一条大蛇夭矫升空，同仇敌忾，也跟着仰头往上蹿起。还没到前蛇一半的高，前蛇尸身已被踹倒落，一前一后，两下势子都急，撞个正着。无巧不巧，那又粗又大的蛇身中段越过蛇尾，何止数倍，这一来正嵌在次蛇双头交叉之中，填得紧紧。原是一个猛劲，蛇头本大，二颈中空，入口处窄，急切间再也挣它不脱。偏那死蛇命长，半腰被次蛇夹住，头又斩去，一护痛，前后两半截死力一阵乱绞，将次蛇前半身缠了个又紧又结实。急得次蛇连声怪叫，目露凶光，双头乱摆，下半身一条长尾直竖起来，横七竖八，一路乱摆，打得尘土飞扬，石地山响。落处原在云凤存身的那一片地上，忽然一尾打去，正打在藤网上面，立时被缠住。那蛇比最先死那两条原小不了许多，尾已被缠，越发情急，拼命奋力往上一挣，只见身子越发鼓胀，略一两次屈伸之际，一片嚓嚓裂麻之声，地下藤网竟被它挣断了亩许方圆一大块，附在蛇尾之上，飞将起来。二蛇刚刚纠缠之际，第三条也跟着飞出，其余蛇虹也都连成，纷纷蹿起。第三条飞临切近，先被次蛇一尾巴打在左边头上，那蛇护痛，一闪身子，正落在藤网上面，立即被缠住。一则它比次蛇略小，二则全身被缠，不比次蛇前半身在空地上容易着力，于是挣头缠尾，挣尾缠头，越缠越紧，越紧越缠，团作一堆，余下数十条蛇虹，刚刚相次脱身飞出，正值次蛇性起发威，长尾乱舞之际。云凤开辟的那片地方原本不大，次蛇长尾乱舞，本就将群蛇来路阻住。末后次蛇又带起那一片藤网，舞得风雨不透，这些小蛇不是被次蛇打晕，便是中途被阻，落在藤网之中，将身缠住。

　　群蛇生长此间，想是知道地上藤网厉害，除了结成长虹飞渡而外，其势不能绕道旁处来袭。除几条乖巧一点的见势不佳，缩了回去外，余者十九自投罗网，顷刻之间已去了一大半。这一来，只便宜了云凤。先见次蛇落地，本想飞身上前，给它一剑。及至见了这般光景，乐得由它去做挡箭牌，还省却许多气力，不由喜出望外，便停上手，伫观奇景，只见大小长蛇，满空飞舞，无数彩条遍地纠缠，嘘嘘怪叫之声四起如潮，虽然不得近前，声势确也着实惊人。那次蛇带着头一条蛇的尸身和尾后网一般的断藤，乱挣了一阵，渐渐力竭，双头之间血已淋漓，势子方缓了下来。忽然一声怒叫，头尾双翘、肚腹贴地，拼死命一蹿，不想蹿错了方向，应朝云凤蹿来，反往侧面蹿去。毕竟力已用尽，又加两头沉重，蹿出去不过六七丈远近。蛇头上夹着的前蛇尸身性早消失，前后两半截都有丈许下垂。次蛇一个支持不住，头往下一沉，蛇身一擦地，便吃藤网缠住。次蛇余势未歇，还在前蹿，冷不防被藤网缠住的蛇尸一扯，蛇头一低，身子便由凹而凸，拱起多高。蛇尾吃不住劲，也跟着垂下。尾巴上挂着的那一片形如圆扇、大约亩许的藤网，又吃地上的藤网缠住。藤缠藤，自然更要结实得多，两头俱被缠住，真似一座大圆拱桥，横亘地上，哪里还能动得了身。只见它身子往上挺了几挺，便即力竭而死。

那古树上的双头怪蛇，还有百十来条，大半俱是中号的，差不多也有五七丈长短。这些蛇比较狡猾。先见许多同类飞蹿出去，都被次蛇打落的打落，阻住的阻住，条条坠地，被藤网缠住不能脱身，便将身缩回树上，只管吐舌发威，却不上前。等次蛇一死，让出道路，各自一阵嘘嘘乱叫，重又一条接一条地待要连着钩接起十来道蛇虹飞出。云凤伫视了半个多时辰，虽知这种毒蛇报仇心急，能舍命来拼，并非易与，心已不似前时惊慌；再加蛇的来路已经看清，想出应付之法。便不等它连接长了，便将飞针取出。照准树上较为长大的几条发去。才一出手，便听一声霹雳过处，一道红光，带起一溜火焰，朝群蛇飞去。星飞电掣，飞到蛇前，只一闪，便即不见。晃眼工夫，火光重明，已从末蛇尾中穿出丛树干之间，梭一般地照着蛇多之处往来上下，穿射起来。同时那当头四五条怪蛇接成的长虹，被红光由首到尾接连穿过，叭哒连声，身子一弯一缩，也整条坠落在树下藤网之中。余者想是知道厉害，忙即缩回身子，往树上逃窜时，火光所到之处，无论蛇大蛇小，挨着就是个死。群蛇也是恶贯满盈，该当全数伏诛。上有飞针，下有藤网，本已无可逃死。偏那古树年深日久，虽然树杪荫浓叶密，但是枯朽之枝甚多，千年古木原易着火，再加飞针上的火焰与寻常之火不同，略一绕转，便有几处被火引燃。

云凤使用飞针尚是初次，发时心想此针虽能发收，无奈蛇数太多，总得连连收发多少次，才能除尽，还恐一条条去杀，阻不住群蛇齐来之势。不料针一出手，未等自己收回，竟自动地追杀群蛇起来。正在惊喜，树上业已着火，霎时之间，浓烟突突乱冒，火焰四射。群蛇一见火起，愈发乱惊乱窜，纷纷离树蹿出，还没多远便即坠入藤网之中，不多一会儿，那荫蔽数亩的一株参天古树，竟和一座火山相似，上半株全部燃着。地下藤网也被逃蛇带下来的残枝余火引燃，直似无数条大小火蛇，满地游窜，火头越引越多，火势越来越大，渐渐融会成一片烈火，顺着地上怪藤密网，往四外蔓延开来，成了一个火海。树上的蛇，个个死亡逃窜了个尽。地上的蛇，总数何止千条，大半未死，更被藤网缠住，脱身不得，眼看火势烧来，急得齐声惨叫。那飞针兀自追逐不休。云凤见火已成了野烧，群蛇俱在网中，必无幸理。看火势，少时便要烧到身前，不便在此久停，忙收回飞针，转身奋力往后面纵去。落地之处，俱有藤网缠足，每到一处，须用宝剑将附近一片藤网削断，才能往前再纵，须要纵出里许远的地面，方是空地。仗着身轻纵远，约十几纵，才出了藤地。纵时见藤网中不时有小衣小鞋出现，当时也未在意。回顾火势，愈发猛烈，连附近大小树木俱都引燃，轰轰发发，火光烛天，上千群蛇，俱都葬身火里。不时看见一条条的大蛇，因缠藤为火烧断，奋力从火光中纵起，被火烟一压，重又落到火中。时闻奇腥焦臭之气，中人欲呕。喜得还是站在上风地位，否则怕不被它熏倒。连忙奔向高处，上下一看，这时雨势早止，天空湿云被火烟冲开了一个云衖，云密层厚，映成无数片断的彩霞，别成一种奇观。正愁那火无法熄灭，忽听天上轰轰作响，一阵狂风过处，当头云衖，渐往中央合拢。倏地眼前金光闪了两闪，接着便是一个震天价的大霹雳打将下来。

云凤见大雨快降，山顶无有避雨之处，虽然四外大树甚多，有了前车之鉴，不敢造次。刚寻了一座危崖下面站好，又听"咔嚓"一声巨响，那株大古树在风火中齐腰折断，滚入火中。同时比豆粒还大的暴雨倾盆降落。一时之间，雷鸣电闪，雨骤风狂，四下交作。那么大的一片火海，不消顿饭光景，全都被雨浇灭。又过有半个多时辰，才行雨住天明。被烧之处，变为一堆堆的劫灰，只剩那株古树，兀立山原之中。树干上粘伏着无数残头断尾，尺许数寸，长短不等的小蛇。细看树心，却是空的，才知那树是双头怪蛇的老巢，无怪乎那般多法。那怪藤，东南西三面俱都蔓延甚广，只北面离树十丈便行绝迹，算计群蛇必由树北去了。虽未必就此绝种，总算除了无数的害，冒了这些奇险也还值得。

观看了片刻，仰望云空苍莽，仙山万丈，杳无踪影。自身几同天外飞落，再想上去，其势甚难，不禁着起慌来。仔细寻思了一阵，仙山虽然高不可见，绝不会凭空悬立。记得失足坠落时，纵起的那一个势子，至多身子离崖踏空处，相隔不过十数丈。就算被风力所吹，距离山的根脚，也不会差得过远。可是举目四望，高山虽多，新霁之后，多半俱能见顶，纵有几处高出云外的，也都不似。自己好容易得遇旷世仙缘，五姑只见过一面,过了所约之日不来,必有原因。也许是试探自己,能否有这恒心毅力。好端端捉甚云儿,一个失足,便成了人间天上,判若云泥,无可攀跻。万一五姑恰恰今日回山,她不知是无心失足,却当做难耐劳苦,私行离山他去,岂不误了大事?成败所关,不由着起急来。

愁思了一阵,无计可施。见天色虽不算晚,如照自己从空下坠那些时候计算,即使真能寻到原来山脚,冒着艰险,穿云攀登,也非一日半日之功所能到顶。万般无奈,心想:"天下事不进则退,终以前进为是。曾祖母是位神仙,只要能回到洞中,必蒙鉴宥。这么大一座山,既无悬空之理,总有它的所在,不畏辛苦艰危,照前寻去,必有发现之时,走一程到底是一程。"想到这里,便坐下去,把心气平宁下来,细心揣度好了下落时的风头方向,将气一提,施展轻身功夫,翻山越岭,往前跑去。

一路留神观察,群山突兀,大半相似,并无一座特别高大,看不见顶巅的。随跑随采取些野生的果实,连吃带藏,脚底却不停歇。走到黄昏将近,已行有三五百里山路,翻过了十好几座山头岭脊。因为这些山岭均极高峭险峻,重重阻隔,上下费事,不比平地飞行,路走得虽然不近,如照平时算,前行仍无好远。仙山渺渺,全无一些迹兆。眼看山势越进越高,前面有两座高山,有积雪盖顶。日薄西山,斜阳影里,雁阵横空,归鸦噪晚,天色业已向暮。暗忖:"适才所见诸山,并不曾见山顶有雪,此时才刚刚看见。原来的山,说不定被这两座高山阻住,非翻越过去,或是到达这两座山顶,不能看出。估量前路尚遥,自己这一日内,饱尝了许多奇危至险,辛苦劳烦,精力已经疲敝,需要觅地休息一会儿,方能再走。加以日落天黑,路昏莫辨,再要翻越悬崖峭壁,深壑大涧,去攀登比来路艰难好多倍的高山,势所不能。与其贾着余勇,喘息前进,去做那办不到的事,还不如寻一可避风雨的崖洞,就着残阳之光,多寻一点食粮,饱餐一顿,坐下用功歇息,养精蓄锐,天色微明,便即上路,一口气攀登上去,较为稳妥。"

主意打定,且喜路旁不远,便有一个山窟。而且各种果树,遍山都是。云凤先择好了当晚安身之所,然后把果实一样样连枝采取了些,以便携带。两手提着山果,正要往山窟之中走去,忽然一眼看见桃林深处,夹着一棵枇杷树,实大如拳,映着穿林斜阳,金光湛湛,甚是鲜肥,讶为平生仅见。忙跑进林去一看，四外都是桃树，一株紧接一株，丛生甚密，柯干相交。只中间有一块两三丈方圆的空地，当中种着这么一棵枇杷，树根生在一个六角形的土堆之上。堆外围着一圈野花野藤交错而成的短篱，高有二尺。这时天色愈晚，云凤也未细看，见着这等稀奇珍果，顿触凤嗜，就枝头摘了一个下来。皮才剥去，便闻清香扑鼻，果肉白嫩如玉，浆汁都呈乳色。因见大得异样，先拔下头上银针试了试，看出无毒。刚咬了一口，立觉甜香满颊，凉沁心脾，爽滑无比，心神为之一快。只惜适才采摘各种果实时边采边吃，腹已渐饱，这枇杷的肉又极肥厚，不能多用。勉强吃了两个，舒服已极。一数树上所结枇杷并不甚多，共总不过三十来个。有心想将它一齐摘走，又想天气甚暖，离树久了，如若变味，岂不可惜？反正今日已吃不下许多，不如只采一个回洞，等隔了一夜，明日起来，试试它变味没有。如不变味，便将它一齐带走；否则只将种带些回山去培植，以免暴殄天物，仍任它自生自落好了。想到这里，便带叶摘了一个，连别的果枝一同拿着。

回身走没两步，觉着左脚踹在一个软东西上。低头一看，乃是一顶小孩所戴的帽子，形式奇特，质料非丝非麻，与除双头怪蛇时在藤网中所见小人衣履相类，比较编制精绝，色彩犹新，好似遗在那里不久。猛想起枇杷树下土堆形式，颇似人工培壅。转近前去一看，不但土堆，那花篱也出于人工编就，盘结之处并还绑有粗麻，不禁惊异。暗忖："这半日来，屡次临高远望，都未见一点人迹。沿途所见，猛恶禽兽，却不在少，忙着行路，也未睬它。这藤中衣履和树下小帽，俱似幼童穿戴之物。难道这等洪荒未辟的深山，还有人家寄居么？"越想越奇怪。仰视夕阳，已坠入山后，月光又被山角挡住，景物更暗，只得回洞再说。出林时，见左侧有一条没有草的窄径，也似人辟，便不从原路上走，特地绕道回去。因不知这些小人是人是魈，有了戒心，又把宝剑拔出，以防万一。剑上寒光照在地上，新雨之后，土地上竟现出许多小人脚印，都是四五个一排，成为直行，算计为数定多。林中地上俱是芳草绵绵，独这条窄径上寸草不生，两旁桃林也甚整齐，益知所料不差。

沿路循迹，走了两箭之地，才走完这片桃林，到达洞窟前面，匆匆抄山路跑回洞窟。洞外恰好有松枝柏叶，用剑斫削下两大抱，铺在地面，权当茵席。又搬了几块大石，将洞窟堵塞，以防万一。再拾起两根枯枝，击石取火，将它点燃。四外一照，这洞窟不过两丈方圆，乃是一个天生石穴。洞门高可及人，上下四面洁净无尘。当中却有一大块类似油渍的黄斑，用火一烧，闻着一股松子般的清香，猜是松脂遗迹。除此之外，丝毫不见有虫豸蛇蝎盘伏的迹象，足可放心安歇。因为日间从云中坠落时正逢骤雨，周身衣履皆湿，跋涉了这半日的崎岖险峻的山径，外衣受风日吹晒虽然干燥，贴身的两件衣服仍是湿的。好在洞已封堵，索性生起一堆火来，将内衣换下，准备烤干了，明晨上路。自被五姑接引入山，事起仓猝，除了一身衣履外，并无一件富余，又不知在山中要住多少日子。云凤爱干净，平时在白阳洞潜修，总是里外衣互为洗换，甚是爱惜，惟恐残敝了，没有换的。等把内衣烘干着好，又想起鞋袜也都湿透，何不趁着余火，烤它一烤？便盘膝坐在火旁，脱下鞋袜一看，鞋底已被山石磨穿了两个手指大小的破洞，袜线也有好些绽落之处。想起五姑不知何日回洞，分别之时也忘了求她带些衣服回来，就算明日能赶将回去，这双鞋袜经过这般长途山石擦损，哪里还可再着？便是这几件衣服，常服不换，也难旷日持久。何况外衣上又被藤网挂破了好些，洞中并乏针线可以缝补，日后难道赤身度日不成？愁思了一会儿。那鞋曾被水浸泡，急切间不能干透。闲中无聊，左手用一根松枝挑着去火上烤，右手便去抚摩那一双白足，觉着玉肌映雪，滑比凝脂，腔附丰妍，底平指敛，入手便温润纤绵，柔若无骨，真个谁见谁怜。暗暗好笑：“幸亏小时丧母，性子倔强，老父垂怜过甚，由着自己性儿，没有缠足；否则纵然学会一身功夫，遇到今日这等境地，没处去寻裹脚布，怎能行动？明日回山，如五姑再不回转，想法弄来衣履，衣服破了，尚可用兽皮围身，鞋却无法，说不得只好做一个赤足大仙了。”

正在胡思乱想，似听洞外远处有多人呐喊之声，疑是黄昏时所见小人。夜静山空，入耳甚是真切。连忙穿上半干的鞋，轻轻走向洞口，就石缝往外一看，只见月光已上，左近峰峦林木清澈如画，到处都可毕睹。除那片桃林外，地多平旷，看得甚远。只听万树摇风，声如潮涌，与多人呐喊相似，却不见一个人影。细看并无可疑之兆，知是起了山风，自己一时听错。再看天上星光，时已不早，鞋已半干，懒得再烤，便将残火弄熄，放置火旁，就在松枝上打起坐来。云凤这多日来，起初是勤于用功，坐了歇，歇了坐。后来功候精进，成了习惯，一直未曾倒身睡过。当日虽是过于劳乏，等到气机调匀，运行过了十二诸天，身体便即复原。做完功课起身，略微走动，觉着百骸通畅，迥非日间疲敝之状。自思："难怪真修道人多享遐龄，自己才得数十日功夫，已到如此境地。只要照此去练，再得五姑指点，前程远大，真可预卜。"正在欣喜，猛又想起昨日失足，不啻天边飞坠，下落深渊，虽然前进方向不误，目光被雪山挡住，只一翻越过去，便可到达白阳山麓，究是出于臆断。再者，下落时云层那般浓密，即使到达山麓，由数千百丈的高山绝岭穿云上升，知道有多少危险？想到这里，不由又怕又急，恨不能当时就走往洞窟外观看。月光业已隐去，四外黑沉沉的，风势仿佛已止，不时看见旷地上有一丛丛的黑影。先疑是原野中的矮树，算计月光被山头遮住，天色离明尚早。决意再做一次功课，把精力养得健健的，那时天也明了，再多采集一点山果食粮上路，以免前途寻不到吃的。于是二次又把心气沉稳，调息凝神坐起功来。

等到坐完，微闻洞外有了响动。刚一走到洞口，便听洞外众声喧驰，声如鸟语，又尖又细，脚步甚轻，好似多人在近处飞跑。就石隙往外一看，天已微明，上次所见一丛丛的黑影，俱都不知去向，也不见一个人影。方在奇怪，忽听一声惊叫，三五个二尺长短的黑影，从洞窟外飞起，疾如飞鸟，直往前侧面土坡之下投去，一瞥即逝。云凤眼光何等锐利，早看出是几个小人影子，料是昨日所见无疑。心里一好奇，也不管是人是怪，忙将堵洞大石推开，拔剑在手，纵身追出一看，只见洞窟外面已满积树枝，堆有尺许高下，便往土坡上纵去。刚一到达，便见土坡下面一片平地上，聚着千百鲜花衣帽的小人，每个高仅二尺，各佩弓刀，班行雁列，排得甚是整齐。中间二把小木椅上，坐着一男二女。男的身材略高，像是小人之王。面前跪着二人，正在晓晓陈诉，神态急迫。云凤才现身，那群小人便像蚊虫聚哄般，"哗"的一声呐喊，如飞分散开来，成了一个横行，站在小王前面，各自张弓搭箭，做出朝上欲发之势。那小王倏地从座中起立，走向前面，嘴里"咿呀"了一声。群小中便闪出一人，战兢兢地朝云凤走近了几步，先将手中弓刀掷下，不住地手指足划，嘴里咕咕呱呱说个不休。

云凤看出群小空自人多，并无什么本领。虽不通他言语，看出并不是怀有恶意。知道走近前去，必定将他惊走，便不下去，只将手连招，引他上前，捉住看看到底是人是怪。那小人见状，仍是怯畏不前。云凤也学他将剑还鞘，以示并无恶意。那小王原疑云凤是妖怪，见用火攻未遂，云凤业已追来，要派那人求和，问云凤要什么东西。及见云凤将手连招，又以为想吃那小人。那个派出去的小人，只管胆怯不前，恐将云凤招惹，乱子更大，又咭呱咭呱叫了两声。便从身后队里面又走出五个小人，内中四个先走上前去，把先派出的那一个小人按倒，从身旁取出藤索捆起，押往小王面前跪下；另一个便将衣服脱下，露出一身雪白皮肉，战兢兢往坡上走来。云凤才恍然大悟，原来这些小人转把自己当成妖怪，特地选出一个臣民，来供牺牲，不禁又好气、又好笑。本心想考查他是否人类，这般送上门来，正合心意，暂且由他。等那小人近前，索性伸手提起一看，只见他生得如周岁婴儿一般长短，只是筋骨健壮，皮肉坚实得多，其余五官手足，均与常人无异。背上还印着一行弯曲歪斜类似象形的朱文字迹，不知是何用意。小人因为受惊太甚，业已晕死过去。

　　云凤见他二目紧闭，心头微微起伏不停，知道气还未绝。人小脆弱，禁不起挫折，反倒怜惜起来。暗忖："古称僬侥之国，莫非便是这种人么？可惜言语不通，没法询问。"想到这里，便坐了下来，把小人仰放在膝头上，轻轻抚摸，想将他救转。忽听"嘤嘤"啜泣之声，起自下面。低头一看，那小王已复了原位。先派出来搭话的一个，正被四个手持藤鞭的同类按在地上痛打呢。那小王看去法令颇严，被打的人伏在地上，一任行刑的鞭如雨下，连一动也不敢动，也不敢高声哭泣，只管咬牙忍受，呜咽不止。云凤见点点小人受此酷刑，好生不忍。知这些人把自己畏若神明，便放下膝间小人，缓缓走下坡去，连喝带比道："你们不要打他，我并不要吃人。你们找一个懂人话的来，我有话问。"云凤往下走没两步，下面群小又暴噪一声，各将片刀举起。云凤仔细一看，人数少了好些，不知何时溜走，自己竟未看出。知他疑要加害，再如前进，势必群起来拼，这等小人，怎禁一击？既不像是山妖木魅，何苦多杀生灵，以伤天和？便把步履停住，仍把那几句幼稚的话比说不休。经过几次，那小王好似有些懂得，口里咿了一声，便即停刑。众小中又走出数人，也是走到云凤面前，将周身脱净，战兢兢站在那里，意似等云凤自己取食。云凤将手连摆，随意又提起两个一看，生相均与先一个大同小异，只背上字迹和身着衣饰不同罢了。这几个胆子似较略微大些，云凤放了手，他们也不走，只管仰头注视云凤动作。再看坡下那一个，业已醒转，仍伏在原处不动。云凤见怎么比说，也是不懂，心急上路。又想起昨日所采大枇杷和许多果实尚在洞中，打算回洞取了起身，不再和群小逗弄，以免误了正事。

云凤才回到坡上，又听身后群小呐喊之声。回头一看，那赤身小人连先前那一个，共是七个，俱都满脸惊惧之色，跟随在身后不去，不禁心中一动。暗忖："山居寂寞，这种小人倒也好玩，何不捉两个藏在怀里，带回山去，无事时照样教他们练习功夫，日久通了言语，岂不有趣？"便解开胸前衣服，挑了两个面目清俊的包在怀里，外用带子扎好，径直回洞，取了昨晚所采的果实，走将出来。正待起身，见余下五个赤身小人跟出跟进，仍未离开。猛想起自己还愁没有衣履，仙山高寒，这小人不知能否禁受？他们现有衣服，何不给两小多要一些带走？于是重又往坡下走去。刚一到达，还未看见群小所在，便听下面一声暴噪，那数寸长的竹箭，如暴雨也似射将上来。

云凤剑已还鞘，手里满持着连枝带叶的果实，猝不及防，只得拿果枝当兵器，去挡那乱箭。好在此时云凤身子已练到寻常刀剑不能损伤的地步，何况这些小人弓箭，施展身法略一拨弄，那箭纷纷坠落，一支也未射中身上。因见小人这般诡诈，不由心里有气，往前一探身，刚要往坡下纵去，擒那小王。忽见路边桃林内又冲出一队小人，约有百十来个。内中三十多个，用几根竹竿抬着一个藤兜，中坐一个身材佝偻，和常人相似的女子，后面数十人，分抬着几个大蛇的头，飞也似往小王面前跑来。还未近前，驼女已咭咭呱呱，高声大喊。喊声甫息，那小王将手中一面绿色小旗一挥，口中喝了一声。群小立即各弃弓刀，跟着小王朝云凤跪下，举手膜拜不置。云凤见他前倨后恭，方要喝问，忽听那驼女用人言高叫道："这位女仙休要见怪。他们都是这山中天生的小人，适才无知得罪，望乞原谅一二，等小女子上前跪禀。"随说随从兜中扒起，左脚已残，只有一只右脚。旁立小人递过一对拐杖，驼女接过，将两杖夹在胁下，一跳一跳走来，虽是独脚，行动却是敏捷。一到便掷杖跪下说道："小女子闵湘娃，原是楚南世家。十数岁上，因受继母虐待，辗转逃入此山，被猛虎吞去一足，眼看待死。多蒙这里老王用毒箭射死老虎，救到王洞，割去一腿，用土产灵草治痛,才得活命。他们虽舌头太尖,不能学我们说话,其他却同我们一样。小女子多年不见同类生人,也学会了他们所说的语言。这里耕织狩猎,大半为小女子所传。新王又是小女子徒弟,故而相待极厚。

"王洞先前原不在此,只因那里近年不知从何处移来成千条双头怪蛇,新王的臣民被它们吞吃不少。虽然小女子也曾设计驱除,毒箭火攻,般般用到,无奈人小力微,蛇数太多,实无法想。去年小女子见情势危急,才劝新王迁居,只留下小女子和数百不怕死的勇士,留守原洞,立誓要将群蛇除尽,以报老王相救之恩。费了无数心机,在蛇窟大树之下,乘蛇群每日照例翻山晒皮,倾巢而出之际,在树下周围,偷偷撒了九爪钩连藤子。此藤名子母吃人草,一根藤上有九根子藤,每根子藤上又各有九根小藤,俱都生有倒须坚刺,层层纠结,自织为网,能收能合。凡是有血肉的东西,不论是人是兽,只要沾着它,便被网住,非等被陷的人兽血消肉尽,只剩几根残骨,不会松开。人若误踹上去,如身旁带有极快的刀,寻到母藤上的结环,用刀尖慢慢将它刺断,再挑开子藤,如是藤少,还可脱身。手仍不能挨触它一点,否则越挣越缠得紧,不消片时,全身皆被缠住,除死方休了。这东西生长虽然极速,但是生在深壑绝壁之下,要十年工夫才开花结籽。籽一落地,老藤便即枯死。不久新藤出土,一株可长到半亩方圆地面。那双头蛇不但厉害凶毒,而且行动如飞,能在草地树枝上滑行,如鱼游水,迅速非常,简直无法可制。去冬恰赶上此藤结籽的时候,费了许多心力,遭了无数危难,还伤去几条人命,才在挨近藤边上采集了数千粒藤籽。做蛇窟的古树,三面靠平原,一面靠山。撒籽时,原想四面合围,都给撒上,等藤一长成,便可使群蛇一齐落网。撒到靠山的一面,籽刚撒好,忽被山洪冲去好些,仅离树十余丈有藤。先还以为蛇出游时,总是身在树上,一蹿多少丈远。等晒罢太阳归巢,多半慢腾腾地游行而上,那藤子又非慢慢生长,冬天撒了籽,便渐渐往土内钻去,地面上看不出一点痕迹。但一交春,赶上一夜大雷雨,第二日一早,便枝枝纠结,遍地布满,和织成的猎网相似。那蛇决想不到,无论如何,总要缠死它好些条。谁知那蛇甚是灵巧,藤长成之后,仅有一条半大不大的蛇落网。余蛇以首尾衔接,由树上挂起一条长虹般的蛇桥,直达无藤之处。等将树上小蛇渡完,再微一伸屈,甩将过去,一条也不会落在网里。回巢时也是如此,总是没奈它何。靠山的一面藤少,更成了它必由之路。此藤油重易燃,本想放火去烧,也因这面藤少,恐将群蛇惊散,为祸更烈。

"正在日夜焦思,昨日忽听一个小伙伴急匆匆跑来,向小女子报道:蛇窟下来了一个天神,生得比小女子还高,手持一口有电光的宝剑,先将两条蛇王杀死。站在藤地里,藤竟会缠她不住。也不知使甚法儿,让一条大蛇用尾巴将树上的蛇打落了一多半,在藤地里缠住。

"后来手上又放出一道雷火,满枝乱穿,将余蛇弄死了个干净。最末后将全藤地点燃,将死蛇和窟中小蛇鬼一齐烧死。才飞到山顶上去,放下一场大雨,将火熄灭。他见了害怕,等天神走了,才跑来告诉我。全洞中人得了喜信,自是快活。连忙赶到蛇窟一看,果然群蛇俱成灰烬,只是在靠山那一面寻到蛇王的两个大头。大家望空叩拜谢神之后,便即命人抬了蛇头,冒雨起程赶来,与小王报喜。我心里还可惜得信晚了,不曾见到神仙是什么样子。昨晚月光甚好,急于和小王见面,也未歇脚。适才行到离此数里的绿梅岭,忽见小王的兵在那里埋伏火石,又遇传小王令旨的人,才知昨晚这里来了一个大人,不知是神是怪,宿在桃林坡山洞之内。小王因小女子不在,本想讲和,命人上前搭话,问要什么礼物,才可离开此地。先疑心她和早先的殃神一般想吃活人。等把人送过去,先是不要,后来又揣了两个在怀里,想是留着慢慢受用。小王见她得了不走,仍回洞内,本恐贪得无厌,万一索要王妃,那还了得?再加有人报信,说昨晚还盗了两个黄金果,这才着了急。一面命人请小女子速来,想法应付;一面准备弓箭手,四面埋伏了火石,决计一拼。小女子一问昨日见神的小伙伴,所说天神装束身材,竟与天仙一般无二,知要闯出大祸,连忙赶来。虽然晚了一步,小王已有冒犯,还望仙人宽洪大量,念其情急无知。本山还有一害,虽不似双头蛇恶毒残忍,每年这时也要伤些人命,还望大发慈悲,并除去才好。"说罢,叩头不止。

云凤闻言,好生惊异,想不到深山之中,竟有这等小人种族生长。那一害不知是甚物事,这小小种族,怎禁得起蛇兽怪物蚕食?本想助他除害,又恐误了回山正事。欲将不管,一则上天有好生之德,修道人最重要的是积修外功,岂能见死不救?二则这等聪明灵秀的小人种族,平时只是传闻古有僬侥之国,不料果有其事,造物之神,真是无奇不有,任其灭种,未免可惜。自己本想带两个回去训练，难得还有通话之人，可见缘法凑巧。昨日无心代他们除了大害，何必为德不终？好在还是为生灵除害，并非畏难逗留，五姑仙人定能前知。这口仙传宝剑颇有灵异，何不向空卜上一卦，以定去留，或者不会见怪。这些小人行动如飞，甚是敏捷，既在此间聚族多年，也许能知仙山根脚所在，说不定还能从他们口中寻得一点线索。再四寻思为难了一阵，便对驼女闵湘娃说道："你命他们起来。昨日我从云中坠下，见群蛇猖獗，将它们除去，原出无心。我回山心急，此事尚难自主，还须向仙祖默祝，才能定准。许了无须欢喜，不许我此时就走，强留也是无用。"说罢，摘下身佩宝剑，捧在手内，向空跪祝道："曾孙女一时云中失足，由仙山坠落此地，无心中诛了千百怪蛇。今日又遇见这群小人，言说尚有一害未除，虔诚挽留，须要耽搁两日，惟恐仙祖回山，误了仙缘，难决去留。仙祖道法玄深，无远弗照，如荷鉴督，许为生灵除害，此剑便当时示警。"刚刚祝罢，便听"锵"的一声，一道寒光，宝剑出匣，约有尺许。云凤惊喜交集，还不敢遂以为信，将剑还匣，重又默祝，那剑连鸣三次。这一来不但看出五姑准她暂留，连事完回山，都可料到，不致影响仙缘，不由兴高采烈，大放宽心。小王等人见宝剑无故出匣，自然愈发加了敬畏。

云凤拜罢起身，对驼女道："仙祖已允我留此，为你们除害。那害在何处？快快说出，我即刻便去如何？"驼女道："启禀大仙，这东西的巢穴，似在前面雪山脚下，约有半天多途程即可到达。不过他也和我们大人一样，只相貌装束要丑怪些。每年只出来两次，每次须要送上二十四名小人作为供献，便好好回去；否则无论逃到何处，都被追来搜寻，那死伤的人就多了。我们只躲过他一回，又对抗过一回，就吓破了胆。小女子的恩人老王，便死在他手里。这几年，年年供献，并未缺过一次。他每次出来，俱有定时。每一次都是这黄金果熟之际。还有三天，便是他来的时候。此时如去寻他，那雪山大有千百里，一则不知真正所在，难以寻找；二则也无人敢于领了前去。他每次受享，就在左侧里许伤心崖顶一块大石上面。来时他满身都是烟雾围绕。大仙昨晚住的洞内，早备下二十四名送死的小人，各捧着一个黄金果。等他一到，便脱了衣服，自己走出，跪在崖下。小女子曾在左近，偷看过两次，见他用一根幡往下一摆，一阵大风，连他和二十四名小人立时刮走,不知去向。家在雪山,也是他自己说的,并无人去过。如今算起年份,为害已有十数年了。"云凤心里一惊,听驼女之言,妖怪既然修成人形,又能空中飞行,自己怎是对手?如是左道妖人,更非其敌,不禁有些胆怯起来。又一想:"自己说出,不能不算;何况适才默祝,仙剑三番示警,自己有仙传宝剑飞针,许能获胜,也未可知。是福是祸,冥冥中早已注定。便无此事,今日赶往雪山,也难保不与妖人遇上,转不如事前知道得好。事已至此,也管不了许多,且等三日再说。"因为期还有两三天,驼女转述小王之意,再三虔请大仙,去往王洞暂居。云凤好奇,也想借这暂留的一两日工夫,一觇小人的风俗习尚,当下点头应允。驼女再将话传译给众人,小王闻得神仙肯光降他的洞府,并为除害,连忙率众跪谢,一时欢声雷动。驼女便命众小人,抬过他的兜子,请大仙乘坐,同往王洞。云凤估量路途匪遥,知道驼女不良于行,执意步行前往。驼女不敢勉强,只得和小王说了,请小王率领一半人赶速回洞,准备欢宴。等小王拜辞起身,才恭恭敬敬,随侍云凤起身。

云凤见手中果实还有一只未被小人弓箭残毁,便随手揣入怀内,将余下的连枝弃去。等上路之日,再行采集。行时见适才追随的几个小人已将衣服穿好,想起怀中还有两个小人,尚赤着身子。解衣取出一看,那两个小人想是在怀中听见驼女和小王问答,知得就里,俱已转忧为喜,贴在云凤手间,甚为依恋。这两个小人原本生得清秀,这一喜笑颜开,更加显出可爱。云凤决计后日回山,仍带这两个同行。便命驼女取来衣服,与他们穿好,说了自己意思,问其可否。

驼女闻言惊喜道:"本国人只有两姓,男姓希里,女姓温灵。人种虽小,却与人人一般能干,有的竟比大人还要灵巧。无论禽言兽语,俱都通晓。可惜只有语言,并无文字,又是生就收舌,无法教授。小女子因受老王救命之恩,幼时又读过几年书,初来那些年,屡次想尽方法,打算把文字传给他们,俱因限于那根舌头,毫无成效。事隔多年,以为绝望,自己也学会了他们的语言,不再想及前事了。他们的婴儿生下地,大半指物定名。如天上的星叫做沙沙,黄羊叫做咪咪,这两人一名就叫沙沙,一名咪咪。他们生来力气大些,又比众人聪明能干,十四岁就被选充小王的近身侍卫。上月因随王打猎,二人误走岔道,迷失了路途,口干嘴渴,误食了一粒毒果，舌上长了一个疗疮。后来虽经小王赐他们灵药治好，舌尖已经烂去。小女子恰好杀了一条双头怪蛇，来见小王，得知此事，听出他们发音与前不同，试一教他们人言，居然一学便会。知他们也和八哥等禽鸟一样，只要团了舌头，便能言语。当时忙着除害，没待两日，便回旧洞。意欲等皇天鉴怜，杀死群蛇之后，再和小王说了，挑出些聪明的年轻臣民，团了歧舌，教他们中朝的语言文字。不承想今日竟被大仙垂青。起初拿他们当供品，尚且不辞，能蒙度上仙山修道，真是几百世修来的福分，岂有不愿之理？至于仙山高居半天，罡风凛冽，虽不知能否禁受，可是这里小人俱比常人还要能耐寒暑得多。好在有大仙携带，绝无妨害。"云凤闻言甚喜。驼女又向小人把话略微翻译，喜得沙沙、咪咪二人跪在云凤脚前，欢呼叩头不止。

云凤见驼女因自己步行，不敢坐那兜子，虽然独脚步行，却能盘旋于危坡峻坂之间，运转如飞，虽不似小人矫捷，却也不显吃力，好生惊异。劝她乘兜，再三逊谢，也就罢了。二人且谈且行，约有十里之遥。忽见峭壁前横，排天直上，似乎无路可通。沿壁走了里许，地势忽又宽广，渐闻鼓乐之声起自壁内。正稀奇间，前面一群百十个领路的小人忽往壁中钻去。近前一看，壁上下满是薜萝香兰之类，万花如绣，五色芳菲，碧叶平铺，浓鲜肥润，时闻异香，越显幽艳。再看小人入口，乃是峭壁下面的一个圭窦。也有两扇门，乃是用藤青花草扎成的，编排得甚灵巧。底面附有尺多厚的泥土，藤蔓盘纠，草叶掩映，红紫相间，关起来，与崖壁成了一体。不知底细的人，决看不出来。门是六角形，方圆只有四五尺，拿小人的身量站在门中，自然还下得去；如是大人，再拿那片雄伟高大的崖壁一陪衬，就显得太渺小了。云凤见前面群小俱已进完，驼女正伛偻揖客，只得俯身而入。

进门不远，又是一座崖壁当路，前后两壁，排天直上，高矮相差无几，离地二十丈以上。壁上满插着许多奇形怪状的兵器和长大竹箭，锋头俱都斜着向上。当顶老藤交覆，浓荫密布。藤下面时有片云附壁粘崖，升沉游散，愈发把上面天光遮住。不时看见日光从藤隙漏下来的淡白点子，倏隐倏现，景物甚是阴森。暗忖："这些人种虽小，心思却也周密，难为他们开辟出这等隐秘的地方，来做巢穴。休说外人到此寻它不着，便是在崖顶望下来,也只当是一条无底深壑,又怎能看出下面会藏有亘古稀见的僬侥之邦呢?"驼女见云凤且行且望,笑道:"大仙,看这里形势好么?"云凤点了点头。驼女道:"他们舍明就暗,也是没法子事。因为他们身材太小,山中野兽虽多,还可用人力齐心防御驱除;惟独天空中的东西,休说是那些奇怪凶恶的大鸟,便是本山常见的大雕鹰鹗之类,俱甚厉害,假使两三个人出外行走,便被飞下来衔去吃了。所以他们住的地方既要严密,出门时至少总是百十成群。平日患难相共,不知不觉,便养成了合群的心。否则似他们这等渺小脆弱,早就绝种不知多少年了。这两座崖壁,总名叫做通天壑。两边崖壑,越上越往里凑,下面相隔不下十五丈,可是尽上头相隔只有丈许,并有千年古藤盘绕。只要洞门要地不被知晓,绝难攻下。去年夏天,从藤缝中钻下来一只一丈多高的三头怪鸟。彼时正值小王出猎回来,小人被它啄死了好几个,可是刀斫箭射,俱都不能近身。吓得小王率众逃入洞内,将门用石头堵紧。每日只听那鸟在外怪叫,声如儿啼,两翼扑腾,用爪抓壁,一刻也不休息,声势非常惊人。鸟不飞走,谁也不敢出来。小女子又不在此地。似这样过了八九天,渐渐不闻声息。小王才派了二十个胆大的出来一看,那鸟因找不到出路,飞上前便被藤网挡住,性子又烈,又寻不着吃的,已经力竭饥饿,伏在地上,奄奄一息了。那鸟的六只眼睛,其红如火,目光灵敏无比。先时一任刀矛弓箭朝它乱发,俱能用它两翼两爪,连抓带扑,一些也伤不了它。这时却是无用,经他们刀矛乱下,一会儿便分了尸。那六只眼睛挖出来,俱有鸭蛋大小,红光四射,现在还挂在洞内当灯呢。自从出了这回事,防它同类下来报仇,小王把小女子接回商量,带了多人,爬上崖顶,将藤隙补匀密。又在藤下面两壁中间,安置好了绷箭、绷刀、绷矛之类。无论是什么东西下来时,只要触动一处,立时上面刀矛箭戟同时发动,不怕弄它不死。可是至今没有再出过乱子。以前这里只是避暑的别洞,如论起形势来,那旧洞经数十代老王苦心布置,如非蛇祸,一切都比这里强得多呢。"

云凤这时随着驼女,沿二层崖壁走去,正听到有趣的当儿,忽闻鼓乐之声大作。循声走没数十步,前面一个凹进去的壁间,小王已率领洞中臣民,手执一根点燃的木条,青烟缭绕,杂以鼓乐,迎将上来。近前一看,小王率领二妃、臣民跪在当地,手中擎着的那根木条比别人都长大些,颜色黝黑，发出来的香味清醇无比。身后方是一座高大洞门，也是六角形，约有两丈方圆，门中刀轮隐现，不知何用。云凤忙将小王与二妃扶起，谦谢了几句。经驼女转译之后，所有臣民、鼓乐队全都起立，分列两旁。云凤偕小王、二妃、驼女、咪咪、沙沙六人，从乐声中款步而入，门里面是一座广大石窟。四顾两座刀轮，竟与门洞一般大小，犬牙相错。沿门四周，还安有绷簧，上置刀箭。一问驼女，这些布置俱为防敌备患之用。外人至此，如不经小王允许，只一进那门，两旁刀轮便即运转如飞，上下四面的刀箭也乱发如雨，不论人兽，俱都绞成肉泥。并说旧洞那边，比这里的各种埋伏布置还要多出几倍。休看他们人小，因为肯用心思，同心合力，不恤烦劳，除那双头怪蛇和雪山妖人的侵害外，颇能安居乐业，向来俱是以小御大，以众胜寡，极少遇见什么过分的灾害哩。

云凤正暗赞他们的毅力巧思，忽见路旁有一小池，随着壁上面挂下来的两条尺许宽的瀑布，流水潺潺，珠飞露涌。池旁设有一圈栏杆。小王和二妃便将手中木香掷入池内，回首向驼女说了几句。驼女便对云凤道："小王因感大仙为国除害之恩，无以为报。他说这里经数十百代老王采集收藏的宝物甚多，有好些陈列在外，请大仙随意取上一些，无不可以奉赠。"云凤对于后日斩除妖人之事毫无把握，再者修道人最忌贪心，怎肯妄取，再三逊谢。驼女只得向小王说了。

又前行没几步，忽见前面又有一座石壁，居中洞门形式高大，俱和二层洞门一般，门前立着两排手执弓刀的卫士。门内隐隐有红光透出。入内一看，里面比外面还要高大得多，到处都是奇石拔地而起，悬崖巍峨，大小参差，孤峰连岭，自为丘壑。因着石形地势，盖上了千所小房舍，高低错落，颇有奇致。当中一条丈许宽的平路，直通到底，现出一座方圆数亩的大石台。台上建着百十间方形和六角形的房子，高约丈许，比别的房子约要高出一倍。这些房子不论大小，俱都是方形和六角形，整齐如削成的豆腐块，所以精巧玲珑。颜色却不一致，除当中王居是正白色外，余者五光十色，什么都有。这些木屋，也不知用什么颜料漆的，却漆得那般鲜明光亮。全洞并不见什么灯火，却是到处通明，纤微毕睹。

微一查看光的来源，才看出离地二十来丈处，悬着许多宝物。单是径寸的夜明珠，就不下几十粒。其余介贝珠玉，各色各样的异品奇珍，更是不知凡几,有发光的,有不发光的。间或也有世间常用之物,如锹、犁、猎枪、钓竿之类,但是为数极少,只七八件,悬的地方俱在显目之处。大概物以稀为贵,虽只是世间佃渔畜牧中几件不足奇的营生致用之器,到此都成贵品,与奇珍异宝等量齐观了。这些宝物,每件俱用一些不曾见过的麻缕,从洞顶系将下来,差不多每所房子顶上都有那么一件。驼女说:"这里的珍宝,历代收藏甚富。因为山中时常发现,近两代老王都不甚注重。再加小人中名分虽有高低,因为集群联居缘故,除为王的人能发号施令,役使臣民,生死取舍外,其待遇都差不了多少。为供合族中的臣民鉴赏,一齐悬在外面,并不秘藏起来,也从无盗窃之事发生。至于那七八件佃渔畜牧的用器,在我们看起来并不在意,可是都经前两辈老王费尽万苦千辛,跋涉险阻,冒着许多危难,远出数百里以外的大人国山中居民那里去潜伏多日,看熟了用处,才行盗来。照着它们的样式,改造成了小的,拿去做用,全族才知学人耕田钓鱼等事。他们常说,珠宝奇珍,除发光的可以代火照亮外,余者不过供大家看看而已。只有这几件东西,为利无穷,何况又是经老王犯死得来的呢。每次得到大人国的东西,仿造以后,总是把原物高高悬起,算是第一等的国宝哩。"说时,云凤已随小王历阶而上。这些小人虽然奔走山林,一纵数丈,那些台阶,每级却止两寸多高,在在看出具体而微,云凤甚是好笑。

刚一到台上,还未进屋,小王忽率两妃回身向云凤跪倒。立时鼓乐暴发,乐声也格外奇特,比外面所闻迥不相同。有的如同鸟鸣,有的如同兽吼,万啸杂呈,汇为繁响,又加声音洪亮,衬着空洞回音,愈发震耳,云凤二次扶起小王、二妃。再回顾四外台的两面,猛现出两列乐队,约有百十名之多。乐器式样甚多,俱为平生未见,大都竹木金石所制,大小繁简不一,有的五八人共奏一器。各处小峰短岭,断崖曲坂上的房舍前,不知何时出现了上千小人,随着乐声,欢呼拜舞。一个个都是头戴六角方巾,身穿长衣拖及足后,浑身上下雪也似白。高高下下,疏疏落落,恭恭敬敬站在那些峰麓山头,危崖绝岭之间,举动却是整齐不乱。端的别有一番景象,令人欢喜不胜。小王夫妇三人起身以后,便分拉着云凤的衣角扯了一下,由驼女留云凤在外,朝当中宫室内缓缓倒退进去。台下左右两排乐队,跟着又奏了起来。

云凤因见乐器多半象形，式样奇特，一问驼女闵湘娃，才知就里。原来驼女幼喜音乐，宫外所闻，乃驼女到后，按照古今乐器和当地的国乐，加以仿制修改而成。石台的两面，方是小人真正的国乐。虽非大人上邦之地，也经小人历代先王仰观日月星辰之形，俯察山川草木之状，耳听风雨雷霆、千禽百兽鸣啸之声，博收万籁，证声体形而成。一乐之微，往往不惮百试，务求与原声相合，其中奥妙，一时也说它不完。驼女初来时，也听它不懂，只觉千声庞杂，细大不谐，好似一味穷吹乱吼，怪声怪气，一些也难以入耳。恰巧幼喜音乐，颇有根底，想将大人国的正始之音传给这一班蕞尔细民。三年后通了言语，几次力劝，可是老王别的都言听计从，惟独谈到改动他的国乐，却是一味摇头。知他固执守旧，多说无用。仗着与小王交谊甚厚，恰巧不久老王死去，小王因见驼女将外面的东西传到此地全有了利益，果然一说便试办了几件。等到乐器制成，排练熟了，小王先听，不住夸好。日子一久，便显出不甚爱听的神气。可是他对于旧乐，每遇祭祀大猎宴会，以及婚丧之事，奏将起来却是百听不厌。驼女心中大忿，几次诘问，小王只管微笑不答，却教慢慢留神细听，日久自知此间国乐的妙处。并说传闻他们万多年前的祖先，也和世间大人一般。在几千年当中，不特文治武功，礼乐教化，号称极盛；便是起居服食之微，也是举世无两。同样和中朝一般，拥有广土众民，天时地利，真可称得起泱泱大国之风。只为后世子孙不争气，风俗日衰，人情日薄，那自取灭亡之道，少说点也有几千百条，以致国家亡了。人种因耽宴适，万种剥削，到了末世，休说像中古时代那种身长九尺多的大人没有，便是七尺之躯也为稀见。后来逐渐退化到今日地步，再不能与别的大国一较长短。同时人种也受了许多残杀压迫，实在没法再混下去，只得遁入深山。经过了些朝代，出了一位英主，苦口婆心，生聚教养，方才全国悔悟，发奋图强。虽然千百年来无多进展，仍是局处山中一隅之地，可是到底还算回到原始那一时代，穴居野外，个个身轻力健，能以群力迅飞逐走；不似初来时，个个和婴儿一般，受了禽灾兽害，只知向天哭泣。人种也一天比一天生育得多。据本族祖先传的图谶，若干年以后，只要众心如一，仍能恢复以前冠裳文物之盛呢。这些话，即使小王本人也将信将疑。可是这里的乐器，确是从上古传来。又因这里的人聪明，又有好音乐的天性，尽管国破家亡，人微族寡，依然代有改进。只要静心领略,自能悟彻它的微妙。

小王的这一席话说了没几天,便值他们这里祭天告庙的庆典乞复节。该节起源于亡国入山的那一时代。那时全国的人专务虚名,不求实际,竞尚奢华,耽乐游宴。年轻的终日叫嚣呼号,标新立异,看去仿佛激烈慷慨,其实是一味盲从,一犬吠形,百犬吠声,专与自己为难,一些也着不得边际。要是叫他们更正去做,不但舍不得命,连一丝一毫的亏苦都吃不得。年老的多半暮气沉沉。经验阅历稍富的人,一则怵于少壮威势,不敢拿出来使用;一则时危机蹙,那些比较稳妥一点的办法,也只能苟安一时,并无多大用处。这两派人中,纵有几个公忠谋国,老成持重的人,当不起滔滔天下,举国如是,只手擎天,狂澜莫挽。最厉害是全国上下十有八九为口是心非,说了不算,一张嘴能在顷刻之间说出多少样话语。因为五官四肢、心思智能都不长于运用,单擅长于口舌,以哄骗一时,所以人身各部都逐渐缩小短少下去,惟独这片舌头竟变成了一个双料的。还算国亡的前夜,有几个明白点的人,带了些孑遗之民逃到这里,总算没有真绝了种。可是这些废民都享惯了福的,荒山生活俱要自己谋求,如何能过得了?出山又经不起敌国的杀戮,每日只好痛哭呼天,坐吃余粮和山中天生的草果。习惯已深,仍然不知振作,既懒得操作,又没有多少现成吃的,舌头依然,人种还是照旧小了下去。直到过了好几代,人也死得差不多了,才生出一个有能为的英主。

为首一个老王,名叫寒俄的,起始以身作则,修明赏罚,无论何人,俱不能不劳而食。渐渐从一些臣民著述中查知,古时凡是饮食、服用、车马、宫室,俱都应有尽有,享受无穷。国亡逃入山时,祖先没有打长久的主意,除带了些兵器和眼前动用的家具食粮外,凡是渔猎耕织等类实用的东西,一件也未带来。于是才募集忠勇耐苦之士,出山盗取。这些东西,有时不觉得它的好处,失了再求,无殊从头制造,难如升天。经好几代老王和无数险阻艰难,才初具规模,以有今日。由此大家互相勉励,人也就不再小下去了,近两代的比前还长了数寸呢。当寒俄老王临死之前,留有遗言,说夜梦天神垂训,国家之亡,都坏在这根舌头上,因为能说而不能行,才闹到不可救药。本族是极优秀的人物,上天必不愿使其颠覆绝灭。目前所处境遇,乃是上天故意降罚。将来仍有中兴复国的那一天,并且人也能增长到七尺八尺之躯。只看几时这片歧舌返古恢复了原状,便有望了。说罢,便即死去。

全族上下,一则害怕天罚;一则眷怀先王缔造之艰,身历之苦,便定寒俄老王逝世那一天为乞复舌节,简称又叫乞复节。一面盛乐隆祭,以答天麻,一面把这一年中举族王臣上下的所行所为,虔心默祝,告之先王。并由当王的为首,自举善恶,跪在先王灵位之前大声宣读,明示于众。说到好处,全体臣民奏乐示庆;说到坏处,便齐声数责不已。当王的听到臣民指摘,便在灵位前自责请罪,臣民又奏乐贺其过而能改。王告之后,继以民告。由王起立,抓起一把小红豆,向台下撒去,臣民争先恐后,各自拾起一粒。拾到的,便去灵位前跪祷,陈告这一年来的善恶。完了,再由王领臣民,互相劝勉。这一番盛典,最为整齐严肃,比起这里的落花节还要过之。祭时,由当天未明前起始,一直要到午夜才止。整日不食,每人只是饮一点山泉。除了老人产妇和小孩外,没有不与会的。

驼女初来时,以外人未奉王命,不能参与。后因历次代他们辟划垦殖,建造器具之功,尊为客卿,奉命无论何处,均可随意游行,才得看过两次。皆因身有残疾,不耐久立饥饿,又见情态过于悲壮,看了令人难过,均未待多大时辰,便即离去。这次打听好了奏乐时刻,随乐进止,清早与完了祭,便觅地歇息,乐起又去。如是进出了十七八次。头一两次还不觉怎样,三次以后,渐渐才听出这里的乐,不但宫律详明,喜怒哀乐之情全分得出。而且上参风露雷霆之变化,下合山川泉石之动止,中应鸟兽草木之鸣声,真是穷极万籁,妙合自然。从此深为叹服,不敢再赞一辞了。这台下两排乐队,暂时容或听不出好处。一会儿小王排好筵位,出来延请,等入席之后,必令乐人奏那各种象形细乐,以娱仙宾,虽然不能比天府仙音于万一,也能看出他们的巧心慧思呢!云凤听驼女说完,暗中惊异。

第一七七回

疾老成　僬人初窃位
拯生灵　侠女再除妖

原来这些小人也是大人国种，退化到此，难怪他们形态面目，居处服装，都与常人一般无二。怎么几千年来，不见于传载呢？云凤见小王夫妻进宫未出，暗忖："这里既然历国久远，代有圣明，语言因为歧舌所限，文字当不会没有。况且耕织佃渔之具，和他本族痛史，俱从载籍中查出，想必不会没书。"便问驼女："小人国书史册，当有掌管收藏之人，可能取来一视？"驼女叹口气道："说起来真是可怜可恨！他们旧日文字书籍，也和我们中原上邦一般，浩如烟海。只为亡国的前一两世，一班在朝在野的浑虫只知标新立异，以传浮名，把固有几千年传流的邦家精粹，看得一文不值。流弊所及，由数典忘祖，变而为认贼作父。几千年立国的基础，由此根本动摇，致于颠覆，而别人的致强之道，并未学到分毫。起先专学人家皮毛，以通自己语言文字为耻，渐渐不识本来面目，闹得本国人不说本国话，国还未亡，语言文字先亡。后来索性嫌它讨厌无用，将所有书籍文字一火而焚。纵然有一些没有烧尽的，如我们鲁壁藏书之类，可是当国亡家破、逃难入山之际，谁还想得起这些东西？就是寒俄老王所见几本遗民记载，内中说到本族以往光荣事迹，以及耕织渔猎诸般器物，一则半川臆度，语焉弗详；二则面目全非，已不似他们旧日的文字，而且星星点点，也不能据以立言教化。此时又忙于求生，与鸟兽天灾相抗，实无余暇再去谋求。日子一久，从此亦无人能识，便是他们的语言也变得不大相同。戋戋载籍，总共才十余本，如今尚存在小王宫中，当做前朝遗物看待。这十多年来，从没见他们取阅过。他们自己人尚且不解，何况外人。少时宴后取来，大仙如能晓谕他们，更要感激不尽呢。至于适才所说数千年前盛朝轶事，小女子未来此时,也曾读过几年书,远稽往古,近察当世,九州万国之中,并不曾听说有这么一个亡了的大国。他们又是历代老人用口传述,无可参考,实难令人相信。也许他们不过是古称僬侥之国,说不定是前朝好说谎的人编造出来的吧?可是他们每年几个祭节,又那般隆重壮烈,深入人心;而且除人体大小外,一切衣食起居,无不与我们大致相同,看去又似真有其事,疑团至今未释。大仙从天上来,当能前知,看能明示一二么?"

云凤闻言,笑道:"我虽在仙人门下,学道日子无多,除身有仙传法宝、略知剑术外,别的知识,还不是和你一样?不特这种小人尚是初见,连说也未听人说到过。我想所传文王八尺、汤交九尺,大概古人禀赋至厚,所以躯干要长大些。后世人心日坏,嗜欲日多,人身本来脆弱,长一辈的受了侵夺剥削,自然遗毒子孙,一代一代传将下去,年代一久,自然人种便日趋矮小,不过当时不显罢了。他们本是万千年古国,语言文字又绝了种,所以后世无从稽考。我们从黄帝算到如今,也只几千年光景。现在的人体,已逐渐比古人小,照目前风俗人情看下去,再过相当年代,焉知不是后车之续呢?他们立国,还要古远,算起来,也并非不在情理之中。且等我异日回山,见了仙祖,问明白他们来历劫运,如能有所助力,我必再来,那时自见分晓。"驼女闻言大喜。

正谈说间,台侧乐声起处,六角宫墙上九座宫门同时开放。旁边八座门内先走出一对羽衣花冠的童男女,各执幡幢仪仗之类。这些童男女身高不及二尺,俱是一般高矮,个个秀发披肩,容颜韶秀。那各种仪仗的头上,都雕有一个鸟兽的头。口中含着一小片点燃的木香,香味和初入门时小人手中所持的相似,氤氲袅绕,清馨馥郁,闻之神爽。云凤方要问驼女这种木香采自何处,小王已率二妃恭迎出来,躬身肃客,三揖退去。驼女闵湘娃便改向前面引导,云凤跟着进门,小王夫妻率八对童男女在后。云凤入宫一看,在大人眼里,宫廷广才数丈,并不算大。可是画栋雕梁,丹壁绣柱,都工细已极;再加上陈设精致,物事玲珑,处处颇显得富丽灵巧之至。这时盛筵业已摆好,共设了五个座位。当中一座归云凤坐,像个平时王位,比较高大;两旁四个六角雕花的木墩,高才尺许,上首坐小王、驼女,下首坐两个王妃。入席之前,小王、二妃向中座三拜三揖,主客就位,乐声便起。菜已预先摆好。所用杯箸,比常人所用,倒小不了许多。杯子都是贝壳做的。菜肴有十八味，大中小各六味。大菜用小鼎，中菜用木制的盒，小菜用贝壳制成的盘盂，俱是六角形式。多半俱是冷食，除猪羊两样外，荤的俱是山禽野兽的腌肉，素的俱是野菜、黄精、奇花、异果之类，五颜六色，配搭匀称，看去甚是鲜艳。因是岩盐所制，味道极好。饭食是黄精的粉和山芋、山麦制成的六角方馍。云凤多日不曾肉食，吃得颇为香甜。吃到差不多时，随侍女童才捧上一大葫芦酒来，颜色碧绿而清，色香味俱臻绝顶。驼女说是用山中几十百种异花和果子制成。云凤连声赞美。小王又殷勤劝饮，酒到杯空，不觉一大葫芦酒饮去了一半。有了醉意，才行终席。

小王夫妻和驼女恭请云凤往别处安置，仍由持仪仗的童男女焚香后随。由一片绿竹编成的屏风转将过去，面前便现出一座半亩方圆的院落。当中一排五间房舍，乃小王夫妻的寝宫。两旁台阶上也各有一排房舍。驼女便领云凤向左边这一排房子走去。升阶入室，里面也甚明洁，墙上挂着弓刀，地上铺着竹席，小几矮榻，尚可容身。小王夫妻躬身道了安置，说要午朝与臣民会商大事，便自退去。

云凤也到了做功课的时候，因想询问小人国中许多事迹，便对驼女说了，留她一旁少候，径自调息入定。做完功课醒来，见驼女不知何时走去，只门外侍立着两个童子：一个头顶一六角木盘清水，手持盥具；一个捧着一大葫芦酒。身后脚旁却伏跪着相从回山的沙沙、咪咪二人，手持弓刀，状若戒备。见云凤睁开眼睛，先过来叩拜之后，口里"嘤嘤"两声。门侧持着盥具、葫芦的两小人躬身走进，到了云凤面前，将盥具和葫芦高举过顶，跪在地上。云凤比着手势将四小唤起。闻着葫芦酒香，刚接过手，便觉沙、咪二人在扯自己衣襟，也未介意。径摘下上面挂着的介杯，倒出来一看，酒色殷红，入口香腴，比起适才筵间所饮，还要醇厚得多。云凤原有酒量，因酒味特佳，越喝越爱，不由又饮了几杯。正欲再饮，忽觉又有人在扯自己衣角，低头一看，正是沙沙，满脸带着惊惧之容，眼睛不住流转，意似有所顾忌，不敢出口。捧葫芦、盥具的两小却是面有喜容。云凤猛地灵机一动，心想："小人全族奉自己若天神，既命驼女在此陪侍，如无特殊之事，怎会久离不归？这等小人，到底非我族类。适听驼女说，沙、咪二人因闻自己要将他们携上仙山，喜出望外。赴宴时，不知他二人何往，此时伏在自己身侧,手中却带着弓刀,大有护卫之意。看他们脸上神情,与这执役小人迥异,又用手连扯自己衣角,莫非酒中有了毛病?"刚一想到这里,渐觉头脑有些昏沉,神倦欲眠。照平日和小王宴上所饮的酒量相比,并不算多,何以醉得这般奇怪?便把酒葫芦往地上一掷,正欲喝问,忽然身子一软,竟要往榻上倒去。知道不妙,忙运真气将神一提。猛听"呀"的一声惨叫,两眼迷糊中,见一点寒星从身侧飞出,面前执役两小已倒了一个。另一个正要逃跑,沙、咪二人早飞身纵起,将他按倒擒住。云凤灵明未失,眼睛也能强睁,只是四肢绵软,真气一时提不上来。情知事有变故,方在焦急无计,沙、咪二人已慌不迭地走向身旁,径将云凤腰间革囊解开,将昨晚所得的那枚大枇杷取出,争先恐后上榻扶着云凤,将枇杷外皮撕破,塞向云凤口边。

云凤心中明白,正觉那毒酒被自己一提真气,发作更快,互相交战,口渴欲焚。见沙、咪二人如此做法,暗忖:"莫非异果能够解毒消酒么?"忙张口时,偏又口噤难开。眼看沙、咪二人满面俱是泪痕,心中着急,不顾周身火热,奋力运气,将口一张,一下咬了一满口。立觉满颊清凉,汁水咽到肚里,心中便爽快了许多。接着又吃了两口,已不似先时费力难受。等到吃完再吃第二枚时,手足已能转动,襟前汁水淋漓一片。再看沙、咪二人,已是破涕为笑。等到第二枚枇杷吃完,虽然头脑还有些昏涨,身子已差不多复原了。身方立起,沙、咪二人欢笑着跑上前去,将地上躺着的服役两小一刀一个,全行刺死。咪咪拉着云凤的手,去取身旁宝剑。沙沙便将身偏俯,学驼女走路神气,再做出被人禁闭之状,然后上前拉了云凤的手,往外就走。云凤恍然大悟。只不知小王那般虔诚厚待,怎会顷刻之间,变成恶意?好生不解。两个言语不通,无法询问,比手势费时费事。看沙沙、咪咪神色惶悚,仿佛事在紧急,地下又杀死了两个。虽然自信凭着自身本领和法宝足能对付群小,毕竟身居重地,不知对方使的是甚奸谋,总是从速了结才好。

当下随着沙、咪二人出室一看,除那死去的两小外,更无一人防守。三面宫室,都是静悄悄的,不听一毫声息。小王既然对自己要下毒手,何以只派两个进毒酒的,还把沙、咪二人也放了进来?心中正自奇怪,沙、咪二人已一路比着手势,领着自己,往外走去。云凤也不管他们,且看到了那里,见着驼女再作计较。一连跟着穿过两处宫院,都未遇一人。最后走到宫侧一个小门,才看见门内群小喧哗之声。沙沙回身摆手,云凤会意,把脚步放轻。纵身入门一看,门中也是一座小院落,两间上房,高约丈许。鞭挞呼叱,与驼女怒骂之声混成一片。沙、咪二人将手往室中一指,径自避开。云凤走近门侧,才一探头,便见室中站定一个小人,衣饰打扮,俱与小王相同,却不是小王本人。地下绑着驼女闵湘娃和小王的次妃,周围站着数十个短衣赤臂、腰悬弓刀、手持荆条和带着小刺长鞭的小人武士。这些武士正在行刑,拷打驼女。那土妃本来眉目如画,这时上身衣服全被剥去,已被打得雪肤凝紫,菽乳泛青,玉容无主,痛晕过去。那驼女一任群小用荆条毒打,却是满脸忿怒,戟指怒骂不绝。那为首身着王服的小人面带奸狡,手执皮鞭,绕室缓步,不时挥鞭向驼女身上打去,状颇焦急。

云凤虽不明个中原委,驼女和自己究竟是同种的人类,一见她受群小如此荼毒,早按捺不住,一声大喝,拔剑奋身闯入。为首小人正回过身来,一见云凤来到,大吃一惊,口里一声怪叫,身子早慌不迭地往侧室中退去。其余群小,俱知云凤是手诛千蛇、来自天上的大神仙,哪里还敢交手,登时一阵大乱,纷纷相随往侧室逃窜。有的竟吓得晕倒地上,动转不得。云凤也不管他们,走向驼女身前,用剑将绑索割断,放起身来。驼女先时自分难以活命,只盼仙人不曾中毒,沙、咪二人不变心叛王,还有一线生机。一见云凤果然平安到来,不由悲喜交集,不顾说话,先过去将王妃解绑扶起。云凤见她痛苦吃力,连忙过去相助。驼女颤颤巍巍,指着侧室说道:"这里出了叛逆。小王藏身地底密室,正在设法求援,我和王妃抵死不说,未被贼子发现。小女子受伤难行。如今外层洞内,群贼正在劫杀臣民,贼首便是适才逃去的那厮。小女子救了土妃,便去与小土送信。请大仙带沙沙、咪咪二人出去平乱。那叛党,多半是受了凶逆挟持,并非出于本愿,望乞大仙手下留情,只将逆首擒住。等小女子到来,再行禀明经过。"这时沙、咪二人见云凤吓退逆党,早跟了进来。地上吓倒的小人,因云凤没有动手伤害,一个个都溜起来,往侧室中的间道逃了出去。仅有两个行刑的党羽逃慢了一些,吃沙、咪二人一人斫了他一刀,负伤逃走。云凤等驼女说完便道:"你身上受伤,我去之后,不怕逆党再来侵害么?"驼女忙道:"他们惧怕大仙,知道未被毒酒醉倒,愈发畏惧。小女子深知他们习性,绝不敢再来了。"说罢,又连连叩头,催云凤速去。云凤依言命沙、咪二人带路,这次径由侧室出去,里面两扇小门,已被逃人由外关闭甚固。沙沙比划说有办法,正要绕出去开,云凤已用剑朝门缝中斫去,跟着一脚踢开,乃是一条甬道,高才通人。沙沙比划说左面通着王宫,右面通着外洞。

云凤便率二人直奔外洞,尽头处,也有小门紧闭,破门出去,乃是适才石台的后面。耳听群小喊杀之声汇成一片。转到前面一看,洞中臣民业已闻声齐集,人数何止数千,正在台下与逆党交战,不令逃走,只是不见那为首叛逆一人。云凤大喝一声,群小回顾,见仙人出来,欢呼之声哄然爆发,震撼全洞。那些叛党知难逃走,吓得纷纷掷了弓刀,伏地哀鸣。沙、咪二人跳上石台高处,朝众小高声指说。云凤言语不通,料是向臣民说明经过。再看叛逆那一面也不下千人,自沙、咪二人一说,便被王党臣民收了他们的弓刀,逼向台侧空处,分出多人,持兵看守。云凤对这些叛党,也不知怎样处治。正向小人群中寻觅逆首踪迹,咪咪走过来连说带比,意思似说逆首一见仙人无恙,奸谋败露,业已逃走,无法再去擒捉,须等驼女到来,再作商量的神气。便不再搜寻,径在石台阑干上坐下,看群小神情,仿佛儿戏。暗忖:"世间的杀伐征逐,治乱兴衰,迭为消长,无非为了鸡虫得失,不惜萁豆相煎,到头来获得些什么?不想这弹丸小邦,僬侥细民,也是如此。以彼例此,看起来,还不是和这些小人儿戏一般,真是好笑。"正在沉思,驼女已领着小王、王妃穿着一身黑服,哭丧着脸,几名护卫抬着受伤次妃,奔了出来。先向台前臣民哭诉,意似自责;然后回身,朝着云凤跪拜。

驼女述说了经过,才知小王原是弟兄二人,小王虽然居长,却是老王次妃所生。老王人甚英明,看小王文武兼备,贤能仁厚,自幼钟爱,立为太子。不久正妃生子,取名鸦利。有兼人之勇,十几岁上,便能力举百斤,纵跃于高崖峻坂之间。只是性情乖戾,贪残好杀。老王极不喜他,临终之时,面谕小王和驼女:次子不才,不特不可使当大事,还要严加管束;如若犯了大过,更须按着国法公判,不许姑息。老王死后,鸦利年渐长大,愈发横恣,乃母正妃因之忧郁而死。鸦利索性啸聚党徒,肆意横行。小王天性友爱,既不忍置之于死,又恐养成大变,想来想去无法,只得命他去至白虎峪,统率流人,以免留在洞中为患。那白虎峪在山阴一面,相隔旧王洞三百余里，地极荒寒，可是出产甚多。小人洞中犯罪的臣民，只有两种处治：重罪由小王当众宣示完了罪状，如无异议，若有甚大功善行，可以折抵，便即赐毒赐刀，令犯罪的人自裁，算是死刑；其次是流放到白虎峪去，年限不等，由他们每日耕织打猎，月纳贡物，满了年限，始许自请宽恕，改过回洞。照例有一个王族的官，率领监督。小人法简而公，并且极爱同类，犯了罪，多半用的是鞭打之刑。这些流人，差不多都是小人中的败类，害群之马。小王原意，统率流人的官儿，非有智有力不可。鸦利去了，必能胜任，纵然处治这些流人难免太过，也是各有应得，岂非以暴制暴，一举两全？

谁知鸦利诡计多端，久有谋篡王位之志，闻命正合心意。到任以后，竟和流人沆瀣一气。流人对小王本来难免怨望，再加鸦利常年蛊惑，暴力与小惠并用，不久都成了他的死党。他知历代王朝都得民心，尤以小王为最。一旦有事，全洞臣民俱能舍生赴义，绝无反顾。篡位为千年来的创举，定非容易。流人虽经自己教练，又加上山阴天时地利的锻炼，个个筋骨坚强，武勇过人，毕竟人数太少，成不得事。于是借了朝王纳贡之便，勾结旧日洞中死党，命他们暗以利禄招纳同类，故意犯了该流放的国法，等发遣到了山阴，便成了他的死党。纵有几个半途悔悟，想要退出，或是逃归的，经不起他的防御周密，捉回去便受尽荼毒，碎体裂肤而死。这一敲山震虎，群流愈发畏如鬼神，不敢丝毫违命，再作自拔之想。三五年后，竟招聚了上千的徒党。

小王命他去时，驼女原再三拦阻，说此行无异放虎归山，使其同恶相济。既不忍按国法处治，也应严加管束，令其闲散终身才是。小王终因骨肉情重，违众行事。后来见洞中臣民犯罪日多，流人更没有一个悔过求归的。因有毒蛇之变，迁洞以后，驼女不在身侧，虽然启疑焦思，无人为之划策，鸦利又做得异常严密，祸在肘腋，还未觉察。鸦利本心，最好等驼女和那数百忠勇之士在旧王洞内为毒蛇害死，方行下手，要省事得多。所以时常派遣不怕死的心腹，冒着危险，往旧王洞左近潜伏，打探驼女除蛇消息。

这日正当朝贡之期，行至中途，遇见去人归报，得着云凤在云中失足、巧诛群蛇的消息。知道驼女起初是无暇及此，毒蛇一去必然回洞，不特小王又有了好帮手,自己诸事掣肘,奸谋难免还要败露,不由着起急来。与手下逆党一商议,决计乘驼女初回无备,提早发难。一面命人飞召白虎峪全数逆党赶到王洞外面,听候调遣;自己仍借朝贡为名,相机行事。刚达王洞,又听人说,金果林来了一个妖物,小王带领千余兵将,前去驱除。心想:"这倒是个好机会。如果小王为妖物所伤,岂不坐享现成?否则便乘朝贺之便,率领死士入宫,先将他拘禁挟持起来,等过些日,勒逼他禅了位,再行处死。"暗中部署方定,小王前驱归报,说昨晚盗御果的并非妖物,就是手诛千蛇的神仙,经驼女赶回认明,受了小王和驼女拜求,已允来王洞暂住,日后便去雪山,为全洞除害等语。鸦利一听,愈发又惊又急。偏巧又有洞中两个逆党向他告密,说小王近来对他十分疑忌,便是驼女不归,也难相容。此次朝如不早定大计,先发制人,无异送死。鸦利还在疑信参半,一会儿小王便已先回,吩咐全体臣民用隆礼欢迎神仙。鸦利上前朝拜,小王急匆匆地并未怎样答理,迥异平时见面那等友爱神气。更以为逆党之言不差,暗中咬牙切齿,谋逆之心更急。

小王宴请云凤时,白虎峪逆党也都赶达洞外。鸦利想了想,索性一不做,二不休,趁着仙人与小王还未厮熟,不知洞中实情之时,来个偷天换日,拼个成败。等小王宴罢,径直入见,说白虎峪上千流民,经自己数年间宣示王朝德意,恩威并用,业俱翻然改悔,不特化莠为良,而且练成了劲旅。因想使兄王喜欢,所以一直没命他们上书悔过,零散来归。今乘朝贡之期,全数来此投效,拟以死力效忠王朝。等三日后,亲率他们,去往雪山,与妖人决一死战。不想到此,方知天降神仙,已经应允为王除害。虽是天降洪福,只是这些流人至诚,不宜辜负,拟请兄王特乘盛典,召入内廷朝觐,使其自陈前非,洗心革面,为王效死。这一套花言巧语,果然将小王打动。平日会见臣民,都在外层洞中石台之上,除非骨肉宗亲、军国重臣,或是特降殊恩,不得轻入内洞。小王因全洞臣民,连有职务散处在洞外的不过万数。这几年犯罪日多,流徙在山阴白虎峪去的竟逾千人,常时想起,不免内疚。忽然听说全数悔过来投,不由喜出望外,立时传命,吩咐守洞将士放群流入洞,由鸦利率领,直入内廷朝见。鸦利奸谋得售,自是心喜而去。

此时驼女随侍云凤,不在前面,无人劝阻,小王一些也没有觉察奸谋。

次妃人最贤能机警，深知鸦利狼子野心，言不可信。又见他说话时眼光不定，满脸奸狡之容，甚觉可疑，只是当时不便陈说。鸦利一走，便请小王改在外洞相见，以防有诈。小王不肯，说本朝近千年来，从无一个敢为叛逆，而且深受全民爱戴，洞中臣民将要近万，他只有千余流人，除非至愚，即使有心作乱，绝无能成之理，也绝无如此胆大妄为之人。自己为全洞元首，言出必行，岂能随便更易，使流人灰心，以为不信？正妃听次妃一谏，也觉其中有诈，帮同力劝，即使不便更改，也应多召护卫之士，以备万一。小王仍是不肯。二妃无法，只得力请小王，就在原坐之处召见，命流人分班入内，不要因其人多，出廷相见。小王强不过两个爱妃，只得答应了。原来小人最惧外患，洞宫室内俱制造有隐秘暗道，恐一旦有变，立时可以逃走藏匿起来。

不一会儿，便听群流进洞，哗噪之声甚是嘈杂，全不似往日臣民觐见敬肃之象。小王夫妻刚一皱眉头，便听内洞石门关闭之声。小王方始动疑，正要起立出问，正妃素来力大，忙一把将小王拉住道："鸦利素来悖谬，先王早有遗命，王虽神勇，应以宗社臣民为念，万不可以身试验，且看次妃宣谕之后，相机应付为是。"这时小王原因鸦利初回，打算先见了他，再往外洞石台，补行晨间朝会。平时除了集群外出游猎，或是遇见什么王朝要政盛典，才有仪仗音乐。像适才迎仙之类，洞中燕居朝会，只是有八名轮值的侍卫，本就不多。这时身在内廷，仅有几个随侍的宫女。执戈卫士，只沙沙、咪咪二人，还是因为仙人垂青，不久就携带同行，适才宴会时，在外待命，小王又有事问他们，才召在身侧没有退去的。二妃俱都会武，一旦觉出情形不对，正妃拦阻小王出外，次妃早率沙、咪二人奔向门外。　眼看到鸦利和上千流人俱都弓上弦，刀出鞘，闭了二门，蜂拥而来，益知狼已入牢。外面虽有许多忠勇臣民，宫廷阻隔，消息难通，也是枉然。刚高声大喝道："我有王命，尔等去了弓刀，由王弟率领，分班入见。"言还未了，鸦利早喝一声："将她绑了！"沙沙有个兄长，名叫利利，也是叛众之一，甚是武勇。以前曾充过廷卫，与咪咪交好。因罪被流山阴，颇得鸦利宠爱。见沙、咪二人站在次妃身侧同出，意欲救他们，便乘擒捉次妃之际，抢步上前，丢了一个眼色与沙、咪二人，大喝道："王弟亲率山阴全数臣民来即王位，宫外要口俱已占领，臣民已降伏，你二人还不急速过来投降,同享富贵么?"这时次妃正拿防身佩刀,拦门一站,准备与逆党拼死。一面用手向后连挥,示意正妃保住小王,速出室中暗遁逃走。众逆党正喊杀上前,沙、咪二人也将弓刀举起,待要效忠王室,一闻利利之言,又见贼势甚盛,暗忖:"徒死无益,何不假装投降,乘机混到鸦利身旁,将他刺死,岂不是奇功一件?"想到这里,顿生急智,双双不约而同,将弓刀高举过顶,跑入逆党阵中。利利忙将二人接住,吩咐站在一旁稍候。

次妃寡不敌众,不多一会儿,便被逆党掳去,拥入内廷一看,小王、正妃俱都不知去向。鸦利忙问次妃,次妃只是戟指怒骂,不肯说出。再唤沙、咪二人来问,沙、咪二人答是小王降旨以后,正妃看出王弟有诈,早劝着小王一同往后走去,当时不许人跟,只命次妃在室外观察动静,执意延宕,以作缓兵之计,看神气也许到新来仙人那里去了。当初驼女为小王秘制全洞机括暗道时,除全体臣民避外患的几个所在,凡是宫里头的,都留了一番心,没让鸦利知道,早防万一生变,身在远处,不能兼顾。鸦利闻言,心中并未疑及室中另有出路。因提起仙人,想起驼女还在那里,此人如不迫其归顺,纵把小王擒住,也不能济事。

当下使命众逆党将次妃押往僻静之处,少时拷问。又命人将内廷门户紧闭,不许人进。自己匆匆带了利利等几个主要心腹,奔往内廷偏殿。探头一看,仙人正在闭目打坐,身后面宝剑隐隐放光,慑于传言,不敢妄动。悄悄站在门外,比手势将驼女引到院中,说是小王相召。驼女说:"仙人有谕,不能擅离,请转陈小王,少时自去。"言还未了,鸦利举手一个暗号,群小已一拥上前,将驼女扳倒,口里塞了东西,连声也未容出,便被捆起。余下两名执役少女,也被引出擒走。鸦利又看了看,仙人仍是端坐不觉,心喜未被觉察,只要驼女一归顺,必可成功。知道驼女居室最是僻静,又有许多出路和甬道可通内外,有事时呼应灵便。便命人一面大搜宫中,紧守各处出口,以防小王逃出来救。一面将驼女、次妃一同押往驼女居室,先将驼女按坐在榻上,倒地便拜。说自己是先王嫡室所生,本该继承王位,谁知先王次妃进谗,庶兄嗣立以后,不念手足亲情,屡对自己屈辱,又贬往山阴荒寒之区,岁责朝贡,已历数年,与流人无异。并且滥施刑罚,罪及无辜,不杀即流,近年罪人之多,历代所无。今得群流拥戴,臣民归心,意欲废昏立明。谁知发难之际,偏值仙人到来。虽然雪山除妖,为国之福,但是她得前王先见，顷刻易主，难免生疑，如有阻滞，无人能敌。你能解得仙语，如果投顺相助，擒到小王，再对仙人去说：前王现因犯了国法，自己闭宫悔过，要几个月不见宾客，洞中臣民现已交由王弟代为执掌。只瞒过几天，等她除妖后自去，然后对臣民宣示，说是毒蛇与雪山妖人，俱是先王不德所致。今者天降大神，代为除去，并有天帝仙旨，废王而立自己。事成之后，不但永远尊为国之上宾，凡有所欲，无不惟命。

驼女蒙老王救命优礼之恩，又受托孤之重，自然不从，先晓以忠孝大义，继以大骂。鸦利大怒，便改了主意，打算勒逼小王。又恐仙人打坐回醒，不见驼女，身边无人与她支吾，诸多不利。当下一发狠心，听小王说仙人好酒，反正驼女不降，仙人不为己用，能将她醉死更好。否则洞中药酒，自己曾经用猴子来试过，只灌下点滴，一会儿便昏沉醉倒，身轻如绵，要十天半月，方能醒转，有一次竟是死去。仙人酒量虽胜过常人千倍，一大葫芦酒，最不济总得醉卧三日。那时再看情势如何，好便留她，不好连她一起害死。那仙人不过生得长大多力，来时也是步行，还不如雪山妖人能驾风云来往，弄巧还许是和驼女同种的大人，害死她也未必会出甚变故。主意打定，一面布置逆党，出前洞去劫杀重臣；一面派了两名心腹，将一大葫芦用毒草千日红制成的药酒，装作侍役，前往内宫偏殿，等仙人醒来，进了上去。跟着自己再拷打驼女、王妃，追问小王、正妃的下落。

派遣之际，逆党中的利利见事成在即，急于想令沙、咪二人建功，便对鸦利说，仙人言语不通，醒来见驼女不在，只是有两个面生之人，难免生疑。仙人颇喜沙、咪二人，曾欲携带回山，可命他二人同往，劝她饮用，并力保其无他。正说之间，驼女早见沙、咪二人虽然从贼，站在群逆身后眼望自己，甚是惶急，几次互相按刀，大有刺贼之意，知二人平时忠义，投降必有深心。此时局势，只要仙人一到，立刻拨乱反正，正巴不得有人与云凤通个消息。一闻利利之言，偷偷先朝沙、咪二人使了个眼色，然后指定他二人大骂。沙、咪二人会意，也报了几句恶声，装作气忿，上前跪禀，要求鸦利拷打驼女。鸦利本信利利之言，再见二人做作，愈发放心，不特命他二人随往，还赐了两人一把毒刀、三支毒箭，准其与随去心腹，便宜行事。

四人到了偏殿，又等了一会儿，好容易等到云凤醒转。沙、咪二人因同去二人乃鸦利手下第一等勇士，万非敌手，自己和仙人言语不通，惟恐坏事。见云凤已端酒欲饮，只偷偷扯了一下衣角。云凤竟未理会，酒已喝了下去。二人知此酒点滴必醉，一见云凤并未醉倒，哪知事前吃了异果之功，还以为仙人不怕此酒，心中大喜。只顾筹思，如何能使云凤知道那来的二人是叛逆，云凤已连饮了好多杯。沙沙猛一抬头，见云凤虽然不曾醉倒，玉靥已是通红，与常人醉倒之前无异，这才大惊，二次又用手连扯云凤衣角示警。云凤刚在生疑，人已昏沉欲眠。同时两名逆党也自看破，望他二人冷笑。二人知道危机顷刻，云凤不醉还可，只一醉倒，自己首先没命。一时情急，互相以目示意，乘二逆注视仙人得意扬扬之际，猛地张弓，照准捧药酒的一个当胸就是一箭，一逆应声而倒。另一个持盥具的虽然武勇，手里拿着东西，见同伴受伤倒地，并加仙人在前，到底有些畏惧，急切间还没拔出刀来，沙、咪二人已同时纵出一齐动手，将他擒住绑起。回看仙人，虽未醉死，已是口噤身软，不能言动。二人知道杀了两个逆党，仙人万一醉倒，再被鸦利手下看见，必遭暗杀。张皇无计中，猛想起早晨随仙人入洞时，曾见她囊内藏了两枚金果，现在中了酒毒，看去本人已不能动，何不代她取出一试？

原来云凤昨晚所采的大枇杷，乃小人王室禁果。每隔三年，方一成熟，比起寻常枇杷，大出十倍。不特明目生精，轻身益气，而且专解百毒，尤其是解那毒酒的圣药。只是此果仅有一株，结实不多，又不能贮藏，每当树头采果之时，小人倾洞而出，视为盛典。当日由当王的采了头一枚，朝天供列祖列宗之后，然后同享。因为数目太少，多时总共不过百十个，除王室尊贵和秉政有功之臣、国宾驼女等十来个人，各得分啖一枚半枚外，余者用一个绝大的石缸贮了清泉，将果连皮一齐捣成浆，和入水内，分给全体臣民同饮。这些小人个个目明身轻，得此果之益不少。云凤来时，偏值此果三年成熟之期，否则持久药性发作，任是平时练过仙家内功，服过灵药，也须醉死多日，始能醒转了。

沙、咪二人深知此果功用，一经想到，便慌不迭地，居然将那枚大枇杷找将出来，强塞在云凤嘴里，解救复原。又一同寻到驼女，她和次妃已被鸦利毒打得遍身伤痕。驼女请云凤往外洞平乱，自己将次妃扶起，忍痛挨向侧室，一按壁上机括，一阵隆隆之声，一块五尺见方的大石便倒翻下来，现出下面台阶。地下原有天生石洞，又经驼女相度形势，安上机括，使其与各处相通，并有专人看守。走入暗道不远，便见一个卫士跑来，才知适才变起，小王还要亲出宣示。正妃见次妃连连摆手示意，逆党声势嚣张，知道出必无幸，连忙谏止，强拉小王潜入暗道。地底看守的卫士因为成年无事，还是以前驼女再三劝说，才设了四名，按时轮值。小王寻了好远，才寻着人。先命一个从密径抄向前面，告知全洞臣民，入宫平乱。去了一会儿，猛想起驼女随侍仙人，现在后宫偏殿，不知是否得着叛众信息，如得为助，岂不立时可以无事？便命一个卫士速往送信。那地底广阔，与上层石洞相差无几。那卫士新补不久，本来生疏，路途又多而曲折，未免更耽延了些时候。及至寻到地头，上去一看，地上死着两人，仙人和驼女俱不知去向，只得回报。小王又命他往驼女室中探视，中途相遇，助驼女扶了次妃，见着小王，说起仙人，已得信前去平乱。小王又惊又喜，知道仙人一出，鸦利死难不免。虽然骨肉情重，这颠覆宗室之罪，照国中刑典，决说不出宽赦的话。心中只盼鸦利能见机逃去才好。匆匆同驼女、二妃走向前洞。

先时外洞臣民因鸦利率了上千流民，奉召入宫，半晌不见出来，又见内廷洞门紧闭，早就起了疑心。内中有几个谋国公忠的大臣，便带人前往叩宫见王，中门进不去，便由间道闯入，遇着鸦利手下逆党，正在防守，便打将起来。全洞臣民益知出了大变，喊杀连天，一拥而上。逆党也都成群出战。两下刚一动手，小王派出传信的卫士已到。同时鸦利也被云凤吓住，知道事不可为，乘忙乱中，带了手下数十名死党半溜半杀，出了王洞，径往山阴深谷之中逃去。等小王到达，云凤已率沙、咪二人将乱事平定。接着外洞口防守的人来报，鸦利逃走。小王向众宣示，查点双方死伤，幸而乱事旋起旋平，死亡还不多。小王定且告庙自责。然后请驼女转代请示仙人，如何处治。云凤懒得管这等形同儿戏的事，推说自己不明小人国法，不便为谋。驼女连请不允，便对小王说："叛众上千，胁从受愚者必多。莫如先行绑禁，再派出公正大臣，审问议罪。暂时先顾待承仙人，以备后日除妖之害为重。只是鸦利不除，不但留下隐患，也无以对先王和臣民，务要此时派遣劲旅，前往搜捕正法为是。"小王说他穷途逃亡，绝不敢再回山阴。逃走已久，此时派人追搜，恐难寻到。不如容他多活些日，等除妖以后，打探躲在什么地方，派人前往，一举成擒，较为稳妥。驼女连说两三次，终是不忍，只管设辞推托。小王一时妇人之仁，以致后来闹出绝大乱子，如非沙、咪二人相随云凤学成剑术，回洞省王，二次为他平乱，几乎全洞臣民俱遭毒手。此是后话不提。

变乱悉平以后，全洞臣民更把云凤奉若天神。小王还有好几处外藩，俱是有功多能之臣，奉命在外辟地耕植山粮野薪，不久也都得信赶来勤王。洞中添了两三千臣民，熙来攘往，庆王无恙。小王又趁内外臣民咸集之际，告庙自责，与民更始，越显热闹非常。不过小王对于叛王之弟鸦利，虽按国法论了大罪，仍没派兵搜拿的话。驼女一说，王便流泪痛哭。驼女和众大臣不愿过于伤他心。好在鸦利只带了数十个死党逃走，连山阴残余之众不足百人。经此一来，人民对他格外唾弃，绝不致再同流合污。天夺其魄，早晚自毙，料他造不出多大的反，只得暂时搁起不提。只请小王将受擒的叛党分别首从治罪，择尤处刑，以彰国纪，而做将来。

小王又说："都是臣民，绝不叛我，不过受了王弟挟制，胁从为乱罢了。只要肯洗心革面，何必再咎既往？"驼女力争未得，结果由小王召集叛众，宣谕王室德意，令其改过自新，并将他们分别发往各藩属，相随耕植效力，日后论功赎罪。那些藩属大半都是驼女门下，忠心耿耿，同仇敌忾之心甚盛。先见小王不肯治那叛逆之罪，都觉不服，闻命以后，好生心喜。叛逆知道不会有好待承，自然是垂头丧气，不发一言。云凤见小王却也英武，只是一面故示仁慈，沽恩示德；一面又不放心把豺狼之众留在肘腋，却把他们分给外藩效力。告庙自责虽是祖宗以来成例，毕竟自己无过，何必多此一举？崇善殚怒，国有明刑，身为一族之长，只赏功而不罚罪，不特民无畏心，大逆尚可幸免，何况小非。异日必致功过不能并立，人皆不计丛愆积恶，滴石锯木，蔚为大患。法乃举族之法，尊卑同凛，岂当位者所得而私，如何可以这等做法？想不到山陬僬侥之民，也有这许多做作，越想越忍不住要发笑。

等诸事就绪，小王重又大设盛宴，款待仙人。沙、咪二人救驾有功，又将随仙人同往，愈发简在王心，早随众论功，封了爵位。沙沙的兄长利利，本来可独邀恩免，不致随藩归耕，受那活罪，怎奈已随王弟逃去，不便追寻，也就罢了。宴后，仍由驼女、沙、咪三人随侍仙人。当日无话。

到了第二日深夜，第三日天未明以前，小王遵仙人之嘱，仍将各种贡献妖人的果品之物分别备好，送往历来妖人接受贡品的高崖平石之上摆好，一些不露声色。云凤持着仙剑、飞针，算准妖人将来以前，潜伏在侧，相候对敌除害，以备万一不济，作为自己路过，并非小王请来，免得画虎不成，反为小人族酿出大害。一切停当，行前，云凤又虔诚向天默祝，请曾祖姑垂佑相助，救此无辜细人。这两日沙、咪二人已请驼女将歧舌用剪修圆，敷了洞中特产止血住痛灵药，渐能通问达意。为示心诚，自请愿扮作祭品，虽死无憾。云凤原不舍他两个去供牺牲，后一想，如非妖人之敌，不特祭坛上一些小人的命保不住，连自己也未必能以幸免，又加二人坚持要去，只得允了。一行到达峰前，将沙、咪等做贡祭的活小人与洗剥干净的牲口和山果如式排好。小王焚香告祭已毕，便和驼女率众臣民，含泪退往峰侧隐秘之处，潜观候信。

这时银河耿耿，残月在天，四无人声，甚是幽静。云凤本人藏在祭坛侧一株大树后面，装作倚干假寐。早连说带比，教了沙、咪二人，妖人来时，如何应付，诱他入伏，去时比往常提早了些。云凤等了一会儿，还没响动。仰望青空云净，流光下照，山原林木，如被银装，四围风景清丽如绘。妖人来路雪山一面，月光中看去，仍如烟笼雾绕，上接云衢，看不见顶。只近云高处，积雪皑皑，与月争辉，是否上面可通白阳崖，尚无把握，不禁又焦急起来，哪还有心肠再流赏风华。正在愁烦，忽听远远一阵尖锐的风声，从雪山上吹来。咪咪忙跑过来用手比画，意思似说妖人将至，请云凤早为戒备。云凤虽作色命他速回原处，免被妖人看破行藏，初临大敌，心中也未免怦怦跳动。

似这样过有半个时辰，雪山卷起一团浓雾，风沙滚滚旋转不休，往上一起，又落下去。起落三次之后，倏地似抛球一般升起，在空中一个大旋转，便往祭坛这一面飙轮急转飞来。雾影中隐隐有青黄二色光华掣动，不时发出尖锐凄厉之声。片刻工夫，已离峰头不远，眼看到达。忽然"叭"的一声，烟雾一齐爆散，从中现出一个妖人，直往祭坛前面飞落。云凤见那妖人是个道装扮扮，身材佝偻，大头细颈，尖眼碧瞳，浓眉凹脸，缺口掀唇。顶上戴着一个金箍，乱发如绳，披拂齐肩，中间还杂着一串串的纸钱和黄麻条。一手拖着两个丈许长的大麻布袋；一手拿着一件似槊非槊、长约五尺的奇怪兵器。除尺许长的柄外，槊头上插着许多三尖五刃的小叉。适才所见青黄光华，便从槊头上发出。真个生相凶恶，丑怪无比。一落地，便将头一个口袋的底一抖，那布袋立时和打了气一般膨胀开来，斜搁在祭坛侧面。然后坐定，抓起果子便吃，坛上群小见他到来，纷纷伏倒跪拜。妖人将手一指口袋，群小便争先恐后地把坛上许多贡品捧的捧，抬的抬，一齐放入口袋里面，意若献媚。独沙、咪二人在旁不动，装作害怕神气。妖人因小人性灵，历来受享时，都有几个希意承旨，故意舍生取媚，为国求福，抢着代装东西的，并且这两年都留下过几个，见群小动手时，虽比以前踊跃得多，先也没有在意。正吃得高兴，忽见内中两个比较精壮的小人，竟自袖手一旁，神气畏葸，几次欲前又却，颇似有甚话要说之态，厉声喝道："你这两个小孽畜，难道此时害怕，就有用么？做这脓包样儿，有什么用处？"

云凤听妖人说话口音，颇似闽南一带，声如枭鸟，甚是刺耳。知沙、咪二人快要引他入伏，算计妖人既能腾虚飞行，必然精干邪术，凭真打恐非敌手。自己虽然几次祝告五姑垂佑，至今尚无迹兆。身在险地，一个不敌，不特自身难保，还要累及上万众生，不能不慎重一些，先发制人。仙剑光华灿烂，难于暗用，只有飞针最妥。刚在沉思，等和妖人一对面，先放飞针，再拔出宝剑防身时，那沙、咪二人已装作战兢兢的，对着妖人朝旁侧不远的一株盘松之后连比带指。云凤藏身地方绝佳，一块危石上，一株合抱古松盘旋如龙，下垂贴地，全身俱被松、石遮住，除了有人抄向石后，便在空中下望也看不到。妖人见两小直打手势，心中起了疑心，不由立起身来，往那石后走去。两小光指着前路，又装作胆怯后退之状。妖人不耐，将身一纵，便飞落松、石后面。刚一落地，还未看清人影，云凤早悄没声地一扬手，把飞针打将出去，立时便是一溜火光，朝妖人迎面打到，妖人也是自信过深，以为区区小人，还会有甚伎俩，万没料到有人潜伏，一时粗心大意。落处相隔云凤不过数尺远近，遽出不意，猛见一梭形的火光飞来，连忙腾身躲避，已是无及，一下正打中在左半边脸上。云凤更是矫捷无比，飞针刚一发出去，紧接着脚底下一点劲，一个龙项探珠之势，飞身直上，就势一剑，朝妖人颈间刺去。妖人刚被火光打中，奇痛惊忙中，知道遇见正派中的能手，稍不见机，绝难活命，纵有一身邪法，也顾不得行使。身受重伤,逃命心切,慌不迭地一纵遁光,望空便起。同时云凤的剑已经刺到,见妖人要逃,立时一变招,化成一个银龙舞爪之式,反手一剑,将妖人一只左手齐腕断落。只听"呀"的一声惨啸,一道青黄光华挟着一团烟雾,如飞破空逃去。

云凤机警,知道不能腾空追赶,恐为人小招怨贻祸,便指着天空大喝道:"我乃白发龙女崔五姑门下弟子凌云凤,云游过此,见你荼毒生灵,稍示薄儆,未肯穷追。再不悛改,使用飞剑取你首级了。"说完,算计妖人必然听见。过去祭坛一看,坛上两个麻布口袋还遗在那里。群小正伏地跪拜,欢呼不止。云凤命将内中祭品倒出,放起飞针,用火去烧,奇腥之味,中人欲呕,一会儿成了灰烬。云凤不耐久停,妖人负伤逃去,虽未就戮,可是自己也无法寻踪。见天色已明,正打上路主意,回顾两侧,沙、咪二人不在,正要寻觅。忽听崖下群小欢呼,声如潮涌。低头一看,沙、咪二人已去送了喜讯,小王、驼女率了众臣民,正欢呼蜂拥而来,不一会儿,便到崖上。云凤告别欲行。小王因妖人未死,恐云凤走后寻来报仇,全族生灵无有噍类,率众跪哭,再三坚留,仍请除了害再去。云凤心急回山,自然不肯,再三设辞譬说,已经警告妖人,况且妖人只知自己路过仗义,绝不敢再来,也不会迁怒泄忿。小王等终是不听,一同跪伏在云凤身前,痛哭不止。云凤心慈,也觉不忍,想了想,只得答应再留一日,如明晨妖人不来,便自己带了沙、咪二人,命一个以前去过的小人领路,前往雪山之上寻找。找到时,当代小王斩草除根;如找不到则妖人必然负伤身死。自己也就此寻路上山,回转仙府,不再回来。小王、驼女知难坚留,只得允了。

当下又转回小王洞内,欢聚了一日。半夜,又照前去往崖侧潜伏,候至日中,没有动静。云凤二次告别。小王知云凤爱吃金果,早命人采了一枚。又由驼女指点,代云凤备好干粮果品,外有四粒夜明珠,一齐献上。云凤早就推辞过,不收谢礼。见是一些吃食及合用的东西,略微谦谢,也就收了。沙、咪二人,小王论功酬劳,也各赐了一些国宝,以代封赏。当下云凤便带了沙、咪二人和一名小向导叫做尼尼的,一同别了小王、驼女等人,乘白天往雪山进发。仗着三小人都是久惯出行,身轻体健,捷逾猿猱,一路奔驰,走到未申之交,便到了雪山脚底。这一路的地形,是越往前越高。云凤见高山前横，先以为便到了雪山脚下。及至身临切近，抬头一看，云雾弥漫中，仅依稀看得见山顶。不禁大为失望，停了步坐在山下，呆呆地望着天空，半晌作声不得。咪咪见云凤面有忧色，当是行路饥疲，便和沙沙将带的干粮果品取出献上，云凤无心食用，随便分了一些与三个小人。想起那日一朝失足，便隔仙凡，好容易盼着一点途径，谁知走到近前，依然和别的山头一般。仰望苍穹万丈，无可跻攀，越想越难受，一阵伤心，几乎落下泪来，感伤了一阵。沙、咪等三小已将分给的粮果吃完，来请上路。云凤暗忖："自己平时目力颇能及远，坠落时虽在风雨之际，因恐受伤，曾提起真气，稳住身子下落，并非随风飘荡，绝不致被风吹刮出老远去。事后细细查看四外山形，只雪山这一面，不特方向风头都对，而且雪封雾锁，高矗云际，定是仙山根脚无疑。如今变成幻想，目力所及，已无再高之山可以指望。如非福薄命浅，以致旷世仙缘得而复失；便是叔曾祖母赐了仙剑、飞针，知道自己把白阳真人洞壁遗图练得有些门径，特意故弄玄虚，使自己下山积修外功，磨炼一番，等日后机缘到时，二次再来度化也说不定。昨早妖人逃去，尚未伏诛，何不趁此时机，寻上门去，为上万生灵除害，岂不也是一件功德？"想到这里，把先前许多愁烦，减去了好些，立时喊住三小，问妖人怎生起源，巢穴何在。

小人本来心灵，沙、咪二人自经驼女把歧舌剪圆，敷了洞中灵药之后，连日夜地相从勤学，已能通词学语。闻声略询尼尼几句，便朝云凤连比带说道："尼尼说妖人实在巢穴，无人知晓。不过群小未受他害时，曾有数十人奉了王命，前往雪山高处采雪莲冰菊，来给全洞的人配那解毒圣药，归途在一处冰崖下面，看见他在一个冻冰筑成、里外透明的大茅棚里面，闭目打坐。面前有好几摊鲜血，大小参差，插着许多旗幡，均有五色烟雾围绕。彼时众小人除驼女外，尚是第一次看到这般大人，见他生相丑恶，周身常有电光闪动，疑是山神，没敢惊动，只悄悄朝他叩拜，径自跑回。跟小王和驼女一说，驼女说那大人定非善类，就是神，也是凶神恶煞。好在雪莲冰菊，业已采回不少，足敷数年之用。再三告诫大家，不要前去招惹。万一无心相遇，急速觅地藏起，休要被他看见，闹出大祸。过没一个月，也是该万死的鸦利，因听去的人说那大人身旁异宝甚多，又问出大人坐在那里如死去一般，冰房当门一面全没遮拦，一时动了贪心。借着采粮行猎为名，带了百十人出洞，行离雪山还有一多半路，假说恐惊大人，不能再进，把随去的人支开埋伏。他装作去引那山羊野兔出来，以便合围，暗中却带了四名心腹，前往雪山盗宝。他为人虽是凶暴，心却奸狡已极，寻到那里，并不敢以身试险。只教两名心腹先进去；余下两名伏在后面，准备放那毒箭，带接东西；自己藏在一个极隐秘的雪窟窿里，观看动静。遥望两名心腹走到冰房前面，大人毫未觉察，宝物近在咫尺，还不手到拿来。谁知那两名心腹才一踏进冰房门口，那大人倏地两只三角眼和电光一样，放出绿森森的亮光，睁开来闪了两闪，也没见他起身来捉，只把大手一指，幡上一溜黄烟放起，两名心腹便已跌倒。后面两名心腹，一个便是沙沙的兄长利利，比较狡猾，见势不佳，首先拨转头，不顾命地连滚带爬，往回路逃走；另一个还不知死活，跑上前对准大人，张弓便射，一气放了好几箭，眼看射到大人身上，都化成灰烟而散。这才觉出不妙，再想逃躲，哪得能够。跑还没到崖口，被那大人站起身来，慢腾腾走出冰房，只把手一招，便已飞了回去。抓在他手上，细看了看，怪笑了几声，一口咬向那心腹的颈上，把血吸尽，一阵声哭喊，不能走动。那大人又闭目打坐，鸦利才偷偷逃了回来。这事除鸦利外，前几年并无人知。虽死了三个，好在小人走单时，常有为鸟兽伤害的事，鸦利推说路上为大鸟抓去，利利又是他的死党，更不会人前提起。谁知这一来，闯了大祸，不久妖人便寻上门来。还算好，他并不以人为食。又因有几样贡品是药草，他不易寻觅。来的那日，恰好小王正率臣民在崖顶空地上煮药，被他看见。经驼女再三传话苦求，才答应每年只来两次，一次人多，一次人少，共献他精壮年轻的小人二十一名，再加各种应时山果，和那深藏山腹之中的惜惜草等灵药，才保得一年平安，不来随便伤害。后来王弟鸦利被放山阴，利利故犯法条，随后跟去，行时对沙沙说出实话，才知这祸是他们闯的。计算起来，人已死得多了。末一次采雪莲冰菊时，尼尼曾经在场，亲眼见过妖人，虽然事隔多年，那所冰屋还能记得。不过这座雪山，大人叫它着茫山，异常广大高深。现时已到山脚，莫说上到高处，便是离那妖人住的冰屋，还有二百多里的上下山路呢。鸦利腿快力大，那年从冰屋逃回，一口气走了一日夜，才到原打猎的所在。因为吃了这场亏，所以他造反时，明明见大仙闭着眼睛坐在殿里，却不敢乱动。我们此时要去，还得翻山过去，才能望到冰屋的峰上。就照这般走法，至快也要跑三个时辰，到了那里，已是半夜了。"

云凤听出言中大意，自己仅仗一剑一针，妖人必会邪法。昨日得胜，乃是出其不意，事有侥幸。深夜赶到，正可乘其入睡时，暗中下手，岂不比白日对敌还要强些？想到这里，便催三小起身，先行往山上走去。半山以上，便有积雪，越往高，雪益厚。快到山顶的十来里路，冰雪受了白天阳光融化，入晚冻结，冰雪融成一片，冰壁参天，云冻风寒。加上道路崎岖转折，甚是曲回，刚刚猱升百丈，倏又一落平川，真个难走已极。山高只三十多里，竟走出两三倍的途程，才行到顶。云凤见上面很为平广。时间业已子夜，三小虽然欢呼，俱都显出疲乏之状。离妖人所住的冰屋，还有一多半的路，不得不歇息一下。便命咪咪和尼尼说，择一避风所在，吃点干粮果子，歇一歇脚后再走。咪咪欣然禀道："今日因有大仙一路，胆壮高兴，要快得多，这就快到了，大仙如是不用饮食，我们到了再吃吧。"云凤惊问："路才半途，怎说快到？"沙沙接口答道："路虽只走了一半，因是上山艰难，下山容易。尼尼记得地头，不消多时，便可到达了。"云凤不便再问，便随三小，迎着寒风，顺山顶往侧走去。

三小本来矫捷，这一上到山顶坚冰之上，走起路来，更是迅速非常。他们并不在冰上跑，各从所背行囊内取出一副形如半船、长约尺许、精铁制成的套子，将双足踏在里面，两足往冰上用力一蹬，便飞也似往前滑去，迅疾如箭矢，拿云凤的脚力，也不过刚刚跟上。一会儿到了一个所在，雪光中望去，别处山径都是冰壁雪岭，巉崖峭壁，独这一面是个斜坡。虽然相隔地面太深，半山以下没有冰雪映照，又有暗云低浮，望不到底，看那形势，却是一溜坡下去的。沙沙说他三人准备踏着那套子，往山下溜去，顷刻便到。云凤说是太险，万一近底处遇有危石阻拦，定然没命。三小以为云凤因了他们，不肯腾云。力说平日均已熟练，在亡国以前便学会这等下山之法，不过前人用来荒嬉，如今却济了实用等语。

云凤见三小甚是自负，只得罢了。暗忖："自己枉被称为神仙，如若落在三小后面，岂非笑话？"这等下山之法，又未习过，不敢轻易尝试；加了爱怜三小，更恐他们先到，遭了妖人毒手。方在为难，猛想起自己从云空坠落，尚还无害，适才见有一面是个垂直往下的峭壁，何不由此提着真气，纵了下去？于是说："你们既坚持要下，可放小心些。我自由上面缓落吧。"

三小领命,各自觅路,先行滑下,嗖嗖两三声响过,每个小影子真如弹丸走坂,流星飞渡,晃眼工夫,没入薄雾之中。云凤也跟着跑向来路,寻到那一处峭壁,料可直下无阻。施展白阳洞壁上悟出的内家真功,站在崖口,双足先用力一蹬,平飞纵出去二十多丈远近。然后将气平匀,两手平分,往下飞落。这次不比上次云中失足,先就有了准备,丝毫也不惊慌,预计从空下落,也须片刻工夫,便在空中纵目浏览。才一起步,便见侧面有一座山,比这一面要大得多。当时也未想到别的,只听耳旁寒风呼呼,冷气侵人。下到一半,冰雪已稀,眼前眼侧的林木花草,奇峰怪石,似卷轴一般,电转云生,往上飞去。知道离地不远,忙把真气一提。低头看那落脚之处,乃是一条谷径。崖上这一纵,恰好不远不近,正落在谷径当中。两崖路旁,合抱参天的古树,和那径尺粗细的老藤,不知多少。有了上次遇见怪蛇的前车之鉴,自知无妨,便不打算再三攀附。眼看离地只有七八尺,一口真气一缓下坠之势,倏地在空中一个大翻转过去,化成一个风卷落花之势,径朝平地上侧面而下。等到足尖着地,身子站稳,竟和低处纵落一样,连头眼都不觉昏晕,不禁大喜。心想:"这仙家内功,怎这般玄妙?要是上升也如此容易,岂不是好?"细一端详上下方向,小人滑落之处还在前侧面。听沙沙说,他们滑落到了无雪之处,还得另换方法,尚有一些耽搁。虽然绝无她下纵得快,到底他们人小力微,不甚放心,无暇浏览谷中景致,径自出谷,顺右侧山麓,往三小滑落的一面寻去。

第一七八回　云腾鹤举　飞剑斩毒虺　电掣雷轰　神光歼巨憨

云凤和三小起步之处，相隔原不过里许远近。空中的风寒而不猛，并未将人吹向别处。这时的云凤脚程目力迥胜往常，原不难顷刻找到，刚往前跑出没有半里，便见两个小人在前行走。云凤当他们已然及地，竟和自己下落之时不相上下。妖巢密迩，恐有警觉，未便出声遥唤。正待追将过去，忽又想起，三个小人怎剩两个？如说有一人受伤，行路不该如此从容；再者，走的又是相反的道路，他们路熟，不应如此。再一细看那小人衣着，虽和沙、咪等三人相差不多，背上却未背着行囊，一个手上还提着一个小篮，里面好似装有花果之类，越看越觉不是。猛想起这些年，妖人曾强索去许多小人，莫非留了一些，供他役使，没有全数伤害，故而在此出现？乍见生人，难免惊审。好在彼此走的是同一方向，便把脚步愈发放轻，一路掩藏着，跟踪前进。等到相隔渐近，竟听出那两小人也会人言，正在低声且谈且行，云凤更是惊讶。偶然趁他们彼此转脸问答，看清两小面目。有一个竟是带着凶狠神态，脸上都是戾气，迥非小人洞中所见群小个个面容清俊之状。另一个手里持着一根带刃的钢钩，隐隐放出黄光，与日里所见妖人兵器上发出来的光华相似，益知所料不差。

看前面山麓下，三小尚无踪影。嫌那两小人的语声听不真切，索性又赶前了些，听他们说些什么。等到两下里相隔不过丈许，便听那提篮的道："小王手下虽有那驼婆会出主意，这些年也未见她找过一个山外的大人前来。再说先王留有遗命，也不准找，恐怕引鬼入室，自取灭亡。何况又是什么剑仙的徒弟呢。我想那大人必是路过无疑。太祖师说，等七天伤好，前往一查，看他祭坛上供的有人和祭品没有，便知分晓。并说你人聪明，还要带了你去，命你入洞查问呢。这次说好便罢，不好，便要扫灭全洞，将人不分男女老少，全捉了来。费上七年苦功，用一万生魂，炼那十地小人圈，去寻伤他的人报仇呢！你我父母宗族，俱在那里，家法厉害，到时不容徇私，你看怎好？"持钩的道："管他呢。反正如今我们十八个人，都学会了法术。太祖师说，不久便有半仙之分，还可随时变成大人，和太祖师一样，要什么有什么，多么称心。他们怜顾我们时，当时也不单挑我们上祭了。就拿现在说，除早晚轮班、采药烧丹、看守法台外，哪一样不任性舒服？每年太祖师受祭回来，还得吃两次人肉果品。一人单走，也不怕蛇虫鸟兽侵害。不比在洞中强得十倍么？譬如那年来时，和那几个一样，被他吸血祭旗，莫非这时也惦记他们么？我们只听太祖师的话，叫怎样就怎样，包有好处就是。"提篮的道："这都不提。不过我想那大人如是过路剑仙，与全洞的人何干？要是小王请来，只恐太祖师寻了去，也未必胜得过。我看他虽然脸臂受伤，须要调养。但据他说，当日仙法仙宝俱未顾得使用，仅可此时寻去，却要等七日之后，不是有些怕那大人，便是打算故意挑剔，好将全洞小人一网打尽。你忘了上次他得那本仙书时，曾说今年恰巧是子年子月子日子时，天地交泰，只是不知小人洞中够不够九千九百九十九名人数这句话么？"持钩的闻言怒道："你怎么说这些话？如非平日有交情，又为我受过罪，我便给你告发去。如不把他们都扫灭尽了，山阴鸦王怎得出头呢？洞内外共有一万七千多人，太祖师也用不了许多，正好趁此时机，让鸦王即位。等仙法学成，再向太祖师禀明，回去当国师。鸦王听话，便当国师；否则便去了他，自己为王。只是按时与太祖师进贡，什么都不用怕。高兴时再变作大人，出山去和别的大人玩上几天，有多么好呢！"提篮的闻言半响不语。一会儿说道："那青白花，好容易昨日才被我寻到，这里第二次了。我已得了一次功，你还没有。好在太祖师刚刚入定不久，今日要到过午方起，又不值班，有的是闲工夫。你看云儿开了，星月出来了，正好寻找。看看附近还有没有，再寻到，大家同去报功。寻到日出开采时，如仍是那一株，便给了你去献功吧。听说这花又名晨露，果子中的一包汁水，吃了能成仙呢。"持钩的听说要将功劳让他，略转了点喜容。

云凤才知持钩小人是鸦利的同党，难怪生相凶恶。顺山麓遥望前面山腰,积雪皑皑,暗云围拥,沙、咪等三人尚无踪影。暗忖:"那开青白花的仙草,既受妖人重视,定是灵药无疑。何不随这二小人前去,看明白了以后,再行处置?"便不露面,仍旧紧紧跟随。又走出数十步,提篮小人说:"到了,仙草就在上面岩石缝里长着,我们快去守着,等花瓣一开,花心果子便熟,我们忙下手采摘,不要错过了机会。"随说随往山上跑去。云凤闻言,往前一看,两小人所去之处,乃是一片峭壁,高约百丈,广才数丈,像一面镜屏,悬嵌在离地三十余丈的山崖中间。四周都是满布苔藓的怪石,山径也甚险陡,两小人动作甚快,连爬带纵,眨眼工夫,已到了峭壁之下。将手中篮、钩背在身后,手足并用,似壁虎一般,附壁缓缓爬行而上,那般光滑直立的石壁,上起来竟似手足粘在上面一样。

云凤志在得那仙草,如从正面上去,恐被觉察惊走。见侧面不远怪石甚多,高低错落,散置山崖之间,如由此上去,不特可以隐身,还可绕行到那峭壁上去。先端详好了形势,将真气一提,绕向侧面,施展蜻蜓点水的功夫,一路鹤行鹭伏,且隐且纵,顷刻到达。见峭壁忽然中断,靠山一面,现出一个可容三四个大人的洞穴。正不知走对了没有,忽闻穴中清香扑鼻,探头一看,穴壁斧裂,石缝中生着一株从未见过的奇花。花只一朵,形如牡丹,青边白瓣,微露红心,将开未开,含苞欲吐,隐放光华,异香袭人。未开时,已有尺许大小,估计全开了,少说也有二尺周围。方在端详,忽听两小人语声由下渐近。忙将身藏入穴内,侧耳一听,只听提篮的说道:"昨日黄昏时,我在无心中发现这花最是奇怪,上次开放时,正值天色将明之际,花不开,果便不熟,而且不能先用手触。有花之处,都有毒蛇怪物把守。最好等到它突然往外长出,去接晨露之时,你用钩把它钩住,我立时就采,到手便往下纵,才保不致被穴中蛇虫怪物伤害。恰好有这石窝子,可坐可立,进退容易,成了固好,不成,好在还没和太祖师说,也不妨事。"云凤闻言,往穴中一看,并无虫兽之类潜伏,只穴顶悬着一个形如蜂窝的东西,当时也没在意。再听两小所说,俱是花怎样才能采得之法,便一一记在心里。高兴头上,猛想起沙、咪等三人快要下来,其势不能在此久候。偏那两小人只在壁口石窝里等待,不肯上来。刚想诱他们入穴,将他们捉住,再接了沙、咪等三人。至于是先除妖人还是先取仙草,算计好了时间,再作计较。

猛听小人"噫"了一声，云凤悄悄出穴，探头往下一看，两小人已贴壁飞坠，滑了下去。前侧面山脚，沙、咪等三人正绕山麓跑来，眼看两下里快要遇上。这才明白小人飞坠之故，喊声："不好！"正要跟踪纵下，忽听身后穴壁似有爆裂之音，接着又是"喳"的一声炸响。刚一回顾，一团光华突从身后擦面而过。闪开一看，正是那朵青白色的奇花，业已完全开放，中间红心不见，现出一个金光闪闪的五色果子。云凤见那奇花竟不等清晨，遽然开放，固是喜出望外。但知道花开不久即隐，下面沙、咪等三人又将遇敌，事难兼顾。匆促中举剑一挥，将花听落在手。花一落，花叶立时缩了回去。再看洞壁裂缝，依然连茎带叶，俱无踪影，耳边似闻洞顶窸窣有声。不暇再作端详，连忙跑向崖口，双足一蹬，往下纵去。身才离崖，便听花洞中"轰"的一声，好似飞出一物，身已凌空，不及回观。

那沙沙、咪咪、尼尼三人，先由冰雪中滑落，沿途倒也顺溜。及至滑行到了半山以下无雪之处，再想照旧滑落，势已不能。只得收住势子，一路攀藤缒萝，纵跃而下。仗着小人都是身轻体灵，目力敏锐，那一带的山径峭壁甚多，上面大都附生着藤蔓，易于援落。虽不如云凤飞身直跃来得神速，两下里相差也不到半个时辰。及地以后，算计云凤仙人必定早到。以为妖人巢穴相隔还有二三十里，深藏在山凹深崖之内，此时正当深夜，不致被人发觉，又有仙人在前相候，不由胆壮气豪，并没怎样留神观察，便顺山麓朝前跑去。才跑出二三十丈远近，沙沙、尼尼正并肩前驰，忽听咪咪在后唤止。二人回身问故，咪咪道："你们快看前边转角处跑来两个小人，内中一个，不是鸦利的死党吁吁么？他自那年鸦利被放山阴，意图行刺，不想奸谋被他父亲勾勾发觉，奏知小土，知他诡计多端，发往山阴，必定生事。不几日便值贡祭妖人之期，将他捆住，送往祭坛，做了祭品。怎么还在这里，没被妖人吃了呢？"尼尼也惊讶道："那一个提篮的，不也是因犯大罪，与他同时绑去充祭品的颠颠么？怎都还在？这两个东西，都是又奸又坏，既然未死，定做了妖人党羽。大仙不知在前面没有？我们最好藏起来，等他们走过再出去。见了大仙的面，再请示定夺。"沙沙忿然道："这两个东西，一个是叛贼，一个是犯上的败类，以前受他们害的人甚多。只说喂了妖人，不想还在，正好借此除他们以正国法。看神气,他们已看见了我们,躲有甚用?有大仙在前面,还怕他们么?再者妖人每年劫去的人甚多,你我三人都有亲友在内,也许没有全死,乐得相机行事,先朝这厮们打听下落。你二人靠后,待我上前。"话一说罢,沙沙当先,二人随后,一同迎上前去。双方都走得快,一会儿便碰了头。

吁吁原认得三人,并从妖人后两年劫留未杀的小人口中,得知沙沙、咪咪、尼尼三人近年选充宫廷侍卫,已成了小王心腹将士。雪山左近,多年无人敢来,恰值妖人受伤败回的第三天,便有人乘黑夜偷偷到此,当然必有所为,定是奉了王命,来打探妖人的死活。一心想把三人擒往妖人那里献功。将手中钩一横,喝问道:"大胆走狗,偷入仙山,想做什么?快快说了实话便罢,否则将你三个捉住,献与太祖师,教你们不得好死!"沙沙原有一番话语,想和两小先礼后兵,略探妖人动静,与劫去的小人死活。一见他目露凶光,势焰逼人,全无一点同类情分;又听他做了妖人徒孙,猜出自己来意,与他好说,定然无用,不禁气往上撞。一看除这两小外,并无别人,下手越快,越合便宜。忙和尼尼、咪咪一使眼色,口里答道:"吁吁,你不要急。不错,我们是奉王命来的,可是对于仙人,并无恶意。你两个可能带我们去见仙人么?"一边说,一边身子往前凑。等到身临切近,猛地一举手中刀,朝着吁吁当头就斫。

谁知吁吁奸狡,早就有了防备,一见刀到,骂声:"该死的东西!"手中钩往上一挡,钩刀相碰,钩上火星一亮,冒起一股黄烟。沙沙闻着一股子奇臭之气,立时翻身栽倒。那咪咪、尼尼二人得了沙沙暗示,各举手中刀,径扑颠颠。沙沙一倒地,咪咪着了急。他在洞中原有神箭之称,动起手来,总是刀弩同时并用。当下先朝颠颠放了一毒箭,然后刀弩齐施,直取吁吁。那颠颠当初也非善类,见咪、尼二人奔来,回手拔出身后的一面小幡,正想行使邪法迷人。不防咪咪一箭先到,正中面门,立时应声而倒。尼尼赶将过去,就势又斫了一刀。近旁吁吁用黄烟将沙沙迷倒,打算生擒回去报功,忽见咪咪奔来,人未到箭先到,接连两三箭射来。知他从小弩箭厉害,一面躲闪,一面又想施放钩中暗藏的毒烟时,猛听空中一声大喝,一个大人飞将下来。吁吁虽然凶狠刁猾,新近又学会一点小邪术,胆子越大,毕竟平生所见的大人只驼女和妖人两个,乍见云凤自天飞坠,自然疑神疑鬼，不由吓了一大跳。就在这张皇顾盼的当儿，咪咪、尼尼相继赶到。休看人小，却是手疾眼快，机敏异常，还未容云凤动手，双双抢上前去，双刀齐下，吁吁猝不及防，想逃已是迟了。云凤连喊："不要杀死，留活的问话！"咪、尼二人闻言，忙将刀一偏。咪咪的刀先到，收势略缓，只歪了歪。吁吁见势不佳，想举钩来挡，连臂扬起，恰巧被这一刀连腕带手中钩一齐斫落。吁吁负痛，刚悲号了一声，又被尼尼一刀背打在左肩之上，倒于就地，痛晕过去。尼尼连忙按住。咪咪拾起地上铁钩，忙跑过去，将沙沙拖了过来，对云凤述说经过。

云凤自幼闯荡江湖，见过许多门派中的迷药兵刃。接过一看，便认出中有机簧，藏着迷魂药粉。再见那闪闪放光之处，乃是几块类似水晶的宝石嵌在上面，画着一些符箓。细查形式，好似断去了一截。暗忖："这钩必是江湖下流绿林中人用的暗器，被妖人得来，画上一些符箓，给与小人，以作防身之用。此山素无人迹，对头只有蛇兽之类，这药粉如能使蛇兽昏迷，药性定然猛烈无比。适才从空下望，只见钩上冒起一股黄烟，沙沙便已晕倒。好似上画符箓，仅只是一种点缀，故作惊人吓兽而已，并无多大作用，厉害的还是这些药粉。小人随手使用，未抢上风，必定预先闻有解药。"便命咪、尼二人搜搜两小身上，果从兜囊中搜出一些东西，内有两个二寸长短、手指粗细的玻璃瓶，中贮药粉，一黄一绿。回望颠颠，身受重伤，呻吟垂绝，半睁双目，望着众人，还未死去。先把黄药瓶塞拔开，往他鼻端一凑，立时闭目死去。拔塞时，云凤虽离较远，但微闻奇臭，便觉有些头闷心烦，连忙塞好。再把绿药瓶塞拔开，觉有清馨之味透出，闻了神爽。再倒了一些在草叶上，倒入颠颠鼻中，不多一会儿，便闻呻吟之声，知是解药无疑。便用手指挑了些，弹在沙沙鼻孔之中，居然悠悠醒转，见云凤在前，慌忙跪倒并谢。这时那吁吁也苏醒转来，颠颠毒发身死。

云凤因想知道服食青白花中仙果的详情，吩咐将尸首藏过一旁，拿了两小身上搜出来的零碎东西，将吁吁擒往僻静之处，审问妖人现状，以及妖窟中的虚实动静。沙、咪等领命办理，一同转入右侧山缝里去。吁吁先还不肯实说，经不起尼尼能说，用小人言语，连哄带吓。说云凤就是前日用法宝重伤妖人的神仙，因见小人每年无辜受害，奉了天帝之命前来降罚。

上千条双头怪蛇，何等厉害，被她在一个时辰以内斩尽杀绝。现时到来，只诛妖人一个，与别人无干，颠颠和你一死一伤，乃由于自己不好，先要动手伤人之故，仙人并不管这些事。日前鸦利造反，也是大仙平定，叛逆大罪，俱未诛戮一人，何况你们。你只说了实话，大仙仙法高深，能起死回生，不但饶恕不死，还许特降鸿恩，将你断臂医好。除妖之后，与别的小人一同送回老家中去。

吁吁人极凶狡，闻言寻思了一会儿，才将信将疑，有了允意，忍痛趴伏在地，向云凤叩头求饶。云凤知他最坏，能通人语，便先问他妖窟中情形，打算慢慢再拿话套他花中仙果服法用处，以免起疑。吁吁道："太祖师自从近年得了白阳真人的十三页天书图解，时常自言自语，欲学天书，须把以前所学道法全部丢去，未免可惜；不然，又恐不能将天书道法学全。后来遇见太师伯湖北花山孙洞玄真人，教他两样都学之法。由此把每日打坐时刻分为两次：一次练旧功，是在白日午未申三时；一次练新功，是从亥时起练到寅末卯初。因这次比日里要紧得多，除了随身换班的十一护法童子外，还埋伏了各种仙法。外人一进去，必要昏迷倒地，直到他功课做完，起身处治。一经被擒，休想活命。起初要去小人，俱被他将生魂收去，以作祭炼宝幡仙幢之用。自得仙书，听了太师伯之劝，每次总要挑出几个不杀，用仙法修了歧舌，教会人言，收为徒孙，各传道法。如今连我和死去的颠颠，已有三十五个小人了。预计要收七十二个，还差着一半呢。此时他正在入定，人和死了一般，要到天明之后才醒。大仙如要前去杀他，倒是时候，不过屋中仙法厉害。那冰屋共有前、左、右三个门户。左门看不出，内中仙法最是厉害。前门和右门，俱要差些，尤其是右门，更无甚稀奇。大仙进了右门，只须将迎门那面长幡一摇，里面埋伏便破去一半了。我将这机密泄漏，不敢指望别的，只求大仙先将我断臂医好，再把你手上那朵花赏给我闻上一闻，就感恩不尽了。"

云凤先听妖人得了白阳真人十三页图解，不禁惊喜，知道又是一番仙缘巧遇，便静心听他说了下去。后来听吁吁说那冰屋情形，既然左门厉害，当然愿诱来人进入，为何不易使人看出？已知有诈。再一听他索要仙花一闻，越猜这小人诡诈，不怀好意。故意问道："你知我这朵花哪里来的么？"吁吁满脸好笑，答道："这花听太师祖说，乃山腹五金之精，与千万年玄冰极寒真气，融洽孕育而生，只本山才有。虽然难得，不过清香好看，闻了止痛，并无多大用处。大仙适才脚底没有烟云，又没光华围身。前日太师祖也说，大仙好似不会腾空，定是崔五姑新收徒弟，不知用甚厉害法宝，出其不意取胜，故此当时未追。现在又同尼尼他们一路来，必非云中飞落。落脚的地方，又当天镜崖前，那里正有一朵花出现，我们还没采到手，不知怎的会落在大仙手中？大仙要它无用，如赐与我，本山奇花异果甚多，多取来奉上如何？"云凤闻言，暗骂："好一个不知死活的小孽障！死在眼前，还敢使诈愚人。"等他说完，喝道："该死的东西！竟敢在我面前闹鬼。此花名为晨露。你们采时，须等天明。我只路过，略施仙法，便唾手而得。你当我不知来历么？妖人窟穴所有埋伏，岂能困我？无论打从何门进入，妖术邪法，立时瓦解。我不过一念仁慈，想饶你一命，才命你供出实话。你却一味花言巧语，打算行诈，岂非自寻死路？快些说了实话便罢，如若不然，休想活命！"

吁吁见云凤知道那花来历，看出虚假，当时惜命，也颇害怕，只得含泪答道："实不瞒大仙说，以前太祖师并不知本山有此仙花。后来在天书中悟出，便命我等闲时遍山寻找。那花出现时，多在黄昏暗处。我等眼睛俱用仙水洗过，能在暗中看物。手里又有法宝兵器，无论是甚毒蛇猛兽，只须将法宝兵器一抖，冒出一股神烟，立时昏倒，不用解药，万不会醒。一年多工夫，只死了的颠颠寻见过一次，太祖师甚是欢喜。花片可以医治各样疮伤，不能服食。如我这条断臂，如得一片，齐断处扎上，当时止血止痛，不消七日，即可接上。花中仙果，最为贵重，生吃下去，可抵道家百年修炼之功。只是从花心采摘时，须细细认准它向上微弯的一面，顺着势子一折就落。采到手，再就断处一吸，果中仙露便就到了嘴。如果手势稍偏，折不断，便难再折。尤其不可用刀去切，遇金铁，必与金铁同化，一般坚硬，汁水立枯。太祖师头一次得了此花，不知就里，除花片采下做药外，仙果变成了一枚金果，至今尚在，效用全失，事后甚是懊悔。又命我等搜寻，终未寻到。今日傍晚，颠颠来说，他又寻到一朵，刚刚出现。因上次花开是在凌晨，天书上也有这种解说，不开不但不能采摘，手一触动，立即缩入石中隐去，再也不出。更不能有三人在侧。因上次得花时，曾在那花附近见有一朵，可惜被它隐去。以为这次或许也是两朵，偷偷约我同去采来献功。现在看出大仙这朵花片上,有上次我们同伴扯落的缺口手印,仍是以前隐去的那一朵,才知大仙得自崖上,以为大仙路过采得,不知就里;颠颠又死,无人对证。想骗到手,吃了果中仙露,再求大仙释放,逃回王洞。一切无知,望乞大仙不要怪罪,饶恕一命吧。"随说随哭,叩头不止。

云凤原本心软,见他臂血淋淋,哀哀哭诉,痛得面都变了紫色,心想:"我何必与这区区小人一般见识?且将仙果采下服了,如果所说不差,放他何妨?"一看那花心中异果,果如吁吁所言,果柄向上面略弯。觑准向背,轻轻一折,随手断落。断处水珠直冒,清香扑鼻。试用口一尝,甘芳满颊,凉沁心脾。一口气把它吸光,立觉神爽身轻,舒适无比,知道不谬。不欲失信小人,便命咪咪去将断臂寻来,将花交与沙沙拿着,摘下一片,亲自与他绑扎停当,命其急速自行逃回老家去,以免少时玉石俱焚。吁吁叩头称谢已毕,行时哭说,归途大鸟蛇兽甚多,兵刃和囊中防身之物俱已失去,请求发还。并说祭坛被摄,多年未归,要请沙、咪二人伴送到左侧转角之处,略微指点,便可寻路回去了。云凤因那有毒药冒黄烟的兵器害人,不允发还。一查适才搜出之物,尚有两张弓、六支小箭,叫他试了试。除比小王手下所用弓劲箭利外,似无异状,其余也无甚奇特的东西。只把两面小妖幡扣下,余者都给还了。她因为前面转角是个登山的缺口,相隔不过十丈,不疑有变,便命沙、咪二人如言相送。沙、咪二人闻命无奈,只得同了吁吁起身。

因为那地方在妖窟的另一面,急等送完吁吁回来同行,沙沙一忙,也未将手中花放下。云凤知二人腿快,少去即转,未唤住,只拿着那枚吸空了的仙果,在手里端详审视,全未在意。咪咪留心,知道吁吁的话靠不住,却不知要闹甚鬼,正在心疑,已随了吁吁走到山缺口边。这时吁吁迥非初见时凶狠之态,满口俱是悔过之言。沙沙听了他的甜言蜜语,还不怎样。咪咪始终加以防备,见他到了缺口处,后面云凤、尼尼已被转角处危石挡住,看不见人,还没有作别之意;又见那缺口形势只是山腹中裂,现一巨罅,不特望不见来的路径,而且不能打此上山,与他所说在此可以指点路径之言不符,越发疑心。忙喝问道:"吁吁,你要我们送你到哪里去?这里又不是登山的道路,看不见山那边,怎么指点你的归途?你如真不知方向,就在这里指说尚可，否则我们随侍大仙，俱有要事在身，那我们就不奉陪了。"吁吁早看出云凤不会腾云驾雾，以为绝非妖人对手，哪里肯往回路走。不过心恨沙、咪二人勾引云凤来此，当时暗算力有不敌，特意假作请二人指点路径为名，诱到山缺口里，云凤看不见的地方，来个冷不防，用邪法将二人迷倒，绕山侧小径逃回去，与妖人报信。及见沙沙来时，手中仙花并未放下，更趁心意。口里说着好听的话，身子渐渐紧挨着沙沙并肩而行，只盼再走近缺口两三丈，便即下手。忽闻咪咪在身后喝问，吃了一惊，忙回脸答道："你哪里知道，这缺口出去，便是山那边。现在暗中，你眼力不济，再走十几步，就可看出了。"咪咪喝道："几十里厚的山，这一点远近就可通过？你哄鬼呢！有话快说，再如往前，我们走了。"说罢，便去拉沙沙，忽听空中嗡嗡作响，还未及抬头观望，吁吁情知咪咪起了疑心，又见他伸手拉住沙沙，回顾云凤、尼尼，已被山石隐住。心想："再不下手，就来不及了。"忙答道："两位既不肯送我上路，我以前雪山实未来过，请你们把方向途径略说一些如何？"咪咪气忿忿地正在解说，吁吁便乘此时机默诵邪咒，暗使妖法。沙沙也看出他听话时神态不对，身子只往自己凑来，也觉有异，但未想到他断臂初接，死里逃生，会有那么大胆子。刚在心疑，吁吁业已诵完邪咒，忽然将身朝沙沙一扑，一手将沙沙手中仙花夺去，纵步如飞，往山缺口中逃走。

其实吁吁当时如用妖法，沙、咪二人必然被害无疑。只因心涎那朵仙花，知此花不能沾土，恐二人迷倒时落在地上。又因右手新接，不能使用，剩下一只左手，无法兼顾。意欲先将仙花劈手抢来，衔在口中，回身便跑，二人必然追赶，再用左手捏诀行法。谁想人算不如天算，命中注定该死。沙、咪二人见花被他抢去，又惊又怒，各举刀箭拔步便追。就在二人刚刚起步，吁吁将要行法之际，忽听空中嗡嗡之声趋近。咪咪一抆手中弩箭，尚未发出，忽又听前面"轰"的一声，从空中飞下数十条半尺长短黄晶晶的飞蜈蚣，一窝蜂似齐往吁吁头上扑去。接着便听一声惨叫，吁吁连人带花，被那数十条蜈蚣咬住，凌空而起，手足挣了几挣，便没声息，想已被蜈蚣咬死。眨眼工夫，隐入暗云之中，不知去向。后面云凤闻得二人喝喊与天空嗡嗡之声，也已赶到，望见许多身有四翼、形如蜈蚣的怪虫，将吁吁衔去。一问就里，想起得花时所见洞顶蜂巢般的东西，与得花离崖所闻怪声，定是此物循着花香而来。区区小虫，如此厉害。那花如在沙沙手内，亦是必死；便是自己拿着，也不见得能不受一点伤害。不想吁吁一时行诈，倒做了替死鬼。好在果中仙液业已服食，那花不过能做伤药，无甚可惜。见沙沙失花害怕，反倒安慰了几句。因这一来，那枚空果壳也不敢随便拿着，忙裹入包中。带了沙沙、咪咪、尼尼三人，往妖窟进发。

那妖窟深藏在一条暗谷中间的悬崖之上，相隔山麓还有多里，沿路俱是悬崖峭壁，鸟道蚕丛，形势奇险，景物幽绝。前行不远，云雾忽开，山月渐吐，光照林壑，清澈如绘。又走出六七里路，转过一个谷中的曲径，行至崖腰高处。三小忽指前面，低声说道："那不是妖人住的冰屋么？"云凤闻言，顺指处一看，谷尽处，地势忽然展开，当中现出一座数十丈高下的四方广崖，前临幽谷，林木繁茂，后倚崇壁，积雪皑皑。妖人冰屋就设置在广崖当中，大约一亩，高有十丈。尼尼说是比前高大得多，想是近年收了小人之故。白雪为顶，坚冰做墙，晶莹朗澈，似与星月争辉。冰屋外面有十来个小人，正在崖上驰逐舞踊做戏。细一看，那些小人的身底下，都是虚飘飘的，有时竟凌空飞翔，离地数尺。知是练习妖法，并非戏耍。冰屋外观虽似透明，里面人物情景，却是用尽目力，一点也看它不见。心想："妖人此时虽在打坐，只是这些小人甚为惹厌，他们耳目异常敏锐，稍一近前，必被警觉。打草惊蛇，还是小事，这次不比上次，可以出其不意，暗中取胜。听那已死小人之言，妖人似已看出自己仅凭法宝，道力有限。明里交手，必非其敌。时机难再，又不便在此久延。"停步想了想，见广崖下有一条小磴道，猜是妖人所设，以备群小上下之用。崖形陡峭，磴道凿石附崖，径甚纡曲。看神气，不到将近崖顶，不易被上面的人窥破。不过由磴道上去，须从上下落谷底，然后小心贴壁猱升上去，也难不被上面群小看见。

正在寻思，沙沙来说："尼尼说记得崖后并非垂直，乃是一个斜坡，老树荫浓，参天蔽日。头一次小人采药，初遇妖人，便打此道逃回。如由那里上去，沿途皆有隐蔽之所。只不过多年未来，不知有甚变动没有。崖后大山，高到望不见顶，上面满生各样有用药草。"云凤闻言心中一动，便命尼尼引路，隐藏着身子，急速往崖后绕过去。

尼尼路径本熟，虽是多年未来，此时身临其地，全都想起，径引了云凤等三人,沿着崖壁,往上攀越。翻过谷旁峭壁下落,便是一条极深的枯涧。涧中蔓草丛生,老藤盘屈,日光不照,黑暗已极。一大三小四人,就在涧壁上攀萝援葛,鱼贯而进。不消片时,尼尼算计将到,微探头往上一看,果然正当崖后。四人上望,由下往上,俱是斜坡,松杉竞生,枝柯繁盛,阴森森的,都是千年以上古树。崖上冰屋小人,俱被林木遮住,看他不见。云凤恐错过时辰,忙引三小绕树穿行,往坡上跑去。将近崖顶,树林忽尽,削崖挺立,只有数丈高下,中间还有一条丈许宽的大道。云凤想:"这般上去,反正要被群小觉察,崖高只有数丈,何不突然纵上,出其不意,径直冲进冰屋,宝剑齐施,杀死妖人,再行处置群小,比较神速稳妥。沙、咪等三个虽然智勇,终敌不过人多,何况崖上群小俱会妖法,自己如胜了还好,不胜岂不白白送命?偏生三小俱都忠心,适在路上,连命尼尼引到地头回去都不肯,沙、咪二人更是立誓相从,死生不二。如命他们藏在下面,见自己上崖多时没有动静,急速回走逃命,必然还是不肯。并且这话也不好说。上去又凶多吉少。"正要设词嘱咐他们,猛见咪咪已独自顺着当中那条坡道往上爬,将达崖顶,心中一惊,又不便高声喝止。幸而咪咪探头一看,便即飞至崖下。云凤未及申斥,咪咪已拉云凤蹲下,附耳悄声说道:"崖上小人,有好些都是我们三个的亲友呢!我看他们一面跳着,不时三五成群附耳低语,指着冰屋,满脸庆幸之容。下来时,仿佛听到近身处两个小人在盼妖人死了好回去,绝不似先见的颠颠、吁吁两个那么可恶,说的都是大仙一样的话语。如引下两个一问,岂不有用么?"

云凤暗忖:"有小人卧底固好,但恐其心难测,一个不巧,反倒坏事。"正在踌躇,忽听沙沙微吁了一声,立时箭射一般,往侧下面树中便纵。咪咪、尼尼也已相继纵去。云凤赶近前一看,乃是两个小人,一跪一立,业被沙、咪等二人按倒在地。内中一个,似与三小相熟,低声急喊:"沙沙好人快放手,稍迟没有命了。"接着便听身侧呼气之声。偏头一看,离二小人不远,蹲伏着一个怪物,形如壁虎,长有丈许,却有两条寸许粗细、比身子长出两倍的尾巴,巨头阔口。目闪碧光,其大如碗,凸出在前额之上。口里平吐出七八条如蛇信一般的火焰。通体皮肉,是暗绿色中夹杂着一些灰纹,上面满是污泥,烂糟糟的,像腐了一般,看去异常污秽,时闻恶臭。本来蹲伏在地,见了生人,缓缓站起,这才看出那东西头颈间还绑着一根细铁链，系在一株古树干上。那两条细长尾巴，竟是可伸可缩。只往前爬了两步，便即停止。倏地肚皮一鼓，两条长尾，直向众人立处先后飞射过来。可是并不伤人，只在挨近人身数尺以内的地上抽打了一下，便即缩转。

云凤时刻留心，宝剑原在手内握着，情知不是善类。因它行动迟缓，又被链子锁着，长尾打出虽快，却打不着人的。想屏气忍着奇臭，仔细观察，到底是甚怪兽之类。说时迟，那时快，怪物的长尾又二次打到。云凤立处靠前，与怪物相隔较近，只觉身上微微打了一个寒噤。偶一回脸，见那两个被按倒的小人业已吓得面如土色，齿牙震颤，拉着沙沙低声急语。正要过去询问，咪咪忽然却步急语道："大仙还不将这怪物杀死，它那毒发出来，我们都没命了。"言还未了，怪物长尾又在近处地上打了一下。云凤刚听"叭"的一声轻响，身上又是一个寒噤，猛地省悟，知是这东西在那里作怪。更不怠慢，连忙一横手中剑，身子一纵，飞上前去。正要斫落，忽闻恶臭愈烈，头脑闷涨，暗道不好，忙往外抢先喷气，以防把毒嗅入，再将口鼻闭住。那怪物也甚警觉，一见敌人飞来，口里一声枭鸟般的低叫，两条长尾相次往上挥起。云凤身法何等矫捷，拨草寻蛇，往双尾上一挥，就势一剑，朝下斫去。怪物身子被锁，无法逃走，连第二声都未叫出，立时长尾飞空，尸横就地。云凤恐中了毒，一得手，便提剑凌空，斜飞出去。那怪物双尾虽断，仍有知觉，竟如飞蛇一般，朝云凤身上射来。幸得云凤轻灵，身刚飞出，闻得脑后风声，一眼瞥见前面有一株古树，手按树身，往侧一偏，转风车似翻向树后。方一落地，便听滋滋两声，偏头一看，两条怪尾已先后如长竿也似笔直钉向树上。

正要往众小人身前走近，忽见沙沙放了那两小人，五小一同起立，就在原处站定，不住摇手，连说带比，不要云凤近前。这次相隔较远，小人语声本来不大，五小恐被崖上人听见，说得更低。云凤知有缘故，只得停住。沙沙这才带了一个小人，留神看着地面走来，走到相隔怪物长尾打落之处约有七八尺以外，方行立定。招手将云凤唤至离身一丈远近之处，重又用手止住说道："大仙杀的，是这里妖人喂的怪物，名为七步响尾壁龙。最厉害是那两条尾巴，它吃人时，先用两尾一递一下朝那人身旁不远的地上打去，打过的地方便留下一条黑印和极细的涎丝。人一挨近，它那长尾能屈能伸，立时觉察，飞将过来，将人绞死，勒成粉碎吃了，其毒无比。

如今虽被大仙杀死，毒气还在，不但地上，凡是长尾下落的那一片都有，踹上去便不得活。现在这两面的地皮都被壁龙长尾打过，人不能进出，后面又有埋伏，我们五人都困在这里，不敢出来。须请大仙从七丈高处飞越进来，再带我们照样飞出，才保无患。"云凤虽不信怪物已死，毒涎丝仍停留空中，因沙沙说得急切，便依言纵过，问道："你们这样大惊小怪则甚？前面说有怪物遗留的毒丝，后面走有甚妨碍？你三人不是打从后面来的么？"

咪咪已领了那两小人上前拜见，闻言答道："这两个俱是我们三人亲族，只因前年祭献时洞中犯罪人少，凑不齐那么多小人，小王当众招募，他们自愿舍身，被妖人摄到此地。见他二人伶俐，挑选下来，团了舌头，做了徒孙，没有杀害，两个取名健儿、玄儿。他两人原是亲兄弟。今早玄儿犯了错，想要逃走，被妖人捉住，用妖法将他困在此地。如果三日内壁龙没将他吃去，再行责打释放。那壁龙长尾挨着人七步必死。可是身子被妖人用法锁在树上，整天钻在污泥里睡觉。玄儿被困的地方，就在这树底下，只要三天三夜，时刻留神，不出声音将壁龙惊动，等它发威想吃人，用长尾打地时，记准打的地方，知道避开，或者也能逃得一死。适才健儿乘妖人入定，偷些吃的前来看望。不想这次换了一样妖法，只要进到玄儿跪的地方三丈方圆以内，前进便是送死；仍从来路后走，便要被恶物吃掉，不能回去。他二人正在着急，大仙同我们便先后来了。说是前面没有埋伏，怪物已死，只是求大仙带了大家，飞身纵出，便可活命。我三人已对他们说了来意。他们知道这里小人十有八九都恨畏妖人入骨，无奈一逃出去，只要走过我们来的那片雪山，不知怎的，身子便被陷住，不多一会儿，仍被妖人凭空摄还，不是立时被妖人杀死祭幡，便是捉来跪在这里喂壁龙。即或妖人安心不要这逃人的命，行法时暗中加以阻隔，便长尾打不近人，也要吓个半死。十人中至多只活得一两个。他们终日提心吊胆，除了已死的颠颠、吁吁和两个名叫葛儿、福儿的外，巴不得妖人遭了天诛。个个晓得这四个心腹小人算是全小人中的小头目，妖人打坐时，总是这四人分班领了别人，在冰屋之中护法轮值。偏巧今晚葛儿和福儿俱在冰屋之中，另两个又死。余人在上面并无职司，只因无处可去，又不似那四个整天想讨妖人的好，闲来满山遍野，代他去找青白仙花。妖人回醒还有老大半天，一时没事做，在那里练习布阵，上去一招，便可全引下来。他二人已经死里逃生。"

云凤闻言甚喜，虽则小人力弱，不能倚以为助，到底分去妖人一点力量，自己也可径直冲入冰屋下手，无须有所顾忌。略一寻思，便寻健儿、玄儿说道："我用不着你们做甚内应，只要你们能对我说出冰屋虚实，妖人有无什么克忌之处，从哪一个门进去，里面有何妖法埋伏，有无趋避之法，那十三页白阳真人天书藏放何处，你们当他打坐时是否可以随便出入，我进冰屋时你们或是先向别处躲开，或是装作不见，这就行了。"健儿道："冰屋中妖法，全在那些幡上。这三个门户，中门、左门最险。中门人一进去，便即晕倒。左门进去有烈火烧人，甚是厉害。只右边一门可入，却又隐而不露，外人不易进去。以前他打坐时，除身旁轮值护法的人外，别人本不准进去。还是去年冬天，他偶占一卦，说是灾劫将来。他学那白阳真人天书上的道法，人一入定，有时竟和死去一般，虽然预先行有禁法护身，冰屋中满布埋伏，终恐外人乘虚入内，万一道法高强，虽不能伤他本人，却可将他辛苦炼成的法宝破去。又恐我们这些小人为人劫走。这才在这班人中，除葛儿、福儿等四人外，又连我弟兄两个挑出十四人来，各人给了一道符，传了一些法术。进屋时只须往右一照，门户道路立时现出。走进去不从幡下过，绕行上去，在他面前悬的一架小钟上一敲，他便立时醒转。不过人也只能走到钟前为止，再近前仍是不能。这符我倒得有一张，大仙如用，当行奉上。那白阳真人十三页天书，他视如至宝奇珍。偏生那书甚大，不能带在身上法宝囊内。他为此事，特地用千年黄楄做了一个匣子，供在屋顶上面。四外俱有妖幡围绕，看去只是一片光华，并不见书，只恐不易先取到呢。壁龙被大仙所杀，我又不该私自与弟相见，他如不死，我二人绝活不了。只盼大仙能灭了他，叫做甚就做甚。至于克制他的法子，却不晓得。我们不能由后面来路出去，要大仙带着跳出，便是因那里放有一面小幡在作怪。"

云凤顺他指处一看，果然身后崖壁插着一面极薄的白麻小幡，满是用鲜血画就的符箓，隐隐见有人影印在上面，看不甚清。此外并无甚别的异处。因听小人说，近前不过被阻，除非硬要逃出，才行昏倒。自己还要深入虎穴，岂可见此却步？便把飞针也取在手内，打算试它一试。为求谨慎，先挟着五小，如言飞越，一一带出了圈子。然后嘱咐五小暂候，重新纵入，故意往前。刚走上去丈许远近，便见那幡无风自展。接着一团浓雾从幡上飞起，雾影中裹定五个浑身浴血、与小人一般大小的厉鬼，做出攫拿之势，迎面缓缓飞来，渐近渐大。才知那幡便是被害小人生魂所炼，愈发不在心上。迎上前去，刚一横手中剑，那五个厉鬼好似知道厉害，便即停了步，做出又想伤人又害怕的神气，欲前又却。云凤看出妖幡伎俩有限，本想用飞针将它毁去。后又想起在戴家场时，听玉清大师等仙人说，左道妖法大半与本人相连。此时破了妖幡，难免被妖人警觉，既可纵将出去，何必多此一举？试往后一退，那五个厉鬼也跟着追来，追到原处，便即自行隐去。云凤见五鬼追有一定界限，并不苦苦穷追，知是专为禁制小人而发，便不理它。仍由高处纵出一看，只沙沙、咪咪、尼尼三人在等，健儿、玄儿已往崖上招人去了。

等了不多一会儿，健儿、玄儿领了崖上群小来到，齐向云凤下拜。一点人数，不算原来五小，已有四十五人。玄儿又说："在冰屋中轮值的还有好些，除葛、福二小人死心为妖人鹰犬、喜作威福、欺凌同类外，俱是受了胁迫禁制，无法逃归，朝不保夕，并非本愿。望乞大仙开恩，少时前去除妖，不要一体杀害。"余人也是异口同声，一般说法。并说葛儿、福儿挨近妖人，站在身侧，各执一面三角妖旗，指挥全冰屋中埋伏，极容易认出。云凤暗忖："这些小人境遇可怜，万一自己不能获胜，岂不害了他们？"故意低喝道："你们所说，我也难以尽信。如今我命沙沙、咪咪、尼尼、健儿、玄儿五人监看着你们，等我除了妖人回来，再行发落。你们愿否？"群小知云凤是前日打伤妖人的神仙，如今赶来除害，甚是放心，并无异言。云凤行时又嘱咐人家，都躲往林中僻静之处。如见妖人被自己打败，逃经此间，略有动静，急速各自散开，以免妖人漏网，当时不曾除去，等自己走后重来，你们也可推作自在林中闲游，并不知道上面有甚动静。如被妖人看出破绽，可说正在玩耍，被一个手持拐杖、满头白发的老婆婆带到此地便了。妖人知你们能力本来不济，也不致迁怒杀害。云凤原意，即使自己不济，至多沙、咪等五人受害，不致累及群小。说完，便不容群小答话，从健儿手中要过那道妖符，便往崖顶飞纵上去。

行近冰屋一看，那冰屋中、左两门甚是明显，余外都是烟霏雾涌，云凤不知哪是冰屋。自从妖人得了白阳真人十三页图解，打坐时，已使妖法在内遮蔽，以免护法小人看见外面景物分心。除妖人自己，里外都看不见。还以为冰墙透明，由内可以看外。云凤恐被屋中人看出，不敢由中、左二门经过，特地鹭伏鹤行，绕向右面。心里默祝着五姑灵佑，手取妖符一照。那妖符是一面两寸来长、一指多宽的竹牌，上面绘着许多骷髅符箓。才向冰墙一照，墙上烟雾便即散开，现出一个二尺多高，仅供小人出入的门户。悄悄探头一看，屋中幡幢林立，二十多个小人，各执一面妖旗，闭目合睛，按八卦形式站在那里。当中坐定前日所见的妖人。身旁果有两个执三角小幡的，这两小人眼却未闭，一手还各持一根长鞭，向四外小人查看，只要稍有移动，便一声不响，挥鞭打去。看去此鞭连柄不过三尺，可是无论多远，都可打到。吓得那些小人如泥塑木雕般，长鞭打到身上，气都未见敢喘。知是葛、福两小，见他们倚势凌践同类，群小畏之如虎，好生忿恨。心想："这两个小坏种，如不同时除去，他们手中那两面旗，便是妖法枢纽，见人挥动，妖法发作，事就更难办了。"还算好，右门当中两小的侧面，相隔又不远，算计一纵可达。当下仍照前会妖人之法，先把气沉下去，取出飞针，一手握着宝剑，轻轻移进门去。进屋才数步，葛、福两小似已有了觉察，心里还只说是自己人有甚要事进屋，向妖人禀告。刚一转脸，云凤早急忙将身子一纵，飞上前去，右手举剑，一个顺水推舟之势，平挥出去。两小见一个从未见过的大人飞近身来，刚在吃惊，"咦"了一声，还未及看清来人面目，剑光过处，身首异处，尸横就地。

　　云凤右手剑才往上一推，左手飞针也跟着向妖人发出。这一针按说妖人本难活命，也是妖人积恶如山，不能让他这等轻易死去。自从日前受伤回来，总是心神不定，屡次卜卦，都无佳朕。嘴里虽说得硬，要去寻那日前所遇女子报仇，实则震于白发龙女崔五姑的大名，不特不敢去寻她门人的晦气，并且时刻都在提心吊胆，生恐人家跟踪寻上门来。又加伤势初愈，真气受损，尽管照常用功，却是不能久坐。无巧不巧，恰在这时醒转，听见小人惊咦之声，便疑有变。一开眼见面前光华一亮，正是前所遇仇人，正待施为，云凤飞针已是发出。妖人吃过大苦，惊弓之鸟，一见又是一溜雷火飞到，连忙将身从座上借遁光纵起。只顾急于逃避，却忘了身后摄魂法坛和座位上插着的那面主幡，人虽没有受伤，这两件要紧法宝却被雷火过处，炸的炸，毁的毁，数十百道黑烟飘散处，化为灰烬。他见来人一到，先杀了两个主要的护坛使者，屋中妖法重重，也全无效用，又将这两样法宝毁去，他不知云凤事出无心，以为是个行家能手，寻常妖法必然无功，不由大吃一惊。更恐来人将多年辛苦经营的巢穴毁去，太觉可惜。明知不敌，痴心还想将敌人引出，作困兽之斗，便往屋外飞去。妖人这一怯敌，无形中却给云凤平添了不少便宜。一飞针虽没伤着敌人，却打毁一坛一幡，冒起好些黑烟，也不知有什么玄虚，见妖人不战而退，心中大喜，胆力越壮，喝声："该死妖人哪里走！"便舍了屋中群小，追将出来。

云凤身法虽快，终是步下，哪有妖人迅速，到了外面，妖人已无踪影。正不知应向何方追赶，猛想起日前除那许多双头怪蛇时，飞针原能随意指挥收发，现在看不出妖人逃走方向，不知能否如意？且试它一试，再作计较。当下把针托在手上，心中刚一默祝，一溜雷火已飞起空中，只略一旋转，便向来路崖下投去。奔向崖边一看，妖人并未逃走，站在左侧林前空地之上，禹步行法，身畔飞起一道夹着火星的青黄光华，将飞针敌住。再看群小，除尼尼卧在地外，沙沙、咪咪、玄儿三人不知藏向何处，余人也都四散藏起。只健儿同了另外几个小人，想因藏的地方不妙，恰是敌人所画的圈子里，已被发现，无法躲藏，俱纷纷向着妖人诉说云凤所教的那一番话。云凤见妖人未去，却在那里口中喃喃，指天画地。飞针又被妖人用法宝敌住，手中还剩一口宝剑，不知他使的是甚邪术，丝毫不知应付之法。虽然脚底仍待飞身纵落，心中却是有些忧虑。一听健儿等所言，忽然灵机一动，就在将往下纵之际倏地停步，向后故意央恳道："弟子初次行道，求仙师赏一全功，待弟子擒不住妖人时，再行相助不迟。"一面说，心中暗祝五姑默佑，休使曾孙女儿败于妖人之手。一纵身往下跳去，大喝道："大胆妖人，还敢负隅。我奉仙师白发龙女崖五仙姑之命，前来拿你，快快束手受擒，饶尔不死！"随之一手握宝剑，往前便跑。

妖人一听云凤那般说法，又见所放法宝是一条梭形的雷火，隐隐带有金芒异彩，与各派不同，极似平日所闻凌、崔夫妇二人的家数。自己的子母飞星架仅抵得片时，以备抽空行法，敌人一运功，便敌不住。以为真个五姑亲来了，否则一个刚入门不久、连纵遁飞行尚且不会的幼女，绝不致命她一人下山涉险，为师门丢脸；便是本人，也不会有此大胆。健儿等又是异口同音,都说在崖上玩耍,被一个银发持拐的老婆婆用手一招,便身不由主分落崖下,晃了一晃,无影无踪。两下里对证,越想越真。前辈剑仙中有名的辣手,自己如何能敌?不由情虚胆寒,几乎将已拿出来要行使的数十面三角妖幡重新收起,见机逃走,免得和以往死在凌、崔夫妇手下的妖人一样,身遭惨戮了。当这进退瞬息之际,猛一眼看见四外出现了好些个小人,十九俱是自己收的徒孙,内有一两个面生小人在里面,俱各满面笑容,有的还对着自己戟指互语,颇有叛意,心中好生奇怪。

原来沙、咪和众小人过信云凤,又见妖人逃下崖来,云凤便跟踪追下,愈发认为妖人必死无疑,大半放心大胆,从各藏处钻出,看妖人怎生就戮,以泄平日之恨。不料这一来,却几乎害了云凤。妖人见了群小,忽然心动。暗忖:"敌人两次俱打着白发龙女崔五姑旗号,始终未见五姑本人的面。一下崖,又只用虚声恫吓,并未急速追来,颇有怯敌之意。前日相遇,无心中吃了大亏,本猜是那小人的王约请来的帮手。适才刚制倒一个生人,未曾细问。如今又在众徒孙中,发觉这两个面生的小人。以前葛、福等四徒孙原说群小思家,心存叵测。自己还想小人虽极聪明,并无甚能力,绝无此事。看今天他们神气甚是可疑,莫非在这两日中,小王暗中派了他们同类,带了仇敌,乘自己打坐入定之时,勾引他们内叛,打听出虚实避忌,想行刺不成,再将自己吓退?那贱婢或许是五姑的门徒,可是背师行事,五姑却未亲来,否则这等道法高强的人,要这些小人做内应则甚?此事还须慎重,休要沟里翻船,中了贱婢的道儿。她不过是一宝一剑,并未见有甚别的出奇之处。两次俱是邃出不意,被她占了便宜。就是敌不过她,只要留心应付,一见真不济,再行舍此逃去,也来得及。"说时迟,那时快,妖人念头刚转,云凤已跑到跟前。妖人见她不但没有别的伎俩,连现成空中一件异宝都似新得到手,只知发放,不会以本身真气运用。更料定来人刚入门不久,一些道法不会,便偷了师父法宝,下山闯祸。自己白虚惊了一场,不由气往上撞,目露凶光,狞笑一声,怒喝道:"不知死活的贱婢!那日你祖师爷遭你暗算,还未及寻你算账,今日上门送死,又暗伤了我的法宝。现在马脚已露,还要打着老虔婆的名号。休说是你,便是老虔婆本人亲来,又当如何?少时就擒,你祖师爷如不将你这贱婢摆布尽兴,万剐千刀,以报前仇,誓不为人!"说罢,手一扬,便是数十道五色烟雾,箭一般从空下落，将云凤团团罩住。

云凤人本谨慎仔细，知己知彼，虽然两次出手，俱占上风，并不以此自骄。总觉自己不会法术，只凭一宝一剑，一有不济，万事皆休。一听妖人看破行藏，诈未使上，便知不妙，立刻停了脚步。再见数十道彩烟射落，心中大惊，不知如何御敌，只得将新学剑法施展开来防身。妖人眼看敌人就要晕倒，忽见烟中现出一道光华，将敌人身形裹住，电闪星驰，上下飞舞，暂时竟难伤她。并非身剑合一，却能人剑不分，也看不出是哪一派的家数，也自惊奇。心想："任你剑法多好，反正你逃不出去，稍有疏忽，只要我的五行神烟一射到身上，也不愁你不束手受绑。现在那些谋叛的小孽障，正好乘此时机，捉来审问明白。等敌人少时昏倒，再设法去收她那法宝。"心中打着如意算盘。再一看四外小人，就这一转瞬间，想是看出仙人被困，神气不妙，俱都纷纷逃没了影。只有健儿等，因自己先前重视敌人，打算布置最厉害的迷魂法术，引他们入伏，恰巧他们都落在圈子里，无法逃避。又想起五姑虽未见过，闻得人言，她虽生就满头银发，却似一个半中年的美妇，既然听说是老婆婆，适才所说，分明不对。以前只说小人们个个聪明，收为徒孙，免却一死，以备异日大用，不料转眼之间，全数背叛。越想越咬牙切齿痛恨，决计少时除了仇敌，捉住群小，都杀了祭幡，一个不留。一眼看见健儿等尚在圈内，一个个战兢兢，望着他吓得直抖，愈发暴怒如雷。一面行使妖法，去制云凤；一面圆睁怪眼走过去，伸出鸟爪一般的手臂，当胸一把，将健儿抓了过来，往地上一掷，怒骂道："你们这些昧良心的小孽种，师爷爷当初大发慈悲，饶你们几个不死，又开宏恩，收为徒孙，哪些不好？为何一旦之间，勾通外贼，叛逆行事？还敢打着崔老虔婆的旗号，帮着仇敌行诈。你们没见那贱婢胎毛未褪，道法全无，至多盗了一两样法宝，偷下山来，与老虔婆视眼？白被你师爷爷看破，微一举手，便成了网中之鱼。少时擒到，定要将她挫骨扬灰，再将你们一齐杀死，方消我恨！只是你们这些小孽种都随我多年，今晚打坐时，还没有看出你们破绽，心变得这么快，到底是全数同谋，还是受了几个坏人的蛊惑，何人为首？快快招出，免得惹师爷爷生气，你们临死也不得痛快。"

健儿见仙人被困，自知无幸，打算把罪过都揽在自己一人身上。心一横，神气顿壮，慨然大声说道："我们有甚人蛊惑，要背叛你？明明大家都在崖上练习布阵，遇一个手持拐杖的白发女仙，手一指，便到了此地。老妖鬼你看，你那喂来害人的怪物，不也是被仙人杀死了么？"还要往下说时，妖人一听他出言顶撞，又骂他是老妖鬼，不禁大怒，口里骂道："小孽种，活见鬼，便是老虔婆亲来，我也把她碎尸万段。我先把你吃了，看她救你不救？"说罢，刚要抓起健儿，去下毒手，忽听身后有一女子声音笑道："大胆妖孽，当真地要见我么？"妖人骤出不意，不由吃了一惊。回头一看，一个手持拐杖、满头银发的中年美妇，正含笑站在那里，手指自己点头呢。一想到那形相正是传说中的白发龙女崔五姑，未免胆寒。夌着胆子，喝问道："你是何人，前来管我闲事？"那银发妇人道："你不是要见我这老虔婆么？我来了，你却不认得。似你这等妖孽，真把你祖师的脸面丢尽了呢！"说到这里，突地绿眉插鬓，面容遽变，左手拐杖一指，一道五色毫光朝着妖人电射而出。同时右手一扬，又是一团雷火，朝云凤围身的那团烟雾中飞去。再一指空中飞针，雷火大盛，将妖人法宝裂为粉碎，流光四散，飞落无踪。妖人一见情势不妙，吓得心胆俱裂，也把手一扬，数十面妖幡化成数十道黑烟，夹着无数啾啾鬼哭之声，朝前飞去，准备阻挡一阵，好驾遁光逃走。刚要遁起，便听银发妇人笑喝道："你已恶贯满盈，还想逃么？"接着便听一声霹雳般的大震，立时眼前奇亮。抬头一看，先见那道五色毫光不知何时飞向高空，似光网一般，布将开来，交织着往下压到。一震之后，纷纷飞散，银雨流天，万星飞射。妖人身才飞起数十丈上下，四外都被围住。刚喊得一声："大仙饶命！"只见千万点银芒往当中一合，当时全身化为飞灰，形神俱灭，尸骨无存，死于非命。

这边云凤正在力竭难支，忽见一团雷火飞将过来，只一照，便将妖烟邪雾一齐消去。定睛一看，前面站定银发美妇，正是叔曾祖母白发龙女崔五姑。不由喜出望外，忙即飞跑过去，近前跪下，口尊曾祖，叩谢活命之恩，并求饶恕她离山之罪。五姑笑道："这难怪你，是我临时受了至友之托，来晚了些日子。虽累你受些苦楚，却因此得益不少，还收了这两个小人，足可供你山居奔走之用了。"说时，妖人业已伏诛。五姑吩咐群小聚集拢来，去至崖上，发付完了再说。云凤忙将沙沙、咪咪、尼尼、玄儿四人从藏处唤出，连健儿一起寻来。群小除已死的四个不算外，共是七十二人，随五姑去至崖上，走入冰屋里面。由五姑破了妖法，放了已死小人魂魄，由他们自去投生。又取了白阳真人十三页图解。将屋中小人一律唤出,用雷火炸毁了冰屋。好在四个极坏的小人已死,其余俱是胁从,都跪在地上谢恩不迭。五姑正要行法送他们回去,健儿、玄儿、尼尼三人忽然跪近五姑、云凤身前,再三乞求宁死不愿回洞,愿随二位大仙前往山中服役学道。五姑见健儿、玄儿俱甚聪明,根基颇厚,只尼尼年老一些,便对云凤道:"你所收二小人都好,自然跟你上山无疑了。这些小人,个个聪明,我也想挑两个,与一位道友带去,做那守洞童儿。难得他们出诸自愿。这一个本元已亏,跟了去也是无用。就带这弟兄两人吧。"余下小人看出便宜,也都纷纷要求。五姑看了看,对尼尼道:"仙缘前生注定,此事不可勉强,我送你们回去吧。"说罢,吩咐云凤同沙、咪、健、玄四人在崖顶暂候,等她回来再行,同上白阳崖去。云凤恭称遵命。尼尼等还要再求,五姑袍袖挥处,一片毫光,已摄了群小凌空而起。云凤自在崖上静候。

等不一会儿,忽听破空之声,抬头一看,一道经天长虹,青光耀目,本由东往西飞过,倏地在空中一个转折,眨眼工夫落到面前。光敛处,现出一个鸠形鹄面、穿着一身黑衣的中年妇人。四小人当是妖怪,吓得四散奔逃。云凤在戴家场见过世面,看出来人剑光不是妖邪一流,忙一定心神,正要上前施礼请教。那妇人已开口问道:"你是何人门下?看你投师未久,怎得在此?那几个小人,是哪里来的?"云凤躬身答道:"弟子凌云凤。家师白发龙女,又是弟子的叔曾祖母。现往山那边,少时就回。不知仙长法号怎么称呼?因何降此?望乞见示。"妇人笑道:"原来你就是凌叫花的曾孙,崔五姑的门徒么?资质倒也不差。我姓韩,多少年不曾出门了,今天还是第一次,往赤城看个朋友回来。因听他说,这里小人国附近白阳山脚下,盘踞着一个妖人,专一杀害小人,祭炼妖法,无恶不作,名叫滕角,乃寒山妖道钟量的孽徒。我那朋友现正走火入魔,苦信吞求救,将找请去,刚给他治好,还不能出门,请我便中将这厮师徒除去。归途顺道寒山,那厮已用他那独门炼就妖术掌上乾坤衰区片影之法看出我将到达,知道不敌,预先带了两个孽徒,逃往广西黄曲山恶鬼峡万丈泉眼之内潜伏,不易搜除,我又急于回家,本想日后再来除害。行经这里,空中遥望,见你和几个小人在此,先以为是滕角妖党,细看不类,就便下来,看个究竟。看这里情形,妖人当已除去,那几个小人定从妖人手中救出。莫非五姑好奇任性,这等质禀脆薄的小人,也要带回山去传授么?"云凤听那口气,颇似五姑老友,愈发起敬,便把前事略说大概。姓韩的妇人笑道:"她夫妇从前一个门徒都不肯收,近来听说比我还要好事,果然不假。你快喊他们近前,让我看上一看,到底能造就么?"沙、咪、健、玄四人正藏身崖石后面,云凤一喊即至。那妇人细看了看笑道:"这里的小人,本来也是大人,并非靖人一族,乃古黄夏国子遗之民。因为万年前,拥有广土众民,丧心病狂,不知振拔,外媚内争,刁狡贪欲,竟尚淫佚,又复惧怯自私,以致土蹙民贫,人种日益短小,终于亡国,几乎种类全灭。仅剩下一些没被异族杀完的小人,逃入此山深处,与木石居,与鹿豕游,受那鸟兽虫蛇之害。体质最是柔脆,居然也有这等优秀的人出生。想是剥极必复,他们近几代君民觉悟前非,追忆先民亡国之痛,才有此转机了。"云凤又把小人洞中所见,略说了几句。那妇人道:"这几个资质都还不差,虽无大就,必有八成,难怪受你师徒垂青了。五姑就在前面,我已来了些时,如何还不见来?本想略叙阔别,偏又急于回去。她来时,可代我致意。她这小人,如能赠我一个,可命你与我送去,当不使你虚此一行哩。"说罢,云凤方要问她家住何处,一道青虹刺天而起,眨眨眼破空入云,不知去向。

云凤方在惊叹,玄儿忽走过来道:"这位大仙站在那里,怎和刚才那位救我们的仙祖不一样,身不沾地,好似轻飘飘的?"云凤闻言,也想起刚才那位中年妇人周身黑衣,好似烟笼雾绕,罩着一层精光,身子果如凌空一般。算计必是一位盛名的仙人,只可惜不及问她名字住处。等了一会儿,见五姑还未回来,心想:"难道在这里,还会和在白阳崖那般,一去不来么?"见沙、咪、健、玄四人高高兴兴立在一处聚谈,一听竟是谈那晨露花的来历。自己本有心禀明五姑,再在附近产花之处寻找,因健儿颇知该花底细,喊过一问,才知那花共只发现两朵,已极难得。一朵先被妖人取去,因不知服法毁了,懊悔得了不得。后来从白阳十三页中悟出服法,派群小满山大索,无奈那一朵在采时受了惊,隐入石土之中,再也找它不见。妖人已然死了心,不料会被颠颠发现。他为人看去柔弱,却比吁吁还要来得阴险,自己发现的仙草,却唤吁吁同去,取了来献功,也未安着好意。定是早就知道在穴中有护花的怪物,想拿吁吁去送死无疑。并且那两小之言,也有好些不实不尽。晨露花所结仙果中的花露,乃万年冰雪精英钟孕而成,服了固可长生，便连那果肉果皮，无一样不是有奇效的灵药。云凤猛想起那个果壳，因恐怪物飞来伤了小人，曾用麻布包扎严紧，交给三小手内。一问咪咪，别的东西都在，说适才逃避妖人时，还见尼尼拿着，想是五姑送群小回洞，走得太速，连那小包一齐带回玉洞去了。好生可惜不置。

正在谈说，眼前光华一闪，五姑现身飞回，忙率四小人重又上前叩拜。五姑说，亲送群小回去时，在小王洞前，遇见寒山妖道钟量的大徒弟五木鬼师樊森，来寻他师弟妖人滕角。路经那里，看见群小，正要加害，被自己将他双臂斫断逃去。恐日后再来为害，已在洞外下了禁法，并传给驼女闵湘娃怎生应用，所以来迟了一会儿。并说晨露果壳，连同洞崖上所生异草，可制许多奇效之药，也传给了驼女，命她日后配制备用。云凤便将适才所遇姓韩妇人之事禀过。崔五姑喜道："你能遇她，仙缘着实不浅。此人乃是现在数一数二的散仙神驼乙休当初的妻室韩仙子。自从当年夫妻二人为一件事情反目，她便将躯壳委化，藏入天琴壑内，设下禁牌神法，命她门下两个女弟子在那里终年看守，自己隐入四川岷山之阴白犀潭底。你现在所见乃是她兵解以后所附的形体，并非原来法身。现在她想是用道家内火外焚之法，已渐将这第一躯壳化净，所以你们看去如同烟笼身子，凌虚飘浮不定。此人得过玄都真传，道法高深。闻说多年不曾出世。她既命你日后给她将小人送去，必有好处与你。不过此时尚去不得。前面不远，就是白阳山麓，你且随我回山，传授你些剑法吧。"

云凤闻言，抬头往前面一看，果有一座大山，高插云表，自腰以上被云雾遮住，看不到顶。不想连日悬盼探索的仙山，就近在眼前。方自心喜，五姑已吩咐云凤和四小同立一处。云凤觉眼前一暗，身子便凌空而起。这次上升，同前次云中坠落，一喜一忧，简直判若天渊。转眼工夫，过了山腰，穿出云上，顿觉天空气朗，眼界大宽。回眸下视，更见云海苍茫，风涛万变，周身似有光华隐现，看去风掩云飞，疾如奔马，却吹不到身上来。四小俱吓得闭目合睛，互相抱紧，随同上升。只五姑不见踪迹。方自惊疑，直上之势忽住，改了朝前平飞。猛见一座高崖劈面压到，还未等看清，人已脚踏实地。定睛一看，正是日前故居白阳崖洞外面，见五姑正立身侧，慌忙翻身下拜。四小人也跟着跪叩不迭。五姑一齐唤起，命云凤在洞外将所习图解练将出来。

云凤因近几日连服灵药仙果，越发元气充沛，神旺身轻，又加仙师在前，格外用心。五姑一面指点传授，等到练完，喜道："我本意来时你能将那图解悟出一半，也就算是难得的。你竟能悟彻玄机，触类旁通，精进如此。照这样练下去，这外层功夫，有象之学，纵无师承，也可练成无疑。我因你叔曾祖父近在青螺峪创立宗派，有好些事要我相助，正苦不能时常分身，来此授业。恐你学业未精，缓日赴那峨眉山凝碧仙府盛会时，在小辈仙侠中相形见绌，负你虔心向道之诚。偏你无端失足，诛戮妖人，巧得数百年不曾出世的白阳真人十三页图解；又因此事与韩仙子相遇，将来亲送小人前去，不得异宝，必受教益。仙缘深厚，虽尚不如峨眉门下的三英二云，比起别人，已强得多。现得此图解，只须我略微讲解，再传你剑术，便可自己用功，按图索骥，无须我常来亲身传授了。适才我到小人洞中，见了许多小人，竟然个个聪明。惜乎天赋均极脆弱，无一可望成者。仅这四个资禀心志都在中人以上，却被你无心接引到此，为千古散仙剑侠留一佳话。可见前缘注定，不可强求。这四小人，暂时随你在此为伴，可将坐功一一传授，课其勤情，以待我的后命。沙、咪二人与你曾共患难，又是你自己选的，可收在你的门下。健儿自有他的机缘。玄儿等你图解贯通，剑术精纯，到了身剑合一，绝迹飞行地步，可自行离山，将他送往四川岷山白犀潭去。求见韩仙子之后，再带沙、咪二人下山积修外功，静候峨眉开府，去赴盛会便了。"说罢，便开始传授剑法真诀。

云凤因听五姑说不能常来，好生喜惧交集，又不敢请求，只得敬谨虔诚，心领神会，一一谨记在心里。传习以后，五姑未行前，又将那十三页图解翻开细看，遇有心疑之处，详请训示。五姑笑道："曾孙女儿无须如此，以你这等苦心毅力，焉有不成之事？现时纵有不明之处，学到那里，自能领悟；况我有暇，仍会再来，并非从此绝迹，你担忧着急则甚？你那食粮衣物，已为你存放洞底。如值空乏，沙、咪、健、玄四人俱惯山行，可以采办山粮。不过这里罡风太厉，今日风小，恐已难支。他们不比你，至少须勤练二百一十九日，方能骨髓坚凝，不畏风寒。再者他们人小力弱，出去遇见稍大一点的鸟兽，便足为害。崖下深谷广原之中，珍禽异兽甚多，到处产生黄精、首乌之类的山粮，是你师徒五人必游之所。其势你不能每去都相率同往，也须做一准备。我索性成全你们，赐他四人各服一粒。这是你叔曾祖父在崆峒绝顶，采用十洲三岛八十九种仙草，与千年玉露合炼而成的仙丹，使其能在罡风之中游行上下，不畏寒暑。另赠每人一支归元箭。此箭乃我初学道时，山居防身利器，随发随收，不用弓弩，一传即会，至为容易。虽不足与飞剑、飞针等宝物抗衡，但不论多猛恶的鸟兽，只要不是精怪，足可应付。此外再传你隐身之法，以备你剑术未成之前，闲中出游，遇见异派中能手狭路寻仇，一个抵敌不住，立可隐身而去。这洞外有我施的禁法，只要进洞，他便无奈你何了。你约有旬日方可精熟，到时再将此法传授他们，同防万一。"

云凤闻言大喜，率四小跪领仙传之后，又请五姑将那洞外禁法怎样收用，再行传授，以免万一有自己人寻来，不得入内，误蹈危机。五姑也含笑应允，分别传授已毕，笑对云凤道："我已为你多延了好些时候，你要努力上进，我去了。"说罢，众人只觉眼前精光电转，人已不见。云凤慌忙率了四小跪倒在地，敬谨拜送不迭。待了一会儿，才同进洞去。洞中景物依然，只是洞底添了许多衣粮用品，以及一针一线之微，无不备具。这才明白以前除一些干粮外，无一不缺，乃是五姑故使尝尽艰苦困乏，以试她的诚心如何，心中好生感激。因四小多未进食，先将小人洞中带来的干粮分给他们。沙沙为首，率领咪咪、健儿、玄儿三小，向云凤重行拜师之礼。吃完干粮，云凤又给四小安排好了宿处和用功打坐的地方。然后传授入门功夫，四小俱极颖悟，云凤甚喜。

练了些日，云凤便率领四小出洞，采办野果山粮。山中异果嘉实，多到难以数计。尤其是那山谷里面，不但物产丰美，景致奇丽，而且气候温和，四时皆春。可居住的好崖洞也甚多。玄儿问："这般好去处，采办果粮也方便，师父何不搬了来住？"云凤本嫌玄儿心野不纯，便申斥道："修道人原要辛苦刻厉，含辛茹苦，才能有成。别的不说，单那白阳真人的壁间遗图，穷搜天下，哪里找去？如为暂时眼前享受，何不到红尘中去住呢？洞中奇景，也不在少，这里不过花果多些罢了。你四人遇上这等旷世仙缘，难道还不足么？"玄儿默然。云凤因日后要送他往白犀潭去，恐道心不固，替自己丢人，从此对他格外留了份神。玄儿从此也不敢提前事。后来云凤日益猛进，用功愈勤，除随时传授四小逐步渐进外，往往一坐数日，足不履地。四小每日做完功课，也常离了云凤，往谷中闲游，采办果品。有时竟只两人偕往，仗着有五姑所赐飞箭和隐身之法，遇到蛇兽，也不妨事，越来越胆大，走得越远。不提。

云凤时常考查他们功课，看出四小都是一般，聪明有余，根器不足。最吃亏的是元气太弱，尽管求好向上，一点便透，做起来进境却不甚快。知他们始因乃祖乃宗的元气调伤太甚，以致后世子孙隔了千百年，仍旧身受其害。限于资禀，无可如何。时光易过，无事可叙，不觉过了四五月光景。

这日五姑忽然驾临，见了云凤，大加奖许。云凤闻得奖语，益更兢兢，丝毫不敢自满。更将四小进境迟缓说了。五姑笑道："痴孙女，你当他们也和你一样么？他们千百年来，均是吃了聪明的亏，见异思迁，浅尝辄止，只知依人，懒于上进。子孙承此遗传，流毒无穷。亡国以后，不是不想求好，只苦于没有恒心，终于局促于荒山一隅之地，与鸟兽同喘息，一事无成，形同异类。似他们这样能向道用功的，我那日细看全洞，还再找不出一个呢，这就很难得了。否则上天有好生之德，爱人尤甚，他们那一族人身受惨痛，已历多世，兴灭继绝，为修道人的莫大外功，他们藏处虽极隐秘，与世间隔，常人不到，怎瞒得过过往仙侠？如见他们稍有转机，谁不援手？还不是看出他们俱都不可造就，才任其自生自灭的么？"云凤道："孙儿也不是没想到这一层，但又想到，既为孙儿弟子，如所学不济，异日难免贻羞门户，所以放心不下。曾祖母道法高深，必有回天之力，可否大发鸿恩，俾其脱胎换骨，易于成就么？"五姑笑道："你又错了。凡人是后天的，都可为力。先天的却无法想，并且事有前缘。否则神仙尽人可度，不必再择什么根器资禀了。我对他们自有处置，不必多问。你只督饬传授，照常用功，循序渐进便了。"云凤闻言，不敢再问。五姑传授指点一番，方行飞去。过有一月，云凤进境更速，居然练到身剑合一，心中高兴，自不消说。

这日四小去采黄精，云凤独自一人，在崖前演习剑术，忽见四小飞奔而回，齐喊："师父快去，谷中出了怪物了！"云凤一问咪咪，才知四小近来入谷益深，日前在谷尽头处丛莽藤蔓之中，发现一个数丈方圆的大洞，尽里面有四五点明星闪动，疑是有甚宝藏，一同入内探寻。走了老远，那明星依旧在前一闪一闪地放光，只走不到。因进洞时天已向暮，恐出来久了，回去耽误功课受责，便中途折转。依了沙、咪、健儿，回来就向云凤禀告。玄儿说："师父这几天刚把飞剑炼成，终日用功不间，比前更要勤苦，事情还未弄清，何必老早惊动？我们受师父大恩，无以为报。万一那发光的真是宝物，等我们取到了手，再行恭恭敬敬地献上，岂不都有光彩？"三小也觉有理，便依了他。商量当日赶早前去，决定深入，探个下落。及至赶到进洞一看，广阔宏深的洞里面黑沉沉的。那四五点星光，仍是一闪一闪，相隔极近，分一字形悬空并列，和前日所见一样，只是闪得更快。细看光色，也有不同：由右起，第一、三两个是蓝色，二、四两个一红一黄。因为闪得很快，始终没有断定是四个还是五个。等前进约有数里之遥，也未到达，那星光忽然全数隐去。

　　玄儿猛一动念，悄对三小道："那年我们不是有人在一个山窟里面看着两点蓝光，也当是个宝物么？后来却冲出一只大老虎，才知那光是虎目，被它吃去好几个人。它尝着了甜头，每日在王洞外边怒吼，谁也不敢出去。多亏闵大姊出主意，仗着我们能攀援峭壁，从外洞里面夹崖墙翻越出去，掘下陷阱，又从远处捉来一只小黄牛，放在阱底，把它诱来陷住，用毒箭刀矛，一齐乱下，才把虎弄死。虽说四五个眼睛的东西没听说过，小心为是，我们莫要看错了，把怪物当做宝物，送给它吃了，才不值呢。"一句话把大家提醒，各自端起飞箭，想朝前放去，试上一试。咪咪忙拦道："这个也使不得，万一真是宝物，岂不被这一箭试坏，太可惜了？我们不是都会隐身法么，隐了身子上前，当无妨害。是宝物取走；如是妖怪，也可量力行事。"沙沙、健儿连声赞好。玄儿笑道："你看星火隐去，不再出现，弄巧还跑了呢。"

　　言还未了，星光突明。晃眼间，由一个变成好几个，连若串珠，明灭不定。只一转，便即停住，只是闪动，好似换了地方，略微偏左，并非原处。四小越发起了戒心，俱听咪咪之言，行法隐起身形，如飞赶去。又跑下有一二十里路，比起初见大了一倍，洞中竟黑暗得出奇。四小那般好的目力，此时除星光外，连路都辨不出来，别的景物更是一无所见。前后行约三十里，渐渐觉着身上湿阴阴，仿佛经行之处起了云雾似的。四小也不管它，仍是前行。正走之间，觉着雾气渐浓，窒人口鼻。可是前面星光却未为浓雾所掩，依旧晶明，光辉愈旺。玄儿忽失声惊道："你们看这是什么?"沙、咪、健三小原在玄儿身后,闻声走到,定睛一看,身子已被一排大木桩挡住。从桩缝内看去,星光一亮一亮的,并未到底,只被那桩挡住,不能再朝前进。那雾也越来越重,微闻一股子兰花香味夹在里面,清馨扑鼻。

四小见那木桩排得紧密,分向两旁,挨次探索,回来一问,都未探出一丝缝隙。便商量顺着木桩往上爬,看看能否攀援过去。咪咪、玄儿当先,沙、健二人在后,上去还没一丈,便达桩顶。四小一边口中埋怨洞中太黑,近在咫尺,都看不出木桩短矮,白向两边探索了那么远;一边便想从桩顶攀越。玄儿双手才搭向桩的里边,忽然"哎呀"一声,翻身坠下。三小大惊,连忙跟着落下一问,玄儿说自己因见那星光相距不过数丈,打算抢在头里翻越,手才伸过桩去,猛觉眼前一花,雾影中似有一个兽首鸟身的怪物张口扑来,状甚狞恶,连手带上半截身子都被这个东西撞了一下,立时攀援不住,坠落下来。坠时曾见星火一转,似已隐去。沙、咪、健三小因闻声即回顾,又没越到前面,闻言不信,说他眼花乱说,否则咪咪也正伸手过去,怎未看见?

当时沙、咪二人二次又攀了上去,头刚一伸过桩顶,便觉一股子极劲的热力迎面冲将过来,气息全被堵住,再也抵抗不了,身不由己,手一松,便已坠下。星火果然敛去,却不见怪物影子。健儿也舍了玄儿,上去试了试,照样坠落。四小先甚害怕,等了一会儿,不见别的动静声息,不禁胆子又大起来。玄儿道:"起先我们怕将宝物弄坏,所以不敢用太祖赐的飞箭去射。那怪物在星火的前边,明明和晨露花一般,凡是有宝物的地方,都有毒蛇恶兽妖怪之类守护。我们隐住身子,怕它何来?何不大家射它一箭,对了更好,不对收了箭就逃回去。不问成否,借着箭上光华,也可看出里面到底是些什么东西,回去禀告师父再来。"三小俱觉言之有理。健儿较为稳练,主张一人先射,余人相机行事。因咪咪平日道力较深,便推他先射。三人俱在下面相候。

咪咪重又攀桩上去,到了顶巅。知道手不伸向桩里去,那股子大力不会发动,心想看准怪物,再行下手。便用双足夹桩,左手紧扳桩梢,右手握箭,往里定睛一看,星光不见,黑洞洞的,只中间一片地方,仿佛有一团烟雾咕嘟嘟冒起。用尽目力,才略辨出些微迹象。鼻孔里仍不时闻到兰花香气。算计那烟雾必是白的，否则不会看见，或者也许就是怪物在那里喷气呢。猛生一计，故意双手倒换，先把左手朝里一探，等对面那股强力一发，立时换手，将归元箭发出，以便乘机看那怪物形相。说时迟，那时快，真个掩了身形，咪咪左手刚一伸过木桩，立觉千万钧重力迎手劈面冲来，仓猝之间，似有一个庞大黑影扑到。仗着心灵手快，早有准备，忙一撤左手，右手飞箭照准黑影打去；同时身子再也支持不住，坠将下来，那归元箭出手就是一点龙眼般大的寒光，如流星赶月一般，暗中看去，原极晶明，因被这股暗力一冲，存不住身，仍是什么也没看见。咪咪恐飞箭有失，一下地，忙用收诀，招了回来。

木栅内声息毫无，也不知射中了没有。沙沙道："我看里面不一定便是怪物。那暗中大力，或许是从那宝光上发出，也未可知。否则先时玄师弟看见怪物影子，就说有木栅挡住，它不出来，咪弟的箭发出去，不问射中与否，也必将它惹恼，怎样会全无动静呢？"健儿却说："荒山深谷，古洞幽深，怎会有这前人竖立的坚固木栅？事太奇怪。既然无法过去，最好还是回山禀明师父处置，以免惹出乱子。"玄儿接口道："健哥做事太小心。它既不会冲出害人，又没响动，更该查看明白，回山见师，也说得清楚些。担惊害怕，空跑一趟则甚？"沙、咪二人也主张再探一回。健儿不便拗众，只得随着。因头一箭没有吃着苦头，胆子越大，这次上去，竟是四小一同下手，不再往前探手。照准中央发雾之所，四支归元箭同发出去，不问能中与否，好歹借着箭头寒光，看出一点迹象。

四小援上栅顶，玄儿为首，招呼一声，箭刚发出去，栅内便起了旋风，星光照处，只见比水牛还大，一个略具兽首鸟身之形的怪物影子，浓黑一团，在暗影中飙飞电卷，看不清头尾和面目真形。那四支归元箭的星光只围着怪物近身数尺，凌空疾转，好似有点东西隔住，不能下落。怪物既不发声，也不避开，只在原来那一片地方与飞箭相持。四小方自惊奇，忽然一阵极重的兰花香味劈面送来，鼻端刚一嗅到，立觉头昏脑涨，四肢绵软无力，身子早被那股绝大的暗力冲起，往后倒掷出去，落在地上昏倒。晕惘中，都觉有极轻微细碎的兽爪之声，往洞外跑出去，一会儿又跑进栅去。四小知是怪物追赶不上他们，还算身子隐住，落的地方不挡路，没有被它发觉。手足不能转动，哪敢出声说话，一个个害怕得要死。等了好一会儿，才渐渐复原醒转。聚到一起,正要逃出洞去,想起飞箭尚未收回。惊魂乍定之余,也不敢再援栅上去窥探了,各用收诀收回飞箭。还算好,那四支飞箭,仍是一招即回,并未受损。这才知道怪物业已招恼,木栅并拦不住它出来。情势不妙,处境甚危,再不见机速回,定要陷在里面。箭收到手,正商量着要跑回去,忽听栅里面"呼"的一声,飞起一物,落在地上,发出又轻又碎的脚步之声,沙沙迎面急跑而来。黑影中看去,也看不见那东西的形相,只见一点星光悬空而行,高约丈许,其疾如矢,一晃眼便往洞外跑去。不一会儿又跑了回来,满洞乱转。

四小机警,又将身形隐住。一听有了响动,立时分散,躲避一旁,没有被它撞上。那怪物二次出来,虽看不见,想是知道它的仇敌就在左近,尚未逃走,不像第一次出栅追赶,一个出进,便即回去。只管在栅前十几丈远近那一片地方来回乱转,颇有得而甘心之意。吓得四小哪敢再将飞箭放出,只随着星光飞处望影而逃。因为彼此相顾的缘故,竟忘了往外逃走,仓皇奔避中,脚底自然难免有些声息。怪物闻声,赶逐越紧,有时更用声东击西、欲北先南之策,看它走向侧面,喘息未定,倏又飞来。玄儿有一次躲得稍慢,身刚纵起,便听原立足处"铮"地响了一下,火星飞溅,那么坚厚的石地,竟被怪物抓裂。接着沙、咪二人也照样经了一次大险,都是身方纵起,怪物的铁爪已经抓到,危机间不容发,如被抓上,焉有命在。这一来,四小愈发胆落魂飞,疲于奔命。逃避了好一会儿,才无心中聚在一起,恰巧怪物正向相反的方向追过去。四小中只健儿始终没忘了逃走,因知乃弟玄儿最为躁妄,恐为怪物所伤,又不舍丢下三人,独往洞外走出,又不敢大声招呼,干着了一阵子急。好容易聚在一起,一时情急,便低喊道:"我们还不往外逃,要等死么?"小人语声极细,又是放低了说的,不想仍被怪物听出。一言甫毕,前面星光已拨转了头,如射飞来。幸而沙、咪、玄儿等三小已被健儿提醒,一见星光飞到,立即飞身纵开。这时四小立处正当洞壁之下,人才举步,怪物已是飞到。因这次来势较猛,先是"铿"的一声,抓向壁上,火星飞溅。接着又是"哗啦"连声大震,洞壁被这一爪抓裂了一大块,石头坠下来,跌成粉碎。咪咪在百忙中回顾,仿佛火光照处,那怪物的长爪又细又直,和一根棍子相似,哪敢怠慢,拨转身向外便跑。余人也是同一心理,一面回顾注视着星光来路,一面脚底加劲,绕着边,如鱼漏网,亡命朝前急跑,偏生由木栅前逃往洞外,路甚遥远,急切间哪能跑出。所幸那怪物老实了些,只照直路往前追,不似以前那么来回乱窜。有时觉着追过了头,又往回赶。追出约有七八里地,忽然退了回去,不再追来。

四小又跑了一会儿,不见动静,才得坐下,喘息片刻。起立又跑不几步,似见前面影影绰绰地矗立着一块山石,高有七八丈,方圆也有三数丈,当路而立。四小进来两次,俱未看见过这样一块大石。玄儿还在问咪师兄来时见未,健儿越看那山石越像人形。这时两下里相隔已近,猛觉顶上还有两团碗大的碧光,绿油油一闪一闪在动,旁边两只大手,已渐向外伸出。再定睛仔细一看,哪是什么石头,分明是一尊巨灵,正伸手俯身,向下捞来。同时沙、咪、玄三小也相继看出,不由吓得亡魂皆冒。幸而那大怪物身躯粗大,运转不灵,通体是个白色,洞中虽暗,稍一近前,还能看出它的动作。洞径又宽,否则大小相差,四小还不够它一个小指,如在黑暗中误撞上去,还不被它捏成了肉饼?四小知道再逃回去,遇见先前那怪物,也是没命。这怪物行动迟钝,不过外相太恶罢了。仍只有冒着奇险,向外冲出,不可向里逃回。当下谁也不敢再有声息,四人分成两路,背贴洞壁而行,由怪物身畔抄出。沙、咪二人走向怪物左边,觑准怪物的手臂动作,双双脚底用劲,刚一冲越过去,怪物已有觉察。它伸出那数丈长的大手,往左边身后捞去时,右边的健儿兄弟,也跟着乘机纵出。四小一同迈步飞跑,侥幸没被怪物捞上。正跑之间,玄儿忽想起那怪物虽然大得出奇,可是逃时并未见它脚底走动。不禁转回头往后一看,怪物果然未追,两只大手也垂了下去,并且两点绿光不见,脸仍冲里。暗忖:"这东西虚有其表,原来是个废物,休说走动,连回一下身都难。早知如此,何必那般害怕?"因前路已微见天光,出洞不远,想起两次探洞,白受这许多惊忧危难,一无所获,好生气忿。心想:"左右快要出洞,这怪物好似无甚伎俩,何不赏它一箭?"想到这里,也没和三小商量,跑着跑着,倏地一回手,用那支归元箭照准怪物打去。先听"咔"的一声,似已打在怪物身上。忽闻巨响大作,轰隆之声震得全洞皆起了回响,宛如山崩地塌一般。回头一看,怪物并未倒下,已经转过身子,踏着绝沉重的步履,从后追来。看去行动虽不甚快,声势却甚惊人,方知不可轻侮。连忙收回飞箭,拔步便逃。前面三小无意中又吃了一个大惊,看出又是玄儿惹祸,才由健儿回身,拉了他携手出逃,以免再生别的事故。幸而怪物追赶不上,不一会儿便逃了出来。遥闻洞内,还在怒吼震响。三小对玄儿,自免不了一番埋怨。匆匆跑回,对云凤一说前事。

云凤闻言,料知洞中异宝和怪物,两样都有,那里离白阳崖甚近,弄巧还许是白阳真人遗物,也未可知。想了一想,见天已不早,自己和四小日课未完,好在洞中不会有外人前往,便命各自用功,明日做完早课,再行前去。

第二日,师徒五人做完早课,便往谷中进发。相隔那洞还有三二里路,众人正行之间,玄儿忽然骇指道:"师父、师兄快看,这不是那大怪物么?正站在那洞口呢!"云凤随他手指处往前一看,前边崖壁之下立着一个七八丈高的石头,虽然略具人形,哪是什么怪物。知道小人目力确是不及自己,当是看错了,便喝道:"一块石头,也要大惊小怪。"咪咪接口道:"师父休怪,玄师弟说得不差,那地方便是洞口。本来是外面空空的一片平地,有些荆棘藤蔓,后经弟子等拔去,先后来过几次,并没见有别的东西。昨日弟子等害怕逃出,黑暗中虽未看得清楚怪物的形相,身量正和这个石人一般大小。师父你没见他头上有两只碧绿眼睛,那两只手也在动么?"云凤再定睛一看,那石人顶上果有两团淡淡的碧光,两条臂膀正渐渐往上抬起。心想:"适才明明见是一块像具人形的山石,只上下有此长短石纹,怎么顷刻之间变了形状?五姑熟知这里情势掌故,事前不会不知,并且两次嘱咐,命和四小常来此谷采办山粮,言说之中,好似特别提醒,若有深意。果真洞中盘踞着有妖人,事前绝不会不早为示及。据四小说,洞中怪物一灵一蠢。以四小那般微弱,尚能从容退出,何况自己。石人虽大,看似蠢笨,无甚伎俩,且亲身赶到那里,再相机应付。"便问四小,如若胆怯,可以暂留当地,闻命再行前进。四小偏是胆大好奇,又仗师父护庇,俱巴不得同去,看怪物是怎生除法,同声愿往。云凤估量不致有害,也就由他们去。

不一会儿行近洞口,见怪物竟是活的。看去白发如绳,披拂两肩;眼大如盆,碧光闪闪;阔口箕张,银牙如斧;身高八丈;手臂长有四丈,粗如合抱巨木。细审形相,颇似石人成精。如拿四小比较,真真小得可怜,不禁失笑。暗忖:"这般蠢物,也知作怪。自己飞剑初次炼成,何不拿它试上一试?"刚转念间,那怪物当洞而立,洞口只齐腰腹以下,看见人来,竟俯身伸手,作出向前捞抓之势,动作甚是迟缓蠢笨。云凤看透它是个废物,不过外表吓人罢了。一面嘱咐四小后退,左肩摇处,剑光便自飞起,眼看飞到。那怪物想是看出不对,两臂往里一合,身子便往石土中陷落下去,"轰隆"一声大震,转瞬即隐。下时身子笔直,两手竟拱,其形与古陵墓前的翁仲一般无二,只是比寻常的要长大得多。先看它行动那般迟缓,入地时却是非常迅速。再加上云凤轻视了它,知难躲避,意欲先斩落它一条手臂,看它怎生抵御,飞剑出去,没有加急,竟被躲过。剑光过处,微闻"嚓嚓"之声,只将它头上银发削落了些。过去一看,尽是些刻成的石发,有头绳般粗,业被剑光削为碎段,心中不禁一动。先不进去,又问了问四小发现那洞的经过,便在洞前附近仔细查看,有无什么别的异状。先在洞前不远丛草中,一边一双,发现四个石穴,长约数尺,宽约长的一半,形如大人足印。别处石地,都是一片浑成,惟独有足印所在地却隆起,成了一个四方形,仿佛似个石头座子,相距有二十丈远近。每双足趾,俱都向外。再看那洞门,也是个正方形,齐如刀切,外面高仅数丈,洞内却是高大宏深已极。放出剑光一看,由顶及地,少说也有二三十丈高下,甚是整齐修洁。细察壁间,隐现斧凿之痕。一眼望去,黑洞洞不能及底。直往前走去,都是一般宽广,分明是人工修的,并非天然形成,不觉又猜透了几分。因四小说里面藏有怪物,黑暗中不敢造次,略进数十丈,便即反身出来。将四小喊至面前,嘱咐道:"这座大洞,颇似千年前的古墓。适才所见大人,定是翁仲之类。如我所料不差,此行必有奇遇。我幼年读书,曾闻古人殉葬之物颇多。年深月久,洞外石人尚且为妖,洞既这等幽深,里面难免不藏有山精野魅之类。我意欲身剑合一,飞入洞底,一查它的来历。你四人道行浅薄,不可入内,可在洞外觅一藏身之处相候,等找出来,再作计较。以免我顾了自己,还顾你们,诸多碍事。"

嘱咐已毕,然后端整衣裳,走进洞去,向着洞内行礼默祝道:"昨得门人归报,言说荒山古洞出了妖物。今早亲来视察,方知是往古圣贤仙哲的佳域,本不应再为窥伺。不过弟子修道的白阳崖离此甚近,四个门人又是僬侥之民,道力浅薄,此谷为他们采办山粮、日常游息之所,惟恐一时不防,受了伤害;再者神圣埋真之处,也不容妖物盘踞。为此虔诚通禀,欲仗微末道行，入内一探，倘有妖物，就便除去，为前贤往哲荡秽涤氛，扫除尘孽，绝不敢妄有惊动。此中如藏有仙迹圣训，足以启迪蒙昧，嘉惠末学者，敬乞大放光明，勿吝昭示。区区愚诚，伏惟鉴佑。"恭恭敬敬祝告方毕，忽闻洞内隐隐传出"嗤嗤"的笑声。云凤虽然艺高胆大，黑暗中听去，也觉有些胆怯。忖度情理，如有妖物，必是一个劲敌。这得道多年的精怪，比那雪山妖人，定然还要厉害，彼明我暗，丝毫疏忽不得。当下把心一定，放出飞剑，与身合一，化成一道光华，直往洞底飞去。剑光迅速，比起四小行走，自然要快得多，虽然沿途还在逐处留神观察，这三数十里的深远，也只片刻工夫，便即飞到。云凤见一路之上均无阻隔，除先时暗中笑声外，不特未遇见一个妖物精怪，连四小先见的那几点星光，也未见出现。

云凤已到了木栅面前，便停了下来。细看那木栅，俱是整根合抱树木排成，由东壁到西壁挨挤严密，不见一丝空隙。只是浮植立在地上，既未打桩，也没个羁绊，看样一推便倒。试用力一推，却动都不动。暗忖："上古时代，俱用石瓦之类作殡宫装饰。这排木栅，必是后人所为无疑，只不知他植此是何用意？"情知有异，二次将身飞起，越过栅去。过时暗中察觉阻力甚大，因本身飞剑出自五姑仙传，神妙异常，并未阻住。顿觉四小所言不虚，益加小心。便按住剑光，缓缓前行。飞没数丈远近，忽见前面剑光照处，似有一座石碑，高约丈许，隐隐似有朱文字迹。近前落下剑光一看，上面只有"再进者死"四个大字，体作八分，朱色鲜明，甚是雄劲有力，也无款识年月。心刚一惊，忽然一阵阴风自碑后吹来，风中微闻咀嚼之声，猜是妖物到来。忙抬头定睛一看，那东西生得兽头如龙，双角搓丫，大如树干，鸟身阔翼，也不知有多少丈长短，目大如斗，乌光闪闪，张着血盆大口，已快飞临头上，待要扑下。云凤不敢大意，忙纵遁光，先避过去，用飞剑护住全身，以防万一。随将飞针取出，大喝一声："大胆妖物！敢伤人么？"便化成一溜火光，发出手去。云凤纵时，甚是迅疾。妖物本似有后退之状，针还未飞到它头上，便自在黑暗中隐去。

云凤见妖物伎俩止此，心神顿放，收回了针，一纵遁光，跟踪追赶。越过那碑，又近有三两丈远近，妖物全身倏隐。忽又见面前矗立着一座石碑，比先见的碑还要高大得多。近前一看，碑上满是形如蝌蚪物像，似篆非篆，大小不同的字迹。云凤也曾读过好几年书，这碑上的字，竟一个也不认得。借剑上光华映照碑文，顺着碑顶往上一看，不禁"咦"了一声。原来这一座碑，高度几达十六七丈，宽约五丈，厚有丈许，是一整块山石造成。碑顶雕刻着一个东西，非禽非兽，盘踞上面，双翼虬睛，形状狞恶，势欲怒飞，神情如活。才知先前怪物乃是碑上雕石成精。估量这碑方是原立，看那字，必在三代之上，只惜一字不识，查不出它的年代来历。洞是古人墓穴，定在意中。先见那碑说再进必死，如指的是碑上怪兽，前进自无妨害，否则还不定有甚花样呢。因是古代遗迹，那怪物既然知难而退，便也不愿毁损，仍是按着剑光前进。再深入约有半里，忽见六七颗明星都有碗大，流光焚荧，幻为异彩，在前面不远暗影中出现，只一转便渐渐隐退。猜是古代星宝放光，不由起了贪念，见将隐退，匆促中未及寻思，一催剑光，往前追去。剑光何等迅速，眼看飞近，星光倏隐。又听暗中"嗤"的一声冷笑，觉得比上次更近，仿佛就在身侧不远。接着一阵寒风吹过，身后轰隆之声大作。云凤纵然胆大，因为洞中幽险，处境可怖，也未免吓了一跳。忙往后看，仍是不见一物。暗忖："这个洞黑暗得这般奇怪。凭自己目力，黑暗中本能见物，又经在白阳崖照着仙传苦练多时，怎会一到洞内，便觉昏茫无睹？就算目力不济，那一剑一针乃是仙家异宝，常用来照路，数十丈以内无不烛照通明，为何离开宝光丈许以外便看不见？莫非那碑上的警语果有其事？"

云凤刚想暂时退身出去，再回进来，就在这一转瞬间，巨震忽止，微闻异香，眼前倏地一亮，光照处已能见物，只是微带绿色，光并不强。方要查看光从何来，猛见来路上现出二门，甚是高大，业已紧闭。匆速中还以为以后为前，转身时错了方向，及至定睛往侧面一看，不但两边墙壁俱仄了拢来，没有初进时宽大，并且洞顶已矮了许多。再一回身，正中央是一长大石榻，上面卧着一具长大的死尸，衣饰奇古，与传闻古人衣冠不类。左手持弓，右手拿着一件似矛非矛的石头木质的兵器。头里脚外，仰天而卧。两旁立卧着许多死尸，也各捧着石器用物和器械，约有百数十个，身材俱比常人大出一倍以上，神态如生。石榻两旁，各有一个数丈方圆、形式古拙的石釜，里面装着半釜黑油，各有三个灯头，光焰焚荧，时幻异彩，灯捻大如人臂，不知何物所制。细查形势，三面是墙，来路石门已闭，分明已陷闭古墓殡宫以内。进来时，因为洞中奇黑，不觉误入，这一惊真是吃得不小。

云凤见那些死尸虽像活的,并不动转。急于逃出,不敢再行招惹,朝着榻上卧着的古尸默祝几句,道了惊扰。正待回身破门而出,猛觉榻前死尸似在眉竖目转,手足乱动。忽又一阵寒风挟着香气,从油釜中卷起。就在这时,只听洞外又是"嗤嗤"两声冷笑,榻前死尸全都活了转来,各持弓箭器械,一拥齐上。云凤慌了手脚,忙运剑光护身迎敌,且战且退。那些活死尸虽然力猛械沉,但云凤剑光扫上去,所持兵器全都粉碎,并近不了身。可是那座石门却是坚厚异常,剑光冲上去,只见石屑纷飞,块砾爆落,却攻它不透。那些活死尸更不放松,追杀不舍。云凤料那榻上尸灵是古代有名的圣哲帝王,那百余活死尸必是当时随殉之臣。自己无端扰及先圣贤帝王的陵寝墓宫,已觉负有罪愆,怎敢再妄加伤害。可是那些死尸好似看出她的心意,一味向剑光上硬冲,毫不畏忌。云凤一面还得留神闪避,只抵御他们的器械,不便来到近身,所以战起来,更觉吃力费事。似这样支持冲突了一会儿,飞剑已把石门冲裂了八九尺深广一个大坑洞,不特没有洞穿出去,好似门里面石质愈发坚固,飞剑冲上去,渐渐碎裂甚少。身后那群活尸,更是一味猛攻不已。云凤身剑合一,虽不怕受伤,可是照此下去,要想敌人不受伤害,却不能够。一时情急,不由大喝道:"我凌云凤为除妖孽,误入先代佳域,事出无心,并非有意侵侮。既不肯开放幽宫,任我自己冲出去也可,何事得罪,如此苦苦相迫?我已多次相让,再若倚众欺凌,说不得便要无礼了。"

说时,忽听中间石榻上有了声息,百忙中回脸一看,那具长大主尸,竟然缓缓坐起。同时门外"嗤嗤"之声更是笑个不住。那百余活尸,见中榻主尸坐起,立即停战,恭恭敬敬地排班躬身上前参拜。云凤这时方得看清主尸:头如笆斗,双目长有半尺,合成一条细线,微露瞳光,似睁似闭。再衬着那一张七八寸长、突出的阔口,上下唇须髯浓密,又粗又劲,仿佛猬刺一般,越显得相貌凶恶,威猛异常。云凤心有主见,认定这是古圣先哲与帝王陵墓。乍见群尸停手来拜,只当是主尸受了自己虔心默祝所动,哪知利害轻重,不但减了戒备,反收了剑光,恭恭敬敬下拜祝告道:"后民无知,误入圣域,多蒙止住侍从,不加罪刑,大德宽仁,万分感戴。只是圣灵居此,当在数千年以前,粤稽古史,未闻记载,盛德至功,欲悉无从。外面虽有丰碑崇立,古篆奥秘,难明高深。今者陵寝洞开,宫墙可越,惟恐山中道侣童奴无知,妄有窥测,不为侍从所谅,蹈犯危机,咎虽自取,未免有失圣贤博爱之仁。后民不揣冒渎,敬乞将圣灵庙讳,生没年代,略微指示。后民归去,敬当禀明仙师,于洞外敬加封树,惮克发扬至德,明阐幽光,兼可永固灵域,长存圣体,与天同寿,阜草无惊……"还要往下说时,忽听玄儿暗中细声喝道:"你算是什么神圣,却拿暗箭伤人!"接着,一点寒风从迎面头上飞过,再听"锵"的一声,左壁上火星飞扬,一枚四五尺长的箭杆已没入石里,不禁大惊。猛抬头一看,主尸仍坐榻上,左手持着一张大弓,右手拿起第二支箭搭了上去,那双大眼业已睁开,瞪着酒杯大小的蓝眼,正怒视自己,张弓要射神气。知道不好,忙运剑光护身飞起时,又听玄儿在暗中说道:"师父用飞剑、飞针杀他们吧。这些活尸,都不是古代什么好人,弟子同咪咪亲耳听他两个同党说的。"言还未了,那主尸手中箭倏地改了方向,竟朝玄儿发声之处射去,"锵"的一声,又射到了石上。玄儿又在石壁骂道:"大妖鬼,我有仙太祖隐身之法,你如何能射得到呢?"云凤才想起,玄儿用五姑所传仙法隐了身形。自己剑光,四小定追不上,门闭已久,不知他二人怎得进来?又没见咪咪搭话。虽知这些古尸灵都未存着善意,到底是我犯人,非人犯我。这数千年前陵墓,必有来历,不敢轻举妄动。一面忙喝止玄儿,不可妄言妄动。再用五姑所传隐身法,掐诀一看,玄儿隐身右侧,拿油釜当了挡箭牌,蹲在那里,手里抱着咪咪,状似昏迷。

那榻上主尸见两箭未中,来人又看不见,意似暴怒,三次搭箭又要射去。玄儿因云凤禁止发话,已住了口,见状没等射出,已避入釜后。云凤急欲知道就里,看咪咪业已受伤,不能言动,恐玄儿万一被射,决吃不住。又见主尸颇有起身下榻之意,心想:"两小既然能进,我必能出,何不将两小挟了过来,悄声一问?即使被主尸发觉,两小有剑光护身,也不妨事。"想到这里,忙即飞身过去,就地上挟起两小,飞回原处。低声一问,才知玄儿胆量素大,和咪咪最莫逆,先因云凤恐四小有失,不准同行,好生扫兴。后来待了一会儿,玄儿对众说:"师父不要我们进去,无非为了我们道浅力薄,万一有事,不能兼顾罢了。其实里面怪物早见识过,怕它怎的,拼着被师父责打几下,到底也要看木栅里面有何奇异景物。你们哪个敢与我同去做伴么?"说了两遍。先是沙、咪、健儿三小知他爱惹祸,谁也不愿与他做伴。玄儿嘴本能说,赌气说要独往,又拿话一激,咪咪脸软,不好意思,只得应允。健儿拦他不从,意欲随往。却被沙沙劝住,说:"他两人违了师命犯规,必然受责,留下我二人,也好代他们求情。师父现在洞内,还怕什么?如有乱子,你同了去,济得甚事?有两个年纪大点的没犯规,师父的气也生得小些。你也跟去怎的?"二人拦劝时,咪、玄二人连理也未理,径隐身形,往洞中跑去。虽然云凤沿途观察留连,怎么也追不上,及等追到,云凤已入险被困多时了。

二小因过木栅时不见前番阻力,以为怪物邪法被师父破去,越发胆壮。方自心喜,忽听鸟爪抓地之声,由前侧面走过。二人知道那怪物轻灵,比石人厉害,不敢出声,想等它过去,再行前进。忽见前面黑暗中影摇摇现出一团荧荧黄光,朝着怪物行处,悬空迎面而至,晃眼相遇,一同走来。二小往旁一闪,正碰在那第一块石碑上,忙往碑后一躲。耳听怪物口吐人言道:"师弟,你怎这般浪费?你知道这油是无价之宝么?随便就点了出来。前日若不是你淘气,将那几朵古灯花指挥出来玩耍,还不致招来外患呢。看今天来的这个女子甚是厉害,如非洞中藏有三千年黑眚之气,遮蔽她的目力,将她引入陵穴封闭,说不定师父还要吃亏呢。还有昨天进来又逃出去的那几个,也不知是人,还是山中鬼怪,听声音举动,竟会生得那么矮小。可惜被他隐身逃走,今天便来了这女子。我们居此多年,全无事故,倘若从此多事,岂不是你闹出来的?"另一人接口道:"师兄你少说这些话,上月不也是我用灯光,将那姓杨的女子引进来的么?虽然她会参天龙禅,奈何她不得,没降伏,到底得了她一枝灵药,你和师父分服之后,不是还夸我机警么?昨天大头神又示兆,我才照样办的,今天引了人来,又没吃亏,怎倒埋怨起我来了?祖师兵解时,曾命师父逃到这里安身,再三叮嘱,百年后方可出世,只不当人前说话,万万无事,否则有祸。这里不比内陵,你却说了这一大套话,要有外人混进来听去,不正是犯大忌么?"那怪物道:"你说我,那你不是也在说话么?那女子已被困住,哪有外人在此,怕些什么?"

另一个道:"你倒说得好,昨日那几个小鬼如在此,你看得见么?事也真怪。前闻人言,这里古尸厉害非常,以前凡在本山左近修道的人全被害死，连白阳真人都几乎吃了他们的大亏。后来虽经白阳真人用法术将他们制住，因他们已经得道几千年，终于还是消灭不得。只在中洞原墓道外设下禁法与灵木之阵，并和鸠后之子约定，不能越过那两层木栅。另外在墓碑前立了一块警碑，以防万一有人误入而已。由此他们虽然敛迹多年，因为洞中藏有三千年灵油，与天皇氏所炼两柄金戈，太已启人觊觎，难免有各派中能手来此盗取。他们仗有前约，巴不得有人来犯，才称心意，哪肯放过？凡来的人，俱难幸免，十有九死在金戈之下。末后来的人数越多，死的也越多。才经佛教中的白眉和尚奉了师命，将外洞封闭，也不过是百十年间的事。他们既专与生人为仇，新近又与左邻唐虞四凶中的穷奇之家相通，经过三年苦战，一旦释兵修好，成了一党。同时封洞禁法，又为蛰龙行淫所污，再加一次地震，重新开放，他们声势愈发浩大。那年我师徒四人亡命投此，原以为未必能以容纳。怎会头天刚到，小神便来自请订交，不久引去，拜见鸠后，还得了它们不少好处？起初我暗中还有疑虑，不定哪一天发生祸事。如今相安多年，情同一家。鸠后因以前与白阳真人对敌，打去道行，伤了元气。不似小神当时见机，早早逃归墓穴装死，得保无事。当年只以灵胎示兆，难得起身。可是他平日最能前知，怎么昨天来的那几个似人非人的小幺魔，你向它灵前叩问，它却毫无示兆呢？莫是有什么不好？"那怪物道："现在正有外人入网，谁能保它？倘设尚有余党，这些话岂是随便说的？就是无事闲谈，也得有个分寸。可见畜生终是畜生，不明事理，还不与我住嘴！"另一人似已发怒，刚要回答，忽听远远有极尖锐的哨声传来，怪物忙道："师父在唤人呢，我们快去，就便看看神寝中被困的那个女子就擒没有。"

咪咪、玄儿忙探头往碑后一看，因为近在咫尺，又是以静视动，比昨日自然要看得略清楚些。见金光之下，隐隐似有一个毛人影子。那怪物仍和昨日所见差不了多少，身子比那毛人高出好几倍，两只腿脚又细又长，看不出它的上身。两个并在一处，正一同往前面洞的深处跑去。因知师父被陷，好生忧急，当时激于忠忱，也顾不及利害艰危，竟自一提气，急行如飞，跟踪赶出里许之遥。前面二怪忽往右侧一转，两小也紧随它们身后，进没几步，似入了一层门户。忽见一片昏茫茫的毫光，目力所及，居然能以辨物。定睛一看，屋甚宽大，四壁和中央屋顶，各悬着一根火炬，火焰都有碗大，荧荧欲流。也能见物，只是黑氛若云，仿佛甚厚，围着光头数尺以内，尽是一圈赶着一圈的黑晕窝，恍如急漩钊转，无尽无休。靠左侧有一高大石门，近门贴壁石榻上坐着一个人，红脸，络腮胡子，生得又瘦又长，坐在那里，比立着的人还高出一头，手里正抱着一个容态妖冶的少妇在说话。两小所随的妖人，到了室内光盛之处，才渐渐现出它们的身形。那用爪抓地疾行的，虽然口吐人言，并非人类，乃是一只略具人形的怪鸟。身高约有两丈，人面鹰喙，目闪碧光，滴溜溜乱转。秃尾无毛，两翼一张，像是人手。两只腿自膝以下，粗才径寸，高达一丈三四，占了身长的一多半，看去坚硬如铁，爪和钢爪相似，厥状至怪。另一个通体生着寸多长的白毛，眼圆鼻陷，凸嘴尖腮，身后长尾上翘，看去颇似猴子。身量不高，却能躡空御虚而行，手里的光也是一根极小的火炬。两怪刚一走到男女怪人面前，那红脸胡子说道：“我此时有事，不能离开。适才袖占一卦，今日来的敌人不止一个，还有两个同党，俱是我徒弟的克星，不可大意。你两个速往内寝，看敌人成擒与否。你二位师伯性情古怪，每次总要把来人戏耍个够，方行下手。今日如照旧行事，大是不妙。如见敌人尚在抗拒，一面发暗号请你师伯速起，一面急速退出，将法坛上留香点起备用，再报我知。我已嘱咐你的师姊，即往坛上行法。石门已闭，她不知开启之法，任是飞剑厉害，也须竟日之功，才能攻穿。这里是惟一出口，虽有我在此防堵，但是她那剑光颇非寻常，到底还是无事稳妥。去时，可隐身甬壁之后，暗中探看行事，不可被敌人看破，以防她发觉，由此冲出。”两怪领命，应了一声，便往门中飞去。

两小因时机紧迫，难得知道师父下落，不暇再听下去，连忙跟踪而入。进门乃是一座高大甬壁，随定两怪沿壁前进，约行十多丈，一边的石壁忽断，现出外面的星光。见两怪业已止步，往外探头偷看。又听金石交触之声，汇为繁响。忙绕将出去，便到了云凤受困之所。一眼看见云凤身剑合一，正与许多长大妖人力战，不时往石门上冲去，情甚逢邃，不由大惊。正苦无法近前，忽见甬道内似有一线光华，朝当中石榻上长大古尸射去，一会儿，古尸便自渐渐坐起。先前动手的妖人都停了战，过来朝着榻前拜倒。云凤也住了手，回身礼拜通白。两小心中好生不解。猛一眼看见云凤刚拜下去，躬身默祝，榻上古尸竟将榻旁弓箭拿起，对准云凤便射。咪咪救师情急，也忘了使用法宝，竟由左侧飞身上去，对准箭杆就是一掌打去。这时箭刚离弦，榻上古尸并未觉出暗中有人，吃这一下，将箭挡歪，失了准头，竟往斜刺里射了出去。虽未将云凤射中，可是咪咪的手一触到箭上，立时凉气攻心，浑身抖战。暗道一声："不好！"强自挣扎纵开，业已支持不住，滚落榻下。幸而玄儿本要上前，紧跟在后，一见咪咪晕倒，知势不佳，忙一把抢抱起来，先向东路纵开，出声示警之后，再向右纵去。那古尸见那箭离弦，只觉被什么东西打了一下，便行射歪，方自奇怪，忽听有人小声喝骂，向敌人报警，方知还有余党隐身在侧，心中大怒。一面仍持弓箭去射敌人，一面抓起一把石子，朝语声来处打去。玄儿早知有此，业已抱着咪咪纵向一旁，觅好隐身避险之处去了。

云凤同时也已警觉，当下行法，看出两小所在，不由惊喜交集，忙身剑合一，飞上前去，挟抱过来，向玄儿问知就里。一听说墓中尸灵乃是古昔凶顽，不由大怒，这还有甚顾恤，便大喝道："大胆妖尸，无知腐骨，竟敢如此猖獗，今日是你劫运到了！"随说随将手中飞针发出，一溜火光，夹着殷殷雷声，直朝榻上古尸飞去。玄儿见师父动手，也将归元箭发出。眼看两件法宝先后飞到，忽然一阵怪风，两边釜油中的灯光全都熄灭。光华倒映处，榻上古尸业已不知去向。接着一片玉石相触之声，琤琳杂鸣。先前那些旁立尸灵俱在黑暗中持着器械，蜂拥杀来。

云凤便运转飞剑、飞针迎敌。这次是除恶惟恐不尽，顾忌全无。剑光雷火所到之处，那些尸灵连同所使器械，纷纷伤亡断碎。杀了好一阵，虽觉步履奔腾之声逐渐减少，可是那残余尸灵甚是顽强，尽管遇上剑光便即伤亡，仍是不肯逃退，一味奋勇杀来。墓穴奇黑，除却剑光照处丈许方圆以内，简直不能辨物，也不知敌尸还剩多少。后来渐觉敌势愈稀，估量还有六十个未倒的，却是狡狯异常，不似先前那些鲁莽，灭裂得快，迎尔西来，追西东来，仗着地黑，云凤竟难得手，好不容易才能伤着他一个。猛一动念："尸灵已灭十九，剩这几个转轮般尽和自己逗弄，既不战，又不退，为首古尸却又隐去。听玄儿说，还有一个妖人同三个徒弟、两个厉害古尸，为何不见出面，莫非故使缓兵之计，另有玄虚？先时不愿冲出，原想斩妖除害，观察目前情势，甚可疑虑。据玄儿偷听之言，当初白阳真人尚且没奈何，为首古尸必非易与。墓穴又如此奇黑，自己未学后辈，仅凭一剑一针,还挟着两个小人,莫要中了道儿,后悔无及。古尸既丧许多党羽,必不甘休,何不将他引向洞外光明之处动手除去,以免被他仗着地利,占了便宜?"想到这里,知道出路就在榻侧不远的壁间甬道,悄命玄儿收回飞箭。因路口还有妖人在彼伏伺,故意口中大骂:"不将妖尸斩尽杀绝,绝不退出!"一面运转飞剑、飞针,又追寻敌尸,人却渐渐飞向榻侧,借剑上光华端详出路。骂声甫歇,便听外面又是几声极尖厉的冷笑。

云凤原非胆怯,不知怎的,每次听那笑声,总觉有些肌肤起栗。料知是在嘲笑她说狂话,必是阴谋毒计。笑声既作,发动必速,心中一惊,更不怠慢,剑光照处,影影绰绰见壁间的墙果有一段凸出,再一拐便是甬路出口。手一招,收回飞针,倏地转身,连人带剑飞将出去,居然通行无阻。转瞬见有光明透进,便照有光之处飞出。刚一飞进两小来时所经妖人居室以内,便见迎面一座法台,法台上站定一个红面妖人,对着一座炉鼎下拜。适间所见榻上古尸和一个赤身披发的女子,俱都在侧。那油釜中的几朵星光,也移向台口,高悬在上,照得四壁通明。妖人一见云凤逃出,好似大出所料,又忙又惊,伸手便向炉内去抓。说时迟,那时快,云凤一见这般情形,料知行法害人,刚照面便将飞针先朝古尸打去。接着飞剑光直取妖人。妖人猝不及防,手正伸向炉内,法宝还未抓起,云凤飞剑已绕身而过,斩为两段,尸横就地。那赤身女子见势不佳,刚纵妖风飞起,被玄儿冷不防一箭飞去,当场结果。再看古尸,飞针过处,倏又隐去,虽然得手,古尸难伤,终是大患。心想将法台毁了再走,师徒二人剑、宝齐施,先毁那座炉鼎。针、剑光华刚到炉上,只听一片爆音,飞起一大团浓烟,隐挟奇腥之气,被剑光一绞,立即飞散。云凤师徒要飞出,一眼看见台侧挂着一件瓦器,形式奇古。云凤不问青红皂白,撒手一针,雷声过处,炸为粉碎,晃见光亮一闪即逝。毁完法台,正待飞出,忽又一阵阴风,星光全隐,仅剩四角和中央所悬的五根火炬,室内立即昏黄,仅能辨物。惟恐又蹈前辙,刚待飞出,耳听石壁以内一声惨啸。回头一看,一只奇怪大鸟破壁而出,疾如箭射,径往外面飞去。

玄儿忙喊:"师父快放飞剑,那便是妖人的怪物徒弟。"已是被它逃走。就在这惊忙一瞬之间,猛又听壁内有一女子声音喊道:"那一位道友,外面出路已断,古妖尸穷奇设有厉害埋伏。我等恐非其敌,非将它引出,不能得手。请随我由此出去吧。"接着一道金光飞到，现出一个年约十四五岁的道装少女，身背剑匣，腰带革囊，英骨仙姿，美如天人。云凤先还当这里不会有甚生人，又是古尸诡计。及见来人现身和所用剑光，竟是五姑所说正派中的能手，立时改容答道："道友何人，怎得在此？"少女答道："事在紧急，此非善地，不及细谈。我是姑苏杨瑾，快随我先出要紧。"说时一口南音，甚是清婉。云凤未及回答，杨瑾早将手一拍革囊，立现一团银花，其明逾电，先往壁内飞去，随即举手一让。云凤忙催剑光，一同飞入。里面乃是一间极阴森黑暗的大地穴。银花飞到壁上面，只听"叭嚓毕剥"一片爆裂之声响个不歇。银雪流辉中，壁石坠落，纷如飞雪，晃眼工夫，已开通出十丈深广。真个山崩地陷，无比神速。不多一会儿，半里多厚的山石，便已穿透。

二女刚一同飞出险地，隐隐闻得身后厉声嗾嗾，甚是刺耳。云凤回头一看，一团烟雾，簇拥着一张似人非人的怪脸，头前脚后，平飞追来，怒目阔口，獠牙外露，雾影中也看不见他的身子。仿佛手上拿着一张大弓，搭箭要射。正待回身飞剑迎敌。杨瑾已回手朝后一扬，立时便是三点赤红如火、有拳头大小的光华，朝那怪脸打去。便听"哇"的一声怪叫，又冒起一团黑烟，滚滚突突，比前更浓出好几倍，簇拥着怪脸，往洞内退去。同时又现出一张大口，口里面飞射出无数金黄丝，正挡那三点火光的去路。杨瑾定睛一看，不禁吃了一惊，忙将手一招，收了回来。这时玄儿在云凤胁下看出便宜，竟不等招呼，将手中飞箭发出。等杨瑾收回法宝，想要喝止，已是无及。一道光华过处，直射入大口之中，如石投海，杳无声息，那大口也就此隐去，只剩了新辟的那个洞穴。玄儿连用两次收法，俱未收转，急得直喊："师父，弟子的归元箭被那怪物吞去了。"

杨瑾先见宝光飞出，当是云凤所为。听小人说话，才知云凤还带有徒弟，隐身在侧。忙道："你那法宝，许已消灭。此时速离险地，商量除妖要紧，别的暂时顾他不得了。"随说，用手一招云凤，飞身而起。云凤只得相随飞身，一同脱开崖顶，直飞出谷，方行落下。途中遥闻墓穴中怪声大作，又尖又厉。落地时见杨瑾面上好似惊容乍敛，也未将妖人引出追来，好生不解。正要开口，杨瑾道："不想这些古魅如此厉害，难怪当初白阳真人收他们费事。我被困墓穴之中业已多日，多亏道友机警神速，在他妖法将举未举、危机瞬息之际出其不意,斩却妖人师徒,去了他的羽翼,破去禁法,将小妹放出。先还只说有道友仙剑,只须将他引出,便不难合力除他。可惜月前因事耽延,去迟了一步,穷奇果将轩辕圣帝至宝偷到此间。如非家师早示玄机,预有吩咐,即使当时破壁飞出,得免于难,恐怕也和令高足一样,法宝难免不受损毁呢。"

云凤问故,杨瑾道:"穴中为首尸灵,原只两个,乃上古山民之君。老的一个,名叫无华氏,原也不算恶人。只因乃子戎敦禀天地乖戾之气而生,自幼即具神力,能手搏飞龙,生裂犀象。三野之民,俱都蛮野尚力,因此父子二人俱受国人敬畏,并不以他残暴为苦。此时正当轩辕之世,蚩尤造反,驱上古猛兽玄耗作战,将不周山天柱宝峰撞折,残损了无数珍物。后来蚩尤伏诛,戎敦与蚩尤交好,曾与逆谋,也被轩辕捉去,輂地为牢,囚了他三年零五个月,经乃父服罪泣求,始行放归。戎敦生性暴烈,认为奇耻大辱,平日越想越惭恨,扶病就道,甫及国门,便自气死。乃父无华见爱子身死,忿不欲生,每日悲泣怨悔,不到一年,也就死去。新君继位,原是他的一个权臣,名唤北车,奸诡凶顽,借口感念先王德威,设下毒计。就在这白阳山,古称无华穴内,为他父子筑了一座绝大的墓穴。所用人工,达于十万有奇,使国中智勇之民,全都役于王事,无暇旁及,他好做那安稳的君主。兴工三日,先修成了墓穴,把前王所有亲近臣人,全都禁闭在内,对人民却说是他等自愿从殉。工事达十七年之久,始将全墓道建成。这时业已举国骚然,最终仍死于暴民之手。只便宜了无华氏父子,因葬处地脉绝佳,他父子又非常人,年代一久,竟然得了灵域地气,成了气候。起初他父子如向正处修为,本可成一正果。无奈乖戾之性难改,终于成了妖孽,专与好人为难。从他父子死去满二千一百年后,便逐渐出穴为害。附近修道之士,遭他伤害的,往古迄今,也不知有多少。所幸老的虽然纵子行凶,尚能略知善恶之分,只许乃子在本山五百里方圆以内残害生物,泄那千古无穷之恨,却不许他超出五百里以外,以免多行不义,自膺天罚。父子二人,还为此争斗,否则其害更是不堪。直到白阳真人来此修道,才用大法力,将他父子重行禁闭穴内。因其气运未终,仍是无奈他何。新近数十年间,他因墓门难出,只得作个万一之想,打算由墓中穿通地脉,出去求救。这其间,他父子着实也耗去了不少心力,居然被他远出数百里之外，惊动了四凶中穷奇的幽宫。两下里先是苦战多日，末后竟打成了相识。同时又收纳适才被杀的妖道师徒为爪牙。三下里同恶相济，破了白阳真人禁法，由此如虎生翼，恶焰复炽。

"小妹来时，家师曾说，这三个古尸久未出世为害，只因有着两层顾忌：一层是无华氏生前座下有一神鸠，当年曾仗着此鸠，威震百蛮，神异通变，厉害无比，因此又叫做鸠后。当无华氏未死以前数年，那神鸠忽然生了奇病，一息奄奄，终日瞑目，仿佛将毙，一直也未痊愈。无华氏死后，那权臣知此鸟除故君父子外，性暴嗜杀，无人能制，恐异日愈后为患，便将此鸟随定诸臣工一同殉葬。那鸠入了墓穴，便蹲伏内寝石穴之中，直到无华氏父子成了气候，始终不死不活。后来无华氏年久通灵，才算出它无心中吃了一株仙人堇，昏醉至今，不但未死，心中一样明白。这多年来，每日都在冥心内炼，服气勤修，年时一到，立即复原，比起从前，何止厉害十倍。只现时身子僵硬，不能鸣飞腾扑罢了。静中细一计算，那仙人堇服下一片，不论人禽，俱要昏醉僵死过去五百年之久。此鸠所服叶数，距今还有七年，便可出世。不过它潜伏石穴之内已数千年。身未复原以前，万万动它不得。无华氏本人因与白阳真人斗法苦战，毁却好些法宝，还被伤了元气，打落道行，神灵虽在，躯体若死。要在穴中借那地灵之气，二次修炼，距今算起来，也还有三五年，方能形神俱固，自在游行。二层是戎敦、穷奇各有一次天劫未满。因墓穴中地利绝佳，又有两釜数千年的灵油和那几盏神灯均具无穷妙用，为天魔所最畏忌之物。恰巧妖道金花教主钟昂父子，因往东海三仙处盗药，被妙一真人齐师叔所杀，死前借血光遁法，逃回青田山。知他那一教为恶多端，自己死后更不为正派所容，卜了一卦，算出此地可以藏身。便命乃子钟敢带了三个小妖党，投到三尸墓中。两下里本就气味相投，再加钟敢会炼生肌固魂之诀，更合妖尸人用，于是结为死党。每日各自用功修炼，准备七年之后，修炼成功，再行大举。

"家师说小妹修道日浅，寸功未立，正好乘此时机，前去除妖。行时又再三叮嘱，说小妹此行，吉凶参半，有祸有福。无华氏父子，此时虽不便离山，不至为害。穷奇伏诛数千年间，机变异常，从未受过什么灾害，不时私离墓穴，以作恶害人为乐。他知轩辕圣帝陵寝中藏有一面昊天宝鉴和一座九疑鼎，都是宇宙间的至宝奇珍，已经谋窃数次，虽未得手，并不死心。这两件宝物，藏在圣帝陵寝内穴拱壁之中，有圣帝神符封锁，外加历代谒陵的十六位前辈真仙所加重重禁法，本来无论仙凡，俱难劫取。但是近年圣帝神符已失灵效，正该宝物出世之时。恰巧那妖道手下有一怪鸟，平日以尸为粮。爪喙胜逾精钢，专能穿土入石，下透黄壤；妖道又会一套石遁妖法，能避开前后墓道所设禁法，由侧面远处攻入。两恶既合，势必再起贪欲。同谋复往劫取。此番去白阳除妖以前，可先期赶往圣陵，谒拜祷告之后，用家师灵符仙法护身，径用土遁由墓门入内，取了二宝，再往白阳，万无一失；否则功虽终于必成，恐难免旬日灾厄了。也是小妹大意，命中该遭此劫，行至中途，忽遇前世宿仇，横加阻碍，当时气盛，忘了家师叮嘱，没有暂避一时，不与计较。两下争杀起来，连与斗法三日，方行得手，还未过家师前说的日限。我以为妖尸穷奇垂涎此宝已数千年，俱未得手，短短三日工夫，不见得便被盗去。谁知到了圣陵，费了许多心力，方行入内一看，不但二宝全失，四壁略有残破痕迹。出陵见一束帖，乃旧友白谷逸所留。才知穷奇已在三日前，仗着妖法妖鸟，将宝盗走。他受东海玄真子所托，办一要事，行至那里，看出有异，运用玄机一算，才知宝物已失。穷奇盗宝之时，本还想残毁圣陵，幸得壁间埋伏发动，神弩齐发，才将它惊走。因知我随后必去，特地留柬代面，并嘱速来，他办完那桩要事，或能赶来相见。

"小妹自恃两世修为，灵根未混，又从家师学了金刚、天龙诸般坐禅之法，还有随身的许多法宝，没有熟计深思。一到此，见洞内有数点星光闪动，当是妖尸弄鬼，贸然追去，连破了他两重妖法，和道友一样，由黑雾中闯入内穴，杀了许多殉葬古尸。方觉他们无甚伎俩，谁知那些殉葬古尸早为白阳真人诛戮，并未复生，乃是受了妖法驱使，用作诱敌之计。眼看杀光，忽见榻上古尸坐起，刚发剑光上前，便被穷奇和妖道在黑暗中用颠倒五行挪移大法，将小妹困入一个石穴之内。更由妖道设坛，将本身元神虚禁起来，脱身不得。幸而见机还早，一觉出情势不佳，立时盘膝坐禅，外用飞剑护身。虽然他台上镇物不去脱身不得，但只是邪教中的借物虚禁，坐禅一日，不为所破，仍是无可奈何。所惜应变仓猝，把放出去的几件法宝和途中采得的一株仙草，俱被他们夺去。法宝当能珠还，那株仙草必为分服无疑的了。连困许多天，静中观察妖党动作，俱得深悉。但是元神受了虚禁，在石穴中虽然受困，还可运用禅功，抵御一时。如出石穴，他将镇物行法一毁，便即裂体而死。昨日正在悔恨，不该冒昧行险，没有深思，听妖道、妖尸谈论，又有几人为神灯所诱，误蹈危境。只因每次来人，他等都要守着当年白阳真人的信约，不过神木、警碑深入，不肯下手。来人看似无甚法力，却都善于隐身，又极机警，稍见不妙，即行隐去。因这一迟延，再略微大意，等到妖道命他们出追，已被逃走。归报来人语声步声颇为细碎，不似生人，以为是山中木客灵药之类，初学人形变化，算计下次必来。还吩咐妖党随时留意，务要生擒。今日正该用妖焰炼那镇物之时，便听他们在说适才来一女子，剑光甚是厉害，已被戎敦、穷奇诱入内穴。正商量用极厉害的妖法困陷来人，道友已乘其不意，飞将出来。按说妖尸有数千年修炼，固不好惹；便是妖道师徒，均非弱者。也是妖道命该遭劫，道友出来时，他正在行法紧要的当儿，道友又是二宝齐施，使得他们措手不及，只戎敦遁走，妖道师徒竟难幸免。妖道一死，妖法无人主持，小妹在穴中神光大旺。恰巧道友将他法鼎镇物一齐毁去。元神无制，立即脱身出来。此时危险万分，动作稍失神速，道友必也失陷在内，事便难说了。"

说时，健、玄两小为洞中巨声所震，一见师父剑光，慌不迭地飞跑赶至。云凤命各将隐身之法撤去，现身出来。给咪咪口里塞了一粒五姑赐的灵丹，渐渐苏醒。正命四小上前拜见。听罢前言，忽想起五姑曾说，曾祖姑凌雪鸿现已转劫，托身在姑苏七里山塘一个姓杨的家中。此女恰好姓杨，看年纪不过双十，却说曾祖姑父追云叟是他旧友，明明是她老人家无疑，不禁脱口说道："道友既与追云叟有旧，名分已高出云凤数辈。适闻姓杨，生在姑苏，你老人家前生莫非姓凌，名讳是上雪下鸿，五十年前在开元寺兵解坐化的么？"杨瑾惊道："我原姓凌，如今小字凌生，便为的是这一层因果。你是怎生知道？"云凤慌忙下拜，口称曾祖姑，说了前事。

杨瑾闻言大喜，忙拉起道："道家不比俗家，重在入门班列，所以你又可算我前生嫂氏崔五姑的门下。你对白道友用那尊称尚可，我已转劫易姓，如此称呼，实有未便。彼此门户不同，你以晚辈自居足矣。"云凤自然不肯，经杨瑾再三解说，方允僭称师叔。

杨瑾虽然前因未昧，道法高强，转世年纪毕竟还轻。见了四小甚是心爱，与云凤更为莫逆，互称奇遇不置。末后又谈除妖之事，杨瑾说，三尸本有两柄金戈,再加上轩辕二宝,着实厉害非常。云凤适斩妖道,一举成功,由于对方轻敌太过,诸般都是凑巧,论道力绝非对手。自己连受多日之困,元气未复,须按师父坐禅妙法,稍自休养,再与云凤同往,有备于先,纵然不胜,也不至于二次失陷等语。云凤自然遵命。

第一七九回

灵根不昧　再世修真
狭路逢仇　初番涉险

当下云凤、杨瑾便带了四小，往白阳崖洞中飞回。进洞落座，云凤重又率领四小，上前拜见，献上清泉山果。因杨瑾变计，要修养真灵，复原之后，再去除妖。坐禅须在夜间子时以前起始，天甫黄昏，还有余暇，互相谈起前事。才知凌雪鸿自在开元寺兵解坐化后，她生前杀孽太重，内功也稍欠精纯，成不得地仙。幸亏神尼优昙护持她的真灵，到处寻找躯壳。因是功候未成，便遭兵解，不比寻常元婴，神游失体，只要一具好躯壳，便可入窍。又因受了她前生恩师芬陀大师的重托，欲令重转一生，由幼年入道，以求深造，更要避免轮回，免昧夙因，必须在游行之际，遇到那刚刚断气夭亡女婴，附体重生。这女婴又须生来灵秀清健，不是浊物，方配得上。可是这等灵秀清健的女婴，又不会夭亡，遇合极难。一连带她寻了好些天，最后仗着神尼优昙的玄机妙算，才在姑苏阊门外七里山塘，找到她的躯壳。那家姓杨，名阿福，是个极本分的人。妻子潘氏。以种花钓鱼为业，又种得几亩田。吴中富庶，本可将就度日，无奈膝前子女众多。潘氏自十七岁出嫁，差不多每年有孕，而且每生必育，中间有几回还是双胎。虽然夫妻二人年甫四十，已生了二十多个子女，一个独身力业的人，却如何养育得起？一年到头，都是为了儿女忙累。后来人口日多，休说抚养艰难，便连住的地方都没有。偏生末七八胎，全是女孩。大一点的男孩子，还可送出去佣工学生意，减些食粮。这些孩子，年纪都小，个个生相丑陋。加以乃父经年辛劳，乃母除料理家务外，一年有半年拖着大肚子生病，没有精神管教，无一个不是淘气到了极点，常招四邻厌烦。连想送给人当童媳、丫头，都没人要。便大了来，也未必嫁得出去。简直是许多活累。每日正为此愁烦,偏生末一胎生杨瑾时,不但又是个女的,相貌更比前几个还丑得多。这年又赶上了两场冰雹,生活愈难自给。潘氏一见又是一个丑女,当时一气,只哭喊一声:"我弗要格种小鬼丫头害人精呀!"便已急晕过去。阿福见妻晕死,慌了手脚。自己委实也是恨极,一面救转潘氏,一面打算将婴儿抛在门前吴江里淹死,又下不了手。想了想,无计可施,便拿些破棉花与破布,连头一包,放在房后老远的大井旁边。原意婴儿初生,不是生得多的父母,难辨出她的美丑,想盼不知就里的过路人来拾去喂养,既减负担,又省得欠下一条命债。却不想那日正是三九下雪天气,朔风凛冽,寒冷非常,初生婴儿置于暖房,尚且不温,何况风雪地里,旧棉破布怎能支持得住?阿福心悬产妇,一切均未顾及,放在井旁,回身就走。走没片刻,婴儿便已冻死过去。

这时恰好神尼优昙带了凌雪鸿的灵光,不先不后赶到。解开包一看,见那婴儿生得天庭饱满,长眉插鬓,秀发如漆,五官甚是清奇,一张赤红脸,已冻成青白色。知道新死俄顷,是个绝好的胎壳。暗道了一声:"罪过!"把雪鸿的灵光合了上去,又与她塞了一粒灵丹在口内。婴儿立即醒转,拿眼望着神尼优昙,呀呀欲语。神尼优昙忙止住她道:"凌道友,你虽脱劫借体重生,但是婴儿太小,五官肢体俱未发育完全,最好还是暂且缄默,拼受一些尘世上烦恼,以应轮回之苦,而消灾孽。我现时暂将你道力用法禁闭,使你施展不得。一则免你惊世骇俗,诸多不便;二则好使你重新修为,返驳归纯,建立道基。只不蔽你真灵,以免有昧夙因,自忘本来而已。令师芬陀大师本该早成,为了道友,特地延迟飞升。所有道友原来的法宝飞剑,少时即行送往保存,等道友一过七岁,令师必然亲来度化。此刻先送你往寄生父母之家留养。我因大劫已兴,教业修行,苦无多暇,盖以俗尘扰攘,孽累众多,今日一别,至早也须五十年后,道友二次修成出世行道之日,始能相见了。凡百珍重,勿忘此言。"当下行法,用手一按婴儿命门。婴儿说不出话来,两眼含泪,将头微点,意似感谢。神尼优昙又道:"道友心事,我俱明白,归时自会一一代办,无庸叮嘱。趁此风雪大作,无人之际,我送你回家吧。"

说罢,将婴儿抱藏怀内,径往杨家叩门。阿福正在家给妻子煎药,开门一看,见是一个半老尼姑,便愀然道:"老师太,你来得不凑巧,房里今日刚巧临盆，钱米俱缺，只剩一点稀饭米，要把产妇吃格，你到别人家化去吧。"神尼优昙见他身上褴褛，身后大大小小跟着好几个男女孩子，都生得相貌奇丑，面有菜色，浑身湿污，衣不蔽体，皮肉俱冻成了紫色，看光景家境甚是贫穷。笑答道："贫尼此来，并非为向施主募化财米。只因适才路过尊府左近，看见井旁有一弃去的婴儿，哭得甚是可怜。出家人怎能见死不救？偏又有事远行，无处托付。我看施主家况也不甚佳，不欲相累。这里有三百两银子，交与施主，作为此女养育之资，彼此两便，想是不会推辞的吧？"说罢，从怀中将婴儿取出，连同银子，递将过去。

阿福一见那婴包，认得是自己弃去的女儿，父女天性，不由触动伤心，流下泪来。忙将包接到手内，含泪说道："老师太，弗瞒你说，格个小囡本来是我格。因为人忒穷，小囡忒多，实在养弗起，无法子，拿俚揿忒，险险教冻杀，幸亏老师太搭伊救活。现在想起，交关难过，后悔还来弗及，应当谢谢你，再拿你这样多银子，阿要罪过？小囡我原留下来养起仔，老师太银子铜钿来得弗容易，我是万万不敢领格。"神尼优昙见他人颇本分，语出至诚，词意极坚，那般贫寒，并不为财所动，瞒心昧己。便笑答道："此女相貌极好，异日必有大福，休要轻看了她。虽说珠还合浦，原是亲生，但是檀越业已弃去，被贫尼拾来，无殊为我所有。既然托养，哪有不受酬谢之理？再者，檀越家况贫寒，不留点银子在此，日后贫尼怎能放心贤夫妇待她如何，我看檀越为人忠厚善良，弃女为境所逼，非出本心，定是上天假手贫尼，使贤夫妇得此三百两银子，置些田产，以为度用教养子女之资，否则怎会如此巧合？只管收下，毋庸谦谢。这里还有丸药一粒，可使产妇康强。贫尼也绝不会再来相扰，结此一种善缘吧。"说罢，将丸药、银子放在破桌之上，回身开门而去。阿福放下女婴，持银出门追赶，已然不知去向。只得回去，和潘氏说，因平口原本信佛，俱当是菩萨济事，好生欢喜，全家俱望空叩头不止。那药与潘氏服下，半日后，便即康健下床，宿病悉祛。阿福忙命群儿分头拿银子前去买办香烛柴米等类回来，又去神佛前叩谢祷告一番。因婴儿曾弃井旁，取名"井囡"。因她幼蒙佛佑，生有自来，才满周岁，便能咿呀学语，举物知名，颖悟绝伦，自然全家大小钟爱逾恒。

阿福饱经忧患，备历艰难，钱一个也不舍妄用，却极爱背了人，行些善举。偏生时来运转,那三百银子自化成田产后,除历年丰收外,第三年上,他又积了些钱,与人搭本为商。说也奇怪,无论是什么买卖,只要有他股本在内,竟是无往不利。渐渐富甲一乡,成了当地人望。男孩子们耕读商贾,各自前进。便是那么丑女儿,人家也不再嫌弃,竟来订婚攀附。井囡更不用说,才满三岁,求婚的人便踵接于门。阿福夫妻虽是老实乡农,却也有些算计,心想后半生衣食,全由这个女儿身上得来,怎可随便许人。再加井囡聪明已极,两三岁便知孝顺。别的都乖巧听话,独一听有人提起亲事,便放声大哭,整天价不进饮食。阿福夫妻屡试屡验,自然心疼,只是不知是甚缘故。除向来人婉言谢绝外,再也不敢使她知道这类事儿。后来逼得无法,当众声明,有神佛托梦,井囡婚姻,须待她年长缘至,父母别人均不得相强;否则,男女两家,俱有奇祸。井囡神异之迹,早已传遍,这一来果然减了不少麻烦。

　　光阴易过,一晃井囡已有七岁。不但出落得丰神挺秀,美丽若仙,而且文武皆通,举止动作直似大家风范,宛若宿会。阿福夫妻自然越发钟爱。家运也一年比一年兴旺。全家正喜气洋洋,过着好日子。这一天,井囡忽然病倒,和小时闻说订婚一样,终日不进饮食。阿福夫妻不吝重酬,把苏、常一带的名医全都请遍。药吃下去,立时呕吐出来,仍是昏卧不醒,一点也不见效。全家都急得如热锅上的蚂蚁一般,求医的求医,拜佛的拜佛,凄凄惶惶,走投无路。不觉过了三日,正在无计可施,这日早起,全家大小愁聚病女床前,忽听门外木鱼佛号之声,直达内寝。这时杨家已成大富,人口又多,由大门到内室,有七八进深,井囡所居,还隔着一片花圃菜畦,外面多大声音,平日从听不到,这木鱼佛号之声,怎能入耳?方在低声命人出看,井囡如疯了一般,倏地从床上跃起,口喊"恩师",往外便跑。神力如虎,兄弟姊妹们一齐上前,都拦不住,纷纷跌倒,乱成一片。后来阿福夫妻见势不佳,齐向房门口跪倒,挡住去路。井囡一见父母下跪,不能过去,才止了步,跪下来放声大哭,口中直说:"我好容易等了七年,才将恩师等来,你们偏不放我出去。少时恩师如若走了,我便是个死人。"全家正忙乱间,阿福第六女儿名叫阿珍,人极聪明,只是丑得出奇,自知貌陋,也和井囡一样,誓死不肯出嫁,每日吃斋念佛。姊妹中,她与井囡尤为相得,从井囡病起,真恨不能以身相代。一闻此言,猛地心中一动。见众人围挤井囡,七张八嘴,悲哭劝慰,插不下嘴,忙向身侧长兄说了句:"事在紧急,我们还不给小妹妹请老师父去?"随说拉了便跑。等阿福喝住众儿女,问明井囡是要门外敲木鱼宣佛号的恩师时,阿珍和他长子已将那敲木鱼人请进。一看来人,也是一个中年尼姑,生得身相清癯,面如白玉,眼皮半开半闭,时闪精光。右手一个小木鱼,左手一副念珠,布衲芒鞋,甚是整洁。

阿福全家素敬僧尼,见这尼姑风采动作与众不同,料是异人。方要为礼,井囡已从众人胁下挤出,抢上前抱住那尼双腿,跪下悲哭道:"弟子还当优昙大师有意相欺,忿而欲死。不想恩师今日才到,真想煞弟子了。"尼姑喝道:"怎的当众妄言?我来自有处置,还不起去。"阿福见尼姑喝问,还恐惊吓了爱女,又不好出口拦阻,正在为难。谁知井囡竟听话非常,叩了一个头,忙即起立,喜容满面,恭身侍侧。尼姑朝众人看了一看,说道:"适才小姑娘病状,已听说起,外人不知病源,怎能医得?这里虽无外人,人多终是不便,大家请先出去,只留贤夫妇在此足矣。"阿福夫妻闻言,忙将众儿女喊出房去。又要向尼姑行礼,尼姑拦道:"贤夫妇无须多礼。贫尼芬陀,少时尚须往普陀一行,不能久住,休要耽延时刻。令爱原是借体回生,我只将她与贤夫妻这场因果说出,便明白了。"

阿福夫妻依言起立,请芬陀大师落座,敬问究竟。芬陀大师先将井囡前生姓名以及借体回生之事说了一遍。末后又道:"她前生原是贫尼弟子,只因她所学尽是禅门斩魔诛邪的上乘功夫,加以前生俗缘未尽,未成道便嫁了人。虽然当时原奉有贫尼之命,为了宿因,特令带发修行,所嫁又是方今有名的剑仙。到底还是贫尼看出她道心不坚,道基未固,知须再转一劫,方有此举。后来在开元寺为异派妖邪所伤,兵解坐化。贫尼正在南海讲经,她又应有此劫,不便分身往救。丁乙扎了她大妻好友神尼优昙,带了她的真灵,来此借体回生,收去她原有的道法宝剑,使其从头做起,重立道基。优昙道友原代我与她订下七年之约。她虽居俗家,但是灵元未昧,前生因果,全都了了,每日盼我前来接引,好容易才满了这七年期限。偏巧我又因降魔羁身,来迟数日。她见贫尼逾期未至,以为优昙道友打了诳语,心中忧急,并非什么真病。贫尼一开导她,便无事了。"

说罢,转向井囡说道:"所有这些前因后果,你已知悉。我不久便须解脱，只为了你，才迟去一甲子。你原是我衣钵传人，今日本应将你带了同行。惜乎你前生杀孽未清，外功未足，还有许多尘事未了；况且你虽借体回生，身乃父母所赐，加以平日抚育之恩与那等钟爱，寸恩未报，就这样脱身一走，未免太伤亲心，有违世法。由今算起，你在此尚须十年羁留。我少时便传你禅功道法，并酌还你前身所用几件防身法宝。从此应潜心用功，时机到来，略报亲恩。十年期满，再行回转仙山，勤苦修炼三十二年。除每年一次，回转俗家省亲外，不奉师命，不得与及外事。一俟道法精进，再行下山积修外功。等赴过峨眉群仙开府盛宴，回山受了衣钵，亲送为师去后，再有一甲子工夫，便可成道飞升。"井囡本来跪倒领命，闻言也不敢回答，只不禁凄然泪下。芬陀大师怫然不悦道："你能望到将来地步，已是旷世仙缘，难道还有甚不足之处么？"井囡忍泪禀道："弟子怎敢如此悖谬？只是弟子托生此间，怀想恩师度日如岁，好容易得盼降临，不想少时又要分手。亲恩未报，不便追随，想起师门天地厚恩，此别竟要十年之久，一时伤心难忍，并非他意，还望恩师鉴宥。"芬陀大师微哂道："你怎地转了一劫，还是这等痴法？你的心意，我岂不知，但是世缘种种，命数注定，摆脱不得。在此十年以内，我每年必来查看进境如何，何须如此悲苦呢？"

井囡便对父母说："原说七年期满，恩师便来接引。女儿先意，恩师一到，即可同行，否则绝食而死，自去寻找。适承师命，尚须在父母膝前承欢十载。那时女儿已十六岁了，爹妈譬如将女儿嫁在远方，或是优昙大师未曾送回，也就罢了。现在还有十年光阴，可以常承欢笑；便是他年回山之后，每年也须归省一次。此乃命数中注定，尚望多放宽心，以免女儿更增罪戾。"说罢，痛哭起来。阿福夫妻见状，越发心疼，双双抱住井囡，悲哭不止。芬陀大师道："贫尼有事普陀，未便久羁。常言道：'一子得道，九祖升天。'况且十年之期，岁月悠长，以后又不是不能相见，贤夫妇何必如此悲哭？请暂退出房，容贫尼传了令女禅功道法，便即去也。"井囡更在怀中低声泣诉："如误我事，恩师一去，我便死也。"当时阿福夫妻也不知如何才好，早料井囡不是常人，今日这位老师太定又是神佛点化，不敢违抗，只得含悲忍泪，行礼走出。芬陀大师又叮嘱："今日之事，不许在人前走漏，使令爱在此存身不得。"然后闭门传道。

一家人在房外，先听井囡转悲为喜，低声询问了几句，入后便不闻声息。从门缝中偷看,只见金光闪了几闪,益信那尼是个神佛降凡,又欢喜,又担心。延了顿饭光景,井囡开门出来,进房一看,哪有芬陀大师踪迹,一问才知已驾遁光飞走。行时吩咐井囡,改名杨瑾,不许泄漏机密。全家惊叹,望空拜祷了一阵。好在阿福居家勤俭,身虽富有,仍守乡农本分;儿女众多,俱已成长;家中未用一个闲人,长短工俱在地里,并无外人在侧。只须叮嘱好了众儿女,均知说出于杨瑾有害,不敢传扬出去。

这些奇迹,俱看在阿珍眼里,向道之心越发坚诚。先是低首下心,再三恳求杨瑾传她道法。又禀明父母,借伴为名,终日厮守不离。挨到杨瑾遣她不去,没奈何,只得自己用功时,她也学着闭目打坐。无师之学,也不问其对否,只是一味坚苦自持。后来杨瑾见她向道心坚,一晃半年,总是随定自己起坐,毫不退缩,不由动了怜惜,才向她说明,只教她一个,每晚无人之时传授,不可向别的兄弟姊妹提起。阿珍自是喜出望外。

阿福夫妻原因杨瑾孤身独住后园,每日养静,除晨昏定省外,不愿人进她房,难得阿珍能耐心烦,与她做伴,两姊妹又极相得,自然心喜。不但不去过问,反嘱儿女:"小妹妹是神仙下凡,我家全靠伊一个人兴旺起来。现在只要阿珍陪俚,除开日常见面,大家弗要进去,搭俚多盘多话。"众儿女本来敬她如神,自是遵命不迭。这一来,杨瑾更少了俗扰,得以安心学道,又禀凤慧灵根,进境极为神速。

第二年,芬陀大师果背人降临,甚是嘉慰。杨瑾又跪代阿珍苦求,收归门下。芬陀大师道:"此女原非凡骨,去年我来时,早已看出。不过她的杀孽,较你前生尤重。我衣钵传人,只你一个,已受了如许牵累,一误岂容再误?念其道心坚诚,可暂时由你传她诸般防身道法,以为异日地步。机缘一到,自有她的遇合,不可勉强。"杨瑾便从里房唤出阿珍,上前拜谢。芬陀大师勉励了几句,便即飞去。由此,芬陀大师每年或早或晚,必来一次,传授杨瑾道法。

杨瑾到了十二岁上,身材已亭亭玉立。再过一年,便奉了芬陀大师之命,在苏淞常锡一带暗中行道。有时也带了阿珍同去,用乃师所赐的灵药济众。仗着家资富有,父兄都是好善的人,予取予携,任凭她随便施舍。由十三到十七岁这数年之间,善行义举,也不知做了多少。

杨瑾因前生道力已被封禁,所炼法宝飞剑,师父没有全数发还,最终只给了飞剑和两件防身法宝。为求道基坚厚，所学已由博近约，按芬陀大师正宗心法，从头做起。当所学尚未深造时，如遇上真正厉害的异派敌人，尚非其敌。加以前生殷鉴，日里深611枯坐，每出总是易服夜行，举动非常慎秘。所以近十年的时间，起初苏淞常锡一带只是知有一个天外飞来的黑衣仙女，专一与人排难解纷，锄强扶弱罢了。因她行踪飘倏，来无影去无踪，事完即去，从不肯留下名姓，有那好事的，便给她起了个外号，叫做玄裳仙子。日子一久，远近哄传，本地平民，公道人家，都把她当做仙佛供起。那些强暴绅豪，土棍恶霸，虽因不时受了惩治，稍稍敛迹，可是个个谈虎色变，恨她入骨。也曾多次秘请能人，与她对抗，无奈均不是她对手。人不请还可，人才请到，她必飞来。虽不轻易杀人，大都使来人断臂折骨而去。有的还不甘心，径去官府控告，诬赖是仇家所遣。状子上去，不等传签出衙，官府同时也受了她的飞帖警告，除不许牵累无辜外，并把告状人诸般恶行缕指出来，转要官府按律惩办。官府害怕，对那财势小的原告，少不得还要办几个来应付她，以求自免；财势大的，无法办理，只得背人祷告，说出自己苦衷，请求鉴谅。一面暗把她的飞帖与原告看，说此女几同飞仙，不特非人力所及，便是你也还要向她悔过祷求，才能免祸呢。原告人一听无法，不敢再控，只得忍气吞声，依言办理。好在杨瑾这次重生，宽大为怀，除极恶穷凶、罪在不赦的人外，只要认错改悔，勉为善人，倒也不究前非。渐渐恶人也把她当做仙女降罚，不敢胡作非为。三两年一过，德威所被，那一带的恶人，几渐绝迹。剩下的只是施财施药行善，事更好办多了。间也难免有求亲的，因阿福夫妻说乃女生具善根，早已吃斋念佛，闭门自修；自己因全家席丰履厚，全由她得来，这几年又救了父母重病，全家灾厄，不忍违逆其志，只等长大，便放她出家了。去的人先还以为她的年纪尚轻，父母择配太严，意欲有待。及听阿福言语坚决，有时说急了，竟当众起誓；并且好些大富大贵人家来求，也都一样碰了回去；她本人更连至亲戚友，都极难见到一面。知道无望，代她可惜几声，也就罢了。直到十年期满，谁也不知那许多惊人奇事，是杨家幼女所为。

杨瑾知为期将届，悄悄请进父母兄姊，说明要与阿珍随师同行，用婉言一再安慰。阿福夫妻虽然不舍，知已无法挽回，为了多聚些时，全家每日都在一处。杨瑾因长行在即，也不再出门，镇日陪侍着父母兄姊，以待时至即行。这日芬陀大师驾到。阿福夫妻因年轻时劳苦过甚，留下疾病，有一次全家又染了瘟疫，全仗杨瑾预先向师父求得灵丹，不但全家消灾免难，还救了些生灵。芬陀大师每来，俱未得请见，况又要将二女携走，也须辞谢，预告杨瑾求见，蒙允全家相会辞别。阿福率领全家人等，行礼之后，芬陀大师因他全家好善，始终力行不懈，甚为嘉许，说照此下去，家道隆昌，方兴未艾。阿福全家重又谢了。芬陀大师命杨瑾跪辞父母家人，并代定下翌年归省之约，径自作别。一举手间，满室金光闪耀，再看她师徒三人，已不知去向。全家都恋恋不舍，望空拜倒。不提。

且说芬陀大师带了杨瑾、阿珍，飞往当年凌雪鸿学道的川边倚天崖龙象庵，传授杨瑾禅门心法，杨瑾劫后回生，具大智慧，只三年工夫，便将道基立定，然后再从大师重练剑术及伏魔之法。其在庵中练了三十三年，除每年一次归省外，从不轻与外事。这时阿福夫妻年近期颐，子孙同堂，已逾五代。仗着杨瑾每次归来，总给父母兄姊们一些灵丹，不特两老夫妻身子康强，全家俱都清健，绝少疾病伤亡。加以家资巨富，子孙读书入仕的也很多，真是享尽人间大福。只六女阿珍，自随杨瑾上山，仅回家两次，第三次便未同来。问起杨瑾，说是在归省前两月，阿珍因向恩师苦求传授，恩师说她另有机缘，不是本门中人，只能在庵中暂居，随学一点剑术，以为防身之用，时至自有遇合。后经自己代她苦求，恩师才赐了一口天龙剑。过没几日，这日恩师出外云游，自己也正在用功，她往隔山雨花崖采黄精，一去不归，当时遍寻不见。恰值恩师回庵说起，才知她已被一个魔教中的长老收为门下，要有三十多年分别，才得投入峨眉门下相见。两老知魔教是旁门异端，如今全家享福，只她一人受苦，多年来连家都未回过，闲常提起，甚是怜念。

末一年春天，全家老小聚在一齐，正算计杨瑾归省之期，忽然一阵怪风，眼前一暗，堂前飞落一个面容奇丑的女子。定睛一见，正是阿珍，穿着一身非道非尼的白衣怪装，背插幡、剑，腰系花篮，见了父母，纳头便拜。两老见是多年不见的女儿，自然欢喜，连忙扶起，命全家小辈曾孙上前拜见。问她三十年别后情形，阿珍只是含糊其词，不肯明说。两老还以为她有甚玄机不可泄漏。便把杨瑾每年归省，全家仗她福庇，丁多财富，子孝孙贤，疾病不生，死亡甚少等情说了。并说这一两天，该是她归省之期。去时老仙师原说三十三年期满道成,便可自由下山。这次回来,或许能留她多住些日。你来得真巧不过。说时,阿珍先是朝着满堂小辈曾孙中不住巡视,后一听到杨瑾将回,倏地面容骤变,站起身来,似要往众小孩面前走去。两老当她喜爱那些小孩,刚想唤过,未及开口,阿珍忽又停步,意似踌躇。就在这略一徘徊之际,猛听空中一声娇叱,一道金光如长虹飞射,直落庭前。同时又是一阵怪风卷起一团黑影,"哧"的一声,往地下钻去。全家都知那金光是杨瑾归省,好生心喜。两老俱忙着对她说:"你六姊今日回家来了。"再找阿珍,庭前好些小儿俱说六祖姑已化成黑烟,钻入地底,哪里还有踪迹。

两老方在惊惜,杨瑾忿然道:"爹妈莫想她吧,六姊自在鸠盘婆门下,因她面容丑怪,与她师父相似,大得宠爱。此次来家,对爹妈还没什么,对这些曾孙女儿,却是心存叵测。女儿来时,恩师曾说她三十年来,因在恩师门下受了三年感化,善根未泯,从未自己为恶。此次回家为害,必是受了别人主使,遇上时,只将摄走生魂夺下,不可伤她。她无成而去,也必不会再来,不久还要改邪归正,姊妹重逢。现在全家人等,并无一个失魂,想是临时天良发动,下手慢了一步,恰被女儿回来惊走,也说不定。她正在迷途,还未知返,想她则甚?"全家人等方知阿珍来意,将不利于孺子,俱都嗟叹不置。两老终是亲生,一听阿珍入了旁门,恐早晚受了天诛,再三要杨瑾设法相渡。杨瑾道:"六姊原是自家骨肉,幼年时又和女儿那般亲爱,哪有不想救她之理?这些年来,已向恩师苦求多次。恩师说她求道之心本坚,只缘两生孽重,须有这三十余年混沌,借鸠盘婆旁门之力,躲过好些灾劫,才能弃暗入明,改邪归正,此时着急,也是枉然。"

说罢,又请二老屏退全家人等,说:"爹娘寿限早满,仗着多年力行善事,又得恩师时赐灵丹,才得全家俱享康宁富寿,女儿今年学道期满,恰值二老大限将至,为期不过两月,特地请准恩师,展缓行道之期,回家终养。此去必定投生富贵人家,请勿悲戚。"阿福夫妻因受女儿熏陶,本来达观,今生享受,老来寿考,已觉意外,闻言并不难过。反以每次爱女归省,为期至多两日,这次竟有两月之聚为喜。好在身后一切,早经备办,当时也没和儿女孙曾辈说起。只将出嫁的女儿孙曾接回,欢聚到了最终的一天,忽然召集全家人等,嘱咐家事,又分了一半家财专充善举。家人正不知何意，忽见杨瑾跪上前去，慌忙近前一看，二老已无疾而终。全家举哀，饰终之礼，自不消说。

首七方过，杨瑾便自飞去。回山见了芬陀大师，呈说完了家中之事。然后请训，拜别下山行道。芬陀大师除前授飞剑等防身御魔之宝外，又将她前生所用迦叶金光镜、般若刀、法华金刚轮、真如剪等本门炼魔四宝，一齐发还给她。杨瑾两世修为，炼成诸般妙用，又学会了金刚、天龙等坐禅之法。下山之后，许多异派旁门中的能手都败在她手里，真个所向无敌。她隐秘多年，忽然出世，起初在二吴淞锡一带行道，只有数县地面，又是繁华富庶之区，所除尽是土豪恶霸，异派中人绝少遇见，名声并未传远，道成以后，却是哪里都去，而且永远单人出动，形迹异常隐晦，赴机又极迅速，恍如神龙见首，不易追寻。对方俱知各正派中，并无这么一个女剑仙。看飞剑家数，颇与当年追云叟白谷逸的亡妻凌雪鸿相似，但是她师父神尼芬陀曾有誓言，除凌雪鸿外，绝不再收徒弟。自凌雪鸿在开元寺兵解坐化，息影多年，除有时至普陀讲经外，从不听她与闻外事，绝无再收门人的事。怎么查也查不出她的来路。不消两年，哄传远近，各异派旁门，恨之入骨。只是她道法精奇，遇上时不死必伤，莫可如何。最后杨瑾在江西含鄱口，为救一个怀孕的孝妇，遇见黄山五云步万妙仙姑许飞娘请往成都慈云寺赴会、与峨眉派众仙侠斗剑的两个五台派妖人，一名火翼金刚胡式，一名芙蓉行者孙福。被她先用法华金刚轮将胡式罩住，伤了性命；孙福算是见机得快，还中了她一须弥针，才得侥幸逃走。那法华金刚轮，乃芬陀大师当年镇山降魔之宝。杨瑾带了凌云凤，从古妖尸墓穴中破壁飞出，便仗此宝。施展起来，如银雨旋空，飙轮电转，称得起是无坚不摧，无攻不克，人被罩上，焉有命在。许飞娘原因孙、胡二妖人俱会迷魂邪术，才特地约往慈云寺助战。后见二人未去，还当他们失信。事后赶往诸问，到了二人所居的福建武夷绝顶朝阳崖仙榕观中，见孙福正在忍苦养伤，胡式已被宝轮绞成肉泥，尸骨无存。一问敌人，又是那不知姓名来历的少女所为。许飞娘闻言大怒，将孙福伤势医治痊愈之后，便同了他前去寻找杨瑾报仇，就便试一试自己背着餐霞大师与妙一夫人暗中炼的几件异宝功效如何。

二人刚刚飞近仙霞岭，便见下面幽篁中有一道金光穿过，孙福说与那女子剑光相似。二人按落遁光,穿林进去一看,果见一个少女,向一个怀抱幼子的樵夫赠金问话。孙福刚说得一声:"正是此女。"许飞娘知她法宝厉害,便先下手为强。一声喝骂,一道剑光,连同所炼一件异宝,名为五遁神桩,一齐施展出去。那樵夫名叫王荣,原因遭了恶人陷害,携了幼子菊儿,跳崖自尽。被杨瑾路过看见,下来解救,赠了银两,正在询问就里。忽听一声断喝,一回头,剑光已是飞到。仓猝之间,恐误伤那樵夫父子,一面飞剑迎敌,接着纵过一旁。刚大骂:"无耻妖僧,日前幸得漏网,今日还敢勾引贱婢,同来送死!"就在这微一迟延疏忽之间,许飞娘的五遁神桩已分五面遥遥落下,将她围住。杨瑾前生原见过许飞娘,知她剑光厉害,迥非前遇诸妖人之比。正打算施展法宝取胜,忽见对面飞下一青一白两缕长烟,箭射般才行落地,立即暴涨,看神气,似要往身前围拢。忙一回顾,身后也矗立着一黑一红两根烟柱。就这一晃眼的工夫,已涨有千万倍,大如山岳,直冲霄汉。方自惊心,又觉头上一沉,似有重力压到,抬头一看,天已变成一片黄色,烟雾沉沉,离头仅有数尺。这时飞剑还在外面,被敌人剑光逼住,收回护身已是无及。忙把法华金刚轮往上一抛,幸是禅门至宝,神妙无穷,杨瑾应变又极迅速。宝轮才一脱手,立时化成万道银光,飙轮电转,将头上万丈黄烟冲起数十丈高下,托在空中。杨瑾略缓了缓气,见上下四方俱是五色烟云,骇浪惊涛,突突飞涌。法华轮虽将头顶那一片黄云托住,无奈身陷烟围,银光稍一升高,四外五色烟云便即斜飞俱至。不敢怠慢,一面止住宝轮,盖定头上;一面又将飞剑收回,以免被敌人乘隙收去。这时头上黄云已变成了一片红光,烈焰飞扬,声势愈发惊人。四外烟云也变成一片五色光海,千奇百态,幻化无常。情知敌人见自己法华金刚轮银芒电转,当是金精炼成之宝,欲以真火克炼,虽然梦想,但是这运用五行生克的妖法,曾听师父说过,其中颇多妙用。除迦叶金光镜与法华轮,因是禅门至宝,不虞损毁,别的法宝却不敢轻易使用。单凭此宝,冲出氛层逃走,非不可能,只是防得了前防不了后,仍是危险。想了想,还是暂时不走,另打稳妥主意的好。料敌人见所图未遂,必然颠倒五行,将自己存身那一片土地化成火海。仗着禅功玄妙,既不求胜与速去,足能自保。主意一打定,便不等敌人发动,忙将迦叶金光镜取出,顶在头上,放出百丈金霞,挡住上面烈火红云。再招回法华轮,翻转朝下。然后腾身上去，外用飞剑，护住全身，施展金刚禅法，盘膝其上，打起坐来。

飞娘先见杨瑾飞剑路数极为少见，颇似禅门真传，以前只有凌雪鸿所用飞剑与之相似，听说是神尼芬陀传授，却没她这等神妙。自己剑术苦练多年，在各异派当中可称数一数二，稍差一点的剑光，遇上一绞便折，竟占不得她半点便宜，自然有些惊奇。及见五遁神桩发出妙用，敌人更是一丝不惧，反将飞剑收转，头上金霞万道，又有金光飞转，中有剑光围绕，三件不经见的法宝飞剑，幻化成一幛，异彩奇辉。敌人藏身里面，宛如西方真佛，放大光明，现诸妙相，简直无法奈何，不禁惊得呆了。暗忖："此女不向人前吐露姓名，也未闻与峨眉老少两辈中人来往交好，到底是哪里来的？用出来的法宝，却是这等厉害。"猜量不透。许飞娘方自骇异，忽听遥天云里，有了破空之声。抬头一看，一道青红黄三色相间的光华，如彩虹经天，由正南方飞来，认出那是异派中的老前辈摩诃尊者司空湛。这人性情古怪，道法高强，经过许多天灾魔劫，俱未伤他分毫，一向独往独来，感情用事，看表面行径，颇与正派中散仙神驼乙休相仿。飞娘因他平日很看得重自己，上次成都斗剑，曾亲往他隐居的云梦山神光洞去，求他到场相助。谁知竟遭拒绝，反说道："如今峨眉势盛，最好闭门潜修，少管闲事，否则祸到临头，悔已无及。此番凡到慈云寺去的人，大半凶多吉少，必难幸免。我也并非畏怯，只是人不犯我，我不犯人。你看当初与我同辈的道友，连你师父等人，有几个未遭劫数？只我一人不畏灾劫，安然至今，没吃过别人亏，固然由于平日修炼功深，道法高强，一半也由于能审断机先，详参未来。你近数十年来道行猛进，照此修为下去，异日成就，不难到我的地步。何苦无事找事，蹚这浑水？"许飞娘求助未成，反吃他数说一顿。心想："我为报师仇，才在黄山忍辱苦练至今。此时罢手，岂不有违初意？你平日睚眦之怨必报，却教别人犯而不较，连师父人仇都不去报。"心中好生不服。但是知他厉害，翻脸无情，尤其精于道家采补之术。恐话不投机，将他惹恼，万一不敌，被他擒住，盗了真阴，那时欲死不得，更大不值。哪敢现于辞色，装作诚敬，略敷衍了几句，便即退出。后来慈云寺各异派惨败，果应其言。

许飞娘无心中遇到司空湛一个心爱的女徒弟忉利仙子赛阿环方玉柔，谈起前事，才知他见峨眉门下有好些资禀深厚的少女，并非无动于衷。只为事前在罗浮山麓遇见两个峨眉后辈,在那里谈起乃师接到东海三仙飞剑传书之事,被他暗中偷听去,知道苦行头陀和峨眉诸长老,届时都要前往,事已闹大,玉清观中有道之士甚多,权衡轻重,诚恐求荣反辱,所以没有前往,却不肯对人说出真相,以示胆怯。飞娘既知底细,越发恨他自私自利。若在别地相值,早已闻声避去。这时一则正和敌人对垒,必被发现,他毕竟是个前辈尊长,人又不好惹,不便失礼怠慢了他,以留异日之患;二则知他成道多年,见闻极广,敌人法宝如此神妙,想向他一问来历。好在敌人身困五遁之中,看不见自己动作。略一寻思,便迎上前去,同时司空湛也已飞到,彼此一打招呼,一同飞落。飞娘连忙躬身施礼,口称:"师伯何往?"

话言未了,司空湛已指着她道:"你危机顷刻,还不知么?"飞娘惊问。司空湛道:"你用五遁桩困住的这个敌人,上有迦叶金光镜,下有法华金刚轮护身,分明是神尼芬陀的嫡传弟子无疑。你怎不察原委,将她困住?这老尼比优昙还厉害得多,从没见她轻易丢过脸面,况且又在她大道将成之际。现时被你所困的人不是当年凌雪鸿转劫回生,便是她的衣钵传人。如没有得她真传心许和她本门异宝,怎会放下山来?我看有此数宝,你必奈何这丫头不得。时候一久,她见不能脱困,必用她本门金刚、天龙等坐禅之法,一则防身,二则求救。这两种禅功非比寻常,只要精习,便能心感神通,捷于影响。老尼来去如电,禅门降魔功夫已臻上乘,休说是你,便是晓月禅师等,也非敌手。你平时也颇精细,目前又不肯遽然与敌党各派破脸,上回慈云寺已觉冒失之至,怎这次又轻易树敌?"说时,芙蓉行者孙福也赶将过来拜见。飞娘便说:"敌人出世不久,行踪飘倏,不露姓名,专一与各异派中人为敌,孙福便是受害人之一。起初不知她的来历,既承师伯明示,如今势成骑虎,放了她,也是一样树敌。弟子见此女根基极厚,师伯道妙通玄,尚乞相助一臂之力,将贱婢擒往仙山除去,日后纵然老尼为仇,也不致无法应付。"

司空湛闻言,暗骂:"无知贱婢,明知我到处寻求真女,又不肯轻易与人开衅,意欲嫁祸于人,借此给我树敌,好永为你用,岂非梦想!"便冷笑道:"我虽不惧老尼,但是我和她从无嫌怨,不便多此一举。此女来历,已然说了,进止由你自作主张吧。"说罢,双足一顿,依旧化成一道三色彩虹，破空而去。飞娘见他这等情同陌路、痛痒无干之状，愈发痛恨入骨，由此便与司空湛结下仇怨。后来同党自残，飞娘未等三次峨眉斗剑，便几乎命丧妖尸谷辰之手。此是后话不提。

司空湛去后，飞娘忿怒了一阵。明知司空湛所言不差，神尼芬陀太不好惹，但就此罢手，又觉于心不甘。和孙福一商量，还是暂将敌人困住，见机行事。如真看出无法克制，一不做，二不休，再由孙福去请一能人前来，合力下手。鱼已入网，绝不轻易放却。二人这里方在计议如何用别的异宝取胜，那杨瑾被困五遁之中，虽仗着法宝禅功护身，受不到一丝伤害，但是飞娘厉害，素所深知，时候久了，猜不透敌人正有什么阴谋毒计暗算。我明敌暗，长此陷在重围，终非善策。还想凝神定虑，默运玄功，以真灵感应，试向恩师求救。忽听震天动地一声霹雳，挟着万道金光，千重雷火，自天直下，精光异彩，耀眼腾辉，四外五色烟光，竟似风卷残云一般，晃眼收去。只剩遥天空际，有两点青黄光华，深入云中，敌人踪迹不见。面前却站定一个道装打扮、身似幼童的仙人。定睛一看，正是恩师好友极乐真人李静虚。连忙上前拜见，多谢相救之德。

极乐真人笑命起立道："一别五十余年，不想你转劫后精进如此，真难得了。我自道成以来，轻易不愿与闻外事。偏生前年玄真子拿了长眉道兄遗柬求我相助三事，因此还须耽搁些时。已然在慈云寺为峨眉诸小弟子解了一难。适才回山经此，见异派中邪焰腾霄，中有令师降魔四宝放光，知你有难，下来相救。目前各派劫数，许飞娘还有许多事做，我又不愿伤人，才用神雷将她惊走。令师已有数年未见，今既与你巧遇，可即速回山，对你师父去说七十三年前我和她说的那件事，快要应验了。轩辕陵寝中，圣帝封锁内陵的九道灵符，今年整整经过四千二百二十一年，不久将失功效，虽然陵外还有历代谒陵的十六位前辈真仙灵符封锁，但是只能拦阻现时初成气候的一干邪魔外教入内，如果遇着知根知底、与圣帝差不多同时代的前古妖尸灵物前去篡取，仍不免要被他行使邪法异术，由陵外远处穿通黄壤，顺着地脉入内盗去。偏巧我因修炼金丹，为异日飞升之用，三百六十年中仅有的几天，圣日在即，须要及早回山准备，不能前往。令师虽为你迟却一甲子飞升，这等难逢的时机，亦不肯轻易错过。便是东海三仙与优昙道友，也为了这个缘故，在这前后数十日内，一样不能下山。其余正派各道友，不是道力不济，便是别有原因，不能前往。当年我二人曾经细加推算，陵中两件异宝：昊天宝鉴和一座九疑鼎，尚有一劫，难免落于古妖尸之手。虽有复得之望，一经失算，得来大是费手。并且稍一不慎，将妖尸放出，贻祸生灵颇大。如能明烛几微，抢先下手，以人力来战胜定数，做到哪里是哪里。能抢在妖尸前面，将此二宝得到手内，固然绝妙；即或晚了一步，被他捷足先登，趁他鼎中奇文没有参透，只知寻常用法，立时跟踪追去夺来，就便将妖孽一网打尽，省得为祸人间，也是功德无量。当时慎重人选，决定俟你转劫之后，命你代往，如今正是时候了。此事虽以速为妙，但是白阳山无华氏父子，与四凶中的穷奇、三古妖尸，盘算此宝已数千年，他们又备知底细，你去早了，圣帝灵符功效犹存，误入必有奇祸。尤其不可使各异派妖邪闻知机密，以免中途作梗。去迟了，又必落在妖尸后面。务须加倍慎重，不可丝毫疏忽。别的令师自有交代，我回山去了。"说罢，袍袖展处，一片金霞闪过，踪迹不见。

杨瑾慌忙下拜，四顾无人，正要驾起剑光飞去，忽听身后有人急喊仙姑。回头一看，正是适才解救的樵夫王荣父子。想起他二人被害之事还未代办，刚一停步，菊儿便飞也似跑将过来，双膝跪下，高喊："仙姑度我。"

原来菊儿人极聪明，先承杨瑾解救赠金，父子二人方欲拜谢诉苦，忽听一声断喝，飞来一道青色电光，同时恩人身上也飞出一道金光，将青光绞住，绞在一起。紧接着半空飞来一男一女，恩人也将身飞起老远迎敌。王荣父子本是樵夫人家，一见两下里都腾空飞起，满天都是五色华光乱闪，他父子几曾见过这等奇事，吓得慌忙下拜不迭。继见两下里互相高声叱骂，放出来的光华如电掣龙飞一般，上下星驰，像是打仗神气。因杨瑾有赠金救命之恩，与飞娘、孙福这一面自然感想不同。于是料定先来的是神仙下凡，救世的活菩萨；后来的定是妖怪魔鬼变化无疑。菊儿胆大心灵，先是越看越歆羡，一心只盼仙姑用法宝将妖怪杀死，求她收去，当个徒弟，学成道法，既可报了亲仇，又可在空中走走。因见仙人飞出又高又远，还恨不得赶近前几十步，好看个仔细，一点也不知害怕。王荣却因后来的是两位，只有一个放光的，已是数十丈五色光焰飞起，将仙人团团围住。仙人胜了还好，万一仙人双拳难敌四手，为妖怪所伤，自己和菊儿焉有性命？正用手招菊儿觅地逃避，忽见仙人隐身妖怪尘雾之中，金光似金蛇般在里乱窜，愈发害怕，喊声："不好！"强拖了菊儿，往后便跑。约有百步远近，百忙中走岔了路，身后是个绝崖，无路可通。欲待返回觅路，正赶上杨瑾、飞娘先后各自大显神通，放出千尺金霞，百丈火焰，天云林树，俱被映成一片金红颜色。适才站的那一带地方，宛如火海一般，哪里还敢前行。情急惊惶间，一眼瞥见崖旁有一石洞，便拉了菊儿往里钻去。父子二人跪在地上，不住祷告："天神佛菩萨，快些保佑仙人赢了吧！"跪求了一阵，菊儿更不时探头外望。经过了些时辰，忽听一声雷响，震耳欲聋。再定睛一看，烟云尽散，仙人无恙。后来的一男一女，已不见人影。却多了一个道装幼童，远远地站在当地。看仙人对他甚是恭敬，叩头下去，连礼也不回。菊儿本几次和乃父说，要拜在仙人门下。一见这般情景，估量妖怪定被仙人放天雷打死，满心欢喜。忙喊："爹爹，快去拜见仙人，好报我们的仇。妖怪死了啊！"说罢，拨头出洞，往前飞跑。王荣出洞，见状大喜，忙也随后追去。到时，极乐真人已经飞走。父子二人拜罢，菊儿便跪求收录。

杨瑾见他资质颇佳，便命他起来，先问受害之事。才知王荣就在前山三十里外大树庄居住，家境寒苦，全仗打猎樵采为生。当地有一姓章的土豪，平日鱼肉乡里，无恶不作。勾结三仙观妖道胡蓬，会有一身武功，养了不少恶奴。近年恶子长成，愈发横行，专一霸占良家妻女，稍有姿色的妇女，都已不敢出门一步。王荣还有一妻一女。乃女年才十五，名唤桂儿，甚是美貌。一家四口，全会几手拳棒。因住家在僻处，土豪不甚留意。这日母女二人正抬了两桶水，往门前畦田浇菜。也是合该生事，王荣父子俱不在家。恰巧狗子章来富放失了一只玩的翠鸟，带了手下恶奴，满村庄搜寻，到处骚扰，吵得鸡飞狗跳，人畜不安。寻经王家菜畦，从篱笆外面看见王妻母女，色心大动。硬说他鸟值五十两银子，被她母女偷偷弄死，当时无钱赔，便要抢人作抵。王妻颇有机智，知他不怀好意，暗和桂儿使了个眼色，自己假装争辩，将身子挡在桂儿前面，放桂儿进去，经由后门逃走，自己当门而立。两下里言语失和，动起手来，王妻自然打不过人多，只几下，便被打倒。等狗子抢入门去，一搜人时，才知王家房后只半里多路，便可通往深山中的羊肠曲径，名曰九十九螺环，内中洞穴甚多，惯出毒蛇。因为那山虽与仙霞岭相连，景致却差得远，又无甚出产，连林木都极少，山峰又高，而险恶异常，轻易无人走进。桂儿姊弟年幼贪玩，常和邻儿往山里捉迷藏、打野兔烧吃为乐，附近几条山环，却是极熟。狗子哪里寻找得着踪影。当时向王妻留话：三天之内，或是交人，或是交钱；否则先打了人，以后送官追缴。

王荣父子回来，见家中已是一团稀糟，女儿又逃得没了影子。王荣虽然生长山中，全家会武，无奈性情良善，再者自知论力论势，均非仇家敌手。送女上门，去下火坑，自然宁死不愿；欲待舍财免祸，家中又无余财。偏生女儿又一去不回，更怕她寻了短见。思量无计，好歹先寻到了女儿再说，实在不行，便弃家逃走。谁知寻遍山中，按照菊儿所知乃姊常游之处，并无踪影。寻到天明，正痛爱女，狗子已命人前来，恶声追讨人财。气得菊儿伸出一双小拳，几次要和仇人拼命，俱被王妻强止。来人去后，王荣痴心还想支吾，寻到爱女，便即全家逃走。但一连数日，不见一丝迹兆，连尸骨遗物都无有。章家知他寻女，也曾命人暗地跟踪，一见桂儿委实失踪，气没处出，又改口来逼索鸟价。王妻因此横祸，急病在床，势将不起。王荣先是想逃，这一来连逃也不能够。一面还得防备十三四岁的爱子任性，向仇家惹事。每日还得樵猎，以供日用。狗子更是恶毒，或银或人，王荣如不交上，不特不肯甘休，并向全村声言：谁也不许买他的山禽野兽。又因妖道胡蓬算出桂儿未死，下了禁法，断却他进城道路，一面迫他寻女自赎。王荣父子见村中买卖无人敢来过问，急得无法。欲进城去卖，只要一出官路，便是晕头转向，鬼打墙似白跑一天，仍然落在原处。后来知是妖法，只得坐以待毙，将就煮些兽肉蔬菜，暂延残喘。不几天，王妻急病身死。王荣父子草草埋葬，越发悲忿惨苦，意欲求死。这日到了仇家交人或是交财的末次限期，越想越伤心。知各路口俱有仇党耳目与妖道禁法，逃不出去。只房后山径，因王荣未往山中狂喊，将乃女寻回，又当是条死路，中断绝壑，不能飞出山去，没有怎样防备。便假作寻女为名，父子二人连哭带喊，走了进去，由所知密径，抄往仙霞岭。原意菊儿身上未受禁制，可以逃走，此行万一能寻到女儿更好，否则便命菊儿一人逃走。自己觅地自尽，化为厉鬼，再寻仇人报仇。到了仙霞岭，含着痛泪，和菊儿一说。菊儿天性本孝，无端受此奇冤惨祸，久欲伺隙行刺仇人泄忿，只为恐连累乃父不敢。一闻乃父意欲自尽，立即大哭暴跳起来，说道："爹爹怎这么没志气？我还当逃到这里，有甚主意想呢。要是寻死，左右不会死二回，那还不如把仇报了，给他抵命呢。"王荣也哭道："乖儿子，我还怕没你知道？要想报仇，除非先给他银子，缓过去再设法。你年纪还小，我又身受妖道邪法，今日知我寻你姊姊，还不觉怎样，往日离家十里，便昏头了。我是没法活了，我王家总要留条根呀。"说罢，便要往悬崖下跳去。被菊儿一把拉住，说："爹爹要死，我也跟着一起。要不这般白死，我不干。"父子二人正在争论不已，恰巧来了救星杨瑾。

杨瑾救人之后，刚问何故寻死，菊儿年幼，正在情急之际，话无条理，张口便抢答道："小狗种强逼我爹爹要五十两银子呢。"杨瑾先当是穷人欠债，还不起，来寻短见。这小孩虽是寒家，生得十分清秀聪明，已是心喜。见老的还在哽咽垂泪，恐其不肯深信陌路相逢，便以多金相赠。忙先取出大小两锭七十两银子，递了过去，说还债之外，余作生理。一言甫毕，忽听小孩急道："哪个该小狗种的债？我爹爹为人善良，这是无端诡诈，还逼死两条人命呢！"杨瑾闻言，料知中有冤屈，正欲盘问，飞娘已是赶来寻仇，接着便是杨瑾与许飞娘斗法，最后由李静虚把许飞娘赶走等事了。

第一八〇回

偷秘笈　密炼花煞罡
聚阴魂　暗设玄牝阵

杨瑾听王荣父子说完，好生忿怒。因王荣说身有妖法，一看他身上，并无甚迹兆。命他脱了外衣一看，仅背上妖气隐隐，画有一道上三门中的迷神隐符，当时给他解了。暗中好笑，这种极下极浅的邪法，也敢拿将出来害人。但这邪符，非人脱了衣服不能使用，除非装着与那人亲近，乘其脱衣之际，方可暗算。天时不热，无须赤背，双方先已成仇，怎会画上去的？问起缘由，竟是那日章家带了多人前来逼银，说他怀中鼓起，定是有银不还，要脱了验看，连内衣都立逼脱去，如真无有，也不要了。当时信以为真，脱便脱。等脱去内衣，似听身后树林内有人说了句："好了！"背上便仿佛被人轻轻打了一掌。狗党也就走去，少时仍来追索。杨瑾闻言，又好笑又好气，对他说道："你脱衣时，上了妖人的当了。你女儿未回，又住此多年，恐万一连累了你。你说明方向途径，我即时暗中送你到家。村人知你冤枉，那银子无须还他。到家复装作不知，故意向人多处走动，诉苦谈说，均随你意。我自有除他父子与妖道之法，保他不会寻你便了。"当下又不厌求详，问了问章氏父子与妖道的恶行劣迹，和他家中人丁情况，两家住处。菊儿还要跪求收为弟子，杨瑾道："你资质天性，均还不差，只是我师尊门下不收男徒。有志竟成，你我无缘。"说罢，便命闭目。王荣父子只觉两耳风生，身已凌空而起，不一会儿落地，正在自家房后，忙又跪谢不迭。杨瑾笑道："你父子如愿看报应热闹时，隔顿饭光景，寻一有人同在的高处，装作闲谈，向你仇人门前遥望，也未始不可快意。只要不要近前，不要相唤罢了。"说罢，破空而去。

王、章两家相隔原有一里多路。菊儿忙着要去，王荣也想看仇人遭报，父子匆匆绕向前门。一问近邻，仇家已命人来查看过数次，说是明早不交人，便要送官。王荣父子猛想起只顾惊喜交集，忘了请问仙人女儿的生死下落。仙人行时，又再三嘱咐，不可相随近前，恐怕事完自去，连累自己。并且还忘了问仙人名讳法号，无法立位祝告。不由急得满头是汗，立时拔步跑去。行离土豪门前还有二十丈远，那路恰是上坡，看得逼真。远远看见仙人站在仇家门外广场上，狗子正率领多人，将仙人围住，指手画脚，说个不休。仙人神态暇逸，全未答理。四外村人，都在远远遥观，没一个敢上去。偷偷一听村人私语，才知村中来了个华服美女，一到径往仇家化缘。章家见她是个孤身美女，顿起不良之心。一面分人与狗子报信，说有送上门的好货；一面戏问美女，是否只化个把小财主当姑爷。女子也不着恼，笑嘻嘻说："要想化九十七个男子首级。"有一个恶奴，想先占点便宜，刚一近前，那女子把手一指，便即负伤倒地。余人看出有异，还不信服，二次上前，接连四五个，同样吃了大亏，立时一阵大乱。土豪父子俱在后园，同了妻妾饮酒作乐，连闻两报，先喜后惊，当是江湖中人来此寻隙。一面传齐全家打手武师，准备以多为胜；一面着人飞跑，往前村三仙观去请妖道。狗子为美色所动，带人先至，向女子发话，问她来意。女子只说了句："等你救兵来了再说，如今尚不动手。"王荣一算土豪家中男子，果是九十七口。见村人越聚越多，三五成群，遥立远观，无一近前。想起仙人叮嘱，不敢再近，急得不住暗中祷告："恩师大仙，千万怜见，再赐见一面，小人还有事相求。至不济，也求将女儿代寻回来，情愿世代子孙都烧香。"他正这里胡乱许愿，土豪所受恶报也在开场。

原来那狗子到时，见杨瑾美貌如仙，毕生未见。虽然神魂飞越，不能自持，一则出来时，乃父再三叮嘱，江湖上僧尼女流，最不好惹，千万不可造次，好歹也等道爷来了再说，只要制得住，人总是我们的，无须猴急在一时。二则刚一出门，便有手下几名恶奴迎上前低声警告说："适才冯镖师得信赶出，见我们有好几人受伤，一生气，上前伸手抓她。也没见丫头怎样还手，便轻轻急喊了一声，面如土色，几乎跌倒，好似疼痛已极，慌忙纵退下来。说这丫头必会妖法，甚是扎手。暗告我们，不可上前再自讨苦吃；快命人催请程道爷来。现时回庄忙取兵刃袖箭去了。"那姓冯的乃土豪家中第一个有能耐的武师，内外功夫都很好。练有一双铁掌，能击石如粉。除妖道病钟离程连外，就得数他，这么多年来，从未遇到过敌手。不想一近身，便受了敌人重伤。狗子听了，自然有些气馁。因见旁观村人大众，似已看出自己失利神气，就此退入门去，岂不弱了平日威风？又见女子从容玉立，几乎看不出丝毫敌意，不禁又活了心，强挺着上前，说了几句四不像的江湖套语。杨瑾见他生得兔耳鹰腮，一脸庆气，知他恶贯已盈。因想将恶党一网打尽，等妖道来了，看是什么路数，再行下手，懒得和狗子废话，任他乱说，一言不发。狗子见对方不理，没有主意，又不敢贸然动手。想了想，问道："我家广有金银，是本地首富，又最爱交朋友，待人尤其厚道，有甚来意，不妨说出。我看你孤身女子，又生得和仙人一般，这里人多聚观，太不雅相。何不同到我家住上几天，你想要什么，我都给你如何？"杨瑾闻言，把秀眉一竖，娇叱道："你问我要什么？我要你全家恶党九十七名首级，连三仙观妖道共是九十八个人头，少一个我也不走。无知狗种，死在目前，还敢花言巧语！"

正说还未下手，忽听门内破锣也似的喝道："何方贱婢，敢来太岁头上动土！可知我四目神君的厉害？"杨瑾抬头一看，土豪门内走出一个道人，带领着一伙打手，各持兵器，蜂拥而来。后面一个满脸横肉、穿着富家装束的中年人，与狗子面貌相似，料是土豪无疑。那自称四目神君的妖道，身材甚是高大，穿一件八卦衣，背插双剑，手执蝇拂，阔目龅牙，两颧高耸，一张蓝脸，两道浓眉上却有两块三角形白记。生相甚是丑怪凶恶，周身妖气隐现，一望而知是个旁门中的下等货。不等近前，便遥啐道："你这等下三门的妖道，也配问我来历？今日我特地为这一方人民除害，要恶党连你九十八颗首级。有甚本领，可使将出来。"说时，神态甚是从容。

妖道原从三仙观得信，听说有一女子，指名叫阵，一问来人神态，便料未必易与，连忙赶来。先由后花园入内，见恶霸正率全数武师打手，持械欲出。又一问经过，姓冯的先说自己看出女子不好惹，欲用铁掌，暗使手法，探她一下。谁知手伸出去，相隔她身上还有二尺，便觉一股子极刚劲之气扫向手上，仿佛刀切一般，奇痛彻骨。幸得事先恐少庄主要留她为妾，没下重手，再加势收得快，那丫头也没追迫。稍差一点，恐连手都被扫断，成了残废等情。妖道闻言大惊，更料是正派门下剑仙一流人物，心中好生害怕。但已到此，人家又是指名叫阵，说不出不算来。还好，姓冯的受伤时，并没见女子发出飞剑光华，或者还能以法术取胜。想了想，意欲乘机先行下手暗算。当下和诸恶党商量好了诡计：出去对敌，除妖道本人之外，切不要上前，只可虚张声势，以举手为号，速将镖弩等暗器发出，以便乘机行法取胜。先见女子年才十四五光景，却生就一身仙风道骨，声色不动，闲立相待。情知遇见劲敌，略喝问了两句，一面暗中行使妖法，一面仍装作率领众恶党往前走去。

杨瑾看出底细，哪把他放在心上。暗中计点人数，连同妖道与跟随土豪父子出来，站在门首观阵的恶奴，才只九十六名，个个凶相，面带死容。照王荣所说，还差了一个。料想先前受伤武师，必已知难而退，或者他劫数尚还未到，就此漏网，且自由他。正盘算间，忽见妖道快要近前，脚步忽然放缓，细看嘴皮，似在微动，左手缩入袖内，也似在掐诀神气。不禁暗骂："贼妖道，也敢在我门前弄鬼！"方自寻思，妖道猛将左手袍袖一举，一面伸手拔剑出匣。接着便听众恶党"轰"的一声暴噪，各持手中铁镖弩箭，似雨点一般打来。妖道同时伸出左手，掐诀朝对面一扬。杨瑾便觉一阵阴风袭上身来，立时头脑微微有些昏晕，忙运玄功，真气往外一宣，心神立定。同时那些暗器被这初步的无形剑气一震，相隔三尺以内折断的折断，撞落的撞落，纷纷坠地，一支也未射到身上。众恶党立时一阵大乱，全都加了畏心，面面相觑，不敢再进。妖道本来伎俩有限，见法术施出去，敌人若无其事，全未在意，不禁大惊。痴心还想以飞剑取胜，口里念念有词，将手中剑往外一掷，再用手一指，那剑居然也化成一道半青不白数尺长的光华，朝杨瑾飞去。杨瑾见他这等不知轻重，又好气又好笑，知他无甚能为，下三门用邪术催动的飞剑，哪值一击，无须使用飞剑迎敌。等剑光飞到临头，笑喝道："区区顽铁，也敢拿出献丑。"随说，随施展佛门涵光捉影之法，将万行真气暗运到左手五指之上，轻轻往前一撮，径自将剑光撮到手内。

妖道大惊，连忙行法运气，打算收回逃走。杨瑾见妖道剑光还在手内，如蛇一般不住挣扎，似要逃走，喝骂道："无知妖孽，今日恶贯已盈，还想逃么？"说罢，只手握住剑光一摔，光敛处，一道青烟散过，立即断为两截，"锵锵"两声，掷在地上。妖道邪法一破，元气大伤，当时口吐鲜血，知道敌人非同小可，再不见机，性命难保，忙伸手从怀中取出一物，往地上一撒，化为一团浓雾，裹住全身，便要往上飞起。杨瑾虽然转了一劫，疾恶如仇，仍是前生本性，原意除恶务尽，不使一个漏网，何况妖道又是首恶元凶之一，如何容得。手扬处，先放起飞剑，化成数十百丈长一道金光，将所有在场恶党，无分首从，一齐圈住。同时又将法华金刚轮往上一举，满天银雨，电转虹飞，早照向浓烟之中。只听一声惨叫，邪烟四散，妖道身首断为两截，坠落下来。

当妖道败逃之时，杨瑾仿佛听得远处有人厉声怒骂："何方贱婢，休得无礼！"料是来了妖人党羽，当时疏忽，没有放在心上。等斩罢妖道，定睛四顾，来人并未出现。只西北天边上，似有一痕黑影飞驰，相隔已遥，晃眼没入云中不见，想已知难而退，便不去管他，一看场内，除原有诸恶外，却添了三个装束得不男不女、满身邪气的妖童，不知何时跑来，也被圈入金光以内，吓得嗦嗦直抖。土豪父子与手下诸恶党见妖道惨死，敌人又放出一道金光将四面围住，逃遁不得，自知无幸，吓得面如土色。杨瑾收了法华轮，还未张口，土豪早不住叩头哀告："仙姑饶命！罪人知悔，情愿奉上家财，赎我父子狗命。"杨瑾喝道："我乃天上神仙，为民除害，哪个要你这不义之财？今日尔等恶贯满盈，悔无及引！"

说罢回身，指着四外看热闹的乡民，高声道："他父子连他手下恶党，大约全数已尽于此。他等罪恶如山，今奉神命，特来降罚。生杀之权虽然在我，但是人数太多，或者也有可恕之人在内。你们俱是他家近邻，如党内中稍有可恕之人，可近前遥指，我便挑出放却，宽其既往，放他逃生，以免少时同归于尽。"土豪父子，众村民久受其害，自不必说。所豢养的武师打手，也俱是江洋大盗，鼠窃狗偷，平日狼狈为奸，除鱼肉村民外，还不时远近四出，明偷暗抢，无恶不作。近年又加上妖道师徒，闹得受害之家，遭受践踏，复为妖法禁制，稍有不合，连弃家逃走都不能够。久已人人切齿痛恨，敢怒而不敢言。先见杨瑾出语不善，又伤了数人，都替她捏着一把冷汗，及见妖道伏诛，一放手便是金光百丈，如长虹飞起，将恶党全数禁住，立时人心大快，都当真个仙人下凡。巴不得假手仙人，把大害除去，惟恐有人漏网，贻祸无穷。一听仙人问话，怯于积威，虽未敢公开声言无一可恕，却都跪在那里，暗中默祝，求仙人都杀了的才好。

可笑土豪父子与众恶党死在眼前，闻言又生希冀，各自哀求："众位高邻贵友，好歹代我们向神仙说个人情，如得活命，必有重报。"你叫我喊，连说带哭，乱成一片。杨瑾已看出众村民心意。再仔细一看群恶，俱是生就凶煞奸狡狠毒之相。又见这等卑鄙求活之状，更想起初遇时那等气焰逼人，口出恶言神气。不禁怒从心起，大喝道："尔等罪恶太深，如若放了你们，天理难容！"随说，手一指，金光似电闪般往里一绞。可笑土豪父子与手下恶党，一听口气不妙，连哭喊都没有几声，纷纷尸横就地，遭了恶报。众村民见状，吓得战战兢兢，把头不住在地上连叩，一句话也说不出来。

杨瑾诛了群恶，高声对众说道："本上仙今日奉了天神之命，来此降罚，一旦杀死多人，你们难免不受连累。待我在他照墙上面留下仙书，说明此事，官府到来，可照直禀告。他如与你们为难，墙后有一灵符，可在暗中命人取石遥击，立时便有雷火示警。还有恶人家眷，多由强抢霸占而来，我已留有处置遣散之法，官府到来验看时，自必依言办理。本上仙尚要回复神命。我去也。"菊儿父子早怕她不肯再见，一听要走，菊儿首先从地上爬起，刚要飞跑上前，仙人已戟指放出金光，在照墙前后画下字迹灵符，化一道金虹，破空飞去。众村民望空跪拜，报官相验，一切都依言办理，无庸细表。

杨瑾假托神仙下凡，用飞剑法宝斩了妖道和恶霸父子党羽人等，便遵极乐真人李静虚之命，一口气往川边小崆峒倚天崖飞去。到了龙象庵前落下，进去见了师父芬陀，行礼起立，正要禀告途中遇见极乐真人之事，芬陀大师已面带微愠说道："瑾儿，你近数十余年间，我方喜你进道神速，灵府平宁，如何今日回山，面上又略现往昔凶煞之气？虽然积善功深，小瑕不掩大瑜，煞由内发，而为祥光所外罩，不曾妄杀损德。但是此等戾气，出诸各派剑侠之上尚且不可，何况佛门弟子？你此番下山，必是疾恶太甚，只知除害降魔，恶人罪有应得，纵然未违师命，亦慎而行，但是一旦杀戮多人，事前毫无哀怜之念，才有这等现象，大非修道人所宜。你已转了一劫，尚未全改本性，杀机一启，灾必随之。再不自勉警惕，转向祥和，不特迟你成道之期，恐不久还有魔难呢。"杨瑾闻言，想起近来所行之事，外功虽积有不少，杀心未免太重，不禁心惊胆寒，通体汗下，忙即跪伏大师膝前告罪，并求解免。

大师命起，把经历之事问了一遍，才和颜训诫道："听你所陈，尚无大过，外功建立尤多，不负为师期许。只为村民除害一节，未见恶人，先启杀机，事前事后，未动一毫恻隐，有些不合。所幸情真罪当，不曾妄杀。事已过去，以后临事多加戒惧，以免一时躁妄气盛，误人误己。李道友所说之事，原有前约。偏值这佛道两家，数百年难遇良机在迩，凡修上乘功果的道友，临期都有所修为，不能分身。圣陵异宝，恰在此时出世，好似特为要被古妖尸暂时攘劫去的一般。我与各道友既难届时前往，能代往者绝少。便是知道此宝来历的人，也只我和优昙、极乐、东海三仙数人而已，就连嵩山白、朱二友，也未必能详底细，何况其他。昔年李道友因妖尸新增恶党，恐异宝落在妖尸手中，不等年满，先期出世，为祸人间，曾与我在不周山旧址，摆列先天圣卦，详参原始，追溯万年前圣迹，冥心搜卜，推解过去前因，算出此宝终当落在你的手中。异日光大吾门，并助峨眉长幼两辈道友驱邪正果。他极欲玉汝于成，曾为你费了四十九日苦功，炼成一道大衍神符，以备入圣陵内寝时，避免壁间所伏神弩之厄。此事只对三仙中的玄真子谈起过，此外绝少人知。当时我因你开元寺转劫在即，没对你说。我原意数由前定，此宝该有这一番魔劫，主于失而复得，先期赶去，未必得手。继而一想，李道友向主人定胜天，他自己便是以虔心毅力，战胜群魔，化除三灾五劫及诸苦难，终于炼就元婴，成了正果。他既是盛意殷殷，加以你前生魔孽太重，注定诸般苦厄险难，终以一一经历的为是，这才决计命你试一为之。成固大佳，少却许多灾累，又将此二异宝早得到手，免被妖孽窃去，多所周折；不成也可即此下手，跟踪追往夺回，免令为祸生灾，可抵却你不少功行。至多不过受些惊恐困难，终仍因祸得福。你就不遇李道友，我也要在三数日内用心息通灵之法，召你速归受命。那白阳山三妖尸，我和诸道友久有意将其除去。一则因通灵诡秘，藏伏有术，除时费手，不比别的妖物顷刻可了。当初白阳真人用尽心力，与之苦斗多日，也只将其父子制伏，不能立时除去，其难可想；二则运数未终，恶行未著；三则你转劫以来所积外功，还差得多，正好借此成全。你此去全仗知机神速，吉凶祸福各参其半。到时宝物如已为妖尸下手盗去，固应乘其未能详解二宝妙用，即时赶往。幸而得手，更是机不可失，飞速前往白阳山，仗新旧诸宝法力，扫荡妖穴，一举成功；免致触机先遁，隐迹黄壤，潜伏地肺，无从搜索，贻祸无穷。圣陵灵符失效，约在距今第九天上，最好先期赶去。适卜一卦，你的魔障甚多，早去更多险难，晚了又必无济。几经推算比较，只有近期前二日去稍妥。但是中途仍不免有人横加阻挠。如遇仇家，可用本门仙遁，用法宝护身避去，暂且忍辱不理。圣陵神符应在后三日内夜间亥子之交失效。由此起行，你御剑飞行，当日可至。为防妖尸，在距今第七日动身，早到两天。候至夜半，如见迅雷、疾风、暴雨大作，陵上有千万道五色光华上升霄汉，便是时候。可先谒拜圣陵，虔诚默祝之后，再用本门灵符护身，由土遁直达内寝，二次拜谒圣帝。此时如见陵内有甚异状，你所有法宝俱不可妄用，只须将李师叔人衍神符祭起，便能止住两壁四十九支先天一气子母神弩。急速起身，先请下圣帝座前所悬昊天宝鉴。此鉴道家称为太虚神镜，具有先天妙用。到手后，再用此鉴照向九鼎当中一座小鼎，以免鼎侧有甚妙用，发动难制，那便是开辟以来至宝九疑神鼎。二宝到手，随即赶往白阳除妖，到即成功，最为顺手。如若事有差误，为妖尸捷足先登，便费事艰难多了。事在人为，好自为之。"

杨瑾跪谢师恩之后，芬陀大师又把妖尸鸠后、无华氏、戎敦父子与白阳真人苦斗情形，后来与四凶中的妖尸穷奇、妖道金花教主钟昂之子钟敢师徒勾结，狼狈为奸，以及各个道行深浅、所用法宝如何告知。大半已详前书，兹不再赘。

杨瑾一一领命，记在心里。候至第七日一清早，知启行之期已届，便向芬陀大师拜别。大师道："你前生好杀，仇家本多，俱欲杀你而甘心。转劫后隐却本来行藏，暂虽无人知底，自从领命下山行道，你见为师因你而延迟多年飞升，急功心盛，树敌越众，时日一久，当然被明眼人窥破。今已各派传说，知你是凌雪鸿转世，愈发嫉恨切骨。前卜之卦，许飞娘因你屡坏她事，毒恨不解。她为人诡诈，不敢惹我，知你专一独自行道，素无同伴，意欲乘我鞭长莫及，出你不意，伺隙暗害。白在仙霞岭与你斗法，被李道友神雷惊走，便向各地传扬：当年大仇，转劫重生，对各异派中人，比前还要厉害，一面到处约请同恶中的能手，一面又将业已隐匿多年不出的两个大仇家明劝暗激，勾引出来，与你为难。近又托人向赤身教主鸠盘婆借来索影晶盘，窥查你的行踪，竟查出你已回转龙象庵。偏你性喜游览，一下山行道，先是由川边起始，直赴滇黔，然后道出衡湘、武汉，由河南驿路入京，再顺山东官道南下，绕行皖、赣等省，遍历大江南北。中间回山数次，每当再出，除奉命有事外，大半是走未经过的道路郡邑。这次由桂、粤滨海诸州县绕行至闽，到了仙霞岭，遇见你李师叔，受教回山。你行道脚程，只有关中和天山南北未去。在你只是癖嗜山水，借着行道之余，就便得以登临，想把前生所涉名山胜迹，洞天福地，一一旧梦重温，反正何地皆可救人行道，乐得暂时不走重路。事原近于童心，飞娘等恶党却将你每次所经途程事迹详加考查，以为事出有意。又经多次推算，算出你这次如再下山，必往关中一行无疑。知我与三仙等诸道友，近数十日左右有大修为，不能分身。此时你如离山，真乃绝好良机。就这样还不敢在近处下手，特地埋伏关中一带。你那两个大仇人，一个匿迹岐山凤凰岭，正当你必由之路。你在我这里，我自知这班妖邪诡计，加了防范，便用晶盘也观察不出你的动作。你一离山，飞娘必由晶盘中看出你的行迹，立即用妖法传信，群起与你为敌。如要在平日，自不惧她。此时动关紧要，遇上沿途纠缠，岂不有害？不过她借鸠盘婆索影晶盘，仅看出你回山，即被我觉察防范，连日毫无所见，知道无济，昨日业已送还。我不能命你早日赶往，便由于此。另一仇人，就住在桥山圣陵附近的子午岭，本来掣肘最甚。偏是信了飞娘之言，意欲在金牛峡蟠冢山一带你必由之路埋伏妖阵，堵截暗害，已是徒费心力。你只绕道秦岭，便可避过这两处。此外还有许多仇敌相待，你不露面行道，径驾剑光飞行，他们也无从觉察。只岐山难过，此行稍一疏忽，便有旬日压魂之灾。我今晚便即入定，须要十九日后才功果。在此期中，有难绝不能前去救你。不问是中途作梗，抑或被仇敌跟踪追往圣陵，俱都有害，一切行事，务要小心忍气为是。"

杨瑾领命拜别，出了庵门，径驾剑光，往关中飞去。心中谨记师言，本来不愿惹事，谁知运数注定，该有一场魔难。飞过剑阁、广元以后，前面牢固关，便是关中地界。如照平时，本应经由金牛峡，沿着蟠冢山飞行，赶过大散关，经宝鸡、凤翔，横过岐山主峰金驾岭，直穿甘肃边地含泾口、大鹏墩等处，再入陕西庆阳，方是往桥山轩辕圣陵的直线正路。这一次由秦岭走，便须由牢固关，顺米仓山脚，往东南行。到了巴山，越将过去，然后飞出饶风关，穿行子午谷，飞渡柞水，沿着终南直飞，经由秦岭、蓝关，横越少华山支脉，过了临潼渭南边界，重又折向东北斜飞，道出同官、马栏等地，方可到达。这一个大弯转，要多走出一两倍的途程。杨瑾心想：

"师父只说岐山、蟠冢山两处,有前世仇家在彼相待,尤以岐山之仇最为厉害,又未说出姓名。回忆前世夙仇,有本领的并没几个。内中只贱婢许飞娘的师父混元祖师最厉害,已为三仙用无形剑兵解。余者多半不是自己敌手。何况转劫以后,又承师父将本门所有至宝奇珍一齐赐与,更学会了金刚、天龙诸般禅法。如在平日,这等妖人还惟恐不相遇,为世人贻害,怎肯闻风远避?就说是恐因此阻滞,误了圣陵取宝时机,不由这两处经过,也就是了,何必绕几千里路大圈子则甚?"因知芬陀大师虽然道妙通玄,法力无边,叮是行事极其谨慎,每次下山,常多告诫,不愿徒儿不济,吃了人亏,辱没师门颜面。自己两世相随学道,除五十年前在开元寺应遭之劫外,从未闪失过。以为这次必是师父因入定多日,遇有危难,不能分身往救,故而格外谨慎。

筹思一阵,意欲横越米仓山,径由古米仓道,过汉中、南郑,略向东南斜飞,先避蟠冢山之敌。再由古褒斜道,飞越太白山支脉,渡过漳河,经马鬼驿,直趋醴泉,绕出岐山之前。然后偏回东北,途经少白山、永寿、亭口、落雁峡,仍穿甘肃边界,直达桥山。两处大敌,一样远远避过,路却比由秦岭绕越要近一倍多,当日赶到圣陵,绰绰有余。如由秦岭绕大弯走这条路,便是前生常与嵩山二友往来秦陇河朔,也未这样走过。计算卯初由川边起身,此时已是未申之交,才到了陕西边界牢固关,如再曲折绕行,便一口气飞行,中途毫不停歇,当晚也难赶到。念头一转,便照自己所拟途程,催动剑光,加急往前进发。飞过南郑,一入褒斜,特地将剑光升高,直上青冥,运用慧目,定睛回顾,见蟠冢山近阳平关一带,高山之上果然隐隐有妖云邪雾笼罩。不禁敬服恩师,真是神明朗澈,事事前知。可笑妖人费尽心力,区区妖阵,也敢卖弄害人。且等我功成归来,再寻你们算账。略看了看,仍旧电射星流,往前飞走。不一会儿过完古褒斜道,飞上太白山。因此山最高,前望岐山,如在眼底,意欲观看设伏妖人,是哪派家数,过时格外留神注视。见岐山凤凰岭那一带的山峰,正值斜阳返照,云浮天空,凝紫摇青,山光如画,气候甚佳,看不出一丝一毫妖氛邪气。比起太白山,自中天池以上,便云横雾涌,气象阴郁;绝顶之上,更是积雪不消,坚冰匝地,满目荒寒之象,相差悬远。若非芬陀大师早示先机,绝不信有甚妖人在彼埋伏,设阵相待。杨瑾毕竟两世修为,久经大敌,一见仇人故示平静，不动神色，便知是个劲敌，较蟠冢山上仇人要厉害得多。并不敢稍微大意，忙即飞过山头，连剑上光华也极力隐敛。方以为相隔尚远，小心绕避，必可无事。不料刚渡了沣水，偶然瞥见左侧山凹里剑光隐现，颇似前生丈夫追云叟白谷逸门中家数。再侧转身定睛一看，不禁怒从心起。

原来下面山凹里有一块盆地，向阳危崖之下有一山洞，洞前石台之上竖着大小数十面幡幢，当中木桩上绑着一个赤身露体的孕妇。香案前立着一个道人，正是五十年前追云叟门下的孽徒毕修。当初他叛师投邪，作恶多端，自己为代追云叟清理门户，到处搜拿，和混元祖师五台派诸多妖人多结仇怨，后来受人暗算，在开元寺兵解坐化。如非恩师怜鉴，与神尼优昙等相助转劫，二次从师，几乎坏了道基。他便是罪魁祸首。记得兵解前，这厮已被自己寻到，在五台山麓运用飞剑将他腰斩，如何尚得偷生潜迹，直到如今，也未被嵩山二友及诸道友所诛？真是怪事。再细一查看，见他一面仍用本门飞剑，护着一个形式奇古的汉陶罐；一面口中喃喃，掐诀念咒，正在布那十二花煞神罡，打算抓裂孕妇，取腹中血胎，祭炼迷魂妖法。暗忖："这孽障忒也大胆，竟敢在这光天化日之下，炼此妖法。虽说此法祭炼甚速，只要一切齐备，炼起来不过个把时辰，便可毕事。但如被正派中各道友路过看见，焉有命在？"说时迟，那时快，下面妖道已将法行完，将手一扬，立时伸长丈许，正要向当中孕妇腹上抓去。杨瑾凤仇相见，本自眼红，何况又见妖道伤生害命，如何容得，当时再也按捺不住，无明火发，哪暇寻思。把身子往下一沉，左手迦叶宝镜发出数十丈长一道金光，照向法台之上。右手一指般若刀，化成一片寒光，直朝妖道毕修头上飞去。

原来那毕修当年因犯清规，不敢回山，叛师背道，投在混元祖师门下。他为人机诈，见师父师母四处搜拿，自知正派诸位尊长道法高强，既犯众怒，早晚遇上，本难幸免。知道赤身教主鸠盘婆精于脱神解体之法，能在危急之间，指人代死，对方多大本领，轻易也查看不出。乘其来会混元祖师之便，再三背了人，苦苦哀求，得了传授，苦练精熟，于是下山，故露行藏。凌雪鸿闻人道及，果然立即追去。毕修心术更坏，他出身正派，知道正邪水火不能并立，东海三仙无形剑已将炼成，混元祖师终难免难，在他门下不过暂避一时，一个不知进退，长此相随，日后仍不免于玉石俱焚。

故又想了一个面面俱到的好计：预先安排好一个替死鬼，特地将凌雪鸿引到五台山下，施展脱神解体之法，指人代死。凌雪鸿还以为孽徒伏诛，随用五行绝灭散，将尸首化去。混元祖师见新收爱徒惨死，凌雪鸿上门欺人，自然仇恨愈深。他却鸿飞冥冥，隐过一旁，既给仇人树了强敌，又可免却异日杀身之祸。果然所料不差，没有多时，混元祖师果为三仙无形剑所斩，五台山门下不少伏诛，他竟漏网。从此隐迹潜修，方以为无人知晓。不想恶人终当为恶，积恶已深，不容幸免。竟会被杨瑾一个大仇家，在鸠盘婆口中得知此事。那仇家名叫胡嘉，以前曾被凌雪鸿斩断过一条右臂、三根肋骨，吃了大亏，几乎废命。一气逃到岐山凤凰岭古墟洞中潜伏不出，衔恨切骨。自知不是对手，一意苦修，在古墟洞中用百炼精金，不但将断臂和肋骨补上，而且还能飞出伤人，专破敌人飞剑。由此隐了原名，自称金臂行者。等到他去寻找凌雪鸿报仇时，她已在开元寺兵解坐化。因他所学的是魔道，与鸠盘婆、许飞娘交好，常往鸠盘婆处论道求教，比和飞娘还要莫逆。这日又往拜访，鸠盘婆无意中向他谈起毕修代身假死避祸之事。心想："自己正想寻仇，此人恰是仇人叛徒，岂不正用得着？再者，自己一生尚未收过门徒。此人先前既受追云叟赏识，必非凡品，大可收归门下，为异日之用。"便向鸠盘婆问明毕修住处，亲往寻找。毕修先还不愿，一则斗他不过，二则彼时混元祖师尚未兵解，恐被察觉，三则如被正派诸师长知道，更是不得了。迫不得已，只得应从，拜了师父，一同去到岐山古墟洞中，相随修炼。

后来胡嘉仇未报成，混元祖师又命丧三仙无形剑下。师徒二人俱甚机智，知道正邪水火不能并立，目前各正派中能人甚多，后进中更有不少特出之士，止值正胜邪消之时，已然受过挫折，不愿再蹈以前覆辙，出去生事，一心只在古墟洞中修炼，欲由魔道修成地仙，倒也能知敛迹，按说原可无事。谁知毕修见胡嘉金臂神奇，坚请传授。胡嘉因他人甚奸诈，相随数十年，仍测不透他心志。自己所能，大半已经传授，倘再炼成金臂，万一又有叛师之行，难以制服。借口他臂未断，不应学此，老是支吾不允。毕修看出胡嘉心意，知他法术均有秘箓，意存窃取，总不得便。

这日也是合该有事。胡嘉差他往太白山上天池去采伏龙草，毕修因这多年来正派两辈师长、同门都当他已死，迄今无人看破，采得药草回转岐山之际，忘了隐形。途遇三仙门下的诸葛警我，匆匆隐避不及，露了行藏。知道不好，只得跪在诸葛警我面前，苦苦哀求：自己一时无知，铸成大错，如今悔之无及，千乞看在先前同门之谊，不要泄露，以免诸位师长知道，不能逃死。诸葛警我笑道："你还当你以前那点鬼隐身法，各位师长都被你瞒过了么？实对你说，当初你拜师学剑之时，各位师长早知你非本门中人，必有今日。只缘当时白师叔见你向道之心十分虔诚，又因和人斗气，特地恩施格外，将你收下。原意人定胜天，引你入正。你却不知自爱，叛师背道，先投入敌人门下，又恐日后有祸累及，行那代身邪术，只凌师叔暂时被你瞒过。别位师长同白、朱二师叔，先因凌师叔性情执拗，又苦追穷寇，寻你生事。后又因你恶贯未盈，气运未终，既然惧祸伴死，投庇妖道胡嘉门下，不敢似前为恶，也就不值专为寻你计较。今日相遇，我回东海，定徇昔年同门之谊，不向师长禀告。但你罪孽已深，师长说，就是隐伏敛迹，不再党恶为非，也难免于金天神雷之诛。何况你从的又是个邪魔外道。如听我好言相劝，即速革面洗心，独自隐入深山穷谷之中，专事静坐潜修，从此改行向善。仗着昔年师门传授，忍耐艰苦，熬过这数十年劫运，纵不有成，也可免祸，得享修龄，养就根骨，以备转世重修地步，方为上策。只求我不说，有甚用处？迷途速返，言尽于此。"说完，破空飞去。

毕修闻言，惊愧交集，不知如何是好。明知所说有理，无奈自拜胡嘉为师后，被他索去生辰八字，时刻在防叛他改图，如要弃而他去，也是死数。就此迁延下去，早晚又必应劫。正在愁思无计，偏是冤家路窄，又被许飞娘走来撞见。飞娘自混元祖师兵解后，顾念浓情，誓死与正派中人为仇，到处煽惑邪党，无孔不入。久寻胡嘉不见踪迹，一见毕修并未身死，忽然明白他以前假死用意，不由大怒，立时飞剑动手。毕修自非其敌，知她与胡嘉交好，被迫无奈，将胡嘉抬出。飞娘自得实况，方始转怒为喜，立逼引去相见。胡嘉倒也殷勤延款，两下里过从颇密，仍和以前一样。只拿定主意，劫后余生，不再惹祸树敌，除非断臂仇人尚在，否则碍难从命。一晃多年，始终说他不动。正无奈他何，忽然得知杨瑾是凌雪鸿转劫再生，忙往告知。胡嘉前言业已出口，说不出不算来。再者想起前仇，也委实万分痛恨。虽然答应，因知芬陀大师厉害，终是胆怯。最后才由飞娘借了鸠盘婆晶盘，商量以逸待劳之计。算出杨瑾所经路上，设下埋伏，暗摆妖阵，出其不意，暗下毒手。另外还约上一个名叫九天勾魂神君万谷子的妖道，与胡嘉二人，分别在岐山凤凰岭与蟠冢山一带埋伏相候。由此，胡嘉便在岐山废墟之下，暗设妖阵。不提。

且说毕修本想盗学胡嘉所藏秘箓，只是没有机会。如今趁胡嘉头七日设阵踏罡之际，将他魔教中太阴秘箓偷抄到手。仔细一看，胡嘉以前所说的倒也有几分实在。如学他的金臂炼法，不但要先断去一条手臂，并且费时费事，学时也必被师父觉察，反而不美。况且凌雪鸿业已转劫再生，事更难缓。如求速成，专为避祸起见，只炼花煞神罡，最为合宜。好在秘箓已全部偷抄到手，所有法术，异日皆可学习。主意打定，原打算借词下山，到远处祭炼。偏生胡嘉因自己每日要在岐山顶上布阵，正值有事之秋，不许毕修远离。毕修日惧祸临，急不可待，只得背了胡嘉，用妖法摄了一个孕妇，就在山凹中设起坛来。这花煞神罡在魔教中最为阴毒，专破五行神雷及各派飞剑。炼时又极神速容易。胡嘉当初原炼过这种妖法，因知目前正派中异宝甚多，恐为所破，才不惜艰险，苦心祭炼金精神臂。但毕修见秘箓所记妙用，以为无敌，所以急欲炼成。此法共炼七次，每次仅需三两个时辰。炼了五次，俱都平安过去。炼到第六次时，因为孕妇胎儿多阴少阳，两个生魂业已摄取到手，厉魂逐渐坚凝，忽然心动，恐万一有异派中人路过扰害。于是将飞剑放起，护着装生魂的法器。原意是只要法器不遭损毁，别的无关紧要。一遇有警，立刻借着飞剑防护，取了法器退走，改日再另外觅地祭炼，也不妨事。不料他那飞剑原是追云叟白谷逸的传授，这一小心过度，正派人物都很熟悉，恰巧遇见杨瑾在空中路过，将大对头招了来。

当毕修正在行法之际，忽听一声娇叱，跟着百丈金霞，带着一道银光，星飞中射，自天而下，来势异常惊人。毕修先后在追云叟、混元祖师和胡嘉门下多年，也是久经大敌；又听飞娘、胡嘉等妖人常道及杨瑾的行径貌相，本就有些做贼心虚；再一见那道银光，更是当年凌雪鸿常用之物，不知有多少邪魔外道，死在这银光之下。料定来人必是凌雪鸿转劫的杨瑾无疑，不禁大吃一惊，不敢乱施妖法抵挡，忙将保护法器的那道剑光飞上前去迎敌。不想杨瑾天性疾恶，又加毕修是本门败类，两世深仇，恨之切骨。知他奸狡刁顽，动手时早有成算，特地将两件法宝同时施为，使他措手不及。宝刀银光，毕修用本门飞剑还可支持些时。那法华金轮乃神尼芬陀佛门降魔异宝，势又迅急，如何能以抵御。剑光化成一道长虹，刚飞上去将金霞银光抵住，正待伸手取了法器遁走，就这瞬息之间，倏地眼前银光奇亮，飞剑竟被裹住，绞在一起。同时那百丈金霞由分而合，直向法坛上当头罩下。事出仓猝，万分危急。毕修如稍缓须臾，只要被黄霞笼罩，纵能用魔教中赤尸遁法侥幸逃得活命，也必带重伤无疑，还算他临危知机，应变神速，一见来势猛疾，自知万无幸理，终是逃命事大，顾不得再抢坛上法器，忙即施展赤尸遁法，咬破舌尖，往上一喷。立时法台上起了一片血光，烟雾蒙蒙中现出许多与毕修身貌相同的幻影，四散奔逃，真身却从血光烟云中逃走。杨瑾眼看敌人授首，一见这等情状，还不知毕修逃出圈外，只料是分身化形之法，大喝道："无知妖道！这等障眼法儿，也敢卖弄！"一指宝轮，那百丈金霞便奔流激湍般向四方八面数百亩方圆分散开来，将幻影、法台一齐罩住。再喝一声："疾！"金霞飙轮电御，疾转了数十百次，一声爆响，坛上法器首先破裂，氛烟净扫处，所有法坛上的幡幢及一切法器等品，全数绞为灰烬。

杨瑾先见许多幻影，俱为金霞笼罩，无一漏网，以为内中当有真身，不及逃遁。事后仔细一看，幻影全灭，所毁之物各有痕迹，惟独毕修尸首不见，更无丝毫残余之迹，才知中计，吃他暗施妖法逃走。下手如此周密神速，仍未使其伏诛，心中好生不快。再看木桩上的孕妇，早在事前惨死。毕修先时只顾强令厉魄入窍，加重祭炼，再被宝光一照，业已烟消骨碎，返魂无术，只得任之。妖道虽可痛恨，但当场被逃去，急切间定难寻觅。圣陵取宝，为日无多，不宜再作耽延。既然此贼尚在人间，访出底细，归来除他未晚，目前还是取宝要紧。

说时迟，那时快，先后还不到半盏茶的光景。原意收了毕修飞剑，行法葬了已死孕妇，免其暴骨山野，便自往圣陵进发。可是银光和飞剑还纠缠在一起。按说敌人遁走，无人主持，又是原先本门中的飞剑，收起来本极容易。等主意打定，去收时，颇觉费力。二次又运用玄功，往回一招，宝刀银光才裹住敌人飞剑，缓缓降落下来。等到离身三丈，忽然加快，以为无事。刚将宝刀、飞剑分开，伸手待收，那飞剑倏地比电还疾，嗖嗖嗖一片破空之声，径往斜刺里飞射出去。杨瑾先见敌人逃后，飞剑仍与宝刀相持，已疑敌人不舍此剑，潜身暗处，其逃不远。运用慧目四处细查，又不见一点妖氛邪气，好生奇怪，收时颇为留意。继见由难转易，快要到手，才放了心。哪知先疑已差，自身该有那旬日墓穴之灾。毕修就此弃剑而逃，本可无事，偏生他神雷之劫肇因于此，也难幸免。当时虽得脱身，终不舍那飞剑，见被银光裹住，知道厉害，不敢明收。先是暗运真气，强争无效。同时又见杨瑾四外谛视，料已生疑，恐被觉察，忽生急智，将身躲离远些，以备逃时容易。一面行险，将剑光由缓而速，逐渐放松。心想："万一仇敌业已看破行藏，始终用银光将剑裹住收去，那是活该晦气。原是他本门之物，一落人手，略加吐纳习练，便能运用自如，休想失而复得。否则，二宝一分，稍有间隙，立可火速收回逃走。"打好如意算盘，暗运玄功，静待时机之来。因他出身正派门下，人又奸诈非常，知用妖法隐身近处，必被看破。虽用邪术遁走，隐起时，却冒胆改用追云叟所传隐形之法。杨瑾见无妖气，暂时被他瞒过，稍微轻敌，疏忽了些，便中诡计，那飞剑竟被他收去，如何不气。匆匆不暇再计别的，喝得一声："好个大胆的妖逆！"脚顿处，便驾遁光照准剑光去处，破空飞起，电射般追去。毕修身剑业已合一，真如丧家之犬，连剑光一齐隐却，舍更是舍不得，急不如快，又无潜光敛影之能，拼命奔逃了一阵。回望敌人紧追不舍，早晚被她追上，便是死数，心中又恨又急。正在无可奈何，猛想起自己真个是临事心迷，其蠢到了极处。师父胡嘉受许飞娘重托，日夜在岐山顶上候她不着，难得相逢狭路，正好引她入伏。为何不择方向，一味乱逃，岂非自讨苦处？一看前途所经方向，正与岐山并行，相隔还不算远，变计改向，还来得及，忙即一催遁光，往左侧斜飞出去。

杨瑾追了一阵，逐渐追近，方拟再近一些，便可施展法宝。一见毕修改了方向，自然不舍，追得又近了些。猛一眼看见岐山在望，想起恩师行时谆嘱。暗忖："这厮鬼祟百出，莫要真个为了追他，遇见强敌，误了事机。"想到这里，微一停顿，遁光便慢了下来。一咬银牙，正待转身。毕修已经飞出老远，偶一回顾，敌人大有转身之势，哪肯轻放。深知杨瑾前生心性刚烈，适遇情形仍然未改。前面岐山不远，既不来追，正可匀出工夫施为。知道反追上去激她，不患她不入伏中计。当下忙从囊内取出胡嘉传授的七面妖旗，先用一面往空一掷，立时便有一道五色烟光上冲霄汉，然后回身追赶。装作不认得杨瑾神气,大喝道:"大胆狗丫头,叫什么名字?竟敢暗算你毕真人。前面我已设下仙法,为何知难而退?莫非怕本真人将你擒住做炉鼎么。"杨瑾停追斜飞并没有多远,忽觉后面有了破空之声。回身一看,毕修竟敢追来,身后有一幢五色妖云上升,仿佛有恃。又听出言不逊,不禁大怒。暗忖:"适见这厮虽隔多年,并无甚出奇伎俩。生前劲敌多半死亡,难道恩师所说岐山之伏,竟是此贼不成?"正忿怒狐疑间,毕修出语越发污秽,人却遥对不前。杨瑾想就此退走,心实不甘,便一催光,二次追去。满拟破了妖法,见机退走,不问他伏诛与否,反正绝不多延时刻。心里虽想得好,事却大谬不然。追了一程,眼望前面,毕修收了飞剑,隐身妖云之中。便将法华金刚轮取出,百丈金霞飞转处,烟云尽扫,毕修不见。正待回身,前面又有第二幢妖云升起,毕修又复现身,追来辱骂。气恨不过,又追,追近妖云,使金轮一照,二次又复化去。第三幢妖云又在远处与毕修相次出现。明知诱敌,一则怒恨按捺不住,二则疾恶轻敌之心太甚。似这样三次过去,已离岐山凤凰岭不过里许。杨瑾气得把心一横:"此贼如此可恶!休说我有至宝护身,纵有妖阵,也困我不住。来时恩师只说到后三日中,圣陵开放,未说一准时日。现在是期前赶往,尽有余闲,不见得便为此所误。纵落此贼算计,为妖尸捷足先登,仍可跟踪赶往。恶气难消,今日豁出受旬日困苦,宁甘误事,也必将此贼杀死。"想到这里,便催动遁光,往前追去,似这样连冲破了五幢妖云。

毕修见已经诱至岐山凤凰岭地边上,还不见胡嘉现身迎敌。敌人遁光里放出万道金霞,所过之处,邪气似风卷残云一般,休想抵御分毫。七面妖旗,只剩了两面。来势比电还疾,眼看赶近。再有片刻工夫,这第六、七面妖旗一毁,定被追上。要是胡嘉恰在此时他往,自己又不明魔阵用法,岂非死路?忙中无奈,只得豁出弃去那口飞剑,仍照先前隐身遁走,方为上策。主意想好,前面咫尺,便是第六幢妖云所在之处,偶一回顾,杨瑾追离身后仅有数十丈之遥。一催剑光,身刚飞入妖云之中,身后金霞已经射到,知道不妙。胡嘉处心积虑,在此候敌,已非一日,不致离开。想是看出敌人势大,知难而退,故意不出交锋。危机顷刻,再一味逃下去,追上准死无疑。当时惊慌失措,便借着烟云隐蔽这分秒之间,顾不得再施展第七面妖旗诱敌,一指剑光,离却本身,仍旧往前飞去,紧接着行法隐了身形，往斜刺里逃走。原意杨瑾必朝剑光追赶，仍可诱敌更进；即便不能，仅只飞剑被她收去，也可无害。谁知杨瑾先时疏忽，被他瞒过，上了一次当，业已留心，早就防到他又施故伎。再加毕修分光隐遁之时，金轮宝光恰巧射到。杨瑾见前面烟云尽处，人影一闪，剑光稍停了停，仍旧朝前飞去，知他舍剑图逃。同时又想起毕修原在追云叟门下，适才定用的本门隐身之法，所以看不出妖气来。虽然看破，心里还拿他不定，一面运用玄功，试一收那剑光，竟是随手飞来。愈知所料不差，毕修仍在近处，逃走未远。忙停下遁光，再用本门禁法，去破那隐身之法。毕修因先时收剑，才被敌人看破，几致性命莫保。及见胡嘉不出，以为存心怯敌，一时绝望，决意弃剑逃生，不想弄巧成拙。敌人知微神速，一晃眼工夫，已将飞剑收去。接着猛觉激灵一个冷战，身上一紧，立时现了身形。不禁吓了个亡魂皆冒，连忙咬破舌尖，一片血光从口中喷出。正待化身逃遁，杨瑾法华金轮放出百丈金霞，已经照到。就在这危机一发之际，倏地眼前一暗，耳听一人在空中厉声喝道："徒儿快往东南退出，待我亲拿贱婢。"毕修听出是胡嘉口音，心中大喜，径往东南方遁去。不提。

这里杨瑾刚破了毕修隐身之法，放起法华金轮，眼看百丈金霞飙飞电御，就要将毕修裹住，猛觉眼前奇暗，尖风如箭，刺得遍体生疼，头上似有千万斤重物，当头压到。知道陷入埋伏，忙用飞剑围绕全身，又将法华金轮招回护体。紧接着将镇魔诸宝相次施为，化成一团数十亩方圆的金光霞彩，与暗云浓雾冲突起来。满拟邪不胜正，区区妖法，万万经不住佛门至宝一击。谁知胡嘉用的是玄阴魔法，有挪移五行、颠倒乾坤之妙，非比寻常。宝光所照之处，虽将邪雾妖氛冲荡成一个光巷，可是光霞以外，仍是黑暗非常。冲荡转折了一阵，连方向都分别不出来，更看不见妖人存身何处。杨瑾见妖阵中除暗影沉沉，不辨东西外，更无别的动静，先还不甚在意。后来认定一个方向，照前直冲，凭着冲光迅速，以为总可冲出，与妖人对面，决一胜负。冲了一阵，前面老是一片深黑，杳无止境。才想到妖人用的是挪移五行魔法，如不先将阵法破去，似这样飞行十年，也离不了原处。正在焦急，觉适才被妖风吹了一下，周身酸痛不已，只得强自按捺，暂停飞行。索性和在仙霞岭遇见许飞娘时一般，盘膝坐在金轮之上，运用金刚禅法打坐。过有两三个时辰，刚将身上所中邪气用本身真火化尽。

杨瑾正在冥心定性、默运气机之际，遥闻离身十里之外高处，毕修向一人低语道："师父，你既将贱婢困住，怎还不下辣手，等待何时？"另一人答道："我这九子母天魔玄阴大阵非同小可，无论何派真仙，一经深入内阵，绝无幸免。适才只怪你胆子太小，已然诱敌到此，眼看深入玄牝，再进里许，便可出其不意，用玄阴之火，将她炼上三日，全身化为融泥而死。不想你却害怕逃走。我那玄牝法器，设在阵底，原意仍可诱她入阵。偏生贱婢飞行甚速，又和阵地背道而驰，所用法宝更是神妙，我连用长地之法，仅能将她止留原地，冲不出去。除了等她心疑易向，掉头飞行，终难入网。此时停了多时不动，周身光霞笼罩，必是适才为玄阴之气所中，周身酸疼，在那里运用坐功。此事心急不得，我等以逸待劳。她身上酸疼一止，见久冲不出，只要改道，便投罗网。休看她有法宝护身，我豁出再苦练十年，葬送这条金精神臂，将她护身法宝抓去一两件，稍有间隙，何愁当年断臂之仇不报？贱婢两世修为，俱在芬陀老虔婆门下，不可轻视。今番费了许多心计，一击不中，反倒自误。务须相机审慎而行，此时还难动她。至于目前外阵中诸般禁制埋伏，看贱婢道行法宝均胜往昔，纵然发动，未必有用。老虔婆此时不能分身来救，毫无可虑，可以稍待为是。"胡、毕二人原是在凤凰岭法台之上低声对语，相隔杨瑾至少说也有十里远近。万不料金刚禅法一经坐定，便返虚生明，灵机微妙，数十里左近，万籁动作声音，均能谛听清晰。胡、毕二人这数句话不留神说出，却给杨瑾少了好些麻烦。

杨瑾疼止以后，原想再运用一会儿玄功，以防余邪未净，并无别意。一闻此言，方知为首妖人乃当年断臂逃走的胡嘉。这九子母天魔玄阴阵法，当初曾听芬陀大师说过，乃魔教中数一数二最狠毒的妖法。一旦深入牝门，被玄阴之气吸住，不消多时，任是金刚般法体，也要吃阴火搜精竭髓，销骨亡魂，化为一具空皮壳而死。此阵尚有色、声、香、味、触诸般妙用，外有无形诸天魔网。虽然破它不易，但是只要能识玄牝之门所在，深知其中厉害，拿定心神，不去入窍，便可保得本身真阴，至多暂困魔网，终能逃去。记得适才追近岐山，因见毕修往斜刺里遁走，便即破了隐身之法追去。且幸无心中听出此阵玄牝方向，与它背道而驰，料无差错。如仍照旧前飞，他必用长地之法留难，仍逃不出。否则难免别生诡计，身在伏中，无计防范。圣陵取宝事急，已违师训，中了道儿，再如应付失宜，非误事不可。好在有法华金轮护身，般若刀可斩破魔网，暂时只作脱身之想，不与妖逆师徒苦拼，当无妨害。

想了想，将主意打好，故意大喝道："不知死活的妖逆！当年断臂，放汝逃生，只道你悔过匿迹，不再为恶。谁知竟敢暗布九子母玄阴魔阵，暗箭伤人。我现运用慧目观察，已识鬼蜮伎俩。本当运用般若刀斩破魔网，用恩师所赐百宝如意纯阳转心锁锁禁底阵灵魔，然后用大力金刚神杵捣毁玄牝，使尔妖逆魄散形消，同归于尽，万劫不得超生。因念你苦修多年，殊非容易，虽是邪教异端，平日恶迹尚未显著，不忍就下辣手。叛徒毕修，却是饶他不得。如明白事体，速收妖阵，献出叛逆，我便情开一面，容尔逃生；倘再怙恶不悛，冀以邪魔取胜，祸到临头，悔无及了。"胡嘉不知杨瑾所说乃是诈语，一听大惊。暗忖："这丫头转了一劫，竟比前生还要厉害。这九子母天魔玄阴大阵，曾经赤身教主鸠盘婆指点，自己苦习多年，煞费心力，中有无穷微妙，各派剑仙休说是破，连阵名也未必能叫得出。当阵法初发动时，见她忙使法宝护身，惊慌神气，分明不知底细。怎地待了些时，不特省识阵名，连破法也都知道？那百宝如意纯阳转心锁和大力金刚神杵正是此阵克星，要真个施为起来，玄牝之门一破，底阵灵魔与本身真元息息相关，害人不成，势必反而自害，那还了得！为报当年之仇，蓄志苦修，今日相逢，就这般容易罢手，情有不甘。献出毕修，自然更无是理。"正在内怯踌躇，杨瑾又复喝道："无知妖孽，怎不答言？再如延迟，我便要下手了。"杨瑾原因知道魔阵厉害，故意虚声恫吓，使其有所顾忌，试探着施为，不敢速将全阵发动，暗中却在运用玄功，外借诸宝护身，趁他一个冷不防，施展芬陀大师所授临难脱身的飞雷遁法，朝玄牝相反的方向加速遁走。她这里准备脱身，胡嘉身旁侍立的毕修却见仇敌陷身阵内，好生欣喜。方以为成擒在即，忽听杨瑾说了那几句话，胡嘉沉吟不语，有怯敌之状。虽知不会将自己献出，但是行藏今日已被杨瑾看破，若任她走去，必要告知三仙二老及各正派中前辈，苦苦搜寻，岂不遍地荆棘。早晚遇上一个，便难活命。越想越怕。等杨瑾第二次话一说完，忙向胡嘉道："凌雪鸿前生便是诡计多端，今番转劫，想必格外奸猾。我师徒和他们这些人情如水火，不能并立。现既陷身入阵，师父还不下手，等待何时？"一句话把胡嘉提醒，猛想起那百宝如意纯阳转心锁乃当年天狐宝相夫人千年修炼而成的异宝，在东海遭劫之前已献与极乐真人李静虚，事隔多年，一直未听同道中人说起。这还可说李静虚与芬陀大师交好，转借与她门徒使用。那大力金刚神杵乃南海红门岭上高梁天废地残二子合有之宝，双方门户之见甚深，怎会到她手内？况且当年凌雪鸿专与异派为难，到处寻仇，不肯放松丝毫。飞娘说她转世以来，较前尤甚。既然识破此阵，又有此二宝在身，哪会先打招呼？定是用诈无疑。数十载卧薪尝胆，好容易才使入网，莫要受骗，被她逃走。想到这里，暗中便加了小心，一面发动阵法，一面查看动静。如真见敌人施展所说二宝，再行收阵，带了毕修遁走不晚。

说时迟，那时快，就在这微一迟顿之间，杨瑾已将玄功运足，倏地大喝一声，先一指般若刀，化成冷滟滟一片银光，向空飞起，故作斩网破阵之势。同时手扬处，一声霹雳，电火飞射中，便背向底阵往外冲去。胡嘉虽然看破敌人有遁逃之意，并没料到这等神速。一见银光飞起，敌人果照所说之言行事，知此刀厉害非常，未免也是惊心。惟恐魔网斩破，纵与全阵无碍，毕竟损丧一件法宝，有些可惜。刚想放出飞剑抵御，倏地霹雳一声，雷火飞射，宛如银雨，敌人已然疾逾闪电，破空直上。这才明白敌人用的是飞雷遁法。事机瞬息，稍纵即逝，连喝骂的工夫都没有，哪还顾得抵御般若刀，救护魔网。忙一伸左手，将法坛上备就的四面形如手帕的黑网一晃，喝一声："疾！"立刻空中便有四片数亩大小的乌云一上三下，展将开来。

杨瑾正往上冲，猛闻腥臊之味刺鼻。抬头一看，乃是一片极厚的幕天黑云当头罩下。不禁大惊，连忙按住遁法，不敢再上。情知动手稍迟，被妖道惊觉。这黑云名叫玄阴神幕，秽发所炼，共是上下四方六面。被它罩上或是网住，无论多少年修炼的道行，全都毁于一旦。妖道前后出世不过一二百年，绝难炼成这样魔教中的异宝，定是鸠盘婆处借来无疑。最厉害是此宝另有元神，用时无须像别的法宝一般收起，只须微一招展，便可随心所欲，遮挡敌人去路。起初想不到魔阵如此完备，这一来图逃之念成了画饼。如真是此宝，必然不止一面。想到这里，运用慧目，借着自己宝光冲照处往四外一看，果然除阵底阴门一面外，身前和身左右两方，还有三片黑云，跟三堵墙一般，挡住去路。宝光所射之处，暗云净扫，妖雾全消，独这上下四片黑云，却似实质的丝网一般，纹孔分明，纹丝不动。虽吃法华金轮宝光挡住，不能再进，却也破它不得。一会儿渐伸渐长，头上黄云也渐渐散布开来，形如一所有墙没门的房子，将杨瑾困在当中。只阵底一面空着，此外更无出路。当杨瑾后退之时，"哗"地一下裂帛之声，妖道魔网已吃般若刀刺破。杨瑾见机，看出情势不妙，忙即收回，未被妖幕隔住。知道妖道故空一面，想借玄阴神幕之力，逼着自己入窍。虽然师传诸宝不畏邪污，暂时足能护身，不受侵害，要想脱身却是万难。看妖道如此布置周密，居心狠毒异常，万一陷身玄牝之门，必无幸理。又知妖道善于颠倒阵法，挪移五行，稍微疏忽，必中暗算。身在危境，还不敢焦思分神，以免闪失。只得强自按定心神，运用遁光，算准五行方位，仍朝着阵底一面，不住加速退飞，一面思量脱身之计。心想："魔网已破，玄阴神幕只能在百十丈左近遮掩自己，不能围近前来。如能任它三面包围，加疾飞行，只要冲出阵地，稍有丈许空隙，便有脱身之法。"谁知妖道的魔网和四面玄阴神幕，俱是鸠盘婆处借来，借时再三叮嘱，不可失损，务要小心施为。见敌人还没怎样，先毁了一样宝物，异日拿甚交代？急怒攻心，愈发切齿忿恨。又知敌人法力高深，五行挪移之法急切间难以生效。一面招展玄阴神幕，一面拼命施展长地之法。暗骂："不知死的贱婢，饶你飞得多快，身已陷阵，想逃时比登天还难。你这样不停疾飞，绝难持久，早晚必有不济之时。只要你飞得少许迟慢了些，与那阵底接近，不愁玄阴之气吸你不住。"所以杨瑾飞了好些时，因妖人防范严密，有时虽然冲远了一些，转眼又回到原处，只在离阵底里许，上下进退。

一晃过了一天。胡嘉因杨瑾法宝厉害，好些妖法和外阵中的妙用，俱未行使。原想以逸待劳，挨到杨瑾力竭时就擒。继见双方功力悉敌，杨瑾飞行了一日夜，始终未与阵底接近，无懈可击。暗忖："神尼芬陀，甚是难惹。看敌人道力，足可支持多日。如不另打主意，及早将她除去，时日一久，这老东西难保不得暇赶来，救援寻仇。那时不但功亏一篑，仇报不得，弄巧又吃大亏。"想了想，立时改变主意，左手中指一弹令牌，同时咬破舌尖，满口鲜血喷将出去，便有数十百道红丝箭一般往四外飞去。杨瑾为防妖人暗算，原是面向阵底退飞，先也想分出一件异宝杀敌取胜。明知妖人就在山顶行法，无奈妖云浓厚，暗如鬼狱，离身数十丈，宝光所照以外，看不见一丝景物，无法施展。身陷魔阵，已过了一天一夜，不设法脱身,必误限期。方焦急间,忽见底阵上空,有无数红丝飞落,纷纷没入四外暗影之中。知妖人又在催动魔阵,行法暗害,不由加了几分小心。果然寻思未已,眼前倏地一亮,身外四面太阴神幕全都不见,所有妖云浓雾一齐消逝,阵中变成一片灰黄之色,仿佛黄昏时光景,不似先前黑暗,却看不出天日景物。便大喝道:"无知妖孽,不敢现身出敌,只管卖弄这幻景,有何用处?"话言未了,眼前一闪,倏地又现出许多赤身妙龄男女,赤条条一丝不挂,在离身数十丈处舞蹈起来。一会儿变得越紧越多,将杨瑾团团围住,上下旋转,颠倒错综,丑态百出,备诸妙相。杨瑾知是魔教中最厉害的天魔摄魂舞,休说为它所动,连运用强制之法,闭目不视,都要堕入术中。那太阴神幕,妖人不过行法隐蔽,并未收去,稍一疏忽,便形神消灭,堕入轮回,那还了得。当下忙将心神一正,任它千般丑态,视如无睹。一面仍加速疾飞,另想脱身之法。仗着两世潜修,道基坚定,又有佛门至宝护身,天魔阴幕为宝光所阻,近身不得,总算没有中了道儿。

　　光阴易逝,又过了一夜。一算时辰,应是到达圣陵的第一天,陵中神符禁法,便在这三天之内失效开放。晚两日还好,倘在当日开放,为妖尸捷足先登,即便脱身赶去,也是徒劳。长此被陷,如何是了?心恨妖人切骨,一时情急,意欲只留法华金轮护身,将所有法宝飞剑全放出去,冒着奇险,与妖人师徒拼个死活。正待施展之际,山顶法台上的胡嘉见天魔摄魂之法仍是无用,又惊又怒,气得把满口钢牙一错,豁出再苦练十年,不问敌人法宝厉害,一伸金精神臂,便下毒手。两下恰好同时发动。这一来,却给杨瑾造了脱身机会。杨瑾也是合该有旬日之困。先因疏忽,陷身阵内。自用金刚禅法打坐,无心中听出妖人自道阵名,识得妙用以后,却又吃了过于谨慎之亏,以为太阴神幕,共是六面,妖人放起四面,余下两面,必然隐藏阵底和地下,始终没有想到仗着金轮妙用,穿行地底脱险,以致延误时机。

蜀山剑侠传 5

—著—
还珠楼主

人民文学出版社

目录

第一八一回	一篑亏功　圣陵失宝	
	浃旬有难　古墓羁身	1873
第一八二回	探地穴　侏儒建奇勋	
	斗妖尸　仙童消隐患	1887
第一八三回	功成一击　金菩提暗藏白眉针	
	计斩双凶　太虚鉴巧制九疑鼎	1910
第一八四回	照影视晶盘　滟滟神光散花雨	
	先声惊鬼物　琅琅梵唱彻山林	1926
第一八五回	月夜挟飞仙　万里惊波明远镜	
	山雷攻异魅　千峰回雪荡妖氛	1940
第一八六回	大地焕珠光　念悔贪愚　始悉玄门真妙谛	
	法轮辉宝气　危临梦觉　惊回孽海老精魂	1964
第一八七回	巨掌雀环　神光寒敌胆	
	皓戈禹令　慧眼识仙藏	1981
第一八八回	毒雾网中看　岩壑幽深逢丑怪	
	罡风天外立　关山迢遥走征人	2000
第一八九回	念切蒸尝　还乡求嗣子	
	舌如簧鼓　匿怨蓄阴谋	2042
第一九〇回	射影噀毒沙　平地波澜飞劳燕	
	昏灯摇冷焰　弥天风雪失娇妻	2059

第一九一回	雪虐风饕　凄绝思母泪	
	人亡物在　愁煞断肠人	2075
第一九二回	悔过输诚　灵前遭惨害	
	寒冰冻髓　孽满伏冥诛	2095
第一九三回	隔室庆重圆　悲喜各殊遗憾在	
	深宵逢狭路　仇冤难解忒心惊	2112
第一九四回	地棘天荆　阴谴难逃惊恶妇	
	途穷日暮　重伤失计哭佳儿	2130
第一九五回	临命尚凶机　不惜遗留娇女祸	
	深情成孽累　最难消受美人恩	2149
第一九六回	宝镜耀明辉　玉软香温情无限	
	昏灯摇冷焰　风饕雪虐恨何穷	2175
第一九七回	强欢笑　心凄同命鸟	
	苦缠绵　肠断可怜宵	2198
第一九八回	国士出青衣　慷慨酬恩轻一击	
	斋坛惊白刃　从容雅量纵双飞	2212
第一九九回	旧梦已难温　为有仙缘法孽累	
	更生欣如愿　全凭妙法返真元	2220
第二〇〇回	披毛戴角　魔窟陷贞娃	
	惩恶除奸　妖徒遭孽报	2242
第二〇一回	照怪仗奇珍　泠泠寒光烛魅影	
	行凶排恶阵　熊熊魔火炼仙真	2270
第二〇二回	玉貌花娇　奇艳千般呈妙相	
	邪消正胜　传音万里走妖娃	2297
第二〇三回	大熊岭魔火化蓝枭	
	三柳坪神针诛黑丑	2313

第一八一回　一篑亏功　圣陵失宝
　　　　　　　浃旬有难　古墓羁身

其实当初胡嘉向赤身教主鸠盘婆借宝时，那六面玄阴神幕已然赐给她门下两个最心爱的女徒金姝、银姝。鸠盘婆见胡嘉再三苦求，虽命借与，却未全给。原来金姝、银姝自从那年奉了师命，去应毒龙尊者邀请，行经青螺峰红鬼谷外，被绿袍老祖擒住，要生吃人心人血，不是五鬼天王尚和阳搭救，几乎裂腹惨死。逃回去便向师父哭诉，力请报仇，鸠盘婆只说不是时候，执意不允。后来藏灵子向绿袍老祖寻仇，正斗得不可开交，红发老祖随后赶到，用天魔化血神刀将绿袍老祖劈入阵内，相助三仙二老火炼绿袍老祖。仇已有人代报，才平了气。由此对各正派中人生了好感，对各左道妖邪转成厌恶。当时师命难违，勉强应允，留起两面，只借了四面。人去后，对鸠盘婆说："胡嘉不可深信，既恐久借不归，又恐为正派人所破，不愿师传至宝毁损，故而将两面主幕留下，以防万一。"鸠盘婆当时还数说了二姝几句。

胡嘉借宝到手，炼成魔阵，再寻敌报仇时，凌雪鸿业已转劫。一晃多年，老防仇人托生再出，一直也未归还。这次因许飞娘说仇人转生，更名杨瑾，仍在芬陀门下，比前还要厉害得多，最好将那两面主幕也借了来，方为万全。二姝因他屡次推托不还，本就不喜，常向师父絮聒，哪里还肯再借。鸠盘婆虽因以前与神尼芬陀有小嫌隙，打算借刀杀人，但极溺爱二姝，视为本派传人，二姝不借，振振有词，也就听之。杨瑾哪知底细。

胡嘉初会杨瑾，把四面玄阴神幕已都使出，未始不想到还有缺陷。嗣见杨瑾一味不停前飞，地下面已施有禁法防敌土遁，也就没有在意。及至金精神臂一飞出去，杨瑾正将法宝分别施展，忽见一团黄烟裹住一只数亩

1873

方圆的大手，自阵底一面飞至，意似抓取宝物。杨瑾虽然两世修为，博闻多识，这东西却未见过。自己又陷重阵，妖人相持二日之久才行发动妖法，情知来意不善，不敢大意。忙即运用玄功，一指般若刀，冷森森一道银光，如匹练般刷地带起破空之声，飞将上去。眼看两下里迎在一起，就要绞上，那怪手的五根长大手指倏地一掣，黄光闪过，竟自隐去。般若刀把后半截手臂绞住后，手指重复出现，不住屈伸，做出攫拿之势，仍旧飞来。银光虽将后面手臂缠紧，却斩它不断，只不过来势缓了许多。方才明白胡嘉用意，是因见自己有佛门诸宝护身，万邪不侵，虽然暂时困住，要想成擒，却是万难，这才施展极恶辣的妖法，意欲从宝光层里穿进，将自己抓入阵底中去。这条怪手臂，必是他本身真元所化，般若刀乃佛门降魔至宝，竟会阻他不住，足见厉害非常。万一法华金轮再阻他不住，便非失陷在妖人手内不可。这时身外许多天魔舞蹈方酣，淫情怪相，越出越奇。那怪手也越飞越近。妖人全阵逐渐发动，鬼声啾啾，此应彼和，加以阴风怒号，惨雾弥蒙，越觉景象凄厉，声势骇人。杨瑾又将剑光飞出同敌怪手，可是仍像般若刀一样，只管纠缠，依然无效。法华金轮要用来护身，又不敢轻易离身放出。当这危机四伏之际，杨瑾心里一着慌，神微疏懈，遁光一慢，前面阵底便凑了上来，相距不远，同时上面那条怪手臂也已当头抓到。如非金轮妙用，杨瑾机智神速，纵有金轮护身，不被那只怪手抓住，再稍缓须臾，略近前数丈，必被阵底玄阴之气吸进去无疑。

  杨瑾见势不佳，不禁大惊。不顾再运用上面飞剑、般若刀，连忙加紧催动遁光，好容易退到原地，相隔玄牝之门较远。那只怪手已伸入金轮光霞之中，想也尝着一点厉害，微一接触，便即退缩了些，退时并没有进，人已吓了一身冷汗。杨瑾自遇了这一次险，心中忧急，元神没有先前能够镇摄，以后形势越坏，好几次都几乎被妖人用长地之法摄入阵底。知恩师连日正在紧要关头，不能分身来救。再不设法行险，定遭毒手。寻思未已，倏地又飞近阵底，相隔玄牝之门不过丈许。那只怪手，也改了方向，由上而下，从侧面抓来。一时情急，知难幸免，便不问青红皂白，忙暗施展天龙遁法，一手掐诀，一指法华金轮，一面招回飞剑、般若刀，百丈精光霞彩，飘飞电转，护住全身，直往地层下面冲去。胡、毕二人在山顶上眼看得手，忽见杨瑾连人带宝往下一沉，金霞疾转处，地面禁制全破，沙石旋飞，宛如狂风卷雪，四散纷飞，转瞬陷一深穴，敌人随光同隐，转瞬不见。连忙飞身追下，已自无及。

杨瑾原不知下面一层有无玄阴幕阻隔，这时危机瞬息，急不暇择，以为入地虽是一样涉险，难以脱走，但有诸宝护身，不致立受侵害，总比被怪手抓住，或被玄牝之门吸入要强一些。等到冲入地内，敌人颠倒五行来困之时，再打主意。不料地面禁制被法宝一破，下面并无阻隔，无意出险，惊喜交集。立即催动遁法，穿行地底，估计出了阵地，方始上升。回首遥望敌阵之上，妖云弥漫，相隔甚远。料他追赶不上，径催遁光，往圣陵飞去。心想："途中虽受妖人阻滞，延误了两三日，总算脱身还早，仍在恩师所说三日之内到达。连恩师那般玄机妙算，也只算出圣陵应在这三天中开放，并没算出准日。此番到了圣陵，如恰在最后一日开放，自然是刚刚赶上，再好不过；即便在恩师所说三天限期中的第一天开放，这相隔万年的事，妖尸也未必能算准时日到达，分毫不差。"故仍满怀希冀之想，一面催着遁光，破空加速前进，真比掣电还快。

杨瑾飞行迅速，一射千里，不消多时，便离圣陵不远。前望桥山顶上，一座圣陵矗立在斜阳丛树之间，四外荒寒，寂无人烟，静荡荡的，不似有甚朕兆。一会儿飞到山脚，为表虔敬，便将遁光按落，先朝圣陵下拜，叩祝了一番。然后遁山而升，沿途也未看出有人来过之迹，愈发心喜，以为不致误事。及至到了陵前，二次跪拜通诚，默祝起身。因已到达，不等子夜，试用天龙遁法，由地底往陵中小心行去。见地下并无阻隔，知圣陵已在到前开放，来迟了一步。万年异宝，得失关心，忍不住心头怦怦跳动。又进丈许，略微上升，走入了直达内寝的一条长的甬道。石路修整，石壁坚硬，宝光照路，尽可通行，便收了遁法，顺路往内寝跑去。再行里许，便达内寝，石门大开，内中光焰荧然。又跪下来，虔诚通白了一番。取出大衍神符，正要往寝门中走进，忽见壁间有儿点金红光华闪亮。近前看，乃是几支宝箭，箭镞长有二尺，业已没入石里，有的钉在壁间，有的斜插地上，每支长约丈许，全杆乌光铮亮，朱翎钢羽，掩映生辉，形式奇古。箭柄上发出碗大的金光，箭镞未没尽处，光赤如火。在陵外甬壁间共是四支，射处石都分裂，溅散满地，看神气似刚射出来未久，知是内寝中埋伏的神箭。如无人偷入，触动玄机，绝不至于发射。当下便料到要应恩师前言，被妖尸捷足先登，把来时高兴，无形中打消一半。再往前时，那神箭竟到处都有，四处散射，不下四五十支。算计那箭发射之时，必然猛烈。只是途中不见来人受伤痕迹，圣陵异宝多半失去。懊丧之余，尚存希冀，便在寝门外又跪拜通诚了一番，方行起身走入。发现神箭之后，恐陵内或许还有埋伏，愈发戒备前行。才一入门，便闻异香。那座内寝广约八九亩，形式正方，四壁雕刻着许多战迹。迎面一座数丈长方的石案，上设樽俎鼎彝之类的祭器。案前地上，有九座大鼎。两旁一面一个大油釜，釜中各有一朵万年灯，灯油还存大半，光焰停匀，静沉沉的，高达尺许。圣帝真灵，便停在案后石榻悬棺之上。杨瑾满腹虔敬，不敢谛视，只觉身材奇伟，没有看见面目。灵前及左右有好些顶盔披甲、执戟佩弓的卫士端然正立，服饰奇古，身材高大。先还当是木石制成的古俑，再一审视，个个神态欲活。除因年代湮远，身子已与木石同化外，一切均与生人无异，才看出都是当时效忠自殉之臣。端的是庄严肃穆，别有一番景象。

这时杨瑾虽知事前有人来过，圣陵至宝十有九已被妖尸盗走。但是内寝尚有其他埋伏，神箭威力厉害，或许能将妖尸惊走，心中尚存着万一之想。及至照着芬陀大师所说，敬谨戒慎着走向五鼎后面藏宝之处一看，那两件圣陵至宝早已不翼而飞。失宝之事，原在意中，虽未过分惊愕，却是悔恨非常，不该不守师诫，苦追穷寇，以致白费许多心力。此去白阳山向妖尸取宝，还不知要有多少险阻艰难。正在寻思懊丧，转身时不小心，身子将灵前长案碰了一下。立时一阵香风过处，隐隐听得四壁金铁交鸣之声，灵前执戟卫士跃跃欲动，面上似有怒容。恐渎圣灵，不敢再延时刻，连忙倒身退出。到了门外，又恭恭敬敬跪祝了一番，四壁金铁之声方始渐止。等将甬路走完，方要行法破土上升，前面宝光照处，忽然瞥见甬道入口处壁间挂着一个柬帖。取下一看，乃是追云叟白谷逸所留。大意说：因受东海三仙诸道友之托，得知妖尸和杨瑾竟向圣陵取宝，先到先得之事。偏生群仙都在这些日内有事不能分身。追云叟也是如此，为了杨瑾，还少了许多修为，特地丢下一半功行赶来，已被妖尸捷足先登，在杨瑾到的前两日，圣陵刚开放的下半夜，将至宝盗走。知杨瑾随后必到，但是此时尚有他事，不是见面时机，留此代面。请杨瑾乘着妖尸宝刚到手，不能深悉其中妙用，速往白阳山一行，虽难免旬日困身之厄，终必得手，自己也要随后赶去相助。杨瑾一算时日，如在岐山陷入魔阵的前半日就从地下行法遁走，还来得及，可以赶上。先是疏忽，轻敌吃亏；末后却受了谨慎的害，万想不到胡嘉地底下没有埋伏玄阴神幕。这一阴错阳差，全功尽弃，后悔已自无及。难受了一阵，无法，只得重振精神，驾起遁光，往白阳山飞去。

剑光迅速，一路并无阻隔，不消半日，飞到妖尸无华氏父子的墓穴外面落下。这时已是第二日的晨间，朝暾融融，正照谷中，树色山光，秀润欲滴。杨瑾心事在怀，无暇留连景物。因穴中情形已承芬陀大师解说过，心里一忙，略一端详内外形势，看看有无妖法埋伏，便往洞中走进。原意潜踪深入，先窥好虚实和藏宝之所，盗出圣陵至宝，再和妖尸动手，以免又再疏忽，应那旬日困身之厄。偏生数有前定，一任杨瑾事前打算得好好的，中途仍生变故，几致祸遭不测。

杨瑾本是隐身入洞，刚入洞行没多远，便见前面内洞深处有几点星光出现，明灭闪动，变幻不定。杨瑾知是内洞的神灯妖火，并没怎样在意。及至又前行了里许，忽遇木栅阻隔。那木栅看只半截，由外可以观内，但是暗藏无边阻力，寻常飞越不过。杨瑾识得禁法妙用，便也运用玄功，用五行克制之法冲了过去。杨瑾潜光匿影，本来不易为妖尸觉察。无巧不巧，恰值那只妖鸟正在白阳真人那块怪碑后面瞑目假寐，生人一到里面，怪碑禁法便自发动。杨瑾见碑前一个怪物飞扑上来，知也是禁法作用，恐将妖尸惊动，不去破它，仗着隐了身形，便用遁法让过。可是那妖鸟何等灵警，已自警醒，怪鸣报警。穴中妖尸、妖道立时觉察。个中穷奇最是险诈多谋，首先飞出一看，洞底禁法俱已发动，妖鸟四处追逐，不见人影。知来人是个劲敌，恐妖鸟有失，一面出声喝止，一面退入穴中，与妖道等设下诡计，诱敌入阱。

杨瑾刚让过怪物，不见怪鸟来扑，料知此物嗅觉必灵，意欲暗中下手，没有施展法宝。正寻思避让间，忽听前面不远起了怪声，黑暗中似有一个高大人影往后隐去。同时碧光闪烁，妖鸟与那几点星光全都不见。虽知惊动敌人，心中还想暗中入内，探明敌情再说，故仍旧隐身前行。这时妖尸和妖道暗中已排好阵法相候，杨瑾一去，恰巧落入他们的圈套。任是怎样小心，无奈妖尸有万年道行，神出鬼没，变化无穷，仓猝间哪里观察得透。就这样，妖尸尚恐来人机警，不易上当，等一切布置停当，又命妖道师徒连同妖鸟，故意装作寻觅敌人，将法宝飞刃等放起，四下搜索。杨瑾进到墓门内寝之外，不见敌人出战，方在疑虑，忽然先后两道黄光从门内飞出，满处盘绕。接着妖鸟出现，又有许多妖火红光四散飞奔。虽知妖尸道力不比寻常，法力绝不止此，未存轻敌之念，仍估量敌人看不见自己，所以放出法宝，胡乱击刺，有心不去睬它。偏那妖鸟追定自己身后不舍，有一次竟差点没被啄上。暗想此鸟能闻嗅寻体，如不除去，终觉讨厌。况且敌人已有觉察，因知自己深入，防备更严，也难下手。

当下想了个计策：从法宝囊内取出前生所炼的五火须弥针与七支坎离梭，准备杀死妖鸟。假意和那些黄光妖火对敌不胜，往外退出。自己却从纷乱中暗隐身形，乘隙入门。反正二宝经过两世修为，已与身合，便是暂时失落，终可收回，何况未必。主意打定，一出手，先是五道极细的红光直取妖鸟。接着又是七根紫荧荧数尺长的光华，与妖道师徒的黄光妖火斗在一起。那五火神针专射妖物七窍，原极厉害。谁知妖鸟竟然不畏，昂颈一声怪啸，便飞出三个绿火球，将神针敌住。杨瑾见状，方知此鸟也非易与，不耐久战。暗运玄功，一指二宝，便作势往外飞去，一面忙着进入墓门。到了内寝一看，有一个空石榻，地下立着不少古尸。两旁也有两个大油釜，比圣陵所见略小一些，只釜中灯火不一样，光焰荧荧，正是初入洞时所见妖火。细看四壁，只是一间极高大的石室，除入口外，并无通路。那些古尸灵的装束身容，都是当时从殉之人，与芬陀大师所说妖尸不类。杨瑾还不知外面二宝已被妖尸收去。正探查不出就里，忽然一阵阴风起自石壁，接着两釜妖火微一明灭之间，室内似有一片金光闪了一闪，晃眼工夫，那些古尸灵倏地纷纷活转，各持弓刀，乱砍乱射，围攻上来。

杨瑾骤出不意，倒吓了一跳。因身形已隐，来势竟像能看见一样，心中奇怪。及至一观察，方知隐形之法不知何时已被敌人破去，不禁大惊。闪避已是无效，只得施展法宝、飞剑抵御。那些古尸灵不过妖法催动，来混乱敌人耳目，自然是敌不过，不消片刻，全都头断身裂，败倒地上。杨瑾见群尸倒地，尚未见妖尸出战，这才想起入门之先，明见黄光妖火自此中飞出，进来始终不见真敌，只有这些朽尸作怪。此事大是诡秘，莫不中了暗算？忙运玄功，一收先放二宝，竟收不回。刚暗道得一声："不好！"意欲退出，一回顾身后，已成石壁，去路已失，哪里还有门户。正要用金轮开路,行法冲出,猛听身侧有极怪厉的口声喝道:"那女娃子,快些束手待绑,免得少时身炼成灰,形神俱灭!"话声未了,倏地眼前一花,石室中全景忽变:右侧面现出一座法台,台上站定一个奇形怪状的妖道;全台都笼在妖云邪雾之中,四外有无数大小火球,五光十色,上下飞扬。杨瑾只当厉声说话的是妖道,情知入网,索性一拼,一指剑光,照准妖道,迎面飞去。不想剑光刚飞近法台,忽从身后飞来一片金光,竟将飞剑吸住。杨瑾幸是久经大敌,道法高深,一见不好,一面运用玄功收回飞剑,一面忙纵遁光飞过一旁。回头一看,面前不远,站定一个身高数丈的大僵尸,全身只剩一副骨架,睁着两只火炬一般的怪眼,红光闪烁,远射数尺以外,高举着一条枯骨长臂,手中握着一团光华,金霞电旋,注定自己,狰狞的怪笑"磔磔"之声,响彻四壁。那金霞甚是厉害,如非见机,飞剑险被收去。法华金轮仅可敌住,占不得丝毫便宜。料是妖尸中的穷奇。这时腹背受敌,欲待遁出,又被金霞阻住,怎敢丝毫怠慢,极力应付了一阵,无可奈何。妖尸、妖道一迭连声,不住地恐吓"降顺免死",语多污秽。

杨瑾又急又气,知道旬日困身之厄必应无疑。末后气得把心一横,仗着法华金轮护身,能抵住妖尸所持异宝,意欲乘隙先斩妖道,暗中取出几件法宝,同时一起发动。除般若刀乃是师传佛门至宝,不怕失闪,直取妖尸外,余俱朝法台上妖道飞去。满拟几下夹攻,总可获胜。谁知手中法宝刚纷纷放起,妖尸倏地又是一声怪笑,眼前一暗,妖尸、妖道全都不见。迎面现出一张亩许方圆的大口,几将石室半壁遮满。口里面金星急转,红丝爆射,宛如火雨,略微吞吐了两下。杨瑾所使诸般法宝,恰似骇浪孤舟,卷入急漩之中,除护身法华金轮与飞剑、般若刀外,几乎全数被它吸收了去。杨瑾见势危急,知道错了主意,忙运玄功,回收宝物,已是无及。因为四面兼顾,法华金轮也几被吸动,不由吓了个亡魂皆冒。只得拼着几件法宝失落,忙一镇摄心神,将金轮驾住。可是妖道已在暗中乘虚而入,趁着杨瑾惊慌骇汗失措的当儿,行使极厉害的禁法,借物代形,用镇物将杨瑾元神禁住。妖尸在旁,知已成功,心中大喜。因爱杨瑾美丽,意欲软禁收服,未下毒手。一面收回法宝,一面又行法移地换形,将杨瑾封闭法台旁石牢之内,不时在外发声恫吓,逼迫降顺。不提。

杨瑾先还不知元神受了禁制,正在极力抵御,筹计逃路,猛觉心里一动,眼前又是一暗,怪口忽然隐去。宝光照处,身已落在一个石穴之内,上下都是坚石,四外空空,更无一物。刚在奇怪,忽听妖尸在壁外出语恫吓道:"那女子快些降服,还可不死。如今你元神已受了我的禁制,任你多大本领,也逃不出去。何况我有轩辕氏相赠的至宝,你那护身法宝并无用处。过了今晚不降,我只用七阳之火,化炼代形镇物,你便成为灰烬了。"杨瑾闻言大惊,试一运转灵机,元神果然受了牵制。幸有金轮护身,只被妖尸用镇物代形制禁,没有被他真摄了去,虽难脱身,尚可支持,否则简直不堪设想了。这一来,料定旬日困身之厄,万难避免,除了耐守生机之至,更无他策。想了想,把心气一沉静,任凭妖尸、妖道恫吓,也不再理他。仍用法华金轮、般若刀二宝护身,金霞银光围拥之中,用金刚禅法打起坐来。到了次日,妖尸见她不睬,果用妖火祭炼镇物。无奈杨瑾禅功玄妙,防护谨严,自是奈何她不得。似这样相持了些日,杨瑾在静中观察,探出许多虚实。得知日前失陷经过,妖尸所使用的,竟是轩圣陵中至宝,无怪乎敌它不过。妖尸因是初得,难穷其中奥妙,日常也在潜心探索,尚无所得。功用止此,自己足能相持下去。机缘一到,不特可以出险,二次谋定而动,决操胜算。定数已应,反倒心安意得,不再悉思。

光阴易过,一晃浃旬。四小追探妖火,误入墓穴的那日,妖尸、妖道等因杨瑾顽固不服,十分忿怒,共同行法,用七阳之火祭炼镇物。准备再炼数日无功,便用金刀戮魂之法,杀死杨瑾,不作生降之想。正在加紧祭炼,未即立时出视,加上四小隐身而进,人极矮小,没等妖尸出来便即知难而退。妖尸等闻报,又疑是山精木客,或刚具形体的灵物之类,竟甚轻视,竟被四小逃了回去。杨瑾用金刚禅法抵御了一阵魔火,等妖火照例祭炼之后,静中谛听妖尸与妖道师徒的对语,一算被陷时日,出困之期当在目前,救星应该到来。虽觉所说情形不像,心中早有了准备。第二日凌云凤率了四小,再探妖穴。杨瑾在石牢内二次留神谛听,知道果然来了能手,所料不差,好生心喜。因妖尸等已有觉察,陷人方法和上次差不多,来人法力未必胜过自己,惟恐又蹈了覆辙。正在惊喜交集,偏巧妖尸轻敌,动手稍迟了些。云凤警觉太快,不等禁法发动,便发现了通往法台的门户,径冲入内,出其不意,斩了妖道师徒,巧破镇物。杨瑾元神脱禁,立时破壁飞出,里应外合,两下夹攻,带同云凤、二小,仗着法宝威力,放起万道金霞，飙轮电转，冲开石层，飞身逃出。等戎敦、穷奇二妖尸持了圣陵二宝追来，瞬息之间，敌人业已逃得不知去向，才想起事先因自己探索至宝妙用，误以为昨日来者是草木之灵，无甚道力，一举可以成擒，没有在意。等到发觉来的是个能手，匆匆布置，忙中大意，没有先将墓穴中通法台的门户封闭。万不料敌人如此神速机智，明明敌已入网，手到成擒的事，几个阴错阳差，不特人被救走，反而葬送了妖道师徒的性命。空自暴怒，痛恨了半晌，兀的奈何不得。云凤原非妖尸之敌，也是不该遭此灾厄，般般凑巧。杨瑾先困在内，深知厉害，一经脱身，立即会合逃出。真乃危机系于一发。如无杨瑾继起接应，稍迟片刻，妖尸由前面赶到，云凤也和先前杨瑾一样，必无幸免之理。

当下二人带了四小，回转白阳崖洞中，互相叙说经过。知道前世原是一家，全都喜出望外。云凤重又拜倒行礼，起身侍立。杨瑾力主脱略，再三说身已隔世，只照出家先后辈礼节，不可过拘礼数。云凤见她执意，除称谓不敢妄改外，别的只得告罪应了。自己道浅力薄，杨瑾名分既高出几辈，又有两世修为，自然不敢擅专，一切惟命是从。杨瑾因禁闭多日，尚须静养几天。好在穴中虚实，尽都知悉，妖道师徒一死，去了妖尸爪牙，下手时尽有步骤，不比初来冒昧，大可谋定而动。索性等过些日，使妖尸误认逃人知难而退，不敢再至，防范稍疏，再乘隙前往，直入藏宝之所，将圣陵二宝夺出，交与云凤保持，先行避退，然后诱妖尸出战，定能得手。无庸急在一时，又去偾事。主意打定，和云凤商量妥当，静候时至。

由此一连数日，均未往探，以免打草惊蛇，转使警备。杨、凌二女除静中修养，日常论道外，闲中无事。杨瑾心爱四小，便加意传授他们各种防身法术。一晃又过了七八天，原意再隔一日，即行前往。云凤道："这几天全不见妖尸动作，我料他定当我们当初无心误涉险地，畏难逃去。此洞是白阳真人故府，有禁法埋伏，常人难以到此，不料仇敌密迩。他们又急于窥索圣陵二宝功用，无暇分身。不过妖尸万分灵警，妖道师徒死后，就不防我们卷土重来，也恐再生变故，墓穴中终难保不设下埋伏。此番前去，仍以谨慎些好。沙、咪等四小自经曾祖姑传授，虽只数日，颇有进境。因为他们天生奇禀，又学会隐身之法，与妖尸对敌，固然万分不是对手，如命探查虚实，却是甚妙。意欲请曾祖姑由他四人中选派两人，前往妖穴墓中探查一回，得了穴中虚实，再照曾祖姑前策行事，岂不较为稳妥？"杨瑾道："穴中虚实以及藏宝所在，我被陷那些日业已备知底细。常听妖尸、妖道等聚谈，穷奇幽宫正当地肺要口外，千万年来日受水火风雷之劫。自与无华氏父子打成相识，便同在一处盘踞，绝少归去。无华氏墓穴内寝石室虽多，因与白阳真人斗法，毁灭十九，已不合用。藏宝的地方就在你与古尸灵对敌的地下，妖尸新辟的丹室以内。出入口便是左右两旁的油釜之下，左出右入，不可错误。一旦走错，釜中妖火便如法报警。入时必先行法，移去上面油釜，方能到达藏宝之所。移釜之法，我已深悉，足可如法施为，无甚出奇。并且三妖尸彼此互相监察，每次总是同入同出。以前还有妖道师徒在上面防守。三妖尸都极奸狡，尔诈我虞。妖道师徒虽死，料他们不改故态，定用妖鸟瞭望，所以入穴并不为难。只是宝穴中除埋伏重重外，还暗中藏有地水火风，以防万一，真个严紧非凡。幸而三妖尸每日都有一次假死，各自修为炼形返魂之法，以前本不同时。自得二宝，各为防范，才互相商量，把修炼时辰全移在亥子之交。到时将入口封禁，三人同在宝穴中入定。此时入内，亦好不过，明晚便可下手。沙、咪等四小虽是聪明，毕竟气候太小，难禁大敌，怎可命他们深入虎穴？我已有了成算，你只照我所说，到时行事便了。"云凤唯唯。二女谈了一阵，仍旧各自用功。不提。

四小自随云凤，向道之心十分坚诚，又极好胜，巴不得立功自见。二女说时，沙沙、咪咪适在侧侍立，先听云凤说要选出两小往探妖窟，心中甚喜。嗣被杨瑾一拦，老大失望。等二女入定后，咪咪和沙沙使了个眼色，引向无人之处，说道："沙哥，你听见了没有？师父既肯叫我们去，当必知道无碍，偏是杨太仙师不答应。我们衰微子遗，虽幸得遇仙缘，惜乎根基太薄，先本难望成大气候。日前听杨太仙师说，我等人虽弱小，天资尚属聪灵，只要加意苦修，拼命争积外功，一旦机缘遇合，升仙未始无望，不过比常人难得多罢了。她老人家因爱怜我们，还答应事成回山，向芬太祖大师求说，请其施展佛力，大显神通，用回天之力造就我们。此番去探妖窟，就不说将圣陵至宝得来，只要探明虚实归报，即是大功一件，显出有胆有智。好容易遇上这样机会，又建功劳，又可讨她老人家和恩师的喜欢，哪有像这再好的事？不过妖尸诡诈多端，我们全仗人小，动作轻灵，才可隐身前去，人多反而不美。我和你又是至戚，又是从小长大，祸福相共的至交，所以把你约出。恩师和杨太仙师因明晚往妖穴盗宝，调养心神，这一入定，至少要在丑寅之交，才能将夜课做完。我们亥正前往妖窟，到时不过子初，正该妖尸假死时候。妖道师徒已死，没人防范。那妖鸟和那大石怪我们早已见过，遇上时全避得开，只不去招惹它，便难警觉。早先还有木栅难越，已被杨太仙师将禁法破去，还怕怎的？"沙沙为人比较深稳，先恐不告而行，闻言好生踌躇。禁不起咪咪贪功心盛，再三激劝说："修道人灾祸原有，怕不了许多。杨太仙师那大本领，尚且被困妖窟多日。恩师见我们福厚，才肯收留，当然不会送命。只要不死，别的还有什么顾忌？这也怕，那也怕，日后还成得甚正果？"沙沙被他说动，只得应了。

二人计议已定，挨到亥时，寻到那两个，假说奉了恩师之命，往妖穴附近，去办一点机密要事。晚间恩师做完功课，明日便去除妖取宝，不许远离。说完，径直离了白阳崖，往妖窟跑去。快达谷口，刚行法把身形隐起，忽听头上破空之声。沙、咪二人目力本佳，又值望前二日，月明如昼，流辉光照，甚是清澈。忙抬头一看，一道青光，像电射一般由东南方斜刺里飞来，晃眼到了谷口上空，略停了一停，一个转折，径改道往谷中投去，一闪不见。二小随了云凤多日，看出是剑仙一流人物，只分不出是邪是正。咪咪暗忖："恩师和杨太仙师近日常说，古墓妖尸千万年来不曾出世，除妖道师徒是因恐正派诛戮，自行入伙外，并未和各异派中人有甚往来交结。这人所行，正是往妖窟去路，如非赴约，怎会深更半夜到此？如若是个妖尸约来的党羽，定非弱者。二位师尊明晚来此除妖取宝，尚还不知就里，此行可谓不虚。"想到这里，心中高兴，用手一拉沙沙，赶快飞追上去。谷口相距妖窟尚远，那人御剑飞行，二人自然赶他不上，约有顿饭光景，才行赶到妖窟附近，那飞行人早已无迹可寻。月光之下，遥望妖穴口外，烟雾溟濛，突突飞散。二小知有妖法埋伏，也不去管它，径往前进。刚行至妖穴，正要冲烟而入，忽听洞内隐隐雷震之声。烟雾消散中，又听"哎呀"一声，从洞中先飞出先见那道青光。紧接着一条匹练也似的火光和一团带有两点豆大碧光的黑影，一前一后，星飞电掣，朝着青光后面追去。青光看似不敌，一出洞，便破空上升，直射苍旻，眨眼间余光曳影，没入云影之中。红光黑影兀自追逐不舍。咪咪正在昂头观看，沙沙猛地灵机一动，

1883

料那青光定是妖尸仇敌，来此窥伺，不胜败走。妖尸没有出现，必然假死未醒，后面追的，许就是那只防守的妖鸟和妖窟中发动的埋伏。趁它追敌未归，大可乘虚而入，良机瞬息，岂可错过？忙一拉咪咪，径往窟中跑去。

这一猜，居然被沙沙猜中。妖尸为防敌人再来，妖道师徒又死，果然设下许多禁法；又将那柄神刀埋伏在木栅里面，命妖鸟加意防守。如有敌人潜入，必为禁法所困；禁法不胜，一入木栅，神刀便可飞起，妖鸟也跟着上前应战。看事行事，能胜固好，否则飞入内寝，一啄油釜，穷奇首先警觉。沙、咪二人虽然隐了身形，头一关便要失陷。幸亏事前来了能人，一进妖窟，首先用五雷天心正法破了各层禁制。后来神刀发动，来人昆仑剑法虽非寻常，却敌不过万年神物，觉着飞剑不支。正要施展别的法宝抵御，不料来时没有听明妖窟底细，一个不留神，吃妖鸟从身后暗中袭来。容到发觉有人暗算，刚一回身，妖鸟铁喙已是迎面啄到，差点没将眼睛啄瞎。这才知非易与，人单势孤，身又受伤，不敢恋战，忙纵遁光飞身逃出。妖鸟也是贪功，它这里苦追穷寇，却给二小造了机会。两小入洞，走不几步，见地上横卧着上次所见的巨石人，业已头断身裂，断成七八段，四围满是石人身上碎裂的大小石块。有的地方妖氛犹未散净，触鼻俱是雷电气味。再走过去一看，那木栅栏已被人斩断，栅内神碑也失了灵效，到处都有倒断的木牌，一路并未发生丝毫拦阻。二人心中好生欢喜。哪知各层禁法俱被适才逃走那人破去，以为应了杨瑾之言，妖尸并无甚严密戒备。互相一拉手，正要往妖尸内寝走去，猛觉身后一亮，遥闻铁杖击地之声，"锵锵锵"密如贯珠，从洞口那一面传来。回头一看，正是那团眼射绿光的黑影和那道火光，知是妖鸟追敌回转。还算好，妖鸟不知另外还有敌人乘虚深入，归时状颇暇豫，只是衔着神刀步行，没有起飞。

咪咪知道这东西嗅觉甚灵，如若被它走近，必然警觉。趁它未到以前，连忙加速，往前飞跑，行抵内寝洞外，不闻身后声息。再回首一看，妖鸟到了木栅面前，便止了步，碧光往上一扬，那道火光立即往洞顶飞去。妖鸟全身本有浓烟围绕，近看也仅看得出那又瘦又长的怪腿。这时相隔更远，暗影中只见一对豆大碧光上下闪动。那火光不知何物，颇似从它头上飞出。略掣了两下，光华由大而小，晃眼隐向洞顶，不见落下。妖鸟接着又在木栅前后绕走了两转，每值那两点碧星先低后昂起落一次，必见有一片黄光或是五色彩烟飞起，也都是略现即隐。似这样四五次过去，碧光又往后来，估量行进至白阳真人神碑后面，忽然往地面微微一沉，便即不见。二小见状，先颇纳闷，不知妖鸟是何用意。看到这里，沙沙偶忆杨、凌二人之言，猛然省悟，才知洞中原有埋伏，适才想是被那用青色剑光的能人破去。那道火光，定是杨大仙师所说的神刀无疑。妖鸟追击敌人，回时将禁法重又设好，它却隐向碑后，待敌而动。一只妖鸟，竟然这样厉害，怎还敢与妖尸相抗。料定归途有阻，绝无来时容易，不禁有些胆寒。正要向咪咪告警，咪咪也自明白，但比沙沙胆大得多，毫不畏惧。彼此略附耳商量了几句，又在寝门前立定，里外视察了片刻，不见一点动静，方始谨慎前行。

进了内寝墓门一看，一切情形仍和上次云凤来时差不了许多。原被云凤飞剑斩断碎裂的古尸灵，已回复了原状，各持弓矢刀矛之类的器械，侍立在停灵的石榻近侧，谛视与生人状貌无异，只榻上不见了妖尸。釜中妖火一律停匀，静静地发出星一般的光华，照得石室通明，不似上次闪烁不定，一派幽森诡异的气象。二小知那古尸灵俱有禁法操纵，惹他们不得。想了想，无法移去油釜，不能下到藏宝的地底。竟欲由壁侧甬洞中暗门进去，看看设法台那间石室内有甚设备。彼此一拉手，屏气静息，轻轻从那些古尸灵身侧绕过去一看，日前通路已成了一片整的石壁，哪里还有门户。用心探索了一阵，毫无所得。这时洞中所有好多层禁法，全设在木栅内外一带。妖尸因有神刀、妖鸟防守出入要路，敌人不能飞走。不比上次，业已发现敌人，存心诱他入网。壁间甬路，因妖道师徒已死，不设法台，无甚用处。因凌、杨二女曾由此破壁飞去，难保不从故道再来，留下此门，徒给仇敌多一出入之门。除在敌人逃处设下与地肺通的陷阱外，昔日甬路和壁间暗门，业用挪移之法，变成一片坚壁。二小一时乘机侥幸进来，哪知就里，见此行没甚成效，好生扫兴。

咪咪眼望着石壁那座大油釜，恨不能移动一下试试。沙沙说："此釜重有数千斤，何况又是宝物，还有法术禁制，万近不得。"咪咪明知事同梦想，只得作罢。可是人已行近釜侧，彼此附耳商量，怎样设法，犯险冲出。咪咪意欲声东击西，故惊妖鸟，等它发动，再伺隙逃走。虽然事险，总比不知虚实，误陷危机强些。沙沙说："妖鸟厉害，绝非其敌，一个不小心，反倒送死。还是照进来时一般，试探着悄悄退出，临机应变，看事行事，比较稳些。"

咪咪又说："适见来路木栅左近，妖光邪雾四起，埋伏定然甚多，我们肉眼看它不出，无心入险，危害更大；不比等它发动，可以闪避，至多逃不出去，还可觅得隐身之所。那时虚实已知，再行暗退，也好走些。"两下正自筹计不决，觉着身侧一阵风过，身旁油釜倏地凭空悬起丈许，下面现一深穴，那风头似往穴中吹入。接着又见穴底烟飞雾涌中，似有青光闪了一闪，那油釜悬起空中，也往地面缓缓降落。耳际仿佛听得穴口有人低语"快来"。咪咪见状，惊愕中猛地触动灵机，胆子大壮，一拉沙沙，竟趁那油釜离地还有四五尺光景，往穴中钻去。

沙沙见咪咪入穴，事出仓猝，一把未拉住。见油釜下落渐快，离地面不过二尺，心里一着急，关心同袍，不暇深思，忙跟着把头一低，钻将下去。身刚入穴，那油釜已压到地面，差点头没碰上，不禁吓了一身冷汗。二小会面，一看那穴口，只丈许方圆。下面是条坡道，越往前走越大。前面青光逐渐显盛，与初来时洞外所见青光一样，却添了一道，飞得却慢，所过之处，穴底五色烟光全被冲散。二小才看出适才逃走那人前来报仇，只不知是怎生进来的，妖鸟竟会毫无所觉，心中又惊又喜。又恐怕来人也是为盗圣陵至宝而来，力既不敌，只得加紧跟将下去。

第一八二回　探地穴　侏儒建奇勋
　　　　　　　　斗妖尸　仙童消隐患

　　那两道青光，后来越往前飞越慢。穴中的五色烟光，也随时变幻不定。有一次，前面忽然垂下一片五色烟幕，阻住去路。青光到此，略停了停，从头一道青光中射出一团奇亮无比的蓝光。初出时，不过弹丸大小，一经射入烟幕之中，立时无声爆裂，化为光雨，蓝晶晶万芒电射，耀目难睁，烟幕当时冲破，化为残烟消灭。二小福至心灵，想起杨瑾之言，妖尸在宝穴中埋伏甚多，那些烟光彩雾，必是厉害妖法。见青光所到之处，恰似风卷残云，势如破竹。那两人又是身剑相合，没现真形，虽看出也是妖尸的仇敌，但是其意难测，摸不清是敌是友。如果不被觉察，处置得宜，不特可以借他力量带入，探明穴中虚实，还可与他们一同进退，少时随之出险；如被看破，岂不是在妖尸之外，又添了一重危机？

　　想到这里，未免有些胆怯，不敢追随过近，始终保持十来丈左右距离。他快我快，他慢我慢，亦步亦趋，加意戒备，相机进止。一路留神观察穴中形势，绝似大半只断了的金环。甬道浑圆，大约数丈，四外石质，一色暗红，甚是光滑坚实；仿佛本是极坚厚的实地，经人力硬将它打通成的弯长大洞一般。自从穴口下降，穴径渐宽，一直往下溜斜，降约二三百丈，又弯了回来，渐渐变顶为底。如是常人，步行经此，殊难立足。仗着二小身轻体健，甬道弯环甚大，又有青光前导，隔老远便可看出，尚未失脚。只是上下相去太高，二小行至快转折处，往下纵落时，免不了有些声息。前面青光似已听出身后有了动静，内中一道竟往回路飞来，一直飞到转弯的上面老远，才如闪电般飞掣回转，一瞥而过，仍与先行那道青光会合前进。那两个剑仙把穴底一切都当妖尸妖法看待，一例扫除，绝不留情。

二小如被青光稍微挨着一点,怕不身首异处。幸是洞大人小,又灵警异常。着地之际,自知脚底稍重,首先有了戒心,见青光往回一动,便知不妙,慌不迭地贴壁伏好,青光已从身旁闪过。那青光见后面无迹可寻,也料身后声响绝非无故。但是二小隐身之法出诸白发龙女崔五姑仙传,又经杨瑾用本门心法加意指点,看不出邪氛妖气,万没料到会有这么两个憔侥细人潜伺在侧。虽然起了疑心,无奈事机紧迫,稍纵即逝,前途阻难尚多,无暇细为观察,只索罢了。二小刚刚避过,惊魂未定,那青光又从老远飞掣回来,差点没被扫上。二小常听云凤讲说飞剑厉害,不禁吓出了一身冷汗,侥幸脱死,愈发不敢丝毫大意。

又尾随了百余丈,途中渐有浓烟、鬼怪之类发现。青光中照样发射出一团蓝光,无声无息,将它消灭。那谷径也渐渐弯向平处。行到后来,前面忽似路尽,遥望漆黑一片石壁,空无所有。青光到此又停了停,依样放出一团蓝光,千星爆射,冲向壁间,激荡开千层浓雾。妖烟散后,现出一座圆门。两道青光便合在一处,往门中飞去。才知并非石壁,仍是妖法作用。忙即跟踪追入一看,门内乃是一所极广大的圆形石窟。窟顶上面悬着一团白光,宛如既望明月,冰轮乍涌,银辉四射,照得到处通明,清白如昼。全窟广约十亩,高大平旷,更无他物。只靠里一面圆壁上,一排并列着五个腰圆形洞门,洞高数丈,洞与洞相隔亦数丈。中、左、右三洞中,当间里面各放着一座大小形式不同的古鼎,俱有红黑金三色的轻烟笔直上升,离鼎三丈,凝结成一朵莲花般的异彩,亭亭静植,聚而不散。鼎后面仿佛有一长大石榻,榻上卧着一个古衣冠的大人。余下的两洞里面,却是空的。二小知青光迟早惊动妖尸,必起恶斗,时刻都在提心吊胆,留神退藏之所。一眼将那右侧空洞看中,忙轻轻跑了过去,先算计好青光进出路径,躲向洞侧窥伺。准备如果来人斩得妖尸,专为除害报仇而来,不是觊觎至宝,自己坐收渔人之利,固然绝妙;否则便随之退出,回去报信。如果来人惨败,脱身不得,也可隐藏起来,妖尸终究要离开,随它同出,不致殃及池鱼。即使都不如愿,凌、杨二位师尊明晚必要来此盗宝斩妖,纵因道浅力薄,不配里应外合,临时告知虚实,总算未虚此行。

主意刚打点好,那两道青光已飞近当中三洞门外,忽又停住,不往里面冲入。约有半盏茶时,青光闪处,现出一男一女,俱是玄门装束。男的年约二十多岁,生得猿臂鸢肩,蜂腰鹤膝,眉目英朗,神采奕奕。适间青光并未收回,像一条长大青蛇一般,斜绕左肩右胁之间,回环数匝,寒光闪闪,电转虹飞。前胸还挂着一张与他人一般长的大弓。背后斜背着一个矢囊,箭长七八尺,有茶杯般粗细,共是八支,箭镞上直泛乌光,射出数尺以外。女的年纪比男的略小,长身玉立,姿容雅秀,顾盼英武。腰间挂着一个革囊,鼓绷绷的,不知中贮何物。所用青光,也和男的一样,斜绕肩胁数匝。现身之后,互相指点门内,低声细语,好似有些作难神气。因那洞壁是个圆形,从侧面细看,可以观察中洞以内景物。二小见二人法力高强,来时那般势盛,怎会成功在即,反倒胆怯起来?好生不解。忙回首定睛,往当中圆门内仔细一看,当中三洞外面虽然各有一门,里面却是通开的一间广大石室。三妖尸各据一榻,仰卧其上,头朝门外,脚微向里聚拢。每一妖尸的身后洞壁上面,都悬有一团烟雾,簇拥着一个貌相狰狞、比栲栳还大上一倍的奇怪人头,六只怪眼齐射凶光,注定三妖尸的脚下,一动不动。所看之处,似有一团金光霞彩,被妖尸石榻遮住,看不见是何宝物。此外还有一只奇形怪状的大鸟,蹲伏在中左二妖尸之侧,瞑目若死。那壁间怪首,看去虽然丑恶可怖,但是目光呆滞,只注视到一处,眨也不眨,如泥塑木雕一样。连四外围绕的浓烟也似呆的,不见飞扬,好似专为吓人而设。细加观察,并无甚过分出奇之处。倒是妖尸头前那三座大鼎形式奇古,金红黑三色烟光上升结为异彩,鼎腹之下各多出一根半尺粗细的铁柱插入地底。侧耳静听,隐隐闻得烈火风雷之声,从鼎中透出。更可怪的是,鼎与地皮色质竟是相同,恰似上下连成一体,生根铸就。猛想起来时杨瑾曾说,藏宝穴中妖尸穷奇恐禁法埋伏无功,特地下穿重壤,勾引地肺中的水火风雷,以防万一。鼎腹铁柱,是通连地肺的枢纽,妖尸高枕无忧,定恃此物。所以来人那么大的本领道法,竟会望门却步,不敢擅行闯入。

正揣测间,来人想因妖尸醒觉不远,脸色愈发急遽,又互相商量了几句。那少年忙取下身上佩带的大弓长箭,照准门内三个怪头,张弓待发。女的意似无奈,秀眉往上一皱,一手拉开腰间革囊,也未见取出什么法宝,便身剑合一,化成一道青光,飞将起来。这里少年弓已拉满,一并排三支长箭,同时带起一溜乌光,电掣星流,直往妖尸身后壁上怪首飞去。二小方以为宝弓宝箭绝无虚发,那三个怪头必被射中无疑。谁知那三道乌光一进圆门,鼎上烟花立即摇动。三箭刚从妖尸上面越过,说时迟,那时快,就在这一眨眼工夫都不到的当儿,猛见洞内金光一亮,妖尸脚后倏地现出数丈长一张大口,正遮在怪头前面。微一开合之间,大口中便飞射出无数金星红丝,如狂风卷雪、急浪漩花一般,将三道乌光一齐裹住。少年见状大惊,连忙伸手去招,已是无及,眼看万千金星红丝裹定三道乌光,只吞吐了两下,便被吸进口去,乌光敛处,无影无踪。壁间怪头,依然狰狞。那张大口也隐而不见。

咪咪上次和玄儿随了杨、凌二女脱险,见识过圣陵至宝九疑鼎的妙用。大口一出现,这才知道三个怪头目光注视之处,便是妖尸圣陵二宝存放所在。虚实已得,好生欣喜。只恨自己法力浅薄,不敢妄入取祸。否则乘着妖尸假死之时,纵不全得,至不济也盗走它一件。二小这里胡思妄想,大祸业已逐渐发作。

这地底圆穴五洞,系穷奇所辟。中洞无华氏,右洞乃子戎敦,左洞穷奇;余下两洞,一是妖道钟敢所居,一是神鸠潜修之所。自从盗得了圣陵二宝,无法分赃,三妖尸尔诈我虞,各有私心,谁也不肯放心谁。嗣经妖道调处,作为公有之物,同在一处,探幽索隐,穷研玄妙。又由穷奇将当中三洞里面打通,渐渐连各人假死炼形的时辰都移并在一起,起止出入,一律同时,以示无私。妖道日前一死,更增戒心。全洞上下内外,广布妖法,层层设伏。自知藏宝地穴无殊天罗地网,加以三尸合力在上面防守警备,无论多大道行的能手,休说盗取二宝,进来也属万难。只每日假死都同在一个时辰起止,诸多可虑。除用个人数千年炼就的宝鼎发挥妙用,穿透地层,勾通地肺中的水火风雷,以作御敌之用外,又将后天元神寄向壁间,注定宝物藏处,互为监察。另施太阴通灵妙术,使先天元神在炼形之际,与鼎上烟光凝成的异彩莲花息息相通。并将九疑鼎盖揭开,放置脚后。敌人如若侵入,即使各层埋伏禁法全被破去,深入重地,不进三尸假死之室便罢,只要进了当中三洞的门,扰动烟光上凝结成的彩莲,三尸的先后天元神有了警觉,立可群起应战,不愁来人飞上天去。再如来人看出有异,或是略知底细,必然人不入内,却用飞剑法宝去斩那后天元神。只要飞过身去,挨近圣陵至宝,九疑鼎便会发动发挥妙用,化成一张大口,无论来人是多厉害的飞剑法宝，即使侥幸不被收去，也绝不能奏丝毫功效。

这时恰值妖尸修炼形神吃紧之际，忽然警觉有了敌人，照着一切部署，原是有恃无恐。况且时限将满，再迟片刻，即可完成本日功果。三尸不谋而合，反正敌人奈何自己不得，已经入网，出路须经室内，逃走不脱，本欲暂时不理，挨到时至，再起擒杀。万不料来人是个劲敌，又误认正中洞内妖尸是个主体，必更凶恶；却不知鸠后无华氏当时初与白阳真人苦斗伤了元气，打落了好些道行，三妖尸当中，只他比较最弱。一见后羿射阳弩被大口连收去了三箭，不禁又惊又怒，嗣见宝箭虽失，三妖尸一个也未惊醒，仗着本身道法玄妙，猛生一计，把心一横，向那女的打手势。女的便从革囊中取出日前从一个左道妖人手中得来的异宝，然后身剑相合，化成两道青光，往门内飞去。等到飞近妖尸脚后，大口将要出现，倏地往回一收。飞剑与身相合，不比别的法宝易于闪失，大口放出金星红丝一裹，未被裹住。两道青光略分上下，似闪电一般掣将转来，飞到妖尸胸前，双双先后往下一落，仿佛似有东西阻住。少年男女似早料到妖尸有禁法护身，一面运用玄功，双双向妖尸颈腹间绞去；同时女的将适取法宝豁出失落不要，全数施展出来；男的又从青光中发出昆仑门下降魔至宝，一团蓝光，打向妖尸头上，爆散开来。这四下夹攻，女的所用法宝又是左道旁门中所炼最狠恶污秽的三阴神铅死阳弹，共是四十九个，专破炼气炼神人的毒物，妖尸怎能禁受。三尸为防暗算，身外设有五行挪移禁制与两仪护体之法，即使有人用法宝乘隙来伤，只要元神不死，并无妨害。

也是无华氏运数当终，该遭此劫，遇见这样对头克星。偏生又因敌人来势甚恶，一时小心过甚，恐九疑鼎无人主持，只能防守，威力有限，意欲起身御敌。恰在此时，将先后天元神一齐复正，想使用九疑鼎，连人带剑一齐收去。头刚一抬，猛见青光中迸出一团蓝晶晶的精光，耀目难睁。无华氏识货，知是东方甲乙木精英所淬炼成之宝。两仪护体全恃二气阻力，绝难抵御。尚恃有五行挪移禁法，打不到身上，谁知眨眼间，身还未及起立，护身禁法首被蓝光破去，爆散开来。紧接着数十粒桂圆大小紫黑色的暗光又从另一道青光中打将下来，也未容看出是何法宝，便觉周身痛痒，连中了好几十下。知道禁法全破，心中大惊。因为来势万急，笔墨难以形容，休说再使妖法抵御逃遁，连念头都未容他转到，只怪叫出半声"哎"，便被两道青光、一团蓝光连形神带尸骨绞为粉碎，烟飞而散。

少年男女一心专注为首妖尸，合力下手。左右两旁的戎敦、穷奇，也早觉出来敌强盛，势不可侮。刚把元神复体，便见无华氏形散神亡，这一惊真是非同小可。慌不迭纵起身来，退向洞后，一个取了轩辕昊天镜，一个取了九疑鼎，暴跳如雷，厉声怪笑，迎将上来。少年男女斩了中洞妖尸，忽见左右二尸同时在榻上失踪，料知不妙。闻声回首一看，壁间三个怪头业已先后隐去。左右二榻上原卧的两个妖尸，一个相貌狰狞，形如恶鬼，身高几及两丈，长着一脸络腮胡子。右手持着一柄金戈，左手高举似握着一面镜子，乍看镜光青蒙蒙的，光华并不甚亮，略一注视，青光里面仿佛很深，金霞隐隐，旋转不停。另一个妖尸，身量更高，腰间围着豹皮，全身看去只是一副大骨头架子，瘦硬如铁，口中磔磔怪笑，声类枭鸟，响彻全洞。两条枯瘦长臂当胸平举，却看不出拿的何物，头脸及上半身全被遮住，仅现出适才收去三支射阳神箭的那张大口，放出无量数金星红丝射将过来。少年男女知那大口厉害，飞剑取不得胜。女的一个先将三阴神铅灭阳弹照准大口打去；男的也将那团蓝光放出，朝那有络腮胡子的妖尸飞去。满想仍用旁门秽物，先污了那张奇怪的大口，与之同归于尽，然后再用本门至宝取胜，谁知事谬不然。那四十九粒暗紫光华刚一飞出，便被大口中的金星红丝卷住，略一吞吐之间，如石落大海，无影无踪，立即收了进去。那团蓝光眼看飞近妖尸，那古镜上面倏地一片轻烟飞过，从青蒙蒙微光中忽射出万道金光，百丈虹霞彩芒，电转飞射，迎着蓝光微一接触，蓝光虽然照声爆散，奇彩流辉，精光四射，但被镜上金霞阻住，不能伤着妖尸分毫。两个妖尸却不放松，紧紧追逼过来。少年男女到此方知轩辕二宝妙用无穷，再不见机遁走，必无幸理，两下里一打招呼，纵遁光向外逃去。

这时穴中三个妖尸，中榻上的无华氏已被少年男女所诛，形神消灭。所剩两个妖尸，高的是穷奇，较矮有络腮胡子的是戎敦。他们原意本要将少年男女迫退出室，才好发动埋伏。见状只互相怪声叫笑，并未随后追赶。那少年男女来时原也知出路须经妖尸假死的圆室以内，无奈妖尸法宝厉害，无力抵御，只得退出。谁知来路多阻，妖尸又醒，退出不易。总以为昆仑门下的五雷天心正法玄功奥妙，来时既是势如破竹，归途也不见得就难到哪里。及至飞出室外，回头一看，不见妖尸追来。这少年男子名叫小仙童子虞孝，乃昆仑派中名宿钟先生门下最心爱的大弟子，那女子便是半边老尼高足石氏二姝之一的缥缈儿石明珠，俱是昆仑门下小一辈中杰出之士，久经大敌。一见妖尸得胜不追，便知必有诡计。再定睛往前一看，果然归路已失，来时的圆形弯长甬道不知去向，四外俱是坚厚石壁，无路可通。正在斟酌怎生出去，石明珠忽悄声说道："孝哥，目前妖尸定然发动埋伏，隐身暗中作祟，我们归路已绝。你看洞顶上面这轮儿依旧光明，照在身上却并无甚感觉，甚是古怪。莫非妖尸故布疑阵，那里面隐藏着出路么？"一句话把虞孝提醒，一想此言果然有理。记得下来时，那条甬道又弯又长，恰是个半环形。算计程途远近间隔，那月光好似正当上面油釜下入口。此时出路已无，再不急谋脱身之计冒险冲出，非被陷在此，应了那两矮子的话不可。随想随将后羿射阳弩取在手内，张弓搭箭，便要朝月光射去，准备箭射上去，看准虚实，再乘势冲出。

就在二人商议脱身，还不到半盏茶的工夫，当中三圆门内三座大鼎上的烟光异彩全都隐去。只听地底轰隆毕剥爆发之声，如迅雷初起，烈火烧山，惊涛急涌，狂飙怒号，一起汇为繁喧，渐渐由远而近，从鼎中透将出来。室内妖尸穷奇笑声磔磔，杂着戎敦怒吼咆哮之声，越发凄厉难闻，入耳惊心。石明珠见势危急，看出妖尸已经发动地肺中的水火风雷，再迟须臾，定无幸理。一面将飞剑法宝施展出来，一面又使用五雷天心正法，以备相助一同冲出。这里虞孝的箭刚刚发出，一溜乌光射向明月之中，那旁三座大鼎上一条火焰，一线白光，一缕笔直的浓烟，已自箭一般升起，只转瞬间，便要化成水火狂风，向虞、石二人布散袭来。幸而虞孝情急智生，无心巧得出路。这一箭射上去，那团白光立被乌光冲破，化为白烟，波分云裂而散。又正赶上石明珠发挥五雷天心正法，扬手一团雷光打将上去，红光照处，现出从上到下井一般直的一个圆洞。知道所料居然奇中，出路已得，不禁惊喜交集。忙使身剑合一，催动遁光，往上冲去。身才离地，鼎中冒出的那条火焰首先"轰"的一声，化为万千紫绿色的火弹，由小而大，再纷纷爆散，布满全洞。二人飞升中回首下视，瞬息之间，全洞已变为火海。那白光浓烟也依次发出。知道此火乃地肺中千万年郁阳之气所积，非同凡火，如被困住，纵仗法宝飞剑护身，也只能支持少许时日，早晚连人带宝，均被炼成灰烬。何况还有风雷水劫，真个危机一发。哪敢丝毫怠慢，加紧运用玄功，催动遁光，电射星驰一般，转眼升到顶上，用大力千斤神法托起油釜，离了险地，径往墓洞外冲出。不提。

妖尸万不料敌人神箭如此厉害，竟会将洞顶用禁法封闭，连自己也从不经行的密径冲破逃走，去时又是那样神速。容到看出敌人破法逃走，欲待追赶，偏生地底水火风雷业已引动，分布开来，自身也不能冒火冲出，须要行法收去，方能追赶，哪里还来得及。深悔不该轻觑敌人，痛恨太过，意欲将他们化炼成灰，为无华氏报仇，闹了个徒劳无功。转不如仍用圣陵二宝收去他们的宝物，不放他们出室，先行困住，再设法擒人报仇的好。贼去关门，后悔已是无及。只得重新布置，将直通上面的井路改设下别的陷阱，以备敌人去而复转。经此失挫，方知多大禁法也瞒不过高人；地底水火风雷虽然厉害，使用之法还有未妥。两下一商量，以后决计非将敌人真正陷入埋伏，一丝漏洞全无之时，不再施展，以免稍有疏虞，反倒碍事。再者，发时容易，收又极难，能不用它最好。依了戎敦，乃父无华氏一死，二宝已可平分，各带身上，免得在上面遇警取用，还得下来一次。偏生二尸俱欲得那九疑鼎。穷奇因无华氏一死，只剩戎敦蠢物一人，贪心更炽。不特九疑鼎不肯让人，连那面昊天鉴，也想据为己有，只是不便明夺。料知今日敌人是为盗取二宝而来，并且深悉宝穴底细，绝不能和上次误入的女子一样，一经吓退，就此不再来。来人道法飞剑本就不弱，再来时，必还约有能手，抵敌他们全仗圣陵二宝。无华氏惨亡，便是前车之鉴，正可将二宝仍然藏在地穴，以便借刀杀人。一遇有警，先相看来势强弱行事。戎敦只要和来人一斗上，绝不容易脱身。那时再装作往地穴取宝，故意延挨。如见戎敦获胜，自然助他夹攻；稍现败象，便隐过一旁，任其自毙，然后出面除去强敌，二宝岂不全得？因他别有深心诡计，力主二宝不可妄动："那鼎尤其太大，携带不便。好在上下容易，单凭两柄金戈，一把神刀，来人也非敌手，何况我们还有一身道法。那少年男女胆已吓破，决和那两个女子一样，不敢再来。即便请来能手相助，临时取用，也来得及，本是共有之物，分它则甚？"戎敦只当他不舍九疑鼎，自己也有同好。虽然取宝时用的力多，但穷奇凶狡，也必不肯相让。此时如单将宝鉴带去身旁，无异说是那鼎归他。再一转念，看穷奇凶恶强霸，乃父一亡，绝难与之久处，早晚还得仔细。也想挨到妖鸟神鸠不日复醒，乘机唆使它抓裂穷奇的头脑，二宝便可据为己有，此时乐得依他。恶念一生，不再坚持己意，二妖尸各自存心行诈，又变了当初埋伏方略。这一来，不特便宜了杨、凌二人，免却水火风雷之害，得收全功，其中还便宜了沙、咪二人两条小命。否则沙、咪二人气候有限，当时虽然隐身在侧，未被妖尸看破，又有藏伏之所，但是适才水火风雷挨次一发动，纵能免却玉石俱焚，人必被震晕过去，现出真形，那还不是照样送命？

二妖尸商量争议，二小潜伏在旁，全都听见。等二妖尸相偕出洞上升，咪咪也想尾随出去，却被沙沙一把拉住道："你怎会聪明一世，糊涂一时？如今妖尸退出，危机已过，那两件圣陵至宝，仍藏原地未动，岂不是我们的天赐良机？杨太仙师原说，两油釜下一出一入，妖尸由当中石室隐去，出路必在室内，正好细加探查，就便盗他二宝多好。如说出去，妖尸总少不得还要下来，探明虚实，再偷偷随他上去，也来得及。即使不然，被困到了明晚，二位师尊到此同出，也不妨事。我看见适才那男女二人一来，上面埋伏必更厉害，弄巧出去遇上，就有死伤之虞。这里虽是虎穴深处，倒还安稳不过。只要随时留心，见妖尸下来，便躲远些，就不妨了。"咪咪被他提醒，点头称善。豁出再困一日，挨到杨、凌二女到来同走。将逃意打消，一同走出旁室。这微一耽延之间，二妖尸已由中间圆门入内，走得无影无踪。二小见过适才厉害无比的声势，惟恐误入埋伏，为妖法所伤。虽然当中三间圆室内空无一人，门内三座大鼎烟光异彩全都收敛了去，鼎中和地底也不再有水火风雷之声，终料妖尸身在上面，这地底宝穴之中也不会毫无防备，哪敢随意乱走动。先向当中三门端详了好些时，见无甚动静，才一前一后，提心吊胆，试探前进。不料二妖尸自从变了方略，将直通上面的圆井封闭后，立意以虚为实，所有禁法，全改设在入口要道当中。另用禁法，和先前一般，幻成一轮明月，仍高悬在原地方，放出一片寒光，照耀全洞。内中却藏着层层埋伏，无穷妙用。准备敌人卷土重来，即使冲破禁法入内，到了当中月光之下，为厉害埋伏所阻，必仍向月光内冲去，自投罗网。中间三洞，因不在假死时候，并未设伏。也是合该沙、咪二小成此奇功，径由旁室沿壁走向三洞之内，没往月光下走去；否则稍前行十几步，便又触动埋伏，死于非命了。

二小兢兢业业，由鼎侧远远绕过，走向三洞里面。因知榻后还有一张大口厉害无比，一至榻前，便不敢再往前进。待有一会儿，正想不出怎样能够过去，猛一眼发现左边榻上乌光闪闪。试探着蹩近前去一看，乃是适才少年男女先射妖尸的三支长箭。咪咪试用手一拿，居然毫没动静，就拿了起来。只是那箭太长，以二小的身量来说，竟比常人拿着一支大枪还要长出好多倍。咪咪持箭在手，忽然动念。暗忖："适见少年箭射出时，化作一溜乌光，飞过榻后，想去射那壁间怪头，才现出那张大口，将它吞去。如今怪头已然不见，不知那张大口还有没有。何不拿这箭当先锋，朝前试试？如果再见金光一闪，立时丢了箭就走，那大口只顾吞箭，走脱必还来得及。"二小互一商量，俱觉有理。便由咪咪持箭当先，缓步前进。谁知身量太小，那箭又沉又长，咪咪只拿着箭柄一头，越发头重了些，心神目光又专注到前面，手里微一疏忽，箭镞那头往下一落，正碰在石地上面。那箭原是上古异宝，一下划到地上，"铮"的一声，立时石火飞溅，刺碎了尺许长一条裂缝。这时蹲伏榻前的那只神鸠，自被毒草醉死，昏迷了数千年，毒性渐消，已离回醒之日不远。此鸟原本通灵，身虽死去，心仍明白，近百十年间，妖尸等每日进出动作，均能觉出。被这一响惊动，知道主人适才业已走开，何来此声？不禁把双翼微微展了一下。二小以前在小王洞中就受过大鸟侵害，又听杨瑾说此鸟灵异，见那双翼才展开不过三分之一，已经满室风生，吹人欲倒，知道厉害。吓得慌不迭地轻悄悄纵过一边，伏身榻侧，哪敢再动。幸是那神鸠灵明未复，仅能微展双翼，不能起飞，目瞑口闭，也不能视物出声。一听再没有别的响声，室内外又全无其他动静，不似有敌人潜入神气，也就罢了。二小等了一会儿，不见神鸠再有动作，重又捺定心神，鼓起勇气前进。因为受了一场虚惊，格外胆怯。算计那张大口出现时，正当中间，恰巧将三个怪头遮住，与横列的三榻一般长短。况且中、左二榻之间，又蹲伏着那只妖鸟神鸠。如由右边贴壁绕向它后面，或许不致波及，并且不易惊动妖鸟。越想越对，当下改走石壁绕去，仍由咪咪持箭前行，沙沙尾随在后。果然一直走向榻后，俱无迹兆。再一看那藏宝之所，壁间地上全是空空，只中榻后石地上画有八卦太极，余者并无一物。觉徒自担惊害怕，枉费辛劳。忽听妖尸笑声，由上面远远传来，料是妖尸回转，恐被看破形迹，吓得亡命一般，仍绕石壁跑向前面，将那支长箭放在原处。刚刚放好，妖尸穷奇的笑声已由远而近。二小潜伏右榻侧面，连大气也不敢出。

不多一会儿，壁间浓烟过处，忽然现一绝大圆洞。妖尸穷奇，从洞内走将出来，先往左榻，拿起那三支长箭，插入腰间。走向中榻后面，低头伸开两手，往左推了一下。起身时手里已拿着一面古镜，镜中青蒙蒙一片，正是适才与少年对敌之物。妖尸面对着镜，满脸狞笑之容，抱在怀里，看去甚是喜欢。隔不一会儿，将镜放在榻上。又俯身下去，照前样推了两推，捧出一座古鼎，大小不过二三尺，通体金色。鼎盖上蹲着一个异兽，鼎腹上也满刻着许多奇禽异兽与山岳风云水火之状，还有不少丹书古篆，形制奇古，光彩灿然。妖尸略一端详，一手揭开鼎盖，口中喃喃，不知念些什么。立时鼎中飞出先见的那张大口，连鼎带妖尸全都遮住。一会儿隐去，复回原状。妖尸将鼎盖放好，左手举着，右手搔了搔头，朝鼎腹上古篆文仔细看了又看，面上似有怀疑之容。几次伸出手，又缩了回去。最后好似实在忍不住，口中又复喃喃念咒，声音与前微异。猛地怪眼一睁，高举右手，照准鼎腹上拍去。鼎上立时发出无数禽鸣兽啸，轻鸣巧叫，怒吼长吟，杂然并作，汇为繁响，种类何止千百，震撼全洞，震耳欲聋。妖尸忙取古镜朝鼎一照，划然齐止，更没声息。妖尸喜极忘形，抱着那鼎乱跳，口中不住"磔磔"怪笑，声若枭鸣。二小看在眼里，方知二宝藏在榻后地底，并且看出镜能制鼎，只要不揭鼎盖，那大口也不会飞出。只不知取时用甚方法，是否照样向地下一推，便可取出。正惊喜注视间，说也真巧，妖尸宝藏地下石穴之内，上有太极八卦禁制，存放时照例须用禁法封闭，偏生他是暗中悟出一些九疑鼎的奥妙，背了戎敦，私自下来取试，果然有些灵验，照此研讨，必能悟彻微妙。正得意欢跃间，忽听戎敦在上面怒吼怪叫之声远远传来。知已觉察，目前还不愿意和他翻脸，恐被走来看破，起了疑心，忙将二宝仍放地下，左右各一旋转，起身便走。去时慌张，也忘了行法封闭。

二小见妖尸刚进壁间圆门，浓烟过处，妖尸不见，石壁恢复原状，便听二妖尸在壁中争闹之声，由近而远，渐渐消逝。大意是戎敦怪穷奇居心叵测，不应违约私入地穴。穷奇却说："因在上面想起今日得那三支宝箭，比那日所收女子宝物胜强十倍，正可拿来略加祭炼，用以御敌。适才业自鼎中取出，放在榻上，你也看见，走时只顾彼此争论，忘了取出。见你正有事，没和你说，刚下去，你便连吼带叫赶了来，并未违约取宝偷试。"戎敦又问"明似听得地底鸟兽之声，何来"等语，底下二小没有听清。料知妖尸走远，虚实全得。除避开妖鸟外，更用不着再害怕。连忙如飞跑过榻去，仔细往地下一看，那八卦当中的太极图竟似活的，所含青白之丸全都凸出。前见与地相平，稍有不同，仿佛可以推动。不知妖尸没有行法封闭，尚恐入伏受陷，端详商量了一会儿。

沙沙决计冒险一试，叫咪咪站得远些。也学妖尸的样，按定右边青丸，往左用力一推，人小力微，竟未推动，可是也没受着伤害。咪咪见状，也奔了过来，两下一商量，豁出一同被陷，两下合力动手。那太极图大约数尺，二人站在图外，要俯身下去，方能够住。青白二丸推时，连吃奶的气力都使出来，白累了一身冷汗，一毫不曾推动。二小心终不死，又一揣想妖尸取宝时情形，好似两手分转。这阴阳两仪推动时，想必还有逆顺之分。悟到机密，重又下手。二小一推青丸，一推白丸，果然"噬"的一声，轻轻巧巧，随手而转。阴阳两仪忽然迸转，错开一半，阴仪缩入石里，右侧现出一个六尺多深的孔洞，底下放着一面古镜。沙沙听了听，下面没有声息。忙纵身下去，拿起一看，正是那面有青蒙蒙光华的昊天镜。其质非金非玉，甚是沉重。背有蝌蚪文的古篆和云龙奇鸟之形，看似隆起，摸上去却又无痕，非刻非绘，深没入骨。正面乍看，仍是先前所见青蒙蒙的微光。定睛注视，却是越看越远。内中花雨缤纷，金霞片片，风云水火，一一在金霞中现形，随时转幻，变化无穷。咪咪也纵身下去，看了一会儿，都是喜出望外。依了咪咪，恨不得偷将出来，才称心意。沙沙却说："宝物虚实虽得，无奈我等道力不济，看适才妖尸走出神气，连隐身相随同出，都是万难。杨师祖和恩师，明晚子时必然到此，她们曾说一举成功，绝不会错。我们现在取出宝镜，没处存放，又走不脱，转使妖尸惊疑搜寻。若放在身侧，我们隐身之法如隐不住镜上光华，立时便有杀身之祸，大事不妥。为今之计，莫如原样放好，不去动它。等二位师长到此，只和她们一说取用之法，较为稳妥。"

咪咪道："你又想错了。我们此来，原为建立奇功，天与不取，岂非自弃？那鼎看神气又大又重，我们只看看，且莫动它。那宝镜好似能制服九疑鼎，关系非小，无论多么为难冒险，也不可轻易放过，总不在深入虎穴才好。依我打算，二妖尸正在争夺，大可借此行一反间之计，先将镜取出，找地方藏好，我们并立在它前头，能隐过宝光，不被妖尸觉察。等二位师长到来，献镜取鼎，固是妙极；即使不成，自少年男女逃去，并无人来，只有先前那个妖尸私来试宝，宝镜无端失去，那矮胖妖尸必疑心他玩花招，不肯甘休，万一妖尸自相残杀，我们岂不坐山观虎斗？等死伤了一个，三尸只剩一尸，二位师长除他，岂不更容易了么？"

沙沙一想也对，便将镜拿起，一同纵了上来。咪咪还想观看宝鼎，沙沙怕弄出乱子，加以劝阻。咪咪不听，强着沙沙，将镜先放在地上，一同推动太极图中圆珠，两仪还原，穴口复闭，再推却又不动。试一逆转了两下，再行顺转，这次改作阳仪隐去，左侧现出一样大小的洞穴，立见金霞万道，自穴底闪射上来，照得人眼花缭乱，不能逼视。沙沙不肯下去。咪咪未免也有些胆怯，因见镜能制鼎，便叫沙沙持镜照定那鼎，自己下去，看一看真相，即行纵上。沙沙依言。咪咪入穴，仔细一看，满鼎腹俱是万类万物的形相，由天地山川、风云雷雨，至日月星辰、飞潜动植及从未见过的怪物恶鬼，小而昆虫鳞介，无不毕具，中间还夹有许多朱书符篆。最奇怪的是那鼎通体不过数尺方圆，可是上面所有万物万类的形相，多至不可胜计，不特神采生动，意态飞舞，那么无量数的东西，不论大小，看上去都是空灵独立，各有方位，毫不显出混杂拥塞之象。咪咪胆大好奇，接连绕鼎走了三匝，想看看鼎腹上到底有多少稀奇古怪的东西。谁知鼎腹竟是时常变幻，每次所见，俱各不同。方知鼎腹所现诸般形相，包罗万有，恒河沙数，无有穷尽。再看鼎盖上蟠伏着的那个怪物，生得牛首蛇身，象鼻狮尾，六足四翼，前腿高昂，末后四腿逐渐低下，形相猛恶已极。鼎盖不大，那怪物却是神威凶猛，势欲飞舞，越看越令人害怕。心想："鼎里面那张大口，不是什么怪物，妖尸既能随意使它出现，往前飞出，收宝伤人，如今站在它后头，想必不致受害。目前宝穴详情，业已深悉，所差只此一点。自己和沙沙，仅有数月微末道行，放在妖尸手里，还不是和死个蚂蚁一样，居然侥幸，成此奇功，可见仙缘深厚，全出天助。倘再能悉此鼎微妙，岂非尽美尽善？"当时雄心正壮，也不先和沙沙商量，只说得一声："沙哥，拿镜照好，我要揭这鼎盖一看。"

沙沙见他老在宝穴中盘桓，本就担心，连催数次不应，正在焦急，闻言大惊,忙喊:"万万使不得!"咪咪早防到他作梗,口里说着话,已手托鼎盖,微微掀起。谁知九疑鼎与宝镜大不相同,鼎沿刚一显露,便见无量金星红丝如飙轮电旋,就要冲开鼎盖而出。光霞强烈,耀目难睁。同时一片轰隆之声,发自其内,恍如万雷始震,声势骇人。咪咪吓了一大跳,知道厉害,欲待按下鼎盖,不特关它不上,仿佛鼎中有绝大神力,连手带身子统被吸住,往里收去,莫想挣脱分毫,不禁惊叫欲绝。原来沙沙因为急于拦阻,手中宝镜偏了一偏,没有照准鼎口,致有此失。这时瞥见鼎盖甫启,咪咪人被吸住,晃眼就要收入鼎内,一时情急,除用镜破解外,别无生路。惊慌骇乱中,双手举着那面昊天镜,朝鼎上对照下去。这阴阳生克之理,说也奇怪,那么厉害的圣陵至宝,吃镜中青蒙蒙的微光照射上来,立时金星齐敛,红霞全收。咪咪身已半入,危机相间,何啻一发之微,忽觉眼底光霞隐处,吸力尽退,只见亮晶晶一团东西,正往鼎中落去。他胆子也大得出奇,当这生死瞬息之际,仍未忘了涉险,随手捞住,奋力纵退出来,鼎盖竟轻松松落下盖好。

咪咪脸都吓成了土色,哪敢停留,不顾看手中所持何物,慌忙纵上。因鼎已发出响声,惟恐妖尸惊觉,赶来查看,忙与沙沙合力,仍旧推动两仪,回了原位,掩好宝穴。一看那鼎中得来之物,乍看只是带有青白微光,混混沌沌,并不十分透明的一粒鸡蛋形大小的圆珠。及至反复定睛注视,那珠子甚是异样。如若顺立,青白二光立时分开,青光上升,白光下降,再隔一会儿,上段便现出无数日月星辰、风云雷雨的天象,下半截便现出山川湖海、飞潜动植之形。与鼎腹所见大同小异,但这个里面的万类万物却似活的,不过动作稍慢罢了。若一倒立,重又混沌起来。小小一丸东西,里面包藏若许无量事物,按说绝难看真。谁知不然,竟是无论看哪样,都是大小恰如其分,营营往来,休养生息,各适其适,位置匀称已极。用尽目力,也难分出它的种类。再一看出了神,更是身入个中,神游物内,所见皆真,转觉自身只是僬侥之民,徒惭渺小。二小虽不知此宝即九疑鼎先天元体,关系全局,至为重大,却已料定是件异宝。尤妙是为物不大,等诸微尘纳物,粟中世界,怀袖可以收容;不比那面昊天镜,因为人小物大,还要设法藏掩。俱都喜出望外,转忘适才魄散魂丧之苦。

当下各自看了一会儿,仍由咪咪收藏怀中。几经筹计,决定将那面昊天镜放在适才藏身的另一石室之中,面朝下覆卧着。二小仍随意查看,静候妖尸一来,再奔进去,用隐住的身形掩蔽,非到万分危急,绝不躲开一步。一切停当,咪咪又想起先前取箭略有动作,旁伏妖鸟神鸠已经振翼欲扑。适才鼎中那么大雷声,二妖尸纵因上下相隔辽远,或值他出,没有惊动,妖鸟总该警觉,何以全没动静?好生不解。一问沙沙,才知鼎内洪声,只有身受的能听到,沙沙在上面只是看见鼎口内金星闪动,咪咪身子行即入鼎,别的什么响声全未听到。咪咪贪功心盛,闻言又复后悔,不该胆小退出。既有宝镜制服得住宝鼎,应该再仔细搜查一番,说不定鼎中还有不少异宝在内,失之交臂,太觉可惜。如非沙沙劝阻,更防二妖尸忽然闯来,前功尽弃,回忆前情,也自惊心,几乎又欲二次涉险再作问鼎之举了。

这前后一耽延,差不多已耗了大半天光阴。沙沙力主潜到原处,将来时身旁所带干粮取出,饱餐一顿。照师父传授,打坐养神,静候时机。二位师长一到,再行现身献宝,陈告虚实。咪咪喜极欲狂,闻言才想起,自昨晚子前到此,尚未进食。况天不早,算计二妖尸少时必至,得意已至再至三,不可再作无厌之求,便即应了。二小全室俱已走遍,偏巧目光底下那一片设伏之处,因见空无一物,又见少年男女由此破顶飞去,料定妖尸设有妖法。适间进入宝穴,不曾失陷,已属侥幸。既然无所希图,何苦涉险尝试?先时胆大包身,后来却变作万分小心谨慎。回转原地时,想正好来时经行之处,一步没敢乱走。两小侥幸,居然在罗网密布、危机四伏、飞仙剑侠所不敢到的妖尸深穴之中,有志竟成,克奏全功。固当仙缘前定,般般凑巧。但这等坚毅不拔、智勇双全,也就算万分难得的了。杨瑾因此赏识,得了二宝以后,回山禀明芬陀大师,不惜再四吁求,以大师无边妙法,助其成长,竟归正果,得为本书最小辈仙侠中有数人物。此是后话不提。

且说凌云凤、杨瑾二人在白阳洞中做完夜课,已是第二日辰初时分。因四小常时出洞做些采果汲泉等事,先见沙、咪两小不在眼前,以为偶然有事离开,还不怎样在意。隔了一会儿,见健、玄两小不时窃窃私语,眉目示意;沙沙、咪咪未作晨参,不应久出不归。云凤猛然想起,昨日曾有命他二人往探妖尸巢穴之意,后为杨瑾所阻,二小当时神情甚是沮丧。料出贪功心切,背着师长偷偷前往涉险,失陷妖穴之内。忙唤过健、玄两小来问。

原来四小同门相处，最为义气。自从昨晚沙、咪两小走后，不久玄儿便猜定沙、咪两人背了他私往妖穴探查，立功自见，当时心中好生气忿，立时便要学样，跟踪追去，也立点功劳，与他们看看。健儿因和他情感莫逆，便劝玄儿："不可如此。他两人走时固然不该背了我们。但是我们四小人小道浅，此去危险非常。这是用命去拼的事，我们好容易得遇旷世仙缘，根基还没扎得一点，此行成功不说，一个不好，形消神灭，永劫都不得超生，活命更是谈不到了。沙哥为人谨慎忠厚，他舍身涉险，必是受了咪弟的怂恿，怎还肯拉上我们？再者他两人走时，曾说奉有师尊之命，我们只是猜疑。现在二位师长，要到明天早起，才将功课做完，到底难分所说的真假。要真是被我们料中，背师行事，先就有罪，即便得点功劳回来，也不过功罪相抵。何况妖尸那等厉害，连杨太仙师那么高的道法，尚且被困多日，他两人微末本领，如何能望成功？本来他两人就做错了事，我们再效尤跟去，岂不比他们还要罪过？他们再要是真奉师命前往，更不用说了。各人祸福各人当，由他去吧。"玄儿答道："大家患难交亲，又是同门，就算奉有师命，也应该行时明说详情，怎这般鬼鬼祟祟，支吾两句就走？全没有一毫情义，实叫人气忿不过。就是奉命而行，大家都是一样的人，他两个能去，我们定也能去，明早二位师尊知道，也未必有甚大罪。我们现在隐身之法，承杨太仙师连日指教，大有进境，妖尸虽然厉害，不给他看出，有甚打紧？"健儿接口怒道："既然你不听劝，只要你前脚一走，我立刻便去内洞禀告师父，看你去得成不？我和你又是至戚，又是同门患难之交，宁使你恨我，也不能任你自去送死！"玄儿年纪最轻，与健儿是至戚深交，平日颇为畏服，一听说要禀告师父，结果闹得去不成，还要自受责罚，只得怏怏而罢。

一直等到天明，还未见沙、咪两人回转。玄儿愈发料定所说奉命之言是假，去久不归，必已陷身妖尸，凶多吉少。同气关心，不由把满腔怨忿化为忧急。后来杨、凌二女做完功课，二小晨参之后，有心禀明前事，又恐沙、咪两人恰在此时回转，师长本来不知，这一举发，岂不累他们受责？正自心焦，彼此眉听目语、欲言不敢之际，杨瑾一追问，知道不便再为隐瞒，只得双双上前跪下，禀知前事，说："弟子等先只当他们真奉师命行事，所以晨参时，没有禀告。"

杨、凌二女闻言大惊，两下一商量，杨瑾说："二人失陷妖穴，已有多时，按说绝难活命。所幸隐身有术，或者不会被妖尸发觉，只陷于埋伏之中，也未可知。倘能保得命在，早去晚去无妨；如若受害，去也无用，反倒误了今晚大事。昨观二小面上并无死气，绝不致死。莫如听其自然，仍候到晚来子前同往的好。你昨日原要命他两个先往一探，被我拦阻，谁知他二人竟有如此坚强勇毅性气。早知如此，给他们带上一件护身避祸的法宝，岂不要好一些？你莫忧心，弄巧他两个此行还不虚呢。"二女几经考量，决定仍是乘妖尸晚间假死时前往，以免牵动大局。玄儿一听师长对沙、咪两人并无怪罪之意，又说面无死色，不致死伤，好生悔忿为健儿所阻，没有当时跟踪追去。后来沙、咪两小居然成了大功，受了上赏，愈加嫉忿不已，生出许多事来。只为这一念之差，因忿成仇，几乎闹得误己又复误人。这且不提。

杨瑾、云凤议定以后，便在白阳崖洞中坐待时辰一到，即行前往除妖取宝。到了当日下午，杨瑾忽然想起追云叟白谷逸在轩辕圣帝陵内所留纸束，曾有"事完赶来相见"之言。已然隔了多日，如今相距除妖之期只有几个时辰，怎还不见到来？前生仙侣，渴欲一晤。正悬盼间，忽见眼前光华一闪，一道剑光从洞外直投进来。仓猝中云凤当是来了敌人，想着飞剑抵御时，杨瑾认得那剑光的家数，一见便知来意，早用分光捉影之法擒在手内，果然上面附有追云叟寄来的一封柬帖。取下一看，才知事情的原委。

原来追云叟因知古墓妖尸厉害，又得了圣陵至宝，愈发如虎生翼，难以制服。日前将东海三仙所托要事办完，正欲赶来相助，行至中途，遇见极乐真人李静虚，承他指示妖尸墓穴中的虚实详情，一切前因后果。并说妖尸运数已终，行即自毙，杨、凌二女处境虽极艰险，时至自然水到渠成，凡百巧遇。极乐真人旋即别去。追云叟得知底细，见为时还有三日，无庸先行赶去。细一看停落之处，地名修篁岭，翠竹万竿，闲云蔽日，白石清泉，交相映带，空山无人，景物清嘉。先还不知是昆仑派门下后辈们新辟的清修之所，因为多年未到，打算在当地盘桓些时，就便游览全景，查看以前同道中所传说的千年竹实还有没有。独自闲游了十几里，道旁绿竹森森，越来越密，因风弄响，宛如鸣玉，景物愈发幽绝。正暗赞这么好一个所在，怎没人在此栖息？忽觉万顷碧云中，似有青光闪动，知有人在彼练剑。隐身过去一看，乃是三个少年男女。两个男的：一名小仙童虞孝，乃昆仑名宿钟先生最心爱的大弟子；一名铁鼓吏狄鸣岐，原是晓月禅师的记名弟子，新近投在钟先生门下，与虞孝最是莫逆。另一个女的，是半边老尼门下石氏双珠之一的缥缈儿石明珠。虞、狄二人在岭东仙源洞中居住，石氏双珠却在岭南半边老尼新建的碧庵中清修。本是同派，所居又近，每日常相过从，练剑为乐。当日女昆仑石玉珠奉命往武当未归，三人又聚在一起。虞、狄二人说起日前因听人言，轩辕圣陵内出了两件至宝，为白阳山妖尸盗去，墓穴中埋伏重重。目前峨眉门下有人前去盗宝除妖，不知得手也未。石明珠道："听师父说，峨眉派目前正当昌盛之期，门下新进能人奇士甚多。既然他们已下手，最好不闻不问，免得生事，两派结下嫌隙，反而不美。"

狄鸣岐因记晓月禅师在慈云寺受挫之仇，闻言冷笑道："圣陵至宝，已为妖尸夺去，成了无主之物。斩妖除邪，凡是修道人，均分所应为。宝物也是有德有能者居之，也并不限定哪一派。不过白阳山高出云天，与世隔绝，从没去过，又不知妖尸墓穴虚实，懒管闲账罢了；如若不然，我们照样可以前去。只要捷足先登，取来二宝，峨眉门下虽然猖狂，莫非还不肯甘休，定要巧取豪夺，凡是宝物都该他们独吞不成？即使他们真个恃强抢夺，也还要凭着本领道行，分个强弱高下，未见得我们就不如人。"

言还未了，忽从二人身侧闪出一个矮老头儿，笑道："你休发急，也莫不服气，圣陵二宝，现时还在妖尸那里，有德有能的谁都可以前去取宝除妖，不必背后空吹牛气。并且我这告诉你说，妖尸气运将终，至多不过三日。你们若去迟了，圣陵二宝必被峨眉门下得去，那时休说什么事都是峨眉派逞强占先。你们三个人，如自负本领过人，不在人下，正可趁那三妖尸不曾伏诛以前赶去，为世除害。我知峨眉众后辈，也因妖尸厉害，各派中无人敢惹，恐其日久猖獗，贻祸无穷，迫不得已，才身入虎穴，冒险行事，成败利钝，均未敢定。果如有人见义勇为，自必乐于退让，绝不恃强争功。至于圣陵二宝，乃万古奇珍，因果相循，物自有主，今既出现，冥冥中必有定数，也非巧取豪夺所能攘为己有。如因你三人年幼识浅，白阳山不曾去过，不知妖尸墓穴虚实，不敢妄入，我老头子虽然不才，当年却曾走过几遭,自信识途老马,尽可照实奉告,绝无虚言。你们看如何?"

三人尚未答言,追云叟见那矮老头儿正是生平至交矮叟朱梅,只不知他因何至此。暗忖:"钟先生上次在慈云寺比剑,虽曾为异派中人张目,并未十分苦斗。人既正直,平素又无嫌怨。半边老尼与正派中各道友更多往来。何以朱梅那般说法?看神气,潜伺三人已有多时,分明连激将带讥嘲,要使三人自去上当,好生不解。"姑且现身走出,接口说道:"他的话说得也对。不过妖尸委实厉害,不比寻常,你三人不妨度德量力,细加忖量,能胜与否。不能时,只管说为罢论,以后背人少发狂言就是;如信得过自己的本领道力,休说这位朱道友,便连老朽,也愿相助,告知穴中虚实,使你们能胜固佳,败时也有退路,不致陷身在内。"三人中只缥缈儿石明珠会过嵩山二老,狄鸣岐和虞孝俱是耳闻,不曾亲见。先见朱梅倏地现身,冷嘲热讽,语多讥刺,心中不忿。正要还言,幸亏石明珠识得朱梅厉害,刚使眼色止住,追云叟又复出现。狄、虞二人也算久经大敌,见多识广,一见石明珠以目示意,便知来人不凡;再一见又出现了一个矮老头儿,更猜来人许是嵩山二老。不敢造次,只得强忍气忿,等二老相次把话说完。狄鸣岐首先答道:"我三人早先也并不知白阳山妖尸如此猖獗,不然早就去了。是我日前同虞师兄前往北海眼,探取后羿射阳弩,归途路遇妖道金花教主门下一个妖妇,向同党说起,要往白阳山妖尸墓穴,投奔钟昂之子钟敢。正谈在兴头上,偏巧石师姊又从零陵山中采药回转,与妖妇等争斗起来,我三人合力斩了妖妇和她同行的三个同党,还得了她两件法宝,这才略知妖尸墓穴梗概。今日无心闲话,不想被二位老人家偷听了去,既然知得个中虚实,再好不过,我们为世除害,尽力听命,也不怕受人愚弄,就请二位老人家实话实说吧。"

朱梅不比追云叟无心路遇,原是受了白发龙女崔五姑之托,知道三人得了后羿射阳神弩及妖妇徐静娟的三阴神铅灭阳弹,可为斩妖尸盗宝之助。又知钟先生大劫将临,意欲借此将狄、虞二人引度峨眉门下。因为听了三人那一席话,才用激将之法,暂使其自行投到,引度入门,且等日后再作计较。又见三人故作不识,对前辈全无礼貌,狄鸣岐又是那等说法,便冷笑一声,说道:"你这孽障,全然不识贤愚,纵有好心,此时也难全告你,我只将妖尸墓穴详情一一指示。此去你三人中若有失闪,可向西北方遁走,我在相距白阳山三百里的太微峰顶相候,保你们不致残废就是。"说罢,二老各把妖尸墓穴中的各层埋伏禁法以及进出之路,分别详说之后,一片光华闪过,不知去向。

二老去后,石明珠详审二老语气,初来时似无恶意,颇怪狄鸣岐不该先出言无状,闹得自己和虞孝也不便改倨为恭。狄鸣岐知石、虞二人交情深厚,大家都未理来人,却埋怨自己一个,分明意有偏袒,好生不服,冷笑道:"这有什么,我既敢说,就敢前往。他又不是本门尊长,敬他则甚?"虞孝见他动怒,忙即相劝了几句。狄鸣岐没再发话,竟自闷闷不乐。虞、石二人又互相商量了一阵进止,言明当日回去,做完功课,且等明日黄昏时,再行定夺。各自别去。

第二日午后,三人又聚在一处练剑。石明珠仍主慎重,要去也等第三日去。商议未决。延到晚间,虞、石两人收了飞剑,相对谈说。虞孝道:"今日已是第二日,明日妖尸运数该终,再不前往,就去不成了。"石明珠笑道:"我从昨日起,筹思到如今,我料白、朱二老此来,先意必有用我们之处。后因我们装不认识他,狄师兄又出言忤犯,全无礼数,才故意使这激将之法。妖尸明晚子时命终,早去仍是无用,莫如到时再往。一则峨眉门下也在那时前去,同为斩妖除害,彼此又无嫌怨,虽说各做各的事,到底要增厚几分力量。我们到了,相机行事,弄巧还可坐收渔人之利。即或不是,至多得不着宝物,也绝不就有甚失闪。既不愿中那两个矮子的激将之计,我们毕竟在期前去了,异日相见,面子上也交代得过。"虞孝方点头称善。猛一回首,不见了狄鸣岐。起初当他独自回洞,赶去一看,哪有踪迹。因他昨晚今朝负气辞色,定然冒险独行。虞、石两人知他虽然精通五雷天心正法,剑术在小一辈同门中也算杰出之士,估量起来毕竟人单势孤,不是妖尸对手。同门至好,屡失患难,万万不容坐视。略一商量,只得改了主意,跟着前往,能追得上更好,否则也好作一接应。两人恃有玄功妙法和异宝飞剑,至多不能取胜,绝无凶险。

谁知狄鸣岐早有成见,同两人在竹林内练毕飞剑,便自起身,去已多时。容到两人赶到白阳山不远,正遇狄鸣岐迎面飞来,彼此住了剑光落下。狄鸣岐满脸愧容说:"适才一进妖尸墓穴,刚破了几层妖法埋伏,与一怪鸟对敌之间,妖尸尚未见面,便为飞刀所伤,若非应变神速,几遭不测。当时无奈,只得逃走。心中气忿,也没照矮子所说的方向,只觉肩背上刀伤奇痛麻痒,万分难耐。方觉不妙,忽从斜刺里飞来一个御剑飞行的红衣少女,将自己拦住,一同落下。那女子好似早知我受伤之事,一见面就道:'妖尸飞刀恶毒,非神尼优昙所炼二相丹不解。'幸她带有此丹,取了两粒,叫我半敷半服。我见她来意甚诚,所用飞剑也极高超,虽看不出她的家数,的是正派门中弟子。因是催服甚急,匆匆未先问姓名、来历,服后果然灵效。她又说目前伤势无碍,但在七天之内,仍丝毫动不得真气,否则创口再破,遗患无穷了。接着又取出两道符箓,说:'妖尸墓穴中禁法重重,尤其那把金刀厉害非常。况还有妖鸟防守,纵能破法冲过,妖鸟见势不敌,必向妖尸报警。妖尸一醒,他有圣陵二宝,地穴中又埋伏有水火风雷,任你大罗神仙,也难取胜,非乘他假死时暗中下手不可。但是一切隐身法术,俱都难免触动埋伏。此符乃六戊潜形先天太乙遁法,虽然外人只用一次,仅有片时灵效,但是中藏生克妙用,可以通行无阻。就这样穿行地底太极图径时,有的地方仍不免将他禁法触动。那就全在去的人随时留意,小心应付了。三妖尸今明晚先后数终,今以相赠,去否任凭你们了。'说完,传了用法,等我开口致谢,再请教她的姓名来历时,她只一举手,说了句:'行再相见。'便已飞走,去得极快。我料追她不上,只得作罢。归途揣她语气有好些矛盾:既说我七天之内,刀伤初愈,不能动运真气,为何又赠此符?并说此符外人用只能收片时之效,去否任凭我们,分明不特我在妖穴受伤,连你两人赶来,也都深悉。如果此女也是矮子所遣,只恐无此好意。况且两矮门下,从没收过女弟子,好生叫人不解。正想回山和虞师兄商量,我们三人便在此相遇了。"

虞、石两人闻言,匆忙中也想不出那女子的来历、用意。狄鸣岐受了一刀之厄,又愧又忿。知虞、石二人道行、法宝、飞剑均胜过自己,再三怂恿前往一试。虞孝本有此心,因石明珠比较持重,见狄鸣岐已回,又受了伤,料定穴中凶险,非可轻易尝试,意欲暂且回山,大家商量妥当,容到明晚再来,所以先还有些踌躇。经狄鸣岐一再劝说,石明珠也未坚持己见,便即应了。狄鸣岐报仇心盛,还要跟去。经虞、石两人苦口劝住,又用婉言解开了昨晚芥蒂,方始交过二符,传了用法,闷恹恹驾剑光独自回山养息创伤。不提。

这时天已子初，正当妖尸假死之际，机会不可错过。虞、石两人也没再深思那女子来历，径自一同飞往妖尸墓穴。入洞时姑用那两道潜形符一试，果有妙用。一直飞抵内寝，照着白、朱二老指示的途径、方法，由右边油釜下穿行甬道，直达地底妖尸假死之所。虽然巧斩无华氏，终因圣陵二宝厉害，收去虞孝三支射阳神箭，险些被困在内，吃地肺中水火风雷炼为灰烬。可是妖尸的主要通路却被两人破去。妖尸初试水火风雷，转觉利弊俱兼，一个用不得当，易被敌人乘隙遁走，轻易不愿再用。穴中禁法也改变了好些，只为防备逃人去而复转，不料给杨、凌二女增了若干便利。最关系大局的是沙、咪两小不足齿数的微末道行，居然百般凑巧，竟乘虞、石两人去时跟踪混入，不特探明虚实，还盗去两件至宝，得知克制之法，二女成功，更是如操胜券了。

白、朱二老原欲将小仙童虞孝和铁鼓吏狄鸣岐引度到峨眉门下，因三人辞色不逊，故意使他们一尝妖尸厉害。并假手斩了无华氏，破了妖尸通路。二老一直不曾离开，二人动作，全都深悉。狄鸣岐在妖穴受伤遁出时，朱梅适在白阳山附近山头瞭望，看出已受金刀之伤，本欲相救，见他负气，未朝自己所说的方向遁走。那红衣少女便是罗浮山香雪洞元元大师门下女空空红娘子余莹姑，恰巧新近随素因大师先期赶往峨眉赴那开府盛会，参拜掌教师尊，刚到不久，又奉乃师元元大师飞剑传谕，命回罗浮有事，办完仍转峨眉，恰与矮叟朱梅相遇。因开府还早，回去除却与小一辈诸同门每日畅聚，相互砥砺观摩，随众参谒，迎候各位尊长前辈外，本就无甚要事，便留她待明日杨、凌二女斩妖尸取宝之后再去。适在身侧侍立，便取出神尼优昙所赠的丹药和两道六戊潜形符，教了一套话，吩咐急速追上狄鸣岐，如言行事。余莹姑的青霓剑，原是元元大师用十九万六千七百四十二根绣花针炼成的一件降魔防身之宝。莹姑下山时，全仗此剑自能飞起和从小习武根底，不特身剑未能合一，连本门剑术都所得无几。后到白龙庵寄居，素因大师怜她身世，又爱她心地纯厚、资禀出群，朝夕相处，不惜以乃师神尼所传本门心法，加意传授。中间元元大师又屡来指点。莹姑愈发感奋用功，为时不多，已然综合两家之长，殊途同归，兼收并蓄。那剑又是仙剑，与寻常自炼者不同。所以狄鸣岐仓猝中看不出她的家数。

狄、虞、石三人先后败归，白、朱二老见事情已差不多，因一真大师近从峨眉摩天崖移居在白阳山麓附近的星子峡白茅观内，已有数年不见，正好乘这一日之暇，前去看望。便由追云叟传书杨瑾，略说经过，指示明晚下手方略。并说自己与矮叟朱梅带了红娘子余莹姑去访一真大师，约定明晚妖尸墓穴中再行相见，斩尸取宝不难。恐怕还有别的纠葛，到时自有二老料理。

杨、凌二人相次看完这封长函，不特成功可必，并知沙、咪两人深入虎穴，安全无恙，还预先将妖尸宝镜盗出，俱都喜出望外。杨瑾因沙、咪两小人居然建此奇功，未免向云凤夸奖了几句。玄儿先还替沙、咪二人担着心，这一来不由又勾起前恨，越想越有气，便上前跪禀道："恩师和杨太仙师今晚古墓除妖，弟子等意欲随往建功，就便长长见识，不知可否？"云凤尚未答言，杨瑾已先笑道："你们这几个小幺幺胆也真大。沙、咪两小不过是命不该绝，正当妖尸覆亡之会，一时凑巧，侥幸成功罢了。前日你师父带你们前去，原是不知底细。昨晚想命沙、咪两小探查妖尸虚实，也只随便说说，不料他们竟偷偷前往。你只见他们得了甜头，这一天两夜，不知受了多少活罪呢。你当妖尸墓穴，是个无人之境，可以任情去来的么？何况成败就在今晚，少不得与妖尸有一番恶斗。沙、咪两小已经在内，那是无法；并且他们已探得穴中虚实，能知趋避，还不碍事。你二人道行法力，俱谈不到，带了去，还要累人照顾，如何去得？"玄儿还要央求，云凤作色道："我见你四人生得太小，遇事不忍深责，就纵容得不成话说了！你们微末道行，师长未有使命，竟敢自己讨令。幸是杨太仙师，如被外人看见，成甚家法？你休以为沙、咪二人建功回来，便不受责。他们不告而行，大是犯法，功是功，过是过，不能相抵。以免你们日后有所希冀，尤而效之，其罪更重。快些起去，如再强求，便与沙、咪两人一同处治了。"玄儿自到云凤门下，尚是第一次看见师父发怒，吓得战兢兢站起，不敢开口。

第一八三回　功成一击　金菩提暗藏白眉针
　　　　　　　计斩双凶　太虚鉴巧制九疑鼎

杨瑾见云凤教诫门人，所说极为中肯。知道四小淘气，胆子又大得出奇，不能宽纵。少时事成归来，对沙、咪两人必还有一番责说。便解劝道："其实他们也是好强，贪功心盛，不过胆大了些，遇事不假思索，言行略欠谨饬，非在师门之道。依我看，沙、咪两人此次在妖墓中，必定受尽艰苦，九死一生，才得有此成就，功过足可相抵；况又初犯。只须告诫几句，禁其再犯，并不许日后有人学样，也就是了。"云凤知杨瑾爱怜四小。沙、咪成此奇功，自己也未尝不喜到极处。但是从小奔走江湖，深悉赏罚规矩。弟子违命擅专，最是犯忌，此风万不可长。乐得使杨瑾来当好人，假意发作一番。便正色答道："别的事，云凤均可奉命，只是此事，关碍本门中的规矩。首次行法，尤其宽容不得。且等少时回来，问明首从情实，再定罚吧。"杨瑾听出云凤有心做作，微笑了一笑，没有再往下说。

　　时光易过，延到夜间亥子之交。杨、凌二女准备停当，吩咐健儿、玄儿看守洞府，不许擅离。径自同驾遁光，直往妖尸墓穴中飞去。到了妖尸墓穴落下，施展六戊潜形遁法，往洞中一看，里面黑沉沉的，只有两小点时红时绿的亮光，在洞的深处暗中闪动，知是妖鸟双目。因为时光还早，先不去惊动它。又待了一会儿，到了正子时，方始一同下手。这次因有追云叟飞剑传书指示，把先前所定方略更改。预计由杨瑾破去各层埋伏，将上悬金刀收去；同时云凤骤出不意，一下手先放飞针，刺瞎妖鸟双目，再用玄都剑将它结果。肃清外洞，然后直入内寝，不从油釜下去，径用法华金轮冲开妖尸昨晚用禁法封闭由上通下的井洞，直通藏宝地穴以内。这样不特动作神速，还可避去太极圆径中许多厉害埋伏，省却好些层阻难，更不容妖鸟与敌报警,真是周密异常。那妖尸上层洞内所设禁法也颇厉害,昨晚出事之后,又经过穷奇一番部署,愈发严紧。二女虽然入时隐去身形,仍是无用,入洞不及半里,便将头层五行禁制埋伏相次触动,无限大木、黄沙、烈火、刀矛,挟着妖烟邪雾,如狂涛怒卷一般飞舞来袭。妖鸟也自觉察,由木栅内飞出迎敌。

二女见状,一赌气,索性收了六戊潜形之法,由杨瑾当先,施展法宝应战。其实地穴中戎敦、穷奇两妖尸正为失宝起了内讧,并未假死入定。妖鸟只一报警,自然停争同出,先御外敌。二女虽能得宝,妖尸或许漏网,也说不定。一则妖鸟昨晚战退敌人,贪功心盛;二则不知就里,仍守着妖尸吩咐,不到危急难支,不许妄用神灯报警之诫。见敌人乍一现身,便放出一大股奇亮无比的光华,所照之处,五行无功,烟消雾散,比昨晚敌人来势大不相同。又认清面容,是以前逃去的两个女子,知是劲敌。虽然有些胆怯,还妄冀那把飞刀可以暗算敌人取胜。刚把长爪上灵符往洞顶一扬,那柄飞刀刚在暗中发动飞落,猛听霹雳一声,眼前红光一亮,比电还疾。知是宝物,忙吐内丹抵御时,谁知这次云凤不比上次应变仓猝,那针有玄功真气运转,不是随手发出,那口玄都剑又在同时飞起。妖鸟又未打隐身遁逃主意,口中三个绿火球刚刚喷起,那边杨瑾知道妖鸟颇有道力,惟恐云凤飞针不易得手,百忙中放起五火神针与般若刀,一同飞到,两下夹攻,妖鸟如何能敌。一见银光照眼,飞剑临身,方知不妙,再想遁走,已是无及,般若刀银光绞动处,三粒内丹先成粉碎,化为碧荧乱落,宛如星雨。妖鸟飞逃出没有两丈,先吃云凤飞针由脑后直贯前额,由左目横穿右目,夺眶而出。妖鸟只惨叫了一声,般若刀与玄都剑双双追到,朝它身上只一绕,便成了四大块,立时尸横就地。那五行遁法早被杨瑾破去,正赶上金刀发动,化成一道匹练般的火光飞落。杨瑾先使飞剑敌住,然后用法华金轮将它逼紧。杨瑾两世修为,道法通玄。金刀虽厉害,乃无干之物;妖鸟一死,妖尸在它肩上所留灵符无效,失了驾驭,更易收取。不消一会儿,便被杨瑾运用玄功收去。上层埋伏全破,妖鸟伏诛,别无障碍。

二女联翩飞入妖墓内寝,如入无人之境。在室内两边油釜中,灯光甚强,五色变幻,照得四壁时呈异彩。二女一看日前停尸石榻移前有两三丈远,知道下面便是下通地穴的圆井通路,被妖道行法封闭,又用这重逾万斤的石榻盖紧，如将此榻移去，下时更要省事。杨瑾忙使禁法一移，不料榻上设有千斤大力禁法，重如泰山，轻易移它不动。正想变计，仍用法华金轮冲石而下，云凤忽然失惊低语道："那是什么？"杨瑾回身一看，两旁排立的那些古尸灵的身后地上，插着一支形如令箭的竹牌，上有符篆，隐放光华。杨瑾识货，知是北邙山灵鬼冥圣徐完之物，心先一动。再过去一看，令箭旁石地上还划有"擅动者死"四个篆字，石痕犹新，仿佛才留不久，知道追云叟所说纠葛，定是指此；石移不动，也是此物作祟。不禁又惊又气。云凤见杨瑾望着令箭沉吟，面有怒容，便问何故。杨瑾摇手噤声，先往四下一看，别无可疑之迹。料徐完必已来过，无怪这些古尸灵见人进来，没有蠢动。只不知因何没有入穴，又自回转，他插这支令箭在此，无异乎说墓穴一切，全已属他，不容他人染指。这厮虽不好惹，但是事已至此，不惹不行。略一审慎，嘱咐云凤留神警备不测，径自伸手，将那令箭拔起掷向一旁。先以为免不了还有别的事变发生，谁知毫无动静。再试行法一移石榻，居然随手而起，心中好生奇怪。因时机紧迫，不暇寻思。忙使法华金轮放出宝光，飙轮电旋，直往地底冲射下去。光华施照之处，石碎为粉，四散疾飞。不消顷刻，便将上层数丈浮石穿通，现出原有井穴。这时二女才各用飞剑法宝，当先开路，以破妖法，由圆井通路往下飞落。妖尸虽有诸般禁制，将圆井通路闭塞，怎奈二女深知细底，下来之处，毫厘不差；加以法华金轮与般若刀俱是佛门至宝，妙用无穷，如何拦阻得住，不消片刻，已将圆井冲开。及到妖尸发觉，敌人业已深入虎穴，将妖尸丹室外面洞顶上那轮月光冲破，降落穴底。

这时二妖尸内讧方烈，戎敦吃穷奇玄功变化，咬落了左手三指；穷奇也被妖鸟神鸠因救主情急，抓伤肩臂。彼此都在忿怒咆哮，忘命相持。沙沙、咪咪隐避侧室之内，作壁上观，正自高兴。忽听一声轻雷，爆声响处，眼前倏地金霞耀彩，银芒四射，照得阖洞都是奇光异景，炫目生花；洞顶月光已随着雷声化为一阵白烟消灭。金霞银光后面，跟着又飞落两道剑光，两个女子。因当晚妖尸下来不久便起争斗，没有假死炼神，二小身在地底，估不出时刻，先还不知师长到来。及至定睛一看，不禁欢喜若狂，忙要奔出迎接时，二尸已早警觉。戎敦因敌不过穷奇，一见来了敌人，忙即高声怪叫，要穷奇暂且罢战，等擒住敌人，再行理论。穷奇也看出二女来势厉害，与上次不同，起了戒心，巴不得同仇敌忾，应了一声，便与戎敦一同应战。戎敦一指金戈，化成两道金光，飞上前去，吃杨、凌两女的般若刀和玄都剑敌住。穷奇得了空隙，便飞向丹室取九疑鼎，准备收敌人法宝。

二小见满洞光华飞舞，星驰电掣，立被吓住，不敢上前，又不敢出声呼喊，恐被妖尸发觉，由近侧赶来伤人，将宝镜夺去，急得不住顿脚搓手，叹气连声，两女虽知二小在彼，但又初来，不知他们的藏处，加以忙着应敌，急切间观察不到。眼看穷奇手持宝鼎，厉笑磔磔，由丹室内飞出，二小进退两难之际，咪咪忽然急中生智，暗忖："昊天镜，鼎都能破，何况别的妖法？妖尸所持宝鼎厉害，事在危急，何不拿了它，照着出去？"想到这里，匆匆和沙沙一说，更不暇再计别的，一同飞步持宝镜奔出。杨、凌二女本就留意寻找，知两小隐身潜伏，暗中掐着灵诀。一见二小犯着奇危至险，手持一团青蒙蒙的光华，从侧面室内奔出，知道宝镜果然到手。但是敌我相持正紧，二小此来，须要由妖尸身旁穿越，二小微末道力，若被妖尸发觉，岂不触手便成齑粉？不禁大惊。杨瑾一着急，首先一指法华金轮，正要冲将过去接救，谁知妖尸先已警觉。

原来沙沙、咪咪两个自从昨晚得手，隐身妖尸藏宝地穴之中，静候杨、凌二女到来。延至当晚亥子之交，耳听二妖尸怪声叫啸，意似有甚争执，从当中丹室壁内隐隐传出。因为上下隔绝，不见天光，估计不出时刻，也不知是否妖尸假死入定之际。正自附耳低声猜疑，忽听二尸叫啸之声越近。咪咪忍不住，轻悄悄绕向当中丹室外面，探头往里一看，室内烟光涌处，二尸刚从壁间现身飞落，各在中榻后站定，争论不已。上古语言，乍听虽不易于通晓，仗着两小聪明，相隔又近，从动作形势上，也可观察出一些动静，闻声辨色，居然听出大意。先是戎敦料定穷奇狼子野心，难与共处，倡议分取二宝，以免后患。穷奇恃强，竟向戎敦明说圣陵二宝不可分离。况且九疑鼎中妙用，尚未悟彻精微，万一试演之时有甚祸变，只有昊天镜能以克制，怎能给你？戎敦怪叫道："我先要鼎，你定占为己有。如今让你，我只要镜，你又说镜能制鼎，不可分开。难道都归你不成？"穷奇本来在上面就和戎敦争吵了一整天，几乎决裂，宿忿甚深，闻言当时就要发作。猛觉两点红光迎面闪过，忙一回首，看见旁伏妖鸟神鸠头已昂起，那一双精光远射，能变幻五色的怪眼，已自微微睁开，放出比火还红的目光，正在注定自己的动作。两只比蒲扇还大的钢爪，也在微微伸动。知道此鸟难制，事须熟计，心中定下奸谋。忙把面容一敛，带着极难听的怪笑之声说道："我并非想独吞二宝，不过你我祸福相共，既在一处修炼，理应同有此宝才是，你既生心要分，由你，待我取出此镜交你。我仍权且在此栖身，一俟找到洞府，即行分手了。"戎敦心畏穷奇暗算，当初引鬼入室，已是大错。无华氏一死，更看出他形迹可疑，本不愿与他同居。一则贪心未死，又意欲将昊天镜先取到手中，有了制鼎之物，再相机窥伺，乘隙谋夺。二则妖鸟神鸩自从误服仙人堇中毒昏迷，照算还有七年，方得回醒。近来虽还未到年限，有时竟常见它开目张翼，神光湛湛，大有先期复活之望。此鸟本来厉害非常，再加以数千年冥心修炼之功，骤出不意，爪裂穷奇，易如反掌。有此两因，满想和穷奇虚与委蛇，如见自身力不能制，至不济挨到妖鸟复活，便可夺鼎除害。所以情甘退让，舍鼎取镜。谁知穷奇贪心更大，公然明占，戎敦怎不恼恨到了极处。刚要翻脸成仇，穷奇忽然改口应允。戎敦头一步如了心愿，立时缓了口气答道："我起意分宝，无非为免异日争执，并非和你分离。一人势单，自然还是你我在此一同修炼，另寻洞府则甚？"说时二目注视穷奇开穴取宝，见宝穴并未行法封闭，已自诧异，还没料到有甚差错。及至转开宝穴，穴中空空，并无一物，不特戎敦急怒，连穷奇也是惊骇万状。

当初藏宝之时，因无华氏父子两人恐防有私，曾经约定：二宝虽是三尸共同研讨，却由穷奇一人掌管存取；每次入穴，却由无华氏父子前行，穷奇不得一人擅入。彼此互为监察，才能相安至今。当晚争端，便由于穷奇背了戎敦擅入而起。昊天镜一不在穴内，情弊更觉显然。戎敦性极粗暴，更无含蓄，不似穷奇阴毒险狠。见状略微一怔，当时怒火上冲，不问青红皂白，暴吼一声，一扬手，两柄金戈早同时化为两道金红光华，照准穷奇飞去。穷奇本来失了宝镜，心正惊疑，戎敦一翻脸就下毒手，骤出不意，情迫势急，哪有招架之功。更不暇再开旁穴去取宝鼎，慌不迭地运用玄功，身子就地一滚，化道青虹，便往外室飞去。金戈光华恰在头上扫过，将满头乱发削落了一大半，几乎受了重伤。也是急怒交加，怪叫如雷，径把身佩九把玉刀化成五色光华，飞起迎敌。戎敦也跟踪追出，两下恶斗起来。

二尸相继冲出时，还算咪咪身小心灵，逃避得快，差一点没送了小命。

且喜二尸此疑彼忌，全没想到寻觅敌踪，便和沙沙隐在侧面室内观战。二尸斗了一会儿，戎敦见不能取胜，施展五丁开山之法，幻化大手，去劈穷奇。反被穷奇运用玄功变化，咬落三指，眼看不支。室内神鸠近日本已回醒，只缘余毒尤烈，自知未到时限，一意潜修，不愿妄动。今见戎敦危急，救主情切，竟不顾利害，振翼飞起，口吐内丹，飞出一团紫焰，挡住穷奇刀光，上前一爪。虽将穷奇右肩臂抓伤，骨断筋折，毕竟身未复原，诸般不济，也吃穷奇用补天石当胸打了一下重的。神鸠不支，收了内丹，刚刚逃回丹室，杨、凌二女便自赶到。

咪咪身原隐蔽，如不带着昊天镜奔出，妖尸或者还看他不出。这一镜乃上古至宝，岂是六戊遁形之法所能掩蔽光芒。幸而人在镜后，除镜外，身形仍隐，否则即使有人救应，也来不及了。戎敦正在抵御敌人，一眼瞥见侧面室内，离地二尺许，飞出一团青蒙蒙的光华，定睛一看，正是那面昊天宝镜。因离地太低，万不料有两个小人捧着。心还以为宝镜神物，自在穴中飞出，先前错怪了穷奇。大敌当前，惟恐失误，一纵遁光，飞身上前，刚要抢取，那面宝镜倏地一晃，比电还疾，径往敌人身旁飞去。戎敦一把捞空，似见镜后有两个极小的人影一同飞起。还未及审视真切，金轮飙转，只得回转金戈抵御。再一看那面百丈光华，已自迎面飞到。宝镜也飞到了敌人身侧，现出一个矮老头儿和两个婴儿般的小人，正在指着自己，向先来二女谈论。这才知道宝镜事先已被敌党盗走，不禁急怒交加。一面运用那两把金戈抵御敌人的法宝飞剑，一面正想施展恶毒妖法取胜。恰值穷奇持着九疑鼎飞出，见宝镜落入敌手，先己吃了一惊。木及施为，那矮老头儿已从二女手中要过宝镜，将手一指，便飞出一道金光，似长虹一般飞到。穷奇大怒，伸手一揭鼎盖，刚幻成一张大口飞出，猛听耳旁有人喝道："无知腐尸朽骨，今日劫运临头，你这偷窃来的玩意不灵了！"声音就在近侧，穷奇吃惊回头，人影子还未看到在哪里，"嗵"的一声，鼻梁上早着了一下重的，也不知被何物打中，仿佛觉着鼻梁扎伤，似有一丝凉气侵入，直透命门。敌强势盛，百忙中急于应变，并未十分在意。恐怕再遭暗袭，连忙运用玄功变化时，眼前一闪，又现出一个矮老头儿，同样也飞出一道金光，直取戎敦。二尸都是痛恨已极，暴跳如雷，虽知今番敌人不比往常，仍各仗恃数千年道法，精通阴阳变化，妙用玄功，全没想到败字，恨不能一下将敌人碎为肉泥，才称心意。无奈敌人法宝厉害，丝毫都占不得便宜。先还恃有九疑鼎能收敌人法宝，谁知那两个矮老头儿，一个矮叟朱梅，一个追云叟白谷逸，所用剑光本就是仙家至宝，又经二老多年苦心修炼，俱都厉害非常。九疑鼎虽然备诸万象，妙用无穷，妖尸只是无师之传，略知一些用法，并未悟彻精微；加以鼎中一丸先天本命的混沌元胎，已被沙、咪两小无心巧合，触动枢机，仗着昊天宝镜之力，将它摘去，减却若干威力，如何能制得住二老仙剑，这还是双方同是不识此中妙用，杨瑾与徐完应有一场纠葛，二尸才得支持些时；否则鼎一出现，便被收去，即以其人之道，还治其人之身，不必再费许多事，二尸便形神消灭了。

　　穷奇见那张大口吸不住二老剑光，并且口内光华较弱，金星红丝旋转也没以前急遽，相持了一会儿，心方有些惊疑。矮叟朱梅忽对白谷逸道："道兄，此鼎已经试过，果自不凡。至宝神物，谁也垂涎，适说那厮，难保不得信赶来。休再迟延，我们从速下手吧。"言还未了，穷奇因急切间不能取胜，想起大局为重，宝镜已落敌手，如不即时除了敌人，夺回此宝，被敌人持去，通解用法，更留后患。反正事后必与戎敦破脸相拼，无庸再守机密。于是径将昨日悟出的用法施展，暗运玄功，口诵上古灵文，左手托鼎，怪目圆睁，觑准鼎腹，高举右手，一掌拍去。便听万籁叫号，由细而洪，自鼎上发出，汇为繁响，震撼全洞，似欲坍塌。接着又飞起千百道五色烟云，簇拥着无数大小长短光华，现出天龙野马以及各种奇禽怪兽的形相，朝二老、杨、凌等人飞舞扑击。白谷逸知是元始先天精灵所寄，不比旁门幻景邪术，心想借此一试自己的道力，就便照着预定方略，乘机下手。一声长笑，一纵遁光，身与剑合，剑光立即暴涨，化成一道光墙，迎上前去，意欲拦它一下试试。谁知那些五色烟云中的形相，只是一团团的透明奇亮的精光，并无实质，变化无穷，奥妙非常，一遇阻隔，威力越增。白谷逸剑光方一接触，倏地由零化整，变成一团精光，放出无量彩芒，弥漫大半座洞穴直向剑光缓缓撞去。光芒强烈，照眼生花，休说云凤和沙、咪二小三人，便是朱、杨二人，也觉耀目难睁，尚幸鼎内一丸先天本命混沌元胎事前已被摘去，来势稍缓，否则就连二老也非吃大亏不可了。白谷逸刚觉来势重如泰山，在自运用全力，剑光竟被荡开，不特阻它不住，光华还逐渐逼着剑光上长，大有过头下压之势。刚暗道一声："不妙！"欲待变计，对面光华中忽起轻啸，声如龙吟，一声过去，似闪电般擎了两掣，眼前倏地奇暗，二妖尸身形全都隐去。自己那道剑光，仍被无形潜力阻住，光只能及到自方，照不见对面分毫。同时暗影中又是万类鸣啸，地动山摇，先前影中有形之物，俱都变成实质，一个个目射奇光，张牙舞爪，扬喙振翼，作出攫拿飞扑之势而来。大的竟头似山岳，身逾百丈。最小的也大如栲栳，长及寻尺。全洞窟不过十亩方圆，按说那些庞然大物，一个也容纳不下。看去却是为数何止盈万，千奇百态，备诸狞恶，同时并呈，目难穷尽，声势委实惊人。料是宝鼎妙用，现出盈虚世界，说真便真，说假便假，随心生灭，瞬息万变。稍一不慎，便受吞袭，卷入其中，化为乌有。自恃多年道力，虽然不至形神俱灭，想占上风，却是万难。正在触目惊心，说时迟，那时快，就这先后片刻之间，矮叟朱梅已按着神尼芬陀指点，悟彻昊天镜背面蝌蚪符篆，口诵灵文，如法施为，朝着对面黑暗中照去。这一来，愈更显出生克妙用。初起时，仅放出一道青蒙蒙的微光。一照向暗影之中，镜上面一片轻烟飞过，青光一闪，倏地又放出万道金光，无边霞彩，狂风骤雨一般飞射出去。晃眼全洞重现光明，万籁顿寂，无影无声。只剩下穷奇、戎敦两个妖尸，一持宝鼎，一持金戈，站在当地，怒忿张皇，须发猬立。

当穷奇施展宝鼎时，杨、凌二女见戎敦忽然一声怪啸，收了金戈，本要追杀过去。忽见朱梅把手一摆，追云叟白谷逸已将剑光放出，迎上前去，忙即收住法宝、飞剑，静待二老施为，借此问明沙、咪两小得宝情形。杨瑾刚将那一丸混沌元胎取过藏起，眼前形势已有了变化，看出不妙，方欲上前相助，朱梅已施展昊天镜，转败为胜。二女一见妖尸惶急之状，更不怠慢，重又各放飞剑、法宝，乘胜下手。这里戎敦看出形势险恶，强弱已分，本欲遁走。偏巧穷奇凶狠负固，以为敌人不过侥幸窃去宝镜，鼎虽受制，还有玄功法宝，可以取胜，不舍弃穴逃走。戎敦只得飞起金戈应战。穷奇也将数千年炼就的金刀、金戟等一一飞起，与二老二女等的法宝、飞剑绞在一起，金光彩霞，照耀全洞，煞是奇观。

穷奇因宝已失，宝鼎恐有疏虞，不敢放置，只得拿在手内，嗣见敌势越来越盛，渐有相形见绌之势，一声怪笑，把满口獠牙一错，正待施展玄功变化，暗算伤人。不料二老早知穷奇数千年玄功厉害，如不先除本命元婴，法宝、飞剑都未必能奈何他。预有定策，料准妖尸炼就元婴藏在命门紫府以内，事前向秦紫玲要了两根白眉针；昨日又去拜访一真大师，借了一粒佛门降魔至宝金菩提，将白眉针暗藏菩提细孔之中。到时先隐起了身形，一声断喝，引得穷奇张皇回顾，忙用禁法隐却二宝光芒，乘他心神略分之际，照定面上山根打去。那金菩提原是一真大师的念珠，经过几辈禅真持偈修炼，无坚不摧，以意发出，轻重随心。追云叟因穷奇身逾坚钢，要害只此一处，白眉针力弱，恐刺不进去，无孔难入，特地借来，以作引导之用，重伤并无用处，轻轻一下，恰将山根骨打碎了些。白眉针见孔就钻，立由破口顺气脉直攻玉海。妖尸该当数尽，因伤甚轻微，反笑敌人隐身暗算，伎俩止此。虽曾觉有一丝凉气，由鼻端透入，一则自恃太甚，二则又忙于应战，并未十分在意。后来想用玄功变化伤人，念头方动，忽觉脑海中有些酸胀，真灵感应，竟连胸腹间也在发痛。因穷奇苦练功深，道行深厚，白眉针运行稍缓，这时将他元婴刺中，尚未致死。穷奇虽然惊诧，并没想到自身元气已破，所炼婴儿为敌人法宝所伤，仍然不作理会，口中"碟碟"连声怪笑。刚一变化飞起，心脑两处忽转剧痛，婴儿好似受了什么克制一般。追云叟白谷逸知穷奇最为难制，自从九疑鼎为昊天镜所破，故意仍指挥飞剑应战，人却早已隐过一旁，觑定穷奇，静候时机到来下手。隔了这一会儿，料定白眉针已发生妙用，愈发聚精会神，注视它的动作。这里穷奇明知中了敌人暗算，依然不肯甘休，勉强捺定心神，先使邪术飞起一片烟云，使本身隐而复现，遮住敌人眼目，再把元神变化，飞将出去伤人。却不料宝相夫人所炼白眉针，专一循着气脉气孔，破坏真神元气，适才心脑剧痛时，已然刺中婴儿要害。如若就此负伤遁走，元气尚未耗散，以穷奇的道力，尚可细心探索伤因，将针取出，重新修炼，不过坏却一半道行，迟早仍可复原。也是恶贯满盈，该遭大劫，发动恰是时候，忿怒头上，竟未容他寻思。等将元神化身勉强变化飞出，猛觉元神受了重创，真气耗散，休说变化伤人，本身受了真灵反应，更是心脑全身奇痛欲裂，方知不妙。正在惊惶失措，咬牙忍痛，拼命想将本命元神收回，已自无及。

追云叟见烟云敛处，穷奇忽又现身。运用慧目定睛一看，全洞光华电闪中，穷奇头上似有一个极淡的绝大影子飞起，欲前又却。知是元神飞出，哪里容他遁走，忙即隐身飞上前去。到了穷奇身后，出其不意，先将一根修罗錾照准命门打去。紧接着把手一扬，立时便是震天价一个大霹雷打将下来。那穷奇炼得身逾坚钢，又有玄功变化，如在平时，便是飞剑法宝，也未必能伤他分毫。这时婴儿受伤，元神耗散。那修罗錾早先原是湖南罗浮七绝岭妖人鬼母朱樱之物，新近才落到追云叟手中。无论仙凡，如被击中，立时在体内发出烈火巨雷，周身骨碎筋裂，血肉横飞，死于非命。穷奇周身要害，只命门一处，还须先伤了他的元神以后，否则仍是无用。此宝终是左道旁门所炼之物，一出手先有一道黑烟，容易被他看破，必使法宝抵御，仍难奏功。所以才隐身穷奇身后，乘隙下手。就这一下打中，已难禁受，何况又加上神雷，里外夹攻，同时发作，一任穷奇是个金刚不坏身躯，也吃不住。只听狂吼一声，那大一具古伟尸通体炸裂，化成千百根黑骨，带着焦皮，纷纷爆散。妖尸穷奇一死，追云叟更不怠慢，一伸手先将宝鼎接了过去。穷奇的元神吃神雷一震，再被二老与杨、凌二女的法宝、飞剑乘胜赶将过来，五六道光华电掣星飞，一阵乱绞，立时消灭无踪。

当穷奇形神两灭之际，妖尸戎敦也恰在此时毙命。原来戎敦见金戈久战无功，敌人法宝、飞剑神妙无穷，九疑鼎已不能使用，一时情急，妄想运用玄功化身潜入丹室，豁出毁灭全穴，将地底水火风雷鼓动，拼个最后输赢；即使不行，也可经由室内油釜下出路遁走。主意打好，立即施为。谁知白、朱二老合除二尸，早经定约。矮叟朱梅正想下手除他，见追云叟尚未成功，宝鼎尚在穷奇手内，恐先斩戎敦，穷奇势孤惊走，大是不便，尚未施展辣手。连杨瑾也在事先受了暗示，假意相持了好一会儿。忽见戎敦止指金戈抵故之间，忽然身形一晃，便知要出花样，先还当他想行变化伤人。定睛一观察，戎敦身侧似分出一个人影，往当中圆室飞去。朱梅本就防到他要下此绝招，自己和追云叟无妨，别人怎当得了？事起仓猝，不暇再计及别的，悄喊得一声："杨道友小心！"连忙收回剑光，施展无形剑法，隐身追去。妖尸以前所设水火风雷，发动本易。偏生日前小仙童虞孝与缥缈儿石明珠一来，妖尸眼看敌人破壁飞去，自身为雷火所阻，不能追赶，以为行法仍有不妥之处，改了主意，不特废而不用，并将原设下通地肺的风火眼堵塞。再施展起来，本要稍费手脚。居心又复狠辣，因敌人厉害，打算行禁法大开穴眼，使水火风雷同时剧烈发动，于是便慢了些。这一略延迟间，矮叟朱梅已自赶到。戎敦道行不如穷奇，朱梅犹恐难制，一扬手先把月儿岛火海中取出的那枚朱环放起,一圈其红如火的光华只一闪,便将戎敦元神束住,再使无形剑光一绞。戎敦本身正在对敌,猛觉如火烧身,奇热异常,情知不妙。只仓皇回顾之间,元神已被朱环束住,飞剑绞灭,本身哪还支持得了。一声哀号只喊出一半,吃杨瑾般若刀与朱梅的无形剑先后飞到,拦腰一绕,斩成四段,尸横就地。

成功以后,大家聚在一起看那宝鼎。杨瑾又将二小从九疑鼎内取出的那一丸混沌晶球与二老观看。二老一见,不禁又惊又喜,正要解说。那只妖鸟神鸠自被穷奇所伤,因是勉强回醒,体力未复,不敢过于抗拒。当时虽知难而退,心中并未服输,一逃进了丹室,便喷出一团火焰,将全身护住,竭力运转真气,调顺丹元,欲俟气充神沛以后,仍出助战,抓裂穷奇泄忿。嗣见敌人联翩而至,二妖尸解了内讧,同仇敌忾,愈发勾动古昔凶戾气性,恨不得当时飞出,抓裂几个有道行根基的生人脑子,以供咀嚼,才称心意。无奈时日未到,先期回醒,数千年僵伏之躯,一旦要想复原,大是难事。方在情急暴躁,忽听室外一声迅雷,震撼全洞。睁开怪眼一看,穷奇已被敌人雷火震得粉碎,除了主人心腹之患。刚喜得引颈欲叫,再微一偏头,正赶上戎敦同时毙命,这一惊真是非同小可。一则为主报仇心切,二则不明出路,知道今日敌人厉害非常,二妖尸一死,自己也绝难逃脱。反正不能幸免,把心一横,收了护身火焰,一振双翼,放出一片轻烟,将身形隐往,飞出室来觑准杨瑾扑去。

这时朱梅拿着那一丸混沌元胎,正与追云叟谈说此鼎微妙,二女站在迎面。大家胜后,难免有些高兴。加以来时没见神鸠,匆促间全未在意。神鸠又善于隐身,当前只有极稀薄的一片轻烟,刚巧又是妖尸新灭,妖法初破,全洞室到处烟光飞扬幻灭之际,便是二老炼就慧眼,不加仔细,也难辨出,杨瑾背向妖鸟来路,几为所伤。幸是二小忽然想起室中还有一只妖鸟未除,沙沙首先对凌云凤说道:"师父,那当中三个圆门里面,还有一只妖鸟呢,刚才还飞出来过,大得怕人,怎不杀了它去?"

言还未了,二老同被提醒,忙向丹室寻视。一抬头,似见对面极薄一片淡烟,风一般卷来,已快到杨瑾身后。虽还未看出烟中藏有何物,已料定如非妖法发动,也必有妖物潜形烟内。知道不妙,来势急骤,不及再唤二女躲避,赶忙把手一扬,各放出一团雷火,照准烟中打去。紧接着又将飞剑放起。两声震天价大霹雳过处，将那片淡烟震散，现出妖鸟身形。因这两声神雷，神鸠忙着应变，不顾伤人，喷出一团紫焰，去敌剑光、雷火，来势迟顿了一下。二女一闻雷声，便知有变，忙纵遁法，往侧面飞出。回首一看，一只鸠形怪鸟口吐紫焰，周身俱有五色烟光围绕，两翼横张，长约数丈，瞪着一双奇光幻彩的怪眼，铁爪箕张，形相狞恶，正与二老的剑光相斗，那样厉害的雷火，并没伤着它。知是妖鸟无疑，大喝一声，先将般若刀化成一道银光飞上去。同时凌云凤也将玄都剑飞起。妖鸟已自横了心，通无畏怯之状，不住把口连喷，一团团紫焰连珠般飞起，晃眼工夫，全身没入紫焰之中，几不能辨出它的形相。四人的飞刀、飞剑，也连合成了一个光网，神鸠上下四方，全被笼罩，脱身不得。杨瑾暗讶："此鸟果然名不虚传，连二老飞剑都斩它不了。"正要将法华金轮放起助战，忽听朱梅喝道："杨道友且慢下手，可与云凤往妖尸丹室宝穴等处，搜寻以前失去之宝。此鸟通灵已久，须将它形神一齐消灭，容我和白道友除它便了。"

杨瑾闻言，忙和云凤收了般若刀、玄都剑，领着沙、咪二小，赶往妖尸丹室一看，除中设三榻与榻前三鼎外，只有三支长箭在榻上，四壁空空，别无一物。沙、咪二小忙说，那长箭乃昨晚逃去的少年男女所失，放时有一溜乌光，想是一样法宝。杨瑾也看出那箭形制奇古，随手收来，插在身后。先已听二小说了宝穴情形，再转向榻后一看，知道阴阳两仪消长之妙，本极难开，幸是穷奇取鼎匆促，未曾行法封闭。只须握定青白二丸，依次转动推移罢了。便照二小所说方法，命云凤按定左边白丸，自己按定右边青丸，双双分向左右一推。"唿"的一声，阴阳两仪便自逆转，阴仪立即隐去，现出一个七尺多深的孔洞。运用慧目定睛一看，洞中石质如玉，光洁圆润，只洞底有数十白黑点，哪有失宝痕迹。只得推动两仪，还了原位。二次如法逆推顺转，阳仪隐去，又现出一个孔洞。洞中原藏九疑鼎，已经取走，洞底依然空空，并无一物。二女方自有些失望，沙沙忽对咪咪道："今天我看这洞，怎么要浅得多，莫非它是活的么？"咪咪素来好事，闻言一觉有异，便纵身跳下去，试比了比，说道："这洞果然比昨晚浅了一半也不止，还没有藏镜子的一个深呢。这是什么缘故？"

杨瑾听二小问答，不由触动灵机，暗忖："妖尸自得圣陵二宝，珍爱逾命，不惜用尽心力，辟室地底，这藏宝所在，似乎不应如此浅露。二小盗宝时，巧值妖尸暗取宝鼎偷试，又值同党疑忌，赶来追究之际，取放匆迫，忘却封闭，幸而得手，并未深悉个中机密。鼎大镜小，此穴原藏宝鼎，纵不比前穴深大，也应同一深浅才是，怎会反浅了两尺？其中定有微妙。"想到这里，绕向对面，向洞中四面仔细观察，仍无迹兆可寻。再一数那白黑点，共是三十二个，错落成半圆，向着对穴，暗藏乾、震、离、艮四卦之形，这才恍然大悟。忙命云凤、二小暂站远些，以防不测。取出法华金轮，护身降下去，试照玄门八卦生克剥复之机，一一按那些黑白点子。按到艮卦上面，猛觉洞往上升，转瞬渐与地平。杨瑾见不是路，一阵乱按，无意中竟触动了枢纽，洞底又改升为降。杨瑾料知机密深藏穴底，法宝护身有恃无恐，便径直往下降去。这一降竟降有十来丈。正降之间，忽听地底隐隐有水火风雷之声，轰隆并作。同时眼前光华一亮，洞壁上现出一个深穴，形式与鼎一般无二，只面积要大出一倍。不特上次所失的几件法宝和二小失去的归元箭俱都在内，还有数十粒泛着暗紫光华的黑豆。这时洞底仍往下降。一晃眼降过鼎穴，耳听地底水火风雷轰隆之声，汇为繁喧，虽然听去甚远，势却惊人。杨瑾知道厉害，此穴通体俱是两仪妙用，必与地肺相通，除藏宝而外，说不定还是下通地肺的别窍。不敢大意，忙即改降为升，等升过鼎穴，俄顷之间，运用玄功，把手一招，连那四十九粒铁豆一齐收去，升达原处，方行按止。且喜宝物珠还，毫无变故。当下将两仪推还了原位，又开镜穴。一看洞底黑白点，果是坤、巽、坎、兑四卦之形。奥妙识透，胸有成竹，如法施为，洞底便自降落，也是在十丈左近洞壁上，现出一个大镜穴。里面仅有一件和以前禁压杨瑾元神相同的古陶器，两个高几及人、形如木瓜的大葫芦，色俱深黑，乌光锃亮。此外别无宝物。料非凡品，不问青红皂白，一齐收取出来。

二女带了二小，赶往室外一看，神鸠已然擒住。二老身旁，站定一个红衣女子，神色仓皇，正向二老躬身回话。二老见二女出来，略问觅取失宝之事。矮叟朱梅指着那红衣少女说道："这是罗浮山香雪洞元元大师门下弟子红娘子余莹姑。前日奉元元道友之命，先期往峨眉敬候开府盛典，路过此地，被我暂留在此，这里的事，已为北邙山灵鬼冥圣徐完的同党乔乔窥知机密，并在上面留下阴敕禁令而去，被我和白道友遇见。因这类妖鬼来去飘忽，瞬息千里，幻化无方，不可轻视。圣陵二宝未夺回以前，如被徐完得信赶来，大费手脚。于是留下白道友，破了乔乔太阴禁法，来此相候。我和莹姑追上乔乔，暗用玄门九遁之法，将她困住。因此女曾从徐完学习太阴鬼箓，道行虽非徐完之比，当时要想消灭她的形神，也非易事，我又急于赶来助你二人成功，只得命莹姑代我主持遁法。原意是挨到我们功成而去，再行放走，省得惹厌，并无伤她之意。

"不料此女诡诈百出，我走不多一会儿，便觉出有人暗算，将她用法术困住。先是两次按着九宫部位，寻觅出路，俱被莹姑照我所说，颠倒门户，将她阻住。她见脱身不得，改用太阴幻形之法，身外化身，将真灵隐起。莹姑因是匆匆传授，只能依样葫芦，不能知机应变，竟中了诱敌之计，被她悟出门户方向，幻化逃走。她此时如就走，算时候，我们业已大功告成，将全墓洞地穴一齐行法倒转震塌，灭了形迹，任是何等能手，也难再查出底细。等她告知徐完，去而复转，不过徒劳往返，绝不知是谁捷足先登。异日虽难免寻她除害，目前大家都在多事之秋，总可免却暂时的一场麻烦。偏生此女阴狠毒辣，已经一阵阴风遁出百里以外，因见自己脱身以后，敌人没有动静，猜到困她的不是有甚绝大道力之人，一起复仇之念，又赶将回来。莹姑还不知就里，见遁中鬼影由真而淡，逐渐消灭，心中奇怪。此女已去而复转，身在伏外，一见便知底细，顿生毒计，使用极恶毒的太阴吸魂之法，想将莹姑真灵摄回北邙山去，献与徐完享受。

"莹姑正危急间，恰巧遇见西海磨球岛离珠宫散仙少阳神君门下大弟子火行者，因乃师接了峨眉开府请柬，奉命先期前往通候送礼，路过那里，看出此女是徐完党羽。两家本是仇人，火行者生性又极刚烈，如何放得过去，便用诸天神火将她困住。此女已得徐完嫡传，幻化灵妙，除了用能照形炼影之类的异宝尚能克制外，只有先天真火可以炼化；寻常法宝飞剑，哪怕当时将她斩为万段，真灵未丧，仍能整体还原，散而复聚。火行者正是她的对头克星，她只图逃走，不顾再摄莹姑真灵，使出全身本领泱宝抵御，终归无用，身已困入火内，大约只消三五个时辰，便被炼成轻烟而散。后来她见事急，万无活路，迫于无计，竟毁却了她三世真魂庆魄，欲炼就仙根，再去转劫修真，连与徐完相处多年都不肯失去的清操，从不肯用的下策，把所习太阴鬼箓中最淫贱的大销魂法使将出来。

"少阳神君为散仙别派，门下男女弟子均可自为婚嫁，一切委之前缘。

乔乔前生，原是前明永乐宫女，生具绝世之姿。只缘红颜命薄，入宫见嫉，未承恩宠，即为妒妃谗杀。再世生自小家，貌更妖娆，前生怨气所钟，未免性情有些乖戾。嫁时嫌夫貌丑，不与同床，致遭辱骂，忿极撞死。三世生在山西乔姓富豪家中，美固逾恒，性尤暴烈，痛恨男人如仇。刚订婚姻，家便衰落籍没。正值流寇作乱，中途遇盗，不屈而死，命限未终。真魂戾魄正游荡间，巧遇冥圣徐完收留，带回北邙山去，教她炼形固魄以后，既爱她天生丽质，又喜她夙根深厚，本欲纳为妻妾，同兴鬼教，始终不以师位自居，置诸友列。乔乔偏是别有心机，一意推托，总打算先借徐完传授法力，将根基炼固，再去转劫投生，修成正果，不愿永沦鬼籍。徐完虽然早已看穿她的心事，因为爱极，并不说破，一毫也不相强，仍然厚待逾格，想感她回心转意。经过多年，乔乔将一部太阴秘箓完全精习，差不多得了徐完所学十之七八。这才悟到所学尽是左道旁门，异途殊归，即便学到徐完地步，不过在鬼国独步，左道中称雄，要想修成正果，却是万难。无论投生转劫，或是另借他人的好庐舍，仍是左道邪教中人。年来心中虽然失望，但仍不肯失身徐完。这大销魂法，不使则已，使时如不能将敌人元阳收锁，使其引火自亡，便须嫁与敌人，方能保命。这次想系事迫惜命，又看中了火行者的仙骨英姿，所以她行法时，做得分外淫荡，教人难以入目。后来她见火行者果为所动，偏碍着莹姑在侧，欲俟事完，上前相谢，没有走去。她着了急，竟老着羞脸，在火中哭唤：'我三世女贞，百年苦修，并非容易。我与你无冤无仇，素昧平生，无缘无故，凭空和我为难作对，害得我这般苦法。如今我要嫁他了，以后徐完绝不饶我，不知多难。莫非你还不放我过去么？'莹姑方看出他二人情形不对，不愿再看下去，遥向火行者致了声谢，便即飞来。乔乔与火行者，必定成了夫妻，总算有了改邪归正之机。

"此事目前看似少缓，徐完不致就赶了来，我们行时，尽可从容。但是徐完这厮心狠意毒，乔乔是他膀臂，又是渴望中的爱妻；况且乔乔禁敕，原是他炼就之物，心灵相通，我们将它毁掉，必被觉察。再久候乔乔不归，难免四处寻踪，不久自然得知底细，势必上门寻仇。事原无妨，偏生峨眉开府期近，如在当时被他寻去，群仙盛会之际，突来鬼物纠缠，固然不堪齐道友一击，但未免有些煞风景。他如胆怯不去，知道他自己别无所忌，独惧纯阳真火，奈何少阳神君师徒不得，必去寻找妖尸谷辰，同流合污，为害正教不可。我们不能不作预防之计。这只神鸠，我怜它万年修炼，煞非容易，特意开恩降伏。但它恶骨尚存，凶顽之气未化，意欲有劳芬陀大师佛法，代为变化它的气质。此鸟大是妖尸恶鬼劲敌，因它误服毒草，昏迷了数千年，现尚未届复原之期，此时去它恶骨最易。我二人已用朱环将它制住，欲烦杨道友和云凤，将它带往仙山一行，等令师行法赐服灵丹以后，挨到开府前五日，带往峨眉后山二十六天梯悬崖之上，搭一茅棚，即命这两个小人在彼相伴防守，你们自去参与盛会。到日我二人还另有安排，以防徐完来犯，不惊动到会群仙，便将这厮驱除，岂非绝妙？"

杨、凌二女忙即躬身领命。矮叟朱梅嘱咐已毕，便带了杨、凌、余三女及沙沙、咪咪和妖鸟神鸠，由圆井通路飞升上去。先移去两釜神油，连同适才所得金戈、金刀，准备由朱梅少时带往峨眉，赠与三仙应用。然后施展玄门妙法，禁闭了地底水火风雷要穴，将丹宝三鼎也移到上面，一同出了墓穴。再使移山之法，一声迅雷，将全墓穴倒转。大小七人，就在这山崩地震、万丈红尘蔽日冲霄声势中，各驾遁光，破空飞起，分途行事。

第一八四回　照影视晶盘　滟滟神光散花雨
　　　　　　　先声惊鬼物　琅琅梵唱彻山林

如今放下嵩山二老、余莹姑等三人不提。且说杨瑾、凌云凤仗着朱环之力制住神鸠，带了沙沙、咪咪二小，先一同回转白阳崖，天已是黎明的时候。健儿、玄儿早在洞前延颈企望，一见师尊回转，连忙上前拜见。大家同到洞中落座，云凤首命沙、咪二小重述前事。咪咪自喜功高，说得分外精神，全没注意到云凤神色。还是沙沙比较小心，一眼偷觑到师父面容不善，想起昨晚，虽然有功，终是背师行事，暗自心惊。不等云凤发作，悄悄拉了咪咪一下，一同跪地禀道："弟子和咪咪此行起因，只由于前日恩师要命弟子等前往妖穴，暗窥虚实，太仙师从旁拦阻，说得妖尸那般凶法。弟子等以为师父既然吩咐，此行绝无差错，一时狂妄无知，背师行事。满拟隐身有术，人小可以藏身，不致触动埋伏，当晚便可以得了虚实回转。不料果如太仙师之言，妖尸墓穴埋伏周密，禁制重重，进本侥幸，出却大难，一同被困至今，方得出险。虽仗二位师尊福庇，得保残生，并因深入，略窥虚实，毕竟罪大功小，难以掩盖。未出险时，已和咪咪商量，归洞请罪，甘愿责罚，以为后戒。适蒙恩师垂询详情，不得其便。现在一切涉险经过，业已禀明。自知罪重，本来不敢求饶。不过弟子等人小无知，事属初犯，仍望恩师格外施恩，从宽暂免加罪，待其改过自新，弟子等感激不尽。"

　　杨瑾见沙、咪二人一点大的僬侥细人，不特坚忍刚毅，有胆有识，更能知机进退，全不以功高自满，越看越爱，不忍云凤降责，早打好了主意。便是云凤，先见咪咪表功得意之状，有些不悦；听完这一套话，再一看咪咪先时满面欢喜，已改成了畏惧之色，不知不觉，也消了怒意。只缘立法之始，不可姑息，故意作色怒道："尔等四人，本为僬侥细民，休说学道成仙，便是转劫为人，也须几世修积，才能得到。一旦受我提携，真乃旷世仙缘。先前不过奴仆之分，嗣见你等勤勉向上，才逾格施恩，勉强收容门下，随我学习道法剑术，以冀将来有所成就，也不枉我度化一场。拜师那日，曾对尔等一再申说，本门戒条，最忌贪妄和违师命。怎便一日之间，连犯二罪？现当群仙劫数，邪正不能并立，各异派中能人甚多。为师仗着师祖仙传，又在此面壁多日，悟彻白阳真人仙迹图解，近来身剑已能合一，不奉师祖之命，尚且不敢率易下山，恐有失闪，致贻师门之羞。尔等人小力微，道行直谈不到分毫。妖尸何等劲敌，上次杨太仙师和我，均经陷身挫败，几遭不测。我因不知妖墓底细，误以为尔等新学隐身之法，人小又可以暗中来往，不比我们公然与之对敌，或者不被觉察。嗣经杨太仙师一说，方知不可轻视。果然你二人一去，便被陷在内。设使妖尸命限未终，或是嵩山二老前辈不来相助，我与杨太仙师非其敌手，你两个小人焉有命在？有罪不罚，势必他日重蹈覆辙，或使旁人效尤。就算尔等身败名裂，咎由自取，岂不玷辱师门声誉？越是首次，越发姑息不得。现有去留两路，一任尔等自择。一是收回宝剑，逐出门墙。本山高出云表，下通无路，百里以内，深山幽谷之中，不少奇禽怪兽，毒虫恶蟒，以及山魈木魅之类潜伏，大人遇上，尚难幸免，何况尔等。姑念相随师生一场，由我亲自携带，送回僬侥故土，重为细民，自生自灭，永堕轮回，既非我的门徒，也毋庸再加责罚。一是先打四百荆条。我打你二人，也禁受不起，可由健儿、玄儿行刑，只不许丝毫宽纵。领责之后，我便随了杨大仙师，带着健儿、玄儿两个，同往仙山，参谒芬陀师祖，去化却神鸠恶骨。就便仰祈佛力，为尔等脱胎换骨。事毕，再带着健儿、玄儿，同往峨眉山凝碧崖太元洞内，拜谒掌教师尊，以及老少各辈尊仙同门。罚你二人在此看守洞府，闭门面壁潜修，以观后效。再如犯规，便以飞剑处死，绝不宽容！"

沙、咪二小先听头一条路，已吓得通体汗流，心寒胆裂。后听第二条路，虽然不致被逐，送归故土，仍有修道成仙之望，但那四百荆条不好挨，尚在其次。最难受的是，矮叟朱梅别前，曾命杨、凌二女带了两小，同谒芬陀大师，去完神鸠恶骨，再送至峨眉后山，相伴神鸠，守候灵鬼徐完来犯。近日饱闻峨眉是群仙居处，仙景无边，此行暂时虽不能就窥见凝碧宫墙、参与开府盛典,但师尊既在那里,总还有一线之望。何况芬陀佛力,可以脱胎换骨,转为大人,渴望已非朝夕,不想一朝自误,出死入生,白受了许多惊恐危难,反闹到这般结果。健、玄二小安分守己,倒是不劳而获。这一来满腔奢望,全成梦想。一阵心酸气沮,不由同时落下泪来,悲泣不止。

杨瑾方要出言解劝,云凤微使眼色,喝道:"你两个哭一阵,就完了么?我和杨太仙师起行在即,倒是走哪一条路?快说!"这时沙、咪二小越想越伤心,已然泣不成声。便是健儿、玄儿,也觉师父责罚太重,心惊不已。云凤连问两次,二小方抽抽噎噎,同声答道:"弟子宁死,也不愿离开恩师回去。惟望恩师念弟子昨晚之行,也曾饱受艰难危险,此次去见芬陀师祖时,将弟子也一同带去,哪怕再多打上几百荆条,也甘心了。"云凤见二小真个向道心坚,甘受重责,心中也颇赞许。明知杨瑾必加劝阻,仍然故意喝道:"你两个误却仙缘,咎由自取。此行本来不许同往,既愿以打代罚,姑念诚求,也罢,健儿、玄儿取荆条过来,待我验看之后,再将他二人重责八百。"

沙、咪二人闻言,方去了心头一块病,立时止住泪容,跪叩师恩,和颜悦色,趴伏在地,静候施刑。健、玄二小取来荆条与云凤验看之后,因师命不许宽纵,哪敢从轻。各向沙、咪二小先道了罪,告以师命难违,手举荆条,"刷刷刷"往下抽去。这类小人,本极脆弱,不禁重打。沙、咪二小又知道健儿、玄儿手重,师父在上监察,不能徇情,这一顿打,还不挨个皮开肉绽。一见荆条扬起,吓得双目紧闭,正准备咬牙忍受。谁知那又粗又长的荆条抽到身上,只听刷刷叭叭之声连响不住,却丝毫不觉痛痒。先还当是健、玄二小顾着同门义气,拼着受责,手下留情。及至偷眼一看健、玄二小下手神情,竟是又急又快,一点不像作假。再偷眼一看上面坐的二位师尊,师父虽然寒着一张脸,口角间却微露着一丝笑容,好似刚刚敛去;杨太仙师一双神光足满的炯炯双瞳,正注定他两个微笑呢。二小原极聪明,见状恍然大悟:"杨太仙师素对自己等四人喜爱,适才出险之时又连夸奖了好几次。因见师父立法之始,又有别的同门比着,不便讲情,明着任凭师父降责,却在暗中行法保护,所以打在身上,不觉痛楚。否则任是健、玄二小怎样留情,哪有丝毫不觉之理?"想到这里,不禁双双抬起头来，又偷觑了杨瑾一眼。见杨瑾对他二人微一领首，使了个眼色，又朝云凤一努嘴。二小猛想起已挨了百十多下荆条，尚未求饶。恩师为了立法，才不许将功折罪，如被健、玄二小看破，他们不知杨太仙师暗中默佑，定疑师父故意做作，岂不有失恩师威信？万一再被恩师看破，说不定由假变真，仍免不了挨顿真的好打，那才又蠢又冤呢。越想越对，不谋而合，各自装着忍受不住，始而低声泣求，继以大声哀号，苦求宽免。健儿、玄儿见二小竟能耐打，也颇惊疑。及至二小这一放声哀告，不禁动了同门义气，也双双住了手，跪在地下，代为哀求施恩，乞赐宽免。

其实云凤也极疼爱这四个小人，怒本假怒，不得不尔。口里虽然喝令健、玄二小重责，心中料至多打上几下，杨瑾必来解劝，那时再乘风收帆，使四小都知做戒，以后不敢胡行，也就罢了。及见荆条打在沙、咪二小身上，没听出声呼疼。四小近练内功，尚只初步入门，绝无这等耐打的本领；健、玄二小又没敢徇情从轻。杨瑾又未说情，知她由明劝改作暗中护庇。一看杨瑾，果然手掐暗诀，指着下面，脸却望着自己微笑。自己方觉做作得好笑，正值二小抬头偷看，不禁暗怪杨瑾："只顾你一味偏袒，使得被责人毫不知痛，如被健、玄二小看破，还当是当师父的也有心作假，打给他两个看，岂非笑话？你好歹也让他俩挨上几下，一则使知畏惧，二则也好下台。"正打算用话去点杨瑾，沙、咪二小已然会意，哭求起来。接着健、玄二小也停了行刑，跟着跪下求情。云凤先望杨瑾一眼，假作不允，并喝健、玄二小何故停刑，莫非也想陪挨几下？健儿、玄儿吓得刚要拾起荆条接着再打，杨瑾将手一摆，含笑劝道："这两个小人儿，已挨了二三百下。先时想是自愿领责，不敢出声。我也因你立法之始，不便求情。如今我看他们实禁受不住了，怪可怜的，看我薄面，饶了他们吧。"云凤闻言，才借势收科，吩咐住打，喝道："两个大胆的小孽障，如非杨太仙师金面，今日怎能宽免？看你们下次还敢违命胡为不敢？"二小齐声恭答知悔，又匍匐膝行上前，先谢师恩，后谢杨太仙师讲情之德。云凤喝令起去。沙、咪二小仍装作负伤委顿之状，缓缓起立。

健、玄二小刚要过去搀扶，杨瑾已一手一个，将沙、咪二小揽至怀内，说道："你两个为我的事，受了不少惊险辛苦，功成归来，还要挨打。在你师父门下，固是有罪，便换了是我的徒弟，也不肯就此宽容。如单是对我，却是有功之人，当得奖赏酬劳，才是正理。可惜我的法宝虽多，你两个气候还差，拿了去也难使用，一遇强敌，转足为祸。好在你们俱要随我同返仙山，我自有一番计较。这里有两粒灵丹，乃我师父芬陀师祖亲身炼就。共采取灵药不下千essays百种，为时九年，始见炉鼎之上凝成异彩，取出开视，共只炼成了三千六百四十九粒。我前生曾列门墙多年，并未赐与，直到转劫今生，才赐了我十几粒。除自服外，余者带在身旁，行道济世，并赠有缘之士。恰巧还有两粒在此，今特赐你们。此丹功能起死回生，轻身延龄。你两个服下去，不特立时止痛，尚有其他妙用。这权当我的酬劳吧。"沙、咪二小闻言大喜，忙恭恭敬敬叩谢接过，献与师父过目，然后奉命吞服下去。这一来，恰好将适才那顿不受伤的打掩饰过去。云凤始终仍作不知。沙、咪二小由此将杨瑾感激得刻骨镂肌，永铭心版。二女刑赏兼施，恩威并用，又各告诫了一番，教了拜谒芬陀师祖的礼节，到时不可大意，妄言妄动，自干罪戾。四小一一领命。

二女这才行法封洞，由云凤用朱环制住神鸠，杨瑾持着圣陵二宝，紧紧监督，同驾遁光，带了四小，招呼一声，大小六人，一同破空而起，电转星驰，直往川边飞去。到了川边大雪山倚天崖龙象庵前落下，正遇芬陀大师的师侄苏州上方山镜波寺独指禅师的记名弟子林寒，站在门前危石之上，向着来路眺望，状似若有所待。杨瑾以前曾随神尼芬陀到过上方山几次，知道此人剑术高强，深得独指禅师降魔真传。

原来独指禅师因和他俗家谊属至亲，当年修道未成时又曾受过乃祖林驾三次解难救命之恩，兵解时再三重托，说此子凤根深厚，生有仙骨，自己解脱在迩，他年纪太小，不及引度，匆促中无人可托，恐将来不遇明师，误入旁门，务望暂时引到门下，传以道法，等他仙缘到来，另有遇合。禅师自然义不容辞，忙寻到江西南昌府林驾俗家，将林寒接引上山。因见他资禀虽佳，可惜杀孽太重，本身不是佛门中人。因受乃祖一场重托，虽然不惜尽心传授，只收做记名弟子，并未给他披度。便是所学，除教他在炼气、吐纳、导引等玄门根本功夫上着力而外，尤其偏重在降魔防身上面，并未传以禅门心法。彼时林寒初入门，年纪虽只七岁，因家中兄弟姊妹甚多，乃父奉有仙人祖父之命，事前曾对他说过详情。他又生性好道，颇有祖风，知道禅师是得道神僧，法力无边，来时满怀成佛做祖奢望。嗣见禅师不为披剃，也不轻授经典佛法，与别的同门不同，心中疑虑。过了数年，忍不住请问。禅师对他说了经过，并说乃祖当时也只是暂托收容，免入歧路，异日尚须另拜仙师等语。林寒好强，闻言心中好生忧闷。几次婉言恳求，说师恩深厚，自己向道心坚，志在求禅，佛门广大，怎地不能相容？千乞师父格外成全，誓死不再投师他适等语。

禅师笑答："事有前定，你我俱不能改易，一切将来自见分晓。"仍是执意不允。林寒无法，拿定主意，相随禅师不去。用起功来，分外勤勉，日益精进。二三十年光阴，论飞剑法术，无不出人头地。近年禅师又将生平几件炼魔之宝悉数授予，本领愈发惊人。中间好几次奉命下山行道，因禅师说他杀孽太重，时时警惕，轻易不开杀戒，一心只想人定胜天，以诚感格，永列佛门。每当复命，和禅师说起他的心意，禅师总说："到时由不得你。"末次回山，禅师因他外功积得很多，大为奖励，却仍不见他传戒披剃。林寒一时情急，跪伏哀求不起。禅师摇手笑道："无须如此。我这里有两封柬帖，注有年日，到时开看自知。你既未得我禅门心法，又未得过玄门上乘真传，所学只是佛道两门中的防身御魔法术，任你练得多么精深，至多所向无敌，并不能修真了道。何况各派高人甚多，无敌二字万做不到，怎可不去求师，就此而止？你尝说随我修身不去，即此一言，已不似佛门中人口吻，何论其他，我师徒功行即日完满，你此次归来恰是时候。后日可持我第一封柬帖，往川边小崆峒倚天崖龙象庵去，叩见芬陀师伯，她看完柬帖，自有吩咐。以后便在她邻近的大雪山中潜修，一则遇事可以求助请益，二则你将来转入玄门也应在其处。余下一封，另有奇验。现值夜课，你跋涉多日，回房习静去吧。"

林寒听禅师言中之意，好似禅师圆寂在迩，不禁大吃一惊。还欲叩问，禅师把面目一沉，将手一摆，双眼便合下来。接着门下僧众也都跪伏在地诵起经来。自己跪处，正当上座大师兄明照夜课哝经之所，正自含笑相待，口中并已喃喃不辍，只得惆然礼拜起立，回房自去打坐。原意夜课毕后，再去跪请明示。打了两个时辰的坐，子夜已然过去。忽闻异香由外传来，耳听前殿梵唱之声越益严密，觉与往夜不类。抬头一看，前殿已被红光罩满。情知有异，慌不迭地飞身赶往前殿一看，禅师业已换了法衣，端坐示寂。门下众弟子共是六人，也都法衣列坐，口诵佛祖出世真言，梵唱正和，神态甚是端肃，看神气连众弟子也一齐同去。先时闻语心惊，万不料这般快法，不觉又是伤心，又是着急。忙一镇静心神，恭恭敬敬跪行入殿，匍匐在地，眼含痛泪，口称恩师。刚要往下说时，禅师忽然睁眼微笑道："适才话已说完，你自谨慎照此做去，玄门一样也成正果，何必这般作态作甚？速去勿留。"

说完，只"咄"了一声，满殿红光金霞闪闪，花雨缤纷。众弟子梵唱尽息，各人脸上都有一片红光升起，一瞥即逝。再看禅师师徒七人，俱已化去。想起多年师父、同门相处的恩义，由不得一阵心酸，哭出声来。正瞻仰法体，抚膺悲恸间，忽听地底隆隆作响。猛想起法体已各用真火化去，并未备有盛殓缸坛。建造此殿时，距今不过两年，禅师曾有归宿于此之言，并且全殿俱仗禅师法力，运用本山空石建成。地下震动，想是早已行法，要连殿带七尊法体一齐埋入地内。那两封柬帖，也不知放在哪里。这时地下响声愈洪，震撼愈烈，明知地将陷落，满腹悲思，仍在跪伏瞻拜，兀自不舍就去。待不一会儿，倏地一道金光，起自禅师座前，猛觉一阵绝大力量迎面冲来，自己竟存身不住，由地下被它撞起，直掷出殿外老远。才一立定，金光敛处，再看殿上石门已合，又是一大团金光红霞升起，异香缭绕，沿着殿的四围陷成一圈，地底仍旧隆隆响个不住，全殿就在这百丈金霞笼罩中，缓缓落了下去。

等林寒跪叩起身，地底响声顿歇，金霞渐隐，殿已不见，变成了一片石地，毫无痕迹可寻。原存身所在，却放着两封柬帖。拜罢拾起一看，一封是与芬陀大师的，另一封不但外面标明年月，还注着开视地头。寺中连林寒一共是八人，禅师师徒同时坐化，剩下林寒一人，无可留恋，法体又经大师行法葬入地底。只所余殿房系经大师师徒在此苦修多年，就着本山木石泥土亲手建造。全庙共有大殿三层，俱供有佛菩萨像。此外尚有七间禅房，一个偏殿。甚是庄严坚固。自己一走，日久废置，岂不可惜？独自在寺中望空哭拜了几次，想不出两全之策。

第二日中午，正在哭拜，忽见山门外走进一伙僧人。为首一个老和尚，生得身材高大，慈眉善目，身着法衣，手持禅杖。身后随定的六个和尚，也都容止庄和，面有道气，一同缓步走来。林寒看出不是常人，方要上前请教，为首老和尚只一合掌，便率众往内层大殿中走进。林寒连忙跟入，见他师徒先朝殿中佛像礼拜了一阵，竟往禅师师徒日常打坐用功的蒲团上坐下，同把眼皮一合，打起坐来，仿佛这寺原是他们的一般。人数也恰一个不多，一个不少，共是七人。林寒虽知这些和尚必有来历，总想问个明白。见他们不理不睬，公然想要占有的神气，未免有些心中不服。表面上却不露出，上前恭身请问道："老禅师哪座名山？何处宝刹？上下怎么称呼？因何驾临荒山小寺？尚乞指示一二。"那老和尚合掌低眉，兀自坐在那里，仍好似全未听见。林寒连问三次，不听答应。暗忖："佛门弟子，也不是全不讲理法。师父师兄们全都坐化，这寺原应自己承袭。就算我奉命离山，远行在迩，正愁此寺无人照管，你如是有道高僧，请还怕请不到，来得原好。但寺这时终是我的，和我要，也应说明来意，好言相商。怎的我越卑下，他们倒反客为主，连理也不理？"越想越没好气，正待发作，猛觉前面禅师坐化殿宇沉落的广院中，似有破空之声飞坠。接着听见两人说话的声音，枭声语气，甚是刺耳，好似以前在哪里听过。不禁心中一动，丢下那些和尚飞出，隐身二殿墙角，探头往外一看。只见故殿原址站着两个异派旁门之士：一个正是五鬼天王尚和阳；另一个中等身材，番僧打扮，秃得连眉毛都没有一根，相貌猥琐，腰佩法宝囊，背插双刀和一根幡幢。二人背向自己，正在谈话。先听五鬼天王尚和阳道："昨日在毒龙道兄洞中用晶球视影，查看老贼和尚近做何事，明明见他同了几个孽徒一齐坐化。后来殿中走进一个俗家少年，忽然光华涌起。底下便看不见分晓。我算定老贼师徒已然坐化，想起当年之仇，今日特地约了你来，取他们师徒的遗骨，回山炼宝，兼报前仇。怎么到了这里，全不见那座石殿影子，是何缘故？"那秃子答道："这里并无丝毫遗迹可寻，莫非他师徒在旁的地方坐化了么？"尚和阳道："适才我们在空中飞落时，看见全庙孤零零只有这一座殿，与晶球所见不类，原也疑心有变。下来一看，那山门情景，与院中这些树木山石，尢一不与昨晚所见相合。只那座殿，却不知去向。此寺是他多年盘踞之所，从不轻易全数离开。坐化决已无疑，只不知使甚法儿，将劫灰藏起。今日好歹也须寻出他的下落才算。"

当初五鬼天王尚和阳行经山下，劫取阴胎，被禅师赶去，救了垂死的孕妇，打了他一禅杖，几乎打死。林寒随去，虽未露面，却看得明白。知他当时侥幸逃生，仍然记恨前仇，乘着禅师师徒化去，前来报复，不禁怒从心起。本要出去会他，继一想："后殿那七个和尚，来得甚是奇突。适才过这头层殿时，好似见老和尚用禅杖在地上略微摸划了一下，以为事出无心，没有在意。五鬼天王乃旁门左道中能手，同来秃子虽未见过，也似不是凡庸。全寺大小也有三层，一二十间殿房，到了他眼里，却只看见这一点地方。即使藏法体的故殿，事前有恩师法力封锁，他看不出，怎连后边殿房也自隐起？"想了想，来人已落下风，恩师必有部署，决讨不了便宜，还是暂不出去，看他有何伎俩使出来，再行相机应付。

说也奇怪，尚和阳和那秃子不住口诵番咒，两手掐诀，将魔教中极厉害的禁制之法全使出来，院中通没丝毫动静，看神情烦恼已极。后来秃子又说："贼和尚师徒遗蜕，许不在此地，埋藏寺外。"尚和阳道："这绝不会，休说晶球视影，看得他明明白白，不会差错。便是贼和尚，平日以为他炼的是禅门正宗，上乘佛法，把一切释道各家门户全不看在眼里，何等自负，岂有在他去时，做那掩藏畏人之事？我想仍在此间，定是用那粟里存身的金刚禅法，将躯壳埋葬。表面上仍作为生灭都在此地，并不畏人寻掘。真个诡诈，可恨已极！今日好歹也要寻出他来，带回山去，用我本门天魔大法祭炼，叫他在炼多年已成道的元神，仍要永远受我禁制，万劫不得超生。我却添一件纵横宇宙、无一能敌的至宝。"说到这里，忽听有人在近侧微微一笑。尚和阳疑心是秃子笑声，秃子力说无有。二人也是异派中的能手，久经大敌，情知有异。虽然有些惊疑，暗中却行使一种极恶毒的禁法，想使敌人现形受制。法使完仍无动静，方在自揣："明明听见有人微笑，怎会听错？"秃子忽然失惊道："道兄，我们不是遇见劲敌了吧？我两人所行之法，有绝大妙用，无上威力。就算贼和尚遗蜕没有埋藏此地，这些殿宇山墙和院中树木，如何能禁得住？岂不早成灰烬了么？"

一句话把尚和阳提醒，不禁骇然。正要开口，忽听梵唱之声起自院中地下。一会儿工夫，院后和四方八面跟着继起。顷刻间，全山远近，到处响应。尚和阳和秃子听了，兀自觉得心战神摇，不能自主，身子摇摇欲倒。知这是西方天龙禅唱，妙用无方，不知机速退，一被困住，不消个把时辰，周身骨软如棉，如痴如醉，全失知觉。先是不知转动，任何道力法术，只一使，便都破去。接着心神大乱，勾动本身真火，自化成灰。不由吓了个魂不附体，同喊一声："不好！"连忙破空飞起。

林寒闪身殿角，本就忿怒欲出。这时方知佛法妙用，好生惊佩，犹未知是新来的老僧助力。一见敌人狼狈欲逃，哪里容得，大喝一声，方要飞出拦阻，猛觉身子被人拉住，耳听有人低语道："何必如此急急？他逃不走，时限未至，略加警戒，由他去吧。"忙回头一看，四山梵唱声中，身后空空，并无一人。那么精纯的剑术，却飞不出去。再一看尚和阳和那秃子，满身烟光，还没飞过殿角，便似有人牵引着的收线风筝，飘坠下来。连起几次，俱是如此。彼此面面相觑，神态惶急，做声不得。隔了俄顷，秃子首先服输，朝尚和阳一使眼色，面对大殿跪倒，低声祝告，求饶一命。尚和阳先还负强，后来实在无计可施，耳听梵唱之声越密，危机已迫，再不知机，非弄到形神消灭不可，也吓得跟着跪下，祷告起来。刚叩了几个头，祝告未终，一片金霞笼罩处，地面顿现出一个大孔，先从地底升出，大如七朵金莲，上面端坐禅师师徒七人。放出万道金光，千条霞彩，祥氛瑞霭，花雨缤纷。看似缓缓升起，晃眼工夫，没入高云之中，不知去向。紧接着，又从地底缓缓升出七个老少僧人，一到地上便望空膜拜。等禅师师徒法体升入云中，为首老僧才用禅杖指着尚和阳和秃子微笑说道："你二人看见了么？正邪殊途，便在这里。此乃幻相，休得当真。趁早回头，还不快去！"说到"去"字，满院金光霞彩，似电闪金蛇一般乱飞，耀目难睁，四山远近万千梵唱，划然顿息。就在这瞬息之间，眼前一花，金霞敛处，依旧白日当空，院宇沉沉，老少僧人全都不见，地面也并无孔穴，只剩尚和阳和秃子二人。知已开恩释放，慌不迭地站起身来，抱头鼠窜，各纵遁光，破空飞去。

林寒见禅师师徒法身出现，亟欲追出顶礼，无奈身子不能飞动。嗣见七个僧人，竟是今日新来的不速之客，定是恩师算到有此一着，特地事前约来相助，接掌此寺的。不由敬心大起，方后悔适才错看了他们，尚幸没有侮慢之言出口。算计前院隐去，仍在后殿打坐。念头一动，脚已能移，连忙敛心神，恭恭敬敬走向后殿一看，果然老和尚等七人端坐在那里，与先前一样，好似全未动过。急忙跪伏在地，方要请问法号，老和尚微睁二目，含笑道："你不是我这里的人，你自有你的去处。今日且容你暂住一宵，明早自去吧。"林寒已料定他是前辈高僧，赴约而来，恭恭敬敬跪答道："弟子愚昧，有许多老前辈都不曾拜见过。昨晚众师兄坐化，师父只命弟子明日早行，往川边龙象庵拜见芬陀大师，也没说起老僧师今日驾到。初会时不知究竟，诸多失于敬礼，望乞老前辈开恩鉴谅，并恳赐示法号，日后回山拜谒，也好称谓。"

老和尚笑道："我无名无姓，有甚法号？我的来历，你见了芬陀道友，自然明白。适才那两人，你想必急于知道他们的来历。一个是尚和阳，你原认得，不说了。那秃子是天山博克大坂羊角岭的四恶之一，姓许名陶，各异派中都称他为秃神君，精通邪法，心辣手狠。尚和阳因记你师父当年之仇，法力又敌不过，蓄志已非一日。昨晚在他同道毒龙尊者那里，谈起前仇，偶用晶球视影，恰看出你师父行将坐化。正想看个仔细，你师父神机内莹，慧珠朗照，已有觉察，立使佛法，放出三宝神光，将全殿笼罩。这厮底下虽看不真切，已然略窥虚实。恰遇许陶也在那里，从旁一怂恿，想将你师父法体盗回山去，用魔教中极恶毒的禁法咒炼成灰，拿去害人。谁知你师父知我必来送，特意等我事完赶来，身虽灭度，真神尚未飞升。佛法无边，岂是二三妖邪所能侵犯？如非这厮命不该绝，许陶将来别有一番因果，又都见机乞命的话，那西方天龙禅唱，再过已时不停止，这两个妖孽便没命了。你师父法身，安藏正殿，凡体不能入内。我师徒一到，便来这里打坐，仍以真神前往相会送别，以践宿约，人并未离开此地。因尚、许二妖人俱是邪道中的能手，你本带发学道，平素和这厮未有嫌怨。你日后要在雪山隐居，以俟仙缘。这些妖人，常时来往其间，此仇一结，岂不平添许多仇敌魔障？何况早有安排，用你不着，无须多此一举。所以将你阻住，不令出去。今晚子时，还有人来与你师父送还一样东西，于你大有用处。来人如知你师父灭度，必将此物不还，据为己有。彼时我师徒已在夜课之际，这是大金刚禅课，不是寻常。他闻得梵唱之声，恐佛光伤了他，必不敢冒昧进来。你到了亥正，即去山门外相候，如见有一道青光自东南飞来，立即上前拦住，只说一句：'你事已办完，借我师父的东西，快些还来。'他当你奉着师命索讨，当时必不疑心别的，定然交还给你。你接过手来，即速回到殿里。切忌回头看他，神形越自然越好，以免他见你不是佛门装束，因疑生悔。他知你师父道力高深，你虽非佛门弟子，也必有瓜葛，奉命守候，东西已落人手，纵生悔心，没有启衅之由，也说不上不算来了。他来时空中先有极尖细的啸声，如能用法稍掩本来面目，日后用那宝物时，再仔细一些，他不知此宝被何人得去，无从寻觅，更永无后虑了。等天微明，急速起身去吧。"

林寒敬谨受教。见老和尚又闭目入定，不敢再渎，叩谢起身，回转自己禅房，打坐养静。到了戌初，先将随身应带的法宝衣物，一切准备停当。左右无事，恐怕来的时间万一早晚相左，天交亥初，便去山门外相候。那晚正值山中云起，星月无光，山原林木尽被云遮，四外黑沉沉的，虽练就一双慧眼，也不能穿透云雾。这时大殿中梵唱之声已起，迎着浪浪天风，独立苍茫，禅唱琅琅，间杂一两下疏钟清磬，入耳清越，愈发显得空阔幽静。想起自己从小在此带发修行，蒙恩师教养深恩，好容易学会许多道法，只可惜本身不是佛门中人，未传得上乘真谛。原意精诚所至，金石为开，只要念切虔诚，励志苦修，不患不得恩师垂怜，祝发受戒，侧身禅门，同参正果。谁知福薄缘悭，恩师和诸同门遽然道成飞升，只撇下自己一个。今天所来前辈高僧，未说出法号，看神气必受师门之托，来接此寺。那送还宝珠的，自己回山不久，没听恩师提起过，也不知是什么来历。以前在外行道济世，仗着道术、飞剑、法宝俱是仙传，从没闪失过一次。听那前辈高僧嘱咐谨慎行事语意，好似并不寻常，来时倒要看他一看。

林寒一面伤感，一面寻思。时光易过，不觉已是亥子之交。忽听一阵极尖锐的啸声，甚是悠长，远远随风送到。心中一惊，立时收起思潮，振作精神，静心等候。因为先前胡思乱想，闻声仓猝，竟忘了行法掩饰面目。说时迟，那时快，啸声方才入耳，便见东南方天空中，有一道时青时红的火光，似火箭一般朝山门前射来，晃眼工夫，便自飞临切近。只见白乎乎一幢似人非人的影子，面上一团银光笼罩，周身火光围绕。林寒运用慧目，定睛细看，竟未看出那东西的真实面目。忙照老和尚的吩咐，一纵遁光，迎头拦住，大喝道："快还我师父的东西来！"那白影行时迅疾异常，来势本要往山门中穿进，闻得禅唱之声，首先吃了一惊，势子一缓，便遇林寒在山门前飞起阻路，匆促间竟未容他细想，立将所持之宝递过。林寒喝声甫住，忽见火光中伸出一只细长手臂，掌中托定一物，连忙伸手接过。那白影正往山门下拜，林寒已一纵遁光，往大殿内飞去。刚一飞起，微闻那白影在身后叹息之声，好似欲追又止之状。手中所持之物，颇似一块圆的玉璧，手触处，似有篆文凸起。相隔不远，晃眼飞入殿内。见眼前奇亮，霞光闪闪，幻为异彩。老和尚师徒七人，俱在合掌喃喃，梵唱之声益急。回头往殿外一看，那条火箭已往东南方高空中飞去，耳听啸声转厉，又由近而远，料是离去俄顷。

林寒因明早便要长行，恐还有甚吩咐；自己将行，也该禀一声。先叩谢了一番，仍然跪伏地上，静俟经声住后，再行领诲。待有个把时辰，梵唱之声才止。老和尚挥手命林寒起立，笑道："佛家原戒打诳语。我因你师父的遗物，又是玄门之宝，理应为你所得。这孽畜借用已久，不迟不早，偏又在你行前送还，正好成全你收受，以为异日全身免难之用。他来时太骤，你竟忘了掩饰本来面目。你明早西行，他暂时寻不到你，日后终有寻着之日。这孽畜乃多年得道老猿精魂，厉害非常。你师父因前生与其有瓜葛，又怜他久已改行向善，灾劫临头，竟难避免，为优昙大师门下大弟子素因飞剑误伤，故将未入佛门以前三世修真炼魔之宝借与了他。他虽说不轻害人，但是报仇之心正重。你师父只借此宝，不肯赐予，便是恐他仗着此宝，去往汉阳白龙庵寻仇，又惹诛魂堕劫之祸。还来本非所愿，再如知道你师父前日坐化，此宝可以久借不归，不料自行送到，被你巧得了去。我是主谋，一时多事，自惹烦恼。早知有此几场纠葛，不去说了。休看你苦练多年，飞剑法宝多半上品，正邪各派中法术俱知门径。无奈未受禅门嫡传，玄门功行还未到上乘地步，真遇各派中出类超群之士，仍非对手。尤其这类多年得道精魂，因他形骸已脱，复经苦练，真神凝固，变化无穷，飞剑法宝所不能伤。为被他访查出你的形迹，须知善者不来，来者不善。你走后，他必先来寻我，连遭失利，转而寻你，宿怨已深。往好的说，看你师父情面，将宝夺去，与人无伤；否则，他来去飘忽，无形无声，行同鬼物，任你防卫周密，吉凶也自难定。所幸适才我看他一身道气，尚有仙缘遇合。你师父赐你柬帖，又命你远投芬陀大师，在雪山隐迹，必与此事有关。你也久经大敌，必能预烛机先。你只谨记着每当入定之先，预将洞门和你身侧四外，行法封闭禁制，即使来侵，也可警觉。只要不大意，便不致有大害了。"

林寒谨谢教诲，又把寺中尚有自耕山田果林等类项，近二十年来，诸同山禅关一坐，便是经年，都是自己行法耕植，虽未荒废，已不自食，除供佛前香火外，十九散给近山贫民等情，一一禀告。老和尚含笑点首，挥手命出。林寒告别出殿，到房中待了片刻，见东方已现曙色，携了衣物重又走向大殿和禅师坐化之处，各端肃拜了几拜，径往川边倚天崖飞去。

到了龙象庵前落下，进去见了芬陀大师，跪下行礼，递上一封柬帖。芬陀大师看罢柬帖，唤起说道："令师坐化，我适有事，未克亲送。信中说你前生孽累，有难避免者，嘱我就近照拂，自无恝置之理。大雪山冰壑洞穴甚多，只神旗峰顶有一洞最佳，孤峰入云，高出天半，山腰以下，尽被冰雪封住。不特飞鸟不到，因为地势过高，峰又不广，便是各派中御剑飞行之士，往来经行，也都至多略绕峰腰即过。如非知你在彼，特地相访，绝不会飞上峰顶。那洞又深藏峰顶中心仰天池内，池深数十丈，水涸已逾千年。此洞傍壁而井，乃古昔泉眼，甚是幽窅宏深。因那池深圆，如一大井，深入土内，连天风都吹不到，故各峰皆属奇寒，池中气候独暖。土又肥沃，奇花异草，满地皆是。加以千年古木，森森挺立，繁茂郁生，几乎与池等长，相隔上面池边，不过两三丈高下。最妙的是，这些林木凡是高及池面的，都是北天山特产的一种仙人棕，枝干繁密，直立若盖，叶细而长，四处挺生，冬夏常青，恰好将那池面遮住。即便有人从上面飞过，也只当是一个数十亩方圆，满生育草的盆地干池，绝料不到下面有此奇景洞穴，真个幽僻隐秘已极。洞中更有一道暗瀑清泉，甘芳可饮。你在此潜修，甚是合宜。"林寒大喜，忙又跪下拜谢。一问老和尚师徒来历，乃是禅师师弟无名和尚，佛法无边，已将证上乘功果。

头一次杨瑾下山积修外功，未在庵中。第二次，林寒便在神旗峰池洞中潜心修炼。有一天林寒正在池洞中打坐，忽觉心惊肉跳。起看第二封柬帖，尚未到开视时日。忙即严加戒备，飞往庵中，向大师求教。大师默运灵机观察，竟是老猿精魂因查出底细，心中忿恨，或明或暗，连往上方山镜波寺中，用尽方法寻仇，俱被无名和尚师徒以佛法战败。末一次暗中变化前往，以为可以出其不备。谁知魔浅道高，几遭不测，因此不敢再往。四处寻访林寒下落无着，忽生毒计，寻到林寒老家，访去林寒生辰八字，用极厉害的邪法拜禁，意欲使林寒禁受不住，被逼无奈，自行投到。照例此法一遇道行稍高的人，头几天不觉怎样，七日一过，便神志昏迷。当在禁中，真神被摄，自行投到行法人前，一任摆布，叫如何便如何，什么真情，全部吐露，无力违拗了。

第一八五回　月夜挟飞仙　万里惊波明远镜
　　　　　　　　山雷攻异魅　千峰回雪荡妖氛

　　芬陀大师查知就里，乘老猿行法未久，只凭邪术虚相摄引，不知仇人所在以前，先用佛法破解。又传了林寒金刚、天龙两般坐禅之法，以防下次，并命将所得宝物贴胸藏好，谨防万一失盗。那宝物乃是一块古玉符，上刊云龙凤虎、水火天雷及诸灵符，为禅师前三世身在玄门时所炼的一件奇宝，本可用来防身。无如老猿遭劫之后，精魂未固，仓猝之中又寻不到好庐舍，巧遇禅师路过，哀哭求情，知异类炼神最怕魔扰，便将此宝借他防魔。老猿拿去，苦练多年，竟将精魂练得比转劫借体还强十倍，又妙在能以玄功变化，随心所欲，道行大进。此宝已深知奥妙，禁他不得。林寒在庵中住了月余，学会禅功，方始回去。

　　杨瑾此时并未在庵，只是以前随大师往上方山去，见过几次。曾听大师说过，他有相求自己之处。知他无事不来，又在庵前守候，延颈企盼神情，说不定便是等待自己回庵，有甚急事。忙即招呼云凤，携了四小，一同降下。原来林寒仍是为了猿精之事，来此求助。芬陀大师正在打坐，只说："杨瑾可以为谋，现时同了凌云凤，在白阳山斩罢三尸，业经起身在途中了。"说完，便即闭目入定。林寒不敢在旁渎扰，所求之事又极紧急，忍不住跑出庵来眺望。

　　正等得有些心焦，见面甚是欣喜。杨瑾引见云凤、四小，施礼入庵，先去芬陀大师面前，率领云凤、四小一同跪拜，将轩陵二宝昊天鉴、九疑鼎，以及鼎内取出的一丸混沌元胎，连同妖墓所得三支后弄射阳神弩、四十九粒铁豆、一个大葫芦等，一并献至座前，恭恭敬敬，禀告一切经过。大师微启二目，含笑点首，向林寒看了一眼，示意退出，又复闭目入定。

杨瑾觉着师父今日打坐神情与往日不类，定有甚事，神游在外，不然不会如此。得宝俱已献出，只神鸠猛烈通灵，不敢大意，正想仍用朱环将它押往殿外，交给云凤看守。那神鸠被敌人擒制，本来不服，早就蓄势待发；加以回醒时久，体力逐渐康复，更是跃跃欲动。来时杨、凌二女因闻二老之言，知它难制，连所携宝物，全都行法隐去，以防它睹物思人，激怒相拼，不受羁制。又受二老重托，意在生降，不便伤它，一路之上，甚是小心戒备。及至进庵参拜，献出诸宝，神鸠见是旧主之物，忽落敌手，果然火发性起。等杨瑾要将它押往外殿，更忍不住，立时怪眼圆睁，精光四射，一抖双翼，挣扎欲起。仗有朱环神光，圈住全身，虽挣不脱，那般威猛凶恶倔强之状，看去却也惊人。杨瑾低喝一声："孽畜，还敢如此大胆！"随手取出法华金轮，方欲迫使就范，芬陀大师手上一串牟尼珠，忽然脱腕飞起，化成十丈长一道彩虹，穿着一百零八团金光，其大如碗，将神鸠绕住。金光到处，朱环倏地飞回。再看神鸠，口内含着一团金光，周身上下也被金光彩虹围绕数匝，目定神呆，形态顿时萎缩。知被师父佛力制住，无用操心。又见林寒肃立在侧，状甚忧惶，忙连云凤、四小一齐偕出，同往自己修道禅房以内，问林寒可有什么急事。林寒匆匆说了来意。

原来那老猿精自从当年遭劫，向独指禅师借得古玉符回洞，苦心潜修，居然炼到神凝形固，无须转劫再寻庐舍。这一来，深知玉符功用，爱之如命。无奈与禅师约定归还年限，不敢失信。上次去往上方山还符，并非出于本愿。原意此符乃玄门异宝，佛家拿去无甚用处，禅师法力高深，更不需此，不过前去打个交代，表明它不失信，再向禅师苦求赐予。谁知一到镜波寺门，早有人在彼相候。恰巧他因还符之前，取舍不定，去迟了一天，以为禅师见怪，骤出不意，没有深思，竟自将符还与林寒。本就不舍，忽又看出林寒不是佛门弟子装束，觉有破绽，顿起惊疑之念，当时便要飞入殿内，假装叩谢，一查就里。先料林寒也是个来向禅师借符之人，并没想到禅师业已坐化飞升。及被大殿上三宝神光吓退，回山以后，暗忖："初见禅师借符之时，尚蒙怜悯，嗣后一意苦修，力求善果，以禅师的智慧远照，不会不知，见面至少也得嘉勉一番。纵然去迟了一日，怎就命一外人守候索取？不容自己入寺拜谒，也就罢了，何以还要小题大做，无缘无故，放出佛门炼魔降妖的三宝禅光，好似深防自己强要入内一般？"越想越疑，决意再往寺内，借口昨晚未得参谒谢恩，仍想伺机索赐古玉符，就便观察那日天龙禅唱是否为己而发。

第二日林寒走没多时，他便二次赶到，空中飞行，远远望见寺门口又站定一个中年和尚，意似有待，却非昨日收宝之人。等猿精一降落，便一横禅杖，将寺门拦住，喝道："此乃清静禅门，何方精灵，竟敢擅行闯入！即速退去，免遭诛戮！"猿精不知他是无名老禅师弟子铁面天僧沤浮子，先还当是独指禅师门下，不敢忤犯。及至忍着忿怒，躬身说了来意，沤浮子笑道："可笑你这老猿精，枉自修炼多年，还转了一劫，却这等茫昧。独指禅师已于前晚功德圆满，飞升极乐，竟会一点不知晓，还向我佛门扰闹。饶你无知，速速去吧。"猿精闻言，明白昨晚上当。料这和尚也不好惹，怒问："禅师既然飞升，昨晚为何蒙诈去我的宝物？"沤浮子笑道："蠢畜蠢畜，你自身尚无归着，有甚宝物是你的？宝物如应为你有，昨晚为何亲手递与他人？你自还债，他自取偿，他有他的来历，你有你的因果。什么叫做宝物？要它何用？又与我和尚何干？放着大路不走，却向我纠缠不清。再如逗留，难逃公道。"老猿虽是得道精魂，灾劫未满，火在心头，哪识沤浮子奉了师命，向他点化，立时性发暴怒，非向和尚索要昨日诓去他玉符的人不可，末后竟将所炼桃木飞剑放出两道青光，想要伤人。吃沤浮子一禅杖撩上去，将两道剑光双双打折。猿精大惊，才知和尚厉害，不可明敌，立纵遁光逃去。沤浮子一笑回寺，也未追赶。

猿精猜定寺中和尚与禅师必有瓜葛，既想夺还玉符，又气忿不过，连打探了两日寺中和尚的法号来历。偏生独指禅师与无名禅师本是同门师兄弟，时常闭关参修禅门上乘妙果，久已韬光隐迹，不为世知。无名禅师师徒七人，更是禅关一坐，便历数十年之久。独指禅师虽有林寒时常下山积修外功，但是从不许提起是他记名弟子，林寒又未受戒剃发。本来绝少人知道这两位有道高僧来历，与猿精交往的，十九为左道旁门，以及后进之士，哪里能打听得出，始终莫测高深，难操胜算。思量无计，只得把平生所炼法宝，连同余剩的四十七口桃木剑，一同带在身旁，三次赶往上方山，满想以多为胜。妙在刚一飞到，又换了一个和尚在彼相候，一交手依旧大败而归，连寺门都未得走近一步。似这样想尽方法，连去六次，每次必换一个敌人，把无名禅师门下天尘、西来、沤浮、未还、无明、度厄等六弟子一一会遍，连丧了好些法宝。四十九口桃木飞剑，先后折却了二十八口，枉自仇深似海，无可如何。最后拼冒奇险，以为每次败逃，多用玄功变化脱身，至多再败上两回，能侥幸报仇更好；否则也探看寺内到底有多少强敌，叫甚法号，何以个个都无人知道来历，而又那般厉害。于是易明为暗，不去山门外叫阵对敌，径仗玄功变化，偷偷前往。

这一回居然被他潜入寺内。他见仇敌都在殿上打坐，当中只多着一个老和尚，看神气事前毫无准备，山门外也无人相候。猿精也是久经大敌，虽稍幸今番计善，却又因中坐老僧生了疑虑，心想："那六个已然无一能敌，何况是他们的师父；况且每来俱似前知，早有一人等候门外，难道今番暗来，便不知晓？"恐怕上当，不禁又胆怯踌躇起来。伏身殿角，待了好一会儿，兀自欲前又却，不敢下手。正观望间，忽见中坐老僧微启二目，向他微笑。情知不妙，忙纵遁光欲逃，哪里能够。耳听禅师喝道："禅门净地，岂容妖物鬼混？众弟子还不与我拿来！"语声甫住，眼前金光一亮，禅师上座弟子天尘，已持禅杖在前，现身挡住去路。猿精以前曾与他交过手，知他法力高强，手中降魔禅杖神妙无穷，有好几件法宝，俱断送在他手内。惊弓之鸟，怎敢抵敌，慌不迭一纵遁光，往斜刺里逃去。又遇沤浮、无明二弟子，双双迎头截住。知道事机危迫，只得拼着挨上两禅杖，仍用玄功变化，化成一溜火光，待要破空直上，倏地眼前奇亮，十亩方圆一片霞光，金芒炫彩，耀眼生花。仓猝间，也看不出是甚宝物，只觉疾如闪电，当头压将下来，休说逃遁，连缓气的工夫都没有。身上激灵灵的一个寒战打过，立时失了知觉。等醒转过来睁眼一看，仇敌师徒七人，仍在打坐入定未动，殿上佛火青荧，光焰停匀，自己仍然伏身原处。清风拂体，星月在天，殿内外俱是静悄悄的，不闻声息，与初来时情景一般。恍如做了一场噩梦，绝非曾经争杀之状。暗忖："适才明明听见老和尚看破行藏，喝令众弟子将自己围困，如今既未受伤，又未被擒，仍在殿角上潜伏窥视，难道是怯故心虚，因疑生幻，自己捣鬼不成？"又觉无有是理。细察仇敌神态，直似入定已久，毫无觉察。虽然十分惊讶，但因复仇心盛，到底是真是幻，也无暇深思，反以为仇敌真个没有窥着自己。意欲乘其无备，运用玄功变化，猛冲入殿，下手暗算，取禅师师徒性命。

主意打好，刚待向殿中飞去，猛觉全身俱受了禁制，一任费尽心力，丝毫转动不得。这才知道身落敌手,适才业被缚制,是真事,不是梦幻,危机重大,说不定多年苦功炼成的劫后精魂,半仙之体,就要毁于一旦。这一急真是非同小可,由急生悔,由悔生痛,越想越伤心,忍不住扑籁籁流下泪来。生死存灭关头,不由把平日刚暴嫉恨之性消磨殆尽,立时软了下来,口吐哀声,哭喊:"禅师罗汉,可怜小畜两劫苦修,煞非容易。自问平日尚无大过,从不轻易伤人。独指禅师曾垂怜悯,还借过仙符,相助小畜成道。只是为一念之差,贪嗔致祸,自知不合屡来冒犯,如今悔已无及。禅师既代独指禅师接掌此寺,必是同门同道。千乞念在独指禅师成全小畜一番恩德,看他老人家的面上,大发慈悲,饶恕小畜一命。从今往后,定当匿迹荒山,自修正果,绝不敢再向佛门窥伺。"他这里只管不住地哭诉泣求,说了一遍,又是一遍。禅师师徒依旧端坐蒲团之上,闭目入定,神仪内莹,宝相外宣,越觉庄严静寂,仍似毫无觉察。

本来猿精劫后残魂,好容易经过多少年的苦修,受了若干磨折,重新炼到形神俱全地步,就此毁灭,永堕六畜轮回,自然不舍。这时休说复仇之念业已冰消,便是打落他一半道行,只要不使他形神消灭,俱所心甘。况又见被困之后,仇敌始终未下辣手,颇似意在儆戒,不至于要他的命,又觉生机未尽。一存侥幸希冀之念,不禁暗自有些喜幸。继见禅师一任自己苦求,久久不理,回忆适才被擒时口气,颇似决绝,坐功一完,便要来下毒手,又不禁害怕伤心,哀哀痛哭起来。隔了一会儿,再一想:"佛门广大,素称慈悲,普度众生,胜于度人。自己虽然不该妄起贪嗔,但他却先打了诳语,两下都有不是。何况自己平日颇能自爱,与别的精怪专喜害人的迥不相同,为人误伤,已甚屈枉。独指禅师尚因死非其罪,慈悲垂怜,惜宝相助。不过法力稍弱,被他制住,衅自彼开,曲不在我。业已服低知悔,认罪悔过,这和尚怎的如此心狠?哀求他一夜,竟是不闻不问。"又觉死活无关紧要,只是恶气难消,不禁性发难遏,暴怒起来。刚想豁出转劫,痛骂仇敌一场,且快暂时心意,省得不死不活,五内悬悬难受。"秃驴""贼和尚"等字样还未出口,又一想到前次遭劫,为飞剑所斩,游魂飘荡,浮沉草露之间,无所归宿,以及荒山潜修,种种苦难;这次又是精魂修炼成形,并非肉体,不特珍贵得多,被害以后,知非二次修炼不可;这几个和尚法力又甚厉害,设有不幸,堕入轮回,不得超生,岂非大错?想到危险处，惊魂都颤，哪里还敢口出不逊，自速其祸。思来想去，比较还是苦苦哀求，或有几许求生之望。似这般时忧时喜，时怒时惧，哀乐七情，同时并集在心头上，似十五个吊桶，七上八下。终于走了认罪服输，以求免死的一条道上。好话说了千千万，真是无限悲鸣，不尽伤心，接连七日七夜，不曾停过。好容易哭求到了末一天的子夜，才见禅师微启二目，笑指他说道："你这孽畜，还不去么？"猿精只当取笑，自然重诉前言，哭求宽免。言还未了，禅师倏地喝道："想来便来，想去便去，你自忘归，有谁留你？"说完这四句话，眼又闭上。猿精闻言，猛地吃了一惊。方又要哭诉受制已历七日，千乞老禅师恩释，忽觉身已能动，忙试一纵遁光，果然无挂无碍，自在飞起。万想不到仇敌毫未加以伤害，放时这般容易。鱼儿脱网，绝处逢生，慌不迭地逃回山去，再不敢去向上方山生事了。

过有三年，猿精出外采药，遇到两个近年新结交的忘形之友：一是崆峒派小一辈中有名人物小髯客向善；一个便是昆仑门中名宿巫山风箱峡狮子洞游龙子韦少少。因猿精自知异类成道，喜与高人亲近，订交之始，曾助向、韦二人采觅到不少灵药。向、韦二人虽知他是个异类，不特道行甚深，仙根甚厚，精于玄功变化，法力修为，都不在自己以下，并且立身正而不邪，异日必成正果，对人又复殷勤恭敬，因此不惜折节下交，订为忘形之友，常共往还。这日无心中在缙云山中路遇，自是欣然。由研讨各人剑法起始，后来说高了兴，便各将自己飞剑放起来，互相比斗了一阵，又畅谈了片时，向、韦二人才向猿精订定了后约别去。谁知这一比剑为戏，几乎给猿精又惹杀身之祸。彼时正值许飞娘从空中路过，先并不知是谁，因看出不是峨眉一派，生心网罗，远远落下遁光，隐了身形，往前窥探。一见有游龙子韦少少在内，知他为人正直，上次慈云寺已非本愿，见面准闹个无趣，心中凉了半截，本想走去。继见韦少少等收剑同谈，悄悄在旁一偷听，正听到猿精对向、韦二人谈起前事。韦少少见闻虽广，也只知独指禅师生平大概，因无名禅师自来韬光，仍然不知底细。向善行世未久，更无庸说了。猿精便托向、韦二人，代为访问各正派中高明之士：到底镜波寺七个新来的和尚是什么来历，上次吃的亏值与不值。自知不敌，原无复仇之想，偏被许飞娘听了去。她也不知那师徒七人是谁，只觉有机可乘。当时因听猿精口气，轻易难受自己被愚弄，并没露面，只在暗中尾随，到了他的洞前，便自走去。先找到五鬼天王尚和阳，问出前半根由，并知林寒日后也要归峨眉门下。又在各异派中连访带问，请教高人推算，居然被她弄了个一清二楚。只不知林寒得了玉符，游往何处。自己名声太大，怕猿精不肯合流，特意找了海南岛山寨中一个专炼旁门道法的散仙，前往福建大姥山摩霄峰绝顶猿精修道的洞前，假作游山采药，去向猿精结纳，乘间告知底细，怂恿他去寻林寒报仇。

那散仙名叫云翼，原是黎人，隐居海南岛五指山黎母岭多年，先本在山寨中闭户潜修，绝少与闻外事。许飞娘因听人说起他得过黎母真传，精通许多异术，能咒水不流，咒火不燃，咒人随意生死，慕名相访。彼此谈投了机，许飞娘便向他求教，学会驱遣六丁、假形禁制之术；并送他一口宝剑，传了炼剑之法。云翼因自己出身黎教，与别的玄门宗法不同，深以不会飞剑为憾，得剑大喜。由此两人成了莫逆。这日受了飞娘之托，赶到峰顶，正值猿精他出，洞门紧闭。那大姥山在闽江北面，福鼎县南，与洞宫山对峙，群峰林立，孤兀挺出，与南岭诸山不相连属。猿精所居的摩霄峰，乃是山的绝顶，三面皆海，极擅洞壑之奇。去时又当九秋天气，据峰凭临，下面是千山万壑，齐凑眼底。到处丹枫黄橘，映紫流金，经霜欲染。上面是高旻云净，中天一碧，日边红霞，散为纨绮。再往远看出去，又是海阔天空，波澜浩瀚，涛声盈耳，一望无涯。真个是秋光明丽，冷艳绝伦，气象万千，应接不暇。云翼赏玩了一阵，见暮霭苍然，暝色四合，以为猿精必是远出，不会归来，正欲走去，忽听远远一声猿啸，接着便见遥天空际，隐隐飞来一溜火光。情知猿精归洞，便停了步，负手望海，故作未觉。

不一会儿，便听破空之声，直落峰顶，洞门忽然开放。回身一看，猿精已经进洞，只见到一个背影，已闻洞内有猿猴呼啸之声。云翼见猿精没来答理，无法交谈，又不便做不速之客，直闯进去相见，引他起疑。只得索性装到底，再待一会儿，看他如何。方面海踌躇，也是合该有事。猿精一到，便看出他不是正经路数，本想闭洞不理，由他自去。偏生近年来收了两个有根器的小猿，俱都好事，早从洞隙外望，看了个清楚。争着和猿精说洞外那人，从午后便来，先向洞端详了一阵，从身旁取出鸡骨，像是排了一卦。末后又掐指算了算，到处东张西望。虽未入洞相犯，已在洞前逗留了好些时辰，神情甚是鬼祟，定非好人。适见他意似要走，闻得啸声，又复停止等语。猿精闻言，料知来人不是因见本峰景物雄奇，想夺洞府，便是有为而来。如若闭户不理，不特示弱于人，他也绝不就此罢手。想了想，还是先礼后兵，问明来意再说。因想试试来人深浅，轻悄悄闪出洞去，正要行法相戏，云翼已经觉察，回过身来。猿精不及施为，只得向前施礼问道："道友日午便到荒山，至今未行，可是有甚见教么？"云翼知他灵慧异常，笑答道："贫道乃五指山黎人云翼，因往洞宫采药，望见此峰高出天表，偶然随兴登临，颇喜此峰清丽雄奇，以为没有主人，一时贪玩景物，未舍遽去。今见道友仙骨清异，丰架夷冲，道行必然深厚，高出贫道十倍。可能恕我愚昧，见教一二么？"

猿精性傲，素喜奉承，来人一谦和，不由转了好感。虽明白他前半赏景登临是些假话，心想："这人虽非正派一流，倒也不甚讨厌。许是无心到此，看出行藏，特地相待一谈，并非有为，也说不定。既无不利之心，与他谈谈何妨？"当下应允，就在峰顶磐石之上，相邀云翼坐谈。又唤洞中两小猿，将适从戴云山温谷中新采回来的大龙眼和柑柚之类佳果，取将出来待客。猿精因以前遭劫便是受妖人连累，此人今日无故至此，又从未听说过他的姓名来历，测不透他的心意，总觉有些可疑，并未揖客入洞。云翼知他意在防微，略谈引导、吐纳之言，便给他高帽子戴，誉如真仙一流。猿精见他容止谦冲，言词敏妙，所谈黎家道法，也是别有玄妙，自成一家，渐渐由疑转喜。

云翼适可而止，并不久留，坐到月上中天，即告归去。行时，因猿精烦他一试奇术，还故意露了一手。是夜云霁风轻，清光如昼，照到广阔无垠的海面上，波翻浪涌，闪起千千万万的金鳞，一眼望不到边际，奇景无边，本就好看。云翼却嫌海涛起伏讨厌，不如碧波无纹，澄明若鉴来得有趣。难得这好明月，意欲步行回家，径由海面，常玩这上下天光，踏月回转海南岛去。猿精因听他说过善持禁咒之术，闻言知要咒海不流，疑是卖弄幻境，假装要送他一程；就便观赏，一饱眼福。云翼知旨，立时邀了猿精，由峰顶往海面上飞去。将要到达，正值风起潮生，浪如山立，势更汹涌。云翼口诵禁咒，将手一指，海浪立时但平不动，澄波停匀，静止不流，万里海洋，弥望空明，再吃秋月照，不特天光云影，上下同清，海中大小游鱼往来，鳍鳞毕现。人行其上，竟是又平又滑，毫不沾濡，倒影入水，毛发可数,宛然如在一片奇大无比的晶镜上行走一般。猿精再三运用慧眼谛视,除开离却两旁百里和身后来路数十丈随行随复原状外,前行二三百里的海面,直似整片玻璃修成,绝非幻境。心中好生赞服,不由倾倒。云翼想已觉出猿精慧眼,看出他不能咒遍全海,微笑说道:"旁门小术,无异班门弄斧。重劳相送,已感盛情。你我订交恨晚,改日再造仙山求教,就此告别吧。"猿精也因到了子夜用功之时,依言订了后约,脚步一停,身刚告辞飞起,眼看海面,云翼身子不动,人却似射箭一般,在无尽晶波上,往前飞驶而去。行过之处,海水随着飞起,波涛掀天比前愈猛,浪花起落之间,人已由大而小,由小而隐,逐渐消失。

猿精回峰隔了些日,云翼又来相访,才延款入洞。由此常共往还,成了密友。云翼先将猿精身世同遭劫炼魂,与无名和尚结仇经过,探个清楚,转告许飞娘。飞娘本想网罗猿精,一听他受过素因大师之害,愈发心喜,以为可以同仇敌忾,引归自己一党。便叫云翼告知劫他玉符的人,名叫林寒,乃无名和尚勾来的峨眉派门下弟子,劝他报仇,并劝他结纳飞娘等异派中人,共寻素因大师和峨眉门下作对。谁知欲速不达。猿精当初求借玉符炼魂时,独指禅师曾经力加告诫说:"念你苦修多年,遭劫可怜,借宝成全你容易。但你要知劫数前定,如不经此一劫,不会哭啸空山,便遇不到我,永远是一异类,连鬼仙也修为不到。况且神尼优昙是我同道至交,素因是她得意门人,道力深厚,剑术高强,你就成了气候,也非对手,前往寻仇,无殊送死,岂不负我初心?"猿精再三矢口立誓,绝不记仇,并多修外功,以报成全之德。平日又习闻飞娘等人罪恶滔天,胸中早有成见,交友极慎,便是守着禅师诚言。这一来,方知云翼来意不善,恍然大悟,当时暴怒,虽然未能忘情玉符,对云翼却绝了交,并令转告飞娘等异派妖邪,速息妄想,自己不过想寻林寒取回已失之宝,并无害人之念,休说与峨眉门下无仇,就有也不愿报。两下里言语失和,就在摩霄峰上变友为敌,苦斗了七天七夜。云翼虽然法术精奇,无奈猿精玄功变化,妙用非常,不特禁制不了他,初斗时反因偶然疏忽,几乎吃了猿精的大亏。后来勉强打个平手。到了末一天早上,向善和韦少少来访,三下合力,将云翼赶走。由此双方成了对头。

饶是猿精这般机警明白,仍然上了飞娘的当。他自末一次上方山挫败归来，见无名禅师师徒既然如此厉害，劫符的人定是同党，也非弱者。纵然寻了去，也未必能夺取回来，徒惹麻烦。有时想起，难过一会儿，也就罢了。及至得知林寒来历，并非和尚徒弟。云翼说他本领寻常，不知真假，看他劫符以后匿迹销声，也许不是能手。况且此符原是当初独指禅师借与自己，原主不是凡人，如索还此宝，极为容易，直到坐化，并无相索之事。此符又不是佛门法宝，可知怜念自己能守戒向善，有心赐予。被人巧取豪夺，实不甘服。无论仙佛，都不能不讲道理。无名和尚已将自己擒住，不加伤害，可知是他自己理亏之故。否则自己连犯他七次，哪有如此便宜？彼以力来，我以力往，各凭道行本领高下，来决取舍，大家一样。况且自己理直，遇见能手，也有话说。等寻着林寒，如不可为，索性死了这条心，省得时常惦念不忘。

贪嗔之念一起，又活了心，先和向、韦二人说起此事。向、韦二人闻他不与飞娘等同流合污，甚是赞同。惟因他要寻林寒夺宝，觉着不妥，力劝道："如今峨眉正在昌明之期，便是后辈中的能人也甚多，你纵理直，这事也冒决不得。不过昆仑、峨眉两派，常有同道往还，以前慈云寺虽有小隙，近来已经半边老尼调解。他们门下几辈弟子，多半知名，并没听说有林寒其人。他们正在广积外功之际，为了玉符，便匿迹不出，直似笑谈。你又不知他师长名姓，本人居处，怎可妄动？飞娘等妖邪，心存叵测，莫要中她诡计。最好不再贪得。真个不舍，也把事情打点清楚，慎秘行事为是。"飞娘原意，是为峨眉树敌，特意加枝添叶，假说林寒现时已是峨眉门下。不料猿精听了向、韦二人之言，震于峨眉威声，临事审慎，反而迟迟不敢下手。隔了好些时，直到托人屡向峨眉派中人探听，知无林寒在内。又苦于不知所在，才亲去林寒老家，打听出林寒生辰八字，在摩霄峰洞内设坛行法，摄取林寒真魂禁制。原意摄到全神，逼他供出居处，自献玉符，即行放却，初无相害之意。谁知林寒自在雪山苦修，根基日固。猿精连祭了四十九日，好容易快将真神摄入洞内，又被逸去。同时林寒也有了觉察，慌忙赶到芬陀大师那里求救，又学会了金刚、天龙禅功。猿精不但不能再遥摄他的心神，所使招魂邪法，反被芬陀大师所传的法术破去。猿精见事不济，颇有知难而退之意。

隔了多时，猿精偶游洞庭，欲饱啖东山白沙独核枇杷，并拟择取佳种，用法术移归摩霄峰下种植。行至莫釐峰下,正是五月望夜,月光照得万顷澄波,水天一色;湖中渔火明灭,宛如残星;山寺疏钟,时闻妙音,衬得夜景甚是清旷。猿精在枇杷林中,边吃边赏玩湖中景致,不觉到了深夜。正在起劲,忽然一眼瞥见林屋山后,霞光宝气,上冲霄汉,知有宝物出现。因林屋内洞自来多有仙灵栖息,近来更听向、韦二人说洞中住着异人,飞剑厉害,道法高强,料那宝物必是异人所有,不曾在意。夏日夜短,到了子末丑初,离天明较近,那宝气仍在原处未动,越看越觉奇怪。及经再三仔细观察,竟似由山寺侧土中透出,不似洞中异人有心炫耀。先还不敢冒昧行事,一经跨踏,天已将明,宝气也逐渐而隐,愈发断定宝物埋藏土内无疑。暗忖:"这事奇怪,难道宝物近在咫尺,洞中人竟未觉察么?"想要罢休,却又不舍。天已大明,山上下居民俱已起身。湖中风帆远近,橹声欸乃,渔歌相属。猿精枇杷树尚未掘得,因恐引山民骇怪,又蹈前辙。想了想,林屋洞外表无奇,内洞金庭玉柱,深达百里,与世隔绝,相去尚远,异人不致便遇,决计勾留一日,乔装前往西山宝气上升之处看个究竟。

及至赶到西山一看,山上下居民甚多,杂以庙宇。昨晚宝气上升之处,在包山寺左近,遍地果园,并无异状。把寺左右一带踏遍,找不到丝毫痕迹,心中纳闷。猛想起汉朝仙人刘根修道莫釐峰顶,后来结坛林屋,成道后身长绿毛,门下有黑白二猿献果服役,人因呼之为毛公。闻说毛公坛在灵祐观旁,坛上还有毛公的镇坛符。既是古仙人成道遗址,必与此宝有些关联。于是连忙寻往寺后灵祐观旁一看,果有一座石坛,仙灵渺渺,遗址空存,石倾坛圮,渐废为牧童樵竖游息纳凉之所,心中感慨非常。深悔昨晚隔湖遥望,只看出宝物在左近一带埋藏,既未跟踪来此,又未升空查看准确所在,以致茫无头绪。万一今晚不再出现,或被别人捷足先得,岂非失之交臂?

猿精正在慨叹,忽听坛侧石条上一个躺卧着的赤膊乡汉,向左侧大树下刚睡起的老头说道:"阿根伯伯,格个毛公菩萨真灵。前日我搭俚老人家烧仔一棵香,昨日到苏州城里去卖枇杷,叫说大清早将一进城,就碰着一个大公馆里厢,走出一个俏皮娘姨,拿我喊进花园里面去,请出一个老太太,人交关和气,一担枇杷全留下,拨仔我加倍个铜钿。还说我乡下人做生意交关苦,叫娘姨拿出半桶黄米饭,一大碗肉,还有弗少菜蔬拨吾吃。

走个辰光,叫我隔三五日再挑一担好白沙去,还要多拨铜钿。格位老太太真叫有良心,人好得邪气,难怪俚有这样大格福气。"那老头答道:"怪弗得耐今朝太阳实梗高,弗去做生意,还拿朵乘风凉,困晏早写意,原来照着仔牌头者。阿是我搭耐说个哪,毛公菩萨格块碑,弗要看俚弗起,格么叫灵。灵祐观里向格道士,阿要死快。大前日夜里,碑倒脱仔,告诉俚扶起来,俚为仔观里向呒不啥香火,叫说话假痴假呆,阴阳怪气。我想耐搭我摆啥卵架子,摆转仔屁股就走,背后头骂煞快。阿是我教耐烧仔棵香,就有实梗灵验。今早横竖呒啥事,天么满风凉,阿要再叫仔两个人来,一道去拿格块碑扶起来,包耐还有好运道。耐阿去哪?"那乡汉喜道:"格么你就喊人去,啥人弗去是众生。"说罢,翻身爬起,顺手抓起一块垫背的大蒲扇,又开裤裆,扇了两下,便要走去。

  猿精自来深山修炼,绝少与世人对面。洞庭东西山虽是旧游之地,多系空中来往,避人而行,从未与土人交谈。这次因寻宝物至此,听二人说话,满口吴音,甚是耳熟,像是以前哪里常听,不由伫定了足。正想不起在哪里听过,忽听说起扶碑之事,猛然灵机一动,暗忖:"闻得那道镇坛符正在碑下,仙迹传说,颇多异闻,宝气又在这一带发现,何不同他前往一观?也许能寻出线索。"便趋近前去拦道:"二位不须唤人。此乃道家仙迹,未便任其坍倒,待贫道偕往相助如何?"那二山民见是一个相貌清奇的白发道人,便笑道:"耐个人倒像个老三清,弗像观里向格老道士,靠仔格几顷果园,香阿弗烧。必过格块碑交关重,我们三人恐怕扶俚弗起,还是再喊几个人相帮好点。"猿精笑道:"无妨。二位只领我去,用不着动手,扶碑还原,我一人已足。"二山民听他外路口音,又是突如其来,口出大言,各看了一眼道:"格个容易?"说罢,兴冲冲领了猿精便走。

  越过毛公坛,走入一片果林之内,果见有一石碑,仆地卧倒。猿精见碑不在坛上竖立,问起缘由,才知此方是旧毛公坛原址,坛并不大,只有丈许见方,二尺来高,原是一块整石。观中道士因贪坛侧土地肥沃,又要附会仙迹,在观旁石地上重建一个大出数倍的坛,却将原坛废为果林。末后因观中香火不旺,索性连新坛也不去修理,任其坍坏。先还嫌原坛占地,无奈是块整石,重约万斤,无法移动。经过积年培壅,地土日厚,嫌原坛碍眼,便漫了土,将它盖没。再试一种树秧,分外繁茂易长。只剩这块石碑，兀立土内，如生了根一般，千方百计，铲扒不动。渐疑有灵，保存至今。前数日一夜大雷雨后，碑忽自拔，正中道士心意，打算伺机运沉湖底，怎肯再立。那老头年已七十，深悉经过，颇忿观中道士所为，只是无力与争，莫可如何。猿精细看那碑，其长径丈，宽只二尺七寸，下半截有泥土侵蚀痕迹。俯身伸手扶起碑额，轻轻往上一抬便起。一看碑上符箓，乃玄门正宗，已经奇异。碑起以后，现出一穴，霞光宝气，隐隐自穴中透出，不由惊喜交集。此穴既现，宝物必在下面。当时不取，恐被别人知晓，就此取走。看形势神情，宝物定然深藏地底，取绝非易。又恐惊人耳目，惊动林屋内洞所居异人，引起争夺，惹出是非。一再熟计，只有将碑仍放回原穴，暗用禁法封固，仍等深夜来取较妥。忙将碑缓缓捧起，扶向穴中立好。行法之后，二山民见他如此神力，全都疑神疑鬼，当是毛公白日现形，吓得跪倒地下，叩拜不止。

猿精将计就计，命二人晚间仍来坛上纳凉，只不许对人吐露只字。道士见了如问，只说此碑无故自立。夜来必有好处。二山民谢了又谢。猿精索性卖个神通，一溜火光隐身飞起，仍在附近山顶瞭望。日落无事，又饱啖了一顿好白沙枇杷。先去苏州城内，择那大富之家，盗了数千两黄金白银。犹恐事贻害受主，到手后又用法术将它一一换了原形。分作三份，带往东山连夜吃人家枇杷的一家，喊开门来，说是神赐，向他买果，留下一份。候到子夜，将余下两份，带往毛公坛，二山民果然在彼相候未离。猿精给了每人一份，二山民自然喜出望外，跪倒拜谢。原坛地方僻静，果子未熟，连观中道士也未知晓。再走向碑前一看，真是无人到过，甚是欣喜。当下取出小幡，交给二山民，命隐身坛下僻静之处，背碑遥立，无论有甚动静，不许回看。"如见有面生之人要闯进林来，可将此幡朝他连展三次，不管来势多么凶恶，也不要睬他，他绝不敢来伤你们。一听空中有了长啸之声，连忙将幡朝天一掷，各自拿了金银回家，没你们的事了。"二山民受了重金，又把他当做神仙下凡，自然无不诺诺连声，惟命是从。猿精知道无人觉察，仍要这等施为，原是一时小心，防备万一；恰巧又有这两个乡民甘心情愿，任他驱使，不料竟然用上，非此几乎功亏一篑。

这时宝光霞芒早已升起。虽然日间将碑竖好，又有禁法封闭，仍然掩盖不了。猿精分配好后，更不怠慢，首先将碑放倒，行法破土。不多一会儿，碑下面开放一个深穴，宝光越盛。猿精不知何故，只觉心头怦然跳动。正在惊异，穴底土花飞涌中，先现出一片玉简，上有玄门太清符箓和一些字迹，知道宝物就在下面，将要现出。才伸手取起，未及审视，一阵破空之声，从天飞坠，直落林外。接着便听来人在向二山民说话，料到来者不善，心中只盼二山民能守前约，便可支持些时；否则到手之物，难免又要失去。好生着急，连回看都顾不得，只管加紧运用玄功，行法破土。幸而大功垂成，晃眼工夫，穴中又现出一个铁匣，宝光便自匣中透出。匣上面还有一钩一剑，看去非常眼熟。连忙一并取起，见穴中宝光已隐。还恐未尽，欲再往下搜寻，百忙中偶一回头，一个蓝面星冠的长髯道人，手掐五雷天心正诀，正在施为，不禁大惊。一则估量来人不是易与，恐有失闪；二则又恐来人情急翻脸，伤了两个山民，又是自己造孽。忙抱了铁匣、钩、剑，纵起遁光，长啸一声，破空遁去。

那二山民甚忠诚，奉了猿精之命，持幡在林外背碑遥立，真个连头也未回。待有一会儿，忽听头上"嘘嘘"之声，转眼间落下一个蓝面高身量的道士，乍见时满面俱是喜容，及至走到林前，倏然转喜为怒，拔步便要往林中走进。二山民明知半夜三更从空飞落，近乎怪异。但因金银作祟，日里目睹老道人临走光影，有了先入之见，以为有神仙在林内保佑，绝不妨事；再者神仙已赐了多少金银，可以终身吃着不尽，就算被妖怪吃了也值，何况手中还有宝物。当时照着猿精所说，将幡朝来人晃了三晃。那道人也是跟寻宝气匆匆到此，不曾看出埋伏。一眼望见林内有人捷足先登，使的又是旁门法术，心中大怒。刚要喝骂冲进，猛觉天旋地转，前面现出太清五行禁制之法，将路阻住。初意以为还有妖人余党，忙定心神一看，乃是两个凡夫俗子，手持道家防魔两仪幡，在林外大树下招展。一则不愿伤及无辜，二则颇费手脚，先用好言劝导，说林中道人是个精怪，不可助纣为虐，即速走开，免遭波及。不料山民俱是实心眼，若一上来就和他们硬来，倒可吓走，这一说好话，更觉与猿精付托之言相同。见道人又生得异相，转疑来的是个精怪，固执成见，连理都未理，那道人好说歹说，都无用处。道人见猿精手上放光，宝物业已取出，才发了急。正待行使五雷天心正法，破禁入林，猿精见机，已得宝飞遁。二山民闻得空中嘘声，忙将手中幡往上一举，那幡立时化为两溜火光，直升霄汉。猿精回手一招，便已收了逃走。道人大怒，即一纵遁光，破空而起，跟踪过去。二山民哪知就里，各自望空拜祝了一阵，高高兴兴携了金银回家安度不提。

猿精虽是异类，剑术却极高深。劫后精魂，尤知奋勉。更精于玄功变化，飞行绝迹，一举千里。道人追没多远，便被他变化隐形遁去，不见踪迹。当时不知是何方精怪，既已漏网，只得任之。猿精得了毛公坛下埋藏的宝物，回到摩霄峰，犹恐对头寻上门来，忙使禁法，将洞用幻形封锁。然后走入内洞，越看那几件宝物越眼熟，直似自己以前常见之物；回忆平生，又绝未见过，心中好生奇怪。取一钩一剑把玩了片时，想不出是何缘故。再取那铁匣一看，外有灵符封锁，连用诸法，俱破解不开。试取钩就匣缝一划，一片金光闪过，匣忽自裂，竟是几片铁。里面还有一个尺许长、四寸来宽的木匣，匣上面有刀刻成的字迹，朱文篆引，古色古香。匣盖一抽便开，里面现出一本绢书，书面上写着"内景元宗"，下署"绿毛山人刘根著"，共十一字，不禁心里一动。翻开细看，书中尽是道家吐纳参修的密旨妙谛。照此勤习，足可升仙证果，于己功行大是有益，心中大喜，越看越爱。翻到后面，又发现绿毛山人的留言，大意说山人自从汉朝得道，隐居洞庭，身侧自有苍白二猿相随服役。在林屋内洞，一住百年，悟彻玄门妙道。著有《丹书》四册，《仙箓》上中下三卷，《内景元宗》一卷。前二书另有遇合，独这《内景元宗》乃异类修行捷径。当时曾经推算未来，苍猿根行较厚，山人未成道以前，便为天竺无心禅师借去守洞，从禅师苦练多年，本可修成正果，因犯贪嗔杀戒，重堕轮回，历多灾劫，最后重投猿身，仍入道教。届时在三英门下，极知奋勉，定有成就。白猿根钝，随日最久，因为求进太急，走火入魔，毁了戒体，转投人身，连历三劫。山人两次度化，俱以嗔妄败道。三次转劫，山人业已仙去，算出他后来也和苍猿一样，重转猿身，苦修多年，还须经过一次兵解，始能成道。那白猿说的便是猿精。山人因念白猿献果服役之劳，特为异日之地，将此书用铁匣埋在当初镇妖法坛之下，上有镇坛符一道，神碑一座；书外并附山人御魔的宝钩、仙剑和玉简三样法宝。命以钩、简将来转赐苍猿，剑和此书赐与猿精，如法修为，便成正果。

猿精先见书匣外表均似常见之物，苦忆不起。及一翻阅，又似未见之书。看完默运灵机，静参前生之事，方始恍然大悟，自己竟是刘真人门下老猿。回忆所历诸劫，与仙师相待厚恩，好生悲伤感泣，望空拜倒，通诚拜谢了一阵。嗣一寻思："此苍猿不知今在何处？且不说他。此书乃升仙要道，异类学它，最为容易。自己没有一个帮手，炼时宝气上腾，易招同类之忌，不特山精野魅齐来攘夺，难于防范，并且自身魔头也难禁制。"想来想去，只有把以前玉符收回，借以防魔，才可无患。重又勾动前事，无奈不知林寒住居何处，无法下手。每日将书藏带身旁，到处寻访。

隔了一些时，仍觅不到林寒踪迹，末后想出一计。明知魂招不来，但初行法时，却能查出生魂来路方向。只须不嫌费事，隔一二月，忽然来它一次，照这方向跟寻，早晚总能寻到。当下不嫌徒劳无功，耐心施为。果然第一次行法，林寒骤出不意，几为所乘。所幸防御有术，一发觉猿精又在弄鬼，忙即坐禅行法，摄住心神，不使摇动。可是猿精已从感应中查出方向，不等林寒破他，先收了法，跟踪寻去。林寒防了些日，更无动静，以为猿精想突然乘隙暗算，无功即止，不会再来，才放了心。过不几天，猿精又施故伎。似这样三次过去，猿精觉出敌人相隔尚远。第四次特意循踪飞出老远，赶到雪山左近，才始行法。猿精因感应方向未变，料定人在雪山深处潜藏。同时林寒也料出他施展暗算，必有诡计，防备更严，镇日都在坐禅。但猿精感应积极，直难摇动。幸而林寒用芬陀大师传授破他法术，才得略知端倪。猿精因此却几乎吃了小亏。知对方不甚好惹，恐被警觉，未敢造次，便不再行法拘魂，每日在雪山一带御空搜寻，日夜不止。

雪山幅员广阔，峰岭起伏，万山环匝，洞壑甚多，林寒又是潜修不出，自然难于找到，连寻了月余，仍无线索。中间有两次俱打林寒所居峰顶上飞过，因为奇景所蔽，由上下望，只是一座小小孤峰，顶上凹地如盆，碧草青青，甚是繁茂，当是一个干涸了的池塘，与雁荡绝顶雁湖相似。万不料下面奇景之中别有洞天，对头就藏在其内，当面错过。猿精第一次飞过时，林寒止在洞内用功，不知敌人已经寻到邻近，渐涉户庭。第二次猿精飞过，林寒因多日未觉猿精为祟，照近来惯例，业已逾期，恐又乘隙暗算，防范更严。他那金刚坐禅之法虽是初学，功候没有杨瑾精微深奥，只可防身，不能谛听远处，近处有敌却能警觉。这日做完功课，正好到了每次猿精拘魂作祟之时。刚开始运用玄功，坐那金刚禅法，神仪内莹，心正空灵，忽听峰顶有隐隐破空之声飞过。当时耳熟，默一凝思静虑，竟是猿精寻到，不禁吃了一惊。暗忖："妖猿业已寻到门上，自己佛法不深，绝非坐禅所能抵御，须预为之计。"知那拘魂禁制之法非设坛不可，对敌之时不能施为，连忙起身，将所有法宝、飞剑俱带身旁，准备先挡一阵，不胜再作计较。等飞身出洞，仰面一看，猿精已经飞过，似未发觉池底有人。还不放心，忙隐身形飞上顶峰，四下观察，瞥见以前在上方山初见猿精所见的一溜红光，似火蛇一般，在遥天阴云中闪了几闪隐去，迅疾异常。林寒看出猿精多年修为，道行法力俱比以前还要精进，况且恩师遗训和芬陀大师之言，均经明示非其敌手，愈发不敢轻敌。

正寻思间，火光电射，去而复转。才在天际密云浓雾里发现，晃眼工夫，便已临头。林寒因来势急骤，虽然隐了身形，犹恐被他窥破，忙往池中一伏，隐身树梢密叶之中朝上谛视。见别后猿精已迥非吴下阿蒙，不特曩年所闻飞行时的厉声不再听到，仅有些微破空声息，并且光赤如火，纯而不杂，电掣星流，神行无迹。再加上玄功变化，妙用无穷，如何抵挡其锋？这时猿精已将全雪山的峰峦洞穴寻觅殆遍。只只盘空下瞩，继恐遗漏，所到之处，稍有可疑，便要下落搜查，已经搜寻了好几天。先时二次飞过，并不觉得峰顶上有甚可疑之处。过后想起峰腰上半截积雪不多，却有密云丛聚，以为敌人使用白云封洞之计，想瞒过他的目光，特地飞回细查。猿精也颇仔细，因那云封之处离峰顶甚近，自身落在峰顶注视下面，却用玄功变化，分出一个化身，前往云中搜索，以备万一敌人厉害，既可以从上面乘机暗算，如其不支欲逃，也可两下夹攻，不令遁走。猿精立的地方，正当峰角最高之处，林寒看得极清。见他老远朝峰顶飞来，到后先在空中环峰绕了两匝，落到峰顶。刚在疑虑，以为难免一场苦斗。继见他目注下面，好似别有所为，仍未发觉自己，才略放了点心。一会儿工夫，便听峰腰那边怪声大作，猿精手掐太乙秘诀，口中喃喃，目注下面，并不飞落。林寒上次向芬陀大师求援，归见峰腰白云聚而不散，也觉有异。彼时急于防御猿精禁制，未及详查，由此在洞参修，一直未出。看出猿精颇似为了峰腰白云而来，心想："自己藏身之处虽秘，猿精既然在此流连，必已看出形迹，或略有耳闻。看他近来屡次为祟，一发即止，分明借去寻踪，处心积虑，不得不止，焉知不是误把峰腰白云当做自己洞府？少时他在那里寻不到自己，难免仍要仔细搜索，早晚必被他发觉。万一被他寻到，就说能免于祸,池底洞府也定必遭殃,岂非可惜?反正也要前去求助于芬陀大师,转不如隐身在旁,一探他的动静。不被他看破行藏便罢,如被看破,当时不敌,也可引他追往龙象庵去,自投罗网,由大师下手除他,免得毁伤了自己的洞府。"

当下改了主意,便乘猿精背向自己,全神贯注下面之际,飞出池面,由峰顶隐身飞落。飞时见猿精似有所觉,回头因不见人迹,下面又正斗得吃紧,只略看了两眼,又复回过身去。林寒见猿精已炼得形神两固,除一双火眼外,身相与人一般无二,苍颜鹤发,道气盎然。休说异类精魂,便是寻常左道旁门中,也没见有这等仙风道骨。知他修炼功深,灵警异常,只得轻轻缓缓,绕向侧面,隐入峰凹僻静之处,再向外一窥探,不禁吃了一惊。原来这一会儿工夫,峰腰白云连同积冰浮雪,俱被猿精用法术去尽,现出一个大圆洞。全峰本是上下壁立的,只有向阳这一面形势陡斜。近洞一带,更是一个斜坡。洞甚深黑,仅有两点茶杯大小的碧绿光华和一道红光,在洞里频频闪动。斜坡上满是石笋、冰凌,高下大小不等,离洞十丈左右。冰凌上站着一个道人,生相打扮,俱与猿精一般无二。手指洞内,仿佛那红光是道人放出,与那点碧光已在相斗神气。林寒落下时,明明见猿精在上指挥运用飞剑,下面又有这一个化身,并且还能照样行法,与敌相持,可见玄功变化,已臻妙境。愈发不敢丝毫大意,随时准备,稍有不妙,便即遁走。

待了一会儿,猿精那道红光,倏地从洞内掣了出来,由洞口内喷出一团极浓厚的白气。接着两点碧光飞射处,冲出一个丈许大小的怪物,通身雪羽箭立,身子生得与刺猬一般无二,只前半截大不相同:一条鸡颈,粗如人臂,长有三尺,能伸能缩;一颗三角形的怪头,大如五斗栲栳,尖头上竖着一个红逾朱砂的冠子,高约尺许,衬着雪白的全身,更觉鲜艳非常;滴溜滚圆的一双碧眼,精光远射,竟达一二十丈以外,而黑如漆,两耳却是红的,如鲜卤一般,紧贴额旁;凹鼻朝天,下面是血盆也似一张阔口,两排疏落的利齿,森森若锯。三角头下边两角,便是它的两腮,微一鼓起,收翕之间,便有一团白气喷出,聚而不散,朝猿精的化身打去。一击不中,张口一吸,又收了回去,二次再喷,比前还要加大一倍。自从出现,便箕踞在洞口之处,将口中白气喷个不休。猿精先好似有些怕它,将剑收了回来。遇见那团白气打来，不是疾升高空，便是纵遁光往斜刺里避去。等白气收回，又往前进，一味引逗，毫不抵御。怪物只守着洞口，时喷时收，也不追赶。喷到后来，白气越喷越大。怪物屡喷不中，也似激怒，口中"嗷嗷"怪叫。猿精化身，也以恶声相报。

林寒没见闻过这类怪物，仍不肯离开洞门一步，只当是刺猬一类的精灵，看他两个相持，测不透是什么用意。忽见怪物又鼓动腮帮，将那团白气喷出，朝猿精打去，疾若弹丸。猿精化身因逗了一会儿，知怪物打不中，不由走近了些。没料到怪物早运足了真气，蓄势待发，骤将毒气喷出，势绝迅速，气团又比前大出了十好几倍。这化身原由猿精本身在峰顶上操纵，竟好似预先知道毒气厉害，来势神速，往上往侧，俱难避开，更不迟疑，身形往下一矮，便往雪地里隐去。怪物只防到他要纵身逃遁，白气团弹射星驰，到了化身邻近，先就爆散开来，化为无数小团，冰雹一般，刚要往上下四方乱飞乱射，只见仇敌身子往下一矮，知道上当，忙又纷纷照原立处打去，已是无及，只得怒叫连声，收了回去。这次想是用力过分，气团太大，收时不似以前几次迅速，口到即来，比较慢些。阔口张开之际，林寒遥望怪物喉间，隐隐似有火光。这才明白猿精迟迟不下手，是想逗它将内丹喷了出来。

林寒见怪物紧守洞口，不肯离开，也知必有些原因，意欲看个水落石出，仍旧隐身崖凹之内，作壁上观。因听不见化身声息，再往前一看，那一片数亩方圆地面，不论山石冰雪，凡是挨近白气打中之处，全变成了乌黑，可见这东西所喷之气奇毒无比。猿精恐将剑光污秽，收了回来，原是为此。方在惊讶寻思，猿精化身又在远处现形，手中拿着好些木丸。先使一个，朝怪物打去，一出手便是一团碗大青光，眼看打到怪物头上，怪物仍将那团白光飞出抵御。第二个木丸又复飞到，怪物连忙喷气迎敌。似这样接二连三，猿精这面发出了二十一团青光，怪物也将白气化成二十一团，将青光包住，在半空里滚转不休。起初青光太小，白气浓厚，一到便被裹住，不见光华透出，大有相形见绌之势。猿精见势不佳，将木丸全数飞出，这一来白气分化改小，两下里才扯了个平手。白气裹住青丸，飘飞电转，仿佛二十一个太阳起了日晕，在空中上下飞驰，疾转如轮，煞是好看。

林寒仰首偷窥猿精本身，仍和先前一样，手掐灵诀，全神贯注在怪物身上，大有跃跃欲试之概，知道怪物难逃他的毒手。这等恶物，能假手猿精除去，也是大佳事。如非与之有仇隙，几欲挺身上前相助了。双方斗了一会儿，猿精化身忽然使手一指，那二十一团青光，便渐渐四散分开。怪物起初不知是计，仍旧裹定不舍。继而青光越飞越远，有的竟飞得不知去向。怪物才发了急，想要往回收时，不料以前空出空回，自然容易，此时气散不聚，又有猿精桃木剑绊住，急切间难以收回。猿精化身越退越远，渐渐隐去。空中的青光毒气也分布愈广，有的隐入暗云之中，几乎看不见。怪物正在惶恐急叫，两腮帮不住鼓动，想运足力量，往回收时，猿精化身猛在它身前不远出现，手指处，又将先前那道红光发了出来，直朝怪物射去，来势迅疾。怪物骤出不意，其势不能再分出毒气抵御，忙把身子一躬，一声厉吼，怪眼圆睁，几要突眶而出。眼里两道碧光立即朝上飞射，大如碗口，恰好将红光抵住，不能下落。

双方又相持了顿饭光景，四外高空中的青光逐渐暴涨，光外围绕的毒气束它不住，逐渐随着胀大稀薄。猿精本身在峰顶上暗自运用，见时机已到，手掐灵诀朝前一指，"嘭"的一声破空之音，便爆破了一个，化为袅袅淡烟，随风消散。空下这团青光，微一掣动，由圆化长，虹飞电驰，朝怪物飞去，相助红光，两下夹攻。猿精紧接着在上面频频施为，这些毒气团也挨次为青光所撑开爆散，不消片刻，便毁了一多半。那气团原是怪物腹内真元之气，息息相关，每破一个，怪物全身一齐颤动，身上雪羽根根直竖，"吱吱"乱响，神态甚是苦痛。一面还要运用目光去挡仇敌飞剑，收又收不回来，眼看那些气团将要挨次爆散，同归于尽。急得干叫，心有顾忌，又不敢冒险拼命，仍还支持下去。到后来，猿精见那些青红光华俱为怪物目光所阻，不能奏功，空中还有七八团白气未破，重又指挥青光，去破白气。下余气团，各包着一团青光，本就不支，哪还经得起。这一来，青光飞到，只一卷，便将气团裹住，与内包青光里应外合，一晃眼工夫，"扑哧"连声，所有气团，全都连撑带挤，纷纷消灭，散了个干净。二十余道青光，齐向怪物夹攻。

怪物不能禁受，万分情急，迫于无奈，猛将前爪一扬，昂首人立起来，阔嘴大张处，由喉间飞出一团火球，里面透明，朱光荧焚，外面火焰熊熊，直朝青红光飞去。峰上猿精见状，首先一指剑光，令其都往下飞退。那化身也慌不迭地拨转身纵起便逃。怪物原具特性，不是危急大怒，这团内丹绝不轻发；一发出来，不将仇敌弄死，也不轻回。又在恨极之际，顿忘利害与洞内所炼丹丸的安危，厉吼一声，满身云雾，箭一般飞起便追，其疾若电，迅速异常。林寒见怪物负固洞口，不似怎样灵活，想不到飞行如此神速。庆幸以前没有招惹它，否则胜负正难逆料。猿精的剑术道力，由此更可想见了。怪物这里刚一追，峰上面的猿精早隐身而下，飞入洞内，得手而出。林寒仰望猿精本身不在，化身在远处飞逃，也若隐若现，不知是一是二。方在定睛寻视，猛听猿精一声长啸，手中抱定一个周身白毛如雪的婴儿，"吱岐"乱叫，由洞内飞出，站在峰坡之上，将手一招，所有青红光华，全都电转而回。怪物在前本已追出老远，闻听婴儿啼叫之声，知道中了仇敌调虎离山之计，吓得惊魂失散，哪里还顾得到别的，狂吼一声，收回内丹，拨转身，挺起瘦长强劲的鸡颈，昂着三角怪头，竖起头上大红冠子，四爪踏着云划动起飞，亡命一般赶将回来。那二十余道剑光，反追在它后。

怪物自然不及剑光迅速，又在窘迫慌乱之中，一心只想回身夺救婴儿，百忙中神灵慌乱，竟忘了那些逃走的剑光本是假败，你不追它，它却要来追你，未曾想到防御，往回路赶没一半，便被追上。等闻得身后飞剑破空之声大作，方始警觉，已是无及，二十余道剑光一齐朝它身上落下。怪物忙二次将腹内丹元吐出迎敌时，身上长羽已被剑光扫落了一大片，险些没将头上朱冠削去。仗着修炼多年，身上雪羽猬立若箭，根根如铁，胜于坚甲，剑光落下去，仓猝间伤不到皮肉，将它雪羽才斩断了些，内丹已经喷出。那些青光便是猿精在上方山残余的桃木剑，虽是东方太乙精英所萃，却不能敌怪物内丹纯阳之火，五行克制，难免不被烧毁。此时猿精将怪物炼成了形的元胎俘获，已操必胜之券，连化身都在招剑反攻时收回，不愿用此剑和它相拼。忙将青光收回，只指定那道红光，在怪物身侧围绕击刺。怪物自是不惧，不一会儿，便已赶到。

猿精早就设好圈套相候。见怪物追近，手掐灵诀，朝前一指，埋伏的太阴奇门阵法立时展开。怪物见仇人怀抱婴儿，站在坡上，态甚闲逸，眼里都要冒出火来，急于得而甘心。刚往下一落，待要扑去，眼看相隔仅只两三丈高下，忽见仇敌身形一晃，无影无踪。方在急怒骇顾之间，猛又见一团黄影,大约亩许,从身侧四面涌起,转瞬由地面直升天半,至顶凝结。先似地上面立着一口大钟,末后钟顶缓缓降低,又似一个覆着的大碗,将怪物扣在里面,四外仅似隔着一层薄而透明的金纱,身子却被禁制住,动转不得。这种阵法,乃先天八门中的艮、震两卦,山雷妙用。外观形如覆碗,地面上同样还有一个仰的,上下相合,浑然一体,严丝合缝,无殊地网天罗。真发动起来,连山神雷上下交错,奇正相生,二气排荡,厉害非常。休说上面逃走不脱,便是多精地遁的人也难幸免。

怪物见身已禁住,上面一片湛黄影子,非云非雾,快要压到头上,仇敌又在前面现形,知道不妙,忙朝上面连连吹气,将那团内丹化成了一片火云,不使上面黄影压到身上。一面回过血盆利口,将身上雪羽咬断了十来根,长颈一甩,化成十来支银箭,朝猿精射去,恰被黄影挡住,落在地上。猿精知它箭羽恶毒,不到情急拼命不肯轻用,无论仙凡,中上立死。到了势迫力穷,还如此倔强不服,可见这种毒物留不得。不由大怒,指着怪物以人言大骂道:"该死的孽畜!本真人念你虽是天地间毒物丑类,因你雪山潜修,胎婴未固,尚不能幻形为祸,意欲逼你献出元丹,免你一死。你偏不知悔过,居心如此恶毒,如不诛戮,贻害无穷。本真人替天行道,除恶务尽,不再姑息了。"说罢,双掌合拢,朝前一扬。先是地上隐隐雷声,接着一片雪亮电光,贴着黄影圈里,也是薄薄一层,由下而上,转瞬间弥漫全网。刚结到顶心上,似火燃炸药,一触即燃,轰然一声大震,只见两道银蛇,凌空乱闪,一团团的雷火雨雹一般,包定怪物全身打去。左近雪山冰岭,多半被这雷声震塌,轰轰隆隆,彼此相应,威势大是惊人。怪物心胆皆裂,吓得缩头敛足,伏作一团,将以前凶恶相全都收起。可是它那内丹也颇厉害,一任猿精电火群飞,崩山撼岳,兀自伤它不得。

林寒先听猿精口吻,俨然以真仙自命,今忘了自家也是异类出身,虽是好笑,这等行为,却也可嘉,心中不由存了好感。正想用什么法儿,全不露面,助他一臂。那猿精见雷火仍被内丹阻住,怪物犹未屈服,制死怪物容易,但又想得它那粒内丹。想了想,大喝道:"你这孽畜,天生恶性,害人东西,念你修为不易,尚未出世为祸,你如将内丹献出,我便不伤你所炼元胎,仍还给你,好去洗心革面,自己潜修,免于天戮;否则你防得了上,防不了下,坏你的元胎,然后以仙家妙用,上下神雷,一齐发动,使你形神俱灭，化为灰烟而散。看你走哪一条。"一边说，一边放出剑光，将手中婴儿绕着，做出欲杀之势。这几句果将怪物镇住，先颤抖了一阵，然后"嗥嗥"惨叫。猿精明白它叫的意思，是恐怕上当，献丹之后，婴儿仍不肯发还。笑喝道："我乃当世真仙，岂能骗你一个畜类？好在我也不怕你有甚奸谋，你只到我这里来便了。"说罢，将手一指，雷声顿息，那层黄影忽然加大数十倍，由近而远，直超过猿精立处，方始由隐而灭。怪物将头昂起，四外仔细看了又看，然后张口一吸，将内丹吸入口内，徘徊不进，竟似不舍。欲逃，元胎已落人手，更为重要。正在迟疑，猿精怒喝："到了此时，你还不惜死，不舍去那害人东西么？再不献出，我又要下手了。"怪物好似又怕又惜，万般无奈之状，一步一步，慢慢地往前爬行，战兢兢不住乱抖，身上长箭雪羽"吱吱"乱响。林寒见怪物目闪凶光，阔唇合紧，似在暗中咬牙切齿，知非善意。再看猿精一双火眼，望定怪物，满面含笑，态甚暇逸，似操必胜之券，又恐中怪物暗算。林寒心想："猿精如胜，虽是一个强敌，但有芬陀大师相助，自己至多遭些险难，终无大碍。况且猿精颇有向善归正之心，否则当初恩师也不会助他了。怪物如将猿精弄死，自己不知它的来历深浅，败了固糟，即使得胜，被它逃走，也是贻祸无穷。两害相权，宜取其轻。"刚将一粒佛门至宝伽难珠取在手内，猿精又喝催怪物速行。怪物脚走稍快，口里"吱吱"惨叫，仍是且行且抖，行距猿精约有三五丈远近。这时因雷声一震，雪坠山崩，寒风大作，又当黄昏，天空中密云低垂，甚显昏沉。林寒遥见前面暗云中，似有一丝半青半白的光华闪了一下，却无破空声息。猿精全神贯注在怪物身上，通未觉察。见怪物离身已近，还在前爬，方要喝止，促其献丹。怪物故意将内丹吐出，只是茶杯大小一粒红珠，缓缓向猿精飞去。等猿精伸手要接，倏地将三角怪首往起一昂，身子猛一大抖，全背上长箭雪羽全部自行脱落，化成千百道白光，连同无数火球，直朝猿精射去。那内丹也同时由小而大，化成亩许大一片火云，当头罩下。

猿精早已防到怪物有诈，竟不俟林寒暗中相助，长啸一声，也是一溜火光，施展玄功变化，飞身而起。林寒看得明白，怪物尚未觉察，等白光红光落到地上，不见仇敌踪迹，方知弄巧成拙。慌不迭将内丹收回，四外黄影已由远而近，又包将过来，将它困住。同时迅雷乱发，比前更烈。地底也轰隆作响，雷出地中，就要爆发。晃眼工夫，猿精又在怪物身前出现。怪物知难幸免，迫不得已，二次惨叫，决心献丹求生。猿精狞笑一声，喝道："你此时才知我厉害么？速献勿延，尚可活命。"手指处，黄影又散。怪物计穷力绌，真个万般无奈，隔老远就将红珠吐出。猿精本是诓它，哪有真心释放。等珠缓缓飞起，猛将手一指，怪物身外黄影又复合拢，将内丹回路隔断。怪物见势不妙，刚在忿怒暴吼，猿精也真手辣，一扬手，剑光过处，"吱"的一声惨叫，先将怪婴由顶劈为两半，掷于就地。接着两手一搓，发动神雷，惊天动地价"轰隆"一声大震，上下神雷一齐爆发，将怪物震成粉碎。

那粒内丹本在空中飘荡，没等猿精伸手去接，就在这雷火乱射，冰雪横飞中，忽从空际射下一道光华，裹了怪物内丹，疾如闪电，破空便起。猿精见到手之物，被人夺去，不由又惊又怒，一纵遁光，连忙往前追去。敌人好似早已料到他不舍，这里猿精身才飞起，便从对面暗云之中飞来一团雪一般的银光阻住去路。猿精竟看不出那是什么宝物，不敢大意，忙把所有桃木剑全数放出。一道红光，二十来道青光，与那团银光斗在一起。虽猿精玄功变化，终占不得丝毫便宜。尤怪是用尽目力，也查不出敌人踪迹。两个相持，约有刻许时光。忽听远远有一女人声音喝道："无知孽畜，这等恶毒的内丹，你不想害人，要它何用？速自省悟，免于天戮。因你尚无大罪，不肯杀你，否则你岂是我的对手？"说时，那团银光倏地直升霄汉，疾逾火箭冲霄，一闪没入青旻。猿精忙催剑往上追赶，已经无影无踪。

第一八六回　大地焕珠光　念悔贪愚　始悉玄门真妙谛
　　　　　　　法轮辉宝气　危临梦觉　惊回孽海老精魂

　　猿精始终未见敌人身形，不知是甚家数。料定追上也难讨好，只得扫兴飞落，指着地上怪物残骸，怒啸了两声，将手一指，那一片地面便即陷落了一个深坑。等那些残骸剩羽陷落下去，又复合拢。再去怪物洞内绕了一回出来，四外一观望，先似要走，刚飞起没多高又落下来，二次飞入洞去。

　　林寒候了一阵，不见再出，也不知他是否有久居之意。因出避匆匆，未将山洞封锁，不甚放心，又悄悄飞转洞内，用禁法将洞封闭。正要往倚天崖龙象庵求助，猛觉心神摇摇不定。知猿精又在用那摄魂之术，知道不妙，连忙强自镇摄，连池顶也顾不得封闭，急匆匆往龙象庵飞去。到了庵中，芬陀大师先用佛法给他解了禁制。默转神光一查，原来猿精料定林寒藏在雪山一带，连寻多日，未见迹兆。先见峰腰云横，错疑林寒在内。细一查看，发现那云乃是毒气凝结，又当是修道人用来守洞的异物，愈发心疑，定要探个水落石出。及至拨云一看，里面竟潜伏着一个奇毒无比的怪物。那东西叫做雪猬，又名角蝮，形虽与刺猬相似，前半截迥然不同。在世间五十三种最猛烈的毒物中，位居第六，奇毒无比。那三角尖头，下面两角，中贮毒液，能发为云雾，成团飞出，可分可合。这东西虽然恶毒，却是生具特性，向道之心极为坚毅。每隔一千七百余年，才长成一个。不须交配，自能孕育，一产四十九卵，多下在荒凉奇寒之区，下与地火相接之所。深潜地底，时上时下，四十九卵轮转运行不息，春降秋升，与天地孕物之道全然相逆。一面禀受阴寒之性，一面禀受阳热之性，交替成长。到了年限，破壳而出。先在地底，互相残杀，末后仅剩一个，方行破土上升，寻一个极隐蔽的所在，用三角尖头打一深洞，在里吐纳修炼。先炼内丹，再炼婴儿，一心想先修成人物，再修正果。起初潜处隐秘，神仙也难找得到它。无如诡诈多疑，到了产卵之后，内丹炼就，婴儿成形，便心生畏忌，老怕婴儿为人所害，百计千方设法隐藏。结果这也不好，那也不好，最终才决定吐出毒气，将洞口封住。这婴儿仍是一会儿吐出，一会儿吞进，日无停歇。它那婴儿，也与道家元神所炼不同，乃是用本身毒气精血苦炼涵育而成。虽非漠不相关，无关痛痒，便杀了它的婴儿，于本身并无大害，可是它看得比性命还重。等炼成长大以后，将自身元神附了上去，变得与人无二。此时一心向道，尚无害人之念。无奈畜类修人尚易，人如修仙，不知要多少世积德累功，宿根慧业，才能有望，它一个天生害人的毒物，怎能做到？尤其是禀赋奇恶，忌刻异常。初学为人还好，做不几时，就犯了本性，无恶不作。最忌恨是有道行的异类，见了绝不放过。它一开始为恶，便幻成道装，到处为恶，其毒自然更重。道行稍差一点的人，一不留心，被它喷上一口，立时形销骨化而死。

猿精也是新近才从韦、向二人口中得知它的来历，一旦相遇，如何肯放。知它守着元胎，不肯离洞，费了好些心计，将它调开，先盗婴儿，再行诛戮，虽然下手太狠，但是为世除害，功德不小，杀了雪猳，甚是高兴。又进洞去，行法下探地底，搜出遗卵毁了。当时本要走去，继一想，林寒尚未寻到，自己也无个好住所，料那峰相距林寒所居必近，洞又广大修洁，存了久居之念。二次入洞，试再设坛行法禁制，觉出林寒居处就在眼前，心中大喜。一会儿又觉林寒移动他去，换了方向。再待一会儿，禁法竟无效用，与往日行法前后感应，大不相同。想了想，试按起头的感应，顺着方向查探，竟在峰顶之上。峰是孤峰，四无依附，心正狐疑，无意中走到池旁。他目光原极敏锐，前几回只当是干池，没有在意。这一身临切近，自然瞒他不过，一到便看出池底甚深，恍然大悟，连忙飞下。见崖壁上现有洞府，已为禁法封闭，看出人已他去。心想："林寒既在此久居，必不会弃此而去。适才初行法时虽然有些感应，后来便丝毫也禁摄他不住，若非知机速收，难免还要蹈头几次的覆辙。他道行法力，都似不在自己之下，此行定然有事，绝非有所畏忌。如若运用玄功，穿石入洞，非不可能，但是自己只为想得古玉符，回去修炼，但能得到，便无为仇之心，能在暗中盗取更好。莫如就在洞侧潜伏，隐身相候，等他归来，再行伺隙下手，免得露出行藏，使增防备。"于是守定洞侧不走。

芬陀大师查明就里，说与林寒知道。林寒因玉符和诸宝物俱都带出，虽然不畏窃取，但是连日修为，正当要紧关头，行时匆忙，平时打坐的法坛并未撤去。况且那洞宽宏奇丽，景物幽绝，为修道人极好修炼之所，又经过自己苦心布置。猿精在外等得时久，难免潜入残毁，岂不可惜？忙求芬陀大师恩助，代为设法驱逐。大师笑道："此事无关紧要。此畜心志也颇可怜，无须我亲自前往。你杨师姊往白阳山斩古妖尸，夺回轩陵二宝，此时已经成功归来，人在途中未到，等她回来，可与她商量同往。猿精虽有玄功变化，却非杨瑾对手，只不许伤他性命便了。"说罢，双目一合，便已入定。

林寒不敢多渎，候了片刻，杨瑾未至，恐猿精等急毁洞，又去庵外眺望，终于见杨、凌二女到来。谒罢大师，同往禅房落座，说了前事。杨瑾猜那从猿精手中取走雪猯内丹的，或许是在玄冰凹潜修的女殃神郑八姑。此人先与优昙大师门下爱徒玉清大师同是异派，因雪山修道，走火入魔，近年才由玉清大师苦求优昙大师指示仙机，传了佛法，用聚魄丹和九天元阳尺，给她解脱危难，复体重生。自从归到正派门下，功行大是精进。自己前生曾和她有过一面之缘，虽然异派，谈得甚是投机，如今更成了一家。未去白阳山前，曾欲往访，闻得她重生以后，经常出山积修外功，不常在家，又无闲暇，迟迟未去。那团银光，类似雪魂珠神气，也是渴求见识之宝。如若是她，想必自外归来，正可乘机谋一良晤，心中甚喜。便对林寒说："那放银光的如是郑八姑，此人乃我前生旧友，她必知猿精道法深浅。好在玄冰凹乃必由之路，我们先寻到了她，约了同去更好，再则也顺手些。家师入定，无须再行禀告，就此去吧。"云凤也愿去观光，只把四小留在庵中。

三人一同起身，到了玄冰凹，飞落一看，女殃神郑八姑并不在彼，只得仍去寻找猿精。相隔老远，便见彤云迷雾之中，一道红光与一道白光，在峰顶上苦斗不休。林寒认出那道红光正是猿精，告知杨、凌二女。杨瑾见那白光虽非旁门一流，却也不是峨眉一派，忙令林、凌二人同催遁光，赶上前去。三人剑光均是仙家异传，不比寻常，霎时便到。

原来猿精在洞底等得心焦，登峰瞭望，瞥见一道白光由北向南，破空而飞，方向正对峰顶，先就有些疑心，当是林寒回转，忙即隐起身形，等他降落。偏生来人练就一双神目，老远便看出峰顶上站着一个老道人。心想："这条路曾经飞过两次，孤峰兀立，并无洞穴，四外积雪寒冰，景物荒凉，怎会有人在此？每次来往，都是沿峰而过，没有到顶，难道顶上还有甚奇景暗藏不成？"念头一动，想看那道人是何路数，竟将剑光升高，改由峰顶越过，顺便探查一下。到了峰顶，也未降落，只是在上面略一停顿谛视，果见峰顶凹池茂草下面，竟是空的。料那道人是个隐迹潜修之士，不然也不会寻此幽秘地方作为居处，此时必已避入池底。自己尚有事在身，必须复命。这厮既不愿见人，何苦相扰？拨转遁光，正要飞走。谁知猿精却多了一份心，因来人身剑合一，飞行时看不见人，只当真是林寒发现自己在下，又复匆匆避去。自己踪迹已露，禁法又制不了他，如被遁走，休想寻到。看神气，只有暗中下手，盗夺玉符，和他讲理，已是不行。忙即大喝一声："往哪里走？"随手放起飞剑，现身追去。

来人一见有人追赶，回头一看，正是适间所见道人，忙回飞剑迎敌，也现身形大喝道："无知孽畜，我已饶你，你却敢来犯我，今日是你劫数到了。"猿精见来人并非上方山用诈语诓去玉符之人，好生后悔，本想说明误认，谢罪了事。谁知来人性烈如火，又极自负，无故追赶，已经大怒，又见是个异类修成，这等不安本分，平时为恶必重，极欲为世除害，不肯罢手。猿精护短，自从修成人形，时以真仙自命，最恼人说他畜类，偏被来人一双神目看出来历，也颇忿怒。两下里便在峰顶苦斗起来。斗了一阵，彼此都觉对方飞剑厉害。一个想用法宝克敌，一个想用玄功变化取胜。来人刚从法宝囊内取出三根密陀针，待要发出。猿精已将二十余口桃木剑飞将出来，接着施展玄功变化，遁出元神，正待施为。来人却甚是识货，见状大惊，知道厉害，今日自己绝难取胜，又不甘心，就此败退。方在委决不下，说时迟，那时快，就在这略一踌躇之间，杨、林、凌三人已是飞到，各将法宝飞剑放出。杨瑾当先一声清叱，手指处，法华金轮照着猿精青红光华中冲去。来人一见，知道猿精来了劲敌，乐得借此抽身，不使外人看出深浅，忙高声说道："此妖可恶，我尚有事，三位道友来得正好，高明在前，用我不着，行再相见，少陪了。"说完，一纵遁光，破空飞去。

猿精看出敌人发慌，方在暗喜，忽见万道金霞飙轮电驰，急转飞旋，自半天直落下来,与自己剑光才一接触,立听"铮铮"一片声响,青光飞溅处,桃木剑连被斩断了十好几口。定睛一看,来人一个正是寻求多年未遇的对头林寒,此外还同了两个仙风道骨的少女,来势的猛恶,竟是平生少见。知非寻常可以抵敌,不禁恨怒交加,慌不迭地先收了残余的桃木剑,运用玄功变化,留下一个化身,先自飞起,避开来势,再行设法取胜。杨瑾见法华金轮宝光所到之处,青光星碎,未免轻视了些,猿精变化又极神速,三人均未看出,依然各持法宝、飞剑上前,一面夹攻那道红光,一面直取猿精。正斗之间,先是那道红光在金霞中掣了两掣,便即隐去。接着林、凌二人的飞剑双双直取猿精,已经临近,并不见猿精有甚抵御,只做欲逃之势,如换常人,剑光过处,定必尸横就地。云凤忽然想起芬陀大师曾经嘱咐,不许伤害猿精的性命,为何忘了?匆促中刚打算收回自己飞剑,再阻林寒,已是无及,剑光业已绕向猿精身上。云凤不知那是猿精化身,方在后悔,以为猿精必死剑下。就在这念头微动之间,同时瞥见猿精在光华围绕中身形一闪,忽然不见。

　　林寒原见过猿精变化,首先大喊道:"二位师姊留神,这孽畜惯于变化,此时必已遁走。"言还未了,杨瑾也已觉察,知道猿精必在暗中闹鬼,自己不怕,恐林、凌二人上当,不顾说话,忙即一指法华金轮,往二人身前飞去。刚刚赶近,猿精所布太阴奇门阵法已是发动。猿精原想,杨瑾最是厉害,本打算将三人隔开,使其彼此各困一处,不能相顾。然后发挥山雷妙用,迫着林寒就范,献出玉符,即行遁走,不与敌人苦斗持久。谁知杨瑾也防到林、凌二人有失,等猿精发动时,已经冲入了二人阵地。猿精无法分隔,只得施为。这里杨瑾方与林、凌二人会合,便见远远一圈黄影,疾如电闪,由四围飞起,齐向头顶心聚拢。知是太阴禁法妙用,初发时未始不可乘机冲出。一则胸有成竹,想看看猿精有多大道力;二则想使猿精现身出来,乘其志满无备之时,下手擒他,免使变化惊走。便忙向林、凌二人使了个眼色,故意失惊道:"我们中了妖猿化身诱敌之计了,快休离开,且仗法宝护身,再作计较。"说罢,一指法华金轮,将四外黄影挡住,不使近前。

　　猿精闻言,以为敌人只是法宝厉害,道力仍是有限,便在黄影那面现身大喝道:"我与你们素无仇怨,只这姓林的不该在上方山镜波寺用计诈去我的古玉符。我寻他已非一日，如将此宝还我，我也不再伤害你们，彼此两罢干戈。以为如何？"林寒早明白杨瑾用意，便指着猿精大骂道："无知妖猿，本是劫后游魂，天幸遇见我恩师独指禅师大发慈悲，佛力超度，传授修炼之法，并借之宝以为防魔之用，到期不还，已经可恶。我奉无名师叔之命，知你还宝非出心愿，如知恩师证果，必要据为己有，才在山门外等候接取。谁知你果忘恩背信，还了又悔，屡次暗用妖法，寻我为难。我因修炼正急，不值和你计较，每次只将你邪法破去，并未穷追，你竟敢怙恶不悛，寻上门来。似你这样孽畜，本难理喻，不屑向你多说。你只要胜得过我三人，便将玉符归你。"猿精大怒道："禅师乃佛门高僧，几曾见有这样的弟子？此宝禅师在日既未索要，身后又无片纸只字遗留，可见有心赐我，被你蒙骗了去，怎能甘休？本当要你性命，姑念你以前既在镜波寺居住，必与禅师有些瓜葛，现饶你们不死，速将此宝献出便罢；否则你们业已陷入罗网，我只举手间，你们立即化成灰烬，那时做鬼休来怨我。"

杨、林二人齐声喝道："妖猿有什么本领，只管施展出来。虚声恫吓，有何用处？"说时，杨瑾见猿精身后孤峰头上，似有豆大一点雪亮的光华闪了一闪，接着便见一个身容清瘦的人影略现即隐，仿佛刚到神气。猿精正得意狂言，全神贯注前面，全未觉察。杨瑾见是郑八姑赶来，心中愈发拿稳，便命林、凌二人各自运用飞剑护住全身，看猿精到底有何伎俩。一言未了，猿精见三人身入罗网仍是倔强，不由暴怒。知道三人剑光法宝俱非寻常，非将山雷一齐发动，上下夹攻不可。但是此法狠毒，不能抵御，立成齑粉。看三人来路俱是正派中能手，这一来势必树下许多强敌大怨。继而一想："事已至此，我不伤人，人必伤我。如能将敌除去，不特夺回玉符，还可多得好几样仙家至宝。索性一不做，二不休，要闯祸，就闯个大的。管他是甚来路？等将玉符、宝物夺到手中，弃了摩霄故居，逃往南极冰岛穷阴凝闭，仙凡不到之区，掘一冰穴，潜伏苦修，仇敌纵然厉害，也决寻觅不到。过上二三百年，旧日仇人成道的成道，应劫的应劫，自己的一部《内景元宗》业已炼成。彼时再往中土来积修外功，以求正果，即使有人寻怨，也不惧了。"打好如意算盘，便暗中运用太阴奇门阵法，把艮、震山雷妙用一齐发动。

三人只见猿精两条长臂挥舞几下，两掌一搓一扬，立时八方风动，四外"隆隆"有声,周围黄影由淡而浓。顷刻之间,先是地下雷声殷殷,密如贯珠,由细而洪,似往三人立处收拢。接着当头一片变成漆黑,低得似要压到头上。远的地方依旧日色皆黄,雪光可睹。林寒知道猿精发挥山雷妙用,识得厉害,忙道:"妖猿手辣,此阵非同小可,上有移山,下有迅雷,我们不可大意呢。"杨瑾笑道:"此乃道家太阴奇门阵法,乾坤八门之妙,我俱深悉。他不过通得艮、震两门,尚未学全,怎能犯我?且任他班门弄斧,无须在意,我自有道理。"猿精耳目敏锐,心智灵警,因为吃过正派的亏,几乎形神全灭,虽然豁出一拼,临时却有戒心,本是试探着发动,势并不骤。三人问答,语声甚低,却全被听去。暗忖道:"太阴奇门阵法,自己本不全通,敌人竟全看出,可见厉害。"不禁起了惊疑之念。不过势成骑虎,欲罢不能。细查三人,只是运用飞剑、法宝,不似有甚别的动作。又疑敌人只知阵法,并不识得此中玄妙,恐是情急时诈语。微一狐疑,终于把心一横,不再详审所言真假,反倒加紧施为,也没想到退步。

杨瑾两世修真,俱在神尼芬陀门下,学历宏深,玄门各种阵法,解识得的十有八九。至于各异派所布的恶毒阵法禁制,虽然只识阵名与大概,不能破的尚多,但有芬陀大师降魔四宝护身诛邪,本身又精金刚、天龙诸般禅法,即或被陷,也能脱险而去。这太阴奇门阵法虽非寻常,却系两生素习,备知微妙。况且郑八姑的雪魂珠妙用无穷,适在猿精后面现身,必非无因而至。因此胸有成竹,早在暗中运用。猿精哪里看得出。行法以后,如换平日,早就神雷爆发,崇山压顶,石破天惊,火焰万丈。阵中敌人纵有法宝护身,顾得了上,顾不了下,绝难幸免了。不料地上万雷奔赴,到了阵中心敌人立处,隆隆之声愈加紧密,眼看蓄势待发,就要裂地爆发,忽见地面似乎往上略凸了凸,便即平息。地下雷声只管如热锅炒豆一般,汇为千千万万的爆音,先似被甚东西阻遏住,等到将近中心,即行散去,起伏不停。同时天上黑影也渐渐向上高起。再看敌人立处,变成了一幢金光异彩,精芒万道,电闪霞飞,兀立阵中。猿精炼就一双慧眼,竟辨不出人影所在。那四方八面的雷火,打到阵中心光幢左近,即自爆散,丝毫不能挨近。一任猿精怎样发挥,终是无用,枉自焦灼。两下相持不多一会儿,光幢中涌起一片青光向天飞去。接着又见一团红光爆成万点火星,向四围黄影射去,这时天又升高了些。

猿精见状虽甚惊骇，犹冀阵网未破，雷火未熄，尚可运用玄功化身入阵，一拼胜负。猛见黄影当中似乎裂了一孔，那形如覆碗的阵网竟与初现时情形相反，从裂孔起，由上往下，渐渐收缩下来。适见青光，业已破网而出，上冲天半。那红光散化的无量火星四外飞射，与猿精所发的雷火一撞上，便即同归于尽。火焰横飞，红光变幻，一霎时便把全阵数百亩方圆的地面幻成了光山火海。再加地底密雷殷殷，爆音如潮，积雪惊飞，震撼山岳，声势端的雄奇无比。似这样繁喧腾沸，仅有半盏茶时，两下雷火俱由盛而衰，由密而稀，天上青光黑影也都消逝。瞬息之间，光烟全灭，雷火无声，全阵已被破去。猿精知道不妙，还未等他运用玄功化身飞出，决那最后胜负，倏地光幢中似一轮皎月般涌起一团银光，寒芒万道，奇辉四射。猿精仔细一辨认，正是先前抢走雪猊内丹的那道光华。这个新对头神出鬼没，来无影，去无踪，玄妙无穷，不可端倪。除了这团隐现无常的奇光外，始终不见人影，也查不出是甚家数。即此已可分出胜负，道法高强，不问可知。阵中三人尚觉不是对手，哪还禁得起又添强敌。况且阵法已破，再不见机，必难讨得公道。念头一转，心中害怕，这才息了夺符之念，打算逃走。可是先前气壮心粗，没有留神退步。杨瑾知他阵法没有学全，早在事前将计就计，运用太阴奇门妙术，即以其人之道，还治其人之身。表面故作发挥法宝、飞剑威力，去分猿精心神，等将山雷驱散，全阵已化生出坎离妙用。郑八姑也同时来到。

八姑原是奉了峨眉掌教妙一真人之命，面授机宜，特地来此相助三人收服猿精，并接引林寒入门。八姑自借九天元阳尺之力复体，服了神尼优昙所赐灵药，得庆更生。玉清大师眷念昔年同门夙契，力向神尼优昙苦求，传了许多防身降魔的法术，自己并在玄冰凹陪她修为多日，不时指点她上乘修道之功。因神尼优昙说她不是佛门中人，只允为记名弟子，不允正式传戒。她又禀承师命，乘妙一夫人往访神尼优昙时，给她引进，得列峨眉门墙，归入正教。八姑囊昔走火入魔，身已僵死，只余枯骨，元神尚且苦炼，道力本就深厚。如今饱经灾厄，劫后重生，越发悟彻玄微，日益精进。虽在峨眉门下为日无多，因有以前根行和玉清大师的指教，修为容易，在目前小一辈的门人当中，渐有后来居上之势。这次因奉师命，出山修积外功，归途路遇玉清大师，说："凝碧崖不久开辟五府，群仙盛会，本派小一辈中门人，都要在开府之日，向掌教师尊行参拜大礼。到日各派前辈真仙，尚有不少新弟子要引进。先后两辈同门，目前往凝碧崖待命服役的人，已经陆续到了不少。你入门日浅，我引你拜妙一夫人为师，又是在恩师座中相遇，凝碧仙府尚未去过。只英、云、秦氏姊妹、金蝉、朱文、若兰等有限几人，在破青螺峪除八魔时见过，余者多不相识，各位前辈师伯叔们更无庸说了。恩师说你以前孽累太重，比我还多几倍，虽已转了一次大劫，如欲修得正果，无论你的道力怎样高深，如不多积外功，仍是无望。并且峨眉开府以后，长一辈的多半外功业已圆满。有的回转仙山，白云封洞，闭门潜修；有的就在五府中清修静养。除却掌教师尊和有数几位，因为奉有长眉师祖仙谕，发扬道统，光大门户，尚须表率群伦，仍是暂时不能罢休外，都等与诸异派妖邪第三次峨眉斗剑之后，便即成道仙去，轻易不再与闻世事。盛会开罢，诸弟子全数奉命下山行道。你虽未奉到传谕，难得我有事峨眉，恰巧与你路遇，正好乘机和我同去。一则早日拜识各位前辈仙颜；二则得与小一辈诸同门早日交好，将来大家也加一番情谊和照应；三则凝碧崖仙景无边，会后奉命下山，不俟有成，难得再至，乐得早往观光，尽情领略，多消受些灵泉异果，珍酿仙乐，岂非绝妙？"

八姑闻言大喜，犹以初入仙山，未奉传谕，恐有冒昧之嫌。玉清大师道："今番开府盛会，亘古难逢。不特本门和诸正教中仙人齐受请柬，前来赴会，便是海内外的散仙，以及诸异派旁门中人，只要与本派无仇，且未为恶者，多半闻风向慕，借着庆贺为名，不奉请柬，到时也来观光。依了嵩山二老和穷神凌真人说，他们一半是来看热闹，一半是来窥测深浅，以为异日作恶时准备，此辈异端，居心叵测，大可不纳。掌教真人力说：'我辈与人为善，他们虽然多半旁门左道，俱还恶迹未著，既可使其观善知返，分清邪正高下，知所去取；又可示我玄门广大，无所不容。倘因见而警惕，永远舍恶为善，无形之中，岂不积了许多功德？何况此中尚有不少道友，俱是洁身自爱之士。何苦因此生嫌，变友为敌，使众弟子日后下山，平添好些大敌？至于有几人受了妖邪蛊惑，意欲乘隙发难，来此扰闹，前在东海，已与玄真道兄议定，各有准备。三位道兄，也各有奉烦之处，决可从容消弭。既无妨害，何苦拒人于远？'当下与在座诸长老一商量，索性算出要来的人，只除开那受人蛊惑、心怀暗算的十来个任其自来，也不去延请外，各用飞剑传书，一一邀请。诸长老有的还受掌教师尊之托，因事外出，来去频繁。对于同门诸弟子，大都由各人受业师转示，或是彼此遇上传知。如无使命在外，均可事前赶去。否则须俟开府前三日，始由嵩山二老和髯仙李师叔三人，查点到会人数与众弟子所在地点，分别用千里传音与飞剑传书之法召集赴会。此时本派同门当已早悉。那迟到的，不是奉命在外、有事羁身，便是和你一样，入门未久，每日独自闭洞潜修，得音不早之故，只管早去无妨。"

八姑自然喜出望外，相随玉清大师，到了峨眉凝碧崖太元洞内，拜见掌教师尊与各位前辈长老。再退出与英、云等已见和未见的诸同门大家欢聚。在仙府中流连了些时，这日妙一真人忽命值日弟子苦孩儿司徒平传入太元洞，听候使命。八姑入洞一看，妙一真人中坐，此外还有醉道人、髯仙李元化、万里飞虹佟元奇三位师叔，连忙上前礼拜。妙一真人命起来吩咐道："汉时毛公刘根，收有两个仙猿。苍猿转了多劫，现始改名袁星，为女弟子李英琼收服，归入本门。因它宿根未昧，向道坚诚，新近又得猿公双剑，日后当有成就。只那白猿备历灾劫，已经成道，偶然无心作恶，为优昙道友门人素因所斩。但元灵不昧，得遇独指禅师，传授他炼形之法，修复原形。又在洞庭毛公坛故址巧得道书和毛公留赐二猿的法宝。掘取之时，自不小心，只知防御窃夺，不曾事前行法掩蔽宝光，为祁连山天狗崖地仙蓝髯客姬繁路过发现，下来夺取。此人元初得道，兵解后，自知根赋稍薄，转劫恐迷本性，反堕轮回，苦炼元神，在祁连山闭洞一百三十八年，由鬼仙炼成地仙。虽是旁门一流，生平极少为恶。所习虽是道家下乘的功夫，历年久远，法宝道艺均有过人之处。猿精绝非其敌，当时幸仗玄功变化逃去。但是姬繁已经回到毛公坛旧址，在灵祐观内借住三日，下功夫虔心占算，居然被他算出道书、宝物来历妙用，只还不甚深悉猿精以前与毛公的一段因果。因想夺回道书、法宝，又欲强收猿精为徒，到处搜寻下落。你佟师叔今日从大山博克大坂返回，适才行至途中，遇见北天山散仙柳雪翁告知此事，并说姬繁近受五台派妖人蛊惑，正要做盛会不速之客，扰闹仙府。再者，那猿精虽是异类，心术颇佳，尚知自爱，修为却也不易。他又受独指禅师点化传授，见姬繁是个旁门之士，何况又要夺他的书、剑，定然不肯降服。这姬繁手辣心狠，更有两件厉害法宝，猿精必遭毒手无疑。

此时他正与独指禅师记名弟子林寒为难,想夺回以前古玉符,去炼那部《内景元宗》,并不知螳螂捕蝉,黄雀在后,洞庭毛公坛所遇之人暗地搜寻,要算计他。"说罢,便向八姑面授机宜,派她去助林寒。

八姑飞到大雪山后,暗中协助林寒。最后与杨瑾等三人相见,只略谈了几句话,杨瑾即将阵法发动。八姑也将雪魂珠飞出,栲栳大一团光华才自光幢中升起,晃眼工夫,便化成亩许大小,寒芒流照,银辉四散,飞行若电。两下夹攻,猿精如何能再遁走。刚刚运用玄功,化身欲逃,雪魂珠光华业已飞到临头,将他照定。就在这惊慌骇乱之间,地底忽然往下一塌,陷出一个数顷大小深穴,穴中涌起万丈洪涛。接着天空中又有一片红云飞坠,落近地面,化为一座火山,朝猿精头上直压下来,转眼包转全身,烈焰熊熊,烧个不已。

猿精先见地底洪水暴发,知是敌人阵法妙用,一时情急,忙以飞剑开路,施展全副本领,拼命奋力往上一冲。谁知头顶寒光重如山岳,休说冲破逃走,稍微挨近都不能够。不特上冲不行,连往旁侧逃窜,都似有无量潜力,在暗中阻住去路。任是用尽心力,东冲西突,俱不能越过雷池一步。可是高悬空际,只禁止猿精逃走,也不下落。猿精冲了几冲无效,下面惊泉飞涌,似水山一般,业已升出地面,晶峰冰柱,仍同穴口大小,还在继长增高,也不漫溢开去,眼看就要淹到足下。上面烈火又弥空飞至。猿精虽知此水中含坎、离变化,非同凡水。一则情危势迫,二则还自恃有一身玄功变化,连忙分出一个化身,由那口飞剑护住,去御烈火;自身索性往水中钻去,竟欲拼犯奇险,打从地底逃走。身才落到水内,谁知杨瑾早已看破了他的心思,先放出般若刀,去截住他的飞剑。手一指,空中烈火漫天而下,竟将那数顷方圆的水柱围烧了起来。猿精见敌人竟将坎、离妙用合而为一,水火齐发,同时夹攻。情知厉害,仍旧拼命往下钻去。甫及水深之处,忽见穴底金霞百丈,电转飙飞,往上缓缓涌来。

原来杨瑾知道猿精乃游魂炼成,又精于玄功变化,到了危急无计,必定豁出再苦练多年,舍出原来炼成的形体,保住真魂精气,穿通地肺遁走。本想收复,不欲坏他道行,暗用法华金轮埋伏在底,使其拼死遁走,也所不能。猿精识得此宝厉害,一旦被光轮卷住一绞,立时形神俱灭,化为灰烟而亡,哪里还敢往下穿行,慌不迭往上便起。水被烈火一烧,立时热沸,猿精身在其中，恰似浸入滚水一般，如何受得。若一冲出水外，上面又有千万烈火包围，其势更险。迫不得已，只得将所有桃木剑连同洞庭毛公坛新得之宝，一齐放将出来，成了一个光笼，将全身暂时护住。

总算道力尚深，法宝玄妙，暂时强耐奇热，保得命在。无如身外之水越来越沸，热不可当。加以滚泡飞腾，如雷电一般，甚是猛烈，护身光华常受震荡。时候一久，能否支持，实无把握。又想借诸宝护身，冲火上升。抬头一看，上面除了适才困身奇光而外，还有几道极厉害的剑光虹飞电舞，出没烈火之中相待。再从水中透视三个敌人当中，又添了个身穿黑衣、形容枯瘦的道姑在内。适才光幢业已收去，四人并立在前面坡上，正在指点自己，从容谈笑。上下左右，俱无逃路。方在万般惶急，无计可施，微一疏神，猛觉脚底震荡了一下，光笼开了一条缝隙，火一般的沸泉立时随之涌来，滚泡如雷，打在身上，热痛非常。忙即运用玄功，将宝光合拢。定睛往下一看，才知下面法华金轮逐渐上升，业已挨近。自己一心寻觅出路，水又越发沸涨，无量数大水泡上下四方，如雨雹一般打来，火光一映，幻为异彩，随灭随生，滚滚不息。金轮上升既缓，中间又复停歇。

猿精困了一会儿，没见金轮来袭，以为也和头上寒光一样，只阻逃路，不来追迫。杨瑾见他久困不降，尚未省悟，特地催轮相逼。猿猴哪里知道，目迷五色，未防下面埋伏骤起。这时恰有一串绝大沸泡打来，将猿精护身光笼往下一压。受困以来，司空见惯，知道其力绝大，不可硬抗，顺着压力往下一降。不料足底金轮正在上升，一下扫到飞剑、法宝连成的光笼上面，桃木剑立时卷毁了三口。幸而别的法宝因在上面，未曾毁却，剑断之后，杨瑾知他受创，止住金轮，未再上升，否则猿精纵得免死，那些法宝、飞剑至少也要损失多半。这一来，把猿精吓了个亡魂皆冒。百忙中把宝光重又连接紧密，往上升高了些。再低头一看，金轮仍停在当地，敌人四外埋伏重重，迟早必死无疑，又是害怕，又是伤心。回忆前时，也是忤强偶管闲事，为素因大师飞剑所斩，游魂飘荡。好容易复得成形，又学会了好些道法。那古玉符，禅师原只答应借用，林寒是他记名弟子，就算是没有禅师遗命，用计篡取，也不为错，不该自起贪嗔，屡遭挫折。前在上方山失却许多桃木剑，被无名禅师擒住，连围七日夜，已经伏低求饶，不再追寻林寒索符。这次洞庭毛公坛巧得前生仙书、法宝，更应知足才是。偏又贪欲无厌，勾起旧事，仍想夺回玉符，以为驱邪降魔之助。不料费尽心力，终于自投罗网。又不该自恃玄功变化，一时疏忽，未留退路。全身而退，固是无望，照此层层紧迫，困焰周密，连想复化精魂以遁，都所不能。事到临头，悔已无及。越想越伤心，不禁痛哭悲号起来。

杨瑾、八姑隔着水火，望见猿精困在里面伤心悲号之状，怜他大有悔意，同声喝道："无知妖猿，此时可知厉害么？"猿精因自己再四寻仇，做得太过，四个敌人合力行法，将他包围，下手狠辣，不留一线余地，以为志在除他，不比无名禅师乃佛门神僧，心肠慈悲，可以悔过乞恕。如向求饶，徒自取辱，必然无用，没敢轻易启齿，及听二人这等一说，猛想："敌人法宝和坎、离妙用威力，只消上面银光与穴底金轮一升一降，两下一合，便即了账，致死自己易如反掌。为何先后挨有多半个时辰，除金轮还往上略升了升，毁去两把桃木剑，便即止住外，头上银光竟是始终高悬空际，不曾下压？莫非这几个敌人只要逼我屈服，并无伤害之心不成？"想到这里，生机一露，立时恍然省悟，忙在水火之中翻身拜倒，高喊："小畜知悔，上仙饶命！但求网开一面，停了水火夹攻，容小畜一述衷曲，如若虚妄，百死不辞。"杨瑾知他水火烤炙难受，出语不易，便大喝道："你这孽畜，当初如此凶横执拗，本应即时处死，为世除害才是。既然极口知悔，姑念修为不易，上有雪魂珠，下有法华金轮，四外网罗密布，也不怕你飞上天去，且放出片时，听你说些什么。如非真诚洗心革面，我一举手，便教你形消神灭，做鬼不得。"说罢，行法一挥，立时水平火散，晃眼工夫，复了原状。仅剩一团大约数亩的精光，悬于空中，照得环峰积雪俱呈银色，分外清明。

猿精见景物依然，犹如做了一场噩梦。只水火煎迫时久，虽有宝光护体，仍有两次为沸泡打中，身上尚作热痛；加以热气鼓荡，其力绝大，不能透气，全仗屏息内转，一面还得运用玄功抵御奇热，因此精力也微觉疲惫。细审种种情形，又不是什么幻境。这一出困。如释重负。喘息甫定，未及开口，忽听杨瑾清叱道："孽畜还不上前答话，意欲何为？"猿精闻言，才想起自己虽然跪倒，护身法宝连成的光笼，因敌人收法太快，尚忘了收去。深知敌人厉害，倔强不得，忙答："小畜已经知悔，岂敢有他意。"一面慌不迭收了法宝、飞剑，恭恭敬敬膝行近前，跪禀道："小畜在汉时，便随毛公真人清修，转劫多世，今生得道以来，并未为恶。只为一念贪嗔，不知林大仙不与小畜计较，始终苦寻不已，实则志在得符，并无相害之念。不想冒犯仙威，自取灭亡之祸。如今悔之无及，望乞诸位大仙大发慈悲，念小畜前次无辜遭劫，苦练成形，修为不易，放回故山。从此决意独自清修，不特不敢再寻林大仙冒犯，誓当努力向善，以报深恩。"说罢，泪流满面，哀叩不止。

八姑因时不早，看出猿精状颇虔诚，知已悔悟，恐再耽误久了，蓝髯客姬繁赶来，又生事变，忙向杨瑾使了个眼色，接口道："当初独指禅师好意借符，成全你修道炼形，并未说是不要，你过期不还，已属背信。林道友乃他心爱弟子，只缘不是佛门中人，权且记名，未予披度，师徒承受，理所当然。况且无名禅师乃独指禅师师弟，受命接掌镜波寺，一切自可主持。林道友奉他的命，向你接取，不为诓骗。你七犯上方，险遭显戮，因悔过求饶，禅师才发慈悲，予以自新之路，将你释放。你巧得毛公坛仙书、法宝，既知前生因果，便当访寻旧侣苍猿，寻求正道。你反因此生心，复萌故智，才致今日之祸。我奉峨眉掌教真人之命来此，杨仙姑事前和我商量，似你这等背信忘恩，反复行为，目前虽然恶行未著，他年学成道法，难免仍要为祸世间，不如现在诛却，免致贻患。是我力劝，方始网开一面，听你所言，似已知悔，容你力图挽回，未始不可。但是你在洞庭毛公坛所遇之蓝面蓝髯道人，乃祁连山天狗崖的地仙姬繁。此人因得道多年，博通各家道术，炼就许多异宝，休说你区区精灵，便是我等相遇，也未必能胜他。当时偶出云游，路过相值，未曾携带所炼异宝，又不愿骤伤乡愚，微一迟延，致被你乘机逃走。可是此人性最执拗，一有所图，不得不止。不能修得天仙，也为此故。自那一晚起，便到处搜寻你的踪迹。此时业已备知底细，不在你洞前相候，便是跟踪寻来，归途恰好相遇。以他法力，这一存心，志在必得，任你如何掩藏逃避，终归寻到。我们放你不难，须知此人不比我们，只恐你所有仙书、法宝，全被夺去，连性命也化为乌有，须要早为自谋呢。"

猿精听说那道人便是姬繁，平日早有耳闻，知他心辣手狠，厉害非常，意孤行，不可理喻，真比目前四人还要可怕，吓了个魂不附体。再一寻思八姑之言，分明颇有怜悯之意，不禁又生希冀，哀哀痛哭道："小畜命宫磨折,厄难重重,才得蒙恩免死,不想又惹祸端,不是天仙说出,小畜还在梦里。自知道行浅薄,难以全活。既蒙大仙垂怜,指示危机,还蒙格外开恩,给小畜自全之道,小畜九生感激。"说罢,痛哭不止。八姑道:"你自有明路,不去寻求,问我何用?"猿精惶恐道:"小畜有几个忘形之交,均未必胜得过姬繁。此外,自思并无什么别的解法。"言还未了,杨瑾喝道:"蠢畜,你前几生的同伴,目前不是在峨眉仙府中随师修道么?"一句话把猿精提醒,登时触动灵机,心中大喜,忙向四人跪叩,力求收录,带往峨眉,与前生旧侣一同随师学道。八姑道:"我等四人,均尚不能擅自收徒,如何可收异类?仙府法严,本难妄入,姑念诚求,又当危急之际,我拼着担点不是,将你携带回山,敬候掌教师尊吩咐处置便了。"猿精平日苦心修道,难得真传,极为不易。异派旁门,素所不屑,只恐因此干犯天诛。嗣与韦少少、向善二人交好,本欲求他们引进昆仑派门下,又为昆仑名宿钟先生等所拒。峨眉派道法高深,日益昌明,私心向往,已非一日,时复在念,以为妄想而罢。万不料当此百死余生,居然因祸得福。仙人既允携带,到了必蒙收录无疑。这一喜真是非同小可,跪在地上,叩谢不止。八姑见他归正,吩咐起立。

　　猿精正想叩问四人姓名,忽听遥天破空之声,由远而近。八姑抬头一看,忙对杨瑾道:"这厮来了。我和林道友带了老猿先走一步,开府盛会,再行相见,大家各自散吧。"随说随将雪魂珠一指,那团银光便飞临头上。八姑命林寒、猿精紧随身后,低喝一声"快走",珠光又往下一沉,二人一猿,飞身而起,两下里迎个正着。杨、凌二女刚见八姑手朝自己一挥,意似促令退走,未及答言,二人一猿已全被银光包没,晃眼之间,银光敛去,形迹俱杳。方在夸赞雪魂珠的妙用,欲待起身回山,那破空之声已经飞临头上,一道青光,似坠星般直射下来。面前不远,现出一个蓝面蓝髯、羽衣星冠,手执拂尘、背插双剑的长大道人。才一落地,便将拂尘朝空一舞,尘尾上便似正月里的花炮,放出千万朵火花,满天飞舞而灭。杨瑾见他人没搭话,先自施为,老大不快。因白阳山取鼎回来,正值师父打坐,还有好些话不曾禀告,妖鸟神鸠也未驯服。估计出来这么大一会儿,师父功课必已做完,本来不欲多事。料定身有佛门四宝,姬繁所设火网光罗拦阻不住,乐得故作不知,径驾遁光回山。姬繁不拦便罢,拦时索性给他一个厉害，冲破繁光密火而出。表面上若无其事，仍做不知之状，气他一下。想好，便对云凤道："这里雪景没个看头，我们回去吧。"一言甫毕，忽听来人高声喊道："道友休走，贫道尚有一言奉告。"杨瑾见他出声相唤，不便再不答理，只得立定，正色答道："我与道友素昧平生，有何见教，快请明言，我二人还有事，即须他往呢。"

杨瑾原怪姬繁人方露面，便满天空设下罗网，话说得毫不客气。实则姬繁得道多年，法术高强，以前辈仙人自命，行事未免任性，但此施为，却非对付二女。一听答语意存藐视，不由勃然大怒，暗骂："无知婢子，我因见你不似旁门左道，又非妖猿同党，好心好意向你问话，竟敢口出不逊。就不值为此伤你，也叫你知我厉害。"于是冷笑道："我因在摩霄峰寻一妖猿踪迹未见，前两三个时辰曾用天眼透视之法，看出他在此峰顶之上，与一白衣少年斗剑，跟踪到此。适在空中遥望，见一道银光下落，到此不见妖猿和那少年踪迹。你二人既在这里徘徊，又离妖猿与人相斗之地不远，如未相助少年合除妖猿，也必目睹此事。我并知妖猿在峰顶天池下，辟有一处极隐秘安静的大好洞穴，在此潜修，胜似他摩霄峰妖穴十倍，如不为人所诛，必不舍此而去。断定少年剑术非其敌手，必为所败，也许你们到达以前得胜隐去。防他见我寻来，暂时遁走，已用火网光罗，将四外封锁，无论仙神精怪，皆难逃出。你二人理当看见，好意相问，怎对前辈仙长毫无礼貌？你二人想因学道年浅，不知我的来历，故而如此无礼。我乃祁连山天狗崖蓝髯真人便是。你师何人？归问自知。如有所见，速速说出，免使妖猿漏网；如若违忤，许多不便。"杨瑾听他出语甚狂，自尊自大，先向云凤微哂道："这道人好没来由，妄自称尊。如今长眉真人等诸位老前辈早已飞升紫府，身列仙班。目前有时尚在人间游戏，或是仙业已成，功行尚未完满的，如极乐真人、东海三仙、嵩山二老等前辈仙人，不必说了。便是稍次一等，介于仙凡之间的，我也认识不少。怎没听说过有个蓝髯真人？真可算是见闻孤陋了。"

姬繁这时细看二女，云凤尚差，杨瑾竟是仙风道骨，迥异寻常，宝光剑气，隐隐透出匣囊之外，知非恒流，但是自己却一个也不认得。听语气，明明意存讥笑，说他不在天仙一流。不禁又惊又怒，正要忍气发话，杨瑾已转面相对道："你问那老猿精么？我二人来时，果然见过。他对我说，前生原是汉仙人绿毛真人刘根门下,转劫至今,方始成道。前月曾往洞庭毛公坛旧址,掘到乃师遗赐他的法宝、仙籍。彼时忽有一道人名叫姬繁,无故相扰,欲待劫夺。当时虽见机避去,终因这道人既贪且狠,早晚必寻他的晦气。适遇我一道友经过,他便再三恳求他援引,托庇到一位前辈真人门下去了。这峰底洞穴,也非他所辟来修道之所,他今日不过在彼暂候一人,后来即相随他去。难道这些事,你都未看出来么?我因学道年浅,既不想夺人宝物,又不想收徒弟,他说的话,与我无干,未有在意听他,也不知去往何方,托庇的人允否收容,详情一概不知。闻得天眼透视须要觅地静坐,静生明朗,无远弗届。你既会此法,何妨再试坐一回,自能明白,问我二人何益?恕不奉陪。"还要往下说时,姬繁已被她气得面色数变,怒发冲冠,大喝道:"无知贱婢,竟敢屡次口出不逊!听你所言,分明与妖猿一党。适才银光并未飞走,定是你弄的玄虚,见我到此,将他隐匿。速将妖猿献出,或是说了实情便罢,如若不然,叫你二人死无葬身之地!"

云凤早知难免一战,听他出口伤人,也发了火,正要恶声相报,飞剑出去。杨瑾知此人专惯纠缠,不占上风不止。自己既没先期退去,除非初见时对他恭礼服顺,绝不甘休。强敌已树,索性斗他一斗,看看到底有何惊人的道法。主意早就打好,闻言并不发急,忙使了个眼色,止住云凤,望着姬繁大笑道:"可笑你自称仙人,妄自尊大,连一粒雪魂珠俱未见过,还说什么银光不曾飞走,妖猿必然隐匿此地。果如你言,有法力,不会使他隐而复现么?我适者因你贪而无厌,省得你知道此珠,又加冥思梦想,日夕营谋。谁料你乃无识至此,虚声恫吓。人家法宝、仙籍,终到不了你的手内,有何用处?有本领快施展出来,让我二人见识见识,迟则不能奉陪了。"姬繁先在远处望见那团银光,便知是件异宝,尚还不知有这么大来历。到时见二女站在银光敛处,因宝重人,料非常人门下。在他已是降格相求,客气说话,不想目中无人,成了习惯。杨瑾两世修为,什么能手不曾见过;前生辈分,已与三仙比肩。姬繁就算得道在先,并非同派,这等狂妄自尊,如何看在眼里。及至两下里把话说僵,姬繁一听先见银光竟是闻名多年而未得见的亘古至宝雪魂珠,心方大惊。后听杨瑾话更挖苦尖刻异常,不禁怒火如雷,不等杨瑾把话说完,手扬处,一道光华迎面飞来。杨瑾当然不放在心上,也将飞剑放起抵敌。

第一八七回　巨掌雀环　神光寒敌胆
　　　　　　　皓戈禹令　慧眼识仙藏

且说杨瑾与姬繁斗了一阵，未分胜负。杨瑾见姬繁这道剑光也是深蓝之色，晶芒耀彩，变化万端，和一条蓝龙相似，满空夭矫腾挪，倏忽惊雷。自己飞剑竟只敌个平手，占不得丝毫便宜，暗忖："平生屡经大敌，似这样的蓝色剑光，尚是少见，难怪这厮狂妄，果然话不虚传。反正衅端已启，且不须忙着伤他，看他还有何伎俩。"便全神贯注空中飞剑，不再另有施为。姬繁虽知二女不凡，没想到杨瑾的飞剑是佛门达摩嫡派，料定不是芬陀、优昙神尼的门下，也必有牵连。自己平日与人对敌，非占上风不可。此女飞剑已有如此玄妙，道行法力不问可知。虽然可以制胜，事后她必不肯甘休。别人尚可，这两个老尼都不大好惹。适才真不该小觑了她，树此劲敌。事已至此，说不上不算来。又想起敌人神情傲慢，语语讥刺，久不能胜，又将怒火勾起。心想："你这丫头不过剑术得了点真传，就敢如此无礼。任你身后有多大倚靠，今日先给你吃点苦头，要是不跪下求饶，休想活命。"一边打着如意算盘，暗中运用玄功，朝空一指，喝声："疾！"那道蓝光倏地划然长啸，化分为二：一道紧裹着杨瑾的剑光；一道如长虹飞坠，直朝二人当头飞去。

凌云凤站在旁边，凝望空中，跃跃欲试。见蓝光飞到，忙回手一拍剑匣，玄都剑化成一道寒光，冷气森森，刺天而上。还未接着那第二道蓝光，杨瑾存心卖弄，早把手一指，空中剑光似天绅骤展，匹练横空，暴长开来，将敌人两道蓝光一齐卷住，两下里又复纠缠在一起。同时云凤的剑光也已飞到，正要一齐夹攻。杨瑾知云凤飞剑虽系至宝，但因入门未久，功候稍差。姬繁蓝光聚炼四海寒铁之精而成，非同小可，虽然不致有损伤，决讨不了好，还落个两打一，便喊云凤道："区区妄人，有我收拾他已足。我不过因他口出狂言，想看他到底有何真才实学，没下手罢了，难道还值我们都动手么？快将你的飞剑收了回去。"云凤听话，将剑收回。

姬繁见分出剑光仍未取胜，反受敌人藐视，气得咬牙切齿，大骂："我因你这贱婢虽然狂傲无知，却不似左道一流，原欲稍微儆戒，未下毒手。竟敢如此执迷不悟，本真人也难容你。"杨瑾知他必要发动空中埋伏，来了个先下手为强。不等他把话说完，出其不意，扬手一道银光，般若刀电掣飞出，裹住一道蓝光，只一碰，蓝光便似锤击红铁一般，亮晶晶的火星四外飞溅。姬繁一见不妙，又惊又怒，不顾行法，忙从法宝囊内取出一个铁球，一团烈焰向空飞起。杨瑾识得此宝，一指般若刀将它敌住，姬繁剑光才得保住，没有受损。杨瑾正要取出法华金轮去破空中飞剑、法宝，姬繁也跟着将埋伏发动。杨瑾身前刚飞起万道金霞，忽听空中一片爆音，似有成千上万的鞭炮齐鸣。眼前一亮，四方八面的蓝火星如狂风催着暴雨飞雪，漫天疾下，其大如掌，奇光幻彩，翠火流辉。顿时山岭匿迹，积雪潜形，大地茫茫，到处都在洪涛笼罩之中，声势委实惊人。

杨瑾先见姬繁初布埋伏时，蓝火星飞，如云即没，只当是道家常用火网火罗，因姬繁蓝面蓝髯，特地将它幻成蓝色，以炫奇异，所以连飞剑光也是蓝的。即便算得道多年，比起别人强些，凭自己身有佛门四宝，也不患冲不出去。万没料到姬繁所下埋伏，名为天蓝神沙，并非法术。那口飞剑，是采海底万千年寒铁精英铸就，已非凡宝。天蓝神沙则就深海广洋之中，先从海水中采集五金之精，然后再行提炼。往往千寻碧海，寻求终日，所得不过片许，难寻如此。初炼此宝，原为地仙虽一样可以长生不死，但经三百六十年，必有一次大劫，炼来抵御天魔地青之用。单是这先后采集熔冶祭炼的时期，就达一百零三年之久。至于炼时所受辛勤苦厄，更不必说了。恰好炼成七十年，便遇天魔之劫，竟仗此宝，从容度过。本来轻易不大使用，这次因知毛公遗宝，宝物还在其次，惟独那部《内景元宗》，不特是异类学道的南针，尤其是地仙学到天仙的捷径。以前常听同道中谈起，这一类前古仙人遗著，共有四种，任何一种得了，也可得成正果，霞举飞升，注籍长生，与天同寿。私心向往，已非朝夕。苦于这类道书仙箓，多半深藏仙府，不是其人，难得一见。只有具有深厚仙福仙缘的人，到时自然遇合，绝难力求幸致。这一得知此书底蕴，如何能舍弃罢手。贪心一起，以为猿精是一个异类，何堪得此，取之无妨，立即飞回祁连山天狗崖。因猿精精通玄功变化，也非弱者，上次相遇，未曾多带法宝，以致被他隐形遁去。此番关系仙业，誓欲必得，竟将两件极不轻用的至宝一齐携带身旁，到处寻访猿精下落。日前始探寻到了武夷山摩霄峰上，破法入洞一看，只有两个小猿守洞，猿精业已他出，候了些日未归。两小猿因见祖师的洞府被恶道破法强占，仗着新从猿精学会一点小术，不知利害轻重，乘其入定之际，一个盗他法宝囊，一个行刺，吃姬繁用飞剑一齐杀死。最后用天眼透视之法，静坐了两天一夜，才看出猿精正在雪山与人相斗。偏又一时心急，不看下文，立即起身，赶了前来。老远望见银光照处，似有两人，一个极似猿精，以为他闻声先觉，觅地隐遁。又见两个女子闲立当地，先还疑是同党，为防猿精远遁，人一到，先就急匆匆将天蓝神沙埋伏天空。此宝共只三百六十粒，却能化生万亿，神妙无穷，想要破它，自是万难。

　　杨瑾终是行家，一见蓝光火星如此厉害，知道散仙所炼法宝，大都经过多年苦心精炼，不比妖光邪火，可用金刚、天龙坐禅之法防身。一被打中，必受重伤无疑。云凤道法尚浅，尤为可虑。所幸金轮宝光虽然飞出，此宝尚未离手，不求有功，先求无过。一面招呼云凤仔细；一面忙运玄功，一指金轮，万道金霞立即暴涨，电旋飙飞，将满天空的无量数蓝火星光一齐阻住。金光疾转中，耳听"铮铮锵锵"之声密如万粒明珠，迸落玉盘之上，其音清脆，连响不已。那被金轮绞断的蓝火星光，恰似万花爆射，蓝雨飞空。乍看似乎金轮得胜，可是蓝火星光密如恒河沙数，而且随消随长，无量无尽；加上其力绝大，重压如山。初发时，杨瑾御着金轮，意欲冲出重围，还可勉力上升。及至腾高了百丈，四外的蓝火星虽仍被金轮宝光挡住，不得近身，但是力量越来越大。二女在法宝护身之中，·任运用玄功，左冲右突，只能在十丈以内勉力升动，不能再过。身一凌空，下面也似万花齐放，往上射来。于是上下四方，尽是蓝火星光，交织空中，齐向法华金轮涌射。时候一久，几乎停滞空中，不能转动。休说上冲为难，便想穿通地底而逃，也不能够。此时双方早将飞剑、法宝收回。杨瑾为防万一，将随身所有法宝，连同云凤的一口玄都剑，一齐放出。诸般异宝，齐放光华，成了一座光幢，拥着二女，矗立蓝光如海之中。芒彩千寻，禅光万道，霞飞电舞,上烛云巷,下临遍地,顿成亘古以来未有之奇观。比起先时运用坎、离妙用和猿精斗法的那一种奇光异彩,强胜何止数千百倍。二女总算保得全身,不致受伤,要想遁走,却是绝望。且不说二女愁烦。

这边姬繁因受二女讥嘲,怒火烧心,不分青红皂白,骤施辣手。先时不过想逼二女服低认罪,原无必死之心。及至埋伏发动之际,忽见二女身旁放出百丈金霞,其疾如电,旋舞而来,认得此宝是法华金轮,乃芬陀大师佛门中降魔至宝。闻凌雪鸿在开元寺兵解以后,芬陀大师曾说只等爱徒再生,此外绝不再收徒弟,怎会落到此女手中?难道她就是凌雪鸿转生不成?否则一个青年女子,哪会有如此法力?若真是她,师徒两人俱都号称难惹。老尼更是法力高强,不可思议,虽是佛门弟子,却是金刚之性,从不服低示弱。今日之事,成了僵局。猿精不曾寻到,无端树下强敌。自己纵横多年,人称无敌,惟恐弱了声威,对于方今各派中几个介于仙佛之间的能手,从不轻易结仇。今日偏没先问明此女来历,便即鲁莽动手,此衅一开,诸多后患,好生可虑。方在生悔,埋伏业早发动,忙将法宝收回。细查敌人,竟毫不示怯。晃眼工夫,冲升起百十丈,身旁现出许多法宝奇光,天蓝神沙竟奈何她不得。惊骇之余,又想起杨瑾讥刺刻毒,不由勾起前恨,暗忖:"此女既不服低,我这天蓝神沙曾经百年苦炼之功,天魔尚且能御,怕这老尼何来?"事已至此,成了骑虎之势,想不出个善处之法。只得把心一横,一不做,二不休,索性发挥天蓝神沙妙用,暂时占了上风,再作计较。

他这里只管运用玄功,增加神沙威力。杨瑾这一面,却渐觉有些禁受不住。起初光幢还可在近处稍微移动。一会儿工夫,上下四方的蓝光火星越来越密,越压越紧,力量大到不可思议。虽然挨近光幢,便被宝光绞碎,无奈旋灭旋生,一层跟一层,似洪涛骇浪一般,六面卷来。一任杨瑾发挥诸宝妙用,奋力抵御,兀是不曾减退,有增无已。到了后来,情势愈发危急。二女由光中外觑,上下四方的火星,已密集得分辨不出是散是整,恰似六面光山火海,压到身前。眼看蓝光凝聚在一起,渐挤渐近,光幢外的空隙只剩三尺光景。只要再被逼近身来,六面一压,法宝虽有几件不致毁损,这许多法宝、飞剑结合而成的光幢,难免不被压散。一有漏洞,蓝光火星立时乘虚而入,性命难保。危机顷刻,脱身无计,好生焦急。幸而佛门四宝毕竟不凡,天蓝神沙虽然那等威力,但是压迫得越近,诸宝的光华也愈强烈。法华金轮尤为奇异,起初霞光只能护住五面,还略空出一面,要别的宝物补助。蓝火星在光轮电转中渐渐逼近,尚不甚显。及至压到相隔三尺以内,二尺以外,轮上光梢忽然折转下来,将空的一面也一齐包住。势愈迅急,也看不见在转动,只是一团极强烈的五色金光异彩,现在光幢之外。蓝火星似光潮一般,拥近前去,便即消散。恰似雪坠洪炉,挨上就完;又似急流中的砥柱,任是水花四溅,激浪排空,终不能动它分毫。二女在情急中见状,才稍微放了点心,只是无法脱身罢了。

起初姬繁心中还在妄想:"敌人所用俱是至宝奇珍,反正与芬陀老尼结下仇怨,少时如将二女杀死,就便夺了她所有宝物。再仗神沙之力,等她寻来一斗,能胜更好,否则自己还有一件护身脱险之宝,我便弃却祁连山旧居,逃往海外潜藏。挨到老尼灭度,恩怨自了,那时再行出世,也还无妨。"想到这里,连把神沙催动,上前夹攻,眼看神沙奏功。敌人护身宝光本如一座五色光塔一般,远射出数十丈以外,嗣受神沙压迫,逐渐收缩。可是射出来的金霞奇光,并未丝毫减退,反因缩小,更加强烈,飞芒电转,耀如虹凝。好似天蓝神沙之力业已止此,不能再进。一任蓝光火星似海水一般推波生澜,六面交加,层层逼近,毫无用处。稍一接触,便被绞碎,星灰四散。远望似满天蓝雪,裹住一幢五色烈火,谁也奈何不得谁。敌人法宝,竟有如此神妙,大出意料之外。又因敌人神态始终镇静自如,直未把自己放在眼中,想必还有制胜之道。这宝光缩短,反倒强烈,也许是成心做作,别有诡谋。本想将神沙变化,以虚实相生之法,声东击西,加强力量,专攻一面,将光幢冲破,既恐敌人看破虚实,乘隙逃走,又恐上当。

相持了个把时辰左右,见那光幢仍在蓝光中心矗立无恙,虽看不见光中敌人形象,并无别的举动,二次断定敌人仅仅法宝之力护身,并无别的伎俩。仔细盘算了一回,决计试她一下。预拟敌人看破虚实,必打从上面冲空遁走;所用法宝,也是法华金轮最为厉害。意欲把神沙之力,九分都聚集在下面,当空和四外只用少许,虚张声势,骤出不意,似地雷爆发,往上攻去,只要将光幢冲破,不患不大获全胜。这法子狠毒非常,二女事前不曾看出,本来危险万分。合该姬繁晦气临头,二女不该遭难,就在这危机一发之间,来了救星。姬繁刚在运用神沙,忽然蓝光海中突地一亮,疾如电闪，从空中飞落下亩许大一片金光，光中隐现一只同样大的怪手，飞入蓝海之中一抓，便似水里捞鱼一般，先将光幢抓住，带着轰轰之声，往远处飞去。

姬繁见状大惊，百忙中竟未熟计利害，一指神沙，蓝火星光如骇浪疾飞，奔涛怒卷，漫天追去。姬繁也随在后面，腾空而起。追出十来里，金光大手与敌人光幢忽然同隐。遥望二女，已落在前面雪山顶上，指点来路，似在说笑。姬繁大怒，愈发催动神沙，加速追去。眼见前面蓝光火星相隔二女立处不过里许，转瞬就要卷到。二女神态自如，仍若没做理会，既没有逃，也未取出法宝准备抵御。正睁着一双慧目向前注视，猛觉出神沙虽急速涌进，连自己相隔二女立处都只剩下二三里路，可是前面的蓝光火星仍未卷到敌人身前，好生骇异。细一查看，长约二里的蓝光火星，不知怎的声息无闻，会少去了过半。仿佛敌人身前那一片天空是个无底深穴，后面星光只管如潮水一般涌去，到了那里，便似石沉大海，无形消灭。方知上了大当，情势不妙，欲将神沙止住，不使再进。以为这经过百年苦炼之宝，变化随意，分合由心，只要有少许未尽，不曾全破，终可收回。谁知他这里刚往回一收，适见金光大手突又出现，只朝这面招了一下，那神沙再也不听自己运用。同时金光大手之下，现出赤红一圈光环，大约千顷。蓝光火星仍似飞瀑沉渊，迅流归壑，争向朱红光环之中涌入不绝，竟禁它不住。心中大惊，懊丧欲死。明知遇见强敌，情势危殆，再不见机速退，必无幸理。心终不舍至宝丧失，痴心还想挽回，拼命运用真气，想将法宝收了，再行遁走。无奈事已无及，那天蓝神沙直似敌人所炼之宝，任是如何运用施为，依旧一味前涌，停都不停。光环后金光中，一只怪手也在那里招个不住，只不见行法人的影子。二女仍在山头闲立，笑语如闻。便将飞剑放出，欲从高空飞过去，斩断那只大手。蓝光才一飞出手去，那光环似有绝大吸力，竟不容它飞越，略一腾挪，便如长蛇归洞，落入蓝光火星之内，随着神沙，便要往敌人光环之中投进。姬繁见神沙将被敌人收完，这口飞剑又要失落，幸是发觉尚快，那剑又经修炼多年，与身相合，先运用真气一收，行进便缓，只是仍不肯回头。因是学道以来，数百年间，炼魔防身之宝，存亡相共，万不可再令失去。见收它不回，一时情急无计，不暇再顾别的，径驾遁光冲入星涛之中，追上那剑，方与身合一。顿觉光环吸力,大到不可数计,几难自拔,勉强运用玄功,奋力冲出险地。再看那天蓝神沙时,因自己忙着收剑,心神一分,未得兼顾,敌人收它甚快,就这瞬息之间,业已全数收去。眼望前面天空中,一团朱红光环带着数十丈长一条未吞尽的神沙尾子,恰似彩虹飞驭,长彗惊芒,蓝光闪闪,星雨流天,直往东南方飞去,其疾如电,一泻千里。晃眼工夫,仅剩些微星残影,灭于遥天密云之中,一瞥即逝,更无形迹。二女已同时隐去,不知何往。

姬繁惊魂乍定,料知敌人得手而去。忿怒交加,痛惜不已,心终不舍。方欲随后追往,相机夺回,猛又觉身子一紧,似被什么东西网住,往前硬扯。抬头一看,仍是那只怪手,在金光围拥之中,正朝自己作势抓来,相隔不过半里。知道厉害,立时吓了个亡魂皆冒,心胆皆裂,不敢停留,忙将身剑合一。为备万一,又从身旁取出一件法宝,向空掷去,化为一片朱霞,裹住那道蓝光,四外爆起千万点火花,夹着风雷之声往前逃去。那金光中的怪手略一指点,又分化出了一只,与前一般无二,随后远远追赶。姬繁不知此乃幻化,愈发亡命而逃,直被追到祁连山前,方始隐敛。由此姬繁与杨瑾结下深仇,朝夕营谋夺宝报仇之策。不提。

原来杨瑾和凌云凤被困神沙之内,眼看危殆,幸而佛门四宝,神妙无比,宝光缩短到了近身数尺以外,便不再缩,光华反更强烈。神沙尽管浩如烟海,丝毫也近不了身。当时虽可无害,长此被困,终非了局。一心运用诸宝,无法分神向芬陀大师求救,想冲又冲不出去。相持了一阵,觉出姬繁无法再施毒手侵害,便对云凤道:"都是我一念轻敌,才有此难。万不料这厮法宝,竟如此厉害。为今之计,除却用天龙禅法,冒着奇险,以心灵感召,向恩师求救,别无善法。但此护身幢光,为诸般至宝和你我二人的飞剑连接而成,不可稍有破绽,须有人主持运用,方保无害。你道力虽浅,幸此四宝皆有无限威力,运用却易。待我先传你用宝之法,代我主持,让我匀出身子,用坐禅之法求救便了。"说罢,便将诸宝用法挨次传授。云凤自是手指心通,一学便会。因法华金轮最为重要,先行传授。云凤刚将此宝用法学完,杨瑾正要叫她试习一回,再传其他,忽见光幢外金光一闪,立即往上飞走,向敌人相反方向飞去。二女方在惊疑,杨瑾忽听芬陀大师的口音在身边说道:"你二人不要发慌。我今日打坐,便为此事,免得姬繁日后仗着此神沙,受了妖人蛊惑,恃以为恶。本心将他消灭,恰好嵩山二老的朱雀环在此,今仗此宝,与佛法并用,天蓝神沙少时便可收去,免毁一件玄门异宝。你二人可至前面山崖上,收了法宝等候,俟朱环将沙收走,急速随往龙象庵里见我便了。"

杨瑾闻言大喜,连忙告诉云凤,一同收了法宝、飞剑,身已出了罗网,落向山崖之上。往回路一看,漫天蓝火星如骇浪惊涛一般,急涌而来。后面随着姬繁,正在遥遥指挥。眼看相隔邻近,前头的忽然隐灭,姬繁却还不知。正笑他一味逞强,愚昧无知,朱环、金手同时现出。神沙滚滚飞来,入环即隐。知道师父用的是佛家须弥金刚手法。现在各正派中,精此法的不过三人,尤以芬陀大师为最。即无朱环,也能粉碎神沙,复分化为水。见姬繁不知厉害,苦苦相持,欲将此沙夺回,那是如何能够。后来朱环带了神沙向空飞起,后面仍有十丈长一条光尾。才知神沙果然厉害,以朱环异宝,尚且未能收起,如非恩师辅以法力,真还收它不走,好生惊讶。不欲再看姬繁下落,忙和云凤破空飞起,朝那朱环追去。

二人剑光迅速,两下里首尾相追,不消多时,便追到了倚天崖上。同往龙象庵中飞落一看,芬陀大师仍和初归时一样,神态安详,坐在那里,只双目已开,好似刚刚做完功课。见朱环带了蓝虹飞到,只将手朝面前一指,地上突然涌起一大团彩焰金芒,立将朱环托住。那拖在外面的半段蓝虹,似长虹归洞一般,往下一蹿,由朱环中穿进,没入彩焰金芒之中,耳听"轰轰隆隆"之声响了一阵。大师把手一扬,焰芒敛处,朱环复了原形,被大师持在手内。蓝光火星,形声全消。再看大师座前,却添了一个黄金钵盂,盂内盛着两升许蓝色宝珠,大仅如豆,颜色彩蓝,光华隐隐,似在流动。杨瑾方悟师父适用化身神游,本身并未离开,天蓝神沙已被金钵盂收来,忙率云凤向前拜倒。大师吩咐起立,笑道:"徒儿,我今日为你虽结了一个冤家,却替齐道友异日消却许多隐患呢。"

杨瑾谢恩请问,大师道:"姬繁出身左道旁门,中途改习道家吐纳之功,幸至地仙。自以当初积恶太多,难逃天戮,又恐转劫不易,便不再上进,专心一意,苦炼这天蓝神沙,以御天魔之灾,竟被炼成。彼时他如多积外功,好自修为,本可永致长生,无如既贪且狠,因生平几次劫难,全仗此宝脱免,天魔尚且能御,何况其他。始而懒于为善,以盖前愆。继而自恃得道年深，别人多半后辈，骄横自恣。虽然不再立意为恶，但是邪正不分，只重情面，以善我者为善，全不想到报应循环，岂能永逃天戮？即以这次所为而论，以猿精这等去恶从善、向道潜修的畜类，本极难得，我们见了，纵不加恩接引，也万不再伤害。他却百计追逼，必欲置之死地。况且所得道书、法宝，出于前生师授，事有前定，不是无故窃夺而来。初遇时尚可推说猿精是个异类，恐其得了为害；后来明知底细，依然未止贪欲，此岂修道人的行径？尤其他近因得道以来，各正派中道友，以及自爱一点的散仙，多不甚礼重他，心中怀忿。而各异派中妖邪，窥知他的心意，遇上时曲意交欢，于是逐渐交往，情好日厚。虽其新恶未著，久必为患。你回庵之前，我已默运玄机，查知因果。今日收了他的天蓝神沙，如丧性命，心不甘服，此去定要勾结妖凶，与我师徒为仇。他的运数该终，天特假手我等，原无足虑。但你白阳山之行，又与妖鬼徐完相忤，强敌正多。虽恃有降魔四宝，可以抵御，但此二恶均非常敌，诡秘飘忽，防不胜防。此后出外行道，务要多加小心，才可无事。"

杨瑾拜领训示，重又叙说圣陵取鼎与白阳山合戮三尸各节，并代嵩山二老致意。大师道："此鸟神物，但是生具恶性，只知为主。在前古时杀人至多，虽在妖穴沉沦了数千年，仍难抵过。杀孽太重，即使仗我佛力化去恶骨，使其向善归道，终难免遭劫，任是如何爱惜它，也无用处。峨眉盛会，群仙毕集，能者甚多，以齐道友之法力，岂惧区区妖鬼？白、朱二位道友，不过拿作题目而已。此次将承他们助你成功，不得不勉为其难，这一来又要误我十日禅课了。"

杨瑾知道大师法力无边，闻言不禁心中一动，立即乘机力代沙、咪二小求恩改造。大师笑道："我早就算定你有此一求，加以他们的向道坚诚，本应为之打算，无奈他们本身太已脆弱，改造甚难。况我佛门最忌偏私，他四人资质如一，不分什么高下，你因沙、咪二小潜入妖穴，盗宝有功，将我灵丹相赐，已足酬功，怎还要我力挽造化，违天行事，对他二人独厚呢？"杨瑾跪禀道："弟子明知他们备历千劫，积衰非自今始。不过此辈已多迷途知返，尤以这四个为最杰出庸流。沙沙、咪咪更有妖穴盗宝之功，智勇诚毅，至堪嘉尚。还望大发慈悲，以回天法力，允将他二人改造还原，俾得虔心向道。异日如有成就，便使他们回转故山，度他们那些前古劫余遗黎，岂非功德无量？至于健儿、玄儿，并非弟子敢有偏私。只缘当初云凤收他四人时，适遇岷山白犀潭韩仙子神游路过，喜爱他们，曾令云凤代向白发龙女崔五姑索取一个。崔五姑默算前因，说健儿另有机缘；玄儿应俟云凤身剑合一后，亲身送往白犀潭去，韩仙子尚有恩赐。云凤本已欲往，为了除妖之事，耽延未去。弟子一则因他二人另有遇合，二则深知此事非同小可，不敢过劳恩师神思，所以没有同时妄请。"大师略一寻思，笑道："自来缘法前定，莫可强求。即以我们师徒而论，自你前生起，我便为你惹了多少麻烦；今生二次引你入门，传我衣钵，又费却不少心力，迟我成道之期，并且无求不允。这般厚遇，岂我初收你时始料所及？你既然心许了他们，我也不愿你失信违心，索性成全了吧。只是此事煞费手脚，也不容你偷懒。当我行法之时，须要在侧守侍多日，还要扶持他二人成长，直到骨髓坚硬，服我新炼灵丹以后，行动自如，方能带了同行呢。"

杨瑾闻言，好生感激涕零，又代二小谢了深恩，方始起身，躬立侍侧。

大师又对云凤道："圣陵二宝，尚待详参；我以法力改造二小，也须时日，方能成功，你在此无事，可将健儿暂留庵中，拿我柬帖，带了玄儿，径往岷山白犀潭，去见韩道友。她深居潭底，又有神物把守，本难进入。你一到后山，穿入暗壁洞内，如有警兆，或遇腥风，速速高呼韩仙子，将我柬帖往浓雾之中掷去，自然放你过去。还有到了后山，无论遇何怪异，切莫伤忙。须知此行于你虽有大益，韩道友尤极喜你践言前往，但是其中尚伏有杀机，一不小心，便留异日隐患呢。"云凤敬谨拜命，又领四小前去参谒谢恩，并牵玄儿拜辞。

杨瑾率沙沙、咪咪、健儿三人送至庵外，杨瑾力嘱云凤说："乙休、韩仙子二人，乃散仙中数一数二的人数，不特道行高深，法术精微，性情尤为古怪，虽不似姬繁那样不分邪正，一意孤行，但也有些偏重情感。和他夫妻来往的，哪一派中人都有，只不助恶长暴罢了。以前有时甚至下交异类。自从夫妻反目，各自被困遭难以后，二次出世，虽然好些，所交怪人还是不少。韩仙子更因当初脱险时得免大劫，是由两个异类精灵之助，愈发优容此辈。她平时潭底潜伏，水洞修真，生人一概不见。有那不知深浅的人，因她守着许多灵药，妄欲求取，冒昧前往，常为守洞神物所伤。你此番前去，纵是出于她意，也须小心为上。恩师赐我灵丹，庵中还有，另有恩师护法防身灵符一道,都给你带在身旁,以备万一吧。"云凤接过三粒灵丹和一道灵符谢了。四小因这一分离,相见无期,也在握别。健儿更因沙、咪、玄儿三人俱有仙缘,可冀正果,独自己一人,尚无着落,心中悲苦,泪流满面。云凤也甚替他难过,便劝慰他道:"你四人遇合虽然不同,将来成就,却差不了多少,绝无使你一人向隅之理,否则祖师也不许我带你同回了。此时不过机缘未至,只要向道坚诚,励志修为,皇天不负苦心人,焉知将来不在他三人之上呢,哭他作甚?"杨瑾此时也劝了几句。健儿终是怏怏。云凤见他可怜,便将杨瑾所赠灵丹转给了他一粒。杨瑾笑道:"此丹恩师生平只炼过一次,妙用无穷,更能起死回生,轻身延年。我前生修道多年,尚未得到一粒。今生奉命下山积修外功,恩师也只赐了我十几粒,除七粒自服外,下余救了六个有大善大德人的性命。在白阳山剩下两粒,为奖有功,给了沙、咪二小。还有四粒,乃我上次回山留备自用的。我见你师父面有晦纹,归途难免有用,故以此丹相赠。她今转赐一粒与你,仙福不小。"健儿闻言,惊道:"既是恩师有难,须仗此丹之力,弟子如何敢受?仍请恩师收回吧。"云凤已经给了他,又自恃此行乃师长之命,况还有大师柬帖,纵有险阻,也无妨害,执意不允。健儿却甚担心,再三坚辞,继之以泣。杨瑾见他对师虔诚,喜赞道:"你怀宝不贪,甘误仙缘,即此存心,已不患不邀仙眷。师长已赐之物,怎能收回?你自服了无妨。你师父虽有小灾,并无大害,有此灵符,本足补得此丹缺陷。为防万一,索性连我留这一粒也拿去吧。"云凤自不肯收。杨瑾道:"有备乃无患。我无此丹,用时尚可向恩师求取;你到危急之时,却是无法。我看恩师适才未提此事,必然还有解法。只管将去,不用时,我再取回这粒如何?现时我又用它不着。崔五姑所赐之丹虽有灵效,以此相比,却差远了。"云凤、健儿这才分别收了。

当下云凤带了玄儿,辞别杨瑾,径驾遁光,直往岷山白犀潭飞去。剑光迅速,不消多时,即行到达。云凤为表虔诚,到了岷山前山,便将剑光落下,照着杨瑾所说途径,带了玄儿往后山走去。起初还有途径,走了一截,只见危峰刺天,削壁千寻,上蔽青天,下临无地,到处都是蚕丛鸟道,连个樵径都没有。休说是人,几乎连猿鸟都难飞渡,真个形势奇秘,险峨已极。还算云凤本身内外功都臻上乘,剑术飞行俱有门径,随便行走,不比上次司徒平奉神驼乙休之命，白犀潭投简，须要一步一拜上去。遇有阻碍，尽可攀援纵跃而过，难不了她。当天下午，她由乱山丛里，走入一个山峡之中。那峡口外观尚阔，渐进渐狭，两边危崖高有千丈，时有云雾，循崖出没游动。崖壁上生着极厚的苔藓，一片浓绿直展上去，抬头望不到顶。奇花间生，多不知名。看去其滑如油，莫可攀附。崇崖高处，只正午能见一线日光，本就黑暗，何况又在将近黄昏之际，由峡石峰顶上蜿蜒转折而来。

初进时路宽约有两丈，还不甚觉得太险。走了一阵，再看前路，只是一条宽不过尺的天然石栈，歪歪斜斜，缠附在离地数百丈的崖腰之上。下面是一条无底深涧，水势绝洪，涧中复多怪石，奔泉激撞，溅起来的浪花水汽，化为一片白茫茫的烟雾笼罩涧面，似拥絮蒸云一般，往峡口外卷起。但闻洪波浩浩，涛鸣浪吼，密如急雨打窗，万珠击玉，潺潺哗哗，声低而繁，却看不到水的真形。这么僻险诡异的山峡，前望是暗沉沉的，仿佛有一团愁云惨雾隔住，看不到底。再加上惊湍怒啸，泉声呜咽，空谷回音，似闻鬼语，越显得景物幽秘，阴森怖人。云凤暗忖："韩仙子得道多年，天下名山胜域尽多，怎么隐居在这种幽郁诡秘，使人无欢的所在呢？幸亏我现在学会剑术，又系奉命而来，否则真不敢深入呢。"正行之间，那石峰忽然斜溜向外，窄的地方不容并足，须要提气运力而行，力量稍不平匀，便要滑坠涧底，又带着一个玄儿，走得甚是费力。天光却黑了下来，恐当晚难以赶到，又不敢径驾剑光。只得通白了几句，手夹玄儿，运用玄功，施展初学剑时陆地飞行之法，加速前进。

行约个把时辰，前面浓雾消处，忽有月光斜照，藤荫匝地，枝叶纵横，碧空云净，夜色幽绝。云凤知一转崖角，穿洞而出，便达潭边。仙宅密迹，沿途毫无阻难，心中甚喜。忙嘱玄儿小心谨慎，不可妄言妄动。整了整衣服，恭恭敬敬方欲前行，忽听远处一阵鸾凤和鸣的异声，接着便是一片轻云当头飞过，立时云雾大作，腥风四起。云凤那样目力，竟伸手不辨五指。玄儿刚喊了一声："好腥臭！"便见远远云气回旋中，现出一对海碗大的金光，中间各含着一粒酒杯大小，比火还亮的红心，赤芒远射，一闪一闪，正从对面缓缓移来。玄儿当是来了怪物，一伸手取出归元箭，便要发出。幸亏云凤持重，记准来时芬陀大师所说见怪无伤之言，忙喝："玄儿不许妄动!"躬身向前说道:"小女子凌云凤,奉芬陀大师与家师崔五姑之命,来白犀潭拜谒韩仙子,以践昔日之约,望乞仙灵假道为幸。"一言甫毕,前面金红光华倏地隐去,腥风顿息。阴云浓雾,由密而稀,跟着消逝,月光重又透射下来。但始终也没看见那怪物的形象。再往前走,便踏上一条丈许宽的冈脊,石地已与石崖相脱,两边都是深壑,泉瀑之声愈发奔腾汹涌,宛如雷喧。

那怪物现处,有一条极宽的湿痕,蜿蜒冈脊之上,料是龙蛇一类。云凤近来屡经大敌,连遭几次奇险,并没放在心上。又行约刻许,由崖左转,地势渐低。两面危崖的顶,忽然越过两旁涧壑,往中央凑合拢来,天光全被遮住,依稀略辨路径,暗影中似见壁上洞穴甚多,也未在意。行约半里,才觉出身已入洞。再走里许,便到尽头,危石如林,浑疑无路。又从石笋林中转折了几处,才寻到那出口的洞穴,磊砢凹凸,石形绝丑,其大仅可通人。云凤快要穿入,才想起洞外怪物作梗,略微通诚,便无异状,一心觅路,竟忘了高呼韩仙子。玄儿淘气,非但没有害怕,反倒偷觑云凤不注意,朝着鬼怪去扮鬼脸。那些鬼怪想是被他逗急了,愈加摇头吐舌,伸爪跳足,作势欲扑。一会儿工夫,全壁间大大小小的奇禽怪兽、鬼物夜叉、龙蛇狮象之属,全都飞动,一齐暴怒,作势向穴口扑来。立时异声大作,阴风四起,危壑摇摇,四壁似要坍塌之状,端的声势惊人。玄儿先也疑心闯祸,有些胆寒。再一定睛注视,鬼怪腾跃虽烈,仍是不能离壁飞来,又复宽心大放,还想再逗下去。云凤本在伏地默祝,静候潭开,进谒仙人,闻声有异,已经觉察。抬头一看四壁鬼怪,一齐都活,不禁大吃一惊,只得加意留神戒备,以防不测。暗想:"自己一心虔敬,并无开罪之处,又是奉命应约而来,何以仙人闭关不纳,反使鬼怪现形,大有驱逐之势?"越想越不甘服,正要借着请罪,质问仙人。忽听方啸同喧中,潭底悠然一声清磬,立时群嚣顿息,壁间一切鬼物也都恢复原状。只剩那清磬一击,空壑留声,余音泠泠,半晌不歇;危岩四处,地绝人境,澄泓不波,圆影沉璧,真个幽静已极。

云凤还不知玄儿惹事,料知仙人召见在即,忙回顾玄儿,以目示意,嘱令谨慎相俟。玄儿闻得磬声,见状知旨,也不敢再淘气了。果然磬声响罢,没有半盏茶时,先是潭底澄波,无风生浪,似开锅的水一般,滚滚翻花，由中心涌起，分向外圈卷去。中间的水却成了一个漩涡，急转了百十转，突然由小而大，一个亩许方圆的大水泡冒过，倏地一落百丈，现出一个同样大小的水洞。四外的水，也都静止如初。当中晶壁井立，直达潭底，光华隐隐。云凤料知仙潭已开，连忙夹了玄儿，朝晶井中飞落。由上到下，约有三百多丈深，四壁的水，全被禁住，分而不合，流光晶莹，如入琉璃世界。快要到底，晶井忽然转折，又是一条高大的水巷现出。用脚一试，竟如踏在玻璃水晶上面，平滑异常。当即停了飞行，放下玄儿，一同往巷中走进。前行不几步，适见光华越显强盛，流辉幻彩，映水如虹，射眼生缬，奇丽无俦。朝那发光之处一看，乃是一根大约数抱的水晶柱子，上面有"地仙宫阙"四个古篆，高可九丈，下半满是朱文符箓，彩光四射，便自此出。往后方是石壁，壁上有一高大洞门，相隔那柱约有三十多丈。这条水巷约有三四丈方圆，由柱前十来丈远处直达洞壁。这一大片的水壁，却加高加宽了好几倍，脚也踏到了真的石地。看那情势，那根晶柱乃是辟水之宝，便无人来，柱前后这一片也是常年无水。

师徒二人且行且看，不觉到了洞门之外。见无人出来，不敢贸然深入，只得朝着洞门跪下。方要通语祝告，忽听洞内有人唤道："云凤远来不易，无须多礼。适你来时，我正入定未完，如非小儿淘气，还须累你久候。徒儿们俱都谪遣在外。我现在第三层内洞中参修打坐，你二人可至二层洞中，再候两三个时辰。内中有我当年不少物事，你如心爱，不妨挑两件带回去。还有好些忘形之交送来不少果子，也可尽量随意吃些。等我事完，即出相见。"说完无声。云凤闻言大喜，当下叩谢起立，率了玄儿坦然走进。先到前洞，见洞甚高大，壁如晶玉，到处光明如昼。陈设却少，只当中有一座大铁鼎，旁设丹炉杵臼之类。鼎后有一玉墩，一石榻，还有几个就原生珊瑚制成的椅子。此外更无别物。行进数十丈，便到前洞尽头。一片大钟乳似玉络珠缨，水晶帘帐一般，由洞顶直垂到地，将洞隔断，更无空隙。两旁却各开一个门户。由左门入内一看，乃是一个钟乳结成的甬通，弯弯曲曲，长约里许。当顶满是冰凌晶柱，笔直下垂，离地约三丈。两壁宽仅两丈。仿佛成千成万的宝玉明晶砌成一般，看去光滑温润，个个透明，千光万色，形成一圈圈不同的彩虹，看不到底。人行其内，如入珠宫贝阙，瑰丽无俦。出口处是一半月形的穹门，过去便是第二层洞室，奇辉闪耀，越发光明。回顾来路石壁，也有一同样的穹门，与外相通。细查形势，这座地仙宫阙，当初未开辟以前，只到前洞尽头处晶壁为止。中间里许，尽是石钟乳将前后洞隔断，不能再进。嗣经洞中仙人用法力在钟乳林中开出两条甬道，才得里外连通。

再看二洞情景，比起外洞，又不相同。中间洞作圆形，广约五亩，没有外洞高大，可是洞壁上共有七个门户，内望有深有浅，洞室必不在少。除来路二门外，全是石质，再见不到一根石钟乳。全洞形如覆碗，洞顶也是圆的。通体石壁石地作灰白色，光洁莹泽，全没一丝斑痕，直和美玉相似，生平从未见过这种好的石间，内中陈设也多。正对着当中洞门，放着一个石榻，榻前散列着许多石几、石凳、石屏、石案、丹灶、药炉、琴、书、剑器，陈设繁多。榻后有一丈许高的石台，台上也有一个小石榻。环洞壁石地上，种着许多奇花异卉。有的形如海藻，朱实累累；有的叶如大扇，上缀细花；有的碧茎朱干，花开如斗；有的无花无叶，只有虬干屈伸，盘出地面；有的形似珊瑚，明艳晶莹，繁丝如发，无风自拂。俱是千奇百怪，目所未睹。洞居地底，本不透光，可是一路行来，无一处不是明如白昼。这二洞以内尤其宝光四射，耀眼欲花。

云凤师徒初入宝山，目迷五色，惊喜交集，出乎意想。先匆匆看了个大概，然后同往石壁丹炉侧面宝物放光之处跑去。到了一看，一个三丈多长的大石案上，放着几堆道书和不少物事，自道家应备之物，以及寻常使用之物，如金针、剪刀、尺子等都有，共有数十件之多，俱都位列井然，整整齐齐放在那里，十有九映射出珠光宝气。云凤因韩仙子命她挑两件，没提到书，不敢妄动。明知都是宝物，无奈不知用法深浅，想不出挑哪件好。先想拣那光华较盛的挑，一查看那些东西，又都寻常，看不出有何大用，又不敢贪心多取。踌躇了一会儿，忽然福至心灵，暗忖："恩师当初曾说此行得益甚多，不比寻常。这石案上的东西，凡有光华的都放在下首。那些暗无光泽的，反和这道书一起陈列，而且件数不多，形式又复奇古，若无大用，何须如此重视？至于用法，仙人既肯相赐，当必不惜传授，莫要被她瞒过，错了机会。"想到这里，再仔细一看上首陈列的那些无光之物，乃是一根满镌古篆文的铁尺，一支玉笛，两把数寸长的钱刀，三枚黑玉连环，两个古戈头；还有一面细如蛛丝网子，叠在一起，大只数寸，厚约寸许,分不清层数。稍微揭起了百十层,还没显出一点薄,估量展开来,至少也比一面蚊帐还大。恐弄乱了不好叠,依旧原样轻轻放好。云凤哪知这是一件至宝,嫌它丝太细弱,就此忽略过去。余下还有一面颜色黝黑,形如令牌的东西,非金非石,不知何物所制。虽与别物一样,乍看不放光华,微一注视,不特奇光内蕴,而且越看越深。阳面所绘风云水火,隐隐竟有流动之势。背面符篆甚多,非镂非绘,深透牌里。知是异宝,首先中意,取过一旁。还剩一件,正不知如何取舍。玄儿忽道:"师父,你看那两把古戈头样子真好,师父带回去,给沙沙、咪咪两个师兄一人一把多好。"云凤被他触机,便依言取下。

宝物到手,先朝法台跪倒,谢了恩赐。再和玄儿去寻那些异果。只见法台旁一架石屏风后面,也是一个大石案,共有七大五小十二个古陶盘,有一半空着。中有五个,盛着长短大小各种不同的异果。除有十多个绛红色的碗大桃子和颜色碧绿、粗逾碗口的两截大藕外,余下休说吃过,连名都没听说,共有二十来种,每种最多的也不过十五个,最少还有两个的。云凤不敢任性,只挑那数目多的,每样吃了一个。又酌取了两样与玄儿。共吃了七八样,甘脺凉滑,芳腾齿颊,各有各的好处,顿觉心清体快,神智莹然,喜欢得说不出来。因见果子中有十来个形似丹橘,大只径寸,里面却不分瓣,肉色金黄。连皮嚼吃,有玫瑰香,芳甜如蜜,最为味美。想连那大桃子带回去孝敬芬陀大师和杨瑾,每样取了两个,藏在法宝囊内。那藕看去佳绝,其他还有十来种,都只是两三个,为数太少,云凤全没有动。在洞内吃罢跪谢。然后在壁角择了一个石凳坐下,重又低声嘱咐玄儿,此后一心向道,奋志潜修,不可丝毫懈怠。玄儿自是连声应诺。想起师恩深厚,少时见罢仙人,便要分别,甚是依恋,不觉泪下。云凤也觉凄然不舍,又慰勉了玄儿几句。

待没多会儿,便听近侧不远有人呼唤。云凤循声寻视,韩仙子不知何时到来,已在当中法台石榻之上坐定,身着玄色道装,已不似前见时通体烟笼雾约之状。忙率玄儿,慌不迭地赶将过去,恭恭敬敬拜倒法台之下。韩仙子微笑道:"我因当年一时意气,从不许外人走进我这白犀潭的地仙宫阙以内。有那无知之徒,冒昧前来扰我的,多为守洞神鼍所阻,无不扫兴而返。我道号半清。这座地仙宫阙,深藏潭底水眼山根之内,为汉时地仙六浮上人故居。后来上人转劫飞升，更无一人到此，久为水怪夜叉等类盘踞。是我遭难前一月，无心中收伏了现守此洞的神鼍。它本是水中精灵，所有洞中鬼怪，多半相识。经它引路到此，将水怪夜叉之类全用法力禁制在潭面圆崖之上。读了六浮上人遗偈，寻出留藏的道书、宝物，方知底细。当时尚嫌它地大幽僻，不见天光，本意辟作别业，并无长住之心。谁知不久遇难，外子不过暂时受困，我却几乎形神皆灭。劫后思量，只有这里最宜潜修，才弃了故居，隐居在此。遇难之时，多亏几个曾受我活命之恩的通灵异类冒死相助，将我原身抢盗脱险，所以它们独能得我允许，随时进见；有时我并为之指点迷途，解脱危难。它们倒也着实有良心，知我自来喜花，每寻得一两种奇花异草，灵药仙果，无论有多险阻遥远，必要给我送来。因我姓韩，都称我韩仙子。守洞灵鼍，忠于职守，不得我命，只要有人一进洞前峡谷，踏上了黑龙背石梁，必定出去拦阻。它已得道千年，炼就一粒内丹，颔下神爪握着我的法宝，来的无论是人是兽，遇见它休想再进一步。它们来时，必要高呼韩仙子，朝我打一招呼，再行走进，年岁一久，几乎变成了入潭暗号。尤其近数十年来，神鼍勤于修炼，把这事当做惯例，一听喊韩仙子，便当是得了我的许可，不再中途阻拦。后来渐为外人探悉，觊觎洞中宝物，知我每隔一月，必有一次神游，一出去少则三五日，多则半月以上，意欲瞒过神鼍，来此盗取。不料潭水千尺，宫门紧闭，禁制重重，不深入不过遇阻而返，一落潭内，纵不致死，也须受伤而去。神鼍见出事以后，误了把守，向我请罪。我道：'这些人既贪且愚，勿须变我洞中习惯，仍旧照常，只要到了地头打招呼，便不必再为阻拦。外人到此，水路不开，他也进不来了，乐得叫他见识见识我的法力。况且凡是正教中的高明之士，绝不肯行此鼠窃狗偷之事；所来的不是旁门下流，便是一些无出息的散人，计较他作甚？'果然来的人连受了几次挫折，无人再敢问津。

"不料外子乙休竟因此乘机命一峨眉新进来此投简。我当时看在三仙道友面上，仅发动全壁鬼物将他惊走，没有和他过分为难。但知外子异日有一事须我相助，必不容我在此清修。由此吩咐神鼍加意戒备，不许一个生人擅至洞门。此次如非我事前嘱咐，你便入谷高呼，也进不来呢。前者神游，遇着你收了几个小人，虽然根基禀赋都薄，但是小得甚妙，他们俱是前古劫遗，比常人转劫容易。我当年心忿外子自己惹下灾劫，患难临头，反急于自顾。固然他推详先天易理，特意借此来躲过三劫，知我必能转祸为福。但终怪他事前既不明言相告，事发又弃我而去，太觉薄情。虽决意不再与他相见，无奈异日之事，如为对头所挫，未免太使他难堪。日久气平，表面尚未允相助，心终不忍恝置。以前我说的话太绝，不便亲去，只有事前觅一替人。但我虽有门徒，现时谪遣在外，俱都难胜此任。恰好这小人正合我用，尤其是你带来这个更中我意。法力既能使他变为成人，更可使他大小随心。即或万一不幸，为妖尸所伤，我也能使他立即转劫重生，仍旧度到我的门下。那对头灵敏万分，除我亲身前往，若命人代，最好小得和婴孩一样，才能暗中偷入他的巢穴，破他邪阵。寻常婴孩，无论具有多厚仙根，骨髓未坚，体魄未固，也无用处，哪有这样的天生小人适宜。看他聪敏矫捷，远胜常人，异日之行，胜任无疑了。我虽教你转致令师崔五姑，并未向我回话说定，当时料知必允。许久不见你来，离那用时还远。但他道行毫无，早日从容准备，毕竟强些。昨日偶然想起此事，曾欲飞书相询。正当我炼形成功未几天，每日修炼正勤，须到今日今时，才得稍闲。打算过两日，先用千里传真，查看你的住居动静，再行飞书往询。适间神鼍归报，说你已率小人到来。我正打坐之际，本拟屈你暂候，事毕再开水路相见。偏生玄儿淘气，看出壁间鬼怪在真似之间，竟乘你虔心拜祝时，向它们引逗。这些水怪夜叉，无一善良，经我多年恩威并用，勉强驯服，还有不少尚在训练。有几个极厉害的，以前曾被我用宝物镇压后洞。壁间禁法原禁它们不住，近因它们终年被困后洞，不似洞壁诸怪还能每月朔望一食潭底鱼虾，受苦不过，日夜苦求，甘愿在洞壁上与同类一体守法受禁，誓不他去为恶，我才一时动了恻隐，便许了它们。如此凶暴猛恶的怪物，怎能甘受一个小人的侮弄，立即野性暴发。那几个见我久久不开水路，又当你两个和昔日盗宝的人一类。这些来人，我原不禁它们小有伤害。所以一见你们到来，立即脱禁飞起，意欲公报私仇，得而甘心；不知你竟是事前得了允许，应约而来。我在后洞知道事急，再不接引，难免受伤，你还要保护玄儿，如何应付得许多？我又起身不得，只得命神鼍击了一下清宁磬。这些鬼怪才知惹了不是，恐受责罚，又要镇压在后洞，齐都逃出潭去，潜伏在你来路黑龙背石梁下深壑之内，不敢就回。那里正当你的归路，势必迁怒,与你为难,或求你转来代它们说情。虽无大碍,你少时经过,还是留心些好。"

云凤闻言,方知适才鬼怪鸣啸,乃是玄儿惹的乱子,不禁看了玄儿一眼。玄儿因云凤说他出身细微,韩仙子辈分甚高,不敢请求拜师,谒见时只可伏地叩头,敬俟仙命,心中本在悬悬不定。这一听事已败露,愈发敬畏,伏在地上,将头连叩,不敢仰视了。韩仙子见他又害怕又希冀的神情,微笑了笑,吩咐一同起立,说道:"你一个侏儒小人,虽然淘气,却有如此胆力,倒也难得。我素不论来历,但我门中家规素严,修为尤关紧要,犯了规条,固然诛责无赦,便是怠忽不用功的,也必加重责,绝不宽容。所以事前极为慎重,以免异日为我门之羞。收你与否,须看你此后修为如何,不在你出身高低上。不过我既有用你之处,将来列我门墙,也必会给你一番造就。现时权且充我洞中服役童子,等四十九日后,你已成了大人,得了我的传授,那时我再查看你的行为心意如何,才能定准他日的去留呢。"玄儿闻韩仙子大有收他为徒之意,不由喜出望外,立即跪倒,拜谢鸿恩,勉力前修,誓死不渝。韩仙子笑道:"你能如此,自然是好。随我学道,却非容易呢。"玄儿又向云凤拜谢了师恩及引进之德。

第一八八回

毒雾网中看　岩壑幽深逢丑怪
罡风天外立　关山迢遥走征人

云凤见玄儿已蒙收录，便跪请二宝用法。韩仙子道："我那玉石案上所列诸宝，在上层的皆我当年降魔奇珍和前古仙人所遗至宝，经我苦心搜罗而来。这也是你仙缘凑巧，才得有此奇遇。你取的那面形似令牌之宝，乃洪都故物，名为潜龙符，又名神禹令，为洪荒前地海中独角潜龙之角所制，专能避水防火，降魔诛怪。夏禹治水，曾仗它驱妖除怪，开山通谷，妙用甚多。自夏以来，仅在汉季一现。我在此洞晶壁之中寻到，虽然用法只知大概，未能深悉微奥，即此已非寻常怪物所能抵御了。那两柄古戈头，名为钩大戈，又名太皓戈，按剑法练习，便和飞剑一样，可以运用自如。尚有一样妙处，如使双戈并用，无论敌人多厉害的法宝，即或你自身功力不济，不能将它收为己有，也可将它架住，不致伤你分毫。你眼力真好，那下层众宝也非凡物，俱都光华灿烂，你却一件不取，单取这两件稀世奇珍，大非我始料所及。你功候尚差，难免启人觊觎。回山以后，速请芬陀道友为你略施法力，你再择一静地，按着炼剑之法，使其与身相合，免被外人夺去要紧。"云凤一一敬谨拜命，谢了传授。韩仙子道："你此间事完，芬陀道友现已为两个小人行法助长，或许还有用你之处。路上难免有小耽搁，俱不妨事，回去吧。"云凤拜别起身，玄儿意欲送至上面。行至洞口，云凤命他回去。玄儿还未答言，便听洞内呼唤玄儿，云凤又正色忙催速回，只得忍泪拜别回洞。不提。

云凤走过洞前玉柱之下，见水路通明无阻，与来时一样。使命已完，又得了两件仙家至宝，好生兴高采烈。适才急于进谒，未暇观赏，趁着归途无事，满心想看一看水底奇景。方欲缓缓飞行，沿途看去，忽听身后水响。回头一看，玉柱前边的水竟似雪山飞崩，倒了下来。接着两壁连顶的水墙，也都相继散落，洪涛暴卷，骇浪奔腾，从身后猛袭过来。料知仙人不愿她在下面久停，连忙催动遁光，由水晶巷内加紧飞驶。面前道路虽仍坚莹如冰，可是身子才一飞过，水势立时便合。剑光迅速，不消半盏茶时，便飞出了潭面，始终也没看见守洞神鼍是甚形状。想起行前韩仙子有途中多阻之言，又这样催促快走，必有缘故。离开仙府，越发不敢延迟，上到穴口，立驾剑光朝回路飞去。刚出崖洞，转上石梁，见夜月明辉，藤荫匝地，清风拂袂，时闻异香。上面危崖交覆，月光只能照到中间石梁之上。一眼望过去，两边漆黑，当中却如银龙也似，蜿蜒着好几里长的一道白练，点缀得空山夜月十分幽静。除了深壑底下的飞瀑流泉琤琮遥应外，更不见一点异状。方在寻思："仙人说这里潜伏着几个怪物要和我为难，怎不见动静？"遥见前面两边崖壁之上，月光交互组成一条条的白影，远远望过去，仿佛张了一片回纹锦在上面，甚是美观。

正飞得起劲，眼前倏地一暗，抬头一看，上边两崖业已合拢，形成两头相通的一座洞穴，横在当路，正是来时遇神鼍拦路的所在。月光被洞顶遮住，照将下来，只前面两壁间的白光越发明亮，光影整齐，细密已极。暗忖："这一段峡谷既不透光，这月光哪里来的？又有这般繁细的条纹。难道前面洞顶有天生就的这等裂缝不成？"方在奇怪，偶一回望来路有甚动静无有，一眼看到身后通口两边壁上，照样也有类似回纹的白光，猛然省悟："月光无论居中或在侧，也只照一面，绝无三面都照到之理。看前后光影，直似悬了一面网子在那里。洞顶纵有天生奇景，哪会这等繁细整齐？况且来路口上明明未见，身一走过，便即添上。仙人料无戏言，定是潭底逃出来的怪物在此作怪为祟。它见全峡谷只这一段不透天光，人困其中，不能破穴飞逃，特地来此埋伏，等自己入了谷洞，又将来路遮断。仙人尚且说难制，真个小心些好。"想到这里，便把剑光略停，缓缓前进。一面观察洞顶有无出路，一面还得留意石梁之下有无怪物冲出狙击，悬心已极。

这时相隔前面出口不过半里多路，渐渐认明那些白条纹并非月光，竟是一面灰白色的光网，将出口笼了个又密又紧，也不见怪物影子。云凤有心御剑穿行出去，继一想："来者不善，善者不来。怪物不是没有看见飞剑，仍然如此施为，必是有恃无恐。自己功力浅薄，只凭飞剑、飞针，万一失陷，如何是好？"想了又想，不敢冒昧。先将飞针取出，大喝道："大胆妖物，擅自脱禁私逃，还敢来此阻路！急速回潭待罪，免遭大劫，永堕泥潭。"言还未了，耳听洞外异声杂起，格格磔磔，似在嗤笑，声甚凄厉，听了毛发皆竖，说不出的一种难过。有的颇与白阳古墓所闻怪声相似。知道厉害，恐显出胆怯，更长妖魅之威，强自镇静心神，大喝："无知妖孽，死到临头，尚还不知悔悟，看我法宝诛你！"一抬手，飞针化成一道红光，带起一溜火焰，直朝那面光网上飞去。原意此针神妙，定和以前斩蟒相似。谁知火光快要挨近，光网上面忽然拱起一团其亮如银的圆球，竟将那飞针吸住。云凤方在惊骇，一晃眼的工夫，对面光网上倏地现出一个奇形怪状，身有六条臂膀，似人非人的怪物，指着云凤"吱吱"怒吼。云凤知道厉害，不敢急慢，忙将飞剑放出，一道光华直飞过去。那怪物见了飞剑，全不畏惧，身仍悬贴在光网中间，只是把上身六条毛茸茸的长臂摇着，便发出数十丈的火焰围绕全身。那六条长臂也暴伸长了数丈，就在火焰中迎着云凤的飞剑，撑格拦架，飞舞攫拿，斗将起来。云凤见飞剑不能取胜，不由大惊。又见妖焰浓烈，时有绿烟往外抛射，虽被剑光阻住，但奇腥之气，老远便能闻到。料知此物必有奇毒，暂时虽不觉怎样，时候久了，一个剑光挡不周密，要是射到身上，绝非小可。自己孤身遇险，别无援救，听韩仙子口气，好似不会出洞相助，不可不早做准备。忙将来时杨瑾所赠灵丹服了一粒，先防毒气侵袭；一面运用玄功，指挥剑光，上前抵御。那怪物斗了一阵，身上连放了无数火焰毒雾，兀自被飞剑挡住，不能上前害人，急得在网上厉声怒吼不已。云凤自然也是焦急，百忙中竟忘了施展新得的两件宝物。

两家相持了个把时辰，云凤定睛查看，那怪物生就一头细短金发，塌鼻阔口，目光如电，血唇掀张，獠牙密布；通体色似乌金，闪闪发亮；头大如斗，颈子极细，肩胸高拱，蜂腰鹤膝，腹大如瓮；自肩以下，一边生着三条细长多毛的臂和一条长脚爪。乍看略具人形。这上下八条臂爪一舞动，真如一个放火的蜘蛛相似，身子又悬在网上，料是蜘蛛精怪无疑。正愁急间，那怪物突地发威，臂爪一齐乱动，飞舞越急，肚腹也凸起了好几倍大小。"噗"的一声，从口里喷出白光闪闪一蓬银丝，直朝云凤身前飞来。云凤先见它肚腹凸起，便料喷毒，仍想运用飞剑抵挡。不料怪物也料到此，口里喷出银线，同时八条臂一齐飞舞，向剑光抓去。虽然云凤飞剑神妙，没被抓住，可是剑光吃怪物这猛力一格，略微往侧一偏，那蓬毒丝便从空隙里直喷过来。幸而云凤见机得快，一看妖物所喷毒丝由剑光隙里钻出，便知不妙，一面慌不迭将身纵退，手一招将飞剑收回。总算云凤近来功行精进，那剑又是仙传至宝，运用神速，一收即回，疾如电掣，比妖物毒丝略快一些，居然赶在头里飞到，挡住毒丝，将身子护住，没有受伤。即便如此快法，剑光和毒丝已是首尾相衔，稍迟瞬息，便无幸了。

云凤惊魂乍定，猛想起："这条谷洞前后出口虽然俱被光网封住，但是妖物似乎只有一个，前路有妖物拦阻，定难通过，何不假装朝前冲进，出其不意，改向回路，身剑合一，冲开后路光网出去？只要得见天光，即可脱身飞去。长此相持，凶多吉少，终以能早逃走为是。"念头一转，奋力运用玄功，剑光飞转越急，先使身剑相合，朝前面毒丝冲去，不过有些吃力，居然荡开了一些。更料妖物伎俩止此，所喷的毒并难近身。忙将真气运足，倏地拨回剑光，便往来路洞口冲去，剑光迅速。就在这晃眼到达之间，猛一眼看见后路洞口光网外，悬空站着一个身着褴褛的道姑，左胁下夹着一个圆形的包袱，手掌上现出"神禹令"三个红字，右手不住连摇，周身红光围绕。洞外景物原被妖物光网遮住，什么也看不见，这个道婆却看得逼真。云凤心方一动，道姑忽然隐去，光网中又现出一个怪物，和前洞口所见一般无二，阻住去路，不等云凤近前，口张处，喷出亮晶晶一团毒丝飞来。这次力量更大，几乎连人带剑被网住，不由吓出一身冷汗。不敢硬往前冲，强自挣脱，重又拨回剑光，朝前飞去。准备退远一些，暂避毒锋，再打主意。谁知妖物性已激发，久不见韩仙子出来干涉，已无忌惮。云凤刚一回身，便见前洞曾遇的毒丝迎面追来。百忙中再回头一看，身后毒丝银光闪闪，蓬蓬勃勃，似开了锅的热气，潮水一般涌到。因洞口光网上的妖物到了后面，断定妖物仍只一个，加以后面势盛，不敢再回，只得拼命运用剑光，朝前冲去。前面毒丝没有妖物主持，好容易冲开一些。刚在忖度适见道姑是何用意，意未容她思索取决，妖物竟比飞剑还快，又在前面洞口出现。一到，依旧数十丈一蓬的毒丝，血口开张，连连喷出。身后毒丝也将追上网来，两下里夹攻，危机瞬息。

一时情急，也不暇寻思那道姑是人是怪，是敌是友，忙将韩仙子所赐令牌取将出来，试照所传施展。那神禹令乃前古至宝，上有水、火、风、雷、龙、云、鸟、兽八窍。用时只须口诵所传真言，手掐灵诀，一按那八窍，便可随心依次发生妙用。在取宝俄顷之间，云凤连人带剑，已被前后千百丈毒丝包围在内，渐觉压力骤增，如束重茧。危急中还得拼命运用飞剑抵御，急不暇择，手往令牌上一按，恰巧开动风窍。手指才一按上，便见令牌上"嗖"的一声微响，射出一条青蒙蒙的微光。手上立觉奇重异常，几乎把握不住。紧接着身上和前面又是一轻，如释重负，只身后压力依然。忙即握紧令牌。再看前面那条青气，又劲又直，才一出现，也没见什么出奇之处，前面毒丝便似飓风穿云，纷纷折断，冲荡开来。耳听一声怪吼，光网破处，怪物恰似风筝断线，手脚乱舞，往上飞去。云凤知道宝物已生奇效，心中大喜。忙驾剑光，飞身出洞一看，怪物已经不知去向，面前却是沙石惊飞，两边壁上的古藤草树如朽了一般，纷纷下落。心正惊奇，忽听身后有人低语道："妖物业已就擒，还不收你的法宝，要闯大祸么？"云凤闻声骇顾，正是适见的道姑，手上捧着一个朱红盒子，虽然穿着破烂，却是骨相清奇，目光炯炯；适才又由她现身指点，才得脱难，知非凡人。一施收诀，牌上青气立时隐去。只回顾时，令牌微歪了一歪，青气正射到近侧壁上。方要朝道姑道谢请教，耳听叽喳连响，又听丁零丁零，夹着兽啸之声，由远而近。道姑面容倏地微变，低喊一声："还不随我快走，有话前边说去。"随说不容答话，走将过来，一手拉了云凤，将足一顿，便是一道金光，破空升起。身才离地，又伸出一只右手，朝右边崖壁虚按了两按。

云凤上升时，仿佛看见右侧崖壁摇摇欲倒，似要坍塌之状。吃道姑这一按，连晃了两晃，方行停止。先见道姑来得突兀，还不敢十分拿定。这时见她剑光路数，一举手间，身不由己，随了就起，愈发断定是位前辈高人，心中顿起敬意，任其携了飞行，不敢再生妄念了。那道姑飞行了一会儿，才行按住遁光。云凤落地一看，那存身的所在，乃是一个山腰的竹林里面，竹子都有碗口粗细，劲节凌云，干霄蔽日。又当天色甫明，朝暾初上之际，人行其中，更觉浓翠欲滴，眉宇皆青。耳听江流浩浩，似在邻近，也不知是什么所在。见道姑一手捧定那圆盒般的东西，面有喜容，循着林中小径，面山而行。知洞府必在林外不远，只得随到地头，再行请问。

正在寻思，前进没有几步，忽听林外有男女问答之声。女的声音甚低，虽没有听清楚，已经觉得有些耳熟。那男的满口乡音，竟似自己以前经常相处的熟人。不禁心中怦怦跳动，又惊又喜，欲却忽前，也没听清来人说的是些甚话。就这一迟疑的工夫，忽又听女的喜叫道："我说郑师叔说的熟人，是她不是？你还不快些接去。"一言甫毕，声随人至，从林外跑进两人，先各自向道姑施礼，叫了一声"师叔"，便双双走近前来。当头一个青衣女子和云凤一见，便互相抱在一起，亲热非常。另一个是英俊少年，站在一旁，只喊了声"妹妹"，便扑簌簌落下泪来。三人俱都是你看我，我看你，呆在那里，做声不得。

道姑见状，微笑道："你三人久别重逢，林外便是荒庵，怎不到庵中叙阔，呆在这里作甚？"三人闻言，方觉出还有前辈仙人在旁，这才一同举步，往林外走去。来的这两人，正是云凤在戴家场中邪遇救以后，便不曾见面的俞允中和戴湘英。湘英和云凤，不过异性骨肉，劫后重逢，知己情浓，欣喜过度，还不甚觉出怎样。允中和云凤，本是未过门的恩爱夫妻。允中更为云凤弃家投师，出死入生，备历灾劫。近来到处访问，得知云凤已得师母崔五姑传授。自己是凌真人弟子，本来一家，偏她不久又要归入峨眉门下。虽然对方师长俱是至交，声息相通，到底隔门隔派。自从拜师学道以来，虽无儿女燕婉之求，满心总想和云凤长此相聚，似师父师母一样，双修合籍，同注长生。峨眉教规素严，洞天仙府，外人不得妄入。虽听说开府盛会在即，到时各派仙人多带门下前往赴会观光，但是师父性情古怪，门人又多，不知能否随去，与云凤见上一面。况且为期匪遥，尚有使命未完，更不知届期能否赶上。连日想起，方在发愁，万不料会在此地相见，苦乐悲欢，齐上心头，一肚皮的话，也不知说哪句好。不见想见，见了倒闹得一句话也说不出。云凤看出他面有道气，神采奕奕，料定是为了自己弃家远出，才能到此与仙人往还。这等痴情，固是可感，但又恐他仍和从前一样，力一纠缠不舍，岂不又是学道之梗？又想起老父暮年，虽听师尊说隐居戴家场，人甚安健，毕竟膝前无人侍奉，连他一个心爱的女婿，也因自己出走，老怀其何以堪？不孝之罪，实所难免。想到这里，对于允中，也不知是爱是恨，是感激是不过意。也是难过非常，一句话说不出来。只管由湘英拉着手，低了头往前走，连道旁景物都没心看了。

末了，还是湘英先发话道："云姊，我们一别多时，想不到会在这里相会。听玉清大师说,你业已得了白发龙女崔五姑的真传,中间还有不少奇遇,比小妹强得多了。"云凤忙说:"愚姊虽承家曾祖母垂怜,死里逃生,幸遇仙缘,惜乎资质本差,根基未固,道行还谈不到呢。湘妹想必功行精进,胜似愚姊。适才听你称前行那位仙长叫师叔,令师是哪一位仙人呢?"湘英道:"我和俞大哥此来为奉师命,合办一件要事,约在明日成功。这里是云南元江江边大熊岭苦竹庵。前行那位郑师叔法号颠仙,便是庵中主人。你和俞大哥的事说起来话长,好在还有一日耽搁,你也须我们事完才能回去,且待进庵再说吧。"

说到这里,允中方始屏去一切杂念,把心神一定,喊声"云妹",说道:"我二人久别重逢,真乃幸会。前日因郑师叔要往白犀潭去收金蛛,我往南疆去采五毒草,又侥幸早日赶回,有一两日闲空,欲往看望岳父。无奈相隔好几千里,道力不济,多蒙郑师叔借我至宝灵光驭,才得成行。我到家祭扫了一回先茔,便去戴家场与岳父和戴大哥畅聚了一整天。刚赶回来,还没一个时辰,你就来了。岳父自服了崔五姑灵丹,如今精神身体比前胜强得多。先还有些想你,自从经过五姑亲自劝解之后,谈起来只有代我们高兴的,一点也不难过了。来时嘱我,如与云妹相遇,可请示仙师回家见上一次,别的没说。你能设法回去么?"云凤见允中竟未忘却老父,短短时机,尚要在百忙中抽空归省,自己尚未归省一次,反不如他这半子,又是感愧,又是伤心,不禁含泪答道:"妹子只为向道心坚,不特对不住你,而且子职久亏。"还要往下说时,允中已接口道:"如非云妹此别,我怎能够到仙人门墙呢,这还不是因祸得福么?好在你我现已各拜仙师,同修仙业,非但你我后望无穷,异日若幸有成,连岳父他老人家也可因此得享长生,岂不比人世庸福强多么?只可惜你我异日不同门户,虽然仙业有望,仍不能如葛鲍双修,常在一起,终嫌美中不足,是件憾事罢了。"说时,已经行近苦竹庵门前,忽见颠仙回顾二人笑道:"你二人如能勉力前修,怎能预定呢?"二人方想起尊长在前,怎可随便说话?云凤初见,尚未拜谒,尤觉冒昧。因听出允中心意,只不过想自己一同学道,已无室家之想,心甚喜慰,便没有再言语。

一看那庵,位置在半山腰上,有百十亩平地,满是竹林。前面竹林尽处,却是危崖如斩,壁立千仞,下面便是元江。其他三面都是崇山峻岭,茂林修竹。庵址较高，站在庵前，正望长江，波浪千里，涛声盈耳，山势僻险，人迹不到，端的景物雅秀，清旷绝俗。全庵俱是竹椽竹瓦。进门是一片亩许院落，浅草如茵，奇花杂植。当中是大殿，两旁各有配殿云房，纸窗竹屋，甚是幽雅。器用设备，无不整洁异常。殿中却未供有仙佛之像，只有药灶丹炉、道书琴剑和一些修道人用的东西。进殿之后，云凤忙上前礼拜，并谢解救之德。颠仙唤起，说道："你三人久别重逢，自有许多话说。我也还有些事，要在今晚做完。徒儿江边守望未归，各云房备有饮食果子，如若饥渴，自去取用好了。"说完，手向中壁间一指，一道光华闪过，壁上便现出一个丈许大小的圆洞。颠仙手持圆盒，走了进去。云凤一问，才知颠仙清修之所尚在内洞，外殿乃是两个门人修为练剑之所。大家略问答了几句，便各自叙说别后之事。

原来俞允中自从凌云凤在戴家场打擂，被白发龙女崔五姑救走，事前又吃云凤用言语一激劝，知道爱妻心志已定，不特燕婉之求已经无望，此后连见面都是遥遥无期，一时情急，也引动了向道之心。托词回家，料理完了家务，将家财施舍善举，又给岳父凌操准备下养老之需，决计冒着百难，弃家学道。因嵩山二老中的追云叟是前辈长亲，比较有望，先去衡山寻访。谁知追云叟别有一番用意，不肯收入门墙，连面都不与他相见。多亏穷神凌浑见他可怜，又和追云叟赌气，将他救上衡山，指引明路，命往青螺魔宫，取六魔厉吼的首级，试他的向道之心坚诚与否，以定去留。允中明知自己不会剑术道法，凶险异常，但仍秉着毅力，冒死前往。一到青螺境内，便吃番僧梵ết伽音二拿住，用计诱逼，命至雪山一座正对青螺峪的孤峰之上，代为主持天魔解体大法，以报八魔夺寺之仇。允中虽在峰上备历诸般苦厄，受了九十九日魔难，却因此得了凌浑激赏，在破青螺峪的那一下，将他从峰顶上救出，又赐了一口炼魔至宝玉龙剑，命允中随同陆地金龙魏青前往魔宫，盗取天书。允中盗书时，又巧斩了六魔厉吼。等到一切事完，凌浑来到魔宫，俞、魏二人复命拜见之后，凌浑刚把天书玉匣打开，齐灵云便已赶到，将九天元阳尺借去，又要去两粒聚魄炼形丹，去救女殃神郑八姑的大难，并助她复体回生。峨眉二云走后，凌浑新收弟子白水真人刘泉、七星真人赵光斗，同了侠僧轶凡的弟子烟中神鹗赵心源，矮叟朱梅的弟子小孟尝陶钧，一同来到，各自行礼，复了使命。凌浑便说，二番僧因毒龙尊者破了祖传的妖幡,受了妖法感应,连同几个相助行法的得力僧徒,俱为阴雷裂体而死。他自己要就着这片基业,重建青螺峪,创雪山派。此次来破青螺的小辈门人当中,只陶钧、赵心源根行道力最浅,又曾出过大力,已与二人师父说明,令其暂留些时,算是记名弟子,传授一点御邪防身的道法,就便相随创建洞府。赵、陶二人自是求之不得,当下便随刘、赵、俞、魏四人,正式行了拜师之礼。即日起始,由凌浑行法,派遣六丁,就原来藏天书的所在,先开辟了一座洞府。又从身上取出一个图样,传给六人法术,将魔宫所有宫殿房舍酌定取舍,改了样式,按图兴工。不消几十天工夫,便即依式告成,仙山焕然一新。

那青螺峪本是雪山中一条大温谷,四时有不谢之花,八节尽长春之树。再助以仙家法力,平添了无数仙景,愈发成了洞天福地,仙灵窟宅了。洞府修成之后,白发龙女崔五姑到来,师徒八人将各处景地,除谷名仍旧外,分别赐以佳名。不久齐灵云送还九天元阳尺,又将于建、杨成志二人带来,行了拜师之礼。凌浑知灵云送二人来的用意,望着杨成志只皱了皱眉头,便命随着众同门,一同学道。凌浑所传道法,另有微妙,又加上那部天书,除峨眉派外,正邪各派极少能与之抗衡。更因众人是开山第一代的弟子,不愿他们去贻羞师门,愈发加意传授。仗着八人俱能克勤潜修,刘泉、赵光斗本有多年道基,学时较易,大家互相切磋参习,进境甚速。只是于、杨二人来晚了些,凌浑常时出外,各类道法只传一次,后学的只能向刘、赵、俞、魏四人请习,比较四人,自然稍差些。赵心源、陶钧各有师承,凌浑所传,只是一些法术;每日习的,仍是本门中的功课。过了数日,便由凌浑打发回去,以后虽不时前来参谒请益,与六人所学,互有同异,究竟不算是雪山嫡派。这且不提。

单说允中在青螺峪,自以为根赋不够,用功甚勤,颇得师父期许。除那日所赐玉龙剑外,凌浑又将从乐三官手中得来的那口青冥剑赐予了他,与魏青的霜角剑一同练习。凌浑剑术,自成一家,学时极难。但只要心志专一,不为魔扰,一旦得了门径,进境却极容易。允中经过寒风冰雪之灾,百魔侵犯,连续多日,不曾动摇。再经凌浑特降殊恩,先示以防魔之法,自然一点就透。几个月工夫,已经练到身剑合一,出神入化的地步。魏青也因心地纯正,无多物欲,初练较难,入后也自容易,虽还及不上允中的剑神化，却也差不了多少。居然能与刘、赵二人修炼多年的飞剑对敌些时了。

这日刘、赵、俞、魏四人，因凌浑久出未归，上次所传道法俱已精通，闲来无事，便在仙府前铁杉坪上，各自施展道法剑术，互相攻守，以作练习。练到日落黄昏，正要收手，归作晚课，恰值凌浑归来。刘泉因练习时，于、杨二人望着刘、赵等四人，面有歆羡之色，知他二人没有飞剑，又不敢向师父去说，便约了赵、俞、魏三人，代为跪请。凌浑笑道："你们六人，除允中暂用我玉龙剑外，谁也没有得我自炼之剑。那霜角、青冥二剑，乃妖道乐三官之物，本质虽然不差，究非我自炼之剑可比。暂时用作练习尚可，在外使用，终难免异派妖人道我小家子气，门下连几口好剑都没有。此事久已在我心上。我自炼之剑，此时又无暇及此，意欲寻觅古代藏珍，使你们六人各得一口，连日外出，便为此事。现虽访查到许多古仙人的遗宝藏珍，深藏在元江水眼之内，但是取时极难，还有好些人也在觊觎。如我亲往，一则要费我不少精力时日，才能取到；二则不愿你们得之太易。还是你们自取的好。这些法宝，现世知道底细，能取出它们的，并无多人。正派如芬陀、嫫姆、优昙三人。因她们飞升在即，门下弟子各有异宝，无须此宝。剩下只有神驼乙休和东海三仙、少室二老，又俱经我打过招呼，不会再来争夺。各异派中人，多无此道力本领，空自垂涎。知道此宝深藏水眼深处，离地千百丈，已被地肺真磁之气吸住，只有下降，难于上升；藏宝之物，又大又沉，重逾万斤。既须法力高强，还得旷日持久，才能到手。全想等三仙、二老、乙休和我，内中有人往取，正在运用法力，无暇兼顾之时，趁火打劫，来捡便宜。我去尚且不免麻烦，何况明知此宝出世，应在我师徒数人身上，只想不出个适当下手之法。直到日前你师母路遇妙一夫人，才知此宝藏处，相离大熊岭苦竹庵郑颠仙的洞府仅有十来里路。此人剑术精深，道法不在我夫妻二人之下。与你师母当年同门至好，曾共患难。以前原住南明山，一别数十年，不曾相见。近三十年，才移居元江大熊岭上。有她相助，已是绝好。更妙的是，古时藏宝仙人，早就算到未来之事，此宝只有一个怪物能取。现时此宝逐年沉落，已与地肺中的磁母相近。如仗法力进入水眼，一不小心，或是有人从旁暗算，虽未必被陷在内，此中宝物绝难全璧而归，并还要泄穿地气，引动真火为灾，煮沸江涛，惹出空前大祸，造下莫大之孽。那怪物形似蜘蛛，名为金蛛，身子能大能小，乃前古遗留的仅有异虫。所喷金银二丝，寻常法宝飞剑俱难将它斩断。口中呼吸之力，大到不可思议。与天蚕岭所产文蛛，同是世间毒物。曾在岷山白犀潭底地仙宫阙旁危石罅边，潜修了三四千年，未及出世害人，便吃韩仙子用一件前古至宝将它制伏锁禁，性已渐趋驯善。我们只要将此蛛得到，元江金门诸宝，大可唾手而得。无奈韩仙子从不轻易借宝与人，明要不行，暗取必伤和气。我与她夫妻俱是朋友，也无此道理。幸而郑颠仙也养有一只金蛛，她由南明移居大熊岭，便为取那元江异宝。不过此蛛仅有千年道行，力气不济。筹计了三十年，因无帮手，始终未敢妄动。我夫妻和她一商量，正合心意，打算先用她那只金蛛试上一回，不行，再托人向韩仙子设法。正计议间，又接到妙一夫人飞剑传书，说此宝出世在即，催我急速下手，用来光大本门，尽管随意而行无妨，免致夜长梦多，为异派好人得去，并指明了两次下手日期。我知他夫妻既然屡屡催促，必有安排。又和颠仙试用玄机推算，尽知其中因果。这才决定回山，命你四人前去。预计首次取宝，所得无多。除允中一人外，刘泉、赵光斗、魏青三人，连同颠仙的弟子慕容姊妹，均有劫难，有些得不偿失。但数已注定，非此不可。借以除却两个敌党妖人，也是佳事。到时另有分派，无须细说。你四人可在本月望前动身，只可快走，不许御剑飞行。以你四人脚程，连同沿途耽搁，约行一月光景，便可赶到大熊岭苦竹庵。颠仙在那里留有柬帖，看了一切禀命而行。元江之宝，他人应得者无多，其余不下七十件，俱为本门所有。内中最可宝贵的，是广成子所遗灵药，服了可抵千百年功行，于我师徒修为大是有益。路上闲事，不妨管管。不许由云路飞行，尤其不许提起元江取宝之事。万一人定胜天，一次成功，既免却伸手求人，兴许可以免掉你们三人一场灾劫，岂不是好？"

白水真人刘泉闻见广博，久闻金门异宝，乃前古仙人广成子遗物。汉以前藏在崆峒山腹，不知引起多少列代仙人觊觎，想下无穷方法，俱无一人得到。后来毛公刘根，联合同道苦炼五火，烧山八十一日，破了封山灵符，眼看成功，忽有万千精怪，闻得古洞异香，知道山开，齐来抢夺。结果精怪虽被众仙驱走，山腹中藏宝的金船金盆，已从洞内飞出化去。众仙人追拦不及，仅各在洞中搜得了一两件无足重轻的宝物。那金船金盆，所谓前古金门宝藏，以前虽听说落在巫峡、元江两处水眼之中，访问多年，也无人知道底细。不想竟被师父查出实地，只是在元江一处，巫峡乃是误传，并还有取宝之法，不禁喜出望外。忙率赵、俞、魏三人拜谢领命，定日前往。凌浑见他喜形于色，笑骂道："不长进的东西，得捡现成的就喜欢。你是我门下大弟子，此去留神别给我丢人，这便宜不好捡呢！如容易时，谁都去了，还轮得到我们么？"凌浑嬉笑怒骂已惯，刘、赵、魏三人虽各恭称："弟子等不敢。"多没十分在意。只允中因自己道浅根薄，又是初次出山担当大任，当时谨慎恐惧，闻命之后，尽自体会师言，生恐差池，有负师命，一毫未动贪念。于建素来至诚安分。杨成志却歆羡到了极处，自知法力最浅，未奉师命，怎敢求说，只得罢了。

一晃到了起行之日，刘、赵、俞、魏四人便向凌浑拜辞，请示机宜。凌浑道："你四人不要轻易离开，到了那里，自知分晓。日前话已说过。你四人走后，我也快出门了。"四人又别了于、杨二人，走出洞府。允中忽觉腰间兜囊一动，方要去摸，又听耳旁有人说道："这东西只许前途无人时取看，不准乱摸。"允中听出师父口音，哪敢妄动。随同刘、赵、魏三人离了青螺，取道川边，便往元江进发。那元江居云南省的东南部，上流名叫白岩江，中流经过元江县，始名元江。下流过河口，入越南界，称为富良江，又名红河。中间有好几处大支流。从上流头蒙化南涧起，沿着江的西岸，皆是蜿蜒不断的高山峻岭。最著名的，如哀牢山、左龙山等，俱都近踞江边。郑颠仙所居大熊岭，便是哀牢山脉中临江的一峻岭。由青螺峪起身前往，如不由空中飞行，依照常理，本应东行，经过巴塘、里塘、雅江、打箭炉等站，入了四川省境，取道犍为、宜宾，走蜀滇驿路入滇。中经昭通、会泽、东川、嵩明、利泽，到了昆明。再经晋宁、江川、通海等地，越过曲溪、建水、五爪山，才能到达。虽然路较迂远，走的却都是官驿大道。除由滇川间起始一段，要穿越雪山，路不易行外，余者通都大邑居多。长途万里，山险水恶之区虽不在少，也都有路可循，饮食无忧，为商旅常行之路。

四人当中，刘、赵二人出家较久，川藏路上虽曾往来过多次，俱由空中飞行，从未这样走法。允中少年公子，没出过甚远门，由衡山到青螺峪，算是生平所走最远的路，还是岳雯用遁法送到的，自然无甚见识。大家一商量，只陆地金龙魏青以前受人雇用，曾经由泸州起身到昆明，往来过两次，比较算是熟路。赵、俞二人因师父只许步行前往，有飞剑也无从行使，反正又没说出打哪条路走，又不许问，俱主张照魏青所说之路走去。白水真人刘泉想了想，说道："师父不许我们飞行，路却随意自择。如按寻常行路，日期并不富余，还说路上遇见闲事要伸手去管，其中必有用意。我想这条路虽然好走，一则路太绕远，恐赶不到日子，误了大事；二则目前一些左道旁门，同正教一样，也都人才辈出，为应劫数，多半潜伏山中，祭炼邪法。师父命我们路上管闲事，不是暗示要遇上他们，便是有甚妖邪鬼物，命我们路遇时，顺便诛戮，就此各建一点外功。此类怪物，也都在深山大泽之中盘踞，不会在城镇间寄迹。以我愚见，这里前往元江，如由大雪山起身，傍着澜沧江边，径由剑山、点苍山，到了南涧，再顺着哀牢山龙脉，傍着元江向东南行，直达大熊岭。沿途数千里俱是绵亘不断的山岭，不但走的是条直道，免却川滇境内许多绕越，而且可以暗合师父使命。虽然所经之地山势险恶，多半为野猓生番窟穴，蛮烟瘴雨之乡，毒蛇大蟒，奇禽怪兽，到处都是，常人走自是难如升天；换我们走，师父不过不许御空飞行，法力剑术仍可防身应用。风雪烈日，瘴岚蜿蜒，皆无所惧；山居野宿，无往不宜，有甚险阻可畏？如赶快一些，还许路上能遇上一点顺手的事，岂非绝妙？"赵、俞、魏三人俱被提醒，各人拜师以来，已身剑合一，还学了许多法术，正想乘机一试身手，怎倒怕难走起来？闻言齐声赞好。俞、魏二人虽能数日不食不饥，还未到辟谷地步。便是刘、赵二人，因教规未忌荤酒，各派道长因凌浑喜饮，常有仙酿相赠，众门人时得随师畅饮，一年中也并未十分断了烟火。议定以后，离了青螺峪，先寻滇番镇集办一些干粮。然后冒着风雪严寒，顺着大雪山脉，各自施展当年身手，一路翻山过岭，攀冰踏雪，往前疾行。

四人当初本有一身好武功，再经吐纳修炼，愈发气体坚强，寒暑不侵。刘、赵二人不说，就是俞、魏二人，也都练得身如飞鸟，捷比猿猱，哪把道途险地放在心上。四人一个比一个身轻体健，疾行如飞，虽不曾御剑飞行，一日之间，也着实能走上好几百里的崎岖山路。山行无事，不消三日，已离了滇边，顺大雪山脉，走到云南边境的地界。大家正说走得路快，七星真人赵光斗笑道："前两天我们只在山中行走，生物除了藏牛、黄羊、雪鸡之类,什么活东西都没有。满山冰雪,草都见不到一根,真是枯寂无味。走得这般快法,至多十天上下,也就赶到。早知步行也走得这么快,还不如照魏师弟所说的路,多点见闻呢。"白水真人刘泉道:"这条路我曾从空中来往过,前行不远便是锦屏嶂,过去山中甚多山民墟集,颇有水秀山清之致,越荒凉无人烟处,山势越发灵秀雄奇,景致着实不恶。你没见这后半日所经之地,已换了一个样儿么?"

允中自从凌浑暗递了一个小包,用千里传音,命到无人之处,方许开视,急欲一知就里。无奈四人均同起息,终未离人,不敢违命拆看。又见山行无事,心疑不应如此走法,闻言不禁失惊道:"照二位师兄所说,我们再有十来天,便到地头。师父命我们管的闲事,莫非不在这条路上么?"刘泉心中一动,暗忖:"师父道法通玄,事俱前知,这条道路有事,必已算就,否则不会连请问了两次,俱说随意。不过允中也虑的是,如是人世间有甚不平之事,要我们去办,并非要遇什么异派妖邪,高山疾行,岂不错过?反正照此走去,不患期前不能赶到,何不改个走法,先仍在高山上走,凭高下视,见有热闹镇集,再走出山去穿行,就便为俞、魏二人谋个食宿,沿途寻访过去,看有什么事故无有。至多不过绕个大半倍的路,并无妨害。"想好之后,和三人一说,刘泉是大师兄,道行法力又高,三人自无异辞。

四人在山顶上本是日夜疾行,每日除觅静地,打上一两个时辰的坐外,极少休息,所以走得甚快。这一来幸有食宿耽搁,无形地慢了许多。好在心有把握,日子富余,绝不至于误期。依此走下去,又走了六七天,路程已走去十分之六。四人耳目并用,始终未遇见什么,未免狐疑起来。最后商量,索性沿着山麓,改向有人烟之处走。中途只走向高处,四外略一查看,一见异兆,或有甚妖邪之气,即时下来。刘、赵二人原带有不少丹药,每遇病人,便取出来,积修一点善功。所过十九皆山民圩集,中间仅遇到四五处劫人生食的山人,四人略施小法,立即制服,简直无事可记。眼看前途越近,为期尚远,允中身畔小包,迄无取视之机,知还未到时候,后几日索性不再管它。

这日行抵哀牢山野,因已到了元江的上流,虽距大熊岭还远,一则四人全未去过;二则事未应验,恐怕失误;三则元江上流城镇圩集较多,前面不远,便是元江县和有名的左龙山,总盼着能有一点奇遇,成心沿途多流连一些。半山半水,沿江前行,不时入山登临,以冀不虚此行。走了两天,连经过了好些山人寨集,又在附近深山中,特地绕行了两天,总未遇到一件值得伸手去管的事。末了一天,四人打算由哀牢山中的香稻岭走出,回往昨晚原落脚的金弓坝镇集中歇上一夜,再沿江前行。管他有事没有,且按着日期到了苦竹庵,见着郑颠仙再说。主意打定,正走之间,魏青在途中吃了两个和枇杷相似不知名的野果,吃时当是枇杷,没有留意。到了嘴里,觉着又甜又香,微微带着一点辛辣之气,又没有核,才知不是枇杷,已经食下肚去。刘泉说:"深山异果甚多,常有恶毒虫蛇腥涎所化,须要留意,不知名的不可乱吃。是何处采的?"魏青说:"在左近山石上面捡来的。上面连有枝叶,许是禽鸟从别处衔来的,不是近地所产。"刘泉见无余果,大家俱忙着商议前行,既有枝叶附着,料非蛇涎所化,说过便罢,也未回取残枝来看。走了一阵,魏青忽然腹痛起来,但生性好强,恐刘泉说他乱吃所致,只推内急,要觅地便解,请刘、赵、俞三人先行一步。允中老想在无人之处偷看师父的小包,未得其便。不消多日,便要到地头,途中一无所遇,心甚疑虑,惟恐误了师命。便推说自己也要便解,意欲陪了同去,魏青心粗,可以觑便拆看。刘泉、赵光斗道:"你二人同去也好,我们缓步前行,等你二人回来再走便了。"

　　一言未毕,魏青猛觉腹痛欲裂,急匆匆拔步往左侧岭下竹林之中跑去。允中跟在后面,方在心喜,一晃眼工夫,魏青已飞跑进了竹林,裤子还未及解,忽然痛得满地打起滚来。允中见状大惊,顾不得再看那小包,忙即跟踪追入。一看魏青已是牙关紧闭,面如土色,两手紧按肚腹,做声不得。允中料他中毒,忙从身畔取了两丸丹药,与他塞入口内,问他想便解不。魏青突瞪着一双大眼睛,强自挣扎,点了点头。允中代他解裤子,勉强扶蹲地上,见魏青满头大汗有金豆大小,四肢无力,人已半死。欲借药力将腹中之毒打下,非从旁扶助不可,不能离开。本想唤来刘、赵二人,一想:"魏青只是偶然中毒,师父灵丹有起死回生之功,少停药力发动,毒一去尽,自有奇效。现时不过疼痛难忍,并不致要命。如真多时不好,刘、赵二人候久自会寻来,何必大惊小怪?"魏青又再三以目示意,不叫声张,只得罢了。

隔有半个多时辰，魏青痛仍未止，身子如瘫了一般，如无允中扶持，万难蹲立。允中着慌，再想喊人，双方背道而行，必已走远，除非二人自回，就喊也听不见。方在忧急，那丹药奇效终于发挥，魏青腹内忽然"咕噜噜"乱响了一大阵，"噗"的一声，下了许多黑紫色的秽物，当时奇臭刺鼻，中人欲呕。允中实耐不住，只得将他就势捧起，离开当地，意欲寻一个有水的所在。匆匆屏气急行，慌不择路，一味顺着竹林穿行，见沿途草棘匝地，石齿纵横，虫蛇又多，无可存身。不知不觉，错了方向，斜走出有半里多路。好容易寻到落脚之处，又闻水声不远，一赌气，索性再循着水声前行。走没多远，便出竹林，面前深草中忽然发现一条人行路径，一边是山坡竹林，一边是条小溪，水甚清洁。忙扶魏青到了溪边，扶他觅地蹲好。魏青腹内又响了一阵，二次排出些秽物，中有数十形如蚕蛾毒虫的蠕蠕欲动。共换了三次地方，才将毒排尽，人也能出声与行动。疼痛虽止，全身却是疲软异常。衣裤事前脱掉，未沾污秽，只助他到溪中洗了洗，即行穿着起来。允中问知无恙，才放了心。连日查看山中四无人烟，但这条小径颇似人常行之路。集镇中山人说，附近二百里深山中，只有虫蟒猛兽，永无人居，必有缘故。因耽搁时久，急欲与同伴会合，不暇查看。

正待走上归途，魏青忽然伸手向前指道："你看前面不尽是那毒果子的树么？"允中顺手指处一看，果然前面茂林之下，小径旁边，生着数百株矮树，高仅如人，绿叶茂密，甚是鲜肥，密叶中果然有那金色果子。魏青说毒果好吃，留在这里，终要害人，定要将那全树毁去。允中见相隔不远，赶路不必忙在这一时，魏青所说有理，毁了为山行之人除害也好，强他不过，只得允了。那条谷径本来迂曲，毒果深藏密叶之中，远看每树仅有数枚隐现。如今与二人相隔较近，只见多得出奇，差不多每一片叶根上总生着两三枚，果似枇杷，叶却大逾人手，果子全被遮住。估计数百株树，毒果何止千万。魏青重创之余，越想越有气，行离树前不远，正要拔剑而上，忽听身旁有人谈说之声。允中机警，忙一把将魏青拉住，示意不要言动。听那语声，就在那毒树林对面危崖之下，相隔不过四五丈远近。因有一片危石挡住，不到石前，彼此都不能看见。

允中听出言词有异，不似寻常山家人。忙和魏青轻悄悄掩身石后一听，一个道："师娘也不知什么脾气，只心疼儿女，却不愿和丈夫相见。去年冬天,师父为了苦想她,几乎病死。后来经师弟妹再三苦求,好容易才答应隔三月见上一面,见时还要当着儿女,不肯进师父的屋。这还不说。如今师父受了恶人欺负,受伤甚重,她却一去不来。莫非人一修了仙,就这样心狠?"又一个道:"汪二弟,你初来,年纪轻,哪里知道。当初原是师父他老人家多疑不好,已有了三个儿女,还逼得师娘去竹园里上吊,如不是那位花子仙姑将师娘救去,坟头上都长树了。她老人家曾说和师父夫妻之情已绝,所放不下的,就是这三个儿女。就这个儿女牵肠,还说耽误她功行,成不了天仙呢,哪里还肯和师父重圆旧梦啦?答应和师父见面,一则为了常来教师弟妹们的剑法坐功,早晚终须遇上,加以师父再三苦求;二则为的是叫我们轮流看守这三百株七禽树上毒果,免被无知的人吃了毒死,又耽误他老人家的用处。至于师父为恶人所伤,他有灵丹,却不医治,只望师娘给他报仇,这更怪不得师娘了。上次师娘临行之时再三叮嘱,说师父和吴师兄面有晦色,主有一场凶灾,这三个月内,不可出门一步。惟恐师父不听话,还将师弟妹三个都用禁法封闭在竹园后山洞里呢。师父和吴师兄偏不听劝,怨她何来?幸而师娘防到这一步,给了他师徒二人一张灵符,才将那恶煞惊走,不然哪有命在?这卧云村仗着深藏山凹,地势险僻,如非师娘种这毒树须水浇灌,开出这条通小溪的谷径,莫说是人,就连野兽也走不进一只。那一日师父和吴师兄要不翻山往琵琶垄去打秃角老雕,怎会迷路出事?你要知道,我们全村三十多户人家,全是师父徒弟佃工,师娘那么大本领道法,自然把她当活神仙看待。师娘要回转仙山,在仙师面前,可就成了小辈,那还不是和我们一样?师父说什么,听什么,哪还敢强?她行不是说奉了仙师之命,要在大熊岭江边办一件要事,这几个月内不能来么,怨得谁来?"

俞、魏二人闻言,不禁心中一动。再听,那几人已岔到别的闲话上去,无关宏旨。允中估量这小村主人,必是一个隐居僻地之士,乃妻必会道术,口气并非坏人。既奉命在大熊岭江边有事,弄巧或许与颠仙有关。师父命管闲事,沿途一无所遇,村主人为恶人所伤,师父之言或即指此。只不知养这毒树作甚?魏青粗鲁,恐其措施不善,意欲赶上刘、赵二人商议,再行入村探询。想到这里,朝魏青使了个眼色,拉了就往回走,那几个守树人谈得正酣,并未觉察。

二人匆匆走回竹林原路，允中且走且和魏青谈论。正行之间，似见左侧竹林深处衣角一闪。允中刚要细看，忽听魏青大喝了一声："该死的东西！"手扬处，一道剑光已飞出手。允中知有变故，随同魏青往左侧纵去。只见密林深草之中，跑出两个非僧非道的矮子，衣色一青一黄，年约十六七岁，生得相貌丑恶，身材又胖又矮。一个手持一张花弓，发出带着彩烟的短箭，已为魏青所破。二童又各持着一道淡黄光华，抵御着魏青的飞剑，却非敌手。正想喝问，二矮童想知无幸，俱都哭丧着一张丑脸，跪在地下，一面抵御，一面口中哀告，直喊："我等无知冒犯，大仙饶命！"魏青喝问道："我二人从外乡到此山中闲游，与你无冤无仇，为何用妖法暗算伤人？说出理来便罢，不然定要你们的狗命！"说时，指定剑光，不往下落。二童飞剑光芒本已大减，面如土色，闻言面色稍转。穿青的一个答道："大仙息怒，我们实实看错了人。请将仙剑收回，饶我二人狗命，定说实话就是。"允中心慈，见二童乞命可怜，始终没有欲杀之意。魏青又是心直，估量他们也跑不脱，喝骂道："小贼如此脓包，谅你们也不敢在我面前闹鬼。快说实话，饶尔等不死。"说罢，将手一招，收回飞剑。

二童惊魂乍定，仍由穿青的答道："我名甘熊，他乃我弟甘象，同在天门神君林瑞门下。只因那日我二人往琵琶垄取象心，路遇卧云村萧逸、吴诚师徒二人，争斗起来。他二人中了我们的仙剑，眼看就擒，被他用郑颠仙神符将我二人弄伤惊走。逃回山去，求师父推算，得知他妻欧阳霜，奉颠仙之命，在前面养有三百株七禽毒果，想去办一件害人的事。今日奉了师命来此杀她，并将毒果用火焚烧，以免后患，乃是为世除害。错把大仙当做她的门人党羽，无知冒犯，还望饶恕，感恩不尽。"说时，允中见二甘目光闪烁，已料有诈。又听出是颠仙门人的对头，更知不是好路数。方想喊魏青留意，那甘氏弟兄原用的是缓兵之计，甘熊说着话，甘象已在暗中施为，准备遁走。魏青还未及答话，甘象猛将甘熊一拉，手扬处，一团五色烟光，直朝二人打来。接着一溜黑烟，其疾如矢，便往空中射去。

魏青骤出不意，几为所中。幸亏允中防备得快，一见甘象手上发出烟光，早就将飞剑放出，一道银光，将彩烟挡住。魏青也将飞剑二次出手，才没有中了他的道儿。等到二人飞剑将烟驱散，虽只瞬息工夫，甘氏弟兄业已逃得无影无踪，不知去向，只气得魏青乱蹦。允中道："自来邪正不能相容,这一来益信这里主人不是邪恶一类。而师父命我们途中所管闲事,也必指此无疑了。目前妖党已逃,你急你气,有什么用?还是找到刘、赵二位师兄商议行事吧。"魏青道:"这么久时候,他二人许已走远了吧?其实一追便能追上。师父叫我们路上不许飞行,又不将事情明说,白叫我们跑了许多冤枉路,担了多少天心思,这是何苦乃尔?"允中正色答道:"师弟不可如此。人都说师父性情古怪,我看师父虽然有些游戏三昧,言行不羁,但他老人家大纲节目上却是一丝不苟,道行修持尤其艰苦卓绝,并不随便任性。细窥师父言行动作,哪一样不含着深意?平日常说我们得之太易。除我在雪山顶上受过点罪外,别位简直没怎受苦,哪像他老人家得道的艰难?据我想,这次奉命下山,为我师弟兄四人积修外功之始,分明借此磨砺我们,一则长点见识,二则也使稍知修行人的辛苦。或者内中还藏有别的玄机,俱说不定。我们道行浅薄,难测高深,怎可信口乱说?即使师父不知,也失尊师之道。下次千万不可。"

魏青人本粗直,有话脱口即出,自觉失言,涨红了脸,只顾同了允中飞步前行,不再则声。允中因当初衡山拜师,追云叟执意不收,几乎送命,多亏凌浑垂怜,破格收容,师门厚恩,有逾再造,由此心志益坚,尊师重道之心最切。平日修为,也极勤苦坚毅。凌浑细行不羁,师徒相处,一任别人笑言无忌,他却始终谨慎肃恭,不敢稍微忽略。与魏青曾共患难,同门至交,自己又是师兄,闻言不合,便以正语相劝,原是情发于中,自然流露,并非成心给魏青下不来。见魏青脸红颈涨,面有愧容,又觉言太切直了些,正欲劝勉几句。忽听魏青道:"师兄,这里地高,除开前面那片密林,远远望过去数十里外,金弓坝镇集上的竹楼都看得见。已有好大一会儿,他们许都回到地头了吧?"允中一看,当地乃是一座极高峻的横岭,越过去便是出山的樵径。夕阳欲坠,将近黄昏,时光已是不早。暗忖:"刘、赵二人不特道行高深,心思尤为细密。大师兄刘泉更是见多识广,算无遗策。就算行时没有看出魏青中毒,也绝无撇下我们,快步先回集镇之理。他二人原说前途缓步相待,隔了这么多时候,我和魏青没有追上去,定知出事无疑,怎会没有回寻?走到这里,又不见他二人影子,难道在前面密林之内呆等不成?"越想越觉事情奇怪,加以先前所闻所见,一面催着加紧快走,暗中便多留了一分心。

二人剑术已有根底，身轻足健，虽是步行，也比常人快出百倍，不一会儿，便行近岭下密林外面。林内尽是参天老树，又当春夏之交，浓荫如幕，郁郁森森，交柯连干，密叶如织，离地三五丈以上，暗沉沉不辨天日。四人来时，行经林侧，只赵光斗见大林深密，恐藏精怪，曾放出飞剑入内穿行了一周，余人均未进去。允中寻思："刘、赵二人要等人，也应在林外守候，怎会藏身林内？"便和魏青顺着林外往来路走去。走没数十步，忽听身后破空之声。连忙回顾，乃是二道黄光，带起一片彩烟，朝斜刺里乱山中飞去，与先前妖徒所放一般无二，只是功力要强得多，逃走的方向不同罢了。就在二人回身一瞥之间，从林内又飞出一道本门的剑光，正是大师兄白水真人刘泉。知道遇见异派仇敌，不顾得说话招呼，忙和魏青放出飞剑，随同追赶。敌人逃得真快，晃眼工夫，已没了踪迹。与妖徒逃法相仿，直似一过山头，便没入地里一般。

还待前追，刘泉将二人唤住，说道："妖人太可恶，赵师弟几为所害。你二人如若早来半个时辰，定可遇上，或是略微晚来一会儿，不走过来，也正好迎面堵住。他这四九遁法来不及施展，也不会被他逃走了。"说时，七星真人赵光斗也从林内飞出，向刘泉道："这厮已经入网，竟会被他逃走。想是命不该绝，真出乎意料了。"刘泉道："看这厮行径，乃天门神君林瑞门下，妖法颇得乃师传授。他师徒作恶多端，狡猾非常。林贼自从碧鸡坊被白眉老禅师削掉头皮惊走，久已不知他的住处，想必潜伏此处。师父之言，定是说他。反正还有些闲日子，好歹将他师徒除去，以免为害人间吧。"

允中便说了前事。一问经过，才知刘、赵二人看出魏青神色不佳，料是不听话，误吃毒果。因他身带师父灵丹，又有允中随去，绝无大害。既然讳疾不言，便没有给他揭穿。又因沿途山景灵秀琼奇，天也还早，意欲沿途观赏，缓行相候。行近密林外面，偶然停步凝眺，随意闲谈，谈起途中并无所遇，元江取宝之行，能否手到成功，不辱使命。刘泉忽想起俞、魏二人去久未归，心疑中毒太剧，欲招呼光斗起身，回视魏青病况如何。这时二人一坐一立，赵光斗正坐在刘泉左侧山石上面，二人原是同向来路，观看夕照红霞。刘泉这一偏脸，猛见斜阳阴影里，一片彩烟裹着万千根红色光针，朝二人存身之处打来。刘泉发现得早，尚可纵避。赵光斗却是危机已迫，绝少幸理。幸而刘泉机智绝伦，一见光针，便知来意恶毒，别的破法已来不及，仗着道法神妙，大喝一声，身剑合一，飞迎上去，将那片烟光挡住；一面运用玄功，将它消灭。

来人正是天门神君的心爱大徒弟申武，所放烟光乃林瑞独门炼就的血焰针。此针炼时，先养下南疆特产的毒蜂，然后擒来成千累万的毒虫蛇蟒，用妖法使其互相掺杂交配，采下精涎，去浇灌培养一种名叫快活花，山人叫做公母花的毒草。草极难得，也难成形，尤不易活。快活草之得名，便由于此。非有虫蟒精涎浸润，便没有种子，也不能生。虽经妖法培植将护，也需三年，始能成形。花分雌雄，成形的花，与男阳女阴无异，并且自能配合。越是炎天热晒，越发鲜艳生动。可是雌雄二花一接之后，略颤即成腐朽，臭汗淋漓，不可向迩。越是成形的花，越完得快。花腐不消片刻，全株随即枯萎。所以第一二两年，花未成形要开之时，须命门徒昼夜防守。只要见二花对舞，立用竹刀将花夹去。否则一任交合，就无成形之望了。此草不成形的花，已是奇毒，虫鸟望风远飏，不敢挨近，何况吃它。那毒蜂都有拳头大，产自南疆深谷幽壑之中，口尾均有毒针，无论人兽扎上，即难求活，只有此花能治，也是罕见之物。喂时全仗妖法禁制，算准花开正在交合欲腐未腐之际，驱遣蜂群，飞上花田。每花只喂一只毒蜂，等蜂嘴插入二花交合缝里，立时撤禁。蜂受妖法所迫，原出无奈，嘴插在花里，真是又臭又痛，身子还被花汁粘住。忽然禁制一去，一挣未挣脱，自然发作刺人刺物的天性，掉尾一刺，二次再用力一挣。那花交合后，已经腐朽，自然可以挣脱。可是花毒全部被蜂刺吸收了去，蜂也奄奄欲毙。这才在毒蜂未死之前，将蜂刺取下，另用妖法祭炼成针。如为所中，立时周身麻痒狂乐而死，真个厉害无比。林瑞这针，共炼了两大革囊，伤了无数生灵，才能炼成。仗此为恶，不知凡几。因是炼既奇难，又是只发不收，伤人与否，只用一回。前在碧鸡坊害人，巧遇白眉禅师，又给他毁了十之七八。近年已舍不得再给门人使用。申武所炼，虽也恶毒，并非原针，所以易为刘泉所破。刘泉只是闻名，不曾亲会过妖人师徒，因此轻敌，日后吃亏。不提。

刘泉破了飞针，赵光斗跟着放起飞剑。申武原是路过当地，看出刘、赵二人不是同门，潜伏静听，恰逢二人谈起元江之事，知是乃师对头，妄想用飞针暗算。一见事败，仗着精通妖法，竟然挺身出斗。刘泉和赵光斗自拜在穷神凌浑门下，因以前所学许多法术，当年曾用苦功，弃了可惜，如若用之于正，一样可以御患防身，所以每日勤修正道之余，稍微得暇，便共同练习。不特没有弃掉，反因受了玄门真传，融会贯通，比起以前，还要精进。内中最厉害的是当初苦铁长老所传五行阵法。遇敌之时，只要当地有五行之物，便可运用，将敌人围住。这次本因师言未验，心中犹疑，妖人突然出现，料定师言必是指此。刘泉立意要将他生擒，拷问来历巢穴。又知林瑞师徒妖法诡计多端，精于逃遁，一面对敌，暗向赵光斗使了个眼色。意思是道旁森林甚多，五行之中，以东方乙木为最猛，擒敌较有把握。谁知申武在林瑞门下多年，最得宠爱，也是见多识广。刘、赵二人如用金火之阵伤他，或者尚能成功，这一想擒活口，却错了主意。

申武恰巧最精土木遁法。他见刘泉飞剑神妙，赵光斗人未受伤，忽然隐去，本来就有些留意。又听刘泉喝道："你这厮是天门神君林瑞的徒弟么？"申武脱口答声："正是。"言还未毕，刘泉喝得一声："好！"便纵遁光，往来路退去。申武虽然心疑有诈，敌人是个正派门下，未必便为乃师威名所慑。一则自恃妖法，二则适才偷听二人所说之言，仅知是往元江取宝，不知二人姓名宗派来历。偏生敌人不等答完了话就走，意欲问个明白，回山报与乃师，好做准备。口中大喝："你二人叫甚名字？快些说出，饶你等不死！"一手指定妖光，纵身便追，斗处相隔那片森林甚近，瞬息即至。申武追近林侧，猛觉眼前一暗。接着便听万木号风之声，眼前又由暗转明，天地人物，全都无影无踪，全变成了极浓厚的青绿之气，将身围住，映得通体皆碧，身上又似有极大潜力挤压上来。知道中了敌人的圈套，人已困入埋伏以内，心中大惊。忙运妖光，暂且护住身体，抵御青气，不使侵上身来。又取出身带法宝，化成一道赤虹，待要冲围逃走。不料刘泉、赵光斗二人法术高深，申武所到之处，俱有千寻绿气层层围绕，一任他用尽心力，左冲右突，只是逃不出阵去。渐觉青绿之气越发浓重，耳听敌人喝声："急速跪下投降！"声音近在咫尺，偏看不见人影。敌暗己明，又不知敌人用的是什么法术禁制，无由破解，时候久了，知难幸免，正在悔恨焦急，欲逃无计。

也是妖人命数未尽。刘泉见妖人拼命抵御，不肯降伏，心仍不愿就去伤他。方想用法宝拿人，还未下手，赵光斗在一旁主持阵法，一见妖人烟光也颇神妙，竟将东方乙木真气抵住，急切间擒他不了。忙着收功，便将阵法妙用发动，打算驱遣万木，将他四面阻住一挤压，妖光虽然厉害，也无用处。如不见机降伏，立被压成血泥。妖人被逼无奈，必然降伏。否则就先除了他，再去搜寻巢穴党羽，至多费一点事，既在此山，不愁找他不着。当时也未和刘泉商量，阵法一经发动变化，申武方苦不支，猛又听飓风大作，杂以隆隆之声，恍如涛奔海沸，雷鼓齐喧，惊天震地。响过一阵，沉沉青绿重气之中，上下四方俱是成排成排的整根大木，如潮水一样卷压过来，乍看甚是惊惶。明知邪正水火，降也难逃活命，万般无奈，只得仍竭全力，拼命抵御。真也亏他，这么厉害的阵法，居然被他苦苦支持，未受到大伤害，直经过了个把时辰。刘泉先因阵法已经发动，也就由他。继见妖人虽渐势衰力微，仍借那道虹光护身，大木近到身侧两丈左近，便被阻住。赵光斗仍不住在运用发挥，上下四方大木前轧后挤，几乎融成一体，颇似一个极大圆木桶子，将妖人装在里面。虽然困住，急切间仍伤他不得。此时忽想起俞、魏二人久不回来，莫非也遇见了林瑞手下妖党？一着急，姑且网开一面，将木阵现出了一条缝隙，把飞剑法宝同放进去。申武见后面突现空隙，只恐上当，未敢速出。猛想起师父独门土木遁法甚是精妙，敌人明明是东方乙木之阵，岂不正好借以逃走？想到这里，又恐敌人阵法中藏有先后天五行互为生克的变化，借此遁去，无异自寻死路。方在举棋不定，倏地敌人飞剑，连同一道有尾如剪，具有红黄二色的光华，似电一般飞来，一到便双双将护身光绞住。百忙中认出那道红黄色剪尾光华，乃苦铁长老旧时镇山之宝，名为金鸳神剪，共是两把。内中一把，曾经见过，端的厉害非常。敌人飞剑已是难敌，何况又加上这么厉害的法宝，这护身朱虹恐要保不住，但又不敢收回。微一迟疑之间，果然虹光首先被敌人剑光法宝绞成粉碎。晃眼当头，危机瞬息。申武心胆皆裂，情急逃命，只得拼着九死一生，施展土木遁法，一纵烟光，径往万木丛中遁去。刘泉还想生擒问话，剑光法宝没有遽下绝情，竟被借遁冲出重围，逃出了险地，后悔已是无及了。

四人见面，说完经过，知天门神君林瑞师徒，必寻卧云村主萧逸的晦气。萧逸为人如何，虽然不知，既和妖人对敌，乃妻欧阳霜又是郑颠仙的门徒，想必是个正人君子。不过师父要帮他忙，就嫌为期尚远，也可言明，命大家暂在青螺峪练习道法，算准日期，来此相助，除却妖人，再去元江，岂不直截了当？何以老早就命步行起身，白受许多跋涉？沿途又没遇见一点可办的事。如说是借以磨炼身心，又俱是身轻体健，不畏险阻，谁也没觉受到丝毫苦楚。四人想了一阵，均不解师命所在。因知妖人业已发动，妖徒二人俱受挫折，难保不疑四人是萧逸请来的救兵，事不宜迟，速往为妙。略微商量，便同往卧云村进发。

那村僻处万山深谷之中，外有层崖叠嶂屏蔽，以前只有一个小洞，是入村通路。洞临广溪，水流甚急，水面相隔洞顶不过二三尺。人在船中，休说起立撑篙，连坐起来都不能够，必须卧倒，手足并用，推抵洞顶而行。最底处，船与洞顶相去只有尺许上下，由洞口舟行，直达村前的落梅涧绝壑之下，有七八里路之遥。沿途石笋钟乳，参差错落。端的森若悬剑，锋利非常，舟面不时擦刃而过，轧轧有声。长的却直刺水中，时为梗阻。遇到山水涨发之时，便村中人也难进出，何况外人。俞、魏二人所经溪边谷径，还是近数年间欧阳霜为种七禽毒果，恐村中溪涧染了果毒，因谷外小源别有泉溪，又流不到山外去，特地开出这条通路，以便看守人来往经行，就这条路，也只通到村侧万松崖绝壁之下为止。危崖倚天，仰观落帽。崖左有一条极窄的裂缝，深约百丈。虽可连肩鱼贯而行，但是夹壁缝隙，藤藓厚密，一线天光，时复隐晦，景象既极阴森，途径又复曲折。口离地面还有两丈高下，百年老藤掩蔽其间，下面灌木盘郁，草高没人。春夏之交，蛇虺四伏，穿行如梭。在此防守的，都是萧逸门下健者。每次出入，内设绳梯，外用飞索，由缝口将索头、铁抓掷向离壁十余丈成抱大树之上扣牢，然后挓个跳索悬空而渡。壁间藤苔草树，全不损折。外人即使能到，也是即此而止，休说入村，直看不见丝毫人迹。防守时存身所在，是一崖洞，就在毒果林旁谷壁之下，也极隐秘，如不出声，也难发现。此外村中还有一条通往山后琵琶垄的道路，也是危绝，须要攀崖缒磴，翻山过去。全村除去萧逸，只有几个武功最好的能手能够攀渡。

萧氏上辈，由明季年间带了家属戚友门人，一同避世，来此哀牢山中，先隐在一个山谷里面住了数年。后来萧父玉叟冬游到此，无心中发现这水洞，天寒本来水浅，恰巧那年的水更浅，水面相隔洞顶几达一丈四五尺以上。萧氏全家俱精水性,便联合十几个同游的少年戚眷,同门世弟兄,斫木以舟,燃着火炬,逆流往探。头两次俱为水中大石、钟乳所阻,不得穷源。萧父为人最有恒心,末次换了入水衣靠,泅行而入,居然通过,寻到这一片世外桃源,高兴已极。回去说与父母和同隐诸家,大举前往。先合群力,将几个最碍舟行的大石笋、钟乳能毁的毁去,过大不能毁的,设法探路绕越,不消多日,便即开通。悄悄全数移入,端的尘飞不到,与世隔绝。除却天仙空中飞过,可以下瞩,否则踏遍四外山头,也难看见。真比起桃源,还要险僻幽奇得多。村人已历三世,所辟良田桑圃,果园菜畦,何止千顷。连左近土人山民,都不能知此中还有乐土。所以四人连在山中奔驰寻找,均未发现。如非魏青中毒腹泻,巧走溪边,闻得村中人语,就由高处望见,也只当是一个素无人迹的死谷,怎识此中别有天地。

俞、魏二人还以为走回适才溪谷,便可令守树村人引导,如其不在,也不难循径而入。及至四人赶到谷口,毒果林的左近,大石后面,先时守树村人一个未见。顺路前行三二里路,便到尽头,只见迎面峭壁千寻,矗天直上。那条人行小径,本就不显,早为深草所掩。近壁数十丈,直不似平日有人行过。四外草树丛杂,荆榛匝地,更不似可通别处情景。壁苔绣合,绿肥如染。崖顶万松杂音,一片青苍,时复挺生于石罅崖隙之间。崖腰以上,疏密相同,满壁皆是蟠屈平伸,轮囷磅礴,恍如千百虬龙,盘壁凭崖,怒欲飞舞。更有葛萝藤蔓,寄生苍鳞铁干之上,尽是珠络彩缨,万缕千条,累累下垂。一阵山风过处,先吹起稷稷松声,山谷皆鸣,仿佛涛涌,清喧未歇,蛇枝齐舞。又见绛雪乱飞,落红成阵,花雨缤纷,漫天而下。境固清妙,幽丽绝伦,可是用尽目力,也找不到一个人影。如说村人是绝迹飞行,越崖而至,证以所闻,又觉不似。

正寻不到入村途径,意欲折回原路寻找,赵光斗猛然一眼看到左侧一株大树上,树干树皮均有新断裂痕迹,忙和刘泉说了,四人一同赶到树下,俱都是行家,一看便认出是铜铁抓伤。抓的来路,却在崖壁那面,并且抓处有新有旧,树皮上裂痕累累。崖顶既高,以此上下,实不可能。由上下缩,仅可垂直降落,也无须此。崖壁上又无着足之处,即有,从何可至?正在不解,刘泉面对对崖,运用慧目,一再谛视,忽然失笑道:"这位萧村主和欧阳道友,想得真好严密的道路,无怪山外人都说近山数百里没人家呢。"赵光斗闻言，首先发觉壁间藤蔓中，隐有一条裂壁缝，老藤根上也有抓裂之痕，相隔颇远。如换常人，万看不出。才料定通行由此。接着，俞、魏二人也随刘泉手指处发觉。正在商量飞越查看，忽听身后不远，谷壁上有人喊道："四位朋友大姓高名？意欲入村，有何见教？且请少停见示，再进如何？"

四人回看，乃是两个短衣装束、身佩刀剑镖囊的壮汉，俱都伏身左边谷壁之上，刚刚站起，相隔也只二十多丈远近。俞、魏二人一听口音，便知是谷中守树的村人，想是窥伺已久。虽然一方路生，一方路熟，又都在一心探路之际，没有留神，但以四人耳目灵敏，竟未发觉有人尾随，可见武术轻功，已臻上乘地步。村人如此，主人可知。刘泉当先答道："贫道刘泉师兄弟四人，原奉师命，往元江大熊岭去寻师叔郑颠仙，办一要事。行经此间，路遇妖人天门神君林瑞的徒弟甘熊、甘象、申武三人欲加暗算，被我等将他们打败逃走。因此得知他们与贵村主夫妇为仇，早晚必来谋害，特地入村相助，问明此事，共商除贼之策。但是初到贵村，路径不熟，刚发现壁上裂缝，便遇二位相唤。不知对壁可就是入村的通路么？"说时，二村人已从谷顶纵落，行近前来，深施一礼，说道："四位尊客，令师既与郑师祖颠仙同辈，定是家师母的同门道友了。晚辈是柴成、郝潜夫。萧村主乃是家师，现时正受了妖人暗算，养病村中。此间从无外人足迹，四位尊客新来，可能暂留贵步，容晚辈入村禀过家师，专诚迎候，少免简慢如何？"

原来柴、郝二人，还有一个同门，乃萧逸之侄萧野，同守果林，并未他去。因藏处隐秘，四人过时，一听俞允中说石后守者不在，便忙前行，没有细看。萧野见有生人到此，疑是妖人党羽寻仇，便要动手。郝潜夫比较年长心细，一则看出四人轻身功夫奇异，直似凌虚飞行，未必能敌；二则四人相貌清奇，都带一脸正气，又未想取毒果。如是妖党，必从山后，不会由山前来。料是无心到此，行至尽头，必要折回。当时拦住萧野，让他持着欧阳霜护树灵符守候，自和柴成援上谷顶崖壁，尾随下去。跟到尽头，见四人盘桓不走，意似寻路，远隔话听不真，方疑有异。后来赵光斗发现树上有伤痕，四人全到树前，齐朝壁间注视。刘泉忽又失声一笑，看出壁缝通路。吉凶莫测，郝、柴二人正在着慌，所幸树下相隔较近，刘泉语声又大，才听出来人像是乃师朋友，不是仇敌，但还不敢造次。见四人已将飞身而上，忙即出声唤住，欲请四人暂留，回村禀告主事的师兄尊长，先商讨一下，再定迎拒。刘泉知他用意，便笑答道："贵村桃源乐土，素无外人，我等不速之客，原应先容才是。只是令师已经受伤，妖人师徒尚在不肯甘休，事属紧急，来去须要快些才好。"

柴、郝二人连称遵命，忙向树侧深草里寻出一柄上系长索的铁抓。郝潜夫命柴成陪客暂候，自己去去就来。将抓照准对崖掷去，立时抓紧壁上。柴成伸手要过索头，手微一抖，扯了个挺直。郝潜夫拱手道声怠慢，飞身到了长索上面，两脚微停顿处，两手一分，便踏着长索斜行向上，箭一般朝壁间射去，晃眼到达，进了壁缝里面。那根长索始终笔也似直，人行其上，毫不弯曲。刘泉笑道："二位武家功夫练到这等模样，也真不是一朝一夕之功呢。"

郝、柴二人早看出四人本领不比寻常。柴成闻言，疑是说他成心卖弄，连忙收了索抓，逊谢不已。刘泉知他会错了意，方在慰解，谈没片刻，忽见壁缝现出二人。当头一个，正是郝潜夫。后面跟定一个十二三岁的幼童，一出现连喊道："家师已在危急之中，四位前辈既允相助，足感大德，就请驾临吧。"四人见他来去甚速，面带惊慌，料知村中出了变故，不及细问，刘泉首喊"快走"，四人各驾剑光飞身往壁缝中飞去。郝潜夫和那小童见四人果是剑仙一流，不禁惊喜交集，拜倒在地。刘泉拦道："令师危急，休再拘礼，速行为妙。"郝潜夫忙令柴成仍回原地通知萧野，一同防守。自己急匆匆纵上缝口，顺着夹壁，领路当先，朝前面跑去。

四人见郝潜夫脚底甚是迅速。那小孩相貌尤为清奇，跟着同跑，不时拿眼偷觑四人，大有歆羡之色，并未落后，俱都心中赞赏。魏青性急，怜他年幼，边走边抚他道："你这小孩，也在黑崖缝里跟着急跑。我抱着你走，一来省你受累，跟不上我们；二来也好问你的话。你看如何？"那小孩脚程本不在郝潜夫以下，因见四人到来，触动平日心志，存心跟着走，意欲伺便说话。只是当时惊喜过度，心头怦怦乱跳，又在相随急行之中，四人也未开口，恐怕说错了失礼，正在打主意开口，闻言正合心意。又恐仙人看轻他年纪小，急走不动，忙答道："我虽年幼，这条路却是跑惯，再走快点也行。不过想跟大仙求教，如蒙携带，感激不尽。"随说，顺着魏青的手一拉，便似猴子一般，轻轻落在魏青手腕上，双膝跪定。魏青见他应付敏捷，上身时还提着气，竟似卖弄，身子轻飘飘的，愈发高兴，便用手将他抱住，问他姓名年纪，父母是谁。

原来这小孩名叫萧清，父母双亡，自幼从叔学艺。日前乃叔卧云村主萧逸和爱徒吴诚在后山猎雕，为妖人所伤，病倒在床，今日愈发沉重，眼看临危。全家子侄门人，正在愁急无计。萧清年纪虽轻，却是生具异禀，绝顶聪明，任何武功，一学就会，一会便精。萧家子侄及众同门，均极爱护。他见众人只顾焦急忙乱，一筹莫展，暗忖："堂兄堂姊，俱被婶母用法术封闭竹园以内，他们不能出，别人不能进。吴诚不说，叔父伤势凶多吉少，妖人还难保不来。大师兄何渭，人又忠厚老实，拿不起事。何不赶往元江大熊岭，去找寻婶娘来此，救人报仇，方是上策；徒自着急，有甚用处？"正盘算要去，恰好何渭想起师兄弟中，只有吴、郝二人足智多谋，今日郝潜夫偏生该班轮值，守那毒果。师父伤势忽转凶险，有心想瞒了师父，前往大熊岭求救，连个商量的人都没有。见萧清走过，便和他说了，意欲唤回潜夫一商。萧清力请自往。何渭嫌他功夫虽好，年纪太小。最后说道，唤回潜夫商定，再行派人前去。

萧清领命出村，心嫌何渭行事过缓，本意潜夫给他唤回，自己仍旧背人前往求救。行近夹壁之际，猛想起："婶母欧阳霜，因当初一句话说错，几乎害她被叔父迫得惨死。后来传授亲生子女道法，因记前仇，一任叔父求情，自己跪恳，坚不肯传，并不准堂兄妹私相授受。上次行时，曾说叔父大祸将临，她奉师命办一要事，三个月内不能离开一步。如不听话，明知叔父有甚凶灾，也绝不回来探看，话甚坚决。何况求救的人又是自己，看她平时心性，定置之不理。"越想越觉此行无望，不觉走进夹壁以内，正在伤心难受，忽见对面有人飞跑而来，定睛一看，正是郝潜夫。一问来意，听说壁外来了四个异人，不禁心中一动，忙对潜夫说："师兄，你怎这般糊涂？师父和吴师兄俱在垂危，巴不得来个救星。来人如是妖党，既然得知前村出入口，凭你二人拦得住么？况又提起郑师祖和师父受伤之事，明是婶娘的师兄弟无疑，你何不叫进来？师父都不能说话了，还问作甚？要是急慢走了仙人怎好？"潜夫本料来人绝非敌党，只因村中多年无外人进出，师父令规极严，干系过大，想先问一声。不料一半天工夫，伤势会变得如此凶险，不禁吓了一大跳，再被萧清一埋怨，更觉自己不应过于小心，为救师父，就拼着担点责任也是应该，还请甚示？再者，来的又非可拦之人。忙说："师弟话对，我们快走。"萧清路上再把萧、吴二人险状，加枝添叶一说，潜夫更害了怕。所以请进四人，连话都顾不得细说了。

萧清久欲从一仙师学道，先听来了婶婶同辈，虽料是仙人一流，心已大动，但还在疑信参半，不知来人有无婶婶那等本领。及见四人凌空飞来，虹光电掣，竟比婶婶飞剑的光华还要强盛神奇，愈发死心塌地，誓欲择师而从，不允不止。四人见他对答如流，敏慧异常，俱甚喜爱。

大家行不多时，壁缝渐宽，前面有了微光折射而入。再转一弯，天光透处，已将夹壁走完，入了卧云村境。那村在原始时，本是一座大山。后来山顶喷火，不知经过了多少年代，遭受多少次的地震，才崩陷出这么一片广大深秘的盆地。因是其山穴底，地面比山外要低下好几十丈，四外山形都崩成了百丈的断崖，将此村团团围住，内外隔绝，成了一个长圆形的天生屏障。又当哀牢山中最高之处，外观十之八九，俱是赤崖若屏，矗天直上。休说是人，便是猿鸟也难攀援飞渡。加以形势丑恶，寸草不生，既不能上，又无可观，所以亘古绝少人迹。万松崖那一面，虽然松杉满崖，景物清幽，但又僻处幽谷之中，山重岭复，遮蔽颇多，远近俱难窥见，连本村主人发现这条道路，也仅数年内事。即便有人入山选胜，探幽到此，也不过耳听松涛，目穷黛色，望崖兴叹，无可攀升。哪会知道危崖峭壁以内，还藏着这么一个桃源仙境？如不是近十年萧逸师徒静极思动，常由后山翻出，往琵琶垄行猎，与天门神君林瑞相识，惹下许多事故，长此终古，也未必会有人知道呢。

刘泉等四人甫入村境，因面前一段是两座小山夹成的一条曲径，山上满植松重，山脚栽着两行草花，虽然清丽，还未觉出怎样好来。及至行近山口，突闻犬吠之声三五遥应，又有水车声响远远传来，颇有江南风味。空山得此，倍觉有趣。出了山口，豁然开朗，眼前倏地现出千百顷平畴绿野。居中一条宽阔道路，桃柳成行，树皆成抱。两旁尽是水田，一亩之大，过于常亩三倍，无不整齐方正，阡陌井井，宛如方罫。田岸俱宽丈许，四旁均有竹管一条，粗逾人臂，直通到底，以为引水灌田之用。阵风过处，吹荡起千层碧浪，时闻稻香。四外俱是高崖，绵延不断，将村围绕其间。

因已日落黄昏,村中力田之人多已相率归去。三五村犬遥见生人,一同鸣吠奔出,被郝、萧二人呼叱回去,兀自遥望,狺狺不已。这一大片水田走完,又过了两处桑林梅林,忽见水光接天,面前现出百顷湖塘,活波溶溶,风翻细浪,时有游鱼戏水,掉头摆尾,跳跃水面,水甚清洁。全村人家,十九滨湖而建,俱在湖东南面。村主萧逸的家,独在北面,与高崖继续相连的小山腰上,背山面湖,层楼高阁,飞桥复道。左是竹园,右是橘林。高下宽窄,依着天然形势布置建筑,颇具匠心。行近湖前,便随郝潜夫抄近路直奔小山之下。途见萧家门前山麓之下聚着多人,料病人危急,无心再观赏景物,一路飞驰,顷刻走到。

村人见郝、萧二人同了几个生人走来,有的上前问讯,有的直奔入门。萧清聪明,为省多说稽时,只说:"这四大仙都是婶娘的师兄,少时再对你们细说。"说完,便和郝潜夫揖客同升。上山有就着山石铺设的磴道,小径纡曲,共分数截。除石地外,繁花满山,灿如云锦。萧家门外有一片石坪,大约数亩。石地隙里疏疏落落挺立着十几株梧桐,石桌、石礅散列其下,棋枰三两,间以茶具。想见春秋佳日,对枰饮茗,迎风弄月,尽多乐事。四人虽是偶然涉目,俱觉清景芳淑,主人绝非俗士。因已到达,刚将脚步放缓,萧逸大弟子何渭已经得信,带了诸同门赶出,见了众人,施礼迎接进去。家中还有萧家子侄尊亲,闻说来了仙人,齐来拜见。

刘泉问知萧逸、吴诚二人伤势愈危,医药无效,现已昏迷不醒,对众说道:"妖人林瑞所炼血焰针,端的厉害,如为所中,立时周身麻痒,狂笑不止而死,哪能活到数日之久?诸位所说先轻后重情形,不是林瑞心有顾忌,不肯遽下毒手,致树强敌,便是别有所图,志在要挟。否则令师所遇,虽不是他本人,他那三个徒弟,我四人适才已经先后相遇,所炼妖箭妖针,俱与他们心灵相通,并尤血焰钉厉害。人被射中以后,无论当时逃脱与否,均可用他本门之法,遥行操纵,生死轻重,悉随其意。如我所料不差,今日这般沉重,昨今两日,可有什么朕兆么?"郝潜夫见刘泉来时那般匆遽,进门不先探看病人,却问及琐细,好生不解。方要答言,萧清已抢着说道:"适间见面匆促,不及细谈。今早叔父还没有此刻沉重,忽从山下跑来一只小鹿,这东西近年我们原养有十几只,大师兄还道管鹿囿的人不小心,师父受伤心烦,怎把一只小鹿放下山来,满屋乱转?当时轰了下去。事后我才想起，我家小鹿俱已生角，这只是秃的不说，身上还尽是红黄道子，要是山外的鹿，怎会进得村来？鹿眼又那么发直，进门之后，朝着叔父房门，又点头又画脚；出门到了石坪上，绕树乱转；下山时临空下跳，神气很慢，像是有东西托住神气。诸般俱觉异样，恐怕妖人闹鬼，和诸位师兄说，俱当我多疑生心。我赌气赶往鹿圃去查，栅门未开，也不见此鹿在内，偏生守圃人不在。再跟大家说，定又当我看花了眼。至今奇怪，午后叔父就越沉重了。"

室中诸人本切盼仙人治伤，正嫌他说话絮叨，何、郝二人更欲插口，忽见刘泉笑道："你真聪明有见识。果不出我所料。"说罢，倏地回身，把手一扬，先是一道白光，直朝门外梧桐树下飞下，口中大喝道："大胆孽畜，还不将东西献将出来赎命，难道还要我亲自动手么？"言还未了，便见黑影一晃，从梧桐树下跑出一个周身黑毛，手持两面上画符箓鸟兽的令牌，似人非人的怪物，抱头鼠窜，战战兢兢，欲待觅路逃去。无奈身子已被白光圈住，刚跑进了崖口，便被拦住。怪物看势不佳，好似又怕又恨，忽然把心一横，口中牙齿错得乱响，倏地掉转身，又往先前藏身之所奔去。谁知刘泉一动手，七星真人赵光斗也闻言警觉，看破妖人伎俩，有了防备，不等刘泉发令，早飞身抢到树下，手指飞剑，化成七点星光，先向一株大梧桐下一绕，破了邪法，就势将树上受禁的镇物抢到手中。接着一晃身形，行法隐去。怪物扑了个空。手中令牌一画小鹿，一画乌鸦，原是妖人林瑞准备给他化形脱身之物，又为刘泉所破，失了效用。头上面敌人剑光又在紧紧追逐，就要飞下，知难活命，一时情急，忙伸手用力一抓胸膛，"哗"的一声，毛皮裂开尺许。跟着伸手到皮层以内取出一物，向着刘泉口吐人言，正要发话，不料百忙中忘却赵光斗隐身守伺在侧，一把将它夺去。怪物见身带工具全失效用，情知逃了回去，林瑞师徒心狠手辣，也绝难容怪物活命；何况力竭势穷，已落人手，想要逃走，谈何容易。虽然后难方殷，暂时仍以求活，权保性命为是。念头一转，立向刘泉身前跑来。

魏青早就跃跃欲试，正要飞剑出去。刘泉识得怪物用意，并还有用它之处，忙递眼色，止住魏青，只和赵光斗各用剑光，将怪物四外围住，并不速下绝情。怪物晃眼走近，朝着刘泉跪下，哀求大仙饶命不置。众人见那怪物生得与人一般无二，只是通体黑毛，与人熊相似罢了，刘泉也不理怪物，先从赵光斗手上要过那禁制之物一看，乃是两个木人，上有血迹符咒，写着萧逸、吴诚两人姓名，全身钉有细似牛毛的刺，头上胸前写有一个大"火"字，六个"人"字。赵光斗道："大师兄留意。看这情景，林瑞妖法狠毒，莫不用的是反七煞吧？"刘泉含笑点了点头。向怪物道："你逃而复回，是何居心？既要打算下毒手，以求活命，为何早不下手？"怪物哀声答道："那恶人虽然许我立了这件功劳，便和他们一样，销去我禁制真灵的镇物，褪去这张附身熊皮，复体如人，收归门下，无奈害的是我至尊亲长。当初我无颜立足，自逃入山，是我自己不好，他还好言安慰，并未逼迫；平日相待，又只有好处，并无恶意。想起前情，委实不忍下手。适才连受催逼，才勉强去了两道符咒，隐身树下，闻听谈论病人，苦痛万分，人事不省。他那生魂又一味倔强，宁死不肯向我屈服，顺从恶人师徒之意。正看着难受，无计可施，诸位大仙驾临，我还以为恶人法术神妙隐秘，再也不会被人看破。便是露出马脚，难以抵敌，也可仗这两面化形神牌变化逃走。谁知大仙神目如电，玄机莫测，一举手便先迅雷不及掩耳，破了潜形之法。我看出剑光神妙厉害，卵石不敌。当时如将木偶身上刀火二符一撤，受伤本人必定立即消灭。恶人那里一接警报，自会用收形大法，将我救转；即或无及，也可火遁逃走。只因不忍下此毒手，略一迟疑，便被剑光隔断。我本无心害人，一意逃生。后见令牌连晃，不能变化，方才着急，求生心急。又见剑光只阻前进，不在树下守护镇物，想趁冷不防，猛遁回去，只伤吴诚一人，仍可火遁逃走。万不料一切行动，均在二位大仙明鉴之中。如今身陷罗网，又失却法宝镇物，大仙便放我回去，恶人也不容我活命。但是这反七煞诛魂大法，外人绝难破解。望求大仙念在小人本无害人之心，被迫无奈，情非得已，饶我一条狗命，情愿代破此法，暂贷一死。就这样还望诸位大仙听小人说出机密，速将恶人师徒除去，始能保住残生。"

说时，萧、郝二人见他目光清灵，口音甚熟，已看出是个熟人。正要插言，刘泉已发话道："你当这反七煞妖法，我就不能自破么？我不过想查问你是否居心害人和说话真假罢了。听你所说，原是这里熟人，虽不知以前为人如何，所说倒是实情。能恕与否，尚且难定，暂时权且饶你。连妖人师徒，一两日内，对你也不致有所加害。等问明之后，再作计较。如今救人要紧。"说罢，便命萧清速取泥土捏二泥人过来。萧清本想和那怪人说话，奉命而去。萧家众人，也有话要问，因刘、赵二人忙着破法，俱没敢开口。一会儿泥人取到，刘泉笑对俞、魏二人说道："师弟不要见笑，愚兄又要重为冯妇了。"当下掐诀行法，运用真气，双手一拍泥人，立时粉碎，化成一团灰烟，向木偶身上飞去。晃眼包没全身，又复原形。不消半盏茶时，所有木偶身上符咒字迹，俱从泥人身上透出。刘泉猛地大喝一声，向泥人顶上一拍，立即裂开，木偶便从口里脱颖飞出。刘泉伸手接住，又向怪人要过先取的几道妖符，贴在上面。然后挨次伸手，将木偶身上刺针符印一一行法取下。每取下一符一字，那木偶身上便若有知觉，好似受苦已极，自行颤动不休。取到"刀""火"二字，木偶无故自裂，齐如刀斩。接着无故化成一道白灰。同时萧逸房中，便有了声息。刘泉随取一粒丹药，吩咐郝潜夫："速与萧、吴二人服下，切忌劳顿，少时痊愈清醒，我等再行入内相见。"

潜夫拿了丹药刚走，萧清忽然从屋内奔出，喊得一声："叔父、师兄好了！"便跑至刘泉面前，抱膝跪下，指那怪人哭诉道："他是我哥哥，定被妖人所害，落得这般光景。求仙师快些想法，救他一命吧。"刘泉吩咐萧清速起，且不答话，先问何渭，可有静室。何、萧二人同声道有。刘泉道："此时病人魂才归窍，数日摧残，元气受伤太甚，服了家师灵丹之后，还得将息些时。只可着一人对他们略说大概，即令安卧，不可多言劳神。到了子夜，自必痊可。我等已与妖人开衅，后事尚多。这个妖党也有许多话要去静室之中询问。除萧清外，余人如不在此居住，回家须要早走，否则少时贫道等为防妖人再来，将这所房子一行法封锁，今晚就不能出门一步了。"室中诸人俱是村主萧逸的至亲子侄和门下弟子，本就朝夕侍疾，极少离开；又见仙人降临，诸多灵异，愈发大开眼界，俱说不走。刘泉道："此时离行法还有一会儿。适见山下聚集多人，想是关心萧村主的安危。速去传话，就说山外延来医生，伤势业已转危为安，只是病人最忌喧闹，可速散回家中，不到明早，不要再来。今晚子夜，这一带如有异声异状，千万不要出视，只可装作不闻不见，各自安睡，省得一个照顾不周，受了波及。来时我见除村主山居外，村人房舍，最近的也在对面湖滨，相隔不下里许，真是再妙不过。为防万一，最好另命两个胆大心细的人，持我灵符，在离山半里外等候，再待半个时辰，便禁众人由此通行。候至稍有动静，即向附近隐秘处藏身，以免没招呼到村人，无心走来，受了暗算。"

萧清接口道："本村共总十姓，除了亲戚就是师友，并无外人；个个都读过几句书，练过几年武。一有甚事，只消吩咐下去，彼此递报，顷刻传遍全村。尤其家叔是一村之主，言出法随。如今卧病，由何师兄代为掌管，也是一样。相信绝无一人不知，也无一人敢于违犯的。"刘泉喜道："我因妖徒连为我等所伤，如今又破了他的邪术，恐其入夜寻仇，不得不预为之计。本来这守候人匆匆难得其选，既然如此，省事不少，便不用吧。"说罢，悄命七星真人赵光斗在门外石坪之上守候，众人各自散入别室。自和俞、魏二人，押着那形似黑熊的妖党，由萧清引路，同往后面静室之中走去。

三人方入室坐定，刘泉倏地将手一扬，立有一片光华飞起，形如半圈光网，将门窗一齐闭了个风雨不透，然后指着那怪人怒喝道："你既口称为势所迫，不愿害人，情甘弃邪归正，以求免死，为何还要闹鬼？快些供出，免遭惨戮，形神俱灭！"萧清入室，本欲二次求恩，忽见刘泉面上顿现怒容，光华脱手飞起，疑心要下绝情，吓得跑上前去，抱住那怪人，一同跪倒，一味哭求，也没听见仙人说甚话语。那怪人见刘、赵二人道法通玄，料事如见，本就怀着鬼胎，仗有萧清代他求情，心才略宽。一听刘泉怒声喝问，早吓了个心胆皆裂。先因那一个是萧氏夫妻对头，事全由她而起，如说出来，休说仙人，先就有人不肯饶她，何况这四人又必是欧阳霜的朋友，如何能容？不说出来，至少还可以舍了自己，放她回去为人，所以没有供出。不料仙人慧目，早已洞瞩隐微，知瞒不过，左右都难免死，不禁悲从中来，把心一横，大声说道："大仙既然道法高深，神目如电，我那同来的人，想也难逃回去。要我供出底细，事有碍难，比杀我叔父还苦。此乃我自己不慎，失身妖党，平日受尽凌践欺压，牛马不如，今日命该惨死。生魂回去，还得长受妖人禁制；你就饶我，也只逃命一时，未必便能为我出力冒那奇险，夺回镇物。还不如直截了当，速赐一死。别无他言，任凭发落便了。"

刘泉见状，微一寻思，冷笑道："你倒想得开。我知天门教下，残忍恶毒。入门必须身为异类，服役三五年。末了还须杀一至亲最近之人，方准脱去皮毛，复体还原，收归门下。妖人令出必行，稍有违忤，便将生魂拘去，日受驱策，永堕沉沦，祭炼妖法，从无一人稍具天良。那人是你甚人，为何死到临头，还要这样护他？"怪人闻言，还未答话，萧清听出原因，忽然省悟道："哥哥，你为了表姊出走，做出无礼之事，无颜在此，才翻山逃去。听你口气，莫非你二人都在妖人门下，同来的便是她么？你不要糊涂，这四位仙师，来时我已请问过，俱从雪山到此，与婶娘从没见过哩。果真表姊同来，不妨说出，只要有万分之一可恕，兄弟宁死，也必救你二人，仙师也不会不发慈悲。仙师妙法，你早见识，业已洞悉隐微。你还要隐瞒，岂非误了你，还要误她么？"

一面又朝刘、魏、俞三人哭求道："这是弟子哥哥萧玉，本非恶人。同来那人，想必是我表姊崔瑶仙。想当初，先母一时不合，言语伤了婶母，以致叔父误听先母和崔家舅母之言，闹出许多事故。后来婶母得道回家探望子女，先母已经身死。舅母本精武功，见人雪夜窥探，疑是村中来了外贼，苦追不舍。婶娘本就怀忿，回身理论，言语失和，动起手来。谁想婶娘遇救从师，已精剑术，一照面便将舅母点伤。舅母逃回告知逸叔，原欲说婶娘不好。不料逸叔事前早明白过来，只是口中没有说出。本已悔恨万状，闻言立即追出，率众门人儿女，踏雪苦寻婶娘，以求夫妻重圆。天明未遇，归来反把舅母数说了一顿。因正当舅母伤后，一怒而亡。舅父时已早死，舅母临危喊来表姊，哭命报仇。我哥哥和表姊，从小一处长大，本极要好，有过婚姻之约。表姊为报母仇，先要哥哥等婶娘再来，帮同下手行刺。哥哥因逸叔是长辈，不肯。表姊行刺未成，留书给哥哥，说她出山投师，不是自报亲仇，便是哥哥代报，方能归结连理。我哥哥由此便终日好似疯魔，时清时迷，两三次做出无礼之事，终于失踪出走，一去不归。彼时后山无路，水道出口有人把守，竟不知他二人怎样走的。叔父用尽方法去寻他们，连婶娘也代向山外寻过，均无踪迹。哪晓会误投妖邪，变成这个畜生样子。他二人虽是有罪该死，情实可原。中间曲折还多，一时也说不尽。务望仙师大发慈悲，暂时饶他二人，弟子定叫他供出实情便了。"

说时，屋外天空中，似有光华一闪。刘泉笑道："好蠢的业障！你只当我要你供出，才擒得到她么？如不看在你弟天性孝友，适才早将你立毙剑下了。你回头看那身后是谁！"说罢，将手一指。萧清、萧玉同时回望，门口光华裂开，室外似有七点星光闪过，光华重又将门封上。剑光分合之间，凭空一只大马猴，战兢兢跑了进来，见刘泉端坐室中，吓得转身就要逃跑。萧玉看见马猴，双手紧紧抱住，早不顾命翻身跳起，哭道："妹妹！你怎会也落入人手，还没逃去？这都是我们两人命苦，受尽千灾百难，如今落得生死两难。快些随我跪求仙师，看看能否看我兄弟情面放你一人，将我生魂带了回去吧。"那马猴也口吐人言，哭道："我也因叔父不是娘说的仇人，和你一样，老不忍心下手。后闻你已被擒，恐连累你，越发胆小踌躇。一会儿又听诸位仙师找寻静室，似要审你。打算冒险寻你，相机救了同逃。拼着答应那厮，只求饶你一命，放你逃走，再将那厮刺死，然后自杀。不想才一走出房门，便见一道长电一般飞来，将叔父房门守住。又用七星光将我逼到此地，自入罗网。叫我害了你独自求生，休说人家不肯，就肯，我于心怎忍？不死，妖人下手更毒。死在一处原好，只是死后魂魄必被妖人拘回，天长地久受折磨，怎受得尽啊！"说罢，熊、猴俱抱头痛哭不止。

允中见状，不由触动情怀，不等萧清开口，首先代他们求情。萧清听出马猴是崔瑶仙幻化，愈发苦苦哀求。刘泉喝道："你二人自寻苦恼，怨得谁来？单是哀哭，有甚用处？可晓得苦海无边，回头是岸么？"崔瑶仙毕竟女人心细，虽在悲痛至极，早偷觑着刘、俞、魏三人的辞色动作。闻言知有活路，立时转悲为喜，忙拉萧玉双双近前，跪下叩头说道："我二人误入邪途，非出心愿，无奈妖法禁制，不能脱身。今见仙师法力无边，如蒙救援超脱苦海，固是恩深再造，即或死罪难容，也求大施法力，免我二人魂魄受禁，永无翻身之日。"还待往下述说，刘泉接口喝道："我一来便知还有妖党在室，恐逼成变，故未进去，特地诱你出来，以免玉石俱焚。不料你二人天良均未丧尽，虽然该死，姑念事出无知，萧清苦求，及俞仙师的情面，索性成全你们，使复人形，就使将此两副皮毛，为你们抵御妖法。妖人未除以前，你二人在此室中静坐，不可擅离，方保无患，否则身死魂戮，休得后悔。"二人及萧清都喜出望外，悲喜交集，叩头不止。刘泉又命萧清速取两身男女衣服鞋袜备用。随后从法宝囊内取出四十九根竹签，分插地上。命萧玉先走近前，运用玄功，施展仙法，手掐灵诀，由顶门往下，全身连画十几下。恰好萧清取来衣物，萧玉全身忽起裂缝。刘泉照样行法，画了崔瑶仙。用手朝萧玉身上连扯了几下，一张整的熊皮应手而起，立时复了原来人身，现出一个赤条条的二十多岁英俊少年。刘泉吩咐火速穿衣。又各给了二人一粒丹药。又命少停由萧玉代崔瑶仙如法施为。事毕穿衣以后，将两身兽身拼成两个整的，铺于竹阵之内，各在室中静坐，自有灵效。

说罢，同了俞、魏、萧清三人，收了剑光，去至室外，用法术封闭全室，同往前面萧逸屋中走去。赵光斗业已先在那里。萧、吴师徒二人也已清醒，渐复原状，见刘、俞、魏三人进来，方欲伏枕叩谢，刘泉再三拦止，互相通问，落座叙谈。刘泉道："贫道一来，便见室内隐隐邪气，知道妖人狠毒，除门外石坪暗设禁制外，室内尚有埋伏。彼时既恐入室惊走妖人，又恐其铤而走险，稍一防卫不周，便为所害。同时外面妖人禁制，又最关紧要，偏他身形已隐，只见妖气，一击不中，必误大局。思量再四，决计不进室来，先拿话引逗外面妖人，果然中计心虚，微一动转，便被我看破，将他擒住。以后查见他已是真心降伏，却不肯供出同党。虽还不知内中曲折，却正要他如此，以免室中同党知我看破，激出变故。料她等我一离开，不是乘机遁走，便来窥探，先未害人，此时绝不肯轻易下手。一面暗请赵师弟预伏门外，诱之入网。一面故寻静室，审问被擒妖孽，诱使入网。不料这两个妖党，俱是府上亲属。适见他们质地均属不恶，不知何以至此？主人新愈，不宜多言。在座诸位，可有人得知此中细情的么？"萧逸闻言，叹了口气，眼睛一红，便命萧清代答。萧清这才细说经过。

原来萧氏全家隐居哀牢山，虽历三世，年代却不甚久远。祖上共是弟兄三人，还带着数十家共患难同进退的亲戚友人。萧逸之祖是老三，晚年才生萧父。自来幺房出长辈，加以萧逸天资颖异，博学多能，山中一切礼法教养，耕作兴建，多半出于他的策划部署。全村老幼，从小本就赞服他的才干技能。自从他发现卧云村这块洞天福地，安居不过几年，他的两辈老人相继下世。萧逸虽仅二十左右年纪，但是村中一般年纪大，辈分最高的，也不过是些叔伯兄弟，俱没甚本领。自知才干不济，而且年事又高，难任繁巨，连照定章选了几次村主，无人敢于承当，结果众望所归，还是选了萧逸。萧氏世传武艺，萧逸仗着天资聪明，愈发触类旁通，高出侪辈。这一当了村主，除每日照章治理全村外，便督饬全村少年学习武事，一则借以强身，二则防备万一有甚山民土人侵犯。萧氏武功，本有特长，上辈虽收门人，有几十下拿手，仍照例不传外姓。萧逸觉着目前众亲友举家相从，祸福与共，亲如一家，迥非昔比，秘而不传，说不过去。于是又从众亲友当中选二十个优秀子女，一同尽心教授，传以心法。不料一番好心，却几乎惹出一场大祸。

原来因为和萧氏同隐的亲友门客，内中还有一个复姓欧阳的孤女，原是萧父世仆欧阳宏之女。乃父从小就跟主人当书童，长大学会一身绝好的武功。中年丧妻，只有这么一个女儿，因生于霜降之日，取名霜儿。萧氏入山，也相随同隐。有一天与萧父出猎，路遇大队狼群，为了救护主人出险，拼命死斗。南疆野狼，青面白额，大的几有驴子一般大小，走起来成群结队，一呼百集，遇上人兽，齐起争夺，前仆后继。一面争嚼死狼，自相残杀；一面仍自猛扑，不得不止。不似内地山狼，多疑胆小。加以齿牙犀利，矫捷如飞，端的猛恶贪残，无与伦比。欧阳宏武艺虽高，终究只有主仆二人，骤遇这样千百成群的猛兽四面夹攻，到底不能全占上风。还算二人俱是能者，一任群狼飞扑上前，只要被打中，应手立毙，纵逃又快。由早起一直斗到天黑，打死的狼不下三四百条。先是每有一狼受伤倒地，它那活的同类立即抢到身前，爪牙齐施，死狼血肉纷飞，晃眼间便成一副骨架。群狼本是咆哮连声，一拥而上。二人也是手脚并用，不停乱打。一面端详逃路，且斗且退。狼来得也快，完得也快。后来狼死越多，活的十九吃饱。人固精疲力竭，狼也斗倦，才略松些。正相持中，萧家忽有人从远处闻着狼啸，想起他主仆二人早出行猎未归，恐有差池，前来探看。遥望隔山旷野中，二人被狼群围困，各持器械，一拥驰至，又杀了百多只。群狼见不是路，方死了心，纷纷抢夺死狼，衔了逃走。二人才侥幸未膏狼吻，人却气力用尽，软瘫地上，行动不得。众人搭了回去，当时用了家传良药医治。

养了数日，萧父复原无恙。欧阳宏却未治好。原来当初发现主人被群狼围困，从崖上下跃，直落狼群救主之时，恰值几只大狼正向主人身上猛扑，身前左右又有十几只同时扑到，形势奇险，绝难抵御。一时情急过甚，忙握紧手中铁棍，大喝一声，使了个风扫残花势子，横手一棍，照准后面四只大狼打去。因是情急拼命，用力奇猛，四狼立时头裂脊断，腹破腿折，相次随棍甩起好几丈高下，一两声惨嗥过处，颤巍巍落在地上，同时毙命。这时危机瞬息，间不容发。一棍打中，脚才点地，又有两只驴一样大的凶狼,相次朝他扑到。欧阳宏更不怠慢,回手一棍,刚打落了一只,第二只倏又扑到肩前,张开一张大嘴,尖唇怒掀,白牙森森外露,眼看咬到,再回棍已是无及。仗着内功精纯,身手奇捷,举手当头一拳打去,已中狼额。狼的短处全在后腿,头额甚坚,这只又是一只最大的母狼,头骨更坚如铁石。欧阳宏仓猝应变,未暇思索,恨不得把吃奶力气都使出来,第一棍和这一拳全都用力过猛,没有含蓄。先后六狼,虽然应手立毙,可是铁棍已经打成半弯,右手骨也隐隐有些酸麻。当时没有觉意,便与主人背对背立定,互相照顾,觅路纵逃。偏生这地方一面是危崖数十丈,无法上纵,其余三面俱是广大原坡,前后左右,都被狼群围定,难于逃走。打到下午,二人兵刃俱都弯折,不能使用,只得弃去,全仗双手抵御那千百凶狼。狼本都是昂首向前,除了用硬功强力去击碎它的头脑而外,绝少善策。一两个时辰斗过,二人双手全都肿胀麻木起来。欧阳宏更因左手先吃了点亏,运用稍差。正斗之间,一个不留神,一拳去打狼头,不料狼来得太快,拳发稍迟,一下击中狼嘴,将那满口狼牙击了个粉碎,吃锐齿在左臂皮上划破了一点,中毒颇深。回家用药一敷,创口一天就痊。可是毒入了手背筋脉,渐渐手臂的筋发了黑紫,左半身疼痛不止。不消二日,蔓及全身。等到有明白人细看发觉,已成了不治之症。第四天夜里,便即毒发身死。彼时欧阳霜年已十三,已学有一身本领。乃父临终泣请主人照看孤女,因自己身份低贱,不敢妄冀非分,但求在诸位少年主人中,老主人做主,选出一位,收为姜婢,只盼不使嫁出山外,于愿已足。萧父感他救命之恩,自然一口应允。欧阳宏这几句话原有用意,见萧父答应,也就含笑而逝。

前明门第之见,已成积习。萧父见欧阳霜小小年纪,事父甚孝,相貌又极端丽,自然喜爱;何况更觉义仆不可辜负,须得善待。无奈妻室早亡,子又年少,家中无法留养,便送往亲戚家中暂住,长大再说。却不知乃子萧逸是个多情种子,与欧阳霜从小一处长大,耳鬓厮磨,情根已深。只因出身阀阅,世家望族,虽已入山隐遁,家中排场礼节,依旧积习难改。如欲下偶仆婢,尊长绝不能容,每想起就觉心烦。好在双方年纪都幼,上下相差不过几岁,以自己的才望和心计,终须使之如愿,常以此宽解。欧阳宏临终之言,只他一人明白其中深意,是想借着救主之劳,将欧阳霜嫁与自己为姜,心中暗喜。嗣听老父每提此事,必说:"欧阳宏忠义可怜,他临危托孤，分明是见随隐入山的下人奴仆，女的还有几名丫鬟，男的只他一人。他有此佳女，既不愿嫁与童厮下贱，就打算嫁，也没这样同等的人。所以宁为上人妾，不为下人妻，要为父给做主意。以此女才貌至性，按我存心，本想收作义女，在众亲友中选一个好子弟，就做正室也不为过。无奈她父乃我世仆，并未随主改姓，人多不免世俗之见，必说我偏私不公，以大凌小。真个为难，只好且等几年再说。你可代我物色留意，亲友中尊长如有甚人夸她，速报我知，以便为谋。"简直没有一点想到自己身上的意思，真是又好笑，又着急，又不好意思向老父开门见山去说，身已归隐，同为齐民，何论尊卑？做儿子的根本就无世俗之见，情愿娶她为妻，代父报德，免得落到别人头上，说爹偏私，以大压小。

似这样干耗了两年。新村开辟，萧父忙着给他定婚。意中所定的，乃是萧逸的表姊，姓黄名畹秋。欧阳霜便寄居在她家内。畹秋年长萧逸一岁，不特才貌双全，更饶机智。与萧逸小时同在一处读书习武，又是举家随隐，常日相见。欧阳霜时已十六，愈发出落得天仙化人一样。萧逸无心娶她为妻，自然不愿这门婚事。再三向父力说自己年幼，要习文练武，恐怕分心，不到三十，绝不作室家之想。父子正计议间，老年祖母忽然病死。跟着萧父一夕微醉之后，忽又无疾而终。连治重丧，无暇顾及婚事，又没了尊亲相强，也就搁起。可是萧逸的姑母性甚急躁，又只此一女，爱如掌珠，本最喜爱萧逸，知道堂兄有纳彩之意，巴不得当时圆成这一双佳偶。偏偏堂兄忽然身故，萧逸新遭祖、父重丧，不能举办。又闻有三十始妻之言，不知乃侄意有别属，志不在此，只恐迟延了爱女婚期，更恐时久出变。几次命人示意，要萧逸先行定聘，终丧之后，即图迎娶。萧逸均用婉言推谢。后来迫得急了，索性正颜厉色，说丧中定婚，怎为人子？自己真没有这样心思，何苦陷人于不义等语。

萧姑看出他有些不愿意，发怒说道："我女儿文武全才，又美貌又能干，哪些不好？还就他去，反倒推三阻四的。他如此年少无知，固执成见，异日后悔来求，莫怪我不肯呢！"萧逸闻言，只付之一笑，乐得耳边清静，更不回话，背地里苦恋着欧阳霜。这场婚事由此打消，内中只苦了黄畹秋。平日眼界既高，又多才艺。眼前同隐亲友中的子弟，虽然不乏佳士，但谁也比不过萧逸。而且自己又是全村第一个文武全才的美人，青梅竹马，耳鬓厮磨，不知不觉，芳心早已种下了情根爱苗，心想："同辈姊妹多半庸脂俗粉，即或有点长处，也多是有才无貌，有貌无才，瑕瑜互见。仅有一个欧阳霜，父死以后，寄居在自己家中，婷婷楚楚，我见犹怜。无奈父为奴仆，出身微贱，置诸姬妾，已为矜宠，何足以偶君子？何况个郎温文纯挚，由少及长，友好无猜。虽因互重礼法，不曾明白吐意，似乎一点灵犀，久已心心相印。婚萧逸者，非我而谁？"与乃母一般心理，以为男女双方，都全村小辈中的第一人。一听萧父果有此意，心中暗喜。久不见人提说，方在悬望，萧家连办丧事，还当例有耽搁。照着萧逸平日相对神情和赞许的口气，便不提议，也必会登门求婚。否则更有何人能胜于己？

萧家终七营葬以后，小婢报说，乃母已命人前往示意，还在微怪乃母性情太急，身是女家，明是定局，何必先期屈就呢？及至去人两次归报，萧逸口口声声以亲丧大事为重，丧悼余生，无心及此，方始有些惊疑。嗣闻萧父在日，萧逸也曾推辞，并有三十论娶之言，情知有些不妙。痴心又料萧逸只是用功好名之心太重，并无属意之人。最后才听出萧逸假名守孝，意似明拒。一方面却不时往自己家里来往，再不就借故在左近盘桓竟日，而其来意，却不是为了自己，竟是为了欧阳霜而来。二人每次相见，一个只管冷如冰霜，淡然相对；一个却是小心翼翼，深情款款，情有独钟，自然流露。萧逸为人外柔内刚，温和安详，谦而有礼，说话举动，在在显得意挚情真。虽然对谁都是如此，情之所钟，究有不同。畹秋何等聪明，自然一看便透。

迁居以后，因有天生形胜，不受虎狼之患，所有房舍，大多因势而建，极少墙垣。合村的人，无殊同住在一个大花园内，相见极为便利。黄家房后，有片广场，原是村中习武场所之一，与萧逸所居，相隔匪遥。每值日落之前，左近几家少年男女都来场上，分成两队习武。萧逸武艺，偏又高出众人之上，男女两队都须向他求教。表面上又无丝毫失礼处，既不便禁止欧阳霜不与萧逸相见，又不便拒绝萧逸上门。于是由失望而羞忿，由妒忌而生仇隙。怨毒所钟，渐渐都移向欧阳霜一人身上。切齿多年，时欲得而中伤。头两三年中，还想愚弄欧阳霜，表面上加意结纳，打算认作姊妹，向她说明心事，同效皇英，嫁给萧逸以后，再收拾她。万不料乃母刚愎自用，一听女儿说萧逸看中了欧阳霜，忿怒已极，大骂萧逸违逆父命，蔑视尊亲，不识抬举。我女儿便老死闺中，也绝不嫁给这种浮浪无耻子弟。既然甘愿下偶奴仆，我索性成全于你。一得信，便把欧阳霜喊到面前，说道："你已年长，不能在此长居。本想为你营谋婚嫁，无奈门第不当，除了为人妾侍，无法启齿。今日方知我侄儿萧逸爱你甚深，难得他不计门第高低，又无大人约束，真是再好不过。谅你获此殊荣，当无异词。你如不愿，我也不能相强；如合心意，可速应诺，我当为你做主，即日命他迎娶。"

第一八九回
念切蒸尝　还乡求嗣子
舌如簧鼓　匿怨蓄阴谋

欧阳霜原本心感个郎越分相怜，情深意重，早就誓死靡他。只为幼遭孤露，出身寒微，逐鹿者多，云泥分隔。畹秋母女，更是虎视眈眈，大有不得不甘之势。现正寄人篱下，寡过尚难，何敢再生非分之想。心里尽管热情似火，外表却狠着心肠，强自坚忍，装成一副冷冰冰的面目去对萧逸；背地却又临风洒泪，对月长叹，饮泣吞声，自伤薄命。后见萧逸相爱情愫渐被畹秋看破，自己更是百般谨慎，端恭自重。但仍免不了畹秋的疑忌和迁怒，冷嘲热讽，受不尽的闲气。所幸黄母不知就里，畹秋心犹未死，深知乃母性情太刚，容易偾事，没敢明说，相待尚善。孤寒弱女，无所归附，只得勉强忍耐下去。待过两年，听说萧逸竟以才智超群，受全村推戴，不久便要选为村主，隐然全村表率，领袖群伦。知道村主一切均可便宜行事，无人敢于非议违命，当初定章，便是如此。萧逸服满，必要设法如愿，这才有了几分希冀。

过不几天，畹秋忽然与她刻意交欢，亲如姊妹。欧阳霜也是绝顶聪明，这三年中早看出畹秋忌刻阴险，饶有诡谋诈术，时刻都在小心防备。见她前倨后恭，言甘语重，料无好意，哪里肯上她的圈套，始终敬谨相对，言不及私。畹秋又要假惺惺，不肯自己开口。两下里互斗了些时日心机，畹秋闻得萧逸因全村推戴，已定日内服满即位。知道这一做村主，必娶欧阳霜无疑。实耐不住，方始借口姊妹情长，不舍异日分离，略露了点口气。欧阳霜仍装不解，含糊敷衍过去。第三天上，事便发作。欧阳霜听完黄母之言，虽知她事出负气，可是萧逸没有尊长，自己总算寄居在此，事须黄母主持，方为得体。难得她亲口说出，要省却不少碍难，真是再好不过。

对头又不在家，百年良机，稍纵即逝，脸皮万薄不得。立时跪倒，口称自己寒微孤苦，听凭老夫人做主，一切惟命是从，不敢说话。黄母也是火气头上，一心只想借此挖苦萧逸一场，不特毫未审计，连欧阳霜一句自谦的话也不说，都没见怪，当时便命人去唤萧逸前来。事有凑巧，萧、黄二家还有一个姓崔的表亲，名唤崔文和，品貌仅比萧逸略次，才干却不如远甚，苦恋畹秋已非一年。畹秋志大心高，自然看他不起，从不假以颜色。崔郎并不因此灰心，受尽白眼，仍是一味殷勤。偏生这日正是萧逸正位村主的吉期，村中随隐诸老人，有好几个都精推算星命之说，选立之前，早算出全村他年必有凶灾，只有萧逸可破；尤妙是当口如有红鸾天喜星动，更能化险为夷。事前曾劝过几次，萧逸只说日期未到。黄母年老多病，经卷药炉，常相厮守，不轻出门。畹秋隔夜就接到村中传知，一则不愿情敌得信欢喜；二则让萧逸知道这样喜事，全村长幼毕集，独心爱之人不来观礼，可见平日对他冷淡是真，毫无情义，好使他灰心，因而就己。反正老年尊长去否随意，欧阳霜恰好不在跟前，索性老母和随身丫鬟一齐瞒过，以免泄露。

第二日一早，黄畹秋便赶往村中会场上观礼致贺。到时还早，萧逸为示诚敬，业已先在，见畹秋独来，心头爱宠没有同临，心中已是不快。开口一问霜妹少时来不，畹秋又说了两句离间的俏皮话。萧逸心比镜子还亮，早就深知欧阳霜情深义重。一到黄家，神情骤变，外冷内热，实有深心。只因畹秋监防太严，无法吐露衷曲，越发由爱生怜，情根日固，这几句话怎能动摇？料定又是畹秋闹鬼。微笑一声，便自走开，去和别人周旋，不再答理畹秋。因萧逸素来温文有礼，一旦做了村主，立时改了脾气，自己几曾受过这等无趣？正没好气，崔文和走来，看见畹秋，赶前招呼。畹秋一赌气，想做些神气给萧逸看，故意假他一些辞色。崔文和自然受宠若惊，喜出望外。畹秋和他胡乱谈了一阵，挨到礼成，席也不入，便要崔文和和三五个同辈姊妹兄弟，同往后村近崖一带猎雉行乐。崔文和哪知她的用意，为讨她欢心，还把那几人也强劝拉走。好在人众席多，走了几个人，谁也没有留意。谁知这一来弄巧成拙，她这里前脚刚走，黄母便命丫鬟来唤萧逸就去。村中那些长老原知萧、黄二家曾有婚姻之议，这里村主即位，黄家不会不知，忽然急告，疑与婚事有关，巴不得当日能够红鸾星动，应了吉卜。一寻找畹秋,却又不曾在场,阴错阳差,以为畹秋害羞未至。不但力劝萧逸去后再来入席,反暗举出几名老成人陪同前往,以促其成。

萧逸明明见畹秋随人走往后村,没有回家,姑母忽然有急事相召,恐欧阳霜受了畹秋欺负,出了事故,心甚悬念。只因大礼甫成,全村人都在场,不便离开,乐得就此下台。匆匆赶去一看,竟是为了欧阳霜和自己婚事。虽甚如愿心喜,却看出姑母语带讥刺,辞色不喜。正在盘算答话,那几名长老闻言方悟萧逸以前坚拒婚事,原来在此而不在彼,极欲其成,以应朕兆。见他沉吟不语,知有允意,便和黄母说了全村人众的想望与今日红鸾星动得太巧,必主大吉,事应即办。立索欧阳霜八字占算,又是大吉之兆,本日举办行礼,尤其好在无以复加,格外高兴。一面命人通知会场暂缓入席,速请几名老少妇女带了新人衣饰,前来助妆,就着现成灯彩,略微按例添办,即日举行。黄母虽然忌忿,也说不上什么来。萧逸、欧阳霜自是心满意足,全听众人主持办理,不发一言。

村中人多手众,百事皆备。应吉从权,纳彩迎娶,俱是即时举办,仍然依礼而行。不消多时,便已停当。细乐前导,鼓吹入场。新夫妇行礼如仪,双喜临门;又以为是全村祸福所关,少长咸集,掌声雷动,人人有喜,称为从来未有之盛。只黄家几个人向隅而已。黄母见事已促成,方想起女儿素常娇惯,此乃心志所属之人,岂不使之难堪?本想羞辱萧逸一场,再使他长受村人非议,不料村人对他如此爱戴,百事随心,全无是非,反因自己促成其事。女儿久出不归,必为此事伤心难过,这是如何说起?深悔冒失,事未三思。越想越伤心,自己推病,也未到场。新夫妇走后,她恐女儿气出病来,正要命人寻回。黄畹秋在后村也正心烦,遥闻鼓乐繁喧,笑语如潮,做梦也未想到这一段。后来听出鼓吹有异,方觉奇怪。同行人中忽有家人寻来,说村主成婚,催往致贺,这才大惊。一问是谁,不由一阵头晕眼花,几乎不能自制,幸是身倚石上,没有晕倒。来人说罢,同行诸少年男女谁不喜事,一窝蜂都赶了去。只剩黄畹秋一人,倚坐危石,蹈蹈凉凉,百感俱生,半晌做声不得。

女子心性本窄,加以会场上笙歌细细,笑语喧喧,不时随风吹到。怅触前尘,顿失素期,冷暖殊情,何异隔世,越发入耳心酸,柔肠若断。想到难堪之处,只觉一股股的冷气,从脊梁麻起,由头顶直凉到了心头,真说不出是酸是辣是苦。伤心至极，忍不住眼皮一酸，泪珠儿似泉涌一般，扑簌簌落将下来。正在哀情忿郁，顾影苍茫，悲苦莫诉之际，忽听身后似乎一人微微慨惜之声。先时喜讯一传，只见同来诸人纷纷喜跃，狂奔而去，本当人已走尽，不料还有人在。忙侧转脸一看，正是素常憎为俗物的崔文和站在身后，两手微微前伸，满脸俱是愁苦之容。见畹秋一回头，慌不迭地把手放下，神态甚是惶窘，好似看见自己悲酸，想要近前抚慰，又恐冒犯触怒，不知如何是好的情景。畹秋见他潜伺身后，不禁生气，正要发话，秀目一瞪，大颗泪珠落将下来，正滴在手臂之上。猛想起适才心迹，必被看破，心一内愧，气一馁，嘴没张开。同时看出他眷注自己，情深若渴之状，在自己万分失意之余，忽然有人形影相随，不与流俗进退，又是这等关心，心便软了好些。不禁把头一低，满腹情绪，繁如乱丝，也不知说什么好。

崔文和虽然才能不及萧逸，只是畹秋眼界太高，不作第二人想，因而看他不起。论人品本非庸俗一流，加以天生情种，心思甚细，惯献殷勤，哪还会有看不透的道理。众人闻喜散去，独留原具深心。他苦恋黄畹秋已非朝夕，只为萧逸珠玉在前，明知非敌，尚欲以坚诚毅力排除万难，相与逐鹿，何况有机可乘，哪能不喜出望外。先见畹秋悲苦不胜，知她情场失意，立时动了心机。这些举动，固是情发于中，却也不免有一半做作在内。初意此虽绝世良机，但是畹秋素来厌薄自己，并看出今日相约偕游，假以辞色，明明另有作用。这一下能否将她打动，尚不可知。表面上做那诚惶诚恐之状，暗地却用目偷觑。心中本在怦怦乱跳，乍见畹秋秋波莹活，妙目含瞋，春添两颊，大有怒意，心方吃惊，暗忖不好。又见畹秋瓠犀微露，樱唇启合之间，星眼动处，珠泪潸潸，颗颗匀圆，玉露明珠，连翩而下。倏地怒容尽敛，粉颈低垂，雾环风鬓，婷婷楚楚，越令人又爱又怜，甘为情死。知道女子善怀，欲嗔不嗔，似怒未怒，乃是情场中最紧要的关头，千万不可错过。便吞吞吐吐，凑近前去说道："人贵知音，畹秋何必悲苦？保重玉体要紧。"畹秋闻言，突地玉容一变，微愠答道："干你的……"底下"甚事"二字未说出口，竟然抽抽噎噎，哽哽咽咽，低声哭了起来。崔文和见她伤心，更不再说别的，也跟着潸然不止。两人泪眼相看，吞声饮泣了一阵。畹秋见他相偕悲泪，似有千言万语横亘心中，欲吐不敢，神态诚恳，关切已极，不禁大为感动，忍泪说道："我的事儿，也不瞒你。这里恐怕有人看见，能随我到那边山崖底下，痛哭一场么？"崔文和好似伤心得连话都答不出，只把头一点，伸手想扶畹秋。畹秋妙目微嗔，把身子一侧，又吓得忙缩了回去。畹秋也没再怪他，当先往左侧僻静崖洞中走去。

那岸洞地界僻远，乃全村盛夏藏酒之所，轻易没有人迹，甚是幽静。二人并肩饮泣同行。刚一到达，崔文和一入洞口，便放声大哭起来。畹秋本为心伤气堵，相邀崔文和来借此地宣泄，当时一切均置度外，并未思索。行抵洞口，忽然想到孤男寡女，幽洞同悲，成甚样子？村中虽然一向不重男女防闲，究竟不可过于随便，丝毫不避嫌疑，如被人知，何以自解？崔文和又苦苦钟情于己，倘有非礼言动，虽自问拿得住他，就论本领也不比他弱，闹将出去，终是有口难辩。怎的会伤心过度，无故授人以柄？方在临门踌躇，思欲却步，不料崔文和竟比自己还要伤心，一进洞先放声大哭起来，由不得心里一慌，跟了进去，止泪问道："文哥，我有恨事伤心，你哭些什么？"连问数声，崔文和终于似悲从中来，不可断歇。畹秋也略猜透他哭的缘故，为了劝他，自己反倒忘了因何至此。后见屡劝不住，只得佯怒道："我没见一个男子家这等作儿女态，你倒是为了什么？说呀！"崔文和见畹秋满面娇嗔，方始惶急，强止悲声，答了句："畹妹，我真伤心呀！"一言甫毕，忍不住又哭起来。畹秋连声追问何故，崔文和方始哽咽答道："我伤心不是一年半年的了。想起从小与畹妹一处长大，彼时年幼，只想和畹妹玩，不愿片刻分离，也说不出是什么缘故。自从年岁渐长，畹妹渐渐视我如遗；而我的愁恨，与日俱深。明知天仙化人，绝不会与我这凡夫俗子长共晨夕，但痴心妄想，既是志同道合的至亲，虽不能香花供养，若能常承颜色，得共往还，于愿已足。谁知并此而不可得。每念及此，辄复意懒心灰，恨不如死。今日畹妹居然假我辞色，相约偕游，真是做梦也不曾想到。嗣见畹妹悲苦，欲劝不敢，不劝心又焦急，又恐畹妹怪我没有回避。方在惶惶，忽被畹妹看见，竟未见怪，我真感激极了。先只是畹妹难受，无法劝解，忍不住而伤心。后承畹妹约我到此作陪，一毫没有见外，想起这多年来一向闷郁在心中的苦楚，新愁旧恨，一齐勾动，不由得就发泄出来，再也按捺不住了。"说罢，依旧泣不可止。

这一条哭丧计，果然将畹秋打动。畹秋早听出言中深意，暗忖："人贵知己,萧逸虽好,偏是这等薄情。最可恨可气的,是以自己的才貌,反比不过一个奴仆之女。想不到崔表哥如此情长,平日任凭如何冷落,始终坚诚不改,看得自己这般重法。论人才虽不及萧逸,要论多情专心和性情温和,就比萧逸强多了。同为逸民,就是天大才情,有甚用处?不如结一知心伴侣,白首同归的好。自己一时任性好强,几乎辜负了他。"越想越觉以前对他太薄。悔念一生,情丝自缚,把平日看他不起的念头,全收拾干净,反倒深深怜惜起来。已经心许,只是崔文和没敢明求,不便开口。想了想,含羞说道:"文哥呆了,我有甚好处,值得你这般看重?经你这一来,我倒不再伤心想痛哭一场了。出来太久,怕娘要找我,先送我回去,有甚话日后再说,我不弃你如遗好了。"崔文和闻言,忙把眼泪一拭,望着畹秋,惊喜交集,几疑身入梦境。畹秋见他意态彷徨,似喜似愁,似不敢言,微嗔道:"我虽女子,却不愿见这等丑态。以后再如这样,莫怪我又不理你。还不拭干眼泪,跟我快走,抄小路回去,留神给人看破。"崔文和自然诺诺,如奉纶音。两人都用衫巾把泪拭干,各把愁云去尽,同沐春风。出了崖洞,顺着田垄小径,分花拂柳,并影偕归。

行近家门,转入正路,恰值小婢奉了黄母之命,寻了几次未遇,迎面走来。畹秋因二人俱是一双哭红了的眼睛,自己归家无妨,文和却是不便,忙说道:"承你送我到家,盛情心感。今日不让你往家中闲坐,明日再见。你也回家,不要往旁处去了。"崔文和意似恋恋,不舍遽别,又随行了几步。畹秋见小婢已是将近,娇嗔道:"你没见你这双眼睛么?还不快些回去。"一边说,一边高声喊那丫鬟道:"葵香,快给我往春草坪去采些花草,我在家里等你。快去。"丫鬟答道:"老夫人找小姐呢。"还要往前走时,畹秋喝道:"晓得了,快采花去!"丫鬟闻言回身。畹秋朝着崔文和说了一声:"你安心回去吧。"说罢,往前走去。文和不便再送,立定了脚,一直看她到家,方始回转。这时恰巧仝村中人均在会场贺喜,谁也不曾看见。

由此,文和常去黄家,向黄母大献殷勤。黄母本因自己前时负气,把事情铸错,惟恐爱女忧急成病,巴不得早早完了向平之愿。文和进行婚事,正是绝好良机。加以黄母年高喜奉承,又见女儿对文和也大改了故态,料已降格相求。正是两下里一拍即合,不消多日,便联成了姻眷。

成亲以后,文和对于畹秋,自是心坎儿温存,眼皮上供养,爱得无微不至。畹秋志大心高,嫁给文和,原是出于负气,并非真正相爱,一任夫婿如何温存体贴,心中终觉是个缺欠。偏偏萧逸婚后,见畹秋晤对之时,眉目间老是隐含幽怨。回忆前事,未免有些使她难堪,多有愧对,在礼貌上不觉加重了些。畹秋何等聪明,一点就透,越感觉萧逸并非对己无情,只为瑜亮并生,有一胜过自己的人在前作梗,以致误了良姻。这一来,愈发把怨毒种在欧阳霜一人身上。她性本褊狭,又有满腹智谋,以济其奸,因此欧阳霜终于吃了她的大苦,几乎把性命送掉。

畹秋已是有夫之妇,对文和虽不深怜密爱,却也感他情重,并无贰心。只气不服欧阳霜,暗忖:"你一个奴仆贱女,竟敢越过我去,夺了我多年梦想的好姻缘。我弄不成,你也休想和萧逸白头偕老。"处心积虑,必欲去之为快。表面上却不露声色,装作没事人一般。先是拉上文和,刻意与萧逸夫妻交欢,过从几无虚日。起初欧阳霜也有些疑她不怀好意,防备甚严。知畹秋城府甚深,抱着一击必中,不中不发的决心,把假意做得像真情一样,不露半点马脚。背地向姊妹闲谈论,总说崔文和这个丈夫如何多情温柔,自己如何美满,出乎意料等语。日子一久,欧阳霜终究忠厚,一旦听出他夫妻端的恩爱非常,不似仍存忌恨,加以畹秋又善趋奉殷勤。履霜之渐,不由为她所动,疑虑全消,反感她不挟惠挟贵,全无世俗成见。连未嫁萧逸以前,冷嘲热讽,种种身受之苦,都认为是异地而居,我亦犹尔,一点也不再记恨,竟把情场夙怨深仇,误当做了红闺至好。畹秋见状,虽知她已入牢笼,但是萧逸和欧阳霜夫妻情感甚深,全都无懈可击,急切间想不出中伤之计,只得苦心忍耐,以待时机。

第二年,欧阳霜有了身孕,一胎双生,男女各一。畹秋在头年,先生有一个女儿,便是那被天门神君林瑞诓去,化身马猴的崔瑶仙。欧阳霜坐月期间,畹秋借着这个因由,来往更勤,原未安着好心。无奈萧逸精于医道,见爱妻头胎,又是双生,元气受伤,每日在侧照料调治,寸步不离,依旧不能下手,还差一点被人看出破绽。欧阳霜见她来得太勤,又因外人男子不能进月房,乃夫没有同来,丈夫终日在侧,她也全不避忌,一坐就是半天。有一次从镜中偷看她,仿佛斜视自己,面有杀气。想起前事,不禁动了一次疑心,嗣后留心查看,又觉意真情挚,似乎无他,当是眼花错看,也就罢了。畹秋心毒计狠,见害仇人不成,反几乎引起她的疑忌,越发痛恨，暗骂："好个贱婢，我害死你，倒还是便宜了你。既是这样，我不使你夫妻生离，受尽苦楚，死去还衔恨包羞于地下才怪。"于是改了主意，暗筹离间之计。心虽想得好，以萧逸夫妻的浓情密爱，要想使之反目成仇，自比暗杀还难十倍。

畹秋也真能苦心孤诣，稳扎稳打。除心事自家知道外，连乃夫也看不出她有什么异图。欧阳霜足月以后，畹秋越从结纳上下功夫，真是卿忧亦忧，卿喜亦喜，只要可讨欧阳霜欢喜的，几乎无微不至。而神情又做得不亢不卑，毫不露出谄媚之态。那意思是表示：以卿丽质，我见犹怜，况你伶仃孤苦，家无亲人。你曾寄养我家，我亦无多兄弟。以前居在情敌地位，譬之瑜亮并生，自然逐鹿中原，各不相下；今则福慧双修，虽然让卿独步，琴瑟永好，我亦相庄鸿案。两双佳偶，无异天成，各得其所，嫌怨尽捐。卿为弱妹，我是长姊，自应互相爱怜，情逾友昆，永以为好才是。常言道："只要功夫深，铁杵磨成针。"欧阳霜任是聪明，也由不得堕入彀中，受了她的暗算。

萧逸在家中，立一教武场子。畹秋首先拉了丈夫，一同附学。朝夕共处，不觉又是好几年。欧阳霜又生了一子，取名萧珍，家庭和美，本无懈可击。畹秋夙仇未报，正在那里干看着生气，背地里咬牙切齿，忽然来了机会。此时村中四面环山，与世隔绝，只有一条暗洞水路，轻易无人出进。也是欧阳霜该有这场劫难，原来村人远祖坟墓都在原籍，另有子孙留守。葬在这里的，最远不过两三代。村众自从入山隐居以来，从未回原籍祭扫过。这年清明，欧阳霜因为母家寒微，母墓远在故乡，父墓却葬在村中，一时动了孝思，意欲借回籍省视为名，就便将母柩移运来村，与父合葬。想好和萧逸一说，萧逸素来信她，又知她虽是女流，武功着实不弱。自己早就有心回转祖籍一行，只是村中百端待埋，无法分身，又无妥人可派。爱妻代往，又遂了她多年孝思，真乃一举两得。方打算派两个可靠之人陪同前往，无巧不巧，当年正赶上出山采办食盐。

村中经萧氏父子苦心经营，差不多百物均备，只有盐茶与染料颜色缺少。颜色有无尚可通融。近年种了些茶树，也能将就取用。惟独这盐，是日用必需之物，照例先存下六年的食盐，然后不等用完一半，到了三年头上，便须命人出山采办。就便村人想买些城市间的日用之物，也在这时带回。因为人多，用的量多，要做得隐秘，不使外人知道，事既繁难，责任更大。派去的人，非极精细干练不可。每次出发，来接去送，村人视为大典。从来都由于惯这差使的两位村中老人，带上十来名智勇俱全的村人前往。这次两个老人全在第二年上病故，到了第三年派人时，竟无人敢于应声。最后萧逸几经斟酌，才决定派崔文和夫妻二人为首，率领以前去过的人同往。由正月十六起身，先将山里产的金沙、药材、布匹，用小舟由水洞暗道，运往大镇集上住下，换成银子。然后分班分地，四下采买盐料和用物。到了近山聚集之所，改了包装，或早或夜，偷偷运入山去。行到半途，交给村里派出来等候接应的人。一次采购不完，再采购二次，接二连三，运够了数量，然后回转。总在清明前后，方能把事办完。

这次崔文和畹秋等一行，因为好强，做得比前人还要妥当。不特带出去的货换了大价，带回来好些有用的东西不算，还多出两年的盐，归期也早在清明以前。可是给欧阳霜也带了一个丧门星回转。这人乃是萧逸的近支，名叫萧元。乃父萧成捷，与萧逸之父同胞。当萧祖归隐时，萧成捷正在大名总兵任上。萧祖给他去信，说世方大乱，全族只留一支子孙守着墓田，余者全往哀牢山之中隐居避世。定在第二年秋间起行，为期尚有年余，命他急流勇退，率眷还乡，一同归隐。萧成捷功名心盛，不但自己未遵父命，反回一封长禀，说乃父太杞人忧天，些须流寇，算得什么？即有不虞，凭传家本领，也不患保不得身家在等语。萧祖知不可劝，便不再回信。到时率了家族和一干至亲戚友，愿从的仆婢家奴，一同入山隐讫。萧成捷不料乃父如此固执成见，事后也就罢了。过了数年，便因功高不肯下人，受了上司之嫉，亏是得的信早，打点得快，只丢功名，没有危及身家。罢官回去，这才意懒心灰，想到老父之言。几番命人入山打探，总访不出老父家族下落。他守着大片家业，在家享受，本意寻亲，只为相见，不是想要随隐。寻访了几次无踪，也就拉倒。老死时只留下了一个幼子，年纪既轻，又遭世变。好容易挨到年长娶妻，田产已经荡尽，仅剩下两顷祭田。又经乃祖禀官，专归那一房留守的子孙经营祭扫，仗着近族，觍颜到人家吃碗闲饭尚可，打算变卖占夺，却是万万不能。无奈何又挨了二十多年，生了一子，尚在怀抱。又因究极无赖，盗卖祖坟树木，被人发觉，委实在家中存身不得，急切间又无处投奔。他人本聪明，狠一狠心，连那近族私下送给他住的一所房子都卖掉,破釜沉舟,带着妻子,前往哀牢山中,好歹要投奔叔父叔伯和一干族众。好在恶迹不曾败露,做一个世外之人,吃碗安乐茶饭总可办到。

事有凑巧。乃父在日,那么连寻多次,不见踪迹。他入山之始,便断定哀牢山千里绵延,隐居必在中下游,挨近山民圩集一带深山隐僻之中,绝不会在近城镇处。果然不消数月,便寻到萧祖未移居卧云村时隐居的山谷之中。他见那地方隐僻,山环水绕,土地肥沃,景物幽美,已经动心。后又在丛草中发现汉人用的破茗杯碗盏瓷片,洗去泥污一查看,竟有萧家崇德堂制的堂号,愈发断定是在近处无疑。他哪知卧云村山环水阻,无路可通,怎能容易寻到。左右近百里内外,寻了月余,休说萧家族众,连破瓷都再寻不着一片。暗忖:"萧家族众甚多,人人武勇,况且门徒遍于西南诸省,一呼立至。这里虽有猛兽出没,并无蛮猓生番踪迹。即遇凶险,也必有人逃回故乡报信,邀人来此报仇,不会一个不留。许是换了地方吧?"心终不死,仗着乃妻魏氏也是将门之女,能耐劳苦,仍在山中苦找。

这日眼看绝望,无心中走到水洞左近高崖之上。天已黄昏月上,正打算觅地住宿,忽然崖下涧水中有摇橹之声。悄悄伏身往下一看,月光之下,照见崖壁下凭空出来一只小船,上面坐定几个汉人。心中猜料几分,还未敢于冒昧。便嘱妻子暂候,偷偷绕下崖去,伏身僻处窥探。也真有耐心,直等了将近两个时辰,才见一双少年男女为首,率领十多人,抬着大包,谈笑走来。到了面前不远歇下,口里喊了一声,涧中小舟上便有五人上岸迎接。女的一个说:"大功告成,大家都走累了,反正空山静夜,绝无外人,天也不早,回村还不会亮,难得有这好月色,且歇片时再走吧。"说罢,各把背上包袋等取下,踞石而坐,谈说起来。

萧元静心侧耳一听,隐约间听出这班人正是自己苦寻多日未见的萧家族众,并知众人俱在乐土居住,这一喜真是出于望外。见众人即将起身,哪敢怠慢,慌不迭地出声喊住,纵了出去。崔、黄夫妇还几乎将他当了外敌,后经盘问明白,又把魏氏唤来相见。村中原有旧规,除原有村人之外,不许再引进一人。崔文和本不主张携带入村,偏生畹秋和魏氏同恶相济,又想收为心腹,一见如故,执意带回,说:"萧氏近支,岂能任其在外流落?不许入村的是指外人,自家人当然不在其内。况他夫妇跋涉山川,经年累月，受尽辛苦，偕隐之志，甚坚且诚，更不能拒而不纳。我保他夫妇守规矩就是。"崔文和村人自不便再说什么。当下带进村去，见了萧逸等人，也是这一套话。人已入村，又是自己人，自无话说。萧元夫妻更是受过艰难辛苦，长于处世，不久便得了众人信任。

恰巧欧阳霜要回原籍省墓，搬运母柩，千里长途，山川险阻，需要两个适当的人陪同前往。萧逸正在斟酌妥人，畹秋便举荐了萧元夫妻充任，力说二人至诚忠勇，般般可靠，比谁同去都强。萧逸也觉萧元刚从家乡到来，是个轻车熟路，更难得他夫妻二人俱精武艺，人也干练，果然可以去得。暗笑自己糊涂，眼前有人，竟没想到，立即应诺。欧阳霜孝思纯切，惟恐此行作罢，但求成行，谁去都可。当下整饬行装，第二日一早，带了金沙和萧元、魏氏一同起程。

一路无话。行约月余，回到家乡一看，萧家祖坟经那留守的一房族人经营，整理得甚好。十数年的工夫，单墓田就添置了一二十顷。惟独所见族人，只要一提起萧元，多半切齿痛骂，竟无一人说他夫妻好的。欧阳霜未到以前，萧元、魏氏曾几番劝说："众族狡诈势利，不认骨肉。弟妹如和他们相见，必疑我们是想回来分夺他们的田业，免不得要生许多闲气，弄巧还吃他暗算。我们又是避地隐居的人，何苦自找麻烦？好在松楸无恙，宗祠修整，用不着再有补益。你母家人颇寒苦，莫如背着他们，往各茔地悄悄查看祭扫一回。事完之后，将所带金沙换成银子，一半接济母家，一半多买些应用东西，免生是非，岂不一举三得？"欧阳霜因萧元夫妻临来时，向萧逸和村众们说得天花乱坠，宗祠应该如何修理，祭奠先茔应该如何整理添置；到了地头，忽又如此说法，再三劝止，不令与留守宗族相见。十分可疑，料定其中有弊。况且来时丈夫对于故乡之事，曾经召集村众，会商如何办理，开有清单，照此行事，还命带来多金周济亲族。事由全村协议，岂是自己所得私下做主更改？便婉言谢绝，没有听他。萧元无颜再见故乡父老，劝阻不听，只得任之。

欧阳霜见过族人过后，得知萧元许多劣迹，暗自好笑，也没形于辞色。以是萧元知事败露，又见欧阳霜到处受人逢迎敬仰，自己仅能住在外面，家都难回，也无人理，愈发怀恨。又恐欧阳霜回村传扬，不能立足，暗使乃妻魏氏再三致意，说他因贫受谤，人情太薄，难免中伤，请欧阳霜不要轻信他人之言。欧阳霜本没畹秋来得深沉，当时答道："人谁无过？贵在能改。大哥如不受挤，也不致甘心遁世。丈夫不矜细行，原是平常。既然入山，已是更始，对外人尚须隐恶扬善，何况家人。此行多承相助，只应感谢，哪有以怨报德之理？务请转告放心。"话虽答得好，心中终看不起他夫妇。加以行期甚迫，来踪去迹又要隐秘，公事办完，便忙着寻访母家的人，起柩移葬，哪有心情敷衍。因此萧元更疑她语不由衷，早晚终由她口中败露，又急又气，日思先发制人之策。

欧阳母家单寒，亲丁无多；离家时年纪太幼，记忆不真。所以寻访了几天，才在一个荒僻山村里面，寻到一个姓吴的姑母家中。姑母已经身故，只有两个表兄弟，一名吴燕，一名吴鸿。问起母家人丁，才知母家人已死绝。叔叔在世之日，有乃父入山前所遗数十亩祭田，连同主人所给安家之费，日子尚还过得舒服。因爱外甥吴鸿聪明品优，曾有过继之议，事未举行，忽无疾而终。彼时姑母尚在，便接了母家田产，令次子承袭，改姓欧阳，以延母族香烟。吴燕、欧阳鸿本对舅父孝顺，春秋祭扫，无时或缺。欧阳霜先还不甚信，又同他弟兄二人去往坟地一看，虽是小家茔坟，居然也是佳城郁郁，墓木成林，心已嘉慰。再一细查看欧阳鸿的人品，竟生得温文儒雅，骨秀神清，年才一十六岁，读了不少经书，志向尤其清高。闻得表姊家居世外乐土，红尘不到，此番还乡，又是来搬取灵柩，再三求说，携带同行。欧阳霜虽知村规素严，不纳外人，一则见他天资颖异，长在乡农人家，未免可惜，意欲加以深造；二则世正大乱，流寇四起，居民往往一夕数惊，恐有不测，绝了两家宗嗣。仗着夫妻恩爱，丈夫又是村主，好在萧元前例可援，拼担不是，把他带回村去，既承续父母的香烟，又造就出一个佳子弟，一举两得。来时与众亲族本是悄然而行，不辞而别。那地方又极荒僻，只请萧元夫妻相助，连同吴燕兄弟，将母柩从茔地中起出，用藤皮麻包扎好。留下些金银，即命吴燕代掌墓田，春秋祭扫。带了欧阳鸿，雇了挑担夫，水陆兼程，扶柩回去。

路上萧元夫妻见欧阳鸿生得美如处女，想下一条毒计：逢到坐船的时候，故意装着和魏氏恩爱，打情骂俏，全不避讳，使欧阳霜看不下眼去，又不便深说，只好躲他远些。同舟四人，一方是孑遗至亲，无殊手足，又有许多家乡的事要作详谈。与萧元夫妻一远，姊弟二人自然显得更近。萧元夫妻见状，愈发远避。欧阳霜心怀磊落，全不知奸人设有圈套，依旧行所无事。临快到哀牢山江边入村路上，萧元夫妻又装着讨好殷勤，帮欧阳鸿收拾行李，叫魏氏把欧阳霜一只准备弃入江心的旧鞋偷放在他的小书箱以内。欧阳鸿因是寄人篱下，也想得表姊的欢心，又是初出远门，闻见一宽，只顾陪同说话，指点烟岚，通没在意。

萧逸因爱妻此行搬运一口灵柩，还带有不少物事，带人太少，恐上下不便，早派人远出山中相候。来接的人，恰有畹秋在内。一旦相逢，各自会心，极力表示代欧阳霜姊弟说话，即时一同入村，无须事前请问。欧阳霜本欲把欧阳鸿先安置在外，等向村人言明，再行入内。经畹秋等一怂恿，也就罢了。萧逸见有生人，犯了村规。因爱妻新回，长途劳顿；村人又俱都破例相谅，毫无闲话，反多慰解，认为理所当然。虽是心中觉着身为村主，不应如此，有些愧对，但木已成舟，何苦又使爱妻不快？也就放过不提，仍旧快快活活，同过那优逸岁月，并推屋乌之爱，给内弟拨了田产牲畜，学习耕牧，随同习武。事前欧阳霜误信奸人之言，恐带的是个表亲，说不出去，一时疏虞，竟道是叔伯兄弟。又见丈夫面有难色，于是连对萧逸也未说真话，并还嘱咐乃弟，不可对人说出自身过继根底。日子久了，方觉着不该隐瞒丈夫；又因平时从未说谎，不便改口。好在事只萧元夫妻知道，别无人知，以为他有许多劣迹在自己手内，看回村以后小心翼翼情景，绝不敢说闲话，来惹嫌怨，终没和丈夫说起。实则畹秋早闻魏氏泄了机密，欲擒先纵，成心装糊涂，不闻不问。魏氏更坏，一到家先将那小书箱藏过一旁。欧阳鸿年轻面嫩，不关紧要的一些旧书，哪好意思询问。加以自小就爱读书练武，母兄因他资质聪敏，不类农家之子，盼他改换门庭，反正袭有舅氏产业，衣食不愁，便没去管他。虽然来自田间，耕牧之事，并非所习。初学不易，又从姊夫习武，哪有工夫再去清理笔砚。这口小书箱就此搁起，成了他日欧阳霜的起祸根苗。

欧阳霜母族，只此亲丁；他又温文儒雅，事事得人，全村除了畹秋、萧元夫妻三奸别有用心外，谁都爱重着他，自然心里欢喜，格外待得厚些。畹秋见她姊弟亲热，愈发心喜，暗中把奸谋指示了魏氏，命萧元如言准备，静待时机成熟，即行发难。欧阳霜哪知祸在肘腋，依然梦中。最大错是不特未将萧元夫妻在故乡的种种恶迹，以及路上许多不堪情景，告知丈夫，反因到家前魏氏再三位求,说乃夫萧元为穷受谤,事非得已,现在除了本村,更无立足投奔之所,务望念在先人一脉,并长途服役微劳,在村主前多加美言,切莫轻信浮言,提说前事,以免村人轻视,又难存身等语,言词哀切,起了怜心,竟在丈夫前略微称赞了他夫妻几句。本心原知这一对夫妻全是小人,只不过受了甘言求告,情不可却,不得不当丈夫的面敷衍几句。谁知萧逸本就觉得他夫妻能干,此番长途千里护柩归来,所命之事,无不办理完善,再经爱妻一称许,越发证实了前言不虚,深庆得人,甚是礼重。欧阳霜见丈夫把自己几句虚赞信以为实,对萧元渐加重用,好生后悔。但话从口出,不好意思更改,只得暗告魏氏说:"你托的话,我已向村主说过,行即重用。这里章规严明,不比外间。请转告大哥,遇事谨慎一些,只要日久,信誉一立,休说人言是虚,就是真的有人跑来告发,也无用了。"

魏氏当面自然千恩万谢,定感盛情。人走以后,却立时寻来萧元,夫妇二人都往坏处设想,实定欧阳霜并非为好。必是在行船途中夫妇闲谈,说自己尚是中年,就此归隐,未免可惜,且到村中积弄些钱,再打主意,看事行事,被她听去。又信了族人之谗,见乃夫甚为看重,便不放心,特来警告。若非这婆娘告枕头状,谁令向村主告发?分明以前说过两句好话,短日期内不便改口中伤,特意拿话示威。把柄在人手里,如不先行下手,早晚必受其害。越想越可虑,更把欧阳霜恨入切骨,背地痛骂一场。又由魏氏寻找畹秋问计。畹秋微笑了笑,只嘱咐他夫妻对人谦和,做事谨慎,绝无他虞。如有浮言,我当为你做主。用计陷害之言,一字不提。萧元夫妻虽做人为恶的工具,畹秋心事却并不十分深悉,仅知以前婚姻中变,畹秋为争萧逸未得,和欧阳霜阳奉阴违。有时说起欧阳霜,也仿佛怀恨;等自己迎合献策,又复淡然,不甚注意,至多叮嘱休对人说而已。直到这次回来,才看出两下里仇恨甚深。满心想他及早下手,不料总是推托迟延,好生不解。自己当然不敢妄发,只得依言行事,处处小心,以示无他。无奈欧阳霜成见已深,断定他夫妻不是善良之辈,毫不假以辞色,以致二人心中畏忌,图谋之心更切。

时光易过,不觉到了冬天。欧阳鸿极知上进,见姊夫和全村人众都看重他,毫无世俗门第之见,甚是高兴,乘着闲暇,习武更勤。萧逸夫妻也格外用心传授。这时萧逸已早迁居峰腰之上，所有居室，都循着山形而建，高低位列，错落不一。萧逸夫妻住在楼上，楼前平台便是习武场所。欧阳鸿原本住在山半阁亭，到了冬天，欧阳霜因阁亭高寒，正对北风，往来不甚方便，命他改在楼下书房以内，暇时还可观看房中藏书。欧阳鸿总是天还未明，众门徒未到以前，就去平台上练习内家功夫。等日出人齐以后，再随众学习。赶上萧逸有事，便由欧阳霜代为指点。畹秋夫妻无日不到。由当年起，欧阳霜为了方便，始终没有命兄弟搬回原住之处。到了腊月，欧阳霜又生了个双胎，依旧子女各一：先生的男名璇，次生的女名琏。看去骨格眉眼都很秀美，产妇也安健。

不料快要满月，时值上元期近，村中众儿童乘着放学，成群结伴，拿了自制花炮，在滨湖一带空地玩耍。欧阳霜先生的三个子女萧玮、萧玢、萧珍三人，也在其中。正玩得起劲，忽从当空飞过一只大怪鸟，那鸟飞得极高，迅速非常。村中树木又多，避到林内，本可无事。偏生萧家子女年幼，事出突然，一见狂风大作，天上"嘘嘘"有声，觉得稀奇，反倒昂起头来，望空注视。萧玮和两个村童正点着一个大花炮，也没撒手跑开，那鸟已经飞过。又吃炮声和儿童哗噪之声惊飞回来，望见下面群儿，两翼一收，弹丸飞坠般往下扑来。众儿童见天上飞落一个大怪物，方始害怕，哭喊奔逃，已是无及。吃怪鸟将萧玮、萧玢一爪一个抓起，往上便飞，眨眼没入云际。等到村人望见，取了弓矢器械追去，已经飞没影子。萧逸闻得凶信，自是痛悼万分，当时还不敢声张。直到满月以后，委实无可推诿，才告知了爱妻。欧阳霜闻耗，一痛几绝。由此苦思成疾，半年始愈。因药服得过多，断了生养，对于子女，自更珍爱。那新生子女又甚聪明，甫满周岁，便能牙牙学语。尤甚恋着舅氏，老是要欧阳鸿抱，简直不能见面，见了就扑，不依他就啼哭不止。欧阳鸿因是外甥，又生得那么灵巧秀美，自然也是喜爱。因为小儿索抱，又当无事之秋，除却习武，姊弟二人，无形中更是常在一起了。畹秋见那男婴眉目间颇与欧阳鸿相似，越发心喜，当时并不向人提起。那男孩也真是乃母、舅氏的冤孽，满岁不久，就生了重病，日夜啼哭，非要欧阳鸿抱不可。乳又未断，不能离母。萧逸夫妻钟爱幼子，内亲骨肉，原无避忌，除了夜间把小孩哄睡之时，欧阳鸿差不多整日都在乃姊房内。

畹秋见状，算计时机业已成熟，想按预定计谋，一一审慎布置。先向萧逸假说："舅爷年长，男大当婚，该当娶妻的时候了。本村现有好几个美而且好的女子，何不给他完婚，也省得一人寂寞。年轻的人，血气未定，他姊姊想他用功，未必赞同。总是你代他做主，早定的好。"说时，故意露出十分关切为好的意思。欧阳霜爱子正病，哪有心肠及此。又知兄弟要学萧家秘传内功，不愿早婚。当初练武时，曾向畹秋提过，不是不知。况年未二十，忙着说亲作甚？以为是兄弟人品好，必是受人之托来此说媒，仍当出于善意，婉言谢过。萧逸为人爱用心思，什么都要想过，见畹秋突来与内弟提亲，不急之务，说得那么郑重，好生奇怪。却万想不到是和爱妻不利。心想："内弟人才品行，俱是上等，无怪人多看中。畹秋必是受人之托，她所说那两家女子果然不差，先期定下也好，免得又辜负她一番好意。"便和爱妻商量。欧阳霜正在子病心烦的当儿，没好气答道："表姊从不爱多说无益的话，这次璇儿病还未好，她却忙着给我兄弟提亲，真叫人不解。我兄弟要练内功，年纪也轻，暂还谈不到这件事吧。"萧逸说过，也就搁起。

第二日，畹秋乘无人之际，旧事重提，萧逸听出畹秋语意有些吞吐，只着重在内弟早婚，并非受人之托来为女家求婚，心中奇怪，只想不出是个什么缘故。当时仍用婉言回复了她。他因爱妻子病心烦，也没告知。过不几天，畹秋又点明说少年人血气未定，总是给他早完婚娶的好等话。萧逸渐听出来，似有难言之隐。疑心家中练武，男女同习，内中颇有两个貌美少女，莫非内弟年轻，看中人家，有什么不合礼的事被畹秋看破，恐怕将来闹出笑话，所以如此说法？继一想："内弟人甚老成，练武总是和乃姊讨教的时候多，见了女人都说不出话来。近日更是多在乃姊房内招呼病儿。便那两个女弟子，也俱端庄静淑。练武时众目昭彰，同在一处，私底下向无往还，纵有情愫，无法通词。怎么想也不会出什么事故。但是空穴来风，事总有因，否则畹秋对内弟素来器重称许，为何如此说法？"口里不说，暗中却留了点心。

这日欧阳鸿因外甥的病有了点起色，不似日前磨人，偶得闲暇，往书房中翻阅书史。忽然想起先住居的阁亭以内，还有几件半旧衣服、一些零星物事不曾拿来。昨听姊夫说，小孩不久痊愈，有了闲心，那阁亭要打扫干净,准备赏雪会饮。难得今日有空,何不上去将那些零碎东西取下,收过一旁,免得安排的人费手?跑上阁亭一看,除原有零星诸物外,还多着一口小书箱。暗忖:"这口小箱,内中所盛,只是数十本书册文具。记得来时,放在萧元夫妻行李一起,入村以后,并未交还。为赶农忙,无暇读书,箱中无甚需要物事;新来做客,人未送来,不好意思索要。秋收以后,虽从姊夫文武兼习,因一切用具俱都齐备,也不曾想到这口箱子。阁亭地高路险,甚是僻静,轻易无人走到,何时送回,怎么回忆不起?"当下以为无甚关系,便连箱子和所有零星物件,一并携回房内,择地放好,仍去乃姊房中照料病儿。

这日畹秋生日,欧阳霜因病儿未去,只萧逸一人赴宴。畹秋装作多吃了几杯酒,先隐隐约约向萧逸重提前事。明知萧逸惦记爱妻病儿,忙着早回。不等席散,便由乃夫自去陪客,与魏氏相约偕出,去至萧逸归途树林内相待,故意露出些可疑形迹,等萧逸走来入套。萧逸到时,本已问畹秋何以关心内弟,非忙着给做媒不可?见她答话吞吐,起了疑心。席散忍不住还想再问,一寻畹秋不在,只得作罢。在座亲友,因崔文和受了阃命强留夜宴,又值农隙,山居无事,俱都留住未走。

萧逸独自一人,闷闷走回。行近林外,微闻畹秋与人私语,心中一动,连忙止步,隐身树后,侧耳细听。只听畹秋对魏氏道:"当初回来,你就该对村主实说才是。我们虽是至亲,到底不好。"底下声音很低,听不甚真。后来仿佛又说:"我起初也很夸他,这话更难说出口了。都是你夫妻不好,谁知他两个不是亲骨肉呢?更早知道,也不致闹到这地步。我以前和她不对过,近年我很看重她,情感比真姊妹还好。不瞒你说,休说男人见了爱,连我都爱得她要命。无奈她那个脾气,明知我是成全她一生,想消祸于无形,几次劝说都不肯听,哪敢和她剖明利害,当面揭穿呢?不过这事只有你知我知,我连丈夫面前都没说过一字。你夫妻如在人前泄露,她固不能饶你,我也定和你拼命呢。"萧逸在树后闻言,方悟畹秋屡次为内弟劝婚之由,大为骇异。当时怒气填胸,几乎急晕倒地。还算是为人深沉,心思细密,强忍悲忿,径直回去,并未发作。

第一九〇回

射影噀毒沙　平地波澜飞劳燕
昏灯摇冷焰　弥天风雪失娇妻

萧逸的疑心一转到家丑上面，想起平日他姊弟行径，自然无处不是可疑之点。偏巧这日所有门人俱往崔家赴宴，只欧阳霜姊弟在家。萧逸存心窥探，轻脚轻手，掩了进去。正赶上欧阳鸿坐在床上，抱着病儿拉屎。儿病日久，肛门下坠，欧阳霜用热水温布去拭。姊弟俩都忙着病儿，无心顾忌，两人的头额，差不多都碰在一起。如在平日，原无足为奇。此时见状，却忿火中烧。心想："他姊弟亲密，成了习惯。再加身为村主，顾恤颜面，过耳之言，事情还没有看真，万一冤枉，岂不大错？"又顾恤着病儿，依然强自按捺。问了问病儿，便自坐下。细查他姊弟二人神情，似极自然。暗骂："狗男女，装得真像。且等我儿病好再说。如若畹秋的话出于误会便罢，若要真做那淫贱之事，我再要你们的狗命好了。"可怜欧阳霜身已入了罗网，连影子都不知道。由此萧逸便在暗中留神考察，除欧阳霜姊弟情厚外，并看不出有什么弊病。到底多年夫妻，又极恩爱，当时虽为谤言所动，怒火上升，日子一久，渐渐也觉事似子虚，乃妻不会如此无良无耻，心里有些活动起来。欲俟儿愈之后，问明爱妻，内弟是否她的娘家兄弟，再去质问畹秋一回。以自己的智力，总可判断出一点虚实。又过两日，儿病忽然痊愈。萧逸因爱妻多日劳累，等她养息上几天，才行发问。

欧阳霜从来没有在丈夫面前打过诳语，只为一念因循，没有明告，心中早已忘却。听萧逸突然一问，羞得面红过耳。当时如把表弟过继，以及久不吐实的话实道出来，也不致惹下那场祸事。偏是素常受丈夫宠爱惯了的，不肯开口。萧逸问时，又没说得自旁人口内，只说看他姊弟相貌并无相像之处，料他绝非自家骨肉等语。这原是知道畹秋早已与她化敌为友，恐说出来伤了二人情谊，日后不好相处。欧阳霜却以为此事只有畹秋和萧元夫妻知道，一是知己姊妹，不致卖友；一是有把柄在自己手内，平日巴结还来不及，怎敢惹自己的烦恼？微一定神，没好气答道："鸿弟原是叔叔跟前的，一子承挑着两房。我爹爹从小就在你家，你又不是不知道只有这么一个女儿，常言道：'一娘生九子。'同是一母所产，相貌都有不像的，何况不同父母。我回家乡时，和你说过，寻的是我家亲友。你这话问得多奇怪！"萧逸见她急得颈红脸涨，认定是心虚，失了常态，不禁又把疑念重新勾起，答道："你上年从家乡回来，曾和我说令弟是令叔之子，这个我原晓得。要问的是，他究竟是令叔亲生，还是外人？"欧阳霜一时改不过口，心里一再生气，不暇寻思，也没留心丈夫神色，脱口答道："外人我怎会千山万水接到这里来，继承我家宗嗣？难道还会是假的不成？"萧逸听她如此说法，人言已证实一半，心里气得直抖。因未拿着真赃，表面依旧强忍，装笑答道："我不过偶然想起，无心发问，你着急怎的？"欧阳霜口头虽强，终觉瞒哄丈夫有些内愧，几番想把真话说出，老不好意思。过了一会儿，见丈夫不提，也就拉倒。

第二日，夫妻二人率众门徒在平台上习武，萧逸留神查看欧阳霜姊弟神情。欧阳霜又因儿病许久，没有问及兄弟武功进境如何，一上场，姊弟二人便在一起指说练习，没怎离开。萧逸越看越不对，本已伤心悲忿，蓄势待发。练完人散，畹秋忽然要萧逸写两副过年的门对。萧逸推说连日情绪不佳，好在过年还早，无妨改日再写。畹秋说："纸已带来，懒得拿回。你是一村之主，年下独忙，难得今早清闲。这纸还是霜妹上年带回，不愿叫你崔大哥糟蹋，特地找你，怎倒推辞？"说完，拉了欧阳霜，先往书房走去。萧元夫妻也装着看写字，跟了进去。萧逸无法，只得应了。大家到书房中落座，欧阳鸿正忙着在磨墨。畹秋忽然笑指床角小箱，对萧逸道："这么讲究一间书房，哪里来的这只破旧竹箱？还不把它拿了出去。"萧逸从未见过这口小箱，便问箱从何来，怎么从未见过？欧阳鸿连忙红着脸说："是我带来之物，前日才从山上阁亭内取下来。也知放在这里不相宜，因里面有两本旧书和窗课，意拟少时清暇清理出来，再行处置。今早忙着用功，还没顾得。"畹秋便道："我只说鸿弟习武真勤，谁知还精于文事。何不取将出来，给我们拜读拜读？"萧元也从旁怂恿。欧阳霜知道兄弟文理还通顺,也愿他当众显露,以示母族中也有读书种子,朝兄弟使了个眼色。萧逸物腐鱼生,疑念已甚,见内弟脸涨通红,迟不开箱,乃姊又递眼色,错会了意,疑是中有弊病,便板着脸说:"崔表嫂要看你窗课,还不取将出来。"欧阳鸿面嫩,本就打算开看,经姊夫这一说,忙答道:"这箱上钥匙,早在途中遗失了。"话未说完,萧逸微愠道:"这有何难,把锁扭了就是。你没得用,我给你找口好的。"欧阳霜见乃夫从昨日起神情已是变样,还以为多年夫妻,从未口角,问话时顶了他几句,遭他不快。及见他对兄弟辞色不善,大改常态,当着外人,扫了自己颜面,不等箱子打开,赌气立起,转身就走,回到自己卧房中去了。此时萧逸把奸人逸言信了八九,素日夫妻深情,业已付诸流水,极力压制着满腔怒火,含忍未发,哪还把心头爱宠看成人样。

畹秋、萧元原是私往阁亭,见竹箱已被欧阳鸿取回房去;又看出晨间萧逸疑忿情景,知道时机成熟,萧逸夫妻中了阴谋,竹箱必在书房以内。特借写春联为由,觑便举发。因已隔了数日,先还不知竹箱被人打开也未。及至进房定睛一看,箱锁依然,钥匙早被魏氏盗走,必未开过,否则箱子不会仍存房内。不由心花大放,一意运用奸谋。欧阳霜负气回房,正中心意,哪里还肯劝阻。明知箱子一开,萧逸必要发现私情。萧逸为人深沉多智,好胜心强,须要始终装作不知,使其暗中自去下手,方能置他姊弟二人死命。如被发觉有人知道此事,必代欧阳霜遮掩,心中尽管痛恨切骨,暂时绝不伤他姊弟,须候事情搁冷,人无闲言,再用巧法暗算二人。事情本是假的,聪明人只瞒得一时,旷日持久,万一奸谋败露,不特徒劳无功,自己反倒惹火烧身,跟打毒蛇一样,不打则已,只要下手,就非立即打死不可。见欧阳鸿诺诺连声,走了过去;萧逸一双眼睛盯在箱上,装作行所无事。偷朝萧元使了个眼色,笑道:"我的事倒烦舅老爷磨墨,真太不客气了。他已磨了好一会儿,请表哥代我磨两下吧。"萧元知旨,跑向桌前,面朝外面,磨起墨来。同时畹秋又装作失惊,奔过去道:"请你磨慢一些,留神沾了我的好纸。"萧元连说不会。

二奸正在搭讪间,欧阳鸿已把锁扭开。萧逸首先入目的,便是欧阳霜昔年自绣,自诩手法精工,认为佳绝,自己也时常把玩,后来穿着回乡,不曾再见的那双鞋。断定与欧阳鸿私通,赠与把玩的表记无疑。不由怒火上升，正待猛下辣手，向他打去。急中转念，一看畹秋和萧元正在磨墨说笑，全未留意此事，忙顺手拿起箱中一叠窗课本子，往地下一掷，说声："好脏！"跟着脚一拨，将箱子拨入床角。畹秋已闻声走来，说道："鸿弟的大作呢？"萧逸勉强说道："这不是么？"畹秋听出他说的话都变了声，料定是急怒攻心，气变了色，忙就地上拾起那两本窗课，装作翻看，头也不抬，口中问道："箱中还有甚好书？就这一点么？"萧逸抢答道："他也没个归着，剩下几本旧经书乱放在里面，没甚可看的了。"说罢，坐在那里，勉强定了定神，仍装作没事人一般。畹秋略微翻看，口中带笑说道："倒也亏他。墨汁已浓，你代我写吧。"萧逸不愿把家丑外扬，更不愿把笑话露在畹秋眼里，他闻言走过去便写。萧逸的本意是人走以后，先用家传辣手内功暗伤欧阳鸿，再去逼死欧阳霜。

也是欧阳鸿命不该绝。开箱之时，闻着一股生平最怕闻的霉腐气息，刚把头一抬，萧逸的手早抢伸下去，抓了两本书，把箱关上，踢入床下。箱子不大，不容两人并立同捡，姊夫一俯身，自然忙避让。仿佛瞥见箱角似乎花花绿绿塞着一样东西，不似自己原有。心中无病，又未看清，少年人好胜，见畹秋拾起窗课在看，只顾注意畹秋褒贬，姊夫变脸失色之状通未察觉。后来写字牵纸，又被畹秋抢在头里，只好站在旁边看着，渐觉出姊夫今日写字，好似非常吃力，头上都冒了汗，手因用力过度，不时在抖。可是笔尖所到之处，宛如翔凤飞龙，各展其妙。还以为因是畹秋所托，格外用心着力。哪知姊夫中了奸谋，内心蓄着悲痛，强自按捺，把满腔无明火气，发在笔尖之上。少时写完，人一走，便要他的性命。正暗中赞赏间，忽觉腹痛内急，不等写完，便去如厕。走时，萧逸一心两用，勉强矜持，哪敢拿眼再看仇人来逗自己火气，并未觉察。写完缓缓放下笔，坐在椅上。见萧元和畹秋将写就的对联摊放地上，以俟墨干，才觉出欧阳鸿不在房内。举目一看，果然不知何时走开。心中一动，几乎又把火发，暗忖不好，忙又强压下去，勉强笑道："今日的字，用力不讨好吧？"二奸更是知趣，仍装铺纸，鉴赏书法，头也不抬。畹秋笑道："你今天写的字，真如千峰翔舞，海水群飞，奔放雄奇，得未曾有。仿佛初写兰亭，兴到之作。早知如此，真悔不多带点纸来请你写呢。"畹秋又道："你看笔酣墨饱，还得些时才干。天都快近午了，今天小娃儿没有带来，想必等我回家吃午饭呢。暂时放在此地，少时再来取吧。"萧逸恐神情泄露，也在留意二奸神色。二奸都在俯身赞美，迥非觉察神气，心中还在暗幸，闻言假意答道："就在我家同吃好了，何必回去？还不是一样，难道非和崔表哥举案同食么？"畹秋估量萧逸装得必定像，才抬头望着他，嫣然一笑道："我没的那么巴结他，不过怕娃儿盼望罢了。你不说这话，还可扰人一餐，既拿话激我，我才偏不上套呢，当我是傻子么？"萧逸强装笑脸，又故意留她两次，畹秋终于和萧元告辞而去。

萧逸送到门外，见已下山，不由心火大张，怒脉偾起。以为欧阳鸿姊弟知道奸情败露，必在房中聚谈。忙大步冲进卧室一看，欧阳霜独坐榻前，正在发呆，面上似有泪痕。欧阳鸿并不在内。恐赃证失落，忙又回到书房，开箱取出那双花鞋，藏在怀内，奔回房去，人已气得浑身抖战。走向对榻椅上一坐，先是一言不发，强忍火气，寻思如何处治奸夫淫妇，才算妥善，不致传扬丑事。坐不一会儿，欧阳霜本因丈夫当着外人，对兄弟辞色不善，赌气回房，想起兄弟那么听话知趣，如非母族寒微，何致如此？虽然有点伤心，不过小气。继而丈夫怒气冲冲进房，没有立足便走，一会儿去而复转。方想问他何事，连日如此气盛？猛抬头一看，丈夫脸都变成白纸，嘴皮都发了乌，目射凶光看着自己，竟是多年夫妻，从未看到过这等暴怒凶恶之相。不禁大惊，腹中幽怨吓得去了个干净。疑心村中出了什么变故，连日辞色不佳，也由于此，不但气消，反倒怜爱担心起来。忙走过去，抚着丈夫肩头，刚想慰问，口才说了一个"好"字。萧逸实忍不住，将她手一推，站起身来，急匆匆先把室门关上，咬牙切齿，颤声说道："那小畜生到底哪里来的？姓甚名谁？快说！"

欧阳霜一听，还是因为兄弟。见丈夫神色不对，才料有人播弄，还没想会疑心到奸情上去。外人入村，本干例禁，必是连日有人说了闲话，以为丈夫怪她。恩爱夫妻，不该隐瞒，只得正色答道："他实是表弟吴鸿，从小过继叔父面前。"言还未了，只听萧逸低喝一声："好不要脸的小贱人！"跟着一掌打下。欧阳霜不意丈夫骤下绝情，心胆皆裂，仗着一身武功，尽得娘家和婆家之传，手疾眼快，只肩头扫着一下，没被打中。忙忍痛喝道："一点小事，你怎如此狠毒？要打，听我说明白再打。"底下"打"字没出口，忽见丈夫怀中取出一双自己穿的旧鞋，往地下一掷，低喝道："不用多说，真凭实据在此。容我用重手法，点伤你两个狗男女的要害，慢慢死去，免得彼此出丑，是你便宜。"随说伸手便点。可怜欧阳霜这时才听出丈夫是疑心她姊弟通奸，真是奇冤极苦，悲忿填胸，气堵咽喉，泪如泉涌。一面还得抵御丈夫辣手，哪还说得出一句话来。

两人交手，都怕外人听去。连经几个回合，欧阳霜本领原本不在丈夫以下。无奈一方是理直气盛，早已蓄势待发，必欲置之死地，锐不可当；一方是含冤弥天，冤苦莫诉，心灵受了重伤，体颤神昏，气力大减。又怕误伤了丈夫，不由得相形见绌。眼看危殆，忽听门外有人敲门之声。萧逸方停了手，侧耳一听，竟是爱子萧珍在村塾中放学回来，见小弟妹被人抱在山脚晒太阳，接抱回家，在外敲门，爹妈乱叫。回视欧阳霜，业已气喘吁吁，花容憔悴，泪眼模糊，晕倒榻上。想起多年夫妻恩爱和眼前这些儿女，不禁心中一酸，流下泪来。因爱子还在打门，开门出去一看，萧珍一手一个，抱着两个玉雪可爱的小儿女，走了进来。用人跟在后面，正由平台往里走进。忙道："你们自去厨房吩咐开饭，与娃儿们吃吧。大娘子有病，不用进来了。"话才脱口，两小儿女早挣下地来，各喊了声妈。看见母卧床上，神气不佳，兄妹三人一同飞扑近前，小的爬上身去，大的便焦急地问着妈怎么了。欧阳霜心想："此时说必不听，非苟延性命，这冤无法洗清，那造谣之人，也无法寻他算账。"见丈夫顾恤儿女，索性把两个儿女一搂，说道："心肝儿呀，妈被坏人所害，就要死在那狠心猪狗手里。快来吃一口离娘乳吧。"说到伤心处，不禁失声哭了起来。萧璇、萧琏两小兄妹，才只两岁不到，尚未断奶。村人俱是自家人，无从雇用乳媪，小孩虽有人带，奶却自喂。到了晚上，更非与母眠不可。虽然幼不解事，见娘如此悲苦，母子天性自然激发，愈发"妈妈、妈妈"大哭起来。萧珍自幼随父练就一身武功，性情刚烈，闻言悲忿填胸，伸手将眼泪一擦，怒冲冲纵向墙头，摘下乃母常用的宝剑，急喊："妈妈，那恶人是谁？快说出来。他敢害妈，我杀他去。"

欧阳霜知道儿子脾气，事未断定，如何肯说。萧珍连问数声，见母只是悲泣不答，父亲又眼含痛泪，沉着脸，坐在一旁，垂头叹气，不则一声，好生焦躁。低头一想，忽喊一声："我知道了！"跳起身来，开了门便往外走。萧逸见状大惊，连忙喝止。欧阳霜也恐他冒冒失失闹出乱子，早从床上纵起,将他拦住,喝道:"妈有不白之冤,你一个小娃娃知道什么?还不与我站住!"萧珍急得乱蹦,哭道:"坏人要害妈妈,爹不管,妈不说。我想舅舅总该知道,打算问明再去,又不许我。反正谁要害妈,只是拼着我一条命,不杀了他全家才怪!"欧阳霜道:"乖儿子,莫着急,现在你妈妈事没水落石出,还不愿就死呢,你忙什么?难道你爹害我,你也杀他全家么?"萧珍人本聪明,因双亲素日和美,从来不曾口角,没想到二老会翻脸成仇。闻言先顺嘴答道:"我知爹爹待妈最好,绝不会的。"一言甫毕,偶一眼看到乃父,满脸阴郁愁惨之相。猛想起妈今日这等悲苦,受人欺负,爹爹怎毫未劝解?适才好似对妈还说了句气话,迥非往日夫妻和美之状。不禁起了疑心,忙奔过去,问道:"爹,娘说你害她,真有这事么?我想不会的。爹是一村之主,谁也没爹本事大,为何还让坏人害我的妈,你也不管?那坏人是谁?儿子与他誓不两立!爹你快些说呀!"萧逸自然无话可答。嗣见爱子至性激发,急得颈红脸涨,两臂连伸,筋骨轧轧直响,泪眼红突,似要冒出火来,如知母仇,势必百死以报,不禁又怜又爱又伤心。迫得无法,只管怒目指着欧阳霜道:"你问她去!"萧珍见双亲彼此推诿不说,不由急火攻心,面色立刻由红转白,正要哭说,忽视房门启处,欧阳鸿走了进来。萧珍心情一松,刚喊了一声:"舅舅来得正好!"萧逸已怒火中烧,喝声:"珍儿且住,我有话说。"起身迎上前去。欧阳霜知道丈夫必下毒手,乃弟绝无幸理,见势不佳,不暇再顾别的,急喊:"鸿弟,还不快寻生路,你姊夫要你性命!"跟着人也抢纵上前。

欧阳鸿原因出恭回来,行过餐房,见只有一个带小孩的女仆在内,饭菜已经摆好,姊夫、姊姊、外甥辈一个未到。山居俱是自己操作,有那随隐仆婢多分了田业,自去过活。萧逸虽是村主,只有二三名轮流值役。除每早习武时人多外,平时甚是清静。欧阳鸿问知大人小孩俱在房内,疑心二外甥又患了病,忙来看视,并请用饭,见房门半掩,又听哭声。一进房,首先看见姊姊、外甥俱是满脸急泪,面容悲苦,甚是惊异。方要询问何故伤心,忽又见姊夫由座上立起,面带凶杀之气,迎面走来。接着便听姊姊急喊自己快逃。事起仓猝,做梦也想不到乱子这么大。乃姊的话虽是听得逼真,因是心中无病,不知为何要逃,只顾惊疑。微一怔神的工夫,萧逸安心要用家传辣手点伤他的要害,早把力量暗中运足,低喝道:"大胆野种,丧尽天良,竟敢欺我!"随说,猛伸右手,朝欧阳鸿胸前点去。这一下如被点中,立时伤及心腑,至多七日,必要气脱而死。幸而欧阳霜防备得快,知道厉害难敌,也不顾命地运足全力,纵身上来,仍用萧氏秘传解法,右手一托乃夫的右手,紧跟着丁字步立定,闭住门户,就势从乃夫身后用大擒拿法,将左臂筋骨一错,连左手一齐被抓住。

萧逸气力虽较高强,毕竟夫妻恩爱,相处已惯。一意寻仇,全神贯注,惟恐仇人不死,又是气昏了心,没防备乃妻会挺身急难。欧阳霜颇得娘、婆二家之传,深明窍要,萧逸冷不防反吃制住,拼命想要挣脱,身落人手已是力不从心,又羞于出声叫喊,只气得咬牙切齿,哼哼不已。欧阳霜勉力制住丈夫,见兄弟还欲开口,忙道:"鸿弟,你我俱为奸人诬陷,你姊夫信谗入骨,无可分辩,必欲杀死我们。此处你万难存身,你如是我兄弟,急速从后崖逃出。他因爱惜颜面,见你一走,再立时弄死我,难免招人议论,可以多活些日。有个一年半载,我便能查出仇人奸计,还我清白,也留我家一线香烟。如不听话,妄想和他分辩,你我日内必死他手无疑了。"欧阳鸿见状,料事紧急,又是惶恐,又是伤心,悲声说道:"姊姊既是如此说,不容兄弟不走。但我自问并无过失……"还要往下说时,欧阳霜不住咬牙急催快走,多说无益有害。欧阳鸿实逼处此,问道:"我也不知姊夫何故如此恨我,此去一年之内,必来领死,并报奸人之仇。此时为了家姊,暂且告别。"说完,把脚一顿,飞身往外纵去。出门之际,犹听乃姊催走之声。祸从天降,心如刀割。意欲权遵姊命,翻崖逃出村去,候晚再行入村探听虚实,毕竟为了何事夫妇成仇,再作计较。

且不说欧阳鸿此行另有遇合,因祸得福。只说欧阳霜见兄弟逃脱毒手,心想:"一不做,二不休,索性等人走远,再行放手。"又隔了一会儿,委实支持不住,才把丈夫错骨法解了,松了右手。萧逸自是怒不可遏,就势一挥,欧阳霜便跌倒地上,忍泪说道:"现已留得我家香烟,你杀死我好了。"萧逸低声怒喝道:"你以为我如你的愿,放走小杂种,便可饶你多活些时么?"随说,怒冲冲抢步上前,刚一把将欧阳霜抓起,萧珍忽然急跑过来哭道:"害死我妈的,当真是爹爹么?"一言甫毕,二次怒火上攻,一口气不转,一跤跌倒在地,面如土色,晕死过去。床上两小兄妹因见舅舅进房,刚止泪下床,意欲索抱,忽见父母都动了手,吓得站在一旁呆看,也忘了再哭。此时见妈被爹打倒在地，爹爹恶狠狠抓上前去，哥哥又复倒地，一害怕，"哇"的一声，一边哭喊妈妈，一边跌跌撞撞跑将过来，一跤跌倒在乃母身上，抱头大哭不止。萧逸再是铁打心肠，也不能再下手了。又一寻思："此时弄死了她，确是不妥，何况大的一个儿子天性至厚，哭也哭死。小的两个年纪太幼，以后无人带领，每日牵衣哭啼索母，如何能受？大的更是目睹自己行凶，难免向人泄露，岂不把脸丢尽？"念头一转，杀机立止。忙奔过去，一把先将萧珍抱起，用家传手法，将堵闭的气穴拍开。一面怒目对欧阳霜道："贱婆娘，我看在三个儿女身上，暂时饶你不死。还不滚起来，把璇儿、琏儿抱到屋去么？"欧阳霜见丈夫无良，心如刀割，性本刚烈，原不惜死。只为身被沉冤，死得不明不白，太不甘心，又放不下三个小儿女，决计权且忍耻偷生，等辨个水落石出。闻言立时纵身站起，指着萧逸，忍泪切齿，说道："你少骂人，且须记着，我与你这个丧天良的糊涂虫恩义已绝，活也无味。但我这等屈死，太不甘心，等早晚间事弄明白，不用你叫我死，自会死给你看。你如稍有一分人心，今日之事作为无有，我把仇人奸谋给你看好了。"言还未了，萧逸已把手乱摇，低声喝道："你到临死，还恋奸情热，放走奸夫，说上天去，也是无用。你不要脸，我还要脸，无庸你说，我自有主意。珍儿快醒，莫要被他听去，不比两个小的年幼，还不懂事。快带他两小兄妹到里房哄一会儿，好带珍儿同去吃饭。"欧阳霜知丈夫疑念太深，话都白说，把心一横，说得一个"好"字，强忍头晕，一手一个，抱起璇、琏兄妹，往房间内走去。

萧珍仅是气堵痰闭，仗着父是能手，略一按拍，将气顺转，便开了窍，呕出一口浊痰，"哇"的一声，哭醒过来。睁眼一看，不见乃母在房，当时急得心魂都颤，口里乱喊"妈妈"，目光散乱，周身乱抖，刚转了的面色又复转青，手足乱张乱伸，拼命往地下挣去。萧逸看出此子烈性，适才已是心气两亏，不堪再受刺激，才醒，手法未完，还不能就放下地。又恐进房之后，乃母对他说些不好的话，小孩禀赋，怎能禁受？连忙紧紧抱住，强忍悲痛，温言抚慰道："你妈带小弟弟妹妹，在那间喂奶呢。今天我是和她练功夫斗着玩，逗你三个着急，不想你却当成真事。你想爹爹和妈妈能打架么？你刚回醒，不能下地，不信我就抱你看去。少停你神气恢复，就吃饭了。今儿和先生说，就逃半天学吧，叫你整天看着你妈妈，省得不信。"

萧珍年幼聪明，哪里肯信，先仍一味乱挣。后听说要抱他去看，方才停了挣，底下话也不再听，连喊："快去，我要妈呀！"萧逸见状，大为感动，不禁流下泪来。料知不使亲见不行，只得答道："乖儿莫急，爹抱你去就是。"随说随抱萧珍，走入套间。

此时欧阳霜心横胆壮，主意拿定，已把生死祸福置之度外。一进里房，便坐在萧珍榻上，两手一边一个，搂着那玉雪般的两小儿女，解开衣服，露出雪也似白的蟠蛴玉胸和粉滴酥搓的双乳。两小兄妹到了慈母怀里，哭声渐止。又当吃奶时候，一见娘奶，各伸开一只满是肉窝、又白又胖的小粉拳，抓着柔温香腻的半边奶房，将那粒晕红浅紫的乳头，塞向小口里含着，一面吮着，一面睁着那乌光圆黑的眸子，觑着娘脸，不时彼此各伸着一只小胖腿，兄妹俩彼此戏踢，活泼泼地纯然一片天真。欧阳霜脸上泪痕虽已拭净，一双妙目仍是霞晕波莹。面上精神却甚坚决，英姿镇定，若无其事，刚烈之气，显然呈露。若换旁人，见她这等镇静气壮，必然怀疑有人诬陷妻子。偏生萧逸为人多智善疑，自信明察，不易摇惑，一摇惑便不易省悟。加以夫妻情爱过深，忽遭巨变，恨也愈切。又知乃妻绝顶聪明，无论是何情状，俱当做作。再加上欧阳霜临危之际，不惜反手为敌，放走欧阳鸿，把事愈更坐实。已是气迷心窍，神志全昏，一味算计如何遮羞解恨，哪有心情再细考查是非黑白。进房时只说了句："你妈不是在喂奶么，我说是假打，逗你们，你还不信。"说罢，惟恐欧阳霜又说气话去惊爱子，忙把头一偏，连正眼也不看一下。

欧阳霜明白他的心意，也装出微笑说道："珍儿，你怎那么傻？逗你们玩的，这等认真作甚？"萧珍彼时年已九岁，毕竟不是三岁两岁孩子易哄，虽听母亲也如此说法，终觉情形不似，疑多信少，开口便问："爹妈既是假打，怎还不去喊舅舅回来？"这一句话，把夫妻二人全都问住。萧逸还在吞吐，欧阳霜抢着说道："你舅舅不是此地人，你从小就知道的。他早该回去接续你外婆香烟去了，因你兄弟的病耽延至今。今早该走，恐你兄弟哭闹，特地假打一回，不想你们更哭闹了。这事不要到外面去说。如问妈为什么哭，就说弟弟忽然犯病，闭过气去，妈着急伤心好了。"萧珍立时回问萧逸道："妈说的话是真的么？怎么爹爹打妈用我家的煞手呢？"萧逸已把乃妻恨如切骨，为了顾全爱子，只得答道："哪个哄你？如若真个谁要杀谁，墙上刀剑暗器什么都有，何必用手？再说绝不会当着你们。我虽为村主，也不能随便杀人呀，何况杀的又是我的妻子。怎连这点都不明白，只管呆问？"萧珍终是半信半疑，答道："我反正不管，谁再害我的爹妈，我就杀他全家。要是爹害了妈，我就寻死好了。"萧逸道："不许胡说，哪有此事？一同吃饭去吧。"萧璇、萧琏因母乳不足，每顿总搭点米汁。萧逸不屑与妻说话，又恐小儿受饿，特他说这笼统的话。以为乃妻必装负气，不来理会。不料欧阳霜闻言抱了两小孩，扣上怀立起就走。萧逸见她仿佛事过情迁，全不在意，神态甚是自然，心刚一动，忽又想到别的，暗中把牙一咬，抱着萧珍，随后跟去。

膳房女仆久候村主不来用饭，火锅的汤已添了两次。见主人走来，舅老爷还未到，添上了饭和小主人用的米汁，意欲前往书房催请。欧阳霜道："舅老爷奉了村主之命，出山办一要事，要过些时日才回来，这个座位撤了吧。"说完，照常先喂小孩。平日有欧阳鸿在旁照料，轮流喂抱已惯。忽然去了一个，欧阳霜喂了这个，要顾那个，两小此争彼夺，乱抓桌上杯筷匙碟，大人只一双手，哪里忙得过来。两小又都不肯要别人喂吃，口里一递一声，直喊："我要舅舅！"怎么哄也不行。萧璇更是连喊多声不来，小嘴一撇要哭。萧逸已把萧珍放在座上，夹了些菜，任其自食。自己哪还有心用饭，勉强吃了半碗。见小孩闹得实在不像话，母子三人身上全都汤汁淋漓，碟和羹匙均被小孩抓落地上跌碎，天气又冷，恐米汁喂凉了生病，只得耐着性气接过萧璇，一人一个，才把小孩喂好。暗忖："平日不觉得，走了一个畜生，已是如此，倘真把贱人处死，别的不说，这三个无母之儿，却是万分难办。如若容这贱人苟活，做个名义夫妻，来顾这三个儿女，又觉恶恨难消。"思来想去，除等儿女长大，再行处死外，别无善法。一面寻思，一面留神观察，见乃妻仍和素日一样，喂罢小孩，命人添了热饭，就着菜，从容而食，该吃多少仍吃多少。除眼圈红晕像哭过外，别的形迹一毫不露。小孩连喊"舅舅"，随喊随哄，面容全无异状，只不和自己说话而已。

倒是萧珍小小年纪，天生聪明，一任父母解说，依旧多心，一双眼睛，老轮流注定在父母脸上，查看神情，一碗饭直未怎下咽，眉头紧蹙，时现忧戚之状。问他怎不吃饭，出神作甚？眼圈一红，答声"不饿"，连碗也放下。恐他闹成气裹食,又是心疼,只好听之。萧逸看了,又是伤心,暗骂:"贱人,多年夫妻,想不到你有这般深的城府,遇到这等奇耻大辱,性命关头,竟会神色不动,无有一事关心。难为你居然生下这样好的儿女,我虽投鼠忌器,不要你命,以后日子,看你怎样过法?"他这样胡思乱想,哪知欧阳霜在里间一会儿的工夫,因吃了一下辣手,伤处奇痛,恨他无良薄情,悲忿入骨。虽料定丈夫中了畹秋、萧元奸计,但是畹秋诡诈多谋,阴险已极,看她多年匿怨交欢,忽然发动,必已罗网周密,陷阱甚深;再加当时为了顾全兄弟,强他逃走,事愈坐实。就这样分辩,话决说不进去。反正活着无味,徒受凌辱,转不如以死明心,留下遗书,以破奸谋。使这昧良薄幸人事后明白,抱恨终身,死为厉鬼,寻找仇人索命,迫她自吐罪状,岂不容易洗刷清白?越想心越窄,为复丈夫之仇,成心使他痛定思痛,永远难受,连眼前爱儿爱女都不再留恋。自杀之念一定,又见丈夫进房时情景,看出他心疼爱子,屈意相容之状,知自己一死,丢下这三个小儿女,就够他受的,气极心横,暗忖得计,愈发坚了必死之志。表面上仍装作镇静从容,强忍伤痛,一同吃完午饭,仍抱两小儿女回房。萧珍疑念未消,连忙跟去。萧逸心伤神沮,不愿多见妻子,自往峰下闲游去了。

说也凑巧。午后忽然云密天阴,似有酿雪之状。黄昏将近,天便下了大雪。不消个把时辰,积深尺许,全村峰崖林木,俱变成玉砌银装。萧逸出门,在村前几个长老家坐谈了半天,独自一人,踏雪归来,胸中藏着无限悲痛凄惶。行近峰前,几番踟蹰,直不愿再见妻子的面。冒着寒风,在昏夜雪地里徘徊了一会儿,觉不是事,才勉强懒洋洋一步步踏级而升。刚走到庭前,见台阶上薄薄地飘着一层积雪,上面现出两个女人脚印,脚尖向里,仿佛人自外来的,已有片刻。平台和阶前一带,已被后下的雪盖没。阶上积雪,原是随风刮进,此时风向稍转,雪刮不到,所以脚印遗留在此。心想:"这般风雪寒天,别人无事不会到此,难道畹秋已知事发,赶来相劝不成?"念头刚转,忽然一阵寒风,从对面穿堂屋中迎面刮来,把阶前余雪刮起一个急旋,往屋外面雪浪中卷去。堂前一盏壁灯,光焰摇摇,似明欲灭,景象甚是阴晦凄凉,若有鬼影。与往日回家,稚子牵衣,爱妻携儿抱女,款笑相迎情况,一热一冷,迥乎天渊之别。不禁毛发皆竖,激灵灵打了一个冷战。定睛一看,四屋静悄悄,除穿堂后厨房中灯光和堂屋这盏半明半灭的壁灯外，各屋都是漆黑一片，不见一点灯亮，也不闻小儿女笑语之声。心中一动，想起前事，恐有变故，连忙抢步往卧房中跑去。

房里黑洞洞，连唤了数声，婢仆一个也未到，反将屋里两个小儿女惊醒。萧逸听得儿女哭声，以为妻必在里屋同睡，看情形决未夜饭，心才略放，暗骂："贱人还有脸负气，我留你命是为儿女。天都这么晚，连灯都不点，也不招呼开饭。三个婢仆也是可恶，主人不说话，便自偷懒。"一边径去寻火点灯，急切间又寻不到火石。耳听儿啼更急，却不听妻和长子声息，忍不住骂道："贱人睡得好死！"一步抢进房去，脚底忽有一物横卧。幸是萧逸练就眼力，身手轻灵，没有绊倒。低头一看，是个女子，面朝下躺在地下。乍还以为妻子寻了短见，虽在痛恨之余，毕竟还是多年夫妻，心里也是着急，不禁伸手想要抱起。身子一俯，看出身材不似，微闻喉中还有格格喘息之声，更觉不类。再定睛仔细一看，竟是女仆雷二娘。

萧家下人，例由随隐亲族中晚辈和本门徒弟以及旧日仆婢家人值役，本来人数甚多。自萧父去世，萧逸继位村主，屡说避世之人，俱应力作，俗世尊卑贵贱，不宜再论，意欲免去服役之例。村中诸长老再三相劝，说村中事繁，已经操心，哪能再使劳力？况且全村能有今日，俱出萧逸祖孙父子三代之赐，都供役使，也是应该，何必拘泥？萧逸此举，原为讨爱妻欢心，使随隐的人都成一样，无形中把乃岳身份也自提高。见众人苦劝，想下折中办法，作为以幼事长，有事弟子服其劳。于亲戚、门人、旧仆中，选出些男女用人，不问身份高下，专以年齿长幼和辈数高低，来定去取，分期轮值。平时家中只用三人：一个管着厨下，一个经营洒扫，一个帮带小孩。遇上年节事忙，再行随时添用。三人中有两个按期轮值，且不说他。惟独这雷二娘，本是萧家平辈亲戚，父母双亡，只剩她自己，刚订了婚，男的忽得暴病而死。男女两方从小同时长大，都是爱好结亲，情爱至厚，立誓不再嫁人。身又伶仃孤苦，分了点田，也不惯操作。自愿投到村主家中服役，把田业让给别人。欧阳霜见她忠诚细心，善于照料小孩，甚是看重，相待极厚。萧逸一见是她，同时又发现她手旁遗有引火之物，颇似进房点灯，被人打倒神气。情知有异，忙取火先将灯点上，再一注视，果是被人点了哑穴。

灯光一亮，小孩急喊爹爹，声已哭哑。回顾欧阳霜和爱子萧珍，俱无踪迹。两小儿女各自站在床上，一个扶着床栏杆，一个竟颤巍巍走到床边，同张小手，哭喊："爹爹快来！"摇摇欲跌。萧逸见状，心疼已极。当时情绪如麻，恐小儿女不小心，跌倒受伤，不顾先救大人，急纵过去，恰值萧琏伸手扑来，一把抱住，没有跌倒。萧璇也跟着扑到萧逸怀中，齐声哭喊："爹爹，我要妈妈呀！"萧逸匆促忙乱中，地下还倒卧着一个大人，不知受伤轻重，哪顾得再哄小孩。忙喊："乖乖莫闹，妈妈一会儿就来，快些坐下，爹爹还有点事。"说罢，欲将小儿放下。原来两小兄妹早已醒转，见娘不在，室中暗黑，又怕又急，早哭过几次，委屈了好些时，又一心想着妈妈，乍见亲爹，哪肯放手，抱紧乃父肩膀，哑声大哭要娘，坚不肯释。萧逸好容易解开这个，那个又复抱紧。见小孩禀赋甚强，人小力大，硬放恐怕受伤，哄既不听，吓又不忍；更恐时辰太久，伤人不易复原。万般无奈，只把两个小兄妹一同抱起，走到雷二娘身侧，勉强匀出一手，将她穴道点活，救醒转来。刚回手抱起儿女，未及问讯，雷二娘张口便急喊道："大嫂子走了，三侄子也不知往哪里去了，这怎么得了呀！"萧逸闻言，头脑立时晕了一下，好似焦雷击顶，目定神呆，半响做声不得。小孩哪知甚事，仍是哑着喉咙，一味哭闹要妈，萧逸还得耐着心哄他们，可是不得其法，小孩又聪明，哪里肯信，非当时妈妈到来不可，于是越哄越哭。大人见他们哭得眼肿喉哑，又没法子哄劝，闹得萧逸如醉如痴，心似刀割。一面勉强哄着怀中儿女，昏沉沉瞪着一双泪眼，望着雷二娘，竟未想起问话。

　　雷二娘已知道一半原委，见他这样，老大不忍，也不禁眼泪汪汪，十分伤感。无亲身受奸人挟持，不得不昧一点良心，说些不实不尽的假话。略定喘息，凄然劝慰道："村主先莫伤心。大嫂走时，因我拼命苦拦，遂将我点倒。她是绝不会再回来的了。不过我看三儿决未带走，我是心里明白，不能转动。这般大雪寒天，等我来看着小娃儿，你快些寻她回来要紧。"一句话把萧逸提醒，忙把两小儿交给雷二娘，起身想往外跑。不料小孩子仍然抢扑身上，伸出小手，将手臂紧紧抱定不放，口里乱哭乱喊，力竭声嘶，嘴皮都发了乌色。萧璇性子更烈，几乎闭过气去。萧逸不忍心硬走，重又把二小儿抱将过来。这两个小兄妹任凭怎哄，只是不听。雷二娘刚刚醒转，坐立尚且勉强，不能走动。萧逸心似油煎，真神无主。因顾念二个子女，恐怕万一急昏倒地，事更大糟。万般无奈中，还得竭力克制自己，平息心气,不敢过于着急。停了一会儿,好容易和儿女说好,说:"妈和哥哥到山底下,风雪太大,不能上来,非爹去拉不可,你没听哥哥哭么?两个乖娃娃等一会儿,让爹爹接他们去。"这原是骗小孩子的话,才一说完,外屋一阵风过,果然听见萧珍哭喊着妈,隐隐传来。两小兄妹本来不信,闻言俱在侧耳凝听,一听哥哥哭声,方始信以为真,也不再拉紧,一同推着萧逸的手,指着外面,直喊哥哥。萧逸听出爱子定在屋外风雪中啼哭,心中怦怦直跳,正赶小孩松了手,一句话也不愿再说,径把两个儿女往床上一放,口中急说:"乖娃娃莫哭,我就来了。"人早往外奔去。

出房门时,还仿佛听得爱子哭喊"妈妈"之声,急于救转,匆匆奔出,没有细辨方向。等跑到平台上面,见寒风刮面,雪花如掌,积雪已经尺许,下得正大。再侧耳谛听哭声所在,哪里还有。料知爱子必然冻倒在地,大雪迷茫,地方又大,何处寻找?早知如此,今日不和贱人动武也好。越想越悔,又痛又急。在平台上冒着寒风大雪,东听听,西听听,更无半点声息。勉强平息心情,回忆两次哭声。第一次室内所闻,仿佛就在屋后。但那地方是一片半山上的竹园,妻室逃时,必然翻山而走,方向不对;并且园中多蛇,子女从来不去。如说不是,声音又似那方传来。再者山崖相隔甚远,哭声也传不到。反正探听不出,姑且往园中找一回试试。于是回走穿堂门,走出屋后,口里狂喊珍儿,脚底飞跑。才出堂门,嘴刚一开,便灌了满口的雪。声音吃风刮转,连自己也觉不甚洪亮。情急寻子,且不管它。仗着一身内功,不畏大雪崎岖,将气一提,施展踏雪无痕的本领,飞步往竹园中跑去。

竹园因山而置,分作上下两层。每年全村吃用的笋和竹子,十九取给于此。地甚宽大,幸是隆冬时节,经过农隙一番斫取,行列萧疏,不甚茂密。不似夏秋之交,绿云千亩,碍风蔽日。密的地方,人如侧身而过,比较易走得多。萧逸在竹林内边喊边找,四处乱看,眼里似要冒出火来。眉睫上飘集的雪花,遇热消融,满脸乱流,随擦随有。眼看走了一半,仍无回音。正在焦急失望,忽瞥见前面的雪隆起数尺长一条,仿佛下有石块。心中一动,方要用脚去拨,猛发现一个人头,依稀在雪中露出。忙伸手一拨,竟是萧珍倒扑雪里,已经闭过气去。想是冻倒不久,童阳之体,脸上犹有余热。雪势虽大,只将身子盖没,头部雪积不住,胸前还有余温,尚还可救。可是时候稍久,只要晚来片刻,怕不冻成冰块才怪。忙先脱下衣服,将他抱起回走。想起爱子头上连帽子也未戴,周身冰湿,两只棉鞋俱都不在脚上,衣裤俱被竹枝挂破,袜底也穿破了好几个孔洞,料在雪中寻娘奔驰多时,力竭倒地。心疼已极,不由一阵悲酸,哭出声来。

一路飞跑,回到屋内。雷二娘正抱两个小兄妹在哄劝。另一女婢因日里主人有话,除雷二娘外,不唤不许到前面来,与厨婢枯坐厨房烤火,久候传餐,无有音信。适才仿佛听得主人两声急喊,到前面窥探,被雷二娘唤住,命她生火取暖。刚把烘炉取来,放在二娘身前,回取青杠炭,在生火塔。见主人抱了小主人,面色铁青,狼狈走进,俱都吓了一跳。尤其雷二娘,萧珍差不多是她带大,心中明白,又愧又悲,忍不住哇地哭了起来。萧逸更连眼泪也急了回去,将爱子放在床上,先取两重棉被,连头盖上,微露口鼻。颤着悲声,急喊快取衣服、开水、姜汤。人却奔向衣柜,一阵乱翻,寻出两套棉衣裤。那么精明干练的人,竟闹了个手忙脚乱。中小衣还未寻到,又想起救人为要。忙丢下衣服,上床嘴对萧珍的嘴,往里渡热气。两三口后,方始想以内家按摩之法,暗骂自己该死。用力一扯,先撕破湿衣脱去,两手搓热,按着穴道,浑身给他揉搓。等到女婢往厨房取来姜汤、热水,又唤了厨娘同来相助时,萧珍已一声"妈妈",哭醒还阳。两小兄妹被这一阵人翻马乱,反倒停了哭声,只一递一声喊着"妈妈",中间又夹喊两声"哥哥"。听萧珍苏醒,一哭妈妈,又跟着大哭起来。这时萧逸万箭穿心,也无比苦痛。一阵伤心过度,俯伏到爱子枕前,几乎急昏过去。心中却又明白,放着三个无母之儿,还病不得。硬把心肠撇开,缓一缓气,睁开二目,对萧珍道:"珍儿莫哭。我日里出门,你不是和妈在一处么?她往哪里去了?"萧珍浑身嗦嗦乱抖,牙齿捉对儿不住寒战,交击有声,只管抽噎痛哭,透不过气来。两个小的,已经哭岔了声,一味哑号,惨不忍闻。

第一九一回　　雪虐风饕　凄绝思母泪
　　　　　　　　人亡物在　愁煞断肠人

萧逸无计慰解，急得不住乱打乱抓，捶胸顿足，号啕大哭，悔恨不已。这一来，先将三个小兄妹哭声止住。萧珍首先从被窝里伸出手来，抱住萧逸头颈，急喊："爹爹！"两小兄妹也争着扑上床来，齐爬向萧逸身上，哑哑乱喊。萧逸想不到哭声因此而止，立时将计就计，哭说道："孩儿哭，爹爹心疼。要爹爹不打，非得你三个乖乖不哭才不打呢。再要哭，爹爹就要死了。"萧珍忙说："儿不敢了，爹爹不打。"两小兄妹也抢着嘴动手摇，意似说爹爹我不哭了。萧逸见一个大的冻得死去活来，两个小的哭得失音哑哑，嘴皮乱动，不能吐字。暗忖："儿女都是如此至性刚烈，以后每日牵衣索母，哭啼不休，这种凄苦日子如何过法？"一面心酸肠断，还得设辞来哄劝。好容易硬说软说，连哄带吓，将三小儿女劝住，又想起他们晚来俱未进食。悔念一萌，又妄想这么大风雪，村外荒山绝地，妻室或者尚未逃出村去，无奈自己无法分身寻找。想了想，反正明早村人不见妻室，也是难免丢人，不如早些发动。但盼和爱子一样，寻得人回来更好，否则寻来尸首，也总算生儿育女，多年夫妻一场。忙命雷二娘速去楼上撞钟聚众，等近外的人到来，不必相见，可说女村主雪前外出，迷路不归，恐有疏失，传布全村分头寻找。那钟就在房后峰腰钟楼上面，除有令典大事，或是什么凶警，轻易不能擅撞。雷二娘明知主妇死尸必在竹园以内，被雪埋上，只是不能出口，领命自去，依言传语不提。

　　雷二娘走后，室中火已生旺，火盆内红焰熊熊，室中逐渐温暖。萧逸取来衣服，将爱子湿衣换下。又换了一床干净棉被盖好。由果盆内取了些柑子，递与两个小的。又将红糖冲的姜汤，与爱子服了一碗。耳听楼上钟声"当当当"响过两阵,大雪阻音,甚显沉闷。过了一会儿,才听雷二娘在堂屋内和来人说话。萧逸方寸已乱,守着三个心爱的小儿女,头昏心烦,反闹得一点心思也没有,不知该想什么是好。最后还是萧珍颤声说道:"爹爹,我不哭。你叫二娘打钟,是找我妈么?我已把竹园都找遍了。"说罢,两眼眶中泪水早忍不住似断线珍珠一般挂了下来。这一句话把萧逸提醒,才想起今日家庭中发生如此巨变,只顾寻救爱子,竟忘了向雷二娘询问妻室出走经过。她平日会带小孩,最得主妇信任,怎会将她点倒在地?莫非阿鸿那个畜生去而复归,与贱人相约偕逃,被二娘拦阻,将她点倒不成?想到这里,不由忿火中烧,咬牙切齿。正欲出口咒骂,一眼望见爱子满脸泪痕;萧璇、萧琏两个小兄妹,一人手里捏着一个柑子,也不剥,也不玩,并坐床上,一同眼泪汪汪望着自己,好似静盼回话。当时心肠一酸,没骂出口,心想:"萧珍既知往竹园寻娘,也许知道一点。"便向他道:"乖儿莫伤心,我定跟你把妈寻回就是。"还要往下问时,萧珍流泪答道:"妈被仙人带走,要好几年才回来的,爹往哪里找去呀?"萧逸当他初醒胡说,便问:"这里哪有仙人?你只说你妈走是什么时候,你在屋里么?有别人来过没有?"

萧珍泣道:"白天爹爹吃完饭一走,妈妈叫二娘黄昏前再进来带弟妹,她要带我们三弟兄睡个晌午。回房以后,连喂了弟弟妹妹三回奶,喝了好几大碗米汤,奶头都被弟弟妹妹咬紫了,还要强喂,说:'我把这剩的点精血,给你两个小冤孽吃个饱吧。'我问妈妈为什么叫弟妹是冤孽,妈妈把我抱住亲热,叫我们三个喊她,又逼着叫我也吃一口奶。我吃了一口,只是湿阴阴,连一点奶都没到嘴。那时妈真把我三个爱极了,又亲弟弟妹妹,又亲我,一个也不舍丢下似的。过了一会儿,弟弟妹妹睡了。妈便拖我陪她,说娘儿四个一齐睡晌午。我睡在枕上和妈对脸,说舅舅回家,二天还来的事,不知怎的,我也睡着了。好像还听得有人和雷二娘说悄悄话,声音很低。天冷,我想再睡一会儿,等妈喊我再起。闭着眼睛,翻了个身,越等越没听妈喊我。我再装睡翻过身来,偷眼一看,妈已不在床上。喊了两声,不听答应。天都快黑了,外面有风,还不知道下大雪呢。连忙爬起,屋里火也灭了。弟妹睡得很香,冷清清的又没有灯。跑到外屋门口,遇见二娘倒在门口地上。忽然想起妈妈睡时,和我说过她爱竹园风景,少时说不定要去一趟,你爹回来,叫他去那里找我,那里蛇多,你却不许前去的话。又找出一根上次回家扫墓的铺盖索,说是年下捆束东西用。当时我正想睡,没有留心。这时连喊二娘,她只哼哼,爬不起来。我去拉她,她将眼皮连挤,叫我莫拉。问她妈呢,她不会说话,只拿眼睛朝外看,流下眼泪水来。我忙问是走了么,她却眼泪汪汪眨了两眨。我本有点心惊肉跳,觉得妈妈要有什么不好,见了这样,一着急,便往外跑。出门一看,天正下着大雪。妈最爱干净,这般大雪天,怎会出去?再想起今天说话神气古怪,与往日大不相同,又和爹爹打过一架,越发担心。忙跑到竹园里一看,一根铺盖索,打了个活扣,悬在大竹竿上。地下有妈妈的脚印,雪还未盖上,好似才到过没有多久。可是走出几步,就没有了。急得我在竹林里面哭喊乱跑,满处找妈妈。风又大,雪又大,一直没听回音。后来我把竿竿竹子全都摸遍,周身冻木,也未找见妈妈。对面一阵大风夹着一堆大雪打来,一个冷战,倒在地上。耳边好像听见有一个女人口音说道:'痴儿,你母亲在此寻死,被仙人救走了,莫要伤心,过几年定要回来的。你爹就来救你,且委屈你受一会儿冻,应这一难吧。'以后便人事不知。醒来在爹爹床上,又好像是做梦一样。这几句话先都忘了,后听爹爹叫二娘打钟,才想起来的。"

萧逸话未听完,既痛娇妻,复怜爱子,不禁泪如雨下。虽然疑奸之念未释,听到她母子如此可怜,早把适才忿恨之心又消灭了个净尽。暗忖:"照此说法,和她午饭前后神情,分明早蓄死志。既寻短见,为何索在人亡,遍寻无着?想因这等死法不妥,临死变计。尸首必然还在竹园附近,时候已久,断定必无活路。"想起平日恩爱之情,悲痛欲死。始终仍未把仙人救走之言信以为真,只是万般无奈而已。萧逸最受全村人爱戴,一听说萧逸主妇雪中失迷,除畹秋和萧元、魏氏三奸外,人人焦急,无异身受。又都知他夫妻素日和美,人又贤能端庄,谁也没往坏处想,都打算把她寻救回来。一时钟声四起,纷纷点起风雨灯,分头搜寻欧阳霜的下落。

萧逸在房内守着三个愁眉泪眼的爱儿爱女,眼巴巴盼着把爱妻寻回。连番命人查问,俱说无踪。找过两个时辰,全村差不多被村人寻遍,终无踪影。这时雪势已止。雷二娘因小孩大人全未用晚饭,招呼下人端饭进来。三小兄妹俱都想娘,汤水不沾。萧逸自己自是吞咽不下。因两个小的乳未全断,又命人去请两个有乳的村妇前来。小孩哪里肯吃?人又聪明,先吃萧逸苦肉计吓住,俱不敢哭,只是流泪不止。这无声之泣,看去越发叫人不忍。急得萧逸不住口心肝儿子乱叫,什么好话都哄遍,毫无用处。料知绝望,猛想起爱妻或许翻山逃走,又存了万一之想。恰巧两个心爱门徒进房慰问,并说全村雪地发掘殆遍,不见师娘踪迹。萧逸无法,悄悄对他俩说了心事,料定这般大雪,欧阳霜也不会走远,既想逃生,必在近处觅地避雪。命他作为自己意思,先不向众人声张,约几个同门,俟天微明,翻崖出村寻找。门人领命去讫。

这一闹直闹到了天明,好容易把两个小的哄睡。萧珍一双泪眼,已肿得和红桃相似,口口声声说:"妈被仙人救走,找不回来了。谁害她这样去寻死,我明天问出人来,非杀他给妈报仇不可。"翻来覆去,老是这几句话,人和痴了一般。萧逸无法劝解,枉自看着心痛。那雷二娘因受奸人挟制,不敢说明,给主母辩冤。先也以为人必死在竹林之内,嗣见找了一夜,没有发现尸首,好生奇怪。知道主母行事,曾留信向自己托孤,历述受冤中计经过。还留有一封给萧逸的信,尚未拆看,便被畹秋来此私探,一同强索了去。照她函中语气,必死无疑,绝不会再逃出去,坐实她与兄弟奸情,跟踪同逃。深信萧珍仙人救去之言,上吊绳索尚在,人却无踪,是一明证。如真被仙人救走,异日回来,有甚面目见她?想起平日相待之厚,不由愧悔交加,心恨畹秋入骨。有心全盘托出,无奈适才只当主母已死,身受奸人胁迫利诱。萧逸几番追问日间情景,俱照畹秋所教,说主母走时,怒骂萧逸薄幸,自己纵有不是,怎无半点香火之情,又打又骂,日后做人不得,决心一死。托孤与雷二娘,命其照看小孙,言下大有要二娘嫁与萧逸之意。走时,二娘哭劝拦阻,才将二娘点了哑穴,径自奔出,不知何方去寻短见。这时一改口,岂不变成与三奸同谋,陷害主母?话到口边,又复忍住,枉自亏心内疚。不提。

挨到午前,村人发掘无迹。渐知昨日夫妻因事反目,村主内弟又在事前不知何往,俱猜欧阳霜为护娘家兄弟,与夫口角失和,负气走出。一样以为大雪阻路,必还走得不远。通路事前没有村主之命,不能开放。再加水道冰冻,不能通行。多半跟踪众门人翻出崖去,满山寻找。谁知鸿飞冥冥,弋人何慕,白白劳师动众,受尽艰辛,不特人影未曾见到,连去的痕迹都没一点。众人力竭智穷，只得扫兴归报。畹秋等三奸，先假装着随众瞎找；天明又装作关心，前往慰问。三奸见萧珍怒目相视，因他肿着一双眼睛，以为哭久失眠所致，并没想到萧珍聪明绝顶，日里听母亲再三嘱咐说："三奸均非好人，从此不要去理他们。尤其是留神看着弟弟妹妹，不要畹秋抱，才是我心肝儿子。只可把这话藏在心里，千万不可说出，否则不是孝顺儿子。"这几句话，本就牢牢记在心里。及见乃母一失踪，寻思前言，颇疑受了三奸之害，已是疑恨交加，不过心深，没有发作罢了。三奸当他小孩，不曾在意，终于吃了大亏。这且不言。

畹秋一见面，故意用隐语暗点萧逸："怎么不好，也该看在多年恩爱与所生子女份上，万万不该操之过急，闹出事来。我以前早就看破，想弭患于无形，所以屡劝早为乃弟完姻，不肯明言，便由于此。不知怎的，竟会被你看破，也不和人商量。就说村人平日重她为人，不疑有他，不致出丑，丢下这些小儿小女，看你怎了？"把萧逸大大埋怨了一番。萧逸也是聪明一世，糊涂一时，误中奸人阴谋诡计，把全村无人肯信的丑事，会认假为真，把一个贤惠恩爱的结发妻，几乎葬送。仇人明明在那里幸灾乐祸，竟会听不出来，闻言只是摇头，一言不发。过午以后，出寻村人相次回转。先去的十数人，内中颇有两个能手，力说师娘定未翻山外出。想起爱子之言，难道爱妻真个冤枉，仙人见怜，将她救走不成？但看她事发时情景，又那般逼真，处处显得心虚，是何缘故？痛定思痛，把头脑都想成了麻木，终是疑多信少。这一天工夫，三个小孩子也不哭，也不吃，眼含痛泪，呆呆竟日，全都病倒床上，萧珍更连眼都不闭。萧逸恐自己再一病倒，事情更糟，勉强又勉强地撇下愁肠，极力自己宽解，略进了点饮食。无奈创巨痛深，越这样，愁悔痛恨越发交集。似这样过了三天极悲苦的日子，眼看小孩俱都失魂落魄，似有病状，连请高手用药，入喉即吐，全不见效。萧珍已是三夜失眠。小的两个，更是泪眼已枯，时而见血，小口微微张动，声音全无，周身火一般热。眼看三条小命，难保一条。萧逸见状，似油煎刀绞一般。暗忖："好好一个家庭，变得这样愁惨之状。倘子女再断送，有何生趣？"一着急，不由长叹一声，昏晕过去。

这时恰值雷二娘刚刚走出。一些来慰问的村众见他父子如此，自知无法解劝，俱都别去。谁也不知道萧逸晕死床上。等过一会儿回醒，眼还未睁,耳听萧珍和两小子女急喊"爹爹",虽是哭音,却甚清脆。两个小的失音已久,便是萧珍也数日不眠不食,喉音早哑,有气无力,与两小兄妹病卧榻上,起坐皆难,口音怎会这等清亮?方疑是梦,耳听哭喊之声越急。雷二娘正由外面闻声奔来,同时觉着小孩俱在身上爬着。试睁眼一看,果然三个小孩俱都爬起,伏在自己身上,连哭带喊。二娘喜得直喊:"神仙菩萨保佑,一会儿工夫,他三个小娃儿病都好了,真是怪事。"萧逸喜出望外。自己深明医理,知三小孩思母成疾,心身交敝,分明心病,无药可医,再有三日,即成绝症。就算乃母归来,了却心愿,这等内外两伤,精血全亏,也须调治多日,方能告痊。怎好得这般快法?尤其是自己一醒转,三小全都破涕为笑,现出数日未见的笑容,仿佛愁云尽扫。平日家庭快乐已惯,还不觉得,人在绝望之余,忽然遇此梦想不到的幸事,立觉天趣盎然,满室生春,不由愁肠大解,心神为之一快。只是事太奇怪,方欲问讯,小的两个已拉着萧逸的手,争抢说道:"妈妈好了,过年就来带我们呢。我肚子饿,要吃稀饭。仙人还许我吃奶呢。"

萧逸闻言,心中一动,忙问萧珍:"你三个是怎么好的病?"言还未了,萧珍已接着答道:"刚才爹爹一声叹气,晕倒床上,我着急想起,没有力气,只喊了两声。忽然一道电光,从窗外飞进来,屋里就现出一个穿得极破,从未见过的婆婆。我一害怕,想喊二娘来催她出去,她就说了话。一听,就是前黑夜我跌在雪里,说将妈救走的那女人的口音。我忙问她:'你是救我妈的仙人么?'她说:'是的,你这娃儿真聪明,真有孝心。你妈现在我庵中学道,要过些年才回来。我来是为救你们三个乖娃儿。你们病得快死了,吃了我的药,立时就好。你妈现在好着呢。到时自来看望你们。不许乱想,想出病来,她一知道,就不爱你们了。'随说,随嘴对嘴,朝我们每人嘴里吐了两口香气。我觉得有一股热气,从喉咙里直烫到小肚子底下,立时身上就轻了,头也不晕了。弟弟妹妹也不哑了。我见爹爹还没醒转,刚跳起拉她,那婆婆说:'你爹爹太没情义,本来不想管他,看你三个份上吧。'说完,在爹爹头上打了一下。又是亮光一闪,无影无踪。我们才喊了两声,爹爹就醒了。"

萧逸早摸了子女脉象,果然复原,好生惊讶。小孩不会说谎,而且三个小孩病象本危,如非仙人怜救,怎会好得这么快?照此一看,爱妻外遇一节，颇似出于误会。心里悔恨，一着急，顿觉头脑沉沉，神昏心颤。知道自己劳伤太甚，再要过于悲苦，绝不能支。如真事属子虚，鸿飞冥冥，斯人已远，仙人虽有他年来探子女一言，究属难定。子女方得转危为安，自身莫再病倒，先顾眼前为是。只得勉抑悲怀，暂撇愁肠，不再思虑难受的事。见萧珍说完了话，仍然出神发怔，在想心事。两个小的，已一迭连声说肚子饿，要吃好东西。雷二娘早备好粥菜在外间小风炉上，闻言便跑出去取来。便劝萧珍道："你妈被仙人救去，乖乖自己听见看见的，虽说暂时不能见面，将来你妈成了仙，便会腾云驾雾。那时回来，还教你们也会驾起云，在天上走，那有多好！我儿还急什么？你看弟弟妹妹多乖，都肯吃东西了。你也乖些，吃一点，好叫爹爹放心。再不听话，你妈没死，成了仙，却把爹爹活活急死，你不是不孝么？"

萧珍忿然作色道："妈妈既做仙人徒弟，早晚也学成一个仙人，这比在家还好得多。现在只有替妈妈欢喜，并不想她没学成仙就回来。我是在想爹同妈素来好的，从未吵过嘴，为何昨天晌午，爹爹却打她骂她，逼得妈妈往竹园去上吊？我想这里头，一定有一个像妈妈说的恶人，向爹爹搬嘴，要不舅舅怎会好好地忽然不回家？请爹爹快说出这个恶人，我也要他的命！"萧逸闻言，心中一动，暗忖："仙人之言，妻子并未与人苟且。但他姊弟并非同胞，既已自认，箱中绣鞋和欧阳鸿临去之状，情弊显然，在在使人不能无疑。畹秋与她虽有前隙，但她嫁后，夫妻情感极厚，又事隔多年，平日和爱妻更是莫逆。听她事前不肯明说，分明忘意保全。就算自己疑心，因她劝与欧阳鸿完婚而起，也是爱妻和欧阳鸿平日形迹过于亲密，毫不避嫌，引人生疑而致。况且畹秋并未公开举发，怎能说她陷害？倘真负此奇冤，既肯以死自明，岂有身后不遗书遗言之理？雷二娘是她亲近，只因拦阻，被她点倒，并未留话；昨晚遍搜室内，也无片纸遗留。好生令人不解。"

越想心思越乱，又觉头晕起来，不敢多想，只得又自丢开。平日那等聪明，当时竟未想到三奸阴谋。惟恐小孩无知，胡猜仇人闯祸，更无法和他明言，只得佯作愠色，低喝道："你妈乱说。是我不好，你妈为了袒护你舅舅，我和她言语失和吵嘴。她觉得扫了面子，自家心窄寻死，哪有甚恶人害她？如不因此一来，你妈也不会被仙人救去学仙，要你报仇作甚？这里都是你的尊亲长辈，弟兄姊妹，无一外人，外人也进不来，小孩子家少胡说些。"萧珍迟疑了一会儿，答道："我也知道爹爹不会说出，这恶人一定有。妈在白天还和我说，明早爹爹就知道害她的人是哪一个。我不在旁便罢，如若得知那恶人，叫我不但武功没学成时莫去寻他，省得我也被他害死；即使学成，也须等到人来，问明爹爹，暗中出山，寻来舅舅，一同要他狗命，替妈报仇。又说那恶人现在村内，和我们时常见面。叫我从明日起，不要一人出门；上学时，要结伴，还要雷二娘抱了弟弟妹妹接送，同往同来。到家不许离开爹爹，爹如有事出门，最好跟去，寸步不离。要不就不许离开雷二娘。我那时还问，妈妈难道不在家么？她说，她恨爹爹糊涂没天良，明日起，要搬到楼上去念经，永不下楼见爹爹了。叫我除了爹爹，只听雷二娘的话，只有二娘是个好人。谁想到她说这些话，是要寻死呢！这些话，对别人我都不说一句。不过我想妈妈一定留得有字给爹爹，我只因恨极恶人，想先知道是哪一个罢了。爹莫生气，不说就是。好在我学成武功长大，妈早成仙回来，终会对我说的。"

欧阳霜寻短见时，胸有成竹，原极从容。曾把三个心爱子女哄睡，将二娘唤至面前托孤，执手叮嘱，告以冤苦，并给丈夫留下一封长函，明述经过，断定一切均出三奸阴谋暗算。知丈夫聪明，受骗只是一时，事后自能详察隐微，为之洗冤报仇。不料所托非人。雷二娘始而苦劝，因欧阳霜曾说"心灰肠断，死志已决，你是我惟一亲人，故以心事相托，如若作梗，我必将你绑起，再行就死"之言，虽知明拦无效，还想等欧阳霜一到竹园，即行喊人奔救，再把遗书献出，这一来，主妇心迹已明，一样可以不死。初念原好，谁知奸人窥伺，畹秋料知事发，又听说萧逸外出，早已冒着风雪，潜伏窗外。见欧阳霜去往竹园，二娘逡巡欲出，知必往救，忙从窗外绕到面前，拦着屋门一堵，先以威吓，继以利诱。二娘一时失了天良，竟为甘言所诱，终于献出遗书，照她奸谋行事。用苦肉计，由畹秋将她点倒在内室门口，又教了一套话。萧逸初回所见阶沿上的雪中脚印，便是畹秋忙中所遗。当时人尚伏身门外，偷听动静，直听雷二娘把话说完，虽未全照自己所说，尚无破绽，觉着大功告成，方始回去。就这样，当夜天明前，借着慰问前来，仍把雷二娘调到无人之处，着实埋怨恫吓了一阵。

雷二娘受奸人诱迫为恶，天良原未丧尽。这一来，觉出畹秋厉害，阴毒非常，深悔昨日不该落她圈套。又见萧氏父子悲苦之状，好好一个人家，害得这般光景。再想起主母临去托孤，握手悲酸，视同骨肉，以及平日相待甚厚，愈发悔恨交集。后来主妇尸首遍寻无迹，萧珍说是仙人救去，已疑未死。当日又听萧珍说起仙人到来，许多奇迹，以及末了一番话，又是伤心，又是害怕。有心等萧逸照着萧珍所说一查问，豁出担些不是，愧悔伏地，自承罪状，几番隐忍欲发。偏生萧逸顾怜爱儿爱女过甚，创巨痛深，恐怕病倒，无人照管，抱定火烧眉毛，只顾眼前的主见，不敢再耗神思。既担心爱子闯祸，又在专心劝他吃点东西，明是破绽，竟没查问。一两日过去，雷二娘受畹秋蛊惑，偶然虽也良心发现，已没有这般勇气再吐真情。如此一念之差，以致日后无颜再见旧主，终于身败名裂。这且不提。

萧珍经乃父劝勉，又知乃母仙去，悲思大减，父子二人各进了些吃的。欧阳霜尸首终成悬案。第三日，萧逸仍是病倒，医治半月方愈。对人只推说内弟随己习武，无心误伤，一怒之下，不辞而别。妻室护短责问，吵了一架，当晚归来，已寻自尽。只是尸体不在，存亡莫卜。两小兄妹自免不了每日悲啼索母。好在萧逸经此巨变，每日家居不出，和雷二娘两人尽心照料，晚来父子四人同睡。闹过些日，成了习惯。可是一提起，仍要哭闹一场。萧逸室在人亡，睹物伤情，枉自悲痛悔恨，有何用处？中间想起爱妻去前，对爱子所说之言，连搜过好几次遗书，终无只字寻到。

光阴易逝，不觉过了好几年。两小兄妹已不需人，起卧随着父兄，读书习武，颇有悟性。萧珍更日夜文武功兼习，仗着天分聪明，家学渊源，进境甚是神速。萧逸也渐渐疑心畹秋闹鬼，只是不敢断定，又无法出口。每日无聊，仍以教武消遣。三奸夫妇也带了各自子女前来学习。人数一多，年时一久，内中颇有几个杰出的人才。尤其萧逸的表侄大弟子吴诚和畹秋的女儿崔瑶仙，萧元之子萧玉，三人最是天资颖异，一点就透。末一年上，萧逸不知怎的，看出崔瑶仙为人刁钻，萧玉天性凉薄，不甚喜爱。再加上三个小兄妹自从失母之后，始终厌恶三奸。对于崔瑶仙、萧玉更是感情不投，背地磨着萧逸，不要教这两人。萧逸怜他们是无母之人，先是曲从，后来渐渐成了习惯，对于二人不觉就要淡些。萧玉、瑶仙从小一处长大，两家大人同恶相济，来往亲密，虽都是小小年纪，耳鬓厮磨，早已种下情根。两家父母也认为是一对佳偶，心中有了默许，任其同出同入，两俱无猜。初习武时，二人年轻好胜，常得师父夸奖，以为必能高出人上。过了几年，快要传授萧氏本门心法，连畹秋都未学过的几手绝招了，忽然仍无音信。只见师父不时命吴诚、郝潜夫等数人分别单人晚间入谒听训，愈发起了疑心。

欧阳霜被仙人救去，萧逸不许提说，畹秋尚未知闻。起初勾结雷二娘时，本许她向村主进言以子女乏人照料为名，娶她为室，至不济也纳为侧室。谁知萧逸曾经沧海，伉俪情深，虽然三奸罗网周密，疑念未尽悉除，但对此事，伤心已极。不但没有纳妾之意，反因自己是个鳏夫，小孩又磨着自己，病愈以后，差不多以父做母，儿女都随父卧起。雷二娘虽仍信任，除有时令其相助照料子女衣着而外，只命襄同料理家务，处处都避着瓜李之嫌，谈笑不苟。畹秋见状，明知无济，哪肯随便妄谈。雷二娘人颇端庄，自审非分，本无邪念，一时糊涂，为畹秋甘言利诱，一心静俟撮合。一则羞于自荐，二则主母去时种种奇迹，时常惴惴不安。见主人这样，哪里还敢示意勾引。想起亏心背德，认为受了畹秋所害，相对落泪，怨望之情，未免现于神色。畹秋却当做所求不遂，心中怀恨，知她是个祸根。无奈对方防闲甚密，事后日在萧家操作，永不与自己交往，再说私语，急切间无法料理。听了女儿瑶仙之言，愈发疑心二娘气忿时露了机密，因而萧逸迁怒爱女，不肯传授。知萧逸夫妻情重，已疑乃妻有私，尚且如此，如知真相，必不甘休，颇着了好些日子急。嗣后暗中留意考查，看出萧逸仍是梦梦，否则绝无如此相安，对自己夫妻也是好好的，只想不出他憎嫌爱女是何缘故。为免后患，谋害二娘，以图灭口之念愈急，连用了好些心机，俱未生效。

转眼又是寒冬腊月。也是雷二娘命数该终。萧逸见爱妻鸿飞冥冥，久不归来，爱儿爱女逐渐长大，不时牵衣索母，絮问归期，本来创巨痛深，与日俱积。山中地暖，自出事那一年起，再没降过雪。这年偏在欧阳霜出事的头三天，降下空前未有的大雪，接连三日，雪花如掌，连下不息。第四日早起，萧逸因雪大停课，独坐房中，睹景伤心，触动悲怀，背人痛哭了一阵。想起祖父在日，最好交结方外，遍游名山大川，访求异士，暮年举族归隐。曾说生平什么能人都遇见过，惟独心目中终生向往的神仙中人，以及道述之士，却是空发许多痴想，白受许多跋涉，不特毫无所遇，连一个真能请召仙佛、用符咒驱遣神鬼的术士，都未遇过。就有几个，也是处士虚声，耳闻神奇，眼见全非。甚至神仙的对象，如山精夜叉鬼怪之流，也曾为了好奇心盛，不畏险阻，常在幽壑栖身，深山夜行，不下数十百次，除了人力能敌的毒虫蛇蟒、奇禽异兽之类，也是一样不遇。可见神仙鬼怪，终属渺茫。自隐此村，到此已经三世，从无异事发生。怎么单单爱妻自尽那一天，会有神仙降临，既救其母，复救其子，说得那般活灵活现？仿佛神仙专为斯人而来。假如是真，珍儿曾听仙语，不应醒来还那么哀痛索母，直到自己晕厥醒转，方改了语气。此子虽幼，聪明异常，哪知不是乃母先教好这一套言语，故布疑阵出走，托名仙去，借以洗刷清白？当时闻言，本未深信，偏生三个子女同时病重，都好得那么快法，不由人不相信。记得第三日，自己便即病倒，神志昏迷，头两天事，回忆似不甚真。仙迹多由二娘、珍儿事后重述，甚是神奇。只恐并无其事，乍遭巨变，神志全昏，误信小儿之言，以伪作真。照那晚风雪严寒情景，爱妻翻山逃出，既有成谋，自然无颜回转，势非葬身荒山雪窟之中不可。否则仙人不打诳语，既说过两年来看望，平日她又那般钟爱儿女，哪有说了不算，一去不归之理？

事不关心，关心者乱。萧逸先对乃妻那样忿极相煎，实由于爱之太深，故而恨之愈切。年时一久，一天到晚只要回想到她那许多好处，已不再计及奸情真伪，苦思不已，越想念头越左，直料到十有八九，绝无生路。正在心伤肠断，恰值雷二娘从家塾中陪着三个爱儿爱女回转，泪汪汪齐声哭进门来，吞声哭诉道："爹爹，今天是妈妈被神仙救去的日子，好多年了，怎么还没回来呀？"雷二娘也红着一张苦脸说道："他三个在塾里，书也不念，话也不说。老师知道那年是今天出的事，怕急坏了他们，见雪势渐止，不等放学，就叫回来。想起来也真叫人伤心呢！"萧逸闻言，悲痛已极，猛然心中一动，暗忖："多年过信小儿之言，以为爱妻未死，不特衣冢未设，连灵位都没有。如真仙去，可见仙人常由此经过，又久未归来，当可诚求。就说她恨着自己，女子如此至性孝思，必可感其降临。如已死去，多年未营祭奠，今值忌辰，更应哭祭一番，略尽点心，不枉夫妻一场。"想到这里，忙命二娘去厨房赶备爱妻平日喜吃的酒菜和一份香烛。日里先虔敬通诚，乞仙怜佑，赐归一见，或是到时略示存亡灵迹。晚来率了子女，去至竹园当年自尽之处,先照日里乞求默祷,静俟仙人降灵。如无迹兆,事便子虚,那时再行遥祭。再等三日,设位立主,改葬衣冠,重营祭奠。

二娘心虚内疚,日怀隐忧,巴不得能判出仙迹真伪,好安点心;或是设法吐实认罪,挽盖前愆。闻言大为赞同,忙即如言办理去讫。这日门徒恰已先期因雪遣散,众人也知是他伤心之日,不便相扰,无一外人在房。萧逸便把前一段意思告知子女,劝道:"你们母亲已成仙人,虽说迟早回家看望你们,但不知还要多久。今天是她仙去的日子,那位老神仙说不定要由此经过,恰好雪也止了。今晚人静后,我父子四人同了雷二娘,备下香烛,给神仙和她上供,一同虔诚祷告。她心一软,不该回来的,也回来了。你们单哭有甚用处?"萧珍等三个小孩闻言,立时止了悲哭,恨不得当时就要前往。萧逸说:"日里有人过往,神仙必不肯降。只可先随我往佛堂烧香叩头,通白一阵,不要张皇,闹得外人知道,反而不好。"三小孩连声应了。

萧逸见三个子女个个热诚外露,孺慕情深。大的低头沉思,一言不发;两个小的,不住问长问短,到底今晚妈妈能回不,俱都满脸切盼之容。好生伤感,随口安慰了几句。雷二娘回报,香烛备好,上供的菜肴酒果,已命厨房预备,俱是主母爱吃之物。等自己随着主人进香通白之后,立即亲往庖制。萧逸闻言,便命子女洗漱,重整衣冠。大家同往佛堂,在观音座前进完了香,父子四人先后跪祝了一番。雷二娘神明内疚,本已悔恨交加;再见三小兄妹祝时声泪俱下,哭喊妈妈,甚是凄楚动人,愈发触动酸肠。想起那年主母才走,不多一会儿,主人便回,自己如非误受奸人诱迫,只要稍一抗拒,三奸阴谋立即败露,主母还可挽救回来。即或不然,她一生清白,总算洗刷干净。何致把一个贤德恩厚的主母,害得夫离子散,生死不明?如真仙去,自己纵然负她,尚幸年来未有逾分之求,对她子女尤极用心照料。畹秋厉害,自己懦弱,均所深知。异日归来,诿诸被迫无奈,也还有个解说,她为人厚道,必允将功折罪。最怕葬身雪窟,因为萧珍一言,连神主都未给她立,三奸又复散布谣言,村人背后颇多妄测,似这尸骨无存,死犹蒙垢,问心如何对得她过?又是愧悔,又是悲痛,不禁哭倒在地。

萧逸见她如此,以为恋主兴悲,不便拉她起立,忍泪劝道:"她乃仙去,并未真死,今晚不来,也必有感应,你何必这样伤心呢?起来去做菜吧。"说了两遍,二娘仍抽抽噎噎,边哭边诉,口中喃喃默祝,通莫理会。三小兄妹也跟着勾动孝思,哭了起来。萧逸只得又去劝哄子女,无心中只听得二娘低声哭诉,大意说:"你是个清白身子,到如今还闹得这样不明不白。你如死去,就该显灵,活捉你的仇人。如果是成了仙,哪怕不愿在尘世上住,也该回来一下,把事情分个水落石出,就便看看你这三个爱儿爱女呀!我知我对不起你,太该死。虽然你托我照顾你儿女,曾尽了点心,到底也抵不过我的罪过,你要知道,我实在是一时鬼迷了心,被人所害,不是成心这样,你无论是仙是鬼,你只显一次灵,亲身回来,我就死了,都是甘心,省得叫我白天黑夜,问心不过呀!"

二娘原是死期将至,近来天良激发,较前愈甚。当时悔恨过度,神思迷惘,自以为暗中通白。诚中形外,言为心声,竟忘了有人在侧,不禁把满腹悲怀,顺口吐出。萧逸先听两句,并没怎听清。忽觉有因,凑近二娘前后,再一细心谛听,爱妻之死,竟是有人暗算,身受奇冤,二娘自身似有不可告人之事,否则不会多年不吐只字。看她为人,又极忠正,不致若此,料有难言之隐。今日触景伤情,一时愧悔忘形,无意中泄露。爱妻自尽,未见遗书,本觉出乎情理之外。听二娘口气,分明出事之时,不特爱妻向其托孤,连仇人奸谋也曾预闻,弄巧遗书被她藏过也说不定。当时心如刀绞,难受已极,本想唤起盘问。侧脸一看,三小兄妹俱都聚在右侧神案前,相携相抱,也是连哭带诉。心无二用,二娘之言似未听去。静心耐气一寻思,三个小孩,因为疼爱他们过度,又各聪明,肯下苦功,年纪虽小,已得萧氏武功真传,颇学会几手绝招。平日口口声声,说乃母为人所害,早晚母亲回来,问出是谁,便去杀他一家,为母报仇。如今事尚难定,全村中人非亲戚即同族,爱妻与人并无仇怨,事乃自己发现,无人告诉。万一她自尽以前,疑心有人告发,有其误会,二娘听了,信以为真。一盘问,被小孩听去,誓必不共戴天,一旦闹出乱子,误伤外人,何以善后?既有隐情,总可问明,何必忙在一时?想了又想,总以暂时含忍为宜。反恐二娘哭诉不完,被子女听去。借着往前剪烛花为由,故意咳嗽一声,放重脚步,由二娘身侧绕到她头前佛案边去,口里大声劝道:"二娘,天都不早了,尽哭作甚,还不做菜去么?"二娘忽然惊觉,立时住口,又低头默祷了一阵,方始含泪起身,往厨房中走去。

萧逸凭空添了满腹疑团,三个子女寸步不离,又不便调开来问。前几次想到畹秋身上,又觉不对。爱妻冤枉,当是真情,所说仇人,许是一时误会,必无其人。正在心乱如麻,苦无头绪。这时三小兄妹已经乃父劝住了哭,愁眉泪眼,随侍在侧。内中萧珽最是天真烂漫,忽然憨憨地问道:"听哥哥说,妈去时没带什么东西,只穿了一身旧衣服。这么多年,想必都破了。新的衣服鞋袜,都被雷二娘锁在楼上。爹爹还不叫她取出来,今晚回来,拿什么换呀?"萧逸猛地心中一动,想起爱妻视二娘如同亲人,衣履均交存放。起祸根苗,乃在内弟箱中搜出一双旧鞋。如今遍想暗害之人,俱都无因。只二娘自出事后,对子女家务愈发用心,料理周至,今日却吐出这等言语。莫不成贱人久守望门寡,看中自己,害死爱妻,意欲窃位而代?仗着取放容易,设此毒计?嗣见自己守义洁身,耻于自荐,不敢相犯,又欲借照料家务子女情分,打算磨铁成针么?爱妻赴死以前,必当她是个好人,却误会另有一人害她。遗书总显破绽,故此匿而不献。越想越对,转误疑二娘阴谋害了爱妻。心思一乱,竟忘二娘前半言语,怒火中烧,目眦欲裂,若非碍着子女,几乎按捺不住。暗骂:"无耻贱人,今晚人静以后,我必问出虚实,如所料不差,叫你死无葬身之地!"当时虽未发作,心内痛苦,实已达于极点。这一误会,却害了二娘一条性命。

人越有事,越觉时光难度,父子四人,好容易盼到天黑。连雷二娘,谁也无心再进饮食。料定雪夜无人上山,日里又曾吩咐门人不令来谒,略挨了片时,等下人吃完夜饭,便令各自早早安歇。父子同了二娘,分持了祭品香烛,同往竹园昔年欧阳霜自尽之所,望空祭祝。刚把香烛点好,众人已是泪如雨下,三小兄妹更是"妈妈"连声地痛哭起来。萧逸向着仙人默祷,随又喊着爱妻的名字,通诚祝告。自述悔恨,请其宽宥,不说丈夫,也看在子女面上。三小也跟着跪在雪地哭喊妈妈,俱都泪随声下,甚是悲痛。雷二娘触景惊心,越发悔恨,也在旁边低声含泪祝告,不知不觉,又露出了两句心里的话。这时萧逸对她已是留意,一听她在旁跪祝,立时住了悲泣,潜心细听,不禁疑点更多,决心当晚盘她底细。碍着子女,仍未即时显露。大家祝告一阵,起身静候仙灵感应。

这时雪势早停,虽在深夜,雪光反映,清晰可睹。加以寒风不兴,烛焰熊熊,照见竹园内森森翠竹,都如粉装锦裹一般。白雪红烛,相与陪衬,越显得到处静荡荡的。除却枝头积雪受烛烟融化,不时滴下一两点雪水,落在供桌上,发出"哒"的一声轻响,更听不到半点别的声息。大家冻着一张脸,把手揣在怀里面,一个个愁颜苦相,满脸企望之容,时而看看天上,时而看看四外。偶然左近竹枝受不住积雪重压,成团下落,便疑仙灵到来。似这样又呆过了好一会儿,仍无动静。小孩家性情,哪里还忍得住,有一个首先发问:"妈妈怎还不来?"第二个便跟着哭了。萧逸见子女孺慕悲思之状,不禁心酸,只得又拿话一一哄骗。当晚的雪,深几二尺上下,雷二娘命人打扫出上供的地方,只有两丈方圆。雪后奇寒,菜还未到供桌,已是冷凝,晃眼便冻。人立四面雪围之地,来时虽然俱加了重棉,持久禁受,仍是难当。萧逸先还欲以子女的至诚来感格仙灵。嗣见久候无信,忽又疑妻已死。加以身冻足僵,小的两个子女挨冻,哆哆嗦嗦,说话声音都颤。猛想起莫非前言是假,仙人不降,却把儿女冻坏,岂不更糟?无奈子女满腹热望,急盼娘回,叫他们回房,空引他们悬望,决然不肯,话甚难说。几番踌躇,果然才一张口,当下小兄妹异口同声,齐说今日妈不回来,死也不回房去。言还未了,又颤声悲哭起来。萧逸看他们鼻青脸乌,不能再延,只得仍用苦肉计,装作自己受冻不起,连哄带吓劝解,并说仙人所居必远,当晚不能就来,须隔些日。这样三小才哭哭啼啼,委曲答应,一同回转。

萧逸见雷二娘又独跪地下,喃喃默祝,在在显出失魂落魄之状,越恨不得当时盘问清楚。便想了一个主意,推说怕小孩受冻足僵,须先抱送回去,祭品还要再供上一会儿,等小孩安睡,过了子夜再来。初意令二娘回房去烤火,少时再来。二娘死期已至,心还想背他父子,尽情通白一番,力说祝时无多,少停或有灵应,己不畏寒,愿留在当地,再等片时,真受冻不起,再回房烤火不迟。萧逸一想也对,如非怕冻了子女,理应如此。便嘱她留下观察,如有迹兆,及时奔告。果真大娘回来,千万拉住她,说自己不好,但是儿女可怜,现恐冻病,逼回房去,务望到家一看。说完,抱了两小兄妹,力逼萧珍,同返卧室。

萧珍还好,萧璇、萧琏虽练过功夫,体力坚强,毕竟年幼,从未受过这般寒冷,回房先是周身冰冷,再一烤火,被热气一逼,又是悲思过度,当时发烧病倒,满嘴呓语,哭喊妈妈,萧珍虽未冻病,也是泪眼莹莹,如醉如痴。急得萧逸万分后悔,错了主意,大骂自己糊涂,只顾思想爱妻,怎会忘了子女小小年纪,去叫他们受此奇寒?忙用火盆中沸水,给三小兄妹洗了脚。又寻些常备的药熬来吃。口里还不住哄劝,心里却万分酸苦,嘴和四肢同时并用,忙了个不亦乐乎。好容易给子女脱了衣服,哄入被窝。萧珍年长,还算能体乃父苦心,见父愁急,心中只管悲痛想娘,面上还不甚显,叫睡就闭目装睡,尚不磨人。这两个小的,孝思诚恳,又在病中,这个刚哄得似睡非睡,那个又一声"妈呀"哭醒转来,身更火也似烫,叫人怎地不急,怎的不难受?萧珍见状,恐把父亲急坏,急爬起来,与乃父一人抱一个在怀中卧倒,抚摸哄劝,费了一个时辰,好容易才将两个小兄妹哄睡。萧逸想起雷二娘尚在园内,莫并病了,无人料理家政,又急于想问前事。知长子明白轻重,不会再闹,假说:"要帮二娘收拾东西,并看仙人有无灵迹,弟妹都生病,千万代我照看,不可起身,我一会儿就来。"萧珍应诺不迭。

萧逸忙往竹园中跑去,身未近前,见祭烛已熄,雷二娘似已他去。心方一动,忽一阵积雪群飞,绕身乱转。昏林之中,仿佛有一鬼影闪动,不由激灵灵打了一个冷战。当时只觉肌肤起栗,毛发根根欲起。因是素来胆壮,略微惊讶,以为偶然风起,一时眼花,没甚在意,仍然踏雪疾行。跑到供桌前一看,二娘不知何往。所有香烛供品,全都被人发怒掷碎,烛泪油腥,满桌狼藉。烛本长大,残烛约有小半支,与临回房时所剩差不多少,仿佛自己才回房不久的事。如是鬼神显灵,二娘尚在,不会不来奔告。即便怕冷回房,也应通知,为何不在?心正惊疑,忽又一阵阴风,起自身后,似有一只冷冰冰鬼手,又凉又尖向后脑抓来。萧逸本在疑神疑鬼,再经这一下,不禁吓了一跳。仗着身法轻快,刚觉有异,哪敢回看,忙即向前纵去。纵出老远,觉未追来,方始奓着胆子,回头细看。只见雪深没膝,茫茫一片,风已停歇,哪有鬼的影子。一见身陷雪内,知逃时用力太猛,落地竟未提气。凭自己本领,就有鬼何妨,何致望风惊心,这般胆小?不禁失笑。继而想:"适才明明有一物触脑,并非积雪竹枝这类。"一奇怪,不禁把头往上一抬,猛瞥见果有一条鬼影悬身空际,背向自己,两手一张,依竹而立,心中大惊。一摸身旁,一样兵器未带,正发急间,渐觉那鬼呆立竹间，悬空不动，背影看去颇熟。同时天上雪花飘飘，又下了起来。猛地想起前事，定睛一看，果如所料，脱口喊了声："雷二娘！"忙纵过去，果是雷二娘，业已吊在一根高竹竿上，这一惊非同小可。本想解救，可是一查看，见二娘吊的是她随身丝绦，系在竹竿中间有横枝处，长舌外伸，手舞足张，死状甚惨，并且离地有一人高，竹竿冰冻坚滑，不易攀援。凭二娘本领，决纵不上去。估量两番祷祝，自吐真情，再看供物和香火的零乱翻倒之状，定是遭了鬼戮。否则她性情柔和，与人无忤，村中素无外人，谁来害她？料死已久，定救不转。这一来，越料爱妻中了她的阴谋。反恨她死得太早，没有全吐真情，聚集村人，明正其罪。想起昔日夫妻恩情，不由又望空哀号一阵。因已立身为人，素得村人敬重，虽然无虑，终不愿亲手去解。忙赶回后院，将厨婢工人唤醒，将尸首解下，停在她的房内。雪已愈下愈大了。

次日萧逸召集村人，说妻室出走，久无音信，疑已野死，昨晚是她失踪之日，特就当年自尽之处，望空遥祭，携子女先归；雷二娘留后撤祭，忽然自尽，吊死竹林之中，死状甚奇，想是遇邪等语。村人俱知二娘对于萧氏夫妻父子，最为忠诚，相处更好，平日提起，老是赞不绝口，毫无可死之道。吊死的所在，凭二娘决上不去。俱猜竹林闹鬼，并连欧阳霜之死，也由于此。叹息了一阵，俱都不疑有人暗害。萧逸对二娘虽然不无疑忿，因事未询明，遽死非命，念在多年服劳操持之勤，依然给她从优埋葬。

经这一来，仔细回忆爱妻生平心地为人，越断定她死得冤屈。又想到爱妻既将仇人活捉了去，可见仙人救去的事，是出于小孩梦呓，昏迷之言，无可凭信。想望一穷，不由悲从中来，愧悔无地。加以二娘身死，家务俱要亲理，小孩缺人照料；三小兄妹更因慈母不归，仙灵毫无感应，虽未哭哭啼啼，牵衣索母，总是愁眉泪眼，絮问归期。有时放学回来，随定乃父，围炉谈笑，论义说武。正说得好好的，方觉天伦之乐，略解愁烦，内中一个想起，只问得一句："妈到底要哪天回来呀？"话才脱口，那两个跟着笑容顿敛，潸然欲涕，立把满室春气，化成愁云惨雾。又不知要费若干口舌，才能使他们止泪含酸，不欢而睡。小孩家纯然一片天真，三小兄妹虽听乃父和村人露出乃母已经野死，过了当年，就要告庙设主的信息，依然执意不信，断定乃母仙去，总会有日归来。只是孺慕太深，苦思不已，哀而不伤，悲而不痛。但唯其希望未绝，故此常时都在盼想，也容易放落，事过便忘。一会儿想起，又复情殷乃母，啼泪纵横。日常如此。

萧逸本已悲深心碎，触绪伤怀，不能自已，哪里再经得起这三个爱儿爱女至性至情磨折和无人理家的烦扰，闹得终日愁索心病，凄然欲死。只半月工夫，人便消瘦了好多，连武艺都无法传授了。畹秋虽然阴险狠毒，用情却极专笃。见他悲苦，先疑下手稍慢，二娘或已泄露。嗣经仔细查探，竟似疑心乃妻死于二娘之手，奸谋已遂，宽心大放。想起萧逸绝好一个家庭，只为自己一念之忿，害得他这等光景，不由又怜惜起来。除每日同了丈夫、女儿及萧元夫妻前往宽解陪伴外，顺便并代指挥下人，料理家政，渐渐有了条理。又因年事将近，一切均为部署周详。萧逸见她诸事井井有条，自己已不似二娘初死时那般事必躬亲，杂乱琐细，身心交敝，颇看出她多年来余情未断。但又每来必与丈夫相偕，发情止礼，言动光明，一协乎正。由不得又是感激，又是佩服。哪知爱妻出亡，二娘惨死，全出于她的阴谋毒计呢。

原来三奸见雷二娘所求难遂，相待日疏，知她为人忠厚，早晚必吐真言。以萧逸性情为人，三奸本人受报不说，全家老小，均难再在村中立足。因此，决计除她灭口，以防后患，蓄谋已久。无奈萧家三子女，大的萧珍已快成年，两小兄妹也都生具异禀，神力兼人。乃父因念无母之儿，格外钟爱，欲其速成，用尽心思，授以艺业，已得了萧氏许多不传之秘。平日一个对一个，同门中六人过手练习，往往吃他们占了便宜。虽因年小，别人成心相让，以博一笑。萧珍却是真有过人之能，小小年纪，心灵手快，力大身轻，寻常休想动他。二娘又守着主母临去之诚，永远和他们三人同出同入，寸步不离。有这三小孩在一起，简直无法下手，只有夜间前往行刺，尚可成功。无奈萧氏父子俱是能手，又常有心爱门徒留住受教，稍有动静，必被警觉，闹穿岂不更糟？此外又别无良法，为难了好多日，老是迟疑不敢。

这日畹秋同了女儿瑶仙，往萧家随同练武，大家都在场上，忽然口渴，自往堂屋取茶。一阵风过，隔门帘望见二娘在门外与一女婢闲谈，猛地心动。走近间壁一听，二娘正说道："我近来也不知怎地吃不下，睡不安，仿佛有鬼附身一样。你知道大娘死得太冤枉么？有一肚皮话，也不好和人说。

我和你同住一屋，彼此相好，我拜托你一件要紧事：我现在白天黑里，老疑心有人要害我。我这种人早就该死，死原不怕，只是气他不过。不论什么地方，尤其在我屋内，你更要留神。你只要听见我快死的信，连忙赶去，我必留着一口气，把心腹话对你说明。千万不要忘记。"畹秋闻言，大吃一惊。方要再往下偷听，场上小弟兄姊妹们练功已完，嘻嘻哈哈，纷纷纵步进来。爱女瑶仙，也在其内。恐被室中人觉察，也装作一同走进，先赶向门前拉着女儿，再往里走，故意高声说道："也没见你们这般爱口渴，功才练完，就要喝水。你看大师兄、二师兄他们喝么？"众小兄妹本意穿堂而过，往后面山上玩，并非口渴。畹秋说完，随掐了一下瑶仙，瑶仙机灵，颇有母风，闻言，方欲答说"不是"，立即会意，改口道："今早来时吃稀饭，咸菜吃多了。"一言甫毕，二娘闻得畹秋口音，果然生疑，揭帘一看，见是由外走进，未被偷听，也未答理，便退了回去。三小兄妹随即由外屋跑进。

三奸回去一商量，越虑事机已迫，二娘业已愧悔怨望，早晚事泄无疑。连伺三四天，方苦无隙可乘，忽然大雪连朝，恰赶上第二次欧阳霜出亡之日。畹秋知每年这日，萧家父子和二娘必要哭闹一阵，门人弟子，不许进谒，不见一人。惟恐到了伤心至极，二娘漏了，好生忧急。又与萧元、魏氏熟商一番，决计涉险一行，见机行事。出事的头一天，便冒风雪，前往窥伺，有无下手之策。去时未带兵刃，以便事发，推说爱女因师父不肯传授心法，归家痛哭，特来求教，以便有个借口。到时，二娘因萧逸避嫌，晚饭后便令归房，室中只有萧氏父子四人围炉伤嗟，听口气颇多可疑。算计萧逸本领高强，村中外人不入，不会防备及此。但行刺暗杀，终是不妥，思量无计。第二日胆子稍大，又约萧元同往窥探，本心是想偷入二娘室内，点伤她的要害。因知二娘楼居，睡时楼门关闭，只带了根绳子备用，仍未携带兵刃，不料恰好用上。到时窥见室内无人，悄悄绕出堂屋。方欲设法上楼，忽见竹林内烛光掩映，想是当夜是欧阳霜毙命之日，定在竹园高祭无疑。忙和萧元悄悄绕路赶往，如遇上便说是望见火光而来，也不妨事。二奸伏身之处，近在祭台左近坡下雪凹中，竟无一人觉察。二奸也真有耐心，在雪窟里挨着酷寒，等了半夜。直到萧氏父子四人回房，二娘没有顾忌，愈发肆无忌惮，连哭带诉，把三奸毒计和胸中积怨，一齐说了出来。

萧元怕冷，自萧氏父子一走，就要动手。畹秋本心也想威逼二娘，下辣手拷问实情，究竟漏泄机密也未。一听二娘出声祷告，说的正是经过和现在的情形，声音又不低，听得颇真，大合心意。忙将萧元止住，静听下去。后来二娘诉了一遍，又是一遍，咬牙切齿，把畹秋、萧元骂了个狗血喷头。知她胆小，事情未泄，心中大放。又查看她悲忿填胸之状，久必生变。话已听完，哪里还肯容她活命。忙令萧元装作鬼声，在坡下低声哭叫，使其害怕分心。自己绕至二娘身后，去点她的要穴。谁知二娘故主恩深，当年内疚神明，心中苦痛已极，恨不得主母归来，以死明心；乍一听鬼声，当做主母显灵，并不害怕，反倒哭喊大娘，朝坡下走去。萧元年近半百，血气渐衰，武功又没什么根底，随定畹秋，在深雪里潜伏了半夜，身已冻僵，不能转动，声音也都发抖。当时只知按畹秋之言行事，不知四肢麻木，失去知觉。以为在大雪深夜，无人之际，二娘闻声必定吓昏。不料刚颤巍巍叫了两三声，二娘已循声赶来。偏是身在坡下，立处较畹秋先立之处较低，看不见上面，叫早了些，畹秋还未绕近二娘身后。两下里相隔又近，见二娘不肯停步，眼看就要对面，畹秋相隔尚远。萧元心想二娘不会甚武功，一被看破，立时冲将上去，将她扑倒，那时畹秋也必赶到，一下就可了账。方欲伸手，作势准备，猛觉两手不听使唤，心中一惊。把身往下一蹲，不料和双手一样，抬不起来，蹲不下去，知道不妙。竹林离萧逸所居楼房不远，平日推窗可见，雪光又白，只要被二娘大声一喊，立可闻警追来。即使畹秋已将二娘弄死，以萧逸的脚程本领，休说自己，连畹秋也逃走不脱。

第一九二回

悔过输诚　灵前遭惨害
寒冰冻髓　孽满伏冥诛

萧元正在惶急，二娘眼力更尖，听到第三声鬼叫，已觉出有些不像，跟着人已循声追到坡前。一低头望见坡下雪凹中站定一个男子，定睛一看，正是萧元。知他心怀不善，不由又惊又怒，刚喝得一声："原来是你装鬼吓我！"畹秋已经赶到身后，相隔尚有两丈左右。也是因为雪中久立，仗着平日教爱女武功，没有间断，虽不似萧元那等通体僵硬，也是身寒手冻，冷得直抖，脚走不快。绕过去时，两手正揣向怀中取暖，准备到时，好下辣手伤人。身未赶到，闻得萧元低叫，方怪他性急，又遥见二娘不曾吓倒，便料要糟。不顾僵足疼痛，把气一提，飞跑赶去。还未到达，便听二娘出声喝骂。冻脚硬跑了一程，又在发痛。知道萧逸一听见，立即身败名裂，休想活命。赶近下手，万来不及。一着急，恰好适才准备带来爬楼的套索，因恐冻硬不受使，揣在胸前，以备应用，一直没有取下，活口套索也打现成。手正摸在上面，忽然急中生智，握紧索头，手一伸，全盘取出。说时迟，那时快，畹秋只一转念间，二娘这里想起三奸，畹秋是个主谋，萧元在此，畹秋想必同来，否则只他一人，无此大胆，心中一害怕，刚想喊人，只喊得一个"有"字，畹秋惊急交加，早运足全身之力，把手中套索甩将出去。二娘惶骇惊叫中，微觉脑后风生，面前一条黑影一晃，跟着颈间微微一暖，咽喉紧束，被人用力勒住，往后一扯，身便随着跌倒在地，肉眼发黑，金星乱冒，立即出声不得，气闷身死。畹秋更不怠慢，跟着跑过，见二娘两眼怒瞪，死状甚惨。侧耳一听，萧逸所住楼上，丝毫没有动静，料未听见。见景生情，又生奸计，恐二娘少时万一遇救回生，先点她的死穴。一看萧元尚在坡下，冻得乱抖，双手不住摇动，也不上来相助，气得暗骂废物，也不再看他。径将索头往祭桌前一株碗口粗细的高大毛竹梢中掷穿而过，纵身上去，一手握住横枝，一手将索头从断竹梢上穿回，双足倒挂，探身下去，两手拉绳，将尸首提到离地一人来高，悬在竹竿之上。再把另一头放松，与套人那头结而为一。然后用身带之刀，切断余索，纵身下地，将祭桌上供菜香烛，一齐翻倒砸碎，狼藉杂呈，作为恶鬼显魔，取了二娘替代。

一切停当，再看萧元，仍然呆立原处，满脸愁苦之容。疑心他为自己狠心毒手所慑，愈发有气，狞笑一声，说道："你甚事不问，还差一点误在你的手里。如今事完，还不快走，要在这里陪这婆娘一同死么？"萧元见她目射凶光，脸上似蒙着一层黑气，不禁胆寒，上下牙捉对厮打，结结巴巴颤声说道："我、我、我……冻、冻、冻、冻……坏了，如今手脚全不能动。好妹子，莫生气，千万救我一救。"畹秋才知他为寒气所中，身已僵木，难怪适才袖手。一想天果奇冷，自己一身内外功夫，来时穿得又暖，尚且冻得足僵手战。做了这一会儿事，虽然暖和了些，因为勉强用力，手足犹自疼痛，何况是他。便消了气，和声问道："你一步都不能走了么？"萧元含泪结巴答道："自从来此，从未动过。先只觉得心口背上发冷，还不知周身冻木，失了知觉。自妹子说完走后，装鬼叫时，仿佛气不够用，勉强叫了一声。这婆娘走来，我想将她打倒，一抬手才知失了效用，但还可稍微摇动。这贱婆娘死不一会儿，觉着眼前发黑，更连气都透不转，哪能移动分毫呢，恐怕中了寒疾，就回去也非瘫不可了。"说罢，竟颤声低哭了起来。按畹秋心理，如非还有一个魏氏，再将萧元一齐害死，更是再妙不过。知道人不同回，魏氏必不甘休；置之不理，更是祸事。但人已不能走动，除背他回家，还有何法？想了想无计可施。又见萧元神态愈发委顿，手扶坡壁，似要直身僵倒，再不及早背回，弄巧就许死在当地。万般无奈，只得忍气安慰他道："你不要怕，我和你患难交情，情逾骨肉，说不上男女之嫌了，趁此无人，背你回去吧。"萧元已不能出声，只含泪眨了眨眼皮。畹秋估量迟则无救，不敢怠慢，忙纵下去一看，身冻笔直，还不能背。只得伸手一抄，将他横捧起来，迈步如飞，先往萧元家中跑去。

魏氏早将萧玉、萧清两子遣睡，独自一人倚门相待。夜深不见丈夫回来，恐怕万一二人事泄，明早便是一场大祸。村中房舍，因为同是一家，大都背山滨水，因势而建，绝少庭院。魏氏独坐房中，守着火盆悬念。忽觉心烦发躁，神志不宁，仿佛有甚祸事发作之兆。心中正在忧疑，便听有人轻轻拍门，知是丈夫回来。不禁笑自己做贼心虚，疑神疑鬼。赶出开门一看，见是畹秋把丈夫抱回，人已半死，不由大惊，不顾救人，劈口先问："他被萧逸打伤了么？"畹秋见她还不接人，越发有气，眉头一皱，答道："是冻的。大嫂快接过去吧。"魏氏才赶忙接过，抱进房去。畹秋面上神色，竟未看出。一同将门关好，进了内屋，将萧元放在床上，忙着移过火盆，又取姜汤、热水。畹秋说出来太久，恐妹夫醒转寻人，要告辞回去。魏氏见丈夫息奄奄，哪里肯放，坚留相助。

畹秋虽不似萧元委顿，却也冷得可以，乍进暖屋，满身都觉和畅。心想："回家还得在风雪中走一两里路。他夫妻奸猾异常，此时如若走去，纵不多心，也必道我薄情。不如多留些时，看她丈夫受寒轻重，妨事不妨，也好打点日后主意。反正丈夫素来敬爱自己，昨晚和爱女商量好，假装母女同榻，叫他往书房独睡，并未进来。今晚叫他再去书房一晚，虽然辞色有些勉强，女儿已大，也不会半夜进房。大功告成，人离虎穴，还有何事可虑？"便答应下来，相助魏氏。先取姜汤与萧元灌了半碗，身上冷湿长衣脱了下来，披上棉袍，用被围好，将脚盆端至床前。正要抚他洗脚，萧元人虽受冻，心却明白，上床以后，见魏氏将盆中炭火添得旺上加旺，端到榻前，知道被火一逼，寒气更要入骨，心里叫苦不迭，口里却说不出话来。这时人略缓过一些，面色被火一烤，由灰白转成猪肝色，一股股凉气由脊梁骨直往上冒，心冷得直痛。三十二个牙齿，愈发连连厮打，格格乱响。外面却热得透气不转，周身骨节逐根发痛。正在痛苦万分，见魏氏又端了一大盆热水过来，知道要坏，勉强颤声震出一个"不"字。魏氏只顾心痛丈夫，忙着下手，全未留神。畹秋见他神色不对，又颤声急喊；同时自己也觉脸上发烧，双耳作痛。猛想起受冻太过，不宜骤然近热。照他今日受冻情形，被热气一攻，万无幸理。但是正欲其死，故作未见未闻，反假装殷勤，忙着相助，嘴里还说着极关切的话，去分魏氏的心。可怜萧元枉自心中焦急，眼睁睁看着爱妻、死党强迫自己走上死路，出声不得，无计可施。等他竭力震出第二个"不"字，身子已被魏氏强拗扶起。萧元身子冻僵，虽入暖房，还未完全恢复，背、腿等处仍是直的，吃魏氏无意中一拗，畹秋从旁把背一推扶，奇痛彻骨，不禁惨叫起来。魏氏又将他冻得入骨的一双冰脚，脱去鞋袜，往水盆里一按。萧元挺直的腿骨，又受了这一按，真是又酸又麻，又胀又痛，通身直冒冷汗，哼声越发惨厉。魏氏听出声音有异，刚抬头观看，忽见脑后一股阴风吹来，桌上灯焰摇摇不定，似灭还明，倏地转成绿色，通体毛发根根欲竖。心方害怕，接着便听畹秋大喝一声："打鬼！"身由榻沿纵起，往自己身后扑去。同时萧元一声惨叫，手足挺直，往后便倒，双脚带起的热水，洒了自己一头一脸。魏氏本就亏心，吓得惊魂皆颤，一时情急，径往丈夫床上扑去。一不留神，又将脚盆踢翻，盆中水多，淋漓满地，魏氏也几乎跌倒。爬到床上一看，丈夫业已晕死，不由抱头痛哭起来。哭不两声，耳听畹秋唤道："大嫂，哭有甚用？救人要紧。"

魏氏用模糊泪眼一回看，油灯依旧明亮，畹秋只面上气色异常，仍然好好地站在身侧。哭问："妹子，惊叫作甚？"畹秋狞笑道："可恨雷二娘，因贱婢野死以前曾对她说，那双旧鞋曾交你弃入江中，定是我三人同谋，由你偷偷放落她兄弟箱内。以死自明，留有遗书，向丈夫告状。她本想追出救她，多亏我伏身门外，将她堵住，逼出遗书。原已和我们同党，近日她想嫁给萧逸，人家不要，日久变心，想给我三人和盘托出，快要举发，被我看破。昨晚乘雪夜与大哥同往，探了一回，未知底细。因事紧急，今晚本想我一人前往，大哥好心，恐我独手难成，定要同往，将她除掉。到时正赶上萧逸在竹林内向天设祭，妄想贱婢显灵。

"我们听出他还没有生疑，本想暂时饶她，缓日下手。谁知这不要脸的贱婢等萧逸一走，鬼使神差，竟和疯了似的，自言自语，历说前事，求死人显灵，活捉我们。我听出她恨我三人入骨，日内必要泄露真情，这才决心将她除去。现在人已被我二人害死，作为鬼取替代，吊死在竹梢上。只为萧家父子在竹林内一祭多时，去后我二人又听她捣鬼，伏在坡下雪窟里时候太久，只顾留神观听，不觉得受寒太重，通身冻木。我还好些，所以下手时，是我独自行事。事完，大哥不能动了，不得已只好捧着他回来。你洗脚时，一阵风过，贱婢雷二娘才死不久，竟敢来此显魂现形。亏我素来胆大，常说我人都不怕，何况是鬼，至多死去，还和她一样，正好报仇。尽管阴风鬼影，连灯都变绿了，我仍不怕，扑上前去。果然人怕凶，鬼怕恶，将她吓跑。我想这两条命债，是我三人同谋，但起因一半系我报那当年夺婚之仇；今晚害死雷二娘，也是我一人下手。鬼如有本事，只管上我家去，莫在这里胡闹。看我过天用桃钉钉她，叫她连鬼也做不安稳。大哥想也同时看见，所以吓晕过去了。"

魏氏一面用被围住萧元，连喊带揉；一面听着说话，觉出畹秋语气虽然强硬，脸色却是难看已极。灯光之下，头上若有黑气笼罩。尤其是素来那么深心含蓄的人，忽然大声说话，自吐隐私。纵说室内皆一党，大雪深宵，不会有人偷听，还是反常。疑她冤鬼附体，口里不说，心中好生害怕。还算好，萧元经过一阵呼唤揉搓，渐渐醒转，并能若断若续地发声说话了。刚放点心，侧耳一听，竟是满口呓语，鬼话连篇。一摸周身火热，忧惧交集。只得扶他睡好，准备先熬些神曲吃了，见机行事。如不当人乱说，再行请人诊治。畹秋二次告辞。魏氏虽然害怕，因听说二娘是畹秋亲手害死，当晚冤鬼现形，畹秋辞色异常，若有鬼附，适才又说了许多狠话，两次害人，均出畹秋主谋，鬼如显魂，必先抓她，自己或能稍减，留她在此，反受牵连。再者畹秋恐丈夫发觉她雪夜潜出起疑，也是实情。便不再挽留，送出畹秋。忙把二子唤醒，想仗小孩火气壮胆。不提。

且说畹秋在萧元家中鼓起勇气出去，到了路上，见雪又纷纷直下。猛想起害人时，雪中留有足印，只顾抱人，竟忘灭迹，如非这雪，几乎误事，好生庆幸。又想起适才二娘显魂，形相惨厉怕人。再被冷风迎面一吹，适才从热屋子出来，那点热气立时消尽，不由激灵灵打了一个冷战。方在有些心惊胆怯，耳听身后仿佛有人追来。回头一看，雪花如掌，看不见甚形影。可是走不几步，又听步履之声，踏雪追来。越往前走，越觉害怕。想早点到家为是，连忙施展武功，飞跑下去。初跑时，身后脚步声也跟着急跑，不时好像听到有人在喊自己名字，声为密雪所阻，断续零落，听不甚真。畹秋料定是二娘鬼魂，脚底加劲，更亡命一般加紧飞跑。跑了一段，耳听追声隔远，渐渐听不见声息。边跑边想："自己平素胆大，并不怕鬼，怎会忽然气馁起来？适才亲见二娘显魂，尚且不惧，只一下便将她惊走。常言人越怕鬼，鬼越欺人。如真敌不过她，尽逃也不是事，早晚必被追上。何况这鬼又知道自己的家，被她追去，岂不引鬼入门，白累丈夫爱女受惊？冤仇已结，无可避免，转不如和她一拼，也许凭着自己这股子盛气，将她压倒,使其不敢再来。明早等她入殓,再暗用桃钉去钉她的棺木,以免后患为是。"想到这里,胆气一壮,脚步才慢了些。一摸身上,还带着一筒弓箭和一把小刀,原备当晚行刺万一之用。便一同取出,分持手内。一看路径,已离家门不过数丈之遥,恰好路侧是片树林。匆匆不暇寻思,惟恐引鬼入室,竟把鬼当做人待,以为鬼定当自己往家中逃去,意欲出其不意,等她追来,下手暗算。侧耳一听,身后积雪地里,果然微有踏雪追来之声,忙往路侧树后一伏。

这时那雪愈下愈大。畹秋聪明,知道鬼畏人的盛气,离家已近,恐出大声惊人。又见雪势太大,鬼现形只一黑影,其行甚速,一个看不清,稍纵即逝。算准鬼必照直追来,伏处又距来路颇近,暗中把周身力气运足,等鬼一过,便由斜刺里刀弩齐施,硬冲出去,不问打中与否,单这股锐气,也把她冲散。刚准备停当,蓄势相待,忽听步履踏雪之声,"沙沙沙"仿佛由远而近。正定睛注视间,一晃眼,雪花迷茫中,果见一条黑影,由树侧疾驰而过。畹秋手疾眼快,心思又极灵巧,知道纵扑不及,一着急,左手弩箭,右手小刀,一同发出。跟着两脚一蹬,飞身朝那黑影扑去。脚才离地,耳听"哎呀"一声惊叫,鬼已受伤倒地,同时声发人到。畹秋也纵到鬼的身前,耳听鬼声颇熟。正要伸手抓去,猛想起鬼乃无形无质之物,如何跑来会有声音?心方一动,手已抓到鬼的身上,无意中用力太猛,正抓着鬼的伤处。那鬼风雪中老远追来,误中冷箭,心里连急带痛,一下滑跌,扑倒雪里。再吃这一抓,立刻又"哎呀"一声惨叫,疼晕过去。畹秋觉出那鬼是个有质有实物,刚暗道"不好",再听这一声惨叫,不由吓了个心颤手摇,魂不附体。忙伸双手抱起一看,当时一阵伤心,几乎晕倒。原来伤的竟是自己丈夫文和,并非二娘鬼魂。一摸那支弩箭,尚在肩上插着。慌不迭地一把拔下,抱起往家就走。越房脊到了自己门首,见灯光尚明,耳听水沸之声甚急。一推门,门也虚掩未关,进门便是一股暖气扑来。一看爱女瑶仙,正侧身向外,独对明灯,围炉坐守,尚未安睡。忙奔过去,将人放在床上卧倒,连喊:"快把伤药找来,急死我了!"话才说完,急痛悔恨,一齐夹攻,也跟着晕倒床上。

瑶仙本知今晚这场乱子说大就大,不敢安歇,正在那里提心吊胆,对着灯光,焦盼去人平安回来,一个也不要出事,明早好去佛前烧香。忽见房门推开，钻进一个雪人，手中抱着一人，更是通体全白。心方一惊，已看出是谁，忙赶过去，开口想问，抱人的也已晕倒。慌不迭急喊："妈妈，爹爹怎么了？"畹秋原是奇痛攻心，急昏过去，唤了两声，便即醒转。见爱女还在张皇失措，连忙挺身纵起，开柜取出多年备而未用的伤药，奔到床前。伤人也死去还魂，悠悠醒转，睁眼见在自己床上，叹口气，叫一声："我的女儿呢？"瑶仙忙俯下身去，答道："爹爹，女儿在此。"畹秋知他必已尽知自己隐秘，不由又羞又痛，又急又悔，当时无话可说，颤着一双手，拿了药瓶，想要给他上药。崔文和连正眼也没看她一下，只对瑶仙叹了一口气，哭丧着脸，颤声说道："你是我亲生骨肉，此后长大，务要品端心正，好好为人，爹爹不能久看你了。"那背上伤处肩骨已碎，吃寒风一吹，本已冻凝发木，进了暖屋，人醒血融，经不住疼痛。先还强力忍受，说到末句，再也支持不住，鼻孔里惨哼了一声，二次又痛晕过去。畹秋见状，心如刀绞。知他为人情重，现既说出绝话，听他的口气，说不定疑心自己和萧元有了私情，醒来必然不肯敷药。忙把他身子翻转，敷上止痛的药。一面为他去了残雪，脱去湿衣；一面听爱女诉说经过，才知事情发作，只错了一步。

原来文和和萧逸是一般的天生情种，心痴爱重，对于畹秋，敬若天人，爱逾性命。施于畹秋者既厚，求报自然也奢。畹秋虽也爱他，总觉他不如萧逸，是生平第一恨事。又见他性情温厚，遇事自专，独断独行，爱而不敬。文和也知她嫁自己是出于不得已，往往以此自惭，老怕得不到欢心，对畹秋举动言谈，时时刻刻都在留意。畹秋放肆已惯，以为夫婿恭顺，无所担心，祸根肇事于此。当欧阳霜死前数日，文和见三奸时常背人密语，来往频繁。不久欧阳霜姊弟便无故先后失踪，三奸背后相聚，俱有庆幸之容。文和原早看出畹秋与欧阳霜匿怨相交，阳奉阴违，料定与她有关，好生不满。曾经暗地拿话点问，没等说完，反吃畹秋训斥了一顿。文和只得闷在心里，为她担忧好久，侥幸没有出别的事。可是畹秋带了爱女，往萧家走得更勤，每去必强拖着自己同行。细一查看，又不似前情未死，藕断丝连，想与萧逸重拾旧欢，做那无耻之事。先还疑他前怨太深，又有别的阴谋。可是一晃数年，只瞀着爱女习武，并无异图。对萧元夫妻也不似以前那么亲密。心才略宽。

近数月来，又见三奸聚在一起，鬼鬼祟祟，互说隐语。有一天，正说雷二娘甚事，自己一进屋，便转了话头。心又不安起来。久屈阃威之下，不便探问，问也不会说，还给个没趣，只暗中窥察。畹秋却一点没有看出。昨晚畹秋忽令独宿书房，因连日大雪，未疑有他。半夜醒来，猛想起昔年萧家之事，是出在这几天头上。欧阳霜美慧端淑，夫妻恩爱异常，究为何事出走？是否畹秋阴谋所害？将来有无水落石出之日？如是畹秋，怎生是好？这类心事，文和常在念中，每一想到，便难安枕。正悬揣间，恰值畹秋私探萧家动静回来。那晚雪大风劲，比第二晚要冷得多。回时不见书房灯光，以为丈夫睡熟，急于回房取暖，一时疏忽，举动慌张，脚步已放重了一些。乃女瑶仙因怕风大，把门插上，久等乃母不归，竟在椅上睡着。畹秋推门不开，拍了几下，将瑶仙惊醒，开门放进。文和先听有人打窗外经过，已经心动，连忙起身，伏窗一看，正是畹秋拍门。灯光照处，眼见畹秋周身雪花布满，随着女儿进去。当晚睡得特早，明是夜中私出，新由远地回来。料定中有隐情，连女儿也被买通。气苦了一夜未睡，决计要查探个明白。

当日萧元夫妻又来谈了一阵走去。文和暗窥三奸，俱都面带忧忿之色；所说隐语，口气好似恨着一人。欧阳霜已死，只想不出怨家是谁。知道畹秋骄纵成性，如不当场捉住，使其心服口服，绝不认账。自己又看不出他们何时发难。欲盘问女儿，一则当着畹秋不便，又恐走嘴怄气。正在心烦，打不出好主意，畹秋晚来忽又借词，令再独宿一夜。知她诡谋将要发动，当时一口答应，老早催吃夜饭，便装头痛要早睡。原打算畹秋出去在夜深，先在床上闭目装睡，养一会儿神，再行跟去，给她撞破。不料头晚失眠，着枕不久，忽然睡去。梦中惊醒，扒窗一看，内室灯光甚亮，天也不知什么时候。连忙穿衣起身，先往内室灯下一探，只女儿一人面灯围炉而坐，爱妻不知何往。雪夜难找，好生后悔。继一想："她无故深夜外出，即此已无以自解。现放着女儿知情同谋，一进房查问，便知下落。"忙进房去，软硬并施，喝问："你娘何往？"其实瑶仙虽知乃母所说往萧家去给自己说情，传授萧家绝技的话，不甚可靠，实情并未深悉。见乃父已经看破发急，只得照话直说。文和察言观色，知乃妻心深，女儿或也受骗。她以前本恨萧逸薄情，既处心积虑害了欧阳霜，焉知不又去暗害萧逸？不问是否，且去查看一回，当时追去。当晚的事般般凑巧，文和如不睡这一觉，二娘固不致送命，三奸也不会害了人，转为害己，闹出许多乱子。

文和行离萧逸家中还有半里来路，忽听对面畹秋轻轻连唤了两声"大哥"，心正生疑，听去分外刺耳。这时雪下未大，等文和循声注视，畹秋已抱着一人，由身侧低了头疾驰而过，抱的明明是个男子。当时忿急交加，几乎晕倒，还不知抱的就是萧元。略一定神，随后追去，一直追到萧元家门，眼见魏氏开门，畹秋一同走进。萧元所居，在一小坡之上，住房原是一排。坡下两条小溪，恐小孩无知坠水，砌了一道石栏。进门须从头一间内走进，连过几间，方是卧室。越房而过，文和无此本领，又恐将人惊动。踌躇了一阵，才想起溪水冰冻，可由横里过去。到了三奸会集之所，畹秋前半截已说完，正值闹鬼之初，畹秋相助魏氏，给萧元脱衣，扶起洗脚。在畹秋是患难与共，情出不得已。在文和眼里，却与人家妻妾服侍丈夫相似，不堪已极。刚咬牙切齿痛恨，忽听畹秋喝声："打鬼！"迎面纵起。文和在窗外却未看见什么。此时心如刀割，看了出神，并未因之退避。一会儿畹秋回至萧元榻前，说起前事，自吐罪状。这一来，才知欧阳霜果死于三奸之手，并且今晚又亲害二娘，以图灭口。由此才料到畹秋为害人，甘受同党挟制，与萧元已经有奸。恨到极处，不由把畹秋看得淫凶卑贱，无与伦比，生已无味，恨不如死。有心闯进，又恐传扬出去丢人。不愿再看下去，纵过溪来。原意等畹秋出来，拦住说破，过日借着和萧元练武过手，将他打死，再寻自尽。久等畹秋不出，天又寒冷，不住在门外奔驰往来，心神昏乱，一下跑远了些。回来发现畹秋已走，连忙赶去。畹秋比文和脚程要快得多，文和追不上，再着急一喊，越误以为冤鬼显魂，跑得更快。丈夫武功本不如畹秋，追赶不上。其实等到家再说，原是一样。偏是气急败坏，急于见面究问，吐出这口恶气。又念着家中爱女，这等丑事，不愿在家中述说，便她知道底细，终生隐痛。又恐先赶到家抵赖。前面畹秋一跑快，越发强冒着风雪拼命急追。

天空的雪，越下越大，积雪地上，又松又滑。为了图快，提气奔驰，不易收住脚步。加以眼前大雪迷茫，视听俱有阻滞。村无外人，昏夜大雪，路断人迹，追的又是床头爱妻，做梦也想不到会有人暗算。追近家门之时，跑得正在紧急，猛然来了一冷箭，恰中在背脊骨上。"哎呀"一声，气一散，身不由己，顺着来箭一撞之势，往前一抢，步法大乱，脚底一滑，当时跌仆地上。初倒地时，心还明白，昏惘中，猛想到畹秋知事发觉，暗下毒手，谋杀亲夫这一层上。再吃畹秋慌手慌脚扑来，将那箭一拔，当时奇痛极忿，一齐攻心，一口气上不来，立即晕死过去。畹秋一则冤魂附体，加以所伤的又是自己丈夫，任她平日精细，也不由得心慌手乱。一时情急过甚，忙中出错，匆匆随手将箭一拔，伤处背骨已经碎裂。先吃寒风冻木，再经暖室把冻血一融，铁打身子，也难禁受。况又在悲忿至极之际，连痛带气，如何不再晕死过去。畹秋先还只当丈夫暗地潜随，窥见隐秘，虽然误中一箭，只是无心之失。凭着以往恩爱情形，只要一面用心调治，一面低首下心向其认过，并不妨事。及见文和辞色不对，再乘他昏迷未醒之际，乘隙探问女儿文和何时出外，可曾到内室来，有甚言语。经乃女一说起丈夫发觉盘问时情景，才知自己行事太无忌惮，丈夫早已生疑，仍自梦梦。一算时候，正是害完二娘，抱着萧元回家之时。断定物腐虫生，丈夫必当自己和萧元同谋害人，因而有奸无疑。再看丈夫，面黄似蜡，肤热如火，眼睛微瞪，眼皮搭而不闭，似含隐痛，双眉紧皱，满脸俱是悲苦之相。伤处背骨粉碎，皮肉肿高寸许，鲜血淋漓，裤腰尽赤，惨不忍睹。虽然敷了定痛止血的药，连照穴道揉按搓拿，仍未回醒。大错已经铸成，冤更洗刷不清，由不得又悔又愧，又痛又恨。一阵伤心，"哇"的一声，抱着文和的头，哀声大放，痛哭起来。瑶仙也跟着大哭不止。

文和身体健壮，心身虽受巨创，不过暂时急痛，把气闭住，离死尚早。畹秋又是行家，经过一阵敷药揉搓，逐渐醒转。畹秋已给他盖好棉被，身朝里面侧卧。刚一回醒，耳边哭声大作，觉出头上有人爬伏。侧转脸一看，见是畹秋，认做过场，假惺惺愚弄自己，不由悲忿填胸，大喝一声，猛力回肘甩去。原意将人甩开，并非伤人。畹秋恰在心乱如麻，六神无主之际。忽觉丈夫有了生意，方在私幸，意欲再凑近些，哀声慰问，自供悔罪，以软语温情，劝他怜宥，洗刷不白之冤。谁知丈夫事多眼见，认定她淫凶诡诈，所行所为，种种无耻不堪；平日还要恃宠恣娇，轻藐丈夫，随着愚弄，视若婴孩。这些念头横亘胸中，业已根深蒂固，一任用尽心机，均当是作伪心虚，哪还把她当做人待。畹秋因丈夫从无忤辞色，更想不到竟会动手。这一下又当忿极头上，用力甚猛，骤出不意，立被击中肩窝穴上。惊叫一声，仰跌坐地，只觉肺腑微震，眼睛发花，两太阳穴直冒金星。虽受内伤，尚欲将计就计，索性咬破舌尖，喷出口血水，往后仰倒，装作受伤晕死，以查看丈夫闻报情景如何，好看他到底心死情断也未，以图挽回。主意不是不妙，事竟不如所料。

瑶仙正守在文和榻沿上悲哭，忽听父母相次一声惊叫，乃母随即受伤倒地，心中大惊。扑下地来一看，口角流出血水，人已晕死。不禁放声大哭，直喊妈妈。一面学着乃母急救之法，想给揉搓，又想用姜汤来灌救，已在手忙脚乱，悲哭连声。畹秋躺在地上，听爱女哭声那么悲急，却不听丈夫语声，觉着无论好坏，俱不应如此不加闻问。偷睁眼皮一看，丈夫仍朝里卧，打人的手仍反甩向榻沿上，一动不动。心中狐疑，仍然不舍就起，只睁眼朝瑶仙打了个手势。瑶仙聪明会意，越发边哭边诉，直说"妈妈被爹爹误伤打死，妈再不还阳，我也死吧"。哭诉了好几遍，畹秋见榻上文和仍然毫无动静，心疑有变，大为惊异，忙举手示意瑶仙去看。瑶仙便奔向榻前哭道："爹爹，你身受重伤，又把妈打死，不是要女儿的命么，这怎么得了呀？"哭到榻前，手按榻边，正探身往里，想看乃父神色。猛觉左手按处，又湿又黏，低头一看，竟是一摊鲜血，由被角近枕处新溢出来。立时把哭声吓住，急喊了声"爹爹"未应，重新探头往头上一看，再伸右手一摸，乃父鼻息全无，人已死去。难怪乃母伤倒，置之不理。惊悸亡魂，急喊："妈妈快起，爹爹又不好了！"畹秋全神贯注榻上，见爱女近前相唤，仍无反应，情知不好。再一听哭声，料是危急，不敢迟延，连忙纵起。才一走动，觉着喉间作痒，忍不住一呛，吐出一大口在地上，满口微觉有甜咸味道，大汗淋漓，似欲昏倒。知道吐的是血，也顾不得低头观看，强提着气，仍往榻前奔去。见丈夫又晕死，血从被角仍往外溢，忙揭开一看。原来适才文和气极，用力过猛，将背上伤口震破，血水冒出。再向外一侧，打着畹秋，身上一震，伤口内所填的创药，连冲带撞，全都脱落，伤势深重。血本止得有些勉强，药一落，自然更要向外横溢。同时旧创未合，又震裂了些，盛气暴怒之下，人如何能禁受，只叫出第一声，创口一迸裂，便又痛晕死过去。

畹秋为人狠毒，用情却也极厚。身虽含冤受屈，又负重伤，对于文和，只是自怨自艾，愧悔无地，恨不能以身自代，并无丝毫怨望，忙着救人。白白将嫩馥馥的雀舌咬破，文和却一无所知。救人要紧，其势不能救醒了人，自己再去放赖装死。只得给他重调伤药，厚厚地将背伤一齐敷满，先给止血定痛。跟着取了些扶持元气的补药，灌下喉去。然后再用推拿之法，顺穴道经脉周身揉搓，以防他醒来经不住痛，又复晕死。约有刻许工夫，畹秋知他忿郁过度，心恨自己入骨，伤又奇重，万不宜再动盛气，醒来如见自己伏身按摩，必然大怒，早就留意。一见四肢微颤，喉间呼呼作响，不等回醒，忙向瑶仙示意，命她如法施为。自己忍泪含悲，避过一旁。身子离开榻前，觉着头脑昏晕，站立不住。猛地想起适才主意，就势又往地下一躺。身方卧倒，榻上文和"咳"的一声，吐出一口满带鲜血的黏痰，便自醒转。畹秋满拟仍用前策，感动丈夫。不想瑶仙年纪太幼，一个极和美的家，骤生巨变，神志已昏，本在守榻悲泣，一见父亲醒转，悲苦交集，只顾忙着揉搓救治，端了温水去喂，反倒住了啼哭，忘却乃母还在做作。

为了敷药方便，文和仍是面向里睡。父女二人，都是不闻不见。畹秋在地下干看着，不能出声授意。知道此时最关紧要。当晚饱受风雪严寒之余，两进暖室，寒气内逼，又经严寒忧危侵袭，七贼夹攻，身心受创过甚，倒地时，人已不支。再一着这闷急，立时头脑昏晕，两太阳穴金星乱爆，一口气不接，堵住咽喉，闷昏地上，弄假成真。她和文和不同，气虽闭住，不能言动，心却明白。耳目仍有知觉。昏惘中，似听文和在榻上低声说话。留神一听，文和对瑶仙道："今晚的事，我本不令你知道，免你终身痛心。原想在外面和贱人把话说明，看事行事，她如尚有丝毫廉耻，我便给她留脸，一同出村，觅地自尽。否则我死前与萧逸留下一信，告她罪孽，只请他善待我女，不要张扬出丑。萧逸夫妻情重，必定悄悄报仇，也不愁贱人不死。我不合在后面连唤她几声，她知私情被我看破，竟乘我追她不备，谋害亲夫。已经用箭射中背上，又使劲按了一下，当风口拔出。此时背骨已碎，再被冷风一吹，透入骨内，万无生理。你休看她适才假惺惺装作误伤，号哭痛悔。须知她为人行事，何等聪明细心，又通医理，治伤更是她父家传，岂有误伤了人，还有当风拔箭之理？况且村中素无外人，我又连喊她好几声，绝不会听不见，若非居心歹毒，何致下此毒手？明是怕我暴毙在外，或是死得太快，易启人疑，故意弄回家来，用药敷治，使我晚死数日，以免奸谋败露罢了。我从小就爱她如命，她却一心爱着姓萧的，不把我放在眼里。只因姓萧的情有独钟，看不上她，使她失望伤心，才忿而嫁我。当时我喜出望外，对她真是又爱又敬，想尽方法，求她欢心，无一样事情违过她意。谁知她天生下贱，凶狡无伦，城府更是深极。先和萧家表婶匿怨交欢，我便疑她心怀不善。一晃多年，不见动作，方以为错疑了她。谁知她阴谋深沉，直到数年前才行发动，勾结了萧元夫妻狗男女，不知用什么毒计，害得萧家表婶野死在外。我和她同出同入，只是疑心，竟不知她底细。直到昨今两晚，又欲阴谋害人，欺我懦弱恭顺，几乎明做，我方决计窥查。先只想她只是要谋害萧家子女，还以为她平日对我只是看轻一些，尚有夫妻情义，别的丑事绝不会做。知她骄横，相劝无用，意欲赶去，当场阻拦，免得她赖。着枕之时尚早，意欲稍眠片刻，再行暗中跟往，偏因昨晚一夜未睡，不觉合眼睡熟。醒来她已起身多时，等我赶至中途，正遇她和萧元猪狗害人回来。为怜猪狗受冷，跑不快，她竟抱了同往他家。我又随后追去，费了好些事才得入内。这三个狗男女，正在室中自吐罪状，才知萧家雷二娘知他们的隐秘，处心积虑，杀以灭口，今晚方吃贱人害死。我知贱人本心，绝看不上那猪狗，定是起初引为私党，害了萧逸之妻，因而受狗男女勾串挟制成好。可怜我对贱人何等情深爱重，今日却闹到这等收场结果。此时不是乘我昏迷，出与猪狗相商，便在隔室，装作悔恨，寻死觅活。她是你生身之母，但又是你杀父之仇，此时恨不能生裂狗男女，吞吃报仇。无奈身受重伤，此命绝不能久。你是我亲生爱女，我有些话，本不应对你说，无奈事已至此，大仇不报，死难瞑目。你如尚有父女之情，我死之后，留神贱人杀你灭口，纵不能向贱人下手，也务必将那一双狗男女杀死，方不枉我从小爱你一场。"说时断断续续，越说气息越短促，说到末句，直难成声，喘息不止。

　　瑶仙原本不知就里，把乃父之言句句当真，把乃母鄙弃得一钱不值。先是忘却母亲之嘱，后虽回顾地上，心想父亲可怜，又知乃母装假，故未理会。畹秋在地上听得甚是分明，句句入耳，刺心断肠。到此时知铁案如山，业已冤沉海底，百口莫辩。连爱女也视若非人，信以为真。同时又想起自己平日言行无状，丈夫恩情之厚，悔恨到了极处，负屈含冤也到了极处。只觉奇冤至苦，莫此为烈。耳听目睹，口却难言，越想越难受。当时气塞胸臆，心痛欲裂，脑更发胀，眼睛发黑，心血逆行，一声未出，悄悄死去，知觉全失。等到醒转，天已大亮，身却卧在乃夫书房卧榻之上，头脑周身，俱都胀痛非常。爱女不在，仅有心腹女婢绛雪在侧。枕头上汗水淋漓。床前小几摆着水碗药杯之类。回忆昨宵之事，如非身卧别室，和眼前这些物事，几疑做了一场噩梦。方张口想问，瑶仙忽从门外走进，哭得眼肿如桃，目光发呆，满脸浮肿。进门看见母醒，"哇"的一声，哭了出来。畹秋知此女素受钟爱，最附自己，虽为父言所惑，天性犹在。乘她走近，猛欠身抱住，哭道："乖女儿，你娘真冤枉呀！"瑶仙意似不信，哭道："妈先放手，爹爹等我回他话呢。"畹秋闻言，心中一动，越发用力抱紧，问道："你爹愿意我死么？"瑶仙摇头哭道："爹昨晚把妈恨极，后来见妈真断气死去，又软了心。"话未说完，畹秋已经会意，忙拦道："你快对他说，我刚醒转，只是捶胸痛哭，要杀萧家狗男女。千万莫说我冤枉的话。你如念母女之情，照话回复，你爹和我，命都能保。不喊你，千万莫来，要装成恨我入骨的神气。快去，快去！"瑶仙深知乃母机智过人，忙回转上房，照话回复。

原来昨晚畹秋气闭时节，起初文和还是当她跑去寻找二奸，不在房内。瑶仙虽然看见，只当故意做作。又信了乃父的话，既鄙乃母为人，更怪她下此毒手，一直没有理睬，也未和乃父说。后来天光渐亮，文和背痛略止。瑶仙只顾服侍父亲，柔声劝慰，竟忘添火盆中的木炭，余火甚微。文和首觉室中有了寒意，便喊瑶仙道："乖女，天都亮了，这贱人还没回来。我话已经说尽，背上也不很痛，该过午才擦第二遍药呢。反正是度命挨时候，绝不会好，我儿多有孝心也无用。天刚亮时最冷，你还不如上床来，盖上被，在我脚头睡一会儿吧。用茶用水，我会喊你的。看冻坏了你，爹爹更伤心了。"瑶仙闻言，果觉身上有些发冷，才想起火盆没有炭，忙道："只顾陪侍爹爹，忘加炭了。"说罢，才欲下床加炭，一回头，看见乃母仍卧地下，虽仍不愿助母行诈，毕竟母女情厚，暗忖："我真该死，多不好，终是生身之母，就不帮她撒谎，怎便置之不理，使她无法下台？这样冷冰冰的地方，如何睡得这长时候？"方欲将乃母扶起，过去一拉，觉着口角血迹有些异样，再细一摸看，人已真的死去。不由激发天性，哭喊一声："妈呀！你怎么丢下女儿去了呀？"便扑上去，痛哭起来。

文和在床上闻声惊问道："你妈怎么了？"瑶仙抽抽噎噎颤声哭道："妈已急死，周身都冰硬了。"文和大惊，一着急，便要翻身坐起。才一转侧，便觉背创欲裂，痛楚入骨，"哎呀"一声，复又卧倒原处，不敢再动。连痛带急，心如刀绞，急问："你妈怎会死的？乖女，你先前怎不说呀？"瑶仙聪明机智，颇有母风，虽在伤心惊急交迫之中，并不慌乱。一闻乃父呼痛之声，当时分别轻重，觉出乃母全身挺硬冰凉，气息已断，又有这久时候，回生望少，还是先顾活的要紧。不等话完，连忙爬起，奔向床前，哀声哭诉道："妈第一次给爹爹上完药时，人已急晕倒地。因爹爹背伤裂口，勉强摇摇晃晃爬起，给爹爹卜完了药。刚对女儿说她遇见冤鬼，遭了冤枉，恰值爹爹醒来，看见妈爬在身上，猛力一甩，打中妈的胸膛，仰面倒在地上，就没起来。彼时忙着服侍爹爹，听爹爹说话，见妈还睁着眼睛流泪喘气，以为不致碍事，又恨妈做事太狠，一直心里顾爹爹，没有留意。后听爹爹说妈走了，怕爹爹生气，也没敢说。等刚才下床添火，才看见妈还倒在地上未起，谁想妈妈竟丢下苦命女儿死了呀！"说到末句，已是泣不成声。

　　畹秋原欲诈死，以动夫怜。这一次，自比装假要动人得多，不禁把文和多年恩爱之情重又勾起，忍泪道："她定是被我那几句话气死的，这不过一口气上不来，时候虽久，或许有救。可恨我伤势太重，不能下床救她。乖女莫慌，慌不得，也不是哭的事。快些将火盆边热水倒上一碗，再喊绛雪来帮你。人如能活，慢点倒无妨，最怕是慌手慌脚，尤其你妈身子不可挪动。等热水倒好凉着，人喊来后，叫绛雪端了水碗，蹲在她头前等候。你照萧家所传推拿急救之法，由你妈背后，缓缓伸过右手去，托住了腰，左手照她右肩血海活穴重重一拍，同时右手猛力往上一提。不问闭气与否，只要胸口有一丝温热，鼻孔有了气息，必有回生之望。当时如不醒转，便是血气久滞，一现生机，绝不妨事。可拨开嘴唇，将温水灌下，用被盖好，抬往我床上，将火盆添旺，防她醒来转筋受痛。再把安神药给她灌一服。胸口如是冰凉，就无救了。我猛转了一下，不过有些痛，并不妨事。你妈还是死不得，先莫管我，快救她去。"

　　那绛雪原是贵阳一家富翁逃妾私生之女，被一人贩子拾去，养到九岁，甚是虐待。这日受打不过，往外奔逃，人贩子正在后面持鞭追赶。恰值这年文和值年出山采办货物，走过当地，见幼女挨打可怜，上前拦阻。一问是个养女,又生得那么秀弱,愈发怜悯义愤,用重价强买过来。一问身世,竟是茫然。当时无可安置,又忙着回山,只得带了归来。村中原本不纳外人,因是一个无家可归的孤女,年纪又轻,经文和先着同行人归报一商请,也就允了。到家以后,畹秋见她聪明秀美,甚为怜爱。每日小姐课罢归来,也跟着练文习武。虽是婢女,相待颇优。她也勤敏,善体主人心意,大得畹秋欢心,引为心腹,曾示意命她几次往探雷二娘的心意。当晚主人半夜起来,到上房和瑶仙一闹,她便在后房内惊醒,起身窃听,知道事情要糟,不等主人起身,连忙穿衣,越房而出。她和文和算计不同。因常见主母和萧元夫妻窃窃私语,来往甚密,早料有背人的事,雪夜潜出,必在萧家。原欲赶往报信,谁知风雪太大,年轻胆小,从未在雪夜中行走。出门走了不多远,便觉风雪寒威,难与争抗,仍欲奋勇前行。又走一程,忽然迷了方向,在雪中跑了半夜,只在附近打转,休说前进,连归路都认不得了。好容易误打误撞,认清左近树林,料已无及。方欲循林回转,猛听近侧主人相继两声惊叫。连忙赶过,便见前面雪花迷茫中,有人抱着东西飞跑,追赶不上。等追到上房外,侧耳一听,主母已将主人误伤。后来主人又说出了那样的话,不奉呼唤,怎敢妄入。身又奇冷,忙先回房烤火饮水。隔一会儿,又出偷听,还不知主母已死。这时听小姐哭诉,主人要唤她相助,忙一定神,装作睡醒,走了进去。

  瑶仙见她来得正是时候。先摸乃母胸口微温,心中略宽,忙令相助如法施为。气机久滞,只鼻孔有气,现了生机,抬往书房。又灌救了一阵,朕兆渐佳,仍还未醒。瑶仙顾此失彼,又惦念乃父,百忙中赶往上房一看,文和背伤二次裂口,血又溢出,正在咬牙强忍。瑶仙心如刀割,只得先取伤药,重又敷治。文和旧情重炽,不住催她往书房救治乃母。瑶仙一边匆匆上药,一边说母亲已回生。其实不用畹秋教这一套,文和已有怜恕之心,再经瑶仙添枝加叶一说,文和越发心酸肠断。待了一会儿,说道:"为父自知不久人世。你母全由一念好强所误,以致害人害己。此乃冤孽,论她为人,绝不至此。细察她昨晚言行,许是冤鬼显魂,也说不定。她纵不好,是你生身之母,你绝不可轻看忤逆了她。为父万一不死,自有道理,只恐此望太少。我死之后,务要装作无事,暗查你母行动。她如真为狗男女所挟,做那不良之事,务代父报仇,手刃仇人;否则查个清白,也好洗刷她的冤枉,免你终生痛心。你仍服侍她去吧。"

瑶仙故作心注乃父，不愿前往。经文和再三催促，方始怏怏走出。一出房门，便如飞往书房跑进，见乃母正在倚榻垂泪，心中老大不忍。略一转念，把来意忍住，先把绛雪支往上房，然后扑向床上，抱着畹秋的肩膀哭道："妈，女儿是你亲生骨血，甚话都可说。我知妈必有不得已处，现在室中无人，妈如还把女儿当做亲生，须不要再藏头露尾，女儿也不是听哄的人。爹爹伤重快死，昨晚的事，是真是假，务要妈和女儿说个明白，女儿好有个处置。如再说假话，女儿也不愿活着了。"畹秋闻言，叹了一口气，答道："我就实说，乖儿也绝不信的。"一言未毕，两眼眶中热泪，早如断线珍珠一般，扑簌簌挂了下来。瑶仙急道："妈怎这样说？女儿起初因听爹爹口气，好似耳闻眼见，不由得人不信。后来仔细一想，觉有好些不对的情景。便是爹爹，也说妈是受了人家的诡谋挟制，不是本心。我因爹未说明，女儿家又不便细问，原是信得过妈平日为人行事，才向妈开口。不然，这类事还问怎的？事到如今，妈也不要隐瞒，只要问得心过，实话实说，女儿没有不信的道理。妈快说吧。"

畹秋问了问文和伤势，见瑶仙追问，不提文和有甚话说，当是丈夫疑犹未转，忍泪说道："这是妈的报应，说来话长着呢。"于是从萧逸拒婚说起，直到两次谋杀情敌和雷二娘等情和盘托出。临末哭道："娘是什么样人，岂肯任凭人欺负的？雷二娘与我同谋，稍微辞色不对，恐生后患，即要了她的命。休说萧元，平日惧内如虎，即使有甚坏心，他有几条命，敢来惹我？只为刚将二娘害死，不想这厮如此脓包，经不得冻。彼时事在紧急，稍被人发觉，立即身败名裂，不能不从权送他回去。后来二娘显灵，萧大嫂害怕，强留我照应些时再走。你爹爹那样说也有根据，这废物洗脚见鬼之时，我正站在床前扶他起坐，看去颇像亲密似的。其实我对他也未安着什么好心。此人身受奇寒，业已入骨瘋瘫，没有多日活命。你不妨拿我这些经讨的话，对你爹再说一遍。就说他死，我也不能独生。请问除昨前两晚，我不论往哪里去，离开他也未？萧元夫妻也总是同来同往，虽有时背人密谈，都在我家，我就万分无耻，也没这闲空与人苟且。昨晚实是冤鬼捉弄，偏不活捉了我去，却害我夫妻离散，想使我受尽人间冤苦，才有此事，真做梦也想不到你爹爹会跟了来。即使他明白我是冤枉，但我却误伤了他，一个不好，叫我怎生活下去呀？"说罢，又呜咽悲泣起来。

第一九三回

隔室庆重圆　悲喜各殊遗憾在
深宵逢狭路　仇冤难解忒心惊

　　瑶仙听罢母亲之言，料无虚语。知乃父心伤之重，或更甚于背创。忙说道："妈且放心，爹早回心可怜你了。"说完，回身就跑，到了上房，把经过一切，对文和从实一说。文和仍当是饰词，后细想爱妻平日行径，果然十余年来，只昨前两晚亲出害人离开，方始大悟。
　　但已两伤，悔恨无及。当时忙令瑶仙同了绛雪，将畹秋用被裹好，抬进上房，同卧一榻，细细追问。畹秋恨不得丈夫气平，免得背创复发，虽在病中，仍打起精神，温慰体贴，无微不至。夫妻二人把话说明，互致悔恨，重又言归于好。叵耐文和伤势沉重，畹秋扶病百般调治，终是无效，当晚寒热大作，渐渐不省人事。只四日工夫，便即身死。畹秋悔恨交集，忿不欲生。经瑶仙再三劝止，未寻短见。不久病也痊愈，只是终日神魂颠倒，了无人生乐趣。文和死前因畹秋知医，恐事泄露，又自知不起，未请别人诊治。
　　萧逸并未得信，只是听人说起，赶来看望，人已快不行了，暗忖："他夫妻情爱极厚，村中颇多良医，便自己也是一个能手，何以这样危症，不请大家商量定方？"心方奇怪，忽又接报，萧元病势危急，不由心中一动。这时天未放晴，雪仍断断续续地下着。赶到萧元家中一看，魏氏对众哭诉，说丈夫雪夜起来解手，跌在雪坑里面，未爬起来，好一会儿，才经自己救起，以为中寒，无关紧要。昨日请人医治，说已无救。悲泣不止。过不两天，萧元、文和相继死去。萧逸因二人之死，俱由乃妻疏忽所致，不似他们平日为人，越想越觉可疑，只想不出是何道理。当下率领村人，分别相助入殓，停灵在室，等到开春安葬。不提。

瑶仙自悉乃母隐情，追原祸始，已是深恨萧逸，加以不肯传授武艺的仇恨，深深记在心里。

这场雪直陆续下到除夕犹未停止。村中过年，原极热闹，只为连续发生两三起丧事，雪又太大，许多乐事，不能举办。萧逸更因二娘新死，家务无人照看，心烦意乱。为逗爱子喜欢，勉强弄了些食物彩灯，准备晚来与子女们守岁过年。一切年景应办的，均另外托人代为主持，推病不出。萧逸最受村人爱戴，村众见他心境不佳，情绪恶劣，也都鼓不起劲；迥非往年除夕前三日开始筹办，共推萧逸为首，率众变花样，出主意，精益求精，尽情取乐，到了除夕，子夜一过，到处火树银花，笙歌四起的景象。各人只在各人家中，送年祭祖，准备新正雪晴，再看萧逸意志行事，谁也不愿冒着寒风大雪出门，闹得大年夜冷冷清清的。由高下望，全村俱被雪盖，一片白茫茫。只山巅水涯，人家房栊内，略有一些红灯，高低错落，点缀年景，相与掩映。连爆竹都有一声无一声的，比起昔年叭叭通宵、山谷皆鸣的盛况，相去不啻天渊。

后半夜，萧逸强打精神，草草吃完年饭，祭罢祖先家神，率领子女回房守岁。行至堂前，听山下爆竹之声稀稀落落的。探头往下一看，见了这般景象，知是昨日推病谢客，群龙无首，所以大家都扫了兴趣，不禁叹了口气，回转房内。村中惯例，因为人数太多，全部非亲即友，各家往来数日，不能遍到，拜年都在初一早上天方亮时，同往家祠团拜，过此便共同取乐。萧逸虽然年轻辈低，不是主祭之人，但身为村主，新岁大典，势须必往。连日忧苦悲戚，身倦神疲，满拟后半夜把子女分别哄睡，自己也安歇一时，明早好往祠堂祭祖团拜。不料才将岁烛点起，拿了糖食和本山产的柑子，打算分散给三小兄妹，忽见萧珍满脸悲苦容色，望着帐沿发呆，两眼眶里热泪，一滴紧一滴地落个不休。一看榻上，方才恍然大悟。原来萧逸触景伤情，所有爱妻遗物，早命检藏一边。自二娘死后，萧家便乱了章法。新年一到，萧逸见室中什物零乱狼藉，无心自理，命下人收拾，把年下应用的东西取些出来，准备新年陈设。偏那轮值的女婢不知分别，往别楼取东西时，无心中将欧阳霜在日亲手自绣的几件桌围、椅披和帐帘取出铺挂。萧逸正在后面祭神，通没知晓。回房以后，又忙着哄恩子女，无暇留意。这时细看，才知爱子昔年曾见乃母亲绣此物，知是手泽，睹物伤悲。心刚一酸，又听身后萧璇、萧琏两小兄妹在那里抽抽噎噎，互相私语，埋怨自己言而无信，到年三十晚上，娘还不回，骗了他们。回头一看，两小兄妹同坐一条小板凳上，正抱头对脸，互相拭泪泣诉想妈哩。萧逸早恐他们想母伤心，曾经告诫说："你们年纪都一年长一年了，新年新夜，不许哭泣。"两小兄妹原是强忍偷泣，及被乃父看破，再也忍不住劲，萧琏首先"哇"的一声大哭起来，萧璇自然跟着大放悲声。萧珍年长，虽记得父言，不似两小号哭，但是情发于衷，不能自已，这无声之泣，更是伤心得厉害。

　　萧逸见状，连悲带急，不知劝慰哪一个是好。眼含痛泪，强忍心酸，走将过去，一手一个，先将两小兄妹抱起，走到茶桌食盒前坐下。又想起大的一个，忙喊："乖儿快来！"萧珍含泪走近，把他拉到身侧，挨着坐下。然后温言劝慰，好容易一一劝住，各人面前分了果糖。萧珍又说起二娘那晚死得可怜，两小兄妹自小无母，与二娘最是亲热。萧逸猛地触动心事，忙将子女先行劝住，盘问三个小孩："二娘平日相待如何？可有什么话说？"三小先齐声述说，二娘极爱他三个，问暖嘘寒，无微不至；脾气更好，无论怎么磨她，从来都是笑嘻嘻的，不似别人爱多嘴；遇见两个小的淘气，总是温说哄劝，没一句气话骂人，谁都爱她，听她的话。后来萧逸禁住小的，盘问大的一个。萧珍才说起二娘平日再三叮嘱，上学回家，不可和她离开，以免受人欺负。近来学了本事，反而劝得更紧。又叫萧珍兄妹不要理崔瑶仙，尤其崔家不可前往。问她何故，她说妈走时嘱咐她的，等母亲回来，自然明白。又说瑶仙丫头性情太坏，因学不到武艺，恐难免她怀恨伤人。去年忽然背人悲泣，老说对不起主母，死都有罪。问她何故如此，却又只哭不说。再不就是说妈走时她该死，不能追去拦阻，害得我们父子妻离母散，终年伤心，叫她如何做人？每次哭罢，必用好言叮嘱二小兄妹，千万不可告知父亲，以免伤心，添她的罪，否则她也去竹林里寻死，不想活了。死前十几天，时常自言自语，哭骂畹秋和她自己。又对萧珍屡说崔家表姊不是好人。几时她如得病要死，或是被人伤害，叫萧珍一得信，不问在哪里，务要快跑寻她，她有极要紧的话说。盘问，又说不出所以然来。才说过后，又说不可告人。萧珍虽然怀疑，因恐二娘悲伤寻短见，老想日后得便，偷偷盘问究竟，当时听她苦苦求说，未忍告知父亲。不想几天工夫，就吊死了。萧逸闻言，前后一思索，畹秋大是可疑。二娘虽非谋杀之人，爱妻死亡时情景，定有不实不确之处。她既向空默祝，口口声声主母含冤受屈，可见当初之事，有人阴谋陷害。只恨人忽死去，不能问明。如若真有冤屈，恩爱夫妻，如何问心得过？越想越伤心，越觉爱妻死得可怜，不禁凄然泪下。

三小兄妹苦思慈母，又念二娘，本就伤心已极，勉强被乃父劝住，面前尽管堆放着心爱的食物，只各红润着一双俊眼望着。一见乃父面容悲怆，凄然落泪，也忍不住伤心，第三次重又呜咽起来。萧逸胸中本抑塞悲苦难受，心想："幼儿天性，强止悲痛，反而哀伤。自己也正气郁不伸，还不如同了子女，放声尽情一哭，吐一吐胸头郁结之气，免得闷出病来。"想到这里，脱口悲泣道："乖儿们，你爹该死，真对不起你妈，今晚随你爹哭她一场吧。"言才出口，两眼热泪，已如泉涌，抱住三小兄妹，放声大哭起来。

父子四人正哭得热闹，萧逸偶一抬头，望见纸窗上破了一个小洞，似有一点乌光一闪，知道有人偷看。初得实情，疑心奸人又来窥伺，且不说破。假装给子女取茶来饮，放开三小，口中仍哭诉着，走近窗前。倏地一转身，手伸处，将纸窗抓破，隔窗眼往外一看，不禁狂喊一声："霜妹！"恐防走脱，连门也顾不得走，就势举起双手，猛力一推窗棂，一片"咔嚓"乱响，棂木断落声中，人早从窗窟窿里飞身蹿出，向平台上追去。萧逸这种喊声，萧珍从小听惯，最为耳熟。本来在心的事，闻声立时警觉，也跟着狂喊一声："妈妈回来了！"声随人起，也由破窗眼里纵将出去，赶向平台上一看，萧逸急得在那里捶胸顿足，连急带哭，向空喊道："霜妹，你果成仙归来，我固罪该万死，纵不念我，你那三个可怜的心爱儿女，念母情切，终年哭喊，难道你忍心抛下，不少留片刻，看他们一看么？"萧珍更是放声大哭，跪在雪地里，急喊："妈呀！想死儿子了，快从天上下来吧！"

原来萧逸适才发现窗纸破外，乌光一闪，颇像是人的眼睛，惟恐奸人惊走，故意侧身走讨，出其不意，倏地将窗纸一撕。谁知外面那人，竟是生死未卜、日思夜梦的欧阳霜。想因偷看室中父子恸哭，伤心出神，没有留心，露了踪迹。闻得窗纸撕破之声，忙向平台上飞去时，雪光映处，身形已被丈夫看了个逼真。萧逸见是爱妻，事出意外，惊喜交集，一时情急，也不想她是人是鬼，忙即穿窗追出。这时欧阳霜已得仙传，夫妻之情，早就冰冷。只有三个心爱儿女，萦怀难舍，特地归来探望。一见丈夫追出，恶狠狠回头骂道："狠心薄幸人，我和你已恩断义绝，追我作甚？"说罢，一道白光，破空直上，飞入暗云之中，一闪不见。等萧珍追到平台，已没了影子。萧逸哭喊不几声，萧璇、萧琏两小兄妹，也已从窗眼里哭喊着爬跳出来。萧逸怕他们从屋子里出来受寒，又见空中毫无应声，料定欧阳霜恨他无情无义，业已灰心切齿。正想喊儿女们回去，忽听萧珍喊道："爹爹，你看那是什么？"萧逸随他手指处一看，竟是适才那道白光，正在峰下闪现，宛如一条银蛇，正往畹秋家那一面缓缓飞去，迥不似适才上升时那等迅速，心中一动，暗忖："畹秋是爱妻情敌，连日发生诸事，与妻自尽时情景互相印证，细一推详，爱妻受屈含冤，颇似畹秋匿怨相交，阴谋暗害。她如前往，不是报仇，便是寻她理论。看白光行走不快，分明是想自己追去，查个水落石出，好洗刷她的冤枉，如何不去？"只是雪深奇寒，其势不能将子女带了同往。见白光行动更缓，愈发料是有心相待。好在萧珍没有亲见乃母驭光飞升，忙哄三小兄妹道："下面白光，许是甚宝物夜行出游，我这就给你们捉去。你妈恨我，不肯进屋相见，你们都见不着了。她既来窗下偷听，必是疼爱你们，我一离开，也许她又来了。乖儿们，千万走开不得呀！"萧珍年长，早料出乃母不肯相见是因为乃父，又想起昔日仙人的话，闻言正合心意。忙即踊跃应了，一手一个，拉着弟妹，便往屋里跑去，什么宝物白光，全未放在心上。萧逸哄好儿女，更不怠慢，匆匆把气一提，径直施展踏雪无痕的功夫，纵向峰下，飞也似朝那白光追去。

  白光先时飞行颇慢，走的却是绕向无有人家的田岸树林，远处纵有人家，因俱在祀神拜年，并无一人警觉出视。萧逸尾随后面，追了一会儿，眼看追到崔家近侧，快要追上，方在欣喜，那白光忽然加速朝着后崖僻之处飞去。萧逸自是不舍，那白光也越飞越快，不觉追出了十来里地。白光倏似长虹电驶，直向尽头崖脚之下平射过去，一瞥即隐。萧逸刚一情急要喊，忽想起白光落处，正是崖脚全村公墓和停灵之所，里面还有村人轮守，二娘灵棺便停在彼，因值大寒冰冻，尚未破土安葬。二娘也是此中与谋之人，但她为人和善，待子女又好，爱妻莫非见她死得可怜，引导自己前来，用仙家妙术起死回生，使其作证吐实，以免与自己相见不成？越想越对，仍旧照直追去。

  那地方相隔墓林处有二三里路远近。在路中估量，二娘必已出棺待救。

如若早到，或者还能乘爱妻人未救转，或是话未说完，不能离开之际，闯进屋去，见上一面。当时脚底加劲，在数尺深的积雪上狠命奔驰，真恨不能胁生双翼，一下飞到才好。心急路自远，好容易赶入林内，便见茔墓停灵屋内，灯光掩映，有人泣诉之声，隐隐透出户外。定睛一看，正是二娘停灵之所。知道守墓轮值人所宿小屋尚在前面，晏岁深宵，灵屋内虽有长明灯，俱都放在灵棺底下，外观不能见光，尤其不会有人半夜来此。料定爱妻正在救人，尚未离去，不禁心头怦怦乱跳，一个纵步，便往门前纵去。脚才落地，门户虚掩，目光到处，果见门隙内有一女人影子。情急神奋之下，更不及留神细看，大喊一声："霜妹！"声到人到，手推处，早已冲门而入。室内一男一女，正在收拾供菜，深更半夜，忽听怪叫一声，跟着一条黑影破门飞进，骤出不意，地当丛墓之中，又有三个新死的人停在这一排房子以内，无不疑心厉鬼来此显魂，俱都吓得狂喊一声，几乎跌倒在地。

萧逸立定一看，哪有欧阳霜的影子。并且屋内灵棺，乃是晼秋之夫崔文和与萧元的，共是两口棺木，并非二娘，二娘棺木，尚在隔室。那一男一女，乃是当晚值墓之人，随文和祖父同隐的崔家世仆金福夫妇。惊魂乍定，见进来的竟是村主，不是什么鬼怪，连忙上前行礼不迭。萧逸见他夫妻二人俱吓得声容皆颤，问他们除夕深夜，怎会在此？经金福一说，才知就里。原来文和死时，晼秋本欲守灵待葬。一则文和死前遗嘱，不许停灵在家，力促早葬；二则村中房皆就势散置，没有整院，一切俱有公众设备，按着村规，死人非经全村议定，不能在家里停过七天，一想这事又得求教萧逸，心不甘愿；再加上瑶仙从旁力阻。只得停入灵舍，每日自做供菜，前往守灵哭奠。值年的恰是崔家世仆。雪深地僻，晼秋丧夫以后，推病谢客，村人多不知此事。当晚除夕，晼秋设筵，往灵前祭奠，由清早起，直哭守了一天。供菜添饭，泣话家常，默述心事，痛致悔恨，一如平日，殆有过之。端的事死如事生，事亡如事存。只恨七尺灵棺，斯人长卧，寒风萧瑟，音咳不闻。想起当初闺房促膝，有影皆双，秋月春花，尽情乐事。不想十余年恩爱夫妻，一旦变为咫尺蓬山，只赢得蜡泪成堆，炉香空袅。眼望着酒冷香凝，依旧原封未动。一板之隔，天上人间。漫道音容无觅处，一滴何曾到九泉。偶然回首前尘，以今视昔，相与比照，因有眼前之极哀，倍觉昔日之口角触忤，皆成不可复得之至乐。又想到祸事已肇，孽由己作，恩深义重的丈夫，无殊自己手刃。尤其是个郎已经临命将绝，犹复执手殷殷，软语温慰，力嘱善抚爱女，事由孽灾，死生命定，千万不可以泉下人为念，致损玉躯，并无一毫怨恨辞色。虽事发之初，颇为激怒，但唯其疑妒，越见相爱之深。后来见己晕死在地，立即怒解情生，疑虽未消，转复见谅，认做受人挟制，迫不得已，不再以片言相责；反嘱爱女，勿以凯风之痛，遂轻乃母。看萧逸平日对乃妻何等恩爱，忽中自己谗间，立时反目，不容分说，定欲置她死地。照此看来，世上哪有文和这样恩深义重的丈夫？若照那晚见鬼的事，死必有知，受污一节，生前解说，不问信否，必已分晓。只是弑夫之罪，百身莫赎。纵能逃得鬼诛，偷生亦有何趣味？越想越是痛心，真个人间奇冤惨酷，莫过于斯。似这般苟延性命，日受良心斥责，外恐事犯，内疚神明，还不如了此残生，殉夫以死，旧爱重温，同寻鬼趣，来得痛快。无奈爱女割舍不下。丈夫生前又有"姊姊将女儿抚大，配个佳婿，接我崔氏香烟，否则便做鬼也不理你"的话，弄得生死两难。当时只好含哀忍痛，切齿偷生。想到伤心之处，不由痛晕在地。经瑶仙哭着救转，同金福夫妻再三泣劝，才想起丈夫既以香烟为念，家中祖先供祭，万不能缺。母女二人，这才收泪回去。归途和乃女谈起此事因果，更把萧逸痛恨到了极点。

　　金福从小随定主人，文和御下极厚，念他三世随隐，见面均按平辈兄弟相待，金福夫妻甚是感激。畹秋走后，天已入夜，曾嘱他多在灵前守候些时，再行撤去供品。金福果然听话，直守到半夜，方始撤供。想起故主恩深，方在泣下，不想萧逸闯来，倒吓了一大跳。略说畹秋每日设祭悲哭之事，回问村主缘何深夜来此。萧逸不便明言，早探头看过隔室二娘停灵之所，冷清清的，并无迹兆。闻言方要用话遮饰，猛想到爱妻既非解救二娘，将我引来远地作甚？念头一转，陡触灵机，不及多言，只说得两句："莫对人说我到此，详情年后见面再说。"说到末句，人已纵向门外，飞也似往回路赶去。

　　归途无须绕行，虽然较快，可是几十里的途程，任是身轻，也走了好一会儿，才行到达。刚刚飞步上峰，走向平台，遥闻室中儿女欢笑之声，情知所料不差，暗忖："她既是将我调开那么远，可见衔恨已深，绝不容我相见。冒冒失失闯进，反倒将她惊走，连儿女们也不能和她多见些时了；

不进去，又舍不得。"思量无计，只得屏着气息，轻脚轻手，掩近窗前，见适才破窗，已用一床被褥遮上。就着窗隙往里一看，多年梦想的爱妻欧阳霜在室内，双膝盖上坐定两小儿女。萧珍贴胸仰面而立。母子四人挤作一堆，正在又哭又笑，述说前事。爱妻身穿道装，背插单剑，英姿飒爽，飘然有出尘之概，比起当年的丰神，还要秀美得多。不禁心头怦怦乱跳，酸酸的，也说不出是惊是喜是伤心。方想掩到房门，乘她抱着儿女，冷不防冲门而入，将她抱住不放，再由子女跪求，感以至情，或有万一之望。忽听欧阳霜道："我和你爹，已是恩断义绝的了。他一回来，我立刻就走，今生今世，绝不与这无情无义的薄幸人见面了。乖儿们莫伤心，妈隔些时，必来看望你们。少时对他去说，他如知趣，死了和我相见的妄念，我还可常来传授你们道法剑术；他要是纠缠不清，惹急了我，连你三个一齐往大熊岭去，叫他连儿女也见不到，莫怪我心狠。"说罢，恨恨不已。

萧逸闻言大惊，心想："爱妻已成剑仙，飞行绝迹，人力岂能拦阻？听她口气如此决绝，冲进屋去，一个抱她不住，万一连子女带走，更无相逢之日。还不如隔窗窥听，一则让她母子多团聚一会儿，二则还可查探她的心意和被屈真情。"想到这里，不敢妄动，仍从窗隙偷看，静心谛听下去。只听萧珍问道："妈既说这事是受了奸人诡计中伤，可见爹爹也是上了人当。因为平日和妈太好，所以气得要疯。当时虽恨不能和妈拼命，可知爹爹自妈走后，当晚连急带伤心，先害了一场大病，睡梦中都喊出妈的名字，几乎想死。后来疑死疑活，一直熬了这几年，爹和我们几兄妹，差不多哪天都要流两回眼泪水。妈不许我们报害母之仇，却这样痛恨爹爹，岂不是便宜了仇人，反恨自己人么？"

欧阳霜叹道："我儿读书甚多，可知哀莫大于心死。杀人可恕，情理难容。你妈被屈含冤前好些天，你爹爹已经中谗，改了样子，老是愁眉怒眼，气鼓鼓的。可笑我还把恶婆娘当做好姊妹，全在梦里。你爹既然疑心我不端，就该明说明问，哪还会有这场祸事？因事关重大，恐有差池，伤了夫妻情爱，暗中观察虚实，隐而不露，未始不可。他又不是糊涂人，难道人家布下陷阱，俱看不出一点马脚？你不说他因听两个婆娘背人私语起的疑心么？他和崔家婆娘是老相知，哥哥妹妹的，甚话不好盘问？再说人家已经明说他妻有了外遇，怎还隐忍不发作呢？既忍就该忍下去，索性分清真假，再行处治。就凭翻出一双旧鞋子，不问青红皂白，便要置我和你舅舅死地，全不想平日夫妻有甚情分。末了他虽不曾亲下毒手，那还是看在儿女份上。他天性刚愎自用，不容分说。仇人罗网周密，你舅舅一走，更是死无对证。我纵忍耻偷生，以后日子怎样过法？只有一死，还可明心。可恨畹秋贱婆娘已把我夫妻姊弟害得死散逃亡，心犹不足，计成以后，还来屋外窥探。恐雷二娘奔出呼救，威吓利诱，藏起我的遗书，将她点倒。你爹这糊涂虫只知着急，平日枉自聪明，始终鬼蒙了心，看不出一毫破绽。直到这婆娘恐二娘泄机，又和萧元贼夫妻将她害死，还不明白。你说气人不气人？二娘终是好人，当时被人利诱，尚在其次，实是惜命怕死，此乃人之常情，不能怪她。听你说她那些情景，想必悔恨无及。可惜命数已绝，该这三个狗男女未遭报应，我晚回来了几天，才有此事。你哪知妈彼时奇冤惨酷，含冤悲天的苦楚。我对你爹，心已伤透，何况我已拜了仙师学习道法，世缘早断，绝无重圆之理了。像我还好，共总不过受了一日夜的冤苦。到竹园去，刚一上吊，便被仙师空中路过，闻得哭声下来，救往大熊岭，立时平步登仙，转祸为福。你爹爹薄幸，反而成全了我。最可怜是你舅舅糊里糊涂，含冤逃命，未走出山，便为大雪所阻，冻倒雪中，被一妖人救去，强逼为徒，受尽苦楚。一日正要给他披毛戴角，化人为兽，仗他机智，假意应允，乘隙逃出。妖人酒醒，行法搜山，必欲捉回制死。他藏在一个大树洞里，饿了三天，不敢走出。最后也是遇见一位峨眉派的前辈剑仙万里飞虹佟元奇打那里经过，看出妖人禁制，将他寻到救走。偏又不肯收徒，再三苦求，才写一信，命他走至大雪山拜师。中间不知又经多少险阻艰危，侥幸收留，上月才得与我相见。这都是三狗男女害的。此时我报他们的仇，不过举手之劳，并非难报。只因老狗已死，崔家贼婆害人夫妻离散，结局自己也为丈夫所疑，并受冤鬼愚弄，闹了个手刃亲夫。她平日又是恩爱夫妻，当然又悔又恨，又愧又伤心。更怕冤魂索命，事情发作，外招物议，内疚神明，终日如同万箭穿心，芒刺在背，又舍不得死去。反正她和老狗婆同样是难逃冥诛鬼戮，我正好让她们自己活受个够，看个笑话，岂不更妙么？"

萧珍兄妹又是跪请道："爹爹当初乃是一时气忿。这些年来，哪一天不悔恨痛哭，眼巴巴望妈回来，要不是爹爹这一闹气，妈又何会成仙呢？妈就不和爹和好，也不要不见面呀！千不看，万不看，看在儿女面上，容爹见个面吧!"欧阳霜明知萧逸已回,这一番话,原是使其闻之,自己何尝不知丈夫相思之苦。一则恨他薄情,不查明虚实,便狠心肠;二则身已入道,不能再有世缘牵引,妨碍修为。话已说完,假意发怒道:"我志已决,再如多言,下次我也不再回来了。"小兄妹三人吓得眼泪汪汪,不敢则声。欧阳霜看着可怜,又安慰他们道:"乖儿们莫怕,你们只要听我的话,我仍时常回来看望你们。少时对你们那糊涂爹去说,如知我来,从速躲开,免害你们学不到本事,连妈都见不到。我那仇恨,也无庸他报,自有天理昭彰,自作自受的时候。我本还想再留些时候,他适才被我引远,算计这时也该回来了。明年正月十五前后,必来看望你们。也真粗心,这样风雪寒天,把窗子撞破,也不整好,就往外跑,丢下你们,点点年纪,如何禁受?就这点都对不起人,还说甚别的?懒得给他遇上,徒然叫人厌恶,我要走了。"

三小兄妹闻言,忍不住伤心,又不敢哭,知留不住,各把头抬起,眼泪汪汪说道:"妈妈,你可不可早些回来,和师祖说好,在家住几天呀?"欧阳霜见爱子至性孺慕,依恋膝前,更是心酸,忍不住眼圈一红,把三小兄妹一同搂紧,说道:"你妈如今已是出世之人,按理万念皆空,只因放不下你们,不能证那上乘功果,将来还须转一劫,怎好再为世情荒废道业?我已禀明师祖,隔些时日,前来传授你们心法。暂时虽难朝夕相见,异日把剑术学成,有了道基,随我同往大熊岭苦竹庵参拜师祖以后,便可自由飞行,随意来往两地,时常见面了,还伤心怎的?"三小兄妹还欲挽留片刻,等父亲回转再走。实则欧阳霜早知丈夫回转,这一番话,全是取瑟而歌之意。话一说完,急于回山,哪里还肯停留。便把三小兄妹个个亲了一下,各自放开,说道:"我这里还要办一点小事,或者还要顺道看看,我去这些年,村子成了什么样子。师祖只允了半日的假,明早必须回山领训,不能再留了。"说罢,喊声,"乖儿们,乖些,用心练功,妈去了!"立时一道光华,穿窗而出。三小急喊一声:"妈呀!"掀开破窗上的被褥,见乃父正立窗下,不顾招呼,跟踪追去。跑上平台,上下一望,哪有白光影子。

萧逸先听爱妻之言,知她为人外和内刚,性甚固执。听说要走,虽然不舍,为了顾全儿女,盼她再来,不但没敢从窗里硬闯,反而避向一旁。因这次白光飞走,是平穿出去,好似往峰下飞投;又听爱妻说,在村里尚有事办，疑她瞒过儿女，自寻仇人算账，暗忖："只要你肯常回来，妇人心软，既有母子之恩，便有夫妻之义，早晚之间，总可以至诚感动。操之过急，激怒生变，反而不美。此时休说不便跟去碍事，似此飞行绝迹，也追她不上。"见儿女们追去，忙即赶去，劝抱进屋，先把破窗理好，一面劝说："乖儿们莫要悲哭，你妈是仙人，既说常来，不会假的，何况还要传授你们道法，以后你母子相见日长呢。"说罢，又问了欧阳霜来时情景和所说的话，果然因为恨深怨重，不愿与己相见，又不舍三个儿女，特地将自己引向远处，仗着飞行迅速，再飞回来，与儿女相见，细述前事，并说途中还看见畹秋正受报应，向天跪祷，悲悔自捶，看去伤心已极。于是真相大白，萧逸空自悔恨，已经无及。想起绝好的一个快乐美满家庭，几乎被畹秋害得人亡家败，奇冤至惨，不禁咬牙切齿，痛恨入骨。本心想去寻她理论，借为二娘伸冤，明正其罪。一则爱妻再三叮嘱儿女，此仇不可妄报，只得任其自毙；二则自己虽为村主，掌着生杀大权，毕竟入山以来已历三世，村中未曾重责过一人。畹秋多不好，终是至亲，况且门衰祚薄，只有一女，又误杀亲夫，身遭惨祸，良心上日受痛苦，已经受报。倘再当众宣扬其罪，畹秋性情高傲，必不求生；乃女瑶仙颇有母风，去之则此女无罪，留之则必招报仇，灾难更无已时。想来想去，还是从了爱妻之言，隐忍不发，最为上策。萧元已死不说，连魏氏都因投鼠忌器而止。

盘算一会儿，半夜往后面打盹歇息的用人俱都起身，端了洗漱水和两碗新年吃食，来请萧逸用罢更衣，好去宗祠祭祖团拜。萧逸哪有心肠进食，只洗漱了一番，便去更衣。倒是三小兄妹，母子相逢，有了指望，别时虽然落泪，过后全都收拾起了伤心，兴高采烈，屈指计算母亲再来之日和自己将来修仙学道的事。见早点端来，正值腹饥，一人端了一碗莲子羹吃罢，又喊要吃煮米粉，拿水豆豉、兜兜卤菜来下米粉。萧逸匆匆换好衣帽走出，萧珍忙喊："爸爸，天气冷，爸不吃甜的，这米粉蒸得光滑，是拿肥母鸡汤煮的，有笋炒肉丝做臊子，放些菠菜，又用新开坛的水豆豉、兜兜卤菜来下，真比哪回都好吃，爹怎不趁热吃一大碗再走？"

萧逸还未答言，忽听峰下有人急行踏雪，上了平台。接着一阵女人脚步细碎之音，走近房外，门帘启处，纵进一人，指着萧逸说得两个"你"字，就门侧春凳上一坐，喘息不已。萧逸一看，正是畹秋，不由怒从心起，想了想，权且忍住。一看用人尚在房内，忙借故将她支出，问道："崔表嫂，怎会这时来此？甚事这样急法？"畹秋匆匆走进，没看出萧逸脸色业已大变，见他正穿祭神衣服，在扣纽襻，镇静如常，事出意外，心想："还好遮饰。"不禁又想了一种说法，答道："大哥，你可知道表嫂尚在人间么？"萧逸只摇了摇头，叹了口气，一言不发。小兄妹三个，仇人相见，分外眼红，俱都停了筷子，暗中握拳咬牙，作势待发。畹秋连日悲悔过度，神志已昏，也是死催的，该当自取其辱。萧逸的心意既未猜透，又因他小兄妹怀抱中看他们长大，仍当做小孩看待，忘了他家传本领，仍接着往下说道："不但表嫂健在，连她那位过继的表弟，也同在一起呢。"萧逸父子闻言，怒已不可遏止。畹秋全神却只贯注一人，仍然未觉，见他面有怒容，错认作勾起前恨，又信了欧阳霜绝不与丈夫相见的话，不知机密尽泄，暗幸得计，仍冷笑道："我先也不知她回来。只因我家使女见你从我门外亡命跑过，我知你有病，不甚放心，想来看看。走近峰前，忽想起大除夕里，怎好往人家去？回身走不几步，便见林内两条人影一闪，一个好似她那姓吴的兄弟。当时还没看清，便被他躲去。我想他怎会回来的？想追去看时，女的业已现身，正是表嫂，将我拦住，不许入林。我说你想她得很，好好请她回来。谁知她倒生了气，说是与你恩断义绝，永无重圆之日。我问她：'那样你又回来作甚？'几句话一不投机，便动了手。可怜我丧病余生，哪打得过她这样在外苦练多年，回来找事的人啊！还算饶我，已经被她打倒，未下毒手，只痛骂了几句，便追她兄弟去了。他们既然一同回来，又这样隐隐藏藏，不肯和你见面，这是什么心思呢？天下事难说，我既知道，也不管你新年忌讳不忌讳，特地来说一声，好叫你留点神。"

萧逸怒火内蕴，听畹秋语无伦次，心想："人既归来，事已败露，不比当初一死一走，无法对证，仍用这等巧语中伤，有何用处？"方怪她这人愚不至此，旁边三小兄妹早已按捺不住。萧珍刚才立起，萧琏、萧璇早先从座上悄悄溜下，一齐喝道："打死你这个不要脸的翻精婆！你害我娘跟舅舅和雷二娘的命，今天也要你的命！"声到人到，萧珍人大手快，手起一掌，打向畹秋脸上。同时萧琏平地纵起，双手紧勒畹秋头颈，两膝盖连脚尖用足全力，照定背上，乱打乱踢。萧璇更狠，见畹秋挨了哥哥一巴掌，起身用右手抵挡，头颈又吃妹妹束住，恐她回左手去抓，伸手照准畹秋脉门，用力一斫。跟着纵身，一头向胸前猛顶上去，"彭"的一声，顶个正准。三人年纪虽小，个个力大，手疾眼快。畹秋骤不及防，身刚站起，猛觉颈间似受铁箍，气闭不出。接着腰背连中几下，奇痛，手被打麻，胸前再受一顶，休说招架不及，哪里还存身得住，立被撞倒。身方一歪，萧珍恶狠狠上去，照准腿弯，又是一脚。畹秋气透不过，连"哎呀"一声也未喊出，横倒地上。萧逸见状大惊，连声喝止。萧珍虽然忿忿而住，两个小的却报仇心切，竟立志拼命，置若罔闻，拉解不开。

萧逸见畹秋被束住要害，两眼翻白，无力抗拒，小孩心狠，久必毙命，又恐伤爱子，不忍强解，喝道："不听我话，也不听你妈话么？再如这样，看你妈肯再回来才怪！"这几句话，真比圣旨还灵，两小立时纵开，同了萧珍，齐指畹秋大骂。萧逸连喝了好几声，方行停止。畹秋忿怒已极，略住喘息，指着萧逸骂道："你纵子行凶，少时祠堂碰头，再凭诸位长老，和你评理！"萧逸冷笑一声道："你莫忙走，我还有话问呢。"

萧珍兄妹母仇在念，恨不能生裂畹秋，才称心意，虽被父亲喝住，兀自忿怒填膺，不能自已。一听不让她走，早一同抢上前去，摆开招势，把门一拦。萧珍首先喝道："我爹爹不准你走，敢动一步，今天替我妈报仇，要你的命！"畹秋挨打时，虽然有些惊疑，因萧逸没有露出口风，打她的又是三个小孩，怒火头上，竟忘了东窗事发。耳听萧逸唤住，并未答理，只冷笑了一声，还欲反唇相讥，仍自走去。及被萧珍兄妹一拦，方听出口气不对。又见三个小孩都在摩拳擦掌，怒眼圆睁，似欲拼命之状，不禁激灵灵打了个冷战。适才吃过苦头，哪里还敢逞强，当时气馁心虚，刚往后退几步，又听萧珍戟指怒喝道："爹爹快问她为何要害妈妈和雷二娘？到底与她有何仇恨，要下那样狠心毒手？"这两句话一出口，畹秋心里叫苦不迭，暗忖："以前之事，算是欧阳霜这贱婢自己回来说的。二娘之死，人不知，鬼不觉，况又过了好些天，他父子如何知晓？"自从文和死后，畹秋终日悔恨哀痛，精神体力受创太重，人已失常，再一着这样大的急，猛觉头晕眼花，立脚不住。还算为人机智，瞥见身侧有一春凳，连忙装作气忿，就势坐下。知道这事非同小可，今日如若辩白不清，萧逸的地位为人，和他平日夫妻恩爱之厚，不特自己转眼身败名裂，连那年纪轻轻的爱女，也难在此立足。念头转罢，偷眼一看，萧逸目闪威光，怒容满面，正在注视自己。

忙把心神勉强镇静，脸上仍装出忿怒的神气，向萧逸道："你纵子行凶，全不管教。我从来没有做过错事，有甚话问，只管请说。"

萧逸见她仍装作无事人一般，越发气忿，忍怒说道："珍儿的话，你没听见么？"畹秋也怒道："我又不是聋子，怎会听不见？你问的也是这几句无知乳臭小儿话么？她死与我什么相干，问我作甚？有什么话，少时祠堂凭众位长老尊亲再谈好了，此时恕不奉答。"萧珍兄妹闻言，怒冲冲又要上前动手。萧逸再三喝止，指着畹秋道："你休以为阴险狡诈，诡计慎秘，你做的事，又是支使党羽出面，自己只在暗中运筹，连句坏话都没向我说过，可以强辩。须知天网恢恢，疏而不漏。害人适以福人，结果反倒害了自己。前些日刚把二娘害死，报应便已临头。你以为死无对证，殊不知做你对证的，就是那已死的人。事到如今，还在欺我。我一时中你奸计，伤了夫妻情爱，霜妹不肯和我相见。你又再使阴谋离间，血口喷人。霜妹不论是否真与鸿弟同来，你既见着她，可知她在被屈含冤，写下遗书，交与二娘，前往竹园自尽之时，得遇仙人垂救，带往仙山，如今精通道法，事尽前知，飞行绝迹，无异真仙了么？适才她归视儿女，虽讦前嫌，不允我与她相见，但她所受奇冤及你与萧元夫妻三人种种倒行逆施，阴谋诡计，俱已完全败露。

"我们原是至亲，素无冤仇。就说婚姻之事，各有前缘。霜妹彼时寄人篱下，她自认身世寒微孤苦，日受你的磨折欺凌。她虽然真心相许，一往情深，见面时始终发情止礼。因怕受你闲气，独存世俗门第之见，不敢期望，从没对我吐露情愫。我因敬她爱她，执意非她不娶，事由我主，与她何干？谁知你破坏不成，转而匿怨相交，阳奉阴违，多年处心积虑，誓欲置之死地。她为人忠厚，遂陷入罗网。如非仙师怜救，几乎害得她夫子离散，身遭屈死，犹含不白之奇冤。这些话，在你饰词强辩，必道是她归来巧语，我听了她一面之词。须知我糊涂中计，也只一时。雷二娘因受你挟制，被你骗去遗书，做了亏心之事，近年来日受天良责备，望空咄咄，神魂颠倒，死前已在神前自吐供状，道出阴谋，被我亲耳听去。彼时不知霜妹存亡，正待晚来设祭之后，背人细询详情，便被你赶来将她勒死。在你以为装作鬼迷，死后高吊，设计巧毒，却忘了做贼心虚。二娘殁时，左足袜子已脱，所穿之鞋也不知去向。我那晚为了子女日后无人照料，心情烦躁，又因男女之嫌，更兼死状甚惨，不曾近前加细查看，几乎又被你的奸谋瞒过。文和、萧元相次一死,你我这样至亲,村中尽有良医,萧元不说,你夫妻往日何等恩爱,竟会事前毫无闻知,随后探问,也没有延医诊治,突然病终。你又是那等悔恨,现于辞色,诸多可疑。因事太巧,无意中询问安妪二娘的女婢,说起前事。如今旧鞋尚在,落的一只,曾往园内吊尸一带发掘未见。我估量必是你们勒死她时,匆匆拖往大竹之下,遗落雪地,后来雪大盖没。等过几日,天晴雪化,鞋一发现,便可断定八九。彼时再集村众,我自做原告,推出长老拷问魏氏。那贱人虽然凶狠刁毒,却不如你机智性傲,决易吐实。昔日霜妹旧鞋,本命她弃入江中,她夫妇恩将仇报,承你意旨,却借以为谋害栽赃之计。只可恨我当日眼瞎心昏,忘却你平日既称和霜妹情如手足,她如有甚过失,纵不明加规劝,也应代为隐瞒。

"况且你和魏氏气味迥异,人品悬差,同是妇女,如有背人的话,尽可室内密谈,何须跑到林内挨近人行路旁,鬼鬼祟祟,交头接耳?再者,那天又是你的生日,客未散尽,别人家事,却要主人如此着急,背客出外私谈。分明有心陷害,知我归途必由之路,故露身形,引我生疑,好来上套。等我疑念已深,再把旧鞋之事发作,我又鬼蒙了心,为爱之过深,遂操之太切。只顾发怒,全没想到鸿弟所居,是我过去的书房,连他峰上旧居,均我夫妻亲手布置。来时身无长物,衣被均属新置,几曾见那口箱子,到底先存何处,有无转手,何人送还,打开他未?如真是个私情表记,怎敢放在开箱即见的明显入目之处,取时也不留意?被我发现,他还如未觉,还在房中相助牵纸磨墨?还有你既然索他的窗课,开时势必目注箱内,才是常理。你和元贼都把眼看别处,到手又只匆匆一看,便即放下。你已知他做那禽兽之事,还执意要看他的窗课作甚?在在均是疑窦。可恨我身同鬼迷,均未思索考查,反幸你二人没有觉察此事,勉强代写完春联。等你二人功成归去,便去房中,与霜妹拼命。可怜她姊弟做梦也不知道有狗男女日夕伺侧陷害。平日人又爱好高,只为回来时一念之差,误中奸计,不和村人招呼,便把鸿弟带来,恐外姓人入村,违了村规,不能收容,假说同宗骨肉。事后怕我埋怨,又未明说,日久不好意思改口,我问时又一次比一次负气。她虽如此,万想不到我会上了人家圈套,以为夫妻恩爱,似此小事,不肯输口。这一倔强,致我疑念更深,正在怒火头上,适逢鸿弟进来,她更不合救护情切,只顾防我毒手伤害,却忘了增加自己不利。这固是她有此仙缘，才有这场几乎身死名辱的无妄之灾，否则岂不被你们这三个狼心狗肺的狗男女害得冤沉海底？

"她失踪之日，我原算计必有遗言遗书。又因平日二娘为人忠厚善良，过于信任，不知她受了你的挟制。照我所说，哪一样都是你们破绽，我竟该死，糊涂已极，迟至二娘死的那天起，才行逐渐省悟。照你三人这等行为，本应会集村人，当众审讯，明正其罪，一一用酷刑处死，始足蔽辜。我因霜妹再三告诫珍儿，令转告我，说你三人害之适以福之，不有当初，哪有今日。况你三人，一个身为鬼戮，中途暴毙；一个也终于不膺显戮，必受冥诛；你系主谋，遭报更重，不特害人未成，反倒成全了人家，尤其是误杀亲夫，躬被弑夫之恶。当你所害对头成仙归来，夫妻子女完聚之日，正是你离鸾寡鹄，奸谋败露之日。你又平素好强，从未受人褒贬，轻为人下，一旦内疚神明，外惭清议，日受良心责备，冤魂牵缠，人间大恶至惨，集于一身。两两相形，情何以堪？这等使你自作自受，长年消受人间生不如死的苦痛，不报之报，岂不比报还强？

"我又念在文和表哥是忠厚好人，至情所钟，却娶了你这样一个奸恶之妇，方在盛年，竟遭横死；姑母又门衰祚薄，崔、黄两家，只有瑶仙一女。我如将你正了村规，瑶仙必难在此立足。她小小年纪出山，前途何堪设想？因此留你一命，自受活罪。我不往祠堂凭诸长老向你理论，你还敢大言不惭。休说人证齐全，你赖不掉；单把文和开棺验尸，治你弑夫之罪，试问还有路无有？趁早回去，从此休来见我，安安分分，静候冤魂索命，以待冥诛，免得把你女儿也带累得同遭惨报。那魏氏贱妇，我原也饶她不得，因遵霜妹之语，又念她那两子尚属美质，覆巢之下，难得完卵，为存二房宗嗣，她又没亲手杀人，受害者业已获福，天理虽所难容，我这里却从未减。你只告诉她，莫再见我好了。话已说完，从此情断义绝。我命珍儿们手下留情，不来伤你，急速去吧。"

萧逸蓄忿太深，悔恨切骨，这一席话，说得丝毫不留余地。说到中间，虽见畹秋面容惨变，体战身摇，仍一口气把话说完。畹秋自持机智，敢于隐恶。当晚原因守墓仆人见村主突去突来，言语失次，又听他思妻成病，以为两家至戚至好，连夜前往报信讨好。畹秋心中有病，老大不安，赶来探看。行至中途，忽想起天光过子，已交新正元日，丧服未除，怎好到人家去？正要回转，恰好欧阳霜为奉师命，在村中访查一事，见畹秋雪中急行，故意老远按落剑光，步行上前相见。欧阳霜被仙人救去一节，连萧逸都是疑信参半，畹秋自更不知就里。但因欧阳霜死后，村人曾遍搜全村，连全村数十里周围深山穷谷之中，无一处不搜索到，直到雪晴多日，并未发现尸首和半点痕迹。那几日雪势虽大，欧阳姊弟俱有一身好武功，难保不在临死以前借命，想起兄弟出走未久，或者没有走远，忽然变计，回到厨房内取些吃食，连夜追踪欧阳鸿逃出山去。姊弟二人途中巧遇，一同逃往他乡，等到子女长大，再行回村报复前仇。村人尽管穷搜，一则村外山深险僻，未必能真搜索到，没有遗漏之处。二则二人成心逃亡，若被人在一处寻回，岂不更为自己坐实了奸情？即使遇上，也是望影而逃，见人先躲，如何能寻得到？心总料她尚在人间，没有葬身雪里。复令萧元夫妻又借采办为名，顺便前往她的故乡，加细查访，虽然他姊弟二人依然一个未归，毫无音信，始终疑念未释。只恨出事那晚，略微疏忽，只顾叮嘱雷二娘，诈出遗书，料她此去必死，防被看出生变，没有暗地跟踪探看。后来几次想要向二娘盘问底细：欧阳霜走前除托孤外，可有甚别的言语举动？带甚东西在身上无有？走的那晚，可曾索要食物？厨房内又曾少什么吃食？谁知雷二娘当时虽受了挟制，面上常带着后悔神气，不容发问，见面至多假意寒暄两句，即行避去，后来更是避若蛇蝎，至死未得盘问，心里老是一块病，一见欧阳霜跑来，便知平日所料一点不差，并没疑她鬼魂出现。忙把心神镇静，不等开口，故作失惊，问道："霜妹，你这些年到哪里去了？你真狠心，没的把我们几个人想死。可曾见过萧表哥么？"

欧阳霜毕竟心直计快，虽然安心要戏弄她一番，一听提到萧逸，不由触动旧恨，忿然作色道："我自回来看我那三个苦命儿女，可曾被一些狗男女谋害死，见这狠心狠肠的薄幸人作甚？不遇见你，我已走去，他是今生今世休想和我对面的了。"畹秋听她不肯再和丈夫见面，正中心意，念头一转，又生诡计，假装笑劝道："想当初也是表哥一时多疑误会，霜妹走后，他先向我说起许多不中听的话。只我一人信得过你，知道绝无此理，再三替你辩白。偏生你和令弟又忒心急，这等关系一生名节的大事，就是负气，也该弄清白了再说；不该夫妻略一口角，立即先后出走。我又是不知一点信息，等到得信，已无法挽救了。这一走，更添了表哥的疑念。但经我再三分说,如今疑虽未释,他夫妻感情仍还是重的,平日谈起来,还是真想念你呢!不是我说,彼时叫鸿弟走,已是大错;自己再跟着一走,更闹得有口难分。真是糊涂冒失已极。我和你至亲姊妹,情逾骨肉,无话不说,你现在何处安身?鸿弟可在一处?表哥既不肯见,又作何打算呢?难道自己丈夫,还想报仇雪忿么?"

欧阳霜听出她还要乘机离间,依然行所无事,分明自恃阴谋周密,把人视若木偶,可以任意摆布,由不得气往上撞,再也忍耐不住,把起初想下许多明知故诘的话全数忘掉,劈口答道:"我那对头处心积虑,千方百计要害死我不算,还要玷辱我的名节,性命都是白捡的,能有今日,更是因祸得福,出于天佑了。几个狗男女害人不成,反倒福人,并且已经各有报应,照样身被恶名,早晚谁也难逃人诛鬼戮,也不屑污我宝剑。那薄幸人本是受了奸人愚弄,这些年来身心交瘁,悲悔交集,我又终身不再与他相见,也够他受的了,我何犯着要报复谁来?常言道:'暗室亏心,神目如电。'自恃奸巧,害人终于害己。今日见你,不过多谢你用尽心机,成全了我,递个招呼,奉劝几句,并讨还我一件东西罢了。"

畹秋哪知欧阳霜厉害,今非昔比。听她猪男狗女不住乱骂,所说的话又句句刺耳刺心,实也忍耐不住。猛想起昔日所留遗书,虽未明说出自己,却说那绣鞋是魏氏拿去投入江中,如何会在兄弟箱中发现?仇人罗网周密,叫萧逸等她死后,连日夜半,往萧元夫妻窗下偷听,必能听出破绽。又说主谋害她的,是当年想嫁萧逸之人,多年来匿怨相交,自己不察,中了暗算等语。当时还笑她人已死了,还不明说主谋人的姓名,打这哑谜作甚?可是看她信中之意,分明已料定自己害她。因为萧逸刚愎自恃,受惑已深,口说无用,才拼却一死,坚其信心。今既生还回来,想必不假。难得雪夜无人,正好出其不意,将她打死,拖往后崖隐僻之处,再唤女儿相助,绾向村外,永除后患。想到这里,耳听欧阳霜口风逐渐露骨,愈发怒从心上起,恶向胆边生,冷笑道:"我好心好意念在姊妹情分,为你设想,你怎不知好歹?我拿过你什么东西?谁是狗男女?"随说,暗将潜力运足,装作质问,身往前凑。欧阳霜也不理她,冷笑答道:"我讨还的,便是那狗男女强迫雷二娘骗去的那一封信。这个狗男女便是那寡廉鲜耻,夺夫不成,暗用毒计,主谋害人,生就一副狼心狗肺的贱婢你!"

第一九四回

地棘天荆　阴谴难逃惊恶妇
途穷日暮　重伤失计哭佳儿

话说上回说到欧阳霜痛斥黄畹秋，言还未了，畹秋已接近身侧，倏地悄没声手起二指，照准欧阳霜腰眼间死穴点去。这一下，对方就是会家，出其不意，如被点中，也必倒地身死无疑。谁知欧阳霜依旧说她的，好似气极失神，全未丝毫在意。畹秋方幸手到必倒，就在这念头电转之际，猛觉右手二指如触坚铁，"嚓"的一声微响，立时折断。方知不好，想要逃跑，已是不及。刚往前一纵，猛觉背脊上似着了一把钢钩，吃欧阳霜随手抓住，哪还挣扎得掉。畹秋近年心宽体胖，比起当年丰腴得多。自从丧夫失志，日夜悲恨，寝食不安，闹得腰围消瘦，玉肌清减了不少，背上皮肤本来发松。欧阳霜又是存心给她一点苦吃，这一把连衣带皮肉一起抓住，悬空提回。畹秋粉背欲裂，奇痛非常。虽然耻于出声，还在咬牙强忍，却已疼得星眸波浸，泪珠莹莹，满身都是冷汗。情知难免折辱，不愿现丑服输在仇人眼里，索性把双目闭紧，一言不发，任凭处治，一面暗想脱身报复之计。

欧阳霜知她倔强，必不输口，冷笑一声，喝道："无耻贱婢！我被你阴谋陷害，几乎死为含冤之鬼，本来仇深似海。在我来时，受了恩师点化，知你害人反而害己，似你这等阴毒无耻，已非人类，不值污我宝剑，意欲任你孽满自毙。今日回家探望子女，无心中与你相遇，念在你成全我一场，本心不过让你知道，略微教训几句。谁知你竟敢乘我不备，暗下毒手，又想点我的死穴。想当初你我都是闺中幼女，以我门第身世，哪一样不比你相去天渊。我的品行心地虽和你有人禽之别，但是人心隔肚皮，谁看得出？况又有你母亲为你做主，萧、黄两家更是休戚与共的至亲至好，你的才貌又是全村上选，按说你的心愿不难实现。偏你一个世族千金，还不如我这个身世飘零的孤女。一心想嫁我丈夫，百计千方把持献媚，轻狂之态现于辞色，全没丝毫顾忌，仿佛我丈夫成了你的禁脔。我偶然在村人宴集之间与他无心相遇，虽然一语未交，也得受你好几天的闲气。实不相瞒，我和他从小一处长大，就承他厮抬厮敬，没拿我当下人看待。后来先父为主丧命，更是加意爱护，亲若骨肉，未始没有得夫如此，可以无憾之想。但一想到家世寒微，齐大非偶，又有你这廉耻天良一齐丧尽的贱婢在前，妄念立时冰释。休说像你那么明说暗点，央媒苦求，不要脸的行为没有分毫，还恐他真个垂青到我。生怕万一他因父母双亡，无人主持，任性行事，村人犹未免去世俗之见，因而轻视了他。所以平日总躲着他，偶然相遇也以礼自防，比对外人还要冰冷得多。万不料他真个情有独钟，非我不娶。一任你软缠苦磨，唆使你母出头强迫，终无用处，竟在就位村主之时，当众说出心事。我本来看得他重，感激他的一往情深，以前不做非分之望，原恐于他不利。既有诸位长老先德赞同主持，除你而外无一异言，便连你母也说不出再替你拼命争夫的话，我如不允，岂不是假惺惺作态？这事全是他看你不起，与我有什么相干？有一次，我在月子里，由镜中望见你对我发狠，还当眼花，谁知你是真具了深心来的。就算我夺了你的丈夫，害我死也就足以解恨的了，为什么要害我死后，还背恶名呢？薄幸人虽是心肠狠些，但他用情还是专的。他起初中了你诡计，疑念还未消呢。你看他自我走后，常年只有悲苦悔恨，谁能勾引得到他一点？你对他那一番痴心妄想，他可曾用半只眼睛垂怜到你？我只一半恨他心狠糊涂，不问青红皂白，一半还是别有用意，不肯与他见面罢了。照说他当初越对我心狠，才越见他的情重呢。鳏居多年，相思如一。你连崔文和那样没骨气的丈夫都没福保持，为了灭口，忍心亲手放冷箭将他害死。这样的情深爱重，文武全才，人品心术无一不佳的丈夫，再由畜生道中再转过千百劫也不配你遇上的了。你以为指使萧元、魏氏两个狗男女出头，阴谋深密，不会事发，就发也可狡赖。那么适才暗下毒手，想害我命，又当何说呢？"说时，手中连紧了几紧。

婉秋痛楚难禁，全身受制，无法闪避，咬牙闭目，任人摆布，听她历数平生罪过。末几句话，直戳痛处，已是万分难忍。又说她谋害欧阳霜是想勾引萧逸,重拾旧欢;误伤崔文和是由于成心灭口,谋杀亲夫。都是有情理之说,有事实可证,别人问起无词可答的冤枉。平日那么恃强性傲,一旦跌到仇人手里,哪能不奇羞极忿,无地自容。加上背上紧一阵慢一阵的酷刑难当,不由一阵急怒攻心,逆气上行,忍不住一声惨哼,就此晕死过去。欧阳霜因她适才一暗算,勾起前仇,人虽气死,余忿犹未全消。方欲将她救醒,行法禁制,迫她服罪,当人眼里出丑。忽听空中有人唤道:"此人虽然可恶,已经够她消受。我适回山,师父命我赶来相助,适可而止,办正事去吧。"欧阳霜闻言,连忙应声飞起。这时空中还有一道光华闪动,两下里一同会合,往村外那一面破空飞去,晃眼隐入密云之中,不知去向。

婉秋只是一口闷气闭住,倒在地下,吃雪风一吹,不久悠悠醒转,仇人业已不知何往,恍如做了一场噩梦。回手一摸背上痛处,皮肉纹起了三四条,已经麻木。惟恐行迹败露,不顾恨人,首先四外一看。那立处左侧,是村中平地而起的一座小峰,峰上有三间小屋,上丰下锐。只峰背有一条铁环梯可供上下,原备村中有一长老和萧逸二人观星占验之用。右边是一方塘,塘水早成了坚冰。两行又高又大的树木,全被冰雪点缀成了琼枝玉干,银花如叠,晨光欲吐中看去甚是鲜明。地既幽僻,只积雪上面浅浅地留下两条橇印,依稀隐现,直到立处左近,为峰顶崩坠下的冰雪所掩,好似夜来有人乘雪具打此经过。积雪凝寒,冻雀不喧。遥听村中祭神的鞭炮之声,比起夜里密些。峰前一带,却是静荡荡的。只有枝头积雪,被爆竹声响震动,不时下坠,冰雪相击,碎音铿然,宛如鸣玉,更没一个人迹。一想那位长老年高德劭,儿女成行,这般大雪,无星可观,又当岁暮除夕,纵然他性情怪僻,也绝不会一人到此。此外,峰顶上更无他人能到;如有,也无见死不救之理。只要这场丢人的事不被人发现,还算是不幸中之大幸。心略一放,毒怨又生。想起仇人竟会生还,已经懊丧欲死;再加上这场奇耻大辱,切肤之痛,不禁把满口银牙乱错,颤声切齿,恶狠狠骂道:"该万死的小贱人,我和你誓不两立!纵令身败名裂,也必拉你母子夫妻全家同归于尽。只要你敢留村中,或是时常回来看望你那老少四个畜生,休想打我手内逃得命去。即使不再回来,也只是便宜你一个。"

骂完,忽想起自己在说狠话。可是年来林泉优游,夫妻恩爱,就到萧家,也不过陪了爱女前往学武,偶然给她指点武功,本身早就抛荒,体力业已减退。萧逸全家,连小的看去都有了根底,大人更不用说。昨晚仇人本领,竟比她丈夫还要厉害。奸谋已泄,人家必有防备,休说斗她不过,近身都难,这仇是如何报法?有何好计,可以一网打尽?实想不出。边想边往前走,心气一馁,重又转念到仇人业已回家,即使所说不肯重圆旧好的话是真,难道前事也隐而不言?萧逸得知此事,岂肯甘休?照他为人,定要当众声讨。自己身败名裂不说,爱女纵不株连,也难在此立足;小小年纪,一朵鲜花也似的幼女逃出村去,地棘天荆,前途茫茫,何堪设想?此时母女二人的吉凶成败尚自难料,怎能先想报仇的事?仇人创巨痛深,分明是在外面苦练了多年武功回来报仇。如非另有毒恶方法报复,也绝不会已落她手,又这等便宜放掉,必想当着全村的人明证己罪,借此向丈夫洗去污名无疑。果然这样,倒不如认作冤孽先寻自尽,爱女或者还有一点活路。想到这里,不禁心中怦怦乱跳。思来想去,这等罪孽出不了十天半月,定要身受。目前只有万分之一的指望:但求神天默佑,仇人怀恨丈夫,暂时竟未吐实,或者还可挽救。想时正经萧逸所居峰下,立定又想,丑媳妇难免见公婆,迟早不免,何不先观察一个分晓,以便相机行事。强把心神放稳,仔细寻思,决计当时冒险蒙羞,先见萧逸探个虚实,如真事犯,索性拼忍奇辱,用苦肉计背了人痛哭,自吐罪状,历述暗害仇人,实由以前相爱之深,痛致悔恨。他平日对自己本非无情,只为有个仇敌在前,瑜亮并生,遂致舍此取彼,想旧情总还犹在。事已至此,也说不得什么丢人舍脸了。想到这里,不禁头晕身颤,心都急成了麻木。一跺脚跟,硬着头皮,贾勇而上。

人当失意之际,任是多聪明的人,也会荒疏错失,举措皆乖。何况畹秋丧变之余,遭此意想不到的挫折惨败,心头无异插上数百支利箭。来时刚刚苏醒,惊慌迷惘,没有平日那么心细,以为照理峰顶不会有人。既未查看那雪中橇印过了那堆冰雪还有没有,何为止点,见了萧逸又是三心二意,没有先打主意,明明见种种情形有异寻常,仍然倒行逆施,妄想离间。以致不但没把敌人心肠说软,反使恨上加恨,毒上加毒,终致一溃永古,不可收拾。自己身败名裂,还连累爱女、爱婿出死入生,受尽磨折凶险,岂非聪明反被聪明误?

萧逸见她毫不悔悟乞怜，反以虚声恫吓，不禁怒从心起，喝止之后，说完了适才那一席话。畹秋终是性情刚傲，经此一来，愈发无颜下台服低。当时愧恨交加，又羞又急，"哇"的一声，吐出满口鲜血，就此晕死过去。隔了好大一会儿，知觉渐复，昏沉中觉着头脑涔涔，天旋地转，胸中仿佛压着一块千斤重的石头，透气不出，难受已极。耳旁隐闻"嘤嘤"啜泣之声，勉强略稳心神，睁开倦眼一看，不知何时，身已回到家内，爱女瑶仙同了萧元长子萧玉，双双坐守榻前，正在垂泪悲泣呢。猛地想起前事，不禁心慌，只苦于说不出话来。

瑶仙虽不知道乃母恶贯满盈，自作自受遭了报应，但是天亮前闻得守墓人报信，说乃母不顾穿着素服，赶往萧家。天亮后，萧家便说乃母得了暴病，着人抬来。两家至亲至好，这样重病，萧逸并未亲自护送；适才出门取水，明明见他父子四人同了两个门人，由祠堂回转，又是过门不入，未来存问，料定其中必有缘故。此时畹秋牙关紧闭，面如灰土，通体冰凉，情势危急万分。正在焦愁，恰好萧玉前来拜年，帮助她用萧家着人带来的急救灵药灌救，又按穴道，上下推拿，直到过午，人才渐渐回生。一见乃母瞪好两只满布红丝的泪眼，愁眉紧皱，嘴皮连张，欲语不能发声之状，便料她想问来时的情形。好在使女不在跟前，萧玉父母是乃母死党，本人更是自己没齿不二之臣，无庸避忌，便把适才萧家抬回情景依实说了。畹秋最怕的是萧逸当着村众宣示罪状，身死名辱，还要累及无辜的爱女。知觉一恢复，首先关心到此，急得通体汗湿，神魂都颤，惟恐不幸料中。及听瑶仙把话说完，才知萧逸未为已甚，看神气不致向外张扬。当下一块石头落地，不由吐出一口血痰，跟着又喷出一口浊气，心便轻松了一半。忙把倦眼闭上，调气养息。瑶仙又忙着喂了几口药汤糖水。过有片刻，神志稍清，只觉周身伤处奇痛彻骨。静中回忆前事，时而愧悔，时而痛恨，时而伤心，时而又天良微现。想起孽由自作，不能怨人，尤其萧逸居然肯于隐恶，越觉以前对他不起。似这样天人交战了一阵，猛想起大仇强敌已经回村，听她口气，虽说不肯诛求，以后终身拿羞脸见人，这日子如何过法？想要报仇，又觉无此智力。加以事情败露，党羽凋残，人已有了戒心，简直无从下手。就此一死，又不甘心。思来想去，想到萧玉人颇英俊，又苦恋着爱女，二人倒是天生一双佳偶。只惜目前年纪俱轻，难成家业。莫如借着夫亡心伤之名，长斋杜门，忍耻偷生。挨上两年，暗中与他母子二人商量停妥，乘人不备，将村库中存来买货的金沙银两盗取一些，偷偷逃出山去，再把村中情形向外传扬，勾引外寇来此侵害，使全村都享不了这世外清福，岂不连仇也一齐报了？越想越对，料定魏氏也难在此存身，必听自己摆布。只丈夫灵柩无法运走，是桩恨事。她这里已熄昏灯，又起回光。

瑶仙见母闻言以后，面上时悲时恨，阴晴不定，好生忧疑，和萧玉二人一同注定畹秋面上，各自担心，连大气也不敢出。正悬念间，忽见乃母山角间微含狞笑，愁容立时涣散，面泛红晕，已不似先前死气沉沉。心方略宽，畹秋已呻吟着低声唤她近前。畹秋虽然不避萧玉，当着本人提说亲事终是不便。刚附着爱女耳朵断断续续勉强说了受伤经过，还未落到本题上去，人已累得上气不接下气，作声不得。萧玉忙端了杯开水过来。畹秋强作笑容看了他一眼。瑶仙接水喂了两口。畹秋见萧玉满面戚容守伺榻前，心中越发疼爱，无奈底下的话更不能听，打算略缓口气，令瑶仙将他支开再说。瑶仙听乃母连被萧逸夫妻母子羞辱打伤，咬牙切齿，心如刀割，又见乃母气息仅属，病势甚危，话都接不上气，还是说个不休，暗忖："母亲机智深沉，今日之事虽说仇深恨重，也不致忙在这一时就要把它说完。看此情形，好些反常，迥不似她平日为人。"口里不说，心中格外加了忧急。

方想拦劝"有话等病体好了再说，目前还须保重为是"，忽听雪中脚步之声至门而止，"砰砰"两声，门帘启处，闯进一个十七八岁的少年，一进屋便气喘吁吁地朝萧玉急叫道："大伯娘疯了，满嘴乱说雷二娘显魂抓她。也不知哪来的那么大的气力，清弟和我妈妈、姊姊三个人都拦她不住。如今惊动了不少人。大年初一早晨，你还不快些回去，只管留在这里作甚？"说完，不等萧玉回言，急匆匆拉了便走。畹秋见那来人乃萧玉紧邻郝公然之子潜夫，也是一家随隐的至亲。公然为人方正，素与三奸面和心违。只郝妻为人忠厚，与魏氏还略谈得来些。闻信情知要糟，不由大吃一惊。想要嘱咐萧玉，并向来人打听几句，连忙强提着气，急喊瑶仙去将二人唤住，问两句话再走。瑶仙知道乃母心中有病，一听魏氏发狂乱说，也甚担惊，不等乃母说完，便会意追出。

萧玉毕竟母子关心，方寸已乱，一出门就往前急跑，虽只两句话的工夫，已跑了四五丈路。潜夫因先跑了一段急路，反倒落后了些。瑶仙见积雪太深，二人都是如飞疾驰，恐追赶他们不上；又自信萧玉素来听话，可以一招即回，忙站在门前娇喊道："玉哥哥、郝大哥，快些回来，少停再走，我妈有话问呢。"萧玉相隔较远，心忙意乱，一味狂奔急纵，没有听清，竟未回顾。郝潜夫在后，却听了个真。他原是萧逸门下，从小聪明，最得欧阳霜怜爱，和欧阳鸿更是投机。村中不乏明眼之士。欧阳姊弟无故失踪，郝父公然冷眼旁观首先起疑，私下聚集村中诸长老一商量，知道昔日卦相早就算出今日之事，欧阳霜只是被人陷害，还要去而复转。目前仍以不问为是。虽然没再多事，父子二人背人密议，总料定三奸与此事有关，只未出口罢了。今早祠堂团拜，从一位长老口中得知了一点真相，回家便赶上魏氏忽发狂呓，大声疾呼，自供罪状，三奸阴谋愈发败露。潜夫自然更恨三奸，不复齿于人类。只不过和萧清同门至好，出事时再三哭喊哀求，请他跑这一次，将乃兄追寻回去，情不可却。所以进门之时只对萧玉说话，拉了就走，对畹秋母女二人全未答理。行时正没好气，一听瑶仙喊他二人留步，越加忿恨，高声怒答道："几条人命都害在你妈手里，莫非又要想方设计害人么？对你妈去说，报应到了，快些自打主意吧。"且说且跑，一晃老远。瑶仙从小性傲，不曾受过人气。情虚之际，听到这般难听的话，好似心头着了一下重锤。当时又羞又恨，又怕又急，只觉心跳脸热，耳鸣眼花。惟恐被乃母听去，不敢还言，连忙退了回来。萧玉似闻潜夫向人大声呵斥，回头看时，瑶仙业已进内，见潜夫不住挥手促行，未暇多问，也不知瑶仙见他未回已经迁怒，仍旧飞跑下去。不提。

畹秋伤病沉重，耳聪未失。又在担心此事，爱女一出，便侧耳细听。及见人未唤回，爱女面上神色有异；潜夫所说之言虽未听真，可是声音暴厉，料定不是什么中听的话，忙问："玉儿怎地不回？那小狗东西跟你吼些什么？"瑶仙忍泪答道："玉哥哥业已跑远，没听见。那狗东西说他妈都疯了，我们还不容他走。"这两句话虽非原词，对于瑶仙却已难堪之至。畹秋见爱女说到末句，声音哽咽，眼睛乱转，泪光莹莹欲流，好生心疼。竟忘了日暮途穷，长夜已近，反而咬牙切齿忿怒道："该死的小狗东西，也敢欺人么！乖孩子莫伤心。你妈反正不免身败名裂，我也想开了，现在犯不着和他计较。为你两个乖儿，我从此绝不生气着急，只好生保养。等身体复原，挨过两年受气日子，要不连老带小，连男带女，把这一村的狗东西都害他个不得安生，我娘婆两家的姓都倒过来写！"

瑶仙见乃母已遭惨败，大难将临，尚还不知收敛，豪语自大，心越焦急。又想起适才当着萧玉，话未说完。明知与己婚姻有关，有些害羞，无奈事情已急。母亲所行所为，按着村规万无幸免之理。萧逸纵肯容情，不为举发，魏氏一疯，万一尽吐真情，村中诸长老平日虽不过问村事，遇上大事，却是一言九鼎。欧阳姊弟和雷二娘均得人心。欧阳霜尤其是身应卜吉，全村爱戴之人。失踪以后，常听传言，诸长老早有灵卦，断其必归，且为全村之福，可知非常重视。一旦事泄，得知三人俱受乃母之害，大祸立至。如村中长老和全村公判，不是活埋，便是缢死。祸变俄顷，凶多吉少。此时把话问明，就将来为母报仇，也有一个打算。想到这里，心如刀割，扑簌簌泪流不止。

畹秋瞥见爱女又在伤心落泪，忙把她唤至枕前，抱头抚问："何故悲泣？"瑶仙乘机请问适才未尽之言。畹秋把前言才一说完，猛地想起适才魏氏疯狂鬼迷之事，此时不知如何了局，只顾宽慰爱女，一打岔，竟自忘却。因话及话，忽然想到，更觉此是天夺其魄，绝大破绽，不由急出了冷汗。早知如此，还不如当晚暗算萧元时，乘机暗点重穴，连她一起害死，灭口为是。只说她胆小口紧，不会泄露，万想不到会失心发狂，留此祸根。畹秋只想到这眼前的事，后悔失着，却不料自己早把马脚显露在要紧人的眼里。一波未平，一波又起，转眼就要发作了。

瑶仙见乃母正说得头头是道，忽然沉吟不语，面有忧色，知她又在担忧前事，心想："如果事泄，全村轰动，不等郝潜夫到此，村人问罪之师必已早到。二人去了这一会儿，尚无噩耗，也许新年大雪，路少人行，魏氏说疯话时，只郝家相隔最近，被听了去，所以潜夫出语伤人。后来便被萧清和郝氏母、妹拉进，并未泄在外面。郝公虽然也算长老之一，终是外姓，平日不肯多事。父子二人又都爱萧清，如要举发，萧氏兄弟岂有不苦苦哀求之理？他人见她已疯，两小无辜，人心是肉做的，顾生不顾死，况且事不干己，一可怜，也就解了。"越想越以为不是没有转机。为宽母忧，便只瞒起潜夫所说一节，把预料情形一层层说了。畹秋也觉爱女之言有理，叹了口气，说道："但愿如此。我此时死活未放心上，只盼挨两年的命，看你两个成立,乘机把仇一报。依我心志,休说生遭惨死,便是死后堕入十八层地狱,也甘心了。"瑶仙人极聪明,虽然颇有母风,但她年齿尚幼,天良未丧,对乃母所行所为,本来不以为然。只不过是己生身之母,天性所关,不能不随同敌忾罢了。一听乃母害人之心始终未灭,只求蓄怨一逞,不特死而无怨,连堕地狱受诸苦难皆所甘心。看萧元夫妇相继遭了报应,料知无有善果,闻言甚是刺耳惊心。想要谏劝几句,又想她正受伤病重,心情忿激,不便拂逆,欲言又止。心中还在求告神佛默佑,想代母亲受过。忽又听有人踏雪到了门前,却没先前郝潜夫来得匆遽。想要出视,便听使女绛雪在和来人答话。瑶仙的头被畹秋抱住,又不敢过露惊惶之状,方在疑虑,来人已走。心方微定,绛雪已持着一封素信进来。

这封信如果落在瑶仙手里,畹秋还能苟免一时,谁知合该数尽。那绛雪昨晚熬了一个整夜,天明主母忽然抬归,略微服侍,萧玉倒水,瑶仙便支她去睡。一觉醒来,挂念主母,跑出便遇送信之人。睡眼蒙眬,也没看看小主人的神色,脚才进屋,便说:"这是四老太爷的信,说要本人亲拆,不用回信。"畹秋在床上听了个逼真,忙命拿过。瑶仙翻身坐起,想用眼色拦阻,已是不及。绛雪人颇机灵,看出情形不好,知道说得太慌,刚一停顿,畹秋连催:"快拿来我看。"瑶仙知瞒不住,用手接过,说道:"妈累不得,我念给妈听吧。"

那四老太爷双名泽长,别号顽叟,乃全村辈分最尊、年高德劭的一位长老。此人虽不说学究天人,却也博学多能,无书不读,尤精卜筮之学。选推萧逸做村主,娶欧阳霜,均是此老主持。全村老小,对他无不尊崇礼敬。可是他从不轻易问事,只是选那村中山水胜地,结了几处竹楼茅舍,依着时令所宜,屏退家人,体会星相,穷研数理。除村中诸长老外,仅萧逸一人最是期爱,常令陪侍习功。余下连那自己子孙在他用功之时,也只能望楼拜候起居,轻易见他不着。武功更是绝伦,八十多岁高年,竟能捷同猿鸟,纵跃如飞,内家气功已到炉火纯青地步。大年初一,好端端与曾孙辈晚亲,亲笔写封信来,真是从来未见未闻之事。情知事关重大,哪得不心惊肉跳,母女二人俱料绝非佳朕。瑶仙答完母话,忙即拆信观看。才看数行,便吓了个魂不附体,哪还念得出口。畹秋做贼心虚,本来惊疑,见爱女颜色骤变,益知不妙。念头略转,倏地把心一横,猛然鼓劲翻身挣起,一把抢了过去,狞笑道:"左不就是事情穿了,还有什么大不了的?事已至此,怕有何用?"瑶仙情急,想要夺回时,寥寥数行核桃大的字迹,畹秋边说边看,全都入目。瑶仙见乃母面容惨变,知已看悉,心中焦急,不由一阵伤心,趴伏在畹秋身上,呜呜咽咽痛哭起来。

畹秋自知无幸,比前更镇静得多。回顾绛雪尚在房内,事关重大,虽是心腹丫头,也不便当她吐露,拿眼睛一看。绛雪会意,知她母女有避人的话,又看出事由信起,情形大是不妥,想起平日相待恩厚,又是后悔,又是难受,眼圈一红,便自避出。畹秋何等心细,暗中点了点头,随用手抚摸着瑶仙的脸蛋说道:"乖儿,不可这样软弱,虽是女流,也该有点丈夫气。快些起来,妈有话说呢。"瑶仙眼含热泪,抬头望着畹秋,心如刀割。畹秋道:"妈的事,你想必都知道了吧?"瑶仙呜咽着,勉强应了一声。畹秋叹口气道:"妈生平做事,从不说后悔的话。照你看来,这事到底怪谁不好呢?要换了你,设身处境,又当如何呢?"瑶仙天性颇厚,虽然不能公然责母之非,自从那晚乃父受伤,渐知底细,颇多腹诽,本不以母所行为然。但是这时看见乃母身败名裂,生死莫卜的惨状,哪能不顺着她说。母女情重,自然也要偏些,便忿慨道:"这事都是萧逸和那狗贱人害的,自然是他们不好,不过女儿设身处境,绝不这样做法……"

还要往下说时,畹秋忙拦道:"话不是这等说法,事情难怪贱人。休说她是一个出身微贱的孤女,萧逸此等人才,全村的少女,谁也愿意嫁他。不过有我在头里,自惭形秽,不敢存此非分之想罢了。贱人那时正住我家,的确见他就躲,并无勾引。大对头就是萧逸这个该万死的冤孽。他不遵父母之命,目无尊长,这还不说。最可恨是他既不想娶我,就该事前明告父母。再者我同他从小一处长大,耳鬓厮磨,大来虽没小时亲近,也都常在一起相聚。妈乃行将就木之人,你是我身上落下来的肉,事已至此,也无所用其羞忌。我因见他老不插香,心下不安。为了此事,由他父在日直到死后两年中,曾经觑便探过他好几次口气。按说我一个女孩家,论才论貌都是全村数一数二,这等倾心于他,至少也有知己之感,两家又是至亲至好,就算他死恋上那下贱丫头,也该向我点明才是。谁想他一面装着照常和我同游同止,一颗狼心却早归了人家,外表上和那贱人一样不露一点神色。乖儿你想,我和他平日那等亲密,又有两家父母口头婚约,只差过礼了。休说我不作第二人想,全村大小人等,哪一个背后不夸男才女貌,是一双天生佳偶?众少年姊妹相聚,往往明讽暗点,简直认做定局的事。后来他父死后,我家久等无信,反而屈就。外婆屡次赓续他父在世之约,托人提亲催娶。他如明拒也就罢了,偏又阳奉阴违,拿孝服未满做推托。外婆见他只推没拒,还想他真有孝心。我虽疑心夜长梦多,但是环顾村中并无胜我之人。就说那贱丫头有点姿色,对他又是冷冷的,见了就躲。他为人可是素来温和,无论对谁都显得亲热。我想贱人是他家奴,名分悬殊,即使看中,也只纳为妾婢,如为正室,单村中这些老挨刀的假道学就不答应。想过也就放开。万不料这丧尽天良的猪狗,偷偷不知用甚花言巧语挟制这一伙老狗,借他正位村主那一天,先故意拿冷脸子给我看,把我气走,然后迅雷不及掩耳,与老狗们一同赶往我家,说娶那贱人为妻。你外婆如何肯和一个下贱丫头争女婿,气得也不等我回来商量,糊里糊涂就答应。小贱人这等良机自然不放,当时连假都未做。他那里更好,直和娶二婚婆一样,潦潦草草,当日成婚。我和你爹,还有几个女伴,正在村外闲游,一点影都不知道,先听奏乐,接着有人来唤他们回去道喜。这些刻薄鬼,因为我素来好强自满,忽然起了变局,虽未当面嘲笑,哪个走时不偷偷白我两眼。可怜你妈,那时气得身冷手战。人看我一眼,直似戳了我心头一刀。人情势利,一会儿全都狗颠屁股跑个干净。只你爹一人未走。我才想起他多少年来对我钟情颇深,人才虽不如那猪狗,论情分却是一天一地。既感激,又可怜,一赌气,没多日子,便嫁了你爹。嫁虽嫁了,可是我这口怨气如何得出?本该找猪狗报仇,才是正经对头。说也冤孽,我已是有夫之妇,和你爹又甚恩爱,并无三心二意,偏不忍向他下手。只想拆散他们夫妻,把无数的怨毒都恨在那贱丫头一个身上,千方百计想将她害死,以致才有今日之事。如今虽说事败,但那贱丫头出死入生,在外多年,想必也受了些罪。加以她恨猪狗无情无义,已立誓不圆旧梦。他二人既不和好,便称了我的心愿。我挨她打,由于自取,她回来时并未亲来寻我,此恨已消。只是恨这猪狗,却饶他不得。还有那三个小狗,如不用重手法将我打成这样重伤,我母女也可逃出村去。现既不能逃走,事已败露,又来了这道催命符,我绝不想再活在人世。想活人也不容,反而抖出弑夫的罪名,连你和玉儿兄弟都做人不得,更难在此立足。你如是我女儿,我今明日必死，死后千万不可露出一点形迹。等两三年后，你们成人，与玉儿合谋，将猪狗父子四人能一网打尽更好，如其不能，除一个少一个，也算是报了母仇。事完，立时逃出村去。我虽死九泉，也甘心了。"

瑶仙因来信明令乃母限三日内安排后事，急速自裁，免败崔、黄两家声誉，贻害子女，并说魏氏与她同罪，姑念从凶，未手伤人命，而且丈夫已身为鬼诛，权从未减，过了新正破五便要永远禁闭终身，不见天日。本来众议给她封帛，因萧逸说她为人聪明，必知利害，故此函示，免得张扬，替她娘婆二家留点脸面。此事只萧逸全家和三五长老知道，如再执迷不悟，妄想贪生，过了破五，说不得只好由诸长老当着全村人等，按村规"杀人者死"，付诸公判等语。照此情形，除了一死，万无活理，闻言不禁抱头痛哭起来。

畹秋这时回光返照，心下坦然，点泪都无，反倒劝慰爱女莫哭。瑶仙几次商请，要向诸长老求说，愿以身代。畹秋狞笑道："乖儿，你真呆了。留着你在，还好替妈报仇雪恨。妈心身两受重伤，你就替得我死，能活几时？多活一天，多受一天的罪。"瑶仙想了想，突然跳起，咬牙切齿，顿足骂道："妈请放心，我如不把萧家这群猪狗一网打尽，誓不为人！"说到末句，"哇"的一声，又大哭起来，再三哀求畹秋当日千万莫死，且活满这三天限期，一则母女多聚三日；二则也许还有别的生机。畹秋道："我的生机定然一线都无。乖儿，我又舍得你两个么？也是无法呀。只恐连这三天都活不了呀！要是不信，姑且到你玉哥家中探听一回，就知道了。"瑶仙自不肯去。畹秋道："乖儿，你当妈是寻常女子么？不等乖儿送终诀别，目睹我死时惨状，免得日久心淡，消了复仇志气，妈哪肯就死呢？多急也要等你见一面的。好在绛雪人甚忠心，她已看出不好，此时定在后屋哭呢。你不放心，快打发她穿上雪拖子跑去一看，就知道了。但是无论形势多恶，千万瞒我不得。须知妈不怕死，也不是能治不治，稍一应付失宜，在我不过稍缓须臾，仍是难免于死不说，还要白受许多奇耻大辱，留下无穷后患。我权衡轻重，看是哪个厉害。事已至此，却忌感情用事，就是叫你用刀亲手杀我，必须听从，才能算对。只盼你心志坚定，能为母复此大仇，使我死后含笑九泉，便是孝女。世上没有不散的筵席。到这紧要关头，要把心肠放狠，才干事有益呢。"瑶仙含泪应了，忙出房唤来绛雪，往魏氏家中探听动静。

　　瑶仙性情本有母风，经乃母连激带劝勉，知道悲急无益，互相商议日后如何向人寻仇报复。畹秋自免不了又出上许多阴毒险狠的计策，并教爱女对萧玉如何用情，驾驭操纵，务须使他甘为情死，死而无怨。好使事前既多一个得力心腹死党，事后又是恭顺宠爱，没齿不二之臣。瑶仙一个少女，平素和萧玉相爱全出天真，不懂得什么叫做权诈，这些话都是闻所未闻的妙语，不禁听得心动神驰，津津有味，连那生离死别之痛都几乎忘了。畹秋一面搂住她头颈说话，一面暗中查看她神色语气。见她前半截听话时悲忿填膺，目眦欲裂，为意中应有之状，还不敢断定异日如何。等说到后半截，命她用权术牢笼未婚夫婿，见她注目倾听之中虽未答话，时把牙关紧紧一咬，现出恨极之状，瞬间又复常态。知她母仇时刻在念，并不因所说新奇紧要，与她有切身利害关心过度，听出了神，以致把母仇抛诸脑后，好生欣慰。想起永诀在即，越发爱怜，手中搂得更紧。心里不住苦想，恨不能连爱女的生养死葬、百年大计都给她预为指点安排，才称心意。

　　似这样谈有个把时辰，畹秋心事说完，万虑皆空，转觉腹饥思食。年下有现成的丰美菜肴，正想命瑶仙去弄热了来吃，忽然绛雪踏雪跑回，刚在门外脱换衣鞋。畹秋何等细心，一听便知凶多吉少，大限将临，心中一紧，暗忖："爱女从清早起，水米不沾牙。自己说了这半天话，又饮了几杯茶，心横意定，虚火全部下去，也正饿极。早得凶信，爱女固吃不下去，我死后她更是伤心悲哭，难于下咽。反正要死的人，乐得享受一点是一点，临死也做个饱鬼。"连忙搂紧瑶仙，偏头向外，高声喊道："绛雪，这没什么大不了的事，先莫对我和小姐说。我正肚饿，可去到厨房炒点干饭，把所有的年菜和糕点糖食，有一样端一样，一齐拿来。你也伤心了半日，想必也是水米不沾。金福夫妻都在轮值，今天也许不来了。快去做好，我们三娘母坐一起，快快活活补吃一顿新年饭吧。"

　　绛雪聪明不在瑶仙之下，练会一身武功，相貌身材也颇美秀。畹秋母女均爱怜她，不似寻常人家丫头看待。瑶仙与萧玉相爱并不瞒她，反带她同来同往，遮掩外人耳目。因常随少主往萧家去，日子一久，不觉爱上萧玉之弟萧清，心想："欧阳霜出身也是丫头，居然会做了村主之妇。全村俱是避地之人，不论世俗贵贱，只要男女双方愿意，就可通行。"于是便用下心思，想勾引萧清。无奈她本人年纪甚小，萧清比她更要小了两岁，童子不识风情，又一心一意想随叔父萧逸练童子功，简直没有把她看在眼里。她又胆小，不敢径求主人给她出力，闹成个片面相思。主仆感情既好，她也忠心为主。对畹秋近来举止神情，本已看透两分。见畹秋天明前好好出去，忽然受伤抬回，母子背人哭诉，便料东窗事发，难以收拾。一会儿，村中元老派人传书，看出畹秋母女神情更是不妙，好生愁急。后来奉命去萧玉家中探看魏氏动静，本心还想乘机向所爱的人献点殷勤。人没走到，便见村中老少人等，三三两两由萧家那一面踏雪走来，多半都是边走边说，面带恨恨之色，不似出门拜年情景。她人机警，知事若坏，自己主人更是要犯，恐被村人看破行迹，忙往树后一躲，想等人走完以后再去萧家探问。不料去的人还未走远，又有赶了来的，有时两下里对面路遇，说不几句，便随着忿忿咒骂起来。隔远听不真切，仿佛还带着萧元和主人名字，不仅魏氏一人。急于想知点底细，回去报信，偏生来往萧家的人出入不绝，却看不见萧清弟兄二人送出，不敢冒昧走进。心方焦急，忽见萧逸带了二子一女和使女秋萍各乘雪橇，如飞赶来，后面还跟着几个门人子侄，到了萧家门首，陆续走进。这一来，连那先走在路上的村人，俱都去而复转。秋萍乃另一家随隐亲友的世仆之女，因她长于女红，做得一手好菜，二娘死后，萧逸特向那家借来服侍两小儿女。比绛雪长有五六岁，平日甚是交好。

这群人走过时，绛雪见萧逸忽然回头，朝自己藏立之处看了一眼，疑心被他看破。隔有一会儿，秋萍独自跑来，一到便把绛雪喊出，说萧逸适才已看见，料是畹秋命她来此窥探。可速回去告知畹秋，说她和欧阳霜雪夜相遇，口角争斗，自泄机密。巧值村中长老萧顽叟，因占来年全村年内休咎，祭神以后，亲往峰上卜卦，刚到不久，全听了去。次早家庙团拜，诸长老聚议，都说村中绝不能容这等败类。经萧逸再四商请，为了保全崔、黄两家名誉，才由元老亲笔函示，令她限日自裁。本想畹秋服毒自尽，匆匆入殓，不致宣扬全村。谁知魏氏清早祭神以后，刚要往崔家去寻畹秋，商议二月间两家丈夫葬事，才出门外，忽然失心疯狂，不特自供以前三奸种种阴谋，并连畹秋用杀手暗算萧元火口，当晚归途遇鬼误杀亲夫，一一绘影绘声从实吐出。当时大雪之后，村人出外拜年的不多，仅有紧邻郝潜夫父子正在开门,闻声赶来。因看萧清哭喊可怜,一面着潜夫去唤回魏氏大儿子萧玉,一面诸人合力把魏氏强拉进去。萧清向郝父跪求,头都磕破,鲜血直流。本想给她隐瞒,谁知魏氏好似凶神附体,力逾虎豹。只要门外一有人过,便如飞纵起,将人拦住,指天画地自供阴私。又费好些气力,才拉回去。等萧玉得信赶回,用棉被将魏氏裹起,闭置房中,出来进去已好几次。村人平日本厌恶她夫妻奸刁取巧,搬弄是非,听了当然忿慨。畹秋会做人,虽无恶感,但是村中出了这等人神共忿的事,也是一体痛骂,容她不得。可怜萧清一个小孩子,又要拦阻疯母,又要向村人哭求隐恶,如何顾得周到。还算郝老夫妻年高望重,素得人心,再四帮他求说,众村人碍于情面,当时虽然应诺而去,真给她隐而不宣的能有几个?有那疾恶喜事的,还当村主不知,竟往萧逸和诸长老家中告发,力主按着村规除此村中败类,害群之马。不消多时,就传布了多家。萧逸偏生带了子女往尊长家中拜年,不在家中。等到得信大惊赶来,事已沸沸扬扬,附近好些人家都得了信,赶往萧家打看真假,没一个不指了姓名大骂的。萧氏兄弟知道父母所行所为动了公忿,这些人又都是尊长前辈,不敢还言。所延村中懂医的人,闻信俱都不来;来了也只随众怒骂,不肯诊治,一任魏氏从床上滚到地下。人越多,她越胡说得声高。急得萧清、萧玉互相撞头跌足,抢地呼天,忿不欲生,已经急晕了好几次。众人还要赶往崔家,着村中妇女拖出畹秋,按村规吊打活埋。正拟议说畹秋元凶首恶,必须绑向村主那里,立即如法施行。还算萧逸赶到得快,一面喝止村人,新年里不可如此胡来,人已疯狂,未可据为信谳;畹秋丧夫守寡,重病在床,家无男丁,岂可越礼吵闹?事关重大,又属入山以来仅见之事,必须慎重而行。一面又命同来门人子侄分头去往各地招呼,禁止胡来。随将带来的安神药交给萧清,与魏氏灌服下去。等过了破五,病人神志清明,再按村规公审。众人自听萧逸的话,不再吵闹。萧逸来时瞥见绛雪掩伺树后,料是畹秋差来,乘进房诊病之际,众人都在外面,暗命秋萍往晤,令其速回,报知畹秋。事已大泄,犯了众怒,自己无能为力,速自为计,免得临时多受奇辱,弄巧还有烈火焚身之灾。

绛雪闻言,吓了个魂不附体。适才又曾亲听散去的人指名谩骂,哪敢迟延,惟恐家中业已出事,气急败坏如飞跑回。见门外雪中无甚痕迹,料被萧逸止住，略放点心。已经跑了个上气不接下气，匆匆换下雪橇，知事已不能隐讳，方要入门报警。畹秋心细，闻得她喘息之声，已经猜个八九，心只略惊，即行转念，呼取菜饭充饥，吃了再说。绛雪想起平日相待恩情，也甚伤心，暗忖："她已不能再活多日，应该叫她死前享受一点。再者，小姐也还未进饮食。这一报警，何能吃得下？算计村人此时没有打上门来，危险已过，索性给她母女副宽心丸，好歹吃点东西。"念头一转，忙答道："萧家大娘早起发烧，稍微乱说了几句，喜得无人听见，玉少爷一回去就好了。雪天无人，只郝家知道。来时，玉少爷还说，少时大娘吃药之后见好，还要来呢。"畹秋闻言，果然心神为之略宽。

绛雪把话说完，慌不迭地走入厨下，先把酒和熏腊冷盘端出。瑶仙早把火盆添旺，榻前拼好两个茶几，杯筷冷盘一到，连忙接过摆好。绛雪又去热菜。瑶仙在床当中堆上些被褥枕头，将畹秋轻轻扶起，靠在上面，又给披上一件外衣，把脚顺好，面向床沿盘膝坐定。自己摸了摸酒壶，觉酒已热，然后笑问："妈吃什么？我喂妈吃。"畹秋见这一桌子的熏腊都是去年十一月下旬起始，照着常年惯例，和瑶仙、绛雪一女一婢，亲手制成之物，样样精美可口。像腊腰子、腊肝、风肠、风鸡之类，都是丈夫素常爱吃的东西，往年每逢年节，一家人何等快活。尤其年下，从祭灶小年夜起，年事忙齐，一家大小带着这个心腹慧婢，四人千方百计，准备新正取乐之事。向全村人等争奇斗胜，历来都仗自己的灵心巧思，博得全村称赞。又加夫妻都是好酒量，女婢也是不弱，到了三十夜里，略去形迹，都坐在一起吃年饭。这一顿吃了热，热了吃，总要吃到天亮。接着祭神祭庙，回来吃了应景食物，欢欢喜喜上床略睡。这时不过刚起，一家又吃团圆酒。初二早起，白日互相拜年，归来随众行乐。不是赌放花炮，便是玩灯斗彩，一直要乐到二月初二，才行兴尽。至于春秋佳日，乐事尽多，尚还不在话下。谁想没有多日，都成陈迹。东西仍然摆在桌上，吃的人却少了一个。平日家庭和乐团聚惯了，倒不觉得；一旦人亡物在，满目凄凉，自己更是身败名裂，途穷日暮，怎不难受？刚在伤心，眼圈一红，忽见爱女侍奉殷勤，佯欢劝饮，越发心酸怜爱。念头一转，暗忖："这是什么时候，她已一天水米不沾，怎么勾她伤心，不叫她吃顿好饭？"忙抑悲怀，装作满脸笑容，答道："乖儿，我只是受了伤后，雪中受了点寒，服药后，养了半日，已好多了。乖儿,陪妈一同吃吧。你已一天没吃东西,妈心痛极了。你是我乖儿,就听妈话,多吃一些。妈正饿呢,你要不吃,妈一担心,也吃不下了。"可怜瑶仙既痛乃母,复悲亡父,心如刀绞。因想乃母进点饮食,强为欢容相劝,自己哪里吞吃得下?心知乃母慈爱,又不敢露出,只得陪同吃些。母女二人都是一般想起伤心的事,眼泪尽往肚子里咽,除了互相催食催饮之外,恐怕勾起伤心,谁也不敢提一句别的话。局中人的酸楚,真非笔墨所能形容。

母女二人吃了许多空心酒,菜却只动少许,悲急之余,食眠两乖。那大曲酒性又烈,如何能够禁受,都觉腹内发空,烧得难过。瑶仙只是晕沉沉地欲呕。畹秋毕竟心肠较狠,一有醉意,胆气大壮,几乎忘乎所以,更不再想伤心之事,渐觉腹饥难耐,连声喊饿。刚想命瑶仙去至厨下,有甚现成热好的东西,快先端一两样来,绛雪已忙得披头散发,用托盘热腾腾连饭菜,带糕点面食,端了十几大碗进来,两个茶几全都摆满。绛雪说声:"大娘、小姐请吃,还热的有。"

说完,拿了托盘就跑。畹秋何等心细,先时因自己心存必败之想,所以被绛雪乘机瞒过。这时见她明知三人全未进食,热菜去了老大一会儿,却端来偌许东西。中有几样食物,照例都非初一所用,也一同蒸热了来。好似见那东西自己爱吃,怕日后吃不到,巴不得自己就此一顿,多享受吃些。否则此女素来机警聪明,主仆三人怎么也吃不下这么多的东西,何致如此蠢法?刚一心疑想问,一抬头,看见她眼圈红肿,泪容尚未尽敛,放下了碗,说一句话,匆匆回身就往外走。不禁恍然大悟,适才去往萧玉家中探听,必得了凶信,不然,不会去得那么久;如非危急,也不会连眼都哭肿。料知事发必快,本在意中,又仗着几分酒力,并不怎样忧惧。命瑶仙去盛饭来,准备饮餐一顿,吃完再问绛雪的下文。茶几上盘碗太多,饭盘放在另一桌上。瑶仙起身盛饭,刚一背转脸去,这里畹秋早回手里床,向枕褥下面,将丈夫死时备而不用的一个小银盒取到手中。瑶仙耳目甚灵,闻得床上有点响动,忙即回顾,畹秋已将小盒藏入怀内。瑶仙见乃母满脸俱是阴郁狠厉之气,情知有异,急问:"妈做什么?"手中的饭还只盛了半碗,也不顾得将它盛满,连忙端了过来,想追问底细,看看乃母怀中所揣何物。人才跑近床前,未容问第二声,畹秋恐她知道自己预定就死之策,着急伤心，饭吃不饱，还想装出无事之状遮掩过去。忽听雪橇滑雪，一片沙沙之声，杂以人声嘈杂，由远而近，似往自己门前滑来。母女二人心刚一惊，正要侧耳细听，那喧哗之声已离门前不远。猛又听绛雪行至堂屋"哎呀"一声惊叫，紧接"哗啦"连响，盘碗碎落满地。跟着又听关门加闩和外面叫骂打门之声，乱成一片。

瑶仙料定祸事临门，吓得战战兢兢，面如土色，抱着畹秋，急泪如泉涌，哪还听得出来人所骂言语。畹秋胸有成竹，死志已决，早把来意听出。因绛雪叫"小姐快来"，知她门户关闭，因见来势凶猛，恐对头破门而入，独力难支，故喊瑶仙出去相助。俯视瑶仙，已听了绛雪唤她，挣扎欲起。恐爱女出去受辱，连忙一把先将瑶仙拼命搂紧，低声急说道："出去无用，你去不得！"一面强把周身气力往上一提，向外屋大声高叫道："你和他们说，我正换衣服，换完略待片时，容我母女诀别几句，立时随他们走，当年祖辈诸尊长所定村规，村人犯了大罪，村法虽严，罪人纵是男子，也只是派人传唤，按理而行。此时诸位长老既然知道今天正当正月初一，也不是凶杀的日子，按理绝不会在今天便召集村众处罚罪人。我既没有抗传不往，又是个家无三尺之童的新孀孤寡，似他们这样纠众行凶，毁门破屋，任情辱骂，欺凌孤寡，难道也是奉了他们村主之命，特命他们如此的么？"这一套大声疾呼，说得甚是爽利激昂。

村中居室因势而建，仿佛花园中的屋宇，只居室门窗齐备，外面多半花木环绕，竹篱当墙，来人一到便可升堂入室。这时来的，连男带女约有三十余人，俱都围在这几间上房外面。一面拍门喝令速开，一面喝骂："似此恶妇，全村从来未有的败类，断乎容她不得！省事知罪的快快走出，随我们到村主那里投到，按照村规发落，免得我们动手捉人，更吃眼前苦。"异口同声，都是一样的话。

村人素来安分，轻易连个争吵之声都听不见，忽然发现畹秋如此恶毒，认作空前巨变，怒极而来，未暇寻思。屋里的人一发话，内中两个年长的首先喝止叫嚣，不等绛雪重诉一遍，已经全听了去。俱想起当天是年初一，又未奉有村主之命，怎能聚众先往孤寡门前叫骂提人？村人不问平日所业是哪一门，全都读过几年书，识得道理。起初不过激于义愤，这类事情又是初经，未免任性了些。几句话被人问住，觉得人虽可恶，罪该万死，这等做法，却是讲不过去。立时安静了好些，也不再拍门叩户，只是互相交头接耳，意欲等村主所派人来，再行处置，依旧守定门前不肯退去。

畹秋将群喧止住，知事已急，无可迟延。左手仍紧搂爱女，柔声抚慰；暗伸右手入怀，将银盒用指轻轻拨开，捏了一撮毒药急放入口，就着面前烫杯中喝剩的大半杯大曲酒一口咽下喉去。瑶仙被母搂紧，伏身母怀，惊魂都颤，神志已昏，只是一味悲泣，心痛如割，早忘适才之事，并未看见。直到端酒咽药，余沥落了一点在她颈上，方始惊觉。忙一抬头，见乃母目闪凶光，眸睛特大，口角沾药之处现出猩红颜色，才知已经服毒。不由一阵伤心，急得抱定畹秋乱哭乱跳，急喊："妈呀！"别的话一句也说不出来。畹秋一则痛心过度，二则药性酷烈，再加上这半杯烈酒，至多不过半个时辰必死。知母女二人聚首无多，一心打报仇主意，想将死前惨状尽量现在一女一婢眼里，好使她们刻骨铭心，没齿不忘。还有许多话要说。不但没有一点怜爱悲伤之意，反恐把这黄金难买的一点光阴，白白由她哭泣之中混过。先喊了一声："绛雪乖儿，快进房来！"接着两手把瑶仙用力一推，厉声喝道："你这样没出息，哪配做我女儿？我死都难瞑目了！"

第一九五回

临命尚凶机　不惜遗留娇女祸
深情成孽累　最难消受美人恩

瑶仙幼得乃母钟爱，从未受过斥责，闻言吓了一大跳。连忙强忍痛泪，把头抬起。见乃母面上狞容越发可怖，呜咽着答道："妈，你适才所说的话，我都……"底下话未出口，畹秋恐被门外来人听去，忙伸手把她嘴捂住。回顾绛雪已经进房，把手一招，也唤至榻前，然后说道："妈一时不忿，气萧逸骗我，闹得如今身败名裂。最伤心的是雪中鬼迷，误伤你爹，使我死犹抱恨，如今悔已不及。本心等你爹今年落葬之后再行自尽，不想事情泄露，早随他去也好。你们尽哭有甚用处？这是我自作自受，不能怪人。我死之后，村中诸位尊长必定怜你孤苦，绝不因我而对你不好。还有绛雪，分虽主仆，情若母女。你二人可在我死前，当着我结为姊妹。好在我儿婚事已成定局，日后绛雪如愿与你同事一夫最好，否则你夫妻可给她物色一个佳婿。你两个都是无父无母的孤儿，以后务要和好，千万以母为鉴，好好为人，不可忌恨别人，勿蹈妈的覆辙。妈此时静等他们传去，或是活埋，或是烧死，真说不定。话已说完，可乘此时近前来，由妈抱着你们亲热一阵吧。"

外面诸人闻言，俱以为人之将死，其言也善，畹秋临命愧悔，还替室中二女可怜。谁想她这些话多半言不由衷，是想给女儿留地步，使人只怜她身世孤苦，不加防备，又借以洗刷暗杀亲夫的罪名。话一说完，便借亲热为名，把二人的头搂在胸前，又附耳低声向瑶仙说了许多机密的话。挨过一会儿，见外面尚无动静，估量死期将到，想再向来人说自己虽死，绝不落于人手的话。忽想起门外人既未退，也未拍门吵闹，这事如奉长老、村主之命，绝不会几句话就能喝住的。难道并非奉命，自己前来不成？因而又想起问绛雪的话，匆匆一问。绛雪把前事一说，才知自己毕竟受伤太重，为情势所慑，一时情急心慌，服毒太快，坐令母女二人这最终三五日的聚首，都因心粗葬送。眼看片刻工夫便要毒发身死，还有许多话不及细说。死时依旧粒米未沾，即便强吃，也咽不下。肚肠绞痛越来越烈，临死头上不禁又悔又恨，又惜命又伤心，百感交集，忍不住流下泪来。正在万分难过之际，忽听门外又有数人滑雪驰至，一到便高喊道："此事已有诸位长老和村主主持，自会按照村规办理。适才传示全村，因你们路远，未曾走到。今天新年初一，要取全村吉利，百事暂时不究。她们满门孤弱，即便治罪，也有两分法外之仁，以示矜恤。你们不奉村主之命，行动躁妄，私自来此吵闹，成何体统？如今村主已经发怒，命我们前来传令快快回去，不可胡来。"说罢，众人略问来人几句，便边说边走，纷纷踏雪而散。

原来这些来人相离最为僻远，萧逸先时命众门人晓谕村众时，去这一路的两个门人新年有事，以为这十几家雪深路远不会闻知，便没有去。谁知内中恰有二人与郝家父子至好，天一亮就往拜年，目睹魏氏自吐阴私，得信最早，回去便对众人一说，偏巧又有几个性情刚暴、疾恶如仇的人在内，当时忿怒。因魏氏人已疯狂，那里已有不少人知道，想必不肯甘休。崔家相离较近，又是首恶，十几个少年好事的聚在一起，略微商量，一面着人去向各长老、村主告发，一面纠集众人赶往崔家来拿元凶，押往村主那里，请照村规除此害马，为死者伸冤吐气。也知崔家一门孤寡，家无男丁，畹秋母女又是会家，万一倔强动手，男女不便，还特意带来十来个妇女。有几个年老宽和的劝阻不住，只得罢了。事属创举，去时各人气忿填胸，未暇深思，到后拍门辱骂，吃畹秋拿话问住。虽然无言可答，仍想等告发人的下落，不肯即散。也是畹秋恶贯满盈，不能苟延。所行所为一时传遍全村，激动公忿。这伙人路上虽遇村人，因知尚未奉到村主传谕，乐得让他们前去扰闹辱骂，好出胸中这口恶气。尽管设词推谢，不曾同来，谁也不肯说出村主适才已有传谕：此事须等过了破五，再行举发，治以应得之罪。所以这伙人依旧冒失前来。村中规令素严，来人虽被斥退，但是先前令未传到，事出无知，只不过扫兴忿忿而返，并无干系。

畹秋幸免凌辱。众人散后，药得烈酒之力，毒已大发，一个支持不住，往后一仰，跌倒床里。疼得满床乱滚，面色成了铁灰，两眼突出如铃，血丝四布,满口银牙连同那嫩馥馥的舌尖一齐自己咬碎。先还口里不住咒骂萧逸全家,要二女给她报仇雪恨。后来舌头一碎,连血带残牙碎肉满口乱喷,声便含混不清。二女知道药毒无救,目睹这等惨状,替又替她不了,急得互相搂抱,撞头顿足,心已痛麻,哭都哭不出来。实则药性甚快,真正药毒发透不过半盏茶时,便可了账。畹秋因是一半乘机忍痛做作,好使二女刻骨铭心,永记她死时之惨,所以闹得时候长些,势子也格外显得奇惨怕人。到了后来,畹秋心火烧干,肝肠寸断,无法延挨,惨叫一声:"我还有话没说完呀!"猛地两手握紧,把口一张,喷出大口鲜血和半段香舌,身体从床上跳起。二女连忙按住一看,眼珠暴凸眶外,七孔尽是鲜血,人已断气,双手犹自紧握不放。掰开一看,手指乌黑,平日水葱也似寸许长的十根指甲全数翻折,多半深嵌肉里,紫血淋漓,满手都是。二女出生以来,几曾见过这等惨状。瑶仙尤其是她亲生爱女,哪得不肝肠寸断,痛彻肺腑。"妈呀"一声悲号,立即晕死过去。

绛雪顾念主恩,虽未痛晕死去,却也悲伤肠断,心如油煎。一面还要顾全瑶仙,好容易强忍悲痛,揉搓急喊,将瑶仙救醒,她也几乎晕倒。瑶仙醒来,望着死母呆了一呆,倏地顿足戟指,朝萧逸所居那一面骂道:"我不杀你全家,绝非人类!"又回身哭道:"妈放心随我爹爹去吧,你说的话,女儿一句也忘不了呀!"说完,一着急,"哇"的一声,吐出一口血来。绛雪抱住瑶仙肩膀,泣劝道:"小姐,如今大娘已被仇人逼死,身后还有多少事要办不说,你这样哭喊,被人听去,莫说大仇难报,我们还难在此立足呢。既打算报仇,第一保重身子,快些把大娘安葬,照她话去做才是。你尽伤心,人急坏了,白叫仇人称心看笑话,有什么用呢?"瑶仙闻言警觉,忙道:"妹妹,你我现在已奉母命,成了患难姊妹,快莫如此称呼。你说的话对,但是妈一时失算,闹得全村都是仇敌。如今人死床上,叫我有什么脸面去听人家闲话?我此时方寸已乱。你虽是我妹妹,论年纪不过比我小了几天,请你设法做主吧。"绛雪道:"既是妈和姊抬爱,妹子也不必再说虚话。按说死了死了,妈已自尽,他们绝不会再和我们这苦命女儿成仇,也不会那么刻薄,还说闲话。妈做的事,平心而论,实在也难怪犯了众怒,只是他们不该逼人太狠。尤其萧逸该死,此仇不报,妈在九泉绝难瞑目。姊姊出面找人安葬,村中照例应办的事,他们原无话说。不过姊姊此时人受大伤,心念母仇,难免辞色太露。就此安葬也不易和仇人亲近。这事妹子义不容辞,姊姊就无病也装病,何况真的伤心过度,体力不济呢。姊姊可装作重病,睡在妈的身旁,见有人来,只管叩头痛哭,甚话不说,一切由妹子出头去办。我看萧逸虽是大仇,一则此事少他不得;二则他自知行事对不起人,听他口气,如非萧家大娘发疯一闹,难保没有委曲求全之心,听妈惨死,必定可怜我们。乐得将计就计,乘虚而入。此时只寻他一人报丧,任他安排处置,立时可以办好了。玉哥兄弟,母病疯狂,泄露真情,妈今死去,萧家大娘病死不说,不病死也是要受全村欺凌,一样难免受害。他们虽与姓萧的是本家兄弟,但是情义不及崔、黄两家深厚,又是个起祸根苗,必更容他们不得。目前正是泥菩萨过江,自身难保的时候。适才前去探看,已有多人出入辱骂。这半天不来,可知情势危急。他和姊姊那么好法,在此处境,送信去徒使为难。而我们除了村主,只向他家报丧,岂不越显我们形迹亲密,老少两辈都是一党?徒自使人疑心,为异日之害,于事无补。当这忧疑危惧之际,不但现在不可现出和他弟兄亲密,便是将来合力报仇以前,当着众人面前,也是越疏远才越好呢。"

瑶仙此时孤苦万状,举目无亲,除了绛雪,只有萧玉是她心目中的亲人。先还怪他一去不来,正想着绛雪与他报丧,就便略致幽怨,闻绛雪之言,方始省悟。自知受伤过甚,心智迷惘,举措皆非,不如全由绛雪做主,还妥善些,便泣道:"好妹妹,我人已昏乱,该怎么办,你自做主好了。"绛雪自从主人在她难中救回之后,几与小主人同样看待,读书习武,俱在一起。见主人惨死,少主视同骨肉,越发感奋,早已立志锐身急难,闻言便道:"姊姊既然信我,你只伏在妈的身上,见了人来,悲哭不起好了。别的姊姊都不用管,切莫真个伤心,留得人在,才好成事。妹子去了。"瑶仙人已失魂落魄,一味悲急,不知如何是好。闻言甚觉有理,泣道:"好妹妹,我此时也只好靠你了,快去快回吧。"绛雪又劝道:"趁这时候,就着桌上现成吃食,勉强吃些。既知人最要紧,便须保重。少时举办丧葬,当着外人,尚须做作,不到夜来人散,再肚饿想吃也吃不成了。妹子还不是一样伤心,比姊姊就想得开。事已想定,不必忙在一时,看姊姊吃点东西,我再走才放心呢。"随说随把桌上现成过年点心拿起吃了些。瑶仙此时立志报仇,虽然勉抑悲怀,不曾哀毁过度,终是创巨痛深,五中如结,哪还吞吃得下。因见绛雪殷勤相劝，吃得甚是自然，不愿拂她好意，又在用人之际，怕她多心，勉强挣起，用筷子夹了一块八珍糕。还没进口，一眼望见上面有前两晚自己和乃母同剥的瓜仁果肉，忍不住扑簌簌又流下泪来。绛雪见状，叹了口气道："我走后，姊姊要细想想。打算报仇，单是伤心无用，第一精力身体是要强壮才行的咧。我见姊姊这样，我也要勾起伤心，吃不下了，我还是拿些路上吃吧。反正村中都是仇人，我一个当丫头的照例馋嘴，也不怕他们笑话。"瑶仙也怕她难过，连忙擦干眼泪，将糕咬了一口。绛雪果把桌上点心拿了几件，起身出屋，穿上雪具，将口中食物吐出，连手中点心一齐丢掉，轻轻慨叹道："我又何曾真饿想吃呢！"说罢，把满嘴银牙一错，朝雪中啐了一口，踏雪往萧逸家中驰去。

行近峰前，便见峰上三三五五下来许多村人，知道又是为了畹秋和魏氏的事，暗忖："她三人做的事也真狠毒阴险，莫怪众人痛恨不肯甘休。无奈自己出死入生，受她大恩卵翼，死前又认了母女姊妹，这有什么法呢？也罢，命该如此，譬如从前不遇他夫妻，早被恶人虐待磨折而死罢了。按说，连这些年舒服日子都算白捡。此时只有恩将恩报，哪还能再计其他的是非与将来自己和瑶仙的成败？且看事行事，到时再说吧。"边想边走，因畹秋已死，无庸再见人回避，见众村人迎面走过，也不闪避，依旧低头向前急行。村人俱都相识，众人因请处治二奸，萧逸不允急办，中有几人还吃了一顿抢白，路上纷纷议论，俱觉村主过于宽厚。见她跑往萧逸家中，料是畹秋派来请求宽宥解危的信使，虽未阻止喝问，语气都甚难听。绛雪闻人指摘，装没听见。

行抵峰下，恰好村人业已过完。绛雪一夜未睡，终日未食，气虚火旺，跑了一段急路，颇觉吃力。刚打算一定神，略缓口气再上，脚上雪具方脱了一只，便听峰上喊道："绛雪来了，她是我妈仇人家的丫头，定是狗婆娘叫她向爹爹捣鬼。哥哥快来打她，不许她上！"绛雪抬头一看，正是萧璇、萧琏两小兄妹，各穿一件风披紧身，趴伏在平台石栏上。萧琏连声乱喊，萧璇一按石栏，身子前探，觑定下面。绛雪知道萧家这几个小孩都甚难惹，说得出做得到，连畹秋都吃了那样大亏。危难求助之中，哪敢招惹，忙装笑脸。方欲婉达来意，刚一面开口说了"崔家"两字，底下话未出口，猛见萧璇把两只小手先后往下一扬，立时白乎乎打下两团暗器。绛雪因听萧珽高声乱喊，恐乃兄萧珍闻信由坡上赶来，吃了暗亏，脸朝上说话，眼睛却留神侧面的石级。不想萧璇更坏，悄没声地忽将暗器当头打来。等到发觉想躲，头一下已"噗"的一声打在头上，打了个满脸开花。幸尚是一大团雪，不是真暗器，未受大伤。但那雪团团得甚紧，由高下掷颇有力量，也把绛雪打个鼻青脸肿，头面冰凉刺痛，满嘴残雪，冷气攻心，第二下雪团更大，总算躲过，略扫着一点肩膀，未被打中。绛雪又疼又恨，恐防她再打，急得乱躲乱吐，又不敢丝毫发作，神情甚是狼狈。耳听两小兄妹在上面拍手欢呼，哈哈大笑。同时萧珍也在说话。一会儿萧璇又在上面喝骂："崔家丫头，快滚回去，我们就不打你。告诉我妈的仇人，叫她等着活埋。过了破五，全村的伯伯哥哥们要她给崔表叔和雷二娘抵命呢。"绛雪暗骂："小狗种们莫狂，早晚不要你父子给我娘抵命才怪。"有此三小作梗，决上不去。方想用什么方法去见萧逸，正在为难，还算好，萧逸见村人散后，不见三小兄妹，知他们又往平台上滑雪扑逐为戏，出来唤他们进去，闻声往下探看。绛雪见萧逸在栅栏上探头，慌不迭叫道："村主，我家主母已服毒死了。"萧逸闻言，虽在意中，却不料畹秋会死得这么快。想起村中长老萧泽长所嘱之言，不禁把足一跺，一面喝住两小兄妹不许胡闹，一面命绛雪快上来。

　　绛雪到了上面，按照想就言语，说道："我家大娘今早受伤回去，万分愧悔。小姐先不知情，大娘一说详情，吃小姐一埋怨，觉得此后不可为人，遂萌死志。复接四老大爷一信，跟着村人围门辱骂凌逼，当时正在吃饭，不知何时被她用烈酒吞下一包毒药，就送了终。毒发了时，痛得满床乱滚，牙齿舌尖一齐咬碎，两只眼睛突出眶来通红。事前还在叮嘱小姐说：'为娘一时负气，铸此大错。我一生好胜，不愿身落人手。事已至此，你萧表叔虽看在崔、黄两家至亲至好情分，百计维护，也难保我不受村人凌践。即得幸免，这等外惭清议，内疚神明，含悲茹痛的苦日子也没法过，逼得我不能不走死路。这事情实在是自己不好，不能丝毫怨人。不过我当年苦爱你萧表叔，后来许多乱子俱由这一念情痴而起。虽然落花有意，流水无情，可是我何以今日落到这样悲惨结果，你萧表叔不会不知道。即便因我行事狠辣怀恨，追源穷本，也必有几分怜悯之心，死了死了，罪人不孥。何况你一个孤弱少女，身世遭遇如此悲苦，他那样宽厚多情的人，此后对你必然另眼看待。这毒药没有解救，妈是不行的了。妈这些话，千万莫对人说。乖儿总要记住，亲的还是亲的。村中诸伯叔虽也非亲即友，能原谅我，不迁怒于你，又能扶助你长大成人，尽心照看的，除了你萧表叔，还没第二个。妈少时毒发即死，死后只向萧表叔一人报丧，他自会助你料理丧葬。别家谁都不要去，免得受人闲话，再说别人也未必怜惜我们。'正说之间，毒已发作。可怜她娘儿两个你抱我，我抱你，挤作一团。她更是疼得满头是汗，有黄豆大，话哪还说得出口，一个字一个字地挣着命哭叫。后来舌头、牙齿一碎，更听不清说些什么。想是毒发太快，话未说完，心里头明白，干着急，说不出话，待了一会儿，两脚一蹬，就死了，直到如今眼还没闭。小姐眼睛都哭流了血，当时伤心过度，晕死过去。好容易灌救回生，抱住大娘尸骨哭叫，死去活来两三次。屋里又没第三个人，真把人急死。我和小姐从昨晚等大娘回去，一直没合眼，水米不沾牙。我还勉强能支持，小姐简直连站都站不起来。她先想自来，怎么也走不动。是我再三劝说，大年初一，新死娘的人不能到人家去报死信。不像我是丫头，不是你们家人，倒不要紧。她也实在不能走动，我这才连忙滑雪跑来，路上连跌了两回才得跑到。请村主看在崔、黄两家已死老主人份上，赶紧派人前去，看是如何安殓。我说这些话，大娘再三叫我和小姐莫对人说，日后村主千万不要对小姐说，免她怪我。小姐正倒在大娘尸首旁边，人已一息奄奄，我还要赶紧回去服侍她呢。"

萧逸压住村人，不使妄动，固然是念在至亲世好份上，给畹秋少留余地。一半也因萧泽长曾说："除夕推断，全村快有灾祸降临，元旦这日不宜再有丧亡，否则大凶。"那封手谕，明是死符一道。实则早上得知魏氏疯狂自吐供状，因畹秋昨晚今朝连遭挫辱，恐知事败求死，故示以破五限期，好躲过元旦这一天的凶日。原料畹秋死志已决，但她忧怜爱女，必把这有限末日苟延过去，她为瑶仙熟计深思，一一叮嘱部署，务使完善，然后在全村公决之前从容就死。想不到那伙村人一闹，一时惶急，没有细想，误以为当日便要落于人手，受那奇耻大辱，匆匆服毒，连这区区三五日的残生都活不过去。虽是她孽满数尽，但是元旦有人横死，恰巧这日犯了六十甲子中最厉害的凶星，关系全村安危。闻报先自心惊，暗中叫不迭的糟。嗣又听绛雪绘影绘声说到畹秋死时那等奇惨，所遗孤女如此悲苦。萧逸本是多情种子，不由想起畹秋以前款款深情，相待之厚。只为求凰未遂，反爱成仇，转痴为恨，致闹出许多离合悲欢，生仇死恨。固属一念之差，仍由爱己而起，不禁生了怜惜之心，掉下两行泪来。当时只说人之将死，其言也善，哪知畹秋仇深恨重，临死仍伏祸机。加上这一女一婢都是机智深沉，念切薪胆，来日殷忧，尚犹未艾呢。萧逸听完绛雪之言，人死不能复生，空自悼怜，无可如何。便命绛雪先回照看瑶仙，免其悲深又寻短见。一面命人传话，去唤本月应值办理婚丧执事人等，前往崔家代为料理，先设灵帏停灵，明早再择吉备棺入殓。

当时绛雪业已拜辞走去，还未走到峰脚，忽见一个童子披头散发，泪流满面，号啕痛哭而来。立定一看，原是自己心目中殷殷属望，思欲异日委身以重的萧玉之弟萧清。情知魏氏又步了畹秋的后尘，见状又是伤心，又是怜惜。一时情不自禁，不但没让路，反伸手一拦道：“清少爷，你怎这样伤心，莫非萧大娘病重了么？你不知我……”底下话未说出，萧清一向没把她看在眼里，此时正当伤心悲痛，急于求见萧逸之际，急匆匆哭喊着由石级往上飞跑，三五级做一步跨，恨不能一步便到了上面。忽然有人阻路，一见是她，因恨其主并及其婢，哪还有心肠和她答话。哑着声音急喝一声：“快些躲开！”话到手到，左手往旁一拨，人随着擦肩而过，接连几纵到了上面。绛雪因他素来情性温和，骤出不意，又当饥疲交加之际，如非崖栏挡住，几乎滑跌下去。心刚一冷，耳听上面萧清已向萧逸哭诉起来。忍不住又往上趱了几步，伏身崖畔，侧耳去听。

原来魏氏自从服药之后，本来已较早晨安静了些。萧玉、萧清随侍在侧，因乃母阴谋败露，村规厉害，听萧逸口气，至多看她没有下手杀人，得从末减，仅能免死，重罚禁囚仍是难免。正在焦急之际，魏氏忽在梦中自言自语。先说雷二娘、崔文和相继到来，说在冥间告了萧元；她也是主谋要犯，并且事由她向畹秋讨好藏鞋而起，绝难容她漏网，要拉她前去对质。说时，手足乱挥，一会儿哭诉，一会儿哀求，一会儿又自打自搊。萧玉弟兄见势不佳，连忙上前想将双手按住。不料魏氏力大如虎，不但按她不住，萧玉还挨了一个嘴巴，几乎连大牙都打掉；萧清也吃她一脚踹下床来。没等二次上前，魏氏已回过身来，自将双手反折一拧，咔嚓连响，十根手指骨除拇指外一齐折断。同时狂吼一声：“我的报应到了！”猛地舌头伸得老长，上下牙齿恶狠狠一合，滋出好几股鲜血，舌头立即落了半截。紧跟着喉咙里一声闷叫，双足一挺，平躺床上。等到萧氏弟兄抢上前去，身子已僵硬，鼻孔气息全无，人已死去。萧氏弟兄心伤欲绝，哭喊灌救了一阵，并未回醒。

萧清妄想救转，又往邻家，将郝老夫妻哭求请来，一看全身冰冷僵直，断气已久。萧氏弟兄听说回生绝望，不禁号啕大哭起来。萧玉更是顿足捶胸，悲号欲死。经郝老夫妻再三劝导："我们不是外人，甚话都可说。照你母亲所做之事，至多挨过破五，必定难逃全村公判，谁也庇护不得。那时说重了，不是活埋，便是勒令自尽；说轻了，也须禁锢终身，不许再见天日。死活一样难受，还受千人指摘。你们年纪尚轻，眼看生身父母身败名裂，无法解救替免，怎能做人？这时不过早死三五日，免却多少羞辱罪孽，这正是你母子三人不幸之幸。你母新死，你父灵棺未葬。事已至此，不打算办理两老身后丧葬大事，日后好好为人，赎父母之罪，为祖宗争气，你们就哭死又有甚用处？还落个不孝的恶名，永斩你家血食，岂非糊涂已极？"萧氏兄弟闻言，才勉强抑止悲怀，跪谢教训。郝老又道："如照平时，你家有事，我们原可代为主持。但你父母俱犯村中大禁，虽说人死不究既往，但你父母以前并非同隐之人，情分本就稍差，平日又不会为人，更闹出这等乱子，村中人等必动众怒。恐村主要为惩一儆百之计，以戒将来，事尚难说。为今之计，我看村主素来器重清侄，人前背后时常夸赞，此时求他必有几分情面。玉侄为长子，可由我们相助，先将你母断舌纳入口中，揩净血迹，料理一切应办之事，以备人来即可停灵设主。清侄速去村主家中报丧，痛哭哀求，务请他代为主持。你母死时情景，都照直说，他一怜念你，必命执事之人好好治丧，顺理成章，照例做去。村人中纵有几个余忿不已，心中不服，只要他一出头，绝无人敢讳抗。此后你二人便力学好人，依傍着他，不特免了当时之祸，连你们异日都不致遭人訾议了。"

萧氏兄弟闻言，心中省悟，又急又怕又伤心，重又跪地磕头，谢教谢助之后，萧清忙即起身。行时，郝老又故意唤住说："你此去只往村主家中报丧，众恶所归，又是新春元旦，别家不可前往。尤以崔家是罪魁祸首，不问畹秋是死是活，以后不可再有来往，免受牢笼利用，与之同败。"说时，看了萧玉一眼。萧玉伤心死母之余，仍未忘却畹秋母女。哪知郝老知人晓事，早看出和瑶仙相爱，深知畹秋阴毒险狠，奸谋败露，必不忍辱求生，死时难保不责令乃女代为报仇。此女聪明不在乃母之下，萧元夫妇当初急难来投，假使不遇畹秋，村中事事公平，人人循分，焉知不为善良之士？算来这两人也是害在畹秋手里，何苦子蹈父辙，再饶上一辈？明知萧清绝不会去，故意指东说西，原对他含有警惕深心。萧玉此时已落情网之中，非但没有省悟，反觉郝老言之过甚，其母有罪，其女何辜？自己弟兄既可免人訾议，瑶仙一个孤弱幼女，更该得人怜悯才是，怎倒亲近不得？好生不平，愈发加了相思关切。只当时母丧在堂，身遭惨变，不便抽空前去探望罢了。郝老暗中察其神色，料他未曾觉悟，萧清去后，又拿话点了两下。萧玉只是低头悲泣，不发一言。郝老本只看得萧清一人重，对他原无什么，因怜遭际太苦，加以劝诫，既不受命，也就不去理他，只把应办之事相助料理。不提。

萧清满腹悲苦，如飞驰往萧逸家中，见面之后，跪倒哭诉大概情形。说完已是号哭失声，泪眦欲裂。萧逸见他遭遇如此，甚是可怜。问知村人早散，乃母死时只有郝老夫妻在侧，便宽慰道："人死不能复生。实则这样倒好，既免我执法，又免你兄弟难为人子。郝老前辈素来隐恶扬善，我更不会对人提起。急速回去将形迹收拾干净。少时就命执事人去，今日设灵成主，明日再与崔家表婶分别入殓。我先到崔家，一会儿就到。"萧清听了畹秋已死，也没心肠细问，匆匆拜谢辞别。

绛雪隐身壁脚，听知经过，早把满腔幽怨去个干净，反觉萧清可怜，流下泪来。听完就走，先飞步往下跑去。二人前半截本是同道，原打算萧清脚程和自己差不多快，在前先跑，赶到离峰较远的无人之处，再假托瑶仙之言，将他唤住，诉说主人死况，托他带信向乃兄报丧，就便慰问一番。谁知女子终是气弱，加以眠食两缺，萧清来路较近，又因巨变骤膺，情急腿快，跑了不到半里来路，便快追上。绛雪偷偷回头一看，萧清脚上穿着一双雪橇，身左右雪尘如雾，低着个头飞也似驰来。眼看越隔越近，如跑到半路再行唤住，必早被他追过头去，万来不及。一看所行之处，正是一片田畴，当中大路。路侧两行槐柳，平日绿荫如幄，这时因白雪满树，都变成了玉树琼林，银花璀璨，耀眼生辉。那道中心的积雪，因村人连日随下随扫，除下层业已冻结外，上层雪较松散，俱被村人扫起，沿着道树成了两条又高又长的雪堤，蜿蜒曲折。休说新春初一，村人昨晚守岁，早晨团拜贺年，忙年积劳，又值大雪之后，除了通贯全村的两条大路而外，多半雪深数尺。就不补睡歇乏，也都约会至亲密友，或是会集全家老幼，关起门来，寻那新年乐事，谁也懒得出门走动。即便因事出来，被这墙一样的雪堤挡住目光，不到近前，也看不见。绛雪四顾无人，暗想："这里喊他不是一样，何必还要跑远？"念头才转，猛想起："他这人枉自聪明文雅，却性情偏直，跟他哥哥不一样。平时那么逗他喜欢，都没怎样和自己亲近。高兴时，还有说有笑，也肯随着他哥哥，与自己主仆做两对儿一处同玩；稍不高兴，就各走各的。尤其是在练武艺的时候，凡人不理。今天又死了娘，遭了这大祸事，更难怪他伤心。适才好心好意想问他几句话，你看他那个气急败坏的样儿，也不管雪地有多滑，把人推倒，也不扶，也不理，就往上跑，差点没跌到峰脚下去。后来听他上面说话，村主也曾提起崔家死人的事，他连回问一句都没有。好像除他那个死娘，谁也不在他的心上。这时正忙着赶回，莫又来个凡人不理，挨他打一下子。"想到这里，不知如何是好。

　　她这里只管胡思乱想，萧清忽然跑离身后不过丈许。绛雪闻得后面"沙沙"滑行之声，越走越近，主意还未打定，越发心慌。连忙脚底加劲，拼命抢行，急切间虽未被萧清追过，却已首尾相衔，相差不过数尺远近。似这样跑不多远，绛雪已力竭精疲，不能再快。想由他自去，又觉这样独自相遇的良机难逢难遇，心中兀自不舍放过，已准备停步相唤。忽然急中生智，急出一条苦肉计来。这时也不细想地上冻结的冰雪有多么坚利，竟然装作失足滑跌，前足往前一溜，暗中用劲，后脚微虚，就着向前滑溜之势，身子往后一仰，倒了下去。总算还怕把头脸跌破，倒时身子一歪，手先撑地，没有伤头。可是情急慌乱，用得力猛，脚重身轻，失了重心，这一下，直滑跌出两三寸远。"扑通"一声，先是手和玉股同时着地。觉着左手着地之处，直如在刀锯上擦过一般奇痛非常。两股虽有棉衣裤护住，一样撞得生疼。这才想起冻雪坚硬得厉害，想要收住势子自然不及。身子偏又朝后仰，尚幸跌时防到，一见不好，拼命用力前挣，头虽幸免于难，因是往前力挣，又想停住，惶急之中，不觉四肢一齐用力。滑过一半，手脚朝天，脊梁贴地，成了个元宝形，又滑出丈许方止。

绛雪身才后跌,先就急喊:"哎呀!"这一弄假成真,按说更易动人怜救。谁知萧清此时心神俱已麻木,只知低头拼命向前疾驶,连前面是谁都未看见。道又宽广,虽有两行雪堤,仍有三五人并行的路。身临切近,一发觉前面有人走,就准备绕过。雪上滑行不比行路,如欲越出前人,照例预先让开中间,偏向一旁,等到挨近,然后蓄势用力,双脚一蹬,由前人侧面急驶滑行过去,才不至于撞上,两下吃跌。绛雪原意,一跌倒便把身子横转,不容他不停步相救。然后再装跌伤太重,要他扶抱,以便亲近,略吐心曲。谁想事不遂心,跌时萧清离身太近,也正准备越过她去,差不多两下同时发动。萧清连日在雪中练习滑雪之戏,又下过功夫,绛雪身子未曾沾地,萧清已擦肩而过。这还不说,偏巧中间有一条小岔道,由此走向萧清家中,要抄近半里,积雪甚深,已无人行。因萧清心急图近,仗着熟练滑雪功夫,来去都走此路。绛雪身未停止,萧清身子一偏,早拐了弯。跑得正急,先还不知有人跌倒,身才拐入岔道,耳听呼痛之声。偏头回看,紧跟身后一个女子,背贴着地,手足向上乱蹬,正从岔道口外大路滑过,这才看出是上峰时遇的绛雪。心想:"这样失足滑倒,常有的事,又非扑跌受甚重伤,也值大惊小怪。到底女子无用的多,像婶娘那样的好本领,真找不出第二个人。"当时归心太急,以为无关紧要,只看了一眼,并未回救,依旧飞跑而去。

绛雪急遽中并未看出萧清走了岔道,先是连真带假地惊呼求救,势停以后,便横卧道中,装作伤重不能起立,紧闭秀目,口中呻吟不已。心里还以为萧清无论如何也要走过,万无见死不救之理。待了一会儿,觉着背脊冰凉,腰股冷痛,没听半点声息。心中奇怪,微微睁眼偷觑,身侧哪有半条人影,不禁心里一空。抬起上半身,定睛往来路一看,雪地上只有一条条的橇印,并无人迹。再望去路,正是全路当中最平直的一段,一眼望出老远。两旁琼枝交覆,玉花稠叠,宛如银街,只有冰雪交辉,人却不见一个。人如打从身侧越过,也万无不觉之理。自己明明见萧清追临切近,才装跌倒,怎一晃眼的工夫,又没第二条路,人往哪里去了?知道绝望,暗骂:"没有良心的东西!也许并不是他追来,或是没等追上,想起甚要紧的事,返回去又找村主,慌慌张张没见我跌倒么?"自觉再坐无趣,站起身来一看,背股等处衣服俱被坚冰划破;腿股受了点轻伤,隐隐酸痛;一只右手也被冰擦破了好几条口子,丝丝血痕业已冻木红紫;半身都是残冰碎雪。还算脚底雪橇因跌得还顺,没有折断,否则连回去都大难。正没好气要走,就在这整束脚上雪橇的工夫,偶一眼望见前面大道边上雪地里,有一半圆形的新橇印不往直来,却朝右侧雪堤上弯去,心中一动,暗忖:"这条路上岔道原多,因为积雪深厚,一连多日不消,村人忙于年事,只把几条通行全村的大道要路每日扫开,别的都等天暖自化。一路走来,所有岔道俱被雪堤阻断,道内的雪俱深数尺,高的竟与堤平,不细看道树,真分不出途径来。看这橇印甚新,又是向堤那旁弯去,堤旁还有一点崩雪,莫非这没有良心的负心人,竟然飞越雪堤,由道上绕了回去么?你真要这样不管人死活,二天看我肯饶你才怪。"越想越不是滋味,急匆匆跑向回路一看,谁说不是,正是去萧清家的一条岔道。道侧堤尖已被雪橇冲裂出半尺深两个缺口,道内雪松,更深深地现出一条橇印。分明自己倒地时,他装着不闻不见,径由这里越堤滑去。当时气了个透心冰凉,几乎要哭,戟指怒骂:"小东西,你好,看我二天怎收拾你!"低头呆立了一阵,再听来路远处,又有数人滑雪而来,猛想起自身还有要事,尚未回去交代,万般无奈,只得垂头丧气走上归途。

本就饥疲交加,适才拼命疾驰,力已用尽,再受了点伤,又当失意之余,意冷心酸,越发觉着劳累。好容易回到家中,把雪具一脱,跑进房去。见畹秋生前那般花容月貌,此时攥拳握掌,七孔流血,目瞪唇掀,绿森森一张脸,满是狞厉之容,停尸床上。瑶仙眼泪被面,秀目圆睁,抱着尸臂,僵卧于侧。室中残羹冷饭尚未撤去,甚是零乱。炉火不温,冷冰冰若有鬼气,情形甚是凄惨,方觉悲酸难抑。瑶仙见她去了许久才回,便挣起身喊道:"妹妹,看你脸都冻紫了。快到这里来,我两个挨着说话,你暖和些。"绛雪见瑶仙双手齐抬,情真意厚,现于辞色。想起途中之事,以彼例此,又是感激,又是内愧,不禁勾动伤心,忙扑了过去。瑶仙将她抱住,未容说话,绛雪再忍不住,"哇"的一声哭了起来。瑶仙见状,以为萧逸仇恨未消,绛雪受辱回来,祸犹未已,心中大惊。忙一把搂紧问道:"好妹妹,你怎这样伤心?妈已惨死,莫非仇人还不肯甘休,给你气受了么?"绛雪知她误解,这个时候虽有满腹委屈心事,怎好出口。恐瑶仙忧急,忙把头连摇,抽抽噎噎地答道:"仇人倒还好,我刚把话才一说完,立即答应派人来此料理办丧，定在明日成殓，并且叫姊姊放心保重。我正走时，那萧家老二也赶去了……"说到这里，眼泪又似断线珍珠一般落下，声音也愈发哽咽起来。瑶仙见她悲伤不胜，便问："妹妹你还劝我，这是怎么了？"绛雪勉强把所听的说完，只把跌倒一节以假为真，不提萧清坐视不救。只说因听魏氏同日身死，途中气苦劳累，快到时跌了一跤，几难成步。进门重睹室中惨状，因此悲从中来，难以遏止。瑶仙伤心头上，也没想到她还有别的缘故。想起她如此忠义，以后二人相依为命，甚是爱怜。免不了抚问劝勉，互相悲泣了一阵。二人俱已力竭神疲，心身两瘁，四肢虚软，无力劳作。又想叫萧逸到来，目睹乃母死状奇惨。只同在尸旁盖了一张棉被，互相拥抱取暖，守候人来。绛雪因少时难免有事，又取了点现成糕点，劝着瑶仙一同强咽了一些。

等约半个时辰，仍是萧逸同了几个门人子侄和两名村妇、火房先到。绛雪早就留神，遥听人声，立即站起。瑶仙仍伏卧尸侧，装作奄奄一息、积毁将绝神情。俟人进房，才由绛雪将她由尸侧扶起，双泪交流，悲号投地。萧逸见状，已甚凄然，命人扶起瑶仙，再四宽慰，晓以大义。一面又命随来村妇、火房帮同打扫，收拾器皿，生好火盆，煮水烧饭，以备应用，并令即日留住佣作。瑶仙乘机陈说绛雪聪明忠诚，乃母平日视若亲生，自己与她衣服易着，相待也无异骨肉，乃母临终遗命，已认了义女，如今结为姊妹等情。萧逸也常听到畹秋夸绛雪聪明能干，心想："瑶仙孤苦无依，有此闺伴同居，也是佳事。她母女既已心愿，我当然更无话说。何况瑶仙身世处境可怜，正好顺她点意。"立时答应，不日传知全村，作为崔家收养的义女，不得再以奴婢相待。绛雪闻言，也甚感激。不提。

一会儿，村中治丧办事的执事人来，萧逸吩咐了几句，便带原来诸人，又往萧玉兄弟家中赶去。那执事人等原分两班前来，等萧逸走到萧玉家中，有一班已经先到相候。进去一看，魏氏虽遭鬼戮，死状却没有畹秋的惨。又有郝老夫妻和郝潜夫等近邻代为部署，有了章法。只等村主一到，立即分别举办，无须细说。萧逸又恨死人夫妻入骨，此来只看在萧清面上，不比畹秋娘、婆两家俱有厚谊，本人以前也还有几分香火情面。主谋虽说是她，如无萧元夫妻助恶帮凶，相安无事已有多年，也许不再发难。故此对于死者只有怀恨，毫无感情可言。只略坐一坐，吩咐几句，便别了郝老等人回去。

萧清年幼聪明，从小亲热萧逸。萧逸爱他敏慧诚厚，也是独加青眼。萧玉近一二年苦恋瑶仙，无心用功，本就不得萧逸欢心；加以萧逸不喜瑶仙，不肯传授本门心法，与众人一般看待。瑶仙自视甚高，见萧逸相待落寞，常怀怨望，萧玉自然代抱委屈。见萧逸进来略看母尸，淡淡地分派几句；孝子叩头哀泣，一句慰问的话都没有，也无丝毫哀怜容色。反对郝老夫妻低声悄说："畹秋也在今日身死，这样倒好，活的省去许多为难，死人也可免却不少羞辱苦痛。"意在言外，乃母这样惨死，尚是便宜。后又说起畹秋死状凄惨，瑶仙哭母血泪皆枯，适去看时人已气息奄奄。只说此女机智深沉，饶有母风，想不到尚有如此至性。以后只盼她能安分守己，不蹈乃母前辙。看在崔、黄两家至亲仅剩这一点骨血，定当另眼相看，绝不再念旧恶，因母及女。萧清回来，本没提说畹秋死信。萧玉这时正坠情网之中，一听心上人遭此惨祸，料定瑶仙模糊血泪，宛转呼号，玉容无主，柔肠寸断，不知怎样哀毁凋残，芳心痛裂，不禁又是怜惜，又是伤心。当时真恨不得插翼飞到崔家，抱着瑶仙密爱轻怜，尽量温存慰问一番，才对心思。无奈母丧在堂，停尸入殓，身后一切刚在开始措办，枉自悲急苦思，心如刀绞，一步也走开不得。同时想起瑶仙近来又为了进境甚快，一心深造，萧逸偏不肯传她上乘功夫，时常气郁。加以年前新遭父丧，气急带悲苦，常对自己说她成了多愁多病之身，哪再经得起这等惨祸。况且现在全村俱对她家深恶痛绝，好似比对自己父母恨得还要厉害，听萧逸口气，死前还有人去闹过。弱质伶仃，哀泣流血，连个亲人都没有。萧逸对自家已如此凉薄，她母是个中主谋，自必更无善状。万一悲切亡亲，再痛身世，积哀之余寻了短见，自己独活人间有何生趣，因为关心过度，念头越转越偏。又联想到事情难怪畹秋，都是萧逸一念好色，弃尊就卑，不惜以村主之尊，下偶贱婢，才激出如此事变。心上人更是无辜吃了种种亏，末了双亲相继惨死，受尽折磨。这回受创太重，还不知能否保得性命。万一哀毁过度，或是看出萧逸人死还要结怨，加以摧残刻薄，自觉以后日子难过，气不好受，寻了短见，岂不更冤？为报她相待恩情，那就不论什么叔侄师生，纵然粉身碎骨，也非给她报仇不可了。

萧玉想到这里，萧逸已经起身作别。虽然满腹痛恨，还得随了兄弟出房跪谢,拜送一番。伤心愁急,泪如泉涌,众人俱当他孝思不匮,谁知一念情痴,神志已乖。不用瑶仙再照乃母遗策加以蛊惑,已起同仇敌忾之念,把萧逸全家视若仇敌了。人去以后,萧玉虽随治丧诸人设下灵堂,移灵成主,哭奠烧纸,静候明早备棺入殓,办那身后之事,一心仍念瑶仙安危苦痛,放心不下。只当着众人无法分身,心忧如焚。还算村人对死人夫妻俱无甚好感,再一发现恶迹,越发添增厌恨;又是新春元旦,谁不想早些回家取乐?只为村规素严,令出惟行,这些人本月恰当轮值办理丧葬之事,村主之命不能不来。村主一走,各自匆匆忙忙,把当日应办之事七手八脚,不消个把时辰分别办好。除郝老夫妻念在紧邻,平日相处尚善,又怜爱萧清,诚心相助外,余人多是奉行故事,做到为止。把孝子认做凶人余孽,任他依礼哭前跪后,休说劝慰,理也未理。事毕,说声明早再来相助盛殓,便向郝老夫妻作别,各自归去。孝子跪地相送,众人头都不回。

就这短短个把时辰,萧玉真比十天半月还要难过。好容易众人离去,郝老夫妻偏不知趣,看出萧玉悲哭无伦,似有别的心事,料是闻得畹秋凶信,心悬两地所致,好生鄙薄,也不理他。只向乃弟萧清一人叮咛劝勉,指示身后一切,并说:"你逸叔居然还肯亲临存问,以后更禁人提说前事,不念旧恶,可见对你兄弟不差。尤其对你格外期爱,才能如此。从此务要好好为人,遇事谨慎三思,才不辜负他这一番德意呢。"萧清自是垂涕受命。萧玉只盼人早走,好偷偷前去看望心上人,一句也没入耳。郝老夫妻直等乃子郝潜夫来请回家消夜,才行别去。人走之后,萧玉如释重负,匆匆把房门一关,回转身,急瞪着一双泪眼,拉着萧清的手,半晌说不出话来。萧清惊问:"哥哥如何这样?"连问了几声,萧玉方哽咽着说道:"哥哥该死,快急死了!弟弟救我一救。"萧清因不知他在隔室偷听了萧逸的话,再三请问。萧玉方吞吞吐吐,假说自己和瑶仙彼此十分情爱,年前已随两家母亲说明。本定新正行聘,不想同遭祸变。今早崔家拜年,乃母又当面明说婚事。两人情深义重,生死不渝,谁也不能独活。如今瑶仙遭此惨祸,奄奄待毙,平日又极孝母,难免短见,非亲去劝慰不能解免。无奈母丧在堂,礼制所限,不能明往。乘此雪夜无人之际,意欲前往慰看,望兄弟代为隐瞒,不要泄露。萧清一听,两家都遭母丧,热孝在身,怎会有新春订聘的事?分明假话。况且崔家没有男子,彼此都遭连丧,停灵未殓。孤男寡女,昏夜相聚,不孝越礼,一旦被人发觉,终身不能做人,好生不以为然。先是婉言痛陈利害,继又说:"此事关系重大。如今村人对两家父母视若仇敌,全仗逸叔大力,免去若干耻辱。我们孤臣孽子,众恶所归,再如不知自爱,不但为先人增羞添垢,还要身败名裂。瑶仙表姊人极聪明,崔、黄两家就数她一人。稍微明白一点的人,便不会行那拙见,何况是她。如果立志殉母,你也拦她不住。此去如被人知,同负不孝无耻的恶名,以后更难在此立足,岂不爱之适反害之?既有深情于你,她有丫头可遣,不比我们两个孝子不能见人。尽可打发绛雪或是报丧,或是探问母亲病状;再不就作为绛雪闻得母亲去世,念平日对她恩厚,自己前来看望,代为达意。哪一样都可借口。她连丧都不肯来报,不问情真情假,可知定有顾忌。哥哥一个年轻男子,热孝头一天,半夜三更到一个孤寡新丧家去,如何使得?"

萧玉对弟弟从来强横,以大压小惯了的,适才这一番商量,乃是天良犹未全丧,自知不合,尚畏物议,不得已觍颜相商。一听萧清再三劝阻,不禁恼羞成怒道:"事已至此,她死我不独生,宁可身败名裂,也必前往。你是我兄弟,便代隐瞒,否则任便。"萧清本有一点怯他,见状知他陷溺已深,神昏志乱,是非利害全不审计,无可挽劝,只得说道:"哪有不代哥哥隐瞒之理?不过请哥哥诸事留心,去到那里稍微慰问即回,千万不可久停,免叫兄弟在家中提心吊胆。你和瑶姊恩爱,为她不惜身败名裂,须知父丧未葬,母亲才死头一天,尸骨未寒,灵还停在堂前木板上,没有入殓哩。"说到末几句,已是悲哽不能成声,扑簌簌泪流不止。萧玉也觉自己问心不过,尤其不孝之罪无可推诿,见状好生惶愧。天人交战,呆立了一会儿,见萧清半睁着一双泪眼,还在仰面望他回答,心正难受。猛又想起此时瑶仙不知如何光景,当下把心一横,侧转脸低声喝道:"不用你担心,我自晓得。只见一面,说几句要紧话,即时回来。"说罢,带了雪具,径由后面越房而出。到了外面穿上雪橇,四顾静夜无人,飞步往瑶仙家赶去。

萧清见兄长执迷不悟,崔家母女俱是祸水,将来必有后患。又怕当晚的事被人发觉,不能做人。又急又伤心,伏在灵前,止不住哀哀痛哭起来。夜静无人,容易传远,不想被紧邻郝老夫妻听见。先听萧清哭声甚哀,只当他兄弟二人思念亡亲,感怀身世,情发于中,不能自已,颇为感叹。以为母子天性,外人无法劝解,也就听之,嗣听哭声越发凄楚,又听出只是萧清一人,没有萧玉哭声。这等悲恸之声,外人闻之也觉肠断,何况同为孤子,目睹同怀幼弟哀哭号泣而不动心,太觉不近人情,心中奇怪。知道萧玉性情刚愎,疑心又出什么变故,加以自来怜爱萧清,意欲前往慰看。郝潜夫因昨晚守岁,二老也一夜未眠,本应日里补睡,偏生萧家出事,过去整忙了一天,不得安歇。饭后略谈,已将就枕,恐累了二老,再三劝阻,郝老便命代往。

潜夫到了萧家门首,隔溪一看,一排房子都是黑洞洞的,只灵堂那间昏灯憧憧,略有微光,门户关闭甚紧。那哀哭之声,果只萧清一人,萧玉声息全无。知道那房沿溪傍崖而建,前门隔灵堂太远,打门不易听见。仗着学会踏雪无痕的轻身功夫,将身一纵,越溪飞过,正落在灵堂窗外。积雪深厚,北风一吹,多半冻结。落时脚步稍重,踏陷下去半尺,"沙"地响了一声。萧清耳目甚灵。这时正哭得伤心,恰值一阵寒风从窗隙吹入,吹得灵前那盏长明灯残焰摇摇,似明欲灭。因是亡人泉台照路神灯,恐怕熄了,慌不迭含着悲声站起,用骨棍刚把灯芯剔长一些。忽听窗外"沙"的一声雪响,有人纵落。以为萧玉回转,愁怀一放,不禁喊了一声:"哥哥!"话才出口,猛想起窗是南向,每年一交冬便即钉闭,要过正月才开,不能由此出入。来人不走前门,便须绕至屋后,积雪又深,哥哥怎会由此回屋?惊弓之鸟,疑心萧逸派人来此窥探,或是乃兄又出甚事。忙把长明灯往神桌下一放,将光掩往,方问是哪一个。来人已在窗外应道:"二弟,是我,我从这边进来好走些。"萧清听出是郝潜夫的口音,料是一时悲苦忘形,哭声略高,引了前来。恐被发现乃兄夜出之事,又悔又急,慌不择言答道:"郝大哥么?我们睡了。前后门已上锁,雪太深,路不好走,不敢劳动。如没甚事,明天请再过来吧。"潜夫已听他口唤哥哥,又由窗隙中窥见灵前只他一人,以及神态张皇之状,料定萧玉他出。闻言答道:"家父家母因听你哭得可怜,不放心,命我前来劝慰几句。怎么只你一人在此,令兄呢?"萧清哽咽答道:"家兄近几日来人不舒服,遭此惨变,悲伤过度,更难支持,已由我劝去睡了。外面太冷,大哥请回去吧。"

潜夫此时也是年轻好事,疾恶如仇,平日又和萧玉面和心违,立意要看所料真假,答道:"家父一则担心;二则还想起几句要紧话,非叫我今夜和你说不可。令兄已睡,这话正好先不让他知道,真是再好没有。这窗要不能开,你可到前面开门,我仍纵过溪那边,由正路走。这一带已扫出路来,并不难走。"说罢,不俟答言,回身便纵。萧清方想拦,重说前后上锁的话,又想这话不对:"村中都是一家,不是风雪奇寒,差不多连门都不关。父亲在日,每晚必锁后门,日久村人知晓,还传为笑谈。无缘无故,前后上锁作甚?郝氏父子患难相助,诸多矜恤,半夜三更为了关心己事而来,就上锁也得打开,怎能拒绝?"又听潜夫说完就走,知道来意坚诚,非开不可。想了想,无可奈何,只得强忍伤心,将油灯仍放桌上,燃一根油捻,往前面跑去。到时,潜夫已在叩门。开门走进,头一句便问:"村中无一外人,就是寒天风大,略微扣搭,不使被风吹开也就罢了,如何闩闭这么严?"萧清只好说,萧玉睡前,为防有人闯入所为,含糊应了。潜夫本是来熟的人,不由分说,抢步便往里走。萧清又不便拦阻,急得连喊:"大哥,我给你点灯,外室坐谈吧。家兄有病,刚睡熟不久哩。"潜夫随口应答:"这个无妨,我只到灵堂和你密谈,不惊动他,说完就走。你家丫头今早吓跑,又没回来,省得又叫你忙灯忙茶费事。"萧清听潜夫这等说法,以为当真要背乃兄说话,才略放心。随到灵堂落座,请问来意。潜夫突作失惊道:"令兄如此病重,当此含哀悲苦之际,怎能支持?叫人太不放心了。我们又是世好,又是同门师兄弟,惊动他的高卧自是不可。偷偷看望他一下,看看要紧不要紧,也放心。"

萧玉弟兄卧室就在灵堂隔壁一间,门并未关,里外只隔一个门帘。潜夫进时就在靠近房门椅子上坐下,室内油灯未灭,隔帘即可窥见。萧清本在后悔出时忘了将灯吹熄,反闭房门,捏着一把冷汗,闻言暗叫一声:"不好!"忙说:"家兄不在这屋睡。"纵身拦阻时,潜夫已掀帘闯了进去。一见室中无人,事在意料之中,果然证实。深恨萧玉非人,不禁回身把脸一板,问道:"令兄平日睡此室内,难道因为今堂今日在他床上断气,害怕躲开了么?"萧清已知看出破绽,无法再隐,情急无计,扑地跪倒,忍不住伤心悲泣,哭诉道:"大哥不要怪我,家兄实是出门去了。"潜夫知他素受乃兄挟制,天性又厚,适才悲泣,定是劝阻不从,反受欺负,所以格外伤心,忙一把拉起道:"清弟快些起来。这是令兄不好,怎能怪你?实不相瞒,令兄为人乖张狂妄,我对他素无情分。全村的人居此已历三世,休看平日相处甚是敦睦，休看你也姓萧与村主是一家同族，若按全村人的情分来论，还不如我们这几家外姓。此乃习惯使然，并非有甚亲疏。令尊令堂在日，与村人多不大来往。只有师父为人公正，不分异姓同族，都是一般看待。对你全家更多关注，偏又铸此大错。你二人身世孤弱，师父虽然不念旧恶，仍以子侄看待，可是村中素来安乐无事，近来之事出于仅见。师母为人贤淑谦和，与师父一样受全村爱戴。今遭此事，他们疾首痛心之下，即使洁身自爱，勉力前修，尚难免他们迁怒，有所歧视，哪可任性胡来呢？目前令尊负谤地下，窀穸未安；母丧未葬，尸骨未寒。令兄竟敢冒大不韪，半夜深更私会情人。我明知他和瑶仙早有情愫，见她母亲惨死，由爱生怜，情不自禁。以为昏夜无人知道，你又被他挟制已惯，不敢泄露，前往宽慰，就便献点殷勤。他虽不孝不悌，到底总有几分人性，双方都是新遭大故，不致真个还有心肠做甚丑事出来。但是崔家无一男丁，孤男寡女，深夜背人私会，一旦被人发觉，怎得做人？照此情形，此人天良已丧，不复齿于人类，也不配做你哥哥。你的年纪甚轻，和他相处即便不受熏陶，从为败类，将来也难免受他的害。家父母和我对你很期爱，绝不愿你同他一起堕落。明日入殓之后，我便和师父去说，把你移往师父家中居住。一则朝夕相随，可以用功；二则免得将来他有甚变故，殃及池鱼。你看好么？"

萧清从小就喜依在萧逸时下，萧逸又甚爱他，原恨不得日夕相随用功，才称心意。闻言暗想："兄长如此行为和那天性心地，难免身败名裂，自以离开他的为是。无奈终是同胞骨肉，父母一死，兄弟二人本就孤单。他行为又不好，有自己在侧，还可从中化解一些；这一离开，不特手足情疏，照他心性，弄巧还要视若仇寇。"好生委决不下。潜夫待了一会儿，见他双泪交流，伤心已极，答不出话来，知道为难，又告诫他道："我知你因父母双亡，不忍舍他即去。须知豺虎不可同群。瑶仙机智深沉，因师父不喜她奸猾，本就怨望，更为母仇，我断定她必是将来祸水。令兄迷恋此女，至于不孝忘亲，如受蛊惑，什么事做不出来？平素犯了规条，村人尚动公忿，何况他们？倘再有甚变乱，绝不相容。与其随之同败，何如早早打算。他如安分守己，同在一处，日常照样聚首，并非远别不能相见。你因年幼，为便于用功，依傍叔父也不为过。不幸而言中，他闯出乱子，你有此退步，免被波及，也不致使父母坟墓无人奉祀，先人血食由此而斩。此乃两全上策,还有什么为难呢?"萧清闻言,方始省悟,哽咽着答道:"小弟方寸已乱,多蒙开导。就请姻伯和大哥代为做主好了。不过家兄此举虽于孝道有亏,但他去时也是彷徨反复,欲行又止者好几次。今晚之事,务求大哥代为隐瞒,最好连姻伯也莫提起,免得二老听了生气。"潜夫冷笑道:"他天人交战了一阵,仍被人欲战胜,怎还说天良未丧?看你面上,我也不值向外人提起。要瞒父母,却非人子之道,我自有处。你此后要为亡亲争气,向上才是正理;徒自哀毁伤身,并无用处,不可再悲伤了。瑶仙诡诈心细,绝不容他久停,快要回转。我此时正气头上,见面难保不显露。谨记我言,明早事多,早早安歇。我回去了。"

萧清谢了厚意,仍由前门送出。同时感怀身世,又担心兄长异日安危,惟有伤心,低了个头,边想边往里走。才进灵堂,闻得里屋有了声息,心中一动。赶进一看,正是乃兄萧玉握拳切齿,满面忿怒之容,坐在榻前椅上。见了萧清,劈口便低声喝问道:"我叫你不许外人进来,郝家这个背时鬼,怎么放他进来的?快说!"萧清疑心话都被他听去,吓得心里乱跳,更不知如何答好,呆了一呆。萧玉又怒问道:"那小鬼看我不在,说我些什么?"萧清听出他刚进来,话尚没有听去,才略放心,定一定神,答道:"适才我打瞌睡,他拍窗户,说郝姻伯怕我弟伤心,叫他前来慰问,并商明早入殓之事。我说你人不好过,已经睡熟。他说什么也要开门进来,没法子,只得开的。"萧玉又厉声低喝道:"半夜三更,谁要他父子这样多事?小狗看我不在,又说什么?你要说假话,看我撕你的皮。"萧清见他声色俱厉,知他性暴,不顾什么兄弟情分,无奈只得说谎道:"幸亏我开门以前,早就说你因思念先母,悲伤过度,本来就带着病,我怕你在母亲咽气房内触目伤心,死劝活劝,劝到后面书房安睡,现时刚刚睡熟。将他哄信,还叫我不要喊你,明早有事,多睡一会儿的好。"萧玉口里虽硬,终畏物议,一听说潜夫不知他夜中偷出,一块石头便落了地。此时正在心乱如麻之际,一意盘算未来的难题,哪还再有心肠计及别的。底下更不再问,只怒答道:"他姓郝,我姓萧,我便出去,须不干小狗甚事,他就知道,有甚相干?"萧清知他欲盖弥彰,且喜未再追问,哪敢多说惹气。想起适才潜夫劝他之言,至亲骨肉还不如外人,甚是心酸难过。天已不早,出到灵堂前,剔了剔神灯,假装困倦,倒在床上想心事。萧玉呆坐了一会儿,也往对榻躺倒，只管长吁短叹，时而悲泣，时而低声怒骂。萧清听了，觉着乃兄今日情形大变。如真受了瑶仙坚拒不与相见，不会去得这么久；如像往常二人口角受点闷气，又不是这神气。再者，两下里平日都有情爱，并说已定婚嫁之约，患难忧危之中，更应相怜相爱才是，万无被拒之理。猜他受了瑶仙蛊惑，有甚极为难之事，以至如此。因而想起畹秋母女为人阴险诡诈，以及两家不应怀有的仇恨，不禁吓了一身冷汗。虽然暗中忧急，不敢公然明问，但对乃兄和瑶仙二人都留了心。

　　萧清这一猜，果然猜对。原来瑶仙自治丧人去以后，因有私语要与绛雪商量，推说明日有事，老早便把萧逸留下的村妇打发往后房中睡了。绛雪重往厨下端整了些饮食，劝慰瑶仙同吃。二女一个苦想萧玉，盼他夜深私来看望，述说心腹；一个仍恋着萧清，恨不得赶往萧家探个明白：日里雪中跌倒坐视不救，是否成心？正是各有心事。绛雪把火盆添旺，二女并躺床上，你望着我，我望着你，望了一会儿。瑶仙忍不住说道："男子真是薄幸。我这等苦难伤心，几乎死去，就说日里怕人知道，这静夜无人，怎也不偷偷前来看我一看？再等他一会儿，不来便罢，从此以后一刀两断。莫说我再理他，连去他家那条路，这辈子都休想我走。"说到这里，眼睛一阵乱转，气得几乎要哭。绛雪急道："我的好姊姊，怎么一点不体谅人？我还觉他对你真好呢。请想啊，他父母和我们一样都遭全村人恨，他弟兄年纪轻轻，个个都是他长辈，不比你是一个孤女，容易得人怜惜。今天才出了这大乱子，哪里还敢再走错一步？你说得倒容易，萧逸在我们家既留有人，他家未必没有。何况郝家父子又是他的紧邻，老的为人古怪，小的更是可恶。你没见妈死以前，郝家小狗催他回去，那个该死挨刀的样儿么？一步走错，叫他怎么再在这里做人？想逃出去，村规又是不许，不是死路一条么？你这里想他，只怕他还更想你呢。不信，我替你再跑一次，讨个信回，就知道了。"

　　瑶仙方在沉吟不语，刚想说绛雪今非昔比，此去被人看见，你我同被污名。忽闻门外有人弹指叩户之声，瑶仙心中一动，猜定是他。刚从床上坐起，念头一转，忽又拉了绛雪倒下，附耳悄声教了些话。绛雪悄笑道："这么一来，不辜负人家苦心么？"瑶仙把眼微瞪，挥手催去。绛雪只得走向中屋，贴门低问："是哪一个？"外面忙答道："绛雪，是我。快开门，外边冷得很。"绛雪一听，果是萧玉。想起自己的事，不禁心中一酸。再听仍和往日一样喊她绛雪，虽然萧玉不知她与瑶仙认了姊妹之事，不能见怪，心中总是有点不快。便照瑶仙的意思拒绝他说："我姊姊今天伤心过度，水米不沾牙，哭晕死过去好几次。如今睡了，不能见你。"萧玉在外一听瑶仙苦状，越发担心怜爱，便央告道："好绛雪，你和小姐去说，我为她心都快碎了，只求放我进去见上一面，立刻就走。"绛雪因已点醒自己身份，听他仍是这般丫头称呼，没好气答道："我姊姊莫说睡了，我不能叫，就是没睡，大家都在风飘雨打的时候，半夜三更孤男寡女相见，被人知道，明日拿甚脸面做人？你不怕，我姊妹两个还当不起呢。"萧玉一心求见，什么话都没留心细听，只一味央告道："好绛雪，好姑娘，莫作难我，改日好生谢你就是。哪怕她真不见我，你只替我喊醒，问上一声，就感激不尽了呀。"绛雪只管表示她和主人是姊妹，对方仍未听出，依旧左绛雪右绛雪地没有改口，越发有气。含怒答道："你把人看得太小了，哪个稀罕你甚谢意？实对你说，妈归天时命我和姊姊拜了姊妹，一家骨肉，且比你亲近得多呢。她就是我，我就是她。我说不见，一定不见。用不着问，各自请吧。"萧玉闻言，方听出有些见怪，忙又分辩道："恭喜妹妹，恕我不知之罪，怪我该死。好妹子，千万不要见怪。你既能做主，请你快点开门让我进去吧。外边冷还不说，你知我提心吊胆来这一回，有多么难么？要不见她回去，真要我的命了。"瑶仙早就随出在旁偷听，闻言也是心酸感动，想叫绛雪开门，又因适才已嘱绛雪作难，不便改口。反正不会不开，何不忍耐片时？绛雪口虽那么回答，脸仍回看瑶仙神色行事。见她无所表示，乐得假公济私，话更说得坚决。萧玉越等越心慌，一时情急，口里不住央告，"好妹子"喊了无数，手在门上连推带打，打得那门山响。打没几下，绛雪恐把后屋女仆惊起，忙喝："后屋有人，你闹什么？这就给你开门，看我姊姊可能饶你！"瑶仙见绛雪要开门，连忙三步两步跑进屋去，身朝里侧面卧倒。绛雪等她进屋，才缓缓将门开放。

这一耽搁，萧玉在门外足等有半个多时辰，身子冻得瑟瑟直抖。好容易听绛雪有了开门之意，惟恐多延时刻，慌不迭乘空先把雪具脱下。门一开便钻了进去，迎着绛雪的面急口问道："好妹妹，姊姊现在妈房里么？"绛雪没好气低声喝道："告诉你有外人在后屋睡，怎么还这样毛躁，大声大气的?"萧玉连忙谢罪。正还要问瑶仙住处,一眼瞥见左侧门帘内透出灯光,更不再问,揭帘跑进。绛雪随将正门关好,堂屋壁灯吹灭,跟踪走入,又将瑶仙房门上了闩。见萧玉站在门内,连正眼也没看他,径直转向后面套间去了。萧玉和瑶仙虽然两情爱好,彼此心许,因瑶仙颇知自重,从不许他有什么轻薄言语举动,萧玉对她又怕又爱,奉若天人,连手指都未挨过。这时一到,同在患难之中,爱极生怜,恨不得加倍温存抚慰,才称心意。况且畹秋死前虽未明说,语气中二人婚姻已成定局。加以室无他人,有一绛雪本是心腹,新近由主仆又结了姊妹。反正玉人终身属我,纵然略微放肆一点,也不要紧。先在床前喊道:"姊姊不要伤心,我看望你来了。"连喊两声,不见答应。自问并无开罪之处,连唤不理,也不知是伤心太过,忧急成病,还是有什么别的不快。方在惶急,想要近前,回顾绛雪将门关好走入后房,知她主仆通气,这等行径分明给自己开道,胆更放大。一时情不自禁走到床前,想扳瑶仙肩背。手刚挨近瑶仙肩上。瑶仙倏地一声娇叱,翻身坐起,满面怒容,猛伸玉掌,当胸一下,将萧玉推出好几尺去,然后戟指低喝道:"该死的,妈今天才死,你就要上门欺负我么?"说到"欺负"二字,两行清泪似断线珍珠一般,落将下来。

　　萧玉见瑶仙悲酸急怒,吓得没口子分辩道:"好姊姊,我担心你极了。好容易偷偷到此,因为姊姊不理我,急得没法,才想拉你起来。想安慰你都来不及,怎敢欺负?"瑶仙不等他说完,便抢口怒喝道:"多谢你的好心。还说不欺负我呢,我来问你:半夜三更,孤男寡女,你纵不畏人言,也应替我想想;加以你我两家新遭惨祸,成了众恶,好端端的还怕人家乱造黑白,怎能昏夜背人到此?如被人发觉,说些坏话,你就为我死去,也洗不了的污名。急切之间担心妈的身后和我的安危,以为夜无人知,偷偷前来,也还情有可原。但那绛妹也是我亲若骨肉的心腹近人,如今又承遗命拜了姊妹,就不能做我的主,也当得几分家。她既那么坚决回复,叫你回去,自然是她明白,揣知我的心意,知道事关我一生名节,比命还重,不可任性胡为,你就该立时回去才是正理。苦缠不休,已经糊涂万状,怎倒行强打起门来?你不知我后屋住有萧家的人,便是欺我姊妹两个人少力弱,难御强暴,打算破门而入,见也要见,不见也要见,不能白来;如知后屋有人,更是意存要挟,行固可恶,心尤可诛!这都不说。你因妈死,怕我伤心，才来看望安慰，并且不畏艰险寒冷，可见爱我情深。古人爱屋及乌，何况死的是我母亲，她平日又那么爱你，果如你那痴想，便是半子。你一进门，便是灵堂壁灯已灭，灵床下还有一盏长明神灯，绝不会看不见。你眼泪未滴一滴，头未磕一个，连正眼都未看，也不问我睡了未睡，便往房里乱跑。稍有天良，何致如此？进门之后，我不起来理你，当然不是伤心，便是生气。如真爱我怜我，就该想想你来得如此艰难，人非木石，怎倒不理？当然有什么错处，或对不起人的地方。想明白后，再用好言劝解，我就有气也没气了。你不问青红皂白，就跑过来拉拉扯扯。我平时如是轻佻，不庄重，和你随便打闹说笑惯的，也倒罢了。我又不是那种无耻下贱之女，你也不是不知道。偏当我悲痛哀伤之时，如此轻薄，不是看我家无大人，孤苦弱女，成心欺负，还有什么？我命太苦，只有父母是亲人，为了萧家欧阳贱婢，害得二老相继惨死。见你一往情深，只说终身有托，女婿就是儿子一样，可以存续香烟，继她未竟之志。我非庸俗女流，不会害羞作态，也不相瞒，对你早已心许；便是母亲临终遗命，也命嫁你。但照你今晚行为看来，心已冰凉透骨。你如此，别的男人更可想而知。我和绛妹约定终身不嫁，一了心事，便寻母亲于地下了。"说完，又哽咽哭起来。

这一席话，说得萧玉通体冷汗，面无人色。深知瑶仙性情刚强，词意如此坚决，难以挽回。想不到一时情急心粗，竟未细想，把一桩极好的事，惹出这大误会。欲火烧身的人，会不惜一切牺牲，明知它是火坑，也要去冒险。她虽错怪，偏问得理对，无词可答。又是委屈，又是愁苦，急得没法，只好自怨自捶。连说："我真粗心，该死该打！"瑶仙见他自己发狠捶胸，也不拦阻，只是冷笑。后来萧玉见她心终不软，倏地跑过前去。瑶仙凤眼一瞪，刚怒喝一声："你要找死么？"萧玉已扑通一声跪到面前，哭说道："姊姊呀，我不过是粗心大意了一些，你真冤枉死我了呀！你既一定怪我，我就死在你面前，明我心迹好了。"瑶仙冷笑道："我说你安心挟制姊姊不是？我问问你：好端端男子汉大丈夫，寻的甚死？还要死在我的面前，是何居心？如若是假，便是借此要挟，如若是真，岂非临死还要害我负那污名？几曾见一个孤男会死在寡女闺房中的？快些起来，这种做法，没人来怜惜你，我见不得这种样子。"萧玉哭诉道："姊姊，你今天想必因妈去世，伤心太甚，处处见我生气。我反正一条命已付给你，要我死就死，要我活就活,我绝不敢挟制你。如今心挖出来,也是无用。我不过话说得急,怎会死在这里?不过姊姊不肯回心,百无想头,莫说不怜惜我,就怜惜我,身已化为异物,有甚用处?望姊姊多多保重,过一两天就知我的心了。"说罢,起身要走,临去又回头看了一眼,见瑶仙仍是冷若冰霜,凛然不可侵犯。不禁叹了口气,低声自语道:"姊姊,你好狠心肠。"把足微顿,拔步便走。

第一九六回　宝镜耀明辉　玉软香温情无限
　　　　　　昏灯摇冷焰　风饕雪虐恨何穷

萧玉的手刚伸到门上，瑶仙低喝一声："你等一会儿再走！"萧玉本已绝望，心里又冷又酸，闻言好似枯木逢春，立时生了希冀。连忙缩手应道："姊姊，我不去。"回顾瑶仙，泪光莹莹，眼角红润，星眸乱转，灯光下看去，越显楚楚可怜，知她心软肠断，有了转机。方欲凑近前去温存抚慰，不料刚一转背，瑶仙便把目光转向床侧，面对后房低唤了一声："妹妹！"萧玉见她忽又喊起绛雪，不知是什么意思，哪敢冒昧再问。正在逡巡却步，心里乱跳，绛雪已如泪人一般应声走出，到了床侧，喊了声："姊姊。"瑶仙手指萧玉，对绛雪道："你送萧表哥出去，留神看看附近有人没有。如若有人，不可瞒我。我已是孤苦伶仃，无人怜惜的薄命人，再冤冤枉枉背点污名，实在承担不起了。人之相知，贵在知心。你看他来得多么冒失，去得多么唐突，只是满腹私心，从不替人打算。这样的人，我心已成槁木死灰，百无希冀。你快去快回，什么话都不要说，莫为他伤了我姊妹两个情分，我更成孤儿了。"说罢，侧身往床上一躺，竟未再看萧玉一眼。

这一来，萧玉的心二次又凉了半截，忍不住颤声连喊了两次姊姊。瑶仙理也未理。还是绛雪看不过去，朝他使了个眼色，手朝门外一指，故意说道："我姊姊心硬，不能挽回了。深夜之间，好些不便，房后又睡有一个外人。她哭了一整天，水米不沾牙，心已伤透，人更受了大伤，明早还有不少要紧事。你容她早点安歇，莫要逗她多伤心了，快些请回去吧。"萧玉见绛雪暗示神情似有话说，虽然将信将疑，但是事已闹僵，除了望她转弯，别无挽回之望。既然这等说法，再如不走，岂不把自己那一种深怜密爱之意，越发打消个净？忙答道："妹妹说得对，我真该死。只顾看着姊姊生气,多心着急,忘了请她安歇了。"说罢,又对床上低喊道:"姊姊呀,只求你多多保重玉体,不要伤心,我就身遭横死,也是甘愿,请早安歇吧。"瑶仙还是不睬。萧玉无法,只得叹了口气,随着绛雪启门走出。到了堂前,悄对绛雪道:"我来时心急,只顾着先看望姊姊,没顾得先向妈的灵前叩拜,姊姊怪我,也由于此。妹妹稍待片刻,容我叩几个头吧。"绛雪道:"后屋有人,虽然被我将穿堂屋锁断,不会闯出,到底担心,你改天再来,不是一样?"萧玉凄然落泪道:"我此时方寸已乱,万念全灰,知道能来不能?一则我们两家这么深的情分,妈是长辈,礼不可缺;尤其妈最爱我,视如亲生。今天姊姊这样错怪冤枉,妈阴灵不远,必能鉴我真诚,何况妈临终之时又有遗命。向她祷告祷告,也许冥中默佑,托梦给我姊姊,叫她回心转意。既是后屋有人,我也不敢引神磬了。"随说,早抽三支本村自制的棒香点上,跪在灵前,低声祈祷起来。

  绛雪原知瑶仙故狠心肠,有意做作,欲擒先纵,给他一个下马威,以便激同仇敌忾,永无反顾。见他如此情痴,也觉不忍,只得听之。强催着萧玉祷罢起身,故意先开正门走出,看了看四外无人,才缩回来引送萧玉。到了门外,将门反掩,一同走到墙角雪堆后面,立定说道:"大表哥,你怎么这么呆?你还怪她狠心,全不看她平日多孝母亲,妈是为谁死的?女婿有半子之情,你这女婿更比半子还重。她既以终身相许,这不共戴天之仇的千斤担子,还不是望你能分担一半么?实不相瞒,她从妈死后不久,就想你。等到夜半不见你来,又气又急,如非怕人看破,还几乎要叫我到你那里去呢。谁知好容易把你盼来,进门时那么莽撞,已经不快。末了急匆匆打门闯进,既不问妈何时故去,身后事怎么办;已听我说她睡了,也不问问她身子好不好,吃东西没有,睡着没有,人怎么样。仿佛我家大人已死,百无顾忌,闯进她的卧房。见她面朝里睡,不理不睬,三岁娃娃也看得出是在生气。就该先赔小心,好生安慰,把她哄起了床再说才是。你却不管青红皂白,夜入深闺有无嫌疑,过去动手就扯。她心本窄,像你这样乱来,那还有不多心伤感的道理?这是你自己把一桩成了的好事,闹和稀糟,怨得谁来?"

  萧玉吃绛雪数说了一顿,悔恨之余,满拟必有下文,一听到末句,并无可以转弯的话。急忙央告道:"好妹妹,我没有她,活在世上有何生趣?

我知错在粗鲁大意。姊姊听你的话，好歹给我出一个主意，挽回她心，感恩不尽。"言还未了，绛雪冷笑道："无怪姊姊看你无用。话还用明说么？这事全仗人力去做，也不是劝得转的事。我已明点给你，就不立时去做，也该有句话，我才好说。一来就死呀活呀的，全没一点丈夫气，莫说姊姊，连我也听不惯这个。心坚石也穿，人只要肯真心着意去做，没有不成之理。一味装疯卖呆，连句话都换不出，这样还说什么？"萧玉前后一思索，忽然省悟，瑶仙意思是要他同报母仇，不禁吓了一大跳。当时只顾挽回情人的心，并未细想，脱口答道："你说的话，我明白了。我还当姊姊真恨我呢，原来如此。请你转告姊姊，她的仇人就是我的仇人，只管放心。但是一样，自来一人计短，二人计长。为公的来说，我虽为她不惜百死，无如聪明机智都不如她。既然敌忾，理应同仇，和衷共济，随时密商，以她之长，济我之短，方有成功如愿之望。为私的说，我二人从小一处长大，情逾骨肉；又承先人遗命，订此良姻，虽未过门，也算得是个患难夫妻。境遇相同，遭受一样，孤苦惨怛，言之伤心。她还幸而有你这样一个同心同德、休戚与共的妹妹；我表面上有个同胞兄弟，说起来总算比她多一骨肉之亲，实则心情两异，迥不相谋。最令我痛心的是事仇若父，仿佛理所当然。看来我还不如她呢。如今就把报仇一节，作为没有此事，也该日夕聚首，相敬相怜才是；如若转而忧谗畏讥，动辄害怕，不敢相见，只恐仇没报成，人早相思而死了。请妹妹务必代达，说我有她则生，无她则死，今生今世，永为臣仆。只要她一说出口，天塌下来，也敢应承。只求她在大仇未报以前，随时定约把晤，千万莫再不理，免我相思而死，就感恩不尽了。"绛雪听萧清和他面奉心违，暗自惊急。等他说完，笑答道："你老是爱表白，看这一套话说了多少'死'字呀。你暂且请回家去，这些话我定给你带到。听与不听，却在乎她了。"萧玉发急道："她最信服的是你，只要帮我多说好话，没有不信之理。好妹妹，劳你点神，容我在此稍等片刻，听你一个信。哪怕人不出来，给我一个暗号呢。今日连愁急带伤心苦熬了一整天，得点实信回去，也好睡个把时辰的安心瞌睡呀。"绛雪便问："这个暗号如何打法？"萧玉道："她如回心答应，你随便拿件杯盘碗碟之类掷在地上，我就明白了。"绛雪笑道："你真痴得可怜。他对我就不……"说到这里，忽然止住，心中一酸，转身就走。萧玉不明言中之意，只当她指的是瑶仙，话未肯定，人已走了。忙追上去，悄声急问："妹妹，你说什么？"绛雪急答："我晓得，你放心，回去安睡就是，再要磨人，连我也不理你了。"

萧玉不敢再说，只得抢口说了句："多多拜托。"退了下来。因绛雪暗号示意不否不诺，心中不定，意欲等上一会儿。忽见绛雪走到门前，回身将手连挥，意似催走，不再回复。暗忖："今晚我真呆了。这里住房都没墙垣，正好假装回去，等她进屋再绕转来，到窗底下听她二人背后真话，一听便知，不比得她暗号还强得多么？"念头转定，先把手一挥，朝来路走去，先绕到房侧，见灵堂灯光一明一暗，瑶仙窗上影影绰绰似有两个人影闪过，知已进房，没有留神自己。慌不迭提气轻身掩到瑶仙居室窗下，侧耳静听。二女语声细微，隐闻瑶仙在内悲叹，绛雪在旁劝解，只听不真切。雪地奇寒，朔风透体，脊骨冰凉，牙齿又不争气，偏在此时捉对儿上下厮击，震震有声，怎么也忍不住。惟恐二女发觉，再一弄巧成拙，更难挽回。急得一颗心怦怦乱跳，似要迸出腔子外来。越急心越不定，两耳更失效用，枉自惶惶，无计可施。后来在窗底下搜索，好容易找到一条小缝。刚凑上去，要往里探看，忽听瑶仙在屋里唤道："绛妹，你听窗外好似有人一样，快看看去。真是越闹越不成样了。"随听绛雪答道："姊姊忒多心，明明是冰雪破裂的声音。这半夜三更，哪有这样下流没品行的？被人看见，捉住还有命么？明天还要早起，请姊姊早点安歇养神吧。"

萧玉在外，哪敢往下再听，没等说完，早吓得提心吊胆，接连几蹿，逃了开去。恐二女由窗中外窥，避开正面，先在房侧躲了一会儿，不见人出。探头外视，瑶仙室内灯光已灭，声息全无，知道冰雪业已冻结，自己轻功不曾学好，踏行有声，不敢再作流连。心中一酸，越觉通体冰凉，彻骨寒心，冷不可当。怀着满腹悲酸，思绪万千，对着瑶仙卧房虚抱了几抱，四顾茫茫，凄然暗叹了一声。眼泪流到脸上，面皮微动，觉着有些发皱，举袖去擦，冰凉挺硬，袖已冻僵。只得把一双冻手搓热，露出一张无人见怜的哭丧脸，往回就跑，随跑随想，暗忖："二女所说之事，何等机密重大，如若稍微看轻我，怎会吐露只字？分明念切亲仇，故意用激相试，好使我同心协力，锐身患难。尤其是当面说明婚嫁，不做丝毫儿女于羞态，可见倾心已久。只怨恨自己痴顽，全不体贴她的处境伤心，情热莽撞，不会温存。易地而居，便自己换了她的境地，遇了情人这样，恐也难免误会心寒,怎能怪她生气?话虽句句责备,而眉目之间隐含幽怨,深情若揭。又可恨自己太粗心,辩白的话全不理,也不留神查看她的语气神色。直到她气极,下了逐客之令,我虽满腹心曲,竟未说出一句。如今想起,已是不及。她命绛雪送出,好似安心留一转弯的路。自己听出心事,就该誓死同仇,立即回去。她姊妹明明是一个鼻孔出气,话已说到这等份上,偏还要听什么壁脚,探什么背后言语。她那么冰雪聪明,耳目何等灵敏,如今定已被她看破无疑。其实越是责备,倒显情重,任她数说,并不妨事。依这样讥斥几句,就此熄灯不理,又说自己是个没品行的人,大有不屑之势,却是可虑至极。"这一疑虑,念头不由又转到坏处,想道:"彼此从小长大,早种情根。今日瑶仙家遭惨祸,自己还不是无独有偶,和她一样遭祸丧母?照着素日情分,理应相慰相怜才是。这样大雪寒天,始而闭户坚拒,任我僵立风雪之中,闭门不纳;后来勉强开门进去,先是向壁不理,继而尽情责问,全无一点慰藉,终仍逐诸大门之外。后来窗下偷听,休说名分已有宿定,即便算我越礼,也由于爱深情急所致,倘有三分爱怜,或命绛雪重出慰勉,或是故露口风。她不想只要暖室绣户中吐个一句半句,这风雪中的可怜人便可安心适意,免却无限烦恼忧疑。她不但视若路人,反说得人那么不堪,就此熄灯决绝,薄情一至于此。以后更不知她理我不理,真要决裂,还有什么想头?"越想越伤心,不禁又哑声痛哭起来。哭不几声,念头匆忙转到好上。又觉瑶仙深情内蓄,言行皆寓有深意,为了激励自己卧薪尝胆,不得不尔。自己不过受点冻,她这时人去后的伤心,恐怕还要更甚。不禁又起了爱怜,急得低声直喊:"好姊姊,你今日人已吃了大亏,千万不要再伤心啊!"念头忽一转到坏上,又把"好狠心的姊姊"叫了无数。

似这样时悲时喜,时忧时恨,神态怔忡,心情摇摇,也不知如何是好。在雪上泪行,快两步,慢两步,想着心思白言白语,独个儿尽在捣鬼,不觉到了自家后门。本就满腹悲忿牢骚,一看居室内透出灯光,更有了气。暗怪乃弟不知事务,出时再三叫他只留灵前神灯,这般夜深将灯点起引了人来,岂不又遭指摘?本就有气,正待发作,才一走进,便听兄弟送人往前门走出。由暗室中掩到灵堂探头往外看,正是自己又恨又怕的紧邻郝潜夫,不由吓了一大跳。尚幸心存顾忌,入门时没有张扬,又在暗室之中走出，否则岂不正被撞破？就这样，也拿不准潜夫来时早晚，机密泄露也未。一着急，把当晚的满腔怨毒全发在乃弟身上，暗忖："事已至此，不泄露还可饶他，如由他口里吐出机密，反正清议难容，非重重收拾他不可。"当时忿极，怒气冲冲掩进房中坐下，真恨不能把乃弟毒打一顿才能出气。总算萧清运气还好，萧玉到时，刚巧潜夫起身。萧玉悲忿急怒一齐交加，昏忿心粗，没有跟出偷听，竟被萧清几句言语遮饰过去，以为真个无人知晓。萧玉尽管怨气难消，天良犹未丧尽，自知所行所为不合轨道，加以做贼心虚，惟恐闹起来别生枝节，未操同室之戈，只怒声斥责了几句，便往床上卧倒。又把心上人所说的话重又反复玩味，似着了魔一般，不住辗转反侧，短叹长吁，恨一阵，爱一阵，喜一阵，愁一阵。最终觉出如要挽回情爱，与意中人比翼双栖，不问今晚种种说话举动是真是假，非代她锐身母仇，决然无望。只要能将仇人杀死，即使她真个变心薄情，也能挽回。如若故意激将，正可增加情爱。越想越对，方觉还有转机，猛又想道："报仇之事大不容易。萧逸是全村之主，人望所归。以下弑上，即使侥幸成功，村人定动公忿，休想活命。全村的人都把瑶仙认为遗孽祸水，岂有不疑心到她之理？况且萧逸内外武功均臻极顶，灵敏非常。连那三个小儿女都不是随便能对付的。纵然甘冒不韪，灭伦背叛，身子先近不了，如何行刺？要想乘他教武，身子挨近时骤出不意，下手暗算，萧逸又得过祖先嫡传，长于擒拿，奥妙非常，不论旁刺侧击，敌人手略沾身，不被擒住，便被点倒。众目昭彰之下，就是得手，踪迹败露，也跑不脱。无论昼夜、明暗下手，均如以卵投石，一触即碎，真比登天还难。不办吧，情人的心又无法挽回。"怎么想，也打不出主意，闹得一夜不曾合眼。天亮便起来，等人筹办乃母身后之事。

萧清看出他受了瑶仙挟制，必然心怀不善，也是急得一夜不曾安睡。萧玉色令智昏，不但对乃弟毫无怜惜，反因昨晚之事迁怒，拿他出气。一起床，便厉声呼斥，借故喝骂。稍辩一两句，便动手打。因是大年初二，执事人等差不多头晚都补除夕的缺觉，加上痛恶死人，心中不愿，挨到正午，才行陆续前来。郝老夫妻原是热肠相助，因昨晚潜夫回去一说，天生疾恶如仇性情，如何容得。如非乃子已经答应了萧清，不为泄露，更恐引起萁豆相煎，萧清吃了萧玉苦头，几欲过去当众宣示，大大打骂一顿，才快心意。背后尚且恨得如此,见了本人,怎忍得住,只好不去。到了傍午,潜夫才到萧家略为敷衍,推说二老晚间受寒感冒,不能前来。萧玉本和他不对,此时正盼早点事完天黑,好去崔家畅叙幽情,潜夫又是面对兄弟说话,乐得装未听见。郝老夫妻生病不来,更省絮聒,就此忽略过去。这些人一来晚不要紧,萧清却吃足了苦头,被萧玉骂前骂后,无可奈何,便去灵前抚棺大哭。到了人来入殓之时,萧玉虽然色令智昏,毕竟母子天性,也免不了一场大恸。萧清更不必说,众人都知他年幼可怜,齐声劝勉,方得少抑悲哀。

潜夫看他成礼之后,乘着萧玉不在眼前,悄问夜来之事。萧清知道隐瞒不住,只得说了个大概。潜夫暗忖:"乃兄为人无异禽兽,他却天性纯厚,弟兄二人如在一起,就不受害,也必受他人连累。父母昨日已经劝过,就这样劝他移居师父家中,未必肯去。还是禀告师父,由他做主,唤去相依才好。"当下也不说破,见萧玉走来,又宽慰萧清几句,便即辞去。回家换了雪具,跑到萧逸家中,将他弟兄之事和盘托出。萧逸沉吟了一会儿,答道:"伯祖嫡裔只此一支,便多不好,也应保全,何况还有一个好的。清侄灵慧,尚有至性,由我教养成人,自不必说。就是玉侄,他和瑶仙未始不是一双佳偶,年轻人身落情网,无可顾忌,自是难免。若说他们狼子野心,志存叵测,绝无此大胆。纵敢犯上作乱,事情也万办不到。他两人既然心许已久,又有两家母氏遗命,等过百期,索性由我做主,给他们行聘,服满成婚好了。至于苟且一层,瑶仙平日颇有志气,昨日我见她甚是哀毁,便玉侄非人,她也绝不肯以身蒙垢,永留终身之玷。不过他们平日情爱甚厚,同遭惨变,难免彼此相爱相怜。又因村人厌恶乃母,难免迁怒遗孤,不敢公然来往,只好背地相见,哪知这样嫌疑更重。玉侄昨晚尚且前往,以后自不免时常偷会。你既发觉,务要装作不知,切忌传扬。须知玉侄不肖,尚有清侄可以继承。崔、黄两家至戚,却仅此一个孤女,若使羞忿不能立足,无论死走逃亡,或激出甚别的变故,均使我问心不安。只等初六灵柩出屋,便将清侄招来与我同住。玉侄之事,只要他们发情止礼,不致荡检逾越,到时明订婚礼也就罢了。"潜夫哪知萧逸明知畹秋死前必有复仇遗命,因看仙人面上,意欲委曲求全,故意说她不会有甚异图,日后暗中设法挽救。闻言颇不谓然,因未拿着逆谋把柄,不便深说,由此便留了神。

不提。

萧玉因潜夫始终对他不理,想起昨晚之事,大是疑心。人去以后,强忍忿恨,勉强上完夜供,将萧清唤至房内,把门一关,拿了一根藤条,厉声喝问:"到底昨晚有无泄漏机密?"萧清从小挨打受气,积威之下,神色未免慌张,才说一句:"哪有此事?"萧玉便"刷"的一藤条打向身上。萧清虽然小好几岁,平日比他肯下苦功得多,力也较大,只是敬他兄长,一味恭顺,并非真个不敌。见他家遭惨祸,母死在床,停尸未殓,竟然背礼忘亲,去寻情人私会,昨晚神情言语均似受了蛊惑,欲谋不轨,已是老大不以为然。日里既未尽哀,夜来又复欺凌弱弟,一言不合,持鞭毒打,全无丝毫手足之情,未免心寒气壮。先未及躲,挨了一下重的。萧玉见他不答,第二下又复打到。萧清实忍不住,含泪忍痛,一纵避开,也喝道:"妈才去世,你我同气连枝,患难相依,理应兄爱弟敬,互相顾惜才是。我又没做甚错事,来是人家自己来的,为何打我?"话未说完,萧玉"刷刷"又接连几下,俱吃萧清连使身法躲开。嗣见他不可理喻,追打不休,意欲拔脚逃出。萧玉嫌他不似往日甘于受责,越发暴怒,低喝一声:"你敢不服我管,往哪里跑!"随着纵身过去,连头夹背,恶狠狠又是一下。萧清也真忿极,闻得脑后风生,将头往侧一偏,跟着身子一矮,转将过来。趁着萧玉一藤条打到门上,使一个叶底偷桃之势,抓住藤杆一拉,夺过手来。底下一腿将门踢开,纵将出去。不想迎面轻脚轻手跑来一个女子,萧清忙往外纵,对方来势也急,两下几乎撞个满怀。还算萧清眼快,身子矫捷,身刚纵起,瞥见对面跑来一条白影,喊声:"不好!"百忙中施展萧家内功嫡传,一个悬崖勒马之势,身子往左一横,就势单足往旁边茶几角上一点劲,往右上方斜飞出去。只听"锵锒""哗啦""乒乓""哎呀"之声响成一片,灵堂内顿时大乱。

原来萧清急于避人,用势太猛,径由来人头上飞过。落时身子朝外,只顾想看来人是谁,不曾留意身后,脚跟正踹在神桌角上,一下将上首一座两尺来高的锡烛台踹翻折断。上半截连同半支残烛掉在地下,下半截翻倒在桌上,将灵前供菜果盘撞坏了好几个。同时萧玉见兄弟居然抢藤夺门而出,不受责打,愈发怒从心起,恶狠狠跟踪飞身追将出来,势子也急。室中只有一盏半明不灭的神灯,加上三人一阵纵跑带起来的风势,灯焰摇摇,光景越发昏暗。萧玉正低声喝骂,两眼一花,见萧清纵起,只知怒极前扑,不想面前还有一人。来人也不知是否存心,明明见对面有人,仍往前跑。这一来,两下里都收不住势,恰撞了个满怀。来人又是女子,"哎呀"一声,跌了个屁股墩子。萧玉力大势猛,一把人撞倒,心中一惊,一把没抓住,身反向前一探,吃来人"啪"的就是一个嘴巴。低声喝道:"你瞎眼了么?"萧玉这才听出是绛雪的声音,不由又慌又喜,哪还再顾别的,忙伸手想去扶时,绛雪已由地上纵起,低喝道:"你这个欺负兄弟的坏人,哪个理你?"说完,转身要走,萧玉悬心了一夜,方欲打完兄弟,再候片时,便硬着头皮再去见瑶仙倾吐心腹。想不到绛雪会来。昨晚曾经托她,料知必有佳音。半边脸打得火辣辣的,也忘了用手去摸。哪知绛雪是恨他追打她心上人,又吃撞了一跌,心中不忿,先打了他一掌不算,还要故意做作,向萧清卖好。萧玉一见绛雪要走,如何肯放,也不顾萧清在侧与否,慌不迭纵步上前,将门拦住,央告道:"好妹妹,是我一时没有看真,误撞了你。我给你赔礼,千万不要见怪。请到屋里坐吧。"绛雪答道:"你撞了我不要紧,我只问你,为什么要打他?"萧玉道:"妹子你不晓得,一言难尽,人都被他气死,我们去至屋里说吧。"绛雪道:"我知他为人极好,又最尊敬你,妈才死了两天,你就欺负他,我就不依。"

萧玉知道瑶仙最怕物议,哪敢说了昨晚归来,潜夫方由家中走出之事,只得急辩道:"我恨他不听教训,想拿藤条吓他,不料他又凶又恶,反被夺去。你看藤条不还在他手里,刚放下么?他仗着向外人学了点本领,哪把我当哥哥的放在心上,将来他不打我就是好的,我还欺得了他?不信你问他去,我刚才打了他一下没有?"绛雪见萧清已将手中藤条放下,刚把碎盘碎碗、断了的烛台一齐捡开,由桌底取了一对完整的烛台换上,一边擦着眼泪,好似伤心已极。情人眼里越发生怜,闻言忙就势跑过去,笑脸柔声问道:"清少爷,大哥打了你么?你对我说,我给你出气。"萧清先听这一对无耻男女的称呼问答,已是伤心忿激,哪里再见得这等贱相。怯于兄威,不敢发作,只鼻子里"哼"了一声,捧起那堆破碎祭器,回身往里便走,正眼都没看绛雪一眼。绛雪好生无趣,忽又想起昨日雪中滑倒之事,不禁心中一酸,一股冷气又由脊骨缝起,直通到脑门,暗中泪花直转。萧玉仍不知趣,忿忿说道:"妹子,你看他多该死,你好心好意问他的话,他这个背时样子，怎不叫人生气？"绛雪怒道："都是你不好，你管我哩！"萧玉因外屋隔溪便是郝家，恐被跑来看去，重又卑词请进。

萧清已走，绛雪无法，只得就势下坡，同到萧玉房中，把满腔怨忿，全发放在萧玉一人身上。坐在那里只是数说，又怪他昨晚不该窗下偷听，被瑶仙认为轻薄浪子。好好的事，自己败坏，要和他一刀两断，永不相干。急得萧玉无法，再三央告，托她挽回。绛雪才说出经她一夜苦劝，略微活了点心。"如今才叫我来唤你，半夜无人之时前去。仇人所留女仆已经设法遣走，家中无人，甚话都可说。但是成败在此一举，莫要再和昨晚一样，自寻苦恼。"萧玉一听，立时心花怒放，破涕为笑。又怪绛雪："这等好音，先怎不说？不然早就跟你走了，岂不害姊姊久等，又来怪我？你耽延时候，这里郝氏父子是奸细，如被闯来看破，如何是好？"边说边忙着穿衣着履。绛雪拦道："你忙什么？天还早呢。刚给你把事办好，又怪人了，以后还用我不用？我要怕人，还不来呢。姊姊是千金小姐。我呢，命是她家救的，本来根底，只有死去的恩父恩母知道，莫说出身平常，就是真好，总做过她家丫头。事情不闹穿，大家都好；如果闹穿，被人看破，自有我一个人来担这恶名，连你都不会沾上。我为你用了这么多心血，不说怎么想法谢我，反倒埋怨起来，好人就这么难做么？"萧玉连忙谢过，又说了些感激的话。绛雪微嗔道："门面话我不爱听，尽说感激有什么用？这样雪天雪夜，不避嫌疑，担着千斤担子，悄悄冒险跑来，一半自然是为了姊姊，想成全你们，将来配一对好夫妻，但是我的来意还有一半，你知道么？"

萧玉一听，她的话越说越离径。一时误会，以为她也看中自己，想和瑶仙仿效英、皇，来个二女同归。绛雪娟丽聪明，瑶仙与她已是情同骨肉，此举如得瑶仙赞同，未始不是一桩美事。但是瑶仙机智绝伦，捉摸不定，自己常落她的算中。万一姊妹两个商量好了，来试探自己，女子性情多妒，这一决裂，更难挽回，哪敢轻率从事。便拿话点她道："妹子成全我的婚姻，无异救命恩人。自古大德不言报，何况我这一身，业已许给瑶仙姊姊，没齿不二，死生以之。我不能昧起良心来说假话，妹子如有用我之处，还须听她可否。即便为你赴汤蹈火，也是出于她意，不能算我报德。别的身外之物，岂是妹子看得上眼的？"还要往下说时，绛雪见他仍不明白来意，反错疑自己也想嫁他，好生羞忿。心事本难明言，无奈时机难得，不趁此挟制，少时他和瑶仙一见面，经过昨晚一番做作，此后全是柔情蜜意，两人情分绝比自己还深得多，如何能拿得他住？一着急，不禁把心一横，顿足立起，怒道："你这些话，把我当做甚人看待？昨晚不是我哭劝姊姊一晚，能有今天么？我把话都说明了，还装不懂，气死人了！"萧玉惶恐，直说自己"实在糊涂，不测高深，你我情分无殊骨肉，有什么事，何妨明说呢"。绛雪道："我这事，你就问姊姊，她也极愿意的。我这时候和姊姊一样，只是一条命，不怕害羞了。本来我想由姊姊自己向你说的，但是我心都用碎了，这简直是前世冤孽，巴不得早点说定，才朝你说的。别的我也不要报答，只要你帮我说几句话，问个明白。最好叫他同我当面说句话，能如我愿，不要说了，如真嫌我，以后也好死了这条心，专为姊姊出力拼命，报答她全家对我的好处。不管行不行，请你以后少拿出哥哥的威风欺压人家。莫看你比他大几岁，要照为人来说，你哪一样也不如他呢。这你总该明白了吧？"

萧玉闻言，方始恍然大悟。料她属意兄弟已久，情发于中，不能自制。暗忖："她两姊妹如能变为妯娌，真再合适不过。无奈兄弟性情外面和顺，内里固执。从小不喜和女孩打交道，尤其对于瑶仙落漠无礼。便自己不爱他，也是由此。加以年幼不解风情，昨晚今朝又连遭打骂。如若日后软硬兼施，连劝带逼，或者尚可。当时要他吐口应允，必更说绛雪无耻贱婢，不屑答理。甚至还会说出全家遭惨祸，便命婚媾，丧心病狂，何以为子等等不中听的话，抬出一大篇道理来，叫人无话可答，岂非自找无趣？"想婉言回复，姑且从缓，包在自己身上，必使将来成为连理。话刚说了一半，绛雪冷笑道："我也随姊姊读过两年书，人之相知，贵在知心。人各有志，勉强的事，漫说不成，就成，有什么意思？就拿你这人说，品行学问，武功聪明，一无可取，哪点配得上我姊姊？不就是看你用情专一，对她至诚，将来不致负心这一点么？我只要你代我问两句话，好定我的心志。也不是非他不可，绝不强求。说到就算你报答了我。不成我认了，以丫角终老，绝不怪谁。天已快到时候，只管耽搁怎的？"萧玉见她意甚坚决，只得应了。忙往后屋去寻萧清时，谁知萧清见绛雪夜间到此，行踪诡秘，入室不走，疑有什么奸谋，早回到堂屋，窃听了个大概，咬牙切齿，暗骂："天下竟有这样不顾廉耻的女子，漫说我不会娶妻，就娶也不会要你。"见乃兄走出，知要寻他麻烦，忙往黑影里一闪。萧玉刚进后屋，绛雪也悄悄跟了尾随在后，意似暗中探听萧玉去做说客，是否为她尽心。萧玉忙着去会瑶仙，巴不得早点说定好走。他以为兄弟定在后进暗室中哭泣，绛雪又一意尾随萧玉，二人全未看见外屋板壁间藏的有人。萧清知道兄长天良已丧，难免威逼纠缠，又要怄气，趁二人入内之便，索性溜走。到了门外，纵身上屋，再由屋顶施展轻功，踏着积雪，绕到后进屋上待了一会儿，侧耳往下静听。萧玉是由后屋又找向前面，萧清知他早就想走，后门未关，便轻轻纵落，如捉迷藏一般，由黑地里掩了进去，仍藏在灵堂隔壁屋内，偷偷听乃兄动静。

萧玉因前后进各房找遍，不见兄弟踪迹，又点了一个火捻子，二次到处寻找。做贼心虚，还用一块椅垫挡住向外一面，以防外人窥见。因为情急心慌，绛雪始终掩在他的身后，也未觉察。萧清进屋时，萧玉刚由后屋走到灵堂外去，见兄弟仍然无踪，气得乱骂："该死的东西，往哪里撞魂去？这样要紧关头，害我苦找，又不好大声喊的。你要是去到郝家，向老鬼、小鬼诉冤去，那除非你不回来，再要为你尽耽搁时候，姊姊等久怪我，回来非跟你拼命不可。"绛雪见萧清不在，料知成心避出，绝难寻回。又听萧玉一个人自言自语捣鬼，也恐瑶仙等久悬念，心里一凉，不禁"唉"了一声。萧玉闻声回顾，知她卫护兄弟，适说狠话，谅被听去。方恐嗔怪，绛雪却道："你等不得，那就走吧。只要诚心照我话做，也不必过于逼他，在这三两天内给我一个回音，就承情了。"萧玉忙道："那个自然，这样再美满不过。他又不是疯子，我想他一定喜欢，绝无不愿之理。"绛雪闻言，似有喜色，忽又双眉一皱，叹口气道："你倒说得容易，要知这是我前一世的冤孽魔债。不用找了，走吧。"萧玉巴不得说此"走"字，就势回步。因见绛雪钟情太甚，只图讨她喜欢，边走边道："他绝不敢不听我的话，真要不知好歹，看我饶他！这时不见，或许往郝家告状去了呢。"绛雪道："这人天性最厚，任多委屈，也绝不会坏你的事。不是见我不得，便是怕你有话避人，少时又欺负了他，躲出去了。向外人乱说，一定不会这样。你走后门，我走前门，分路出去，也许能遇上呢。但是你想他听你话，以后再也不可欺负他了。"

萧玉忙着快走，口里应诺。匆匆整理好了雪具，先送绛雪走到前面，探头细看，郝家灯光尽灭，谅已全家入睡。放放心心催着绛雪穿上雪具，约定同行地点，出门上道。赶急闩门，往后门跑去。萧清知道此时再不出面，必疑自己向外人泄漏机密，回来又是祸事。想了想，料与情人相见心急，必无暇多说。听他回转，故意出声走动。萧玉见兄弟忽然出现，虽然急怒交加，一则心神早已飞走，无暇及此，二则守着绛雪之诫，事须好商，不便发作。匆匆停步，喝问："你往哪里去了，如何寻你不到？"萧清知道他适才没敢高声呼喊，随口答道："我自在后房想起爹妈伤心，后来口渴，见崔家丫头在房内，不愿进去，摸黑到厨房喝了半瓢冷开水，哪里都未去。没听哥哥喊，哪晓得是在找我？"萧玉将信将疑，不及盘问，只低喝道："表婶临终，已收绛雪妹子为义女了。她是你二表姊，以后不许再喊丫头名字得罪人。这会儿没工夫多说。今晚你再放个把奸细进来，就好了。"随说随走，说完，人已往后门跑去。

萧清见乃兄毫无顾忌，一味迷恋瑶仙，天性沦亡，神志全昏，早晚必定受人愚弄，犯上作乱，惹那杀身之祸。又是心寒，又是悲急，暗中叫不迭的苦。见人已走，只得去把后门虚掩，将神灯移向暗处，室灯吹灭，不使透光，以防潜夫再来叩门。也不敢再出声哭泣，只趺坐在灵前地上，对着一盏昏灯，思前想后，落泪伤心。暗祝阴灵默佑兄长悬崖勒马，迷途早返。一面再把潜夫所劝洁身远祸，移居叔父家中的话，再四考量轻重利害。最终寻思："兄长受了贱人蛊惑，无可谏劝，祸发不远。自家虽是萧氏宗支，先世不曾同隐，情份上本就稍差。父母在日，与村人又不融洽。再经这一场祸变，难免不怨及遗孤，加心嫉视。安分为人，日久尚能挽转。若做那桑间濮上等荡检逾闲的丑事，村人已是不容；再要为色所迷，受挟行凶，有甚悖逆举动，不但本人难逃公道，自己也必受牵连，为时诟病，有口难分。纵不同谋助逆，也是知情不举。好了，受些责辱，逐出村去；一个不好，同归于尽。弟兄同难，原无所用其规避。但是父母已被恶名，他又多行不义，生渐清议，死被恶名。自己不能干蛊，反倒随以俱尽，父母血食宗祠由此全斩，不孝之罪岂不更大？何况他还要强逼娶那无耻丫头，不允，日受楚辱，更伤兄弟之情；允了，不特心头厌恶，以后事败更难自拔。"越想越难再与同处，决定敷衍过了破五，灵棺一葬，便即离去，搬到叔父家中避祸，以免将来波及，反而更糟。日夜悲思，疲劳已极，主意拿稳,心神一定,不觉伏到蒲团上面,昏沉入梦。不提。

且说萧玉出门,踏上雪橇,赶上绛雪。假说兄弟没有见到,以免无言可答。一路加急滑行,仗着沿途人家绝少,又都夜深人睡,一个人也未遇见。赶到崔家,遥见灯光全熄,全屋暗沉沉,料想来晚,瑶仙久等生气,以入睡相拒,好生焦急。又不敢埋怨绛雪,得罪了更难挽回,急得不住唉声叹气。绛雪明知他心意,也不去理他。快要到达,方对他道:"玉哥,叹气作甚?来晚了吧?"萧玉见她反而奚落,忍不住答道:"你还说哩,都是……"说到"你"字,又缩回去。绛雪怒道:"都是什么?都是我耽搁的,害了你是不是?"萧玉忙分辩道:"妹子,你太爱多心了,我哪里说你?我是说,都是我命苦,把心挖出来也没人知道,真恨不如死了的好呢。"绛雪冷笑道:"那倒用不着费那么大事,少埋怨人几句就好了。我既说得出,就担当起。你屋还未进,就着急做什么?"说时已到堂屋门前。萧玉见一排几间屋没一处不是黑的,料定瑶仙生气无疑。昨晚已经吃过苦头,哪敢再冒昧闯门而入。见绛雪推开堂屋门,走到瑶仙门前掀帘而入,心乱如麻,也没留神细看,恐又见怪,只得站在门外候信。

方在犹疑不定,忽见绛雪在房内将头探出帘外,细声说道:"到了家屋,怎不进来,还要喝一夜寒风么?请你把中间堂屋门关好,上了门闩。我冷极了,要回房去烤火,不由前面走了。"说时,萧玉瞥见帘内似有微光透映,又不似点灯神气。闻言如奉纶音,不等说完,诺诺连声走将进去,放下雪具,匆匆关好堂屋门,朝灵前叩了三个头。慌不迭掀帘钻入一看,室内无灯无火,冷清清不见一人,仅里面屋内帘缝中射出一线灯光。不知瑶仙是喜是怒,许进不许,正打不出主意。忽听里屋通往后间的门响了一下,仿佛有人走出,跟着又听瑶仙长叹了一声。萧玉忙也咳嗽一声,半晌不听回音,提心吊胆,一步步挨到帘前,微揭帘缝一看,忽觉一股暖气从对面袭上身来。室内炉火熊熊,灯光雪亮,向外一排窗户俱都挂着棉被。绛雪不知何往,只剩瑶仙一人,穿着一身重孝,背朝房门,独个儿手扶条桌,对着一面大镜子,向壁而坐。不由心血皆沸,忍不住轻唤了声:"姊姊,我进来了。"瑶仙没回头,只应声道:"来呀。"萧玉听她语声虽带悲抑,并无怒意,不由心中一放,忙即应声走进。瑶仙偏脸指着桌旁木椅,苦笑道:"请坐。"萧玉忙应了一声,在旁坐了。见瑶仙一身缟素,雾鬓风鬟,经此丧变,面庞虽然清减了许多,已迥非昨日模糊血泪,宛转欲绝情景。本来貌比花娇,肌同玉映,这时眉锁春山,眼波红晕,又当宝镜明灯之下,越显得丰神楚楚,容光照人,平增许多冷艳。令人见了心凄目眩,怜爱疼惜到了极处,转觉欲慰无从,身魂皆非己有,不知如何是好。坐定半晌,才吞吞吐吐道:"好姊姊,你昨日伤心太过,我又该死,害你生气。回去担心了一夜。今天稍好些么?人死不能复生,姊姊还是保重些好。"说完,见瑶仙用那带着一圈红晕的秀目望着自己,只是不答,也未置可否。看出无甚嗔怪意思,不由胆子渐大,跟着又道:"姊姊,你这个弟弟昨天也是新遭大故,心神悲乱,虽然糊涂冒昧,得罪姊姊生气,实在一时粗心,出于无知,才有这事。刚才因绛妹怕走早了,防人知道,来得又晚一些。昨晚我心都急烂了,望好姊姊不要怪我吧。"说完,瑶仙仍望着他,不言语。萧玉面对这位患难相处的心头爱宠,绝世佳人,真恨不能抱将过来,着实轻怜密爱一番,才觉略解心头相思之苦。无如昨晚一来,变成惊弓之鸟,再加上瑶仙秋波莹朗,隐含威光,早已心慑。惟恐丝毫忤犯,哪里还敢造次。又想不出说甚话好,心里也不知是急是愁,仿佛身子都没个放处。由外面奇冷之地进到暖屋,除雪具、风帽留在堂屋外,身着重棉,一会儿便出了汗,脸也发烧,又不便脱去长衣。心爱人喜怒难测,尚悬着心,呆了一会儿。

萧玉还在忸怩不安,瑶仙忽然轻启朱唇说道:"你热,怎不把厚棉袍脱了去?"萧玉闻言,如奉纶音,心花大开。忙即应声起立,将长衣脱去,重又坐下。瑶仙忽又长叹了一声,流下泪来。萧玉大惊,忙问:"好姊姊,你怎么又生气了?是我适才话说错了么?"瑶仙叹道:"你适才说些什么,我都没听入耳,怎会怪你?我是另有想头罢了。你这两天定没吃得好饭,我已叫绛妹去配酒菜、消夜去了。等她做来,你我三人同吃,一醉方休,也长长我的志气。"萧玉知她母仇在念,情逾切割,怎会想到酒食上去?摸不准是甚用意。想了想,答道:"我这两天吃不下去,姊姊想吃,自然奉陪。"瑶仙玉容突地一变,生气道:"事到今日,你对我说话还用心思么?"萧玉见她轻嗔薄愠,隐含幽怨,越觉妩媚动人,又是爱极,又是害怕,慌不迭答道:"哪里,我怎敢对姊姊用心眼?实对姊姊说吧,现时此身已不是我所有,姊姊喜欢我便喜欢,姊姊愁苦我便愁苦,姊姊要我怎么我便怎么。不论姊姊说真说假,好歹我都令出必行,粉身碎骨,在所不辞哩。"瑶仙闻言,微笑道:"你倒真好。"萧玉方当是反话,想要答时,瑶仙忽伸玉腕,将萧玉的手握住,说道:"你当真爱我不爱?"萧玉先见瑶仙春葱般一双手搁在条桌上面,柔若无骨,几番心痒,强自按捺,想不到会来握自己的手。玉肌触处,只觉温柔莹滑,细腻无比。再听这一句话,事出望外,好似酷寒之后骤逢火热,当时头脑"轰"地一下,不由心悸魄融,手足皆颤。爱极生畏,反倒不敢乱动,只颤声答道:"我、我、我真爱极了!"瑶仙把嘴一撇,笑道:"我就见不得你这个样子,大家好在心里,偏要表出来。"随说随将手缩回去。萧玉此时手笼暖玉,目睹娇姿,正在心情欲化的当儿,又看出瑶仙业已心倾爱吐,不再有何避忌,如何肯舍。忙顺手一拉,未拉住,就势立起挨近身去,颤声说道:"好姊姊,我今天才知道你的心。真正想死我了。"边说边试探着把头往下低去。瑶仙一手支颐,一手在桌上画圈,一双妙目却看着别处,似想甚心思,不怎理会。萧玉快要挨近,吃瑶仙前额三两丝没梳拢的秀发拂向脸上,刚觉口鼻间微微一痒,便闻见一股幽香袭入鼻端。再瞥见桌上那只粉团般的玉手,愈发心旌摇摇,不能自制。正待偎倚上前,瑶仙只把头微微一偏,便已躲过。回眸斜视,将嘴微微努道:"人来了是甚样子?放老实些,坐回去。我有话说。"萧玉恐怕触怒,不敢相强,只得返坐原处,望着瑶仙,静候发话。等了一会儿,瑶仙仍是面带笑容,回手倚着椅背,娇躯微斜,面对面安闲地坐在那里,一言不发。萧玉见她今日哀容愁态全都扫尽,目波明媚,口角生春,似有无限情愫含蓄在内。不由越看越爱,心痒难搔。早知不会见怪,深悔适才胆小退缩,将机会错过,未得稍微亲近,略解多少相思之苦。

正打不出主意,借甚机缘二次发动。瑶仙见他呆望,嫣然笑道:"你想什么?我有哪点好,值得你这样爱法?"萧玉闻言,心花怒放,赔笑答道:"姊姊,你玉骨冰肌,灵心慧质,我想天上神仙也未必有你这样美丽,怎叫人不爱呢?"瑶仙见他口里说着话,手却悄悄伸将下去在拉坐下椅子,似想挨近,笑道:"呆子,你拉椅子做什么?要坐过来,就大大方方把椅子搬过来,莫非挨得近些还有甚好处么?"萧玉吃她道破,不由脸上一红,乘机涎脸笑答道:"好处多呢,我得和姊姊稍微亲近,死也甘心,便叫我做神仙我都不换。我跟姊姊同坐一起吧。"随说随又起立,走向瑶仙身侧,一面留神觑着瑶仙面色喜怒,一面移坐过去。瑶仙所坐靠椅本宽,可容二人并坐。萧玉玉肩相并,息胜吹兰,目觑瑶仙并无怒容,自觉心口怦怦乱跳。正待再进一步,回手挽肩相偎相倚,瑶仙只将身子微侧,人已轻巧巧离座而起,笑道:"少爷,这把椅子好,我让你如何?"萧玉慌不迭伸手想拉时,瑶仙一偏身转向椅后,手指朝萧玉脸上轻轻刮了一下道:"没羞的东西。"萧玉猛觉一股温香自瑶仙袖口透出,不禁心中又是一荡,忙伸手一把拉住瑶仙的手腕。方觉柔腻莹滑,无与伦比,瑶仙已甩手夺开,斜睨萧玉,白了一眼,翩若惊鸿,往外屋走去,萧玉忙喊:"好姊姊莫走,我不敢了。"待要追出,瑶仙隔帘微嗔道:"我有事去,就来。又不听话了么?"萧玉忙应:"我听,我听。"接着便听履声细碎,走向别屋中去。

萧玉独坐室中,回味适才情况,直似痴了一般。心神陶醉,周身火热,通没一个安顿之处。彻骨相思,一朝欣慰,一心只盼瑶仙顷刻即回。看今夜情景,纵不能销魂真个,也必可以相偎相抱,得亲玉肌,爱她一个半够。这时任有天大的事,也都置之度外了。谁知等了一会儿,全然无信,连绛雪也不见到来。耳听室外铜漏水声滴滴,算计天已不早,家有重丧不容不归。自己一肚皮的话,一句尚未向瑶仙倾吐。当这千金难买的光阴,平白糟掉,岂不可惜?始而心焦。明知二女必在别屋,以前也曾去过,一找就到。有心寻她回来,无奈玉人难测,闺令森严,不容假借。自己又曾答应惟命是从,万一借此相试,误走了去,将她惹恼,如何弯转?想去不敢,不去又急得毛焦火燎,心旌悬悬;越等越情痴,满腹热爱无从发泄,倏地起身扑向瑶仙床上,先抱起瑶仙常睡的枕头,连亲带嗅,搂得紧紧,低声喊道:"好姊姊,亲姊姊……"发狠亲热了一阵。后又得到瑶仙两只绣鞋,抚摸亲爱,朝鞋里不住乱亲乱闻。低声直唤:"好姊姊,爱死我了。"

似这样狂热虚爱了一阵,二女依旧一人未来。渐渐爱极生恨,在室中抓发捶胸,低骂:"狠心姊姊,害得我好苦!"不禁伤心,落下泪来。刚在酸楚难受,忽听身后有人嗔道:"好!你骂姊姊,我去告诉她去,看还对你这个没良心的好不?"萧玉大惊,回头一看,正是绛雪,三不知掩了进来,正站在自己身后,手里捧着一个木菜盘。绣鞋正在手内,床上枕被也都零乱,惟恐真去告发,慌不迭将鞋先藏在怀中,忙着作揖打躬道:"好妹妹,亲妹妹,我哪敢骂姊姊?谢谢你,她刚对我好一点,你一告我,就全糟了。"绛雪嗔道："说你没良心，还不认。她才对你好一点么？这比骂她还要可恨。"萧玉信以为真，急得一面打躬，一面慌不迭分辩道："她对我真好极了！我怕你告，才那样说的。谢谢妹妹，成全我吧。再说，她走来听见就糟了。"

　　话刚说完，忽听瑶仙从别屋中走来。口喊："绛妹，打帘子，我腾不出手。"萧玉方在惶急，绛雪笑道："姊姊说你呆子，一点不差。也不帮我接接东西，尽说这些空话有甚用处？"萧玉才想起绛雪手里有托盘，忙即应声接过，放向桌上。绛雪随转身将帘揭起，瑶仙用木盘托着一个小火锅和好些食物走了进来，笑对萧玉道："大少爷，受等受等。这火锅是用鸡汤煮，现吃现下的抄手，外配糟冬笋、梨窝菌油、风鸡、烧腊鸭子和两盘四镶腊味。这都是妹儿见我两娘母年前没心肠办年货，她私自做的，也都是你爱吃的东西。今夜我安心振起精神，高高兴兴消个好夜，补补我们三个这些天的苦。快请一同享受吧。"萧玉见了瑶仙，不由得又喜又恨，暗忖："你原来帮着绛雪做消夜、裹抄手去了，谁稀罕吃这些东西？与其这样，还不如早来一步，领你的情呢。又偏要来在绛雪后面，当着人，一定又是拿架子，连手都不能挨了。"心中怨望，却不敢现于辞色，忙说："谢姊姊厚意。只是良宵苦短，为乐不长，是件恨事呢。"瑶仙道："初春夜长，包你吃完回去，还来得及。今天过完还有明天，就这一夜工夫完了么？明天一黑，你就想法子自己来。好在你那兄弟虽不和你同心，准定不坏你事。我已拿定主见，不畏天命，不恤人言，好了在此，不好同走，还怕什么？不过不像你这位呆相公，只图眼前，不作长久计算罢了。我姊妹都饿了，快吃吧。"说时，绛雪已把杯盘菜碟摆在旁边八仙桌上，火锅放在当中，由木盘里抓些抄手下去，将锅盖好，斟了三杯酒。瑶仙让萧玉坐左，绛雪坐右，自己打横居中而坐。二女俱都有说有笑，高兴已极。萧玉因瑶仙虽然暂时使自己失望，话却有因。而且明日可以早来，无须候召和托绛雪先容，从此变为入幕之宾。丧事办完，便可整日厮守，没有碍难，立即相携出山，地久天长，永不分离，真是美满非常。加以旨酒佳肴，秀色同餐，不禁又快活起来。

　　一会儿抄手煮熟，二女先盛出三碗，续上新汤，抓些再下。瑶仙吃了几杯酒，再吃些热抄手，玉颊生春，越显娇艳。萧玉不由得越看越心痒，上面不好动手，始而试探着一点一点用脚在桌底去挨瑶仙的脚。暗觑瑶仙神色自如，仍是劝吃劝饮，纤足由他挨踏，也未移动。料定瑶仙已经决意委身相从，可以任凭亲爱，不再矜持，胆渐放大。又嫌两鞋相挨尚不称意，便把脚缩了回来，将棉鞋暗中褪下，轻轻踏在瑶仙脚背上，觉得软绵绵舒服已极。有心踩她一下，又怕踩痛。手里拿着羹匙方在胡思乱想，绛雪忽然嗔道："我为你半夜里在雪地上跑来跑去，又做消夜，却拿我当脚踏板用。总算你这位大少爷体贴人，居然肯把老棉鞋脱掉，没拿了泥脚踩我。还不缩回，莫非这两天嫌我脚没为你跑断么？"绛雪口里说话，脚仍不动。萧玉正当得意出神之际，先未入耳，到了末两句，才听出绛雪似朝自己发话。偏头一看，原来瑶仙料出他坐在一起不肯老实，早把双脚缩在椅环以内，以致萧玉错踩了绛雪的脚。不禁脸涨通红，又愧又急，又怕瑶仙生气，错疑自己和绛雪也有瓜葛。一面慌不迭偏转脚将鞋穿上，以为瑶仙必要责难，只觉无地自容，想不出说什么话好。谁知瑶仙低头看了一眼，抿嘴微笑，面上更无丝毫不快之色。绛雪也是说过拉倒，脚缩回去，便去揭锅抓抄手，更不再提前事。心始稍安。忸忸怩怩吃完消夜，二女共撤残肴。萧玉恐瑶仙又要随出，红着一张醉上加羞的丑脸，笑向瑶仙道："让妹子一人偏劳吧，天已不早，我还有两句话要和姊姊说呢。"瑶仙笑道："先在桌上怎么不说？我们说话还背绛妹么？"绛雪冷笑了一声，只收拾盘碗，却不走出，意似等了同行。萧玉知话说错，又不能说出是想背了绛雪好和她亲热。一着急，越发口吃，结结巴巴，只说："我、我……"答不出来。瑶仙仍作不解道："你说有话，叫你说，又吞吞吐吐。再不说，我就收拾东西去了。"萧玉无法，勉强答道："那就等姊姊、妹妹收拾回屋再说吧。"绛雪撇嘴悄语道："这时候，顶好我一辈子不回屋，才对心哩。等我？奇怪！"说罢，掀帘自出。瑶仙也拿着残肴随同出去。气得萧玉坐在椅上，眼对着房梁直叹气，以为二女必是同回，今晚定成虚愿。

不料没有半盏茶时，瑶仙拉帘走进，绛雪并未偕来。萧玉心中狂喜，忙离座迎上前去，喜道："好姊姊，适才怎去半天不回？等得我好苦。"瑶仙接口道："天都快亮了。也是我今晚想得大开，忘了忌讳，差点误事。什么都等明晚早些来了再说吧。这时我的心慌，你快些回去吧。"说完，转身拉帘，直催快走。萧玉见她面带惊惶，知她性情，如再纠缠不舍，定致触怒,只好应声随出。瑶仙在前领送,行动急迫,哪有亲近机会,萧玉自然失望已极。到了堂屋,瑶仙催着他将雪橇穿上。快出门时,萧玉刚跨门槛,酸声喊了一句:"姊姊!"瑶仙忽从身侧椅上拿起一顶风帽和一件狐皮斗篷,唤道:"玉弟慢点,风雪寒天,这时更冷。等把爹爹的风帽、斗篷穿上,招呼冻病了,哪个来管你?到家藏好。明晚再来,不要被旁人看见。"随说随给萧玉亲手穿戴。萧玉见她深情款款,关爱周至,愈发感激热爱,浃髓沦肌,口中应谢,将头一回。恰巧瑶仙正系风帽飘带,没留心他回头,这一来两人的脸相隔只两三寸。萧玉闻着瑶仙嘴内酒香,心神大荡,再也按捺不住,就势往前一凑,正亲在瑶仙玉颊上面。方觉神魂飞越,半身酥麻,待要不管青红皂白回身搂抱,着意亲热一下。谁知瑶仙已将帽上飘带结好,微嗔道:"你醉了么?还不快走!"顺手一推,萧玉被推了出去。萧玉觉着无甚怒意,还待回身略微缠绵再走,瑶仙更比他快,人一离门,早随手将门关上。萧玉急道:"好姊姊,今晚我真感激你……"底下还未出口,瑶仙已对着门缝朝外低声说道:"我晓得你的心。乖些回去睡个好觉,明天话多呢。我也回房安歇,今晚这门是万不能再开了。"说罢,微闻履声入室。

　　萧玉知道无望,只好踏雪上路,一边想着今晚这样出乎意料的喜遇。当此男女热爱期中,初尝到一点甜头,好似饿婴见乳,只尝一口,比起未吃时还馋十倍。回味固是无穷,比没得到时也更难受得厉害。思潮起伏,周身火热,脚底无形加快,不消多时便到了家。仍由后门入内,见到处漆黑,不听一点声息,心疑萧清已睡。摸黑走过灵前一看,灯烛全息,只有灵前一盏神灯半明不灭,吐着星星残焰。从欢场到此,愈显凄凉,这才想起母死悲惨。心方一酸,猛瞥见蒲团上蜷伏着一条人影,剔去灯花一瞧,竟是同胞骨肉萧清。看室中情形,分明防有人闯进,熄去灯火,在此守候,为时过久,倦乏睡去。不由天良激发,生了怜爱,俯身下去,想将萧清抱向房中安睡。手才挨近,忽听萧清哭喊道:"哥哥,你莫打我,我没对人说呀!"萧玉听他梦话都在怕受责打,想起连晚迁怒打他情形,越发内愧心酸,忙喊:"弟弟,快随我到屋里睡去,地下恐怕冻着。"萧清闻声惊醒,见是乃兄,连忙爬起,便问:"哥哥甚时回家?怎我睡得这么死?"萧玉答说:"天快亮了。屋里火盆不知熄了没有?"萧清算计火盆将熄,恐怪他贪睡偷懒,慌道:"也许没灭,我这就生火去。"萧玉见他惶急,忙道:"我不冷。神堂四面透风，你先到屋里暖和一会儿，我生火吧。"

萧清平时惯受乃兄呼喝支遣，闻言颇觉奇怪。猛看到萧玉那身穿戴，又闻见口中酒气，才想起乃兄到崔家去这一夜，将亮才回。神情和顺，迥非昔比，定是有点问心不过，才会这样。不禁又急又怕，呆在那里做声不得。萧玉还当他刚刚醒来之故，便道："你已冻了好一会儿，我们且去房内，看火盆熄了，再生不迟。"说罢，拉了萧清一只冰冷的手，同走进房，壶水正开，火盆恰有余焰。萧玉便将斗篷、风帽脱下，叠好藏起。萧清便向盆中加炭，将火添旺。望着萧玉想问，又恐触怒，只得自去将桌上的灯剔亮，喊道："哥哥快睡，不多一会儿，就该起了。"萧玉回时满心欢喜，只信瑶仙之言，没有注意天色。闻言想起路上走了一阵，好似天快亮情景。揭开窗帘，就窗隙往外一看，四外仍是黑沉沉的。忙到外屋一看壶漏，离天明少说也有个把时辰。先颇怨望，后悔走回得太快。继一寻思："瑶仙今晚那样深情蜜意，不是她家壶漏不准看错时候，便是怕自己连日忧劳，好令我安心早歇。分明好意，怎又怪她？"萧清也觉出离明尚早。再看乃兄神色，猜又受人愚弄，似未做甚过于越礼之事，心始稍安。方在暗中留意观察，萧玉也料兄弟怀疑。一则自觉对他不过，又想起绛雪之托，便走过去拉手并坐，温言说道："好弟弟，你莫乱想。休说哥哥发情止礼，不会做甚坏事。便你崔家两个表姊，也都幽娴贞静，知书明理，绝不贻笑于人。心迹久而自明，这个只管放心好了。我此时一点不困，你连日悲苦劳倦，想睡先睡一会儿，天亮来人，我再喊你。要不我们商量日后之事也好。父母双亡，剩我弟兄两人，以后大家亲热，不能再淘闲气。"说时眼圈一红，不禁落下泪来。萧清此时已把主意打定，料他受人指使，化刚为柔，来做说客，想自己娶绛雪为妻。再坐下去，仍非怄气吵闹不可。心中急虑，哪敢再反口探问今夜崔家情景，只得将计就计，装着神倦，答道："我今晚不知怎的又不舒服，又怕和昨晚一样，外人硬闯进来，守在灵前，熄灯装睡，不知何时睡着。如今周身发冷发噤，有点支持不住。哥哥也是连日愁急忧劳，一同睡吧。就睡熟了忘起，人都知我弟兄可怜，连夜不得安歇，一时睡熟，我想不会见怪的。"萧玉闻言，面容陡变道："我们就只四个亲人，外人不过彼此做个假过场。我只是不想睡，谁还怕他们怪么？"萧清见他说时目闪凶光，满脸厉色，再听那等语气，知已受瑶仙主仆诱惑，心里一冷。

绛雪既已成他亲人,惟恐再说下去又生纠葛,不禁笑道:"既是哥哥疼我,只好先睡一会儿了。"说罢,歪身睡倒。

萧玉暂时天性发动,对于萧清确有几分友爱。当他真个疲倦欲眠,自己还想心事,有话明日再向他劝说,也是一样,随拿条棉被给他盖上。其实萧清满腹忧愁苦急,又挂着明早人来,不过是想躲他,以免麻烦,身虽躺倒,哪里睡得着,虚合着眼,自在暗中偷觑。萧玉情欲蒙心,全然不觉,萧清睡后,也躺向对面榻上,仰望屋梁盘算心事。一会儿想起今晚瑶仙相待,简直出人意料。那情景,便软玉温香,尽情搂抱温存,爱她个够,也绝不会生气。只恨适才胆子太小,把机会错过,没敢伸手抱她亲她,非再挨到明晚不能相见。越想越可惜。渐渐想到明晚可以尽情温存,越想越甜蜜,喜得几乎笑出声来。方恨时光太慢,明日这白天如何挨法?明日还是母死接三,讨厌人多,要受许多闲气嘴脸。因又想到乃母死时惨状,不禁伤心欲哭。这一伤心,连带勾起瑶仙姊妹同仇敌忾的默示。今晚佳人情重,易冷为热,分明由自己为她锐身急难,誓复亲仇而起。话虽容易,真要下手却是难于登天。一不成功,或是临机怯懦,自身难保尚在其次,心上人绝不会再有丝毫垂爱,岂不大糟?越想越难,越难越怕,又把萧逸父子恶狠狠咒骂了几句。最后把心一横,奋身纵起,咬牙切齿,自言自语,低声唤道:"好姊姊,我爱你如命。决计过一天算一天,只让我眼前先爱个够,到时管甚成败,拿这条命报答你恩情好了。"说罢,将足一顿,重又躺倒,心定神安,不复再作他想。连日疲倦一齐发作,转瞬如死一般睡去。

萧清见他时喜时悲,时急时怒,坐卧不宁,最后竟从床上跃起,肆无顾忌,自吐心事。知道陷溺已深,万难挽救,又急又怕又伤心,吞声痛哭,直到天明。见萧玉睡得正香,也不去唤他,径往厨下烧火煮水,准备少时人来饮用。魏氏在日,人虽奸恶,却甚能干,事多亲自操持,不肯假手他人。萧清不过偶然在侧看过些时,从没有亲手做过。偏生所用丫头胆子最小,自从魏氏元旦疯狂吓跑,便没回来,也忘了命人去找。所有茶水点心,连日全仗郝氏全家代为料理。萧清面热,多劳外人,于心不安,只得强忍悲苦,练习家务。当日因是接三,惟恐人来,热水却没一碗,黎明便起来忙碌。因素未做惯,又当三日不眠不食,悲苦愁急之余,一人要备多人之需,如何能做得好。

正忙得晕头涨脑，乱七八糟，眼看阳光已上，心中惶急，郝潜夫忽然叩门走进。见萧清眼肿如桃，满身水湿油污，一脸乌黑，问知就里，又怜又敬，便劝他道："不怕你多心，今天大年初三，谁不图个顺遂，昨前两早，因村主之命，那是无法。接三应该下午人来，怎会早来？我知你三天没进饮食，我已拿你当亲兄弟看待，须得听我的。人死不能复生，责重日长，徒悲无益。这些事，我还会做一点。好在东西现成，你自坐一旁等我做来，你陪我同吃，我再告诉你一个喜信。"萧清原和潜夫至厚，自己也实不会，只得应了。潜夫先就锅中开水下了两大碗挂面，打了几个鸡蛋，撕些瘦腊肉在内，加上油、酱，盛起递给萧清，迫劝同吃。萧清听说早间人不会来，心里略定。再经潜夫不住劝慰开导，悲怀略解，渐觉饿疲交加，也就吃了。吃完，潜夫觉着来了未见萧玉，便问："那丧心病狂的一个呢？"萧清答说："连日熬夜倦极，适才劝去安睡，在房里和衣小睡。意欲等会儿众人来了，再唤他起来。"

第一九七回

　　强欢笑　心凄同命鸟
　　苦缠绵　肠断可怜宵

　　潜夫冷笑道："恐怕昨晚私会情人，跑累了吧？你怎对真人还说假话？"萧清忙叫："好哥哥，莫要这样。"潜夫道："这样败类，不但不屑说他，昨晚明知他私会崔家丫头，我却没有过问。他三个只管奸谋诡计，早晚犯我手里，自有公道。"萧清见他神态激烈，出声渐高，恐兄长走来听去，一面低声求告，一面又问："我这孤孽之子有甚喜信？"潜夫见他急得可怜，便道："看你面子，只要不生变，从此我不再提他三男女就是。我和你商量的话，已对师父说了，定准你母亲一葬，便由师父把你唤去同住。你如迟疑，不躲开他们，早晚同归于尽，悔不及了。"萧清年幼胆小，天性又厚，始而不舍兄长，意欲相机挽回，委决不定。继而吃萧玉气寒了心，又强迫他娶绛雪为妻，一同苟且，便决计与兄决裂。但决定以后，又想起萧逸平日虽爱自己，无奈父母所行太恶，焉知无恨？万一迁怒，不肯过于关照，如何是好？一听潜夫之言，也颇心喜。又想："自己一去，兄长无人谏劝，不知伊于胡底。自己在侧也是无用，事已至此，照昨晚自吐心腹，天良丧尽，说不得只好先打脱身主意，日后再竭尽心力，挽救一点是一点吧。"想到这里，不住悲叹。潜夫知他天性至厚，恐其顾此失彼，故意怒问："你还不愿去么？那我就回复师父去。"萧清慌道："哪有不愿之理？我是觉着家兄孤单可怜，我又劝他不转，太伤心了。"潜夫冷笑一声，正要答话，忽听萧玉在喊："毛弟！"萧清想起了今早无人，必说绛雪亲事。一面应声，一面悄嘱潜夫千万等有人来再走。潜夫怒问："莫非怕他欺你不成？"萧清不好明说，只答："有为难事，不是欺我。请你陪我一陪，却不要给他难堪，免得走了生气。"潜夫把头一点，萧清忙去煮面。

萧玉刚起，见日光已上，四无人声，昨晚友爱之情尚还未尽。喊了两声，只听人在厨房答应，不见走来，料是新起烧水。也想到兄弟劳苦，昨晚不知受冻没有。今天人多事多，意欲赶往相助。刚进厨房，一眼瞥见潜夫坐在饭桌旁，桌上放有年菜空碗剩汤，勾起前隙，好生不快。勉强向潜夫略为招呼，便问："弟弟在做什么？"萧清忙答："我早起烧水待客，肚皮饿了，多亏郝世哥来帮我下了两碗挂面吃了，正给你煮呢。"萧玉心想："此时无人，正好向兄弟劝导，偏生小郝跑来，撞魂碍眼。"心中有气，又不便发作。舀些汤罐水洗漱后，自往房中等面。满拟潜夫与己面和心违，不会随来。谁知潜夫知萧清相留做伴，必有原因，乘他回房，抽空跑回家中告知二老，决计守着萧清，不到午后客来不走。面好人回，也同走进。人家丧乱相助，还须承情，不能过于怠慢。潜夫也不理他，自和萧清谈说，帮同料理一切。萧玉每唤萧清，潜夫必定随往，枉自厌恶，无计可施。萧玉也颇聪明，几句喊过，恍然大悟。明白兄弟不愿绛雪为妻，有心找出人来作梗，不禁忿怒。暗骂："不知好歹的东西，除非你不认我为兄，离家别居，谁还能保你一世？我如不把这亲事做成，四人合力同报亲仇，誓不为人！"因绛雪叮嘱不许硬逼，成否都不许再给兄弟气受，否则不肯甘休。当时恨在心里，索性避开，不再答理。

直挨到申未之交，才来了二三十人，还俱是萧逸门下，萧清相厚的同门师兄弟，因奉师命，会同前来。事前已先着人送信，说丧家无人，所有祭席纸箔俱都带有，一到就上供，供完一起烧。佛事照例由本家子弟和村中一些信佛通经的人，在灵前唪诵。来人一半师命难违，一半看在萧清面上，草草终场。萧清自觉冷落，不似往日别家热闹虔敬，事难怨人，好生伤心，人走将尽，犹在灵前悲声诵经不起。萧玉却知这是具文，巴不得早些人走天黑，好去赴约，见状正合心意。不料郝潜夫受了乃弟之嘱，独独不走。萧玉实忍不住厌恶，方要发作，还算萧清见机，看出乃兄神色不妙，悄嘱潜夫，自己难关已过，可请回去，明早再行详告。潜夫也要归侍父母安歇，方始别去。

萧玉因瑶仙令他早去，奉若纶音。潜夫一走，更无避忌，只和萧清说了句："留心门户，不许外人走进。"匆匆进房，披上昨晚斗篷风帽，立即起程。这时天未夜深，又值新正初三，人都睡足，各家都在想法行乐。花炮满天，爆竹之声此起彼应，密如贯珠。四外红灯高低错落，灿若繁星。去崔家这条路虽最僻静，山巅林杪，也有好些灯光掩映。这还是大雪之后，村主情趣不佳，无人为首，仅仅村人自为点缀。如在昔年，还要热闹风光得多。

萧玉终是做贼心虚，一路掩掩藏藏，如飞驰行。且喜路上只回避不及遇到过两次人。又因有风帽遮脸，都吃误认，不知是己，喊了两声别人名字，装没听见；再故意向旁路一绕，藏向隐处，看人走远，再加速前行，所以全未看破。暗赞："瑶姊真个聪明。如非这身装束，几露马脚。"边想边走，一会儿赶到。由外望内，仍和昨夜一样冷清乌黑，不见灯光。轻轻往门上一弹，绛雪首先应声而出，引他入内。到了瑶仙室内一看，镜子梳妆桌已经移开，却把方桌摆向正中，上首设着四副杯筷，桌前放着蜡扦香炉，尚还未点，满桌菜肴，像是摆供神气。两旁各有两把坐椅，却没杯筷。地上铺着红毡。这还不奇。最奇是二女都穿着一身吉服，瑶仙薄施脂粉，越显美艳，面上神色也看不出是喜是恨。萧玉不解何意，喊了声："姊姊。"未及问故，瑶仙不容说话，径令绛雪领往别室更衣，出来再说。萧玉只得随去，乃是绛雪卧室，见大椅上放着一身吉服。心中奇怪，二次想问。绛雪眼圈一红道："姊姊今天就嫁你，这新郎不愿做么？快换了衣服出来，我去她房中等你。"萧玉闻言，虽是心愿之事，但想起双方母丧三日，便这等举动，未免于心不安。瑶仙性情，说了就做，又不敢迟疑。一面脱去斗篷风帽，忙喊："妹妹，为何今晚便要行礼？快请言明，免得少时不对姊姊心意，招她生气。"绛雪把嘴一撇道："少时她自会说。凭你这样人，我姊姊的心意才测不透呢。从今以后，你只照她说的去做，包你没错就是。我先走了。"说罢，不再答理，径直走出。

萧玉见那衣服俱是乃岳生前所穿，长短大小俱差不多，匆匆穿好，赶将出去。二女已将香烛点好，先同向上跪下，叩头默祝，容甚悲怆，却未流泪。叩罢起立，瑶仙朝绛雪看了一眼，绛雪便对萧玉正色说道："姊姊为你痴情所感，本来决计嫁你。今日母亲接三，下午来了几家女眷，男的只萧逸同了三个小狗男女。走时居然暗点姊姊亲事，意思百期之后，便由他做主过礼。分明有人泄了机密，他为卖好，顺水推舟。姊姊恨他入骨，怎肯让仇人出面主婚？当时哭诉：母死伤心，不愿为人，今生决以丫角终老。

因料他已知姊姊和你有了情分，并还和他说明：母亲在日，曾将姊姊许给萧玉表弟，彼此也都爱好。但遭此祸变，万念皆灰。加以两家均受村人嫉恨，难保日后不有口舌。前日还令我与你送话，请抽空来此当面说明心意。谁知你也和她一样想头，等服终以后，便即出家为僧，以后彼此不婚不嫁。姊姊劝你不从，只好听之，知他怜悯遗孤，心迹是非久而自明，所以不避嫌疑羞耻，明说出来，出嫁一层再也休提。这该死的竟信以为真，不但把你来此私会一节掩饰过去，反倒夸我姊姊有孝心，有志气，再三劝慰。还在想等日久哀思少减，心活一点，再行劝办。姊姊等他走后，一想奉有母命，不是私约。当此危急艰难之际，不久又要设法报仇，名分一日不定，万一有甚挫折，也对不起你。此时全村皆仇，事贵从权，能继母志为上，顾忌什么虚情浮礼？恰好今晚吉时，决计先和你祝告过两家父母，当时拜堂，定了名分。然后换去吉服，三人同心，共报亲仇。你意如何？"萧玉虽觉这样过于草率，但为美色所惑，也就没有深思，反附和道："我早说过，只要姊姊说话，生死祸福，无不惟命，说什么听什么，还用商量则甚？"瑶仙笑道："只恐口不应心，未必能都听我话吧？"萧玉力言："哪有此事？"绛雪道："我信你。莫要错过吉时，姊姊和姊夫该拜堂了。"

瑶仙为报母仇，虽然心深计毒，终是红闺幼女，一听拜堂，也是有点腼腆。人既美貌，再带几分羞意，益更娇艳。萧玉看了，越发心荡魂销，直恨不能一碗水将她生咽下去，先向红毯上立定。瑶仙经绛雪一拉，也随即走过，由绛雪低声赞礼，同拜下去。跟着奠酒。然后将上位杯筷撤下来，分到两旁。萧玉、瑶仙并坐，绛雪对面相陪。刚一坐定，瑶仙又给绛雪斟了杯酒，然后离座，扑地拜倒。绛雪骤出不意，忙同跪拜，大惊问道："姊姊，这是做什么？"瑶仙慨然答道："由明日起，我们三人便入忧患之中，仇敌厉害，人事难知。我是母亲生女，不问是非成败，俱非继她遗志不可。玉弟有半了之义，又是我亲爱丈夫，承他痴情钟爱，随我卧薪尝胆，虽然为我所累，一则出诸他的心愿，二则我仇也是他仇，义不容辞。惟独妹子于仇敌素不相干，只为母亲临终一言，便随我共赴汤火。在你固是孝义忠烈，在我却是问心不过。今生无以为报，只好叩几个头，略表我感激之意。你若不受，我便起不来了。"绛雪也慨然道："姊姊既这么说，妹子如不敢当，倒觉不好。妹子告罪，先起就是。"瑶仙又叩了几下，绛雪受了，方始归座。

萧玉肩挨玉人，正涉遐想，见此悲壮情形，看出瑶仙今日之举，全为前路艰危，吉凶难卜，又不愿受仇人主婚，暗和自己正了夫妻名分，以便策励复仇，兼免嫌忌。看神气，定是有名无实，未必肯让自己温存抚爱。不禁把满腹热念消去一大半。瑶仙二次入座，便举杯劝饮，谈笑风生，更不再提伤心之事。萧玉见她玉面生春，目波明媚，端的容光照人，仪态大方，令人爱而忘死，不禁又心荡神移起来。坐既挨近，瑶仙大方，毫不羞涩，乘她劝饮之际，试触柔荑，全无愠色，心中越喜。暗忖："既已拜堂，当然还要合卺。虽然新遭大故，不能丧心病狂，销魂真个，照此神情，每夜来此相偎相抱，并头共枕，睡上一会儿，总可如愿。"正在胡思乱想，绛雪道："大家酒足饭饱，该请新夫妇合卺了。"萧玉看瑶仙醉态娇慵，星眸微展，半睁半合，似有睡意，闻言未置可否。见绛雪起身来扶，也装着有点醉意，半假半真地随同绛雪将瑶仙扶向床上，脱鞋倒卧。绛雪将帐帘放下，悄声说道："姊姊几夜没睡过一时好觉，照例酒后必睡。你帮我收拾完毕，我走，你自陪她。茶桶内泡有好茶。她气不得，莫再气她。"萧玉诺诺连声。二人合力忙着收拾餐具，一切还原。事毕，绛雪抿嘴一笑，端了残肴退向别室而去。

萧玉独坐房内，对床寻思："今夜之事，该当如何？女儿家爱羞，如不趁热开张亲近，明夜必难。有心上床温存一会儿，玉人喜怒难测，一个不巧，误会自己欲谋不轨。愿了还好，一非情愿，必然大怒，不好收拾。按说此时最好守俟床前，待她醒转，自己开恩，以表忠诚，方为上策。无如一刻千金，良宵易度。当夜必须归去，其势不能终夜，到时绛雪必来催走。万一不醒，或是怕羞不愿亲近，好容易有此一日，错过岂不可惜？"似这样进既不敢，退又不舍，眼巴巴望着心上人，只有一帐之隔，不能亲近。思潮起伏，心中乱跳，举棋不定。忍不住走到床前，偷偷揭开帐缝一看，瑶仙面朝外侧卧枕上，睡甚安稳，实在不忍惊扰。看过两次，心想："放帘时瑶仙已经合眼，不曾看见。不能亲近，且看她个够再说。"随把帐子挂起，将灯移近。灯下美人，又当醉后，越看越爱。爱到极处，试把被角微微揭开，忽闻见一股温香自被中透出，立觉心旌摇摇，不能自制。瑶仙本是和衣而卧，被揭处姿态毕呈，首先触目的，便是平时最心爱的那双纤足。村人自从上辈迁隐以来,便订规章垂诫,不许妇女缠足,以免习武操作全都不便,一有事变,妇女不但无用,反成累赘。瑶仙天生丽质,本就通体秾纤合度;加上母女二人俱都爱好天然,把一双足整理得踵趾丰妍,底平指敛,柔若无骨,虽不缠足,临睡仍穿睡鞋,以免走样,端的美秀已极。这时穿着一双雪也似白的袜子,净无微尘,俏生生叠在一起,格外显得动人。再加上那玉股丰盈,柳腰纤细,虽被衣服裹住,外观只是一点轮廓,越易引起人的隐微思索。萧玉对此活色生香,一时情不自禁,悄悄俯身下去,先从双足嗅起,依次而上,闻来闻去。快要闻到脸上,有心亲她一亲,又不敢造次。只得跪在床前,凑近口边,尽管偷闻芳息。正在得趣不解馋之际,瑶仙倏地由醉梦中,将两条玉臂向前一伸,恰将萧玉的头搂住,口中模糊梦话道:"玉哥哥,你真爱我么?"原来二人年岁相差只有十多天,以前瑶仙尚存客气,先喊表哥;两小无猜,日渐亲密,又改称玉哥。平日喊惯了口,直到畹秋死前不久,才问明生日,改呼玉弟。萧玉却始终呼之为姊。爱极忘形之际,忽然娇呼亲密,玉腕环抱。玉人梦中尚且如此,可见情深爱重,如何消受得起。忙就势温存,紧紧贴在玉腮上面,尽量亲热起来。才亲上几口,正在魂销心醉、欲死欲仙之际,瑶仙突地惊醒。见萧玉跪在枕前,正和自己亲热,立即挣身坐起,似要发作。见萧玉满面惊惶,跪地未起,又觉可怜。叹了口气,说道:"还不起来,是甚样子?"

萧玉慌不迭应声起立,忸怩道:"姊姊不要生气,我实在太爱你了。"瑶仙也不理他,自起对镜理了理发。手抬处,露出嫩藕一般半截玉臂。看得萧玉心里直痒,只是不敢再为冒失,深悔适才只顾亲她,手在颈上环抱,就忘了抚摩一下。瑶仙理完了发,仍回卧枕上,向萧玉道:"你来同我躺在一个枕头上,应个景儿。适才酒醉,我还有好些话没对你说呢。"萧玉受宠若惊,忙即应声走到床前,偏身卧倒。瑶仙往里一让,萧玉方想就势拉她,瑶仙叹道:"痴儿,痴儿!你怎一味情痴,丝毫不知利害?"萧玉惊问何故。瑶仙凄然欲哭道:"我对不起你,好在只有这片刻之间,只要不胡来,由你爱我一会儿吧。"萧玉忙一把将她抱住,惊问:"姊姊何出此言?"瑶仙叹道:"你哪里知道,你不用说,连我和绛妹都落在妈的算计中了。实告诉你,妈为报仇,死时对我曾用不少心机,还教我对你许多权谋。我事后追思,始得明白。其实妈平日爱我如命,便不如此,非再转过一个人生,此仇也是必报。何况我又性情刚烈，言出必行，怎肯负我死母？明知不可为，仍然照她所说去做。前昨两晚，我对你忽冷忽热，以及今日，均照妈的指使。前晚你在外面受冻，我的心直如刀刺一样，但是无法。事已至此，不这样，怎会使你死心塌地为我尽力呢？可是你知道么，由明日起，便是起始复仇之日？仇人何等厉害，你我如何近得他身？即或侥幸成功，他手下有本领的门徒那么多，全村何人不会武艺，我夫妻姊妹三人，一个也休想落个全尸。事如不成，守着对妈誓言，你我夫妻永无团圆恩爱之日。地老天荒，此恨无穷，叫我这负心人怎对得起你？"越说越心酸，竟把头埋在萧玉怀中，哀哀痛哭起来。

萧玉闻言，忙宽慰她道："好姊姊，快莫伤心，你听我说……"瑶仙泣道："她老人家只顾复仇心切，到死还用心机，害了爱女，又害了爱婿。事到如今，还有什么说的？绛妹怕你寒心失志，让我不向你吐露。我知道你爱我入骨，为我死了都甘心，不说更难对你，好歹死时也做个明白鬼。女人终是祸水，我也不懂有什么好处，值你这等爱法？为我一个苦命人，害得你不孝不悌，不仁不义，末了再送一条小命，真冤枉呀！"萧玉慨然道："姊姊对我这样说法，怎样横死都值。何况人定胜天，也还未必。你说我爱你如命，可知你也和我一样。适才你还怪我亲你，实在我先虽爱极，并没敢乱动。还是你在梦中喊我玉哥哥，伸手先抱我的呀。"瑶仙闻言，愈发伤心，重又哽咽，悲泣不止。萧玉一面温存抚爱，一面温言劝勉道："人活百岁终须死。我不信只有今生，就无来世。只要彼此心坚，今生能报仇，逃出山去团圆，固是求之不得；设有差池，你我不会再托人生，重结夫妻么？不过今生姊姊惯冷落我，来生我也变个女的，让姊姊变男的，也来爱我，却不似姊姊那样心硬，要亲就亲，要爱就爱，那比今生还好呢。"这一番痴话，把瑶仙也引得破涕为笑。凄声说道："好弟弟，我照母亲之计，本定今夜正名以后，稍微让你亲近，把心系住。到了明早，不是为了本题，绝不许轻易相见；就见也做得你啼笑皆非，近身不得。适才我是装醉，本意你那样热情，不会不起儿女之私。我呢，既要你为我效死，名份上又是你的妻子，为报母仇，稍微不遵母计，以身相报，不使你枉负虚名，也不为过。可是这么一来，你虽是个人，却近于禽兽。从此我非但看你不起，虽为我百死，也是应该，并且也不会再有好嘴脸对你。谁想你对我真个情有独钟，并无邪念。始而绛妹暗号说你换衣踌躇，继又见你行礼勉强，已觉出你并非禽处兽爱。后来我装醉卧床，仍没有丝毫邪念。我姊妹事前已露出合卺同床口风，你不会不晓得。你爱只管爱极，连惊醒我都不舍得，别的更无庸说。到此才知妈乃临危乱命，所说男子皆为色欲，十九无天良，女子一失身立败之言，不足为凭。现在事情不容易改，我也绝不再对你用甚权谋。不过人言可畏，事贵机密。你到我家，清弟绝不向人泄露，仇人如何知晓？可知有人已对我们留意。尚幸仇人犹念旧情，不但说时用话暗示，连儿女都不使在侧，听那口气，还不许别人欺侮编造。但我们到底不可不防。还有绛妹钟情清弟，劝她不听，我看此事直和报仇一样艰难。并恐清弟不久还要离你往依仇人，到时千万不可拦阻。你只弟兄二人，他不在内，还可留根，以免覆巢之下，更无完卵。便绛妹虽然情痴，也不愿她和我们一起受害。这都是前世冤孽，没法子的事。我已想开，时光不再，反正是你妻子，一会儿该走，且由你亲热个够吧。"

萧玉起初不是没有欲念，只为新遭丧变，私会情人已乖伦理，如何还敢生邪心。天人交战，时起时止，心终不能无动。及至瑶仙披诚相与，自吐心腹，心中加了许多感激快慰，情爱也随之加增，色欲之私，反倒去了个干净，只相偎相抱，密爱轻怜。转不似起初微触肌肤，立即心荡神驰了。一个是多年渴望，才将温香在抱；一个是为檀郎痴情感动，尽去昔谋。二人你爱我，我爱你，恨不能将两个身子融化作一团。偶然想到未来的忧患，又乐极悲来，不可断绝。末了再互相抚慰，尽量温存怜惜，重复拭泪为欢。端的荡气回肠，无限缠绵恩爱，比那真个销魂还要甜蜜亲爱得多。无奈时光易逝，欢娱苦短。瑶仙觉得已到时候，连番催起。萧玉自然不舍，又知瑶仙已不会再加嗔怪，推说到时绛妹必要进房来催，她没前来，可知尚早。只管赖在床上，紧搂瑶仙不肯起来。瑶仙实在也是又怜又爱，不舍分别。

二人又恩爱了一阵，瑶仙方估计时久，不能再挨下去，忽听绛雪在帘外咳嗽。萧玉还在留恋，瑶仙无法，只得星波微睨，佯嗔道："你又不听我的话了么？"萧玉毕竟久受挟持，见她有了怒意，慌道："好姊姊，莫生气，我走就是。"瑶仙听到"走"字，心里一酸。又见他说完，放手欲起，仍是平日丝毫不敢和自己拂逆神情。忍不住挨向萧玉身上，双伸玉腕，紧紧搂定。边亲边凄声说道："好弟弟，莫伤心，我还不一样舍不得你？这是没法的呀。但愿皇天鉴怜,使我夫妻不问如何,将来仍得团圆吧。"说时,满腔热泪,夺眶而出,流了萧玉一脸。重又叹道:"唉!照我们日后所行所为,只恐鬼物见嫉,天是不会垂怜的了。"萧玉眼含痛泪,反手搂抱,正待慰解。绛雪在外说道:"姊姊,我已来了一会儿了,请和姊夫起来,说几句话,走吧。"瑶仙闻言,料时不早,心中一惊,连忙松手挣脱萧玉怀抱,略拭眼泪,由床上纵下地来,取鞋要穿。萧玉也跟着坐起,见瑶仙坐在床边,跷起一只俏生生的纤足。适才床上一滚,袜带脱落,恰将足踵露出,玉肌如雪,又白又嫩。不禁情动,觉着这双香脚尚未亲热抚爱,是个憾事。惟恐瑶仙又说他苦缠,连忙改坐为跪,先朝瑶仙扮个苦脸哀乞之容,然后俯身下去,将那一条软玉捧将起来,先是连摸带微闻,随又朝她袜口露肉一段狂嗅不已。继见瑶仙停手相待,任他爱玩,愈发心贪,又试探着想将素袜脱去。瑶仙见他太已情狂,不忍斥责,只得喊道:"绛妹进来吧,我下床了。"随手一推,将脚夺过,朝萧玉白了一眼,似笑似愠地低语道:"这大半夜还没狂够?天都什么时候了?看爹爹这身衣服被你揉成什么样子?"同时绛雪也掀帘走进。萧玉知道再闹,恐要触怒,只得穿鞋下床,自去椅上坐定。

绛雪抱着萧玉衣服走来,见萧玉满脸泪脂狼藉,目光注定瑶仙,如呆子一般。一身吉服满是皱痕。瑶仙也是云鬓蓬松,泪光莹滑,脂粉零乱,皱纹满衣。直似二人扭结着,打了一次长架神气,暗中好笑。想起适才所闻情景,又代二人可怜可惨,眼睛一酸,几乎落下泪来。瑶仙原不避她,便问:"妹子既然早来,天想快亮了吧?"绛雪道:"时候倒还不算很晚,但你必有话没对姊夫说呢。"瑶仙闻言,略一寻思道:"妹子,你到这里来,我有话说。"绛雪倏地面容一变,随了过去。萧玉见状,暗忖:"她姊妹说话,此时怎还避我?"留心一查看,见瑶仙附着绛雪耳朵说了几句话,绛雪始而摇头,继而耳语,意似不愿。末了瑶仙面带惶急,又拜了两拜。绛雪方始有了允意,朝萧玉瞟了一眼,又叹口气。萧玉先前不解,后见瑶仙不住万福央告,从小至今,第一次看见她软脸向人,才悟出瑶仙必是见兄弟不要绛雪为妻,怜她孤单,意欲二女同归。暗忖:"姊姊对我恩情如海,怎还忍心再爱别人?何况她又一心恋着兄弟,此举万来不得。且装不知,等将来姊姊对我提起,我再婉言相拒便了。"

正在胡思乱想，瑶仙已把话说完，走过来说道："天还尚早，玉弟吃点东西再走，我已请绛妹偏劳了。"绛雪又看了萧玉一眼，转身走出。萧玉大喜，又想过去搂抱。瑶仙说道："你这人怎这样俗法？乖乖给我坐在那里。"萧玉央告道："那么我和姊姊都坐在床边去吧。"瑶仙假怒作色道："我偏不坐床边。"说罢走了过来，推萧玉道："过去些，我还没有地方坐呢。"萧玉已知她怒是假的，连忙让出一半椅子，二人并肩坐下。瑶仙道："妈对爹常说：上床夫妇，下床君子。本来你此时该走，是我可怜你太不容易，和绛妹求说，留你稍坐一会儿，吃点东西，身上暖和些再走。你如像方才一样胡闹，我就生气了。说点正经话多好。"萧玉装着委屈应了。瑶仙说道："你莫和我做作，我此时为你，心比刀绞还要难受呢。"萧玉惊问："姊姊说不伤心，怎又伤心了？"瑶仙道："不是伤心，是难受，这且不对你说。我来问你：明日该是起始复仇日子，虽不是当天行事，要在两家葬母之后才行发难，事前总该有个打算。我知你已豁出一条命，但白送性命于事无济，岂不更冤？你打什么主意没有？"萧玉道："昨晚为此我想了一夜，觉着人要舍命，事无不成，只有一桩难处。现在主意已经想好，但我不能先说。姊姊必须怜我，不要见怪，也必须依我的话做。总之事成，我必能脱身。不过姊姊、绛妹事前务要先逃。一则免我心悬姊姊，于事有碍；二则免你两姊妹事后白白受害。"还要往下说时，瑶仙已明白他心意，不过身任其难，拼死行刺，却放自己逃走，并非什么好主意。笑说道："你倒说得容易，果真你能近得人身也罢。告诉你，这个方法我们早已想过，只是万般不得已的下策。须到万般绝望，只杀老的一人，才拼这命呢。此刻还不到时候，千万做它不得。我适才想，到底事缓易图，到时看事行事的对，用不着先就愁烦。现和绛妹商定，改换前策。决计过了百期，商好步骤，出其不意，说下手就下手。横竖我三人早晚死在一起，乐得快活一天算一天。明天你先不要来，等过破五或首七葬后，清弟必走，那时再想法时常聚首。一则你母亲生你一场，也该尽点孝心；二则你也少受人一点唾骂；并且还可证实我对仇人日间所说的话，免去他的疑心，日后下手也较易些。你看如何？"

萧玉自是不愿，方要开口，瑶仙微怒道："你这人不知好歹，不是冒失，就是只图眼前。本来为避仇敌和村人疑忌，今日一聚，便当与你疏远。

因为可怜你，推后了几天。适才又向绛雪求说，拼着多受艰难，反正不要性命，下手日期既改在百期以后，还由你时常相聚，你偏连这个三几天的分手都耐不得。绛妹为此还埋怨我对你情痴，恐怕难免将来误事，倒落个两头不讨好，真怄人呢。"萧玉慌道："我又没说不听，姊姊错怪我了。"瑶仙说道："你那几根肠子，我数都数得清，还看不出你的神气？才一点也不错怪你呢。既肯听我，从此我在下手三日以前，绝不再想伤心的事。只等你过了破五常来，只要不思邪，一切由你。总算报答对我的痴情，做鬼也心安些。就这机会，万一能想法使清弟和绛妹这段姻缘成就，我就索性把他两个撤开，否则万无两全之理。报仇之事，有我夫妻已足，但能少饶一个，总是好的。话却要出丧以后得便再说，不可操切。清弟如再固执，绛妹虽是女流，刚烈更胜于我，便是清弟允婚，也只心上安乐，未必就此罢手。她叫你不要勉强清弟，便由于终不能长相爱好之故。再如不允，忿激之下，更是无法劝转。适才看她神情，弄巧还会先我发难。为你这冤家，此后还得对她多留一点神呢。"萧玉听了，才知瑶仙适才和绛雪耳语，另有深意，愈发刻骨沦肌，感激涕零。瑶仙又劝他，彼此心迹已明，此后好在心里，不可过于轻狂。萧玉把她爱若性命，敬如天人，一一应了。瑶仙见他果然不再乱动手脚，无形之中又加增了若干怜爱。一会儿，绛雪端着三份挂面进来，催着吃完。萧玉受了瑶仙之教，知道绛雪不怎看得起他，不能再留。于万般无奈之中，不等开口，起身告辞。瑶仙请绛雪收拾盘碗。待萧玉穿好衣服斗篷，亲自送出。到门口，又任他紧紧搂抱亲了两亲，方始各自凄然分别。

萧玉别时虽然难受，走到路上，想起前事，恍如梦境，只觉心身康泰，无虑无忧。到家天已快亮。轻轻掩进一看，兄弟正跪灵前，对着一盏昏灯默默诵经，尚且未睡。不禁重又激发天良，抱愧万分，低声唤道："毛弟，我身坠情网，甘为罪人，实在对不起你这好兄弟。"萧清如在平日，经此一言，早已感动。因日里见他那等神情，全不以亡母为念，入晚便赴情人幽会，彻夜不归，料定与瑶仙有了苟且，三奸同谋，祸发无日，万难挽救，心已凉到极点。只当又是受人指教，软语卖好，便做说客。自己本是睡了一觉起来，想借为亡母念经祈福为名，以备抵挡他的絮絮不休，挨过破五，舍此他去。闻言不但没觉出乃兄天良发现，反觉惶急，怕听下文。故意念完一遍，才答话道："我跪在神前许下心愿，今晚为妈念完这一藏经。哥哥请先睡吧。"萧玉听了，越发惭愧，有心陪他同念，又觉不孝之罪已无可追，不是念这一夜经便能挽盖，心也沉不下去。知道乃弟志诚心坚，说了必行，只得说道："毛弟累了三天，早些念完进来睡吧。你该死的哥哥不陪你了。"萧清也没听进耳去，含糊应了。

弟兄二人同室异梦，各有各的心事，勉强挨过破五。到了头七，崔、萧两家同时出殡，萧逸亲往照看，两家子女各不免悲哭一番。等到安葬完毕，萧逸便把萧氏弟兄唤至面前，先训勉几句，教以此后如何为人。临分手时，忽作不经意地对萧清道："清侄你年纪太幼，用功正紧之际，天性又厚，日内可搬到我家去住，免得孤凄伤心，耽误进境吧。"郝潜夫在侧，首先赞诺说："清弟每日在家哭得可怜，好在都不在家里做斋，索性今天搬去也好。"随约了两个同门弟兄，不由分说，拉了萧清就去搬运铺盖和兵刃书籍。萧玉自受二女指教，虽在意中，见乃弟对他避之惟恐不遑，看神情似早预定，别时只说了"哥哥保重"，全无留恋。想起众叛亲离，不以为人，又是伤心，又是气忿。

二女在葬场上尽哀尽礼，正眼也没看萧氏兄弟一下，做得极好。连萧逸都几乎觉得人言难凭，未必会步乃母后尘了。萧清因郝潜夫和诸同门苦劝，依叔受业，又非远离，永不相见，再加目睹乃兄种种倒行逆施之状，为顾大局，自以洁身避祸为是。又见兄长自初三夜回来，直到出殡，都守在家中，同办亡母身后，更不外出，神情也不似日前昏乱，也不再代绛雪说亲，相待更是和善。以为乃兄受人愚弄，忽然悔悟，不禁又勾动手足之情，不舍弃之而去。继一想："本就不远，天天都可相见。只要查出哥哥真个改好，索性和叔父求说，连他一齐搬过去，永离祸害，岂不更好？"迁居叔家，事已定局，想讨也就拉倒。郝潜夫虽然就近，因防出事，不便托他查看。在萧逸家中住了三日，每日归视，萧玉俱在读书习武。成心隔上三日又往查看，仍未离开。萧清问他："怎不去向叔父求教。"萧玉说："叔父定信郝家小儿逸言，否则你也不会搬走。自来消谤莫如自修。自从毛弟一去，我十分愧悔发奋。好在郝老还讲公道。我是想做出点样子，等吹到叔父耳中去，连恨我的人都改了口气，说我好时，我再往求他连我一起叫去，弟兄一同受业多好。这也是瑶仙表姊的好处。我实在爱她如命，她妈又曾许我。谁知母死伤心,立誓不嫁。我连求她三日,始而还存客气,末一天竟下逐客之令,使我伤心已极。不信你问郝家小鬼,哪晚我不在此看书习武到深夜,几曾离开过么?"萧清闻言,大为感动。私底下一问潜夫,潜夫冷笑答道:"你不用问,此人丧心病狂,无药可医了。"萧清再三盘诘:"哥哥每夜出去也未?"潜夫答道:"每夜室中必有灯光和些似练武非练武的声音,有时深更半夜还有,灯光也时有时无。天一黑老早关门,书声经声从未听见。谁知道他闹甚把戏?"萧清知他厌恶乃兄,不再夜出幽会情人似可证实,也就不往下问。后来越想前情越觉可疑:"第二夜绛雪来唤,所说之言曾经暗中听见,还要强制自己娶那贱婢,第三夜天亮回来,忽然改变,并还说明心事,要为二女报仇。说他悔悟还可,二女怎会和他决绝,誓死不嫁?他既从此灰心,怎口口声声又说瑶仙好呢?"话大难信,决计亲往一探。因每日均有夜课,不能分身,这晚借口回家取课本,向萧逸告假往取。萧逸见室中无人,点了点头叹道:"清侄,我知你心事。你天性真厚,潜夫昨日已和我说过。你去了徒自伤心,还有气怄,不要去了。"萧清脸方红,萧逸又说出一番话来。

原来近日瑶仙也入了情魔,每晚萧玉必往相聚。惟恐人知,绛雪出主意,每晚由绛雪前往李代桃僵,故意做出些灯光人影和脚步跳动之声,直等天亮前萧玉回家,绛雪才走。其实绛雪也有深心:知道萧清友爱,又不放心他哥哥;村人俱恨萧玉,只要看出他在家,不难瞒过,必不会入内相见。可是萧清疑兄不在,早晚必乘夜查看谏劝;知兄在家,更少不了常来慰问。明知不是伴,无如爱之过深,只要能见到,说上些时的话,凭自己的口齿心思,未必无望;就不行,也死了这条心,到底还见着他一次。此一念痴情,每夜替人守空房,眼都望穿。萧玉和瑶仙是情爱愈浓,愈忧异日一败涂地,不可收拾。每聚必定尽情亲爱,也必定痛哭几场。萧逸因二女装得甚像,几被瞒过。谁想门人虑祸,早在暗中查探,据实禀告。虽然三人知道私情泄露,至多略受羞辱,还可借此掩饰,无关紧要;心事却关系太重,丝毫泄露不得。所以葬母以后,彼此暗中相诫,永不再提,防备周密,不但机密未泄,二人暗室无亏情况,反借以露出。萧逸闻报,又怜又恨,知道二人每聚必哭,情迹可疑。继一想:"二人本来相爱,又有母命,乐得成全。即便畹秋遗意有甚奸谋,一坠情网,彼此都想顾全,互不舍情人送死，纵有逆谋，日久自消。反正小夫妻不会分开，管他则甚？"便把这情理暗中晓谕告密之人，坚嘱不许张扬。他们本是夫妻，不过不该丧中私会。窥探阴私，不是正人君子所为。既未探出逆迹，就有也无能为，可由他自去，以后不再作窥探，违者处罚。众门人知师父智勇双全，所说也极有理，谁都害他不了。既是心念旧好，诸多回护，探了几次，不过如此，也就不以为意。萧逸只疑心瑶仙有诈，却没把绛雪放在心上，疏忽过去，以致闹出不少事故。

潜夫因师父不许再对人说，萧清问他，也未明言。这时听萧逸一说真相，才知兄长实在非人。与人幽会无妨，照他那晚自言自语口气，逆谋迟早发作。此事只自己一人知情，举发吧，同胞骨肉，于心怎忍；不举发，迟早祸发，万一真个伤了叔父，如何是好？想来想去，只盼叔父所说二人为了情爱，不敢妄动，渐息逆谋，方是绝妙。此外，除了随时随地跟定叔父和诸弟妹，留心戒备，更无善策。这一来，反盼兄长和瑶仙情爱日厚，不但不想劝阻，连旧日的家都不再回去，免他见了内愧碍眼。

于是苦了绛雪，每夜盼穿秋水，不见萧清归家，其势又不能去寻他。由想成痴，痴极转恨。忿激之下，自觉生趣毫无，有时赌气不去。看了两小夫妻人前人后、卿卿我我情景，虽然为乐不长，结果一样伤心，到底人家你怜我爱，偿了心愿。自己能够过这样半天日子，当时死都不屈。相形之下，越发难堪。暗忖："姊姊忽然把握不住，会把姊夫这样的人爱如性命。近来日子越近，二人每一想到报仇的事就抱头痛哭，大有怕死之意。自己承她母女视若姊妹骨肉一般，'报仇'二字，原本不在多人，反正活着无味，何不把这事一人承担下来？事完给她开脱，作为替主报仇，与人无干。再骂上几句因私情不忆母仇的话，以为证实，成就他们美满姻缘，何苦非三人同死不可？"越想越激烈，勇气骤增。决计照畹秋遗言，将所用之物暗中准备，即日乘机发难。瑶仙先对她还留神防范，日子一久，见毫无异状，应用各物又在柜中锁着，算计她不用那两样东西无法下手，既未明索暗取，也就不以为意，疏懈下来。

第一九八回

国士出青衣　慷慨酬恩轻一击
斋坛惊白刃　从容雅量纵双飞

一晃到了畹秋终七之期。事前萧逸觉着畹秋虽然行为恶毒，终是热爱自己过甚，一念情痴而起。再又想到崔、黄两家至戚世交情谊，人死不结怨，况且诸凶所受罪孽已足蔽辜。意欲借这一天，做一大法事：将从去年年底所有新死亡魂，自雷二娘起始，以至萧元夫妻，一起设法超度，传令下去，凡是通晓经典的人，到日齐往诵经追荐。

这日早起，萧逸亲率子女、门人到场主持一切。瑶仙一日前闻说此举，知道不能不往。为表哀诚，准备到日天还未亮，便赶向祭坛，候村主到来，开经行礼。绛雪本和瑶仙约定同往，到了头天，忽然头晕心痛，口吐白沫，痛倒床上，起坐不得。瑶仙自是着急，要为延医。绛雪说："不过前夜由姊夫家回来，路上风大，受点春寒感冒，无甚大病，明早到祭坛上一累，出点汗就好。姊姊虽视我如同胞骨肉，村人仍拿我当丫头看待，又当忌恨之际，何苦受人指摘？再和姻伯母死时一样，请他们不来，更叫人生气。好在妈的成药丹方甚多，找点来吃，也是一样。"坚持不令延医，瑶仙细查病状，只是身上发烧，人倦呕吐，不进饮食，面色不算甚坏。料是感冒，此说也极有理。知她想见萧清一面，这三日法事正好相见，许是怕病在家中不能同往。村人厌恶自家，真要病重，便延了来，也未必肯尽心诊治。与其这样怄气，还不如明早任其扶病前往。萧逸曾夸过她忠义，又正向自己卖好之时，见了不用求说，自会命人诊治，就便还可借此抬高她的身份，岂非一举两得？便取些现成丸药，与她服了。不多一会儿，便已睡熟。一摸身上，也退了烧。瑶仙方始宽慰，以为无碍。

近来萧玉是越来越情热，除却白天不敢公然聚首外，差不多天一擦黑便到，索性连夜饭都一起吃了。瑶仙明知非计，无奈自己已落入情网，不见无欢。春昼渐长，一个白天如度岁一般度过。尽管口里劝萧玉不许来早，可是一入黄昏，便坐立不安起来。稍微天晚，便自悬念。时间久了，更自己给自己开脱："即使行迹被人窥破，只要机密未泄，有何妨害？举村皆仇，异日所被恶名尤甚于此。反正不会好，耳不听心不烦，至多村人背后辱骂，绝不会上门寻事，顾忌这些则甚？为些闲言闲语，把我这一对苦命夫妇短短白日的光阴还平白虚度。"想到这里，把心一横，便不再十分劝阻。萧玉见她劝时不甚深说，愈发胆大，口里应诺，仍是早来。天一黄昏，略为做作，关上家门，越墙而出，抄着僻路，掩掩藏藏，恨不能胁生双翅，如飞跑到。最近半月，每夜总是三人吃完夜饭，谈上一会儿，绛雪才行起身代他在家中作假，从没晚到之时。当天因明早是两家亡母终七，仇人代营斋奠，不受不可，受了于心又不甘。瑶仙知道亡母黄泉饮恨，必不来享，特意约定，提前在家为两家父母设奠私祭。恰好郝氏父子俱往村主家中，郝妻年老轻易不出，无人碍眼，所以到得更早，天未黄昏，便赶了来。瑶仙告诉萧玉说："绛妹病了，刚吃药，在我房中睡着。我还要去做供菜，她终日水米未沾，人软得很，你在我屋照应她，以防醒来要茶水吃的。可怜她自妈死后，终日悲忿忧劳，一点顺心的事都没有。今天上供，她平时有病都强打精神抢着任劳，这还是头一回，但凡支持得住，早就起来做事了。"萧玉不舍瑶仙离开，便道："绛妹睡得这么香，我看一时不会醒转。莫如我随你到厨下，帮你快些把菜做好，省得你累不过来，倒多挨时候；还免我在房吵她，睡不安稳。"瑶仙知他推托，想和自己在一起，娇嗔道："你这人真没良心，过河拆桥。可知我最信服她，有病你不管，把她弄寒了心，几时她一说你不好，莫怪我不理你。人家帮你多少忙，如今病得这个样子，还不稍微照看，有点良心没有？我不管你尽心不，只要她醒时你不在屋，我再和你算账。"说罢，穿上围裙，自往厨下走去。

萧玉见她轻嗔薄怒，愈显娇媚，爱极之下，不便拂逆，勉强在屋中坐了一会儿。后来实在坐不住，心想："绛雪服药才睡，不会即醒。"随往厨下赶去。见瑶仙在灶前烧水煮饭，东西堆了一案板，迥非昔日绛雪那等从容不迫的情景。瑶仙回顾萧玉前来，先问绛雪醒未。笑道："我真弄不惯这些。往日也和绛妹一同做过，全不觉得。今我一人动手，才知不是容易。

这还是今早她都做好八成,共总几样炒的要现下锅,她也切好现成。不过烧一锅饭,就把我闹得手忙脚乱。如此看来,绛妹只是出身稍低,论起人品心胸,才能性格,哪一样都是上选。清弟娶了她,真是前世修积,偏会一点不爱。她说清弟不肯回家,定是避她,伤心极了。就这样,明日还想见上一面。这病也未始不是因此而起,真个比你对我还痴得多。我们命苦,到底还恩恩爱爱,有百日名分夫妻可做。她才是真苦到极点。我虽是她知己,也安慰不了她的心。上天无眼,这有甚法?此时只要我们四人真能配成两双,哪怕伐毛洗髓,到地狱里去,把刀山剑树都身受个遍,也是甘心。转眼百期又到,我是早已想开,不然哭都哭死了。"说时,萧玉早凑过去,并坐一起,帮她往灶里添稻草扎。说着说着,忽闻一股焦香自锅中透出。气得瑶仙伸出粉团般的拳头,回手捶了萧玉一下,说道:"叫你不来,偏来。来又偏如麻糖一样黏在人身上,也不帮我看看。只顾和你说话,饭烧焦了,怎好?"随说随把萧玉手上稻草夺过丢开,赶忙往锅里一看,只靠底烧焦了一些,上面还好,无甚烟味。嗔道:"都是你闹的,少时焦饭你一人吃。"萧玉笑道:"好姊姊亲淘亲煮的饭,不知多香。吃不完,连锅巴我都带了回去。"瑶仙随手又打了他一拳,啐道:"人家正忙,你还有心思占人便宜。炖的蒸的,煮的切的,都是绛妹先铺排好。我就怕煮饭,你如不来,再好没有。现在只剩炒菜,下锅就熟。你在此越帮越忙,快些给我回屋,留神绛妹醒来没人招呼。别的都已齐备,只把饭装到桶里,带去好了。"

萧玉应声,将饭装好。刚到堂前放下,便听瑶仙屋内床响。疑心绛雪已醒,飞步赶进一看,绛雪只翻身朝外,并未醒转。条桌上放有一支笔,当是瑶仙适才在此写字,随手套上笔套,放入筒内。因恐瑶仙端不了许多菜,又赶回去,将现成的先端了来,斟酒上供。跟着瑶仙端了余菜来到,入房洗手更衣,去到床前低唤:"绛妹,你好些么?"绛雪迷糊答道:"好倒好些,只是心里难过,想睡得很。该上供了吧?姊姊扶我起来。烧完香回来,容我回房睡个好觉,明早再喊我起,同往祭坛上去吧。"瑶仙知她一心挂着明日之事,好生怜爱。便答:"摆好再来扶你。"随退出来,将香上好,夫妻二人跪叩默祝了一番。本想不令绛雪叩祭,进房时绛雪已经勉强坐起,知她非祭不可,只得扶出。绛雪跪在地上,也不祝告,也不哭泣,缓缓叩了几个头,便自起立,瑶仙见与往日激昂悲忿情景不类,当她人病气短,伤心只在肚里。恐久了仍要触动悲怀，不等祭酒烧纸，忙着扶进。说道："妹子你在屋睡吧，夜来我好招呼你。我给你熬得有稀饭，吃点再睡可好？"绛雪意似感动，摇头叹道："我生来苦命，只姊姊一人疼我。明早走时再吃吧。"瑶仙见她眼眶含泪，忙宽慰了几句，扶她睡下。重到堂前，一切停当，夫妻撤供同吃。本就想起亡母伤心，绛雪一病，更无心肠，草草终席，回房对坐。

二人俱觉心中烦躁，神志不宁，以为室有病人和连日悲郁所致，均未出口。二人原定早散，以便早睡早起。萧玉更恐瑶仙连累三日，缺睡伤神，意欲早回，好使二女安歇。瑶仙不知怎的，兀自不舍他走。留住之后，又觉心乱如麻，相对枯坐，无话可说。但萧玉连走四次，俱被留住。随后瑶仙道："我今晚真怪，绛妹一病，我心大烦，竟不愿你离开。好在因适才上供，你的孝衣已带了来，不必回去。索性你住这里，明早我们三个一同起身，出门再分路吧，我扶绛妹横睡，困来时，我睡中间，你睡我的身后，只不许闹好了。"萧玉自是心愿。二人又枯坐了一阵，愈发无聊。恰好绛雪要起床走动，瑶仙令萧玉在外屋避过一会儿，就势将绛雪扶作横卧。瑶仙见夜未深，本不想睡。萧玉劝她早睡为是。瑶仙应了，叫萧玉也睡上去。床是畹秋在日精心自制，舒服宽大，三人身材又小，同睡还有富余。如在往日，萧玉得与心头爱宠并卧终宵，真不知要如何欢喜亲热。便瑶仙近来对萧玉也是一往情深，怜爱备至。当夜不但鼓不起情致，俱觉烦闷已极，说不出所以然来。萧玉当瑶仙担心绛雪忧思，瑶仙又当萧玉听了自己不许他闹的话，虽然也引臂替枕，一样搂抱，但迥非往日销魂荡魄，心身欲化情景。尤妙是你望着我，我望着你，谁都似有心事，神魂不定，想不出一句话说。挨到夜深，才互劝入睡，各自把眼闭上，双目二合，愈发心如繁丝，乱到极点。因恐对方惊醒，强捺心情，不肯声张，其实二人一个也未入睡。末后绛雪算计时候将到，呻吟呼问。二人原本未睡，相继下床，出门一看铜漏，该是起时。同向厨下烧水洗漱，将昨晚备就食物略吃一些。

瑶仙因绛雪仍在病中，不思饮食，又偏执意非去不可。心想扶去看病也好，只得助她洗漱。刚把孝衣给她穿上，就已累得娇喘微微，支持不住。心想这样如何去法，再三劝止。绛雪也似自知不行，含泪允了。只再三吩咐："妹子是心病，千万不可延医，徒找无趣。即便延来，我也不看。真要不好,过这三天,姊姊送我到仇人家去,我才看呢。"瑶仙知她性刚,只得允了。正要扶她上床,床侧立柜上面放有一个古瓷花瓶,原是房中的陈设,那晚拜堂,移放上去,忘了取下,这时忽然倒将下来。瑶仙手扶绛雪,不曾看到,本非碰向头上不可,幸而绛雪眼尖瞥见,一时情急,喊声:"不好!"随手一推,将瑶仙推出好几尺远近。同时萧玉也已看见,纵身一跃,伸手接住,没有跌碎。绛雪随往床上卧倒,累得直喘,断续说道:"恭喜姊姊、姊夫,危而复又平安,这是吉兆呢。"二人正忙着走,苦笑了一声,通未理会。收拾停当,萧玉因要绕路,开门先走。瑶仙把风炉、稀饭、茶缸、糕点一一移向床前,又向绛雪再四抚慰。绛雪只将头连点,一言不发。瑶仙见不能再延,只得忍痛走出。

到了祭坛,因各灵位设在一起,恰和萧氏弟兄分跪两边。萧逸闻知绛雪病重未来,也就罢了。瑶仙跪在灵幛以内,卧忆绛雪,看不出病势沉重,人却不饮不食,那等软法;早来瓶坠时,她那一推,怎又那大气力?念头才转,猛想起推后吃力,倒床直喘情景,倏地省悟。当时又急又怕,自己又分身不得。这时诵经的人都已散去,幛外只有萧逸父子和三四门人坐在一张桌上,吃饭谈说。郝潜夫手里拿着一封信,刚交萧逸拆看。急迫无计中,觉着那信甚是触眼。心想:"村外素无交往,此时怎有信来?"萧逸看信之后,含笑和在座长幼各自说了两句话,众门人便都走开。心想:"此时剩他父子几个,如要报仇,也许能成?"想到这里,不禁又惶急起来。正打算由帷后溜走,若被人闯见,便说觅地解手。猛瞥见萧逸身侧僻径上,连跌带爬,跑来一个孝服女子,正是绛雪赶到。知她假装生病,拼命行刺,已经发难,心中大惊。当时想要跑出,示意拦阻。又恐白白偾事,枉送她一条性命,糟掉那宝贵东西,还便宜了仇人父子。方悔昨晚心粗,被她瞒过,说时迟,那时快,绛雪装着跌跌撞撞,如飞跪伏在萧逸身前,喘吁吁哭喊道:"村主救命伸冤呀!"萧逸并未觉出有诈,三小兄妹却都立起,似作惊讶之容。瑶仙方佩服绛雪胆智绝伦,萧逸父子纵不全死,也没两个幸免,手里捏着一把冷汗。猛听上首帏内一声断喝:"叔父小心,贱婢有诈!"身随人起,萧清纵身飞出,瑶仙正在吃惊,再回头一看,绛雪已仰跌地上。三小兄妹齐喝:"该死丫头,敢于行刺!"纵将上去。瑶仙知道事败,当时一急,就此晕倒。萧玉一把未拉住萧清,回顾瑶仙晕倒,方寸大乱,忙奔过去急喊："姊姊！"瑶仙一时急晕，知觉未失，被萧玉一喊，又急醒过来，低喝："快由帏后回去，假装不知，还有挽救。此时三人徒死无益，不要管我。"萧玉被她提醒，只得忍痛回转原处。这情景怎瞒得过萧逸，早被看在眼里。但仍作忙乱中未见，声色不动，吩咐三小兄妹："不许妄动，将绛雪押过来，我自有道理。"

原来绛雪自从誓死发难以后，知道萧氏父子难于近身。畹秋在日，曾偷偷制有一件暗器，通体形如莲蓬。上有九个洞眼，内藏寸许长的钢针八十一根，均经奇毒煨制，见血立毙。用时可以暗藏手内，随意发射。射出如一蓬急雨骤降，中人见血必死，专射人的五官，丈许方圆以内无能幸免，机簧精绝。当初畹秋暗制此物，原为逞能矜奇，以备村中有了外敌，作万一之用。制成以后，惜乎只射两丈，过此力弱无功，意欲改制，能够远射，再行献出。忽值婚变，灰心搁起，用来行刺，再好没有。死时曾嘱瑶仙保密。另给萧玉、绛雪留有一把锋利无比家传匕首，一包制针时所剩毒药（畹秋自尽，所服之药即此），一起交与瑶仙保藏，到时再按预计分给。惟独这件暗器，如若所计无差，尚可借此脱身，必须亲用，连萧玉、绛雪都不许告知。瑶仙因感绛雪忠义，竟然泄露。绛雪自信有此利器，只要不惜死，事无不成。绛雪因见小夫妻两个悲苦相恋，可怜已极，决计锐身相代。假装生病，等二人离房，盗到手中。便故意非往祭坛不可，临期不支。等瑶仙、萧玉走后，立时吃饱，潜踪跟来。不料萧逸忽接到顽叟萧泽长来函示变，表面不动声色，将众门人遣开，使她乘机发难。

绛雪哪知就里，由伏处跑出，哭跪在地，刚把手一扬，吃萧逸腿抬处，先将暗器踢下。防她身寻短见，又一伸手点倒。先还不知暗器如此厉害，拾起一试，也甚惊心。忙命把绛雪押到面前。绛雪被点麻穴，四肢不能转动，只口能说。事败垂成，又急又伤心，不等发问，便把想好的话慷慨说出："为复主仇，情甘一死，任凭处治。只要不连累小姐姑爷，做鬼也感你宽宏大量。"并请速照村规处死。声色激昂，通没一句软话。萧逸知她明是骂瑶仙、萧玉溺情忘仇，实则是反面文章，替他们开脱。心方怜她苦志忠烈，潜夫也已赶回，手里又拿着一封信。萧逸看完，笑对绛雪道："我知你忠心耿耿，惟恐连累你姊姊，必还留有遗书，以防万一当场毙命之用，果然被我料中。如今情真罪实，你还有何说？"

一言甫毕，瑶仙已在帏中听明就里，实忍不住，眼含痛泪奔将出来。萧玉不知何意，也跟在身后。萧逸有心保全，恐瑶仙自吐逆谋，反难处置。不等开口，便怒喝道："你这两个糊涂东西，出来作甚？我已命人去嘱诵经人，听信再来，还不回去！"瑶仙一听，便知绛雪有了生机。想不到萧逸如此宽宏大量，当时也不知是仇是恨是感激，只觉心中一松，颤声说了句："多谢开恩。"便又反身奔回。萧玉红着一张羞脸，也就回帏跪定。萧逸又对绛雪道："你想求死么？我为保全他两个，暂宽你们初次。不过你还须另有发落，晚来须到我家去住。以后过这三天，你只有一死，他两个也难逃公道，你意如何？"绛雪不知何意，心想："死生已置度外，我也许因住他家，能把心事向无情人说个明白。"立答："身落人手，生死任便。只要不害我小主人，无不甘愿。可是我虽女流贱婢，也随主人读过诗书。你如留我，只要三寸气在，如有机缘，故主深仇仍非报不可。那时莫要说我昧良心，又再牵连别人。"言还未了，萧清在旁气她不过，上去就是一脚。绛雪忍不住痛，刚"哎哟"一声，回看踢她的人是萧清，立转喜容笑道："你踢死我，才好呢！"萧逸一面喝阻不许伤她，笑答道："你想做女豫让么？这个不在我的心上，任凭于你。我知你主死时已认你为义女，本应入帏守孝。幸好在场的都是我的门人子女，奉有我令，不许传扬。趁此无人知晓，速去帏后，与姊姊同在一起守孝行礼。夜间佛事散后，再到我家去住好了。"潜夫、萧清见萧逸宽纵凶逆，并还任她主仆相聚，大是不忿，齐声劝阻。萧逸作色把手一摆，众门人也就不敢多言。

　　萧逸随将穴道点开，绛雪大出意料，仿佛做了一场噩梦，怔在那里，不知如何是好。方一迟疑，忽听瑶仙在帏中悲恸哭声，心中一酸，就势哭了进去。见着瑶仙，悲声泣诉道："姊姊，我悔不听你日前苦劝，妄想报仇，差点没连累你受那不白之冤。索性死了也好，如今闹得人不人鬼不鬼，死活都难……"还待往下说时，瑶仙旁观者清，已看出萧逸心如明镜也似，分明成心不究，欲盖弥彰，反吃见笑。事已到此，惟有听之，不再做作，还显得大方一些。忙使眼色朝绛雪摆手，一面故作不理，依旧嘤嘤啜泣起来。萧玉心想："萧逸行事难测，此时虽然宽容，到底犯上罪重，吉凶莫测。"本就忧急万状，再从帏帐里遥觑二女悲哭之状，不能过去劝慰，急得抓发搔胸，虽不敢出声，也是泪流不止。

这时萧清也已回帏，料定乃兄必预逆谋，至少也是他和瑶仙怕死胆小，买通绛雪下手。越想越痛心，不由放声大哭起来，一时哀声大作。诵经村众也相次听唤来到，梵唱声喧，倒显得这场法事做得十分热闹，因事机密，不许泄露，除萧逸门人子女外，更无人知，瑶仙一边悲泣，一边盘算。暗觑萧逸在帐外闲眺，不时照料一切，依旧没事人一般。怎么想，也想不出他命绛雪移居他家是何用意。村人终究忠厚，见两家子女哭得可怜，虽觉其父母万恶，子女无辜，纷入帐中劝勉。内中还有好些和崔、黄两家有亲戚交情的女眷，畹秋葬后数日，也曾想着随时照看孤女，并未迁怒推恶。只为二女因恐走动人多，诸多妨害，不便公然得罪，便装作少不更事，不知远近好歹，才冷淡疏远下来。二女平日本讨人欢喜，多日不见，越易生怜，俱都守在帐中照料，劝茶劝水，不忍离去。瑶仙想乘喧闹中偷偷和绛雪密语几句，但连打个手势都不能够。越急越伤心，越伤心越哭，越哭人越不走，反倒越来越多。村人也听萧逸说畹秋生前已认绛雪为义女，见状俱称赞她忠义。谁知二女都是苦在心里，说不出来。男帐之中，因萧元夫妻所行既恶，又不善为人，无甚亲厚。所去的都是同门师兄弟，自然都不把萧玉看在眼里，只劝慰萧清一人，有的还借话警诫。萧玉越发忿激，也是恨在心里。法事做完，萧逸命众先散，忽然借口二女伤心太过，欲加劝慰，命瑶仙也随同前往。二女已横了心，死生早置诸度外，闻命即行，并未踌躇。这间却苦了萧玉，关心瑶仙太过，不舍分离，当时又没法拦阻，急得心魂都颤。萧逸始终没有理他，自率子女，同了二女往家中走去。

只因萧逸未依顽叟将三人分别禁锢三年，再行放出完姻之言，宽容太过，以致三人不久逃出，为后山妖人掳去，披毛戴角，变去人形，受尽苦难。日后行使妖法，命其行刺萧逸，并欲将全村人众一网打尽，几乎惹出灭村之祸。中间萧清、绛雪二人更有好些惊险动人事迹。村众正当危急之际，恰值李英琼、余英男、金蝉、石生四人奉教祖妙一真人之命，为了峨眉开府，往大熊岭苦竹庵专诚投帖，邀请郑颠仙到会，欧阳霜就便求四人抽空相助，才得与刘、赵诸人一同协力，扫荡妖魔，使全村转危为安。

第一九九回　旧梦已难温　为有仙缘法孽累
更生欣如愿　全凭妙法返真元

萧逸一心顾念崔、黄两家世戚至好，黄畹秋虽然阴险毒辣，死时甚惨，已是蔽辜。瑶仙、绛雪二女，一个是志切报仇，一个是以死报主，事虽犯法，心迹可悯。意欲大事化小，小事化无，把绛雪行刺之事掩盖过去。不特没有处治之心，反使众门徒子侄迎头拦住诵经村众，以免泄露。夜来从容做完佛事，又令二女随往自己家暂住，以免二女自相忧疑，情急心窄，生出别的变故，违了自己矜全深意。抵家之后，便给二女安置一间静室居住。表面上依旧和悦相待，如无此事一般。暗命子女、秋萍等人监防，以备二女万一行了拙见。静候七天功德做完，再行婉为开导。满拟人非草木，二女俱甚聪明，不是不知母恶，现时不过目睹乃母死时惨状，再受一些煽惑，孝思奋发，孤忠激烈，甘冒罪逆，以冀一逞。只要自己曲意矜全，日久自能感化。

谁知瑶仙性极刚烈，心切母仇，实不在绛雪以下。不过被萧玉痴情所感，身落情网，互怜互爱之余，儿女情长，挫了一些志气，不敢遽然发难，心中并未忘却。及被绛雪看破，决计成全二人婚好，拼着一死，代主发难，事败被擒时所说那一套话，虽代瑶仙开脱，到了瑶仙耳中，却是句句刺心。目睹绛雪那种慷慨激昂、视死如归之状，心想："绛雪以前不过一个丫头，只为亡母临终一言，并非亲生，从此便锐身急难，受尽劳苦艰危，末了居然拼死报仇，血诚忠义，古今罕有。自己也非寻常女子，又是生身之母，不共深仇，怎倒一心念着情人安危，只管迁延不决，把母仇置之脑后，反累绛雪以下犯上，几受火焚之刑？"当时激发初志，萧逸只管委曲宽容，也一点未受感动，复仇之念反倒更切起来。自觉再不及早下手，既负死母，并且愧对绛雪。明知无济，也妄想就乘寄居萧家之便，骤出不意，拼死一击，成败安危，已全置诸度外。心横计定，料定萧家有人密伺，反正事情已被看破，索性虚实兼用。先向绛雪暗打了个手势，故意低声嗔怪绛雪："怎不商量，就冒昧下手？幸而事出意外，不曾当场擒付村众、按规处治，否则岂不冤枉？如今寄身虎口，安危莫测，言行还须小心些好。"口口声声仍把萧逸全家当做仇人，却露出胆小忧急之状，说萧逸父子个个厉害，近不得身，报仇不是操切之事。好让伏伺的人隐约听到，传将过去，以示枉自怀仇蓄怨，幼女胆小，实在无所作为，以便减去仇人防患之心。萧逸何等机智，一听二女既是低语密谈，身居仇家，怎会令人隐约听去？有此一番做作，逆谋更速。自己令二女来家居住，原知不会就此死心，如能事前感化，固是佳事；否则使二女在自己家中发难，也可免去传扬，为众所知，难于掩饰周全。闻言知道不会自寻短见，要死自是拿命来拼。立命众人不必再为窥伺，听其自然，暗中打起主意相待。除命小兄妹三人同出同入住在自己里间，告以机宜，随时暗中预备外，自己还故意给她们留下行刺机会，等其自行投到。

果然瑶仙情切心急，主意一定，便难再耐；加以萧玉不曾同来，免却许多顾忌。头两夜特意把心思抛开，早睡养神。暗中和绛雪几次突出查看，并无一人在外窥伺，心中奇怪，萧逸怎会如此大意？好生不解。第三日留心仇家行动，简直一点戒备没有。以为萧逸妄想以义相感，又中了自己轻敌之计，所以如此。仇人早晚都难近身，成功一节全出侥幸。古来忠孝义烈之士，都是不惜微生，当机立断。此事只能打尽心主意，成败听天，哪有许多顾虑？越想越心壮，决计夜间下手。先不想告知绛雪，继一想，她比自己还要激烈，自己如死，她也不生。独自下手，乘夜成功，或者还能逃去；一旦事败，她就不从死，也为仇敌按村规受那火焚毒刑。转不如把话说明，如能听劝，在下手之先翻墙逃去，免多饶一个，再好没有，否则多一帮手也好。佛事做完，回房便和绛雪说了。谁知主仆二人竟打的是一样主意。绛雪比她心思还要周密，非但定在日内下手，并还乘着萧逸隐秘此事心理，日里在祭坛上装着回家去取衣物，将畹秋密藏的那把匕首毒刀也暗取回来，用不着再使萧家堂屋架上的兵器。

此外萧玉关心二女太过，惟恐萧逸不能就此罢休，想约二女同逃。知村中前后两出口常年有人防守封闭,绝难逃走。每夜佛事一完,便借月光照路,偷偷往村外危崖一带,连夜遍寻逃路。恰巧也在昨晚,无意中发现当初畹秋和崔文和定情的山窟深处,有一大石竟可移动。试搬开深入一探,居然几个曲折便到村外壁腰之上。最可喜的是出入口均极低狭,虽要蛇行出入,只要入口一石活动,里外均可移堵。余均整石,别人绝难发现。洞外下临绝涧,虽极险峻,但是藤树杂生,凭自己和二女的身手,足可攀援绕越。自觉有了生机,高兴已极。细查看后,忙赶回去写了一个纸条,几次想背着兄弟,由帏后抛与瑶仙。偏生瑶仙捺定心志,连正眼也没看过他一次。当中又有桌围遮住,双方定要同时在围缝中窥探,才能望见。萧玉故意将桌围弄开一些,对缝斜坐,目注对方。看了一早晨,也没见二女影子,又不知对面有无外人,不敢乱投。正急得没法,后来绛雪取衣回来,听出萧玉叹声有异,先也不理他。后听萧玉连连干咳,恐人听出,打算瞪他一眼,不令这样。往帏缝一看,正值萧清被萧逸唤出。萧玉见绛雪怒目示阻,忙把纸团丢过。绛雪连忙拾起,背人一看,觉是一线生机。想在二次下手以前,苦劝瑶仙随了萧玉先逃,由自己一人拼命,事后如能逃走,跟着追去。及听瑶仙说出心事,知不能阻,便劝她留一线生路,再等两日,布置好了出路,再同下手。瑶仙想起萧玉痴情可怜,也就活动。好在所居室中纸笔现成,便写信令萧玉先运一些衣物、路资藏在洞内。只是备用,逃日尚早,临时还有通知,布置停妥,千万不可再在洞侧逗留,以防被人看破。次日乘便抛与,萧玉自是奉命维谨,照书行事不提。瑶仙此时已非昔日利用萧玉心理,以为萧玉已可置身事外。经过绛雪行刺,一来深知人多无用,白饶一命,巴不得不要累及萧玉。自己只要能事成免难,逃出山去,有此密径,萧玉终会寻去。只要不当场显出同谋,有乃弟萧清情面,决可免祸,何苦白白害他?所以信上那等写法。因此一来,阴错阳差,以致日后三人受了危难,惹出许多事来。

一晃五天。再有二日,功德便完。这日夜间,萧逸从佛坛回来,格外有兴。特意把二女唤进卧室,慰勉了一番,一同饮酒消夜,二女才行告退,此时众门人只萧清一人寄居,本是二女住的一间,二女一来,便移在山亭以内,相隔颇远。萧清年幼疾恶,对于二女甚是厌恶,见即作色远避。因此绛雪越发痛心,凶谋更急。二女因连日观察萧逸仍和往常一样,父子四人分住里外两间，萧清又住半山，秋萍早睡，此外更无他人，不须顾忌。一回房去，立即装束准备。睡在床上，放下帐子，静等夜深人睡，便可下手。挨到三更光景，绛雪首先下床，走向萧逸窗下，弄破窗纸，往里偷看。见萧逸床前放着一盏油灯，灯花结得很旺，床头半边帐子高悬未下。人睡床上，衣服未脱，只搭着一床夹被，手搭床沿，下面压着一本书，睡得正香。二女适才告退时，萧逸饮酒颇多，已有醉意。看神气，分明醉后还想看一会儿书，再起脱衣安歇，上床不久便自入睡。前两晚曾来偷觑，每次房门俱上闩。这时房门也未关闭，仍还是适才退出时代为虚掩之状。愈发以为天夺仇人之魄，醉卧疏忽，忘了关闭。侧耳细听，里屋也是静悄悄睡熟神气，此时下手，极为容易，不禁喜得心房怦怦跳动。方要回房去唤瑶仙，瑶仙已经跟来，见了室中情况，也甚心喜。

二女原来商定：三小兄妹俱甚机警，又同在一房卧起，稍有警觉，立即无幸。虽有伤母之恨，但他们一样怀有杀母之仇，其情可原。再者年幼无知，看在萧逸不伤害自己和绛雪份上，也不杀他子女，专心刺死萧逸一人，下手也较易些。又因绛雪人虽忠义，本领太差，那日手持那么厉害的暗器，已与仇人对面近身，竟会被仇人身未离座，微一举手抬足，便把暗器踢飞，点倒在地。虽则强弱悬殊，武功稍有根底，何至偾事？行刺之事，本不宜于人多，毒刀又只一把。执意只令绛雪在外望风壮胆，略备接应，自己单身入房下手。当下仍令绛雪伏窗窥伺，手握毒刀，走到房门前，把牙一咬，正待揭帘掩进，忽听"叭"的一声。瑶仙心疑仇人已醒，连忙缩步，退向院中。见绛雪伏伺窗下未动，才略放心。双方打一手势，才知敌人梦中转侧，无意中将手压的书拂落地上，人并未醒。

又待了一会儿，看见仇人实已睡熟，二次鼓勇再进，轻悄悄微启门帘，由门缝中挨入。一看，萧逸仰卧榻上，床边上的手已缩回去搭向胸前。老远便闻到酒气透鼻，睡得甚是香甜。知道手上毒刀见血立毙，萧逸虽然武功绝伦，寻常刀剑刺他不进，幸在醉卧之际，刀又锋利异常，如向面部口眼等容易见血之处刺去，万无不中之理。杀心一起，更不寻思，轻轻一跃，便到床前。单臂用力握紧毒刀，照准萧逸面上猛刺下去。满拟这一下必定刺中，谁知竟出乎意料，萧逸平卧身子忽又折转向外，放在胸前的那只右手也随着甩起，无巧不巧，手臂正碰在瑶仙的手腕上面。虽是睡梦中无心一甩，力量也大得出奇，瑶仙手腕立被向上荡起，震得生疼，几乎连刀都把握不住。心方大惊，眼前倏又一暗，床前那盏油灯，也被这一甩熄灭。跟着便听里屋萧珍在喊"爹爹"和下床之声。同时床上作响，萧逸朦胧中也似有了醒意。瑶仙虽是拼死行刺，毕竟情虚，一击不中，手反震伤，又酸又麻，灯再一暗，怎不胆寒。再加萧珍一喊，武功好的人最是警觉，晃眼人醒，再下手，只有送死，绝难得手，哪里还敢逗留，慌不迭往外逃出。仗着路熟心细，暗中逃退，并未弄出声响。走到门前，正揭门帘想往外走，那柄毒刀忽吃门帘裹住。心忙意乱，手又酸麻无力，竟然脱手。又惊又急，还想回手摸索，忽听里屋三小兄妹相继惊醒，齐喊："爹爹，外屋什么响动？"边喊边往外走。萧逸在床上也似有了应声。不由心胆皆裂，不敢再事摸索，急匆匆逃到院中。

　　绛雪见瑶仙刀已刺下，床上仇人微一转侧，灯光便熄。三小兄妹惊醒唤父，萧逸又无应声，还当得手。心方庆幸，也没往下细听，便即赶前迎接，准备同逃。及见瑶仙一出门，便手招自己，往原卧室中退去，神色甚是张皇，又料事败。心方一惊，忽听萧逸在房喝道："珍儿，外屋没有什么。适才酒醉睡熟，门也忘关。我把灯点好，关上房门，也要脱衣安睡了。天已夜深，各自回床去睡吧。"二女先颇惊惶，闻声细听，又似萧逸刚醒，醉梦之中并未发现有人行刺。一会儿便见窗上有了灯光，又听关门之声。只那柄刀没听坠落，以为仍挂在门帘上面，当晚不取，明日便是祸事；再者利器难得，失去此物，更难下手。当时不敢往取，在暗中挨了一会儿，想起伤心，二女又相抱饮泣，吞声痛哭一阵。后听无甚动静，仍由瑶仙掩至房前，轻轻向帘上一一摸遍，哪有刀的影子。料已吃门帘裹住，跌落房里。愁急无奈，又去隔窗偷视，灯已熄灭，月影西斜，房中黑洞洞的全看不见。情知明日万一发现，难讨公道。有心逃走，以后绝无重来复仇之望。得豁出两条性命，挨到明日再说。萧逸如系当晚将刀藏过，不为泄露，决意矜全，日后仍可再尽人事；否则索性痛骂一场，以死报母，做了鬼再来寻他报仇。

　　于是重又回房，同卧床上，急一阵，伤心一阵，不觉天光大亮。吉凶莫测，方在惊忧，秋萍忽来唤用早点道："村主已起，说天不早，命速吃完，好同往佛坛上香开经。"二女见萧逸命人把话点在头里，明示无他。才知真个曲予优容,不与计较。弄巧连昨晚行刺,都被警觉窥破,特意使自己知难而退,息去妄想。为防冒失,屡犯不已,致被村人发现罪状,难于保全,仅将凶器暗中收去。越想越对,否则事情哪有这等巧法?自己纵然手被震麻,怎么无力也不会被门帘将刀裹住,始终又没听见毒刀落地之声,定是萧逸有心作为无疑。照此情形,母仇万报不成。悲痛急愧,心乱如麻。秋萍走后,彼此面面相觑了一阵。瑶仙忽发奇想,决计再图一个未必之功。催着绛雪匆匆洗漱,赶往堂前。见萧逸仍和无事人一般,越知所料不差。忙回手拉了绛雪,纳头便拜,不发一言。拜罢起立,便进去用茶点。萧逸原是预有安排,见二女拜倒,只当心中感悔。尤其看出二女行径,不伤自己子女,可见尚有天良,不似其母。照自己这等应付,就是二女仇恨未消,也必知难息念。心还喜慰,不便明言。一面笑容唤起,借口二女是谢为母超度,略微慰勉几句。一同吃完,便去坛上诵经答礼。哪知瑶仙因想起欧阳霜遇救成仙之事,心想:"凭自己三人,万近不了仇人的身,徒死何益?欧阳霜尚且成仙,只要心坚,不怕磨折,凭自己这番孝思至诚,难道还求不到仙人怜悯?难得现有逃路,何不同了绛雪逃出山去?只要寻访到一位仙师或是异人,拜在他的门下,学成仙法本领,回山再复母仇,岂非举手之劳?"

当夜回来,便和绛雪密商。绛雪也觉仇人睡梦中尚如此警觉,不能近身,毒刀又失,报仇之事简直难于登天。常年在此鬼混,也是伤心。求仙访师虽是渺茫,以欧阳霜前例来看,也许能有遇合。精诚所至,金石为开,未始便没指望。仇既无法再报,只好如此,立即赞可。便问瑶仙,可要通知萧玉一同逃走?瑶仙不觉为难起来。因出家人最忌情欲,同行,惟恐因他误事;不同行,又觉萧玉天生情种,丢他一人在此,见自己一走,必定相思而死。就不带了同行,好歹也给留点指望。于是便背人写下一封长信,大意说自己母仇难报,决计逃出去寻访仙师异人,可为他年归来复仇之计。如能相待,固是佳事;否则男子寻师较易,也可出山另访高人拜师,学成本领,以图聚首。总之,自己已许死母,此仇不报,此生绝无与萧玉同栖之望。见爱深情,铭于肺腑,务望保重。事如不济,惟有期诸来生。不过出山须俟己行十日以后,不到复仇有望,誓不再见。如寻了去,休说难于追踪,即被寻到,也是徒伤情感,转昧初衷,连以后都不与他再见等语。

写得甚是沉痛悲壮。连改数次，才行写好。却不先交，知道自己走后，萧玉必往密径追索，将信放在洞内，定能见到。等法事做完，待了三日，恰值阴雨，萧璇又受了点感冒，二女便乘隙冒雨逃出萧家。又由萧玉所辟密径，取了预藏衣物包裹，连夜逃出村去。

萧逸料定二女已无异举。众门人虽各怀有戒心，因师父本领机谋，二女凶谋万无效果；就是几个恐怕千虑一失的，也只防二女日后还要再举，谁也没料到会逃走出去。二女行时，房中又布置得妙，竟被容容易易逃走。直到次日清晨才行发觉，人已无踪，再为搜索，哪有影子。只萧玉一人知道去路，巴不得二女能逃，他何肯说出来。惟恐被人看破，头几天连山洞密径一带，也没敢去。萧逸为寻二女，还特意开山出去，率领门人村众四出追寻。第二日欧阳霜奉命回村有事，就便探望子女，听萧珍兄妹说起此事。三凶惨死，前恨已消，反觉二女志行可怜，也代寻找了一回，均未寻到。萧清本拟将萧玉唤来盘问，不料欧阳霜这次回来，为植七禽毒果，在村中住了数日。萧逸每日心悬爱妻，渴欲一叙衷曲，心无他顾。萧玉先颇拿稳，吃欧阳霜回来一耽搁，当她仙人，恐被识破，愈发不敢妄动。好容易盼到她走，夜往密径，移石入洞一看，只寻到瑶仙一封手书。再往前进，洞已倒塌，急切间无法走出，知二女必已去远。先见欧阳霜都寻她们不回，已是惊疑。这一看信，并未约地相待，越发绝望。每日哭笑无常，眠食均废，直似疯了一般。萧逸见二女初逃，萧玉虽也面现忧急，还似有心做作，突然变态，必有原因，便命人暗中查探。萧玉把瑶仙那封信珍如性命，放在身旁，时常背人取视，哭诉相思。日子一久，竟吃萧清看破，告知萧逸。萧逸只当他受二女愚弄，弃他而去，又不知所逃路径方向，所以悲急，也就没去管他。不料萧玉积想成痴，迁怒怀恨，意欲代替瑶仙行那犯上逆谋。二女智勇深沉尚且不行，何况是他，连下两次手：一次事前吃乃弟萧清看破，中途戒阻；一次被萧逸亲手捉住，本要按家法处治，萧清再四哭求，萧逸才严加告诫，命萧珍行刑，打了顿竹板。萧玉知难再在村中立足，暗备了些兵刃用具、衣服干粮。仍由二女所逃故道，先把石头移开，藏在里面，一点一点向前开进，中间洞石崩坠不多，萧玉以决心毅力从事，两日一夜，竟被开通。因地太僻，外观无路，里面整月移石开路，通没一人发觉。萧逸本不喜他，只看萧清情面，不肯重处。逃走以后，村人一找不见，也就拉倒。

一晃两年，三人均未回来报复，也未发生变故。倒是欧阳霜因师父郑颠仙借来岷山白犀潭韩仙子制伏的一只金蛛，自己还养了一只较小的金蛛，准备取那元江水眼中的前古金仙广成子所遗留的金门至宝金船宝库，须要预储到时金蛛吃了增长精力的七禽毒果。遍查地势，只有卧云村外峡谷之中的土地，下蕴奇毒，种植最宜。以前早已布种，现时树渐长成，还须加意培植，特命欧阳霜时常回村查看，此数年中，差不多每月必回。三小兄妹随习内功，大为精进，母子相聚自是欢欣。只苦了一个萧逸，日夕苦想和爱妻相见，哪怕不能言归于好，再作双栖，便是握手相聚，不再如尹邢之避面，也称心意。偏生欧阳霜志切清修，誓祛尘念，一任萧逸用尽方法，子女再四哀求，始终不允丈夫见面。偶然回家小住，总是预令子女转告萧逸移居山亭，不令入室。萧逸见她居然肯在家中暂住，越以为日后尚有重圆之望。始而惟恐招恼，不敢违逆，仅在窗外窥视过两次。还吃欧阳霜令子女警告，再如这样，便不再回，索性连隔窗相望都不能了。后来萧逸实是思念不过，忽然想到欧阳霜每次归来，俱往村外峡谷培植毒果，往往营营终日。此事奉有师命，平日还令自己派了几班门人，持着她所给的灵符前往轮值，看得甚是重要。果林对面，有不少崖洞可以藏身，她又每月来有定时，何不在她未到以前，藏身洞中窥视？纵不能对面一吐衷肠，她奉师命而来，绝不致因己在侧，便即舍之而去。常日相望，一则可以略慰相思，二则能有见面之机，也可伺机感动，比起永不相见终是强些。于是照计行事。

那片果林便是本书前文所述陆地金龙魏青误食毒果中毒之地。欧阳霜为植毒果，便于浇培照看，又开了一条小溪谷径。树共三百株，一边紧靠峡谷，前有大片竹林，山形甚是险僻。欧阳霜对于丈夫深情，未始无动于衷。只恐尘缘纠缠，误了仙业，故意决绝。始而装未看见，继见丈夫为多看自己几眼，竟是终日伏身崖洞中守伺，不等己走，绝不离开。那毒果又最难培植，须费不少人力，始能应那到时之用。往往由早起经营，深夜始归，时常眠食均废。萧逸又防自己看破，不许门人挨近。本是恩爱夫妻，未免触动前情，心又活动许多。萧逸更是聪明，早就看出爱妻明知自己偷觑，故作未见，越料有望。当年冬天，又想下一条苦肉计：装作想望已绝，成了心疾，每日书空咄咄，饮食锐减，再故意受些风寒感冒。连真带做作，就此卧床不起。萧逸因知子女天性极厚，毋庸指教，自会照计而行，一任焦急，并未明说。果然欧阳霜一到，小兄妹三人便迎头跪下，哭诉哀求起来。说父亲因母亲归已两年，终无回心之望，苦思成疾，状类疯狂，已有多日，又不吃药。昨日人稍清醒，说母亲今日回来，恐在房中见怪，意欲移居山亭，又要去往果林崖洞中守闲。是儿女们再三苦劝，并假传母命，允其不久相见。也未深信，只狂笑一阵，勉强劝住，不再迁居。如今在房呆卧，务望母亲看在儿女幼小份上，与爹爹和好吧。欧阳霜由窗缝中往里一看，丈夫果是面容苍白，人瘦好些，目光发呆，醒卧床上，若有心疾之状，不由不信。便取一丸药，叫萧珍拿去给萧逸服了，再对他说，毒果行将成长，开花以后，来得更勤。为看儿女面上，可以相见，但是每三月中，只许相聚两次。届时由早上相见，全家团聚，至夜夫妻各自归卧。萧逸原知自己的病即使不重，爱妻也不会坐视。听儿子传完了话，立即服药，欣然坐起。当时便请爱妻进屋，握手悲泣，历述衷肠。力说自己知她将证仙业，绝不以儿女之私累她修道，不过相爱太深，相思太苦，务望宽容既往，稍念前情，许其经常相聚，稍有渎犯，任凭处治。

欧阳霜见面以后，看出他二目神光未散，分明有心做作，一时不察，竟为所愚。本心虽然感动，因丈夫机智百端，惟恐日久牵缠，又中他的道儿，执意只允三月两见，不得再多。可是每次相见，除却不能涉及燕婉之私，别的仍和以前夫妻相处时一样。便三小兄妹离开，也不禁止。萧逸倒也知趣，并无他念，至多情不自禁，偶然温存抚爱。欧阳霜纵不十分严拒，也是适可而止。只不过会短离长，聚首苦短，是一憾事。后来又和欧阳霜说："聚时太少，你只不许我室中共对，外面相见并未禁止，譬如你我在村外无心路遇，难道你也怪我不守规约？你每来，还率子女门人前往果林，何妨许我前往？既得夫妻相见，还可随时帮你小忙。如嫌厌烦，至多当我路人，不加理会。容我在旁守着你，多看些时，总可以吧？"欧阳霜见他痴得这样，越生戒心，也不忍过于使他难堪，只得允了。

转过年，又聚了两次，彼此甚是相安。末次夫妻相聚，欧阳霜忽说毒果已结，行将备用，自己回庵有事，须三日后才来。因萧逸苦求，还将应相晤聚之期提前，又聚了三日。萧逸忽然想起昔年被妖鸟抓去长子萧璋、次女萧玢,问:"是何妖物伤害幼童?你是剑仙,怎不将它除去?"欧阳霜说:"前已问过师父,那鸟名叫狷雕,乃南疆深山所产凶禽。大的有人般高,两翼舒开,各宽丈许,独角秃顶,爪似钢钩,惯与山中毒蛇猛兽相斗。作巢于山巅危崖之上,猛恶非常。但有一样短处:两眼看远不看近。越飞得高远,越看得真切。全仗飞行迅速,老远便算准人畜逃路,所以发无不中。小的野兽,如猴、兔之类,反时常得脱毒爪。生性凶残,最喜抓婴儿吃。胸前有白毛处最易射透。这东西仇心重。除它时,只须先引逗它飞来追,如若昂头低翼来往下扑,倒不可前逃,须要反身倒退,急用手中有毒矛箭往上掷射。中在有白毛的要害之处,固然立毙;只要能透肉,也可致命。无须飞剑,只要武功稍好,手准心灵,应变不慌,不为它两翼风力所慑,便可除它,遇时如逃,自是遭殃。侧避也易为两翼所伤。知道禁忌,便可无害。本山危崖甚多,巢穴必定在彼。去年回家,曾便道寻找,以报爱子之仇,兼为人畜除害,曾杀过两只,只不知抓去大儿、二女的是否此鸟。巢穴却未寻到,打算异日有暇,再往一搜,目前还顾不得去呢。"

萧珍在旁说:"那年大哥二姊遇害时,原在一起玩耍。先听天空嘘嘘乱响,狂风大作。那怪鸟已从上空飞过,大哥正在放花炮,将它惊动,才飞回来,一爪一个,将大哥二姊抱起便飞。等人追出,已经飞远。儿子正站在树下,见此鸟狗面秃头,眼睛通红,身子好似比人还长,两翼更是宽大。飞起来,人差点被风卷起,沙飞石走,半响方息。通身俱是虎皮色,头上是凸出一块,尾巴好似被人斩了半截,露出鲜红鸟股。娘杀的跟这一样么?"欧阳霜惊叹道:"照此说来,杀我儿女的,竟是那只秃尾老雕。本来已经到手,又被逃去,早晚要遇上,绝不容它活命了。"萧逸父子四人齐问经过。欧阳霜道:"我杀雕时,恰遇慕容二师姊路过,送我到家。此雕正在崖外后山,与一白额猛虎恶斗。本心想用飞剑一并斩了,吃慕容师姊拦阻,说二恶相斗,正好两伤,都是害人之物,你助虎杀雕做甚?我便说起失子之事,微一迟疑,那雕甚是机警,不似先杀二雕胆大,见了剑光,竟然吓退,飞行甚速。忙于到家,又有话和慕容姊姊说,并未追去,竟被逃走。这才想起去年原听珍儿说过,怪鸟尾是断了半截。因这类恶鸟多是短尾,此雕定被甚人断过后股,所以光红无毛。早知我儿是它所害,飞剑神速,多快也能追上。今已错过,看这行径,事隔多年仍然发现,巢穴必在后山无疑，早晚必能除它。此后回山，路上留心，也许能遇到呢。"萧逸父子俱都忿忿不置，说过丢开。

欧阳霜第二日便要回转大熊岭苦竹庵，行时忽见萧逸面藏晦色，心中大惊。匆匆占算，不特萧逸，全村都将有危难到临。虽然先凶后吉，终于无害，自己学道年浅，不能深悉未来。偏巧回山又有要事，不能分身，好生忧疑。只得暂留布置，寻一山洞，命三小兄妹藏居其内，每日读书用功，非自己来，不许走出。外用仙法封锁，只对萧逸、萧清叔侄二人传了开法，可以随时入视，余人均不能走近一步。并传萧逸灵符两道，遇警如法取用，便可抵御脱险。并嘱三月以内，不可出村往果林中去。一面把防守果林众门人齐唤了来，面上反倒均无晦色。好在每天均有颠仙所赐备用的灵符，村中埋伏禁制，诸般设施开闭也俱传授精熟，料无他虞，只萧逸一人可虑。回山禀问师父，真有急难，自己不能分身，也必有处置。恐丈夫忧急，又安慰了几句，方始飞去。

萧逸先颇谨慎。三小兄妹更是信母若神，呆在洞中一步不出。这时顽叟萧泽长已在瑶仙逃后第二年无疾而终，死时也曾遗嘱萧逸，这两年乃全村安危关头，瑶仙等便是未来隐患等语。那洞原是顽叟生前养静之所，冬暖夏凉，设备精雅。死后图书遗物一点未动，供着亡人神位。萧逸叔侄每日前往探看，直过了两月，并无事故发生，日久渐渐松懈。

这日清早，萧清因昨晚三小兄妹留他同住未归。萧逸亟盼爱妻归来，心中烦闷。门人何谓、吴诚、郝潜夫等见春夏之交，风物优美，便劝师父往村后危崖一带，观赏那新辟的几亩花田。师徒数人，还有几个侄儿孙辈，同沿湖边走去。刚到后山，便见一只独角秃雕，由路侧草地上抓起两只小羔羊，越过后村危崖，往后山飞去。定睛一看，那雕后股鲜红无毛，正与萧珍所说一般无二。无奈众人都是手无寸铁，只吴诚曾学金钱镖，身旁带有一串大钱。那雕飞又极快，等众人呼喊，吴诚取钱追去，已经飞没了影。萧逸想起前仇，忿恨已极。管理牲畜的村人也赶了来。唤前一问，才知最近三五日，已经失去了六只牛犊、小羊。后村一带，俱是大片草原，宜于畜牧，牧畜甚是繁庶。村规完善，宰杀取用，各有常例。四无出路，又都是自己人，不怕偷盗走失。大小万千只牲畜家禽，只有限几人轮值管理，占地甚广。风景田舍都在前村，后村除却围绕全村的天然连崖和祠堂、灵茔、墓地外，余多牧场。那几亩花田，还是当年萧逸一时高兴，点缀风景所辟。地势僻远，轻易无人涉足其间。牧人每早将一切牲畜放向场上，便各归屋料理他事，任其自在游息，到晚才收，成了习惯。极少点数的时候，故起先也未发觉遗失。因所失牲畜中，有一对牛犊是个异种，生相极好，管场人甚是珍爱，比较留意，昨晚收栅时忽然失踪，遍寻未获。村中以前原闹过一次，由崖外侵入的大蟒吞去好些家禽。细一点数，另外还失去四只小山羊，疑心又闹事故。今早正在留意准备，稍有朕兆，立刻往前村报警，不料竟是这只独角猁雕。萧、吴诸人断定那雕来惯，得了甜头，日内必还再来，当下想好对策。次日天还未明，便去牧场埋伏。谁知事有凑巧，连等了几天，猁雕均未来犯。

这早萧逸叔侄因头晚往三小兄妹所居洞中课读，谈晚未归，留宿洞内。起来又被三小兄妹拉住考查功课，未往牧场守伺，只几个门人、村众在彼。畜群才放出栅，跑到场上，便听嘘嘘风响，由环村危崖外面，飞投下那日所见猁雕，宛如陨星下泻。略一沾地，便一爪一个，抓起两只小山羊，拨头往崖外飞去，飞行迅速已极，晃眼无踪。势更凶猛惊人，下落之际，两翼动处，扇得牧场上沙飞石走，狂风大作，人都似要被风兜起，站立不稳。众人连候数日，未免疏懈，萧逸又不在侧，怪鸟多半初见，突然飞到，见了这等猛恶声势，不由心惊，乱了手脚。潜夫在前村轮值，门人中只有吴诚一人是个好手，等到喝令众人放箭时，已被猁雕抓了两羊逃去。风沙眯目，惊慌无准，只有两箭射到鸟身，已经无力，宽翼扇处，全吃打落地上。鸟未受伤，人倒有三个因持长矛向前急进，没等投出，便吃崖上滑落的碎石打中，反各受了点轻重伤，头破血出。萧逸闻报，自是越发忿怒，重又挑了几个得力门人连同自己，由次日起，重又如法守伺，不令村众相助。谁知那鸟又是好些天未来。萧逸以为它上次见人警觉喧哗，有了戒心，不敢来犯。心痛亡儿，既知此鸟所害，如何肯放，正准备出山寻到鸟巢，搜杀报仇。这日早起，因料当日未必会来，去得略晚。忽然牧人来报，鸟又到牧场来犯，抓去一只小牛。萧逸师徒见它每来必隔些日，心虽恨极，次日未往守伺，不料那猁雕竟连来扰害了三次。等人一往守伺，便不再来。稍微疏懈，立即飞到，捷于影响，不可捉摸，直似有心为难一般。

休说萧逸被它逗得怒不可遏，便众门人也都忿极，非杀死不能消气。

末了一次，萧逸单人伏身来路崖上，也只射中一箭，不是致命，决计出山搜杀。萧清年纪虽轻，人却老成，想起姊母行时之言，从旁劝阻。萧逸因心恨狯雕，欲报仇雪恨，以为爱妻只不令往果林一带走动，后山素无人踪，出去行猎，有何妨害？此鸟机智绝伦，与爱妻所说不类，自从日前翼稍中了一箭，便无人守伺，也不再来。倘因此胆寒绝迹，移向别处觅食，飞得又快又远，何从寻觅？如今三月将尽，并无丝毫朕兆，也未到果林去过，就有甚事，谅必躲却。此鸟不除，杀子之恨难消。璋儿头生，相貌最好，最得爱妻珍爱。当年为失此子，悲苦轻生，一提起就伤心。如在她回之前，将鸟除去，到时也可给她一个喜欢。执意非往不可。仗着武功高强，便在狯雕来路危崖上下，开了一条蹬道，上到崖顶。再用长绳缒援，翻过崖去一看，恰好正是儿时随了祖父入山隐居，未寻到卧云村以前，旧游行猎之地琵琶垄。这地方长岭迤逦，形似琵琶。岭侧两面有好几条幽谷。一头危峰笔立，直上干云；一头广原平野，草木繁茂。四处静荡荡的，全无一点人兽踪迹。刚往岭上走去，便见地上有好几堆大鸟粪和鸟爪迹印，内中还杂着一些碎毛，正与狯雕身上毛色一样。再往前走，又发现了牛羊头骨。循踪找去，一路均有发现。约行二里，到一危崖之下，方始绝迹。断定鸟巢必在上面，无奈那崖偏居岭左，形似孤峰，削立百丈，寸草不生，四无攀附。狯雕厉害，更恐援到中途，凌空下击，人为所伤，未敢冒失上去。又在左近，发现那鸟常在野地上游息，擒来牲畜也似在下面享受，并不带上崖顶。岩窝石窟甚多，地势极利藏伏。守伺到了黄昏，终无动静，料已远出。且喜巢穴寻到，踪迹已得，鸟粪未干，并未离巢移往远地，终有擒它之日。天已傍晚，只得率众回转，可是连去三日，并未遇上。仅第四日归途发觉狯雕回巢，飞行甚高，直落崖顶，更不再下，无奈它何。

次日为萧逸祖母忌辰，因是率众归隐的头一代祖先，合村公祭，仪节甚是隆重。萧逸也想好除鸟方法，本拟过日再往一试。午间同食早供之后，村人各自散回。萧逸命萧清与三小兄妹去送祭品，并令在洞中遥叩行礼。打算回家睡一午觉，以备夜祭读文诵经。这日众门人侄孙辈多有职司，未曾随侍。独自一人正往回走，忽见吴诚站在环村崖顶上，将手连招带比，低唤："师父快上来！"面有喜容。萧逸自从发现狯雕以后，为防不时相遇，身旁总带有一筒毒弩。见状知道发现了狯雕踪迹，便纵身上去。原来欧阳霜召集众门人查看面色时,吴诚恰巧奉命出山采办用物未归,不曾在侧,一点戒心无有。因知师父恨雕切骨,一心讨好,时常留意。昨日发现雕已归巢,偏巧当日祭期不能前往,所派职司又恰在夜里。岩顶道路开出以后,足可远望鸟巢和平野一带。饭后无事,走向崖顶瞭望,无意之中,竟发现恶鸟猰雕由远处飞来,且两翼翩翩,飞行甚缓,神情颇为狼狈,好似受伤疲乏之状。飞近草原,越飞越低,不再升腾,忽然一个转侧,扑扇着两翼坠落地上,只管扑腾,不能再起。渐渐力竭势衰,趴伏地上。看神情,大是不支,已难再动,只还未死罢了。见师父下面路过,忙请上去。

萧逸一看大喜,知道恶鸟不知何处身受重伤,此时再不就便杀它,如等养好气力,再除便难。既已望见,相隔又近,如何肯舍。长绳原放崖上备用,师徒二人连兵刃都未及回取,立即援绳而下,如飞跑去,一会儿赶到。那鸟也看不出受何重伤,只是力竭难起。见了人来,瞪着凶光四射的怪眼,连声怪啸,状绝狞厉。萧逸见那雕鸟爪如钢钩,想是情急,地上石土被抓陷了两个深坑。铁喙宽达半尺,长有尺许,看去犀利非常。通身毛羽坚劲,两翼平张,通长几及两丈,怒啸发威,根根倒竖,端的猛恶非常。有心将它两翼斩断,擒回处治,无奈身畔未携兵刃。正在寻思,那雕看出人意不善,倏地奋力一扑腾,飞起数尺高下,重又坠落。吴诚不是闪避迅速,几为翅梢打中。萧逸见状,顺手一摸弩筒,心急手快,连欧阳霜所赠两道灵符带了出来。那符原装在一个丝囊以内,不知怎的,囊口丝结缠在弩筒上面。萧逸刚把丝囊解下,忽然山风顿起。那雕啸声越厉,二次又奋力作势往上扑腾。萧逸恐被它乘风飞逃,不敢再延,顺手将丝囊交给吴诚,扬手连珠毒弩,接连几箭,先将雕眼打瞎。仍恐不死,乘它痛极昂首惨叫之际,又朝口内、胸前各要害找补了三箭。

正和吴诚笑说解恨,想将死雕拖回村去,留待爱妻回来看了泄恨。山风过去,面前黑影一闪,平白地多了一个装束奇特、相貌凶恶的道童。一现身,先朝死雕看了一眼,转面厉声喝道:"这只秃角老雕已被我们用仙法所伤,只因此雕飞行迅速,性子又暴,受伤以后仍被逃走。我二人奉了师父天门神君之命,来此收取心魂,祭炼法宝,一路寻来。谁想被你二人将它射瞎双目而死,失了灵效,枉费我们多日搜寻之劳。晓事的,快快跪下降伏,随我去见仙师发落,否则叫你们死无葬身之地!"萧、吴二人见童子好似乘风而来，行踪诡异，知非善与。一则萧逸武功精纯，生平未遇敌手，未免自恃；二则妖童出语凶横，毫无商量。心想："先下手为强，且先和他软说，看事行事。"便赔笑躬身道："在下实是愚昧。只因此雕凶恶已极，屡伤人畜，兼有杀子之仇，因想为世除害，立志除它已非一日，今日见它飞来，才用毒箭将它射死。不知令仙师还有用它之处，已死不可复生，此鸟任凭取去。请仙童权且原谅，改日再造仙山，登门负荆吧。"说时，妖童已经目闪凶光，闻言怒喝道："放你娘的屁！你二人伤了此雕，还想活命不成？我自有仙法将你们擒走。"萧逸知道应了欧阳霜之言，妖童凶横，已不可理喻。好在所居隐秘，爱妻归期不远，反正难为善罢，决计先发制人。表面装作害怕神气，不等说完，暗运内功，倏用重手法百步劈空掌，照准妖童当胸打去。妖童横行已惯，见对方两个凡人，全没放在心上；看见吴诚闻言面有怒容，还在暗笑。万没想到搭话的人会先动手。刚觉对方把手微拱，似欲行礼求告，猛又觉掌往外一按，立时便有千钧之力当胸压到。萧逸家传掌法从小练起，何等厉害，相隔又近，无法躲御。妖童纵会妖法，也不能施为，当时受了内伤，气血全被击散，口喷鲜血，往后仰跌出去。萧、吴二人正待纵身赶去，趁他未死之前，点其穴道，再行拷问底细，猛听一声断喝，知又来了敌人。定睛一看，凌空飞来一道淡黄色的光华，知是飞剑一流。不及看清来敌，忙喝："这是妖人飞剑，快快避开！"随即一同纵起往回飞逃。二人脚程怎有飞剑迅速，晃眼便被追上。飞剑正待下落，还算后来妖童看见同门受伤，心中恨极，想将二人生擒回山，恶毒处死，忽又止住剑光，飞出一道尺许长的彩烟，萧逸首被射中，当时打了一个寒噤。那彩烟又朝吴诚飞去。正在危急之际，吴诚原知灵符妙用，箭已近身，忽然想起符在自己手内，慌不迭拿住灵符一角，往外一抖，先是一声霹雳，夹着百丈金光烈火，直朝妖童当头打去。跟着一片祥光，将后面挡住。

二妖童正是天门神君林瑞门下的甘熊、甘象。所居离当地只有二百余里，地名乌龙顶天门宫。那猎雕也是灵鸟，已吃甘象的血焰针所伤，仍旧飞逃到此。甘象首先寻来，吃萧逸冷不防一掌打伤倒地。恰巧甘熊赶到，先用飞剑迫退敌人，救了乃弟。再用妖人所炼血焰针，将二人打伤。方想上前擒住，忽见金光烈火带着霹雳之声飞来，知是正派中太乙神雷，先发血焰针已被震散，不由亡魂皆冒。甘象刚回过气来，吃甘熊一把夹起，驾起妖风,如飞逃去。吴诚发动稍缓,敌虽惊退,依然被血焰针打中,和萧逸一样,一个寒战打过,周身麻痒,动转不得。二人强挣着会合在一起,互相扶持回走。同时那断后祥光,也由身后绕来拥护,还能勉强熬着痛苦行路,只是心慌意乱,四肢无力,不能走快。时候一久,祥光渐减,人也渐入昏迷,不觉把路走错,入了歧途。后来灵符效用全失,祥光退尽,立即昏倒岭侧峡谷之中,不能动转。

又经了个把时辰,众门人见天不早,师父怎还未往家庙,当是午睡未醒,前往唤请,一问,人并未回。因当日说定不往后山,正待往别处寻找。还是萧清比较机警,查看人中没有吴诚在内,急忙一问,恰有一人答说:"午饭后回家,似见吴诚一人在崖顶眺望。村主并未在彼。"萧清闻言,猛想起婶娘别时之言。知道今日家祭大典,叔父就往打雕,也不会到这时候还不回来。照此情形,定是吴诚贪功,登崖眺望,发现雕迹,告知叔父,同往猎杀,不知遇着甚事,耽搁在彼。或是人雕苦斗,相持不下,那雕看去本来厉害,没有婶娘所说那般容易对付,弄巧就许为雕伤都说不定。当时心里一惊。郝潜夫也是这么想法。忙令众人各自赶取兵刃暗器,一边沿途遇人询问,一边往危崖集合。萧逸如未出走便罢,如与吴诚偕出上崖,便知事须从速,免得到时回取兵刃又多迟延。说罢,分头行事。还没赶到崖下,全村已经轰动,纷纷赶来,竟是谁也不曾见到这师徒二人。众人因日光业已偏西,早该回村,必有变故,纷纷抢上崖顶一看,果然长索业已下垂。再往对面平野里一看,那只猞雕两翼张开,趴伏地上,一动不动,也看不出死活。萧、吴二人并无踪影。先算计人雕恶斗,一同力竭倒地,也许雕已被杀,人却被它打伤,压在下面。反正凶多吉少,个个情急,抢着援绳而下,飞步往前便跑。

郝潜夫毕竟心细,众人只管议论纷纷,他却料定万无二人同时被雕压到身下之理,场上不见,必在别处。更因欧阳霜预诫之言,想起三个逃人,也许此时学了本领,回山寻仇,恰值萧、吴二人将雕打死,狭路相逢,拼斗起来。否则那雕任多厉害,只有飞得太高,除它不易,真肯下与人斗,绝非师父之敌。二人此时不是为仇人所伤害,便是尚在别处苦苦相持。草原平野,一望无遗,不问如何,人绝不会还在场上。见众人纷纷抢下,为防引来外敌入村扰害,回顾师兄何渭、柴成在后,忙即说了。何、柴二人也是萧逸晚亲,自幼相随习武,最是持重,武艺也高,闻言深以为然。知潜夫、萧清聪明心细,忙把人分成两起:已下的由潜夫、萧清率领,分头寻找;未下的随了自己,在崖上戒备待信,将长索拉起,一面飞传村中壮丁各携毒弩,埋伏崖上,以防不测。去人如若发现村主,看事行事,将带去的旗花,照旧习暗号放起,以便应付,以免敌人乘虚而入,一时失措,难于收拾。匆匆分派停当。留守的人急于寻师,虽不愿意,无奈师父不在,何渭是大师兄,照例不能违逆,只得怏怏而止。

潜夫、萧清到了下面,便照日前去过的地势途径将人分开,飞跑寻去。果然还没赶到死雕所在,便发现吴诚穿的一只鞋。潜夫立定细一查看,恰巧那一带地多沙土,没甚野草,只见离鞋不远,又有两个脚印,轻一脚重一脚,甚是散乱。内中一个独小,正是没有穿鞋的痕迹。行家眼里,一望而知人受了伤,故步履迟滞散漫;否则师徒二人俱都是一身轻功,哪会留下这深脚印?只奇怪脚印混在一起,已走向归途,怎不认路,反往左侧走去?好生奇怪。恶鸟在望,看出已死,鸟侧并无人影。惟恐受伤太重,迟延无救,忙令众人先顺脚迹寻找。等到中断,不见人迹,再行分寻,免遇强敌,反为所乘。

这时那两个妖童已早逃回山去,偏巧天门神君林瑞正炼妖法,又忙于医治甘象,等了好些时候,直到妖法炼完,才得告知。林瑞一问那情形,知敌人是个凡人,只有两道护身灵符,不然甘氏弟兄早死敌手。既见敌人均中了血焰针,虽仗灵符将二甘惊退,人必昏晕倒地,逃不过远。先料外来之人猎雕至此,但两个凡人,却持有正派中护身灵符,多少总有一点关联。自己潜匿本山,平日深居简出,法未炼成以前,最怕被各正派中人访知,来寻晦气,急于想将来人擒回究问来历。自己炼法正急,不能分身;又因手到擒来之事,无须亲往。只说了两句机宜,以防万一有正派中人在彼,稍见形迹,立即遁回,以免泄漏踪迹。村人发现沙中脚印之时,二妖童恰巧起身。如非潜夫应变机智,二妖童一定撞上,见到众人,势必用妖法、飞剑追赶,侵入村去,当时便是一场大祸了。

萧、吴二人困倒的峡谷,本是甚近。妖法尚未催迫,人也能够出声说话,不过周身痛楚麻痒,不能起立。众人循踪一找,立即寻见。萧逸料知祸犹未已,正愁妖人去而复转,见众寻到,惊喜交集。立即强挣着喝令背起速行，归途务要灭迹，一切到家再说。潜夫等见状，知祸非小，吓得连旗花也未敢放，抢着背起二人，往回飞跑。好在都有轻功，除入谷一段是沙地外，余均草多。下来之处，危崖数百丈，众人由上面援绳而下，中途还有好些纵落攀援才能到地，不易为人发现。匆匆赶到崖下，上面的人已老远望见，还欲下迎，吃众人老远摇手止住。一到便挑力大身轻的同门，将二人背在身上，先迎上去。然后慌忙援上。人刚上完，将索抽上，便见夕阳影里，岭那面风沙滚滚，由远而至。何渭忙令萧清等人先送师父回去，自和十多个能手暗伏崖上，隐身向下窥视。不多一会儿，风沙到了死雕面前，一片黑烟过处，现出两个妖童。想因阜多且深，看不出逃人去处，又恐人藏草内，在鸟侧转了一转，手略比划，地上杂草立即平倒。二妖童见无人影，意似发烦，怪啸一声，即放出两道淡黄光华，连身飞起，在鸟侧二三里方圆之内凌空飞行，四下查看。何渭惟恐妖童再往上高起，看出村中景物。方在愁急，谁知二妖童本领有限，又料敌人已中血焰针，除非被人救走，至多百步之内定倒。不料敌人内功精纯，体质强健，加以灵符祥光拥护，连绕走迷路，竟行了三四里路，祥光消失之后，才行晕倒。环飞了一阵，没有查见。只当被正派中人救走，想起师言，反倒顾虑起来，连失鞋之处都未飞临，便纵妖风遁退回去。

何渭方始略微放心。一面着人在崖轮值守望，自己赶到萧家一看，萧、吴二人已经说完前事，正在担心。何渭说完经过，萧逸料知妖人所居甚远，全为追雕而至，既未被他发现，许不再来。略示机宜，人已不支，连服了些祛邪的药，毫无效用。伤处只是一点黑影隐现肉里，可是周身痛楚，麻痒时作，难受已极。头一晚，还能强熬，神志也未尽昏迷。第二日午后却昏沉起来。睡梦之中，觉着身在一个极华丽的山洞以内，被人绑在一个长幡之下。当中法台上有一个黑瘦身长，羽衣星冠，手执布旗、宝剑的道士。旁边立着五个妖童，先遇二妖童也在其内。此外还有一猴一熊，人立侍侧，不时相对，以目示意，状颇愁苦。道人不时由旗尖放火来烧自己，喝令降服。心中又急又怒，奋力一挣，又觉身在床上。一会儿又被妖道捉去。吴诚有时也同绑在彼。似这样时去时来，不知受了多少刑法楚毒。连过了数日，最后妖人忽然暴怒，喝令当晚子时如不降服，便要行法诛魂，从此沉沦。心方恨急，忽然清醒。身上虽轻，痛楚仍未全消。直到萧玉、瑶仙相继邪法被破成擒，白水真人刘泉命萧清持了灵丹进去服下之后，人才复原，痛楚全失。于是萧清向白水真人刘泉、七星真人赵光斗、陆地金龙魏青、俞允中四人说了经过。

萧逸因崔、黄两家为世戚至好，忽然均遭横祸，连两家共有的一个孤女都不能保全，便那绛雪孤忠耿耿也颇难得，每一想起二女出走，存亡莫卜，便自心恻。忽听瑶仙和萧玉归来，还受了许多苦楚，身几化为异物，好生怜惜。一面向四仙侠伏枕叩谢，一面便令萧清去唤。刘泉拦道："他二人已被妖法禁制。妖人原因二位所中妖针是他门下所炼，比起自炼之针功候相差悬远，虽然一样可以行法禁摄，无奈受伤人禀赋甚厚，神志更强，虽中邪法，真灵犹有主宰，生魂不易摄取。妖人不知何故，不能亲来。因二人是府上亲属，深知本村虚实，便差他们到此用妖法摄取。并使应他本门为畜期满，仍须杀一亲人为信，方得脱去皮毛，正式拜师的狠毒规条。不料二人天良未丧，迟不下手，被我四人赶来将他们擒住。妖人久候无音，必生疑心，用妖法催归。一面再借妖针感应，对二位重新禁制，试探动静。他这妖法除非深知底细的人，便各正派中长老也没多少人能破。余者虽也有人能破解，但须寻到妖巢，先将行法妖幡、符箓破去，或将妖人杀死。再不就是所差行法之人，到时心生内叛，将所持代形禁物小泥人上妖符、禁法撤去，使与法坛上妖幡、邪法隔绝，方保无患。否则不论妖人胜败，所摄的人必死无疑。妖人催逼二人不回，再觉出二位没有感应，必下毒手。二人均是上好资质，女的尤甚，按说易得师父宠爱。但看那妖人对他们的行径和二人被擒时抱头痛哭之言，却全无丝毫师徒之情。美质良材，最是难得，又当正邪各派俱在网罗门人之际，如看不上，何故收录门下？纵令天门教下规章如此，也绝不会相待这等狠恶。必是先时无知，误投妖人，隐身以后，又自知堕落，生了悔意，吃妖人看破，有心杀却，又觉可惜，才致这样恶待。无非想使其受尽苦难煎熬，心寒畏服，末了仍使其杀一亲人，以试信心。虽然遣出，并不信任，不过知二人元神受禁，稍一违忤，永受酷毒，求死都难，断定必无异图罢了。即使二人此时功成回去，也必当他们事出勉强，不是本心遵服师命。受完责罚之后，仍须重新为畜三数年，遇上运气，方予定夺。当时复体为人，依然无望。再一查出事有变故，必疑二人临场生悔，不肯犯上行凶，拼着一死，自破妖法，将人救醒，岂不恨入骨髓？势必先用妖法使二人在此裂体焚身，剩下生魂，一拘即回。再按本门法规处治，用来祭炼妖法，从此日服苦役，永世沉沦，更无超升之日。却不知贫道对异派中妖术邪法多半深知，乘其不觉，不特破了他的妖法，并还将计就计，在二人所居静室之中，将原披熊、猴外皮剥下，以代二人原身。再用小诸天四九归元招魂之法，反客为主，将二人生魂镇住，幻出二人的假生魂，等他那里妖法一发动，皮下符箓所幻假魂立被摄去。妖人摄魂之际，知道二人已死，一面摄取生魂，一面将所炼妖法如葫芦、幡幢之类，放置法台之上，以便魂来立即收取，当时祭炼。为防新魂灵气消耗，下手必快。先禁元神，也必放出相待，使与生魂合一，再行禁制，炼时增长威力。这一收一放，迅速异常，妖人任多细心，也万想不到会有人暗中乘虚而入，夺取所禁叛徒的元神。事起仓猝，更是无法拦阻。那灵符所化假生魂，只要与元神一合，立即闪电一般掣回。去时有形，回时一晃即隐，除事先知道，或可防御，此外任怎应变神速，也是没法追赶。即使被他事先发觉元神收不回来，这小诸天法术随行法人心灵发挥妙用，敌人纵不为所伤，所设妖幡也必损毁。至于生魂，因我先行下手镇住，加以本体未伤，只要心志坚忍，不受动摇，至多神志稍微昏迷，并无妨害。元神如不收回，当再传以凝神定虑之法，妖人未戮以前，每日如法打坐，连稍昏迷都不会了。发作甚快，至多再有刻许工夫，便知分晓。此时二人守在房里，妖人禁法破后，方可唤来相见。令侄天性至厚，必甚关心。二人在妖人门下自能体会，必知禁法破未。如欲往视，可由赵师弟领了进去，就便事完，引他来此。适才已将尊居囚下行法封禁，妖人一来，立时警觉。今晚不来，明早再去寻他便了。"

萧清因听兄嫂哭诉之言，出门时又见二人尽管喜出望外，仍是满面惶恐忧急之状，知道妖法厉害，元神已被禁制，虽仗仙法免死，仍有后患，闻言大喜。巴不得能够前往守着，就便观仙家妙用。忙先跪下，代谢四位仙长解救之恩。赵光斗随领萧清到了静室门外，嘱咐："入内不妨和二人谈话，但有异状，不可惊慌，更不可动那一切布置。兽皮焚碎以后，二人如觉昏晕，无须害怕，同往前面，自有方法解免。此室虽有仙法封锁，妖法一破，便自撤去，可以随便走出。"说完，将手一指，烟光分合之间，萧清人已入室。回顾赵元斗并未随入。再看室中萧玉和崔瑶仙，这一对受尽千辛万苦的恩爱夫妻，已各将衣服换好，互相偎抱，并坐一起，对着地上的兽皮、灵符泪珠欲流，满脸俱是忧急害怕之状，只丰采容光仍和当年差不许多。见门外烟光闪处，萧清忽然走进，惊喜交集。因是出死入生，情深太甚，更衣之后便互相偎坐一起。刘泉虽未禁止谈话，曾令静坐，不敢冒失走动，只得含愧各低声喊了声："清弟。"萧清起初虽恨瑶仙、绛雪罪魁祸首，陷乃兄于不义，但木已成舟，无可挽回，平日又听萧逸那等说法，再见二人种种身受，不由怜悯起来。知道妖法尚未发动，二人吉凶莫测，万分忧急，忙即走近前去，把刘泉所说，一一转告。二人闻说，始放宽心。

萧清便问二人逃出遇难经过。瑶仙因在妖窟所受凌辱太甚，尤其萧玉因为是自己丈夫，妖道师徒视如眼中之钉，如非自己誓死保全，早已百死。平日备尝酷毒，遭遇更惨，稍一回忆，便自心惊魂颤，以致谈虎色变。再说自身得免死，转危为安，深知妖人厉害，平日自称能制他的人举世无多，今日所遇四位仙人从未听他提过。尽管萧清传谕，顷刻可以脱祸，心虽喜极，仍然难免忧疑，全神都注定那两张兽皮，哪有心肠详说前事。萧清昔日那等嫉视，今日临难却舍死求恩，几番解救。仙人转念施恩，未始不因孝友至诚所动。感激不尽，怎便拂逆，不禁心酸流泪道："毛弟，我两个都不是人，新自畜牲道中转来，想起身受，心魂都颤。且等事完，慢慢对你这位又贤明又孝友的好兄弟细说吧。"萧清不知二人已行过婚礼，加以患难相共了数年，互相爱怜，夫妻口吻成了习惯，对他也视若恩人骨肉，无须顾忌，口不择言。还当二人在外先已苟合，又在妖窟失陷数年，心迷失志，连脸都变老了。好好一个才智少女变得这样，心方惋惜，忽见二人神色遽变，又是满脸忧惶，身旁似有光华闪动。侧脸一看，那竹针当中的两张兽皮倏地被一团绿阴阴的怪火罩住，晃眼包住全身。萧玉夫妻随即立起，各自战战兢兢按照刘泉传授，朝兽皮略一比划，那两张兽皮立时还了真形，带着那些竹针化成一熊一猴，跳将起来，在圈中乱蹦乱跳，上下飞舞，好似活物被火烧急，走投无路之状，只是跳不出竹针外去。那怪火也始终烧身不舍。候有片刻光景，兽皮下面两张符箓忽然自焚，一道青白色光华朝二人面上闪过，那四十九根竹针也拔地飞起，乱箭也似化为许多黄光，裹住两条人影飞起，晃眼不见。那一熊一猴也在符焚时仰翻地上，怪火同时消灭。低头一看，已全成了灰烬。回顾二人周身乱抖，眼中热泪盈眶,却又略现喜容,知是紧要关头。

待才半盏茶时,忽见二人泪流满面,哑声急喊道:"天呀,可怜我们也有今日!"说罢便双双纵起,一个紧抱萧清,一个纳头便拜,都是唇颤体摇。喊完这两句,便再说不出一句话来。萧清知已脱难,喜欢太过,失了常态,见状又是欣慰,又代他们伤心。一面请起瑶仙,一面回问哥哥:"你和表姊都没事么?"萧玉强把头点了点,口中只喊得一声:"毛弟!"便"哇"的一声,抱着萧清痛哭起来。瑶仙想起数年身受,触动悲怀,更是心寒胆悸,忍不住扑向萧玉身上,悲哭不止,萧清自然免不了陪着伤心,泪如泉涌。正向二人慰勉,忽然堂兄萧野在外喊道:"刘真人说玉弟、表妹元灵已复,永无忧虑。叔父现等问话,快止悲哭,前往叩见吧。"说罢走去。

二人忙强止住悲声,各把眼泪拭尽,略整衣服。萧清随问:"元神回来,怎未见着?"萧玉答说:"元神与生魂不同,并无形质,乃是妖人禁制之术。附在所设镇物上面,与心神灵魂感应相通,如影随形,不犯他恶,并无异状。否则,只要如法施为,先将代形镇物行法火焚,不论相隔远近,本人立即自焚,那魂魄也吃收摄了去。镇物上面原滴有本人心血,火焚后便成一缕淡烟。妖法破后,随风吹散,不被收去,妖人还有别的恶毒伎俩,拼着不要生魂祭炼法宝,仍可遥相禁制,使其魂消魄散。所以起初十分害怕。想不到四位大仙如此神通,竟能反客为主,立即破解。平日元神受禁,身虽在外,不问妖人有否施为,心总悬在妖窟,有时竟似两地存身一般。适才灵符化去,不久心神倏地爽朗,为数年以来所无。妖法发动最快,如有不妙,早已感觉火烧替身,自身无恙,该当受罪。忽然心神一松,自是成功无疑。全出意料,喜极之际,哪得不想起前情伤心呢!"说完,已经收拾停当,一同走出。二人原是熟地,方才走到院中,萧清仰望空中,似有黄光射过,方喊:"快看!"萧玉夫妻已经望见,吓得面如土色,拉了萧清朝前便跑。忽听对面有人笑道:"妖徒已断了一臂逃走,既然改邪归正,身已脱难,还怕什么?"三人一看,来的正是今日同来四仙中姓俞的一位,知他首发恻隐,曾代二人向刘真人求情,忙即一同跪下,拜谢不迭。

第二〇〇回　披毛戴角　魔窟陷贞娃
　　　　　　惩恶除奸　妖徒遭孽报

俞允中一面拉起,笑对三人道:"实不相瞒,我也是个多情人。适才听萧清说起前事,甚是感动。我本奉大师兄刘真人之命,随赵、魏二位迎敌妖人,不料首恶并未亲来,只命三个门人隐形来此侵扰,欲用妖法暗算全村人众,触动禁法,又吃赵师兄施展仙法现出真形。所来之人,倒有两个惊弓之鸟,一被烈火烧死,一为飞针所诛。只一个自恃持有妖幡,还想作怪,吃赵真人用法宝将幡破去,断去一臂,方得代死遁走。他二位仍在外面防守。我为要听你二人失陷妖窟经过,并还想查看你们心性如何,抽空回来。明日你婶母便和两位道法高强的道友回村,妖人也应在彼时伏诛。由此转祸为福,不必再担惊受怕了。"瑶仙闻言心动,立拉过萧玉重又跪谢,并求特赐鸿恩,破格收录。允中笑道:"你们也是难缠的人,我才点醒一点,便来向我纠缠。我此时怎能收徒?你叔父等久,且等明日,自家看事而行吧。"说时,已同走到前进堂屋,耳听萧逸正问萧野:"瑶仙他俩怎还未来?"又听刘泉答道:"想是俞师弟多情人同病相怜,自己爱莫能收,适才见我占算夫人偕友同归,想给他们指点门路吧?"

瑶仙自从逃出遭难,便生悔心。一听萧逸喊着自己名来问,全无见怪之意,可知关念甚切,无心流露。想起以前为亡母所愚,诸多不合,如今又害他受许多苦难,不由又感激又惭愧,不等话完,首先舍众奔入。一眼望见刘泉坐在床前,手里看着一件精光闪闪的晶镜,带笑说话,不敢怠慢,忙即跪叩,说了句:"多谢真人恩施格外,见过家叔,容再拜谢。"随即扑跪在萧逸床前,只说得一句:"侄女罪该万死!"无话可说,便泪如涌泉,痛哭起来。跟着萧玉也奔进,照样跪倒,感泣不止。萧逸人已逐渐康复,知二人今日实迫处此，自己命该遭难，见同归来，心只有怜爱欣喜，并无记恨。容二人哭拜一阵，随命起立，同坐说话。二人因身负罪孽，又有仙人在座，不敢落座，敬谨辞谢，侍立在侧。俞允中此时也随了进来，从旁笑着说道："苦海无边，回头是岸。此时你们也算是地主，坐了何妨？"萧逸因刘、俞二人均赞二人和萧清俱是美质，尤以瑶仙、萧清更是罕见，俞允中还有成全之意，知不会怪，笑说："你二人脱难归正，二位真人俱是喜慰，今日饱受惊苦忧急，我已命人为你们准备饮食，且坐歇息无妨。"二人见如此恩厚，好生感动，只得告罪坐了。

萧逸先问："你二人身受已略闻知，今既脱难，缓说无妨。绛雪行虽犯上，心实忠义，没有偕来，此女刚烈异常，莫非受害了么？"瑶仙知是想乘仙人在此，搭救绛雪，不禁含泪答道："当初绛妹原同失陷妖窟，只为绛妹早抱必死之志，便她妄念得遂，仍必自杀殉主。性既刚烈，心思又与侄女不同，在妖窟中誓死不屈。妖人暴怒，几要取她生魂祭炼妖法。断定无法逃走，只关闭在石室之内。先还有人相助，得以见面，后便隔开。当时初去，连侄女也未行法禁制。不知怎的，被她用甚言语愚弄一个姓翟的妖徒同逃出去。也是心性忒急，以为妖人行法入定需时甚久，还未逃远，便想下手将妖徒刺死。吃妖徒发觉，重又擒回。正调戏行强之间，忽然被人救走。妖徒逃回还想蒙混，不料吃妖人当众审出实情。平日虽极得宠爱，照样不能容恕，仍用妖法焚身，受那炼魂之惨。绛妹初去，受刑最多，可是脱难也快。听妖徒说，救她那人是个黑衣道姑，道法高深，一见便被剑光逼迫不能脱身，却说现时杀戒已不再开，并说妖徒如此死法不足蔽辜，说完带了绛妹飞走。妖徒偏是无法逃遁，除回路外，哪一面都被剑光阻住，越逼越近，最终无法，只得逃回，遭了妖人毒手，果然死得奇惨。许是绛妹不似侄女这等罪孽深重，所以报应独轻，更以义烈感召仙灵，因而转祸为福呢。"

萧逸闻言，好生嗟叹。随又询问瑶仙出走经过。才知那年瑶仙、绛雪由萧玉所开密径逃出山去，因值阴雨，到处积潦，衣履皆湿。加以萧玉因二女来信说走无定日，相隔还早，衣物齐备，独缺食粮。二女虽然聪明，终是年幼失算，只顾瞒了萧玉起身，忘了准备行粮，寄居萧家又无法备办。以为前听母言，出山一两日途程便有人家，也没细问前山后山。只行前三日，连偷带明要，积存有一点腊肉干粮，至多不过四五日之用，自觉足够。谁知出山后，雨还未住，天气又热，本已放了三天，经雨一湿，全部腐臭。加上翻越崖壁时，绛雪雨滑失足，尚幸不曾葬身绝涧，自带的一份又被失落。瑶仙出世以来，几曾吃过这等大苦，便不失落，次日又腐又臭，也难下咽，所以第二天晚间便绝了粮。雨是时落时止，除近崖一带，到处山洪。登高四望，到处云雾低迷，飞瀑满山，哪能辨出丝毫途径。走是不能走，吃的又没有，急得没法。又由绛雪犯险，欲由山洞密径潜回村内，夜见萧玉谋取食粮。不料前夜走出不久，中间一节山石忽然崩塌，将归路阻断，不能再进。二女无计可施，只得踏泥涉水，满处寻找食物。总算天不绝人，居然寻到一处兔窟，打了只野兔，烤吃充饥。心料洞虽隔断，萧玉终要寻来。刚一离村，便如此为难，前途艰险可知。况又认不得出山路径，还是多一男子同行要好得多。于是又转了念头，想萧玉也许见信之后，也起了寻师之念，另谋出路，或由里面二次开通密径，追了出来，先结伴同行，等寻到仙师再行分手。谁知等了十多天，每日暗去洞前藏伏探望，萧玉终未出现。又疑萧玉行踪被仇人窥破，监禁起来，无法脱身，又添了一层焦急。这时萧逸正率全村人，由水旱两条通路，出村四处寻找二女踪迹，又命人往山外镇圩寻访，如被寻回，也就没事。偏生二女逃出之处，乃山中最隐秘之地，偏居琵琶垄的东南方，相隔虽只数里，但是一个死地。中有峻岭大壑阻断，不能飞渡。北行俱是危峰峭壁，拦住去路。面积不大，只是一个绝地，向无人迹，便萧逸祖父初入山时，附近一二百里内差不多踏遍，独于这里也未到过。所以连欧阳霜也未将人寻到。萧玉无心发现洞中密径，见外面是绝涧，可以攀援绕越，对面山势倾斜，不难越过，只当可以通行出去，也没走上细看。二女逃后，见没寻回，还自以为得计。谁知误人误已，几乎同遭惨祸，永沦妖窟。

二女苦熬了多日，天早放晴。久等萧玉不出，没奈何，只得重打出山主意。满拟只要走出山去，遇着人家集镇，把行粮备齐，再离开当地，向平日所闻海内名山走去，沿途再留心打听，何处有仙人踪迹，立往求拜。谁知四面八方险阻横生，一处也不能越过。每日只捉些野兔，掘些野芋、黄精、野菜之类，胡乱充饥，晚来仍宿在初出时藏身的崖洞以内。连寻多日，始终无路可通。再一想起身世孤苦，常常抢地呼天，相抱痛哭。这日一早，绛雪急中生智，见东北方虽有阔涧危崖挡路，但临崖藤蔓甚多，并有立足之处，两面相去不过两丈，崖边还有一株挺出的老松。如在平地两丈远近，以瑶仙的身手，也不是不能越过。只因下临绝涧，其深莫测，失足立成齑粉，看着先眼眩心寒，无此勇气。即便瑶仙勉强冒险飞越，绛雪也纵不过去。假使用一长索，甩向那老柯之上搭紧，便可沿索而过。虽然岸那边地形难测，前进一步，总比死守当地强些。于是斩下三丈来长一根坚韧山藤，削去枝蔓，取一件衬衣包好一块石头，搓些野麻紧绑藤上，由瑶仙奋力抡圆甩将过去。居然一下便挂住树桠，嵌夹甚紧，用力一试，竟扯不动。绛雪又把另一头用前法紧缠涧侧树干上面。刚刚停当，打算把昨剩野芋吃饱，略微歇息，援将过去。瑶仙忽然瞥见一只跛了一腿的肥鹿，由右侧崖旁往树林内跑去。

二女自从逃出，从未得过一次美好食物。野兔肉膻，并且为数无多，已似猎尽。日以野菜为粮，苦难下咽。平日又都喜吃鹿肉，过崖知有吃的没有，如何能够放过？忙喊："绛妹快追！"那鹿连颠带跳，不能快跑，一会儿便被追上，吃二女两箭射中要害，上去一刀杀死。寻来柴枝，就地生火，挑那肥嫩的尽量烤吃，吃得甚是香甜。方说今日才想好法子过涧，便有彩头，定是天不绝人，前行佳兆。瑶仙忽想起当地四外阻隔，猿猱难渡，地方又小，连日到处踏遍，除一窝野兔外，并无别的野兽足迹，鹿既跑来，想必附近还有出路。援藤飞渡终是危险，又加曾受绝粮之苦，恐过崖无处觅食，事已至此，也不在这半日耽搁。此鹿足敷十多天之用，何不将它全数切成长条，用树枝熏烤，腊干为脯，以备后用，一面细心查看鹿的来路，岂不是好？遂商定暂留，由绛雪腊肉为脯，瑶仙寻找鹿迹。为防走单遇变，难于应援，特意在涧边见鹿之处，另寻了一个洞穴栖身。制肉也在洞外容易望见之处，以便彼此可以一呼即至。

涧势曲折，走出半里多路，便发现那鹿果由对崖滚落。涧底本深，独鹿坠之处地势突起甚高，相隔对崖口仅只两丈高下，由下而上，尽是一种从未见过的鲜红野草。往这一面来，更是由低而高的斜坡，不过四五尺高下。适破鹿腹时，胃中便有此草，犹未化去。那鹿分明是在对崖低头吃那红色野草，失足跌伤，崖高两丈，无法回去，改向这面跑来。以前因为山中曲折，危石突出，将眼遮住。这一带相隔对崖更远，以为涧底都深，遥望即止，专向近处打算，没有身临查看，独独遗漏。可见仍是粗心之咎，白吃了许多苦头。上下不高，对崖有藤攀援，容易上下。正想试走过去，援上对崖，一探路径。忽然眼跳心动，还以为得路心喜之故。走到涧旁，想起绛雪必是悬望，还是和她说了，一同去的好，便走了回来。其实那鹿也是被人追落，二女如不发现伤鹿，就此援藤过涧，上到崖顶，凭高下望，便可发现妖徒在彼为恶，必不敢下。只须在上潜伏，候到妖徒起身，再朝与他相反的路径逃走，只二十余里，便是出山路径。再往前不远，还有蛮人圩寨，食宿问路，均可由心。妖徒本是无心至此，不会再来。就瑶仙先往探路，也许迎头先得警告，免却许多苦难。偏又临行却步，回与绛雪一说，越信皇天鉴怜，遣鹿送粮领路。

绛雪手快，瑶仙再下手相助，才到日中，便将肉脯熏好。先烤吃了一饱，收拾上路。毫不费事，便援上对面涧岸。过崖高陡，无计攀援。但鹿既由此下落，定有来路。如真寻不到，再回早间结藤之处，也可翻崖而过，颇自拿稳。及循崖脚一找，果然走不上二十步，便发现一个崖夹缝，宽约三尺，虽然草深，足可通行。忙即走进，行约半里，忽然穿通，当前现出平野。再听呼啸之声，见一只黑熊前爪捧着一只死鹿，正由前面草地上向前飞跑，人立而行，跑起来竟和练过武功的人一样轻灵。二女都是年幼喜事，早间得了彩头，虽知熊颇凶猛，自恃本领，毒弩百发百中，一时见猎心喜，妄想打死黑熊，将鹿劫下，再取些鲜肉，晚来烤吃。也没听出啸声有异之处，童心稚气，还恐那熊腿快，见人惊走，难于追获。互相低道一声："快追！"一同冒失走去。野地不大，对面一片树林。二女追出不远，那熊已亡命一般跑进林去。二女接连几纵，便已赶到。身刚闯进林内，眼前倏地一花，只听一声极熟的惨叫，那熊已被人一长鞭打倒在地。立定一看，林内也是一片空地。当中一块青石，石旁生着一堆火，凌空悬着几块兽肉，焦香四溢，两个装束奇特的道童正在持肉大嚼。身侧倒着几只肥鹿，腿、脊上肉已被割去，尚不曾死，各在惨哼挣命。另一道童手持长鞭，正朝黑熊打去，怪声怒喝："你怎这时才来，又弄回一只死的？"那熊爪中死鹿已在倒跌时甩落，方在痛极喊得一句："大仙饶命！"一眼望见二女闯进，忽然一声惊叫，便已晕死过去。

二女刚刚听出那熊口吐人言，是个熟人，心中一惊。三道童已全望见二女，同时嘻笑，面容狞厉，越显凶丑。二女虽知不妙，但又不舍就逃。方一迟疑，内中一个已发话道："难得荒山之中，竟有这样美女送上门来受用。师兄，你我各人分享如何？"另一个道："师父知道，如何得了？还是捉回献上的好。"瑶仙听出口气不对，又见三人相貌诡异，烧肉空悬火上，旁边死鹿狼藉，不下十只。虽还断不定黑熊是否那人幻化，如此惨毒，分明是妖邪一流。见他只说不动，心想先下手为强，暗朝绛雪一递眼色，竟欲骤出不意，先将三妖童用毒箭射死，查看那熊是否是人，再作计较。乘着三人无备之际，手扬处，毒弩连珠射出。三妖童竟似未觉，方料能中。持鞭打熊的一个忽然一声狞笑，手指处，眼看那箭快要射中，忽然凭空撞落地上。绛雪箭发稍后，见状大惊，忙喊："这是妖怪，姊姊还不快跑！"一句话把瑶仙提醒，随了绛雪，一面拔刀，纵起便逃。刚一回身，猛见来路上那片高崖迎面飞来，似要压到顶上，心中害怕。再往侧看，左有烈火，右有洪波，无法遁走，再一回顾，见三妖童仍然坐立原处未动，齐声怪笑道："美人，你们绝跑不脱，乖乖过来顺从我们，包你们受用快活。"二女自知难逃，情急无奈，方要横刀自刎，猛瞥见地上黑熊业已回醒，暗朝自己将前爪连摆；一面伸爪从怀中取出一物，晃了两晃。微一揣测停顿之间，刀弩忽然脱手向对面飞去。吃一妖童伸手接住，笑道："美人，你们想死，我怎舍得？再不乖乖过来，我们自己下手，扫了兴趣，就要吃苦了。"

话刚说完，猛听空中有人暴喝道："该死的业障！竟敢犯我家规，背师行事么？"三妖童立即面如土色，跪伏在地。二女方庆有了生机，忽然一阵阴风，一个寒噤打过，身便凌空悬起。顷刻落地，睁眼一看，已经换了一个境界。存身所在是一个亩许方圆的石洞，当中一个石座上坐着一个瘦长青脸、突眼鹰鼻的道人。座旁有两个短石幢，上首两支粗如人臂的大蜡烛，光焰强烈，照得合洞通明，左右侍立着三个妖徒，年纪虽有长幼，却是一律道童打扮，个个横眉竖目，满脸戾气，凶恶非常。地面满铺锦茵，其余陈设也颇华丽。先见的三妖童已经伏跪地上，不住哀声求告。自己和绛雪，就在道人身侧立定。其徒如此，其师可知。既将自己摄回，料非善地。无奈妖人精通法术，适才只听声音，人还未见，便被摄来，想逃想死恐俱无用。那黑熊情形更令人悬心。身落人手，只有听天由命，相机应付，反倒胆壮起来。正寻思间，中坐妖道忽朝三妖童狞笑道："你们才脱皮毛几年，便想背我妄为，岂非找死？如今真赃实犯，还有何说？谁起的意？这两女何处弄来？快说实话，我好分别处治。"三妖童看出妖道全没丝毫怜惜，吓得浑身抖战，只将头连叩，不敢出声。妖道笑道："照此看来，你这三个孽畜都是安心背叛了。这倒省事，不用我再问口供了。"说罢，目闪凶光，青森森一张丑脸倏地往下一沉，怒喝："申武将我旗、剑和他们原披的皮毛取来，先按我家规从重处治之后，如法施为。"上首一个妖童立即应诺，往座后石坡上面小门内跑去。

那首先起意想要霸占二女的一个，自知再不抢在前头强辩，绝无幸理，首先急喊道："师父且慢下手，容弟子从实禀告。"妖道冷笑道："翟度，众弟子中，你和申武最得我的器重，居然也敢叛我？如有半句虚言，莫怨师父狠毒。"说时，申武已经背插小幡，左手拿长剑，右手拿蟒鞭走来。那名字叫翟度的妖童赶紧答道："弟子等三人带了新收兽奴出猎鹿肾，与师父下酒，因见鹿肉肥嫩，便割了些在林中生火烤吃。已经割了五条鹿肾，想再得一条便回，命兽奴独往搜寻。去了好一会儿，连催两次才回，偏又弄回一只死公鹿。那鹿脊肉要生割吃才味鲜，他擒鹿有师父传的法术，只要见到便能生擒回来。起初弟子等割鹿肉时，他竟把头偏开不看，好似嫌那鹿死得太惨，所以预先将鹿打死，再行抱回。这样假仁假义，异日怎配做师父的徒弟？谈飞看他可恶，刚拿鞭打他，这两美女忽然跑来。谈飞和屠三彪商量，要瞒了师父，寻一山洞藏起，得空便往取乐。弟子再三劝说，师父神目如电，绝瞒不过，还是擒回献上，听师父发落的好。正在商量，这两美女竟用弩箭射人，没射中想逃，吃弟子行法阻住。又想回刀自杀，也吃夺过，师父就驾到了。此是实情，如有虚言，甘受加重处罚。"边说边拿眼望着旁立的申武，似有求助之意。

话才住口，谈、屠二妖童听他诿罪于人，尤其谈飞素常畏师如虎，是首先劝阻之人，各自情急，刚喊得一声："冤枉呀！"申武和翟度在妖徒中性最凶残，平日同恶相济，交情最深，上来便看出师父意有偏向，所以问供分别首从。翟度一说，妖道面色稍转，更知有了生机，乐得相劝。明知所说不实不尽，居心袒护。见谈、屠二妖童极口喊冤，如何肯容他们分辩，没头没脸，扬手先是几鞭打下，然后厉声喝道："我侍师父祭炼仙法，刚下法台，不久便得兽奴摇晃法牌，传警告急。师父疼爱徒弟，恩重如山，因你三人没有告急，反是兽奴传警，还当你们遇甚仇敌失陷，连忙赶去。谁知竟敢背叛师尊，隐藏美人。师父到时，正听你两个在调戏美女，招手唤她们过去。翟师兄面带愁容，坐在那里，分明因你们两个人法术是他代师父传授，平时情分太深，不忍举发。又恐师父明察如神，日后连累到他，故此为难。师父和我俱曾耳闻目睹，还敢说冤枉么？"说罢，见妖道没有拦阻，乘机又是"刷刷刷"十几蟒鞭。二妖童疼得满地乱滚，气喘不出，心胆皆裂，哪里还能开口。其实谈飞并未开言，因是打完黑熊便立向翟、屠二人身侧，本心还想劝阻，不料申武硬把他与屠三彪拉在一起。翟度刁猾凶顽，尽管首先起意，一见谈飞胆怯，便留了一份心，把话收住，准备二女如顺己意便以大师兄身份，分一个与二人共乐，自己却吃独食，硬占一个。二人如若胆小，便割爱献回讨好，日后再打主意向师父明求，一样有望。色迷心窍，正打主意，没有开口，妖道便率申武赶到，一齐摄回。这时一听，竟是黑熊闹鬼，暗中破坏，不禁痛恨。

妖道虽然御下残酷，因翟度是大徒弟，又性情相近，平日最为得用，本就有了两分宽容。吃申、翟二妖徒一说一打，再想起适才眼见之事，本就耳软信谗，立为所愚。凶眉扬处，厉声喝道："翟度虽未叛师，知情不举，还不如那新收的兽奴萧玉。申武可将他吊起，打他四十蟒鞭。再将屠、谈二孽畜依法施刑之后，重披皮毛，再服三年苦役。如不服罪，即受炼魂之诛，永世不得超生。"屠、谈二妖徒先前还想忍痛求恕，及听到末两句，再一多口求告，不但不能减罪，反而生魂要被妖道收去，永受苦难。知道妖道凶残，哪里还敢分辩。枉自冤忿填膺，暗中切齿，心魂皆颤，只作声不得。申武领命，装模作样转过身去，先朝翟度厉声喝道："我代师父行刑，须怨不得我。"翟度诺诺连声，先向妖道谢了师恩，然后立起退到洞的中央。洞顶原有两根带链铁环，由上悬下。翟度轻轻一纵，便到了上面，双足套入环里，头下脚上，凌空悬着。申武随拔背幡，口诵妖咒，朝上指了两指，翟度全身衣服立即全光。那两铁环也由大而小，紧束腿腕之内。申武暴喝一声，扬起蟒鞭就打。这还是妖道处治门徒最轻微的刑法，旁观已是惊心。鞭系蟒尾制成，甚是厉害，一打下去，立即紫肿拱起。翟度只管惨声高叫，申武依旧扬鞭乱打。一会儿四十下打过，翟度已经血肉横飞，晕死过去。申武跪禀用刑完毕。妖道吩咐拖向后洞，任其自醒，不许徇情取药医治，以戒下次。

二女方觉稍出恶气，申武又在厉喝："你两个孽畜，还用人服侍么？"屠、谈二人知难躲脱，适才凶焰已全消尽，宛如待死之畜，眼含痛泪，照样向上谢师恩，战兢兢走到环下，稍慢得一慢，便各着了两蟒鞭，吓得惨叫连声，连跌带滚，纵到上面，各把双足投向一环以内。申武将幡一指，环缩更紧，二人立似杀猪般惨叫起来。申武怒骂："脓包孽畜，也配在师父门下。"边喝边打。每打晕过去，申武将幡一指，便即还醒，醒后又打。约打了百十下，死后还魂好几次。二女见此惨毒，自是暗中称快。谁知打完放下，还有花样。二人放下时，已是皮糟肉烂，周身紫肿，俯伏地上，不住惨哼，哀告："师父大发鸿恩，就这样变畜生吧。"妖道坐在上面，喜滋滋斜睨二女，连话也未应。申武已从身畔取出两妖符。另外还有两个矮妖童，早取来一狼一豹两张兽皮，旁立相侍。申武又用剑尖挑起两符，张口喷出一股碧焰。符便化为两幢绿火，各将二人笼罩，随即立起。眼看身上肌肉全数平复如初，和未受伤时一样。二人反倒牙齿作对儿厮颤，格外害怕起来。一会儿绿火消去。申武念念有词，将幡一指，便有无数火针飞起，朝二人身上撒下，钉满全身。约有半盏茶时，火针飞回，随着针眼往外直流鲜血，晃眼成了一个血人，从头到脚不见一丝白肉。先还面色惨变，咬牙忍受。血出以后，终于忍受不住，往后便倒。两矮妖童早抢向二人身后，张开兽皮等候，未容倒地，纵身迎上，接住由后朝前一包。跟着朝每人背上一脚踹去，趴跌在地。申武持幡一阵乱划，兽皮逐渐合拢，将二人全身包没，合成整个，化为一狼一豹，死在地上。由二矮妖童抓住尾巴，倒拖出去。

二女因恨妖童刺骨，觉其孽由自作，死不足惜。及等事完，二人化身为兽，忽悟所见黑熊实是人所变，心中方一急痛。妖道忽喊："唤两少女近前问话。"二女知道害怕无用，一鼓勇气，不等招呼，便不约而同，双双走上前去，朝妖道拜了一拜，齐问道："我二人都是俗女凡人，仙人将我们带到此地，有何见教？"妖道本爱二女美貌，又见是上好资质，也不细问来历，开口便问二女愿入门下不愿。绛雪性较瑶仙还要刚烈，首先抗声答道："大仙师徒俱是男子，我等俱是女流，彼此都有不便。况且我姊妹原因父母双亡，被仇家逼迫，逃将出来，原意往四川投亲，本无出家之心。大仙要我们这无知凡女有何用处？即令勉强拜师，也难领悟玄机。但求将我二人释放，感恩不尽。"妖道闻言，只把丑脸一沉，旋又笑问瑶仙："你呢？"瑶仙自从逃出，日久饱历险阻之余，渐生悔心；又见妖道师徒都是极恶穷凶一流，一双鬼眼不时斜望自己，洞中并无女子，强掳到此，定有邪念。心想："萧逸当初，不过不好意思公然说出拒婚的话，萧、黄两家又未过礼行聘，全是母亲蓄志寻仇，才闹出许多事故，终于报应临头，害人害己。只为自己泄忿，也不想想事有多难，临终还要用尽权谋，诱激苦命孤女代行未完之志；更恐阴谋不济，又用种种诡计把萧玉、绛雪一齐饶上。如非仇人量人宽容，日前和绛雪两番行刺，早已身受村规处治，火烧惨死。今日身陷妖窟，还不是亡母临死一念之差，贻毒所致？妖邪何等凶残，卧云村桃源乐土如被知晓，必有奇祸。即使萧逸父子可恶，余人何辜？何况还有上代坟墓在彼。自己所行如对，何至有此结果？如再造孽，遭报必还更惨。难得妖道没有细问来历家乡。"惟恐绛雪只图报仇，答应拜师，泄了卧云村底细，惹出灭村之祸。一听这等说法，正合心意。见妖道转问自己，立即借话递话道："小女子姊妹二人，因由昆明故乡往四川投亲，误信人言，错走水路，辗转来此，迷路入山，不料被大仙带来。只乞开恩释放，自行觅路回去，实实不愿学道。"

妖道闻言冷笑道："我天门教下收徒最是不易。每收一个，先要披上皮毛，身为兽奴三年。期满之后，再杀一亲人，以信无他，方可复体还原，收归门下，从此从我学道，修为长生不老。近年先妻天门夫人为峨眉群小所伤，兵解仙去。特地隐居此山，祭炼仙法为她报仇。因感寂寞，久欲收一二女弟子陪侍枕席。一则修炼太紧，无此闲心；二则美质难得。今见你二人资质俱都不恶，方始垂青，带回本山。这等旷世难逢的仙缘，怎倒说出不愿的话来？这里生人一到，永无离去之日。如换常人，一语违犯，早已生被严刑，死受凶刑之苦了。念你们无知，姑从宽恕。我教下法令虽极严厉，但我生平在旧规以外，从不强人所难。现有三条路走：一是拜在我门下，照众人旧例，披毛戴角，身为兽奴，日受门人驱策，苦役三年，期满见无贰心，再行立功，复体为人，传我道法；第二是拜门之后，即侍枕席，我便特降殊恩，免去三年兽役之苦；第三，两俱不愿，立即杀死，将生魂收去，炼我仙法，永世沉沦，日受煎熬，其苦胜于百死。至于想死想走,却由不得你们。"话未说完,绛雪早已忿填胸臆,明知妖法厉害,逃必无望,但还以为人死即完,鬼乃无形之物,来去由心,有甚苦难?误当妖道恫吓,惟恐吃妖法迷住,受了污辱,妄想激怒妖道,任其杀死,拼着一命,落个清白。立即"贼妖""狗盗",破口大骂不止。瑶仙适才寻死,尝过味道,知自杀定然无望。因妖道有"法外并不勉强"之言,如拼吃苦为兽,尚可免去污辱,并得与那幻成黑熊的人相聚一起,好打脱身主意。正想如何措词,不料绛雪破口乱骂,知她求死心切。本来誓同生死,怎可独后?暗忖:"能求一死,倒也干净。"也跟着怒声怒骂起来。不过瑶仙据理指斥,只说修道人不应如此行为,她姊妹身虽女子,视死如归,杀剐任便,绝不顺从,好似在和妖人讲理。绛雪却是乱跳乱骂,直斥妖道邪恶,日后必伏天诛,五雷殛顶,句句都是犯忌的话。

这妖道便是天门岭的天门神君林瑞,生平为炼妖法伤生最多,也曾害过一个妇女,并不十分贪恋。加以复仇心切,日夕祭炼妖法,本来无意及此。也是二女大难临头,一见面硬被看中。妖道人虽残酷,却有特性。说话也是出口便算,永无更改。以为女流胆小,先拿门徒示威,大肆刑毒,使知害怕,然后婉言开导,不患不肯顺从。不料都是一般烈性,不但不畏刑杀,连那炼魂之惨也非所计。当时就杀死收魂,心又不舍。一看左右门人俱都低头闭目,如不闻见,知众门人怯于凶威,恐他不可收场,迁怒刑责,未奉师命,又不敢退将出去。虽然敬畏惟谨,保不住暗中腹诽。绛雪又越骂越凶,不禁怒上加怒。因二女中瑶仙更美,态度又较好些,想了想,决计拿绛雪做个榜样。倏地浓眉倒竖,怒喝:"贼婢竟敢无礼!申武急速与我吊起,听候施刑。我先叫你讨饶都难。"随说手朝二女一指。绛雪明知就死也必要受许多苦楚,闻言并不害怕。冷不防将身一纵,想和妖人拼命。耳听:"贱婢不得无礼!"把手一扬,那洞顶铁环便飞将下来,由头上套下,紧束腰间,往上吊去。再想骂时,只管将口连张,用尽气力,只不出声。

申武回身再指铁环去吊瑶仙时,林瑞忽说:"此女尚还可恕,不妨少待。"瑶仙见绛雪已经高高吊起,刚哭喊得一声:"绛妹,你死我不独生。"也吃妖道将手一指,休说哭喊不出,连身都被定住,寸步难移。申武随即跪请:"用何刑处治贱婢犯上之罪?"妖道看出二女不但性情贞烈,并且姊妹情重,有异寻常,一死同死。偏生绛雪辱骂太毒,过损威严,不能不加惩处。心想："只使略受点刑，好使另一个触目惊心，一个受苦不过，只要服顺便住。"便向申武喝道："此乃凡女，受刑立死，但我还有用她们之处。先打四十蟒鞭，看服不服，再听吩咐。"申武领命回身，举鞭朝上便打。"叭叭叭"接连几下，绛雪不能出声，只在空中乱颤乱挺，上下身衣服立即碎裂，皮开肉绽，急痛攻心，晕死过去。这还算妖徒秉承妖师意旨，点到为止，比起适才打两妖童轻好几倍，已是如此，否则早就骨断筋裂，死于非命了。瑶仙见状，直比身受还惨。无奈不能言动，枉自切齿痛恨，心如油煎，求死不得。申武又打了十来下，妖道见绛雪只是随鞭乱晃，已没了气。便喝："放下救醒再问。"申武立把铁环放下，取出小幡一阵乱划。绛雪一声惨哼，悠悠醒转，周身痛楚麻木，软瘫地上，转动不得。

　　妖道解了二人禁制，便问："还服不服？"绛雪痛呻未定，残息仅属，还未开口。瑶仙见绛雪一放，自己忽能言动，忙即不顾命般飞撞上去，哭喊："绛妹，我妈害了你也！"绛雪昏惘急痛中，见是瑶仙，不知她未受刑。一听上面妖道还在喝问，突然怒火上升，强忍奇痛，奋力嘶声惨叫道："姊姊，我二人前生造孽，命该如此。除拼死为厉鬼，活捉这妖道，还有甚说？你我姊妹，做鬼再见好了。"底下还想再骂妖道几句，周身痛彻心骨，人已支持不住，二次又闭过气去。妖道便问瑶仙："如何？"瑶仙悲忿填胸，决计也步绛雪后尘，跳身起来，戟指骂了声："该万死的妖孽！"妖道恐她再骂，将手一指，又被定住，言动不得。随对瑶仙狞笑道："你当她求得一死便完了么？似此可恶，日受磨折毒打，便三五十年也难如愿呢。你且先看个榜样，看她能死不能？"说罢，自下法台，手指绛雪，手中掐诀，念了几句邪咒，一口气吹去。绛雪本打得肉绽血流，玉容已死，妖人行法回生之后，顿还原状。除上下衣服破碎，尽成片段外，依旧雪肤花貌，掩映生辉，直似未受伤一样，痛也立止。只是怒视妖人，不能言动而已。妖人又对瑶仙道："你看她不是好了么？那四十鞭还只挨得一半呢。这还是你们今日初来，不知利害，略有宽容；我又到了炼法之时，无暇处治。明日不服，身受更苦。"随喝："行刑！"可怜绛雪痛楚方息，又受二次。申武鞭才打下，瑶仙见和先前一样，哪里还敢再看。明知妖人不打自己，单拿绛雪示威，只要顺从，便可无事，而且复原甚快。无奈绛雪心性，素所深知，心横誓死，绝不屈辱。更恐妖人说话不算，拼为兽奴，也不允许。方在惶急踌躇，妖徒行刑已毕。绛雪自然早被打死，二次放落救醒。妖人随将瑶仙禁法解去，喝道："可将二女分禁兽穴以内，令熊奴随意伤害，只不许你们沾身。明日听候施刑。"

申武知他想借熊奴恐吓，立即应诺。手挥处，二矮妖童分别走来，一人一个，朝前引路。申武用小幡朝二女各指了指，二女便似有人捧持着，向外洞走去。瑶仙左行，连经过两处石室，到一石穴面前。妖童撮口一叫，走出一只黑熊。妖童见熊眼有泪，怒喝道："你这孽畜，又哭了么？这女子交你看守，你如高兴，只管咬她。你还不拉她进去？"随说，就是一脚，将熊踢了一溜滚。熊便战兢兢过来，做出张牙舞爪之状。瑶仙生死已置度外，强也无用。妖童喝骂了两声孽畜，便自走回。穴有一人多高，除熊外，通没一点防备。瑶仙见穴中并不污秽，只是阴森异常。洞顶倒悬一支火炬，光作碧色。石钟乳又多，林立槎桠，都呈异状。加以阴风习习，冷气侵肌，乍看仿佛鬼物，甚是怖人。妖童去后，熊又来衔衣服。虽知兽均人变，但不知是否是前所见，心尚猜疑。及见熊神态温驯，直似旧识。再细看，眼中泪又滚滚流出。心方一动，熊忽舍了自己，跑向穴口，探头看了一看，急忙回身，人立而行，两爪轻抱瑶仙，用人言悲哭道："姊姊，你怎么也会失陷妖窟？受刑了么？"瑶仙早已料出熊是何人所变，一点未怕，闻言更知是真，不由心如刀割。忙把熊人抱紧，悲哭道："玉弟，真是你么，我害了你也！"熊恐哭声被妖徒听去，忙劝低声。一面人兽相抱，同到中穴深处钟乳林中。刚刚坐下，便听远远传来两声异啸。那熊立刻慌了手脚，悄声急说："姊姊不要逃走，妖徒喊我，不知还能再来不能，日后终可见面。不从白吃苦楚，求死不易，死了更是受罪。"说完，便慌不迭往外跑去。去了一会儿，捧着一些酒肉吃食，含泪走来。说妖人看中瑶仙，命送食物。吃完，令先恐吓，再吐人言诱劝。如能应允，便记一功。瑶仙哪还有心肠饮食，接过放下。见熊身又添两处伤痕，急问："玉弟去这一会儿，又受刑么？"那熊垂泪哭说："妖人只初来时打过一次，因我知道厉害，一切服从，并未再打。日受妖徒作践，却是难熬。除这时到天快亮，是他师徒行法安卧之时，最为安静外，日受苦役打骂，已成常例了。"瑶仙忍不住柔肠百折，便又吞声痛哭起来。那熊再三劝止，各述经过。

原来萧玉自从行刺不成，受了责罚，自知此后愈发孤立，不复齿于人类。又一心一意念着瑶仙，相思至极，便不避艰危，二次开通密径，逃将出来。也是三人该当受罪。萧玉出走这日，瑶仙因觅出路，攀援危崖，滑跌下来，受了点伤，加上隔日感冒，吃绛雪强劝着在山洞中睡卧养息，均未出洞。萧玉以为二女出走日久，必已去远，逃出密径，便即觅路追寻，并未在附近寻找，二女所居山洞又极隐秘，所以不曾遇上。更巧是二女苦寻月余，当日方发现的逃鹿来路，萧玉偏误打误撞，容容易易寻到。过涧沿崖一转，不几步便找到那崖夹缝，走了出来。断定二女连欧阳霜都未寻到，必由此路早逃出去。心甚着急，惟恐追赶不上，出时又带有干粮，无须觅食，连日连夜往前紧赶。从小没出过山，哪认得什么路径，第三日误走天门岭下，正遇申、翟二妖徒由外回来。萧玉巴不得遇见一人，好打听二女由彼经过没有，竟不等对方擒他，先迎上去。二妖徒颇有眼力，看出萧玉资质不恶，知道不问死活，擒回俱有用处，连话都未容说完，便一阵妖风将他摄回山去。妖师天门神君林瑞教规恶毒，对于新入门弟子尤极残酷。先问萧玉愿列入门墙不愿。萧玉一心惦念瑶仙，便当时令他成仙也非所愿，何况又看出妖人师徒绝非善类。刚一婉言求告，便将林瑞触怒，当时一顿毒打。萧玉受苦不过，只得应允。妖人方始息怒，将伤医好。萧玉先还想虚与委蛇，日后乘机逃遁。谁知妖人还有为兽三年的恶例，将他披上皮毛，化为一只黑熊。总算妖人先还喜他，又顺从得快，没和屠、谈二妖徒一般，披毛以前受那妖针刺体之厄。可是妖人虽未再加刑毒，众妖童见师父颇有垂青之意，大是不快，日服苦役之外，还要备受凌辱鞭打。日子一久，略悉底细，才知生固受罪，如若犯了教规杀死，便被妖人将生魂收去祭炼妖法，永远沉沦，不见天日，所受尤惨。再如遇见强敌斗法时，驱遣出去害人，一个不巧，连魂都被敌人消灭，做鬼都是无望。又看到妖人行法祭炼生魂，鬼哭时奇惨至酷之状。妖道更是翻脸无情，不论亲疏，那些生魂厉魄，几乎全是他手下犯规叛教门徒。只说生不如死，谁知死了罪更难受。加以为兽以后，元神又受禁制，万难脱身，怎不心寒胆裂。终日战战兢兢，惟恐忤犯。妖人明知行为凶残，新收门人全出强迫，不到时期，绝不真心归附，照例只在顺从时略问姓名即止，底下来历家乡向不追诘。众妖徒闲来拿萧玉开心，虽曾喝问，总算萧玉还有良心。起初行刺犯上，全由情欲所迷，色令智昏，并无顾忌。及至陷身妖窟，落在绝境，饱受苦痛之余，痛定思痛，虽还心悬所爱，回忆曩昔，已有悔心，认为孽由自作，才身受如此。二女与己同谋，保不定逃将出来，也在别处受了苦难。每一念及，心如刀割，不特对萧逸息了复仇之念，反恐泄露真情，累及全村受祸。难得妖师不曾拷问，头一关已经躲过，愈发讳莫如深。只说自己名唤萧玉，老家贵州，游山至此，家中并无他人。好在妖徒不过拿他凌践取笑，不论真假，问过两次未说，略为打骂，便自放过。妖道爱吃鹿肾。二女遇难之地，鹿群最繁，年来吃妖人发现，时常取杀，所余已不甚多。如用妖法寻取，本来容易。偏生众妖徒性既凶残，喜剜吃活鹿脊肉，看鹿被生割时的惨叫为乐。又喜捉弄新进同门，每取必带了门下兽奴同走。

兽奴除谈飞新近复体为人，算做正式妖徒外，在萧玉未来以前，还有一个化身野猿的，本是西崆峒妖人虎面伽蓝雷音心爱的弟子沈腾。因乃师伤了侠僧轶凡的弟子许钺，吃侠僧轶凡寻上门去，用佛家降魔利器三光杵伤中要害。虽得勉强逃回山去，但那三光杵厉害，异派妖邪如被打中，须要入定三年，不起杂念，才得免死；或是自知无此道力，乘着三五日内佛火还未将形神炼化以前，急速安排后事，自行兵解，还可转劫重生。否则七日以后，佛火威力愈增，到了紧要关头，道力绝抵不住，势必身化飞灰，连形体带元神一齐消灭。雷音自知难免一死，见门下弟子只沈腾一人入门日浅，最有孝心，准备完了后事，亲笔写下两封书信，一致南极岛散仙谢无化，一致天门神君林瑞，命沈腾葬师以后，随自己心志前往投师。给信时并说："这两人俱我平生患难至交，师仇难报，徒儿此后可以不作此想。谢师伯远居南极冰山雪海，比北极陷空岛还要寒冷，见他更是艰难万状。你今若去，要在雪山上跪求多日，始能开山，真不知要费却多少心力，还不定他肯收与否。可是他那洞穴地居千丈冰山之下，与世隔绝，外人绝进不去，最是安全，足可一心学道，不受对头侵害。林师叔以前虽受我恩，此人教规严刻，尤其新收弟子须为兽奴三年，最是难熬。此层我特为关照，当可破例收容。可是他的行为比我还要不检，仇敌众多，近年连遭挫败，逃往哀牢山。因当地有一天门岭与他道号暗合，地又隐僻，便在那里隐伏修道。表面销声敛迹，实则加紧祭炼法宝，欲加大举，与许飞娘等合谋，以报前仇。据我推断，峨眉正当昌明之时，许道友虽约有不少高明有道之士，结局恐仍不是仇人对手。你若做他门徒，异日道成，正好赶上这场恶斗,一个不巧,便要殃及池鱼。我信只管写下两封,最好先去拜求谢师伯。我还另外飞书托人说情。真要万分绝望,即便拜在林师叔门下,也须随时留意趋避,免蹈为师覆辙。"此外,又给了两件法宝。

沈腾感激哭谢,送终安葬之后,心想:"谢师伯南海隐居,素来不管外事,更不许门人外出,异日道成,如报前师之仇,必不允许。况且求他还要备受险阻艰难,能否如愿尚不可知。林师叔现在近处,寻求容易;师父于他又有救命之恩,更是同仇敌忾。何苦赶往南极自受活罪?"主意一定,便往天门岭赶去,谁知林瑞竟不丝毫徇情,仍须为兽三年,沈腾悔恨不及。因深悉妖人习性,总算知机,假意慨允。但求宽限一日,暂以人待,和众先进同门略为亲近叙谈,再行披毛为兽。并说:"先师原说师父法严,未必徇情,曾令往投谢师伯。只因向往已久,又恨仇人切骨,特以诚心毅力,不计苦难,舍彼就此,以备学成仙法,为他年报仇之计。"又把雷音致谢无化的信取以为证。妖人竟被哄信,当他真的诚心来归,便特允了宽限。还命众妖徒另眼相看,无过不许责辱。可是元神仍被当时禁住。沈腾自知难逃,只得认命。见众妖徒个个凶残,装腔作态,气焰甚高,比起来还不如亡师门下那几个同门,多少还有一点人心,哪有心肠与他们亲近,强打精神笑脸,尽恭尽礼,假意周旋了一阵。乘着夜里妖人师徒聚集行法之时,暗将师遗宝物,除新炼成一口飞剑已告妖人,得了特许,仍可留存兽皮夹层外,余者因要赤身披皮幻化,恐被妖徒夺去,一起埋藏在明日存身兽穴以内。因早学有不少妖法,做得严密,事完仍去中洞妖人打坐之处静候。妖人本防他生悔中变,不料禁制元神时已被窥破,见他毫无逃意,越发心喜。所以沈腾虽也少不了服苦役,受众妖徒辱打,比起常人已不啻天渊。

萧玉来了三日,沈腾便同病相怜,暗中加以告诫,尽泄底细,否则萧玉的罪更受多了。众妖徒近打沈腾,为妖人查知,颇申斥了几句,不敢再大无故欺压。萧玉一来,正好侮弄,便叫随往猎取鹿肾。萧玉也是见鹿死得太惨,先放走一只沿崖吃草的母鹿,好意将鹿惊坠崖下。不想反把心上人引来,同入火坑地狱。嗣见众妖童已经饱醉,只差一条鹿肾便可回去复命,只是在割剐活鹿为乐。每次吃完,行时偏是性急,又懒得将鹿杀死,任其血肉狼藉,抛掷林内。往往隔三五日再去,那肥大健壮的人鹿,股脊等被生割处已然腐烂生脓,蛆蝇密集,因禁法未撤,仍在一递一声地哑嗥惨嘶，悲呻挣命。这时妖徒方令兽奴将它杀死，连同死鹿背弃洞壑之中。山中天暖，这类死后之鹿惨不忍睹，尤其脓包遍体，蛆蝇密集，臭秽无比。萧玉从小爱干净，每背一次，恶心得直吐黄水，连隔夜食都呕出来。还不敢当着妖徒呕吐，一吐便被迫原封咽下，罪更难受。稍有难色，便遭踢打。只得勉强屏着气息，将鹿抱起飞跑，离开妖徒稍远，方敢换气呕吐。众妖徒原意看他窘状打趣，非等萧玉疲于奔命，将最臭秽的几只背走，或是不等背完先动食欲，方始行法将余鹿移去清洁地方，再命萧玉生擒活鹿受用。

萧玉被陷以来，共随出猎三次。因不愿看那鹿死前之惨，日后还要饱受臭秽，假装鹿自失足，用山石撞死再行带走。撞时，二女恰也寻路走来，稍缓一会儿，便可遇到。偏巧众妖童业已尽兴，只等公鹿擒到，再生割一条鹿脊，便取鹿肾回去，忙着回山，怪叫催促。萧玉饱受荼毒之余，闻呼心胆皆裂，慌不迭抱起就往林中飞跑，竟未回顾。等被妖徒一鞭打倒，转过脸来，才看见二女已与妖徒对面，知无幸免，当时一急，几乎晕死。后听众妖徒商量，藏起二女，以供淫乐，越发惶急痛恨。一想妖道洞中并无女子，便是沈腾也说妖道以前惧内，有一妖妻已于数年前为人所杀，并不曾说他如何淫恶。每日修炼又是极勤，想必无心女色。明知以暴易暴并非善策，一则二女贞烈，拒奸不得，不死也必自尽；二则缓过此关，或许还可见面，告以底细，商量应付。比较轻重，终觉彼胜于此。萧玉为兽之后，妖道林瑞照例传他妖符，以备擒制人兽蛇蟒之用。此外还防遇见强敌，抵敌不住，或是有甚不测之事和力所不及的新奇物事发现，道远难于驰回告急，又给了一面妖法祭炼过的灵应牌，藏在胸前全身惟一可以开合的皮夹层以内。用时取出，按照上述各节如法摇晃，妖道即知就里。便照所报情由，分别轻重缓急，或是自行，或命门下驰往。萧玉因知众妖徒平日同恶相庇，蒙蔽师长，假如妖道不能亲来，如换一妖徒到此，自己人未救成，先须死活几次。为缓二女一时之急，也就豁出受罪，乘三妖徒目注前面，暗将妖牌取出，竟照十分危急的信号摇动。

林瑞刚巧祭炼完毕，见了兽奴告急信号，以为三妖徒同在一起，却令兽奴摇动妖牌告急，必定是妖徒遇敌，已全失陷，兽奴因是野兽，未被敌人窥破，故得乘便告急。慌不迭率了申武一同赶来。惟恐敌人是自己克星，除将所有法宝全带身上，还不敢遽然露面，先用太阴潜形之法将身隐去，准备看准敌势强弱，再行现身。到后一看，竟是妖徒想背自己奸藏少女，不由大怒，也没细加查考，便将在场男女诸人同摄回去。林瑞自知法规严苛，残酷寡恩，惟恐门徒心生背叛，恨人背他行事，最奖励人告发同门罪状。无如妖徒各有私弊，不到万分遮掩不住，谁也不敢举发，可是一被举发，也就极少生理。到了那时，总是众口一词，给那受刑人罪上加罪。更由两个在旁行刑的爱徒挑剔禁阻，不许诉苦，以免彼此攻讦，弄得不好，连自己也被牵连在内。平日多是互相关护，只管互相疑忌，人各一心，谁也不敢向妖道去讲逸发难，惹出乱子大家遭殃。林瑞为此，常怪门徒结党蒙蔽。想不到来没多天的兽奴竟有这等胆子，遇事立即举发，还自喜欢。回洞颇奖许了几句，特为免去五日劳役，赏以美食，令自回穴歇息，哪识萧玉别有深心。此举更大犯众妖徒之忌，只当时没敢发作罢了。萧玉知三妖徒今日罪孽不小，虽稍泄忿，但是二女也被摄回，不知如何处置。回穴以后，心如悬旌，又不敢在外偷听，只有愁急，呼天哭祷。待了好些时，忽见妖徒甘象将瑶仙好好送来，虽示意自己恐吓，身上衣服未破，知未受过刑辱，大出意外，心中略宽。妖徒去后，方欲详谈，便听后洞呼声，赶去一问，妖人竟看上二女。绛雪贞烈不从，已经饱受毒刑，现时刚好。令各穴兽奴送过酒食之后，始而故作吞噬，加以恐吓，看二女神色行事，再吐人言，软硬齐施，逼劝服顺。才知祸犹未已，心急如焚，战兢兢领命出来。甘熊、甘象又拦伏路上，怪他大胆告发，说日内还给他一个厉害，随手每人打了两鞭，算是通知。总算妖人正在发怒，二甘当日虽不随同行法，奉命门外守候，妖人遣走兽奴，便须登坛行法，不敢离开，没有追打。

那看守绛雪的正是沈腾，可说私话。二女的事，萧玉前已对他略说大概，只未说出卧云村坐落底细。那穴也在对面石室之中，相隔不远。好在妖人师徒行法，须到明早日出以前始能毕事。适当妖人，自不敢说，此时忙多着胆子赶去一看，沈腾正用人言传绛雪明日熬刑之法。一面再三劝她姑且答应，只要不失身，甘愿为奴拜在门下，免受炼魂之惨。萧玉见沈腾不识二女，却如此尽心，好生感慰。绛雪虽知野猿是人幻变，因是妖窟兽奴，还在心疑，直到萧玉跑来，才知所言不假。互相略为计议明日如何应付，又苦劝绛雪一阵，方始应允。又告诉受刑时，仍要装作痛苦难禁，不可自露马脚。萧玉本急于归见瑶仙，因二女情共死生，身受如此，瑶仙必欲一知现状，才能安心；再则同共患难，也无恝置之理，所以赶来。因沈腾有法熬刑，明日瑶仙大有用处，特意多留一会儿，苦求传授。又怪沈腾既是知好，以前为何秘而不宣？沈腾说："妖人心毒，你如稍露了马脚，便大家受苦。我挨打时，自知是孽，不是重的便由他去，从不暗中行法抵御，宁可打后再行法止痛，便是为此。"仍不肯传。还是绛雪从旁代求，并说自己也还未会。沈腾才望着绛雪叹了一口气，说："萧玉今日这一来，众妖徒必定日加刑辱，学了去，必易泄露机密。再一告知妖师，任多大本领，也要被迫吐实，岂不连二女也同受其害？按说只瑶仙一人不曾受刑，最宜传授。也只可暗中运用，减却大半痛苦。这位姊姊已经被打痛死数次，都不能再传。不过人太可怜，志节又高，令人尊敬，情不由己罢了。只能由你转告尊夫人，自己却须守信，事后止痛则可，不能当时自用。"萧玉誓践诺言，沈腾方始一一传了。并说："适看妖道心意，爱极二女。绛姊又想和尊夫人相见，连和我说。今日自是无此大胆，明早复命之时，何不乘着谈、屠二妖徒刑伤未愈，正在调养，卧穴不能起动之时，姑且商量一套话，缓上一两日。我再请求从权行事，使她二人公然见面，只答应为徒，便算有了交代。你看如何？"萧玉、绛雪欣然赞同。

这一商谈，萧玉虽有耽搁，幸得沈腾自愿冒险出力，要省不少的话。匆匆嘱咐绛雪："一切听他的，有益无损。"忙即赶回告知瑶仙，说完经过，抱头痛哭一场。次早便由沈腾为首，在复命时对林瑞说："二女口中还硬，已肯进食，好似有些气馁。看神气，颇似二女同甘共苦，死生一处，亟欲相见一商之状。"林瑞果然相信，便命二奴晚来便宜行事。如看出真非此不可，便做好人，假意行私，引其相见，最迟三日复命；但如二女甘死不降，必有严刑。二奴应命，心中暗喜。出门又遇二甘守候，放过沈腾，将萧玉毒打了十余鞭。沈腾隐身遥望，萧玉果不失信，拼受痛苦，并未行法，心甚喜慰。从此二人便成了生死交情。不提。

当晚便引二女相见，互相悲泣，失声自怨造孽命苦。瑶仙追源祸始，全由亡母害人害己，死后还要遗祸爱女，兼害他人，如今生死都难。说着说着，便痛哭一场。绛雪反倒劝她说："事已至此，悲哭何益？孽由自作，便当自受。我受亡母深恩，只知桀犬吠尧。遗祸全村，我绝不为。但得脱身，与仇人狭路相逢，不问事之成否，也须再拼一回，始算把心尽到。神佛厌恶，皆非所计。难道将来还能比这里更苦？"绛雪因沈腾暗告他为奴期限将满，只要元神一脱禁制，复体为人，便能救她逃走。并说自遭此难，忽然省悟，深知邪正之分。因敬绛雪聪明贞烈，不惜犯险救助。逃后如若愿意出家，当为代指明路，投到正派门下为徒，以她心志资质，必蒙收录。自己为了亡师，不便改事仇敌，脱身之后，还须另打主意。只求以后得为兄妹之交，于愿已足，绝无他意。只不令告知萧玉夫妻，以免人多泄露。绛雪暗中体察他言动，果然善良端正，立即呼之为兄。因料脱身有日，所以如此说法。当晚二人二奴密聚到了半夜才散，一切机宜俱经商定。次日本可复命，沈、萧二奴偏各贪着和二女聚会，反正还有两日，打算期满再复，免得为奴以后，便看不到本来面目。

谁知这晚妖人入定，正在运用本身元神，配合坎离的要紧关头，忽然心神失驭，如非多年苦功，临危警觉，几乎走火入魔，自取灭亡。想起自己苦炼阴魔秘笈，久已不与女交，忽然发现败征，是连日欲心所致。虽对二女尚未忘情，一有顾忌，不由淡了许多。加以元神受伤，必须多日调养。第四日二奴复命，竟值闭洞未出。众妖徒多半守候在侧，萧玉连例打都免去了好几顿。虽苦于全洞都有妖法禁闭，只有两为首妖徒能随意通行，他人不能出洞一步，无法逃走，终得与心上人多聚些日，难中得此，连沈腾也是高兴。

谁知乐极悲生。又聚了才两天，妖徒翟度因得妖人宠爱，又有申武求情，受刑之后，两天便医治好刑伤，照前随侍。痛定思痛，想起妖师恶毒，又知妖师早晚收纳二女。那日见二女独对自己怒视，必认自己是第一仇人，日后定向妖师告发。妖师耳软，枕头状一告必准，万无生路，不由胆战心寒。又涎着二女美色，难得妖师受伤静养，正好乘隙下手，一则免祸，二则如愿快活。先还打算将二女一并劫走，后看出妖师最爱瑶仙，那日连刑都未受，如一并劫走，毒恨更深。自己早与外人勾结，虽有投奔之处，也难免不被寻上门去，闹个两败俱伤。便乘妖师入定，暗向申武跪下，苦求设法。二人交厚，申武又有短处在他手内，一想所说也是实情，一纳二女，立有性命之忧，便即应允相助，并戒性急道："师父快要修炼复原，必要整日入定，到时方好下手。否则醒来，仍要被他追上，休想活命，谁也无力救你。"翟度自知厉害,必终不舍,打算乘人于危。反正妖师日内不与二女相见,乐得先把美人劝服,商定同逃,省得路上倔强,少了兴趣。便在妖人入定之时,故意幻化一个替身,以为申武日后卸责之地。偷偷赶往兽穴一看,二奴二女正在相对哭诉。如换平日,见状早去告发,沈、萧二人虽是奉命劝说,也未必能讨公道。幸是别有私心,只把二奴鞭打了几下,假传师命,命萧玉将瑶仙领走,将沈腾禁闭在另一穴内,然后劝说绛雪。

绛雪人既聪明,又极机智。听他说得那么凶,妖人并未传见,又是日前受刑妖徒,料定乘隙来此,想将自己骗了同逃,遂他私欲。妖徒更比妖师淫恶,不从仍被他行强摄走,反倒无计可施。凑巧沈腾与绛雪认了结义兄妹之后,便把身藏法宝挑了一件好的给她做见面礼,每日传授用法,准备化身为兽时,再乘便给她藏在胸前皮夹层内。那宝原是恩师虎面伽蓝雷音所炼镇山之宝雷音椎,发时一溜雷火。持宝之人如若功候精纯,能念动即发,一声迅雷,人即立毙。雷音最爱此宝,特意与己同名。端的是异派中数得出的异宝。共有阴阳二枚,沈腾所赠乃是阳椎。绛雪才把收发口诀学会,因在妖窟不敢练习,又爱此宝光华,以为不会有人闯来,时常取了观玩,就便学习。意欲等见妖人时,再交沈腾代存。谁知还未学全,便即分散。心想:"如等沈腾脱困相救,还得半年之后。反正无法抗拒,身有此宝,何不假意应允?等到逃出山去,到了远处,乘其无备,一举手便将妖徒杀死。能如沈腾之言,寻到仙师更好;否则索性消了这场仇恨,径往大熊岭苦竹庵去求仇人欧阳霜来此除害。为救姊姊夫妻,也说不得了。"主意想定,为防妖徒心疑,始而假意不允,照瑶仙以前密谈乃母死前所传对男子擒纵的手段,挨次施展。等妖徒受愚,陷入情网,由爱生畏,方始假装受了至情感动,应允同逃。先也颇想一劳永逸,连瑶仙夫妻一同救走。无奈妖徒别的都可,这个却是不敢。绛雪见拿二女同归骗他,都是执意不允,知是力有不能。又问沈腾状况,妖徒总说现闭别穴,并未受刑,但是不能相见。绛雪虽然悬念,一想他会仙法,又有来头,凭妖徒也无奈他何,多问恐使生疑,也就不再勉强。

又过了四天,绛雪苦念瑶仙,正打算夜来强着翟度设法见上一面。天刚过午,翟度便背了包裹喜气洋洋走来,笑告绛雪:"师父过了今日,明早便要强纳你二人为妾。事已紧急,再迟又必无幸免。且喜今日入定调元,要到明日此时才醒,过此永无逃生之望。而且同门师兄弟已多疑心,事机瞬息,稍纵即逝。"立逼同逃。绛雪还想与瑶仙见上一面再走。翟度说:"那日师父原命连你一起禁锢,因我爱你太深,冒着奇险,徇情宽容。如今她已被仙法禁闭石穴之内,我也无法放她出来,速走为是。"绛雪见他神色慌张,说时欲动手拉扯。知道妖师厉害,一旦发觉,同归于尽,还要受那无边罪孽。妖徒残暴不在乃师之下,先用好言相商,已是万分客气。再不见机,如被强摄同行,中途不能下手,反而不妙。闻言立即应允。翟度大喜,忙领绛雪一同逃走。从当地起,到洞口还有两层门户,俱经妖人行法封闭。翟度在妖人门下年久,精通不少妖法。绛雪见那二层埋伏初看空空的,只零零落落放着一些石头。一经翟度手持宝剑一阵比划,便冒起一片烟雾绿火,跟着现出无数奇形怪状的恶鬼往两旁退去。人过以后,翟度重又行法,阴风起处,恶鬼又由现而隐,复了原状。前行便是头层洞门,里外看去都是整块石壁。也是经翟度一行法,烟光闪过,现出洞门,人出重又隐去。绛雪因沈腾深知妖人底细,瑶仙元神尚未受禁,如借妖徒之手破去埋伏,不与复原,也许能得一线逃路。便问翟度:"事已急迫,何不快走?反正成了仇敌,给他还原做甚?"翟度狞笑道:"美人,你哪里知道,师父自受仇敌追迫,逃来此地隐藏,最怕踪迹泄露。我背地逃走固遭痛恨,如果因此泄了他的机密,在此安身不得,照他为人,就上天入地,也要寻到我们,不肯甘休。还有这里埋伏一破,众同门必有人警觉,惟恐吃罪不起,定将他唤醒告急。只要在三百里以内,不问逃向何方,也容易被他追回,岂非自寻死路?"说时,已同走到洞外。绛雪一听,瑶仙真是一点生机俱无,几乎流下泪来。只顾伤心,却被翟度看在眼里,笑劝道:"不要舍不得你姊姊,这是命该如此。要是和你一样,回心转意顺从师父,还是莫大的造化哩。"说完,便把绛雪用妖法摄起,御风而行,往山下飞去。

绛雪见妖窟位居绝顶,山势奇险。妖徒飞行甚是迅速,离地并不甚高。起初依了翟度,原打算一出洞门,便径直朝所投之处飞去,并不停歇。这样摄带,同行的人只觉周身烟雾围拥,什么也看不见。绛雪惟恐到了地头,又添妖党,就把妖徒刺死,也是以暴易暴,难逃毒手。况又路远,回时太难。于是假说身是凡人,难得飞行天空,正好借此机会,看看下界的景致,一饱眼福。并且听说数千里长途,需时甚久,那样摄走也太寂寞。如能在飞行时，彼此空中说话，指点山川，谈笑烟云，岂不有趣得多？翟度本已为她柔情媚态所愚，全都答应。并还恐迎面天风将气逼住，不能张口，特意行法将身前三尺以内的风禁住，使其说笑自如。也是绛雪性急，飞出才百余里，便问翟度过了三百里没有。翟度何等奸猾机警，为色所迷，只是一时。绛雪并非淫贱一流，不过顺口听来的一点手段，仗着聪明心巧，一时从权应急则可，不能久于行诈。出洞以后，同难关切，心如切割，哪还有心作伪。再吃妖徒扶持同飞，更是悲忿厌恶，诚中形外，本已自然流露。更因初次腾空，只觉飞急行远，为时已久，恐被妖徒带到别一妖窟中去，惶急之状现于辞色。初出洞时，翟度已看出几分，这一来愈发明白绛雪顺从是假。在自己掌握之下，逃绝不能，定是想脱出妖师毒手，落个好死，免受炼魂之惨。也不叫破，只答未到。一面却揽腕抱腰，啰唣起来。绛雪初意过了三百里，假装昏晕，请他落地少息，再出不意，用身藏法宝下手行刺。嗣见他动手拉抱，只说未到，也不知是真是假。有心就在空中下手，拼个事后跌死，同归于尽。又恐真个未过里限，死后仍吃妖人将魂收去，永受无边之苦。妖徒偏又省悟，一任怎说，仍是拉扯不休。后来实忍不住悲忿，心想：" 飞行这么久，即使未到时限，妖人要到明午才醒，有这一日夜工夫，难道死后，鬼魂还呆在那里等他捉去受罪不成？"念头一转，刚装怕冷，手伸入怀将沈腾所赠法宝雷音椎握在手内。忽又想起用时还有诀咒，强敌并肩同行，仍难施展。

　　正急得要哭，猛瞥见遥天空际，一道长不可测的金光由远而近，横亘飞来，隐闻霹雳之声，眨眼之间已经飞近。方觉好看，翟度忽然面色惨变，只惊"咦"了一声，便往下面飞落。绛雪见状，当是妖人追来，也是胆寒。忙问："你师父追来了么？"翟度狞声低喝："不许多口，少时再对你说。"绛雪随同落地一看，乃是一片森林繁茂的山野。脚下才沾地，翟度便慌不迭拉了自己往密林中钻去，直到里面隐藏之处，方始立定，侧耳向外谛听。跟着便听上面破空之声，环行不息。偷觑翟度，面如死灰，好似比见妖师拷问受刑时还要胆怯得多。忍不住又想低声询问，嘴皮才动，翟度便目闪凶光，恶狠狠用手乱比，意似一开口出声，便要将她抓死。绛雪暗忖："妖徒此时全神贯注林外上空，行刺倒是机会。无奈投鼠忌器，雷音椎发时有声，万一果是妖人追来，岂不又糟？"想了又想，不敢妄动，只将手揣怀内，紧握宝椎暗中准备，待机而作。待有片刻，那破空之声忽又由近而远，更不再飞回来。翟度神色稍复，悄声喝道："我们才飞出二百来里，不想遇见大对头。这个比师父还狠得多，专寻我们作对，行迹也被看破。总算我退身得快，没等飞到，先用仙法掩蔽林木，居然未被看破，总算便宜。我听出他那飞剑行空，已经走远。不过心头还是发跳。终是小心些好。不许你出声，胡乱走动。等我到外面观一观风色，再来带你。休看我不上，到底真心相爱，只要不三心二意，包你享受。要是执迷不悟，妄想寻死，我不但能使你还魂服顺，还给你许多苦吃，到时自作自受，休怨无情。"绛雪闻言，知被看出虚假，越发惶急。见妖徒说罢，急匆匆往外跑去，心想："再不下手，等待何时？"忙将雷音椎取出，暗藏身后，如法施为，手掐灵诀，等那妖徒一回，立即下手。妖徒去了一会儿，忽然寒着一双鬼脸回转。绛雪心恨妖徒切骨，惟恐延误事机，才一照面，便娇叱一声，打将出去。

妖徒翟度原因适才天际金虹是正教中能手，一见便已心惊。又觉出那行径直似迎截自己，有为而来，并非空中路过，无心相值。自知不是对手，忙即落下，入林潜伏。果然敌人在上空盘旋了好一会儿，才行飞去。惊魂乍定，好生奇怪。心想："看敌人那等声势，分明是正教中有数人物，休说自己，便妖师林瑞遇上也非其敌，何以会被自己潜形隐迹之法瞒过？也未下来搜查？令人难解。"提心吊胆，候了半刻，终无动静。急于上路，又放不下心去，打算出林往空中略为探看风色再走。先对绛雪恫吓，原是诈语，恐她乘隙自尽。升空四下略为观望，不见朕兆，立即降落。因想查看绛雪背人时是何神情，悄悄入林，掩向树后往前一看，正赶上绛雪行法完毕，手掐灵诀，在彼等候，翟度偷觑绛雪目注自己这一面，眉目间杀气隐隐，满脸俱是悲忿激烈之容；右手背向身后，臂腕似在用力，仿佛手中持有一物，虽看不见是甚物事，那左手灵诀却一望而知是异派中发放宝物之用。先觉奇怪，她一个毫无道术的凡女，怎会掐出这等灵诀？如有法宝，怎从初遇时起，一直未见取用？不禁寻思起来。

绛雪毕竟年轻，稚气未脱，又爱极那宝椎，日常无事，必背妖徒取出，再四观玩，背诵口诀。当日一早，妖徒便胁迫同逃，一直不曾取视。先颇戒备，一取出便藏向身后。久等妖徒不回，生死祸福，完全在此一举，企望太切，忍不住将右手抬向前面，低着声默祝起来。那椎本极灵异，一经行法之后，立生妙用，尽管暗握手内，宝光仍是隐隐从指缝中透射出来。绛雪祝告完毕，又略伸手看了一眼，才藏向身后。翟度在妖人门下多年，见多识广，便不现出，也易看破。这一来，越看出绛雪竟持有异派中珍奇之宝，才知适才绛雪探问路程，竟是想在中途刺杀自己。幸而遇见对头，下来暂避，无意之中看出真意。否则只当她意在寻死，没有防到别的，只要飞出三百里外，吃她出其不意下手暗算，绝难抵御。当时又惊又怒，急切间也想不出此宝来路，是否有人暗中私相传授。一面用一树枝幻化假形，先现身出去，以防此宝厉害，抢收不成反吃了亏；本人却暗中遁到绛雪身旁，宝物一收不成，先把宝主人擒住，也不患宝不到手。

绛雪哪知就里，一见仇人由林外飞回，迫不及待，扬手就是一椎。前在妖洞，只闻此宝灵异，恐惊妖人，未敢试发。先颇悬心，惟恐无甚灵效，或是所习用法尚未精熟。这时随手一发，只觉手微一震，只听轰隆一声，一道红光夹着一溜烈焰，已打向仇人身上。当是必中无疑，不由惊喜交集。正待上前查看仇人死状，再用此宝将其击成粉碎，以泄其忿。谁知那雷音椎一声雷震之后，倏地自行飞回。绛雪究是初试，心中害怕，刚姿着胆子掐起灵诀，抬手想要收取回来，火光忽从头上飞过，跟着便听身后一声怪笑，甚是耳熟。心方大惊，忙回头一看，不由吓了个亡魂皆冒。原来妖徒翟度不知怎地又在身后出现，大喝道："大胆贱婢，这等狠毒，竟敢在你大仙面前闹鬼行刺。料你也不肯真心从我享那仙福，带你同行也是累赘。好在老贼要到明日午时才醒，还有不少时候，足来得及。待我就在此地采取你的真阴，快活个够，然后将你杀死，以消恶气。此是你自作自受，怨不得我。"说罢，口念邪咒，将手一指，自身衣服一齐自脱。然后又朝绛雪诵咒比划。绛雪自知不能再免污辱，忿怒填膺，急得一颗芳心都要蹦将出来。晃眼仇人脱得精赤，又朝自己比划走近，空自紧闭双目，破口嘶声哭骂，无奈身受妖法禁制，行动不得。忽然急怒攻心，口里一甜，逆血上涌，就此晕死过去。

待有一会儿醒转，迷惘中似听耳旁有一生人呼唤，也未听清生熟，一着急，骂得一声："妖贼！"身竟自往前纵起，迥非适才干着急，不能行动神气。睁眼一看，妖人不见，前面林隙中隐隐有金光闪动，身侧站定一个身着黑衣的道装女子，正含笑望着自己。以为身已受污，趁着妖人不在，欲寻自尽。回顾左侧有一怪石，急不暇择，将头一低，奋身便要撞将上去。耳听道姑说道："姑娘身已脱险，何苦行此拙见？"话才入耳，身前便似有一软墙将人挡住，再也冲不前去。跟着又觉有人在按左肩，回头一看，正是那黑衣道姑。这时方觉身上衣服并未脱去。再低头细一查看，因晕时身受禁制不曾跌倒，醒来人也立住，不特通体结束如初，连泥也未沾一点。回想前情，妖徒自身已经脱得精光，照那情形，一举手，衣便自脱净尽，怎会如此完整？直和做梦一般。心方骇疑，道姑笑道："你疑心遭受妖徒毒手，为他所污么？哪有此事。你且放心，等我一说自知。我适才和白发龙女崔五姑同受南极岛小仙源散仙谢道友之托，往天门岭妖人林瑞洞中，救他一个被陷妖窟的师侄。到时恰巧这人已利用今日时机，自破妖法，解了真灵禁制，用他师传法宝攻穿山石，由地底先期逃出，被一昆仑派道友救去。空中相遇，问起前情，得知洞中还陷有一男二女，内中一个已用智谋诱骗妖徒翟度同逃出来。依了崔道友本意，仍赶往天门岭，将妖人一齐除去。但我近年已不再开杀戒亲手杀人，又算出妖人还有三两年数限，不到伏诛之日；那一男一女，也该受此一番报应，难满自交佳运。此时爱之适已害之，将崔道友强劝回去。因我算出与你有缘，沈腾又力说你如何贞节忠义，便即回身追来。先用幻景，放出半天金光，将妖徒去路阻住，迫他下落。然后假装寻查不见妖踪，离此他去，其实我早降落。本应即时入林救你，无意中又在隔崖暗谷中发现一株灵草，打算连根移植回去，以备救人之用。嗣见妖徒出林升空瞭望，探我真走也未，一会儿便即落下。我还有他事去别处，此草不能带以前往，必须先行移送回山，交我门下培植，因此前后略微耽延。先意妖徒虽然看破你的心意，至多强迫同行，不会再有别的变故。等我入林一看，他已将自身衣服脱尽，正用妖法解脱你衣，欲逞无礼。似此凶顽淫恶，万死不足蔽辜，当时我便将他制住。知你不愿见此丑态，又将此妖徒移禁林外，方始将你救醒。我也不亲手杀他，少时自有处治。你如想家，我便将你送回。"

绛雪已看出这道姑星眸炯炯，寒光射人，脸色秀朗，丰度夷冲，不似常人。又听说适才空中金光是她仙法幻化，看妖徒那么怕她，又被生擒，定是朝夕向往的天上神仙无疑。忽然福至心灵，不等说完，忙即跪倒，拜谢救命之恩，哀声哭诉道："弟子幼遭孤露，现值义姊流亡在外，已是无家可归。多蒙仙师慈悲，得脱苦海。只求带回仙山，永为奴仆，随同学道，感恩不尽。"道姑笑道："你的身世来历，我已尽知。论资质人品，也配在我门下。只是性情偏激，专尚义气，不知是非轻重，是你短处，也还可以改过。你那义姊夫妻，一半宿缘，一半自取。此时恶难将满，并且与我无缘。你却不可多事干求，累及自己。"绛雪本意拜师之后，求救瑶仙、萧玉，不料先吃仙人道破。总算二人难满，仍然有救，且入佳境，还稍放心得过。仙缘难得，怎敢违忤。只得强忍悲痛，含泪谢恩，重又行了拜师之礼。道姑笑道："徒儿天性真厚，煞是难得。他二人日后自有别的机缘，不必思念。待我发付了这妖徒，再带你同行吧。"说罢，便向林外走去，戟指怒骂道："我已多年不开杀戒，你也不足污我飞剑。你自回山，由你那万恶的妖师自行处治便了。"随将手朝东西北三面指了几指，解去翟度禁法。仍回原处，带了绛雪腾空而去。

　　原来翟度除精通本门妖法外，逃时还瞒了申武，偷入丹房，将妖道的法宝盗了两件出来。带一凡人同逃原极累赘，起初色欲蒙心，为绛雪虚情所愚，满拟真心相从，供他时常淫乐，百凡皆非所计。及见绛雪不但顺从是假，还想暗下毒手，如非见机得早，几为所杀，仇怒至极。知道此女心志难回，留着终是隐患；就此杀死，又觉白费心机，于心不甘。意欲就地先奸后杀，再行单人逃走。将绛雪制住以后，欲心大动，只当对头去远，急匆匆将全身的衣服一齐脱尽。正要把绛雪脱光行淫，一眼望见法宝囊和宝剑放置地上，心猛一动，立即忙去拾起系向腰间。就这略一缓手的工夫，忽听身后有一女子口音喝道："大胆妖孽，恶报业已临头，还敢妄为！"知来敌人，大吃一惊，忙即纵身回看，见对面站定一个黑衣道姑，正在戟指喝骂。因看不出敌人深浅，也不知是否先前空中所见克星，妄想先下手为强，更不答话，猛将飞剑化成一道黄光，连同本门独传烈焰针一齐飞出。跟着又将新盗来的两件法宝相继放出。一面还想施展邪法时，谁知道姑通没在意，只骂道："幺魔小技，也敢在我面前闹鬼。"说时，也未用甚法宝抵御，只一扬手，便飞出一片火云，将翟度所放飞剑、法宝全数裹住，"轰"的一声大震，火云消处，纷纷化为无数红黄色的残烟，随风消散。翟度见状，万不料敌人如此厉害，不由心胆皆寒，哪里还敢抵敌，吓得连衣服都不敢拾取，一纵妖风，就要遁走。道姑手又一指，闪电也似飞来一道金光,将他全身围绕,往林外逼去。翟度见金光未下绝情,仍欲死中求活,暗用本门五遁法逃命,不知怎的,全失效用。吓得在金光圈里直喊:"上仙饶命!"道姑也不答理,直把他逼向林外,才喝道:"你这妖孽,如此淫凶,杀你污我宝剑。等我事完,再来送你回转妖窟,一任你那妖师发落便了。"翟度也知妖师凶残,回去更无幸理,一面察听道姑动静,一面计算逃生之策。待了一会儿,道姑方始走来,重把前言说了一遍,又朝空中指了几指,便收回绕身金光,带绛雪飞去。

第二〇一回

照怪仗奇珍　泠泠寒光烛魅影
行凶排恶阵　熊熊魔火炼仙真

翟度见金光已去，不曾亲身押送，试用遁法，竟能升起。虽料道姑行时情景不会如此便宜释放，总觉有望得多。迟疑了一会儿，揣测不出敌人是甚行径。一摸法宝囊，新得雷音椎也不知何往。只得入林穿好衣服，相机逃走，赤着身子，刚往林内跑进不几步，眼刚看见地上衣服和断剑顽铁，倏地眼前奇亮，冷侵毛发，一道金虹横亘前面，休想过去。幸是步行，进得不猛；如用遁法飞行，骤出不意，撞到金光上去，全身非成粉碎不可。就这样相去金光还有四五尺远，寒芒触体，已经皮破血流了好几处。翟度不知敌人用西方太乙真煞之气将他上下五方一齐禁住，只留一条归路。明知不能硬闯过去，又觉赤身飞行太已难看，打算由左右两面绕过。不料那金光竟是活的，任走哪一面都被挡住。万般无奈，只得赤身逃走。及至飞起空中一试，除来路外，无论上天入地，中左右三方，俱有一道半圆形金光拦住，随时舒展，变化无穷。并且下面也被兜住，一飞起不能再往下落。只往回路退尚可。休说前进，稍一停顿，便追逼上来，略为挨近，便如万针透体，痛得彻骨钻心，万难禁受，如影附形，不失尺寸。这才知道厉害。先想妖师狠毒，回山所受罪孽胜于百死。有心让金光裹去，一样是死，可少去无边苦难。又恐仙法厉害，形神俱灭，连自杀也难讨公道，不是连鬼都做不成，岂不冤枉？正在心悸魂惊，猛想起适才所听仇人之言，明放着还有一个逃的，便是奉命看守绛雪的兽奴。自己何不悄悄逃回，先把衣服换好，灭去行迹，把罪过全推在逃奴身上？就说自己因追逃奴，遇见仇敌，把飞剑、法宝夺去，逃了回来。师父虽然翻脸无情，毕竟是自己门徒，又蒙宠信，加以申武暗助，不是没有活路，何苦行甚短见？

念头一转,自信有了生机,惟恐归迟,妖师已醒,不便掩饰勾当,立即加紧飞行。到时天已入夜,见洞门封禁,妖师要到明午才醒,正好先和申武商量,急匆匆开洞而入。回顾金光,仍停洞外,并未追进,心又一放。忙赶向自己房内,待取衣服更换,忽听身后狞笑道:"师兄怎回来了?害得我们好苦!"回头一看,正是申武。方觉辞色不善,心虚愧怯,还欲好言求告,申武面色骤变,突由身后将备就的妖幡向前一晃。翟度知那妖幡乃妖师所炼摄魂禁制法宝,除妖师本人,谁也不可抵御。事起仓猝,不能逃避,暗道一声:"不好!"人已昏迷倒地。

原来妖人师徒都是那一般奸恶狠毒心性。申武初救他时,一则同恶相济,看出妖师不想罚他,恐他受刑时情急反咬,只要不死,记上仇隙,便是日后大患。救完才想起他是大弟子,最得妖师宠信,今日犯了重条,居然宽免,可知恩眷犹隆。有他在前,终显不出自己。明有去他之机,偏又胆小顾忌做甚?方想起后悔,难得翟度色迷心窍,竟想背师挟逃,这一来正合心意,表面相助,实则借此去一心病。初意此举犯了大恶,永无回山之日,即便日后师徒狭路相逢,他那道力胜过自己,至多怪自己不该为他说情。妖师素常护短,加以情真罪实,狠毒过深,就他反咬同谋,也会不信。所以任他从容逃走,只作不知,本没想到举发。及至翟度走后,申武想起妖师丹房只他一人能够出入,忽然心动。忙跑去一看,丹房大开,不特失去不少法宝,兽奴沈腾的本命真灵也被人破了禁制放掉。不由又急又怒,赶往前洞石穴一看,沈腾兽皮弃地,人已逃走,还算洞门不曾开放。心恨翟度不留余地,知道此时若急唤醒妖师,或许尚可追回。无奈自己曾助同逃,此时一追,必当有心暗算,出尔反尔,势非反咬一口不可。枉自痛恨,告发不得。一会儿又发现穴旁石壁上用剑刻有字迹,过去一看,竟是沈腾所留。大意说他为复师仇,误投妖人。陷身为兽以来,目睹妖人师徒积恶如山,限满就蒙收录,也必同受大诛。无奈元神受禁,欲逃不得。不意难孽忽满,妖人打坐终日,翟度乘机挟美同逃,又去丹房盗宝,出时匆匆,忘却禁闭,被沈腾暗中发现。仗着昔日善于应变,师传诸宝未被没收,等翟度逃后,便往丹房破了元神禁制,穿山地行逃走。法宝为翟度所盗,自己未取一物等语。申武心想乱子实在太大,妖师醒来绝脱不了干系。回到后洞,又和甘氏兄弟商量了一阵,俱都听了胆寒,无计可施。惊醒妖师举发，原极容易，偏是顾虑太多。最后打算挨到子夜过去，翟度逃远，无可追寻，妖师功行也将圆满之时，作为翟度久离后洞，不见进来，前后呼唤，发觉此事，便行告警。商定以后，仍是提心吊胆，忧急不已。情急之下，如非妖师有护身神光，人一近前立被禁制，直想就此行刺，以免后患了。因此一来，三妖徒哪敢再为大意，又恐沈腾逃出，勾了外人前来，不时分人往前洞查看。瑶仙还不怎受折辱，萧玉却添了无数罪受，三妖徒每一巡到所居兽穴，少说也得挨上两鞭。总算翟度没等入夜便自回转，否则不知道还要受许多屈打。

事有凑巧，翟度回时，正值申武出巡。头层禁法一破，闻得鬼啸之声，先自警觉。先还当有外敌侵入。连忙隐藏在侧，观察来势如何。估量能敌，擒住献功，否则立即行法报警。第二层洞门烟光鬼影散后复聚，已觉来者像是本门中人，但除自己和翟度外，别人又不能随意启闭出入。心方奇怪，来人已经现身，正在行法封洞。定睛一看，正是翟度，赤身露体，前身好些血迹，宝剑已失，只一空革囊悬在腰间，狼狈已极。事出意外，满腔怨毒一齐触发。事已至此，决计先下手为强，将他制倒，先问明了因何去而复返，再想卸责之计。便乘翟度行法之际，悄悄赶往后洞，将妖人那面镇形妖幡取将出来，掩向身后赶去，一下将翟度制倒，送至中洞铁环上面吊起，待醒过来追问经过。翟度只当妖师已经发觉，命他先行拷问。申武再拿话一诱，又未真个动刑，仍把他当做惟一救星。心想瞒他不得，竟把真情说出，托他少时从旁关照。假说兽奴沈腾早与外人勾结，乘师入定，破了丹房禁法，盗了法宝，挟着美人同逃，被自己走出无心发现，临事仓猝，不及报警唤人相助，忙即追出。不料中了诱敌之计，追出百里外，遇见沈腾预伏的同党，惨败而回。申武听他不打自招，心中暗喜，假允助他。只说师父盛怒莫测，不过修炼正勤，发觉以后重又入定，并非无望。宽慰了两句，径回后洞与甘氏兄弟一说。二甘昔受翟度欺凌，本有夙怨，又怕申武，自然惟命是从。一同把话商妥，使他到时无法反咬。翟度如不被对头逼回，申武还在举棋不定。这一回洞，恨不能一下便将他制死，自己才能免祸。主意越恶毒越妙，哪里还肯念及同门之谊，将沈腾壁上留字告知。

吊到次日正午，林瑞醒转。申、甘三妖徒把预定的话一说，林瑞本就耳软，立即暴怒，亲赴中洞拷问，翟度仍自做梦。妖师早看过沈腾留字，容他把话说完，只冷笑一声，便命唤来瑶仙和三兽奴随侍观刑。翟度一听观刑，还当申武已为先容，不过和日前挨上一顿苦打拉倒。哪知妖师先入为主，恨他刺骨，死前还要借他威吓瑶仙。人和兽奴唤到以后，妖师又命重述完了前事，方喝施刑。申武跪请道："昨日弟子恨他不过，因师父未醒，只将他吊起，便吃乱骂，并恐吓弟子，如不随他欺骗师长，便说弟子主谋。他平素凶横，今又背叛恩师，天良丧尽，到了急时，难免出言无状。好在人证确实，何苦听他狗嗥，不如先把他口封了吧。"翟度见妖道满脸杀气，神气异常。又听话音不对，要想辩白，又恐申武多心。念头一转，猛想起妖师今日不宣罪状，便命行刑，与往日不类。申武又请师父封口，分明处治不轻，莫要为人所愚吧？一着急，刚喊得一声："恩师！"妖道倏地凶眉倒竖，怪眼圆瞪，手指处，翟度口便闭住，出声不得。申武随即向众人历数翟度罪状。并说："师父怒惩叛徒，已定将他摘发洗髓，剥皮抽筋，烧肉刮骨。受完本门六大严刑之后，再将他生魂收去祭炼法宝，永沦苦役，俾众知做。"说罢，照着前言如法施为。妖道师徒虽然狠毒，似此酷刑也还不轻易全数施用。只因林瑞连失重宝，怒不可遏；申武又惟恐制他不死，永留后患，弄巧当时就受牵连，极力煽惑从重处罚。不想妖师竟是怒极，死前还要他备受荼毒，未出已经内定。申武自然不便改口劝说，因恐情急反咬，索性连口也给封住。这六样毒刑全是妖法，一经施为，休说瑶仙、萧玉见了胆寒心悸，吓得战战兢兢，不敢仰视，除妖人林瑞外，便申武等三妖徒也都心恻，起了兔死狐悲之感，不过没敢现于神色罢了。也是翟度恶贯满盈，该遭此报。疼得目眦皆裂，不能张口号叫，只鼻中颤声惨哼不已。林瑞更恐他失去知觉，又用妖法将他心神护住，使他生历诸苦。受到第五次火刑时，肉被阴火烧尽，流了满地膏油，人剩枯骨，还未死过一次。终于受完刮骨之惨，奇酸奇痛，心都痛落，方始撤去刑法。由林瑞下手，剑刺前心，将真魂收摄了去，又使众人目睹一次炼魂之惨。一时满洞阴风，鬼魂哀号了好一阵，方始停止。

　　林瑞跟着唤过瑶仙，问她心意如何。瑶仙受了沈腾指教，慷慨陈说："现虽认服，但是身有丈夫，只能拜在门下，甘为兽奴，别的死不奉命。"林瑞因日前走火入魔，有了戒心，盛怒失意之下，色心大减，脱口应允。但心终爱惜，便取一马猴皮来，与瑶仙行法披上。并示意众弟子不得凌践，且等三年期满再说。夫妻二人同为兽奴，自更容易亲近，每当无人密聚，谈起身世伤心，便痛哭一场。日子一久，竟被妖徒甘象掩来偷听了去。林瑞事后本就生了悔心，无奈不能改口，生性又不愿在法令以外强人所难。曾允瑶仙只要回心相从，立可复体为人。一心还想将她丈夫捉来，不料竟是萧玉。素以公正自许，奴期未满，无故加害，又觉说不过去，心里也未始不赞叹瑶仙志节，空自忿恨，发作不得，闻报只狞笑一声。众妖徒看出师父心意，愈发与萧玉过不去，几乎每日必有两次拷打。夫妻二人，一个身痛，一个心痛。似这样度日如年，苦挨了两年多。屠、谈二妖徒因林瑞行法用人，未等期满，先行戴罪权释，复体为人。于是兽奴只剩这一对苦夫妻服役，愈发劳苦。瑶仙因将限满，妖人愈发垂涎。众妖徒仰体师意，知瑶仙早晚必为收用，不敢凌辱，都并给萧玉一人受用。瑶仙想起事由己起，看他受苦，又是伤心，又是疼惜，其罪甚于身受。还算五行有救，沈腾传了熬刑之法。虽恐妖人师徒察知，引出杀身之祸，不是万分难熬，不敢当场使用，毕竟事后可以定痛复原，否则不死也只半条命了。

这日甘熊、甘象为追狞雕伤了萧逸、吴诚，吃欧阳霜灵符惊逃回洞报知林瑞以前，恰值申武正在毒打萧玉。瑶仙见比往日要重得多，尤其申武对于萧玉伤好得快已起疑心，每遇他打，休说当时不能行法护身，连事后都须痛上些日，才敢缓缓医愈，真个惨酷已极。瑶仙一时痛惜过甚，激于义愤，奔寻妖人哭诉说："师父如以弟子为不堪造就，就不应收诸门下。既蒙恩允收录，照着本门规条使为兽奴，原意不过令其多历艰苦，试察向道之心坚诚与否，而定去取，并非置之于死。今兽奴萧玉身服兽役将及三年，从无大过，平日无端受诸先进同门打骂凌践，只有忍受，从未丝毫不服。现期限将满，瞬即复体为人，得列门墙，永受师恩。理宜念他服役劳苦，稍示体恤；不料反而变本加厉，常遭毒打，死而后生。如说向例如此，弟子与他同为兽奴，且因身弱力微，难任苦役，何以独蒙宽宥？便新近复体的谈、屠二位先进同门为兽奴时，也未受此苛待，实令弟子不解。萧玉乃弟子丈夫，同穴同衾，誓共死生，千灾万劫，均愿共受。为此冒死陈情，务望仙师大发慈悲，念其已服苦役三年，有功无过，请示诸先进同门仰体仙师恩意，无故不得加刑，感同二天。即或弟子愚昧，莫测高深，不能宽免，也请特降殊恩，许弟子代受刑责，以示公允。"说罢，拜伏不起。

林瑞见她慷慨陈词,言中有物,始而勃然大怒,目闪凶光,几欲就将萧玉当时处死才称心意。听到后来,竟为瑶仙百折不回的志节至情所夺。心想:"自己生平言出必行,永无改悔。论这一双男女资质心性,实在所有门人之上,如得真心归顺,必能光大本门。为这一念私欲,白白将他二人葬送,此女心志依然不能转回,这是何苦?"念头一转,不特收了醋意,反倒有心成全起来。照例兽奴期限未满,至多问个姓名,不问来历。这时意欲市恩,先期开脱,便令瑶仙细说家乡姓名以及订婚经过。并允实说以后,酌情开恩,与萧玉一同复体为人,夫妻同拜门下,从优看待。

瑶仙处于积威之下,长日提心吊胆,此举不过恩爱情深,一时悲忿所激。先见妖人神色狞厉,知他翻脸无情,一个不好,便连萧玉一起葬送。说完方在心悸,不料妖人略一寻思,反加温慰。被陷日久,深悉规律,妖人从无虚言。这一问到家乡来历,即知超脱有望。惊喜过度,心中怦怦乱跳,神志皆昏,惟恐错过良机,毫未思索,便将家在本山卧云村说出。等到说过好几句,才想起关系全村祸福,又悔又急。还算见机得快,妖人静听不曾发问,先未说出远近。先时又由沈腾口中得知妖人好些畏忌。一面陈说,心中盘算补救之法。更恐少时萧玉答话不符,只把婚事草草叙过,便与平时和萧玉预商对答的话一样。至于卧云村坐落,因出走迷路,连在山中奔窜月余,又经仙师飞空接引,已难辨别方向途径。对于村主之妻欧阳霜,虽说是自己仇人,却把她的仙法本领加倍渲染。并将沈腾所说妖人最怕的人,连同郑颠仙故意举出,假说常来村中小住。这些人只会飞行,别的并没有师父仙法神妙。因来时除村主夫妻外不见外人,村主又禁人偷看宣扬,详情不知。答词甚巧,形迹均似,不由妖人不信。因听本山常有对头来往,心颇惊忧。即使二妖徒不遇萧逸,也要暗令瑶仙夫妻一探虚实。瑶仙说完,林瑞连日正忙祭炼,又届上台之时,只唤来中武,告以二兽奴期限将满,静候师恩,暂免劳役,不许凌辱。中武见谈、屠二徒未满期限,便令复体,已是本门创举,还可说本是正经弟子,又当用人之际,从权缓役。像瑶仙、萧玉二兽奴,直是万想不到,大觉师父行径反常。只当做瑶仙舍身救夫,妖师为色所迷,恐怕触怒,气闷在心,不敢多言。

林瑞匆匆说罢,刚入洞中,甘氏兄弟便受伤惊逃回山。候到林瑞事毕出来,说了经过。林瑞知是正派灵符妙用,急令二妖徒带了法宝,二次赶去。人走以后，忽然想起适才瑶仙所说与此相合，对方必是卧云村人出猎，无心相遇，忙把瑶仙、萧玉唤来盘问。瑶仙乘了妖人行法，早把喜信告知萧玉，又把答话商妥，本心就怕他追问卧云村坐落情况。不料事有凑巧，立即发作，妖人所问正触心病。方想以不知远近途向推托，妖人还未发话，妖徒已经赶回，说是被血焰针打伤那两人遍寻无着。妖人想了想，喝令众人一齐退出，只留瑶仙一人在侧，正色说道："我本意实是爱你美秀聪明，欲行收纳，因你不从，才照家规处置。今已三年将近，你虽倔强，不识抬举，宁甘舍尊就卑，舍乐服苦，这等志节，也还可取。为了破例，特降殊恩，使你二人先期复体，同归门下。乘这皮毛未脱、身份未明之际，现有两条路，任你自择，绝不勉强：一是从我双修，同享仙福，不特即日为人，便你情人萧玉，也是破格厚待，高出众门人之上；一是不俟期满，仍许为人，但你也深知我御下威严，门徒不大好做，稍有违犯，便受严刑，罪恶稍大，更历诸般苦难，加以炼魂之惨。师徒不比夫妻，那时休怨我情薄心狠。"瑶仙立即跪禀："弟子夫妻蒙受深恩，情愿永矢至诚，随侍仙师门下，决知自爱。如有违犯，任凭严惩。"

林瑞叹道："我知你心难回，不过爱你太深，今当紧要关头，尽此最后一言。从此名分已定，我就按规行事，不稍宽假了。"随命立起，将青森森一张丑脸往下一沉，厉喝："门下弟子与兽奴速来听命！"众妖徒和萧玉忙即奔入。林瑞随命申武取来妖牌，首唤瑶仙、萧玉近前，说道："照我规条，兽奴期满，必须建一大功，或是刺杀一个亲人。我料定暗算甘熊，又用幻符将他弟兄惊走的，正是卧云村人。卧云村也必离琵琶垄不远。现传授你二人仙法和我法牌，幻形隐迹，查探此村下落虚实，速来归报。少时我再乘暇行法，将那中血焰针的两人生魂拘来查问，究竟有无村主萧逸在内。因所中血焰针非我亲身祭炼，法力悬殊，稍有根基，生魂容易脱逃。如失效用，仍由你二人深入村中行刺，到时我还另有妙法传授。如稍徇情疏懈，重罚不贷！"

二人一听，知妖人恶毒。这一来，不特萧逸，连全村人等恐无幸免。令出如山，不敢稍违。并且派了自己，还可看事行事，稍加维护，如换别的妖徒前往更糟。只得装出欣然之状，当时领令，传授起身。离开天门岭，二人虽不知归路，照妖徒所说途向驾起妖风，一会儿便找到卧云村后的琵琶垄。先没有寻到入村途径，心还在盼地理不对，村人无路可出，也许遇见妖徒的不如已料。及至寻到昔年出走之路，遁回村去一查，受伤的不特是萧逸、吴诚二人，并且看那情形，生魂已被摄离了窍。只不过妖徒血焰针法力有限，生魂太强，时去时来，不能由心禁制罢了。才知妖人阴险已极，尚幸没有疏懈搪塞，错了步数，否则万无生路。欧阳霜在也好，偏又听说回山已久。连经忧患之余，昔年仇怨全消，更恐祸及全村，心如刀绞，急匆匆赶回复命。妖人正在禁摄生魂，业已问出一些虚实。见二人来去迅速，所说无虚，还勉励了两句。二人目睹生魂受苦，好生难过，无计可施。

也是萧逸和村众不该遭祸，受伤期中数日，正值妖人祭炼要紧关头。一则所炼魔教中妖法恶毒，大干各正派仙侠之忌，必须坐镇，不敢轻离，连常禁制这二生魂，都无此闲空；二则恐欧阳霜突然赶回，由此勾出正派中克星寻来，泄露机密。意欲豁出二兽奴，成固大佳，否则二奴一旦遇害，自己立即警觉。一面把二人生魂收去，一面紧闭洞门，静等妖法炼成，再行扫荡全村，大摄生魂，也来得及，用心端的阴毒已极。二奴法术偏都现传，至少也须三日才能学全。为此种种延缓，恰好刘、赵、俞、魏四仙赶来相救。

当日一早，瑶仙、萧玉便持了代形禁制之物幻化入村，迎头遇见萧清，心中一酸，妖刑酷毒，又不敢现身警告。勉强挈着胆子，幻化一只小鹿，满凉台乱跑，等人一追，再往下纵。纵时转缓，原意显出一点妖异形迹，好使众人警觉，速寻欧阳霜求救。偏生众人个个忧急萧逸，多未在意。委实智穷力竭，只得如法施为。先只想拘生魂回去，这样也许还有一线重生之机。无奈萧逸元神坚定，不易摇动。目睹那等痛楚之状，又不忍过下毒手。勉强挨到下午，时限已迫，妖人已在行法催逼。方在举棋不定，刘泉等四仙侠也已到来，当时破了妖法，全数擒住。初意难免刑诛，死后还须受那炼魂之惨。不意临机天良发现，一念之善，反而因祸得福，复为生人。饱经劫难之余，痛定思痛，瑶仙述及身经，固是声泪俱下；便萧玉惊魂乍定，听到伤心之处，也是饮泣不止。

萧逸经此一来，反更怜爱瑶仙。问完经过，立命准备鲜衣美食，请二人享用，并命二人分别宿在自己前后房内，等到事完，再行正式完姻。二人自是愧悔交加，感泣不已。白水真人刘泉见俞允中听得眼圈都红，笑道："俞师弟真个情种。适才不曾问明是非，先代二人求情，已是荒唐。如今又替人洒同情之泪。神仙中人，似你这样欠通达的还是少有呢。"允中道："人非太上，孰能忘情？修道人多情，易惹世缘，那么诛邪除害，总该分所应为吧？"刘泉笑道："妖人伎俩，我已看透，现在我静等他入网。他如见机退缩，再往天门岭除他。"说时忽觉有变，正向允中示意准备，语声才住，猛听窗外厉声大喝道："只恐未必。"瑶仙、萧玉一听，正是妖人林瑞口音，肝胆皆裂，"哎呀"一声，几乎跌倒。刘泉忙喝："各人速去床上，不可慌乱。妖孽自投到来正好。"说时，左手一扬，飞出一团青荧荧的光华，连人带床一起罩住。同时又是一道白光，连人穿窗而出。俞允中自把飞剑放起，守在青光外面不提。

刘泉见妖人竟破了禁制深入，如非先行发觉，应变神速，室中诸人难逃毒手，不由又惊又愧。妖人到时，一听刘泉正说大话，心中忿怒已极，原意当堂出彩。不料敌人已早识破，口里说着话，暗中已有准备；为防万一，在妖人搭话以后，还用法宝将室中诸人罩住，才行飞出应战。妖人枉自暗下毒手，竟无所施，也是又急又怒。仇人相见，分外眼红。刘泉因妖道已经突围深入，陆地金龙魏青、七星道人赵光斗此时不见，定被妖党绊住。惟恐妖道伤害村人，面上无光，下手更快，连话都未搭，飞剑出手。跟着又把金鸳神剪放起，化成两股交尾虹霓，直朝妖人绞去。

原来林瑞自从盘问瑶仙，得知卧云村外植有七禽毒果树，急于将它毁去，偏因祭炼正忙，师徒六人急切间不能分身。直到刘泉等到的这一天，才得分出甘熊、甘象二妖徒前往毁坏。二甘走后，忽又想起颠仙道法高强，既在村外植树，必有法术禁制。二甘法力有限，惟恐不济，又命申武赶往相助。不料先后遇见刘、赵等四人，大败逃回，说起敌人持有金鸳神剪，并精五行阵法。林瑞一听，便疑是苦铁长老得意弟子刘泉。又听妖徒说，看四人神情，好似专为往元江取宝，路过此山，与村人并不相识。心虽忿恨，一则无暇抽身，二则刘泉深得苦铁真传，颇为难惹，也就罢了。二奴已经先行遣走，并无警报告急，愈发断定四人与萧逸无关，放了心，静候归报。及至晚来祭炼完毕，二奴仍无回音，方生疑虑。试一行法查召，也无反应。先料二奴被人擒住，怪二奴去了一日，迟不下手，才有此失。不是叛师投敌，也是徇情，贻误事机。立即暴怒，要用妖法火焚二奴。刚把生魂摄到，知吃人算计，将妖法破去，放了二奴元神，才知村中来了异派中能手。因值妖法完功在即，先命屠、谈二妖徒往探。二妖徒一到，赵光斗、魏青二人便催动刘泉所布五行埋伏。谈飞首先入伏，吃乙木之气围住。林瑞门下妖徒道力多半不高，却极精于各种遁法。入伏以后，还在妄想用木遁逃走。不料日里刘、赵二人见申武一逃，便知妖徒俱精五遁之术，事前又经商定，除恶务尽，见了就杀，不比日间是想生擒，逼问口供。见妖徒又想逃走，如何能容。赵光斗忙即发动生克妙用，化出丙丁真火，将谈飞活活烧死。屠三彪在空中瞭望，看出形势不妙，连忙逃走。因隐形法早在飞近埋伏上空时被仙法破去，念头才动，俞允中、魏青双双截住，两道剑光夹攻一绞，登时了账。申武赶来接应，一见二人惨死，自恃持有法宝，妄想乘机伤一仇敌再逃。又吃赵光斗破去他的血焰针和林瑞昔年惯用的一面妖幡，用七星剑困住。申武知难幸免，只得拼断一臂，才得逃了回去。

林瑞连遭挫折，又听对头就是申武等日里所遇四人，怨毒愈深。情知邪正不能并立，刘泉等必已投到正派门下，行藏已露，除却一拼而外，自己不去，仇敌也要寻上门来。恰巧妖法已近完成，只略差一点功候。忙把申武伤先医好，将三妖徒齐唤近前，分别各传了两件法宝，告以胜败存亡系此一行。一面设下极恶妖阵，准备事若不济，诱敌入伏。一切停妥，天已半夜。师徒四人一同起身，飞近卧云村上空。因知下有五行埋伏，除自己外，妖徒入伏立被陷住，便照预计，各用妖法先幻化成四个假身落下。赵、魏二人前次得胜，未免有些轻敌，一见空中黑影飞落，立将阵法催动，满拟仍和上次一样。不料妖人神通广大，竟然将计就计，借用此阵五行生克妙用，带了妖徒，隐身遁落，冲过五行埋伏，直到萧逸所居峰下。林瑞算计这类阵法十分厉害，易蹈危机，每当阵法发动最烈之际，左近房舍人物难免不遭损害。对手不伤村人，行法人防有误伤，必似幕篷一般，只边沿及地，当中空悬，将所护人家远远笼罩，中间空隙和近人家周围绝无埋伏。只要冲过此关，便可为所欲为。初意一过阵限，自己去敌刘泉，余下三妖徒也不和敌人正经交手，各自隐形乱放飞剑和血焰针，见了村人就杀，以消毒恨。非到万不得已，不许用法宝与敌人硬碰。用心端的毒辣非常。

合当村人不该遭此惨劫。刘泉因这五行阵法不能离人家太近，中有空隙，为防万一，除在房外另设一层禁制之外，又幻出了些虚景，虽未将妖人拦住，应变却是快极。妖人师徒又是初来，见阵势广大，以为村人俱被聚集在内，直往中央落下。否则村中房舍人家甚多，地甚辽阔，十九不在阵法笼罩之下，纵有准备，三妖徒不随入阵，径直分头乱杀，刘、赵四人势难兼顾，必有多人送命无疑。赵光斗又持有苦铁长老临化以前，赐与刘泉的一件名为寒犀照的奇宝。此宝形如古灯檠，乃用洪荒以前异兽寒犀之角所制，上有握柄。只要如法晃动，便有数十百丈亩许方圆一股寒焰发射出去，光照之处，物无遁形，任多高妙的隐形法也吃破去。当妖人师徒所幻替身飞落时，赵光斗因来人不曾隐形，先将阵法催动，未用此宝。等到四幻影被五行真气所毁，敌已乘虚而入，同时赵光斗也觉出敌人有形无质，虽料是妖人所炼鬼物，终恐上当，一照空中无甚人迹，为防万一，便用此宝上下四外一阵乱照。寒焰照处，恰将妖人师徒隐形之法破去，这又占了好些上风。赵、魏二人见有四人冲围而入，不禁大惊，忙即飞落追杀。

林瑞行动神速，已到了萧逸房前。三妖徒正在忙于分头杀人，猛瞥见七道星光夹杂一道青光电驰飞来，隐身法已被敌人破去。惊弓之鸟，知道厉害，不能再顾伤人，只得各用法宝、飞剑迎敌。甘熊狡诈，日里又吃过苦头，心想："敌二我三，今晚师父分赐诸宝，只自己所得最次，看来也敌人家不过。何不由申武和兄弟各敌一人，自己乘隙抽身，好歹先弄死几十百个村人，少泄忿恨。如若师父不能得手，我不在敌我相持之下，逃走也较快些，省得和先前探村三人一样，白受伤亡。"不料这一转念取巧，反倒死得更快。赵光斗七星剑本来可分可合，又知妖徒各有无数血焰针，自己虽不怕，但魏青不知破法，贪功好胜，稍不留神，便为所伤。一面迎敌，忙喝："还有妖党尚在空中，峰上有大师兄在，所以无忧。这三妖孽有我一人在此，绝难逃命。师弟速往上面防守。"魏青心实，信以为真，刚出圈飞起，甘熊一口飞剑恰被赵光斗七星剑一绞粉碎，越发不敢再用新得法宝恋战。恨得把牙一咬，也没通知同党，悄没声地便向峰腰有房舍处飞下，正好同时撤退。魏青见状，忙指霜角剑飞去。甘熊怯敌太甚，耳听脑后寒风，青光盖顶，心胆一寒，竟忘了用法宝抵御，回手就是一把血焰针。一片妖烟裹着无数细如游丝的黄色的光华刚刚飞出，青光已经绕身而过，当时尸横就地。双方势子都急，魏青本难躲免。幸是赵光斗早防到此，心疑妖徒诈败，又见魏青冒失急追，忙分出一道星光赶来，恰巧挡在魏青前头，将血焰针烟光一齐裹住，只一绞，"咝咝"一片惨嗥，化为黑烟而散。申、甘二人见状心惊，不愿白送，也就不敢再用血焰针迎敌。晃眼之间，飞剑全被消灭。迫于无奈，只得把师传法宝各自放出。赵光斗识得这些妖旗妖幡十九俱是无辜生魂附在上面，意欲积点阴功，不愿将它消灭。又知妖法厉害，不敢大意，只得分出三道星光护身，以防闪失。姑且迎御，暗中盘算解破之法。二妖徒却当师父法宝威力使敌人害怕，心中狂喜，口中辱骂不休，一面加紧施为。

　　双方正在相持不下，魏青飞空四望，并无敌影，本就不耐枯守。往下一看，峰前一带妖云弥漫，鬼声大作。碧火飞扬中，赵光斗七道星光已经分出一半，颇有相形见绌之势，又听妖徒厉声喝骂，不由又惊又怒。忽然想起："前破青螺峪时，师父得五鬼天王尚和阳一柄白骨锁心锤，曾说上面五个恶鬼，除王长子是他以前朋友，误入歧途，致为妖法所陷，已吃解去外，下余四个俱是生前无恶不作的妖人厉魄，尚未释放。王长子一去，功效虽差，仍是左道中数得出的宝物，将来许能用它以毒攻毒，因此不曾毁去。那日刘、赵二师兄奉命呈阅旧日许多法宝，好些妙处，师父看出自己心羡，便说：'这些都是异派中宝物，只刘泉的金鸳剪、寒犀照，赵光斗的六阳烈火柱，还有来历妙用外，余者均不值论。你既眼红，我将那白骨锁心锤稍微祭炼，传你也可。但是此宝恶毒，非遇十恶不赦的妖邪无法抵御时，不许使用。并须另积十万善功，以为解除厉魄冤苦之用。异日道成，还须超度恶鬼，将它化去。你可应得？如若自问不能承受，就不许要。中途畏难生悔，只要没用过，也可还我。'因以前目睹此宝厉害，一口应允。到手之后，和刘泉一谈，才知事非小可。十万善功还在其次，最难是那四个凶魂厉魄，异日无法使其改去恶根，就此超度转生为恶，造孽更大。有心奉还，又不便出尔反尔。仅着能大能小，一直藏在法宝囊内，准备过些时候，真要无法，只好缴还。因用一回，四鬼便要受上好些苦难，只师传时试过一次，一直未用。目前大师兄和妖人杀了个难解难分，妖徒又如此猖狂，初次下山，怎能在此丢人？此宝专破异派阴魂祭炼的邪法，正好以毒攻毒。且顾眼前，等到将来超度恶鬼，再想主意，去向师父求告。"念头一动，立即飞身而下。

　　赵光斗虽知此宝妙用，因关系甚大，魏青还没决定承受与否，全没想到他会使用。正想不起用甚方法破妖徒邪法，忽听空中大喝："妖孽纳命！"紧跟着一道青光驱着一幢魔火，四个恶鬼直向妖云邪雾之中飞去。二妖徒方在得意，不料百丈魔火自天直下，鬼声顿息，烟雾全消。跟着烟光滚滚中，簇拥着四个大如车轮的狰狞恶鬼头颅，如飞扑来。情知厉害，想逃已经不及。对面鬼口张处，早各喷出一股绿烟。甘象首被笼罩满身，神志一昏，立即倒地。申武见机较早，想要飞出，下半身也被绿烟打中，方觉腿脚间一麻，已失了知觉。魏青、赵光斗的七八道剑光连那魔火恶鬼，已如潮涌一般，相次追来。上有五行阵法，还不敢往上方突围遁走。一时情急，便用本门妖遁，往峰腰平台妖师对敌之处遁去。刚一拨转，猛觉下半身一松，身子轻了许多，仿佛有甚重物离身下坠。百忙中低头一看，那被恶鬼绿烟喷中之处，已齐腿自行断落，身子也不觉痛。这一来，全身四肢仅剩一条右臂。不由吓了一个亡魂皆冒，一面加紧飞逃，一面急喊："师父救命！"

两地相去连上带下原只两三箭地，晃眼即可到达。这时妖师林瑞正在苦斗，先吃白水真人刘泉骤出不意，放起金鸳神剪。妖人识得此宝来历，知道仓猝之中难于抵御，万分情急，用脱骨代身之法，将左手食指断去一节，借本身血光遁出圈外。同时赶紧施展妖术、法宝，将金鸳剪和飞剑挡住，才得免去腰斩之厄。才一遇敌，便遭此挫败，气得咬牙切齿，情急拼命，将所有的妖术、邪法一齐施展出来。不料刘泉邪正两途俱得过高明传授，识见又多，金鸳神剪更是灵异非常，妖人稍变方法，立被警觉。妖幡取出还未及晃动，就吃两道交尾虹霓一绞两段，失了效用。妖人飞剑又和刘泉飞剑绞在一起，不能分开。独门血焰针虽极厉害，数量又多，用之不尽，换了旁人，自非受伤不可。偏巧刘泉早防到此，飞身出敌时，已把一件度厄仙衣披在身上。此衣乃苦铁长老当年未归佛门以前，亲往南极小仙源北银凌岛，用极恶毒的邪法，由千寻冰川下面邻近地极的火窍中，酌取火蚕之丝，织炼而成。不用时一叠细纱，薄逾蝉翼，大才方寸。用时形似一口钟，从头直套到脚，像一片银白色的轻云淡烟笼罩全身。看去空明，仿佛无物，却能自发烈火，专御异派中邪法异宝。后归佛门，说刘泉不是佛门弟子，不许更换僧衣，令做方外弟子，暂且相随，以待机缘。到圆寂时，因念生平所收门人，只刘泉一人虽在异教，不曾用他所传为恶造孽，又发宏愿为他修积外功，因得早成正果。遂把昔年几件最有名的至宝全数赐与，此衣便是其中之一。妖道成千成百的血焰针发将出来，眼看打中，忽从刘泉身笼轻绢上面发出电一般极强烈的银光，妖针立即化为一股奇臭无比的青烟，随风消灭。妖道无法，只得将自己刺滴心血祭炼而成的一柄阿屠钩放将出来，准备绊住金鸳剪，暗用魔教中奢迷大收魂法，重使妖幡伤害敌人性命。刘泉又早识破，成心将他身带三面妖幡破去。妖人口诵邪咒，幡才取出，金鸳剪竟舍了阿屠钩，电掣虹飞而至，仍是一绞两段。如非见机，几乎连手一起断去。再看阿屠钩时，敌人一面指挥神剪去斩妖幡，人早隐形遁开，待神剪破幡后，回敌阿屠钩，人也出现。端的应变瞬息，捷如雷电。

林瑞空自恨毒咒骂，无计可施。再一分神查看妖徒动静，先还遥闻申武、甘象叫骂，忽然停歇，方料凶多吉少，又听申武大呼师父救命，百忙中回首一看，申武在前，只剩多半人体，亡命飞逃。身后四团亩许大的魔火簇拥着四个大恶鬼头，乱发蓬竖，目闪碧光，血口张开，獠牙交错，后面还有七道星光、一道青光疾飞追来，两下里相去不过丈许。认得是五鬼天王尚和阳的镇山之宝白骨锁心锤，知道厉害无比，急切间万难抵敌。甘熊、甘象必已惨死，申武两腿也被魔火烧掉，危机一发，挨上便无幸理，不由又惊又怕。万分惶遽之中，连飞剑、法宝都顾不得收取，一纵遁光迎上前去，一把夹起申武，扬手一团碧焰打将出去，只听鬼声啾啾，一片惨叫，数十条鬼影由现而灭。魔火鬼头略一停顿之间，妖人师徒早破空直上，接连运用五遁之术，随着上面阵法变幻生克，连忙切断三个手指节，化身突围，破空飞去。

刘、赵二人忙即催动阵法禁阻，只听妖人空中大骂："刘泉狗道，祖师与你誓不两立！我在天门岭相候，有本领的速来纳命！"厉声摇曳，由近而远，晃眼已在遥空。余音狞厉，犹如鹗鸣绕耳，端的神速非常。刘泉原也想以毒攻毒，用左道法术除他。只因妖人邪法精妙，诡异无穷，所用法宝均极厉害，情急拼命而来。自己先颇轻敌，及一交手，才知名不虚传。全仗苦铁长老所赐异宝，新近又得师父指点，才可略占上风，若论双方功力，还有逊色，稍失戒备，难免不为所乘，因此不敢大意。知他行使恶毒妖法，全仗三面妖幡，意欲先将三幡破去，使其伎无所施，自己有胜无败之时，再下辣手除他。万不料魏青会因急于建功除害，自食前言，把已说过绝不敢用的白骨锁心锤取出施展，一见妖人放出生魂炼就的碧血神焰针，便上前迎敌，空中剑钩又不曾收去。刘泉百忙中以为妖人既敢和此宝一敌，必然还有几分拿手，意欲观个究竟，万没料他会舍宝逃走。等看出碧焰中许多厉魄妖魂一遇魔火，立即消亡，方觉妖人以卵投石，好似借此暂缓一步，别有用心时，已经遁走。还有所遗飞剑、妖钩困在五行阵内，虽难逃脱，但此剑、钩均与妖人心身相合，稍有空隙，必被收去。剑还不妨暂时收下，钩上附有恶煞之气，收取下来，妖人随时心念一动，便可为害，尤须先毁，方保无虑。就此追去，势有不能。只得唤住赵、魏二人，收去锁心锤。连俞允中唤出，一同运用飞剑，先把妖剑毁去。再把妖钩夹直，由刘泉指挥神剪，将钩截成寸段。然后会合各人剑光，紧裹所有碎钩，运用玄功一绞，直到化成无数铁屑，带着千万缕黑烟下坠。又用仙法，就坠落处埋入土内，加以禁制才罢。

魏青随催起身。刘泉道："妖人已恨我入骨，指地约斗，妖洞中必有埋伏，绝不就此甘于逃遁。村中俱是凡人，我们只能胜不能败。适才妖人行径只是来此残杀，所幸虚实未知，复仇心切，以为我既有备，设伏相待，村人必都藏我阵下，意欲以此起始，分途隐身乱杀村人。如非隐身法被我破去，或是入阵以前分途伤人，即便我们怎么善于迎御，也是不免伤亡。妖人怨毒已深，有无别的同党尚不可知。此行绝操胜算，妖人立意与我一拼，不必忙此一时。乐得乘他回洞喘息，先事严防，由我将阵法展开，召集全村人等藏伏在内，由两位师弟主持阵法，我和一位师弟明日午前同去除他。一则有备无患；二则明午阳盛阴衰，所炼生魂比较力弱，白日除他也较容易，乐得从容。"

三人自惟刘泉之命是从，随即入室，令萧清、郝潜夫传知村人，连夜移集离峰三四里以内各人家中暂住，四里以外一人不留。赵、魏二人仍在空中巡视。令传迅速，又有仙法相助，不消个把时辰，全都移居停妥。赵、刘二人重将阵法展布，因有前警，又加了一些妙用。事完，留下一人轮值守望，各回萧逸屋内。

瑶仙、萧玉已是面如土色，惊魂乍定。听说妖徒伤亡殆尽，只林瑞一人受伤逃走，明日刘、赵诸人便去扫荡妖窟，永绝后患，好生欣慰。瑶仙本是美质，自从出走，饱经忧危险难之余，先听沈腾谈起正邪各派修为行径和许多有名人物，已经起了出世之心。只恨身在困中，死活都难，朝不保夕，怎还敢作修真向道之想。脱险以来，经俞允中示意提醒，再加目睹许多灵异之迹，不由勾起旧念，向道之心愈发坚韧了。萧清已为刘泉等备下居室，谈了一阵，刘泉便令众人各自安歇，自和俞允中、魏青回房习静。瑶仙夫妻终是胆怯，借口随侍仙师，坚欲同往。俞允中见二人胆小可怜，笑道："我们居室就在对门，咫尺之间，外有阵法埋伏包围，敌人万难侵入。这里也有防护，保无他虞。你夫妻受难三年，方得与自家骨肉团聚，天已深夜，我们又无须人随侍，还是你们自家人稍微叙阔，早点安眠，明日静候佳音吧。"二人被允中说破，只得含悔遵命。

刘泉暗中留心，见萧清根骨远胜今日所见诸人，天性尤其特厚，自己一到，便见他言行恭谨，满面俱是欣羡之色。因见允中随和，易于进言，就这半日夜工夫，已经乘便求说了三次。意思恨不能当时拜师，明日事完，立即随行。萧逸原命他和郝潜夫陪侍仙客，按说正好乘这无人之际，再次求告。他却将侍客之事让于潜夫，自己仍守在萧逸房内，不肯离去，可见他对乃叔关心之深，暗中好生嘉许。允中也有同感。由此二人起了援引之心。郝潜夫和萧清情逾骨肉，见萧逸人一回生，宽心大放。俱觉仙缘不可错过，互相密议，又看出仙人爱重萧清，便由他首先求告，如能获允，自己再行上前。早已拿定主意，虽然坚持随侍，及随刘泉等到了静室，因恐仙人厌烦，累及萧清也难如愿，只管恭诚侍立，并不上前渎求。这也是二人该有此仙缘遇合。

刘泉因赵光斗一人在外守望时久，主人又备有精美肴酒佳果，别人不能胜此大任，前去替他回来。出到上空，赵光斗却说："天门岭那一面妖气甚盛，林瑞刁狡凶顽，邪法厉害，师兄虽然不怕，终是谨慎为上。小弟法力虽非师兄之比，隐形飞遁尚属精习，此时无事，正好前往一探虚实。师兄以为如何？"刘泉生性最喜犯险，增长阅历。且胜后轻敌，自恃白骨锁心锤已经应用，林瑞伎俩素所深知，纵有妖阵，不足为害。逃回以后，也许还要再约两个同党。广行千善，不如独除一恶。自己又还有护身法宝，正好欲擒先纵，缓他一步，看到底是甚厉害妖邪，有甚新花样，再行下手，一网打尽。既可多积功德，以完昔年心愿，还可多些见闻。深信有胜无败，闻言笑道："林瑞已成釜底游魂,他那妖法我俱深悉。与其这样,还不如唤来俞、魏二人代我防守,此时就去除他呢。"赵光斗道："山行清苦,胜于山居。魏、俞二人尚未到辟谷地步,魏师弟更嗜酒肉,此时正好享受,何苦扰他兴致?我也不愿烟火,既师兄智珠在握,你我就在这里闲谈遥望好了。"赵光斗因和刘泉本就至交,见他迥非往日持重行径,适才已几乎为敌所乘,仍自轻率从事;妖人厉害,久有耳闻,虽然来此挫败,似未尽显神通,去时又那么发狂叫阵,岂可疏忽?先见天门岭上妖光烟云浓密,现在又隐,好些异样,本想先探一回虚实,好做准备,刘泉偏又不以为然。深知刘泉为人性情,不便再说,故意设词,一同闲谈观望,欲等妖云再起,好使知警。谁知妖云终不再现。刘泉终未放在心上。

俞、魏二人对刘泉最为敬畏,刘泉走后,便畅谈起来。潜夫见二人好说话,愈发加倍殷勤。二人又向其盘问村人归隐之事,两下越谈越投机,潜夫乘机跪求收录。魏青心直计快,又见潜夫人品资质不恶,一时心喜,便说:"我们同行四人出师未久,虽然不能收录,但你真个向道坚诚,便可代为援引。"并允潜夫日后去往川边青螺峪寻他,当为引见师父。允中也说:"刘泉看中萧清,定必有心成全。这里虽还有不少英俊少年,但非成道之器,连你尚是勉强。请你转告萧清,静俟机缘,不可再向别人吐露,更不可再向刘、赵二位说我二人已允援引,省得嫌有烦扰,累你二人都无望了。"潜夫知是实情,立即拜谢不迭。

谈有好一会儿,赵光斗先回来说:"大师兄轻敌。当时如收妖钩,又须设防,不便即追。布置定后,本应早去,偏因话已出口,必俟明午方去。我欲往探,又说无须。那白骨锁心锤关系此行,极为重要,无奈只魏师弟一人能用。到时大师兄必分两人留守,魏师弟法力尚浅。我总想妖人厉害,未必手到成功。意欲使魏师弟将锤交我,传授用法,相代前往比较好些。当初师父背人秘传,不知仓猝之间能够精习不能?"魏青方说:"师父当初只许我一人使用,不许转教别的同门。"允中偷看师父柬帖,已知此行底细,但是师父严命不许泄露,为免照实说明,接口答道:"赵师兄深谋远虑,足见知机。大师兄此次虽然稍微大意一点,但照来时师父所说口气推想,绝无大害。魏师兄因有此锤,明日还须同往,势难替代。我想妖人师徒只有两个,一个还是残废,只要大师兄不致惨败,这里决保无事。并且明日女主人欧阳道友也必回村，她乃郑师叔高足，此来必然奉命相助。到时或是留她在此坐镇，或是一同赶往均可。妖人恶贯满盈，绝无幸理。"赵光斗听允中口气似有前知，不似寻常揣测之言，好生奇怪。便问他怎知妖人必败？欧阳霜明日必回？可是师父行时还有密命，预示先机？允中知道说漏了口，不便掩饰，又不敢全数泄露，只得略说大概。赵光斗见他为难，也知师父脾气古怪，允中为人忠厚，一问必说。先不肯吐，非无同门义气，定是师父怪刘泉夙昔自负，故意使稍受挫折。既示仙机，必有解救之方。事有定数，即便问出，也难避免，转生别的波折。师父一旦知道，自己也要连带受责，何苦如此？想了想，决计先不追问。便对允中说："师弟不必为难，我知师父有心磨砺大师兄。我们多加一点小心，明午大师兄自和魏师弟先去，我听师弟之意进止便了。"允中道："其实与赵师兄分毫无干，大师兄也没什么大不了，只我日后却有一点干系在内。师父又有严命，不许事前告人，如违重罚，所以不敢妄言。如大师兄真有甚险难，小弟拼受责罚，也无不言之理。本拟大师兄一走，再向师兄说明，急速尾随前往，师兄今晚不问，明日也要说的。魏师兄法力虽差，好似无甚妨害。小弟虽得师父预示先机，也还不解是何缘故呢。"赵光斗知是实情，心料允中既奉师命，必有解救之法。刘泉虽无大害，虚惊小挫，在所难免。便嘱允中明日务要早行，大师兄一走，立即赶往。允中知他误以为自己能够解救，答道："同门至交，祸福与共，义无坐视。不过师父并未有甚传授，救星还恐应在女主人身上。为今之计，除却拼担不是，和大师兄把话说明；再不就是设法延缓，使他过了午时再去。此外别无善策。"赵光斗细一寻思，师父为人外和内刚，逆他不得，便依了第二条主意，明日设法延宕，挨到帮手快来再去。真要不听，再与明言。

商议定后，潜夫见赵光斗进来，早把残肴撤去，亲往厨下重整肴酒，端了进来，殷勤劝饮。主人看酒精美，赵光斗平日未禁绝烟火，三人又都好量，于是痛饮起来。宾主四人且饮且谈，甚是高兴，不觉天明。

赵光斗来时，刘泉曾说他自到萧家，便在空中防守，一直未曾休息，命回房饮食安歇，自己留守空中。等到巳初，再唤三人同出分派，即往天门岭除害。好在阵法严密微妙，层层设伏，近峰一带还有别的禁制，稍有警兆，下面必然发觉，即或敌人一举来犯，也不妨事。赵光斗法力与刘泉原在伯仲之间，既无动静，以为刘泉必在空中，也就没有在意。萧家除萧逸一人因要养息，客去便睡外，瑶仙夫妻心忧胆怯，加以亲人骨肉劫后重逢，各有一肚皮的话要说，服侍萧逸睡下，便和萧玉守在室中，低声泣诉经过，痛自怨艾。余下诸人多是萧逸门人弟侄，因听妖人尚未全戮，仙人将全村人等召集一处，布置比前还要严密，加以目睹瑶仙夫妇谈虎色变之状，俱料隐忧未已，各自惊心，聚集在左近闲房以内，弄些酒食坐守，俱都无一就枕。天明无事，瑶仙和萧玉、萧清先往仙人房中参谒，报知叔父已醒，人也康复，能够随意起坐，浴后更衣，即来专诚拜谢。赵光斗力言村主虽愈，仍须安养，不宜劳顿。因恐萧逸至诚，拦阻不住，又想借他延缓刘泉时刻，随同俞、魏二人前往萧逸房内。萧逸正在盥漱，正拟沐浴更衣，吃俞允中上前拦住，说："相交以心，何须如此？村主元神受了重创，非特现在，便我四人走后，也须静养，始能康复如初，心身均不可再劳。"萧逸只得应允，依旧卧床相陪，问刘真人何往。赵光斗说："在空中守望。今日前往妖窟，时辰犯忌，师兄为人固执，未便明言。拟请村主借款客为由，设下一席，强留他席终再去，延缓些时。"萧逸隔晚就命家人备有盛筵，闻言忙令萧清传话将席晚开，设在自己房内，以便乘机延缓。

萧清童心未退，昨晚妖人来时，曾在窗前偷觑。知道此时空中仙阵更为神妙，以为这里看得更真，从天亮起，一得空便往平台上观看。见昨晚奉命移聚之地，人家房舍全和往日一般，目光所及，纤微悉睹。过了界限，全看不见一点景物，上空溟濛，好似笼着一层薄雾，太阳也只看得见一团白影。估量风日甚是晴明，日光却被薄雾挡住，不能照到地上。四下留神查看，也不见刘泉和剑光影子，老是静荡荡的，任甚迹兆俱无。连看几次，俱是如此。这次传命回来，见诸同门与叔侄辈俱在台上瞭望，忙奔过去，问见到什么没有，全都摇首应无。只得回转房内，偷偷告知潜夫。魏青见二人耳语，便问："你们看到刘真人么？"萧清恭答："弟子等肉眼凡胎，连看几次，休说刘真人，昨晚还看见诸位仙侠剑光，今日只见天空蒙着一片薄雾，什么影迹都看不见了。"赵光斗心想："敌已知我有伏，无须隐蔽，再说也不会常在阵外。人在阵内，不隐自隐，自己人怎会不见剑光影子？"闻言首先心动，疑他已往。魏青方说："大师兄自来言行如一，白骨锁心锤尚未带去，要去也必先来唤我。必是将身隐起，绝不会独自前往。"允中因得师父预示先机，不等话完，忙出探查。到了平台四望，果然无踪，已自心疑。再飞升上去一看，哪有刘泉人影。遥望天门岭已在浓雾笼罩之下，知道不妙，立即飞回。当着外人不便张皇，只向赵光斗一人说："大师兄不在上空，许是独自一人前往天门岭去了。"赵光斗暗忖："刘泉素来精细，分手时节还说得好好的，怎不通知一声，丢下就走？除了往天门岭，别无去处。妖人去后，更未再来，否则万无不知之理。"好生不解。忙告萧逸："师兄如往天门岭，必是天明以前看出妖人底细，握有胜算。今日五行阵法生克相因，妖人多大本领也闯不进，决然无虞。我三人先出去查看，即便前往接应，也必留一人在此防守。务请各自安心，不可妄动。"说罢，一同飞出。

赵光斗自比允中识得妖法奥妙，才到上空，便看出天门岭上妖雾弥漫，邪气冲霄，分明妖人发动埋伏，断定刘泉必已前往。略一寻思，叮嘱允中暂为留守，自和魏青赶往相助。刚飞出不远，又见刘泉所着度厄仙衣发出来的火光，在妖雾中现灭闪射，隐听迅雷之声。刘泉既将师传太乙神雷发出，益知失陷在彼无疑。一面催动遁法，一面指示魏青机宜，到时务要紧随自己，一起用白骨锁心锤开路，不可冒失乱闯，致为妖人暗算。

一会儿到达，那妖阵便设在天门岭绝顶妖洞外面。赵光斗到时，只见千百丈阴云邪雾笼罩岭上，鬼声厉噪，甚是凄厉。除听刘泉不住发放太乙神雷外，敌我俱看不见在何处，莫测奥妙，料知厉害。方在徘徊观望，欲寻门户，冒险冲入，忽听一声惨啸，晃眼由雾影中飞出一条鬼影，手持妖幡，意欲晃动。定睛一看，正是昨晚两次败逃妖徒申武的鬼魂。想是逃回山后，妖人见他四肢已断其三，嫌他无用杀死，将生魂收去以供役使。方恨妖人狠毒，未及施为，魏青为人肝胆好义，一听刘泉失陷，早已急怒交加，匆匆赶到，见赵光斗观望不前，已经难耐。忽见妖雾涌处，飞出一个手持长幡的恶鬼，不由满腔火发，不问青红皂白，猛将白骨锁心锤朝前一指。

也是妖徒该遭孽报。昨晚逃回以后，妖师见他两腿被魔火烧枯毁落，虽仗精通妖法，先将伤处骨节切断，血脉封闭，得逃一死，人已残废。且又不比飞剑斩断，日后还可设法接续。心想："所炼天魔炼形大法若有一厉魄主持，可增不少功效。"便和妖徒商量，敌人厉害。报仇心急，令他暂助一臂。先将他生魂收去应用，等到报仇以后，再把所杀仇人肉身给他，使其重生。申武明知事太玄虚，仇人如为炼形之法所杀，身已成灰尘，何来肉体？但是妖师狠毒，如说不行，反吃禁制，转不如痛快答应。日后虽然难为生人，总比那些日受炼魂之惨的恶鬼要强百倍。立即慷慨允诺。这时妖人正和刘泉苦斗相持，自信再有片刻，即可全胜。一见又有敌人上门，既恐功亏一篑，又见敌人胆怯观望，惟恐畏难退去，难以泄恨，自己不能分身，便令申武持幡诱敌。妖人因和刘泉斗久，心神专注，竟忘了昨晚敌人持有白骨锁心锤，正是那面妖幡克星。妖徒深尝厉害，虽然畏忌，无奈妖人令出必行，向不许问，只得持了妖幡出阵晃动。谁知惨报临身，魏青比他更快得多，才一照面，便将锤一晃。锤上四个大恶鬼头立时带起四幢魔火妖光，怒潮般卷将上去。申武幡才晃动，见状大惊，厉啸一声，转身欲逃，魔火已罩临全身，"唑"的一声，连妖鬼带妖幡全化为乌有。魔火所到之处，前面妖云邪雾立即荡开，冲出一条云。赵光斗见妖幡才晃动，便觉心旌摇摇，暗道不好，忙摄心神。待将七星剑放起时，魏青已经出手。知道魔火厉害，只魏青一人不怕，不知刘泉身在何处，恐有误伤。一面同了魏青乘虚飞入，一面暗嘱留心，将魔火收敛一些，等与刘泉会合，再作计较。天门神君林瑞遣妖徒鬼魂走后，忽听惨嗥之声，抬头一看，四道魔火烟光已随四恶鬼攻入，后面跟有两个敌人。情知自己一时疏忽，没有亲出，误遣妖徒，以致失机。妖徒消灭，主幡已破，又惊又怒。方欲倒转妖阵，与敌一拼，赵、魏二人已循雷声寻到刘泉，将恶鬼魔火指向侧面，三人会合一起了。

原来刘泉在空中守望，将到黎明，遥望天门岭虽然妖气上升，杀气隐隐，以为妖人不过照他本门妖法，祭炼恶魂厉魄，布一恶阵，凭自己法力，已有几分胜算，何况还有白骨锁心锤带去，至多妖人将所炼妖魂一齐驱出，二邪相遇，同归于尽。此锤早晚终须毁去，借此除一妖人，正是佳事，有何顾虑。正寻思间，忽听远远破空之声，似由左侧面空中绕村而过，并没看见剑光闪动。侧耳一听，已落在村外来路上去。先疑有别的异派中人路过，身正有事，既未来犯，本没想去招惹。待不一会儿，猛想起那地方正是颠仙种植的七禽毒果林场。昨晚妖人走后，为防二次来犯，伤害村人，曾将所有村人全数召集。果林无人看守，万一因此失去，误了元江取宝，怎当得起？当时一急，因已见机稍迟，又知埋伏严密，稍有迹兆，赵光斗便即警觉，事太紧迫，相隔又近，也不及下来知会，立驾遁光飞驰前往。刚越过环村危崖，便见金霞灿烂，将果林围绕。另有两个昨日见过的萧逸门人，也在金霞护身之中大声呼叱。知道守林村人并未回村，颠仙护林禁法已经发动，心中一放。再看对面站定一个身着黄麻、面如死灰、大头短项、眼生额上、手足奇短、身材又矮又胖的妖人，手指一道灰碧色的妖光，正向村人喝骂："速将手中鬼符放下，还可活命；否则少时破了老虔婆障眼法，叫你做鬼都难。"

刘泉认得这妖人名叫神目天尊，最精隐形飞遁之术。苦铁长老未入佛门前，曾与相识。自从苦铁长老炼成护身之宝，他知那寒犀照专破隐身之法，心还不信，强欲试验。果然将邪法破去，重又苦炼多时，才得复原，由此暗中怀恨。苦铁长老入佛以后，痛悔前非，与各同道踪迹日疏。妖人知此宝是他克星，越发疑忌。始而匿怨相交，后又假说见苦铁长老迁善归正，也自改悔，常来亲近。苦铁长老虽看出他心术不正，积习难返，但本与人为善之旨，并未深拒。这日苦铁长老坐禅入定，吃他偷偷掩入，冷不防将元神禁住，立逼献出三宝。苦铁长老知他阴毒，便将三宝献出，也是不免阴火焚身之惨。正在拼死相持，恰值刘泉回洞。妖人因知长老众门徒现多遣散，只剩刘泉一人，又值外出未归，一下制住，志得意满，不曾隐身。不料刘泉中途心动，突然折回。早就料他口是心非，常来无甚好意，见状又急又怒。一照面就下辣手，将身带法宝、飞剑全放出去。妖人见势危急，只顾迎敌，心神一分，长老元神便脱了禁制。妖人知道不妙，仗着妖遁迅速，立即幻形遁去。恐长老师徒寻仇，一直隐藏多年，没敢露面。长老元神也受了阴火重创，虽当做自身应有劫数，刘泉却以为师父难免兵解之厄，便由于此，追忆师恩，恨他刺骨，寻访多年，不曾得遇。近拜凌浑为师，才听说起妖人已经投到妖尸谷辰门下。今日狭路相逢，又是为毁坏七禽毒树而来，仇上加恨，如何能容。知他惯于隐形，一经认出，更不急慢，一言未发，先将寒犀照朝前一指，数十道冷焰寒光连同飞剑一齐发射出去。

妖人原奉妖尸谷辰之命，来此暗毁七禽树。到前路过天门岭，望见有人在布魔阵，知有同道中人在与仇敌相拼。这阵法过于恶毒，正教中人见了必不相容。前面不远便是培植毒果之处，必有正派能人在彼驻守。如非精于隐形，逃遁迅速，也是不敢轻捋虎须。想看看主持阵法的是否熟人，又想试试对方深浅，没有通知，便即隐身入阵。谁知满腔好心，林瑞大败之余，怒火中烧，又因仇敌也是异派出身，竟把来人当做恶意。阵法又极厉害，外观寻常，内藏微妙。神目天尊才一进阵，便被觉察，如非善隐身形，认出林瑞是当年旧友，赶紧报名现身，几乎吃了大亏。二妖人见面，各问本意。一个是妖尸法令森严，不许泄露，推说因事路过，无心相值；一个是护短好胜，在未报仇以前不肯详告实情，只说左近有一对头，不久便要来犯，为此设阵相待，等他入网送死。神目听他说时满脸忿毒之状，知他事前必有挫折，所说不甚可靠，因未说出对头姓名，想看看来人是谁。林瑞和他久别，听说投在妖尸谷辰门下，也想教他见识见识自己所炼妖法，留他在天门岭耽延了好些时候。赵光斗先在空中，遥望天门岭上妖光邪雾忽然大盛，便是妖人入阵之时。等到天色将明，神目天尊问敌人好久不来，是何缘故？林瑞怒道："这厮必是看出我厉害，不敢轻来。以为他那卧云村上空设有五行阵法，我就不能去么？"神目天尊听那地方好似自己去的所在，便套口气，盘问就里。林瑞便把敌人现在卧云村用五行阵法防守的话说了。并说村人十分可恶，杀敌以后，定将全村杀尽，鸡犬不留。但对头姓名仍未说出，知他脾气最恶，不便再为追问。

此次原因有一异派中人路过卧云村外，发现七禽果树。又受万妙仙姑许飞娘指使，说此果乃大熊岭苦竹庵大颠上人所种，为备元江取宝，充作蛛粮之用，令往报知妖尸谷辰。那人先并不知危崖以内藏有人家田园，许飞娘也是由昆仑派口里无心中听来，只知村在哀牢山中，并未亲往。得信时已届取宝之期不远，无暇命人往探。好在那传话人已经去过，知道果林所在，卧云村无关宏旨，神目匆匆领命，立即起程。既从林瑞口中得知村中藏有劲敌，连林瑞也是设伏相待，不敢寻上门去，可知厉害，哪里还敢招惹。心想："两下里设阵相持，俱不出战，此时偷偷前往，正是好时机。"听完，随即设词别了林瑞，订下少时归途再来看他擒敌快意，随即绕道赶往。地理不熟，又听林瑞说村在万山之中，四外危崖刺天，环绕如城，占地甚广，略问即行，只知绕崖飞驰。不料行处与萧逸所居孤峰只有一崖之隔，相去甚近。刘泉耳目又灵，破空之声尽管微细，也被听出，追将出来。

妖人寻到村外果林，准备下手。当晚恰是柴成和萧逸堂弟萧迪防守。起初刘泉令村人移聚一处，免受伤害。二人忠于职事，知道果林关系重大，焉知妖人不乘隙侵害，又恃有欧阳霜所留灵符，便没回村。惟恐刘、赵等四人见怪，也未说明。妖人到时，斜月初坠，天色正晦。因见果林中静荡荡的，并无人在防守，刚现身形，欲用阴火将果林烧毁。柴成见状，忙将灵符展动。果林中预伏禁法立生妙用，发出百丈金霞，将全林笼罩。二人藏处也有仙法禁制，如不出去，妖人决看不出。也是二人贪功心盛，见灵符生了妙用，妖人却步张皇，恃有灵符护身，敌人无法伤害，不禁想伤敌人。二次取符施为，发出金光护身，手持毒弩纵出，往外发射。

妖人先见金光霞影忽然腾起，大为惊惶。及见出面二人俱是凡夫，看出灵符妙用，心才放定，只顾想施妖法，强迫二人将符弃去。虽恐村中劲敌得警追出，却没想到会是刘泉。知他持有苦铁长老遗赐法宝，难于抵敌，忙即隐身飞遁时，人虽飞起，隐身法已被破去。刘泉怀恨多年，又知他是妖尸党羽，如何肯舍放脱。不暇寻思，跟踪急追，飞行也颇神速。妖人回顾追赶甚急，隐身法又业已破去，这等死仇，无论逃往何方，不被追上不止。事未办成，又不敢引向妖尸那里。逃出百余里，忽想起天门岭就在近侧，何不引他入伏？立即改道，拨转遁光往斜刺里飞蹿。两下里都快，一会儿便即飞近。刘泉誓报师仇，一面急追，暗中已在准备辣手。一见天门岭在望，知他用意，惟恐林瑞出来作梗，被他乘隙遁走，早将昔年所炼异派中恶毒法宝阴雷珠取在手内，拼着敌宝同毁，照定妖人身后打去。那阴雷珠采用地窍中阴火炼成，发时另有邪法催动，非中到敌人身上不发雷声。发时只有碗口大的绿火，中上立即爆散，将人炸成粉碎。除非道法高深，能先期破去，否则如影随形，不打中敌人不止。只是能发不能收，一次即完。刘泉也只剩下这一粒，原备紧急之需。这时也是恨到极处，运用全力，加紧施为，怎能躲过。妖人见天门岭相去不足半里，瞬息可达，方在心喜，大呼："林瑞道友快来！敌人被我引到了。"说时，还以为刘泉落后尚远，怎么也追不上。忽觉一股阴风甚是劲疾，由后袭上身来，心刚一动，身已落在天门岭上。百忙中待要回望，猛又觉后心一凉，不料中了敌人法宝暗算。一声霹雳过处，血肉横飞，形神俱灭，全部炸散，死于非命。

林瑞闻声出阵。刘泉也飞离岭前不远，见林瑞手持妖幡飞迎上来，心想："妖人在此布阵，仇人已死，料无别的党羽入村扰害。就此除去，也倒省事。"更不搭话，径将金鸳神剪连同飞剑放起，一取林瑞，一取妖幡。满想林瑞飞剑已失，仍和昨晚一样，先下手为强，将幡斩断，妖法便会减小威力。谁知林瑞所设妖阵外观寻常，内藏魔教中的天魔炼形大法，厉害非常。所持妖幡经过多年祭炼，乃无数生魂精气炼成，看去有形，实则无质，与昨晚所用妖幡不同。只本教中阴魔之火和各派中几口有名的仙剑能够将它消灭。刘泉所用飞剑、神剪仅能抵御防身，破它却难。先时那丸阴雷珠倒能将其击散，偏在追杀神目时用去。刘泉先未看出厉害，及见神剪飞向幡上，金虹交尾一绞，幡便断为两截，跟着便见黑烟冒起将幡围绕，仍然直立不坠，同时林瑞袖中又飞出怪蟒也似两道尺许粗的黑气，将剑、剪两道光华敌住。烟中妖幡也由断而续，复为原状，连连晃动。猛觉心神不定，摇摇欲飞，才知妖法厉害，幡乃凶魂厉魄精气凝炼而成，不可轻视。暗忖不妙，忙运玄功强摄心神时，四外阴云滚滚，急如奔马，杂着阴风鬼啸之声，已齐往身前拥来。倏地一片绿阴阴的焰光闪过，林瑞不知去向，只余两条黑气仍与剑、剪相持。光华过处，随断随续，分合不已，总不能使其消灭，只渐渐往后退去。刘泉当妖幡连晃时，已为妖法所迷，仗着道力高深，元神凝定，稍一迷糊，即渐清醒，未被妖幡将神摄去罢了。

林瑞失踪以后，刘泉见黑气后退，自己随着飞剑、神剪向前追赶，忽然省悟中了妖人诱敌之计。原定入阵除妖，虽然不怕，自己被诱深入，尚未觉出，妖人也不知隐向何处，实是不妙。身带寒犀照至宝，又从师父炼就太乙神雷，怎会忘记使用？莫不中了妖人暗算？神志昏迷，就吃大亏了。料知身已入伏，这两条黑气也是妖魂变化，特意用来分己心神，使飞剑、法宝误投虚处，不能用于防身，以便下手暗算。念头一动，不禁大惊。决意改攻为守，先把己身护住，查见妖人身形，再打主意。恰值四面阴云鬼影逼近，更不怠慢，左手取出寒犀照，右手忙将太乙神雷连珠发出。

这时刘泉已被诱入阵内，妖人也回到中央法台之上。因知刘泉道力甚深，看出被诱深入全无警觉，神志似近昏迷，自信鱼已入网，必获全胜，无须忙此一时。报仇之外，还妄想将他生魂摄去，以为己用，故不曾速下毒手，将魔焰放出，缓了一步。不料刘泉年来道力精进，稍一警觉，立即清醒。妖人见他放出太乙神雷，手上寒光四射，雷火过处，恶鬼妖云纷纷消灭。不知刘泉临机警觉,还当他有心如此,不由又惊又怒。知道不妙,改为专意复仇。忙即施展魔法,往外连晃妖幡,全阵魔焰发动,上下四方齐围罩上去。也是刘泉命不该绝,机警神速,一见不妙,一面施展太乙神雷,用法宝照觅妖人;一面早将飞剑、金剪收回,又将度厄衣披上护身,未遭毒手。就这样仍没全照护到,下半身已吃地底突涌起来的魔焰沾染了些,当时激灵灵打了一个冷战,几乎坠落。如非飞起迅速,身有三件至宝,飞剑经过凌浑传授重炼,不畏邪污,也早吃大亏了。

刘泉惊魂乍定,在飞剑宝光全身围绕之中,往外一看,宝光以外,漫天盖地俱是碧焰鬼影,身子直如落在火海之中,也不知有多深多远。先前寒犀照宝光照处,对面不远有一法台,上面坐定妖人,身侧无数鬼影,有一持幡鬼童,好似昨晚受伤逃走的妖徒。妖幡频频晃动,魔焰愈盛。全阵只有妖人师徒所立法台约有丈许方圆没那碧火。寒犀照虽能照见妖人,却破那碧焰不得。只管发动太乙神雷,那碧焰偏是随消随聚,越来越盛。法宝护体,虽难近身,因适才脚底略为沾染,这类魔焰极有灵感,竟觉冷气由脚底上攻不已。幸是功候深纯,运用玄功发动本身纯阳真火,才保无害。但也只能不使上行,脚底触焰之处依旧奇冷刺骨。暗忖:"是甚邪火,如此厉害,难道是魔教中魔焰不成?妖人现在对面,用甚方法可以除他?"

正寻思间,忽听妖人厉声喝道:"无知狗道,已经入我埋伏,现受天魔炼形之厄。快将身带法宝飞剑献出,虽难免死,还可放你鬼魂逃走,否则我驱遣天魔,发动千寻神光,形神俱灭,连鬼也做不成了。"刘泉一听,果然是魔母鸠盘婆教下的天魔炼形之法。再用寒犀照四下查看,无数鬼影中只有八九有头无身的魔鬼,出没隐现于熊熊碧焰之中,狞形恶态,獠牙森森,与白骨锁心锤上四恶鬼头相似,只不及它形势猛恶剽悍。情知魔阵凶险,除魔焰外,暗藏好些变化,倒转挪移,机变微妙,任往何方,俱难冲逃出去。静摄心神,立在当地,有宝护身,还可支持些时。看魔头神情,妖人许是初炼不久,功候尚差。白骨锁心锤可发千百丈魔火,以暴攻暴,足能破它。偏生锤上五个魔头吃师父放掉一个,减去多少威力,就不可知了。为今之计,只有挨到魏青等发觉赶来,用锤一试。照着魔法定例,二魔相斗,纵不能胜,也当同归于尽。魔焰既消,妖人不难除了。想到这里,大骂:"我奉师父凌真人之命来此除害,你这妖孽伏诛在即,还敢逞强夸口，少时人来，你便死无葬身之地了。"

说罢，猛然朝前一冲，跟着连珠雷火迎面打去。刘泉恨极妖人，运用玄功全力施为。妖人见他极力防护，久停未动，太乙神雷虽将魔焰冲开，随分随合，屡发无功，已不再发。一念轻敌，没想到困兽之斗，动作如此神速，话才说完，人便催动遁光，飞临切近。骤出不意，方想倒转阵法、挪移法台时，金光雷火已连珠般打到台上，手持幡幢的执役恶鬼已被击灭好几个，法台也被雷火震裂了一角。跟着人便飞回，用金刚住地法定在原处，大骂："无知妖孽，劫限未尽，还有片时生存，也教你尝尝真人厉害。你看如何？"

妖人闻言，愈发暴怒如雷。所役妖鬼曾费了不少心力祭炼，随便消灭不但可惜，魔阵还要减却一些效用。一面留神防备仇敌再举，一面咬破中指，含血喷出，增加妖阵威力。血光过处，那九个魔头忽受了妖法禁制，立即发威暴怒，口喷碧焰，发飞牙舞，挟着千寻魔火，怒潮一般卷到，分九面将刘泉围住。虽存宝光间隔，无奈适才曾为魔焰所伤，魔头口一喷火，前被火烧之处便冷彻骨髓，逐渐上升，较前尤酷，难耐已极。纯阳之气稍一封闭不住，便吃分布全身，奇冷外还加酸麻，难熬已极。救兵又久不到，似此厉害，便赵、魏、俞三人一同赶到，也不知能敌与否。万般无奈，只得仍用太乙神雷朝火光魔头打去，虽然不能消灭，也能震退老远，略缓始能再上。一面用玄功发雷，一面还得戒备冷焰攻心，端的痛苦非常。

第二〇二回

玉貌花娇　奇艳千般呈妙相
邪消正胜　传音万里走妖娃

妖人见历久无功，不时咬破指头往外喷血。九魔头禁受不住，愈发暴怒，尽管被太乙神雷打得七滚八翻，依旧此仆彼继，相次急上，九面围攻。刘泉一身势难兼顾，身前的才得打退，身后的又赶扑上来。一个措手不及，吃它扑近伤处，奇寒麻痒立即增加。久闻魔焰炼形十分微妙，九魔所喷血焰，如无师传太乙神雷随时击散荡开，只要被它在离身三丈以内围住，九股血焰上下交合，凝成一片，成一火球，将人包围在内，任有宝光护身，早晚也必炼化，人便成了劫灰，形神皆灭。何况魔焰俱有感应，微隙即入。先已受伤，怎能禁受？那太乙神雷依仗本身所炼纯阳真气的玄功运用，屡发不已，真元不少消耗。再加先受魔焰侵袭，虽甚轻微，禁不住外有魔焰千丈，息息相通，不能不分去一半心神封闭血脉，以免蔓延全身，这也吃了大亏。时候一久，便觉支持不住，神雷威力也随之减退。道消魔长，魔头威焰忽然大炽，眼看危机顷刻，恰值赵、魏二人赶到。

妖人看出刘泉不支，心中大喜。正在加紧施为，忽见敌人飞近岭上，停在空中未下，当是看出厉害，迟疑不进。惟恐胆怯逃遁，急于驱迫魔头早收全功，无暇分身。最厉害的仇敌已经困住，余更不在心上。忙令妖徒出阵诱敌，竟把昨晚所见白骨锁心锤忘却。妖人所炼魔法，与五鬼天王尚和阳殊途同归，无甚畛域。无如所排魔阵，近年才从鸠盘婆门下大弟子铁姝那里，费尽心思偷学了来。铁姝为此，还被乃师大加责罚。林瑞没有深学其中微妙，功候尚浅，前夜勉强炼成，便即使用。那九个魔头必须随时施展魔教中极恶毒的禁法，才受驱策。不似鸠盘婆师徒那样人魔一体，随心所欲，乐于为用。按说此举大为犯忌，法力如差，魔头情急反噬，引火烧身，万无生理。当初传法人也曾再三告诫。林瑞仝仗未习此法以前，曾费多年苦功，用千百凶魂厉魄祭炼而成的这面阴灵幡，做了主幡之用，才能将魔头勉强制住，否则也是不敢操切从事。五鬼天王尚和阳乃魔教中有数人物，费去不少心力，伤了无数生灵，才得炼成。锤上五鬼，俱是几个异派有名人物的生魂，虽被怪叫花凌浑解脱一个，只余四鬼，参上本门妙用传给魏青，不如本来恶毒，但那魔火也比妖道所炼胜强得多。加以锤上四鬼本身躯体尚在，又经仙法度化，真灵未昧。凌浑已经许它们以暴制暴，将功折罪，只等功完辇满，仍和王长子一样，准其超劫转世。不似落在原主手里，永服苦役，终古沉沦。一经施用，无不竭尽尚和阳所赋威力，效忠用命。比起妖人所驱九魔，本非所属，强受魔法拘遣而来，只知按照行法人的法力本领施为，与本身无关。这类魔头名为天魔，实则也是历劫千年的厉鬼幻化。鸠盘婆教下豢役最多，非精习本门心法，不能拘遣。这几个只经过铁姝祭炼驱策，法力尚差。当初铁姝因见林瑞虚心结纳，苦求传授，知他初学，法力不济，一个不小心，妄将本来几个厉害魔头拘来，反倒取祸，并还要受师父嗔怪，才把自己常用比较易制的暂借与他，令其到时指名拘遣。虽然威焰稍次，习性残暴凶恶都是一样。胜则扬焰助虐，一现败势，行法人稍微驾驭不住，得隙便即速遁。一次失败，再也拘它不来。如不见机，强为所难，立致杀身之祸。妖人也深知此利弊，及见阵外魔火潮涌而入，妖徒凶魂连那主幡一齐化为乌有，才得想起，已是不及。惊遽中，还妄想驱遣魔头与敌一拼。

晃眼神光分合之间，敌人业已聚在一起。同时外来四个恶鬼头颅忽然暴长丈许，在四丛魔火烟光簇拥之下，满阵飞滚，血盆大口张合不已。所到之处，阵中碧焰齐往鬼口中飕飕吸入，逐渐由盛而衰，由衰而灭。敌人身侧首先现出空隙，那九个魔头也都不知遁向何方，一时都尽。紧跟着，三个敌人除一个执锤的大汉用一道青光护身，指挥恶鬼吞焰破阵外，另一道人联合刘泉已将飞剑法宝放起，杀将过来。当时急怒交加，把心一横，也不再顾忌铁姝传授时告诫，先将两股黑气飞起，敌住那几道光华。一面施展妖法，变易阵形，遁出圈外，咬破舌尖，将口一张，飞出一片血光，将四恶鬼敌住。跟着口诵魔咒，拔出佩刀，将右手的中指前指节断去，往空中一抛，不见动静。牙齿一错，又将五个手指前节连连削断。此乃最恶毒的血敕令，不到生死关头，情急拼命，魔头畏难不到，绝不出此下策。断到第三指上，只听厉啸之声，若远若近，忽然交作，魔仍未至。断到第四指上，阴霾顿起，满阵漆黑，鬼啸之声越加狞厉。说时迟，那时快，妖人抱着拼死之心，下手甚速，第五指节刚化成尺许长一段血光飞起空中，先前九魔倏地怒吼现形，齐张大口朝空中五股血光抢去。为首五魔各抢吞了一股，随即暴长，比四恶鬼还大得多，同声厉啸，向敌人身前扑去。下余四魔不曾到口，径扑妖人。妖人早有准备，凶睛暴突，手掐魔诀，朝着刘泉等三人一指。四魔立即旋转，改向三人飞去。

刘、赵二人俱识得这解体降魔之法，比刚才的魔阵还要凶恶。忙喝："魏师弟不可轻敌，快来这里！"九魔已联翩飞来。方暗道不好，幸那四个恶鬼也跟着暴长，一起拦在前面，将九魔头来路挡住。双方各喷火焰血光，恶斗起来。势子一缓，魏青也被二人唤过。只是赵光斗分出两道星光敌住那黑气，余者各自收转，仍化成一个光网，将三人通体包没。刚防卫停当，敌众我寡，头拨五魔已有一个脱出圈外，连同后来四魔飞近光外。这次虽不似先前满阵魔焰如海，但那魔头俱受禁制情急，无不奋力施为。赵光斗所发太乙神雷，终是击它不退，稍微翻滚，重又扑上，磨牙吐舌，口喷血焰，狞恶非常。有诸宝光护身，赵、魏二人还不怎样，刘泉伤处受了魔焰感应，又复不支，危殆已极。尤其内中一魔口中所喷血焰，宛如瀑布激射，宝光都被冲荡。每一喷近，刘泉苦难更重，那奇寒麻痒之气几乎封闭不住。幸而赵光斗也精太乙神雷，发觉以后，特为专注，连珠并发，不使近前，才略好些。还算最厉害的五魔有四个被四鬼迎住，苦斗不休，未得近前，否则更是凶多吉少。

这次妖人因是背城借一，孤注决胜，不惜以身啖魔，将所得传授全数运用。魔头也因受了禁制，凶威爆发，尽力发挥本能，所喷血焰比前大不相同。如非白骨锁心锤妙用无穷，四恶鬼忍苦恶斗，妖人所炼魔焰先被恶鬼吸去，转以资敌，占了几分便宜，这时再有几阵魔焰助势，往宝光外一围，仍是难于幸免。三人想不到困兽之斗如此厉害。挨约刻许工夫，猛听头上破空之声，遥看妖人似知有敌，手掐魔诀，刚喝一声："疾！"便听震天价一个大霹雳，夹着千百团雷火打将下来。只听轰然厉啸，杂着一声惨嗥，连九魔头和妖人不知去向，似已一同遁走。自己这面四恶鬼也被雷火金光震晕过去，烟光尽敛，头也复了原形，浮沉空际，生气全无。

满地金蛇流走中飞落下两个少女、一个妙年女尼。三人认得女尼正是前在青螺峪见过的玉清大师，那两少女却不认得。忙收法宝、剑光，上前称谢，各自叙见。才知两少女中，一是俞允中好友戴衡玉之妹戴湘英，另一个便是卧云村女主人欧阳霜。玉清大师日前往汉阳白龙庵去访素因大师，湘英背地求告，说自己剑术已得师传，只惜没有一口好剑，闻说颠仙金蛛吸金船元江取宝，内中好些前古戈矛刀剑俱是至宝奇珍，请为设法。玉清大师见她向道坚诚，修为精进，便和素因大师说明，带了同来。途遇欧阳霜，问知奉了师命往天门岭诛杀妖人。玉清大师近闻林瑞隐藏哀牢山，本有除他之念，便说："妖人厉害，近年又和赤身教主鸠盘婆爱徒交好，偷学了好些魔法。如不一举诛戮，他必苦求铁姝引向赤身教下。鸠盘婆虽不收男徒，但最宠爱三姝，必定另行援引，又为异日隐患。你用师传灵符，只能破他魔阵，除他却难。刘、赵、魏三人也未必能够伤他。我深悉此阵奥妙，不如同往，即以其人之道，还治其人之身，连魔头、妖人一并除去，也是一件功德，结怨魔女我也不怕。"欧阳霜自是求之不得。于是同驾剑光赶来，二人合力，一到便将魔阵破去。彼此略说经过。

魏青见锁心锤上四鬼俱都委顿不堪，心甚可惜，方想收转。玉清大师拦道："我因妖人所拘九魔俱是妖蛮中穷凶极恶的妖魂厉魄，平日为害生灵不知多少；近年又被赤身教主魔女铁姝收去，助纣为虐，造孽更多。这类妖鬼本就通灵变化，来去神速。自从魔女得了乃师鸠盘婆真传，因恐功候未到，不敢骤然拘遣大魔和乃师常役诸魔鬼，将他们拘去，加以祭炼之后，愈发神通广大。稍一疏忽，必被逃去，又贻无穷之害。尤其妖人林瑞最精隐遁，事在紧急，其势不能先布罗网；并且他已学会魔教中解体化形之法，即使能够堵截，元神也必遁去。只有所拘九魔是他催命鬼。他今日行法恶毒，稍一失势，即遭魔鬼反噬；便当时逃了出去，也必被追上，终为鬼啖；何况还在妄想逞凶抵御。真是自寻死路，再妙没有。权衡轻重，只得任锁心锤四鬼暂受创伤，由欧阳道友发挥大颠上人灵符威力，我用佛家离合神光故伤九魔，不令即灭，仅使急怒反噬，以便妖人无法逃遁。妖人当炼此魔法时，已与九魔灵感相通。适才为肆凶焰，将本身精气附上魔身，愈发如影随形，瞬息可及，如何能免一死？家师所传离合神光，能惟心所欲，无穷微妙，妖魂厉魄一被照上，便自难免。等魔鬼伤了妖人，神光也发生妙用，连人带鬼同时俱灭了。我虽早知此锤被凌真人收去，没有一般看待，但神光与上人纯阳真火炼就的神雷同时交加，受伤自是不免。还算预为留意，只灵气略散，无甚大害。四鬼早受尚和阳魔法禁制，只知借着尚和阳所赋威力行凶，本性早迷。幸凌真人重施玄门妙法祭炼，稍微省悟，略有一线生机。无奈受禁多年，迷昧已深，神光一照，又要清明许多。所失灵气，我又能助他们早得复原，未始不是因祸得福。为免凌真人见怪，又施当年旁门故技，也说不得了。"

说罢便令魏青手掐收诀等候。自散头发，禹步于掐灵诀，朝左侧一指。便见一团黑气，外面蒙着薄薄一层光华，由相去里许的山石后面飞来，到了四鬼面前停住。玉清大师将口一张，喷出一股白气，将四鬼头一齐包没，只露出四张鬼口。另手一扬，一声轻雷过处，鬼眼便自活动，望着玉清大师似有乞怜之容。大师喝道："想你们本人与我昔年虽非故交，也都彼此闻名。只为你们恶孽日重，致遭惨报，为妖人摄去，白白助虐逞凶，还受无量苦痛。只等妖人恶贯满盈，伏诛之时，形神俱灭，同归于尽。本来永无超脱之望，天幸遇见凌真人救去，欲用你们以暴制暴，未予消灭，方得有此一线生机。今我见你们御敌时情景，竟能在邪法之外，运用本身真灵，拼忍苦难，与魔鬼相持，不似寻常旁门法宝上所附妖魂，一敌不过，即自退回。虽是凌真人点化，也可见出迁善有心，良知未曾丧尽。适才你们已仗原有邪术吸收不少魔焰，便我不加援手，不久也能复原。一则怜你们苦痛太多，二则魏道友还有用你们之处。经我佛家神光照过，真灵清明许多，同时威力也要减却不少。为此我在诛妖人、魔鬼时，将他们形体焚化，元神击散之后，不使随形消灭，仅不能各自成形变化，那灵气依然聚而未散。这类魔鬼乃千百年甚有功候的凶魂厉魄，连那林瑞的妖魂俱都厉害非常，现给你们吸收了去，足以助长威力，较前更甚。你们本性渐明，如能善于运用，我再重为冯妇，在此宝上加上一重禁制。即使异日与尚和阳狭路相逢，有我和凌真人这两次施为，到时也可以力相抗，不致被他收去了。我也出身旁门，全仗迷途知返，幸遇优昙恩师，得有今日。你们虽为邪宝施威，好在持宝人用以诛邪除害，有功无过。异日将功折罪，得脱苦劫，务要好自修持，方不负我今日这番苦心哩。"

四鬼闻言，眼珠乱转，悲啸不已。魏青看其欲诉难言、欲哭无泪之状，甚觉可怜。玉清大师已用手朝鬼前光华一指，喝一声："疾！"光团上便开裂了四个小孔，光中青气激射而出。四鬼头立飞上前，各对一孔，张口便吸。晃眼吸尽，光华也一闪即灭。四鬼重又精神起来，咧着怪嘴，将头连点，意似感谢。玉清大师朝四鬼画了数十画，手指处，头上白气立即隐没不见。随喝道："你们速回寄身之处，静候积得功多，凌真人使你们能和常人一样谈话，自在空中来往，就离超脱之日不远了。"赵光斗道："魏师弟，玉清道友行法已毕，还不将鬼收回？"魏青如法一收，四鬼知难再留，方始缓缓飞回到锤上，意似依恋不舍。玉清大师叹道："按说四鬼生前并不算甚极恶穷凶，只一念之差，受此苦孽。似林瑞这样妖邪，焉能得而不伏诛呢！我们收了他的劫灰，各自走吧。"

众人随往适才黑气飞起之处一看，就适才雷光自天一瞬之间，妖人已经逃出二里远近。这还因有魔鬼追踪，捷逾影响。如非玉清大师相助，直非被他逃遁不可，端的神速已极。妖人尸体偏头仰面，手臂一曲一扬，立于危石之下，后脑、天灵、左颊、前后心、左右膀各钉着一两个魔鬼。都是红睛怒突，绿毛森森，凸口塌鼻，口中上下两排利齿，左右各有两根獠牙交错。其白如玉的骷髅头骨，此时看去仅仅寻常碗大。各将妖人紧紧咬住不放，利齿深嵌肉骨之内。妖人只现出青森森半张丑脸，眼珠已经突眶而出，神情惊悸中带出几分痛苦。玉清大师说："魔鬼刚一咬中妖人，神光威力便已发动，仅那残余灵气被神光裹住，人魔形神俱戮。因恐扬灰四散，有害山中生物，禁得原形在此，且把他葬入地底吧。"随朝石地一指，喝声道："开！""轰"的一声，陷出一个丈许大小深穴，妖人尸首连九鬼头便似崩雪一般坍散坠落，不复成形。再手一指，石便合拢。众人自是惊赞。便刘、赵二人见多识广，见此高深法力，也都自愧弗如，心中敬佩不已。

玉清大师来时，已向欧阳霜说好，不往卧云村去。刘泉不喜和俗人周旋，又遇敌失挫有些内愧，料知师命步行，必为今日之事，正好和玉清大师同行。虽然欧阳霜挽劝，执意不去。赵、魏二人也不愿去。湘英因允中在彼，渴欲一晤，又帮着劝说，才令魏青随往。各自分别起身，赵、刘二人随玉清大师先往苦竹庵相候，魏青、湘英随欧阳霜同回卧云村。村中五行阵法已经刘泉分手时遥为收去，村人一见现出天日，刘、赵、魏三人又一去不归，好生惊疑，忙向允中报信。允中因师父柬示刘泉有难，应候欧阳霜，便同能人来救，相助成功。见阵收后，并无动静，知无他虑。候不多时，魏青等二人便已飞降。相互叙礼之后，欧阳霜向丈夫慰问了一番，便去洞中将三个子女领来，向俞、魏、戴三人叩见，初意颇想令三子女拜在来客门下。允中力说："诸人入门未久，不便收徒。三男女公子均是美质，异日终有机缘，不必忙在一时。"欧阳霜知是实情，只得罢了。萧逸被难为日无多，三小兄妹藏身石洞，萧清每往探看，总是饰词相诳。出洞后才知村中闹出这一乱子，乃父几为妖人所杀。并听说起许多灵迹异事，向道之心愈发更切了。

允中和湘英久别重逢，自有许多话说。因刘、赵二人已经先行，又听湘英说玉清大师未到汉阳以前，遇见白发龙女崔五姑，说起允中聘妻凌云凤日内要往岷山白犀潭去送小人玄儿，颠仙恰于此时往借金蛛。允中自到青螺峪不久，便听师母崔五姑说，爱妻凌云凤现在白阳山绝顶古洞之中，勤参白阳真人所留图解，甚是精进。常日相思，无由相晤，颠仙此行也许能够与云凤相遇，正好托她带上一信。如能带她同来更好，否则也可略寄相思，互通近况，以后约地相见。惟恐去迟，颠仙已走，恨不能当时赶去，急向主人告别。欧阳霜问知就里，笑答道："家师本应后日起身，因昨由青螺峪令师那里回来，说是尚有要事，往见神驼乙真人和川边倚天崖龙象庵的芬陀师伯，须好些耽搁，妹子奉命来时，已经起身先走了，至少须要五六日才回。此时庵中只有两位慕容师姊和适才去的三位仙宾，家师不在，去也无用，而且小庵清苦。外子和全村人等感谢再生之恩，虔诚挽留，正好在此小住三日，使愚夫妇略尽地主之谊。到时再由妹子陪了同往便了。"允中闻言，好生失望。湘英和欧阳霜一见如故，甚是投缘。又帮同劝说，颠仙已行，去也无用。只得怏怏而止。欧阳霜此来，本为收采些七萬毒果，约需二日始能毕事。允中等三人知关重要，便往相助。萧逸父子也陪同前往。

欧阳霜初意毒果成熟，消息已在日前泄露。师父又命采到以后，将全林行法深埋土内掩没，上加禁制，留为后用。事后尚且如此慎秘，采时难保不受妖邪侵害。并且昨日妖尸谷辰便令妖人来此作祟，如非刘泉见机赶去，未必不为所毁。强留三人小住，一半也是为此。从到达的那一天起，便用师传仙法撒下禁网,每夜子时起,除允中等外,还选出好些门人弟侄相随下手。又分出一人飞空瞭望,戒备甚是严密。直到日出,始回歇息。日夜悬心,如临大敌。人多手众,又有能手相助,省事不少。接连两夜,便已采集完竣,运回卧云村,密藏三小兄妹所居洞内。将全林如法深埋地下。居然未生变故,只等到时运往元江应用。大功告成,欣喜已极。

欧阳霜听说瑶仙夫妻身受种种苦难,不但尽释前嫌,反倒加倍怜爱。对于瑶仙,尤多期许。二人自是感激愧悔。瑶仙苦念绛雪,知各派仙侠彼此多半相识,跪求遇便探询,如能巧遇,代为致意,约她回村一见。众人拜师不久,后辈新进,均想不起那救绛雪的黑衣道姑是何来历,各自随口应了。

第三日早起,允中等又复告别。欧阳霜也因使命已完,庵中尚有外客,无事不便再留。萧逸师徒子侄挽留不住,只得恭送起身。四人同驾剑光,往大熊岭飞去。相隔还有数里,便见庵前危崖之上一道黑烟疾如电闪,破空入云,晃眼无踪。看去竟比各人飞剑还要神速,分明是异派中妖邪由庵前遁去。颠仙虽走,玉清大师等俱是正教中能手,现在庵内,断无不知之理,怎又无人追赶,任其遁去?好生不解。心疑有变,忙催遁光,赶往落下一看,玉清大师独立庵外,似在凝望四人到来,面上并无异状,欧阳霜心始放定。正各见礼相问,庵中赵、刘、慕容男女四人闻得破空之声,也都赶出。才见面,赵光斗便对四人道:"你我到得再巧没有。玉清道友和魔女铁姝斗法已经两次,适才还在这里,被她师父鸠盘婆唤走。回来稍快一步,定会撞上。有玉清大师在此,自然无妨。日后狭路相逢,被她先照一面去,恐就难免暗算了。"魏青问:"是甚魔女,如此凶狂?难道白骨锁心锤都敌不住么?"刘泉接口道:"魔女凶狂尚在其次,玉清道友法胜似我们十倍,尚且顾忌,不肯伤她。连我的赵师弟都令避过,你那锁心锤算得什么?玉清道友已将她逐走,还不是怕你们回来遇上,受她暗算么?"魏青自知失言,脸涨通红。玉清大师道:"魔女已不会再来,且喜诸位来时不曾相遇。我尚须代庖布置,同至庵中再为细谈吧。"说罢,众人一同入庵,到了欧阳霜房中落座。玉清大师后洞有事,自行去讫。

众人谈询前事,才知那日分手后,玉清大师和刘、赵二人还未飞出天门岭,便听异声传来,如远如近。大师识得就里,知是魔女铁姝发觉借与林瑞的九魔头为人所伤，赶来寻仇。因六人两地飞行，尚幸未朝欧阳霜等三人追去。九魔形神俱化，失却感应，铁姝只向天门岭赶来，因见玉清大师等剑遁迅速，所以舍此就彼。如不应声，必当巧值路过，反身往追欧阳、魏、戴三人。魏青身带白骨锁心锤，不必动手，便易识破，再不见机，绝难免祸。玉清大师才闻异声，忙即低嘱刘、赵二人速隐身形，千万旁观，不可上前。随即飞落，向来路空中喝道："妖人林瑞，乃我诛戮。何方道友，请来相见。"说也真快，刘、赵二人先听身后怒喝："何人伤我教下神魔？速停答话。"声如枭鸣，听去约有五七里远近。玉清大师匆匆低嘱几句，隐身飞落，只是瞬息之间。遥望来路，高云中似有黑影微掣，少说相去也在十里以外，等玉清大师话才说了两句，立即应声出现。面前黑烟飞动处，突然多了一个身围树叶，手持一钩一剑，披发赤足，裸臂露乳，面容死白，碧瞳若电，周身烟笼雾绕，神态服饰无不诡异的长身少女。刘、赵二人久闻赤身教主大弟子铁姝之名，尚是初会，平日炼就慧眼，竟未看出从何飞落。玉清大师既嘱隐身旁观，全神贯注，定是劲敌，也就不便妄动，各自暗中戒备不提。

魔女铁姝一现身，便怒喝道："伤我神魔的就是你么？林瑞不是我赤身教下，以前因他苦求，情不可却，始行传授。又不听我良言，自取灭亡，我不管他。我那神魔百炼精魂不易消亡，天门岭并无踪迹，不知被你用甚方法收去？这不是甚法宝，你收了去无益有害。省事的急速放出还我，万事皆休；不然，叫你死无葬身之地，做鬼都受无边苦难，休说我狠。"玉清大师见她性急，也不插话，等到说完，才从容笑道："听你说话，想是赤身教主门下弟子铁姝道友了。贫道玉清，恩师是神尼优昙，我与令师鸠盘道友曾有一面之缘，与你却未见过。彼此两无干犯，何苦说此狠话？"铁姝一听敌人师徒姓名，微微一惊。突又抢口怒答道："你就是玉罗刹么？以前果然两无干犯，可是今日你所收九魔，乃是我借与林瑞的，你得去无用，急速还我，彼此交个朋友多好？"玉清大师笑道："我既未轻涉魔府，也未冒犯道友，就是诛杀妖魔，也与贵教无干。你那九个魔鬼，我只当是林瑞所炼妖魂厉魄，不知是道友所借。如在自然奉还，无如已经被我用佛法连妖人一并化去，现已形神俱灭，随风吹散，如何还得？事出无知，改日再行登门负荆吧。"铁姝闻言，眼闪凶光，大怒道："你说得好轻松的话！凭你会不知我所炼神魔来历？再说你杀林瑞或者还可，要将我神魔消灭，谅你无此本领。"玉清大师冷笑道："区区妖魔，岂值一击！我才放出离合神光，便即消灭。不然我身在佛门，留他们何用？"铁姝愈发暴怒道："是真的么？"玉清大师道："谁还骗你不成？"铁姝暴跳道："该死贼妖尼！我因师父不许和你这伙人争斗，好意相商，免伤和气。谁知你竟敢如此胆大妄为，将我苦炼多年的神魔化去。再不杀你，情理难容！"嘴里说着话，手扬处，便是三股烈焰般的暗赤光华飞出。玉清大师将手一指，先飞出一道金光，将三道血光一齐圈住，喝道："你休不知好歹！这子母阴魂和污血炼就的血焰叉，只能污秽寻常飞剑法宝，却奈何我不得。我不过看在令师面上，不与你一般见识，不愿毁你师传法宝。此时知难而退，胜负未定，两俱不伤情面；如再不听忠言，执迷不悟，到了无法保全容让，那你就悔之无及了。"

铁姝师传血焰叉，专污各正派飞剑法宝，最是厉害，向来不许轻动。因见林瑞九魔俱为玉清大师所戮，劲敌当前，又当盛怒之下，恐别的法宝不易取胜，满拟此叉一出，敌人纵不即毙，也必难以抵御。如用飞剑迎敌，更非被污损灭不可。不料敌人飞剑神妙，不畏邪污，金光竟将三根血焰叉一齐裹住，叉虽未伤，大有相形见绌之势。再听了这一套话，生性好胜，又是出世以来初遭挫折，不由又惊又急，大骂："贼尼！有本领只管施展出来，哪个和你讲甚情面？"随说，冷不防暗运真气，奋力一吸，欲将飞叉急收回去。玉清大师因知鸠盘婆厉害，此时数运未终，不愿轻于和她结仇。打好主意，处处容让留心，不使对方过于难堪，以为日后与乃师见面，好有话说。上来只守不攻，不到铁姝再三逼迫，绝不还手。知那血焰叉共只九根，乃鸠盘婆镇山之宝，新近才传给门下三姝，最是珍重。看出铁姝恐叉为己所毁，想暗行法收回。心想："就此被她收去，必不承情。"也暗运玄功将手一指，金光立即大盛，将血光裹了个风雨不透。铁姝见又被金光困住，不能取转，方识敌人真个厉害。如若失去，何颜回见师父？一时情急，正待施展魔法与敌硬拼，忽听玉清大师笑道："铁姝道友无须惶急，我绝不伤害令师所炼之宝。你如不再用它，各自收回好了。"说罢，将手一抬，金光便已舒开，长虹一般停在空中，只将血光挡住，不再围困。

铁姝反被闹了个急恼不得，念头一转，突又大怒。一面收回飞叉，更不搭话，回手挽过脑后秀发，衔在口内，咬断数十根，樱口一张，化成一丛火箭喷出。玉清大师料她是想将金光引开，暗中还有施为。表面仍作不知，故意用金光将那数十支火箭敌住。果然铁姝是看出金光厉害，诸邪不侵，恐敌人用以防身，借此将它绊住须臾，以便乘隙下手。这里金光飞起，刚将火箭围住，忽然天旋地转，阴风起处，面前光景顿晦，无数夜叉恶鬼带起百丈黑尘潮涌而来。那弥空黑雾竟似有质之物，仿佛山岳崩裂，凌空散坠，来势更是神速非常，如响斯应，不似林瑞所排魔阵，还有好些施为做作。刘、赵二人看出妖雾沉重，知道厉害，忙即悄悄遁开，以免波及。刘泉还想用寒犀照暗助一臂时，就这心念微动之间，玉清大师身上倏地涌起一幢金霞，将身围住。那妖烟邪雾为金霞所阻，不能近身，也是越聚越多。雾影中鬼物更是大肆咆哮，怒吼不止。金霞映处，看去声势也颇惊人，只奈何玉清大师不得。隔不一会儿，飞剑将火箭消灭，金光掣回，立即伸长，化成一圈，围在诸鬼物外面。玉清大师见敌人毫不退让，方大喝道："铁姝道友，你不听良言，苦苦相逼，我因看在令师面上，不愿伤你。急速收法，回山便罢；再不见机，我为脱身之计，只好发动离合神光，即使道友能免佛火之厄，你这些修炼多年的妖魂恶鬼又要化为乌有了。"

铁姝因师父曾说，现时炼就离合神光的共只不过五人。神尼优昙虽是五人之一，但是佛光奥妙，非真正功候精纯、返照空明，将证佛家上乘功果的，无此功力。敌人出身异派，拜神尼为师只有数十年，起初还是记名弟子，近年因她勤于修为，才许改去道装，允入佛门。离合神光何等神妙，岂是短期中所能炼成？初听林瑞九魔为神光所毁，就未深信。嗣见大师虽有金霞护身，仍被魔焰困住，不能脱出，越疑敌人知道离合神光是魔教中克星，故以大言恫吓。因所发烟雾俱是地肺中黑青之气炼成，可虚可实，轻重由心。敌人一经入网，便追随不舍，无论逃向何方，也万难突围而出。闻言暗忖："离合神光只是闻名，并未见过。即便所说是真，也须试，何况未必。至多使这些魔鬼为飞剑所斩，灵气绝不能就此消灭，不过再受一次炼魂之苦，仍可使其还原。本门血焰又已经收回，自己行动神速，来去如电，有何可畏？只悔来时轻敌匆忙，好些厉害法宝和应用之物不曾携带。"眼看敌已被困，依然伤她不得，自料胜算占多一半，败亦无妨，哪把玉清大师警告放在心上。不但不肯停战收手，反而口中喝骂，加紧施为，上下四外的妖烟魔雾直凝成了实质，排山倒海般齐向那幢金霞挤压上去。

玉清大师立觉金霞之外重如山岳，寸步难移。暗忖："魔女果然厉害，如非年前恩师因飞升在即，特传本门心法，同门三人功行俱各精进，直难抵敌。情面已经尽到，照此不知进退，就有甚伤害，将来遇见鸠盘婆也有话说。真要耳软护短，凭着师传道法，至多不胜，也吃不了甚大亏。这妖烟魔雾甚是恶毒，魔鬼更是灵敏，一被追扑便难甩脱，又难诛除。再不下手，自己尚无大害，刘、赵二人尽管遁向圈外，隐身远伏，时候久了，这黑青之气越延越广，越积越厚，展布极速，稍一疏忽，不为所伤，也必被魔鬼发觉，追扑为害。再如因此为二人树一强敌，岂非后患？"念头一转，大喝："铁姝道友，我实逼处此，你须留意，免为佛火所伤，我要施为了。"说罢，双手合拢一搓，往外一扬，那护身金霞立如狂涛崩溃，晃眼展布开千百丈，上面发出无量金色烈焰，往所有烟雾鬼物兜去。佛光圣火端的妙用无穷，光焰到处，所有妖烟魔雾宛如轻雪之落洪炉，无声无臭，一照全消。前排鬼物首先惨啸，一连消灭了好几个。铁姝不比林瑞，所炼鬼物俱与心灵相通，一有伤亡，立即感应。到此方知离合神光果然厉害，不由又惊又怕。匆迫间不暇思索，一面收转残余鬼物，一面慌不迭行法遁走。那些鬼物俱被飞剑围住，因魔女行法强收，又畏神光威力，纷纷拼受一剑之苦，化为残烟断缕，由金光围绕中穿隙遁去。

玉清大师本来未下绝情，见魔女来得猖狂，去得狼狈，便止住神光，用千里传音喝道："道友只管慢走，我如有心为难，你已为佛火所伤，那些妖魂恶鬼已全化为灰烟了。"语声才住，便听遥空中回答道："贼尼！今日之仇，生死难解，不出三日，自会来寻你算账。如不将你生魂摄来受那无量苦楚，誓不甘休！"声音凄厉，微带哭音，甚是刺耳。玉清大师知她忿怒已极，恐日后往成都辟邪村扰害，忙接口道："你不必悲苦，见教甚易。我现在往大熊岭，五日之内在彼相候便了。"说罢，又听答了一个"好"字，声如枭鸣，摇曳碧空，听去更远。

刘、赵二人好生惊异，魔女如此神通，难怪玉清大师不令上前。且喜适才金霞发动得快，不曾冒失相助，徒树强敌，于事无济。这时烟雾全消，光雾俱收，只地上多了六个恶鬼骷髅，有的面上已经长肉，形比先诛九魔还要狞恶诡异。三人相见，赵光斗问道："魔女竟有如此神通，如非大师,我等岂是敌手?别的不说,单那来去神速,就非其他左道旁门中人所能及了。"玉清大师答道:"适才放她逃去,只两句话的工夫,已出三百里外。我用千里传音,她二次应声相答时,少说也有八九百里远近。赤身教下,像铁姝这样能手,已能附声飞行,声音入耳,人便立至,如何不快?不过这类飞行最耗真气,不到万分危急,或是急于寻仇,不轻使用。多半先遣所炼魔鬼,也能有此迅速。铁姝还有两妹,即金姝、银姝,同事一师,又最得师父和姊姊怜爱。偏是生性仁柔,既不妄杀生灵,又不肯用恶法驱役妖鬼。鸠盘婆因受她们上辈的恩义,永远宽容。本领虽比铁姝差,转劫必有善果,弄巧将来还是我辈中人呢。今日如非恩师新传离合神光,胜负正自难料。此女天性刻毒,无仇不报,乃师也未必压制得住。患难未已,且同往苦竹庵预为防备,免给别人生事吧。"随将鬼物劫灰照前行法开石埋藏,二次起身,飞到大熊岭前落下。慕容姊妹迎接进去,稍微叙谈。大师因仇敌说来即来,嘱咐众人到时不可出视。便去庵外端详地势,暗设降魔埋伏。当夜无事。

第二日,玉清大师同了赵、刘、慕容四人,同去江边沉宝之处,看颠仙的布置,并照所留柬帖,一一代为设备。时已过午,颠仙忽然飞回,说道:"我因这里得你相助,可以放心,径由倚天崖芬陀大师庵中起身后,不料中途便遇见神驼乙真人。他知妖尸谷辰所派妖人神目天尊来毁七禽毒果,未遂伏诛。忽又听人怂恿,临时变计,不但自己不再破坏,反禁别派妖人往毁毒果。意欲借我们之力,将金船吸起,他再亲来劫夺。齐道友和令师虽算出妖尸数限未尽,到时只能令其败走,不能除他。乙真人却记昔年之仇,必欲乘机诛戮。便将他昔年所炼镇山之宝伏魔旗门,还有一道灵符,一同交我。并教我约芬陀大师再世爱徒杨瑾,来此相助。我虽还有一日闲暇,那旗门不便带往白犀潭去,为此赶回。路遇崔五姑,又谈了片刻,得知你和魔女铁姝结仇,那旗门正好借用。现在庵中传你用法,不过手下留情,免得不到时候,又多出一个劲敌。岷山回时,还有俞允中的一个熟人与我同回,日后魔女如再纠缠,也可助你一臂之力。铁姝已得乃师真传,并闻近年乃师还炼有两件护身法宝,离合神光未必能伤,如被取来,不可轻视。我也只是听说,不知名称底细。好在你已得师门心法,道力高深,自能相机应付,能不伤终以不伤为妙。"玉清大师一一领命,随同回庵。颠仙取出法宝,传了用法,又商取宝之事。聚了半日,又复飞往川边去讫。

颠仙走后,众人见那旗门共是五架。每一旗门高四寸九,宽五寸五,上面满是符箓。乃修道人炼丹入定时,防身御害之宝。多半入定或是生火以前,按五行方位,如法陈列,隐插地上。敌人一入阵,立生妙用。临时施为,也可应用。众人因听说得十分神妙,俱想玉清大师在庵前行法练习,就便用以等候铁姝到来入网。玉清大师本有戒心,也想试试。当下同去庵外一试,果然妙用无穷。因算计魔女不久来犯,索性如法施为,各按门户排好,不再收回。一切停当,又把阵形隐去。忽然灵机一动,忙令众人速避,如欲观阵,也须隐伏庵门以内,无论有何动静,千万不可出面。众人应声,刚刚飞回庵内,便听西北遥空枭声怪啸,厉喝:"玉清贼尼!出庵纳命,免我入庵,玉石俱焚,殃及旁人。"这时天已垂暮,大半轮盘也似红的斜阳浮在地平线上,尚未沉没。万道红光,倒影反照,映得山中林木都成了暗赤颜色。四面静荡荡的,只有危崖下面江波浩浩,击荡有声。景物本就幽晦凄厉,怪声一起,立时阴风大作,倦鸟惊飞,哀鸣四窜,江涛也跟着飞激怒涌,愈发加重了好些阴杀之气。玉清大师因铁姝已经尝到离合神光滋味,才隔一日夜便敢前来,必有几分自信。尽管戒备周密,又有法宝埋伏,仍然未敢丝毫轻敌。仗着旗门妙用,想先略杀仇敌威焰。闻声并不搭话,只把阵法微一倒转,地上仍是空空,人却隐去。

怪声住后,还未到半盏茶的工夫,黑烟起处,魔女凭空出现。玉清大师见铁姝已换了一身装束:上身披着一件鸟羽和树叶合织成的云肩,色作翠绿,俱不知名,碧辉闪闪,色甚鲜明。胸臂半露,仅将双乳虚掩。下半身也只是一件短裙,齐腰围系,略遮前阴后臀。余者完全裸露,柔肌粉腻,掩映生辉,仿佛艳绝。只有满脸狞厉之容,凶眉倒竖,碧瞳炯炯,威光四射,隐现无限杀气。左肩上钉着九柄血焰叉,右额钉着五把三寸来长的金刀,俱都深嵌玉肌之内,仿佛天然生就,通没一点痕迹。满头秀发已经披散,发尖上打了许多环结。前后胸各挂着一面三角形的晶镜。左腰插着两面令牌。右腰悬着一个人皮口袋,其形也和人头一般无二。右手臂上还挂着三个拳大骷髅,俱是红睛绿发,白骨晶晶,形象狞厉已极。通体黑烟围绕,若沉若浮,凌虚而立。玉清大师暗笑:"魔女定是毒恨入骨,把她所有家私全搬出来,以备决一死战。照此行径,也许鸠盘婆未必知道。此时不便伤她，也须使她师徒知道厉害。"存心试她斤两，依然隐立不动，静以观变。

铁姝起初因九魔鬼为人所伤，追去一看，并无遗迹。以为这类久经祭炼的魔鬼，即使被飞剑、法宝伤害，精气未消，仍可祭炼还原。何况伤他们极难，必是受甚厉害法术禁制。自己为传师门衣钵，想未来继为教祖，惟恐教下受役诸魔鬼在师父兵解后不肯服顺，费了无数精力，才收服了二十多个妖魂厉魄，经过多年祭炼，才得心灵感应，随意役使。林瑞所借九魔虽然威力较次，终是自己多年心血。赤身教下本把魔鬼看得最重，一旦失去九个，当然不舍。连用魔法拘召数次，全无感应，心中惊疑。这时玉清大师等六人分为两拨，刚飞走不远。铁姝见魏青等三人虽是正教中人，看那剑光造诣甚差，便林瑞也未必能败。看出玉清大师等三人功候非常，一时情急，也未思索，便自追去。原意对方如是伏魔之人，两下素无仇恨，本教威名不会不知，只要肯知难而退，放还九魔，便即罢休。于是试一大声喝问。对方忽然飞落相俟，并还只有一人出面，大有敌对之意，心已忿怒。再一发问，竟公然直陈魔已消灭。此时如知神光那等厉害，也就忍痛知难而退。偏是生性刚暴，冒昧对敌，结局大败，又伤了六个功候较高的魔鬼。还是敌人未下绝情，才得遁走。这一来，变成正面仇敌，不比九魔是在林瑞手里，可以借口。不特仇恨难消，本教威名也扫地以尽，势如骑虎，如何落台？因知敌人狡猾，未斗先让，留有地步。归求师父，未必肯允出面。起初传授林瑞魔法，已受不少责难，再为此与人树仇，弄巧还许怪己轻举妄动，一个禁阻，更无雪恨之日。师门脸面已伤，反正难免受责，莫如背师行事，好歹先报了仇再说。无奈佛火神光厉害，只有师父近年秘炼的九件魔火神装和碧血神焰能够抵挡。于是赶回魔宫。乘着鸠盘婆入定之际，暗入法坛，盗了一个披肩、一件围裙。又暗向金、银二姝将人皮袋和所分得的六口血焰又强借了来。连同自有法器异宝和三个镇宫神魔，齐带在身上赶来。未降落以前，想起庵主是郑颠仙。又想起师父常说自己大劫将临，为求到时无人为难，好好超劫化去，再三告诫门人弟子：人不犯我，我不犯人，无故不许生事与各正派树敌结怨。那日仇人另有二人同行，落时忽然隐蔽，也许有郑颠仙在内，既然避不出敌，九魔又非她伤，何苦招惹，所以指名要玉清大师出敌。谁知到时还见全庵在望，落地以后全庵忽隐，人影全无，也无应声。先还不知自己入伏，误以为仇敌另外约有救兵，自己先赶在前面，敌人知道不敌，临时隐去庵形，暂避片时，所以声都未应。自恃法力高强，毫不在意。估量庵门所在，戟指大喝道："我因师命，不肯无故上门欺人。无耻贼尼，你隐藏不出就完了么？快些出头便罢，再要藏头缩尾，便用魔火连你和全庵一齐罩住，玉石俱焚，悔之晚矣！我只寻玉清贼尼一人，与别人无干。如若贼尼故意嫁祸庵主，人早远遁，不在此地，你我井水不犯河水，绝不相侵，无须隐蔽，也请一人出来答话，免伤和气。"

第二〇三回　大熊岭魔火化蓝枭
　　　　　　　三柳坪神针诛黑丑

铁姝说完，不听回答，越以为敌人胆怯缓兵，便又厉声大喝："好说不听，贼尼定在庵内潜伏，我如寻她，谁也庇护不得。再不出见，休怪辣手！"庵中还是没有回答。铁姝勃然暴怒，将手一拍腰间人皮口袋，人皮口袋内立即飞出数十团碧烟，飞起空中，互相击撞爆散，化为百十丈烈焰。晃眼之间，血光熊熊，凝成一片，将所虚拟的庵址照定。跟着两肩左右摇处，九柄血焰又化为九股血焰飞起，直投火中，飞梭穿掷，倏然若电。那三个魔头也脱臂而起，大如车轮，口耳眼鼻各射出无尽赤、黄、黑、白四色妖光邪火，飞入火内，那魔火蓬蓬勃勃，势益强盛。似这样约过有半个时辰，铁姝觉出所烧之处空无一物，三魔也未遇见一个敌人。暗忖："是什么法儿，如此厉害，竟能护住全庵，不但魔火无功，连飞叉神魔也攻不进去？"一面加紧施为，一面口中乱骂，心中甚为奇怪。

　　玉清大师本还想看她到底有何伎俩，因知魔火厉害，虽在埋伏之中，所烧地面甚小，林木必吃毁灭，又伤庵前清景，还想借对方魔火略试自己的道力。好在布置周详，稍有不敌，立即发动阵法，也可转败为胜。便现身冷笑道："铁姝道友，那是一堆山石，苦苦烧它做什么，莫非石头也与你有仇么？"铁姝闻声大惊，侧脸一看，仇人正站在身侧魔火圈外不远，笑语相嘲。忙收魔焰一看，谁说不是，所烧之处，果是一堆寸草全无的山石。当时又愧又忿，急怒攻心，更不答话，一指魔焰，连同飞叉神魔，潮涌一般向玉清大师卷去。玉清大师终是小心，话才出口，先将离合神光放出护身，随又将本身真灵化为一团青光升出头顶。连用玄功，盘膝入定，直不理睬。相持到了子夜，铁姝见那青光晶莹明澈，流辉四射，知是仇人元神。

碧血神焰所化魔火虽不畏离合神光消灭，仍伤仇人不得。尤其三神魔空自怒啸发威，一个也不敢挨近。惊异之余，心想："事已至此，一不做，二不休。"方欲另施邪法，玉清大师已试出自身道力，不愿元神长受魔焰烧灼，倏地收转真灵，一笑而起，在金光护身中，指着铁姝笑道："你看如何？我再最后忠告，趁早收风回山，免得又遭无趣，否则你这次就逃走不脱了。"

铁姝咬牙切齿，大骂："贼尼！你公主法力无边，尚未施为，况你此时已被我碧血神焰困住，还敢说此大话。今日不是你死，便是我亡，休想活命！"玉清大师笑道："既这样说法，我先把这些魔火鬼头收去，看你还有什么新花样？"说时暗中倒转阵法，在金光护身之下，冲焰往前飞遁。铁姝仍不信有此神通，忙即催动魔焰、飞叉和魔鬼追去。满拟这三样都是如影随形，神光微有缝隙，魔头立即侵入，仇人非死不可。眼看一幢金光，激动起千寻血焰，电驰潮奔，向前飞去。仇人只顾上身，双脚已露出在外，魔头已经追近，快要乘虚而入。心方狂喜，正追之间，猛瞥见面前祥光涌处，倏地现出一座旗门，仇人又复现身，含笑而立。那些焰、叉、魔鬼无影无踪。自己少说也应追出四五百里，谁知竟在十丈以内。这一惊真是非同小可，心神一怔。玉清大师已指她笑道："你不用惶急，那些东西已被我收去，等我几时有暇，自会交还令师，你是拿不去了。还有甚花样，请使出来吧。"

铁姝自思："适才宛如梦境，重宝连失，何颜回见师父？"怒喝一声："我与你这贼尼拼了！"说罢，拔出腰间令牌，双手各持一面，朝前心所悬三角晶镜上一拍，口诵魔经，朝外一扬。镜上面便箭一般射出两股青焰，落地便自爆散，现出九个赤身美女和九个赤身婴儿，都是粉滴酥搓，一丝不挂，各有一片极薄彩烟围身，艳丽绝伦。再看魔女神情，也转怒为喜，秀眉含颦，星目流波，面如朝霞，容光照人。再衬上一身柔肌媚骨，玉态珠辉，越显得仪态万方，迥不似先前那张死人面孔。玉清大师仗着旗门妙法，擒她本来容易，因受颠仙之嘱，手下留情。一见铁姝情急，竟将九子母阴魔拘来，不敢大意，一面暗移旗门将她隐隐困住，一面忙用离合神光朝前罩去。原意离合神光生死由心，便是赤身教主亲自祭炼的阴魔，自己曾下百年工夫，虽不能将他除去，也可先行制住，免有疏虞。不料铁姝也早防到，阴魔才一现形，便与会合一起。神光照处，身形滴溜溜一转，所着云肩围裙上，便如箭雨也似向四外射出两圈碧色光华，一上一下合拢，连人带九女九婴全包在内。只管运用神威光力，竟一毫也伤她不得。碧光晶莹，与里面那些绕身魔烟相与辉映。再吃外面神光金霞一照，冰纨雾縠，云鬟风鬓，顿成异彩，照眼生缬。铁姝将身护住以后，突发娇呻，一个眼风朝外抛去。那些赤身美女婴儿，便立即联翩起舞。铁姝站在女婴当中，舞过一阵，做了不少柔情媚态。暗觑敌人站在旗门下面微笑相看，毫不为动，心中忿极。倏地"格格"媚笑，自身也加入了女婴之中，一同起舞。舞到急处，忽然头下脚上，连身倒转，玉腿频伸，柔肌欲活，粉弯雪股，致致生光，时颠时倒，时合时张。加以娇喘微微，呻吟细细。端的妙相毕呈，备极妖艳。令人见了，荡魄融心，身魂欲化。

　　玉清大师道心坚定，起初还不甚在意。暗忖："人言这九子母阴魔销魂大法阴毒无比，只要心一动，元神便被摄去，万劫不复。铁姝已差不多尽得乃师真传，也只如此，看来受害人还是道浅魔高之故。倒是那护身法宝和先用碧魔神焰，连佛火都难奏功。现时她那魔焰也只被旗门隔断禁住，不能消灭。异日她师徒如受许飞娘等妖人蛊惑，实是各正派门下一件大患。为想长点经历，观察这魔法除用淫相媚态迷人外，到底还有无别的妙用？"只将心神镇摄，任其施为。这一念好奇，到了后来，铁姝和诸赤身美女，舞得又由急而缓，声色越发妖淫，内中还夹杂着许多意想不到的怪状。玉清大师暗笑："魔教妖邪太已无耻，为了害人，什么都做得出。年来已悟彻色空之境，神智莹明，任多做作，其奈我何。"念头一动，不觉略微多看了两眼，准知才一注视，猛觉心旌微荡，前面神光立即微弱。铁姝和赤身女婴跟着容光焕发，声色愈加曼妙淫浪；那护身魔光也暴涨开来，神光金霞竟被荡开了些。玉清大师大惊，知道不妙，忙即收摄心神，手指铁姝喝道："你这些丑态，我已领教。及早服输回山，还可饶你不死；否则你已身隐伏魔旗门之内，我略一施为，你便形神俱灭了。"随说随运玄功，元神重又升起，前面神光分外强盛，往小处逐渐收紧。

　　铁姝先见仇人几为所乘，方在心喜。及见元神升起，青光晶明，笼罩全身，神光又复大盛，才知玉清大师只是一时轻敌，略微疏忽所致，凭魔力并慑制仇人不住。又听身陷埋伏，越发惶惧。再如施为下去，徒多献丑，于事无补。恨到极处，把心一横，左手令牌一晃。那九子母阴魔照例出来，不嚼吃一个有根行的生魂，永不甘休。见要收他们回去，一齐暴怒，就地一滚，各现原形。一时雪肤花貌，玉骨冰肌，全都化为乌有；变成身高丈许，绿发红睛，血口獠牙，遍体铁骨嶙峋，满身白毛，相貌狰狞的赤身男女魔鬼，厉声怒叫，齐向铁姝扑去。还算铁姝收时已先准备，不等扑到，已将身旋转，以背相向；右手令牌照定后心一击，那三角晶牌上便发出一股黑气。众恶鬼立被裹住，身便暴缩，一阵手脚乱挣，怒声怪叫，横七竖八，跌跌翻翻，化为十八道青烟往镜中投去，迅速异常，转瞬立尽。铁姝匆匆插好令牌，重又回身，在光中戟指大骂，一面伸手去拔额上金刀。

　　玉清大师见她牙齿乱错，面容惨变，知已势穷力竭，欲用她本门分身解体大法，拼着不胜，以身啖魔，将真正天魔拘来与己拼命。这天魔与所炼妖魂恶鬼大不相同，休说是败，便行法人稍一驾驭不到，即受其殃，自己也无必胜把握。先见额插金刀，便虑及此，还料她未必有此大胆，谁知居然情急拼命。如何容她拔刀施为，忙即发挥旗门妙用，大喝："铁姝道友，休得任性妄为，犯此奇险。那天魔也伤我不得，何苦反害自己？"铁姝头把刀刚拔到手内，正待如法先断一足，再拔余刀，依次分身。忽听仇敌警告，围身神光倏地撤去，略一惊疑，跟着便见祥光涌现。定睛四外一看，环身五个高约百十丈的旗门，祥云缭绕，霞光万道，齐向身前涌来。那护身碧光立即逼紧，上下四外，重如山岳，休说拔刀行法，手脚都难移动。忿激中耳听玉清大师喝道："我看令师面上，不为太甚，否则旗门一合，你便成了劫灰。如知悔悟，我便网开一面，放你回山如何？"铁姝明知生死在于一言，无如赋性凶横，妄想拼送此身，默用本门心法自破天灵，将元神遁回山去，向师哭诉，三次再报前仇，终不输口。这时天已大亮，玉清大师接连晓谕数次，铁姝仍是怒目切齿，怒容相向。

　　两人正在相持不下，忽然远远传来一种极尖厉刺耳的怪声，叫道："玉清道友，孽徒无知，请放她回山受责如何？"玉清大师知是鸠盘婆声音，忙答："令高足苦苦相逼，不得已而为之。本在劝她回转，教主今回，敢不惟命。"又听怪声答道："盛情心感，尚容晤谢。"说罢寂然。玉清大师知魔宫相去当地何止万里，竟能传音如隔户庭，并还连对方答话也收了去，好生惊异。再看铁姝已是神色沮丧，凶焰大敛，知道魔母已经另有密语传知，不会再强。忙把旗门移动，敛去光华，笑道："铁姝道友，令师相召，你那法宝、焰光和三魔鬼未敢妄动,现在收聚一处,禁法已撤。我不便奉还,请你自己收回,归见令师,代为致候,改日再容负荆吧。"祥光一敛,铁姝立即行动自如。师命不敢违逆,再如逞强,必受师父遥制,终归无用。闻言垂头丧气,满脸激忿,道声:"行再相见。"径自收回法宝、魔焰,化为一道黑烟冲霄而去。

众人听完经过,俱觉道浅魔高,各人功力太差,幸未遇过劲敌,否则遇上也自无幸。允中尤其自问力弱,因妖尸谷辰不久来犯,厉害更胜魔女,对于元江取宝一节,不由生了戒心。又听说起颠仙昨日曾回,深悔不该在卧云村逗留,错过机会。所说熟人不知是谁,但盼能是爱妻,再好没有,否则能遇上,带句回话也好。有心取宝事完,私往白阳山一访,又无此胆量。因知素因大师对徒宽厚,湘英时常独出积修外功,还回家乡去了两次,意欲托她先往白阳山一行,自己随时遇机再去。当着人不便深说,便把湘英约出庵外林中商量。

正说之间,云凤已随颠仙飞落,夫妻二人见面。颠仙入洞之后,允中自是悲喜交集,备述相思之苦。云凤对他本有深情,只缘凤根深厚,又经白发龙女崔五姑一引度,虽然看破尘缘,一心向道,有时想起老父年迈,夫婿多情,也是不无怀念。再听允中为己弃家学道,出死入生,备历艰险,行时对于老父又那么奉养周至,越发感动,不禁流下泪来。还是允中劝说:"现在夫妻二人都仙缘遇合,虽然正果未成,只要各人好自修为,照郑师叔之言,夫妻合籍,同驻长生,并非无望。以后地久天长,神仙眷属,永相厮守,比起世俗三五十年恩爱光阴,弹指即过,判若天渊。便是岳父也可以灵丹相敬,使享遐龄。此时心愿各遂,夫妻重逢,应是大喜之事,怎倒伤心起来?"云凤闻言,方始破涕为笑。湘英在旁,不由也把情怀触动,互相谈了别况。七星真人赵光斗忽然走来,说玉清大师现在前殿相唤。三人连忙同去,见除白水真人刘泉、陆地金龙魏青外,殿中又来了二客,一是髯仙李元化的弟子白侠孙南,一是追云叟的大弟子岳雯。经刘、俞二人向众引见。

叙礼之后,玉青大师道:"明晚子时,便是取宝之期。岳、孙二位道友,原奉师命行道,中途相遇,结伴同行。昨日路遇神驼乙真人,说妖尸谷辰此次虽然未必落网,伏诛之期已不甚远。除他之宝,恰在金船以内。

无如此次吸金船事出勉强，又有好些厉害妖人作梗，不能全得。广成子的仙机奥妙又难深悉。惟恐此宝灵异，或是金船出水即行飞遁；或是深藏船内与诸宝并列，不及选择，疏忽过去。特命二位道友赶来告知，并且参与取宝之役，以免错过。如等二次取宝时，妖尸气候已成，便有此宝，也未必能够制伏了。妖尸拼命作梗，也为此宝是他克星之故。妖尸如再不受挫，峨眉开府之时，必集妖党前往扰害，虽然无妨，终煞风景。况且此时北邙山妖鬼徐完也要前去，二妖合力同仇，更增邪焰，实是大意不得。"

云凤便问："此宝何名？是何形状？"玉清大师笑道："仙机实是微妙，此宝名为归化神音。说也奇怪，广成子在崆峒绝顶，曾用九年之功穷参造化，炼成此宝，尚未用过一次。听说广成子为积九千万功德，炼成许多法宝，倒有一半应在未来数千年后。此宝系其中翘首，形如一个透明圆卵，内发阴阳两仪妙用，任多厉害的妖魔鬼怪，当之必无幸免。可惜此宝用后，即与所诛妖邪同灭。除非真有高深法力金仙一流，当其用时守候一旁，将那忽然爆炸的灵气用宝物摄去，还可略备下次再用，功效虽差，似妖尸这类妖邪，仍是不堪一击。如无此法，一次便完。即便能收，也只再用一次，即化乌有。照我所料，当初炼此异宝，直是为了妖尸而设。明晚子正，金船出水，我在空中防护，郑师叔亲身入船取宝。已有乙真人预示，自然首取此宝，不会放过。此宝内贮前古太虚精气，轻清上浮，惟恐船开以后，升空自飞。此时妖邪环伺，虽然无一敢去挨它，自惹杀身之祸，但它升空绝速，其去如电。一不小心，追拦不住，被它飞入灵空、仙界二天相接之处，遇见乾天罡气，立即消散。不特枉费前古金仙苦心，而且二次元江取宝也无此物。固然妖尸恶贯已盈，终难脱劫，那就要劳师动众，费力多了。此次取宝，本来所得无多，诸位道友到时不可贪心。首先要注意此宝，一旦发现，更不可随便用剑光、法宝堵截。我炼有乌云神鲛网一面，大小分合，无不由心，略费片刻工夫，便可改变成好些副。少时待我分出，按人各取一副。金船出水，此宝飞升以前，必在水面略一回旋，方始向上急升，那时妖尸或是分出许多鬼怪使我们应敌分神，或令妖党苦斗，便难兼顾。好在此宝升空自化，永除后患，弄巧也许还有收宝之法，都说不定。诸位道友千万不可惊慌，一见此宝，速将乌云神鲛网掷去，各用剑光、法宝护身。有我在侧，群邪之中，只妖尸一个难于抵敌。但杨道友已经赶到，所见多属幻象,绝无他虞。等宝入网,无论何人,速往中央飞来,将宝交我,然后合力应敌。仗着乙真人的伏魔旗门,虽未必一网打尽,大约除妖尸以外,也没有几个生还的了。"众人一一领诺。玉清大师随将神鲛网取出,分织成了九副,除在座诸人外,给欧阳霜也留下一副。

一会儿,欧阳霜奉颠仙之命,将应办之事办妥,由后洞走来。玉清大师将网交与,重新叮嘱,然后同入后洞去见颠仙。颠仙先将洞门行法紧闭,笑问玉清大师:"又照乙真人之计行事么?"玉清大师笑道:"这妖尸和雪山老魅一般机智绝伦,近为此宝日夜筹思,岂有不来窥伺之理?不这样,他未必深信不疑。我们欲取姑与,一则坚他信心;二则使他自知必能漏网,不致拼命来伤我们的人。岂非绝妙?"颠仙笑道:"这样一说,他知旗门厉害,必然胆怯失志,先留退步。我们人虽无伤,乙真人要想除他,却难如愿了。"玉清大师道:"乙真人本是心急前仇,逆数行事。适才岳道友所持乙真人书信,看完便化,师叔未见。看那意思,乙真人自从得了齐师叔二次飞剑传书,告以此宝底细,知道妖尸伏诛不远,也就变了初意,欲等此宝到手再行诛戮,不急在此一时了。"颠仙道:"我因霜儿来说,乙真人派人传书,她在旁没有看完,便即化去。你示意令她对我来说,我未见全信,还当此老非要逆数而行呢。照此说来,我们目前虽然小就,总可有胜无败了。"众人听这语气,好似适才玉清大师所说一节,题外还有文章。但是颠仙和大师俱未明说就里,俱都不解,又不便请问。料定劲敌当前,事关重大,只得到时仍照原定做去,相机行事,各人都打着同样心思。不提。颠仙随又商议取宝之事,除欧阳霜一人外,由玉清大师起,各人俱派有职司。议定之后,颠仙只留玉清大师一人,余俱命出。

当下由颠仙门下女弟子欧阳霜、慕容姊妹暗往前殿落座。一面为新来二人安排居处。慕容姊妹俱喜烹调,特意备了一桌酒菜,与众同饮,山肴野蔬,别有风味。连岳雯已能辟谷的,也是见猎心喜。言笑晏晏,饮啖甚乐。山月渐升,清辉如昼。

众人本在殿外石台上对月畅饮,正在高兴头上,忽听庵外风雷之声大作,知有警兆。忙各离席,纵起遁光,飞身出外探看时,庵外风雷已住,只见祥光万道,瑞霭千重,似波涛一般向四方八面散去,彩縠冰纨,映着皓月清辉,奇丽炫目。众人见和先前魔女铁妹被困情景相似,知是神驼乙休伏魔旗门妙用。只不知玉清大师何时出来施为，怎知妖人来此侵犯，收功又如此迅速。因知此宝厉害，不敢再进。看神气，妖人非擒即逃。既有玉清大师主持，毋庸上前，便各立定观看。

晃眼之间，光霞尽敛，月光之下，疏林平岗依旧清澈，玉清大师也已现身。相隔不远，倒着一个矮胖道人。知阵法已收，忙赶过去一看。妖人只有一条右臂，左臂似早断去。人被仙法禁制，并不曾死。一双碧眼，直射凶光，衬得相貌愈加狞厉。身背一个大蓝葫芦，已经震为两半。地上好些绿色沙子，有的妖焰将灭，犹有余光未尽，如萤火虫一般略闪即灭。鬼火荧荧，遍地皆是，转瞬俱都消灭。众人正待询问妖人来历，大师道："有劳刘道友将这妖孽提往后洞，我少停即来。诸位道友如愿同往，也可前去。"众人中只白水真人刘泉多识异派妖邪，已认出那妖人正是庐山神魔洞白骨神君的爱徒碧眼神佛罗枭。知他师徒惯用新近死人的白骨和精魂余气祭炼各种恶毒法宝，厉害非常，不禁大为惊讶。因见罗枭凶睛闪烁，恐防暗算反噬，不敢疏忽。正想行法摄入后洞，不用手去沾他。玉清大师看出刘泉慎重，笑道："这厮的白骨箭叉和幽灵妖火，俱都为我所破。因不愿污这庵前净土，我又不是主体，特地送到郑师叔那里用太乙火炼，使其形神俱灭，免为人害。他已为神雷所伤，知觉全失，不能出声，只元神尚在。可告颠仙，无须问供，便即诛戮。反正是为劫宝而来，就是他知觉未丧，也必不吐。明晚这种妖邪来得正多，不值与他多费唇舌，就这么提将去好了。"

刘泉虽已放心，但暗忖："这厮虽说法宝全丧，看他凶睛闪闪，至多不过身受禁制，大师怎说他知觉已失，连话都不会说呢？按说大师万无看错之理。"心中奇怪，故意喝道："罗枭，你认得我么？"罗枭凶睛怒突，意似忿极。刘泉越料他知觉未死，见玉清大师示意催走，毒蛇在手，终以小心为是。便将罗枭拦腰提起，暗中戒备，往后洞飞去。只见洞已开放，等将罗枭擒进，一阵烟光闪过，洞门重又闭上。颠仙见有妖人擒来，好似早在意料之中，丝毫未以为意。从容由身上取出一个玉环向空一掷，化为一个二尺许的光圈飞向洞顶，凌空悬着。刘泉会意，便将罗枭往上一抛，恰好拦腰束住。

跟着玉清大师便率众赶到，闭洞之后，说道："乙真人伏魔旗门端的神妙。现经运用，本庵连这洞府俱在笼罩之中，稍有警兆，立即知觉，便不行法封洞也无碍了。"郑颠仙道："话虽如此，妖尸饶有灵机，终以谨慎为是。这厮是怎被擒住的？"玉清大师笑道："当铁姝被魔母唤去，我收法之际，心神微动，暗中留神查看，已知有异。因这厮曾得白骨老妖真传，自在九华为盗肉芝，被金蝉道友飞剑断去一臂，乘机用他本门解体分身法化血遁回山去以后，立誓报复前仇，苦心修炼，颇有一些鬼祟门道。我只知道妖人在侧窥伺，竟不知他藏处。惟恐当时打草惊蛇，被他逃走，故作不知，露出空隙，同众道友径直回庵。实则暗中已将旗门倒转，隐去形踪。可笑这厮真个胆大，先见魔女被困狼狈之状，明知厉害，仍伏伺了一阵，见无甚动静，终忍不住。因不知此宝来历妙用，以为我已收宝回庵，庵前纵有甚埋伏禁制，照他师传妖法，绝困不住，妄想试探着入庵窥伺我们虚实。适才出庵查看，这厮已经入伏，正在东驰西窜，冲突不出。他还以为身形已隐，人看不出。却不想他那一身邪气，如在远处潜伏，或许难于发觉，相隔这么近，不比初来时，是在左侧危崖之上，本就一目了然，何况身在伏中，更易发觉。他不见人，人却见他，稍一发动阵法，原形立现。他见庵门忽隐，云雾四起，迷茫无路，已觉不好。等我入阵现身，竟妄想以所炼妖法和幽灵阴火取胜。白骨老妖与妖尸谷辰路道相同，这厮是他门下，定然二妖相合，奉命而来。意欲生擒，拷问机密，因妖尸长于地听之术，恐被惊觉。便一面破去妖法，假装发动旗门中的乾天神雷，将这厮震迷；一面又和刘道友等述说，故意呼唤这厮，让妖尸听去，然后擒来这里。实则这厮只是吃仙法禁住，知觉一点未丧，只要解禁，即能出声言动。我们只知妖尸此次蓄谋大举，他也惟恐我们算出底细，洞中设有魔法，颠倒踪迹，因此底细难知。难得生擒到他的手下死党，此时又无甚事。寻常拷问，他必不招。师叔最精五行禁制妙法，何不试上一试？此法虽然残酷，这厮师徒积恶如山，已经满盈，以暴制暴，也不为过。师叔以为如何？"

郑颠仙笑道："妖尸不知可会被你瞒过么？"玉清大师道："我也想到这等做作，他未必不疑。不过这厮乃是白骨老妖爱徒，如恐泄露机关，径下毒手，一则现正二妖合力，需人相助之际，惟恐白骨老妖不快；二则我应变迅速，擒到以后，先放众道友入阵，将他送来此地，然后就全阵收去。妖尸便是不顾友情，想下毒手置这厮于死地，先有旗门仙法阻隔，嗣又移来这里，也办不到。适才刘道友走后，我曾细心观察，并无朕兆。妖尸也许信以为真，当这厮真个失去知觉了呢。否则那白骨老妖居心狠毒，与妖尸不相上下，又是他的徒弟，下手更易。妖尸既有求于人，即有顾忌。他知这厮已落敌手，万无生路，与其任他泄露机密，还受无边痛苦，倒不如由他自行处死好得多，岂有听其自然之理？"颠仙道："话虽如此，我看这厮目露凶光，只有忿恨，而无惧色。妖尸不是不知我们难犯，既敢令其轻身涉险，不是另有脱身之道，便是另有熬刑之法。定要拷问，还须事先查看清楚，免得白费心力。"

玉清大师本在暗中留意罗枭神色，见他听到这里，怒目狞视颠仙，眼里似要冒出火来，心中明白，故意试道："我看不会。这厮如有什么玄妙准备，适才刘道友送他来时，已经施为逃走了。师叔五行禁制中，只土木二禁最难忍受，使人啼笑皆非。好在他跑不掉，等我撤法，就请试上一试，看是如何，再作计较吧。"颠仙方要答言，玉清大师瞥见罗枭口角微现一丝笑意，越发断定所料不差。手指罗枭，抢先说道："你休睡在梦里，以为我们只要将禁法撤去，你便可借用五遁逃形之法逃生，那土木二遁，逃时更是容易。可知你师徒鬼蜮伎俩，我们俱已深知。所以刘道友提来时，不令你身与五行之物相触，凌空提起。实则他也过虑，休说你已受我禁制，在未撤以前，任你神通广大，也是施展不开；就是此时撤去禁制，此洞有仙法封闭，丝毫声息都已隔绝，所有你那教下逃生妖法一齐失效。借用五遁逃形之法或许能行，但我们已有防备，势必在拷问之前，破了你护身和逃形妖法，然后撤禁，依次行刑。反正一死，早说实话，免受若干大罪。"随说，手朝罗枭当胸虚划了一下，罗枭上身衣服立即分裂自解，胸前果有一道形如骷髅的妖符，隐映肉里。罗枭自知机密败露，无论何方，俱难逃命，二目凶光顿敛，目注玉清大师，意似有话要说，为仙法所禁，不能出口。玉清大师道："你且莫忙，等我破了妖法，自然容你张口。"

罗枭知道绝望，热泪不由夺眶而出。玉清大师也不睬他，由怀中取出七根金针，向罗枭胸前掷去，七丝金光闪处，钉在妖符上面。正撤禁法，想要问话时，忽听罗枭厉声怒吼："你们好……"底下"狠"字还未出口，倏地全身起火，晃眼化为灰烬。郑颠仙和玉清大师终是行家，见状知为妖尸所算。知道妖尸和白骨神君此举实非得已，但能保全，仍要保全，罗枭虽为妖法自焚，灵气未必全灭。此时全洞仙法封禁，遁逃不出，迟早有人开洞出进，稍有空隙，便被二妖将残余灵气收去，仍可聚炼成形，重为人害。一见火发，双双不约而同，各将手一搓一放，便有雷火连珠发将出去。轰隆之声，震撼全洞，满地都是金光烈火流走。最后又用禁法将劫灰收集一处，叱开石地，深埋在内，方始停手。

原来妖尸和白骨神君因罗㲵自告奋勇，坚请探敌，惟恐闪失，层层俱有防备，机诈百出，并与罗㲵说明临危舍身之策。罗㲵自恃妖法高强，又与妖师心灵相感，千里无阻，自信极深。及至来到苦竹庵，首先遇见铁姝被困，才知果非易与。虽然内怯，无如来时夸了大口，又恃妖法妙用。心想："我只偷探虚实，不与敌人交手，形迹绝隐，难道还会闪失？"及至误入旗门，方欲解体逃遁，便吃玉清大师擒住，始终没有逃脱机会。不合默运心灵告急，二妖闻警，断他必死，便在洞中运用妖法，静俟时机，自行杀害，免泄机密，还受无量苦楚。

玉清大师和郑颠仙只料定罗㲵身有妖符，可以乘机逃遁，或是抗刑不招。哪知妖符具有多重妙用：如不为人识破，无论仙剑、法宝、五行禁制，只一沾身，立可借以兵解；即使当地防备周密，元神遁逃不出，也可施展本门妖法，隐去形迹，或附在别的人物之上，稍有空隙，立即遁去；如被看出，不等对方破法，被擒人心神一动，立即自焚而死。罗㲵先还想设词延挨，只要不破那妖符，稍延时刻，仍可有设法逃遁之望。及见那符本来深隐肉里，外观不见，衣解以后，不俟敌人行法，先自现出，便知妖尸和魔师要他速死。偏又口张不得，连整话都未说出一句，便化劫灰惨死，形神俱灭了。颠仙和玉清大师那么道法高深的人，竟会错了一着，事后想起，不禁相对失笑。所幸明夜之事，早有峨眉掌教真人和神驼乙休预示仙机，一切有了准备。虽不深知妖尸机密，有甚出奇法宝，但也不足为虑。本来顺便拷问，能知妖尸底细更好，无关宏旨，说过拉倒。众弟子也告辞出来，去到前殿。走时已将尽兴，便不再饮，同往殿中打坐养神。

到了次日清晨，玉清大师正往前殿和众人闲谈，慕容昭、慕容贤姊妹二人忽然走来，手持颠仙手示，与众观看。大意是：

弟子辛青现在后山深处三柳坪制造独木舟，现将功竣。还有欧阳霜由卧云村运回的七禽毒果，因成熟以前，先后屡受妖人天门神君林瑞师徒等人伤害,虽有仙法封禁,防范周密,到底遗失了些;加以种植不够年份,收成不足。今晚应用已恐不敷,惟恐再受妖人暗中盗毁,特意运藏后洞。因不能由三柳坪溪边装载,现在后洞地底开了一条地道,直通江心。须在申初以前,将所制木舟由三柳坪溪中行驶到庵前江岸下新辟水洞停泊,由水底将五谷蛛粮装入舟中,以备夜来应用。但是连日各异派妖邪虎视眈眈,大敌环伺,辛青制舟之地虽有仙法封禁,极其隐秘,但是两地相隔不下百里,水道迂回。妖尸饶有玄机,长于天视地听,一经行动,难免不被觉察,暗遣妖党作梗。现命慕容姊妹前往护运,并令众人分出三人同往相助。余人除玉清大师另有要事外,齐集江边照护。妖尸此外为一仇敌牵制,不到子夜虽不能来,但是白骨神君同恶相济;此时还有不少别的异派妖邪,有的立意破坏,有的觊觎宝物。令众看完,愿去的即随慕容姊妹起身,不可出声议论。此事行动务宜慎秘,以防泄露……

众人看罢,凌云凤首先起立,站到慕容姊妹一边。俞允中、戴湘英见云凤去,也相继起立。玉清大师早知此事,见云凤眉间隐映杀气,尚无晦色,知道此行必有干戈。便把云凤招至面前,用手在掌心写了"诸事留意,不可造次"八字。云凤含笑点首。慕容昭随将颠仙灵符取出,招众同立,先用灵符潜光隐迹,然后同驾剑遁,由殿前破空飞起,往三柳坪星驰而去。

那三柳坪在大熊岭西南乱山之中,地势险恶,四面山岭杂沓,到处森林绵亘,荆榛匝地,加以毒岚恶瘴终年不散。只有当中现出一片平地,野草丰肥,高几过人,内中蛇虺四伏,毒蚊成阵。亘古以来,不见人迹,端的隐僻非常,险恶已极。坪大约有二十亩,崖壑环亘,宛若石城,仅东面有一丈许宽的缺口。此地林木独少,只有三株古柳树,大均六七抱,已为雷所击,折断死去。柳前不远是一深潭,伏泉上涌,长年冲激成一条小溪,水作朱砂色,由东缺口奔流而出,曲折绕行于万山之中,会合全山溪涧伏流,蜿蜒入江,为元江源流之一。元江一名红河,便因有一段水红之故。辛青乃颠仙门下最得力的女弟子,随师最久,法力剑术俱都高出同辈。前些年奉命采药,无意经此,彼时三棵古柳树新遭雷击。当地危崖上产有两种极难得的灵药,辛青连去好几次,将药采完才罢。三柳坪地名也是辛青取的。

颠仙上月召集弟子密议,说起元江取宝要三只载蛛粮的法船,须以整株大木刨制，如能觅到雷击之木尤妙。如寻不到，只要千年以上的径丈巨木也可。好在本山森林甚多，并不为难。但那制舟之地必须隐秘，还要近水之处，始能合用。辛青想起三柳坪那三株大树，该地又与江流相通。尤妙是树身高大，当中一段树干并不甚弯，质甚坚实，与常柳十九树老腹空者不同。雷火烧毁空残之处尽可避开。细一寻思，一经加工，便是天然舟形，不似山人所用独木舟，整木摇橹，式样蠢笨，真再合适没有。于是当即禀明。过不多日，颠仙便率辛青同往，见了那等地势，心中大喜，立即指示机宜，命其如法制作。彼时大金蛛不曾借到，事尚隐秘。颠仙偶想起事关重大，为防万一，设下两层禁制，并用移形换影之法，将原有景象掩饰。不料果然有备无患，否则妖尸和各妖邪如知有人在彼制造木舟，必早赶往破坏，辛青独力难支，事败不说，弄巧命都难保。

这日清早，颠仙本定派人往接。慕容姊妹刚刚领命起身，颠仙便接辛青告警信符。当初辛青制舟时，因那木舟非比寻常，须要算准时日，行法祭炼，兼旬始成。除禁制防范外，另传信符三道，以备遇敌求援之用，各按轻重焚化。颠仙知道辛青细心谨慎，所焚只是头道信符，必是当地有甚可疑朕兆，因值功亏一篑，接应人尚未前往，焚符告警。等了一阵，不见续报，可知事甚轻微，业已应付过去。或是本不相干，辛青小心太过。好在接应之人已将到达，恰值事忙，无暇分身，也就未以为意。

这里云凤、允中、湘英同了慕容姊妹飞行迅速，一晃眼到了三柳坪上空。坪上因有颠仙禁制，外人不能窥见。云凤等三人方觉沿途山势险恶，慕容昭已朝众人打着手势，令将遁光停住。随照师传禁法施为，将手一指，向下面看去，分明是一片烟岚瘴毒腾涌的沼泽秽区，忽然现出丈许空洞。慕容姊妹随即引众飞下，将手一挥，顶上幻影仍旧复原，下面山环中却现出一片平地。辛青喜洁，因有多日耽搁，坪上杂草已经剪除整洁，甚是干净。溪旁停着三只三丈来长、丈许粗细的木舟，舟旁立定一个长身玉立的青衣少女，正在翘首相待，面有忧色。见了五人，立时面转喜容，迎上前来。那少女正是辛青。

互相叙礼之后，辛青说道："这三只木舟天明前已经制成。仗有师父仙法禁制，外人经此，下面便有多大声音也听不出，想看底细，更是不见影子，我却能看到和听到上面敌人动静。所以这多日来，并无丝毫变故。今早舟成，颇合心意。正拟等接应人一来，将舟运回，便可交代，忽听上面破空之声甚急。先只当是异派中人，无心经此。后见他竟在这附近左右盘旋不去，才知有为而来。自经师父移形换影，这里借用前面沼泽虚景，已经隐去。我虽不知来敌深浅，因见他只在左右一带窥伺查探，始终没向当空飞过，以为总可瞒过。谁也想不到污泥秽疠之区，会是藏舟之地。即被他发觉有异，我本人不说，有这两重禁制，也足够他破的。又知午前接应必到，师父定有安排，本心不想向师父报警。但这厮时而远近飞翔，时而停歇，约有个把时辰，猛听远处异教中阴雷轰山之声。心实放不下去，悄悄隐身敛声，缓飞升空一看，原来是个通身漆黑、似人非人的怪物，正在凌空飞翔，手发阴雷，朝着远近山谷沟壑中乱打。看他那神气，必是算准我们在此制舟，立意赶来破坏。也明白下有法术隐蔽，只急切间查看不出虚实，找了一阵找不到，一时性起，觉着下面景物稍有疑似，便用他那邪教中的阴雷朝下乱打。照此情形，迟早被他打到此地。纵然不怕阴雷打下，师父禁法发动，烟光上腾，必被发觉。万一久了不能支持，或为邪污，我道浅力薄，知道抵御不能，想催接应快来，便向师父略为告警。这厮阴雷煞是厉害。发时碧焰宛如箭雨，一经打中，立时山崩地裂，声音不大，可是山石林木全化灰烟，向空腾起，随风消散，看去惊人。与我以前所见邪教中的阴雷大不相同。这厮打了一阵，见无异状，雷声和飞行之声又复停歇。我又待了一会儿，忍不住重又轻悄悄隐身飞起查看。谁知敌人已经落到左侧危崖之上，侧面向着这里。因为邻近，才看出他是个生相短小的丑怪黑人。最奇怪的是，也不知一人化身为三，还是本来孪生兄弟三个，并肩而立，相去尺许，要行全行，要止同止，身首手脚，一举一动，无不如一。身上各背一个黑葫芦，几和其人一般长大。右肋上横插三剑，斜钉入肉，周身妖气浓厚异常。这时不知又发现什么，脚一点处，便和先前一般，一股浓烟簇拥着朝前飞去，真比我们御剑飞行要快得多。飞时身子也只剩了一个。我那么留心，竟没看出那另外两个是与他合而为一，还是自行隐去。晃眼被他飞出十里以外，阴雷碧焰向下射处，随见无数劫灰高涌入云，知这妖孽绝非庸手。幸我逐处小心严防，两次窥探俱未被他看破。才一转念，又吃飞回，仍落危崖之上，相隔很近，不时又见他用鼻上下乱嗅。我恐被警觉，身在禁制以外，终不妥当，只好悄悄退了下来。我退时这厮又往左侧飞去，一直未听再有动静，相隔也只刻许。我越想越担心，又不知接应来否，为谨慎计，正想向师父二次报警，师妹已和三位到来。我想这厮必不会走，也许潜伏近处，伺隙而动。诸位来时，可曾见有这种妖邪或其他异状？"

五人俱答无有。慕容姊妹和湘英俱料业已离去。允中因在青螺峪常听师父说起各厉害妖人形态动作，知是劲敌，忙告云凤小心戒备。云凤本来胆小，听允中一说，猛忆行时玉清大师预示，忙将飞剑、法宝准备应用，以防万一。辛青因云凤等三人初会，以前未听师父说过，并不是常听的峨眉门下三英二云等高明之士，慕容姊妹本领还不如自己。接应人虽有五人之多，毕竟妖人似乎厉害，惟恐木舟启行，一出禁制之地，立受妖人侵袭。万一抵敌不住，前功尽弃，并还贻误大局，心中好生惊疑。无奈申初以前，还须将木舟送抵庵前江心水洞，不能迟延。又听慕容贤说起师父无暇分身，今晚来敌甚强，声势浩大，除师父自己以外，只玉清大师一人能经大敌，现在忙于布置。想了想，无可奈何，对众说道："诸位师兄姊妹，这三具木舟关系太大。我看适才三黑妖人必未远去，也许看出下有禁制，不愿多费手脚，打草惊蛇，故作离去，所以诸位来时，也未遇上。实则妖孽隐迹在侧，待机而作，此去途中定要相遇。虽然我们也非可欺之辈，但他阴雷已极厉害，有无别的恶毒妖法，尚不可知。为今之计，愚意以为，行时每舟各由一人按照家师灵符驾舟前行，推出道法较高的三人飞空防护。遇见妖人，稍觉难除，便只守不攻。好在木舟有家师禁制防卫，未必便为所毁，只求全师而退，三舟一齐到达江中，免误大事，于愿已足。愚姊妹三人俱道浅力微，可否请三位师兄师姊勉力相助，飞空随护如何？"

允中、湘英自知法力有限，再四谦谢，愿充操舟之役，与辛青、慕容昭调换。辛青看出不是虚语，心更愁急。尚幸来人中云凤尚未推却，意气自如。又听说是白发龙女崔五姑门下，新由白犀潭韩仙子那里得了几件异宝，似乎可以倚仗。本非客气的事，事已至此，只得令四人相互调换，匆匆传了御舟之法。由慕容贤为首，允中、湘英依次各驾一舟。辛青施展仙法，喝得一声："疾！"木舟便由坪上滑行入水。慕容昭当先开路，云凤居中，辛青断后，撤了坪上禁法，各驾剑光飞起，分上中下三层，一同押护三木舟，缓缓驶出缺口。离了禁地，舟上三人如法施为，手朝舟首一指，三舟同时将首微昂，只剩舟尾少许略沾一点水皮，似龙蛇腾波般凌空欲飞，顺着山中溪流如飞朝前驶去。

辛青见妖人并未出现，一晃舟已驶出好几里，心方暗自庆幸，忽听破空之声。回头一看，前面一团浓烟裹住辛青所见的一个小黑人，身后一道匹练般的彩虹，星驰电掣疾飞而来，眨眼已将空中三人越过。这时辛青飞行较高，其次是慕容昭，云凤因和允中上下应答，离舟只有三四丈高下。辛青见那黑人比自己飞高数倍，势绝神速，并未与己为难，身后彩虹也看不出是何路数，照那神情，分明是追逐妖人无疑。已将飞出前舟，既未来犯，乐得旁观，不去招惹。惟恐慕容昭和云凤不知轻重，妄自发难，刚待追上叮嘱。那小黑人本与三人一上一下顺路并飞，已经过去，百忙中忽往左一偏，正当三舟所经溪流前途的上空。辛青见超出前舟已有里许，双方均未发动，以为不会有事，正将遁光放缓，仍自断后。猛瞥见黑人手上发下万道碧焰，直射前面溪流之中，一闪即灭，也不见水往上腾起。同时那道经天彩虹也已追上，相隔黑人约有十丈，倏地分射出两道红光，朱芒映日，奇光照耀，其长经天。并不向小黑人直追，各朝两旁遥空射去，比电闪还快得多，眼才一瞬，前端已经交合，化为一个梭形光圈，将小黑人去路挡住，围在中间。

辛青、云凤等看出情势不佳，前面一个强敌，后面这道彩虹，从未见过，看那法力甚是高强，急切间也分不出是敌是友，护舟要紧，不愿多事。虽然瞥见小黑人朝前路溪中发下一片阴雷，却并未爆发；辛青又自恃木舟上有师父灵符妙用，寻常阴雷不能侵害；自己又精通遁法，一旦稍有异状，不是不能抵御，只想乘隙遁走，早离险地。故依旧行法催舟，向前急驶。眼看相隔小黑人施放阴雷的水面不过一箭之地，瞬息便要驶过，猛觉彩虹耀目，由众人头上电驰飞过。因为势太迅速，目光不容一瞬。空中辛青等三人刚看出彩光中现一冰绡雾縠、美若天人的少女，用手连朝下指。还未及分别来人用意，那行法押船的慕容贤、允中、湘英等三人猛觉木舟微一震动，倏地凌空腾起，溪水随着木舟底高涌，带着粗约丈许的飞涛朝前飞去。三人不知吉凶，俱都大惊，正在手忙脚乱。空中护舟的辛青、云凤、慕容昭三人也甚警觉。上下六人一齐惊惶，忙着飞剑御敌。云凤本来已看出这前后所见两人都非寻常，早存戒心，除飞剑外，更连飞针、神禹令及全身法宝一齐取出，正待施为。哪知就这晃眼工夫，彩虹中少女已电闪星驰，往侧面原路上射去。同时那三只木舟也由空中飞坠前面溪水之上，直似鱼跃龙门般由来路溪中自行跳出百十丈高远，仍落水上，溪水复原，更无别的动静。

辛青知道木舟关系大局，对方用意不测，惟恐木舟出了什么花样，当时还是只顾舟上，连忙招呼云凤、慕容昭往前赶去。因事紧急，只顾查看木舟，此时空中是何情景，全都无心注视。刚刚落到木舟上面，彩虹倏又飞临。舟中六人方疑不免一场恶斗，辛青、云凤刚指剑光上前，那少女由护身彩虹中先飞出青白二色两道霞光，将两人飞剑敌住，同时高声喝道："我非妖邪，诸位道友休得错认。木舟适已遇险，如不是我，适才业已为妖孽阴雷炸成粉碎。现在前途埋伏甚多，千万不可再沿流驶行，务须少停。待我捉到妖孽，自会送这木舟过去，绝不误事。"辛青忙问："道友尊姓大名？"未容再往下问，少女已接口答道："我乃小南极金钟岛主叶缤，与令师大颠上人素识，追寻妖孽已非一日。这厮乃九烈神君孽子黑丑，此时被我冰魄神光困住，稍纵即逝，无暇多言，擒到妖人，自会详告。"说罢，彩虹电掣，重又朝前侧面飞去。

辛青往昔听师父说过叶缤来历，知她隐居小南极已三百年，道法高强。所炼飞剑与众不同，乃两极玄冰精英凝炼而成。用时能化为千亿，妙用无穷。为各派女仙中异军独立的数一数二人物。相隔数万里外，不知因何追寻妖人来此？只因事起仓猝，未及细想。这一回思，适才木舟飞起时，恰将妖人施放阴雷之地越过，料无差错。忙即收回飞剑，将舟止住。朝前细看时，前侧不远，那梭形方格光圈将先逃小黑人圈在当中后，小黑人本意还想由上下两方遁走，不料前途红光才一交头合拢，光圈上立即爆起无数朱芒，奇光如雨，上下齐发。上面的射向天空，晃眼由细而粗，下落的也是如此。晃眼自相融合，结成一个梭形方格光笼。小黑人被困在内，一声长啸，先由身上飞出千百道黑气，远看铁柱一般，将上下四外红光撑住，不使由大而小往里缩拢。紧跟着化身为三，回手一拍命门，发出笔也似直三股碧焰，向红光烧去。红碧相映，闪闪生辉，十分好看。少女已经飞临光笼上空，将手一指，护身彩虹中又是五颜六色，分射出十几道各色晶芒，罩向光笼上面，一层层布散开来，围在红光外面。那小黑人先是急得在里面枭声怪气，尽情辱骂。后又全身赤裸，露出瘦小枯干黑如墨煤三具怪身，不住在内倒立旋转，周身俱是碧焰黑气围绕，兀自左冲右突，逃走不脱。可是少女彩光虽将他困住，急切间也奈何他不得。辛青见时辰将至，前途妖人埋伏尚多，叶缤警告，当非虚语。双方仍在相持不下，既恐延误事机，又恐妖尸灵警机诈，长于天视地听，乘隙赶来，就是叶缤也未必能抵得住。行止俱在两难，好生惶急。正想再待片刻，焚符求助。

云凤早就跃跃欲试，见辛青满面愁容，忍不住说道："辛师姊，我看妖人虽非叶道友之敌，但颇长于防御，似此相持下去，我们难保不误事机。妖人如再蓄有诡谋，或是故意延挨，等待妖党，岂不更是可虑？妹子新得这面神禹令，韩仙子赐时，曾说专破各种妖烟彩雾，还有两柄钩弋戈，也有好些妙用。与其坐误时机，何如试它一试？反正是仇敌，管他是甚来路，能早脱身，岂不更好？"辛青旁观不动，固然为了守护木舟要紧，一半也因平日常闻师言，九烈神君神通广大，睚眦之怨必报，招惹不得。妖人是他爱子，虽然有意为难，毕竟彼此尚未交手对敌，他自犯我，我未犯他。难得有人出头，正好假手叶缤将他除去，免给师门日后树此强敌，留下隐患。再看敌人来势，叶缤如不能胜，自己也绝不是对手，乐得静守在旁，专护木舟。真要不行，便用灵符告急，将师父请来，比较稳妥。于是一味小心谨慎。因和云凤、湘英、允中三人初见，总以为末学新进，不会有甚过人之处，虽然飞剑俱都不弱，毕竟不是妖人之敌，只管愁急，从未想到。及听云凤一说韩仙子传有法宝，心中一动。暗忖："三人如无本领，师父怎会命他们前来？怎底细未知，便这样轻看人？差点误事，真是该死！"连忙笑答道："凌师妹如能往助叶道友除此妖孽，再妙不过。但听叶道友说，此乃九烈神君之子，妖法高强。适才见他身外化身，必擅玄功变化。迎敌之际，务要小心。再者，家师和诸位师伯叔多与九烈神君无仇无怨，这厮必受妖尸等愚弄来此，能不伤他，惊走最好。"

云凤不知怎的，一见叶缤便觉投缘，无形中生了亲近之心。及见所放彩光，虽将妖人黑丑层层包围，但持久无功。哪知冰魄神光厉害非常，叶缤欲使仇敌三尸全化，形神俱灭，另有用意。恨不得立刻上前助她一臂，才称心意。无如修为日浅，知道辛青是颠仙门下大弟子，修为多年，功力深厚，她既旁观不动，必有原因。护舟之事，关系全局，不便冒昧启齿。

待到此时，实忍不住，试一开口，竟蒙应允。也说不出是甚缘故，心中一高兴，连辛青的话也未听清，口中诺诺连声，人已驾了遁光飞上前去。当着外人，急欲求功自见，还没飞到，首将二宝取出施为。

叶缤本拟用冰魄神光将黑丑炼成灰烟而灭，不料黑丑看出形势不妙，忙用本身所炼地煞之气将神光挡住，不使压近身来。一面施展玄功妖法，将身形合一，手按胁插三剑；一面准备能全身遁去更妙，万一逃走不脱，便拼四十九年苦练之功，舍却一个化身，借遁逃走。同时为报仇起见，临逃走时，将身背大黑葫芦中的阴雷毒火全数施放出来，即便敌人不遭惨死，伤必不免，至少也叫出一点气。叶缤见黑丑煞气、妖法厉害，竟将冰魄神光挡住，远非昔比，心中一留意，便将阴谋窥破。知道黑丑已得乃父九烈神君真传，加以天生戾质奇资，炼时极肯下苦功夫。这次奉命出寻乃父所宠妖姬黑神女宋香娃，又将乃父多年聚炼的魔火阴雷带了一大葫芦出来。九烈阴雷自成一家，全是地肺中万年阴郁戾煞之气炼成，专污飞剑法宝，无坚不摧，无论人物山石，中上立即全消。未用时，看去只有梧桐子大小。发时化为一溜碧焰，一粒阴雷之力，能将百十丈方圆的山石地面震为灰烟。修道人如被打中，始而中毒，几个寒噤过去，身上逐渐寒热交作，终于本身真元连同骨髓精血，全被阴火烧干，通身化为白灰而死。以道力禀赋的深浅，分时久暂。除非受伤人功力深厚，能以本身纯阳之火将它先行消灭；或是中了以后，能以真元之气屏除体外，始能无害。否则极少生路，端的阴毒已极。尤厉害的是九烈父子已炼得与心灵能相感应，别人即使借用，尽管能将阴雷发出，中在人身，或是埋伏要路，并不一定随手爆发，可以由心运用，到了时机方始发挥妙用。叶缤来时云中遥望，沿途已埋伏下不少阴雷，这一大葫芦何止百粒。如彼情急，尽量发出，自己有冰魄神光护身，不畏伤害。尤如为数太多，这附近千百里内，山川地域固然难免齐化劫灰，同时地底必受巨震，那时地火怒涌，江水倒流，不知要伤害多少生灵，岂非自己造孽，迫成这样大灾？就此放他逃走，又于心不甘。想来想去，只有仍用神光将他紧紧包围，注定所炼三尸元神，任其变相捣鬼，不等阴雷齐爆，绝不丝毫松懈。这样一来，纵令防不胜防，三尸元神不能悉诛，被他逃走一二，那万千阴雷却可在空中一举消灭。自己再运玄功加以戒备，至多耗去一些冰魄神光，绝不致伤害生灵。主意打定，为防黑丑化形遁走，又将护身神光分出几片彩虹，往上下四外飞去，晃眼不见。

黑丑也知和敌人仇深恨重，立誓除他。不料事隔多年，竟会狭路相逢，又急又忿。情知无幸，惊惧万分，只管在光笼中聚精会神，苦苦支持，不敢骤然发动，不觉挨了些时刻。叶缤见他业已准备停当，引满不发，以为最后所设罗网被他看破。适才已向护舟诸人夸口，时久岂不误事？也是心中发急。正待冒险诱敌，略放一丝缝隙，先破去他的阴雷，等到二次入网，再施辣手，便无顾忌。

忽然云凤飞来，叶缤心笑来人不识深浅。猛瞥见云凤手中持一形制奇古的令牌，上面发出一片青蒙蒙的光华，电驰而来。那光初出现时才照丈许，晃眼长达百丈以上，光粗不满一尺，看去并不强烈，可是飞剑光华一点也掩它不住。方觉不是寻常，那道青光已经射向围困妖人的光笼之上，也未觉着怎样，竟被透射进去，不禁惊奇。这时黑丑也早把玄功运好，一见敌人来了助手，目光旁注，左手拔出胁下所钉宝剑，咬破舌尖，喷出一片血光。身子一晃，三条黑影分合两次，倏又化成一体，带着一身黑烟，硬往光笼上撞去。乍看似要冲破光层逃走，实则黑丑共炼有三个元神，此乃三尸之一，主神和另一元神已被变化时隐去。如若不知底细，只将冰魄神光加紧一压，一神虽伤，主神和另一元神必被突围遁走。

叶缤原已防备及此，无如他这血光护身之法也极厉害，又是拼命而来，稍一失措，便被冲破光层，连这一神也被逃走，其势竟难兼顾。同时光层又被神禹令青光冲入，叶缤见状，大出意料，暗道："不好！"正待施展，将暗伏外面的光网合拢，以免阴雷为害。说时迟，那时快，三方动作都是捷逾影响，青光到处，"哇"的一声惨叫，先是黑丑分化出来的元神的绕身黑烟，一齐消散，吃冰魄神光往下一压，立即消灭。紧跟着黑丑的本身不知用甚法术隐护，已经脱出光笼，待要飞起，吃青光透射过去，照了个原形毕现。云凤只知神禹令是专除妖邪，能随心运用，不伤自己人的法宝飞剑，还没料到宝光如此神妙。那两柄钩弋戈也是专诛邪魔的异宝，恰又取在手内，一见妖人现身，立即扬手飞出，化为两股金光，蛟龙剪尾，电射上前。

黑丑见分化一神已灭，本身又现，妖法也被破去。料定无有生路，惊惧忙迫中，正待将全葫芦内的阴雷发将出去。恰巧叶缤看出他变化神奇，恐有疏失，一面发动埋伏，就势又把原困妖人的神光合围上去，满拟连妖人带阴雷一齐围住，同归于尽。也是云凤贪功太甚，又将两柄钩弋戈发出。黑丑看出今日之局，一半败在云凤手里，恨切入骨。又见神光还有外层，电一般合围上来，知道阴雷也失功效，已为神光所阻，不能损伤仇人。忽见钩弋戈穿光而入，正合心意，反正必死无疑，乐得借此报复一点是一点。百忙中，咬牙切齿，二次行使妖法，咬破舌尖，喷出一道血光，暗将手中所持备用的几粒阴雷顺着神光起处，朝敌人钩弋戈上发去。黑丑周身时有碧焰黑烟血光飞扬，阴雷又有妖法血光遮掩，匆忙之中，二女谁也不曾看破。

　　黑丑法才行使，钩弋戈已荡散血光，双双围身一绞。同时叶缤的冰魄神光也里外合围，高喊："道友，速收法宝，容我破这阴雷。"跟着连黑丑残尸余气带那大黑葫芦一同拥起，直上青云。眼看升高数十丈，只见白云层里，千百道霞光似电闪一般，连掣了几下，猛听一片轻雷之声，密如擂鼓，稍响即息。随见满天碧荧纷飞如雨，一闪即逝。面前彩光飞敛处，叶缤现身道："有劳诸位久等，又蒙这位道友相助，报却妖人杀徒之仇，十分感谢。时已不早，我也还有事他去。待我略施小技，先送诸位起身，就在舟中叙谈请教，并破妖人沿途埋伏的阴雷吧。"

　　说罢，不俟答言，径请众人各自登舟，自己和云凤同立湘英所驾舟上。跟着行法，将手一指，溪水忽又涌舟上腾，直升天半。这次和前次又不相同，宛似天河行舟一般，并不下落，三只木舟全被舟底飞涛涌着，连舟带水凌空飞驶，其疾如箭。不消多时，便到苦竹庵前江边飞坠，竟然直沉下去。沉时四外的水纷纷奔避，环舟丈许自成空洞，舟过，上面的水随即自合。

蜀山剑侠传 6

— 著 —
还珠楼主

人民文学出版社

目录

第二〇四回	彩幔横江　禹令神蛛收异宝		
	奇辉焕斗　金轮火剑胜妖尸		2335
第二〇五回	魅影爆冰魂　滟滟神光散花雨		
	佛灯飞圣火　昙昙幻境化金蛛		2358
第二〇六回	玉艳香温　秘戏花阴调鬼子		
	山鸣地叱　神雷天降荡妖氛		2386
第二〇七回	佛法显神通　顷刻勾销前后孽		
	玄功争造化　一轮转尽古今愁		2408
第二〇八回	踏雪赏幽花　玉雪仙婴双入抱		
	飞光惊外道　金乌邪幕总无功		2429
第二〇九回	灵境锁烟鬟　绝世仙娃参佛女		
	厉声腾魅影　穷凶鬼祖遇神鸠		2461
第二一〇回	闭户读丹经　明霞丽霄开紫府		
	飞光摇壁月　朵云如雪下瑶池		2487
第二一一回	火柱困霜鬟　雷泽沙中援道侣		
	蓝田餐玉实　灵空天际见真人		2506
第二一二回	蓦地起层楼　仙馆宏开延怪客		
	清谈矜雅谑　碧峰小集啖丹榴		2534
第二一三回	隐迹戏群凶　恶犯伏诛　妖徒授命		
	对枰凌大敌　穷神妙法　驼叟玄功		2556

第二一四回	地叱天鸣　剑气纵横寒敌胆	
	金声玉振　卿云纠缦丽鸿都	2578
第二一五回	大地为洪炉　沸石熔沙　重开奇境	
	长桥横圣水　虹飞电舞　再建仙山	2602
第二一六回	熊血儿喜得阴雷珠	
	小仙童初涉人天界	2622
第二一七回	弹指悟夙因　普渡金轮辉宝相	
	闻钟参妙谛　一泓寒月证禅心	2647
第二一八回	胜会集冠裳　无限清光　为有仙姬延月姊	
	同仇消芥蒂　难忘故剑　还将驼叟斗痴翁	2672
第二一九回	弭祸无形　采薇僧岷山施佛法	
	除恶务尽　朱矮叟灌口显神通	2692
第二二〇回	巽语度金针　大道同修　功参内外	
	乾焰生火宅　玄关一渡　业判仙凡	2712
第二二一回	灵药难求　仙女儿飞驰红凤岭	
	佛光解禁　痴上人遁走白犀潭	2733
第二二二回	一叟运玄功　电转飙轮穿地肺	
	群仙怜浩劫　无形弭祸上天心	2757

第二〇四回　彩幔横江　禹令神蛛收异宝
　　　　　　　奇辉焕斗　金轮火剑胜妖尸

云凤不知末一段乃颠仙禁法妙用，好生钦佩。因听叶缤尚有他事，好似送到即行，心颇依恋。难得到后，未曾话别，颇有留连之意。虽因妖人耽搁，时候还有余暇，打算舟到水洞，便请叶缤入庵相见。心正欢喜，玉清大师忽由水洞中接出，径请叶缤由地底直达后洞。并令余人相助运粮入舟，以备夜来应用。只云凤一人同往，三人一同到了后洞。

颠仙刚和叶缤叙见，一眼看到云凤脸上，不由大惊道："你妖气业已入骨，定中妖人暗算。莫非路上出了事么？"云凤还未及答，玉清大师先接口道："适才叶道友由水洞进来，也为此故。云妹受害实是不轻，叶道友同来，必知底细。"叶缤道："适才路过此间，空中遥望，九烈神君孽子黑丑正在前面乱放阴雷，是我赶到将他困住。多蒙凌道友用神禹令相助，得报杀徒之恨。妖人原想将所带阴雷全数放出害人，被我看破，未容出手。我用冰魄神光连他残尸一齐裹住，飞往高空之中爆散。先未想到凌道友会中他的暗算，后在舟中相见，才得看出。这厮阴雷有许多感应，一经说破，受伤人发作更快，因此不曾对凌道友提起。乘凌道友与我叙谈之际，略用神光祛邪之法，由身后直透体内，暂将凌道友真神保住，免遭惨劫。一面加急遁法，催舟同来此地。仅有神光护身，所以凌道友一时尚未觉察。尤如妖人阴雷狠毒，我发觉以后，神光只能护住心神，保她暂时无害。我一离去，立受其害；便不离去，长此保持，人虽不至于死，一周时候，先受伤处的精髓骨肉也难免要受重伤。二位大师道妙通玄，想必能有解救。如其不能，闻得川边青螺峪怪叫花凌真人有一至宝，名为九天元阳尺，专破邪教中的阴雷魔火。无如相隔太远，凌道友此时已不能御遁飞行。凌真人性情又极古怪,不知他肯借与否。"

云凤先颇惊惶,听到这里,想起日前去白犀潭时,芬陀大师和杨瑾之言,心方一动。颠仙已接口道:"这类阴雷,我等即被打中,也无妨碍。云凤毕竟修道日浅,怎能禁受?如运玄功,使我所炼先天纯阳之气穿行周身骨脉,未始不可驱除。但人却受伤,须要多日调养。今夜元江取宝,她那神禹令关系重要,少她不得。所幸她乃凌真人的侄曾孙女,又是崔五姑的爱徒,九天元阳尺手到借来。无如相隔太远,只玉清道友前往,可在期前赶到。但是这里又在用人之际,玉清道友执掌重任,无人能代。叶道友如能少留半日,便可两全了。"

叶缤先听云凤是怪叫花凌浑侄曾孙女,九天元阳尺手到借来,方自欣慰。忽听颠仙留她帮忙,自己恰有要事,于谊又不便推辞,不禁作难。云凤已将芬陀大师所赐灵丹取出,对颠仙道:"玉清大师怎可离去?弟子虽受妖人阴雷暗算,仗有叶道友的神光护体,直到如今也未觉出一点动静。记得由倚天崖起身往龙象庵去时,杨瑾师叔曾示先机,并赐灵丹三粒、灵符一道,许能祛毒复原也未可知。待弟子试服下去,如能医治,岂不是好?"颠仙先将灵丹接过,看了喜道:"此乃芬陀大师度厄金丹,广集十洲三岛海内外名山灵药而成。成道数百年,共只炼过一次,功能起死回生。区区阴雷之毒,更何足计?只服一粒足矣!"说罢,玉清大师仔细朝着云凤看了又看,等将灵丹服下,随问灵符安在?云凤取出。玉清大师笑道:"想不到我们今日三人俱都看走了眼。我原说云妹去时,眉间煞气,只主凶煞,应在敌人,至多树一强敌,怎会应在本身?适才见她脸上妖气笼罩,仿佛邪毒入骨,还在奇怪。原来怀中藏有芬陀大师灵符护体,阴雷并未侵入,所以受伤人毫无觉察。只因云妹不知底细,怀宝未用,妖人阴雷又极厉害,尽管不能侵入,依旧附身未退。叶道友爱友心切,也和我们一样,只当邪毒已经深入体内,只顾救护伤人,没想到破它。否则神光一照,早已化为乌有了。此符含有佛法妙用,威力非常。既然不曾用过,正好留备将来。云妹丹药服后,百邪不侵。只剩身外这点阴毒残氛,索性一客不烦二主,就请叶道友运用神光,将它除去了吧。"叶缤知道玉清大师有意相让,不便谦逊,手扬处,一片五色毫光飞起,罩向云凤身上,只闪得一闪,便自敛去。再看云凤身上邪气,便已净尽。叶缤立即告别。颠仙、玉清大师知她杀了九烈爱子，须早做准备，并未十分挽留。反是叶缤看出云凤情若凤契，意颇依恋，笑对她道："凌道友，你我一见倾心，必有凤缘，相聚日长，无须惜别。况我异日还有借重之处，正不在此一时。此去倘能如我预料，今晚也许能来参与取宝除妖盛举呢。"说罢，颠仙已将洞门开放，叶缤将手一举，道声："行再相见。"一片彩霞，腾空而去。颠仙随又行法将洞封闭。

玉清大师笑道："金钟岛主在小南极修道三百年，为方今女仙中有数人物。不特道妙通玄，所炼冰魄神光剑和太阴元磁精英炼成的两极圈，更有无穷妙用。因海外散仙无所隶属，只有一位师长业已仙去，人甚谦和，凡她相识的，俱以平辈相交。只心目中却少所许可。看她今日意思，与云妹极为投契。她那小南极金钟岛上，终古光明如昼，与不夜城大小光明境相隔最近。冰源中产有许多灵药仙果，以后时常往返，必有许多益处。只她道行如此高深，异日竟会向你求助，实出意外罢了。"

谈了一会儿，颠仙便往水洞行法，将那装蛛粮的三只木舟隐藏水底，以备夜来应用。又和玉清大师隐身同出，前往两边江岸仔细查看了两次。众门人后辈早已奉有密令，各自分头行事，隐身埋伏去讫，一切停当。洞中只剩颠仙、玉清大师、凌云凤、辛青四人。

到了亥初时分，玉清大师按照预计，先往阵地等候妖尸。颠仙留下辛青守洞，对云凤授了机宜，也同起身，径由地底直出水洞。由颠仙自携大小金蛛和云凤、欧阳霜，同立当中主舟之上，慕容姊妹分驾左右二舟，满载蛛粮毒果，先由江心水底，暗中逆流潜行，到了沉没金船的水眼地窍前面停住，由水底仰视星光。到了亥子之交，耳听上面尚无动静。料定妖邪当已早到，敌我引满待发，还未动手，木舟一出水面，必要来犯。此时形势，敌动越早越妙。颠仙自顾木舟防卫周密，先将预置下流水底的暗号发动，出江心飞起一道光华，上冲霄汉，使玉清大师和众后辈门人好有准备。跟着手往江面上一指，一声雷震，江心波涛飞雪一般往四外散去，同时三股金霞将三只木舟紧紧包围，升上水面。

两岸诸剑仙本是隐身潜伏，闻见金光雷声，方欲发动阵法，齐向江心上空聚拢。猛听西北遥空一声极尖锐刺耳的异啸，紧跟着明月光中现出一簇烟云，星飞电舞而来。烟中裹定一个火眼金睛、通身墨绿、瘦骨嶙峋、长臂长爪、形似僵尸、通身红绿火光黑气围绕的怪物，厉声嗥叫，晃眼飞近。玉清大师知道来者乃妖尸谷辰，正合心意。方欲暗运伏魔旗门迎上前去，身刚现出，下余诸人还未及现身，就在妖尸将到未到之际，空中倏地一片碧绿火花冒过，又一妖人相继出现。众人见那妖人身高八尺，又瘦又长，道装赤足，手持长剑。一张狭长脸子，方目碧瞳，尖鼻尖嘴。脸和手足都是又瘦又白，通没一丝血色。背插九支长箭，腰插三把短叉，左胁系一革囊，手持丈许长幡，通身都在烟雾之中。才一照面，一声厉吼，将手中长幡一摆，立时发出一幢绿阴阴的邪火妖光，照得附近山石人物皆成碧色。光到处，刘、赵、俞、魏、孙、岳诸人的隐身法立被破去，不等撤法，先已现身。

玉清大师认得妖人便是白骨神君与妖尸谷辰，都是劲敌。当时专斗妖尸，其势不能兼顾。惟恐刘、赵诸人不是敌手，一面将降魔旗门发动，接引妖尸入伏；一面暗运太乙神雷，将手一扬，朝妖人手中妖幡打去。这时下面颠仙已将禁法发动，放出一片光霞笼罩江面，将上下隔断。三只木舟也分品字形，相隔三四丈，按部位排开。大小二金蛛各自离盒，飞向水面箕踞，目闪奇光，注定水底，各将口一张，那亮晶晶粗如儿臂的蛛丝，便如银涛也似直向江心水底射去。

几方面动作都快。妖尸谷辰隔老远便伸出长臂大爪，待向玉清大师抓去，一眼瞥见下面光霞横江，金蛛离船入水，不由暴怒。立舍前面敌人，两条瘦长手臂一晃，立即暴长十余丈，上面碧焰火光乱爆如雨，身子往下一坐，朝着江面光霞举爪便抓。玉清大师看出来势厉害，恐有疏失，一面暗中运用伏魔旗门，一面放起飞剑。犹恐不济，又将佛门离合神光发动。妖尸本不畏飞剑，一见金光飞到，并未在意，一面伸手去抓，一面还待冲破下面光霞。不料玉清大师乃佛门降魔真传，与寻常飞剑不同，才一交接，便觉难禁，手臂虽未被绞断，已吃不住。妖尸见金光神妙，不敢硬抓。刚把长臂一振，发出满臂碧焰将金光抵住，离合神光倏又发动。妖尸任是神通广大，也不敢再为忽略，气得满嘴獠牙乱错。没奈何舍了下面，往上一纵，全身倏隐，化为一团半亩方圆的碧绿光华，光中射出万道黑丝，直向玉清大师扑去。玉清大师原意要他如此，因见离合神光也困他不住，便连飞剑一齐收去，一纵遁光，往左崖上空飞遁。就这微一迟延之间，江面上霞光已是密布，精光闪耀，上彻云衢。

妖尸明知玉清大师有心诱敌，使他离开，好让取宝人从容下手，免受侵害。无如下面主持人应变神速，防卫周密，此时再想冲破光霞下去扰乱，已非容易。并且敌人飞剑神光俱极厉害，决不见容。除却先将对面作梗的敌人先行抓死，必难下手。一看还有片刻才到金船出水，正可先除敌人泄恨，去了对方羽翼，便可少却好些梗阻。自恃元神凝炼成形，玄功变化，神妙无穷，竟然怒吼一声，飞身追去。

玉清大师见妖尸身已入伏，立即如法施为，先将旗门倒转，将妖尸引出十里以外。妖尸心急性暴，恨不得一举成功，果然上了大当。正追之间，忽见前面祥光涌现，敌人手指自己大骂。先只当是敌人又在施展法宝，心中又气又笑，忙运玄功，身外化身。表面仍是一团碧绿光华，真身却在暗中遁出，化为一只大手，在妖法隐藏之下，朝祥光中敌人抓去。眼看抓到，倏地前面金光乱闪，刺眼生疼，敌人倏地失踪。定睛四下一看，敌人已在身后出现，飞也似往来路江面上逃去。妖尸又当玉清大师怯敌，仗着护身光华遁走，如何能容，口中连声厉吼，回身便追。哪知旗门业已倒转，早离原地老远，由此幻象时起，敌人只随心念隐现，只是捉摸不到。

玉清大师见妖尸已被困入旗门以内，知他百炼元神，坚定非常，急切间还难伤他。回顾江心，刘、赵诸人正和白骨神君苦斗，本就勉强，忽又添了不少妖人。江中波浪山立，两只金蛛所喷蛛丝已渐停止，将往回收。估量江底金船已被网住，待要升起，时机瞬息，关系重大。白骨神君妖法污秽，所使白骨叉箭均附有不少凶魂厉魄，十分厉害，况又加上好些妖党，惟恐众人有失。以为妖尸身陷埋伏，无足为害，那伏魔旗门无人主持，虽然功效稍差，但是一经发动，便能自生妙用，变化无穷，料定妖尸无法脱出，正好乘暇赶往江上应援，念头才转，瞥见白水真人刘泉、七星真人赵光斗、白侠孙南、戴湘英四人已经飞向一旁迎敌。本来敌方新来诸妖党，因为敌众我寡，岳雯、俞允中也相继上前助战，只剩陆地金龙魏青一人独斗白骨神君，不是敌手，法力相差太已悬殊。幸仗持有五鬼天王尚和阳的白骨锁心锤，以毒攻毒，不特将白骨神君敌住，那四个恶鬼头在魔火妖云簇拥中飞上前去，反将妖人的白骨箭一连毁去四支，引得妖人连声厉吼，怒发如雷。起初众人合斗妖人时，俱将各人飞剑放出，没想到此。后来刘泉觉出众力不支，又见妖党纷纷来斗，知道只有魏青的白骨锁心锤能够暂敌一时，明知犯险，迫于无奈，还是暂顾目前要紧。便令魏青收去飞剑，取锤应用，众人分头迎敌新来妖党。

也是魏青福大，那柄白骨锁心锤恰是对方惟一的克星。白骨神君和五鬼天王尚和阳原有夙仇，又知青螺峪挫败之事是因尚和阳临阵先逃，回山之后，便闭洞潜修，炼宝复仇，不常在外走动，并不知此宝已落人手；又是多年妖法祭炼，与身心相应的法宝，外人不能使用。因为近年常有异派中人改邪归正，投身各正派门下，一见魏青施为，先虽失惊，因锤上五鬼去掉一个，还疑不是原物。这时正将白骨箭取出，欲伤敌人性命，姑且放出一试。不料才一出手，便吃鬼头吞去了四根。心中大惊，好生痛惜，忙将余箭收回。放出飞叉，想勉强抵住，另打主意。经此一来，愈发认准魏青是尚和阳的门徒，新近乃师降了正教，奉命来此助战。否则便是正教门下向尚和阳借用。只不知五鬼为何少一个？此宝还有极厉害的妙用，一经全力施为，自己除非拼损功行、法宝，绝难抵敌。尤其一切妖术邪氛俱敌不住鬼口中所喷魔火。加以上来先葬送了几支白骨箭，锐气大挫，一心谨慎，不敢骤然施为。哪知怪叫花凌浑初得此宝时，因它太已狠毒，重经祭炼，交与魏青，不特用法没有全传，当中主魂又在事前摘去，伎俩仅此。他这一持重，却便宜了魏青，等到发觉，敌人救援已到，来不及了。

玉清大师看出情势危急，别人尚可，尤其魏青一人独斗强敌，更是险到万分，事在紧迫，不暇深思，竟驾遁光飞去。手扬处，先是连珠般的雷火金光直朝众妖党打去。同时声到人到，大喝："魏道友收宝速退，待我除此妖孽！"说时，恐伤魏青法宝、飞剑，金光先自飞出，将白骨叉所化三道灰白色的光华敌住。白骨神君见飞叉竟将四鬼敌住，毫无逊色，已渐发觉锁心锤不如预计厉害，正在心中盘算，再试一回。先是一口妖气喷将出去，白骨锁心锤又威力大减，四恶鬼渐有不支之势。不由又气又忿，正在施展恶毒妖法，想连敌人带锁心锤一齐收去。忽瞥见一道金光，宛如匹练横空，电射飞来，不特不畏阴火邪烟污秽，反将内中一道灰白光华截住，只一绞，立起一片鬼啸之声，化为流荧，四散如雨。

所幸魏青贪功心盛，见敌人飞箭被锁心锤毁了四支，只觉恶鬼狰狞，鬼口魔火邪焰呼呼乱喷，自己势盛，哪知对面妖人何等厉害。一会儿便看出此宝弱点，就要施展。只管聚精会神按照师传一心运用，玉清大师的话，仓猝间并未留意。那四恶鬼刚觉敌人势盛,倏地金光飞来,将叉破去,恰好两打一,双双飞迎上前。两个鬼头迎着一柄飞叉,力量刚刚扯直,斗在一起。玉清大师恐伤此宝,连喝魏青收宝时,白骨神君见势不佳,忙运玄功,张口一吸,乘隙收入。魏青这才明白玉清大师心意。瞥见侧面俞允中斗一头梳双丫角、白发童身的妖道,眼看危急,幸得戴湘英斩了一个妖党,飞身赶往相助。虽然转危为安,可是那妖道所用飞剑千变万化,层出不穷。放出时,青光只有尺许长短,仍是剑形,三棱精芒闪闪,甚是滑溜。俞允中剑光好容易才得裹住,未及绞碎,妖道手扬处,又是两口飞剑,上下飞来。允中一口飞剑难以夹攻,只得改攻为守,飞回防御,差一点没被刺中。及至湘英飞到,妖道愈发大显神通,肩动臂摇之间,那尺许长的三棱飞剑纷纷飞起,晃眼多到百余口。俞、戴二人简直无法应付。百忙中又听刘泉高声遥嘱:"妖道乃妖人朱柔的门下,我除了妖人便来会他。不可身剑合一,上他的当。"迫得二人无法,只好以背相向,并立一处,将两口飞剑连成一片,将身护住。总算允中这口玉龙剑和湘英的天象剑一是仙家至宝,一是佛门利器,还能抵敌,未为妖道所伤。魏青恰巧看见赶去。

白水真人刘泉力敌广西金峰山侯显、侯曾二妖人,各显神通。正在相持不下,忽听迅雷大震,众妖人吃太乙神雷连伤了四五个。又见玉清大师往斗白骨神君,魏青退下去助允中,料将转败为胜,心中大喜。惟恐魏青顾忌自己人的飞剑被魔火所污,徒有克敌之宝,不会施为,忙喝:"魏师弟,还不用你那锤直取白发小妖道,等待何时?"一句话把魏青提醒,便舍俞、戴二人,重取白骨锁心锤迎风一晃,锤上四恶鬼立即飞起,带着一大丛魔火黑烟,飞扑过去。那满头白发形如幼童的妖道,乃竹山教中长老朱柔的得意门徒,名叫白首仙童任春。生相虽如幼童,年已百岁以上。生性淫凶,无恶不作,又极刁猾。所炼三棱心如剑,有不少变化。此次来意,纯为觊觎金门诸宝,与妖尸谷辰心思不同,也非一路。除他外,还有金峰山侯氏兄弟,姑苏穹窿山白禅师萧勉,前在杨瑾手下漏网的芙蓉行者孙福等。四个妖党,本早赶到,不料路遇白骨神君门徒恶鬼师储晴、小夜叉汲占、乌凤道长贯明扬,说起妖尸谷辰和乃师联成一党,正要破坏元江取宝之事。分手之后,任春暗忖:"妖尸如胜,金门诸宝绝难出现,无法攫取;敌人得胜,妖尸和白骨师徒尚非其敌,去也无用,何苦蹚这浑水?"好生失望,本想中止。偏生芙蓉行者孙福受了许飞娘怂恿,力言:"双方恶斗,正好与妖尸等联合,浑水捞鱼。听飞娘说,此次元江取宝,敌党诸首要无一参与,只凭郑颠一人。妖尸自从害死吴立,得了他的道书灵丹,神通愈发广大,敌人绝非对手,何况又加白骨师徒多人。妖尸玄功变化已无须乎法宝,所忌者,只金船中的归化神音,余俱不在心上。他和白骨原意,先期破坏,倒翻地肺,使金门诸宝永沦地底,不得出世。无如被害仇人吴立,死时元神未被禁住,终日与他为难,片刻不宁,非到当晚亥正不能制服。这还仗有白骨神君相助,否则一时也离开本洞不得。到时稍晚,敌人必已行法,将金船吸出水面。假如破坏不成,便行抢夺。吴立元神坚定,法力甚高,妖尸连平日行法查探敌人动静,都常吃他公然扰害,施展不得,厉害可知。制他之法,须在今晚亥时完功。就不耽延,赶到已是子时,敌人业经下手,必照第二步行事。乐得各做各事,有他们在前,我们更无败理。再如谨慎一些,索性由我赶去通知他们,联成一气,省得到时误事。你看可好?"

任春人虽凶险,心却疑忌。深知妖尸狠毒,不下于昔日绿袍老祖。吴立是他救命恩人,尚遭毒手,何况外人。自以少亲近为是。不去难舍,去又多虑,与虎谋皮,更难免于后患。方在举棋不定,偏生晦星照临。原来云梦山神光洞摩诃尊者司空湛的惟一爱宠女弟子忉利仙子赛阿环方玉柔,也因受了许飞娘的蛊惑,想瞒着乃师夺取金船宝物,惟恐人单势孤,到处寻找党羽相助,恰好路遇任春、孙福。任、孙二人迷恋方玉柔已非朝夕。任春更因方玉柔秾姿绝艳,不假道术,天生奇趣,连乃师司空湛都曾为她失过真阳,一想起就神魂飞越,情愿为她坏了道行,誓欲一试而后快。无奈方玉柔对于孙福还能假以颜色,而嫌恶任春身相矮小,白发满头,形貌丑怪,见面时连话都不和他多说。这时用人之际,意欲使众妖人为她卖命,得来宝物全数献上,竟将迷人本领施展出来。公然明言:身是彩头,谁能得到金船中至宝,便可给以甜头,销魂真个。任春本就馋猫一般,哪禁得起这等逗弄,如非还有好些顾忌,直恨不能紧紧搂过,先拼命吻上两口,才称心意。众妖人全被颠倒,竟由孙福去向妖尸输诚,结为一党,照着约定时刻,先后来到。

任春终有心计,见妖尸才一照面,便被玉清大师引走,一起失踪。一会儿只剩玉清大师一人回来，身还未到，先发太乙神雷，将白骨神君门人打死了好几个。芙蓉行者孙福和白禅师萧勉也被雷火金光所伤，虽在应敌，势已不支，好似受伤不轻。忉利仙子方玉柔仗着师传护身法宝，侥幸得免。自己和侯氏兄弟因隔得远，一闻雷声，有了防备，虽未受伤，可是敌人势已大盛。如在平日，早已见机抽身。只因心上人方玉柔尚无退意，此时先走，从此绝望，休想沾染。一心老想自己这面能胜固好，否则便盼方玉柔挫败危急之际，抢上前去将她救走，无论如何不使虚此一行。只顾偷觑方玉柔的姿色，将身逐渐凑近，以备遇险下手。色令智昏，对于所困二敌均没心思下手。合则他那心如剑惯于摄人，对方一旦不敌，便被化身千百，簇拥上来，一齐摄走了。

刘泉深知各派妖邪虚实来历，一见有任春，便知厉害。无如自己被侯氏兄弟截住，也是强手，不能分身。高嘱俞、戴二人不可身剑合一，便是为了到紧急时拼舍飞剑，免得连人摄走的万一打算。哪知妖人志不在此，白担了心。等到魏青来援，任春也是该死，自恃妖法高强，二敌已被困住，别人又难分身。无巧不巧，方玉柔见岳雯飞剑神奇，不能取胜，改用迷魂之法，做出许多妖淫情态。岳雯得了追云叟真传，又常受神驼乙休指教，身有祛邪辟魔之宝，没有迷倒。却把旁观的任春看得心猿意马，按捺不住，只顾一眼接一眼偷觑妖艳。一时疏忽，直到恶鬼由锤上飞起，魔火邪烟飞涌而至，方觉不妙。惊惧忙乱中，心无主见，竟忘了纵遁逃走，妄想迎敌。双肩摇处，十余口三棱小剑刚刚飞出，猛想起敌人所用之宝乃是白骨锁心锤，心如剑岂非白送？一面想将剑收回，一面又想用妖法抵御，不由闹了个手忙脚乱。刚刚一手招剑，口中咬破舌尖，血光未及喷出，魔火已经临身。忽闻奇腥刺鼻，眼前一晕，心喊不好，方想逃遁，四恶鬼口中邪毒之气已迎面喷到，当时翻倒在地。跟着四恶鬼飞上前去，白牙森森，张口一咬一吸，立即了账。那围困俞、戴二人的白十口二棱青光小剑无人主持，二人剑光一荡，便已冲开，浮沉空中，似要飞去。魏青见妖人先由身上飞出小剑，挨着魔火，立即坠落，恐防飞走，手举锁心锤，飞身空中，连撩几下，只听"叮叮"之声响成一片，纷纷化为顽铁坠落地上。

刘泉正暗用法宝，想乘隙将侯显打死，那和赵光斗恶斗的几个白骨神君门下，立时分了一个过来助战，忙于应付，未暇旁觑。等到看出喝止，已被破去。允中叫道："魏师兄，你这锤儿如此厉害，赵师兄势弱，我们还不上前帮他去？"说罢，一同飞身赶去。

众人只七星真人赵光斗遭遇最苦。因发现妖党最早，当先迎敌，一上来便被白骨神君门下恶鬼师储晴、小夜叉汲占、乌风道长贯明扬等七个奇形怪状的妖人围住。这时刘泉被芙蓉行者孙福和侯显、侯曾敌住，岳雯和切利仙子方玉柔、白禅师萧勉在一起，白侠孙南一人独敌最后赶来的辽东二魔陶昌、陶和，都是以寡敌众，难于分身。只戴湘英敌江西鄱阳湖小水神谷夏，俞允中敌白首仙童任春，是一对一单打独斗，也都绊住不能上前。所幸赵光斗七星剑长于护身，又有两件护身法宝，见势不佳，立即身剑合一，拼死抵御。被困不久，玉清大师便已飞来，用太乙神雷连珠发出，众妖人骤不及防，连被打倒了四五个。小水神谷夏立得较近，吃雷火打中左臂，妖法同时破去。戴湘英看出便宜，指挥飞剑往下一压，立劈两半。孙福、萧勉也受波及，负伤苦斗。没有多时，先后吃刘泉、岳雯一用法宝，一用神雷，全都毙命。那围困赵光斗的七个妖徒，还剩下两个最厉害的，因所用白骨叉箭已为太乙神雷破去，各将妖法施展开来。赵光斗被困碧焰黑雾之中，正在往来冲突，魏青恰巧赶到。

白骨神君先见门人纷纷伤亡，又急又怒，无奈身被强敌绊住，分身不得。忙中偷觑，魏青杀了任春，又往恶鬼师储晴、乌风道长贯明扬二人面前飞去。知道自己平日疑忌，近又鉴于绿袍老祖前车之失，不肯将厉害法宝传授门人，储、汲、贯三人和罗枭虽然入门多年，法力较深，却非白骨锁心锤之敌。情急无计，只得大喝道："那黑汉手持白骨锁心锤，颇似尚和阳小儿之物，尔等不可轻敌！"话还未了，魏青锤上恶鬼火烟已飞舞而起。贯明扬首先吃魔火将妖焰邪雾烧化，遥闻师言，觉出不妙，刚要逃走，恶鬼头已咬上身来。湘英随后赶到，将手一指，剑光飞上前去，环身一绕，竟腰斩成了三截，尸横就地。允中见她飞剑出手，还恐受污，拦阻不及，即见无恙，才放了心。跟着储晴也和贯明扬走了一路。

片刻之间，战场上形势骤变，众妖人纷纷伤亡，只剩下辽东二魔陶氏兄弟、侯曾、汲占、方玉柔五人，见同来妖党多受惨戮，本就怯敌惊心，哪禁得住又添了这四个敌人。魏青一柄白骨锁心锤更是大显威力，因知岳雯飞剑不畏邪污，首朝方玉柔飞去。

这一会儿工夫，方玉柔连施几件法宝，俱被岳雯破去，迷魂法又无灵效，只剩乃师镇山之宝列缺双钩，和岳雯的一道金光在拼死相持。她本看出今日之局，不似什么好兆：一则，白骨神君与玉清大师旗鼓相当，尚无败意。心想："妖尸谷辰比白骨神君厉害，万无一上阵便被敌人消灭之理。"心疑妖尸有心闹鬼，故意隐形变化，暗算敌人，身并未死；二则，此次偷了师父好几件法宝，多被敌人毁去，虽说师父宠爱，到底不好交代；三则，面前诸敌人除玉罗刹而外，俱是末学新进，寻常人物。果如许飞娘所言，敌党首脑一个未在，按说强弱悬殊，怎么竟会转胜为败？心中不服，越想越气。自恃遁逃神速，幻形神妙，这列缺双钩乃师父多年祭炼而成的至宝，用以防身，改攻为守，决不会受敌人侵害。几经盘算，仗着此宝，反正敌人莫奈我何，决计等个水落石出。妖尸、白骨如真全挫败，不可收拾，那时再逃也来得及；万一妖尸行诈，暗中破了敌人禁制，与白骨神君上应下合，往夺金门诸宝，自己也可用幻象变化脱身，暗中隐形飞入金船，至不济也捞它几件前古至宝，免得错过良机，还白赔许多法宝。心中打着如意算盘，迟疑不退。忽见魏青持锤飞来，虽知此宝来历，一个无法抵挡，便无幸理。无如贪心太过，总觉列缺双钩能够抵敌。不但没有退志，反倒加紧施为，一面手指雌钩去敌岳雯飞剑；一面把雄钩化为一片蓝霞护住全身，戟指岳、魏二人，咬牙切齿，大骂不休。

那列缺双钩，本是古仙人列缺降魔防身至宝。到了摩诃尊者司空湛手里，又费了许多心血，炼得与身相合，与各异派中所用飞剑、法宝大不相同。发时化为一青一蓝两道钩形光华，大小分合，尤其不畏邪污，无不由心。差一点的道家飞剑和寻常法宝吃它联合钩住，一剪一挫，立即碎裂，失了灵效，端的厉害非常。妖女如知将双钩合璧，用青蓝光华护住全身，便众人齐上合力夹攻，也难伤她分毫。偏生妖女天性淫凶贪狠，复仇之心最重。因被岳雯破了几件法宝，痛恨切骨。自从双钩同发，看出敌人飞剑势渐衰弱，而不知岳雯所用飞剑乃追云叟自用之宝，何等神妙，虽不能胜，也无为钩所断之理。只因岳雯以前受过乙休指点，知道此钩为至宝，看出妖女不能身与钩合，暗中施为，意欲乘机夺取。妖女竟把假败认真，以为一柄雄钩护身有余，正好双管齐下，乘胜加功，将敌人飞剑破去。却不想盗来之物虽会运用，不能身钩合一。钩虽不畏邪污，可是稍微疏忽，护身蓝光稍现出丝毫缝隙，锁心锤上鬼口所喷魔焰立即乘虚而入，沾着一点便难活命。

岳雯本愁双钩势盛，惟恐一举不能收功，反倒打草惊蛇，更难得手。方在寻思，骤出不意，用别的法宝隔开一个，试将雌钩收去。忽见魏青赶来助战，妖女分钩抵御，不禁大喜。暗将太乙真气运足，先将飞剑金光略敛，一任青光将它绞住，故作不支，似欲挣脱之状，连身后退。妖女见恶鬼魔焰俱吃护身蓝光阻住，心大宽放；再见金光已吃青光绞住，敌人神色慌张，不住向空连招，想要挣逃，越发自恃，加紧施为，想将敌人飞剑绞断。因求胜心切，竟冒魔火之险，抽空又是一口真气喷将出去。这一钩一剑，两道光华互相纠结，已朝前退出了二十来丈。岳雯见妖女并未冲开魔焰追来，知是时候了，猛将准备好的太乙真气喷出，跟着施展本门含光捉影收剑之法，扬手一招，青光立随金光绞紧一拖之势，凭空飞落。因恐妖女还有法宝，两道光华一时尚难分开，左手连剑带钩一齐抓住，右手一扬，便是震天价一团雷火发射出去。妖女遂中魔火，死于非命了。

原来妖女忉利仙子赛阿环方玉柔，二次加功喷出真气，心料敌人飞剑就不折断，也必难以支持，终归消灭。谁知晃眼之间，青光和金光越挣越远。暗忖："明明敌弱我强，怎么倒吃他的金光将钩扯退？"方在奇怪，待要将钩招回，猛瞥见金光突然大盛，直似惊鸿电掣，灵蛇飞颤。略一挣动之间，竟然反客为主，反将青光缠绞了个紧紧。这才知道不妙，心中大惊。一时情急过度，慌不迭运用玄功，将手一招，待要收将回来，竟忘了恶鬼环伺在侧。妖女起初喷出真气时，因还有戒心，动作神速，又是一喷即止，魔火上去，吃护身蓝光挡住，未得侵入。这次妖女因那列缺双钩无殊师父第二条生命，关系非小，司空湛为人阴辣，不怒则已，一发便处治甚惨，连失法宝已难交代，岂可又将这独一无二的旷世奇珍失去？偏生所学不精，不能尽发此宝妙用，不比师父在场，人宝心灵相应，任隔多远，心动即回。又看出敌人存心夺宝，除却赶紧抢先夺回，更无善法。惊惶匆迫之际，未暇思索身侧危险，慌不迭运用玄功。手刚扬起一招，百忙中猛想起锁心锤厉害，方在失惊，"哎呀"一声，未及缩手准备，倏地头晕眼花，魔火业已乘隙侵入。迷惘惊惧中，才想到行法逃遁，已经无及。刚刚纵起，遁光自敛，人也倒栽坠落。魏青就势扬锤打下，吃妖女身外蓝光所阻住，不能下落。魔火却乘隙呼呼飞入，晃眼间妖女全身自燃，碧焰环绕不熄。岳雯太乙神雷也已发出，四魔鬼连忙逃回，妖女却被震成粉碎。

那蓝光无人主持，竟舍妖女飞起。魏青也看出便宜，知锁心锤无用，飞剑上去一拦未拦住，剑光还几乎受挫。幸是宝主已死，否则飞剑还要受伤。魏青方觉厉害，忙将飞剑收回。岳雯已将两道纠结一起的光华分开，收了雌钩赶到，一指金光，飞上前去，将雄钩也一同绞住，如法收去，岳雯只顾御敌收宝，忘了四鬼。幸是尚和阳妖法厉害，锤上四鬼头俱有极深功力，又经凌浑仙法重新炼过，妖女身有蓝光围绕，只喷魔火邪烟，不能上前扑咬，相隔尚远。否则神雷厉害，四鬼多少也受创无疑。事后岳雯自觉鲁莽，好生抱歉，令魏青转告四鬼：今日功成不赏，反受大惊，异日回山，必求师父和乙真人为之设法解难。魏青笑诺。锤上四鬼也在呜呜，似在应声感谢。

二人匆匆说了几句，回望战场。原来小夜叉汲占闻得妖师警告，又见同门诸人俱遭惨死，凶多吉少，不敢再延，一把白骨钉化为百十点碧焰，朝刘泉打去。刘泉见他又施故伎，忙发神雷去破时，不料妖人以进为退，一面装作拼命发出妖钉，一面早见机飞起，化为一溜绿火，破空逃去。不过他终究路遇正派中赶来应援的人，仍难活命。再说侯曾见势不佳，不愿再报兄仇，也就跟踪遁去。刘泉因先听颠仙说过，今日所来诸妖邪，仅有一二首脑能够逃去，余者一个也难活命。此时妖党几乎全戮，残存的也被众人围困，早晚伏诛。已在自己手里放逃了一个，又知侯氏兄弟与各异派中首要人等多半深交，放走必为异日隐患，如何能容。便把对付汲占的法宝移将过来，并力夹攻，手中神雷放之不已。侯曾见难逃脱，心一怯敌，略为疏忽，吃刘泉一雷打来，躲闪不及，口喷邪气，只顾挡那雷火。不料刘泉几面下手：一面发那雷火，一面用飞剑敌住他的飞刀，又乘他心慌失神之际，暗用神雷金光蓦当胸打去。立即穿胸迸裂，血肉纷飞，死于就地，空中飞刀也被刘泉收去。

这里白侠孙南独斗辽东二魔，眼看不敌，恰值俞允中、戴湘英、赵光斗三人得胜之际，相继赶来。赵光斗知道陶氏兄弟魔法厉害，诡诈百出，上来便施展玄功，连人带剑一齐隐去。二魔虽见敌人添了帮手，并非知名之士，并未在意。又见妖党全体惨败，又惊又忿。方欲施展最恶毒的魔法害人，拼舍一点精血为妖党报仇，双双打一暗号，刚把法刀取出，待往前胸刺去。先是陶昌闻得脑后金风，知道来了暗算，百忙中不敢回看，将身往前飞起。方欲行法抵挡，猛瞥见七点星光飞来，知道来人是个深知底细的劲敌，大吃一惊，暗道："不好！"七点星光已经罩住全身。所用法宝魔叉俱在空中，正与敌人飞剑相持不下，万不及收回抵御。心中发狠，将牙一错，拼舍一条右臂。刚运玄功一晃右臂，化为一条丈许长黑烟围绕的怪手，往上一挡，准备借那血光行使化血神魔箭，报仇雪恨。谁知赵光斗早防到此，七点星光将人罩住，未往下落，先是扬手一团雷火打下。陶昌手臂业已化形扬起，骤出不意，雷火正中面门。仗着妖法高强，虽然未死，头焦额烂，已受重伤，心神大震，站立不住，身不由己，往后一仰。赵光斗的七点星光已分别照着他的玄关、天池等通身七个要穴透穿而过，连元神都未逃遁，立即惨死。

陶和已用法刀将前胸刺破，向前一指，刚由胸前飞射出百十道血箭。魏青当先飞来，锁心锤扬处，四鬼直朝血箭丛中飞去，迎个对面，鬼口一张，血箭无影无踪。同时陶和闻得雷声，回顾乃兄惨死，对面又有克星，知无幸理，刚纵遁光飞身欲逃。赵光斗如法施为，七点星光又是迎头罩下。刘泉也已赶到。这次连神雷都未发放，经众人飞剑、法宝合力夹攻，赵光斗七星剑又深明克制之法，一声惨叫，绞成肉泥，形神皆灭。锁心锤已被魏青先行收去。

众人一算，只逃走一个妖党，余俱伏诛。妖尸谷辰又已入伏被困，不死必伤，好不喜出望外。又见江面之上彩霞灿烂，玉清大师由一片金霞托住，盘膝坐定，通身金光围绕。白骨神君身带白骨炼成的诸般邪宝俱已无存，似被玉清大师一并收去。只见他通体被一片惨绿妖光围绕簇拥，人却双手据地，头下脚上，旋风般倒转翻飞急旋，毫不停歇。妖光之外，还有薄薄一层金霞闪闪不停，似有若无。知被玉清大师用离合神光困住，正在施展佛法妙用，炼化妖人身体。

再隔护江光层下视，大小两只金蛛相对箕踞水上，水底宝光上烛霄汉，金船已快吸出水面。蛛粮、毒果分为两行，由左右木舟内长蛇般飞起，直投二蛛口中。二蛛似乎气力不足，一面厉声怒啸，一面奋力运气，吸那金船。所喷蛛丝粗如人臂，每蛛不下百十根，白光如雪，银索也似，又劲又直,分注水内。郑颠仙在当中木舟上披发赤足,仗剑当先而立,全神贯注水内,面带惊疑之容。左立欧阳霜也是仗剑赤足,披发侍立。周身都有灵符神光护体。看神气,欧阳霜好似少时要做颠仙替身,代师主持行法之状。右立凌云凤,一手紧按宝囊,一手持着神禹令指定二蛛,也是全神贯注,眼都不眨。颠仙倏地手往江中一扬,一道红光随手飞下,随听一片轻雷之声,二金蛛怒叫越厉。晃眼之间,轰隆一声巨响,金光耀眼生花,那条藏有前古金门诸至宝的金船,已由江波中飞舞而上。当时江面上雪涛千丈,骇浪壁立如山。当中数百根银链,网起一条数丈长短、形状奇古的金船,只觉霞光万道,金芒射目,隔着一层光网看不真切。这时左右木舟上蛛粮、毒果去势反缓,急得二蛛厉声怒噪,十分刺耳,目闪凶光,血口开合之间,白牙森森,不住颤动,迥不似先前宁静专一。凌云凤的神禹令上已发出青蒙蒙一片光华,照向二蛛身上。二蛛不住喘息,大有力竭之势。颠仙已命欧阳霜代为主持,自己向金船塔中飞去。众人料知蛛粮将竭,蛛力难支,事机瞬息,稍纵即逝。所幸妖人肃清,只剩一个白骨神君,又被玉清大师离合神光困住。颠仙身已上了金船,决无宝山空人之理。全都心旌摇摇,欣喜非常。

　　说时迟,那时快,就在颠仙刚上金船后,众人在上面似听远远"啪"的一声爆音,因心注金船,俱未留意。方各喜幸,猛又听"咝咝"两声,左近不远的光层忽然现出了一个漏洞。众人多半想得金船至宝,瞥见光层忽现裂孔,当是颠仙有意开路,令众人船往取。魏青、赵光斗首先以为时机不再,毫未思索,相继飞下。刘泉平日虽然持重,这时因见妖人不死即被困住,料已无事,一时动了贪心,竟把来时师命忘却,自忖眼力比众都好,正可飞往船中择优而取,喊声:"诸位师兄师弟,还不快来!"随即飞身而下。光层离水还有百多丈高下,一经现出裂口,"咝咝"之声仍在响个不绝,晃眼光华敛去了一半。戴湘英听刘泉一喊,本要随往,幸亏俞允中唤住了她。原来俞允中在诛戮妖党以后,见大功行将告成,忽然想起行时师父之言和那纸束,路上老想开看,不知怎的,不是无暇,便是忘却,心中一动。乘众人目视下面,偷偷背身取出一看,不禁心胆皆寒。耳听刘泉招呼,一回头,赵、魏、刘三人已经乘隙而下,湘英也要随往,一时情急,只顾抢前,一把将湘英拉住,喝一声:"万去不得!"手扬处,将束帖内所附灵符往下一掷,震天价一声霹雳,万道金光夹着千重雷火直打下去。下面妖尸立时现出形来,周身碧光紫焰,两条怪臂长有十丈,手大如椽,怒吼如雷,口喷数十丈烈火毒焰,正在飞驰而下。刘、赵、魏三人已遭毒手,被妖尸夹在胁下,朝江心金船上飞去,声势甚是吓人。

当中木舟上凌云凤闻得雷声,不禁抬头一看,正瞥见妖尸连擒三人,飞舞而来。一时情急,不及施展飞剑,顺手将神禹令往上一指,跟着发动牌上妙用,数十丈青蒙蒙的光华飞射上去。那么神通广大狞恶非常的妖尸,骤出不意,几为所伤。因是一心想将两只金蛛抓死,再飞往金船夺取宝物,想不到会有这等厉害法宝阻路,口中怒啸连声。一时情急,竟将所擒三人用手抓起,直朝青光中打去。云凤不知神禹令这前古至宝与宝主心灵相应,不伤自己人。惟恐三人为宝光所伤,忙将神禹令往侧一偏,一面放起飞剑时,妖尸已乘机在空中一个翻折,就势朝下飞去。三人尸首也同坠入江心,只剩三道剑光浮沉空中。总算蛛粮、毒果刚完,二蛛已力尽精疲,受制于神禹令,不敢倔强。云凤把神禹令一撤,便如皇恩大赦,立即收回蛛丝飞起。二蛛那样凶野,见了上面妖尸也甚胆寒,竟不俟主人相迫,直向原存身的朱盒中飞去,一点也未费事。欧阳霜忙将朱盒封盖,行法将手一招,刘、赵、魏三人尸身立即如飞浮到。于是匆匆拉上木舟,展动灵符,径往水底沉去。

颠仙一上金船宝塔之内,刚将归化神音寻到,顺手摄取了数十件宝器仙兵,见上面几层塔门俱有禁制,正待行法破禁而入,忽听雷声大震,金船也往下飞沉,塔门金光乱闪。不敢再留,忙即飞出,船已沉入水中数十丈。刚出水面,迎头便遇妖尸。这时云凤身剑合一,神禹令发出百丈青蒙蒙的淡光,随后追来。颠仙知道妖尸长于玄功变化,所有飞剑、法宝均不能伤。手上虽有新得数十件宝器仙兵,又多半未明用法,万一被他夺去,立成巨害。没奈何,只得运用玄功,将本身纯阳真火先发出来,抵挡一阵,再打主意。

妖尸见金船木舟俱已沉水,甚为暴怒,意欲直穿水底,倒翻地肺,将元磁真气点燃,把全江化为火海,使金船永沉地窍,然后再寻仇敌拼命。一眼瞥见郑颠仙满身霞光点点,由水中飞出,心中骄敌,自恃太甚,以为可仗玄功抢夺。抱着必得之念,毫不寻思,加紧前扑。不料颠仙拼攒真元,竟将先天太乙纯阳丹劈面喷出。此乃修道人的本命纯阳真火，没有数百年功力，不能炼成。炼成以后，珍逾性命，除了抵御自身天灾，不到万分危急，决不轻用，比太乙神雷还要厉害得多。妖尸全仗阴煞之气凝炼修成，此火正是对头克星，任多神通也难禁受。骤出不意，撞个正着，护身绿火紫焰先消灭了一半，脸、胸等处也被烧焦受了重创，不由又惊又怒。惟恐敌人还喷此火，急忙行使妖法防护。停得一停，身后云凤的飞剑、神禹令也已飞到。妖尸不畏飞剑，那神禹令却有无穷奥妙，不敢硬敌。妖尸一迟疑，颠仙早携所得诸宝，运用玄功遁走。气得妖尸厉声咆哮，震撼山岳。还想用玄功变化避开神禹令，将云凤抓裂泄恨。

岳雯毕竟得过高明传授，瞥见光层无故陷了缝隙，知道此时已无敌人。颠仙要令众人入船取宝，收法极易，怎会这等情景？又见裂处咝咝作响，越裂越宽，情知不好。急忙留神查看，暗中戒备，忘了招呼众人，以致刘、赵、魏三人相次飞下。允中也出声示警，发动灵符、神雷，破去妖尸隐形妖法，现出原形。白侠孙南人最恬淡，虽然不无求宝之念，但知岳雯道法高强，拿定主意，亦步亦趋，随其进退，故而未下，免了一场灾难。岳雯见妖尸猖獗，玉清大师不能分身，云凤一人绝非其敌，久了还遭毒手，忙纵金光追上前去。孙南也身剑合一，跟踪追去。戴湘英、俞允中自然关心云凤安危，也同时飞起，往江心上空追去。妖尸刚要施为，众人相继飞到。岳雯飞剑乃追云叟常用之宝，威力甚大，与众不同。妖尸虽然自恃玄功，见了也自心惊。再加上允中、湘英、云凤三人的飞剑均有极大来历，也非寻常飞剑可比。妖尸虽不会为剑所斩，到底难免伤害。岳雯更是深悉玄功变化之妙，仗着身有乙休所赐防身法宝，又将身剑合而为一，妖尸稍有动作，便抢在头里，防范十分周密。再加上云凤的神禹令，妖尸急切间万难施展毒手。急得咬牙切齿，一双火眼碧瞳凶光四射，口里不住乱喷妖火毒烟，头上尺许长稀稀落落钢针般的黄色短发根根倒竖，猬立若箭，发尖上的碧绿火星似弹雨一般朝众人打去。两条长臂已暴长了十余丈，在众人飞剑丛中上下飞舞，倏忽若电。如非仙传至宝，剑术得有本门心法，加上岳雯应变神速，连经几次奇险，允中、湘英二人几乎连人带剑均被攫去。

岳雯见妖尸如此厉害，稍一疏忽，必定有人遭殃。颠仙久去未来，不知何故？预约的救援也一个未到，好生忧急。知道妖尸所发阴煞之气和那阴火，只要被打中，便难幸免。只云凤一面神禹令还能抵挡。忙令大家小心，联成一体，不要单独上前。由云凤用神禹令抵挡阴火邪气，自率众人运用飞剑合力应战。这一来，果然较为稳妥，可是想伤妖尸，却是万难。

相持片刻，妖尸见历久无功，不能取胜，同来还有一妖党不曾露面，疑已得手走去，越发暴怒。突然厉吼一声，竟然拼受神禹令的伤害，往上一纵，直上云空。倏地将身隐去，化为数十丈方圆一团碧影，发出千万道箭一般的黑丝。内中隐隐现出两条长臂，向众人头上漫天盖落，张开两只亩许大小的碧绿利爪乱抓下来。岳雯不料妖尸情急拼命，一面运用玄功变化，施展阴魔毒爪，同时又将黑青沙发动。自己还可不致受害，众人实是难保。不禁大惊，忙唤众人速退。欲要运用全力拼犯奇险，将飞剑金光展开，迎上前去阻挡须臾，好放众人遁走，免受伤害。当这危急之际，说时迟，那时快，金光刚似飞天长虹暴长百余丈，迎上前去，眼看瞬即相接，猛听霹雳一声，一个雷火金光首先打向碧影黑烟之中。岳雯机警万分，知来了救星，无须以身试险，就势金光往回一掣，准备先退下来，如见不行，相机再上。初意这等功力的太乙神雷必将妖雾震散，至少也使受挫，现出原身。退时就势也将雷火发出助威，连珠打去。

谁知那团碧影骤出不意，吃神雷打中，势子略为停顿，往后挫退数丈，黑青沙被消灭了些，反更暴怒发威起来，一声极难听的厉啸过处，重又加急飞起。自己所发太乙神雷功效稍差，又加妖尸中了一雷，有了防备，打向碧影上面，雷火一亮，一震便完，直如未觉。方在惊惶，斜刺里又飞来三条梭形金光。经此一停，众人已经见机抽身。除岳雯外，只凌云凤自恃神禹令能破邪氛魔火，不畏妖尸，仍在准备应敌，不曾退去。同时妖尸吃了一雷，将黑青沙破去了好些。本就怒发如狂，再一看那发雷的人正是适才取宝遁走的郑颠仙重又出现，如何能舍，怪叫一声，竟舍岳雯等人，改向斜刺里江岸一面扑去。

颠仙原见岳雯等危急，恐受伤害，特地运用全力，先发一太乙神雷。明知妖尸已将元神幻化，至多受挫，决不能伤，一雷之后，赶紧将降魔之宝三支金龙梭连珠发出。本意也只借此抵挡延时待援，没想取胜。那三支金龙梭发出时，约有三丈来长，一道两头尖的梭形金光，前头后尾均有火星飞射。平日任多厉害的妖邪，只要被打中，火星立即化为迅雷爆散，将身炸成粉碎。差一点的飞剑、法宝，十九撞上便折。否则便随人意，往上下左右一闪，避开前面阻挡，仍朝敌人飞去，不中不止。颠仙也因妖尸厉害，并还有一强敌在后，别的宝物无用，故将三棱连珠齐发。妖尸飞扑过来，恰好迎头撞上，竟一点也未躲闪，碧影中两条长臂微一舞动，利爪抓处，竟将当头一棱抓去。颠仙见状大惊，知道此宝必毁于妖手，忙运玄功收回时，第二支金棱又被抓去。总算下手还快，救回了一棱。

颠仙一则忿恨，二则妖尸追迫太紧，一面收棱，急纵遁光假败。乘着妖尸手抓两支金棱，欲毁不舍，略一迟疑之际，就势暗中行法，手掐灵诀，猛回身朝后一指。妖尸原因此宝神妙，不畏邪污，虽被捉到手内，光华未敛，百忙中心想留下，不舍毁去。念头才动，猛觉手上金光微一掣动，误当敌人想要收回，抓得更紧。谁知上了大当，"叭"的一声，金棱忽在手中爆裂，飞起万点火星。那双怪手原是妖尸本身元神幻化，真身隐在手后碧雾之中，由元神随带行动，浑如死物。颠仙拼舍至宝，爆力奇强，又是骤出不意，妖尸一个把握不住，竟吃金棱火星打了好些在身上，恰将真身一眼打瞎。

妖尸性多疑忌。前因恩将仇报，暗害吴立，有一次正在修炼玄功，吃吴立暗算，稍差一步，真身便被假借另一妖人之手毁去。由此生了戒心，永远身神不离。每值运用玄功变化之时，总将真身藏在元神的后面，以防为人所伤。自恃法术高强，前有魔手，后有魔光，真身藏在当中，必无一失。做梦也未曾想到敌人法宝一经到手，存毁由心之际，会闹得引火烧身，受此暗算。尤其是元神，虽然飞剑、雷火所不能伤，真身全仗它来保护，而且两下里一体，如响斯应，真身已经受伤，元神立受其害。这一炸纵非致命，也实不轻。愈发恨煞颠仙，必欲得而甘心。一面行法护伤止痛，重又放起万千道黑煞丝，疾风暴雨一般朝前追去。

颠仙回顾追急，又由宝囊中取出一个金球，也是一个降魔至宝，正要回身打去，忽听老远空中厉声怪叫："大金蛛已被我烧死，归化神音也被我毁去，永绝后患。谷道友只管放心，待我杀这老贼婆！"尖锐刺耳，听去直非人言。语随声近，晃眼颠仙前面高空中挂下匹练般一条白气，当中现出一个奇形怪物。那东西形似山魈，高约丈许，头如山岳，绿发红眼，阔口獠牙，鼻塌孔掀，面生寸许绿毛，周身雪也似白。最奇是头颈后面又生着一只瘦骨如铁的长臂，手生七指，大如蒲扇，高擎脑后，掌心里冷森森射出一片灰白色的寒光。通身皮包骨头，看去却极坚强。自腹以下，双股合而为一，天生成的一条独腿。也不见他动作，径由空中倒挂的白气拥着，迎面飞来，其疾如电。颠仙适才隐身回洞藏宝，已经见过，知是妖尸谷辰的死党，大雪山底潜伏多年、新近逃出的老魅七指神魔。一个妖尸已难对付，何况又来一个飞剑法宝所不能伤的劲敌。颠仙意欲将手中的金球迎头打去，就势隐身遁去，暂避一时。

岳雯、凌云凤看出颠仙势绌，双双重又飞起。未及赶到，忽听"哇"的一声惨叫，空中祥光闪处，一缕黑烟上冲霄汉，晃眼无踪，江面上空白骨神魔不知去向。玉清大师人未上前，祥光先已电一般飞将过去，将神魔阻住。跟着一纵金光，正待朝妖尸飞去。这原是一瞬间事，两下里方要接触，先是东北方金霞电转，夹着一道长有百丈的朱虹，流星飞驰般直射过来。晃眼临近，忽然分而为二，各现出一个韶龄少女，一取妖尸，一取雪山老魅。就在这一分一合之间，正北方又是一片五色霞光电卷而来，老远便娇声高叱道："二位道友除那雪山老魅，我斩这妖尸。"先来二女中，手拿金轮的一个年纪最轻，也真听话，百忙中答了句："叶道友别来无恙？少时斩妖后再见。"边说，手中金霞飙轮电转，已连那手发百丈朱虹的少女，同朝雪山老魅七指神魔飞去。颠仙遥见来了杨瑾、余英男，知无败理，不愿以宝试险，便即乘机隐身遁开。岳、凌二人也不再上，旁立观看。玉清大师因和白骨神君苦斗多时，妖尸又忽然出困，心中惦记伏魔旗门，敌人克星已至，也收神光飞去。

老魅先见颠仙隐遁空中，忽来二女，虽知为强敌，先还自恃神通，没怎在意。余英男上来先取老魅，交手在先。老魅刚看出少女手发朱虹异样，又想先给敌人一个厉害，脑后怪手七指一弹，发出冷森森七股灰白色光华。这原是老魅采取雪山地底万年阴寒之气炼成的内丹，除却有限三四件纯阳至宝，余下法宝、飞剑均难抵敌。人在百步以外，便中寒而死。如被打中身上少许，能将人全身爆裂粉碎。比起阴雷还要厉害得多。满拟敌人不死必带重伤，不料遇见克星。敌人更是内行，自知功候有限，全仗此剑取胜，只将飞剑上前，手指处，经天朱虹迎着那七股灰白光华只一绞，一声爆音，纷纷散如残雪。老魅见状，猛想起此是对头克星南明离火剑，不由大吃一惊。悔恨胆寒之下,生性机智,一见不敌,便想逃走。杨瑾法华金轮发出百丈金霞,连同般若刀一片绿光同时飞起,冲了过来。老魅灵敏绝伦,知进知退,情知不受点伤难于逃走。忙将脑后七指怪手隐去,原拟舍却一臂给般若刀,化身逃走。杨瑾两世修为,何等灵敏,本想老魅未到伏诛之日,原欲二宝齐施,斩它当中怪手。一见隐去,反舞左臂来挡,暗骂:"老魅,任怎狡猾,也须教你受回重伤。"故意把刀光一顿,却使法华金轮宝光先冲上去。老魅因通身已被剑光、刀光、宝光罩住,只有拼舍一臂,用化血遁法逃走较为上算,否则不是受伤更重,便是勉强全身遁起,便被敌人宝剑追上,越发难当。忽见刀光停顿,便料不好,恐为南明离火剑所伤,不好复原。惊慌忙乱中运用玄功,突地将臂伸长,向刀光抓去。不料弄巧成拙,法华金轮宝光已朝前胸冲来。情知不妙,百忙中赶紧飞身纵起,胸前要害虽然让过,右肩已被宝光扫中。方在怪啸,乘势欲逃,南明离火剑、般若刀的朱虹、银光双双飞来。老魅情急无计,只得拼舍右臂,吃朱虹一绕,便已断落。同时杨瑾早有准备,忽然舍上就下,拦腰卷去。老魅已纵血光遁起,那条奇形怪腿齐脚面被银光斩断。那道朱虹又电射追来。吓得连附身飞行的白气都未及收回,便自化血遁走。余英男还要追赶,杨瑾拦道:"老魅化血遁法,瞬息千里,你怎能追上?这条白气乃地底阴煞寒毒所萃,老魅曾煞费心力。快用你南明剑助我将它毁去。"说罢,二人一同下手,朱虹、宝光一转一绞,晃眼消灭净尽。

那后来的女子正是金钟岛主叶缤,原是杨瑾前生好友。和妖尸谷辰交手,发出冰魄神光。妖尸虽被围住,全无惧色。叶缤见他在彩光层层包围之中,那碧影连那大手突然缩小。知道妖尸除却紫郢、青索双剑合璧,只有几件纯阳至宝能制。别的法宝、飞剑只要被抓到便毁,就抓不到也难伤他。独这冰魄神光,乃两极元磁精英凝炼而成,中间又藏有五行生克妙用,变化由心,为任何法宝所难摧毁。妖尸突将元神缩小,定是自恃神通,打算运用玄功将它震散。不知此光迥非寻常飞剑之比,可分可合,能散能聚,有何用处?自己正愁神光伤他不了,乐得将计就计,给他一个厉害,免被全身逃走,当着新朋友不好看相。想到这里,暗将适才向好友谢山索还的法宝取在手内,觑准妖尸动作,相机而发。妖尸果然由数十丈方圆一团碧影缩到丈许长短,神光自然随着下压。碧影停了一停,倏地暴长百倍。叶缤觉着神光震撼甚烈，也颇惊心。因早料知神光散后，妖尸必定乘机扑来施展毒手，有意卖个破绽。始而暗中运用神光紧压迫，等妖尸运足全力，元神暴长，待要施为之际，故作不支，乘机把真气一散。耳旁刚听杨瑾大喝："叶道友千万留意！"说时迟，那时快，只听"叭"的一声极清脆剧烈的爆音，包围妖尸的层层彩霞竟吃碧霞震碎，化为千万缕彩丝，花雨缤纷，满天四射，与明月清波交相辉映，幻丽无俦，那震烈的声音又极猛烈，震得江水群飞，壁立数十丈，千山万壑齐起回音，似欲相继崩裂，越显得天摇地撼，声势惊人。叶缤先听杨瑾大声示警，已恐弄巧成拙，格外加了小心，万没料到妖尸玄功变化如此厉害。尽管先有准备，将真气散去，冰魄神光还是被震裂粉碎。如果始终紧压不放，叶缤道法高强，冰魄神光已与本身呼吸相通，合而为一，神光乃两极元磁精英凝炼，不怕消耗，骤出不意，经此一震之威，仗着功候精纯，纵然本身元神不致重伤，真气也必被当时震散消耗，不知要费多少苦功修炼，才能复原了。

叶缤见状，方在心惊，妖尸元神幻化的碧影已如飙风般在满天光雨之下迎面扑来。叶缤又急又怒，连神光也不及收拢，左手一扬，由一个小灯之中飞起一件法宝，直向碧影中大手飞去。那法宝只是三寸大小一团淡黄色光华，边上另分射出红、白、蓝三色奇光，也只尺许长短，晶芒四射，光却强烈异常。才一出手，三条奇光便以黄光为轴，转风车一般，共结成一圈金、红、蓝、白的四色飙轮，往碧影中投去。妖尸也是骄敌太甚，一见神光震散，立乘敌人惊慌不备，运用玄功将那只大手伸长了百十丈，飞星般下射，迎头抓下，以为大功可以告成。知新来敌人的佛门四宝和南明离火剑均非善良之物，同党伤亡殆尽，反正不易取胜，而老巢心腹之患未去，必须及早赶回，免生他变。因恨叶缤素无仇怨，又非敌党中人，无故作梗，上来便下辣手。所用神光又不知是何法宝，阴火邪氛均不能污，于各正派人中异军突起，元神几为奇寒之气消损。仗着玄功变化，冒险拼命将它震散，形神仍是两受伤害不浅，怨恨至极。满拟一下将她抓走，带回山去，百计凌虐，报仇泄忿，就便拷问来历，看她师长同道都是何人，还有更精的道法异宝没有，日后相遇，好预为防备，免又骤出不意，再吃大亏。不料心凶气暴，复仇之念太切，身随念起，更不及再有思索，去势过猛，晃眼临近，敌人扬手飞起一团光华。这时叶缤神光为妖尸震裂，劲敌当前，自然不免惊急气忿。妖尸却误看成了伎俩已穷，逃遁不及，欲使法宝先挡一阵。以为那四色光华虽有些强烈奇怪，总共不过三尺方圆。适才所破神光，也是五颜六色，不过一是层层相间，各自为色，一是转若车轮，诸色混杂，大小强弱却不逮神光远甚。尤其光华强而不大，不似神光有无穷变化。妖尸乍见，自然不在心上。

双方势子都如电一般急，不容眨眼，便已相接，哪还有寻思观察的机会。光华飞起，妖尸怪爪已经抓到。妖尸以为敌人已智穷力竭，连这类毫无变化的寻常法宝都施展出来，不但没有闪避，反倒加急，想连人带宝一齐抓住。怪手刚将宝光抓到，百忙中一眼瞥见那四色光华来处的敌人手上，还托着一个六寸多高、形式奇古的玉石灯檠。灯头上还结着一个金黄色的圆灯花，大仅如豆，周边也有寸许长短，红、蓝、白三色光焰已由灯间飞起。猛地想起，敌人所持，十有八九必是至宝古灯檠，不禁大惊。知道不妙，忙把右手一松，遁光也随停住。这才打起不求有功，先求无过的主意，打算看明底细，再定进止。尽管妖尸神通广大，机警神速，改换得快，已是无及。等他看到叶缤手上的古灯檠，心惊念动，那团佛家的三光神火早将元神打中。尚幸妖尸手松处，见光华一闪，似要隐去，触手无物，知难免难，赶紧运用玄功，拼命化形遁走，未被深入。就这样，元神仍受了重伤，日后减却好些凶焰。

那佛家真火收得越紧，进入越深，动静相生，有不可思议的奥妙。对方如不知底细，误认无甚神奇，一起贪心，立时上当，无论是什么禁法，神光到手，沾身立即无踪。其实外相一敛，不是深入人体，便将全身罩住，其中的人或冷或热，只略微觉出一些感应，无相真火立现宝相。道法浅的形神俱灭，道法深的不被深入，不过重伤，但若见机稍迟，真火内发，立即通体炸裂，照样毁灭死亡。妖尸总算见机得早，发作尚快，减了好些功效。当时只见奇光在妖尸右臂之间一闪即火，别无异处。猛听碧影中一声极凄厉的噪叫，仿佛似电一般掣转，妖尸谷辰已由碧影里现出原身，左手紧托右臂。转瞬碧影由大而小，妖尸原身又隐，星丸飞渡，直向遥空射去，一晃不见。叶缤第二朵灯花化为同样四色光华，随即飞出，竟未打中，便没了影。

第二〇五回　魅影爆冰魂　滟滟神光散花雨
　　　　　　　佛灯飞圣火　昙昙幻境化金蛛

这时满空中尽是适才被妖尸震破的神光，势已早停，不似先前四外飞射，只管上下浮沉，缓缓游动，也未远去。双方动作神速，总共没有半盏茶的工夫。杨瑾早知妖尸玄功厉害，又知叶缤远居海外，妖尸生死两劫均未见过，不知底细。赶走雪山老魅以后，一眼望见妖尸在光层中缩小元神，心知要闹鬼，而叶缤还在运用神光紧压，连忙出声示警。正待上前相助，神光已被震破。深知此宝可以收炼还原，此时满天俱是，如再上前，神光虽散，遇上仍是难当。如用佛门四宝护身，难免重创之余，决禁不起，任怎闪避，散布这么密，终有损毁。英男的南明离火剑更是神光惟一克星，决上去不得。好在叶缤也精玄功隐遁之术，不致便为妖尸所伤，光破不遁，必有制胜之道。便招呼英男暂闪一旁，相机再上。果然叶缤上来便打好主意，有了准备，尽管运用神光困住妖尸，人与相隔甚远。神光破后，妖尸元神幻化飞来，叶缤扬手飞起一团光华。杨瑾方觉那光奇怪，一眼望见她手上古灯檠，知无败理，心中大慰。先想妖尸必逃，决计追他不上，并没有打追的主意。谁知妖尸疏忽自恃，没有看清光华来处，不识厉害，冒冒失失伸手猛抓，受伤之后，方始遁去。早知有此挫折，和英男乘机飞空赶往，纵令妖尸数犹未尽，至不济，也可使他多受两处重伤，好生悔恨不迭。

　　叶缤先打妖尸那团光，已经无踪，并未回转。这第二团光华发出，妖尸已逃，光华仍在空中如那些破碎神光般自在浮沉，并不回到叶缤手里。叶缤手持灯檠，面上反有难色。众人不说，连岳雯见了俱觉奇怪。杨瑾忙令英男去与岳雯等会合，刚由佛光隙中飞穿过去，叶缤已喜叫道："道友竟是我以前好友凌雪鸿姊姊转世的么？这佛灯神火专化我的冰魄神光。适才发出一个火头，已给妖尸重创，恨他不过，不合连发二次。佛灯所存前古神油有限，火头发一回便少一回，糟蹋了可惜。神光为妖尸震散，已经飞逸不少，虽然能收，颇费气力。我今日又树下九烈老妖一个强敌，惟恐赶来暗算，又以先收为是。无如佛火收取至难。适才真气几为妖尸震伤，不便造次，心难二用，不宜兼顾。难得姊姊转劫在此，烦劳帮我一臂，并请护法如何？"随将手中灯檠递过，嘱咐杨瑾只按芬陀大师所传天龙禅法，重燃心灯，引火归原。比起她自用玄门心法收起来，必还要容易得多。又说："万一妖邪来犯，只照妹子所用灵诀，运真气朝灯头上一喷立燃，便可随意指挥，发出佛火御敌。"

杨瑾边接边答道："妹子今生改名杨瑾，心念前生至好，只有三五知己。久欲往小南极仙岛拜访，为践前生誓言，积修外功，苦无机暇，不想在此幸会。且等取宝之后，再作详谈吧。"说罢，手指处，飞起一片金光，将身托住，上用法华金光护身，手持古灯檠，盘膝坐定，默运禅功。约有半盏茶时，忽睁双目，注定空中四色光华，那佛火悬在空中。起初叶缤手掐灵诀，用灯檠将它指住，虽然不住满空破碎神光撞去，却是不住浮沉闪动。杨瑾初接过来时，便有移动之势，如非叶缤先将挨近的神光抢先收去，有两三次几乎撞上。及至运用佛门心法，目光注向上面，突然静止不动。一会儿，光华骤亮了一下，忽然由大变小，渐渐三色奇芒尽缩，仍化为豆大一点火头，光彩晶莹，竟随杨瑾目光注视，随着往下移来，由缓而急。转瞬目光已射定佛火，移向灯檠火头之上，又是一亮，立即隐去。杨瑾起身四顾，无甚征兆。再看叶缤，也是盘膝坐在五彩光华笼罩之中，不住暗运真气，向空连吸不已，神光仍在广布天空，知她受害不浅。神光已为妖尸震散，须运玄功真气，由少而多，由缓而速，逐渐重为凝炼，至快也须天明以后始能复原。因闻新与九烈神君结仇，恐有侵害，便请众人一同等候，明是陪伴，实则防备万一。

正叙谈间，玉清大师和郑颠仙也先后赶来，各说前事。才知妖尸此番夺宝，除白骨神君外，暗中还有一个极厉害的雪山老魅在内，原定两明一暗，三面夹攻。老魅奸狡，事前恐人知觉，特在妖尸洞中暗做手脚，用妖法颠倒虚实。并还和妖尸言明，真个置身事外，去往远处闲游，到了正日，突然心动赶来。他这种以念主形，形又能够制念，倏然生灭，令人不可捉摸的二心神功厉害非常，连郑颠仙俱被他瞒过。老魅隐身之法，更为神妙，谁也不曾觉察。这三个妖邪原本以利相结，各有私心。老魅到得最晚，正赶上妖尸谷辰刚刚炸破神驼乙休的伏魔旗门，运用玄功阴火，破了颠仙五彩光层禁制，伤人劫宝之际。老魅一双鬼眼能深烛九幽，见三木舟已带了金蛛沉入江心水底，金船回沉水眼，广成子仙法重生妙用，将金船封禁。颠仙已由水中飞出，周身俱是金光宝器。妖尸所忌的归化神音，虽不知取出也未，但那克制自己的法宝深藏船中金塔以内，塔门未开，又是这么短的时候，绝未取出。意欲乘隙暗由水底赶去，将那只大金蛛弄死，事完得便，再将敌人今夜所得诸宝一齐劫走更好；否则大金蛛一死，金船无法出水，再过些年，便自深陷地肺，至不济，也可除去祸根，永绝后患。念头一转，更不寻思。分明见白骨神君已为玉清大师离合神光困住，少时不死必伤，也未放在心上，立由水底赶去。

按说老魅来去如电，欧阳霜、慕容姊妹定被追上，连人带金蛛非遭老魅残害不可。谁知玄真子和妙一真人自闻老魅攻穿大雪山万载玄冰脱困逃走，便留了神。知他别的妖术邪法玄功变化俱和妖尸谷辰不相上下，虽然厉害，如能事先防备，还可抵御破他。惟独这二心神功，老魅百余年苦炼玄秘，可以颠倒错综，虚实互易。明明东来，他却故意西去，到了时机，突然发难。任多精于推算，也被迷惑，极易坐昧先机，受其愚弄。便用玄门潜光返照之法和魔教所炼晶球照影查看，也只看出他那假的一半，真实用意仍难前知。如等发作，即使能够觉察，事也无及，早为所乘了。目前炼丹炼宝，开府延宾，长一辈的群仙各有要事，忙碌异常，门人辈又多奉命在外，惟恐一时疏忽，受了侵害。

老魅狡猾异常，机智万变，一切法术、法宝均难测知他的踪迹。幸而苦行头陀飞升之时，留有一件法宝，原是扣袈裟的一枚玉环，经过多年禅功佛法祭炼，成了一件异宝。此宝不能用以克敌除妖，独具一种妙用：能将大千世界缩影环中。当初苦行头陀钟爱门人笑和尚，因他灾孽众多，又代自己发下宏愿，积修十万外功，要受无限险阻艰难，虽得自己真传，炼就无形剑遁、诸般妙法奇珍，又借故惩罚，使在东海洞中面壁十九年，参悟出许多玄秘，得有极深造诣。终嫌势孤力弱，自己飞升以后，故使拜在妙一真人门下，俾得先后几辈同门助力，可以畅所欲为。实则仍认他是衣钵传人，盼其异日重归佛门，完成正果。恐在峨眉门下年久，杀孽本重，忘了本来，特意留下此宝，托玄真子到时转赐，原备查验笑和尚自身功行之用。

玄真子觉出此宝神妙，用以查敌，无微不显，胜于占算，可减不少心力，使用时尤为便利，远在魔教中晶球视影之上。于是重又加上一番祭炼，成为更加有用之宝。心意所及，默运玄功，目视环中，静心查看，对方无论是敌是友，相隔远近，事迹新陈，只要曾造因动念，瞬息之间，立在环中。由自心分别利害轻重，或快或缓，原原本本，挨次现将出来。哪怕所起心念瞬息消灭，只造过因，仍要现出。所以老魅今日之事，已早知悉。只因神驼乙休一时大意，巧被三妖邪魔法瞒过，误认妖尸谷辰运数将终。又心记前仇，意欲逆数而行，使其速毙。特意将伏魔旗门埋伏元江，欲将妖尸除去，跟着再除雪山老魅，心志坚定。此老性情奇特，一则不便拦他高兴，并欲少折他的盛气，免得异日五仙同御天劫时，过于自恃，致贻后悔。一面告知妙一真人，对他只是略为讽劝，并不深拦，一面暗中准备。到日命大弟子诸葛警我，由峨眉仙府太元洞向妙一真人领了机宜，带着两道灵符和杨瑾、余英男先后起身，业早赶到，隐伏水底。瞥见江面木舟下沉，先用一道灵符连人带舟一齐隐去，护送回转水洞。再用一道灵符就着附近江岸，现出种种幻象，伏身一旁相待。

老魅空中遥望，只见三舟在江心水底，忽有一片金光闪了两闪，舟行更速，不知灵符发生妙用，只当是舟中三人行法催舟，心还暗笑："任你逃得多快，也难脱我毒手！"及至赶到一看，水中江岸有一大洞，三舟如飞驶进，舟中三人已经不在。刚刚追入，金光一闪，江岸自合。老魅万载玄冰尚能攻穿，区区岩石，自不放在心上。以为舟中三人必在适才水底，金蛛一闪时离开，这里必是藏放木舟和大小二蛛之处。纵有法术封锁，出入已惯，不知强敌在后追蹑，所以不顾而去。自己神目如电，竟没看出怎么去的，虽觉可异，因急于除去金蛛，也未放在心上。见收藏金蛛的两个朱盒尚在舟中，方想连小蛛也一齐除去，忽听啃嚼抓壁之声。回头一看，想是舟中三人急于上去应援，同敌妖尸，行时匆促，不曾封闭严紧，大小二蛛全被逃出，互相残杀吞噬起来。就这瞬息之间，大蛛已将小蛛全身吞食殆尽，只剩少许毛脚在口边颤动。大蛛伏身壁上，周身都是白烟绿霞笼罩，目射凶光，形态狞恶已极，已经作势欲飞，似向老魅扑去之势。

老魅哪知诸葛警我隐伏在侧，主持仙法妙用，随他动念，自生幻景。一向心狠手毒，灵敏无匹，目光才到，手指处，早飞起一团阴火冷焰，将假金蛛全身罩住，惨啸声中，一会儿成了一堆白灰。细查洞中，并无别物。运用玄功往崖壁一冲，金光闪处，又被容容易易冲破出来。自觉顺利去了后患，好生欢喜。因料颠仙新得数十件不知如何运用的法宝，更有不少长大刀剑戈矛在内，其势不能与妖尸久斗，必要先藏宝物，然后迎敌，正好隐形前往，乘机窥伺。如能夺到手中，即用以制伏妖尸，使受驱遣，岂非绝妙？心方一动，忽见郑颠仙满身霞光宝气从空中飞过，神情甚是狼狈，连忙纵身追去。老魅此时已为灵符所迷，全不想想自身飞行多快，与三舟前后踵接，相次入洞，不过瞬息之间，大蛛怎会将小蛛吞嚼净尽？何时离盒飞出也未看见。

颠仙恰从水洞飞回藏宝，吃诸葛警我迎住，匆匆说了机宜。欧阳霜等三人也藏好木舟赶来。颠仙忙将法宝交与三人，命他们速带回洞谨守。她自己则照着玄真子的指示和带来的另一道灵符妙用，故意放出一些霞光宝气，在前现身。老魅也用玄功冲破假洞禁制，瞥见颠仙，连忙追上。老魅隐形邪法早被灵符破去，不能施为，统未觉察，仍想隐形，暗中夺取。及至追近，正要下手，忽见颠仙回手一扬，太乙神雷与飞剑金光接踵飞到。百忙中才知隐形法不知何时失了灵效，自己竟未觉察，好生惊疑。一面抵御火雷、飞剑，一面运用玄功上前抢夺。忽听颠仙大喝道："前古至宝归化神音已落我手，老魅、妖尸俱都命尽今日，还敢猖狂么？"言还未了，老魅动作何等神速，元神已经幻化，在千百丈魔光冷焰笼护之下电驰飞去，将颠仙全身罩住，一手去拿宝囊，一手便向颠仙命门抓去。满拟敌已入网，手到成功。谁知一手抓空，霹雳一声，一道金虹往上飞去。一任老魅玄功奥妙，也受了绝大震撼。惊得忿怒交加之下，猛伸怪手一把抓去。那道金光直上云霄，一闪即逝，已经遁去。

老魅追赶不上，手却擦着一物。定睛一看，那东西形如鸡卵，非金非石，似刚似柔，外面刻有八个篆文："灭魔至宝，归化神音。"心想："敌人适才正取此宝，待要施为，不料自己发动得快，敌人情急逃生，飞遁匆迫，所以不及收去。只不知此宝既已发出，怎未生出妙用？"本为此宝而来，无心得到，以后足可用以制伏一切同党，独步称雄，无敢抗违。心方狂喜，那归化神音忽在掌中流光变幻，越闪越亮。老魅仅知此宝灵异，却不知底细。以为宝已落己手，如有异处，先已发作，何待此时？做梦也没想到那是玄真子的法宝幻化，真宝早不在此。颠仙也在说话时隐身走。连那被魔火冷焰困住，复化金光遁走的，俱是灵符妙用，有心给他当上，予以重创。

老魅见宝物潜光外映，变幻不定，刚觉有些奇怪，倏地手上一沉，五色祥光一闪，猛射起千百道金箭也似的奇光。同时一片音乐之声，那归化神音已经爆散开来，千万金箭火星夹着五色的祥光，朝这独脚老魅包围上去。归化神音如不会收，只用一次。老魅虽然知道，宝已爆裂粉碎。虽觉此宝妙用不如所闻远甚，也许无人主持之故。但那祥光金火刺骨生疼，魔火冷焰竟受侵害，有点禁受不起。知颇厉害，不敢怠慢，忙即运用玄功，发出万点阴雷，千重冷焰，居然将身外祥光金星震散消灭，直上高空。本来还想追寻颠仙，报仇泄恨。偶一回顾来路，郑颠仙与白骨神君打得正在热闹，白骨神君已在危急。终与同党一气，又在己事办完之后，多少也有一点关心，不由暴怒，但隐形遁法已破，无从施展。因知佛光厉害，便将雪山地底千万年阴寒奇毒之气炼成的护身妖烟放将出来，活似一条白练悬在空中，星驰电掣赶去。自以为烧死了金蛛，破了归化神音，喜极忘形，得意非常，一到便怪声大叫。

再说妖尸原是身陷旗门以内，瞥见前面祥光涌现，旗门大开，敌人在内指点叫阵。情知是一厉害埋伏，但自恃玄功变化，依然大怒追去。晃眼之间，敌人旗门俱无踪影。先还只当敌人行法幻化隐遁，正在留神观察，伏魔旗门已生妙用，随着妖尸意念起了感应。每一幻景过去，水火风雷和阵内五行生克禁制便相继发动。妖尸知已入伏，忙将元神幻化抵御。先打算施展玄功，破那阵法。无奈旗门仙法循环相生，奥妙无穷，不破还好，破去一层，接着又来一层，比前一层更加了好些威力。先是青光蒙蒙，夹着千万道木形光柱，排山倒海挤压上来，分明是乙木遁法。及至运用玄功、妖法抵御上前，眼看将要破去，倏地万雷怒震，所有青霞光柱一齐爆散，化为千寻烈火，夹着无数神雷，上下四处雹击霆飞，潮涌而来。等到妖尸也按五行生克，运用玄功抵御时，已经受创不小。紧跟着南方丙火又生中央戊土，不特将妖尸癸水遁法破去，同时那万丈黄尘，晃眼均成实质，把妖尸埋在其内，急切间冲突不出。先天戊土真雷，更是密如雨霰，环身爆击，妖尸受创越重，才知上了大当。惊惧急怒交加，无计可施，只得施展木遁去破。一面留神防备敌人由上生金的禁制。果然木遁才一发动，那万丈黄尘齐化金戈，夹着庚金神雷电驰涛奔，密如雨雪，环身打到。虽然连吃大亏，预先留意戒备，无如这五行相生的遁法禁制化生一次，便加许多厉害。妖尸又不将新近炼成的本体舍去，还须加以防护，依然受伤不浅，耗损了多少元气。

总算妖尸玄功奥妙，除五行禁制外，别的好些妙用，因伤他不了，多未发动。妖尸原有极大神通，一经警觉身居奇险之地，一切现象俱是幻景，忙即镇静心神，不为所动。元神在灵玉崖地底苦炼多年，本极坚强，极难摇惑。否则，心神一经入迷，早就晕倒阵内，吃五遁神雷一齐围攻，早炸成灰烟，形神皆灭了。更占便宜的是，此时刘、赵等人情势极其危急，需要玉清大师援救。而玉清大师因见魔女铁姝那大神通，才一入阵，未怎施为，即被困住。又见妖尸那么容易入网，一些也未观察，过信旗门威力，以为旗门仙法一经发动，循环反复，无人主持，自生妙用，不过少些变化，减去一点威力。妖尸至多困而不死，已经入网，决无逃走之理。权衡轻重，还是救人要紧，等元江围解，妖尸未死，再行除他不迟。

谁知少这一人主持，幻象被妖尸识破，不再胡想上当。只剩五行遁法变化相生，循环不已，虽也神妙厉害，无如妖尸生前便具绝大神通，又在地底潜伏多年苦炼，功力越发大进。始而遁法每变化一次，必受一次伤，被困其中，无计脱身，并还不知内中藏有多少玄妙，心中惊惶，大是手忙脚乱。等到五遁一一尝试，连受创伤之余，见乙木遁法重又现出，底下诸遁相次循环，比起先前虽然更增威力，因有上次经历，加了准备，不去硬抗。虽然每次仍要耗损真元，仗着元神坚强，决无毁灭之忧，受伤也最多和前次一样，并无加重。时候一久，渐渐悟出阵中玄妙，竟将心神强自镇定，索性连惊惧忧疑之念全都去尽，拼受苦痛损害，不去睬它。一面运用玄功，聚集全力，静候时机，准备冒着奇险，背城借一，死中求活。主意打定，果然生了奇效。那伏魔旗门诸般妙用，俱以被困人的意念为主，抗力愈强，禁制威力也随以加增。最厉害的仍是七情六欲，诸般幻象。妖尸心神既未为幻景所摄,那五行遁法威力也就随减。先是变化渐缓。到了三轮之后,妖尸已能潜神内照,神志清明。以致五遁循环相生,连击敌人,毫无反应。伏魔旗门虽因敌人尚在,未复本来,不会自行消退,却已由缓而歇,变到火遁上,竟然停止。那威力也小了好多倍,迥非昔比。只有数十丈一团火光将妖尸围住,更不再为变化。妖尸元神已化为一团碧影,将身护住,静止火中,自然伤他不了。

妖尸见火遁停住,无甚动静,渐渐觉出敌人早已离开,阵法无人主持,意欲冒险一试。先还恐怕敌人见五行遁法齐施,未能成功,隐伏阵内,用诱敌之计,欲擒先纵。自己虽然不怕,照适才所经情形,受伤一定难免,心中迟疑,不敢骤发。又隔一会儿,仍无动静,丙火之势也未再往下减。忽然想道:"敌人方面人少势孤,正派中长一辈的能手均不能来。自己党羽甚众,均非泛常一流。白骨神君尤为厉害,雪山老魅如若赶来,更不必说。敌人只两个法力较高,一个须主持取宝之事,无力再作他顾,余下小辈门人均是庸流。和自己对敌的一个,必是急于前往应援,一把自己诱入埋伏,立即匆匆离去。否则阵中如若有人主持,无论如何也决不会是当前的景象。看他禁法如此神妙,分明专为自己而设,另有效用不曾发挥。难得敌人大意,以为自己已入网,早晚一样杀害,未防生变,离阵先去。此时再不见机想法逃走,自己这面胜了,不过是在同党面前难看,尚且无碍。敌人如胜,回来运用全力发动阵法,想再脱身更是艰难。纵不神消形灭,至少也须舍却新近炼成的原身,元神还须受上重伤,始能逃走。"想了又想,时机已迫,不敢再延。因当初被长眉真人禁压在灵玉崖地底后,为了穿通地层脱身逃走,对于土遁和穿通之法,独以全力加功苦练。五遁之中,此为最精。那丙火神雷又是自己纯阴之质的克星,由此冲出,多少得受点伤。恰好火遁一变,正是化生土遁,抗力越大,反应越强。不敢径用癸水引它化生,只将元神幻化的碧影在火围中胀,作出抵御之势,赶紧由数十丈大小收缩到四五尺一团。那火果然倏地加强,光焰熊熊,雷声轰轰,四方八面压了上来。因是抗力不大,收缩得快,威势比前却差天渊。

妖尸见并未化生戊土,火反增强。由此冲出,固然加了阻力,如再相抗,万一牵动全局,与前一样厉害,岂不更要吃亏,弄巧成拙?方悔失计,正准备不再取巧,拼受一点伤害,硬着头皮径由丙火遁中冲出。不料这五行遁法，被困的人不动则已，动必相生。不过妖尸略为抗拒，即行收缩，反应之力不大，变化也比前缓得多罢了。事有凑巧，他这里运足全力待要冲出，丙火已化生戊土，一片火海神雷，忽化成千百丈蒙蒙黄雾，泰山压顶，海涛飞涌，上下夹攻而来。这先天五遁，土遁感应之力最强，随着敌势增减，相差最为悬远。这时只是极浓黄雾，戊土神雷并未发动。便那先前的戊土精气，也极散漫。被困人仅被尘雾笼罩全身，如不再与之相抗，至多再待一会儿。跟着化生庚金，稍微比此厉害，不似先前凝成实土，还加上土雷之威，难于抵御。妖尸见状，喜出望外，更不怠慢。一面施展乙木、丙火双重遁法，去抵御戊土和那化生出来的庚金。同时运用玄功，施展昔年灵玉崖穿通地层的神通，一声怪啸，元神化为一条梭形碧光，由百丈黄尘影里冲霄直上。

妖尸急于脱身，本没想到将旗门震破。偏生阵法神妙，又无人在内主持，只凭本身威力自行运用。妖尸为防万一，双管齐下：一面逃走，一面施展双重遁法，以为生克。碧影往上一冲，戊土威力便即加强，再借乙木遁法一抗，立化庚金，癸水也自发动。经此一来，五遁相互生克，五色光华层层交织，声势骤盛。妖尸身困五遁之中，并未冲出。见不是路，把心一横，也将五遁全数施为，身仍破空而起，猛运玄功，那团碧影山崩海立一般，电也似暴涨开千百丈，发出百万阴雷，向五行遁光中爆裂如雨。旗门本还不致震破，因是妖尸受困时久，静中参悟玄机，刁狡已极，一见不好，虽然五遁同发，上来力都不大，只是引逗之势。旗门吃了无人主持的亏，敌势一衰，也跟着小了下去。妖尸这次又是以五行御五行，自身另有运用。不似先前莫测高深，只就眼前所受禁制，按着五行生克，用作防身之具。这双方五行遁法互为生克，看去阵法势盛，威力实已抵消多半，哪禁得起妖尸情急拼命，孤注一掷，不惜损伤真元，突将元神暴涨，所施五行遁法忽又加功。旗门五行，只宜一一相生，越变越强。五遁齐施，无人主持，失却生克之妙，威力大减。几面一凑，立被妖尸元神震散，旗门随之破裂了一面，稍现微隙。妖尸见了天光，立即破空逃去。震破时，阵内自是五遁神雷爆如贯珠，万鼓齐鸣，震撼大地。但阵外人听去，只是极清脆的一声爆音而已。

妖尸身虽得脱，元神真气也自损伤甚重。加以初入阵时，曾见有不少玄妙，只当震散五遁，突围逃走，不知旗门已被震破。又因敌人阵法已有如此厉害，那金船中的前古至宝归化神音，如被得去，异日焉有生路？才一脱身，首先回顾来路，遥望江面上霞光密布，宝气隐隐透映。知道金船已被金蛛吸出水面，正在吃紧关头。这一惊真非同小可，不暇寻思，慌不迭隐身赶去，虽然伤了三人，并未得手，宝物已被敌人带了逃走。又遇见叶缤这等强敌作梗。正在忿激，忽听雪山老魅那等说法，料无虚假，好生欣慰。连伤之余，也是急于回山防患养息，本来无心恋战，因恨叶缤无故为仇，想顺便连人抓走。后见法宝飞来，百忙中不合又起贪心，如非见机，几难幸免。终十元神、本体均为佛火所伤，回山苦炼多日，终未复原。由此功力大不如前，劫数到来，仍是无法避免。

玉清大师仗着离合神光，使白骨神君受伤逃走以后，知道妖尸既已逃出，伏魔旗门不毁必伤，此宝外人不知收法，绝难取走。如能寻回残余，交还神驼乙休重新祭炼，仍可复原，为日后之用。见杨瑾、英男、叶缤三人先后赶到，妖尸、老魅已无胜理，连忙赶去一看，只见当地山石林木好些化为劫灰，伏魔旗门哪有丝毫踪迹。不知残宝就在到前被别人无心中路过，冒险强收了去。当时只以为被妖尸炸毁消灭，不曾想到飞空眺望，没有跟踪追寻。那人捡了便宜之后，先望见前面妖气宝光上冲霄汉，哪一面俱不好惹。刚刚撤身往回路飞退，又见一道金光匹练般横空往得宝之处电掣而来。做贼心虚，愈发不敢停留，连忙收敛遁光，加急飞驶。玉清大师一心要寻回法宝，因微一疏忽，竟被逃去。

玉清大师遍寻无着，重返原地，妖尸谷辰和雪山老魅已相次受伤逃走了。众人互相谈了一阵经过。俞允中、戴湘英、凌云凤三人惦记被妖尸所伤的刘泉、赵光斗、魏青三人安危，虽颠仙说，玄真子早接凌浑书信告知此事，曾命诸葛警我带来当初东海三仙合力同炼的起死灵丹，现正在后洞施治，终究不甚放心，匆匆问了几句，便即赶去。余人因有杨瑾示意，金钟岛主叶缤日间诛了妖人九烈神君爱子黑丑，迟早必要寻仇。偏生多年辛苦用两极真磁精英炼成的冰魄神光又被妖尸元神震散，急于运用玄功收聚还原，须时甚久，惟恐九烈老妖此时赶来，措手不及，难于兼顾，请众人暗中相助，俱都不曾离开，旁观相待。

约有三个时辰，天已大明，刘、赵、魏三人也经诸葛警我救转，一同赶来。那浮空千万缕彩丝霞芒，才渐渐由散而聚，经叶缤一一收尽。杨瑾与叶缤为前生至交，知她法力高深，自不必说。凌云凤、俞允中、戴湘英前随慕容姊妹往三柳坪护送木舟，曾经目睹。岳雯、孙南、余英男、玉清大师适才在战场也曾亲见神奇。诸葛警我和刘、赵二人却是闻名已久，从未晤面，等到人救回生，赶来观看，神光恰好收完，俱欲见识一回，便托玉清大师、杨瑾二人代为关说。这时杨瑾见叶缤大功告成，未生变故，好生代为欣幸，正要将手中古灯檠交还。听三人一说，笑道："叶姊姊人极好说话，我又和她两世至交，想必不致见拒吧？"

正谈笑间，叶缤已从空中飞落，杨瑾照实说了。叶缤笑道："你我至交无妨，眼前郑道友、玉清道友和另外几位俱是方家，本来不该班门弄斧。妹子适才元气稍有伤耗，以致收时艰难，本想试为施展，看看运用如何，是否复原。既蒙诸位道友谬赏，说不得只好献丑了。不过妹子道浅力弱，万一元气消耗太甚，此时尚未觉察，为博诸位道友一笑，妄自竭尽全力，一个不能由心运用，虽已凝为一体，不致出大差错，终恐全数施为，其力太大，一个驾驭不住，反倒贻笑大方。姊姊劫后重来，法力高深，佛门心法尤为灵妙，仍劳在旁照看如何？"

颠仙在旁静观，原有用意。见以三个时辰的工夫，竟将妖尸谷辰震成粉碎的两极元磁精英炼成的冰魄神光收聚还原，功候精纯，岂是寻常同道所能学步，好生赞佩。忽听诸葛警我等三人托杨瑾、玉清大师要她施为，以开眼界，跟着心灵一动，有了警兆。正想劝阻，叶缤已经一口答应，并还说要全数施为。那警兆感应更急，大有立即发动之象。方觉奇怪，忽见叶缤朝杨瑾使个眼色，又打了一个手势。杨瑾只笑说："姊姊太谦，神光何等神妙，又是试演为戏，并非遇敌，要人照顾，岂非笑话？"说罢，身形一闪，便带了古灯檠一同隐去。颠仙再一寻思叶缤所说的话，明似谦虚，实则故意那等说法，才知叶、杨二人必有甚警觉。大敌将临，一个借着演习神光为由，故作毫无防备神气，又当新挫之余，示人以隙。却令一个手持佛门至宝，隐身极高云空，暗中戒备。等敌人一到，立即各施全力，上下夹攻。看二人行事如此机密，来者必是九烈神君等极厉害的强敌。这类妖邪最是狠毒，只要见是敌人一面，不问青红皂白，同下毒手。此时话又不能明说。回顾门下诸弟子，俱在后洞守护新得诸宝，一个不曾在场。

杨瑾这一隐形，玉清大师、诸葛警我、岳雯等三人首先觉察。魏青、俞允中想要询问，已吃三人摇手阻住。并将赵、刘、俞、魏、孙、凌、戴诸人招在身旁，令聚一处。刘、赵二人神情也似明白。知已无碍，有此三人，足能应付，不致有甚差错，颠仙心中一放。叶缤此来曾出大力，义无忽置之理，便也加紧准备，静候发难不提。

原来那九烈神君虽是一个极厉害的妖邪巨魅，因他得天独厚，所居洞府四时皆春，景致极佳，有无穷享受，无须在外为恶诛求。人又明白利害轻重，极畏天劫，深知邪不胜正，从不自恃法术高强，与人树敌。虽然贪淫好色，但供枕席淫乐的多是各异派中有姿色的荡女淫娃，如黑神女宋香娃之类。以前偶在外面遇上美好女子，带几个回去，供他采补，也都是用妖法摄取富贵人家重金，向女家明买，或是变幻美少年勾引，对方十九为他财色所动，出诸自愿，并非出于强迫。女的如果真个坚贞，不受诱惑，他也决不勉强。近数十年更因正邪各派群仙劫运将临，静中参悟，推算出本身大劫不久也快到来，起了戒心，常年用禁法深锁洞门，人在宫中同了姬妾女徒淫乐享受，一步不出。一则恶迹不彰，二则他的妖术法宝也真厉害，委实不易克制，因此各正派老少两辈中人，对他均不甚理会，算是旁门左道中第一个本领高强，而能不骄不妄、敬畏天命的人。

话虽如此，可是此人有一特性：恩怨之心极重。轻易不与人结怨树敌，一上来，先总忍让，或是设法化解。一旦忍不下去，成了仇家，便和仇家誓不两立，不报复完，决不中止。平生与人结仇，共只三次，俱在七八十年以前。和他做对头的，也是左道中法术高强之士，闹得乌烟瘴气。每次死伤多人，结果仍败在他手里。处治仇家也极刻毒。

黑丑是他独子，天生戾质，喜动恶静，见异思迁，永远不耐在洞中久居。偏生乃父法规甚严，再三告诫："你自生下地来，面上便有煞纹，近年渐透华盖，大是凶险。现值各派群仙应劫之期，峨眉派止乘教祖长眉真人遗命，在凝碧崖开通五府，广收门人，准备使本派发扬光大，声势极盛。当此正教昌明，正盛邪消之际，你性喜动，又有你母纵容，屡代求说，时常出游，我不禁你。好在你已得父母真传十之六七，我与各派中人均无仇怨，只要你不在外面胡来，各正派中人无故决不与你为难。各异派中，小一辈的敌你不过，长一辈比你强的，无一不知我父子来历，就非素识，也决不愿与我结仇。不过峨眉派等长幼两辈人物，踪迹多在云、贵、川、湘一带，最好还是避开一些。并非是怕，实为彼此本可相安，两无干犯。如若因你结怨生嫌，你吃了人家的亏，我不容不问。但是微风起于萍末，他们人多势盛，本门中便有不少高人，何况还有无数道法高深的散仙异人与之同气，哪怕伤了他一个不相干的后辈新进，也必不肯甘休。我不出去，面子难堪，恶气不出。只要出去，星星之火立即燎原。他们正当鼎盛之时，万无败理，那时吃亏的自然是我们了。我的运限偏又应在这一劫，躲还恐躲不及，如何反去招惹？你平日狂妄任性，到时未必能听我话，如不预先防备，早晚你自己身败名裂，还要累及父母全家。因此，为你用了九十八日夜的苦功，炼成一种禁制心灵之术，另有一道灵符与你心灵相通。从此出外，如若违我戒条，或与峨眉诸正派之人相遇，知而不退，或是自恃法力，与人争斗，一动念间，身心立起感应，发生无限痛苦。并且仅你所习玄功变化，隐身逃遁之法尚在，其他一切俱都施展不得了。"随取出一道灵符，如法施为，手指处，化为一片五色烟雾，将黑丑全身罩住，晃眼不见。

　　黑丑前因在外闲游，交了不少异派妖邪，约同向各正派中寻隙。路遇衡山金姥姥罗紫烟的门徒向芳淑，欲用妖法擒住淫乐。幸而向芳淑人极机智，身旁又带有师门至宝纳芥环，将身护住，未为阴雷、妖火所伤。正在相持不下，被极乐童子李静虚走过看见，用先天太乙神雷震散妖氛，还打死了他两个同党妖人。总算黑丑见机得早，看那太乙神雷威力迥异寻常，仗着身外化身，玄功变化，逃回山去。满拟父母平素钟爱，必能为他报仇雪恨。谁知九烈神君一听仇人形象和所发雷光，竟是群邪闻名丧胆的极乐童子。此人与峨眉教祖长眉真人尚是同辈，现已炼就婴儿，成了真仙，道法高深，有无上威力，为方今各派群仙中第一等人物。曾在成都慈云寺，一举手间斩了绿袍老祖，将他所炼十万金蚕恶蛊毁灭净尽。爱子得逃回山，尚是看他恶迹不彰，手下留情，如何敢去招惹。不由又惊又急又怒，大怪黑丑不该与各派妖人交往，重重责罚了一顿，禁闭洞中两三年，不许外出一步。关得黑丑心烦意乱，万分难耐，好容易盼得许他出山，自然百依百顺。

　　黑丑行时九烈神君重又叮嘱："你反正在外游荡无事，就是采补一层，也只能学我以前的样，不可强求。你又素无长性，遇见好的，玩上几天便即生厌，永不带回山来。日常多是宿娼，有何真阴可采？海外尚有不少仙景胜域，你均不曾去过。那些岛屿产着许多灵药异果，主人俱是散仙一流，于人无忤，自在逍遥，享受清福。各正派此时正忙于积修外功，轻易无人涉足，更不在我所施禁法限制之内。与其在中土与五台、华山这些日暮途穷、大劫将临的人鬼混勾结，惹些乱子来使我忧急气忿，何如去与那些散仙交纳？此辈性多恬静冲虚，内中尽有高明之士，如与交往，非特有益无损，久了还可变化你的气质，每次又可就便采些灵药异果回来。岂非绝妙？我所炼的道法，本非玄门正宗，饮食男女均非所禁。海外有不少女散仙，如果机缘凑巧，能物色到一个仙妻，更是快事。比在中土乱交损友，惹是生非，到处都是荆棘，不强得多么？"

黑丑口虽应诺，心里却想着一个情人。这个情人就是华山教下妖妇香城娘子史春娥。她丈夫也是一个华山派有名人物，名叫火太岁池鲁，炼就本门烈火，性情比史南溪还要暴烈。上次极乐童子用太乙神雷打死的二妖人，便有他在内。史春娥性最淫凶刁悍，阅历甚多；黑丑本相瘦小奇丑，生得比鬼还要难看。按说史春娥决看不中他，谁知孽缘凑巧。二人相会之时，恰值黑丑摄了一个美女，在终南山深山之中摄取元精。照着往常，只用邪法将女子勾引，到了无人之处，便现原形奸淫，不再掩饰。偏那女子长得甚美，又是绿林出身，武功颇好。黑丑淫心极重，觉着对方昏迷，任人摆布，无甚兴趣。心想美女难得，打算留着多玩几天，再行采她元精。于是用邪法幻一美少年，勾引上手，一直是用幻象交接，没有现出原形。那女子也未受妖法迷禁，只当仙缘遇合，极意交欢。这一来，黑丑越觉有趣，居然连淫乐十多天，没舍得将她弄死。地当终南山风景之佳处，时已春暮，繁花似锦，碧草如茵。这日黑丑寻了一片繁花盛开的桃林，男女同脱了个精光，席地幕天，白昼宣淫。先交合了两次，兴致犹觉未尽，特意又从所寄居的山洞内，将用妖法摄取来的酒肉鲜果取出，放在桃林山石之上，互相拥抱，饮食了一阵，又起来绕林追逐。那女子也颇淫荡，工于挑逗，引得黑丑性发如狂，两人互相纠缠谑浪，极情尽致，淫乐不休。不料正在快活起劲，女子却被一妖妇突来打死了。

原来这个妖妇的一个面首被丈夫偷杀死，发了悍泼之性，大闹了一场。由相去百余里的梨花峡妖洞中出来，心上人惨死，急怒攻心，负气出走，任意所之，本没一定去处。飞行中无意发现下面桃花盛开，妖妇最爱此花，又当气忿心烦之余，下来随意观赏，解闷祛烦。落地以后，便往桃林深处走去。行约里许，前面有一峭崖挡路。妖妇在本山住了多年，每当花开时，必常前来游玩，地理极熟。知道转过崖去，有一片桃林，虽然寥寥只得数十株桃花，没有别处桃林茂密，但均为异种，花朵独大，红白相间，另具一种馨香，令人心醉。又有芳草连绵，平野如绣，碧幛丹崖，白石清溪，点缀其间，显得景物越发清丽，为每年必游之所。刚刚缓步前行，打算绕崖而过，隐隐闻得崖那边男女笑语之声。暗忖："这里景物虽佳，但是四外俱有连峰危崖环绕，连个樵径都无，附近又无可供修道人隐居的山洞，每年除自己常来游玩，只桃熟时，有成群猴子翻山越岭来此采摘，平日休说是人，连野兽之迹都难见到，怎会有年轻男女到此？近来峨眉派收了不少狗男女，个个强横，本门和五台诸派常遭他们毒手。自己因时常出外摄取美少年，丈夫每每劝说仇敌势盛，本派力未养足以前，只宜隐忍。照此行为不检，极易将这些小狗男女们引来。自己当他醋心太重，故意恐吓，总是不听。连日心神不安，莫不真个寻上门来的晦气？"心中一动，立即行法将身隐去，悄悄探头出去一看。正赶上那一双男女精赤条条在花林中，始而互相追逐了一会儿，女的被男的擒住，按倒在丰茸茸地上，纠缠做一堆，不可分解。晃眼之间入了妙境，渐渐酣畅淋漓起来。这时黑丑变的是一个仙骨英姿、相貌绝美的少年，固非原来鬼物形象，便那女子也是上等姿色，端的姣比花娇，艳同玉映。四周景物是那么美妙，又当着日丽风和、动人情思的艳阳天气。目睹这等微妙奇艳之景，个中人再妖淫放浪一些，妖妇尽管曾经沧海，见多识广，似此光天化日之下的活色生香，尚是初次入目。看不片刻，早已目眩情摇，心神都颤，只觉一缕热气，满腔热情，宛如渴骥奔放，按捺不住，哪还顾得稍微矜持。看到中场，毫不寻思，便现身出去，口中故意娇叱："何方无耻男女污我仙景？快起来见我！"随手指处，一缕紫荧荧的血光，已随手飞出，打向那女子左太阳穴上。只听哼了一声，玉躯一侧，歪倒在黑丑身上，当时毙命。

黑丑正在情浓头上，没想到有人来煞风景。闻声便知不妙，无如那女子该死，颠倒衣裳，刻意求工，一心专注所欢，耳目都失了效用。黑丑又是爱极怜惜，惟恐暴起抵御，致遭误伤，自恃玄功神妙，敌人不能伤害。

又听口风不怎厉害,意欲先行法护住心上人,看清来历,再作应付。不料妖妇奇淫奇妒,一见黑丑,便决心据为己有,爱之惟恐不深。对那女子,却是惟恐留着分她一脔,恨之惟恐不毒。话虽不狠,手下却又毒又快。所用血焰针,仙人中上,不死必伤,何况凡人。黑丑一时疏忽,瞥见紫光一线,电射般而来,忙想抵御,已是无及。不由勃然大怒,赶紧赤身纵起,待现原身杀敌泄仇时,目光到处,见对面桃花树下,站定一个满面娇嗔、似羞似怒的绝色女子。论起容光,竟比死女还要妖艳得多,不特眉目眼角无限风情,便是全身上下,都无一处不撩人情致。黑丑出山不久,几曾见到这等人物。当时淫心大动,既没问对方假怒用意如何,立施邪法勾引。

　　妖妇的法力本领虽然不如黑丑,对于各种的迷人妖法却内行。黑丑奉有父命,不许对所迷女子行强迷惑,第一要她自愿上钩,除非对敌时万不得已,才可施展本门心法。积日既久,习以为常。上来用的是寻常迷人邪法,妖妇自然一见即知,她不知黑丑的本领不曾施展,心还暗笑:"这等浅薄伎俩,稍有烈性的女子也迷她不动,何况于我?倒是你这天生的仙根玉貌,异禀奇资,比甚法术都强,你自己怎不知道呢?"如照往日遇见此事,非故意破法引逗,取笑一场不可。只因情急万分,恨不能一下将他紧紧搂住,融成一体,然后再问他为什么要爱那样贱货,咬他几口,才得称心,哪有心思和工夫矫情作态,况且自己杀人所欢,立即毛遂自荐,本以为女的是个凡人,男的纵会法术,也极有限,可用妖法引他上套。谁知对方竟是行家,尤妙是先怒后喜,分明新欢胜于旧欢。这一来,不特省事,加了兴趣,还可掩饰自己淫浪形迹,真个再对心思没有。

　　二人当下一拍便合。妖妇装作本是好人,为黑丑妖法所迷,因而入彀。初意还当黑丑真个十分爱她,贪恋美质,意欲长此快活。只是以假为真地装装昏迷,懒洋洋横陈地上,任凭作践,不特没想到采取心上人的真阴,连所擅房中绝技均未施展出来。谁知黑丑别有深心。因见妖妇十分毒辣,所施法宝又极厉害,以为不是淫荡一流。此时顺从,全因受了邪法禁制,神暂昏迷。只要清醒过来,未必委身相从。加以心爱荡女被杀,心中不无仇恨。这等有道行的真阴极为可贵,乐得就此采取,还可为所欢报仇。一经到手,连幻象都顾不得再撤去,一面恣意淫乐,一面施展家传采补之术,吸取妖妇元精。

妖妇初尝甜头，觉出对方功力与平日所接面首迥不相同。方在称心，喜出望外，猛觉对方发动一股潜力，当时心花大开，通体麻酥酥，说不出的一种奇趣。正在乐极情浓、百骸欲散之际，忽然警觉对方不怀好意。知道不妙，忙把心神一定，赶紧运用全力，将灵关要穴紧紧镇住，真气往回一收。总算见机尚早，悬崖勒马，未将真元失去。因知对方功夫出奇，暂时得免，实是侥幸。再延下去，仍恐难逃毒手，不敢再事矜持。一面保住真元，一面早施遁法，冷不防扬手打了黑丑一个嘴巴，俏骂得一声："狠心冤家！"人已纵身脱颖而起。

　　黑丑见妖妇似已迷住，并未施展全力。眼看探得骊珠，元阴就要吸入玉窍，也是猛觉一股潜力外吸，如饥婴就乳一般，已经近嘴，忽又远引。收翕吞吐之间，奇趣横生，几乎本身元精也受摇动。方觉对方也是行家，待要加紧施为，妖妇倏地打了自己一嘴巴，脱身飞起。心中一着急，刚喝："你想逃走么？"未及跟踪追赶，妖妇已满面娇羞，一身骚形浪态，俏生生站离面前不远的一株繁花如锦的大桃树下，手指黑丑，娇声骂道："冤家，你放心，我遇见你这七世冤孽，命都不打算要了，只是话须说明了再来。"黑丑闻言，才知她刚才是有心做作，假装痴呆。

　　妖妇本来生就绝色，这时全身衣履皆脱，一丝未挂，将粉腰雪股、玉乳纤腰，以及一切微妙之处，全都现出。又都那么秾纤合度，修短适中，肌骨停匀，身段那么亭亭秀媚，毫无一处不是圆融细腻。再有满树桃花一陪衬，越显得玉肌映霞，皓体流辉，人面花光，艳冶无伦。妖妇又工于做作，妙目流波，轻嗔薄怒，顾盼之间，百媚横生。甚人见了也要目眩心摇，神魂飞越，不敢逼视。黑丑几曾见到这等尤物，不等说完，早挺身翘然，扑将过去，仍旧温存。妖妇存心笼络，何等滑溜，见他伸手要抱，只一闪，便已躲开。黑丑先前是急先锋，上来便据要津，一切未细心领略。这时人未抱着，只在妖妇背股间挨摸到一点，立觉玉肌凉滑，柔腻丰盈，不容留手。连抱了两次，均吃闪开，没能得手，越发兴动。妖妇本无拒意，又不便再逞强暴，只得央告道："好仙姊，既承厚爱，有话且先快活一回再说，不是一样么？"

　　妖妇见他猴急，知已入彀，动了真情，边躲边媚笑，哧哧地笑道："你不要忙，人反正是你的了。只是我还要问一句，你爱我是真是假？"黑丑急答:"自然是真的。"妖妇笑啐道:"我不是那死的贱婢。你分明是想害我,还说真爱,这样越发至死也不依你了。"黑丑知瞒不过,忙改口道:"先前因你太狠,不知你是甚心意,惟恐明白过来,还是不从,又不知你这等好法,实想盗你真元,给那女子报仇。如今休说你还爱我,便是日后不爱,也决舍不得伤你一丝一发了。"妖妇笑道:"照此看来,还稍微有点爱。我也不知你是真爱还是假爱,只是我爱你这冤孽极了,爱得连命都愿断送给你。但我也非无名之辈,能有今日,也曾修炼多年,受过不少辛苦魔难,就此一回葬送,太不值了。你真要无情无义,要采我的真阴,那于你大有补益,我也心甘情愿,但我得享受些时才能奉上。并且在我未死你手以前,你却是我一个人的,不许再和别的女子勾搭。你如愿意,凭你摆布,无不依从。否则我便和你拼命,我胜了与你同死,败了也宁死在你的面前,也不容沾身。你只估量给我几年光阴的快活吧。"妖妇这里流波送媚,款启朱唇,娇声软语,吐出无限深情的爱。黑丑由不得魂飞魄融,心摇神荡。偏是只凭文做,捞摸不着,如馋猫一般,早已急得抓耳挠腮,心痒痒没个搔处。好容易盼她把话说完,又听相爱如此之深。热爱情念之际,未暇深思,惟恐所说不能见信,立即跪倒起誓道:"我蒙仙姊如此真心垂爱,此后成为夫妻,地久天长,同生共死,永远相亲相爱。如若负心,再与别的女子交合,形神俱灭于无限飞剑神光之下。"

黑丑本意是说到形神俱灭为止,话快出口,忽然想起本门修炼,多仗采补。自己按说功力尚差,不比父亲修为多年,已到火候,现时只为行乐,无须采补,所以宫中姬侍都通道法。自己能得此女为妻,自是旷世难逢的尤物,可以无憾。但是采补仍不能免,此誓如何起得?话到口边,以为自己炼就三尸,有三个元神,稍有丝毫缝隙,便即遁去。真要遇见最厉害神奇的法术法宝,不过舍去一个元神,再费九年的苦功,仍可炼他复原。飞刀飞剑多是五金之精炼成,本门更有独特抵御之功,休说形神俱灭,稍次一点的,直不能伤及毫发。即便遇见像父亲所说,如峨眉门下那十几口最厉害的仙剑,如七修连珠以及三英二云所用诸剑,合璧夹攻,也至多葬送一个化身,无论如何也不致形神全消,觉着这誓决不会应验。念头一转,随把末几句加上。

实则妖妇倒真是热情流露,爱他如命。虽然欲与故拒,用了不少迷人手段，所说倒也不尽虚言，心中自然不无希冀。照这火一般热头上，黑丑如许她十年欢娱，到期仍要摄她元精，当时也必点头，情甘愿意。不过水性杨花，将来有无中变，难说罢了。黑丑这等答法，自然心满意足，喜出望外。也没回答，只将牙齿咬住朱唇，"嘤"的一声娇呻，柳腰微侧，仿佛不禁风似的就要倾倒。黑丑话一说完，早从地上纵起扑上，一把紧紧抱住，玉软香温，腻然盈抱，双方俱各美满已极。妖妇也不再抗拒，跟着双双一同侧倒，横陈在碧草茵上。这一来，混去猜嫌，刻意求欢，各显神通，均不施展杀手，只管卖弄本领，全无疑忌之念。端的男欢女爱，奇趣无穷，酣畅非常。

时光易过，不觉金乌西匿，皓月东升。男女二妖孽又就着明月桃花之下，极情尽乐了一阵，方始坐起。舍去原地，另觅了一片干净草地，将先剩美酒肴果放在面前，相偎相抱，饮食嬉戏。妖妇笑道："我没见过你这等猴急的人，连口气都不容人喘。我两人如此恩爱情浓，到了现在，彼此还不知道名姓来历，不是笑话么？"黑丑把妖妇搂住，紧了一紧，笑道："先见时，是怕你不肯依我，急于上手。后虽想起，无奈爱极情深，连你说那些话都等不及，哪有心肠再叙家常？反正是我的人了，早晚一样，忙它做甚？"妖妇道："我本来想先说，一则见你所学与我虽非一家，断定彼此必有渊源，我又有个讨厌的丈夫，并非无名之辈。我师父更是一派宗祖。我是向来行事无所顾忌，师父、师叔们和我丈夫俱都无如我何。你美得出奇，令人一见动心，不用再显所长，已恨不能一碗水吞下肚去。连敌带友，我也见过无数美男子，似你这样，做梦也未见过，难保不有一点做作，我却看不出来。真正年岁虽不易猜，但各派道友中并无你这一人，必是新近出山的有道之士。初出茅庐，多半胆小，惟恐你想起两家渊源，有了顾忌，岂不扫兴？以你这身功夫容貌，无论仙凡，哪里找不到便宜？我的情浓，妒心尤重，爱上一个人，便不许他人染指。适才上来，先将贱婢杀死，我即使死在你手，都所心甘。但决不许在我生前，你再爱一个，便是如此。如再为了胆小害怕，临阵脱逃，我再拦你不住，那我不更糟了？所以还是不说，等到事后再设计较。现在看出你果真爱我，说也放心了。你到底是哪位仙长的门下呢？"

黑丑又把妖妇极力温存抚摸，逼令先说。妖妇便照实说了。先以为黑丑听了华山派的威望，必要吃惊，谁知若无其事，只笑道："心肝是烈火祖师的门徒么？你的来历说了，我却不能说呢。"妖妇在黑丑怀里媚眼回波，满面娇嗔道："你还真心爱我呢，连个姓名来历都不肯说。"黑丑道："不是欺你，是有不能说的苦。"妖妇媚笑道："有甚难说的苦？我为爱你，命都不要，任你天大来头，只要你不变心，我都不怕。"说时玉臀不住乱扭，又做出许多媚态，黑丑吃她在腿上一阵揉搓，凉肌丰盈，着体欲融，不禁又生热意，趁势想要按倒。妖妇一味以柔情挑逗，执意非说出来，不允所请。黑丑无奈，只得把妖妇抱紧，通身上下连咬带吻，先爱了个够。然后叹道："我真爱你，想这露水夫妻能够长久一些，所以不肯明说，你偏要我非说不可。我又不舍得和你强，我也不怕师父，说出来其实无妨，只恐缘分就快满了。"

妖妇闻言，好生惊疑，想了想，仍是追问，并问缘满之言，由何说起？黑丑道："我一说出真名，你就不会爱我，岂非缘满了么？"妖妇手向黑丑额上一戳道："我说你太嫩不是？我还当你有甚大顾忌处呢，原来如此。实告诉你，你就是我的命，离了了，我就活不成。无论你以前以后声名多坏，为人多么可恨可恶，哪怕为你连累，受下无边苦难，粉身碎骨，都所甘心，焉有为此不爱之理？"黑丑只是摇头。妖妇奇怪道："这又不是，到底为何？我决不变心，你只明说吧。"黑丑吞吐说道："我本相奇丑，这个又不是本相。"妖妇笑道："这个我也早在意中，只没看出罢了。照你的好处，便丑得像个鬼，我也爱你。何况你能变得这么好，本底子也未必差呢。"黑丑道："那是我看家本领，哪能当真？如照本来，真比鬼还丑呢。难道心肝全不嫌么？"妖妇脱口笑道："决不嫌厌。只是先不要现出来，等心肝说完来历，我还有话。"

黑丑便把自己是九烈神君之子黑丑说了。妖妇闻言大惊，暗忖："难怪他听了烈火祖师名头，不怎动容，原来竟有这么大来头。此人虽然奇丑，但他父子道法高强，房中之术尤为神妙，情分又如此深厚，与他相处，日后得益无穷。"为要坚他相爱之心，故意加做一些妖淫情态，笑答道："你忒痴了。你当我是世俗女子么？你有这等家传本领，便现真形，也能使人爱而忘死。何况你所幻假形，那么美妙，还叫人看不出来呢。不怕你笑，我以前也曾交接过不少壮美少年，可是不消几年，便化枯骨。即便至今不死，也都龙钟衰朽，老丑不堪。常人最美好的光阴也只十八九起，中间一二十年。少年时再要作践一点，更连这短时光都挨不过。照我所遇的人来说，就没一个活满过三年的，总是没有多久，使人扫兴。我因美质难得，遇到一个好的，任是不采他的真元，多么爱惜他，也是无用。先还仿佛余勇可贾，实则精髓早枯，越用药力，他越死得快。终于久而生厌，我不杀他，他也自死。真是无可如何，干叫人生气，只恨当初白爱怜了废物。同门中虽有几个差强人意的，一则多是枉自修炼多年，自来未断色欲，根基不固，到了紧要当儿，难免心动神摇，惟恐吃了我亏；二则他们见人就爱，知我情浓妒重，怕多纠缠。除师父、师叔均有爱宠，听说极好，不承下顾，没试过，余者均非对手，日久也都借故分开。我觉他们比常人还要惹厌，几回伤心，再也不睬他们。比较起来，还是我这位没出息的丈夫，倒能备个缓急。他除有时见我和人情热，不免吃醋，暗算人家，是个缺点，只要不眼见，也还不闻不问，别的都还将就，所以能和我相处至今。他也长得奇丑无比，并未嫌他。可是现在遇上了你，能否再同他长处，就难定了。我初见人时重貌，一经交好，重才更甚于重貌。往往一试即不再顾，或是不试而退的都有，没的招人心烦。似你这样千载难逢的人才，还有什么不足之处，若要十全十美，你可长用幻相与我快活。即使骤然路遇，隐藏不及，我只当那是你的元神幻化，以假为真，以真作假，不是一样么？只交接时看着快活，助些兴趣而已。"

黑丑听妖妇如此淫浪凶毒，奇妒无耻，一点不以为意，反觉她爱极而忘其丑，不特甘死无悔，连她许多不可告人的事，也都推肝吐胆，全数说出，可见情分之深。不禁爱极，重又搂抱在地，淫乐起来。妖妇一边迎合，媚笑道："久闻九烈神君独子黑丑生具异相，身高不满三尺，红睛绿发，肤黑如墨。你生相如此奇丑，我偏会和你成夫妻，舍身相爱，不稍嫌厌，真可算是舍其所短而用其所长了。"黑丑听她语带双关，浪意十足，越发高兴，"心肝""性命"，喊个不住。

这一双妖邪男女正在乐极情浓、不可分解之际，忽听一声厉吼，一道暗赤光华，夹着十几根细才如箸、长约七寸的黑光，直朝黑丑头上飞到。妖妇闻声，便知丈夫寻来，必是看双方情热，醋劲大发。惟恐自己偏护所欢，飞剑难伤，竟连师父新近传授、轻易不准妄使的天罡密魔神钉，也同时发出。情人纵是法力高强，骤出不意，无法抵御躲闪，不死必带重伤。心里一急，由不得怒喝一声，欲待纵起，去和丈夫拼命。谁知身被黑丑压住，仍如无事。百忙中定睛一看，黑丑仍在自己身上，另外有一个三尺来高的小黑鬼，在周身碧烟围绕之下，已和丈夫对敌，斗在一起。那神钉分明见穿身而过，竟未受到丝毫损害，果然名不虚传，玄功奥妙。生平初见，不由又是心爱，又是佩服。越把丈夫视若粪土，惟恐气他不够，竟装着没有看见丈夫在侧，特意做出许多骚声浪气，丑态百出。

原来妖妇之夫池鲁，自从那日妒奸，将面首杀死，二人变脸大闹，几乎动手拼命。平日宠爱，受制已惯，妖妇淫浪滥交，早经约定，匪自今始。妖妇法力稍逊，真要挤急动手，难免吃亏，反被振起夫纲，日后更难快意，于是负气出走。这妖人是个暴性，每和妖妇闹过一回，必再三负荆，加添一些苛法奇章，多受好些挟制，始能和好如初。这次也实因所杀的是妖妇新交，正在情热头上，不稍顾忌，太已看不下眼，妒火暴发，骤下毒手。深知这位"贤妻"脾气，决不甘休。偏又不舍分离，妖妇走才半日，便生悔意。心想："反正得求她回来，一样服输，何苦多受孤栖之苦？"于是出来寻找。知妖妇近来得罪了许多同门，平日只顾摄取壮男，采补作乐，同道中多无往还，不会远走。新欢已死，又和自己反目，晚来难耐孤寂，此时必往邻近山城镇中，去摄取一二少年，仍在本山觅地相聚，聊以解渴。知道此妇心肠最硬，自己越服软得晚，吃亏越大。既要寻她，早去为妙。谁知把妖妇平日几处藏身之地反复找了几遍，并无踪迹。最后心里一灰，想起妖妇此时必又同了所摄的人，在隐蔽处尽情淫乐，自己却成了一个孤鬼，不禁妒火重燃。

正在烦恼气忿之际，忽听破空之声。抬头一看，空中共是三道光华，正由东往西横空飞过，色如虹霓，飞得极高，光也不强，飞更不快，如换常人，直难听见。一看路数，便知是正教门下。暗忖："敌派门人几乎无一弱者，这三道剑光分明是炼成不久，如是高明之士，怎会用它出来游行？这些小辈可恶万分，乐得乘他未成气候之时除去，将来好少许多事故。"又在气忿头上，怒火中烧，念头一转，立即飞空追去。哪知这三个敌人没等他追上，先已反身迎来，一照面，便喝："何方妖孽，通名受死！"妖人见敌人乃是三个女子，俱是仙风道骨，美貌非常，内中一个穿黑衣的少女尤为秀丽，不由动了淫心。以为敌人飞剑平常，一心还想生擒了来取乐。哪知来人正是四川云灵山白云大师元敬门下得意弟子郁芳蘅、李文衍、万珍。因白云大师学道最早，在同辈中年岁几与玄真子、嵩山二老等不相上下，收徒也最早，所以郁、李、万三人都有高深造诣。近年奉了大师之命，在山东崂山另辟洞府修炼，随时在外积修外功，并不住在一起。这次三女闻说峨眉不久开府，师叔妙一真人奉师祖遗命，正式承继道统之期不久将至。又听本派小辈师弟妹中着实出了不少人才，凝碧崖已经开辟，好些同门俱已移居在内，连出了许多事故。仙山风景，美妙非常，私心向往，已非一日。上次慈云寺、青螺峪斗剑，以及史南溪等妖人攻打凝碧崖，均值闭关炼丹，正在火候，未得前去，常引以为深憾。加以好久未接师父谕旨，虽知峨眉开府盛典，决不会不令参与，终想早一点与这些自生有来的新同门相见。并且探听师父的口风，将来有无移往仙府清修福分。于是借着省师为由，往云灵山赶去。

白云大师还收有一个小徒弟，名叫云紫绡，非常美秀聪明，禀赋也好。上年见时，紫绡因自己入门未久，好剑尚没一口，而三位师姊不特各有仙剑随身，道法尤极高强，先背了人，向大师姊郁芳蘅讨要，请其便中代为物色。得了答应以后，暗想："师父曾说，功夫练时虽难，只要肯下苦功，终有成时。惟独好剑，须看各人缘法，难得求到。大师姊虽然答应，知道何年到手？若是三位师姊全都托到，比较指望多些。"于是又向李、万二师姊求说。三女本极爱这小师妹，禁不起一阵软磨央告，全都允了，并还答应必为办到，下次省师，也许便可带来。至不济，各人采用五金之精现炼，也炼出三口来，决不使她失望。紫绡自是喜极，谢了又谢。

三女都是疾恶如仇，遇上异派妖邪，从不轻饶。本意再遇敌人，只将敌人杀死，不将他飞剑绞断，以便留赠师妹，不过略费一点改炼之功，并不为难。谁知分手以后，一年多工夫，外功虽积不少，异派妖邪只遇到过两次，均被连人带剑一齐逃走。此次回山，觉得难向紫绡交代，起程时为难了一阵。万珍说："现时炼剑决等不及，妖人遇不到，我们不会寻上门去么？如由陕、甘两省绕着路走入川，那一带多是异派妖孽巢穴，再要露出一点形迹，我不寻他，他也放我们不过，岂不就有夺剑之望么？"郁芳蘅觉着此去华山、终南山一带，俱是妖邪中首脑所栖之地，惟恐一不小心，弄巧成拙，这等做法，大是不妥，意欲拦阻。李、万二女自恃飞剑神妙，遁法精奇，又有绝好护身法宝，即不能胜，也无妨害，执意不听。俱说既然答应了小师妹，怎好意思空手前去？至少也得先给她找到一口。郁芳蘅强她俩不过，也真心爱这小师妹，只约定慎重行事。要避开华山一处，免与烈火祖师等敌人首脑相遇，败多胜少，平白吃亏。只能暗中寻敌，不可公然炫露，挑逗强敌。李、万二人志在得剑，不是寻敌拼斗，也就允了，讲好后即起身。

事也真巧。三人飞离终南山不远，李文衍说："前行便入汉中，这等飞行，怎能遇见敌人？"正想把剑光露出。郁芳蘅天生慧眼，忽然望见左侧山凹中宝气隐隐透出地面，心中一动，忙率二女赶去一看。只见那地方是一极晦暗的深谷，两面阴崖低覆，不见天日，谷径窄险，又无出路，宝埋地底颇深。万、李二女临近均未看出，如非过时目光所及恰是地方，连郁芳蘅也难看出。细一辨认，竟是金精所淬，越发高兴。只是地上已有发掘痕迹，只不知前人既已看出宝气，怎会浅尝辄止，未将宝物取走？也不管他，忙即行法发掘出来，乃是一个三尺多长、两尺宽的石匣，外有符咒禁锢。三人恰是内行，略运玄功施为，石匣立开。一看内中宝物，正好是三口宝剑和一个符咒密封的古玉瓶。宝气自剑上发出。玉瓶高才五寸，除形制古雅、玉色温润外，并无奇处。无意巧获，称心如意，不由喜出望外。正要拿了起身，忽见一道青光自空飞坠，其疾如电，落地便问："何方道友，夺我现成？"三女因见来人是个少女，剑光正而不邪，口虽发话，并未动手，也就先以礼见。

两下里一问来历，才知那女子乃衡山白雀洞金姥姥罗紫烟的小徒弟向芳淑，新近奉命出山积修外功。日前无心中偷听两异派门下女童说话，得知这里地底藏有宝物，只是前宝主人埋藏严密，又有好些禁制。女童之师碧桃仙子崔琐，背着人费了三月光阴，才将谷口禁法破去，咋日才发现藏宝的真实地方。向芳淑得知就里，立即跟踪赶来。到时崔琐刚将地面禁法破去，正在破土。彼此道路不同，没有几句话，便动起手来。这晚正值雷雨很大，二人连斗剑带斗法，相持了三天，未分上下。斗到末了，崔琐情急诈败，将向芳淑诱向离此数十里外一个同党妖人那里，合力夹攻。向芳淑持有师传镇山之宝纳芥环护身，虽然百邪不侵，胜却万难。所幸妖女存有私心，恐人分她宝物，没对同党说出为何争斗，也不好意思独自退阵。正相持不下，忽然一道金光夹着百丈雷火，光中一只大手自天空飞下，将妖法破去。妖妇和妖党也被向芳淑乘机杀死。连忙赶回藏宝之处，三女已先得手了。三女曾在师父座上见过金姥姥，知是师门至交。便是向芳淑，也听她师姊何玫、崔绮说起过对方。三女想不到向芳淑小小年纪，已有这么深造就，本心喜赞，又知所说必不会假。无如小师妹之约不能不践，宝剑还没得到一口，好容易无意而得其三，又闹了一场空欢喜。

依了郁芳蘅，既是自己人，要想一齐交还。万珍心终不舍，便和向芳淑说明心意，暂时借一口去应酬小师妹，异日如能物色到别的好剑，再当奉还。哪知向芳淑甚为慷慨，笑答："此剑名为三阳一气剑，乃汉末仙人张兔炼魔之宝。三剑失一，灵效便减，不能分开。本来无主之物，见者有份。我们都是自家姊妹，小妹已有师传飞剑，本来多余。虽然为它费了不少精神心力，还遭阴火焚身之险，要是适才被外人路过，乘隙取走，又当如何，令师妹既无剑用，恰好取用。小妹只要这玉瓶好了。"说罢，径自伸手由石匣中将玉瓶取到手内，口里笑道："即此已承相让，足见盛情，小妹前途还有一人相待，恕不奉陪了。"说罢，扬手为礼，不俟还言，径自破空飞去。

万珍说："这位道友倒真大方，连客气都不容我们表示就走了。这一来，我们一人送小师妹一口多好。"李文衍人最精细，笑道："只恐她还有别的深意吧？她两位师姊背后常说她刁钻口甜，专一会哄师父疼她。那玉瓶我们没有细看，她就赶来，走得那么急，又那么高兴，必比这剑强得多呢。你想剑名她都知道，焉有不知此瓶来历用法之理？分明怕我们知道底细，后悔食言，所以就着口风得了就走。你说她大方，我看正是小气呢。"郁芳蘅道："她所说决不会假。我们志在得剑，本要一口，她却三口全让，也算讲交情的了。我们虽有渊源，终是初会，没甚情分。依我看，全数归她，不是也没得说么？先看这剑的本质如何？"李文衍方说："我想不会太好。""铮铮"三响，眼前精光耀处，三剑已同时出匣。原来万珍更是心急，先取了一口在手内，随手一拔，不料石匣中两口也相继自出。果如向芳淑所云，三阳相生相应，收发同一，不再分散。三人各取一口，再一细看，剑柄三星凸起，剑长三尺三寸。手中略一舞动，便发出丈许长的芒尾，端的追虹耀目，照眼欲花。尤其剑光共是七层颜色，闪烁幻映。舞动一口,那两口也自同时颤动,似要脱手飞去。知是神物利器,不是寻常。李、万二女因此愈发断定那玉瓶比此还要奥妙。都觉向芳淑以小人之心相度,取走无妨,不该不说明来历,拿了就走。郁芳蘅笑道:"事已过去,还说什么?反正人家东西,就好仍是她的,管她做甚?倒是此剑火气太重,就此送与小师妹,不知她年来进境深浅,一个驾驭不住,三口不比一口,易出危险。就有师父指点,终是炼纯一点,使她到手,就能使用的好,免得她又费事担心,美中不足。我们索性成全到底,前行试它一回。如可应用,不必再用遁法,就御此剑飞行,就势把它炼纯好了。"万珍笑道:"大师姊真爱小师妹,为了成全她,连形迹都不再隐晦了。此剑彩光炫耀,容易勾引敌人,招摇出事来,莫又怪我。我爱看沿途景致,是不爱高飞的。"李文衍笑道:"你也最爱小师妹的,怎也小气起来?"万珍笑道:"不是小气,是嫌大师姊太偏心。她入门最久,我们入门时什么也不会,几曾这样关爱过?"说罢,引得郁、李二女都笑起来。

当下就地坐下,各将剑囊佩好,照着本门心法,运用玄功,真气与剑相合。初意不过此剑太好,许能即时运用,并无把握。谁知竟与剑的前主人路道约略相同,只是初用,不如本身原有飞剑可以与身相合,飞行绝迹罢了。就这样,三女已觉出于意外,欣喜非常。急于起身,也没等到运用纯熟,一见能用,便同御剑飞起。郁芳蘅初意剑光彩芒太强,易于惊动敌人,心愿已遂,本拟高飞,不再惹事。偏生万珍喜事仇邪,先前所说虽是笑话,私心仍想遇到敌人,试试此剑威力,特意拉了李文衍低飞。万珍所御之剑,恰是一口少阳剑,为剑中主体。三阳相生,以少为主。郁芳蘅初得,不知就里,以为得到后时间太短,功夫未到,难于高飞,越觉剑好,越想将它运用熟了,再赠小师妹。估量几处强敌老巢已过,遇上一些小丑也不妨事,便即任之。

一会儿飞向终南后山上空,正要横空飞过,万珍偶一回顾,下面岭麓飞起一道剑光,看出是华山派的路数,正合心意,也没招呼郁、李二女,先自回身飞迎下去。少阳一动,太阳、中阳二剑相继牵引。又见万珍回身迎敌,只得一同飞回。火太岁池鲁只见敌人飞行不速,剑光强而不甚灵活,以为敌人入门未久,虽有好剑,不善运用,意欲人剑两得,哪知上了大当。三女均想试试此剑如何,自己的剑先不应敌,只用遁法停在空中,各运真气指挥三剑飞上前去。两下里才一交接,池鲁便觉自己的剑本质太差,私心还在妄想收取,又另放起两道剑光。刚飞出手,忽听敌人一声清叱,立有三道白光飞出,惊鸿电掣,晃眼便将池鲁所放暗赤色的剑绞住。同时三女再用手一指,三阳剑三道彩虹忽然会合,穿入剑光丛中,迎着头一道赤光,只一压一绞之际,立时满天星火迸射如雨,绞成粉碎。总算池鲁知机,见势不佳,又急又痛心,一面忙运玄功,奋力将下余两剑强收回来。一面飞身逃走,回手扬处,飞起一串梭形碧焰,直朝三女打去。三女不知池鲁是华山派门下数得出的健者,所用法宝均极厉害,误认碧焰是华山派所炼阴雷魔焰,匆促之间忘了使用护身法宝,意欲用太乙神雷破他。尚幸久经大敌,俱都谨慎,一面扬手发雷,一面收回剑光将身护住,以防万一。满拟神雷可以震散妖焰,三手扬处,神雷刚刚发出,猛听空中大喝:"三位姊姊不可造次,此乃烈火老妖的幽灵碧焰梭。"声到人到,一圈五色彩光围着一个黄衣少女,手里好似持着一个玉瓶,瓶口放出五色宝气,其疾如电,由斜刺里飞将过来,长鲸吸海般照在那一串梭形碧焰之上,彩气往回一卷,便全收去。这时碧焰与三女剑光不过略微挨着一些,三女便觉周身冷颤了一下,方觉不妙,来人已将它收去。同时妖人池鲁骤出不意,见状大惊,情急之下,扬手又是几丝红、黑、绿三色针光飞出。哪知敌人瓶口宝气到处,依旧石沉大海。连失重宝,不由胆战心寒。敌人周身彩光围绕,只看出是个女子,连相貌身材全看不出,从来未听说过,更不知是何路数,如此厉害。师传重宝已失,敌人个个厉害,彼众我寡,哪里还敢再延下去。吓得一纵妖遁,在满天雷火光霞中化为一溜绿火,一闪而逝。

说时迟,那时快,这只是瞬息间事。妖人一逃,来人也在彩光环绕之下,星驰飞去,晃眼无踪。郁芳蘅、李文衍、万珍三女虽没看清来人容貌,但觉声音甚熟。又认出那玉瓶正是适才石匣中物,尤其那护身的一环彩光,为金姥姥镇山至宝纳芥环,曾经见过,分明向芳淑赶来无疑。见她来去匆促,宝玉瓶又如此神妙,越料定适才存有不可告人之隐。必是深知此宝厉害,又知三人路过终南,必与妖人相遇,那幽灵碧焰梭乃华山派教祖烈火祖师六件异宝之一,厉害非常,故此返回。适才如被打中,固无幸理;就是自己飞剑不怕邪污,与之接触,也必有感应,死虽不至于,人却难免受伤。连郁芳蘅都有点暗怪向芳淑不够朋友,既是自己人,就应互相关照,所掘藏珍已然相让，岂能食言反悔？明知前途有险，只那玉瓶可破，就不同行，也该预先说明，也好做一准备。事前既不明言，却在暗中跟来逞能，破了妖人法宝，便即飞去，连面都不照。久闻碧焰梭是发邪火，一经沾上，刺骨焚心，万无幸理。虽说有剑光护身，一见不好，可将师门护身至宝施展出来，不致受害。但是适才剑光已与敌宝相触，有了感应，应变稍迟，受伤实所难免。既来暗助，早些下手也罢，偏又等碧焰梭近身始行发动，好似有心显显能耐。总之种种都与情理不合。李、万二人更是气忿，形于辞色。互相谈论了几句，仍驾三阳一气剑，往前飞去。

这里火太岁池鲁没有寻到娇妻，反折了两件师门至宝，痛惜忿恨，气就不打一处来，立意要把妖妇找到才罢，谁知这次却很容易。由敌人手里遁逃之后，刚飞出去几十里路，便见下面山谷中桃花盛开。知道妖妇生平最爱桃花，暗骂："该死！此地是她常游之所，怎地独未寻到？"因恐警觉，又被滑脱，老远按落了遁光，潜行前进，一路搜索，居然寻到两淫孽欢会的桃花林内。本心还想寻到以后和她好说，只求她回心转意，不做那煞风景的事。反正任多健壮的面首，到她手里不出半年，不死即弃。美人尤物，终是自己长有之物，何苦怄这闲气？及至伏身在侧一看，对手不特生得玉人也似，并还是一个行家。二人相抱，各展身手，那热烈微妙的神态，休说妖妇以前所恋旧欢，竟连自己也未经过这等奇趣。照此情形下去，妖妇势必舍己就彼，自己连做绿毛君的身份都要失掉了。当时一股股的酸气直攻脑门，浊怒暴激，再也按捺不住，怨深恨极，拼着和妖妇再闹一个狠的，决计冷不防先将情敌杀死，再作计较。

第二〇六回　玉艳香温　秘戏花阴调鬼子
　　　　　山鸣地吒　神雷天降荡妖氛

池鲁因恐妖妇庇护情人，恋奸情切，一击不中，必要倒戈相向，助仇夹攻。论起真实本领，妖妇虽说稍逊，到底费事得多。所以池鲁上来便下毒手，剑宝齐施。满拟仇敌毫未警觉，非死不可。哪知竟是个中能手，似他所炼那些邪法、异宝，独具专长，休说是他，便把烈火祖师和史南溪等人找来，也未必能够随便伤害。眼看法宝由仇敌头上穿过，竟若无事。同时比电还快，面前出现两幢浓烟。浓烟中各拥着一个相貌相同、丑怪无比、身高不满三尺的小黑人，左胁插着三口短剑，腰间佩着一个画骷髅符篆的人皮口袋。尽管生得瘦小枯干，神情动作之间却是狞恶非常，敏捷如电。

池鲁久经大敌，法术高强，一见便知形势不妙。连出恶声都顾不得，惟恐敌人动作神速，措手不及，慌不迭行法防身，人影一晃，遁向远处。同时手拍命门，先发出十余丈赤阴阴的烈焰将身护住，然后反身迎敌。那两小黑人也真迅速非常，就在瞬息之间，已经追到。再看先放出去的飞剑，已被敌人两道碧光敌住，颇有相形见绌之势。知道遇上劲敌，只不知是甚来头，如此厉害。初意追逼这么紧，必有一场恶斗，自料败多胜少。就此败退，不特心不甘，从此更被妖妇看轻，更无重圆之望。只管心中惶急焦虑，全神贯注仇人身上，哪还有心再看眼前活色生香，诸般妙态。一回身，便发出数十股烈焰，将仇人挡住，一面将邪法异宝尽力施为。正在一心打算御敌，争一最后去留之际，哪知敌人上来虽是又猛又凶，等到回身返斗，势子忽然松懈下来。那元神分化的两个小黑人，各被百丈烈焰围住，并未再有动作。连先放出来的两道碧焰，也不再向自己宝剑压迫。细一注视，两小黑人虽为烈火所困，可是他那护身浓烟仍是原样，毫无动静。后放出去的几件法宝只在烟外飞舞盘旋,也无一件可以近身;所施邪法,更是一点灵效全无。一任破口喝骂,只是微笑不答,神情甚是安逸。心中奇怪,猜不透是何用意。即使料定自己不是对手,也决无好意相让之理。必是看出不堪一击,先将元神分化,将自己绊住,本身仍和己妻淫乐,将人气侮个够。等到好戏终场,然后奸夫淫妇合力共害亲夫。再不就是淫乐方酣,一时无力兼顾。

忽见前面草地上己妻带着娇喘在和仇人争论,百忙中忍不住向前偷看了一眼。原来仇人似要由地上纵起,吃己妻用一双玉腕紧紧搂着腰背,不放起来。淫声浪态,简直不堪入目。枉自忿激欲狂,无计可施。忽然念头又往好处想,暗忖:"这淫妇素来水性杨花,难道良心还未曾丧尽,虽恋新欢,不忘旧好?知道仇人厉害,恐起来伤害丈夫,特借柔情密爱将仇人绊住,好放自己逃走?仇人太已可恶,此仇非报不可!就今日敌他不过,我也必赶往华山,禀知师父、师叔,约集众同门,将他化骨扬灰,才消忿恨!"心内寻思,劲敌当前,不知何时发动,还丝毫松懈不得。正在悲忿填膺,难决去留之际,忽听己妻娇声浪气骂道:"那死乌龟有甚顾忌?你这小冤家占了人家老婆,这时又做好人,偏不依你。你要说话,不会喊他过来么?偏在这时离开我。往常他又不是没见识过,今天鬼迷了心,偏有这么多酸气。我如不念在遇见你这小冤家是因今早和他怄气而起,这辈子也不会理他了。"

池鲁闻言,方在不解,忽又听妖妇喊道:"不识羞的红脸贼,这位道友乃九烈神君爱子黑天童黑丑,我不过向他领教采补功夫,你吃什么醋?方才你暗算人家,本意要你狗命,因听我说出你的来历,人家看在师父份上,才没和你一般见识。想和你明说,从此一床三好,谁也不许争风吃醋。我也一地一天,不会厚薄,一样待承,永不再交接旁人。好些次他要起来,因我没尽兴,不肯放他。这小冤家不知你的德行,老觉同道中人不好意思,须我代说。话已说完,我实对你说,你如能听,还能保住好些快活,如再不识鬼羞,和我吃醋冒酸气,我却不稀罕你这丑鬼。好便罢,不好,我和小冤家将你杀死,一同回到他家,做一长久夫妻,永享快活,你却没份了。就你勉强逃走,去向师父、师叔们哀告,我夫妻有他父九烈神君护庇,谁也不敢动他半根毫发,那时怪我心狠就晚了。听否在你,言尽于此。如识时务，乖乖地把你那些现世现眼的破铜烂铁、荧光鬼火一齐收去，到这里来与他相见，包你日后称心。"

妖妇在奸夫拥抱狂淫之下，亲向本夫说出这等话来，语气既极刻薄挟制，说时淫乐又未休歇，反而穷形尽相，添了若干火炽。如换常人，按理万难容忍，谁都非和奸夫淫妇拼命不可。不料池鲁那么凶狡狠毒的左道之士，竟能忍受下去。先听情敌是九烈爱子黑丑，暗中便吃了一惊。再听妖妇软中带硬，一来平日受惯挟制，尤物移人，爱逾性命，这等淫浪行为，早已司空见惯。起初目睹奸淫，一半为了妖妇做得太过火些，一半也是为了情敌是个十全十美之才，妖妇本就离叛，偏再遇上这超等的面首，断定必要舍此就彼，永无捞摸之望，所以忿恨刺骨，必欲杀死情敌而后甘心。可是情敌一死，大害虽去，看妖妇对他这等热爱贪恋，也必仇深恨重，心痛情人，十九不会再行和好了。本来胜败都难，再看出妖妇还有许多奇情妙趣俱未身经，妒恨之余，越难割舍。仇人如此厉害，妖妇必被强占了去，自料此生已不能再享艳福。想不到今日情势迥异寻常，奸夫淫妇竟会自行吐口，连像往回那样苦苦负荆，千求万告，重订苛条都用不着，一点事没费，公然应允平分春色，互相释嫌修好。妖妇平日只要得到一个好面首，不到那人一息奄奄，精枯髓竭，轻易不许沾身。好容易盼她把情人磨死，过没几天，又去弄了两个回来，生性好淫，绝少虚夕。妖妻强悍，强她不得，没奈何，只好出山另摄妇女，聊解饥渴。无如美女难得，谁也比妖妇不过。妖妇更喜当着丈夫行淫，引逗吃醋为乐。时常激怒，将所欢杀死出气，便由于此。这等约章看似本夫难堪，比较起来转多实惠，并还结交下一个极有本领的妖党，不由心中暗喜。适才冲天酸气，早已飞向九霄云外。

话虽如此，人心莫测，口里遥应了一声，暗中仍自戒备。正想相机行事，又听妖妇遥骂："丑鬼既已心愿，还不收风过来，只管装腔做甚？"声才入耳，再看烈火妖焰所围绕的两小黑人，已不知去向，竟未等到自己将法宝收回，便自隐遁。同时空中绿焰也被黑丑收回，只剩了自己所放两道光华上下飞驰。才知九烈父子果然名不虚传。喜得忙将法宝一齐收回，厚着一张老脸飞身赶去。刚说："事出无知，道友休怪冒犯。"黑丑终是初次出道，有点面嫩，又因烈火祖师是其父知交，自觉占人之妻未免理亏，又见本夫已经赔话，自己仍扑在妖妇身上，太已过意不去。知道妖妇贪而无厌，如果明言，必和方才一样，仍吃搂个结实，反更当着其夫加上好些狂热。又不舍得硬挣伤她，便乘妖妇星眼微饧、秋波斜睨其夫、似嗔似怒之际，倏地暗运玄功，脱去柔锁情枷，纵身飞起。手一指所脱衣服，便已上身穿好。

妖妇骤出不意，一把未抱住，竟被飞脱。一看新欢已和旧好交相为礼，客套问讯起来，知道暂时不会再续前欢，兀自兴犹未尽，气得妖声俏骂："小冤家，不知好歹情趣，教人扫兴。你们一个小鬼，一个丑鬼，将来亏负了我，包你们不得好死。"骂了几句，这才坐起。先向左近小涧中略为洗浴，方始穿衣结束，盘问池鲁由何处寻来。池鲁忽然想起前事，忙对奸夫淫妇说了。黑丑心粗好胜，又因占有了池鲁爱妻不甚过意，一听他为四个少女所挫，又知那三女子飞行颇缓，凭着本门遁法，一追便可追上。既想代池鲁出气，又想在心上人面前卖好炫耀，闻言立发狂语，说是一晃便可追上，手到成功。于是三个妖邪会合，往郁芳蘅等三女所行的方向跟踪追去。

郁芳蘅等用新得宝剑飞行，起初委实不快，可是飞了一阵，越飞越纯，又渐悟出三阳一体相生之妙，不觉比前加快了好几倍。池鲁先后又好些耽延，本来不易追上，无如事有凑巧。三妖人正飞之间，忽见斜刺里几溜火星往前飞驰，池鲁夫妻看出是同门中人，忙催遁光追上前一看，果是自家弟兄。未及问话，因为其中一个正是史南溪心爱徒弟火殃神朱合，一见面便匆匆说道："大家快追！适接灵火告急，不知本门何人在前面被仇敌困住，晚了就无济了。"

那灵火告急，乃是华山派教祖烈火祖师新近鉴于各正派势盛，本派门人党羽时受诛戮，此时实力不济，又难与一拼，用多日苦功炼成一种临难告急的法术，传授给门下一干徒党。

如遇危难不能脱身，只须将胸前所佩二角铜符一击，立有一丝碧火电驰飞去。这类邪法，与传音针等告急之宝不同，并不限定何处，只要按求救方向发将出去，凡是本门中人，全可感应，谁隔得近，谁先接到，如果自信能敌，如法施为，一指灵火，立即飞回，引导着向求救所在追去；如若自觉力弱，不能相助，便将所接灵火转发出去，再寻别的救援。别的异派妖邪多喜各寻名山胜域盘踞修炼，往往相隔千万里，不在一地。惟独华山派徒党相处最近，除却华山是教祖烈火祖师老巢外，门下徒党最远的也只在终南、秦岭一带，彼此相隔甚近。那幽灵信火细如游丝，常人目力所不能见，发时比电还快。遇上胸悬三角铜符的妖人，立即飞落其上，如磁引针。如要辗转递发，往援的人虽有远近，未必立时赶到，警报却不消片时，便可传遍本派，灵通已极。只是这类妖法耗人精血，用过一次，便要重炼，不是万分危急，无法逃命，轻易不准使用。这同党既将信火发出，可知事在紧急，又因所追方向相同，连话都不顾得详说，立即会同赶去。

一会儿工夫，追了六七百里，飞到秦岭上空，忽见幽灵信火落处，在前面山环中飞起四道光华，其中三道投向西南。好似发觉来了强敌，自知不济，才一飞起，便行法隐身，一闪即逝，无影无踪；另一道最后飞起，光中有一少女，本是往北迎面飞来，也似觉出形势不妙，一到空中，倏地掉转头往南飞去。众妖人俱知来迟了一步，求救的同党已遭毒手，不由勃然暴怒。尤其池鲁，一见便认出这四道光华，正是适才先后所遇四女，仇人相见，分外眼红，又恃有朱合、黑丑同来，人多势众，忙即怒喝："这便是破我法宝的贱婢。她们有法宝护身，休要放她们逃走。"

话才出口，黑丑早已看出对方便是所寻仇敌，急于当众逞能。见先走三个遁法神奇，业已隐去，知追不上。忙对妖妇道："好姊姊，你躲一会儿，我要现丑相了，莫要看我。"妖妇也真听话，笑道："那我到旁边等你。如和别的贱人勾搭，少时莫怪我狠。"说罢，径自往侧飞去。这里黑丑口中说着话，三尸元神业已分化，两幢妖烟拥着两个小黑人，分向左右飞去，微现即隐。跟着妖妇一避开，本身美男子幻相也自收去，现出原形。众妖人见后一敌人转身逃遁，接着忽然身畔发出一圈奇光，五色辉焕，光彩晶莹，围绕全身，飞星过渡般朝前面射去，迅速已极。方愁追赶不上，猛见前面碧焰星飞，一股黑烟粗约数十丈，将敌人去路挡住。少女似知不敌，反身又要往西飞逃，不料飞不多远，又是一幢黑烟挡住。烟中各有黑丑分化的元神，扬手便是数十百缕碧焰黑烟朝少女打去。微一停顿，后面的也已赶上，黑丑三个元神似走马灯一般，分三面将少女团团围住。

众妖人见状，自是快意。中有两个识货的，更认出少女护身光华是衡山金姥姥的至宝纳芥环，所用飞剑也是仙兵神物，不比寻常。敌人又长得那么年轻美貌、仙骨仙根，都打着人宝俱获的主意，各欲得而甘心，纷纷将法宝放起，上前夹攻。池鲁更因黑丑是其妻外宠、自己情敌，人家一上来，便大显神通，将敌人困住，惟恐无以自见，太已相形见绌。先惧敌人玉瓶善收法宝，惊弓之鸟，还在踌躇。及至相持了一阵，见敌人已被众人困在空中，寸步难移，玉瓶终未取出使用，暗向朱合递了个眼色。朱合自然也不愿外人占了头功。但知纳芥环妙用无穷，连九烈神君所炼阴雷都攻不进去，别的法宝更无用处，便各把极恶毒的邪法连同本门烈火全数发挥出来。晃眼工夫，烈火熊熊，上烛重霄，妖云弥漫，碧焰星飞，照得秦岭上空均成了暗赤颜色，声势煞是惊人。

原来郁芳蘅等三女剑仙，因御新得宝剑，飞行迟缓，飞了好一会儿，才到秦岭上空。正赶上华山派的瞎天师何明西川访友归来，他也和池鲁一样，误认郁芳蘅等是正派中新入门的女弟子，妄起邪心，上前动手。三女先前吃过亏，已有戒心，一上场，先用师传至宝辟邪神璧将身护住，再行迎敌。何明虽长一辈，法力却没池鲁高强，斗不一会儿，十三把飞刀先被三女飞剑绞成粉碎。又连施妖法，放出本门烈火，俱未伤着三女分毫，反吃神雷震散妖氛。知道不妙，方想逃走，三女已用法宝反客为主，将他困住。何明危急无奈，一面施展邪法异宝拼命抵御，一面发出信火告急求援。正在相持等救之间，不料又来了一个对头向芳淑。

向芳淑起初得了玉瓶就走，并非含有私心，怕三女食言反悔，攘夺她的玉瓶。实因她被二妖归困住时，所遇救星正是川边倚天崖龙象庵的神尼芬陀大师。向芳淑年纪虽轻，人却机智，知道神尼芬陀佛法高深，为方今佛门中精通道法剑术第一等人物，师父时常提起，最为敬仰。当时跪谢之后，即请示玄机。芬陀答说："那玉瓶为前古真仙降魔至宝，非同小可，只你还不会使用。现时藏宝石匣已为人发掘出来，可速赶去。那人也是你的同道，匣中三阳一气剑可由她拿去，你只要那玉瓶。我在此等你片时，瓶到手后，速来此地相见，再说便了。"向芳淑闻言，自是喜极。因芬陀大师曾说将往秦岭一个尼庵中，访一将要灭度的同门至友，恐其不能久待，忙又赶回原斗法处。芬陀说："此宝最好经我再炼一次，灵效更大，异日你归入峨眉门下，大有用处。我送那朋友坐化后，便将它带回庵去，至多半年便可炼成。只是你所遇白云大师门下三女弟子，前途尚有小难，我此时急赴秦岭，无暇往救。现时先传你此宝用法，学会之后，立即赶去。如见三女与妖人对敌，无论他用什么法宝妖法，你只如法施为，立可破去。但是我一寻见那位朋友，谈不几句，便须入定，送她归真。你事完务要急速赶来，否则我为封藏她的法体免受异派妖邪侵害，至少入定三日，同时连人带庵俱被佛法隐藏。你寻我不到，身藏异宝，又只略知用法，不能尽悉玄妙，不比你那纳芥环，可以由心运用，外人夺它不去。加以宝光外映，易受敌党觊觎。这里到秦岭尽是华山派诸妖邪的巢穴，一旦遇上，或是明夺，或是暗盗，如被得去，再想夺回就难了。"向芳淑自把芬陀奉若神明，一一跪谢领诺。芬陀大师随将玉瓶用法传授，并把此宝来历名称告知。向芳淑越发喜出望外。学会之后，拜别大师，又向前途赶去，果见三女正与妖人恶斗。心又记着芬陀大师之言，惟恐去晚误了时机，只一照面，用玉瓶破了邪法，惊走妖人，一句话没顾得和三女说，便已飞走。两次都是来去匆忙，以致三女起了疑心，当做藏私逞能，心中老大不快。

　　向芳淑先时只顾赶去赴约，一切未暇置念。及往秦岭寻到那所尼庵，叩门入内，见当中草堂蒲团之上，一边坐着一个白发寿眉、面如满月的老尼，一边坐着芬陀大师。全庵更无第三人，陈设也极简陋，只当中供着一轴佛的绘像，连尊塑像都无。上前跪拜行礼之后，便把玉瓶取出交与芬陀大师。老尼笑对大师道："无怪师兄功果比我还迟，原来有这么多烦恼牵连呢。"芬陀大师笑道："迟早何妨？你怎也会说出此话？"老尼警觉道："我错了，我错了。"芬陀大师又道："何处是错？你有何错？"话刚说完，只见老尼口角含笑，微一点头，二目便已垂帘，不再出声言语。随闻旃檀异香，满布室内。向芳淑定睛一看，老尼已经圆寂。因见芬陀大师合掌喃喃，巡行室内，尚未入定，难得有此遇合，恐有别的吩咐，又想打听老尼法号，叩完头起立，仍旧侍侧不去。芬陀大师随向老尼对面盘膝而坐，转眼入定。

　　向芳淑细查全庵，并无异状。待了一会儿，无甚意思，心想："这位老尼定也是位非常人物，既择此地清修，外面风景想必不差。大师入定，至少三日，适才未及观赏，何不往庵外一看？"于是信步走出庵去，见外面到处都是坡陀起伏，树木甚少，风景地势均极荒僻。再一回顾，庵已全隐。试照原来步数方向退回，终是无门可入。正想飞往别处游玩，觅地栖息，刚飞起不远，便见右侧山环中光华点点，裹住一团妖火邪氛。定睛一看，正是先遇三女和一妖道在彼斗法，相持不下。猛想起适才两次相会，俱都走得太促，此地无事，正好助她们诛邪，并与订交。忙赶了去，仗着纳芥环的威力，竟将妖人护身妖烟荡散，会合三女，同施法宝、飞剑，将妖人杀死。含着笑脸，正想叙说前事。三女以为彼此背道而驰，分手不少时候，路也走出多远。只一遇见妖人相持不下，她便赶来相助，天下事万无如此巧法。越认做她深悉此间地理和妖人巢穴，故意隐身尾随，一再逞能炫奇。万珍尤其气不忿，脱口便问："你那玉瓶呢？这回怎没取出施展？"向芳淑匆速中没有看出三女神色不快，又知神尼芬陀性喜清静，不喜外人纠缠，惟恐说出真情，三女前去寻她，日后见怪。随口答道："那瓶还须再炼一回，始能尽其妙用。适才路遇一位老前辈，已托她带去重炼了。"万、李二女闻言，自是有气，方欲反唇相讥。郁芳蕖也当她所言不实，心想："终是同道姊妹，她年轻识浅，初次出道，好歹仍须看在她师父、师姊份上，不便十分计较。纵然藏私多诈，两次暗中赶来解围，用心终是不恶。"惟恐二女说出难听的话，彼此生嫌，忙使眼色止住二女，抢口说道："向道友，愚姊妹急于入川见师，前途事忙，行再相见。"说罢，一举手间，便率二女凌空飞起。

才到上空，便见来路上妖光邪气蜂拥飞来，看出来势厉害。如在平日，三女必定联合向芳淑一齐追上前去。这时一则恨她私心自用，又想到首次在终南山遇见妖人时，眼看失利，得她到来，方始转败为胜。她又有纳芥环护身，百邪不侵，况且金姥姥为人好胜，芳淑是她心爱弟子，如无几分把握，必不轻易令她出山。虽然年幼道浅，有此二宝，所用飞剑也非常物，谅无妨害。李、万二女更是存心要使芳淑独任其难，不约而同便连郁芳蕖的身形一齐隐去。晃眼之间，妖光邪雾已经飞近。郁芳蕖回头见敌人势众厉害，还欲隐过一旁，相机而作，芳淑如若不敌，仍可相救。李、万二女坚持不肯，说："这丫头既然逞能，就让她尝尝厉害。我们在此，到时助她不愿，不助，日后师长知道又必见怪，还是只装作不知走了的好。反正她有纳芥环，至多被人困住，不致受害，管她做甚？"芳蕖也觉学她的样，暗中窥伺，不大光明，便没再回身，径随了二女一同飞走。这次因和妖人斗法，沿途耽延，加以那三阳一气剑业已随心驾御，只要照本门传授，便可当时应用。急于入山见师，起时用原有飞剑，飞遁迅速，晃眼便是老远，后面情形一点也不知道。

向芳淑好心好意想和三女结交，不料一个没头没脑问了一句玉瓶，不等把话答完，一个便催起身，同驾剑光匆匆破空飞去，神情甚是淡漠，这才看出三女必有误会之处。芳淑也是年轻性傲，好生有气，不愿追赶，径自飞起。就在先后脚微一耽延，妖人已经飞近。芳淑目力自不如三女远甚，直到飞起空中，两下里相隔不过里许，才行觉察，芳淑人却灵巧，也是看出妖人人多势盛，不可轻侮。三女先去，玉瓶不在手内，知道厉害，不是一口飞剑所能抵御。连忙拨转头，催动遁光，星驰逃走，意欲避开。哪知妖人专为寻她报仇而来，眼见她由同党死处飞起，池鲁又指明芳淑是他所寻仇人，俱欲得而甘心，如何能容逃走。芳淑自恃师传飞遁神速，敌人尚在半里以外，十有八九追赶不上。一边催动遁光，百忙中正要行法将身隐去，倏地眼前黑影一闪，突现出一幢数十丈长黑烟。内中一个通身漆黑、丑怪如鬼的小人拦住去路，手扬处，便有一丛碧绿烟光，雨一般迎面打来。黑丑阴雷乃九烈神君所炼，何等厉害。幸而芳淑自知道浅力薄，几次向师父力请下山行道，才得允准。无人相救，身败名裂，还贻师门之羞。所以一向小心，只要遇见稍微厉害的仇敌，总是不求有功，先求无过，老早便把纳芥环放起护身，着实避过许多危难。这次一见敌人，便料是所杀妖人同党，早把纳芥环取出应用。黑丑元神现身时，已在彩圈笼罩之下，阴雷打将上去，只震了一震，并未伤着分毫，黑丑还觉奇怪。可是这一震，芳淑也是初次遇到，不由大吃一惊。后面还有不少敌人快要追上，两下夹攻，定吃不住，哪敢迎敌，吓得一纵遁光，又往斜刺里飞去。

　　不料黑丑乃戾气所钟，生具异禀。所炼三尸元神幻化，其速如电。敌人身影只要被看见，晃眼便能追上，随心所欲，迎头堵住，那黑煞之气也四方围拢。芳淑业被看中，便能隐身，也难逃毒手。何况纳芥环已经施展，护身宝光除非收去，不能与身同隐。方想阴雷厉害，等逃远一些再收法宝隐身时，才飞不远，又是一幢妖烟挡住去路。跟着身后一幢妖烟也已追到。共是三个同样小黑人连同众妖人，将芳淑围了个风雨不透。黑丑阴雷已极厉害，加上池鲁、朱合等好几个华山派门下能手与黑丑争功，各把妖术法宝尽量施为。晃眼之间，烈火腾空，邪焰妖气上冲霄汉，雷声隆隆，阴风呼号，再杂着无数鬼声魅影，震撼山谷。

　　芳淑被困其中，早已身剑合一，在纳芥环宝光环绕之下。急切间虽没受到伤害,可是宝光以外,四面重如山岳,休想移动分毫。黑丑人极刁狡,见敌人宝光神奇,不能攻进,阴雷打上去必要震动一下,看出敌人全仗此宝防身,道行尚浅,便唤住众人放松一些。仍是上下四面围困,当中却留出百十丈空处,使敌人悬在中心。又由元神幻化的三小黑人和众妖人分五六面立定,各将邪术法宝挨次施为,这一来,芳淑果然吃了大苦。阴雷已极具威力,再加上别的妖人相助,每一发动,便被震荡出老远。刚由东面震荡开去,西面的又复打到,照样震了一下,紧跟着南北相应,循环不息。这一来,比适才四面逼紧不能移动还要难禁。人和抛球一般,随着宝光,上下四外翻滚不休。不消片刻,便被震得头昏眼花,难于支持。自知心神一散,稍失运用,邪气侵入,便无幸理。只得咬紧牙关,强自镇静,苦忍熬受。

眼看妖人越攻越急,心身渐失主驭,危机顷刻。倏地身外烈火黑焰中,似有一道极强烈的金光射落,因妖烟浓密,又在心迷目眩之中,没甚看真。来势快极,金光才闪,便听震天价一声霹雳,随着千百丈金光雷火打将下来。同时眼前奇亮,金芒射目,天摇地动,受震太甚,再也支持不住。心神刚刚一晕,暗道:"不好!"待要晕倒,猛觉金光照向身上,同时身上一轻,随即落地,纳芥环也似被人收去。这一惊非同小可,不由吓了一身冷汗,立时神志清宁。连忙睁眼一看,所有四外妖烟邪雾,就在这瞬息之间,全数消灭,无影无踪,连残丝剩缕都看不见,干净已极。直似做了场噩梦,刚刚醒转。

再往前一看,地面上却疏落落倒着几具妖人尸首。其中一个较远,身已斩为两片。下余周身俱为烧焦了一般。料定适才来了救星,妖人俱为雷火所诛。心想:"听师姊说,这太乙神雷,目前不但师长及峨眉派各位尊长十九有此法力,便同辈道中也有不少人得过传授。功力虽有深浅,似此神奇威力,却连听都未听说过。那纳芥环出自师传,即使自己不能驾驭,外人也收不去。正派中长老尚不一定能够取走,何况妖人,怎会失落?落时妖人虽死,只那有身外化身最厉害的一个小黑人不见尸首。难道这厮玄功奥妙,乘着适才自己心神受震,迷乱之际,摄了纳芥环逃走?发雷的老前辈不在,许是为了此宝追去,也未可知。"连忙行法收了两次,不见飞回。正在又焦急又希冀之中,忽然前面人影一闪,现出一个仙风道骨、年约十一二岁的幼童。穿着一身鹅黄色的圆领斜襟短装道衣,项下一个金圈,肩插拂尘,裤短齐膝,赤着一双粉嫩雪白的双足。面如美玉,绿发披肩,修眉插鬓,粉鼻堆琼,唇如朱润,耳似瑶轮,一双俊目明若曙星,寒光炯炯。一身仙风道骨,装束形相活似观音座下善财童子,端的神仪内莹,宝相外宣,令人望而肃然起敬,决不敢以年幼目之。向芳淑本没见过这位仙长,不知怎的,猛然福至心灵,一见面便纳头跪倒,起初心里不过念着人家救命之恩。来人法力虽然高强得出奇,但是年纪这么轻。闻说峨眉门下新进,有几个出类拔萃之士,年纪打扮俱是幼童。惟恐叙出行辈,对方不肯受礼,故此先行拜倒。刚一跪下,猛想起这人相貌打扮,正和师父常说的极乐真人李静虚相似。那些妖人何等厉害,连纳芥环都不能支持,同辈新进资质多好,也无如此法力。念头一转,且不说破,以防万一猜错,只恭恭敬敬先叩了九个头,谢完救命之恩。然后跪请仙长赐示法号,以便称谓。

极乐真人自从成道修成婴儿,早应飞升灵空仙界。一则前此收徒不慎,师徒情分太深,以致纵容造了些孽,清理门户,并许宏愿,以十万倍积修外功来补过,一日功行不圆满,不使身形成长。二则鉴于五百年道家劫运,各派群仙纷纷收徒,光大门户,着实出了不少佳材。心想:"自身功行不久圆满,数十年光阴弹指即至,本门心法没有传人,不传可惜。道家收徒原为代代相传,门户逐渐光大,善功越积越多,永无穷尽。积十万外功不如度一佳士,如自我而斩,此时便积千百万外功,也难为将来抵补。以前是为道未成时,生平太重情分,收徒太多,良莠不齐,有一害群之马,全部习染为非,所以终局不是犯规叛教,便是自取灭亡,为外人所杀,只剩一个秦渔,眼看可以传授衣钵,又为天狐所迷,失去元精,终于兵解。就不如此,论他本质也是勉强,不能承继发扬。多年不收徒弟,一半是灰心,一半也是为了美材难得之故。现时转劫人多,仙材辈出,何不便中物色两个,承受本门衣钵,也是佳事。"由此便以童身游戏人间。因是行云流水,一任缘法,并不专意寻求。多少年来,只收了两个记名弟子,衣钵传人,仍未寻到。可是人生多有特性,虽已成仙,积习犹未全去。真人生平最喜聪慧灵秀的男女幼童,以前收徒太滥,半由于此。尤其现时各正派中,这类有根基男女幼童最多。以为自己昔年学道,下山积修外功时,已近百年,彼时异派妖邪尚无如此势盛横行，师父犹恐闪失，除将本门法宝、飞剑尽量多赐传授外，每次诛戮妖邪，师父纵不明着同往，也必暗中跟去，稍遇险难，立即现身相助。端的珍爱护惜，胜于亲生。自恃师恩，也极放心大胆，何等容易。那似现在一干后辈，年纪轻轻，十有九什么道法都不会，至多赐上一口飞剑，或件把法宝，入门不久，便令下山行道。又值异派猖獗之际，到处荆棘，隐伏危机。固然福缘深厚，生有自来，各人师长多通声气，互相关照，长幼两辈人数俱多，不患闪失，到时自有救星。但毕竟各都要经多少艰难危险。他们也真为师门争光，实在觉着可怜可爱。自从成都破慈云寺见到峨眉诸门人起，只要遇上，有难必救，往往另外还要加恩赐些好处。

这次原是无心路过终南，远望数百里外妖气弥漫，上冲霄汉，料知正派中有人被困，也没寻思占算，立即赶来。先以妖烟邪火太盛，妖人这等大举，内中所困必非等闲人物。及至飞近一看，被困的只是一个年才十四五岁的少女。敌人这面不特有好几个华山派门下能手，并还有九烈神君孽子黑丑，尽量施展其父所炼阴雷助纣为虐。少女想是年轻道浅，妖法太强，虽有师传纳芥环护身，并不能完全发挥此宝妙用，已被群邪似抛球一般，在烟光邪火重重包围之下，震荡翻滚，毫不停歇，人已万分不支，眼看要遭毒手。真人轻易不动无名，见此也不禁发怒，动了义愤。因见黑丑恶行未著，并且劫运也将临头。其父九烈曾经见过两面，执礼既恭，一点不敢卖狂。并还深知本人行为难逃天谴，近年更知悔祸，杜门不出，立志永绝恶迹。虽然纵容孽子外出，从凶助恶，毕竟不是他的心愿。本着与人为善之意，特意网开一面，扬手一太乙神雷打将下去。

真人道法高深，玄功奥妙，所用太乙神雷自成一家，与众不同。发时只就空中乾天罡煞之气，连同空中原有的雷电一齐聚拢，用本身新炼太乙真火发动，同时打下。与芬陀、媖姆二人所发神雷不相上下，更能生死出心，妙用无穷。当时千丈雷火金光如雷海天坠，火山空坠，比电还疾。这一震之威，除将黑丑有意放走外，在场妖人只妖妇取媚黑丑，早已闪开一旁，未遭波及，下余一个也未逃脱。众中朱合法力最高，见多识广，逃遁也最神速，一见来势便知不妙，竟在法宝护身之下，用化血分身法自断一臂，欲化血光遁走。哪知仍瞒不过真人，还未遁出圈外，手指处，一道金虹电掣飞去，总共一眨眼的工夫，便劈为两半，连元神也一齐诛戮，仍未逃脱。

黑丑也看出神雷有异，先不曾受伤，只震了一下重的，妖烟阴雷全被消灭。自恃玄功变化，百忙中还想试斗一下。及见众妖人全数伏诛，才知厉害，不敢逗留，连忙收回化身，破空逃去。他不知真人有意放他，惟恐逃时受阻，情急之下，竟抓起几粒阴雷朝后打去。真人本意想破他阴雷，忽然想起一事。又见芳淑受震昏晕，随手一指，金光照处，使其神志清醒，落向地上。同时收了她的纳芥环，跟踪追去。黑丑见敌人跟踪追来，自己那么快遁法，晃眼竟被迫近，一时情急，回手乱放阴雷。真人将纳芥环放起，隐去宝光，迎上前去，不等爆发，便已收去，每值一雷打到，便一停顿。黑丑惊惶匆遽之下，只当是阴雷的功效。同时又想这人与父亲常说的极乐童子形象相似，总算自己不曾冒失迎敌。如真是他，稍迟一步，焉有幸理？越想越寒，惟恐追上，便将阴雷大把发个不已。直到把半葫芦阴雷发完，真人才住了追赶，喝道："速学尔父，闭门悔祸，或者异日还能免死。否则，你固难免诛戮，你父也受你连累了。"

说罢，随即回转。见芳淑虔敬知礼，根骨也是上品，越生怜爱，含笑唤起道："我是极乐童子。"向芳淑口称太师伯，重又下拜。真人笑道："我与令师祖只有一面之雅，令师倒还见过几面，怎可如此称呼？快些起来，我有话说。"芳淑起立，恭答道："太师伯修真在家师祖以前，又与峨眉祖师长眉真人同辈至交。师侄孙入门不久，道浅力薄，本不该冒昧下山。只为家师不久兵解，惟恐侄孙难于成器，只等峨眉开府，便要引进到齐真人门下。照未来说，至少也该称呼太师叔才是，岂不乱了班辈？"真人笑道："由你由你。那纳芥环现在我手，说完即还，无须愁急。令师既然传你此宝，为何不将妙用传全，只供防身之用，致你受此大险，是何缘故？"芳淑躬身答道："也是侄孙性情躁妄，因听师姊们说，此次峨眉开府，无论新旧门人，俱都积有好些外功，受业之时，并还自陈以前功过。侄孙入门年浅，平日只在本山采药炼剑，惟恐入门之时无以自见，就不为同辈所轻，自己也不是意思，再三央告家师，出山积修外功。家师被磨不过，恐弟子只一口飞剑，难经大敌，师恩深厚，不惜以镇山之宝相赐。因为时日已迫，立功心急，没等炼到火候，便自下山。川湘诸省尽是新同门的足迹，自知谫陋，难于争衡。久闻终南、秦岭一带尽多妖人巢穴，三秦黎庶时受侵害，虽然强弱相差，仗有此宝护身，略会隐身之法，以为避强就弱，去明赴暗，弃实捣虚，不与妖人硬敌，多少总可建点功行。到此数日，侥幸除了几个妖人，救了一些被害人民。中间虽遇险难，仗着小心应付和此宝防身，竟免于难，方自窃喜。不料近日先遇一个妖妇，为夺小雁谷地底藏珍，苦斗三日夜，被她诱向妖党洞外困住。幸蒙芬陀太师伯相助脱难，还得了一件前汉仙人张兔遗留的青骨瓶，因为不知用法，已交芬陀太师伯重炼去了。适才相助三个同辈姊妹，合力诛一妖人，刚刚一分手。不料又被妖党多人寻来，如非太师叔赐救，几遭不测。"

真人笑道："峨眉自齐道友掌教以来，竟成众望所归，如水就下，昔日长眉真人'吾道当兴'之言果然应验，且有过之。自古以来，哪有如此盛业？难得你一个稚年弱女，孤身一人，因为向道心诚，居然不畏险难，于群邪四伏之区，畅所欲为，志固可嘉，尤堪怜爱。可惜我此时无以为赠。适才逃去的小妖人名叫黑丑，他那阴雷虽是邪法，却能以毒攻毒，别有妙用，将来有几位散仙中的道友均需此物。无如他们都得道多年，威望尊隆，决不肯向妖邪拉拢张口。你们后辈得了献上，他们必定笑纳。但是此物已与妖邪身心相应，事前一被发觉，不特反为所害，也成废物。我故意追赶黑丑，便为收取此物。因是收发由他心意，一触即裂，原意收它甚为费事，为省手脚，故此将纳芥环借去一用。现收不少在此，我已有禁制，非那几位道友的功力，不能随心应用。就是九烈看见，亲自收回，也无用处。现以赠你，到了开府拜师，你自陈功行时，当人说出，只说凭纳芥环收取到手，不必提我，自有人来向你搭话。只要对方不是异派中来的外客，便可送他一半，不可全送。等第二人来索，还可多做一份人情。这两人决不负你，必有好处，无论何物，只管收下。到时我也许暗中代你为力，只是休对人说起我。"说罢，连环带那阴雷一齐递过。

芳淑还欲请示先机和他年成就，只见金光满眼，真人已无踪迹。当时惊喜交集，出于望外，连忙望空拜谢。起身一看，那阴雷每粒只绿豆大小，晶翠匀圆，甚是可爱，想不到竟有那么大威力。再看妖人尸首，连同先那一具，俱无踪影。知是真人行法掩埋，自己就在面前，一丝也未觉察，敬佩已极。满心欢喜，径向城市中飞去。不提。

黑丑当时吓得连头也没敢回，哪还有心思再顾妖妇，径直逃回山去。满拟向父母哭诉，下山为他报仇，不料反吃禁闭宫中，关了许久。每日思念妖妇，无殊饥渴。所以一出山，便去寻找，却未寻到。

原来妖妇漏网以后，不见众妖人回转，便知不妙。第二日赶往原地查看，除四外崖石被雷震塌好些外，是日在场的同党踪迹全无。以为黑丑和众妖人一齐遭了毒手，枉自伤心痛哭，咒骂了一场。随即去寻教祖烈火祖师和史南溪等首要妖人。起初也和黑丑一样心思，想寻敌人报仇雪恨。恰巧本门这些首要都在华山聚会，闻言莫不大怒。因不知敌人姓名来历，断定死尸必被掩埋，总有痕迹可寻。正打算赶往当地查看，只要寻到一具死尸，便可查出一点线索，到底是何来路，如此厉害。

忽一同道来访，也是为了此事，言说："那日有一女友约往秦岭，寻一大仇人，报复昔年杀夫之仇。对方是个不知名姓的老尼姑，一向韬光养晦，独在秦岭茅庵中潜修，法力高深已极，平日敌她不过，怀恨至今。新近探出她就要圆寂，决欲坏她功果，并将元神戒体毁灭，以报前仇。及至掩向庵中一看，时候倒是正好，不料仇人竟和川边龙象庵的神尼芬陀是同门至交，请来先期护法。并还有一少女在侧，不知何人。芬陀厉害，素所深知，隐身法也未必能瞒得她慧眼，哪里还敢妄动，才一照面，便想遁走，谁知已被看破，无论走到哪里，都被千万斤潜力挡住，再也冲突不出。眼看旁立少女一会儿踱出庵去，我二人却被四外潜力越逼越紧，渐渐连移步都不能够。芬陀只面对仇人入定，不来理睬。仇人随即自身起火，将尸骨焚化，顶上现出灵光法身，飞升空中。尸体仍是原形未散，裂地自沉。又待了一阵，实在又急又怕，无计可施。先是那女友开口，说自从丈夫死后，便闭门修炼，不再为恶。现已明白夫死咎有应得，从此洗心革面，改邪归正，不敢再生妄念。哀求芬陀饶她一次。自己也跟着虔心求告，才得活动无阻。刚跑出庵去，便听左近一声迅雷，千百丈金光自天而下。初还疑是芬陀佛法，回顾茅庵已隐，并无动静。连忙隐身上空一看，相隔两里山坡上，立着适才所见少女，地下烟云刚刚散尽，零零落落倒着几具烧焦尸首。知道这一带和敌派相斗，只有华山一派。方想这么一个女孩子，也有这么大本领？忽然一道金光闪处，极乐真人李静虚现身。明知这人法力也与芬陀不相上下，隐身法一样是瞒不过。因那女友说她是早就独善其身，此次行刺只为夫仇，尽点人事而已。适才已向神尼发誓，永不再蹈前非，去与昔日道友结交。这事不过无心遇上，并未与死人同流，又非有心偷觑。李真人道妙通玄，明瞩机微，不会不知。问心无愧，逃躲反而不好，于是便没有走。一听双方问答，才知死的俱是贵派门下。我二人见邪正不能并立，早晚难于幸免，触目惊心之下，又想起近来异派中人的遭遇，越发胆寒省悟。现和那女友约定，同往海外觅一小岛清修，不复再参与恶孽。前此道友嘱我异日同寻峨眉晦气之约，自审道浅力薄，实难从命。多年朋友，永别在即，惟恐到时失望，特先通知一声，并代辞别。"

烈火祖师等一听仇人是极乐真人，早把气馁了下去。正嫌她"神尼""真人"不绝于口，太显懦怯，不料听到后来，竟是公然明说，和那女友一样弃邪归正，并还露出绝交之意，不由勃然大怒。方喝："你被妖尼贼道吓疯了么？"还未及翻脸动手，来人道声："迷途速反，迟无及了。"声随人起，业已隐身遁去。众妖人以为少女必是芬陀爱徒杨瑾，否则哪有如此高的法力。得力徒党惨死了好几个，枉自暴跳忿怒，无如这一尼一道，无一能惹，只得暂息复仇之念，将来再打主意。

妖妇见师长如此胆怯，知无指望。又因来人未提黑丑死活，心终不舍。心想："九烈神君近年连昔日同道都不见寻，岛上满是埋伏，外人怎么也进不去。黑丑如未死，必要来寻。"回到洞中，连等多日，未见来寻，料定惨死。这一来，休说如意郎君，连像丈夫那样的补缺人才都没一个。加以曾经沧海，勉强弄了几个壮男，俱不合心，白白害了几条性命。一干同道又都不敢对她染指，端的度日如年。最后忽发奇想，暗忖："自己名声太大，不是人家不敢，便是自己不愿。现时正派势盛，平日同门情分又恶，遇上事，连个可共生死的帮手都没有。似此日夕摄取壮男，久了必应丈夫生前之言，遇上敌人，便难讨好。闻得海外散仙甚多，好些都是情欲未断，有妻有子。何不试往一游，碰碰运气？"主意打定。她原是随着池曾共帅，本来不是烈火祖师亲收的弟子。借着访友为名，便往南海飞去。

黑丑寻她不到，勉强幻形在大城市中寻些妓女，淫乐了些日。因有上次受挫和九烈的告诫禁制，倒也不敢妄为，可是越玩越腻。也是想起海内敌多势盛，遇上时身有其父禁制，还不能反抗，干受人欺。反正无聊，何不到海外去走上一回，也许真能遇上两个。初意本没想到南北两极荒寒之区，临快走时，忽然遇见一个华山派的门下。黑丑出山未久，识人无多，其父又不许与各异派妖人交往，原没想到兜搭。反是那人看出他幻相有异，存心拉拢。黑丑一听是华山派门下，顺便打听。也是冤家路窄，那人恰巧奉命赴南海夜明岛小仙源下书，昨日回来，路上正遇妖妇同一岛仙在彼游玩，因妖妇见即避去，没有说话。黑丑闻言，又喜又酸，连忙赶去。寻遍夜明岛小仙源，也无下落。后遇岛上散仙明霞神君韦飘，得知妖妇同了道友钟璘，往金钟岛寻人斗法去了。黑丑以为散仙中还能有甚可畏人物，并未详问金钟岛上有何人物，便自飞去。

实则韦飘便是妖妇情人，因和金钟岛宿仇，自己又不敢惹。又因妖妇贪淫，初试甚乐，日久疲于应付，疑心妖妇要盗他的元阳，恰值近日岛主外出云游，正好指使妖妇扰闹一番。也是假说昨闻人言，黑丑现在金钟岛，并说岛上俱是仙女，无一男子，妖妇立时酸气飘空，即欲韦飘同去寻找黑丑理论。韦飘却说："我与岛主多年近邻，不便伤了和气。再者，双雄不能并立。要去，还是你一人前去好。好些女仙本领有限，怕她何来？"一面又说黑丑此时还在岛宫以内做上宾，教她如何扰闹，便能逼她将人献出。否则此岛甚大，你找不见他，他也不会知道你去。

妖妇做梦也未想到新欢如此心毒，只为稍出恶气，便让她身入虎穴，白送性命。当时淫欲迷心，暗想："黑丑见自己带一新情人同行，也难保不生酸意。并且自己先就与人交接，背了前盟，不能再去怪他。不如独往，就说等他未来，一路千辛万苦，寻访到此，更显恩情。"应了一声，匆匆便走。韦飘见她情切旧欢，对己毫无留恋，心越暗恨。惟恐此去不能两败，妖妇如若逃回，必仍和自己纠缠不清。异日岛主叶缤知道，赶来问罪，又是祸事。妖妇一走，便暗隐身形尾随下去，自己不敢到岛上去，守在岛旁，偷觑动静。等妖妇败逃时，将她杀死，永绝后患。料想岛宫禁制厉害，神光尤为奥妙，妖妇至多杀伤两个侍女，毁掉一些宝物陈设，结局不死必伤，非败不可。

果然妖妇一到岛上，先就无理乱骂，叫岛上人还她丈夫。叶缤对于门人侍女规条严整，轻易不许与人生隙。即有来犯，也是先礼后兵。这时恰有两名侍女在岛边闲眺，见妖妇飞落乱骂，一身妖气骚形，知非善良。一个还用善言盘问说："岛上向无男子足迹，怎会有你丈夫？"一个早将警号暗中发动。宫中两女弟子闻警，当是邻岛仇敌大举来犯，先把师留禁制发动，然后率众出敌。妖妇看出两侍女无甚法力，越把新欢之言信以为真，口中辱骂不休。又把飞剑施出恐吓，逼说实话。又照韦缥所说，暗使邪法去破岛中神光宝塔，和那直达宫中的一座白玉长堤。不料两侍女法力虽然有限，那冰魄神光却是人人都会，又见禁制发动，立时变脸迎敌。紧跟着两女弟子也率众侍女赶到，一见妖妇神气，出语又污秽不堪入耳，俱都忿怒交手。不消片刻，妖妇便被千里彩光包围，绞为肉泥，形神皆灭。

韦缥只说叶缤不在，要差得多，以妖妇的法力，虽非二女弟子之敌，骤出不意，至少那座白玉长堤总为烈火炸裂。哪知全岛都有埋伏，全在冰魄神光笼罩之下，一经发动，彩霞当空，丽影浮霄，多大道行也吃不住。幸而预存戒心，没和妖妇同往。吓得哪敢停留，连忙遁回。见黑丑寻来，知是九烈爱子，法术高强，便借刀杀人，不论胜败，均可为双方树敌。立即编了一套假话，引他自投罗网。

黑丑到了岛上，也和妖妇差不多的行径，张口要人，跟着便用飞叉威吓。这次恰巧所遇的是叶缤心爱的侍女谢芳霞，不特法力较高，并能运用全岛神光禁制。听出来人是妖妇丈夫，黑丑去时又未现出原形，心想："此时宫中正做晚课，似此妖孽，还不与前妖妇一样，有甚大了不得，何苦劳师动众？"一面还口迎敌，一面发动禁制。本来黑丑见岛上情形不对，拿不定妖妇是否在此，没想伤她。也是谢芳霞该当遭劫，禁制还没发挥妙用，她便将妖妇日前来此扰闹伏诛之事说了出来。黑丑闻言，痛心万分，立将原形现出，扬手两粒阴雷。谢芳霞单凭所炼神光飞剑，如何能是黑丑对手。等到见势不佳，想要逃避，已是无及，肩头上扫中了一雷，邪气攻心。尚幸机警敏捷，禁法已经发动，同时报警也向宫中传出。黑丑不知神光禁制如此厉害，急于抵御，不顾二次放雷伤人，缓得一缓，谢芳霞才得败退下去。走不几步，黑丑心急动处，阴雷立即爆裂。总算谢芳霞知道阴舌邪气厉害，恐顺穴道上攻，逃时拼命运足全力将穴道闭住，没被侵入正身致命之处。就这样，一条玉臂已被炸得粉碎断落，血肉纷飞，当时痛晕过去。宫中诸人也已赶出。黑丑自从上次吃亏，便学了乖，上来尽管狂妄，风声稍一不利，便生戒心。见岛上一个侍女已有如此法力，又见神光交织，宫中接连飞出许多敌人，再用阴雷，已为神光所阻，无法伤人，不敢恋战。

意欲打听明了岛上来历，再打主意，立即运用玄功变化遁走。先回小仙源，不见一人。心痛妖妇，意欲回山取来法宝，再报此次之仇。到家一说，九烈神君听他又在海外闯祸，得罪叶缤，再三警告，二次关在宫中，不许外出。并因自己每日入定，恐他逃走，特命爱姬黑神女宋香娃代为监防。待不几天，二人言语不合，动起手来。黑丑之母枭神娘出来袒护爱子，宋香娃气忿不过，盗了许多法宝，不辞而别。九烈神君入定回转，夫妻反目，立逼黑丑去寻庶母赔礼，请将回来。九烈神君心恋妖女，怒火头上，忘了重施禁制。黑丑巴不得借此外出，偷偷带了不少阴雷，连同法宝、飞叉，重又出外。他生来性傲，怎肯去寻庶母赔礼。因其父历述叶缤厉害，也没敢再去寻仇。每日东游西荡，结交了不少异派妖邪，妄肆凶淫，胆子越来越大。辗转援引，竟和妖尸谷辰、白骨神君联成一气，终于恶满伏诛。

九烈神君全仗悍妻枭神娘援引入道，加上自身种种遇合，才有今日。修道数百年，一意采补，只应悍妻之请，生此孽子一点精血，又是生来异质，夫妻二人爱如性命。不料为人所杀，连所炼三尸元神全都消灭，不曾逃回一个。叶缤知道，此事即使九烈神君知难隐忍，其妻也不肯罢休，且又妖法厉害，恐非敌手。日里将云凤送走以后，便去武夷绝顶，将平生惟一男道友谢山借去的一盏佛家至宝散花檠，索了回来应敌。

那谢山是一个介于仙佛之间的散仙，既通禅悟，又晓玄机，与峨眉掌教妙一真人两世至交。俗家本是一位文雅风流贵公子，嗜酒工吟，年甫三十，便积诗万首，传诵一时。后来弃家学道，为散仙中有数人物，隐居武夷山千石帆潮音小筑自建的精舍以内。地当是武夷绝顶最胜之区，四外俱是危峰层峦，飞鸟不到。仙人多居名山窟宅，他独喜楼居。仗着仙法神妙及原来的天生奇景，把一座潮音小筑，布置得灵淑清丽，美景无边。叶缤未成道前，便和他是通家世戚，所以二人交谊最深。

那散花檠形制古雅，乃是万年前美玉精英所制。叶缤原是无意而得，到手不满十年。这日因往武夷去访谢山，路过澳门附近，时当月夜，风静无云，碧海青天，交相涵吐，一片空灵境界。正觉海上夜景有趣，忽见远远碧浪如山，突涌天半。浪头上有一形似夜叉、胁生双翼的怪物，正由海内冲浪而起，已离海面百十丈高下。先是身后青荧荧，飞起指头大小一点星光，打向身上，一闪即灭。跟着便听"叭"的一声爆音，惨啸声中，怪物立被炸死。当时血肉横飞，随着沉了下去。怪物一死，水面上微微荡了一阵，也就平息，依然是万里晶波，光明景象，更不再有异状。先前那点青光小而不强，又为飞涛所掩，如换常人，直看不见。叶缤因仗行道多年，见多识广，看出是件奇珍异宝。暗忖："目前水仙，只紫云三女、翼道人耿鲲、陷空岛陷空老祖等有限几人，是在海底居住。余者名为水仙，所居都在陆地。并且这几处分在东、南、北三海，地绝幽远，最近的相隔中上也数万里，与水面上下相隔更是深极。这邻近省治，平日市舶往来、帆樯成阵的海口冲要繁闹之区，怎会有这类高明之士在水底隐居？那青光虽看不出路数，生平仅见，但极灵异神奇，正而不邪，绝非异派妖邪和水中蛟蜃所炼法宝丹元之比。看那神气，分明是有人在彼清修，怪物前去侵扰，看出对方不大好惹，逃遁不及，吃宝光追来打中，登时诛却。"不由动了好奇之心，意欲入海探看，到底是甚人物。便把身形隐去，行法辟水，直下海底。初意离海岸近，必不甚深。哪知怪物起处的下面，竟是一个海窍，深不可测，直下有三千多丈，才到海底。只见白沙平匀，海藻如带，摇曳纷披。深海中的怪鱼修鳞，千奇百态，栩栩浮沉，游行于断礁珊瑚树之间，往来如织，并无异状。心中猜想："适才许是一位水仙在水底路过，与怪物相遇，诛却以后，已经走去，否则怎会不见一点形迹？"

正在徘徊欲上，忽然觉出那些怪鱼只在身前一带游行往来，不往身侧游来，心中微动。回身细一查看，那地方已离海窍尽头边壁不远，广只百亩。地面上生着不少五颜六色的珊瑚树，大都合抱，纠曲盘错，形态奇古，各色皆备。尤以翠色的为最好看，从未见过，光怪陆离，灿烂非常。心想："原来这里竟生着这么好的珊瑚，如此粗大，世间所无，至少也是万年以上之物。"方欲拔起两株带赠好友，猛一眼瞥见正中心倒了一片亩许大小的礁石，将两株大珊瑚压倒折断，石头也凌空搁在珊瑚之上，分明新倒不久。知道当地最是宁静，微沙不扬，礁石乃海底沙虫所积，坚附海底，怎会无故自拔，形势又和人掀起一样？一路循踪赶去，直到壁窍之下，忽发现地底有一洞穴。上面仍是重波，齐着地面以下，并无滴水，大小形式俱与前见礁石相等，越知有异。

再定睛一看，洞穴靠壁一面，凹将进去，内里有一六尺高的佛龛，龛中盘膝坐着一个枯僧，左手持着一个玉石古灯檠，右手掐诀斜指灯芯，面带愁苦之色。同时又看出先前原有几层禁制,已破去了一半,封洞大礁石也被揭去。最奇的是,那灯芯并未点着,却有一穗虚焰影,势若飞舞。人只要靠近洞口,灯焰便渐明显,现出极淡的青荧光影;人一退后,又复如初。知是一件至宝,适才杀死水怪的青光必由此出。要换别人,早起贪心,入洞盗宝,惹出事来。叶缤毕竟修炼年久,道心清宁。又见那枯僧已在海底坐化千年,身有至宝,竟未受到侵害,佛法禁制,厉害可想。暗忖:"现时这里虽然受了怪物侵扰,门户大开,也只将外重禁制破去,依旧不能深入。看水怪死时惨状,人虽坐化,灵异神通犹存,此事万万不可造次。并且对方在此埋藏法体,用心如此周密。他能保持不坏之身,不为海水虫沙侵蚀,未始不是仗此法宝,就能取去,也于理未合。不过今日他已动了杀机,幽宫洞启,劫运也是将临,所以面容如此愁苦。自己本是来访谢山,近在武夷,顷刻可以往返。何不把他寻来商量,看是给他照样行法封固,还是迁埋别的隐僻之处,免得怪物同类又来扰害。"想到这里,再看那枯僧,面上愁容渐敛,似现微笑,益知所料不差。心中高兴,便即合掌通诚祝告,连问方才所想两种意思。枯僧除口角似带微笑外,更无别的征兆。试作欲下之势,青色灯焰忽明,光景荧活,似欲离灯飞起。不敢冒昧,只得离海,急往武夷飞去。

到时见谢山手里拿着一片旧黄麻布,正在出神,面有忧色,见叶缤来,便随手收起。叶、谢二人由总角戚友,变为数百年同道至交,彼此极为亲近。觉得谢山平日夷旷冲虚,平生又无一个仇敌,不应面有忧容。因为急于述说海底奇事,略问两句,谢山饰词,一说也就丢开。随即叶缤便说了海底所遇。谢山闻言大喜,忙说:"枯僧所持古灯檠,乃前古的佛门至宝散花檠,又名心灯。来历详情,此时很难全知。如得到手,将来你我大是有益。"叶缤先还觉着无故夺人防身护体之物,不是正经修道人的行径。谢山却力说:"无妨。这位道友藏真海底,当时必是防有仇人伤害。事隔千余年,冤怨已满,仇人也已转劫,无力相害。他既不愿永沦水底,更防怀宝伤身,受别的妖邪水怪侵害。我们只消将他法体移埋妥当。至于所设禁制和佛灯神焰,我俱能够抵御。此时踪迹已现,速去勿延。"

叶缤不便过于拦阻,只得同往。回到原地,想不到事情极其顺利。先是谢山在洞里喃喃默念,手又掐诀,看不出是在念咒,还是通诚祝告。念完,手指处,水便分开,下面禁制全失灵效。灯上佛火快要飞起,吃谢山掐诀制住,却令叶缤收取。到手以后,枯僧双手忽然下垂,落向双膝盖上,玉灯檠也不再生异状。一点没费事,便连佛龛摄起,移向武夷绝顶千石帆谢山仙居左近,叱开石壁,埋藏封固。还拔了好几株万年珊瑚回去。

叶缤知彼此法力道行相差无几,这次谢山独有成竹在胸,事若预定,好生奇怪,再四盘问,终是饰词遮掩。后来仅说:"那枯僧和我二人必有前因,无如事隔千余年,毫无端绪。我二人此时法力尚算不出,不久齐道友峨眉开府,内有不少佛门中神僧、神尼,到时转托探询,始能深悉。"叶缤不知他是否藏有难言之隐,坚不明说,只得罢了。

谢山说此宝乃叶缤发现,又她亲手收取,坚欲相让。叶缤自是不肯。互让结果,才商定在未问明来历因果以前,暂为叶缤所有。但是用法不明,暂时只好各按本身法力,一同练习,使彼此均能运用。等到二人悟出玄妙,可以随意应用时,才知此宝内藏前古神油,始能发生佛火妙用。檠柱藏油本来不多,又经二人练习时糟践了一半,等发觉时已经无及。因此宝有伏魔之功,法力不可思议,二人仅悟出了一半,已有绝大威力。因此互相珍惜,轻易不肯妄用。

前两月,谢山将宝借去寻一神僧参详,没有送还。叶缤因将黑丑杀死,恐九烈神君寻仇,难于抵御,特去取回。不料却无意中给妖尸谷辰一个重创。收回冰魄神光之后,忽然心动。知道仇人寻来,连忙飞起。刚到上空,便听东南方遥空中起了一种极尖锐的鬼啸之声,凄厉刺耳,越来越近,令人闻之生悸。跟着便见天际有一黑点移动,晃眼展布开来,立时狂飙大作,晴日无光,眼见天被遮黑了半边,直似黑海飞空,万里黑云疾如奔马,漫天盖地而来。众人一看大惊,暗道:"不好!"纷纷飞起,各将法宝、飞剑迎上前去。

要知来的是谁,以及峨眉开府、群仙盛会、乙休大闹铜椰岛等本书诸紧要关节,且看下文分解。

第二〇七回 佛法显神通　顷刻勾销前后孽
　　　　　　玄功争造化　一轮转尽古今愁

上文郑颠仙、玉清大师等,在元江用韩仙子所豢金蛛,将前古金门至宝由江心水眼里吸上水面,便遇妖尸谷辰、白骨神君、雪山老魅七指神魔同一干妖党前来扰害,多亏杨瑾、余英男和小南极金钟岛主叶缤赶来相助。虽然众妖党诛戮殆尽,妖尸、老魅、白骨神君三个为首妖孽,被杨、余、叶三人合力逐走,白骨神君更中了玉清大师离合神光,负了重伤逃去,一时妖氛尽扫,金船中至宝也被颠仙在百忙中取了几件出来。但是金钟岛主叶缤因为迎敌时稍微疏忽,吃妖尸动用元神,玄功变化,将所炼冰魄神光剑炸成粉碎。所幸叶缤道法高深,竟在短短几个时辰内,重将妖尸震成游丝的神光凝炼还原,在场诸人无不惊服。

　　众人正在礼见叙谈,请她施为之际,叶缤忽然觉出警兆越急,知道变生瞬息,仇敌厉害机智,迥非寻常,稍失机密,便被觉察,丝毫大意不得。又见在场诸人俱非庸流,不致受误伤。并且颠仙和玉清大师、岳雯、诸葛警我诸人,也都有了觉察。为防贻误时机,不暇再为关照,连答应众人演习的冰魄神光也不再施为,匆匆和杨瑾打一手势,立刻一同隐身飞起。颠仙和玉清大师、岳雯、诸葛警我四人原早觉察,一面用眼色止住魏青、俞允中、戴湘英诸人不令多言,一面各自留神戒备。内中玉清大师素来临事谨慎,防患周密,知道因叶缤新杀了妖人黑丑,来寻仇的必是九烈神君夫妇无疑。尽管颠仙道法高强,刘、赵、俞、魏、孙、凌、戴诸人已被招聚一起,有众防卫,足可无害,终觉敌人是异派中数一数二的人物,太已厉害,又当痛心杀子之仇,情急之下,出手必定狠辣已极。与其坐以待敌,还是迎头抵御稳妥得多。念头一转,也跟踪隐形,飞向高空,等候应付。

说时迟，那时快，下面三人刚刚相次飞起，便听东南方遥空中起了一种极尖锐凄厉的啸声，同时天际云层中有一黑点移动。始见疾如飞星，由远而近，带着那片厉啸之声，展布开来，晃眼将天遮黑了大半边。也看不出是云是雾，只似一大片黑的天幕，遮天盖地，疾如飞潮云涌一般，直朝元江大熊岭这一带卷将过来。立时狂飙大作，江水群飞，晴日匿影，天昏地暗。声势之猛烈浩大、急骤险恶，休说云凤、湘英、允中、魏青等新近入门诸人，连刘泉、赵光斗久经大敌，也都从未见过。俱各大惊，纷纷将法宝、飞剑放出，正待飞身迎上前去。颠仙知道来敌虽强，上面三人尚能应付，否则众人更非其敌，上去白白受伤，此时只宜防身谨守。一面忙喝："速自防身，不可妄动！"一面施展禁法，想将众人阻住，不令上去。

余英男自从日前得了南明离火剑，因是教祖回山亲授本门心法，妙一夫人又怜她向道坚诚，身受多日寒冰冻髓之惨，小小年纪，备历灾厄，特降殊恩，代向妙一真人关说，将微尘阵中长眉真人遗留的仙丹赐了一粒。她以前打的底子原好，回生以后，又经众同门日夕指点。但自顾开府在即，惟恐入门太浅，到时百不如人，徒负三英之名，用功极勤。这一服灵丹，更平添了若干年的功力，虽只短短时日，已经身剑合一。加上到前奉命往川边倚天崖龙象庵去请杨瑾来此相助，芬陀大师见了甚是嘉许，又得了好些益处。行时大师并赐她一面护身神符佩在身上，不但不畏邪侵，真正遇到危难之际，还可用来解免。适才因初次出山，便遇大敌，心还震惊。不料南明离火剑一举成功，竟使那么厉害的老魅受伤逃去，不由心雄气盛起来。凌云凤因和叶缤具有凤缘，一见倾心，又感早来相救之德，不禁跃跃欲试。杨、叶二人一飞起，英男是心有仗恃，因和杨瑾同来，理应同其进退，不愿落后。云凤是报德心盛，敌忾同仇，又自恃有神禹令前古至宝威力。双双不约而同，没等黑影临近，便相继飞起。

颠仙未及拦住，方瞫二人担心，待要拦住下面众人，再行飞身上去防护时，先后不过分许工夫，天边黑影已经飞近，快要飞到元江上空。猛由黑影里射出千万点金绿色的火星，隐闻爆音密如贯珠，直似洒了一天星雨，飘空急驶而至，对方敌人却一点也看不出来。这时天地昼晦，如非众人俱是炼就慧眼神目，必定伸手不辨五指。

当这危机一瞬之间，先上三人身形各隐，自看不出。只有余、凌二女所御一红一白两道剑光,连同云凤手上神禹令所发出来的一股青蒙蒙的宝气,正朝对面黑影星光飞迎上去,黑暗中宛如两道经天长虹,看得逼真。眼看两下里就要接触,倏地空中一亮,竟在余、凌二女面前现出千百丈彩光,将来的黑影妖火一齐挡住,层霞撑空,顿成奇观。可是动作快极,两下里才一接触,未及看清,猛又"叭"的一声,一点酒杯大的淡黄光华,忽在黑影深处闪了一闪,便即爆裂,化红、白、蓝三色,千万道精芒满空飞射。只听一声极凄厉的怒啸过处,黑影中现出一个披头散发、乌面赤足的妖妇,破空飞去,晃眼无踪。前半黑云妖火立被佛火神光爆散,现出日影,渐复清明。那后半黑影妖火,却似雨后狂风之扫残云,疾如奔马,齐向来路退去。真个来得迅速,去得更快,一眨眼便到了天边。等定睛仔细再看,已经不见踪影。玉清大师并未动手。余、凌二人只见到妖妇形影,连想扫荡黑影妖火都未做到。总共不过半盏茶时,重又青光大来,复了光明景象。空中五人也相继飞落。

原来叶缤见来势如此急骤,必是仇人想乘自己新挫之余,骤出不意,猛下毒手。这一来,正好将计就计,迎头给她一个重创。和杨瑾到了空中,飞升极高,隐身埋伏。等敌人一到,由叶缤先放冰魄神光出去。再等敌人施展全力发动妖法,杨瑾再将佛灯上神焰飞射出来。那来的敌人乃九烈神君之妻枭神娘,果然神通广大,机警已极,佛火神光一经爆裂,便知敌人有此至宝,今日难讨公道,竟不再交手,怒吼一声,施展妖遁,破空逃去。那满空黑影全是九烈夫妻多少年来所炼地煞之气,连同万千阴雷,均与妖人心灵相应,有无穷妙用,恶毒非常。在这等形势之下,不特没有全军覆没,反被她隐身收去,一任施展法宝、飞剑,一点也没追上。众人俱都惊异不置。

当下郑颠仙便请众人同往苦竹庵中小聚,就便分赐众后辈金船中得来的宝物。于是同往前殿中坐定。辛青、欧阳霜、慕容姊妹重向新来诸人见礼,分别献上茶果。颠仙笑问:"叶道友,可还有事么?"叶缤道:"贫道因峨眉开府,群仙盛会在即,亟欲一往观光。无如与峨眉诸长老素昧平生,未接请柬,不好意思做那不速之客。因谢山道友与极乐真人知好多年,意欲托他向妙一真人致意。本打算此间事完,再往武夷绝顶千石帆潮音小筑,去和谢道友商量。可巧遇到杨姊姊,是我前生骨肉之交,她与峨眉诸老两世渊源，正好不必舍近求远。并且一别多少年，再世重逢，想和她畅谈叙阔。好在谢道友日内必接有峨眉请柬，贫道来时虽曾动念，因为急于来此践约，抵御仇敌，匆匆取了散花縈便即赶来，也并未与之订约。不久凝碧仙府便可见面，临时变计，又不想去了。"

诸葛警我忙接口道："这次峨眉开府，遍请海内外真仙道友，事前惟恐遗漏，诸位师长曾经四出访问。近以会期在即，更是信使四出。叶仙姑的请柬不是尚在途中，便许是离岛日久，已经送去，没有见到。"杨瑾笑道："诸葛道友哪里知道。如是别位道友，峨眉诸位长老尚不至于遗漏，独于这位叶岛主却是难说。第一，所居金钟岛在南极尽头，相隔太远，极少人知。她得道虽然多年，一向隐迹潜修。多少年来，除武夷千石帆隐居的谢道友外，至交姊妹常共往还的，只我前生一人，余者至多不过三两面之交，彼此过从，更无其事。知道她的人既是极少，又都当她孤芳自赏，不爱理人，自然不会有人提起。再者，此次峨眉开府，虽是千古以来玄门盛事，掌教真人请柬也发得极为广泛，不特正教中人和海外散仙，甚而有些不曾公然与峨眉为敌的异教中有名之士，俱在邀请之列。但所延请的人，除有交情的不算，十九均含有深意，否则海内外散仙修士何止千百，岂能识与不识全都请到么？叶岛主与峨眉索无渊源，我看请柬十九不曾发出，无须掩饰。叶岛主决无怪主人疏忽之理。不过这次局面之大，独步千古，到日不问何派中人，只要自问够得上去观光的，虽然未受延请，一样也可前去观光。似叶岛主这样道力高深、人品纯正的，正是座中佳客，何况又是我的两世至交。就连今日在座诸人，就非峨眉门下，也都声息相通，异途同归，任何一人去一提说，请柬便立刻飞到了。"

正说之间，忽然一道红光直飞了来。众人看出这光正而不邪，但又眼生，看不出是何宗派。微一惊奇，叶缤手扬处，已接了下来，竟是谢山自武夷发来的一封飞剑传书，内中并还附有峨眉请柬。大意是说，昨日叶缤取了散花縈走后，今早极乐真人忽然来访，说起新近路过峨眉，偶遇玄真子邀往凝碧崖小叙。听妙一真人说起叶缤，早欲奉请，以所居小南极一带岛屿如林，修士甚多，枭鸾并集，派门人送柬，恐生出波折，飞剑传书，微嫌冒昧。知极乐真人将有武夷之行，谢山又是叶缤的好友，请转托向叶缤致意。真人刚到不久，二人请柬也由峨眉飞到。因真人约同访友，恐叶缤赶回相左,算出人在苦竹庵,故以飞书相告。叶缤为人外和内傲,虽然亟欲观光开府之盛,但不请而赴,终觉不甚光辉。这一来,正合心意,甚是高兴。将红光放还以后,决意同了杨瑾先去川边倚天崖,拜谒过芬陀大师,同往峨眉赴会,不再他去。

颠仙笑道:"叶道友既无甚事,现在开府期近,诸位师侄均须赶往,且等我打发他们走后再谈吧。"说罢,便命诸女弟子将昨晚元江所得宝物取出。先取了九口长剑,交给刘、赵、俞、魏四人道:"此剑乃黄帝大战蚩尤时,用以降魔的九宫神剑,烦交令师重新祭炼传授,自有妙用。"另外又取了十余件长短大小不等的戈、矛、刀、剑之类出来,分给在场诸人以及诸女弟子,人各一件。说道:"那金门至宝为数甚多,此次刚刚进了头层塔门,便为妖尸所扰,加以金蛛力竭,除归化神音外,一切奇珍异宝均未取出。可是这些古兵器,均是神物利器,非比寻常,各凭师传心法,便能与身相合,具大威力。九宫神剑如若会用,更是神妙。此时不及详说,众弟子有不明白的,归问各人师长,自知源流用法了。"

分时,颠仙因叶缤、杨瑾、玉清大师三人出力最多,叶、杨二人更是同辈客体,曾请自选。三人始而谦谢不取,颠仙再三劝让,才各取了一件小件的。叶缤得的是件形似戈头的短兵器,到手便转赠给凌云凤。玉清大师所得,恰与叶缤相同。起初二人随意拿取,到手才看出是一对形如符节、阴阳两面可以分合之宝。玉清大师本意也想转赠云凤,偶一回头,瞥见允中目注云凤,无限深情自然流露。忽然想起允中为人多情至诚,待人更极仁厚,无如资质稍差,其师凌浑虽然道法高强,自负有回天之力,终恐福缘运数所限,未必便能克服险难。而云凤将来成就,却比他胜强得多。偏生夫妻二人不是同门修为,如将此宝分开,使其各执一面,虽不一定仗此便能免去他年兵解,终可得到许多助力。万一允中日后多积外功,人定胜天,仗着云凤随时相助,居然渡过这些难关,夫妻合籍,同驻长生,不特成人之美,也是一桩佳话。况且云凤已得了禹令、金戈两件前古奇珍,开府时,教祖还要颁赠法宝,原不在此合璧。便把戈头转赠允中,道:"此宝名为戈符,原分阴阳二面。这面阴符本意赠与云妹,使其合璧。一则二符灵感相通,本宜分用;二则俞道友异日独自出山积修外功,难免险阻,有此随身,既可辟邪驱祟,复能以此向阳符主人告急,无论相隔多远,均可赶来应援。此外妙用尚多,一时也难尽说。不过尚须各人重新祭炼,始能应用。归告凌师叔,自会详为传授。此次峨眉开府,门下诸弟子所得法宝均须呈献,由诸师长一一传授,指点用法。到日你和云妹互相观摩,自知就里。"允中连忙接过谢了。

杨瑾取了一块黑铁,长不及尺,约有二指来宽,一指来厚,上面满布密鳞,腹有古篆,形似穿山甲,腹下却倒拳着十八只九爪钩,刻制极为精细诡异,通体乌黑,谛视并无光华,那古篆文也是初见,在座诸人自郑颠仙以下,竟无一人识得此宝名称用法。杨瑾拿到了手,料非常物。因和余英男一路同来,见她根骨既厚,人更谦婉,甚是投缘。知道三英二云各有仙剑随身外,多有奇遇,得了好些奇珍异宝。内中只英男一人受苦最深,入门较晚,只新近得了一口南明离火剑,别无长物。便笑赠她道:"此宝我虽不知它的来历,看这形制,当非常品。我送给你,回山再求掌教师尊传授用法吧。"英男已经得了一柄金钺,知道芬陀、杨瑾对己十分期爱,略为谦谢了两句,便即拜受。

分配既定,除杨、叶、凌三人因颠仙留住少谈,并须绕道川边倚天崖拜谒芬陀大师外,玉清大师、诸葛、岳、孙诸人本已到过峨眉,奉命来此,正好同了英男、湘英等做了一路,赶了回去。刘、赵、俞、魏四人也自赶回青螺准备,待奉命之后,再随师父同往峨眉赴会。于是纷起拜辞飞去。

众人走后,颠仙和叶、杨二人把将来应付九烈神君夫妻之事商谈了一阵,并允到日必往相助一臂。叶缤自是感谢。因颠仙师徒也要准备峨眉之行,收藏金蛛,封禁庵洞,均待施为,便和杨瑾、云凤同起告辞,往川边倚天崖飞去。

一路无事,到了龙象庵前落下。入内一看,芬陀大师正在禅堂静坐,三人上前参拜。大师命起,先对叶缤笑道:"贤侄一别多年,道力精进如此,不久功行圆满,可喜可贺!"叶缤觉着大师话里有因,心中一动,方欲叩问,大师已转对杨瑾道:"为使沙、咪二小成长,此事大干造物之忌。你如在侧,随侍照料,也还省事一些。齐道友偏又命余英男来,将你约往元江相助颠仙,取那归化神音,云凤又已先走。庵中无人,虽只一两日的工夫,竟生了不少变故。别的魔头尚在其次,最厉害的是那姬繁。因我日前收去他的天蓝神沙,恨如切骨,竟与妖妇许飞娘合流,得西崆峒老怪之助,当我正用佛门小转轮三相化生妙法，改造小人成长，恰值门人他出，庵中空虚，又当持法紧要关头，不能分身抵御，借了老怪两件法宝，居然乘隙来此寻仇。我已默运禅机，算出就里，知道姬繁前次上了大当，此番知我不能离开法坛，再用神手幻化，吓他不退，一切均有安排，算定他必在昨夜子正前后，沙、咪二小仗我佛法化生之际来犯。姬繁修道多年，非寻常异派妖邪之比，恰巧我身侧又无人可使。细查健儿，将来虽不在我门下，但他向道坚诚，饶有胆智，又服了云凤所赐灵丹，神明湛定。听我一说，便自告奋勇，必欲一试，百死不悔。再一推算，此举正是他的遇合，异日成就，实基于此。好在敌人只知此法须有七昼夜极紧运用，不能片刻离开，却不知我已参上乘真谛，擅金刚伏魔大法。因为爱惜二小，欲使易于成就，头几日虽然未曾离坛一步，真要遇上急事，除昨夜子时是二小存亡之交，有诸般苦难，恐其幺幺细质，仙福虽厚，资禀脆弱，必须我亲身守候外，过此一样仍可用我佛法封护法坛，随意行动。

"我便指示健儿机宜，给了他三道灵符，并在庵前竖了大雷音烈火神幡，又用佛法将全庵隐蔽。命其如法施为，代我抵御片时。那姬繁还约了两个妖党同来。一见原庵隐去，立即放出千丈魔火，欲将全庵化为灰烬，声势甚是凶恶。本嘱健儿，所来三人，只有一人恶满在劫，不到时候，无须出敌。再如临阵胆小害怕，可将我第一道灵符施展。以后只须守定神幡，指挥金刚佛火，暗中迎头抵御，任他魔火厉害，也是无奈你何。丑初我便现身，连出门都可不必。健儿却因沙、咪二人不久成长，玄儿拜在韩仙子门下也能成就，独他一人向隅，求进之心太切，急欲立功自见，以博我的欢心，所以没有丝毫胆怯。守有刻许工夫，见妖人魔火邪烟源源发出，便照我传授一指，神幡佛火立即迎上，将它阻住，晃眼消灭。他以为妖人无甚伎俩，惟恐少时妖人全数逃走，知第三符能制敌人死命，又恃第二符可以护身，不受魔侵，竟然冒险现身。和姬繁同来二妖人中，有一个是西崆峒老怪好友天破真人潘硎，正当数尽，欺他人小，妄想生擒。吃他骤出不意，施展神符，发出千寻雷火，烧成灰烬。另一个也负伤逃去。

"只有姬繁知机，符才出现，先自遁开。虽知此符只能用一时，但恐健儿符不止此，还在踌躇。后见伎俩已穷，便用玄门五遁将健儿困住，迫令自取神幡献上，降顺免死。休说健儿决不肯从，便肯听从，我那神幡被佛法禁竖地上，岂是第二人所能移动？健儿一味破口乱骂，一面仍指幡上神火抵御。姬繁大怒，便将五遁生克妙用全数施为。健儿这一出去，身和神幡均不能再隐，虽有灵符护身，毕竟气候太差，眼看危急万分。总算他人甚机智，一见灵符用完，敌人一死一逃，剩下一个，知最厉害，神幡只能抵御魔火妖烟，无可应敌。便乘敌人心虚，故意问答，设词哄骗，连用话语延宕，想挨到我出去，居然被他鬼混了好些时候。等到姬繁看破，施展辣手，护身光华为五遁所迫，气都透不出来，眼看危急时，救星也就到了。

"原来极乐真人李道友由峨眉有事武夷，绕道大雪山绝顶玉虚峰青晶壑访看仓真人，路过此地，云中遥望姬繁在此作祟。先以为我不在庵中，姬繁乘虚来犯，赶来破了五遁禁制，将姬繁惊走。此时我也事毕，开坛走出，约他进庵小坐。他近年虽经诸同道相劝，有了收徒之念，因是随缘遇合，不曾专意物色。又因以前忒喜幼童，只要骨相天分稍好，便即收录，均以根基禀赋十九平常，无所成就。有的更因道心不净，犯了规条，本人遭劫，还累他迟却好些年的正果。所以这次取材甚苛，一直未有当意者。这次因听我用小转轮三相神法，以绝大愿力，使沙、咪二小两个福薄孽重、资禀脆弱的燋侥细民，在我佛门三相世中预积三十万功德，移后作前，预修来世。于石火电光、弹指之间历劫三生，自转轮回化生，仅仅七天工夫，便即成长，变作缘福深厚、生具仙根仙骨的良材美质。极口赞我佛法精微奥妙之余，又听说还有一个小人现被韩仙子要去收为弟子，忽然动念，再经我一劝说，他本极爱幼童，成道之后，竟成童身游戏人间，难得天生小人，正好异日改造成与他一样，便将健儿看中。意欲带往他长春崖无忧洞仙府之内，费三百六十五昼夜工夫，以玄门妙法使其成长。行法比我较难，但是后来却容易得多，可以不虞失堕，不似沙、咪二小，仗我佛法，七日便能成长，他年成就更是极大。

"可是他那三相虚境内，所积三十万善功，将来一一俱要实践，始得完成功果。三生劫内，所有誓愿修持，更一毫也犯误不得，否则功果难成，甚且立堕轮回，复归本来。这等万劫难逢的仙缘，焉有再遇之日？担子太重，非具绝大毅力宏愿，万难终始。我先也不忍使两小肩负重任，只想使他们先历一劫，将身成长，日随云凤修炼，视他们自己积修内外功行如何，以定他年成就。虽然至少还要转劫一世，此生既是修士，出生便有人度化。

只要不犯大规，齐道友必乐玉成，决无任其昧却夙因堕落之理。这样虽然成就较慢，不特依次修为，水到渠成，负担较轻，还可免去在小转轮三相世中受诸苦难。两小偏是向道心坚，甘受苦难。行法以前，听我一说，竟然同声苦苦哀求，一开口，便发三十万善功宏愿，执意要仗我佛法前后倒置，在今生世内便证上乘功果。我怜二小向道坚定，应允之后，行法时只管运用心灵，化生人相，为他们解免苦难。无如此举力争造化，违逆运数，魔头重重，意动即至，得我助力，也只减轻十之二三，依然备诸苦孽。终于仍仗二小自己的信心毅力，于奇危绝险之中，将三重难关硬闯过来。那一切身受，便是修持多年的有道之士，也未必能够忍受，平安渡过。尤其是所愿愈宏，心志愈坚，抗力愈强，魔孽苦难也愈加重，但能渡过，成就更大，自不必说。区区两个禀赋根骨无不脆弱的小人，竟能至此，岂非奇绝？

"健儿得李道友不惜心力，以玄门无上妙法助他成长，循序渐进，只要用功勤奋，一意修为，一样能到上乘功果。比起沙、咪二小，虽然稍逊，但比玄儿要强得多。玄儿全由韩仙子以仙法妙术使其成长，防身御敌本领虽高，本身根基未固，功行更浅，只能炫耀一时，异日成败，尚在难定。即便能知自爱，不敢骄横自恣，以师传法宝、法术为恶，多积外功，也须兵解转劫，方能有成，终究不及这三小人的成就高。

"尤可嘉者，健儿明知我和云凤均与他无缘，目前佛道两门中只三五人有此法力与造化争，使其成长，内中还有高下之分。前见沙、咪、玄儿三小各有遇合，独他一人向隅，好容易日夕背人悲苦焦思，眼巴巴盼到这等旷世仙缘，竟还不舍旧主恩深，渴欲等候云凤、瑾儿归来一见。虽然胆小，不敢明说出来，我和李道友岂不是一望而知？我便代他求说。李道友见他天性甚厚，本就极端嘉许，又值要应今春谢道友所托之事，须往武夷引了谢道友拜访一位神僧。便允他在此等你二人归来告别，就便带了他和沙、咪二小同赴峨眉参见齐真人，以开眼界。到日李道友须往赴会，归途再带他同行。大约到明年十一月，便长得和李道友一般的身材相貌了。

"还有那只古神鸠，经我佛法禁制，已渐驯服。到了下月望日，便是峨眉开府之期，去今只二十余日。各正派中，只我和白眉禅师等三数人，因事不能亲往。本来各正派中长幼三辈同道，均在期前赶到。但此行还要对付妖鬼徐完，事由瑾儿而起，你又不舍观光之盛，并且齐道友还有用你之处，期前便有职司，不能分身出敌。妖鬼吸神敛影之法，除三仙二老和乙、凌诸道友十余人，以及小辈中持有异宝防身的寥寥七八人外，余者都不能当。独对沙、咪二小，因在我佛法三相世中过来，三尸已斩，又持有我护身灵符，却不能伤。神鸠更是他的克星。你二人来时，嵩山二友命你们开府前五日，带了此鸟赶往峨眉，在去飞雷洞的要路，二十六天梯悬崖之上搭一茅篷，将此鸟暗藏篷内，即命沙、咪二小相伴防守，便是为此。

"到日峨眉诸道友虽对此事早有安排，用不着二小出斗，但是二小经我用佛法改造化生，总算是我门中之人。那妖鬼自称冥圣，来去飘忽，迅速如电，厉害非常。此番又是志在予以重创，好使其他邪恶知所儆戒。峨眉开府，为三千年以来道家未有之盛，非有夙世修积，仙根福缘俱极深厚者，不能参与。二小蚍蜉身世，幺幺细民，居然侧身其间。固系彼族近数百年来举国一心，上下乾惕，同修善治，一体祥和，以致上邀天眷，剥极而复。帝心厌祸，以由亡复兴之任降于四小，使其自修仙业，还拯邦家，振起于菱懦疲庸之中，脱身于鸟爪兽蹄之下，仍回前古衣裳文物之治，实厥天谋，非等幸致。然与会百千宾主，不是瑶岛仙侣，也是名山修士。下面神禽灵兽，亦皆吐纳能精，各带几分仙气。况且旁门中人到者甚多，每以仙业高低分判流品。如不使其入峨眉以前立功自见，无端追随赤局琼裾、金庭玉柱之间，异我者见之，必以峨眉号称光大发扬，门人众多，实则下及靖焦，细大不捐，兼收并蓄，传为话柄。虽则泾渭清浊，异日自知，自家修为，罔恤人言，爱恶贪嗔，仿佛多事。但道家与释家不同，本是有相之法，而我与二小，世缘只此。难得他们向道坚诚，何妨恩施格外，特予成全？又可借彼坠露轻尘，弘扬我佛法威力。现拟去前稍加传授，于护身灵符之外，各赐一二法宝，俾与鬼物周旋，留一佳话。我近尚受人之托，兼完昔年夙愿，口内必须他往，不及面授，须令埴儿代找传授。沙、咪二小已经化生，现在后洞法坛之内。静候七日，佛法圆满，自然成长。健儿也守候在内。我留有一纸手示，所赐二小法宝也在石案之上，瑾儿自知功效。你二人听完我话，便至后洞，代我主持未完之功。七日期满，照我所示行事，同往峨眉好了。叶道友如愿随善，不妨同往。我还有件事，必须早为料理，恕不奉陪了。"

杨、凌二女闻言，知道二小甘冒万难，以身殉道，居然成就，竟连日期也已缩短成七日，好生欣慰。俱欲早见三小，谢恩领命之后，便即拜辞出殿。叶缤本欲叩问适才大师言中深意，因听大师有事，又欲一观二小化生奇迹，便随二女一同拜辞，赶往后洞石殿观看。龙象庵也是背崖而建，外面两层殿堂，法坛建于尽后面崖洞之内。还是杨瑾前生凌雪鸿初修道时，大师因她先前出身旁门，又嫁追云叟多年，仇敌更多，恐其初入佛门，道心未净，邪魔外道时来侵害，自己不时出外修积，难于防救，特就庵外危崖，叱石开山，另建一层石殿，令其在内潜修。自从五十年前凌雪鸿在开元寺遇劫兵解，直到杨瑾劫后重来，再入师门，大师说以前诸般设施俱是下乘功夫，今生根行缘福，以及他年成就，无不深厚远大，已经用它不着。为令继承衣钵，日夕随侍在大师自居的禅堂以内，到奉令下山行道之日为止，连大师出外云游也都在侧，片刻不离。始而因大师正果已无多年，日夕领受心法，勤于修为。后又为了报答师恩，践前生宏愿，急于积修那十万善功，洞门又经大师封闭，非经请命将禁制撤去，不能轻入，所以一直也未去过。这时旧地重临，休说本人，连叶缤以前常向此间来往的人，也甚感慨。想起人事无常，数限所定，连仙人也是如此。晃眼之间，昔年仙侣，便隔一世。若非凤根深厚，身虽兵解，一灵不昧，又得师门厚恩，始终将护，两生玉成，一堕尘凡，何可逆料？

互相谈了几句，便到行法之所。杨瑾刚刚撤去禁法，同叶、凌二人走入，忽听一声惊呼，金光闪动，殿门现处，健儿口喊："师父和杨大仙师来了！"首先如飞迎出，满面喜容，跪伏在地，叩头不止。云凤命向叶缤行礼以后，步入殿中一看，一两日之隔，沙、咪二小已换了形象，由两个矫健精悍的小人国中健士，变成两个粉雕玉琢、比他们原身成人还大得多的八九岁幼儿，各守着那盏具有佛法妙用的长命灯，在心火神光笼罩之下，安稳端坐，合目入定。虽然看去幼小，却也神仪内莹，宝相外宣，仙姿慧根，迥非庸俗。正互喜慰，杨瑾瞥见咪咪好似听出云凤和自己到来，眉宇之间隐现喜气。知道此时正是他的成长之交，心情松懈不得，忙喝道："你二人再有三四日，便可功行圆满，那时见面，多么喜欢均可。此时动心不得，速把心思宁静，不可大意。"咪咪也自警惕，仍还庄严。杨瑾因自己三人还要言笑，心终不放，恐扰二小道心，说时将手一指，将法坛四外禁制，掩去一切声音，使二小可以专心成长，无复听闻，免受摇动。随向殿角石墩上一同落座。健儿早等不及，把芬陀大师留字呈上，并把昨夜今朝所遇所闻详为说了。杨、叶、凌三女看完大师手示，再听健儿补述未尽之言，俱各惊赞不已。

原来芬陀大师早参佛门妙谛，道法高深，与本书佛教中第一等人物白眉和尚几相伯仲。自从四小来庵参拜，杨、凌二女拜陈诛戮白阳山古妖尸以及二小立功经过，便知天机微妙，将欲假手自己助其成长。凭法力虽可办到，无如僬侥微生，过于脆弱，恐其禁受不起，初意便是适才大师所说大概情形。及至昨夜子时行法以前，大师告以行法次序及抵御外魔苦难，以及此中利害轻重，二小竟跪地苦求，甘受无量苦难，今生成长之后，便要完成仙业，不再转劫托生，以防再世昧却本来，致遭堕落。大师力说不会，二小仍然哀求不已。大师为他们至诚感动，也甘费心力，加以殊恩。事前对二小告诫道："我那小转轮三相神法，纳大千世界于一环中，由空生色，以虚为实，佛法微妙，不可思议。说起来虽是个石火电光，瞬息之间，而受我法者，一经置身其中，便忘本来。不特不知那是幻象，凡诸情欲生老病死，与实境无异，一切急难苦痛，均须身受。幻境中的岁月，久暂无定，在内转生一次，最少也须五六十年。此一甲子岁月，更须一日一时度过。与邯郸黄粱的梦境迷离，倏然百变，迥乎不同。最难的是我设此法，原因你二人过去生中积有罪恶，不然也不会投生在僬侥族中。虽因此生向道心坚，遇此旷世仙缘，无如根基浅薄，除却多积善功，预修来世，转劫重生之后，不能寻求仙业。这等循序渐进，未始不可成就，然而为时太久，夜长梦多。休说你们投生人以后，见了人世繁华，嗜欲众多，自忘本来，重堕轮回，有失我们爱护。初意便凤根不昧，能知谨慎，黾勉前修，但已在数十百年之后。那时不但我已灭度多年，便你们师长也都各有成就，未必仍能等侍。就说能自修持，或是另有依归，比起前世因缘，毕竟要差得多。况你二人禀赋过于脆弱，一切善业功行，也难于修积。如全仗法力使你们成长，又忒逆数违天，异日魔劫更重。大限一到，任是多大法力，也难抵御天劫。至多博得数百年的长生，临了反倒形神俱灭，连化生虫鱼都属无望。为此才用我佛家法力，使你们片时之内，重转轮回，备历未来三世相。在此生相内许下宏愿，再在未来相中修积。一切应受，先自幻象中经过。

"等到开坛成长，再照幻境中所积善功，重加实践。本来今生福缘全是前生修积，此则反因为果，颠倒先后，使你们先跻仙业，补完善功。在我初意，幻象中的痛苦艰难，俱由魔召，甚于实境。而此中人的修持，更丝毫松懈不得，稍一不慎，立为魔所乘，前功尽弃。仗我在旁护持，也只仍还本来，保得命在，所有愿望悉归泡影。法已不能再施，灵慧全失，将来不过投一寻常人身，连想以前循序修为，都是极难之事。恐你二人一个禁受不住，功败垂成，负我厚望，打算使你们在小转轮上，现出过去、今生、未来三生，历劫一世，只转上一次轮回。一则发愿较小，易于实践；二则免你们禁受不住那么多苦痛，欲速不达，弄巧反拙。这样，将来虽要再转一劫，成就较晚，但前生道根已固，不虑迷途，一样可参正果，并还容易渡过一切难关，岂不稳妥？你们偏是人小性强，心高志大，再三苦求施为。如此坚忍诚毅，实堪嘉尚，我也不再拦阻。但须记住，我初行法时，如你们师父所说守忌之言，务以平和坚忍，战胜魔难，一切视诸虚空。尽管多历一劫，苦难愈重，欲魔愈多，只要全不动念，只以毅力耐心应付，便可度过。好在事前已经服我灵丹，入相时我再特降殊恩，使你们心性空灵，少减烦恼，或能如你们所愿，也未可知。"

这时大师同了二小闭坛行法，已有三日。二小元神已早脱了本体，只等当日子夜，经过小转轮三相三劫轮回，仍回本体，功候便算完满十之七八，静候成长了。大师说罢前言，令二小起立归座。将手一指，坛上一盏玻璃灯便飞起一朵金花，化为一团光霞，将二小全身围绕，助长元神凝固，以俟时至行法转轮。

随又把健儿唤至面前，告以今夜姬繁将要来犯之事，命在亥初持了灵符，去至庵前等候。健儿目睹二小成长在即，好生羡慕。本在自怨福薄命浅，无人垂青，巴不得立功自见，领了机宜，自去庵外，依言行事。芬陀大师前已提过，兹不再叙。

到了子时将近，大师趺坐法坛之上，重又指示一遍，然后合掌三宣佛号。念完咒诀，将手一指，满殿金霞照耀处，大师座前平地涌起一朵斗大青莲，上面彩光万道，虚托着一个同样大小的金轮，由急而缓，旋转不休。二小早把大师几番叮咛牢牢谨记，知是自身成败关头，等金轮转势略缓，各把气沉稳。随着心念动处，不先不后，在原来绕身佛火神光簇拥之下，往轮上飞去。那金轮看去大只尺许，上有五角，各长尺许，间隔甚窄。二小因大师曾说，金轮一现，便须附身其上，念动自能飞到，无须纵跃。因见轮小，一人都不能容，何况二人。大师又未明说，依附何处格内。既难容身，想是攀附在那五根金角上面。本拟各攀一角，及至飞近，才看出每一间隔以内，各有一个金字，共分生、苦、老、病、死五格。忽然省悟，应该同附生格以内。格小不过三寸，轮又甚窄，如何能容？身子似忽被甚东西吸引，刚刚觉出，身已到了轮上。又觉地方甚大，二人各不相见，也未见轮转动。猛然心里一迷糊，便把本来忘去。只觉命门空虚，身子奇冷，四肢无力，身子被人抱住，正在擦洗，疼痛异常。

从此，二小便要在幻境中经历三世。而他们所经历的幻境，又都完全一样，所以不必分开叙述。闲言少说，书归正传。

且说二小睁眼一看，身在一家茅屋以内，面前立着两个中年贫妇，土炕上面围坐着一个贫妇。室中霉湿熏蒸，臭气触鼻。再加上一种热醋与血腥汇成的臭味，中人欲呕。想到外面透风，身早被人装入一个中贮热沙的破旧布袋内，卧倒床上。用尽力气，休想挣起。只听产母与炕前二贫妇悲泣怨尤之声，凄楚欲绝。一会儿，又听屋外幼童三五，啼饥号寒，与一老妇哄劝之声。室内是昏灯如豆，土炕无温，越显得光景凄凉，处境愁惨。自觉身有自来，以前仿佛与人有甚约会，记得只要立志积修外功，便可成仙，所遇都是仙人，不是这等贫苦所在。照这情景，分明已转一世，投生到这家做了婴儿。又好似经历甚多，怎都想它不起？越想越急，越急越想不起。再见满室愁苦悲戚之状，不觉伤心，放声大哭起来。

哭了多时，也无人理。只隔些时，由一老妇将自己抱起，将那半袋沙土略为转动，仍放炕上。先见的两贫妇更不再见。自觉皮肤甚细，自腹以下全被沙土埋着。老妇每一次把自己翻身，肤如钊刺，又痛又痒，难受已极。生母难产，不能转动。到了次日，好似怜爱婴儿，渴欲一见，竟不顾病体，强忍痛苦，口中不住呻吟，缓缓将身侧转向里，颤巍巍伸出一只血色已失、干枯见骨的瘦手，来摸自己的脸。二小虽不在一处，幻象皆同。见那产母年虽少艾，想因饱经忧患，平日愁思劳作，人已失去青春，面容枯瘦，更无一丝血色。这时两眼红肿，泪犹未干，却向着自己微笑抚爱，低唤"乖儿"。好似平日受贫苦磨折，以及十月怀胎，带孕劳作所受的累赘和难产时的千般苦痛，都在这目注自己，一声"乖儿"之中消去。不用激动天性，感到慈母深恩，觉着此乃惟一亲人，恨不能投到母怀，任其抚爱个够，才对心思。无如身不由己，又不能出声，只把嘴皮动了两动，说不出一句话来。产母见婴儿目注口动，先说了句："你知娘爱你么？"忽又凄然泪下，悲叹道："我儿这样聪明，你爹如在，还不知如何疼你呢。如今完了！"跟着便自怨自艾，哭诉命苦。

二小一听，才知这家原是士族。乃父学博运蹇，娶妻以后，家境日落。连婴儿共产七子，生母怀孕后不久，生父便染时疫而死。年未四十，遗下母妻幼子，一家九口，全仗母氏劬劳，苟延残喘。难产无力延医，家又断炊。幸邻里仁厚，略为资助，勉强保得母子平安。无如来日大难，不知伊于胡底。祖母适领诸兄前往戚家就食，就便借些银、米，尚未归来。平日受尽恶亲友白眼作践，身世孤寒，处境艰难，非人所得而堪。越听越伤心，不禁哀哀痛哭起来。产母一见儿哭，当是隔了一日夜，腹中空虚。忙停哭诉，将微弱无力的手伸出，将儿抱向怀中喂乳。二小见母氏气喘力微，强忍痛苦之状，越发伤心。无奈话说不出，不能达意，任其抚抱，心如刀绞，无计可施。勉强止哭，吃了两口。由此便就母怀，渐渐非乳不可，对母也越依恋，每日只在奇贫至苦的光阴中度过。看着母氏劳苦，欲解不能，终日心痛，情逾切割。祖母多病，诸兄又复年幼顽皮，重累母氏，多加忧急。端的度日如年，莫可奈何。

好容易挨到周岁过去，能够勉强开口说话，常逗得母氏一张满布皱纹的脸上有了笑容。忽又遭逢瘟疫，全家病倒，祖母诸兄全都病死，只剩母子二人。得人资助，薄殓以后，过了数年，总算家累大轻，差可度日。母氏因痛诸子均亡，只此遗孤，又极孝顺灵慧，爱如珍宝。加以年景甚丰，在母子勤苦劳作之下，日渐温饱，居然过了五六年的好日子。苦极回甘，快活已极，只求常驻慈辉，富贵神仙均所不易。那初生时的零星回忆已更渺茫，有时也还想起此生之来必非无因。但以慈母深恩，不舍远离，如何肯作出世之想。年至十八，忽发窖藏，顿成巨富。母子想起以前受苦，推己及人，力行善事，一节一孝，又肯博施济众，誉腾邦国，蔚为人望。正当极盛时代，老母忽然寿终。自来生死之际，情分越重，越发痛心。何况生自忧患，母慈子孝，安荣未久，忽焉见背。端的是人间至痛奇悲，无逾于此，泣血椎心，自毋庸其细述。

丧葬以后，想起慈恩未报，日夜悲泣，誓修十万善功，为母祈福。初意财多，可以易举。不料连遭水火刀兵与瘟疫之厄，由二十岁起，在二三十年中，无日不在颠沛流离，出死入生之中，再没享受过一天。但仍记得那十万善功，誓欲修积圆满。中间落在乞讨之中，仍以济人为务，也不知历尽多少艰难困苦。有时遇到危难，人谓度日如年，他比如年更甚。似这样从初生起，一日有一日的疾苦悲愁。直到六十岁善功圆满，因为一件极烦冤愁苦之事而死。此生中间，仅有短短几年小康和半年安享。但是造化弄人，特为增加他日后的苦痛而设。二小偏偏真灵不昧，始终持以至性毅力，坚忍不拔，从无一句怨尤，也没做过一件错事。此乃初次转劫之相。所历虽均庸德庸行之常，但是本来都忘。如非本身天性纯厚，善根坚固，稍一失堕，立堕前功，看去容易，实则艰难。

及至一劫转罢，还了本来，方觉元神重入转轮，身已化生。此番仍由婴儿起，只是生居富贵之家，夙因也还未昧。除不知因何投生，忘却大师用佛法自为轮回，助使成长一节外，前生之事依稀记得。这一次道心愈坚，自从能行动说话起，便一心慕道。尽管锦衣玉食，穷极享受，一点不放在心上。二十岁上父母一死，仗着弟兄甚多，便离家出走，到处访求高僧道为师，一直三数十年不遇。中间所受痛苦，以及山行野宿，蛇兽、鬼怪、盗贼的险难危害，又是一种滋味，比起上劫，抵御自越艰难。可是他终不灰心，到五十岁，才遇到一位仙人，但要他选修外功，始传道法。于是又自发十万善功宏愿，积修十年。好容易得告圆满，去寻师父，已早坐化仙去，只留下一封柬帖。照所传授，苦炼三十年，方庆有成。不料妖魔来加扰害，苦斗了七昼夜，备历水火风雷、裂骨焚肌之苦，最终仍是道浅魔高，受尽苦难之余，活活为魔火烧死。当在魔困中，力分难耐之时，居然怕出转劫之事，心神一定，痛苦若失，立还本来，又到轮上。

这三次一次比一次紧要，所受痛苦魔难也愈加重。最后这次，对于前生身为小人，幸遇仙缘，拜云凤为师，因往妖穴盗宝有功而得杨瑾怜爱，代向芬陀太师祖力为求恩的经过，都依稀记得。只把大师后洞石殿设坛，用小转轮三乘妙相代替过去、现在、未来三世，使诸般应受苦孽在幻象中度过，并把三生修积宏愿，日后实践躬行，颠倒命数，移后作前等情，忘了个干净。因想不起后头一段，便觉大师是用佛法使其转世修积，善功圆满，再来接引。又好似自遇大师，已经转过一世情景。因为记得一半来因，向道之心分外坚诚。加以一生下地不久，便丧父母，孤身一人，被一精医道的高僧收去抚养为徒，从小便在空门，易于修为。于是摒除尘念，一意皈依，持戒甚苦。才十余岁，高僧圆寂。没有半年，庙产便吃恶人强占，并将二小毒打个半死，逐出门去。所遇皆恶人同党，休说募斋，连水都讨不到一滴。尽管备历楚毒，饥渴欲毙，受尽恶人凌践，并不以此灰心怨尤，反而视为应受罪孽，誓发宏愿忏悔。重又许下十万善功，并立志朝拜天下名山圣地，访求正道。于气息奄奄、强忍饥渴创伤之中，宛转爬行，逃出虎口。幸遇善士，得保残生，不等痊愈，便负伤病就道。由此破衣赤足，云游天下，仗着师传神医，到处救人。因持戒谨严，募化以一水一饭为度，衣着用物均须自力制作。所到之处，病愈即行，永不受人金帛和水饭以外款待。先将宇内名山宝刹一一拜完，后更遍历灾荒鬼蜮，弱水穷沙。接连三四十年，中间也不知经过多少苦难。凡是人世上的水火、刀兵、盗贼之厄，以及瘴疠风沙、豹狼蛇虎之害，俱都受了个够。绝食绝饭，动辄经旬，往往饥渴交加，疲极欲毙，仍是努力奋志，苦挨前进，出死入生达数百次。至于山川险阻，人之危害，更是寻常，不在话下。

似这样苦行到老，十万善功虽已积满，所向往的仙佛终未遇到。虎口余生，千灾百难之余，手足多半残废。加以积年所受风寒暑湿，一切暗疾，老来一齐发作，就是拄杖膝行，亦所不能。但二小终无悔意，因难远行，又是终身行脚，不受人舆马舟车和一切供养，寄居人所难堪的土洞之内。每日除以独手伐木，穷半年之力制就的四轮矮板车，以一手一脚匍匐划行，出去为人治病外，便是闭洞潜修。因在四十岁上，见所积善功太少，惟求功德早日圆满，每为人治一次病，只化谷麦一撮，即以所化供餐。时光所限，穷一日之力，未必能得一饱。本就不易果腹，这一行动艰难，所居山邑又地僻人稀，每遇无人延医就治，便以草根树皮度日。

又隔些年，偶于静夜悟道。刚刚得了门径，魔头便来侵扰，不是以声色美味各种嗜欲来相诱惑，便以摘发捎毛、腐骨酸心、奇痛奇痒、恶味恶臭来相楚毒，比起以前所受，厉害十倍。二小先是拼受磨折灾厄，时候一久，所受一多，渐渐觉出这些全是幻境，只紧紧守住心神，静观自在，自会消灭，愈发不去睬它。果然魔头伎无所施，俱都退去，仍返本来，毫无痛苦。自幸道基将固，好生欢喜。

正在澄神定虑、默参玄悟之际，忽见师父凌云凤同了杨瑾走来，二小自是喜极，拜倒在地。凌、杨二人见二小道成，甚是嘉勉。随告以小人国内小王有难，被恶弟鸦利勾引妖人前来篡位。因恨二小，将国中童男童女全数杀死，祭炼了一面妖幡，赶来本山，欲擒二小回国处治，以报前仇。随传二小飞剑一口，命其回国勤王，并救亡种之祸。二小闻言，又急又怒，当时拜命起身。才一出门，便遇鸦利同了一些妖人挑着小王首级，在山前指名大骂。二小孤忠激烈，悲忿填膺，随使飞剑和归元箭杀上前去。哪知妖人厉害非常，斗不多时，便将师传飞剑、法宝毁去。如非见机逃遁，几被妖火烧死。满拟逃回山去，哭求师长报仇。才一见面，苦还没有诉完，师父便勃然大怒，说那飞剑乃仙家至宝，不该贪功骄敌，致为妖人所毁。当时变脸，痛打了一顿，逐出门墙。二小吓得心魂皆颤，再四哭求，欲援白阳山贪功受责前例，只要不驱逐，甘受重罚。云凤仍是盛怒难解，坚执不允。杨瑾在旁，不但不像上次暗中行法袒护，反倒助师为虐，在旁怂恿，说二小根骨浅弱，不堪造就，本早应逐出门墙，免贻师门之羞。方觉冤苦万状，气郁不伸，忽闻梵呗之声，远远传来。猛然把前生芬陀太师祖加恩改造之事想起，暗忖："师恩深重，杨太仙师尤为垂怜，出阵虽遭挫败，乃力不敌，平日又无过失，怎会如此薄情？春温秋肃，前后迥不相同，莫非上坐师长乃是魔头幻象？"刚把心神一摄，便听一声清磬，师父和杨大仙师一齐不见。跟着又听芬陀大师在耳边喝道："幻象无穷，还不及早回头么！"

二小直似受了当头棒喝，把历劫三生一切经受全都想起，立即省悟。睁眼一看，身已成了婴儿，只与转轮幻境不同，身子长才数寸，正由芬陀大帅于指上放出内胍金霞，簇拥着全身，停在空中。再看自己两具肉身，闭目垂帘，趺坐原处未动，仍是本来形相，一丝未变，也未成长。先还担心最后一节为魔所迷，曾入幻境，惟恐功败垂成。及朝大师顶礼膜拜之后，看出面现喜容，行法极为庄严慎重，料知好多坏少，才略放心。不敢妄动，合掌肃立光霞之中，任凭施为。大师一手指定二小元神，一手掐诀，口诵真言，渐觉金霞越来越盛，好似有质之物，通身俱被束紧，动转不得。先后约有刻许光景，忽随大师手指，缓缓往原坐处拥去。到了各人肉身头上，四外金霞压迫越急，只有下面轻空，身便往下沉去。低头一看，原身命门忽然裂开，知道元神归窍。上面金霞又往下一压，耳听大师喝道："元神速返本体，成长还须数日。照我所传潜心内视，返照空明，自有妙用。不可睁目言动，摇荡无神，阻滞生机。"话才听完，猛觉眼前一暗，身子往下一沉，元神化生的婴儿已经归窍，料知大功十九告成。哪敢丝毫松懈，谨守大师法谕，冥心静虑，打起坐来。

大师随即开坛走出。健儿已得极乐真人之助，将姬繁逐走。大师送走真人，把二小脱劫之事告知。并说末一关不能把持，忽为七贼所乘，如非大师以无边法力救助，虽然三劫已过其二，不致全败，将来又须再转一劫。假使后来道心与前一样灵明坚定，不起侥幸之心，一切幻象视若无物，听其自生自灭，一经复体，便可归入本门，不必再随云凤前往峨眉，异日功行圆满，成就更大。虽觉美中不足，即此已是难能，殊堪嘉许。此去峨眉还当别降殊恩，赐一佛门至宝，使其立功自见。说完便留了一纸手谕，命交杨、凌二女。将健儿带至法坛，令其守护至天明。大师自往前殿，便未再来。

二小由小转轮中炼就元胎，肉身又经大师赐服自炼灵丹，所以元婴一归窍，便自缓缓成长。等杨、凌、叶三人进来，一昼夜的工夫，已经长成八九岁大的幼童。体格面容更是珠辉玉映，神光焕发，仙骨仙根，迥与前次不同了。手示所留法宝放在坛上，还有两柄月牙形的戒刀和两粒念珠。杨瑾知此二宝一名毗那神刀，一名伽蓝珠，均是大师昔年初次成道时所用防身之宝。威力灵效虽比本山法华金轮等四宝稍逊，也非寻常法宝、飞刀所能比拟。尤其是专制魔鬼妖魂，另具一种妙用。便和叶、凌二人说了，俱都叹为异数，各代二小欣幸不置。

杨瑾见健儿满面羡妒之色，笑道："自来大器晚成。李真人法宝最多，自成道以来，轻易不见他用。只要你异日好自修为，还怕得少了么？"叶缤笑道："话虽如此，我看他终觉可怜可惜。我的法宝他多不能使用。谢道友近四甲子以来，炼了好些法宝，被他仙都山中两孪生义女讨去不少，大约身边还有。等到峨眉相见，我慷他人之慨，要了来，转赠健儿，做见面礼吧。"健儿闻言，喜出望外，忙上前叩谢不迭。云凤也觉他向隅可怜，想起前在白犀潭得了两柄钱刀，本意沙、咪二小一个一柄。今见二小各得两件佛门异宝，本欲中止前念，赐一柄与健儿。及听叶缤一说，又想健儿尚无甚法力传授，来时颠仙又曾说此宝和那神禹令均须加功修持，自炼一次，方不致被外人觊觎，乘隙夺去，恐健儿拿去不能保持。又是双的，不便分拆。还是将来再说的好，话到口边，又复缩住。

杨瑾奉命代师行法，陪着叶、凌谈了一阵，自去坛上施为。行时笑向云凤道："你这两个高足，三四天内即可成就，你是要高要矮，要胖要瘦？说出来，我好照办。"云凤还未开口，叶缤笑道："谢道友百十年前收了两个义女，因他素喜幼童，至今两女仍是十二三岁少女相貌，十分天真美秀，实是引人疼爱。听说峨眉门下尽多仙童，既然其权在你，何不把他们变得乖巧好看一些？仙家不比凡人，要那魁梧奇伟相貌何用？"云凤也觉身为后辈，未入师门，先自收徒，已属不合，再带两个比自己还要高大的徒弟前往参谒师尊，未免不称，易为同门所笑。听余英男说，李英琼、齐霞儿的徒弟也是矮子，便在旁附和，最好是长到十几岁的幼童，太高大了倒不好看。杨瑾含笑允了，随令云凤陪伴叶缤，自去坛上主持行法。

沙、咪二小最为发奋，虽在幻境中受尽苦难，连冒三次奇险，行法人却少费许多心力。并且最紧要的难关已经渡过，魔头已不再来侵害，大师佛法高强，防范又极周密，一切仇敌外邪均不能闯入。以后只须依样施为，一点也不费事。叶缤先想到后殿看完二小，再和杨、凌二人聚谈叙阔，候到明早，再去探看大师归来，以便求教，请其指示玄机。身才进洞，全殿便被佛法封锁，四外金霞环绕。杨瑾上坛行法之时，又忘提起，也就罢了。

叶、凌二女本是一见倾心，这时晤面一室，促膝谈心。一个见对方道法高深，备极倾慕；一个见对方慧根夙具，吐属娴雅，意志高超。双方又都容华美秀，清丽入骨。由不得互相爱重，越谈越投机，顷刻之间便成密友。云凤始觉杨瑾前生是自己祖姑。分陀大师尽管谦抑，与峨眉诸长老论平辈，实则辈分最高，诸长老仍以前辈之礼相见。叶缤是杨瑾两生至友，如何敢齿于雁序？因在白阳山，杨瑾再三说："我前生虽是你的尊亲，然而今生已经易姓。自来今生世人，前生多有关联，辈分相差，往往颠倒，不过前生之事俱记不起罢了。譬如我和常人一样，不记前生，甚且由你接引，拜你为师，难道你也叫我祖姑么？出家人只论今世师徒辈分，不以前世尊卑为序。恩师与诸正教中道友多半两辈交情,因非本门,不相统属,仍是各论各的。尽管外人对她尊崇,从不以前辈自居。你真非谦不可,不肯用同道师姊妹称呼,你呼我为瑾姑,以示与外人有别足矣。"云凤争论了几次,最后只得允了。自从二次和叶缤见面,知道叶、杨二人交情以后,便据前例呼作缤姑。叶缤执意不肯,说:"瑾妹劫后重来,如论今生,我和你相识还是在前。我平生最不喜做人尊长,除我岛中门人侍儿和仙都二女外,多是平辈姊妹。你这样称呼,反不亲切。最好各交各的,仍作姊妹,岂不亲切得多?要这空名做甚?"云凤虽只二三日工夫,已看出叶缤外和内刚,心念所及,便难摇动。也只得恭敬不如从命,改称为姊。叶缤初见云凤时,便知将来必有相须之时。自己素不喜与外人交往,峨眉门下无甚知交。还疑萍水相逢,异日难得常见,到了用时不便相烦。不料既与杨瑾两世渊源,云凤人又这样谦恭诚恳,对己倾慕非常,断定将来隐患可除,越发欣喜,由此三人成了至交。不提。

第二〇八回　踏雪赏幽花　玉雪仙婴双入抱
　　　　　　　飞光惊外道　金乌邪幕总无功

光阴易过，不觉满了七日期限。健儿正从殿旁一间小石室内端了一盘煨芋和一些鲜果进来，与云凤食用。忽见金霞飞起，一闪不见，同时现出整座法坛。杨瑾手掐法诀，面向里立，口中梵呗之声刚住。再看沙、咪二小，身上仍各围着一片布单，低眉合眼，端坐原处，人已长成十五六岁幼童形象，面前却各多了一身道童装束。随听杨瑾道："你二人原有衣履已穿不得，急切间无处觅取。是我这两日乘着行法余暇，将昔年上山时俗家父母所赐的两匹绸缎制成两身道装，与你二人穿用。尘世华服虽非修道人所宜，但此物乃今生父母所赐，当时不忍过拂亲心，带上山来，又不愿以此济贫，留存至今。现时想起年久难免朽坏，我又要它无用，你二人此时又无衣着，正可暂且穿用。等到峨眉拜谒教祖，赐了穿着，再行更换。现在佛法已经圆满，等我三人走开，速速换好相见吧。"说罢，便同叶、凌二人同往前生居住的小石室内相待。

沙、咪二小也真勤谨，自从元神归窍，便照大师所传，运用玄功，静俟成长，一毫都不曾松懈。杨瑾再施展佛法相助，长到预拟身材，方始停歇，专做骨髓坚凝功夫。到第七天上，二小自觉人功告成。因原着衣履已在婴儿刚成长时被大师行法脱卸，身上只围着一片布单，正愁没有穿的，闻言大喜，连忙睁眼欲先谢恩时，三人已回身走去，喜洋洋纵下座来，拿起新衣，匆匆穿好。

健儿在旁见二小七日之内居然成了大人，虽然不免妒羡，也代二小欢喜不已。一面忙着询问经历，一面帮着二小穿戴。二小见他仍是貌躬小弱，同来四人只他最为本分，所遇独最落后，相形之下，好生不安。健儿见二小喜容速敛，对己关切，也颇心感，便把日前遇合略为告知。二小闻言大慰，重又喜气洋洋，你一言，我一语，互相劝勉问询，乱了一阵。

跟着穿着停当，忙同赶往隔室，见了三人，纳头便拜，伏地不起。因是感恩太过，二小俱都啼笑相连，泪流满面，话反一句说不出来。连带健儿也不禁泪下。杨瑾见状，笑道："你们至诚心意，我已知道，不消说了。日内将带你们同往峨眉，师祖还赐你二人各有两件法宝，少时便须传授。且和健儿到外面谈一会儿再来吧。"二小越发大喜，又叩了一阵头，方始起立，转身欲行。杨瑾看出二小想要出洞，便问往哪里去，二小颤声答道："还没有向太师祖谢恩呢。"杨瑾笑道："师祖转轮妙法，大干造物魔鬼之忌，除法坛外，全洞均经佛法封禁，我还未撤，你们怎走得出？并且师祖此时已应人约，出山未归，佛缘只此。就能见一面，也须将来，在去峨眉以前，是见不着了。健儿已蒙极乐真人收录，他此时正把你二人当做识途老马，急欲一问幻象中的情景，向道心切，可爱可怜。故此好多话未说，便令你们到外面畅谈，莫辜负他盼望。我们也有话谈，快些去吧，唤你们再来好了。"三小领命走出。

云凤见二小肩披鹅黄色荷叶云肩，头绾抓髻，短发拂额，甚是疏秀。上身穿短袖衫，下身穿短裤，腰围湖色缎战裙，足穿芒履。一个剑眉星眼，英姿韶秀；一个灵秀异常，精悍现于眉宇。俱就原形放大，只多了一身仙风道气。本来相貌英俊，加上这身装束一陪衬，直和想象中的天府金童相似。好生欢喜，直向杨瑾称谢。叶缤也是赞不绝口。杨瑾便问："比仙都二女如何？"叶缤笑道："这个难说。二女乃是孪生，我自出世以来，就没见过这样生具仙骨仙根、美秀灵慧的少女，异日一见自知。除这二女外，只见到这两小人，所以赞美。听说峨眉颇有几位年轻的道友，不知如何？前见三英中的余英男，根骨自是上品，如论容貌，似尚稍逊。即便能有比她还强的，要像二女的天真可爱，却恐未必呢。"

杨、凌二人闻言，好生惊异，便都记在心里。随把大师手谕所示此行机宜和神鸠、二小安排，商谈了一阵。然后唤进二小，传授法宝，撤禁出洞。

去到前殿一看，芬陀大师尚未归来，只剩那只恶骨已化的独角神鸠守在殿里。此鸟本已通灵，自经大师连日佛法度化，业已悟彻前因。因不复仇视，知道杨瑾是它主人，见面便即长鸣示意，甚是亲昵。只有周身仍被牟尼珠所化金光彩虹围绕未退，似耐不住法宝威力克制，以前凶焰尽敛。杨瑾过去一抚弄它，便现乞怜之色。杨瑾笑道："我师父因你凤孽太重，意欲挽回他年劫数，本定为你代去恶骨之后，再用十日苦功，玉汝于成。不料你孽重难挽，适有要事出门，不能如愿。欲借此宝之力，助你脱难，但我佛门至宝，外人初授，万难佩用。你无此宝防身，眼前一场大劫便躲不过。为此使你暂受磨炼，再有两三日，便能以你自身元丹与此宝相合运用。恐你恶骨未化，野性犹存，难于忍受，一有反复，不堪造就。因此不曾明说，却早留有手谕，看你福缘如何。今我见你果能心念纯一，不生恶念，实堪嘉许。现时忍受，关系目前大劫与他年成败。话已说明，难道还不明白么？"神鸠闻言，好似省悟，又欢鸣了几声。大小六人，便在殿中落座。

又守候了几天，神鸠忽由金虹中脱身飞出。杨瑾知它到了火候，便照大师手示，命它吐出元丹。一面指挥金虹，教以临敌运用之法。次早两童一鸠，俱都训练纯熟。云凤嫌二小名字不雅，沙沙赐名沙馀，咪咪赐名米馀。二名均系"二小人"三字合成，以示出身僬侥，不敢忘本；兼寓二人合力同心，共修善业，是二实一，是一实二，不可分拆之意。杨瑾本想多训练两日再走，叶、凌二女心切观光，俱欲早往。略为商量，便将贺礼带好，连同神鸠一齐上路。

飞行迅速，不消多时，便抵峨眉后山。那二十六天梯在凝碧仙府的东南，只杨瑾一人前生去过，还是因事绕行，依稀记得，知道不是往仙府的正路。嵩山二老既令在此设伏，必有原因。算计快到，便把遁光降落。正在查看沿途地形，忽见右侧相去里许，有一簇淡烟飞扬。如换旁人，早已疏忽过去。杨瑾因见当日天气格外晴明，那烟摇曳空中，看去稀疏，烟中景物却被罩住，什么也看不见，只管随风飘荡，并不扬去。又记得那二十六天梯是座矗起岭背的高崖，三面削立，独偏西一面散列着二十六处天然磴道，可以盘旋曲折上升崖顶，崖势孤突，极易辨识。可是就在近侧一带，竟未寻到，心中奇怪。运用慧目细一查看，那烟果是人为。同时叶缤也已看出，对杨、凌二人道："那旁烟雾，分明是异教中散睛迷踪藏形之法。能做到似烟非烟的轻灵地步，必非寻常人物。开府盛会在即，峨眉诸位长老怎会容他在此卖弄玄虚？我们既然路过发现，何不上前查明来路，少效微劳,将它除去,免在仙府左近惹眼?"杨瑾略一沉吟,忽然省悟道:"我想起来了,那有烟的所在,正是二十六天梯那座危崖。姊姊请再细看,此烟虽是旁门法术,但是正而不邪。闻得峨眉门下尽多出身异派之士,也许奉命来此有甚布置,也未可知。否则此崖原为应付妖鬼徐完之地,怎会容异派中人在此逗留作怪?我们近前一问,自知就里。如真是个异派妖邪,以我们三人之力,除他也非难事。"

说罢,各将遁光一偏,连人带神鸠,往那有烟之处飞去。忽见烟中飞射出几道光华,从对面迎来。三人一看,知是峨眉门下,忙把遁光降落相待。来人也自飞落,互相见引。叙礼之后,见来者共是五人,除余英男曾在元江见过外,下余一是三英中的李英琼,一是元元大师弟子红娘子余莹姑,一是墨凤凰申若兰,一是女神婴易静。同奉师命,率了齐霞儿的弟子米明娘、李英琼的弟子米鼍、刘遇安来此修建茅篷,为古神鸠和沙、咪二小藏伏之所。并在二十六天梯下面乌龙岭脊上,分五方八面设下禁制,以备诛戮徐完带来的三千妖魂。申若兰在红花姥姥门下多年,深知各异派妖邪虚实禁忌。知道徐完所经之处,一切凶魂厉魄无不俯首皈依。与仇敌交手,事前常命门下妖鬼四出窥探,来去飘忽,瞬息千里,防不胜防。五人又各有职守,只米氏兄妹、刘遇安和新来的二小人主持阵法。当此强敌,惟恐行法时走漏机密,吃附近游魂厉魄和来的妖鬼看破机密,预向徐完禀告,出甚差错,特施此法,将那一带地方掩蔽。遥见众人飞过,正值布置停妥,只刘、米兄妹三人还在演习,英男、莹姑又认出来人有叶、杨二人在内,知与抵御妖鬼有关,忙同迎来。匆匆说罢前事,便由易静领路,指说妖鬼来的途径与应付机宜,往烟中步行走去。双方多半初见,均互致倾慕。

一会儿行近,易静、申若兰各自行法,将手一指,杨、叶、凌诸人便由岭脊上移向淡烟之中。叶缤这才看出里面还设有一层禁制,如非易静用缩地移形之法进去,自己和杨瑾虽然不怕,云凤等不知误入,便吃不住,外人更是休想闯进。再一细看,这五人个个仙根深厚,尤以二英、易静为最。峨眉弟子才见数人,已是如此,无怪门户光大,冠盖群伦了。刘、米兄妹见三个到来,知是尊长,慌忙一齐拜倒,又与沙、咪、健儿分别叙礼。英琼、若兰都是天真烂漫,稚气未除,一个见了健儿小得稀罕,一个见了古神鸠形态比起神雕钢羽还要威猛得多,俱都赞赏不绝。

杨瑾视察一遍,问知嵩山二老另外还有安排,埋伏的人虽都是峨眉最小一辈人物,料无疏失。便将沙馀、米馀二人连同神鸠留在当地,令随刘、米兄妹息止,不许躁妄擅专。少时迷烟一撤,只那茅篷有二老灵符隐蔽,四外禁制,不到发动,看不出来,仍是原来地形。须在茅篷以内守候,不可走出离篷一丈以外,免被妖鬼看破。嘱咐之后,李、易等五人也须回山复命,便陪了杨、叶、凌三人,带了健儿同往凝碧仙府飞去。

到了后洞飞雷径外落下,对面髯仙的飞雷洞,已被史南溪等华山派妖人上次攻打峨眉时,用妖火震毁。自从妙一真人夫妇回山,知道各派群仙好些都要先期赶来,特地行法,驱遣丁甲,将飞雷故址残破山石全数移去,削出一片平崖,建了一座广大亭子。每日命众弟子分别在亭内洞口两处轮流守候,延接仙宾,并防妖邪乘隙闯入。众人到时,正该金蝉、石生二人值班延宾,石奇、施林把守洞口。一见众人飞落,金蝉、石生都爱健儿,抢着引路延客。李英琼笑道:"原是客人新来,才命你们分出一人接引,现有我和诸位师姊妹陪客,还要你们何用?你两个不是因为我说那姓谢的孪生姊妹要来,怕有妖人随后追赶,特地向大师姊讨令,情愿在此守望,为她打接应么?等才半日,怎又想离开了?"金蝉道:"我真上你的当了。只说那两个姑娘小小年纪,竟有这么大本领胆子,敢和轩辕老怪为敌,惟恐万一被人追到此地,她义父未来,吃了亏,特意把众同门新传的七修剑和文姊的天遁镜都借了来,准备给来的妖人一个下马威,试试七修剑的威力。哪知等了大半日,连和石弟在空中眺望好几次,只把客人接到了几位,妖人和那双胞姑娘不见一点影子。还不如在里面和诸位师兄师妹说笑有趣呢。"英琼抢口答道:"小师兄,亏你还说人家小。照爹爹说起来,人家生相看去年小,真论年纪,且比你大得多呢。拿妖人试新传的法宝,这是多好买卖,我谁都没有说,只告诉下清大师,被你听去,总共等了半日,就埋怨人。还是修道的呢,一点耐性都没有。"

叶缤本随杨、凌、易、馀诸人要走,一听二人斗口,心中一动,忙把众人止住,在旁静听。英琼偶一回望,见来客尚在守候,云凤尚可,杨瑾与峨眉两世至交也还勉强,叶缤是外客新来,当着人家争执,自觉失礼,不禁羞了个满面通红,赌气对金蝉道:"我请易姊姊代为复命,你们都走,

2433

由我自和英男妹子接班轮值好了。"金蝉未及回言,叶缤见英琼不往下说,接口问道:"琼妹说那姓谢的孪生双女,何处相识?如何知她与轩辕老怪为敌?还到此地?能见告么?"杨瑾也听出英琼所说,好似叶缤至友谢山昔年恩养的仙都二女谢璎、谢琳,便请众人各就亭内玉墩上落座道:"叶姊姊不是外人,此来专为观光,并无甚事,迟见教祖无妨。就是那谢家二女,却与她有渊源。琼妹请说此事经过,如真为妖人所迫,我们也好早为接应,免有疏失。"英琼便把前事告知。叶缤闻言,才放了心。

原来英琼和周轻云、女神婴易静三人,自从追赶妖妇,误伤红发老祖门下,惹出乱子。逃到中途,又遇李宁父女重逢,带往依还岭绝顶幻波池底,仗着李宁佛法相助,深入圣姑寝宫,得了许多法宝。神雕佛奴也仗佛力救助,脱胎换骨,转了一劫,换上一身白毛。由李宁率领四人一雕,正往峨眉飞行之际,忽见两道红光簇拥着两个白衣幼女,由南而北,往斜刺里山谷中飞落下去,容貌不及看真,身材甚是美秀。四人飞行甚高,又在后面,无甚破空声息,两女飞行特急,其去如电,一点也未觉察。英琼见二女身材幼小,至多十二三岁,却有这么深法力,剑光又是正而不邪。知道各正派中剑光,除却本门金蝉的霹雳双剑一红一紫,还有凝碧仙府新出世的七修剑中,有一口是火红色外,似这样宛如朱虹的飞剑,却未听说过,首先觉着奇怪。想跟踪下去,看个仔细,强要乃父停住,一同降落。李宁只把遁光停住,笑道:"我已不喜种因,我儿怎如此喜事?"英琼笑道:"不是女儿多事,只为常听师长、师兄姊们说,如今正邪两派都在物色门人,有许多人都被异教网罗,入了歧途,造孽无穷。我们如能度到一个好资质的新同门,免被妖人物色了去,便无异多积好些善功。那两个女孩比女儿还小,有此本领,根骨必然甚厚。这点年纪,师长决不会在妖邪横行之时,放她们轻易出游,那去的所在又不似个修道人寄居之所。听说近来散仙修士为避四九天劫,故意兵解者颇多。万一此二女师长新逝,妄自下山,或是一时无知,大胆出游,遇见妖人强迫收去,岂不可惜可怜?好在离开府还有些日,也不急这片时耽搁,先看明了她们的路数,相机行事。果如女儿所料,由爹爹援引,度入本门,岂非佳事?"

易静也觉二女形迹奇突,说:"这种红光飞剑,只有一位前辈散仙运用,但只听说,没有见过。尤其此人得道多年,绝无娶妻生女之事,连男弟子都不肯收，何况女孩？"相助英琼，在旁怂恿。李宁笑道："既你二人一定要去，我和轻云在前面山头相候也可。不过现在异人甚多，极乐真人便是幼童形象，就你易姊姊也是生来矮小，宛如女婴，但功行法力，哪样不是极深造诣？切不可以相貌长幼定人高低。此去先莫露面，只由易姊姊用隐形之法暗中窥伺。等你俩走后，我往前面山头入定，默查前因，自知就里。她那飞行虽快，自问还能追上，等你二人回来，我自有区处。如有师长便罢，否则，决不肯令其陷入旁门便了。轻云随我护法，你们去吧。"

李、易二人大喜，忙即隐形，尾追下去。落地一看，那地方乃是一条广长山谷。当中一段最宽，林木也最多，内有十几株索不经见的奇树。那树下半干粗皮厚，苍鳞如铁，高约三丈。上半不生旁枝，却生着数十百片长达丈余的翠叶，纹理形态俱与芭蕉无二，只是宽大得多。叶丛中心有一独茎挺生，色如黄金。茎顶上开着一朵海碗大的红花，莲瓣重叠，色甚鲜艳。围着花底，生着一圈长圆六棱，与茎同色的拳大果子。易静认得此树名为佛棕，又名陀罗蕉。此树冬夏常青。每十三年结实一次，虽不似朱果、萍实之类仙果灵效，却是色香味三绝，服了也可长生。只是此树秉磁铁精气而生，除铜椰岛有百十株外，只南海大浮山有一落星原，因是陨星所化，所产独盛，不知怎会在此生长？

正寻思间，前见二女忽由林内走出，红光已经敛去，各人手上拿着十多枚佛棕果，一同跳跃而来。内中一个，从身畔取出一条薄如蝉翼的小网兜，向空一掷，立时乌云缭绕，展布开来，约有丈许大小，撑空悬在路侧大杉树上。然后喜滋滋走到佛棕林中，飞升树杪翠叶之上，拣那成熟肥大的果实往网中投去。互相往来纵跃，于红花碧叶之上，宛如蜂蝶穿花，轻灵已极。英琼、易静见二女年只十二三岁光景，俱生得粉妆玉琢，美秀绝伦。各穿一身极淡雅的古仙童装束。罗裳霞帔与冰肌玉骨交相映衬，宝焕珠辉，清丽绝尘。最奇怪的是，二女不但装束一样，宛如本是一人化身为二，尤妙在每人脸上各有一个酒涡，神情举止又极天真，满面俱是喜容。稍一说笑，颊上浅涡便嫣然呈露，使人见了加倍爱怜。不禁又惊又爱，看得呆了。

英琼更是觉得自出生以来，也没有见到过这等美妙少女。同门师姊妹虽有好几位极美的，但都不是这么小年纪，多少总带一点成人气味，以彼例此,微嫌英芒外露。尽管一样明珠美玉,光彩照人,总不如这两少女于极美丽中,带着几分憨气。一见便恨不得常与相聚,尽量爱怜,才对心思,越看越喜欢,几欲想要现身相见。易静毕竟见多识广,上来也和英琼一样,诧为仅见,怜爱非常。再定睛仔细一看,二女举止纵跳虽极天真,但那一身仙根道气,绝非十二三岁少女所能到此,如说是已修成散仙的元婴,神情体态又都不似,与峨眉诸新进弟子和自己的道路迥乎不同。分明循序修炼,自然修积,并非法宝灵药之助到此地步,少说也有百十年功力,年纪偏又这么轻。如说是天上金仙孕育灵胎,岂非笑话,万无此理。怎么查看,也看不出个就里,断定有大来头。想起来时李宁叮嘱,恐英琼喜极忘形,冒失出去,说错了话,遭人耻笑,再三拦住。仗着隐形神妙,在侧窥伺。

二女一会儿便将成熟的果子摘完,投入网中。又把秀发披散,禹步行法,手掐灵诀,绕树三匝,手向树根连指,树顶花心一缕青烟冒过,那些生果立即成熟。二女一一采下,投入网中。见树上已空,手扬处,网兜飞下。那果共约百枚,每枚长有四寸,粗约二寸。本是一大堆,及到网中取下,看去不过拳头大小。二女看了看,由一个将网兜系向腰间的绢带之上,同声笑道:"主人必当我们由大浮山犯险得来。一送礼便是客,不愁门上人不放我们进去了。"语终人起,手扬处,便是两道朱虹破空飞去。

英琼不舍要追,易静道:"此树离却本土不生,必是二女所种无疑,幸喜没有冒昧摘取。这孪生女子休要看她们年幼,实年当在百岁左右。我也不少知闻,竟没听说有此二女。此事太奇,且等见过伯父再说,免被外人见笑。"说罢,同了英琼正要起身,前面金光一闪,李宁已率轻云降落。不等问,便先笑道:"你们可探出二女来历么?"易静说了前事。李宁道:"难怪贤侄女不知底细。我适才静中参算,此二女乃是一母双生,因遭母难,受一姓谢的散仙恩养,修炼已逾百年。谢道友向不收徒,况系女子。一向由她们在浙江缙云县仙都中潜修,终年白云封洞,四外都有禁制,又不向人提说,所以知此事的只三数人。这次乃是背了恩父,私用法宝裂开石山,闯出禁地,欲往峨眉观光。无如修炼虽然年久,外面山川途向全都不晓,性又清高,不喜向俗流问询。自恃飞行迅速,以为峨眉是在西方,径往西行。此地名为灵树谷。崆峒老怪轩辕法王第四门人毒手摩什,知道谷底藏有无限磁铁,特由大浮山抢夺了十三株佛棕移植于此,每十三年采果一次。

平时本有禁制，今早妖徒来此查看，见果要在明日中午始能全熟，知道此谷偏僻，景物不佳，一向无人经过，那禁法行使极为烦难，以为不致出事，一时偷懒，并想抽空往大城镇中寻乐，径自抛下走去。不料被二女无心走来撞见，知是珍品，先采几个吃了。走出不远，忽想起忘备礼物，正好现成，又返回来给它全数摘走。妖人原为老怪喜食此果，千方百计抢夺了来，以讨老妖欢心。本来看得极重，被人偷去，怎肯甘休？此果离树愈久，香气越浓，老远便可闻到。妖巢在大峇山绝顶，高出云表，金碧辉煌，穷极壮丽。二女初次出门，眼力不高，山又正当她们西行去路，胆子更大。望见宫阙巍峨，必疑是峨眉仙山楼阁，上前问询。这等美质，便无故遇上妖人也不肯放松，何况又盗了他的珍果。香气一透，又不知隐藏，如何还容她们脱身？照我推算，此时想已与妖徒们对面了。"

英琼不等说完，便失声"哎呀"道："这怎么得了！好爹爹，我们快救她们一救吧。"易静虽知轩辕老妖为方今各异派妖邪中第一等厉害人物，便是他手下五个恶徒，也各炼有一身极恶毒的妖法，非同小可，入耳未免心惊。及见李宁神色从容，知他不会坐视，不是二女道法高强，能够脱身，便是别有救星。见英琼满脸惶急，轻云也跟着力请："伯父快去救援。"正想开口说："伯父佛法高深，早已前知，二女必可无害。"李宁已笑对英琼道："我儿总是性急，好插嘴。我话还没说完呢。我虽然不喜种因多事，却照我法随缘行事，既然遇上，便是缘数，焉有漠视之理？不过我以汉代高僧，一念之差，轮回七世，全仗恩师超度，今生垂老，始完尘孽，得返本原。已在师前发下宏愿，从此不开杀戒，专心度世，以修善业。但二女所遇妖徒均是极恶穷凶，便我佛慈悲，也须任其化为虫沙，始能度化。我既不开杀戒，正好由二女先去除掉几个，等到二女快要受陷，再去救援，岂非一举两得？"

英琼仍不放心道："谢家二女人小力微，怎是妖人对手？又有尔徒之仇。万一我们去晚一步，就不送命，受一点苦，也叫人心痛，何况还危险呢。爹爹不开杀戒也好，我们早点赶去，隐在旁边，连女儿和二位姊姊也不动手。专等她两个杀完妖徒，快要被困时，救走多好，还是快快走吧。"李宁笑道："我不杀人，却等二女杀了人之后再去，已算是启了杀机，再要目睹其事，成何道理？我佛家心光遁法，快慢由心。你就磨着我先走，到彼也恰是时候，不会在先，何必忙呢？"英琼央告道："女儿实爱极她两个，担心极了，连叫她们受个虚惊都舍不得。情愿爹爹快慢由心，按时到场，莫要错过便好，总比在这无趣的山谷里呆等放心些。女儿先只见她们照直飞起，飞得极高，晃眼不见。如看出方向，知道那山所在，已和易姊姊先追去了。"李宁道："你三人先走也好，神雕佛奴可留在此。由此往西北过去百余里，望见山中宫阙，便是妖巢。妖人厉害，寻常正派道友都不愿由他山前经过，以免生事。你们虽然无妨，也须小心。"

英琼一听路隔这么近，越发心急，如非周、易二人静听李宁吩咐，不等说完，已自先走。当下李、易、周三人一声招呼，便同往前飞去。飞不一会儿，遥望前面高山矗立，高出云外。当中顶上现出一所宫阙，果然光霞灿烂。妙在看不出一点邪气，如非事前知底，谁见了也必当是正派中仙人宅第。易静连用慧目一看，二女红光正在云烟缭绕的殿外广场之上，和两道乌光、一条绿气驰逐争斗。随见一蓬花雨由红光中飞射出来，两道乌光立时了账消灭。紧跟着耳听龙吟之声，宫门内倏地飞出千万朵乌金云团，各自旋转如飞，由小而大，旋起无数漩涡，由高空飞起，晃眼连成一个其大无匹的天网，向红幕光中罩去。知是妖人所炼最厉害的邪法金乌障。二女红光已落罗网，危机瞬息。忙喝："周、李二位妹妹，速将双剑合璧，随我同上。"

说时迟，那时快，三人剑遁迅速，当发觉时，已经飞近山头。到了金乌色云光边际，刚刚会合深入，一眼瞥见地上倒着三堆血肉，二女红光被两条绿气双双绊住，天幕虽未绝情下落，一经罩定，便如影附形，万难脱身。易静明知危险，一则恃有紫郢、青索双剑合璧，又自有七宝防身，更有李宁大援在后，三人救人心切，便闯了进去。只见殿台阶上站定一个形态丑恶、面如锅底、穿得非僧非道的矮胖妖人，正在手指妖云，恫吓二女降服，免得云光一合，化为脓血。忽见三道剑光由外闯进，知道内中双剑来历，又惊又怒，忙把右手一扬，五指上各射出一道极强烈的乌光，随着手指动处，朝三人射去。哪知谢家二女机警非常，一见乌金云幕飞起，身被罩住，妖人再一通名，早知厉害。乘着妖人恫吓喝降之际，表面装作被绿气绊住，暗中各将一件极厉害的法宝取到手内，故任绿气缠绕摇曳，与殿阶相近，猛地运用玄功，两道红光忽然暴涨。绿气骤不及防，立被震散。

同时扬手,每人五道五色星光,照准妖人打去,紧跟着收回法宝。两道红光并为一条,由光中发出一片霹雳之声,两头射出万点雷火,星驰电掣,往云幕外飞去。妖人因后来三人飞剑厉害,只顾先下手为强,做梦也没想到前来二人诈败诱敌。那五色光华捷如雷电,相隔只有数尺,心神又为易、周、李三人所分,瞥见敌人宝光飞到,情知不妙,忙即遁开,已是无及,肩头和胸前各中了一下重的。忿激之下,忙运玄功,伸手去抓,敌人比他更快,这一来又慢了一些,竟被用法宝护身,冲出圈外遁去。易静一见二女打伤妖人,逃出险地,乘机又发了三粒灭魔弹月弩。一任妖人玄功变化,依然措手不及,又中了一下重的。妖人心也真狠,两起同是仇敌,故将后来的舍去,朝二人狞笑一声,双手朝空连指,脚顿处,连身隐去,天空云幕便急逾奔马,朝二女身后追去。

易、周、李三人正等上前拦阻,忽听李宁在耳边低喝:"往右方速退,候我同行。"三人忙即依言行事,晃眼工夫,头上妖云已离开宫前上空,到了前面天边。那两条绿气不知为何,竟未同追,各往宫门内遁去。妖人这等神速,李宁好似才到,不知能否解围?正代二女发急,想要随后追去,身已被佛光托住,却不见李宁人影。微觉眼前一花,再看已在妖宫百里以外高峰之上。李宁合掌正立面前,佛奴飞停空中,似在护法。晃眼二女红光星驰而过,紧跟着后面妖人的金乌色光云圈已铺天盖地而来,眼看首尾相衔,快要追上。忽见李宁一面口中念了几句,右手朝二女去路一扬,同时左手朝前一指。倏地眼前奇亮,万重光霞自天直降,化为一片光墙,将妖人光云拦住。精光万丈,霞彩千寻,立时大地山河全成金色,大放光明,一股旃檀香味弥漫天空。妖人光云来得快,去得又急,未等接触,便风卷残云一般收退回去。这类妖法,只要被光云罩上,便无幸理。二女仗着机警神速和法宝威力,虽乘妖光未合之际冲逃出去,一会儿仍被追上,非此一来,定遭毒手。

易静见佛法威力竟如此不可思议,好生惊服。正欲询问,李宁道:"谢氏二女虽脱毒手,但是今日她们连伤了三个妖徒,妖人也为她们法宝所伤,必不甘休。妖人乃左道中有名人物,受伤乃是一时疏忽所致,伤并不重。适才因我放起旃檀佛光,误以为白眉恩师驾到,当时虽然惊走,恨定不消。因恐恩师作梗,必往西崆峒老怪那里,私用老怪万里传真环中缩影之法,查看仇敌下落。二女此时即往峨眉,也还不会被他赶上。妖人因老怪近知大劫将临,必不肯与峨眉开衅,单凭自己,又非峨眉派对手,许多顾忌。只要二女一进凝碧仙府,便可无事。偏生二女匆忙中又把方向走错,耽误了些时候,恰被妖人查出行踪,赶来寻仇。妖遁迅速异常,终久仍被追上,只不妨事罢了。"

说完,英琼失惊道:"妖人如此厉害,除非爹爹相助,哪有不妨事之理?反正同路,爹爹佛光迅速,何不把她们追上,带往峨眉,见着诸位师长,共商除妖之策,免她们又受惊吓多好。"李宁道:"你们哪知此中因果。二女修炼已逾百年,根骨缘福均极深厚,此次出山,正是因祸得福,将来成就之机。前途正有一个与她们父女极有渊源之人相待,而这位道友,差不多与谢道友同时出家,不过她乃佛门弟子,早已成道多年。最难得的是她道法十分高强,自修行起,便没开过一次杀戒,遇上恶人,全以坚忍毅力感度。如今愿功皆完,住在峨眉西北小寒山山麓一座自搭的茅篷之中,闭关潜修,业已五十三年,不曾出庵一步。静等完了初出家心愿,便即飞升。二女便是她所完心愿之一,那地方上有万年不消的冰雪,下面山穷水恶,亘古仙凡不到,她又一向随缘,永不强求,如非二女把途向走错,怎得相遇?二女此行获福无穷,并且妖人追上时,二女业已飞到峨眉,你同门师兄姊有好些人俱在洞外轮值,惧他何来?本是转祸为福之事,关系重大,我们爱之实以害之。如若真有危难,适才我已将她们留住,带了同行,不放走了。"

英琼等方始默然,仍由李宁用遁法飞行,片刻便到峨眉。进了仙府,拜见妙一真人夫妇和诸长老之后,英琼将幻波池所得法宝、册子一齐献上,妙一夫人见她道行精进,甚是嘉勉,随对易静道:"我日前曾见令师,你的来意,我已尽知。适才已经礼拜过了,且等开府那日,随新进诸同门,重行拜师大典,再定班次吧。"易静造就本深,见多识广,目睹仙府盛况,气象万千,师长多有无边法力,众男女同门无一不是仙根仙骨,福缘深厚,暗中好生欣幸。本意想等师父到来做主,听妙一夫人这样一说,看出期爱颇深,越发感慰,当即拜谢,改了称谓。

英琼终不放心谢家二女,只因老父久违,不舍为此久离。见洞口轮值迎宾的是石奇、施林、孙南、尉迟火四人,觉这四人本领不是妖人对手,又见众师长与父亲正在问询白眉禅师近况，又命众弟子随意别室相聚，无须随侍。想寻一道行高的长辈商量，便退出来，正遇玉清大师。知她智深道高，料敌如神，拉向一旁，告以前事。玉清大师笑道："是谢家二女么？我前听师父说起，真可爱极了。如论追她那妖人，众同门除了三英二云各有仙剑异宝护身，不致为他所伤，余者均恐难敌，只有本门七修剑合璧是他克星。最好是福泽深厚，永无凶险的一二同门，将七修剑带在身旁，必能将他逐走。"英琼道："那七修剑，自从庄师兄来，已经齐全。但听大师姊说，内中还有好些妙用尚未传授，佩带的人仅凭本门心法练习。不知一人独用，能发挥不？"玉清大师笑道："你来晚了，掌教师尊日前已将此剑用法口诀一齐传授，只你和轻云不曾在场。灵云的一口天啸剑改给了金蝉。但那用法一样，一传便会，极为容易，你只把人找到就行。"

正说之间，金蝉、石生恰巧走来。英琼知他最为相宜，头一口天啸剑又在他手。闻言故作寻思，委决不下。玉清大师也只微笑不言。金蝉、石生自从紫云宫大开杀戒，好似得了甜头。新近又得了口七修宝剑，早恨不能找个妖人试手。忍不住插口道："你们要是没人，我去如何？再令石师弟帮我，他也是个有福的。"英琼笑道："这一说，小师兄更是有福的人了。但你私自出洞行么？这轮值的事，归大师姊和秦师姊调度，不知改了没有？如若未改，你便向她们讨令，前往仵云亭，代人轮值。听家父说，二女到洞前才被妖人追上，无须远去，只须多留心，以防措手不及好了。"金蝉喜诺。英琼随把自佩的一口阳魄剑先交金蝉。

正谈论间，在室中轮值的徐祥鹅忽传师令，令英琼、易静、申若兰、余英男、余莹姑进去。五人入内，妙一真人说："妖鬼徐完行即来犯，必须预先布置。你五人可领我符敕，前往二十六天梯，搭一茅篷，以备古神鸠栖息之用；一面照敕施为，暗设禁制。妖鬼机智绝伦，来去如电，党羽极多，休要泄露机密。此外，朱师伯还另有安排。可将英琼新收二弟子和米明娘带去。佛奴、袁星毋庸同往。事完，即留三小弟子在篷内和新来沙、咪二小伏伺，你五人可同回洞。我和诸位道友谈到明早，便须闭关开读师祖洞壁所藏法谕，在内祭炼，须待庚辰日午正，五府同时开辟，方能出洞。在此期间，各方仙宾早到者甚多，我已另派有人接待。但来人中尚有些不速之客，竟欲尝试暗中作祟。由今夜起，便须指示一切机宜。除值班诸弟子外,俱应守候在外应召,不可远离。"英琼等领命自去。

金蝉寻到齐灵云,一说值班之事,竟然应允。又把轻云的水母剑、紫玲的金鼍剑、朱文的赤苏剑、若兰的青灵剑、庄易的玄龟剑一一要来,连同英琼的阳魄及自有天啸,共是龙、蟾、龟、兔、蜈蚣、鸡、蛇七口。临出洞时,又把朱文的天遁镜、司徒平的乌龙剪借来,与石生二人分带身上,一同到洞口伫云亭守候。满拟妖人不久追到,哪知越等越没影子。眼看各地仙山胜域的长幼两辈同道和一切散仙修士相次飞来,却多不认识。因英琼未回,先还恐离开,错过误事,全由石、施二人引导仙人入内。后见久无消息,想起洞中嘉宾云集,不知要听到多少新奇事物,不由心动,想等英琼等回来,入内看上一会儿。所以一见有客,便和石生争着引路。二人至交,一半也是有心说笑。吃英琼用话一将,也就作罢。恰被叶缤听去,暗忖:"昔年问谢山如何不令二女出山历练,曾听极乐真人说,二女另有机缘,不是玄门弟子,成就极佳,尤妙是到处逢凶化吉。李宁乃白眉禅师高弟,夙世因缘,佛法高深,诸事前知。既已救过二女一次,仍令她们受妖人追迫,必有深意存焉。妖人追到时,二女已在峨眉仙府门前,决无吃亏之理。何况还有人在此接应,所持法宝又是峨眉至宝。"越想越放心。听完只向金、石二人谢托了两句,说二女乃至友义女,诸劳相助,容当后谢,便自起立欲行。云凤爱屋及乌,相劝杨、叶二人暂缓入内,且等二女到来,除去妖人之后,一同进见。杨瑾笑道:"你多虑了。这二位道友俱是峨眉之秀,又持有仙府奇珍,区区妖人,何足为虑?你原为专诚拜师而来,虽然崔五姑尚还未到,岂可未见师长,便在洞外与人交手?齐真人闭关在即,现正忙碌。叶姊姊远方生客,初次登门,终以先见主人为宜。"说罢,仍由英琼等五人引进。金、石二人俱都好胜,见杨、叶二人一称赞,心中高兴。好在客已有人引导,便各息了前念,自在亭中等候。不提。

光阴易过。一直守到子夜,休说妖人和谢家二女,连客也接不到一个。计算该是师长指示机宜的时候,也不见命人来唤进去。石奇、施林已由秦紫玲和廉红药来代值。问知妙一真人、玄真子、髯仙李元化各位师长,连同一些与本门有深交的前辈仙宾,还有金钟岛主,已早在中洞升座。除三英、二云和齐霞儿、林寒、诸葛警我八人侍立外,余人俱在室外候召,挨次召进。有的面示机宜,有的还附有法宝、灵符、柬帖之类,各有一定职司。秦、廉二女出时，已差不多分配停当，现正奉命出来，将石、施二人接替进去受命，金蝉、石生二人却未提起。听说只等一位老前辈来，商谈之后，诸位仙长便要闭关行法，静俟到日，运用玄功无上法力，裂地翻山，开辟五府等情。

石生听了，还不怎样，金蝉便发起急来。石生笑道："蝉哥哥，你急什么？听家母和餐霞大师谈说，这次开府，为千古以来神仙未有之盛，大遭异派妖邪嫉恨。各位师长因事关重大，尽管筹计周详，仍是如临如履，众同门各有专责，不许擅自行动一步。你看今夜分配职司，只有限几位师兄姊侍立，得知全局，余人多半单独传见，可见各做各事，不相混淆。事情一有专任，便不能由己心意行动。现时众同门俱已派定，我和蝉哥独未奉使命，旁侍八同门也没听说有什么吩咐。据我看来，诸位师长平日对我们这几人比较期许得深一些，定是别有重任无疑。即或不然，到时有好些左道旁门乘机作祟，我们如有职司，便不能随意敌斗。可见师长自有安排。况且干看着妖邪惹厌，也是有气；何如这样，无拘无束，遇上可以出手的机会，便拿他试试新的法宝、飞剑，岂不是好？"

正说之间，忽听东南遥天际有极轻微的破空之声传来，行甚迅速。二人知有仙长到来，忙即飞身迎上前去。才见遥空金星飞驶，晃眼面前金霞闪处，来人已经现身，乃是一个白发飘萧的老道婆，手里拄着一根铁拐杖，生得慈眉善目，神仪莹朗。只是周身并无光霞云气环绕，好似就这么凌虚飞来神气。同来另有一个十二三岁的少女，也是御着玄门剑遁飞来，一片精光耀目的金霞刚刚敛去。金蝉虽没有见过，却早听师长说过，知道来人乃方今数一数二的老前辈剑仙、江苏太湖西洞庭山妙真观老观主媖姆。同来少女便是她惟一衣钵传人姜雪君，看去年只十二三岁，实则成道已三百年，和极乐童子一样，以道家成形婴儿，游戏人间，师徒二人和长眉师祖俱早相识，近年和诸帅长也常往还。媖姆道法高深，剑术精奇，自成一家。尽管谦和，各论各的交情，诸位师长均以老前辈之礼相待。便此番下帖，也由醉道人亲往西洞庭奉帖延请，甚是尊崇。金蝉不敢怠慢，忙和石生就空中便要礼拜。媖姆师徒已含笑说道："下去再行礼吧。"话才出口，金、石二人便觉身似有甚大力牵引，随同降落，越发惊佩，重又通名跪拜不迭。

媖姆一面唤起，笑对金蝉道："你便是齐道友前生的令郎么？仙根仙骨，果然不凡，和你这师弟真称得上是一对金童，可爱极了。令尊二女二子，前均见过，略有薄赠。只你一人初会，连你师弟石生均极可爱。我也无甚好东西，前在川边青螺峪外昭远寺，收了番僧九九修罗刀。回山之后，又经你雪君师叔亲加祭炼，用它除去了轩辕老怪门下的一个妖徒。老怪平生无仇不报，所杀是他最心爱的大弟子，自然痛恨，只是无奈我何。他知我不好相与，恶徒虽擅玄功变化，难逃我手，自己出面，又恐挫了多年威望。自从妖徒和雪君结仇之日起，便说他一向把定'人不犯我，我不犯人'主意。怪他徒弟不守师训，其曲在彼，一任妖徒自己应付，不加闻问，以为日后掩饰之地。暗中却命妖徒严防，再赐了他几件厉害法宝。满拟我师徒照例是一击不中，除非再来招惹，决不再击，只要把这一次难关逃脱，便可免死。哪知我师徒除恶，下手虽只一次，从不轻举，谋定后动，决无遗漏。又以妖徒罪恶山积，胜于乃师，决计除他，一直数年没曾举动。最后遇机得了此刀，然后寻上门去。妖徒自恃妖法高明，又擅玄功幻化，身外化身，和九烈一样，炼就三尸元神，魂魄均可分化，任何厉害的飞剑、法宝俱不能伤。真要觉出不妙，至多舍却一个元神，便可脱难。尤其对我师徒早有防备，只要遇上，动手以前，将元神遁去一个。下余形神纵使全数为我消灭，他不过再寻一副好庐舍，修炼一甲子。无论如何，大劫总可躲过。久候不见动静，竟认为师言太过，渐渐放纵起来。我会潜光蔽影，而老怪万里传真环中缩影之法，又看不出我的行动。又不自隐匿，容容易易，吃我师徒寻上门去，乘他正要奸淫妇女之时，突然出现。一照面，先将混元祖师遗留的太乙五烟罗暗中放起，以防元神逃遁。再用本门至宝和这九九修罗刀，将他形神一齐化尽，去了人间一害。老怪原可算是第一厉害妖人，生平所忌，只芬陀、白眉、极乐和我四五人而已。如果遇上一个，还能勉强支持。所惧者，四人合力与他为难。近来他对于令尊也有戒心，本不会来此侵犯。因前在小寒山麓遇一昔年禅友，说起老怪劫运将临，明知未限，匿迹不久，忽然倒行逆施。并且他那第四恶徒毒手摩什，因为仙都二女无心由他妖巢路过，居然出言无状，强要收服二女，致使二女大怒，连杀了三个徒党，摩什痛恨切骨，必欲得而甘心，一路追踪到此。你们自不容他猖狂，由此双方成仇，最终还将老怪引出，和你们为难。此刀虽是番僧所炼，却能以毒攻毒。尤其经我炼过，按我玄门妙用，化为三套，各为二十六把。一套赐给红药，余两套赠你二人，以为接应二女，并备异日之用好了。"金、石二人闻言大喜，忙又拜谢不迭。

说时，对面洞口轮值的廉红药见恩师降临，早飞身赶进亭内，礼拜之后，侍立在侧。嫏姆随命姜雪君将修罗刀分赐三人，传以口诀用法。一面笑对红药道："你师姊和我飞升在即。本门功行难进易成，初步进境极缓。一则你在我门下日浅，难于深造；二则当初救你，本我师徒一时义愤，你资质尚还不够。难得遇到峨眉开府旷世仙缘，为此将你引进齐道友夫妇门下。你日后只要和在西洞庭那样，奋志潜修，异日不特亲仇可报，并还有人成之望。我师徒和你缘分只此，赴会之后，便即回山炼丹。只等还有一事办完，便不在人世了。"红药闻言，想起师恩深重，会短离长，不禁又感激，又伤心，痛哭起来。

姜雪君笑道："好一个修道人，怎还如此痴法？还不起来，传了飞刀，引导师父进去。"嫏姆道："此女天性至厚，伤感自是不免。对面洞口立着秦紫玲，太乙五烟罗本她姊妹应得之物，被我借去。此宝甚毒，她妹子煞重，不宜使用，正好还她，可去唤来。"言还未了，金蝉已高叫道："秦师姊快过来，参见太师伯和姜师叔。"紫玲已听红药说了来客是谁，早想上前拜见。因适在洞中，听师父面谕，各人职司一经派定，决不许擅自离开，人又素来谨慎。见红药已去，只自己一人把守洞口，明知嫏姆师徒近在咫尺，决可无虑，仍是谨遵师言，不敢走开，欲伺进洞时再行参拜。一听嫏姆叫她过去，这才飞过亭来跪拜。嫏姆随将太乙五烟罗取出交与。并说此乃混元祖师故物，因许飞娘、司空湛等五台派中能手均知用法，遇上时恐被夺去，为酬借用之情，另传紫玲一种用法，照此勤习，异日遇上，还可将计就计。

紫玲拜谢领命后，金、石、廉三人飞刀也已传授完毕，可以运用。正拟由红药引导入内，忽见对面洞口内飞出两道金光，正是诸葛警我和追云叟的大弟子岳雯双双现身，上前拜见。嫏姆已知来意，笑对姜雪君道："峨眉诸道友如此谦和礼敬，其何以当？"雪君也笑道："所以弟子要催请恩师早来呢。"说罢，二人已拜罢起立，躬身禀告道："诸位师长得知太师伯与师叔驾到，亟欲亲出恭迎，适值乙师伯自前洞降临，亲交礼物，分身稍迟。特命弟子等先来禀报，家师和诸师长随后就到。"秦、廉二女一听，师长俱要出迎，忙即拜辞，退向洞口侍立。刚刚站定，妙一真人、玄真子等峨眉本门诸长老，便率领好些男女弟子迎将出来，直到亭上，各自礼见之后，将嬷姆师徒迎进洞去。岳雯传示金、石、秦、廉四人小心守候，自随师长回洞。不提。

金蝉、石生正看着新得的法宝，说笑高兴，又见一道青光带着破空之声飞降，来势迅疾，更胜于前。二人定睛一看，来者正是前在莽苍山助众人斩妖尸收剑夺玉的前辈散仙青囊仙子华瑶崧。才一现身，便对二人道："二位贤侄不必多礼。后面妖人追赶仙都二女，不久即至。如非小寒山佛女孙道友法宝灵符妙用，已被追上，遭了毒手。现时妖人屡伤不退，仇恨越深，必欲生擒二女回山楚毒，连这里也不再顾忌。眼看即至，我暂时还不便露面。适闻人言，嬷姆严师婆由小寒山来此，如已到达，当知二女之危，必有准备。我先见令师去了。"说罢，便往洞口飞去。紫玲、红药忙即施礼，待要分人引导入洞，华瑶崧道："勿庸，妖人即至，你们人多好些。洞中十九知交，当不嫌我冒昧。"说时，正值醉道人听神驼乙休说起与她途中相遇，迎了出来，见面告以二女之事已有安排，一同走了进去。

华瑶崧进洞还没盏茶光景，便听天空异声如潮，接连不断，由东北遥空传来，声势甚盛。秦紫玲一听，便知来了异派妖邪，方喊："二位师弟留意！"金、石二人早在戒备，声一入耳，便已飞起。金蝉首先运用慧眼，定睛往怪声来路一看，只见云净天高，碧空如洗，月光之下，两道红光似流星过渡一般，直往峨眉飞来。红光后面，一片乌金色的云霞展布甚宽，涛崩潮涌，电也似疾，向红云簇拥上去，看去来势比红光快得多，晃眼首尾相衔，快要追上。不禁"哎呀"一声，刚喊："石弟快随我上前！"一言未了，猛瞥见红光中发出千万道金星，朝后面乌云中打去。乌云中好似知道厉害，待要退缩，无如双方势子都是迅猛异常，骤出不意，未容逃避，金星已经爆裂，散了半天金雨，前半妖云立被震散，好些随着星光明灭，化为无限缕游丝，袅荡空际，甚是好看。那乌云也真快得出奇，就这么略为退缩，至少已被遁出百里以外。同时那两道红光也似惊弓之鸟，尽管得胜，并不回身追敌，反乘妖云微一顿挫之间，催动遁光，加紧往伫云亭这一面飞来。

金蝉、石生本想上前接应，因近数日来连经大敌，学乖许多，不似以前轻率。又听说妖人太已厉害，迎敌之际，只可以逸待劳，不可远离洞府，加以红光飞落迅速，二人刚要上前，瞬息之间，已是飞近。光中拥着两个美如天仙的孪生幼女，面上微有惊恐之色。迎面遇着金、石二人，只双双含笑，把头一点，便往亭中飞降。二人一则见二幼女相貌如一，身材娇美，难得还有这么大本领，心中钦慕。又知妖人不可轻敌，断他必要追来，意欲向二女略问经过，再行迎敌，便随了一同下落。谁知那妖云去得快，回来得更快，二人足才着地，刚向二女询问姓名来意，猛觉空中一片乌霞闪过。二女忽然摇手，示意噤声。跟着凭空落下一个妖人，怒冲冲朝着对面洞口立定，朝着紫玲、红药将手一举，说道："我乃西崆峒轩辕法王座下第四尊者毒手摩什，与贵派素无嫌怨，本来不想到此惊扰。只因昨夜我教下男女弟子在我大笞山绝顶宫阙外面闲眺，忽有两个贱婢无故上门生事，乘我在宫未出，接连暗算了我三个弟子，等我追出用七煞玄阴天幕将她们困住，不料来了三个贵派女弟子，想系见二贱婢年幼，生了怜悯，也不问我来历姓名，便自出头，致被贱婢乘隙逃去。后来三女想也有点省悟，不战而退。我念她三人事出无知，又看她师长与我无甚过节，恕其初犯，不与计较。但二贱婢伤我门人，却是饶她不得。回宫运用玄功，搜寻踪迹。适才查出她们由小寒山左近往峨眉飞来，追到此地，快要追上，忽被逃脱。此时料已逃入洞内。我知贵派掌教正奉长眉真人遗命开辟洞府，延请各派道友来此观礼，只须略有渊源，或是心存敬仰，均可自请参与。这两个乳臭未干的贱婢，定是师长新死不久，没了管头，仗着师门留传之宝，下山乱闯，不知天高地厚，胆大妄为。休说各派宗祖，连山川途径都不晓得，与贵派无甚渊源。不知急难中听甚鼠辈指点，欲借贵派盛会，避此一劫。我素重情面，人不犯我，我不犯人，遇事最讲情理。本来我可等到贵派开府之后，再要贱婢狗命。任她们逃到上穷天阙，下达地肺，相隔千万里，我只略施小技，便如掌上观纹，网鱼囊鼠，伸手即可擒来处治。一则杀徒之恨难消，二则贱婢甚是狡诈，保不投身贵派门下，以求护庇，那时我再杀她，岂不伤了双方和气，仇怨相寻，彼此不值？本想中途追上，立时诛戮，两不相干，偏生下手略慢。既被逃进洞内，我不能不打个招呼。有烦速进洞去告知令师长们，最好将二贱婢逐出，凭我擒回处治，足感盛情。如因来者是客，不论长幼、来路，均无见逐之理，也望鉴谅微意，略看薄面,只许贱婢观礼,勿令列入门下,以免为此小事,彼此不便。"

毒手摩什正说得起劲,忽听身后娇声骂道:"不识羞的狗妖人!我姊妹只是赴会心急,懒得和你师徒纠缠,当是真怕你么?我姊妹自在小寒山拜访一位前辈仙师,你枉偷老怪传真缩影之法,如非我们故现形迹,引你赶来上当,你做梦也休想看出一点形影。休说我们来历不知,如今人就在你面前,你都看不出来,还说什么千里万里,真没羞呢!知趣的,快滚回去,静候天戮。否则我姊妹就不愿与你一般见识,不想杀你,污我仙剑,你在仙府门前胡闹发狂,这四位哥哥姊姊容忍不得,要你狗命,我却不管。"

妖人闻声回顾,洞口立定二女,正是所追仇人——那两个孪生女孩。才对人发狂,说了大话,仇敌近在咫尺,竟未看见,不由又惊又怒,又急又愧。切齿痛恨之余,决计拼着树下峨眉一处强敌,说什么也要用金刀将仇人生擒回去,报仇雪恨,并炼妖法。因二女中途得一神尼相助,怎么也查算不出底细。自见面起,连受创伤,对面又被瞒过。再一听这等口气,估量必有大来历,神通广大,法术神奇,弄巧还长于玄功变化,不易擒捉。现在峨眉门口,一发不中,夜长梦多,仇报不成,徒自结怨。便改了初遇时轻视之念,尽管耳听讥嘲,心中忿极,并不还言辱骂,却在暗中运气,等到天罗地网布置周密,再行下手。

仙都二女来此前本已受了高人指教,胸有成竹。一到峨眉,心更早已放定。故作不睬,你一言,我一语,说个不休。紫玲、红药先听妖人发话,本要还言,因见对面伫云亭忽然连人隐去,跟着凭空现出"二位姊姊,不要理他,少时愚姊妹说完了话,将手一举,再请诸位哥哥姊姊相助"一行拳头大小的红字,一闪即灭。金、石二人与二女同在亭内,更是看得逼真。后来仙都二女出面,人既生得玉貌朱颜,比花解语,娇丽无俦。语声更如出谷春莺,笙簧互奏,怡情娱耳,好听已极。又相貌穿着俱都一样,无独有偶,好似造物故显奇迹,聚汇两间灵秀之气,铸了一个玉雪仙娃,铸成以后,尤嫌不足,就原模子再铸了一个出来。同门少女虽有几个天仙化人,仍嫌比她俩少了几分憨气,又都少了一个配对的,便没这样可人怜爱。方信李英琼那么眼界高的人,居然爱如奇珍,赞美不绝,实非虚誉。

四人俱对仙都二女爱极,因见妖人满面狞厉之容,眼射凶光,怒目相视,不发一言。二女却是出语尖消,使对方难以下台。知道妖人厉害,必有诡谋。一面觉着仙都二女天真有趣,一面惟恐妖人骤下毒手,躲避不及。仙都二女虽然道法高强,看来时慌迫神情,及嫫姆师徒、青囊仙子华瑶崧先后所说的话,到底不可大意。各自暗中戒备,静俟迎敌。妖人邪法本来发动极快,因仙都二女两次遇上,俱被逃脱,虽以全力出手,多了设施,也只瞬息之间,便即完竣。仙都二女还待往下说时,妖人突将手向空一扬,一片乌金色云光先往空中飞起,一晃天便遮黑。紧接着手向四外连指。一面朝金、石二人厉声大喝道:"我已设下天罗地网,你二人如非贱婢同党,可急速避入亭内。只要不往空中四外飞起,心无敌念,便可无害。等我捉到仇人,立即撤去法宝,决不伤你们一草一木。"一面又喝:"二女上前纳命,免我入亭连累不相干人,受我虚惊。"

言还未了,金、石二人一般心急,见二女手老不举,妖云已经飞出,又向四外乱指,每指一处,便有千百缕极细游丝射出,晃眼无踪,惟恐妖人先发制人,落后吃亏。石生新听米鼉、刘遇安和佛奴、袁星以及新近投到拜在女殃神郑八姑的门下易名袁甦的老猿无事时,在一起互以各地俚俗之言讥笑嘲骂,学会了几句骂人的话,闻言忍不住,先纵身出亭,指着妖人大骂道:"放你娘的春秋屁!哪个要你容让?不管你和二位姊姊有仇无仇,在我仙府门前放肆,便叫你吃不了兜着走。看我先破你这些乌烟瘴气的鬼门道。"声才出口,手扬处,天遁镜放出百丈金光,先朝妖道手指之处照去。适见妖烟立即由隐而现,成了片片乌云,杂着无数魔鬼影子,惨啸如潮,随着宝光照处,跌跌翻翻,重又化为残烟飞絮,由现而灭。

妖人一见,方自急怒交加,金蝉见石生动手,更不急慢,喊一声:"大家快上,莫放妖人逃走!"也将七修剑化为七色七样彩光,连同自有霹雳剑,齐朝妖人飞去。仙都二女也各将手一举,跟着红光飞出,身剑合一,待要上前。对面秦紫玲看出妖人厉害,惟恐二女有失,忙喝:"二位道友,远来是客,妖人既敢来此猖狂,自有我们除他,无须动手。"声随人起,弥尘幡一晃,一幢彩云先朝二女飞去。果然妖人一见亭中敌人这等厉害,所用法宝、飞剑无一不是至宝奇珍,才知峨眉门下果是不凡。几个年轻后辈已有如此威力,少时诸位长者得信赶出,更难讨好。眼看仇报不成,弄巧还要丢人现眼在这几个无名小辈手里,并且从此结仇,后患无穷。愈发把仙都二女恨如切骨。不愿所炼魔光为宝镜所毁灭,一面放起数十道乌光抵御七修剑,一面运用玄功把未破的魔光收了回来。紧跟着施展本门极恶毒的玄阴神煞,咬破舌尖,一口鲜血化为千百朵暗碧色的焰光,直朝二女飞去。恰值紫玲飞到,一见不好,忙把彩云往前一挡,就势将二女拥住。口喊:"二位道友,暂且观战。"径往洞口一同飞回。

仙都二女原知妖人厉害,怨毒已深。神尼所赐法宝、灵符,俱在途中被追时用完。身带法宝虽多,绝非其敌。只为初次和外人见面,好胜心切,加以沿途惹事,均占上风,未免胆大,不欲袖手示弱。不料妖人竟拼损耗精血,猛下毒手。如非紫玲久经大敌,长于知机,几遭不测。就这样,虽未受伤,那一簇血焰撞上云幢,全都爆散,宛如千百霹雳同时爆发,"砰砰"之声,震得山摇地动,崖侧飞瀑俱都倒涌惊飞,弥尘幡连人带云幢也被荡开老远。妖人天空的玄阴神幕也似天倾一般,罩将下来,立时星月无光。如非宝镜、飞剑精光照耀,对面几不相见。这才知道实是不可轻敌,随定紫玲在彩云围绕之中,观战不前。紫玲见金、石二人等法宝、飞剑均在满空飞舞,与妖人相持不下;七修剑又吃妖人所放的乌金色光华绊住,虽然我强彼弱,急切间仍难合璧;天遁镜金光也只能将天空妖云阻住,不能破它。忙喝:"廉师妹,你那修罗神刀还不放起除妖,等待何时?"红药为人本分,身负守洞之责,惟恐妖人乘机侵入,一意谨守戒备,没想到放刀助战。闻言刚把飞刀放起,金、石二人一个想将七修合璧,偏吃妖光绊住,暂难如愿,心神专注一面;一个是惟恐妖云压下,坏了仙景,手持宝镜,也是全神贯注。闻言齐被提醒,各照嬩姆师徒传授,将三套九九八十一口修罗刀相继飞出手去。

妖人本来还想另施辣手,自恃玄功变化,不等到敌人首脑出来真个不敌时,决不退去。一听修罗刀,想起大师兄五浑尊者便死此刀之下。但是此乃仇人嬩姆师徒所有,怎得在此?如是原物,敌人这七修剑已是克星,虽然功候尚浅,不能完全发挥妙用,也费了不少心力,拼损七股飞叉,才得勉强绊住,不令合璧。如今玄阴神幕被镜光阻住,不能下落伤人。敌势甚强,忙着抵御,还未及另施法术取胜。再要真是此刀飞出,如何能是对手?方疑不是原物,略疏防范,那八十一道血焰金光已分三面夹攻而来。百忙中定睛一看,谁说不是原物?知道此刀是本门中最怕的克星,又经仇人重炼,除却乃师一人而外,任谁遇上,只要被刀光裹住,不死必伤。弄巧还要坏去一个元神和数十年苦炼之功，焉能不怕。料定今日之局万难讨好，把一口钢牙一错，一声怪啸，匆匆收转飞叉，运用玄功变化，打算驾了头上妖云遁走。哪知金蝉始终记住七修合璧的妙用，见飞刀出去，敌人飞叉一收，无了牵绊，立把七道剑光一指，飞身上去，身剑合一，化为一道七色彩虹，连同自己和石生的飞刀，一齐追上前去。妖人一见两般克星俱都赶到，那多年辛苦炼就的玄阴神幕，已被二女用佛门法宝损毁了好些，再被此剑截住绞散，实在可惜。只得忍痛用化血分身遁法，自断一指，收了妖云，由妖光中借遁逃去。金、石二人正追得急，方恐妖遁神速，追赶不上，忽然妖人身上一片烟光闪过，满身都是血光火焰围绕，恶狠狠回头扑来，还当又有玄虚。自恃七修合璧、宝镜神光威力，石生又将离垢钟取出护身，一同迎上。彩虹金光方往前一合围，猛觉妖云尽退，星月重明，清光大来。耳听下面紫玲高呼："师弟回来，妖人已逃走了。"对面妖人火焰血光，也被剑光绞散，纷纷下落。跟踪下来，再细一查看，残焰消处，只有几缕极细碎的血肉零丝，知果受伤遁走。由紫玲行法引来瀑布，将洞岩山亭刷洗一遍。然后和二女相见，叙谈以前经过。

原来武夷散仙谢山，自从昔年成道隐居武夷绝顶以后，因是生来性情恬淡，所修道业与别的散仙不同，道力高强，早证长生，炼就婴儿。既不须防御寻常道家的天灾魔劫，又没打算超越灵空天界，飞升紫府。只想永为散仙，介于天人二境之间，灵山隐修，自在逍遥，长此终古。本来毋庸物色门人，承继道统。又鉴于好友极乐真人李静虚功行早已修到金仙地位，只为收徒不慎，为恶犯戒，累他迟却多年仙业，还受了好些烦恼，所收徒弟，十九人而不秀，内中只一秦渔最好，本可代他积修善功，早完宏愿，偏又为黄山紫云谷天狐宝相夫人所迷，坏道落劫。真人为完善愿，至今仍在尘海往来，费力操心，不知何时始得圆满。可见人定虽能胜天，但这强求的事，总要经过无限艰难与波折。尤其是中途稍一懈怠，前功尽弃。转不如自己这样逍遥自在，虽然金仙位业难于幸致，毕竟长享仙家清福，不须终日畏惧，惟恐失坠之忧，所以始终没打收徒主意。

他在散仙中交游最少，也和人永无嫌怨。除极乐真人等有限四五好友外，只一女道友叶缤最为交深。叶缤曾经劝他："修道门人总须有两个。你所居洞府景物清妙，楼阁宏壮，花木繁植，占地甚广，平日又喜遨游十洲三岛，宇内名山。仙人纵然不畏岑寂，既有这等壮丽布置，便须有人看守，服役其间，方能相称。专凭法力驱遣六丁为你服役，不是不可，但是莳花种竹、引瀑牵萝之类，全是仙家山中岁月的清课。一切俱以驱役鬼神得之，虽然是咄嗟可致，无事不举，反而减了许多清趣闲情，有煞风景。何如物色几个好徒弟，于传经学道之余，为你焚香引琴，耕烟锄云，偶出云游，仙府也有人看守照料。岂可因李真人收徒不佳，便自因噎废食？"谢山未成道前，便和叶缤是世交之戚，情分深厚，素来推重，闻言笑道："我只是一切随缘，不去强求，没为此事打主意罢了。真要遇上根骨深厚、福慧双修的少年男女，也无弃而不顾之理。既承雅意，我以后出游，多留点心便了。"叶缤笑道："此言忒不由衷，仍是当年遇事曲从，不愿拂我心意的故习。想你生性高洁，游踪所及，都是常人足迹不到的仙山灵域，纵有美质，早都各有依归，如何能强收到自己门下？这类多生修积，夙根深厚，或是转劫谪生有仙根的童男女，多在人间产出，你足迹不履尘世，何处物色得到呢？"

谢山当时含笑未答，但两三次劝过，却也动心，觉着所说也实有理。如虑孽徒牵累，尽可看事行事，循序传授，何必固执成见？于是稍稍留意，不时也往人间走动，但美质难求，终未遇上。自忖："偌大一片仙景，没有两个仙童点缀其间，也是缺点。"本心是想收两个好徒弟与叶缤看，省得说是言不由衷。

这日行经浙江缙云县空中，俯视下面，大雪初霁，遥望仙都群山，玉积银堆，琪树琼枝，遍山都是。一时乘兴飞落，观赏雪景，踏雪往前走去。仙都本是道书中的仙山福地，峰峦灵秀，洞谷幽奇。再被这场大雪一装点，空中下望，不过一片白茫茫，雪景壮阔。这一临近，南方地暖，山中梅花颇多，正在舒萼吐蕊，崖边水际，屡见横斜，凌寒竞艳，时闻妙香。空山寂寂，纤尘不到，更有翠鸟嚅啾，灵禽浴雪，五色缤纷，冲寒往来，飞鸣跳跃于花树之间，彩羽花光，交相掩映。越觉得景物美好，清绝人间。只顾盘桓，渐渐走向山的深处，忽见危崖当前，背后松桧干霄，戴雪矗立，凌花照眼，若有胜境。刚要绕过，忽闻一股幽香，沁人心脾。走过一看，乃是一大片平地。地上一片疏林，俱是数十丈高，合抱不交的松杉桧柏之类大树。崖顶一条瀑布，下流成一小溪，上层已然冰冻，下面却是泉声琤玠,响若鸣佩。溪旁不远,独生着一树梅花,色作绯红,看去根节盘错,横枝磅礴,准是数百年以上的古树,宛如袁家高士,独卧空山,孤芳自赏,清标独上。孤零零静植于风雪之中,与对面苍松翠竹互矜高节。花光明艳,幽香馥郁,端的令人一见心倾,不舍遽去。

正在树前仰望着一树繁花,留连观赏,偶一低头,瞥见树后大雪地里,有一尺许大的包裹。刚要走近去拾,便见包中不住乱动,微闻"呀呀"之声自内透出,暗忖:"大雪空山,何来此物?"忙运慧目,定睛往包中透视,里面竟是两个女婴,锦褓绣褓,甚是华美。再看婴儿,不特生得玉雪可爱、美秀绝伦,其根骨禀赋之厚,也从来未见。尤妙的是一胞双生,从头到脚,俱是一般模样。想是在冰雪中冻久,声已发颤,甚是细微,互相紧贴一起,手足乱动,不禁好生惊奇。因恐人家弃婴,血污未净,随将手一指,放出一股热气,将那锦包护住,先为御寒。然后默运玄功,潜心推算,立即洞彻前因后果,喜慰交集,不暇再看雪景,伸手抱起,便即回走。

婴儿得暖,渐渐哭出声来。谢山边拍边走道:"乖儿莫哭。既与我相遇,此时我尚不能养你,且给你就近找个安身去处,平时仍来看你好了。"婴儿经此抚慰,哭声忽止。谢山便照适才推算,往相隔数十里的仙都胜地锦春谷赶去。一面寻思:"二女不能带回武夷抚养,尤其在襁褓之中,自己孤身隐修,又是男子,抚养女婴,诸多不便。本山又是她俩安身立命之所,不应离开,难得有这现成的保姆,也真是实在凑巧。只是这位女道友出身旁门,近始改邪归正,来此潜修,不久便该兵解,和自己又是素昧平生,如不许以酬报,未必答应。此外再无适当之人。她偏前孽甚重,为此二女,说不得只好逆数而行了。"

主意打定,便纵遁光飞去,晃眼到达那锦春谷。危崖外覆,仿佛难通。内里却是谷径平坦,泉石独胜,春来满山花树,灿如云锦。谷当中有一高崖,崖腰以上突然上削,现出一片平面,嘉木疏秀,高矗排空,占地约有数十亩。向阳一座极宽大的石洞,洞内隐居着一个麻面道姑,名叫碧城仙子崔芜,便是谢山为二女所寻的人。刚由空中往洞前雪地上飞落,崔芜便走了出来。初出时,因红光一道突然飞落,颇似含有敌意。及朝来人细看了看,忽改笑容问道:"何方道友?有何见教?"谢山便把自己来历渊源告知,欲烦她代为抚养十数年,自己也常来探望。请她视若亲女,传以道法,为她们异日成道之基。冒昧奉托，明知不情，但也与二女凤缘深厚。此外又无人可托。如蒙俯允，必有以报。

崔芜一见来人便是谢山，大为惊异，先时颇有难色。末了把谢山请进洞内，打开包来一看，二女生得一般相貌。首先触目的便是那一双又黑又亮、神光湛然的眸子。再衬上额上浅疏疏一丛秀发，两道细长秀眉和琼鼻红樱，玉雪一般的皮肤。端的是粉滴酥搓，不知天公费了多少心力，捏就这么一对旷世仙娃。别的相貌都同，独独颊上各有一个酒涡，一是在左，一是在右，好似天公恐人分辨不出次序，特地为她们打出来的记号。尤妙是在仙根仙骨，智慧有生俱来，见人丝毫不惊，反而睁着一双乌光灼灼的眸子，摇着粉团一般的双手，向人索抱。梨涡呈露，一笑嫣然，越添了好些天真美丽。由不得爱怜已极，立时接抱过去，引逗起来。谢山刚问："道友，你看此二女可还使人爱怜么？"崔芜忽道："如此佳儿，我便为她迟转一劫，也所甘心。只是贫道法力浅薄，大劫不远，仇人三年以内必至，不能始终其事，已自愧对，再使二女因在我这里受了仇人侵害，岂非罪过？"谢山笑道："这个无妨，到日必效微力，助道友避去此劫便了。"

崔芜原因早年误入旁门，走了歧途，后虽改参玄门正宗，无如功夫驳杂不纯，元婴不能出窍，只有兵解，更无他途。偏生对方是生平仇敌，到时稍一不慎，必为所乘。凤仇深重，追寻已久，又无法避免，早晚难逃毒手。转不如就在本洞相候，可以预为防备，就势假手兵解，还有几成指望。每一念及仇人势强，吉凶莫卜，便自忧急。一听谢山肯为出力，知他道法高深，不特仇人非其对手，还可相助元婴出窍，免受一刀之厄。不由喜出望外，当时拜谢应诺。谢山闻她平日功行也颇深厚，只为旧日朋辈因她弃邪归正，均断了往还，为避末劫，必须期前尸解。自身功夫不纯，元灵未固，旧友既多嫌怨，正教中人又乏知交，无人护法，易为魔扰。仇人将法宝炼成，苦苦寻仇，无计避免，不得不冒险硬闯，实则火候已差不许多。只消将那寻仇的妖人除去，到时再有一个道行较深的人为她护法，不令仇敌扰害，再施法力，助她自开天门，便能成功证果。虽然凤孽稍重，有些魔难，但她已早回头，理应上邀天眷，化险助她脱劫，并不算是逆天行事。

谈了一阵，越发喜慰。二女相貌相同，只以面上梨涡略分长幼，便以在左的为长。并从己姓，一名谢璎，一名谢琳。崔芜因二女托她抚养，惟恐仇敌万一来犯，谢山还赠了她两道灵符和一件遇变告急的法宝，才行走去。不久叶缤闻知此事，赶来看望，见二女生得那么灵秀美丽，也是爱极。如非谢山告以二女和自己的凤世渊源和异日的归宿，简直恨不能带回小南极去代为抚养。由此二人无事便来看望。二女生具仙根仙骨，灵慧绝伦，又得谢、叶、崔三人时以灵丹仙果为饵，周岁便能修持。第三年上，仇人寻来，法宝厉害，声势十分猛恶。谢、叶二人为使崔芜应此一劫，以减前孽，故意迟来，于万分危急之际飞临，合力将妖人杀死，永除后患。

由当年起，便教二女正经修炼。二女用功也极勤奋，进境神速，年才十岁，便炼到了飞行绝迹，出入青冥地步。相貌更是出落得和紫府仙娃一般，冰肌玉映，容光照人，美秀入骨。只是天真烂漫，性好嬉戏。崔芜珍爱太过，不忍稍加苛责，未免放纵了些，愈发惯得憨跳无忌。日常用功之外，尽情淘气，花样百出。始而只在山中捉弄猿鹿之类作耍，日久生厌，渐去附近各寺观中，去寻那些庸俗僧道作闹。仙都离城市甚近，为道家有名胜地，寺观甚多。锦春谷地界僻险，虽然游踪不至，但不时仍有樵采之迹。加以地多贵药，春秋二季，时有采药人往来其间。二女有时作剧太恶，竟被对方跟踪寻上门来。尤妙是仗着大人爱怜，每出生事，照例一人上前。事情若犯，总把小脸一板，叫人去认。二女相貌、衣着无不相似，不到憨笑时现出面上酒涡，谁也分辨不出谁长谁幼。认时又不令占算，一经认错，便不肯受罚。罚又极轻，至多不过三五日不许出洞一步。即便受罚，关了不到一日，便姊妹双双抱住崔芜，软语磨缠，不到撤禁放出不止。过不两天，又去生事。

崔芜拿她们无法，惟恐日久传扬，踪迹显露，为异派妖邪所知，生出事来，自己功行又将完满，坐化期近。想使二女学点防身本领，并使她们敛性就范，不再憨戏，便去告知谢山。谢山本因二女将有大成，意欲使其循序渐进，静候机缘之来。除三岁以前给她俩多服灵药仙果，使其骨坚神凝，益气轻身，以便早日修炼外，一交四岁，每来传授，都是扎根基的功夫。此外仅传些隐身遁形，以及御气飞行之法，别的均未传授。崔芜因谢山外柔内刚，怜爱二女，恐受呵责，从未告诉。二女又是心高志大，见了义父、叶姑，总是守在身侧，专心请益，恨不得当时便把所有道法一齐学会，所以淘气一事，一点也不知道。及听崔芜一说，刚把面色微沉，二女妙目微晕,泪珠晶莹,装作十分害怕,倒在谢山怀里,同喊:"爹爹,女儿下次不敢了。"谢山本是假怒,心便一软,嘱令下次改过。哪知二女一副急相也是半真半假,谢山刚一低头,二女也在怀中偷眼看他,早"嘻"的一声,一个玉颊上现出一个浅涡,笑将起来。跟着争搂着谢山头颈,说个不已。抽空还向崔芜扮个丑脸,意似不该告他。

谢山慈父威严,竟无计可施。和崔芜计议了一阵,决计把锦春谷封锁,并将各种贵药产地行法移植到谷外平坦之处,以防断了药户的生路。一面传授二女一些应用法术,使先挨次学起,免得崔芜去后,年幼道浅,难于自立。二女觉着学习法术新鲜,每日用功,连洞口外都不走出一步。转瞬经年,因崔芜坐化在即,以后无人照看,谢山传授颇勤。叶缤更恐二女将来受欺遇险,又赐了两件防身法宝。于是二女本领大进,凡浅近一点的法术,全都学会,由不得便想寻人试试。知道义父不在,由崔芜主持,明说必然不肯,便等谢、叶二人来去之时,暗中留心查看撤禁之法,仗着心灵敏悟,触类旁通,回数一多,居然悟出几分生克妙用。然后故作不知就里,向崔芜套问。崔芜见她们近一年来勤奋安分,轻易门都不出,以为童心渐退,一意用功,不再贪玩。况且向来不忍拂她俩,二女又故意把自己知道的舍去不问,竟被一阵花言巧语套问了去。满以为二女只知口诀,不识生克之妙,并无用处,哪知二女早蓄深心,一点即透。

次日乘着崔芜入定,便双双穿通禁制,走出谷去。先拿野兽试了一阵,吓得一群群东逃西窜,吼叫连天。又去附近一个庵观中作闹。庵中女道姑出身绿林女寇,近年妍上一个道士,同在庵中匿踪,不时同出抢劫。男的也是左道之士。上次二女因见道姑神态妖淫,知非好人,颇给她吃了几个苦头。哪知道姑竟将二女看上,暗中尾随,到了锦春谷。被崔芜看破,行法掩蔽,不令看出住处。道姑知道二女不是常人,没敢深入下手。回庵等妖道归来一说,再同去找寻,已是谷口云封,无门可入。妖道本山地理最熟,越知有异,时常留心守伺,终不见二女再现,也就罢了。今又忽见二女寻上门去,一看根骨这么好,又惊又爱,当时便想生擒。吃二女戏侮了一个够,强迫着他叩头赔礼才罢。

此时二女年幼,不知除恶,兴尽即归,毫无机心。回到谷口,不料只悟到一半禁制,知出而不知入。须俟崔芜打坐功完,发觉二女不在,寻将出来，始能领了进去。二女也不着忙，候了些时，觉着无趣。暗忖："这事明日便被养母发觉，以后休想再出。反正不免告知爹爹、叶姑，武夷相隔不远，飞行前往，片时可达，何说是思念爹爹，前往寻找，还可看看仙府景致。一次走过，下次便可常来常往。"主意打好，苦于不知方向道路，正想寻人打听，偶一回顾，瞥见适才所戏弄的道士正在身后树林内窥伺。忙即飞身过去，喝问道："你苦还没吃够？打算跟在后面，去告我们么？"妖道自然抵赖。二女乘机逼他详说去武夷的道路。妖道暗中尾随，本想看明下落，好约人再来。这一来，与虎谋皮，正合心意。知二女稚气天真，容易受欺，立时将计就计，答说认得，只要不再给苦吃，愿为详说。二女哪知道士所说乃是妖师巢穴，离仙都只有三百余里，此去等于送死。行时还向妖道喝道："你说的地方如若不对，回来我们叫你好受！"说罢，驾遁飞走，照所说途向飞去。妖道见她俩小小年纪，如此法力，颇为惊异，忙驾妖遁随后赶去。

二女自然较快，飞行了一阵，忽见前面高山插云，两峰并峙，正与所闻符合。未甚思索，便即降低，贴地往两峰中间飞去，沿途景物均与道士之言相似，先未疑心。及至进了峰口，见里面陂陀起伏，草莽纵横，景并不佳。忽然想起："久闻武夷仙山楼阁，遍地都是瑶草琪花，怎的如此荒凉丑陋？道士曾说过了峰口，再进十来里，大山之上，便是武夷绝顶。如有仙景，不会不见。莫不上了狗道士的当？回去决不饶他！"心正起疑，忽见前面山麓之上有一庙宇，殿阁隐现。又想："难道仙山楼阁便是指此？且进去寻人问问再说。"边想边往前飞，晃眼到达。

刚把遁光按落，山门内走出两个道童。一个上下打量了二女两眼，回身往里便跑。一个开口便厉声喝问："你们这两个小女孩哪里来的？可知我们五雷观的厉害，随便乱闯，不要命么？"二女见二童相貌丑恶，本就心中不快。况且从来受过呵斥，听他无故出口伤人，神态甚是凶横，越发有气。各把小脸一板，星眼微瞪，怒道："我姊妹因由仙都锦春谷到武夷山寻找爹爹，没有寻到，打算寻人问路，与你什么相干？这样无礼，以为你那五雷观就厉害么？我们不过急于寻到爹爹，不值和你一般见识，要不，眼下就叫你跌个七昏八倒，爬不起来。早知你们不是好人，我们还不问啦。"

两童一名法通，一名法广，原是观中妖道五雷真人门下。先见二女驾着遁光飞来，疑是正派中人寻事。妖师又正在观中，紧闭法坛，祭炼邪法。忙同赶出一看，来人已经飞近，乃是两个十二三岁的少女。因见飞得颇慢，以为无甚本领。内中法广最坏，见二女神清骨秀，相貌相同，知道这类灵秀童女，师父曾经到处物色，难得送上门来，连忙赶往后殿送信。法通凶暴莽撞，先喝了几句，也看出二女天生美质，知道法广已去通报，想等其师亲自擒捉，便不再喝骂。及听二女由仙都来，忽然想起以前听说之事，狞笑问道："如此说来，你两个是仙都锦春谷居住的那一对双生女娃子？你们可认得我师兄火法师杨玉龙么？"二女说完，本来赌气要走，闻言怒问道："你问的可是锦春谷左小庙里道姑的丈夫，口会喷烟冒火，专用障眼法吓人，吃我姊妹制住，罚他叩了四十八个四方头，才饶了他的那个头上有块红斑的狗道士？这条路就是他指的，我们上了当，回去便要他的好看。你既是他的师弟，自然也不是好人。他说错了路，理该问你，再好没有。快领去寻我爹爹便罢，要不，我一使法，包你哭不得，笑不得，那时再叫我饶你，就后悔无及了。"法通一听，师兄杨玉龙吃了二女的亏，不由大怒，正要发作，忽见七八道黑烟自观中冒起，向中左右三面天空分布开来，疾如潮涌，推将出去。知道妖师已经暗下埋伏，鱼已入网，越发趾高气扬，怒冲冲指着二女厉声喝道："蠢丫头，做梦呢！这里是小雁山朝天门，是我师父五雷真人的仙山，离武夷山还有千多里路呢。我师兄怕你们活不长，叫你们自上门来送死。少时师父开坛出来，便要取你们的生魂，祭炼法宝。乖乖跪下降服，免你小真人动手，白白多吃苦头。"

  二女虽然从未杀生害命，平日却是饱闻邪正不能并立，与遇上时除恶务尽的话。适见妖烟弥漫，已觉出观中必有妖邪。再一听这些话，不由勃然忿怒，同声娇叱道："原来你们都是左道妖邪呀！我姊妹早打好主意，将来专杀你们，为世除害。上月叶姑赐了我们法宝，老想寻一妖人试手，没有遇上。今天看那狗道士倒有几分像，他又没甚本事，和叶姑、崔姑所说的妖人不像。他又脓包，才吃一点苦，便跪地哀求。我们怕误伤了不相干的人，却吃他哄了。正好拿你们试手。我看你是他师弟，必更脓包。你师父也许有点本领，快喊出来，试试我们法宝。我姊妹不愿欺软的，省得少时你吃不上一点苦，又跪在地上求告，惹厌无趣。"

  言还未了，法通已经怒不可遏，厉声大喝："贱婢可恶！叫你们知我厉害!"说罢,双肩一摇,由背后飞起两把飞叉,化为两溜碧色烟光,冷森森朝二女飞来。这时天空黑烟已经分布开数十亩方圆地面。二女自恃学会了好些戮妖驱邪之法,又有叶缤所赐防身之宝与谢山用五金精英炼成的剑气,一点不觉身在险境。见叉光飞出,双双笑喝道:"这等破铜烂铁炼成的旁门邪法,也敢拿出现世!"随说,将手一指,各由身畔飞出一道红光,飞上前去,一照面,便将叉光包没。法通一见大惊,连忙运气收回,已是无用。急怒交加,由腰间取出一面麻幡,口诵邪咒,待要晃动。二女先斗妖道,见过此幡,当时没有防备,如非学会太乙玄都正法,应变神速,一觉神昏,立即施为,几为所算。今见妖童又使此幡,便不等他施出,谢琳首先娇叱道:"原来你与狗妖道真是一种货。"随说,一双粉团般的小手搓了两搓,朝前一扬,只见一团烈火夹着殷殷风雷之声,打向幡上。倏地化为千百万火星,爆散开来,一股浓烟散处,妖幡立成灰烬。妖童总算见机,逃遁得快,只右臂被火星扫中了些,骨肉皆被炸焦,遁向一旁,疼得急喊师父。二女笑道:"你哭喊做甚?叶姑常说,将来遇见妖人的年轻徒弟,除非真正知他罪恶太多,不许随便伤害。我如安心杀你,早没命了。我只等你师父出来,试我法宝。快喊出来,我便不再给你苦吃。"

正说之间,先进观报信的妖童法广忽然飞身出来,手持一道妖符,一落地,看见法通受伤,大怒喝道:"师父还得些时才出。他说贱婢已经入网,命我二人发动阵法,不怕她们跑上天去。"不等说完,手中妖符已化黄光,向空飞起。随听四面鬼声啾啾,天空妖气烟光潮水一般当头罩下。内中还有无数狰狞魔鬼,一个个张牙舞爪,厉啸连声,四方八面围拥上来。二女还当和前遇妖道一样,故意用障眼法来吓人,并非真鬼,不过声势盛些。仍是谢琳先动手,用谢山所传玄都祛妖之法,放出太乙纯阳真火去破。哪知星火爆处,烟光鬼影,只当前的一面被震散了些,而且晃眼散又复聚。左右和身后的更不必说,身上激灵灵直打寒噤。本甚危急,所幸二女各有剑气、法宝防身,又都机智。谢璎一见神火无功,首将那叶缤所赐的辟魔神光罩取出,往空微举,立时化为大约方丈,类似钟形的一幢五色光霞,升向二女头上,电一般转将起来。仙家至宝,果然神奇,只见精芒若雨,飘飞电射,妖烟魔影到了身侧,便自荡开。

这时全阵地俱被妖光黑雾笼罩,光幢丈许以外,什么都看不见。二女越想越有气，不耐久持，一赌气，御着剑气，索性飞入罩内，在红光彩霞围绕之下，满阵冲突起来。因见对头邪法与所闻妖人行径相似，一点没打逃去的主意，本就想仗法宝护身，由妖阵中冲入观内，去诛妖道师徒，为世除害。冲了一阵，哪知妖阵颇擅玄妙，暂时虽奈何不了二女，却能将她们困住，不使脱身。

也是妖童命数该终。本来悄没声隐在一旁，暗中主持，不住挪移颠倒，变化阵法，足可将二女困住，候到妖师出来，一举成功。偏巧诱二女来入网的妖道随后赶来。他因平日不得妖师欢心，法力有限，虽能入阵，不能尽知妙用。又当神光冲突、阵法倒转之际，恐和敌人宝光撞上，一进阵便大声高叫："师父、师弟！"一面施展本门护身入阵法，到处乱找。二童也知二女厉害，恐遭误伤，忙即赶前会合在一起。三人都是得意忘形，一见面，便说起话来。二女何等心灵，见飞行了一阵，照理少说也在百里以外，偏连敌人门户俱未找到，立悟妖阵变化，便停下来附耳低商杀敌之法。一听妖道到来，心更忿恨。知道闻声冲去，敌暗我明，定然无效。各把法宝取在手中，略停了停，故意失声惊讶，装作身已被困，想要逃走。又装出身已中邪、无力飞行之状，故意缓缓退飞了半盏茶时。一面留神察听妖童等三人语声所在，等方向远近全都听出，算计阵法是按自己退路，照直倒转，倏地改退为进，急逾电掣，朝前冲去。同时双双把手一扬，两柄碧蜈钩突化作数十丈长的碧绿晶莹两道精光，一左一右，如神龙剪尾，朝前面妖童发声处一绞。本来妖阵仅有数十亩大小，全仗妖童倒转迅速，方不致被二女冲逃出去。两方相距最远时，也只三四十丈。那碧蜈钩乃万年寒铁所炼，神妙非常，便不听出发声所在，也难保不被扫中。妖童如不说话，二女不知妖阵底细和敌人所在，不肯妄发，略再相持一会儿，妖师便出，何至便死。偏都骄敌，以为二女力竭智穷。又见二女照直前飞欲逃，只将阵法倒转，全没在意。二女再飞慢些，相隔更近，两道宝光横扫开来，何止百丈。突然由分而合，从两旁往当中绞将过去，如何还逃得脱。二女恨极敌人，还恐法宝落空，连人带光幢一同冲去。只听两三声惨嗥过去，妖童等三人全被腰斩，二女也已冲到。那地方正是观门，妖阵无人主持，二女不问青红皂白，一味直冲，遁光迅速，晃眼出阵，见了天光。可是势子太猛，遁光还未曾停，一下冲在山门之上，连门带墙，俱被宝光冲塌。

第二〇九回

灵境锁烟鬟　绝世仙娃参佛女
厉声腾魅影　穷凶鬼祖遇神鸠

二女见状大喜，正待飞进观中，扫荡妖邪。刚把碧蜈钩收转，神光罩还未及收，猛听头上狼嗥般一声怪吼。紧跟着眼前奇暗，阴风大作，好似身又困入妖阵神气。心料为首妖人已出。方思仍施故智，用碧蜈双钩杀他，猛又听四外似有人在唤自己名字。毕竟初临大敌，不知厉害，匆匆不暇思索，竟误当是谢、叶、崔三人寻来。心念微动，立觉头晕心迷。紧跟着又是一股温香气味，由地底直冒上来，随即昏倒神光罩内，不省人事。过了好些时，才觉醒转，睁眼一看，身已回回锦春谷洞内。义父谢山，养母崔芫，俱在榻前。以前所遇直如梦境，方欲爬起问询，吃崔芫一手一个按住，随坐榻前，说起经过。

原来崔芫将在本月晦日坐化，这次入定较久，须要两昼夜才得醒转。二女私自出谷遇难，本不知悉。到第二天午后，谢山忽来看望二女，并问崔芫行期。才到谷口，便看出禁法移动，没有复原，虽然外人仍难入内，禁法却已显露。知崔芫不会如此粗心。入谷一看，果然二女不见。崔芫凝炼元婴正在紧要关头，断定二女必是私出，就唤醒她，也无用处，忙又追出寻找。先以为不会走远，无意之中寻到小庵，见那道姑孤身一人住在这僻静深山尼庵以内，脸上又带淫邪之气，知非善良。因二女近已能绝迹飞行，精通好些法术，有剑气、法宝防身，凭道姑这等寻常女贼，绝非其敌。又急于寻找爱女，打算本山如寻不见，再运玄功，推算下落，以防二女年幼喜事，急于试验所习法术，离山远出，发生事变。偏那道姑恶贯满盈，该当数尽。见谢山生得丰神俊朗，望若神仙中人，她死星照临，竟动淫心。以为对方年轻美秀，既然生有二女，人必风流，可以勾搭。见他听说未见二女到庵中来，便要离去，一时情动难舍，惟恐失却毕生难遇的美食，竟把谢山唤回。一面卖弄风骚勾引，一面以二女为要挟。意思是如与苟合，便可明告，否则，二女便是凶多吉少。

哪知碰在太岁头上，话才出口，谢山连答也未答，只冷笑了一声，手一指，便将她禁住，迫令供出下落。道姑才知认错了人，悔恨已经无及。先还假说看中谢山貌美，想要借此勾引，其实没见二女来此。否则，你那姑娘精通法术，凭本领，我们怎是对手？情急分辩，忘了思索，多说了两句。谢山听出破绽，心料二女已中了妖邪诡计暗算。一着急，便用锁骨酸心之法，逼令吐实。这类禁法，寻常道术之士都吃不住，道姑自难禁受，只得说了实话。谢山从不轻易杀人。听说庵中狗男女竟是前在九华山盘踞为恶，被妙一夫人荀兰因前往诛戮，漏网多年，惯用五阴毒雷伤人的妖道邓清风门下，心里就有气。自己以前又算出二女今年有一场大难，过此便一路康庄，静候将来遇合，永无灾害。这次本是为此而来，偏生有事耽延，晚来了两天。如今身入虎穴，已有二日一夜，即使灵敏知机，仗着至宝防身，不曾受害，也必被困陷在妖阵以内，凶多吉少。不由更把多少年未发的怒火勾动，双手一搓一放，立有一团雷火发将出去，将全庵罩住。一声霹雳响过，连人带庵化为灰烬。同时催动遁光，电掣星飞，往大岔山妖巢中赶去。

三数百里途程，一晃飞到。远望双峰并峙，山口内妖烟邪雾弥漫山麓。运用慧目神光定睛透视，看出辟魔神光罩光霞飙飞芒射，旋转不休。知道二女只是被困，未为妖人所害，心才略放。痛恨妖邪，恐被逃脱，忙把遁光敛去，飞到妖阵上空。先由法宝囊内取出从不轻用的至宝都罗神锋，往下一掷，脱手化为一蓬三尺许长，一根似箭非箭、似梭非梭的金碧二色光华。碧光由中心起，箭雨一般，做一圈先向四外斜射下去，将妖阵包围，直入地中不见。另一半却是一面没有柄的金光宝伞，停在空中，箭锋向下微斜，不住闪动。精芒焕彩，奇辉丽空，大有引满欲发之势，却不往下飞落。法宝出手，这才现身大喝："妖孽速来纳命！"右手一扬，又将太乙神雷发动，一片霹雳之声，夹着百丈金光，千寻雷火，自天直下。阵内妖雾烟光立被震散，千百团的大雷火纷纷爆裂，石破天惊，山摇地撼，火光蔽野，上映霄汉，声势甚是惊人。

妖人虽将二女用光法迷住，无如辟魔神光罩神妙非常，一经运用，尽管无人主持，照样发挥它的威力。飙飞电转中，精芒随着往四下飞射。妖人所炼凶魂厉魄，只一挨近，立被消灭。妖人无法近前，收又收不去，用尽方法，不能损伤分毫。相持了两天，知道生擒难望，无计可施。正在想拼着人、宝不要，精血损耗一点，施展新炼成的一种极污秽恶毒的邪法，连敌人和那光幢一同毁去，免得夜长梦多，吃敌人师长寻来，留下后患。猛见妖阵上空光华飞闪，方觉不妙，还没看清是何法宝，雷火金光已经打下。妖人久经大敌，颇有见闻，认出是正教中太乙神雷，疑是以前峨眉派的对头，否则不会有此威力，再不见机，便难幸免。仗着妖法高强，长于化血分身、潜形飞遁之术，先还不舍自残肢体。拼着舍却一件法宝，略微抵挡须臾，就势抢收了所用法宝逃遁。及见神雷迅速，一声霹雳，妖阵先自消灭。自身虽仗法宝挡了一挡，遁向一旁，侥幸没有受伤，但那用作替身的一粒宝珠也被神雷震裂，化为万千点流荧，陨落如雨。惊惧百忙中，再一瞥见空中所悬伞形金光，分明敌人早下绝情，制己死命。就此遁逃，任走何方，都难幸免。情知凶多吉少，照这来势，不拼受一点大苦，决瞒不过。一时情急，竟用飞剑暗将左臂斩断，同时施展妖法，化血分身，将断臂代替其身，暗借血光隐身遁法。哪知谢山早料及此，神雷过处，见妖阵虽破，妖人未死，身畔一片浓烟过处，又飞起一片血光。怒喝："无知妖孽！恶贯已盈，还想逃死！"同时手指处，先前没入地下的碧色光华，突自妖阵外围地底钻出。一头仍在地下，另一头光锋倏地暴涨，千百根冷森森的锋芒，寒光闪闪，齐向空中飞射上来。同时空中金光伞盖所有锋头也自暴涨，根根向下倒垂，金箭如雨，一头停空，一头往下射去。两下里一半针锋相对，一半参伍错综，上下交刺，金光灿烂，耀眼生颖。除了二女光幢所在处，晃眼满布全阵，密如猬集。

这九天都罗神锋，又名绝灭神网。敌人一经罩住，金碧二色神锋上一下，犬牙交错，互相一合一转，立即形神皆灭，妖人怎能逃脱？一条替身的断臂刚刚掷出，瞥见金碧光华上下发动，虽知厉害，还在自幸见机得早，已化血光隐形遁起，能逃一死，至少元神总可遁出，万没想到此宝神妙无穷。谢山心疼二女，忿恨妖人到了极处。明知敌人不会漏网，仍恐万一妖遁神奇，长于玄功变化，稍微疏忽，未将元神消灭，收宝时再一疏忽，仍被逃遁。因此神锋方一合拢，随又将手连指，一口真气喷将上去，那金碧光华突往中心密集交错着急转起来。说时迟，那时快，妖人只惨嗥得半声，连肉体带元神全都绞灭。休说血肉化为乌有，不留一滴，便那元神化尽时仅剩下的一缕青烟，也被神锋罡煞之气消灭无迹，元神炼化更毋庸提了。

谢山见妖人伏诛，忙收法宝和神罩一看，知道二女先中妖人五鬼摄魂之法，因是根性坚强，又有法宝护身，心神一时受了摇惑，元神并未出窍。但是遇敌疏忽，上身和四外虽被神光护住，下半身露出在外，致被妖人采集千年瘴厉之气和凶魂妖鬼，互为表里炼成的天魔无形毒瘴侵入。尤幸二女机警，法宝神妙，一觉不妙，双双隐入光幢以内，支持不住，往下一落，光幢恰好罩住全身。虽然死去二日，仍能救转，不过中毒太重，肉身有了缺陷。如令照样长大成人，于修为上便有吃亏之处。只好暂时使为幼童，等到将来福缘遇合时，再打主意了。

当下塞了两粒灵丹在二女口内，双手抱起。一面叱开石地，陷一巨穴，将三妖徒和所居寺观一齐沉埋下去，复回原状。然后回转锦春谷，连施仙法，并用灵药。直到次早，崔芜醒转。又待到过午，二女才得救醒。又调养了些时，复原不久，崔芜坐化便有了准日。二女从小便受崔芜抚养，忽要永诀，自是伤心。自听说起，便守在旁边随进随出，寸步不离。每一谈起，便悲泣不止。崔芜本就钟爱二女，有胜亲生，见她们如此依恋，越发感动。一算日期，还有十天，谢、叶二人须在期前才到，便对二女凄然道："令尊因你二人夙根深厚，他年成就远大，福缘遇合又晚，惟恐把路走错，修为费力，所传只是扎根基的功夫，这主意原是对的。不过令尊和叶道友俱是散仙中的翘楚，玄功奥妙，法术高强，怎没传授你们？实是不解。近一年来，经我再三劝说，虽然传了一些法术，又赐你们辛金剑气这种防身至宝。但是目前异派十分猖獗，遇上你俩这样异禀奇资，决不放过，何况你们又是那么年幼喜动。我去之后，虽然全谷禁制严密，岁月一久，保不住静极思动，又和上次一样，千方百计冲将出去，受妖邪侵害。日前我又劝令尊和叶道友多加传授，都说恐你们分心，时还未至。我道力浅薄，莫测高深，心实放你二人不下。我前在旁门也颇算是个中能手，并还得有两件厉害法宝、一口飞剑，惜被神尼破去。也由此害怕，弃邪归正。别的法宝都在。我虽身在旁门，那两件好的，原是汉唐仙人遗留下的奇珍，并非邪法祭炼而成。还有几种防身脱难的法术，虽出旁门，于你二人却有用处，本来早想传授，惟恐令尊不许，迁延至今。我爱抚你姊妹十几年，今将远别，来生相遇，尚属难知。意欲乘这几天空闲，择你们能用能行的，一一传授，永留纪念。此外还有一事相托，将来不免为难，你二人能给我情面么？"

二女闻言，悲喜交集道："我二人受你抚养，恩同慈母，休说为难，刀山剑林皆所不辞，何用问呢？"崔芜叹道："此事并不要你二人涉险，不过那人与我关系极深，不忍视他灭亡，而叶道友恨他切骨。现时虽得隐藏，他年小南极群邪数尽之日，终须相遇，难逃一死。此系以前未明神尼指示玄机，始得稍知未来因果。我昔年失德之事，可不好意思对谢、叶二道友明言。想来想去，你二人修炼成就，必和谢、叶二道友常在一起，无事不知。我给你们留下一封柬帖，内载此事。只等两甲子后，叶道友如有扫除小南极七十三岛妖邪之事，可即开拆，赶去照此行事，就足感盛情了。那两件法宝，一名洞灵筝，长才数寸，乃汉仙人樵公伏魔之宝，专制山精海怪。如法弹奏，多厉害的怪物，闻声立如痴醉，周身绵软，任凭诛戮。更能裂石开山，通行绝海。叶道友小南极除害，如将此宝带去，省事不少。一名五星神钺，专能破旁门五遁邪法，别的都无足轻重。你二人遇合成就，无不相同，永不分离，可一同应用便了。"随将诸宝取出，连同法术，择要分别传授。五六日工夫，一齐学全。末了取出柬帖，叮嘱谨藏，不可告人和开拆。二女拜谢领命。

又过三日，谢、叶二人相次赶来。崔芜重托拜谢之后，由二人相助防护。到了紧要关头，果有两个异派仇敌，无心中闻得崔芜居此，寻上门来。刚看出锦春谷设有禁制，未及施展邪法冲进，便为叶缤暗中埋伏的冰魄神光所杀。一些应有的魔头，又吃谢山以全力维护元婴，未受侵害，竟于免去走火入魔的难关，安然坐化。

二女自是悲痛万分。嗣经叶缤再三劝说，又将二女带往武夷仙府住了些日，才减去了哀思。由此谢山为二女订了日课，仍令在锦春谷中修炼。每隔半年，前往探看一次，每隔三年，许往武夷省亲，住上十天半月。但须有人来接，不许亲往。二女见年已长大，再三请求，长在武夷随侍，一同修炼。谢山只是不允，屡请不获。日久也就不再提起。因有上次遇险之事，谷中封禁越严。二女除却每三年作一次武夷之游外，一步不能走出。没奈何，只得静心修炼，不再外骛。

一晃百年。自忖根基早固，每见谢山，必要强求另传道法。谢山总以女儿将来与己路径不同，此时多加传授，反而有误前程。二女无奈，又请传授法宝。谢山吃她们磨缠不清，方始允诺。于是二女每一归省，必要索讨宝物。谢山见二女功力与日俱进，道心坚纯，根基尤固，爱极不忍拂意，身边又没有那么多法宝，便随时物色，得暇现炼些来传授，遂成惯例。年月一久，二女得了不少法宝，欣喜非常，只苦无法试用罢了。

这年武夷归省，恰值叶缤来访，与谢山谈起峨眉开府盛况。二女听了，欣羡非常，恨不能当时飞往，才对心思。其实谢山前已算出二女遇合，应在本年。只为自身事忙，又与极乐真人有约，知道二女不应归入峨眉门下。心想："二女欲往观光，等自己事完，用上两天工夫，默运玄机，细推前因后果，算出遇合所在，再放出山。彼时再抽空前往峨眉仙府一开眼界，也是一样。"二女力求未允，又气又急，回山筹计了好些日。忽然想起崔芜所赐洞灵筝，一旦如法施为，左近山石林木俱要遭殃，再厉害些便要山崩地裂。父亲所传诸宝，虽遇不上妖人试验威力，毕竟自己还互相试过。独于此宝恐损谷中美景，从未演习。难得遇到千古难逢的仙家旷典，父亲偏不叫去。尤可气是父亲那么好一座仙府，却不许女儿同住，长年住这牢洞，也住够了。千载良机，错过可惜，何不就用此宝裂石穿山，逃往峨眉赴会？父亲、叶姑都爱自己，当着那么多外人，决无呵责之理。既可见识一些有名仙长道侣，饱看仙山景物，弄巧父亲见这牢洞已毁，无处可住，就许令她二人搬到武夷去住，省得长年气闷。

二女虽然修炼多年，从未与外交接谈说，外边的事一点不知。童心稚气犹似幼时，想到便做。先取洞灵筝走向谷口一试，哪知禁法神妙，筝上神弦响处，禁法反应，遍处金光红霞，尽管地动山摇，震得人头晕目眩，停手仍是原样未动，封禁依然，休想走出。二女急得跳脚，几乎哭出声来。连试几次，均是如此。二女已经心灰气沮。回到洞内，忽想起禁制俱在洞外，洞依崇山，父亲行法时，决想不到会由后洞攻穿十来里路的山腹，逃将出去，也许可以一试。重又对着后洞如法施为，果然生效，随着神弦弹动,山石逐渐裂开。因无禁法反应,声音并不十分猛烈,只渐渐朝前裂去。约有个把时辰,竟将原有一座石山裂成一条峡谷,直通过去,脱出禁制以外。

二女只庆脱身,洞虽毁坏,也不顾惜。虽父亲来有定日,叶姑却是难说,来得又勤。平日惟恐其不来,这时却恐走来遇上,又难如愿。匆匆回洞,将平日衣物觅地藏好,所有法宝全带身上,立即破空飞起。只知峨眉是在西方,不知途径。心想:"专往西飞,见了高山美景就留心查看,遇上人就打听,没有寻不到的。"飞行半日,自觉飞出甚远,连遇许多无人烟的高山,俱与所闻不似。正在烦急,忽见脚底山谷之中,生有好些异果,颇与以前叶姑由海外带来的佛棕异果相似。一同飞下一看,正是此果,随便摘吃了两个,重又飞起。已经飞出老远,猛想起:"父亲曾说此次赴会群仙,差不多均有贺礼。自己空手前去,父亲如在还好,否则相形之下,岂不难堪?记得那年叶姑曾说佛棕果是仙果,只海外有两仙岛出产,岛主颇吝,轻易不肯与人,极为难得。不料这里却产得有,又是无主之物,现成礼物,岂非绝妙?"念头一动,又赶回来,全数采个净尽。

哪知此果乃大昝山妖人毒手天君摩什尊者种来供献与妖师崆峒轩辕法王享受之物,便不遇上妖人师徒,一经发觉,立被寻来。何况二女又把大昝山绝顶妖宫误猜是仙山楼阁,欲往探询,自行投到。那佛棕异果离树越久,香味愈发浓烈,妖宫徒众一闻便闻了出来。先见二女美质,本已不肯放脱,再知异果被盗,如何能容。这时妖人正在宫中拜参炼道,手下徒众虽然厉害,禁不住二女法宝神妙,为数又多。何况此次遇敌,鉴于幼年之失,上来便留了神。众妖徒骄横已惯,又恃在本山本地,轻视敌人年幼,才交手,便吃二女杀死了三个。可是谢山所赐的法宝也损坏了两件。终于惊动宫中为首妖人轩辕老妖门下第四尊者毒手摩什,赶将出来,见爱徒伤亡,忿怒已极,立下毒手,想生擒二女,为爱徒报仇。二女虽然得胜,连失法宝之余,也看出妖人势甚厉害。互相打个招呼,正待再给敌人一个重创,飞身遁走。耳听一声龙吟,忽见宫门台阶上又一个矮胖妖人出现。人还未到,先飞起一片乌金光幕,将当头天空罩住,似要往下压来。方在惊疑,看不出头上是何法宝,耳旁忽听有人低语道:"妖人所放乃是七煞玄阴天罗,一被罩上,休想活命。还不逃走,等待何时?"

二女原曾听谢山说过轩辕师徒们的厉害和所炼邪法异宝的名头功用。闻言定睛一看，果与所闻金乌神障相似，不由大惊。知道这是最狠毒的邪法，虽有辟魔神光罩护身，久了也是凶多吉少。更恐被困在此，将开府盛会错过，心中发急。看出妖人志在生擒，各打一个暗号，假意被陆续追出迎敌两妖徒的绿气绊住，由它牵扯，缓缓往宫前飞去。暗中运用玄功，取出法宝，准备临走时再给妖人一下重的，以防追赶。眼看临近，倏地施展全力，将剑气倏地暴涨。尚恐力量不足，一个对付为首妖人，一个对付那两条绿气，各将手中备就的法宝发将出去。妖人骤不及防，一面又要顾周、李、易三个突然出现的强敌，分了好些精神，两妖徒固是受了重创，毒手摩什也中了一下重的，慢得一慢。二女见那么厉害的法宝打在妖人身上，竟未觉出怎样，情知不妙，赶紧回身催动遁光，急如飞星往前逃走。

妖人自是咬牙切齿忿恨，略为闪避，连伤势都不顾，径舍周、李、易三人，随后追去。二女百忙中回顾，身后金乌光云狂潮暴发一般，漫天盖地追来，竟比自己遁光要快得多。心中惊惧，忙把避魔神光罩取出，以备万一。猛听耳旁有人说道："道友只管加速遁走，贫僧代你们抵挡一阵便了。"二女听出是先前说话那人。再回头一看，一片千百丈长的光霞忽然从空下降，光墙也似横亘天半。后面妖云也已飞到。就在两下里似接触未接触、目光一瞥之际，妖云便电一般急，卷退回去。二女亡命飞驰，虽然回顾，并未停留，也遁出了好几十里。知这两番相助的必是一位前辈神僧，好生感佩。还有适才和为首妖人对敌三少女，也极可感，剑光更是神奇。意欲寻着这四人致谢，询问来历。刚把遁光微停，便听耳边接着说道："峨眉开府在即，此非相见之地，须防妖人去而复来，贫僧也无奈他何。事正紧急，前途尚有人相待。请到峨眉再见吧。"

二女一听，这人竟是峨眉一派，一面未见，竟识得自己来历；神色不动，便将那么厉害的妖人逐走。不由对于峨眉更生景仰。既然在峨眉可见，何必忙这一时？便催动遁光，往前赶去。因为逃时匆忙，将方向走偏了些，中途又值阴天，没有看出方向，以为途向未走错，否则适才那人定要提起。一味加急前飞，不觉竟由峨眉侧面越过，到了川藏边界的大雪山界内。有了上次经历，沿途所经高山甚多，内中虽曾见到好些藏在深山中的庙宇和修道人所居的洞穴，惟恐又生枝节。偶然隐形飞落，见与想象中的峨眉不似,便即飞去,并未朝人问讯,以致越飞越远。嗣见前面雪山矗立,高出云表,绵亘不绝。二女虽未到过峨眉,大雪山景致却听说过,渐渐起了疑心。谢琳道:"听说峨眉灵山胜域,每年朝山的人甚多,极具林泉之胜。尤其后山仙府一带,素无人迹,风景应该格外灵秀雄奇才对。我们飞行了这些时,按说早该飞到,为何所过之地全与爹爹平日所说不似?这时竟然飞到这满布冰雪的乱山中来了。我看此山少说方圆也有两三千里。峨眉在四川省内,书上载着天府之国,人民富庶,决不会当中夹着这么大一片冰山雪海。莫非我们把路走错,走到西藏大雪山来了么?"谢璎答道:"你说得对。我也正在疑心,沿途所经均不像是峨眉,按路程却该早到,此山俱是万年不化的冰雪,怎的会是峨眉?十九把路走错。只为适才助我姊妹脱险那人曾说前途有人相待,并没说我们把路走错,内中必有深意。又见迎面这山高出群山之上,凭我们的目力,竟会望不见山顶,从出世以来还是头次见到。这还不说,最奇怪的是我到了这里,心中老动,仿佛往日叶姑带我们去见爹爹,因三年才去一次,由上路便盼起,越快到,心越急的情景一样。所以老想和你说往回飞,另寻峨眉下落,却又总是想到那山顶上去,不曾出口,你说怪不怪?"谢琳道:"谁说不是,我也是从初见这雪山起便心动,活似有个极爱我们的人在那里等我们一样,照着我的灵机,兆头还是很好。不然,我已料定是大雪山,不等到此,早喊姊姊回头了。"说时,二女遁光已经停住。谢璎道:"这事真奇,停下来,我心更动得厉害,直恨不能当时飞将过去。我想神僧既说前途有人相待,必非恶人。此山又如此之高,相隔只百多里,也不争这一点时候。反正走错,难得到此,何妨上去一次,不管有无人相待,好歹也开一回眼界。"

话未说完,忽听遥空一声清磬,竟似由对面高出云天的雪山之上传来。二人闻声,不由心旌摇摇。一面又觉身后有什么警兆侵来,只有前行安乐之状。双双连"走"字都未说,不约而同朝前飞去。越往前,冰雪之势越发雄奇。因山太高,须迎着罡风向前斜飞。沿途俯视,只见到处冰崖千仞,万峰杂沓,茫茫一白。天色老是那么阴沉沉的,日月无光,青苍若失,一望数千里俱是愁云漠漠,惨雾冥冥。尽管四外雪光强烈,炫人双目,并不觉出一点光明景象,加上悲风怒号,雪阵排空,汇成一片荒寒。休说人兽之迹,连雀鸟都没见有一只飞过。忽然一阵狂风吹过,好些千百丈高的冰崖雪壁忽然崩塌，当时冰花高涌，云雾腾空，"轰隆轰隆"之声，响彻天际。跟着数千里内的雪山受了震动波及，纷纷响应，相继崩塌，声巨而沉，恍似全山都在摇撼，端的光景凄厉，声势惊人。二女暗忖："这等穷阴险恶之区，除了冰雪，什么景致都没有。尤其山岭之上，罡风凛冽，景更荒寒，任是铁建的庙宇也为吹化，怎会有人在此居住？但那一声清磬，又分明是山顶上发出来的，真个奇事。"一路寻思，越飞越高，不觉飞到顶一看，那山竟比下面所见还要高出两倍，满山俱是万年前的玄冰。因受罡风亘古侵蚀，到处冰锋错列如林，人不能立足。通体满是蜂窝一般的大小洞穴，其坚如钢。乍摸上去，并不甚冷，等手缩回，只觉寒气侵肌，其冷非常。

二女巡行了一遍，除却黑铁一般的冰峰冰柱，毫无所遇。罡风寒气酷虐异常，虽然修道多年，时候久了也觉难耐。失望之余，还没商量飞回，谢琳道："我怎么只一想退回去，心便吃惊？一想前行，便自宁帖？这样绝顶，本来不会有人。山那边又被半山云雾遮住，何不下去看看？那边背风向阳，天气好些，也许云雾之下有人居住。如找不到，索性绕山而回，免得迎风上下费力。"谢璎点了点头，又同往山后降落。刚把上层云雾穿过，便觉出下面冰雪渐稀，山势倾斜得多。俯视居然见到土地和一些耐寒的矮树短草，料有希望，好生高兴。本定照直飞下，不知怎的，到了山头，无故偏向东南方角上飞去。前半仍有冰雪，山势也极险峻，百里以外方见林木。二女一口气飞出三百里，又有一山前横。谢璎方道："我们人没遇见一个，就这样乱飞一气，有什么意思？"谢琳忽然惊喜道："姊姊你闻见香么？"说时，谢璎也闻到一股旃檀香味。姊妹二人一样心急，不顾再说，抢着往前飞。

前面这山本已林木森秀，及至飞越过去，忽然眼前一亮，大出意外。原来山的对面还有一座较小的山峦，四外高山环绕如城，此山独居其中，宛如宗主。那景物的灵奇清秀，直是从来未见。主山四外，平原如绣，芳草连绵，处处疏林。不是绿阴如幄，便是繁花满树，嫣红万紫，俪白妃黄，多不知名。天气更是清淑温和，宛如仙都暮春光景。并有云峰撑空，平地突起，石笋丛生，苔痕浓浓，苍润欲流。再往前去，便是一片水塘，碧水溶溶，清可见底。塘侧多是千百年以上的松杉古木，下面绿草成茵，景绝清旷。还有一桩奇事：举凡虎、豹、熊、罴、羊、鹿、猴、狼、兔以及各种禽鸟虫蛇之类，随处都是，游行往来，见人不惊，也不互相侵害。照例平时形如世仇，见必恶斗，或是弱肉强食，见必吞噬的，到此都化去了恶性，只有亲昵，全无机心，各适其适，意态悠然。林枝树杪，只见佛禽浴日，灵蛇吐焰，翠鸟娇鸣，如啭笙簧。见了人来，有那大一点的怪鸟，以及雕、鹤、孔雀之类，偶还偏着个头，傲然看上一眼，多半直如未见。二女觉着这里景物自然美妙，已是难得，似这样羊虎狼鹿、蛇鸟鹰燕等本性相克的生物，竟会栖息一地，互可狎习，各不相惊，更是极其稀罕。明明群动之境，耳目所及，偏感到一种说不出的静中之趣。自然心移神化，相对无言，把平日好寻生物戏弄的童心全收拾起。遂将遁光停落，一路观赏美景。由水塘侧绕过，见生物鸟兽更多，到处琪花瑶草，嘉木繁阴，泉石之胜，更是目不暇接。却没见到一个人影。行约五里，方到对山脚下。

初降落时，因见对面山上白云如带，雾绕烟笼，只顾观看那些珍禽奇兽，不曾留意。这时走到山脚，才看出山势险峻，四外都是树色山光，花香鸟语，山却宛如天柱矗立。尽管玲珑剔透，通体空灵，石色苍古，有似翠玉，却不见一草一木。全山仅下半近中腰有一块突出的平石，此外都是嵯峨峭立，无可着足。那平石广仅亩许。由下望上，只听泉瀑之声，洋洋盈耳，宛如鸣玉。方欲飞身上去观看，猛瞥见一片祥云由顶上飞起，直朝来路高山之上飞去，其疾如电，晃眼无踪。料知有异，忙飞到石上一看，紧靠崖壁，还搭有一座极宽敞的茅篷。左右一边一道飞爆，如白龙夭矫，贴壁斜飞，到了平石附近，顺着山势，绕山而流，径往后山转去。适见白云横亘，便是此处，所以不曾看出。如此灵境，断定篷内必有高僧驻锡，不顾再看景物，忙往篷中走进。还未进门，便看出篷内空空，只当中蒲团上端坐着一个未落发的妙年女尼。身侧地上插着一根树丫杈，上悬一磬。面前有一小木桩，放着一个木鱼、一个香炉和几本经卷。此外更无长物。除几根木架外，无甚遮拦。当中正门却横着一根木头，离地约有三尺。说是门限，又觉太高，防人进去，上下又是空的。不知要它何用。

二女自上来后，心更跳得厉害。再定睛一看，见那女尼生相竟和自己相似，正在闭目入定，神仪内莹，宝相外宣。气象体态虽然庄严已极，那美如天人的面上，却流露出无限慈爱的容光，由不得又敬又爱。始而为她威仪容止所慑，肃然起敬。后来越看越像素识，直似本来极熟的亲人多年未见，猛地重逢。无形之中真情流露，自然感动，难于遏制，直恨不能当时扑向怀抱中去，才对心思。心虽如此，毕竟前因渺茫，事由初会，又见对方入定，未便惊扰。先在横木之外立望了一会儿，由敬生爱，由爱加敬。暗忖："适遇神僧，既示仙机，此山景物如此灵异，心情又如此感动，必非常人。义父又常说，近年将有遇合，成就远大，不是玄门中人。再者自己素来眼高心大，看人不上，怎见了此尼，又没见她有甚道法，会如此使人敬爱尊仰？好生不解。莫不便应在这位神尼身上？"想到这里，不约而同，双双跪倒在门外，口称："弟子等巧涉灵山，许是注定福缘，望乞大师指点迷途，加以造就。"

话还未毕，忽见女尼头上现出一圈佛光，一闪即隐。随即睁开一双神光莹莹的妙目，向二女微笑道："你姊妹来此，原非偶然。不过此时还是槛内人，难进我的槛外来。不必多礼，我也无多话说，可各起立，听我先说一个大概。"二女听女尼口音，好似以前听过，十分耳熟，心中早已敬服到了极处。闻命拜了几拜，忙即起身，立侍于外恭听。

女尼道："我在此闭关已三百年，如论修行岁月，尚不止此。因我在佛座前发下宏愿，誓参上乘功果，立无边善功，而不杀一生物。即遇极恶穷凶，也以慈悲智慧、坚忍恒毅之力度化。虽具降龙伏虎无上法力，只用以为救世之用，从未以之伤害一命。苦行多年，忽然大彻大悟。本早功行圆满，只为当初佛前发愿之时，偶然动一尘念。我佛法不打诳语，有因有果，念即是因。有此一因，必须实践，始得解脱。为了此一段世缘，虽迟我百余年功果，但我佛法度人功德，胜于度世。说解脱，便解脱，何论迟早？这些话也不必多说。休看你姊妹学道多年，生具灵根慧质，但不到那自在境地时候，任多饶舌，也是不得明白。我为你姊妹已可算是破戒，这个报应由我自去身受。其实我仍是我，受不受没甚相干。至于我的来历，你们回去对你义父说，小寒山有一女尼，他未必能够得知。如说他的青梅旧友，就知道了。你们那叶姑却是我俗家第一良友。后因彼此出家，道路不同，她又远居海外，自闻我当年噩耗，屡经苦心寻访无着，以为历劫多生，难于寻觅。峨眉会后，可邀同来此一晤。你姊妹闻峨眉诸道友道法高深，不能无动于衷，此行意欲归附。玄门正宗本来不恶，无如你姊妹均是佛门弟子，此去只可观法，无缘遇合。还有你姊妹在大岑山与轩辕门下第四弟子毒手摩什结了深仇，此人魔光、邪法均极厉害，非你姊妹所能抵御。并且你们来时，他正在崆峒绝顶其师魔宫以内，算出救你们的人不是白眉禅师本人，乃他弟子李宁，越加悔恨。盗用邪法异宝，千里传真，环中缩影，搜寻你姊妹踪迹。他御魔光飞行捷逾雷电，片刻千里，迅速异常，只要被看出所在，晃眼追上。你们来时，再晚到一会儿，立被发觉。我用佛法感召引来此地，才免于难。又用佛法将本山真形隐去一半，未被看出，否则他必追来此地。我虽不怕，但我不开杀戒。他又牢记杀徒之恨，难免纠缠不清。我正闭关，无缘度化。而这里一切众生，均经我佛力化去恶根，在此栖息，日常听经，静候挚限一满，转轮投生，难免惊扰。只有使你们在此较为隐秘，此也是你姊妹命中一难。全免自是不能，且等明日，妖人久寻你们不着，又有他事离开之时，你们乘隙遁往峨眉，那里自然有人接应。中途妖人难免追踪，我再赐你姊妹灵符神香，如用得当，足可从容赶到，决无疏虞了。"

二女一听，神尼佛法如此高深，忽然福至心灵，重又跪倒，拜请收录，并示法号。女尼笑道："我俗家姓孙，自从出世以来，便是独身修道。禅功佛法均由静中参悟，佛即我师，并非寻常师徒授受。例有赐名，哪有名号？你姊妹本我门中人，又有好深因缘，拜我为师，与拜佛一般，原无不可，只是正式收徒，尚还不是时候。这个时候，说早就早，说晚就晚，全在于你姊妹。且等峨眉归来再说吧。"二女见这神尼笑语温温，由不得有一种依恋之思，虽只片时之聚，竟觉似慈母当前，亲爱已极。无奈中间隔着一根横木，不能进去，始因初见，敬畏心盛，不敢违逆，勉强侍立在外，心中老嫌不能亲近。谈的时候一久，觉着神尼双目莹莹，不时看定自己两姊妹，好似含蓄着无限的慈爱，越发感动。不禁把平日缠磨谢山的孺慕稚气使将出来，双双手扶横木，跪地哀恳道："好师父，弟子等不知怎的，敬爱师父，老想到逢里去挨着师父，侍立 会儿。好在师父又没入定，不怕弟子惊扰，请开恩允许弟子进内吧。"

神尼见二女情切依恋之状，似颇感动，微笑道："痴儿，痴儿！这条门槛古往今来拦住了多少英贤豪杰，你们不到时候，跳得出么？"二女情急入内，也没细辨神尼为何把"跳进"说成"跳出"，便道："这只是一根横木，只要师父不见怪，弟子不论上跳下穿，或是将它取下，都能过去。"神尼笑道："休看这门里一根横木，过去却难呢。不信，你们就试试。"二女闻言，心想："师父忒小看人。也许有什么禁法，怎看不出来？且不管它，当着师父不好跳进，且钻过去。"随同把头一低，意欲钻过，暗中又偷觑神尼双手和口角神情，看在暗中阻止没有。哪知神尼神色自如，手和口全未动，而姊妹俩身子明明钻在空处，却似有万千斤的阻力挡住，休想得进。自觉不好意思，不由犯了好胜童心，又想："这样好好过去，大概不行。反正师父答应的，不如冷不防给它来一个硬冲。"想到这里，随驾剑气飞起，意欲由横木上飞过去。不料来软的还好，不过被潜力阻住，这一硬冲，竟被那潜力震弹出老远，因骤出不意，头都几被震晕，才知不是小可。当时又惊又愧，跑至篷前，手扶横木，望着神尼，眼泪汪汪，撒起娇来，埋怨师父不念弟子真诚，有心见拒，却不明说，只在暗中使法。

神尼微笑道："这本是三教中最难过的一关，自我设此木起，便没动过它。我又何尝不愿你姊妹过来？"说时，二女泪珠点点，全都滴在横木之上，还待求说，神尼面上忽似一惊，微叹道："我本意只完前因，不再入世，只在门槛外看定你们，时至再行接引。不料世缘一起，便有许多牵累，仍是避免不得，至少又须多迟我一甲子功果。门横巨木，仍为至性至情所动，可知圣贤仙佛、英雄豪杰，都不免为这'情'字所累，情之所至，防备无用。如今门木已解，只是虚搁在两旁框子上，你二人进来吧。"

二女未见神尼有甚动作，还不甚信，只轻轻一抬，竟是随手而下。心中高兴，立即破涕为笑，抢着扑近身去，双双倒在怀里。猛想起自己并非真个年幼，这是初见面的师父，不应如此冒昧，惟恐忤犯。神尼已一手一个抱紧，一边为二女拭着眼泪，叹道："乖儿，你们已历三生，怎还有如此厚的天性？致我所设大关，均为所破。我本打算见面谈上几句，传了你们退敌之法，仍即入定。既已迟劫数十年功果，索性同你们聚到明日再分手吧。"二女见师父不但没见怪，反倒搂紧抚慰，心中正在舒服，闻言忽然省悟道："弟子等初见恩师，便似见了极亲爱的尊长一样，由不得又敬又爱，一切声音笑貌，均似极亲极熟的人，只想不起在哪里见过，恩师成道已数百年，弟子姊妹出生才只百年，听恩师这等说法，莫非弟子姊妹前三生是恩师心爱的儿女么？"

神尼微把面色一沉道："今生便是今生，前生的事说它做甚？你两个也修道多年，以后还要在我门中，哪有这许多的世情烦恼？"二女见神尼总是面带微笑，忽见有了不快之容，同时在口气里已明白了大半，不禁悲喜交集。因恐神尼真个不快，仍使故伎，倒在怀里，仰面向天，且把一双秀目虚合，试探着娇声说道："恩师不要见怪，弟子怕看恩师生气的脸，还是带笑的脸好。女儿再也不敢乱说了。"一边说，却在暗中偷觑神色。神尼忍不住微笑道："痴儿，隔了三生，还是这等顽皮。今日初见尚可，峨眉归来，正经拜师之后，须以苦行修持，却不可如此呢。那等称呼，尤其不可。"二女道："弟子也是孺慕太深，不知如何是好。到了修行之时，自然是要规行矩步。还有弟子实不舍离开恩师，既非玄门中人，峨眉不去也罢。"神尼道："这又不对了。难道你义父教养之恩与叶姑照拂关切之厚，以后别远会稀，都不禀告一声？"二女连忙认错不迭。

由此师徒三人越谈越亲切，一直相聚到次日。神尼算准时辰将至，才由香炉内取出两把香灰，拿在手里一搓，立变成一捧赤豆大小的舍利子，金光闪闪，耀眼生缬。便分给二女，传了用法，又在二女双手各画灵符一道。吩咐："妖人追近时，由一人将手一扬，同时另一手发出舍利子，便可将他惊退老远，并还小受创伤。我知你二人难免虚惊，如真运用合宜，有这四次阻挡，足可从容赶到。此宝一发，即与魔光并尽。固然发出越多，敌人受伤越重，但须防后难为继。如多与你们，白白糟掉。此行小心为妙。"

二女平日心高胆大，独对神尼比谢山还要信服，领命拜辞，一路上便有了戒心。因前行的路正与妖人来路斜对，成三尖角的方向，此去峨眉，无异与妖人对面相迎。全仗来路所经高出天半的大雪山主峰掩蔽，必须以进为退，抢先赶到。妖人如果追来，然后绕山而驰，变作照直而行，才不至于迎头撞上。未动身前，先运用玄功，增加剑遁威力，蓄势引满待发。飞出小寒山禁地之外，便以全力加急飞行，两道红光并在一起，如流星般抢往大雪山驶去。时刻本经神尼算准，毒手摩什因自昨日起，盗用其师法宝，接连查看了一昼夜，几乎遍览寰区，均不见二女影子。正在又惊又恨，轩辕法王忽命侍童传唤。只得把卜有昨日二女所杀妖徒心血，用为查看时法物的一面三角晶镜，交给看守法坛的师弟万灵童子茅壮，匆匆告以二女衣着相貌，自往前殿去讫。

2475

他这里刚一离开，茅壮便自法台宝镜中发现二女由小寒山突然出现，朝大雪山主峰急飞。因妖人曾说，二女若往峨眉，照理原该早到。但这一次行法，与二女仇深恨重，立誓杀她，特意刺了三个爱徒的心血来行法，与往昔不同。只要仇人所到之处，任隔千百丈厚的山壁，也看得出形影。峨眉目前不少能手聚集，二女与他们似无甚关系。他们不袒护便罢，如若袒护，便是公然出面作梗，决不再作掩藏示怯之举。本来就因二女资质太好，恐到峨眉为人看中，收归门下，出头护庇，仇不易报。故急于在她俩未入峨眉以前下手，连夜行法，查看峨眉方面并无征兆。此法不是所寻的人，镜中不现形迹，定还未至。偏会查看不出，真乃自有此宝以来，未见之奇。心料二女峨眉之行终须前去，所以宝镜碧影始终照在峨眉那一方面。偶然查到别处，也是瞬息之间。茅壮心有成见，一经接手，便照向原处。知二女是双生姊妹，一身仙骨，美丽灵秀，无与伦比。一见现形，忙把宝镜转动，施展邪法，将人形放大。定睛一看，不由动了爱怜之心。暗忖："师兄忒也胡闹，这么好根骨的少女，福缘必定深厚，怎会夭折，葬送在你手里，受那终古炼魂之惨？岂非逆天行事，自找烦恼？便师父那么高深的法力，为异教中第一人物，凡百无畏，任性而行，生平所摄生魂，除却本是凶魂厉魄，或是旁门中遭劫人物外，也没见有一个真正有根器的童男女在内，何况是你，再者，你是盗用师父法宝，因你得宠，知道了，也不致如何重责。我奉命看守，终是私相授受，责有攸归。有此推托，乐得不去前殿通知，暗助二女一臂之力，使她们逃往峨眉，免被师兄追去吃他的苦。保全两个可爱的人，还为本门少生些事故。"心念一转，只管注视镜中二女形影，不去前殿告知。

直到二女飞近雪山主峰，毒手摩什才匆匆赶回，见状又惊又怒。问知在小寒山左近出现，那一带并没有听说有什么人隐修，越加奇怪。知二女是赴峨眉，足可赶上，不暇多言，立即起身。轩辕门下妖遁和九烈神君一样，端的神速异常，如非二女手有灵符、神沙，几难幸免。二女眼看大雪山主峰在望，瞬息可达，心方略松，忽听东北遥空传来一种极洪厉的异声，知道妖人晃眼即至。忙照预计，明明到了峰前，该往东偏飞行，却改回向西，绕山而驶。妖人也是前次失利，二女踪迹又忽然一隐，估量必非寻常，那座主峰有二三百里方圆，妖光难于遍及。自恃妖遁神速，欲俟追上，始用全力，以便一举成擒，免得又被滑脱。虽然一发不中，仍可再追，到底迟慢一些。地隔峨眉并不甚远，二女遁光也颇神奇，稍微疏忽耽延，被她们跑进峨眉仙府，仇便难报。二女昨日隐藏太奇，定有强敌暗助，稍纵即逝，不敢大意。恰好两下里方向斜对，便照二女去路迎来，满拟必可撞上。哪知有了神尼指点，与来时预拟的方向去路竟是背道而驰，直到飞过应该相遇之处，还没见着红光影子，好生惊奇。暗忖："仇人要往峨眉，定走这一条路，万无在此不遇之理。镜中现形，去路一毫不差，看准赶来，怎会迎过了头，还没见到一点形迹，难道又闹什么玄虚？"一边想着，仍往前飞。

实则妖人由峰东飞过时，二女刚巧改道由峰西绕出峰前，差不到一晃眼的工夫，便被发觉，时机危急，时不容发。妖人百忙之中，万没料到仇人会走反路，飞过了头，又未回看，致被错过。又心疑仇人有了警觉，往小寒山来路退去，循路急追。已快追到小寒山左近，忽然想起二女似初出山，途向生疏，也许还不认得去峨眉的道路，径由主峰顶上越过。来时疏忽忘了回顾，反被漏去。否则就她们中途退回，凭自己的遁光，也无追不上之理。心念一动，立即回飞。因那主峰高大碍眼，意欲高处瞭望，径往峰上飞去。准备所料不对，也可行法，拨云四望。经此一来，二女已由峰前折回峰的东北，反倒走上妖人适才所经的来路。

妖人刚到峰顶，便瞥见前侧面云层雾影中，一道朱虹拥着两个仇人，往去峨眉的正路上电驶急飞，甚是迅速，途向一点不差，分明胸有成算，才知上了大当。心中忿激，忙纵妖遁赶上。二女已经避开正面相遇，心更拿稳，闻声回顾，厉声起处，妖光烟云由远而近，潮涌追来。谢琳心想："峨眉群仙毕集，自己却被妖人赶上门去，末了还仗人家接应才得无事，固然妖人太凶，到底面上无光。师父曾说，这佛香神沙专破妖光魔火，发得越多，妖人受伤越重。此时离峨眉尚远，如把神沙改作两次发出，效力虽大，未免冒险。何不把自己这一份匀做三回却敌，姊姊这一份等快到峨眉，妖人追上之时，给他一个狠的？"主意打定，也没和姊姊说。原定是她先发，妖人来势实也太快，刚把手中神沙取了三分之一在手，未容再想，那乌金色的光云已经首尾相衔。不敢怠慢，慌不迭将手一扬，发将出去，立时便有万点金星朝后飞去。妖人骤不及防，颇受了一点创伤，妖光也被神沙炸毁了些。可是神尼原已算定用法多少，如按四次发放，妖人每中一次，必要遁退老远，等神沙在空中与当前妖光相撞爆灭，重整残余，始能再进，逃到峨眉足可从容。这一分，少去好些威力，妖人受创不重，又看出法宝来历，只能使用一次。只要追时留心，玄功变化退避得快，至多宝光稍微损伤，无关宏旨。受伤以后，一面咬牙切齿，咒骂仇人，同时早想好了应付之法。二女却仍在梦中。

谢琳见敌人果然受伤退去，胆子越大，还自得意，谢璎见一样神效，也未拦她。不料第二次神沙发出，妖光逃遁更速，一沾即退，妖人却似未受甚伤。而且去得快，回得也快。第三次更糟，竟连妖光都未消灭一点，神沙飞出，吃妖人放出一片绿黄二色的火星，迎在头里，一撞全消，竟是全师而退，晃眼又被追来。尚幸二女灵敏小心，一面抵御，一面运用全力加紧飞驶，等第四次追近，已到了峨眉后山上空。妖人也是活该倒霉。因见二女中只是谢琳一人动手，谢璎始终未动，快到地头，心中急躁万分，惟恐漏脱，又看出仇人手中法宝已经用尽，神情惊惶，即便还有，也有破法。准备豁出送掉一件别的法宝，再用玄功变化护住元神，肉身拼受一点伤害，一面用法宝防备神沙与之同尽，一面加急前追。敌人如施法宝，更不再退，径直硬冲过去。谁知二女惊惶，由于第三次妖光未伤，回来太快，只当敌人有了抵御之法，神沙无功。明知师父既说只有虚惊，不会受害，但是好强心胜，惟恐逃到峨眉当人丢脸，并没想到是神沙量少之故。见已追近，一时情急，又料这一挡，至不济，也能飞到地头。不过妖人没在自己到时重伤惨败，全仗外人接应，面子不好看罢了。谢璎听谢琳直催："姊姊做一回放试试。"便把双手神沙同时发将出去。二女发时，稍微迟缓，无意中成了诱敌之计。这次妖人见已追近，仇人尚无动作，峨眉转瞬即到，恐生波折，越以为二女力竭势穷。这次神沙之力，比前长了两三倍，就有准备，也难免于受伤，何况又把防御之心丢去了大半。在一缓一急之间，相隔越近，二女也几乎被妖光罩住，突将神沙全数发出。妖人怎吃得住，法宝损伤了一小半不说，如非心急报仇，欲以玄功变化，双管齐下施展毒手，虽然不致必死，而形神两受重伤决所难免。等到遁向远处，收拾残余，同时省悟二女是得了昨日为她隐形人之助，分给了一些神沙，这次将要用完时，二女已经赶到地头。明知对方不好相与，此去十九弄出事来，无如满腔恶气难消，想了想，把心一横，追到洞前。不料饱受二女奚落，对方一个有名人物也未出现，竟为几个无名小辈所伤。末了，还是自残肢体，才得借着本门血光遁法逃去，怎不恨切心骨。由此便与金、石、二女诸人结下深仇，立誓报复。不提。

金、石、秦、廉四人听二女略说前事，又见二女一双仙容玉貌，俱都佩极爱极。双方正谈得投机，崖下面"噗"的一声，冒出一道白光，其疾如矢，直向亭中射来，势甚突兀。金、石二人慧眼神目，一见便认出是本门家数，刚说一句："不是外人。"白光敛处，乃是一个相貌奇丑的小尼姑，众人俱不认得。见那小尼姑满头上疤痕叠叠，蜂窝也似。一张紫酱色的橘皮扁脸，浓眉如刷，又宽又密。底下却眯缝着一双细长眼睛，扁鼻掀孔，配上一张又阔又大的凹嘴。未语先笑，却露出一口细密整齐、白得发亮的牙齿，还生着一双厚长红润的垂轮双耳，身更矮胖。与仙都二女并立一处，越显一丑一美，各到极处，不禁暗笑。尤其仙都二女刚刚出世不久，才到峨眉，便见着金、石、秦、廉这几个极秀美的少年男女，以为峨眉门下俱是这等人物。几个把门的已有这等丰标，洞中比这好的金童玉女更不知还有多少。休说还要参与开府盛典，便见到这些人也是高兴。方自欣慰，忽然平地冒出这么一个丑怪物来。金蝉不说是自家人还好，这一说是自家人，仙都二女由不得多看两眼，越看越忍不住，几乎笑出声来。

小女尼不等众人问询，便先向金、石二人笑嘻嘻道："你两个想必就是金蝉、石生两小师兄了？"说时，见仙都二女在笑她，也不理睬，随伸左手，用食指指着自己扁而且掀的鼻子，对众笑道："小贫尼癞姑，乃落凤山屠龙师太善法大师的小徒弟。这两位师姊呢？"

金、石、秦、廉四人虽未见过屠龙师徒，却早听玉清大师和诸先进同门说起。知道屠龙师太当初原是本派前辈，只因疾恶如仇，屡次妄起杀机，致犯教规，师长屡戒不改，将她逐出门墙。赌气出门，愈发躁急，到处搜寻异派妖恶之徒为难，一被她遇上，便无幸免。彼时任性刚愎，谁说的话也不听，同道中落落寡合，只妙一夫人和她至好。东海三仙始终关念旧日同门，未断往还，知她这样下去，杀孽日多，树敌太众，早晚必有祸患。这四人劝她虽还能勉强听从，也只是当时，见了恶人，依然故态复萌。便不再劝，公推妙一夫人暗中为她防护。屠龙师太本是峨眉派中有名辣手，道法高强，永远独来独往，向来不要人助。妙一夫人暗中将护不久，便被发觉，虽然不愿，良友苦心好意，也只听之。表面不加拒绝，暗中却想尽方法掩饰，避道而行。这年长眉真人飞升，她虽然气忿师父薄情，处罚太过，负气怙过，出门以后不再参谒，也不略露悔意托人求说。毕竟师门恩厚，永世难忘，到日前往拜送。因是弃徒，不敢再齿于众弟子之列，只在洞前跪伏遥拜。哪知只听传说，时日说得不对，连跪伏了三昼夜，终不见真人仙云飞起。心想："自离师门，便未见过。此后更是白云在天，去德日远。"越想越觉依恋。又见连旧日同门和师门一些至交俱都陆续到来，飞升之事，一定无讹，决计无论再跪多少天，也候到师父飞升才罢。立心诚敬，明知同道身前走过，只把双目垂帘，潜心相候，既不招呼，也不探询。似这样跪到第六天上，真人方始飞升。拜送之后，妙一夫人忽持真人柬帖和一件法宝赶来，告以真人因她不知悔过，一意孤行，这多年来虽经众弟子求说，不曾允准。教规谨严，师徒之分已绝，师徒之情尚在。此次飞升，众门徒弟子各有法宝遗赐。所赐屠龙师太白柬一张，到时现出形迹，自有应验。又外附戒刀一柄，以为异日之用。屠龙师太此时原是道装，名叫沈诱。听完前言，心中难过已极。知道宝物不过留念，那张白纸却关系他年成败，必不在小，感激涕零。方要回山，三仙等一干旧同门和许多平辈道友相继走来看她，并约入洞少聚。屠龙师太知道晓月禅师尚在洞内，平素不和，犯规被逐，一半由他而起。这次师父又将道统传给妙一真人，也很气忿。自己偏和三仙等人情厚。一则进去难免受他讥嘲，看些冷脸；二则此时也实无颜进洞，便自谢绝。三仙诸人知她与晓月不和，也就不再相强。

屠龙师太回山不久，以前所树诸强敌便联合寻上门来。苦斗了三昼夜，末了敌人请来轩辕法王和九烈神君等师徒多人，将她困在妖阵以内。偏生三仙、妙一夫人等几个至交得有长眉仙示，早知就里，加上晓月又在生心内叛，诸须防备，不曾来援。眼看和弟子眇姑要为阴雷魔火炼化，同归于尽。一时情急无计，想到真人所赐无字素柬。刚由怀中取出，还未及细看，便见纸上朱篆突现，如走龙蛇，霹雳一声，冲破千重魔火妖光，破天飞去。这时屠龙师徒护身神光已快炼尽，再有个把时辰，便无幸理。料想此柬必是一道求救灵符，正盘算来人是谁，烟氛汹涌中，一幢祥光紫焰忽自天空降落，直罩头上，护身的神光竟被压散。方拿不定凶吉，平地突托起丈许大一朵金莲，将身托起，与那祥光上下一合，将师徒二人一齐包没，腾空而起。慧目外望，满空四外的阴雷魔光，如狂涛怒奔般纷纷消散。一干妖人更是手忙脚乱，四散飞逃。祥光金莲，其去如电，只望了一眼，已飞出数百里外。

一会儿落下一看，身在一个海岛之上，湿云低垂，景甚荒寒。祥光敛处，对面山石上坐定一个衰年老尼，短发如雪，面容黑瘦，牙已全落，双目却是神光炯炯。猛想起逐下山以前，曾闻师言，东海尽头居罗岛神尼心如，新近在岛上相遇，说她想收一个女弟子。因在荒岛坐禅多年，无暇到中土来，托他代为物色。并说她以前便是最恶的人，忽然悟道。所收弟子，只要资质好些，放下屠刀，立即是佛，不问以前善恶，自能度化。道友肯予援引，便是缘法，这人如已在佛道两门修炼多年的尤妙。听那口气，好似把师父门人要一个去，更对心思。今日灵符才得升空，便被接引来此，两下里应证，分明预有前约。久闻神尼以前所习，乃是专一伏魔功夫，近始参修上乘功果，佛法无边，不可思议。如蒙收录，岂非幸事？立即跪伏谢恩，并请收录。神尼先问："戒刀带来了未？"屠龙师太闻言，立即将刀献上。神尼即用戒刀为之披剃，再述前因。果然师父看她杀孽太重，必遭大劫，自己飞升在即，非得神尼这等法力宏深之人为师，终不免祸。并算出她与佛门有缘，前次逐出，实是有心玉成。拜师之后，在岛上苦修了十年，神尼便自飞升。曾在东海一日之内连杀了二十三条修炼千余年的毒龙，因此人都称她屠龙师太。除眇姑外，还收有一个患癞疮、麻风，眼看要死的贫家弃女。师徒三人虽都丑得一般出奇，但道法却极高强。尤其是这位癞姑，曾得过半部道书，练就穿山行地之能，如鱼游水，比起南海双童还强得多。

金蝉等四人既然听说过屠龙师太师徒的来历，所以听完癞姑自报家门后，立时改容致谢。互通完了姓名，正要给仙都二女引见，癞姑道："我知道她们是仙都二女，刚被那臭巴掌妖人赶了来。人家看不起，犯不上巴结。我正经话还没说呢。"这话一说，仙都二女好似来人揭了她姊妹短处，自身是客，不便发作，噘着两张小嘴直生气，暗骂："丑秃子！"金、石二人也觉发僵。癞姑全不在意，随对众道："家师和眇姑本要今日来的，因听一旧友说起，许飞娘忌恨峨眉开府，费尽心力，约了好些厉害妖人，欲在开府那一瞬间，在峨眉对面的雪山顶上施展九天都箓颠倒乾坤大法，将全山翻转，给齐师叔一个丢脸。家师气忿不过，料知诸位师伯叔必早知道，她和家师姊找人商量去了。我想早日来此观光，因我来路与别位不同，要路过二十六天梯，过时觉着危崖顶上有点异样，下去查看。才一落地，便现出一个和我丑得差不多，只头上没长癞疮的女道友，自称米明娘。知我是客，见面便催我快走，问又不说。后被我逗得发急，她见事变快到，才说是妖鬼徐完要来惹厌，她已觉出惊兆，恐我不走，误了他们的事。还怕万一客人受伤，更受师长责怪。我很爱惜此女，又想看妖鬼到底有多少鬼玩意，刚答无妨，空中便有了鬼声，前队先到。她因见我不走，事又紧急，便行法连我一齐隐去。先来鬼徒鬼孙又都是废物，毫无觉察，便入了埋伏。我以为都是这样稀松平常的鬼闹呢，哪知鬼头跟着就到。这一来却热闹了，差不多世间什么样的坏鬼全都来齐，外加许多魔头。我跟着打了一阵鬼架，觉着我是胜负两难，他们那几个却未必是人家对手。既然早有准备，怎会只派几个后辈和大猴子去应付？不是诱敌，便是别有良策，好在禁制重重，妖鬼一时冲不到此，他们忙着和鬼打，都不爱理我。想到此打听一个行市再回去，好多少出一点力，就便歇歇脚。因天空已被禁制横亘，齐师叔仙法神妙，竟随着人上长，人到哪里，都拦住。我飞不过去，只得改做穿山甲到此。"

金蝉见她咧着一张大嘴，言词神情无不滑稽，强忍着笑，告以经过。癞姑笑道："原来篷里还埋伏着古神鸠，又有矮老前辈暗中布置，这就莫怪了。不过这些鬼东西太气人了，多除他几个，省得留在世上害人，总是好的。你们除却真个奉命不能离开的，谁敢跟我打鬼去？上空飞不到，我会带他做穿山甲。到了那里，却是各顾各。"仙都二女知道此言明是为己而发，不禁玉容微嗔道："要去我们自己会去，哪个要你来领？四位哥哥姊姊们奉命延宾，不能离开。你做你的穿山甲去，不管我们怎走，准定奉陪就是。"癞姑笑道："二位女檀越生气了？我只当你们笑时才现酒涡呢，原来嘟嘴也现，真好看。以后我只要见到你们姊妹，不叫你们笑，就叫你们生气。"二女嗔道："我们没有那大工夫和你生气，偏不现出给你看。"癞姑笑道："这又现了不是？"二女气道："少说闲话，你不走，我们先走了，倒要看看你这不被人赶出门的有多大本领！"癞姑笑道："我小癞子没甚本领，实不相瞒，方才由地底钻出，便是被那鬼玩意赶了来的。不过我和人动手，照例没完没了，死缠。当时打不过，绕个弯又去。到此打一转，再回去打时，好说并非真败，只为打到中间，忽然想起这里有两个妙人儿，特意抽空跑来看酒涡来的，省得妖鬼说我。"这几句话一出口，休说金、石、廉三人听了好笑，连秦紫玲那么老成的人，也忍不住笑出声来。仙都二女更是笑不可抑，怒气全消。癞姑反板着丑脸，只望着二女面上酒涡，一言不发。众人见状，又是一场大笑。这才知是有心作耍，本无芥蒂。二女也猜嫌悉泯，反觉癞姑有趣。紫玲再一重为引见，更各亲近起来。二女见只说笑不走，重又催促。癞姑道："我是逗着玩，要去，现在时候还早呢。"紫玲也说："米、刘诸人无妨，朱师伯另有安排。须俟妖鬼全军出动，始可前往。纵不全灭，也须去他一半，不必着忙。"于是众人便在亭中说笑。

候到子初，司徒平忽出传令，说师尊闭洞前留有仙示，命金、石、秦、廉四人，一交子正，速往二十六天梯，各用新得法宝，分四面截戮妖鬼。阵中已有神鸠，无须近前。来客如愿相助，悉听自便。说完，便见徐祥鹅、周淳、周云从、赵燕儿四人出洞，接替轮值。癞姑首先喊声："再见！"一道白光，往地下穿去。仙都二女说自己须到阵前穿地而入，免毁山石。随了金、石、秦、廉四人同行，到了二十六天梯上空，自用法宝裂地开山入阵。不提。

且说米、刘、沙、米诸人正在茅篷中守望，忽听破空之声，一道白光飞落岭上。米明娘看出是本门中人，恐她不知，贻误事机，出去问明来历以后，怎么劝说，癞姑也是不走。明娘出身异派，觉出妖鬼快来，入门日浅，不知来历根底，再说恐其不快，只得使眼色。米、刘二人方将来人一齐隐去，便听空中啾啾呜呜，鬼声如潮，忙将禁制展开。方料妖鬼毫无觉察，不难使之入网，哪知事情并不尽然。妖鬼早知峨眉在二十六天梯有了埋伏，又闻许飞娘约请了两个异派中的头等人物，要在开府之日倒转仙府，毁灭全山，自己自恃邪法高强，不愿因人成事。又知敌人气运正盛，能手众多，飞娘此举绝难成功。便是自己此行，也只是因为符、令为对方所毁，轻视不理，又失去心爱女徒，仗着屡劫幽灵，练就不死之身，乘隙扰乱，给敌人一个厉害，稍出心中怨恨，真想把敌人怎样，仍办不到。乐得故示气派，不与人合流，独自行事。算准当晚峨眉诸长老要在太元仙府内闭洞行法，开读仙示，特意期前赶来。妖鬼平日尽管骄横，因对方是生平头一次遇到的强敌，又有准备在彼，由不得也加了几分小心。一面召集教下全体鬼魔大举前进，一面派出两个得力弟子去打头阵，看看对方何等埋伏禁制。那初次入伏的，并非徐完本人。而另一面，妙一真人等又深知妖鬼神通变化，灵敏迅速，来去如电。此时正在专心伺隙，稍有动作，便被识破，不易入网。和白、朱二老，各以意会，一面算准神鸠到的时候，命几个再传新进往设埋伏；一面却由嵩山二老主持全局，另加了一番精微布置。茅篷刚搭成，神鸠便到，立由易、李诸人转告杨瑾，乘妖鬼还未算出以前，藏入其内。并告米、沙二小，不到子正，不可放出神鸠。米、刘诸人全都不知底细。

明娘正被癞姑引逗，急恼不得。一闻鬼声，刚把禁制展开，便觉眼前阴风飕飕。一阵旋沙起处，岭头上凭空现出两个面容惨白、瘦骨嶙峋的妖人，都是身着麻衣，鬓垂两挂纸钱，一手执着一柄上面黑烟缭绕的铁叉，一手持着一面上绘妖符、血污狼藉、长约二尺的麻幡，身子凌虚而立，若隐若现。正当四山云起、月黑天阴的子夜，那神情说不出的阴森凄厉。二妖人才一现身，便睁着鬼火般一闪一闪的碧绿眼珠，不住东张西望，四下搜索，好似不见敌人，面现惊疑之色。明娘主持全阵，正嫌人手太少，二妖人忽然同声喝道："我二人奉冥圣徐教主法旨，来寻那日在白阳山古尸陵墓中毁去教祖的阴符、敕令和那用禁法困住叛徒乔乔，致被少阳门下孽徒逼去成亲的两个贱人。你们既敢在此地设机埋伏，急速现身出敌；要是害怕，告知你们主脑，速将那两贱人献出，免得一网打尽。如若打算妄用隐形禁制之术，我们俱是玄阴不坏之身，直是做梦。"

言还未了，忽听有一女子粗声莽气笑骂道："不要脸的无知游魂妖鬼！人在面前都看不出，还敢吹大气呢。妙一真人如把你们当玩意，也不会只派几个再传弟子收拾你们了。他们奉有师命，不到时候，不能收网。我来做客，却可随便。我也会吹气冒泡，却是真吹，不只口说。且先试试你们这不坏之身是什么玩意。"先说时，身并未现。二妖徒闻声只在近侧，不由犯了凶横气焰，自恃真阴元灵炼就的形体，可分可合，能聚能散，又善玄功变化，不畏暗算。没等对方说完，勃然暴怒，双双厉啸，将手中妖幡连连晃动，朝着发声之处乱指，由幡上飞起一片碧萤般的鬼火。立时阴风滚滚，鬼影幢幢，每一点碧萤之上，各托着一个狰狞鬼头，其大如箕，千形百态，猛恶非常，各张着血口，獠牙重重叠叠，发出各种极惨厉的鬼啸，怒涛一般飞舞上前。明娘虽然在暗处，未被发觉，因离身较近，也觉阴寒之气侵肌，由不得激灵灵打了一个寒战。不敢大意，忙从暗中遁到茅篷下面，去与米、刘诸人会合。

正待合力下手，癞姑话也说完，自破隐形法，突然现身上前，手指妖徒，笑嘻嘻骂道："你们这些鬼都没用处，这些鬼脑壳有什么相干？还是让我吹口气试试吧。"妖徒见那上千凶魂厉魄炼就的恶鬼枉自口喷碧焰阴火，磨牙吐舌，只在四外环绕，不能近她的身。出来的敌人偏生得又丑又矮，一点看不出有甚奇处，越发忿怒。刚把手中妖叉一摇，待化血焰飞出，癞姑口已先张，只见一团赤红如火的光华电射飞出。妖徒如果小心，看出对方难惹，先用千里传音之法向北邙告急，这数千里的途程，妖鬼邪法玄妙，妖徒出时没有禁制，真灵相感，声息一通，可以立即赶到，二妖徒尚不致死。至不济，那两面恶鬼幡下的上千凶鬼，总可保住一些，不致全灭。只因凶横太甚，一念轻敌，以为妖鬼法令森严，自己是同门表率，不欲一战未交，便自示弱。及见对方法宝、飞剑全未施展，忽然喷出一团火光，知是佛家降魔真火，和少阳神君师徒所炼内火一样，恰是自己克星，不禁鬼胆欲消，忙欲遁逃时，已是无及。那火来势如电，眼未及眨，忽自分散，化为一片火雨，将二妖徒全身围住，再行爆散。只听一片轻雷之声，密如贯珠，连妖徒带所持幡、叉全数消灭，连烟都未起一缕。那些恶鬼失了凭依，纷纷悲啸欲逃。米、刘诸人早把禁制发动，太乙神雷上下四外一齐合围，晃眼全部了账。明娘才知癞姑真个法力高强，好生敬服。

正致谢间，癞姑道："实不相瞒，我因你一见投缘，同丑相怜，意欲助你一臂。知道妖魂难伤，不惜损耗元气，除了两个为首妖魂。此事可一而不可再。妖鬼徐完见妖徒本命灯一火，必定立即赶到，我能敌与否，尚难断定。我在此现身诱敌，你们仍照原定，不要管我。"说时，米、刘诸人早把阵法重新布置，以为妖鬼远在北邙山，连癞姑也觉几句话的工夫，未必就到。不料话还未完，二人便觉阴风扑面，肌栗毛竖。同时千万支灰碧色的箭光，夹着一股极强烈的血腥，当头洒下，眼前一花，一个面如白灰、身穿白麻道装、头戴麻冠、相貌阴冷狞厉的妖道，带着二十多个和前两妖徒同样打扮的男女妖魂忽然出现。想是恨极，身还未落，先下毒手。如非癞姑道法高强，曾得屠龙降魔真传，明娘又是久临大敌，深知妖鬼厉害，时刻谨防，米、刘、袁星均极机警，应变神速，几遭不测。阴风才到，癞姑手一指，先放出一道白光，一片金霞挡在前面。明娘也放起一片青光，不约而同互相将身护住，遁退一旁，准备看清来敌，再行应战。

第二一〇回　闭户读丹经　明霞丽霄开紫府
　　　　　　　飞光摇壁月　朵云如雪下瑶池

篷下面，米、刘诸人见徐完已到，便不再等明娘退回，先自发动。妖鬼徐完因在妖宫看见妖徒本命神灯一灭，知遭惨死，不由暴怒，立即赶来，猛下毒手。及见幽灵鬼箭未将敌人打中，随将收敛万千凶魂厉魄炼就的妖术邪法，全数施展出来。痛恨之下，看出敌人共只几个无名小卒，越发忿怒。又因阵法催动，断他归路，见敌人用的是暗藏太乙神雷的玄门生灭两相禁制大法，以为此法虽然玄妙，却奈何自己不得，就杀眼前几人，太不消恨。决计施展全力一拼，至少也将敌人门徒杀死一半，才可稍平怨气。于是暗用鬼语密令手下的妖徒，在自己所放血沙幡紫焰护身之下，率领万千恶鬼，冒着雷火宝光，乘虚摄取敌人真魂。却独自冲破禁制，赶往敌人洞府，乘着首要诸人无暇迎敌，将门下男女弟子一网打尽。

　　谁知阵中禁制虽阻不住他，如想前进，却被一重佛光阻住，无论飞左飞右，飞得多高，只要往峨眉一面便被阻住。这才省悟，敌人埋伏以外，还另约有佛法高深的能手，用佛家须弥神光将前路阻住。知道厉害，不敢硬闯，急怒交加，退将下来。瞥见阵中雷火乱发如雨，打得那些恶鬼欲前又却，无法进攻。同时手下妖徒又吃小癞尼暗算了一个，受伤退下。当时恨到极点，便朝癞姑扑去。

　　原来阵中诸人多出身左道，识得厉害，互相联合在一起，只把雷火连连发放，以待时机，只守不攻，又在法宝、仙法护持之下，妖鬼无隙可乘，简直奈何不得。只癞姑一人自恃具有降魔法力，不畏邪污，不时在法宝、神光护身之下，乘机出没，伤害妖徒恶鬼。正在兴头上，忽见妖鬼徐完由隐复现，知他动作如电，便留了神。可是疾恶之性和其师当年一般激烈，见了便难容忍。恰值有一妖徒贪功心切，妄想乘机冒险，摄取袁星真魂，吃癞姑看出。知众妖徒均有徐完妖幡上分出来的紫焰护身，前侧面不能伤他，冷不防遁入土内，到了妖徒脚下，倏地冲出，扬手一团雷火，打得妖徒身受重伤，几不成形，败退下去。癞姑方觉此法妙极，眼看白影一晃，妖鬼临头。先飞起一团灰白色的冷焰，紧跟着右手一扬，又是千条惨碧绿光同时射到。这是徐完多年心血炼就的阿鼻元珠与碧血灭魂梭，不遇大敌，轻易不用，厉害已极，如换一人，不死也必重伤。癞姑却极机智，深知妖鬼难敌，早有戒心。知道敌人不是不知自己有宝光护身，善者不来，一见便纵神光往上飞去，端的迅速已极。本意还拿不定此宝深浅，没想遁走，打算暂避头阵，看明来路再说。哪知敌人追逐更快，差点没被打中。身外宝光只被碧焰扫着一点芒尾，立即激灵灵打了一个寒噤，知道不妙。自恃通晓禁法，能冲出阵，忙即升空欲往峨眉遁去。如法施为，竟然无效，身后妖光阴寒之气已经袭近。百忙中飞星下射，往下飞落。

妖鬼必欲得而甘心，见她冲不出阵，不往回路逃，反倒落下，以为再妙不过，一指灰碧光华，掉头向下急追。满拟只要被二宝打中，纵有法宝护身，也要昏迷倒地，准可将生魂摄去。眼看流星赶月，首尾相连，敌人忽然回手，一团雷火打来，宝光竟被挡了一挡。不禁怒骂："贼尼想逃命，真是做梦！"敌人已经落地，正指二宝下击，忽然不见。那地面已经敌人玄门禁制，鬼都难入，竟会被她遁走。怒不可止，便寻米、刘诸人发泄。哪知诸人法力虽然不济，但太乙神雷威力极大，彼此俱难伤害。相持了一阵，妖鬼觉着区区小辈都不能胜，反伤了上千妖鬼和心爱门人，气得暴跳如雷。忽然发狠，竟将准备抵御三仙二老诸人的碧磷沙发将出去。米、刘诸人正用神雷抵御之际，见天已交子正，时辰将至，但仍不敢大意。忽见妖鬼取下身佩葫芦，朝外一甩，猛飞起百丈绿火，碧莹如雨，当头压下。太乙神雷尽管连发，却只稍微一挡，不能打退，反倒一分即合，越聚越多，潮涌压来。离身还有十丈以外，已觉阴寒刺骨，直打冷战，心正忧急。

沙、米二小同了神鸠伏身篷内观战，早就跃跃欲试。米佘胆子最大，更是心急，几番欲出，俱以子正未至，吃沙佘阻住。及见众人危急，又到了预定时辰，便对沙佘道："时至事危，再不出援，如被妖鬼得胜，禁制一破，现出茅篷，一样也隐不了身。我们初上仙山，何不冒一点险出去，也显得我们同门义气？"那只古神鸠已有多年不啖生魂，也恨不能早飞出去，闻言作势欲飞，将头连点。二人再往外一看，米、刘诸人已渐败退，面现惊惶。一时情急，刚将芬陀所赐二宝放起，各化成一团金光，一弯朱虹，飞身出去，便一声雷震，号令发动，正是时候。

同时，那古神鸠迅速立起，"呼"的一声，茅篷整个飞起，直上高空。身子立即暴长十余丈，飞将出来，一声厉啸，飞扑上前。张开丈许大小的尖钩铁喙，喷出笔也似直一股紫焰，长虹吸水般，首先射向前面碧涛之中。只一吸，便把那些极污秽，频年聚敛无数腐尸毒气、污血阴秽以及万千凶魂厉魄合炼而成的碧磷沙，全数吸了进去。跟着伸开那大约丈许的钢爪，便向徐完师徒抓去。说也奇怪，众妖徒多是生魂炼成的形体，能分能合，寻常的飞剑、法宝俱不能伤，可是被神鸠那带着乌光黑气的利爪一抓，便被裹住。再张开铁喙一啄一吸，立化黑烟，吸入肚内。当前两妖徒骤不及防，首先了账。

徐完以前虽曾闻说白阳山古妖尸鸠后无华氏父子所豢神鸠，生前便具啖鬼之能，又在陵墓地底潜修了数千年，越发成了恶鬼的克星。但一想到自己师徒道法高强，此鸟连几个峨眉后辈俱敌不过，无甚可畏。后又闻说擒鸠的是芬陀再世爱徒凌雪鸿，也只以为此鸟至多能啖那些无主幽魂，不足为异，一时疏忽，没放在心上。这时正在凶焰高涨、自料转眼得手之际，猛瞥见对阵两个仙风道骨、通身佛光绕护、各指着一道朱虹的道童突然出现，才知敌人身后还有一层埋伏，斗了半日，竟未觉察。方自愧忿，未及施为，猛又听阵外一声雷震，紧跟着"轰隆"一声，一座茅篷倏地掀起，直上高空。由篷内飞出一个大雕般的奇形怪鸟，才现身，便暴长了十余丈，周身俱有五色烟光围绕。尤怪是五色烟光之外，由背腹到嘴边还隐隐盘着一圈佛光。瞪着一双奇芒四射，宛如明灯，有海碗大的怪眼，爪、喙齐施，势疾如电。一照面，先把千重碧焰吸进了肚，紧跟着两个爱徒又自送终，声势猛恶，从来未见。妖鬼做梦也未想到古神鸠如此厉害，不由惊急忿恨，一时俱集。又见门下妖徒恶鬼纷纷伤亡，敌人的神雷、法宝、飞剑更是连珠飞来，后出现的两童所用更是佛家降魔之宝，稍差一点的妖徒遇上，便被朱虹斩断。真气一散，敌势又甚，匆迫中，不及遁回凝合成形，吃神鸠所喷紫焰飞来，卷住往回一吸，立被吞入腹内，晃眼又断送了好几个。情知遇见克星，万难讨好，把心一横，一面暗发号令，命众妖徒收转恶鬼，速用本门遁形之法，随着自己往来路冲出阵外，遁回山去；一面拼着损耗数十年苦炼之功，运用玄功，再取神鸠的性命。如能除去此鸟，再凭自己一人，与敌一拼。

说时迟，那时快，心念一定，立率妖徒恶鬼往外飞遁。那逃得稍慢一点的，吃米、刘二人催动禁制，施展法宝，四面夹攻，多被雷火、宝光击散，做了神鸠口中之食。一任妖鬼逃得多快，也伤亡了不少。刚将妖徒恶鬼冲出阵外，神鸠已经追来。不再顾阵外还有什么埋伏，把满口鬼牙一错，重又回身。迎着古神鸠，猛将口一张，喷出一团鸡卵般大小的暗绿光华，照准神鸠打去。这是妖鬼运用玄阴真气炼就的内丹，能发能收，可分可合，比起九烈神君的阴雷还要厉害得多。神鸠贪功心狠，哪知厉害，眼看上当。恰巧癞姑与仙都二女一由地底穿行，一由空中飞到佛光左近，用洞灵筝裂石开山，先后由地底冒将上来，见妖鬼已经惨败逃出，便助米、刘诸人向前追杀。癞姑识货，知道妖鬼回头，必下毒手。一见暗绿光华喷出，忙喝："此乃妖鬼内丹炼成的阴雷，神鸠小心！"

言还未了，神鸠已快吸到口边，忽然警觉，忙张大口一喷，飞出一团栲栳大的金光，迎头一撞。绿光立即爆散，却不消灭，随着徐完心灵应用，避开正面金光，化为一蓬绿雨，朝神鸠全身包去。神鸠仗着机警，将暗含口中的一粒牟尼珠喷出，没有妄吸入肚，炸伤肺腑，免去大劫。却没料到阴雷散后，妙用犹存，得隙即入，迅速非常。等到觉出不妙，将身上一百零七颗牟尼珠齐化金光飞起，围绕全身，一片爆音过处，绿雨化为腥风消灭时，已吃阴毒之气乘隙而入。虽只少许，又非要害，一经察觉，便运用玄功，暗中抵御，不使阴毒之气深入骨髓，受伤已是不轻了。总算生性强悍，依旧奋力扑上前去，毫未退缩。

妖鬼一见阴雷打中神鸠，直如未觉，反现出一身佛光，将阴雷破去，白伤耗了好些元气。这才觉出凶多吉少，有了畏心。敌人一个未伤，就此撤退，终究不甘。一眼看到对阵除那先遁走的癞姑重新出现外，又添了两个仙根仙骨的少女，报仇之外，顿起贪心。一纵妖光，避开正面神鸠来势，随手发出阿鼻元珠。意欲出其不意，一下将二女打倒，摄了生魂就逃。哪知二女正想用法宝伤他，惟恐又发阴雷舍鸠打人，不及抵挡，早把辟魔神光罩放起，一个施展碧螟钩，一个施展五星神钺，双方恰好同时发动，癞姑在侧，更恐二女无备受伤，扬手一雷。妖鬼阿鼻珠化成灰白光华刚刚飞出，忽见二女被一幢宝光罩住，光中突又飞出两道翠色晶莹的长虹和两团具有五色彩芒角、飙转星驰的奇怪宝光，电驰般飞至。妖鬼心想二女年幼无备，只有一道剑气护身，相隔又近，妖珠万无不中之理，十拿九稳可以将生魂摄去。百忙中下手，一心只在防备神鸠，没有留意二女。万不料自己倒吃了太近的亏。这两件法宝俱非常物，妖鬼骤不及防，相去不足三丈，等到精芒耀眼，想逃已是无及。四道宝光一齐夹攻，双双绕身而过，竟将妖鬼斩为数段。同时那阿鼻珠先吃癞姑一神雷打偏了些，神鸠正追妖鬼赶来，看出便宜，上了一次当，不敢乱吞，竟伸双爪，借着牟尼珠的佛光威力，抓抱了去。

这些原只瞬息间事。米、刘等原有六人，始终追杀，并未停手。只因妖鬼变化神奇，长于闪避抵御，不能伤他。这一受伤，斩做数段，正好众人的雷火、飞剑、法宝也纷纷赶到，一齐加紧施为，俱想在此把这些残魂余气全数消灭，永除后患。一时雷火金光、精芒虹霞蔚为异彩，顿成奇观。正在兴头上，方觉神鸠此时上来，正好吸取妖鬼报仇，为何退缩不前。忽然癞姑喊道："妖鬼已经受伤逃走，你们还闹些什么？"众人闻言，抬头一看，空中满天光华交织之下，一片妖烟比电还急，正往东南方飞去，一晃无踪，适才合攻之处，哪有踪影。那只古神鸠身已缩小还原，在佛光环绕之下，直打冷战。

各收了法宝，忙赶过去一问。癞姑道："这不妨事，谁叫它心狠口馋，差点没被阴雷打死。现仗佛光和它自有内丹，只一日夜，便可将身受阴毒炼化复原了。那粒妖珠已被我代为收存，等到了仙府，交它主人。"众人一看，只是龙眼大小一丸白骨，上面满是血丝，隐泛灰白光华，不想如此厉害。

正谈说间，石生忽自空中飞落，令众陪了三位来客返回仙府。并说适才对敌这一会儿，还来了好几十位仙宾，因被芬陀佛光所阻，吃白、朱二老在对面高峰接住，陪同观阵，今已飞往仙府。

原来白、朱二老知道徐完劫运未终，能使重创，已是幸事。一面暗中布置，设阵诱敌；一面暗请神尼芬陀在远处山上，暗用佛家大须弥如意障无相神光，将往仙府的路阻住，以防万一。虽然三仙算出仙机，终恐米、刘诸人力弱道浅，又以连日仙宾云集，不时到来，遇阻失礼，特在对面数十里外高峰上遥为监防，就便迎候来客。也是徐完晦气，那么厉害的妖鬼，竟吃几个后进打得落花流水，末了还损失了若干元丹，受伤逃去。

妖鬼本来玄功奥妙，先为二女所伤，只是一时疏忽，不及防御，当时吃了点亏。情知敌人厉害，万无胜理。而且不知神鸠重伤，只是勉力挣扎奋斗。以为再复成形，难免追逐，佛光护体，阴雷无功，有败无胜。又听空中鬼嗥惨厉，知道仇敌上面还有埋伏。休说手下妖徒，便那万千凶魂厉魄，也经自己多年苦心搜罗，摄取祭炼而成，好容易得有今日，如被一网打尽，异日复仇更是艰难。情急悲忿，不敢恋战，就势放下几段幻影，连原身都未收合一起，便自向空遁去。妖鬼遁逃，最为神速，众人就追，也追他不上。神鸠神目如电，虽然看出，但身中邪毒，已难支持，退了下去。等癫姑在旁识破，妖鬼早飞到空中，数段残魂，一凑便合，复了原形。四下一看，对方虽只几个少年男女，所用法宝如天遁镜、七修剑、修罗刀、太乙五烟罗之类，几乎无一不是妖鬼的克星。尤其是各有至宝护身，无隙可入，满天奇辉异彩，上烛霄汉。只杀得妖徒恶鬼纷纷伤亡，能逃走的不到一半，余者也正危急。自己已经上当，连失内丹、异宝，惊弓之鸟，不敢再用阴雷，以免又耗元阴。没奈何，只得强捺毒火，咬牙忍痛，一声号令，拼合却为太乙五烟罗所困的一些妖徒恶鬼，施展玄功，化成一片妖云，护住残余鬼众，遁往北邙山而去。朱梅随用千里传声，将金、石等四人唤往峰上，命石生传示米、刘诸人分别回山。

这一场恶斗，虽只两个多时辰，到的仙宾却是不少。计有矮叟朱梅的师弟伏魔真人姜庶同了门下弟子五岳行者陈太真，金姥姥罗紫烟同了门下弟子女飞熊何玫、女大鹏崔绮、美仙娃向芳淑，江苏太湖西洞庭枇杷村隐居的散仙黄肿道人，武当山半边老尼门下武当七女中的照胆碧张锦雯、姑射仙林绿华、摩云翼孔凌霄、缥缈儿石明珠、女昆仑石玉珠等十二位外客。有的因本门诸长老交厚，先期赶来观光，就便襄助一切；有的是借着送礼，在其师未到以前先来观赏仙府美景，顺便结纳小一辈的教外之友。至于峨眉本派赶来的，是云灵山白云大师元敬，同了门下女弟子郁芳蘅、万珍、李文衍、云紫纳师徒五人。

朱梅率众弟子陪着正要走时，遥见东南天边飞来一条彩虹，其疾如电，似往峨眉后山飞去。快到众人头上，金姥姥笑道："这是何方道友？遁光如此眼生。做客观光，心急做甚？"朱梅笑道："你没见适才仙都二女还要急呢。来人大约是海外散仙的弟子。"追云叟接口道："我看许有甚急事。齐道友等闭洞参拜，仙府除了外客，多是后辈，待我接他下来，问有何事。"说时，彩虹已经飞远，追云叟将手一招，便自飞落。见来人是个绝美秀的少女，飞行正急，突被人无故行法降落，老大不快。见了众人，秀眉一耸，嗔道："我自往峨眉仙府寻我师父，并参见诸位前辈仙长，你们无故迫我降落，是何缘故？"追云叟笑嘻嘻正要开口，石玉珠最喜结纳同道，见这少女年约十六七岁，美秀入骨，英爽之中却带着几分天真，动人爱怜。听她说话颇傲，知道二老脾气古怪，恐其无知冒犯，忙代引见道："这便是齐真人的好友，嵩山二老中的白老前辈，适才在此驱除妖鬼。我等俱往仙府观光，为佛光所阻，在此少候。现正要走，因见道友飞行特急，恐有甚事，故此招下问询，原是好意。道友令师是哪一位？"少女闻言，立即回嗔作喜道："家师姓叶，在海外金钟岛上修炼。因闻左近乌鱼礁四十七岛妖人，有乘家师远游，约同来犯之事，赶来禀告。不知诸位老前辈与诸位道友在此，言语不周，尚乞原谅。"

追云叟笑道："我老头子生平有一句说一句。日前我还遇见天乾山小男的徒弟，听说乌鱼礁四十六岛那些没出息的海怪，见了叶道友望影而逃，竟敢乘虚侵犯仙岛，胆子不小。只是令师不在，你又来此寻她，岛上不更越发空虚了么？"少女脸上一红，答道："弟子只是听说，尚未实见。再者荒岛同门和宫中侍女尚多，也还能够支持。初入仙山，又不知家师是否在此，还望老前辈指点。"追云叟道："仙府就在前面，不过开府还得数日，你如晚到三天，正凑上这场热闹，不但报了信，也可观完了礼再走。今日到此，不论令师随你同归与否，俱都错过，岂不可惜？昨天也有两个找师父的，他师父因为到的人多，嫌他不该期前赶来，主人又没留他，不好意思，只得骂了徒弟，一同回去，连自己也不看了。其实这有什么？齐道友还托我们多找几个年轻人来观礼，给他壮门面呢。因那两个没对我说，又看不起我，懒得管。他师徒走了，我又后悔，像怪对不过他似的。"

这少女名叫朱鸾，乃金钟岛主叶缤第二弟子。这次听说峨眉开府盛典，本就心切观光；日前又和同门打赌，吃了将，借着寻师报警为由，想到峨眉开开眼界。来时凭着一股勇气，自觉有词可借，一味加紧飞驰，惟恐不能早到。及至被追云叟拦住一说，忽然想起："师父法令素严。乌鱼礁四十七岛妖人乘虚来犯之事，师父在岛时已经知道，并未放在心上。行时曾说，和峨眉素无渊源，此次前往观光，乃是谢师叔引进，所以门人不便带往。自己一时和同门负气，冒失前来，到得如是时候也好，偏又早到了两天。万一师父生气，迫令回去，热闹看不成，还被说上两句，岂不丢人？"想到这里，不由又急又气，又不便中途回去，不禁作难起来。

众人闻言，早看出朱鸾假公济私，借题来此，追云叟有心逗她发急。但知此老最喜滑稽，性情古怪，不便插嘴。后来还是金姥姥见她惶急可怜，笑对追云叟说："闻说杨道友前生便是令夫人凌道友转世，与叶道友两世深交，日前已在元江相遇，近由龙象庵一同来此，不知到了没有？峨眉开府，亘古未有之盛，难怪他们这些后辈俱都千方百计想来观光。此女不远万里来此，少时叶道友如有责言，我们大家代为关照如何？"追云叟道："姥姥你莫弄错，她是因为妖人作祟，向叶道友报警来的。如是专为观礼而来，我和朱矮子是总知宾，不问来人是甚路道，早按客礼相待，接了同行。凭她师父是谁，不等礼成以后，是不放走的了。我知叶道友门下四个弟子，倒有两个和我有渊源。内中一个还是以前那老伴没转世时，由血胞里给抱去的。我知她是谁？我和叶道友又没甚交情，以前只是内人单独和她来往。要是个不相干的，谁耐烦去舍这个老脸？"

朱鸾先听提起凌雪鸿，本就心动，未及开口。闻言猛想起："听师父说，我自己乃师父好友凌雪鸿的晚亲。生才三日，便全家死难，多蒙凌雪鸿得信赶来，由一恶奴手中将自己救下。因她也是劫运临临，恐怕不能终始其事，特意送往小南极，转托师父教养。不久她便在开元寺兵解坐化。每一想起救命深恩，日常乞求上天，盼她早日转世相见，终无音信。不料竟来峨眉，还与师父一起。她前生的丈夫正是这位老前辈，怎倒忘却？照这语气，分明是怪自己荒疏失礼，一见先就出言冒犯，又未自报名姓所致。"念头一转，忙即乘机改口道："弟子朱鸾，只为观光心急，又不知是前辈尊长在此，诸多失礼，千乞老恩伯恕过这不知之罪吧！"随说，便即跪拜下来。

追云叟原是一见便知此女来历,别有用心,并非专为作耍。闻言哈哈笑道:"你在叶道友门下五十余年,可曾对你说过你隐藏发际的朱纹来历么?"朱鸾答说:"弟子也曾问过,并还请问仇人姓名下落,家师均说须等凌恩母转世,始能见示。弟子因恐仇人早死,当时想起还在着急呢。"追云叟道:"你那仇人,哪得便死?日内便要来此赶会,凭你这点本领,绝非对手。你那凌恩母已经转世,现改名杨瑾。她前因分毫未昧,道法反更高深。等她到了峨眉,你可问她,自有计较。令师现在峨眉,你见时如照适才所说,她必当你假公济私,擅自离山,也许令你回去,这热闹就看不成了。你可说日前在岛上闲眺,遇我走过,说起你那大仇要往峨眉观光,为此拼受责罚赶来。再有你恩母为你说情,就不会令你走了。下次见人,不可再如此狂妄,凡事须等问明来历再说。"

朱鸾好生感谢,拜领教益,起立要走。又见两道青虹经天而来。金姥姥认得是同门师妹岷山玄女庙步虚仙子萧十九妹同了她惟一爱徒梅花仙子林素娥。连忙扬手招下,互相见礼。这才同驾剑光,往峨眉飞去。石生等一行也相继赶来,到了后洞降落,一同走将进去。

妙一真人等本门诸长老俱在以前长眉真人收藏七修剑的中洞以内,闭洞开读仙示,准备施展仙法,开辟五府。太元洞内只有妙一夫人、元元大师、顽石大师等本门几位女仙,陪了媖姆师徒、青囊仙子华瑶崧、神驼乙休、叶缤、杨瑾等仙宾在内谈说。后辈来客俱由齐灵云、岳雯、诸葛警我三人为首,率领一干暂时没有职司的男女同门,分别接收礼物,陪往别室相聚,或往仙府各地游览。二老率众人人内,宾主分别见礼。归座之后,众弟子也各上前参拜复命。妙一夫人嘉奖了几句,命将神鸠留下,紫玲、金蝉领众弟子,除有事者外,各去别室相聚。

杨瑾说:"众仙聚谈,神鸠不宜在此,最好仍交沙、米二小,择一静室调养。"乙休接口道:"此鸟今日居然给妖鬼一个重伤,使它人伤元气,功劳不小,不要亏负了它。我生平不喜欢披毛戴角的玩意,独于这里的神鹫、神雕却是喜爱,这只古神鸠尤为投缘。令师想使它应此一劫,故此任其身受阴雷寒毒,一粒丹药也不肯给,我偏不信这些。昔年为一好友,受了轩辕老怪阴雷之灾,曾向心如老尼强讨了几丸专去阴雷之毒的灵药,不曾用完,恰有几丸在此。待我送它一丸,医好了它的苦痛,再令人领去,与它两个鸟友同在一起。它们俱是通灵之物,也无须人看守,包我身上,绝没有事。我知那两个小人生自僬侥之野,好容易遇到这等福缘,正好任其到处游赏,饱点眼福。何苦给他们这苦差使,守在室内,不能离开?"说罢,便递了一丸色如黄金的灵药过去。神鸠这时伏身杨瑾膝头上,正在通身酸痛、麻痒、寒颤,难受万分,闻言猛睁怪眼,张口接住,咽了下去。

嫫姆笑道:"乙道友意思甚妙。我也索性成全你,早免这场苦痛,好去和你那几个同伴仙禽说笑闲谈吧。"随说,把手一招,神鸠便纵向嫫姆手腕之上,目视乙、嫫二人,大有感谢容色。嫫姆道:"叫你复原容易,再遇妖孽,如要抓他,一下便须抓死,免留后患。你的劫难尚不止此呢。"随伸手连抚神鸠全身,忽然往起一抓,便见尺许大小一片暗绿色的腥烟随手而起,似是有质之物,聚而不散。姜雪君在旁,忙道:"师父,给弟子吧,不要毁掉,将来也许有用。"嫫姆笑道:"你也真不嫌污秽,你要便自己收去。"雪君笑道:"还请师父使它还原才好,省得又用东西装它。"嫫姆笑道:"你真是我魔星。"说时,手指尖上忽起了五股祥光,将那一片腥烟裹住,略转一转,祥光敛处,变成米粒大小十五粒碧色晶珠。雪君接过,塞向法宝囊内。同时神鸠也疾苦全消,朝着乙、嫫、杨三人,长鸣叩首致谢。

妙一夫人便命林寒领了米、沙二小,将神鸠送往仙籁顶旁雕巢之内,与神雕、神鹫、神鹤等仙禽在一起,并嘱雕、猿等不许无事生非,沙、米二小如欲游玩仙景,可令虎儿引导。杨瑾也嘱神鸠务要安分,须知做客之道。追云叟笑道:"这倒不错,鸟有鸟友,兽有兽友,各从其类,同是一家,自己鸟绝打不起来。"杨瑾哪知别有用意。嫫姆、乙休却都明白,因都生性疾恶,没肯说破,只当闲谈放过。

这时一干后辈多往别室去寻同辈友好,相聚游玩。只仙都二女和朱鸾因有话说,尚在室内。叶缤已问完了二女此行经过,闻知多年寻访无着的故交至好,竟在小寒山闭关潜修,并有如此高深的法力,欣慰已极。决计开府之后,告知谢山,同往相见。妙一夫人道:"前闻嫫姆大师说起小寒山神尼佛法高深,久欲拜访,只为她终年坐禅清修,只芬陀、嫫姆二位老前辈偶往一见,未便惊扰,迟迟至今。铁门巨木一撤,此后不特更要多积无量功德,异日道家四九重劫,又可得一大助了。"叶缤道:"孙道友实是至情中人,异日如有相需之处,可以一招即至,夫人随时见示,当必应命。"

妙一夫人谢了。

叶缤随令朱鸾回话。朱鸾见师父面色微沉，方在心慌。追云叟朝杨瑾使了一个眼色。杨瑾先未留意到她，定睛一看，忽然想起前生之事。未及开口，朱鸾已照追云叟所教的话，一一跪陈。杨瑾忙将她唤起，接口问道："此女当年的事，姊姊还没对她说么？"叶缤叹道："自闻贤妹开元寺兵解之讯，心如刀割。因在事前毫无闻知，否则此劫也并非躲不过去。先颇悔恨，后来才知恩师有意成全，心才平些。自知力薄，她那仇人近来颇知敛迹，党羽又多乌礁群邪，恐树敌太众，一击不成，反致偾事，延迟至今。意欲候到贤妹转世相见，再作计较。此次重逢，尚未归岛，所以还未对她说明。她那仇人虽未奉齐真人请束，既来观光，终是外客，如何可以在此生事？我看此女虽然亲仇时刻在念，但她适说并未告知同门，推说四十六岛妖人将要来犯，寻我报警。只恐先并不知仇人要来，志在观光，受别位道友指教，改了主意，也未可知。我意由她在此，候我同归，暂时还是不与明说，事后再作计较的好。"朱梅笑道："叶道友怕给主人惹事，这并不然。这些不请自来的，好人不是没有，但多是心存叵测。到后见事不行，便知难而退，稍有可乘之机，立即兴风作浪。真是可恨已极！这里主人决不怕事，但告令高足无妨。"叶缤还是不肯，一面婉言谢却，一面严嘱朱鸾，即便有人指点，不奉师命，也不许妄动。乙休、二老只是微笑不言。朱鸾虽觉委屈，总算观光之愿已遂，说完了话，便由旁侍女弟子领了出去。

在座诸仙均爱仙都二女，留在室中奖勉了一阵。妙一夫人特将李英琼及易静二女唤进，命领二女各处游玩，俱各欣喜辞出。不提。

因是开府期近，那本在仙府坐镇以及陆续到来的，或是奉命出外，去而复转的老一辈中人物是：峨眉掌教乾坤正气妙一真人夫妇、东海三仙中的玄真子、嵩山二老追云叟白谷逸和矮叟朱梅、髯仙李元化、成都碧筠庵醉道人、近年移居西天目山的坎离真人许元迪、罗浮山香雪洞元元大师、云灵山白云大师、陕西太白山积翠崖万里飞虹佟元奇、云南昆明开元寺元觉禅师、贵州香泉谷顽石大师、黄山餐霞大师，以及神驼乙休、嫉姆、姜雪君、青囊仙子华瑶崧、金姥姥罗紫烟、黄胖道人、伏魔真人姜庶、李宁、杨瑾、叶缤、步虚仙子萧十九妹等。

本门晚一辈的，男的是：诸葛警我、岳雯、严人英、金蝉、石生、庄易、林寒、白侠孙南、石奇、赵燕儿、杨鲤、龙力子、七星手施林、神眼邱林、苦孩儿司徒平、铁沙弥悟修、黑孩儿尉迟火、云中鹤周淳、易家双矮易鼎和易震、南海双童甄艮和甄兑、独霸川东李震川、灵和居士徐祥鹅、周云从、商风子、章虎儿、张琪、黄玄极等；女的是：齐灵云和霞儿姊妹、李英琼、余英男、秦紫玲和寒萼姊妹、墨凤凰申若兰、女神童朱文、女殃神郑八姑、周轻云、女空空吴文琪、红娘子余莹姑、女神婴易静、廉红药、凌云凤、裘芷仙、章南姑、郁芳蘅、李文衍、万珍、云紫绢、陆蓉波、金萍、赵铁娘，以及由金姥姥罗紫烟转引到本门的女飞熊何玫、女大鹏崔绮、美仙娃向芳淑等。

外客方面，以及打算另立宗派，未将门人引进到峨眉门下的是：青城山金鞭崖矮叟朱梅的门人长人纪登、小孟尝陶钧，伏魔真人姜庶的门人五岳行者陈太真，西藏派穷神怪叫花凌浑的门人白水真人刘泉、七星真人赵光斗、陆地金龙魏青、俞允中，素因大师及其门人戴湘英，玉罗刹玉清大师及其门人张瑶青，武当山半边老尼门下武当七女中的照胆碧张锦雯、姑射仙林绿华、摩云翼孔凌霄、缥缈儿石明珠、女昆仑石玉珠，屠龙师太的门人癞姑，小寒山神尼的门人、谢山的义女仙都二女谢琳、谢璎，金钟岛主叶缤的门人朱鸾，步虚仙子萧十九妹的门人梅花仙子林素娥。

峨眉再小一辈的是：齐霞儿的门人米明娘，李英琼的门人米鼍、刘遇安、袁星，郑八姑的门人袁化，凌云凤的门人沙佘、米佘，以及英琼的神雕佛奴钢羽、紫玲姊妹的独角神鹰、髯仙李元化的坐骑仙鹤，杨瑾的古神鸠，金蝉所培植的芝人、芝马等。

好在凝碧仙府广大，石室众多，仙景无边，长幼两辈宾主各有各的住所。本山本就出产不少灵药异果，新近又由紫云宫移植了许多珍奇果品，加上海内外岛洞列仙所赠仙酿果实，堆积如山。灵云等为了开府，又自制了各式美酒甘露。由裘芷仙、章南姑、米明娘、松鹤二童、袁星掌管仙厨，随时款待仙宾，井井有条，一丝不乱。

到了第二日，先是宜昌三游洞侠僧轶凡命烟中神鹗赵心源、梨花枪许钺，持了一封亲笔书函来见妙一真人，说自己功行将完，赵、许二人俱非佛门弟子，拟转引到峨眉门下，请求破格收录，并说自己事完即至。随后便是长沙谷王峰的铁蓑道人带了朱砂吼章彰的门人湘江五侠虞舜农、木鸡、林秋水、董人瑜、黄人龙前来赴会，也是将五侠引进到峨眉门下。俱先参拜妙一夫人等各位师长，静候掌教真人开洞后重行拜师之礼。不提。

到了傍晚，轻易不与人相见的百禽道人公冶黄忽然赶到，见过太元洞诸仙，便把前在莽苍山阴风穴中得来的冰蚕交给妙一夫人，转还金蝉、石生，并告用法和一切灵效。正谈说间，后洞值班的徐祥鹅忽然入报，说崂山麻冠道人司太虚求见。异教中的不速之客，在期前赶到的，尚是头一个。神驼乙休道："这种人，理他做甚？"青囊仙子华瑶崧道："此人自从金鞭崖一败，深自悔悟，好些妖人约他出与正教为仇，他都不允，似是一个悔悟归正之士。此番不请自来，必有原因。他与别的旁门左道不同，既来做客，不妨给他一点礼貌。进来看是如何，再作计较。"妙一夫人深以为然，便欲出迎。追云叟道："正主人无须前往。我和朱矮子今日本该到前山守望，他又和朱矮子前有过节，不如由我二人去接他进来。他要好呢，便和他把前账一笔勾销，交个朋友，引来洞中；不好，当时打发他走。我二人这就往前山去。"说罢，不俟答言，往外便走。妙一夫人还恐二老把来人得罪，方欲请转，公冶黄道："道友放心，此人来意不恶，两矮子只是故意装疯，他们比谁都知分寸，绝无妨害。"

一会儿，周淳忽又陪引几位仙宾进来。众人一看，乃是元江大熊岭苦竹庵的大颠上人郑颠仙，同了门下弟子辛青、慕容贤、慕容昭、欧阳霜等师徒五人。众人连忙离座，分别礼见归座。辛青等四人均捧有礼物。妙一夫人等谢收之后，便命旁侍女弟子领去别室款待。叶缤笑问："颠仙怎今日才到？"颠仙答说："本定早来，因受一至友之托，往广东珠江蛋户船上度两个转劫的散仙。不料那两个少女已被妖人司空湛看中，本性已迷，眼看要落陷阱，幸我早到一步，费了不少的事，将她们救下，引度入门。最终吃司空湛赶来发觉，如非极乐真人与谢主友路过相助，贫道虽能脱身，二女必定被他夺去重人罗网了。暂时不能带来此间，又防妖人不肯甘休，到处为她俩寻觅藏身修炼之处，昨日方得寻到。为此前后耽延，反被二位道友先到了。玉清道友不是早来了么，怎么不见？"妙一夫人道："她先还在这里闲谈，因她性情和易，谦虚善谈，法力既高，见闻又博，一些后辈个个和她亲密，都喜讨教。偶然来此，只要外子不在，众弟子便千方百计借故进来，将她引走。请益多闻，原是佳事。众弟子职司虽已派定，时还未至，开府以后便须各勤修为，难得有此良晤，也就没有过问。此时想在头层左偏大石室内，与这些后辈新进高谈阔论呢。道友如欲相见，命人去请好了。"

颠仙正要开口，看了神驼乙休一眼，笑道："贫道只是随便一问，并无甚事，何必打搅众高足们谈兴？少时自往前面看她好了。"乙休何等机警，闻言立笑道："颠道友，我已访出伏魔旗门下落，只为开府事重，受齐道友之托来此，无暇分身。你寻玉罗刹，必是为了此事。真人面前不说假话，我就知道妖贼藏处，也不会立时赶去，隐瞒做甚？"颠仙笑答道："并非隐瞒，区区妖孽，也不值真人一击。只为内中还有少许牵连，贫道也是前日才知道底细，必须与玉清道友商议之后，始能奉告。真人鉴谅为幸。"乙休道："你们总爱吞吐顾忌。过了这几天，略用心思，便可查出底细，不说也罢。"颠仙微笑未答。

青囊仙子华瑶崧问道："道友来时，可曾见着洞口有一穿着麻衣冠的道者么？"颠仙道："是司太虚么？这位道友近来实已痛改前非。来时曾见他和白、朱二老在伫云亭内聚谈，好似商量甚事。匆匆相见，我正要走，朱道友将我唤住，令转告诸位道友，说他和司道友要往本洞上面去办一事，办完即陪司道友同来。说罢，三人一同隐形飞去，因和诸位道友相见问话，还未顾得说呢。"

众人闻言，料知前洞必有事故发生。妙一夫人方想命人去唤伫云亭值班的门人来问，随见岳雯进洞禀告，说二老在上面用千里传音，命岳雯寻到南海双童，少时前往上洞门外候命，去时踪迹务必隐秘。并令告知妙一夫人，说神驼乙真人到时，曾将由洞顶到下面的山石一齐打通，为仙府添一美景。后来虽经大师伯用仙法暂时隐去，真正厉害的对头仍不免看破，正日无妨，期前却须留意，以防妖人混入。还说以后来客更多，哪一派人都有，不能一律往太元洞内延款。最好将仙籁顶附近两处石洞收拾出来，专备那些心存叵测的异派中人栖息。太元本洞也用仙法另开出两个门户出入，以分宾主。各位道友也可自在游戏，各自结伴分居，无须都聚一室。说罢，拜辞走出，去寻南海双童。不提。

乙休笑道："两个矮子话倒不差，只是齐道友和我们商议时，他们没在此，没有听见罢了。"妙一夫人道："此次开府，不知多少阻难，如非诸位道友前辈鼎力相助，事情正难意料呢。事虽议定，还是乘着外人一个未来，早些准备为是，省得他们来了，看出我们先有厚薄之分，多生恶感。"乙休笑道："这些旁门中的蠢物，谁还怕他不成？如说歧视，我先不住此洞，径去仙籁顶小洞穴内栖身好了。"妙一夫人道："那洞高只容人，大才方丈，地甚狭隘，如何可容仙屐？"乙休笑道："那洞虽小，位居半崖腰上，独具松石之胜，飞瀑流泉，映带左右。尤其洞外那块磐石和两个石墩，恰似天生成供我下棋之用，既可拉了令高足们据石对弈，又可就便照看我新辟出来的通路，免被妖人混进，朱矮子说我冒失。"

百禽道人公冶黄道："乙道友说得极是。我就知道有好些异派能手，特意在期前两三日赶来，相机作怪。他以客礼而来，不是公然反面，主人自不便和他明斗。既有诸高明之士在此，乐得装作不知。由诸位来客各自认定来人，分别相机应付。主人不动一点声色将他打发，并还显得岳负海涵，大度包容，岂非极妙？依我看，仙府美景甚多，行止坐卧无地不宜，几天工夫，何必要甚栖息之所？简直主人无须作陪周旋，这里只作为来宾初到，与主人相见之地。不论来人长幼辈分，见过主人，便可随意游散。另外再择空旷之处，或是山巅水涯，景物佳处，驱遣六丁，暂时建造出数十处居室，设备整齐，以为这些介乎敌友之间的人们下榻之需，以示我们接待周详，起居安适，免得枭鸾并集，都住在一处。"众人闻言，齐声赞妙。

白云大师笑道："这一层，大师兄和掌教师弟已经想到，并且白、朱二位道友带来紫云宫无数神沙，千万间金庭玉宇，弹指即成。只是白、朱二道友送这珍奇神妙的礼物，意在为仙府添一奇景，准备到时故作惊人之笔，不欲事先泄露，更不愿给对头们住那么华美精妙的楼阁。本洞石室不下数百间，足敷应用。又因来宾不论何派，均是道术之士，稍有掩饰，便被识破，反而贻笑，弄巧成拙。既备卜这好屋宇，一切几榻陈设均须相配，才显出仙家富贵，气象万千。尽管来宾并不一定真需寝室，一切几榻设备均须一律齐全。屋宇容易，这些东西仓猝间却没处弄去，假的又不能用，也不便以尘世中的俗物充数。借的地方不是没有，无如用的人多是妖邪一流，如何好向人家开口？掌教师弟连日谨慎虔诚，一意准备开读先师法谕，主持根本大计，把此事视为寻常。好在洞中设备已早齐全，未以为念，把款待来宾居处，由妙一夫人掌管。虽然打算简便一些，就着本洞各石室原有设备款待，因算出有位仙宾来此，锦上添花，尚还未定呢。"

公冶黄便问："那人是谁？"妙一夫人道："我只知凌道友夫妻引来。那日也是因为诸位道友谈起用紫云宫神沙建立楼阁之事，白、朱二老固执不允。偶然占算，刚刚算出一点因由，事由凌道友夫妻而起，内中还有一位未曾见过的道友。忽似有人暗用法力蔽了灵机，心中奇怪。二次运用灵机潜心占算，反似并无其事。我料凌道友也是故作惊人之笔，有意突然其来，到时再行明说，不欲前知，也说不定。"乙休笑道："这两矮朋友真个小气，现成露脸的事偏不肯做。五府开辟，到处玉柱金庭，千门万户，仙山宫室不消说了。其前再有人来凑趣，在各风景佳处添上许多琼楼玉宇，叫来人开开眼，还可把他们隔开，以示邪正不能并立，真乃快事。不过夫人道法高深，凌花子那点门道，想在千里以外心动神知，将夫人蒙混过去，还办不到。即便是另一位高人，也必适逢其会，不能久隐。我们何不再同占算，看是什么来路？"

妙一夫人前日算过之后，便值仙宾云集，忙于接待，无暇及此。这时谈到，也觉凌浑夫妻法力未必胜过自己。说完了话，早在默运玄功，暗中推算，闻言含笑点头。约有半盏茶时，忽笑道："凌道友夫妻已同诸位道友快起身来了。"乙休也笑道："我说夫人前日乃是适逢其会如何？如是来人的师父还差不多，眼前诸位如何能有那么高深的法力？"嫘姆也笑道："足见主人盛德感召，连这位闭宫千年，永不和人来往的老前辈都肯破例，命门下两辈弟子来做不速之客，参与盛典，并且来得恰是时候。他们到后不久，刚布置完，便是群邪相继登门，正好使他们见识见识。我们就照乙道友与公冶道友所说行事，分散开来好了。还有一层，适才洞顶来一妖人，已由白、朱二位和司太虚一同打发逐走。余者自称观礼，尚须延揽。由明日起，便要陆续到来，内中虽多能手，好些均不值一击。我意各自量力应付，连众门弟子也可登场，就便历练。但是不到来人真有举动，哪怕看出，不可先发，最好无形之中给他一个警戒，仍使礼成而去，使其知畏惧之余，略有愧悔。我师徒此来，专为应付一人。请在洞中借一净室，子夜以后，便不出面，以防事前警觉。法力高深的诸位道友，也是能不出面，便不出面，最好寓干戈于玉帛，只有暗斗为妙。外人一到，由几位做主人的先在此地相见，略为叙话，便引往新建宾馆去住。此辈鬼蜮成性，多么无耻之事也做得出,因主人相见的一会儿,难免不闹玄虚。只装不知,无须理会,自有贫道暗中防卫。还有宾馆之中须有人服役,门弟子虽然众多,一则多有职司,二则须防暗算,再者这些妖邪也不配众弟子为之服役。好在凡是接请柬前来的,已有各方友好代陪延款,众弟子全都知晓。这些邪魔外道,由我师徒略施小技,代为料理。只命管理仙厨的人,按着定时,将酒食盛入器皿备用便了。"妙一夫人等再三称谢。

神驼乙休因百禽道人公冶黄于弈也有同好,便说这里后辈中颇有两个能手。议定以后,便同走出,去寻岳雯觅地对弈去了。

二人走后,郑颠仙径去寻找玉清大师,商量前事。不提。

青囊仙子华瑶崧笑道:"乙真人道法高深,是散仙中有名人物。不料弈棋这等爱法,人之癖嗜,一至于此。"妙一夫人道:"此老如非结习难移,神仙位业何止于此?他于弈如此癖嗜,还不是好胜之心太重所致?"顽石大师笑道:"华道友,我还告诉你一个笑话。此次开府,门弟子多有职司。齐道兄一为防备乙道友这几天在外自寻苦恼,万一吃对头用计一激,赶上门去,又蹈前辙;二为这里也实须他,向他力说,开府以前有好些异派妖人扰乱,一干主脑俱要闭洞,参拜行法,白、朱二老照顾不来,非他来此坐镇不可。强约了来,又恐日久不耐。派给岳雯的职司,便是陪他下棋饮酒,对他本人却未明言。他知开府事忙,岳雯又贪图和诸新旧同门相聚,总躲着他。先一二日还不好意思,适才见了岳雯,不觉技痒,终于忍不住,借题发挥。他不知怎的,只爱和岳雯、诸葛警我这两后辈对弈。分明已有了公冶黄做对手,还不时要找岳雯。齐道友神仙也讲世故应酬,岂非可笑之事?"叶缤笑道:"适见乙道友和妙一夫人俱都玄机奥妙,遇事前知。下棋原是对猜心事,这样高深法力,对手有什么杀着全可算出。棋着前知,胜负早定,下时有甚意趣,如此爱法?"顽石大师道:"道友哪里知道。他们下时,各凭心思学力,决不以功占算取胜。据说岳雯近来棋道大进,只要乙道友让一子,往往弄成和局。输得最多时,也只四五子之间。诸葛警我仍要他让四五子,才能勉强应付。司徒平更差。所以他最爱和岳雯相对。岳雯心高志大,为了陪他下棋,虽然得到不少教益,仍恐误了修为,老是设法躲避,真是可笑。如果神仙下棋要运用玄机占算,有何意思?那烂柯山的佳话也不会有了。"

群仙言笑晏晏，不觉子夜将近。媖姆大师和姜雪君便起身告辞道："子时一过，崔、凌二位道友便陪仙宾同来，顷刻之间，便增建出好些楼阁亭树。此与幻景不同，明灯丽霄，彩云匝地，为仙府生色助威不少。异派中人到此，便吓也吓他一跳。只借仙山楼阁一经建成，妖邪便接踵而至。愚师徒尚须准备，不复随同诸位迎候，须俟仙府宏开，始能晤对。咫尺缘铿，稽此良晤，见时烦代为致意吧。"妙一夫人知道少时与凌浑、白发龙女崔五姑同来的这几位散仙，虽与众人无一相识，但是得道已近千年，总算是前辈中人。媖姆不愿随众出迎，又不便当众自高。仙府行即多事，委实也须先做准备，正好借题退去，自归净室，准备应付。忙即称谢，亲自陪往后洞净室之内。一面唤来廉红药，令在室内随侍候命。

红药自从媖姆师徒一来，心念师门厚恩，又知会短离长，本就万分依恋。无如仙宾众多，俱在洞中聚集，除奉命轮值者外，门弟子无事不敢擅入。只逐走妖鬼徐完复命时，匆匆拜见。虽随众同门辞出，心仍恋恋，只在门外守候，难得离开一步。巴不得随侍在侧，稍解怀慕。妙一夫人和媖姆师徒早就看出，心颇嘉许，俱是有意成全。红药只图多和师父、师姊亲近，并未想到能有好处，闻召大喜，连忙赶进。媖姆笑对妙一夫人道："此女天性至厚，福缘也复不恶，今归贵派门下，自是她的仙福。只惜此女根基禀赋稍差，尚望道友加意栽培呢。"妙一夫人道："老前辈法力无边，稍出绪余，她便受用无穷。后辈今日令她随侍，也是仰望老前辈赐以殊恩，有所造就呢。"媖姆道："此语尚不尽然，法与道不同。贵派玄门正宗，异日循序渐进，自成正果，年时反倒无多，愚师徒论法术，自不多让，论起道行，终因起初驳而不纯，欲速不达，在辛苦修为了几百年，迟至今日，始能勉参上乘功果。一样成就，却不如贵派事半功倍，既速且稳呢。长一辈的不说，即以连日所见众门弟子，入门才得几年，哪一个不是仙风道骨，功力都有了根底？此岂别派门人所能梦见？我既救度她一场，她又如此纯厚，不忘根本，自是不能忘情，无所加惠。但我师徒所赐，只是身外之物与御敌降魔之功，至于仙业造就，仍要仗诸位新师长呢。"妙一夫人道："老前辈一再垂嘱，后辈敢不惟命。"姜雪君笑道："是时候了，夫人请延嘉客去吧。"

妙一夫人随即辞出，默运玄功一算，来人已在途中。便命轮值弟子召集全体门人,除有职司者,一齐出迎。众弟子已早得信,齐集洞外候命,闻呼立至。在室诸仙客,多知来人是千年前人物,闻名已久,从未见过,俱欲先睹仙仪为快。当下除乙休、公冶黄外,俱由妙一夫人为首,率领长幼两辈群仙,算准到的时刻,迎将出去。

一会儿到了后洞门外,时当子夜。云净天空,月明如昼,清辉广被,照得远近峰峦林木、泉石花草,都似铺上了一层轻霜。天空是一望晴碧,偶有片云飞过,映着月光,玉簇锦团,其白如银。右有群山矗立,凝紫黄金,山容庄静。左有危崖高耸,崖顶奔涛滚滚,浩无涯际,闪起千万片金鳞,映月而驰。到了崖口,突化百丈飞瀑,天绅倒挂,银光闪闪,直落千寻;钟鸣玉振,宏细相融,汇为繁籁,传之甚远。更有川藏边界的大雪山遥拥天边,静荡荡地雪月争辉,幻为异彩。端的景物清丽,形势雄奇,非同恒比。

众人指点山景,正说夜景清绝,青囊仙子华瑶崧笑指天边道:"仙客来了!"众人抬头一看,天空澹荡,净无纤云,只东南方天际有一片彩云移动,其行甚缓,迥与飞剑破空,遁光驶行,顷刻千里之势不同。华瑶崧叹道:"瑶岛仙侣果自不凡。我们剑光如电,刺空而过,不用眼看,老远便震耳朵,声势咄咄逼人,一动便起杀机。哪似人家仙云丽空,游行自在,通不带一点火气。诸位请看,仙步珊珊,连带凌、崔二位煞星也跟着斯文了。"众仙闻言,正觉好笑,忽见彩云倏地加急,晃眼便近天中。白云大师笑道:"都是华道友饶舌,被这位仙宾听去,催云而来。否则这等碧空皓月之下,附上一片彩云游动,再妙没有,我们多看一会儿也好。"华瑶崧未及答言,彩云已簇拥着几个羽衣霓裳、容光美艳绝伦的女仙人冉冉飞来。远看飞似不快,实则迅速异常。快飞近众人头上,略为一顿。妙一夫人方要飞身迎上,猛瞥见云中两道金光,宛如飞星陨泻射将下来。

要知来者何方仙侣,以及峨眉井府奇迹异事,且看下文分解。

第二一一回 火柱困霜鬟　雷泽沙中援道侣
　　　　　　　蓝田餐玉实　灵空天际见真人

妙一夫人率领长幼两辈同门以及太元洞内各仙宾，齐出后洞，迎接怪叫花穷神凌浑、白发龙女崔五姑代约请来的几位仙人，刚到伫云亭前，便见东南天际有一朵彩云缓缓移动。青囊仙子华瑶崧和白云大师等人正说笑间，彩云倏地加急，冉冉驶来，晃眼便到了伫云亭上空。刚看出内中簇拥着几个美艳绝伦的仙女，妙一夫人待要飞身迎上前去，忽自云中飞射下两道金光。现身一看，正是西藏派教主凌浑、崔五姑夫妻二人，一落地，崔五姑首先朝妙一夫人举手为礼，笑道："我为齐道友代约了几位嘉宾，只说事出意外，不料诸位道友竟早前知了。"说时，彩云也已飞坠，现出全身。众人见来客共是男女七人，只有一个年约十四五的道童生相奇古，余者都是道骨仙风，丰神绝世。内中一个身着藕荷色罗衫，腰系丝绦，肩披翠绿色娑罗云肩，罗袜朱履，手执拂尘，年约二十三四的少妇，和另一个身着薄如蝉翼的轻纱，胸挂金圈，腰围粉红色莲花短裙，年约十七八岁的少女，雪肤花貌，秀丽入骨，尤为个中翘楚。下余还有三个少女，一般浅黄宫装，各用一把朱竹为柄，紫玉为头的长柄鸭嘴花锄，挑着一个形式古雅的六角浅底的花篮，扛在玉肩之上，云鬟凤鬓，仙姿绰约，都是万般美艳，年纪也差不多。男的除道童外，还有一个羽衣星冠的中年道者，在同来诸人中年纪虽长，却与三个肩挑花篮的少女在一起，随在后面，好似辈分尚在道童之后。

　　妙一夫人等因是初见，连忙迎上，正要请问姓名法号，凌浑笑道："贤主嘉宾，均不在少数，请至仙府再行礼叙吧。"妙一夫人便向来客施礼，延请入洞。双方略致谦词，由白云大师前导，妙一夫人等陪客同行，众门人后面尾随同入。到了太元洞中，仍由凌浑夫妇代双方通名引见。宾主重又礼叙，互致敬慕，分别落座。

原来这七位仙宾俱是东海尽头，落漈过去，高接天界的海上神山天蓬山绝顶灵峤宫中主者赤杖真人门下两辈弟子。为首三人，那虎面豹头、金发紫眉、金睛重瞳的道童，乃真人嫡传弟子赤杖仙童阮纠。那穿藕荷罗衫的少妇，名叫甘碧梧。那身着白蝉翼纱的名叫丁嬺，那三个挑花篮的少女，一名陈文玑，一名管青衣，一名赵蕙，乃甘、丁二女仙的弟子。那中年道者，名叫尹松云，反是阮纠的弟子。赤杖真人在唐时已经得道，成了散仙。自经过道家四九重劫以后，便在天蓬山绝顶建立仙府，率领两辈弟子隐居清修，度那仙山长生岁月，不曾再履尘世。那灵峤仙府地居极海穷边，中隔十万里流沙落漈，高几上接灵空天界。自顶万四千丈以下，山阳满是火山，终岁烟雾弥漫，烈焰飞扬，熔石流金，炎威如炽，人不能近。山阴又是亘古不消的万丈冰雪，寒威酷烈，罡风四起。两面都是寸草不生。要越过这些寒冰烈火之区，上升三万七千丈，冲过七层云带，始能渐入佳境，到那四季长春、美景无边的仙山胜地。真人师徒又不喜与外人交往，所以仙凡足迹俱不能到。凌、崔二人起初并不相识，说起认识，那还是在新近。

原来白发龙女崔五姑偶往东海采药，忽在海滨发现一个鱼面人身的怪物，在海边沙窟之内奸淫妇女。那怪物口吐人言，并会妖法，身边还带有一根鸟羽。用禁法一拷问，才知是翼道人耿鲲的爱徒，背师远出为恶，已非一次。怪物看出五姑神色不善，那根充作求救信符的鸟羽没有用上，便被擒住。为求活命，又想引崔五姑去会乃师，自投罗网，便说天蓬山阳，丙火真精凝成的至宝雷泽神沙，近已出现，日夜发出奇光，照耀极海。其师为报三仙相助天狐宝相夫人伤他之仇，意欲采炼此宝，日后前往峨眉，将全山烧化，以报前仇。业已去了多日，尚未回转。并把取宝之法告知，以求免死。五姑知他心存叵测，淫恶穷凶，问完前情，便即诛戮。耿鲲妖法通神，又擅玄功变化，胁生双翼，来去如风，本就厉害。若将这前古纯阳真火蕴结孕育的奇珍得去，愈发助长凶焰。反正无事，立照怪物所说途向赶去。

以五姑的法力，还飞行了一天多才到。天蓬山远望，本就是愁云低幕，烟雾弥漫，天水相接，终古一片混茫，轻易看不出山的全貌。这时赶去一看，老远便见两根大火柱，矗立天际黑烟之中。因是烟雾浓烈，黑压压，仿佛天与海上下合成一体。但那火柱却是颜色鲜明已极，海上万重惊涛全被幻成异彩。五姑练就一双慧眼，大敌当前，更是留心。初看以为火山爆发。等稍飞近，定睛细看，不特那火柱似有人在主持，并还杂有妖邪之气，不是山上原有烟雾，暗忖："自己虽然得道多年，但此山从未到过。以前只听师长提起，说山在东极，相隔三仙所居东海还有十几万里。终年为火云烟雾笼罩，高出天汉。中有罡风、冰雪、烈火之灾，山又不产生物，仙凡足迹皆所不至。偶有好奇的修士前往，意欲攀升绝顶，上去两三万丈，便看出无甚意思，以为再到顶上也不过如此，又不能久耐罡风、冰雪、烈火的凶威，全都未尽而返。除已成道的金仙，不知有人去过没有。近数百年间，各岛洞散仙修士，谁也不知此山到底多高，山顶是否险阻更多，有甚景物在上。似此凶险僻远之区，断定本来不会有人，定是神沙发现，启人觊觎，都想来此收取，据为己有。耿鲲也是其中之一，因而争斗起来。只是这样猛恶的神火困在其内，竟能禁受，此人法力也自不小。"

这时五姑相隔当地还有好几百里，因觉对方是个劲敌，只知有人被妖法困在火柱以内，被困人不知是何路数。若是翼道人耿鲲，自信还能抵御，若是别人，却不知深浅。忘约凌浑同来，人单势孤，恐有闪失，老远便把身形隐去，隐蔽遁光，加急飞行。正在查看火中人的邪正，飞行迅速，不觉快到。猛一眼看出烈焰之中裹住两幢彩云，知是玄门有道之士。同时又看出火柱前面有一胁生双翼的妖人，手持一剑，正在行法，加增火势。分明有两个同道中人为妖邪所困。眼看危急，惺惺相惜，不禁起了疾恶同仇之感，立时加急赶去。也是五姑该当得此异宝，为他年夫妻抵御四九重劫之用。自觉大敌当前，救人心切，不知妖人有无余党，意欲一举成功。只把火柱当做耿鲲自炼纯阳之火，未怎顾忌，一直隐身前进，下手异常神速。事后才知临事疏忽，没有认清，所收竟是那极厉害的雷泽神沙，吃了一惊，宝物已经得手了。

这一面，耿鲲又是素来骄横，以为穷边极海，敌人绝无后援，足可任意横行。哪知崔五姑突然隐身飞来，一到，先将自己多年苦功采取五岳轻云炼就的锦云兜放出，化为千百丈五色云幕，罩向两根火柱之上。同时取出七宝紫晶瓶往外一甩，立有一道紫金色光芒射向烟云之中。妖火已被烟云裹住，金光又将烟云吸住，直似长鲸吸水一般，"嗖嗖"两声，晃眼收尽。翼道人耿鲲正在一意施为，戟指怒喝火中所困敌人："速急降顺，免得骨化魂销！"猛觉彩云、金光相次飞射，知来了敌人，还没想到势子如此神速。因人未见，怒吼一声，朝金光来处将手一指，飞出一道赤红色的光华，如飞上前。忽听声音有异，回头一看，两根火柱齐化乌有，火中敌人已纷纷施展法宝，夹攻而来。同时崔五姑也已现身，一面放出飞剑，将那赤红色光华敌住，大喝："扁毛妖孽，擅敢欺压良善！我决不似东海三仙心软，叫你今日死无葬身之地！"随说，手扬处，太乙神雷雷火金光似雹雨一般迎面打去。

耿鲲见敌人一现身，便将自己运用五行禁制，并将自己连日所收雷泽神沙所化的火柱收去，知道厉害，心气已馁。又见雷火猛烈，原困两敌人的法宝威力又非寻常之比，不由又惊又急，怒火中烧，把心一横，厉啸一声，振翼飞起。到了空中，略一展动，翅尖上即飞射出千万点火星红光，满空飞舞，聚而不散。一面抵敌雷火和飞剑宝光，一面准备施展玄功变化，拼个死活。哪知崔五姑早已防到，暗将三支金刚神火箭取出。这里耿鲲未及施为，猛瞥见三支火箭由满天火星光霞中直射过来。知道此箭专伤敌人元神，只要射上，至少耗去两三百年功力。再如三箭连中，更无幸理。尤厉害的是，此宝与敌人心灵相通，得隙即入，由心运用，最难抵御。自料再延下去，凶多吉少，急切间又无计可施。只得自断三根主翎，化为替身，抵挡三箭。倏地施展玄功，化为一片彗星般的火云，横空逝去，其疾如电，瞬息已杳。

崔五姑知他飞遁神速，追赶不上。见那三个化身已有两个为火箭所伤，化为红烟飞散，知是鸟羽所化。忙将三箭招回，收下一看，那鸟羽足有三尺来长，钢翎细密，隐泛异彩。不舍毁却，便即行法禁制，免被妖人收转。刚刚停当，被困两人已飞身赶来相谢。崔五姑见来人乃是两个少女，俱都仪态万方，清丽出尘。一望而知是两个瑶宫仙侣，忙含笑还礼，互相落下。

正要通名问讯，忽见一朵彩云自空飞坠，倏地现出一个美丽少妇、一个少女。见面便同声礼谢道："愚姊妹连日随侍家师赤杖真人，采取灵药苑的各种灵药以及小蓝田玉实，供炼灵丹，以为救度海内外有根行的散仙之用。不料小徒无知，偶然游戏，拨云下视，发现妖人在此取雷泽沙。此宝每七百九十年由本山火口内涌出一次，宫中原有，本可不去睬他。只因妖人心贪骄横，目中无人，意欲穷探火源，竭泽而渔。小徒恐他毁损本山奇景，泄了地肺灵气，一时轻举妄动，下来阻止，不料法力有限，反吃困住。愚姊妹和诸同门又当火候吃紧之际，无暇分身。眼看危急，多蒙道友仗义相救。家师隐居避地，已逾千年，各方道友均少往还，道友也许尚未深悉。此地不是讲话之所，家师所居灵峤宫，就在此山顶上，请到上面一叙如何？"

五姑虽不知对方来历，一听这等说法，又见来人神情风度，知是天仙一类人物，奇缘遇合，心中大喜。因见对方师徒似在憎嫌山脚下的硝烟火气，匆匆略为谦谢，便即起身。行时，二女笑道："此山高接灵空，中隔七层云带。嘉宾远来，尚是首次，待愚姊妹献丑，同以片云接驾吧。"随说，少妇罗袂微扬，便由袖口内飘坠一朵彩云，晃眼便散布开来。崔五姑知道中途罡风猛烈，主人谦虚，故意如此说法，便随四女飞身其上，同往顶上升去。飞出万丈以上，罡风越来越厉。四女见五姑通如未觉，也颇钦服。少妇笑道："此山罡风，实是惹厌，愚姊妹不愿下山，也是为此。"随手指处，脚底彩云便反卷上来，将五人一齐包没。眼望云外，黑风潮涌，冰雪蔽空。但云中通没一点感觉，飞行更是迅速。

似这样接连飞过好几层云带，冲破三四段寒冰风火之区，才到了有生物的所在，渐渐林木繁茂，珍禽奇兽往来不绝。五姑见景物已极佳妙，仙云还在上升，默算所经，已经升高了七八万丈。心方惊异，身子已由彩云拥着，又冲越过了一处云层。沿途景物愈发灵秀，到处涧壑幽奇，瑶草琪花，触目都是。这才看见上面彩云环绕中，隐隐现出一所仙山楼阁。随又上升了千多丈，方始到达。早有好些仙侣迎将出来。仙云敛处，脚踏实地。五姑随众前行，一看这地方，真是自从成道以来，头一次见到的仙山景致。山头上一片平地，两面芳草成茵，繁花如绣。当中玉石甬路，又宽又长，其平如镜。尽头处，背山面湖，矗立着一座宫苑，广约数十百顷。内中殿宇巍峨，金碧辉煌，飞阁崇楼掩映于灵峰嘉木、白石清泉之间。林木大部数抱以上，枝头奇花盛开，如灿烂云锦，多不知名。清风细细，时闻妙香，万花林中，时有幽鹤驯鹿成群翔集，结队嬉游。上面是碧空澄霁，白云缥缈；下面是琼楼玉宇，万户千门。更有奇峰撑空，清泉涌地，点尘不到，温暖如春。端的清丽灵奇，仙境无边，置身其中，令人耳目应接不暇。

正在沿途观赏，对面走来一个中年道者，朝着为首少妇说道："师祖现在玉真殿相候，请师叔陪了来客入见。"少妇将头微点，径引五姑沿着满植垂柳的长堤走去。走约一半，忽见长桥卧波。桥对面碧树红栏，宫廷隐隐。中间隔着一片林木，苍翠如沐。穿林出去，面前出现一片极富丽的殿宇，殿前一片玉石平台，气象甚是庄严。五姑虽然得道多年，到此也不觉心折。走到平台瑶阶之下，方欲以后辈之礼通名求见，请为首二女代为先容。忽一道童打扮的仙人接出，对五姑道："家师命我出迎，请崔道友不必太谦，径到殿上相见。"

五姑谦谢了两句，随众同进。见这殿甚是广大，俱是琼玉建成。一切陈设用具，无一不是精美绝伦，人间未见。殿当中并未设甚宝座，只东偏青玉榻上，坐着一个相貌清古的仙人。除前见道童外，还有七八个男女侍者在侧侍立。知是宫中主者赤杖真人。因真人得道已逾千年，理应以后辈之礼拜见。刚要拜倒，真人使命众女弟子掖住，笑道："我与道友并无渊源，如何敢当大礼？"五姑道："弟子自从先师飞升以后，从未向人执过后辈之礼。并非有意谦恭，只为真人乃先进真仙，弟子适才又是先与门下诸位道友接谈订交，论哪一样也是后辈。尊长在前，怎敢失礼？"说罢，依然拜了下去。真人一面还着半礼，并令众弟子扶起答谢。笑道："道友如此谦恭，我也不便再为峻拒。请坐叙谈吧。"随命侍者往小蓝田采取鲜果款客。五姑见众在旁，仍然不肯就座。真人笑道："我在此山清修多年，对于门下弟子礼节素宽。道友只管请坐，他们也要坐下。"五姑只得谢了。落座之后，除却第二辈弟子和宫中侍者外，众男女弟子都分别就座。

五姑听真人说起来历，才知真人姓刘，与唐罗公远同时成道。本已修到天仙位业，只为到时差了一点火候，仍用肉体飞升，便须再转一劫。一则不耐尘世烦扰，又吃门下男女弟子苦口挽留，真人师徒情重，况且灵峰仙府高接天域，仙景无边，更有蓝田玉实，灵苑仙药，一样长生不老。拚着永为地仙，享受清福。成道以来，已历千年，未履尘世。历朝列仙未成道飞升以前，也从无一人来过。中间只有一个转劫散仙，名叫尹松云，受另一地仙指引，仗着一道灵符护身，由山脚下冒着冰雪与罡风、烈火之险，费时半年，步行上山，拜在真人大弟子赤杖仙童阮纠门下。另外还有三个再传女弟子,乃是南宋末年忠臣之后。宋亡,随着一家至戚遁逃海外,被飓风吹入落漈,全舟遇难,只三女共抱着一块船板,被风浪打到天蓬山脚海滨沙滩之上,醒来想起国破家亡,全家惨死,终日悲泣。正要相率投海,吃真人门下甘碧梧、丁嫦二女弟子无心中拨云下视发现,禀明真人,度上山来,收归门下。甘、丁二女便是引五姑入宫的少妇和那少女。三女一名陈文玑,一名管青衣,便是五姑所救二女,还有一名叫赵蕙。此外宫中男女弟子侍者共有二三百人之多。除却再传弟子,每隔些年下山积修外功,就便接引些有根行的人上山外,这些头辈弟子也是千年不履尘世。那些侍者都是再传弟子引来。每次下山,踪迹均极隐秘,轻易不与外人交往争斗。仙法奥妙,法宝神奇。真人更具玄门无上法力,一切因果早经算就,预示先机,依言行事。有缘者加以引度,否则人前决不泄露,因此不为世知,这次特许五姑入见,固因解救二女弟子之德,此外还有一段因果,并说:"近拟着门下两辈弟子下山行道。目前妖邪横行,各方道友素无渊源,不久下山,还望代为引见接纳,以便有事时互相关照。只未下山前,暂勿宣泄。"五姑自是一口应诺。说时,侍者早把各种仙果,连同仙府灵泉取来奉上,五姑拜谢吃了。

谈过些时,真人便命众弟子陪出游玩。五姑一边玩赏仙景,无心中谈起目前异派猖獗,以及峨眉不久开府盛会。众仙听了,颇觉有兴。尤以大弟子赤杖仙童阮纠和甘、丁二女为最留心。小一辈的陈文玑、管青衣、赵蕙三女也极起劲,不住询问。五姑看出众仙意颇向往,暗想:"到日,如将这些得道千年的地仙代约了去,岂非盛事?"继一细想:"对方素不和外人交往,适才真人虽有命众弟子下山行道之言,又嘱事前不可泄露,知道肯去与否?初见不便冒昧,且等日后再说。"话到口边,又复止住。

游完全景,本欲告辞回去,众仙竟不放行,再三留住盘桓些日。五姑本定日内往白阳山花雨崖探看凌云凤,因见主人盛意挽留,又爱仙府美景,一算云凤食粮还有不少,不致空乏,就短少几天的,山中遍地黄精、首乌,更有别的山果可以充饥,云凤也会自出寻掘,无足挂心,便在宫中住了下来。一住多日,始得辞别。中间真人见过三次,末次并令五姑连凌浑也约了来。五姑知道真人道法高深,尤其小蓝田内灵药仙果甚多,能和其徒交往,得益不少,闻言自是越发心喜。

起身时，甘、丁二女执意亲送下山。连日快聚，已成莫逆，五姑知道朋友情长，不是意存轻视，索性由她们用仙云护送同下。到了半山以下，五姑无须再往山脚，本应就空中御遁飞行，二女坚持要送过十万流沙方回。五姑再三推谢不获，只得应了。飞过流沙以后，二女说是千年以来不曾出山，左近不远小蓬莱有二散仙，乃千年前旧交，昔年为修天仙位业，备历艰辛，转劫三次，久已不通音问，不知还在岛上隐居没有，意欲便道往访。随与五姑殷殷话别，订了后会，各自飞去。

五姑一算，凌云凤之约已过了好几日，先往白阳山赶去，助云凤脱了一难，送返原洞，略示机宜。便即回转青螺峪，告知丈夫凌浑，定日同往拜访。因记赤杖真人嘱咐，对众同道谁也不曾说起。

这日正要起身，妙一真人忽命门人下帖延请凌浑夫妇，期前赶到。门人去后，凌浑笑说："我们枉自修仙多年，眼前放着这样仙境和前辈真仙，竟会毫无闻知，真是笑话。"五姑笑道："真人仙山清修，不喜外人烦扰，除偶有两位同辈地仙和灵空仙界中的昔年同道金仙拜访外，因有仙法妙用掩饰，休说深入仙府，就运玄功推算，也算不出他底细。据丁道友说，这多年来，也有几个灵慧有心之士，欲往穷源查探。不是功力尚浅，难禁前半十万丈风雪烈火之险。便是到了半山以上，为真人仙法所迷，现出一片穷荒阴晦的绝顶，来人以为走到地头，毫无所得，废然而返。行藏如此隐秘，地又如此险阻僻远，足迹难至，寻常想也想不到，怎会知晓？不过以我连日观察，真人实具无上法力。那些初传弟子也不在你我以下。妖人山下盗宝，困陷门人，事前万无不知之理。就算门人该有此难，炼丹大事，无暇分身，门下两辈弟子连同宫中侍者不下三百人，无一不是道术之士，更有不少神奇法宝足以应援，何以要等外人前往解救？后又说起不久将令弟子下山行道的话，并且还令我约你往见。两面印证，与以前隐秘行径不符，颇似有心给你我开门路。如非凤世因缘，便许将来有用你我之处，都说不定。"

凌浑道："我也如此想法。自你回山一说，我便接连两次默运玄机，潜心推算。不特没有算出对方用意，连那山顶仙府宫中主者都似并无其人。因此心中敬佩，亟欲往见。他那里灵药虽多，我素不愿假借草木之灵增我功力。倒是这位老前辈道行深厚，我夫妻天仙难望，走的正是他这一条道路。四九重劫,行将来到,仗我前得天书,峨眉诸道友师徒相助,与驼子等合力抵御,你又无意中得了纯阳至宝雷泽神沙,诸般凑巧,足可望平安度过。然而毕竟他师徒是过来人,能去讨教,岂不加倍稳妥?还有齐道友这次开府,仙宾云集,异派中人假名观光,心存叵测的也将不少,如能将他师徒代约了去,不特锦上添花,还可使众妖人见识见识。照你所说神气,即使真人不肯纡尊,门下弟子必肯凑趣,何不试上一试?这次观光诸友,有好些送贺礼的。寻常多是自炼的一两件法宝,准备主人汇集一起,分别传授门人,护身诛邪。郑颠仙因有元江之役,得了不少前古仙兵,送得最多。驼子是用五丁开山,将凝碧崖前通上面的云路,中间所有危崖怪石阻隔,全数一扫而空,多现出千亩方圆天空,却用五层云雾将它隔断。另外把北海水阙九龙真人所居玉螭宫外那座红玉牌坊,用他当年所得那粒困龙珠换了来,建在五府前面。朱霞映空,富丽堂皇,最为珍贵。白、朱二矮子更是狡猾,老早便用龙雀环,把紫云三女所炼一条神沙甬道,整个收来,凑了现成便宜,拿它当礼物,不特出色惊人,还可随心运用,无往不宜。我夫妻本来法宝不多,你虽有几件,俱都经你多年心血炼成,不能随便送人。我新创立教宗,法宝飞剑,也应了我外号的典,穷得自己门人都没甚用的,还在到处物色,如何还拿出去装大方?再说也不新鲜,随众附和,我向来不干,驼子为人尚可,决不能被两矮子比下去。急切间既无甚新奇礼物,莫如不送。且到天蓬一行,也许能想出一点花样。如能将人约去,岂不比送礼还强?"

五姑闻言,先只寻思不语,忽然笑道:"有了,只不知人家肯借与否。"凌浑问故,五姑道:"我见灵峤仙府千门万户,宫室众多,而且差不多俱有裳枕陈设。我问宫中怎有这么多人居宿?众道友答道:仙府花开四时,八节长春,仙景无边,不在灵宫天界诸仙府以下。尤其是灵药仙果甚多,内有数种天府奇珍,都是长年开花,结实却是三百六十五年一次,妙在同时成熟。灵空天界有好几位金仙,俱是真人昔年同门同道至交,每当结实之期,真人必以仙云传递玉简瑶章,邀约下降。中有两位仙宾带有不少侍人。每次宴集,均由仙果半熟起,直到全熟,采食之后方走,借此流连。仙府终岁光明,无日夕之分,来者又都是天上神仙,本用不着甚宿处。只因这些侍从各有清课,虽然做客,每隔七日,便须御气调元,依时修炼,时虽不多，必须安排一处净室。真人门下弟子又均好客喜事，一意踵事增华。自第一次请客起，便集全力采炼鲛绡文锦，美玉灵木，就着仙山形势，于原有宫室以外，另添建了数百所楼阁精舍。第二次会后，陈设愈发富丽齐备。这还不奇，最奇的是仙法神妙，消长随心，大小取携，无不如意，可由仙宾人数而定。平日宫室楼阁也没这么多，此次因是仙果结实期近，又知这次仙宾较多，瑶章未寄，已有先来之讯，期前便有好些降临，为此早为布置。这些楼台亭榭，连同内中陈设用具，不用时，俱可缩为方寸收起；用时随地放置，立呈华屋。据说每会一次，必有一些不速之客，多为客人约了同来。惟恐临期匆促，备办不好，好在仙山岁月常是清闲，众道友闲中无事，便营建宫室，添置用具。每成一所，再用仙法缩小，以备到时应用。一切奇珍材料，本山均有极多出产，无须外取。于是越积越多，互相争奇竞丽，集仙法之大成，穷极工巧。直到二百年前，真人说眼前所有，已经足用，无须再建。尤其内中陈设，多是摆来好看，来客均用不着。近来衾裯之类，悉以本山天蚕所吐丝织成，虽然随吐随收，蚕不作茧，不曾伤害生命，终是虚耗物力。起初因众弟子长日清闲，共试法术，营建宫室，为延款仙宾之用，一举两得，不曾禁止。不料近日互相争奇斗胜，铺张扬厉，已入魔道，大非所宜，着即停止。并将内中格外精工奇丽，不似修道人所居的，各自收起，不许取用。众道友奉了法谕，方始停手。那已成未用的共有三百多间。此次峨眉开府，众异派妖人尚未闻有另备住处。如一律住在太元洞内，非但良莠混杂，还得多加小心。我们此行如能把人约去，再把这三百多间用具全、陈设华美的宫室借来一用，岂非绝妙之事么？"凌浑闻言，大喜道："有这样事？太妙了，开府期近，事不宜迟，今天就走吧。"

于建、杨成志闻说峨眉开府，刘、赵、俞、魏四人已经先往，早就心中盼望。看出师父、师母必由大蓬山约了仙宾同往赴会，不会再返青螺。于建和俞允中一样，人最本分，尽管师父平日不拘礼节，依然始终谨慎，不敢分毫放肆。心想："这类福缘，不可强求。"心虽盼望，不敢开口说。杨成志却忍不住问道："师父还回来么？"凌浑看了一眼，骂道："没出息的东西！自不学好，人家不要你，被赶了出来。就我回山，莫非你还想老着脸皮跟了去？这次各方道友是被请的，除非有甚不得已，或是洞府须人坐镇，差不多把所有门人全带了去。就是当时不得参与，会完师父回山，也可赶去看看，在仙府流连两日，受小辈同道款待。不特增长见闻，观赏奇景，妙一真人夫妇对这些后辈，不论是会前会后，只要是开府第一次登门的，或是法宝，或是灵药仙丹，按着来人缘福功行，各有赐与。以我和峨眉诸友至交，理应全数登门，独你一人不能前往。上次本心是想将你们四人引至峨眉门下，不料你没住几天，便谋害芝仙，做出那样残忍无耻之事。人家看我面上，不好意思处罚，借着我一句话，将你休了回来。连于建也跟着受累。我是向来说话算数，做事做彻，不能更改。你全仗这一点，才得收容。虽然在我门下，只要肯勤修，一样可以成就，到底不如人家容易方便，同门人多，异日下山积修外功，处处都有照应，少吃好些苦头。自己不知懊悔，发奋向道，一心只羡慕人家，想凑热闹，难道嫌脸没给我丢够么？"

杨成志因在峨眉住了些日，见众女弟子十九均美如天仙，尤其申若兰性情温柔，章南姑美秀和顺，不特可爱，还觉容易亲近。方在心中盘算，不料弄巧成拙，差点没有重返故乡，再入尘世。自来青螺，时涉遐想。可是他极聪明，知道凭自己这样，人家绝看不上，尽管心不堪问，用功却是极勤。这次想去参与盛会，虽然为了妙一真人加恩后辈，想得一点好处，就便开开眼界，一多半还是别有用心，打算见机重向旧日诸男女同门拉拢，以为日后时常登门亲近之地。先听被请的人都把门徒带去，心想："师父和峨眉诸长老是至交，灵云来时又请所有门人一体前往，这还不是十拿九稳？"眼巴巴盼望师父即日起身，或命自己和于建先期赶往，方称心意。见师父马上要走，还未提起，满腔热望，忍不住拿话一探口气，不特此次无望，便日后也休想登门。最生气的是，谁都有份，便是于建此时不能随往，会后仍可赶去，惟独自己一人无望。不禁又愧又急又伤心，满腔热念，立时冰消，半晌作声不得。追忆前事，心想："自己虽然不该冒失，毕竟事出无知。师长未曾回山，尚不知情，当时灵云等人如肯担待掩饰，不是不可挽回。就说师长面前不能隐瞒，以师父的情面代为求说，也必可以从宽收容。为一草木之灵，并且还未伤着毫发，便这样视如寇仇，一任怎么苦求都是不允，连妙一真人面都未见，便作威作福，强给师父送了回来。自己和南姑姊弟原是一路，既不肯收容，理应一齐逐出才是。并且章虎儿与己还是同谋,只因南姑是个女的,和这几个主权的女同门日同卧起,近水楼台,容易巴结讨好,所以连章虎儿也被留下了。于建一个无辜的老实人,反做了替死鬼,连带受累,太不公平。"越想越觉不忿,把初来时恶念重又勾起。由此愈发痛恨灵云、英琼诸女,立誓努力潜修,学成道法,以便异日去寻诸女报仇雪恨。

凌浑见他脸涨通红,眼中都快流下泪来,笑叱道:"我收徒弟只凭缘分和我心喜,不论资质如何,只要肯用功,我仍一体传授。可是学成以后,全仗自己修为善恶。好的,我决不使他吃人的亏;要是自作自受,甘趋下流,我却不护短,任他身受多惨,决不过问,稍加怜悯。等刘泉他们回山,便须传授法宝道术,学成下山行道。他年有无成就,是好是坏,就系于自己人禽关头一念之间了。"

杨成志一心妒恨仇人,正在盘算未来,闻言只当闲谈,并未警觉。五姑觉着这等心术的人,便资质多好,也不该收他。既已收下,师徒之谊就应常加告诫,使其常自警惕,洗心革面,免致堕落,不应听其自然,一面又和别的门人一样传授,助长他的恶念。辨貌知心,老大不以这师徒二人为然。闻言方欲开口规诫,凌浑道:"人各有心,不可勉强。我当年便是这样人性。不必多言,我们走吧。"崔五姑还要说话,见凌浑朝自己使眼色,知道丈夫性情如此,主意已定,强劝无用。可是这么一来,杨成志未来休咎,已可预知。人虽不是善良,资质却在中人以上,修炼更是勤奋敏悟,任其自趋败亡,未免可惜。料定丈夫必定另有用意,不便再为其说,只朝杨成志微微慨叹。杨成志满腔贪嗔痴妄,通未觉察。于建在旁却早听出师父语有深意,又见师母神色有异,愈发心中谨畏。师兄弟二人各有心事。不提。

凌浑说完,随同崔五姑起身,一路无话。过了十万里流沙落漈,遥见天蓬山在望。因山太高,中隔七层云空,为求迅速,不由山脚上升,相隔老远便催遁光,斜飞上去。刚飞过了四层云带,忽见对面高空中一片五色祥云,拥着一男二女三个仙人,由上而下斜飞迎来。五姑认出来人是赤杖仙童阮纠,同了甘碧梧、丁嫦二女仙,忙即招呼凌浑,一同迎上。两下里都是飞行迅速,晃眼落在祥云之上。阮纠随将仙云掉转,缓缓斜飞上去。

五姑给双方引见之后,一面称谢,笑问甘碧梧道:"诸位道友,端的道妙通玄，遇事前知，竟把十万里外之事了如指掌。"甘碧梧笑道："我等不曾用心推算，哪有这深法力？这全是家师适才吩咐。不特贤夫妇驾到，便是此来用意，家师也早算出了呢。"五姑大喜，笑问道："愚夫妇因和峨眉诸友至交，又是道家稀有盛事，不揣冒昧，所望甚奢。既欲奉请真人和诸位道友下降，以为光宠，又欲慷他人之慨，将道友前说灵峤三百余间仙馆楼阁，暂假峨眉诸道友一用。不知真人和诸位道友肯推爱玉成么？"

丁嫦插口笑道："道友说话，何必如此谦虚？自从那日订交，便成知契，以后互相关照，情如一家，何须客气呢？家师近以上界仙宾不久下降，并闻还有玉敕颁来，灵空天界不比凡间，非等到日，不能预先推详，为此不便远离。日前我们听道友说起峨眉诸友法力和诸比丘灵异之迹，才知近来修士大不易为。人心日恶，魔随道长。功力途径虽然今古相同，因是妖邪众多，非具极大的降魔法力和防身本领，不能抵御。不似千年以前，修道人只需得有师承，觅一深山，隐居清修，时至道成，再去行道，一俟内外功行圆满，便可成就仙业。虽也不免灾劫，大都易于躲避。比较起来，如今要更难得多。又值凝碧开府之盛，私心向往。道友未说，不便启口，无因而往，做那不速之客。后和家师说起，才知道友原本有意代主人延客，正遂私愿。现由大师兄起，连同我等三四个小徒，共是七人，已经禀准家师。静俟贤夫妇到来，有人先容，与未去诸同门略作快聚，便即相偕同往了。至于灵峤仙馆所余那三百余间房舍，原是我等一时遭兴，游戏之作。只因营建部署之初刻意求工，一心模仿桂府宫室，力求华美，哪知只凭载籍传闻，不曾亲见，向壁虚拟，不特全无似处，建成之后，经家师和诸仙长点破，才知刻鹄画虎，全无是处。不但不像青女、素娥、玉楼仙史等天上神仙所居，连寻常修士也居之不宜。不过建时既费工夫，而内中的玉章锦茵、冰玄珠帐以及一切零星陈设，无一不是成之非易。空费许多物力心力，拆毁未免可惜，废置至今已二百年，正苦无甚用处。休说借与峨眉诸道友应用，如不是物大富丽，不是修道人所宜，便全数奉赠，又有何妨？这类房舍什物，用来炫耀左道旁门中人耳目，使之惊奇，正得其用。甘师姊已命陈、管、赵三个同去的女弟子，用三只紫筠篮装好，随时都可带走。另外还有三十六枚蓝田玉实，不腆之仪，聊以为敬。尚望代向峨眉诸友致意，分赠门下男女弟子，哂收为幸。"

凌浑见丁嫦得道千年，看去年纪不过十四五，容华秀丽，宛如仙露明珠，光彩照人。吐属更是朗润娴雅，吹气如兰。桂府仙娃，不过如此。阮纠和甘碧梧虽有丑美之分，而仙根道力，无不深厚，骨秀神清，丰姿飘逸。眼前同道中人，能到此者，竟没有几个。分明金仙一类人物，不知怎么会忽然折节下交，甚为惊异。甘碧梧以五姑极口称谢，笑道："七师妹修道多年，见了外客怎还似当年心热气盛情景？心中有话，必欲一吐为快。到了上面，再行奉告不一样么？"丁嫦微嗔道："四师姊生性温柔，连说话也慢腾腾的。凡事该如何，便如何，有话便说，慢些什么？本来如此。那日听崔道友说起峨眉开府之事，偏不开口，非等师父有了口谕，崔道友已经来约，才行明告。反正一样，何如早些说出，人家喜欢多好呢！"甘碧梧笑了笑。阮纠接口道："七师妹心直口快，稚气终脱不掉，没有含蓄。我以前较她尤甚，近三百年才改了些。有时想起跟随师父隐居前许多旧事，都觉好笑。自来江山易改，本性难移。许是山居年久，未与外人交往，日常清暇无事，默化潜移，连性情也随以改变。这次奉命下山，许不似昔日躁妄。"丁嫦道："你是大师兄，同门表率，自然要老成些，哪似我和十六师妹的孩子气呢！仙山虽好，只是岁月清闲，无争无虑，连四师姊素来倜傥的人，也变得这等闲静雍容，没有从前有兴了。"甘碧梧笑道："嫦妹你还要说些什么？当着崔、凌二位道友，也不怕人笑话？"崔五姑笑道："仙府长生岁月，仙景无边，已是令人羡煞；而诸位道友又是雍容恬逸，纯然一片天趣，真情款款，自然流露。真恨不得早生千百年，得附骥尾，可拜真人门下，便天仙位业也非所望呢。"阮纠道："道友过誉。我们虽然幸窃福缘，得天独厚，终不能望到天仙位业，便为一'情'字所累呢。"凌浑闻言，忍不住问道："休说真人，便是诸位道友，哪一位不是神仪内莹，精华外映，明是天上金仙一流。听内人说，虽是男女道友同隶师门，并非合籍双修。即以千万功力而论，已具通天彻地，旋乾转坤之能，怎么情关一忞便勘不破呢？"阮纠笑道："此事说来话长，并且将来借重诸位道友，也是为此一字。不过暂时奉家师命，恕难奉告，且等峨眉会后，再作详谈吧。"甘、丁二女同声笑道："大师兄才说改了性情，不又饶舌了么？"凌浑知道来时料中所说借重之事，至关重大，不便再为深问。

五人言笑晏晏，不觉连越云层，到了天蓬绝顶灵峤宫外。阮、丁、甘三人领了凌、崔夫妇，先去拜见过了赤杖真人，略说命众弟子随往峨眉观礼之事，凌浑又略请教些应劫的话。便由阮、甘等门人陪出，先引凌浑把灵峤仙府风景游览了一周，然后去至甘碧梧所居的栖凤亭中小坐。众仙侣因凌浑初来，又命门人侍者去取灵泉甘露与各种仙果，前来款待。凌浑健谈，神情穿着又极滑稽，宾主双方越谈越投机。内中赤杖仙童阮纠和一个名叫兜元仙史邢曼的，尤为莫逆，由此成了至交。

凌、崔二人因离庚辰正日没有几天，路隔太远，必须期前赶到。虽然飞行迅速，不致延误，当此多事之秋，受人之托，终是越早到越好，便起辞别。众仙再三挽留。阮纠并说："此行如何，家师已经算出，明早起身，到时恰好。因此次旁门中颇有几个能手，为了事前不使得知，道友到时，使用仙法隐蔽行藏，不到起身下山，谁也推算不出。据我想，也许峨眉诸道友都认作意外，到后方知呢。"甘碧梧和另一仙侣同声笑道："大师兄话休说满。左道旁门中人，自难知道我们行藏。峨眉诸位道友何等高明，未必也瞒得过吧？"阮纠笑道："我不是说准能瞒过。只为凌、崔二位道友此来，未向第二人提起，原定约了我们，突做不速之客，以博主人一笑。并且主人连日正忙，素昧平生，我们又非现时知名之士，念不及此，怎会前知？除非我们已经上路将到，主人久候凌道友夫妇不至，无意中占算行踪，那就难说了。"丁嫦道："这个我敢和大师兄打赌，我们此去，只一动身，峨眉诸道友便即知道。即便主人正忙，无心及此，你没听崔道友那日曾说，日前已是仙宾云集？师兄的转劫好友大方真人，和我们对头的两个克星也在那里，焉有不知之理？"甘碧梧笑道："七师妹怎的胸无藏言？"丁嫦好似说走了嘴，面上一红，便不再说。阮纠笑道："我只臆度，哪个与你打赌？"说时也看了丁嫦一眼。

凌浑暗忖："众仙千年不曾下山，法力如此深厚，怎会有甚对头？大方真人正是乙休，想不到他与赤杖仙童竟是历劫知交。见时一问，便知就里。"故作没有在意，岔将过去。阮纠似已察觉，笑对凌、崔二人道："我们在此隐居清修，于仙于凡，两无所争，本无什么。只为家师奉到天敕，又值再传弟子和一些侍者建立外功之会，正好命两辈门人一同下山。好些事均属未来，家师默运玄机，为免众弟子将来有甚困阻，预为之备。其实事情尚早，家师只示了一点征兆，不曾明言。休说乙道友不能详悉，便我等也只略知梗概，此时未便奉告，盖由于此。"崔五姑道："想不到诸位道友清修千年，早已天仙无殊，怎会突然发生这些烦扰？"另一女仙罗茵笑道："按说，我们虽然道行浅薄，不能上升灵空天域，到那金仙位业，如论位业，却也不在天仙以下。尤其是清闲自如，既无职司，又无羁绊，不似天仙多有繁巨职掌。只自成道起，两千一百九十年中，有三次重劫，一次比一次厉害，是个讨厌的事。"丁嫦笑道："罗六师妹倒说得好，假使地仙如此易为，似我们这等清福，那些天府仙官都愿退这一步，不再稀罕那天仙位业了。"凌、崔二人闻言，心中一动，默计赤杖真人师徒成道岁月，正是道家四九重劫以后的第二难关快要到来。起初以为真人有无上法力，谁知仍难轻免，不禁骇然。天机难泄，无怪支吾不肯明言。便朝罗茵点了点头。众仙知道二人业已会意，便不再提起。

又盘桓了些时，一算时间，已经过了一天。阮纠不等凌、崔二人开口，便请起身，二人要向真人拜别，众仙俱说："真人现正调元炼气，不须多礼。"二人便托众仙见时，代为致意。当下赤杖仙童阮纠、甘碧梧、丁嫦，率领三人的爱徒尹松云、陈文玘、管青衣、赵蕙，共是男女七人。由陈、管、赵三女，用仙府三柄紫玉锄，肩挑着装有三百间仙馆楼阁和蓝田玉实的紫筠篮。随了凌、崔二人，同驾一幢彩云往峨眉仙府进发。彩云一离天蓬山界，降到中层云下，便自加快，往前飞驰。其速并不在剑遁以下，并且一点也不见着力施为。上面是碧空冥冥，一片苍茫；下面是十万流沙，漫无涯际。等将落潦飞过，又是岛屿星分，波涛壮阔，碧海青天，若相涵吐。中间一片祥云，五色缤纷，簇拥着九个男女仙人，横空穿云而过。每当冲入迎面云层之中，因是飞行迅速，去势大急，将那如山如海的云堆一下冲破。所过之处，四外白云受不住激荡，纷纷散裂，化为一团团、一片片的断絮残棉，满空飞舞。再吃阳光一映，过后回顾，直似万丈云涛，撒了一天霞绮，随着残云之后，滚滚飞扬，奇丽无俦。

仙云神速，飞近子夜，峨眉便已在望。阮、甘诸仙因此山乃千年前旧游之地，仙府只知是在后山亘古无人之区，不曾去过。刚刚把仙云势子改缓，在夜月清光之下指点林泉，一面追忆前尘，一面和凌、崔二人谈说，问询仙府所在。丁嫦忽指前面笑道："我说如何？你看前面崖上，洞口石亭均有人在守候，分明峨眉诸道友对于我们来意已前知了。"凌浑正和阮纠一样,心料妙一真人等不会想到会约仙侣同来,又是何等神奇隐秘。素无人知的地仙,还想突然降临,故作惊人之笔。又知妙一真人等如真前知,此时必是亲身出迎,而洞口崖亭中人,分明是几个轮值守候的门人。方对丁嫦笑道:"道友,你料错了,那是齐道友门下弟子,奉命在彼迎候嘉客的,正经主人并无一个,也许真不知道呢。"话还未完,遥见洞门内倏地闪出好些人来。这时两处相隔尚远,乍见虽还不能辨认,必是长一辈的主人无疑。才知主人毕竟前知,这等大举出迎,自己面上也有光辉,好生欣喜。立即改口道:"想不到主人果是仙机灵妙,早已前知。大约凡是无甚要事的,都出洞来迎候嘉宾了。"阮、甘、丁三人闻言,定睛一看,忙道:"我等不速之客,主人竟如此盛意延款,何以克当?急速催云快去吧。"随说,手指处,脚底仙云又复加急飞驰,晃眼到了后洞上空。三仙因想认一认为首主人,微一缓势间,凌、崔二人已先从云中飞坠。三仙又见妙一夫人似要飞身上迎,知是为首女主人,忙率尹、陈、管、赵四弟子一同下降。

到了太元洞内,宾主分别礼见,由凌、崔二人代为略致来意。妙一夫人等自是极口称谢,敬佩不置。凌浑因阮纠与乙休有旧,闻说乙休同了百禽道人公冶黄、追云叟的大弟子岳雯,在仙籁顶旁危崖老松之下,相互对弈,恰值灵云领众弟子拜见仙宾,不曾走去,便命去唤。随问众人,那些异派中的恶宾不久即至,那三百间仙馆楼台如何布置?丁嫦笑道:"微末小技,极易布置。这些房舍大小隐现,无不如意。微仪已蒙主人晒收,房舍就在小徒肩挑筠篮之内,只需主人命二三高足领了小徒,指出适当地点,立可成就。"青囊仙子华瑶崧道:"既然是能隐能现,索性先只安置,将形隐去。等那些恶宾到来,依次领往,随时出现,岂不更妙?"妙一夫人道:"这样虽好,只是小徒们法力浅薄,不知仙法运用,万无劳嘉宾之理,还是现出来吧。"甘碧梧道:"运用之法不难,一学就会。小徒们相助照料,有何不可?"夫人再四谦谢,不欲劳动仙宾。嗣由凌浑折中,仍命门弟子执掌,由三仙先传运用之法。妙一夫人因来者不善,善者不来,引导来客就舍的人既要本领高强,又须机智沉着,始能应付,便命齐霞儿、秦紫玲、诸葛警我、林寒四人充任。三仙立即当众传了用法,并各赐了一道灵符,以备万一。四人拜谢领命,随引了尹松云、陈文玑、管青衣、赵蕙四人,分四路去讫。

黄肿道人和伏魔真人姜庶重述适才所议方策，将人分散太元洞内。广堂之内，只留二三主人，等候外宾来见。余各自寻居处，不必长聚一起，以便暗中留意，相机应付。妙一夫人终因仙宾初来，尚未怎样款待，意欲多陪一会儿，等有异派人来，再作计较。三仙知道主人心意，力言彼此同道倾心，一见知己，无须如此谦礼，并说："山居千年，极少新奇之事，此行专为观光，就便看看目前左道伎俩，如在太元仙府居住，难于一目了然。好在房舍现成，妖人将至，最好立时便请一位令高足领去，择一高旷之地，可以纵观全景，而又不当要冲，以便作壁上观，实为快事。"妙一夫人见他们坚持，只得亲自陪往。一面并请玉清大师代做主人，时常陪伴。议定以后，除各主外，一班外客欲睹仙馆之奇，仗着房舍众多，纷纷效尤；一般后辈更好奇喜事，渴欲见识。妙一夫人想："这样把所有长幼来宾全都住在新添设的仙馆楼阁以内也好。"便陪了阮纠师徒，先往绣云涧去物色仙居。众人也相率走出。刚刚走出洞门，便见亭台楼阁，琼馆瑶榭，到处矗立，点缀得一座凝碧仙府霞蔚云蒸，祥光彻霄，瑞霭满地，绚丽无俦，仙家妙术，果真惊人。方在齐声赞妙，倏地光霞一闪而逝，所有楼台馆榭全数隐去。知四弟子已经布置停妥，正在试法。

正陪仙宾前行，灵云忽然走来，对凌浑说："乙师伯胜了公冶真人一局，现和岳师兄对弈正酣。闻说阮仙长到此，只笑了笑。弟子久候无信，三次催请，乙师伯才说要请阮仙长往见。不知可否？"凌浑笑骂道："这老驼子真个棋迷，连老朋友来也不顾了。"阮纠笑道："行客须拜坐主，原该我去见他才对。二位师妹可随主人往寻居处，令四弟子同住一起，不得妄自多事。我与大方道友久别，要作长谈，也许和他同住。到了正日会集，再相见了。"丁嫦笑道："我们现时决不至于多事，师兄和大方真人在一起，却是难说呢。"妙一夫人方欲分人送往，凌浑对崔五姑道："老伴，诸位道友是我夫妻请来，我二人也和主人差不许多。你和玉清道友陪伴甘、丁二位道友师徒，我自引阮道友去寻驼子去。"说罢，同了阮纠自去。不提。

妙一夫人等仍陪甘碧梧师徒六人走到绣云涧，正赶齐霞儿同管青衣二人一齐将仙馆设在涧侧高崖之上，刚刚停当，待要回洞复命，看见夫人等陪了众仙宾到来，连忙迎上。跟着秦紫玲同了赵蕙，林寒同了陈文玑，诸葛警我同了尹松云三起，也都各按所去的一带地方，相度形胜，设置停

2523

当，互相试验一回，隐去真形，回至中途，有的老远望见，有的经同门传说，相次赶来复命。妙一夫人便命齐霞儿将崖上仙馆现出。霞儿如法施为，手一指，崖上突然现出一座霞光四射的玉楼。众人见那楼阁共是三层，每层五间，形如重台梅花，通体碧玉砌成，琼槛瑶阶，金门翠栋，雕云镂月，气象庄严，奇丽无俦。再走上去一看，一层又一层的陈设，无不穷极艳丽，妙夺鬼工。至于设备之齐全，更毋庸说。锦墩文几，玉案晶床，尽管华贵异常，却又不是富贵人家气象，于珠光宝气之中，现出古色古香，别有雍穆清雅之致。顶层五间开通，成一敞厅，似是准备仙宾暇日登楼凭眺观景之用。比起下两层设备还更精美，四面碧玉栏杆，嵌空玲珑。更有百十盏金灯点缀其间，燃将起来，灿如明星，夜间望去，更是奇景。

众人落座，正在赞赏，诧为未见。玉清大师笑道："此崖虽然隐僻，却非最高之地。如再高出二三十丈，全景便在目下，一览无遗了。"丁嫦笑道："这个容易，这些房舍原本可高可下。"随说，将手一指，只见祥云如带，横亘楼腰，二楼一段。便在隐约之间，顶层便于不知不觉中升高了数十丈，仙府全景立现眼底。甘碧梧笑道："区区末技，七师妹也要卖弄，不怕诸位道友齿冷？"丁嫦笑道："我们承诸友不弃，一见如故，亲若一家，何用掩饰作态？"先来长幼群仙，俱欲各觅居处，纷起作别，甘碧梧道："事也真巧。当初原是同门师兄姊妹互弄小技，只顾争奇斗胜，忘了修道人的本色，又没见识过天仙第宅是什么形状，以致徒事纤巧，闹成了个四不像。此次所带楼舍，只这一所小琼楼乃二师姊姚瑟所建，还不过于离奇，恰被愚师徒数人占用。余者多半出诸七、九师妹之手。诸位道友虽然暂寄仙踪，逢场作戏，如见不堪之处，幸勿见笑。主人事忙，承五姑与玉清道友相伴，已感盛情，请自回吧。"

妙一夫人等也觉众异派中恶客行即到来，正当多事之秋，便也不作客套。一面吩咐霞儿等四人，引导各长幼仙宾，仍分四路送入仙馆安置。并请内中几个主要人物，各依方向，暗中监防。事完，便分两人一班，在太元洞中和另外两名弟子随侍，以便外客到来，见过主人之后，领往馆舍。随即分向甘、丁二女仙称谢辞别，各自依言行事，不提。

经此一来，太元洞内诸仙十去八九。长一辈的，只剩下妙一夫人、元元大师、白云大师、顽石大师四个正主人。余者只神驼乙休、百禽道人公冶黄和新来的赤杖仙童阮纠、穷神凌浑,在仙籁顶危崖之上,与岳雯对弈;嵩山二老同麻冠道人司太虚,在前洞上面御敌未归;媖姆师徒在后洞石室之内,运用玄功,暗中戒备。此外都移往仙馆。一班后辈来宾,有的随着迎接诸仙之便,当时随往,各自觅了住处。有那随着本门中弟子散在各地游玩聚谈的,适才各地仙馆楼阁突然出现,相顾惊奇,纷纷赶往绣云涧,问知就里,俱都好奇,欲广经历。

霞儿等再一说起,不问来客长幼,凡愿往仙馆居住的,均可迁入。众后辈闻言大喜,相率随同前往,各觅住所。本门弟子虽不得住入仙馆,也都想见识见识,除有重要职司,正在轮值的几个,也都跟去观赏。霞儿等四人分领了各仙宾,每到一处,便依法施为,一所玉宇琼楼立即显现。众仙宾早各约好同居仙侣,分别入内。

妙一夫人等四主人到了太元洞前,回头一看,只见四方八面,一座接着一座的仙观楼阁,重又相继显现。虽不似适才全数毕现,也有二三十处。端的仙云缥缈,气象万千。再看男女弟子,只有陆蓉波、余英男、庄易、严人英四个在洞内外应班轮值,余人全都不在。笑道:"无怪人情羡慕富贵华美。便众弟子虽然新进道浅,也都根器深厚,平日心情也极清静淡泊,此时见了这等富丽华贵之景,竟然如此钦慕,异派中人更不足论了。"白云大师笑道:"我知他们并非钦慕,只是年轻好奇,想要见识罢了。"元元大师道:"话虽如此,到底不该。所以赤杖真人力说,此举渐入魔道,不是修道人所宜。阮道友等说,此类楼观只宜左道中人居住,不便奉赠,确是实情呢。"顽石大师笑道:"无怪人言,我辈同道中人,只师兄一人铁面冰心,最为刚直。前杀王娟娟,便是证明。无论仙凡,谁不想多见多闻,增长经历?他们又听来的是千年前成道的人物,又见仙法如此神妙,哪能无动于衷?想开一回眼界,所以连灵云和白云师兄门下三个已经入门多年、道力较深的人,都跟了去。就连金姥姥、萧十九妹、黄胖道人、青囊仙子、金钟岛主和两世修为的杨道友,他们论起功行法力,哪一位是在你我之下?他们虽然也有为监防妖人,有为而去的,但见猎心喜,也占一半。他们尚且如此,何况晚辈?"说得妙一夫人等俱笑了起来。

刚刚入洞归座,先是黄山餐霞大师同了汉阳白龙庵素因大师,双双到来。见面谈不几句,杨鲤又引导他的前师南海聚萍岛白石洞散仙凌虚子崔海客和门下弟子虞重走进。恰巧齐霞儿等四人将众仙宾安置停妥,头一班是秦紫玲和林寒,正在侧随侍,宾主礼叙。妙一夫人知崔海客人极正直,便略告以实况。谈了片刻,便令林寒前导,亲身陪他师徒入居仙馆。林寒见他只有师徒二人,便引往洞侧山坡之上,行法现出一所共只三间的飞云亭来。夫人肃客入内。崔海客早见仙府之中,到处神仙楼阁,瑞霭祥光,及见林寒随手一指,便现出一座双层亭舍,愈发惊奇,赞羡不置。夫人等仙厨中人献上酒果灵泉,便即辞出。这次回到太元洞内,便繁忙起来。先是铁钟道人、游龙子韦少少、小髯客向善和成都隐名剑仙钟先生等昆仑派中名宿,除却南川金佛寺方丈知非禅师要正日才到外,俱都各带门人,联袂偕来。

这次妙一真人诸长老为要解却辟邪村误伤游龙子韦少少飞剑之嫌,对于以上诸人齐下请柬。韦少少本还不好意思前来,经知非禅师和小髯客向善力劝,说:"上次对方事出无心。对方主者齐漱溟宽厚温和,极知礼让,素无嫌怨,今以礼来,不去反显我们小气。峨眉正当鼎盛之时,仍能谦虚待人,欲借此一会,释嫌修好,实不愧道家本色。乐得就此化敌为友,彼此都好。"铁钟道人也力主同往,但又说:"峨眉势盛,易使后辈向往,门人不可多带。"偏生一干门人欲随往观光,纷纷向师求说。知非禅师只有一个嫡传弟子,必须留守,本人有事,又是后去,不在话下。其余四人,除钟先生是愿叫徒弟见识,命即同去外,铁钟、韦、向三人均恐门人与对方交往,见异思迁,不令随行。于是愿去的好些俱没去成,而不甚心热,如上次在无华氏古妖尸墓穴中吃过亏的小仙童虞孝、铁鼓吏狄鸣岐之流,反因师命随行。

行时,小髯客向善忽然想起还有两人未到,便问知非禅师道:"此次峨眉还请的有卫师弟夫妇,昨日还见在此,怎的不辞而别?"知非禅师微叹道:"他二人近来行径荒谬。自从幻波池受了巨创归来,经我算出,对方应援迟缓,害他夫妇毁了道缘,实是不知圣姑禁法妙用。初发现有人被困时,固然略存私念,可是要想救也无从下手。那等危机四伏的险秘之地,加些小心,也是人情,何况还出死力相救。算起来只有救命之恩,绝无仇怨可言。他们出来时不问当门的人是甚道路,便下毒手伤人,已大不该,幸运那人是佛门高弟,未与计较。回来他夫妇只知痛惜道缘,贪得内中宝物,因闻前去二女仍要再往，竟打了恩将仇报主意。我再三苦口劝说，开导利害，终是不听。近更受了妖妇愚弄，愈发倒行逆施，变本加厉。峨眉诸友正是那两女子的师长，如何会去？果真肯去时，他们见到峨眉那等气象，也许知难而退，不致将来自取灭亡了。他夫妇明明极好一对神仙眷属，论起功力法宝和所炼飞剑，都是本门有名人物，偏会一入迷途，便双双陷溺罔返。此乃劫数使然，无可挽回。此事不久发作，只盼他们到时知机，能就此兵解，不致形神皆灭，便是幸事。此时由他们去吧。"四人听了，叹息了一阵，便向知非禅师作别起身，一行共是师徒九人，同往峨眉飞去。

妙一夫人早有妙一真人嘱咐，甚是优礼。一面又把妙一真人闭洞行法开府，须等正日开府始能出见；客多甚忙，接待简略，已经备下宾馆，不能随时奉陪的话说了。钟先生等见主人礼貌殷勤，各把前嫌消去，互致了几句谦词，便由林寒引导，餐霞大师陪客就舍，同往仙馆去讫。

这里客才去，跟着南海地仙天乾山小男带了三连宫中三十六个仙童弟子，西海磨球岛离朱宫少阳神君带了日前曾来峨眉先送礼物谢请的火行者元柄等四个门下弟子，相继到来。

以上两拨虽非同道至交，尚还是友非敌。等这两拨刚刚引入馆舍，忽然轮值弟子苦孩儿司徒平飞身入报："后洞外来了三个相貌凶恶、装束诡异的道者，一个大头大肚、胸挂十八颗人头念珠的凶僧，随带着七个男女，到了飞雷崖伫云亭前。先由一名叫鬼焰儿朱赤午的妖童，向弟子等声称：'我家师父等三道一僧，乃北岳恒山丁甲幢、火法真人黄猛、三化真人卓远峰、屠神子吴讼，率领门下弟子七煞手常鷞、鬼焰儿朱赤午、仙掌雷召富、大力仙童洪大肚、独角金刚阳健，以及江西鄱阳湖小螺洲金凤寺方丈恶弥勒观和号称龙山双艳的细腰仙娘柳如花、小金女童幺凤，一行师徒共是十二人。因闻峨眉开府，心切观光，前来拜山，参与盛典。'令弟子等入门通报。弟子来时，隐闻内中一个生相蠢俗不堪、名叫洪大肚的和那朱赤午说：'你说这一路无甚防备，你看这洞设的不是那禁制么？'弟子因各位师尊早已算出未来，妖鬼徐完来过以后，只仙府上空还不免有妖人来此窥伺，已由白、朱二位师伯戒备，后洞已不会有事，所以不曾设伏。今早弟子等曾见雪山顶上有金光微闪，似往洞口飞来，细看又无形迹，来人不知怎会看出？这十二人均未接有请柬，容他进来与否，请示定夺。"

妙一夫人知道，来的这为首四人，明初已经得道，虽然出身旁门，已经躲过三劫，隐居修炼。除纵容门下弟子不时出山为恶外，本人踪迹俱甚隐秘，正邪各派俱无交往。料是受了仇敌蛊惑，来此相机行事，来意善恶尚还未定。既然以礼求见，自应以礼待承。便请餐霞大师代出迎导，就便暗中查看洞口禁制是哪位道友所设。

大师去后，妙一夫人等因庚辰正日将近，敌友双方来客越多，一一陪叙，势难兼顾，便把五位主人分开，以便分别接待。又因来人师徒以前恶迹昭彰，幸逃天戮，已有餐霞大师接待，不愿多与周旋，便避了出去。

这里餐霞大师到了洞外，见来人师徒都是一身邪气，知道虽是左道旁门，也不可轻视，便按主人之礼，上前通名致辞。原来这一干妖人，以前因了作恶多端，常受正派剑仙嫉视，备历险难，幸逃诛戮。先在恒山销声匿迹了七八十年，后始分居。由此学乖，不再彰明昭著，行事力求隐晦，也不与外人来往。近百年中，见同时一班厉害仇敌十九仙去，自问后起诸人莫我之敌，虽然渐萌故态，仍不轻于树敌。近年虽闻峨眉派发扬光大，人才辈出，因一向闭门不出，只由门下妖徒出外摄取妇女，回山采补，对方诸人均未见过。这次原是妖道门人受了与峨眉为仇的妖邪怂恿，言说仙府灵药众多，更有千年灵芝炼成的芝人、芝马。众妖人本为所习不正，必须常年采补，始能驻景延年、长生不老，如能得到芝仙服食，立可免去四九重劫，修成地仙，当时便被打动。自恃邪术高强，法宝厉害，更炼有几只灵禽猛兽，不问明夺暗取，十九可以如愿。对方有此灵物仙药，便为它树下强敌也值。因门下弟子到处闻人传说对方人才辈出，道法高强，剑术神奇，还存戒心。除将所有法宝和所豢养猛禽恶兽全数带在身旁备用外，并命卓远峰的爱徒青蛾仙童左心，去往陕西黄龙山青渺林，卑词约请以前同道中能手猿长老，许以啖肉芝的重利，使其率领门下五仙猿，赶往峨眉，假装不是一路，暗中相助。无论谁得了手，都是平分春色。

行前原有人指点途径，一直便往仙府后洞门飞去。心想："峨眉仇敌到处都是，这等盛举，为防敌人侵害，近洞一带必有防备重重。不分异同，一体接待，只是传闻。自己未奉到请柬，又非同道，弄巧还许不能进去，一到便动干戈。"及至飞到后山，沿途留心查看，只遥见洞门外立有两人，对过崖亭内也有两人，年纪均轻，似是守门延宾的弟子侍从，并无埋伏禁制。不由气焰渐长，以为人言过甚。照此情形，守门人如若见拒，便用法术变化隐形，硬行闯入，骤出不意，夺了仙芝便走。正寻思间，已经飞近。落下一看，首先入目的便是那四个轮值延宾的男女弟子，个个仙根深厚，道气精纯。又见对方闻言，入内通报时，人过处，洞口上空忽有金光一闪。妖人师徒俱都识货，定睛一看，竟是昔年吃过它苦头的佛家用来降魔的神光。才知对方盛名非由幸致，如不得到主人允许，要想进门，并非易事，不由把先前锐气为之一挫。

等不一会儿，瞥见对面洞内飞出双道光华，跟着洞口现出两人：一个是入内通报的守门少年，另一人是个女道姑。单看遁光来势，已知不是寻常。再听说话口气，餐霞大师对于外人最是谦让，说得自己好似本派数不上的人物。妖人狂妄已惯，信以为真，觉得对方随便出来迎宾之人，已有如此本领，不禁又是一惊。但既已劳师动众，门人们又都在外夸下海口，无论如何也须勉为其难。想到法力高强，并还有极厉害的接应，心气又复一壮。

火法真人黄猛最是强横，略向大师称谢道扰之后，便道："贫道隐居恒山等地，清修避世，百余年来不曾与外人来往。因闻近来贵派昌隆，人才蔚起，又有这番千古难逢的盛举，不特贫道师徒亟欲观光，连贫道等平日豢养的两只虎面枭、一只金眼狍儿，也要随来见识。虽然它们通灵多年，能大能小，终嫌兽蹄鸟迹，有污仙府。不知道友可能容许它们进府么？"餐霞大师知这两种俱是最猛恶的恶兽凶禽，妖人带了同来，心存叵测。故作不经意之状，微笑答道："齐道友门下弟子也有几个豢养着猿、鹤之类灵物的，有主人在，当不至于放肆。不过，外客中也带有仙禽同来的，异类与人不同，物性有忌，带进无妨，主人一律款待，飨以美食，只请叮嘱它们不可离开道友，以免万一生性相克，争斗起来，不论何方受伤，主人俱觉难处。话须言明。幸勿介意。"黄猛暗笑："猿、鹤之类也伯一提？怕不做了枭、狍口中美食。"故意笑道："它们多是野性未驯，特为瞻仰仙府而来，不惯拘束。不过只要不去撩拨它们，也不会冒犯的。生性相克，自是常事。贫道只恐它们无知冒犯，致失客礼；否则它们这次在外生事，如为别位道友珍禽异兽所伤，好借此儆戒下次，杀它火性，正是求之不得呢。"说时，便听妖道妖僧袖中枭鸣狍啸，声甚猛厉。大师暗笑道："不知死活的孽畜！

不久便是劫数临头，还敢发威。"故作未闻，笑答："这样便好，道友既不以此为意，那更好了。"

说罢，方要延客入内，忽听破空之声，劲急异常。众妖人一听，便知是同党黄龙山青桫林猿长老，带了门下仙猿到来。故作不解道："道友，有客来了。"大师看出妖道面有欣喜之色，知是同党，便答道："不知何方道友驾临，有劳诸位道友稍待，一同延接也好。"一言甫毕，一道白虹带着五道丈许长的青白光华，已一同自天飞坠。大师见来人身穿白麻布衫，猿臂鸢肩，满头须发，其白如银，两道白寿眉由两边眼角下垂及颊，面色鲜红，狮鼻阔口，满嘴银牙，两耳垂轮，色如丹砂，又长又厚，貌相奇古。通身衣履清洁，不着点尘。一对眯缝着的细长眼睛，睁合之间，精光闪闪，隐射凶芒。身后随着两苍三白五个通臂猿猴，看去身材没有仙府双猿高大，都是火眼金睛，铁爪长臂，动作矫健，顾盼威猛。双方通罢姓名之后，众妖人也故意与来人礼叙，互致仰慕。这猿长老初来时，神色颇傲。及至大师延客同行，偶一眼望到洞门上面，立似吃了一惊，朝黄猛和妖僧观在看了一眼。大师早已看出，那是佛门降魔神光。料定不是芬陀，便是白眉禅师，不知何时路过，见仙府后洞只有几名弟子轮值，无甚别的设备，虽然无事，终启妖人侵侮之心，特意暗中设下，使来人知道戒慎的。见这些妖人以目示意，不禁暗笑，也不说破，故意前行引导，以示无他。直到太元洞中，宾主落座，略谈片刻，便唤当时轮值的诸葛警我、秦紫玲，将妖人师徒做一起，两女妖人做一起，猿长老一人五猿做一起，分别领往仙府安置，静候开府盛会。行时并嘱诸葛警我传示袁星："来客除猿长老，还有五位仙猿，须多备酒果款待外，黄道友等还带有虎面枭和金眼狍等珍禽异兽，它们俱不耐拘束，到了仙馆，许要放出。告知佛奴它们，遇上时小心，不要招惹，以免性克争斗。"二人会意，随即答应："弟子遵命。"大师也未亲陪，只送出太元洞口，便即作别回身，自寻妙一夫人等商议应付。不提。

黄猛先见仙云楼观过于辉煌华丽，心想："这凝碧崖，对方才发现不久，门人十九新进，哪里会建立这许多的玉楼仙馆？必是卖弄玄虚，将寻常事物幻化点缀，故作惊人之举。弄巧十之八九皆是幻景，并非实物，都说不定。"嗣见诸葛、秦二人到了地方，只随手一指，便由地上凭空显现出一座亭榭，和前见一样，银壁云楼，金庭玉栋。内里陈设更是罗帏琼帐，冰衾珠缨，日用各物，无不毕具，光彩陆离，备极精丽。越以为主人号称玄门正宗修道之士，自居太元洞只是气象庄严，古雅朴实，无多陈设，两下里比较，远隔天渊。又想："这类楼台亭阁有好几十所，未现出的想必还有。休说通体琼瑶，难得如此成材的美玉，便室内陈设，也无一件不是人间稀见之珍，绝非寻常岁月可得聚敛。主人师徒正在勤于修为，岂有为了开府宾客数日之需，费上这样大的心血精力，物色营建，成此旷古未有的奇观巨制？"怎么想，也万无此理，愈发断定前料不差，是个幻景。初来虚实未得，不便当着主人施为。等诸葛、秦二人转身辞出，黄、卓二人先取两件物事，用禁法一试，并无异状。再连房舍带用具依然行法解破，俱是原形未动。渐渐看出无一样是假的，才知敌人委实不可轻视，不禁大吃一惊。

诸葛、秦二人原因九宫岩这几座馆舍与仙籁顶乙休下棋之所，以及诸神禽所居的老楠巢，相隔甚近，存心把众妖人安置在一起，明是分成三处，实则望衡对宇，相距咫尺。行时并说："开府尚有三数日，诸位师长事忙，无暇奉陪。各宾馆中如有同道，不问新知旧友，均可互作往还，结伴游行，宴集为乐。如需酒食，或仙猿仙兽们的食物，另有执役男女侍童，随时往来各处宾馆，略呼侍童，便即应声而至，一经示知，可立奉上。不过这些男女侍童都是入门未久，朴讷谨畏，师长法戒素严，只知执役承应，奉命惟谨，拙于应对。如有不周之处，尚乞原谅，免使受罚。"一面又指给他们看。

众妖人经过别的宾馆时，早就见到几个年约十二三的道装男女童子，都是一式打扮：男绾抓髻，女的垂髻，短发裁云，容颜美秀；一身碧绫短衣裤，上披翠叶云肩，白足如霜，下蹬葛履。手捧三尺玉盘，中贮酒果食物，贴地飞行，往来出入于各楼台亭馆之间。遇到高楼，径直飞上，也不见甚遁光云气随身。只是凌虚御空，上下如意，脚底好似有甚东西托住一样。最奇的是，不但装束相同，连年岁相貌，高矮胖瘦，无不相似。本来猜不透是甚来历，听了主人之言，才知竟是仙府执役小童，十分惊异。接着一童子送了些酒果前来。

其实这些童子是姜雪君前在仙山时，见洞庭东西两山有不少岁久通灵的古树，因是草木之灵，只凭日精月华与山川灵气滋润，尽管饶有灵性，均还未成气候，不能脱体变化。两山地大肥沃，居民日众，时受樵工砍伐，枉自咽风泣露，无计防御。觉着它们与人无害，成长修为不易，一时恻隐，趁着闲中无事，运用玄功和师门心法，度化了数十株，助其炼成形体，使其修为。近以成道在即，这些灵木功候仍差，既恐日后为恶人所伤，违了初愿；又恐樵工无知，妄加采伐。它们自恃有点法力，为了切身之痛，作怪伤人，无形造孽，多半已移向别处深山荒远之地。余剩还有三十六株，俱是杨梅、枇杷、梅花之类，功候较深，又是东山名产。意欲乘着峨眉开府之便，采来点缀仙山，权当送妙一真人夫妻的礼物。因不愿徒众弟子为异派妖人执役，便令灵木的婴儿现形代替。

这些木婴儿到底功候尚差，有的才只勉通人言，不能应对自如。虽仗媖姆仙法妙用，看去神奇，外人也不能加害，终与真人有异。黄猛等妖人俱都法力高强，远胜末流，只为初入仙府，便见许多灵异之迹，心志有点摇惑，以为敌人故意炫耀，这些侍童功力必然不浅。及至仙童送完酒果要走，卓远峰故意将他唤住，一问话，果然木讷，说话困难。再定睛仔细一看，目带青芒，面白似玉，尽管清秀绝伦，却是冷冷的，不带一丝血色。情知有异，方欲追诘询问，道童忙施礼回身外走。众妖人已经看出不是真人，只不知是甚精灵幻化。大力仙童洪大肚最是莽撞，见那道童生得灵秀可爱，见人却答不上话来，面有窘色，觉着好玩，想逗他一下，伸手便拉。哪知手才挨近，便似触电一般，当时反震回来，力大非常，人未拉着，手倒震得发麻。鬼焰儿朱赤午见状惊异，忙使妖法，将手一指，意欲将他禁住。哪知道童竟如无觉，连头也未回，便从容飞去。

屠神子吴讼忙即拦阻，埋怨道："你们怎这般莽撞？我们与对方并无仇怨，此来为了何事？这些童子分明是樟柳神一类，主人用来执役，并无深意。正经事还未商议，却去考究这些无益之事做甚？我们成道多年，已入宝山，如若空手回去，休说要被外人耻笑，也实无以自解。我们只是看着好玩，无心作耍，倘因此引起敌人猜忌，下手岂不更难？黄道兄因见这些楼观陈设，便生戒心，其实不过是些珠玉珍宝，因有这么多，营建又如此精巧，便觉奇了。焉知不是七拼八凑，各处借来装点门面的呢？我们带有仙禽灵兽和猿长老的仙猿，都是极有力的帮手，哪能一点真实本领法力未见，便生退心？说出去也是笑话。我看不数日便是庚辰正日，敌人全数出面，党羽越多，闻说内中有不少能手。不乘他们忙于开府闭洞行法之时下手，到了正日，必更艰难。猿长老适才已当着敌人叙见，其实黄道兄过于谨慎，便做本来知交，又有何妨？你看人家将我们都安置在一起，哪有一点防备之心？敌人不是太傲，看不起我们，便是真个客多，人少事忙。正经主人又在洞内行法，不能分身，所以连个陪客的都没有，此时正好把那猿长老和龙山二妹请来此地，从长计议，赶紧下手，才是正理。时机稍纵即逝，悔之无及。"黄猛道："我因洞口的佛光，觉出洞中定有能者暗中主持。休看无甚防备，惟其托大，才见其有恃无恐。事情自是必办，不过总须慎重而行，免致闪失在这些后生小辈手里，将来无颜见人。"

第二一二回

　　幕地起层楼　仙馆宏开延怪客
　　清谈矜雅谑　碧峰小集啖丹榴

　　正说之间，忽听门外"哈哈"一笑，飞近一伙人来。众妖人一看，来者正是猿长老，一手扶着细腰仙娘柳如花，一手扶着小金女童幺凤，并肩搂抱，飞了进来。恶弥勒观在最爱龙山二淫女，二女偏是厌他俗恶体臭，人又痴肥，毫不理睬。妖僧自己吃不到天鹅肉，却恨别人与二女亲近。见状老大不快，便发话道："这里不比自家山中，随便勾搭，无人过问。不问我们来意如何，表面上总是做客。主人男女之分甚严，适才引路那厮明知我们和柳、童两位妹子同来这座楼台，再多十人也有闲空，却把男女分住两起，以示男女有别。聚集无妨，便要亲热，也不要落在外人眼里，省得对头笑我们旁门左道中人只知淫乱，禽兽不如。"

　　猿长老本来兴冲冲进门，方要说话，一见妖僧声色不喜，连理也未理，径往锦墩上一坐，索性把二女一边一个，搂坐在膝头上，由满脸银髯中咧着一张鲜红嘴唇，嬉笑不已。黄猛、卓远峰均和二女有染，知二女妖淫，性复刚傲，一意孤行，爱谁便是谁，法力又强，永不许情人过问，稍有辞色，立即变脸决绝。凶僧以前便因吃醋，二女与他反目，永不再使沾身，反而当着人格外欺侮。奈又奈何不得，终于气得避往鄱阳，离群索居，至今不曾和好。虽不能视为禁脔，但知猿长老内媚之功高出己上，二女又是喜新厌故，见状也自不快，只是双方都不能得罪，莫可如何，听妖僧一发话，便料对方不能善罢。果然猿长老笑嘻嘻等妖僧说完，两只细长眼睛倏地一睁，一双凶光闪闪的碧瞳注定妖僧，哈哈笑道："你不愿意我爱她两个，要吃飞醋，只管明说，犯不着借题目。实对你说，我这次早听人说，峨眉有不少好炉鼎，便你们不找我，也自要来。老黄、老卓为这两个活宝,将近百年没敢和我见面。今日用着我时,迫于无奈,才约了我来此,还不肯做一路走。可惜无用,我虽老悖,还不犯替别人做牛马。你们也知道,我向来是玄牝交合,很少是我的对手,一交便失阴而死,如像她两姊妹这等棋逢敌手的活宝,至少也得四十九日夜,才得天地交泰,得上一回真快活。我此时和她们干爱不交,也不是忌怕甚人,只为这里共只三四天耽搁,难于尽兴罢了。男女相爱,各凭心愿。你们以为她两姊妹是你们的人,一路同来,我不该凭空伸手。既这么说,现时这点亲热,我老头子也不稀罕。从今起,各顾各的,我也不再和她两姊妹相聚。只我这样长生快活已足,也不想成地仙,服灵芝肉,你们盗你们的肉芝,我物色我的炉鼎。但是回山以后,她两姊妹如去就我,谁要作梗,却休怪我无情。还有我已命五猿搜探肉芝踪迹,如能到手,我也不要,那是我送给她两姊妹的定情礼物,你们也休想沾染。"说罢,又朝众妖人狞笑一声,一道白光,便自撇下二女,穿窗而去。二妖女也是面现鄙夷之色,冷笑连声,双双装作看玩景物,款步下阶,往左近闲游去了。

猿长老这一席话,休说妖僧大怒,便黄、卓二人也是怒火上升,均欲发作,俱吃吴讼暗中止住。等人走后,吴讼才劝道:"小不忍则乱大谋。龙山二贱婢原是祸水,这百余年来,为了她俩,关上门在窝里反,闹得同门同道好些伤亡,只我一人立誓不去与她们勾搭,别位道兄哪一个不吃亏?伤朋友,还受她们的恶气。到哪里找不到好女子,何苦非迷恋到身败名裂不止呢?我看老怪物本来隐在山里,拿母猴子做炉鼎,不轻出山害人,无人寻他晦气,过得好好的日子。这次不知又听了何人怂恿,比我们心还凶,竟想将这里的女弟子摄几个回山受用,你看此间一些少女,美固真美,哪一个不是仙根道气?休说无此容易,即使出其不意,一时侥幸,捞走一两个,没等受用成,人家已大兴问罪之师。这不比肉芝,草木之灵,谁到口,谁就算有缘福,已经吃下肚去,无奈我何。即使真个不肯甘休,不是人家对手,逃总能逃,至多弃了旧居,也还值得。老怪物如此贪狂,又把这两个淫贱勾上,定是一场大祸,我们同在此间做客,如与计较,白叫外人耻笑,何苦来呢?倒是老怪物已经下手,我们不能再迟。可令灵枭、灵狍一由空中隐形窥查,一由地底搜寻肉芝生根之所。一面命众弟子装着游玩,一半寻访,一半查探敌人虚实。真要不行,听说开府那日,有不少仙果灵药待客,盛况空前,好歹也大家吃点再走。众弟子去后,我们也以玩景为名,暗中接应。还没下手,先就内乱,兆头大是不佳。一切都要小心,除非看准敌人不如你我。只要不明显出来,便暗中吃亏,也须忍住,不可和人破脸,以免不好收场。"

议定之后,火法真人黄猛和恶弥勒观在,便将袍袖一抖。只见黄猛袖中飞出一对神枭,生得虎面猫头,通体暗蓝,爪利如钩。观在袖中飞出一只神狍,生得人面羊身,白毛如霜,阔口虎牙;前爪宛如人手,后爪倒钩五歧;自前时起,直到腋下,一边生着九只圆如龙眼,金光闪闪的凶睛。声似儿啼,人立而行。神枭一出袖口,落地身便暴长了好几尺,各自磨牙,乱叫发威,势甚狞恶。妖道喝道:"不用这样!"随取了两粒污血炼就的朱丸,喂与二鸟吃了。然后朝那鸟头一按,低语了几句。两只恶枭随手而小,怪叫了两三声,整翅而起,在室中略一回翔,身上便起了一团黑烟,往外飞去,转眼黑烟消灭,鸟影也自隐去。那只恶狍见同伴先行,似欲争功,不住厉声怪叫。妖僧忙也取了块药,与它吃下,照样附耳说了几句。因恨猿长老,并嘱:"遇见五猿,不妨暗算。"随将头链撤去。恶狍性烈如火,不等飞出,身子一缩,就地便往下钻。凶僧一把抓住,方喝:"这里不行!"地上光华闪处,狍头已与地相撞。不料琼玉地面一点未动,狍头却吃了大亏,疼得怪嗥连声,不顾命般往门外窜去,落地便自入土不见。众妖徒也分别起身往外走去。

不提众人内讧,各有诡谋。且说金蝉、石生二人,自随嵩山二老和众同门回洞复命之后,二人因见仙都二女人既那么美秀、聪明、年轻,性情又极随和天真,又是一般相貌身材,分不出来长幼,俱都喜爱非常。以为师长闭洞以前,未曾奉有职司,清闲无事,正好相聚。退到外面,先寻一些未见过的同门,说:"现在来了两个同辈的女客,是孪生姊妹。修道已逾百年,人却和小女孩一样。相貌身材宛似一人,分身为二。长得如此美貌,差不多把仙府所有美貌同门都比下去了。人又天真烂漫,没有丝毫作态。同时还来了一个小尼姑,偏是又丑又怪,还有一头癞疤,比易师姊、米明娘还丑得多。言行动作却极滑稽有趣,真个好玩极了。现在中洞同母亲、师伯叔们说话,一会儿就出来,你们还不快去看。等这三人出来,我叫袁星到仙厨里去取些好酒果来请她们吃,再引去各处游玩多好。"正在逢人便告，说得二女天花乱坠。英琼忽然走来，听了笑道："小师兄，你两个以为没派差事，好常和仙都二女、癞姑她们玩么？没那么好的事。亏你刚才还说我和易师姊、周师姊奉有师命，在把谢家姊妹盼接了来，不如你们闲人，可以常见，哪知自己比我们奉使命还重要。这也不说，偏是到时和木头人一样，只呆立在那里，甚事不做。不比我们，遇上机会，还可拿敌人开心试手。真是报应呢。"金、石二人因众同门好些俱是奉命在一定地方侍立，或是手执仪仗排班，觉着这类事最是拘束无趣，惟恐派上。听英琼之言好不扫兴，忙问："你知我们派的甚事么？到甚时才不能动？适在洞里怎没听母亲说？莫是哄我们吧？"英琼道："事关机密，坐了不少外客，如何能说？只等到时，着别人传话，事前连众同门都不知道。我也是才听玉清大师和郑师姊说起，叫我来唤你两人前去。我几时骗过你来？反正罚站是一定了。何时开头罚站，却没细问，也许现在，也许庚辰正日，我不晓得。不信，你自问去。你两个男孩偏爱和人家女孩做一起玩，她俩比众同门姊妹长得美，与你们有甚相干？你们请客，谁知道人家爱理你们么？我真替你俩害羞呢！"

金蝉闻言，又急又愧，星瞳微瞪。正要还上几句再走，见女神童朱文和张瑶青，还有几个男女同辈，本站在一起，听己述说仙都二女来历为人，英琼这一嘲笑，朱文便伸纤手朝瑶青脸上连羞，一双剪水双瞳却注定自己，微笑不语。秦寒萼、申若兰刚走过来，也在笑问："有甚趣事？说出来我们听听。"知道这几个女同门口角尖酸，最不饶人，尤其是彼此交情甚深，和男同门相聚说笑，一有争执，便同心齐上，永远不占上风不止，怎么也说她们不过。再一还口，嘲笑更多。话到口边，又忙忍住，气得把小嘴一噘，拉了石生就走。石生是谁爱怎说怎说，向来不以为意。边走边喊："蝉哥哥不埋你们，项凶。我们才不羞呢。我们男的拜男师父，你们怎么也跟我们拜师父呢？"朱文使喊："你两个回来，是好的，说完话再走。"石生笑道："蝉哥哥，我们就回去，跟她们评理，莫尽受她们欺，谁还怕她们不成？"金蝉听是朱文在喊，便不肯回去，说了句："好男不和恶女斗。她们有本事，在外和妖人使去，谁耐烦理她们？"说完，招了石生，如飞跑去。

众同门知金蝉、石生一向天真，口直面嫩，常被朱、秦、李三人问住。见了二人窘状，俱都发笑。英琼也向众人述说，仙都二女如何美貌可爱，最难得的是那么高功力，一点不傲，纯然一片天真。休说两个小师弟，无论谁都爱和她们亲近。正说得起劲，易静忽然飞来，说妙一夫人传示，命英琼速去。说罢，二人一同飞走。

众人听金蝉、英琼一说，俱想看这仙都二女是何人物，也一路说笑着，往太元洞走去。到了一看，英琼、易静、金、石四人，同了仙都二女，还有向芳淑、朱鸾、癞姑等九人一起，正由中洞往外走出。石生正笑对英琼道："你说谢家姊妹不爱理我们么？你看，我们到蝉哥哥屋里请客去呢。还有，你说我们要罚站，玩不成，我们才到，便遇见玉清大师说了，跟你说的也不对。这么大人说假话，真羞！"英琼道："怎么是假话？到底罚站不，我不是说，没细问甚时开头么？"

金蝉对石生道："反正有两天玩的，人家称不了心，我请谢家姊姊吃百花酒。我们走吧。"朱文微嗔道："不要我们同去，是不是？"金蝉慌道："你们也是主人，莫非还要下请？"英琼接口道："朱姊姊，管他呢，不要我们去，也偏去。两位谢家姊姊是我和易师姊、周师姊先交上的，再说女客原该我们接待，师父本命我和易师姊陪客，没有他们。应该我们不要他两个才对，和他商量做甚？"金、石二人未及答话，忽听身后说道："你们都无须做主人。我这次还带有一点吃的，原是来时无意中得到，太少，不值送礼，现正没个打算，请你们同享了吧。此时有事的除外，无事没遇上的也不专请。内中几人出点花样，看回热闹，也该到里头去了。"原来玉清大师来了。

众同门互相嘲笑为乐，原是常事，当时争胜，一过便无，永无芥蒂。又都爱和玉清大师一起说笑，不特有趣，还得指点，增长见闻，有时还可得知未来之事。一听要出花样，巴不得应在自己身上，俱都高兴非常。英琼便领仙都二女等没见过的，略为引见，便即同行。

玉清大师与灵云姊妹同居一室。平时本和长一辈的人物在一起，一则谦恭，总以后辈自持，又和众弟子莫逆，每入中洞广堂之内，不多一会儿，便被众人请了出来，所以在外时多。众人行过灵云室侧，正要走进，大师笑道："洞中无甚意思，不如往灵翠峰故址，不但新来诸道友便于观赏景致，而且相距仙厨又近，饮食方便。免得在洞中着衷星往来取送，外人看见，笑我们嘴馋，客未到齐，先自享受。"众人都被引得笑了起来。

于是且谈且行，陪了新来诸人一路观赏，往前走去。到了灵翠峰左近，寻了一个便于眺览的小峰顶上。玉清大师清点人数，除金蝉、英琼等主客十一人外，还有白云大师门下四女弟子，武当七女中的张、林、孔、石五人，五岳行者陈太真、陶钧、刘泉、俞允中、张琪，连自己共是二十六人。下余太元洞内外，还有十多个本门弟子，不是奉有职司，便是正在准备接班轮值，不曾随来。见那峰头只是一座高耸天半的小峰，顶上才只两丈方圆，人多地窄。便使仙法，双手往四外一推，峰顶石地便似地席一般往四外展开，立即大了数倍。英琼撮口一呼，袁星立即飞来。大师道："此时原用不着你，既已叫来，那你就到仙厨告知裘、米二人，将本府仙酿连同果脯下酒之物，各取些来。郑八姑还在室内，我请客的东西，叫她带来好了。"

说罢，面向太元洞，用千里传音之法，低声说了几句。一会儿，便见郑八姑提一竹篮到来，笑对大师道："我同灵云妹子还在等你回去，你却背了我们，来此领头作乐。他们几个正在兢兢业业，留心师长传呼，灵妹责任更重，如何会来？正好你也是虚邀，我代你把话转到就赶来了。"大师一手接过竹篮，笑道："我也不是虚邀。他们虽不肯离开，少时却有事寻来，自应此时先约一声，虽然无关，人总周到些好。这已成了我的积习，有时连自己也觉多余，老改不了。其实哪一次都有一点缘故，并非有心送空人情哩。"边说，边将竹篮中鲜果取出。众人见那果实每个大约尺许，颜色碧绿，圆形六棱，看去皮薄鲜嫩。从未见过，笑问何名。

大师笑道："此果名为桂府丹榴，乃金池异种。不知千万年前，在那北海尽头长夜岛上，长了一株。此岛位居地轴中心之下，离北极陷空岛还有二十九万三千余里，与小南极恰正相反。长夜漫漫，终古永无明时。尽管产了一株天府珍物，但那地方除此一株宝树，周围不足十丈之地，阴极阳生，发出奇亮的光华外，四面俱是玄霜黑气包围，比罡煞冰雪之阴还要厉害十倍，并更有千万年前别处已早绝种的毒龙猛兽，怪鸟妖鱼，生息其间。多半口喷毒烟烈火，长逾数十百丈。有的胁生八翼，齿牙如锯，身似坚钢，专由空中吸人脑髓。端的猛恶非常，凶危无比，此果不只好吃，且具轻身明目之功。真正修道人早已炼到轻身明目，吃了得益无多，却要犯上好些奇险，跋涉数十万里，才能到手。而那些恶物，又只在黑暗中互相残杀，以暴去暴，不能为害生灵。乐得由它们自生自灭，迟早同尽，不去招惹。知道此果的人又不多，因此永没听人去过。

"这次原是我由元江回来，便道往成都玉清观绕了一转，这一耽搁，便成巧遇。行经姑婆岭左近，忽然发现一个头陀驾风急遁，神情狼狈已极。我乍见，只知他是旁门中人，竟会看不出路道。又看出他受伤甚重，不能持久。一时好奇，暗中追随。追出五百多里，忽然狂吼一声，往下坠落。跟踪下去一看，人已死了九成，我用丹药勉强救醒。一问，他手上正提着这一筐东西，见我，竟似见了恩主一般，不住礼拜，愿将此果奉送，求我赐以兵解，我见此人虽生得丑陋，出身旁门，并不像别的邪恶一流。再四追问，才知什么险恶地方都有修道人的踪迹。他说长夜岛上，近百年间，有一散仙在彼修炼，出身也是左道，人却机智非常。自知天劫将临，不能避免，所习不正，保不定形神皆灭。只有长夜岛深藏地轴之下，可以暂避。即或不能，也可以预将此岛地底穷阴罡煞之气，运用法术凝炼，以作抵御。仗着法术高强，率领两个爱徒，以三四年的岁月，费尽心力，备历险难，硬由许多奇险中冲进。到了此树之下，掘一地室，潜居修炼。一面准备抵御天劫，一面想将全岛恶物除去，积修外功。想俟劫后，重来中土，再觅名山，哪知天劫仍难避免，五月前依然降临。总算他防范周密，早打好万一之策，法力又高，更占岛上无穷地利。到了最后关头，一发千钧，万难幸免之际，说定由一个爱徒代他拼命抵御，少延时刻，一个便用飞刀将他杀死兵解。然后护着元灵，并带上这一篮珍果，仗他所传各种异宝，冲开玄霜罡气，逃出北海。师父转劫投生，门徒也另投门户，并嘱此果不可中途失去。

"到了这日，果然支持不住，二徒依言施为，总算尸骨虽变劫灰，兵解却告成功。二徒一同合力，也受了许多凶险，才得逃出。二徒一名程明诚，一名古正。不知自己运数也终，其师另有用心，不曾明言，一心还想另拜师父，修成正果。因是从小出家，随其师深山修炼，后便随往长夜岛，不知各派门径，也不知要此果何用。只知遵奉师命行事，带了这十几个丹榴，奔往各地名山，寻访未来师父。因闻峨眉、青城为宇内名山，神仙窟宅，先到灌县青城山转了一转。事前并还听人说起，矮叟朱真人在彼隐修。及至赶到金鞭崖，朱真人师徒已早离山来此，一路寻来。行近姑婆岭，劫数临头。遇见西昆仑星宿海北岸小古剌山黑风窝中妖孽血神子的门徒乌萨齐，看出他师弟兄二人身带宝物，强欲夺取，二人自是不服。妖孽师徒所炼，别是一种邪法，厉害非常，如何能敌。交手不多时，程明诚先为妖徒血影罩住，送了性命，并把程明诚从长夜岛带出来的宝物抢了去。古正总算见机得早，乘着妖徒向死人搜索之际，驾风遁走。就这样，妖徒仍放他不过，打了他一血影鞭。后来终于支持不住，毒发晕倒。妖鞭恶毒已极，他虽被我救醒，但是周身胀痛，口鼻奇腥，苦痛有甚于死。自知万难活命，再四哀求我，助他兵解。我想这里群仙云集，教祖和诸位师长前辈多具起死回生法力，妖法不难破解。那头陀又素无恶行，本意劝他暂忍须臾之苦，带来救治。他却坚持求我助他兵解，转劫之后，再加度化，并说竹篮之内有一无字柬帖，其师曾说如遇急难，字便现出。请我取看。我一找，果然篮底藏有一函，字已现出。

"原来他师父竟精习先天大衍神术，所有前因后果俱早算出。函中大意，是说他自幼好道，不合将路走错，误入旁门。一任平日留心戒备，无如所习不正，有时仍难免罪孽。收徒以后，尽管洗心革面，大劫将临，已难挽救。他虽费无数心力往长夜岛，并非是想完全免难，不过希冀以诚格天，免去形神俱灭而已。因是此行须人相助，自知不配收那有好根器的门人，特意选了一个孤苦贫薄的丐儿，及一个幼遭孤露，为一恶僧收养，日受魔难的小头陀做徒弟，使他们跟随自己受尽艰危辛苦。以他的苦心造就，于此生修积下根行，以备转世之后，再做师徒，同归正道。故意不与明言，令他们护住元灵，到了中土，自去寻师。等自己转劫，仍可重逢。实则是令二徒来此应劫，不特事俱前知，连二人所遇何人，均经算出。除这一篮十八枚珍果外，还附有一道灵符、四面回光神镜。少时便有应验，适才已经按人分交佩用。

"他那两个徒弟对师极为忠诚，心感师恩，原欲从殉，是他执意不许。二徒后又叩问日后休咎，何年师徒重逢。他说：'你二人如有一死，不得独生。柬帖字迹如现，便是转动之时，可求所遇之人终始成全，连我也阴受其福。'二人只知奉命惟谨，全不计及师言好些不符。看完柬帖之言，方始恍然大悟，愈发非要兵解不可。我怜他心诚，知是定数，便不再勉强。说也真巧，刚使他兵解，便遇见一位老前辈，本是来此赴会的，听我一说，大是赞许。知我无暇分身,竟把元神要去,不辞跋涉,为他寻找好庐舍去了。

"此果我除孝敬家师和赠妙一夫人尝新,尚余十个在此。我闻这果皮薄如纸,一拍即裂成大瓣,外皮色如碧玉,内藏多颗质如荔实,色似火齐的无核朱实。未吃时,层层之间形如一朵瑶台莲花;吃到嘴里,作桂花香,凉滑脆腴,芳腾齿颊,甘美无与伦比。但未尝过,不知是与不是。"

李英琼笑道:"这丹榴真个碧鲜爱人,还没到口,我已闻见清香。再听大师一说,更想吃它了。"说时,大师已把六个丹榴放到峰顶大石之上,手指处,沙沙连声,全数开裂。每个六瓣,各现出一层层六角的榴子。每颗约有七八分大小,圆润如珠,色红如火,粒粒晶明,朱碧相映,鲜艳已极。众人各掰了一瓣,到口一尝,果然甘腴凉滑,齿颊流芳,质如荔枝,而脆美过之,玉液琼浆,未必胜此。纷纷赞妙不置。袁星适送酒脯到来,大师分了一瓣与它。又命它带两个去,一个给仙厨诸人尝新,一个分给芝仙、袁化和古神鸠等诸仙禽。金蝉道:"它们刚巧六份,还有那匹马儿呢?"朱文道:"芝仙吃不许多。这一个榴实不少,不会匀着吃,定要各吃一瓣么?"大师笑道:"蝉弟最疼芝仙、芝马,再带一瓣去吧。"袁星笑嘻嘻,接过自去。谢琳笑问道:"蝉哥哥,听说你那芝仙灵异,长得更是好玩。能给我们喊来开开眼么?"金蝉见她也随石生叫蝉哥哥,忙道:"姊姊得道多年,怎能如此称呼?太不敢当了。"谢琳道:"得道不论年久,蝉哥累世修为,总算起来,焉知不比我长?真要比时,我还没有蝉哥哥高呢。你只说芝仙能令我姊妹见识不能呢?"

玉清大师见金蝉作难,笑道:"平日休说二位姊妹这样嘉客,便无论谁也能一呼即至。只为近日枭鸾并集,有好些异派中人,俱为垂涎芝仙、芝马而来。芝仙本来好动喜事,近从本山诸道友又学会了一点防身本领,胆子渐大,越发好奇,不耐藏伏。而来的妖人多半本领高强,有的还精穿石行土之术。为防万一,由前夜起,便将它原来生根之处,用移山之法,连那方丈之地,一齐移向隐僻之处,四外设有禁制。更恐它冒失出游,遭了毒手,另派好些明暗护卫。所以不能唤来。它的魔头不久即至,我择此地与诸位小聚,即是为了在此相度形势,略为指点之故。本来只是两位小师弟可去,二位道友要想看它,且等少时,或者去太元洞,大家散后,可随他二位同行。不但可见芝仙、芝马，这里的灵猿仙禽也都在彼，有好些可笑之事，岂不比叫来有趣么？"二女闻言大喜。

众人一听，知道必有妖人来盗芝仙，大师划策防御，给来人一个重创，俱欲随往。大师说道："对方原是背人鬼祟之行，人如一多，大家都看不成了。适才颠仙寻我，听说掌教夫人说起，少时先有几位瑶岛真仙降临。到后不久，本府便要凭空添建出好些仙馆楼阁，玉柱金庭，红栏碧榭，彩云缭绕，壮丽无比。列仙宫观，也是极其赏心悦目之事。最好仍令两小师弟和谢家二位道友同往。癞姑长于地遁，如若见猎心喜，去了倒是一个大助。别位却是不必。"众人只得罢了。

谈到子夜将近，灵云姊妹同了何玫、崔绮、周轻云、女神婴易静、诸葛警我、庄易、严人英等十多人寻来，说起仙宾将到，令众人齐集太元洞，除有专职者，一体出迎。灵云姊妹因同门人好些散在各处，与同辈来宾中知好作队游聚；又以大师先前留话，请他们尝新，便借传命之便，一路约了同来赴约。霞儿笑问："好东西吃完了么？"玉清大师笑道："我早知诸位姊妹道友要赏光，早留有两个在此，吃完再走吧。"众人打开丹榴吃了，自是赞绝。大师向金、石二人略示机宜，并递给金蝉一束帖，便率众人同往太元洞飞去。到时，已齐集门外候命。大师和灵云姊妹自行入内。一会儿，众师长同出，除外宾出迎与否任便外，本门中弟子无事的，俱都随出。

金、石二人一心惦着芝仙、芝马，又听大师说起仙馆建设，妖邪接踵而至，内中还有精于地遁之人。芝仙生根之地设有禁制，固是无妨；但须防它一时好奇，忘记出游，适逢其会，遇上妖人，却非小可。仙侣到后，见霞儿等男女同门已随陈、管、赵三仙女分往各地布置，便着了忙，径往凝碧崖前昔年白眉禅师所居楠巢前赶去。行时，本还想约仙都二女同往，偏生二女闻说妖人天亮才来，俱想见识仙家妙术，暂时无心及此。金、石二人也知为时还早，自己的事，如约外人，有似求助，见二女不来问询，也就不便邀约。一看癞姑也不知何往，只得听之。

赶到凝碧崖前，见袁化独坐楠巢之内入定，袁星和神鸠、神雕、神鹫，连同髯仙李元化座下仙鹤，正聚在一起，不时鸣叫两声。地上放着好些果脯，众仙禽神情甚是亲密。金蝉一到，便喝道："袁星，这样不行，妖人会被你们吓跑了。告诉它们听，快藏起来，能变小的，越小越好。"袁星道：

"小师伯，不要急。今天的事，佛奴它知道。它说先来的是一个脸上没长眼睛的小羊和两只猫头鹰，做它的孙子都不够。连老客人古神鸠都不用伸爪子，便打发它们变蚂蚁去。另外还有我袁星的几个远族玄孙，凭我们几个，足能打发。倒是它们的主人不大好惹，但我们有老客人打接应，绝出不了错。小师伯放心。"金蝉喝道："你这母猴晓得什么，师伯还有甚小的？也跟你主人学，叫人还添记号，一点规矩没有。佛奴就比你好。你看袁化，才来几日，多么小心谨慎，真像载道之器，哪似你这样顽皮？"袁星扮了一个鬼脸，照盼咐说了。众仙禽齐朝金、石二人点头叫应，只不动身。袁星回说："它们都说还早得很，何苦无故自扰？"金蝉气道："外来的是客，你们也不听话，我一生气，不告知你们主人才怪。"袁星道："这不干我，我不敢跟小师伯强，叫我藏在地洞里等一年也去。"金蝉道："袁化怎不下来见我？"袁星道："袁化要装道学先生，不与我们为伍，打算入定调神，查探妖人来路，玄机还没运完呢。"金蝉："到底郑八姑的门下有出息，哪似你们这样！芝仙呢？"

话还未了，石生早去楠树根窟内，将芝仙抱了出来。芝仙看见金蝉便伸手索抱，笑指树内，"呀呀"学语，说芝马因闻妖人要来侵害，吓得在树窟中嗦嗦乱抖，一步也不敢动，芝仙力说无妨，劝它大胆，全无用处。金、石二人闻言，过去一看，那匹芝马果然趴伏在树角落里，一双清澈的俊目注定穴口，一动不动。见了三人，满面俱是乞怜之色。那株古楠树参天矗立，大约十围，通体浑成，只近树根处有方丈许方圆大洞。这天因有妖人觊觎，更有凶禽恶兽同来，俱精土遁，芝仙生根之所易被寻到，为求万全，并免在太元洞内与妖人争斗，特将两肉芝的本根寄生在楠树主根之内，以便借着灵木，施展木土双层禁制。此外环树四周均有防范。只要不离开禁地，便可无事，再要想盗肉芝本根，更是休想。金、石二人自从日前芝仙移植，便将禁法学会。这时见芝马胆小害怕情景，甚是爱怜，便把禁制撤开，纵身入内。芝马见主人进穴，才战战兢兢立起，走近身侧。金蝉将芝仙递给石生，一把将芝马抱起，抚爱道："小乖，这地方设有好几种禁制，妖人怪物万进不来。何况树上下还有袁星、佛奴、神鹫和古神鸠它们小心防守，不管是人是怪，只要一近前，便自送命。你只乖乖地在此，不要离开，就没事了，怕它为何？"芝马虽然通灵，差知人意，无如气候尚浅，不能把芝仙大胆，受了袁星、神雕等怂恿，要强逼它出去冒险诱敌之事形容出来。只用目怒视着芝仙，"吱吱"乱叫。芝仙明白它是想告发自己，气得鼓着小嘴，由石生怀里挣落，纵身照马头就是两拳，打得芝马直啼。金蝉喝道："你比它年纪大，欺负它做甚？你两个要亲热些，好好地玩。师父说，开府之后，你不但人话全都学会，还可跟着我们学道，修成正果呢。芝马虽然稍差，早晚也是有份。再若欺它，我不爱你了。"芝仙怒视着芝马，"呀呀"不休，连说带比。意思似说：芝马自从上次被妖人吓破了胆，见不得风吹草动，太没志气。并说自己和它决不离穴一步，有何可怕？

金、石二人信以为真，调弄抚爱了一会儿。耳听穴外二袁问答欢笑，与众仙禽交鸣之声。纵出一看，只见仙府各地，忽然现出许多仙观台榭，楼阁玲珑，仙云缥缈，霞蔚云蒸，好看已极。方和石生指点欢呼，拍手夸妙，晃眼倏地隐去。袁化已从树上飞落，上前见礼。金蝉知它法力高强，班行却小，人又恭谨，好似只此已经心满意足，修为甚勤，最是另眼相看。笑问："你在树上入定，可知甚时妖人才来么？"袁化受了雕猿嘱咐，不便明言，便道："二位师叔休听那袁星瞎猜。弟子因乘此时无事，做点日常功课。至于妖人来盗芝仙，师祖和诸位太师伯叔早有安排，何况左侧仙籁顶崖上，还有乙太师伯与几位仙长坐镇。妖人有多大法力，也无所施。弟子只知奉命到时隐身树上楠窠以内，操纵禁制，自知法力浅薄，并未敢于多事。"金蝉闻言，心中一宽，问道："我也听说乙师伯与公治道长、岳师兄三人，在仙籁崖上对弈。那崖甚长，只不知在哪一面？一路走来，怎未看见？"说时，遥见一道金光，一片祥云，往左边危崖尽头处飞去，到了崖顶降落，现出怪叫花凌浑和赤杖仙童阮纠，忽又隐去。袁化道："师叔，你看见那两位仙长落处，有两株大松树么？乙太师伯他们便在松下踞石对弈。师叔未来以前，还命袁星到仙厨中取了一些酒果。本来这里可以远望，袁星去时曾听公冶真人言说：'少时越来越多，莫要跑来乱我们清兴，把形迹隐去了吧。'等袁星回来，就不见了。"金蝉知道乙休和师父交情最深，这里既在他的眼皮底下，有人来盗芝仙，料想他决不轻饶，愈发放心。

待了一会儿，袁化告辞上树，仍自打坐。金、石二人方笑："这猴子用功这么勤，莫非真想做大罗天仙不成？"一言甫毕，适才所见仙馆楼阁，重又一座接一座相次出现，有的就在近处。飞升上空一看，竟有好几十所。

时见长幼来宾与诸同门,三三两两,远远结伴飞过,往各仙馆中投去。金碧辉煌,彩霞浮空,祥云匝地,华丽无俦。二人俱是稚气未尽,好奇喜事。始而交口咒骂:"妖孽怎不早来?累我们在此守株待兔,有这么好的仙居也不能前去随众同游。"继又自行宽解:"芝仙所居,重重禁制,仙猿、仙禽护卫周密。那古神鸠何等厉害,连妖鬼徐完也非对手,何况寻常妖人怪物。乙师伯、公冶真人等,又在左侧崖上,更添上阮、凌二仙,怎么想也万无一失。这些仙观楼阁均是借来,开府之后,便要还人。偏生到日又有职司,寸步不能离开。自己还没有看过仙观楼阁是甚景致。既称仿自天上仙宫,想必比紫云宫那样的水仙宫阙还要富丽好看。难得遇上,岂可错过时机?何不乘着妖人未来之前,抽空赶去开开眼界?只是芝仙还须拿话试探,嘱咐它一回,稳妥些。"

想到这里,互一商量,便一同落下,走至树前一看,芝仙已抱着芝马头颈亲热嬉笑起来。芝马却似害怕,无甚情绪。见了二人,连忙长鸣,似要挣起,吃芝仙强力抱住,不令起来。试探道:"妖人怪物来还早呢,现在上面发现不少仙楼宫观,你还不趁这时候骑了马儿出去,转上一遭再回来?即使中途遇见妖人,你们不会往土里钻么?"一句话出口,芝马先吓得怪叫,周身乱抖。芝仙虽然不怕,却站起身来,连说带比。意思似今日妖人厉害非常,出去遇上,便没有命。并听神雕等说,不久即至,所以连穴口外还在禁制之内的地方,都不敢去。出游须俟开府以后。金蝉和芝仙久处,明白它的言动,自是欣慰。重又改口,恐吓它道:"妖人怪物就来,千万出去不得。这是我试你的。听我的话,守在这里,必有好处。只一离开,我就永不爱你了。"芝仙连连应声。

金、石二人不知芝仙比他们还要灵巧,故意做作。实则等时辰一到,便仗自己精于木土遁法,就是金、石二人在侧,也出去诱敌去了。二人心中高兴,以为不会出事,说完,回身便走。行时,瞥见芝马不住哀鸣摇首。芝仙却抱着它,用小手去按马口,不令叫喊。二人只知芝马胆小害怕,一看树上少了古神鸠,急于往观仙景,均未在意。一同飞起,瞥见群玉峰上一所楼台,通体五色美玉筑成,最是庄丽华美。楼外更有一所平台,有十几个男女来宾和二三同门,正在那上面聚谈。心想:"那里相隔不甚远,万一有事,就赶回也来得及。"便同飞去。

到了一看,乃是金姥姥和步虚仙子萧十九妹、罗紫烟师徒的新居。因地大房多,又与半边老尼交厚,便连武当五女弟子,一齐安置在内。朱文、申若兰、秦寒萼原是随来观光,吃石明珠、石玉珠、向芳淑、崔绮四人强行留住未走。凭台远眺,互相言笑,正说得有趣,见金、石二人到来,朱文便问:"适才众人都在,你两人往哪里去了?"金蝉正说芝仙之事,金姥姥和步虚仙子萧十九妹忽同自楼内走出。金姥姥对金、石二人道:"那想盗芝仙的几个妖人,各带妖禽妖兽,还有五只妖猿,已经到了,你们还如此大意。"二人闻言大惊,忙要赶回。萧十九妹拦道:"无妨,二位小道友不必着急,这里决不容许妖孽猖獗,只管放心。适在楼内,我见诸葛警我引了妖人师徒,分三处安置在东西崖上楼亭之内。中有一白发老妖人,正是陕西黄龙山猿长老。一到楼内,便令五只妖猿,由崖前起始,分五路钻入地底。看那神气,分明疑心芝仙生根之所在太元洞一带,欲命妖猿前往搜索。洞中现有媖姆大师和姜雪君道友二位煞星,妖猿入内,即或手下留情,也须闹个半死,怕他何来?你二人先不必忙着回去。我听说,古神鸠和仙禽、仙猿,均在凝碧崖前老楠树上,任甚妖物,也非其敌。另外还有两个妖僧、妖道,身旁妖气隐隐,所带妖禽怪兽,现均尚未放出。莫如等我看明踪迹,再行应付不晚。"金、石二人也因玉清大师叮咛,身是主人,只宜引逗戏侮,使其难堪,到时自有人出头;自己不是万不得已,不可公然动手。只为关心芝仙不过,惟恐万一闪失,老早赶去,也不过是拿了大师柬帖中所附的隐形符,暗中窥伺,好放心些,并不定要动手。一听妖猿往太元洞,正好送死,心又略定。

萧十九妹随递过一件法宝令看。金蝉见是一个三寸大小白金环,环中晶明如镜。朝前一看,正赶上猿长老和黄猛等妖人口角,与二妖女相继走出。跟着妖道、妖僧放出两只妖禽、一只怪兽。妖禽刚飞出门,便将真形隐去。怪兽也钻入土内,不知去向。金蝉慧眼,又仗有宝环查看,竟只看出妖禽变作两点目力难辨的极淡影子,四下里乱飞。稍一疏神,便难看出。怪兽更是不见形影。方想还是回去的好,萧十九妹也在身后往环中观看,忽然失惊呼道:"这两只妖禽,怎往我们这里飞来做甚?"言还未了,朱文忽惊呼道:"蝉弟快看,那不是芝仙,怎到这里来了?"金、石二人大惊,忙侧转脸一看,谁说不是?芝仙正骑着芝马,由峰侧小路上,如飞往凝碧崖来路驰去。看那神气，好似身后有甚妖物追赶，亡命一般往前飞驰。一时情急，喊声："快走！"连手中金环也未放下，便和石生同驾遁光追去。

身刚飞起，芝仙好似快被妖物追上，跑着跑着，往下一钻，便入了土。二人耳听金姥姥用千里传声，在耳边唤道："上空已有人护卫芝仙，你二人速将身形隐去，赶往凝碧崖，妖人也许要去哩。"二人闻言，立即将身隐去。百忙中，再拿金环往空一看，二妖鸟所化淡黑影子忽然飞回。另有一片淡影，比二妖鸟大得多，正往前飞去，飞行既低且缓。金蝉料是芝仙对头，心中忿极，方欲暗放修罗刀，斩它一下。芝仙忽又从地下冒出，在淡影笼罩之下，不但不逃，反倒咧着嘴向空"呀呀"，神态甚是自然。金蝉惟恐芝仙中了那妖物暗算，刀已脱手。尚幸石生觉出有异，手一招，先将刀招回，喊声："不对！"遁光迅速，二人已双双赶到，同时金蝉也悟出那片淡影，乃古神鸠所化。知道芝仙是故意诱敌，却令神鸠暗中隐形护卫，却被吓了一大跳。这原是瞬息间事，相隔也很近，差点没将神鸠误伤。正想隐身，给芝仙一个虚惊，戒它下次，芝仙忽似又有警兆，重新纵马飞驰，晃眼便驰入凝碧崖前禁地，一头钻下去不见了。

二人赶到一看，连二袁带众仙禽，一个都不住。再赶近树穴一看，芝仙、芝马正在喘息，已回原地。二人纵身入内，才到里面，禁制便自发动。因有了隐蔽，无须隐形，现身喝问芝仙："何故如此胆大妄为？"芝仙这才比划说，是众仙禽的主意，令告主人，不必动手，只看笑话。现在众仙禽和二袁俱已藏起，静等妖物到来，捉弄为乐。一面又指穴外令看。二人探头出去一看，外面禁制发动以后，又经袁化法力施为，已变了另一种景象：好些大树俱已不见，只剩一片绿茸茸的草地。随听空中刷刷两声，先飞落下两只鸱鸮一般的怪鸟。每只身高约有七尺，生得通体暗蓝，虎面猫头，獠牙交错，爪利如钩。额前凸出两只茶杯大小的怪眼，睁合之间，凶芒四射，忽红忽蓝，奇光闪烁不定。身上毛直似精铁铸成，两腿树干也似。当下落的时节，两翼收合之间，似因追敌发威，大者如剑，细者如针，根根倒立，看出既坚且劲，犀利非常。乍看表面样子，竟比仙府神雕还要威猛。金、石二人知道，妖鸟已被诱入埋伏，便照玉清大师所教，故意在树穴内和芝仙说笑引逗。

那虎面神枭也有数百年的修为，又经妖人训练，目光如电，甚是通灵凶猛。先奉妖人之命，隐身空中，四面飞翔，查看芝仙踪迹。芝仙虽然受了雕、猿怂恿，强迫着芝马，骑了出来诱敌，心中终是有点内怯。尤其芝马胆小害怕，一任催迫，只在禁地左近盘桓驰骋，不敢远离。那一带，恰被高崖挡住。妖禽怪兽和五妖猿是初来，地理不熟，只当芝仙生根之所，必在敌人洞府左近。急切间，休说芝仙，连众仙禽所在也未看出。

这时，古神鸩首先运用玄功变化，隐形飞起，一面暗中查看敌人动静，一面准备芝仙出时暗中保护。神雕佛奴自从服了白眉灵丹，脱毛换体以后，道力大进，已能运用玄功变化，小大由心。等金、石二人一走，便令袁星、神鹫、仙鹤各自觅地藏伏，只留袁化隐身古楠巢内，凭高四望，主持全局，操纵禁法。自己也将身缩得极小，将形隐去，紧随芝仙、芝马后，和古神鸩上下呼应。却未使芝仙知道袁星同了秦紫玲姊妹座下独角神鹫正藏在禁地入口要路的一株大松树上。见芝仙只在崖左右一带骑马游行，不见一点征兆，用尽目力四下查看，也不见妖禽、怪兽和妖人、妖猿形影。知道芝仙好高吃激，又知空中已有古神鸩和佛奴隐形随护，定可无害。便等芝仙驰近，由树上飞落，拦住马头，用话一激。芝仙屡经忧患之余，尽管好胜，稚气行事，仍极谨慎。一想金、石二人现在群玉峰上，并有好些法力高强之人在一起，相隔又近，便遇上险，也逃得脱。并且神驼乙休和诸位道法极高之人，就在近侧崖上。看是险事，实则到处都是救星，万无一失。否则，休说雕、猿等担不起这大责任，自己也没那么呆。

一面行强逼着芝马，试探着往群玉峰前缓缓驰去。刚把那一带长崖走完，转入平地，相隔群玉峰约有一箭之地，便吃妖鸟瞥见，追将过来。芝仙、芝马俱是千年以上通灵神物，又在仙府得了真传，何等灵慧，微有征兆，立即警觉，拨转马头，如飞往回路驰去。其实上有神鸩，下有神雕，便被妖鸟追上，也不会伤着一根毫发。无如二仙禽俱都将身隐起，道力又高，不似妖鸟老远便闻见腥风，只管生具慧眼，神目如电，也观察不出一点形迹。

加上那只古神鸩天性暴烈，飞空随护之际，瞥见二妖禽飞行迅速，来势甚骤，眼看芝仙要被追上，不由暴怒，忘了同伴的嘱咐，两翼一敛，往下一沉，准备妖鸟飞近，一爪一个，双双抓死。古神鸩虽经芬陀佛力度化，无如本质过于凶恶，功行法力尽管独高，却不如神雕听经多年，气质早变，今番脱劫之后，更非别的通灵异类所能比拟。古神鸠先前为了纵观四方，飞行极高，所以芝仙无甚觉察。这一突然降下，尽管真形未现，威势自非等闲。芝仙、芝马本已嗅到妖禽腥风邪气，追逼越近，心越惶急。猛又感到一种绝大风力，还听到一种似乎以前听到过的怪啸，泰山压顶，当头罩到，不由亡魂失魄，哪还再容寻思，一按马头，双双往土内钻去。

也是二妖禽过于灵巧，动作神速，不该就死。眼看快将芝仙追上，忽然入土遁去，自知再追无用，立即回身，去唤金眼神狍。刚发现那只金眼狍在锦帆峰附近由土内冒出，狞牙森森，长舌外吐，口喷热气，如飞驰回。还未及赶上前去打招呼，忽又遥见芝仙、芝马由地底钻出，往前驰去。妖鸟凶狠忌妒，先前是因自己不能入土，没奈何去寻同伴相助。二次一发现，觉出芝仙神情不似有甚机心，适才飞遁只是适逢其会，自作游戏，并未觉出有警。一时贪功心胜，便不再向金眼狍通知，径自返身，重又追去。哪知这次相隔较远，又中了袁化的道儿，于原有禁制之外，另加了一些幻景：芝仙已经归穴，二妖鸟还看见芝仙、芝马在地面上急驰。相差只有十丈左右，本来一发即中，偏追不上。不由凶威暴发，倏地运足全力，两翼一收，飞速下射，双双争抢着往下扑去。眼看芝仙毫无觉察，连带芝马，已在各自目光和巨爪之下。妖鸟厉害非常，对方无论是人还是别的生物，只要被它那一双怪眼的凶光罩住，照例爪无虚发。如再被那爪兜住，更连想入土地遁都来不及；即便侥幸，钻入下去，也被连土一齐抓起。二妖鸟都各满拟这一次非中不可，一心还怕同伴争功抢夺，回去分享主人所给的犒劳。哪知一爪抓下去，双双扑空。又因知道芝仙长于土遁，惟恐滑脱，下飞时势子绝猛，如真抓空，那地方无论是山石是泥土，俱应抓裂一个大坑。不料一看地皮，却是好好的，白用了全副精力，竟是无的放矢，没有实处，空抓了一下。

二妖鸟凶顽成性，到此境地，仍不省悟。落地回顾，不见芝仙踪迹，又未看见怎样逃脱，不禁纳罕，互相怪叫了几声。忽听左近有数小孩说话，听出内中一个不似生人。妖鸟闻嗅极灵，用鼻一嗅，恰又闻出左近香味甚浓，当是芝仙气息，生根必在近处，妄想发掘芝根，顺着香气找去。内中一只妖鸟自以为寻到，飞将起来，再行扑下，猛伸双爪，往那所在抓去。做梦也没想到，地皮比铁还坚，依旧纹丝不动。两只怪爪，因是用力太猛，却几乎折断,疼得厉声怪叫不已。另一只妖鸟,本也相继飞起,作势待要下击,见状觉出不妙,赶紧收势。忽听四外鹤鸣雕叫之声,知有敌人在侧作对,立时暴怒,厉啸叫阵,身上羽毛,铁箭也似一齐猬立,身形凭空大了一两倍,神态更是猛恶。

妖鸟正在发威之际,忽见独角神鹜高视阔步,由来路口上缓缓走来。神鹜生相虽没妖鸟狰狞凶恶,却是羽毛华美,目如明灯;身子和腿没有妖鸟粗壮,却长有六尺,不似妖鸟项短,看去丑恶;再加上形似孔雀的五色彩羽和那两丈四五尺长的两条长尾,越显得顾盼神骏,姿态灵秀,别具威仪。到了妖鸟近侧,且不发难,只傲然不屑地叫了几声,声如鹤鸣,甚是嘹亮。妖鸟也颇识货,知道遇见劲敌,急忙回身相向。头朝前面,往短项中紧缩;两腿微屈,身往后坐,周身蓝毛根根倒竖;二目凶光闪闪,注定仇敌;活似负隅猛虎,蓄势欲起之状。神鹜相隔约有丈许,表面看去,不似妖鸟矜持作态,戒备严紧,但那形如绣带的两条长尾,已经卷起了一半,两翼也微微舒展了些。双方都是鸣啸连声,六只怪眼齐射奇光,各注仇敌,都在伺隙而动,谁也不肯先发。

金、石二人抱着芝仙、芝马,凭穴窥视,俱觉好玩,双双探头出去,呐喊助威。正催神鹜快上,袁星忽然跑来。金蝉已由芝仙口中问出是雕、猿的主意,反觉这样有趣,并未嗔怪。笑问袁星道:"怎么神鹜老不动手,只是叫喊?还两打一也不公平。佛奴它们哪里去了,怎么不见?"袁星道:"小师伯没见么?佛奴先和古神鸠隐身空中,保护芝仙,回到树穴,才行离开。因有一只能在地底下走的羊头怪物吃神鸠发现,另外还有五只通臂妖猿,本领更大。惟恐斗时坏了仙景,又想全数除去,特意命神鹜先对付这两只猫头鸟。它两个仗着袁化法力,把怪物和五只妖猿引去灵翠峰后僻静之处,再行下手。不料妖猿乖觉,竟不上套。正打主意,忽然仙都二位同胞女仙和那癞尼姑相继出现,打了妖猿一顿,竟连怪物的主人都引去了。它们不是不动手,只因二妖鸟怕神鹜那两条长尾,神鹜又知妖鸟口中能喷鬼火,怕不留情,坏了它的好看羽毛。如今佛奴正和一妖猿恶斗,一会儿赶来,与神鹜一对一个,就不怕了,妖鸟已经入伏,非死不可。"

袁星说话,声调不曾放低,恰被妖鸟听去。妖鸟原也想用啸声将同伴和主人引来,闻言才知身入罗网,无怪白叫啸了一阵,全无应援。惶恐忿怒之下,更不再挨时刻,骤出不意,双双将怪口一张,各喷出一粒鹅卵大小的碧色明珠,四周绿火烈焰环绕,齐朝神鹫打去。跟着口中绿火连连喷发不已。再看神鹫,却并未抵御,只一跃,避开来势,振翼飞起,闹得满空都是绿火妖焰。这原是妖鸟积年吞食腐尸阴磷凝炼而成的内丹阴火,腥腐之气,刺鼻欲呕,金、石二人忙将头缩退回来,大喝:"神鹫废物,怎这么无用?叫我们看回热闹,都办不到。"说时,方欲用修罗刀去斩妖鸟,袁星忽然拍手笑道:"妖鸟只知听人说话,把内丹鬼火全喷出来,想烧神鹫,不料上了我的大当,白白请古神鸠享受了。"

话未说完,猛听一声怪叫,眼前一暗,那只古神鸠突然在空中现形,身已暴长,长约数十丈,停在空中不动。周身金光环绕,头比栲栳还大,二目精光下射,爪上还抓着一只白猿。正张开铁喙,由口里喷出一股匹练般紫焰,射向绿火丛中,裹住往回一卷,便似长鲸吸海般,全吸到口里头去。金、石二人先前和徐完教下妖鬼交战时,神鸠已经受伤后退,未曾见其与敌相斗,想不到如此威力。正在惊奇赞许,说时迟,那时快,神鸠好似正擒到一只妖猿,还没顾到弄死,闻到阴火气息跟踪赶来,匆匆吸进腹内,长鸣了两声,倏自空中隐去。这里妖鸟正吓得心胆皆裂,欲逃无路,神鸠已经飞走。

二妖鸟情知凶多吉少,以为神鸠来去自如,必有逃路,也想升空逃遁。哪知古楠巢内有人主持禁制,仇敌来去方便,自己却是没有出路,飞没多高,便自撞回。略一迟延,神鹫已经赶到,相隔在两丈以外,两只长尾便如彩龙也似,照准二妖鸟打将出去。恰巧二鸟相并同逃,匆迫之中不及躲闪,一下正打在头上。当时负痛,情急暴怒,身上钢翎箭羽,一齐倒竖。忙欲迎御时,神鹫何等乖觉,骤出不意,将那半卷起的长尾,倏地舒展开来,打了一下,便闪电一般,掣退回去。二妖鸟虎面上立即高凸一条血印,几乎连眼都被打瞎。只得厉声怪啸,凶威暴发,双双展开双翅,回身便扑。神鹫也将身旋转,伸开两只钢爪,奋力抵抗。妖鸟秉天地间之戾气而生,也有将近千年功力,腹中内丹阴火虽被神鸠吸收了去,仍有不少威力。尤其通体毛羽坚利如钢,两翼尖上各有毒气射出。神鹫虽是得道千年的灵鸟,以一敌二,急切间竟也奈何它们不得。

斗到夜晚,只见两团蓝影裹住一个彩球,上下翻飞,搅得风声呼呼,烟云滚滚。再加上神鹫两条长尾彩龙也似起落不停，略有间隙，便朝妖鸟头脸上打去，其疾如电，声势越显猛恶。石生在旁看出神鹫身法比妖鸟灵巧得多，几次钢爪抓下，眼看得势，俱吃了腹背受敌的亏。前面妖鸟还没抓中，身后妖鸟已经击来，不得不舍此就彼，返身迎御。妖鸟更是刁猾，自知没有神鹫灵巧，老是前后夹攻，以致神鹫持久无功。神鹫尽管长尾打中了好几下，并没伤着妖鸟要害。最后一次，反因贪功心切，前进之势太猛，上了妖鸟诱敌的当。仗着应变神速，虽未重伤，左翼尖上仍被妖鸟利爪抓中，折落了十几根二尺许长的彩羽，疼得怒啸连声。石生越看越生气，和金蝉商量，打算用飞刀飞剑除去一个妖鸟，使双方一对一打。袁星忙拦道："小师伯不要忙，刚才我们都商量过，最好我们师长不要出手，专由飞的和飞的打，叫妖人知道我们这里不但是人，连鸟都不好惹。小师伯师叔不比外客，没有带着仙禽同来，惹了它自是不饶，要一出手便失身份了。藏起来旁观，装不知道最好。其实神鹫并非真败，只因今天是它生日，该有一点灾难。佛奴、袁化给它出主意，叫它独敌二妖鸟，等吃点亏，应完这一劫，再行施展全副本领取胜。免得早胜以后，赶到前面去，遇上妖鸟的主人受害，虽不致命，到底厉害。所怕者，妖鸟口中阴火。现被神鸠抽空赶来收去，已无可虑。休看它中了一爪，乃是受了指教，避重就轻，故意在此挨时候，只等佛奴一招呼，妖鸟就快没命了。要不的话，它比佛奴性格猛烈得多，一向不肯吃亏，早拼命了。何况佛奴这时还在上面闲着，看它疼得那样，反而高兴，一点不急，就知道了。"

二人闻言，再细一看，果然神鹫在妖鸟夹攻之下，时而昂首腾空，虹惊电舞；时而两翼紧束，飞星下泻。一味闪躲腾挪，回翔侧避，只将两条长尾抽空打出。偶然用一猛势，双伸钢爪，朝妖鸟扑到，也是一击不中，便即退去。自从上过一次当后，越发乖巧，只在两团蓝影之间穿梭跳丸也似，上下前后驰逐不休。真似同类相戏，并没真打一般。反是二妖鸟逃又逃不出，仇敌身法又灵敏，除抓中了一下翼尖外，再也休想近身。神鹫尾又极长，妖鸟微一疏忽，便挨上一下重的。不由把素日凶野之性，全数发出，口中厉啸连声，爪喙齐施，势愈猛烈，直似恨不能与敌拼命，同归于尽。神鹫仍是从容应付，不去睬它。受伤之后，叫过几声，便即住口。有时妖鸟横开两扇一丈多长、又宽又厚的铁翼，双伸利爪，猛扬铁喙，或是一上一下，或是一前一后，夹攻上来。神鹫夹在中间，身既高大，两翼尤长，正是绝好标的，眼看形势奇险，万躲不过，怎么也得中上一下。哪知微一转折腾翔，便自容容易易避开，好似妙造自然，一点也不见它惶遽匆迫。那最惊险迫近之时，等于对面掠过，敌我相去不足尺许。每遇这等情势，避时至少必有一妖鸟挨一长鞭。身法之巧妙神速，无与伦比，毛羽又是那么五彩纷披，灿若文锦。

金、石二人各具一双慧眼，都看得眼花缭乱，难分端倪。方觉袁星所说果似有理，忽听灵翠峰那面远远传来神雕佛奴的啸声。袁星拍手欢笑道："妖猿不死即擒，妖人也吃了大亏，小师伯还不快看去？"金蝉闻言，猛想起玉清大师柬帖还未开视，急忙取出一看，心中大喜。刚和石生把芝仙、芝马放下，纵出穴去，就在一刹那的工夫，佛奴啸声已到了顶上。同时神鹫也换了战法，倏地神威一振，一声怒啸，口张处，一股五色彩烟疾如水箭，直朝对面妖鸟喷去。妖鸟原也防着神鹫腹有内丹，所以初上来时，对面相持了一会儿，迟迟不发。后见阴火被神鸠吸去，仇敌终无动静，胆便放大。又知身陷绝境，适才爪擒白猿，吸去内丹的克星再一出现，立即没命。早打好拼死主意，不问少时能逃与否，先用爪撕裂神鹫泄恨，专以全力恶斗。久战无功，急怒交加。这时一闻雕鸣，知道对方来了帮手，越发忿恨。因觉仇敌狡猾，不可捉摸，主人所赋护身御敌的毒烟邪气，一任施为，竟如无觉。双双怒吼了一声，用起了上下交错、前后合围之法：在前一个，由下斜飞往上；在后一个，由上斜飞向下。意欲与敌拼死，更不再顾自身伤害，只是横来，猛撞上去，能胜更好，否则同归于尽。这一手本极狠毒，不似先前虽也猛力夹攻，终还防自身受伤，有些顾忌。妖鸟满拟仇敌多灵巧，也无法躲闪。哪知仇敌已经得到号令，反守为攻，事已无及。两下功力原差不多，一面比较灵巧，一面却多着一个。妖鸟内丹不失，胜负正自难说；内丹一失，相去便远，况又晚了一步。当神鹫闻声反攻时，并没想到妖鸟竟敢舍命来拼。因见同伴将到，也惟恐一击不中，相形难堪。双方势子都是既猛且速，而佛奴来势又是迅速非常。神鹫口中彩烟射出，当头妖鸟骤出不意，首先惨啸一声，将颗虎头炸成粉碎。妖鸟以全力拼命，来势过于猛烈，身虽惨死，那没有头的鸟尸，依旧展开双翼，横空飞来。神鹫也不再闪避，双爪伸处，一边一只，恰将妖鸟两腿接住。就听一声厉啸，奋起神威，猛力一扯，当时齐胸撕裂成两半片，掷于就地。就这瞬息之间，它这里方得胜心喜，猛觉脑后风生。知道不妙，回身迎御，万来不及，赶紧紧束双翼，疾如流星，平射出去。身还未等掉转，佛奴长啸声中，又是一声惨叫。忙拨转头一看，身后妖鸟已经头裂脑流，似断线风筝一般，正由空中缓缓下坠。这只妖鸟本是往神鹫身后袭击，佛奴恰值赶到，凌空下击。妖鸟正用全力前攻，瞥见一团白影银光闪闪，自空飞坠，自知万无幸理，并未想逃，依然不顾命地朝前冲去。心想好歹也拉个陪死的，只要双爪能抓向仇敌背上，便没白死。哪知佛奴比它更快，刚听到前面妖鸟同伴惨叫之声，还没看清怎么死的，佛奴已一爪击向头上，当时脑浆迸裂，死于非命。跟着佛奴又是一爪打落下去，端的神速已极。

  妖鸟一死，二仙禽便双双交鸣，振翼飞去。喜得金、石二人拍手大笑，直夸还是佛奴爽快，一击成功。知道灵翠峰故址一带正是热闹时刻，忙令袁星告知袁化小心防卫，道："妖邪虽然闯不进来，终是谨慎些好。"说完，同隐身形，往灵翠峰飞去。到后一看，前面空地旁老杉树上吊着一个通臂猿猴，地下还躺着一个羊面人身、胁生多目的怪尸。仙都二女和癞姑正同几个妖人在斗法宝相打。左侧有一两丈来高的怪石，古神鸠、佛奴、神鹫、仙鹤四仙禽或蹲或立，同踞其上。有的剔羽梳翎，有的抬起一足，一个个姿态威猛，顾盼神飞，各歪着一颗鸟头，睁着精光四射的怪眼，注视下面恶战。遇到三女占到上风，便互鸣两声，助威庆喜，神情甚是暇逸。沙、米二小拉了健儿的手，坐在下面石头上，也在指点笑说不休。照着玉清大师柬帖所示，这时原应以主人的地位，现身出去，给双方解围。金、石二人偏偏童心未退，先观鸟斗出神，柬帖既然晚到，又忘了开看。又见三女拿敌人开心，打得十分好玩，心想多看一会儿再说。便凑到沙、米二小身旁，悄声询问。二人闻声不见人，倒被吓了一跳。后听金、石人二人自通姓名，忙要施礼，吃二人止住。于是沙、米二小把事情的经过向金、石二人详细说了一遍。

第二一三回

隐迹戏群凶　恶犯伏诛　妖徒授命
对枰凌大敌　穷神妙法　驼叟玄功

原来仙都二女虽然清修多年，童心仍自未退。并且初次出山，便到凝碧仙府这等洞天福地，所遇又都是天仙般的人物，端的耳目应接不暇，无一处不新奇。加上人又美秀天真，长幼两辈主宾无一个不喜与她俩亲近。二女寂寞已久，巴不得多交些同道，谁要有甚邀约，无不点头应允。自从来宾各就馆舍，李英琼、易静、申若兰、朱文、向芳淑和石氏双珠都争着约她俩，往各仙馆中观赏奇景，末了又同去二女与叶缤、杨瑾同住的小琼楼仙馆中相聚谈笑，不觉多延了些时候。后来还是女神婴易静无心中说道："人不可以貌相，癫姑那等丑陋，却有那高道法，人也极好。听说她师兄眇姑比她还丑，法力更高。只是性格阴沉，整年寒着一张脸，遇上异派妖邪，动起手来，又狠又辣。永没人见她笑过，不如癫姑随和，滑稽有趣。这些时没有见人，不知哪里去了？"

二女闻言，才想起适才金、石二人之约，单是去看芝仙也还罢了，玉清大师曾有用己相助之言，此约岂可不赴？便和众人说了。正问了途径要走，叶缤见众小姊妹谈得非常亲密，也颇代二女喜欢，一时之间，交了许多同道良友，恰巧走将过来听去，便嘱二女："听杨姑说，主人宽大为怀，对于假名做客，心存叵测的一干异派妖邪，只在暗中戒备，使其知难悔悟，在开府前后数日中，不与之公然为敌。掌教真人与诸长老法力高深，神妙无穷，一切均有部署。你二人初来做客，便蒙长幼群仙爱重，此去如遇甚事，只能适可而止，不宜任性而行。如到紧急，金、石二道友身为主人，不便出面，你二人又难取胜时，我和杨姑必往暗助。切忌伤人，树敌尚在其次，身是客体，好些不便。适听道友们说，有好些妖人均带有妖禽恶兽同来，意欲加害芝仙。禽兽与人不同，妖人先自失礼，况又纵出扰闹仙府。而这类怪物，大都残害生灵，作恶多端，即便代主人除去，他也无话可说。不过这等所在，既敢驱使出场，绝非常物。你二人可将我小南极磁光子午线带去，但能不伤，仍是不伤的好，只将它擒住，使妖人丢一回脸，知道厉害便了。如果物主无耻，逞强出头，可将主人撤开，作为你们看见妖物猖獗，抱打不平。他如不服，可去小南极或武夷绝顶寻找我或你义父好了。"

二女知这磁光子午线乃小南极磁光炼成。昔年叶姑曾用它在千寻冰洋以下，钓过一个极厉害的妖物九首赤鲸。妖物遇上，立即成擒。分明是想自己在人前露脸，好生欢喜，兴冲冲接过，便往凝碧崖前赶去。快要到达，耳旁忽听有人说道："老楠巢现困着两只妖鸟，设有禁制，暂时不能走进。小癞尼现在崖西你们适才分吃桂府丹榴的峰侧杉林内，和一个怪兽相打。一会儿还有五只猴子赶来，要凶得多，小癞尼和袁星两个恐办不了，你两姊妹快帮她忙去吧。这几个妖人实在可恶，我还想借此惩治他们一回，使其栽在你们几个小人手里。那子午线最怕纯阳真火。捉到猴子以后，可速勒死，再吊起来诱敌。客和客打，多凶，主人也是不管。莫听你叶姑的话，真要出了甚错，都由我驼子和凌叫花担待，保你争得光彩，决不吃亏。"二女早听谢山说过神驼乙休大名，又听仙府众弟子说起他许多奇迹异事，敬佩已极，又知是义父好友。来时闻他在仙籁顶崖上下棋，那地方相隔凝碧崖灵翠峰甚近，有他和凌真人二位老前辈暗中相助，自是万无一失，闻言越发高兴，遥望崖上空空，并无人影，料是将身隐去，悄答："侄女遵命。"随即改道，往灵翠峰飞去。刚刚飞起，似觉身后金霞微闪。回顾来路，适见沿途景物忽然隐去，换了一片没见过的山崖原野。猜是乙、凌二人仙法妙用，先将现场和斗处掩去，使妖人无法追踪应援，以便取那妖物性命。

正往前飞，晃眼便要到达，忽听欢呼之声。往下一看，正是来时在二十六天梯所见沙、米二小和那小人健儿。前面不远，癞姑正和一羊首人身、胁生多目的怪物在那里恶斗，连忙落下。沙、米、健儿三小看见二女飞落，忙即迎上拜见。二女见那怪物通体长只七尺，并不十分高大；头作羊形，却生就一口獠牙，口喷毒烟烈火；前爪宛如人手，拿着半截血红色的兵器；面上无目，两胁却一边生着九只金眼，凶光四射，狞恶非常。纵

2557

前跃后，时飞时降，上下驰逐，宛如金丸跳掷，灵活已极；厉啸连连，宛如儿啼而尖锐刺耳，难听已极。看神气，癞姑将它困住，已无法逃脱。不知怎的，只引逗得怪物急蹦暴跳，还未弄死。

一问经过，才知三小适随众人往观仙景，杨瑾因古神鸠性情暴烈，仙府诸仙禽又多喜事，老楠巢芝仙藏身之所刚听说起，恐有疏失，暗将运用牟尼珠真诀传给沙、米二小，命往传示警戒，随时监防，以免生事。若是不服，只需口诵真诀，如法施为，神鸠围身牟尼珠便生妙用，发出佛家真火，立即将它制住。健儿因见仙府这班后辈都拿他当稀罕物事，竟相搂抱问讯，自惭渺小，不似沙、米二人已能人前出面，好生愧怨，见人就躲。这时正和沙、米二人在一起，知古楠巢只众仙禽仙猿在彼，便跟了去。刚到凝碧崖前，便听空中呼呼风响。三小生长荒山，能辨风识物，知是来了猛恶之鸟。仰视空中，已经飞过，只没现形。方想这里既是得道仙禽，怎风中会夹有腥气？猛瞥见前面飞下两只虎面凶枭，还没见它们落地，一片烟云闪过，便不再见。跟着，左近树上飞落下一只尾拖绣带、通身五彩毛羽、目射金光的大鸟，还有仙府仙猿袁星。一落地，袁星先用人语说道："那边禁制已经发动，你三人且到别处玩一会儿再来吧。"说罢，便纵遁光，往自己来路飞去。那只身高丈许的独角仙禽，也跟着飞去。飞行甚低，都是飞到妖鸟落处附近不见。

三小初来，对谁都奉命惟谨，不敢再进。正商量回转，忽又听地底儿啼之声，晃眼由远而近，从左近地底，往崖西啼了过去。三人好奇，以为芝仙形似小儿，声音也许是它，正好跟去，看看是甚形相。跟追到灵翠峰故址左侧疏林以内，只听"叭"的一声，癞姑由地底飞身出来，瞥见三小赶来，哈哈大笑，身便隐去。紧跟着原出现处突然一亮，飞出一只羊首人身的怪物。这是那只金眼恶狍，原在地底搜寻芝仙生根之地，没有寻到，刚往回飞，吃癞姑看见，暗中用计诱来，比起仙都二女见时，声势还要狞恶，爪里拿着一柄银叉，叉尖上直冒血焰。满口虎牙错得山响，人立而行，两胁十八只凶睛闪闪，齐射金光，因在地底，吃癞姑逗发了凶野之性，一出土，便转身四顾，急欲得人而甘。忽见三小同立，匆促之中，误把健儿认作芝仙，喜出望外，不顾搜寻敌人，忙即飞身扑去。

沙、米二小是初生之犊不怕虎，巴不得拿妖畜试手。沙佘恐伤健儿，抢先一手抱起，一面和米佘正要将毗那神刀放出，猛听喝道："且慢！"同时"叭"的一声，眼前人影一晃，癞姑倏地出现。妖狍羊脸上着了一掌，手中妖叉也被斩断，吃癞姑顺手一捞，将半截带着血焰的叉头夺去。飞向一旁，大喝："你们不要动手！这怪物，我想它不是一天，难得遇上，我还要向它讨东西呢。"二人忙将飞刀收住，在旁观战。癞姑原因妖狍厉害，尤其那柄妖叉必污秽狠毒，得有妖人真传，已与其爪成了一体，爪又坚逾精钢，不易斩断。一面施展佛门降魔金刚掌，一面运用玄功将剑光隐去，出其不意，突然同时下手，因恐妖狍灵敏，如若断它前臂，万一不能一下斩断，有了防备，再下手更不容易。所以上来将叉杆斩断，随手夺去，收入法宝囊中。然后一面和妖狍追逐，一面暗中施为。等已停当，才大喝道："无知孽畜！你已恶贯满盈，遇上我这识货的，已经给你撒下天罗地网，休想活命。快将脑中元珠和这十八只怪眼自献出来，还可容你转劫，另去投生，否则形散魄消，连畜生道中都没有你了。"妖狍先前不合骄狂，以为对方除精土遁而外，并无他长。又以乍见健儿，误认芝仙，贪功心盛，中了道儿。妖叉失去不说，那一掌更是受伤不轻，只打得头冒火星，心脉皆震，愈发暴怒如雷。起初一心只想报仇，咬牙切齿，怒啸连声，恨不能将敌人嚼成粉碎泄恨，一味抖擞凶威，向前猛扑。及见仇敌只是躲闪，并不还手，不时由身旁取些东西，往四外乱放，每一扬手，便有好些道粗细不同的光华一闪不见。又听发话，方在心动生疑，癞姑已改守为攻，那身法竟比妖狍还要灵巧敏速，端的神出鬼没，隐现无穷。也没用甚飞剑法宝，只将师门独传金刚掌向妖狍头脸打去。

妖狍连中几下，打得头晕眼花，脑袋欲裂。虽知不妙，无如赋性凶横，从未吃亏，仍是不甘就退。后来实被打急，横心拼命，竟将口中毒焰烈火喷出。癞姑知道这便是它内丹所化，意欲全得，不愿破它，只得暗用佛法防身，仍旧乱打不休。妖狍明知故人设有罗网，一则仇恨太深，又盼土人及同类赶来救援，只管忍痛苦挨。却不知那金刚掌不是挨过便完，初中虽然厉害，还不怎显，随后却逐渐发作。尤其像妖狍这类禀赋奇强，当时勉强能受的怪物，事后反应也愈烈。不消片刻，宛如火烧针扎，通身奇痛麻痒，百骸皆沸。正在咬牙忍受，情急暴怒，进退两难，恰巧杀星照临，二女赶到。问明情由以后，不知妖狍受伤甚重，已快不支，以为癞姑尚难迫使献出内丹，意欲相助，双双将子午线飞出。癞姑没想到二女会出手，瞥见两蓬红白二色、细如游丝的精光电雨一般飞来，方欲喝止，来势神速，已向妖狍当头罩下。同时妖狍也是疼痛难支，忽起逃生之念。它不知癞姑未出之时，早在地底设下埋伏。因见仇敌四外光华乱飞，以为地遁是它专长，敌人所说罗网即使是真，也能仗着天赋和多年修炼之功逃走。身刚往土内一沉，子午线已经飞到。妖狍性烈如火，周身炙痛欲焚之际，猛觉神光当头罩下，上半身立似被好些铁线绑住，深勒入骨。知道难逃一死，仇敌志在得它所炼内丹元珠，忿极犯性，竟拼一死，同归于尽。猛将真气一提，自将那粒有生俱来的天黄珠自行震碎，化为一团极强烈的血焰，炸破天灵飞出，一闪即灭。自身元神也自头顶飞起欲逃。气得癞姑喝道："孽畜！还想逃么？"扬手一团雷火，将其炸成灰烟四散。随向二女笑道："此妖名金眼狍，乃天生恶物，脑中有一粒天黄珠。一落地，便有入土之能。又经多年修炼，土中游行，愈发如鱼在水。如能得到那粒天黄珠，于我大是有用。妖狍诡诈多疑，来时已在地底设有禁制，本意怕它不献，再将它迫入土内，先使失去知觉，再行设法，不料如此烈性。心机虽是白用，总算除去一害了。"边说边走过去，将死狍全身拉起，横置地上。

二女收回法宝，觉得自己误了人事，方在内愧，忽听身后吼啸之声。回头一看，袁星用两道剑光护住全身，且战且退。身后有两只火眼金睛，羽毛雪白，身量又比袁星要小一倍的长臂白猿，已各指挥着一道青白二色的剑光，凌空追来。袁星好似吃过苦头，抵挡不住，一面如飞倒退，口中乱喊："妖猿厉害！沙、米二师弟快来帮我一帮。"神情甚是惶惧。仙都二女方欲上前，沙、米二人已将飞刀先放出去，袁星才得退下。癞姑笑道："你主人何等威名，你这般大惊小怪，不丢人么？"袁星闻言，羞得毛脸通红，一溜烟逃去。二女、癞姑细看妖猿剑术，果非寻常。沙、米二人全仗所用的乃是佛门至宝，否则早已不是对手。又见妖猿一边迎敌，一边手指二小，嘴皮乱动，知要暗算，俱都有气。癞姑首先扬手放出两团雷火，朝妖猿打去。妖猿见敌人还有几个没动手，也是情虚，意欲暗使妖法，先下手为强。忽见雷火飞来，识得厉害，往空便起，端的神速已极，雷火竟未打中。

癞姑和二女看出妖猿竟擅玄功，甚为惊奇。手中法宝正要发出，倏地眼前一暗，以为来了厉害对头。惟恐米、沙、健儿三小吃亏，赶忙飞身过去保护时，只听一声雕鸣，杂着妖猿惨叫之声，神鸠、神雕突然现身，朝二妖猿当空下击，各自抓到了一只。佛奴所抓的一只，首先脑裂而死。另一妖猿，被神鸠右爪抓住，正起左爪要击猿脑。妖猿竟欲反噬，一面奋力强挣，一面招回飞剑，朝神鸠颈间飞去。神鸠直没怎理会，剑光飞到，大口一张，便灵蛇也似一口咬住。左爪依旧下落，当时了账。佛奴随飞近前，将鸠口飞剑抓去。神鸠不似佛奴一爪抓死，立将猿尸丢落，意似想吃猿脑。铁喙一扬，待要啄下，忽似有甚警觉，横转双翼，抱着死猿，往凝碧崖一面飞去。跟着又一仙鹤飞来，和佛奴互叫两声，同往左侧一块兀立的怪石上面落下。不多一会儿，神鸠空爪飞回，朝雕、鹤又对叫两声，朝众人看了一眼，飞向地上，将死猿抱起，往东飞去。

  仙都二女知道佛奴灵异，便戏它道："妖猿共是五只，告诉你那同伴，再来莫都弄死，留两只给我们玩玩也好。"佛奴正点首长鸣示意，二女猛瞥见远远有青白光华一闪，心想："这些妖猿，颇有意思，何不将身形隐去，看它闹甚把戏？"忙即行法，连人带众仙禽一齐隐去。众人因有高林遮体，那青白光华不能看出，在凝碧崖左近绕飞了两转，方往峰前飞来。先只有一只妖猿，按遁光降落。看去这只功候比先死两只稍差，毛作苍色。落地后睁着一双火眼，东张西望，满处搜寻，又用鼻四下乱嗅。一会儿找向佛奴掷猿尸的所在，忽似嗅出兆头不妙，面现惊疑之色。跟着由地上拾起几根残落的猿毛，拿在鼻前闻了一闻，立即暴怒。一面引吭怒啸，一面把剑光放起护住全身，仍自张望，不住用爪搔头，竟似知道左近伏有敌人，搜查不出之兆。啸没四五声，随有一苍一白二猿各驾遁光飞来。先到的那猿便把猿毛给二猿看，又指了指地上，互啸了几声。后来的二猿也似惊急，各将剑光护身，用鼻四嗅。无如仙都二女得有谢山真传，隐形神妙，尽管妖猿五官敏锐，善于闻嗅观察，近在咫尺，竟闻不出。二女、癞姑又且看妖猿神情惶速可笑，不肯即出。

  挨了一阵，三妖猿往来搜寻，已将那一带找遍，均无发现。内中一只白猿突然暴怒，厉啸了两声，率一苍猿，各将飞剑放出，上下四方乱飞乱射。峰侧树枝挨着一点，便即纷落如雨。二女知道妖猿同伴失踪，地有残毛血迹，断定当地伏得有人，意欲迫人出现。恐其乱放飞剑损毁林木，暗骂："无知孽畜！死在眼前，还不自知。"刚想现身出去，忽听佛奴鸣声，回望石上，佛奴和古神鸠已经离石，双双飞起，晃眼离去隐形地带，便自无迹，由此互在空中一递一声鸣啸。二女方以为二仙禽又施故智，三猿已闻声将飞剑放出。先是苍猿的两道剑光，朝佛奴鸣处飞去。跟着神鸠又在鸣啸，白猿也将飞剑循声追去，同时行使妖法放出一片妖云。二女待要飞身直上，那三道青白光华到了空中，略微驰逐，忽分作两起停住，电闪一般掣了两掣，便即无踪。三妖猿甚是灵狡，因见仇敌不曾现形，有了戒心。一面恐敌人逃脱，循声飞剑追击；一面却另使妖法护身，没有连身追去。正指剑光施为，忽然剑光失去，不由情急拼命，竟不暇再计安危，腾身飞起，意欲追夺回来。哪知飞得快，落得也快，刚到空中，便似暗中被甚东西打了一下，纷纷怪叫，落将下来。

二女闻得头上风声，再看石上二仙禽，已经飞回，都是单爪独立，各抓一道剑光。苍猿的剑，本是佛奴一爪抓来，落下时，意欲交给仙鹤，而仙鹤好似无此法力。同时妖猿不舍飞剑，虽然受创落下，仍然奋力回收。仙鹤稍一畏缩，差点没被遁去。剑刚离爪飞起，吃神鸠往前一探身，张口擒住。这次剑主未死，剑虽被二仙禽擒住，仍如灵蛇也似，颤动不休，看去还不能放松。谢琳脱口笑道："我当你们不肯跟我们玩呢，原来收剑去了。"三妖猿早就觉出兆头不妙，只因同伴踪迹不见，存亡莫卜，死去二猿又是三猿的配偶亲属，先是关心寻仇，不肯就去。及至飞剑一失，知道猿长老心毒法严，对门下妖猿不稍宽假，自己芝仙没有寻到，同伴少了两个，不知下落，回去已不免于重责。况这五口飞剑，乃猿长老多年辛苦祭炼而成的奇珍，当初传授五妖猿时，曾有"剑在命在"之训。这与身相合、存亡相关之物，一旦失去，回去这罪孽如何受法？休说归路已为神驼乙休所断，癞姑又在遍设禁制，便放它们逃走，没有剑，也是不敢回去。空中打跌下来，正急得厉声啸叫，两爪向空乱招，妄想收回，抓耳挠腮，情急无奈，忽听近侧有人说话。妖猿恨毒之余，互叫了两声，表面仍装惶急暴跳，暗中却行使妖法，猛下毒手。

二女还想看妖猿急跳好玩，一点没有觉察，癞姑恰又离去。如非佛奴精通猿语，暗告神鸠，抢前迎御，还几乎中了暗算。三妖猿原本背向二女，故作不知，一味号跳。为首白猿猛一回身，前爪一扬，便是千万根细如游丝的银针,朝二女立处打来,其疾如电,发处又近。此宝乃猿长老采炼五金之精,加上奇毒,合炼而成的飞针,只传了白猿一个。与宝相夫人白眉针,功效相差无几。除却此宝脆弱,不能与别的飞剑法宝相抗,只要先有防备,便可无害是它短处外,如出不意,被它打中,一样也能循血攻心而死。二女事出仓猝,飞针又是大片飞来,难于躲闪。百忙中,刚把剑气发出,待要抵御时,猛瞥见一道紫焰自头上射出,飞针立即不见。忙运剑气护身回顾,正是神鸠所擒飞剑,已到了另一爪上。那道紫焰已经口中收回,妖猿飞针已为它内丹所化。想不到妖猿如此刁毒,心中大怒,双双娇叱一声,一面收法现身,同时将子午神光线飞将出去。因先前隐形法未撤,妖猿看不见对方动作,以为语声相隔这么近,万无不中之理。不料飞针放出,又如石沉大海,全无动静。方在骇异,倏地眼前一花,现出大小五人和一石笋。石上立着三个仙禽。所失飞剑,也在二仙禽爪喙之下擒着。一时情急,顿忘利害,立即飞身纵起,意欲夺取回来。身才离地,二女子午神光线已化成一蓬红白二色的光线,当头罩下。妖猿想逃,已是无及,周身俱被勒紧,嵌入骨内,跌倒在地。二女手再一指,三猿便同离地飞起,被吊向路侧大杉树上。跟着癞姑飞来,说道:"我适往探妖猿来路,有无别的党羽同来,不料乙师伯已将妖猿主人引来。你俩将妖猿吊起诱敌,再妙不过。我们且回原地,等他们到来,再行出现好了。"

二女闻言大喜,忙同回到原处,隐身相候。癞姑便将死狍也提了过来。这时妖猿已被子午神光线勒得快要闭过气去。二女想要妖人来寻,故意将咽喉间略微放松,妖猿痛极,立即惨叫起来。才叫了两声,便见两个妖人张皇寻来。众人见这两个妖人都是道童打扮,看去年纪已是不小。一个身材高瘦,相貌凶恶;一个身子矮肥,浓眉猪眼,唇厚嘴大,相貌恶俗不堪。各都腰挂革囊,背插鞭剑之类兵器。二女见这类蠢物也配修道,不禁暗笑。二妖人正是大力仙童洪人肚和鬼焰儿常鹚。还有朱赤丫、白富、阳健等,尚在后面未到。

众妖徒原随黄猛、观在等妖人装作玩景,出观妖禽怪兽动静,以备万一接应之计。正在九宫崖前眺望,先见二妖禽远远飞来,忽似有甚警觉,往南飞去。一会儿又见一只金眼狍在左近现身,似往崖前飞回,晃眼又往土内钻去。跟着又见五妖猿空中飞过,看那神气,所去之处,竟和二妖禽走的是同一方向。众妖人初来，不知哪里是凝碧崖。因见各地祥云缭绕，玉楼纷起，时有本洞主人陪引仙宾，往就馆舍。仙侣游行，往来不绝，看出内中道法高深之人甚多。妖禽等所去之处，沿途更是仙馆林立，不便公然往探。等了些时，妖禽妖兽一个也未见回转，也无踪迹。暗忖："这里俱是强敌，枭、狍踪迹隐秘，外人当不至于看出。猿长老太过托大，手下猿竟连身也未隐，满空乱飞，敌人自无不见之理。老怪骄横，不但不能相助，反有倒戈相向之势。此时除了对付敌人，还得防他先下手将芝仙盗去，端的可恶已极。如若吃亏，原是快心之事。不过他那五猿俱精剑术，功力还在枭、狍之上，如若受挫，枭、狍自然更是不行。它们又这等公然放肆，又偏是走成一路。一与枭、狍变友为仇，既须防它们捷足先登，暗算枭、狍；又恐受它们牵累，为敌所伤。"越想越不放心，便令常鹗等众妖徒持本门隐形神符，前往探看。芝仙如真在彼，急速偷偷下手。妖猿如若作梗，或是侵害枭、狍，便拼着和老怪反目，暗中下手，除得一个是一个。如见敌人防备周密，道法高强，速率枭、狍隐形，任五猿自去犯险。如它们失陷，急速回来，另打主意。如若得手，便出不意，合力抢夺，不可令其得去。行事务要隐秘，知进知退。

众妖徒立即依言行事。内中洪大肚粗鲁，常鹗凶横刁狡。二人偏最交厚，和别的同门俱都不和。哪知神驼乙休和凌浑、公冶黄早在对崖隐形瞭望，暗中主持。崖前景物已变，妖人有甚动作，全都看得见。五妖猿隐身法已吃公冶黄破去，成心引洪、常二妖入网。只图贪功抢先，结伴南飞，到了凝碧崖侧落下一看，东西两方已是无路，当地一片大广场，只东西疏林掩映，静悄悄的，并无人迹。暗忖："来路仙景何等宏丽清奇，怎这里如此荒凉？适才明见枭、狍飞来未归，怎会不见？"洪大肚便要回转，或往东林探看。常鹗心细机警，觉着奇怪，居然疑心敌人所设幻景。正嘱洪大肚看清下手，不可造次，忽听朱赤午等后来诸人惊讶之声，就在左近，四顾却不见人。试低声唤了两声，也无回音，再听已无声息。本门隐形符，自己人怎会对面不见？只听一声，便无回音？知道光景不妙，心想："来时曾见洞口佛光，此中大有能者，莫要人影未见，便入罗网。且先退回试试，便知就里。"便同飞回。

谁知乙、凌诸人禁制神妙无穷，休想逃脱，除却去往崖东吃亏受气，便是同行的人，只要离开两丈以外，便成了两路，各不相见，不能重聚一起。二妖徒这一回头，立时觉察归路已变，只见无数山石林泉往身后倒飞过去，迥非来时景物。估量已飞行了二三百里，仍未到达，愈发断定入了埋伏，只得暂且止住。妖徒修炼多年，法力本来不弱，见状并不惊慌。心想："自身是客，只要不露出偷盗形迹，便逃不出，也可诿之于偶然游行，误入埋伏，至多丢人，并无大害，并还可以责备主人，为何不先告知禁地？乱撞无用，且先查看出是何等禁制，再作计较。走脱出去更好，不然索性发话询问，对方定有主持行法之人，不会置之不理。便是枭、猿等因盗肉芝，触动埋伏，也可说是异类无知，背主胡为，此来便为寻它们回去。怎么都有话可说。"想到这里，索性把隐身符收起，再往前进，想去先去之处查看。这回却是快极，才一转身，便已到达。仍是先见情景，怎么细心观察，也看不出丝毫门径。

　　方在惊惶，忽听妖猿惨叫之声，由东方疏林内传来。二人把灵翠峰一带真景疑成了幻景，本就想去探看，一听猿叫惨厉，料知凶多吉少，立即循声赶往。因恐禁法厉害，格外戒备。赶到一看，树上吊着三妖猿，全身却被数百十根细如发丝的红色光线绑紧。都是长舌外伸，金睛怒突，神情甚惨。见了人来，白牙森森，哑声厉嗥，意似求救。妖徒见状，正快心意。又料暗中有人主持，意欲借此撇清，故意喝道："你们这些孽畜，背了主人，自出惹事，死也活该。那两只虎面神枭和金眼狍儿，才和你们初见，便被诱出，累我们找到如今。它们哪里去了？快说出来。"可怜三妖猿勒得头颈欲断，哪还答得上话。又知妖徒心藏奸诈，未怀好意，立即暴怒，磨牙伸舌，虎虎发威，眼里似要冒出火来。妖徒口里喝骂，暗中查看，当地并未设有禁制，妖猿只被法宝困住，人却始终不见，越发惊奇。方想发话，猛瞥见右侧大树后有小影子一闪，心中不免一动。忙即住口，定睛一看，果是一个从未见过的小人，穿着华美道袤，藏身树后，满面笑容，探首向外偷看，见了二人，立向树后隐去。二妖掩将过去一看，树后空空，已无踪影。以为世上哪有这样小人？分明是芝仙无疑。因有妖猿前车之鉴，先还疑是敌人有意放出诱敌。及至走遍全林，仔细观察，毫无可疑之状，终于利令智昏。常鹕使眼色说道："也许枭、狍无知，误入埋伏，和这三孽畜一样，吃主人擒去。既等不到，我们归禀师父，向主人询问，要将回来，再责罚吧。"

说完，等了一会儿，不听应声，假装回飞，直到原处，终无动静。又疑主人事忙，这里芝仙生根之所虽有埋伏，无人主持。一时贪心大动，也不知枭、猿为何失陷，自恃法力，妄欲一试。只要能将芝仙擒到，如真冲逃不出，便就地分啖，朝尽头处行法穿山，逃了出去。于是二次隐身，重返疏林。老远便见那小人竟在妖猿面前，口中念咒，手执一面小令牌连击了三下。妖猿好似负痛已极，手脚乱颤，两三声惨叫过去，身子一挺一缩，便不再动。等到二人飞近，小人已笑嘻嘻持牌跑回原来树下不见。再看妖猿，已被光线生生勒死，头颈、四肢都只连着一点残皮，快要断落，死状奇惨。看神气，颇似妖猿轻敌，吃芝仙用法宝暗算擒杀，越以为先料不差。那面令牌必是一件厉害法主，也许连那禁法都由此宝运用。自以为看破了机密，好生欢喜。知道芝仙灵敏，令牌妙用深浅不知，还是隐伺在侧，看明之后，再行下手为是。

等不一会儿，小人又跳蹦出现，到了猿尸面前，口中念咒，将牌一指。妖猿身上红白光线便即飞起，往牌上飞去，猿尸立即落下。二妖徒不知隐身法已在入伏以后破去，健儿受了癫姑指教，特意使妖徒自露恶迹，以便处治，分明看见妖徒，故作未见。仙都二女并还暗中随护，收回子午神光线。健儿全是做作。收到第三猿尸身上，本欲故露破绽，不全收回。恰值洪大肚心急，忍耐不住，见小人这次相隔猿尸较远，也只三丈光景，竟想乘机扑出，常鹝一把未拉住。可是小人也已惊觉，只一纵便到了树后，晃眼无迹。常鹝埋怨不该莽撞，洪大肚也埋怨不该拉他，以致延误。各自低语了几句，尚幸身形未现，或许还能再出。已知肉芝生根就在树后，便不出也有主意。只这令牌所发神光奇怪，必须查看明白，以便预防。回顾猿尸，还剩一只吊着，身上余剩的光线又细又亮。暗用飞剑一试，竟斩不断。后来还是洪大肚想起，用所炼的真火试试，居然烧断了一根。妖徒胆子更壮，正欲同往树后，小人又已出现，先用前法，收了猿尸身上余光，随即遁回，来去甚速。常鹝看他去时欣喜情景，料可计擒，便令洪大肚暂候，自去断他归路。刚到树侧，小人忽然出现，这次竟连令牌也未拿，空手欢跳而出。二人大喜，更不怠慢，忙即合围而上。常鹝更把飞剑放出，一面行使妖法，防他入土。大喝："芝仙速急束手降伏，免遭毒手。"那小人已被夹在当中，无可逃遁，眼看到手成擒。两人四手，正一把抢扑上去，猛闻一股极熟悉的腥膻之味，眼一花，洪大肚势子最猛，一把抱个结实。同时二人也看出所抱的正是那只金眼狍，已经惨死。小人就乘着这一抱的空隙，竟由洪大肚手底，往斜刺里纵去。耳听少女嬉笑之声，身侧有人喝骂："无知妖孽！竟敢以大凌小，无故欺我们的小师弟，今日叫你好受！"

洪大肚手中抱尸还未放下，胖脸上"叭"地早中了一掌，立时顺口流血，半边紫胀起来。常鹗方喝："你是何人？现身答话。"一言未毕，随听："你这瘦鬼更是可恶！你自瞎眼，怪着谁来？"这次更是先打后说，手到话动，打得也更狠。尽管常鹗妖法高强，连脸骨都几被打碎。打得二人两太阳穴直冒金星，疼痛彻骨。不由又急又怒，赶紧纵起，行法护身。再看地上，横着金眼狍的死尸。对面站定一个相貌奇丑的癞头小女尼，身后两个美仙娃、两个道童和刚见那小人，正指着自己笑骂。旁边有一突立地上的云峰，上面站着一雕、一鸠、一鹤三只大鸟，形态非常威猛。知道敌人有意隐去形迹，使己上当。明知金眼狍比虎面枭厉害，既已身死，枭鸟必更无幸。但上来先受暗算，敌人欺人太甚，仇恨已深。就此退回，不特平日威名扫地，自己也太难堪，师长面前也无法交代。又以健儿这样小人，从未见过，仍误认作芝仙。心想："敌人年纪俱轻，不见得有甚法力。适才只是心粗疏忽，骤出不意，吃她打了一下。如真动手，未必不敌。成形肉芝，千年难遇，岂可错过？只要敌人稍形见弱，便可声东击西，施展邪法摄走。"立即同声怒喝："峨眉鼠辈，伤我金眼神狍，罪该万死，还敢暗算伤人，速将肉芝献出纳命！"随说，洪大肚左肩摇处，首先飞出一道暗绿光华，直取癞姑。跟着常鹗也放出一道青光，朝二女等飞去。二女早在跃跃欲试，各将剑气飞出，化为两道红光，恰好敌住。

癞姑骂道："瞎眼妖贼，连人都认不清，还敢发狂！你见人生得矮小，便当他是芝仙，真做你娘的清秋大梦！芝仙乃千年神物，久已得道通灵。你们这些瞎眼妖贼，休说没有见它福分，便遇上，你们也奈何它不得。我们因见上好瑶榭琼楼，里面却住了好些异派妖邪，看不顺眼，知道灵翠峰故址清静，来此闲游。你们先打发些不成气候的孽畜来盗仙芝，主人自有安排，托我照看。那芝仙也不是好惹的，你们自做贼，我原本不愿多事。叵耐那些孽畜和你们一样瞎眼，都误把我们同伴当做芝仙，不由分说，上前乱抓，欺到太岁头上，自然送死。不久你们又来打接应，本不屑计较，打算隐过一旁，由你们自去，偏要自找无趣。你们不是说我们暗算人么？如今我也不用甚飞剑，只凭双手和你们打，看你们躲得过不？"随说，纵身上前，照定常鹪就是一掌。

常鹪自恃一身妖法，方暗骂："小癞秃这等打法，岂非送死？"扬手一团黑气打将出去。满拟敌人并无本领，只仗隐身法伤人。这黑煞之气炼成的阴雷，中上必死。不料面前人影一晃，阴雷并未下落，反往对面神鸠口里飞去，吃鸠口所喷紫焰一裹，吸入腹内，连人一齐无踪。心方一惊，"叭"的一声，背上又中了一拳。这一下比前打得更重，几乎心脉皆被震断。当时怒火上攻，又是情急，又是忿恨，忙喊："师弟留神！"已是无及，耳边一声怒吼，洪大肚当胸又中了一下重的，受伤更是不轻。急得二人暴跳如雷，只得各施妖法，放出一团暗紫光华，将身护住，一面忙取法宝。癞姑又在面前笑嘻嘻出现，说道："我本是又癞又秃，人虽丑，却不做贼，说话尤其算数。当面打你，该不是暗算了吧？自己瞎眼，怨着谁来？"常鹪猛一转念，怒喝："贼尼贱婢，是否峨眉门下？通名受死！"癞姑笑道："妖贼眼瞎，耳又聋么？你挨头一下时，我就对你说过，峨眉门下个个金童玉女，道骨仙风，没我这样丑怪的。你叫我癞秃么？那就是我的官称。你想打听我们名姓来历，以便现时打不过，日后告知你那妖师，好约人去寻仇么？那也做梦。我师父是屠龙师太，这两位姊姊是武夷散仙谢山道长的女儿，小寒山神尼的徒弟，金钟岛主叶缤是她姑姑。眼前便有两位在此。我们本打算代主人捉贼，一齐把你俩捉住，你这一说，倒不好意思了。你们自去商量，放哪一个回去与妖师送信？当时见个高下，免你们日后还多跋涉。你看如何？还有，你们人只两个，已有谢家姊姊和你们动手，我本不该再上，因你们不服气，特意教训一下。如今你们放心，莫怕挨打，除非再来贼党，我癞秃是不好意思动手了。"

仙都二女和沙、米、健儿五人，见癞姑满口便宜话，神情言动无不滑稽，俱都哈哈大笑。二妖徒也被闹得急也不是，恼也不是，暗中咬牙切齿。冷不防双双扬手，又是两道暗赤光华，电一般朝癞姑射去。正值仙都二女见妖人剑光厉害，难于取胜，癞姑一双空手，反将妖人打得晕头转向，自觉不是意思，便将两柄碧蜈钩发出，恰与赤光迎个正着。二妖人见状，心正惊急,忽听癞姑笑道:"贼党寻来,免我手痒,再好不过,又该我上场了。"说时,便有两道光华飞落,来者正是朱赤午和召富。他二人也是到了凝碧崖侧入伏,寻找妖禽、妖猿不见,和常、洪二人差不多的遭遇,进退两难。后闻二人喝骂之声,遥见剑光飞舞,知遇强敌,追寻了来。

朱赤午在黄猛门下,也是眼明手快、心毒意狠的人物,法宝又多。人未临场,先打好主意,一到更不答话,左手一扬,先发出四绝神叉。同时左肩摇处,又飞出一片彩霞,裹住一柄银光如电的三尖两刃小刀,朝众人面上飞去。同来的召富,也将剑光放出。癞姑一见后来二妖人法宝甚多,尤其那柄长才尺许的刀光有彩烟围绕,必是极毒极秽之宝。恐有疏失,来势太急,不及招呼众人小心,想用神雷挡它一下。刚扬手发出,忽听三仙禽同声鸣啸。紧跟着一片彩云带起呼呼狂风,疾逾奔马,由头上一瞥而过,神雷也已爆发。满空雷火飞舞中,敌人的青白黑绿四色叉光连同飞剑,俱被仙都二女碧蜈钩圈住,绞在一起,并未伤人。那片彩云,正是仙府独角神鹫电驰飞来,就空中一抓,将那三尖两刃小刀抓去。同时,石上古神鸠口射紫焰,将刀光四外彩雾一吸而尽。四仙禽聚立石上,除仙鹤外,各用一爪抓住适得的飞刀、飞剑,互相睇视鸣啸,得意非常,不时偏头注视妖人,大有鄙夷之色。

众妖人见仙禽也如此厉害,方在骇异,癞姑已纵身入场,动起手来。一个人时在丛中忽上忽下,忽前忽后,得空便用大力金刚掌打上一下,端的神出鬼没,隐现无常。四妖人见二女剑气红光还在其次,那两道亮晶晶的翠虹却非寻常。本就全力相持,不敢大意,哪经得起这么一个捷逾神鬼的强敌,在身侧出没隐现。最厉害的是,任何法术法宝都伤她不了,有时反被破去,稍微疏忽,便吃一下重的。干生气着急,无可奈何。可是癞姑早和仙都二女商妥,不要敌人的命,只由二女正面迎敌,去破法宝飞剑。自己用玄功变化和本门佛光护体,抽空便给敌人一下。总算妖人见机,常鹞先自生警,妖法护身之外,并运有真气,将全身要害护住。虽不曾再受重伤,一样也是难耐,神情狼狈已极。

正在此时,金蝉和石生恰好赶到。二人一边观战,一边听沙佘、米佘述说前事。二人只顾看得有趣,不住拍手叫好,竟忘了照玉清大师的束帖行事。

似这样斗了多时，四妖人疲于奔命，欲罢不能，虽有一身妖法，无暇施为。同时空中飞剑和四绝叉又吃碧蜈钩各绞断一道，余者也是勉力支持，不敢还击，大有相形见绌之势。耳听仙都二女高喊："妖贼！急速跪地服输，由我们押往太元洞去，禀告女主人，便能免死。"自觉危机已迫，人是丢不起，除却四人合力，将本门极恶毒的妖法施展出来，拼命死中求活，更无良策。常鹚首用暗语示意，四人立即聚在一起，先将护身烟光化合为一，将全身紧紧笼罩。然后各自咬破舌尖，一口鲜血喷将出去，化为亩许大小一片血光飞起，晃眼展布开来，朝众人当头罩下。

四妖徒不施邪法，还不至于送命。这一施为，旁边沙、米二人见二女、癞姑应敌，自己不得上前，早就手痒。因癞姑先前叮嘱，这次只准拿妖人开心，专破法宝，扫其颜面，不可伤他们。先来二妖人吃二女、癞姑敌住，好容易盼到又来了两个妖人，正好出手。不料来势太快，二女应敌也快，两柄碧蜈钩已先飞出，恰好敌住，也占着上风。沙、米不便参与，方悔下手太慢。及见妖人互打手势，聚在一起；又听身边金蝉告诉石生，留意妖人要施邪法。

于是心更跃跃欲动，惟恐金、石二人抢先，又难出手，血光一起，更不寻思，各把牟尼珠发出，脱手便是两团栲栳大的金光。二小只见众人打得热闹，想拿敌人试试法宝威力，哪知佛门至宝，妖人如何禁受。所喷血光，又是妖人元丹精气所萃，与本身息息相关。金光到处，立即震散，化为无数赤烟消灭，四妖人真气击散，立受内伤，同声怒吼，口喷鲜血，几乎晕倒。因是事出意外，初行法时还以为敌人纵能抵敌，也不过用飞剑法宝护身，自己也不求胜，先乘隙遁去，事后再打报仇主意，不料会遇到专破邪法的克星。知难活命，心中怨毒，悲忿已极。反正是死，乘着一息尚存，径将各人所有法宝全数施展出来，一时飞起十余道暗绿暗赤的烟光，朝众人打去。癞姑见状，一不做，二不休，双手一搓，神雷似雨雹一般朝前打去。妖人重创之余，无术逃避，全数被雷打死。同时金、石、沙、米四人见敌人法宝太多，也各将法宝、飞剑放出。妖人已死，所放法宝、飞剑无人主持运用，哪禁得起十来道霞光异彩，电舞虹飞，略一绞结，便都了账。众人只顾有兴，等到癞姑一声喝止，已化为残萤断烟而散了。

癞姑埋怨众人道："妖人这些法宝虽是邪法炼成，内中颇有珍物。我们得来,稍加祭炼,便能应用。就自己不喜欢,将来送人也好。怎这等随便糟蹋?也是他们恶贯满盈,我们本心不想伤他们,偏要找死,使出这类太阴赤血神焰。我见他们真气已被佛光击散,拼被师伯叔们说上两句,结仇我又不怕,乐得成全了。妖师一个没有寻来,必被乙、凌诸位老前辈阻住,也许仙籁顶还有热闹可看呢。"金蝉闻言,也失惊道:"玉清大师交我一封柬帖,吩咐到此给妖人和解,不可多伤他们性命。因见你们打得有趣,看了高兴,忘打招呼,都除去了。不日开府,弄这许多死尸,真是惹厌。"谢琳笑道:"这个无妨。乙真人还嘱咐我们,多大乱子都有他担待。杀死妖人,想必无妨。倒是死尸惹厌。"石生道:"这有什么难处?叫佛奴它们抓出山去,丢了就是。"癞姑笑道:"只它们鬼得多,各得了一两口飞刀、飞剑,不知要送谁呢。"说时,三仙禽见妖人一死,已各将爪上刀剑光华咽入腹内,互相鸣啸,喜跃非常。金蝉笑道:"怎这么没出息?一听送人,惟恐有人要,赶忙吃了。"

正说笑间,忽见袁星飞驰而来,对众人说道:"小师伯和诸位仙姑快看去,现在又添了好些妖人,连先有的,正和乙太师伯他们在各处斗法呢。听说元元太师伯和随侍的师伯叔们,还几乎中了妖人暗算。我去偷看了一眼,吃人赶了回来。热闹极了。"金、石二人闻言,忙令神鹫和佛奴将死尸由凝碧崖上空运走,并说:"如因仙法禁制,飞不出去,或先觅地藏好,或由我去请乙师伯暂撤禁制,放你们出去,免得污秽仙府。"众仙禽纷纷鸣叫点头。沙、米、健儿三人也要随行。金蝉道:"凝碧崖有芝仙在彼,关系重大,开府以前,不可无人防守。你们那两件法宝颇好,只可随我们崖上遥观,时刻留心老楠巢那边,不可离开,以免来了能手,袁化和众仙禽万一有甚须助之处。"二小忙答遵命。

众人随即起身,飞到凝碧崖顶一看,乙、凌诸人和二妖女、一白须发的老妖人正斗得不可开交。原来众妖徒都是凶狡一流,尽管彼此同门,却是互相倾轧忌妒,面和心违。尤其独角金刚阳健禀性乖僻,与谁都合不来。行时见常鹫和洪大肚、朱赤午和召富互使眼色,各自结伴同行,无人理会,心中有气。心想:"随众同去,既显不出自己,遇上祸事却是有份。本领又不如人,反正有功劳也轮不上。敌人如此厉害,枭、猿一去不归,弄巧就许被敌人困住,师父尚有戒心。他们既不要我,乐得偷懒。"于是缓缓前进，试稳了步再走。飞到左侧崖下，回觑师父，已被山石遮住，便即降落。一边观看景致和过往人物，一边顺路往凝碧崖一面走去。

也是命不该绝。阳健法力虽然不济，心思却极细密，不似那些妖猿骄狂。自到仙府，便处处留心，又喜观看美景。众妖人仙馆聚议盗取芝仙之事，复又和猿长老、龙山二女起了内讧，俱没留神外面景物，独他一到，便凭窗四望，凝碧崖一带与九宫岩相隔本近，看得尤为真切。初出时，未觉异样。这一落后，正赶上众妖徒入伏，神驼乙休施展仙法，变了原来形势。又当四仙对弈构思之际，本没把妖人师徒放在眼里，不曾防到会步行走来。阳健还没走到，便觉前面山形似与前见不同，心中奇怪。及至走近，为防师父看见，特意寻一隐僻之处立定，再往前路细一观察，越觉情形有异。暗忖："适才分明见这里还有一条瀑布，又有山石，怎都不见？"不由生了戒心。方在寻思，忽见一丑一俊两个道装童子，突自身后危崖上降落。二童正是易鼎、易震，原为乙休送信飞落。

阳健贴崖而立，又将身形隐去，所以当时连乙、凌诸仙俱未发现。阳健知道崖顶无人，怎会二童由上飞落？正想回头上望，忽听一人哈哈笑道："妖猿伏诛，老怪物此时必已警觉。驼子，你这棋老下不够，拿老怪物开心多好。你再不把禁法撤去，我的时候一到，就不奉陪了。"阳健闻言，知道妖猿既死，枭、狍必也凶多吉少，哪里还敢停留，飞起便逃。半路途中，又听另一人喝道："我驼子向来不杀漏网之鱼，你既在我眼底逃过，不必惊慌。归告汝师，枭、狍已经伏诛，这都是我驼子命人做的。他那四个徒弟也难活命。如不服气，只管寻我。我和凌花子却不似主人好说话，量不宽厚，劝他及早缩头，免找晦气。"

阳健听那说话的声音就在耳边，吓得心寒胆战，连头都没敢回，晃眼飞回。见黄、卓等四人正立九宫岩顶前眺，面现惊疑之色。回头一看，适来之处，崖顶老松之下，现出老少五人。内中有一身材高大的驼子，极似平日所闻神驼乙休。忙把前事说了。

黄猛怒道："都是你们这些孽畜，受了五台、华山两派所愚，硬说这里有芝人、芝马，内中主脑多是末学新进，只会一口飞剑，便即夜郎自大，妄开仙府，可以手到成功。我虽是觉得无此容易，以为总有几分真实，哪知上此大当。敌人不是易与，来时已经看出。想不到这压不死的驼贼和百禽道人公冶黄，也是他们党羽。那打扮像花子的，定是怪叫花凌浑无疑。还有一个和驼子对弈的少年、一个道童，想必也非常流。如照驼贼所说，不特枭、狍、五猿，连众同门也全遇害。此仇不报，如何出去见人？说不得，只好和他们一拼了。"

恶弥勒观在一听妖狍被杀，遥望仙籁顶上，敌人现身以后，仍和没事人一般，自在下棋，神情甚是从容，越发忿怒，当时便要飞身过去，拼个死活。屠神子吴讼忙拉住道："道兄莫忙。老怪物出现了，五猿一死，他必不甘休，我们乐得坐山观虎斗。他如胜得过敌人，索性闹他一个大的，抢些美人，仗着你我法宝通法，冲将出去，回山受用，以报今日之仇；否则，我们也是白白吃亏。君子报仇，十年不晚。我们索性忍气到底。当时能走更好，如不能走，便忍辱负重，推说众弟子违背师命，自寻死路。既与主人无干，冤有头，债有主，事后自会寻他。我们硬挨到开府之后再离去。"

说时，猿长老已在所居小楼台上现身，意似怒极，满头须发皆张。一出面，双手齐扬，由十根长爪上发出五青、五白十道光华，宛如十道长虹，由指尖起，直达对崖，并不离手飞起。众妖人见他情急拼命，竟把他采炼西方太乙真金，苦炼数百年，与本身真元融会，从来难得一用的太乙天罡剑气施展出来。知道非同小可，便都停手观战，相机应付。说时迟，那时快，这里青白光华飞出，乙、凌二人还未抵御，对崖观弈的道童已先笑道："乙道友残局未终，莫为妖孽扰了清兴。我不喜伤人，且代抵挡片时，等到完局，再由诸位发放吧。"话还未了，伸手由左肩上拔出一根珊瑚短杖，往前连指，立有十团宛如初出日轮的火球，放出万道霞光，恰将那十道青白光华挡住。晶芒四射，流照崖谷，左近许多仙馆楼台，相与辉映，幻成一片异彩，耀眼生缬，好看已极。

这时乙休正和公冶黄对局，好似全神贯注棋上，竟连理也未理。猿长老见状，越发怒极，手招处，十道青白光华倏地收回。随由身畔取出二支形如铁钉的法宝，刚扬手发放，猛觉对面崖上少了一人，心方一动，钉也同时离手。就在这一瞬之间，猛又觉眼前人影一闪，微风飒然。猿长老毕竟法力高强，应变神速，一觉有警，忙张口一喷，一道白光首先飞出，将全身护住。然后定睛看时，对崖的怪叫花凌浑突在前面出现，已用分光捉影之法，骤出不意，将三支天狼钉在手边抢去。哈哈笑道："老怪物不要害怕，我不打你。这棺材钉，现时颇有用处，想向你借，又知你小气，不愿白费口舌，只好不告而取，暂时借我一用。如要用它给你下葬，十五日后，可去青螺峪向我讨还好了。"

猿长老原是人与猿交合而生，修炼数百年，剑术法力俱颇高强。虽习采补之术，却知畏惧天劫。一向隐居陕西黄龙山中，专择山中有点气候的母猿，来充炉鼎。除像龙山双艳这类自甘俯就的淫女外，以前从不侵害生人。自从近来侥幸躲过了一次四九天劫，才日渐骄狂自大，遇上有根器的少女，便思染指，不过山居多年，习静已惯，难得出山。虽毁了几个女子，也是旁门左道，多半被他迷恋，出于甘心，也非强求。直到日前受了别的妖人蛊惑，才对峨眉诸女生心，以前恶迹无多。门下五妖猿，却是无恶不作。乙、凌二人觉他修为不易，尤其所习剑术乃越女正宗，并非旁门，与所习邪法不同，只此一支。意欲做戒保全，使其改邪归正，并无除他之念。可是猿长老天性好胜喜斗，几曾受过这等气。那天狼钉又是新近得到手的一件前古异宝。先见赤杖仙童法宝神奇，知道此宝妙用无穷，欲取一试。不料还未发出，便被敌人由手上夺去。到手不久，只能运用，还没到与身相合的功候，不似别的法宝，可由敌方强收过来。不由急怒交加，没等凌浑把话说完，手扬处，又是五道青光发出。凌浑也将手一扬，飞起一道金光敌住。还待往下说时，忽听对崖百禽道人公冶黄道："天已不早，那话快应点了。凌道友还不去办正事，与这老猿精纠缠做甚？"凌浑随笑喝道："老怪物，我本想试试你的越女剑法，无如我还受人之托，要去办事。休看我借用你的东西，还代你报杀徒夺宝之仇呢。莫把好心当做恶意。我失陪了。"说罢，人影一晃，便已无踪。

猿长老的徒子徒孙俱是猿猴，内中只有一个大弟子是人，名叫宗德。本欲随师同来观光，猿长老因洞内有玉版天书和越女剑诀，惟恐万一有人乘虚窃夺，一干妖猿不足应付，强令留守，宗德神色甚是不快。猿长老听了凌浑之言，心中一动，暗忖："五猿已为敌人所杀，此言决不是指五猿。莫非真个有人往盗天书，宗德遭了暗害？但是自己才来不久，敌人怎会知道？再者，宗德乃嫡传大弟子，如有不测，元神也必飞遁，来此报警。适才虽然心惊肉跳，乃是五猿被害，与此无关。宗德不但元神不见，也未行法告急。"方觉断无此事，敌人踪迹已失。再看对崖，道童已将赤玉杖插向背后，凌浑未回，乙休、公冶黄对弈自若，重又勃然暴怒。自知那赤玉杖不破，飞剑无功，敌人神情最为可气。心想一不做，二不休，一面仍将十道青白光放出，手指对崖大骂，去分敌人心神；一面放起一片剑光，将身护住，以防中人暗算。暗中运用玄功变化，将元神遁出窍去，直飞对崖，猛然下击。满拟敌人狂傲托大，目中无人，自己元神已隐，骤出不意，至不济也须伤他一个。哪知到了乙休等人头上，刚化成一道青白光华，往下射去，却击了一个空，枉把崖石穿了一个大洞。如非收势得快，几乎将元神穿向山腹中去。赶忙定睛看时，敌人仍然对弈，自己还在两丈以外。知道敌人用移形换影之法，使己丢丑。隐身法竟瞒不过敌人的眼睛，好生愧忿。神光已现，再隐又无用处，只得咬牙切齿，怒冲冲就势往前冲去。这次不似头回冒失，看清下手，敌人位置也未认错，晃眼冲到。忽然面前祥光一闪，觉出厉害，忙即飞退下来一看，仍是先前所见道童，一手用赤玉杖敌住那十道剑光，一手放出一片彩霞，将自己去路挡住，笑道：“我与你无仇无怨，本不想拦你的高兴，只为我这朋友残局未终。他们除却诛戮那恶贯满盈的妖邪，另当别论，寻常对敌，不喜两打一。我已动手，只好暂时奉陪，只等乙道友残局一完，由你二人对敌，我决不插手。你的仇人还未逃走，还有你两个同伴也被我挡住，俱等乙休道友发付，少安毋躁何如？”

猿长老这一对面，才觉出敌人虽是道童装束，看那丰神气骨和道术法力，分明天上金仙一流人物。闻言回顾来路，刚勾搭上的龙山二女不知从何处赶来，放出四口飞刀，也吃敌人杖头上分出来的四团红光逼住，不禁大惊。事已至此，只得怒喝：“你是何人？既无仇怨，何故强行出头？”赤杖仙童笑道：“我姓阮，名字说出来，你也不知道，不说也罢。你放心，我决不和你为难。你元神虽是婴儿，却也活了好多年岁，一部古玉版五十三页火真经，俱能无师自通，悟出人半，怎会还有这么大火气？听我良言，你门下五猿孽由自作，最好就此罢手，候到开府回去，改邪归正，仍由原书自求深造。等把以水济火的妙用功候悟彻，自能成就，否则也把元婴入窍。乙道友怜你修为不易，不忍暗算。如遇别的妖人路过，趁火打劫，就难说了。”猿长老急不得，恼不得。自己修炼多年的一部玉版火真经，珍秘如命，除大弟子外，从未向人提过。只不知敌人如何连自己功候有了几成和其中窍要，俱都知道得这等详细？明知话里有因，身在虎穴，强敌环伺之下，元神出窍，终是不妥，无如输不下这口气去。

方在进退两难，忽见两道金光夹着一道青光，由前面不远自空斜射，落到崖上，现出两个矮子、一个麻冠道人，认出来人是嵩山二老和麻冠道人司太虚。内中矮叟朱梅手一伸，已把残棋搅乱，朝乙休叫道："适才我三人在归途中，遥见妖贼已顶了一个替身，同十多个妖徒同往后洞飞来。都是你一点不先商量，冒冒失失给主人建牌坊，使凝碧上空门户洞开。少时妖贼师徒知道后洞有佛光禁制，必由前崖云路冲逃。凌花子已经走去，你还有这个闲心下棋？这厮近已二次成道出世，如被逃走一个，异日各派同道后辈，不知要被他伤害多少。我和白矮子还找元元道友有事，这里交你。这次多亏司道友相助，又代后辈们除了一害。岳雯，你可陪司仙长往仙馆中安置。庆典日期将到，莫下棋了。"乙休推棋而起，哈哈笑道："我头一次看朱矮子这等狂风暴雨。本来棋只剩了一着，偏要惹厌。这是赤杖仙童阮纠道友，他正代我挡驾。少时事完再谈，你自寻元元老尼去吧。"追云叟白谷逸道："驼子你莫太狂，休说妖孽本人，便他手下妖徒逃掉一个，看你有甚颜面见人？"乙休道："白矮子莫担心，我约的帮手还没有来，不料又会添出一个，万无一失，你们自去吧。"二老随即飞走。岳雯也领了司太虚，自就馆舍。

百禽道人公冶黄道："你和老怪物明说了吧，不要闹了。"乙休笑道："他门下妖猿，是我叫人杀的，他与我有杀徒之恨，不犯讨好。我恶人向来做到底，反正来得及。凌花子借人东西，好人由他做吧。那龙山二妖妇，却容她们不得。"随说，随即起立，手指猿长老道："老怪物，我杀你徒弟，你不服气么？这个容易，阮道友请收法宝，让他们三个狗男女都过来好了。"猿长老连元神带飞剑，俱吃阮纠宝光逼住，也不还击，只不令前进。眼看仇敌目中无人，言笑自如，正干生气着急，阮纠忽把法宝收回，不禁把一腔无明火重又勾起，顿忘厉害。把元神所化青白二色光华，连同那十道剑气，齐朝乙休飞去。龙山二女见敌人宝光只抵挡不攻，正不知是何用意。一见撤去，自恃妖法神奇，轻易未遇敌手，更精隐形之术，败也无妨，为示同仇敌忾，竟指刀光，连身飞来，夹攻乙休。以乙休法力，一举手，二女立成粉碎，只为别有一番用意，未施杀手。公冶黄见敌势太盛，乙休虽然不怕,终费手脚。方欲相助,乙休"哈哈"一笑,大袖展处,满身俱是金光,直向当空十余道青白光中冲去。那些飞刀、飞剑只一近身,便被荡开,来势越急,震退越远。乙休也不还手伤人,只是闹海金龙一般,在满空长虹交织中上下飞舞,敌人一点奈何他不得。

第二一四回

地叱天鸣　剑气纵横寒敌胆
金声玉振　卿云纠缦丽鸿都

公冶黄见乙休法力如此高强，也自惊赞不已。不过暗自寻思："敌我强弱已分，眼前便有大事发生，怎还不早了结，多此无谓纠缠？"忽听凌浑用千里传音遥呼："妖孽欲逃走，诸位道友留意，不可放他们逃脱。"语声才住，便见一条赤红血影电驰而至，后面紧跟着又飞来两道金光、三道白光，俱如长虹亘天，与那条血影首尾相衔，快要飞到仙籁顶上空。乙休和公冶黄闻声早已戒备。乙休首由身畔取出掌大小一叠轻纱，朝凝碧崖上空掷去，脱手化为极薄一片五色淡烟飞起，晃眼布满空中。跟着又由袖内飞出一道百十丈长的金虹，横亘天半，挡住去路。

这时血影已经飞到，来势迅速异常，身后五道光华俱没它快。金、石、仙都二女等也已到达崖顶，中间只隔着那片彩烟。公冶黄见势在紧急，惟恐妖孽遁逃，手指处，先飞出乌油油一道光华，迎着血影，绕身而过。那条血影在太元洞侧已连经诸长老剑仙的飞剑，都是随分随合，不见损伤。不料遇到公冶黄这道不起眼的乌光，反是它的克星，当时分成两个半截，虽仍合拢，并未当时接上，不禁着急。正赶上小金女童幺凤仓猝中瞥见飞来几道极厉害的剑光，未免胆怯，刚往侧一闪，正赶血影飞到，不知厉害，误以为敌人之敌，即我之友，只顾一心避敌，却没想到这条血影比敌人还要狠毒百倍，未及避开。刚一照面，便闻到一股极难闻的血腥气，血影已扑上身来，心神一迷糊，当时惨死，尸身下坠，连元神也未保住。

细腰仙娘柳如花和童幺凤同恶相济，情逾骨肉，见状大惊。一面连忙使飞刀护身，心还在打报仇主意，哪知飞刀并无用处，相隔又近，那血影是伤得一人便增一分法力，早由童幺凤背后透身而过，直扑过来。柳如花闻得血腥，知道不好，欲逃无及，惨号一声，又吃血影扑上身来，透身而过，死于非命，尸身坠落。经此一来，血影重又固结。

猿长老虽未见过，却早闻说。乍见血影飞来，二女还未身死，心方一动，忽见金光后面凌浑飞到，老远高喊："老怪物还不省悟？速将元神归窍。你那徒弟宗德，已为妖孽所杀，火真经也被夺去。再不见机，你那元身也保不住了。"猿长老闻言，方知乙、凌、阮诸人前言，竟果应验。那火真经，已悟八九，他年成败所关。元身法体，同关重要。不禁吓了一大跳，忙往九宫岩元身飞去。总算法力较高，乙、凌诸人不曾作梗，血影伤二女又一耽搁，终于元神复体，赶紧飞身隐遁，才没遭了毒手。

那血影真是又贪又狠，忒也胆大。自恃二次炼成出山，已近不坏之身，来去如电，不可捉摸；又恨仇人将门下妖徒一齐消灭，意欲得便伤一个是一个。因乙休不似和人真斗，竟误认作双方斗法，比剑为戏，尽管为公冶黄所伤，并无戒心。伤了二女之后，一眼瞥见九宫岩上猿长老的元身和黄、卓众妖人，立即飞扑过去。猿长老见机先遁，一面发出剑光抵御，挡得一挡，众妖人也纷纷奔避不迭。血影见人有了防备，知难得手，这才想起遁走。这些事也只瞬息之间，他快众仙也快，微一转侧，七八道各色剑光已经连成一片光墙，将他阻住。同时乙、凌二人的太乙神雷，也如雨雹一般，夹着金光雷火，朝他打去。血影虽然不畏，却冲越不过去，又吃那满天雷火打得在空中七翻八滚。总算公冶黄被阮纠止住，不再放出乌光，少吃点苦。知道这条去路已走不通，地底天空俱有禁制，一时情急无计，恐应昔年誓言，真个为火所伤。心一发狠，意欲拼受后洞佛光照体之厄，仍由来路逃出，弄巧还许遇上仇敌门下，伤他几个，以报杀徒之仇。念头一转，拨头便由雷火丛中飞起，往来路逃去。

那追血影的，乃是凌浑、餐霞、顽石、白云四人五道光华。见他要逃，俱恐遁脱，齐声大喝，屯掣追去。忽听乙休喝道："凌花子，自有人制这妖邪，你急什么？"言还未了，忽见迎面飞来一道金光、一道红光，拦住血影去路。众人认得来者正是极乐真人李静虚同一少年道者，这才宽心大放。血影也认得极乐真人，情知比先斗诸人神雷还要厉害，仍想乘隙冲出。忽见二人袍袖一展，立有百丈金光雷火从对面打来。正拼着受这一二雷之伤，装作被打落，由下面乘虚飞越。猛看出雷火光中，夹着几点形如火焰、青荧荧的豆大精光。方想："另一敌人只把袍袖虚扬，未见发出宝物，难道另有诡谋，还能伤我不成？"心念微动，已被青光打中，同时又吃神雷一震，连滚了几下，方觉元气大伤，猛地心头一凉。恰巧佛光、神光已经爆发，跟着众仙赶到，各放太乙神雷，几面夹攻，竟连未一念头俱未转到，便已爆散成为无数血丝残影，四散消灭。乙休终不放心，把手一招，崖前那片轻云电驰飞来，往下一网，全数网去，悬在空中。众仙重用纯阳真火合力一烧，直到形影皆消，连血腥味都闻不到，才行住手。

那与李静虚同来的少年，正是谢山。乙、凌、公冶三人，俱早相识，便给没见过的诸人一一引见。问起来意，极乐真人道："我和谢道友，无心中做了一件两全其美之事，到得稍晚，差点没被老妖孽逃走。说来话长，我还要应长眉道人旧约，助齐道友代镇地轴，须与谢道友同往，会后再谈吧。"仙都二女老远望见义父，首先飞到，一一拜见。谢山道："你姊妹此行经过，昨日我已尽知，会后即同往小寒山，不必多说了。你们和一班小道友，相聚无多，自去玩吧。"说时，金、石诸人也相继过来拜见。极乐真人指着金、石二人道："你两个职司甚重，还不快跟我走，以免少时不能入内。"说罢，自和谢山、金蝉、石生，向众作别自去。餐霞大师等三人也自回转。

乙休便问凌浑："昆仑妖孽门下党徒，你都除去了么？"凌浑道："那还用说？如非媖姆暗中相助，妖孽一到，便将他那赤血妖光破去，妙一夫人固然无妨，这次他顶了天台修士蒋诚言的肉身前来，装得极像，外表竟看不出他破绽。还有两个厉害妖徒，一个顶着华山派余孽小杀星霍合，一个顶着老怪物的徒弟宗德。也是老怪物不好，受人怂恿，存心不良，想盗芝仙，惟恐无人看家，不令宗德跟来。宗德本就心不甚愿，恰值霍合受了许飞娘之托，往探老怪物行未。这厮自己想来，却恐被人识破，知宗德脸生，异想天开，意欲冒充老怪物的徒弟，混进府来观光。宗德被他说动，相约同行。因恐玉版真经和越女剑诀放在山中有甚差池，一时小心过度，竟将其暗藏身边带来。中途遇见妖孽师徒，连话都未答一句，便已送了终。这两妖徒尚是劫后初出，并无肉体。妖孽因为日无多，五府一开，便难下手，急切间难觅好的肉体。本意只带那些附有肉体的徒党进来，令二孽徒守在外面，等成功以后，另行设法。这一来，恰巧被我们一网打尽，否则剩两个在外，又留隐患。妖孽到时，见了轮值迎宾诸弟子，本欲暗下毒手，就此闯进，逢人便害。幸亏白眉、芬陀二位在雪山顶上运用佛法遥制。他又看出洞口佛光隐现，惟恐因小失大，才暂止妄念，改以客礼求见。妖孽行踪神速，事前好些道友俱不知道。齐道友对我预告，又未详言，只知他要来报长眉真人当年之仇，来时情景，也是茫然。以为这类妖孽，老远便能闻出血腥，只到时守候，一望而知，哪知竟出意料，如非阮道友用诸天宝鉴查出他的行径，险被漏网误事。他见主人时，留有三徒在外，正欲将洞外诸弟子择肥而噬，吃我用天狼钉一钉一个，全数钉住，宗德肉体便在其内。刚把火真经、剑诀取过，他师徒已为嫫姆无音神雷所伤，只剩他一条血影遁出。先还想将钉住的三妖徒救走，吃姜雪君追出，仍用无音神雷将三妖徒残余元神消灭。餐霞等诸位道友也即追出。他知后洞佛光厉害，仗着昔年熟地，想由崖前云路上冲。凶狡成性，到这一发千钧之际，仍想就便害上几人再走，终于作法自毙。也是齐道友该要发扬光大。妖孽记仇之心太甚，刚得脱劫，不等火候精纯，便想乘隙侵犯，致应昔年誓言。否则稍晚十年，气候一成，再被五台妖人结纳了去，祸害之烈，何堪设想！"

这时猿长老已是焰威顿敛，怩怩着凑近前来，想向凌浑求告，无如适已与众成仇，羞于启齿。就此回山，又因那部火真经，自己正炼到紧要关头，为他年成败之基，如若失却，无异前功尽弃。等第二次天劫降临，轻则重堕轮回，重则形神俱灭，连兵解都无望。正在为难愁急，乙休忽笑道："你这老猴头，威风哪里去了？可要和我驼子再斗一回？"猿长老闻言，又愧又忿，乘机慨然道："乙真人，休再恶作剧。我自宋时得道，虽属旁门，颇知谨慎。说我多收异类，近来往往纵容，或者有之；但我本人只是性傲，不肯服人，别无过恶。只因误信人言，受此大挫，从来未有之辱，门徒好些惨死。我已知悔，从此努力潜修。彼此都是玄门中人，剑诀我已精熟，凌真人又非取自我手，收用无妨。火真经关系我修道成败，诸位如能念我修为不易，将它赐还，终身感戴。真人不允，我也无法。除非诸位今日便做成我兵解，自知不敌，也决不抵御，任凭杀戮。如若放我回去，必以全力报德，死而后已，决不反复。"凌浑笑道："驼子逗你玩的。那血影妖孽，本是白眉真人同门休逐的师弟，比你如何？如想伤你，哪能容你兵解？连残魂剩魄都消灭了。我不愿乘人之危，你既肯洗心革面，便是朋友，没有要你东西之理。火真经自然还你,剑诀和天狼钉,仍须十五日后,你到青螺峪去取。如何?"猿长老想不到一念转移,事便如此容易,感激万分,朝着乙、凌诸人再四称谢。乙休知凌浑义结猿长老,别有用意,方欲答话,被赤杖仙童使眼色止住,只得罢了。

公冶黄道:"如今风平浪静,我们去下完那一局残棋吧。"乙休笑道:"你已负了一子,只剩有限几着,还不肯认输么?"公冶黄笑道:"一局未完,哪能便定胜负?"乙休笑:"依你依你。"随拉阮纠、公冶黄同往崖上飞去。

猿长老自觉当着众妖人面上无光,意欲告辞。凌浑笑道:"老猿,你又迂了,无此一着,你如何能转祸为福?一存芥蒂,又入魔道。且等会完再走,我还有好些话对你说,都彼此有益之事。能同往青螺峪长谈尤妙。如不愿往九宫岩,我引你另找同伴去。"随将玉版真经取出递与。猿长老已经心向正教,闻言叩头谢了,随着凌浑,另寻馆舍安置。不提。

仙都二女初次见到今日这等阵仗,大是惊奇。正觉得有兴,忽见易静走来,对二女、癞姑道:"仙府行即开辟,叶岛主令我来寻三位姊姊,同往相候。"二女还想听完乙、凌诸仙的话再走。癞姑笑道:"凌真人说的只是片段,我们去听全的多好。问问那血影是甚妖孽?怎会是长眉师祖同门?连我都没听说过。"易静道:"说来话长,连我也只刚听说起。现在诸位仙长都聚集在绣云涧,正谈此事,我们快走吧。"说完,同往绣云涧赶去。

这时玉清大师和青囊仙子华瑶崧果在谈说此事,除原有二三十位仙宾外,武当山半边老尼也在座。此外还有浙江诸暨五泄山龙湫山樵柴伯恭、跛师稽一鸥,陕西秦岭石仙王关临,小南极不夜城主钱康,宜兴善卷洞修士路平遥,苏州天平山玉泉洞女仙巩霜鬟,湖北荆门山仙桃嶂女仙潘芳,岷山白犀潭韩仙子的弟子毕真真、花奇,边山红菱磴银须叟,黑蛮山铁花坞清波上人,岷山白马坡妙音寺一尘禅师,南川金佛寺知非禅师,苏州上方山镜波寺神僧无名禅师和门下天尘、西来、沤浮、未还、无明、度厄六弟子,赤身教主鸠盘婆门下弟子金姝、银姝,恒山云梗窝狮僧普化,天乾山小男,滇池伏波崖上元宫天铁大师和门下十三弟子,滇池香兰渚宁一子,武当派灵灵子和门下癞道人、诸葛英、有根禅师、沧浪羽士随心一,太行山阴绝尘崖明夷子和大呆山人,东海玄龟殿散仙易周、杨姑婆、林明淑、林芳淑、易晟、绿鬓仙娘韦青青等全家，青海教主藏灵子、熊血儿师徒，总共添了数十位长幼仙宾，十九俱是应约而来。那不请自来和一些心怀诡谋的尚有多人，不在此内。这些仙宾，有的各就馆舍，有的闻说灵峤仙府来了千年成道的上仙，纷纷来拜望。仙都二女等到时，刚刚相继辞去。玉清大师正说起头没有几句，仙都二女和癞姑便在旁静听说下去。

原来那血影本名郑隐。当初曾与长眉真人一同学道，后犯教规，被逐出师门，怀恨忘本，投入旁门，渐渐无恶不作。后又得到一部魔教中的秘笈血神经，由此改名血神子，变本加厉，法力也日益高强。真人后奉师父遗命除他，连擒了两次，俱念同门之谊，警戒一番放却，始终怙恶不悛。最后一次，真人恐遗大患，用两仪微尘阵将他擒住，本该形神悉诛，是他苦苦哀求，免去灭神之戮，力说从此洗心革面，并还立下重誓，真人才将他和门下诸党徒，连死的带活的，一齐押往西昆仑星宿海北岸小古刺山黑风窝原住妖窟以内，将洞门用水火风雷封闭，令他率领门下忏悔前孽。别时，并对他道："你自得了魔经秘籍，练就魔光鬼焰，广收妖徒，造下无边大孽，我屡奉师命行诛，俱念以前同门之谊，特予宽免，纵恶为害，连我也为你负过不少。现将你师徒等十余人禁此洞内，休看日受风雷之苦，实则替你减消罪孽，玉汝于成。你如真能回心向善，仍照以前师门心法，潜修三百六十五年，难满灾消，那时你应受天劫，已在洞中躲过。再出山去，将你对我所许十万善功做完，以你师徒法力根基，依然能成正果。如再怙恶不悛，人只一离此山，便有奇祸。那时我已成道多年，再想活命，就无望了。我也明知那部魔经已被你参透了十之八九，虽被我用真火焚化，你在洞中照样能够如法修为参悟，不必等到难期届满，便可用那邪法破去我的封锁，逃脱出去。但我同门师弟只你一人，几生修为，得入师门，旷世仙缘，煞非容易。以前只为一念贪嗔，致为魔女所诱，铸成大错，犯规被逐。师父本就说你夙世恶因早种，屡世修为，全系勉强。因你天资颖悟，看出恩师行藏，向道心坚，苦苦哀求，百折不回，又有诸位恩师的同道好友再三劝说，勉强收下。哪知你修为虽是极勤，恶根依然难尽，终于不出恩师所料。你入门之时，我既代你力求，后来你犯规被逐，我又力向师父求情，以为天下无不可化之人，意欲力任匡救之责。此时你稍知悔悟，早已重返师门，焉有今日？谁知后来为你费尽苦心，终难挽回。我因头次劝诚,曾对你说,此后必要逼你回头,不到我力竭智穷,决不罢休,并决不亲手杀你。所以自奉遗命诛你以来,我几乎全副精神在你身上,专在你为恶将成之时,给你破坏,甘违师命,不肯杀戮,也是为此。可是你这类极恶穷凶之人,我为私谊,留在世上,你一日不归善,一日不死,我便不能飞升。我功行已早圆满,已为你迟了一个甲子,难于再延。你虽恶贯满盈,我仍不愿有违初志,为此将你送来此地,看是放却,实则数运已尽。为想尽我最后心力,这次擒你,特早了数日,使你遭劫之期移在他年。吉凶祸福,系你一念。能听良言愧悔,自可无害;否则,你只要期前破法出山,不出三日,便应前誓,为神火所化,形神俱灭了。"说罢,封洞自去。

血神子郑隐自习魔经,恶根日长。因知真人飞升以后,无人再能制他,口虽求恕知悔,怨毒已深,心存恶念。头两年惟恐真人试他,强自忍耐,受那风雷之苦。等第三年真人道成飞升后,立即在洞中重炼魔经,以求出困。自知天劫厉害,真人所说并无虚言,为避他年之劫,甘受绝大苦痛,将魔经中最厉害的一种邪法,昔年不舍得原身,几番踌躇欲炼又止的血影神光,重新苦炼。竟将自身人皮,生生剥去;再将全副血身炼化,成为精气凝炼的一个血影。又将随死的几个爱徒,一一如法施为。

此法炼成以后,异日出山,无论遇见正邪各派修道之士,只消张臂扑将上去,立即透身而过,对方元神精气全被吸去;并还可以借用被害人的原身,去害他的同道。再遇第二人,仍旧脱体,化为血影扑去,只要扑中,便无幸免。多大法力的人,如若事前不知,骤出不意,也是难免受害。尤其厉害的是,水火风雷、法宝飞剑皆不能伤。因除长眉真人外,释道两教中还有几个厉害人物,仍难惟我独尊,心犹未足。除将原有诸宝重加祭炼外,又费十多年苦功,练就十指血光与头顶上的玄阴魔焰,以为抵御敌人纯阳至宝之用。满拟真人飞升,去了对头,可以任意逆天行事,为所欲为。因为痛恨真人,便想连他门下一网打尽。

当妖法炼成,破了禁制,脱困出洞之日,正是开府的前几天。知道开府以后,以前秘藏至宝俱要被敌人得去,将易于防身,难以加害。加以心性狠毒暴烈,报仇心切,迫不及待,才一出困,便赶了来。他手下共是十五名妖徒,炼成血影的虽只三人,余者也都各有异宝,精习魔法。因师徒四人尚无肉身,一到便被仇敌识破,有了防备,不能大肆杀害,于是四处寻觅。先是大弟子妖蛮乌萨齐，在姑婆岭左近遇见程明诚，当时用血影罩住，得了肉身。总算古正见机逃遁得快，妖徒又忙着回山，不曾追赶，得遇玉清大师，将肉身保住，兵解转劫，未被得去。妖徒行在途中，与妖师相遇，正想将程明诚的肉身让与。恰值天台修士蒋明诚受了许飞娘的怂恿，欲往峨眉觊觎芝仙，摄取有根器的少女，飞行路过。妖人师徒正在山头聚谈，蒋明诚御风飞行，既高且速，本未被他们看见。也是平日淫恶，该遭惨劫，过时瞥见下面风景清丽，涧谷幽奇，死星照命，在空中略微停顿。忽发现左近山头上有一蛮人，带了十二个相貌清秀的道童和三条血人也似的红影并立。心疑对方也是旁门中人，不知从何处摄了些童男来，竟想上前询问。他这一停，已被妖人发现，便逃都未必来得及，何况送上前去。才一照面，觉出异样，血影已扑上前去，当时送命。又值小杀星霍合同了宗德飞来，郑隐的二妖徒立即飞上前去，也是一扑即死。于是各顶着一个替身，去往峨眉求见。正遇周轻云、吴文琪、杨鲤、尉迟火四人轮值，轻云忙即入内禀明，领了进去。他们前脚入洞，极乐真人便同谢山赶到。杨鲤认得谢山，正是那年为助陆蓉波开石脱劫，中途和虞重为妖人所困，用太乙神雷解救自己脱险的绛衣少年。又与极乐真人同来，料非寻常，忙即上前拜倒，正要称谢。二人连话都未等和洞外三人说，把手一摆，便往洞内飞去。刚出飞雷径，还没飞到太元洞侧，迎头遇见叶缤、杨瑾，同了几个年幼道侣闲游仙府各地，谈笑走来。谢山喜道："叶道友，快将那古灯檠与我，小心戒备。琳、璎二女何在？"叶缤见他神情匆迫，料已发生变故，忙将古灯檠取出递过，方答："璎、琳二姊妹现在凝碧崖守护芝仙，古神鸠也在那里，当无他虑。"言还未了，忽见太元洞内电一般飞起一条血影，紧跟着又追出好几道光华，真人、谢山随即腾空追去。

原来妖人掩饰极工，又是正教出身，师徒十余人外表一点不见邪气，妙一夫人等闻报时还未觉察。轻云刚出去引客，忽见妾雪君走来，朝诸仙打了一个手势。妙一夫人本听妙一真人说过，这才省悟。恐被妖孽觉察，各自会意。刚安排好，妖人已领了十二妖童走进洞来。这时随侍四弟子已各避开，室中只有餐霞大师、顽石大师、白云大师三人。妙一夫人本身也自避开，却将元神中坐，见妖人进门，故作傲岸之状，笑问："道友何名？到此有何见教？"妖人一见室中人少，暗发号令，命众妖童寻人伤害。同时因忿夫人无礼,狞笑道:"你丈夫还想承继长眉道统,连眼前的老前辈都不知道么?"说罢,身子往后便倒,立即血腥味满室,血光四射。随着全身四肢,飞起一条赤身血影,刚要往前飞扑。同时十二妖童各由手上飞起一道血光,径向餐霞大师等三人飞去。

就这瞬息之间,倏地满洞金光,夹着十余团碗大金星,朝妖人师徒迎去。同时金光中飞起一只大手,挡在妙一夫人前面,正迎妖人来势。四仙也各将飞剑、法宝一齐施为。一片惨叫声中,十二妖童首先毙命。妖人头顶和当胸各中了一下,当时将所炼血光魔焰震散。认出中的是乾天太乙无音神雷,知道不妙,又急又怒,暗运玄功,由剑光雷火中冲逃出去。

到了洞外一看,三妖徒也被人用法宝将命门钉住,穷神凌浑正待发手雷,越发忿恨。百忙中,还想救了爱徒同逃。不料姜雪君先在洞中见轻云引了妖人进来,尚还不知厉害,惟恐妖人发难太骤,遭了波及,忙施大挪移法,刚将轻云移入别室,妖人已经发动,恰好当先遁去。见状不顾再伤妖人,先发无音神雷,将三妖徒形神一齐爆散。妖人虽然元身炼就血影,功候精纯,与妖徒鬼魂炼就的不同,不致被无音神雷消灭,但一样也是难于禁受,急得怒吼一声,飞空遁去。

凝碧崖原是他旧游之地,意欲由前崖上升,起初为防应神火灭身之誓,不惜受那极大楚毒,忍痛十余年,才将血身炼成精气凝结的形体。这一来,便是先天阳精丙火也俱难伤害,何况其余。以为最多再中几下太乙神雷,拼受一点零伤,并无大碍。做梦也没想到今日之局,早在长眉真人算中。凭空来了一个谢山,竟持了千年前的佛门至宝佛火心灯,并且来时受有神僧指点,全知底细;又将用法学会,已能发挥妙用,比起从前厉害得多。就这样还恐妖孽觉察,杂在极乐真人太乙神雷中,一同发出。等到妖人心头一凉,觉出有异,已经爆散,连声都未出,便即消灭了。

二女听说义父心灯有如此威力,自是喜欢不置。听完话后,走近叶缤身侧,笑问唤她何事。叶缤道:"血影妖孽逃时,我和杨道友本欲相助除害。甘道友忽令门徒相召,才知峨眉开府大招旁门之忌。一干假名观礼的异派,因为血影子一来,十九都寒了心。按说已可无事,不料成道多年的散仙,也有来此作闹的。那人名叫余娲,乃小蓬莱西溟岛得道多年的女散仙。她和灵峤宫甘、丁二位仙姑的至友霜华仙子温良玉、瓢媪裴娥,同在一岛修炼。日前甘、丁二仙送崔五姑过流沙时，曾经便道往访，温、裴二友正在闭关入定，未得面谈。余娲得道在后，本来与甘、丁彼此不识，因听温、裴二友说过二仙来历，便延往岛上水宫之中款待留宴，甚是礼重。余娲自云，南宋末年得道，移居岛上只百多年，收有二十多个男女弟子，法力俱颇高强。二仙偶然谈到峨眉开府之事，听她口气好似不以为然，便未再提，宾主尽欢而散。二仙见她人颇自傲，又喜炫弄。她和温、裴二友岛上的各洞府，独她所居穷极华丽，罗列珍奇。意犹未足，又在岛东大湖上施展法术，逼水为墙，就着湖中碧波，建起九层水晶宫阙。四面水壁，厚达十丈，表面坚凝平滑，无殊晶玉，但只两面薄薄一层，内里却与湖水相通连。各层楼板檐瓦，都用各种金银珠翠铺建，移步换形，五光十色，一处一样。湖中原产有千百种奇鱼，时在水壁之中上下游翔，往来不绝。龟龙曼衍，千形百态，与各层珠光宝气交相掩映，光怪陆离，蔚为壮观。法力虽然高强，但是这类为逞自己私欲，长年矫揉造作，以法为戏的举动，似非修道人所宜。门下男女弟子神情也颇自满，有两三个均不似安分人物。而温、裴两至友所居，只是岛上原有石洞。说是闭关潜修，已逾百年，不特洞门封闭极严，还设有玄门潜形禁制，外人难以窥探。当甘、丁二仙还未飞落，她便飞起，假称迎接，隐有戒备之意。及至问明来意，才转惊喜之色。因她全岛也设有潜形禁制，所说是否可靠，尚在未定。二仙百年前，曾在仙府查看故人踪迹，彼时只温、裴二友在岛清修，更无他人。此次往访，因知温、裴二友外功早已圆满，专一清修，不会外出，又是忽然想到，去时并未占算。当时觉得有好些可疑，回山立即禀告赤杖真人，用宫中至宝查看。见温、裴二友果然同在一洞内入定清修，并无异状。可是岛上隐迹神妙，以真人的法力，尚费了点事，才行看出。正想运用玄功，仔细查算余娲踪迹，何以要如此隐秘，以及她师徒的来历行径，忽有两位天府金仙下降。跟着崔、凌二位道友往访，与真人匆匆一见，便即辞出。仙府众仙忙于待客欢聚，又以二友无恙，也就不甚注意，就此岔开。

"适才阮仙长的弟子尹松云道友，因见诸葛道友领了三位仙宾往就馆舍，认出是雪浪岛散仙骑鲸客，同两个新收弟子来此观光。尹道友昔年奉命下山，引度有缘之士，在大庚岭深山之中，与骑鲸客无心相遇，助他得了一枝九叶灵芝，因而成了莫逆之交。今日故友重逢，前往看望，见面一问，他竟是受了五台妖人蛊惑，特为觊觎芝仙而来。经尹道友详说利害和主人法力，以及周密的防备，方始恍然悔悟上当。照主人的法力，来人一举一动，俱都前知。自觉留下无颜，便欲率了勾显、崔树二徒，不辞而别。尹道友力说：'主人量大，对客尤为礼敬。你原受人愚弄，非出本心，只要不故犯，便是嘉客。未至期而去，反显痕迹，日后如何见面？'这才留住，因而谈起冷云仙子余娲。原来余娲的门下男女弟子有好几个俱与晓月禅师、司空湛、许飞娘、天痴上人等相识。虽因余娲岛宫照例不许外人登山，未能当面进谗，而她门下众弟子多半恃强好胜。一半是受人愚弄怂恿，以为峨眉派狂妄自尊，心中不服；一半也是各有私心，想乘机炫耀自己法力，于是纷向乃师述说，齐真人这次开府，海外散仙挨次请遍，独不把他师尊看在眼里，并还假造了些切中其师心痛的谗言。余娲竟被末几句话激怒。她自迁居小蓬莱，已百余年，不曾离岛一步；以前又在海外僻远之地潜修，轻易不来中土。对这里长幼诸道友，只近年才听传说，不知底细，误认作对方法力有限，不值亲来。只命男弟子陆成、毛霄，女弟子于湘竹、褚玲，持了好些法宝，来做不速之客，到后相机行事。依她本心，只是不忿齐真人等轻视，意欲当场给点厉害，使主人丢脸，略煞风景，并无过分加害之心。可是这四人已受妖邪蛊惑，必要卖弄神通，大闹一场。仙府主宾两方俱多法力高深之士，各处仙馆均有监防，决不容他们猖狂，定找无趣。但这四人均是她门下健者，并且仙府此时另外还来好些假名赴会的仇敌。先来的，已被适才乙、凌诸位道友法力镇住，或者不致妄动。随后来的，尚不在少，他们不知厉害，仍可能冒失行事。这些人迥非你们适才所杀妖徒之比，你两姊妹又都好胜喜事，难免不乘机出手。你义父此来，一切料已前知，既未禁止，当无妨碍。但我终恐你们一不留意，便受虚惊。明日就是庚辰正日，此间昼夜如一，转眼即至。如能随我在此作壁上观，单看热闹，免致将来树敌，最为稳当；真要多事，也不拦你们，但须随时留意。

"那四人中有一个生具异相的少女，两手两足，各分左右，一长一短，上下参差，便是有名的三湘贫女于湘竹。最是狠毒不过，和人一作上对，不死不休，永无了结。身带法宝也多，更广交游，除峨眉、武当两派，各派均有至交。你们往小寒山拜师不久，便要积修外功，如若树此强敌，要添不少麻烦。丁仙姑说，余娲所习道法，介乎邪正之间，生平只做了一件亏心事，除量小心狠，爱炫耀逞能外，并无多少罪恶。门人等虽多骄狂，也不似别的妖邪多行不义。照这样，主人和诸位仙宾决不轻易伤他们。你们如遇上，务要避开，不可轻敌。还有后来诸敌也颇有几个能手，你姊妹无论自问能敌与否，那件护身法宝必须随时备用，到时最好先放出来，再行上前，便万无一失了。"

二女闻言，口虽应诺，心中却不愿示怯。再退向旁边，将癞姑引到别室一说。癞姑笑道："那四肢不全的女花子于湘竹，我老听人说，还没见过。人都说她师父早已仙去，原来还有这么大靠山么？难得遇上，倒要斗她一斗，看她如何死缠不休哩。"二女一听，暗忖："癞姑还要成心斗她，自己怎好意思退缩？凭着法宝防身，至多不胜。如结下仇，会后就去小寒山拜师，凭师父的法力，难道还怕她上门欺人不成？"一心争胜，便把叶缤所说全置度外，口头却不说出。正想借口闲游退出，半边老尼本来昂着那半边脑袋和一张怪脸，坐在那里一言不发，神色颇傲，忽唤二女近前，拉手笑问道："我自出家以来，还是头一次见到这样一对仙根灵秀的人物。少时有人扰闹仙府，主人早有安排，我自不便多事。你们初次出山，恰可借此历练。我送你们一件小东西，留在身边备用吧。"随从身畔取了两根长约四五寸，两头俱尖的金针，分给二女，传了用法。又道："此针我也取自旁人，但经过我重新祭炼，共九根。除留赐门下七女弟子外，尚余两根在此。我无甚用，你们拿去，如为邪法异宝所困，差不多可以立破哩。"

二女先颇厌恶半边老尼貌丑，人又那么自大，想不到会赠自己法宝。见叶姑面有喜色，越发欣喜，当即拜谢领教。回顾癞姑不在，忙即谢别。追出一看，癞姑正在前面和李英琼说话，问怎不相俟同行？癞姑笑道："这真奇怪，人家半边脑壳送你们东西，我在旁看着，算甚意思？如不先走，她还当我也想一份呢。你两个真是这里的香包，连她这向来护短薄情，除自己门徒永看外人不上的冷人，都会爱你们，真是难得。"英琼笑问："半边大师送甚法宝？"二女把针递过，说了前事。英琼道："我听玉清大师说，这位老前辈性情古怪，素来少所许可。但她法力甚高，武当、昆仑两派同道，对她都带三分敬畏。外人除和师父、崔五仙师交好外，轻易不与人交往。她送人的东西，绝非常物，恰又在这紧急之时，内中必有深意，莫看轻了。"谢琳笑答："我也如此想法。叶姑说，少时还有敌人扰闹，姊姊和诸位同门师兄弟姊妹,莫非还是旁观,不动手么?"

英琼道:"到了正日,这座峨眉山腹差不多要整个翻转。虽由掌教仙尊、各位师伯叔照教祖仙示主持行法,裂地开山,我们都各派有重要职司。到时地轴便即倒转,到处都是地水火风,后洞门也暂时封闭。纵有仙宾降临,也改由凝碧崖前云路飞落,另有白、朱长老与白云、顽石四位仙师代为接待。所有本派同门,各就班列侍立。静候五府齐开,地轴还了原位,重建仙景,方与群仙盛会哩。我也是才听齐二师姊说起。当和敌人斗法之时,众同门正各按九宫八卦、五行方位,用掌教师尊所赐灵符,连同自己飞剑法宝,准备排荡水火风雷,并防妖邪扰害,好些重责。因这次乃千古神仙从来未有之盛举,忌恨的人太多,一毫大意不得。好些地方,仗着长幼两辈外来仙宾相助。自己人尚且不够用,又多和妹子一样,末学新进,哪还敢分心去和人动手呢。你们看他们不正往太元洞去么,妹子虽已得信,也须前往,一会儿师父便要传声相召。难得我们四人一见如故,开府以后,癞师姊要回岷山,二位姊姊要去小寒山。妹子也须奉命他出,大约将来和易、余二位同居依还岭幻波池,异日便道走过,务请降临。我和易姊姊行道之暇,也必去岷山、小寒山拜望。余师妹飞来,必是唤我前去。会后如能快聚,固是快事,否则前言不要忘却。"说时,二女遥望峨眉门下诸弟子果纷纷往太元洞赶去。闻言未及回答,余英男已经飞到,喊英琼道:"诸位师兄师姊俱往太元洞领命和取灵符,姊姊快去。"一言甫毕,二人便听耳边传音呼名,赶紧默应,同向三女作别飞去。

癞姑笑道:"英琼豪爽天真,只性刚一些,没有女神婴机智有心机,但这两个人我很喜欢。英男初见,未甚交谈,想也不差。闻说幻波池艳尸崔盈气候已成,精于玄功变化。她三人此去必有不少险阻,我很想到日暗中助她们一臂。二位姊姊如若有意,此去小寒山拜师之后,你们别的先不忙学,只凭着你俩姊妹讨人喜欢的本事,硬向令师撒娇,强磨令师将那无形护身佛光传你们。加上原有的几件法宝,足能和艳尸斗一气了。到时,我必先得信,自会前往通知。令师如不应允,我也没法。反正她必爱你们,所做又是好事,不会责罚,不要害怕。"谢璎笑道:"我姊妹近日所遇这么多道友姊妹,看来数你最坏。难道你在令师门下,平日也这样?"

癞姑把癞头麻脸一摇,舌头一吐道:"凭我这副尊容,也配跟师父撒娇？不被打扁，自己也肉麻死了。头一样，我师父严峻有威，终年沉着一张脸，没见她笑过。最可气的是，师姊眇姑瞎着半对眼睛，模样比我强不多少，神情却比师父更严。师父不开笑脸，还肯说话，她连话都不肯说。除了拼死用功，便和恶人作对，心肠又狠。异派妖邪遇上她，照例是赶尽杀绝，休想能得全尸。平日老是阴沉沉一张冷脸，又怕人，又讨厌。我平日千方百计引她开口，不是鼻子哼一声，便是拿她那半双瞎眼白我一下，仿佛多说一句话，便亏了大本似的。常吓得我寒毛根直立，老怕惹翻了她打我。我又是个话多爱热闹的人，遇上这样同门，偏生只此一位，真闷得死人。要不怎会见了你们几个，我就爱呢。"

二女闻言，真忍不住要笑。谢琳道："你爱说笑话，我偏不信。闻令师姊道法甚高，哪有不通人情之理？"癫姑道："明日她和师父必来，不信你看。各有各的天性，什么怪人都有。起初她原有伤心处，日子一久，习与性成，变成冷酷神情。她又不似我想得开，人看我不顺眼，也不生气。我挖苦自己，比别人还凶呢，这还有甚说的？其实她那真心比我还热，只要和你知己，什么险阻忧危都甘代受。只是知道她的人，比我还少罢了。不遇知音，能叫她有什么话说？我这样嬉皮笑脸，她又不会，所以和她好的人就少了。"二女同道："知音难得，匪自今始。我们如若相遇，倒真要和她结交呢。"癫姑刚说了句："结交不得。"忽见适往太云洞的峨眉男女诸弟子，三三两两相继走出，分往各地走去，一晃眼，俱都不见。如非事前得知各按方位守候，奉有使命，乍看只当是各自结伴闲游，或往各地仙馆访友神情，行若无事，直看不出一点戒备之状。这时各派仙宾越来越多，仙馆楼台亭阁矗立如林，到处云蒸霞蔚，匝地祥光，明灯万盏，灿若繁星。更有媖姆师徒用仙法驱遣灵木化成的执役仙童手捧酒浆肴果，足驭彩云，穿梭一般穿行于山巅水涯，各处仙馆之中，都是一般高矮服饰，宛如天府仙童，各具丰神。再加上海内外群仙云集，有的就着所居碧玉楼台四卜凭眺，有的结伴同行，互相往还。不是相貌清奇，风采照人，便是容光焕发，仪态万方。目光所接，不论是人是景致，都看得眼花缭乱，应接不暇。三女先前所见，尚无如此之盛；出时又以说话分心，不曾在意。这一细看，方觉神仙也有福丽华贵之景。二女首先赞不绝口。

癫姑笑道："我不懂对头是甚人心，人家与他无仇无怨，偏要做那煞风景的事，自寻晦气。就说有仇有怨，或受至友之托，不得不作祟吧，也应量量自己的身份本领，然后下手。分明见主人这么高法力，府还未开，首要诸人也还未出，已有这等声势，也不想能敌与否，便敢胆大妄为。幸亏是主人宽大，今日如换我家师徒三个做主人，连那没动手的妖邪，只要存心不善的，一个也休想回去。"谢琳笑道："都要知道利害轻重，早明邪正之分，不会身入旁门，迷途罔返了。不让他们吃苦丢人，还要狂呢。我们管他做甚？这正是好景致热闹时候，有好些新起的仙馆还未见过。李姊姊适说，开府时遍地水火风雷，宴后仙宾便各起身，再看未必还有。这些楼台亭馆仿自桂府瑶宫，难得遇上。好在都是做客，就住的是敌人，没和主人翻脸以前，遇上也无妨碍。何况总可看出几分，路道不对的不进门，只在外面看看，不去睬他好了。"谢璎道："对头已快发作，莫要看不完就动了手。要去，我们快些去吧。"癞姑道："你两姊妹须听我的，好歹我总比你们见得多些。我说不能惹，就口头上吃点亏，也须避开。"二女当她说笑，随口应了。癞姑又道："你们细看，本派道友俱有职司，已各就方位，不到时，看不见人，晚一辈的外客，俱被各人师长唤到跟前，静候开府。只乙、凌、公冶、白、朱等有限的几位老前辈，专门应付他们。各位正派仙宾，俱已各归馆舍，不愿多事树敌。这一会儿，路上走的飞的越来越少，除却仙厨执役仙童，差不多都是面生可疑和不知底细，与双方无德无怨的散仙之流。请想事情多大，目前后辈就我们三人游行自在，胆尽管大，却要心细，量力而行呢。"

二女闻言，再细看各处，果然在这片刻工夫，人少了大半，先前所见各正派中师徒，一个也难见到。依然不以为意，正在且谈且行。谢琳忽对癞姑笑道："你快有好朋友了，还不快上前招呼去？看神气，还许不是旁门中人呢。"癞姑遥望前面花林中走来二女，一个极美，一个极丑。认得一是美魔女辣手仙娘毕真真，一是丑女花奇，俱是岷山白犀潭韩仙子的门下，忙使眼色，令二女噤声，故意顺着绣云涧往侧拐去。走过两处仙馆，知已背道而驰，才说道："我不稀罕交这朋友。那丑女倒不是不可交，我只恨她把那心辣矫情好做作的师姊奉若神明。最可笑的，以前问她何故如此离不开她？却说爱她师姊长得美。我生平最不喜像她师姊那样人，觉得比齐家大姊那么真是方正，并非作假的人还要难处。彼此脾气不大相投，两家师父又有交情，却偏都护短，万一有甚争执，谁吃谁亏，都是麻烦。她师姊也嫌我丑，我又爱说真话，闹得连花奇也疏远了。躲开最好，免得遇上，我嘴快，一不小心得罪了人，又生芥蒂。"

边谈边走，不觉绕到仙籁顶对面的锦帆峰下。二女见上面仙馆有好几座，形式极为富丽，与别处不同，便往上走。癞姑低语道："你看峰腰第二座楼台上有一男一女，面有怒容，不似好人，这一处莫要过去。"二女所想去看的，恰是那里，闻言不以为然，悄答："我们闪向一旁，隐身上去。能进则进，不能进只看一看便走，怕他何来？"癞姑也是好胜心性，只是暗中戒备，便不再拦，一会儿转到。这座楼台，全是一色浓绿晶明的翠玉砌成，因经灵峤诸女仙加工精制，把占地几及二亩的一所两层楼台，宛如一块整玉雕就，通体浑成，不见一丝痕迹。宝光映射，山石林木俱似染了黛色，形式又玲珑精巧，越显秀丽清雅，妙夺天工。本想绕台而过，因为爱看，不觉停了一停。

忽听台上一女子道："适才藏灵子说的话，真叫人生气。这三寸丁，枉为一派宗主，竟对峨眉派那等恭维。不但几个为首之人，甚至连那门下一群乳毛未干的新进，都夸得天上少有，古今难寻，真是笑话。如不念在与他们师父曾有一面之缘，我还更要使他难堪呢。"另一男子口音笑道："藏灵子长外人志气，话固说得太过，敌人也实不可轻视。休说这里的楼台馆舍以及一切布置，不是寻常道士所能办到；便照崔海客所说，我们未来以前，所来敌人也非弱者，尤其西昆仑血神子何等厉害，尚且全数葬送，事前怎能不加小心呢？"女的冷笑道："那几个旁门下士自非峨眉对手。至于血神子如何如何，我们从未闻见，只凭崔海客一面之词。现时敌人势正强盛，连驼鬼他们都甘为所用。焉知崔海客他们不是和驼鬼、藏灵子一样，想避道家四九重劫，异日打算借助峨眉，看出我的来意，故意张大其词，捧人臭脚？不久便要裂石井山，并非怕故人全数出现，势众人多，是为那时水火风雷一齐发作，敌人早有准备，下手较难。意欲不等师父飞到，先行发动，给敌人一个大没趣，看看以后还敢目中无人不？"男的答道："飞符已去多时，师父万无不来之理，师姊何必忙在片时？"女的微怒道："我只不服他骄狂，又是我们好友的对头。受人重托，夸了大口，如若使他开府成功，气焰更盛，岂不丢人？果如藏矮子和崔海客所说，以我们数百年的功力和师父所赐法宝，至多不能全胜，他绝伤我们不了。好歹也在会前给他一个重创，才可稍消心中恶气。待我们和敌人斗上，师父的接应也正来了。你不必拦，就下手吧。"男的答道："敌人虽然这次不请我们，意存轻视。一则是素昧平生，好些借口，不便公然问罪；二则来时主人甚是谦恭，现时主要诸人俱在闭洞行法，待承又极周到，其势不能无故翻脸。"

女的不等说完，便怒道："你近来胆子怎越发小了？安心向他找事，随时随地俱可翻脸，有甚顾忌？今天最叫人生气的还有叶缤。昔年游小南极采取冰参，在冰原上相遇，我因见她生得秀美，法力也还不差，有心结识。及拿话一探口气，竟说她素喜清静，平时除二三知己外，轻易不与外人往返。措词虽极自谦，分明是见拒之意，我已有气。但还许是见我随有两个同伴，形迹较为放荡，她不愿招惹，因而连我一齐见拒。当时略谈分手以后，连去她金钟岛上三次，都推说人已他出。这原拿不定真假，但是礼尚往来，应该回访，我并还留有便中寻我的话。她却一直也未到我以前所居沙壶岛去。等我拜到现在师父门下，前年在武夷山左近路遇，远望明明是她，等我跟踪赶去，已经隐形避开。我正指名数她无礼，值西湖超山唐梅坞岳道友路过，极口说她委实不喜与外人结交，天性如此，绝非自大；便岳道友在她好友谢山座上曾遇过两次，有时相遇，也只略一点首即去。既然自命清高，为何这次也到人门上？适才有两位先来的道友，俱曾见她同了几个面生的散仙修士一同闲游，神情甚是亲密，迥非昔年傲岸自高故态。如非对敌事重，依我脾气，当时就叫她当众丢丑了。"

仙都二女和癞姑因身形已隐，拟暗入仙馆偷看内中是甚布置陈设。行至台下，听见上面二人问答，便不再上，倾耳静听。先只想听这两人的来历，女的是否叶缤所说的于湘竹。及听说到叶缤，二女首先有气，都在寻思："无知贱人，你敢说我叶姑，今天先就叫你丢了丑脸试试。"相隔甚近，恐被警觉，也未和癞姑商量，俱想用癞姑隐形打人的故伎，先打那女的两下再说。念头一转，立即飞身上去。癞姑骤出不意，大吃一惊，一把没有揪住，只得跟踪飞上，以备接应。

二女到的一刹那，忽听女的道："你看师姊不已和敌人动手了么？我们还不快去！"二女恰也掩到身侧，见那女子宫装高髻，打扮得和图画上的天仙一样，姿色却是寻常；男的是个少年道人，相貌比女的要俊得多。二女手才扬起,还未打下,这一双男女敌人本自起身要走,倏地颜色剧变,似有觉察,同往一旁纵去,紧跟着满身都是白光环绕。女的首先怒喝:"何来鼠辈,速速现形纳命,免你仙姑费事!"随向囊中取出一件法宝出来。二女全都打空,方欲跟踪追过,癞姑已经飞到,一手紧拉一个,一言不发,便即飞起。二女看出不大好惹,料有缘故,只得随同飞起。见癞姑手朝西面一指,人却南飞,晃眼到了左近危崖边落下,悄道:"敌人已经发动,且先看这对狗男女厉害不。大敌当前,岂是凭手就可打人的?要有一位老前辈在场,乐得捡点便宜,我们先不要过去。"

说时,那台上女子手扬处,飞起亮晶晶两尺许长一幢银光,流辉四射,急转了两转,倏地一声娇叱,与那男的双双往西南方飞去。所追原是癞姑诱敌的幻影,晃眼便被追上。这一男一女,正是余娲的弟子毛霄、褚玲二人。法力虽比于湘竹稍次,但俱各有两件极厉害的法宝。仙都二女几乎被擒,幸而癞姑看出敌人身有异宝,预存戒心,赶紧上前将二女引走,缓了一缓,才未吃亏。及至毛、褚二人追上幻影,发觉上当,不禁大怒。回头一看,见于湘竹、陆成的飞剑已被神驼乙休、穷神凌浑破去,法宝也毁了一件。不顾再追敌人,忙即飞身赶去,一指空中银光,先向凌浑当头罩下。凌浑知道此宝厉害,忙运玄功,身剑合一,化为一道金光,将那一幢银光抵住。百禽道人公冶黄在仙籁顶上见添了敌人,也把自炼墨龙神剑化为一道乌油油的光华,飞出手去。一面笑向阮纠道:"对方人多,道友何妨相助一臂?"阮纠微笑不答。

这边仙都二女和癞姑见乙、凌、公冶三人虽将于、陆两敌人飞剑法宝各破去了一两件,因这四敌人各有一片白光护身,所用法宝均极神奇,急切间仍难取胜。方在惊奇,忽见北面、西面有七八道光华,均如长虹横天,各由所居仙馆中相继飞出。看神气,好似预先相准了对头,刚一出现,左近别的仙馆中也飞出七八道光华。跟着双方现身,各自运用飞剑法宝,在空中交驰互斗。渐渐越斗越近,不谋而合,齐向仙籁顶上空聚拢。满空俱是各色光华交织,比起先前和猿长老等妖人斗剑声势还盛得多。二女、癞姑定睛一看,那先飞出的一伙敌人,只有两个头陀和一个少年道姑似是左道中人,余者俱是散仙一流,法力均颇高强,但都面生。后出诸仙,也只认得易周、易晟和绿鬈仙娘韦青青、凌虚子崔海客、步虚仙子萧十九妹、金姥姥罗紫烟、玉清大师等。先前见过的六人，有三个不认得。这一来，恰好一个对一个，有的施展法宝飞剑，有的运用玄功，大显神通。也不知是乙、凌诸仙有心相让，未下绝情，还是对方法力高强，本来势均力敌。斗了好些时，乙、凌诸仙尽管连占上风，无如敌人多半均擅玄功变化，法宝甚多，层出不穷，仍是伤他不了，并且乙、凌、公冶、罗、萧、玉清六人，虽然常占上风，易、韦、崔等六人却至多和敌人打一平手，偶然还有相形见绌之势。只见光霞灿烂，彩霞飞扬。有时法宝飞剑为对方所破，碎裂成千万点繁星，陨落如雨。各仙馆中男女仙宾俱出，凭栏观战。神光仙影，交相掩映，祥氛匝地，瑞霭飘空，顿成亘古未有之奇观，神妙至于不可思议。

二女几番跃跃欲试，俱吃癞姑阻住，说道："我看这些敌人，只有两三个像是路数不正，余者多是散仙中高明人物。乙、凌诸位老前辈不肯伤人，各处仙宾俱出观战，并无一个上前助阵，必是先商量好，有一定步数。初上来还互有胜负，这一会儿，已各将人掉转，强对强，弱对弱，差不多扯匀。而我们有好几位俱比敌人要强一着，依然不使杀手，显见含有深意。起初我不服那于湘竹，还想斗她一斗。这时一看，人家多年修炼，功候果然不浅，准知未必讨好，也就知难而退了。寻到我们头上，那是没法。既然各有对头，何苦惹他做甚？尤其敌人差不多俱擅玄功变化，精通道法。我们如用法宝神光护身，和他们明斗，不是不可，也不至于便受伤害。但是白费气力，要想伤害敌人，煞非容易。如用隐形暗算，只一近身，吃敌人护身神光一照，立被破去，稍微大意，便受其害。徒劳无功的事，我向不喜做。余娲少时即至，总有新奇花样，乐得在此看看热闹，还长见识，理他做甚？"

二女虽被劝住，并未死心，暗中仍在准备发动，又看了片时，恰值自己这面有一位不知名的仙宾，是个白须老者，本和那少年道姑相斗，大约气量较狭，先本和众仙一样，只是迎敌，不愿伤人，不知怎的，一时轻敌疏忽，吃道姑用法宝暗算，当时躲避不及，受了一点微伤。立即大怒，长啸一声，改作身剑合一，化为一道白烟与敌相拼；暗中却运用玄功，将元神分化出去，猛下毒手，将道姑右臂斩断。就这样，还恐敌人将断臂夺了去，用灵药、佛法复体，紧跟着，扬手又一神雷，将那条断臂炸成粉碎，正说着便宜话。那道姑名叫王龙娥，也是海外有名望的散仙。虽是旁门一流，法力颇高，与余娲师徒甚是交厚，在敌党来宾中最后到达。于湘竹等不知她也是受了奸人蛊惑而来，只当来此做客，无心相值，因见自己和人相斗，同仇敌忾，上前助战。瞥见遭人毒手，仇敌还在奚落，俱都心中忿极。内中褚玲法宝最多，和她对敌的又是凌虚子崔海客，恰是平手，可以随便抽身，忙即舍了崔海客追去。一照面便发出百零九根天芒刺，红雨一般当头罩下。那白发白须老人乃红菱嶰银须叟的同胞兄弟雪叟，知道此宝厉害，来势神速，不及抵御，忙运玄功往斜刺里遁去。

这时众仙各有敌人，崔海客又被褚玲法宝绊住，不及追赶。二女见状，再也忍耐不住，各在辟魔神光罩护身之下，飞起迎敌。因知来人飞剑法宝厉害，惟恐不可取胜，径将碧蜈钩、五星神钺一齐施展出去。褚玲眼看追上敌人，猛瞥见小峰上面倏地飞来一幢光华，将去路阻住，挡得一挡，前面敌人已经远扬。跟着光幢中飞出两道碧虹，一柄俱有五色光芒的神钺，迎着天芒刺神龙剪尾，只一绞便即破去，洒了半天红雨。自身也被剪了一下，觉着力量极强，护身神光差一点也吃破去。不由又惊又急，怒火上攻，一面忙使法宝飞剑迎敌，大喝："何方鼠辈！藏头缩尾，暗使鬼蜮伎俩，怎不敢现形答话？"二女吃她一激，又因一上场便得手，自觉法宝神奇，敌人法力有限，既已对敌，隐形何用？随在光中现身，戟指同声笑骂："你自眼瞎，看我们不见，怨着谁来？本是一对一个斗法，你偏欺软怕硬，自不是人对手；却逃下来帮助那道姑两打一，暗算人家。你才是不要脸的鬼蜮伎俩，亏你还好意思说人呢！我姊妹名叫谢璎、谢琳，我义父乃武夷山谢真人，师父是小寒山神尼，金钟岛主叶缤是我姊妹姑姑。好些法宝还未用呢，知趣的，快滚回去，朝原来那位仙长纳命；再要张狂，我姊妹一生气，你就和猴子一样活不成了。"

褚玲见二女活似一人化身为二，年纪不大，一身仙骨仙根，所用法宝尤为神奇，说话偏是那么天真稚气，不禁又好气，又好笑。猛一动念："自己还没有徒弟，这么好的资质，何不就此擒去？"念头刚转，回顾那与心灵相合的一件至宝，就这瞬息之间，已被神驼乙休用身外化身，冷不防撤下对敌的于湘竹，凭空收去。崔海客正指法宝飞剑追将过来，不由大惊。明知仇敌势盛，斗了这些时候，法力并未全施，直似有心取笑。师父不知何故,迟不到来?心贪二女美质,惟恐不能得手。一面扬手飞出一片白光,迎敌崔海客;一面又把适才几番踌躇,想要使用,又怕被敌人损毁,未敢冒失出手的一件本门惟一至宝施展出来。长袖甩处,先由袖内飞出一团淡青色的微光,朝二女打去。

二女哪知厉害,方笑这类东西也敢放出来现世,忽听癞姑在峰下高喊:"二位姊姊速退,这东西挨它不得。"说时迟,那时快,青光已与五星神钺相接,一触即化青烟,分向上下四外飞起。二女见那青光虽化淡烟裂开,但是展布甚广,又匀又快,宛如天机舒锦,平波四泻,齐向身前涌来,晃眼头上脚下俱被越过。又听癞姑连声急喊,知道有异,忙指两道碧虹,想去绞散。虹光到处,只将那烟撑开,似虚似实,既不再破裂绞散,也没觉出有甚阻力。倏地二道宝光齐被青烟逼住,身后一紧。回头四顾,全身也被青烟包没,钩、钺二宝竟撑它不动。如非神光护身,更不知是何景象。料为敌人法宝所困,急得把以前所有法宝、剑气全数施展出来,一面又运辟魔神光罩不住乱冲,终无用处。只见四外青蒙蒙一片氤氲,外面景物一点也看不出,声音也听不到。先停住不动,待了一会儿,忽然连人带宝,一齐往空飞起。估量已经离开当地,要被敌人摄走情景。心一着急,谢璎猛想起半边老尼所赠两针,因是情急心乱,只管把原有法宝悉数施为,尚忘使用,也许此宝能破。忙令谢琳一同取出,如法一放。只见一溜赤红如火的尺许梭光脱手飞起,"叭叭"两声极清脆的声音,身外青烟立即破碎,裂一孔洞,由小而大,往四下散裂。耳听外面人语嘈杂,光华电舞,一闪即逝。心中大喜,不等青烟散完,忙即冲出一看,凝碧崖前云路已通,自身已离出口云层不远。对面有一仙女面带怒容,正和阮纠、甘碧梧、丁嫦三仙说话,似在争执。身后便是适才所见的十多个敌人,乙、凌诸仙已经停战。众中却多了两个老尼:一个慈眉善目,相貌清癯;一个身材矮胖,凹脸突睛,面黑如漆,相貌虽丑,别具威仪。身旁还随有一个双目半眯,瘦小枯干,相貌奇丑的小女尼。

方估量这是屠龙师太和弟子眯姑,癞姑已从对面飞到,拉着二女笑道:"适才你两人不听招呼,为混元一气球所困。跟着,余娲便冲开凝碧云路飞下,硬要将你摄去,差点没把我急死。初来时,乙、凌诸位仙长正想施展法力,和她决一胜负,恰值我师父、师姊同了优昙大师赶到,将她阻住。

她仍不听良言,已经行法,待和我们拼命。后来灵峤四位仙长出头,她见这些人哪一位也不好惹,一位乙真人就够她受的,这才借风转舵,并和四仙商量,说你二人资质甚佳,劫回山去并无恶意,只是收做门人传授道法。那意思是心意已定,除非有人将她混元一气球破去,方可罢休。不料那针竟是此宝克星,一下便碎。她已说过,干看着心疼生气,还不能为此发急。三仙留她师徒会后再去,她丢了这么大的人,自是不愿。无如上方云路,乙真人已和凌真人同用法宝封闭,再上去绝没下来容易。她不去还好,真如非去不可,便是敬酒不吃吃罚酒,更找无趣了。"谢琳笑道:"你看她师徒几个不是同甘、丁二仙一齐往绣云涧去了么?"癫姑回望,果然余娲面有不快之色,也没和先斗诸仙相见修好,自随甘、丁二仙,率领门人同往绣云涧飞去。下余八个敌人,自觉无颜再留,意欲相随同行,因听三仙口气,明劝暗诫,知道上去必有阻隔,一个冲不出去,再回下来,更不是意思。想了想,表面上总算是无心遇敌,未与主人明斗,只得带着一脸愧容,各回仙馆,静候过开府再去。不提。

癫姑随领二女拜见优昙与屠龙师徒二人,自免不了夸赞几句。二女见眇姑果是冷冰冰一张死人脸子,不禁暗笑。谢琳更是淘气,见诸仙只有一半散去,乙休、凌浑、公冶黄、阮纠仍回仙籁顶,那由云路新来的神尼优昙与屠龙师太也随乙、凌诸仙回到崖上,并未往见主人;眇姑好似初入仙府,独在崖下徘徊观赏,不熟装熟,便凑前去假亲热,口喊师姊,不住问长问短。眇姑正喜二女天真灵秀,先也有问即答。一会儿,发觉二女使眼色,老忍不住要笑神气,癫姑又紧随身后,不禁恍然大悟。朝癫姑斜视了一眼,微怒道:"你倒向外人变着法子编派我呢,回去看我饶你!"癫姑笑道:"奇怪,你自破例和人说话,怪我做甚?听玉清大师说,适才各位仙长和敌人交手前,先暗斗了好一阵,内中还有几个旧日仇人狭路相逢,才动手的。因是本来相熟,来意大同小异,动手后发觉自身力薄,小一路的也成了一路。经过情形,甚是新奇有趣,正要赶去打听。谢家姊姊因听我说你的道高,又是我的师姊,特意和你亲近。她们自有心事,哪一处算我编派?莫非你终年不说不笑,人家和你相交,也要寒着一张脸才好么?"眇姑哼了一声,又用眇目白了癫姑两眼。二女想起癫姑前言,再也忍耐不住,也都笑将起来。眇姑断定癫姑闹鬼,刚要发作,忽听屠龙师太在唤:"徒儿们快些上来，时辰快要到了。"癞姑忙催快走。

四人一同飞上崖去一看，嵩山二老已由山外回转。四人见礼之后，朱梅笑道："驼子，时候快到，我们方位定了没有？莫要乱了章法。事是无妨，如使外客费事出力，或是受点虚惊，也羞人呢。"乙休笑道："朱矮子，你想日后创立教宗，多结外援，处处卖力，也不想想这点小事，还用过分操心么？我们恰好八人，到时各守一方好了，难道还有甚错？"追云叟白谷逸道："驼子少说嘴，你哪样事都是闹着好玩，也不想事轻重。我们各人都有两个对头在此，他们不敢和我们明来，保不在要紧关头暗中使坏，哪能不先打算呢？依我说，你的屎棋不早下完了么？左右无事，我们现就把人分开，各守汛地。一则免得地水火风突然爆发，事前不看好地势，那些仙馆有一处照顾不到，便是笑话；二则原有那些灵药花木也须保全，不可遗漏；三则可以暗中观察，对头是否敢于作梗，有备无患。岂不是好？"

乙休还未回答，众仙齐都赞妙。乙休笑道："两矮子只是多虑。本来五六人已够，因阮道友盛意相助，又添上二位神尼，多厉害的乱子，都挡得过去。既大家都愿早点分配，我们便按八宫方位分列好了。"癞姑笑问："弟子等可有点事做么？"朱梅笑道："少时全山只仙籁灵泉一处不变，余者差不多暂时俱化火海。你们且到古楠巢去保护芝仙吧，一切布置运用已告袁化，只用法宝、飞剑护住芝仙，骑在佛奴身上，静候仙府重建，又得看又好玩。我这里派差事还有好多，快些去吧。"说时，众仙也议定方向，共推神尼优昙带了眇姑，在仙籁顶上运用佛法，护那左近灵泉，并照预计行事。下余七人，也各按方位自去，相度形势，如法施为。不提。

二女、癞姑随即飞往老楠巢一看，雕、鹫、鸠、鹤四仙禽俱各守在老楠枝上；袁星同了沙余、米余、健儿和芝仙俱在树腹之内围坐，面色紧张，围着树根划了亩许大小一个圆圈。袁化刚由楠巢中飞落，见了三女施礼，引到树腹中去。芝仙、芝马见了二女，一点也不认生。二女尚是初见，喜爱非常，正抱起来抚弄，袁化已向癞姑问明来意，喜道："弟子正因老楠有三千年之寿，根深十余丈，占地亩许，来宾中不少敌党，到时除将这树连根拔起，还要保护芝仙，虽仗师祖神符妙用和众同门、四仙禽相助，终恐法力浅薄，难胜重任。现有三位仙姑到此，绝无一失了。"癞姑道："那日玉洞真人岳韫，到岷山对师父说起你多年修炼，道法甚高。教祖既有法旨，绝能胜任。我们只是借此观赏全洞奇景,并帮不了多少忙。你仍主持你的,我们只看看好了。"袁星道:"本定弟子主持行法,拔这楠树,免为地火所伤。芝根仍藏树腹不动,健儿也守在里面。芝仙、芝马都由袁星抱住,骑在佛奴背上。神鸠站在地上。沙、米二弟一骑神鹫,一骑仙鹤,左右护卫。现在可由三位仙姑抱住芝仙、芝马,同在雕背和两翼之上,袁化御剑殿后,别的仍照原样。弟子便可专心保护这树,比前更周密了。"三人闻言大喜。

袁星随纵身飞起,往太元洞略微遥望,下来说道:"时辰将到,请出来准备吧。"随手一招,四仙禽立即飞落。众人依言行事,抱着二芝上了仙禽。遥望崖那边,依旧楼台亭榭,林立星罗,金碧辉煌,仙云缥缈,到处祥光瑞霭。时见仙馆中宾侣徘徊于瑶台玉槛之间,宛如无数小李将军的仙山楼阁图画,呈列眼前,奇丽无俦。仙馆外却是静悄悄地不见人行,连仙厨中执役仙童也都不见踪迹。再看下面袁化,已将头发披散,正在禹步行法,甚是紧急。树底圆圈忽自开裂,深陷下去。

二女方问癫姑:"时辰到未?"忽听地底隐隐轻雷之声。癫姑直喊:"快看!"二女昂首前望,一声雷震过处,正对凝碧崖后,倏地飞起两朵祥云,云头大不及丈。左立石生,右立金蝉,俱穿着一身极华美的蝉翼仙衣,好看已极。金蝉面前虚悬着一口金钟,石生面前虚悬着一口玉磬,相向而立。那云由地面直升天半,相隔约有十丈,华彩缤纷,祥光万道,宛如两朵五色芙蓉,矗列天半,顿成奇观。金蝉等云停住,手执一柄一尺许长的玉棒,向钟撞了三下。各仙馆中仙宾相继出观。钟声洪亮,荡漾灵空,还未停歇,跟着又是三声极清越的玉磬,金声玉振,入耳心清。方在神往,耳听地底风雷之声,由细而洪,越发激烈。猛然惊天动地一声大震,整座仙府忽然陷裂。立即山鸣地叱,石沸沙熔,万丈烈焰洪水,由地底直涌上来。一二百座仙馆楼台也在这时凭空离地飞起,虚浮于烈火狂风、惊涛迅雷之上。要知后事如何,且看下文分解。

第二一五回

大地为洪炉　沸石熔沙　重开奇境
长桥横圣水　虹飞电舞　再建仙山

且说癞姑、仙都二女、袁星、袁化、米佘、沙佘、健儿等保护着芝仙、芝马，在仙禽背上刚由凝碧崖前飞起，便听雷鸣地震之声。跟着崖对面左右两朵仙云，分拥着金蝉、石生和一钟一磬，飞升起数十丈高下，停在半空。金、石二人各将钟、磬击了三下，金声玉振，余音浮荡灵空，犹未停歇。猛然天惊地动，一声大震，眼前只见峰峦崖壁全部陷裂，晃眼之间山鸣地怒，石沸沙熔，水火风雷一齐爆发。偌大一座美景无边的仙府，除仙籁顶一处，全都化为火海，万丈洪涛由地底怒涌而上，加上呼呼轰轰的风雷之声，猛恶非常。那一二百座琼楼玉宇、仙馆台树，连同仙府原有的无数花木，也在这时突然拔地飞起，高高虚浮于狂风迅雷、烈焰惊涛之上。这一来，上面是仙云叆叇，瑞霭飘空；下面是风雷横恣，水火怒溢。各色剑光宝光，翔舞交驰，交错成亘古未有之奇景。休说沙、米、健儿三小，便是癞姑、二女、袁化等修炼多年的人，见了也由不得目眩神摇，心惊舌咋，称奇赞妙，骇诧不置。沙佘笑对米佘道："昔年故山常有地震，几曾见过这等情景？你看那水和火，尽管作势骇人，却白是白，红是红，干干净净的好看已极。不似我们那里，一遇地震，便冒黑水污汁，臭得人老远闻了都要晕倒。"癞姑闻言笑道："你们几个小人怎知奥妙？此是掌教真人与诸位仙师遵照长眉师祖仙示，运用玄功，以旋乾转坤的无边法力，将原有仙府重新扩大改建，与寻常地震不同。本来这里就是灵区仙域，无甚污秽，再经过水火风雷鼓铸，就有一点渣滓，也都吸入地肺化去了，如何会有臭气来？只等玉洞真人将灵翠峰请回，五座仙府便可出现。听师父说，齐师叔要把整座峨眉山腹掏空，仙府广幅大到三百余里方圆。这里好似一个绝大洪炉，正在鼓铸山峦，陶冶丘壑，那些沸汁便是资料。现在还是初起，少时声势更要猛烈怕人呢。你们且看当中漩涡，那些杂乱东西不都沉下去了么？"

说时，水火风雷之势，已经蔓延开来，越延越广。四面八方，所到之处，无论是崖壁，是石土，是山峦溪涧，全如沸汤泼雪一般，挨上便即熔化崩陷。几句话的工夫，眼界倏地一宽，水火忽然汇合一体，火都成了熔汁，奔腾浩瀚，展开一片通红的火海，焰威逼人。尽管二女等精通道法，兀是热得难耐。尤其健儿更难禁受，通身汗流，口渴如焚，气喘不止。二女见他人小可怜，忙道："健儿热得难受，我们却要护芝仙，不能过去。身旁有药，请癞姊姊代取出来，大家吃些避暑吧。还是芝仙道法高，一点也不热。"癞姑本在二人身后，正要答话，只见芝仙、芝马在二女怀中各睁着一双清波晶莹的双瞳，注视二女。猛触灵机，一面向二女身旁摸取丹药，故意失声叫道："这火不比凡火，乃齐师叔熔炼全山金铁玉石的乾天纯阳真火，我们道行浅薄，如何禁受得住？我热毒已经攻心，你那丹药无甚用处，这却怎好？"二女见她说时哭丧着一张丑脸，神情甚是惶急，自己也觉热极，闻言信以为真，不禁大惊。一眼瞥见袁化由手上发出一股青气，托住那株荫被十亩、枝叶扶疏的古楠树，停身雕前。回望癞姑，正和袁星笑使眼色。心想："二袁尚不畏热，她怎觉得如此厉害？"谢琳刚想说丹药颇有灵效，何妨试试，话未出口，怀中芝马倏地挣起，张嘴一口唾沫，朝癞姑迎面喷去。癞姑立现喜容，张口迎个正着。笑道："谢谢你的好意。这下我不热了。谢家两姊妹不知禁得住不？"话未说完，芝仙似早有心，张口一股青气，朝谢璎脸上喷去，跟着又朝谢琳迎面喷了一口。二女原来并坐，当芝马喷沫时，闻得一股清香，又见癞姑突现喜色，刚刚省悟，芝仙已一口喷来，当时立觉清馨入脑，通体清凉，神智愈发灵明，知道得益不少，忙也相随称谢。

癞姑随把二女丹药分给众人，忽听袁化笑道："齐大仙姑已用天一真水袪热息焰，用不着了。恭喜三位仙姑与芝仙缘分不浅，早出一会儿便无此奇遇了。"二女等往前一看，齐灵云和秦紫玲同在弥尘幡、云幢围拥之下，各捧着一个玉瓶，由瓶口中飞出一片蒙蒙水烟，在火海上面四面飞驶了两转，直往当中原出现处飞去，晃眼无踪。所到之处，炎热顿煞，烈焰也不再上腾。那烈火熔成的通红浆汁,却由四面滚滚而来,浪骇涛惊,齐向金、石二人云幢前面聚拢,激成一个十数亩大的漩涡。这时仙府全区,好似一大锅煮得极开的沸水,又似一炉烧熔了的铁汁,火星飞溅,一片通红,所有杂质,全都浮起,到了当中,随漩而下,沉入地肺之内。那些沸浆熔汁,便越来越清明,晶莹剔透,更无丝毫渣滓,渐归宁息,也不似先前汹涌。二女便问癞姑灵翠峰的来历,并说:"现时后洞已闭,云路又经真人行法禁闭,你说那玉洞真人如何进来?"癞姑道:"今天事多着呢。你们看先前两次斗法热闹么?仙府外面还有几个极厉害的仇人,想趁这时,用其法力倒翻地肺,连仙府带峨眉全山千里以内的天地生灵,齐化劫灰哩,你们说妖人心毒不毒?虽然雪山顶上,我们有人制他们,但是这些妖邪都是出了名的厉害。好鞋不沾臭狗屎,无缘无故,谁也不犯惹他们。岳师叔和齐师叔是至交,那灵翠峰乃是星宿海底万年碧珊瑚结成,经长眉师祖取来,炼成一件至宝,中藏灵丹和丹珠仙草。昔年曾设在日前玉清大师请客的丹台附近,为全山灵脉发源之所。前者突然飞去,飞经东海上空,为一水仙截住,看出内中藏有至宝奇珍,连用法术祭炼,终未得开,反损坏了两件法宝。齐师叔因开府之后,须用此宝镇山,知那水仙为人孤傲,海底潜修多年,又无过恶,如若上门索讨,难免争执,结下仇怨,不愿为此伤他。后听玄真子大师伯说起,岳师叔昔年有恩于他,托代转索。那水仙恩怨分明,久欲报恩,不得机会。岳师叔虽然手到取来,但不愿和那两个老怪结仇,特意算准时辰,等老怪败走回山,方始前来,否则早该到了。乙真人他们必已前知,到时自会放他进来的。"说时,下面已成了数百里方圆红艳艳一片平波,漩涡也已停息,火浆渐稠,看去仍是奇热,不可向迩。

二女等正指点谈论间,隐闻一声雷震,癞姑刚道:"来了!"忽见青井穴故址上面,一道金虹横天而过,往身后凝碧崖上空飞去。跟着飞落下一个羽衣星冠、周身金光霞彩的仙宾。癞姑忙喊:"岳师叔,怎这时才来?"二女等见这玉洞真人,生得剑眉星目,丰采照人。左手持有一件八角形的法宝,放射亩许方圆一股紫气,上面托着一座玲珑剔透、通体碧绿晶莹、四外金霞环绕的翠玉孤峰,右手掐着灵诀,指定头上。缓缓降落,神情庄严,目不旁视,看去谨慎已极。降离火海丈许,便即停住。同时优昙大师、屠龙师太也由左近仙馆后现身,迎上前去,各由手上放出一道金光,将翠峰托住。玉洞真人岳韫忙将左手宝物撤去，略微歇息，重将那八角形的金盘放出。这次改上为下，不在手内，到了空中翻转，仍发出一股紫气，与神尼优昙、屠龙师太的金光上下一合，围拥着那峰缓缓前浮，到了两朵云幢前面，轻轻落下。下沉约三数丈，地底一声雷震，便即矗立在火海之上不动。真人大师也将法宝、金盘撤去，一同飞向左近仙馆而去。跟着地底殷殷雷鸣，密如贯珠，火海中浆汁也渐凝聚，不消片时便如冻凝了的稠粥浓膏相似，火气也渐消灭。

二女等暗忖："本来仙景多好，经此一番地震，地面虽大出好些倍，原有的峰峦丘壑全都毁化，只花木还在，莫非这数百里方圆一片空场，只修建上五座洞府？气象虽然雄旷，哪有原来好看？"正寻思间，忽见尽前头那凝聚的火海熔浆平面上，突然拱起了五个大泡，每泡大约百亩，相隔约有一二十里，甚是整齐。跟着周围零零碎碎又起了好些大小不等的浆泡，随听金钟二次响动，左右各地棋布星罗，也有无数其形不一的浆泡，相次涌现，颜色也逐渐转变，不似先前火红。钟声响过，玉磬又响。峨眉门下男女弟子，忽然各按九宫八卦、五行方位，一齐现身。当地震初起时，众弟子各在方位上，仗着本门灵符，隐护身形，只将各人法宝、飞剑放出，排荡水火风雷，相助师长收功，满空五彩光华交织，并不见人。这时大功告成，突然出现。本来个个仙根仙骨，资禀深厚，因值开府盛典，妙一夫人又各赐了一身仙衣，冰绡雾縠，霓裳霞裙，羽衣星冠，云肩鹤氅，交相辉映，越衬得容光照人，仪态万方，丰神俊逸，英姿出尘。休说峨眉两辈交好的来宾见了称赞，便是那些心藏叵测、怀仇挟忿的敌党，见了这等景象，也不由得戒心突起，诡谋潜消。有的只是知难而退，不敢再有妄动，安安分分静俟会后各散；有的竟由此一举，顿悟邪正之分，不但不敢再有仇视，反而心生向往，恨不得当时归附，以求正果。异类知道戒惧感化，暗中立誓弃邪归正的，竟占了多半。这且不提。

且说众门弟子一现身，神驼乙休、穷神凌浑、百禽道人公冶黄、赤杖仙童阮纠、追云叟白谷逸、矮叟朱梅、神尼优昙、屠龙师太等八位前辈上仙，也各自在八卦方位出现。乙、凌、白、朱四人，首用千里传音，朝众弟子传示，嘴皮微动，将手一挥。众弟子立即依言行事，八方分布，如法施为，各将灵符化去。仙府原有那些琪花瑶草、嘉木芳卉，本经众仙施展法力，连根带附着的泥土，凭空拔起，附在那一二百座仙馆台榭的平台云壁之上，一经施为，纷向下面降落。那冒起来的许多浆泡，也继长增高，越来越大，除当中最后面先起五泡，只往上长，看不出是甚形相外，余者渐现峰峦岩壑之形，地面却渐渐往下低去。有那斜长形的浆泡，长着长着，"砰"的一声清脆之音，突然破裂，当中立现一道溪涧，清泉怒涌，流水潺潺，跟着移形换景，现出浅岸幽岩。那些花草树木，自空下坠，全落在这些成形浆泡上面。晃眼山青水碧，花明柳暗，清丽如画。约有个把时辰过去，只眼前十里方圆一片，直达当中一个未现形象的大泡，仍是空荡荡的广场，余者已是峰峦处处，涧谷幽奇。还有四个大泡，已被高峰危崖挡住，仿佛换了一个境界。又似适才是在做梦，地皮全都凝结。当中一条晶玉甬道，犹是朱红颜色，两旁已被碧草匀铺，哪有丝毫劫后痕迹。众人见乙、凌等长幼群仙各自御剑飞行，四下回翔，每到一处，那浆沸熔结的地面，眨眼便现奇景。各仙馆中的宾客，全都凭栏眺望观赏，互相笑语指点，各现赞美容色。一会儿工夫，相继沉降，各择景物佳处，矗立其上，不再浮起。

正在互赞神妙，矮叟朱梅忽然飞来，笑向众人道："事情已完，仙府将开，地面已经复旧，你们还恋在空中呆望做甚？那株老楠树，可移植到仙籁顶上去。现时更无他变，树穴内有禁法封闭，灵峰飞回，此间地脉俱都通连，外人不能穿行，二芝却可任意游行自在，不足为虑。你们几个未领衣冠的，快些将树植好，赶往洞后，待众弟子行法完毕，随同排列吧。"袁化等本门弟子闻言大喜，忙拜谢领命。由袁星将芝仙要过，同了三小，扛着楠树，往仙籁顶飞去施为。不提。

朱梅又向癞姑笑道："你这小淘气，怎不随去？你师父打算休你哩，不趁此时热头上找个着落，留神日后无人收你。"癞姑闻言，心中一动，赶紧躬身笑问道："矮师伯，莫拿小辈开心。师父为什么要休我？我没犯规条，说什么也不行。"一言未了，屠龙师太忽然飞来。癞姑忙喊："师父怎不要我？"屠龙师太对朱梅道："你是老长辈，怎这样嬉皮笑脸？"朱梅笑道："不是你说的么？我瞧你还要她当徒弟才怪。"屠龙师太道："你这朱矮子，向来不说好话。你请吧，我师徒还有话说呢。"朱梅笑道："难为你们师徒三人这副尊容怎么配的，也舍得分开？小癞尼，我是为你好，你师父休你无妨，那把屠龙刀却要要过来，莫被别人得去。"屠龙师太正要答话，朱梅已经飞去。随告癞姑,说自己适见妙一夫人,得知齐师叔开读师祖玉箧仙示,内中附有赐给自己的灵丹,服后不久,功行便即圆满。因念师恩深厚,欲令眇姑承授本门衣钵。癞姑则重返师门,拜在妙一夫人门下,已经议定。命癞姑速随二袁,同由新建立的仙府入内,更了新衣,准备少时随众排班参拜。

癞姑闻言,不禁悲喜交集。又想起朱梅所说之言,知那屠龙刀乃本门至宝,定连衣钵齐传眇姑,明索十九不与。推说师恩深厚,不舍离开,如说重返峨眉,师姊还是大弟子,怎单将弟子弃去,随说便落下泪来。屠龙师太正要晓谕劝说,眇姑忽也飞到,对癞姑道:"你不必如此,那屠龙刀我请师父赐你好了。"屠龙师太对眇姑道:"癞儿重返峨眉,不患无有奇珍。此宝你日后却少它不得哩。"眇姑稽首说道:"师恩深厚,弟子刻骨铭心。但是朱师伯既然亲为此事提醒,必与师妹他年安危有关。御魔全仗自己功力修为,不在法宝。时已不早,请师父赐给她吧。"屠龙师太微一点首,由怀中取出一把形如月牙、碧光耀目的环刀,递与癞姑。癞姑素觉眇姑面冷,不甚投契,见她慨然以至宝相让,好生内愧,坚辞不要。眇姑只看着她,也不再说。屠龙师太道:"你还不知我和你师姊的性情?既已出口,永无更改。不过她将来道高魔长,性又孤高,无甚同道;你为人随和,到处皆友,务念同门之情,不可大意。固然她内心坚定,终可无害,到底少受苦难为好。时已不早,你速去吧。"说罢,不俟答言,同了眇姑飞去。癞姑知道再推便假,只得收了。

当二袁去时,二女、癞姑已离雕飞起,四仙禽也随往仙籁顶上飞去。屠龙师徒走后,二女向癞姑致贺。癞姑苦笑道:"我师父都不愿要我,有甚可贺之处?这一来,弄巧小寒山去不成了。先前说的话,仍请留意,就不能亲往约你们,也必以法宝通知。以后得空,再相见吧。"说罢别去。

二女落到地上,再看场上,地底殷雷之声早住,众仙已将布置就绪,所现景物,比日前仙府还要美秀灵奇。只是地方太大,只前面小半林木繁茂,花草罗列,后半尽管泉石清幽,山容玉媚,却不见有草木花卉。两朵云幢后面的第一个大浆泡,也长到了分际,不再上涌。看去恰似一个长方形,前低后高,大约百余亩大小的罩子。本就浮光耀彩,再被无数仙馆楼台,祥氛瑞霭映射上去,越显光怪陆离,夺目生花。二女才知那是五府中的太元仙府，适才本非地震，乃是运用玄功妙法，将全景整个化去，将山石泥土与地底五金宝石融冶一炉，成了浆汁，再照原景损益增建，扩大好些倍，重又造出丘壑泉石。端的功参造化，法力无边。本来五座洞府有三座俱是玉质，只不知它们新毁了再建没有？正寻思间，见空中飞翔的诸位长老，齐往右面峰腰灵峤诸女仙所居仙馆平台上飞去。众弟子也分成两行，齐往当中晶罩之后飞去。跟着癞姑、袁星、袁化、沙㳽、米㳽五人相继飞过，却不见健儿在内。猛想起健儿并非峨眉门下，适才见他随众同往仙籁顶时，曾和沙㳽耳语，面有忧色，许是想一同混进去，吃二袁阻住留在楠树穴内。这点小人，如此向道，实是可怜可爱。

正想前去看望，女昆仑石玉珠忽然飞来，笑道："二位姊姊，叶岛主唤你们呢。"二女随她来路一看，因是开府期近，乙、凌等八位长老连同灵峤诸仙，为使来宾得饱眼福，特意把这些仙馆楼台降落在两旁峰崖之上，都是举目可及。这时金钟岛主叶缤、杨瑾、半边老尼和门下五女弟子俱集在一起，凭栏观望。二女忙随石玉珠飞身赶去。叶、杨二人同笑问道："你两姊妹真淘气，差点没被冷云仙子余娲摄走。为何你们还要多事，代人守护芝仙，别人都有事走了，还舍不得回来？"半边老尼望了二女一眼，微笑道："她两个且乖巧呢。千年灵物，尚知报德，你看她们这双眼睛，可知没有白出力哩。"叶、杨二人闻言，仔细向二女脸上一看，果然目有灵光，神采益加焕发。叶缤首先笑问道："芝仙给你们吃什么东西么？"二女笑答："没有。只喷了一口气在脸上，怪香的。当时觉得头目清灵，通身舒畅。莫非这也得了益处？"随说，又双双笑道："我们还未向武当老仙师拜谢哩，真个荒疏。如不是那法宝，差点没给贼道姑的气球装走。"说罢，双双拜了下去。半边老尼拉起笑道："小小年纪，不可出口伤人。你们休看轻那口青气。以前芝仙未服齐道友灵丹，尚无现在功力，为感金蝉不杀之恩，只给他双目拭了一下，便能透视云雾，辨别幽隐。如今芝仙功候大进，这口青气乃它本身元精所化，常人略微沾润，便可起死回生，况你二人美质，又是当面喷来。别的益处不说，单这一双神目，便不是妖烟邪雾所能隐蔽了。如非你们缘福深厚，哪有这等奇遇呢？"

二女闻言，好生欣喜。便问叶姑、杨姑怎不和灵峤诸女仙一起？仙府开时，是什么情状？怎的布置已完，迟不开出？叶缤道："看你们问这一大串,我懒得说,自问杨姑去吧。"二女又问杨瑾。杨瑾朝半边老尼看了一眼,笑道:"因为半边大师不喜人多,所以我们陪同来此。你当仙府容易开建的么?休说景物,还有好些没有增建齐全,便是当中那座太元仙府,一切陈设布置,也还有不少事做。本来辰正起始,要到次日午正,才是正经宴会仙宾之时。只为此是千古未有之奇,不论何方道友,俱欲目睹盛况,主人又是门户广大,一体接待,所以都是在期前赶来。经过详情,千头万绪,也说它不完。按说此时已可开放,因妖人猖獗,暗下毒手,尽管防范周密,内外俱有能者,仍不免被他用法宝将地底灵脉毁了一处。为了一劳永逸,不得不运用仙法修复。现在自掌教真人以下,俱在里面合力施为。你们只要见灵翠峰上放出异香,第三次敲钟击磬,便是仙府开放了。不过还须本门中人首先行礼参拜,事完才得众宾客赴会呢。你义父也在里面,你忙什么?适才闲中推算,你二人少时又启杀机。可是仙府连日应有阻难纠葛,俱已过去,似不应有事发生。叶姊姊怕是今日肇因,事却应在将来。你姊妹一双两好,容易惹人注目。今日外客中有不少异教人物,均是能者,你姊妹不日便去小寒山,至多三年,便要下山行道,何苦树敌,多结仇怨?恰值半边老尼想看你们,为此将你二人唤来。最好就随我们在此,静候少时,一同观礼吧。"半边大师接口说道:"道友虽然知机,贫尼却不如此看法。她二人缘福根基都深厚,眉间虽隐有杀气,但于她们本身无害。适才灵峤甘、丁二位道友和崔五姑商量,开府以前,还有好些新鲜花样。休看他三人学道多年,只恐童心比小徒们还盛。初次出山,难得遇到了这样空前盛况,我看就由她们去吧。当真将来有甚纠葛,贫尼师徒决不置身事外好了。"

叶、杨二人原因半边老尼未来以前,便有人告知,二女不久要树强敌,敌人恰与半边老尼有点渊源,知道老尼难惹,难得对二女格外垂青,当赠二女法宝时,便打算将计就计。后来二女走后,偏巧郑颠仙因老尼神情傲兀,语气中隐含讥讽。叶、杨二人看老尼不爱埋人,恐生嫌隙,借词将她师徒约了过来,就势唤回二女。哪知事有定数,禁阻无用,本心就是引她吐口,不料才一开端,老尼便揽了过去,心中暗喜,立命二女拜谢。二女自得法宝脱难,对老尼已经大改初念,起了敬意,闻言会意,早不等招呼,双双拜将下去。其实半边老尼道法高深,精于前知,对于二女也是别有用心。只当时这一着,因是爱重二女过甚,以为自己向不需人相助,将来即有用人之处，自应施惠于先，以便到时出诸自愿，免受对头讥笑，因而脱口包揽下来，等日后发觉，才知上套，无奈话已出口，说不上不算了。此是后话不提。老尼当即笑将二女拉起，慰勉了几句。

半边老尼的五女弟子，本就喜欢二女，意欲结纳；又见师父破例，对外人加恩，情知必非无故；二女又极喜交友，更爱五女个个生得灵秀美貌。因此答完了话，便凑向一起说笑，亲近起来，互谈近况和适才癞姑应敌时的许多笑话。正在兴头上，照胆碧张锦雯忽道："二位姊姊快看，诸位老前辈刚由下面行法部署完毕，怎又飞落场中，连灵峤仙府诸位女仙也在一起，莫不是如师父所说，再出甚新鲜花样吧？"众人回望前面广场上，神驼乙休、怪叫花凌浑、追云叟白谷逸、矮叟朱梅、神尼优昙、屠龙师太、百禽道人公冶黄、玉洞真人岳韫、白发龙女崔五姑、青囊仙子华瑶崧、玉清师太、郑颠仙，还有天蓬山灵峤仙府赤杖仙童阮纠、甘碧梧、丁嫦、尹松云、管青衣、陈文玑、赵蕙等师徒男女七位地仙，正同向广场当中飞落，看神气似已议定有甚举动。落地之后，众仙便各自立定观望，只乙休一人向前走去，紧跟着两边峰崖各仙馆中又飞落了好几十位仙宾。二女好些俱未见过，经石玉珠、张锦雯一一指说，才知那后飞落的乃是海外散仙易周全家、凌虚子崔海客、滇池香兰渚宁一子、苏州天平山女仙巩霜鬟、南海磨球岛离朱宫少阳神君、青海派教祖藏灵子。此外只有最后飞落的两人，同穿着一身黄麻布的短衣，看去只是中年，却生着三绺黄须，面如纸白，最奇的是也和二女一样，是孪生兄弟，不但相貌如一，连举止动作俱都一样，似是快地震以前赶到，众人都不认得。只摩云翼孔凌霄想起十年前路过大庾岭时，曾见这两人在一山僻小村之内，纠合七八个村人在织渔网，也因见二人孪生异相，看了两眼，彼时只当是两个寻常村人。后虽想起，二人生就一双金黄色眼睛，暗无光泽，所结的网广被数亩，还未结完，觉得奇怪，想过也就丢开，不曾在意，不料竟是有道之士。这两位黄衣人，由斜对面一所小亭舍飞落，也不与众合流，单独立在一边旁观。藏灵子好似对他俩有留意神情。石玉珠最是好奇喜事，因两位黄衣人凭空飞堕，随身不见云光，又不带有邪气，看不出是何路数，正想去向师父请问，忽听空中一声雷震。赶紧回看，满空光霞潋滟中，金、石二人立身的朵云前面，突现出一座红玉牌坊，长约三十六丈，高约长的一半，共分五个门楼，一色朱红，晶明莹澈，通体浑成，宛如一块天生整玉，巧夺天工，不见丝毫雕琢接榫痕印。当中门楼之下，有一横额，上镌着"玄灵仙境"四个大约丈许的古篆字，字作金色。一时朱霞丽霄，金光映地，衬得仙府分外庄严堂皇。

仙都二女见众仙俱集，底下新奇之事还多，忙向叶、杨等三人说了，约同张锦雯、孔凌霄、林绿华、石明珠、石玉珠五人一同赶去。石玉珠等因先时师父不令离开，不料二女一说便允，二女又只顾走快，不暇再问，匆匆同往场中飞落。这时各仙馆中长幼外宾又飞落了二三十位。地既宽大，来去相隔又远，多半俱在四卜围观。站在当中的仍是先来乙、凌诸仙与后添的易周和宁一子。众人知道那红玉牌坊，未开府前乙休便带了来，为显神通，故作惊人之笔，也没和妙一真人商量，一到便将凝碧崖前的上空云路开通，连上洞均整个掀去，展开了十来里方圆云空。另用七层云带将上下遮断。等到将红玉牌坊建好，因仙府诸长老说起：五府未辟前数日，正是多难之期，兹事体大，不可大意，敌人厉害，中间又须发动水火风雷，重新鼓铸峰峦，陶冶丘壑。就算道术神妙，防备周密，可以无害，但妖人刁狡无耻，败时甚事做不出？这等稀世奇珍，当初海国水仙采万年红珊瑚熔铸此宝时，和本府灵翠峰一样，不知费了多少心力，你道友也用至宝换来，得之不易。万一妖人情急时有甚残毁，不特可惜，反负道友这番盛情美意。最好先行收起，开府时再行建立。乙休先还恃强，不肯撤去，力说自己早已算就，来敌中只一血神子扎手，但已约了极乐童子到时赶来，用先天太乙神雷合力除他，绝可无害。自己既代了主人，洞开门户，自然身任其难，不令妖人妄越雷池一步。后来还是妙一真人知他性情古怪，这等劝说无用，笑说："此时仙府景物虽也都不差，终嫌地太逼窄，不称此宝。与其先立在此，使外人笑我受了厚礼，立即卖弄，倒不如等到五府宏开，当众出现，既可使他们见识道友法力高深，又为新居生色，岂非绝妙？"乙休明知众人说得极是，只为与白、朱二老斗口已惯，不愿输口，故意执拗。等妙一真人一劝，立即乘机应诺撤去。这么大一座坚硬之物，上不着天，下不着地，一声雷震，万道霞光，突然建立，适才又有水火风雷之劫，先前不知隐藏何处，说现便现，远近群仙目睹的，十有八九竟没有看出它的来路。就那看出的几位，如神尼优昙、屠龙师太、白、朱、凌、崔以及灵峤诸仙、宁一、藏灵等二十余位仙人，见这等神速灵妙，也都赞佩不置。

众仙宾正观赏称道间,凌浑回顾藏灵子和少阳神君并立一处谈说,忙喊道:"藏矮子,刚才灵峤诸位道友说这里新建出来,地方大,景致少,想给主人添点东西,由这广场到后面,看少什么,添什么。你看驼子多人前露脸,你当教祖多年,不似我这穷叫花,才当了三天半花子头,休说送人,连自己衣食还顾不过来呢。你打算送什么?快说吧,这不比世人新屋落成宴客,须等主人亲出招呼。莫非你非见了主人才献不成?"藏灵子道:"凌花子,你已创立教宗,还是改不了这张贫嘴,一点修道人的气度身份都没有,真可谓是甘居下流,不顾旁人齿冷。无怪峨眉发扬光大,你看齐道友,无论平日今时,哪一样不叫人佩服?岂似你们这样,连说话都惹厌的?"朱梅道:"藏矮子,我如不和凌花子站在一处,也不多心。你说他,我不管,为什么要加'们'字?"藏灵子微笑道:"这话还便宜你呢。凌花子不过说话讨厌,人还可交;不似你和白矮子,又讨厌,又阴坏。你知道驼子吃激,故意将他,往铜椰岛去惹祸,自己却三面充好人。我听说日内痴老儿便要往白犀潭赴约,驼子夫妻败固是败不了,就胜也有后患。看你将来怎对得起朋友?"朱梅方说:"这个不用你多心,凭驼子绝吃不了人的亏,当是你么?"凌浑道:"两个矮子休要斗嘴,你们倒是有东西送主人没有?谁要拿不出新鲜物事,把我这根打狗棒借他。"藏灵子冷笑道:"你不用巧说将我。我知两矮子在紫云宫混水捞鱼,得了好些沙子。那本是峨眉门下弟子之物,你们还要给人,有什么稀罕?齐道友千古盛举,又承他以谦礼相邀,我早备有微意,已将孔雀河三道圣泉带了一道来,总比你们这些慷他人之慨的有点诚心吧?"这句话一出口,众仙俱知那一道圣泉,藏灵子看得极重,他和峨眉又无深交,并且门人还有杀徒之恨,就说前仇已经乙、凌二人上次化解,妙一真人优礼延请,藏灵子素来性傲不肯服人,怎会如此割爱厚赠?除已知用意的有限几人,俱都惊诧。凌浑笑了一笑,方要答话,乙休忽道:"你耍贫嘴有甚意思?还不快赶灵峤诸仙妙法。"说时,阮、甘、丁三仙已按预计,命陈文玑、管青衣、赵蕙三女弟子如法施为。三女领命回身,立时足下云生,同时飞起,各将肩挑花篮取持手内,分成三路,由红玉牌坊前起始,沿着各处峰崖溪涧上空,缓缓飞去。花篮中的花籽,便似微雨轻尘一般,不时向下飞落。

当地震时,除仙籁顶一处兀立火海之中,不曾崩陷外,裘芷仙、章南姑、米明娘等所掌仙厨石洞，因是存储款待仙宾酒食之所，也由米明娘为首，用妙一真人灵符，将全洞室拔地飞起，等地皮略微凝结，复了原状，便移往绣云涧故址东面。新建危崖之后，姜雪君带来的那些化身执役仙童的花木之灵，气候浅薄，禁不住那么大阵仗，也都藏身在内，静俟后命。陈文玘等三仙眼看快要绕遍全境，飞到尽头，这些执役仙童倏都出现，往五府后面的山上飞去。三女看出用意，没到后山，便自飞回。神尼优昙笑道："想不到媖姆师徒也如此凑趣。这些已成气候的花木果树，我们稍微助力，每株俱能化身千百。仙府前面，本多嘉木美树、瑶草琪花，只嫌地方太大，仓猝之间，不够点缀。如从别处移植，当时又来不及。今有许多天府仙花异种，再加上许多珍奇通灵的花木果树，越发锦上添花，十全十美了。贫尼对齐道友无可为赠，且送少许甘露，聊充催花使者吧。"藏灵子闻言走过，正要答话，先是陈文玘、管青衣、赵蕙三女仙赶回，向师复命。跟着姜雪君由后山前现身飞来，见面便向优昙大师行礼，笑道："那些花木之精，本在东洞庭生根。后辈起初可怜它们只采日月风露精华，向不害人，小有气候，颇不容易。又值齐真人开府盛典，初意它们俱有几分灵气，种植在此，既可点缀仙山，权当微礼；又可使它们免去许多灾害，一举两得。本来为数甚多，因料仙府花木必多，恐难容纳，特选带了一少半。适见仙域广大，颇有空隙，为期全盛，只得令其各凭功力，化身培植，但此事自必戕其元气。虽然仙府地气灵腴，易于成长复原，只是暂时受创，终且大益。但是家师和妙一夫人适才谈起，它们区区草木之灵，尚知自爱，连日服役仙宾，也颇勤勉称职，事后无赏，转使有所凋残，未免辜负。知道大师玉瓶中藏有甘露灵浆，青海教祖此来携有灵河圣泉，欲请加恩，赐以膏露，俾得即时复原荣茂，于开府之时，略增风华。不知尊意如何？"

优昙大师知道媖姆师徒是因自己玉瓶中甘露所带无多，遍洒全山花木难足敷用，终不如悉数灌注在这些灵木身上，可使得到大益，惟恐兼作催花之用，林木沾润无多。而那些灵峤仙花的种子，如无灵泉滋润，又难顷刻开花，终年不谢。恰巧藏灵子心感三仙前斩绿袍老妖时许多留情关注之处，久未得报；又以大劫将临，非有玄真子、妙一真人夫妇等峨眉长老出力相助，难于脱免。平日性傲，耻于下人，路数不同，正苦将来无法求助。不料妙一真人竟命门人亲往送柬，延请观礼，辞章更是谦虚，不禁又感又佩又喜，正合心意。竟把守了多年的三道地脉灵泉，用极大法力，带了一道前来，惜以结纳，并为他年万一之备。优昙大师既知藏灵子的心意，自己身带灵丹又多，正好挹彼注兹。所以一听姜雪君如此说法，便笑答道："这些灵木，原本不应辜负。时已不早，就烦道友大显神通，以灵泉浇灌那些仙府奇花。贫尼去至后山，助那些花木果树成长，就便令它们结点果实，与诸位仙宾尝新吧。"藏灵子道："孔雀河灵泉，不与本源相接，固然可用，终不如源远流长的好。但是仙府全境山峦溪涧，均经仙法重新鼓铸陶冶，地脉暗藏禁制妙用，与凡土不同，不是外人可能穿通接引。适闻李、谢二位道友镇压地肺，不知事完与否？来时泉源已由荒山引到山外，只限雷池之隔。可请李、谢二位指一泉路，与外通连，一劳永逸，行法时也方便些。"姜雪君知他用意，笑道："李、谢二位真人已早毕事，现正在中元仙府以内，与齐真人等相聚。家师与妙一夫人等，仍在太元仙府聚谈。来时，妙一夫人曾说，教祖盛情可感，已将数千里泉脉贯穿，不特源远流长，无须竭泽而渔，异日双方音声如对，尤为绝妙。特令转告，本府地脉中枢便在灵翠峰下，已由极乐真人留有泉脉，通向府外飞瀑之下，与教祖所穿泉路相连。而此峰又是长眉真人镇山至宝，中藏无数妙用。道友只需将泉母由峰西角离地九丈三尺的第五洞眼之中灌入，内里自会发生妙用，内外通连。用时再向东方斜对第三穴中行法，便可随意施为了。"

藏灵子一听，这等天机玄秘，最难推算的未来之事，分明又被识透，越发愧服，旁立人多，恐被听出，略微称赞了两句，便依言行事。走向灵翠峰前，仔细一看，果然仙法神妙，不可思议。随照所说，把身后背的一个金葫芦取下，手掐灵诀，施展法力，朝峰孔中一指。立有一股银流，其疾如箭，由葫芦口内飞出，射向峰眼中去。众人见那葫芦长才一尺二三，泉母未射出时，看去并不重。及到银泉飞射，立时洪洪怒响，长虹一般，接连不断往外发射，藏灵子那么大法力，双手捧持竟似十分吃力，一点不敢松懈。凌浑在旁笑道："藏灵子，真亏你，大老远把这么多水背了来。要差一点，赔了自己一份家私，还得把背压折，去给乙驼子当徒子徒孙，才冤枉呢。仙府都快开了，种的仙花连叶还没见一片，静等浇水，你不会留点，少时再往峰里倒么？"藏灵子冷笑道："凌花子，你知道什么？随便胡说。"说时场上诸仙都已有一多半随了优昙大师，越过当中三座仙府，往后山飞去。二女等觉着藏灵子水老放不完,也都赶往。

姑射仙林绿华生平最爱梅花,见众木精仍是仙童打扮,一个个疏落落,分立山上下,见众仙到来,纷纷拜倒叩谢,却不开口。玉清大师恰在身旁,笑问:"哪几个是梅花?"

二女也俱有爱梅花癖,也抢着指问。玉清大师道:"你们看,那穿碧罗衫和茜红衫的女童,便是绿萼梅与红梅。"谢琳笑问:"那肩披鲛绡云肩,身穿白色衣,长得最为美秀出尘的,想必是白梅了?"谢璎又问:"有墨梅异种没有?"玉清大师道:"怎么没有?不过只有一株,那和两株荔枝邻近的便是。除却穿紫云罗,腰系墨绿丝绦,是增城挂绿外,凡是女装的,都是林道友的华宗,处士的眷属。有人惹厌,不必问了,看姜道友和家师行法吧。"二女闻言,也未留意身后有人走来,只见姜雪君朝男女诸仙童把右手一挥,左手一扬,立有一片五色烟云,把全山笼罩。优昙大师随由身上取出一个玉瓶,手指瓶口,清香起处,飞出一团白影,到了空中,化为灵雨霏霏,从上飞洒。约有盏茶光景,雨住烟消。再看山上下,男女仙童全都不见,前立之处,各生出一株树秧,新绿青葱,土润如膏,看去生意欣荣,十分鲜嫩。孔凌霄笑告林绿华:"如非仙家法力,似这一点嫩芽,间隔又稀,要等成林开花结实,不知要等几多年哩。"谢琳道:"就这样,恐怕也只开花结果,要想一株株长成大树,也恐不容易吧?"一言甫毕,眼看那些树渐渐发枝抽条,越长越大,转瞬便有四五尺高下,枝叶繁茂,翠润欲流。姜雪君道:"这样慢长,等得多么气闷。我再助它们一臂吧。"随说,正要掐诀施为,优昙大师笑说:"无须。这里地气灵腴,便无甘露滋润,法力助长,也能速成。此是灵木感恩,欲求极茂,加意矜持所致。好在为时有余,藏道友尚未施为,少时与各地仙葩一齐开放,一新眼目,也是好的。我们回去吧。"说完,众仙便往回飞。

二女和林绿华俱因爱梅,心想相隔前面过远,少时只能遥观,这梅花中有好些俱是异种,商量看到树大结萼,差不多到了时候再走。张锦雯、孔凌霄与石氏双姝,同有爱花之癖,见三女不走,也同留下。那些梅树也似知道有人特为看它们,故意卖弄精神,比别的荔枝、枇杷、杨梅、玉兰之类长得更快。晃眼树身便已合抱,一会儿越长越大,绿叶并不凋落,忽变繁枝。众人知道树叶已尽,花蕊将生,又喜又赞,在花前来回绕行,指说赞妙不绝。二女更喜得直许愿心:"花若能快开几朵好的大的出来,让我们观看,日后我们如成道,必对你们有大好处。"张、孔、林、石五女见二女稚气憨态,纯然天真,又笑又爱。

正在说得高兴,忽然身后怪声同说道:"你们如此爱梅,可惜所见不广。这有限数百株寻常梅花,有甚稀罕?西昆仑山顶银赡湖两孤岛,有万顷荷花,四万七千余株寒梅,其大如碗,四时香雪,花开不断,为人天交界奇景。你们会后可去那里一饱眼福便了。"众人回头一看,正是先前那两个不相识的黄衣人,尚在旁观,还未走去。这一对面,越看出一对孪生怪人相貌异样,声如狼嗥刺耳,面上白生生通无一点血色,眼珠如死,竟无光泽,板滞异常,胡须却如金针也似,长有尺许,根根见肉,又黄又亮。穿的黄色短衣,非丝非麻,隐隐有光。神态更傲兀可厌。二女先见他们随众同来,二人单立一处默无一言,也无人去睬他们,心本鄙薄。这时听他们突在身后发话,武当五女见多识广,虽也厌恶,却知不是庸流,未便得罪。姑射仙林绿华正想婉言回绝,谢琳已先抢口答道:"谁曾和你们说话来?梅花清高,就因它铁干繁花,凌寒独秀,暗香疏影,清绝人间,不与凡花俗草竞艳一时,所以清雅高节,冠冕群芳。如要以大争长,牡丹、芍药才大呢。若把它们开在这梅花树上,成了无数纤弱柔软的花朵,乱糟糟挤满这一树,看是甚丑样儿?真看梅花,要看它的冰雪精神,珠玉容光,目游神外,心领妙香,不在大小多少。哪怕树上只开一朵,自有无限天机,不尽情趣。如真讲大,牛才大呢。"谢瓔也插口笑道:"你两个柱是修道人,既在此做客,不论是人请是自来,修道人总该明理,打扮像个乡下人,衣冠不整,便来赴会。我们素昧平生,要请我们看花,应该先问姓名,不该在人背后随便乱说,说得还不客气,又是假话。你们既没问我们的姓名,我们也懒得问你们。只是一样,你家既有好多的花,为何还和我们一样,守在这里等开花结蕊?出家人不打诳语,看你二人这一身,也许不是释道门中弟子,所以随便说诳。你们莫看凌真人穿得破,一则人家游戏三昧,自来隐迹风尘,故意如此;二则他是一派宗祖。你们何能和他比?再说人家虽穿得破,也是长衣服,不像你们短打扮呀。怪不得一直没人理你们哩。"谢琳又道:"按说彼此都来做客,我姊妹至多不理你们,不应如此说法。但我们也是为好,想你二人能够守到开府,福缘实在不小,看看人家,想想自己,应该从此向上,免得叫人轻视。你们要学好人,仙府眼面前多少位上仙,哪个不比你们高强?如肯虚心求教,要得多少益处呢!至少也和我姊妹一样,交下多少朋友,岂不是好?你们这一身打扮跟脸上神气,先就叫人讨厌,还要说人所见不广。连梅花都要生气,不肯先开,使我姊妹都看不成了,多糟!"

武当五女见二女你一言,我一语,毫没遮拦,信口数说,两黄衣人仍是不言不笑,默然难测。知道不妙,连和二女使眼色,全不肯住。正在暗中悬心戒备,忽见两黄衣人把死脸子一沉,朝二女刚说得"娃娃"两字,忽然回身便走,也没有见用遁光飞行,眨眼工夫,便到了十里广场之上,竟没看出他们怎么到的。料知不是好相识,二女已经惹事,看神气要变脸。只不知他们何故突然收锋,反似受惊遁走,俱觉奇怪。回望那数百株梅花树,已经大有数抱,长到分际,枝头繁蕊如珠,含苞欲吐,姹紫嫣红,妃红俪白,间以数株翠绿金墨,五色缤纷,幽香细细。同时别的花树也俱长成,结蕊虽不似梅花,别有芳华,清标独上,却也粉艳红香,各具姿妍。

方在赞赏夸妙,猛听连声雷震,瞥见来路广场上水光浩淼,一幢五色光霞正由平地上升霄汉,矗立空中,倒将下来。连忙一同飞身,赶将过去观看。原来藏灵子圣泉已经放完,屠龙师太又施展法力,将灵翠峰前十里方圆地面陷一湖荡,即将藏灵子圣泉之水,由灵翠峰底泉脉通至湖心,涌将上来,已快将全湖布满。百禽道人公冶黄笑道:"这湖正在红玉坊与仙府当中,将正路隔断,出入均须绕湖而行。再搭上一座长桥,直达仙府之前,气象就更好了。这该是嵩山二道友的事吧?"追云叟白谷逸笑对矮叟朱梅道:"紫云神沙,为数太多,正想不出有多少用处,尽建造些楼台高阁,也没意思。屠龙师太辟此一湖,实是再好不过。"随即和朱梅各由身畔取出一枚朱环,隔湖而立。白谷逸首先左手托环,右手掐着灵诀,朝环一指,立有一幢五色光华,自环涌起,上升大半,渐渐越长越大。二女等七人到时,倏地长虹飞击,往对岸倒去。同时这一头也脱环而出,恰巧搭向两岸,横卧平波之上,成了一座长桥。易周在旁笑道:"这桥还是做半月形拱起好些。"矮叟朱梅道:"后半截是我的事,不与白矮子相干。"随说,飞身到了桥中心,双手一搓,抓起彩虹,喝一声:"疾!"那条笔也似直的彩虹,便由当中随手而起,渐渐离开水面约有四五丈。公冶黄道:"够了,够了!湖长十里，两头离水二丈，当中离水只高四五丈，形势既极玲珑，日后众弟子们可以荡舟为乐，不致将两边隔断，两头看去，还不怎显，宛如一道虹卧在水上，太好看了。"朱梅道："乌道人，你说好，偏不依你。"手指处，彩虹忽断为二，各往两头缩退十多丈，悬在空中，当中空出一段水面。朱梅照样手托朱环，掐着灵诀，往下一指，彩霞又自环中飞泻，落向水面，晃眼展布开来。朱梅在空中直喊："白矮子快帮点忙！我一人顾不过来，这东西一凝聚，再弄它就费事了。"说时白谷逸已应声飞起，到了湖心上空，一同行法施为。不消顷刻，朱环收去，当中彩霞随手指处，先现出一片彩光灿烂的二三十丈方圆的平地。跟着彩光涌处，地上又现出一座七层楼阁，四面各有三丈空地，两边彩虹随往下落，搭在上面。朱、白二老分向两面飞去，到了两桥中心，用手一提，各拱出水面三丈高下。然后分赴两头，各掐灵诀行法施为，对面驰去，仍到阁中会合，再同往众人立处飞来。这一来，一桥化而为二，每道长约四里余，宽约十丈，中间矗立着一所玲珑华美的楼阁，两边俱有二丈高的雕栏。乍成时，远望还似气体。等到二老飞回，便成了实质，直似长有十里一条具备五彩奇光的整块宝玉雕琢而成，通体光霞灿烂，富丽堂皇，无与伦比。

众仙正纷纷赞美，意欲由桥上走将过去，观赏一回，藏灵子道："后山灵木俱已结蕊，各处峰崖上的仙府琪花，还不成长，莫为矮子卖弄手法，误了催花之责。"凌浑笑道："湖里有的是水，谁都能够运用，并非你不可。"藏灵子冷笑道："凌花子，你知道什么？我那圣泉岂是这样随便糟蹋的？湖中之水，虽也有少许圣泉在内，大体仍是飞雷崖上那道飞瀑，不过仙府泉脉只此一条，借我圣泉引导来此罢了。为想使湖水亘古长清，甘芳可用，日后养些水族在内，易于成长通灵，掺入了些。如说全是，休说急切间没有这么多，便是灌满全湖，圣泉比飞雷瀑布山泉重二十七倍，水中生物怎能在内生息游动？灵翠峰奥妙我已尽知，少时自会用我圣泉为仙府添一小景，并备日后众弟子炼丹之用足矣。"凌浑笑道："如此说来，你那点河水并没舍得全数送人，不过带了些来做样子罢了。怪不得，我刚才想你怎会有这么大法力呢！"藏灵子道："你又说外行话了。这万年灵石玉乳与千载岩青，只有轻重之分，一则遇风即化了，一则离了本原，日久便即坚凝成玉。我起初原想竭泽而渔，全数相赠，只不过主人要以法力养它，甚是费事，齐道友特意留下泉脉，使其两地相通，不特省事，而且互有益处。当我吝啬，就看错了。"凌浑笑道："你当我真不知道么？再往下说，你非情急不可。算我不懂，你自行法如何？"藏灵子知他再说必无好话，便不再还言。嗔道："血儿，持我红欲袋汲水灌花，不可迟缓。"熊血儿随从身后走来。朱梅笑道："我听你这法宝名字，准不是什么好东西。莫要污了灵峤仙花，你没办法交还人家。"藏灵子方欲答话，神驼乙休已先接口说道："你们三个欺负藏矮子，我不服气。你们不知此宝来历，就随便乱说。"藏灵子笑道："到底驼子高明识货，不像你们随口胡言乱说，全无是处。"追云叟笑道："朱矮子成心怄你哩，谁还不知氤氲化育之理？此宝用以浇花，实是合用。不过仙葩遭劫，多少沾点浊气，比起人间用那猪血、油汁浇花，总强些罢了。"乙休道："你既明此理，还说什么？藏灵子，彼众口利，孤嘴难鸣，不要理他们，催完了花，白、朱二矮还有事呢。"

那灵翠峰自从灵泉灌入，泉路开通之后，峰腰便挂起两条瀑布，相隔两三丈，下面各有一原生洞穴承住，并不外流。乙休说时，血儿早走过去，由法宝囊内取出一个尺许长的血红色皮袋，接住泉流。约有半盏茶时，飞起空中，将袋往空中一掷，立即长大亩许，由下望上，绝似一朵红色云霞。血儿紧跟在后，手掐灵诀一指，适接圣泉便化为蒙蒙细雨，四下飞落，沿着各处峰峦溪涧，遍地洒将过去。雨云飞驶甚速，顷刻之间，便将适才仙葩布种之处，一齐洒到，水也恰巧用完，血儿收宝归来复命。藏灵子正要行法催花，赤杖仙童阮纠笑道："这些小草琪花，得道友灵泉滋润，当益茂盛，道友不必多劳吧。"藏灵子知道灵峤诸仙法力高强，照此说法，必早在暗中行法，便无滴水，也能花开顷刻，不便再为卖弄，便停了手。

易周笑道："后山花木，已全结蕊绽开，远望一片繁霞。道友何不使仙府奇芳略现色相，使我们先饱眼福呢？"阮纠笑答得一声："遵命。"晃眼之间，适才千百布种之处，突然一齐现出三尺许高的花枝，都是翠叶金茎，其大如拳，万紫千红，含芳欲吐。有的地方还现出一丛丛的九叶灵芝。除灵峰、平湖、甬道、通路、广场外，一切峰峦岩石，溪涧坡陀，全被布满，繁茂已极。宁一子道："贫道无多长物，只带了千本幽兰来，不料仙府名葩开遍全境。一则此间无处培植；二则幽谷小草，性本孤僻，也须另为觅地。适见那溪谷满布乔松，贫道所携，有一半是寄生兰，本该寄生老木古树之上。仙府将开,微礼尚未奉诸主人,乙道友烦往同行,了此小事如何?"阮纠笑道:"我适闻到幽兰芬芳,由道友袖间飞出,我早已料到。空谷孤芳,不同俗类,已暗命弟子留有一处幽谷,就在绣云涧后。诸位道友何妨同去,一赏芳华?"众人俱称愿往。宁一子逊谢了两句,便由朱、白二老前导,往仙府左侧横岭转将过去。

一路之上,只见洞壑灵奇,清溪映带。原有的瑶草奇花,本是四时不谢,八节如春,名目繁多,千形万态。又经仙法重新改建之后,景物越显清丽。众仙顺着绣云涧,到了鸣玉峡尽头。循崖左行,面前忽现出一片松径,松柏森森,大都数抱以上,疏疏森立,枝叶繁茂,一片苍碧,宛如翠幕,连亘不断。左边一片陂塘,水由仙籁顶发源,中途与绣云涧汇合,到此平衍,广而不深,溪流潺潺,澄清见底,水中蔓草牵引,绿发丝丝。树声泉声,备极清娱。宁一子笑道:"这里便好,且把寄生兰植上吧。"随说长袖举处,便有细长如指的万千翠带一般,往沿途老松翠柏的枝丫之上飞去。立时幽香芬馥,令人闻之心清意远。定睛一看,那寄生兰叶,俱在二三丈之间,附生树上,条条下垂。每枝俱有三五花茎,兰花大如酒杯,素馨紫瓣,藤花一般,每茎各有十余朵,累如贯珠,香沁心脾。乙休道:"仙兰诸上奇兰,异种名葩,何止千百,此是其中之一。虽是人间嘉卉,但经过宁一道友仙法培植,休说常人无法觅得,只恐各地名山仙府中,也未必能有这样齐全呢。"阮纠笑道:"丁师妹最喜兰花,灵峤宫中还植有数十种,除朱兰一种得诸灵空仙界外,余者多是常种。道友奇种甚多,不知还肯割爱数本么?"宁一子道:"丁道友见赏,敢不拜命。袖中尚剩五百余本,百余种,真属罕见的不过十之一二。荒居所植,除朱兰只有一本,未舍送人外,稍可入目的,每种都分了些来。请丁道友指示出来,不俟会毕,便可奉赠。"丁嫦笑道:"阮师兄饶舌,重辱嘉惠,无以为报。小徒篮中花种尚有少许,即当投桃之报如何?"陈文玑随取花种奉上。宁一子喜谢收下。

话说众仙走完松径,转入一个幽谷。宁一子见左边危崖排云,右边是一大壑,对岸又是一片连峰。一条极雄壮的瀑布,由远远发源之处,像玉龙一般蜿蜒奔腾而来,到了上流半里,突然一落数丈,水势忽然展开,化为平缓。遥闻水声淙淙,山光如黛,时有好鸟嘤鸣于两岸花树之间,见人不惊,意甚恬适,衬得景物愈发幽静。仙都二女笑问玉清大师道:"这么多禽鸟，适才地震怎禁得起？莫不又是法力幻化的吧？"大师道："这事还亏我呢。仙府本无鱼鸟，这些都是申、李、金、石等四人闲中无事搜罗了来。琼妹手下又有雕、猿门人，为讨师父好，每出一次门，便四处物色。袁星格外巴结，竟骑了神雕，远去莽苍山中寻找异种，以致越养越多，什么样都有。直到那日，由幻波池归来，路遇贤姊妹回来，闻说地震之事，才着了慌，又不舍得放出去，一齐托我想法子。我因数目太多，尤其水中鱼类难弄，费了不少事，才把这些禽鱼做为几处，摄向空中，专心经管。直到仙府重建，才把它们散放各处。你是没去鱼乐潭和朱桐岭两处，不特小鸟、小鱼，连凤凰、孔雀都有呢。"正说之间，宁一子已将五百余本幽兰植向岩谷之间。果然幽芳殊色，百态千形，俱是人间不见的异种，名贵非常。宁一子请众少待，行法施为，每种花上俱有三五果实坠落，一齐收集下来，交与丁嫦。丁嫦笑命管青衣收入花篮。

乙休回顾，见嵩山二老和两黄衣人不曾跟来，笑道："白、朱二矮，今日跑里跑外，大卖力气，不曾同来，想必又有花样。只奇怪地缺、天残两个怪物自己不来，却命他两个门人出来现世。适才见他们忽从后山遁回，我未留意观看，料又和两老怪物一样，打算卖弄，吃哪一位道友给吓了回去呢。"姜雪君笑道："适才这两人遁回时，曾见家师现了一现，定是不安好心。家师不容他们作怪，总算见机，没吃到苦。家师又在做客，没有穷追，亏他们老脸，不缩回宾馆中去，还在场上旁观。不过这一来，家师和我又多两个对头了。"凌浑道："两老怪还在令师和道友心上么？真是有其师，必有其徒。两小怪物竟生得一般相貌神气，真讨人嫌！一样孪生，便有天渊之别，我竟不曾见过，看去倒颇似有点门道。如非乙驼子说，只恐知他们来历的还不多呢。"

二女不知地缺、天残是甚人物，武当五女却所深悉，听说黄衣人是他们弟子，心由大惊，好生代二女担心。正要向众仙述说前事，丁嫦一眼瞥见二女憨憨地听众仙说话，好生爱怜，便从身畔解下两枚玉玦，递给二女道："适才乙道友所说二人，异日在外行道，难免相遇。他们有两件奇怪法宝，此乃占地皇氏所佩辟魔符玦，带在身上，就不怕他们了。"二女本最慕灵峤诸仙，忙即拜谢。也想述说前事，还未开口，忽听撞钟击磬，金声玉振，远远自仙府来路传来。众仙说声："仙府开了！"纷纷飞起。

第二一六回 熊血儿喜得阴雷珠
小仙童初涉人天界

二女等也追随着，同往红玉坊前飞去。晃眼落到桥上，仙府也还未开，只见飞桥两面湖波中，又由嵩山二老用紫云神沙建立起四座金碧楼台，一边两座，恰与楼当中飞阁成为五朵梅花形对峙，紫霞点点，金碧辉煌，越发壮观。仙府后侧，各处峰崖上，也有二三十处各式大小亭台楼阁，隐隐出现。这次云幢上，共是一百零八下金钟，四十九敲玉磬，众仙到时，尚还未住。眼看湖两岸各处山峦上仙葩和后山许多花树，越显精神，含苞欲放。忽听湖水哗哗作响，碧波溶溶中突冒起满湖水泡，跟着一片极清脆之声密如贯珠。每一水泡开裂，便有一株莲芽冒出水面，晃眼伸长，碧叶由卷而开，叶舒瓣展，满湖青白二色莲花一齐开放，翠盖平擎，花大如斗。这时金钟、玉磬已将要到尾声，众仙方讶平湖新辟，刚刚离开不久，适才并无人想到往湖中行法植莲，顷刻工夫，这佛国灵花西方青莲怎会突在湖中开放？眼前倏地又是一亮，再看四外前后的天府仙花，连同后山千百株花树，忽然同时开放，仙府前半，立时成了一片花海。青翠浮空，繁霞匝地，香光百里，灿若锦云。再加仙馆银灯，玉石虹桥，飞阁流丹，彩虹凝紫，祥光万道，瑞霭千重，汇成亘古未有之奇。尤妙是境地壮阔，尽管花光宝气，光怪陆离，依旧水碧山青，全境光明，了不相混，全不带一毫人间富贵之气。休说凡人到此，便是这一班老少群仙置身其中，也禁不住踌躇满志，神采飞扬，仙家富贵，叹为观止。

观赏赞叹了一会儿，钟、磬声终，隐闻仙乐之声，起自当中仙府以内，琼管瑶笙，云萧锦瑟，交相互奏。众仙侧耳一听，正是广寒仙府云和之曲。赤杖仙童阮纠笑对神驼乙休道："主人正在传授门人道法，只等此曲奏罢，仙府即时宏开,我们方可入内,也只看得谢恩典礼了。"说时,各仙馆中来宾知已到时,主人开府宴客之后,便须相率归去,不便再留,各自纷纷飞落桥亭等处静等观礼。甘碧梧笑对阮纠道:"大师兄,仙府景物宏丽,仙宾会后,愿留者已另辟建居室。我们这些小摆设,命众弟子收去了吧。"阮纠含笑点头。陈文玑、管青衣、赵蕙三女弟子立持花篮,分途往各远近仙馆楼阁飞去,所到之处,只见祥光一闪,原有楼台亭阁,便即无影无踪,现出本来面目。不过刻许工夫,全都收尽,陈、管、赵三女仙飞回复命。丁嫦笑道:"只顾我们收拾零碎,却忘了客馆下面具是空地。如今遍地繁花,独空出一二百处空地,岂非美中不足?诸位道友法力高深,又不便班门弄斧,贻笑大方。主人正传道法,还来得及,仍把花种撒上些如何?"甘碧梧笑道:"嫦妹不必多虑,你看满湖青莲,此间大有能者,正不必我们多事呢。"话才出口,忽见仙府后面飞起千万缕祥光,宛如虹雨飞射,分往各仙馆原址飞去,落在空地之上。紧跟着各有数十百株娑婆、旃檀等宝树,由地下突突往上冒起,晃眼成林,郁郁葱葱,宝相庄严,隐闻异香。比起适才众仙植花种树,又是不同。直似数千株整树,自地涌现,迅速异常。姜雪君在旁,惊问朱梅道:"芬陀大师、白眉禅师均在雪山顶上防魔未来,优昙大师适才同在一起观赏幽兰,不曾离开。此与满湖青莲同一路数,眼前何人有此法力?莫非白眉师伯大弟子采薇僧朱由穆师兄又出山来了么?他在石虎山闭关以来,多年未见,已说静参正果,不再出头,怎得到此?"

矮叟朱梅笑道:"谁说不是他?别了多年,还是当年那种脾气。他来时,我和白矮子正用紫云沙在湖中建这四处楼阁,他由云路飞降红玉坊前,迎头遇见天残、地缺老怪门下两个业障。恰巧没有别人在侧,也不知他是否看两业障长得不顺眼,安心怄气,拿话引逗,这两业障天生不是人的性情,向来不爱答理,适才后山观花,又吃令师一吓,正没好气。见来人是个相貌清秀、唇红齿白的小和尚,通没一点气派,误认作来此寻找师父,就便看热闹的小徒弟,竟想拿他出气。一口怨气没将人吹倒,跟着又想用大擒拿法将人赶回来路。哪知来人神通广大,笑嘻嘻连老带小,一顿挖苦,把两业障跌了个晕头转向。末了才说:'这里群仙盛会,冠裳如云,主人决不会请你们师徒这样怪物。你们瞒着师父,混进府来观礼,既然衣履不周,连长衣服都不备一件,就该悄没声打个树窟窿或土洞钻将进去躲起来,偷看完了热闹,一走才是,偏不知趣,要在人前走动。我想景致你们已看过,本来不知礼貌,那开府典礼看它做甚?又不合冲撞了我。本意还想惩治一番,儆戒下次,念在主人今日盛典,不便给人家做没趣的事。好在少时开府,你们这样神气,也没法和别位仙宾并列,趁早给我滚回山去,免得当众丢丑!'话才说完,一手一个,只空抓了一下,往上一甩,手并没有沾身,两业障便似泥块一般,被人抓起,身不由己,跌跌翻翻,往云路上空飞去。看那情势,虽不至真个甩回山去,这佛家大金刚须弥手法,怕不把他们甩出三五百里外去。他同朱道友和我二人见面没谈几句,便向湖中撒下两把莲子,往仙府飞去,他师弟李道友正由后面绕出迎接,同往后面飞去了。他和东海苦行头陀最是莫逆。以前我们都是好友,因正手忙,还没过去看望,打算会后再作长谈。好在他既已出山,就不愁见不到了。道友与他也是昔年旧雨,现齐道友正在中元仙府以内,宣读长眉道祖遗留的仙示,并传门下男女弟子道法,事完方始正式开府,率领本门长幼三辈同门,当众焚烧奏乐,向教祖所居灵宫仙界通诚遥拜,行那谢恩之礼。那时一班知好,除我们有限几人受有重托之外,俱已齐集中元仙府。道友无事,何不前往叙谈呢?"姜雪君闻言,略一寻思道:"我自转劫以来,已不愿再与此人相见了。"朱梅道:"本是三生良友,相见何妨?姜道友此言,岂不又着相了?"说时,优昙大师和屠龙师太一同走来,笑道:"采薇大师今又出山,难得良晤。姜道友三生旧雨,更与我们情分不同,为何还呆在这里?"姜雪君笑道:"我先不料朱道友会来,正向朱真人打听呢。那就去吧。"说罢,随同飞去。不提。

仙都二女和武当五姊妹,俱留意那两黄衣人,此时四顾不见,仙馆已收,无可存身,都在奇怪。闻言才知被一前辈神僧用大法力逐出府去,好生称快。石玉珠见二女高兴,悄告:"两怪人之师天残、地缺,有名难惹,得道多年,行辈既高,又并非妖邪一流人物,所炼法宝最为厉害,正派群仙,若非万不得已,决不愿和他们生嫌结仇。姊姊适才不合随口讥嘲,结下仇怨。朱老前辈想必知此二人姓名深浅,何不先问出个底细,日后遇上也好准备。"二女本没有把黄衣人看在眼里,因石玉珠说得十分慎重,朋友好心,未便违拂,便凑过去向朱梅请问道:"朱老前辈,可知那两黄衣人姓名本领么?"追云叟白谷逸在旁接口笑道:"这两孪生怪人,二百多年中,共只出山四次，还连今天一起在内。我倒遇过三次，所以知道得比较别位清楚。以他师徒性情，各有各的乖谬。两业障每出山一次，必闹许多笑话，害上不少的人。这次不知又是受甚妖人蛊惑，想来此见景生情，出点花样。因见兆头不佳，没敢下手，打算老着脸皮，赴完了宴再走。不料被小和尚跑来，将他们赶去。论本领，倒还没甚出奇之处，只是二人各秉师传，炼有几件独门法宝，专一摄取人的心灵，道行稍差的人往往为他们所算。时已无暇详说，此去小寒山拜师之后，只把今日之事一说，令师必有破法，至不济也能用佛门定力抵御，不为所惑，无足为虑。"

二女刚谢完了指教，钟、磬声已住，长桥对面当中头一座仙府上面，形似大泡的晶罩，突化云光流动，缓缓升起，将仙府全形现出。跟着左右一边一座的晶罩，也各由峰崖后面化为五色云光上升。到了中央，渐渐缩小，会合成一片丈许大小的彩云，停在当中。第一座仙府前面，众仙见那当中仙府高约三十六丈，广约七八十亩，四面俱有平台走廊，离地约有三丈六尺。前面平台特别宽大，占地几及全址三分之二。四角各有一大石鼎，四面雕栏环绕，正面两侧设有三十六级台阶。竖立着一座大殿，上刻"中元仙府"四个古篆金字，广约十亩。当中设着一个宝座，两旁各有许多个座位，前面大小九座丹炉。大殿通体浑成，无梁无柱，宛如整块美玉，经过鬼斧神工挖空建造，气象雄伟，庄严已极。这时峨眉门下众男女弟子，各持仙乐仪仗，提炉捧花，分作两行，正由殿中端肃款步走出，排列在平台两旁。玄真子为司仪，手捧玉匣前导，引着掌教妙一真人和长一辈同门，到了台中央立定，仍由妙一真人居中，众仙稍后，依次雁行排列。玄真子随喝："弟子齐漱溟等敬承大命，即遵恩师玉匣仙示，谨畏施行，连日斋戒通诚，虔修绛牒，恭附缴奉天府玉匣之便，百拜闻上，伏乞慈恩鉴察，不胜受命惶悚感激之至！"说罢，将手一招，空中卿云便即飞降。玄真子恭捧玉匣，往空一举，玉匣便被卿云托住，冉冉上升。玄真子随命奏乐焚燎，齐漱溟率众门人弟子百拜。拜罢，仙乐重又奏起。那司燎的后辈四弟子，便把备就粗如人臂的沉檀香木，装向四角石鼎之内，发火燃将起来。妙一真人随率众仙望空遥拜。玄真子站在妙一真人的前侧面，也是随众拜倒。这时众仙均换了一身新法服，羽衣星冠，云裳霞裙，加上仙景奇丽，仙乐悠扬，宛如到了兜率仙宫，通明宝殿。众仙朝贺，同咏霓裳，端的盛极。

一会儿，拜罢礼成。妙一真人等始命奏乐迎宾，亲自下阶往长桥上，向众仙宾行礼，拜谢临贶，迎接入殿。同时嫘姆师徒、极乐真人李静虚、谢山、采薇僧朱由穆、李宁等相助妙一真人等在内里行法部署。诸位仙宾也由宝座玉石屏风后面相继转出，纷向妙一真人等致贺不迭。妙一真人等请众落座，众仙坚请真人往居中宝座就位，真人力说："此是众同门及弟子参拜学道之地，本非延客之所。只为仙宾众多，五府中只此殿最大，今日又承诸位道友大显神通，添了不少异景，变成全境最胜所在，殿外石台又面临平湖，遍地仙葩，正好观赏。为此适和诸位前辈道友商议，将宴客之所，移来此地。起初因左元洞一带，景物最为幽胜，数百株桂树，均为女弟子申若兰由福仙潭带来的千年桂实，栽植而成，大都数抱以上，以为宴客相宜。没想到众仙嘉惠，法力如此神妙，众弟子已经布置就绪，仓猝改计。礼成以前，又无法走进，急切间难于就绪，为此才请诸位前辈道友来此小住。尊客在前，并有诸老前辈，怎敢僭妄无礼？"众仙见真人坚持不肯，只得罢了。便把中座空下，各自归座。随来众弟子，各随师长侍侧。妙一真人等众主人，各就下首分别陪坐。

仙都二女见那采薇僧朱由穆果是小和尚，看年纪不过十五六岁。身着一身鹅黄僧衣，甚是整洁。相貌尤其温文儒雅，气度高华。正看之间，忽听神驼乙休问妙一真人道："齐道友，为何先不开府，直到缴还玉匣道经，拜章谢恩，才行开放？与预定不符。"妙一真人道："玉匣中恩谕如此，不敢不遵。"穷神凌浑道："众弟子法宝已传授了么？怎如此快法？"妙一真人道："众弟子法宝，俱多能用。只女弟子李英琼等得有几件，尚不会用。家师所赐真经，传授之后，照此修炼，不久均能应用。幻波池所得法宝虽多，而圣姑所赐目录小册，均载宝名用法，极为省事，所以无多耽延。"

随又起立对众仙道："众弟子正式行礼，拜师传道，本拟宴客之后，在此殿内当众举行。只为日前在青井穴，闭关开读家师所留玉匣仙示，对传道一节，不许炫露。而九天元经，本是天府秘笈，一开府便须拜章缴奉，飞送天上。因此临时变计，改在大师兄监临之下，以及各位前辈道友相助，先将元经仙籍潜心参悟通晓，等将全境改建，开府时辰已经将至，只得遵奉师命，谬承道统，正了师位。事前因时匆迫，除本门弟子外，各方道友荐引门人甚多，彼时正值闭关之际，内外隔绝，来人师徒均未见面。如今事后，补行入门之礼，又觉不甚慎重。幸而家师玉匣中留有新旧门弟子名册，应收录的俱写在内。除青城朱道友引进的纪登以下诸人，因家师仙示，青城一派在朱道友与姜道友主持之下，日后门户还要发扬光大，不应收录，未便传集，有负盛意外，余者凡在名单中人，又经本人师长有意引进之士，全数命人召集到太元洞内，更换家师留赐的法衣，同集大殿，与旧同门同行大礼，传授初步道法，各赐法宝一二件，并将旧有法宝飞剑，各为指示用法。仍由大师兄监导，率同长幼三辈门人，将修就的绛牒附入玉匣之内，焚燎告天，拜表通诚，拜谢师恩。尚幸没误缴还仙籍的时刻，仰叨各位前辈、各位道友福庇，鼎力相助，于极危难中平安度过，居然勉成基业。又承嘉惠勤勤，无美不备，小弟等及门下诸弟子，永拜嘉惠，感谢何可言喻。此后惟有督率门人，勉力潜修，以符厚期。区区愚诚，敬乞垂鉴。还有荐引门人的诸位道友，适才恐误事机，不揣冒昧，一时权宜，未得面奉清筋，便即仰体盛意，先自收录，擅专之罪，尚望原恕。"众仙纷说："道友太谦，本来如此，何须客气！"

妙一真人未及答话，矮叟朱梅笑道："齐道友，你这次大开法门，甚人都收，我荐的人却一个不留。分明嫌他们不堪造就，却说好听的话。我和白矮子都喜清闲，不耐烦学凌花子好端端创甚门户，做甚教祖。"妙一真人道："道兄，话不是如此说法。青城、峨眉殊途同归。贵派自从昔年天都、明河两位长老为了一句戏言，互相推让，各自闭户清修，不再收徒以后，不久相继道成飞升，今只道兄和姜道友二位延续道统。不客气说，道友如若独善其身，姜道友虽然有志光大，未免孤掌难鸣。家师遗示也言及此。并且转劫之人不久便要出世，贵派十九高足，多半投在道友门下，如若置身事外，非但那十九人多半无所依归，一个不巧，被异派中人网罗了去，误人尚小，造孽事大。还望道兄三思。"凌浑接口道："齐道友，朱矮子口是心非，莫听他的。他的心事，我全知道。无非他和老姜知道，日后正教固是昌明，道高魔头也高，本是相对，妖邪也更猖獗。他把门徒全引到你门下，分明是畏难……"话未说完，朱梅把小眼睛一翻，正要还口，神驼乙休插口道："你两人，大哥莫说二哥，两家差不多，谁也不用激谁笑谁。你家这教祖也不怎好当，我驼子反正闲得没事，又不想修甚天仙。你们各当各的教祖，有人为难，都由我驼子和齐道友出头如何？"白谷逸笑道：

"你自己泥菩萨过江,自身难保。来日大难,道家四九重劫还未应典,倒惹下不少麻烦,哪一样都够你办的,还要代人拍胸脯么?"乙休笑道:"白矮子,说你也未必信,到时自见分晓,看我挡得住不?"

妙一真人知这几位仙人交情甚深,又都滑稽成性,每喜互嘲谑笑。但是乙休性情古怪,往往一句戏言,便要认真,恐又激出事来,忙道:"诸位道兄,不必说了。未来之事,家师已早留示:道家四九重劫,临场的共十一人,只有一人应劫,恐难避免。乙、凌二位道友,金身不坏,不必说了。青城派的发扬光大,并不须甚人助力,更是出人意表呢。其实四九天劫,到时应劫的那一位,道行法力,并不在诸位道友以下,只为纵容门徒,造孽太重,终于误在门人手上。那抵御太阳真火之物,本分邪正两派,别人都有,他具备的功力独欠,致受了点伤,到了最后关头,终为魔袭。如非有人怜他修为不易,几于转劫凡人,再去苦修七世,重入玄门,均所不能,说来也甚可怜。他所需之物,今日新收女弟子便有一人无心获得,他却不知,性又骄狂,不肯俯就。小弟因事关定数,未便公然明告相赠,只索到时赶去,相机行事吧。"乙、凌二人,日常忧虑的便是这件事,大劫不特厉害,魔头神妙,尤其不可思议。一任运用玄功,潜心推算,仅算出应劫时日而止,未来成败休咎,全算不出。除了多备法宝和有道力的至交好友相助,一半再凭自己根行功力硬碰外,别无良策。一听真人指名相告,预泄先机,知道无害,好生欣幸,本都良友,也就不再争嚷。

这旁边却苦了一位藏灵子,自知门下良莠不齐,平日又爱护短,惟恐所说遭劫的人应在自己身上。偏生素来恃强好胜,有意拿话探询,又恐乙、凌、白、朱等人讥笑嘲讽。只得和妙一真人结纳,以他为人,到时决不至于袖手。终以事关成败,微一失足,万劫不复,心正忧疑,听真人说,那抵御太阳真火之物,新收女弟子便持得有,心中微喜。侧顾殿外平台之上,众男女弟子已将仪仗竖好,乐器放置。除岳雯、诸葛警我、严人英、林寒、周淳、司徒平、施林、邱林等八人早入殿内随侍外,余人都在齐灵云、霞儿姊妹二人指挥之下,正在安排筵宴,将从左元仙府、灵桂仙馆运来的玉几玉墩,一一布置陈设,已将完竣。忙又运用玄功慧眼,朝那面生年幼的女弟子身旁新赐的法宝囊中查看。这时,来宾中后辈也多齐集平台之上,人数虽多,藏灵子十有八九不曾见过。但是开府大典,众男女弟子各按年纪长幼,只有两种装束,每种俱是一色新着仙衣,又在做事,极易分辨。只李英琼、余英男是熟脸,到时先已见过,知是旧有外,只云紫绡和向芳淑年纪最轻。头一个入眼的是云紫绡,根骨之好自不必说,法宝囊中剑气透出,并无异处,又看了几下,俱觉不像。正留神查看间,瞥见在最后面闪过一个相貌奇丑、满头癞疤的胖女子,身后随定一个美如天仙的少女,看神气,似一同做完事,抽空去寻同道闲话。心中暗笑,一美一丑,相去天渊。正用慧眼查看,忽见丑女向鸠盘婆弟子金、银二姝招手,凑将过去。美的一个,随由囊中取了一把大如豌豆的紫色晶珠出来,与二姝观看。这二女正是癞姑和向芳淑。

芳淑因承极乐真人指教,本想在拜师时节将所得阴雷珠在人前现出,引逗那抵御四九天劫的前辈诸仙得点好处。不料教祖遗命,在开府以前拜师传道,失了炫露机会。芳淑灵慧,随众设置筵宴,正和癞姑一处,便向她请教,并说师长宴客,礼仪尊严,其势不能无故现出,问她有何高见?癞姑道:"这有何难,这些位老前辈神目如电,殿又宏敞,一目了然,只合他用,自会寻你。快把事情做完,你只装呆,听我调度好了。"芳淑笑诺,赶快将应做的事做完。癞姑悄道:"我们未送人,先向行家打听个行市,免得便宜了人。"说完,便拉了芳淑,遥对殿门走过。一边招呼金、银二姝,令芳淑取出阴雷珠,问此宝有何妙用?二姝惊道:"此是黑青阴雷,厉害非常。除家师外,天下只三人炼有此功力,俱非寻常人物。此宝一放便完,无坚不摧,专御真火神雷,为魔教中有名法宝。多大神通,也难在发出后收取。外人如在事前盗去,非但不能使用,宝主人心灵一动,立即爆炸,反为所害。不怕二位见怪,就比二位姊姊道力还高的也禁不住。向姊姊由何处得来?"癞姑抢口答道:"乃是极乐真人赐给师妹的,已经重炼过了。"话刚说完,便听殿内妙一夫人传呼向芳淑。芳淑应声赴人。夫人笑道:"后山仙果,俱已结实,你另约四五同门,速往采摘,以备少时宴客之用。"芳淑领命自去。

藏灵子一见,便认出那是阴雷,正合抵御天劫之用。又听妙一真人口气,分明示意自行索取,否则早命门人取赠,必不如此说法。方想设词出外,暗中跟去,凌浑已先起身说道:"后山洞庭枇杷、杨梅,芳腴隽永,远胜荔枝,我生平最是喜爱。愚夫妇少时宴后,须送灵峤诸仙一程,暂时无暇再来，意欲暂借一枝，带回山去，主人肯否？"妙一夫人笑道："焉有不肯之理。门人采取，恐违尊意，烦劳亲往后山，选取如何？"凌浑说声："多谢！"便自起身走出，一晃追去。藏灵子知凌浑也认出此宝，借故往索，自己一持重，晚了一步。如若全被得去，凌花子为人，虽可找他分润，却非输口不可；就此赶去，又恐被人看破，向小辈要东西，有失尊严。

心正难过，忽听赤杖仙童阮纠笑道："佳会不常，美景难逢。此时外间天甫酉初，月还未上到中天。如以法力大放光明，使一轮明月映照碧波，未始不可，终嫌造景不如天然风景清妙。仙府新境初建，美景尚多，均未游览。此地有崇山峻岭，茂林繁花，更有平湖清波，飞瀑鸣泉，虹桥卧波，琼楼交峙。始若候到月上中天，略借法力，由凝碧崖前将皓月清辉引将下来，照彻全境，上下天光，岂不又是一番清趣？贤主嘉宾，良宵美景，稀有之盛。诸位道友，如无甚事，何妨稍留鹤驾，暂息云车，索性多留半日，请主人将盛筵暂缓，先将全境游遍，归来正好月上，然后对月开樽，临波赌酒，岂不倍增佳趣？"说完，谢山、叶缤、岳韫、乙休、朱梅、白谷逸诸仙首先赞妙，余人也都附和。这时凌浑已满面笑容走回。妙一真人笑道："凝碧崖旧有十八景，今番改建之后，只灵桂仙馆一处新设。余景除经仙师洞图命名外，好些多未定名。本意诸位前辈道友来时，正值闭洞习法，未暇一一陪侍，诸多失礼，欲借杯酒，先申歉诚，略尽主礼。会后再陪同游玩，分别赐以佳名。既承先施之惠，敢不应命。"说罢，立即传知众门下弟子，只留下岳雯、郑八姑、秦紫玲、齐灵云男女四弟子在殿台轮值，余者无论主客，俱都同行。

妙一夫人说："仙府左侧一带松径涧谷，适才众仙同宁一子往植幽兰，已经去过，只左元仙府不曾走到。便请众仙由殿对面长桥越过圣泉湖，绕灵翠峰出红玉坊右桥，转由右面一带山峦中通行，到右元仙府少憩。再绕行到少元仙府后面，适才种植花果的后山一带赏花。再经后山绕行东面一带山径，经过右元仙府，绕到适才众仙植兰的涧谷尽头。由此通向中路的山径折回，到中央太元仙府，顺广场正路，由中元仙府后门归还原处。这样差不多可把全境游遍。"青囊仙子华瑶崧道："我们人数太多，同在一起，他们小一辈的见师长在前，难免拘束，不能尽兴。我想主人、各位道友、老前辈同做一路。众高足难得聚首，最好由他们自结友伴，不限定人数道路,随意游行。愿随侍各人师长的听便。诸位以为如何?"藏灵子首先说好,众仙也随点头。于是把长幼分作两起。行时,藏灵子用本门心语,对熊血儿传命。

血儿自来仙府,便随侍师父,不曾离开一步,一个知好没有,势最孤单。知道峨眉门下这些女弟子都不好说话,身是异派,素不相识,冒昧凑近前,一个误会,便遭无趣。

出殿以后,见长一辈的众仙已由主人陪同,下了平台,往长桥对崖走去,波光仙影,冠裳如云。小一辈群仙,也三三五五,命侣啸侣,笑语如珠,各寻途径,往四外散去。鬓影衣香,云裳霞裙,个个仙风道骨,丰神绝世。加上眼前景物,百里香光,这幅仙山图画,便小李将军、郭汾阳等古名画家复生,也无处着笔。正在呆看,打不起主意,如何下手,忽见诸葛警我由长桥上走回。

诸葛警我和司徒平、林寒、庄易,还有三英中的严人英,俱极谨饬。虽奉师长之命随意游行,终恐师长万一有甚使命,身侧无人,传声相召固可立至,终不如随侍在侧的好,并且还可长点见识。五人退下来一商量,便跟上去。这时不知何故,诸葛警我忽然折回,碰到血儿,朝他点首笑道:"熊道友,为何不去游玩,没有伴么?"血儿猛想起来时正是此人接待,引入仙馆。师父背后还说此人功力深醇,人又谨厚温柔,不露圭角,异日必成正果。和自己虽然谈未多时,却极投机,有问必答,甚是诚恳。不似别的正派中新进门人,多半心存歧视,气味不投。闻言立即乘机答道:"小弟与贵派同门俱是初见,无多交谈,仙府路又不熟。本想追随各位尊长,无奈先前已经禀告家师,自行游玩。好在此地虹桥碧水,花光如海,气象万千,一样可以领略,意欲在此暂憩,还没想到如何云游哩。"诸葛警我笑道:"道友嫌无伴侣,这个无妨。小弟本随师长同行,中途想起有几句话,忘向轮值诸同门交代。请在此小候,小弟交代完了,就来奉陪如何?"血儿暗喜,忙即谢了。

诸葛警我随去殿内,和岳雯等说了几句,便返了回来,问血儿,愿往何处游玩。血儿道:"适才种植幽兰之处,风景绝住,那些兰花都是异种,尤为可爱。道友适才有事,必还未去过,我们往那边走如何?"诸葛警我知道那是往绣云涧后仙厨去的路径,众仙行时,向芳淑等五女同门正采了些枇杷、杨梅、荔枝、李子、醉仙桃等佳果回来，癞姑迎上前去，告以游山之讯，商议将果物送到仙厨，即由当地起始游览。血儿师徒刚巧走出，定被听去。果然华仙姑料中，不禁暗笑："我就陪你同往，看你遇上时，如何下手？"故作不知。恰好血儿心急，因芳淑已去了一会儿，大家都是步行，不能飞往，欲把脚步加快。诸葛警我偏成心怄他，假装玩景，不住指点泉石，领略风光，随地停留。血儿始而非常愁急，继一想："师父说遇上那穿藕荷色短衣，女童打扮，姓向的女子，可以便宜行事，但能明索或以宝物交换最好。看对方情势，非特长一辈的高人甚多，便这些后辈新进，也都不弱，一个弄不好，既误大事，还要丢人。明夺决不可为，暗取也极艰难。素昧平生，如何开口和人商说？"又想起荡妻施龙姑可恨："她如不犯淫邪，前番不同一干妖人来犯峨眉，今日岂不正好同来？以她资质美貌，言谈机智，和对方一拍便合，本身得上好些便宜，交上许多正经同道，还替师父也办了事，这有多好！偏生天生淫贱，甘居下流。如不为了师门恩重，忍辱含垢，早已杀却。"方在寻思，气苦发急，人已走到绣云涧侧。一眼瞥见向芳淑同了四个女伴，由仙厨前面，一路花花柳柳，说笑走来，径由斜刺里走过，转向对面许多仙禽翔集的岭腰上而去，恰与植兰的涧谷相反。这时，只朝诸葛警我一同恭恭敬敬叫了声大师兄，正眼也未朝自己一看。如无诸葛警我同行，就不能上前答话，也可设法，暗中隐身尾随，相机行事。这一来，反多了一个大阻碍，正暗中叫不迭的苦。忽听诸葛警我笑问道："道友有甚心事么？只管出神做甚？"血儿生怕被他看破，暗忖："他是峨眉大弟子，道行法力必高，要想背他行事，决不可能。此人甚是长厚，莫若舍个脸实言相告，也许能代自己手到要来，不向别人传扬。"便向诸葛警我苦笑道："明人面前不便说谎。小弟现有一事奉求相助，不知可否？"诸葛警我笑道："你我两辈同道之交，有话只管明言，但可为力，绝无推辞。"血儿看他意诚，喜道："道友真个至诚君子。实不相瞒，小弟将来有一大劫难，非得魔教中阴雷不能解救。这类人物，家师虽认得两个：一是所炼阴雷，威力不足；另一个本恶人，近来忽要改行向善，闭门多年，不肯见人，所炼阴雷虽多，却一枚也不舍送人。家师又不喜无故求人，时时为此愁急。适见贵派一女同门，得有此宝不少，意欲求取三粒，由小弟赠她一件宝物，以当投桃之报。只为素昧平生，不便上前。正在殿台为难，恰值道友盛意约游,早欲奉托,羞于启齿。适见那位向道友便有此宝。现时仙府内觊觎此宝的尚还有人。此宝贵派并无用处,而小弟却是关系他年成败,惟恐他人捷足先登,好生忧虑。今承垂问,如蒙鼎力相助,请向道友转让,感德非浅。"随由囊中取了两粒大如龙眼,光芒夺目的宝珠出来。正要递过往下说时,诸葛警我早受了青囊仙子华瑶崧指教而来,本意只防藏灵子不好意思明说,暗令门人相机求取,而血儿性急如火,向芳淑又看他不起,万一情急下手,明夺暗盗,把本来两各有益的一件好事无心铸错,生出嫌怨,岂不更糟?闻言本想点破,继见血儿满脸惭惶之状,想起他师徒学道多年,能有今日,也非容易。既要求人,自身埋应向主人明说,偏要好高,顾全教祖身份,却令门人鬼祟行事。一个闹穿,丢人岂不更大?血儿身世处境最为可怜,已经有心成人之美,何必揭穿,使他难堪?便不去说破,接口笑道:"向师妹年幼,稚气未脱,不知由何处得来此物,本无用处,奉赠道友就急,再好没有。既是同道,又非世俗交游,讲甚报酬?小弟也决不令她告人。宝珠请即收起,再提投赠便俗。请稍等候,小弟必为道友取来便了。"

血儿总以为双方道路不同,虽不似别的异派,如同冰炭,不能两立,终不免貌合神离,就肯应诺,也还有些拿捏。没想到如此顺利,并还守口,不以告人,真是感激万分。由此连藏灵子也对峨眉派有了极好情感,遇上事便出死力相助。对诸葛警我、向芳淑二人,尤为尽力,双方遂成至交,互相助益不提。

血儿还在极口称谢,诸葛警我已匆匆飞去,不一会儿,便持了五粒豌豆大小、晶莹碧绿的阴雷珠飞回,说道:"向师妹此物,得有颇多。说是九烈神君所炼,恐三粒万一不够应用,又多赠了两粒。"血儿一听是九烈神君之物,越发惊喜交集,暗忖:"峨眉这些门下,真是奇怪,入门想都不久,连得道多年的人,本领俱无他们大。九烈阴雷,小业轩辕老怪所炼阴煞之宝,威力极大,尤能与他心灵相通,外人拿在手上,他心念一动,立化劫灰,炸成粉碎。再说也无法到手。此女小小年纪,根骨固好,并看不出有何过人之处,竟能收下许多,怎不令人佩服?本门教祖不禁婚嫁,似这里许多天仙化人,自己竟无福遇合,却娶了施龙姑这个淫妇,真乃终身大恨。"诸葛警我见他口不住称谢,面上神情似喜似怒,笑问:"道友还有甚心事么？"血儿忙答道："心愿已了，还有甚事？只道友与向道友大德，无以为报。又想贵派门下，怎有这么多异人？无论各派中人，俱都望尘莫及哩。"

说时，正要转向东北去看幽兰，忽见昆仑门下小仙童虞孝、铁鼓吏狄鸣岐面带愁容，由后走来。诸葛警我先在殿内看过师祖玉匣中的名单，知道二人不久也是本门中人，便转身迎问："二位道友，意欲何往？如若无事，何妨结伴同游？"血儿也随声附和。二人原认得熊血儿，暗忖："他乃藏灵子传衣钵的爱徒，素来忠心于乃师，不与外人交往。怎会背了师父，独个儿和峨眉门下大弟子在此无人之处密谈？并还面有喜色，双方神情也甚亲密，直似多年知交，绝非初见，与他平日为人，大是不类。看起来，峨眉派真易使人归向，连他这样人也受了引诱。"反正闲游，便想探个虚实。互相看了一眼，一同点首应诺，并在一起，往前走去。一会儿走完松径兰谷，越过洞上游的危崖，又经过了好几处仙景，便到右元仙府。三人都未到过，先以为五府同开，右元仙府必也一样富丽辉煌，气象万千，左近景物尚且如此清丽灵奇，何况本洞。哪知到后一看，大出意料。原来那左元仙府附近景物，尽管优美繁多，正洞只是一座百十丈高的孤峰危壁，洞在峰腰，约有方丈大小，看去阴森森的。全峰笔立如削，由上到下辟有一二百个大小洞穴。最大的洞穴，高不过五尺，宽仅二尺，约有二丈来深，至多可以容得一人在内趺坐。小的大人直容不下，也只二三岁幼童，可以勉强容纳。有的浅不过尺，坐处并还向外倾斜，形势不一，各有难处。环峰四外，俱是松杉之类古木，大都一抱以上，参天蔽日，衬得景物越发阴晦。绕向峰后一看，正对前洞，还有一个后洞，洞门上横刻着"心门意户"四个朱书古篆和些符偈。

三人见了，很觉奇怪，料知左元洞内必有玄妙设施，想到洞中探看。小仙童虞孝刚开口一笑，诸葛警我笑道："此是本府左元洞十三限入口，平日为众弟子修炼入定之所。以后除奉掌教师尊特命外，众同门自问修炼到了年限火候，必须先由这心门意户通行，越过内中十三道大限，经由前洞口飞出，然后去至中元殿内禀进师尊，始得下山修积。从此往来自如，并可在外另辟洞府，任意修为。便是回山，也另有景物享受和无不优美的清修之所，毋庸再来此洞受苦了。如若修炼未到功候，或是自信不过，休说游行自在,便连本府偌大一片仙景,也休想能够游涉。只可在少元洞内炼到能够服气辟谷,或是师恩准其速成,赐了辟谷灵丹,然后仍须常年在这峰壁小洞穴中潜修。除却每日有一定时,可以随意在峰侧一带和峰左青溪坪、古辉阁两处,与众同门互相比剑观摩外,余者都好比千仞宫墙,人天界隔,可望而不可即,不能擅越雷池一步了。至于各位师尊,也只偶然来此指点传授,此外难得见面。本派同门新进者多,颇有几个修道年限功候全都不到,便自告奋勇,下山历练,使内功外行同时并进的也可禀明师长,甘冒奇险,径由左元十三限,或是右元洞内火宅严关,硬冲出去。这十几位同门师兄弟,大都仙缘福泽至厚,根行坚固,又都持有两件极灵异的法宝飞剑,凭着以身殉道的勇气,方始侥幸成功。右元火宅关口只有一道,看似没有左元十三限繁难,但凶险更大。这两处地方,到时一个把握不住,轻则走火入魔,像以前百禽道长、郑八姑等一样,不能行动,须要多年潜修,受尽苦楚,培养心头活火,凝炼元神,重生肌骨,复了原体之后,二次重度难关。稍一不慎,仍是重蹈前辙。转不如循序渐进,现时虽然艰苦,年久水到渠成。那重的,不是五官四肢残废一两处,永难恢复,便是寿命转劫,甚或形神全消,都在意中。虽然师恩深厚,暗中必有极大法力护持,丧生灭神尚不至于,便是走火入魔,也非人所能堪了。这里你们只看到孤峰陋洞,还不怎样,那由少元洞转来峰上洞穴中修炼的,中间尚须绕行左元洞许多险境,才能到此呢。"

铁鼓吏狄鸣岐问:"在火宅、十三限之外,还有何险?"诸葛警我道:"左元洞位于地底,上面凡是危峰峭壁,鸟道羊肠,遍布蛇兽水火等各色各样的危机险境。入口之处,名为小人天界,所历景物甚多。人行其中,只要心志不纯,立时地棘天荆,寸步难行。可以使经历的人,在那暗无天日、地狱一般的危境中,逃窜上三五个月走不出来。必须凭着定力灵慧,才可从容脱出。这是将来连闯十三限的初基,虽无这里凶险,早晚终可脱出,但那定力不坚的人走了进去,稍微疏忽,那苦难也够受了。现今这两处仙法尚未发动,左元洞那些危峰峭壁,鸟道羊肠,俱是实境,尚可一观。此洞虽设有十三层难关人限,全洞长大不过十余丈,此时内中空空,有甚意思?"熊血儿暗忖:"以前常觉旁门灾难太多,尤其天劫厉害,正宗玄门得天独厚。今到峨眉赴会,见这些末学新进,为日不久,竟有好深功力,令人妒羡。哪知他们也还有这么多难处，无一容易得来。人家先难后易，早把根基打好，不畏魔扰，所以天劫也不去寻他了。"方想如何到这两处洞中见识，尽管仙法不曾发动，也可增长阅历。虞孝和铁鼓叟狄鸣岐已向诸葛警我商请，引入洞中见识。正要从旁随声附和，诸葛警我已笑对二人道："二位道兄，此时还不是进洞的时候。再者两洞均非延宾之地，洞口已经封禁，来客只在附近游玩，无进洞者。既是二位道兄必欲先往一观，我略微担点责任，连熊道友一起同往好了。"虞、狄二人听他语气称谓，好似含有深意，心中一动。诸葛警我已引三人转到前峰，说声："请稍等待。"连忙飞身直上。

三人见他抢先引导，料知洞中必有一些现在外面的机密布置，不欲外人看见。装作不解，不等招呼，跟着飞上。到了洞中一看，由前洞口直望后洞口，空无一物。就这慢得一步的工夫，诸葛警我已不见踪迹。洞与外观孤峰一般大小，比起两边洞门却高得多，地也凹下，洞壁仿佛甚薄，看去不似石土凝成。用手微叩，渊渊作金铁声。心想："后洞门外，壁有符箓，诸葛警我也许故弄狡猾，由此穿出。"心中寻思，同往后洞门走去。刚往前走不到两丈，三人相继回顾洞中，只剩了自己一个，同行二人不知何往，唤也不应，心中一惊，方觉奇怪。再看前后洞门，俱已隐去，神志也似有点迷糊，思潮全集。熊血儿道力较高，觉出情形不妙，知是自己不听招呼，冒失所致。自身是客，再如恃强乱闯，触动洞中禁制，失陷在此，师门面子难看。赶紧宁静心神，高呼："诸葛道友何往？请即现身。"脚便停住，不再前进。这一来，果然好些，虽仍进退两难，尚未现出别的幻象。铁鼓叟狄鸣岐人较平和，发觉身侧二人忽然失踪，现出上述景象，情知落在对方禁制之内，事前原嘱少待，不能怪来人卖弄神通为难。心想："此洞既是峨眉门下弟子成败关头，定必玄妙莫测，凭自己这点法力，万冲不出。既是来客，主人不能坐看出丑，久置不问。"于是也不再前进，强摄心神，停在当地，静候主人解救，和熊血儿一样，也未见甚异处。

惟独小仙童虞孝生性好胜。前在白阳山妖尸墓穴受挫之后，因恨嵩山二老，兼及峨眉，心中先存敌意。见状认作诸葛警我故弄玄虚，心中大怒，暗忖："此洞共只三数十丈方圆，洞壁甚薄，眼前无非幻景，估量方向不曾走错，何不给他一个硬冲。冲出固好，即使破壁飞出，主人自己不在此接待,有意卖弄家私,隐在一旁,发动埋伏欺人,先失礼貌,也难怪我,怕他何来?"心虽这么想,毕竟久闻峨眉威名,终是有点内怯。为防万一,特意放出飞剑,护住全身,并将身畔法宝取出备用,驾起遁光,朝前疾驶。满拟飞行迅速,这数十丈之隔,眨眼即至,否则便该埋伏发动,有了阻挡。哪知飞行了一阵,别无迹兆,不特前后洞口和两同伴不见,而且四顾空空,上不见天,下不见地,身在其中,加紧飞驶,渺无涯际。又急又恨之下,一发狠,便将师传至宝风雷錾取将出来,欲将洞壁震破。平日此宝一发,便是一道火光,挟着风雷之声飞出,无坚不摧,声势甚是猛烈。及至这时扬手飞出,仅止一溜火光,朝前飞去,略闪即隐,声影皆无。知道不好,赶紧收宝,已收不回,心中一惊。猛觉身落实地,定睛一看,护身飞剑也没了踪迹。当时天旋地转,神志渐昏,似要晕倒。正惊急害怕间,猛觉眼前一花,金霞乱闪,照眼生辉,突现出十余个朱书古篆,大约径丈,都是光华四射,飘忽如电,一个接一个,连是甚字也未认清,一闪即灭,字尽光消。诸葛警我忽在前面现身,前面洞口也自现出,回了原状。再看熊血儿和狄鸣岐,也在身侧站定,和适才同行情形一样。回顾前洞,就在身后,直似做了一场幻梦,根本不曾前进。飞剑法宝已失,心中愁急。暗察熊、狄二人,神情却似泰然,若无其事。不禁惊疑愁急,不知如何是好。

忽听诸葛警我说道:"虞道友,法宝飞剑怎不收起,放在地上做甚?"虞孝赶紧随手指处一看,果然一宝一剑,俱似未用时原形,遗放在身侧地上,忙即收起,羞了个面红过耳。忍不住向狄鸣岐问道:"适才狄师兄可曾见我么?"熊血儿见他惶愧情景,猜知就里,笑道:"我们自己性急,不听诸葛道友的招呼,冒失先上。如非主人手下留情,正不知如何献丑呢!"诸葛警我忙道:"道友想错了。小弟因此洞禁制虽未全设,规模已是初具。自身法力浅薄,惟恐忤犯嘉客,侥幸事前随侍家师,得蒙指点秘奥,意欲先将禁法止住,再请入观。哪知三位道友心急先上,埋伏一经触动,收起来便稍费事,为此略微耽延,也只盏茶工夫。掌教师尊所设禁制,尚无十分之一,入伏人只要心略定,不再作前行敌视之想,立可无事。小弟虽然无状,焉有忤犯尊客之理?"三人自觉被困时久,少说也有半日,一听只有盏茶工夫,又听所设禁法不足十一,已有如此神妙,如果全设,威力可想。好生敬佩,各自拿话探询此中玄妙。诸葛警我只答此与佛门中殊途同归,一切景象身受,皆由心念引发,只要明心见性,神智澄明,不为七情六欲所扰,便可通行无阻。自己不过适逢机会,随侍在侧,略窥皮毛。如待全设,自知薄质浅学,本身尚难通行,如何告人?三人料他不肯详说,只得罢了。随同走遍全洞,仍是空无迹象可寻。适见霞光古篆,竟查不出一丝迹兆,不知何来,不知何去,如此厉害,端的神妙无穷,令人莫测。无可流连,只得退了下来。虞孝对于峨眉,先是又嫉又畏,经此一来,更知万不如人,由不得生了敬服之意。狄鸣岐更是早已心服口服,都只为师门恩厚,不肯向往外人,舍旧投新罢了。

四人下来之后,正商议往右元洞去,观赏景物,并窥火宅妙用。忽见朱鸾面容悲忿,同了癫姑、向芳淑、申若兰并肩密语,由侧走过,四人也不做理会。跟着路上又遇见东海鲛人岛散仙巫启明的门人神风使者项纪,他和熊血儿原是熟人。见了血儿,唤至一旁,问可知道前行三美一丑四女来历姓名与否。血儿答道:"内有三个,俱是主人门下,难道你看不出服饰?问她们做甚?"项纪不知血儿现时已和乃师一样,与峨眉成了一气,便答:"峨眉三人我知道,只问那穿杏黄云肩的一个,还有那外来的一个。"血儿心性刚直,有德必报。知他师徒虽然得道多年,仍是旁门故态,这次来做不速之客,就许受了许飞娘等人怂恿,未必安甚好心,适才未曾出手,定是自觉无力,知难而退。这时打听二女,不知又想出甚花样?想起向芳淑赠阴雷珠恩惠,便向他道:"这两个,一名向芳淑,一个似是金钟岛主门下,不知姓名。你尾随她们何意?"项纪答道:"这是她们自己不好,鬼鬼祟祟。四个贱人,随在师父身后窥探,一同指着师父咒骂,好似有仇神气。当时师父正离了主人,和几位同道闲立谈说,她们以为隔远,可以任性咒骂。不知师父早已留心,故意离开主人,便为暗查她们动静。刚听出一点,便被丑女觉察,一同走开。师父疑心内有仇人之女,命我来探。正要隐身追近,便遇见你。我因那金钟岛来的一个和穿杏黄云肩的长得最美,故此朝你打听。你往日不也恨她们?何不助我一臂,日后得便,弄她一个快活,岂不是好?"血儿知他素来冒失,乃师法力也确实不弱,惟恐向芳淑吃亏,便先告诫道:"这几个少女虽是年轻,一个也不好惹,莫要自寻无趣。"项纪哪知血儿心意,笑答:"谁还不知此时身在虎穴,只不过先探一点虚实,到底谁是师父仇人,等离开这里再作打算。你这样胆小做甚?"说罢自去。

诸葛警我同了虞、狄二人在前缓行相俟,早看出项纪说话神色不正。血儿说完,追上三人,并不隐瞒,照实一说。诸葛警我知道向芳淑乃金姥姥罗紫烟的晚亲至戚,幼无父母,怀抱之中便被度上衡山白雀洞去抚养。因她灵慧异常,最得师尊欢喜,欲使深造,不令外出。本人又知勤奋用功,毫不务外,不像何玫、崔绮两师姊时常离山他出。直到近日,因奉师命,要转投峨眉门下,欲立功自见,方始下山修积,在外行道。为日无多,决不会与海外奇门之士结怨。真有大仇在身,乃师金姥姥先就出头,何至谋及外人?癞姑虽是后辈,一则自身法力颇高,乃师屠龙师太生性疾恶,又最护犊,巫启明如若有仇,也早不俟今日。申若兰前在红化姥姥门下,向不和外人来往。自投本门,从未离群独行,人又和善,更无仇怨相结。内中只有朱鸾较似,但是她居金钟岛,偏在南极,鲛人岛在东海尽头,虽然同是海外,两下相去,比起中土还要遥远。乃师又向不与同道往还,正邪各派中人,连知道她姓名行藏的人,都无几个。再看朱鸾来时神情口气,分明拜师以来,初次离岛他出。乃师与师门至交,谢山、杨瑾俱住在此,如是仇敌,怎会不去禀告,却在背地约了新交的几个同道姊妹,去招惹这样强敌?

诸葛警我正感奇怪,忽听矮叟朱梅在耳旁说道:"朱鸾与妖道巫启明有不共戴天之仇。只因我和杨道友商谈,被那小癞尼听去,一时好事,不等我们嘱咐朱鸾,暗中先去告知;同时自告奋勇,引了朱鸾、向芳淑、申若兰,想认准妖道师徒面貌,为日后相助朱鸾,合力报仇之计。不料行踪不秘,反吃识破。妖道真是胆大,竟敢暗叫妖徒尾随下来,用他那面摄心镜,先将四女真形摄去。以为这样做法,当时四女毫不觉察。他回岛以后,只需探明四女一离本山,便可对镜行使妖法,将神形一齐摄去。却不知在令师和我们这些人眼底,因他先还安分,远来是客,任其列席,自是格外宽厚,如何能容妖道猖狂作祟?因此改了初川,意欲等他师徒一离小山,便给他们一个厉害。我便暗跟下来,掩在四女身前,妖徒只摄去了四个幻影,真形并未摄去。我料朱鸾该报亲仇,妖道以前积恶,近虽轻易不施故伎,假充好人,已难掩盖,气数将尽。但他练就三尸化身之法,又擅灵光遁法,人更机警,稍觉不妙,便要遁走。再去寻他,便要费事。朱鸾必须手刃亲仇,本身法力却非其敌。我们日后忙碌,又无余暇空闲。如要除他,斩却三尸化身，只用红欲袋，以毒攻心，较为省事。血儿和妖徒相识，并无深交，却极感向芳淑赠他师父阴雷之德。我已嘱咐四女，乘着会后，两辈主人同出送客，可以各按私交随意远近。这半日之暇，先去姑婆岭埋伏相候，由朱鸾当先明报父仇，三女在旁相助。妖道必被激怒，意欲就势摄走。你到时借送血儿为名，同往姑婆岭，作为无心相遇。他见向芳淑有难，必要上前劝解，妖道必恃强不听。等到双方破脸，血儿势成骑虎，不能与妖道并立，我和杨、叶二道友也相继出现。那时不仅妖道，就连今日心蓄诡谋，临场胆怯，假做来客，不敢动手的一些妖孽，均可一网打尽，免得日后又去为害世人了。"说罢寂然。

血儿等三人不知有人用千里传声，向诸葛警我耳边说了这一大套。见他从容缓步，一言不发，笑问："道友有甚心事？"诸葛警我乘机试探血儿道："向芳淑师妹性情和善，根基甚厚，最得师长钟爱。只因年少好强，容易树敌。适才见她眉间煞气，颇有晦色，日内必有灾厄。那项纪之师巫启明十分厉害，以前积恶如山，近数十年虽闻业已改悔，仍免不了故态复萌，既与为仇，实是可虑。道友与他师徒可交厚么？"血儿道："项纪为人，心粗性暴，只仗师传法宝，自身法力不高。前在东海采药，偶游鲛人岛，是他无故恃强欺人，打将起来。适值他师父不在，他敌我不过，逃往宫内，妄用乃师所炼镇山之宝，被我用玄功变化，强夺了去。因奉师命，不许在外伤人树敌，原是逼而成敌，没想伤他，见已力绌技穷，本欲带了宝物走去。这厮也真脸老，看出我无甚恶意，知道至宝已失，师父厉害，回山便是死数，竟向我求饶，说了许多好话。因已服低，未与计较，便将法宝还他，由此相识。他岛上种了不少灵芝，以后又去过一次，承他款待甚殷，我却看他不起。乃师也只闻名，未曾见过。后来家师闻说此事，不令与他师徒亲近，便没再去。可是他每一见我，必要周旋。我不愿使人难堪，虚相酬对，实则无甚深交。他偏当是打出的交情，几次要引我见他师父，我均婉拒。适才他奉师命，在仙府长老群仙之前闹鬼，何等机密丑事，竟会当着道友，将我唤向一旁，吐露真情。心粗浅陋，可想而知。听说乃师只是法力高强，心性也和他差不多少，真可谓难师难徒了。至于向道友与他师父结仇一层，他师徒虽是一向冒失，但贵派各位前辈仙师，道妙通玄，决不容他猖狂，何必多虑？少时得便，我再向这厮探询真情，究为何事结仇，意欲何为？就此警告他几句，能够无事最好，如真生心害人，与向道友寻仇，小弟虽然道力浅薄，独对他师徒，却有制他之策。或是先期预防，或是探明时地，到时往援，定当略效绵力，以报适才赠珠之德便了。"诸葛警我见他豪爽热诚，甚是欣慰，随口谢了。

且谈且行，沿途又见了好些美景。遥望长老群仙同了众仙宾，正由灵峤仙馆一带全仙府景最清丽之区游赏，不便迎去。便由中段改道，绕行捷径，经由前元仙府之后，去至右元仙府。诸葛警我为想暗中点化虞、狄二人，特地引向右元仙府前面，新入门弟子必须通行的入口之处走进，以便周历全景。那入口是一条极深险的峡谷，上有"小人天界"四字题额。四人正往里走，血儿忽接乃师藏灵子传音相唤，命即前往灵桂仙馆相见。血儿料是师父见已久未复命，关心向芳淑的阴雷珠不知到手没有，唤往相询，便向三人告辞说："家师传音相唤，不知何事，不暇奉陪。"说罢自去。虞、狄二人初进谷口时，见谷径狭小，全崖只有数十丈高下，危壁之上满布羊肠窄径。内中景物，分别看去虽似奇险，仿佛和人家园林中盆景假山一样，层峦叠嶂，幽谷危崖，名色虽多，但无一样不是具体而微，不切实用。心中暗笑："这类布置，尽管鬼斧神工，穷极工巧，曲折盘旋，形势生动，无如地势不广，共只数里方圆，不过比人工布置的假山大些，还不如一座小山。景又太繁，几步便换。最高最险之处，高远相隔不过三丈。休说道术之士，便寻常稍习武艺轻功的人，都可随意攀援上下。来时曾见一个僬侥小人，如说为他们而设，还差不多。偏说得那等难法，并还是无论何人，入门均非经此不可。即便暗藏五行生克，如八阵图般布置，可使身入其中的人视蹄涔为沧海，培塿为山岳，那也只能混凡人耳目。以峨眉今日的势派，那道行法力俱有根底，闻风向往，自行投到的人，以后想必不在少数，这点障眼法儿，绝瞒不过。明明可以随意通行，却仍要使其出此经历，岂非儿戏？真要藏有法术禁制，那从未学道，只根骨特厚，初次入门，连武功都未练过，又万过不去。既有火宅严关和左元十三限为出山行道的试金石，何须画蛇添足，多此一举？"二人心思差不多，而虞孝轻视讥笑之念最甚。

正各寻思，诸葛警我见二人自入小人天界，一路观望，互递眼色，口角带笑，知有轻视之意。故意笑道："家师曾说火宅十三限，为有法力道力门人而设，尚不为难。独这小人天界，因为来人初次入门，功力不济，甚或是个连武功都没有的文弱幼童，所以不问他本身功力，只要是根骨深厚的有缘之士，便可通行；否则，任是多大神通，也通不过。即或有了福缘，应是本门弟子，而心意不坚；或是上来看得太容易，不甚诚信者，虽然未了省悟，仍可脱出，所受苦难却多。故此颇费一番心力呢。"虞孝暗忖："如说峨眉各长老法力，照近来所闻所见，确是高出别派之上。便门下弟子，也无一庸流。至于这小人天界之设，分明想使新进门人加增本门信仰，使不会法术的人容易通过。等那道术之士通过，却在暗中行法作梗，以示神奇。反正可以推说我二人是外客，不便请试；或是推说师长所设，未到用时，故可通行无阻。我偏给你点破，看你如何说法？"遂故意问道："少时客去，新进门人便须由此通行。听道友口气，令仙师既费心力，想已设备齐全了？"诸葛警我道："那个自然。"虞孝又道："怎我等也能附骥游行，其中并无阻滞？除却崖谷幽奇，景物险阻，有似人家假山盆景，想见昨晚陶冶丘壑，匠心神工，法力无边外，并未觉出如何艰难。莫非因有道友引导，方故而不显？或是外人不堪造就，因而任其通行么？"诸葛警我暗笑："我如不叫你尝尝滋味，你也不知本门威力。"便笑答道："这里新入门的通行难易，视各人心志定力如何。至于外人，更是休想妄入一步呢。这里地势虽小，一切布置有类人家园林或假山盆景，内中实具无限妙用。如换别位师弟，也不敢引客入游。只为小弟不才，入门年久，昨奉师命，忝为门人之长，而这小人天界，便归小弟掌管，颇知内中门径。而二位道友此时以外客来游，入门便走的是应行之路，虽不免沿着两崖上下的鸟道羊肠，峰崖幽谷，攀援绕越，多费一点跋涉升降，却和寻常游览一样，毫无异状。生人到此，如若心志坚纯，具大定力智慧，也可履险如夷，从容通过。如无人引，或是中道自行退出，误入歧途，立即被困在内，非到末了省悟，恐难脱出呢。"

虞孝心终不信，便向狄鸣岐道："此间如此精微神妙，反正地方不大，时间尚早，我和师兄何不勉为其难，试看配上峨眉门墙否，以博诸葛道友一笑呢？"狄鸣岐听诸葛警我口气，也误作八阵图之类。这类五行生克、九宫八卦禁制之术，原是昆仑派专长。只为近日闻见经历，深知对方法力无边，神妙莫测，向虽不甚信服，犹存戒心，不敢轻举妄动。但因虞孝生死至交，知他性强，说了必做，自己不听，便要独行，拦劝无用。心想："对方是主，为人又好，决不至于使客过于难堪。一人势孤，二人合力，到底好些。"为留少时地步，笑答道："乘此千载一时，增长见识，自是佳事。但我二人法力浅薄，如真失陷阵内，无法脱出，还在其次；如因时久，误了盛会，岂不可惜？到时还望诸葛道友格外留情呢。"诸葛警我听他先打招呼，便答道："话须言明在先，此间阵法乃家师所设，小弟只奉命掌管引人入内，略加告诫，一切妙用早经设定，到时只把门户开放，任其通行，并不中途行法变幻颠倒，向来不作梗，一切听之。人陷在内，除却家师看他不堪造就，亲来送他出门，也无法去援引相助，全仗本人心志定力如何。二位道友到时，必能通过，决不致错过夜间盛会，却可断言。小弟现由应行之路绕出去，至那边出口相候。此外何途，皆可通行，只是不易而已。二位道友，能记准小弟所行途径，也可就此走出，难易全在自己。说起玄妙，实则又无甚奇异呢。"虞孝早已不耐，答说："既是皆可通行，道友请便，弟等勉为其难好了。"

诸葛警我微笑，道声："前途相候。"往前飞驰不过四五丈，忽又飞升危崖上面的羊肠小道，折转回来，再往前进。似这样忽上忽下，忽进忽退，只见遁光飞驰，往复盘旋于危峰峭壁、鸟道悬崖之间，宛如孤星跳掷，晃眼不见。狄鸣岐比较谨慎仔细，先颇留意观看，想作万一打算。因被虞孝一拦，不令详看示怯，且对方飞驰既速，所经上下途径又是错综反复，曲折交岔，宛如蛛网，稍失一瞬，便难认出，记也委实艰难，总想主人不会使客过于难堪，只得罢了。虞孝虽不令狄鸣岐记认对方所行途径，却极留意对方有无动作。嗣见诸葛警我一晃飞出，并无行法之迹。行前又曾说，设施早定，来人有无法力，一样身经，决不在中途行法，向人作梗。越认定是八阵图之类。二人商量，偏不照对方所行途径，因为负气，要由谷中通行。初上来并未过于骄敌，先把五行生克、八卦方位、生门死户，一一辨明。自觉观察所得，与所料不差，对方所设，无不与己所学符合。然后并肩前行，始而贴着地皮，上下低飞了一阵。渐觉两边危崖高耸参天，一切景物均长了不知多少倍，洞与入谷时形似假山，具体而微，大不相同。心方一动，忽然悲风四起，蛇蝎载途，猛禽恶兽，怒吼驰逐，俱都凶睛闪闪，红光焰焰，磨牙吮舌，似要攫人而噬。谷中本就阴气森森，天光早看不见,这一来,更衬得景物越发凄厉。先还自恃法力,以为此类蛇兽乃主人所设,不好意思杀它们,已是留情,未足为害。又飞行了一阵,见前途茫茫,山重水复,直似置身大山之中。

狄鸣岐首先警觉情形不妙,唤住虞孝,说总共没多远的路,怎会飞行了半日仍未走完?而山高却增加无数倍,莫非真个中了道儿?哪知不提醒还好,这一提醒,虞孝立时发急,略微计议,便同往空飞起。又往上飞了好一阵,那两边危崖,也没见继长增高,只是一任向上高飞,老过不去,二人在急了一身冷汗,终究飞不过去,只得降下。重又细查门户方位,另觅生门出路。不知怎的,这一落地,等到二次上路,法术竟全失去效用。二人也忘了御剑飞行,只见山岭重重,道路崎岖,不是危峰峭壁,便是悬崖绝涧,再不就是森林插天,荆棘满地。瞻前顾后,无可通行。就有途径,也是鸟道羊肠,横空孤寄,背倚危巇,下临无地,加以毒蟒当前,恶兽在后,步步皆成奇险,由不得使人眩目惊心,惊悸失次。似这样辛苦跋涉,上下攀援,约计过了两三天,连经过好些难关,中间有十几次极凶险的,都是性命呼吸,死生系于一发。二人合力抵御,费尽心力,才得仅免于死,人已累得精疲力竭,遍体创伤。因神志早昏,竟不知此来何事,怎会到这暗无天日的险恶之地?只是一味前行,寻觅出山之路。直到最后,由一处奇险之地,勉强挣扎逃出,一同委顿在地。这地方是乱山顶上,一片突出的危崖,下面是无底深渊,来路是蛇兽成群。本是毒口余生,逃到当地,前进偏是无路,加以饥渴交加,滴水难求,而身后蛇影虎吼,又越逼越近。二人自忖必死,不禁抱头痛哭起来。哭了一阵,心想与其死于蛇虎爪牙,还不如坠崖一死,保得全尸。正呜咽计议间,狄鸣岐忽然悔恨道:"我兄弟二人,怎会死在这等所在?"话刚出口,渐渐想起以前投师学道之事,忙把心神强自安定,追忆过去。虞孝见对面不远,已有两条成围毒蟒,遍体纹绣,鳞光闪闪,张开血盆大口,吐着火一般的信子,往崖上游来。虞孝见狄鸣岐还在沉吟,当他怕死,心意未决,便拉他道:"生有处,死有地,我二人今已到了绝路,再不滚将下去自尽,莫非临死还要受这毒蛇咀嚼之惨么?"狄鸣岐自从心念一动,神志渐复,忙摇手道:"死在蛇口也是定数。此事奇怪,先不要忙死,等我仔细想想,我二人为了何事到此?以前也曾学道练剑,怎适才连只老虎都斗不过?"虞孝闻言,也渐明白过来,急切间仍未想起怎么来的。还是狄鸣岐发觉较早,想起自己原是道术之士,不应如此。反正寸步难移,一切命定,便把生死置之度外,索性闭了二目,澄神定虑,追溯本原,苦思了一阵。居然想到随师峨眉赴会之事,当时警觉,把前事一起想到,猛然大悟,绝处逢生,精神为之一振。刚刚睁眼大叫:"此乃凝碧仙府,小人天界幻境。我们自己狂妄无知,受此活罪,还不省悟服低,早些脱困出去。"话未说完,那两条毒蛇本在危崖来路边际,盘旋欲上,倏地双双身子一躬一伸,长虹飞射般一前一后对面冲来。二人生死至交,连日遇到凶险,都是合力同心,各重义气,相扶相依,争先锐身急难。这时虞孝也正想到开府观礼之事,还没想到恃强轻敌,妄欲通行小人天界一节,闻言心方警悟,二毒蟒已冲到身前。二人同坐地上,虽想到身有飞剑,可以抵御,却忘了四肢疲乏不堪。二蛇来势迅速若电,狄鸣岐见前蛇直扑虞孝,又惊又怒,大喝一声:"孽畜!"左手把虞孝一拉,待要纵起飞剑出去,猛觉彩光耀眼,奇腥扑鼻,身子绵软,竟纵不起来。一时惊遽情急之下,又忘了身后绝壑和松去左手,慌不迭就地一滚,竟连虞孝拖着同往崖下坠落下去。初坠落时,二人一般心思,以为这样缓慢来势,可驾遁光飞起,或升或降,均可无事。哪知身在仙阵之内,精神早已耗散,剑遁也早失去效用,一任奋力施为,竟飞不起,只是眼花缭乱,身如弹丸,飞堕不测之渊。崖壁上怪石像潮水一般,迎面往上飞起。斜视下面,无数大小石笋森列,宛如剑林矛树,锐锋根根向上,落将下去,便是洞腹穿胸,死于非命。才想起此中幻境,竟是真的,而自己的飞剑法宝,到此却在不知不觉中受了禁制,一无用处。

这时小仙童虞孝首先觉得,只有服低告饶,或许还有生路。急喊:"弟子狂妄知罪,教祖原宥!"狄鸣岐早对峨眉向往,只为师门恩重,不忍贰心。近来更知峨眉派道法高深,颇以虞孝此举为然。一则同门交厚,知他性刚,如若劝阻,必要独行。与其结局更糟,还不如同任其难,到时或有转机。又以主人和易,自身是客,至多找个没趣,绝无大凶,才与同行。适才省悟之后,心已服低,只未出口,听虞孝一告饶,也在心里默默求告。说时迟,那时快,本来落处相去下面还远,二人求告未终,忽坠势迅速,眼看地底千百成群剑锋一般的石笋,迎面向上涌来,断头折胸,万难躲闪,心寒胆悸。二人四目一闭,只等身受。隔了一会儿,尚未落到乱石丛中,头既不似初坠时昏晕,身子也似在实地上,不曾往下翻堕。心疑降至中途,被甚东西接住。睁眼一看,身竟坐在地上,面前景物忽然变小,仍是初入小人天界时景象,空中所见石笋林,也在身侧不远,和盆景相似,每根最高不过尺许。上边危崖削壁,遇险时所经景物,无不历历可数,只是一切俱都具体而微,由下到上,高才丈许。休说二人,便一个寻常人,失足坠落,也不至于就会送命。再看坐处,比起原发脚处,只前行了丈许。说是幻境,周身又是酸痛疲乏,不能起立,算计全境,未行百之一二,竟闹得出死入生,精力交敝,技穷智竭,法术无功,如非省悟服输,还不知再受多少罪孽。是真是幻,尚是莫测。再如前行,休说力竭难行,便能行,也无此胆勇。后退也成了惊弓之鸟,不知能否。最可惜是在谷中白受了三天大罪,开府盛会,必已过去。师父当已回山,自己丢此大脸,见面还要责罚。正在相对愧悔,愁思无计,莫决进退,忽见前面危峰削壁之间,有一人影顺着上下纵横数不清的羊肠鸟道,飞驰而来,定睛一看,正是主人诸葛警我。二人大喜,急喊:"道兄快来接引,我二人知过了!"

第二一七回　弹指悟夙因　普渡金轮辉宝相
　　　　　　闻钟参妙谛　一泓寒月证禅心

诸葛警我也已看见二人，答道："道兄受惊，筵宴将设。左元洞全境暂时已难遍游，只好等二位旧地重游了。"听去声音极细，仿佛相隔甚远。二人一听盛筵未开，才知三日光阴仅只片时，所遇险难却不止百数，不由惊佩交集，喜出望外。一会儿，诸葛警我走近，见面先抱歉道："适才因知二兄如欲通行全境，由后山谷走出，尚须时刻。值有一事未向家师复命，抽暇前往，又和熊道友相见，谈了片时。二兄尚未走出，料是途中行法飞行，致触禁制，被困在此。二兄最终虽仍可由此中走出，终非待客之道。而小弟奉命掌管，因家师禁法神妙，可幻可真，一切均早设就，身入其中，只有心向本门，才可通过。而资禀缘福太浅，定力不坚，强由外人接引来此侥幸一试的，到时悔心一生，不愿再入本门，始得中途被摄脱险，摄向山外。否则，便须家师自行停止禁制。此外便是小弟，也须循着一定门户途向出入，不乱飞越。此间看似具体而微，实则景特繁多，包罗万有，可大可小，与佛家须弥芥子之喻，殊途同归。别时匆匆，未及回视，不知二兄触犯哪路禁制，误入何门。仙法微妙，景中人虽不像沧海藏珠那等细微，如不知一定地方，却也千头万绪，找起来甚是艰难。偏偏又有几位贵客降临，中有两位神僧，带来一个幼童李洪，说与掌教师尊，前有多世因缘，他又是九世修为，该为佛门弟子，更有巨大善缘未了，非有带修师父不可。而圣僧功行，不久圆满，不再收徒。凑巧谢真人和金钟岛主叶仙姑也同受了圣僧点化，皈依佛门。掌教师尊和家师正把李洪引进到谢真人门下，宾主商谈正密，未敢渎请，方在为难，意欲亲来一看。走到路上，忽接家师传音相告，说二位误入震宫，因已自己省悟，而能进出小人天界者，均是本门弟子，此时不便任其通行，已在暗中撤禁，使二位仍返原地。连忙赶来，二兄已果然在此。家师已怪小弟行事冒失，难再引路通行。为时无久，圣僧一去，便须开宴。此时长幼仙宾，均返中元前殿。右元火宅之游，只好俟之异日。稍往太元洞一带游览，也到时候了。"二人已心服口服，自然无不惟命，诸葛警我便向前引路。

这时二人虽然勉强起立，身上疲苦仍在，又不好意思出口。心正发愁，因为受了禁制，所以如此，出去后还不知如何。诸葛警我已经觉察，便向二人道："二兄适才想多劳顿，这个无妨。小弟身带家师所炼灵丹，服后立可复原。至于飞剑法力，也可恢复如初，只不过元气消耗，暂缓片时，出谷之后，始可随意施为罢了。"随取两丸灵丹递过。二人才知此中并不全是幻境，那火宅乾焰，想必更是玄妙莫测。随将丹药接过，称谢服下，仍由原路退出。诸葛警我笑道："异日通行小人天界的，虽不免因定力信心不坚，不能走完，便被逐出的，毕竟十不逢一。既能来此，终是有缘。照二兄后来情景，并非不可通行。只因盛筵将开，不得不引二兄退出。日后如有机缘，或是暇时想起，何妨再续前游呢？以二兄之道力根骨，再来必举重若轻，从容通行，不致阻滞横生了。"二人闻言，想起诸葛警我几次所说，俱都含有深意，暗忖："峨眉派近奉长老遗命，光大门户，到处网罗有根器的门人，正邪各派新投入门者，日有增加。对方之言，分明是有为而发。峨眉玄门正宗，法力高深，开府以后，愈发隆盛，能投到他们门下，仙业容易成就，自是幸事。无如师门恩重，万无舍此就彼之理。并且所学也是殊途同归，虽然比较艰难，成就迟缓，只要自己努力潜修内外功行，也不患不能求得正果，不是一定非遭兵解。此时见异思迁，非但背师负义，便是峨眉诸长老见了这样人，也决不会看中，弄巧还许摒诸门外。明明不行的事，对方偏三番两次示意引诱，是何缘故？"俱觉不解。虞孝最是心直口快，心想莫叫旁人看轻，便答道："贵派玄门正宗，又当最盛之际，光焰万丈，能得列入门墙，神仙位业指顾有期，委实令人钦仰羡慕。只惜愚师兄弟二人，从小便蒙家师度上山去，抚养传授，以至今日，师恩深厚。而敝派修为，又是循序渐进，不比贵派易于成就。近年奉命下山行道，内外功同时并进，更无暇晷。日后对此无边仙景，有贤主人殷勤延款，无此福缘享受，旧地重游，料已无望，只好空自神往罢了。"诸葛警我明白二人心意,又知他们不久大难将临,笑答道:"我也明知二兄师门恩重,为副师长厚期,勤于修为,无暇重来。但是未来之事难料,即使诸位法力高深,长于前知的前辈,到自身头上,也当不免有千虑之失。此中消长,实关定数。适才所说,并非想二兄即日来游,只想二兄到了机缘凑巧,或有甚事见教之时,勿忘今日之言。俾得良友重逢,再续今日之游而已。"二人闻言,心又一动。当时也未往下深说,已一同走出谷口。

三人遥望中元殿前平湖上面,已现出一片晴天,皓月已被引来,照得全景清澈如画。各地仙馆,明灯齐放,光华灿若繁星。灵翠峰、仙籁顶两处飞瀑流泉,一个激射起数十百丈擎天水柱,一个如玉龙飞舞,白练高挂,给那十里虹桥与仙府前面红玉牌坊所发出来的宝光一映,千寻水雾,齐化冰纨,映月流辉。那凝碧崖前和远近山峦上,那些参天矗立,合抱不交的松杉乔木,桫椤宝树,映着宝光月华,格外精神。苍润欲流之中,更浮着一层宝光。并有雕鹭鸠鹤,五色鹦鹉之类,翔舞其上,猿虎麋鹿以及各种异兽,往来游行,出没不绝。而两崖上下的万行花树,百里香光,竞芳吐艳,灿若云霞。湖中青白莲花,芳丛疏整,并不占满全湖,共只十来片,每片二三亩不等,疏密相间,各依地势,亭亭静植在平匀如镜的碧波之中,碧茎翠叶,花大如斗,香远益清,沁人心脾,神志为旺。偶然一阵微风过处,湖面上闪动起千万片金鳞,花影离披,已散还圆,倍益精妙。加上数百仙侣徘徊其中,天空澄霁,更无纤云,当头明月格外光明,与这些花光宝气,瑶岛仙真,上下辉映,越觉景物清丽,境域灵奇。便天上仙宫,也不过如斯。虞、狄二人,先虽见仙府景物之胜,已是暗中叫绝惊奇,想不到新灯上后,明月引来,更增添无限风光,又是一番景象。极欲前往观赏,哪还舍得往别处走。狄鸣岐便说:"盛筵将开,道兄恐还有事,仙府后面,不去也罢。"

诸葛警我人最长厚,因来时玄真子曾说起二人未来之事,二人异日对头现在前面,此去难免遇上。恰好自己职司已完,未来同门师弟,能助他们去一难,岂不是好?本意想引二人到后山闲游,等听奏乐,再去入席。那时人多席众,两个宗派各殊,不在一起,席散自去,无甚交接,两不留意,日后相遇,或可无事。一见二人为前殿平湖奇景所动,极欲赶往,知道师父所说,定数难免,只得听之。暗中留神他们所遇的人是谁,以便再为打算。这时只有掌教妙一真人夫妇和谢山、叶缤,还有三五长老陪着新来的这几位仙宾,在殿中坐谈。余下众仙宾,也刚由各处游玩回来,由白、朱、乙、凌以及本门两辈师徒,三三五五,分别陪伴,在虹桥水阁、玉坊平湖之间,闲游观景。虞、狄二人想往飞虹桥上,赏玩湖中青莲,对诸葛警我道:"我二人此时已渐复原,这里各方道友甚多,自会找伴。道兄是贵派同门之长,必还有事,请自便吧。"

诸葛警我口里答应,分手之后,见岳雯、严人英、林寒、庄易、司徒平等十来人俱在平台之上凭栏望月,低声谈笑,齐朝自己招手。到了上面,不愿和众人说话。回头一看,见虞、狄二人走到桥上,迎头先遇见熊血儿同一新交道侣,知道不是。嗣见四人会合说笑,旁有二人走过,面有怒容,朝四人身后恶狠狠看了一眼,沿湖走去。认出那便是朱鸾的仇人巫启明师徒。因四人语声甚低,隔远不曾听见,看神气并未觉察有人怀恨,不知因何成仇,便暗记在心。岳雯笑道:"师兄看什么?那两个未来同门,心意如何?"诸葛警我道:"那两个不肯忘本,堪与我辈为伍。此时只是敬服,尚无入门之意呢。"随问起谢、叶二仙客归入佛门之事。岳雯道:"林师弟在侧随侍,比我知道得详细。"林寒接口道:"小弟也只知道前半。现在如何,因师命退出,就不知道了。"诸葛警我道:"神僧来时,我正有事离开。秦师妹语焉不详。我只问天蒙老禅师和谢真人、叶岛主到底是何因果?可曾申说么?"林寒道:"这倒未说,只说前事。"

原来妙一真人夫妇、玄真子等峨眉派长老以及乙休、凌浑、白、朱二老,陪同海内外仙宾,往游仙府全景,兼为新设诸仙景题名。除左元、右元二洞因是门人修炼之所,只在附近转了转,没有进去外,余者仙府全景俱都游览殆遍。末了众仙宾因仙府前殿、虹桥平湖、玉坊飞阁气象万千,自不必说。此外以灵桂仙馆一带最为清丽,尤其那数百株桂树,都是月殿灵根,千年桂实,经用仙法灵泉栽植,每株大约数抱以上,占地亩许,茂枝密叶,繁花盛开,奇香馥郁,宛如金粟世界,令人心醉神怡,徘徊花下,不舍离去。盛会不常,日后难得再来,见时尚早,多想游完全景,再往小坐,流连片时,候到月上中天,始去前殿赴宴。妙一夫人笑道:"本来定在灵桂仙馆外,金粟坪桂花树下,布筵款客。因在开府以前,群魔合力来犯,意欲施展邪法,崩山坏岳,倒塌峨眉全山,使此间全洞齐化劫灰。多蒙白眉禅师、芬陀大师请来当今第一位神僧天蒙老禅师,去至雪山顶上,施展无边佛法,大显神通,遥遥坐镇,方得消厄于无形,将晓月师兄勾引来的魔头、南疆长狄洞老怪哈哈老祖的元神化身惊走。妖法无功,晓月师兄本可幸免,他偏复仇心甚,不知自量。恰巧轩辕老怪有一妖徒,前与谢道友的义女仙都二姊妹结怨,意欲乘她姊妹来此,途中加害,不料又被小寒山神尼忍大师以佛法暗助脱险。妖徒追到此,后洞轮值诸弟子自不容他猖狂,又用嬷姆大师所赐修罗刀,予以重创。妖徒遁回山去,向师诉苦。老怪平日自尊自大已久,心里虽怯,不敢硬来,终觉扫了他的威望,大为忿恨。自身不敢轻易尝试,表面痛骂门人,怪他咎由自取,不为做主,暗中点醒,使其另约一厉害妖人,合力来犯。另外,故意把几件厉害法宝显露出来,使妖徒来乘隙偷去应用。

"所约妖人,便是二百年前被家师长眉真人飞剑削去半臂,声言此仇必报,说完大话,又将家师所削小半身子索去的妖僧穿心和尚。当时家师明知他是用激将法,一则妖僧数限未尽,二则所习虽是不正,却和九烈等妖人一样,虽有恶行,尚能敬畏天命。除却刚强好胜,专与正人为仇外,不如他的人,明是仇敌,他也不肯加害。同门师兄弟,颇有几个不知他厉害的和他对敌,至多说上几句难听的话,总是放脱,并未伤过一人。

"因此家师听了他的话,只付之一笑,便即放却。但妖僧从此便在太行山阴,用法力在千寻山腹之中辟一石洞,苦修炼宝,以为报仇之计。去时曾经立誓,如他法力不胜家师,决不出世。嗣闻家师飞升,又急又气,为了昔年誓言,一直在太行山腹内,隐居了二百余年。不但未再见外人,连门下百八十名女妖徒,也都在入山以前遣散,不曾留下一个。这次许是静极思动,大劫将临,竟被人将他怂恿出来,与我们为仇。如论妖僧法力,实不在哈哈、轩辕老怪之下。走到路上,晓月恰与相遇,妖僧本还想约两个同道商量,谋定再动。只因晓月与妖徒都是复仇之心太切,晓月更嫉今日开府之举,必欲加以扰害。而天蒙老禅师又用佛法迷踪,隐蔽神光,颠倒阴阳,连妖僧妖徒都误算雪山上三个强敌,事完各自回山,以为正好乘隙下手,即便不能全胜,人也莫奈我何。哪知还未到达,便被困入天蒙禅师大须弥障中。总算天蒙老禅师网开一面,妖僧妖徒各被白眉禅师打了一禅杖逃走。芬陀大师却将晓月禅师擒住,欲送来此间,照家师玉匣仙示处治。本已快到，因天蒙禅师在途中遇一旧友，略谈些时，又同去引度一人，故此小有耽延。

"前殿承诸位道友前辈施展仙法，点缀景物宏丽，迎接三位前辈神僧，较为庄重。故特将筵席改设在彼，并命门人等择那风景佳处设席，并不限定殿前平台一处。现已一切齐备，只等引来明月，便请入座。三位神僧神尼，大约不久即降，全体同门尚需恭出迎候。诸位欲往灵桂仙馆，只管随意，恕不奉陪了。

"那天蒙禅师，乃东汉时神僧转世，东汉季年已功行圆满，早应飞升极乐。只为成道之初，曾与同门师兄弟共发宏愿，互相扶持，无论内中何人有甚魔扰，或是中途信心不坚，致昧前因，任转千百劫也必须尽力引度，必使同成正果。当发愿时，双方都是夙根深厚，具大智慧，修为又极勤苦，本来极好的根器。无如入门年浅，求进太急，又以前生各有夙孽情累，遂致为魔所乘。禅师道心坚定，又只有一点夙孽，到时尚能强自镇摄心神，渡过难关。而那同门，却被魔头幻出前生爱宠，少年情葛，凡心一动，立堕魔障，等到省悟色空，已是无及，并加上一个夙仇相迫，重又转劫入世。虽仗根骨福慧生有自来，又得老禅师累世相随，救度扶持。每次转劫，多是高僧行道，但那一段情缘未了，一直未得成为佛门正果。累得这位老禅师也迟却千余年飞升，中间助他超劫脱难，造成无心之过，并还转劫三生。不过老禅师智慧神通早到功候，虽为良友减削前孽，转动再世，却是生而神明灵异，迥异恒流，与寻常有道之士转劫不同罢了。直到北宋季年，老禅师方始隐居在西藏大雪山阴乱山之中，由此潜修佛法，不轻管人闲事。近年听说不久便要成正果。那同门料他情缘早了，重归佛门，将与老禅师一同飞升。只这位高僧是谁，却访问不出。禅师得道千余年，每次转世，法力只有精进，与白眉和尚齐名，为方今二位有道神僧，法力之高，不可思议。这次居然肯为峨眉出力，岂非异数？有一芬陀大师，群魔已非对手，况又加上这两位神僧，暗以绝大法力相助，自然举重若轻，群邪皆靡了。"

妙一夫人这一番话，对那与峨眉交厚、早知底细的，还不怎样，那外来诸客，却大出意料之外。一听三位神僧神尼还要亲降，并还擒了晓月禅师同来，皆欲瞻仰，更不再做灵桂仙馆之游，一齐愿去至前殿相候。玄真子微运玄功推算，向妙一真人道："三位神僧神尼已将恩师遗旨所说的婴儿度引同来。留宴大约无望，事完即同飞锡。现已快由李善人家起身，我们速率众弟子，去到凝碧崖上空伺候吧。"妙一真人随传法旨，命众弟子奏乐，手捧香花，排班出迎。一面转请百禽道人公冶黄、极乐真人李静虚、青囊仙子华瑶崧、媖姆师徒暂时代做主人，陪伴男女仙宾。在座仙宾凡是佛门中人，如神尼优昙、屠龙师太、南川金佛寺知非禅师、苏州上方山镜波寺无名禅师师徒等，或与三位神僧神尼同道相识，或是末学后辈，衷心敬仰，连同外道中高僧如虎头禅师之类，俱都随出迎接。那各派仙宾以及海外散仙，虽不一同出行，也多齐集殿前平台之上，恭候禅驾。

谢山、叶缤在旁，忽然灵机一动，见杨瑾正要随众飞起，叶缤首先赶过去说道："来时令师对我曾示玄机，惜乎我是钝根，未能领悟。我想随同主人出迎，不知可否？"杨瑾笑道："这个有何不可？"说时，众门人已香花奏乐先行。

妙一真人夫妇同了玄真子等一干长老，正由殿中步出。谢山见叶缤已和杨瑾商定，同出迎接，正想开口，妙一真人已先笑道："谢道友，也想同走么？"谢山笑应："白眉老禅师原本见过，这位天蒙老禅师却是闻名已久，想求他指点迷津，因见诸位道友俱在殿台恭候，所以踌躇。同往迎接，正是心愿。"妙一真人低声笑道："天蒙老禅师不为道友，今日还未必肯降临呢。一同去吧。"谢山闻言，心中又是一动。见妙一真人说完这句话，便和本派同辈群仙以及嵩山二老等，还有与白眉、芬陀交厚的仙师，相次由平台上起身，各驾遁光，越过虹桥平湖，往红玉坊外凝碧崖前上空飞去。杨瑾、叶缤二人，并立一处，也快随后起身，谢山赶忙过去笑道："日前李道友同我往见白眉，曾示玄机，并有不日再见之言，难得老禅师同降，意欲往迎，就便请教。主人已走，和二位道友做一路吧。"杨、叶二人含笑点头，三人随同飞起，到了凝碧崖上空。

斜阳初沉，明月未升，半天红霞，灿如翠绮，正是黄昏以前光景。妙一真人率了两辈同门弟子，各驾云光，雁行排列，停空恭候。此时谢山遥望前面神僧来路，尚无动静。俯视峨眉，就在脚底，满山云雾迷茫，远近峰峦浮沉在云雾之中，如海中岛屿一般，仅仅露出一点角尖。再看云层以下，各庙宇人家，已上灯光，宛如疏星罗列，梵呗之声，隐隐交作。不时传来几声疏钟，数声清磬，越显山谷幽静，佛地庄严，令人意远。知道此时半山以下正下大雨,天色阴晦,所以月还未出,便上灯光。本山为佛门重地,普贤曾现化身,灵迹甚多,古刹林立。不禁想起佛家法力不可思议,一经觉迷回头,大彻大悟,立可超凡入圣。谢山回想自己根骨本厚,从小便喜斋僧拜庙,时有出家之想。记得当时还遇一位老僧点化,只为尘世情缘,割舍不下。后经变故,三生情侣,化作劳燕分飞,一时生离,竟成死别,心灰厌世之余,幸蒙恩师接引,始入玄门,侥幸修到散仙地位。因爱妻也是夙根深厚,只要寻到再生踪迹,便可引度,同修仙业。道成以后,也曾费尽心力,遍寻宇内,竟是鸿飞冥冥,找不到一点踪影。荏苒数百年,随时都在留心,直到日前,才发现她早已皈依佛门,得证上乘正果,比起成就,要比自己高得多。不似自己每隔数百年,便要预防一次道家重劫,稍一不慎,便堕凡孽。这多年来,占算寻访,俱无下落,分明爱妻法力高深,恐留情孽相寻,隐迹潜形,不令知闻。近日功行将完,方始略露行藏,令往一见。想不到苦修多年,成就反不如她。

  谢山还想到幼年所遇高僧,也曾说过自己原是佛门弟子。自入玄门,修炼多年,每值静中参悟,不是不能推算过去未来。惟独对于过去诸生,只记得仿佛做过和尚,也做过道流,详情因果竟是茫然。以自己的法力玄机,直是万无此理,每一想起,便觉奇怪。以为前生必犯了教规,逐出佛门,一经堕劫,便昧夙因,忘却本来,所以别的都能前知,独此不能。事隔多年,忽于武夷山中石洞以内,发掘到古高僧锦囊偈语,方若有悟。同时好友叶缤,恰在海底珊瑚林内水穴之中,发现一具坐化千年的枯佛,得到一个古灯檠,与锦囊偈语诸多吻合。事后潜心参详,那海底枯佛分明是自己汉时遗体,为躲仇家和保持那古灯檠,留待今生遇合,物归原主。但今生偏又是玄门中人,殊觉离奇。新近为了此事,特请极乐真人李静虚引见白眉禅师,初意自己已成散仙,不会再皈依佛门,只不过请其指示前因,到底为了何事堕劫而舍释入道?如说过去有甚罪恶,见弃佛门,仙佛一体,殊途同归,一样都是根深福厚始能成就,能为仙即能为佛。何况前生又是佛门弟子,本有夙世因缘,岂非难于索解?此外还要请教的,便是海底佛火心灯的用途,以及和叶缤的夙世渊源。哪知白眉禅师只将心灯来历用法指示,对于所问各节,只示机锋,语甚简略。枉自学道多年,智慧灵明,当时只觉他日成就,决不止此,急切之间,仍难参悟。因有"峨眉再见,回首即是归路"之语，料定必有深意存焉，时还未至，便不多说。今日一听说天蒙禅师将临，忽然灵机连动。现在峨眉上空，忽听下方僧寺疏钟清磬，禅唱梵音，又似有甚醒觉。此为近三百年来未有之景象，甚是奇怪。莫非将来仍要皈依佛门，还我本来面目不成？

谢山念头一转，侧顾叶缤，站在近侧，也在低眉沉思，容甚庄肃。居中站在众门徒前面的妙一真人和玄真子，正在对谈。因人数众多，随同迎候的外客，不肯僭越主人，多立在左右两侧，相隔较远，语声甚低。仿佛听玄真子道："此子居然如此道心坚定，转动多年，一灵不昧，却也难得。人都羡慕师弟有今日成就，哪知福缘善因，早在千年以前种下呢。"白云大师元敬在旁插口道："此子既不应在我门中，年纪偏又是个三岁童婴，禅门中几位至交，不是衣钵早有传人，便是功行将行圆满，不能待他成就。此子发愿又宏，将来外道强敌不知多少，如不得一法力高强的禅师为师，任他生有自来，根器多厚，也难应付。师弟，你这前生慈父，作何打算呢？"妙一真人道："这一层我早想好了，少时自知分晓。"餐霞大师问道："此子之师，可是谢道友么？"妙一真人点了点头。白云大师笑道："这个果然再好没有。我真非善知识，已经拜读玉匣仙示，只差把话写明，竟未想到，岂非可笑？"

先前众仙所谈，谢、叶二人俱未留意。后头是一段问答，全听得逼真。尤其谢山闻言，惊喜交集。照此说法，分明长眉玉匣仙示，早已注明，自己果然还要返本还原，重入佛门。方在推详，忽听白谷逸道："佛光现了，本来是在金顶，怎会如此高法？必是三位神僧神尼要显神通度人吧？"峨眉金顶，每值云雾一起，常有佛光隐现。现时只是一圈彩虹，将人影映入其中，与画上菩萨的脑后圆圈相似，并无甚强烈光芒。亘古迄今，游山人往往见此奇景。信的人说是菩萨显灵，不信的人多说是山高多云，日华回光，出云层中反射所致。但是宇内尽多高山，任是云雾多密，均无此现象。尤其是身经其境的，那轮佛光总是环在人影的脑后，和佛像一般无二，决不偏倚，此与峨眉夜中神灯，同是宝景奇迹。千百年来，信与不信，聚讼纷纭，始终各是其是，并无一人说出一个确切不移之理。这在众仙眼里，原无足奇，可是当夜所见佛光，却与往常大不相同。众仙停处本在高空，脚底尽管云雾迷茫，上面却是碧霄万里，澄净如洗，并无纤云。那佛光比众仙立处还要高些,恰在青天白云之中突然出现。先也和峨眉金顶佛光相仿,只大得多,七色彩光也较强些,宛如一圈极大彩虹,孤悬天际,看去相隔颇远。及至众仙纷运慧目注视,晃眼之间,彩光忽射金光,化作一道金轮,光芒强烈,上映天衢,相隔似近在咫尺之间。可是光中空空,并无人影。众正惊顾,忽听身侧不远的知非禅师和无名禅师同声赞道:"西方普度金轮,忽宣宝相,定有我佛门中弟子劫后皈依,重返本来。如非累世修积,福缘深厚,引度人焉肯以身试验,施展这等无边法力?此时局中人应早明白,还不上前领受佛光度化么?"

这时谢、叶二人瞥见当中迎候的众仙,自妙一真人、玄真子以次,全都肃立躬身,神态异常诚敬,似要拜倒。一闻此言,猛然警觉,福至心灵,不谋而合,更不暇再看旁人动作,双双抢向前头,刚合掌膜拜,口宣佛号,跪将下去,便觉那轮佛光已将全身罩住,智慧倏地空灵,宛如甘露沃顶,心地清凉,所有累劫经历,俱如石火电光,在心头一瞥而过,一切前因后果,全都了了。当时大彻大悟,一同只高呼了一声:"我佛慈悲。"金轮便已不见。事后,二人也仍立原处未动,只是弹指之间,各自换了一副面目,从此皈依佛门,仍还本来罢了。不过佛法神妙,不可思议,这些情景,由谢、叶二人动念起,直到悟彻前因,重返佛门,在场众仙除妙一真人、玄真子、优昙、餐霞、白云等十余位仙人,及外客中的知非禅师、侠僧轶凡、屠龙师太、无名禅师师徒等,总共不到三十人深知此中微妙,此外余人只见佛光,略现即隐,既未看见罩向谁的身上,也未看出有人上前受了度化。便有道行稍高的十来位,也只知道佛家普度神光的来历,专为接引凤根深厚的有缘人之用。能运用这等佛法的,已参上乘功果,行与菩萨罗汉一流。这类佛法,关系自身成败,轻易不肯施为,那金轮乃行法人的元灵慧珠,行法之时,必须觅地入定,功力稍微不到火候,固易为魔侵扰。这类佛法接引,又无异舍身度人,事前须发宏愿。而所接引的人,如非孽重魔高,前生早已成道,也不至于转劫。尤其是根骨越厚,前生道行越高的人,今生的陷入也更深,其或背佛叛道,往往最难回头,即或不然,仗着前生善根,未怎为恶,并还知道摆脱世缘,出家修道,有了成就,但也是个外教中人,绝非佛门弟子。已经弃佛归道,身在玄门,将成仙业,对于佛家,纵不鄙薄,令他舍旧从新,也是难事。而这类事,又须全出自愿,进退取舍，系于一念，丝毫不能勉强。一个不领好意，或是到时夙因早昧，视如无关，不肯动念皈依，行法人虽不为此败道，也要为此多修积数百年功果，惹出许多烦恼，末了还须随定此人，终于将他引度入门，完了愿心，方得功行圆满，飞升极乐。中间只管千方百计，费尽心力，仍须对方自己回头，不特依旧不能勉强，连当面明言以告前因后果，剖陈得失利害，使早省悟，均所不能。所以如非交厚缘深，誓愿在先，便是佛门广大，佛法慈悲，也无人敢轻于尝试。主人既出接三位神僧神尼，行法人当然是其中之一。虽断定众中必有有缘人，在等接引度化，看佛光隐得这等快法，被引度人十九皈依，暂时却看不出来是谁。

这些人方在相互悬揣，谢、叶二人经此佛光一照，已是心神莹澈，一粒智珠活泼泼的，安然闲立，一念不生。佛光隐后，随听遥远空中，隐隐几声佛号，声到人到，紧接着一阵旃檀异香自空吹堕。众仙知道神僧将降，妙一真人方令奏乐礼拜。面前人影一闪，一个庞眉皓首、怀抱婴儿的枯瘦长身瞿昙，一个白眉白须、身材高大的和尚，一个相貌清奇的中年比丘，身后还随定一个相貌古拙、面带忿怒之色的老和尚，已在当前出现。四位僧、尼到来，也未见有遁光云气，只是凌虚而立。众仙十九认得，第二人起是白眉和尚、芬陀神尼和晓月禅师。那领头一个，自是久已闻名的千岁神僧天蒙禅师无疑。忙即一同顶礼下拜不迭。三位神僧、神尼也各合掌答谢道："贫僧、贫尼等，有劳诸位道友远迎，罪过，罪过！"妙一真人道："弟子等恭奉师命，开辟洞府，发扬正教。弟子德薄才鲜，道浅魔高，群邪见嫉，欲以毒计颠覆全山。如彼凶谋得逞，不特弟子等有负恩师天命，罪不可道，便这千百里内生灵，也同膺浩劫，齐化劫灰。多蒙二位老禅师与芬陀大师大发慈悲，以无边法力暗中相助，遍戮邪魔，尽扫妖氛，转危为安，使滔天祸劫消弭无形，功德无量。而弟子等实身受之，感德未已。复向莲座飞降，倍增光宠。大德何敢言报！敬随玄真子大帅兄，率领同门师兄弟以及门下众弟子，谨以香花礼乐，恭迎临贶。伏乞指示迷津，加以教诲，俾克无负师命，免于陨越，不胜幸甚！"天蒙禅师微笑答道："真人太谦。今日之来，原是贫僧自了心愿。你我所为，同是分内之事，说它做甚？且去仙府说话。"妙一真人等躬身应诺，随向侧立，恭让先行。三位僧、尼道声有僭，便自前行，凌虚徐降，往下面凝碧崖前云层中落去，众仙和众仙宾各驾遁光紧随在后。一时钟声悠扬，仙韵齐奏，祥氛散漫，香烟缭绕，甚是庄严。

众仙飞降极速，依然三僧、尼先到一步。平台上早有多人仰候，见了三位僧、尼，也都纷纷礼拜。媖姆和极乐真人李静虚及灵峤诸仙，也相继出见。妙一真人随请殿中落座。众仙因这三位僧、尼行辈甚尊，道行法力之高不可思议；尤以天蒙禅师为最，此次先在雪山顶上为开府护法，扫荡邪魔，事后又生擒晓月禅师，一同降临，还有机密话说，得见一面已是缘法，不便冒昧忝列。外客除却灵峤男女四仙、屠龙师太、李宁、杨瑾、神尼优昙、半边老尼、媖姆师徒、采薇僧朱由穆、极乐真人李静虚、百禽道人公冶黄、谢山、半边大师、郑颠仙、知非禅师、易周、侠僧轶凡、无名师徒和乙休、凌浑、嵩山二老等二十余位，余者多自知分际，见两为首主人不曾指名相让，反倒分出人来陪客，料知有事，俱都不曾随入。便是主人这边，也只玄真子、妙一真人夫妇、白云大师、元元大师和四个随侍轮值的弟子在内，余人俱在殿外陪客，不曾同进。那晓月禅师却始终垂头丧气，如醉如痴，随在芬陀大师身侧，行止坐立，无不由人指点，直似元神已丧，心灵已失主驭之状。休说知非禅师见了慨叹，便是玄真子、妙一真人等一干旧日同门，也都代他惋惜不置。宾主就座，随侍四弟子献上玉乳琼浆，天蒙禅师等合掌谢领。

玄真子因妙一真人适迎神僧时，曾向晓月禅师行礼，不曾理睬，看出他屡遭挫败，不特怙过不悛，故态依然，反倒因此羞恼成怒，愈发变本加厉，心蕴怨毒，誓不两立，故意借受佛法禁制，假装痴呆。似此叛道忘本，执迷不悟的败类，师命尊严，即念同门之情，也是爱莫能救，不便再与多言。见天蒙、白眉就座，略微接谈，各自低眉端坐，宝相庄严，意若有事，便向芬陀大师请问经过。大师答道："此人真不可救药。叛师背道，罪已难逭。近去南疆，为报前仇，竟炼了极恶毒的邪法，并勾结番僧哈哈和一些邪魔妖道，来与诸位道友为仇，被白眉师兄佛法所制。我因念在以前曾有数面之缘，念他到令师门下苦心修为，能有今日也非容易，以为他也是有道之士，怎便为了一念贪嗔，甘趋下流，不知顺逆利害，到了力竭势穷，行遭惨劫之际，还不回头觉醒？于是力向白眉师兄缓颊，略加劝诫，便即放走。他刚一走，天蒙师兄便用佛法隐晦神光，移形幻象。我问何故，二位师兄齐说，此人近来入邪日深，为魔所制，为逞一己之私，多行不义，已是丧心病狂，无法挽救，行即反恩为仇，不久仍要约请厉害妖邪，前来报复为祟。依他本意，颠覆峨眉以后，我们三人中，只我似乎好欺。适我放他，为的是免被白眉师兄押送此间，多受一场屈辱，并还免受那玉匣飞刀斩首之劫。他不但不知感恩，反想仗着邪魔之力，乘我门人不在，孤身入定之时，突然发难，前往暗算。事成固是称心，如若被我发觉，来的妖徒自难免于诛戮，正好就此激引轩辕老怪等为首邪魔，全力寻我三人作对。我听二位师兄之言，还以为他纵然悖谬，还不致如此胆大昏愚。及至默运玄机，细一参详，居然半点不差。到了今日傍午，他果约了几个比较伎俩多一点的妖邪回来，因为佛法所迷，虚实两皆误认，自投罗网。同来妖党，只两个数限未到的见机遁走，余者均被我除去。他也受了佛法禁制，被我擒来。此乃是白眉师兄为践昔年对令师的前约，有意假手于我。至于如何处治，乃是贵派家法与令师遗命，悉听尊便，不与我三人相干了。"

话刚说完，忽听玱然鸣玉之声。那藏飞刀的玉匣，本奉长眉真人遗命，在开府以后，藏在中元殿顶一个壁凹以内，这时突自开裂，飞出一柄飞刀。那刀只有尺许长，一道光华，寒光闪闪，冷气森森，耀眼侵肌。先由殿顶飞出，疾逾电掣，绕殿一周之后，略停了停，然后忽沉忽浮，缓缓往晓月禅师立处飞去。晓月禅师本是面带愧怍，垂首低眉，经妙一真人揖让，坐在三位僧尼左侧，虽为佛法所禁，不能自脱，到底在正邪两派俱都修炼多年，有了极深造诣，法力高强。本派中人，苦行头陀已经成道，深知天蒙、白眉二位神僧，决不会亲手杀他；芬陀大师也只将人交到为止，谅必不肯加害。此外能致自己死命的，只有玄真子和妙一真人二人。余者连白、朱、乙、凌诸仙宾都算上，不是势均力敌，难分高下；便是至多法力较高，要想伤害自己元神，仍是极难。这些仇敌都有声望，自视甚高，不肯众人合力对付一人。这个僧当教主的仇人，即便不念以前同门之谊，当着开府盛典，各方仙宾云集之际，也必要假仁假义，决不肯于当众加害。只有偏心薄情的前师所留玉匣飞刀，厉害无比。能抵挡此宝的，只有前古共工氏用太乙元精和万年寒晶融合淬炼的断玉钩。此钩现在身上，随心动念，便可飞出迎御。仇人既不肯当众下手，芬陀又只将己禁住，不令逃遁，法力仍在。来时，听白眉口气，好似自己还有后文，不致便遭劫数。便照形势情理来断，这些新旧仇敌，万不至于因见飞刀无效，重又合力下手，置己于死地。断定此来不过受些屈辱，并无凶险。本来早遭劫兵解，凭自己道行法力，转世修为，一样速成，并还可以不必再转人生，当时寻一好庐舍，立可重生修炼。不过仇敌法力功候太高，再行转劫，功力相差，更难追步，此仇越发难报。再者本身修为，煞非容易，现已脱胎换骨，练就元婴，只为一朝之忿，误入歧途。因前在南疆，与哈哈老祖斗法不胜，拜在他的门下，妄以为可以成仙，报仇雪恨，自为教祖，偿那平日心愿。一步走错，便以错就错到底，渐致仇怨日深，江河日下，无法再返本来。如若当年不动贪嗔，独自潜修，本可炼到天仙地位。就是现在忘本趋邪，只不过不能飞升灵空仙界，又多了道家一次四九重劫，仙业仍然有望。这原来肉体怎舍弃去，为此只有忍辱含垢，等自己脱身以后，准备再用多年薪胆之功，一拼死活。

晓月心虽如此想法，而对前师法力素所深知，自己的悖逆颠倒，多行不义，也不是不知其非。尽管受了哈哈妖师魔法暗制，当紧要关头，知道本门法规尊严，言必应验，因而也是有点心惊胆怯，不敢十分自信。昔年长眉真人所留玉匣飞刀家法，以及另外一些简箧遗示，多半俱当众弟子的面，封存收藏，尽管到时始得出现拜观，不知内容，形式全都见过。入殿落座，暗中留神观察，俱无影迹。玄真子只向芬陀大师问询前情，好似事前尚不知悉，否则玉匣早已请出，陈列殿中相待，哪有如此从容暇逸？照此情形，分明因为吉日灵辰，盛会当前，不愿以旧日同门来开杀戒，乐得假充好人。并还想到，叛教的人被外人擒送到此，如不经过处治，任其从容而去，绝无此理，至少也要经过一番做作才是。也许仇敌心狠狡诈，既不便当众下手，为盛会杀风景；又好不容易擒到，不舍放脱为以后大患。表面假仁假义，已将玉匣取出，假作顾念前情，仗着外人法力禁制，不能脱身，留此解劝，或是稍微拘禁，便自悔悟。等到会后人去，再将玉匣飞刀请出，能杀便推在师父遗留的家法威力；不能，再行合力加害，必欲杀己为快，以免飞刀为断玉钩所破，有损长眉威严，并还放走仇敌，留下未来心腹之患。主意真个再毒没有。转不如拿话给他叫破，免中暗算。

晓月正在胡思乱想，忽见飞刀突在殿顶出现，他自是识货，觉出以前亲见封刀入匣时，虽觉神物灵异，并无如此威力。枉自费尽心力，炼成一柄断玉钩，自信十分能敌。这时两两相较，分明仅能勉强阻挡，不特结局只能缓死须臾，并非敌手，甚至连元神婴儿也为所斩，无能幸免。心胆立寒，不禁悔恨交集。见飞刀电掣，转了一圈，朝己飞来。尺许长一道银光，精芒四射，直似一泓秋水，悬在空中。前面若有极大阻力，其行绝缓。忧惧危疑中，一眼瞥见妙一真人夫妇目注飞刀，面有笑容，大有得意快心之状。中座天蒙禅师，正在低眉入定。连他所抱三岁童婴，也在他怀中闭目合睛，端容危坐，相随入定，迥不似初入仙府，青瞳灼灼，东张西望，活泼天真之状。晓月心中恶毒至极，无从发泄。在座诸人法力高强，一击不中，徒自取辱。因来时天蒙、白眉中途忽离去了好一会儿，回来便抱个婴儿。听他三人对谈，此子竟是仇人前九世的亲生之子，与天蒙极深渊源。初世便在佛门，因受父母三十九年钟爱，父母年已八十，忽遇天蒙禅师度化出家。后来功行精进，万缘皆空，只有亲恩难报，不能断念，为此誓发宏愿，欲凭自己多生修积，助父母修成仙佛，方成佛门正果。由此苦行八世，俱是从小出家。那前生父母，便是仇人夫妇。因是本身好善，积德累功，终于归入玄门，成就今日仙业。此子虽算完了心愿，但是过去诸生，除头一世在天蒙禅师门下外，余均苦行修持，寿终圆寂，并无多高法力。又以时缘未至，终未见到父母一面。直到现今九世，投生在一个多子的善人家中，名叫李洪。天蒙禅师才去那家，暗地度化而来，一为使他父子重逢，二为自己功行圆满，几桩心愿已了，不日飞升。而此子此生，须将以前诸生所发宏愿一齐修积完满，并还随时助他父母光大门户，直到飞升灵空仙界，始能证果。当此异派云起之际，非有一位法力高强的佛家师父不可，故此带了回来。看他这时入定神气，晓月误以为天蒙禅师正用佛法度此婴儿，使他元神坚凝，日后易于成道，暗忖："仇人真个阴毒可恶。本是同门至交，因夺了我教主之位，才致今日惨状。现我狼狈至此，毫无动念，反以速死为快。听老秃驴说，此子日后于他发扬光人，人有助益。反正难免兵解，倒不如趁此时机，将此子杀死，就势拼着原法身不要，再去投生转世。一面用断玉钩敌住飞刀，不使刀光照顶，先用飞剑自行兵解，好歹出一点怨气。仇敌虽多高明，此举突然发动，又当自己势迫危临之际，人所不防，只要下手神速，未必便达不到；即或无成，仍是兵解，也无别的害处。"想到这里，恶念顿生。说时迟，那时快，晓月念头一转，默运玄功,心念所向,身旁断玉钩便化成两钩金红色极强烈的光华,互相交尾飞出,直朝婴儿飞去。其势比电还疾,法宝又极厉害,相隔又这么近,似此突然发难,便有大法力的人遇上,多半惊惶失措,难于抵御。在座诸仙宾,多半不知此中底细,俱觉此举太狠,激于义愤,知道救已无及,好几位都在厉声呼叱,待要下手。口刚一开,忽见钩光到处,婴儿顶门上突升起一朵金莲花,竟将钩光托住。婴儿一双漆黑有光的炯炯重瞳,也自睁开,一点也不害怕,反伸出一双赛雪似霜的小胖手,不住向上作势连招,似想将钩取下,却不敢之状。天蒙禅师随睁眼喝道:"洪儿,你将来防身御魔,尚无利器。适才怜你年幼,已将你多生修积功力还原,并赐你我佛门中的大金刚愿力。你既想在证果以前借用此宝,便即取下,何必迟疑?"婴儿答声:"弟子遵命,敬谢恩师。"随说,小手一抓,宝光立化为一柄非金非玉、形制奇古、长约二尺的连柄双钩,落到手里。婴儿这时已经天蒙禅师点化,洞彻夙因。钩取到手以后,立即纵身下地,直朝妙一真人夫妇奔去,眼蕴泪珠,喜滋滋跪在地上,叩头不止。真人夫妇早知来因,随命起立,等到事完,再向诸道长礼拜。妙一夫人随手便抱了起来。

且不提多生再遇的母子亲爱。只说那晓月禅师一见婴儿头顶现出金莲,法宝无功,大吃一惊。忙运玄功收回,已被天蒙禅师施展无边佛法,相助婴儿收去,再也收它不回。本就难于幸免,此举残忍,更犯众怒。如不早自打点,就许形神皆灭,再转人生,俱都无望。万分惶急中,欲放飞刀自行兵解时,哪知天蒙禅师话还未和婴儿说完,就这一睁眼的工夫,那柄飞刀本是飞来极缓,这时竟比初现时飞得还快,连放飞剑自杀都来不及。晓月这里断玉钩没有收回来,刚试得一试,飞刀已电掣而至,到了离头丈许,倏地展开,化为一片三丈方圆光幕,将全身罩住,外圈渐有下垂之势。知道厉害,刀光只要往下一围,不特通体立即粉碎,化为一股白烟消灭,连血肉都不会有残余,便自身婴儿元神,也同时化为乌有。想要自裁兵解,势已不能。晓月禅师枉自修炼功深,饶有神通变化,平日妄自狂傲,不肯低首下心向人,到此存亡绝续,危机瞬息的境地,也是心寒体颤,六神皆震。情知长眉真人仙法神奇,在座诸仙谁也解它不得。便是乞怜求饶,也无用处。情急之下,顿生悔心。这时只恨孽由己作,用尽心机,先期百计防范,到头来依然难逃显戮。料定不免于难,便把双目闭上,暗运玄功,打算死中求活，将元神缩小，静俟飞刀上身时，乘隙将元神遁走，作那万一之想。同时默求师父，恩施格外，特赐原宥，只使身受诛戮，不要伤及元神，便是万幸。本心元神不敢即出，战战兢兢，潜伏待机。满拟刀光四外一合，便即了账。但有丝毫空隙，无论何处，均可变化逃走。正在忧惊颤抖，不知如何是好，等了一会儿，不见飞刀近身，耳听众仙求情之声。虽然自觉许有生机，惟恐一时疏神，刀光突然合拢，元神不及遁逃，形神皆灭。存心戒惧，认作一发千钧，仍持前念，不敢骤然睁目，分了心神，并遭仇敌耻笑。暗将飞剑紧护元神，潜伏左臂腋下，准备刀光透体时，奋力一挡，略微冲荡开一丝缝隙，飞剑虽未必能保，元神或可幸免。

晓月准备停当，仍无动静，方始略微分心静听，果是玄真子、妙一真人诸旧同门师兄弟，在那里代向长眉真人求恩原恕。大意说他叛道背师，投身邪教，忘恩反复，多行不义，该正家法，予以显戮。但他当初只是一念之差，并未为恶。后受邪魔诱迫，迷途不返，日趋堕落，不能自拔，并非出自本心。加之贪嗔之念太重，遭受挫折，有激而发。虽彼执迷不悟，一半也由于弟子等德薄能鲜，不知善处，感化无方，以至今日，为此引咎，情愿分任其责。敬乞恩师大发鸿慈，并看在三位老禅师面上，念他相随多年，能到今日，大非容易。前在本门，实无大过。特降殊恩，姑且原宥，暂免刑诛，予以最后一条自新之路。晓月禅师听出语气纯诚，并非卖好做作。又知此刀乃师留本门家法，便几个道行最高的旧同门，如玄真子、妙一真人等三数人犯了教规，一样受刑，无力避免。先还当前古至宝断玉钩专破飞剑飞刀，可以抵御。谁知师父法力仙机神妙莫测，一经相对，仍是相形见绌，万非其敌。照飞刀的神异威力，谁也阻它不住。按说在眨眼之间，早已应劫上身，怎会虚悬？只觉寒气森森，逼人肌发，尚未下合，不是数限未到，便是师父允了众人求恩原宥之请；即或不然，也好趁这将落未落之际，查看一条出路。似此闭目等死，岂非胆小太过，弃巧反倒误事，更是冤枉。

晓月念头一转，忙即睁眼一看，一干旧同门俱朝飞刀跪下，求告将终。随侍四弟子俱木在侧。在座一二十位仙宾，除白眉、芬陀、嫫姆、优昙、李静虚在座前站立外，俱都回避旁立。只天蒙禅师一人仍坐原位，右手外向，五指上各放出一道粗如人臂的金光，将飞刀化成的光罩，似提一口钟般凌空抓住,不令再往下落,面容端庄。等妙一真人等求告完毕,忽朝自己微笑道:"可惜,可惜!一误何堪再误?长眉真人已允门下诸道友之请,缓却今日惩处,你自去吧。"说时,奋臂一提,刀光便似一团丝般应手而起,被那五道金光握住,绞揉了几下,金光、银光同时敛去。禅师手上却多了一把长约七寸、银光如电的匕首。同时玄真子等也纷纷叩谢师恩起立,走到禅师面前。由妙一真人躬身将那飞刀接过,恭恭敬敬拜至殿的中心,双手捧着往上一举,仍化一道银光,飞向殿顶原出现处。又是一声鸣玉般响声,便自回匣,不见一点痕迹。晓月禅师死中得活,想不到如此容易,一时心情竟是恍惚,也不知是喜是忧,是愧是悔,呆在那里。媖姆喝道:"你已幸逃显戮,还不革面洗心,自去二次为人,呆在这里有何益处?"晓月禅师这才想起惊悸过甚,逃生出于意外,竟忘了叩谢师恩,还有对方适才此举,不能说是无德于己。侧顾座中,惟有旧友知非禅师,正朝自己摇头叹息,颇似关切,授意自己,此是洗心革面之机,休再执拗。无如对方俱是仇敌,平日势不两立,忽然腼颜向仇人致谢,未免难堪。尤其媖姆和屠龙师太,尚在怒目相视,状甚鄙夷。师恩自是应谢,别的仇人实放不下这个颜面,暗忖:"今只幸免一时,将来如何,仍视自己行径如何而定,也不在此几句虚言。此时方寸已乱,心志未决,受制前师,与受制仇人不同,何必多此一举,留人话柄?"匆匆一想,便朝殿外礼拜,谢了师父不杀之恩。随又起立,也没向众说话,只朝中座天蒙禅师合掌说道:"多蒙老禅师佛法相救,免我大劫。但我罪孽深重,势已至此,或是从此销声隐退,闭门思过;或是重蹈前辙,再犯刑诛。此时尚还难说。敬谢大德,贫僧去也。"

屠龙师太最是疾恶,前在峨眉门下,便与晓月不和。今见他已是日暮途穷,一干旧同门对他如此恩厚,依然不能感化,刚愎倔强,不肯回头,听那行时口气,仍要卷土重来,为仇到底,不禁忿怒,大喝:"无知叛师孽徒慢走!你以为只有师父家法始能制你?限你三日之内,如无悔过誓言,我便寻你做个了断!"晓月禅师见她阻拦发话,不禁恼羞成怒,连适才愧悔之念也一扫而光,便厉声喝道:"无耻泼尼!你也是被逐之徒,腼颜来此,也配口发狂言,仗势欺人,还逞什么威风?"话还未完,忽听天蒙禅师道:"屠龙休得多此嗔念。他自有个去处,管他做甚?晓月,你还不到地头,何不快走？"听到"走"字，好似声如巨雷，震撼心魄，大吃一惊，又好似着了当头棒喝，心中有些省悟，身不由己，驾起遁光，便往殿外飞去。只是飞遁迅速，殿外长桥卧波，玉坊耀彩，灵峰耸秀，飞瀑鸣玉，到处祥氛瑞气，花光岚影，仙府丽景，已是二度映入眼底。由不得魔头暗制，妒羡交集，贪嗔之念重生，仇恨倍增。当时没有停留，径直飞去。屠龙师太听他辱骂，并未在意，又经禅师唤住，便即归座。

　　白眉禅师叹道："此人根骨原本不差，否则当初长眉真人怎肯收录？只因过去一生中夙孽太重，以致一念之差，误投邪教，为魔力所暗制。他在黄山紫金溪隐居时，虽已入了旁门，仍然时常警惕，并未常与妖师亲近。不合妄用机智，自信道力过深，欲巧借妖师之力，觊觎教祖之位。并还想俟妖师数尽以后，将他门下妖党一齐度到峨眉门下，使其改邪归正，自为教祖，光大门户，为千秋万世玄门宗祖。起念虽由贪嗔，用心设想也未始没有他的道理。即使对现今峨眉诸道友，也不过想到时迫令降伏，屈居其下，并无伤害之心。却不知哈哈老妖得道七八百年，为南疆邪教宗祖，尽管走火入魔，暂时身同木石，元神仍能飞行变化，运用自如。并且入魔不久，苦心潜修，所炼害人害己的阴魔，重又被他的法力智慧降伏。晓月禅师与之斗法，尚且不胜，如何能落在他暗算之中？又不合为一孽徒，妄信妖妇许飞娘的蛊惑，慈云寺斗时，误用妖师秘传十二都天神煞，为苦行道友佛法所破。害人未成，阴魔反制。由南川金佛寺回醒以后，心中忿激太甚，竟不听良友箴规，不辞而别，赶往南疆，从妖师习练妖法。由此越为阴魔暗制，倒行逆施，日趋堕落。实则灵性早迷，明知是害，不计灭亡。平日法力，只能用以济恶，对于本身全无补益。我三人带他到来，原为践我昔年与长眉真人之约，在他大劫未临以前，先给他一个警戒，就便由天蒙师兄用佛法试为其难，看他能否及早回头，以免毁去那数百年修炼之功。飞刀为长眉真人昔年初成道时，降魔镇山之宝，早已通灵变化，神妙无比。除我外，诸位道友中只一两位见他用过。本来绕殿一周之后，他便遭了劫数。因被天蒙师兄用佛法阻住，来势甚缓。他如真能悔悟，一声祝告，刀便飞回。他偏昏昧无知，见难泄忿，意欲暗算婴儿，下手狠毒。那断玉钩乃前古异宝，也非常物。天蒙师兄因为婴儿尚无合用防身之宝，便加以收取。飞刀无了阻挡，立即如电飞来，本是难免。因他当时已生悔心，刀未

2665

下合,略微一缓。天蒙师兄又以佛家金刚手,将刀抓住。后经诸道友求情,方免于难。如非入魔太深,我等三人不愿强施佛法,逆数而行,致生别的枝节。只再费点心力,便可强他省悟。好在他道基颇厚,数应遭此一劫,再经一世修为,始能成就,孽满劫临,自能省悟。只好略尽心力,稍微警惕。成败祸福,仍然视他一念转移,且由他去。屠龙道友近已功力精进,此中消长不应不知,为何也要与他计较?"屠龙即太笑答道:"弟子生性疾恶,见不得这等忘恩背德、狂悖乖谬的行径,意欲加以告诫。听二位老师父法谕,现在想起也觉多事。"

妙一夫人见双方话完,便把婴儿李洪放下,引导他朝众仙宾分别拜见,略说前生因缘。众仙见李洪生得面如冠玉,唇红齿白,目如朗星,根骨特异,禀赋尤厚。适又经过天蒙禅师佛法启迪,使其神完气旺,髓纯骨坚。小小童婴,顿悟凤因,具大智慧。相貌又是那等俊美,宛如明珠宝玉。内蕴外宣,精神自然流照,无不称奇爱赞。灵峤三仙更极喜爱,等过来拜见时,甘碧梧首先揽至膝前,奖勉了几句,由身边取出一块古玉辟邪,给他佩在颈间,说道:"适闻诸道友说,你再有六七年,便须出外行道。目前诸邪猖獗,你又将晓月禅师的断玉钩强借了来,异日难保不狭路相逢。此宝虽无多大威力,却能防御左道中的阴雷魔火诸邪不侵,用以防身,不无小助。客中无以为赠,聊以将意。异日有暇,望在便中过我灵峤荒居,或能有所补益呢。"李洪此时已经恢复前生灵智,迥非来时之比。闻言忙即合掌拜倒,领谢起身。赤杖仙童阮纠同了丁嫦,也各取了一件宝物相赠:一是碧犀球,用以行水,能使万丈洪波化为坦途;一是三枚如意金连环,也是专破左道白骨箭类阴毒邪法之宝。李洪一一拜谢受领,学了用法,去至下首妙一真人面前侍立。

妙一真人这才手指李洪,转向谢山道:"日前拜读家师玉匣留示,才知此子本是佛门弟子。现今几位前辈神僧,功行俱将圆满,不及携带。而此子以前诸生,发愿甚宏,须历年时始得圆满。方今群邪猖狂,此子冲年在外积修善功,不免到处都有左道妖邪与他为仇。非得一位具有极大法力的禅门师父,传以降魔本领,随时照护不可。道友适才皈依佛门,也须有番修积,门下又无弟子,虽有两位令爱,不久便去小寒山忍大师门下清修,不得随侍在侧,将来衣钵,也无传人。如今此子拜在道友门下,实是一举两得,不知道友心意如何?"谢山一听,自己的事,妙一真人竟早前知,好生佩服。便笑答道:"小弟为了一些世缘,转劫多生,终无成就。今生枉自修炼多年,对于过去一切因果,竟是茫然。适才出迎三位禅门大师,幸蒙老禅师大发慈悲,宏宣宝相,金轮普度,佛法无边,方始如梦初醒,悟彻夙因。现虽立志皈依佛门,寻求正果,但是自来所学不纯,法力浅薄。贤郎多生智慧,根骨深厚,现虽年幼,不消数年,必能精进,不可思议。小弟初入佛门,尚在学步,如何配做他的师父呢?"芬陀大师接口笑道:"道友过谦了。休说此子本你前生师侄,夙有因缘,谢道友又何尝不是修积释道两门,殊途同归,无异一体。我佛门中法,说难便难,说易便易。道友新近皈依,仅自彻悟,还未修为,心存客气,自然怯为人师。"

谢山原极爱重李洪,只因初悟夙因,匆匆与前世师兄相晤,有好些话尚未询问,自身尚无师承,如何便收弟子?为此谦辞。及听芬陀大师这等说法,妙一真人只是含笑不语,情知真人言不虚发,事已定局,便起身答道:"谨谢大师教益。但后辈自身尚无师父,如何收徒?齐道兄之嘱,不敢不遵,只请暂缓,容我拜师受戒之后如何?"边说边往天蒙禅师座前走去。本意近前跪倒拜师,请求收为弟子。哪知刚一跪将下去,天蒙禅师本在低眉默坐,忽然伸手向谢山顶上一拍,喝道:"你适才已明白,怎又糊涂起来?本有师父,不去问你自己,却来寻我,是何缘故?"谢山吃普度佛光一照,仅只悟彻夙因,以佛法素重传授,未来如何修为,尚须禅师指示。况他又是前生师兄,为了自己,迟却千年证果,受恩深重,觉着拜师万无不允。偏生对付晓月,好些耽搁,不便越众前请。此念横亘于胸,尽管智慧灵明,竟未往深处推求。及被天蒙禅师拍顶一喝,猛地吃了一惊,当时惊醒,神智愈发空灵。立即膜拜在地道:"多谢师兄慈悲普度,指点迷津。"禅师微笑道:"怎见得?"谢山起身,手朝殿外一指。众人随手指处一看,原来灵峤二仙适在禅师等未降以前,施展仙法按引的明月,已应时而至,照将下来。凝碧崖前七层云雾,连同由平湖后半直连正殿平台那么宽大高深的洞顶,也被用移山法缩向后去。这时殿外正是万花如笑,齐吐香光,祥氛潋滟,彩影缤纷。当空碧天澄霁,更无纤云。虹桥两边湖中明波如镜,全湖数层青白莲花万蕾全舒,花大如斗,亭亭静植,妙香微送。那一轮寒月,正照波心。红玉坊前,迎接神僧的一百零八响钟声,已是尾音。清景难绘,幽绝仙凡。众仙方在暗中赞美瞻顾间,忽又听天蒙禅师问谢山道:"你且说来。"谢山恭答:"波心寒月,池上青莲;还我真如,观大自在。"禅师喝道:"咄!本来真如,做甚还你?寒月是你,理会得么?"谢山道:"寒月是我,理会得来。"禅师笑道:"好,好!且去,且去!莫再缠我。"谢山也含笑合掌道:"你去,你去!好,好!"

白眉禅师、芬陀大师随即起立,同向妙一真人道:"天蒙师兄与寒月师弟因缘已了,我三人尚有一事未办,还须先行,要告辞了。"叶缤也和谢山一样,有许多话要请教,并欲拜芬陀为师,一见要走,忙即赶前跪下。被芬陀大师含笑拉起道:"道友心意,我已尽知,但贫尼与你缘分止此。行得匆忙,无暇多谈。你和谢道友一样,从此礼佛潜修,自能解脱。一切适才想已知悉,何庸多说?"叶缤原已悟彻,便笑答道:"弟子已知无缘,只请和老禅师一样,略示禅机,赐与法名如何?"说时,殿外云幢上,钟声正打到末一响上。大师笑问道:"你既虚心下问,可知殿外钟声共是多少声音?"叶缤躬身答道:"钟声一百零八杵,只有一音。"大师又道:"钟已停撞,此音仍还在否?"叶缤又答道:"本未停歇,为何不在?如是不在,撞它做甚?"大师笑道:"你既明白,为何还来问我?小寒山有人相待,问她去吧。"叶缤会意大悟,含笑躬立于侧,不再发问。

李宁和采薇僧朱由穆、杨瑾三人,见师父将行,各自趋前请命。白眉、芬陀笑道:"自照你们心意做去。随时相助齐道友,发扬光大。行止归去,均在于己。有事自会传谕留示。助己助人,勉力潜修好了。"说罢,三位神僧、尼便往外走。妙一真人等知难挽留,只得恭送出去。众弟子把香花礼乐早已准备。天蒙禅师笑道:"何必如此?"三人各自合掌当胸,向众辞行,便自平地上升,仍和来时一样,只是易下为上,没有来时云层洞顶阻挡曲折,去势更是神速。妙一真人等忙率两辈同门和先前出接的诸仙宾飞身恭送时,三人身已直上云霄,只见祥光略闪,微闻旃檀异香,便不见踪影。众仙礼送回来,又向谢、叶二仙分别称贺。由此二人便入了佛门,一个改名寒月,一个改名一音。只等小寒山一行,便各回山潜修不提。

众仙到了殿内,妙一真人便令婴童李洪行那拜师之礼。谢山自然不再推辞。行礼之后,谢山见晓月禅师所炼断玉钩连同灵峤三仙所赐三宝,由妙一夫人分别给李洪佩戴,钩插在左肩之上。那钩形制古茂,上面满刻奇书古篆符引之类，宝光内蕴，灵异非凡。便对李洪道："灵峤三位仙长所说，务须留意。此钩不特前古异宝，并经现藏宝主人费了若干心血祭炼，原意用以抵御长眉师祖玉匣飞刀，可知厉害。如非天蒙老禅师佛法无边，只恐谁也用它不了，即便到手，也早晚必被原主夺回。看来晓月对于此宝，必定珍惜非常，一旦受制佛法，为一幼童所得，必不甘心。虽然老禅师佛法高深，既肯取以转授，又将它灵性隔断，使为你用，不致被他收回，到将来也不致有甚危害，但还是小心才好。你初拜我为师，本应传授一两件防身御魔之宝。一则我本玄门中人，刚悟前因，还我初服，尚未十分修为；二则我所有法宝，除一心灯外，无甚奇处。好在你已有此神物，更蒙灵峤三仙赠你三宝。此时到底年纪太轻，尚须随我小寒山一行，回山修炼。且等我将法宝重用佛法祭炼，到你他年下山之时，再行传授吧。"

李洪拜谢，领命起立，仍去妙一夫人身前立侍，甚是依恋。妙一真人笑道："痴儿，你已转劫九世，前后千年修为，怎还如此依依难舍？"李洪跪禀道："儿子自蒙恩师佛法警悟，想起以前诸生之事，父母慈思深厚，好容易违颜千载，今始重逢，少时又要随师还山，怎叫儿子能舍？"谢山道："你与令尊千年父子，今始重逢，煞非容易。我为全你孝思，并得多受贤父母教诲，此后许你每年一次归省便了。"李洪闻言，自是欣慰。妙一夫人道："今日开府，各位仙宾所赠法宝珍物甚多，前又得了紫云宫、幻波池许多法宝，本可赐你两件。也为年纪太轻，尚非用时，且等将来省亲时，我择那佛门弟子合用之宝，赐你好了。"殿外众仙闻知谢山收徒，又是妙一真人夫妇前九世的爱子，纷纷入贺。

诸葛警我等来时，正值神僧、神尼去后，李洪在殿中拜师行礼。略听完了经过，见齐灵云、周轻云、秦紫玲在殿右一角聚谈，知三人奉命设置盛筵，正想过去询问众仙席次，齐霞儿已点手相招。近前一问，霞儿笑道："大师兄奉命引度那两人怎么样了？"诸葛警我道："师父原谅他二人师父劫运未到，入我门中，尚非其时。不过二人不久便有大难，此时先给他们稍微点醒便了。这两人资质禀性都好，我看他们已有警觉，只为师门恩重，不肯弃彼就此。到了时机，必来无疑。我为奉命代熊血儿问向芳淑师妹索取阴雷珠，并点化虞、狄二人，竟偷了懒，三位师妹安排筵宴，想已齐备了？"齐霞儿道："起初本是不论交情亲疏，所有筵席齐设在平台之上。游园时，灵峤三仙、公冶道长和家师等诸位尊长相继提议，说殿前仙景各有妙处，而到会仙宾各有友好，门人弟子也多偕来，行辈不齐，如在一处，盛会固较庄严，一则有等次，不免拘束，难求尽欢；二则席次也费安排。最好除平台上原设的五席外，余者择那风景佳处，分别设席，听凭到会长幼仙宾自约同道友好，各任心喜，随意入座。"诸葛警我为众门人之长，久与机密，知道此事早在掌教师尊算中。为免一些不相干的外客和旁门中人挑剔厚薄，故令一体设宴平台。却由别的仙宾以观景尽欢为名，除主要五席外，余者分设各处，不论上下各等，俱可随意入座。实则功行深薄，行辈高低，以及道路各有不同，决不肯掺和在一起。经此一来，既免鱼龙混杂，又免因此生出别的枝节。齐霞儿当然也知此中深意，彼此相视一笑，更不再说。

那殿台上的五席，俱是一律两丈四长、一丈二宽的青玉案。仙家筵席，不同俗世，又值开府盛典。每席共坐十二人。当中列有主位，做一字横列，入席者有玄真子与妙一真人等四位，余均本派同辈。两旁做八字形，各有两席相连。只席座均比主席高约半桌，以示尊敬。每边各有二十四位。列坐的，为媖姆、优昙、极乐真人李静虚、百禽道人公冶黄、灵峤三仙、易周、白朱二老、乙休、凌浑等本派至交，以及半边老尼、藏灵子、少阳神君、无名禅师、知非禅师、侠僧轶凡等仙宾，不是前辈真仙，便是各派宗主、神僧、神尼之类。那些不速之客以及旁门中人，见此盛况，主人尽管以礼揖让，也都自然自惭形秽，不敢与之并列了。五席之外，如湖堤、桥亭、灵峰、水阁等各处所设筵席，俱和殿台一样形式陈设，只地方不同，人数多寡也各听随意邀约。外来一干后辈，席设水阁之内。本门弟子，只诸葛警我、岳雯、黄玄极、悟修、齐霞儿、易静、癞姑、郑八姑男女八弟子，在湖心阁以内做主人，陪伴后辈，得以与宴。余者有的司乐，有的司厨，有的在侧侍宴，各有职司。只等会后仙宾散去，师长赐宴之后，经过二次传授，或是奉有专命，或是自行呈请，分别由左元十三限，或由右元火宅玄关通行一次。能通过的，三四日内拜师下山行道。自信功行不济、志在潜修的，也不勉强，在仙府内与去留诸同门欢聚畅游三日，便去右元洞壁崖穴之中苦修，到了火候，再行请命。有那本身功力不够，并未奉有特命准予先积外功，随时在外修为，而又妄想一试的，侥幸通过这两处难关之一，自可如愿；如通不过，在师恩卵翼之下，虽还不致有败道丧生、走火入魔的凶险，但也元气大伤，去至右元洞窟，日夕熬炼，多受好些苦难，始得复原。

自从妙一真人按照长眉玉敕遗命，订下规条功课，门下弟子虽居住在这仙山福地，将来也必能成就仙业，但是成道以前，修为至难，差之毫厘，谬以千里，功力根骨所限，分毫也勉强不得。如非真个道心坚定，精诚不渝，休得列入门墙。上来根基先自扎稳，所学又是玄门正宗，上乘功课，所以后来峨眉派日益发扬光大，为各派北斗宗盟，门下弟子到头来咸列仙班。即或向道心坚，修为勤奋，而福缘不够，强请入门；或是夙孽太重，无可解脱，入门修炼，此生虽不免于兵解，而转世之后，因有前生修为，道基坚固，再有师长同门垂怜接引，成就自速。至不济也是地仙散仙一流。至于中道为邪魔所诱，叛师背教，或犯严规，误入歧途，以致堕落的，只有一人。此人也并非不知自爱，只为夙世冤孽太重，心又急于建功，不到功候，便强欲下山，仗着灵警智慧，居然通行火宅，走向前殿。偏生教祖他出，代掌仙府的正是此人所拜师父髯仙李元化，见他竟是如此精进，通行火宅，以为可以无虑，未加告诫，反予奖勉。以致下山不久，便遇夙孽纠缠，对方恰是一个厉害邪魔之女，双方苦斗三日，终于受了诱惑，堕了色戒，坏去道基，不敢回山，又迷恋上妖女美色，迫不得已与之同流合污，做了邪魔爱婿。由此行恶日多，终为李英琼飞剑所杀，连转劫重修俱属无望。峨眉派因此取材愈严，门人出处，越发慎重，更无一人再步前辙。此是后话不提。

第二一八回

胜会集冠裳　无限清光　为有仙姬延月姊
同仇消芥蒂　难忘故剑　还将驼叟斗痴翁

隔不片刻，一轮皓月已列中天。因有仙法排云，碧天万里，澄霁如洗，更无纤翳，显得月华皎洁，分外清明。大殿中李洪业已行完拜师之礼，待不一会儿，先听殿中传呼赴宴。红玉坊前，两云幢上的金蝉、石生二人，重又鸣钟击鼓。跟着司乐众弟子鼓瑟吹笙，箫韶交奏。仙乐声中，殿中众仙款步而出。玄真子、妙一真人等主人，先趋平台前侧站立，重又向众仙宾致谢临贶厚意，肃客入席。众仙宾早已各自约好同道伴侣相待，纷向主人谦谢几句，另有仙宾及诸弟子陪同各人选中的席次，分别入座。那在平台入席的诸仙宾，十九都是主人飞柬专使专诚恭请而来的前辈仙尊、各派宗主，或是同道至交，自有玄真子、妙一真人等肃客就座，主人一律揖让。虽无世俗客套，都各知分际行辈，得道先后，除两边首座略互谦让外，也自就座，序列适合，无稍差池。众仙宾中，赤杖仙童阮纠、甘碧梧、丁嫦已得道千余年，又是初次相见，自然推居东席上座。第四位以次，便是易周、杨姑婆、一真大师、宁一子、少阳神君、天乾山小男、藏灵子、半边老尼、无名禅师、知非禅师、钟先生、铁钟道人、游龙子韦少少、灵灵子、玉洞真人岳韫、梅花仙子林素娥、侠僧轶凡。此外还有随灵峤三仙同来的四位男女地仙尹松云、陈文玘、管青衣、赵蕙，虽是三仙弟子，但是得道年久，已成地仙，论功行，便长一辈的群仙也多不如，自不应去至水阁与一班后辈、新进门人同列，经妙一真人夫妇向三仙力请，同在平台入宴。本来席次尚高，因有师长在前，只得屈诸末座。算起来，恰好一列两席相连，共是二十四位仙宾。西席这面，首座极乐真人李静虚，依次为嫔姆、神尼优昙、神驼乙休、百禽道人公冶黄、追云叟白谷逸、矮叟朱梅、西藏派教祖凌浑、屠龙师太、金姥姥罗紫烟、青囊仙子华瑶崧、步虚仙子萧十九妹、伏魔真人姜庶、大熊岭苦竹庵郑颠仙、寒月禅师、一音大师、杨瑾、采薇僧朱由穆、李宁、姜雪君、林明淑、林芳淑、玉清大师、素因大师，也是二十四位。当中主座是玄真子、妙一真人夫妇、醉道人、髯仙李元化、万里飞虹佟元奇、餐霞大师、元觉禅师、元元大师、坎离真人许元通、顽石大师。因峨眉长一辈的十三同门中，苦行头陀已证佛门正果，飞升极乐；风火道人吴元智，前在慈云寺遇难兵解，转劫再生，年尚幼小，未曾引度佛门。所以主座十二，却只坐十一人。余下虽奉请柬，或是情深，或以道行浅薄自谦，不敢与诸位前辈真仙并列，俱去别处入席的，如昆仑派中后进剑仙小髯客向善、长沙谷王峰铁蓑道人等；新近归正的异派散仙麻冠道人司太虚，恒山云梗窝狮僧普化，滇池伏波崖上元宫天铁大师，黄肿道人，凌虚子崔海客，太行山绝层崖明夷子、大呆山人，北海冰洋岛五散仙仇生明、夏寅、吉永、卫寒樵、令狐畹兰，岷山白马坡妙音寺一尘禅师，浙江诸暨五泄山龙湫山樵柴伯恭，岷山飞虹涧女仙董天孙，苏州天平山玉泉洞女仙巩霜鬟，湖北荆门山女仙潘芳，陕西秦岭石仙王关临、跛师稽一鸥，小南极不夜城主钱康，边山红菱嶝银须叟，宜兴善卷洞长生修士路平遥；辈分介乎长幼之间的，如北海陷空岛大弟子灵威叟，黑蛮山铁花坞清波上人，南海散仙骑鲸客，苏州上方山镜波寺无名禅师座下天尘、西来、沤浮、天还、无明、度厄六子。此外尚有释道两家的神僧、剑仙，闻风而来的不速之客，众仙客随带来的门人弟子，总共不下八百余众，因无关紧要，在这里从略了。

当下两辈侍宴的本门弟子捧上仙酒肴果，八百仙人对月开搏，临波把酒。此时仙乐悠扬，万花怒放，香光如海，霞彩缤纷，端的仙景无边，令人五官应接不暇。神仙佳话，千古流传，绝非寻常所能梦见。饮到中间，妙一真人命随侍男女弟子严人英、司徒平、徐祥鹅、施林、郁芳蕙、李文衍、吴文琪、周轻云，将先备就赐给随众仙宾赴会的诸后辈的锦囊取来，即席颁赐。囊中之物，也有法宝，也有珍玩，也有灵药仙果，品类不一。俱装在妙一夫人用东海鲛绡织成的大锦囊内，外用旗檀木为架，悬在席前。由上述男女八弟子随手探取，各凭福缘厚薄给予，凡在水阁入席的俱都有份。众后辈仙宾一一领收拜谢，无不欣喜非常。一会儿颁赠完毕。灵峤三仙中的丁嫦笑指云幢上面金蝉、石生二人道:"今日主人开府盛典,仙宾又极众多,门下高足俱极劳苦,尤以云幢上司钟、磬的两仙童为最。资质又都极好。贵派规法至严,未便唤他下来,且借主人仙厨美肴,略当慰劳,不知可否?"妙一真人知有用意,当着众人不便明言,便笑答道:"小徒只在上面司乐,并无微劳。既承道友怜爱,敢不拜命,唤他们下来拜受好了。"丁嫦道:"那倒无须。一则,当此大典盛会,原定仪礼,岂容率易更张;二则,此时玉坊虹桥,碧树银灯,花光霞彩,月明星辉,多此两幢撑空朵云,也生色不少。为此一杯酒,何须升降周折,飞觞赠饮好了。"

金、石二人司乐之余,闲中无事,本在随时留意下面仙宾言谈动作。丁嫦是借题送礼,语声虽是不洪,金、石二人却听了个逼真,不等妙一真人招呼,便在云上行礼致谢。心想:"灵峤三仙,道行法力何等高深,人又极好。这酒是主人的,岂不知客去以后,我二人便可享受,何必多此一举?况又有慰劳的话。"方疑此举藏有别的美意,一转念间,丁嫦已要过甘碧梧面前杯子,连同自己杯子,持在手内,往上一扬,便有尺许方圆两朵祥云,托着两只玉杯,分向二人云幢上飞到。二人连忙跪接过去,酒只半杯,方要举饮,猛觉杯底有物落到手上。低头一看,金蝉所得乃是一只玉虎,大才两寸,通体红如丹砂,一对蓝睛闪闪隐射奇光,玉虎口内青烟隐隐地似要喷出,神态生动,宛然如活;石生所得,乃是一块五角形的金牌,也只三寸大小,上面符箓重叠交错,竟分不清有多少层数。二人原本一样机智心灵,知非凡物,必是当着多人不便明赐,假作赐酒为名,暗中赐与。偷觑平台之上,玉清大师和姜雪君,正朝自己注视微笑。在座诸仙,除了乙、凌、白、朱和峨眉交深情厚的几位,只朝上看了一眼,便各和邻座言笑,仿佛明知,故作不解。余人多似不曾觉察。心中欢喜会意,悄悄藏起,如无其事。见那祥云尚在,只朝丁嫦略微跪谢,把酒杯仍放云上,任其托了往下飞去。

丁嫦接过放下,笑道:"乐不可极,广寒仙子何能久羁?我们已经饱饫仙厨,应该告行了吧?"说罢,灵峤三仙首先谢别,跟着众仙也纷起告辞。当下除神驼乙休、白朱二老、玉清大师五六位有事暂留外,所有在会长幼群仙,俱都起身。玄真子、妙一真人仍率众弟子,香花礼乐恭送。仙法均撤,明月隐去,凝碧崖前,仍是七层云雾封蔽,回复原状。由灵峤三仙、极乐真人以次，相继由平台、虹桥等地，各驾祥云遁光向空飞起，到了凝碧崖上空，纷向主人举手作别飞去。这时月影沉西，天已快亮。只见千百道金光霞彩，祥云紫气，挟着破空之声，在峨眉后山绝顶上空，四下飞舞，电闪星驰，晃眼全都飞去，不知去向。

玄真子、妙一真人等回到正殿，收去两朵云幢，命众弟子自去择地饮宴，欢聚三日。然后再看各人功力深浅，或是下山行道，或是留守修炼。随与乙休、白、朱、玉清诸仙，商谈未来之事。因而谈起李洪，将来成就虽是远大，但是道高魔头也高。照着长眉真人玉敕遗命，李洪年甫十岁，便须下山修为，开头便遇到一个极厉害的强敌，非有一件旁门至宝，不能收功。还有李英琼，再往幻波池取宝，也有不少周折。事在李洪之前，不久便到，务请众仙随时相助。白谷逸笑道："齐道友日来开府事忙，我和朱矮子替你办了一件事，还没有对诸位道友说。此宝虽不是玉敕所说异宝，功效却也差不多。有了此宝，将来李英琼、李洪可以省事多了。"说罢，手中递过一物。妙一真人接过，和众仙同看，乃是一个形如穿山甲，前面有一风车的铁梭，长仅尺许，遍体俱是活瓣密鳞，蓝光闪闪。

餐霞大师见了惊道："此乃当年红花鬼母七宝之一，名为碧磷冲，威力不在玄龟殿九天十地辟魔神梭之下，只是不能像神梭一样载人。用时长约丈许，前面七叶风车电转飙飞，密鳞一起展动，宛如一条绿色火龙，发出数十丈碧焰寒磷，专一穿行山地。无论石土金铁，被这碧焰阴火挨着，无不熔化成浆，陷成十丈以内的陷洞。宝主人便随在后面前进，暗中侵害人家。尤妙是动起来时一点声息全无，不似神梭还挟有风雷之音，老远便能听出，端的阴毒非常。我昔年初成道时，鬼母尚未遭劫，偶因采药，误入滇南蛮境，曾经亲见此宝妙用。侥幸鬼母以大劫将临，不愿无故与本派结仇，又知我是无心深入，看出他门人的行踪诡秘，一时好奇，暗中尾随窥伺，因而发现我非有心作对，只在我发现此宝之时突然出现，好言劝我离去，并未加害，反送了好些灵药。我自知不敌，也未再去。闻说鬼母遭劫之时，说门下诸弟子俱非善类，她在世还能强制，她死以后定必造孽无穷，为她再生添上许多孽累。本欲一齐迫令兵解，随即转世，再同修为，结果只有六人兵解。第二弟子何焕奉命有事在外，人更机警，早听出乃师平日语气，算计劫临，定必不免。又知乃师法令如山，难于抗拒，时刻都在留心。回山时,借故推迟,落在诸同门后面,隔老远窥探前行。这时鬼母已经中了极乐真人飞剑,只为想迫门人同行,免贻后患,而手下七弟子恰有一半在外,勉强行法忍苦强挨。不过运用元神,强支躯壳,只可缓死须臾,不能持久。内中又有三个桀骜不驯,反与对敌的,经她手刃处死,愈发耗了心神。等何焕回时,说完话,人已不支。何焕知她体力已不能再杀自己,跪在地下哀声哭求,说自己从此闭洞清修,决不出外为恶。鬼母此时已制他不了,又见他平日心性较为和善,便要他立下永不为恶的重誓。然后说道:'我虽邪教,只是天性乖僻,人不犯我,我不犯人,更知警惕,向不轻易为恶。所以这次大劫虽然不免,还得对头容让,不将我元神斩去,使我仍得再行转世修为,以求正果。不意以前一时偏见,收下你师兄弟七人,心性无一善良,我去以后,定必造孽多端,自遭大劫,结果还要累我,因此才想将你七人一齐带走,使为再世师徒。既免后患,还可再生,同求正果。内有三个心存叵测,意欲叛我的,我已除去,连再转世也都无望。你虽较他们心性好些,到底容易受人引诱,自取灭亡。本意令你同行,你偏昧于轻重,再四苦求,不愿兵解,我门下七人,一个不留,你们不知就里,显我太无师徒情分。所不放心者,只恐你日后以我所传法术害人害己。现既立下重誓,我也不强迫,但那本门七宝,暂时却不能授与,须守我诫,闭洞清修四十九年,到时七宝自会出现。到手以后,必须善用。须知誓愿已发,只要背反,稍存恶念,或受同道蛊惑,去与众人为难,立即报应,遭那杀身之祸。务要谨谨遵守。'说罢,便去洞内,久等不出。入内一看,已是化去。何焕葬师以后,正遍向同道朋友辞别,说他奉命闭洞参修,不再参与各事,特此辞别。以后便未再听说起。此宝既然出现,必是这厮静极思动,受人怂恿愚弄,欲借此宝,由地底冲入仙府扰害,致为白、朱二位道友夺来。可是么?"

白谷逸道:"照此说法,定是这厮无疑。我二人先并不知有外贼由地底来犯。乃是朱矮子以前熟人麻冠道人司太虚,近年忽然觉悟,改邪归正,因知四九重劫将临,只有齐道友许能助他脱难。无如道路不对,无法干求,本意乘着庆贺开府,来此结纳。不料走到路上,又遇上许飞娘这一妖狐,与一妖人在崖后密谈。他欲立功自见,仗着隐形神妙,老远发现妖狐遁光,便尾随下去,暗中查探。闻妖狐日前在边山中勾结了一个向不出山的异人,欲用此宝暗入峨眉，先盗取肉芝，再用邪法乘机扰害。自己也知非敌，略微得手，仍由地下逃去。说得甚是厉害，只未提说那人是谁。司太虚因听异人已由边山起身，当夜便到本山，立即赶来送信。与我二人见面一说，立即商妥，将计就计。起初只想诛敌，并无夺取此宝之意。因来的妖人精于地遁，我们三人到了上面，又用千里传音，命岳雯将甄艮、甄兑唤去。许飞娘明知我们防备森严，还敢令妖人由地底入犯，必有几分自信。司太虚匆匆一听，对方姓名来历一点不知，又是个多年不曾出山的人。时机已迫，无暇潜心推算。当年边蛮四凶本有两个在极乐童子飞剑之下逃生的，此后便没有下落，恐是漏网二凶之一。凭我三人，虽然可操胜算，到底这两人邪法高强，比别的妖人不同；加以匿迹多年，忽然出现，知他这些年潜居苦炼，闹甚花样？惟防万一挡他不住，除将上洞离地十丈以下用法术禁制，使其坚逾精钢，并用移形迷踪之法，颠倒途向，免被冲破禁制，闯入仙府，为外人所笑。一面又令甄艮、甄兑持我三人法宝，在地底埋伏相候。起初料他必是到了上洞左近，再行入土。我三人远出数十里，分成三面，隐身空中相待，准备堵截。能在未到正洞以前将他打发，岂不更妙？

"哪知这厮行事十分诡秘，仗着法宝神妙，竟不嫌费事，在相隔峨眉二百里以外便入了土。如换道行稍差一点的人与之相对，地底再没有甄艮、甄兑这两个精通地遁的人埋伏，单靠那喝土成钢的禁制，非被冲进不可。尽管仙府能手甚多，他一露面，也必送死，决讨不了便宜。我和朱矮子混了这多年，事前还有人报信，如被这样一个后辈妖人瞒过，冲入重地，这人怎丢得起？这厮也真有点伎俩，运用妖法，穿山裂石，通行数百里，竟没一点声息异状。我们人在上面，留神查看，竟会看他不出。后来我们见所说时候已到，杳无踪影，空中时有各方道友飞过，俱是由后山飞雷径来此赴会的。试运玄机推详，才知敌人已到前山，正和甄氏兄弟在地底苦斗。甄氏兄弟本来不是妖人敌手，幸我先设禁制，这厮来路深在地底，几达百丈以下，一到便被禁制挡住，前面坚如精钢。因未发现敌人和别的异状，甄氏兄弟埋伏之地在上，不知妖人已在下面。敌人又未发动移形之法，自以为法宝能破禁制，便运用妖法炼化那比铁还坚的石土，打算只穿通一条容人之径便可入内，这一来未免耽误了些时候。

"事有凑巧，周云从、商风子日前来投时，在路上无心中得了一面宝镜，乃前古禹王治水搜除水土中潜伏邪魔的至宝。镜光到处，地底三百六十五丈以上，明如观水，纤微毕现。我和岳雯唤他二人上来时，正与商风子在一起。商、周二人因不知镜名、来历、用法，到后又听诸仙同说众弟子自己所得法宝，须在开府传授法术法宝时一齐呈献，听命指点应用。初来觉着师长威严，不敢冒昧求问，只不时向众同门私下打听。甄艮一想，同门中飞剑法宝比他兄弟强的颇多，我二人既指名唤他兄弟，踪迹又要隐秘，须到指定之处相见，料想要知地遁之术。一时心灵，随手将宝镜借来，带在身旁，以备万一之需。先在地底埋伏，已经照看过了两遍，觉着在地底用镜搜查，格外清晰，看得也较远些。妖人只要近前在三四百丈以内，万无不见之理，便极留心。先没料到妖人由远道而来，入土又是这样。后来久等不见到来，便向禁地一带环绕巡视，不时取镜查看。巡视时由左而右，起脚在妖人头上，当时忽略过去。等到由右侧绕将回来，算计时候将过，格外仔细。宝镜不曾离手，一到原处，果然发现妖人已到，正用碧磷冲发出百十丈的阴火碧焰，飙轮电转，朝下猛钻。那么坚硬的地底，居然被他穿通了好几丈。如非所有的土皆坚，定被破土而入了。有此两层耽延，双方动手较晚，甄氏兄弟又长于地遁，如鱼行水，不似妖人不用法宝，只用飞遁，行动便缓，不能随意通行。刚现危机，待要发动移形之法，乘机遁走，甄氏兄弟想分出一人上来求援，我三人已经警觉赶到，合力下手，才未为妖人所伤。

"妖人见势不佳，赶忙运用法宝，返身遁去。我三人看了此宝有用，便分开来：由朱矮子驾遁光，和甄艮一起，在地底穷追；我和甄兑、司太虚持了宝镜，在上空追逐。后追出本山，到了枣花崖一带无甚寺观人迹的荒山，然后拦在妖人前面，用宝镜照准他的来路，用太乙神雷裂开一个大地穴。等他一到，再用紫云宫所得神沙，困住了他的法宝，朱矮子又在地底连发太乙神雷，一路乱打。妖人本另有护身法宝，急切间神雷也伤他不了，又长于隐形飞遁之法，逃也容易，只敌不住而已。此时情势，收了法宝，再舍地底死路，由上空遁走，并非没有指望。不知为何那样胆小，除尽量防身外，身边还带有好几件厉害法宝，竟是一件未取出来还手，一味惊惶，循着原来途径逃窜。追着追着，快要到了上下夹攻之处，忽然哀号道：'诸位仙长，容我献宝赎命。'边说边由身边取出一件法宝。舍了这件用以穿行地底之宝不要，任其照旧朝前猛冲。只见他倏地连宝带人，发动阴雷，将所行之处百十丈厚的地面，爆裂一个大洞，化为一条细如游丝的碧光，破土上升，直射云空，一闪不见。我们上下五人，事出仓猝，同时朱矮子见此宝虽无人驾驭，仍在前驶，又急于收取，我又在前，只远远看见地裂雷震，人化碧光，隐形遁走，俱不及追擒。正想罢手，因见下面此宝仍发碧火飞驶，已由脚底过去。司太虚也说此宝难得，异日大有用处，我们虽不知用法，也可体会得出，或者重炼再用，均无不可。便由上空追去，其行绝速，如用禁制，竟来不及。又追出百余里，仍用前法，以太乙神雷、破土神沙阻挡，才得制住。费了好些手脚，几乎将它毁去，才勉强收卜。虽已强制缩小，阴火碧焰依然强烈不敛，只一疏忽松手，仍要飞去。但又不似原宝主在暗中行法收回，乃是此宝灵异，不知收用之法，便是如此。任其入土，无论投向何方，也是一味前冲，永无止境，非到穿入地肺，被元磁真气吸住，年久化炼，成为灰烬不可。自来收取旁门法宝无此收法，正好笑我二人枉自修炼多年，得一旁门之宝，还须回来向诸位高明之士请教。那地方原是枣花崖的前山阴，就在妖妇的巢穴邻近。司太虚前遇妖妇和一妖人对谈，便在左侧危崖之下，并曾见有一高大石洞。那妖人也是一个向未见过的生脸，估量妖妇妖党，也许还有诡谋。见为时尚早，先在空中瞭望。前山几个妖人，欲用那前已破去的摄心铃捣鬼，已为元元大师、醉道友与诸位道友所斩；另一妖人正与天狐宝相苦斗，也被诸位道友事完赶去诛戮。反正归来还有余暇，乐得顺便查看。相隔只五六里，便同隐身前往，沿途查看，飞得甚低。

"走在路上，忽见山坡下有一相貌丑怪的道姑，旁有一男二女三个徒弟侍立。被迫妖人便跪在道姑面前，只听她对妖人说：'以前你欺我已遭兵解，假意求恩免死，实则存了恶念。彼时我如坚持，你必反抗。我想你既不知好歹，而我又无力强制，念在多年师徒情分，姑使你立下重誓，允你请求，免去兵解。日后如能遵守，到了年份，你取了法宝，不背师言犯誓，那时我已转劫修成，再重归我门下，也无不可。我门下弟子，因有叛师之行，已被我杀死三个。你虽存心叵测，叛迹尚未昭著。人情到了紧急时，保不住铤而走险。总算你和我，脸还未撕破，人孰无过，如能洗心革面，不忘我的训示，多年师徒情分，乐得成全。也使你们知道，我杀三徒，不是为师的情薄心毒。这多年来，我时常都在暗中查看你的行踪，本来早要见你，也许没有今日。只因我兵解之后，你虽不曾为恶，但是心喜侥幸，以为可以承受我的法宝，此后重行邪教。所以遍辞同道，说要闭关修炼，不出见人，再晤须在四十九年以后。你那些同道交往，无一善类，如听为师临终训诫，如真去恶向善，避之惟恐不及，再见做甚？此等居心，已不可问。及至四十九年期满，我禁制失效，法宝出现。你这么长岁月，一心只在盘算将来如何广收门人，创立教宗，始终没有追念师恩，我那埋骨之处，你从未前往凭吊留恋。宝物一到手，立即遍访旧日同党，意欲重新结纳，以增声势。及至连访了好几处同党，就在这四十九年之中，已为各正教中人诛戮殆尽。这才知道一点悔悟，扫兴回山。可是你只知身是旁门，须照旁门行径去做，却不知旁门中人，如不以邪术济恶，不论转劫与否，一样可以求得正果。便是我当初，虽不免做过两件恶事，终因知道善恶是非，有能补过之处，尽管任性偏激，人如犯我，我必不容，但是人不犯我，我也决不犯人。又能到处与人方便，更能约束门人，不稍纵容姑息，直到兵解身死，仍决不肯留一遗孽，为害人间，算起来还是功大于过。你看当时不违我命，甘心从死的这三人，不是今日都随我改邪归正，有了成就？你偏执迷不悟，虽不时常妄出为恶，却未照你誓言行事。平日鱼肉各洞边蛮，遇有左道中人，便行结纳。可见你当时叛我之念发诸天性，并非畏死所逼，此已罪无可逭。故此我只暗中留意，不想与你再见，静俟你犯了大恶，违背前誓，与正教为敌，意图大举之时，再行处治，使你应誓，收回我的法宝。果然你终日畏首畏尾，一旦遇见妖妇，用一淫女向你蛊惑，便为所动，竟敢仗恃我这几件法宝，欲入峨眉盗取肉芝，妄冀仙业。也不寻思，既有这等好事，妖妇也非庸凡之辈，怎不自取，却送便宜与你？如你自寻死路，更无话说，速照当初所立誓言自杀，身虽惨死，你曾修炼多年，只要元灵未耗，此去转世，如能不昧夙因，谨记今日之事，时刻惊心，未始不可投入正教门下，寻求正果；即或不然，再入旁门修炼，未来祸福也是难料。此是你昔年反迹未彰，我已转世，故此宽容。如照我前生性行，只斩你元灵，使你能投人身，已是万幸。求饶无用，如再迟延，只有大害。'妖人自知无望，只得满面悲忿，将身边法宝递过。并说：'碧磷冲已在来路失去，料为敌人所得。弟子今日悔已无及，望乞师父不念前恶，特赐宏恩，来生仍赐接引，免又遭劫堕落。那妖妇许飞娘遣来蛊惑弟子的淫女，已被弟子来时识破，只因贪心欲得肉芝，仍照所言行事。因为信她不过，已将她元神暗中禁制。弟子因她而死，决不容她独生。'道姑忙说：'此事万不可行。'话未说完，妖人说到末句，已用邪教中尸解之法，脸朝上，凭空横跃丈许，落在地上，手足四肢立即脱体，自行断落，死于非命。

"我三人隐形在侧，见道姑人颇正派，只听说话，未见施为。正查看她的道力深浅，是甚路道，道姑一面命随侍门人掩埋尸骨，忽然侧顾笑道：'孽徒所失之宝，忽在近侧隐藏，不知何方道友在此？何不请现法身，使领教益？'我们才知她的自炼之宝，不易隐藏，被她看出，所以如此说话。我便摇手示意，叫朱矮子他们仍自隐身，只我一人持宝出去，看她还能觉察与否，果然她并不知人数。及至互问姓名，她却知道我的来历。对于自己以往姓名行迹，竟不肯说，只说前生之事，不愿再提。今世入道不满百年，姓苗名楚芳，生自荆门世家。前因未昧，法力尚在。年甫十二，便拜别父母出家，寻到一同转劫的三个徒弟，就在荆门山中出家。前生的事，从未向人说过，便是今日到会的荆门女散仙潘芳和她交好，也不知她的底细。多少年来，只在人世上积修外功，以补前过。相貌既丑，又随时更换姓名。所行善功，向不使局外人知，对身受者又力诫泄露。行藏最隐，向不与外人交往。潘芳也只近四五年相交，因此，无人知她来历。适才处治孽徒，发觉此宝，知有人隐身在侧，料是正派中高明之士，故请一见。当初此宝为恶徒夺去，本心不想索还。再见归我，索性做人情，将收用之法以及本质，一齐告知，免我又去费事。这一大方，我反不好意思要人东西，还她又坚辞不收，只得说暂借，并将朱矮子等唤出相见。她本因宝及人，如无此宝在手，我二人的隐身法并看不出。她见朱矮子等现身，忽然叹道：'我只说今生又苦炼了多年，已具不少神通，兼有正邪两派之长。不料见了两位道友，仍是小巫大巫，相差尚远。经此一会，我又警悟不少。此后心愿完满，便须另觅名山，闭户潜修，永不再用法术与人争长了。'我三人劝她师徒来此赴会，她再三辞谢，说与我们交游，现尚自惭往迹，不堪强附朋友之列。我们所寻妖人，她也知道。那轩辕老怪的门人，此时并无来犯的胆子，连雪山之行俱不敢参与。既和妖妇交好，早晚也必落她套中，此时虽恨我们，却不敢来。人也不住当地，石洞污秽，也无人居。说罢，便自分别。边山四凶,我只见过一个,所以不知底细。没想到她为极乐童子所斩,竟会回头。可见上天与人为善,休说她为人有善有恶,瑕瑜互见,如非偏激任气,伤了李真人好友,照她的前生为人,我们也不会寻她晦气。便是真有过恶,只要勇于迁善,在大劫将临之前觉悟,一样回头是岸,转祸为福。

"令高足们,个个根骨至厚,缘福深巨,所以仙缘随时遇合,所得法宝最多,比起别派门下修炼多年,想求一口好剑而不可得的,相去真有天渊之别。此宝既有不少用处,适才席上我见灵峤三仙中丁道友又借赐酒为名,暗中赐与金蝉、石生每人一件东西,想来也绝非常物,况且幻波池还有不少异宝待取,以后无论遇见何等妖邪,哪还有难办的事么?"

妙一真人笑谢道:"众弟子有何德能,还不是诸位前辈和诸至交好友,福庇玉成,始能有此。因见他们成道一切无不得之太易,惟恐不知惜福自爱,不知艰难,故此严定规章,禀承家师敕命,设下左右两洞火宅、十三限等难关,并在左元洞壁之上辟下洞穴,为留居弟子苦修之所。以考验他们功行,坚其心志,稳扎根基,免致失堕,为师蒙羞,且负诸位前辈诸良友成全的苦心。"乙休方要插口,忽见杨瑾去而复转,直降殿前。妙一真人迎问:"道友有何见教?"杨瑾入殿,即对乙休说道:"我因和叶道友交好,她和谢道友带了仙都二女和新收弟子李洪,前往小寒山去访忍大师。值我有事雪山,便道相送,归途遇见韩仙子和乙老前辈的两位女弟子毕真真和花奇,满面忧惶,在空中徘徊,似在等人。见我路过,忙迎上来,约同降到下面,忽然跪地,哭求相助。问其何故,才知毕真真生相太美,心却极冷,她在这里赴会时,遇见聚萍岛散仙凌虚子崔海客的大弟子虞重,想是见她美貌,不知这位姑娘是有名的美魔女辣手仙娘,专一含笑杀人,妄思亲近。照花奇说,也并非有甚邪念,许是前世冤孽,该遭此劫。入席时,本是众弟子随意落座,不知怎的,虞重后进来,对桌有三空位不坐,恰巧毕真真身后虚了一席,他不和相熟知交同坐,却绕过来,坐在毕真真的身旁。席间虞重并无甚轻薄言行,对于毕真真,只是赞佩了几句,毕真真却多了心。其实虞重自知法力功行不如在座诸人,又见他师弟杨鲤自投入峨眉门下,功力大进,欣羡异常。听那口气,对谁都愿倾心相结。毕真真当时如不理他,也就罢了,只因误解对方不是玄门正宗,居心不正,意欲惩处，明明恨恶，却故意假以辞色。花奇知她师姊性情心意，看出不妙，连拿话点醒。虞重一点也不警觉，反倒受宠若惊，误把杀星当做福神，以为从此可以订交来往，问毕、花二女是否也在白犀潭居住，还是另有洞府？并说日后专诚拜访。毕真真只对他说，白犀潭外人不能涉足，自己也不在彼，住在岷山天音峡里，虽未许其前往，也不拒绝。本想日后虞重如真前往访她，再行惩治，羞辱他一顿便罢。

"也是虞重死星照命。他和南海散仙骑鲸客的弟子勾显、崔树，从拜师起便相识交好，往还极密，时常笑谑，无话不谈。这时恰巧同席，恰被崔、勾二人看在眼里。三人的师规都不禁婚嫁，崔海客便是夫妻同修，乃妻兵解转劫才十余年。骑鲸客更是成道以后，才娶一女散仙为妻。他们这一类散仙，不似我们除却嫁娶在先，以后同勘世劫，合璧双修，成道之后便不会再有婚嫁。神仙眷属，认为常事，只不过在成道以后，遇有夙缘，情投意合，双方结为仙侣，在一处修炼，互相扶助，共驻长生，不似左道妖邪，以淫欲为事罢了。勾、崔二人见毕真真貌既美艳，人又洒脱不羁，对待虞重，好似格外垂青，以为双方有缘，心中默契。当时恐当着众人取笑，女的羞恼，坏了朋友好事，还在装呆，一言未发。等众仙宾辞散各去，三人都是随师多年，行动自如，只和乃师禀说别处访友，便可不必一同回山。虞重本想对方既没有叫去，尚欲自重，日后得便再行登门往访，暂时自先回山。勾、崔二人却想为他促成良缘，以为机不可失，尾随在虞重身后。才离本山，便说有事相烦，各和师长一说，便朝岷山赶去。如赶不上，也许不致遭那杀身之祸。恰巧毕、花二女和荆门女散仙潘芳一见投缘，宛如宿友，行时不舍，执意送她还山。因此反是三人先寻到岷山天音峡，二女未回。守洞神兽丁零，甚是猛恶，几为所伤，扫兴之余，见当地风景甚好，便一路游览回走。我想这时，韩仙子定必神游在外，否则早已传音警戒，何致出这乱子。偏是这般凑巧，劫数临身，尤由避免。

"三人刚把岷山走完，到了江边，快要飞起，二女也正赶回，因在空中下望，见一白木船过滩遇难失事，动了善念，下来从水中将人救起，正遇三人走来。毕真真越认为对方存心轻薄，妄欲勾引。当着所救船家不便发作，那地方离白犀潭师父又近，便令三人仍返原路，在姑婆岭山中觅一僻静之处相候，以作长谈。这一来，休说勾、崔二人，便虞重也不免动了点非分之想，喜出望外，一同依言去往等死。一会儿工夫，二女赶来。先是花奇看出师姊要动杀机，心想对方师父既是峨眉邀请而来，必非妖邪一流。苦劝不听，乘着毕真真救人之际，意欲抢在头里，警戒三人休存妄念找死。一面又想察听背后之言，究竟对方是否轻薄淫邪之士。这时，正值虞重在和勾、崔二人争辩，力说：'自往峨眉，见了开府盛况和各派高足，便自惭形秽，此番回山，决意立志清修，不再时出闲游，致荒功业。对于这位毕道友，虽是前缘，承命垂青，假以辞色，一则她法力道行均比己高，自问不堪匹配；二则虽然对她十分敬爱，终嫌遇合太易，她平日人品尚不深知。韩仙子道术虽高，也和我们一样，不是玄门正宗。自问一无所长，此女忽然垂青，何取于我？既欲做一千秋佳侣，同驻长生，又非世俗儿女，家室之好，不能不慎之于始。我先在江岸相遇，承她约来这里密谈，未始不做神仙眷属之想。此时忽然心跳神惊，觉非佳兆，前念已是冰消。我们都是修道之士，少时二女来时，务须自重。暂时只可结一忘形之交，等到日久，看明她心地为人，是否可以长处，还须互出自愿，然后再作打算，丝毫不可相强。我们交厚，当着二女，切不可和平日你我三人相对时那么随意笑谑。'勾、崔二人均笑他迂而不情，这等天仙化人，能够垂青，岂非夙世缘福，还要如此矫情。她如无心于你，必早见拒，也不会约来相会了。

"花奇听出虞重人品不恶，忙即现身警告时，毕真真已蓄怒飞来，见面不容分说，开口大骂：'无知妖孽，瞎眼看人，自寻死路！'三人俱都好胜，觉着是你先示好意，如何出尔反尔？这等辱骂不堪，欺人太甚。立即反唇相讥，报以恶声。双方便动起手来。既成仇敌，毕真真又逼人太甚，双方自然不会有好话说。虞重不合说她冶容勾引，卖弄风情，这时来假充正经。似你这等无耻贱婢，便再转一世嫁我，也必不要。话既难听，三人本也不是弱手，又想合力将对方擒住，羞辱一场，于是愈发激动杀机。毕真真见自己一人敌三，难于取胜，竟将师传遇急始用，不许妄发的防身至宝火月叉和西神剑，同时施为，猛下毒手。三人见势不佳想要逃时，已是无及，虞重首先遇害；勾、崔二人仗着精于分身代替之法，各断一手臂以做替身，借遁逃走。当动手时，花奇在旁，大声疾呼，力说三人俱非妖邪，尤其虞重是个端庄人。叵耐毕真真认定花奇怕事，一句不信。直到三人一死两伤，花奇急得和她起誓，才自相信。虽觉事情做错，以为师父素爱自己，又喜护徒,以前常犯杀戒,不过数说几句,至多受点小责;如有强敌寻来,师父还代出头做主。听花奇埋怨絮聒,还在怪她胆小,先并没把此事放在心上。

"正想回去,忽遇乃师近年惟一不时往还的好友杨姑婆,由这里回山,已快到岛,因为发现一事折回来,往白犀潭去和乃师商谈,途中正遇勾、崔二人因受了西神剑伤,虽得化身逃走,元气损耗太甚,已难往前飞行,快要不支降落。杨姑婆原与三人之师相识,唤落救治,问起前情。杨姑婆人极和善,最恶强横,平日见毕真真动辄便起杀机,嫌她心狠手毒,已向韩仙子说过两次,令其严加管教,不可如此,想不到今又做出此事。而凌虚子崔海客,曾以百年之功,费尽心力,采取三千七百余种灵药和万年灵玉精髓,炼成亘古神仙未有的灵药九转还金丹和六阳换骨琼浆,凡是修道人,无论兵解尸解,元神炼到年限,只要法体仍在,便可用以复体重生。崔海客二药极为珍秘,向不轻易示人。杨姑婆和韩仙子交厚,知此二药于她将来有极大用处,可少去六甲子苦修,还是本来法体。乃子易晟和崔海客恰是莫逆至交,曾令往求,居然慨允相赠。如何将她爱徒无辜杀死,好生气忿。虞重元神为火月叉所伤,也是损耗太甚,竟不能自飞,勉强附在崔树身上,欲待回山哭诉,求师报仇。不料勾、崔二人也几难自保,眼看危殆,幸遇救星。杨姑婆一面行法,医了勾、崔二人的伤,令其回山;一面护住虞重元神,赶来见了二女,便是一顿大骂。说毕真真这等行为,即便她师父护犊偏心,能恕她罪,杨姑婆也不容。并说:'不久他三人师父便来向你师父要人,看你何以自解?'说罢拂袖飞去。

"二女知道师父患难至交,只此一人,每年必往白犀潭看望一两次,每来师父必有益处,情分既深,又极敬服。她如为对方做主,已是不了,何况又是与师父脱劫成道、有极大关系的人。起初听杨姑婆和师父说:元神只管凝炼,到了功候,终不如肉身成圣的好。原有仙骨法体,修炼多年,弃去可惜,并还要多费好几百年苦功,才能修成地仙。长子易晟有一至交散仙,炼有灵药,已嘱求赠,如能得到,时至便可以原体成道。当时未听说起姓名,不料竟是适才误杀人的师长。再一细想:'自己行为委实也有许多过错,师父平素虽然钟爱,法令却是极严。前为自己好杀,已曾加告诫,再如不悛,便处严刑。所杀的人,十九都是罪有应得。似此存心诱人为恶,妄肆杀戮,并还不是情真罪当,又不听花奇劝告,不管善恶是非,任性孤行,如何还能容恕?'想起师父翻脸时情景,不寒而栗。杨姑婆去后,吓得面目失色,无计可施。见我路过迎住,求我绕道来此,告知乙老前辈和妙一夫人,急速设法救她。此时二人也不敢回白犀潭,要去成都朋友处暂避。等乙老前辈与妙一夫人为她转圜,免去堕劫之惨,再行见师请罪。行时并说了杨姑婆和乃师商量的事:乃是天痴上人因上次乙真人在铜椰岛救他两个孙儿,致天痴当众丢脸,面子难堪;彼时又曾有天痴订有白犀潭再见的话,因此怀恨。他知白犀潭之行,多半占不了便宜,特意先期赶往赴约,一面又在岛上设下极厉害埋伏,准备此来不利,转激乙老前辈自投罗网。已定日内岛上阵法布置完竣,命门人往白犀潭投柬定约,跟着便率领门人前往,与乙老前辈斗法了。"

乙休笑道:"痴老儿要寻我报复铜椰岛火焚磁峰,强救易氏兄弟之耻,早已在我算中。他平生从没吃过人亏,所以把上次的事认作奇耻大辱。这次向我蛮缠,非叫他丢个大脸,挫挫他的气焰不可。本来这里会后就应该走,只因齐道友三日后要考验门下高足功行,以定去留。那左元十三限和右元火宅两处难关,寻常修炼多年的有道之士尚且难过,他偏拿来考验这些新进门人。固然法良意美,门下诸弟子美质良材甚多,修为虽浅而道心坚定,不患无人通过,终觉出题太难。再者,此番如通不过,不特将来更难,非下十分苦功,朝夕勤修,不能有望,并还要在左元崖穴中,受上多年活罪。别人与我无关,只有司徒平、秦寒萼二人,当初因我不愿失信于藏灵子,令他夫妻往紫玲谷赴约,虽明知二人该有这场劫数,但我以为一切算就,照此行事,便可免难。哪知阴差阳错,仍为藏矮子所算,虽是二人道心不甚坚定,又以行时负气,诸多自误,总是我当老前辈的预谋不佳所致。我曾答应他们,始终维护,必使成道而后已。这次出山修积外功,关系将来成就非小。二人本身真元已失,要想这次通行火宅、十三限,十有九通不过去,弄巧还许白吃一场大亏,多受许多年艰苦。我为此暂留数日,欲助他二人渡过难关再走。偏生天痴老儿寻我麻烦,也在日内。他虽没奈我何,到底来者不善,也须先为防备,才能稳操胜着。我和齐道友虽是患难至交,但贵派正当开山鼎盛之时,其势不能为我一人有所偏私,便请齐道友徇情坏法。如今我只好走,但我既已许他夫妻,终要成全。好在白、朱二道友在此，请齐道友看我薄面，对于二人格外加恩成全。虽仍照教规使其通行，不令独异，但请令二人由火宅通行，不经左元十三限。同时并请白、朱二道友暗中鼎力相助，我少时再赐二人两道灵符，以做守护心神，防身之用。这样冲过，固然勉强，但我既请齐道友法外成全，此后他二人的事，便和我的事一样，如遇奇险，无论乱子多大，相隔多远，我必赶往相助，决不能使他们因为功力不够，贻羞师门，也免使别的弟子援此恶例。不知三位道友酌情推爱，予以成全否？"

妙一真人笑道："日前开读家师玉敕，门弟子功力不够，而此时必须下山行道的，何止他二人？这些内外功行同时修积，都由火宅通行。司徒平、秦寒萼原在其内，只不过各有各的福缘遇合。如无大力相助，凭诸弟子功力，仍难通行罢了。道友道法高深，法力无边，每喜人定胜天。实则道友之助二人，也早在数中。此时众弟子正在欢聚，道友又是起身在即，所赐灵符，请交小弟，到时转授好了。"乙休随将灵符取出，交与妙一真人，笑道："天下事，各有因缘，不能勉强。令高足司徒平，自从初见，我便心喜。近见他向道既极坚诚，修为又复精进，心地为人无不淳厚，越发期重。我虽喜逆数而行，究无把握。他迟早成道，自不必说，只不知他将来能否因我之助，能免去他夫妻这一场兵解么？"朱梅接口笑道："驼子，你总是放着好好神仙岁月不过，终日无事找事。既肯为外人操这许多闲心，你那两女高足误杀了崔海客弟子虞重，又把骑鲸客的勾、崔二弟子手臂断去，虽说事出误会，到底说不过去。令正夫人那样脾气，定必严惩无疑。二女资质既高，又在令正夫人门下修炼多年，寻常海外那些散仙，都未必及得上她们。万一令正夫人盛怒之下，将她们杀以抵命，岂不可惜？她二人知你恩宽慈爱，求杨道友前来乞恩，怎么给她们设法转圜？一字不提，置若罔闻，是何缘故？"

乙休笑道："你哪里知道，我那山荆素来护犊，较我尤甚。丑女花奇，为人忠厚尚可，惟独毕真真这个孽徒，被山荆惯得简直不成话了。你听她这'美魔女辣手仙娘'的外号，岂是修道人的称谓？如在峨眉门下，就此七字，也早逐出门墙了吧？以前因她所杀多是左道旁门中人，虽不免于偏激，有的罪不至死，还有个说辞。似此口蜜腹剑，深机诱杀，焉有姑息之理？休看山荆平日纵容，一旦犯了大过，只一变脸，毫不容情，谁也说不来。这孽徒太以疾恶好杀，昔游终南，与华山派几个小妖孽闹法，一日之间，连用山荆所传法宝，杀了十一人。中有两个，并非邪恶，因与妖徒为友，偶然同坐，也遭了波及，全数杀光，一个未留。那两人师长恰是山荆旧交，查出根由，前往白犀潭诉苦。她本已该受责罚，偏是胆大妄为，惟恐来人告发，竟敢乘山荆神游之际，欺那两人自从山荆遭难，从不登门，交情泛常，妄自发动潭底埋伏，将来告状的人擒住，凌辱强迫人家罢休，永远不许登门，并立重誓为凭，才行放走。那来人也是成道二三百年的散仙，当时被她制得死活皆难，没奈何，终于屈服回去，连愧忿带冤，几欲自裁。最终仍是恨极，因孽徒曾说，如有本领，可自寻她报仇。自知此仇难报，竟不惜辛苦艰危，欲费百年苦功，祭炼法宝，来寻山荆孽徒报仇雪恨。由此树下两个强敌。不久被山荆闻知，盛怒之下，便欲追去魂魄，使受九年寒潭浸骨之苦。只因她修炼功深，一面哀告乞恩，一面守住心神，拼命相抗。山荆又不忍使她真个堕劫，下那毒手，才得苟延残喘，已经吊打了三日夜。花奇拼命犯险逃出，向我哭求解免。上次我遣司徒平去白犀潭投简，一半因为我夫妻将来之事，一半也是为了这个孽徒。此事可一而不可再，此去劝自然劝。山荆知我能不惜费事，使虞重再生，早日成道，或是另寻一好庐舍；并把左道中人的臂膀寻两条来，再向陷空岛讨些万年续断，与勾、崔二人接续还原。听我一说人情，也必以此要挟，我也自然答应。但业障罪大，处罚仍照预定，决不因我而免。只不过山荆借此收科，说因我劝，方没废却她多年功行，诛魂戮魄，永世沉沦之苦罢了。"

追云叟白谷逸笑道："诸位道友，休听他自壮门面的话。驼子和他夫人，先也和齐道友一样，是累劫近千年的患难夫妻，只是不能历久。最后一劫，他竟忘前好，不讲情谊，以致韩道友饮恨至今，平日非但不与他见面，连送封信去都须转托别人。上次驼子命司徒平去白犀潭投简，便是想试探他夫人是否年久恨消，回心转意。不料这一试探，果有一线转机。他觉得司徒平不畏艰危，幸完使命，大是有功于他，所以对他夫妻情分独厚。跟着得寸进尺，知他夫人素来好胜，自己不论多么薄情，名分上总是丈夫，决不容外人上门欺凌，借着铜椰岛救人放火之事，把痴老儿引上门去，以图与他夫人言归于好。我想韩道友出头，夫妻合力，使痴老儿吃点苦头，自是无疑。可是韩道友心中仍未必无所介介，再似昔日夫妻同心，谁说的话都能算数，怎能办到？只恐驼子不开口讲这人情还好，如若开口，弄巧人情不准，还要加重责罚，那才糟呢。"乙休正要答话，朱梅也插口道："这话并不尽然，再不好总是夫妻。毕、花二女日侍韩道友身侧，乃师近来心意必已窥知，如知不行，必不肯苦求杨道友请驼子为她们设法。开府时，二女我都见过，资质虽是不差，似是好杀，固应儆戒。万一韩仙子果然动了真怒，毁去真真的道力，迫使转劫，又太可惜。虞重死得虽冤，物腐虫生，并非无因。座中同辈甚多，为何单对此女殷勤？本身也有不对之处，不能专怪一人，此事是凤孽。驼子既有起死回生之力，正好施为，一体成全，对此女也略加惩处，做其将来，庶儿情法两尽。韩道友决不忘情故剑，驼子所说罚已前定的话，极为有理。但是此罚必重，非所能堪。最妙是得妙一夫人再为从旁关说，就不致有大罪受了。"

乙休笑道："当初山荆若不遵前誓遭那劫数，在白犀潭寒泉眼里受这些年苦楚，哪有今日成就？恐连这次道家四九重劫都等不到，就堕轮回了吧。她因劫难已过，不特四九之劫可以无虑，而且她多年苦修结果，现在已成地仙，何况不久仍要原体复生呢。因祸得福，早已明白过来。只是昔年忿激之下，话太坚决，当初我也实在疾恶太甚，不为她少徇情面。恰值痴老儿自找无趣，正好借此引她出来，只要见面，便无事了。孽徒自恃山荆所传末技，妄肆杀戮，本应从重责罚，追去法宝道力，逐出门墙，才是正理。只为念她平日功大于过，品行尚端，除性情刚激外，并无大过。在愚夫妻门下，修为这么多年，也煞非容易。又重杨道友情面，不为太甚罢了。假使山荆真个护短，便我也容她不得，焉有轻易赦免之理？你只顾孽徒将来可以为你门人之助，便阿私所好，知道山荆敬佩妙一夫人，必能一言九鼎。却不知我们修道人，最易为门徒所误。我因性好胜护短，现决不肯收徒，便是为此。齐道友夫妇为一派宗主，群伦敬仰，自己立法尚恐不严，如何别人孽徒犯了大过，反倒强他们前往说情？日后众高足如若有过，见有前例，势必也去求了师门至交前来说情，那时何以自解？现在峨眉门下诸弟子如有似孽徒这等行径的，严刑酷罚，虽未必使其身受，但追还法宝，飞剑斩首，永不收录，则定然不移。似愚夫妻这等爱才姑息，只受些折磨，仍留门下，必还以为其罚太轻，如何还肯讲这人情，为日后门人犯罪张目，你不是白说么？"

朱梅吃他抢白,笑道:"驼子说得有理。想不到你近来居然改了脾气,可喜可贺。反正是你夫妻爱徒,与我们外人何干?自由你夫妻一个好人,一个恶人,去做过场吧。"妙一真人道:"乙道友既说预为戒备,怎还不走?早到岷山与尊夫人先见,商谈应对,岂不省事一些?"乙休道:"山荆自上次我令司徒平投简,晓以利害,并把道友助我脱困时所说的话告知,虽已省悟,但她因我杀她家人,不稍留情,终是有点介介,如先见面,不免争论。我素厌人絮聒,答话不免切直,过伤她心,未免有违初意。她已苦难多年,只有等到痴老儿登门,她耐不住出来,同仇御侮之时,再行相见。她既先出头,便不致再有违言,彼此默契,我再拿话一点,就此不提前事,岂不省去多少啰唆?至于我所说的准备,自从铜椰岛回来,早已备就,极为容易。我算计痴老儿还有三日才到,再停片时起身,沿途埋伏了去。他一意孤行,必不知我设伏相待。我等他由头上飞过,已与山荆交手,我再赶去,时候足有余裕。只不能在此等候诸位道友传授众弟子道法,派遣下山行道了。"

妙一真人道:"天痴道友修炼多年,虽然夜郎自大,但教规甚严,师徒多人并无过恶。道友此去,保不住予以难堪。偏是小弟等暂时无暇分身,为双方化解。最好还是请贤夫妇适可而止,勿为太甚吧。"乙休笑道:"他今来意,大是不良,我不伤他,他必伤我。管他铜椰岛天罗地网,我先去占一点上风,日后再说。"妙一夫人道:"好在二仙谁也不能致谁死命。不过他随来门徒俱极忠心,如有忤犯,却不可与之计较。"乙休道:"那是当然,谁耐烦与这些无知小辈一般见识。"玄真子道:"道友修道多年,道行法力无不高出吾辈,只是微嫌尚气。天痴道友一败,必然言语相激,最好期以异日,大家从长计议。并非是说道友前往失陷,所可虑者,不是道友不济,反是道友法力太强。万一不幸,双方操切偏激,各走极端,惹出滔天大祸,亘古不遇的浩劫,休说二位道友,便我等已早虑到,却不能医救预防的,也造孽无限,百劫难赎了。"乙休笑道:"诸位道友放心,此事决不至于。我早一时走也好。"白、朱二老道:"痴老儿对我二人,也早存有敌意,如往观场解劝,适是逢彼之怒,只好静等捷音,暂且失陪了。"乙休笑道:"我和山荆已是两人,他带的人虽多,总是些无用后辈。你两个如去,更当我倚众凌寡,欺负他了。倒是此时我不能先往岷山,那里也须有个布置，而峨眉诸弟子待命将发，也在日内，不便遣往。此时最好能得一人代我前往，我还须另外物色呢。"说罢，便即起身。众人送出平台，乙休力阻勿送，道声："再见。"满地红光照耀，便自飞走。

玄真子道："此人真有通天彻地之能，如非天生特性，便是天仙，何尝无望？"白谷逸道："此人可爱，也在他这性情上。他和天痴老儿，俱是练就不死之身，便道家四九天劫，也只不过使他略知谨慎，仍奈何他不得。如此双方仇怨相寻，不知何时是了？"妙一真人道："此事已和大师兄熟计，此时谁也不肯听劝，且等到了不可开交之日再想法吧。"朱梅见杨瑾含笑不语，便问道："驼子适才分明希望道友助他先往岷山一行，他素不愿求人，居然示意，可知重要。道友为何只做不解？"杨瑾道："此事原奉家师之命，有事于此，就便为凌云凤稍效绵力。毕、花二女之托，乃是附带。大方真人将天痴上人师徒困禁白犀潭寒泉眼里七日夜，再行放他们回岛，家师先已嘱咐，如何可以助他？朱由穆、姜雪君素喜三位道友，还要回来，也是为了大方、天痴二位这场争斗。他们须在途中等待一人，不然也早来了。"正说到此，忽闻旃檀异香，杨瑾、玉清大师齐说："三位道友到了。"话言未了，随着香风，一片祥光飞堕殿台之上，果是白眉门下弟子采薇僧朱由穆、李宁，同了媖姆惟一爱徒姜雪君。互相略微礼叙，便说起神驼乙休和天痴上人斗法之事。下文便是天痴上人与乙休、韩仙子白犀潭斗法；乙休大闹铜椰岛，被压在元磁神峰之下，几惹千古未有的浩劫；妙一真人、玄真子率领两辈同门前往解围；易静、李英琼三上依还岭、开府幻波池；金蝉、石生等七小斗颠师，另辟小仙府；齐灵云、周轻云、秦紫玲重返紫云宫等热闹情节，至为繁多，不及备述，均俟慢慢分解。

第二一九回

弭祸无形　采薇僧岷山施佛法
除恶务尽　朱矮叟灌口显神通

峨眉开府以后，妙一真人等送走赴会群仙。先是杨瑾飞来，说送谢山、叶缤、仙都二女和李洪五人往小寒山去见忍大师，中途先遇师父神尼芬陀，奉命折转。归途又遇岷山白犀潭女仙韩仙子门人美魔女毕真真、丑女花奇，言说二人误杀了南海聚萍岛散仙凌虚子崔海客的门徒虞重，又误伤了骑鲸客的爱徒勾、崔，恐受乃师的重责，苦求杨瑾到凝碧仙府，转求神驼乙休和妙一夫人，代向乃师乞恩，并说起铜椰岛天痴上人，日内将往白犀潭寻乙休夫妻践约报仇等话。乙休听完，全未在意，和众人说笑了一阵，便自飞去。众仙正在谈论，跟着便是白眉和尚衣钵传人采薇僧朱由穆，同了李宁和嫘姆的爱徒姜雪君，一同飞进殿来。互相见礼落座之后，众仙因杨瑾先已说过三人要来，中途又有芬陀之命，都是分手不久去而复转，料知事情必关重大。矮叟朱梅首先问道："杨道友，此次峨眉开府，内里虽然灿烂，盛极一时，驱除异派，出力的人也实不少。但最主要的，仍是仗着令师和二位前辈神僧的无边佛法，始能弭患无形，少费许多手脚。后来三位同降，其中二位神僧，至今仍是佛律谨严，行辈又高，不肯入席，自在意中。令师却较随和，又与峨眉两辈交亲，和优昙大师一样，按说可以入座，不料却走得那么匆促，并说有事。我知令师早已功行圆满，万缘将尽，如非为了道友未来之事有所部署，便是哪里还有甚麻烦的事，为践当初与长眉真人诺言，前往料理。果然四位道友俱都去而复转。我想峨眉开府以后，尽管日益发扬光大，但都是三英二云等及众弟子之事。长一辈的道友，只是居山督责，传授心法。除却二次峨眉是个总账，所有长幼三辈同门，均须出马而外，对于诛戮异派妖邪，一切委之门人，非到真正危难，性命交关，轻易不肯出援，务使门人无所仰仗，能够自当大任。便众弟子此后出山，也非昔比，不特法宝厉害，飞剑神奇，高出诸异派之上，便道行法力，也都各有一点根底，十九都能自了。就遇上危险艰难之局，同辈声息相通，人多势众，互相策应，即有挫败，也是暂时，终将群策群力，转败为胜，克奏肤功。之所以如此，关键在于他们能够奉命下山，先非容易，所以出去以后，也不致遇到过分不了的事，用不着师长时刻操心。诸位此来，偏是如此亟亟，并还一同到此。照玉箧仙示，好似暂时诸道友都应在山静修，众弟子事情虽多，也都还有些日才得应验。为日最近的，是李英琼、易静等的南疆之行与幻波池取宝。金蝉、石生等另开别府，尚在以后。驼子和天痴老儿的事结局如何，我们已早料定。至于众弟子，他们师长要想加以磨砺，我和乙、白、凌、公冶、玉清，还有罗、叶诸位道友，也都爱极这些良材美质，已经约好，决不愿他们受人欺凌。令师和媖姆的心意，想也如此。难道红发老祖、轩辕老怪两家之外，还有甚别的大枝节么？"

杨瑾笑道："此来，本心只助一人过关，与众弟子无涉。倒是乙真人与天痴上人，俱都法力高强，两雄相斗，各不甘伏，如非数中该有化解，就这样寻仇不已，终也不免两败俱伤。白眉师伯与峨眉交厚，又与长眉师伯有约在先，与天蒙老禅师不同，不肯入席，便自先行，一半也是为了此事。说来话长，好在事情还正开始，少时请朱、李、姜三位道友细谈吧。我为助凌云凤过那火宅，便无家师之命，到了小寒山后，也要回转，但没这么快。中道折回，乃是路遇家师，奉命助一孝女报仇脱难，此女并非峨眉门下。来时家师还说，朱真人答应过她，怎忘却了？"矮叟朱梅笑道："杨道友，此女与我颇有渊源，怎会忘却？不过我尚嫌她从小便受杨道友和叶道友的恩遇，仙缘遇合既巧，而她生长仙山，从未外出，峨眉寻师赴会，尚是初次远出，从来未有修积；又以得师怜爱，未免骄纵；这次不奉师命，徒以同门戏言相激，擅自离山，也属不合。为想使她异日成就，免使有恃无恐，见事太易，不知善恶利害之分，日后误交金壬，有损仙业，故意假手敌人，去磨炼她一二日，所以迟迟其行，否则我已去了。此事原有安排，只她仇人邪法厉害，又极狡猾知机，除他也非容易，我虽有成算，尚拿不定。令师既令道友相助，妖道师徒伏诛无疑了。"

杨瑾笑道："此女资质委实令人怜爱，只为叶道友故人情重，又极钟爱，遇事不忍谴责，平日多所容恕，尽管从小锻炼，得有玄门真传，依然不明事体，一味天真，以致易受人愚。家师并非说朱真人须我相助，胜是必胜，此次也只虚惊，决没凶险。但妖道师徒却是恶贯满盈，此次赴会，本来心存叵测，及见群邪纷纷伤亡挫败，如薄冰之投洪炉，方始心寒胆怯，不敢妄动。仗着机智狡诈，阴谋未露马脚，主人又极宽厚，明知不问，这厮腆颜列席也就罢了，最可恶是凶心未敛，竟用元灵摄影之法，在众仙宾起身，主人送客之际，冷不防将女弟子的真形收摄了几个，然后从容飞去。此时宾主叙别，人多忙乱，他那妖法将人形摄到以后，不到四九日期，妖法祭炼成功，当时毫无感觉。并且行法时日，久暂由心，随时想起所摄的人，均可如法施为，甚或远在数年以后。反正被摄的人已经落他阱中，一到时限，便为所害。休说被摄的人已经奉命下山，便在仙府修炼，也可预先探查，等到那人下山行道，到了人单势孤之地，然后发难，不特称他心愿，并还可以祭炼到时限将近，故意延不收功。好在不到功候，仍和往日一样，法力俱在，毫无征兆。他却暗中窥伺，等那人遇上异派妖邪动手，正急之际，突然发难，以便假祸于人。他得了手，还置身事外。那人师长就在当场，也必当是当场动手的敌人所为，容易受愚。端的阴毒险狠，无迹可寻。尽管掌教真人和诸前辈道友已早看破，被摄的几人大都道心坚定，根基至厚，就事前无人知悉，真神不易被他摄走，稍有异兆，立向师门请示，无论相隔万千里外，立可得到救援，至多只头一个被摄的人受场虚惊，终无大害。不似别派弟子，相隔一远，便难向师长求救。然而留着妖道师徒，到底造孽，贻害无穷。为恐妖道见机先遁，特命我赶来约会朱真人，乘众弟子叙别欢宴余暇，带上九疑鼎，赶往灌山口，将妖道师徒一齐除去，免使留在世上害人，照家师所说，此时二女已与妖道相遇，凭仗有人相助，一二日光阴足能支持。不过看在叶道友份上，还以早些解救为是。"

朱梅笑道："此女原是我远房族曾孙女，资质尚可，只是嫌她太不更事，此次所结之伴，虽非宵小，何尝又是上品？如说天真，峨眉诸女弟子，天真者占多一半，学道年数俱比她浅得多，哪一个不是聪明机智，岂是几句好话便谬托知己的？本意令她多受些折磨，再往解救，既道友如此说法，又承令师雅命，早去早回也好。"说罢，向众仙作别。杨瑾因师父不久飞升，奉命日后寄居峨眉，那九疑鼎便存放在太元洞内，随请朱梅少候，径去太元洞取来九疑鼎，然后辞别众仙，随了矮叟朱梅一同飞走。后文另有交代不提。

朱、杨二人走后，众仙重向朱、李、姜三人询问前事。采薇僧朱由穆笑道："我因来时，在红玉坊前将天残、地缺的两个孽徒逐走，料定老怪必不甘服，与其等他寻我，莫如我去寻他。又以多年枯坐，不曾出山走动，未免犯了童心。恰值我三人目前均无甚事，闲得难受。雪姊从旁怂恿，言说老怪现在西岷峒访友，他那莫逆之交，便是那惯说大话的牛清玄。她想寻他作耍，正好同往，事完回来，再到这里看诸位道友传授高足。哪知才走出没有多远，先遇见昔年一个同道至交，约到他的洞中坐了一会儿。出来遇见家师，说起乙道友夫妇与天痴老儿这段事情。因天痴老儿修到今日，颇非容易，平日又无甚过恶，这次虽是志在诱敌，未求必胜。但他那用意，早为乙道友窥破，立意要他惨败。一位韩仙子已是够受，又在他回去路上，设下二十六处厉害埋伏，玄功奥妙，变化机密，天痴老儿定测不透。来时不过受点阻滞，吃点小亏。等到白犀潭挫败回去，所有埋伏挨次发动，后面又有强敌追赶，如何抵挡？到了急时，天痴老儿至多受伤，还能脱身，随行弟子一个也休想逃了回去。此事太狠，天痴老儿量小，仇怨加深，日后谁也难于化解，迟早闹出滔天大祸。如若明劝，乙道友性情不是不听，便是另下辣手。还有天痴老儿也须使他略知厉害。为此令我三人隐形潜伺，用家师所传佛法，由岷山起始，沿途暗中布置，使到时天痴师徒不致受害。我和乙道友颇为交好，恐他日后见怪，未免为难。家师说是无妨，我们并不破他的法，只不过给天痴上人一个面子。并且师弟阿童也奉命将到，因他年来虽说精进，功候还差，还须我先为布置，令其坐守，始能如法施为；否则易被乙道友看破，反而不妙。师父并说，两老怪已经回山，此时无须回去，等布置完竣，小师弟一到，指示完了机宜，由他去向天痴老儿买好，我可径来此间与诸位道友相聚。同时把那年家师所赐牟尼珠用法传授英琼，以助她通行火宅。静等三日过去，众弟子分别传授完了法术，通行火宅、十三限之后，阿童到来告知乙道友和天痴师徒斗法如何情形，再行相机行事好了。"

妙一真人大喜道："此次我因乙道友与天痴老儿有隙，不曾往铜椰岛下请柬。家师仙敕虽有利双方和解之命，但是双方都是古怪脾气。乙道友和我交厚，或能曲从；天痴的话，却是难说，既要挟持得住，又要对彼有恩。他那阵法玄妙无穷，到时至少须有十三位法力高强的人，表面设词谦恭，一上去就必须先将他那九宫阵位把住，使知厉害，若不听劝告，徒自受辱。然后再动以情面，方能迫使就范。但他虽是散仙，修炼了这多年已近不死之身。此事只暗中点到为止，处处须要给他留地步，一毫鲁莽不得。表面要若无其事，越从容越好。想来想去，愚夫妇和大师兄以及白、朱、玉清三位道友，还有元元、餐霞、白云、佟、李五位师兄弟，可以各当一面。中央三元阵位尚无人制，连同杨道友，还差两人。三位道友来得再好没有，这样正好匀出我来，可去向天痴道友从容答话，岂非妙极？我等虽有准备，这事却迟不得，何况又是应有之劫，全凭人力挽救。如非传授弟子道法，另有时日，不敢改动，真想现在便开始传授，只等小神僧一到，立即起身赶往，方算万全呢。"妙一夫人道："昔年恩师为免此亘古未有浩劫，曾拜绿章，通诚默祷，哀告苍灵四十九日，并为三辈门人许下三千万善功宏愿。如非你精诚感格，自发宏誓，代肩重任，也许恩师飞升，还须多延好些年岁。日前拜读仙敕，分明业已感格天心，将此未有凶灾化为祥和，还要多虑做甚？"妙一真人道："话虽如此，毕竟事关重大。浩劫虽然十九可免，照玉敕语气，到时仍要应典。成功与否，全在当时应变措施如何，稍失机宜，不堪设想。如不等双方发动，事前消弭，虽然暂时无事，迟早仍是巨灾，非把人力尽到一发千钧，不能算数。不特本派兴衰，系此一举，还有无量数生灵在内，哪能不自警惕谨慎呢！假使不是这样，以我们全体同门师兄弟以及诸位道友的法力和乙道友的交情，预为弭祸之谋，并不是办不到，何必要费此大事，战战兢兢，如临如履呢！只因那地底万年郁积阴火，不经乙道友冒险深入，运用玄功，给它泄去一半，异日终是祸根。所以非要事前算准，到得恰是时候不可。"

元元大师笑道："这场浩劫已在数中，却能避免，固由于恩师精诚感召，天心仁爱，也于此可以窥见。只是乙道友和天痴上人各以一朝之忿，不惜酿此空前无边浩劫，功过该如何说呢？"玄真子道："他二人为应劫而生，自然与之同尽。即凭本身法力，当时能够脱难，他年末劫临头，孽重者，魔头愈重，受报也更烈。但到紧要关头，居然弃嫌捐恨，放下屠刀。二人均是修道之士，本不应动此嗔念。虽不一定有功，罪过总可抵消。一定要问是否因此转祸为福,那就要看乙道友彼时心意如何了。"妙一真人素爱英琼,见李宁到来,便要传声相唤。李宁道:"小女点点年纪,蒙大师厚恩收录,又蒙诸位师长前辈逾格垂青,机缘遇合,般般凑巧,得有今日,已是非分之获。此次过那火宅严关,以她道力,本难渡过,又蒙恩师大发慈悲,命大师兄来此传授佛门定珠至宝,予以成全。小女年幼无知,那晓天高地厚,如使前知,异日难免过恃师恩,遇事率易。贫僧意欲到时再行唤来,使她稍知戒惧。夫人以为如何?"妙一夫人还未答言,采薇僧朱由穆笑道:"师弟太不知其女之美了。可知三教门下,俱重忠孝。久闻令爱至性过人,即此一端,已足置身仙域。何况又是生有自来,质禀缘福,般般深厚,所以到处都得前辈师长怜爱提携。你当她那许多仙缘遇合,俱都由于幸致的么?昨日我来,便想见她,因值开府事忙,众弟子各有职司,只远远在众人丛中看了一眼三英二云,果然以她独秀。至于煞气稍重,此是群邪劫数该终,上天假手诛戮,与她何干?路上你和我说,防她成就不易,日后骄妄,意欲先不与见,俟她过关之时,和我暗随身后,使她多受苦难,不到真正紧要关头,不传定珠用法。我已和你说过无须,少年人不免矜夸自大,我初成道时,还在恩师门下,尚且如此,何况此女。你如以为此女定力坚固,想借此一关,试她功行,尚还可以,否则大可不必。峨眉教规初创之际,不宜自我作俑,使别的弟子看出师长偏私。况且此女至孝,与其借着火宅一关去磨炼她,转不如你以慈父之诚,多加训勉,使其听从。否则爱女性情刚烈,单凭这一关磨折,保不住事过境迁,置诸脑后。你在用心思,还令爱女多受活罪,这是何苦?至于你因恩师行时之言,心存戒惧,这个无妨。好在我已向恩师服输下山,尚有数十年的耽搁。侄女的事,全有我做后援,一遇凶危,我必赶到,决不使你操心,有扰静修如何?"李宁素最敬服师兄,不敢再说,欣谢领命。

妙一夫人也说:"左、右二元两洞设施,俱是恩师遗留,经大师兄和外子如法布置,通行非易。并且洞中千年瞬息,变幻无穷,临时传授,万一贻误,有负老禅师厚望,还是先传为好。"朱由穆道:"那牟尼珠乃恩师昔年炼来降魔的佛门定珠,传授容易,只六字真言和两个偈印,当时一学就会,倒不至于误事。我们暗中随行,却是不便。"姜雪君笑道:"乙真人之事,本没有我,被你和李道友强约了来。适逢其会,也是想借此暗助一人。你这一说，把我来意也打消了。不知此珠能借别人一用么？"朱由穆道："虽然未始不可，但和英琼交厚的同门必多，此端一开，难保不效尤，岂不为难？"姜雪君微愠道："这两处严关，就如此难过么？"朱由穆哈哈笑道："雪妹，你已转劫的人，不久便要飞升灵空仙域，怎还是昔年你我相对时故态？此人是谁？不假定珠之力，你我保她过去，俱非难事。只是这里众弟子何人该当首次下山，匣中玉敕早有前定，勉强不得，并非任性的事，还是先问掌教主人一声，免得爱之，适以误之。"姜雪君笑答："这层我早晓得，不劳费心。"妙一夫人知道姜雪君说的是廉红药，接口笑道："廉红药久在令师门下，又承道友时加教益，根器功力俱是上等，便道友不为之助，也在下山之列。现连英琼与她一齐唤来，即请三位道友赐教好了。"随即传声呼唤二女。姜雪君笑答道："我因此女身世可怜，志行高洁，只惜她根骨比英、云诸弟子稍逊，惟恐异日成就艰难，意欲代向掌教乞恩，准其下山修积，侥幸名列仙敕，赐恩培植，幸何如之！"

一干小辈同门，为了殿前风景虽好，离师长坐处太近，诸多畏敬，尽管赐宴欢聚，不敢高声谈笑。又以会短离长，分别在即，此番下山，不知还能与谁相见，都想各寻友好话别，并订日后相晤之约。觉得灵桂仙馆景物清丽，地又偏僻，诸葛警我、岳雯、郑八姑、齐灵云等为首四人，俱主暂时交情虽不免有厚薄，同门谊重，日久仍是一样，大家又无避人的话，不要分开，便把筵宴设在灵桂仙馆，连二袁、雕、鸠、鹫、鹤、芝等灵物，也都召集一起，开怀畅饮，互叙离衷。李、廉二女忽听师长传声相唤，不知何事，忙即赶来。进殿一看，所来三人俱都喜出望外。当向在座尊长，一一拜见。妙一夫人便把前事一说。先由朱由穆指示通行火宅事宜，传了定珠用法。跟着姜雪君也把红药唤近身旁，笑道："定力与修道年限无关，全仗自身灵慧与心灵主掌。此中要诀，已由采薇大师说过，牢牢谨记，自无危害。但我终不放心，我无佛门至宝传授，只好蛮来。为防万一，除借你法宝外，另赐你三粒无音神雷。到时能够不用最好，就用，至多也只一二粒，你且留以备用。闻众弟子中颇有几个从容通行，若无其事的。你虽无此道力，但有此防身，当可无患。如若未用，也无须还我，留备异日对付强敌也好。"李、廉二女分别叩谢起立，随侍在侧。朱由穆笑令二女回灵桂仙馆，仍与同门欢聚。二女不舍，躬身辞谢。李宁知爱女孺慕心切，笑说："来时听白眉师祖之言，以后父女相见日长，异日我还常去幻波池与你相聚，无须恋恋。"姜雪君也说："此后下山，师长轻易不出，全仗同门互助。我在尘世上也还有些年耽延，相聚不在此一日。"二女方始拜谢辞别。英琼来时，众人要她乘机把玉清大师请去。英琼在外，任事任人不怕，独对师长谨畏胆小，不似金蝉、石生惯于涎脸。但面皮又薄，不肯拂逆同门之意，随口应诺。见了诸尊长，却不敢向玉清大师开口，只偷看了两眼。这时拜别要走，又朝玉清大师看了一眼，想是不敢，正待退出。玉清大师已经明白，笑问："他们又想找我么？"英琼恭答："正是。"玉清大师笑道："此时无事，我也正想寻他们凑热闹去呢。"随向众仙略说，和二女同往灵桂仙馆走去。

姜雪君道："玉清道友出身旁门，如今功力竟这么深厚。尤其她为人谦恭和善，蔼然可亲，不论长幼，没一个和她处不来的，真是难得。"妙一夫人道："她因霞儿也在优昙大师门下，谦恭自持，执意和众弟子论平辈。至今成了各交各，介乎长幼两辈之间。人又热心仗义，随时出力助人，以致众弟子个个和她亲近，得她助力实也不少。她每每自憾出身旁门，恐不免再转劫，又不舍本来法身，因此修为甚勤，日前开读恩师玉敕，知日后大师兄与外子竟能助她以肉身成道。可见上天乐与人为善，真乃可喜之事，还未得和她细说呢。"姜雪君道："不但是她，便是女殃神郑八姑，昔年为人何等骄妄。犹忆前生，和她在北天山绝顶斗法，连经七日七夜，若非采薇兄得信赶来相助，还几乎制她不住。就这样，只将她两个同党诛戮，她本人仍然遁走。想不到雪山劫火后回头，居然会投到正教门下。前日留心看她，竟是一身道气，造诣甚深，真出人意料。照此看来，无论什么旁门邪恶，只要在大劫未临以前能够回头，便可转祸为福，一样成就得了。"

妙一夫人道："这倒也不尽然。上天虽许人以自新之路，但也要看他以往行为如何。对于积恶太重的人，尽管许其回头改悔，以前恶孽仍须偿完，并非就此一律免罚，只不过轻重不同罢了。郑八姑以前虽然身在旁门，凤根慧业却极深厚，因为身世怅触，习于性情乖谬，到处结怨，真正恶迹并无多少。尤其是那么出名美貌的人，又在邪教中，能守身如玉，未有一次淫荡之行；继因所爱的人未能如愿双栖，竟自灰心，毁容断念，一意修为。以她初意，只是眷念恩师，不肯改投正教，欲以旁门道法，寻求正果。

虽然这类修为至难成就,其志亦未可厚非。复在雪山走火入魔,身同木石,依然凝炼元神,苦志潜修,终于悟彻玄门秘奥,顿悟以前失计。时机一到,立即应劫重生。虽然一半仗着玉清道友同门义重,慨出死力,助她脱难,仙缘遇合也巧,但一半仍要仗她本身修为,始有今日。照着家师玉敕,她以旁门多年修为之功,与雪山枯坐的多年参悟,已参玄门正宗要旨。如论功力,在本门诸女弟子中,实为首列。这次通行火宅、十三限难关的,众女弟子中便是头一个。不特毫无困阻,便将来成就,也不在英、云以下。如非在旁门时尚知自爱,至多免去末劫,能得转世重修,已是幸事,哪能到此地步呢!"朱由穆道:"妙一夫人所言极是。当初我和雪妹,因她太狂谬,心中厌恶犹存私见,仿佛罪在不赦,必欲杀之为快。现在回忆当时,委实也想不起她有什么大过恶。佛门号称广大,虽然回头便登彼岸,但究竟还是只有夙根智慧的人,到时才能大彻大悟,放下那把屠刀,去登乐土。真要罪孽深重,灵智全丧,任你苦口婆心,舌敝唇焦,用尽方法,劝诱晓解,就能警惕省悟,也只暂时,过后依然昏愚,甚或变本加厉,陷溺愈深,非堕无边地狱,不知利害。真要是恶人都可度化,以我佛之慈悲与佛法之高深广大,恶人早已绝迹于世,佛也不说那'众生好度人难度'的话了。"

众仙谈说了一阵,不觉已是第二日午后。朱梅、杨瑾带了九疑鼎,携同金钟岛主叶缤的女弟子朱鸾,一同飞回,言说赶往灌口山,朱鸾已为妖道师徒所困。照着矮叟朱梅开府时的本意是想乘着会后送客,众弟子可以随意伴送同辈至交这半日余闲,即令癞姑、向芳淑、申若兰陪了朱鸾,先去姑婆岭要路埋伏,由朱鸾当先,明报父仇,三女助战。同时暗令诸葛警我借送熊血儿为名,赶去撞上,血儿心感向芳淑赠阴雷珠之德,必要上前劝阻。妖道师徒生性刚愎,血儿性如烈火,必要闹翻,双方势成骑虎,不能并立,血儿必用红欲袋。朱梅再暗约杨瑾、叶缤赶去,便能一网打尽。哪知刚用千里传音嘱咐完了诸葛警我,待和杨、叶二人商议时,极乐真人李静虚因见妖徒神风使者项纪奉了妖师巫启明之命,暗随四女身后,要用妖法摄形。矮叟朱梅又在暗中隐形,尾随下去,默运玄机,算知就里。等朱梅一回来,李静虚暗中招向一旁,告以妖道近来邪法厉害,血儿红欲袋已难擒他,弄巧还许两败,仍被妖道漏网。此宝将来有用,此时不可损坏。叶、杨二人会后即往小寒山,也无此空闲。杨瑾不久虽仍回来,姑婆岭之行仍赶不上，留她未始不可，却有别的枝节。众弟子会后送客，虽可随意，但在不曾奉命下山以前，不宜与人争斗。妖人师徒此去要往灌口山访友，朱鸾半途也要折往，必定相遇，虽有虚惊，却有解救，毫无妨害。如往除妖道，三日以内，均赶得上。

朱梅生性疾恶，一见妖道师徒闹鬼，便自追去，全以己意行事，也未细加推算。听了李静虚之言，立即传声，告知诸葛警我变计行事。及至杨瑾到来，一同赶往，见朱鸾同一少年被困妖云之中。少年为救朱鸾，身已负伤，仗着护身法宝神妙，急切间妖道尚奈何这一双男女不得，双方正在相持。朱、杨二人事先商定，惟恐妖人漏网，早算计好下手方略，暗施禁法，将妖道师徒逃路隔断，安置九疑鼎，然后和杨瑾一同现身。上来先用飞剑和法华金轮，将妖徒神风使者项纪消灭。妖道自恃邪法，更不知九疑鼎埋伏空中，自己所用法宝飞刀，全被朱、杨二人毁坏，或是收去。见势不佳，把心一横，施展玄功变化，行使恶毒妖法，拼着耗损真元，意欲暗算杨瑾、朱鸾和那少年。不料杨瑾师传佛门四宝，神妙无穷；又得矮叟朱梅预告，当双方斗法正激之际，早已留神戒备，法华金轮始终不曾离身。一见妖道神态有异，立即回转金轮宝光，连朱鸾一齐护住，势速如电。妖道不但没有伤着，反被杨瑾将计就计，故作不知，用飞剑敌住妖道化身，暗中运用般若刀断去妖道半条左膀。同时朱梅见妖道分化元神，又放出碧血神网，惟恐朱鸾和那少年骤不及防，遭了毒手，忙放连珠太乙神雷，两下夹攻，妖道受伤又是不轻。妖道先是不知朱、杨二人为了成全朱鸾多年来的孝思，使其手刃父仇，一味破法收宝，削弱他的法力，迟不下那杀手。心疼至宝，又怀杀徒之恨，情切报仇，总想杀死一两个，稍微泄忿，只管恋战不退。及至妖法无功，力竭势穷，连受重创之际，才知再若迟延，必难幸免。便急用断臂化为替身，欲用血光遁法遁走，却已无及，刚一飞起空中，便被九疑鼎所化大山阻住去路。妖道情急之下，将所有残余法宝，一齐施为，俱被收去。加上朱梅埋伏发动，身后左右又有幻象追逐堵截，无可逃遁。微一疏神，朱鸾受了矮叟朱梅之教，由幻影掩护，飞近身来，暗运飞剑，将他腰斩。

妖道虽然身首异处，但还自恃练就三尸，可以另寻庐舍，再作报仇之计。起初被困，只为不舍原身法体，吃了许多的亏，本就打算舍身遁走。

原身一斩，无可顾忌，方以为这样更易逃遁，任怎不济，也保得两个元神。谁知恶贯已盈，该遭恶报。敌人早有准备，等的就是这一步，来势急逾雷电，他那里念头才动，腰斩残身还未坠落地上，迎面九疑鼎所化大口已早喷出千条瑞气，夹着万点金星，电射而来。身后矮叟朱梅连放太乙神雷，连同杨瑾的法华金轮宝光，朱鸾与那少年的飞剑法宝，上下四外合成一片，电雷光霞，潮涌而至。妖道神志已昏，觉着身后上下左右，雷火剑光法宝繁密如网，敌势大盛，危机四伏。但三尸元神稍有丝毫空隙现出，便可逃走。以为分开遁走，必不能全保，并且其力较弱，原身已失，如被敌人伤却一个元神，再要修炼，须要三十六年苦功。见对面大口虽然神妙，专一迎头堵截，为体大只数丈，大口以外，尽有空隙，只要避开正面，便可逃走。误认三尸元神不比法宝飞剑易被收去，飞遁又极神速。但心中怯敌，非但没有避开正面九疑鼎，反欲由口边空处掠过。却没有想到，他那三尸元神，修炼功深，如往后逃，太乙神雷和那些飞剑、法华金轮必将他困住，不过元神受震，真气耗损。朱鸾和那少年功力不济，防备不密，忍苦强挨下去，仍可伺隙逃遁。如将三尸元神分开，不求保全，只逃脱一两个，更是有望。这一胆怯畏难，又思保全，不舍伤损，时机稍纵即逝，恰中了敌人的道儿。那九疑鼎虽然虚悬空中，宝物不大，四外全是空处，避开正面仿佛容易，可是此乃前古至宝，有无上威力，神妙无穷，能随主人意念运用，其应如响。何况此时鼎中混元真气已经喷出，急往后逃，尚且无及，如何反迎上去，岂不自投罗网？妖道三尸元神遁得固快，此鼎更为神速，明明悬在迎面，妖道元神所化三条相连的影子电也似疾，往左上方斜飞过去，那大口竟似早有知觉，如影随形一般，随着妖道逃处，不先不后，同时往左上方一斜仰，口中混元真气便将妖道三尸元神一齐吸住，卷了进去。杨瑾忙即赶向对面高峰悬鼎之处，撤去禁法，招回大口，九疑鼎回了原形。然后照着师传口诀，如法施为，手指处，鼎中一连水火风雷之声过去，妖道元神立即消灭在内。于是持鼎重回原处。

杨瑾持鼎回到原处，朱鸾已先在彼，正用宝剑穿了妖道心肺，捏土为香，望空拜祝，祭告先灵。那少年也站在旁边，左手捧着一条受伤的右手，正朝朱梅行礼，见杨瑾来，忙又礼拜。杨瑾见那少年虽非峨眉诸大弟子之比，却也英姿俊秀，颇有道气。一问才知姓商名建初，乃北海土木岛主商梧之子。因闻峨眉开府，志切观光，欲寻一与峨眉门下知交的同道，代为先容，前往参与盛会。及至寻到一问，那同道已离山他出。只遇见一个同修的道友，一问，才知那同道只认得两个峨眉后辈：一个是灵和居士徐祥鹅，一个是七星手施林。原来他俩辈分不够，自己想往峨眉观光尚且不敢冒昧，怎可为人先容。商建初闻此言，自是扫兴。心仍不死，以为还有些日，才是会期，如能寻见本人商量，也许能有机缘。知那同道入川访友，便即寻去。寻到灌口山左近的天掌崖遇上，两人一谈前事，越发绝望，不但那同道自身不能引进，并还说起乃翁商梧、乃叔商栗，以前与东海三仙有过嫌隙，道路又是不同，如何去得？商建初这才息了前念，两人盘桓几天。这日商建初告辞先行，路过当地，瞥见妖雾弥漫，朱鸾为妖人师徒所困，自恃家传法宝，上前相助。不料妖人厉害，朱鸾虽暂得救，他却中了妖道的碧灵刀，如非修炼多年，识得厉害，赶紧将右臂关穴闭住，几遭不测。法力虽非妖道之敌，幸有乃父采五金之精所炼异宝六甲金光幛，连朱鸾一齐护住，直到遇救脱险，才没有遭毒手。他对朱鸾颇有情愫。朱鸾因他为己受伤，也极关切。因那伤处虽由朱梅给了一粒灵丹嚼碎敷治，但只能止痛，如免残废，必须往陷空岛求得灵玉膏，才可痊愈。刀毒甚重，不宜延迟。商建初明知由此可与峨眉交往，并和朱鸾时常亲近，但因伤重，必须速治。况且老父性情甚暴，前与东海三仙结怨，平日并无闻知，那同道之友又不肯细说，不知为了何事，出时老父正在入定，也不曾说起。此行是往峨眉，万一仇怨甚深，冒昧前往，就算对方不计较，回岛也受斥责。想了又想，无可奈何，只得朝朱、杨三人辞别飞去。

　　杨瑾见人已飞去，朱鸾还在凝望，知道二人情根已种，难于解开。虽代朱鸾可惜，但这类事，凤缘前定，非真凤根深厚，具大智慧之人，无法解脱，也就听之。因朱鸾元气耗损，也受了点伤，好友门下，又是自己前生引进，大难虽过，而且晦色犹未尽退。生怕她海天万里，孤身飞行，万一再有波折，事出仓猝，无法往援。好在日内便往铜椰岛，正好顺路带送回去，就便还可令她在峨眉养息二三日，增长一些见识，便令随同回来。见过众仙之后，略谈前事。妙一夫人便把灵云唤来，命将朱鸾领去，与诸弟子一齐相聚，觅地安置，以待后日同行。灵云应命领去。不提。

　　众仙言笑宴饮，光阴易过，不觉到了第三日午后。妙一真人唤来诸葛警我，命传谕门下男女诸弟子，当晚亥末子初，齐集前殿候命，分往左右二元洞内，通行火宅、十三限两处难关，以验各人道力，以便加授本门心法，下山行道。诸葛警我领命去讫。

一会儿到了时候，众弟子因下山在即，十分谨畏。男的由诸葛警我、岳雯为首，女的由女殃神郑八姑、齐灵云为首，老早便齐集殿前平台之上，分班侍立，恭候传呼。到了亥时将尽，妙一真人先请玄真子升座。玄真子道："师弟不必太谦，此乃恩师天命，异日本门发扬光大，责重事繁，他人不克胜此重任，非你不可。前已言明，我再迟数十年飞升，必定助你完成大业好了。"妙一真人又朝在座诸同门谦谢，敬请随时匡益，同完大业。然后居中端肃升座，上首玄真子，下首妙一夫人，其余同门诸仙，各依次第顺序列坐；嵩山二老、采薇僧朱由穆、姜雪君、李宁、杨瑾、玉清大师等外客，另在两旁设有宾位，分别就座。这时早有值班弟子灵和居士徐祥鹅、沙弥悟修、李文衍、吴文琪四人先入殿中，侍立听命。

妙一真人命传众弟子进殿。徐祥鹅领命，去到殿门外面，一声传呼。众男女弟子立时整肃衣裳，肃恭而进，到了众仙座前，一同参拜。妙一真人吩咐起立，男左女右，侍立两侧。温语谕道："日前仙府宏开，尔众弟子曾经拜读长眉师祖恩谕，晓示尔等为完师祖和我当年宏愿，日内必须分遣尔等众弟子下山行道，修积外功。此虽修道人应有的功果，只是目前异派蜂起，群邪狡狯。尔众弟子多半入门年浅，功力不济，所赖根骨深厚，缘福遇合，得有今日。本身法力虽弱，而遭逢异数，际遇良多，各人所得法宝飞剑，十九异宝奇珍，遇合之奇，所获之厚，远胜前修。用以护身御敌，遇见稍差一点的邪魔外道，未始不能以之取胜；即或遇见强敌，尔等群策群力，同心御敌，复有各位师长前辈随时救助，也不是不能成功。但毕竟修业太浅，各异派妖人邪术厉害，稍一不慎，为所诱惑，难保不身败名裂，玷辱师门。法力深浅还在其次，只要能知奋勉，行道之暇，随时勤修苦炼，同样可以与日精进，道心之坚定与否，却是最关紧要。本来众弟子何人可在此时下山，师祖仙敕已多示及。一则借此磨砺，使尔等知道成败所关，以资警惕；二则留山修炼，操行艰苦，虽然迟早成就一样，但人多好胜，大都羞为人后。如不经此一试，尔等表面功力多半相等，未必心悦诚服。为此当众晓谕：不论何人，凡志愿首次下山行道者，左元十三限和右元火宅严关,任择其一,通行无阻,始可重来前殿,与下山诸同门会集,听我传授口诀,铜椰岛事完,分别就道。否则暂时便不能再至前殿,可以前往左元洞外崖壁上,自择可以容身的小洞,闭关潜修,由各位师长时往传授指点;修到功候,二次仍要通行以上两洞关口,方得下山。这两洞所设,为修道人成败关头,虽然通行过去,无异获得异日成道之券,但是奥妙无穷,厉害非常。稍一不慎,轻则灵元耗损,身心两伤;重则走火入魔,身僵如同木石,须受多年苦难,还须坚忍强毅,奋志勤修,始得复原;再重一些,便须重堕轮回,转劫能否再来,俱不一定。关系尔等本身吉凶,实非小可。如若自审道力不济,尽可言明,知难而退,不必勉强。虽仍须往左元洞壁苦修,但不经以上两洞险难,人却可以好好的,免受一番损耗忧危,修为起来,也较好些。此次为师等不作主张,任凭尔等自择。大弟子诸葛警我和岳雯、郑八姑等男女数弟子,功力较深,尚可通行无阻,现令先往通行,尔等随同前往。此时禁制发动,两洞出入途径,均已现出,与先前大不相同。到了那里,如觉有此勇气,无须再来禀告,可俟诸葛警我等通行过去,由他领导指点,循径而入。能通行的,自来此地相见;不能的,备就崖洞修炼。使尔等目睹难易,自定去留,免致后悔。愿留山者,告知诸葛警我,他自会开放门户,引往坐关之所。此事全仗自身定力智慧,受害也视此为轻重。一切身经,也因人而异,差之毫厘,谬以千里。也无须向过来人多事探询,徒乱人意,于事无补,心有成见,反倒不妥。到时如觉难于自制,务把元关要穴牢牢守住,丝毫松懈不得。尔众弟子,勉力自爱,可自去吧。"

众弟子随同叩谢师恩,由诸葛警我等为首四弟子率领,先往少元洞走去。那去右元洞的道路,原有两途:一是日前小仙童虞孝、铁鼓吏狄鸣岐没走完的一条道路,乃以后初次入门弟子必由之径;一是不经卜甪峡谷,经由崖顶通行。到了尽头,崖势忽然降低十余丈,在三面危崖环绕之中,现出一片形如圆盂的盆地。当中有一座十丈方圆的石崖,石质如玉,正中一洞,门额上有"灵虚可接"四个朱书古篆,此是右元洞的出口。那入口尚在崖后。众弟子先到少元洞前会齐。

到时,亥正将过,诸葛警我令众暂停。说道:"今日之举,关系我等成败。适才掌教师尊恩谕已经言明,诸位师弟师妹当已谨记在心,毋庸多说了。我和岳师弟与郑、齐二位师妹奉命领众,往左右两洞通行,照说在此问明各人心意所择,便可分途领往。但据我所知,这两处难关神妙精微虽是一样,内中却有一点分别。火宅严关看似最难最险,但是关口只有一处,只要内火不生,外火不煎,道心坚定,能将元神守住,不为情欲杂念所扰,说过便过,脱险极快,难也难到极处,容易起来也极容易。性情强毅坚忍的人,比较相宜。心性柔弱,易受摇动,克制功夫稍差的人,却万去不得,一有失足,立即走火入魔,后悔无及了。左元洞难关,虽有十三道之多,过完一道又是一道,六贼七害,动念即至,防不胜防,但是势较柔和,为害较轻。尤可侥幸的是哪怕身入困境,只要聪明灵慧,能知警觉,便可化险为夷。再往前进,只要能连耐过十三次魔头侵扰,哪怕定力稍次,但能悬崖勒马,临机省悟,仍可勉强通过。即或不然,最厉害也不过元气耗损,晕倒在内,修炼些日,即可复原。不似右元火宅,一经沉溺,便身受大害,不可收拾。心念虽不坚强,而性情温和、聪明善悟的人,均可一试。心性急躁,没有耐性的人,去了却易偾事。师尊虽以我等四人或是入门时久,或是修道年多,令作引导。但我等四人也是初试,能否从容通行,虽难自信,听师尊所说,料不致有甚凶险。诸位师弟师妹修为较浅,却真大意不得。好在师尊并未指定分途前往,为此我想稍微取点巧,暂不分路,一同先去右元洞,由我四人先各通行一次,如觉胜任,再往左元洞十三限,也过上一回。师尊虽说身经景象不同,多所询问徒乱人意,于事无补,但以我四人同经两处难关,互相参考,为大家分辨出点难易,总还可以办到的。"众人俱知诸葛警我人最长厚,对于同门师弟妹,更是无分先后进,一体爱护,知无不言,言无不尽。但能为力,无不尽心,任劳任过,均非所计。岳雯、郑八姑、齐灵云三人,也和他大致相同,表率群伦。闻言知为众同门犯险尽力,好生欣喜,无不应命,便随诸葛警我取路前往。

到后一看,那右元洞三面危崖环峙,独崖后正洞入口一面,是条白玉甬路,由少元洞右一片茂林和十来处楼台亭馆绕来,沿途景物备极清丽。快到洞前,忽然一水前横,宽约三丈,将路隔断。对岸设着一个悬桥,众人到时,刚刚自行落下,桥侧也无盘索之类。过去方是元洞入口,洞门上刻"火宅严关"四个朱书古篆,两旁另有好些符箓。门颇高大,整洁异常。诸葛警我等四人中,只灵云一人在开府创设左右二元洞时,另有使命离开,不曾随侍，虽然见到一些，未知底细。方觉与那次所见景物形势都不一样，及问八姑，才知两洞禁制重重，神妙无穷，休说洞中火宅严关，便是外景也可变易。那日因为不少异派中人假名观光，随同游历全府，居心多不可问，始而想乘隙扰害，暗中闹鬼；及见出手的妖人纷纷伏诛挫败，不敢妄动，表面敛迹，仍在逐处留心，一半学乖，一半窥探底细，以为日后重来之计。掌教真人表面故作不知，实则防备甚严。尤其这左右两洞关系重地，多用仙法变易，当时所见，多非实境。休说那些异派妖人，便自己这面好些位得道多年的仙人，也多半被瞒过去，事后方始知悉。

八姑说完，诸葛警我已将众人领至门前分列，说道："本来师尊之命，入洞的人，通行火宅之后，便由前门出去，沿着崖上路径，去往前殿，无须来此。洞中遇险，被困在内，也另有师长恩施格外，前往救援，由我四人送往左元洞壁穴中修炼。通过与否，隔着洞门，均可看出。上下四外，均有禁制，循径前行，一步也错不得。只我四人，那日拜读祖师仙敕，并各赐有一道灵符，可以随意前后往来，是个例外。郑师妹较我修为年岁尤久，我和岳师弟本不应占先，无如师命难违，既然忝列众同门之长，只好僭妄一试了。"说罢，便朝洞门恭谨参拜起立，令众留意。然后沉稳心神，运用玄功，从容往内走进。众人隔洞遥窥，见诸葛警我安然步入，先前并无异状。进约丈许，忽见洞中云烟变幻，晃眼仍复原状，人已无踪。跟着又见一片极淡薄祥光，一闪而灭。岳雯喜道："今日才见大师兄的功力，果自高深，这么快便出险了。"众人闻言，有的尚在思忖，觉着太易，诸葛警我已驾遁光，越崖飞来。众人笑问："洞中经历如何？"诸葛警我答道："这火宅通行，真非容易。我起初以为，只要道心坚定，神智灵明，便可无碍，不为魔邪所扰。哪知即此一念，已落下乘。前半尚可，到了紧要关头，忽生异相，如非发觉尚早，赴紧湛定神思，返虚生明，就这样几微之间，纵不致为所败，要想从容过去，却也费事呢。恐兄本意，先勉为其难，略徇私情，将洞中虚实，一得之见，告知诸位同门，以资参证，俾到时稍有补益。照此看来，只好各凭福缘，自然应付，别人是爱莫能助了。"有的自加谨畏，别具会心；有的仍是将信将疑，俱觉全洞前后十来丈远近，御剑飞行，瞬息过完，只要到时按定心思，不起杂念，当无败理。各有各的打算，正在寻思。

底下该当岳雯进去。岳雯也是照样朝洞通诚礼拜,然后走进。却不似诸葛警我那样安步而入,一起步便身剑合一,化成一道金光,飞将进去。那景象也大不相同,刚飞入内,满洞忽起祥氛,遥望烟云变幻,霞辉急漩如潮,将金光卷去不见,电转云飞,待了好一会儿,尚未停歇,也未见人回转。众人见状,方在惊疑,诸葛警我笑说:"无妨。岳师弟功力不在我以下,只比我少了东海十九年面壁之功。又听我那般说法,心有警觉,不求有功,但求无过,宁费一点心力,拼却艰难困苦,不肯步我后尘,以本身法力和坚忍强毅,战胜魔头。似此守定一心,虽然不免身受一点苦难,却较我的走法稳妥。此时他已十九完功,绝无败理,稍待一会儿,也就来了。"语声才住,一道金光自空飞堕,岳雯现身,说道:"好险!"众人问他经历,岳雯答说:"我无大师兄的道力,不能以玄门上乘功夫从容通行,只用飞剑法宝护身,守定心神,以下乘功夫冒险闯过,阻碍有所不免。但这种走法,与后去诸位同门多半相同,而身经决不一样。先有成见,易添魔扰,故而不能详说。去时,最好把心灵守定,不起杂念,虽在飞行,仍照日常入定,偶遇功力精进,魔头来袭时光景,任何磨折艰难不去睬它,至多受点幻景中苦痛,只要道力坚定,便能熬过去了。"

当岳雯未出之时,郑八姑对齐灵云说:"我二人道力,俱不如二位师兄,通行两处难关,实非易事。我二人又忝居女同门之长,如有失陷,殊难为情。师妹年龄虽小,一入门便是玄门正宗,根基先就扎好,尚可无碍。我虽再劫之身,修为年久,可惜以前走错了路,自荷师恩收录,传以心法,顿悟昨非,豁然省悟,论起法术,比师妹自不遑多让;如论道力,恐以始基之外,修道年久反倒吃亏。幸而有这粒雪魂珠,占了不少便宜。我二人如学大师兄那样,以上乘功力通行,恐怕求荣反辱。还是照岳师兄那等走法,略受一点魔难,却是稳妥。最好我二人联为一体,我用雪魂珠变化元神,将你护持,却用你的道基定力,助我过去。这样相辅而行,万无一失。也许连内中磨折,还可少受许多。师妹以为如何?"灵云对八姑甚是敬服,知她用雪魂珠化身,决能通过,但以劫后余身,心存谨畏。深悉火宅玄关微妙,惟恐万一有失,欲使二人合为一体,彼此相助,实为万全。闻言喜诺,便和众人说了。诸葛警我笑道:"火宅玄机微妙,纵千百人进去,到了里面,如非同一功力心境,有一人稍有动念,便自分开,一切身经,迥不相同。郑师妹有雪魂珠化身，齐师妹年来道力又极精进，这等走法，自是有利无害。别位少时学步无妨，但须谨记，到了紧要关头，稍遇异兆，便须守定自己，不可再顾同行之人。看似自私自利，实则彼此如若同一心思，转难两全。否则魔头已经侵入，明明境中人已经分开，却因念头一动，又把魔头幻象误认作了同伴，再想安然通过，不为所乘，却是难了。"说罢，八姑、灵云行礼起立，八姑首先化成一团冷莹莹的银光飞起，罩向灵云头上；灵云立即身剑合一，化成一道彩光，与空悬的银光会合，电驰星飞，往洞中飞去。

那右元洞深只十丈，前后洞门相对，中间并无一物阻隔。由外望内，却冥冥蒙蒙，无底无限，不能透视过去。八姑、灵云飞入光景，又自不同。先和诸葛警我一样，一径飞入，毫无异状，只是银光护着彩光，比初进时要小却十倍以上，恍如一点带着彩霞的寒星，朝前飞驶，越飞越远。照情理说，这一会儿至少也至百里以外，却还未见出洞。众方诧异，岳雯叹道："想不到郑、齐二位师妹竟有如此功力。虽仗着雪魂珠分化元神之功，有些取巧，难得两心如一，道力如此坚定，真令人可佩了。"李英琼笑问："既然如此，为何还未能过来？"诸葛警我答道："这便是魔。许是二人谨畏稍过，偏仗自制之功，心情坚毅，分明是用下乘功力通行，却能返照空灵。魔头无奈其何，只能以此为难，欲乘二人飞时一久，忽然动念时，将她俩分开，再加侵害。这个齐师妹决不上当，郑师妹又与她合为一体，更有此珠功力，即便心念稍歧，也分不开，再不致为魔所侵，至多受点不相干的阻碍，终归平安脱出。看这情形，也许就快飞回也未可知。"话还未完，忽然祥光一瞥而过。再看洞中空空，依然原状，银光、剑光俱无踪影。紧跟着便见二人由洞顶越崖飞回，降落下来。一问经历，果如诸葛所言。因久飞不到，忽悟玄机，心智愈发空灵，晃眼飞出，别无所遇。众人纷纷赞佩。八姑、灵云自然推说，全仗雪魂珠取巧，才能有此。

互相略谈几句，诸葛警我便问："是否等我四人将左元十三限过完，再行选择？"众人觉着右元火宅似难实易，不似左元十三限繁难，关口太多，稍一不慎，全功尽弃。又都自恃道心尚还坚定，不畏苦难，便无法力，也能通过，何况还有飞剑法宝护身。内中更有急于赶往前殿去见师父的，如李英琼、廉红药等，多半俱愿就地一试。另一半意存观望，看人行事，再定去取。诸葛警我知道内有几人，必须由火宅通行。事由前定，话先说明，同门之谊，已经尽到，便不再作主张，径问何人先往。英琼性直，孺慕情殷，急于往见慈父。只为班行在后，未便抢先，立候一旁。见众人互相谦让，诸葛警我又说："以下只凭个人心志，不按班次。"她便向众人说道："家父尚在前殿，妹子极欲往见，既是诸位师兄师姊谦让，妹子只好告罪僭先了。"众中有好几个，因此一关是成败所系，未免存有戒心，能得一年力较浅的人去试头阵，就便判断自己能否学步，有无成功之望，自然甚好。却不知英琼先前蒙召，传授定珠，得了佛家至宝护身，可以通行无虑，如何比得上。

英琼说完，正要通诚向前行礼。众中癞姑表面随和滑稽，人却侠肠刚直。又久在屠龙师太门下，颇悉佛、道两门奥妙。事前又听屠龙师太和眇姑暗中详示两洞微妙，以及通行之法，预有师承，成竹在胸。比诸葛警我等为首四人，功力或有未逮，专说这左右二洞的玄机精微，却更明白得多。因和英琼私交至厚，当时见众谦退，多半意在观望，却令英琼这样道浅年幼的人当先，去试头阵。虽说想下山行道的人，谁都必须经此一关，英琼名列三英，料必早有预定。但是下山的人，师长并未明说，到底难知。众人任她上前，未免有点自私，心中不服。忙抢过去说道："师尊既未禁人同行，我也想早到前殿，奉陪师妹同行如何？"英琼日前已听她暗中泄机，知她法力高深。传授定珠时，父亲又曾告诫说："此洞门要关，便修道多年的人，也未必容易过去。你虽得天独厚，到时务要谨记适才朱师伯的教训，不可疏忽，以免自误。"再见先行四人，说得那么难法。平生好强自恃的人，这时福至心灵，虽然抢前，却比谁都要谨畏。本来就有戒心，一听癞姑自愿做伴同行，料定知己交厚，有心相助，自是欣慰。二人随同参拜，起身入洞。

英琼因自己经历太浅，格外谨慎，老早打定不求有功但求无过的主意。尽管近来修为勤奋，功力精进，毫不似前轻率自恃。一入洞门，便将佛家至宝定珠放出。癞姑不知她能用此宝，本意随同护持，就己所知，分任艰难，竭尽智力，代为抵御。不料反而得了她的扶助，到了紧要关头，免却了许多繁难魔扰，无须再坚忍毅力，拼受苦痛。先见英琼才一进洞，便伸手来拉，还当她临场胆小害怕，方想："真糟！平日看她学道虽然年浅，功力尚是不凡，日前并还再三指点，告以机宜，怎上来便如此胆怯？"此念一动，魔头便自袭来，幸有英琼，能以法力道心和魔头硬对，又是洞口，未到玄关要地。于是赶紧运用玄功和师传法力，准备防护。猛瞥见英琼手掐佛家大金刚降魔诀，脸色甚是庄严，一点不显慌张畏缩之状，方料有甚作为。随见十八团慧光，宝相明辉，朗若日星，飞向空中，成一大圈，静静地环绕在二人头上。才知早有准备，不禁大为喜慰。癞姑毕竟喜事，一见有佛家至宝护身，英琼得了高明指教，智珠内莹，绝无他虞，有恃无恐，便想借这火宅严关，一试自己定力和法力高下，竟傍着英琼向魔头挑战，故意触动沿途禁制埋伏，往前走去。

第二二〇回

巽语度金针　大道同修　功参内外
乾焰生火宅　玄关一渡　业判仙凡

癞姑这么一来，洞外诸人看去，光景又与前三次迥不相同。先见英琼、癞姑和诸葛警我一样，拜罢起身，也不用飞剑法宝，照直走进，好生惊讶。和二人交好的人本多，十九俱觉二人过于好胜。癞姑修道年久，尚还可说；英琼入门才得几时，如何敢以上乘功力犯此大险？个个代她悬心。另有几个气量稍浅的，见英琼得天独厚，师长格外钟爱，期以远大；本身福缘更深，到处奇遇，所获尤多。论起经历来，却比谁都浅。英琼对人，又极坦白至诚，全无城府。同门相处，虽不骄傲自矜，却是好胜贪功，闻命即行，当仁不让，从不以虚礼谦让。彼此之间，虽无嫌怨，相形之下，未免自觉减色，心中不快。见这次又是她头一个自告奋勇，并还这等走法，虽还未有幸灾乐祸之念，却也断定非遭大挫，或受险难不可。彼等方笑她不知自量，向同立诸人私议，忽见二人进才数步，忽从英琼身畔飞起一环十八团明光，晶辉朗耀，缓缓前移。比起八姑雪魂珠一团栲栳大的银光，寒辉四射，莹莹欲流，转觉宝相庄严，此胜于彼。同时二人身影全都不见。光环进不丈许，洞中忽然祥光乱闪，花雨缤纷，不时又闻水火风雷之声隐隐传出，俱为前所未有景象。那烟光花雨尽管千变万化，幻灭不休，异相杂呈，而光环依旧朗耀，前行直若无事。

众人大出意外。有的惊喜欣慰，齐夸："李师妹果自不凡，不枉师长期爱；癞姑功力深厚，也高出侪辈。否则以四位师兄师姊所说，二人同行一样艰难，一有不济，功力稍差，同行人转为所累，哪能有此境地？"有那关心太过，尚不明就里的，如申若兰、裘芷仙、朱文等，便向先进四人询问："眼前所见，是否佳兆？"诸葛警我笑答："以我所见，李师妹不特持有佛门至宝护身，便自身定力智慧，也勉强过得去。癞师妹功力自比她还高。照说早该通过，必是想借此试验自身功力，故意犯险，触动洞中禁制埋伏，所以走得如此迟缓。此事发动，必非李师妹本心，但也胆大一些。洞中布置，具有玄门无上威力。日前来此赴会的海内外各仙宾，俱是修炼多年，功力颇深的有道之士，如由此洞通行，也难全数通过。她俩能够避免抵御，或以定力坚忍，受点苦难，勉强过去，已是难得，如何故意与它相斗？这前半禁制，尚是有相之法。那出口火宅玄关，乃最紧要的所在，神妙精微，至于不可思议，如何勉强得来？即有佛门至宝，也只护住心身元灵，不为俗焰所伤而已。除非改变初念，省悟前非，使心神莹澈，反照空灵，一念不生，始能照旧通行；否则休想脱身。"说时洞中忽然涌起一座火焰莲台，焰花蜂拥，如潮而起，晃眼便将光环遮没，跟着一起隐去，全洞立成漆黑。众人不知吉凶，多半悬念关切，正向诸葛警我探询。秦紫玲听见乃妹寒萼正朝身侧新见不久、即行投契的同门师姊万珍、李文衍等笑说英琼、癞姑狂妄，不知自量，并说："洞中从未黑过，照此情景，必已陷入火宅玄关无疑。自身功力不高，好容易得父、师之助，赐以防身之宝，已能取巧通行，得了便宜，何苦还要卖乖？这都是年幼无知、器小易盈之过。如若因此失挫，师尊立法之初，绝难偏袒，去往右元洞壁穴中苦熬不说，这头次不得下山，岂不弱了三英二云的美名？"紫玲见她和万珍说时，都面带笑容，李文衍却一言不发，状如未闻，意似不满二人之言，暗忖："妹子器量偏狭，总以为师尊和长幼同门过于爱重英琼，心中不服。即此妒忌之念，已非修道人的襟怀，况又幸人灾祸！那万珍枉在白云大师门下修炼多年，也是偏激善忌一流，寒萼偏和她一见投契，顿成莫逆。每一谈到英琼，都认她后来居上，心中不服。即以今日之事而言，少时自己也一样要走过去，不早谨慎准备，却存隔岸观火之思。照此行为，不特将来成就有限，弄巧身败名裂，均未可知。好好一个司徒平，却受了妹子的累，感恩戴德，死生以之，异日难免同膺大劫，真可慨惜！"想到这里，忍不住朝寒萼怒视了一眼。寒萼自在紫玲谷遭难以来，看出乃姊手足情重，心实无他，已经愧悔，早非昔日放纵。心虽不服英琼，也缘万珍议论英琼狂妄无知而起，并非真个愿她遇险挫败，只是顺口对答，无心之谈。见乃姊瞪她，才想起所有同门俱都在场，虽是悄声私议，未必全被人听去，但这类话到底不应出口，方悔失言，脸上一红。遥见洞中一片祥光闪过，又恢复原来无人进洞时光景。随听诸葛警我在前面高声喜道："她二人见机真快，才一受挫，便已省悟。此时业已大功告成，到前殿拜见师尊去了。还有何人前往，请过来吧。"

廉红药和英琼，先前一同前殿受教，已闻得机宜，只为新进，不敢居先。英琼开了个头，正合心意，忙答："小妹也欲往见姜师，可否先行？"诸葛警我笑答："此事无分长幼，先后一样，不论人数多少。除却结伴同行，须要功力相等，心志如一，始能收那互相扶助之功。人不宜多，哪怕所有在场同门一齐入内，也是各有各的景象，祸福全殊，决不混淆。不过通行在后的人，多少可以得到一点观摩借鉴；那功力不逮的，也可知难而退，不致知其不可为而为之，少受一场险难罢了。"众人有的仍是慎重，不欲先行。有的想英琼、癞姑通行容易，系得佛门至宝相助，想再等两三拨过去，有无阻碍，再定行止。有的事前闻说火宅严关厉害，一通不过，便无幸理。左元十三限看似繁难，至多遇阻，错迷洞中片时，一经救出，便可无事。不似右元火宅，有走火入魔之险，元神耗损，事后还须苦炼多日，受上许多活罪，才能恢复，一个不巧，身成僵朽，不能行动，苦孽更大。各怀戒心，意欲看过左元十三限，再打主意。另有几个预定请行的男弟子，未及开口，因红药已经先说，不愿与女同门并进，只得暂候，闻言俱未答话。只女神婴易静，两世修为，功力深厚，久得师门真传。今入峨眉，又蒙师长看重，妙一夫人一见便授以心法，深知火宅严关奥妙。先见英琼请命通行，虽知三英、二云乃峨眉之秀，必早预定在首批下山之列，但至交关切，终是担心。方欲随往，因癞姑已先开口，此事不宜人多，有癞姑同行护持，当可熬闯过去，便未上前。及见佛家慧光飞起，不特英琼决可平安通过，连癞姑锐身友难，也反倒荫受其福，颇代二人欣慰。继见红药请命将行，易静自从七矮大闹紫云宫，和红药订交，便与交好，暗忖："在场诸人，只她身世最为可怜，人又那等谦和可爱。她和英琼，一个天真至性，一个温柔肫挚，人又美秀如仙，都是极上等的人品。论起根骨，却比英琼不如。休看她从小出家，在嬕姆门下长大，道心毅力许未必能有英琼那样灵慧坚忍，不似英琼得有至宝护身，此行艰难何止十倍。我反正是要过去，何不结伴同行，助她渡此难关，也不枉相交一场。"心念一动，忙赶过去说道:"我和红妹结个伴吧。"红药虽得姜雪君的指教,并授以防身之宝,因是凭着法力硬闯,素日谨慎,心终不敢十分拿稳。及见易静来与做伴,自是心喜,忙即谢了。

易静平素虽然性傲好胜,毕竟累世修为,见闻广博,遇到这种紧要关头,却是深知利害轻重。未曾入洞,先将红药唤住,说道:"通行火宅玄关,心灵实为主宰,否则虽凭法宝护身,得知洞中玄妙,能为趋避,依然不免苦难,甚或遇险失陷,俱不一定。以我二人用上乘功力通行,自不可能,还是拼受一点磨折,将红妹的飞剑法宝,连同愚姊师传七宝,联合一体,先将身子护住,然后守定心神,往前闯过。到了玄关重地,一任何等身受,不去睬它,全以毅力应付。由我主持进退,你只澄神定虑,藏身宝光之中,和往日入定一般,连我一起忘却,不为幻象摇惑,便无害了。"红药当着众人,不便说出早在前殿领会机宜。知她好意,借着谢教,答道:"前听雪师指点,也与易师姊所说一样。今承教益,又蒙携带同行,当可托庇无忧了。"易静何等机警,知道红药虽在媖姆门下,因是性情谦退,自知末学后进,对于姜雪君,也尊以师礼,称以雪师,不敢齿于雁序。日前师尊特命她和英琼进见,归来说起雪君在座,英琼既能运用定珠,红药谅必也得了雪君传授,立即省悟,便不再深说,笑答:"红妹如已知悉此中机宜,自然更好,我们就走吧。"说罢,二人一同拜祷起立,各人先将飞剑法宝放出,联合化成一个霞光万道的光幢,将身笼罩在内,往洞中飞去。只见光幢飞行甚疾,所到之处,烟云弥漫,光焰四起,变幻不休。晃眼飞到出口左近,火焰莲台又复涌出。这次与前不同,只现得一现,便有祥光一闪,光幢、莲台同时不见,洞中又复原状。

诸葛警我、岳雯同声喜道:"适才李师妹等妄将火宅乾焰引发,却被易、廉二位学了乖去,稍受磨折,便过去了。"金蝉在旁,问道:"莲台出现,只眨眼的工夫,怎的还说易、廉二位受挫?"郑八姑笑道:"右元火宅神妙非常,一切相由心生,石火电光,瞬息之间,便可现出百年身世,比起邯郸、黄粱梦境经历还长得多。我们旁观者清,只见眨眼之事;如问幻境中人,正不知有多少喜乐悲欢,苦难磨折,够他受呢!"金蝉随拉石牛道:"原来如此。我们也走走去。"诸葛警我方嘱小心,易鼎、易震和南海双童甄艮、甄兑,也同声应和。男弟子中严人英、石奇、徐祥鹅、庄易,女弟子中的朱文、周轻云、凌云凤、余英男、申若兰等人，俱在英琼过去以后，便欲起身，见六个小师弟纷纷争先，人数已多，不便再说，只得退下。诸葛警我便问金蝉等六人，是否各走各的？金蝉答说："我们分开力弱，已经说好一起。"灵云插口道："蝉弟胡说！此行关系非小，岂可视同儿戏？两人结伴已非容易，你和石生尚还勉强，如何强拉别位？万一误人误己，如何是好？"金蝉道："姊姊你不要管，我们本还不止六人，因商风子舍不得周云从师弟，情愿与他一同进退，还少了一个呢。玄关厉害，我们已经知道底细，包你没事。"灵云道："万无此理。"诸葛警我、岳雯也说金、石二人年纪虽轻，如论道心坚定，智慧空灵，却不在别人以下，本身决过得去，并还无甚阻碍。如若同了多人，到了紧要关头，心志不一，实难保全两不误，仍以分开为是。石生笑道："大师兄不说多少人均可同时通行么？我们不过交情太深，意欲成败与共罢了。既恐两误，那我们分作两人一队，只做同路，各不相干。倘能一同通过，岂不也好？"

于是，六人分作三起。诸葛警我重又告诫："你们六人，或凭根骨，或凭功候，俱非不能通过。但是各人基禀功力，不能相等，如何强使一路？"六人俱都含笑唯诺。灵云见状生疑，再三叮嘱，欲令先后继进，不要一路。旁立诸同门也多劝说。六人坚持不允，答说："既是各走各，我们只想一同走出，有何不可？"易氏弟兄更说："师姊如不放心，可令蝉、石弟分开，他一人单做一起好了。同进同出，却是议定，不能更改。"灵云不便再说，只得听之。六人随同向洞参拜，假意两人一起，并肩分行，以示区别。灵云等四人见金、石二人跪地行礼时，口中喃喃，似在祝祷，状甚诚敬，若有所求。另外两起弟兄，却只行礼，各把目光瞟住金、石二人，似颇专注。灵云心又生疑，正在观察，金、石二人已先起立，其余四人也相随起立。金、石二人双双将手一扬，六人同时各驾遁光，做三起往洞中飞去。方幸不会违言，哪知六人遁光飞抵洞口，好似早有默契，依然一起往前飞去。

灵云大惊，心正愁虑。诸葛警我先颇不知金、石二人和英琼一样，先是有恃无恐，后颇担心。及见六人遁光会合之后，飞行忽缓，洞中也不现险兆，分明智珠在握，早有成算。猛想起众人都在劝阻，只八姑一人微笑不语，必有缘故。心方一动，忽听八姑对灵云道："灵妹，无须忧疑。休说令弟和石师弟根骨至厚，为本门最有缘福之人，便同行四弟兄，哪个不是福星照命，喜透华盖，岂是失陷之象？他们年轻好友，志同道合，誓共安危，心意又复纯一，就是人多也无妨害。何况二位师弟自开府客去之后，身旁隐蕴精光，我每自远处留心查看，时见宝气笼罩全身。前日又把玉清道友约往一旁密谈，归来喜容满脸。跟着，易氏兄弟去向易师妹求教如何可以通行左右二洞，易师妹又曾说：'你有好友不去求助，放下现钟，却来铸铜。我一人带不得两个，再说又是自家侄儿。就听师尊说过，此次下山，全凭各人缘福。如有通融，纵不见怪，也为外人所笑。你二人寻我有甚用处？'二人忙去寻找石师弟，正值令弟和甄氏兄弟也寻石生，一同遇上。我正在仙籁顶调鹤，遥见六人在飞虹桥上聚谈了一会儿，俱都兴高采烈，欢喜非常。复又分人去寻商师弟，却是先喜后忧，扫兴而回。证以今日令弟所说之言，恰与相合。分明成竹在胸，不知从何处得来异宝，又受了高明指教，才会如此。否则他们虽有童心，也都具有慧根，得过本门传授，哪能不知利害轻重，以身试险，误人还要误己呢？"

灵云正要答话，岳雯笑道："齐师妹不必忧疑，他们六人决可成功无疑了。"灵云等忙往洞内一看，只见最前面烟光滚滚，一只白虎周身俱放毫光，口喷银花，宛如箭雨。六人的遁光便附在虎身上面，头上更有一片三角形的金光，每面各有千百层祥霞，反卷而下，恰似一匹鲛绡将遁光罩住，冉冉而没，随灭随生，珠帘灵雨，毫不休歇。所过之处，洞中烟光霞彩，前拥后逐，其势甚盛，与前几人不同，拦阻不住，这时业已过了中段。灵云本不知灵峤二仙女赐宝之事，见状知八姑料中，心虽宽了一半，到底关心太甚，惟恐多厉害神妙的法宝护身，到此火宅玄关一样闯不过去。六人不是年轻道浅，便是以前所学并非玄门正宗，前半仗有异宝护身，侥幸无阻；到了出口将近，火宅乾焰一起，便难闯过；再如心志有一不纯，便累全局。方在忧喜交集，诸葛警我笑对众人道："这才叫凭着法宝之力硬闯呢。他六人的法宝以前我俱见过。如是分后所得，金、石二弟自一开府便置身高云，分司钟、磬，直到送走群仙，方始下来。后又和我们在一处欢宴，并未进殿，似无机缘授受 如说是易、甄兄弟必有之物，看适才情景，又是金、石二弟为主体，分明不像。左右两洞禁制威力之大，连适才英琼师妹以佛门之宝护身飞渡，更有癫姑功力高强之人同行，也无如此容易；易、廉二位半仗法宝，半仗深知微妙，巧于趋避，更不足比。本来通行火

2717

宅的人,法力越高、法宝越神妙的,阻力越大。适才慧光以静制动,前半段虽未见甚极大阻力,哪似他们六人这等动静相因,游行自在?你看烟光四起,云霞如潮,变幻明灭,前阻后涌,我们外看只是美观悦目,洞中身经的人,却是处处险阻,厉害非常。他们竟能行所无事,始终一般快慢往前行进,有如身拥千万宝炬,行于大雾之中,一任雾露纵横,全无阻滞。此宝得自何方?竟有如此威力,岂非奇绝!众位小弟兄尚有如此遇合,吾道大昌,真可计日而待。"

灵云见诸葛警我也如此说法,刚放下心去,洞中火焰莲台忽现。遁光到此,更不再进,在莲焰之上停有半刻,那景象也与前次不同。先是万朵焰花腾腾直上,势甚强烈,可是遁光也愈发鲜明,以后莲焰渐弱,倏地祥光一闪,遁光、莲焰全都隐去,洞中又复原状。诸葛、岳、郑三人齐称:"难得!想不到小师弟们竟能众心如一,道力也如此坚定。他们和癞姑一样,到了紧要关头,甘冒危难以试道力,胆勇已是过人。最难的是修为年浅,法力不如远甚,偏能在火宅玄关乾焰包围之中,战胜诸般欲魔,安然入定,清净空灵,一丝不为魔扰。尤妙在易、甄四弟,也能终始影从如一,不受一毫摇动。照此情形,便无至宝护身,依然也能通过。此宝素来不经闻见,定是天府秘珍,由外方前辈真仙暗中传授无疑的了。"金蝉等六人有的年力较浅,有的入门未久,加以童心未退,言动天真。在众同门中,只有限几人资禀法力俱都不济,自愧弗如,余者多半视若幼童小弟,尽管期爱甚殷,并不敬服。见他们竟安然通过,又是六人同行,好些人都把事看容易,以为视此六人尚且能行,何况于我。六人虽说持有至宝,但那火宅玄关,任何至宝到彼,也要失去若干效用,既能勉强仗以通过,也必受些苦痛险阻。这六人怎会毫无阻拦,并还以身试险,在火宅乾焰之上入定,以试道力,而竟无害?彼我相较,不禁心雄胆壮起来。除朱文和周轻云、庄易和严人英、余英男和申若兰三对,连同黄玄极、徐祥鹅、悟修、石奇、凌云凤等十一人是早已预定通行外,尚有男弟子中的邱林、施林、尉迟火、周云从、商风子,女弟子中的郁芳蕤、李文衍、万珍、余莹姑、何玫、崔绮、向芳淑等十二人,也因之奋起,俱欲前往。

诸葛警我见这些同门中有几个人绝难通得过去,师长已有前命,不便明劝,便对众人道:"大约明日便须随各位师尊前辈赶往铜椰岛,为乙师伯和天痴上人两家解和，时光有限，这样早就完事，自然是好。不过通行此洞，实比左洞艰难，而且有险。休看先行诸人，通行此洞仿佛容易，实则过去的人各有各的机缘，遇合既巧，仙福尤厚。能得通行无阻，一半实由幸致，真论本身功力，多未必够。就是这样，各人多少也必有一些险遇。我们不要只见他们一会儿便自过去，却没看出他们所受的苦难经历，以为容易，实是大错。师恩深厚，必在暗中垂佑，去的人虽不致过分失足殒身，遭那应有凶危，但一有疏忽，关系成败与修为迟速，却非小可。诸位师弟师妹，去只管去，第一，不可以前人作比，心生侥幸，看得太易；第二，此事全仗自己功力和道心坚定，到了紧要关头，谁也助你们不得。人多同行无妨，一进洞务要分开；前行六人只是偶然，千万不可仿效。真正功候相等，志同道合，各有奇珍至宝，意欲互相为用，增厚护身之力，未始不可。但也只能限于两人，多则心念难一，反易受累。最好的神智空灵，物我两忘，和平日修炼入定一样。如若道浅魔高，妄念一起，苦难立生，禁受不住。便以毅力坚忍，强自熬炼，虽落下乘，也能过去。如若信心毅力稍逊，索性舍此就彼，去往左元十三限，能通过去，一样下山；不能，也不致受此一劫之苦。"

众人有的功力较深，心坚志勇，虽不后退，却知所说实情，用意良厚，闻言益自谨慎。有的心稍畏怯，只因性情好胜，已告奋勇，耻于落后。心想："既蒙师恩收录，自问平日无过，如有凶危，当不坐视。索性拼受诸般苦难，一切听天由命，管什么成败利钝？"既拼以身殉道，心神转而安泰。内中只有几个稍存私心，见为首四人初上来便即脱难，尤其这位大师兄，谆谆告诫，不嫌词费，说得那等艰危，而结局全部无事。而过去的人，多半后学新进，论起修为年力，绝非己比。自信太深，闻言毫未动念，以为意有所指，不是对己而发，或者以为只是照例文章。成见横梗胸中，依然不以为意。齐声谢诺之后，便各立定，礼祝告行，相次同住洞中飞去。众人虽然功力心志高下不一，但都知道，效法诸葛警我那等上乘功力走法，一则太难，二则变生仓猝，难以抵御，都是御剑飞行，另有法宝护身。数十道金红青白光华，或单或双，蜂拥飞入。洞原不大，共只十余丈深广，而众人所用法宝飞剑俱非常物，如在别处，任何一人的剑光，也足满耀全洞有余，何况人数这么多。起初英琼以次三起人进去，剑光法宝看去仍似往日，洞也不见加大，却似前途遥远，多半俱觉奇怪。以前不论人数多寡，只是一拨进去，还不怎显。这时人数既多，又分成了二十来拨，一飞进去，洞中立呈奇景。仍只一个和前同样大小的洞，可是各人所经之处，景象各殊，决不一致。仿佛数十道光华，正飞行于海阔天空之境，上下四外漫无涯际。深沉沉，烟云弥漫，光霞回旋，变灭无穷。除却入口仍是那么高大外，洞中竟不知有多深多远多大。明明数十道光华在洞中飞驶，只原定结伴的几对不曾分开，二十来拨彼此各不相顾，所现景象却是层次井然，有快有慢。各人所经之处，烟光明灭，异态殊形，也各不同。乍看，洞光霞彩乱闪，灿烂无俦。定睛细视，无不历历分明。众人见师长法力无边，神妙至于如此，纷纷惊赞不置。

郑八姑、齐灵云、秦紫玲等，因和余英男、申若兰、朱文、周轻云等久共患难，情分更深，自较别的同门更为关切。自从四人入洞，一直留意观察。见众人入洞，本是郁芳蕙、李文衍、万珍三人雁行当先，黄玄极、徐祥鹅、庄易、严人英、悟修、尉迟火等次之，朱、周、余、申四人又次。郁、李、万等三人本在白云大师门下年久，修炼功深，法力、飞剑、法宝也都出色，都是各走各，并未结伴。内中万珍所用护身法宝更是神奇，遁光之外，另有金红白三色奇光，交织如梭，环绕全身，通没一丝空隙。每遇烟云阻路，前头便有金花爆散，化为万点金星，冲荡烟云而进。入洞才一晃眼，便越出众人之前，可是所遇阻力也独多。郁、李二人以次，俱是时难时易，时快时缓。朱、周、余、申四人，却与金蝉等六人一样，始终如一，平平稳稳。一拨是用天遁镜和青索剑，一拨是用南明离火剑和申若兰师传异宝碧云绡，连同近炼的一口飞剑，护身前进。每遇烟光突起，总是一闪而过，最为平顺。不多一会儿，朱、周二人在前，余、申二人次之，严、黄、庄、徐四人紧随在后，相继越向万珍之前。下余十多拨，时前时后，郁、李、万三人反渐渐落到中间。又隔一会儿，朱、周等四起人飞到火宅玄关出口重地。朱、周二人略微停顿，首先通过。八姑、灵云、紫玲好生欣慰。余、申二人继至，严、庄、黄、徐四人也尾随赶到，竟比朱、周二人过得还快，莲台火焰只一涌起，便现祥光，差不多和朱、周二人一同飞出。余、申二人却被滞留在莲焰之上，遁光由明转暗。知已遇险，被困火宅，正代愁急，爱莫能助。铁沙弥悟修、黑孩儿尉迟火、石奇、向芳淑、凌云凤男女五人五起，相次随后赶来。余、申二人遁光倏又由暗而明，祥光一闪，二人不见。这后来五人，只凌云凤境似最险，也没多延时候，随后祥光接连几闪，相继隐去。跟着，郁芳蘅、李文衍差不多同时赶到，也差不多同时出险，滞留时刻，仅比余、申二人稍短。二人才过，万珍也到，刚达莲台，便即滞住，遁光立暗。万珍似是被困发急，强欲挣脱，通身金花乱爆，纷飞如雨，可是无甚力量，与初进时大不相同，也不闻雷声。诸葛警我方喊："不好！"猛瞥见一片金霞，自莲台前出口一面电掣飞来，只一卷，便把万珍裹起，往入口电驶飞来，晃眼到了众人面前，一闪不见。低头一看，正是万珍，盘膝坐地，人已昏迷如死。众人知在洞中遇险，忙围上来要救时，八姑已将雪魂珠放出，向万珍全身滚转。灵云又把身带灵丹，塞了一粒到她口内。万珍原在洞中失陷，为魔头所侵，备受苦难，丧失神智，吃八姑雪魂珠光一照，立即醒转。见了眼前境况，觉得全身酸痛欲裂。她先虽心骄自恃，看不起一干末学新进，终是内行，料知身已惨败，不能下山还在其次，匆促之间，更不知损伤了多少功行元气，所持两件异宝也在洞中失去，又见前后多人入洞，无一失陷，独自己落到这等结局，不禁又急又悔，又愧又惜。略一回想，便吞声饮泣起来。

诸葛警我知她心意，忙劝慰道："万师妹功力和护身之宝，本非不能通行，必是有了好胜之心，稍微自恃，致有此失。照理火宅入定，妄念一生，魔头立即侵入，受害决不止此。适见灵光一暗，乾焰正要焚身之际，忽有一道金霞由出口飞入，晃眼便将师妹送回。必是师恩深厚，念在师妹多年修为不易，一时无心之失，特赐矜全。我们的功力本不够通行左右两洞，师妹大器晚成，迟却些时下山，正可去至左元洞勤修。所失法宝，必是师长收去，异日下山，自会发还。元气虽不免略有损耗，尚喜并无大伤，复原自易。师妹应该更加勉励，立志修为，悲苦何益？"万珍闻言，始叹息收泪，黯然不语。众人因见万珍受挫，同门关切，触目惊心，向前劝勉，多未向洞中注视。正谈说间，忽又见两次金霞接连卷到，落地一看，乃是周云从和余莹姑，虽受伤却没万珍的重。说是到了火宅严关，现出莲台，依例上坐入定。心神微一把握不住，魔便袭来，内火外火一齐燃烧，知道不妙。方在祝告各位师长恩怜垂佑："弟子只为求进心急，意欲早日下山行道，不合躁妄尝试，被困在此。现已省悟，功力不济，愿往左元洞勤修，等候二次下山行道，乞赐矜全。"倏地心神微一昏迷，身内外也不再烧热，便已出洞。二人景象大同小异，均无甚损耗，只精神略倦，和未入洞前差不多。

众人话刚问完，忽见一道剑光越过崖顶飞到。方觉奇怪，落地现出商风子，见了周云从，便赶过去，嬉笑道："大哥果没受伤。掌教师尊已经答应我，陪你一同修炼了。"众人一问，原来商、周二人入门日浅，自知功力太差，左右两洞本来不敢问津。只为日前二人屡听同门言说，两洞虽有无边神妙，第一只要道力坚定，毅力强固，能够忍苦熬受，便可过去，并不在乎法力如何。师恩深厚，已蒙收录，绝无坐视门人陷落之理。此关一过，非但下山行道，任意所为，并且成就也快。如往左元洞修炼，不知要受多少年苦楚，才得出头。二人一个好强心高，一个思念九房父母，心想："如得下山，岂不可以就便归省？"心虽活动，仍是胆小未决。正赶金、石二人俱喜商风子天真朴厚，又想结成七矮之数，拿他去抵女神婴易静的空，日后下山，创立一番功业，仗有灵峤仙人所赐仙府至宝，约他同行。商风子却一心感念云从对他恩义，情胜骨肉，死生成败俱要一处，答说："师兄们照顾风子，自然喜欢，但必须连周大哥一齐携带，否则风子问心不过，宁在此受罪，不能前往。"金、石二人笑说："你休看事容易，以为我有至宝随身，什么人都可以同行。照玉清大师和各位师兄说，去的人必须心情纯厚，有至性毅力，坚忍不拔，还得上好根骨，才可通行。就你愿往，也须和我六人一样，背地试过，才敢答应呢，因你的根骨心性都是上等，可以一试。否则你就想同我们一起，也不能允，何况自来寻你。人数一多，到时只要一人把持不牢，全受其累。当是什么人都可做一路的么？周师弟根骨可不如你，加以出身富贵之家，上有父母，下有妻子。如今忘情，人不足取；不忘情，便是学道阻碍。到了紧要关头，魔头一侵，易起杂念，如何能行？"

风子苦求不允，但为六人之言所动，觉着自己和云从别的不行，道心却极坚定，只要预先把心拿稳，任受苦难，不去理他，自能挨过，二人背后便商量起来。云从自信向道坚诚，不是无望；可是金、石二人说风子十九可以通行，便不愿为己累他。最后议定到时见机而作。本定通行左元十三限，免有危难，不成无害。及见众人相继通过，虽说得顶凶，却一个出事的也没有，以为右元火宅似难实易，不由生了希冀之心。依了风子，还欲结伴同行。云从终是有点内怯，惟恐牵累，力说："我们不比人家各有至宝，可以互助，还是各走各好。"初意心志坚诚，总可有望，哪知结局仍是一成一败。风子通行过去，便有一幢彩云接住，飞往前殿。见掌教以次，连同各位仙宾俱在座上。先过去的诸同门，随侍在侧；也有刚通过去，正在拜命承教的。连忙跪倒谢恩。妙一真人便告以云从洞中遇阻，已经开恩送回，往左元修炼了。风子先还盼望云从随后通过，闻言大惊，立即跪下苦求师长，许他留山修炼，异日和云从一同进止。妙一真人朝玄真子相互一笑，便行允诺，只令好好勉力潜修，以期晚成大器，随即指点去途。风子回来时看见众同门十有八九通行过去，最后一片金霞拥了凌云凤飞到，看到神情十分疲敝，落地便被杨瑾接住，似已受伤，不料也脱险通过。因师长命即起行，未知底细。诸葛警我却知道云凤也是洞中遇险，必是芬陀大师师徒一力维护，请师长格外加恩，径由前洞救出，使列入下山诸弟子之列。此事破例，想必尚有后命，绝无如此容易。略一寻思，便问还有何人愿行。众人见接连好几个人遇险，尤其万珍那样法力高强，更有异宝随身的人，反而受害最烈，而道力浅的，倒轻得多，看来谁也不能定准。又听万、余等退回的人说起洞中所经奇险，俱各把侥幸之心收起，望而却步，思欲改图，不再敢冒失请行了。秦寒萼平日信服万珍，本定结伴同往，吃紫玲强行止住，令其稍缓，看这一拨如何，再定行止，心还不服。及见万珍如此终场，好生警惕欣幸。

当下众人俱觉还是左元通行比较平稳，正要请求，诸葛警我等四人早已领有师命，笑问紫玲姊妹道："二位师妹和司徒师弟，怎不由此过去？"紫玲谦谢功力太浅，恐有失堕，不敢冒昧涉险。八姑笑道："玲妹道心最是坚定，左右均可通行无阻，自不必说。司徒帅弟也还可以闯过，愚姊直言，幸勿见怪。寒妹为人情厚，除非留山修道，如走右元火宅，虽然涉险，或者还能闯过；如走左元十三限，决过不去。休看那里结局无甚凶危，少时能从容通行的人，恐没几个呢。以我愚见，最好用弥尘幡和伯母那粒宝珠，连同师传飞剑，护身入洞。到了里面，不可急进，恭谨向师尊求恩，请准你三人即日通行，随众同门下山，内外功行同时修积，一念虔诚，必能感动师恩，通行过去。司徒师弟另作一起，也是如此。这头次下山，功力多不甚够，师恩宽厚，稍具定力，即可通行，此行十九有望。三位以为如何？"这话如换别人在先前说，寒萼决不爱听。一则八姑平日对人谦和诚恳，素所敬服；二则又当万珍失险之后，不敢再涉狂妄。谢教之后，转问紫玲如何，紫玲和司徒平最是谨慎，虽是信服八姑，心仍踌躇。嗣见诸葛警我也是这等说法，料无差失，忙即各谢教益，依言行事。杨鲤、孙南、吴文琪、赵燕儿本是委决不下，听出八姑话里有因，再一算计，只是资禀好的新同门全都过去，师父分明借此一试，以坚各人向道之心，为传授本门心法的基础。不由省悟心活，相继口称愿往。诸葛警我自无话说。七人分别同行，结果只赵燕儿一人送了回来。司徒平首先通过。紫玲几受寒萼所累，同陷乾焰，幸仗通诚虔求，妙一真人本是默许，不过借此示儆，一到危急之时，便行法接了出去。余人也都通过。不提。

下余林寒等原有诸弟子外，连同本门诸长老以前所收门人和开府时仙宾引进的新收门人，尚有四十余人。见此情形，只有一两人是上来便打定主意，去闯那左元十三限，以验自身功力深浅。余者多贪左元难而无险，决计改图。诸葛警我等四人问明意向，便即率领着往左元洞走去。以四人的功力道心，通行左元，更较火宅为易。到后略一商量，便联袂起身，到了洞中，各行其道，不多一会儿，便已回转。众人一问经历，虽无火宅之险，但关口太多，过时繁难已极，所经景象，因是心境不同，各有难易，欲关六限易通行，情关七限比较难过，尤以喜怒两限为最。左元不比火宅，法宝无功，全凭各人道力战胜，也无所借助于人。结伴同行，更多弊害，诸葛警我等四人向众人说道："此洞情形，已向诸位同门说过。凶险虽无，其艰难困苦，实比右元火宅尤甚。严关又多，层层相因，纷纷叠至。哪怕走到末一关，稍失疏虞，前功尽弃，立时昏倒在内。固然事后无害，等到异日二次通行，却要平添许多阻力。再者，每经一关，除非真到功候，可以行所无事，否则那罪也不好受。尤其是有一遇阻，幸而勉强挨过，底下便一关难似一关。再想十三限一齐通行，十九无望。到时，除却受尽苦难，心神昏昧，支持不住，晕倒洞中，为师尊开恩，送回原地，中途肯定退不回来。诸位同门，如自觉无此功力，还不如知难而退，俟诸异日，既免白受了场苦难，将来通行也较容易。至于能去的人，反正到了里面是各顾各，各有各的经历，就看见同行伴侣，也是幻境，并非真人。入洞人数，多少无关。现可分成四批进去，每次十人以内。有愿往者，请即向前。进时只有身剑能够合一的人，可将本身飞剑放出，使心神有所专注，还可稍微受益。别的法宝，都没用处。"当有林寒、陆蓉波、周淳、许钺、赵心源、戴湘因、云紫绡七人上前行礼通诚，祝告起身。那左元洞与右元火宅不同，当人进去时，洞口金霞一闪，人便不见。由外观内，只是暗沉沉，一片浅红淡黄的烟雾，别的什么都看不出。晃眼工夫，许钺先被金光卷出，人已昏迷。解救刚醒，跟着戴湘因、云紫绡、周淳相继卷出。一问经历，都是过到第七八关上，遇阻昏迷。许钺更是连头一关都未通过。诸葛警我知道林、陆、赵三人已经通过，便令二批起身。当有虞舜农、木鸡、林秋水、黄人瑜、黄人龙、李镇川、连同醉道人门下松、鹤二童，共是八人。结果只通过了木鸡和林秋水二人，余者都被金霞卷出。见这等难法，又听回来的人说起洞中幻象厉害，虽只片刻之间，身历者无异经过多少岁月，诸般困厄，万难禁受，端的难极。如无把握，最好留山修炼，循序晚成，免受活罪。像裘芷仙、章南姑和一些道行浅的新进弟子，如姜渭渔、姚素修等，本来打定主意，留山修炼，自不必说。那意存观望，行止未定的十余人，闻言未免心寒气沮，却步不前。等到诸葛警我三次发问，只有六人应声。他们都是和湘江五侠一样，新由赴会仙宾引进入门。以前虽也修道多年，颇有法力，无如过关的诸弟子多是根骨缘福至厚，生有自来，道心坚定，神智空灵，这些新进之士如何能及？所以结局全被金霞先后拥回。经此一来，余都知难而退，情愿留山修炼，以俟未来，功力未到，不复再作下山之想。当时除第三辈门人中的金萍、龙力子、赵铁娘、米囊、刘遇安、米明娘、沙佘、米佘、袁星、袁化等由齐霞儿率领，在仙籁顶飞云亭上候命，不曾随来。这留山修炼的男女弟子，恰是三十六人，正好为天罡之数。

那由两洞退回的人，自然退居人后，心中悔恨惭愧。经诸葛警我等四人恳切劝慰，也都省悟，各自激励忿发，不再置念。径由四人率领往左元洞外危壁洞穴之中，一一安置。众人因四人先进，已得本门真传，纷纷讨教。四人也以各位师长要往铜椰岛，众人如等传授，还得些日。正在指点答问，齐霞儿忽然飞来，对四人道："适才白眉老禅师门下小神僧阿童到来，言说天痴上人在白犀潭惨败，退时激怒大方真人，约往铜椰岛见个高下。大方真人立即应诺，答话大是讥嘲，已使天痴上人难堪。又将沿途埋伏发动，如非小神僧奉了师命，暗用佛法化解，几乎全军覆没。因小神僧贪看双方斗法，先在白犀潭观战，赶回埋伏之处稍晚须臾，所以天痴上人仍吃了不少的亏。天痴上人刚过，大方真人便尾随追去，势甚迅速，看那神气，似想迅雷不及掩耳地赶到岛上，好使对方不及施为。家父和诸位前辈尊长，俱说大方真人操之太急，这样更易迫使对方铤而走险。为防万一，必须早做准备，以俟时至。因四位师兄姊妹都有使命，众弟子均在此时传授道法，指示机宜，各人先在仙府习练，大约再有数日，便随同至铜椰岛。解围之后，便由那里分手，各自在外行道，非有大事或师命传召，无须回山。如今事机已迫，留山同门可照往日功课修炼，好在师长不久即回，且等铜椰岛归来，再行传授吧。"四人闻言，随向留山众同门举手作别，同由崖顶飞越，往前殿赶去。到后一看，妙一真人升座，正向下山诸弟子训示，分别传授道法。有好些已经领命起立，手持锦囊仙示，随侍左右。这时刚对徐祥鹅、赵心源、石奇、施林、悟修、尉迟火示完机宜。四人忙即入殿复命。

妙一真人奖励了两句，吩咐起立。随唤女神婴易静、李英琼、癞姑三人上前，说道："依还岭幻波池洞天福地，内有古时仙女藏珍。久为妖女崔盈艳尸盘踞，再有年余，便可炼还真体，危害人间。自从昆仑派两个不长进的门人前往盗宝失陷以来，多年秘藏逐渐显露。如今知道的人日渐增多，有的觊觎内中宝物；有的妖邪一流更想勾结妖女，把持仙府，朋比为奸。只因洞中禁制重重，埋伏厉害，鉴于昆仑派两人前鉴，暂时还不敢冒昧尝试罢了。但这类人贪妄淫凶，既知有此，决不罢休，日子一久，必要千方百计前往窥伺盗取。这时妖女艳尸困于严关，也正须用外力相助。两下交相为利，一拍即合，气候一成，便难剪除。不过时机未至，早去也无用。兹赐你三人柬帖一封，等到明年年终，前往除去妖邪。以后，即以此洞赐你三人，在内居住，以便日后收徒传道，以光大本门。因为英琼得天独厚，成就较大。易静、癞姑虽是修道年久，而学养未纯，性又偏激，和英琼一样，刚愎好胜，时涉狂妄。为使尔三人稍受磨炼，柬帖所示要言不烦，一切仍须尔等自己打算，合力同心，相机行事。

"妖女本就神通广大，元神又在洞中苦炼多年，玄功幻化，更非昔比。铜椰岛归来，我和各位师伯叔便轻易不再出山，倘有疏失，却是不能往援，千万大意不得。这次下山诸弟子,均有道书一册,共分三章二十七页。除首章所载乃本门口诀心法,彼此相同而外,其余均按着各人资禀功力,传授多半不同。尔等三人功力,此时虽有高低,根骨缘福和将来成就却是一样。为此只赐一部,由易静执掌,互相观摩,一同修炼。如肯加功勤习,到了明年去时,当可不致有甚大凶险了。还有南疆红发老祖结仇一事,易静、英琼固然冒失,但他本为邪教,门下徒弟多非善类,形迹本易使人误认。又当尔等追戮妖妇蒲妙妙之际,他那门下突然出头护庇,异言异服,身有邪气,尔等从未见过,又不知道他们的来历渊源,认作妖妇同党,欲加诛戮,并非安心故意,逞强欺人。只不合上阵不问对方来历,失之心粗躁妄而已。至于后来得知底细,仍还动手,本心未始不知铸错,只为势成骑虎,对方法力高强,惟恐被人擒送回山,玷辱师门,甘受师责,一心逃遁,情急还手,在尔等出于不得已,情有可原。在他以堂堂一派宗主,当着众门弟子,为尔等后辈所挫,自是难堪,因此与尔等结下仇恨。在红发老祖初意,虽怀盛怒,并未怪及尔等师长,只想亲自登门告发,使我重责尔等了事。他如这样行事,我为息事宁人,顾全他的颜面,尔等委实也有几分错处,自必稍受责罚,令往登门负荆,双方交谊仍在,岂不是好?也是他末劫将临,本身虽不为恶,终以所习不正,平日又喜纵容恶徒在外横行为恶,罪孽太重。尽管白道友感他旧德,用尽心力暗中维护,欲为保全,使他到日能免渡难关,终难挽回数运。他也明知我峨眉派应运昌明,尔众弟子各有自来,便少数功力修为不齐,难免应劫兵解,也都应在若干年后。修道应有的灾难,自是不免,如欲违天,妄肆残杀,如何能够?

"并且上次紫玲谷暗算凌道友,乙、凌二位曾和他说末劫厉害,不可思议,必须到时诸人合力同心,还得有外人相助;白道友更屡次劝他结纳正派中人,以备缓急。他不是不知利害所关,本来只要遣一介之使,便可出气的事,竟会受了恶徒蛊惑激将,为此一朝之忿,妄动无明,改了初心。而尔众弟子,也有数人该当应此一劫,难于避免。如今仇怨已成,他信恶徒之言,开府后百日之内,如无人前往负荆请罪,便和本派绝交成仇,以后只要遇上,决不放过。我已算定,此时他信谗已深,即使我命尔等卑礼前往请罪,仍是难解仇恨,不肯甘休。本可不去理他,但此事终是尔等之过,又是后辈,在未与我公然破脸为敌之前,礼须尽到。如若无人谢过,其曲在我，他更振振有词；便是外人，也难免不道我峨眉骄狂自大，纵容门人侮慢尊长。尔等此行实少不得。但此人邪法厉害，门下徒党又无不咬牙切齿，尔等一到，必要百计屈辱，使尔等难堪。稍不容忍，立即群起而攻；乃师也必以极厉害之法术，猛下毒手。以尔等的功力，前次乃侥幸。现乃成心相向，早已罗网密布，如何能敌？去是必去。海外归来，尔等即觅静地，照我道书所传，除心法口诀必须下苦功精习外，再将中篇所载降魔防身之法勤练四十九日。如还未到功候，可再加功勤习，务在第四十九日以前赶到，只要他绝交书使未发，便不误事。去时不必人多，只有英琼、易静二人前往。到后未见红发以前，任受辱骂，务要勉为忍受。等见红发，易静善于言词，可由她一人相机应付。如能忍受，将他说服，安然退回，自是上策，但事实极难，数定难移；如真不能忍受，还手无妨。

"大师伯因灵云、紫玲、轻云三女弟子未返紫云宫以前，尚无传音告急之宝，在东海时，特为尔等炼了百余道告急信火，以防在外行道遇险危难之时，可以报警求救。此宝虽只可用一次，但可传音带话，千里如相晤对，甚是神妙。只有一件短处：不似异日紫云神金所炼传音之宝可以专指一处。携带此宝的人，各有一面法牌，一人有难告急，无论以外的人散在何方，各人身边法牌全受感应，发出告急人的语声。同门之谊，自无坐视，往援与否，颇关利害。此宝少时由大师伯亲自传授，对于此层，务要留意。对于求救的人，自问力所能及，始可前往；如若自知不行，仍以不顾为是。否则去了，转为人多一累，无益有害，大是不可。尔众弟子各有一份，你二人如为所困，不妨如法施为。另外，我尚派有人领我机宜，前往接应。如若有人受伤，也不可惊慌，去的人自会照我柬帖行事。先机难泄，只要谨记师言，不要躁妄求胜，便可免难。英琼所收米、刘、袁三徒，连同神雕钢羽，可俱带去，听候驱策，随同修积内外功行，不必留此。尔等三人只需留心考查，无须禀请。幻波池所得，分赐众弟子之宝，用法名目均在书中，自去体会。旷世仙缘，务各自爱。"

妙一真人说罢，递与易静一本道书，柬帖却交与癞姑收执。三人闻命感激，敬谨拜谢。真人命起，随令齐灵云、秦紫玲、周轻云三人近前，命先修积外功，等时机到来，再移往紫云宫海底仙府，同修仙业。另赐轻云两封柬帖，命其到日开看。所赐道书，也和易、李等三人一样，共同一本。三人领命起去。又唤郑八姑、陆蓉波、廉红药三人近前，命领道书，另觅仙府一起修炼。如接易、李三人在南疆传声告急，无须前往。海外归来，专心物色洞府，只未指明地点。道书也是两册，红药独得其一。八姑知有缘故，敬谨谢命起立。下余诸人多在诸葛警我等四人未出时，领了训示，准备海外归途，各照师命，分途行事。此时只秦寒萼、凌云凤二人不在殿内。

原来寒萼是与乃姊紫玲结伴同行在右元洞内，因为万珍前车之鉴，一心谨畏，倒也不敢疏懈。紫玲向来谨慎，道心坚定，更不必说。姊妹二人在弥尘幡法宝、飞剑护身之下，缓缓前驶。毕竟寒萼因真元已失，根骨又差，前半虽无甚阻滞，一到出口火宅玄关紧要关头，便显道浅魔高，由不得万念杂呈。平时有甚经历思虑，到此齐化幻景，一一出现。始而寒萼还能忍受苦难，只管澄神定智，不去理它。本来再要稍忍须臾，即可过去。不料忽现出紫玲谷遇难，与司徒平好合情景，已知是幻景中应有景象，不知怎的一来，心神微一松懈，立受摇动，神智迷惑，竟然认假作真。以致遁光一暗，乾焰随即发动。本是外火勾引内火，一同燃烧，局中人却情思昏昏，如醉如痴。眼看入魔，不特寒萼要遭大难，连紫玲也要连带受累。猛听震天价一声霹雳当头打下，有人在耳边大喝："外魔已侵，还不速醒！"紫玲未起妄念，可是二人同路一起，休戚相关，乾焰魔火已被寒萼引动，何等厉害，虽然内火未燃，一样也难于禁受。紫玲又误把乾焰认作幻象，强忍苦痛，不以为意。这样下去，即使道心始终坚定，不致被牵累到走火入魔地步，但到了时限，人却非受重伤不可。正在咬牙忍受，听出是妙一夫人口音，当即警觉，知为妹子所累。念头刚动，心神便自摇荡不宁，急忙按捺下去，正不知如何是好。说时迟，那时快，就在这思潮微一起伏之际，寒萼也已闻声惊醒转来，觉出身心火烧如焚，知道不妙，赶紧用强制功夫，澄神反照，复归空明。神智一清，道光由暗转明，内火不生，外火随以熄灭。但别的幻象又起。寒萼如惊弓之鸟，自然不敢丝毫大意。无如危机瞬息，虽因为时极短，才将内火勾动，立即省悟，未遭焚身之惨，受伤已是不轻，元神也受了一点耗损。时候一久，依然难于支持。正在息机定念，忍痛苦熬，忽然一片金霞迎面飞进洞来，将她卷了出去。同时，紫玲始终神志清明，乾焰止后痛苦一失，愈发慧珠活泼，反照空灵。倏地面前祥光一起，身便能动，知已脱了险境，忙即向前飞去。姊妹二人恰是同时飞到前殿平台之上落下。

紫玲知道二人同去，成败相连，还当寒萼也和自己一样，安然脱险，方在暗幸。及至定睛一看，人已面容灰败，委顿不支，心中大惊。方欲诘问，女神婴易静忽自殿内走出，传话道："师父命紫玲师妹进殿待命。令妹已在火宅入定时，为乾焰所伤，如非师尊垂怜，将她救出，再迟须臾，便遭大难了。今以众弟子下山在即，寒萼师妹必须奉命下山，身受重伤如何能行？掌教师尊格外加恩，赐有灵符一道，灵丹一粒，命愚妹送往太元洞内，即随凌云凤师妹在洞中面壁入定，将所耗元神恢复。等各位师长从铜椰岛回来，自有后命。"紫玲闻言，首先跪谢师恩，又向易静匆匆谢说了两句，忙即上殿去讫。寒萼也忙忍痛谢恩，拜伏在地。易静说完，先将灵符一扬，一片祥氛向寒萼绕身而过，身上热痛立止。易静随将寒萼扶起，将灵丹与她服下。然后驾起遁光，同往太元洞中飞去。寒萼只元气略有耗损，伤愈以后便可无恙，以为云凤必也如此。哪知到太元洞一看，云凤本来先在，竟是神气萧索，满面愁苦之容，仿佛受伤甚重，心中惊异。因正入定，不便惊扰，悄拉易静去至隔室一问，才知师恩深厚，逾格矜全，否则所受苦厄，必较云凤尤甚。不由衷心感激，立志奋发，必为师门争光，百死不二，把素日骄矜偏狭之念为之一扫。

至于凌云凤，本来根骨不够。虽然白发龙女崔五姑刻意成全，在她未入门以前，先送往白阳洞内，参悟白阳真人所留洞壁上的图解，以期异日不落人后。哪知云凤一时疏忽，全壁图解十九精习，单把前半道家扎根基的几个坐图忽略过去，不曾参悟。事后和崔五姑相见，两次俱是匆匆一晤，未暇详陈经历。这一来，始基未固，犹如不学。云凤自和杨瑾同斩妖尸，合斗姬繁，连经几次大敌之后，未免心高气壮。见先行诸同门俱都过去，又听诸葛警我嘱咐的话，越把事情看易，以为师长只是借此试验门人向道坚决与否。照大师兄所说，只和平日打坐入定一样，便可过去。本来入定时心神摇，魔念一起，不能自制，也会受害。这等景象，平日做功课时常有，均未为害，至多幻象多些，有甚难处？虽不视如具文，心却自以为是。哪知妙一真人玄机奥妙，无隐弗烛，念动即知，即此已应降罚。云凤偏又好胜，到了紧要关头，身被莲台吸住，不知谨慎敬畏，妄想仗着法宝飞剑之力，强行闯过。上去便由贪嗔二念引动，魔火乾焰一起，心神立即迷糊，跟着妄念纷呈，竟连和俞允中那段情缘魔念，也被引起。论起道力，连寒萼都不如，所以受害较烈。眼看走火入魔，幸得杨瑾早就料她不能通过，代向妙一真人力为关说，得了特允，亲持芬陀大师灵符前往救助，才免形神齐危之险。无如定力不坚，上来便错，乾焰发作太快，救援不及。虽然免却一场大难，所受的伤，却比寒萼要重得多。

寒萼和云凤一则形亏神耗，必须康复；二则立法之始，虽以名列玉箧仙敕，应在首批下山诸弟子之列，终是假手外人，不是自行通过。为此真人传示：二人伤愈之后，格外施恩，仍各传本门心法，令在太元洞内，各自面壁修炼若干日，以代左元洞壁穴潜修之功。如能奋发潜修精进，始准下山。

除这二人外，还有诸葛警我、岳雯尚在随侍，静候复命，不曾奉有职司。众人派定之后，妙一真人正看着岳雯，还未开口，忽见齐霞儿走进殿来，向众仙一一行礼之后，向妙一真人躬身禀告道："这次师父原命女儿回山，为爹爹效力。现在各位世兄世姊妹俱都奉命下山，不知女儿可有甚使命？"妙一真人笑道："我因这次乙道友和天痴道友斗法，虽经诸位道友同我前往劝止，将消灭一场亘古难遇的浩劫，但他二人事后都不免有一点伤害。如欲立即复原，非得大荒山无终岭散仙枯竹老人的巽灵珠和南星原散仙卢妪的吸星神簪，不能去那所受的伤毒，二人仇恨终是难消。但这两位老前辈，均在唐初先后得道，久已越劫不死，同隐大荒千余年，自南宋季年起，便不与外人交往。前三十年，我往大荒山采药，曾与卢妪有一面之缘。那枯竹老人，却是三访未遇。我早想命人前往下书，借此二宝。只因大荒偏居东极，路途遥远；近山一带大海之中又颇有水怪盘踞，多具神通变化，有两处最厉害的，并还得了二仙默许，有人经过，必起为难；二仙性情古怪，最喜有根器而丰神灵秀的少年后进，只要投缘，有求必应，否则不但不应所请，甚或加以惩处，必使受尽磨折，始行释放；尤难是二仙虽然同在一山，因大荒方圆二万九千七百里，一在山阴，一在山阳，相隔几四千里；又都因固步自封，常年在洞天福地中享受清福，惟恐人去扰他，除在沿途设许多阻碍，并在所居方圆三百六十里内设有颠倒五行迷踪阵法，以致他那里言动心意，颇难推算周详，好些不能预计。因此非法力根基俱优而又机智灵警,长于应变的人,不能成功。本意想命岳雯前往,但他应变之才稍差,又少一个助手。你如带了新收弟子米明娘同往,当可胜任。不过二仙先本同门得道,隐居大荒之后,便为一事反目,各不相让,千余年来未共往还。去的人得于此者,必失于彼,难于两全。全仗你师徒二人临机应变,能够善处,方有成功之望。至于沿途精怪,你有雁湖所得禹鼎,又有师传各异宝,必能通行无阻,不过走得务要神速。二仙虽设有迷阵,但清修千载,轻易无人登门,决想不到有人往求。去时你再将师祖留下的灵符带去,以备潜入禁制之用。二仙俱都好胜,只要出其不意,深入重地,与他对了面,必然自愧,转而成全。他如出甚难题,或有事相托,无论难易,均要随声应诺,不可迟疑。此行如成,不特大方、天痴二友可以释嫌修好,便女儿师徒,也必得别的好处。为期共只数日,往返九万里,虽然飞遁迅速,也颇辛劳。途中难保无耽延,必须在第七日子正以前,赶到铜椰岛,才不误事。急速去吧。"

霞儿看去年幼,实则从小就被优昙大师度去,得道多年,法力颇高。早听父母师长说过两位散仙的事迹,闻命大喜,立去殿外唤了米明娘进殿,拜谒师祖,领受大命。妙一真人又勉励明娘两句,赐了两道灵符和两封备交的书信。霞儿接过,知道事不宜迟,匆匆拜别父母和在座诸道长,带了米明娘出殿。由凝碧崖红玉坊前,驾遁光破空直上,电驰星飞,先往大荒山南星原飞去。不提。

第二二一回

灵药难求　仙女儿飞驰红凤岭
佛光解禁　痴上人遁走白犀潭

霞儿师徒去后，妙一真人对门徒说道："现在尔等已领了口诀心法，只要照道书勤习，以后不难参悟。只是各人所有法宝，好些多是新近传授，不久下山就许应用，如不事先习练精纯，遇见强敌，冒昧取用，就许被其劫夺，此事关系各人安危。照师祖仙示，铜椰之行尚有数日，先期赶往，无益有害。尔众弟子正宜乘此时机，往太元洞内各觅一间静室，先照道书目录上用法习练，期能随心运用。如有未尽之处，也可来此请益。这数日内，除诸葛警我、岳雯、郑八姑、齐灵云、金蝉、石生、癞姑、林寒八人分作两班，轮值前殿外，尔等不奉呼召，无须来此。只等红玉坊前钟声齐鸣，再行齐集前殿，等候起程便了。"众徒齐声应命，退出殿去。

话说那小神僧阿童，原是白眉禅师门下小沙弥。久听大师兄朱由穆说起峨眉门下近年人才辈出，个个仙根道器，英俊灵秀；仙府景物，又是如何灵奇清丽，心早向往。无如老禅师功行圆满，飞升期近。念他以童婴入门，居然从小向道心诚，能持苦行戒律。禅门妙谛虽多精悟，尚未传他降魔法力，他年在深山之中独居修炼，难免不受那邪魔外道侵害，为此加意传授。阿童灵慧，极知自爱，闻命大喜，认作异日修行成败所关，每日勤习法术禅功，苦无暇暑。难得这次师父竟命他独自下山，所去之处，又是参与两个仙人斗法，最后还落得到峨眉仙府小住些日，自然喜出望外。及至一见这些门人，果如师兄所言，只有过之，一心想要亲近。众中只英琼一人见过，因是初出面嫩，对方是个女子，不便交谈。正想少时另寻人言笑，游玩仙府全景，嗣见众人由左右两洞脱险飞出，全部奉命习法，往太元洞走去。心方失望，忽听妙一真人留下八人轮值，内中一个金蝉，一个石生,俱是年轻灵慧,平日闻名,是最向往的人。恰巧二人和癫姑、林寒又是第一班,时正无事,各在殿外平台之上聚谈,正好前往亲近。便假作玩景,走了出来。

妙一夫人因他初来,心想游涉仙景,正要开口唤人陪往,朱由穆暗使眼色止住。妙一真人夫妇俱知用意,笑问这样不太简慢么。朱由穆摆了摆手,微笑不语。瞥见阿童招手,将金、石二人引往长桥,直到走远,朱由穆才笑答道:"小师弟只是童心未尽,人却机智非常。这是初次下山,巴不得交几个小友。他和金蝉、李洪、石生三人,本有夙缘。这样由他们自行交往,异日用到他时,必争面子,格外尽力,免去许多推诿。否则,他见事情太难,便难保不借故躲开了。近年家师见他年纪最幼,向道精诚,能持苦戒,甚是怜爱。又以自身功德圆满,不能长久照看,为恐异日妖邪欺侮,除传授护身降魔诸法外,再有年余,连那根降魔锡杖和八部天龙宝藏,都要赐与他了。异日金、石、甄、易诸人,开建别府,多一助力,岂不是好?"妙一夫人终觉不是款待嘉宾之道,回顾灵云,命往仙厨取些各种珍果仙酿,送往所去之处,令金、石二人好好地陪侍。灵云领命去往仙厨,用玉盆托了好些果酒出来,正遇袁星,说是小神僧和二位小师叔,同往松风坪看完寄生兰,便去鱼乐潭波香水榭中,畅谈乙真人与天痴上人岷山斗法之事。小师叔现命弟子来取果酒,送往待客。灵云便令袁星代捧果酒,随在后面,经绣云涧、鸣玉峡右,转入香兰径,越松风坪,由双幽谷口外朱重径穿出,横渡青溪赤栏桥,再由朱桐岭侧涵虚洞通行过去,不远便是鱼乐潭了。

袁星见灵云沿途都在浏览,走的却是去鱼乐潭的捷径,笑问道:"师伯如若图快,飞行前往,岂不是眼就到?走这小路做甚?要去迟了,小师叔才又怪我懒呢。"灵云笑道:"你哪知我心意。这里仙景本来灵秀,自从开府重建以来,愈发风景无边,移形换步,各有各的好处,令人耳目应接不暇。如非奉命行道,实实不忍舍去。偏我事情又多,虽有这三数日思假,哪里观赏得够?何况同门叙别,互相常有正事商谈,并无许多闲空,只结伴游行了两次,也无异走马看花,只觉得眼花缭乱,兴会无穷,终不能尽情领略。眼看行期已迫,这次下山,全视各自修为,并无一定时限,知道何年月日重返仙山,再作畅游。说也好笑,连日我只要抽得一点空,便多观赏一些。现在值班,回去不能太晚,只好择那风景最佳之处,抄近路沿途观赏过去。我知你是想听小神僧说白犀潭斗法之事,想我快走,是与不是?"袁星笑道:"师伯料得不差。弟子本在殿台下候命,因师父出来告知弟子,说是奉了师伯之命,去往太元洞练习法宝,命听钟声,并去殿台侍立待命。因有好些时间清闲,想约米、刘二师弟去仙籁顶后面僻静之处学棋。忽见小神僧来寻两位小师叔,弟子知他三人必要谈说白犀潭斗法之事,暗中拉了米、刘、沙、米四人,借用他们的隐形法,尾随在后,直跟到波香水榭,一同隐伏在侧偷听。正听得热闹有趣,不料刘遇安听了沙、米两小人的鬼话,与弟子作耍,将隐身法撤去,现出原身。其实当尾随时,小神僧早已看破,因知是末代弟子,没有行法点破。经此一来,就连他们四人隐身法全给破去。小师叔说弟子领头鬼祟,要加重罚。小神僧却怜爱弟子,讲情解免,命弟子等五人全在一旁随听。石小师叔说弟子爱热闹,偏给遣开,命往仙厨取来果酒,待客赎罪。刚到那里,正遇师伯出来。小师叔原令弟子步行来往示罚,不过是弟子一人单走,也早到了。"说时,二人已走到潭边。

那鱼乐潭是个大约四五十亩的圆形小湖荡,通体恰似一大片完整的羊脂美玉。当中挖一圆槽,下面灵沙做底,碧草参差,绿波粼粼,青山倒影,疏落落种着小半潭红白莲花。波香水榭便建在潭的中心,曲槛回栏,轩窗洞启,平台曲水,玉柱流辉,锦鳞游泳,暗香时闻。沿潭玉堤远近,不是瑶草琪花,便是青山红树。端的是一尘不染,无限芳菲,清绝人间,无殊天上。灵云边走边笑道:"你想广听闻不难。我到那里,请小神僧从头说起,你不也听见了么?"袁星正在喜谢,忽见沙、米二小由水榭的长堤上跑来,到了潭边方都飞起,神形似颇匆速。瞥见灵云同行,便没言语,双双躬身行礼,叫了一声"师伯"。灵云问:"是两个小师叔命你们来催袁星的么?"二小恭答:"正是。"灵云方说:"他是因我慢的。一同去吧。"忽听金蝉在水榭外面平台上遥呼:"姊姊快来!"灵云点头答应,飞身凌波而渡。袁星和沙、米二小紧随在后。到了水榭平台之上落下,先朝小神僧阿童行礼,致了来意。阿童虽然法力颇高,自幼随师苦修,戒律谨严,以前所食,多半山粮野蔬,偶得鲜果,也只山中野产,如桃、李、梅、杏、榛子、松仁、黄精、首乌之类,几曾吃到过这类珍果仙醪,自是高兴喜谢,每样都尝了些，极口夸好。先恐破戒，不肯饮酒。后来灵云力劝，说："来时已问过采薇大师，说此酒乃是甘露酿成，与凡酒不同。大师和李叔父俱曾畅饮，绝无妨碍。"阿童闻说朱由穆和李宁都曾饮过，仍然捧酒恭谨跪祝，果然心灵未有警兆，方始入口。众人见他向道尊师，如此诚敬，好生赞佩。阿童这一吃开了头，却是口到杯干，饮之不已。金、石二人贪听下文，重又询问。阿童正要说前事，灵云见袁星悄立金、石二人身后直递眼色，方想开口请其重说，阿童已经觉察，笑道："袁星往取果酒，为我跋涉，前文他和令姊均未听过，待我从头说起好了。"于是一面饮啖，一面述说。灵云本想稍坐即回，嗣听阿童说得热闹，估量殿中不会再有甚事，如有使命，母亲自会传声相召，也就听了下去。

　　原来阿童自奉白眉和尚之命，去往岷山途中寻朱、李二师兄，依言行事。那地方及岷江下游，地名青林岗，石山峭拔，连岭排云。岭头上为石地，亘古无人，虽然平整，因为上下艰难，草木不生。除临江一面半腰崖上若断若续有几处僻道外，亘古无人行走。乙休算计这里是天痴上人必由之路，在岭上共设了十几处埋伏，用意多半是和天痴上人恶作剧，使其沿途受挫，折伤羽翼。以天痴上人的法力，只要事前知道底细，便可无碍。惟独青林岗中腰一处和快到岷山一处，乙休除用极厉害的禁制外，并还各设一座旗门，具有极大威力。敌人任有多大神通，一经入伏，要想脱身，也须受伤。随行诸弟子若道行浅一点的，更非失陷在内不可。另外还有三处埋伏，专截敌人退路，须等归来时始行发动，更是神妙莫测，一处比一处厉害。尤其是最后一关，地面设有摄形之法，一经主持人发动禁法，哪怕不由当地飞行，只在横断千里以内的上空越过，形影必为阵中神光所摄。主持人再将阵法略一运用，立将敌人陷入伏内，便能冲逃出网，也极费事。同来门人，却一个也休想脱身回去。这前后五处紧要埋伏，如非白眉禅师预遣门人一一相机破去，双方定成不解之仇无疑。其中有两处，还不能先给破去，必须有人手持灵符守候。阿童寻到朱、李二人时，朱由穆早照师命，一一施为停当。阿童领了机宜，送走两位师兄，在青林岗上守候了一些时，暗忖："久闻乙休、天痴二人得道多年，俱是能手，此来必有一场恶斗。现有师父佛法妙用，埋伏有的破解，有的减去威力，除归途二处尚等化解外，余者无一完整，乙休尚未觉察。前半埋伏，天痴上人过时，见了大师兄所留金字警告，必能从此破去，无甚可看。最热闹还是岷山白犀潭口。大师兄为防我到时多事，别生枝节，才命在此守候。实则中间这处埋伏，威力已减去一半，天痴到来，不过小有梗阻，决能通过。师传佛门心光遁法，飞行神速，顷刻千里，又有灵符在手，少时回破归途二处埋伏，决赶得上。何不去至岷山左近，守候天痴师徒，助他们破那末一道禁制，省得到时两头紧赶，就便观战，岂不是好？"想到这里，便往岷山飞去。到后一看，白犀潭深藏后山一条暗谷尽头。作法人想因山有僧寺民居，惟恐凡人误入，那最末一道埋伏，便在暗谷口外，相隔只有十来丈远。两面是险崖，下面是盆地，林木茂翳，蓬蒿没人，地极幽僻。就这样，还恐有人无知闯入，两条可通樵径的磴道，都有云雾封锁。阿童隐身谷左崖腰磐石之上，左对天痴上人来路，举手便可将埋伏破去；右对谷口，可以观战，地势再妙不过。先以为乙休沿途设伏走来，照理应该先到，必是隐身在内。探头遥望谷内，只见里面景象阴森，静悄悄的，一点声息皆无。

等了一会儿，忽见谷口有一极小人影一晃。定睛一看，那小人竟小得出奇，身量宛如初生婴孩，可是神情动作矫捷如飞。衣饰更是华美，身白如玉，头绾抓髻，短发斜披，两肩后各插一支金光闪闪的宝剑，长才数寸。短衣短裤，赤足芒鞋，相貌甚是英悍。说是道家元婴，又觉不像。知道韩仙子潭中收养不少异类，疑是怪物炼成，身上又无邪气，心甚奇怪。那小人先是探头向外四望，渐渐试探着走出谷口，似要往前面设伏之处走去。

快要走近伏处，倏地一道光华起处，现出一个矮胖大头的麻衣少年，迎着小人，直比手势。一会儿，又手指谷内，做出问讯之状。小人也用手势比划，两人好似相识。这才知道，这末一处埋伏，还派有人在守候。正在端详那小人是何精怪幻化，少年猛似吃了一惊，一面将手急挥，令小人退回谷去；一面侧耳略听了听，慌不迭地一纵遁光，迎面飞来。

阿童心疑踪迹被他看破，觑定来势，正想躲开，少年已落在附近磐石之上，手掐灵诀，只一晃身便隐去。忙即运用师传法眼，细一查看，原来那少年也和自己一样，选中这片磐石，意欲隐身观战。那隐形法颇高，虽用法眼观看，仅依稀辨出一点人影；如是寻常之人，休想看出。既然避人，只不知他又怎会由伏处出现，而无动静，又和小人相识？好生不解。

微一迟疑，俯视下面小人，已经退回谷中，藏起不见。随听来路远处，风雷大作，约有顿饭光景，才行止住。紧跟着破空之声由远而近，抬头一看，遥空云影中飞来十余道光华，人飞得高，光细如丝，目力稍差的便难看见。晃眼飞近白犀潭上空，光已大长，宛如十余道白虹当空飞舞。看神气，似知下面有险，又不甘示弱，等查看出端倪，再行下降之状。知是天痴上人到来。白犀潭峡谷两边危崖交错，中通一线，已由主人行法禁闭，并且约定登门，本该先礼后兵，叩关而进，其势不能一到便即深入，非由谷口叫阵不可。但是埋伏厉害，只要落地，立生妙用，将他师徒一齐困住，甚或受伤，都在意中。阿童不敢怠慢，忙把白眉禅师所赐灵符取出等候。那十余道剑光，电掣也似在空中盘旋了三五圈，突然一齐下降。眼看离地不远，倏地一蓬五色彩烟，由伏处潮涌而起。为首一道白光，拥着一个白衣老人，满面俱是怒容，将手一扬，便是震天价一个霹雳，朝彩烟中打去。阿童知道那彩烟后面还有无穷变化，见天痴上人发出太阴元磁神雷，不等下面旗门现出，立即乘机手指捏诀，将灵符往外一扬，一片金光像雨电也似随着雷火打入阵内。跟着连声迅雷过去，彩烟消散，现出五座旗门。天痴上人面上立现惊喜之容，将手朝天一拱，忙要收时，那旗门似有灵性，光华连闪两闪，便破空飞去，一晃不见。天痴上人师徒也同时落到地上，白光敛处，各自现出身形。

阿童见那天痴上人相貌清秀，童颜鹤发，长髯飘飘，一身白衣，外披鹤氅，极似画图上的古仙人打扮，周身俱有青气环绕。随来弟子十二人，各着一件白短半臂，下穿白色短裤，长仅齐膝，赤足麻鞋。手内分持着一两件法物兵器。只有两人空着双手，神情也颇沮丧。余者都是道骨仙姿，英仪朗秀，除法物兵器外，各还佩有葫芦宝囊之类。六人一面，左右雁行排列。上人先朝谷内略看，冷笑道："驼鬼不羞！我师徒应他之约来此，事前防他狡赖，并还通知。如今人不出面，反把牢洞峡谷重重封锁，是何缘故？既然怕我师徒，为何沿途又设下许多诡计埋伏，难道暗算人不成，一缩头就了事么？"说完，不听回应，又用目四顾，好似未看出什么征兆，越发有气，便喝："楼沧洲过来！"上首第六人应声走过，躬立于侧。上人怒道："我原知驼鬼之妻因恨驼鬼无义，杀她娘家弟兄，以致应誓遭劫，恨同切骨，一向隐居在此，不与相见。驼鬼约我来此，又在沿途闹鬼设伏，不是想借此引起同仇，以便圆他旧梦；便是想移祸江东，使我与这里主人成为仇敌，他却置身事外。我本不难破关直入，但是这里女主人已与驼鬼恩断义绝，不是夫妻，双方素无仇怨，岂能视同一律，中驼鬼的奸谋诡计？是否同谋，必须先行辨明，才能定夺。并且女主人是否闭洞出游，或在潭底清修，也未知悉。我师徒光明磊落，人未出面问明，决不做那无耻鬼祟行为。现在命你入谷探询，到了谷尽头处，便是白犀潭，不必下去，只在上面问询。先问女主人在否，如在潭底清修未出，你便说驼鬼约我来此斗法，问她是否与驼鬼一气？驼鬼是否在内潜伏？如与合谋，便出相见。如说并未合谋，可向主人道声惊扰，致我歉意。我自另寻驼鬼算账好了。"楼沧洲道声："遵法旨。"将身一躬，退行三步，回头便往谷中走去。

阿童见状，暗忖："大师兄说这条峡谷除却重重禁制外，还有两种厉害埋伏。天痴本人入内，尚还十分勉强，这门下弟子怎走得进？"念头才转，楼沧洲已纵遁光，缓缓往里飞入。刚进谷口不过三两丈远，忽听有一极小而清脆的口音喝道："来人慢进，你不怕死么？这是什么所在，也敢来此撞魂。"紧跟着，两道金光成斜十字交叉在谷径中心。同时金光下面现出一个小人，将路拦住。楼沧洲知今日所寻敌人脾气古怪，不通情理，而且机阱密布，说吃亏便吃亏。来时路上，已连番遇阻，如非人暗中相助，就许不等到此，便丢了大人。料想师父也是进退两难，哪怕日后再行报仇，已寻到敌人门上，好歹总该见上一阵，才能回去。必因自己平时精细谨慎，又有护身法宝，才以探敌重任相托。尽管双方对敌，照理不伤来使，到底不可大意。一见金光阻路，有人呼斥，立即停住。定睛一看，见是一个比乳婴还小的小人，话却那么难听，他也和阿童一样，疑是潭底精怪幻化，幺幺微物，初炼成形，所以如此小法。身入重地，料定对方绝非虚声恫吓，只得忍气答道："我乃铜椰岛主门下第六弟子楼沧洲。家师为践乙休前约来此，日前还有飞书相告。先料他必在此相候，谁知他不顾信义，只在沿途设伏闹鬼，到了地头，不见本人。家师因闻女主人久已与他断绝，不愿无故惊扰，命我去至里面白犀潭请问明白，以定行止。不想遇见小道友在此把守，正好请问……"

楼沧洲还待往下说时，那小人本是睁着两只亮晶晶的小眼，面现鄙夷之容，扬头静听。及听来人称他为小道友，好似触了大忌讳，勃然大怒，喝道："无知蠢牛鼻子，不要说了，你老鬼师父说那一套，我早听见，无非先在沿途中伏吃亏，到了这里又几乎丢个大人。走吧，还不甘愿服输，想闯进去寻我师父，又害怕。始而用激将法，自己捣鬼，说了一阵没人理。知道我师父神通广大，念动神知，假着命你入谷问询，实则借此探我师父心意，看看和老师公同心不同。万一两位老人家仍是反目，便借此下台回去，省得得罪一个已惹了祸，到处丢人，又惹下一个更厉害的对头。哪知说了半天，仍没人理，只得令你硬着头皮来滚刀山。却不想韩仙子门下最心爱的徒弟大玄在此看守门户，如何容你走进？我念你是师命所差，不由自主，不难为你。可出去对老鬼说，我师父两老夫妻和美不和美，没有相干。反正我师父的话，自她老人家隐居在此，除却一两位多年好友，或是事前许他们登门的不算，余者谁来都得一步一拜，拜将进去，没有一个敢在这里撒野的。他在那里鬼叫，便犯了这里规矩，就他想缩头回去，也办不到。不过我师父正在神游入定，暂时懒得理睬罢了。时候一到，她老人家自会出来，要老鬼好看。至于我乙老师公呢，适听人说，本是在此等候收拾老鬼的，偏遇有人寻他，同往神羊峰顶下棋去了。他老人家根本没拿你师徒当回事。下完残棋，自会前来，你们要不怕死，等在外面，决等得上，晚点丢人也好，这般心急做甚？"

原来这小人便是凌云凤在上回给韩仙子送去的僬侥玄儿。因是生来灵慧胆大，向道之心又极坚诚，韩仙子大是宠爱，虽然为日无多，颇得好些传授。乙、韩夫妻反目，韩仙子事隔多年，已早明白丈夫昔年所为，情出不得已，并非太过。自己实是偏私，只为生性太傲，又把话说绝，认定丈夫的错，急切间转不过脸来罢了。及至乙休想起了多年患难夫妻，眷恋旧好，知她灾劫将满，命司徒平往白犀潭投简之后，韩仙子为至情所感，心已活动。这次乙休约了天痴上人来此斗法，杨姑婆赶来送信，韩仙子明白丈夫深心，为想夫妻复合，不惜身试奇险，树此强敌。又经良友劝说，决计与丈夫言归于好。乙休沿途埋伏，韩仙子也早在暗中布置准备应敌。峡谷内外设有好几重禁制埋伏，所以天痴上人在外面，遥见徒弟入谷不远，便有金光小人阻路，手舞足蹈，说个不休。却和阿童一样，只见双方对话，一句也听不出。楼沧洲人极持重，想把话听完，再作打算，强忍气忿，静听下去。后来玄儿越说越难听，楼沧洲便是泥人，也有土性，忍不住喝道："无知小妖孽，是何精怪幻化，敢如此放肆？念你异类小丑，狂妄无知，不屑计较。可速唤乙休夫妇出来见我师父。"玄儿把小眼一翻，望着沧洲，突然呸道："瞎了你的牛眼，连人都不认得，说是精怪，还敢出来现世。我师父不到时候，决不会出来。你有本事，打得过我，我便代你请去。"

楼沧洲心细，见玄儿人虽细小，二目神光足满，身上不带一丝邪气；又以谷中主人明知大敌登门，却令这等人不人怪不怪的幺幺小人把守要路，口出狂言，必有几分厉害。初次见到，拿不定他深浅，万一动手吃亏，岂不给师父丢脸？略一寻思，冷笑答道："似你这类小幺幺，怎配和我动手？你不过狗仗人势，在此发狂罢了。你家主人未出以前，我不便登门欺小。有胆子可随我到外面去，我也决不伤你，只叫你见识一点人事如何？"玄儿骂道："你当我怕老鬼不敢出去，在谷里头有禁法倚仗，才欺负你么？我要擒你，易如反掌，里外一样。无论到哪里，我手一指，便把你吊起来。不信，你就试试。"楼沧洲正因师父在外面不曾发话，以为谷口有甚隐法，不曾见此小人。一听受激，答应出去，心中暗喜。乘机答道："如此甚好。我先走了。"玄儿骂道："不要脸的牛鼻子，你自管滚！离谷三步，不当老贼的面将你吊起，我不是人！"说时，楼沧洲见他将手向后一挥，口中吹了一声哨子，似在招呼同类神气，却不见有形迹。暗中却也颇戒备，自往前飞。回顾小人，也纵遁光追来。方想到了外面，禀问师父，此是什么精怪幻化，如此灵慧？忽听小人喝道："这牛鼻子，敢来我们白犀潭放肆。老金，快些把他吊了起来再说。"说时，楼沧洲身刚飞出谷口，自觉出了伏地，又当师父的面，万无失陷之理。闻言想看看小怪物到底闹什么花样，如此狂法。忙即停步回看，待要发话，猛觉头上雪亮，匹练也似当空撒下百十道银光。楼沧洲自恃法力高强，带有护身法宝，又练就元磁真气，这类银光多半是五金之精炼成的法宝飞剑，一点也不发慌。不但不避，忙即一面放出本门神木剑，一面放出元磁真气，准备双管齐下，总有一着，哪知全都无用。手中青光刚刚飞出，可听师父大喝："此是妖物，徒儿速退！"心方一惊，待要飞遁，已是无及，那一蓬百十道交织如网的银光，来势急如电掣，已连人带青光一齐网住。当时只觉周身俱被银光粘缚，越挣越紧，连运真气、施展法宝，俱失灵效。晃眼被裹成一团，缩进谷口，高高吊起。

当天痴上人到时，发觉当地埋伏乃道家最厉害的太乙分光有相旗门，便知敌人不怀好意。所设埋伏，一处比一处来得厉害。不禁又惊又怒，把初来时骄矜之念，减去大半。无如势成骑虎，欲罢不能，恨到极处，把心一横，正打算豁出损伤法宝真元，下来硬拼。不料又是一片佛光自空飞堕，竟将旗门暗中破去；与沿途所遇暗助自己的行径一样，只是不肯露面。对付敌人，也是适可而止，只为自己解围，并无伤损，心中感激。因在青林岗入伏遇助时，也是这等情景，自己连声称谢请见，连个回音俱无。这次破那旗门时，更和自己神雷同时发动。隐身之法又极神妙，在敌人眼里，决看不出有人暗助。分明有所避忌，不愿显露行藏，一再请见，也是无用，徒遭敌人耻笑，只得举手示意，暗中称谢。想收旗门，已吃敌人收去。落地以后，一查看谷中形势，禁制险恶，严密异常，迥出意料之外。越知十九讨不了好，凭自己法力道行，大亏固然吃不了，随带十二个弟子，却没有一个人能是对方敌手。来时，因众弟子同仇敌忾，踊跃请行；又值元身初复，劲敌当前，不欲多耗真元，带了门人，颇有许多用处。不料反成了极大累赘，其势又不能中途遣回。敌人偏又诡计多端，故布疑阵，到此一人不见。事已至此，或胜或败，总须有个交代，始能回转。故意取瑟而歌，连发了两次话。敌人终不现身。没奈何，只得以假为真，令楼沧洲入谷探询。

天痴上人知道敌人夫妻不通情理，甚事都做得出，爱徒就许失陷在内。正盘算应援之策，忽见楼沧洲和小人争论了一阵，先后飞出。看神情颇似追逐，两下里又未交手，谷中禁制也未发动，那小人更看不出他深浅。想等爱徒返回后，再行查问。晃眼楼沧洲飞出谷口，忽然面现怒容回视，方觉出爱徒是在诱敌。猛瞥见谷口崖顶上撒下一蓬银光，天痴上人何等眼力，定睛一看知道不妙，忙喊："徒儿退回！"但已被网住，往谷内卷进。一时情急，厉声大喝："妖物敢尔！"手一指，便有一团栲栳大的青霞，朝那银光打去。眼看飞到谷口，似被甚东西一挡，震天价一声巨响，炸裂开来。当时烟光迸射，地塌山摇，附近山石林木，纷纷倒塌折断，沙石残枝，满空飞舞，半响方歇。谷口以内，却是原样，连草也未见摇动一根。再看爱徒，已被那白光交织的光网，低低悬在两边危崖当中。那小人遥向自己，不住拍手大笑，手舞足蹈，嘴皮乱动，似在尽情笑骂，并还做出种种淘气侮慢动作。由不得怒火中烧，喝令左右门徒分出八人，连同自己，各按九宫方位，齐走向谷口外，戟指怒喝："乙休驼鬼鼠辈，韩三无耻泼贼，速出相见！"喊骂几句，不见回音。一声号令，师徒九人，一齐施为，各取一面三角小幡，掷向空中，立分为九幢五色奇光，将峡谷上空围住。再同把手一搓，朝光幢上一扬，便有九股彩烟，由光幢上蓬蓬飞起，宛如怒涛飞堕，眨眼将全峡谷一齐笼罩在内。天痴上人大喝道："驼鬼夫妻，再不放我徒弟，缩头不出，我略一施为，你那满潭中的精怪生灵，连你水中老巢，全都化成沸浆了。"谷中仍无应声。

天痴上人急于要救爱徒出险，免得吊着难堪，见对方始终不理，气得两道寿眉一竖，口喝声："疾！"师徒九人一同运用玄功，把手一指，千寻彩烟立化成五色烈焰，将峡谷围罩，燃烧起来。初意这两极神光炼成的真火，何等猛烈，敌人禁制尽管神奇严密，时候一久，也必难以支持。就说本人不怕，手下徒众和白犀潭水宫老巢，岂不顾惜？并且此火见缝就钻，由心运用，楼沧洲也善此法，只要有一丝空隙，穿将进去，便能发生妙用。爱徒虽然被困，法力尚在，运用本身所炼真火一引，里应外合，这峡谷纵不烧熔成汁，也必被雷火震坍。一经发挥威力，多厉害的禁法也禁不住。至不济，人总可以救出。哪知韩仙子心高气傲，立意非挨到丈夫到场，方始出援。敌人如何攻法，早已防到。所藏异宝又多。除却谷中禁制外，上面还蒙有一层宝网，罩得水泄不通，如何攻得进。

天痴师徒合力围攻了一阵，枉自烈焰熊熊，声势猛恶，连左近山石林木，好些俱被波及，不是烤焦枯死，便是碎裂崩塌，独那条峡谷依然纹丝不动。天痴上人羞恼成怒，把心一横，怒喝一声："且住！"将手一招，收了彩焰灵旗。去至谷口外，回手囊中取出一件形如梭的法宝，手掐灵诀，待要往地上掷去。忽听远远空中厉声大喝："痴老儿做此无赖行为，不怕造孽太大，遭天劫么？"声到人到，跟着一片红光，比电还疾，由远而近，晃眼飞堕，现出一个身材高大的红面驼背老者。天痴上人屡受挫折，因爱徒久困，敌人始终不理，实在难堪，意欲施展毒手，由谷口外面禁制不到之处，攻入地底，勾动地火，将岷山后山白犀潭一带毁灭。明知此举伤害生灵大众，有犯天诛，也是一时情急，迫不得已。一见仇敌飞到，忙即停手，收了法宝。

乙休原是隐身神羊峰顶遥望，欲候老妻出谷，与天痴上人斗法之际，再行现身。等了好一会儿，不见动静，暗忖："老妻已是回心，敌人寻上门来，哪有不出之理？"嗣见敌人业已放火烧山，谷中仍是无人出敌，可是峡谷并无伤损，也未被敌人攻进。这条通白犀潭的峡谷，平日本就禁制重重，不经主人默许，休想擅越雷池一步。敌人不敢走进，尚无足奇，这么厉害的火攻，怎也置之不理？运用慧目定睛一看，全峡谷山石上面，依稀似有一层极淡薄的烟痕蒙住，才知蒙有老妻的至宝"如意水烟罗"。此宝乃天府奇珍，老妻昔年为了此宝，费了十年心力，才得到手。乃是一面宝网，不用时，折叠起来，薄薄一层，大只方寸，弹指展开，大小数百千丈，无不由心。妙在是与别的法宝不同，毫无光华，也无甚形迹。多好的慧目法眼，也只依稀辨出一片薄得几非目力能见的烟痕；任多猛烈的水火风雷，均攻不进。自己旧游熟地，识得山石颜色，心中又有成见，故能看出；另换人地使用，便难看出。老妻昔年遭劫时，便仗它保全法体原身，珍爱如命，向不轻易使用。今竟用以对付敌人，可知同仇念切，未忘前好。分明来时料错，又以爱妻怨气未必全消，必在潭底行法，颠倒阳阴，使自己算不出她心意，因此未再推算。实则和自己同一心意，都是想令对方先和敌人交手，然后出面。方才体会过来，瞥见天痴上人忽将灵旗烈焰收去，降落谷外，待下毒手，毁灭后山。再如迟往，一则灵境可惜，二则老妻不舍白犀潭水宫被毁，势必不等自己到达，便即出斗，岂不是有违她的初意？忙纵遁光，赶来阻止。

天痴上人见敌人到来，也觉此举徒害生灵，却伤害敌人不了，有些无聊。收宝以后，正待喝问，乙休不等发话，朝谷口内用手一指，解了禁法，看了一眼，笑道："小鬼头真个淘气。痴老儿惹厌，与他徒弟什么相干，把他吊起示众，徒叫痴老儿发急，有甚意思？还不叫金蛛收丝，放他下来！"说时，玄儿已在谷内跪倒行礼。闻言恭答道："这牛鼻子吹大牛，和弟子打赌，才吊他的。本想连他师徒一齐吊起，因他是来寻师父师公的，怕师父怪罪，没有敢动。他那徒弟不老实，差点要被金蛛吃了呢。"乙休和玄儿尚是初见，看他如此灵慧口巧，也颇喜爱，笑道："凭你也配？说得痴老儿太不值钱了。快去请你师父出来吧。"玄儿忙答："弟子遵命。"刚往里去，谷顶银光撤处，楼沧洲已被松开，自觉丢人太甚，忙纵遁光便往外面飞去。禁法一撤，乙休和玄儿的这些问答，天痴上人听了个逼真，虽是修炼多年，也按捺不下火性。只因爱徒困在人手，敌人还未和己对话，不得不装大方，忍气等候。待楼沧洲方一脱网飞出，乙休刚转身向外，便戟指大骂："驼鬼无耻！我与你井水不犯河水，素无仇怨，上次无故多事，为人门下走狗，乘我不备，暗用诡计将易家两小辈种劫走。又不敢和我明斗，只吹大话，欲仗悍妻护符，约我来此斗法。照理就该光明相见，比个高下。你却只在沿途闹鬼，遍设埋伏，俱被我破去。你妻又将峡谷封锁，避不出面。我知你那悍妻久已与你反目，不欲无故伤人，好意命门人入谷询问，谁知泼妇与你一般无耻。缩头不出，也就罢了。自来两国相争，不伤来使；何况你夫妻也算修道多年。不该暗令门下妖孽，将我门人用妖丝网陷住。你以为这样就可以辱我？实则是你夫妻行事鬼祟。休说自命散仙一流，便旁门左道妖邪，也无这等无耻行径。我只当你夫妻长此缩头，不出来见我，原来也怕我毁却老巢。现已相对，总须见个高下。我素来光明磊落，决不鬼祟行事，任是如何比斗，由你挑选，只要说出来，我便奉陪好了。"

乙休由他怒骂，只微笑静听，不插一言。等他说完，才答道："当初我救走易氏弟兄，只能怪你自己法力太差，略施障眼法，便将你引走。如此不济，如何能是我对手？当时因是受人之托，与你无仇无怨；又怜你在海外多年，修为不易；又居一教宗主，未便当着许多令徒，使你过于难堪；加以和小友岳雯残棋未终，不欲为此扰我清兴。这才没有与你计较，只给你留话：如若不服，可来此间寻我。满以为你有自知之明，必不敢来，一直没把此事放在心上。日前闻你要来寻我，心想本无大怨，真要对上手时，我脾气不好，出手太辣，伤了你，不过世上少一狂傲无知的妄人，但留下许多令高徒无所依归，被一般妖邪引诱了去为恶，岂非自我造孽？为此随便设了几道关口，欲使你稍受挫折，退缩回去，免致多年苦修功行，好容易走火入魔，才得炼复形体，又遭杀身之祸。哪知你仍不知进退，非来送死不可。自来兵不厌诈，你既敢寻我，难道不知我夫妻的厉害？头次遇伏，还可说是骤出不意。以下还有十余处埋伏，你也自命修道之士，难道你会看不出一点征兆？自不小心，法力太差，亏你不羞，还说我们行事鬼祟。你说我的禁法均为你破，这原近情，不然，你师徒怎能全体来此？不过适才我在神羊峰顶遥望，你师徒已将入我伏中，因有一片佛光，随同雷火飞下，才将我旗门破去。凭你万无这样法力，路道尤其不合。分明有人恐你难堪，暗中相助，你却往自家脸上贴金，岂非无耻之尤？我如怕你，早不如此施为，也更不会约你来此。只为有人约我对弈，又料定你无甚伎俩，山妻如若空闲无事，早就将你打发回去。否则，你也不能入谷一步。让你多候片时，煞了火性，容我一局对完再来，也是一样，因此迟到。我人在此，怎说避而不见？至于令高徒奉命探询原可，为何欺小，自寻苦吃，打的甚赌？我适遥望，分明他已出谷，小徒才将他擒回吊起，并未倚仗埋伏，在谷中下手，怪着谁来？你眼见徒弟被擒，尚不解救，还吹大牛，要我出题斗法，班门弄斧，岂非荒谬？莫如还是让你占点便宜，由你先行施为。如真胜得过我，我从此避入深山，永不出面；你如不胜，力竭势穷，无计可施，我并还随你往铜椰岛去，看你有甚神通施展，免得你死不甘服，说我依着家门欺人。你看如何？"

天痴上人不料乙休反唇相讥，倒被挖苦了个淋漓尽致，愈发怒不可遏，大喝："驼鬼，只耍贫嘴薄舌，有甚用处？你是此间地主，我先下手，反怪我上门欺人，如今让你一步，怎不知好歹？"乙休哈哈笑道："痴老儿，你当我不知你的鬼心思么？你不过因在沿途吃亏，当着门人不好看相，自恃有铜椰岛地层以下数千年凝聚的阴秽之气，以为我那法宝飞剑均是五金精英炼成，当我不知底细，取出施为，你收去一两件，好装装面子。如能连我一齐困住，更是称心快意。却没想到我老人家对别人不敢自负，似你这样老蠹物，再有十个八个也奈何我不得。我向来对敌专一投桃报李，敌人不动，我决不出手；何况我约你来，好歹远来是客，更不能不让你占先。你所炼秽气，如真厉害，我身边现有两件飞剑法宝，俱是金铁之质，不如吸了去，让我见识见识。何必我先动手呢，难道隔了一层衣服，便无所施其技么？"天痴上人原知乙休道法高强，机诈百出，自料今日败多胜少，报仇之事，只能留为后图。又知乙休脾气古怪，逞强好胜，所用飞剑神妙无穷，对敌时必取应用。这类道家法宝飞剑，多半金质，可以用元磁真气吸取上来，先给敌人一个小挫，再乘机激怒，引他去至铜椰岛入网。哪知乙休道妙通玄，有通天彻地之能，不特法力甚高，经历见闻更极广博。日前又在峨眉凝碧仙府听得妙一真人微露先机，知道铜椰岛之行决不能免。嫌怨已结，敌人反正不能善罢乙休，早晚必要约往铜椰岛去，不如先占他一个上风。不等对方开口，自己先就说去，一切早有成竹在胸。加上韩仙子一个劲敌尚未出面，无论凭法力，凭口舌，暂时均非二人之敌，白白听些讥嘲，毫无用处。当下见乙休一味挖苦，说什么也不先出手，只得忿怒答道："这是你说的，我只好先得罪了。"说罢，两肩摇处，四十九口神木剑，化成四十九道冷冰冰的青光，虹飞电舞而出。紧跟着双手一搓，往外一扬，又是无数太阴元磁神雷，发出碗大一团团的五色奇光，齐朝乙休打去。

乙休早已料到此着，知这一雷一剑相辅而行，厉害非常。一用金铁制炼之宝去破神木剑，立被元磁真气吸收了去。如用五行禁制，也是顾于此，必失于彼。对方如非断定自己是个劲敌，别的法宝无可施为，也决不会一上来便使出独门看家本领。正待飞身空中，行法抵御，说时迟，那时快，当这来势迅急，不容一瞬之际，猛听当空有一女子声音喝道："何方老贼，敢来我白犀潭撒野？今日叫你知道泼妇厉害！"话未说完，那青光神雷本来一是夭矫如龙，出即暴长，一是飞出不远，即发出震天价的霹雳，爆裂开来，两均猛烈。忽然全被隔住，同停空中，此冲彼突，不能前进一步。同时，二人面前飞落下一团青烟，簇拥着一个面貌清秀的道姑，凌空而立，朝着天痴上人戟指喝骂。乙休忙道："山妻来了，怪你在她门前放肆，必有处治。我夫妻素不喜两打一，这里又是她洞府，她是正主人，我不能越俎代庖，只好暂时下来。等候被山妻打跑时，我就随你往铜椰岛去，捣你老巢，就便开开眼界，看你那地肺秽浊之气凝炼的玩意到底有多厉害好了。"说罢，身形一闪，便落在阿童和那矮胖少年隐身观战的峰腰危石之上。阿童见他立处相隔不过丈许，落地先朝自己这一面笑，跟着转面点手，矮胖少年的模糊人影便纵了过来。

乙休笑道："今日本想叫痴老儿丢个大人，把他的门人全数扣下，片甲不归，只剩他一个孤身逃回岛去。不想有人暗中作梗，处处给敌人方便。他虽一番好意，只给痴老儿解围，不曾与我为难，但毕竟有些欺人，并还大胆来此观战。依我脾气，本实容他不得。不过看那行径，颇似我认识的两个老和尚所差，知我素来不和后生小辈一般见识，特意派了个小和尚前来代他行法，使我不好意思计较，用心也忒狡猾。为此气他不过，我不似痴老儿一双近视眼，只看出你隐身在侧，还误认是暗中帮他忙的恩人，别的毫未看出。如不稍微给他看点颜色，他必得了便宜卖乖，以为只他佛家法力厉害，他就在我面前都看不见。现有柬帖一封，你可拿去峨眉的云路中途等候，照我所说行事，给那小和尚一个厉害，替老和尚管教一回，免他年幼狂妄,不知天高地厚,异日遇上,又与师命相违,惹出别的事来。"说罢,也未听那胖少年回答,只见身形一俯,好似行礼,跟着人影一闪,便即不见。

阿童原知神驼乙休是师父朋友,久闻此老法力道行均高,甚是难缠。大师兄部署完毕,立即避去,不与先见,便为不肯惹他。照此神情语气,自己行藏定被看破。心想:"那矮胖少年不知何人?既能代他主持埋伏,当非弱者。现奉他命去至中途相待,必是算准自己要往峨眉,半途埋伏,给点苦吃。自己虽然学会好些佛门防身御敌之法,要斗乙休,决斗不过。不去峨眉仙府,径自回山,固可无事;不过好容易得此胜游,大开眼界,为此失却,心又不舍。悔不该不听朱、李二师兄叮嘱,行法时太近,被此老看破。否则,凭自己目力,再远百倍也能看见。那破旗门的灵符,更是隐现随心,多远都有灵效。乙休为人好胜,如在远处行法,必当自己怕他,即便看出,也不会计较。偏要一时高兴大意,跑到他面前潜伏,自然触怒。初次离师下山,便遭挫折,自己难堪,还给师门丢脸。此老又是师执尊长,不能和他硬碰,再说也未必硬碰得过。"阿童越想心越烦恼,正在犯愁。忽见烟光万丈,照耀崖谷,风雷之声,震撼大地,战场上业已分出胜败。

原来天痴上人的元磁神雷能发能收,能散能聚。对方如不能敌,中上固是形神皆灭;如与五金之宝相遇,立即由分而合,化为元磁真气,将它吸收了去。深知乙休有太乙真金炼成的飞剑,乃神木剑的克星,与本身元神相合,威力至大,不遇劲敌当前,平日轻易不用;又精五行禁制之术,玄功变化,奥妙非常。因此故意把四十九口神木剑全放出来诱敌,同时发动元磁神雷,以便破那飞剑。此剑一破,敌人不问结局胜败,真元均须受伤。二宝有相生相辅之妙,胜虽不可全必,当无败理。主意想得不是不好,偏生才一出手,迎头便遇见克星。也没见对方有甚法宝出现,好似在空中突然悬有一堵坚强城壁,凭空便被阻住。只见青虹电舞,雷火星飞,上下左右,任怎冲突,总是冲不过去。妙在是形影皆无,看不出一丝迹兆。同时耳听空中清叱,那比乙休还要难惹的有名女魔头韩仙子,已随着喝骂之声,飞落面前。乙休立即托词退下,说完两句俏皮话,往右侧峰腰上飞去。天痴上人越想越气,又看不出敌人用来阻挡磁雷、飞剑的是何法宝异术。韩仙子说话神情,和乃夫一般狂傲强横,听去刺耳。情知敌人夫妻合谋,更不好惹。平日在岛清修，一意炼复原身，不与外人往来，不问外事。起初以为乙休夫妻二人，成道年岁和自己差不多，同时修为，路道虽各不同，但对方法力功行，俱都深悉，彼此不相上下。即便比己略高，也不至于挫败。何况自己既有元磁真气凝炼之宝护身，可收敌人飞剑法宝，又与同来十二弟子练有混元一气阵法，玄机奥妙，非比寻常。并且铜椰岛上，还设有好几重埋伏禁制和一座极厉害的阵图，万一不能取胜，还可将敌人引去，诱使入网。

谁知多年不见，敌人竟有偌大神通，棋高一着，闹得满盘皆输。深悔不该一时疏忽，轻敌躁进，自取其辱。随来弟子，适才已有两人入伏受伤；一个又被人吊起，刚放回来。这时因听敌人口出不逊之言，俱都义愤填胸，怒容满面，各自暗中准备，大有与敌一拼之势。自己尚且胜败莫卜，门人自更不行，惟恐又有伤折，徒受敌人耻笑侮辱，于事无补。百忙中，一面摇手示意，不令门人妄动；一面准备答话对敌。韩仙子竟比乃夫性急得多，声到人到，发话完毕，也没容他开口，便先发动。手臂往上一扬，立由袖口内飞出十余道形如玉钩的碧色寒光，往天空飞去，直没入天际密云之中，不知去向。正不知是何用意，晃眼工夫，重又在云层中出现，光已增强长大，宛如十数条青虹，蛟龙剪尾，不住屈伸掣动，发出极大的破空之声，自天飞堕，由天痴上人师徒身后左右，每道光华各认一人，分三面环抄上来。这才明白，敌我之间果有一层阻隔，连敌人的法宝，也须经由上空越过，不能穿行无阻。因来势太急，未容多作寻思，除受伤二徒外，各把一口神木剑放起抵御；同时暗运元磁真气吸收，钩光依旧电掣虹飞，毫不为动。仔细观察，竟不知是何物所制，只觉变化神奇，精光强烈。众弟子各运玄功全力抵御，仅仅斗个暂时不分高下，不禁大惊。那钩光因人而施，共是一十三道，中有一道光尤强烈。幸这十二弟子俱是天痴上人门人中上选，各得有本门真传，一人对付一道，勉强可以抵敌。可是中间两人已在途中受伤，遇上这神妙莫测的法宝，便不能再勉为其难了。

天痴上人觉出此宝厉害，未可轻敌，只得将当初成道时所炼与心灵相合的镇山御魔之宝，今已多年未用的一口飞剑飞起应战，仍是觉得吃力。暗忖："先放出去的四十九口神剑，已吃敌人阻住，不能上前。何不撤将回来助战，免得众弟子势弱费力；并还可效敌人故智，将磁雷留在空中，与那无形之宝相持。同时拼着受点损害，默运玄功，把葫芦中未发完的元磁神雷，出其不意，也由高空中越过，予敌人来个重创。好在此雷由那太阴元磁真气凝炼，隐去形迹，本极容易。所居铜椰岛乃元磁真气的母穴所在，此宝炼得最多，即便为敌人所破，全数损失，再炼亦非难事。"想到这里，正打算招回飞剑助战，忽听韩仙子喝道："老贼不要发慌。我的碧斜钩，乃水宫神物，地阙奇珍，通灵变化，向来出去以一敌十。既然你带的徒弟有两个废物，待我收回两柄，免你师徒手忙脚乱如何？"随说，手指处，那和天痴上人对敌的三道碧光，忽有两道突然伸长，横空剪尾，往回飞去。

天痴上人不知敌人藏有深意，加以急怒攻心，愧忿交集，求胜心切，灵智已乱，以为这一来，正可将计就计。也不顾再收神木剑，竟将余存的元磁神雷暗中发出，意欲尾随两道碧光之后，潜追过去。心想："空中阻隔，目所不见，只要敌人碧光能过，便能尾随过去。"匆迫之中，却不想碧光初发出时，既由高空飞越，过了当中阻隔，然后下落，木剑、磁雷仍滞空中，可知阻隔未去。那么碧光收回时，怎会由平面横飞，不由上空飞起？碧光来去，势均神速，稍乱心意，粗细两道碧光已如经天长虹，钩头向外，先是两头平伸，突往空中略收，径朝那阻滞空中的剑光、雷光兜截上去。天痴上人这才看出形势不佳，想收神木剑已是无及。只见两道百十丈长的青虹，将那四十九口飞剑光迎住一截，便即合流，如群龙戏海，略一腾挪，便似被甚东西扯紧，横竖七八纠缠一起。连那些未发的磁雷，也一窝蜂似朝对面敌人飞去，烟光变灭，两三闪过去，便同失踪不见，始终没看出空中法宝是甚形状。

原来韩仙子一上来，便看中这四十九口神木剑，立意收它们下来。但知此剑神奇，与敌人身心相合，又是四十九口成数，不可分拆，差上一口便要减去若干灵效威力，并且得了也保守不住。必须一齐收去，不令有一漏网。暗中想好主意：先用宝网将它阻住，隐在空中。跟着放出十三柄碧斜钩，故意从高空之上飞越过去，引逗敌人暗算。却把两柄最厉害的雌雄一双主钩，借词收将回来，就势把四十九口神木剑归路挡住。同时暗中运用玄功，将那隐在空中的宝网，再急速兜将上去。动作神速已极，便无异宝相助，敌剑也难逃脱，何况有这两道经天碧虹迎头一挡一逼，自然全数落网。略挣扎掣动，便吃韩仙子行法制止。连那空中残存未发的神雷也一并收去。此剑乃天痴上人心血所炼，焉能不又急又恨，气得咬牙切齿，须发皆竖，厉声喝骂："驼鬼、泼妇，今日有我没你，与你拼了！"说罢，将手一扬，飞起一团红光。到了空中，一口真气喷将上去，立即暴涨，约有亩许大小，红光万道，耀目难睁，比火还热十倍。才一飞起，还未下落，附近山石突起白烟，所有林木花草全都枯焦欲燃。眼看泰山压顶般由上而下，正往对面敌人当头打下，猛瞥见韩仙子冷脸微微一笑，也没回答，只把手一扬，袖口内接连飞出金碧二色两团光华，精芒四射，光甚强烈，却不甚大，金光在前，只有丈许大一团，疾如流星，首先对准红光中心打去。双方势子都急，一下撞个正着。先是"叭"的一声，金光深陷红光以内，包没不见。红光只略停了停，仍往下打来。第二团碧光出手较慢，相继迎击上去。

天痴上人毕竟目力不比寻常，见敌人金光虽吃红光包没，并未消灭下落，也无别的异兆。与平日对敌，任是何等法宝、飞剑遇上此宝，不是炸成灰烟，便被烧成汁液，化为红雨飘散的情景，迥乎不类。正觉有异，未容仔细观察，就在这金光陷没红光以内，碧光快与红光对撞的瞬息之间，猛听红光中炸音密如贯珠。刚觉不妙，紧跟着好似霹雳怒发，一声极猛烈的巨响，红光忽然爆裂，化为万千团烈火，当空散将开来。同时敌人金光也自碎裂，化为无数金芒箭雨一般，夹在烈火丛中四散下射。天痴上人因此火熔石流金，奇热且毒，又是神木剑的对头，众弟子身带法宝、飞剑，都是晶玉神木所制，一个躲闪防备不及，立受重伤。慌不迭待要行法抵御，哪知敌人早有成算，当碧光快与红光撞上时，反向后略退。等到红光爆裂，将手一指，碧光突往平面展开，寒光凛凛，往前一逼。同时再发出一股极猛烈的罡风，当头的烈火遇上便即消灭，化为青烟，被风一吹即散。下余的，直似飓风之卷黄沙，朝前涌去。

天痴上人枉用多年苦功炼成此宝，平日随心运用，一旦为人所破，再用极厉害的法术和相克之宝一摧动，化为千百丈无情烈焰，随着罡风猛扑过来。虽然法力高强，急切间也来不及制止。知道再不见机遁走，自己无妨，随带诸门弟子多半不死必伤，绝难幸免。没奈何，把脚一顿，人喝："众弟子，随我速退！"忙由袍袖内飞出一片黑光，略阻火势。同时运用玄功，连随行十二弟子一齐摄起，纵遁光破空遁去。因是恨极仇敌，怨毒已深，无可发泄；又见烈火如潮，劫云滚滚，势不可当，那黑光略一阻挡，便吃碧光罡风荡开，依旧光焰万丈，漫空乘风，电驶追来。知道自己飞遁神速，已经率众脱险，再难追上。百忙中，一面收回黑光，一面手掐灵诀，并将适在谷口叫阵时取而未用的一件法宝取出，等要施为，本意反风回火；一面仍用前宝由地底攻入白犀潭，引发地肺真火，毁去敌人巢穴，连后山一带全给烧成劫灰，稍泄胸中忿恨。

谁知韩仙子早有杨姑婆事前报警泄机，深知天痴上人虚实底细和法宝功用，以逸待劳，一切均有应付。所用法宝，无一不是对方克星。上来几下，便即打闷，使其莫测高深。大挫之余，心气先馁，又带着爱徒累赘，诸多顾忌，好些未容施展，枉自怨毒，怒火填胸，除了败退回岛，更无良策。这时身后漫空烈焰，已被碧光逼紧，反为敌用。那碧光乃千万年凝寒之气，为乾天罡气所迫，日积月累，凝炼成一团奇寒气质，经一前辈仙人费了百年苦功，炼成此宝，名为寒碧珠。后来成道飞升，传与了玄龟殿散仙易周。为破天痴上人两极阳精合炼之宝，使乙休到铜椰岛对敌，灭却一层危害；又知乙休好胜，不肯借助于人，特令杨姑婆带来交与韩仙子，如法使用，并告以连日虔卜先天易数所得玄机，请韩仙子适可而止，略微惩创，稍去日后骄妄，使其心服已足。不可穷追，挫折太过，致令情急拼命，闹得仇无可解，两败俱伤。其元神凝炼，法体原身尚未恢复，只凭神游。铜椰岛之行，尤不可随乙休同往。韩仙子性虽有点刚愎，生平只信服妙一夫人和杨姑婆两位好友，言听计从。虽未下那绝情毒手，但恨对方，人还未见，先已出口伤人，所以还在驱火追逐。此宝与郑八姑雪魂珠相比，一个是水到渠成，年久天生，已经成形，到了火候，才经宝主人加功紧炼，使与本身元灵相合为一，成为旷古奇珍，无穷妙用；一个只具精气，未到炉火纯青地步，经人收去，加功紧炼，始成法宝，只是气质功候稍差，如论对敌时的威力灵效，多半相同。尤其抵御真火，因附乾天罡煞之气，独具专长，更不在雪珠以下。收发运用，更是无论相隔千万里，无不由心。韩仙子本定破敌以后，即将此宝经由空中发送回去；这里如法摧送，宝主人心灵相通，立即警觉，自会收去，万里相隔，片刻即至。除却佛门心光遁法和道家的灵光飞行，谁也追它不上。

天痴上人哪里知道，反风驱火之法不特无功，身后烈火光芒反被罡风催动，来势更急，竟快被它追上。这才死心息念，忙催遁光，加紧飞逃而去。总算知机，免了葬送一件法宝。正纵遁光疾驶，猛听头上有破空之声。天痴上人师徒飞本极高，一听声出己上，定睛一看，一道碧光挟着一溜其长经天的红光，正由头上极高空的云层之上飞渡，往自己去路一面飞去。分明身后追逐的烈火和那碧光，竟比遁光还快得多。回头固是无颜，火光忽越向前面，不知敌人又闹甚玄虚；绕路遁回，又太丢人，只率硬闯。边飞边寻思，方觉进退两难，遥望对面山头上立着一人，手指自己大喝道："痴老儿，莫害怕，我那山妻是不会追你的。前面我还为你设有一关送别，只稍微低头服输，便能无事过去，否则难说。如无人救你，令高徒们也许屈留些日子。"说时，天痴上人已经飞近，仇人见面，分外眼红，大骂："千年压不死的驼鬼！自己缩头，不敢和我对敌，却指使泼妇出头，只闹鬼祟行径。像你这等无耻，也配称作修道之士？你当我真个败了不成？"

乙休闻言，一点也不生气，哈哈大笑道："痴老儿，难为你，偌大年纪，还收有这么许多徒弟，自称一教宗主。这不是铜椰岛上，由你一个人的性，关上门当山大王，作威作福，由你称尊，无人敢惹。要和人斗法，得凭真实法力；单是恼羞成怒，真个成了骂街泼妇，无非自失身份，有何用处？适因白犀潭乃山妻主人，故此由她给你一点颜色。知你嫌我未和你交手，有些难过，故来此相候。怎说不肯见你？实对你说，今天我为戒你骄妄，有心怄这闲气，看看你到底用什么法子向我报复。因要见识见识你那先天混元一气大阵是甚样儿，我只膘膘你的面子而已。只管放心，此时决不会伤你，迟早放你回岛，不过令高徒们却须留此，做个押头罢了。"

天痴上人原是急怒攻心，恨敌入骨，口中喝骂，暗地施为，准备一对面，便师徒合力，一齐夹攻。能伤得敌人，略出怒气，固是快事；不能，也不冉恋战，就此拿话激将，诱往铜椰岛，使其自投罗网，决一死战。当初发现乙休时，内卜相隔约有二数十里，因飞行神速，就这彼此传声对答之际，按理早该飞到。及至互相嘲骂了一阵，天痴上人似觉飞近了些，却总飞不到前面峰顶。猛然警觉，知已陷入埋伏以内。敌人为人，决不只说大话了事。自己虽不怕，这些门徒实是可虑。如真全数被陷在此，自己一人遁回岛去，日后便能报得此仇，也是生平的奇耻大辱。身在伏中，初见时打算已无用处。并且一经施为，妙用立即发动，脱身更难。估量乙休兼用移形换影,借地传声之法,真身必隐一旁,对面山头,只是旁处移来的虚影,就能施展法力,赶将过去,不是上当便是扑空。

念头一转,一面暗嘱门徒小心戒备,不可稍微忙乱,也不可离开自己一丈以外,一任敌人辱骂,不可动火轻敌,务随自己行动。一面忙把遁光停住,先辨明了真正子午方位和五行向背。再把盛怒平抑下去,舍却对面峰头,或照心中揣测,和自己易地而居。隐身之处,面向西北,冷笑道:"驼鬼无耻,只使用鬼蜮伎俩,还敢说是和我相对么?不必再鬼头鬼脑暗算我门人,今日老夫误中诡计,甘拜下风。你夫妻真有神通,敢去铜椰岛相见,我便从此退出此岛,隐居大荒,永不出世,你看如何?"说完,果听西北方乙休哈哈大笑道:"痴老儿,总算难为你,居然识得我这移形换影之法,虽还不能脱身,到底少吃一场苦头。居然也肯输口,服我了么?我早料定你不过黔驴之技。至于请我老人家去捣巢穴,卖弄你窃据多年的一点家私,做那孤注一掷,我不是上来就和你说,答应准去的么,何必再用这激将之法做甚?至于我那老伴,这多年来,只不许人到她门前扰闹,如有本领,十次八次尽可上门找她,甚时都在等你,绝无虚约,但照例不肯上门欺人。尤其像你这等老而无耻之人,不得不加驱逐,以免灾害岷山左近草木。想她上门寻你,如何请得她动?就我驼子一个,已够你受用的了,如再把她请去,她的性情是除恶务尽,便不能似我这样好说话了。我本心是稍和你开点玩笑,把令高足们屈留在此,等我回白犀潭向我老伴略叙阔别,再亲身来护送他们回去,免得路上遇见对头,你无力照顾。别人不似我好说话,令高足们有个七长八短,不能保他们长命百岁,追本穷源,说是事由驼子而起,更添抱怨。现在念你尚有自知之明,我驼子一向宽宏大量,伸手不打笑面人,只要肯低头服输,百事皆了,决不再难为你。不过话已说出,总该应个景儿,免你回去又向门人吹大牛,说我埋伏被你识破,我计无所施,不得不放你走。如是晓事的,自己一人先行回去,由东南方煞户飞出,以你法力,虽有一点阻碍,足可脱身。令高足们也只屈留二日,我便亲来护送,无多停留。千万不可携带同行,否则,便是白害他们吃苦。万一再连你屈留此地,等我一齐护送,就更不是意思了。好话说完,信不信由你。我和山妻一别多年,她此前对我颇有一点芥蒂,多谢你的成全,今日才得相见。亟欲回去叙阔,恕不奉陪了。"说罢,便没声息。

天痴上人闻言，自是愧忿难当，又无法还口。情知所说多半实情，偏是敌人禁法神妙，急切间直看不出一点虚实迹象，连喝两声："驼鬼少住！"不听答应，料已飞走。留既不可，行又可虑，为难了一阵。照敌人所说，独自遁回，日后如何见人？万无此理，说不得只好硬着头皮，先把禁制引发，再行相机应付。想了又想，把随行门人聚齐，遁光联合，先放起太乙元磁精气和身带两件最得力的法宝，将师徒十三人全身护住。然后由自己向前开路，不照乙休的话，径直往回路前飞。扬手一神雷发将出去，哪知乙休行时已将埋伏发动。因他来时途中埋伏全被白眉和尚命人破去，格外加了功力。一声霹雳过去，立时烟岚杂沓，天地混茫，上下四处，杳无涯际。跟着五行禁制一齐发动，光焰万丈，一时金刀电耀，大木云连，恶浪排山，烈焰如海，加上罡风烈烈，黄尘滚滚，一齐环攻上来。虽仗法力高强，五遁之术皆所精习，又有元磁精气至宝护身，未受其害。无如敌人禁法神奇，五行相生，循环不已，破了一样，随又化生一样。暗中又藏有乾坤大挪移法诸般变化，玄妙莫测。竭尽全力，仅可免害，脱身却难。况又未照所说方向出伏。阵中禁制全被引动，有自己在无妨，只要一离开，众门人不只被困，还要受伤。师徒十三人正在咬牙切齿，痛恨咒骂，无计可施，猛瞥见身后现出一大圈佛光，悬在空中，四外五遁风雷只要近前，便即消灭。仔细一看，正与初来时沿途所遇佛光金霞相助脱险一般路数，知道仍是那人暗助。看此佛光出现在后，分明走了相反方向，一不小心，就许引往岷山敌人那里，更是奇耻。连忙向南称谢，率领门人飞身过去。那佛光立即将天痴师徒环在阵中，疾逾闪电，转了两转，忽往斜刺里飞去。敌人狡猾，竟在远处行法遥制，频频运转，瞬息百变，并不专指一处。如无佛法相助，再有片时，非被引往白犀潭敌人门上不可。当时惊喜交集，如释重负，对于暗中助力之人，感谢已极，暗忖："乙休最不喜人干预他事，此人这等行径，无异向他挑战。出此大力，怎又不肯相见？"那佛光护送出阵，立时隐去。天痴上人方在回头，欲向那人致谢，猛瞥见左侧危崖上有一小沙弥，人影一晃，跟着一道金光，迅疾如电，往峨眉后山那一面飞去，年纪既轻，又是从未见过。乙休法术厉害，岂是常人能破，这样一个小沙弥，竟有如此神通。看那飞遁情景，功力虽也不弱，如说高出敌人之上，却决不似。可是此行除每遇厉害埋伏，必现这类佛光金霞外，更不见别的迹兆。难道有师长随来，仔细观察？宛如神龙见首，微现鳞爪，一瞥即逝，更无端倪。只得感谢在心，加功疾驶，往归途赶去，自打复仇主意。不提。

第二二二回

一叟运玄功　电转飙轮穿地肺
群仙怜浩劫　无形弭祸上天心

原来那小沙弥正是阿童，因在白犀潭危崖石上见双方斗法正酣，先因踪迹被乙休看破，心中害怕，隐在一旁。正打主意，是否避开正路，绕道前往峨眉，嗣见天痴师徒快要挫败，神驼乙休忽然飞去。暗道："不好！只顾在此看热闹，天痴师徒回去路上，还有一处最厉害的埋伏。如不前往相助，头次奉命，耽误了事，不特师兄埋怨，师父也必怪罪。就行藏被人识破，此去不免吃亏，师命在身，也不能畏惧违背。"明知乙休发言，是暗中告诫，不令参与此事，迫令改道行走，免得又去暗助天痴师徒脱险。阿童初生之犊不怕虎，当时不无疑惧，但念头一转，胆子立壮，并还恐追不上，径把师父所赐以备万一将来遇险，借以脱身遁走的本门心光遁符暗中施为，居然先赶到一步。乙休已知他是白眉和尚所差，也只虚声恫吓，如何肯与为难。走时，见阿童潜伏在旁未动，方暗笑他年轻胆小，果然中计。此举大出意外，料定天痴师徒纵能脱出，也必受伤挫折。急欲与老妻重逢叙阔，说完了话便自回去。却没料到，阿童这次先赶向前，惟恐又被乙休看破，格外小心，藏处极隐，人在禁地以外，隐身法又极神妙。乙休只当已把阿童吓退，没有跟来。阿童却候到他走远，才照师命行事，取出灵符，上前救助。天痴师徒遁走，乙休才自警觉，知道此是几位良友维护双方的盛意。天痴为人，不过刚愎自恃，并无过恶，此来折辱已够，也就听之，不再追赶了。

阿童一心还在留神那矮胖少年，惟恐途中埋伏和他为难。行时，故显遁光，给天痴师徒看了一眼，买上个好。飞出十来里路，便隐去身形，沿途查看，并未见有矮胖少年踪迹。峨眉仙府上空彩云层已经在望，一会儿飞到。自以为对头定被隐身法瞒过，没误师命，又大看热闹，还免一场苦吃，心中高兴。因已到达仙府，更无可虑，便把隐身法收去。正要按师兄所说，由云层中穿入仙府，猛听背后有人说道："小师父刚来？"心疑是仙府中人，回头一看，却是那矮胖少年，不禁吃了一惊。一面暗中戒备，没好气问道："你是谁？我到凝碧仙府去见掌教真人，素不相识，问我做甚？"少年似知他误会，笑道："小师父，疑心乙师伯要对你有什么举动么？那只防你多事，故意说说罢了。那白眉老禅师是他老友，如何肯对你过不去呢？他知我有点事，暂时无人可托，又知你要来仙府，可以就便奉托。正好借着授我机宜，取瑟而歌，想你绕道来此，以免从中作梗。我受了指教，便来相候。适在空中遥望，你仍暗助天痴师徒脱身，别的不说，单这胆识已足令人佩服。嗣见你御遁飞来，正拟迎上，忽然隐去身形，惟恐相左，先来守候。小师父误会我有恶意，那就错了。"阿童见他人极和气，话颇中听，喜道："原来如此。我们师门都有渊源，不是外人，这里仙府想必常来，请先领我进去。有甚事用我，只要我力所能及，无不应命。"少年道："这下面仙府，虽然有我师长在座，但我乃本门待罪之人，如能进去拜见各位师长，也不来求你了。"

阿童惊问何故。少年笑道："话说起来太长，一时也说不完。我所奉托的事不难，只请小师父向家师掌教真人说，弟子申屠宏待罪七十八年，已历三劫两世，所差不过三年之限。每日怀念师门厚恩，又闻开府在即，亟于自效，情甘异日为道殉身，多受险难，敬乞提前三年，早赐拜谒，重返门下，以便追随众同门师兄弟下山行道，将功折罪。如蒙恩允，只向诸葛师弟一说，他自会有法子传给我知道。明早家师和各位师长起身以前，我便可以进府拜见，相随同行了。"阿童道："就这样带几句话，有甚用处？我还代你力求就是。"少年喜道："昔年我随家师往谒老禅师，小师父大约尚未转世，想是度入佛门年尚不多，竟有这样高的神通法力，如非福缘根骨俱极深厚，向道坚诚，修为精进，哪能到此？家师最喜这样后进之人，老禅师又是前辈圣僧，又是两世至交，小师父一言九鼎，此事十九可望如愿了。"阿童闻言，越发喜他，忍不住问道："乙真人和诸位令师长也是至交，情面甚大，道友既是转劫两三世的旧门人，掌教真人对门下素来恩厚，能得此老一言，当无不允之理。你既和乙真人常见，对你又好，日前峨眉开府,各方多有引进,重返师门,最是良机,怎不当时托他代为求情呢?"

申屠宏叹道:"前事荒谬,本不想提,既承殷殷下问,我且略说一二好了。家师对门人恩如山海,但家法至严,毫无通融。那时长眉师祖飞升未久,家师门下只得两人,因仗家师钟爱,得有师门心法,未免狂妄。加以年幼无知,一味疾恶好事,不明大体,平日杀孽已重。家师虽常告诫,到时仍是疏忽过去。那年不合听一新交散仙挟嫌怂恿,去与海外隐居的一个旁门修士为难,乘着家师和苦行、玄真子二位师伯初炼九转大还灵药,有八九个月闲空,没向家师禀告,偷偷前往践约。

"家师因海外各岛仙境灵域,何止千数,到处都有散仙修士之流隐居,既不欲门人无故招惹,多结嫌怨;又恐法力不济,为师门丢脸。每次奉命海外采药,全都预示时限,并将所去何岛、沿途经过地点和各当地主人善恶邪正,法力高下,一一示知。非真妖邪淫凶,不许稍微失礼;未奉师命,更是不许轻往。我和师弟背师前往,已犯家规。行前又以所寻旁门在南极有名五大恶岛之东,地最僻远,为首一男一女夜郎自大,法力颇高,门下弟子无一弱者,我们年少好胜,惟恐失败丢脸,粗心大胆,恃爱忘形,一意曲解,以为所杀乃旁门左道中人,杀之不在,就犯了家规,不致受甚重罚。既为朋友报仇,受一场责罚,也无大不了事。莫如把人情做到底,索性再约上两个好帮手同去,免得徒劳无功,负人重托。这时二位师伯门下,备有一个得力高弟,法力均不在我二人以下,尤其各有一件极好的飞剑法宝,如能约其同往,对方绝非敌手。那两人,一个便是诸葛警我,另一个便是苦行师伯门下已转世多年、现在东海面壁潜修的笑和尚。大家全是修为年浅,精进太速,好事操切,不识利害,又都交厚,能共荣辱患难的同门至好,自然一说都去。

"谁知那岛主夫妻,早年虽然出身旁门,只是性情孤僻刚傲,以前时喜树敌,是他短处,也是他致祸之由而外,从未做过恶事。并且自从由中土移居海外,便一意闭户清修,仅前在本门的老辈屠龙大师师徒二人,还有三四位正教中长老,偶然往来;以前同道,休说合污同流,直连面都不见。只为岛上产有一种驻颜不老的灵药,我那新交朋友曾往求取,始而上门明言,被女的婉言相拒,闹个无趣,尚未破脸。偏他不肯死心,复又纠结好些同道,前去强索,斗法大败,中有两人还受了重伤,几乎送命。仇恨难消，跟着潜踪入岛，想把那出生药草之地的灵脉切断，尽泄灵气，给他来个绝户之计。正在下手，吃男的擒住，大受折磨羞辱，然后放走。仇恨越积越深，无如自知力薄。这人虽然量小心贪，竟颇自爱，虽然恨极仇人，却不肯去和一干邪魔外道勾结，也是一个专一闭户清修，不常与人交往的正教中人。我二人因在他岛洞左近采药才相识。他问出我二人的来历，便生了心，一意结纳。等到交厚，成了莫逆，才露出求助复仇之意。我二人为友心热，又听对头是个左道，行径如此骄狂，也没细加查询，慨然应诺。也是那岛主夫妻该遭劫数，他们事前本有警兆，又早算出劫运不久将临，心还忧疑。其实只要避开当日，便可无事。偏是举棋不定，踌躇不决，以为近数十年天产灵药已被人知，传说日广，又为此树下不少强敌，惟恐离去以后，门人难胜守护之任，被人乘隙赶来夺去，因而迟疑不决。

"两年前，屠龙大师往访，曾说那散仙面上晦纹已现，劫运应在三年以内。为此留下一面告急的符，日后如有凶险，可即如法施为。虽然相隔数万里外，不是当时可以赶到，但是修道多年，这是关系自身安危成败之事，何况每日又有常课入定，并未犯甚贪嗔，在外为恶，神智未昏，期前必有警兆，只要在临难二日以前发出，决可赶到。此与道家四九重劫不同，不是出外遇事逢凶，便有仇敌来岛寻仇，凭着法力，必能相助。但是成败利钝，未必如人逆料。万一发难在先，或是求救太迟，未能如期赶来，无论仇敌是什么路数，能敌得过，逐走便止，不可穷追；如觉对方不弱，便应反攻为守，专一防护，以待救援。只要不轻率，不骄敌狂妄，自可无害。他如早日发符求救，大师虽为祖师逐出，与各位师长交情尚在，性又刚直，爱管闲事，后辈都颇怕她，只要遇上一说，我们就知对方真是十恶不赦，有她出头，也不敢惹。他偏到大难临身的头一天，才想起将符发出。大师也是为友心热，接到警信，立即疾驶赶来，但依然晚了些时，仍是无及。双方对敌之际，他如平常行径，我们见那所居之岛景物那样灵秀，师徒八人无一个有邪气，也不至于轻举妄动，杀伤多人。他既以切身利害忧虑太过，心中惶惶，百计求保，但觉不妥，越想越左，终于把他昔年所习左道邪法施展出来，在所居洞府，连同灵药产地，布下一个极恶毒的大阵。老远望去，邪云隐隐笼罩，稍有目力的修道人便可看出。谁都当他极恶穷凶，是妖邪一流，决不肯于宽恕。他有了这样严密退守之法，索性不出，一意防守，也未始不能挨到大师赶来救援。偏又首鼠两端，一面设阵布防，仇人见面，依旧眼红，犯了刚愎倨傲素性，仍出接战。

"笑和尚师弟前生名叫贺萍子，落地便是孤儿。与苦行师伯有夙世因缘，由血胞中度去，尽心传授，在同门中法力最高。他知道那阵一被逃回运用，便非短时所能破去，是否漏网，尚属难知。觉出时机不可失去，首先隐形入阵，用师传佛家法力，将阵中主要枢机，暗中全给破去。又擒他一个徒弟，禁在主台之上，欲使少时作法自毙。我们法宝又多，下手又快，途中又遇见元元、白云二位师伯叔门下的几位女同门加入助战。法宝不说，单飞剑就十一口。内有四剑，史是古仙人所用降魔奇珍，威力仅比师祖紫、青二剑略次。还加上贺师弟的无形剑。那岛主夫妻如何能敌。最该死是他们起初那样胆小戒备，及见我们人多势众，不特没有戒心，反倒骄妄轻敌。男的火气更旺，才一照面，不容人开口发问，首先破口大骂那朋友昧良无耻。又说：'几次饶你不死，竟敢勾引一些小贼竖子来此寻死。少时擒到你们，定用法力化炼成灰，却将你们元神附在上面，禁制前岛石礁，永受无量苦难，做一榜样，使各方鼠辈望而胆寒知畏，免再擅入本岛，又来窥伺。'随说随和妻子、门徒一齐放出飞刀飞剑和各种法宝、法术。我们见他这等强横凶焰，又听他不问青红皂白，恶口毒骂，便他不动手，也容不下，何况又是话未说完，便先发动，愈发认定他们凶顽邪恶，平日不知造孽多少，罪无可赦。一面飞剑迎敌，一面各显神通。先以邪阵神妙隐秘，如被遁入阵内，除他更须费事。贺师弟和石生师弟一样，素喜游戏，隐现无常，谁也没见他隐身先入阵内。我们看出敌人见我等俱有来历，不可轻侮，盛气已馁，表面尚在强撑，施展法力。防他率众退逃，正要分人断他归路，贺师弟忽然手发太乙神雷，由阵中喝骂飞出。

"岛主夫妇情知不妙，赶紧率众退保入阵。无如法物全破，设施尽毁，这才想起入师行时易攻难守之言。除了两个受伤见机先逃，一个被禁台上外，师徒尚有五人，用尽方法，各以全力拼死抵御，勉强挨了多半日，男岛主首先为我所杀，三个徒弟也都重伤，先后死去。我们还在认定为妖邪，除恶务尽，不肯停手。我那朋友却见状太惨，许是自觉惭愧，又因以前两次被擒，俱是女岛主向男的缓颊释放，总算是有恩于他，说她素无恶迹，力劝我们停手，勿为太甚，容她逃命自去。贺师弟和诸葛师弟的心更软，也不喜杀女人,正停手喝令速遁。女岛主性极刚烈,忍着痛泪,假意哭诉,说些好话,哀求我们许她埋葬亡夫与门人尸首。我们见她哭得可怜,都动恻隐,当即应允。不知她怎会看出我们是受了朋友蛊惑,葬完尸首以后,放声大哭,竟把她夫妻隐居修道的经过,及怀宝亡身,因那灵药树敌招祸之事,一一哭诉出来,我那朋友想不到她有此一着,已然应诺在先,当着我们,其势不便喝禁。我们见他一任女岛主哭诉,借词咒骂,不曾反唇相讥,面上倒有愧悔之色,才知事太鲁莽,铸成大错,个个心惊,面面相觑,后悔无及。

"贺师弟心最仁慈,永不妄杀无辜,性情却也较急,苦行师祖戒规又严。越听越悔恨气忿,忍不住转身向那朋友质问:'为何恣惠旁人,滥杀无辜,以快私意?'话未说完,女的探出我等本心,知道不会再对她为难,骂得越凶。忽然假作去劝贺师弟,说:'此事固是这厮忘我昔日不杀之恩,昧却天良所致,但也运数使然。前年屠龙大师曾有预告,昨日还曾向她求救,可惜时机已晚,不然也不至此。这类害人陷友不义的活猪狗,埋怨他于事何补!'贺师弟和两女同门正以好言劝慰,哪知她早蓄杀机,舌尖早已咬破,冷不防用她本门最恶辣的毒法,扬手一阴雷,张口一片血光,竟将我那朋友活活烧死。众人怜她为夫报仇,那朋友本应遭报,见状只自戒备,也未与她为难。她也不逃,只惨笑道:'我杀了这厮,诸位拦阻不及,并未再向我还手,可见适才实是受愚,非出本心。得报夫仇,心愿已足。不过先夫因我误放匪人而死,实在无颜偷生。如蒙垂怜,赐我兵解,以便追随先夫,足感盛情。'众人自是不肯,还在交相劝勉,我知此女死志已决,见我们不肯下手,狞笑说道:'诸位当我自己就不会死么?不过多受点苦,有何稀罕?'说完未容再劝,已是震破天灵,惨死地上。刚刚毙命,一片金红光华,自天直降,屠龙大师已至。她见岛主夫妇门人多半死亡,我们又是峨眉弟子,也没有细问肇事根由,勃然大怒。只贺、诸葛师弟二人,见她师徒到来,知道不妙,未等见面,先驾无形剑遁溜走。其余的人谁敢和她相强,不由分说,全被她法力禁制,装入乾坤布袋,写了一信,历述我们罪状,命门人瞎眼小尼眇姑押送东海。

"到时,师父丹未炼成,洞门未开,只好照她师父的话,跪在洞外待罪。几个女同门多和小瞎尼眇姑相识,平日相对冷冰冰的,这时竟会好心照应。跪到第二天，问明情由，便说她们本心只是为本门师兄弟出力诛邪，无心相遇，因而同往，并非有意从恶，情有可原。只要送往云灵山、罗浮山各人师父洞中，略加告诫即可。竟擅专做主，全数释放，令其回山自行举发。对于我们众人，却认作罪魁祸首，不可轻恕。始而置之不理，在旁打坐，等候师父开门交信重责。一晃二十来日，我们虽有法力，也觉不耐。贺师弟又不时隐身在侧，说这小瞎秃可恶。她并非本门尊长，无非各位师弟念着一点旧交情面，她竟如此作威作福。反正是福不是祸，重责难免，何苦受这小瞎秃的恶气？我们被他说动，但又怕那布袋厉害。正与贺师弟示意，令他先盗布袋，然后反抗。谁知小瞎秃法力颇高，竟然觉察，忽然睁眼冷笑说：'我是奉命来此，你们不服气，只反躬自省所行当否？我师父此举，是否恶意，日后自知。既不愿长跪，我守着你们这些蠢人还觉无趣呢。跪守与否在你们，我不相强，我这弥勒布袋却偷不得。一切听便，我自回山复命去了。'说罢飞走。我们商量了一阵，以为徒跪无益，便同往钓鳌矶，用功守候，也未再出门去。

"到了开洞前三日，才去洞外跪下求恩待罪。三日后，三位师尊同出。先时便要追去灵光，押入轮回。我等再三苦求，复经师母妙一夫人力为求情解劝，才按轻重，分别处罚。我和师弟是祸首，处罚最重，定了八十一年期限，在此期内应经三劫，还须努力修为，凤根不昧，始允重返师门。诸葛师弟去由强劝，情不可却，斗法时又未伤人，罚处最轻。贺师弟只历一劫，仍是出生便即引度，也不算重。独我一个，两次轮回，又历尽艰危，勉强挨到今日。我实不知乙师伯和家师交厚，但他在二十年前，我二次转世时，为我说情，被家师婉言拒绝。此老性刚，虽以家师与别人不同，未曾十分不快，也决不肯再为此事开口。可是这些年来，如非乙师伯垂怜恩助，随时照拂，早为仇敌所伤，也不能有今日了。"

阿童听出了神，方觉这人正是初出茅庐的前车之鉴，以后遇事，务要慎重，少开杀戒。忽见一道光华穿破云层飞来，落地现出一位道长。申屠宏见是醉道人，喜出望外，急忙跪倒行礼，口称师叔。醉道人道："你莫高兴，还有难题你做呢。你师父说，姑看乙真人与小神僧的情面，许以立功自救。此时要入仙府拜见师长，尚不能够。必须看你百日之内，能否勉为其难，再作定夺。铜椰岛之行幸非明朝，大约还有三数日一同起身，你自照书行事吧。"说罢,递过一封柬帖。申屠宏见是师父亲笔,愈发欣慰,喜溢眉宇。先向仙府恭恭敬敬拜了九拜,口中默说了一阵。重又向醉道人、阿童分别拜谢。阿童笑道:"我话并未给你带到,谢我做甚?"申屠宏道:"家师神目如电,心动即知,小师父盛意,早知道了。你没听醉师叔传述,师父也看小师父情面么?异日如见老禅师,能再为我致意谢恩,愈发感激不尽。"阿童随和醉道人互相见礼。醉道人说另有事,请阿童先下。阿童料他要向申屠宏叙阔,并示机宜,自己也亟欲进府,便即举手作别,穿云直下。到了殿中见着妙一真人夫妇和在座众仙,说完白犀潭斗法之事,随同落座。

这时众弟子刚奉命往左右二洞,通行火宅严关和十三限,诸葛警我等为首的四弟子,方在当先试行给众同门观看,尚无一人去往前殿,恰是空闲时候。阿童心实,觉着受人之托,一句话尚未带到,于心不安。又以众仙初见,一则佛道殊途,不相统属,师父并不肯以尊长自居,主人尊礼师父,半属谦虚。二则自己年幼,不比师兄朱由穆得道年久,与主人两世交情,又曾共过患难,算起来,终是末学新进,如何敢齿于平辈,冒昧启齿?心方盘算如何说法得体,朱由穆先问道:"小师弟,你在上面遇见申屠宏时,他脸上有一片红光,可曾见否?"阿童答说未见。髯仙李元化笑对妙一真人道:"无怪乎此子敢来求恩,那重冤孽居然被他化去,并还历劫两世,始终元灵不昧,受尽邪魔诱惑,冤孽纠缠,竟未堕落迷途,再蹈覆辙。这等艰苦卓绝,向道诚毅,委实是难得呢。"顽石大师道:"如论掌教师兄前收这两弟子,当初本是无心之过,这多年来任他独自转劫再世,受尽诸般的苦厄,从来不曾加以援手。年限不满,冤孽未消,以前更连面都不许见。上次遇患奇险,眼看形神皆丧,如非大方真人垂怜援手,绝难幸免。而他们一意修省,只仗前生根基扎得坚强,修为勤奋,法力不曾尽失,誓遵师命,各自以孤身微力,独排万难,于邪魔仇敌日常侵害之下,一意勤苦修为,毫无怨尤。今已化去孽冤,依恋师门,前来求恩,只差三年光阴,仍是不允所请,未免处治太过。要是我的徒弟,早不忍心了。"

妙一夫人插口笑答道:"如论这两门人的根骨,实不在现时英、云诸弟子以下。两生艰苦精诚,终于转祸为福,尤属不易。外子并非不念师徒之情,只缘爱之深,望之切,平日期许太殷,无端铸出那等大错,自然痛心,也就愈恨。总算他二人居然勇于改过,努力奋勉,得有今日,总算难得。可见世间无不可解的冤孽,全仗自身修为如何罢了。至于适才拒他入见,不曾速允所请,乃是另有一种用意,命他往办一事,于他大有益处呢。"顽石大师大笑道:"我岂不知齐师兄故使备受折磨,实欲玉成。我是说他师兄弟二人,依恋师门太切,第二次转劫时,为想以血诚感动师心,托我代为求情,分明会许多法术,故意不用,一步一拜,拜上天台山,四日五夜水米不沾,口气不缓,一直拜到我的洞前。再四哀求,为之关说,情愿多受别的责罚,只求能见师父一面。我见他年才十岁左右,几天劳乏饥渴,血肉模糊,泪眼欲枯,光景实是可怜。明知齐师兄外和内刚,言出法随,平日对门下弟子虽然爱胜亲生,一旦犯过,向无轻恕,说出来的事,必须做到。恐求不下这人情,又去约了三位同门师兄弟同往东海求恩,哪知费尽唇舌,仍然坚执不允。他得信之后,只是愧悔痛苦,毫无一丝怨尤。好容易千灾百难,熬得冤清孽尽,也未再有一丝过错。除去这三年短时光外,师父所说,全都做到,怀着满腔热诚来此跪求恩免,既已心许,何必吝此一面,辜负他这两生八十年的渴望呢?"

妙一真人笑道:"师妹休为此子所愚。他二人全都机智绝伦,深知利害,对我夫妻固然感恩依恋,一半也是知道此举关系终古成败。前番不合恃恩尝试,铸了大错,再稍失足,便即堕落,永劫沉沦,求为常人转世皆所不能,为此终日战战兢兢,如履如临。又以头世受尽冤孽纠缠,终于抵御不住魔孽,身遭惨杀,心胆已寒,惟恐道浅魔高,自身无力解免,只有早归师门,可以免祸。料我素来宽厚,年久恨消,再有诸位师伯叔好好关说,十九可以应允,这才想下一条苦肉计,欲以至诚感动。他算计虽想得好,却瞒我不过。我既安心借此成全,早算出他二世能够因祸得福,异日仙业有望,怎肯中途罢休,作那姑息之爱?他二人看出我心志已决,无可挽回,知道不践前言,只有堕落灭亡,这才心惊胆寒,绝了侥幸之心,重鼓勇气,立志奋勉,全以自身之力,度此灾厄险难。他对我的心意全都雪亮了然,见我没等阿童道友前来说情,便令醉师弟出去传命授简,自然我意已回,所命必是于他有益之事,早已欢欣鼓舞,喜出望外。事情一完,便去与他师弟送信,宿愿已遂,不久即返师门,何在这暂时一面呢!"

顽石大师闻言笑道:"话虽如此,就说他半为己谋,居然一见望绝,益自奋勉，向道坚诚，始终如一，也是难能可贵的了。"元元大师道："这还用说？如非这样，照他二人所犯之过，早已不能宽容。就加恩免，也必逐出门墙，任其自生自灭，决不会用这许多心思，成全他们了。"

阿童闻言，才知申屠宏府外言动，众仙俱如亲见，已经蒙恩宽免，不久重返师门，好生代他欣慰，便未再提。跟着众门人相继由左右两关飞到，因爱金、石二人年岁和己差不多，人又天真，一见投缘，有意结纳，同到鱼乐潭，把前事谈了一个大概。

灵云听完，喜问道："小神僧与申屠师兄相遇前后，可曾见有一个年约十五六岁，面相清秀，重瞳凤眼，目光极亮，着青罗衣，腰悬长剑，左手戴有两枚指环的少年么？"阿童答说："无有。"灵云笑道："申屠师兄幸得免孽，重返师门。阮师兄比他人还要好，两位师兄又极交厚。家父虽有各自清修，自消冤孽，不令二人一起之言，我和诸葛师兄料他们纵不敢故违师命，合力御害，彼此总要设法通信，各告近况；有时甚或遥遥晤对，都在意中。偏是这多年来，音信全无。那年拜山求情，也只申屠一人。家父和诸位师长从未提过阮师兄的近况，不知光景如何呢？"阿童见灵云意颇关切，便告以适才听了顽石大师和掌教真人对答的话，好似此人尚在，口气也还不恶，因未见过，不知姓名，故未询问。

灵云道："当初家父门下只传二人，一是申屠宏师兄，还有一位姓阮名征。彼时我刚转劫人间，尚未度上山来。家父母仇敌颇多，俱是左道妖邪，不知怎的访明我是仇人之女，竟在家母引度以前，将我摄往五台山中，意欲取炼生魂。家母早到一日原可无事，因在途中救了两人，略微耽延，到时，我已被摄走，急切间查不出所去方向，是何方妖人所为。正在忧急，路遇阮师兄采药归来，说起途中曾见妖人遁光飞驶。家母也刚成道，不知是否，便令阮师兄跟踪追蹑。一面赶紧回山告知家父和苦行、玄真二位大师伯施展法力，查看下落，以免无知乱闯，反而误事。嗣经算出，是五台派妖人所为，与阮师兄所遇正对。忙同赶去，中途又遇见阮师兄已冒奇险，九死一生，将我救出，差一点没有同在五台遇害，仍被众妖人随后赶上，将他围困，眼看危急万分。家父母和二位师伯若稍迟片刻，我和他便无生理。后来妖人伤亡败逃，把我和阮师兄救回山去。问起情由，才知阮师兄寻到妖窟时，妖人法台已设，待下毒手。他本非妖人敌手，为感师恩，竟不顾利害，拼了性命，以身尝试。仗他机智绝伦，心思灵巧，动作尤为神速，长于审度形势，临机应变，避重就轻，冷不防猛然下击，飞剑先伤行法的妖人，更不恋战，抢了台上所供法物和摄魂妖幡，连我一齐抱起，往回急飞。一任妖人恫吓喝止，身已重伤，依然咬牙强忍，奋力前驶，才得将我性命保住。等与家父母相遇，阮师兄人已伤重不支。救回东海，连用灵丹医治，经时三月，始得复原。他于我有救命之恩，心中感激。自他犯过，逐出师门，在外待罪，曾经拼受家父责罚，和霞儿妹子一同寻访他的踪迹，前后多次。别的爱莫能助，只想赠他一件防身法宝和数十粒灵丹，防备万一。头次闻说他在大渡河畔一个荒僻的山人土洞之中隐修避祸，往访扑了个空，反与土人怄了一些闲气。二次探明真实下落再往，经一山人传言，才知他既恐愚姊妹为他受责，又恐违背师命，故此不见。并说藏身之处已泄，即日前往江南觅一深山，隐居修炼，以待灾孽到来，抵御化解。我知他是有心不见，空自感激难过，无可如何，只得回来。至今更无下落。我想如今年限将近，申屠师兄已可重返师门，他比申屠还要坚诚虔谨，照理额上血花孽痕必已化除，不久定要归来。不过事难逆料，也许冤孽未解，故不敢来见家父，也说不定。日后再遇申屠师兄，请代转告一声：他二人冤孽未去以前，平日身受甚是痛苦，万一有朋友相助，只要不是本门中同道，未经二人请求，相助出于自愿，便不算是违背师命。我知小神僧法力高强，得有佛门降魔真传，尚望助他们一臂之力，俾仗佛法慈悲，解去夙冤旧孽，便感同身受了。"

阿童一一应允。又问出阮征素来爱好，本身法力尚在；因不舍前生形貌，尽管转劫两世，仍是当年美少年身材面目，又是一双重瞳，极容易认出。便记在心里。灵云出来时久，说完便即辞别，回殿侍立去讫。

众人饮食言笑了一阵，又陪阿童把全景游了一遍，除却左右两洞和太元洞门人用功之所二处禁地，十九踏遍，最后又去灵桂仙馆小坐赏桂。

仙府无日月，到处游玩迁延，三数日光阴一晃即过。这日金、石诸人因仙府之中所有珍禽奇兽，瑶草琪花，及一切飞潜动植灵异之物，阿童全都见到。惟独芝仙自从五府开建，灵峰飞回，群仙盛会之后，自知灾劫已完，一心向上，欲谋正果，径自同了那匹芝马，藏入红玉坊、飞虹桥中间的灵翠腹洞穴之内，一意修炼，不再出现，尚未见过。金、石二人连去峰前,呼之出见,没有应声。起初众仙为防开府时水火风雷猛烈难当,又防妖邪乘虚暗算,将它本根由太元洞暂行移植在凝碧崖前灵楠树腹以内,并命二灵猿和神鸠、神雕、神鹫等诸仙禽防卫,以备不虞。会后,本要将它移回太元洞内,妙一夫人前往行法移根时,芝仙跪地恳求,自请移入灵峰腹内。妙一夫人知它心意,点头笑允,并还传以道法,喜得二芝欢欣欲狂。

金、石二人知道此事,料它连日用功正紧,决不会走向别处,曾和阿童说过芝仙最信自己,一呼即至。不料连唤不应,觉着不好意思,忽动稚气。金蝉首将身剑合一,化成一道光华,向峰腰一个较大的孔穴穿出,欲待往里面捉它出来。哪知这座灵翠峰乃长眉真人所留异宝,昔日两仪微尘阵发挥妙用便由于此。内中并还藏有道书、灵丹、法宝之类,妙一真人尚未往取,峰腹宝库禁制犹存。若不知底细门户,略微深入,便被困住。芝仙通灵变化,在灵峰还未飞走以前,便把内中门户机密探明,知所隐避,看似随意出入,实则生根藏伏之所,并无禁制。不过外人不似它身小通灵变化,决进不去,稍微走差,误入宝库左近,立被摄住,不经妙一真人解救,休想脱身。芝仙择此隐居,原有深意。金蝉只当师祖禁制已撤,芝仙尚敢入居,自无妨害。进才丈许,见里面孔窍甚多,密如蛛网,大小全可相通,时见霞光隐现无常。正在踌躇观察,口中唤着芝仙,试探寻找它的藏处,"啪"的一声,背上被小手打了一掌。平日常和芝仙打闹,觉着那是芝仙小手。心想:"身剑合一,如何敢于近身来打?"好生奇怪,念头略动,忙即回看,果是芝仙,面上带着又害怕又生气的神色,站在身后不远,好似打了一下,刚纵回去情景。金蝉不知身已入了禁地,飞剑早已离身坠落,失了灵效。再前数尺,便即失陷昏迷。还想佯怒诘问时,忽见芝仙不住地招手,状甚惶急。本要过去,还未开口,猛觉着脚在实地,飞剑不知何往。方在惊疑,芝仙面上忧急神色已敛,手指自己,不住连说带比。芝仙近来人语渐佳,二人又是久处相习,金蝉一听,才知自己刚刚脱险,飞剑便在前边离身不远坠落,因已入禁地,灵智渐昏,故无所觉。休说再进,便是适才立处,相去不过三四尺,芝仙曾经大声疾呼告警,居然听不出。芝仙感他恩义,惟恐误陷在内,冒险纵入,打了他一掌,觉出不好,赶紧逃回。金蝉被打,惊觉回顾,仗着一双神目,方得看出,因而脱险。否则就是妙一真人在此,不久仍能出困,到底不免一场苦吃了。金蝉闻言,一寻飞剑,果在两交界的地上，已复原形，忙即探手捡起，且喜并无损伤，便叫芝仙同出。芝仙说自己蒙掌教夫人开恩传授，连日修炼正紧。怪金蝉不该唤他，更不该入内相寻，身入险地，逼得他不能不丢了日课出救，白费数日苦功。外面小和尚更于他有损无益，说什么也不愿出见。金蝉虽有稚气，但极疼爱芝仙，不肯强迫。但又夸了口，无法交代。再三婉言劝说，芝仙才答应明日申初，课完出见。金蝉不知是计，出来推说芝仙因奉家母之命，在内入定用功，暂时不能出来，须到明日申初始出。阿童本不愿搅他清修，但金蝉必欲证实芝仙如何灵异可爱，到时仍约前往。唤了一声，芝仙便应声出现，仅向峰腰小洞探出头来，木坝全身。阿童见他生得粉滴搓酥，身白如玉，身材那么小巧，相貌那么灵秀，神采奕奕，一身仙气。只是鼓着腮帮子，面带不快之色，看去可爱已极。方想接它下来，抱在怀中，亲热一阵，猛听殿内传呼，击磬撞钟，集众起身。芝仙立现喜容，往峰内缩退回去。

金、石二人闻命，不敢停留，忙和阿童、米、刘、沙、米诸人赶往。到时，两朵云幢正往上升，金、石二人飞身上去，先将钟、磬撞动，凡是奉命下山男女众弟子，闻声齐集前殿平台之上，分班排列。石生又将玉磬连敲。妙一真人升座，命众人入见，说道："大方真人已到铜椰岛三日，先颇获胜。后来天痴上人情急心横，竟拼造孽堕劫，不顾利害轻重，七施毒计，发动先天元磁大阵，引使入网。大方真人刚强任气，明知敌人激将，阵法厉害，自恃玄功变化，法力高强，练就不坏之身，无所畏忌，故意叫明之后再去犯险。不料天痴上人暗中还有木精、桑姥姥之助，利用本身乙木，混乱先天五行方位。大方真人受其愚惑，不能推算详细，入阵稍一疏忽，误走死户。等到觉察，身已陷入地肺之中，上有本岛磁峰镇压。当年遇难被困时，便是受人暗算，神山压顶，多年不能脱出。只觉强仇已早伏诛，仍认作是生平奇耻人辱。天痴上人此举，大犯其忌，心中怒极，竟也拼着甘冒大罪，豁出酿成大祸，把地下面地火勾动，并以法力会合，烧毁磁峰，同时攻穿地肺，脱身而去。

"此举虽非容易，以大方真人近来道行法力，也没有多少耽延。现在双方都是道强气冲，棋逢对手，两不相下。天痴上人不知大方真人昔年只是一时大意，骤出不防，为敌暗算。一晃多年，满拟袭人故智，仍用神山压顶之法,克敌报仇。并没设想危机已伏,愈发便不可收拾。即或自身得脱,门下几辈弟子,连同铜椰岛仙山福地,必然同化劫灰,一无保全。我们前往解围,去早了,天痴上人还当我们与大方真人交厚,有意压他。必须让他觉出一点危险厉害,再去方是时候。日前已各指示机宜,到后各按方位立定,不许别生枝节。事完,无须同归,除易、李诸徒须在百日之内前往南疆,去见红发老祖致歉,便宜行事,已经指示者外,余人各按道书、柬帖所示日期、地点行事便了。"说罢,真人起身,又指示众弟子铜椰岛事完,便须换装,分赴各地积修外功,早些备下应用衣物,带在身上。去时,仍是一律穿着开府时所赐仙衣。

妙一真人夫妇和玄真子三人,率领长一辈众仙,连同采薇僧朱由穆、李宁、姜雪君、玉清大师、杨瑾、阿童、嵩山二老等众仙宾,一同去至殿外平台。众弟子仍然排列两旁,只金、石二人仍在云幢上等候。妙一真人笑对众仙道:"各位道友,遁光快慢不一,众弟子中无多人能够追上我们。力求先声夺人,必须一同赶到。不如由大师兄和贫道两个主人略施小技,用玄门灵光遁法送了去吧。"朱由穆笑道:"我们俱为主人出力,自然应由主人送往。别位料也无此神通。就请施为吧。"妙一真人、玄真子同说:"道友何必太谦?贫道兄弟献丑就是。"说罢,同将袍袖一展,立时满台俱是金霞,簇拥着长幼群仙数十余人,连同金蝉、石生,一齐向空飞起,晃眼越过飞虹桥、红玉坊,破空直上。刚刚穿出凝碧崖上节七层云封,升上高空,妙一真人把手一指,一声轻雷响处,金霞连闪,比电还疾,流星过渡,径直往铜椰岛飞去。飞遁迅速,瞬息千里,没有多时,便到了铜椰岛附近海上。众仙在云空中运用慧目,遥望海空辽阔,沧波浩荡,水天一色,渺无涯际。铜椰岛方圆千里,偌大一片地方,还有那么高直一座磁峰,直似一枚翠螺,中间插上一根碧玉簪子,静静地浮沉于滔天巨浪之中,并无丝毫异状。令人见了,也不由得不感叹造物神奇,吾身直似恒沙沧粟,过于渺小了。晃眼工夫,便自飞近岛上,自然越现越大,仍无动静。岛上峰岭回环,形势奇秀,到处嘉木成林,郁郁苍苍,加上万千株独有的铜椰灵木参天排云,一株株笔也似直矗立于海岸和宫前盆地之上,显得景物越发庄严雄丽。全海上静荡荡的,休说不似有猛恶阵势,竟看不见一个人影。

众弟子正觉情景不类,忽听追云叟白谷逸笑道:"想不到天痴老儿还会弄此狡猾。这类障眼法儿，也能欺瞒我们耳目么？"妙一真人老远便把遁光隐去，说时，众仙也已飞到铜椰岛的上空。妙一真人把手一挥，众仙便照预拟机宜，各按方位列开，各隐身形，分停空中等候。众弟子随在妙一真人身后，先听追云叟一说，才知敌人已然行法，将阵势隐蔽。几个目力好的，正运慧眼四处观望，忽见中央妙一真人把手一扬，一声轻雷响处，发出千百丈金光，照耀天地，连附近海水都映成了金色，天宇霞绮，齐闪奇光，绚丽无俦。跟着金光敛去，众仙仍隐，只妙一真人与众弟子一同现身。再看下面，已非适才景象，只见全岛面到处都是残破火烧痕迹。天痴上人所居洞府已然崩裂，洞顶也被揭去。铜椰灵木也没先见的多了，只东面洞后，有十来株较小的，尚还健在；余者全都断的断，烧的烧，不是化为劫灰，便是连根斩断，横七竖八，东倒西歪，狼藉满地。仿佛一片繁华风景之区，经过一场极大的兵灾火害，景物凋丧，满目荒凉。那磁峰连同附近四五十里方圆以内，由峰尖起，斜射向下，直连四外地面，撑起一片五色烟幕。环着烟幕，分列着数十个着青白半臂短装的天痴门人，各持长剑、小幡，指定峰上，一个个满面忿激之色。有的衣饰不整，身还负伤。峰前不远，有一玉石法台，大只方丈。天痴上人站在当中，手持长剑、宝幡，主持阵法，面上神色愈发忿怒吃紧。台前有一圆光，青芒闪闪，四下斜照，频频转动。离台三十丈高下，在三十六丈方圆以内，按九宫方位，分列着九个门人，各有一片青云托足，手中各持一面形如古镜的法宝，看去非金非玉，色作深灰。

天痴上人目注台前圆光所照之处，如觉有异，立即行法，倒转阵图，手中长剑一指。空中门人随将手中宝镜一晃，镜面上便有一道由小而大的五色烟光，朝那所照之处射去。不照时，却是暗无光华。此外离地丈许，全岛都是一片灰蒙蒙的烟雾布满。神驼乙休已踪迹不见。天痴上人运用全力，行法正紧，忽听雷声有异，忙即回顾，只见金光万道，上烛云衢。既防有人空中路过，看出下面挫败情景；又防来人与乙休交好，觉出有异，下来盘诘，或是当时动手助敌，或是另约能手来此力敌应援。所设迷景竟然被人破去，知道来了劲敌，不禁又急又怒。强仇现被禁压地底，已然用尽心力，仍然禁制不住，只在地底到处穿行，往复乱窜。稍有疏忽，一个照顾不到，立被脱出。便当时败逃不再拼斗，也留下一个极大的祸害，日后卷土重来，必有准备，更是敌他不了。就这样师徒多人合力防范，尚恐有失，怎再经得起添一个强敌，来此分心？同时地底仇人闻得雷声，料知必有救援到来，不愿假手外人才得出困，也在下面全力施为。天痴上人见状，愈发手忙脚乱，不敢大意。也不顾观察敌人是谁，急欲先发制人，把心一横，慌不迭先把左肩一摇，由肩头葫芦内飞出一道极强烈的青光，晃眼展布空中，先将众门人连法台一齐笼罩。接着急倒转阵图，将手中长剑向空连指，九面宝镜齐放光华，朝一处地面射去，更不再向别处转照，才略放心，自觉防备甚严。二次方欲回顾，忽听身后有人说道："天痴上人，别来无恙？"定睛一看，满地金光已敛，一片祥光簇拥着老少三数十位羽衣星冠，霞帔云裳，周身珠光宝气，道骨仙风，霞辉四映的男女仙人，缓缓飞近前来。为首一人，正是一别数十年，新奉长眉仙敕，开辟碧凝仙府继道统的峨眉派教祖妙一真人。知是敌人乙休患难至交，不禁心里着忙，又急又怒。

　　天痴上人因见对方似是先礼后兵，面色和善，不便遽然发作，也不出位相迎，径在法台上把首微点，强笑答道："闻得道友新承大任，开府建业之始，必甚辛劳，今日缘何有此清暇光阴光降荒居？贫道旁门下士，自审行能无似，道力浅薄，神仙位业，自问无福；更不敢仰承交游，谬窃荣光。遁藏辽海，僻处穷丘，不过妄冀长生，苟延岁月。君子小人，云泥分隔；荒服野岛，难款嘉宾。今蒙宠临，岂不有渎教祖尊严么？"妙一真人听他口气，知是上次开府不曾邀请，心有芥蒂；又疑自己来助乙休，与他为难，心怀疑忌，不觉暗中好笑。心想："此人好胜量狭，与乙休一样，各有一种古怪脾气。反正不应也得应，转不如给他来个开门见山倒好。"任他发完了一大套牢骚，才笑答道："道友高卧灵山福地，千秋清福，便天上神仙，也未必有此自在。何事谦逊，自抑乃尔？道友也无须对我疑忌，贫道等此来，并非为己，实则为人。现有两事敬以奉闻：一则前奉家师长眉真人玉箴，敕令贫道谬承道统，开建凝碧故居，猥以菲材，德薄道浅，恐有陨越，继位之日，小治杯觞，恭请各教前辈、海内外群仙莅临观礼，俾有匡益。道友道法高深，群伦仰望，属在交末。本拟恭迎鹤驾，临贶指教，以为光宠。不意请柬将发，贫道新收顽徒易鼎、易震兄弟，因在紫云宫与令高足巴延相遇，匆匆应敌，未暇通名，初出无知，以为既与众妖邪一党，当是同流。

而令高足始则用法宝、飞剑暗算伤人；继知不敌，又不甘挫败，起意诱敌，欲将小徒引来此地，借师长同门之力，报仇雪恨。小徒年轻，不免气盛，吃那逗引忒急，罔识利害，致有冒犯。粗心之咎，原无可辞。乙道友因和小徒祖父深交，性情豪爽，以为道友与易道友分属朋好，打狗看主，即有开罪，亦应谅其年幼无知，或是训斥几句，恕其初犯；至多送往乃祖那里，令其严加训管。就说误伤神木，必须赔偿，孺子何知，也无此法力，仍须取偿乃祖。况且九天十地辟魔神梭已吃道友扣留在此，足可为质。无论是交情或道理，均不应以严刑相加。何况乃姑易静已然闻讯登门，代为负荆，请领回去惩责，而道友仍不见容。乙道友乃认道友处治稍过，不近人情，方始下手救去。彼此各执一理，对道友自然不无开罪之处，乙道友既是贫道等患难至交，易道友女、孙皆在贫道门下，本人又是至好，柬如未发，开府庆典或可俟诸异日。一则请柬恰先发出，未便改约；二则易氏姑侄三人均是小徒，又曾得罪道友高足，道友驾临，见此老少数人，心中自不能无所芥蒂。况乙道友爽快绝伦，双方倘有争执，或是语言失检，贫道主人岂不难处？再四思维，迫不得已，只得将道友请柬暂停发出。日前因念双方生嫌之日，易氏姑侄三人虽还不曾拜我之门，现终在我门下，兹值亲身奉请之便，恭率长幼三辈门人，前来负荆请罪。此是一事。

"还有一事。前读家师仙敕，十二万九千六百年元会运世，中间每万二千九百六十年必有一次大劫，虽不至于天地混沌，重返鸿蒙，但也能使万千里方圆地域海啸山崩，洪水横流，煞焰腾空，化为火海。纵以天心仁爱，发生灾祸之处多在辽海极边荒寒隐僻之所，终仍要伤亡巨万生灵，造孽无穷。而引起此劫的祸首罪魁，也必膺天戮，终古沉沦。所幸这类大劫虽是定数，却可凭前知此事的福德深厚有道之士，以精诚感召穹苍，以毅力胆识预拟成竹，设法挽回。照着家师仙敕所示，劫难今日已临，正应在此岛。最厉害的是，此劫因是定数，大祸伏于无形，一触即发。应劫肇祸的局中人，不论有多高法力，事前一意孤行，决不知悉；即有知者，如非自身具有神通，先识玄机，深悉机宜，布置应付恰是时候，分毫不差，到时仍须集合好些大力之人相助，始能于一发千钧之中挽回来。事机瞬息，稍纵即逝，微有疏忽，便成画饼，白费心力，甚或殃及池鱼，均说不定。此次肇事远因，由于小徒无礼，乙道友仗义救危而起。近因便是日前道友轻敌，远离仙岛，率领门人去往白犀潭斗法，中了乙道友的埋伏，略受挫折，心中忿恨，仇怨相循，设下此阵，诱他来此入伏而起。再有片时，大劫便要发动。此劫浩大，仅比洪荒之始稍逊。一旦发生，不但山崩地裂，全岛陆沉，而地火一起，烈焰上冲霄汉，熔石流金，万里汪洋齐化沸水。不但所有生物无一幸免，全世悉受波及，到处地震为灾。而热气上蒸，布散宇内，沸流狂溢，通海之处多受波及。奇热所被，瘟疫流行，草木枯焦，鸟兽绝迹，不知要有多少万万生灵葬送在内。为此奉命来此，挽回这场浩劫，使二位道友休要各走极端，致令浩劫一成，不可收拾。我想二位道友俱都得道年久，能有今日，煞非容易。自来无不可解之冤，何况道家四九重劫不日降临，这回料比上回还要厉害。本是同道，正好同心合力，到时一起抵御。何苦为此一时意气之争，遭此亘古难见，万劫不复的空前巨灾，误人误己，自取灭亡呢？如谓乙道友于道友曾有忤犯，恶气难消，那他此时被道友压入地底已一日夜，也足相抵了。如能上体天心，下从鄙意，酌情推爱，就此交出阵图，由贫道等遵照家师所示，使双方释嫌，言归于好，岂非快事？贫道自知道力浅薄，大劫即行发动，惟恐力微，难胜重任，除本门师兄弟外，并还请有好几位法力高强的道友同来，按家师仙法妙用，散在空中。如今地底灾劫将要发动，吉凶祸福实系于道友一念转移之间，尚望卓裁，功德无量！"

天痴听对方所说，倒是情理兼尽，又是诚诚恳恳，毫无挟持之言，无甚可驳。无奈连日和乙休斗法，又连吃了许多大亏。岛上所有洞府灵宫，泉石树木，几乎全被毁灭；门下弟子又连重伤了好几十个，伤轻的还未在内。端的仇深恨重，百世不改。好容易费尽心力，诱敌激将，还是仇敌骄狂大意，自行投入，才将他困入地底。能否如愿，永禁在内，尚无把握。擒虎不易，放虎更难。如何肯为对方几句话，自留永久后患？至于为此引起空前浩劫一层，初听虽颇动心，继一想：" 此岛地底情形，原所深知，磁峰正压地肺之上，人不能遁，并且现时乙休已吃那洞中九宫宝镜所发五行真气，射入地底，将他紧紧困住，通往峰底地肺之路，又被行法隔断，被困入已一日夜，现查阵图光影，不见行动，当已力竭神疲，如何还能兴起什么巨灾浩劫？再者，自己修道多年，似此关系成败吉凶大事，期前无论如何该有警兆，怎丝毫无所觉察？听对方之言，除峨眉长幼诸同门外，并还约有别派有力外人同来，隐身伺侧，不曾现出。分明和仇敌交深，约人同来救援，为避以势欺人之嫌，故意编造这些说辞，意欲先礼后兵，等话说不通，再把来人一齐现出，恃强硬来。你既设词愚弄，软硬兼施，表面论交情道理，实则想我放出仇人，我便将计就计，也和你来软的，看你用甚方法证实前言？你身是一教宗主，决不能说了不算，平白和我翻脸。"

主意想好，先朝空中注视，果有好几处云影不能透视，分明有人隐身在彼。因是隐形神妙，不用力留心查看，决看不出。心中有气，冷笑一声，故意问道："贫道法力浅薄，不能前知。想不到这万二千年小元大劫，竟应在此。如非道友惠然相告，预示先机，贫道和驼鬼罪魁祸首，都是万劫难赎的了。本来今日道友宠临，又是专为救我师徒危亡而来，驼鬼虽然万恶，仇恨如山，看在道友金面，命我放却，我也不敢违背。不过我闻这类天劫，大抵凶煞之气日积月累，千万年来蕴蓄一处，犹如强弓张机，引满待人，一触即发；又如脓疮高肿，蓄毒已多，终须有个溃裂。大劫之源，当在地底。贫道便将驼鬼释放，不过免其铤而走险，不去引发，但是隐患仍存，发作愈晚，为害尤烈，迟早终是为祸生灵。我意道友神通广大，法力回天，又同来许多位道友，虽然隐身空中，相机而作，不屑赐教，到底人多势众。既来此挽回劫运，想必有个通盘打算。与其只图苟安，贻祸未来，何不传声告知驼鬼，索性指明祸源，令其引发，诸位道友施展法力禁制，使其缓缓宣泄出来，不致蔓延为灾，流毒生灵，岂不比先放驼鬼，祸源仍在强得多么？"

妙一真人知他用意，笑答道："道友之意，以为乙道友真个被困地底，必须道友放他，才得脱出么？乙道友的性情，贫道深知，决不假手外人之力出险。故请道友看我众人薄面，交出阵图，并非就此放人和解，内中尚有文章。　是诚如尊意，这类千万年蕴积地下的凶煞毒火，必须假手引发人，使其宣泄，　是道友已为乙道友化身所愚，五行真气全指一处，以为压困在下，不能行动脱出，却不知他此时正用极大法力，玄功变化，已然攻入元磁神峰之下，地肺之上，再穿通下去千三百丈，便是毒火发源的火眼。非借此图一观，不能引他舍却险路。否则必由火穴横穿过去，地肺中包孕毒火的元胎便猛然爆炸，乙道友随以玄功变化，借着火遁上升，全岛立即粉碎，崩裂陆沉。上半揭向天空，万里方圆内外，沙石泥土满空飞舞，毒火上冲霄汉，劫云烈焰，布满宇内。全海成为沸汤，腾涌如山，毒热之气，中人立死。除却我辈有限几人，稍差一点修道之士，便难禁受，令高足们恐不免于难。灾区蔓延达三万里以上。此外较远之地，亿万生灵虽不至于当时死亡，而热浪毒气流播所及，天时必要发生剧变，水、旱、瘟疫、酷热、奇寒，种种灾祸相次袭来。只有极边辽远之区，或者不被波及。大劫一成，再有多大法力，也无可挽回了。

"乙道友只因被激，入阵之初，不曾想到道友此阵得有桑精之助，先天乙木戊土，具有无边妙用。加以地利天然，不是仅谙五行生克之妙所能克制。道友又是怨重恨深，欲罢不能，必欲杀之为快，防备既极周密，逼迫又复太甚。他一时忿恨难遏，恰在磁峰下面，悟彻以火制火玄机，亟思脱困复仇，以为此岛远居辽海，相隔最近的岛屿也有四五千里之遥，并还无甚人烟，只有鸟兽生物栖息其上。劫运所关，和道友一样，那么高道力的人，竟只知先天元磁精气凝聚之处，下面地肺深处伏有前古太火，足可将先天乙木戊土之气，连同道友这混元九宫阵一齐破去，自身可以脱险。却没算出地肺之中，会由混沌初开以来，蕴伏着这么一个绝大的祸胎。不去惹它，日积月累，越长越大，到了时期，尚且难免破裂，况且以法力攻穿，空前浩劫一触即发。照他此时胸有成算，志在泄忿，你若开放阵中门户请他出来，也未必肯答应。贫道索取此图，并非为了故友关心，助他脱险，实为这场浩劫由于定数。家师在日，为此曾拜绿章，通诚默祷四十九日，发下无边宏愿，遗命贫道等门人弟子，勉斯重任。那纯阴凝积的前古太火，奇毒无比，蓄怒已千万年，势最猛烈。休说乙道友尚不知它为祸如此之烈，不肯罢手出来，即使肯重朋友情面，与道友消嫌释怨，不去攻穿它，好好出来，暂时虽可无事，祸根留存，到时仍要胀裂，揭地而出，并且发作愈晚，其势愈猛。

"此火深藏于地肺之中，有前古地层隔断，微妙隐秘。人想不到，也非寻常占算所能推详；就是法力高深的有心人细加占算，也不能深悉。如欲入地查探，地肺之中水、火、风、雷，无不厉害难当。前古地层数共十三，不是坚逾钢铁，便是奇热无比的沸浆层泥，一层比一层难。即使乙道友这等法力，还须遇上今日局面，为敌所激，不得不下到地底，又连经过诸般险难，受尽艰危，最终迫于处境，方始悟出玄机。试问谁敢下去？即便深入其中，也只略知大概，仍是徒劳，莫知所措。又必须似贫道今日上邀天眷，恭承家师预示机宜，复得好些位有极高法力的人以全力相助，始能勉强应付，防患未然。事之艰险，莫大于此。如欲消弭这场隐患，这祸胎必须去掉。乙道友现时正以全力攻穿地肺，我们也不把详情告知，即仗他之力，成就这场大业，仍任他自行发难。道友只需将阵图倒转，使其本末倒置，向那祸胎的尾梢开上一孔，容毒火喷出，缓缓宣泄，再将阵法撤去。贫道我再传声地底，使其立即飞出险地，便可化险为夷了。贫道等此举，固是不无微功。而二位道友本是应劫之人，一念转移，感召祥和，自然功德无量。天仙位业，全仗各人修为，虽难预测，不久道家四九重劫，必可平安渡过了。"

天痴上人先颇心惊胆寒，留神静听，默然不语。继一想到以前仇人种种欺凌侮辱，又复恶气难消。虽见妙一真人词庄色重，渐渐有些相信，终觉未必如此厉害。暗忖："既要假手仇人去引发毒火，使之宣泄，仍可将计就计，报仇泄恨，何不假意应诺？推说事可允从，阵法外人不能运用，只请示知如何施为，无不惟命。等到仇人将火引发，出土之际，冷不防猛下毒手，暗将阵图转动，乘其疲敝，仍用先天乙木戊土真气，将他压入地底火穴之中，欲取姑与，彼必不防。这样纵令不死，也必重伤。对方诸人奉了长眉真人之命，来此消弭空前浩劫，事未收功，尚有用我之处，权衡利害轻重，必不肯当时反颜成仇。并且对方道法高深，一派宗主，好友遇难，临机不能防御，事后再对自己报复，也必不好意思。再将仇人许多令人难堪、不可忍受的可恶之事一一告知，本来都是朋友，不过交有厚薄，想也不致过于偏袒。好歹出了这口恶气再说。"方在寻思恶计，沉吟未答，妙一真人早已知他心意，且不说破，又笑道："那地肺中所蕴玄阴毒火，又名太火，本是元始以前一团玄阴之气，终年疾转不休。混沌之初，这类元气凝成的球团遍布宇宙，为数以亿万计。多半阴阳相为表里，满空飞舞流转，吸收元气，永无停歇。此时天地混沌，元气浓厚，天宇甚低。经千万年后，混元之气俱为这类气团吸去，日益长大。不久乾坤位定，天宇日高，这类气团飞升天上，齐化列宿星辰，以本身阴阳二气吸力牵引，不停飞转，各从其类，以时运行，终古不变。内中独有几团阴恶之气，质既重浊，不能飞升天宇，当开辟前天地大混沌时，便被包入地肺之中。千万年来地质日益加厚，一层层长上去，而地肺之中倒是空的。地气没它恶毒厉害，为质更比它重，于是它们终古以来，紧贴地肺上层，日益孕育膨胀，越来越大。只是上有元磁真气所结磁峰，紧紧吸住，不再流转，因此上半独厚。日久年深，只往四边横长，无复球形。如往横面穿通，必在地肺之中四下飞舞流转，狂喷毒火，这全岛连同附近数千里方圆海底，全被爆裂，猛揭了去。这座磁峰也必焚毁，化为乌有。只有由上层正中心极厚之处穿破一孔，方能紧附地壳，不稍移动。现在乙道友已快攻到紧要所在，再有个把时辰，便即发动。还有这座磁峰，天生至宝，用处甚大，毁了可惜，也须早为移开，以免阻碍。此时必须着手准备，贫道等期前赶来，也是为此。圆光中所现景象，乃是乙道友所弄狡猾，真身早已深入地层之下。那先天乙木戊土之气，不过暂时在上层禁制内，阻他脱出，并伤害他不得，此时深入下层，更无所施。道友不信，我请同来诸道友略一施为，便可见出真相了。"

天痴上人一半也是因为适才明见乙休在地底阵图内行法抵御，四处乱窜逃遁，后来好容易照着宝镜圆光所现形影，师徒多人合用全力，用极厉害的禁法，才将他困在西南方死门上。以自己法眼观察，所见绝无差谬，幻影化身，哪有这等神通？妙一真人偏说是已快将地肺攻穿，如非偷觑台前圆光，地底所禁仇人形影迟滞，直似作伪，与初禁时活跃情景不同，有些可疑，几乎认作虚语。闻言方欲回答，倏地金光耀眼，全岛大放光明。同时九道金光霞彩，以自己法台为中心，分九面直射下来。空中辅佐行法诸弟子，连那磁峰法网，全在金光笼罩之下。天痴上人忙抬头一看，空中四方八面，俱有法力高强之士现身，齐朝自己含笑，点头为礼。除却九宫方位外，那全阵机枢中央三元主位上，也有浮空三片祥光，上拥三人，更是厉害：一是峨眉派中第一位名宿长老东海三仙中的玄真子，一是掌教夫人妙一夫人，还有一位是唇红齿白、相貌俊美、气度安详的小和尚。这小和尚虽然初遇，却与前听同道和几个大弟子由外归来提说过的采薇僧朱由穆相貌神情装束一般无二。既与玄真子、妙一夫人并立中央主位重地，自然定是此人无疑。久闻他乃前明天潢贵胄，生具仙根仙骨。幼即好道，被白眉神僧度去，授以真传。因他来自皇室，生具异禀，小时读书过目成诵，喜爱文学词章，绮思未退，出家以后，几堕情关。为此还转过一劫，从小皈依，再入空门，戒律愈发谨严，已成了白眉衣钵传人，法力高强，几乎无人能敌，异派妖邪多半闻风丧胆。又听说是驼鬼好友，今既来此，其意可知。再看那九宫方位上，有的不止一人，共有十二三人。见过的只有一半，已无一个是好惹的，不相识的尚不在内。才知来人实是为此大举，先礼后兵。连九宫方位和中枢要地，早已暗中被人制住。好便罢，不好便即反颜相向，合力夹攻。凭自己师徒，如何能是对手？不禁心中着起急来。

天痴上人始而又急又气。继一想："照敌人如此大举，分明所说浩劫不是虚言。如为专救乙休，决不致如此劳师动众。多年修为，又经走火入魔，费了许多心力，今始修复原身，煞非容易。明明强弱相差颇远，何苦为此一时意气，闯此惨祸？异日和仇人同遭天戮，岂非不值？何况这驼鬼实在法力高强，玄功变化，有鬼神莫测之机，先前已然尝到他的厉害。反正制不了他死命，就无这些帮手，也未必能够将他永禁地底。仇怨已深，一旦脱出，决不甘休，也是难斗。平心而论，自己委实也过于刚愎自大，任性行事，才招出这多没趣。与其敬酒不吃吃罚酒，转不如向这些人卖个情面，就势收科。既可化灾害为祥和，拉上交情，结识好些高明有道之士；还可乘此时机与驼鬼释嫌修好，免去未来隐患；更可将来借他与众人之力，同御四九天劫。省得仇怨相寻，纠缠不清，难于应付。反正亏已吃过，索性放大方些，连那九天十地辟魔神梭连同路过玄龟殿所收的几件飞剑、法宝，一齐交由妙一真人带还。好在是对方以礼请托，并未恶语相加，露出强制之意；自己又未现出丝毫怯敌辞色，题目又极光明正大。以前虽然吃有不少亏苦，岛宫、灵木也尽残毁，一则仇人总算被自己压入地底，又经大力之人出来化解，方始冰释；二则事关无量生灵百年惨祸，不能以个人私怨，遂走极端，生斯浩劫。真个怎么都讲得过去，不失体面。"念头一转，心气立即平和。天痴上人也不查看地底，立即哈哈笑道："道友一言九鼎，何况又有诸位道友光临，便不闯此空前浩劫，也无不遵命之理。道友一派宗主，领袖群伦，道妙迪玄，无隐弗瞩，焉有虚语。适才沉吟未报，并非迟疑。只因与乙道友斗法两次，末次在此苦斗，经时数昼夜，彼时为意气之争，各以全力相持，互有伤害，乙道友脱身以后，难保不仍修旧怨；同时又须随诸道友挽回这场劫运，权衡轻重，本不应与之计较，而乙道友每喜逼人过甚，又所难堪，为此踌躇罢了。"妙一真人知已屈服，此系饰词，正要敷衍几句。矮叟朱梅见妙一真人耐心耐意，一再开导，天痴上人已知事关重大,意仍首鼠,又说出这些遁词,便在空中喝道:"痴老儿,齐道兄已然对你情至义尽,只管扭捏做甚?你不想,当初驼子寻你要人,是我请他来的。本不想惹你烦恼,只因驼子天性,向不喜说软话装假,才有这场是非。我早知你有这些鬼门道,本要同来会你,因齐道兄说,非驼子到地底去走一遭,不能免去此劫,我才未来;不然,我别的不如驼子,破你这鬼门道却是拿手,你困得住他么?你看你,受点闲气,为此挽回一场浩劫,你也功德不小;否则将来四九大劫,谁来助你脱难?驼子比你爽快知机得多,只要点头,决不再难为你。还不快把你那鬼画符献出来,尽说闲话做甚?要被驼子知道,他也不要积甚功德,不闯这祸,另想法子一走,也不毁这铜椰岛,给你留下一个祸包在地底,早晚发作,你才糟呢。"

天痴上人被他说得满面羞惭,知一回话更是难听,只得强笑道:"朱矮子惯一巧使别人上当,自己却置身事外,说便宜话。当着诸位道友,谁来理你?"随将手一指,身外烟光尽敛。请妙一真人入内,指着面前台上阵图说道:"道友既明九宫三才妙用,区区末技,料已早在算中。贫道暂且退过,敬请道友施为如何?"妙一真人拦道:"道友且慢,此阵虽然略知大概,但这乙木戊土真气,外人不能运用,须我二人合力,一面倒转阵法,反下为上;一面仍借土木之气阻住四侧,好使乙道友专攻中央。还有大阴毒火由地底上升,虽然防御周密,不致成灾,声势威力也极浩大,稍有疏忽,仍是可虑。更不可使其散布空中。必须与诸位道友合力禁制,一面少遏上升之势,一面将它送入灵空交界之处,由乾天罡风化去毒质,再以法力化为沙土,由天空倒灌下来,沉入海底,受潮汐冲刷,去其恶性,死灰永不重燃,方保无害。但这千里方圆以内,上自穹苍,下极海底,始如火柱撑空,继如灰山天堕,成为亘古不见之奇,所有大小生物当之立死。所以事前必须将空中、海底鱼鸟生物,用法力驱散。凡此种种,来时均与空中诸位道友商定,已有安排。兹事体大,诸位道友各有专任,虽然也按九宫三才方位施行,与道友一样,实则专为对付升空毒焰劫火,不能兼顾下面。所以此阵运用,仍须借重道友和贵高徒之力相助,与同来诸道友无干。"

天痴上人闻言,知道妙一真人借着禁制毒火为由,除本人外,不令同来诸人代庖,干预阵中之事,极力免露以势相挟,保全自己面子,设想既很周详,对于人情更是体贴入微。无怪乎他人多谓其岳负海涵,渊渟岳峙,玄功奥妙，道法高深，智计周详，有鬼神不测之机，领袖群伦，万流景仰。寻常修道之士，如何能与比拟？心中敬佩感服，连声应诺，便请施行。妙一真人仔细朝阵图一看，禁制神奇，五遁循环相生，果是厉害。故此连神驼乙休那么高深法力，急切间亦为所困，不能脱身。随即行法，使对面圆光大放光明。一面手指地下，运用慧目，透视地底；一面将阵图倒转，查见神驼乙休面容深紫，想因被困怒极，气得眉发皆张，须髯如戟。遍体金光，包没在风雷环绕之下。左手掐着诀印，右手上发出一朵金花，正朝地底冲去。金花万瓣，大约亩许，宛如飙轮电驭，急旋飞转。所到之处，地层下那么坚厚的地壳，全成粉碎，化成熔汁沸浆，四下飞溅，看去猛烈已极。便向天痴上人笑说：“此方是乙道友的真身，替身现在那旁，道友且看，有无分别？”天痴上人朝那指处一看，又是一个神驼乙休，照样金光护体，在适才自己师徒合力用阵法禁制的地下，东驰西窜，好似为法所困，走投无路，神气稍微板滞，远不如真身激烈。如不两相对比，细心观察，却看不出。自愧弗如，好生暗佩。笑问：“还有多少时刻，始行发难？”妙一真人道：“道友已能上体天心，转祸为福，时甚从容，决可无害。不过乙道友玄机灵妙，动烛隐微，他正忿极，拼命施为正急，此时如将元磁神峰移去，恐被觉察，一被推算出来，就许延误，别生枝节，再想下去便非容易。好在至少还有半个时辰，道友只看我把手一招，即将神峰移去，我自有法开通地穴，引那毒火上升，并接应乙道友上来好了。”

妙一真人又照预定手势，向空连挥。空中九宫方位十余位男女仙人，各发出千百丈金光祥霞，联合一起，做成一个十顷方圆的光筒，由存身之处，笔也似直矗立高空，将下面的一片地域凌空罩住，却比天痴众门人所存身之处略高，并不往下落来。又隔一会儿，妙一真人手朝神峰一挥。天痴上人隐闻地啸之声渐渐洪厉，便早有了戒备，一见手势发出，忙即行法，向峰一指。说也真巧，那么参天排云的神峰，连同环峰守伺的众门人，刚刚拔地飞起，猛听峰脚原址震天价一声爆响，当中十亩方圆一片地皮，首先揭起，直上天空，地面上陷一大洞。碎石惊沙，宛如雨雹一般，四处飞洒之中，一股极浓厚的黑烟，撑天黑峰一般由那陷洞中突涌上来，见风立化成深紫暗赤色的毒焰，诡幻百变，五光十色，比箭还疾，直往当空射去。声如轰雷，洪洪发发，震撼天地，全岛都在摇动，大有震塌之势。这时正

2781

值斜阳衔山，余霞散绮，晴云片片，簇拥天心，吃毒火烈焰往上一冲，首当其锋，立似残雪投火，一见即消。正中心云层，先被冲破一个大洞，以外环云立即滚滚翻花，往四外散荡开去。晃眼工夫，云洞越大，四外惊云也由厚而薄，由聚而散，化作残丝剩缕，消灭净尽，天色立被映成紫血颜色。煞气弥漫，声势惊人，端的古今罕见！

天痴上人师徒已在磁峰移去时避过一旁。空中九宫方位上，十余位仙人也早有准备，一听地啸之声，毒火裂地而出，便把先发出来的大圈步光往上一合，随着上长数百丈，恰似一个光城，由地面齐火穴往上三百余丈，将那太火毒焰紧束在内，使其直射遥空，不致波及四处。当中三元阵位上，三位仙人立得最近，责任也极重大。地穴一陷，玄真子和妙一夫人立照预计，施展玄门最大法力。同在祥霞护身之下，一个由侧面指定一团青霞，抢出毒焰之上；一个手持一柄宝扇，往上扇去。一前一后，随着焰头，电一般往空中飞升上去。同时，采薇僧朱由穆放出一圈佛光，环绕全身，冲烟逆火而下，直往火穴之中投去。刚刚飞入火穴，便听霹雳连声。神驼乙休披头散发，瞋目扬眉，须髯猬立，周身俱是金紫光华围绕，两手往外连扬，震天价霹雳连珠也似往上乱打，凶神恶煞一般，正由地穴浓烟之中冲将上来，两下里恰巧撞上。朱由穆知乙休还不知道此举关系定数，几乎发生空前浩劫；更不知众人在上施为，只容他攻穿一个百亩大小火穴，以此宣泄，四外地皮俱被法力禁制，坚逾精钢。只因被困时久，怒火中烧，尚嫌火未成灾，未将全岛陆沉，炎天沸海，还在连发神雷为毒火助威。此老性情古怪，急切间也无法劝止。便不由分说，手指处佛光迎将上去，连他一齐圈住，一同往上升起。神雷立时无功，乙休通体也觉清凉。晃眼之间，二人飞出毒焰金光之中。

乙休本和朱由穆交好，见他这样行径，先还以为他知道自己在地底被困，误为阴毒之气所伤，特意赶来相助。一出地面，瞥见烟外有数百丈金光环立如城。等再上升，飞出金光圈外，又看出妙一真人以次，峨眉师徒长幼两辈，还有嵩山二老、李宁、杨瑾、姜雪君、玉清大师等好友，总共竟有数十人之多，俱都在场，并还列阵相待，各以全力施为。而仇敌师徒，却是一个也无踪迹。又疑天痴师徒已为众人挫败逃走，因恐殃及生灵，故将火毒制住，不令成灾。虽然出困由于己力，不曾假手于人，但不能亲手报仇，终是憾事。在地底发难，已觉此火有异，出于意料，如非真个厉害，怎会兴师动众，以至如此？乙休道法高深，原有识见。起初被困怒极，又是应劫之人，本是定数，该他发难。只顾复仇心甚，铤而走险，一意孤行，嗔念太重，神智已昏，罔计利害。这时，浩劫已经众仙之力挽回，化为祥和，灾星已过，身又不在困中，灵智已复，自然一望即知。心念一动，立运慧目抬头仰望，不禁看出凶危，省悟过来。这一惊真个非同小可，暗中直道侥幸，满腔怒火立即冰消。忙请朱由穆撤去佛光，去寻妙一真人询问。朱由穆答说："道兄身中阴毒，虽仗你道力高深，不致大害，到底不免苦痛，暂时你还出去不得。"话还未了，妙一真人已经飞来，刚说了句："乙道兄，请随我来。"猛瞥见一道金光，宛如长虹刺天，疾逾电射，由东南方暗云红雾之中破空而来。朱由穆笑道："乙道兄，仙福无量，来得正是时候，请随齐真人去吧。"

要知乙休后事如何，请候下文分解。

蜀山剑侠传 7

— 著 —
还珠楼主

人民文学出版社

目录

第二二三回	直上八千寻　荀兰因罡风消毒火	
	飞行九万里　齐霞儿阴岭拜枯仙	2785
第二二四回	巧语释微嫌　寂寂荒山求异宝	
	玄功消浩劫　茫茫孽海静沉沙	2808
第二二五回	举酒庆丰功　辽海澄波宁远峤	
	寻幽参妙法　千山明月度飞仙	2826
第二二六回	谢罪登门　女神婴正言规蛮祖	
	隐身探敌　小癞姑妙法戏妖徒	2854
第二二七回	奇宝丽霄　不尽祥氛消邪火	
	惊霆裂地　无边邪火走仙娃	2872
第二二八回	小住碧云塘　历劫丹砂谈霞举	
	独探红木岭　冲霄剑气化龙飞	2896
第二二九回	千里传真　一鉴芳塘窥万象	
	众仙斗法　五云毒瘴失仙机	2918
第二三〇回	鸣鼓兴戎　众仙奋斗蛮人祖	
	腾光护法　七矮欣逢枯竹仙	2946
第二三一回	布阵遏妖氛　霞影千重由地起	
	飞身援道侣　彩云一片自天来	2962
第二三二回	破遁闪灵旗　变灭盈虚森气象	
	传声谈旧迹　循环因果快恩仇	2984

第二三三回	绝海剪鲸波	万里冰天求大药	
	荒原探鳌极	千寻雪窖晤真灵	3005
第二三四回	奇景丽春秋	灼灼花枝明似焰	
	极光涵海岳	沉沉丹井酷生寒	3031
第二三五回	一径入晶宫	广殿通明参极主	
	横空张绿网	长天无际遁飞人	3054
第二三六回	天末涌金轮	海气荒凉观日景	
	洞中惊黑眚	岚光明丽访仙娃	3074
第二三七回	云山无恙	道侣修真	
	玉牒生芒	妖尸惧祸	3099
第二三八回	绝艳迷人	尤物原祸水	
	行波入地	圣池走神婴	3116
第二三九回	复壁行波	潜踪穿秘甬	
	遗音示业	古洞困神婴	3135
第二四〇回	华日丽仙山	花放水流人独立	
	灵潭追魅影	星驰电射燕飞来	3155
第二四一回	急难脱身	英云双入险	
	玄机制敌	土木两无功	3178
第二四二回	穹顶舞寒星	沧海蹄涔迷鬼主	
	祥宫伤炼士	珠光剑气护仙娃	3199
第二四三回	双脱重围	无心铸错	
	独寻良友	巧意逢真	3213
第二四四回	厉啸落长空	电射屠龙驱丑魅	
	祥云封圣域	花开见佛拜神僧	3231

第二二三回

直上八千寻　荀兰因罡风消毒火
飞行九万里　齐霞儿阴岭拜枯仙

上文说到神驼乙休被困铜椰岛地底，峨眉派教祖妙一真人，率领本门长幼两辈群仙，连同嵩山二老、采薇僧朱由穆、姜雪君、李宁、阿童、玉清大师、杨瑾等与峨眉交厚的众仙宾，同往铜椰岛，为神驼乙休、天痴上人双方解围，以免乙休攻穿地肺，引动洪荒千万年前埋藏地底的太火毒焰，煮海烧天，发生亘古难逢的无边浩劫。众仙到了以后，妙一真人因天痴上人修炼多年，人尚正直，性又好胜，不愿伤他面子，尽管施展玄门无上妙法，使长幼群仙将空中九宫三才方位暗中制住，占了必胜地方，表面仍是礼让谦和，晓以利害。天痴上人心意，先尚有些惊疑不决，后经妙一真人连番婉言劝诫，又将空中仙阵和同来众仙现出，天痴上人方觉势两屈，见机应诺。因料神驼乙休和他师徒仇恨已深，法力又高，被陷地底只因被激好胜之故，否则也制他不住。如果出险，未经妙一真人化解以前，只要见面，必定眼红，猛下毒手报复，决不甘休，自己虽尚不惧，众门人怎禁得住？本欲先行隐避，因妙一真人喜他知机，为敬主人，特意留他运用乙木戊土精气，倒转阵势，直到磁峰移走，神驼乙休裂地上升，方始率领门徒遁避入洞。

果然乙休怒火中烧，出来便要寻他晦气，同时又以全力发动太乙神雷助长毒火，欲将全岛毁灭，以消胸中恶气，势极猛烈。幸亏众仙早有准备：一面化地为钢，只留火穴，宣泄地底所喷太火毒焰；一面九宫位上十余位仙人各运玄功，发出数百丈金光，合成一个撑天光筒，按火口大小紧紧压制；一面当中三元方位上玄真子、妙一真人各以无边法力，引火升空，直上二天交界的乾天罡气层中，以罡风消灭火焰，使那无量毒焰化为劫灰以后，徐徐下沉海底。又怕乙休恃强尚气，攻穿地肺，一时疏忽，中了太火阴毒之气，一见天风，伤毒发作，便要加重；尽管神通广大，练就不死之身，暂时能运用玄功真气，强自忍受，终不免于苦痛；时候再久，更要伤耗真元，复原不易，非同小可。于是又命采薇僧朱由穆深入火穴接应，就便防他任性胡来。二人本来交厚，深知乙休性情，怒火头上不容分说，才一照面，便用佛光将他一齐圈住。等到飞出光围以外，乙休也把太火厉害和众仙来意看出，待要飞出询问。朱由穆恐他伤毒苦痛，正在拦阻。先是妙一真人飞到，跟着后边又是一道金霞刺空飞来。朱由穆刚刚改口说："此人已来，道兄出去无妨了。"那金霞已然飞到，现出一美一丑两个少女，一前一后，向三仙同时拜倒，分别行礼。

神驼乙休见来人正是齐霞儿和她新收弟子米明娘。未及开口，妙一真人笑问霞儿："怎此时才到？总算还未误事，也亏你师徒呢。"霞儿起立恭答："女儿此行颇有险阻，幸是带有徒孙明娘同往，否则二宝只有一处肯借，灵药更不会有，便不免误事了。"妙一真人道："你师徒数日之内往返大荒九万里，也颇劳苦，此时无暇详谈。好在大功告成，先在一旁歇息。等我走开，便随他们巡防，少时唤你过来再说吧。"霞儿应声，遂将手中所持一个手掌大的蚌壳，一个蕉叶卷成的三寸许小筒奉上。带了明娘，躬身退下，向峨眉众弟子丛中飞去。神驼乙休一听霞儿往返大荒，必是为了自己所受伤毒而去。笑问道："道兄真个肝胆，为我一人，劳师动众之外，又遣令爱冲越险阻，远涉穷荒，连那两个老怪物也找到么？"

妙一真人笑答："此次关系亘古未有的惨劫，要伤无量生灵，应在道兄发难。所以道兄那么高深的道力，也未预识先机，事前阻止。不过姑息迁延，仍要养痈遗患。照家师仙札密谕，只能任其发作，以应劫数。最重要的是计虑周详，临机善于应付，务使这滔天浩劫从容化去。差之毫厘，谬以千里，端的厉害非常。否则以道兄之力，岂是人所能困？即或稍有疏忽，我辈中人有一两位临时赶到也来得及，何致费这大事呢？此事也莫再有芥蒂，你和天痴道友都是应劫祸首，当局者迷，一任道力高深，到时由不得，仍妄动无明，昧却利害，局外人事前任怎劝说，也是无用，预知反倒有害。前在峨眉，不肯明言，便是为此。如今大劫已应，只剩收拾残局。彼此都是修道多年，理应释躁平矜，止息嗔怒才是。何况道友前在白犀潭已占足上风,此番寻到门上,也因一上来便不留情面,才致双方铤而走险,各趋极端。被陷地底,并非不知那是陷阱,只因好胜,受激所致。脱困由于自身法力,虽说中了太火阴毒之气,无此大荒二宝解治,也不过稍受些日痛苦,终无大害。如换一人,为火所伤,休说还要攻穿地肺,裂土飞出,当时便须葬送地底。经此一来,反倒见出道兄法力,玄功奥妙,委实高人一等,尚有何不快意处?天痴道友起初也颇负气,自经小弟告以利害,知道此乃天劫使然,定数如此,立即警悟,心和气平,认为幸免于难,不复再计意气之争。只要道兄心愿释嫌,便可修好,为友如初。因恐道兄初出,不识底细,仍不相谅,天痴道友业率门人暂避。道兄海岳之量,想必以我为然吧?"

乙休哈哈大笑道:"齐道兄,你我多年患难之交,自来没有说不通的事,怎对我也下起说辞来?起初我虽忿恨痴老儿妄自尊傲,却知他还不失为正人君子,居心只想稍微挫折。自从白犀潭一会,由不得心中那么厌恨。假如非诸位道友以回天之力消弭惨祸,我二人不特多年苦修付于流水,而且造此无边大孽,岂非万劫不复?何况按理还是我有不对,比他还要骄狂。此时噩梦初觉,此身无异凭空捡得,有何嫌怨不可化解?道兄防我仍然恃强任性,故意给我高帽子戴,那又何必呢?"齐、朱二仙闻言,也不禁笑了起来。妙一真人道:"道兄从善若流,令人钦佩。此时内子正随大师兄引火升空,我三人正好无事。道兄体内阴火已被巽灵珠照灭,只等吸星替将毒吸去,立即复原如初。适见天痴道友师徒也受有伤,且去他洞府中一同施治吧。"

乙休早在霞儿师徒离去时,脱出佛光之外。妙一真人当第一番话未说完时,一边说话,一边早将手中蚌壳张开,由里面发出碧莹莹亮晶晶七点酒杯大小冷光,射向乙休身上。随着妙一真人手动之处,环身滚转,上下翻飞,毫无停歇。三仙说完前事,乙休便令收去。妙一真人答说:"火毒尚未吸出,暂时不收,到底清凉得多。道友自己运用,还要好些。"乙休已知中毒颇深,珠光照后,身虽不再火烧,体生清凉,真气仍不敢运行全身。便把蚌壳接将过来,手指七点寒光,如法运转。三仙随同往天痴上人洞府飞去。

天痴的洞府,地势甚广,石室千百余间,已被乙休先前用法宝毁却十之八九，只剩尽后二层两进石室。天痴上人已然省悟劫运，不但恨消，反倒侥幸。只恐乙休见面便予以难堪，又以门人受伤颇多，适才忙于退敌复仇，未及施治，俱在后洞苦挨。知道这场灾劫消灭须时，神驼乙休与众仙相见，必有许多话说。自己也曾负有微伤，正好抽空连门人一同施治。便率未受伤的众弟子，一同避入后洞。正在一面医伤，一面向众徒晓谕，不料一会儿三仙便已寻上门来，忙率众弟子出来迎接。乙休不等他开口，便先说道："痴老儿，我们枉自修炼多年，仍受造物主者播弄，身堕劫中，毫不自知。如非诸位道友神力回天，至诚感格，我两人正不知伊于胡底。现在想起前事，实有不合之处。我驼子生平没有向人认过错，现在向你负荆如何？"天痴上人也笑道："我二人一时嗔念，肇此大劫，幸蒙齐道友与诸位道友的回天之力，得免于难。如今噩梦已醒，本是故交，还有何说？前事再也休提。倒是你在地底所受火毒至重，只大荒二老怪各有一件异宝可治。你绕身冷光，颇似昔年传说的巽灵珠。卢家老妪，有名乖谬，不近人情，她那吸星神管也曾借到么？"随说随同往里走进，分别揖坐。妙一真人接口答道："二宝均经小女霞儿借到。适见蕉叶之中，还有十五粒灵丹。借时情形，尚未及向小女询问。此丹卢道友甚是珍贵，居然得了许多，真出人意料呢。"

天痴上人闻言大喜，方要答话，朱由穆瞥见北榻上卧倒八九十个着青白半臂的门人，有的似为太乙神雷所伤，有的手足断落，残肢剩体放置各人身旁，面色个个青紫，苦痛已极。知道天痴上人正在施治，忙道："乙道兄真狠，这班后辈能有多大气候，何苦也下此辣手？"乙休道："我固不合气盛，彼时也是有激而发，情不由己。好在残骨未失，以我四人之力，又有这十几粒卢家灵丹，还不难使之复原。就请齐道兄为首，先给他们施治吧。"妙一真人道："有此灵丹，便不费事。他们的轻伤，好些已被天痴道友治愈。这类重伤共是九人，就请天痴道友取九粒灵丹，照此用法医治好了。"天痴上人知道重伤诸徒急切间只能用本门灵丹定痛，复原却难。而卢妪九转百炼灵丹能脱胎换骨，起死回生，长还肢体，灵效非常，能分润两三粒，已有复原之望，竟每人给一粒。自是欣喜，极口称谢，接将过去。那蕉叶除包这十五粒灵丹，并书明用法外，内中还有一根道冠上用的簪子。众人久闻此宝神奇妙用，各自注目观望。其质非金非玉，非石非木，不知何物所制。色黑如漆，黯无光泽，形式却极古雅。如非众仙慧目法眼，看出内里氤氲隐隐，层层流转；道力稍差，便以凡物视之，决不知是件前古稀世奇珍了。

妙一真人将蕉叶递与天痴上人看过，便把灵丹仍旧包好收起。持簪在手，走向乙休身前，笑道："卢妪私心，宁赠灵丹，不传此簪用法，只能吸去火毒，好些神奇妙用，俱无法赏鉴了。"说完，随将手中宝簪向乙休头面之上擦得两擦，那簪便自乱动。乙休伤处立觉一阵奇痛钻肤而出。簪内便有几缕血丝般影子往里渗进，徐徐流行，由显而隐。约有半盏茶时，火毒才得吸尽。拿在手里，定睛一照看，只有细如牛毛几丝血花，被内里云气裹住，疾转不止，渐渐消失无踪。妙一真人方在赞赏，忽听一老妇声音发话道："此宝用毕，请以簪头东指，照中间连弹三下，自能飞回，幸勿久留。"这声音就似在簪上，妙一真人知她簪上附有寄声之法，此宝与她心灵相通，以弹指为号，这里一弹，宝主人立即警觉，行法收回。随即走向门口，依言行事，弹了三指，手托相待。隔不一会儿，眼见这簪微一振动，忽然化成一溜银色火星，长才数寸，尾发爆音，破空直上，疾逾电掣，往正东方飞去，晃眼便已无踪。妙一真人重又归座。乙休已是复原，笑道："卢妪真个小气，谁还好意思留她东西不成？这等情急。"朱由穆道："此实难怪。此宝是她命根，如何不看得重？性情又那么古怪，肯借宝赠药，已是极大面子了。你只见她收回忒急，少时间两个往借的人，借时正不知是如何艰难呢。"乙休也笑道："此话诚然。休说此宝，便是她灵丹，平日若要想她一粒，也难如登天，不知怎会一赠十五粒？而受伤非此不治的又只九人竟富余了六粒，久闻这老婆子有鬼神不测之机，只是性情乖僻，专讲报施，恩怨分明。她如无所求助，轻易不肯助人。此事奇怪，其中必有缘故。我现在灵元初复，难于用心。齐道友玄功奥妙，明烛机先，何不算他一算？"

妙一真人道："大荒二老好为诡异之行，赠丹之时，已将阴阳倒转也说不定。事有定数，算他何用？少时尚须助大师兄和诸位道友行法，只等天痴道友治愈众高足，便须同往。劫灰所布之处，占地甚广，众擎易举，助手越多越好，暂时无暇及此，由他去吧。"说时，天痴上人已照蕉叶上所书用法，将每粒灵丹分化为二：一半令受伤人服下；另一半放向伤口，手托残肢，两头接好了样，运用玄功，一口真气喷将上去。那半粒灵丹立化成一团青气，由伤口溢出，将外面包上一圈。内里便自火热，渐渐接骨生肌，精血流行。约有盏茶光景，外圈随烟渐渐隐入肉里不见，伤口立即生长复原，和好人一样。似这样挨个治将过去，妙一真人和乙休、朱由穆又在旁相助，并将天痴上人适才未及治完的几个轻伤门人，分别施治，共总不到半个时辰，全都治愈。那九个重伤残废的，也各将肢体接好，回复原状，令在洞中歇息静养，暂勿走动。未受伤的一干门人，也只准在后洞门外遥望，不许随往；另用仙法禁隔，以免无知误伤。然后一同走出洞外，向空一看，那地底蕴蓄的太火毒焰兀自尚未喷完，声势反倒较前愈发猛烈。

这时玄真子和妙一夫人已直上云空，不见人影。九宫方位上的十余位前辈仙人，各以全力运用玄功，联合指定火口上面那一团金光，镇压穴口，紧束火势，使其冲空直上，以免横溢。峨眉众弟子为防意外之变，各持飞剑法宝，纵遁光飞升上空，环绕九宫阵位，四下查看。只见数十百道光华，宛如经天彩虹，环绕在数十丈金光之上，三个一丛，五个一伙，离合变幻，电驶星流，往来如梭，满空交织，相与辉焕，上彻云衢。除却当中一根上冒血焰的擎天黑柱外，四边天空的愁云惨雾，连同下面漫无际涯的茫茫碧海，全被映照成了云霞异彩。比起先前毒焰初由地底喷起时，又是一番奇景。天痴上人暗中留神查看，这些峨眉门下新进之士，不特功力根骨无一凡品，而且所用法宝更是神奇灵异，妙用无穷，威力绝大。方在点头暗中称赞，猛瞥见适才大荒借宝初回的齐霞儿，同了四个根骨最好、年纪最轻的少女做一起，飞行巡视。霞儿居中，一手指一道金光，另一手托定一鼎。当头一个红衣少女，身与剑合，手持一面宝镜，发出百丈金光，时隐时现，四处乱照。左边一个，手指一道青虹；右边一个，手指一道紫虹：正是长眉真人当初斩魔镇山之宝青索、紫郢二剑。末后一个，手指一道金虹奇光，竟与以前所闻达摩老祖遗传的南明离火剑情景相似。

众门人俱在九宫阵位内往复飞翔，独这五人似在阵位之外，做梅花形环阵而驶。天痴上人暗忖："莫怪峨眉势盛，休说这些后辈新进仙根仙骨迥异恒流，单这几口仙剑就没地方找去，别的异宝奇珍尚不在内。一干异派妖邪，如何能与为敌？消弭这次空前浩劫，固应慎重，但是仙阵神妙，防御极严，并且是他教中主要人物聚集于此，另外还又约了好几位法力高强之士，照此形势，谁敢前来送死，怎还令众弟子满空疾驶，加紧戒备，岂非多余？以齐道友为人，说他有心炫耀自己门下，又似不会。"方在寻思不解，齐霞儿等五女弟子正飞驶间，倏地同声呼叱，当头红衣少女将宝镜往斜刺里一照，五女随即同指飞剑法宝追将过去。天痴上人料有变故，运用慧目一看，镜上金光遥射之处，竟飞起两个面目狰狞、身材高大的魔鬼影子。内中一个独脚的才一现形，扬手便是一片灰白色的火星迎面打来。吃齐霞儿抢上前去，一指手中宝鼎，鼎口内便飞出一红一白两股光华，神龙吸水般朝前卷去。同时紫郢、青索、南明、紫、青、红三道剑光也电掣而出。那两魔影想似自知不敌，双双一声怪啸，刺空遁去。五女忙纵遁光向前急追，晃眼全都没入天边霞影之中不见。那魔影来势既凶且急，飞遁尤为神速。照那隐身窥伺情景，分明心存叵测，来者不善，善者不来。可是妙一真人和乙休、朱由穆立在下面，只做旁观，并不出手施为，如无其事，天痴上人觉着奇怪。再细一看，原来不知何时，吃妙一真人暗用隐身法，连自己也一齐隐去。正想那魔影好似传说中的雪山老魅七指神魔和妖尸谷辰，妙一真人和乙休二人不动声色，必还另有妙策。果然念头才转，先瞥见五女同驾遁光，疾驶飞回，快要飞到面前降落。三仙忽然同时把手往上一指，立有百丈金光，千团雷火，往上空打去。两魔影突又在当空现形，吃神雷一震，接连翻滚了几下，慌不迭似要遁走，神情狼狈已极。再吃五女飞回，五道剑光一同飞射下来，迎头一绞，立将两魔影双双绞散，哇哇两声惨叫，电也似疾，分向四外投去。双方动作原极神速，晃眼便没有踪迹。红衣少女还在用镜四照，妙一真人已将隐身移形之法一齐撤去，唤令下来。

五女闻呼，一同下落，躬身侍立于侧。天痴上人这才看出，不特彼此身形全隐，连那火穴和空中九宫阵位，都非适才所见之地。相隔尚远，自己一同随出，又是久居之地，人家不动声色，连使移形隐迹之法，竟未看出，好生惭愧。笑问道："适见妖魔颇似妖尸谷辰与雪山老魅，三位道兄如此神通，何不就势将他们除去？"妙一真人道："妖尸真个凶毒险诈，竟想乘隙隐形入地，运用邪法妖术，使那未喷完的毒焰同时爆发，裂地而出。我救这场浩劫，虽然火势已然宣泄大半，为祸不如前次之烈，为灾为害，却也非同小可。幸我早已防到，预有安排，因知二妖尸诡诈知机，恐被觉察，故未明言，只在暗中设法相待。无如妖尸气运未终，太火毒焰尚未喷完，一切善后也未停当，不能以全力施为。总算霞儿同四女弟子尚还机警神速，紫郢、青索与南明离火三剑同是二妖尸等的克星，急赶回来，联合赏了他们一剑，使其重创而去。虽被遁走，但他们元气大伤，只能回转老巢；要想照他们预计，这里凶谋无成，乘我仙府空虚，又去峨眉侵扰，便不能了。"霞儿在旁，含笑躬身禀告道："并非女儿能早知机，还是全仗枯竹老人事前指教，才得先行戒备。就这样，仍因应变稍迟，又为所愚，未如预期将妖尸除去，只伤了他们一剑，隐患未消，白费心力了。"

妙一真人道："我以妖尸难得遇到这等千载难逢的复仇机会，决不肯弃舍。一面施展邪法，隐秘行藏，以免我们算出底细；一面乘我们消弭浩劫，责重事繁，不暇兼顾，暗中先来破坏，如不成，再去毁我仙府。我除暗将火穴周围严密封禁，不令侵入，又用移形换影之法，幻出一片虚景，使其无的放矢。等他发动，再用太乙神雷加以猛击，并将凝碧崖上空封禁，另约两位道友在锁云洞旧址坐镇，以防不测。因知妖尸与我师徒怨毒已深，此次冒险来犯，必有几分杀气，行踪又极飘忽诡秘，尔等目力十九不能窥见。金蝉又常疏忽，未经甚大敌。恐众弟子无知，为妖尸所暗算，特命尔等同驾遁光，在九宫阵地以内飞驶巡行。这里上空又是虚影，先免却好些危害。初意尔等所持法宝，颇有制他之物。只想等我和乙、朱二位道兄神雷发动，妖尸受伤现形之际，合力夹攻，给他一个厉害。妖尸玄功变化，与别的妖邪不同，来去如电，难于捉摸。本没打算必能伤他，不过略增威力，姑试为之。如能成功，也可免去峨眉一番骚扰。适见尔等五人联合遁光，各持飞剑、法宝在阵外飞驶，照那情势，万无败理，便料受了高明人的指教。果然当时虽然受愚，被他诱走，依然警觉追回。妙在三剑俱是他的克星，虽未伏诛，受伤已是不轻，绝非短时日内所能恢复。异日除他，便要容易得多。妖尸气运未终，神通广大，猖狂先后五六百年。许多老前辈俱认他为劲敌，时存戒心，轻易不肯招惹。不料败于尔等后进之手，我儿怎还不知足呢？"

乙休接口问道："那大荒两老怪物俱是古怪脾气，尤其卢妪乖谬，不近人情，此次为何这等卖好？贤侄女会见她时，可有甚言语么？"妙一真人见火势尚早，妙一夫人、玄真子尚在灵空交界处，运用乾天罡煞之气消散毒焰，尚无动静。又知神驼乙休和天痴上人，此次无意中脱逃出一场形神皆灭的大劫，大荒二老行径最所关心，急于详询，便令霞儿把借宝经过全说出来。霞儿领命，从头说了一遍。

原来齐霞儿自从那日在凝碧仙府领了妙一真人之命，接了柬帖书信，便带了新收女弟子米明娘，立时起身。知道事关重大，往返九万里，路途遥远，中途阻滞甚多。快到大荒山境，还有万里方圆一片海洋，内有数十万岛屿和浮沙落漈，多半藏伏着精怪妖邪，险恶厉害，一见人过，群起为仇，阻障横生。最难处，是这类妖物十有八九俱被大荒二老收伏，只在岛上盘踞修炼，永不出外害人，不便轻易伤它们。又都修炼数千年，炼就内丹，善于变化，各有极厉害的法力，与寻常精怪不同。二老中的卢妪，更在这些岛屿上面设有一道极长的禁制，禁法十分神奇，杳无迹象可寻，横在海中，宛若天堑。除她自愿延见，来人如若由彼经过，那禁制立生无穷妙用，能随人上下左右继长增高，阻住去路，休想飞越过去。霞儿心想："自己虽然学道多年，法力高强，又有好几件仙剑、法宝护身，到底事情紧迫，责任重大。父母和各位尊长新辟仙府，连诸葛、岳雯等长门弟子都没有派，头一次便派自己出去，可知十分看重。如在中途受挫回去，休说无颜见诸同门，便父母面上也不光彩。"不由得格外谨慎。

师徒二人飞出仙府，加紧飞驶了千余里，便择一个隐僻无人的山谷之中落下，商议如何去请。米明娘道："大荒山南星原，弟子昔年随先师前往拜访卢仙婆，曾经去过一次。虽以缘浅福薄，卢仙婆不肯赐见，快要走到所居灵谷之中，便被逐回，但当地情形，却知道一个大概。彼时卢仙婆尚未和人负气，海中神屏禁制也还未设，单那沿途各岛所伏精怪，已难应付。尚幸先师事前得一异派中高人指教，先在头一关神獭岛上潜伏了三月，探明守岛精怪习嗜，最喜食中土蜜制果脯，并喜闻香。又探明再过三月，又是仙婆寿辰，各岛精怪均往拜祝。忙即赶回，假做商贩，备了大半船蜜制果脯和各种名香。行法驰到离岛百余里，暗中行法，用一阵狂风大浪，将船吹向岛边沙滩之上搁浅，令弟子守在船上，自去一旁隐伏。弟子假作供上果脯，焚香祝天，将那妖物引来。照例遇见失风漂来的商船，须要由它护送上路，不许加害。偏这两样都是它的癖好，弟子再装着害怕，尽量献与它食用，自是高兴。一会儿先师假装上岸，寻路回转，并假意发怒，怪弟子不该将所贩果脯献与妖物受用，欲加毒打，那妖物人面鱼身，心肠颇好，自觉难堪，强以人言讲情，并允尽力酬报。先师立即借势收风，先骗它赌了重誓，言明无求不应，再把满船货物相赠，博它欢心。先师在岛上又住了一月，最后才说起要往见卢仙婆，求它设法携带，偷渡重关。那怪物心直，吃先师花言巧语，哄得死心塌地，误信仙婆已在出游中土时曾经允诺，只因沿途浮沙落漈，险阻太多，必须借祝寿之便，藏入它的大口以内，始能过去。立即应诺，允弟子师徒藏入它那比城门还大的怪口之中，一直带到大荒山脚。

"先师上岸，便率弟子一步一拜，拜将进去。眼看快要到达，卢仙婆忽然厉声传话，坚拒不见，喝令速回。先师还在哭求，谷中猛冲出一道金光，强将弟子师徒卷去，直送出数千里外，方始离开。初飞起时，瞥见那人鱼已然腰斩两段，有一股青烟冒起，直上天心，知是妖物元神，也未看真。因落处恰在离神獭岛不远的海面上，守岛妖物已死，正好在彼潜修避祸，仍寻了去。住了十年，俱无人来。也是先师数尽，该当遭劫，没体会出仙婆深心，反因受辱怀恨，如非法力太差，早已前往寻仇了。这日忽然静极思动，前往中土访友，留下弟子守岛。去才四日，忽一大头丑女走来，自称人鱼转世，说她受先师之愚，遭了兵解，但她修炼千年，非经此一关不能修成，幸仗此举，才得转祸为福，转世人道，所以心中并不怀恨。才一降生，便能人言，飞腾变化，有许多灵异之迹。如生在汉族人家，必当她是个怪胎，当时杀害，都说不定。仗着投生那家是个土著中的女巫，见她身有鱼鳞，生具异相，正好拿她恐吓山人，作威作福，没有加害，反倒奉若神明。

"人鱼为报女巫养育之恩，虽照乃母之言行事，幻出许多灵迹，向山民敛财，但她夙根未昧，恐防造孽，从三岁起，便向山民要一山洞，闭户修炼，轻易不出见人。第七年上，觉着报恩期满，正想回转故土。恰值那女巫因屡次背地为恶，树敌太众，邻寨山人恨之切骨，探明人鱼现已闭洞不出，暗用金珠重礼，由哀牢山深山之中，请来一个惯于驱遣毒蛇害人的妖巫，铤而走险。豁出得罪人鱼，与之同尽，故意抗命，停止献纳常例。算计她必率领手下徒党，前往威胁，便由妖巫将所养妖蛇九星钩子，连同妖徒拘来的毒蛇大蟒，埋伏在所行的要路山谷之中。女巫以前本是凭嘴骗人，无甚伎俩，全仗所生神婴灵异，无人敢惹。未两年，人鱼知乃母积怨太多，早晚必有杀身之祸，但多不好终是生母，真正法术恐她用以济恶，传了她两种幻术。初意山民无知，过信神鬼，只要是能幻出一些水火恶鬼，人便畏服，不敢近前加害，用以防身，足足有余。传授时，也曾向乃母言明，并非真法，只可临危应急，镇压仇敌，不切实用。切忌用作威福，时常炫弄，日久被人看破，反倒引出祸事。女巫先还听劝，不常施为。嗣见众人敬如天神，邻寨诸敌更是望风胆落，予取予求，任凭欺凌勒索，不敢丝毫反抗，不由得意忘形。心性又是贪而且狠，对本族山民还稍好些，远近各寨全都受害受欺，取求无有宁日。稍有违忤，或是贪欲未能全满，立即施展幻术，假托神鬼恐吓。结果不特加倍勒索，并还要将对方寨主边酋毒打示威。

"人鱼修炼正勤，自传法后，三年未出，由她任性横行。日子一久，成了习惯，气焰愈张，顿忘前戒。以为无论对方多么凶恶势盛，只要把那两种幻术一施出来，立可迫使降服，生杀予夺，无不如意。那对头本是相隔数百里外的一个大酋长，以前人多势盛，极为凶暴。女巫这一族本是世受凌逼，自从人鱼降生，不久变成强弱易势。先仗人鱼之力，报复世仇，杀死多人。最后显出灵迹，自然降服，按时献纳常贡。女巫仍是饶他不过，在所凌践的远近百十处山寨之中，独对这一族最恶。平日百般凌辱，往往无故加害，直教对方终日提心吊胆，不能喘息。尤可恶是，山人信鬼，每一土著均奉有一二鬼神，她竟迫令污辱毁弃，自前年起，又迫令每年春秋两季，须要献出一双童男女，用作她本族祭神之用；并还限定要那寨主所生子女，不许另觅外人子女替代。以此怨毒越结越深。那对头也真能忍辱负重，又得众心。他那一族最是心齐，平日受尽荼毒，自知非敌，只处心积虑，百计图谋报复，表面从未违抗。女巫久把他视若猪狗，分毫没放在眼里，只想将这一族历代埋藏的金珠压榨出来，再将寨主全家杀死，族人迫令为奴，常年向她献纳，永为自己增加财富。断定他已屈服，至死决不敢有贰心，不料忽闻停止献纳，大出意外，立肆凶威，前往问罪。

"因这一族人都信服那寨主，起初百事顺从，勉强留他活命，不料竟敢为首反抗，认为罪大恶极。去时，还想重施故伎，一到便用幻术镇住众人，假托神命，将寨主妻妾子女全数杀死，以快心意。不料恶贯满盈，杀星照命，中途走过山谷，埋伏骤起。那七星钩子，乃南疆最厉害无比的钩尾毒蛇。一照面，当头列队的十多名徒党，先被蛇蟒咬死，女巫忙施幻术退敌。那妖巫除养有七星毒蛇与能驱遣蛇蟒外，伎俩无多。看见满山谷洪水烈火，神鬼无数，现形发威，也是又悔又怕。以为受了愚弄，得罪天神，慌不迭正待跪伏，认罪求饶。而女巫见变生仓猝，未免心慌胆寒，行法稍慢，毒蟒虽被烈火吓退，那七星钩子颇有灵性，来势特急，为首一条，早已冲近身来。这类毒蛇具有特性，逃人越急，追逐越快。女巫如稍镇静不动，只差一两句话的工夫，妖巫再喊两声，便可将蛇唤住，下来伏罪。无如自知幻术为虚，又知毒蛇厉害，只被近身一尾扫到，便即惨死。见火未将蛇吓退，惊魂皆颤，一面反身飞逃，立即失声高喊饶命起来。那对头因受害的次数太多，虽出破绽，只是不敢拿准。这次本就有意拼命，见状如何能容。同时妖巫见毒蛇能在火中追逐敌人，已经省悟过来，不特未再喝止，反倒发令后面蛇蟒齐上。后面的蛇还未上前，女巫已吃那为首毒蛇赶上，前半头颈直竖地上，扬起后半两丈多长身子，连着钩尾一鞭扫去。那毒蛇坚如精钢，力又绝猛，只一下，便把女巫拦腰打为两截，尸横就地，脏腑狼藉，幻术也自失效。后面蛇蟒一齐追上，连那同去徒众，一齐把血肉吃尽，剩下二三十具白骨。

"那对头如若就此走去，也可推为毒蛇所杀，与他无干。一则积忿太深，又见水火神鬼俱是假的，既想复仇，又起贪心。以为人鱼也和仇人一样，只是骗人伎俩。仗着妖巫相助，许以重利，欲乘胜前往，屠杀女巫全族，一人不留，并夺取所积金珠财货。事有凑巧，正值这日人鱼十年期满，忽然心动，欲往见母多聚一日。由洞中走出，瞥见敌人大举杀来，并还带有毒蛇大蟒，同族山人已死了十几个，正在辱骂追杀。一听口气，才知生母已被妖巫所豢毒蛇惨杀，不由动了母子间天性。又见敌人如此凶残，当时大怒，立即飞身上前，先将蛇蟒用法力制住，一齐杀死；再将为首仇人和妖巫擒住，问明经过，一一处死，报了母仇。因问出乃母恶迹，咎由自取，不愿再杀余下敌党。又恐去后双方复仇，祭灵之后，取出乃母生前所积财货，当众分散；并令折箭为誓，结成兄弟，从此互不侵害。敌党见她果真灵异，畏如天神，本料无一得免，不料反倒加恩，自然心悦诚服，反怨为恩，喜出望外。便是本族的人，平日也受女巫凌践，外寨所献财货，永无分润，稍有不合，立遭严罚，本都心中怨恨，敢怒而不敢言。做梦也没想到，寨主如此大方，一反乃母所为，自然欢欣鼓舞，无不惟命。双方立时释嫌修好。人鱼又加许多劝诫恐吓，然后升空飞走。走了没有多远，瞥见山脚下有人受伤倒卧。下去一看，正是先师，说是路遇正教中仇人，斗法大败，受伤逃此，谁知无心中隔世相逢。知道人鱼心善，托她带话，令弟子前往相见，行时，人鱼又将弟子唤住，说她生长南疆，没遇见一个识字的，请代取一姓名，并告弟子，先师劫运已临，身受重伤，还不悔过，妄想报仇，万无幸免。说我虽是他的门下，心肠却好，面上并无恶纹。叫我在师父死后，可速来此，还有要紧话说。弟子急于看望师父，心乱如麻，匆匆为她取了一个与她前生以及心性相合的姓名，叫做鱼仁，便自走去。寻到先师不久，没等报仇，便已遭劫。

"自知邪不胜正，葬师以后，没奈何，姑且回往岛上。鱼仁又对弟子说，她前生如非数应兵解，被杀实是冤枉。因卢仙婆玄机妙算，善于前知，上次她带先师和弟子前往，如若不许，必要传声相告，但事前并无警兆。她知仙婆法令素严，仍敢带往，便是为此。虽然先师未容入门相见，但是仙婆性情古怪，来人如与无缘，决不容他登岸入山。先师偏又遭劫，却许来人拜抵谷口，这有缘人必还是弟子，只为时机未到，故不见之。说我以后如无所归，何妨再往一试，前行虽有两处极凶险的关口，但她仍能相助过去。只要能见到仙婆，必有好处。日后想起，如事先寻她商计，必有善策，通行无阻。但彼时弟子年幼气盛，既恸先师之死，半由仙婆不肯垂怜加以援手；又恨她乖僻心狠，听过并未在意。后来得人指点，达摩老祖的南明离火剑藏在大雪山内，所留偈语与弟子之名有些暗合，因此费了许多心力寻掘出来。偏生此剑外有神泥封合，正下苦功炼它，不料是余师叔应得之宝，带了神雕、袁星前来寻取。弟子不知就里，误以为来人有意劫夺，一时情急，不合妄用邪法。幸蒙师父不杀之恩，又蒙收录，才有今日。此行往返九万余里，为期只有七日，中途险阻又多，径直前往，师父飞遁尽管神速，中途一有阻滞，便恐延误。现在弟子想起前事，觉着鱼仁之言大是有因。反正顺路，何妨姑往一试呢？"

齐霞儿闻言，方在沉吟，明娘又道："师父如因她是异类，不愿与之交往，到时弟子往见，不知可否？"霞儿答道："行时，教祖本赐柬帖灵符，柬帖上注明海边开视。我师徒二人暂停商议，固是为了慎重，一半也是为了老祖师开府后，分别时曾背人对我说，日后如有疑难，可用以前所传佛法，通灵默祝，当即垂示。你说了这么大一会儿，我正暗中通诚，所以没有答话。我现已祝告两次，师祖并未向我传声指示，想必此行无大难题，可以放心前行，相机处置，此时心已放了一半。我所虑的，并非途中水怪，只为大荒二老均有古怪脾气，倘若相见，不肯借宝，岂不误事？先去哪一处好，也还难定。教祖也说此行全仗心灵知机，可见艰难。且到海边恭读过了法谕，再作计较吧。"

说罢，霞儿重又向神尼优昙通灵默祝，终无回应，只得带了明娘重又飞起。因先耽误约有半个时辰，格外加紧飞驶，顷刻千里。师徒二人更不再停，一口气飞到东溟极海，天还未亮。前行不足万里，便是大荒山的所在，所有险阻也全在这末了一段路上。霞儿按落遁光，取出柬帖一看，只有一张去大荒山阴、山阳两条路径的草图。霞儿根骨深厚，从小入道，机智绝伦。暗忖："师父以我是佛门中人，此次为报亲恩，特命还山侍父，待命行道，助完当年宏愿。父亲行事机密，如感不能胜任，决不出此难题。这张柬帖原随师祖灵符一起交下，行前并未提说。久闻大荒二老仙玄机奥妙，善于前知，看这字忽隐迹，可见事极机密。推测柬帖上图径偈语之用意，分明令我师徒分道扬镳，当机立断之意。既命随意所之，那人鱼并未禁止相见，何妨一试？"便告明娘引路，先往神獭岛一行，并在海边说好，此行并无成算，只是随机应变。到时，也许分开，各奔一方。再往前去，便凭心领神会，不再多言，免被对方警觉误事。师徒二人商定以后，便即起身，遁光神速，先飞越过东海角，入了东荒极海。只见海天混茫，万里无涯，吞舟巨鱼与荒海中千奇百怪的水族介贝之类，成群出没。水汽汹腾，上接霄汉，波涛愈发险恶，天日为昏。

那神獭岛乃去大荒头一关，相隔不远，不消多时，便已赶到。见岛不甚大，却极高峻。远看宛如一个胁生双翅、千百丈高的怪神，披发张翼，矗然独立于无边辽海之中，挡住去路，看去十分威猛。霞儿灵警慎重，见岛势如此险恶，明娘与鱼仁久不相见，早蓄戒心。二人遁光原本合在一起，便把自己身形隐去，一面暗令明娘小心，独自照顾，以防不测。明娘深知鱼仁对她有十二分的好意，便不指点相助，决不至于作梗，还在暗笑师父多虑。不料遁光刚一飞近,正待下降,忽听"飕"的一声,千百丈方圆一蓬蓝晶晶的光网,像蛟龙吸水,其疾如箭,由岛面上直喷上来。变起仓猝,来势又迅急异常,事前一无警兆,又不见甚邪气,即使二人久经大敌,也没料到会有这类广大神速的埋伏,如何抵御得及。以霞儿的飞遁神速,本可挟了明娘一起遁走,偏在到时把遁光分开,一个措手不及,明娘竟被网去。还算是霞儿法力高强,事前又有戒心,一见那东西不是飞剑所能克制,立即升空遁走,未遭罗网。百忙中回顾下面,明娘连人带遁光吃那光网裹住,一路强挣,飞舞而下,去势更比飞起时神速,目光到处,已早降落。不禁大怒,扬手忙把太乙神雷连珠般发将出去时,人影已经无踪。霹雳连声,枉自打得天摇地震,雷火横飞,更无动静。岛上妖物始终不曾现形,烟光也未再现。

霞儿心想:"神雷或因飞身太高,妖网难中,故未出现。"改用法宝护身,手持禹鼎施为,并故意下降,诱她发网。一直降到岛上,妖物光网仍未出现。后又假作无奈何飞走,暗把遁光敛去,隐身回来窥视,仍是无用。细一查看,那岛通体石质,一色浑成,草木不生,更无一个可以容人栖止的洞穴。只顶上有一座天生石柱,上有"东溟门户"四个朱书古篆。另外有一茅篷,篷前有一石坛,已被太乙神雷震裂粉碎。到处山石崩裂,俱是适才雷火之迹,别的无迹兆可寻。越想越气,意欲用神雷将全岛粉碎,继一想:"这一类精怪,多是海中鱼介水族,从二老度化修成。遇有与它无缘的人经过,只是梗阻,侮弄恶剧,轻易不肯伤害。岛上石柱竟未为雷火击倒,上又刻有'东溟门户'四字,可知它为关头重地,目下有求于人,如何给它毁去?再者,明娘失陷以后,烟光便不再起,未必便是守岛妖物胆怯,不敢出门;也许明娘与二老无缘,不准前往,只许自己通行,也说不定。为日无多,不能滞留。柬上又有'当机立断,殊途同归'之言,父亲绝无失算。明娘如有危难,早已明示,也不会令其同来。何不草草推算一下,明娘如若无害,便即先行,以免两误。"想到这里,便平下心去,默运玄机一算,明娘果然无害,并还似有奇遇,心中大喜。见时候已有耽搁,不敢再留,忙照柬帖上三四两句偈语,把明娘撇下不管,径自往大荒山阴无终岭一路飞去。

飞行了一阵,慧目遥望,最前面无边云雾中,已有大山隐现,知将到达地头。忽见惊涛浩淼中，三三两两现出好些岛屿，远近不一，正挡去路。有的烟雾弥漫，分明有埋伏。鉴于前失，又料卢妪所设神屏天堑就在前面不远，愈发小心戒备。一面暗用法宝、飞剑防护，一面正取灵符施为，猛瞥见身前里许，有一道极长虹影一闪即逝。不等硬闯，晃眼遁光飞过，并无梗阻。料知卢妪好胜，恐神屏禁制难阻来人，反失声威，已先知趣撤去。照此情形，前途精怪更难阻挡，必可通行无疑。霞儿刚把灵符收去，脚底大小岛屿也越飞近。正留神观察间，倏地狂风大作，阴霾四合，海水山立，白浪滔天，上下四外，更有无数冷雹漫空打来，当时天地混沌，形势甚是险恶。这类妖怪，俱奉主人所遣，已将到达。因不肯伤害，便将手中禹鼎一指，鼎中九首龙身的怪物立发怒啸，随着一片金光霞彩飞舞而出。那禹鼎本是水怪克星，霞儿虽无伤害之念，未将阴阳两道光华放出，物各有制，那些埋伏岛上的精怪已然胆战心惊，望影而逃。随着雾散烟消，一时俱尽，重返清明。前面本有两处最厉害的精怪，卢妪法令又严，来人到此，只许败逃，不许不战而退，所过之处，依然兴风作浪，群起相犯。霞儿见此情形，又觉方才所料不像，匆匆不暇寻思，就此忽略过去。仍用前法，全被禹鼎吓退，纷纷遁回海底，逃窜不迭。沿途未为耽延，只略费了几次手，便把所有难关一齐飞渡。本来先过南星原，因想卢妪与父亲还有一面之识，一则求她似乎较易，二则明娘如有机缘，必来此地，正与殊途同归之言相合。先往无终岭求借到法宝，归途再往南星原，恰又符了三四两句偈语。便不在就近登岸，环山而驶，先往无终岭绕去。

初意昔年父亲曾访枯竹老人，均未肯见，借宝之事，必最艰难。及至赶到山阴一看，那无终岭乃大荒山阴最高寒的所在，穷阴凝闭，上有万年不消的积雪坚冰，云迷雾涌，亘古不开。适自数千里外所见，天边浓云密雾，便是此岭。双方素无渊源，对方又住在这等荒寒阴森之地，心性乖僻，不通人情，可想而知。心方疑虑，哪知事情大出意料。枯竹老人住在半岭山凹之中，地图草率，只有简略途向，并不详细。那岭又高又大，岔道甚多，歧路纵横，上下密布，到处都是危崖幽谷。最奇的是外观大同小异，全差不多，内里却是移步换形，形态奇诡，险峻幽深，穷极变化，无一雷同。使人置身其间，神眩目迷，无所适从。尤其老人所居，更是曲折隐秘，多细心的人也难找到。霞儿又首次到达，见岭上径路回环，暗忖："这洪荒以来,亘古未辟的东荒岭,怎会有这些天然山径?"心中奇怪。正待上去,忽听脚底不远有人唤道:"小姑娘,岭上乃东天青帝之子巨木神君宫阙,冒犯不得。你虽不至于到顶上去,照你这样走法,难保不误越灵境禁地。就是你能够脱身,何苦怄这闲气呢?此外全岭只我一人,自来无人寻我,我也不肯见人。境物又极荒寒,那神君比我还怪,无可游观之处;就有,你也去不得。幸我刚睡醒回来,怜你这好资质,故以好意相告。如是无心经此,年轻人一时好奇,意欲登临,或是误信人言,间关来此,有所希图,这两样,全办不到。最好听我的话,回去吧。"

霞儿听那语声柔嫩,说得又慢,宛如两三岁婴儿。乍听甚近,细一听,竟听不出相隔多远,语气却极老到。知道此山只枯竹老人一人在此隐居,那青帝之子,更是闻所未闻,料无他人。闻声立即停步,侧耳恭听。听完才躬身答道:"赐教的可是枯竹老仙么?"那婴儿口音好似奇怪,微"咦"了一声,问道:"你是何人,难道是来寻我的么?"霞儿暗忖:"久闻大荒二老最善前知,三万里内事,略运玄机,了如指掌。就说父亲行法隐秘,颠倒五行,也只隐得前半一段。自己连越卢妪所设关口,连与水怪争斗,怎会不知来意?当是明知故问。"心中寻思,随答道:"弟子乃峨眉山凝碧崖齐真人之女霞儿,奉家父母之命,远越辽海,专诚拜谒,敬乞老仙指示去仙府的途径,以便趋前拜见,实为感谢。"说完,对方停了一停,忽笑答道:"你是齐漱溟道友的令爱么?我因生性疏懒,隐此千余年,总共看过四次外人。每一入定,至少便是二十四年。最多时,还有把两三次并在一起,借着入定,到人间走上一遭的。遇到这等入定时,便和死了一般,什么也不知道。所以三十年前,令尊三次访我,正值我寄神人世,均未得晤。在我实是不知,在他人却必道我夜郎自大,有意倨傲了。

"我那次到人间去,也因劫数将临,欲往人间多积善功,以谋挽盖。去时,以为我身外有二十六根神竹禁制,外设大玑迷阵,外人力难侵入害我法身。再者,素少交游,向来无人寻我,决可无害。可是临行之时,一占算,竟然有人来此,我这一切防备,并阻他不住。明有应劫的克星到来,却又吉凶不能前定,大是忧疑,非有此行,又不能借以免祸,为难了一阵。继想与其在彼等候劫数,倒不如宁失去这千余年修炼的法身,留得元神,再世仍可成道。两害相权取其轻,没奈何,只得仍是神游,转向人世。等我修完外功，重回故土，看见壁上留书，再一推算，那来应劫的克星竟是令尊。如换旁人，他为迷阵所隔，算不出主人行径，三次不见，疑我有心拒绝，必定为难，决不善罢。我那神竹禁制，与法体休戚存亡，息息相关。何况身侧又有几件宝物，易启外人觊觎。等他看出底细，我那法体已为所坏，无法挽救了。尤可怕的是，别人即使因我不见，心怀忿恨，强欲闯入，想破我那迷阵禁制，也未必有此法力。惟独令尊已尽得长眉真人真传，破我禁法并非不能。当时吉凶祸福，系于来人一念转移之间。我又行时疏忽，忘在阵外留下谢客入定告白，端的危急。事后想起，还自心惊。

"因我以前性小好胜，阵法阴险，步步设伏。又因防护法身念切，行法太狠，只要误入阵地，立蹈危机，就当时不死，也被困在阵内，非我功成归来，不能脱身。另外又设有颠倒迷踪之法，外人休想看破。令尊只知我隐居避地，不肯见人，没料到行法这么狠。他第三次到时，稍微疏忽，已将埋伏触动，如非法力高强，还几乎受了重伤。头两次在谷外传声相唤，未听回应。这第三次来，见第二次所留书信仍在原处，心疑主人他出，想到谷中查看人在与否，又是这等光景。我又著名乖僻，不近人情，这等行径，分明是不屑与来人相见。始而置之不理，继又暗下毒手，任换是谁，也必不肯甘休。令尊偏是大度包容，未以为意，只在阵外绝壁上留字劝诫。大意是：素昧平生，本不应无故拜谒。但是同是修道之士，声应气求，仰慕求见，并还怀有一得之诚，来共切磋，并非恶意。独善其身，不肯见人，原无不可。人各有志，尽可明言，何必以恶作剧相加，拒人千万里外？如换旁人，必成仇敌，即便当时不胜，也必长此纠缠。本心为求清静，岂不为此转多烦扰，适得其反？写罢，便自走去。最令人佩服的是，他走不久，我便回来，刚一看完，壁上留书便已隐去。我甚侥幸感愧，未能寻他一致歉诚。一则，我隐此以前，曾发宏愿，欲以旁门成道，为后人倡，许下极大善功。而外人只当我隐居在此，为人乖僻。实则内外功行并重，修持至苦。每隔些年，便以元神转世，去往人间修积。与山阳卢家老魅行事大不相同，在我宏愿未完以前，本身决不出谷一步。二则，令尊乃高明之士，一教宗主，道法高深，当时不曾看破，事后必已知悉，何必多此蛇足？心却望他再来一晤，惜未宠临。今日刚由人间归来，功行将完，只准备应付那最后一关。以前同道只三两人，内有一人已然化友为敌，余者也不常见。

正苦无可共语，忽见大姑娘到来，不胜高兴。

"此山远在东天极地，世传《山海经》即有记载。传说《山海经》乃周穆王时仙人遗著，仙人名白一公，曾为穆天子御，后遂讹为伯益所作。本是道书，共分三卷五十四篇。如能得到，照书精习，可成地仙。自鬼谷以后，师弟相传，往往以门人不肖，不肯尽授，逐渐失传。得中卷者，仍可长生。周亡秦兴，始皇无道，复欲妄冀仙业，万金重赏，百计千方访寻天下。探知东岳泰山有一无名的樵子，得有中下二卷，正在日夕勤习，道还未成。于是假名东封，用妖人史鹅之计，前往篡取。因那无名樵子道已修成，十之四五非水火刀兵所能伤害，又恐事后复仇，便预先掘下陷阱，暗使妖法，备就无字丰碑。然后召那樵子前来，待以国师之礼，令其将书献出，君臣同修上寿。樵子自恃始皇不能杀他，怒骂不允。始皇已知他书藏所居洞壁之中，怒极之下，也没详细追问，便照预计将他捆绑，投入阱内，再把没字碑镇压其上。樵子发觉那碑中空，藏有禁制之符，才知无幸。情急求免，便在地底急喊：'洞壁所藏，只有下卷，略载灵草产地以及制炼之法，余者多是山海鸟兽虫鱼之类，无甚用处。中卷因防始皇要来攘夺，早命爱子携往海外神山。'始皇闻呼，忙命起碑放出。妖人史鹅忽然心生奸计，奏称禁制发动，丰碑难移，势已无及，并且擒虎容易放虎难，一出必为大患。始皇方一踌躇，史鹅已将禁法催动，樵子便死在地底，没有声息。果在洞壁内找到下卷十八篇，中卷仍遍搜不获。

"不久，史鹅忽然遁去。始皇大怒，已是无可如何。因那下卷十八篇俱是虫书古篆，不知就里，只有李斯能解。始皇天性猜疑，惟恐内中尚有修炼之法，被李斯先识了去，如法修炼，采药长生，便命李斯改易篆书。同时另行抄录，颠倒字迹次序，藏起原本。心犹未以为稳，日常选录书上单字，叫李斯逐字释明。等全本认熟以后，再暗取原本一对照，果然只有药名。失望之余，犹幸得药可以长生。便把平日随侍心腹召来，问其谁肯为他冒涉风涛，往三神山采药，寻觅中卷道书。心腹人中有一徐福，人极机智，东封之行，原随同往，备知底细，立告奋勇。始皇自是欣慰，仗着书已记熟，又留有一册有释文的副本，便把正本交他，以便访中卷时辨别真假；还可假托徐福避罪逃往，设计骗取。徐福深心别具，推说神人喜洁，采药必须童贞，又选了许多童男女带去，由此不归。那下卷，真正玄门中人无甚大用,因此不传。改本又经始皇把紧要的两页默记于心,不留一字。

"此山相隔中土数万里,复有流沙之险,所以连寻常修道之士俱不知悉。我隐居千余年,除却令尊三次光临,只有四次同道相访。小姑娘年纪这么轻,早疑心是来寻我的了。后听你一说,我又占算,方始得知来意。幸先寻我,如若先寻卢家老魅,便不免徒劳了。你觉此山阴霾密布,景物如此阴森,而山上下偏又有那么多人行途径,奇怪么?你不知道,此山古昔本是仙灵窟宅,神兽珍禽栖息之地。当我初来二三百年,还有四五个散仙在此修炼。自从青帝之子谪降来此,除岭头原有冰雪外,常年阴霾笼罩全山。那些散仙,本喜此山景物灵奇,宜于修道,一见这等光景,又无力相抗,有的避向别处,有的数尽转劫。剩我一人,两次逐我,斗法不胜,才允我在这青灵谷内自为天地,相安已有多年。你一入谷中,便另是一般光景。似你这样慧眼美质,本就喜爱,乐予相助,何况又是神交好友之女,自然愿与你相见。不过我有两节须先言明:一是前向来访之友,曾有约言:任是谁来,须凭他法力通行迷阵。卢家老魅诸事与我相反,独此略同,你少时去她那里,也是如此。令尊既命你来,以他法力,事前必有准备。但我不似老魅无耻,不经迷阵,不得走入。她那南星原,人一走进,她怕人家知道破法,扫了她的面皮,百计为难。我这里你只管放心走入,我决不例外作难。二是我此时见你心喜,颇多闲谈,见面时便成哑人。此来之事,我必照办,但有少碍,谷内不便谈,谷外不宜谈。你取到后,途中尤须慎秘。如有别的话问,最好此时先向我说,见了面我却无甚话了。"

霞儿归心似箭,惟恐误时机,听老人说个不休,老不命进,好容易盼他吐口。心想:"除借巽灵珠外,别无他事求教。来意已知,谷外又不宜说,还有何话可问?"忙躬身答道:"弟子领命,就请指点途径赐见吧。"老人笑道:"毕竟少年人性子急,你想不起问甚话了?"霞儿暗忖:"父亲并未再说甚请问的话,初料借宝难允,即此已是万幸。此老性情终是古怪,何敢多问?可是既说此言,必有原因。"正想不起有甚可问的话,老人停了停,忽又笑道:"你想不起,自我发难,也不怕她,焉知她不和我同一心思呢?你由右侧一片黑石山后,侧身而进,夹壁阴暗污秽,可用遁光飞进,无庸太谦。曲径如螺,往复回环,虽非阵地,也易迷途。你只记住:先见岔道,连往左转三次,再往右连转四次。此是入谷前段,约有一百余里。过此以后，入了中段，约三百里途径，改为西进向左，一退向右，再连往左转五次，退回中间一条歧路，重往右转六次。左右递转之间，歧路最多。尚须记准左双右单之数。否则谷中上设天罗，此是天生阵图，你冲不过。任你飞行绝迹，飞遍全径，也不易走上正路，费时就多了。走完中段，现出三百六十五座石峰，疏密相间，暗合周天，我那迷阵便设此地。我看你年纪虽轻，颇具功力，必知阴阳消长之机，可用怀中灵符见机施为，便能走入神竹林中相见了。"

霞儿一听，由此去他那里，似有五六百里之遥，而老人有如对面晤谈，好生惊佩。忙答："弟子谨记。"老人笑道："我在六百六十里外和你对谈，此乃旁门下乘法术，何足为奇？见我时，我身后之物先收起来，再走向前，行至两半山交界处再行取视。令尊所索之物，过海再看。不可忘了。"霞儿听他还在刺刺不休，一面应声遵命，随照所说前行。老人也不再言语。先觉飞行有欠恭敬，心想："六七百里路，步行飞驰也只个把时辰，何在乎此？"哪知走进夹壁一看，不特阴湿污秽，霉气触鼻，路更高高下下，险峻异常。好容易捺住性情，走了十多里，又现出一条螺旋形的曲径，路略宽些，但是两边危崖交错，中通一线，其黑如夜，不见天光。路更崎岖，石刃森列，高低错落，险滑诡异，如登刀山剑树。那转角之处尤险，宛如蛇行之径，越往前越难走。幸是霞儿修道多年，提气飞驶，身轻如叶，否则便是武功多好的人，也走不出几丈路去。

她一算里数，已走了二百来里。原来老人所说，乃是直算，如照回环进退，转折上下，实际里数竟要多出好几倍来。照此走法，休说前途更难，即此已非多半日不能到。实在无法客气，只得恭敬不如从命，改作御遁飞行。果然前面倒退里数更多，路也越险。仗着飞行迅速，仍飞驶有半个时辰，才行飞到。只见前面一片平阳，迎面石碑也似孤零零一座参天危壁，阻住去路。飞过去一看，天也仍和外面一样，看不出丝毫异状，所谓三百六十五峰，共只不过大小七座现在眼前，四外山岭杂沓，俱都不像。霞儿谨慎，知道老人绝非妄语，如若穿峰而过，定必触动埋伏，再用灵符去破，未免不妥。便把怀中灵符如法施为，略一招展，立有一片祥光拥着全身，缓缓向前飞去，越峰而过。过后，再一回顾来路，脚底平添出数十座玲珑雄奇的大小峰峦，波浪一般向后面倒去。暗中计数，果有二三百座之多。等数满三百以外，面前倏地一亮，竟是清光大来，顿换了一个世界，一扫沿途阴霾昏沉之气。知已过完，忙收灵符。降下一看，只见两旁双峰对峙如门，身已入了一片极平坦的幽谷之中。谷势越往前越开展，两边山崖苍藤布满，间以繁花，灿如云锦；乔松何止万株，轮囷盘曲，上下飞舞；女萝丝兰，袅袅下垂，清馨四溢。加以左有平湖，清波浩浩，湖边桃、李、梅、桂各种四时花树，疏密相间，连萼同开；右有百十万竿朱竹，大都径尺以上，干霄蔽日，宛如千顷红云，鲜艳夺目。当中一条广径，环湖而西，路旁瑶草如茵，琪花盛开，目迷五色。与凝碧仙府的天孙坪仿佛相似。

西行十余里，背湖右趋，又是一条丈许来宽，五色云石铺就的石径，长约里许。两旁尽是合抱不交的梅花老树，株株荫被亩许，繁花千万，满缀枝头，冷艳幽香，沁人心脾，姿态灵奇，干古枝繁，觉比凝碧冷香坞犹有过之。到尽头是一座孔窍玲珑，不下千百，高仅七八丈，宽亦如之的石山，石色如玉，不着点苔，清奇灵秀，无与伦比。耳听泉声琤琳，若鸣清磬。霞儿心想：「沿途并未见有三十六根神竹，这里景物清绝，老人许在石后，不要冒失。」先朝石山躬身通诚默祝，也无应声。试走过去一看，石后只有亩许大小一片石地。左有一石坡，清泉淙淙，顺坡而下，流入坡下小溪之中，再往山前梅林之中泻去。适听泉声，便自此出，右边乃是梅林尽头，约有六七株形态古拙的老梅，花大如杯，俱是未经见的异种，疏落落开在虬枝之上，不似山前花开繁盛。正面是座削壁，也是光滑莹洁，可以鉴人，除近顶石隙中倒挂着十几丛幽兰外，不生一草木。崖下却有数十根竹树，沿途所见都是朱竹，此却翠色。白石清泉，绿竹梅花，危壁如玉，幽兰吐芳，端的仙境清绝，点尘不到。霞儿心虽赞美，老人却不见面。全境大约已尽于此，适才通告，又无回应，心方惊疑。想起神竹三十六根，这里竹子不知是否合数？因竹粗大，刚想近前点数，猛瞥见第三排当中，有一株极大的竹桩，腰围竟比人还要粗，顿触灵机。知道神竹设有禁制，人在其内，外观不见。忙先拜倒行礼，请老人撤去禁制，容其入见。然后起立，暗中戒备，试探着往里走进。

那根枯竹，只比人高出两头，皮色深黄，十分光润。身才入林，竹便无声自裂，作两半片向两旁隐去。地上现出一个鲜竹叶编就的蒲团，上坐一个身材矮小、形若枯骨、又瘦又干的老人。他身着一件极清洁的深黄葛衣,头梳道髻,大若酒杯,横插一根玉簪,精光四射。赤着双足,双手交胸环抱。最奇的是十指爪甲,由前胸起,两旁交叉,环绕全身,各有数匝,纵横交错,少说长亦过丈,光色如玉,甚是美观。眉长也有尺许,分披两肩,却不甚密。见了霞儿,只把眼皮微抬,瞳子略动,开合之间,精光射出数尺。

霞儿方悟他便是枯竹禅师。竹林中必有禁忌,不便说话,而老人目光像是示意身后。随即端肃下拜,呈上书信,只在心中祝谢,不发一言。老人面色似有喜容,也未见有动作,书信便自化去不见。霞儿拜罢,随去身后一看,就在老人脑后,有两大片竹叶凌空而浮,上有"半岭开视"四字。叶上有一个五色花须织成的锦囊,光华隐泛,料是所借巽灵珠在内。拱手一请,叶囊一同落下,藏入法宝囊内。又去前面拜辞。老人目注宝囊,似知不是常物,面容又是一喜。霞儿拜罢,刚退出林,便见烟光乱闪,耀眼生辉。回顾身后,神竹已全隐去,化成一片飞瀑,与溪相接,清籁汤汤,越显幽致。水光如镜,似有形影照出,晃眼越显越真,前半竟是来时途径,群峰如浪,走马灯似的闪过。跟着现出中段曲径,却不现完,中间现一横岭。跟着,又是许多大小山峦。天色忽转清明,到处异兽珍禽,怪物长都数十丈,九头八翼,人首蛇身,各种各样,多于《山海经》所载,异态殊形,飞走游行,往来不绝。

最终到一山谷,外有石碑古篆"南星原"三字,一闪即没。只剩匹练凌空,珠帘倒挂,知是指点路径。霞儿心想:"老人竟有如此法力,无怪父亲也甚敬佩。"重又拜谢一番,方始退出。走到谷外,仍用灵符护身,飞出阵地。由此御遁飞行,往山阳南星原飞去。

第二二四回

巧语释微嫌　寂寂荒山求异宝
玄功消浩劫　茫茫孽海静沉沙

话说这次霞儿走的是由山阴到山阳的直径，虽经枯竹老人指示，又由空中飞行，不照下面山径行走，比较要近上好几十倍。但是大荒山为东方天柱的主峰，地域广大，方圆三万余里。无终岭和南星原两地还是相隔最近的，但即使照直前飞，无须绕越，也有四千余里之遥。并且近无终岭一带，山高谷深，尽是螺旋曲径，上有枯竹老人所设天罗，不能冲空飞越。三四百里的途程，往复回环，竟要加出好几倍。须把这一带禁地走完，始能升空直飞。迂回曲折，歧路尤多。适见图影稍微记忆不真，略一走岔，入了歧途，便须费上许多心力，还要格外留神，始能寻到正路，真比前面十之八九的途程，要难得多。霞儿看出不是容易，欲速反缓。越过峰前危崖以后，特地将遁光放慢，收了灵符，谨照适见瀑布上面途径缓缓前飞。瞬息便可飞越的路程，竟飞行半个时辰方始飞完。往前数十里，便到那极高峻的横岭，知道没有走错，大功告成了一半，不由心神为之一振。飞越过岭，山阴这一面虽仍冰雪纵横，暗雾昏茫，但是人已升空，可以自在飞行。前途已似康庄，毫无阻滞，便把遁光加急，电射星流，往前驶去。不消多时，山势越往前越高，渐近两半交界的大荒全山最高之处，越过山脊，就是山阳，离南星原只千余里了。

霞儿遁光随着山势上升，见沿途光景越发惨淡，草木生物早已绝迹，地上不见一点石土，到处都是万千年前凝积的玄冰陈雪，气候奇寒，微风不扬。遁光由寒氛冷雾中急穿而过，发出飕飕尖声。仰望山谷，雄奇伟大庄严，静荡荡地矗立在高空之中。下视来路，冻雪沉昏，冷雾弥漫，只身后云烟波卷中，露出丈许大小一条缝隙，知是遁光冲过之处。霞儿暗忖：

"这里寒气融积数千丈,连点微风都无,冰雪万仞,亘古不消,真比西藏大雪山顶还冷得多。休说常人不能攀援,便是寻常修炼多年的人,也禁不住这酷寒奇冷。自来真仙也未必能有人经此,我仅凭本身法力,竟能从容飞渡,也颇可自豪呢。"正寻思间,忽见对面天上隐现微光,有似曙色。晃眼便已飞近山脊之上,离绝顶分界处只有里许。霞儿刚把遁光暂停,待取囊中竹叶书束观看,猛想起弟子米明娘在神獭岛失陷,只推算出先忧后吉,底细难知。枯竹老人还曾询问有无话说,心急入谷借宝,忘了询问。也不知她到底有无机缘遇合,应了偈语,来此把宝借去?平日何等心细,怎这次略微贪功心急,便多疏忽?幸与卢妪尚有渊源,妖物受她驱策,不致危害。否则同门三人,只自己刚收一个门人,便保全不住,岂非笑话?可见谋定后动,欲速不达,遇事仍是心急不得。随想,随探手法宝囊内,将那两片竹叶取出,分展开来一看,上有不少字迹。

原来卢妪十年前破例收一徒弟。近来也时往人间行道,因仗炼有灵丹,只以元神幻化,入世济人。不似老人苦行,直去投身转世,内外功行同修并重,所以将来成就以及抵御最后末劫,比较俱要差些。但她法宝神奇,又有两种灵丹,所收门人颇好,将来可为之助,仿佛有恃无恐,行事极为任性,更与老人夙仇不解。此次霞儿如独自先见老人,彼必不快,向其借宝,难免推拒。所幸明娘中途失陷,那用法宝擒她的,便是卢妪新收弟子白癞。此女相貌奇丑,性情古怪,也似乃师。入门不久,功力虽差,却有两件厉害法宝。日前恰值神獭岛鱼仁来参谒卢妪,白癞忽然静极思动,欲乘乃师入定神游之便,随鱼仁回岛小住,就便抽空私往中土,报复昔年杀母之仇。鱼仁本和她交好,又知乃师溺爱,向不嗔怪,日后又有好多相需之处,逆她不得,便同了去。

白癞本是中土人家女儿,年才九岁,母亲受了侧室奸谋谗害,备受夫妾二人虐待而自尽。她又生其怪相,不得父爱,乃母一死,益受酷毒,实在受罪不过,半夜里由后门逃出,乞讨为生,自觉无拘无束,快活非常。夙根本厚,人又机智,心志尤坚。这日正往东行,忽发奇想,打算顺着日色照直前行,逢山过山,遇水渡水,看走到天地尽头之处,是其情景。仗着生来力大身轻,能耐劳苦,每日认准方向奔驰。先还乞讨为生,嗣走完中土,渐入边野无人之境,渐觉山中食粮甚多,野兽、果实以及嫩草俱可充饥,便不再伸手向人乞讨。无心中又吃了两次灵药,不特身轻如燕,竟能凌波飞行。这一来,减去水路艰难,遇到风浪水宽之处,便把身带的一块木板放向水上,行远气疲,便站在上面歇息,少时重又提气,踏水而渡。水陆奔驰,五六年无日休歇,历程数万里。也不知被她经过多少省地国都,蛮夷部落,最终来到东海,转入大荒的边角上,用前法备了食物,在海面上行走。不料海洋辽阔,连行七日,粮已吃完,仍寻不到可以备办干粮的岛屿与陆地。海行已非一次,这类事常遇到,真个无法,便在海中捞些海藻小鱼,也可充饥。加上自服灵药以后,能耐饥渴,胆子更大,绝粮并不心慌,仍往前行。

白癞绝食已有二日,连海藻、小鱼也没处寻,看天色要起大风,进退两难,心正愁思,海上忽起飓风。她那木板比人还大,系在背上可供坐卧。另又带有鱼叉、小刀,风浪、巨鱼皆所不畏。谁知年纪太小,这次风力忒猛,忽然一山浪打来,将她抛起半空,人虽由浪花中飞起,背上木板连同包裹却被打了一个粉碎四散。万里海洋如何提气飞渡?只好相度浪头,避开来势,不令打中,随波驶去。也不知流出了多远,与狂风苦斗又是二日一夜,白癞纵能耐饿,也是不济,已然手足麻木,再也支持不住。匆迫中猛又一个掀天巨浪打来,那水力何等巨大,总算人还机智,识得水性,一见浪来,知道此时入水必被水力压成肉饼,四肢碎裂,再如被它当头压下,更无生路。求生情急,咬牙切齿,运足全身之力,双足踏波,箭一般拼命朝前穿去,欲使浪头打向空处。乘它二次浪起,人只落到浪头之上,便可相随起伏,暂保残生。哪知力已用尽,虽穿出了险地,仍被扫着了些,当时闭气昏死。幸浮在浪头之上,那地方恰离神獭岛近,一浪打向岛边沙滩,昏死三日。鱼仁正在修炼,还未发现。卢妪却自心动警觉,一算来因,知有大用,亲自赶来救醒,度往大荒为徒。一去十余年,始得重来,想起母仇,身世冤苦,立即赶往中土复仇。

霞儿师徒到日,她正杀了那妾回来。初生犊儿不知利害,以为师父向来不与人交往,既来岛上,便是敌人,竟用宝网将明娘擒去。不料空中又有敌人现身,太乙神雷连珠般打下,依了她,还想将霞儿一齐擒去。鱼仁看出来人不但法力高强,手中并持有禹鼎,怎敢再动,忙即劝阻。一面避入卢妪所设临危藏伏的山腹中去,外观一色浑成,复有法术掩护,幻人目光,极难看出。霞儿又算出卦象颇吉,也未细搜。刚一飞走,鱼仁便认出明娘是已故交,忙和白癞说明,此人为访自己而来。立即放起,互相引见,盘问来意。明娘自是老练机智,只说此行是为专诚拜谒仙婆,以偿夙愿,恐海上阻滞,烦一老前辈护送至此,先来向鱼道友请问仙婆赐见与否。鱼仁心善,又料定卢妪与她有缘,立即应诺。本意为之先容,未敢做主引去。事有凑巧,明娘灵慧,说话动人,白癞与她一见投缘,仗得师宠,一口应允,并还当日起身。

刚到南星原谷外,正值卢妪神游归来。白癞入内一请,卢妪先听引来外人,颇为忿怒;要将明娘重责逐回,及至暗中查看来人,竟是以前愿见之人。便走往谷外对明娘道:"齐道友是我故人,既派他女儿来此借我镇山之宝,又不是不知枯竹老怪是我对头,为何先去寻他,使其日后说嘴?如非念你以前拜山时至诚,又曾对你心许,休看将来我有借重齐道友之处,也决不允。你借此宝回去,功劳不小。你一末学后进,我给你这大人情,将来有事相寻,不可延误。"明娘闻言,喜出望外,忙说:"家师奉祖师之命,本欲先来此地,因无终岭相隔太远,枯竹老人与家师祖素无渊源,万一不允借宝,还须另外设法。时日已迫,又知仙婆与家师祖为旧友,必可赐借。弟子又自告奋勇,力说昔年仙婆怜鉴,被弟子体会出来,如来拜见,必蒙俯允。为想双方同时并进,归途来此,也能够方便一些,才与弟子分途行事,并非敢于轻慢。还望仙婆鉴谅。"卢妪冷笑道:"你休为她掩饰。就照你所说,你已在神獭岛失陷,虽知我不会伤你,又时机紧急,舍你不顾,独自前行,但那两封书束均在她的身上,如看得我重,便应就近先来见我。就是老怪物和我暗斗已数百年,见她先来我这里,他必不喜。我见她因我误事,也必设法补救。她偏过门不入,不是轻我,还有何说?法宝可借,但无如此容易。她既是峨眉教祖爱女,远涉辽海,途中又连破我的禁制埋伏,运用慧光查看,她又将行迹隐去,防我看出,可见法力必甚高强。照我前例,有人寻我,除非来人至诚感动,还须与我有缘,我才撤禁,令入而外,便须将我谷口内所设迷阵破去,方许到我南星原内。你且候在谷外,等她回来,破法入见。能进南星原,自无话说;不能,宝也必借,只是必须自己突围而出,或是自等难满,我却不能撤禁放她呢。"

明娘知她性情古怪,从来好胜,说到必做,求说无用。法力又极高强。

听此口吻，已然立意为难，比起寻常要胜十倍。师父恐难从容进退，好生愁急。因霞儿飞遁神速得多，米、白二女不如远甚，又在神獭岛上耽延了多半日才起身；到后，又隔了些时，卢妪神游才归，好些耽延。这时，霞儿与枯竹老人相见，两下里虽是势均力敌，但吃老人占了先机，早用慧光查出南星原动静，暗代霞儿隐去行藏，所以卢妪查看不出就里，又是一气。她这里情形，却被对方看去。霞儿不知那竹叶另具隐迹之用，见上面大意略说前事外，并说：卢妪和老人一样，末劫将临。只因天生刚愎之性，宁折不弯，明知妙一真人将来是个福星，因忿霞儿先见老人，犯了小性；又因老人有心气她，预先行法把霞儿行藏隐蔽，看不出身带灵符，到时必以迷阵做难题。可是此妪比老人还要好胜，她那迷阵，从未有人破过，如被破去，必以为生平之耻，另以法力为敌。教霞儿先把法宝要过，令明娘带了先行。破阵入见之时，如见她面上皱纹忽隐，便是忿急，百无顾忌，不可与敌，速用灵符护身，由她头上急冲过去。卢妪身后悬有一个法台，上有她近年防御末劫做替身的法物，平日人看不见。她见这等情景，当霞儿道法高强，知她底细，不顾困人，必以全力回救。乘此时机，速往东南方遁走，离却南星原，再转入回路。以霞光飞遁之速，骤出不意，必可脱身。万一再被追来，不必回斗，只把太乙神雷往后打去，一面加急飞行，便无事了。

霞儿刚刚看完，青光一闪，竹叶忽然化去。暗忖："卢妪和父亲相识，法力又高，如何可以冒昧？枯竹老人虽是好意，但是双方夙仇，焉知不是利用？好在宝物已允借用，我既是后辈，稍屈何妨？对方原是不知身有破阵灵符，自恃太甚，等阵被人破去，面子难堪，势成骑虎，欲罢不能，岂不两败？何不将计就计，能使知难而退，免生嫌怨，不更好么？"霞儿主意打定，又往上飞，晃眼越过岭脊，眼前一亮，便入了光明世界。山阳景物，比起山阴，简直大不相同。霞儿顺岭下降，只见远峰凝翠，近岭摇青，到处嘉木成林，碧草如茵，繁花似锦。那些林木多是七八抱以上。时见幽鹿衔芝，灵猿摘果，花开十丈，叶大如船。沿途珍禽奇兽，时有发现，好些俱非《山海经》上所有。端的景物灵奇，令人应接不暇，心急前途，也无心观览，千余里路，一晃便已飞到。那南星原也在一个山谷以内，谷口外，一片危崖当中，现一圆月形的大洞，高大几及十丈。壁上满是千年老藤，苔藓肥润，厚达三尺，一片浓绿，更无杂色。遥望内里景物，更较谷外清淑美妙。那迷阵却设在谷内。枯竹老人那里还有三百六十五峰可以辨认，这里只是琪花如笑，瑶草含烟，看不出一点形迹，天气又很清明，决不似伏有杀机。

白癞刚由谷外走进谷去，只米明娘一人在外守候，遥闻破空之声，挟着一道金光，电驰飞来，恐师父径自入谷，误蹈危机，忙要迎上，霞儿已早看见，降下地来。明娘方欲先说前事，霞儿早知就里，自然会意。故意说道："时机已迫，无暇多言，且等见过仙婆，回去再说吧。"随即恭恭敬敬走上前去，面向谷口礼拜道："弟子齐霞儿，奉家父妙一真人之命，赶来大荒，向仙婆和枯竹老人各借一件法宝。本应先来参谒，因过神獭岛，小徒为岛主擒去，知道仙婆宽宏，岛主不奉命不敢加害，又以时机紧迫，只得先行。为求迅速，欲和小徒分道行事。这一来，剩下弟子一人，分身无计。枯竹老人与家父又仅神交，不知允否。只好变计，专诚拜谒仙婆，并请指示玄机，使弟子到山阴，不致虚行。因沿途所经各岛颇多梗阻，心想家父属在故交，借宝一用，断无不允。而仙婆道法高深，玄机微妙，无远弗瞩。小徒神獭岛失陷，尚可说是仙婆清修千年，事出无意，或者一时念不及此，嗣后当无不知之理。何以每过一关，仍多阻难？心中惊疑。路过南星原以前，默运玄机，虔加估算，才知仙婆神游在外，尚未回山，如若来此守候，虽然日内必归，不致误事，但无终岭之行，却恐延误；又推算出山阴无甚阻滞，去了回来，正好赶上。只得遥拜仙居而去，未曾登岸。到时，蒙枯竹老人传声接谈，令破三百六十五峰迷阵入内。弟子法力浅薄，本非所及，幸来时，家父深知两地旧例，带有家师祖长眉真人所遗灵符，侥幸通行，将宝物借到，赶紧来此拜求。尚望仙婆俯允，暂借吸星神簪一用，俾弟子师徒完成大命，感恩弗浅。"

话刚说完，忽见谷中奇光明灭，烟岚杂沓，雷霆大震。约有半盏茶时，忽如破锣的老妇口音说道："令尊是我故人，你奉命借宝，过门不入，迹近轻侮。本来应稍惩戒，幸我适以慧光查照，得知借宝因由。那驼子也与我有一面之缘，他那好友赤杖仙童更是我的至交。你又说得这般至诚，不问是否全真，我总神游未在，你恐误事，情有可原。虽不再与你为难，但你自老怪物那里走来，我终不愿见你。你那徒弟倒是与我有缘，人更至诚，我谷中设有迷阵和两种禁制,你如进来,以为所阻,我又不肯为不愿见的人撤去。可命你弟子米明娘入内,作为你师徒分途行事,各完使命便了。"霞儿暗笑:"你分明是见我灵符藏在胸前,神光外映,恐令入谷堕了声威,自家量浅,借我几句话,自行收风。只要能把法宝借到,交谁不是一样?"随口恭答:"弟子愚昧无知,恐误时机,遂致失礼。多蒙仙婆大度包容,谨当遵命。"话刚脱口,忽听厉声喝道:"谁不知我刚愎量小,你却说大度包容,讥嘲我么?"霞儿忙道:"弟子怎敢放肆?仙婆鉴宥。"又听老妇狞笑一声:"我昔年宁失天仙位业,致令千年以来多生烦恼,便为本性难移,不肯改却。米明娘可即进来,见我取宝,另外还有别物相赠。谷中迷阵,重要之处适已撤去,一入谷口,可舍明就暗,自有明灯引路。我这迷阵,与老怪物大不相同,中有无穷奥妙,出入皆难。如见奇物美景,不可涉足,只做不见,自可无害。我再命癞女接引好了。"明娘闻言,忙下拜称谢,起身走进。霞儿知不投机,视若路人,不愿多言,静立在外相候。

约有半个时辰,才见一个头大身扁,巨目翻睛,塌鼻高颧,满头黄发,头与项一般粗细,上身甚短,下身颇长,手长过膝,掌大如箕,腿细脚大,穿着一身黑锦短衣裤,臂腿全裸,露出一身紧绷绷的白肉,东一块红,西一块紫,通体斑斓,似人非人,似怪非怪,奇丑无比的少女,引了明娘,一起说笑走出。明娘进内,一瞥即隐。出时也一瞥即现。谷中早复原状。以霞儿的道力法眼,竟未看出一点迹象,心中也颇佩服。当下由明娘向双方引见。霞儿实嫌白癞丑恶,略一致谢。问知明娘宝借到手,还得了十五粒九转百炼灵丹。说是仙婆以天痴门下有多人重伤残废,非此不治,全赠妙一真人应用,下余的留备未来之需。霞儿喜出望外,忙率明娘拜谢。卢妪也未还言。随向白癞作别起身,白癞似颇依依,霞儿装着心急归程,也未怎理。

师徒二人避开谷口,便驾遁光同飞。且喜归途平顺无阻。飞到东海岸停下,互相略谈经过。打开锦囊一看,那巽灵珠不特附有用法,并附小柬,说是暂不必还,不久尚有他用,到时老人当自收回。霞儿笑对明娘道:"此行大出意料,枯竹老人真讲情面。卢妪得道多年,怎的这等怪性,喜怒无常?"明娘道:"白癞平日听鱼仁说,二老人一般古怪。师父如先往南星原,老人相待,恐还要厉害呢。二老不知是甚深仇,对别人都不如此,只彼此一有沾连，无论哪一位全是如此。弟子见她时，口吻神情也极卖好，她对师父所说，直是故意，不知何故？"霞儿也竟难测，一算时机未误，终以早日赶到为是，随又飞起，赶到铜椰岛，果在限定日内。

众仙问完前事，对霞儿师徒自是奖许有加。妙一真人对霞儿道："地底毒火，尚须三日夜始能喷完。众弟子已各有使命，事毕便由此起身，多半不回仙府。我儿已入佛门，不是本门弟子，只是汝师好意，知你孝心，特意舍却数十年功课，回山效力。你比灵云及众弟子法力较高，又有禹鼎至宝，寻常妖邪多非汝敌。此后修积功行，自会见景生情，随缘行事，无须再为叮嘱。汝弟子米明娘虽出旁门，性情根骨俱是上乘。她和卢妪还有一段因果，此次所得灵丹大是重要，适才还剩六粒在此，不久便有大用。我和汝母及各位伯叔尊长回山，便须遵照先师仙谕，同修大法，以完未来仙业，不到三次峨眉斗剑以前，极少出山。现时群邪披猖，不特原有一些妖邪，如妖鬼、尸魔，以及华山、五台等遗孽，尚在横行。开府前后，又树下不少强敌，多半极恶穷凶，邪法神妙。轩辕老怪、司空妖道尤为此中巨擘。危机隐伏，尚未发现的尚不在内。而边山红发老祖、天残和地缺门下孽徒，以及幻波池艳尸崔盈、小南极群凶、四十六岛妖人，也均要相继与之恶斗。众弟子等虽然受命自天，终属末学新进，法力不济。只因缘福深厚，多有奇遇，所用法宝、飞剑，不是前古奇珍，便是仙传至宝，又得各位前辈仙人嘉许期爱，百计维护，本人也各能知自爱，修为勤奋，始能勉力应付。以我静中推算，除却三五人屡世修积，天生福厚者外，未来险难尚多。运数所限，只有几人能以己力人定胜天，其余终须应劫。师长同门只能事后补救，难以先为解免。此丹乃卢妪以数百年苦功，共用七百余种灵药百炼而成。所炼无多，专为她本人应付末劫之用。炼成之后，万分宝贵，这多年来，只赠了一粒与一同道，一半还是借以试验此丹灵效如何，否则也还未必。此回竟以十五粒相赠，固然是想结交我与大痴道友师徒，别有深心；但她竟不惜耗神，默参未来，为我师徒预防，盛意也极可感。异日如须明娘往助，务要立刻起身，并将你那禹鼎带去，不可贻误。此丹灵效无比，不特起死回生，无论为多厉害的邪法、飞刀、飞剑所伤，只要肢体尚在，有此一粒，便可接续还原，与陷空岛万年续断、灵玉膏各有胜场，非同小可。你等众弟子有难时，前往救治之后，便追随乙、凌、白、朱等各位尊长,随时为众弟子策应好了。"

霞儿此次回山,一半帮助本门修积,完父母当年对师祖所发宏愿;一半仍是因为孺慕殷切,意欲借此多承色笑。闻言便说:"女儿既无专任,何妨仍许女儿居住仙府,俾遂女儿孺慕之私?遇到各位世兄弟妹有事,再行出去,不是一样么?"妙一真人笑道:"女儿已将成道,如何还是这等痴法?我和汝母回山以后,便须潜修大道,轻易不能相见,你便居仙府,也见不着。而众弟子因是修为日浅,成就太易,注定该有磨折,吉凶全由自招,承受消弭,各凭缘福,事情仍须经历。他们又均奉命各有去处,往往同时遇险,休说你一人,便诸位前辈仙人,也未必全能为之解免。适才命你接应,不过姑尽人事,聊作后援而已。如在仙府居住,以我儿的法力和仙府新得异宝,众弟子有难,极易查知,先为防范,岂非仍是逆数而行么?这等行径,于众弟子只暂免目前,得于此者,必失于彼,反而加重。只可随机补救,若先为解免,大非所宜。至于你虽无有专司,反倒成了多多益善。你此次回山,所为何来?当时均应在外修积,始能符你初愿,如何可以随侍不出呢?"又命善遇明娘,不妨多加传授。霞儿一一敬诺。

妙一真人知道妖尸败逃,更无妖邪敢再犯险。毒火喷完,劫灰便须下降,海中数千里方圆地域,尚有无量生物,欲早日行法,移向远海,免致临时迁移,不免小有伤害。便请乙、朱、天痴三人相助,以铜椰岛为中心,各向一方,分四面行法移运。天痴上人叹道:"道兄端的顾虑周详,此举真乃亘古以来未有的大功德,即此已完昔年宏愿而有余了。"妙一真人道:"此乃众志成城,上格天心,方得消弭巨灾浩劫,感召祥和。功德固是不小,全仗天心仁爱及众位道友鼎力相助,小弟因人成事,如何敢贪天功,以为己有?"朱由穆笑道:"齐道友也不必太谦,固然众人出力,连我也不无微劳,决不妄自菲薄。但是天机微妙,何人得知?就算长眉师伯预示先机,试问此时同门诸位道友,何人有此毅力胆识,敢以已成仙业,甘冒古今未有奇险,稍一应付失宜,便堕泥犁,与万劫不复之害相拼?道友这多年来,如履如临,日常筹计,百甚种因,预为布置,还在其次。我等出力虽多,首倡者谁?长眉师祖仙示,也只指明时地,略示机宜,一切仍由道兄主持全局,相机应付,我等不过依令奉行。道兄功劳最大,何必谦虚乃尔?"妙一真人还未答言,乙休已接口笑道:"小和尚,你忒认真。虽然出家人不讲世故,到底神仙也应谦和有礼,才好相与。他是主体,邀了你们同来成此盛业,难道请人相助,事成之后,却把别人一概抹煞,连句客气话都没有,只说是他一人之功不成?事实俱在,功之大小,早鉴天心,何庸多说?根本痴老儿就不该那么说,你一恭维,他当然不能实受,总须谦让两句,才合情理不是,他如答说:'不错,此事只我一人之功,非我不可。连你们来都是多余,不过凑凑热闹,摇旗呐喊,壮点声威。'你就是没有火性的佛门弟子,听了这些话,不动嗔恶二念才怪。自己欠通,还说人家不应谦虚。他不这么说,又怎说呢?"朱由穆道:"驼子这张利口贫舌,实实惹厌,我岂是这种心意么?"

乙休笑道:"你们这些假道学,我最不信服。你语气明说他不应谦虚,却说心意不是。佛家戒打诳语,口是心非,犯戒一也;听我一说,你便红脸,已动嗔恶之念,犯戒二也;佛法禁毁谤人,你却骂我贫舌利口,犯戒三也。霎时之间,连犯三戒,还说什么四大皆空,一尘不染呢。"朱由穆笑道:"驼子专喜颠倒是非,捏造黑白,并还恩将仇报。看你下次遭劫,谁再相援?我自落言诠,已居下乘,似你这等妄人,何值一辩?我不理你了。"乙休笑道:"小和尚,多年不见,仍然一逗便急。我驼子向不说装门面的话,铜椰岛是我生平第二次丢人的事。我大约还有一次劫难,我已早想好帮忙的人,不劳费心了。"乙、朱二人本是两世患难良友,说笑已惯,妙一真人、天痴也都知道,俱被引得笑了起来。朱由穆转向妙一真人道:"莫为驼子打岔,误了海底生灵,我们一同动手吧。"

四仙随议定方略,各择一面,开始运用仙、释两家道法,由本岛起始,将方圆四五千里以内大小生物,一齐移向远海中去。天痴上人本来好胜自负,又以素擅五行禁制,以为此举擅场,必比三人先完,哪知大谬不然。四人各向一方,同时动手,仍是妙一真人与朱由穆二人最早毕事,也最完善无遗。天痴上人空自大显神通,运用五行挪移人搬运法,费了许多精神,结果勉强步武神驼乙休。但是禁法稍猛,不能皆顺物之性,一半行法,一半诱引,竟有好些年久通灵的水族受了伤害。经此一来,才知功力仍是不济,棋输一着,处处相形见绌,不是可以勉强。心中好生愧服,把平日骄矜之念,为之一祛。这次行法,因是量多物杂,一意保全,也费了一日夜工夫。一晃三天,火穴中烟势日衰,已成强弩之末。

妙一真人见大功即将告成，到了明早日出以前，劫灰便须下降。笑对天痴上人道："前次小徒易鼎、易震无知冒犯，尚有法宝遗留磁峰之上，不知可能推情掷还么？"天痴上人忙道："前日相见，便欲奉还，只为连日追随诸道友行法，移散生灵，未暇及此。适才已命小徒楼沧洲去取了。"妙一真人又道："此役本系天劫所使，遂致诸位道友各有误会。鼎、震二小徒因随众弟子奉有职司，致迟请罪。乃祖易周先生与道友本系知交，事已过去，贫道已与通函，说明此劫经过。所望看在薄面，互释前嫌，勿再介意，如何？"天痴上人已知自己无力与这些仙人为敌，加以劫后之身，心存谨慎，巴不得有人出头言和；何况妙一真人处处公直，毫无轩轾，所施于己甚厚。日前已然说过，今又重提，焉能不允。接口答道："前本无知，事由误会，道兄一言，无不应命。"妙一真人随唤易静和鼎、震兄弟一同降落，向主人请罪赔礼。天痴上人连忙唤起，极口慰勉，说："易氏兄弟虽是疏忽，因有妖党中人追来，情有可原，当时已然处罚。现在双方亲如一家，以后同辈相遇，互相扶助。旧事过去，无须再提。齐道兄太甚谦虚。"楼沧洲恰自宝藏中将易氏弟兄所失之宝取来，随即交还。易氏弟兄正为和金、石、二甄六人约定一同行道，这几位师兄弟各有至宝随身，自己法宝多在铜椰岛失去，相形见绌，好生愁闷，最可惜的是那九天十地辟魔神梭，一见发还无损，好不欢喜，忙各拜谢领去不提。

时已深夜，天到子正，穴中毒火便已喷完，只剩丝丝残烟，摇曳上升。一会儿，残烟也已喷尽。妙一真人便照预计发令，将手一挥，穴上深井一般的大光筒便即撤去。众弟子立驾遁光，散出阵外，分布空中九宫方位上。十余位仙人也各降下，与乙休、天痴上人相见，说笑一阵。众仙遥看残月西斜，海中鱼介生物全部迁徙，海面上静荡荡的，只剩波涛向海岸冲击，吞吐呜咽。仰望空中，玄真子与妙一夫人同在八九千寻以上，不见一点形影。那毒烟烈火破空直上，所发风雷之声也早静止，显得夜景分外幽寂，与日前猛恶之势迥乎天渊之别。众仙俱都纷纷祝贺，共庆功成，只等东方微明，便起施为。

一会儿工夫，启明星耀，东方渐有曙色。妙一真人刚喝得一声："起！"便听高天空里异声大作，宛如无数天鼓当空齐鸣，更有千万神兵，铁甲天马，万蹄杂沓，自天杀来。便是雷霆暴震，声势也无如此猛烈。说时迟，那时快，众仙已争先飞起，晃眼数十百道金光霞彩，满空交织，大地立现光明，映得上下四外俱成金色。那匹练般的金霞，闪电也似在空中略一搴动，便即互相联合。只是改直为横，又分作了上下三层，每层相隔约数百丈，其长何止千丈，宛如三道经天长虹，交叉横亘空中。一面众弟子也把各人飞剑，联合成了四道较短的光虹，分四面围列在末层金虹之外。妙一真人、朱由穆与神驼乙休三人，早飞出最高一层金虹之上相待。同时空中异声也越来越近，隐见无数火星，明灭乱迸，聚在一起，大如山岳，瀑布也似往海面上倒泻下来，眼看越来越近。妙一真人为首，喝一声："疾！"一道极大的金光，离手飞上前去。那火星便是空中太火毒焰，被罡风消灭以后所剩劫灰，吃玄真子行法禁制，合成一股奇大无比的灰瀑，自万丈高空倒泻下来，灰沙互相摩擦激荡，发出无量火星，由上向下，如火山飞堕一般，加上异声怒吼，惊天动地。妙一真人一道金光，迎头一裹，挤得那灰瀑势益猛恶，由金光环绕中直泻下来。

众仙所结三道经天长虹，早已列阵相待。最高一道金虹首先迎住，两边金光往上一翘，成了一道长河，将劫灰盛住。左边一头，便渐渐往前伸去，劫灰齐往金河中注入。只听轰轰发发之声，金光闪耀，霞彩横空，上接一根通天火柱，顿成亘古不见之奇。约有盏茶光景，金河的一头未动，一头已伸长了二三百里，渐渐低垂，斜注海中。劫灰由金河中顺流而下，海水立即怒沸，骇浪如山，直上遥空。数千丈大小的劫灰，互相击撞，声如暴雷。那金河随在海面上由近而远，纵横移动，约有刻许工夫，便离去本位。由妙一真人手指一道金光，紧束后尾，往东方移去。空中劫灰仍然往下怒泻，那第二道金虹便迎上去，接个正着。仍是如法炮制，化成金河，一头向西方伸长，渐注入海。所到之处，海水尽沸，东西两应，势更强烈。这时红日正由天边升起，朝云晓霞，一层层齐幻金光，上有金虹斜挂，下有骇浪飞腾，端的气象万千，奇丽无俦。

第二道金虹伸得渐远，神驼乙休便放出一道红光，束住光尾，向远方海中移去。第三道金虹又复接上，前两道金虹，本离岛伸长二百里以外，方始下注，近海边百余里内，尚无劫灰注入。所以这次金虹不是一头下垂，待了一会儿，忽在空中闪了几闪。朱由穆手扬处，飞起一团佛光，将灰瀑围住，口喝："诸位道友，我等各显神通，点缀一个奇景如何？"这第三道金虹，本是法力最高的几位仙人主持，闻言会意，立将金河展开，化成一张华盖，越展越宽，外边俱都向下，将全岛罩住，离海面不过两三丈。那灰柱由佛光中直泻下来，分向四边流坠，泻入海中，散布得均匀已极，由下往上，宛如一顶硕大无朋的金幕。四边火珠如潮，滚滚飞落，由上往下，又似一朵万丈金莲，挟着无量星沙，自天倒挂，煞是奇观。因是离开海面，做一大圆圈，同时下注，朱由穆又频使神通，使那无量星沙远近飞布，激得掀天巨浪，潮涌而起，令人心惊目眩，又是一番奇景。个把时辰过去，第一、第二两道金河放完了劫灰，先后飞回，改为一南一北，接向上面。相继接够了数，仍和先前一样，向南北两头伸长出去，注入海中。近岛的一圈，因是地方不大，头一次劫灰便将海底布够了数。

朱由穆二次待要如法施为，被妙一真人由北飞来止住，并说："百丈毒火所遭灰沙不过石许，倒倾之势，比较上升还快得多。因要使海底沉沙一律平匀，如若行法散布，势必闹得满空俱被灰尘布满，连月不消，既费时候，也使上空两个主持人更多费心力。所以才请诸位道友各运玄功，将各人飞剑、法宝连成天河，使其分注海中。但是劫灰余毒未尽，分量极重，并为迅速广布，又将空中天河分成三道，以便相互接替，分向四方八面倾注。现在近岛一带，已经铺有三丈来深，不宜再增；空中劫灰，也十去六七，再倒换一两回，便可毕事。大师兄和山荆在灵空交界处灭火消沙，自从那日到山，不曾稍息。朱道友如是有兴，何妨上去助他们一臂？"说时，神驼乙休也由南方飞回，说："这二次布散劫灰，诸位道友已然放心，足可胜任，无须另行戒备。大师兄和齐仙嫂正在贤劳，我和小和尚同去略效微劳吧。"朱由穆早答要去，闻言，说一声："好。"两道金光比电还疾，只一闪，便双双射入高空云层之中不见。

妙一真人看二人去后，微笑道："朱道友转劫归来，仍是这等天真，我如晚到一步，这铜椰岛上许多琪花瑶草，日久岂不被灰毒烧死，那被乙道友所断铜椰灵木，如何重生？沉沙不可复起，地底灵泉恐受流毒，趁此片刻余闲，且为此岛添一新景吧。"随纵遁光飞起，手掐灵诀，指着海中，立有一道金光飞出，电转星驰，环岛飞行三匝，回到原处，一闪即隐。随又用手朝外一指，一声霹雳过去，环着铜椰岛四围，忽起海潮，由岛边沙滩起，宛如击石投水，化成一个水圈，由小而大，往外推展开去。最前浪头，约有三四十丈高下，里许来宽。全圈一般平，无甚高低，直推出百里以外，忽然停止，直似环岛添了一圈浪翻。浪花尽管翻流不休，却是通体高低如一，不消不退。天痴上人因众仙行法早有成竹，妙一真人又未招呼，未便插手，正率门人在岛上旁观赞佩，一见妙一真人为本岛添此奇景，好生欣慰，赶忙过去称谢。

妙一真人笑道："我知此岛多产嘉木灵药，虽仗元磁精气种育，也还靠了此岛有灵泉滋润之故。初意留这环岛四边百余里，不使劫灰下注，不料一时疏忽，未曾先说。朱道友见金虹分载灰沙，一东一西，有似天河倒泻，他不知那劫灰重逾山岳，又是热毒异常，若有少许触及地面，生物沾上，立被灼死。何况又自八九千丈高空倾天下注，头两道天河已然移开，须另有承受。那第三道天河，原备更番接替之用。见猎心喜，不假思索，见近岛一带劫灰尚未注入，只图奇景壮观娱目，却未防到灵泉真脉正藏海底，近岛一带劫灰下压日久，必被侵蚀脉络，渗入其内。此灰奇毒，须受多年海水冲刷，始能消受，全岛草木岂不遭殃？我在远处看见，又不便拦他高兴，只得等大家饱了眼福，再行赶来阻止。我想本岛本产不少巨鲸，现均行法徙去，即使近岛百余里未布劫灰，鱼类无知，稍微游远，便中灰毒。如将此灰行法禁制，在海底逼起一圈长堤，再将鲸群移回，有此一圈阻隔，不致游向圈外中毒，岂非绝妙？不过毒灰虽被推向外圈，因受禁制，不能再受潮汐冲刷，岁月一久，便要继长增高。三百六十年后，必成一圈五色河堤，高出水面。同时，它那余毒，也逐渐由河孔中，往外圈发泄出去，与受海水冲刷，并差不许多。彼时圈中之水，使其化咸为淡，成一环湖，或在堤上另开门户，与海相通，便悉随尊便了。"

天痴上人连声称谢，笑问道："小弟前次愚昧，不知天数，几肇杀身灭形之祸。多蒙道兄鼎力解免，感谢之情，不消说了。但是小弟自来疏狂，不曾轻受人恩，又以昔年走火身僵，山居清修，杜门多年，同道中往还极少。乃日前白犀潭赴约，来去途中，俱中埋伏。小弟或尚无妨，随去弟子却多不免伤陷。不意暗中竟有佛法解救，并还屡现金字告警，预示趋避，人却不肯相见。自思平生友好，佛门中人极少，即有也道成证果，是何因缘如此为力？也曾再三留意，查看踪迹，终如神龙见首，不见端倪。最后，归途又有人解围，方有一小沙弥影子，略闪即逝，相貌既未看清，而照所驾遁光，虽是上乘传授，以他破乙道友仙法，功力似还未到，好生不解。适才想起，道兄对此一劫早识先机，一切预有安排，而那沿途相助之人，行径又似与乙道友相识，不是道兄所托，也心知底细。先见朱道友所放佛光，颇与日前所见相似，当着乙道友不便明问。适又见他飞身上空，所运金光更为相似。受人暗助，连个名姓来历俱未知悉，岂非笑话？道友当必有以告我。"真人便把白眉和尚命朱、李二人暗助之事说了，并说："那小沙弥便是阿童，现在第二道天河上相助行法。"上人闻言，方始明白，连道惭愧不迭。

真人仰望高空，光华闪动，知将告成，便与上人道声："少时再谈。"纵遁光迎上前去。多半日光阴过去，空中灰沙虽仍下降，势已大减。数千里方圆海底，按预定尺寸快布满了，所差无几。妙一真人身刚飞起，那空中四五道金光，也已随了余灰一同下降。这时三道天河，只有一道载了灰沙远去，两道做十字形，高低横亘。妙一真人仰望灰柱，尾梢散漫，搅成了一团浓雾。本似一根撑天柱往下飞堕，因为尾梢降势稍缓，颇有中断之处，事出意外。幸是道妙通玄，法力无边，一见有异，不等向高空传声遥问，手向下方一指，口中传声发令，命将两道大河连合为一，化成一面天幕，将全岛罩住，迎接来势，并命分宫守候的众弟子，小心戒备，各将剑光宝光八面围住，以防灰沙散漫。

说时迟，那时快，就十几句话的工夫，空中余灰带着后尾一团浓雾，自天飞堕。玄真子、妙一夫人、乙休、朱由穆四人，各指一道金光，紧随沙雾之后，也一同飞落。眼看相隔那面金光天幕不远，中间一段，忽似花炮迸雪，当空爆炸，灰沙中无量数的火星，宛如箭雨飞蝗，随着万千道浓烟满空飞射。仗着众仙应变神速，上下四方均有戒备。妙一真人更是成竹在胸，早见及此，一见毒灰爆裂，双手一扬，立有十道金光匹练般飞出，当空伸长，分十面远远斜横空中，挡住斜飞之势。同时，下面光幕往上飞去，分列空中。众弟子各用剑光法宝，齐往中间逼去。上空，玄真子等四仙，也将金光化成一面华盖，缓缓压来。有那众弟子阻挡不及、横送出去的，被那横空十道金虹阻住去路，平兜过来。不消半盏茶时，上下四外齐向中间紧拢，成了合钵之势，直似数千丈大的圆盒，将那无量劫余灰沙包藏在内，通体浑成，毫无一丝缝隙。只有金光万丈，映彻海面，烛照云霄。

众仙随施法力,将众弟子的剑光逐渐撤出。光球逐渐缩小,约减到百十丈光景,妙一真人才指明地点,令其就此飞入海底,再行如法散布。众仙应诺,共指金球,朝远方海面上飞去。头一道天河,乃是本门师兄弟主持,早将灰沙放完归来,收了剑光,落下相待。妙一真人知已功成无事,也率门人降下。遥望光球沉入海底以后,那一片海面立涌起无数撑天水柱,有无量数山大的水泡冒起,爆声如雷,震撼海岳。本来环岛数千里海底更平添了十来丈厚一层毒沙,到处波翻浪涌,惊涛山立,汹涌奔腾,声如巨雷,不曾片刻宁静;再吃这么大一个光球挟着绝大量的毒沙落往海底,飞舞散布,声势更盛,自不必说。那光球虽然上有极深海水,精光宝气依然上透层波,掩藏不住。只见一个百丈金轮的影子,光芒万道,在天边无数撑空晶柱之中星丸跳掷,出没升降,翔转飞驰,映出半天金霞,比起海上日出之景,还要雄伟得多。未去长幼众仙,俱都赞叹不置。

隔了一会儿,遥望海上金轮忽散,化作十余道金光,飞起空中,略一掉转,相继飞来。晃眼近来,光华敛处,玄真子等十来位仙人一齐现身。妙一真人忙率众迎上前去,分别礼谢,互相又庆贺了一阵。妙一真人便问玄真子等四仙,适才眼见已快收功,如何又生变故?玄真子答道:"我和弟夫人引了烈焰,直上两天交界之处,如法行事。虽然万年太火毒焰厉害,我们既要使它布散高天,借乾罡之气灭火化沙,消灭火毒;又须聚在一起,只在那千百里禁制圈中,不令随风吹散。乾天罡风又与寻常风力不同,本是极难之事,幸仗天心仁爱,恩师法宝妙用,我和弟夫人又极小心谨慎,不过比预料多费了些心力。一连数日夜,俱都平安过去。哪知到了快要收功时节,忽有警兆。心神一动,我和弟夫人忙运玄机推算,竟是轩辕老怪为与本门寻仇,自知不济,不敢妄动,自装好人,暗中示意妖徒,费了许多心机,加上两件异宝和妖徒最宠爱的妖妇,哀词厚礼,把昔年被恩师逐出中土,遁往北极附近黑伽山落神岭潜伏的本门仇敌老妖尸南公,诱激出来。

"这老妖孽本就记着恩师的仇,逃时声言必报。不过照他心意,还觉不到报仇时机,欲待机会到来,再将本门长幼一网打尽。一则为宝物、美色所动,二则被妖徒一激,意欲一试。便运妖光,查看我们虚实,竟被看出此间之事。再一推算,本门气运正盛,又建立这一场大功德,自然以后上天降福，方兴未艾。照此下去，直无报仇之日。一时忿极，仗恃所居高出云空，只比灵峤仙府略低百丈的二天交界之处，我们如非专为他留心，虔加推算，决算不出，事隔多年，自不会料到他卷土重来。说也侥幸，他如径去峨眉，我们纵有人在彼防守，恐也非他敌手，就许被他残毁一番。他偏自恃，仍是当年好胜心情，以为本门长幼多集于此，乘虚袭入洞府，胜之不武。但又深知他虽旁门左道，不似妖尸冥顽孤行，八百年苦功，已将修到地仙之位。这场善功如为所败，引起浩劫，自身必应天诛，万劫不复，不敢冒失。他用妖光查看时，这里全功已成七八。意欲候到我们大功告成之前赶到，先乘我和弟夫人行法正急之际，下毒手暗算。然后就势飞下，与本门长幼和在场诸道友为仇，伤得一个是一个。下余等他妖法炼成，再作打算。哪怕我们得天独厚，未必如愿，好歹总可出点怨气。未到以前，以为我等骤出不意，必有伤亡。而天空劫灰已去七八，照此行径，至多铜椰岛和左近海面受灾，俱是无人之地，水中生物又经师弟徙走，造孽不大。哪知仍然被我算出。他那来势特快，我和弟夫人正说抵御之策，便带一有力妖党飞来。一则时机紧迫，未及报警；二则恃有恩师新赐法宝，还有一道灵符，不曾明示用法，分明为他而设。恩师未预示先机，自然认作无足轻重。我们事前大意，不曾防到外敌，也由于此，一时疏忽，以为无害。又知诸位道友在下面各有职司，正在收功吃紧之际，我忽告警，徒乱人意，于事未必有所助益，因此不曾告警。一面仍自施为，一面各运玄功，分化元神迎敌。

"没想到老妖孽法力远非昔比，连那妖党均非弱者。我和弟夫人空身还能应付，而这时满空劫灰，正由禁制圈中往下急降，尚未放完，必须敌我兼顾，一心二用，未免吃亏。恩师所赐灵符未注功效，放将出去，只可防身，不能克敌。他那法宝也颇厉害，相持时久，诸多可虑。弟夫人正打算向师弟传声密告，请分一二能手升空相助，忽见乙、朱二位道友飞上，四人合力夹攻，他自相形见绌。弟夫人不惜冒险，连施诸般法宝，妖党首先受伤。朱道友又放佛光，发出舍利。他见势不佳，方始说了几句异日寻仇的大话，先令同党遁去。他临去时，想是恶气难消，忘却来时顾忌，也许他是想使我们多费手脚，竟用玄功变化，乘我们一点破绽，元神闯入圈内，将我们禁法破去，震散灰沙，方纵妖光遁走。余灰少说还有万丈方圆一团不曾降完，虚而不实，禁制一破，全都爆散，闹得两天交界满是火星灰雾，散乱横飞。恐随罡风吹堕人间，贻害生灵，而事前禁制，已不可能，灰中毒气已见天风，胀力又是绝大。总算我等四人应变尚速，一见不好，也没顾及追逐妖人，不约而同，各以全力施为，收摄聚集，一面又将罡风挡住。弟夫人出力最多，又纵遁光连挥宝扇，满天追逐阻挡，相助推拢，一面仍使下注。经此一散一聚，合力防御，才未生出大枝节来。

"太火初灭，毒气尚盛，上天下地，过于广大，若迫束过紧，为害尤烈。早料到毒气经风，必要自行膨胀，摩擦愈烈，愈生变故。但是收尾一圈，费了许多事强行聚拢，中杂乾天罡煞之气，一个不好，二次爆裂，发出亘古未有的巨震，我们修道人自是无妨，这千里以内所有大小岛屿全被震裂，海水逆上千百丈更在意中，就说水族已徙，各岛生物总还不少，本岛就非少数，岂不全数遭殃？对它轻了不好，重又不好，只有在快要降完未爆发前，大家合力将它包没，送入海内；再开一口，徐徐散布，方可无事。其势不能兼顾，仗着诸位道友应变神速，早合成一光幕，向上反兜相待。师弟又率众门人，分列天空中戒备，才放了心。果然还未降完，便已爆裂。这亘古未有之奇灾浩劫，大凶极险，侥幸平安渡过，勉奏全功。只出两次不妨事的小波折，真可喜可贺也！"

第二二五回

举酒庆丰功　辽海澄波宁远峤
寻幽参妙法　千山明月度飞仙

话说玄真子的一番话，使得众仙钦佩不已。天痴上人重向众仙致谢，说："后洞已令门人整理停当，备有水酒，为诸位道友及门下高足庆功慰劳。"坚留小住。众仙见其意甚诚，又喜他勇于迁善，迥非故习，人本端正，也乐得交此教外之友，同声称谢，允留一日。上人随延众入洞。席间虽无多兼味，但有岛上所产千年铜椰灵果和十余种干鲜果脯、竹实、首乌之类，并有数百年仙酿，无一不是轻身益气，脱骨换胎，可致长生，于修道人有益之物，只是前洞为乙休所毁，后洞石室稍小，长幼两辈须分两起饮宴罢了。长一辈宾主饮宴方酣，矮叟朱梅笑道："乙驼子，你把人家闹了个河翻海转，你自己也吃了些苦头，算是折过，不要你赔还了，现在一切归之劫数。你和主人已然打出和好，是朋友了。他岛上这些铜椰灵木，被你那又阴又毒的飞刀毁坏，别人无法解救，你难道好意思不管，少时袖手一走，便了事么？"天痴上人初意，以自己的法力修建洞府，极为容易，只等仙宾一走，移回磁峰，即可兴修。最主要的还是乙休所斩断的大小数百株铜椰仙树，都是东方乙木之精，与己虽是面和心违，却有极深渊源，一呼即至，满拟使其回生，易如反掌。受伤门人又经治愈，只顾欣喜，设宴谢客，全未在意。及听朱梅一说，才想起乙休斩铜椰的是道碧光，元磁真气收摄无效。前听人说，乃妻韩仙子有一至宝，名寒碧刀，如是此宝，却非糟不可。对方虽已化仇为友，到底释嫌不久，又不好意思出口，心正犯愁。

乙休已笑道："朱矮子，你最刁巧，起先怂恿我和天痴道友为难，今又来做好人。我起初不过一时之忿，怎肯使这天生灵木绝种？只为先时无暇，现又主人盛意留饮，酒又极佳，欲待稍饮再去，灵木接上重生，再来终席，与诸位道友同行。你多管闲事做甚？"朱梅笑道："驼子少发急，没有我，能有今天这场盛举么？当初我怎对你说来？如寻痴老儿赴约，须把我和白矮子约上，三个打一个还差不多。你偏偏强任性，独个儿到此，怨得谁来？"天痴上人不知乙、凌、白、朱四人深交，嬉笑怒骂成了家常便饭，恐有争执，借着解劝，乘机问道："乙道友那日所用诸般法宝，均非磁峰所能收摄，法力高强，大出意外。内有一道双尾碧光，从未见有相似之宝，可是那寒碧刀么？"白谷逸在旁笑道："驼子因你磁峰专摄五金之宝，恨不能把当初给韩仙子的聘礼都借了来。不是此刀，还有何物？"天痴上人道："果是此宝，那就莫怪全岛灵木都如枯朽，一触即折了。"

乙休看出天痴上人似颇情急，又有不便出口相烦神气，笑道："自来矮子多是人小鬼多，不好惹。他两个素来贫嘴薄舌，装乖取巧，不值理睬。我已吃了不少仙酿仙果，须要有个报答。幸而身边丹药尚多，岛上又有灵泉，且为主人医完神木，再来叨扰余酒吧。"上人忙起致谢，意欲陪往，并令门人随侍，听候驱策。乙休道："俱都不消。我前边还有峨眉门下几个小友，有话要说，你自做主人吧。"朱梅也拦道："他是娃娃头，如今峨眉众弟子下山，他不知又要出什么花样，教人惹事。也许还约两个在海边过过棋瘾。你由他去，医不好灵木时，再和他算账。"朱由穆大笑道："你两个可是仙人，直成市井无赖，专以口舌为胜了。"朱梅笑道："我们无赖，你这小和尚收心才几天，就准是好人么？"朱由穆佯怒道："矮鬼如再放肆，叫你回不得青城去。"朱梅笑道："诸位道友，你看他这样火气，像守清规的和尚么？"引得众仙都忍俊不禁。朱由穆道："你是个魔头，我具降魔愿力，作狮子吼，不能算犯嗔戒。"众仙互相又笑了一阵，朱梅拿朱由穆取笑。姜雪君道："放着好酒仙果不享受，互相讥嘲，不犯清规，也是口过。毕竟峨眉三位掌教长老气度庄严，你看人家笑么？这才像是领袖群伦的教祖。"

乙休似有甚事，早匆匆起身出去。朱梅正要答言，忽听外面雷声大震，跟着走进两个本岛门人，躬身禀告说："乙真人刚刚走出，韩仙子元神忽然飞来，二人略谈，便又飞去。说时，乙真人面有怒容。听口气，韩仙子似来应援，途中遇阻，与一对头斗法两日，因此来迟，路过玄龟殿始知细情。大约为那对头,来与乙真人商议。行前并助行法,将断木扶起。现在乙真人正率峨眉门下八九位道友,医治灵木重生。雷声乃韩仙子行时所发。"朱由穆道:"可见夫妻情长。韩仙子和乙道兄反目多年,以前宛如仇敌,今方和好了旬日,一闻有难,便以元神赶来相助。这位嫂夫人虽然法体未复,当年法力仍在,更多异宝。对头何人,竟敢轻捋虎须,树此一双强敌,也可谓不知自量了。"追云叟白谷逸道:"这也不一定。你没听斗了两天法么?如是庸手,遇上这位女菩萨,焉有生理?驼子又那样生气,莫非是他旧仇人不成?不然,她是来救夫报仇的,无故怎会和人如此恶斗?齐道友正运玄机推算,可知这对头底细么?"妙一真人道:"当然没有别人,难怪他夫妇忿恨,这类丧心昧良、弃明投暗的妖邪之徒,便我们遇上,也容他不得。如非行踪诡秘,善于潜行遁迹,早为我们诛戮了。他必是见韩仙子元神云游,妄思加害,没想到对方如此神通。这一勾起前仇,必无幸理。乙道兄知他诡诈,想假手我门下弟子去诱他出现,正商量日后何处相见呢。"说罢,又听一声雷震,又有门人入报:"铜椰灵木全已重生。乙真人正和诸位小道友谈那斗法放火之事,不肯归座。"天痴上人大喜,意欲亲出谢迎回座。白谷逸笑道:"朱矮子说他娃娃头,实在不差。他最喜有根骨的少年男女,一投缘,便永久扶持,此时必正有兴。他那脾气,人去也请不来,道友何苦强他呢?"上人只得中止不往。

原来一干小同门,俱喜和乙休亲近。乙休也最喜爱他们,尤为司徒平夫妻、金蝉、石生、英琼、英男、向芳淑以及甄、易弟兄为最,岳雯是弈友更不必说,这次众门人闻他有难,个个关心。见时,当着师长,不便请问,闷在心里。乙休自然看出,临时又想起一事,特借医治灵木之便走出,往前洞去寻金、石、甄、易等六小弟兄。别的几个和乙休最熟的门人,也相继追了出去。除岳雯沉稳不语外,七张八口,纷问遇险之事。乙休还未及答,韩仙子忽然飞来,说在岷山,闻人说起被陷之事,匆匆一算,果然不差,忙带法宝赶来救援。中途遇见凤仇,仗着他有两个左道中能手,欺韩仙子元神出游,合力夹攻。韩仙子和那仇人苦斗了两日一夜,方得获胜,重往前赶。初意丈夫法力尚且失陷,天痴阵法定必厉害。易周两老夫妻同仇敌忾,可约相助,便道前往邀约。见面才知丈夫已然转祸为福,此时众仙大功告成,正在庆贺。因忿仇人可恶,自己不暇报复,赶往铜椰岛告知,随助乙休将所断铜椰全数凌空扶起。由乙休率众峨眉门人在接口处安上灵丹，行法重生。自己别去。

乙休随谈起遇险经过，众人才知天痴上人那日在白犀潭败走，又入埋伏，幸仗小神僧阿童用白眉禅师所授佛法相助，天痴上人师徒方得脱身回去。本就怒火填胸，归途路过玄龟殿，忽想起此次吃人大亏，事情全由易周家教不严，任凭两个素无经历、不知轻重的孙儿在外面仗恃家传法宝，行凶惹事伤人而起。当时勾动旧恨，登门问罪，要易周当着他重责易鼎、易震，否则便大闹一场，拿他来泄忿。当初双方原有深交，同是海外散仙，两岛相隔又近。上人有些刚愎自恃，人却正直。未走火入魔以前，两老虽曾互相访晤，彼时上人初历铜椰，不过百年，不知易周得道比他年久，合家老幼，法力道行，个个高强。见他神仙眷属，乃子易晟已修仙业，仍有家室之好，易周人又谦和，看不出深浅，未免稍存轻视，辞色矜夸。两三次往还之后，易周见他虽是端人，终嫌骄傲，又看出他不久即有劫难，便以朋友情分，微言讽诫，本心还想助他。上人偏是自大，不特未领好意，话不投机，反倒拂袖而去。易周越觉此人乖谬，气味不投，由此不再与他交往。

天痴上人又不久走火身僵，幸仗法力高强，仅以身免。想起易周先天易数，果然高明，但既有朋友情分，那日便应详言趋避，不应出语讥讽，引己误会。遭难时，如来相助，也可幸免。自己并非左道妖邪，便外人无心相值，也必念对方修为不易，全力相援，断无坐观成败之理。如何明知就里，置之不问？心中也是忌恨。那日易氏弟兄误伤灵木，必欲惩处，便由于此。这时怒火头上，只想泄忿，却没想到他这数百年枯坐苦炼之功，虽然功力大进，远非昔比。又恃仗炼成了灵木仙剑，诸般异宝，元磁精气，惯摄敌人的法宝飞剑。但对方这多年光阴，也非虚度。尤其是先天易数，妙参天人，事尽前知，无微不瞩。人家早就算好他师徒要来，已在殿前平台之上，暗藏埋伏，列阵相待。上人师徒盛气而来，落向台上，正待大喝："主人出面！"猛觉天旋地转，四外冥茫，昏沉沉对面不见人影，知已误陷敌阵。上人原非弱者，一面命众门人聚在一起，不可妄动；一面施展法力，打算将阵破去。哪知阵法玄妙，与众不同，除却昏雾沉沉，身上时寒时热外，并无别的威力，只是冲不出去。不理睬还好，一经施为更糟。法宝飞剑放将出去，只在暗影中一闪，便即失去。情急之下，连施五行禁制，用尽方法，全失灵效。始而师徒多人，还能互相问答；后来随行弟子全无声息，敌人也一个不见，辱骂也置之不理。总算自身法力高强，尚能守护元神，虽然被困在内，人却无恙。相持了两个多时辰，愧忿已极，把心一横，豁出再修一劫，和仇敌拼命。一面施展道家最恶毒的六阳解体大法，运用玄功自裂法体；一面将五行真气互相生克激撞，发出五遁神雷；一面再将所炼元磁精气，同时爆散。三法齐施，发出无边烈火迅雷，连自己和整座玄龟殿一起毁灭。主持阵法的人只在十里以内，当然是不死必伤。等元神遁往别处，另寻庐舍，如见敌人未死，再作复仇之计。

上人正在咬牙切齿，打算查出门人存亡下落，立即施为。忽听易周在内殿遥呼道："来人是天痴道友么？既承下顾，何不在未上平台前知会一声？老朽近以鼎、震二孙投入齐道友门下，致与左道旁门中结怨。静居已惯，既不耐烦嚣，与人争斗，又不愿无知之辈上门家人。没奈何，在殿前平台之上略施小技，好使此辈到时知难而退，我也懒得伤他。前数月，还差点没将两个小孙的同门师姊困入在内，想起惭愧。道友久未降临，所以忘却通知。疏懒成性，日益衰惫，恐有非常之事，无力应付，每日强理旧业。适才正在入定，忽听家人再四疾呼，将我警觉，说是阵中困有多人。仔细一看，才知道友误触阵中埋伏，众高足又误走安门，全数卧倒。其实这先天一元阵法，说来也无足奇，只因道友仓猝入阵，先未看清门户，所以稍微留滞。本次亲出迎晤，无如此是常课，适才已为道友延误，行即入定，只好异日登门负荆了。那几件法宝仍在原处，众高足在西北角上，俱都无事。请取了同回仙府，容再相见。"

天痴上人闻言，情知敌人有心捉弄，这等对待，叫人急不得恼不得。虽恨不能把敌人生咬几口，无如这等形势之下，如何能再与斗法？再用前策孤注一掷，不特多年苦功可惜，并还十九不能够对付。既做不知，只得任乎，将来再打复仇主意。当时情景，端的啼笑皆非，无地自容。直等易周从容把话讲完，倏地眼前一亮，天光顿现，重返清明。法宝、门人，果如敌人所言，无一损伤，含忿收起。门人先都昏倒，醒见乃师在侧，还道阵被破去。有两个方开口想问，上人恐更丢人，将手一摆，喝声："回岛！"便同往铜椰岛飞去。到后，才向众门人述说。上人气得要死，门人也都悲忿，一面还须留意仇人寻上门来。刚把所设阵法加功重新布就，一道经天朱虹，忽自遥空飞堕。落地现出神驼乙休，对着天痴上人便骂："无耻老贼！如非有人暗中助你脱险，早已半人不回。自没出息，还敢无故往寻易道友生事。你平日枉自狂傲，如何连人都不见，便被陷阵内？易道友虽不值与小人计较，你如稍有廉耻，当着许多徒弟，早应撞死玄龟殿了。人家刚放了生，如能藏身洞内，面壁百年，自愧自励，也还算自爱。怎刚得活命，又在这里张牙舞爪？山妻已然教训过你，我再独自登门，看你还有什么鬼捣？"

两个仇人相见，分外眼红，又是应劫之人。乙休固因上人玄龟殿之行，加了好些厌恨轻鄙，辱骂不堪；上人自然也是仇上加仇，恨上加恨。不等话完，便交了手。这次却与白犀潭斗法大不相同，仇是越积越深。上人屡败之余，身受奇耻大辱，一面以全力拼命，一面加了十分小心，又在自己所居岛上，占了好些地利，又有各种埋伏禁制，诸般法宝和那元磁神峰，一切应敌制胜的法术，多已加功备齐，只等运用，无形中力量增强了好几倍。乙休却生了轻敌之念，当此劲敌，视若无物，临机大意，已占了两分败着。偏又不知哪里来的邪火，把日前对方修为不易，此行适可而止的初心忽然变却，屡施毒手，欲置敌人于死地。上人如惊弓之鸟，尽管布阵行法，也知乙休厉害，自身成败关头，系此最后一着；神峰休戚相关，灵脉深往地底，一旦行法倒转，万一仇敌玄功奥妙，一个制他不住，反倒弄巧成拙，转为作法自毙，连根本也为所毁。上人再三隐忍慎重，未敢遽然发难。

无如乙休人已中魔，专走极端，心辣手狠，不留余地。接连分化飞剑，先斩断了数十支神木剑，又连伤了十多个上人门徒。妙在所用法宝飞剑，均不以五金之质炼成，上人一件也未收去。五遁禁制又困他不住。正在举棋不定，打算行那最后一着。乙休忽因上人五遁之外，忽发乙木神雷，始料未及，几为所伤。不由大怒，又放出一道碧光，连发太乙神雷，将岛上铜椰灵木一齐斩断，将洞府也震裂，揭去了多半。上人才知再斗下去，只有挫折，终须孤注一掷，不能两立，才横了心，将阵法催动。乙休连胜之余，愈益骄狂，分明看出敌人设阵相待，竟恃练就不死之身，未以为意；再吃上人言语一激，索性自行投到。本拟深入以后，相机应付，至多把此岛用法力毁去，也无失陷不出之理。哪知劫数临头，灵智已非往日。上人在初走火身僵时，惟恐有人觊觎磁峰，来夺此岛，难于抵御，便设下此阵相待。不特上层阵法玄妙，地底更是禁制重重，厉害非常。就这样，还恐困不住敌人，又以全力加功施为。

乙休当时不曾看出，到了下面，才知入网，已是无及。总算练就玄功，法力高强，纵不能出，也不致送命；如换旁人，也就慌了。乙休则不然，虽知妙一真人等一干好友，均知双方斗法之势，还有老妻韩仙子，至多入困上数日，必来救援，耐心等候，终可脱身，不必轻举妄动。然而一则人本好胜，生平不受人恩，第一次大劫也是失陷地底，全仗东海三仙相助出困，乃迫不得已，引为深憾，如何二次又借人力相援？二则人已中魔，倒行逆施，把上人恨同切骨，立意报复。乙休一见用尽方法，不能出土，上人又在上面催动阵法，发动极厉害的土木禁制，地底不比上面，身已受制，虽不致死，到底困苦难禁。恨极心横，顿生毒计。一面暗拔命门主发，不惜耗损真元，化出一个法身，在地底禁网以内装着苦斗，乱窜不已。一面又全力运用玄功，往地底穿去，直下数千丈，欲将地肺中所藏千万年玄阴之火，攻穿爆烈，使全岛裂成粉碎，一齐陆沉，再乘机飞出寻仇。

地肺深居地底五千丈下，约有全宙极十分之一大小，形与真肺相同。共有十二万九千六百三十二个气包，连在一起。气包大小不等，最小的也有千百里深广。内中不是布满沸浆，便是涨满黑毒之气。可是每包中心，均有一团厉害无比的玄阴真火，只要将外皮攻破，立即破土上升，所过之处，无论金铁石土，遇上便成熔汁。一会儿，地底熔空，真气鼓荡，越来越猛，多神奇的禁制也制它不住。因在地下太深，难于观察，不等上面人看出警觉，一声巨震，千百里的地面立被震裂，直上遥空。阴火更是元磁真气的克星，一烧便燃。别人无此法力下去，就有此法力，谁也不肯冒此奇险，身入无底汤火地狱，去受那等苦难。乙休是因势所迫，不得不铤而走险，强忍艰危苦难，好容易冒险到达。仓猝之中，只觉出这一带地肺的气包太大，不知内中的阴火毒气，早在千万年以前，被前古太火吸收了去，结成一个长大几及万丈的祸胎，紧贴肺包上部，正待时机发动。妙一真人这时已率长幼众仙赶到，在和上人行法，一倒转乙休攻穿之处，恰是其地。肺包连祸胎才一穿破，毒气立即激射而出。乙休虽是法力高强，连在地底饱受苦难，已数日夜，地层坚厚，人已劳极，又骤出不意，没想到还未攻入中心，毒烟便已激射，如此猛烈。忙运玄功，行法护身，受伤已是不轻。知比预计厉害，虽喜必可报仇，自己也是不敢大意。先断定到了禁制层中必要爆裂，正好合适。及见过了禁地，上升更远，又是直径，仿佛熟路。忿气难消，心想："先借这火脱险出去，再行法施为，一样可使中途爆发，将全岛连带磁峰一齐毁去，自己却要安全得多。"念头才转，本随火气上升，猛觉通身炙热如焚，痛楚非常，虽觉有异，还不知道此乃洪荒以前太火毒焰，无论多大法力，久了也被炼化。乙休一见不好，不敢再任火气围身，忙使法力抢向前去，破地上升。一面发动太乙神雷，想把四外土地震裂开来。正准备一上去，便闹个天翻地覆。谁知刚自火穴飞出，采薇僧朱由穆早已冲烟冒火而下，用一圈佛光将他接去。随与妙一真人众仙相见，才知幸免天劫。表面不说，心感妙一真人为友心热，设想尤为周详。此来反罪为功，他年末劫绝无为害之理。

乙休向来无德不报。知众弟子少时分手，便要各去修积，适才席上想到，立借医治灵木为名走出，欲向众弟子询问柬帖上所示行止，并定彼此相会时地，有事如何向己告急求救，作那人定胜天之想，免众弟子于难。不料话还未及说，老妻忽来，说起遇仇之事，暂时须代韩仙子去寻那仇人，无暇及此，只得罢了。略说前事，只和众人订约相见，便即回洞归座。

上人极口称谢。又问："韩道友既然来此，如何不肯临贶？"乙休笑答："此次因果，易道友已与明言，绝无他意。只是有一仇人途中相遇，必须即时回山，匆匆和我说了几句话，便已走去。等山荆复体重生，再同来拜望吧。"白谷逸笑道："驼兄劫后重逢，语言文雅乃尔。子何前倨而后恭也？"众仙闻言，多半笑出声来。朱梅道："白矮子，不要开他心了。须知双凤山两小，与两个老残废交往颇密。他夫人遇见一个，便斗法两日夜，两下里又近，驼了前去寻他，未必便能顺手，一到便占了上风呢。"乙休把怪眼一翻，正要答话，朱由穆接口问道："你说老残废，可是天残、地缺么？我和姜道友正要去寻他们呢。双凤山两小又是何人，敢捋乙道兄夫妇虎须？我只静坐了些年，还有这许多无名妖孽猖獗。乙道兄如不嫌我二人，携带同去拿他们，试试多年未用的手段如何？"乙休道："这两小贼，乃山荆未遭劫以前的仇人，老弟怎会不知？"姜雪君怒道："邢家两个忘恩小贼，尚在人间么？我们太无用了。我知乙道兄向不喜人相助，但这两小贼，我却恨之入骨，非加诛戮不可，不允同往，却是不行。"乙休道："我倒并非惧怕二贼与老残废，只是二山相向，望衡对宇，势孤难胜，倒是防他们诡诈滑溜，善于隐迹，和那年一样，一逃走便难找到。他们受人指教，诈死多年，我夫妻竟然忽略，直到防身法宝炼成，他们新近出世，才得知悉。因和这里订约，又想人家已怕我至极，诈死匿迹，只要悔罪，山荆不向我絮聒，何必不予以自新之路？哪知他等妄恃炼成法宝，又来惹我们，如何容得？有朱老弟和道友前往，伏诛无疑了。"说时，妙一真人微笑不语。

白谷逸道："靠不住。你看教祖真人在笑你说大话呢。"白云大师接口道："二贼委实成了公敌，谁也容他们不得。我为他们还炼有两枚戮魂针，也被假死瞒过，真是笑话。"佟元奇道："大师兄和掌教师兄早知他们未死，只为二贼气运未终，还有点别的牵引，所以一直未说。我还是那年在东海炼丹，大师兄无事间提起的。否则屠龙师太先放他们不过，何待今日。"餐霞大师道："如论邢天相、天和兄弟，不知是何居心，身非邪教，已将成就，无端背师叛友，比匪行凶，人只要与他们相交，必为所卖。天残、地缺起初怜他们穷无所归，又重朋友情面，百般袒护。我看此是玄门凶星，将来两老恐也不免被他们连累呢。"姜雪君道："如此说来，峨眉诸道友俱早知二贼下落了。我恨二贼尤胜于乙、韩夫妇，别人不常见，怎妙一夫人和顽石大师不和我提起呢？"餐霞大师笑道："你想左了。以前知此事的，连二位师兄不过四人。我和齐师嫂、白云师兄，俱在开府以后，道友未来时，方听掌教师兄说起。不久你和朱、李二位道友重返凝碧，大家一直有事，闲谈时少，所以不曾提到。"醉道人道："事前已知二贼伏诛，当不在远，无须再提。我们已然厚扰，一同走吧。"众仙应是，便起谢辞。上人知各有事，难再挽留，殷勤约定后会。众弟子已在外侍列恭送，众仙又勉励了几句，随向主人作别。

除乙、朱、姜、李宁四人往寻仇外，玉清大师、杨瑾二人做一路，早有前约，白、朱二老也各回山，峨眉众仙自回仙府。只一个小阿童没有去处，先想和二位师兄同往双凤山去，朱由穆不许。阿童道："那我看大家全都回山去打坐，等师父好了。"朱由穆道："你想跟金蝉、石生他们结伴惹事么？留神我禀告师父，要你好受。"阿童胆小，赌气答道："这也不许，那也不许,叫我到哪里去?你看人家师兄弟互相携带,多亲热,偏我受欺。"朱由穆道:"师父叫你下山修外功,是要你和人凑热闹么?不会自己找地方去?"说时,阿童见峨眉众仙和白、朱二老等已纵驾遁光飞走,十余道金虹高射遥空,电闪星驰,一瞥即逝。金蝉假作和石生、甄、易弟兄六矮一起相商去处。阿童乘朱由穆旁看,把俊眼一眨,心中会意,答道:"那我就单人走吧。"乙休早见金蝉和阿童对使眼色,也不叫破,便对朱由穆道:"令师弟法力足可去得,管他同谁一路,我们走吧。"朱由穆道:"你不知家师的话,听去似不经意,一句也违背不得。我在前一世,比他还胆大任性,那苦就吃多了。毕竟李师弟有见识经历,师命无违,终日谨慎,故尽管半路出家,入门才得几年,便能到今日。我是为好,阿童不听良言,定有苦吃。"阿童只笑嘻嘻,一语不发。乙、朱、姜、李四人一同飞去。

  天痴上人因阿童曾有前惠,意欲留他小住。阿童见峨眉众弟子已在高空将行,再三辞谢。上人只得赠一口神木剑,传以用法。阿童因要行道,贪得飞剑,峨眉众弟子又旁观未走,方始喜诺。传完,随众辞别。行至海边,凑近金、石二人,笑问:"二位道友要我一路么?"金蝉道:"一路多好,为何不要?听你师兄的话,本是随缘修积,难道和我们一路,便有亏吃?都是同门,你佛家对师兄怎么这等怕法?"阿童笑道:"你不知我这位大师兄,看似一个小和尚,比我大不许多,厉害着呢。以前师父为他世缘未尽,前生又多杀孽,特意令他转劫重修,又为他费了许多事,念经忏悔。听说以前闹事太多,可惜我彼时还未出生,不曾得见,又不敢问,只在师父教训他时,听个一句半句。那同他走的姜雪君,大约便是他前生情侣呢。"众人纷纷问故。阿童一见人多,不肯当众宣扬,笑答道:"说来太长,传说开去,师兄知道,不过骂我几句,那姜雪君最难说话,岂肯与我甘休?不说也罢。"秦寒萼道:"小师父,你已说出他二人是情侣了。本来光明正大的事,以白眉老禅师和嫘姆的得意高足,难道还有甚逾分越礼的事做出来?你这一吞吞吐吐,好像有甚不可告人似的。转不如说将出来,省得别人胡猜乱想,反而不好。"金蝉、石生、李英琼、余英男、癞姑、女神婴易静等六人,木在互相叙别,订约后会,恰又都不喜闻问人的阴私。见阿童走来,一不留神,说漏了口,秦寒萼、申若兰、何玫、崔绮、李文衍等七八个女同门同声追问,寒萼更是巧语盘诘,阿童被她逼得脸已发红,老大不以为然。金蝉、英琼更是心直口快,接口说道:"人家私事,与我们何干?别的不说,单看师尊对他二位的礼貌和他的法力已可看出,他那前生是发情止礼的了,不然哪有今日?怎会因小师父不说,便起猜疑呢?天已不早,闲话无益,我们辞别主人走吧。"金、李二人俱是相同口吻,无意中正刺中寒萼的心病。金蝉性子更急,说完,便拉阿童道:"小师父,我们先走吧。"说罢,同了石生、甄、易弟兄,连阿童共是七人,朝送别的人一举手,便驾遁光飞去。寒萼也是好事已惯,无心之言,闹了个好大无趣。总算近来性情已然大变,虽未记恨生嫌,却由此想起日前通行火宅所受教训,如非恩师垂怜,乙师伯一力成全,预有重托,几乎失陷在内。道心不净,俱由于紫玲谷失去元阴之故。她不自怨自艾,刻意求进,而根骨缘福又不如人,以致日后几遭灭形之祸,此是后话不提。

这时,天痴上人已然说完了话,自回洞去,由门下弟子柳和、楼沧洲等做主送客。峨眉众男女弟子,除齐霞儿、诸葛警我、岳雯三人随侍师父,暂且还山待命外,凡是奉命下山的,俱都随来岛上。各人所赐仙书密柬,差不多俱已看过。因师命由岛上各按所去之处,分别起身,不是预定的同伴,不许结队同行,何时再见,久暂难定。彼此各有交厚,尤其是郑八姑、齐灵云、秦紫玲、林寒、庄易、严人英等男女七八人,平日谦虚随和,对于同门一律亲切,毫无轩轾,遇上事更无不尽心,所以谁都和他们交厚。一说要走,俱极依恋,纷纷趋前致词叙别,几乎应接不暇。金、石、二甄、二易、阿童等七人开头一走,灵云方说:"蝉弟心性忒急,我还有话忘了叮嘱,他便领头去了。"八姑笑道:"本来该走,我们又非从此不见,弄巧两三月内就在一起,都在意中,如此依恋,原可不必。"易静接口道:"我看两位小师弟福泽最厚,定能无往不利。师姊骨肉情重,未免关心太过,实则决可无虞,由他去吧。"灵云道:"舍弟虽是厚根美质,不知怎的,童心犹在。一行六人,又以他为首,加上小神僧又是初生之犊,此去绝难免多事,故想叮嘱几句。许是怕我说他,急忙走了。"英琼笑道:"大姊多虑,小师兄如不胜任,恩师肯令他为六人之首,便宜行事乎?据他对我说,恩师还命他另建立一座别府,事业且比我们大呢。"灵云惊喜道:"他那仙书赐柬,写甚事情?他没和我说,琼妹可知道么?"英琼笑道:"详情我不知悉,他只说奉命建立别府,许他六人为洞主,到时还有一人加入罢了。"易静道："适才我倒听鼎仙和我说，那别府在贵州深山之中，乃道家西南十四洞天中最好的一处。此时尚被几个妖人占据，应在三年以后，还早着呢。大约只他七人和众同门相见之时最多呢。"八姑笑道："我们休再闲谈，也该分途起身了。"

易静、李英琼、癫姑三人，本定海外归来，不返峨眉，另觅一邻近幻波池的静地，勤修四十九日，再寻红发老祖。一则英琼门徒米罴、刘遇安、袁星三人连同神雕钢羽，俱在峨眉候命，没有带了同走。二则余英男和英琼患难至交，闻得英琼日后要和易静、癫姑二人重建幻波池，亟欲相依，同修仙业，偏生日前奉命，是和李文衍、向芳淑二人做一起，随缘修积，并无一定处所，大非本怀，又不敢向师乞求，只在岛上偷偷和易、李、癫姑三人求说。易静终较知机，告以："师父玄机妙算，凡事前知。同门中好似只你三人没有一定去处，此中必有原因。三英二云，本门之秀，你怎妄自菲薄？李师妹和你情逾骨肉，师父焉有不知之理？依我想，只好听之，且俟将来幻波池到手再说。"英琼心热，又恃恩怜爱，本不舍英男离开，便想出一个法子，令英男暂时仍随李、向二人一起，每日暗向峨眉通诚祝告，许她和自己一路修为。一面自己借领门人雕、猿为由，回山一行，暗向妙一夫人代为求恩。如若允准，设法寻见告知；否则至迟两月之后，去往南疆，向红发老祖负荆，如有险难，必发信火，振动法牌告急，千里如对，也可抽空告知，所以尚须回山一行。易静知道英琼说得容易，师父既命无须回山，去了十九不能见到，如何求法？因和二女交厚，尤喜英男温婉，也颇愿与同修，一想反正无事，妙一夫人钟爱二人，也许虔求感召，勉徇所请，便未劝阻。商定便先起身，辞别本岛主人和未走诸同门，三人一路，望空飞去。林、庄、郑、齐为首诸人，也催促大家起身，就在岛上，依照预定结伴，相继往中土飞去。不提。

且说易静、英琼、癫姑三人飞遁神速，沿途无事。刚赶到峨眉后山凝碧崖上空不远，正值天阴欲雨，满山云雾弥蒙中，遥见袁星驾了神雕，由远处飞回。一会儿两下迎面，一同降落一看，米、刘二徒也在锁云旧洞门外相待，见了三人，上前拜见。三人一问，才知各位师长已然早回，到后便命岳雯传谕米、刘、袁星三人和神雕各自出洞，等主人一回来，即代传命：速往依还岭觅地潜修，照前法谕行事。各位师长行即炼法。英男将来，本来与三人一起，今尚非时，无庸渎请，人到即行，不可迟延。因独角神鹫同时奉命往寻主人，袁星、神雕见时尚早，又知它要经由姑婆岭飞过，恐有妖人阻害，便送了它一程，倒还无事。大约不久，便可迎上紫玲姊妹。三人听完英男之事，已然有望，自是欣慰。便向师长通诚拜辞，未进仙府，随往依还岭飞去。

那岭伏处南疆万山之中，并不怎高，但是四围削壁天成，高数百丈，又滑又陡，险峻已极。并有无数崇山峻岭，二千里方圆的森林，环绕于外，中藏毒蛇猛兽，多不知名。环着岭脚，还有一绝涧，广逾百丈。下有千寻恶水，瘴烟时起，触之立病。猿猱不能攀渡，亘古无有生人足迹。内里却是自来仙灵窟宅，岩壑深秀，洞谷幽奇，异草奇花，所在都是。松、杉、桧、梅、杞、梓、楠、桂之属，无不毕具，合抱参天，蔚然成林，绿云匝地，苍翠欲流。珍禽奇兽，游行出没，见人不惊，仿佛解意。端的灵山胜域，妙绝尘间。易静、英琼上次往岭上幻波池医治神雕，并探圣姑仙寝，虽曾到过两次，因值开府在即，急于回山，又是在幻波池小住，来去匆匆，不曾尽情游赏，有似走马观花，只见景物佳胜，并未觉着十分妙处。这时同了良友门人旧地重游，知道这座洞天福地不久便辟作自己仙府，长时在此修炼，自然不免加意观察，这才看出此岭妙处。师徒六人见此灵境，好生欣幸。因沿途所见，可供清修的洞穴甚多，英琼说："反正无事，且把全岭游完，看明形势，再行择居。"易静更想往幻波池一看，便同往中段走去。癞姑笑道："易师姊，师父手谕不是说，不到我们在此建立别府，不可往幻波池去么？"易静道："我不过是想让你和米、刘、袁三弟子观看此间灵迹，就在池旁一游。那池底仙府，按着先后天五行，设有五座洞门，禁制神奇，一一紧闭，常人休想入内。我们只在上面看看，又不下去，有甚要紧。"这时英琼已较前多了经历，行前又得玉清大师、灵云、霞儿姊妹劝诫，说眉间煞纹日显，此次下山，正值师长在府炼法，有了劫难无人往援。吉凶祸福，全由自招，务须小心行事，谨记师言，方可无碍。老父教勉，尤为殷切。全部记在心里。闻言想起自己所得手谕，也有"幻波池不到时机不可轻往"之言。方想劝阻，癞姑已先把仙示说出，易静仍是要去。知她素来说到必行，心想："既不下去，看看何妨？"便未再说。一会儿走到地头。下余四人，俱未来过，见前面生着一大片异草，绿茸茸随风起伏，宛如波浪。癞姑方问："此草何名？我这地理鬼，居然未曾见过。"英琼笑道："这就是幻波池哩。"癞姑才想起日前英琼所说池景，笑道："底下是空的么？"易静道："妙就妙在这片草上。这么大一片水，竟被全数遮掩，不知底细的人，便近前也看不出。尤其那天生灵瀑发出来的水力，那么匀净。不将这草分开，口说也难详尽，你一看，就知道了。"

英琼方要拦阻，易静道法高强，心随手应，手指处，那数百亩方圆一片茂林，立往下面弯折下去。眼底跟着一亮，银光闪闪，现出大片池塘。众人定睛看时，原来上面并非绿草，乃是大片奇树，约有万千棵，环池而生，俱由池畔石隙缝中平伸出来，虬枝怒发，互相纠结，将全池面盖满，通没一点缝隙。树叶却和绿草一样，又繁又密，个个向上。每叶长有丈许，又坚又锐，犀利如刀，人兽所不能近。便拨草细看，也只看出柯干纵横，看不出一丝水影。那水源便在环湖一圈树下石隙缝中，直喷出来，水力奇劲，直射中心。到了中央，激成一个漩涡，飘轮疾转，浪滚花飞。上面看去，一片波澜，离水面数尺以下，直落千丈，却是空的。癞姑连声夸妙。易静笑道："我们在上面看，还只如此。这池极圆，水口整齐，一线环绕，宛如人工。水力既猛，发出时又极平匀。射到中间，再由涡漩中往下飞堕，落到池底一个深穴以内。再顺石脉水路，逆行向上。循环喷射，千年一日。人在池底，朝上仰望，好似一根水晶柱子，撑着一面水晶天幕，那才是奇观呢。这水并不厚，你运用目光往下一看，就可看出大概了。"

英琼这次竟是格外谨慎，方恐易静领众飞下违背师命，生出枝节，闻言才放了心。奇景美观，谁也流连，不舍遽去，众人同运法眼朝池底观看。易静最先注视，目光到处，瞥见池底第二座洞门略动了动，好似本来开着，现往里关情景。知道下面洞门本有极严密的禁制，又经李宁用佛法加上一层封锁，多高法力的人也进不去，更无随意开闭之理，不禁大为惊讶。忙再定睛仔细往下查看，五座洞门全都关得好好的，并无丝毫异状，门上禁制也似原样存在。心疑由上往下初看时，是水光浮动所幻影子，实则下面并无动静。但是别人尚可，凭自己的目力，怎会看花了眼？又觉不对。因为乍看到时，门已将近关严，时机快极，不容一瞬，自己并未十分看真，也实拿它不定。继而一想："师父不许事前下去，同来两师妹均谨记师命，何可独违？池底如果有外人进入，像上次所遇昆仑门下，固是不能常在洞内，非出不可；如是艳尸崔盈已将元神炼就，出来为祟，洞门已可启闭自如，决不再容外人窥伺。并且照适见闭门情景，那人已将此洞据为己有，洞外稍有动静，定必出门无疑。再看一会儿，如无异状，便暗中行法，试探一下。洞门如仍原样，便是真个眼花看错；否则，不是艳尸妖孽成了气候作怪，便有外人来此窃据。此洞应是自己和三四同门所有，并还有圣姑遗留的道书、法宝在内，自不能落入人手。就照师命，时机未至，好歹事前也有一个准备。"于是故意和众人高声说笑，想借此惊动，将敌人引出。同时注定地底五座洞门，留神观察。待了一会儿，仍无动静。英琼、癞姑俱觉流连时久，已在催行。易静有心下去，又想："身是一行表率，如何首背师命？"众人全都未见，又不愿说出，使人说己多疑。只得答道："你们先走，我把它复原就来。"癞姑随口应声，和米、刘三人先自走开。

英琼因老父曾经说过，易静入居幻波池以前，恐有危难。众中以她法力最高，平日对师父原极尊崇，还曾对同门说，掌教师尊凡事前知，洞悉隐微，有无上法力。今日怎会忘却？又这等目注池下，一瞬不见？面上神色若有心事。她又知道池中底细，不禁生疑。口中笑诺，故意徐行，侧顾相待，看她是否将人支开下去。同时，袁星也另具有一种心思，仍站在侧，往下观看。易静见众人已走，暗使法术，往下一指。这原是佛家的金刚杵，上面的人虽听不出，池底洞门上便受极巨震动，如若原有禁制已破，那门必被撞开。易静见行法过后，洞门上光芒乱闪，纹丝未动，既无人出，也无甚别的异兆，这才料是自己眼花。一面行法，将池面的奇树碧草上升，恢复原状；一面还在暗中观察。直到池面复原，终无异状，益料池底无事，便返身随众走去。说也真巧，易、袁二人恰是相背转身。易静先是全神贯注下面，嗣见英琼在前相候，连忙赶去，走得又忙，一时疏忽，没有留神别处，袁星就在她身侧不远，竟未看出。袁星却看出易静行法撞门，又支众走开，别有用心，心中不以为然，恐自己看她，被其发觉不快，故意绕路过去。英琼却看在眼里，当晚寻到住所，背人一问，袁星说了经过。英琼和易静交厚，疑她想得洞中宝物，虽暗笑她贪心，不应背人打算，心中并无不快之念。反因易静道行法力既高，又是师姊，奉命为一行表率，如与说穿，恐不好意思，转而嘱袁星不许走口，再告别人。并令随时留意，以防她万一不遵师命，贪功涉险，被陷洞中，好为设法应援。哪知连经多日，易静既未背人独行，也未再往幻波池去。以为她人本灵慧，绝无背师行事之理，许是一时想到，动了贪心，后又知道不合，念发随止，故不再往。日久未见动作，也就丢开。后话不提。

当日众人所寻到的居处，偏在岭南一处幽谷之中。洞旁有清溪一道，绿竹万竿。洞前平坡之上，老桂参天，荫蔽数亩。更有松杉巢鹤，石磴穿云，水木清华，时闻妙香。加以到处白石嶙嶙，光润如玉，除旁溪大片竹林外，所有松、杉、楠、桂等嘉木茂树，均自石隙之中生出，此外更无寸土。偶有苔藓之属，附生石上，也都绿油油，鲜润欲流，青白相映，分外鲜明。真个灵境清绝，点尘不到，师徒六人寻到这等好所在，自然高兴非常。米、刘、袁三人忙把由仙府带来的简单行囊打开，取出蒲团等坐卧之具。一面分人行法，打扫洞穴，分出三间石室，取出蒲团铺上，才请三位师长入洞少息。易、李等三人入内一看，石洞本就清洁，再经米、刘、袁三人用心一收拾，愈发净无纤尘，宜于起居。

原来那蒲团和些零星用具，本是米、刘、袁三人想到三位师长回来，便须另行觅地清修，外间多好，也与仙府相去天渊，坐卧之具更是无有。乘着师祖、师父以次俱往铜椰岛未归，一时空闲无事，便就仙府所产灵草，按人织备。先恐人数不止此数，暂时不能回山，外间却无处采这灵草，又多织备了一份。易静、癞姑俱未收过徒弟。一个平日所居，俱是仙山楼阁；一个久随屠龙师太，也有住处。虽然华美安逸，不如前人，到底坐卧之具总有。先前并未想到要用东西，米、刘、袁三徒虽各携有一个随身行囊，看去是用法术缩小，以便携带，却不知自用之物也带备在内。及至寻到住处，二人才想起，除法宝、飞剑外，毫无长物。空空一座大石洞，连个起坐之具皆无，如不设法置办，便须坐在地上，心暗失笑。在洞中转了一转，便和英琼走出。正商量削石为榻，断竹为几，或是搬些干净石头入洞，以供起坐，忽见三徒来请。二次入洞一看，已然恢复旧观，自己所想到的不特全备就，并还在当中一个长大石榻上，摆上三个极精细柔软、灵草织就的大蒲团。一问经过，才知除蒲团用具多自峨眉带来，那石榻几凳，乃米、刘二人行法在洞壁上挖掘下的整块大石，再加匠心，削制而成。壁上的洞也经行法磨光，再安上两扇石门，便可作为壁橱，以供藏物之用。三徒所居另一石室，也是如此，只是为示恭敬，不敢与师长一样，用具都矮小粗糙一些。又在当中石室内设下讲台，当中石榻，旁有矮墩，以备师徒共聚，传授道法之用。

易、李、癫姑三人初到时，因见外景清美，天时尚早，洞中空空，坐处皆无，不愿在内，同出观赏流连。英琼见神雕只管空中盘飞，正想将它招下，照易静所说，往别处找些好石头来，当几榻用。三徒便说："洞中布置停当，来请师长入观。"全没想到，只出洞两个时辰，便备办得如此齐全美观。法术无足为奇，而对师长如此诚敬用心，易静、癫姑固是欣喜赞奖，英琼是三人嫡传师父，也觉面有光彩，十分欢喜，笑道："这等细法，难道我们还打长久住此不走的主意么？"易静道："此话不然。幻波池虽是我们日后清修之所，内中设备齐全。但是师父尚无确命，知是几时才可前往？即便最早，也许在四十九日期间，南疆之行归来以后，此时自然应有栖身之所。何况此洞风物灵秀，又在本山，便将来移居幻波池以后，也可常来留止，或是作为后来新收弟子所居洞室均可。他三人此举细心周到，对师长尤为虔敬，实可嘉赏呢。"英琼道："实也亏他们。这洞既做将来别府，给它起个地名如何？"刘遇安笑禀道："弟子适已想到，最好和紫云宫一样，借着师长法讳起名。这里竹子又多，宛如一片绿云，静静地停在那里。叫做静琼谷，不知三位师长以为如何？"易、李二人方在赞好，袁星道："你说三位师长，却只得两位师长名字，癫师伯不生气么？"癫姑骂道："野猴儿，少讨好。地名只得两字，硬把我拉上做甚？我这名字又不文雅。人家满山题诗刻石，叫做疥山，这还是有名无实，只是刻薄文人说的气话。难道真给大好洞天福地，加上些癫疥名儿，使山灵蒙垢么？现时我们只得三人，便为了难，日后你余师叔来了，再找一处好地方，连我和她凑合一个癫男谷，好不好？"袁星答道："弟子不通文字，只觉三位师长，只得两位列名，好像是个缺点似的。"癫姑骂道："放你的猴儿屁！什么缺点？你怕人家不知道这里有我这一副好头脸么？再变法儿挖苦我，留神我当着你师父撕你。"说时，英琼知道癫姑天性滑稽，专喜寻同门和这几个后辈说笑逗弄，袁星等对她放肆已惯，方想喝止。女神婴易静和英琼一样，虽是平日容止庄然，却多了一分童心，喜欢看人的滑稽举动，见英琼要拦，忙使眼色拦阻。听到二人末几句问答，再一看到癫姑说时，一颗肥大圆粗、满布疤痕的癫头不住摇晃，连上那副尊容，由不得哈哈大笑起来。英琼也闹了个忍俊不禁，终觉这样逗笑，有失师长尊严，尤其袁星性情惯容不得，随敛笑容，假怒道："袁星怎敢无礼！"

袁星最怕英琼，因在仙府和癞姑、金蝉、石生、申若兰、向芳淑、易鼎、易震等师伯叔们说笑已惯，一时忘形。及听喝斥，才想起师父在座，吓得诺诺连声，直道："弟子不敢，是癞师伯多心。"英琼叱道："仙府师伯叔虽是人多，这里只我三人为主，以后只叫二师伯，不许再说癞字。"袁星连应："弟子遵命。"却偷看了癞姑一眼。癞姑忙向英琼道："这猴儿偷着看我，心里喊我癞师伯呢。"英琼只当癞姑法力看出，怒喝袁星："如此大胆，是否心中诽谤？照实供出，免遭重责。"袁星见师父真怒，慌不迭跪下，战战兢兢答道："弟子看癞师伯一眼是真，心中并未敢有不服。"癞姑忙接口笑道："我看你也不敢，定是我猜错了。你师父不打你，快滚起来。"英琼才知她是有意作耍，只得改口道："以后不许这样没有规矩。你看仙府各位师长，像乙、凌、白、朱诸位师伯叔祖，也都喜欢说笑，可是他们敢有一点放肆没样子么？还不起来，到外边看看去。"袁星领命起立，低头和米、刘二人退出。癞姑唤道："蠢猴儿，你还是不要改口吧。休看你师父对我好意，我这癞字招牌还不愿改呢。"袁星不敢答言，仍自退出。癞姑对英琼道："我爱和这猴子说笑，你认真做甚？明天他不敢理我了，终日对着你们两个道学先生，多没趣味！"英琼想说她几句，又觉不便，只拿眼望着她，忍不住好笑。易静笑向癞姑道："上梁不正下梁歪。你这等闹法，日后他们如再出言无状，你叫琼妹如何教训？"癞姑道："这个不劳费心，我决不生气好了。"英琼道："师兄虽不生气，他们这等无礼，外人看见，岂非笑话？"癞姑怒道："我们修道，是为人看的么？你嫌我引得你徒弟没规矩，过些日，我也收两个徒弟与你看。"英琼不知癞姑假怒，方要分辩赔话，忽然洞外雕鸣，随听袁星在外室喊道："钢羽发现怪人，我们快看看去。"说罢，同纵遁光飞走。

三人原因南疆之行，定在百日之内，并须晚去，修炼道功，正限只有四十九日，足有余闲，何日起始皆可。师命当日来此，先疑本山有甚事发生，颇为留意。后来几将全山踏遍，只有岭北一角未到，并无甚事，也就放开。因系新到，连日数万里跋涉，想借歇息，商谈未来之事，到明日再行起始练功。神雕钢羽自从就道，便在高空飞翔，不曾下落，时常隐没密云之中。英琼知它素喜翔空，舒散快意，也许要查看地势，当地有无妖异潜伏。好在此雕伐毛洗髓以后，愈发灵异，便由它自去，当时闻言，知道袁星和它久共安危，同门情厚，鸟语早已精通，这等行径，必有事故无疑。喊声："二位师姊快走！"随同追出。只见空中白点，神雕在前，米、刘、袁三道剑光在后，同往山北飞去。癞姑见状，大头一晃，首先遁去。易、李二人也纵遁光，跟踪赶去。三人飞行，自比三徒神速。神雕已向前面密林之中，银星般下泻，直扑下去。师徒六人赶到林前落下，神雕忽又连声飞鸣而起。袁星道："钢羽说，来时见这里有一怪人，看不出是甚来路，飞行极快，甚是滑溜。这山是三位师长的，容她不得。几次想要擒她，因看出这厮实在滑溜，恐怕惊走，没有下手。适才见她似想到静琼谷来窥伺，急忙唤弟子等出来擒捉，钢羽赶往前面，断她归路。不想仍吃滑脱。"说时，神雕也在空中，连叫不已。英琼问："是妖人不是？"袁星道："钢羽说，那人身有绿毛，却无妖气。只飞得急快，又精土遁，胆子颇小，就在林内。别的却未看出。"

易、李二人四寻不见，癞姑便同入林查看。只见那片森林，尽是拔地参天，大都为千年古木。上面枝干虽极繁茂，天光不透，下面行列却极稀疏，每株占地，约有亩许。离地七八丈以上才见枝柯，树身又是极巨。人入其中，冷翠扑人，映得眉宇皆青。只外层一两排略透天光，越往里越暗。看去深约数十里，静沉沉地微风不扬，显得十分庄严幽静。易静连用慧目注视，查不出一丝征兆。正自观察，互相商计前行，袁星忽自身后追来，说："钢羽说，这厮似在入林不远的池塘旁边居住。起初本在幻波池旁张望，自从我们一到，她便往山北跑来。因我们一路观看景致，走得甚慢，没有留心，所以不曾看见。钢羽向来不把事情辨明，从不大惊小怪，胡乱报警。见这厮虽生着一身绿毛，像似怪物，却不带一点邪气。自来精怪修成人形，能归正的，原是常有的事，想查看清了再说，所以先没有说。后见她往回急飞，到了中途，又落在高处窥探我们行动。等我们往前一走，又吓得连忙往回飞逃。她那遁法极快，钢羽等她立定，才看出她是人，并非怪物，还是女身，只是生就绿毛异相，又料是原在本山修炼的怪人。见三位师长剑光神妙，法力高强，害怕惊走。人既怕我，不敢招惹，也就想由她自去。后见这厮老是鬼头鬼脑，在我们附近出没张望，这才起了疑心，一直在空中盘飞，想查看她到底是甚用意。这厮胆子既小得出奇，又没见识。她在旁偷看时，一味留神我们。见三位师长中有一位向她藏处走去，立即惊逃。停了一会儿又来。可是钢羽飞起空中那么大威势，这厮竟未看出厉害。直到找着洞府，师长入座歇息，钢羽查见她的巢穴，看出这些异样，同时灵机感应，觉出这厮善恶难知，却与我们必有关联，想将她抓来，请三位师长盘诘，她才知道不是凡鸟，赶紧遁走。她那遁法，颇为神速巧妙。现在的钢羽，自然比前越发神通，照说还不是一抓就准抓上，可是接连两试，竟未抓中。由空中下击时，眼看目光已然照在她的身上，已看出她满面惊惶，走投无路情景，本来眼睛一眨的工夫便可抓中，不知怎的，这厮竟似会师父以前所说移形换影之法，明明抓到，人影忽隐，竟是空的。再看，人已在附近不远现形遁去。钢羽那等目力，事前竟未看出那是幻影，两次都是一样。她既有这么高法力，似应该和钢羽动手才是，偏又胆小如鼠。最后一次，钢羽又抓了个空，正隐身高空密云层里，想等她现出，施展神通，把她立处附近数十亩方圆的地面，不管有无，来个风卷残云，用两个大爪平扑过去。她两次逃去时，真身都在附近不远，这样便用移形换影之法，也逃不脱。等了一阵不见，料知惊弓之鸟，心胆已寒，不敢再出。到底没测透是甚来历，打算放她一步，夜中再来查探，或向师长先行禀告。刚一移动，便见这厮掩掩藏藏、战战兢兢出现。钢羽一双神目，飞得越高，寻常数百里内，哪怕地上有根针，也逃不出它的两眼，何况这么大一个怪人，又是留了心的，自然看得真切。见她这次出来，手上多了茶杯大小一片银光，朝空照着，钢羽影子正落光中，好似一面宝镜。这厮低头看镜，面带犹疑，时行时止，尾随在后。只要钢羽略一转折回头，立即回身遁走，一晃便没了影子。知她滑溜，手中宝镜可以查见敌人动作，又极见机，再抓也是难中，便装没看见，缓缓飞回，到了洞前上空，停住叫唤。本意是说，发现有一怪人，令弟子等偷偷掩出，照所指地方，四面拦堵。弟子心合心急，没听完，便同米、刘二师兄急急追出。这厮一见，吓得丧命一般往回路飞逃。钢羽一面怪弟子冒失，一面催促快追。这厮遁法奇怪，不知是甚家数。遁时人便隐起，停时方现原身，又不似隐身法，却是快极，连那钢羽都追她不上。本来追时看不见人，许因逃得慌张太甚，宝镜仍持手上，没有收起，人形虽隐，镜光却隐不住。钢羽便令弟子等朝那一点寒光追赶,一直追近林前。眼看首尾相接,快要追上,她觉出宝镜有害,寒光忽敛,便难寻觅。钢羽不愿毁这一片好林木,没有下来。请三位师长先搜寻她的巢穴,就可查出几分来历了。"

易静闻言,笑道:"照此情形,未必便是妖邪对头。昔时仙人刘根,隐居洞庭,未飞升以前,便是身长绿毛。秦时有一女子,入山迷路,巧服灵药,周身毛长数寸,身轻如叶,力擒虎豹,也是如此。这类事,列仙传和各道书中均载的有,不足为奇。此山本是灵奥之区,许是附近山民之女,采樵误入,迷路不归,和秦时女一样服了山中灵药,脱骨换胎,故有此异事。我们且寻到她的巢穴,自有道理。人家先来是主,不过乍见生人,疑是于她不利,暗中窥伺,并无恶意;就有恶意,也不能为我之害。见后如投缘,互相来往;否则她在山北,我们山南,也可彼此相安,苦苦逼她做甚?袁星可即传知钢羽和米、刘二人,再见此女,无须追逐。可以善言,遥为告知,令其放心,不必隐藏。"袁星领命去讫。

易静留神四看,并无形影,随拉英琼往林中走进。果然不远有一方塘,大约五亩,水清可以见底。林中树大枝繁,虬枝交互。下面光景甚是昏暗,只有塘心一圈天光下照。因为环塘多是千年古木,繁枝密叶,齐自塘边往中心平伸出去,中间透光之处不大,天光倒映,潭影悠悠。加以那些林木又粗又直,干高叶茂,宛如无数华盖,连列亭亭。地既平整,又极清洁,不特浮土沙砾没有,连一根草一片树叶俱找不到,幽静已极。四外古木千株,并无一个洞穴岩窝,供人居住之所。英琼方说:"钢羽看错,本山洞穴甚多,毛女何必在这林中居住?许是适才来此藏伏,也是有的。"易静笑道:"琼妹太把你那仙禽轻视了。它已得道通灵,岂有看错之理?此女巢穴,定必在此左近无疑。莫非以树为家么?"说时,各往塘侧古树上观察,果然发现一株大有十围的老楠树,有一小木屋,架在顶上。一人飞将上去一看,那木屋只用山藤绑了些大木板,就着空干树处,略微削平,铺砌在内。形式简陋,却极坚实,取势尤佳。那地方微微高出树幕之上,天光既可由斜枝中透下,人在其上,又可由树叶缝中向外遥望。外围又有繁树密叶包裹,甚是严密。木板砌得甚巧,由外望内,绝看不出树上有屋有人。再要援升树杪,更是四山齐收眼底,赏目迎风,无不咸宜。屋板也似时常打扫洗涤,甚是光滑干净,只是全无一物。易静心细,一眼瞥见底板上有两处微凹，不当上升之路。低头一看，笑道："主人再不出面，不速之客要闯门而入了。"连说四遍，未见应声，四顾也无人影。心想："莫非人已逃远，不曾回巢？"随将木板一翻，手指处，一道光华射将下去。笑道："我已言明在先，怎还如此胆小？我且给她留字代面，暂且回去。如仍不愿相见，我们也不相强了。此举本近强暴，但是同居此山，总是邻居，这里又密迩妖尸巢穴，哪有彼此不知姓名来历之理呢？"随往下面纵去。英琼也跟踪纵下。

原来板底下还暗藏着一个大树穴，深约两丈，大约丈许。楠木质理坚密，经主人细心打磨，滑润如玉。除地上有细草织成的圆席外，半边贴壁，另铺有温厚柔软的草褥。对面有一半圆形的矮木几，几上放着两页残书，上绘符箓，连易静也未认出那符箓有何妙用，是甚家数。此外壁间挂着一件细草和树叶交织而成的云肩，一件围腰，一个半片葫芦做就的水瓢，一口剑。剑上土花斑驳，锈蚀之处颇多，剑锋磨得颇利。但系入土多年，常人所用之剑，只钢质尚纯，并无奇处。剑旁悬有一筐，也系主人亲手编制，式样极为灵巧。筐中藏有两根黄精和多半个吃剩下的茯苓。易静看完，略一寻思，朝英琼使了个眼色，佯怒道："她虽在此多年，正主人实是我们，要想见她，乃是好意。我留字以后，明日如再不知好歹，不去南山静琼谷中相见，由我查明邪正善恶，以决去留，卧榻之侧，不容外人酣睡，我们便不许她在此居住了。"英琼知易静料定毛女潜伏在侧，故意如此说法，欲使出见，只不明白语气忽改倨傲，是何用意。方随口附和道："以此一点点法力，如何能够长此隐形？我们不过不肯无故行法伤人罢了。"

正说之间，忽听远远雕鸣与米、刘、袁三人呼喝之声。二人料知毛女遁往别处，又被神雕等发现，暗笑枉费了口舌，人并不在此地。只是适才已告知雕、袁等，见时无须追逐相迫，怎又如此？二人因三徒呼叱中似杂有笑骂之声，又疑癞姑适才追时身形忽隐，也不知叮嘱之事，无心发现，便即行法擒住，在和二徒说笑，忙即飞身出穴，赶往观看。才一出林，便见刘遇安纵遁光飞来，报说："二师伯擒到一个妖人，现正回洞拷问，请师伯、师父就去。"英琼道："是那毛女么？"刘遇安答说："不是，是另外一个。袁星差点没有受伤，如非二师伯法力高强，还不知如何呢。"易、李二人闻言大惊，不愿再寻毛女，忙和刘遇安急飞回洞。才一走进，便听叽叽打嘴的清脆之声，与癞姑、米、袁三人呼叱叫骂之声相应。到了里间石室一看，癞姑坐在榻沿正在叫骂，米、刘二人两旁侍立，随声附和。室当中，吃癞姑禁着一个形容装束丑怪的妖人，好似刚刚打完神气。癞姑见易、李二人走进，笑骂道："我素日不喜对人用非刑。你这妖孽再不吐实，我易师姊已回来，她不比我，准够你受用的。照你巢穴中情景，不知害过多少人。反正不会容你活着去见阎王，何不结个鬼缘，说了实话，免却好些活罪。"易静见这妖人非僧非道，生就一颗尖头，一双碧绿三角怪眼，深陷入骨，一闪一闪，直泛凶光。尖鼻暴牙，稀落落一头短发根根倒竖，面容灰白，通没一丝血色。拱肩缩背，身如枯柴，手如鸟爪，一齐向外，作势欲扬。好似被擒以后，打算使妖法，暗下毒手，快发出时，吃癞姑禁住，臂举不下，故现出此丑怪之状。

原来这妖人所居巢穴，就在众人新辟洞府的危崖之上。洞在崖顶石地之上，狭小只容一人，路径又复曲折，外有苔藓掩盖，隐秘异常，所以连神雕在空中飞行那么久，均未看出。妖人本来在内炼法正紧。众人到时，见洞府清洁轩敞，不知妖人时常命人打扫，以为原来如此。又以灵山福地，自身法力高强，米、刘、袁三位讨好，再一收拾，连日多劳，一请便同入洞，坐谈歇息，不曾在崖上下仔细查看。神雕更专一留神毛女，未暇旁顾，就此忽略过去。一上一下，闹了个两无所觉。后来，妖人每日照例炼法完毕，快要出洞图谋别的心事，忽听雕鸣有异，忙即一视。刚一探头，便见一只白雕盘空飞鸣。妖人倒还识货，看出此雕颇似白眉禅师座下神禽。方一迟疑，不想招惹，忽见崖下洞内飞出三道剑光：一道是玄门正宗，光也强烈；后两道却差得多，但都正而不邪，似是一般家数。都随定那雕往山北飞去。忙追出来，定睛一看，不由大怒。以为适才多虑，凭白眉座下神禽，如何能受这三个人的驾驭？妖人刚待追去，连人带雕一网打尽，不承想身才离崖，要纵妖光飞起，猛瞥见洞中又有三道剑光，惊鸿掣电，相继飞出，竟比前三道剑光高出十倍不止。当头一道紫光，更是神奇。不禁大惊，哪里还敢招惹。忙隐身形，暗中窥伺，另打主意时，易、李二人出时心急，不曾回顾。癞姑久经大敌，比易静还要心细，一闻有警，并不随众直追出来。先用慧目四望，百忙中早发觉妖人在后，正把身形隐去。于是表面随众追赶，一晃大头，也将身隐去。妖人身形虽隐，身上邪气却瞒不过她的佛家法眼。回顾妖人,由崖上往山北缓缓追去,便知他心中怯敌,不敢公然现形出斗,忙也尾随在后。那妖人正尾随间,越看敌人飞到越疑心,况又众寡悬殊,本就怙恶,不敢迫近。嗣又见神雕灵异,想起它和前飞紫光来历,白眉神禽正是此女所有,剑光、身材、相貌、神情以及衣饰服色,无一不与传说的峨眉三英中的李英琼相似。只不知黑雕怎会变白,也许白眉双雕均为此女所得。一只黑的,已闻难敌,何况黑白同归一主。又见易静飞剑只比英琼略次,法力却似在她以上,如非道家元婴炼成,怎会如此幼小而又老练?出洞便隐去的一个丑女,更是得有佛门真传。简直一个也惹不起,除了少时暗算,明斗万来不得。妖人心中一寒,想退回,又恐有人发觉。正在停住遥望,心中犯愁,忽瞥见山北毛女由林内探头,看出她受人追逐害怕,似想往常去采茯苓的右侧危崖后面藏躲。知她一逃,便看不见人,比自己隐身法还妙,意欲先往等候,嘱咐几句,省得泄露。不料癞姑紧随身后,早打主意,要下手擒他。那毛女出没之处,隐秘非常,隐身法又妙,一闪即不见人。妖人如非久居此山,知她行藏和所去之处,也是无从捉摸,所以癞姑不曾看出。一见妖人往右侧隐形飞去,地甚僻静,正好下手,也忙纵遁光随行赶往,看他去往那里做甚。恰好妖人路近先到,毛女却未来。癞姑见他到了崖后,便现身坐在石上,往前张望,以为来此躲避,立即行法将他禁住,上去打了他两个大嘴巴。

毛女原是来此藏躲,遥见妖人先在,本就不愿过去。再见他受制挨打,对方是个癞尼,相貌奇丑,心中害怕,没敢近前,转身避去。癞姑也不知道毛女在侧。空中神雕也发现妖人坐在崖后,它一叫,米、刘、袁三人全都赶来,到时人已被擒。癞姑听袁星一说前事,便向妖人喝问毛女来历。妖人本被法力禁住,不能言动。癞姑因想问话,一时大意,只将他下半身禁住,没有禁制双手。妖人知道落在这类对头手内,除以全力和他拼命,死中求活,万无生路。被擒时,已在暗中准备,待机下手。一见上半身放开,觉着下手更易,假意哀告乞怜,并说毛女原是山人之女,以前避难,逃入北山,迷路绝粮,日以野草、果实、茯苓充饥,渐渐一身生长绿毛。又不知从何处得了两件法宝和几页残缺道书,竟能隐迹飞行。自己来在她后,原想收为门徒,毛女不肯,连擒几次,均被滑脱,说什么也不肯拜师。问她师父是谁,答是梦中神人指点,人还不到。连经年余,毛女昨日实受逼不过，再不应诺，自己法一炼成，便无生理，这才答应，但要过了三天，再行降服。此时必已避入自己所居崖洞之中。癞姑一听毛女行径，与易静所料相合，既不肯与妖人同流合污，自是一个好人，身世必定可怜。想乘机把人寻到，查看根骨人品到底如何，以定去留。知妖人所居，便在静琼谷崖上，立带妖人同往寻找。

这时，妖人本可行法暗算，也是袁星不该受害。妖人因听后来三人口气，易、李二人还不知有他出现以及被擒之事。眼前仇人便是四个，何况还有两个劲敌，身被禁住，空中还有一只神雕，就算侥幸伤得一二人，仍难脱身，反倒引起仇敌忿恨，死得更快。想起洞中妖法炼成，正好应用。意欲将仇敌诱往洞内，冷不防发动妖法，将四人制住，强迫她解去自身禁制，然后一齐杀死。也不去再惹易、李两个强敌，径直带了法宝，隐身逃走。为求万全，未敢妄动，等癞姑命袁星将他夹起，一同飞往妖洞。癞姑因见妖人胆小害怕，一味哀告求生，不曾反抗，误认作无甚伎俩，未曾注意。那崖洞入口甚是逼狭歪斜，入时癞姑忽然心动，改令米、刘二人在前先进，自和袁星押了妖人在后。米、刘二人出身旁门，自是行家，一见洞内设有法坛，大小妖幡林立，黑烟袅绕，气象阴惨，便知炼有生魂，妖法狠毒。不等癞姑入内，先把台上三面主幡顺手摘下。本意这些生魂长受邪法磨炼，实在可怜，想先松开，免受苦痛，等癞姑入门再放。也没想到妖人还有别的诡计，入洞便要发作。一找毛女不见，石室广大，疑心顿起，正朝外高喊：“师伯，毛女不曾找到。这妖人摄取生魂，祭炼妖法，可恶已极！”癞姑已不愿久候，竟用法力将洞口裂开，一同走进。

妖人原准备一到洞内，便用妖法双管齐下，以期一发必中。见米、刘二人先入，已经担惊，惟恐妖法被人识破。再一听如此说法，心更惊慌。妖人除法台上摄魂大法外，本还精习别的邪术，暗中早已运用。及至押进洞内，瞥见主幡被人摘去，原有妖法已去了一半功效。一时情急，猛将舌尖咬碎，张口便是一片血光，同时双手往法台上一扬，眼看各大小妖幡之下，鬼影憧憧，阴风顿起，要朝四人扑来。袁星手夹妖人同入，刚刚放下，立得最近。见法台上妖阵与昔日玉灵崖妖尸谷辰所炼妖法大略相似，知他平日害人必不在少，心中大怒。方欲回手，给他先吃点苦，再喝问毛女何在，妖人面上忽现狞容，心才一动，血光如雨，已朝一行四人喷来。袁星骤不及防,知道这类血箭最是厉害,忙纵遁光先躲。癞姑先在洞外本已生疑,故命米、刘二人先行,自己断后,以防万一。只因妖人一味屈服哀告,忘将两手禁制,比前却稍留神。及到洞内,猛瞥见妖人目射凶光,嘴皮微动,面现狞恶之容,便知有变。果然念头才转,已经发作。尚幸屠龙师太所传授的法力神奇迅速,应变又极机警。这一来,双方恰是同时发动,妖人口中血光刚一喷出,便被连手一齐禁制。袁星遁逃也速,米、刘二人又是行家,因此才未受伤。四人自然大怒,米、刘、袁三人先给妖人吃了点苦。癞姑连唤毛女出见,未应,料定妖人故意借以诱敌,人并不在洞内。随破妖法,焚毁法台妖幡,放走所摄生魂,令其自去投生。把妖道擒往下面洞内,令刘遇安去请易、李二人速回,一面拷问妖人来历。妖人自知无幸,瞪着凶睛,怒视癞姑,一言不发,尚无口供。易静闻言大怒,骂道:"无知妖孽!我们令你自供罪恶,敢不说么?"连问两句,妖人忽然破口大骂起来。易静不愿听他污辱,手一指,先将口给禁住。然后冷笑道:"你这猪狗,妄想激怒我们,以求兵解么?岂非做梦!你既不供,也不相强。你恶贯已盈,才落我手。本想将你形神一齐诛戮,你这一骂,且叫你受够了罪再死。"说罢,手掐灵诀,朝妖人身上画了几画,正待用道家降魔毒刑,使其受无边痛苦。妖人觉着身上一紧,想似知道厉害难当,因不能再出声求告,只是面色惨变,目中流泪,现出乞哀神色。癞姑终是心慈,便劝道:"这厮已然服输。反正不容他活命,且容他开口,听他说些什么,师姊不必另加刑了。"易静方答:"不是我心肠太狠,好走极端,他适才狂吠无礼,有多可恨!"

话未说完,忽听神雕又鸣,袁星侧耳略听,面现喜容道:"师父无须出去,毛女自行投到了。"说罢,便往外跑。出去不多一会儿,易静正听癞姑的劝,把妖人身上锁骨缩筋之法撤去,忽见外间石室有绿影一闪。易静首先飞出,见毛女正站在室外,往里仔细偷看,袁星站她身侧。毛女见人飞出,吓得往后倒退不迭。这一对面,易静已看出毛女不特根骨极好,一脸正气,并还眉清目秀、骨肉停匀,如非生长着一身绿毛,真是一个美人胚子。见她受惊倒退,防又隐身遁去,方想安慰几句,劝她不必害怕,毛女睁着亮晶晶一对秀目,朝易静上下略一打量,忽然跑近前来,口喊:"师父,弟子上官红拜见。"拜倒在地。易静见她年约十六七岁,身上穿着一件细草织成的短衣，腰围草裙，相貌似颇美秀。跪在地下，珠泪盈盈，只管哽咽，泣不成声。一面拉起，携手同去里室；一面问袁星，此女怎会自来。袁星答道："听神雕叫声，说此女在洞口附近现身，始而向空跪祝，又取一石块卜卦，面现惊喜之容。然后走向洞口窥探，似想走进，又胆小退回，老是迟疑不定，命弟子出看。弟子随掩出去，她见弟子，先是隐形遁去。后来弟子唤她，说明师长来历，她才现形，试探着走近了些。先问妖人死未，弟子告以就要伏诛。她立现喜容，说神人梦中指示，不久有一仙人来此山幻波池居住，是她师父，拜师之后，她便难满。妖人必死，不会再受欺凌，并且将来有成仙之望。她师父是位女仙，小如婴童。神人梦中说过，一见便可认出，想进洞来认上一认。弟子便领她来了。"

易静问完，见上官红偷觑妖人，面有惧色，哽咽虽已渐住，还未开口，依依侍立身侧，甚是可怜。知她胆小，便向妖人喝道："毛女与你相识，必知底细。似你万恶，本应重加折磨。因此女平日受你欺凌，害怕见你，不敢开口，便宜你早死些时，少受多少活罪。"妖人口禁未解，不能作声，闻言望着上官红，似想她代己求情时，易静已发出飞剑，将妖人裹了个风雨不透，随着易静往外飞去。大家同出，到了洞外，易静将手一指，地便裂开一孔，剑光裹住妖人，往下一沉一绞，立即成了一团血肉下坠。剑光正往回飞，忽见一股黑气裹住妖人身影，往上飞遁。上官红本是满面笑容，见了惊道："这厮的魂逃走了。"易静、癞姑同声笑道："哪有此事。"二人不约而同：一个扬手把灭魔弹月弩发将出去，一团精光，刚刚追上妖人，一下将黑烟元神一齐击破，听得半声惨啸；一个又将神雷发出，一声震天价大霹雳过去，百丈金光雷火自空直下，连那数十缕残魂余气，也被击灭。

师徒六人，连毛女上官红，同回洞内。上官红重向易静拜倒，坚请收为弟子。易静先颇慎重，及至一问原因，再想起师父命即起身之言，果然收得，当即应允。上官红又向两位师叔、三位师兄一一行礼。易静见她容止温婉，甚是喜爱，何故拜己为师，已然问过。重又问她身世，怎得逃入山里。上官红含泪说了个大概。原来她也是宦门之后，只因父亲远游未归，日受继母虐待，年纪又只得十三岁，本就悲苦不堪。她那继母本非良家出身，久旷难耐，便与一族侄私通。这日正在幽会，上官红无心撞上。继母当时口甜，许了从此不再毒打，只不许对人张扬。然而说时铁青一张假笑的恶脸，目蕴凶光，上官红断定入夜必下毒手。果然走开不久，女婢便来告急，说是继母要令奸夫当晚将她害死。上官红心胆俱裂，连夜逃出。所居本是近山之地，为防奸夫淫妇追来，翻山急蹿，逃到天明，也不知逃出多远。人已力尽神疲，倒在一个山涧旁边，又饿又疲。正在冤忿悲苦，呼天不应之际，忽听山风大起，回头仰望，忽由远处飞来一只怪鸟，两翼各长丈许，目射金光，甚是威武。上官红少不更事，没想到大鸟伤人，甚于猛虎，还在呆望。晃眼工夫，鸟便扑到，用双爪将她抱起，往空飞去，顿时受惊晕死。过了些时，她醒来一看，鸟也不见，竟换了一个山景，景物灵秀。只是饥疲惊悸之余，人已大病不支，勉强爬行草地，到一谷内，想寻点泉水解渴。忽闻草香，沁人心脾，饿极之下，便吃了些。才下肚不久，便觉神智一清，体力渐复。随将那草饱餐了一顿，待到天晚，就在草地上沉沉睡去。次日起来，便觉身轻神健，力气大增，欢喜异常。

第二二六回

谢罪登门　女神婴正言规蛮祖
隐身探敌　小癞姑妙法戏妖徒

上官红从此便以那片野草为粮。先还恐怕那是怪鸟巢穴，时刻留心，匆匆吃完，便找地方躲藏。嗣渐觉出山灵水秀，灵药异果满处都是。只是空山寂寂，并无人迹，只有鹿兔等小兽栖息游行，也无甚猛兽、蛇蟒、毒虫等害人之物。尤妙是环山四外俱是天险，与世相隔，不畏仇人追来。过去受惯荼毒，忽然自在游行，无拘无束，如出水火而登衽席。她本是一个具有慧根仙骨的少女，灵府澄明，毫无污染。又以多服仙草，智慧日增，不但不感到孤寂，反而心中庆幸，自愿长此终老，毫无出山思家之想。只是逃时匆促，除一柄准备事急自杀的小刀外，仅有两件单夹衣裤。后被大鸟抓去，死后回生，衣包也在身旁不远地上放着，不曾失落。那山正是依还岭，洞天福地，四时皆春，不愁寒冷。但是她衣服件数太少，年纪又小，初到时不知十分珍惜，又爱洁净，日在洞穴中藉草枕石而眠，稍有污秽，便去换洗，这样自然不能耐久。等想到将来衣服无从寻觅，不免赤身之羞，衣服也多破碎，着了好几天急。忽然发现一种异草，细长柔韧，试一编制衣履，全都合用，这才放心。因无师承，先也不曾想到修道一层，日常无事，除偶织衣履外，便是满山游玩。好在黄精、首乌、茯苓、松子，以及各种果实，时有发现，到处可以求食。藏处又多，游玩倦了，便就当地觅一宿处栖身。始而东食西宿，并无一定住处，全山数百里皆被游遍。

这日机缘遇合，忽然发现一条幽谷，中有一洞，恰值阴雨。每次出游，本带得有自织的草褥，原拟入洞避雨。进去一看，此洞与别处不同，外观宏敞，内里却极曲折。偶发现暗处有光，闲中好奇，过去查看。那光老是在前面明灭闪动，看似只隔五七丈，老走不到。一时不曾想到后退之路，越走越远，地势也越往下倾斜。等到发觉，想要退出，路已走迷。连在洞中寻觅了一日夜，也未寻到出路。古洞冥冥，不知昼夜，虽仗气健神旺，能耐饥渴，目力又佳，视暗如明，到底胆小忧惧。加以亮光早已不见，石壁前横，再进无路，似已到了尽头。可是退路歧径弯环，一任左绕右转，费了若干心力，想尽方法走了一阵，依然回到石壁之下。

上官红日服仙草灵药，久而成嗜，平日也没等饿，见了便随意取食。因从未断过吃的，还不知道此时已能耐上连日饥渴，更不知误入禁地，只以为永困洞中，久必饿死。情急无计，便向壁跪倒，叩求神佛哀怜。哭告了些时，重又惶惶起立，退出寻路。先述想，此路曾经退走过几次，除却神佛鉴怜，十九绝望，仍要退回。哪知走不几步，忽又发现前面亮光，那路也似从未经过。自觉绝处有了一线生机，精神一振，忙即往前赶去，不远便到。一看那光，乃自一扇石门里透出。隔门缝一看，里面乃是一间极整洁的石室，当中一个石榻，旁有石几，还有炉灶等用具，似是有人在内居住。石几之上，左边放有一块寸许方圆的晶镜，寒光耀眼，照得满室光明，宛如白日。先见光亮，便由于此。右首有一玉牌，也是光华四射。牌下压有一圆物，看不甚真，当中放着薄薄一本书。暗忖："这里荒山古洞，怎会有人居住？不是仙神，便是鬼怪。"

上官红方在惊疑，不敢进去，忽听耳边有人呼着自己姓名，小语道："你误入我禁制之内，乃我有意显灵，引你来此，假手于你，禁闭这条出路，以防洞中邪魔气候将成，不等除他之人到来，便自由此遁出。你根骨缘福颇厚，如非夙缘，也无此事。不过你将来虽有仙缘遇合，此时苦难尚还未满，并且来日有大难，如非我接引来此，不久便不免于受害了。室中无人，只要谨记我言，临机不要胆小慌乱，不但妖孽绝难为害，也许现在便要得我许多好处。室中有一册道书，一面晶镜。你进去时，先把晶镜拿起，往榻中心一照，榻上便现出一块与几上同样的玉符。晶镜赐你，以备后用，玉符却不能拿走。你取到手以后，几上那本道书也一并赐你。此书神妙，不到你拜师之后，也难解悟。只末两张画有符箓：一符可以飞遁隐形，一符则只要你所居之处有林木相依，人便不能害你。俱都无庸传授，只在每日子、午二时，面向东方，呼气默记此符笔画，凝神定虑，一口气将它画完。一连四十九日练过，随意运用，立有奇效。你连晶镜一齐藏向怀中,再把所取玉符合到几上玉符上面,原放晶镜之处,便有六色六道彩影现出。你只要把它当做宝物看待,心中存念,用手把白条抓起,横架在红条之上,你立时便出洞去了。"

上官红福至心灵,闻言知道神仙果然感召,赐宝授书。惊喜交集,出于望外,连忙跪谢,依言入室行事。无奈年幼,不知轻重利害,一听道书末两页符箓可以隐身防害,只练四十九日便可学会,一切俱未做错,只取书到手时,心中好奇,不及带出洞外,便即翻阅。这时宝镜已先藏向怀中,她便左手持着玉符,右手翻书。见那符箓乃古篆奇书,宛如绳结。正在细查笔路画法,一时疏忽,左手玉符与几上玉符碰了一下,立见光华连闪几闪,右侧放镜之处现出条纹图影。如若就势将符合上也好,偏又事出不意,惟恐误事,心神慌乱,忘了合符。竟下手一抓白条纹,觉那图中虚影随手而起,便往红条纹上放去。哪知几上玉符之下,乃是妖孽元神,这一触动,立即发难。上官红百忙中瞥见一团黑气由几上玉符下冒起,中裹一只玉也似白的怪手,往几上捞来。才想起玉符未合,生了变故,大吃一惊。同时右手所抓白影,已架放在红条影之上,风雷之声,立即爆发,同时那本道书也被怪手捞到。惊悸惶急之下,忙回右手夺书,左手拿起玉符,朝怪手打去。刚刚打中,猛觉左手一震,玉符忽然震脱了手,右手一紧,"哧"的一声,书被怪手撕脱,夺了多半本去。同时雷声隆隆,天旋地转。满室中金光万道,耀目难睁。身便似被甚东西托起,离了原地。惊悸亡魂,眼花缭乱之中,方瞥见室中有一极妖艳的少妇影子,在金光中一闪。紧跟着眼前一暗一明,人已落地。

定睛仔细一看,连山谷带那洞府石室,俱都不见影迹。人在一片危崖底下,草褥遗失洞内,手中却添了两页残书。上官红知已遇仙无疑。忙摸宝镜,也在怀中,不曾失去。用以照物,无论多远都能照见,巨细不遗。由此方起求仙之想。便照仙书灵符,勤习了四十九日。果如仙人所言,用时只要心一默想首页之符,立可隐形飞驰,瞬息百里。独处空山,无有敌人,次页灵符虽无从试验它的威力,但一施展,身外光华连闪,立起风雷之声,料知必有灵效。可惜全书被洞中怪手夺去,仅抢到末两页,好生悔惜。每日望空祝告,盼望师父到来,仙缘遇合。一晃年余,她又连服了几次不知名的灵草。中有一种形如灵芝,紫色九叶,上结翠实。是无意中发现，因闻清香沁脾，将它采来服了。一连醉卧九日，周身骨痛筋酸，委顿难行，方知误服毒果。哪知醒来愈发身轻，能蹈虚而行，捷如飞鸟。日常无事，又勤练二符不止，并学打坐。虽无师承，但是灵根慧质，早已脱骨换胎，灵府空明，久而自悟，渐能御空飞行。数月之后，两膀忽生绿毛，先颇害怕。后来越生越多，全身都是，因不为害，飞行起来反倒加快，也就听之。

这日正在山头盼望，忽觉心跳。回头一看，由空中飞落下一道碧光，现出一个丑怪道人，自称妙化真人漆章，与此山女仙相识。看出上官红资质颇好，要收她为徒弟，传授道法。少女无知，误以为是神仙师父，好不欣喜，立即应诺。道人便问她，此山可有合用的洞府。这时上官红已早照洞中仙人依木而居之言，移居山北森林之内，并用掘地得来的刀剑，择一老楠木古树身上，挖了一个大洞居住。本想说出，因见漆章一双怪眼直泛凶光，不住打量自己，未遇之前，又觉心惊目跳，话要出口，忽然灵机一动，若有凶兆。心想："仙人怎是这等恶相？既与本山仙女为友，如何不知地理？"当时生了点疑心，便不往山北，领往山南谷洞之内。妖人见了，说太明显，恐有俗人来扰清修。又换了几处好岩洞，俱是一样说辞，并且嗔怪，面现狞容。上官红胆子本小，愈发害怕。嗣悟出他要僻静所在，忽想起山南谷洞，崖顶有一石穴出口太窄，内却宽大，姑且领往一试。果然合了妖人心意，方现笑容。忽又暴怒，怪上官红何不早说，并说："以后从师，令出必行；少有违忤，便即杀死。"上官红见状大惊，越发畏惧，满腔热望，不由消去了一半。道人又说："此洞尚缺酒食用具，须往城市置办。"令在洞中守候，不许离开，少时归来，再行拜师大礼。如敢逃走，定加重责。

上官红自与道人见面起，一味被恐吓，已生厌恶，当时害怕应诺。等道人去后，心想："我来此山数年，只服了些灵草果子，便断了烟火。他自称仙人，如何还须酒食用物？那双怕人的怪眼，又对我那等注视。行时，满面得意之容，飞起来，一道阴森森的碧光，若带鬼气。自己是女子，如何拜男道人为师？偏洞中仙人只说拜师，未说师父是男是女。何不求他一求？"念头一转，便把宝镜取出，放在地上，向空跪祝之后，用一石块卜卦，往上抛起，看石落地向背，以决从违。谁知竟是五祝皆空。方在胆寒，无意中对镜一看，怪人正自远方飞来，还同了一个装束比他还怪的妖道。知将到达，猛生急智，心念灵符，将身隐起，藏在洞侧老松之后，暗查他们的言行。如有不测，隐身法仍被看破，便即逃往山北，到了林内，再用第二道灵符防御。果真仙缘遇合，只是生来凶相，故意试探心迹，再与说明，拜师不晚。

上官红身刚藏好，破空之声已由远而近。晃眼二妖人落下，带了许多食物，进洞便听怒唤毛女。一会儿，相继走出，一个要满山搜索，擒到之后，先给她一个下马威。一个说："圣姑照例不许男人入洞取宝，难得遇到这类好资质。你又说她相貌极美，只是灵药生服太多，不知烧炼，以致长了一身绿毛。吃上些日酒肉烟火，便可脱去，正好受用。此女身轻如叶，前出崖洞，阻她不住。如被你吓怕脱逃，岂非可惜？我看此事只好善取。今日定是你上来神情太恶，等你走后，想起害怕，生了悔心避去。照你所说，此女灵慧，向道心切，大可引诱。少时我去以后，她如不来，非但不可寻她，即使她来寻你，还要责以违背师命，擅离洞府，心野不堪教诲，自误仙缘，已难收录，坚拒逐出。日后时常现些幻象，引她来看。她一个无知少女，见你并无害她之心，又见许多灵异，自必心生悔恨，寻上门来，自投入网。以后再以甜言相诱，随便传她一点法术，定能百依百顺，不再违逆。好在相去玉娘子出困之日尚早，至多缓些日子，却可收服一个到时为我们出死力的帮手，平日还可拿她作乐，岂非两妙？真要看出你有恶意，变了初心，坚不上钩，那时你修罗神法已然炼成，拘了生魂，强逼从命；否则索性炼她生魂备用，也不为晚。你总暴躁偾事。好容易访查出玉娘子这等千年难遇的好事，我师徒三人因仇敌厉害，还特意分在三处炼法，无论如何，终有一成，关系他年成败太大。依我本心，也因你气暴心粗，这里最重要之地，还不想令你来此，是你自告奋勇，方始应允。如何才到，又故态复萌起来？"

上官红听了，才知后来的是他师父，听出果存恶意，又恨又怕。总算隐身法未被他们看出，还有救星，好生暗幸。二妖人又谈了一阵，后到的那个妖人方始飞去。上官红哪里还敢相见，立即遁回山北林内，匿迹隐形，多日未敢走出林外。日夕哀告洞中仙人垂怜，只求允许自己重入仙洞，甘为奴仆，免遭毒手。这日正在树穴内熟眠，忽觉洞中女仙似在耳旁说道：

"妖人已寻入林内，此时尚无害你之意，不必怕。可迎出林去，施展二符妙用，先使其知你不是好惹，以杀凶威，日后我常随时指点，决可无事。"惊醒之后，忙即纵出，往林外走。远远望见妖人，本往林内掩来，发觉自己以后，故作从容，反身走出。上官红已得仙人指示，又恃身离林近，灵符威力要大得多，强壮着胆，只装不见，暗中戒备着往横里缓步穿出。妖人见她并不畏避，只作不见，好生不解。始而故意卖弄一些幻象，天神鬼怪纷至沓来。上官红在山坡上闲眺，只不理他，也无歆羡畏惧之容。妖人只得单刀直入，近前笑问："两月前如何自误仙缘，不辞而别？"上官红表面镇静，强作从容，心仍怕他，不敢明斥其奸，只说："我觉拜了师父，拘束受管，情甘常为野人终老。"妖人随以甘言引诱，见她仍是摇头，不由犯了凶性，又想仍用妖法擒去，强迫顺从。哪知才一施为，人便隐身遁去。接连寻她数日，皆是如此。末了寻到林内，吃上官红施展第二灵符妙用，发动木遁禁制，妖人几乎受伤，狼狈逃去。才知毛女也会法术，不是易与。但看出伎俩只此，心终不死。除林内不敢去外，日常遇上，便即行法追逼。

日子一久，妖人终是无可奈何。上官红也是终日提心吊胆，不胜其烦。最后妖人计无所施，又改了软法，相约为友，两不相犯，以防遁去；一面加紧炼取洞中妖法。上官红明知心存叵测，只图苟安一时，又以空山孤寂，妖人虽是左道，所说的事多是闻所未闻，有的听出并非虚语，觉着有趣，也就应允。渐渐熟识，常在一处，遥对闲谈解闷，一晃又是数日。这日上官红看见妖师到来。知道自己的隐身法，只要时常存想灵符，对方决看不出。又知妖师一来，对己必有诡谋，便隐形赶往妖洞窥探。一见洞中鬼影幢幢，阴风黑气，未敢深入。藏在洞口一偷听，听出妖师与妖徒漆章说起不肯顺从之事，已决计再隔十余日，妖法炼成，便摄生魂祭炼，以供日后驱役。上官红身未走近法台，已觉心摇神悸，闻言知道厉害，不敢久停，忙即遁回林内。一会儿，妖师走去，妖人又来林外将她唤出，顿改常态，善劝恶说，利诱胁迫。见上官红仍不为动，大怒而去。行时限以十五日内，如不顺从，便无幸免，令其三思。上官红等他走后，料定时迫势急，重又望空哭祷，也未见有仙人指点。眼看日限将近，这日梦中见一年幼女尼，说是前任洞中之主，告以真师父日内将到，难期即满，并告以乃师相貌等情。醒来，妖人又在林外厉声警告，再有三日，如不顺从，休想活命。

上官红近日对妖人畏如蛇蝎，也未出见。耳听妖人忿忿而去，还不知妖法已成。因恐错过仙缘，算计妖人正在洞中炼法，便出眺望，头一日失望而归，次日又去前山候望，忽听破空之声，飞来几道光华，跟着降下三男三女。忙即隐身窥看，内中一个瘦小形如童婴的丑女，正与仙人所说的师父相似，心颇惊喜。只因前番上当，又见众中除英琼一人外，均与想象中的神仙不类，袁星、癞姑、米鼍等三人，生得尤为丑怪，袁星更似一个怪物，预存戒心，不敢冒失。心想："看准来人行迹，是否与妖人一党，再作计较。"后见众人寻觅洞府，又去幻波池观看奇景。上官红本当那是一片刺人的毒草，不知下面有池，渐觉出今日来人行径与妖人大不相同，法力也高强得多。惊弓之鸟，终是不敢上前，一直尾随在后。心神一分，时现原身，致被神雕看出。神雕原先飞得太高，仰望空中，只一小白影，在日影下飞舞，不曾看出。嗣见众人去往静琼谷，崖上便是妖人洞穴，又生了一点疑心，随往窥探，被神雕唤出袁、米、刘、易、李五人一追，越发害怕。易、李二人遁光神速，已然追上，因上官红收镜稍快，故未发觉，恰好擦身越过。这一贴近，越觉易静与仙人之言一般无二。见已入林寻找，也未施展法术相抗，意欲去往日常采茯苓的崖后僻处，仔细盘算一回，再定主意。不料妖人恐她与易、李诸人相见，泄了机密，欲先警告，不令说出所居之地，以便夜晚下手暗算。上官红正不愿现身上前去见妖人，想另换地方时，癞姑已将妖人擒到。这一来，越发分清邪正，决计求见拜师。一路掩到了洞前，忽又胆小害怕，正用石块卜卦，恰值袁星闻得雕鸣走出，以好言相告。上官红心想："反正命中已注定吉凶。"这才壮着胆走了进去。

易静等问知就里，料那洞中女尼必是圣姑无疑。师父本许物色门人，此女又好资质，立即应诺。诛了妖人，同回洞内。算计妖师日内必来，仍命神雕每日空中守望。住居已定，次日起便传了上官红初步功夫。照妙一真人仙书，一同闭洞习练。妖师始终也未来见。一晃四十九日过去，功行完满。见上官红甚是灵慧敏悟，一点即透，异常精进，易静等三人俱极喜爱。便传以道法和伐毛功夫。又从开府所得的法宝、飞剑中各取了一件，分别传授，赐作防身之用。上官红自是大喜，越发奋勉。易、李、癞姑三人，因离百日之期还早，特意为她又留了二十余日，直到日期还剩三天，方始起身。行时，米、刘二人自告奋勇，意欲同往。易静本有允意，癞姑道："不可。师父仙书柬帖上虽未禁带门人，并有便宜行事之言，但是那日通行火宅玄关出来，随众奉命时节，师父曾说去时不必人多，只由易师姊和李师妹二人前往。连周轻云师妹上次和红发老怪结怨，本来在场的人，都没命去。我也只在仙柬上提到，令在暗中接应，还嘱小心，不可大意。米、刘二徒如何去得？"易静道："你休小看他二人，论道行根骨，比我们相差远甚，如以旁门法术而论，着实比寻常妖孽强得多呢。开府以后，又得了本门心法和掌教师尊所赐法宝。他们旧有法宝、飞剑，这次又经我三人按照仙书传授，重新祭炼，威力大增。我在暗中查看，他二人和袁星俱极知自爱，短短四十九日工夫，修为大是精进。我们不过令其随侍着你，一同接应，又非随往山寨。我料红发门下那些孽徒，未必便都是他对手，怎去不得？如非舍不得丢下这静琼谷，又恐妖人来犯，上官红法力有限，恐有疏失，真想连雕猿也都带去，好教红发师徒知道，连我峨眉的末代徒孙，一禽一兽，都不好惹呢。"

癞姑见易静颇有骄敌之念，又想起仙柬词意，料知此行不免挫折。暗忖："红发老祖收徒虽滥，功力高下不齐，但闻其中如雷抓子之类，颇为能手。米、刘二人如何去得？"知易静人虽极好，但过于刚直，天性颇傲，又是师姊，不便明强。故意笑道："去自然是去得，我不过是想前诛妖人漆章，妖师早晚必来寻仇。袁星近来功力虽然大进，却不会甚法术；令高足也从未经过大敌。万一有失，我们仙府还未建成，先受挫折，已是丢人，而这里又与幻波池邻近，艳尸气候将成，不久便有外来妖人与之勾结，发现我们有人在此，岂肯置之不问？来人既与妖尸同党，敢入圣姑禁地，厉害可知。凭着雕、猿与上官红，如何能是对手？如今米、刘二徒相助留守，只要谨守洞内，不轻出敌，有我和师姊这两重禁制，决可无害。日常还可隐形，探查池中动静，有无妖人前来。于我们事完回山，诛戮妖孽，开建仙府之计，大有益处。此事实比随征南疆重要得多。再者，此去南疆与敌人相较，众寡悬殊，全仗机智和应变神速。我如一人接应，便可任意行动，惑乱敌人心意，冒险深入。便败，也不至于被擒伤亡，全无顾虑。与他二人一起，转受拘束。依我愚见，还是令其留守比较得策呢。"

易静近查米、刘二人向道心诚，十分恭谨，而二人根骨缘福，俱不如袁星、上官红远甚，有意成全，想带了同去，使其多建功劳，日后也好代向掌教师长求恩；加上二人又恳切求说，其意甚诚，并非固执非此不可。闻言，又想起那日初来，在幻波池上，望见下面洞门正往里关，仿佛由开而合，至今回忆，凭自己目力，不应有眼花之事。行前数日，也曾加意查看全山，并无异兆。屡问上官红，除所杀妖人漆章一人外，有无别的人来过？幻波池左右上下有无动静？妖人居山这久，可曾去往池边逗留窥伺？均答无有。但心终生疑，偏是师命不到日期，不可去往池底，不便违命，只得罢了。焉知自己走后不发生变故？袁星飞剑虽比米、刘二人神妙，法术、法宝和经历识见，却差得多。上官红更是不济。觉着癞姑之言有理。笑答："师妹所虑，甚是有理。我不过料定红发老怪已受孽徒和别的妖邪蛊惑，此去非起争斗不可，我们虽不怕他人多势众，到底多两个得力弟子同往好些。师妹这一提起，自然还是留守本山重要。"便令米、刘二人无须随往。

易静当即和癞姑二人各显神通，将静琼谷由谷口起加了三层禁制，并把洞府隐去，使外人到来，休想擅入一步。命神雕随时隐身高空；袁星借用上官红所得晶镜，在崖顶上随时往四外观察。又令米、刘二人每日轮流隐去身形，去往幻波池左近，留意观察，如有妖人下落，见机行事。稍觉不敌，只查看来人动作，是否得入池底洞府，不可妄动，并分人速赴南疆告急。万一无知，对敌挫败，速即隐身，遁回谷洞，合力防守。圣姑传给上官红的两道神符，除神雕只将头道隐身灵符学去，米、刘、袁三人俱都精习，可以随意运用。又经易静看出灵符妙用，加以指点，比起上官红以前所习，增加了好些灵效。尤其第二道灵符，乃是先天乙木禁制，上官红起初照本默念，必须择有林木之处，始能运用。自经指点传授以后，随时随地均可发动乙木神雷威力。稍差一点的妖人到来，休说米、刘、袁三人身有法宝、飞剑，久经大敌，便上官红一人，也能抵御。易、李、癞姑三人，原因初承大命，遇事谨慎，防微杜渐，计虑格外周详。部署完竣之后，俱觉这样戒备决可无事，放心大胆同往南疆飞去。

那红发老祖所居洞府，原有两处：一是烂桃山对面一座名叫突翠峰的。峰顶上面，昔年杨瑾前生凌雪鸿初成道时，在对山泥沼中为五云桃花瘴之毒所困，如非红发老祖慨赠千年蘘荷，几遭不测，便是此处。一是红木岭天狗崖，乃红发老祖聚徒传道、炼法炼丹之所。洞在岭半危崖之上，地方甚大，前有二三百里石坪，坪上峰峦纷列，都是拔地突起，形势奇诡，姿态飞舞，各具物相，无不生动，宛然如活。上次易静、周轻云、李英琼追杀金线神姥蒲妙妙，路遇雷抓子等十二蛮徒，误会失和，三人胜后穷追，误入南疆，与红发老祖对敌结仇，便是天狗坪最前面众蛮徒布阵之地。那地方背临天狗崖，千寻碧嶂，左右各有两道河川，中间是三百里长、二百里宽一片广大石坪。红发老祖为防妖尸谷辰暗算，终年设有极厉害的阵法。坪上棋布星罗的大小奇峰怪石，均经法术祭炼，与阵法相应，表里为用，变化莫测。更有妙相峦，天生屏障，横亘坪前，将葫芦谷入口门户闭住；端的防备紧严，敌人休想擅越雷池一步。上次易、李二人仅到坪前多云嶂，与红发老祖相遇，如非见机，便几乎失陷在内，其厉害可想而知。三人去时，得有妙一真人仙示，敌人全山形势虚实，均所深悉，一切胸有成竹，按照预定方略行事。离了依还岭，便直往天狗坪。易静、英琼等三人遁光，均峨眉门下高手，新得师传，越发神速。飞行不久，便入南疆。只见沿途山势险恶，峰岭杂沓，丛莽荆榛，漫山蔽野；毒蛇猛兽，成群往来；蛮烟瘴雾，腾涌于污泥沼泽大壑平野之间，都是亘古不消的两间淫毒之气，远望宛如一堆堆的繁霞，自地浮起，映着衔山斜阳，幻映出一层层的丽彩，人兽触之，无不立毙。那有瘴雾的左近千百里，连个生蛮、野人、禽兽都无，却盘踞着无数毒虫怪蛇，十九大如车轮，身长十丈，口喷毒烟彩雾，凶睛闪视，光射丈许，各自追逐，出没于沼泽丛菁之中，互相残杀，宛然又一人间。英琼道："二位师姊，你看这些凶恶毒物，如令生息繁育，不知要害多少生灵。我们回来时，合力将它们除去了吧。"易静笑道："琼妹只知其一，不知其二。这类毒虫怪蛇，并非本有种类，多由地底湿毒之气种育化生，十九生具特性，生育本就不繁。加以生性异常凶残，始而吞并异族，终至残杀同类。有的并述达到了一定时限，或经过一次配合，便须死去。所以多少年来，尽管奇形怪状，时有出生，但它们只能在这瘴雾阴湿之区互相残害，永无休止。看似凶毒，至多一二十年生命，不等它们成气候，便自死亡，绝难出山为害生灵。如要除去，不特诛不胜诛，并且这类毒物全是互相生克，有一物，必有一制。稍有不慎，得此失彼，去了一种克星，反易蓄育长大，无形中倒助它肆其凶毒，转不如听其自生自灭，省事省心，免成大害。否则，由古迄今万千年来，似这类极恶穷凶，而又各有灵性，极易长成的凶毒之物，如若听其繁衍不死，世上早无噍类了。固然精怪中偶然也有异种，到底是极少数，并且都是刚刚通灵变化，便伏天诛。能成大气候的，真是万中选一，并还要自身先种善因，能够去恶向善，勤于修为。就这样，天劫仍难避免，必须兵解转世，重投人身，一灵不昧，再去修炼，始能成就仙业。你当是容易的么？所以一世人生万劫难，无论圣贤仙佛，俱是由人修成。而人偏不知自爱，情甘醉生梦死，虚生一世，甚或一意孤行，无恶不作。等到恶贯满盈，生膺显报，死伏冥诛，堕入畜生道中，受那无量苦难，就悔之无及了。"

癞姑接口笑道："易师姊只顾发议论，你看前面是什么所在？这里你和琼妹以前来过，我却初次，莫不快到了吧？"英琼闻言，朝前一看，下面山势逐渐展开，适见毒岚瘴雾已然无迹。只见碧嶂天开，清泉地涌，遥峰满黛，近岭萦青，一路水色天光，交相辉映，到处茂林嘉卉，灿若云锦。只极远天边，有一高岭横亘，上接云霄，似是以前到过。足下这些美景，记得均非旧游之地，而师父所示途向，并未走错。觉着奇怪，便问道："易师姊，这地方我们上次来过么？怎的如此眼生？"易静忽然想起前事，笑道："琼妹，你忘了上次我们原由崇明岛追起，走的并不是那条道路，归途也许经此。但是由李伯父施展佛法飞遁，瞬息千里，飞行忒快。那日下面尽被云遮，又当事急之际，心情不安，哪有心情留意下面景物。你看最前面那座高山，不是来过的么？"癞姑一听，相隔对方洞府还远，暗忖："这一带景物精致，山水灵秀，所有灵木花草，俱都欣欣向荣，一点不带野气。只是修道之士经此，决不放过，也许现在便是仙灵窟宅。归途如若无事，何不顺便寻访一回？"当时便留了心，也未和易、李二人明言。三人凌空疾驶，一路谈说，前面高山，不觉飞近。

易静知道，绕着前山东面过去，便入对方阵地。在空中略一端详地势，把手一招，一同降落下去。悄对癞姑道："再往前飞行不足二百里，绕山而过，便是天狗坪，即为红发老祖修罗化血阵地。因山太高，他那邪法也颇神妙，不是身临切近，运用目力，细加观察，绝看不出。照师父所说，他师徒已将我和周、李二师妹恨同切骨，我二人必要费上好些唇舌心力，始能见到老怪。话不投机，双方破脸，原在意中。师父本意，是看白、朱二老情面，姑尽人力，能够忍辱，曲为保全，免起争端最好，非不得已，不令我们动手。老怪只是平日偏心护短,纵容徒弟,自身并不做甚恶事。万一他被我们说服,心生悔悟,和我们消去前仇,言归于好,不特勉体掌教师尊与白、朱二老成全他的好意,并还使在劫诸同门免受一场苦难,岂非两全其美?还有他那干下妖徒,几乎无一善类,事前如被看出我们行迹,定生枝节。故此我把遁光按落,隐身低飞,绕山而过,入了禁地,然后突然现形求见,令其通报。一则,先声夺人,免被轻视;二则,少却好些口舌。老怪师徒志在屈辱我们,见他以前,虽有些时耽延,尚不至于被他困住。不到子夜,人还未出,师妹无须深入重地,只在山这面寻一藏伏之地,遥为应援便了。"癞姑见她忽然改了预计,知是刻意求功,打算拼受屈辱,使双方释嫌修好,免得引起争斗,互有伤亡。用意虽是,但这类忍辱的事,自己还可将就。易静性情刚直,口又不肯让人,谈锋犀利;况又加上一个李英琼和她差不多,也是百折不屈的天性。对方蓄怒已深,双方各有定数,凭这两位如何能够挽回?到了忍无可忍之际,必定和对方拼命无疑。师命原令自己便宜行事,想到就做,权且口头应诺,剩这半日空闲,先去访查此山有无仙人隐居清修,到时仍按来时所拟之策行事,也是一样。当即应诺。

易静随令英琼把防身法宝准备停当,以防万一,可以立即取用。然后同隐身形,贴地低飞,绕山而过,往天狗坪飞去。刚一绕出山前,便见上次追赶众妖徒所见的葫芦形大山谷,现出在前。只是谷中静荡荡地不见一人,由此可知红发师徒还不知道有人登门。此时红发老祖在洞府中打坐未出,众妖徒俱在妙相峦崖壁之后练习阵法以及坪上诸般禁制。易静手拉英琼,示意隐秘,轻悄悄一直走到危壁之下,不禁吃了一惊。原来天狗坪前面,妙相峦危壁正当葫芦谷入口尽头之处,参天排云,高峻已极,顶上面设有极厉害的禁网神兜。既是登门负荆而来,其势不能一上来便破人法宝。由顶上凌空飞渡,那里又是葫芦底部,四外无路可以通行。只崖中腰有一大洞,昔日红发老祖便在洞中现身。估量两头穿通,宛如门户,过去便是去红木岭洞府的三百里天狗坪阵地。无如此时两扇长达十丈的高大洞门,紧紧关闭,毫无动静,也无人在门前侍卫防守。想了想,除去现身叩关直入,别无善策。没奈何,只得叮嘱英琼,一切全看自己的眼色行事,不可妄自言动。于是撤去隐身法,现出二人。正要出声呼唤,忽听两声怪叫,左右两旁崖上,忽有两道红色烟光飞来,落到崖上,现出两个身材高大,身着红绫偏氅,右臂裸露,腰围豹裙,赤足束环,手持火焰长矛的野人,见面便用汉语喝问:"哪里来的大胆女娃子?竟敢到妙相峦玉门前鬼头鬼脑,偷看张望。快说实话!"

易静何等灵敏,对方才一发声,便自回顾,见二人来处乃是两边危崖上的洞穴,穴中还有山女探头张望。再看二人与上次追赶蒲妙妙所遇十二妖徒装束相似,只头上多了两根鸟羽。只在飞下时身有烟光簇拥,并无甚别的异处。神情尽管狞恶,却不带甚妖邪之气,料是红发老祖门下末代徒弟侍从之类。二人奉命门前轮值守望,本是蛮教中的一种排场。二人行辈既低,又无甚高法力,日常无事,便多玩忽,以为教祖威震南疆,神通广大,绝无一人敢来侵犯。日常无事,乘着教祖洞中炼法,所有徒众俱在随侍,各有职司,无人稽考,反正关门紧闭,禁制神奇,连去外面各诱摄了心爱山女,分向两崖洞穴之中调笑淫乐。适才因见两崖壁立,虽有几处洞穴,大都浅陋,荆棘藤蔓丛生其间,甚是污秽,又不见有妖气邪气隐伏,断定无人藏伏其内。二人擅离职守,虽然相隔甚近,如有人来叩门,举足及至。到底做贼心虚,防人眼目,藏得颇秘,因此忽略过去。此来本是委曲求全,自不便与之计较,这类边民也不值一击,便含笑道:"守门人不必多疑,我二人因有要事,前来拜见你们祖师红发老祖,不料此门业已关闭,不知守门有人,意欲叩门求见,怎说我们鬼祟窥探呢?"二人见易、李二人年幼,闻言哈哈笑道:"凭你两个小女娃子,也敢见我师祖?你们不过比那些汉城里的女娃子会爬点山路罢了。这样就想进去,莫说我这一关不能平白放你们通过,就我把门开了,放你们走进,那由妙相峦到红木岭师祖住的神宫,中间还隔有三百多里天狗坪,师祖和各位师父到处设有神兵恶鬼,水火风雷,中有几处地方,更比妙相峦还难翻过,红木岭更高更险,你们两个细皮嫩肉的小女娃子,就凭走路,岂能走得过去?你们又不会什么法术,岂非做梦?要不是近五十年来师祖不许我们无故伤人,要在前些年,你两个今天误走到谷里来,连骨头都保不住了。乖乖回去,免得送死。"

易静一听,门由二人关闭,大出意料。忽然触动灵机,笑答道:"这个你不必担心,我们和令师祖实是相识。今番以礼求见,自不便破门直入。你只要肯将门开放,无论天狗坪有多凶险,自能过去。你如无此权力,便请通报一声。如若有心作难,我二人自会叩门求见。等到见面,必将你们放弃职司,有门不守,各在山前摄来妇女,藏在一旁胡闹,有客登门故意刁难,不为通报之事,一一说出,那却莫怪。"红发规令原严,只因性喜护徒,上行下效,一干门人也都各护自己徒弟,相习成风,闹得这些徒孙之辈,各仗师父祖护,师伯叔辈情面关照,徒孙们有了过错,互不举发,胆子越来越大,时常背了教祖做些不法之事。红发老祖近日欲向峨眉门人报仇,一面又防妖尸谷辰乘隙来犯,每日两次加紧炼法炼宝,已有多日未来神宫,所以二人才敢在外摄来山女作乐。但是教祖对外虽喜祖护徒众,可一旦徒子徒孙真要故意违反规令,被他发觉,那严刑酷罚,一样也是不会宽容。

起初易、李二人隐身入谷,直到崖上,方始现身。二人只能照着师传如法施为,开闭关门,别的无甚法力,没看出易、李二人难惹,本想吓退回去了事。及听末次答话,竟被易静说中隐病,不由又急又怒,心仍不信来人真有神通,山人心实,便怒答道:"这门另有师祖所传神符,由我二人开关。本定如有外人到来,不是仇敌,便放他进去。到了天狗坪,自有人出现,问明来意,进宫报信,师祖许了,再领进去。要是不许,来人除非自退,还可活着退出;硬要走进,沿途埋伏一齐发动,十有九死,休想活着出来。来人若是仇敌,我们守门的才打神牌报信,那时从师祖到五辈徒子徒孙全都知晓,师祖立带徒弟出来对敌。我们守门人管的就只这件事。来的要不是仇敌,再多放些人进去,也没我们的事,有甚相干?不过你们要和前些年来人一样,妄想师祖收录做徒弟,进去触动埋伏,送了性命,我们事前不拦,却要受罪。又没见你们怎么上来的,单会爬山,却是无用。到了天狗坪,不等见到人,准先送命,因此不肯开门放进。你们如显点神通,把我二人制住,叫我们心服口服,便放你们进去了。要不是看你两个这点年纪的女娃子,早就赶出谷外去了。师父常说,近年各派中收了许多小徒弟,峨眉派更多。人不可貌相,遇上来人,务要查明,不许随便动手。你们又说认得师祖,这才忍着气忿,和你们好说。你们要只说大话,我豁出挨顿好打,也把你们刺个透心穿,做了鬼,却不要寻我。"易静笑道:"这个容易试,我也不便在此伤人,你们有甚法力,只管施为。或用你二人手中长矛,一齐刺来,看是如何,自然就信服了。"二人闻言,半信半疑。又问道："这是你自己说的，你那同伴呢？"易静指着英琼道："她比我法术还高，又不似我心软，如换她来试，你们就真活不成了。"

二人见易、李二人神情始终藐视，自是有气。口喝一声："看好！"各自端矛，当胸刺来。易静见手势颇缓，知二人心尚不恶，微笑答道："只管用力，无须顾虑。"话未说完，二人手中长矛已直刺过来，眼看就要透穿，猛觉手中一震，好似撞在坚钢之上，虽然用力不猛，也震了个虎口生疼，几乎脱手。二人原见识过一点法术，心疑幻术，仍是不服。二人持矛又刺，等快刺中，觉有潜力阻隔，便不再进。一面忙收转矛，一面口诵法咒，矛尖上立有两团火焰射出。被易静一手一把握住。二人见状大惊，忙即回夺，竟如生了根一般，用尽气力，休想移动分毫。不由恼羞成怒，使出惟一看家本领，手扬处，各发出大片红光火焰，朝易、李二人迎头罩下。易静只把手微扬，便有一道光华飞起，将红光火焰紧紧包没。二人见所炼飞刀也和长矛一样，再收不回，急得连喊："快些放手，我们服你就是。"易静遂将手一松，招回剑光，笑问："如何？"二人终是心粗，也不问二女来历，只笑答道："你们果有这么大神通，先说和我师祖相识的话，想也决不会假。放你二人进去容易，只是见了我师祖，却不能告我二人在守门时玩婆娘呢。"易静一心想二人开门放进，以便仍照预计行事，穿过天狗坪禁地，到了红木岭神宫之前，再和英琼一同现身，以便先声夺人，并可免却途中许多屈辱周折。闻言，即应诺道："我来是客，只要你二人能容我们进去，自无话说。"

二人放了心，随请二人闪开正面。那个和易静说话的山人，便伸手向前，取出一面上绘白骨的小幡来，朝着关门急画了十几下，再将幡一指，那两扇宛如天生、一片浑成的高大石门，忽然红光乱闪，彩烟四射，徐徐向外自行开放。这时，二人才想起，未问二女姓名来历。方欲问询，易静本防二人要问，等门一开，不俟发话，朝英琼一使眼色，早双双飞身纵入。门在妙相峦之中，两面相通，其长七八十丈，内里颇似一座洞府，中有不少石室，并有人在内入定。易静不知洞中蛮徒行辈法力深浅，进门忙打手势，同将身形隐去。二人在洞外望见二女遁光强烈神奇，惊鸿电掣，一瞥即隐，以为人已飞远深入。自信来人未怀敌意，同时所欢山女不忍久候，又各在两崖洞穴中昵声相唤，色情一动，哪还有甚心思再顾别的，匆匆行法，再将洞门封禁，各往原崖飞去。不提。

这里易静同了英琼穿洞而过，等走出洞去一看，境界倏地一变。只见前面尽是一片极平坦的石地，寸草不生。只左近有七八座大小石峰平地拔起，疏落孤立，最高的不过二三十丈，大只数亩，小的不过丈许，粗仅二三抱，宛如石笋矗立，俱都峻峭灵秀，姿态生动，似欲飞舞。除这几座石峰，再望前面远处，如晓行遇雾一般，也看不出有甚山岭，只是一片溟蒙，望不到底。二人虽都慧目法眼，但因各人功候相差，所见境象也是大同小异，石峰数目也有多有少。易静首先觉出有异，再与英琼各运慧目定睛查看，互相低声一问，英琼只看出八座石峰，易静所见不但比英琼多了五峰，并还看出前面雾影中有大小数十座峰头隐现。只是用尽目力，仅辨依稀，稍一疏神，便即失踪。再一谛视，远近多少之间，前后所见也有出入。情知厉害，忙拉英琼立定，仔细观察。审定了门户方位，估量可以冒险越过，然后悄嘱英琼，令其紧随自己，一同隐身潜行。如有警兆，或是误触禁制，有了阻滞，不听发话，任是什么现象，不可妄自出手。英琼早知此行不是容易，自然点头应诺。

易静暗忖："这一路大小石峰，何止百数，今仅看出面前十几座。分明由此起直达红木岭红发老祖神宫洞府，全在阵地包围以内。此阵又专为妖尸谷辰而设，一路埋伏，虽然不知多少，尽管师传隐形之法神妙，不患敌人发觉，到底丝毫大意不得。稍一疏忽，难免失机，求荣反辱。"于是便就自己所知阵势方位，各种禁制生克，试探着缓缓前行。进约里许，便有一座较为高大的石峰阻路。易静自小学道，两世修为，备得乃师一真大师真传，又有易周、杨姑婆二老随时指点，本来各异派中阵法多半知悉；这次更得妙一真人传授仙法，预示先机；故入阵以前，便把门户方位认明，看出阵中好些妙用。知道这座石峰乃入阵头一关，而阵中一切埋伏禁制，也必就着这大小数百座石峰的天然形势设施。照理不应避开正面，由峰侧斜穿过去。可是等快行近峰侧，无心中发现那峰由侧面看，宛如一只饥饿扑食的恶狗，忽然触动灵机，想起眼前所看石峰，各有象形，以犬形居多。暗忖："前面邪雾弥漫，笼罩数百里，只有当门诸峰可见，阵中虚实，难于窥测。前行，只凭以前所谙各派阵法臆度，此峰形如恶狗横立，狗的头、爪俱都斜朝向后，其势不对。来路却与右侧后面一座犬形之峰若相呼应，地名又叫天狗坪。并且所有石峰,俱都隐蔽,独此大小十数峰现出真形,又是以各人目力的高低,来分析所见多寡,颇似故意现出门户破绽,引人入伏情景。莫要中了他的诡计?"念头一转,便不再进。

易静重又仔细观察,果然体会出:所有大小石峰相互呼应,奔赴迎凑,前后相连,气脉一贯。那隐在雾中的不曾见到,虽不可知,就眼前所见寥寥十数峰,便不是个平常阵法,中藏好些变化。如照预计前行,再进不远,必将触动埋伏,就说不致失陷,也非将敌人惊动不可。一经主持人行法催动,起了变化,由此起步步荆棘,动辄遇险,想要平安到达宫前,真是难如登天。骇异之余,估量前面石峰既是诱敌之策,那么可以通行之路必在相反一方。反正不免涉险,何不姑试为之,看还藏有别的变化与否。想了想,立即变计。正要由右侧狗的后身绕峰而过,忽听峰上有人对答,忙即立定,侧耳偷听。一个道:"你看峨眉派何等欺人,开府早过,已将百日,至今还未有人前来赔罪。师父当年何等性暴,怎么如今法力日高,反倒懦弱胆小起来了?"一个道:"听师父口气,也并非是懦弱胆小怕事,只因峨眉那些狗道气运正盛,师父四九重劫将临,但能过去,挽回一点颜面,便不愿树此强敌。不过忍辱也有限度,真要他们铜椰岛事完,过了百天还无人来,令他难堪时,说不定也只好和敌人翻脸了。"前一人冷笑道:"你只和师父一样怕惹事,大家都劝师父和狗道们绝交,你却一言不发。如今相隔百日之期还有几天,人家只置之不理。我们不早派人下书问罪绝交,挨满百日仍无人来,我看师父对众门人如何说法?要是敌人讲交情,早就派人来了,分明逞强,目中无人罢了。"后一人笑道:"洪师兄,不是我说,最好还是双方不结仇的为妙。你只顾和雷师兄一样,听人说得天花乱坠,恨不能怂恿师父往峨眉问罪,迫令献出前来冒犯师父的三女弟子,擒回山来,尽情处治,稍有不合,便将峨眉师徒多人全数杀死,毁灭凝碧仙府,任性欲为,方可快意。你想这事能做得到么?就照他所说,峨眉的几个劲敌,如轩辕、丌老之类能为我助,不比敌人势弱,也不过是乘掌教诸人闭洞参法,无暇兼顾,遇便杀伤他几个门人,由此仇怨相寻,永无休歇,还能再有别的好处么?"

姓洪的大怒道:"你怎没出息,说出这类无耻话来?实对你说,我已和姚、雷诸师兄约定,特意讨令把守阵门。漫说敌人骄狂无礼,百日之内不会有人来此赔罪，就有人来，也必背着师父运用阵法，阻他入见。来人再不识趣，不肯服我教训，便将他困入阵内，过了百日，便即拿他开刀，先出这口恶气。那时师父再想忍气苟安，势所不能。你如事前泄露机密，误了我的大事，休怨我三人没有同门情分，与你不肯甘休。"后一人又道："事情我早看透，你和姚师兄以前非误交恶人，也不致有今日。现在雷师兄又步你二人后尘，反倒变本加厉。可见定数难移，无可解免。尽管忠言逆耳，但我只是尽心，听否全在你们自己。便对师父，也只把心尽到。我昔年误入邪教，中途悔过，偏又无门可入。以为师父虽也旁门，除纵容门下不免偏私外，并无恶行。近年又与诸正教中人交好，四九重劫一过，地仙位业，并非无望。所以望门投止，苦求收录。现既行迹日非，不纳忠言，迟早祸及。我已百死之余，劫后余生，自不愿相与同尽，只等双方仇怨一成，我便避去。祸福无门，惟人自招，谁管你们闲账？休看我入门较晚，位分是师弟，如论法力，就你为首三人同与我斗，也未知鹿死谁手。不过我现已痛改前非，不愿重施昔年故技罢了。你恐吓我，有甚用处？师父此阵，费了数年心力，诚然神妙，用来防妖尸，尚且难料；你想用以阻擒峨眉来人，可知来者不善，善者不来。齐真人新近开府，正教行见昌明，以他为人，门人在外冒犯尊长，虽由妖妇蒲妙妙一人而起，事出无知误会，终须把礼尽到，不等百日必有人来。可是如此延迟，不是算出我要与为难，事前炼法，预为戒备，因而耽延，便是另有盘算。我料这九进一退的反正五行门户决瞒不了人家。师父现正入定，你只能运用前半阵势。我此时已有预兆，只不肯说出而已。来人要是知悉阵中微妙，避开正五行犬牙交错之势，经由后尾左转，绕向后面犬脊，再以九退一进之法，见峰如前绕行，直达神宫，去见师父，又当如何？"说时，语声粗暴。姓洪的妖徒似为所慑，空自忿怒，未敢再逞暴性。欲知后事如何，请看卜文便知分晓。

第二二七回

奇宝丽霄　不尽祥氛消邪火
惊霆裂地　无边邪火走仙娃

话说姓洪的听完前言，又隔了一会儿，才忿忿地狞笑道："照你说来，我师徒早是都该遭劫了。你既怕事，有了反心，何不早走，还守在这里做甚？"后一人答道："我还不是为了以前陷溺太深，罪多孽重，得师不易，无处容身，迫不得已在此苟延时日？心虽忧危虑患，仍盼师父能够省悟，不为群小所惑。我既然受了师恩，便不愿中道舍去啊！我只是见机得早，暂时避开，全身远祸罢了。师父仍是师父。我又不坏你事，怎说我起反心？现在任我怎样苦口婆心，你们也难悔悟。等到误了师父仙业，自己身败形灭，就来不及了。"姓洪的恨恨道："你今日欺人太甚！明人不做暗事，念在前好，我也不将你所说禀告师父，且等你背师叛教之时，再作计较。看你到时，我师徒对你如何处治吧。"后一人笑道："师父的刑罚比老怪如何？以我现时为人，自信渐入佳境，兵解难免，绝无再受毒刑之事。只恐师父一朝省悟，你如尚未遭劫，恐要难逃公道呢。我想你所说全是一厢情愿，此时如有人来，早该乘着师父入定时机，后半阵法无人主持，暗中走进去了。"

易、李二人一听，分明是发觉有人入阵，故借和同伴争论，有意泄机，指点通行全阵之法。心料后说话这一个，以前必是一个邪法较高的人，不知怎会迷途知返，痛悔前非？因是出身妖邪，暂时不为正教所容，才投到红发老祖门下。妖徒中竟有这样明白的人，实是难得。还不领他好意，如言前行，等待何时？二人心念一动，不愿往下偷听，试照所说，由峰左狗尾绕向前去，果无动静。知无差错，心中一放，又绕走到狗脊正中。一看前面，忽见两石笋宛如门户，左右对列。先前未见，料是正面隐藏的门户。

走近再看，形势突变，天色已看不见，头上和来去四外，俱是一片沉冥，若降重雾。先见诸峰，除正峰外也都隐去，另有九峰在前，参差位列。回顾来路山顶两人，都是身材高大，相貌凶丑，尚在上面争论。

易静本明阵法，一点就透。一见九峰位置方向，越悟出犬牙遥应九进一退之秘，立照所说前进，果又通行无阻。由此往前，每走过一段，必另有石峰门户现出。每一层阵地，均有九峰分峙，方位形式虽各不同，有的主峰上面还有一二妖徒把守，二人过去，也未觉察。只走过第九峰时，再按阵位和狗头所对方向退将回来，再往前走，绕峰而过。到了对面峰脊，门户立即涌现，如法绕行，又是如此。只是左旋右转，时进时退，所行并非直径，阵位方向也不一致。易静暗中留神，看出此阵千变万化，玄机莫测。幸亏听二妖徒争论，才一入阵便得了机密，自己又是行家。否则休说破阵势所难能，只要一步走错，入了歧途，便不知要费多少心力周折，能否到达尚不一定。再要不明阵法生克，妄触禁制，引起埋伏水火风雷，夹着千丈毒烟邪雾，一齐围拥上来，更是危机密布，步步荆棘。上空又有极厉害的邪法封锁；纵使不致死伤，脱身也非容易。总算机缘巧合，二人无心中得此奇遇，只要小心前行，待全阵走完，此阵机密即能十得八九。破阵一节，虽仍艰难，归途已不再畏险阻。尤妙是先声夺人之计已成。少时到了红木岭神宫，见着红发老祖，照着师命行事，说好便罢，说不好，也不会失陷在此，进退均可自如，受人折辱也有限度了。

易静越想越高兴，正值无人之境，便对英琼悄声说了。英琼道："师姊莫大喜欢，妹子年幼道浅，虽然无甚识见，但知恩师之言绝无虚语。仗着师姊法力，我二人失陷在此，自是不会。但是敌人劫数将临，鬼使神差，自取灭亡。我们纵多卑屈，老怪也未必肯释嫌修好，争斗决不能免。以妹子愚见，反正成仇，我们只将礼尽到，能和自是佳事，否则，也无须过于卑屈。不过我们身在虎穴，彼众我寡，就算我们已得此阵虚实，当场动手，终必吃亏。师父既命癞姑师姊随后相机接应，又许以便宜行事，必有缘故。从来两国相争，不斩来使。我们终是以礼来见，有话可说，到快翻脸时节，师姊长于辞令，不妨以理折服。不但不自遁走，转要他开放阵门，或是令人引送出阵，另约时地，再比强弱胜负。这样比较稳妥，还叫他急恼不得。师姊以为如何？"易静笑道："以我生性，岂肯甘受屈辱？只因红发老祖是白、朱二老故交，师父虽知定数难移，仍有姑尽人事，以图求全之意。如能化干戈为玉帛，不特仰副师命，便功德也非微细。所以上来不惜忍辱负重，委曲求全。真要迫人太甚，无可挽回，那也无法。对方孽徒受了别的妖人蛊惑，对我非但怨毒已深，并且兼有其他贪欲。我岂不知深入重地，罗网密布，危机四伏？无如这伙南疆妖孽，大都不可理喻。为首一人比较明白，偏又耳软心活，惑于群小先入之见已深。除非真能悬崖勒马，临机悔祸；否则他必借口语言无状，强行扣留，决不容我二人再有分说，你想以理折服，决办不到。好在此阵走完，机密十知八九，和他当地破脸动手，自是难敌；专一全身而退，当非难事。且等到时再看好了。"

二人语声本来极低，正说之间，忽见前面一座石峰上烟光起处，现出一个相貌凶恶、手持白骨妖幡的高大山人。易静见有人出，便料敌人已有惊觉，忙即住口，拉了英琼急速避开正面，悄悄往左避去，绕至妖人身后。回头一看，果然妖人已将手中妖幡连晃了几晃，来路九峰立有五色彩丝，如箭雨一般满空飞洒，晃眼结成一面数百亩方圆的天幕，往下罩来。同时满空烟光如潮，碧焰万道往上狂喷，也是连成一体，往上兜去。上下交合之后，妖人重又将幡一指，所有彩丝烟光倏又由合而分，往原发之处收去，转瞬都尽。妖人仔细一看，好似不见有人落网，也无异状，呆了一呆，面上微现惊疑之容，重又隐去。易、李二人幸是遁光神速，见机更快，赶紧避开，避处恰又合适，妖人又在疑似之间，未被识破。阵势占地甚广，二人初次犯险，不敢草率。

二人一路观察前行，缓缓飞驰了两个时辰，才走了一半。默计所见大小石峰，已有二三百座。那散在四外，设有厉害埋伏，具有陷敌妙用的尚不在其内。只见前面妖雾弥漫，比来路更甚，以为后半阵势必更微妙。及至辨清门户，小心飞入一看，眼前忽现异景。除头上仍被法术封锁看不见分毫天色外，不特后半百余里方圆一片广大石坪全面呈现，连红木岭上的红发老祖所住神宫也巍然在望。只见广坪上二三百座大小峰峦，棋布星罗，殊形异态，奇景天生。遥望红木岭半神宫大殿金碧辉煌，气象万千，庄严雄伟，兼而有之。更有好些手执金戈长矛的守宫侍卫或兀立殿前，或蹈虚飞行，往来不绝。虽是左道旁门，却也有无限威风杀气。

正在查看门户途径是否可以随便通行，耳听中央一座高峰上两声长啸过处，现出两个奇形怪状、左手举妖幡、右手举长剑的妖人，站在峰顶上，手摇妖幡，将剑向空一挥，坪上远近二三百座大小石峰，连红木岭神宫，立即全数隐去。紧接着风雷隐隐交作，只有那八九座孤峰浮拥于左侧妖云弥漫之中。二人知是妖人演习阵法，大可细查虚实，来得正是时候，连忙就近择地，伫立观察。待了不多一会儿，前二妖人现身之处，忽有红碧光华连闪了几闪，又是一阵风雷之声过去，适才所见彩雾烟光倏地蓬勃而起，满空中飞舞交织，又结成一面天幕笼罩全阵，浮空不动。略停了停，一声迅雷，先前大小群峰忽又现出原形。只是每八九峰做一丛，当中峰顶必有一二妖人，手持幡、剑，站立其上。

先见二妖人重又摇幡挥剑，远近各峰丛上妖人也一齐举幡，向空中一指，空中彩幕突然分裂成数十道长虹，分向各妖人飞去，到了每一峰丛前面下降，将那九座石峰齐峰腰做一大圈围住。众妖人各又将剑朝天一指，剑尖上立有碧绿火星飞射出去，到了空中，此起彼落，互相激撞，宛似洒了一天星雨。石白如玉，中腰围上这么一圈彩虹，再加满空星雨飞流，顿幻出一片奇景，煞是好看。又隔了盏茶光景，为首二妖人口发厉啸，将剑一挥，满空绿火星倏地纷纷爆散，暴雨一般，一丛丛往各妖人所立峰头飞射下去。众妖人同声长啸相应，幡、剑齐施，上面火星仍被剑光收去，峰腰彩虹也如神龙掉首，齐向幡上飞去，风卷残云，一时全收。数十处烟光起自各石峰顶上，众妖人也相继隐去。这次后坪上群峰和红木岭神宫却未再隐，到处妖气隐隐笼罩，须运慧目始能看见。

易静自恃法力高强，埋伏虽然厉害，前阵未有警兆，后阵便无防备。那把守妙相峦关门的又是两个无知蛮人，误信自己与教祖相识，把人放进以后，只顾重与山妇作乐，也未入报。几下里时机凑合，竟得混将进来，并还把阵中机密全行窥破。看那彩雾，必是五云桃化毒瘴无疑。自己和英琼均有护身法宝，不能侵害，别的风雷阴火，更无足为虑了，门径全知，坦然前进，这时阵势全现，隐蔽全无，一目了然，无须似前趋避绕行，便照应行门户方向往前走去。众妖人始终不曾发觉有人隐身潜行，已然深入。沿路无事，一直走完阵地，到了红木岭广场之上。那红发老祖神宫建立在半山腰上，前面也有大片广场，上建七层楼阁，与尽头处石洞通连，甚是高大宏敞。由岭麓起，直达岭腰广场，相去三百五六十丈，设有八九百级石阶，宽十余丈，俱是整石砌成，上下同一宽窄。两旁植有大可数抱、高约十丈的红木道树。全岭石土俱是红色，台阶却是白色，温润如玉，红白相映，色彩鲜明。离岭麓数十丈以及平台前面，各有高亭分列。内有手执金戈矛剑之类的宫中侍卫，分别在内瞭望值守，看去势派十分威武。

二人到了岭前，四下观望，左近虽有蛮徒妖人出没游行，上次追赶妖妇蒲妙妙所遇雷抓子等十二蛮徒，却一个不曾看见。知道不与相遇，要少去好些唇舌，心中暗喜，忙把英琼一拉，双双同时现出身形。遥向山坡上亭中守值的侍卫大声说道："烦劳通禀教祖，就说峨眉山凝碧崖妙一真人门下女弟子易静、李英琼，前此因追妖妇蒲妙妙，一时无知，冒犯教祖威严，今奉师命，登门负荆请罪，并求面领训诲，尚乞教祖赐见，实为幸甚。"那半山坡两边亭内，四个蛮徒侍卫呆立在内，见有人在岭前突然出现，面上神情好似有些惊奇，互相对看了一眼，便复原状。既不还言答理，也不出亭阻止，依旧呆立亭内，直若无闻无见，毫无动静。近岭一带原有徒众侍卫来往不绝，见有二人到来，也只略看一眼，面上微现惊奇神色，仍是行所无事，各自走开。连问数次，俱是如此，上下全无一人理睬。易、李二人不知是何缘故，倒被陷在当地，进退不得。正在心中奇怪，盘算到底是就此走上去，直赴殿前请见，还是另外寻人问明就里，再行求见？猛瞥见半山坡上有一男二女，用隐身法隐了身形，朝自己在打手势。

妙一真人所传隐身之法最为神妙，为长眉真人嫡传。易、李、癞姑三人，新近在依还岭奉命练习各种应用法术，便有此法在内。练时，英琼因易静、癞姑二人早已练成这类法术，只是家数功效均不相同，癞姑尤其早得屠龙师太佛门真传，格外神奇，惟恐到红木岭使用起来，彼此功力悬殊，家数不同，自己人相遇，只有一方能够看见，便求指点。易静、癞姑俱爱英琼，和她交厚，自然无甚保留，于是互相传授，彼此切磋，又悟出好些妙用。不过癞姑的隐身法难学，暂时只能在她么定时对看，不能全部精习。癞姑又是天性滑稽，来时言明以前所习隐身法已然用惯，好在三人所习道书一样，师父原是一体传授，并未限定非此不可，易师姊和琼妹已能看出形影，此次应敌，自己仍用前法，比较有趣一些。易、李二人也就听之。二人因所习不精，乍见不甚真切。又因议定此次和红发老祖破脸，应有几位同门应劫，身受重伤，能不请人相助最好。即便真到万分危急，必须用法牌传音告急，也只挑那行时见他面无晦色皱纹，而法力又高的同门，指名求助，以免带累多人。

癞姑本约定是在妙相岩谷口外遥为接应，事前并未说要暗中深入。又只有她一人，此外别无同伴，如何来了三人？忙即定睛注视，那打手势的三人，果有癞姑在内。最奇是下余二人，并非同门师兄姊妹，俱是从来未识之人。男的一个，生得短小精悍，英华内蕴，年纪看去虽似十四五岁少年，一望而知功力颇深，不是寻常。女的也只十六七岁，外表奇丑，体貌痴肥，和癞姑正好做亲姊妹，根骨功力，似和男的差不多。两人俱穿着一件短袖无领的黄葛布对襟短上衣，下半用一条白练战裙齐腰束住，短齐膝盖。内穿白练短裤，赤足麻鞋，腿脚裸露。只一个肤白如玉，头绾哪吒髻，短发披肩，背插双剑，腰悬革囊。一个肤色黄紫，头绾双髻，每边各倒插有两股三寸来长的金钗，腰间佩有一口尺许长的短剑，一个丝囊，两下略有不同。那隐身法乃是癞姑一人施为。那手势的用意，似令易、李二人不问青红皂白，直往神宫殿台上闯去。同行男女二少年，人甚天真，素昧平生，初次见面，也随着癞姑嬉笑招手，竟似好友相遇，神情甚是亲切。

易静虽然形如童婴，毕竟历劫三生，更事得多，深知此行关系重大，如何肯和癞姑一样，把它视若儿戏？因已现出身形，不便对比手势，又当着两个外人，不是癞姑旧友也是新交，人家好意相助，自不便一体板脸，只得微笑摇首，示意不可。哪知癞姑等三人依然不听，招之不已，并在交耳商量，似要走下来。易静恐她下来相强。心料敌人不来理睬，不是有意坚拒或加折辱，便是别有缘故。红发老祖尽管左道旁门，到底一派宗主，得道多年，法力高强，非同小可。师父本命忍辱，能不翻脸最好，似此行径，一被看破，不特违命偾事，并还示人口实，如何可行？只得乘那男女二少年耳语之际，回首朝癞姑怒视了一眼。一面重又借着和守亭侍卫发话，借题示意，说道："愚姊妹因奉了家师妙一真人之命而来，特遣我等专诚拜山谢罪，无论如何，必须拜见贵教祖，才算完了使命。一切吉凶荣辱，皆所不计。现已三次掬诚相告，烦劳转禀，诸位道友全不理会，令人莫解。现再奉告，如蒙代为禀告，固所深幸，如真不能代达，也请明告所以，以便遵办。再如不理，愚姊妹为完师命，只好冒昧，自行上殿求见了。"

易静面朝亭中卫士说话，说到无论如何必须完成师命时，曾向上面癞姑看了一眼，暗幸她没有下来相强。等到说完再看上面，就这眼睛一晃的工夫，癞姑等三人已不知去向。用目一看英琼，意似问她见否。英琼也未看出何时遁去，见状会意，将头微摇，答以未见。易静担心癞姑在师命还未传到以前，红发老祖还未见到，便约外人暗入神宫，惹出乱子。对方既非善良好惹，殿台四外又已邪气隐隐笼罩，敌人根本重地，必有极厉害的埋伏。万一偷进宫中，被人擒住，查出来由，危险不说，还给师门丢脸。就说癞姑荒唐，事非己意，自己总是主持此事之人，为公受过无妨，这人却丢不起。心中忧急，见亭中侍卫仍如泥塑木雕，分立两亭之内，休说一言不发，面上连点表情皆无。易静又急又气之下，暗忖："事情已迫，照此情形，似乎非破脸成仇不可。与其闹笑话，转不如硬闯进去，好歹见了红发老祖，交上师父书信，再行相机行事。对方如能知道利害，悔祸言和，怎么也是无事；否则就此翻脸，双方已成仇敌，便可无所顾忌，成败均不致受人指责。已然三请而行，见面质问何故擅入，也有话说。"想到这里，便朝亭中诸人说道："愚姊妹已然连请数次，诸位置之不理，说不得只好不顾禁忌失礼，自行进见了。"说罢，两亭中侍卫仍无回应。易静一赌气，暗中示意英琼小心戒备，一前一后，一同往上走去，连上了数十级台阶。亭中诸人只各把一双凶眼瞪住，与前一样，仍然不动，也未见有别的阻滞。快要走过山亭，只见两边亭内各有四个山人侍卫，忽然一声不响，各做一字排开，面向外。易静当先前行，本以事出不经，步步留神，见状便知有异，忙一停步。两边侍卫已将手中金戈长矛同时外指，戈矛尖上立有八道红绿光华，长虹也似斜射而出，做十字形交叉在台阶当中，阴冷之气，森森逼人。

　　易、李二人觉得书信未曾交到以前，总以礼貌为宜，不便和他争斗，又不便由侧绕越过去，只得向后略退。易静还未开口，英琼已没好气，发话道："我姊妹持了家师亲笔书信，以礼来谒。好话说了三四回，不为代达也罢，连句话也没有，又不令我等自进，意欲如何？"那八名侍卫只各把戈矛斜指，各放出二三十丈长的光华阻住去路，毫不理睬。

　　英琼忍不住气忿，还待发话时，忽听上面有人喝道："贱婢住口！前番大胆犯上，得罪教祖，今日才来赔罪，已经晚了。又不在妙相峦跪关求见，竟敢偷混进来，还在这里说嘴。本当将你们拿下治罪，因想你们既有本领偷混进来，倒要看你们怎么出去。我家教祖不屑见你们这贱婢，快往回滚。等在阵中被擒，过了百日，再去峨眉寻老鬼齐漱溟算账，问他教徒不严之罪。再如迟延，满山金刀一发动，顿时将你二人碎尸万段，连这片刻偷生都不能了。"二人抬头一看，正是上次追赶妖妇蒲妙妙所遇为首妖徒雷抓子，同了两个同门妖徒，手持幡、剑，站在殿台边上，气势凶横，朝自己厉声喝骂。易静不禁大怒，方要还口，一想此来为何，好歹也见着正主人再说，话到口边，又复强行忍住。

易静又想起入阵时，听妖人口气，红发老祖正在洞中炼法。此人虽是妖徒，平日也深知峨眉各位师长法力，虽一时受人蛊惑，心中也不能无怯。再说得道多年，岂能如此狂妄？便和峨眉成仇，对方持了师长书信，以礼来谒，哪有人不肯见，信也不看，便如此蛮横之理？妖徒为了妖妇所丧宝鼎，恨我入骨。莫要探出乃师心意首鼠，又受外邪所愚，乘乃师闭洞炼法之际，故意折辱来人，迫令动武，使双方势成骑虎，欲罢不能，以快他的私意。否则乃师既已立意成仇，他又如此狠毒，就该当着来人毁书责辱，指责以前冒犯之罪，下手擒拿，或是就命众妖徒下手，再不然更大方一点，将来人放回，令其归报师长，索性明张旗鼓，订约斗法，以分高下存亡。为何只是妖徒出来辱骂激怒，却不下来交手，只令由原阵中退出，欲令入伏，再行擒拿报仇？诸多可疑，休得一时不能忍气，中了奸计。我也反正拿定主意，就翻脸，也等见到正主人再说。

易静断定红发老祖必是深居洞内，妖徒才敢猖言无忌。决计把声音先传将进去，使之闻知。主意想好，示意英琼不要开口，自己暗中运用玄功把气运足，高声笑答道："道友不必如此。我姊妹二人，并非有心擅入禁地，只为奉了家师妙一真人之命，来此向贵教祖负荆请罪。因是年幼道浅，闻见浅陋，又是初来，不知仙山设有阵法禁制，行至妙相密，遇见守关二人，愚姊妹说来拜谒教祖，便即开门放进，也未说起内有异设施。只知仙府便在前面，照直走来，也未遇甚阻滞，路上只绕走了好几处石峰，便到岭前。不是道友提起前面石坪上设有阵法，还不知就里呢。许是来时赶巧，正遇诸位道友演习阵法，开放门户，才得无心走入，也未可知，实谈不到什么法力本领。适才已向守亭诸道友几次陈情，请代禀告教祖求见，始终不理，只得冒昧进见，又吃阻住。三位道友忽出喝骂，令愚姊妹退出阵去，以备入伏受擒，百日之后再寻家师问罪。愚姊妹已然无知混入，能否又是凑巧退出阵去，虽不可知，但是此来奉有家师之命。自来君子交绝，不出恶声。何况修道之士，一派宗主。家师与贵教祖又是交好在前，休说以前事出误会，本有起因，咎在双方，难怪一人。就算以前冒犯尊长，罪该万死，不能宽容，也与师长何干？如何朋友专诚派人持了亲笔书来，一面不见，一字不阅，便效村妇骂街行径，辱骂之外，还加杀戮？一桩不相干的无心之失，竟想使星星之火，变为燎原，双方仇深恨重，大启杀机，互相报复，其意何居？我想贵教祖为人决不如此，好歹总有几句话说。人以礼来，不能不教而诛。一任道友气势汹汹，尽情辱骂，愚姊妹既奉师命，必要面见贵教祖，将家师书信呈上。完了使命之后，方能定夺，否则，决不离去。不令上去，我便不上，只守在这里。贵教祖只是一时不知有人到此，终有出见之日。"

雷抓子等三人心意，果是连日看出师父首鼠两端，举棋不定。而众妖徒十九受了外邪蛊惑，惟恐仇怨不成。本想算定过了百日，再拿话去激动师父。不料眼看到期，仇人忽持乃师书信前来赔罪。又可气是来人通行全阵，如入无人之境，越发又急又怒，立意要把这场野火点起。雷抓子等最得宠的几个妖徒，均在上面殿内炼法。易、李二人一现身，一面发动暗号，令亭中守者按照预定行事；一面分人传知阵中主持行法诸徒党，告以敌已越阵深入，令其小心戒备，出时以全力加害。初意来人无人理睬，或是退走生事，或是硬闯，只要动手，均可借题发挥。嗣见来人乖巧，守亭人一拦，即不再进。惟恐时久，师父行法完毕出来看见。又想乘着闭洞炼法之际，辱骂敌人，激怒动手。不料来人仍是不肯上当，反将心事说破。山人终是不擅辞令，只觉易静语声又长又亮，宛如龙吟，还不知道敌人用的是玄门正宗传声之法。玄功奥妙，三四百里以内，金石为开，多坚的石洞也能将声音透进。乃师正巧在洞中入定醒来，全都听去，又惊又愧，已快走出。雷抓子还在恼羞成怒，破口大骂："贱婢利口，今日要你狗命！"还想少时拼受责罚，将岭上埋伏发动，给仇人一个厉害，然后再飞身下去对敌。刚把手中妖幡朝下两展，立时易、李二人立处一带便有大片红光，映着万千把金刀，四方八面潮涌飞来。

易、李二人原有准备，同喝："尔等再三逼迫，那也无法。"各把手一扬，每人先是一道剑光飞出，护住全身。正待施为，忽听殿中一声大喝："徒儿休得鲁莽！且令来人听候传见呈书，我自有道理。"话才出口，四外金刀只一闪，便自隐去。也是双方该有这场争杀，般般俱都凑巧。红发老祖人最好胜护短，明知门人不应如此，无如易静心情忿激，词锋犀利，听去终是刺耳。出时如若径直去往平台收法，发令阻拦，也还好些。偏又心怀不忿，意欲升殿召集徒众侍立，摆出教祖之威，再令来人进见，当面数责前事，以致慢了一步。易静虽想只守不攻，却忘了招呼英琼。双方都在气头上，英琼见妖徒逼人太甚，一时气忿，顿昧初衷，见易静已然动手，金刀来势又极猛恶，便把紫郢剑放将出去。此剑本是峨眉至宝之一，况又加上英琼用本门心法加功精习，近更威力大增。金刀只是数多势盛，如何能敌，两下里才一交接，便吃毁去了一大片。

　　红发老祖见二人通行全阵，如入无人之境，又将所炼金刀禁制毁去好些，自然面上无光，心中又加一层忿恨。一面把三妖徒唤进殿去，怒目瞋视，低声喝骂了几句。随命击动殿前铜鼓，召集徒众，再唤进来人，阅书问话。易、李二人听出红发老祖口风不善，只得仍立在半山阶上等候。同时互相低声告诫，盘算少时见景生情，随机应付。果然红发老祖耳软心活，入殿以后，又吃三个宠徒一激，虽未全信，心却加了两分仇恨，有意延宕，迟不召见。二人先听铜鼓咚咚打了好一阵，才见门下徒党由四方八面纷纷飞来，凡是经过面见的，十九俱以怒目相视。听前半鼓声，杀伐之音太重，知是传令阵地防守诸妖徒，以备自己离开时为难。等人过时留神一查看，适在阵中所见行法诸妖徒，竟无甚人到来，越知所料不差，断定少时绝无好收场。委曲求全既是难望，何苦受辱？于是也渐把来意改变，暗中准备退身之策。前后待至两个多时辰，只见对方一干徒众出入殿台之上，此去彼来，络绎不绝，始终不听传唤。癞姑和那同来男女幼童，不知在何处，也未再见。二女此时仍体师意，作那万一之想。知道红发老祖迟不召见，有意折磨，言动稍一不慎，便授敌人以口实。心中只管戒备，暗骂老鬼无知，受妖徒愚弄，甘于自趋灭亡。表面却一点也不露出，恭恭敬敬站在半山腰石阶之上待命。决定就事情决裂，也不令敌人占了几分理去。神态自如，若无其事。

　　红发老祖原是受了爱徒蛊惑。徒儿说："来人既是奉命来此赔罪，为何不在关前通名求见，却去私越阵地？分明此来只是乃师自知无礼，不合以下犯上，恐传说出去被外人笑话，派了人来虚应故事，本心轻视我师徒左道旁门，不在眼下。如真念在朋友之义，我们是他请往开府观礼的上宾，他徒弟狂妄凶横，目无尊长，以下犯上，自犯教规，还得罪了朋友，事情发生离开府还有好几天，照理就该当时命人押了三个贱婢来此赔罪，再请前往赴会，才能算尽朋友之道。如何等到这时才派人来？就算他开府事忙，长幼两辈无法分身，或是门人蒙蔽，回山不曾告知，我师徒与他交好，又曾接有请柬，到时一人未往赴会，当然必有缘故。他们自负玄门正宗，教规至严，法力又非寻常，断无查问不出之理。怎会延到今日，才命两贱婢持了一纸书来，便算了事？分明视我师徒如无物，以为他徒弟将我得罪，无足轻重。为防外人议论，表面道歉，略微敷衍，暗中实是强迫，料我不敢把来人怎样。我们听话释嫌，便两罢干戈，否则便成仇敌也非所计。一面并命来人穿阵而过，直达宫前，以显他峨眉的法力，志在示威逞能，恃强凌弱。这等行径，实是欺人太甚。就此罢休，不特恶气难消，传说出去，也被同道中耻笑。我师徒虽是旁门，本教创立已数百年，长眉真人在日也没见把我们怎样。峨眉近年虽然声势较盛，实则也是张大其词，除为首三数人外，并无甚惊人法力。因是外强中干，虚有其名，所以一面屠杀异己，一面又向各旁门中拉拢，专以欺压弱小为事。平日号称为玄门正宗，视别派均为邪教，不能并立，为何轩辕、丌老、司空以及大荒二老、天残、地缺、小南极四十七岛等，多少厉害人物俱都尚在，一个也不敢招惹？像天乾山小男、少阳神君、藏灵子等，更辗转相交，化敌为友。还有一时想不起的异派中有名人物，尚不在内。试问何人遭了毒手？还不是但求人家不去寻事晦气，便装痴聋，背道而行，惟恐遇上结仇树敌，难于应付罢了。此次他对我师徒如此狂妄，无非看轻师父懦弱，乐得欺凌。真要与他成仇，也是莫奈我何。何况他年来骄横狂妄，已犯众怒，又独占着凝碧崖、紫云宫等洞天福地。除芝人、芝马以外，这次开府，差不多把海内外灵药仙草，全数收集了去，据为己有。众心不忿，又知他们贪欲无厌，专与教外之人为难，等这些门下小狗炼成道法，羽翼一丰满，只要不和他一党的，谁也难于安枕。与其等他气候养成，身受其害，不如先下手为强，将他除去。日前听说以轩辕老祖为首，已准备联合各方面同道，大举与他一拼。这些道长俱是法力高强，多已炼成不死之身，人多势众，峨眉绝非对手。如与联合，不特恶气可除，异日师父四九重劫，有这些人相助，还可借以免难，岂非两全？而且照许仙姑所说，峨眉为首诸人，为了妄想天仙伟业，一面新收这些小狗男女下山，假名行善，暗寻异己之人加以杀害；一面却在凝碧仙府闭洞行法，须有好几年工夫，不能出门一步，所以告诫门人，令自小心，便有难也不能回去求救。我们便将来人杀死，也只干恨，无计可施。何况我们不是无理可说，师父又非故意和他作对，只不过是忿他欺人太甚，又不杀他徒弟，只代他教训恶徒，治以犯上之罪，略加责罚，逐出山去。来人是在百日之内，又非照着那日所说与之绝交，异日相见，并非无话可说。讲理无事便罢，如若恃强为仇，真非其敌，索性便与轩辕等人联合一气，看他怎样。还有来人果奉师命，诚心来此认罪，师父是他师父好友，分属尊长，自然甘受责罚，绝无怨言；如若反抗，可见虚假，欺人是真。此时他们羽翼未成，已是如此，一旦得势，定必与各异派中人一体看待，决不容我师徒存在。随便命一小狗男女出来惹事，然后借题一翻脸，便将我们除去了。以前假面目没有揭穿，还难说定，如今真相毕露，形同狼虎，还不先自为计，欲待将来受害不成？"

　　红发老祖门下妖徒多是山人，只雷抓子和一个姓秦名玠的例外。雷抓子是山民归化，已久居贵州省城。上辈在明室，并还是个仕流。只因乃母夏夜纳凉，感异梦而生，并有雷震之异，取名雷抓子。幼丧父母，大来卖弄刀笔害人，为仇家所逼，逃往南疆。红发老祖爱他灵警异相，破例收为徒弟。除姚开江、洪长豹而外，只他和秦玠，还有一个名叫蓝天狗的山人，最得宠爱。秦玠出身不第秀才，偶因游山路遇红发，看出是异人，苦求拜师，也蒙破例收录。他和雷抓子最是交厚，俱生有一张巧嘴，心计又工。自从姚、洪二徒先后失事，红发老祖愈发对这二人宠爱，几乎言听计从。二人俱是好色如命，红发老祖本身虽不喜淫乱，教规未禁女色，二人暗中背了师父，专与各异派中妖妇勾结。万妙仙姑许飞娘正忿红发老祖，因有追云叟夫妻渊源，与峨眉交为朋友，蛊惑上一个姚开江，被穷神凌浑杀死，正好唆使红发老祖与正教结仇。不料又被神驼乙休在紫玲谷为双方解和，仇未结成，与峨眉诸老反更交厚。一时气不过，想到雷、秦二人可以色诱，自身不愿俯就，便给二人另外拉了几个妖妇，所以才有金线神姥姑侄借鼎之事。雷、秦二人本就受了妖邪蛊惑，心忿师父别的都可说动，独劝他不与正教中人来往，坚决不听。上次红发老祖接了开府请柬，本拟亲往，也是二妖徒想从中生事，借着送礼为由，请命先行。本来就想到了峨眉，设法惹下一场乱子，逼师上套。不料正遇见易、李、周三人追杀蒲妙妙，无知冒失，伤了他师徒，绝好时机，焉肯放过。许飞娘和众妖邪闻知，又纷纷赶往，代为策划。红发门下头一辈门徒，差不多和各异派妖人均有交往，加以那日又亲见师父同门吃了人亏，从来未有之辱，无人鼓动，已是气忿难消，这一来自是一体同心，每日俱在絮聒激怒。

红发老祖先颇持重，禁不住众口铄金，长日包围进谗。心中本也觉着受辱忿恨，不过本心仍不想和峨眉诸老为仇，只打算亲赴峨眉，质问是否受了门人蒙蔽。如将前来三徒当面处罚，便无话说；否则，由此绝交，也未想到如何大反目。许飞娘等妖妇却断定妙一真人最重情礼，教规又严，暂时不来赔礼，必是为了开府事忙，或有其他要事，一时无暇。如寻了去，几句话当面一说，便可无事。算计乃师必派肇事三个前来，便教众妖徒一番话，劝红发老祖最好过了百日再去，免失身份。一面并授妖徒策略，就着原有阵法，如何施为，人如到来，万一得见乃师，如何相机蛊惑。

红发老祖与各异派本有来往，近年才听嵩山二老等正人力劝，踪迹渐疏。许飞娘知他心有成见，每来均与众妖徒暗中约晤，轻易不与相见。红发老祖面热情直，虽纳忠言，与众妖邪疏远，人以礼来，不肯坚拒，至多行辈较低的自不见出，却未禁门人交往，终于惹出这场乱子。雷、秦二妖徒本来利口，况又经妖妇策谋指教，话越深透动人，不由乃师不为所愚。加上易、李二人来时行径又极与所说相似，渐渐引起忿怒，以致生出事来。其实妖徒利用阵法，早有成算，易、李二人如不穿阵而过，不是被陷在内，便是早与敌斗，妖徒更有借口，休想与正主人好好相见了。

红发老祖自被二妖徒说动，鸣鼓聚众以后，所有门人全是异口同声，忿慨非常，连激怒带怂恿，不由他不改变初衷。一面故意令来人在山半久候，看她们是否骄横不服，一面吩咐众妖徒："来人既能通行全阵，不问是否因尔等演习阵法，窥破门户，巧混进来，法力均非寻常。既准备反目，如被遁走，却是丢人，务要小心在意。传示全阵行法守值诸人，如法施为，加紧戒备。少时来人如肯服罪受责，便罢；稍有不服，便须下手擒捉，免被滑脱,自找无趣。"众妖徒如了心愿,自是兴高采烈,同声应诺。因殿上有乃师在,来人自非敌手,所虑是被逃走,又把几个法力较高的命往阵中接替,把原防守的人换了前来。易、李二人看见众妖徒进出来往,便由于此。

红发老祖分布停当,在殿内暗中查看。易、李二人除初闻名时,互相说了两句话后,始终端然敬立相待,并无一毫懈怠与久立不快之色。暗忖:"齐道友为人素来极好,已然相交,怎会无故欺人?看来人神情,似颇谨畏,不似倚势凌人之状。且看来书,如何说法。门人已动公忿,对于来人自然不能轻饶。只要书上说得有理,看齐道友份上,略加责罚,以平众怒,不必再为过分了。"想得虽还不差,无如易、李等二人连师父责罚俱未受过,如何肯受左道旁门刑辱?何况当初妖徒护庇妖妇,相见又未通名,首先不对,怎能怪人?只因红发总算师执尊长,无知冒犯,不得不把小辈的礼尽到,本是双方互相敬重的事,打狗尚看主人,如何认起真来?就这念头,已非忿事不可。众妖徒见乃师目注山下沉吟,还恐生变,又加了许多谗言。红发老祖信以为真,认定易、李二人是因身在虎穴,人单势孤,恐吃眼前之亏,不得不貌为恭谨。也不想妖徒所言先后矛盾,只管令二人在半山久候,迟不召见。时光易过,又是两个多时辰过去,易静主见已定,还不怎样。英琼已渐不耐,如非易静用眼色阻止,几乎发出话来。前后候有五六个时辰,雷抓子得同党暗示,知道外约来的几个妖人已在妙相岩外照预计埋伏,就是乃师肯将来人放走,也不愁她们逃上天去。这才设词请乃师传见。

红发老祖也是日后该当有难,那么高法力的人,竟会听凭门下妖徒等摆布,随命传见。雷抓子随去平台以上,先朝台前两亭中侍卫打一手势,气势汹汹,瞋目厉声,大喝道:"教祖有命,吩咐峨眉来的两个贱婢进见,听受责罚。"英琼闻言大怒,开欲述口。易静将手一摆,冷笑道:"这厮出口伤人,自己失礼,何值计较?我等为敬本山师长,忍辱来此,好歹且见着主人,完了使命再说,理他做甚?"雷抓子闻言大怒,方欲接口辱骂,红发老祖听妖徒开口便骂人家贱婢,也觉不合,暗中传声禁阻。雷抓子因先前口角,知道易静嘴不饶人,自己只顾激怒来人,先自失礼,再说也是徒受讥嘲,只得忍耐着怒火,退回殿中侍立。易、李二人随着从容缓步往上走去,头两守亭,戈矛已撤,并未拦阻。到了平台石阶下面,易静故意躬身报道:"峨眉山凝碧仙府乾坤正气妙一真人门下弟子易静、李英琼,今奉师命,来此面见教祖,呈上家师手书,兼谢那日妙相峦因追妖妇蒲妙妙误遇教祖,无知冒犯之罪,荷蒙赐见,特此报名告进。"台前两边各有一亭,比下面高,却只两根立柱,大小只容一人。一边一个,手执金戈在内执守的山人,身既高大,相貌奇恶,石像也似呆立在内,手中金戈长有两丈,戈头大约五尺,金光耀目,显得十分威武。

易静分明见雷抓子出时和二人打手势,知有花样,故作不知。说完便走上台阶,暗中留神查看。见快上第一级台阶时,脚才抬起,二人倏地面现狞容,目射凶光,手中金戈已然举起,待往下落,嘴皮微张,似要发话,忽呆立不动,好似被人禁住神气,形态滑稽已极。心方奇怪,猛瞥见右边亭后人影连闪,定睛一看,正是癞姑和先见女童,男童却不在侧。朝自己扮了一个鬼脸,口朝殿上一努。易、李二人原恐癞姑在未翻脸以前,先在当地惹事,见状才知三人不曾先闹,只不知适才何往。二人不便管理,微笑了笑,便往上走。一上平台,便见殿甚高大宏敞,陈设华丽,中设蟒皮宝座,红发老祖板着一张怪脸,倨坐其中。两旁有数十徒众,雁翅分列,由殿门起,直达宝座两旁。挨近众徒卫立之处,另有两行手执戈矛鞭棍的侍卫,都是漆面文身的山人,短衣半臂,腰围虎皮战裙,手腿半裸,各戴金环,乱发虬结,上插五色彩羽,面容凶丑猛恶,无异鬼怪,对着宝座不远,由殿顶垂下两根长索,头上各有一个铁环,大约尺许,邪气阴阴。知是准备吊打来人之用,一切均为示威而设。那两面铜鼓,大约丈许,由两具铜架分搁在挨近正门殿廊之下,离地约有丈许。另有两名山民手持鼓槌,侍立鼓下,见人走上,抡起鼓槌,照鼓打去,发出轰轰之声,听去甚远,杀声较前更显。

易静也不理他,自率英琼往内走进,故意走到双环之下立定,朝上躬身下拜,双手呈上书信。前已报名,便不再说。红发老祖将手一招,书信入手,拆开细看。见上面大意是说门人无知,冒犯尊严,虽然事由令徒接应妖妇,以致误会同党而起,无知冒犯,难于申责,但是交手之后,已知道友为难,既已冒犯,理应束身归罪,听候发落。当时果能如此,道友海量宽宏,自不能与后生小辈计较。况又看在薄面,至多诫其冒失,斥责几句,何致开府之约,竟成虚请?无知之罪,情有可原,不合畏罪潜逃。回山又值与诸同门闭洞行法,开浚金井穴玉匣仙敕,所有全山长幼同门,各有职司,无计分身,以致群仙盛会,道友竟未临贶。好容易忙到会后,又值众弟子奉命下山行道,必须分别传授道法,又是无暇。跟着便是铜椰岛上大方、天痴二道友斗法,将要引发亘古未有的太火浩劫,事关重大,两辈同门并有各方好友相助,尚恐责重力薄,不能胜任。而易、李、周三小徒,奉有家师敕命,皆是屡世修为,应运而生,在本门弟子中最为得力,又是少她们不得,权衡轻重,只得把此事从缓。铜椰岛事完,又须随众同炼家师所授天书,一直迟到如今。自来小人有过,罪在家长,值以闭山炼法,未得亲往负荆。除小徒周轻云情节较轻,现有要事,弗获分身外,谨命易、李二小徒,斋沐专诚趋前谢罪,尚望不吝训诲,进而教之。另外并隐示四九重劫将临,关系重大,现各异派妖邪,运数将终,避之惟恐不遑,如何还纵容门人与之交往?既种异日受累恶因,又不免于为恶树敌。姚开江、洪长豹便是前车之鉴,务望约束门人,勿与此辈奸人来往。此时防患未然,尚不为晚。以道友为人正直,只需慎之于始,异日天劫到临,与乙、凌、藏灵子诸道友互相为助,合力抵御,决可无事。份属朋友,知无不言,至希鉴谅。表面上词意谦和,实则是详言利害,暗寓箴规,言之有物,备极恳切。对于易、李、周三人,明里是认罪,实则为之开脱,并把过错轻轻引到师长身上。如讲朋友情面,这等说法,其势不能再对来人刑责,说得又极占理。本是自己门人不应袒庇妖妇,先与为敌,对方至多只是无知冒犯。朋友之交,礼到为是,当然不能再与后生小辈计较。

红发老祖看了两遍,实挑不出甚语病,不禁沉吟起来。秦玠最是狡猾,师父原说看完来书,立即借词翻脸,将来人吊起毒打。如若服罪,打完逐出山去;稍一倔强,施完毒刑,再将人扣住,等乃师自来要人,问其纵徒行凶之罪。只一照办,这把火准能点上,何况谷外还有人埋伏,就肯领责放走,也跑不脱。双方仇怨一结,势成骑虎,师父自知不是峨眉诸老之敌,稍一怂恿,便可迫使与轩辕、司空诸人合为一气,甚至连妖尸谷辰也可化敌为友。不特出了恶气,见好所交妖妇,并还可以和别的异派妖人一样,为所欲为。免得师父日与正教中人亲近,每喜效法,教规日严,不能任性取乐。稍微做点快心的事,便须背着。秦玠好容易联合全体同门把师父说动,如今又有变卦神气。心中一急,忙和雷抓子等众妖徒使一眼色,朝红发老祖跪禀道:"师父何必看这书信?齐漱溟老鬼教徒不严,纵容行凶,目中无人。不自率徒登门请罪,却令贱婢来此鬼混。又不正经求见,胆敢狂妄逞能,擅自穿阵而过。似此骄狂犯上,目无尊长,如不重责一番,非但情理难容,并还道我师徒怕他峨眉势力。弟子等实是心不甘服,望乞师父做主,即时发令施行,将贱婢吊打一顿,使峨眉这些小狗男女看个榜样。"说时,众妖徒也在一旁随声附和。

易静胸有成竹,冷眼旁观,见众妖徒只知虚张声势,不禁又好气,又好笑。方想毕竟左道妖人,当着师父,还有外人在场,一味群吠,口出不逊,全无规矩礼法。李英琼终是天性刚烈,听妖徒当面辱骂师父,实忍不住忿怒,抗声说道:"红发老前辈,请暂止令高足们肆口谩骂,听弟子一言。"众妖徒见英琼秀眉倒竖,目蕴神威,面上隐带杀气,知将发作,巴不得她出言强顶,激怒乃师。闻言不等乃师招呼,便各住口,怒视静听如何说法,以便乘机发挥。

易静早知事非决裂不可,因见红发老祖对书沉吟,心想或许能有转机,所以暂时隐忍。及见英琼义愤慷慨,现于辞色,知已无能挽回,实逼处此,心已尽到。恐英琼气忿,人又心直,词不达意,便道:"琼妹且住,由我向老祖请教。"随向前说道:"家师与老前辈乃朋友之交,互相礼敬,原无轩轾。弟子等前为追戮妖妇,路遇门下高足无故出头袒护,倚众行凶。弟子等不知来历,来势又极凶横,所庇护的又是妖妇仇敌,当仁不让,于理无亏。后被引来仙山,因而失礼冒犯,也因年幼无知,并非有心犯上。当时以为老前辈必看在家师面上,大人不计小人之过,至多告知家师处罚,当无以此成仇之理。此时一则无知犯上,心怀悔惧,不敢再犯雷霆之威;又以出来日久,急于回复师命,妄拟老前辈为家师专诚延请上宾,必要往赴观礼之约。而开府日期已迫,心向归程,只得回山待罪。哪知老前辈为我等后辈末学的无心之失,竟然忿怒,不肯降临。弟子等当将经过以及肇事起因禀告家师,领了责罚之后,又令弟子等亲来赔罪。虽以要事耽延,弟子等纵有不合,家师对于朋友礼节,似已尽到。窃见老前辈看罢来书,颇有推情宽恕之意。而门下高足众声喧嚣,出言无状,揆其心意,好似弟子等罪大恶极,百死不足蔽辜。却不想弟子等昔日冒犯威严,实出无知,并还事出有因，诸多可原。尚且如此切齿忿恨，不肯甘休。家师与老前辈属在知交，并无开罪，现命弟子等持了书信，以礼来谒，也是好意。而门下高足无端对徒詈师，任性辱骂，有心犯上，又当如何？至于穿阵而行，老前辈未升殿前，已然说过，想已上蒙清听。况且来时我二人也曾叩关求见，因守卫不代通报，只将关门开放，令照直行，初涉宝山，不知禁忌，无心到此。又值老前辈不在阵中主持，门下高足正在试法，事有凑巧，不曾遇到禁阻，误触埋伏，以致无心到此。适在岭下望见亭中守者，也曾掬诚奉告，通名求见，一连几次，均置不理。弟子等不知何意，为完师命，只得试往前行。守卫举戈一拦，立即止步，不敢擅越一步，哪有丝毫相抗之意？后来门下高足出殿喝骂，辱及家师，只以师命未完，仍自强忍，迫不得已，方始放声上渎清听。凡此情形，均有明察，如何能怪弟子自恃法力，狂妄逞能呢？"

红发老祖人最好胜，素不喜人面斥其非。又有护短之癖，养得门人个个骄恣。人又心直口拙，本来受了恶徒蛊惑，痛恨来人，已然言定重责不饶。无如妙一真人来书设词甚妙，理又占住，无隙可乘。一面又答应了众妖徒，急切间，想不出话发作。一听妖徒对徒骂师，不知有意如此，方欲喝止，来人已相继发话，竟将自己问住。他不怪徒弟出言无状，授人以柄，反倒因此触发旧忿，恼羞成怒，发了蛮人凶横之性，即厉声大喝道："贱婢休得利口！你师父既命你前来请罪，我便代他行刑。现在殿顶设有双环，你二人自己上去，领受三百藤鞭，以戒将来。我门人见你等对我无礼，忠心师长，激于义愤，说话伤了你们的师长，少时我自会责罚他。乖乖地自己吊上去，免我施展法力，禁受不起。"

易静闻言，知道事已至此，非破脸不可。一面向英琼发了暗示，令做准备。冷笑道："老前辈不能正己，焉能正人？要我二人领责不难，必须先把辱骂家师的令高足们先打一个榜样，方可如命。如说少时责罚，我二人在峨眉也曾受过家师责罚，谁能相信呢？"说时，雷抓子忽似想起一事，匆匆跑到殿外转了一转，跑进来怒冲冲说了几句土语。红发老祖听易静反唇相讥，本就怒不可遏，正要发令擒人，闻言愈发怒火中烧，厉声大喝："贱婢竟敢如此大胆，禁我亭中侍卫。你等急速与我拿下！"众妖徒轰应了一声，为首秦、雷二人手扬处，先飞出两道赤暗暗的光华。易、李二人早有准备。易静得一真上人所赐之宝,除了护身的兜率宝伞和灭魔弹月弩、阿难剑外,多是以静制动之宝,这次因得师传仙书,加功练习了四十九日,不特动静由心,俱可随时应用,并还比前增加了不少威力。一见众妖徒要一拥齐上,首将兜率宝伞放起,化成一幢带有金霞的红光,先将二人全身护住,然后大喝道:"老前辈,休要听信孽徒等蛊惑,倚众行凶,仗势欺人。亭中侍卫被禁,并非我等二人所为。今既不纳家师的忠言,定要为此小事化友为敌,我二人师命已完,只好告退了。"众妖徒齐声怒骂,各将飞刀、飞矛、法宝放起时,易、李二人说完了话,朝红发老祖略一躬身为礼,便由满殿百十道妖光邪雾交织中冲将出去,其疾如电,晃眼飞出殿外。云幢到处,连冲荡开由殿台到岭下五层埋伏禁制,往来路飞去。

红发老祖原以二人末学后进,不必自己动手,门人又颇有能者,上下更有好几层禁制埋伏,万跑不脱。不承想一真大师降魔七宝之一百邪不侵,近日复经峨眉心法重炼,越发神妙。众妖徒那么多飞刀、法宝合攻上去,吃那金红云幢一荡,便即荡开,无一能够近身。上下禁制,也是如此。红发老祖坐视敌人说了些刺耳的话,从容飞去,不由又惊又怒,愧忿难当。一时情急,自觉被来人遁走本已难堪,又见众妖徒已同声辱骂,纷纷随后急追上去,当时骂声:"贱婢欺人太甚!"一纵遁光,便亲身急追下去。红发老祖到了台前,先将两名侍卫禁制解去。遥望阵中,烟云滚滚,光焰四合,知道敌人已然入伏,正与众门人斗法相持。猛然念头一转,想起敌人既能入阵通行,未始不能遁出阵外,越想越忿恨,把心一横,便不再往前追赶,径自回转神宫,准备施展毒手。不提。

这时,天狗坪把守的众妖徒,早已发动阵势相待,殿中雷、秦诸妖徒再随后追去,三辈徒众约有二三百个妖人,发挥妖阵全力,前后夹攻,情势却也惊人。易。李二人先只打算冲出阵去,本无伤人之心,也是众妖徒相迫过甚,才致杀伤多人,仇恨越结越深,生出许多事来。易、李二人自恃识得阵中机密,兜率宝伞能够护身,同驾云幢前飞,晃眼飞入阵内。正在急驰之际,忽见眼前烟光变灭,光景倏地一暗,四外漆黑沉沉。云幢宝光,所照丈许以外,便不能见物。耳听厉声四起,与无数妖徒怒啸喊杀之声相应,宛如潮涌。方欲取宝施为,光景忽又由暗入明。二人忙即运用慧目,定睛一看,就这一暗一明,瞬息工夫,已换了另一种景象。迎面现出两面长约十丈，宽约丈许的妖幡，幡色阴黑，上绘无数白骨骷髅和一些符箓恶鬼之形，上下均有烟云围绕，光景虽然较明，却非来时清明情景。四外暗雾沉沉，前见石峰已全隐去。天色本在初来入阵就未看见，只是一片灰蒙蒙的暗雾。这时阵势一发动，愈发低压得快要到了头上，吃云幢所阻，近身不得。此外不见人影，只有这两面妖幡，兀立在阴云邪雾之中，阴森森，鬼气逼人。

易静入阵之先，早把石峰位置，门户方向，谨记在心，知道阵法已然倒转。前行虽然越入越深，但是此阵具有无穷变化，占地甚广，埋伏众多，前后左右，随时可以挪移倒转，想要出阵，仍须一层层破去。如若应变神速，一见有机可乘，便加急飞越，图一点快尚可，想要舍难就易，绝难办到。自己又只仗着师友平日指点传授，举一反三，身有异宝防身，不畏受害，又得了好些便宜，实则并非深悉微妙。惟求慎重，还是老老实实，不走行险取巧为是。易静料定两幡乃头阵门户，幡后必有敌人守卫，只等人一飞过，立使妖法暗算。以自己和英琼的法力，斩幡杀敌，当非难事。心想："现时只是敌人单方面为难，仇尚不深，何必伤人，做得太过，将来无法化解。且等敌人出面，先相机使那埋伏妖法的石峰现出，再就来时所见形势，辨明方向门户，挨次闯将进去，到了主持全阵的中枢要地，然后用全力由上空破法冲开罗网，飞出阵去，岂不是好？"念头一转，已到幡前，便把云幢停住，向前喝道："尔等虽受妖人怂恿，蛊惑师长，强要结仇生事，但我等看在师父面上，不愿过分。如若开放阵门，放我二人出阵，尚不算晚。如要彼此一较高下，可速现身出战，我等也只破阵，还不敢伤及尔等。如想等我二人过时，妄用法术暗算，我等应变仓猝，就难免误伤了。"说罢，对面立有人应声喝骂，跟着现出两个妖人，各持一柄长矛，指着二人大骂："大胆贱婢，死在眼前，还要骄狂！"随后便去摇那妖幡。

易静知道二妖人初意是想暗算，听她一说，以为诡计被人识破，只好明来。此幡不先破去，阵中平增多少阻力。二人原是轻敌太甚，以为阵法厉害，略加施为，敌人便可成擒；又恃自身法力，可以护持，故此上来便将这关系重要的头层主幡现出。此时破它，正是机会。妖人偏又不知好歹，不引敌人入阵，始终想仗妖幡杀敌，破幡时定遭波及，侥幸不死，也必重伤。易、李二人虽然遁光神速，到底没飞多远，便即入阵，心方踌躇。二妖人也正在摇动妖幡，就要发动之际。恰好雷抓子、秦玢二妖徒已率领了一干徒党随后追来。易静回顾身后，烟云滚滚，红光如血，不下数十百道，齐声怒啸，潮涌而来，已快追上。敌人势盛，内中颇有能者，况还有红发老祖极厉害的强敌在后，上来应变，便如此迟缓，如何能行？师父仙示，又有"机贵神速"之言，估量妖人如此骄狂，一个不伤，便出阵去，势所不能。想到这里，把心一横，立喝："琼妹，速用紫郢剑将此二幡斩去！这两人一定不知进退，也顾不得了。"英琼见事已破裂，更不再有顾忌，心又忿怒，早就跃跃欲试，不等易静说完，口中应了一个"好"字，那口峨眉镇山至宝紫郢剑早随声飞将出去。

易静本心还是以不伤人为好，所以才命英琼剑斩妖幡，好使妖人惊避，免得随幡同尽。哪知在劫难逃，二妖人平日背师为恶已然满盈，该当惨死。英琼飞剑化作一道紫虹飞将出去，妖幡恰也同时展动，由幡上突喷出千万条彩丝，杂着无数血也似红的火星，暴雨般激射而出，待向二人当头罩下，易静昔年和赤身教主鸠盘婆斗法，曾经受过妖法的害，认出此幡，不特是全阵的门户，头层主幡，并还藏有赤阴神网、罗睺血焰。以前只当红发老祖虽是左道旁门，人尚正直，没想到竟炼有这类阴毒险狠、专坏道家元神的邪术法宝。此法最是污秽恶毒，如非身有师传专破此法的七宝，英琼飞剑又是仙府奇珍，稍换一人，便非受害不可。易静想起昔年所经之惨，不禁大怒。心想："红发老祖已然弃正归邪，留着此幡，将来不知有多少人身受其害。师父不过看在白、朱二老情面，又喜与人为善，才有此委曲求全之举。今既成仇，照此为人，终膺天戮。倒行逆施，至于此极，何必还想将来与之释嫌化解？"当时激发了平日疾恶如仇天性，更不再寻思，忙将师传七宝中的灭魔弹月弩和专破妖法的牟尼散光丸，相继发将出去。

那妖幡却也神奇，两幡相隔约在五丈远近，紫郢剑所化紫虹长约百丈，电一般飞出去，将两幡一齐束住，并不似别的妖幡易破，剑光一绕，立即断裂，竟还略微支持，只将四面围涌的烟雾消灭，并未当时断落。二妖人原守幡下，先觉剑光有异寻常，虽然向侧遁开，因断定此幡专污法宝、飞剑，只要挨近，便化凡铁坠地，没想到此剑如此厉害。二人知道此幡是借来之物，专为对付妖尸谷辰，毁残不得，又惊又急之下，一时情急不过，竟拼以性命不要，乘幡未断，妄想保全，收幡逃走。

说时迟，那时快，就在妖人一进一退，彩丝血雨往上狂喷之际，易静降魔二宝已经发动。先是一粒金丸由弩筒中射出，化成碗大一团深红色奇亮无比的火星，飞向天空，爆散开来，化为无量数针雨一般大小的精芒，四下飞射，满空彩丝便自消灭殆尽。跟着手上又发出一粒豆大红光，脱手暴涨，晃眼大有十丈，迎着满空血雨，一声雷般巨震过处，两下里全都消灭无踪。同时英琼也正运用玄功，全力施为，紫光绕定二幡，上下裹紧一绞，全体即成粉碎，化作两片黑烟飞起。妖幡一破，彩丝血雨自不再发。已飞出的彩丝血雨，又被易静消灭。二妖人正好赶上，在空中先被易静二宝波及，重伤身死。英琼近来比前小心，不知妖幡上面附有许多凶魂厉魄，一见黑烟飞扬，忙指剑光追过去一裹，恰值妖人下落，连带一齐被剑光裹住，只一绞，黑烟消灭，凶蛮也成了一片血泥，坠落地上。

紧跟着易静又把二粒牟尼散光丸发将出去，一片爆音过处，对面妖云展开了一大片，疏疏密密，现出二三十座石峰，仍和前见一样，每九峰为一丛，各相呼应。每丛各有一二妖人，持着妖幡，在当中主峰上镇守运用。阵形一现，脱身有望。易、李方在心喜牟尼散光丸的妙用，那雷、秦众妖徒连同阵中防守的妖徒，也由四方八面相继杀到，夹攻上来。易静看出妖徒飞刀、法宝也颇厉害，而英琼紫郢剑近来威力愈增，未奉师命诛戮以前，恐多杀伤，忙喝："琼妹不可任性杀戮，我们暂时仍以脱身为是。"说罢，便将阿难剑放出抵御。英琼紫郢剑原未及回，众妖徒便已杀到，闻言会意，将手一指，二剑联合，一同迎敌。妖徒所用法宝，多出污秽，偏遇见易、李二人这两口不畏邪的神物，不特失去效用，稍差一点的只吃剑光一绞，便即粉碎。头层阵法又破去了大半。俱都大吃一惊。雷、秦二人更是激忿，一面率众各以全力运用本门飞刀戈矛加紧围攻，一面将阵法催动，不消半盏茶时，阵势倏变，前见石峰又行隐去。

易、李二人见敌人势盛，众寡悬殊，上下四外，各色刀矛光华何止百道。更有各种厉害邪法异宝，纷纷夹攻上来，声势猛恶已极。同时阵势又生变化。虽然飞剑神妙，有法宝护身，暂时不致受伤，但是敌人主脑尚未出战，敌人越杀越勇，苦苦纠缠，不畏法宝损伤。因见二妖人一死，越发激动众怒，口口声声要为死人报仇，大有拼命之势，不下杀手，万无脱身之法。但伤亡稍多，红发老祖定要出斗，必不甘休。长此相持，凶多吉少。

二人正在盘算，忽见四外烟光明灭，殷红如血，鬼声魅影，远近呼应，涌现于阴云惨雾之中，光景越发怕人。易静暗忖："妖阵厉害，牟尼散光丸与灭魔弹月弩本是炼来报仇之用，虽然为数尚多，到底糟掉可惜。适发牟尼散光丸只震开了十里地面，上空仍是惨雾沉沉，不知是什么妖法，如此难破。中枢不破，就再用此宝，略现眼前阵形，敌人稍一施为，便又复原，依然无用。反正早晚不免与老怪一斗，与其遭受妖徒合攻，耗到老怪出场，转不如先给众妖徒一个厉害。如老怪出来，便和他早分胜败，见个高下。如恃妖阵，自傲身份，不肯出斗，更可乘机往中枢阵地闯去。能由上空破阵飞出更好，如若不能，到了事急之际，拼耗一点元神和一年修炼苦功，用法宝护着身形，行法裂地，由地底将那二三百里阵地硬穿出去，也不患不能脱身。即便杀伤太重，实逼如此，师父也不至于见责。"想到这里，又想起："癞姑地底飞行，独具专长，连南海双童俱不如她远甚。并可带人同行，不似自己地遁，只是临危应急，所行三四十里以外，便须耗损元气。先说定她在山外接应，以防出时敌人穷追。适才到此，忽见她同了男女少年在红木岭上现身，后又在殿台前出现了一次，此时理该随来接应，又正用得着她，为何不见？老怪也未前来，许是老怪率众追出，吃她和两少年阻住，在殿前一带斗法；或是大胆冒失，自恃隐身神妙，暗中戏敌，轻捋虎须，阻住老怪，使其不能兼顾，均说不定。癞姑虽然法力高强，机智绝伦，终恐不是老怪敌手。暂时尚可，久则难支。还是早冲出阵为好。"

易静心念才动，英琼见敌人飞刀、法宝越来越多，四外俱是暗赤、黄、绿三色光华包围紫郢、阿难二剑，又是守多攻少，纵有伤毁，也是少数，反而激发凶焰，大肆辱骂，夹攻更急。一时气忿，不由杀机大动，怒喊："易姊姊，这类妖人群吠难听。你看所用法宝，无一不是妖邪污秽，又这等不知好歹，留他做甚？我们奉命行道，不能只顾嵩山二老前辈私情，留此妖邪，为害人世。难道还不下手，任他猖狂不成？"随说，运用玄功，一面将飞剑连指，一面又把幻波池新得诸宝，放了几件出去。

易静见状，口中应诺，也把法宝放出。这一来，情形突变，两道剑光首先威力大增，光华顿盛，强了十倍，宛似两道经天长虹飞向敌人，百十道各色光华中，神龙戏海般上下飞舞，一阵乱搅。那些飞刀、法宝便纷纷断折粉碎，五颜六色洒了一天花雨流星，纷纷消亡。二女法宝相继飞出，有那法宝稍次、性又凶野、不知进退的妖人，当时便断送了一二十个。雷、秦等妖徒到此，才知敌人端的厉害。中有几个能手，能够勉强抵御的，也知必不能占上风，再斗只有伤亡。于是纷纷厉声怒啸，做一窝蜂率众散去，晃眼没入阴云之中，不见影迹。

第二二八回　小住碧云塘　历劫丹砂谈霞举
　　　　　　　　独探红木岭　冲霄剑气化龙飞

其实红发老祖元神早已到了中枢法台上，四外红光一起，众妖人已知乃师出阵，本该退去。二女稍迟一会儿发动，便不致杀伤多人。只因众妖徒见二女已吃围困，一念轻敌，仍逞凶威。为首数人，又各起贪心，见乃师没有发令命退，妄想少时妖法发动，敌人必要昏迷倒地，便可夺取二女空中法宝。却不知乃师已因二女护身法宝和飞剑厉害神奇，便照预计行事，也未必全能如愿收功，在法台上盘算制胜之策，忘令妖徒先行退下，等到发令，妖徒已多伤亡了。

英琼见众妖徒退得这样快，一面收回法宝，方笑敌人无用，易静却看出妖徒中颇有能者，力尚未尽。退时众声叫嚣中，隐闻一种啸声，由东南方出路一面传来。虽为四面鬼声魅影所混，听不甚真，但众妖徒去势太骤，妖人个个凶野，悍不畏死，绝无如此容易，定是中枢号令无疑。料知祸已闯定，老怪行即出场，大难已发，方兴未艾。且喜中枢法台，必在东南啸声发处，可以径直冲去，省事不少。易静见英琼面上有得意之色，忙警告道："敌人并非真败，琼妹留意，且随我往东南闯去。"语声才住，耳听空中一声断喝，一阵阴风黑影飘过，眼前一花，上下四外顿成了一片血海。二女身在当中，云幢以外满是暗赤如火的光华，才往前略一冲荡，那血光越压越紧，竟将云幢滞住，不能再进。只两道剑光不曾收回，但也添了一些阻力，不再似前飞跃。这一惊真非同小可。

易静忙令英琼速将剑光招回开路，自己又取出牟尼散光丸发将出去，满以为可以震开十里方圆一片，再用二剑护住云幢，加急前驶。每一遇阻，再发散光丸，至多费去五六粒。

只要冲到中枢要地，破了主幡，仍可破空遁走。哪知这次功效大差，散光丸发出一声雷震，光雨星飞，只将前面血光震开了数十丈大一个血洞。前进没有数十步，血光又复压拥上来，依旧滞住。试用两道剑光开路，也只在血海中缓缓冲行前进。二女见状，自是忧急。易静方想主意，英琼忽道："白眉师祖所赐牟尼珠，持以通行火宅尚且不难，何况妖法，待我取出一试。只是此宝尚须运用玄功，方能发挥威力。姊姊留神戒备，待我施为。"

说时忽见对面血光分合飞舞中，现出红发老祖，赤身披发，相貌比前越发狞恶。戟指二女大喝："贱婢，杀我门人，少时擒到，叫你等化身成灰，永劫沉沦！"易静知机，见红发老祖相貌未变，身却矮了多半，心疑元神幻化。又见红发老祖话一说完，忽又隐去，越猜不妙。心想："对方又非不知自己护身法宝和双剑的神妙，就算被困在此，那血光也难近身，既然口出大言，必有暗算。"方在留神戒备，猛听当空又是一声尖锐的厉啸，一只形似大手的五条碧森森的暗影，正向云幰上抓到。易静知是敌人元神玄功变化，厉害非常，非是仇深根重，强敌当前，立意一拼，决不出此，不由又惊又怒。正忙将法宝向上施为，英琼牟尼珠已发生妙用，栲栳大一团雪亮银光由宝伞外飞出，迎着那五条暗绿影子，飞向云幰之上悬住。流光四射，祥辉灿烂，四外血光虽仍未散，立即暗淡了许多。那绿影想似知道厉害，两下里还未接触，便似电一样缩退回去。易静原是迫不得已，才用法宝一拼，见状大喜。那绿影忽又在前出现，来势神速已极，才一照面，便向两道剑光抓去。

英琼一心运用牟尼珠，不暇兼顾，紫郢剑先被抓走。还算易静应变神速，阿难剑虽比紫郢剑稍差，但也是佛门异宝，再加易静两世修为，功力比较要深得多，忙即收回，未被夺去。眼看一道紫虹，被五条绿影抓去，没入血海深处。英琼见状，心中万分痛惜，连忙运用玄功回收，剑光似被极大力量吸住，竟收不转。一时情急，便要飞出，仗牟尼珠前往拼命。易静再三力阻，说："此剑乃本门至宝，外人绝难收用。老怪也是情急无赖，聊以遮羞，勉强运用元神收去。以此剑威力妙用而论，其势不能长久把握，稍一疏神，决保不住，终于被你收回，心急什么？此时全身脱出要紧。"英琼无奈，只得含忿应诺。

忽听四方异声沸腾,宛如万千天鼓齐鸣,往中央袭来。正不知敌人用甚毒恶妖法陷害,想仗牟尼珠之力冲出一条血弄,仍往中枢法台杀去。红发老祖元神重又出现,怒喝:"贱婢,急速束手就擒。你那佛门宝珠,保得上方,保不得下方。"话未说完,忽听有人应声喝道:"老怪物,不要脸!谁信你的鬼话?"跟着眼前一亮,由斜刺里血海中,冲来一幢青莹莹的光华,宛如一副光网,中间裹住三人,癞姑居中,前见男女二童分立左右。手中各持一个形似风车的法宝,大才数寸,连柄不过尺许,却发出数十丈长的银光,飙轮电驭,与杨瑾所用法华金轮大略相似。来路身后竟被冲开一条血弄,前面血光也被冲得波翻浪滚,荡漾起来,来势更是神速异常。一到,癞姑便回头说道:"琼妹,快收宝珠,好联合一起,取老怪物的性命。他说下面难防,我们不会由上面走么?"

易静见她说完,眼看地面,心中会意,知她定有脱身之策,必因宝珠在外,恐伤那男女二童法宝,不便会合一起,忙令英琼将牟尼珠速急收回。英琼将手一招,珠光才落,男女二童手指处,那光网倏地展大,将易、李二人连云幢一起裹住,合在一起。同时癞姑又向红发老祖发话道:"你那中枢法台已吃我这两个朋友破去,此事不能怨我三人,我们暂且失陪了。易姊姊且不要动,待我施为。"说时迟,那时快,红发老祖原认二女为网中之鱼,也和妖徒一样,见宝起意,欲以全力发挥妖阵凶威,强逼二女献宝赎命,下手不猛。正在发话恫吓,忽见青光飞来,冲行血海之中,如无其事,心中奇怪。定睛一看,竟有两个对头在内,为首一个小癞尼姑还未见过,大吃一惊。情知不妙,忙即行法催动妖阵。敌人应变特快,晃眼即合,竟不俟妖法发动。癞姑口说着话,由男女二童各持手中光轮,分指上下,自己把手一挥,便纵遁光向上飞起。红发老祖看那意思,是想冲破上空遁去,还当敌人自投罗网,正合心意。刚手一指,待要加紧施为,不料敌人声东击西,明里故意上升,暗中却准备施展那威力剧烈的法宝。癞姑率众上升时,四外血光越发厚密,虽有光轮开路,也没有来时神速。易静料有用意,示意英琼勿动,自运玄功,准备相机相助。英琼见状,已经省悟。众人刚飞升了二三十丈,男女二童倏地左手朝红发老祖一扬,立有一片青光,箭雨一般朝前射出。红发老祖满面怒容,咬牙切齿,刚纵元神避开,青光箭雨也似,连珠霹雳纷纷爆发。同时癞姑手指处,发下一团金光,直落地上,一声大震,地面禁制便被震破,裂开一个深穴。二少年光轮也齐向下指,冲得脚底血光四散。癫姑忽挺手一挥,遁光往下一沉,改升为降,五人一同奋力冲下。红发老祖被青光惊退出去,又见敌人向上飞冲,所有法力全加在上空,急切间万没想到会有此事。等到回身追来,敌人已比电还疾,由地穴中遁去,拦阻无及了。

癫姑率领众人降到地穴深处,回手向上一扬,先用法力将地穴封闭。然后行法。一面开出两条歧路,以为疑兵之计;一面加紧飞驶。易静虽是行家,见她随手指处,无论山石泥土,水火煤铁,全都纷如雪崩,现出一条孔道。飞遁那等迅速,竟无阻滞,自愧弗如,好生赞佩。英琼见红发老祖不曾追来,便问癫姑经过。癫姑答道:"话长着呢。谷口还有妖人所约党羽埋伏在彼,虽然不在话下,到底惹厌,我们必须赶到这两位道友仙居前面,方能出土。且等少时,到了再说罢。"说罢,加紧前驶。

约有半个多时辰,癫姑笑问二童:"我们已行有四百余里,算计快到了,你俩看是到了不是?不要走过了头,岔向别处。"女的一个闻言,便从腰间取出一面小镜,呵了一口气,朝上注视了一会儿,笑道:"还有二十多里路程,已然入了我们禁地,此时出土也可。"癫姑含笑点头,将手一搓,往上一扬,一声雷震,头上石土便自爆裂,向上飞起。众人也跟着由沙石惊飞中飞身直上,晃眼便出地面,见了天光,现出一片清明境界。众人见那地方乃万山中的一片盆地,约有三二十里方圆,四面俱是连崖叠嶂,环拱若城,高可排天,内外隔绝,无路可通。靠着北方是一月牙形的大湖,湖水涟涟,清澈见底,把全境占了多半去。下余地面上,乔木清森,疏林掩映。不时发现虎、豹、狮、象等猛兽三五成群,游行往来,见人不惊,甚是驯善。湖岸宽广,一边是水,一边尽是粗若盆盎的修竹,碧森森干霄拂云,苍翠欲滴,映得人面皆青。对湖危崖千仞,壁立水上,中间独有一处,宛如用神工鬼斧,自顶下削,雕琢出数十丈大小一片平地,看似石崖,上面却疏落落种着二三十株苍松翠柏。端的水木清华,景物幽绝。

这时癫姑已将出土地穴行法掩没,复了原状,一同走向湖边。女童笑道:"嘉客初来,莫非还要请人家自己先飞过去么?"男童笑道:"妹子又想班门弄斧了。"女童道:"嘉客光临,我不敢劳她们云步,接渡过去乃是敬意,怎说班门弄斧?癫姊姊的同门姊妹,和我们还不是自家人一样,难道还会见笑不成？"易静正测不透男女二童来历家数，以前又从未听人说过，巴不得她再卖弄，笑道："癞师妹的好友，自非外人，道友请行法吧。"女童道："诸位姊姊莫笑，妹子献丑了。"说罢，手朝崖一扬，匹练也似飞起一道白光，抛向对崖，晃眼化作一道极壮丽的白玉长桥，由湖边起直达对面崖腰之上。

易静看出这是旁门中的飞虹过渡之法。暗忖："旁门之中也有这等人物，看年纪又不大，不知师长是谁？癞姑怎会与她相识？"心中好生惊异。方在寻思，二童已举手肃客，同往桥上走去，刚一离岸，身后一段便随着人走过处收缩起来。一童当先引导，相隔众人约有丈许，走得甚快。易、李二人方笑二童稚气，身是主人，怎不陪客同行，心急做甚？忽见一童走着走着，手似捏有灵诀，不时向前、左、右三面比划连指。定睛一看，每指一处，必有一片光云明灭飞散，同时天空便有大小灵旗隐现。易静再定睛一看，原来由湖岸起直达对崖，湖水上空竟埋伏得有道家极厉害的禁制十二都天九宫神煞。这二人年纪不大，隐居在这类边山荒僻之区，有谁向他们寻仇，何用如此严密防备？尤可怪是所学颇杂，既精通旁门法术，又习有玄门正宗降魔大法，并还是最高的法术，心中好生不解。一会儿将湖过完，到了对崖。那座虹桥随过随收，众人登岸，也已收完，投入女童衣袖之中。二童到了崖上，重又禹步行法，同向来路比划。忽然云光杂沓，布满湖面，什么也看不见。二童再举手一揖，数十面灵旗在云影烟光中闪了两闪，一齐隐去，全境忽又出现。

二童行法停当，重又揖客前行，穿过松林，到了尽头崖洞，二童引了众人，由一极高大平整的石门走进。这洞府又高又大，共分前后三层，约有十余间大小石室，到处通明雪亮。所有墙壁门户竟和新建立的凝碧五府相似，无一不是平整圆滑，严丝合缝。便人工雕琢，也无如此整齐修洁。与寻常所见山洞，大不相同。估量这崖原是片整崖，通体实质，由内洞到外面石坪俱由主人用法力驱遣六丁，就崖腰先挖出一片广坪，再就尽头处开一石门，往内挖进，把一座实质的石崖，硬雕琢出这么广大宏敞的一座仙府。法力固非寻常，心思尤为灵巧细密。二人暗中正在赞佩，二童已引进内层左边丹室以内。室中陈设用具，更比别室所见精巧古雅，但多石制。全室大约五丈，比较别室小些，除丹炉、药灶、几案陈设以外，当中只设有一个圆形石榻。未入门以前,女童当先跑往别室,运来三个石鼓,放于榻前,请众落座。笑向易、李二人道:"此是小妹平日修道炼丹之室。愚兄妹避仇居此才十余年,这里又本无洞穴可以栖身,暂时没有适当地方,只得在崖腰上现开一洞居住,一切均属草创,荒僻简陋,日常又无宾客枉临,所以室中连个坐处都没有,易、李二位姊姊不要见笑吧。"

易静听她只和自己及英琼客套,对于癫姑神情亲切,极似故交好友异地重逢。再听那语意,分明他兄妹自身便是山主,并无师长在此,又有避地之言,年纪虽轻,口气却老,又不似道家元婴炼成,忍不住问道:"二位道友道法高深,令人敬佩。适才蒙鼎力相助,得以出险,地行匆遽,尚未及致谢请教呢。"说罢,便和英琼起立,为礼相谢。二童俱谦逊道:"如非癫姊姊主持指点,休说难效绵薄,连兄妹多年强忍的这口恶气,也没法出呢。区区随行微劳,又是自家人,二位姊姊何客气乃尔。"易静正要接口请问二童姓名来历,癫姑已笑嘻嘻先向四人说道:"你们怎么俗套起来?易师姊和琼妹为人来历,适在老怪山中已然抽暇说了。他两个的姓名来历,易师姊和琼妹等还不知道。看他两个年纪这么轻,能有这等法力,又是正邪两途都有门道,必定觉着奇怪。有些话,你们不好意思问,他两个也未肯尽情说出,还是等我说吧。"女童笑道:"癫姊姊,我们一别三十年,这张快嘴仍和从前一样。少说两句,莫要我们丢人吧。"癫姑道:"这有什么不能告人的事?休看易姊姊见多识广,似你两个这等异人,我便全说出来,只恐也未必知道呢。"二童微笑不语。易静笑道:"我本莫测高深,师妹说吧。"癫姑遂把二童来历说出,易、李二人好生惊喜。

原来二童一名方瑛,一名元皓,俱是童身。未出家以前,便是志同道合的好友,自幼好道。二十多岁上,正是明季逆阉柄权,天启昏庸。二人灰心世事,无志进取,一同商议弃家学道。千里裹粮,到处寻访仙人未遇,后又分途寻访。二人一同向天立誓,谁先成道,便来度另一人。方瑛心志最为坚决,终于寻到西崆峒广成子旧居仙府,得到一部道书玉叶金简,上面尽是漆书古篆,一字不识。仗着她向道精诚,以前流转各地名山胜域,遇见过几个做下乘功夫的炼气之士,因非意想中的仙师,未曾拜门,却学会了些服气辟谷,以及山行防御虎狼蛇虫等小术。又练过一二十年的武功,多年跋涉,精力强健。说文篆引,读书时也曾研究,便在洞中住下。早晚两次朝天虔诚跪拜，口称广成子的法号，通诚求告，请示玄机。一面照以前所学吐纳之术，打坐修炼。除采办山粮外，轻易不出洞门一步。如是者三四年。那道书共只五十四片玉叶，七章金简。古篆而外，还有好些符箓在上。因常观玩，年月一久，方瑛全都默记下来。又以本通小学，有些古篆已渐解悟，只不过有的只识大意，有的词意秘奥，字虽认得，尚难索解，心中拿它不定，不敢尝试演习。这日黎明起身，照例对书跪祝之后，将书藏起，出洞闲眺。想起好友元皓，久别无音，好生悬念。自己每去一地，必然设法留话或是字迹，告以所去之地，人在西崆峒，不会不知。如已成道，或遇仙师，定必寻来。如今音信杳无，可知尚无遇合。自己枉在此洞得到这部天书，偏是古篆难解。如说无福，到手之时，又有佳兆。先是宝光上腾，引来此洞，好些灵异之迹。得时又似有人在耳边警告，此山精光上烛霄汉，只在东偏石室藏看无妨。将书出洞，或往别室观看，均不免有奇祸。方瑛为此，苦志虔求拜观，以为精诚所至，金石为开，终可感动仙灵下降。历时将近四年，毫未松懈，全书符箓早已默记在心，终无感应。日前好似无师自通，解悟出一些字义符箓用法，仍是不会照符演习。因有一次闲中无聊，偶然照本闲画，才画没几笔，忽然山摇地震，全洞似欲崩裂，人也被震晕过去。由此胆寒，在无人指教尽行通解以前，不敢妄动。前晚无意之中，又解出了多半章，照那词意，有"风雷辟魔"字样，与前半似乎是指修炼静功之法不同。昨日几次想出洞外择地演习，恐蹈前辙，欲行又止。似此岁月悠悠，人将老大，万一终不领悟，老死空山，岂不冤枉？想了想，觉着书上古篆，除符箓外，相同的字十居二三，现时不识的字只占全书十之一二。只要试出一两页，再加苦思，或可以触类旁通。长此胆小畏难，终无解悟之日。方瑛自问生平无过，向道又如此坚诚，定蒙仙佛怜鉴。命中如该成仙，决不致为此惨死。如若无缘，这类古仙人所遗留的道书，也到不了自己的手内。越想越对，正打算壮着胆子，走往远处一试，以免有甚风雷地震之异，灾及洞府，无处栖身，还将道书失去。忽见阴霾满山，腥风大作，由侧面岭头上横袭过来。

方瑛居山年久，知道岭那面泥壑中，藏有一条毒蟒，每年春夏之交，必要率领族类游行山阴一带，并去山阳晒鳞，吞食野兽。山中另有一种形似野牛的猛兽，牙利如锯，角锐如矛，碗口粗的巨竹，合抱不交的大树，犯起性来，一咬立折，一触便断。性又合群，这时成千成百，漫山盖野，黑压压一大片。专与大蟒恶斗，因那为首大蟒长大凶毒，结局自占上风。可是野牛数多，凶猛力大，又不怕死，丈许长的蛇蟒，张口一咬便成两段。纵跃又极灵快矫捷，有时连为首大蟒也受了伤。尽管吃大蟒长尾打肉成饼，或被咬死吞噬，极少自行败退，一味地拼死凶斗。初斗时，蛇兽纷纷，互有伤亡。直到大蟒吞食了太多，为兽血所醉，势衰体倦，不愿再斗，自率子孙先自掉头，收势回转，其去如风。牛群分明追不上，依然不肯甘休，一直追到岭下才罢。双方以岭为界，成了世仇，每年必要恶斗几次，已然见惯。当年想因天暖草长，故此提前了半月。双方一去一来，距离洞前不远，尘沙蔽空，风云变色，声势至为惊人。先是老远便有腥风卷到。接着便是宛如数万道大小匹练，满山抛掷，起伏如浪，迅速已极，眨眼便在洞前草地上横蹿过去。最后才是那条大蟒，长近十丈，头比水桶还粗，走起来蟒首高昂起一两丈，身子不动，巨吻开张，一条六七寸宽、三四尺长如意钩似的血红信子，宛如火焰，吞吐不休，比箭还疾。由地面上滑过之处，草木立即焦黑枯死。对方野牛不等到达便发出怒吼，列阵相待，甚或迎上前来，就在洞前草地上恶斗，原是当地奇观。

　　方瑛每次都藏伏洞中偷看。如在远处厮杀，恐有疏失，所习小术不能自保，便不敢去。等蟒斗倦归途，群牛追杀，看个后尾。那洞府同现在易、李二人所见洞府一样，也是危崖壁立，有一大洞。只是形势天然生就，不是人为，洞府又多着一片崩石积成的山坡，可以直达洞门罢了。初见到这类恶斗，也极胆怯。后见山中么多蛇兽，从无入洞窥伺侵犯之事，固然由于地较险峻，怎会连蛇也不进？三年过去，均是如此。以为仙灵窟宅，蛇兽不敢近前，只在洞旁遥观，便无妨害。心中一定，胆子越大，去年看时，竟立洞前观斗，并未似前隐藏。这次自然格外放心，奇事难逢，便暂停试法，闲立旁观。哪知这些野牛势子越盛，腥风刚起，蛇还未现，便听右面山坡后广原中群牛齐声怒吼，声震山野。等众蛇蟒由左侧飞来，右侧黄尘滚滚，突起数十丈，牛群何止千数，已似旋风一般，狼奔豕突，猛冲迎敌上来。万蹄奔踏，震得山鸣地动，比前见数次更加猛烈，数目加多了好些。地点恰在洞前草地对面，相隔不足一里，看得甚真。由早起斗到黄昏，双方均是尸横遍野，腥血狼藉。为首大蟒也不知咬死带鞭杀了多少野牛,方始兴尽神疲,率领数百条残余族类退了回去。照例野牛必追,除负伤的蛇偶然落后遭殃,为群牛所毙外,极少追上。追到岭前,也必回头。可是牛群伤亡太重,蓄怒如狂,归时又势绝猛恶,无论生物树木,被它埋头乱冲过去,立即断折飞舞,万无幸存之理。

方瑛正看得有兴头上,因牛群声势太猛,竟将上面一片崖石震裂了一角,崩塌下来,野牛被打中,死伤了好几十只。方瑛这次立处又往外了些,极易发现。为首老牛抬头一看,瞥见有人在上,认作发石打它的仇人,一声怒吼,便朝洞前冲来。后面千百野牛,闻声回首,一齐掉头回身,怒吼如雷,相继冲上。方瑛见状大惊,忙往洞中退入,仗着那洞以前经人封闭,早被山石堵塞,极为坚固,只门旁有一小穴,仅供一人侧身俯行而入。初来无伴,存有戒心,为防蛇虎侵入,觉着洞门小些谨慎,遇变时较易防堵,始终没有开大,此时恰好用上。一面退进,移石堵塞;一面照着前习御战之法,放出幻火鬼兵。谁知全无用处,牛群仍是猛攻上来,尚幸当中有二三凹处,那牛向上埋头猛冲,没看清出入小洞,前人堵塞甚固,急切间未被攻入。牛头撞在壁上,声巨且猛,不一会儿,洞壁便自摇撼欲坠。方瑛情知一被冲进,立成肉泥,一时情急,忽然想到适才想试的符箓。惊惶无计中,不暇再计利害安危。心想:"反正不免于难,姑且一试。"立时触动灵机,照头两章大意,先把气息调匀,澄神默念,手朝洞外,一口气把所记的符画完。恰又无心巧合,那洞门积石本已快要向内冲塌,方瑛刚画完符,忽然山崩地裂,霹雳连声,火光一亮,整堆巨石一齐朝外飞舞而出,面前立现天光,洞门大开。惊悸忘魂中,看见千百群牛,随着大片雷火烈焰,无数崩裂的洞石,黑浪也似翻滚而下,满山坡雷火横飞,虽然工夫不大,野牛也死了三四百只。那些在后未死的,因是簇拥在一起,差不多都被火烧石击,各自负伤,互相践踏冲突,四下乱窜。地上尘土激起数十丈高下,半晌不住。方瑛见法已验,又惊又喜,不愿多事杀戮,也未再往下施为。眼看牛群逃尽,便忙回洞,向书跪谢,重又通诚祝告。

第二日,又拿毒蟒试法。为防万一,先寻一险密之地藏起,等它过去,再由后面施为。因是忿它凶毒,更恐其通灵反噬,接连画符,竟似一符一雷,灵效非常,随心所指,无远弗届。这一喜,真非同小可。由此推详领悟,触类旁通,又勤习了两年。前卷坐功,早就悟出勤习,与日俱进。这日子夜,忽然由静生明,豁然贯通,悟彻玄机。再加功勤习,不消年余,尽得全书秘奥,具有惊人法力。

正要出山探寻良友踪迹,元皓忽然寻来。一问经过,才知也得了一位散仙传授。那散仙虽是旁门,人却正直。自称生平共只做过一件恶事,还是迫于不得已,为此还做了许多功德,以为赎罪之意。只是性情古怪,自从见面,便被带往东溟海边一个滨海荒岛之上,历时五年,只管每年两次按时前来传授道法,却不肯收为门徒,也不肯说出名姓来历。每次设词探问,请求拜师,必遭怒斥。元皓也曾虔心跪求,继之以位,仍坚执不允。再说多了,便要翻脸。至今测不出是什么来历用意。每次来时装束又不一样,所以近年成道,屡向人打听,也无一知晓。上月散仙又来岛上,言说还有三日,便要缘尽,不如留此未尽三日,为他年相见之地。随赐几件法宝。又说方瑛在此得了古仙人所留道书,令来相晤同修,互有补益,并嘱把那道书仍埋原处,不可带走。说罢自去。因此才寻来,良友重逢,又各有了仙缘遇合,俱都欣慰非常。

那散仙所传法术,甚是神妙。二人便在洞中互相传授,各把对方所学,一齐学会。因二人所居洞府偏近山阴一带,景物荒寒,洞又残破不堪,方瑛居久,习与相安,还不觉得难耐。元皓前居小岛,风景清幽,海天万里,波澜壮阔,朝晖夕阴,气象万千,忽然来到这等荒寒僻陋之乡,老大不惯,力主迁居。说海内名山胜域甚多,何必居此?山阳虽有几处灵境,近日往探,早在方瑛未来以前,便有了主人,多半是法力颇高,不是易与。又看出彼此道路也各不同,即便勉强寻到一个较好的所在,日子一久,恐也难于相处。既是风马牛不相及,对方在此多年,住得好好的,何苦结仇生事?还是另寻洞天福地栖身为上。方瑛也并非不想移居,一则那洞是自己发祥之地,下过多年苦功才到今日,心中有些依恋;再则那道书后页偈语,也有和散仙语气相似的。大意是此书每四百九十年度一有缘之士。得书的人精习之后,必须将它埋藏在原发现的石穴之内,外用法术封禁。如不遵从,一带出洞外,书便化去,取书的人也还有奇祸。自己虽将全书记熟,并已解悟,到底日夕相对的天府秘笈,平日珍如性命,一旦埋入地底,永不再见,也是有些难舍。

方瑛正在踌躇迁延,不料元皓因往山阳寻找修真之所,无意中惊动了一个异派中的能手，命两个门徒跟踪寻来。两门徒发觉方、元二人隐居在广成子故居废洞以内，回去告知乃师。因洞中玉叶仙籍夙有传闻，每值月黑星昏，有人空中路过，往往遥见宝气上透云霄。等跟踪入洞查看，却怎么也寻找不到线索。再升空有心查看，便不再现。由古迄今，也不知有过多少人来洞中发掘守候，也没见有人到手。可是洞中居住的人，总是凶多吉少，不是无端遭害，便是有仇人寻来，争杀时起。迭经残破之余，当地又不时发生地震，洞壁倒塌，碎石纵横，几非人所能居。只宋末有人来洞住了十年，忽然道成仙去，并用石块将洞堵塞，在洞外留下偈语，词意甚晦，只有几句是劝后来人不必再为仙籍徒劳，枉自白送性命。山阳灵境甚多，各有修道之士隐居，差不多以前俱曾访过此洞遗迹，见到壁上留的偈语，俱料道书已被前人取走，所以留此字迹。当地又极荒僻，虽只一山之隔，但长年无人涉足。那异派又比众机智，心想："书既取走，洞中遗书宝气上烛又出传闻，如恐后人徒劳，尽可明言，何必又将洞门堵死禁闭？偈语后两句并有入洞白送性命等恐吓之言。"始终疑心洞中不有珍物埋藏，也必有别的灵异之迹。

偏巧这一日山中大雨，正由山外飞回，遥见后山宝光上腾，与雷电争辉。定睛一看，正是广成子故洞发出。立即回洞带了门人，赶往一看，壁间朱篆偈语，已然不见。先料洞中还有禁制，自恃法力，在洞侧攻穿一个小穴。钻进一看，古洞荒凉，并无一毫灵迹。师徒合力，在洞中用尽心力，连发掘了数十日，前后七次，只差把全洞倒翻，结果什么也未找到，白把那洞毁了个残破不堪。那宝气从此便没再见。一晃多年，不曾再往。哪知此举白给后来的开了一个出入门户，否则洞门早经前人堵塞，禁法未破，方瑛如何得进？这时听二童说起洞中还有两个修士，法力似还不弱，猛忆前事，知此洞徒有仙灵窟宅之名，实则一无可取。如是常人，还可说是动于传说，求道心切，不畏艰苦。这两人均有法力，肯在洞中久居，必有缘故。自己不合疏忽，自从那年破洞发掘，几次徒劳之后，便未再留意。可是那年遗留的偈语，便在发掘那一夜忽然隐去。也许那道书已为这两人所得，正在洞中修炼都不一定。那异派立起贪心，前往窥伺。到时正遇方、元二人在洞外闲眺，借故向前问讯。

此时方、元二人法力高强，远非昔比。见他突如其来，一望而知不是端人。元皓日前往山南访求居处，又在暗中窥探过他，料知不怀好意，便和方瑛使了个眼色。方瑛人最持重，自以无师之学，不肯轻易树敌。一面虚与周旋，一面互使法力暗斗，表面仍是谦和，不与破脸。那异派盘问不出实况，又觉出对方不好欺凌，说了两句负气的话，忿忿而去。依了元皓，等他再来，便要破脸为敌。方瑛力说："我们才初得道，这厮修为年久，法力深浅难知。听那口气，山阳人数颇多，俱为同党，彼众我寡，抵御不住。贤弟与我本有移居之志，乘机远避，另觅洞府清修，岂不省事？与这类妖道怄闲气做甚？"随回洞内，将玉叶道书藏埋封禁，强劝元皓起身。元皓因那异派狂傲，行时又隐隐示意恐吓，气终未出。断定是为洞中道书而来，日内必还来洞窥伺侵扰，便在洞中故布了两处疑阵，中藏厉害埋伏。并在洞中留下一封告诫来人的信，表面是说主人暂时有事他往，居室门外设有禁制，无论何人不得擅入，以免伤害。心料妖道见信，不甘受激，又疑心道书藏在室内，必定强入，却不知内中禁制有明有暗，变化无穷，虚实相生。除精通此法，可以无事；否则，非受重创不可。方瑛拦阻不住，只得听之。二人走后，妖道师徒便带了法宝、妖幡，大举寻上门来，见书大怒。又听二人因怕他已逃走，冲将进去，行法破禁，误陷埋伏，果然上当，受创而去不提。

　　方、元二人由此遍游宇内名山，打算择一安身修炼之所。洞府还未寻到，对头已经约了几个前辈能手，到处寻找二人报仇。双方相遇深山之中，苦斗了七日夜，结果二人虽然勉强占了一点上风，可是由此纠缠不清，仇人越引越多，几无宁日。二人道书虽已解悟，那正经修炼之功，相差尚远。又以连与仇人苦斗，自觉法力还差，如非元皓诸宝神奇，几遭不测。越想越觉功力不济，决意另觅隐僻之处，匿迹潜修，等到法力精进，到了火候，再和仇敌一见高下。因想中土名山易被妖人追踪，而云贵边境颇多山水佳处，于是便往滇边一带边山中寻找。这日行至贵州境内，正值三四月天气，偶然经过一个山村，看见花树成林，宛如锦霞，尤以榴花为盛，繁红照眼，都如碗大。路旁花林内，恰有酒旗飘荡。二人修道才十余年，本未断绝烟火，见那蛮烟瘴雨之乡，竟有这等山明水秀所在，一时乘兴前往沽饮。当地原是寨圩，那酒家设在半山坡上花林旁边，三间竹屋，倒也明敞。后窗外面还对着一条山路。

二人饮到半酣，忽听窗外哭喊之声。过去一看，瞥见一大片红云向空飞起，云中裹着一个半身赤裸的山人，手上挟着一个少女，正在哭喊挣扎。因值圩集，山路往来的山人甚多，内有一个货郎打扮的汉人也在望空哭喊，山人面上俱带惊惧之色。二人料是妖人用邪法掳劫汉人妇女，不由动了义愤，恐追不上，也没细问，便飞身追去。那妖人法力有限，又摄了一个凡人，一会儿便被追到地头，先后落下。那地方是一山洞，妖人还有几个同党，平日凶横已惯，见人追来，自是暴怒，群起迎敌。结果妖人纷纷负伤遁去，那少女被救了回来。女父名叫周老，自是感激万分。可是全寨圩人却发了急，苦苦哀求，要二人留住，宛如大祸将至。一问底细，才知那妖人俱是红发老祖门下，先不在此，近年才在附近山中来往，自称奉了教祖之命，来此收徒传道。来时大显灵迹，当地本有蛇虎之害，俱被二人用法力除去，又能呼风唤雨，驱役神鬼，远近各寨圩山民，俱把他们奉若天神。只是脾气不好，又贪财，又好色，时向山人讨要酒肉、金银、布帛供奉，稍一违忤，立遭杀身之祸。每遇各寨圩集，往往突自空中飞落，看见有姿色的妇人，立即强摄了去。山人信奉鬼神，先还当是神人看中他的妻女，必有福降，还甚欢喜。隔不了一二日，所摄妇女相继放回，一个个全成了病鬼，面黄肌瘦，不成人形。有那气弱的，到家不久便即身死。一问经过，才知妖人竟是在此暗立洞府，背师作恶。洞中时常替换往来，摄了妇女前去，只是更番淫乐，直到对方精枯髓绝，方始放回。所说教祖所居，远在滇黔极边深山之中，相隔尚有三千多里。听那口气，妖人来此为恶，乃是同门互相瞒哄，教祖并不知道。

山人见回来的妇女异口同声如此说法，方始觉出受害，无如妖法厉害，空自又恨又怕，无可奈何。只得遇到圩集，把青年妇女藏起，别的仍是予取予求，听凭诛索。哪知凶蛮更妙，过了些日，先用妖法示威，把山人吓了个够。然后传知，每隔半月献上四名山女和牛酒布帛应用各物，供他淫乐。各寨按时轮值，不许迟误；否则便降奇祸，将违命山民全数杀死。寨民无法，又只得应诺下来。由此起按时送了妇女前往，等第二拨送去，再把前送山女带回，于是成了惯例。土蛮愚鲁，又极信畏鬼神，好在寨圩甚多，每隔年余才轮到一回。去的山女因受蹂躏日浅，回时只是虚弱，多半仍可复原，死者甚少。

日子一久，渐渐习与相安，视若故常。自献女起，妖人日常只在所居洞中享受，轻易不来圩集上走动。就来，也只强索财货食用，也不再摄妇女。这日，许是看见周女美貌，动了淫心，又施故技。不料遇见两个大对头，吃了大亏。当地山人知他决不甘休，惟恐方、元二人走后，妖人前来问罪要人，心胆悬悬，又不敢把二人怎样，不住环跪哭求，坚不放行。

方、元二人知道妖人必已逃远，不会再来。无如山人心实，不听劝说。方、元二人见他们哭诉可怜，又不知对头厉害，以为妖人既是背师为恶，可见乃师人尚不恶，何不寻上门去，责以正义，令其约束徒众，不许再犯。听劝便罢，不然便连他师徒一齐除去，免留害人。二人主意想定，假说自己便是红发老祖好友，受他之托，来此惩治恶徒，妖人已然胆寒，不会再来。山人仍是半信半疑，但又不敢拦阻他们，只是一味哀求。周老父女也相随跪求。二人也恐就在走后这一二日中，妖人来寻周老和山人晦气，勉强留住了两日，妖人未来。当地寨主又令两个胆大一点的山人，去往所踞洞穴窥探，除发现几具汉装女尸和一些强索去的酒食财货外，并无一人。方始相信放心，对二人愈发感激，又以好意留住，二人自是不允。情知妖蛮凶横，复仇心重，绝无善罢，行时又教给众人和周老一套话，并将周女藏起半年，传言作为二人也是见色生心，由妖人手里将人劫走，到手以后并未送回，众人只知二人路过撞见，忽然飞空追赶，下文一概不知，以防万一。随即起身，往边山赶去。

红发老祖在滇边一带威望极高，所居之地极易打听。二人初生之犊不怕虎，竟到烂桃山登门求见。这时红发老祖虽信白、朱二老之言，不许门下为恶，但是护短好胜，根于天性，终改不掉。二人因见前伤妖人无甚法力，因而看轻乃师，以为区区山蛮邪教，哪在心上。自己还以为是不愿结仇多杀，善意相劝，满心自恃。初到时，看见对方许多势派，门人侍卫其势汹汹，认定对方好作威福，绝非善良，辞色大是不善。红发老祖听门人报知，心已不快，因来人姓名从未闻知，无故来访，辞色又如此倨傲，不知是甚来历，为了何事，想了想，姑命入见。二人见红发老祖居中正坐，门下好几辈弟子侍立于侧，更有八名侍卫，手持戈矛环立座后。自己以礼入见，也不起身迎接，只把手微摆，令就旁座。其实对方一见面便把二人功力看透，知是末学新进。这还是因为常和正教中人来往，恐有要事，奉命而来，才有这点礼貌，否则相待更恶。二人以为对方过于倨傲，强忍气忿，冷笑就座。没等询问来意，便把门下妖徒淫恶行径说出。正在猖言无忌，详陈邪正利害之分，忽见众妖徒面容骤变，好似动了公忿。上首一个身材高大、貌最凶恶的妖徒，立用土语向乃师说了几句。红发老祖忽把怪眼一翻，立命拿下。上首二妖徒应声而出，各放出一股黑烟飞来。二人深入虎穴，原有准备，也就施为迎敌。众妖徒见妖法擒不到来人，纷将法宝飞刀放出。二人见对方主脑还未动手，单是门下妖徒，便大有能者，与日前所遇大不相同，才着了慌。

原来红发老祖听二人当面指摘他师徒罪恶，辞色又极不逊，已是加了忿怒。事有凑巧，前伤妖人共是五人，乃红发老祖的第二代徒孙，自告奋勇，去往贵州边山中创教收徒。下山才只两年，却在外面为恶。一般同门妖徒也常借他那里作乐，一同隐蔽，颇得教祖宠信。自劫周女被方、元二人所伤，本拟败逃回山，告知师长、同门，请了能手前往复仇。因在中途降落，行法医伤，遇见两位汉装少女，又动色心，意欲摄去。谁知遇见杀星，二女俱精剑术，本就不是对手，心还不舍。正相持间，又飞来一眇一癞，两个奇丑的少年女尼，竟与二女相识，一照面，便把五妖人一齐了账。为首一个妖人新近炼有元神化身，因是后死，对方把妖人看得太轻，没有留意，侥幸保住生魂，遁回山去。妖人本身师父乃红发老祖爱徒姚开江，这次门人出外传道，由己力请，事由犯规为恶而起，应敌匆促，仇人姓名来历全都未问。正想一面行法，祭炼妖徒生魂，暂时隐瞒，等日后探查出先后仇人是甚来历，再行设法报复，不料方、元二人忽然寻上门来。知道师父脾气，处罚由己，只要外人一说，立即恼羞成怒，何况对方又如此狂谬无理。事已败露，索性把全部怨毒种在来人身上，便用土语告知师父，说五妖人只不过各寻配偶，教规之所不禁，吃这人联合同党一齐杀死。适才遁回一名生魂，说知此事，正要禀告，仇人已自投到。

这一来，红发老祖自然怒上加怒，忿火中烧。因自负法力高强，差一点的人遇上，觉着胜之不武，轻视来人，不屑动手，只命众妖徒上前，自然要差得多。二人去得冒失，临机却尚机警，一见形势不好，大出意料，立打逃走主意。本身法力虽非红发老祖之敌，那几件法宝却大有威力。斗不一会儿，便将两件最厉害的法宝取出，一面迎敌，一面防身，冷不防突围飞去。等红发老祖看出那法宝来历，大吃一惊，知道门人绝难取胜。正待变化元神，下手擒拿，人已遁去，忙率众追赶出去。以红发老祖法力本可赶上，哪知刚追不远，便由斜刺里飞来一道青光，长虹也似横亘天半，将路阻住。定睛一看，正是那法宝的主人，手指青虹，冷着一张怪脸，停空呆视，也不发话，只不放过去。知道此是旁门散仙中惟一人物，脾气古怪，有通天彻地之能，向不问人间事，不知怎会收此二徒。如与为敌，立有身败名裂之忧。此散仙又向不听人分说，只要出头，便强到底，无可理喻，万万招惹不得。红发老祖又惊又慌，无可如何，只得强忍忿怒，垂头丧气回去。青光一瞥即隐。门下徒党也随后追到，红发老祖推说没有追上，闷闷回山，越想越气。先以为此仇万不可报，又不便对门人说明，空自愧忿了好几年。

这日出游，路遇追云叟白谷逸，无心谈起受人欺负。追云叟笑答："这两个老怪物行迹诡秘，我虽和你一样算不出他们的动静，但是他们决不会收这类徒弟。不能因来人用他法宝，便算拜师，我想其中必有原因。此人难得出动，上次许是正值出游，适逢其会；也是你那几个令高足背师犯规，该有此报。来人虽是狂妄，此时再去寻他，胜了也是羞辱，越做越无趣，就此拉倒了吧。"一面又历举那散仙的为人和近年行径心迹。追云叟无心之言，意在讽劝。红发老祖复仇之心本盛，姚、洪二妖徒恰又随行听去，回山后师徒计议，再试一回，看那散仙还出面不。便令二妖徒四出寻访仇人下落。本意法宝难敌，寻到仇人归报，亲往报复。

方、元二人逃时，不知有人暗助，始得脱险。因树了强敌，不敢再在近处觅地栖身，又往回走，连经过好些山水，不是不合意，便有别的顾虑。最后在四川大邑县西八十里凤凰山中，找到了一处石洞，地极幽静，相隔城镇又不甚远，便中还可修积善功，便住了下来。先防仇人追寻，轻易不出，行动极为隐秘。一晃数年，并无征兆，渐渐疏懒下来。因为日久用功，道家元婴也自炼就。日常行法闭洞入定，在山中神游。先还是一人留守，日久元婴渐固，时常结伴同出。又是一年过去。渐渐炼到婴儿能携法宝应用。眼看再有两年，便可运用玄功，变化自如，瞬息千里，无远弗届，纵遇有人为难，也无败理。哪知仇人忽然寻上门来，二人事前毫无觉察。因山中有一仙树场，住有二三十户人家，年前遭受瘟疫，由二人治愈，救了全村性命。当地又有一株紫柏,大有十围,亭亭若盖,荫被数亩,相传乃古仙人遗留。又有清溪流水,近岭遥山,岚光树色,相映成趣,风景佳绝。场上人家俱都姓卫,世业耕读,幼童甚多,设有公塾。每当夕阳在山,明月未上,村童放学,群嬉于树旁清溪白石之间,别有一种天真之趣。这些儿童又都家规极好,举止不俗,山水灵气所钟,相貌多半美秀。内有一双兄妹,年约十三四,更是聪明灵秀,动人爱怜。方、元二人闲中无事,每喜引逗群儿为乐,隔些日总去一次,习以为常。去时,总是先往城市买些果饵,前往分散。被妖徒发现,也由于此。

二妖徒各带一二门人,分作两起寻访。这一起共是三人,以姚开江为首,还同有一个最工心计之妖徒秦玠。因知二人法力高强,惟恐难敌,先不出面,只在暗中窥伺,终于探出二人所炼元婴尚未十分凝固,不时出游。便设毒计,乘元神他出之际,暗入洞中,把两具法身毁掉,剩下两个火候未到的元婴,岂不手到成功?

二人因连日元婴渐凝,连与群儿嬉游,均非原身。好在村人均受过救命之恩,知是神仙中人,见惯不以为奇,又受过嘱咐,不为传扬,相处已久。这日又是元婴前往,正赶上最爱的两小兄妹一时无知,各吃了一枚异果,双双死去。因未见有余果,只听传说,心爱二童过甚,匆匆不暇查看,也认为误服蛇衔毒果,放下城里买来的果子,便即飞回,取药救治。路上二人忽然心动,元婴飞行绝快,相隔又近,眨眼将到。遥望洞门大开,正有三个着红半臂的妖人,两个手挽自己人头,由内急走出来,重将洞门封闭,隐伏在侧。二人不禁又惊又痛,知道中了仇人的暗算,原身法体已落毒手;并还埋伏洞外,准备等元婴回洞,骤起杀害。气候未成,身边只有两件法宝,用起来功力还差,回去必为所擒。若不回去,一则元婴正炼至要紧关头,不能没有法身;二则这等大仇,岂可不报?三则洞中还有法宝,此时倘被敌人得去,还能收回,如被带回山去,经过妖法祭炼便不能再为己有。怒火中烧,忧危念切,情急无计之余,忽然想起新死的那两个兄妹,均是上等根骨,如能借他们庐舍回生,不特无害,日后还可报仇雪恨。事急无计,有违救他兄妹初心,也说不得了。念头一转,略微商议,重往场上飞去。

那家父母还当二人定能救他儿子,忽见飞回,心方一喜,二人已往二童的身上合去。当时回生,告以自身受了妖人暗算,法身已毁,不得不借两小兄妹躯体一用,事完定有重报,并以法力度他两个转世重生。令勿张扬,以免仇人警觉,难于报仇。男的想起全村性命,皆二人所救,两小兄妹又是本已身死,虽然心痛,还能忍住。女的妇人之见,平日又最钟爱这一双儿女,禁不住放声大哭起来。

方、元二人刚借尸重生,法宝还未收回,见她号哭,恐怕仇敌到来,难于抵敌,正忙劝慰,说:"我暂借你儿子尸体一用,事后必令重生。"言还未了,倏地眼前人影一晃,现出一个小癫尼姑,心方一惊,耳听骂道:"不要脸的东西!"二人脸上叭叭两声,早各着了一掌。当时觉着心魂摇摇,似欲飞扬,知道厉害。又值危疑忧惧之际,对方只一掌便如此厉害,哪里还敢冒失,各自收摄心神,连身纵向一旁。二人正待查明来由,相机进退,忽又怪风大作,一片红云疾如奔马,由所居山洞一面飞来,显见皆是强敌,愈发难于抵御。互相使了一个眼色,慌不迭隐了身形,往斜刺里破空飞去。飞出里许,回头一看,适见小癫尼已化作一道金光,迎上前去,与新来的一道红光斗在一起,看去颇占优势。分明是佛门中有道神尼,既与妖人为敌,如何又打自己?二人心疑适才癫尼认错了人,平白吃这一金刚掌,如非近来功力较深,几乎被她把元婴震出了窍。正在寻思,妖人已晃动妖幡,施展邪法,一时妖云滚滚,邪雾迷茫,魅影幢幢,鬼声四起,又有数十百道血也似的光华满空交织,声势甚是凶恶。癫尼却似未在心上,随手发出神雷,霹雳连声,震撼山岳,金光也强盛了好些。

方、元二人猛想起乘着双方恶斗不解,正好收回法宝,前来助战,以报杀身之仇,在此呆看做甚?心念一动,先疑妖人如此厉害,事前又似早窥自己虚实行径,洞中法宝虽封藏石壁以内,也许仍被劫去。及至如法收回,并无动静,才知藏处禁制多半未被破去。又以原来法体已毁,借人躯壳,又各吃了一金刚掌,仍疑法力较差,不禁惊喜交集。飞向洞内一看,原身已为妖火所化,法宝却是封禁如故。虽然洞中颇多发掘残破之迹,因藏得隐秘,禁制神妙,并未被妖人搜去。二人心中一喜,忙即撤禁取出,分带身旁。杀身之仇,自是恨深切骨。又料癫尼初见动手,必出误会,那两件法宝又专破妖法,立即赶往助战。才一飞起,便听前面震天价一声大响,一道匹练般的金光挟着无数雷火,自天直下,比先前声势还要猛烈得多,下面妖云邪雾,立被冲散。妖人似已受伤,两三声怪啸过去,那三道红光已由雷火中飞走,往西南方遥空射去,其疾如电,瞬息已杳。同时来人化一为二,内中又多了一个小尼姑,也未追赶,就在空中对面交谈了几句,后来小尼姑便自飞去。小癞尼却似停空相待,并未飞去。

二人见对方法力这么高,既感相救之德,又想问明来历,结一方外之友,仍朝前飞去。心还觉她不比自己离得远,这类妖人理应诛戮,为何听凭逃遁,不去追赶?哪知自己也不是好相与,刚一飞近,未及举手为礼,便听对方喝骂道:"不要脸的狗道!自己不能保身,却强占好人家子女。快将两个躯壳留下,自去投生,饶你们不死!"二人听口风不好,知道对方法力高强,先把遁光按住。话一听完,见癞尼已作势飞来,情知不是对手,只得一面纵遁光,一面忙答:"道友休要误会,容我二人说完,如有不合,再请动手如何?"癞尼竟是不容分说,开口先骂道:"放屁!我亲眼得见,谁信你的鬼话?"随说手一指,金光如虹,便已飞来。二人无奈,只得合力抵御,口中仍自分辩不已。癞尼竟似认定二人强占幼童躯壳,非要还出不可,说什么也是不听。二人虽然所用法宝出自仙传,神妙无穷,一则对方有佛光护身,难于侵害;二则知道癞尼必有大来头,先走那个同伴更非寻常,适才所遭的杀身之祸便是以前粗心抗敌而起,方吃大亏,对方又非那左道妖邪,哪里还敢再树强敌。一味苦口分说,只图善求,不肯下那毒手。无奈对方功力颇高,初借到的躯壳久必难支,先颇忧急。嗣见对方也未尽量施为,与先前和妖人对敌情景不类,只是苦缠不舍。几次想要遁去,均被阻住,好生不解。后来越斗越往下降,已然离地不远。那地方本离仙树场不过二里,适才恶斗,村人俱都望见。先甚害怕,时候一久,看出不会殃及旁人,有那大胆一点的便赶往观看。见双方渐渐降低,因听二人直向癞尼分辩,想起前恩,也壮着胆子在下面接口,代为证实劝解。说二童自服毒果身死,二位仙长借的是已死之人。平日为善,还救过全村性命,癞尼仍是不理,极口挖苦,话更尖刻。直说二童并不该死,二人不能保身,见死不救,反倒乘人于危,种种无耻,正经修道人哪有这样?二人吃她挖苦得又愧又急,无言可答,一想对方之言并非无理。打是打不过,走又走不脱,只是受欺侮辱骂,实在难堪。迫于无奈,正打算豁出舍了仙业,或是另转一劫,或就婴儿炼成鬼仙,将所借躯壳退让还原,方问有什么法力使二童复生，开口说不两句，癞尼哈哈笑道："想不到你两个竟有天良发现之时，如等你们此时让还躯壳，已是迟了，这一对好儿的生魂，已被我师兄带回山去，另想别法重生了。我和你们打，便为你这两句人话，既知无理，能够悔过，便宜你二人吧，我去了。"说罢，大头一晃，连人带金光全都隐去。二人急喊："道友慢走！"已无应声，只得带愧降落。

回到村中，见二儿父母已住了悲泣，迎上前来。见面一谈，才知二人初斗时，二儿父母忽见又有一生相奇丑的小眇尼姑走来，二儿生魂突然现形。眇尼随请觅一僻处谈话，可是在场诸人无一见闻，料是仙佛临凡。迎回家中，行礼叩问，才知二尼一名眇姑，一名癞姑，乃神尼屠龙师太的门下。因奉师命去离此不远的牛场坝有事，路上遇见方、元二人在镇上买果子，看出他们是道家婴儿。眇姑觉着二人元婴未固，便出来游戏人间，实在胆大冒失。身又不带邪气，未成道已喜炫弄，恐其将来狂恣为恶，欲乘其未有恶迹以前，加以诫勉，并查看是什么来历。眇姑自去办事，令癞姑潜行跟踪查看，相机行事。癞姑尾随到了仙树场，见二童身死，二人急往取药。想听村人如何说法，没有随往。及听村人对二人甚是感戴，先颇暗赞。嗣一细查二儿，乃为妖法摄去生魂，因是口角流涎，适有采食野果之事，因而误会。暗忖："此山胜境无多，除师父有一道友在牛场坝茅庵中苦修外，前来数次，均未见有修士寄迹。村人说前见二人在此隐修，已出意外，怎会还有妖邪在此潜伏？"立即飞起查看，发现二元婴所去之处，有一洞府，邪气隐隐。心想："莫非二人便是妖邪一党？"忙即追去。二人元婴也正遇警飞回，彼此隐形，来去匆匆，却未觉察。

癞姑快到洞前，看出妖人隐身洞外，正想掩住窥探。才一落下，便见离洞不远，有两幼童生魂在阴影中掩伏，神情惶遽，并无禁制。弱小生魂被妖法擒去竟能脱逃，并还能抗风日吹灼，元神如此凝固，必是前生修积，可想而知。立即行法收入袖内，低声嘱咐，告以勿怕。妖人中姚开江最是性暴，久候仇人未来，竟忍不住和同伴说起话来。癞姑侧耳一听，竟是前见元婴仇人，这才分出邪正。见二人还未到，恐其误入罗网，重又飞起，往来路迎回。遥见场上二人已然现身，赶往一看，二人似已发觉仇敌害了法体，正在借尸还魂。癞姑心爱二童过甚，老大不以为然。无如到得稍晚，元婴已与童尸相合。一生气，当时现形。刚每人打了一个大嘴巴，见二元婴未震出窍，正想数责追打。三妖人原是早把二童看中，当日准备摄了生魂再去报仇，以备回山炼法，一举两得。只因一时疏忽，心想区区幼魂，又在风日之下，决逃不脱，便随意收入身带法宝囊。谁知二童根骨特异，生有自来。先时吃果玩耍，猛觉着命门一冷，身子被甚东西吸住，凌虚而起，哭喊狂呼，无人答应。刚瞥见下面倒着自己身子，父母村人纷纷哭喊，眼前倏地一暗，便似被人装入袋内，二童聪明机智，先疑已死。正在相抱悲泣，忽听外面妖人说话，凑巧秦玠是汉人，不善土语，各以汉语应答，全被听去，才知生魂为妖人所摄，正在惶急，欲逃无计，也是五行有救，擒他的一个妖人法力既差，人又粗野，入洞报仇时节，开囊取宝应用，事后不曾封严，出时又落在最后。

二童发现头上天光透入，因听外面风火及砍杀之声，不敢就出。在里面待了一会儿，才壮着胆子钻出，逃得恰是时候，那宝囊又是悬在妖人腰侧近股之处，二童容容易易便自脱出。觉着外面风力猛烈，日光如炙，万分难禁，迥异寻常。但知性命关头，强自忍受，由妖人身后乘其未觉，急匆匆遁入左近密林之中藏起。此处，日光不到，虽觉好些，风力仍是厉害，只得沿着树林缓缓往回路掩逃。二童先还想着仙人能够除妖，救他们回生去见爹娘。嗣又听出二仙已为妖人暗杀，还要灭他们元婴生魂，正在惊悸惶急，眼前忽又一暗，便吃癞姑救走。

同时三妖人也谈到今日摄此二童回山，便可背师炼法。内中秦玠最鬼，见同行妖人宝囊露口，怪他大意。妖人名叫乌隆，本与不和，冷笑回答："这不比道家元神，日光之下怎会遁走？"秦玠道："这事难料。我看二童异常机警，根骨又厚，我们说话必被听去，岂可大意？"妖人还在争执。姚开江说："你不会试看一下？本该谨慎，你只强争，有甚意思？"姚开江是大师兄，法力最高，性情又暴，妖蛮人人敬畏，不敢违逆。闻言，正气忿忿想将生魂抓出，与秦玠查看，再将囊口紧闭。行法一抓，竟已遁走。三妖人又用妖法试一收摄，并无回应。心疑乌隆粗心，初摄到时已被滑脱，心中不快，便令重往摄回。秦玠道："仇人道行颇深，我们烧他们原身，婴儿便有感应，如何经久不来？二童生魂又得而复失。此事奇怪，莫要被他们闹鬼？师父所说法宝，一件也未搜到，也许随带婴儿身上，俱说不定。事尚可虑，我料他们必已发现我们，村中现有两个新死童尸，两小生魂不能自行归窍，正好给他们应用。我们不合自留破绽，乌隆不是他们的对手。乘着擒回生魂，一同去吧，省得守株待兔，弄巧被他们借了躯壳，或是寻来能手，还吃暗算呢。"姚开江连声应是。三妖人立即飞起，隔老远便看出二人正往二童尸上合去。不禁又急又怒，立显神通，施展邪法，加紧追往。眼看到达，癞姑发现来了妖人，立舍二人，迎杀上去。斗到中间，已占上风，眇姑也已赶到，一照面便将妖人惊走。癞姑还要追逐，眇姑阻住，说："适见所访师执，已由空中查知一切因果。命将二童生魂带去，不必追究。"说罢，要过二童生魂，便去见他们父母，告以二童与方、元二人前世冤孽，应以身偿，因果已了，仍转生你家。现将生魂带往别处，等其降生之日，当即送来。又以法力使二童现身，暂时拜别父母，婉言劝告。二童父母悲喜交集，知是前生因果，不过再迟十月，便可重生。又听生而能言，冤因不昧，将来还有仙缘遇合。事已至此，只得拜谢允诺，听其携去。

方、元二人闻言，知道癞姑借此儆戒私心自利，并非恶意。现在形迹大露，当地已不可居，只得另觅名山居住，日夜勤修，欲报前仇。哪知妖人也恐他们道成难制，不肯甘休，纠合党羽，到处搜寻。又恶斗了几次，未见多大胜败。最后妖徒未来，却约了一个极厉害的人寻上门来。眼看危急，恰值屠龙师太师徒三人路过，癞姑一见是他俩，告知师父，一同相助，将那妖人除去。二人随往登门叩谢，常共往还，反成了莫逆之友。中有一别，隔了六年，癞姑路过相访，人已不见，从此不知下落。

第二二九回　千里传真　一鉴芳塘窥万象
　　　　　　　　众仙斗法　五云毒瘴失仙机

这日癞姑同了易、李二人,路过妙相岩前,觉出山脉灵秀,林壑幽深。和二人分手以后,估量为二人等接应,为时尚早。反正无事,欲往左近游览,就便访查有无异人在彼居住。刚转归途,行没多远,忽觉景物愈妙,好似适未见过,这时方始逐渐出现。天色清明,四山又无云雾。定睛细一查看,前面有一极整洁清幽的山径徐徐现出,分明先有法力禁制隐蔽山形,现始撤去,但又不带一丝邪气。料是相识之人有心要见,开路接引。癞姑方想喝问:"哪位道友弄此玄虚,何不出见?"语声才住,便听对面一个少女口音答道:"癞姊姊,你想不到在这里遇见我们吧?并非闹什么玄虚,因后面这一带山形隐藏变易,不是原形,并还有好几层埋伏,今日才是撤禁的头一天,有好些手脚。因我急于和你相见,先把你来路一带禁法撤去,所以你生了疑心。请稍等一会儿,我们便出来了。"

　　癞姑先听口音甚熟,忙运法眼查看,却不见人。那语声似由对面崖上传来,等听到末两句,才听出是方、元二人,不禁喜出望外,料知人隔还远。想起最后一次分手时节,正有许多妖邪向他二人寻仇,自己和眇姑还曾助他们一臂,由此失踪。屡向正邪各派访查,并未受害,只无人知道他们下落,不想会在此不期而遇。癞姑看此情景,分明仇人厉害,来此隐伏,不特地方隐秘,防备极严,并连山形也都变易。但照二人平日情形,并无这等法力。并且他们的仇敌正是红发老祖师徒,便是苦苦寻仇的那些妖邪,也都由姚开江、洪长豹等妖人勾引而来。因未占到上风,又欺二人无甚有力师友,以致妖邪越多,仇也越深,不可开交。如是避仇,这里与红木岭仇人的巢穴邻近,理应知道,怎又在此居住?好生奇怪。

因二人前世为患难同道之交，借体还生时偏巧又是兄妹，二人所借躯壳本质为好，并且卫氏兄妹也经佛法度化，仍向原来父母转劫投生，所以索性改了兄妹称谓，即以此身修道，不复再作别的打算。元皓所借躯壳，恰是女身，人本来生得比方瑛活泼，这一转成少女，愈发天真。癫姑比较和她最好，一听出口音便接口喜应道："是小妹么？这些年来，想煞我哩！这些禁制撤起来也颇费事，却难我不倒。你把方向说出，我冲进去如何？你方大哥呢？"元皓忙应道："那万使不得，暂时许还要用它，你如冲破，我们没法复原。哥哥正在那里移动禁制，没法说话。你便进来也说不上几句话，便须和我们同走，没工夫到里面去。等一会儿吧，这就快了。"癫姑料有原因，二人要自己同行，事前必定有人指教，也许敌忾同仇都不一定。此女天真，恐因好友重逢，喜极忘形，无心中泄露了机密，岂不误事？笑答："既然如此，我等好了。这里密迩仇敌，你把前面山形现出，不怕被妖人看破么？"元皓笑答："无妨。这只为引你前来，不特路已缩短了些，你一走过便相继复原隐蔽，回看来路就知道了。不过见面再说，谨慎些好。"

　　癫姑回顾，果然来路已非原景，移形、缩地二法同时并用，自己被她引来竟未觉察。就说一时疏忽，只顾前行，不曾留意，而这等法力，也着实惊人了。方寻思间，又听元皓笑道："姊姊你想什么？你当是我二人本身法力做到的么？果然如此，又不怕人了。"癫姑忍不住道："你两兄妹在哪里呢，怎看得见我？"元皓答道："我们离你站处只有百十里，不过中间隔有一座危崖，一道横岭，所以姊姊法眼也被遮住了。"癫姑听他二人远在百里以外，中隔危崖大岭，自己行动神情宛如对面目睹，愈发惊佩不置。正想赞美几句，忽又听元皓笑道："哥哥停当了，你快来看，癫姊姊还是那个丑八怪的样子。"癫姑笑骂道："我是丑八怪，你是美人好看，我给你找个婆家如何？"随听方瑛喝道："癫姊姊久别重逢，妹子怎的出言侮慢？时已不早，还不快去，大家见面，岂不好些？还看什么？"癫姑闻言，才知元皓持有隔远照形之宝，所以举动形态皆被看去。方欲还言嘲笑，面前倏地烟岚杂沓，光影散乱，峰峦林木，幻灯一般一起变灭，连闪了几十下，忽然停住，面前顿换了一片境地，景物越发清丽。还未及细看，跟着一片青光飞堕，出现一男一女两个小孩，正是方瑛、元皓借体重生的卫家两小兄妹。癫姑笑道："你两个见了我来，不即出见，只管卖弄花样做甚？"方瑛答道：

"姊姊面前怎敢卖弄？说来话长。此时必须随姊姊往红木岭去。这里有小弟初学道时所遇那位仙师来的手示，姊姊一看自知，我们路上有空再谈。荒居就在前面危崖之上，中隔高林和一片湖水，景还不恶，且等回来再请姊姊光降吧。"

说时，癞姑已把那仙人手示接过。那手示非帛非绢，也不是纸，白如霜雪，细滑柔韧，光洁异常，生平未见，不知何物所制。上写："瑛、皓难期已满。汝旧友癞姑因师命已转投峨眉门下。现在同门师姊得罪红发老怪，奉齐道友之命，前往负荆，但知定数难回，必起争杀，命癞姑随后接应，当于本日到达。可在午初将我所设禁制如法转动，略见真景，引她趁闲游览。一入禁地，再用缩地、移形二法撤禁相见，不必在外等候。方、元二人可速同往，由癞姑用缩地移行法，由谷口外入地，越过妙相峦，暗入天狗坪阵地。阵中大小石峰、石笋分立如林，到处有妖人防守，到后务须慎秘。先用天府晶镜，照见上面隐僻偏远无人之处，耐心候到妖徒演习阵法，风雷大作之际，裂地上升，以防觉察。再绕阵左僻处隐身，空越过去。阵中石峰俱都象形，七九为丛，数目不同，各有呼应。阵法未发动前，只留神避开爪牙相向的一面，便不致触动埋伏。到了红木岭，暗中窥伺，从心所欲，相机接应。"另外并把阵中几处阵地，出时如何抵御等情，逐一开示。

癞姑看完，因时辰将到，恐错过妖徒演阵时机，立即约同起身。当手示未看完时，方、元二人已在行法，四外山石林泉，重又明灭变幻。等到看完说走，癞姑一看，已然回到适与易、李二人分手之处不远。当地景物仍和前见一样，除觉泉石清幽而外，也未见有过分灵秀之处。当即寻一僻地，入土飞行，到了地底，方始互问别况。癞姑才知二人所居，地名碧云塘，四山环抱，一湖深藏，境绝幽深，与红发老祖所居红木岭天狗坪东西遥对，为南疆两处最灵奇之境。因地太幽僻，非由空中正对下面经过，不能看出。四外大都是浑成危崖，内外隔绝，宛然另一世界。更无可供人居的洞穴，所以自古未有人居。只传授元皓道法的那位散仙，曾经到过。散仙以法力削崖凿壁，在危崖腰上兴建成一座洞府，又把全境加了许多布置，越发成了仙境，住了百年，方始离去。地名也是散仙所取，一直多年均在仙法禁闭之中，便由上空飞过，也难看出来了。

前些年，方、元二人吃诸妖邪寻仇，追迫太急，眼看危机四伏，迟早无幸。那散仙忽然飞来，说是妖邪势盛，二人虽有一二道友相助，但是强敌太多，防不胜防，久了仍为所算，其势又不能代二人全数消灭。何况所居相隔太远，本身又有好些要事不能离开，特意抽空来此，将二人引往旧居，令其暂避，勤修道法，以待时机。散仙除将当地环崖二百余里以内，用极大法力禁制隐蔽外，又赐了方瑛两件法宝，方始飞去。红木岭仇敌相隔虽近，因当地在多少年前便经仙法隐蔽，外观只癞姑适才所经之地，看去景物山水似乎灵秀，与别处南疆蛮区不同，真要穷幽探胜，走到尽头，只是乱山杂沓，绵延起伏，水恶山穷，寸草不生，任谁到此，也索然兴尽而返。二人又谨守仙示，一步不出，所以红发师徒毫无知觉。

癞姑等三人由地底飞驶，到了天狗坪下面，看准上升之地，且谈且等。待了一会儿，正好易、李二人在上面隐形通过，到了红木岭下，一现身，表面上众妖人好似各自来往，不曾理会，实则阵中已是大乱。几个主持阵法的妖人又惊又忿，断定敌人不问与乃师翻脸与否，必还要由阵中通行退出，不等号令，便将阵法催动，倒转门户方向，诱令入伏。妖人做梦也没想到，地底还有三个能者。

上面风雷一动，三人立即乘机裂土而出。匆匆行法，平了出口，便照仙示，穿阵而过，容容易易便到了红木岭下。见易、李二人正在下面通名求见，守亭妖人全不理睬。本来由下到上，设有金刀之禁，不能通过。三人因得仙人指教，癞姑师传隐身之法又功力甚深，十分神妙，容容易易便由侧面绕行上去，因未停立，所以易、李二人均未看出。三人暗入大殿探看，正值雷、秦二妖徒在彼密商，待施毒计，诱激乃师残害来人；并还勾引外邪埋伏在妙相岩山口外面，必欲杀死二人，与峨眉结仇而后快。三人听出今日之事绝无善罢，依了元皓，当时便要和妖徒作个恶剧。癞姑因师命先礼后兵，不敢违背。意欲仍令对方发难，只先告知易、李二人不必过于自卑，可径直赴殿前，传声求见，把敌人主脑引出，看是如何，再相机应付。哪知三人在上面现形，打手势，二人只是摇头不允。癞姑暗想："对方多不好，总算师父一辈，便少受屈辱无妨。易、李二人明知不行，仍欲把礼尽到，这样把理占足，异日无论对谁，均有话说。妖徒立意屈辱，不为通报，红发老怪深居洞内，正在入定，反正还得些时才出，何不乘此闲空，去往他洞内窥探虚实？"便把方、元二人一拉，同往神宫走进。三人固是胆大包身，行险如夷。凑巧红发老祖也实自恃，大意一些。以前为防妖尸与七指神魔暗算，神宫内外设有极厉害的埋伏禁制。自从天狗坪设下魔阵以后，不欲门下妖徒看己有怯敌行径，便将神宫埋伏撤去。除洞口金门外立有两名手持金戈的侍卫妖人外，只是后层洞门，因值入定紧闭。故三人也没费甚事，便到洞口。见里面洞室既高大宏深，房数又多，一切陈设用具，俱是金珠美玉之类，到处金碧辉煌，光耀如昼，端的豪华富丽，远胜帝王之居。三人暗笑："毕竟是左道旁门。峨眉仙府何尝不是富丽堂皇，但是霞光激滟，气象万千。哪似这里尽是金银珠玉堆砌，俗不可耐。"又见洞室千间，人却极少。连深入了好几进，只每进通路正门有一执戈侍卫侍立，不言不动，宛如石像一般，看着好笑。余室空设卧榻，俱无人居。

　　最后走到一处，见有两扇金门紧闭，方、元二人商量进去。癞姑细看门上银钉，暗合九宫、五行之秘，隐有红光浮泛。一想不妥，如要入内，势必破门而进。红发老祖并非好惹，此时在内入定，门尚紧闭，岂能无备？尤其外面如此空虚，内里根本重地，深入虎穴，终须谨慎，何况还有接应易、李二人的重任。凡事适可而止，得意不宜再往。便把二人拦住，退了出来。因想老怪物还未出见，何不把这全洞仔细查看一回，以为反目成仇后，再来除他之计。三人便不由原路退出，走向别室，绕到中进。猛瞥见右侧一间大室，门外邪雾迷漫，光焰如血。门前二侍卫面貌分外狞恶，情知有异。试走近了一看，原来正是全阵法台所在，好生惊喜，正欲走近查看，忽听易静由外传声，与妖徒争论，词锋甚利。话还未完，便见法台后面石壁忽裂，走出一个红发老祖，满面怒容。到了台上，拔起当中一面小幡，上下左右一阵招展，立时全台妖幡一齐自行移动，血光腾涌，阴风四起，气象甚是愁惨。三人知道厉害，算计此台乃全阵中枢，与后洞通连。红发老祖已闻易静传声讥刺，定必出见。妖法十分厉害，身未走近，只在门外遥为窥探，便觉阴冷之气逼人。虽说不怕，到底不到翻脸时候，何苦授人口舌？万一被他走出识破，或为妖法所阻，急切间不能走出，岂不误事？想到这里，不敢冒昧。刚往侧一闪，待要走出，便见红发老祖将幡插向原处，面带得意之色，飞身走出。如非识得前后方向，闪躲得快，纵不致撞个迎面，人在丈许以内，也难保不被他警觉了。

三人没想到对方出得这么快，倒被吓了一跳，忙屏气息，静立于侧，等对方出去再走。红发老祖虽然修道多年，到底出身山人，不脱粗豪气息。一听宫外来人说话刺耳，心中有气，不特未留意到别处，竟连法台外面门户均未行法封锁。只把袍袖一展，一道红光一闪，便往外飞去。三人等他走后，本要走出，二次走过门外，癞姑忽在无心中看出内里阵法虽已发动，门户却未封禁，可以隐身从容走入。暗忖："魔阵中枢设在洞内，如非无心走来发现，怎得知道？法台不破，敌人随心运用，变化无穷，来人找不到中枢要地，休说破阵艰难，连出阵也非容易。适在阵中查看，石峰千百，七九为丛，互相呼应，可分可合，看去变化极多。自己从小投师，便得爱怜，出门总承师携带同行，极少离开，经历既多，又常听师父指点解说各异派妖阵邪法，竟会不知此阵来历名称，厉害可想，无意中探得机密，真乃幸事。难得老怪只顾开禁出去，忘了复原，门户洞开，一无禁阻，正好下手。此时出去接应易、李二人，在旁暗中戒备，老怪能够临时悔悟，不为妖徒所惑，自是绝妙。一旦翻脸，便抢先暗入。那时如将台上主幡毁去，那阵法至少也要减却它一半妙用，脱身岂不就易了？"主意想好，便没走进，到了洞外，和方、元二人偷偷一说。元皓笑道："无须。我们各有一件法宝，名为六甲分光轮，专破妖焰魔火。照仙示所说，出阵决可无阻，何必还费这事？"癞姑道："我岂不知决能出阵，但能省点心力，却给老怪添烦，不是好么？"说时，忽听妖徒在台上传话，令易、李二人听候召见，语声甚傲，随往殿前窥探，因红发老祖不比众妖徒好欺，恐被识破，没敢直入大殿，隐身殿门外钟架后面偷听。听出对方受人蛊惑，与本门为仇，主意已决，任是易、李二人如何委屈，也不可免，心中自是有气。听完奸谋，等了一阵，无甚意思。见众妖人纷来殿中参谒，领受机宜，阵法已然变动，守阵妖人来去颇繁，所有能者多半派出，直以全力施为，必欲置来人于死地而后快。三人暗骂："无知妖孽，少时便叫你们知道厉害。"

正寻思间，忽见两个妖人飞入殿内，匆匆说了几句，重又走出。三人认出是姚开江、洪长豹的妖魂。昔年曾与对敌，知他们和各派妖人来往最密。红发老祖今与正派为仇，便是受了这为首诸妖徒的日常怂恿离间所致。二妖人一个在戴家场为怪叫花凌浑伤了元气，仅得保住残躯，大约新近才经乃师苦心祭炼，略微复原，不然终日神魂颠倒，宛如废人；一个吃绿袍老祖用妖法斩成粉碎,只剩生魂逃回,看去形体尚未凝固。二妖俱遭惨祸,依然不知悔改,反而变本加厉。癞姑等三人本就觉这二妖人可杀而不可留。方、元二人又加想到前生的杀身大仇,急于乘机报复,便要追往查看二妖人所伏阵地,以便少时下手。癞姑想:"对方有心屈辱来人,召见还须些时,反正无事,二妖人也实可恶,正好助方、元二人报那前仇。"立即应诺,一同尾随下去。二妖人在红发门下本来居长,法力也高。无如一个元神受了重创,一个躯体已失,山人中找不到好庐舍,又不愿借用汉人形体,正在修炼神魂,等候机遇。法宝又多半失去,法力也迥非昔比。平日演习阵法,不是正经临敌之时,红发老祖因他们是长徒,不欲使其伤心,依然令与雷抓子、秦玠诸人并列。今日强敌当前,自然觉着二人难胜重任;雷、秦诸妖徒又极忌刻,向师力说二人法力不济,恐有失误,必须调开。红发老祖耳软,便即把二人召来,令其移往后方无关大局之处把守,把原有阵中要地,让与法力较高的同门。二妖徒全都心雄好胜,自觉无颜,又是伤心,又是怨恨,失势已久,不敢违逆师命,匆匆交代,去往后阵。忿恨之余,无心中谈到当日之事,恰被三人赶来,把山口外所伏教外妖邪以及那些机密全都听去。

三人知道此时若报仇,将引起敌人警觉,出阵更是艰难。忙退下来,到了无人之处。癞姑道:"我原说呢,阵中妖法甚是恶毒,不似平日所闻老怪行径,原来竟有鸠盘婆老妖孽的妖幡法宝在内,并还藏有本身教中的厉害邪法,把好几种妖阵设在一起,感化相生。怪不得看去那么恶毒阴险,连阵名都不知晓。照此情形,恐连易师姊两世修为,见多识广,也未必能全看出。别的妖阵中枢法台多在中央,此阵法台,却深藏洞内,变化神速玄妙,一经入伏,发动阵法,休想脱出。我们三人如非得那前辈仙长指示,嘱令按时早来,无心中潜入洞中窥见法台要地,出阵以前先做手脚,只恐我五人合力,枉有好些奇珍异宝,也难脱身呢。"元皓笑道:"姊姊说得极是。我适才还想那位前辈仙师既令我们照书行事,末了又有从心所欲,相机接应之言,觉着奇怪,原来指此而言。这一来我们大可放心大胆,想到就做好了。"方瑛道:"话虽如此,身在虎穴,妖阵如此厉害,还是谨慎些好。"癞姑道:"我听说妖尸神通变化,厉害非常。此阵为他而设,我们竟能随意出入,不太容易了么?以此来论,老怪势出不已,设此妖阵,一切多是借用，并非好行凶恶，本门师长欲为保全，必有可恕之道。否则视此妖邪行径，纵有白、朱二老情面，也早诛戮了。我们少时到了洞内，如全给他毁去，鸠盘婆不答应老怪尚在其次，异日妖尸来犯，如何抵御？还须给他留些后手，不能尽去呢。"

二人方点头应是，忽见妖徒由殿中走出，站向台口似要发话，却先和台前二亭侍卫耳语，知又闹鬼，忙同飞身赶去。三人才一落地，妖徒便传易、李二人进见，说完面带骄矜之色，朝两亭侍卫微笑示意，反身回走，癞姑料又令侍卫折辱来人，便赌气把守亭妖人禁制，不能言动。易、李二人也已走了上来。癞姑略现身形，扮了一个鬼脸，便率方、元二人尾随在后，暗中戒备，一直隐伏殿外。俟到双方破裂，易、李二人用兜率宝伞脱身遁走，众妖纷纷追去。知易、李二人有法宝、飞剑护身，至多被困，绝无妨害，便不随往，径往神宫内飞去。三人才到中进，便见红发老祖飞了回来，恐被觉察，忙即避入别室。方想事情也许要糟，老怪回洞必往法台行法，当着他面，怎能下手？正悔适才疏忽，只顾偷看双方争论变脸，晚到一步，以致下手艰难。忽见红发老祖并未去往法台，急匆匆照直往后洞飞去，一晃便已闪过。

三人见他行径可疑，尾随进去一看，后洞金门忽然开启，遥望门内，有二童守侍，拜伏在地。红发老祖已然飞进，金门重又闭合，更无动静。三人见当临敌之际，敌人忽然退回后洞不出，越觉可疑。因前见敌人曾由法台后现身，裂壁而出，以为是由后洞走向法台，忙又回转，欲往法台探看。猛瞥红光一闪，忙即回顾，只见一片红光拥着一个老妖人，身佩宝囊，由当中通路飞行，往洞外驶去，相貌与先进后洞的敌人生得一般无二，只是矮小了许多。三人这才悟出，是敌人的元神化身。来人只是两个后辈，竟以全力相加，好生不解。敌人已走，洞中空虚，正好下手。到了法台门外，先把守门二妖人禁制，不令出声行动，然后试探着走进门去。那法台乃是全阵总图中枢运用之地，命脉所在，几件向人借来的法宝和那主幡多在台上。红发老祖本为对付妖尸而设，当日也是大意，没想到来人不止两个，另有能手隐身暗入根本重地。又看出易、李二人法宝、飞剑神奇，如不运用玄功变化，便将全阵发动也难收功。又想："所设阵法共是九层，层层相生，可分可合，具有无穷妙用。似此后进小辈，自己还有玄功变化，只要到阵中主台，把头两层阵法妙用发挥，必可成擒。最主要的还是那护身法宝、飞剑，休看适才易、李二人通行全阵，乃是一时侥幸混入。自己亲身施为，稍加变化，决识不透，无须把九层阵法一齐发动。"所以没留意到洞内阵图重地。而癞姑等三人不知底细，所听山人之言语焉不详，认定洞中法台是全阵枢纽，还当是无心奇遇，立意破那妖幡。没有想到阵中另设有八座主台，只要乘隙隐身冲到台上，将现搬用的一座台上主幡破去，妖阵威力便可减去多半。等到敌人发觉，另将下余六座妖阵连环发动，人已脱身遁出阵去了。这一来却闹了个损人不利己。如非癞姑心存忠厚，又不愿为妖尸减去强敌，法宝还保留了几件，不曾毁灭，不等四九大劫到来，红发老祖已无幸理。这且不提。

癞姑等三人到了里面一看，只见洞内光线昏茫，冷风袭人，气象阴森，十分愁惨。法台上大小幡幢，共有四五十面，幡色深黑，上绘许多白骨骷髅。每幡上面各有一个相貌狰狞，色如死灰，凶睛暴露，直泛绿光，满口白牙上下森列，似要攫人而噬的死人头骨。当中更有大小九个骷髅头骨，临空浮沉，于阴风邪雾之中时隐时现。下面一个五尺方圆的大圆盆，内盛鲜血。那九个骷髅只要由隐而现，盆中鲜血立化血光，蓬勃而起，将全台罩住，四壁立被映成了暗赤颜色，奇腥刺鼻。似这样隐现明灭，变幻不止，除人头骷髅形相异常惨厉凶恶外，也无甚别的异处。可是三人那么高法力，置身其中，竟是头晕神昏，心摇目眩，身上直打寒噤，由不得汗毛皆立。知道不妙，忙运玄功，各自镇摄心神。癞姑又将屠龙师太所传佛光放起，护住三人全身，见已无害，这才上台破那主幡。

三人俱都行家，法台乃全阵枢纽，虽能于弹指之间变换阵法，发挥阵中妙用，威力至大，但本身全仗行法人主持守护；譬之极精良的杀敌利器，放置地上，无人运用，门户又忘了封禁，效力已失。尽管那些法器妖幡俱有鬼魂凭附，通灵神异，但系借用之物，威力已差得多；而三人护身佛光又是百邪不侵，无能为害，法力又高。于是容容易易便将台上三面最主要的妖幡毁去。三人因知这类妖幡多与主人灵感相通，一有人破去，对方立即警觉。阵中尚有二人被困，事机贵速，不敢停留。见台上腥风邪雾随即逬散，三面主幡已化乌有，立即隐形飞出。照着仙示和姚、洪二妖徒所说密语，相互参考，寻到较易冲进的门户，有方、元二人的宝网护身，直入阵内。

三人先并不知易、李二人所在，外观只是一片迷茫，以为和先前一样，主幡已破，料无甚惊人阻力，只认清门户入内，便可少去阻碍，将人寻到。及至进阵一看，全阵已成血海，深悔适才不能当机立断，将全法台毁去，以致妖阵仍有如此厉害。事已至此，只好率方、元二人各自发挥六甲分光轮，冲破千寻血浪，无限妖光，姑试往前冲去。这时，双方斗法正急，阵中妖法已全发动，四面俱是鬼哭神号，异声大作。易、李二人的宝光、剑光又吃浓密的血光遮住，本难发现。事有凑巧，三人前行之处与双方相持之处，正是相对，隔得又近，恰好无心撞上。癫姑机智，既恐妖阵厉害，茫茫血海，无处寻找易、李二人踪迹；又恐所破主幡感应强敌，突然跟踪赶来，彼暗我明，容易受害；又知阵中步步为伏，无穷变化。所以进不多远，更令方、元二人前进不可太急，务须审慎，把各人所有法宝全数准备停当，似防万一变生仓猝，敌人暗下毒手，六甲分光轮不能抵御时，好有一个接替。方、元二人方说不会，癫姑道："你两兄妹知道什么。自来骄敌必败，我见多了。此阵乃红发、鸠盘两个老怪物的精力合璧，妖法何等厉害。此主只能在血海中开路冲行，并不能破它。入阵不远，所择门户又极恰当。如今敌人尚未遇到一个，就可大意的么？"

二人也觉言之有理，方要应对，忽见分光轮飞光电旋之处，前面血光滚滚涌来，却又无甚过分阻力。青光飞扬上去，又向四外冲散，觉着奇怪。未及开口，癫姑已看出有异，心疑前面有人，忙令二人把分光轮上宝光缩短，缓缓前行。又进二三十丈，前面血浪越发汹涌。再行丈许，便听红发老祖喝骂之声。料知敌我已在相持，心中大喜，悄嘱二人觑准方向，冷不防猛冲上去。红发老祖一心擒捉敌人，因那妖幡并非自己祭炼，中央法台恰与这三幡不连，被人毁去，毫未警觉。才听对方有人回答，便见青光若虹，飞芒电驭，疾驶而来，认出了此宝来历；又听主幡被毁，又惊又急。见敌已逃，忙着回洞查看，自然无心追赶。癫姑等三人也真神速，口中说话，手中施为，才一照面，便将人救出阵去，隐形遁走，临走还使敌人受了一点小挫。

易、李二人听完经过，赞佩不置。事已交代，如不再与敌人计较，本可听其自往峨眉寻仇，或是日后遇上，再作计较，暂时舍之而去。无如英琼这口紫郢剑,乃本门镇山之宝,必须夺回。又以师父仙书所示,此事不能算了。还有妖徒所召来的一些妖人,俱是奉命诛戮,遇上时不得轻纵之人。如往夺剑,无论明暗,均非易与,同门中并有数人为此遭劫。欲追,结仇固然更深,还伤好些自己人;欲罢,势又不许。端的进退两难,想不出甚两全之法。英琼偏又愁急宝剑,到后听完前事,立即运用玄功,想将剑收回。接连几次,那剑似被绝大神力吸住,挣脱不得。易静、癞姑均和英琼亲厚逾常,见她愁急,再三劝慰说:"老怪岂不知本门宝剑,外人难于使用?侥幸夺去,自必时刻留心防守。你越心急收回,他把持越紧。只能欲取姑与,或是从缓,或再与他对敌之时,骤出不意,突以全力收回,方可得手。此是不特无效,转使惊疑,易生他变,最好暂且放开。此是祖师遗传镇山之宝,现落敌手,凡我同门,谁能坐视?不过事戒轻率,谋定后动,大家从长计议,想好主意,再作道理不迟。"英琼无法,只得怏怏而止。

妖阵凶险,敌人势盛,又勾引了好些教外妖邪,凭这宾主五人绝难取胜。但又恐累同门,不肯用法牌传音告急。众人商量了一阵,仍无结果。最后癞姑忿道:"老怪无耻,听他口气妄自尊大,却强抢后辈的宝剑。深悔适才没将他由鸠盘老虔婆那里借来装点门面的几件法宝全毁了去,容他猖狂,真是可惜!我想他借来之物,定必贵重。好在他那妖宫虚实已得,轻车熟路。我们与他明斗,众寡相殊。不如由我们用地行法直入妖宫,乘隙将几件法宝盗来和他换,老怪借人之物不能失落,必允无疑。你们以为如何?"易静道:"你也太把老怪小看了。先前得手,原是老怪骄狂自恃,不曾防备,师妹和方、元二位骤出不意,加以凑巧,方始得手。行险侥幸,已是可一而不可再。何况老怪失了妖幡,何等悔恨痛惜,最后戒备,自在意中。又知我们能由地底飞行,空有妖阵,全无阻隔,势必加紧防范。弄巧还要将计就计,暗设陷阱,诱人上套。如何去得?"癞姑道:"这也不好,那也顾忌,莫非罢了不成?我也明知众同门一来,虽不免于有人受伤,但决占上风无疑。事又成了定数,难于避免。所以此时进退两难,总想自己的事,何必连累别人?师父又曾说过,当接到法牌传音时,自家度德量力,不可冒失前来,尽管定数,也未始不想保全。我们既知此事上体师心,下顾同门义气,何妨姑作人定胜天之想?万一此行将剑盗回,或是盗得他的法宝与他对换，免去诸同门一劫，岂不是好？至于老怪陷阱周密一节，我也料到。我想成功与否，自是难料，失陷或者不会，还是由我趁热一行。也许老怪见我们刚才逃败，未必如此大胆回头得这么快，又来一回。若能天从人愿，岂不是好！"

易静原知癞姑法力不在己下，有的法术还具专长，非己所及。此行纵不成功，失陷尚不至于。笑答："师妹，去是可去，只恐徒劳罢了。现为保全在劫同门，姑且一试。老怪师徒狠毒，万一事有意外，可速传音告急，不可自误。"癞姑随口应了。方、元二人也要随往。癞姑道："这回再往，十九无功，事更艰难凶险，人多反而误事。你两个不要同去吧。"二人便把宝网和六甲分光轮取出递过。英琼想起宝珠有用，也要交癞姑带去防身。癞姑笑道："谢谢你三人好心。我有佛光护身，自信老怪尚莫奈我何。宝网用不着。我本佛门弟子，牟尼珠与易师姊自炼七宝不同，虽可借用，但是琼妹飞剑已失，此宝可以防身，外人多厉害也夺不去。目前老怪师徒仇深恨重，又非寻常无用妖人，万一寻上门来，你们人少势孤，此宝大有用处，我却有无皆可。只将分光轮借一柄与我带去足矣。"说罢，将轮要过。三人还要劝说，癞姑道："我去去就来。"大头一晃，无影无踪。

易静说："癞师妹不特法力高强，人更心慈义气，机智绝伦。没眼力的人只看她相貌丑怪，行动滑稽，实则一身仙骨，灵秀清奇，迥异恒流。本门中这等人物真还不多哩。"英琼道："那日我听齐霞姊说，师父对她十分期许，说是异日成就远大。今日二次妖宫行险，我想不会有什么差池吧？"易静道："琼妹怎的胆小？休说是她，凡这次奉命下山的许多同门，绝无一个中道夭折的。便是这次该遭劫的几位同门，也不能为妖法所害，至多受一次重伤，并非无救，何况她呢。"

方、元二人前生俱好酒量，自来崖洞隐居，见当地花果甚多，四时不断，湖中盛产菱、藕、菱、茨之类，闲中无事，酿得好几坛美酒。癞姑走后，元皓各取了些，连同自制的松干、笋脯，一齐端出款客。笑道："山居清苦，烟火久疏，愧无兼味。只此几种薄酒野菜，请二位姊姊略微饮用解闷吧。"说罢，给二人将酒斟上，匆匆跑去，又取了些现摘的鲜果跑来。英琼虽为失剑愁烦，见二人忙进忙出，甚是亲切，元皓更是稚气可掬，天真可爱。虽知二人一半为免自己愁思，有心做作，也不由得破颜一笑。易静笑道:"主人如此情重,我们当客的于心何安?不必多费事了。"元皓道:"我兄妹二人,因是无师之学,前生便便受许多苦楚,劫后偷生,仍是畏人。所学又杂,至今无一成就,过去除癞姑外,连个可共交往的同道之友都没,休说是共患难休戚了。好容易故友重逢,又承二位姊姊宠临下交,方想日后仍仗大力援引,得随三位姊姊之后,列入峨眉门下,怎有主客之分,说起见外的话来?"易静听出二人向往本门,有心结交,知二人根器性行俱是上品,如为引进,师父多半可以允准收录。笑答:"便是同门至友,分居各地,前往访晤,宾主之礼也不可无。以二位道友的根器功力,只要心向本门,妹子等三人自然乐为引进。我料家师也必见许。怎能为此寻常之言,便道有心见外呢。"

方、元二人因那散仙以前别时,曾有"异日欲成仙业,必须投到峨眉门下,始可有望。只是今尚非时,阻碍尚多"等语,一直记在心里。今与癞姑良友重逢,恰又转投到峨眉门下,同行还有两人,更是峨眉门下深得师长钟爱瞩望的高足,自觉有望。不知峨眉选材最苛,教规严肃,门人不敢随便进言。三人中,只癞姑交深,但是新进弟子不知能否为力,心中还拿不定,闻言不禁大喜。再三称谢之余,又听易、李二人谈起本门崇正诛邪好些奇迹,均是闻所未闻,愈发欢欣鼓舞,高兴非常。四人对饮,说笑了些时,又同往湖边游玩全景。

光阴易过,一晃多半日过去。英琼心中有事,想起昨日申初起身往红木岭,今晨寅末脱困来此,中间还有妖人梗阻,迟不召见,以及阵中被困耽延,连去带来,才只七个时辰。癞姑走时,原说不问此剑得手与否,回来均快。按说此番一人前往,直入妖宫,又是去过的熟路,人更机智,法力高强,怎会去了这大半天?不禁重又愁急起来。忍不住问道:"癞师姊久去不归,教人悬念。二位道友,可有甚方法查看么?"方瑛道:"我二人也正为此犯愁。那面宝镜虽能隔山透视,但不能看远。红木岭离此好几百里,决看不见。倒是那位无名前辈仙师当初设伏时,为防万一被甚妖人识破行藏,来此侵害,重山阻隔,事前不能查知,另在湖中设有灵光回影之法,比较查见得远。可惜此法全凭自身法力深浅,以定所视远近。我二人功力有限,即以全力运用,至多也只看到妙相岩左近,崖那边天狗坪阵地一带,便看不见。好在此法愚兄妹已然学会,不妨告诉二位姊姊。易姊姊法力高深,且去一试如何?"易静也早在疑虑,恐怕癞姑轻敌失陷,因说出来徒乱人意,于事无补,正在心中盘算主意。闻言喜道:"此法我曾听家师说过,虽不比佛道两家心光灵瞩、闉中视影来得灵妙,却也是旁门中一种最高的法术。贤兄妹既精此法,可以传授,实是幸事。就是妖宫阻远不能查见,妙相峦一带此时正有不少妖人盘踞,也可以查出一些端倪呢。"说罢,便往回走。英琼见方、元二人来去仍用虹桥飞渡,便问:"一水之隔,何须回回费事?"元皓道:"姊姊不知。我二人自从前生遭劫,受了妖人暗算,已成惊弓之鸟。加以无名仙师别时曾说,湖中禁制,非接引人来一同起身时,来去不可疏忽。如此说法,必有原因,所以宁费点事,不敢大意。适才我觉心动,也许还有警兆要来呢。"说时,已将虹桥过完。

英琼见她收完虹桥,又去望湖行法,湖中烟光云气,重又明灭隐现,所说灵光尚未现出,甚是繁忙,心中愁急不耐。暗忖:"自从初来起,接连数次收剑,不曾收回,料被老怪强行禁住,无法收回。这大半日工夫却未再收。以此剑神妙和近日自己功力而论,无论相隔多远,均可由心运用,收发如意,任何妖法也难阻止,不知怎会被老怪禁住?反正无事,也许此时老怪见我久无动静,忽然松懈,何不再收它一回试试?"想到这里,因料定十九徒劳,也未告知三人,自坐洞前树下大石之上,暗以全力施为,默运玄功,照着本门收剑心法,猛力往回一收。觉着那剑只略受留滞,便即脱了禁制往回飞来,并且和平日运用一般灵活轻快,知已脱出敌人掌握,行即飞到。当时喜出望外,惟恐途中又遇甚阻截,只顾全神贯注在收剑上面,加紧运用,仍未顾到告知三人,正觉剑快飞到,忽听方、元二人同声失惊道:"有人破法!似有一件厉害法宝,破禁欲入,来势不善,二位姊姊快些准备!"同时水面上云气烟光重又涌现,眼看布满全湖。方、元二人面上立现惊慌之色。易静闻言,好生骇异,一面忙取宝戒备,赶往二人注目之处一看,瞥见湖心澄波,现出亩许大小一面圆镜,全景毕现其中。靠来路山崖一面,现出大片青霞,将崖上下一齐挡住。外有一道紫虹,势绝猛烈,正往青霞上冲荡,似要突围欲入。急得方、元二人同声说道:"外层禁制,必破无疑。敌人是甚法宝,如此厉害?"二人言还未了,易静已看出那紫虹乃英琼的紫郢仙剑,不禁惊喜交集。见方、元二人正以全力施为,使那青霞加盛。意欲阻止,知是误会。急喊:"二位道友,急速撤禁,那是琼妹的紫郢剑飞回来了。"话方出口,势已无及,只听远远一片极强烈的爆音,水镜中青霞竟被剑光冲破,化为一天光芒,飞散消灭,四外崖上禁制,一齐化为乌有。剑光又朝湖上飞来。易静回顾英琼正在手掐灵诀,默坐树下,心无二用,方知英琼突然收剑所致。恐又冒失,连湖上禁制破去,忙飞身过去阻止,令其缓收时,剑光来势神速,已电掣飞到。方、元二人虽已看出剑光乃英琼之宝,无如撤禁不能太速,只得索性重施禁制,先挡一下,再等剑主人自来止住。这湖上禁制却与外层大不相同,当时烟光潮涌而起,竟将紫虹紧紧逼住,不能再进。英琼先还不知外层禁制阻隔,觉着剑将飞到,又遇阻力,惟恐二次又复失去。一时情急,加紧运用玄功,往回猛收。刚听得远方爆音,飞剑又复遇阻,这次力量更大,竟难冲动。耳听易、方、元三人似在湖边急喊,因为相隔较远,英琼一心注在剑上,也未听真;又认为是得失紧要关头,不敢松懈,依然加紧施为。直到易静赶往阻止,方始省悟。总算湖上禁制辅有散仙所留异宝,大有威力妙用,为时又暂,彼此两无伤害。但那外层禁制全被飞剑无心冲破,藩篱尽撤了。英琼知是自己事前未说,冒失之过,心中好生不安,不住道歉。方、元二人道:"无名仙师原说我二人一走,这里气运便尽。反正事完,便随三位姊姊同去,无须保留,由它去吧。不过外层禁法已破,近山景物忽然呈现,难保不将仇敌引了前来。还有癞姊,剑已飞回,去了一日,人还未回。等我们传了灵光回影之法,大家运用玄功慧目,一同试看一回吧。"

易静知道此法是在水中现一圆光,向天照去,将远近地面上景物摄向天空,再往圆光中倒映下来。凭着自身功力,以定所照地域大小,只要能照到下面人物行动,便是纤微毕睹。此时初学,所见虽是不广,以自己的法力,异日加功勤习,必能远及千里以外。无心得此,好生欣喜,忙和英琼一同称谢。方瑛道:"适才因值过湖行法,照例现形,水中圆光不大,这还是我二人法力有限,非将圆光放大,不能看远。真要到了功候,只消一勺之水,便可远近毕现,大小无不从心了。"说罢,传了口诀用法,易静道力高深,自然一学便会。英琼凤根颖悟,也差不多点透。本是从习,没在预计之中,急于观察敌踪,立即如法施为。因湖水中禁制神妙,仍由方、元二人为首行法,同时一口真气吹出,湖上灵旗招展,云光离合,一阵明灭之后,波心突现出尺许大一个圆圈,晶波若镜,水花一般往外展去,越展越大，晃眼大出二三十丈，光也越发晶明，宛如极大的一轮明月，浮在湖波之上。元皓笑道："我二人能力止此，不能再大，请易姊姊试演一回，看还能加大些不能？"

易静看出二人功力也甚不凡，又是合力运用，自己究是初学，万一上前接替，不能加大，反倒缩小，岂不丢人？便说道："我刚学会，如何班门弄斧？请先查看妙相岩众妖人的动静。"说时，方、元二人也知易、李二人初学，难于把握，遂将仙法发动，又各运用玄功，手掐灵诀，往上空一扬。光中本是通体空明，立时现出许多景物人影。四人一同往下注视，所有近处三百里内的景物，俱现其内。易、李二人昨日往红木岭所经山林泉石，历历可数。方在赞佩，方、元二人已将仙法催动，光中景物便去却三面，专往妙相岩路上移去。眼看相隔妙相岩不远，易静一眼瞥见光中现出二三十道光华，在空中交织恶斗，认出内有自己人的剑光在内，大吃一惊，忙喊三人一同仔细辨识，果是一伙男女同门，各施飞剑、法宝，正与十余个妖人在妙相岩附近谷口外空中苦斗，不分高下。谷中另有数十妖人，驾驭大片妖光红云，蜂拥而出。乍看时，敌人似乎势子较盛。自己这面，看出有金蝉、石生、甄艮、甄兑、易鼎、易震、司徒平、秦寒萼、杨鲤、陆蓉波、廉红药、李文衍、向芳淑等共十三人，却无癞姑在内。易静料知癞姑失陷被困，用法牌传音告急，将这些同门引来。牌未用过，不知自己牌上怎无感应？又觉不像。匆匆不暇查看妖人是谁，立命方、元二人行法撤禁往援。英琼因癞姑为己而去，愈发情急。就这几句话工夫，方、元二人正在收法之际，易、李二人目光到处，又发现徐祥鹅、余英男、申若兰、何玫、崔绮、庄易、林寒、严人英等十余人，三三两两由各方飞来，加入助战。双方愈发成了混斗，满天空俱是剑光纵横，宝光照耀，妖云迷漫，邪焰腾空，看去越发惊人。易静正催方、元二人急速收法，圆光忽隐，云气翻舞中现出虹桥，四人忙在桥上飞过。方、元二人匆匆行法复禁，便同飞空中，急催遁光，往妙相岩赶去。

易、李二人飞出不远，遥望双方恶斗方酣，妖人和一些原有的左道妖邪正在纷纷伤亡，自己这面似还无人受伤。易氏兄弟同驾新得回的九天十地辟魔神梭，电驰星飞般上下冲突于妖光邪焰之中，如入无人之境。廉红药、向芳淑、余英男、严人英、金蝉、石生还有后到的林寒等，各有异宝仙剑,也均发挥威力,活跃阵内。妖人中也颇有能者,无如高下不齐,强的虽能自保,弱的相差太甚。自己这面,却无一个不济的,至少也能发挥本门飞剑,足可防身。并且对方只要有法力稍强的人赶来相斗,立有能手上前接应。敌人却是极少互相接应。一干妖人尤其凶野成性,不知进退,一味死拼,空自越杀越勇,毫不怕死,禁不住众同门剑光厉害,法宝神奇,一被罩住全身,立即了账。不是血肉之身可以硬抗,拼命白死,全无用处,所以伤亡最多。就四人目光到处,已有四五个妖人和两个不经见的妖妇,被自己这面腰斩,随着被剑光绞散的妖光邪气相继下落。

易、李二人料知占足上风,不禁心喜,忙催遁光赶上前去。眼看快要到达,猛又瞥见最前面谷口内,又飞出一大片红光,光中现出三个妖人:为首一个正是敌人主脑红发老祖,随行二妖人,一个不曾见过,一个正是妖人中的智囊妖徒秦玕。来势神速异常,身后谷口内妖云滚滚,邪雾迷漫,突突往上空冒起,也似狂涛一般往谷外涌来。料知后面援兵不在少数。易静知道红发老祖玄功奥妙,不比寻常,又有化血神刀,狠毒无比,众同门多半不是对手。心中一急,遁光迅速,刹那赶到。就在这前后望见的不多一会儿,敌人想是看见伤亡众多,知道先前倚仗人多,全力相拼的主意实在吃亏,已然改合为分,由双方混战改成了捉对儿厮杀。但是敌人能手无多,众同门飞剑法宝神妙非常,妖法尽管恶毒,不能侵害,稍一疏忽,便为金、石、严、林、廉、向、易诸人所伤。妖人中几个能手见势不支,勉强分头寻对,将金、石、严、林等最厉害的几个敌住,也仅能自保,占不得丝毫便宜。尤厉害的是金、石二人与廉红药在峨眉开府之初敬候仙宾时遇到媖姆师徒,各得了一套番僧异宝,又经媖姆师徒仙法重炼的九九修罗刀,加上易氏弟兄的九天十地辟魔神梭,满空飞舞纵横,威力至大。

起初妖党人多,自知法力不济,便由那法力较高的各自量力,寻找对手,单斗独战。次一点的,便三五人做一起,分开去向申若兰、秦寒萼、司徒平、庄易、何玫、崔绮、李文衍、甄艮、甄兑等人合力应战。哪知金、石二人机智,看出敌人改合为分,意在避免伤亡,想把自己这面能手绊住,分头量力相持,以待谷中救兵出来报仇。心想:"对方无一善类,这伙外来的妖邪更是罪恶如山,早该诛戮,和他们有甚客气?反正大仇已结,乐得杀他一个落花流水,去掉一个是一个。"心念一动,知道和自己对手的妖人除他不易，白白将法宝占住。忙向石生一声暗号，分出霹雳、银河三剑，连同七修剑中主剑天啸，先是四道剑光合力分斗两个最厉害的妖人。同时却把两套五十四口修罗刀向那人多之处乱飞过去，也不指定对谁，忽东忽西，得隙便即伤人。廉红药看出便宜，跟着一学样，三套九九八十一道血焰金光，电驰虹飞，满空交射。一干妖邪怎禁得住，一晃又伤了好几个。

红发老祖正在神宫以内重炼阵法和新得来的那口紫郢仙剑，忽接妖徒警报，言说来了六个幼童，俱是峨眉门下，在谷口外与诸同门和一些外教中道友相遇，因对方出口伤人，张狂太甚，动起手来。不料敌人年纪虽幼，竟是妙一真人之子金蝉，法宝、飞剑厉害非常，势颇不支，请师父即速出去。红发老祖因紫郢至宝不期而得，忽起贪心，想收为己有。但知峨眉派飞剑均与身心相合，外人最不易收用；何况此剑乃镇山之宝，神物通灵，自能变化。初到手时，如非玄功禁制把持得紧，几次都要被它挣脱飞去。在尚未制服，并刺心滴血通灵之前，一时也松懈不得。又不知妖徒所说是否属实，以为区区几个峨眉后辈，何值亲往？不愿舍剑出敌，便令雷抓子先率徒众出去接应。哪知对方的人越来越多，竟被伤了三个门下，外人来助者尚不在内。不消多时，连接告急警报，直说是峨眉派已然来犯。这才又急又怒，心想非出不可。那紫郢剑自从初得，被剑主人连收了数次之后的大半日却不见动静，此时带在身旁，一个不巧，就许得而复失。如不带去，用法力封禁宫中，是否能够制住，不被破禁飞去，也还难说。正自寻思迟疑，就在这对剑沉吟之际，恰巧英琼一时情急，又试收剑。紫郢原是神物，如非被大法力禁制，主人不收，也自飞回。这两头一凑，立时脱手，破壁而出。红发老祖闻报忿急，心神已分，那剑又久无飞起之势，未免疏忽了些，骤出不意，立被遁走。

当初英琼失剑，原为神注宝珠，剑失主驭，红发老祖法力又高，才得乘隙夺去，事属凑巧。否则峨眉飞剑与人共存亡，除非将剑主人杀死，或能当时收去，久了，仍然难保不被峨眉诸长老收回。休说紫郢神物，便是差一点的飞剑，只要对方身剑合一，全力运用，外人也收不去。剑已飞遁，再想分化元神，追擒回来，如何能够？何况去势端的比电还快，红发老祖手指还被剑光挣脱时裂断了三个。惊遽中，忙纵遁光负伤追出，只见紫光已然穿阵而过，遥见一丝痕影，略闪即没。同时，妖徒又来飞报，说是伤亡越多，引他入阵受擒，偏又狡猾，连谷口都不飞进，师父再不往援，直非惨败不可。红发老祖愈发怒火中烧，无如手指断裂，必须立时接上。这还仗着法力高强，防御得快，稍差一点，连身首都未能保全了。忿极之下，匆匆回宫，用法力和灵药将断指接上，方始率了余众出来接应。

众妖徒中秦玠最是诡诈，先听警报，知道谷口外埋伏的教外妖人颇多能者，竟会不敌，可知厉害。又听伤亡甚多，越发胆怯。假装在旁催师出战，立意随定乃师，一步不离。见全部徒党除妖徒中酌留少数把守，以防敌人入阵迎敌施为外，全都出战，方始随同飞出，自以为巧，哪知仍遭惨死。那战场相隔谷口约有二十余里，易静和红发老祖恰是同时赶到，想起红发老祖法力高强，预存戒心。双方情势多半不能两立，反正成仇，又是强敌当前，上来便打了先下手为强的主意。因四人遁光联合同飞，形迹已露，敌人当已看出。易静忙嘱英琼、方、元三人缓上，自把身形隐去，还未到达，便运用玄功，催遁疾驶，径由战场上空越过，赶在金、石诸人之前。本意是和上次一样，冷不防将灭魔弹月弩和太乙散光丸二宝并施，先给红发老祖一个大挫。一眼瞥见对面红光中拥着三人，当中是红发老祖，右边一个正是那最可恶的妖徒秦玠。知道今日之事，多半由于雷、秦二妖徒为首蛊惑乃师而起，不由激发素日疾恶天性。百忙中，易静取出乌金芒，连同原持二宝一齐发出。先是一粒散光丸，飞向红光之中，只听一片极剧烈的爆音，化作半天光雨，将敌人身外红光击散。紧跟着右手把灭魔弹月弩一指，飞出三点精光，分向对过三人打去。同时左手发出乌金芒，专朝妖徒打去，惟恐一击不能致命，竟连用了三根。妖徒骤出不意，忽见身外红光震散，心中一惊，一点星光忽又打到，敌人影子未见，竟不知哪里来的。如不纵避，也还未必便死。只因人太好巧灵活，百忙中觉着妖师难恃，忙纵妖遁往后遁去。说时迟，那时快，弹月弩何等神速，左肩先被打中。惊悸亡魂中，眼前似有极细两三丝乌金芒影一闪，三根乌金芒同时打中双目命门，奇痛钻心之下，神志一昏，弹月弩光也恰同时爆发，全身爆裂，连形神一同震散，当时惨死，残尸纷纷坠地。

毕竟红发老祖玄功奥妙，法力高强。才出谷口，瞥见敌势十分强盛，所有法宝飞剑，俱具极大威力。而自己这面，业已伤亡多人，虽仍苦斗未退，简直高下悬殊，不禁又惊又忿。正打算出奇制胜，雪忿报仇，遁光已经飞近。敌人未及开口发话,猛觉有极微妙的破空之声从对面飞来,方料有人隐形暗算,一团酒杯大小的精光突然迎面飞来,势既神速,近在咫尺。忙放飞刀抵御时,三点寒星又已飞到。这两件法宝,均有奇特妙用,越与硬对,受害越重。散光丸先已爆裂,红光立被震散。上次和易、李、周三人见面,尝过弹月弩的厉害,知是易静所为。怒极之下,知道不妙,忙施法术,想连二妖徒带了先行遁开,避过来势,再行报仇。哪知妖徒秦玠胆小怯敌,先行纵逃,事机又极迅速,不能稍迟。一面匆匆带了另一妖徒飞起,一面施展法力抵敌时,三点寒星相次爆发:两点寒星将先放出的一口飞刀震碎;另一点寒星打中秦玠,全身散裂,化为一片血肉碎骨,惨死坠落,形神皆灭。当时怒发千丈,一面厉声怒喝:"徒儿们与众道友速退下来,待我杀尽峨眉这些小狗男女便了!"说时迟,那时快,红发老祖本已遁出老远,语声才住,人便单身飞回。手扬处,先飞出一片黑烟,晃眼布满宛如一堵高与天齐、其长无际的烟墙,横亘空中。红发老祖身形倏地隐去。

易静二次连用散光丸和弹月弩打去,那烟雾浓厚非常,生生不已,略微震散,便自复原。方觉不妙,忽听头上微风飒然,似有一片彩影飞堕。情知来者不善,行迹被人窥破,再隐已无用处,且与众人联合,再作计较。刚刚现身纵退回来,众妖人已互相呼啸,纷纷往烟雾中飞遁回去,只剩三人被剑光法宝绊住的尚未遁回。另外还有两个勉强挣逃的,惨死于修罗刀下。易静料定敌人必以全力相拼,妖法暗算,不可轻视。见众同门虽未十分穷追,但仍在合力诛杀残余。英琼、方、元三个,也已加入助战,俱都面现得意之色。恐众无备,轻敌受伤,忙喝:"诸位师兄姊妹,小心戒备,休忘师父训诫。"众方同声齐应,忽又听空中厉声喝道:"你们三人不必惊慌,拼受一时苦难,待我取众小狗男女性命!"语声才发,那横亘天半的一片妖烟邪雾,立即横卷过来,将众人圈在当中,上下一齐遮没。众人见众妖人纷纷遁逃,忙指飞剑追赶,吃黑烟阻住。正待运用飞剑、法宝将烟冲散,一见烟墙包围过来,不约而同,一齐发动太乙神雷,数十团雷火霹雳连声。刚刚发出,四外黑烟中忽射出数百团鲜艳无比的彩光,两下恰好迎个正着,吃神雷一震,立化成千万缕彩丝爆裂开来,箭雨一般朝众人射去。

众人不知彩丝来历,有的自恃身与剑合,诸邪不能近身,仍想乱发太乙神雷,将彩丝黑烟一齐击灭;有的更以为自身法力高强,法宝神妙,对于红发老祖还有一点戒心，防他玄功变化伤人，像这等妖烟邪雾，无足为虑。加以双方神雷、妖法同时施为，乍看彩光，似被神雷击散，和适破妖人的法宝、飞剑一样。除易静、李文衍、陆蓉波等三四人得道年久，经历较多，觉得不妙，忙用法宝戒备外，余人尽管近来精进，法力高强，却多不曾见过这类妖法，连胜之下，十九轻敌疏忽。那彩丝来势又急，等觉出彩丝有异，不似别的妖邪法宝一散即灭，心念微动，忙即抵御时，业已纷纷射向身上，吃剑光法宝一挡，又化成片片轻烟爆散。彩丝本是细极，化烟以后，越发稀薄得几非目力所能看见，四外又俱都黄雾昏沉。众人虽练就慧目，且在剑光雷火映处，也只看出了一些有彩色的残痕断影，浮于空际。众人方以为妖法已破，无足为害，就在彩丝爆散之际，忽见一前头形似风车疾转的青色精光，冲破烟层飞着追来。后面紧随一圈佛光，佛光中现出癞姑，一手指定青光，飙轮电驭，才一飞到，便高声大喝：“此是老怪五云桃花瘴，不可令其沾身，快随我走！"说罢，手扬处，飞出一片金色祥云，发出万千金鼓之声，朝当空急升上去。光照处，瞥见红发老祖同了三四个妖人，正由黑影中往下降，吃金云一挡，慌不迭地往空遁去。

这里众人闻言，方在警觉，已有好几个猛闻到一股强烈的膻腥异味，神志一迷糊，便已晕死过去。尚幸敌人为金云所阻，未能近身，幸免毒手，但人已往下坠落。众人中只秦寒萼因在通行火宅玄关之时元气受伤，刚刚修炼复原，知道对方强敌，师长又说自己多灾多难，心生戒惧；又恰好姊妹二人分手时节紫玲见她可怜，把弥尘幡交她带在身旁备个缓急。先还随众逞能，自从红发老祖一出，便看出形势险恶，打定不求有功，但求无过的主意，早把弥尘幡取出，和司徒平联合在一起。一见黑烟围拢，对方又在暗空中怒喝狂言，未等彩光爆射，先把弥尘幡晃动，将自己和司徒罩住，所以未受伤害。后见彩丝箭雨满空乱飞，又看出几分不妙，忙催云幢疾飞过去，连邻近的几个男女同门也被护住。易氏兄弟是因自己法力较浅，乃母绿鬓仙娘韦青青由开府会后临去时节，再三叮嘱小心，始终藏在九天十地避魔神梭以内，满空追逐，不遇机会轻不出手，稍见不妙便连头也不露，以致幸免于害。易、李、方、元四人，早因易静一说，存了戒心，本在一起，易静一见神雷去破敌人彩光，和自己散光丸、弹月弩二宝相似，便知是厉害妖法，忙将兜率宝伞放开。恰好林寒、严人英、李文衍三人离得最近，彩丝箭雨一般，忙飞过去，连三人一齐护住。还有向芳淑同了廉红药也双双飞来，被易静一并用宝伞罩住。只有金蝉、石生各斗一个妖人，相隔寒萼、易静最远，按理本极危险。秦、易诸人先也未料到如此厉害，只为敌人话说得太大，必非易与，作有备无患之想。及见彩丝忽又爆散成烟，几于消灭，还疑自己识不透来由，胆小多虑，实则无甚伎俩，有两个还想奋身出去，手中神雷已然重又发出。猛瞥见申若兰、徐祥鹅、庄易、杨鲤、何玫、崔绮忽然相继晕倒。外面余英男、陆蓉波二人在石生左近，甄兑在金蝉左近，相隔俱远，不及救援。金、石二人既恐六人也为妖法所伤，又料定敌人决不将人迷倒便罢，必要同时猛下毒手杀害，中邪诸人情势万分危急，只得就近向前抢护中邪诸人。说时迟，那时快，就在诸人昏晕下坠，癞姑手上祥云飞起，易、秦二人各催宝光上前抢救之际，忽由金蝉胸前激射出两道精蓝光华，跟着一股青气蓬勃而起，晃眼大约数亩，恰好连甄氏弟兄一齐笼罩。那蓝光初出，才只酒杯粗细，越往外越大。对手妖人也同时在青气笼罩之中，本未晕倒，因见对方出敌，忽有蓝光迎面射来，疑是一件异宝，一时胆怯，忙舍飞剑遁避。金蝉原用霹雳、天啸三道剑光，将妖人连同所用飞剑、法宝一齐绊住，不能脱身。因听癞姑大声疾呼，久知五云桃花瘴奇毒无比，又见众同门相继中邪，心中一惊，不顾杀敌，也未想到胸前异宝，和中邪诸人一样，忙撤天啸剑回御。妖人还当这是逃走机会，哪知如果不逃，同在灵峤三仙玉虎神光之下，还不致死，这一遁出圈去，立在毒烟所中，鼻闻膻腥之味，立即晕死过去。

　　红发老祖原因妖徒伤亡众多，切齿仇敌，先想将自己人撤退，再行施为。不料敌人厉害，好几个妖徒和外来妖人俱吃飞剑绊住，投鼠忌器，略一迟缓，人又撤退大半，被绊住的人势子更孤，晃眼又被仇敌杀死了几个。怒焰沸腾之下，因恃有千年荷花所炼灵药，专治毒瘴，可以起死回生，竟拼着连自己人一同下手，等将敌人毒死，摛到生魂，再行救治重生。红发老祖身起空中一看，晃眼工夫，残余的几个法力较高的头代弟子，又有三人受戮，只逃回了五人。还有一个快要遁出险地，仍吃修罗刀追上杀死。下面只剩三个外教妖人与敌死拼，脱身不得。愈发怒极，心横之下，更无顾忌。一面把黑煞网将众围住，同时发动五云桃花瘴；一面运用玄功变化，准备由空中飞下，施展化血神刀，将仇敌一网打尽，摄去生魂，炼法报仇。

那五云桃花瘴乃南疆卑湿污秽沼泽中千万年淫毒之气凝结而成,自经红发老祖苦心收集,炼成以后,威力更大。具有灵性,能合能分,不可思议,风雷烈火均所不能消。哪怕击成粉碎,只剩残痕淡影,几非目力所能辨识,如不收回,依旧密布空中,决不散灭。一不留心,误认妖法已破,立被暗中飞来侵害。休说侵入五官七窍,不能逃死,便沾了一点在身上,也必穿身入骨,不过缓死些时,终为邪毒所杀。除非当日得到千年荷花,十九难于活命。那妖人明知此宝厉害,也是恶贯满盈,见彩丝已散,没有留意;又以为红发老祖决不会伤害自己人,敌势太强,急于逃遁。等闻到毒气,方想不好,已失知觉。红发老祖又被金云惊退,未得下降。

金蝉在惊遽中,猛想起胸前玉虎妙用,心中一喜。瞥见妖人遁出不远,忽然晕死,如何肯容,手指处,天啸剑重又电射飞出,迎头下落,妖人尸身还未坠地,便被斩成两片。石生在开府云幢上,和金蝉同时所得三角金牌,原由乃母陆蓉波给他嵌在所戴束发金冠之上,发动更快。二宝均极灵异,金蝉胸前宝光刚射出去,石生头上金光已如一座金山涌起。蓉波、英男离得既近,人又机警,一听癞姑急呼,仰见石生头上金光,忙舍所斗妖人飞去。妖人立即中毒晕倒,吃易氏弟兄赶来,一飞钹打成一团血肉坠落。和石生对敌的一个,虽未遁出中毒,但吃余英男忽然飞近,南明离火剑红光一绕,立即腰斩。

癞姑早有准备,比易、秦二人还快,口中报警,一见自己人中毒晕死,早抢先赶来,佛光暴涨,疾逾闪电,往下一沉,飞迎上去,将空中下落的申若兰等六人恰好一齐接住。众人也自纷纷集合。这原是指顾间事,癞姑一打手势,易静等忙即分别飞入佛光之内,将六个死人接过。癞姑喝声:"快走!"手起处,百丈青色光轮重又急转,向前开路。方瑛见状,忙抢向前,也由手上发出光轮相助。众人紧随在后,一同发动太乙神雷,助威前冲。青光所到之处,前面黑烟立似浪滚涛分,四下飞散,冲荡开一个大洞。一时雷火漫空,连珠霹雳之声,震得山摇地动。晃眼冲到圈外,正往前进,癞姑回顾赤云如焰,半天皆红,由后面上空漫天盖地,潮涌而来。癞姑知道灵符金云已被看破,忙喝:"九天十地辟魔神梭速往地下开路,省我行法费事。"易鼎、易震闻言会意,立将梭光往下一冲,地面上立即裂开一个大洞,当先飞入。癞姑引了众人,一同飞入。易静等一行四人,同了金蝉、石生断后。易静先用禁法将地穴入口掩闭，事先并将上面地形变易，另在后左面裂一大洞，以乱敌人目光，防止意外。众人有神梭开路，癞姑、易静和南海双童又都各精地形之术，从旁相助，一直入地四五百丈，方始向前疾驶。

红发老祖和众妖人先被金云惊退甚远，等到发觉为幻影，知道上当，暴怒赶来，遥望数十道遁光由空下泻。算计仇敌又用地行之法脱身，急怒交加，赶近一看，阵中三妖人全遭惨死，一个也未得活命。离烟围外不远地面上，有一巨洞，好似仇敌逃得太急，无暇掩蔽情景。当着一干残余的妖人徒党，愧忿交加，急怒攻心之下，红发老祖知道这些峨眉门下虽是未学新进，俱都法力高强，不可轻侮。来的人数又如此众多，分明奉了师长之命，有心为仇。对方这些师长，更是正教中的冠冕超群人物。况值开府之始，寻常下山行道，尚且要命门人通行火宅、十三限玄关，经过极严厉的考验，方获允准，那么双方成仇，必早料定。既命大举，如何肯令出来丢人？必有准备无疑。后面还有极高明的老辈人物要来，都不一定。

红发老祖原是偏爱门人过甚，耳软心活，受了众妖徒的包围蛊惑所致。此举本出无心，虽然妄自尊大已惯，经众妖徒一蛊惑，把前次无心冒犯之事，认为奇耻大辱，立意要把来人责罚一顿。本心仅想一打一放了事，免众门人不服，说自己畏惧峨眉，并未打算把事闹大。哪知手段过分，激起反抗，众妖徒再一恃势不知进退，逼得来人难再委曲求全，连在阵中杀死多人，从容地遁逃去。敌人走时，自己还几乎受伤。因恐对方有一克星在内，强忍怒火，正在宫中统筹全局，以备报仇之计。不料对方胆大，竟又寻上门来，这次竟连门人带外客，伤亡更多。敌人虽伤了几个，又吃救走，一个也未擒到。起初是以为自己理直气壮，纵然对方为责其门人不快，既令卜门负荆，异日也还有词可借，不致为此反目。这一成仇，想起对方诸长老的厉害，不禁又急又悔。尤如仇怨已深，势成骑虎，再也说不上不算来。有心入地追赶，又恐仇敌诡计多端，故意留此破绽诱敌。

对方所用那些法宝、飞剑，适才又都眼见，几乎无一件不是稀世奇珍，中有好些轻易都见不到。不知怎的荟萃一门，全被对方收罗了去。自己虽有神通变化，但地行不是所长，彼众我寡，并有先后明暗、有意无意之分，又带着好些同党徒众，地底不比天空，可以任意纵横。万一又中仇敌暗算，自己虽然无碍，再被杀伤多人，更是难堪。想到这里，略一踌躇，愈觉得恶气难消。口中钢牙一错，顿生毒念。立即施展妖法，把腰间皮袋对着穴口，行法运用，将手一指，便有一股彩烟由皮袋内箭一般往穴中激射进去。约有半盏茶时，估量五云桃花瘴毒烟已全放出，对方无论飞行多快，也可追上。因有法力补助，到了地底，色彩全隐，只微微有点气味。等仇敌闻到发觉，业已中毒惨死。这才住手。

红发老祖总算天性不恶，盛怒之下，尚恐流毒无辜，放完便将地穴封闭，亲身守候不去。雷抓子和两妖徒看出便宜，几次请师父暂且回山，愿代守候。红发老祖对这几个有本领的徒弟虽极宠爱，却知他们性非纯善，又喜与异派妖人交好，别的均可言听计从，独对于这五云桃花瘴、化血神刀两件法宝，因过于阴毒，为修道人的杀星，恐其用以为恶，决不传授，也决不轻与，所以依然守候不去。待有个把时辰，估量多快的地行人也可追上。心里还暗骂："小狗男女，弄巧成拙。你想诱我上当，我却用法宝、法力取你狗命！有这些时，就算发觉得快，仗有奇珍至宝防御，而事出意外，也绝难防，必有多人中毒身死无疑。"意欲将毒烟收回，然后查看行迹，是全数中毒，还是死了一些？尸首是否被人救走？红发老祖便把穴口打开，自己一收，好像被大力吸去情景，分毫也未收回，这一惊真非同小可。因觉出地下直通向前，喊声不好，连话也未顾得再说，便纵遁光朝前飞去。身刚起在空中，便见前面相隔十余里山谷之中，有一人守在地上，手指不大的一圈光华，正收地底射出来的彩烟，已只剩残尾，目光到处，残烟已被收尽。那人动作极快，晃眼化作一道晶明无比的青光，破空而起。不禁大怒，忙纵遁光赶去。

红发老祖飞行何等神速，竟会没那人快。眼看青光朝东北方飞去，光并不长，只是奇亮，飞得奇高，神速已极。多年心血收集祭炼之宝，自不甘心失去。一面加紧追赶，又将化血神刀隔远飞出，哪知仍追不上。飞遁迅速，一会儿追出五百里外，眼看快被化血神刀追上，青光一闪，忽然不见，连那人相貌也未认出。料定虽不是峨眉门下，也必一党，或是应援之人，巢穴必在左近。急得连使了两次极恶毒的禁咒，对方只置之不理，并无一人出现。众妖徒党羽多人，也随后赶到，相助搜寻敌踪，又各施法力禁制，再伤了不少毒蛇猛兽，始终寻不到一点线索。待要罢休，忽听笑声哧哧，起自左近，忽东忽西，人却不见。跟踪一搜索，又无迹兆可寻。平白气急暴跳，无计可施。红发老祖师徒和众妖人全被激得怒不可遏，立誓非将仇敌寻到不可。似这样满山搜索，忙乱了半日，只差把方圆百余里的山峦溪谷翻了个转。最后才听后面齐声冷笑，方疑敌人忍不住咒骂，出来对敌，分头赶过一看，笑声俱在原发之处，却仍无人影。连用法宝、飞刀、飞叉，照那发声之处夹攻上去，依旧空无一物，笑却不住。红发老祖见状刚刚省悟，正招呼众妖人速将法宝收回，免再贻笑，忽听"叭"的一声，四方八面笑声忽然停止，以后更无声音。红发老祖自知丢人上当，方在愧忿咒骂，猛想起出来时久，巢穴空虚，莫要中人调虎离山之计；况又是两相仇恨，虎视眈眈，时欲伺隙而动，现时大是可虑。喝声："速回！"忙纵遁光，率领众妖人往回路疾驶而去。

原来女神婴易静、癞姑等率领众同门，护了六个死尸到了地底。连续行了百余里，回顾身后无人追来，才放了心。癞姑回顾易静，问道："老怪物化血神刀竟未使用，此时也未追来，我们到了碧云潭，可以从容救人，大是幸事。"易静道："老怪物许是大意了些，又因我们昨日阵中伤了不少妖徒，今日杀伤更众，仇恨越深，以为化血神刀，我们的法宝、飞剑有的可以抵敌，就能伤人，也不会多。他那五云桃花瘴毒，一举可以毒死多人，忘了同时使用，等到想起，已然无及。入地以前，我回顾他已转眼追近，忽然中止，绝无如此便宜的事。我防他追，曾施五丁开山之法，在入口左侧开一地穴。因是全力开通，入地颇深，他到时，地底还有动静，穴中地道与此斜行相并，也还不近。他不入地内穷追，必以邪法、异宝、神刀、毒瘴之类放入，意欲乱杀泄恨。等到尽头遇阻，他必当我们入时匆迫，上面未及还原，到了地底，恐他追来，才将地道封闭。这时不是依照那条假地道盲目前攻，便是垂头丧气，回去再打主意报复了。依我推详，掌教帅尊仙示，我们的难不止此，绝非六位同门便算应典，恐还有不少遭殃，才算了事。以后再如遇上妖人，可还像今日这等冒失么？这些位同门师兄姊妹，是你用法牌传声请来的么？"

癞姑笑道："难为你真会想。那法牌一经行法人的击动，所有持牌的众同门全有感觉。再一行法相应，千里如对，不是只向一人。我如请人相助，你和琼妹相隔得最近，可听见么？"易静道："这层我也想到，因方、元二位道友仙居,外设重重禁制,行法人不知何方仙人,神妙罕见,严密已极。又见诸同门来得突兀,四方赶到,不谋而合,所以疑心你传声告急时,也许为禁法所阻哩。"癞姑笑道:"连我也是盗到老怪千年蘘荷所炼灵药以后,得人指点,才知道的。"易静喜道:"老怪灵药,竟会被你盗来?先前你说可以从容救人,我还不甚放心,不过准知这中毒的人,绝无凶折之理。齐二姊又得了大荒山卢仙婆灵药,恰是六粒,正好合用,以为到了地头,向她求救。想不到有此一举,真可佩可喜呢!但是诸位同门,怎么来的呢?"

林寒恰在身侧同行,正要回答,癞姑道:"他们来历,我已猜出几分。连我的经过,也说来话长。前面便是方、元二位仙居,且俟到后将人救醒,再行细谈吧。"易静闻言,一算途程方向,果然快到。再看方、元二人宝镜,再有十里便到。忙赶向前去,招呼易氏弟兄留意,并将宝镜要过,照路前行。一会儿便将湖前层崖从地底越过。到了湖前平地之上,一声雷震,裂地上升,易氏弟兄当先出土,收了九天十地辟魔神梭。众人虽然大获全胜,因有六人中毒身死待救,见了当地美景,也无心观赏,匆匆由方、元二人行法,从虹桥上飞渡过去。到后,宾主一面礼叙相见,一面把申若兰等六人放在洞中石榻之上卧倒。癞姑将所盗灵药取出,分与易、李、方、元、林寒、陆蓉波六人,将新得来的治法传了。取来湖水,各含了一块在口中,再含一口湖水,运用玄功,朝死人头上喷去,那药立化作一片绿烟,罩向死人面上。六人再用真气微微吹动,使其由头到脚,顺序布满,笼罩全身。约有半顿饭时,眼看死人身有极淡彩烟冒起,吃绿气笼住,渐渐在内消灭。那绿气也由浓而淡,以至于无。再将另一种碧绿清香的丹丸给每人口中塞了一粒。本是通体乌黑,面如乌金,气息全无。自从彩烟冒起,与绿气一并消灭,面色便逐渐恢复,与睡熟中相似。众人多道:"好了。"癞姑道:"早呢。虽然六位同门功力不同,回生许有先后,但那瘴毒奇烈,痊愈少说也需一个对时以后。此时不过保得命在,又服了同时并用的灵药,否则毒虽去尽,内腑五脏不免受伤,那痛楚先难忍受,这还是有根骨的修道之士,如换常人,就这一会儿工夫,不化成一摊脓血,也只剩个骨头架了。你道险是不险?"

癞姑说时,瞥见徐祥鹅二目微启,嘴唇欲动,知他修炼功深,恢复较早。忙走近前,向六人大声说道:"诸位师兄师妹中了妖人瘴毒,此时刚救回生,才有知觉,千万闭目养神,不可强自言动,也不可暗用玄功,能像常人睡上半日最好。如想快些复原,反更慢了。"杨鲤、申若兰、庄易本也相继恢复知觉,闻言一齐闭目养神。一会儿,何玫、崔绮也自回醒,因有众人守候叮嘱,不再言动。众人见状,料已无碍。癞姑又给六人口中各塞了一粒丹药,方始同去外间,各叙前事。

第二三〇回

鸣鼓兴戎　众仙奋斗蛮人祖
腾光护法　七矮欣逢枯竹仙

原来癞姑奉命下山时，除道书仙示与易、李二人同观外，另还有一封密柬。在依还岭静琼谷三人同居炼法时，因易、李二人同说："无论柬帖上示甚仙机，反正决不违背，定遵师命行事，先看何妨？"癞姑不便不允，只得取出同看。哪知本来外面标明了开读日期，竟变成了一道白柬，四外只字皆无。三人知是不到日期，擅自开阅所致，好生悔惧，只得同向峨眉通诚求恕，重将柬帖封好。癞姑性喜滑稽，表面游戏三昧，对于师长却极虔敬。这次迫于情面，擅自开阅，事后想起不应违背师命，悔恨之余，每日均背人默祝一回，字迹终未再现。

癞姑认定柬帖关系极为重大，早晚总要现出字来，始终如一，迄未懈怠。及至二次去往红木岭神宫窥探虚实，觑便盗取紫郢剑，心想："此剑乃师祖留传镇山之宝，竟会失去，敌我强弱相差，事机已迫。"重又遥向师父通诚求告，乞示仙机。祝罢取柬一看，果然字迹复现，并还附有一道灵符。大意是说："南疆之行，应有多人遭劫，虽在众弟子领命时先行嘱咐，令其到时度德量力，不可轻往，但定数所限，也只一些功力太差，本不在劫之人不往；在劫者仍是不免于难，不过命不该死，均有救星。英琼一时疏忽，虽然紫郢剑失去，但是神物通灵，敌人不能长久把握，终必飞回，无庸往盗。倒是五云桃花瘴厉害，弟子中将有六人中毒，非敌人千年蘘荷所炼的灵药，不能解救。只要一个对时过去，中毒不救，便无生理。即使日后敌人被迫悔祸，也难挽救。此事实系重要。恰好红发老祖去年收一门人，乃昔日绿袍老祖门下妖徒随引，自为金蝉所救，亟思改邪归正。因前孽太重，恐各正教不肯收容，知道红发老祖与白、朱二老交好，欲借以为进身之阶，恰巧红发老祖被洪长豹窃去的两件法宝，虽为金蚕恶蛊所毁，残余之物被他收去，于是前往南疆，献宝求进。事前又有两个与他交好的妖人为之先容，因得收录。近见红发师徒因易、李、周三人无知冒犯细故，以致成仇，认作要步以前妖师前辙，心中大不为然。此人在绿袍老祖门下多年，精通邪法，仅比辛辰子、唐石稍次。易、李二人入阵经过他的阵地，便吃警觉，故和同党闲谈泄机。他一心畏祸，向往本门，恐与红发老祖师徒同尽。那藏灵药的所在，他便知晓。现在阵中第四十九峰坎宫上把守，可隐形往见，径与明言，他必乐为相助。红发老祖法力颇高，不可轻敌。又值新挫之后，戒备尤严。如若遇上，务要远避，不可自恃隐身神妙，擅自近前。红发老祖想将紫郢剑攫为己有，起了贪心，全神贯注剑上。但盗药一层，也极艰难，得手以后，速急出阵。这时妙相峦谷外众弟子，有的无心巧遇，有的受一异人指点，正与众妖人所约的一干妖邪异派斗法大胜，连伤多人。红发老祖闻警出援，紫郢剑也自飞回，激怒之下，必放五云桃花瘴伤人，乘他元神尚未飞落以前，速用佛光护身，手持六甲分光轮，冲破黑煞妖网入内。一面向众弟子等警告，并将灵符展动，发生妙用，先将敌人惊退；一面抢护中毒诸人，冲出阵外。此符妙用威力只一刹那间，敌人事后必然看破，加紧追来。如若回身应敌，或被追上，救星到来相隔尚远，伤人必多，务要速逃。可令易鼎、易震用神梭开路，从地下遁走。尔与易静等精通地遁之人相助，前后呼应，便可无事。当机贵速，并且前去盗药，阻碍横生，又忌和人动武。须俟敌人倾巢出战时方能得手，稍微延误，便致偾事。务须忍耐，丝毫大意不得。以后到了危急之际，仍用法牌求救，自有人来相助。此事前因后果，早在开府后三日，与玄真子大师伯默运玄机推算。众弟子法力虽非红发老祖之敌，但比他门下妖人和各派妖邪却强得多。又各持有至宝仙剑之类，只要应敌谨慎，多可无虑。在劫诸弟子虽有六人之多，终能化险复原。到时，当另有人来指示。"末了，柬上又说三人前者不应违命，擅阅此柬，姑念初犯，知悔诚求，再犯重责不贷等语。

癫姑看完惊喜，拜谢师恩之后，立即依言行事。自从先前由天狗坪阵地逃脱以后，敌人知道来人精通地遁之术，便将全地面另加禁制，也恐难阻来人闯入，故除戒备加严外，到处罗网密布，远非昔比，人一出土，立有警兆。纵使法力高不被擒住，敌人师徒也必全数惊动，下手不得。全阵地方圆二三百里，大小石峰何止千数。那坎宫四十九峰，不知从何数起，随引又未见过，事机更须慎秘。癞姑好容易费了好些时候心力，才由地底把坎宫四十九峰辨明，峰上把守的却有两个妖人。虽看出内有一断臂妖人，相貌神情与众妖人嚣张凶野大不相同，料是随引无疑，但那同守妖人不走，也无法上去。只得手持宝镜，隔着地面向上观看。心正不耐，那妖人忽然走去。心想："别处所见更不相似，只此一人还差不多，坎宫阵位又对。反正是撞，且上去试试。"

事有凑巧，念头才动，敌人又在演习妖阵，风雷四起，立即乘机裂土而出。先还恐观察不真，引动仇敌，特意避开峰后无人之处，一面上升，一面行法复原，以备万一看错，容易遮掩。好在身形已隐，或者无害。不料才一出土，迎面微风过处，现出所料那人，朝那刚复原的地穴低语道："来者如是峨眉诸位上仙，此时最好回去。否则，也请与我答话，幸勿见疑，免致涉险。"癞姑见他目光四注，似在观察来人所在，知未看出自己一面，暗中戒备，低声问道："道友何人？如蒙见告，便当明言。"那人喜答道："我名随引，峨眉教祖之子金蝉上仙是我恩主。上仙可是昨日来过，为了那口紫郢剑来的么？暂时是无望了。"癞姑便把来意说知。随引闻言，好似喜出望外。先飞身峰上，四顾无人，重又下来，跪地默祷了一阵，起来答道："孽道久欲改邪归正，日夜悔过虔求，想不到教祖宏恩，许我立功赎罪，真乃万幸，百死不辞！不过此阵埋伏重重，又有从赤身教借来的几件异宝，外人休想通地入内。神宫四外，防备更严。上仙如在那里出土，早被发觉了。如要深入，必须紧随我后五步以内，方可从容通行。那药藏处，我也知道。一则我奉命镇守，不能离开；二则藏处深居后洞丹室以内，须由中洞正门入内。师父正在那间室内行法制剑，前后均有禁法。不论隐身与否，人一走过，立时警觉发难。上仙又说得如此紧迫，此时必须到手。为今之计，只好冒一点险，等那同伴领命回来，假说有话向师父禀告，陪同上山，直入神宫，假作请命，同进门去。我再立远一些，能骗得师父许我入内最好；否则再相机行事，设计将他调开，上仙照我所说，前往丹室，将药盗到了手，然后遁去好了。"

癞姑见他其意甚诚，虽与束上不与红发老祖对面之言少违，但是此外更无善策，已然半日光阴耗过，事不宜迟，便即允了。先料同伴妖人少停即至，谁知候有个把时辰，终未见来，二人俱都愁急。随引刚把心一横，待要拼着随同逃，弃了阵地前往盗取，忽听铜鼓之声。随引急道："谷外已有不少敌人到来，那厮想已随出应援，就此去吧。"癞姑闻言更为忧急，忙令随引前导，许以事若发觉，不能存身，必为设法引进到正教门下；如若无事，仍须暂留，以做内应。随引原也想她吐口，闻言喜之不胜，立即趋前引导。一会儿直入妖宫，路上遇到好几拨告急妖人，随引只作闻得鼓声传警，见师请命出战。众妖人有的忙出，有的忙进，无一理会。等赶到宫内，告急的人已是七次。随引甚是机智，进门遇见秦玠，知他奸狡，对自己却极降心结交，故意告以阵中空虚可虑，来向师父请求派人镇守，勿令全出。秦玠笑答："无妨，师父一出，立可转败为胜，现已将行。"正说之间，忽闻"哧"的一声，一道紫虹破空飞去。癞姑见紫郢剑飞回，好生欢喜。随引知乃师必追，假作回阵，往侧一闪。等红发老祖负伤追出，秦玠紧随在后，随引和癞姑打一手势，乘机掩了进去，并嘱癞姑依着前说途径入内，为防妖童侍卫看破，也把身形隐起。才到里面，红发老祖师徒便已飞回，匆匆入内取药行法，并医手伤。二人暗中尾随在后，红发老祖直入后洞，二人等他取药出来，方始掩进。刚同现形，由随引指点，把两种灵药取到，传授用法，红发老祖已然将伤治愈，忿怒出战。二人一同隐身走出，到了洞外僻处，癞姑方始作别，仍由地下遁走。

至于先和妖邪苦斗的诸同门，除后来庄易、林寒、严人英三人，是路遇百禽道人公冶黄，说听一老友说起此事，令来为众弟子接应外，只金蝉、石生、甄艮、甄兑、易鼎、易震六人是受异人指点，特为此事而来。余如司徒平、秦寒萼、杨鲤、李文衍、向芳淑五人，原为两起，在云南各县行道，不期而遇。忽然发现两个妖人，意欲暗算，吃五人看破。那妖人本是雷抓子的好友，斗法不胜，便往妙相崖遁走。五人恨他为恶，穷追到此，遇见谷外埋伏的妖人，双方打了起来，金、石等六人便赶来助战。陆蓉波、廉红药、郑八姑一起，奉命先寻洞府栖身，蓉波想起昔年随父云游，路过边山，发现好些胜地，而郑八姑说江西也有两处极好山水，于是议定分头寻访，寻到后再从众议。陆、廉二女曾共患难，又以自身法力功行各有所短，便做了一路，辗转寻来。行近当地，望见许多同门在和妖人相持，也上前相助。跟着又是余英男为首，算计易、李、癞姑三人南疆之行将到，独自约了申若兰前来接应,就便和英琼说那将来同求师长,令与英琼一起,同在幻波池修炼之事。路上又遇见何玫、崔绮、黑孩儿尉迟火、铁沙弥悟修、灵和居士徐祥鹅等几个同门,于是相约同来,以致人多势盛。

对方那些异派妖人,如金眼狒狒左清虚、追魂童子萧泰、无发仙吕元子,以及被玉清大师打中子午火云针、又被斩断一臂的明珠禅师,还有孔露子曹飞等二十余人,多一半是慈云寺、戴家场两地漏网的余孽。还有五台、华山派暗中派来勾引妖人的几个妖妇淫娃,法力更是有限。只一个万妙仙姑许飞娘本领最高,偏又未来。这伙妖孽见对方俱是少年男女,又都个个生得仙风道骨,十九英姿飒爽,容华美秀,有的以前还曾交过手,还当易与,暗幸峨眉诸老无一在场,正好下手。谁知撞着了丧门,这班敌人均有异宝、仙剑随身,简直无一好惹,才一照面,便被飞剑杀了三个妖妇、两个妖党,这才看出不可轻侮。内中又有几个法力较高的妖人,再纷纷出来助战,死亡越多。终盼红发老祖出场,转败为胜,报复前仇,相持不去。哪知红发老祖也无用处,终于惨败。峨眉诸同门虽有六人受伤,却可救转。计算敌人伤亡,连各异派的妖邪和门下妖人,不下四十余人之多。众人奉命下山,初次出马,所遇还是劲敌,居然大获全胜,自是佳兆,互相谈说,高兴非常。

癞姑因师父柬帖上有异人相助之言,金、石等六矮弟兄又说是有异人指点,却未明言何人,就向金蝉问道:"那指点你们六个小淘气的异人,怎不说出?还有在铜椰岛跟你们走的小和尚呢,往哪里去了?"石生对金蝉道:"癞师姊骂我们小淘气,蝉哥哥莫对她说。"癞姑笑道:"你敢!当着你娘,我不叫你哭出来才怪。"石生把嘴一撇,舌头一伸道:"啊哟哟,谁不知我们有这一位癞姑娘呢。蝉哥哥,我们怄定了她,偏不说,看她把我怎样?"癞姑闻言佯怒,伸手要抓。金蝉拦道:"不许再闹,听我来说这奇事。那位道长本叫我不说,见了你们偏又忍不住。我想那位道长也许知道我口不稳所以话只说了半截。如今小和尚还在那里,等他一来,就知道他是何许人了。"癞姑笑道:"人家白把你们六位尊神指点了半天,却连人家姓名来历都不知道,可见人家也当你们小娃儿呢。"石生道:"你知道什么?只当你有本事么?要和人家比,连提鞋都不要。你想我们六弟兄是服人的么?似他那么高法力,便当小娃儿也不丢人,只怕你还没这种福气见人家呢。"癞姑笑道："这么一说，你们都得了人家的好处了。"石生方要还言，金蝉把两只俊眼一瞪道："你再吵，我不说了。"癞姑道："好，你说你的，我听听，到底是什么奇事？"众人也附和催促。

金蝉道："事是真奇，我至今还猜测不透这位仙长是什么门道。我们固然功力不济，可是自从大破慈云寺起，直到开府、铜椰岛之行，正邪各派中的异人以及各位前辈仙尊也见过不少，法力高强的甚多，就没看见像他那样奇怪的。我们本该七人一起，因有一同门转劫未来，先想拉商风子凑成七矮之数，他偏要守定周云从，陪他在左元洞苦修，不肯一人随我们同走。后在铜椰岛走时，因小神僧阿童和我们很好，也一人行道，正嫌孤寂，初次下山，又没准地方去，正好把他暂补缺。大家分手以后，偶然谈起师姊们南疆之行。这位小和尚虽没甚经历，白眉禅师怜他自小相从，不等道成，师徒便要分手，以后全仗他自己苦练修为，险阻艰难甚多，每当无事之时，便把正邪各派中的主要人物来历一一示知。所以这里情形，晓得好些。鼎、震二弟听教祖口气，三位师姊此行必动干戈，恐愚我们来此，相机行事。本打算来相助，因师父所赐仙示命我们自觅仙府，日期地点虽未限定，总想先把安身之地找到，再作计较。又因紫云宫、幻波池两处洞天福地在前，我们纵难媲美，也应稍微像点样子。心想三位姊姊还得些日子才能起身，有的是时间。每日急急忙忙，四处乱跑。海外归来，先回仙府，想见母亲请问几句话，没有赐见。由此起身，顺江而下，先去湘江、楚泽，继历衡岳、泰山，复往黄山、北岳，重访儿时故居。在黄山文笔峰遇到朱文师姊，谈起秦岭深山中有一胜境。重又遄飞嵩洛，西入咸阳，横越太白高岭，道出秦川。

"似这样东西转折，南北飞驰，把所经有名山水之区全都就便绕越，留心寻访。其中虽也有不少胜境灵区，不是已有主人，便有别的缺陷，无一适合。朱师姊所说的秦岭双松峡，虽还人致不差，终嫌附近景物荒寒，不能衬托，胜地无多，美中不足。这多日来，除却夜间必做的功课外，每日都在穷搜涧谷，选胜登临，连飞行了好几万里，经过的山水何止百数，结果白费了两个多月的光阴，一处差强人意的也未寻到。起初细详仙示，好似我七人将来所居不在西南边省，所以未往云贵两省寻找。这日正为居处发愁，石生弟忽想起三位师姊快来南疆，也说师父仙示上附有我们将来事迹。虽都应在三湘七泽之间,没有滇黔字样,但也没有指明边省不宜建立别府。仙书又有一页空白,焉知不是天机不宜泄露,关乎重要的便难预示呢?现在三位师姊行期已近,反正哪里都是一样寻找,师父本令自己选择,如果穷边非宜,必有阻碍。照小和尚说,边山中颇多灵境,仙机微妙,只凭悬揣,怎能作准?现已多日,别府尚未建立,我们本来要往南疆,借与妖人斗法,以试近日功力,何不姑且就便寻访,许能无心发现也不一定。我虽答应,因想红发老怪近已知道邪正之分,又当重劫将临之际,修道多年,人非至愚,不过受了妖徒蛊惑,自觉面子难堪,虽然怀忿,未必不知利害轻重。师父如此委曲求全,已命门人登门谢罪,给他面子。便下山时,师父所说,也并非释嫌绝望,事属两可。我们本非无理可言,易师姊又擅辞令,也许有两分挽回之望。万一因三位师姊一去,复归于好,不特白跑一趟,他那门下妖人十九可恶,遇上必生枝节。如因我们坏了和局受责,岂不冤枉?

"师父命我居长,将来还要开山收徒,不能再似以前任性胡闹,叫大姊说我。尽管大家喜事,总觉试寻洞府,原可来此。应援须俟接到法牌信火告急之后,免致偾事。大家商量好,便即起身。预定是由秦岭起身,以前去过和已有主人的地方,俱都不去。于是先往哀牢山中寻找洞府,一路细心查访,就便往边山行进。不问寻到与否,这一路耽延,百日之期已到。也不是轻看三位师姊,以老怪的法力声势,实强得多,只要翻脸成仇,便难善罢,非由法牌告急不可。否则便是事解言和,也就无须来了。昨日一算,已是九十九日,法牌全无征兆。心想师父只命炼法四十九日,三位师姊必在前数日起身,决不会挨到了期限才去,事情多半过去。同时又在哀牢山中寻到一两处差强人意所在,只是附近住有生蛮野人。方想把全山踏遍,如无更佳之景,便择一处将就安居,日后再打主意。

"我们照例寻到天晚,如是夜色清明,或高峰顶上,或疏林平野,寻到一处,便席地用功,四外设下禁制阻隔,以防妖邪暗算。我们连洞穴也不用,日久已成惯例,从来无事发生。谁知那日晚间正在用功入定之际,忽然同时心动,警觉一看,面前站着一个身穿白衣的美少年,手上拿着一枝新折下的竹枝,笑嘻嘻望着我们。请想本门禁制何等神奇,外人怎能走进?再说外观只是一片幻景,也看不出有人在内;他却从容走进,而禁法仍在，并未破去，法力高深，可想而知。我们因看出他不像有恶意，方同起立，待要请教，他却先开口唤我们小友，俨然以尊长自居。这次开府，所有父师挚友，前辈尊长，以及彼此交情厚薄，俱已知悉。就有一些素无交往，未下请柬，或是请而因故未来的，这些人的名姓和道法深浅，均曾问明。旁门左道，容有遗漏，而有交情有大法力的散仙哪有此人？试一请问他姓名来历，又不肯说。大家自是不服。震弟更嫌他道出祖父名讳，妄自尊大；又自称他无事不能前知，现在海内外散仙，十九是他后辈；此次寻找我们，乃是好意相助，彼此有益之事，此事并还非他不可，口气狂傲。心想就他所说的话，暗用法宝，给他一点苦吃，然后问他：既有这么高法力，有人暗算，为何不知？艮、兑二弟也因他刚见面，先把各人名字道出，又说他以前的事，心中不快，俱想开个玩笑。

"震弟与艮、兑二弟心念才动，他只笑说了句：'孺子无知，如何班门弄斧？幸遇见我，如换那冤孽，就看齐道友情面，不十分计较，对于尊长如此无礼，小苦头也吃定了。'说时，三人已同时施展。哪知法术无效，法宝也未飞出。忙手探宝囊，三人所有法宝连同九天十地辟魔神梭也不知怎的，都会失去。因知被盗，一时情急，又认作是对头，急口喝骂，叫大家留意。一面飞剑迎敌，一面运用法力想将失宝收回，身剑合一。刚刚飞起，吃他用竹枝向空一指，人剑全被定住，悬于空中，所失法宝，自然更收不回。我和石、鼎弟正在惊惶，小和尚恐他盗宝遁走，自恃法力，放出佛光，将他围住。本意佛光全仗本身道力，多厉害的敌人也夺不去，也没法破。因见对方厉害，特以本身元灵运用，心与光合，意欲逼他还了三人法宝，问明来历，如与诸尊长稍有一面之缘，便可放走。没想到佛光倒是将那少年圈住，可是自己真灵也被吸住，一样不能脱身。那少年笑道：'佛门法力，果是不凡。只惜你功候还没到家，如何制得住我，我因此身脆弱，须与你们合力，不料你们年幼无知，不识好歹。不过你们师长俱未提到过我。开府盛会，仙侣如云，有名之士十九在场，偏没有我。我此时行径，本也难怪你们多心。现我得此小沙弥代护法身，省事多了，可为我屈留一二日吧。'我和艮弟不动手不好，动手又非其敌。他说那些话，急切间又不易解透。双方发动太快，又不及拦阻。方想如何说法得体，还是小师弟心灵，上前向他施了一礼，说道：'我弟兄七人，好好在此入定，老前辈忽然走来，问名姓又不肯说，自尊自大，平日从未听说，心中自然不无疑虑，你也知道难怪我们。你如果真是师执前辈，想也不会和后生小辈一般见识。如用着我们，何妨放下人来好说，只要不令我们违背教规，无不从命。否则，不是仇敌，也是受了妖人之愚，故意寻事。休看我们法力不济，也还敢于一拼。现在别的不说，只请说出果真是我们尊长，我们便可向你赔罪。否则，宁死不辱。何况还有三人未动，知是谁胜谁败呢？'

"那少年已然盘膝坐在山石上面，闻言笑指我二人道：'两个年纪最轻，根骨缘福最厚，行事也有分寸，实是难得。他四人自己冒失，我岂有心为难？'随说，手上现出甄、易三人所失法宝，说声：'拿去，下次不可如此轻举妄动。'三人立即飞落，将宝收回，我们才知他果有来历，所说不虚，一面赔话，并请去了小和尚的禁制。他笑道：'我不说请他以佛力为我护法，稍留一二日，事完再走？我与他无嫌无怨，只想结一忘年之交，本人早已心愿，你们何必担心呢？'阿童自将佛光放出，身便不能转动，跟着面现笑容，似无所苦。少年话才说完，没等我问，便接口道：'这位道友与我有缘，我此时已然省悟，适才他以心灵传意，说了大概，我决计留此，事完再寻你们去吧。'我知小和尚得有佛门妙谛，功力颇高，道心坚定，极难受制动摇，竟会如此听话。妙在是双方不落言诠，便即领会，这比收去我们的法宝还要高明，自然惊服万分。他这才说起，三位姊姊已与老怪师徒成仇，只因恐有同门遭劫重伤，不肯用法牌告急求救，实则反而不妙，也是定数，故而如此。这事与他有关，不容袖手，早由远道赶来当地隐居，只等我们到后，寻到护法的人，立即前往。道路却是不同，各走各的。令我们速来妙相崟，谷外伏有妖邪，正与几个同门相持，可上前助战，只忌入谷陷阵。敌人虽然厉害，却奈何我六人不得，只管放心。那少年对于小师弟好似格外喜爱，别时，执手殷殷，期勉甚多，并说我六人别府不在此山，不久便有遇合，景物灵奇，不在依环岭、幻波池以下。等我们新居觅到，他把事情办完，必还抽暇来访。

"我说他那坐处太敞，既然须人护法，还恐人知，似此佛光远照，如有仇敌，岂不跟踪寻来，怎不重换一僻静之处？他说：'这地方早已择定。你们由前半夜起便入了幻境，仔细看看，可还是你们入定时的境地么？'我们闻言，见有青光一闪，定睛一看，哪是甚山顶高林，这地方竟是一个大石洞，四面钟乳四垂，晶辉耀影，宛如璎珞宝盖，天花飞舞，泛彩流光，奇丽非常。他独坐在一块天生的水晶石上，小和尚正坐在他的身前，手指着一圈佛光，将二人一同围住。大家打坐之处，就在他对面不远石钟乳下，原来便和我们一起。法力如此神妙，不可思议，怎不令人惊服呢！我们随即告别起身，到了妙相岩前，果遇妖人倚众行凶，诸位同门也相继赶到。原来小和尚并不限定两天，只等他事一办完，立可赶来。既有会心，必能知他底细。今已差不多一日，只等小和尚一来，就可问出他到底是哪一位老前辈。"

众人止听得有兴，忽听铜鼓咚咚，杀声甚急，由湖心中隐隐透出。方、元二人倏地一惊，飞身赶将出去。众人料知有事，也忙相继追出。易静忙道："敌人厉害，邪法难测。我们还有六人中毒，未曾痊愈；外层禁制又为紫郢剑所破，门户无异洞开，为防万一敌人侵入，不可无人守护。二甄师弟与鼎、震二侄，均擅穿山行地之法，如听我传警，湖上禁制多半失效，速带六人冲开后面石壁，先后遁走。"甄、易兄弟四人应了。易静说完，也自追出。方、元二人正在湖面行法，湖面上灵旗招展，湖心圆镜又现。只见妙相岩那边红光突涌，黑气蓬勃，上冲霄汉，飞也似涌出数十亩大小一片暗赤云光。中现数十妖人，以红发老祖为首，飞驰而来，飞行异常神速。镜光中望去，只见无数山峦峰岭，溪谷岩壑，迎着敌人来路，似电一般闪过，晃眼工夫，已被飞越百里远近。看那情势，正朝当地而来，知道一会儿便要到达。

林寒、严人英、金蝉、石生、秦寒萼齐声说："这老怪师徒，分明是朝我们飞来。这里地方不大，外层禁制已无，只剩湖上这片阻隔，未必能将妖人阻住。看这来势甚凶，与其等他上门，还不如分出人来，迎上前去呢。"易、李二人也主张分人出山迎敌，说道："万一不敌，再行退守，另谋抵御之策。敌人虽众，法力高下相差大多，除红发老祖一人外，均不堪一击。这样就是结局为老怪所败，也可挫其锐气，剪灭好些党羽，为世除害。"说罢，便令方、元二人速将湖上禁制略撤，同时放众人过湖应战。

方瑛一面催动法术，口中急道："这使不得！我听那位前辈仙师说，这湖上禁制比起外层大不相同，威力要强得多。便算敌人能知奥妙，要想破去，也非一时半刻所能突入。照他行时所说，将来如有仇敌侵害，只能尽力抵御,挨到时候,救星便来;一性急,便要偾事。我们这石洞,原是整座石崖掘成,深厚坚固,不易攻破。洞外也设有极严密的禁制,与湖中禁制相生相应,神妙无穷,此时看它不出。等湖上禁制一破,或有敌人侵入,立即发动,全洞便为反五行先天真气封闭。对方便是天兵天将,多大法力,也能保住七日以内不致攻破。我们乐得以逸待劳,隔湖而守。等老怪师徒到来,看事行事:如觉能敌,再分人过湖与斗;稍觉不敌,退回时也方便。"易静道:"元道友两次过湖,撤禁复原,俱颇费事。如等敌人临近,出入不更难么?"方瑛道:"先前因我二人俱都陪同来往,又当无事之时,禁法过于厉害,中有五行真精妙用。旁门大法,颇干天忌,又耗人真气,不宜常用。又以那位无名仙师恩德至厚,违之不祥,宁愿出入费事,也不稍微背信行事。现在大敌当前,事完便舍此而去,纵耗一点精血,也不相干。少时只要我二人有一人在此主持行法,诸位道友只在出时先说一声,愚兄妹看出是要过去,便可飞越无阻;退回时也是如此。全凭主持人心灵运用,既不必撤去禁制,也无须传授甚法术。不过布置完竣以后,湖中镜光便隐,这里四外层崖遮蔽,诸位道友如若过崖迎敌,便无从观察。胜固无妨,万一匆匆退回,主持人事前看不出败象,一个心神照顾不到,即受误伤。否则,哪怕回时敌人跟踪追过,尽管同是一路,而一个入伏失陷,一个依然无事,进退均可由心,何难之有?"

众人闻言,又见二人行法正急,方瑛说几句话的工夫,元皓已是面红汗出,不便相强,只得听之。方瑛抽空把话说完,立即一同加紧布置。先是手掐灵诀,不住向湖中急画符箓。画完,双手往外一扬,湖面灵旗隐现中,便有五色烟光相继明灭。等到五行真气布满九宫,一声雷震,五方五色烟光复随灵旗一起涌现,合成一片氤氲,疾转起千万朵祥云,汇为繁霞,照眼生缬,笼罩在湖面之上。紧跟着,二人把口一张,喷出一片红雨洒向湖心。同时,各将手一指,又是一声雷震,湖心镜光倏地隐去。全湖霞光、锦云也似万千道电闪,一齐掣动,一瞥不见。湖面上依旧是清波浩浩,一片澄泓,清可鉴人毫发。方、元二人方始如释重负,走了过来。元皓向众说道:"幸是适才回时,因外层禁法被李姊姊无心破去,又猜老怪决不甘休,多了一点心,将湖中预设的天视、地听二法一齐发动。果然老怪回山重又召集徒党,大举来犯。只有一桩奇怪,由回来算起,时光又是多半日,老怪如何这时方始寻来？看那形势，又是由妖窟起身，直朝这里进发，令人可疑。也许老怪回山，觉出我们不可轻敌，另约了别的厉害妖人相助，事前并还探查出我们藏伏之处，不然，哪会如此？分明怀着必胜之念而来。我以前曾与他们对敌，虽是左道邪法，也实厉害。我想到时诸位道友先莫过湖，由小妹过去先试他一下，看是如何，再定行止。真要厉害，且挨得一时是一时，候到大援到来，一举成功，有胜无败，岂不是好？"

元皓先时也颇气壮，自从妙相峦一战，看出敌人委实厉害，不可轻视。因自己身有专御毒瘴神刀之宝，可以无害；再者，由层层禁制中往返飞渡，也比众人迅速容易，不必再另由人主持运用，故告奋勇，前往试探。众人不知她本一番好意，听她一面说敌人邪法厉害，不可轻撄其锋，自己却请当先出敌，语气好似有些轻视意味，虽未怪他兄妹骄狂，多半心中不服。内中又有好几个俱都身有异宝，以为敌人毒瘴、神刀虽然厉害，凭自己这几件护身法宝，至多不胜，也决不致有甚差池。适才几为邪法所困，乃是骤出不意，不知邪法底细。此时有了防备，上去首先准备好护身之法，当无受害之理。老怪自是难敌，且先多杀他一些徒党，一则去害，二则为六个中毒的同门报仇，岂不是好？众人中易静、癞姑、李英琼深知方、元二人对于本门向往情切，竭忠尽智为众出力，说话天真，心实为好。林寒、庄易、严人英、陆蓉波、甄兑、甄艮学道年数较久，性又和善，火气早退，闻言随口应诺，不以为意。余人差不多俱都存有侥幸尝试之心，因身是客，主人相待又极忠诚，出力不少，并且易、林、严、庄等十来个功力较深的同门俱已齐声应诺，不便再说其话，只得罢了。

说时迟，那时快，先后不过刻许工夫，湖中镜光一隐，加上危崖阻隔，来敌形影已不再见。四边山容清丽，岚光欲活，只见天光云影，树色众声，融汇出无限天机。湖上埋伏禁制又全隐敝，水面上静荡荡的，看不出丝毫警兆。如非适才日睹镜光中所现形影，万万想不到这等清和幽静的境地，会隐伏有绝大杀机，一触即发。易静、癞姑二人久经大敌，终较老练，估计仇敌将到，见众人仍在聚立闲谈，纷向方、元二人询问说笑，一点不知戒备，各人面上又多半是杀气隐透眉宇，虽无晦色死气，到底可虑。方喝："仇敌行即到来，此次老怪重又大举，必有几分自信。我们不问过去应敌与否，均要小心，千万不可自满。"

话刚说完，遥听天风呼呼之声，由远而近。众人方各仰望之间，适才镜光中所见大片红云，已铺天盖地由左侧数百丈高的危崖之上疾卷过来，那来势比第一次对敌所见还要凶恶，大约来敌均经精选，不似以前之滥。外来的异派，除先会过的几个法力较高者外，又添了五六个男女妖人，着山装的妖徒，不过二十余人。连一些外来妖邪，共只四十六人，看去俱非弱者。红发老祖已换了一身古怪装束：满头红发一齐披散，穿着一件孔雀翎毛织就的短衣，一条短裤，左臂偏袒，双腿到脚一齐赤裸。另披着一件其长过人的红斗篷，不知何物所制，薄如蝉翼，光色鲜艳异常，后半拖出老长。周身俱是红云围绕，背上插着三叉一刀，左肩另挂着一个黑漆葫芦，腰间还佩有革囊、宝袋之类。左右各有一个手持长幡的妖徒，内中一个正是那雷抓子。下余众妖徒和外来诸妖人，俱都相随在后，宛如百丈火云簇拥着数十个妖魔鬼怪，分外显得狞猛威武。

金、石、秦、廉诸人，方欲开口喝骂，元皓拦道："有这禁制阻隔，我们能见他们，他们不能见我们。也许一时观测不透，还有妖人上当呢。"众人闻言，定睛一看，果然众妖人到后，只在红云拥绕之中，沿着三面危崖和湖边一带疾转如飞，似在搜索敌人情景。不时又各把手一指，便有一片妖光魔火，朝所疑之处飞去。等看不出有甚征兆，又往别处搜索。在叫那些古木竹林遭殃，吃妖火毁去不少，别无一点反应。众妖人好似奇怪，渐渐分散开来。红发老祖侧身停立空中，手掐灵诀，口诵邪咒，血红色的光华，乱箭一般四下乱飞了一阵，面上神情忽变，好像有些省悟。妖徒雷抓子报应已到。他本和两外教妖党乱施邪法，四面穷搜，因有禁法妙用，湖形已隐，幻出一片又高又峻危崖，但是形状丑恶，草木不生，极不起眼，又当来路之右。众妖人多以为敌人巢穴是在正面，只和以前外层山景一样，吃隐形法蔽住，仇敌藏在其内，不敢出斗，一味向正面和左面进攻，不曾十分留意。偶朝湖这面发出一些魔火妖陷，又吃禁法阻住，暗中消灭，急切间全未觉出有异。这时不知怎的，和乃师一样，竟会看出破绽。雷抓子贪功心盛，还未等红发老祖发出号令，便和两外教妖人各施法力，一面发出飞叉、飞剑开路，一面忙纵妖光朝前冲去。本心恃有乃师后援和同行二妖人的法力，心料敌人如若自问能胜，早已出敌，再说先前也不至逃走。便想乘峨眉诸老闭关清修，仇敌无处求援之机，多杀些人泄恨，使双方仇怨日深，不可化解。生怕师父耳软心活，为了四九重劫，转与正教暗中结纳，又与白、朱二老至好，事闹这么大，非出本心。适才回山，尽管痛恨，听口气已是大为后悔。本就心中畏怯，迫于无奈，到了紧要关头，再来两个挟持得他住，如白、朱二老之辈，软硬齐施，若一劝说，就许忍痛屈从，变了初心。所以稍见有隙可乘，立以全力施为。那同党二妖人，更是受人重托而来，巴不得乱子越大，不可收拾才称心思。加以本身法力也实不弱。于是三人合力往湖这面猛然一冲。对岸方、元二人料定有此一举，早有准备，安心要他入网。对于雷抓子，更是仇人相见，分外眼红。见他同两妖人冲来，忙即行法，将禁法略微开放，诱他进入。雷抓子和两妖人哪知就里，只当寻常道家禁制以及隐形之术。一见飞叉、飞剑妖光到处，冲荡起千层霞影，错认禁法将破，同行二妖人又由远方初到，平素骄狂自满，还没有和峨眉诸弟子见过高下，哪知利害。三人不约而同，各纵遁光，奋力前冲。红发老祖原也看出左侧有禁法隐伏，方想观察深浅，行法试探，妖徒等三人已经冲进。一眼瞥见对面现出霞影千重，散而不乱，便知不妙，忙喝："徒儿们速退，留神入伏！"雷抓子等三妖人闻言心方一惊，身外霞影已由分而合，将三人一齐包没。当时身上一紧，眼花缭乱，所有邪法妖光全失效用。知道不妙，忙想退回，已是无及，一片金光裹上身来，人便失去知觉，金光再裹着一绞，一齐惨死，尸骨无存。

外面众妖人只见三人身影被金霞卷去，耳听一片水火风雷之声响过，金霞一闪即隐，仍复原状。红发老祖看出内藏先天五遁禁制，三人必已形神皆灭，气得咬牙切齿，高声咒骂。侧耳细听，对方终无回应，料定敌人负固不出。这五遁禁制已极神妙，不易攻破，恐还有别的妙用藏在其内，尽管暴跳如雷，终不敢冒失行事。明知仇敌俱是一些末学新进，无名后辈，胜之不武，不胜为笑。无如事已至此，连次挫败丧亡，已成奇耻大辱。来时原因适才追敌归途，发现这一带山形忽变，看出以前有人行法隐蔽，今始现出全貌。自己所居密迹，这多年来竟被瞒过，对方法力可想而知。更没想到对方隐此多年，竟会是仇人一党。因觉山中空虚，恐有别的仇敌乘虚而入，赶紧回驶，未及来探。回到神宫，运用玄机一占算，不特行法隐蔽山形的与仇人利害相关，所有逃走的仇敌全数在彼藏伏，连那失去的五云桃花瘴与此也有关联，如何不急怒交加。因卦象先凶后吉，颇有伤折，特意加功戒备，把生平所炼几件得意法宝全都带上。满拟仇人多高法力也难抵挡，何况多是一些初出山的后辈，哪知一到便将爱徒和二妖党葬送。事已至此，除却一拼，更无善策，越想越忿恨。急怒攻心之下，忙命诸徒党先勿妄动，等自己试探明了敌人禁法是何来历，破去之后，再作计较。说罢，越众前立，面对三妖人丧命之处，扬手先发出一大片雷火，朝前打去。雷火到处，又变了一番景象：对面危崖忽然隐去，化作一片混茫，青蒙蒙浮空一片，不见边际。当中涌起大蓬黑烟，迎着雷火只一卷，便同没入青霭之中，隐闻风水之声，无影无踪。

红发老祖以为看那地形，决不应是平地，必是敌人洞府所在山崖之内，没想到那是大片湖荡。一见变幻如此神奇，又以所发雷火虽非正教诸长老太乙神雷之比，却也具有极大威力，吃黑烟一卷，竟如石沉大海，杳无踪影，用尽目力查看，也看不出对方地形虚实，不禁大为惊异。以自己的法力，虽然迟早可破，但却不会容易。上来已先受挫，如何还再冒失。红发老祖强忍忿怒，把主意想好，命众妖徒再往后退，且停高空，不要降落，以防万一敌人挪移阵势，又中暗算，任自己一人施为。随向后面瞪目厉声喝骂道："无知鼠辈，小狗男女！你们以为这样禁制，便可深藏洞内，缩头不出么？既然自恃伎俩，犯上骄狂，就该速急现形纳命，还可分别首从，专杀两次行凶的小狗男女。不动手的，还可勉强各留一命。如待我破法直入，扫灭巢穴，玉石俱焚，形魄齐受诛戮，悔之晚矣。"众妖人也同声喝骂不止。湖对岸诸人看得逼真，见妖人狼狈急怒之状，俱觉好笑。元皓笑道："妖人说话举动，我们俱可闻见。他看我们这里，只是一片青雾，随着妖法来攻，不时卷起各种颜色的云霞烟雾，连湖水休想看出，说话更听不到了。这等哑斗，任他辱骂，有甚意思？莫如把声音传将过去，和他对骂，然后再把这湖现出，索性气他一气。诸位哥哥姊姊，你们看好么？"众人多半喜事，除易静、林寒、庄易等六七人外，俱都赞好。

方瑛道："妹子又要多事了。由他骂去，使他莫测高深，静等一二日的难期挨过，岂不是好？老怪法力颇高，虽然仙法神妙无穷，急切间决不致被他冲过来，到底多一事不如少一事的好。"英琼接口道："按说我们并不怕他，不过照掌教师尊仙示，应劫之人好似不止先前六人。那位前辈仙长别时又是那等口气。恰巧湖上设有禁制，乐得谨慎，多挨些时，以待制他之人来此。不过我们初次下山行道，便任妖孽挑战辱骂，既不出敌，也不还口，也是胆怯。我已恨极老怪师徒，再看一会儿，还要过湖与之一斗，还骂几句，有何妨害？"众人也多随声附和。

癞姑便问方、元二人："仙法是否隐蔽好些？"元皓道："无名仙师行时，也未说出敌人是谁。只说湖上禁制仍有破法，但是由湖上到洞口共有七层禁制，层层相生，多高法力的人，也非一日半日所能破去。等他破完，救援恰也到来，我二人便可随同走了。我意现出无妨，便因如此。"癞姑本也不喜这等哑斗，笑答："既是这样，那就现出好了。"林寒和陆蓉波同声劝阻道："我看老怪正识不透仙法奥妙，我们如不现形出声，他情急之际，必定百计千方尽力来攻。我们不特多看好些丑态，并还可以查知妖人师徒法力深浅，岂不是好？单是出声还口，虽然激怒，无甚意思，尚无害处。如若将湖面现出，以老怪的多年修为，总可看出一点端倪。最好仍是置之不理，否则，也等他试探出仙法来历，隐与不隐无足为重之后，再现不迟。"要知后事如何，请看下文便知分晓。

第二三一回　布阵遏妖氛　霞影千重由地起
　　　　　　　飞身援道侣　彩云一片自天来

　　易静、李文衍、严人英赞成林寒等人的主张；金、石、甄、易、秦、李诸人不便坚持，只请方、元二人将声音传过去。方瑛笑道："老怪不比寻常妖人，如果传音出去，我们自己说话，便要留神，防他听去了。"元皓道："我们要商量甚话，不会把声音隔断再开口么？快把仙阵移动，大家先还他几句。再待片时，我还要过去斗他一斗呢。"方瑛道："妹子总是好事。有诸位高明道友在此，尚且持重，要你过去做甚？"元皓道："我早记住以前暗害我们的那几个妖徒，只姚开江、雷抓子和一个紫脸凹鼻不知姓名的昨日漏网，未被诸位道友杀死。你看对阵，除紫面妖人外，连姚开江这厮也夹在妖人队里随了同来，分明报应临头，自来送死，实实气他不过，所以我非过去不可。我虽非老怪敌手，如出不意，突然飞越过去，专杀这两个妖人，十九可以成功，你莫拦我。再待一会儿，看看老怪到底有甚拿手，我便过湖去了。"方瑛笑了笑，随将阵法略移。

　　众人在旁，闻言重又勾起前念。又见对岸只红发老祖当先行法，同来妖人俱都停空未下，又不敢近前，只在后面厉声辱骂，语极污秽凶恶，不堪入耳。愈发引起公忿，俱恨不能飞过湖去，一体诛戮，才快心意。中有几个身有异宝、不畏毒瘴妖法的，更是跃跃欲试。不提。

　　众人问答之际，红发老祖已连施各种法术进攻。只是才一施为，对面霞影云烟一卷，便同投入青雾之中，不知去向。末一次还折了一件法宝，不过在烟光中多卷了卷，忙即收回，已是无及，终被吸去。为时已是半日光景，正在忿急，意欲一拼。

　　忽然遥听对面喝骂道："无知老怪！自恃天狗坪布下三百里方圆恶阵，

又仗有毒瘴、妖刀，便欲恃强横行。前者我们虽然误伤你师徒，实是你家教未严，纵容妖徒与妖妇同恶相济，自食其果，何况又是事出无知。我掌教真人看在白、朱二老前辈面上，又念你修为多年不易，好意给你脸面，命人持函安慰，免伤和气。谁知你听信妖徒谗言，任怎分说，非倚势行凶不可，终于自取灭亡。先在阵中丧了若干妖徒，又把由鸠盘婆那里借来的妖幡失去两面。我们念你年老昏庸，受人之愚，未与你十分计较。昨日有我同门师兄弟数人，路过妙相峦左近，本是无心路过，全不相干。哪知你门下妖徒约了好些外教妖邪，埋伏在彼，无故上前截杀，重又兴戎。你这老怪，正起贪心妄想，将前日我们故意遗失的紫郢剑攫为己有，闻报不急出援。却不想本门镇山之宝，岂尔区区妖人所能保有？剑主人一举手间，神物便自飞回，你却差点没成残废。而且这一耽延，白白多送了好些妖邪狗命。那辛苦炼成的千年蘘荷，却被我乘隙盗去。敌人深入腹地，盗走你的灵药，宛如探囊取物，往来妖阵，如入无人之境，你竟是一无所觉。夜郎自大，岂非无耻？后你追出行凶，乱发毒瘴，妄施邪法。我们本不难将你所有妖徒党羽一齐诛戮，留你一人，迫令归善。因有六位同门匆促中不曾觉察，误中妖毒，暂时退走。恰有两位道友在此隐居，正好用你自炼灵药就近医治，现已复原，无一伤害。你却伤亡多人，胜败强弱早已分明。你竟不知悔悟，又率徒党妖人上门送死。你见我们暂时不出应敌，是怕你么？实对你说，我这两位朋友也是你的仇人，隐此多年，静俟你师徒恶满数尽，始行发难。因为妖窟密迩，特用仙法将左近数百里山形全都变易，隐却真形。又在洞府前面设下仙阵，等你到日，自行入网。你近在咫尺，竟无所知，即此而言，法力已分出高下了。今日本拟直捣妖窟，为了良友重逢，不原为此败我们的清兴，特意现出前面山形，诱你自来，并在洞前设下仙阵阻隔。我们在洞前石坪之上，以逸待劳，设下酒宴，看你师徒叫嚣丑态为乐，权当卜酒之物。眼看四九重劫便要到你头上，如自知悔悟，急速缩头回去。我们念你和掌教师尊有数面之缘，又受妖徒蛊惑，非出本心，还不肯过分为难于你。异日相遇，对你门下妖徒和诸异派妖邪，虽然未肯容恕，对你尚还客气。再如执迷不悟，你不等四九重劫到来，便恐不免身败名裂了。真如不知进退，你们也不必猴急，有本领将仙法破去，自然与你相见。如其不能，到时也自会有人过来，先给你那些同来的妖邪一个厉害。你纵为左道旁门，也曾修炼多年，就该有理说理。自己法力不济，干生气着急，无可奈何，却令众妖孽极口狂吠，猪狗不如，有甚用处？"

红发老祖和众妖徒一边行法喝骂，一边把敌人的话听了个逼真。因先前匆匆赶回，半路发现山形忽变，回宫一算，查出敌人踪迹，又复匆匆赶来，灵药失盗一节，尚未发觉，闻言又惊又急。对方话更刻毒，除乱骂外，还不出一句理来，直气得怒火攻心，暴跳如雷。红发老祖毕竟修道多年，虽以护短，耳软受愚，一时仍知利害轻重之分，连遭挫败，已悔当初失策。再吃癞姑一顿好骂，愈发愧悔万分。然而挫辱太甚，势成骑虎，气忿难遏，誓欲报复，不与仇敌两立。只在心中盘算如何施展毒手，报仇泄忿，岂顾自己的身份。口头上除鼠辈、小狗男女外，始终未说出别的恶言。身后诸妖邪徒党，看出阵法厉害，敌人定知不是红发敌手，负固不出，恶气难消。对方又有不少女子，妄想用些极污秽淫恶的辱骂，激其出战。于是变本加厉，骂得格外难堪。有几个教外妖邪，更怂恿众妖人与自己一起，脱去衣裤，赤体辱骂，污言秽态，无所不至。

红发老祖也渐觉这等行径实在不堪，因行法正急，无暇回看，又不愿给敌人听去长志。正想暗中传声，令众妖徒稍改口风，耳听对方有两三女子口音喝道："这类妖孽，均非人类，不可以人看待，只索诛戮，哪有许多话说？"红发老祖正准备好毒手，还未及发，闻言心喜仇敌受激，行即出斗，便不再阻止妖徒辱骂。运用神目全神贯注于对面青雾之中，引满待发，只等人影一现，即下毒手。忽又听见一女子接口道："你看老怪物眼注我们，似要冒出火来，必有诡谋。师妹们不可造次，我们在此安如泰山，乐得看他师徒献丑，譬如一群猪狗，理他做甚？"另一个道："易师姊说得极是，就过去诛戮他们，也不必忙此一时。"

红发老祖只当敌人欲行，又被别人一拦，心方失望忿恨，猛听连声惨啸，身后忽然一阵大乱。疑是山外来了敌人，忙即回顾，就这一转脸的工夫，猛听对阵急风飒然，知来暗算，不顾再看身后，赶紧回脸重看原处。只见眼前光彩一闪，对阵青雾中突然涌起一幢彩云，当中裹着一个女子。刚喝得一声："贱婢！"猛觉眼前又有两丝银芒一闪，知道来人正是秦氏姊妹之一，用弥尘幡护身，用天狐所传白眉针暗算。红发老祖心中一惊，情知厉害，哪还再顾行法伤敌，慌不迭运用玄功，将气穴七窍一齐闭住，纵身飞起。哪知秦寒萼知他玄功奥妙，早打好乘隙出击之策。白眉针一发七根，分上、中、下三路同时并发，骤出不意，来势万分神速，一任应变机警，仍未避过。总算红发老祖前在紫玲谷见过二女，又知此针来历十分阴毒，不问能否避开，赶紧先闭气穴七窍，又急运玄功，才未被深入气穴，顺着气穴运行，直刺要害。可是七针全打中了面门、肩胸等处，深嵌在皮肉层里，只要气穴一开，仍顺穴道向上逆行。除却陷空岛吸星球可以吸出而外，只有运用本身真火将它炼化，但非当时可了。红发老祖再想迎敌已不可能，咬牙切齿，朝着寒萼目眦欲裂，狞视了一眼，怒吼一声，红光一闪，便往崖外遁去。逃时，瞥见身后早有八九个敌人现身，满空光华屯舞虹飞。同来诸徒党又伤亡了十来个，余下的正在苦斗，但都是教外妖党，门下妖人已剩不多几个。当时报仇心切，身上又隐伏危机，势已至此，不暇兼顾，百忙中看了一眼，仍然匆匆忍痛飞走。

原来那先飞过湖的，乃是元皓为首，同了李英琼、癞姑、金蝉、石生、甄艮、甄兑、易鼎、易震、向芳淑、李文衍十一人。先是众人因听妖邪辱骂，起了公愤，非过湖诛戮，不肯甘休，易静、癞姑再三拦阻不听。后才商定，说众妖邪虽不值一击，老怪十分厉害，由易静做主，选出英琼等几个身有异宝护身之人前往。由元皓率领，借着阵法掩蔽，由湖口左边月牙一角偷渡过去，绕至红发之后，骤出不意，各施法宝、飞剑，猛向众妖邪进攻，稍一得胜，立即飞回，用意只是给众妖邪一个惩创。本定没有南海双童和向、李、秦三人，嗣以六矮弟兄未下山时便有成约，行止祸福与共，不能分开，六人坚欲同行。易静、癞姑见甄氏弟兄面无晦色，虽无防身法宝，但精地遁之术，到了危时，可由地下遁走，只得依了。哪知向芳淑、李文衍二人，一个贪功，一个好胜，自以入门年久，遇事耻居人后，又各自恃持有防身之宝，只要事先留神，绝无妨害，也坚持非去不可。易静、癞姑和向、李二人新始同门，不甚亲密。尤其文衍入门年久，本是先进，开府叙班，却在自己之下，平日神情淡漠，不便过于劝阻。向芳淑又是力言无碍，只得听之。

秦寒萼原本首告奋勇，易静、癞姑因乃姊紫玲别前数日，再三当面嘱托，随时照护，寒萼也颇敬重自己；又见她面上煞气已透华盖，比谁都重，料知凶多吉少：所以再四劝阻。寒萼口虽应诺，心已怏怏。及见南海双童也得同行，向芳淑、李文衍均不听命，越发不快。又见李文衍暗使眼色令行，二人本来一见投机，私交甚厚，心想："易静等多虑，自己身有弥尘幡，毒瘴尚且不畏，还怕妖法不成？"寒萼略微盘算，决计起身，也不与众同行，只同易静说了句："我去看看，稍见不妙，立即飞回。"说罢，一纵遁光，便驾弥尘幡飞走。好在阵法有方瑛主持，通行无阻，快到对岸，忽想起擒贼先擒王，身旁现有白眉针，何不取用？想到这里，算计众邪在红发身后，尚有里许之遥，元皓等一动手，红发必要回顾，反正双方仇已不解，如能乘机用此针将他除去，岂非体面之事？便把云幢暂停。望见众人剑宝齐施，同时也诛戮了好几个。

红发老祖不知众人已然暗中飞渡过来，后半易静等问答劝阻的话，乃因见他面湖凝望，说的全是诈语。正注视间，忽听身后悲啸，忙即回顾。寒萼乘他心神分散之际，急催云幢，由青雾中飞出，一照面，便将白眉针发了七根出去，居然侥幸成功。按说以寒萼的功力与红发相比，相去无异天渊，骤出不意，一时侥幸建此奇功，本应得意，不可再往，见机速退，也可无事。偏见众同门打得热闹，见猎心喜，忙催云幢飞将上去，一面放出飞剑，口中大喝："老怪已为我白眉针所伤，遁逃回去。诸位师姊师兄，切勿放这些妖孽漏网。"

癞姑、李英琼等人，本定小胜即回，也因寒萼一来，见红发败走，这些妖物正好诛戮，略一恋战，不舍即去。却不想蜂虿有毒，何况对方玄功变化，那么高法力，岂有受此重创奇辱，不谋报复之理。残余众妖人中，有好几个俱是五台、华山两派的能手，因从别处闻风赶来，当日才到红木岭，与红发师徒会合同来。法力既较妙相恋前所杀众妖人要高得多，又值峨眉开府以后，诸长老便闭洞炼法，门下弟子都是新进的多，遇到劲敌，后援无人。又值寒萼与红发老祖结仇，欲乘此时机报复，见红发老祖受伤遁走，虽然不免失惊，但深知他的身外化身神妙无穷，好些法力俱未曾施，必因白眉针厉害，想遁回山治愈了伤再来。仇恨愈深，决不善罢，必有毒手在后。此时一退，耻辱更大，俱想奋力抵御，挨到红发老祖去而复转，反败为胜，争回一点颜面。因此尽管众妖人和法力稍次的同党死亡相接，兀自不肯退却，各以全力苦斗。

众人仗着法宝飞剑威力，又是骤出不意，虽然一上去便杀伤不少敌人,剩下这些强的,只能略占上风,急切间却是奈何不得。众妖人又是志在后援,只守不攻,仗着遁避神速,知道敌人法宝、飞剑不可力敌,一味运用妖法闪躲防护,不特不易伤害,连残余的几个妖人也被护住,难于伤害。相持也就半盏茶的工夫,众人正在满空追逐,眼看好些妖法俱吃癞姑、元皓、李文衍、李英琼四人破去,众妖人伎俩将穷,伏诛不远,心中高兴,猛听高空厉声大喝:"无知小狗男女!叫你们知道厉害。"同时眼前一暗,满天空俱吃血光笼罩,成了暗赤颜色,数十道妖光邪焰一闪即灭,对敌众妖人一齐失踪。

元皓、癞姑知道厉害,忙喝:"众人速退,留神老怪邪法!"已是无及,只见弥天血氛中,有一三尺许长赤身人影飞堕,只一闪,便朝秦寒萼飞去,来势神速,从来未见。众人过湖之时,原有准备,虽然大胜,对于防身之道并未疏忽。瞥见血光一现,知道大敌去而复转,来者不善。男女门人早将护身异宝取出施为,十来道金霞祥辉,各色精光,早纷纷激射而起。癞姑、元皓一见红发老祖明知秦寒萼有弥尘幡护身,仍旧先朝她飞去,知是来报白眉针之仇,如无克制此宝之法,不会如此。喊声:"不好!"忙同急飞过去,只见小人手扬处,便有一只亩许大小的血手影,抓向云幢之上。紧跟着右手指点处,一道比血还红的精光,长才尺许,电掣而出。二人越知不妙。癞姑首将轻不肯用的佛家降魔至宝屠龙刀飞出手去。同时元皓手扬处,又是大片青光,如箭雨般发出。说时迟,那时快,就在这双方施为瞬息之间,那云幢已被大手强自抓起。虽然秦氏姊妹仙传异宝未被抢夺了去,起得稍慢,癞姑屠龙刀和元皓的太乙青灵箭双双赶到,敌人知道厉害,未如初计将仇人斩成粉碎,但彩云波动中,化血神刀所化的血光,已乘虚侵入。只见云幢影里有一团明光耀处,寒萼一声惨叫,已受重伤。

红发老祖百忙中瞥见左侧二宝飞至,不暇再施毒手;又以敌人太多,来的二女,一有佛光护身,一有异宝护身,无法加害,如与相持,下余仇敌恐被遁走。心想仇人虽未碎尸,有此一刀也难活命。意欲索性施展玄功变化,出没隐现于敌人丛中,用化血神刀乘机多伤他几个。因此便不和二人硬敌,忙将神手、神刀一齐收回,身形一闪,便往右侧飞去,正好遇上向芳淑、李文衍二人。

向芳淑恃有金姥姥罗紫烟所赐纳芥环护身,又有前在秦岭得到的九烈神君所炼阴雷和师传仙剑，初生犊儿不怕虎，只图贪功，却忘了那纳芥环与别的法宝不同，须与本身功力相辅而行，功力越高，灵效越大。只因金姥姥钟爱过甚，怜她年幼心高，不惜以本门第一件至宝相授，以做防身之用。但因她功力不够，连上次遇到九烈神君之子黑丑，如非极乐真人相救，尚且几乎吃亏，何况红发老祖一教宗主，如何能以抵御？偏生又和李文衍二人因为前在秦岭分取三才剑和该仙人遗留的至宝青蠵瓶，生了芥蒂，临敌之际，各不关心。李文衍以长门弟子，不甘落于新进之后，又以师传辟邪神璧足可防身，又加寒萼交情最深，看出危急，赶往救援，与向芳淑先后一路，红发老祖恰好迎头遇上。

这等战场，双方行动捷逾雷电。二女本是两不相谋，向芳淑一见小人影子朝李文衍迎面飞来，扬手就是一粒阴雷。红发老祖匆迫中不知易静没有出场，本心是想除掉易静、英琼罪魁祸首，意欲查看出二人所在，飞身赶往，杀以报仇。见斜刺飞来两个没见过的女子，年轻的一个用纳芥环护身，必定是金姥姥罗紫烟的门下，附和仇敌来此，并没打算加害，不料迎面一雷打到。阴雷本就歹毒，又经极乐真人仙法炼制，加了妙用。初发时，只是豆大一粒淡绿光华，全不起眼。一与敌人相撞，立即爆炸，威力至猛。这时满天都是光焰弥空，彩霞匝地，到处电舞虹飞。红发老祖法力高强，又以元神应敌，不畏受伤。由寒萼身前往侧飞遁时，瞥见敌人所用法宝无一不是仙、释两道中的奇珍异宝，心虽惊异，正在查看易、李二人踪迹，做梦也没想正教门下会有这类专一克制元神的魔教中所炼阴雷。等见绿光如豆在眼前一闪，方觉奇怪，"飔"的一声，碧焰星飞，已被打中爆裂。如非修炼多年，功力深厚，就这一阴雷，纵不致将元神震散，也必受重伤无疑。

红发老祖骤中暗算，不禁暴怒。二女相次飞近，也没看清何人所发，急运玄功变化，血影一晃，神手和化血神刀同时施为。李文衍飞得较前，一见大手抓到，心中未免胆怯，想逃已是无及，护身宝光先被抓去，心中大惊，慌不迭身剑合一，往旁遁去，左臂被刀光扫中。幸得英琼和金蝉、石生三人由斜刺里疾飞过来，这些至宝奇珍，只有他三人最强，并还具有克敌威力。

红发老祖见不是路，收转神刀，掉头飞去，又和向芳淑成了对面。其实红发老祖颇畏阴雷，先前元神已受小创，芳淑如果连发神雷，红发老祖忙于抵御，势子缓得一缓，英琼、金、石诸人便可赶到，李、向二人均不至于受伤。芳淑也非坐观成败，只因李文衍平日口气颇傲，适又争着出战，当她本门先进，法力必高，心又不甚关切，既想看她法力深浅，如何抵御，又想乘机取巧，给敌人一点苦吃，以致两败俱伤。瞥见李文衍失去护身法宝，负伤遁走，心方一惊，敌人神手、神刀已同时飞到，和李文衍一样，纳芥环先被夺去，化血神刀相继飞到。

这时场上诸人，因易静在隔湖传声遥唤，连命速退，南海双童首先由地底遁走；易氏弟兄素日敬畏姑姑，不敢违背，也驾九天十地辟魔神梭飞回崖去。元皓、癞姑自寒萼一受伤，料知凶多吉少，不敢再追敌人，忙抢上前，接住一看，寒萼身在宝相夫人内丹宝光笼罩之下，虽尚未失知觉，只是左膀中了一刀，但面如金纸，人已一息奄奄。总算弥尘幡灵异，二人应援又快，未被夺去。知道此刀中上，按着各人功力，至多对时必死，还有好些禁忌，恐有差池，只得由元皓护持着，同驾弥尘幡送了回去。癞姑忙再回看阵中李文衍和向芳淑，也为化血神刀所伤。同门义重，向芳淑更是至交，危急之际，不由动了义愤，忙持屠龙刀飞身往援时，忽见一道金光，如神龙倒挂，刺破弥空血焰邪雾，自天直下。光中现出一个少女，正是齐霞儿，手持一鼎，鼎口内射出百丈金霞，电驶飞堕。向芳淑纳芥环已然离身，腿际已吃刀光扫中，因不舍那纳芥环，一面纵遁光欲起，仍在咬牙切齿，运用法力，想将法宝收回。本来形势危急万分，霞儿一到，口喝："老前辈手下留情！"说时，鼎口中金霞已朝那大手射去。红发老祖骤出不意，忙使法力抵御，微一疏神，纳芥环便脱手飞去。向芳淑不知此刀厉害，这一猛用真气，双足齐断。霞儿一手代将纳芥环接住，金光往下一沉，就势抢了断足，喝声："大家速退！"率领众人便往湖上青雾之中飞去。

红发老祖见状大怒，正欲穷追，癞姑屠龙刀恰好飞来挡住。对湖易静诸人，见同门受伤，也动了义愤，率领林寒、庄易、严人英等功力较高的几个，赶来接应。易静当先把专破元神的散光丸、弹月弩发将出去。霞儿挥手一挡，一同护了两个伤员，齐往雾中退去，晃眼无迹。红发老祖正想用玄功变化暗算癞姑，忽见易静现身，二宝飞来，不得不闪避，缓得一缓。癞姑闻得霞儿催回，也就乘机收回屠龙刀，遁退回去。

红发老祖虽然伤了三人，自己也连受了几次伤，但白眉针之仇算是报过。只是被他认作祸首的易、李二人，一个也未伤到。敌去以后，将运用法术隐蔽遁去的众徒党召集回来，一点人数，这次随来的十八名门徒，只剩了七人，内中还有四人受伤。连前后三次计算，长次两辈门徒伤去大半。几个功力较深，也最心爱的全都葬送，一名不留，并十之七八形神皆灭，连想炼元神都不能够。最难受的是姚开江、洪长豹两个爱徒，以前遭劫，一个丧了元神，一个丧了本体，逃回山来，自己怜他们相随了多年，费了许多心力，为他们祭炼元神，法体好容易日见功效，眼看再有一年便可复原，这次也同归于尽。各异派中人，死的也有三十个以上。如何不怒气冲天，恨逾切骨。红发老祖一面行法给众治伤，一面厉声喝道："我起初因忿贱婢无礼，不过略施薄戒，谁想她们用心如此狠毒猖狂。此仇不报，誓不为人！适才一时大意，为小妖狐白眉针打中。今番我以元神行法，任他峨眉小狗男女持有诸般法宝，也莫奈我何。尔等且退一旁，等我上前，施展无边法力，将这些小狗男女一网打尽。然后再约集各方道友，同往峨眉去寻诸老鬼算账便了。"

　　话刚说完，忽听对面齐霞儿遥应道："老前辈暂息怒火，听我一言分述。家师前以门人无知冒犯，不问动机如何，对于尊长，终是失礼。为此特命易、李二师妹持了家师手书，登门赔罪，理并无亏。修道人不打诳语，今日之事，家师实早算定。老前辈耳软心活，易受谗言。门下诸高足久与各方妖邪勾结，只碍着老前辈为人方正，又与家师及白、朱二老前辈交往，日近正人，不能为所欲为。令高足不知自身恶贯满盈，难得有些嫌隙，正好蛊惑师长，乘机与峨眉反目成仇。事情一起，早已全体勾结，百计发难。内中只有一二明达，知道利害轻重之士，无如势孤，慑于众人淫威挟持，虽有忠言，不敢倾吐。何况令高足们大劫已临，甚或累及师长。所以易、李二师妹无论如何卑屈小心，也是难于挽回这场劫数。家师既顾到朋友之谊，又以尊卑之礼不可以废，不得不尽此微心，欲以人定胜天，作那委曲求全之想。易、李、周三徒追戮妖妇蒲妙妙，原是分内之事，只为令高足们祖庇妖妇，倚众行凶，始肇争端，本来无罪。就说一时无知，冒犯威严，也属无知误犯，情有可原。自己门人，自然也不愿她们无辜陷入虎口。纵然为尊者屈，也须有个限度。家师为使情理两尽，未来以前，命在依还岭上炼法四十九日，以防令高足们陷阱深密，群起加害。老前辈受谗已深，不加制止，反为张目，实在令人不解，本来开府之后，传授法术耽延了些日，中间又有铜椰岛之行，所以来得稍晚。易、李二人到时，知道拜关求见，令高足必出阻止，不特见不到老前辈，甚至难免凌辱威逼，又起杀机。如有伤亡，岂不有违初意？暗中潜入，又是于理不合。只得略微行权，先向守关侍卫求见，等其开门放入，立用隐身法通行全阵，直达红木岭下再行现身。令高足们全体合谋，计周网密，因恃阵法严密，来人无由飞渡，独忘了嘱咐守关侍卫。仙山地域广大，洞府众多，又未禁与外人来往。各派妖邪平时入山，侍卫认作常有之事，因得混进。起初，秦、雷二高足严令亭中守者不为通报，才以传声上闻。初意老前辈必能烛照是非，念及以前冒犯出于无知，予以宽大，即或宿怒未消，也只略加训斥了事。哪知谗言深入，老前辈受惑已甚，始而故不延见，继则大发雷霆，欲加刑责，令高足们又复纷起嚣张，百口辱骂。二人见已辱及师长，双方友情已绝，再加忍受，何以为人？只得在众高足倚众行凶，法宝环攻之下，往回路退走。

"二人本心只想回山，禀知师长，等家父炼法完毕，再由家父率领，前往仙山请罪。那时事出师命，休说吊打，百死不辞。此时受人一指，却所不堪。本心不愿伤人，无如阵法厉害，苦受迫煎。众寡悬殊，如不自保，便须丧身，还辱师命。后来老前辈又复亲临，威力更盛。没奈何，只得力与周旋，不再顾忌，脱身而去。至于昨日一战，乃是令高足约来异派妖邪，在妙相峦谷外埋伏。原意老前辈万一放走来人，他们便群起劫杀，不到双方成仇不止。恰值峨眉有三数门人，追两妖人路过，正合此辈心意，合力夹攻，法力又是不济，以致伤亡多人，又将老前辈惊动出来。峨眉众同门因师长闭洞炼法，奉命行道，惟恐自身力弱，各有求援之法，相约互为策应。同门义气甚重，一人有事，各方齐集。有的无心相值，有的行法窥见，看出对方人多，纷纷赶来相助。自来兵凶战危，已成仇敌，胜生败死。老前辈尚且大显元神，放出五云毒瘴，必欲全令惨死，他们尚复何忌，怎能怪他们心狠猖狂？即以今日之事而言，他们避居方、元二道友这里，本心将昨日中毒诸人治愈，即行离去。仍是老前辈意欲斩尽杀绝，昨日穷追未获，徒损至宝，枉费了多半日心力，今又杀上门来。如不勉力应付，人非至愚，孰甘任人宰割？应敌乃是人情，亦难为罪。现在双方仇怨虽已结成，吉凶祸福仍贵知机。须知已死令高足们勾结外邪，蒙蔽师长，肇此惨祸，虽属劫数难免，实亦死有余辜。现在劫数已应，老前辈人本正直，受愚一时，非出本心。尚望平心静气，酌情度理，衡量利害轻重，是非得失。即使诸后辈罪在不赦，也俟家父及各位师尊炼法完功之后，前往告知。峨眉教规素严，门人有过，只要来人所说当乎情理，决不姑容。以免尊卑相对，胜之不武，不胜为笑。万一后辈无知，再冒威严，更伤和气。再如因此招致别的妖邪乘虚而入，欲收渔人之利，更不值了。愚直之言，敬希明鉴。"

红发老祖听霞儿一说，也颇动心。及见旁立诸妖人面上俱带鄙夷之色，再一想到身受的奇耻大辱，重又怒火上升，再也按捺不下。不等说完，便将妖法发动，同时取出法宝施为，往面前青雾丛中冲去。

齐霞儿说时，早向身畔取出一张妙一真人的纸条，与众传观。另外附有六粒卢妪所赠丹药。那纸条大意是说："先后受伤九人，数中应有此劫。不久湖上禁制必为敌人所破，但众人只可进入内洞慎守，不可出敌，不消片刻，便有一前辈散仙来此解围。五云毒瘴与化血神刀均极厉害，中人必死。中毒诸人虽仗事前盗有灵药解救回生，但是元气大伤，幸有卢妪所赐灵丹，可用三粒分与大众，各服半粒，即可复原。化血神刀更是阴毒，也非此丹不救，剩了三粒，恰好应用。但是此丹只能保得不死，将所断之处接上，终不能似陷空岛万年续断和灵玉膏，治这类毒伤巨创具有特效。必须三年零六个月以后，始得复旧如初。本来可以无碍，偏生后年端午便有一件大事，为众同门建立外功良机。如欲参与，便须去往陷空岛求取万年续断和灵玉膏。陷空老祖本来与我无怨，开府之时，并派他大弟子灵威叟前来观礼，照说似可求得。但是此老远隐北海穷荒，已历千年，性情孤僻，也非常理可喻。岛宫深居海底，为防外人扰他清修，禁闭严密，行动虚实，均难推算。仙府诸位尊长无暇及此，沿途恐还有阻。如往求药，可由众中推出数人前往，量力行事。对方虽也旁门水仙，多年来独善其身，不曾为恶。以礼往求，不允便罢，至多受伤三人少积一场功德，仍可修为。如不获允，无须强求。此老喜收义子，内中颇多妖邪，散居附近各岛，却非善良，眼前各异派妖人，难保不与之勾结。途中如有险阻，可往寻天乾山小男，必有道理。不时来的那位散仙，道法极高，恐有一事相难，此时不便与之相见。请众照书行事，自己必须离去，以免难处。"此外并注有六粒灵丹用法。

这时寒萼、李文衍各断了一手一臂，向芳淑是将双足刖去。伤断之处点血不见，只冒微烟。虽仗各人俱会玄功，强自运用真气，勉力挣扎，人已面如乌金，痛彻心骨。众人匆匆，立即依言分头行事。尚幸断落的手足俱已抢回，否则，仍非残废不可。向芳淑身有救命灵丹，先连服了几粒。秦寒萼持有乃母一粒内丹，也觉稍好。只苦了李文衍一人，伤势较轻，受苦却大，虽只不多一会儿，人已奄奄待毙。卢妪灵药端的神效，口服不怎显，治外伤却是灵极，也不用甚方法，只将药嵌在伤处，断肢便接好，一口真气吹上去，立化一股五色彩烟，异香扑鼻。将伤处裹好，眼看痛止，污血流出，自然生肌接骨，皮肉长合。一会儿便渐平复，精血也已通行，只不能运用真气，一切均与常人无异。中毒六人本已回醒，服药之后，也觉灵府清明，心身轻快，有异寻常，俱各大喜，起谢众同门不迭。

治愈受伤九人，霞儿也把话说完，向众略微叙阔，与方、元二人互相礼见，略微叙谈。另给易、李、癞姑三人留了一封小柬，道声："行再相见。"便要起身。

元皓道："老怪物不听良言，见我们退守不出，还当怕他。此时湖中禁制已全发动，不怕他来攻。反正是这么回事，正好借送姊姊为由，气他一气。"霞儿匆匆不知何意，含笑点头。方瑛想拦，元皓话已出口，只得如法施为，将阵势变化。一片灵旗招展中，五色烟光连变灭了几次，立时全湖现出。只是烟云变幻，光霞浮空，灵旗隐现，气象森严，备见仙法神妙。霞儿才知他将九宫五行阵位，连湖面一齐现出。虽然敌人识破来历，也不易攻进，如似先前不令测见高深，岂不更好？方在寻思欲语，元皓手指处，一道长虹般的金桥已往对岸缓缓突伸过去，同时举手肃客，意欲相送。霞儿知道阵法已现，再隐无用，主人礼意殷殷，乐得借此让对方见点颜色也好。便把手一举，重向众人作别，往虹桥上去。元皓陪送同行。湖形一现，双方动作隔湖相望，无不毕现。

红发老祖正在大施法力，想将前面青雾破去，忽见烟光变灭，现出阵形，才知对面乃是一片湖水，上设禁制，自己在施法力，分毫没法进攻。再定睛一看，两次所伤仇敌俱都无恙，正在指点自己，说笑不已。昨日中毒诸人，还可说是灵药被盗，因而获救；这化血神刀中人必死，多高法力的人，也耐不了一时三刻，一日之后，便化劫灰，尸骨无存，怎会当时救转？便陷空岛万年续断，也须数日始能复原，也无如此神速。正在又惊又愧，忽见水上又有一道金虹由对崖飞来，上有两人：一个是齐霞儿，一个是两次用太乙青灵箭伤人的仇敌，从容谈笑而来。看那情景，分明有心现出原景、飞桥送客，分毫没把自己放在心上，不禁勃然震怒。正待下手，耳听元皓娇声说道："齐姊姊请行。你不叫我伤老怪物，只好不远送了。"说时，桥已飞到。

红发老祖心中忿急，身形一晃，化作一只血手影，想连人带桥一齐抓住；同时放出化血神刀，朝霞儿飞去。哪知金桥撤得比电还疾，手刚飞起，便已急收回去。湖上立有千百丈金光，夹着风雷之声涌来。红发老祖识得厉害，未破法以前，不敢冒进，只得含忿将血手收回。化血神刀刚飞出去，众妖人已各施威相助，一时烟光交织，法宝齐飞。霞儿冷笑一声，左手将鼎一举，鼎口内一声龙吟，飞出百丈光霞，将化血神刀敌住。同时右手一指，飞出太乙神雷，将四外烟光邪法，连同当空暗赤色的妖云一齐荡开，飞身直上。等红发老祖收回血手追赶时，只听霹雳连声，数百丈雷火金光飞舞中，霞儿已化作一道匹练般长虹，破空飞去，一闪不见。众妖人和门下徒党围攻太急，没料敌人这等厉害，又伤了两三个，折却了好几件法宝。怒气填胸，无从发泄，把所有怨毒俱种在对湖诸人身上，誓不与之并立，重又去到湖边查看。

红发老祖先前连次无功，本已看出一些端倪，因见对方俱是峨眉门下，不应有这类法术，心中还在迟疑。及至元皓轻敌现出湖面，追敌回来，细一观察，果如所料，对方用的竟是奇门七绝恶阵，乍见大吃一惊。知道此阵共有七层禁制，中藏先天奇门五遁之禁，比起正教中的两仪六合阵，虽有正反顺逆之差，灵效威力俱都弗如，但以旁门法术来论，已是登峰造极，无以比拟。因此阵法逆运五行真气以为己用，上干造物之忌，习此法的人如非连经天劫，本身功力深厚，道法高强，便精此法，也轻易无人敢用。迄今各异派中长老，以及海内外散仙中有名人物，除却两个大对头外，只三四人有此法力。照此看来，对方必还另有旁门中的高人相助无疑，连日所遇那男女二幼童，大为可疑。据门人禀说，以前曾与之结仇，后忽失踪，只知是两个修士，始终不知他们的来历。看其所用法宝，极似对头门下，弄巧就许那五百年前所遇老怪又来中土，都不一定。幸是适才不曾冒失，否则吃亏更大。凭着自己法力和玄功变化，要将这七层禁制相继破去，并非不能办到。只怕万一对头藏在对面崖洞，阵法一破，突然出现，却是大糟。还有昨日收去五云桃花瘴，诱激自己穷追未获的那人，分明与仇敌一党，法力甚高，至今未见此人出现，更可疑可虑。

红发老祖想到这里，不禁又急又忿，方有一点气馁，再一留神查看敌人形迹，除在崖石坪上主持阵法的男女二幼童外，俱是昨日见到过的峨眉弟子，别无面生可疑之人在内。想起前情，再见敌人朝着自己指点嘲笑之状，重又勾动忿怒，暗忖："那对头行事，素来强傲，目中无人，决不会令两幼童主持出面，自己却在暗中卖弄。性又古怪，不喜管人闲事，如若有心为难，必定寻上门来生事。他虽旁门，行辈最尊，威望法力，一时无两，万不会不惜身份，与峨眉门下这类末学后辈的小狗男女打成一片。并且此老已五百余年不履中土，怎会忽然来此讨好敌人？那男女二少年也许另有传授，法术相近，功力却是大差。只要不是老怪物在此，任是何人，我也不怕。此时已成骑虎之势，再如畏难纵敌，此仇不报，不但多年声威败于一旦，也无面目再见门人同道。"念头一转，恶气大壮，便从法宝囊内取出五面妖幡，分五方五行掷向空中，与湖遥对；然后手掐灵诀，施展法力，布下一阵。一会儿布置停当，将双手合拢，一搓一扬，立时烟云滚滚，布满全阵，彩光四射，满空暗赤焰云，齐泛星彩，直似一片极鲜艳的浓血，将湖对岸天空掩了个风雨不透。湖水上空，却是星月交辉，碧空云净，两两相映，顿成奇观。

坪上众峨眉弟子见红发老祖所布阵势占地不大，满脸狞厉之色，在阵中上下盘旋，往来飞舞，行法甚疾。除易静、癞姑等有限三四人，连方、元二人，因只知照那无名散仙传授，如法施为，也都不知厉害，反以为敌人连番施展邪法异宝来攻，俱未闯入湖面一步。又见行法时那等急躁，颇似力竭智穷之状。尽管知道阵法多半会被破去，一则禁制共有七层，还未开始，就能破去，也费时费力，不是容易。又如阵法一经破完，还可避入洞中，那奇门五遁，重又相生反应，将全崖封锁，不久救援即到。即使不能如期而来，对方不过毒瘴、飞刀厉害，众人已有不少异宝可以抵御。只有那元神化血玄功变化，隐现无常，势逾雷电，法宝、飞剑稍微疏忽，或是功力稍差，便被摄去，容易受他暗算。现时不与对敌，也是为此。真要到了危急之时，如将众人剑光联合一起，同心同力，舍短用长，由英琼、癞姑、易静、金蝉、石生五人用牟尼珠佛光及仙传至宝，将众人一齐护住，再用屠龙刀、弹月弩、散光丸、青灵箭等法宝向前夹攻，同时再把向芳淑的阴雷珠和几个法力较高的同门连发太乙神雷助战，对方多高法力，也无法取胜。斗上一阵，再若相持不下，或是有了败象，索性突围遁走。敌人不追便罢，如再穷追不舍，索性引往乙、凌诸人那里，叫他吃个大苦。互相耳语，计议停妥，自觉无虑，不特未以为意，反笑敌人情急。

众人正在互指湖对岸嘲笑，忽见红发老祖将手一指正南方妖幡，只听一片风雷之声过处，立有一大团雷火飞起，朝湖上飞来；才达湖面之上，方瑛比较元皓持重，虽也附和众人说笑，目光始终未离对岸，看出敌人用丙丁真火来试头阵，乙木青气所藏反五行的真金已被识破，笑喝："老怪物，你只知其一，不知其二。我这里正反五行，相生相应，还有癸水在内呢。"话未说完，手指处，湖上灵旗似走马灯般疾转如飞，一片青光电掣而过，跟着一片银霞涌起，迎着那亩许大一团烈火两下里一撞，倏地变为一片黑气，待向那火包没上去，意料敌人法术必破。

谁知那火球也暗藏五行变化，与银光一撞，便即爆散，分一为二。由火中激射出百丈黄云，反将黑气紧紧压住。同时那火也一同加盛，转眼布满湖心，将银光隔断，上下四层，互相包围，各不相下。方、元二人一见，才知敌人以丙火、戊土相生，来破头层金水之禁。此中机密已被敌人得去，头层禁制已被占了胜着，除以强力运用，加增金水之力，使多相持些时，并与敌人丙火、戊土同归于尽外，已然无法挽救。事出意外，不禁大吃一惊，忙即加紧催动阵法。一面仍以金、水二遁相抗，一面准备发动第二层禁制，以备接替。

红发老祖见敌人危机当前，竟能举重若轻，并不再化生别的遁法来克制这火、土二遁，只以本行真力相抗，意欲对拼，以致自己准备的破阵之法不能连续发动，威力已然减去不少。结果必然是敌人阵法虽破，自己的法术也与抵消同尽，那五面宝幡也必连带毁去，大出意料。照此行径和对阵妙用，分明又是老怪物的家数，与别人习此法者不同。想了又想，无计可施，只得听其自然，也忙加功施为，使丙火、戊土之力有增无已。似这样相持有半个时辰，方、元二人尽管仙传法术神妙，终禁不住自然相克之性。湖面原本一泓清水，只有大小数十面灵旗浮空竖立，更无异状。自从双方一斗法，重又云光杂沓，灵焰飘空。这时灵旗已隐，全湖俱在黑气笼罩之下，上面压着密密一层黄云，云上一层银光，光上又是一层烈火，两两紧压，密无缝隙，层次分明，互为消长，上下四色，齐焕奇光。始而各不相下，渐渐烈火黄云势盛，黑气已快压向水面。

方瑛看出不妙，忙以全力施为，那数十面灵旗忽又出现，一齐展动。红发老祖见那灵旗所到之处，无论哪一层，全无所阻，心方惊异，黑气、银光突然加盛，向上涌起，颇有反奴为主之势。忙运用玄功，一口真气喷将出去，将手连指几指，烈火、黄云也自增强，上下挤压，互发怒啸。正对抗间，灵旗烟光变灭中，忽由水底激射起一道彩光，将四层烟光一起冲破，到了最上一层，似轻烟一般散布开来，将上下四层一齐包没。红发老祖方觉不妙，未及施为，紧跟着惊天动地似的一声巨震，里外一齐爆散，化为千万缕红、黄、银、黑四色彩丝，满空飞射，一闪即灭。红发老祖见又折了一面宝幡，阵法才被破去一层，得不偿失。急怒之下，索性一不做，二不休，又将一片白光飞起。方瑛知他用庚金为引，暗藏五行，随心变化。阵法虽然奥妙，自己法力有限，不能尽量发挥。如误认庚金只能化生癸水，妄想抄他丙火化生戊土前文反克，必又上当。转不如按照原定各层次序，由他破去，仍与同尽为是。便不等敌人变化，径将第二层的木、火二遁同时发动。

红发老祖原是虚实互用，第二次破阵，将四面宝幡一展动，果然暗施毒计，五行五遁，全可变化相生。没想到敌人仍以原有应战，丝毫不乱，竟不上当自乱章法。这等行径，分明是要两败，好生不解。哪知方、元二人心有成竹，为留最后退保一着，故此不敢轻易更张，否则下手更难。虽然自信最后能够获胜，中间一段就许受挫受伤，都很难说。白光飞到湖上，先是一片青光飞起，两下一撞，青光乙木化生丙火，白光庚金已变化癸水，青、白、红、黑四色烟光上下紧压相持，与第一次情景一样，景越奇丽。相持到了最后，依旧灵旗展动，彩烟飞起，上下包没，一声巨响，同时消灭。似这样接连四五次，时光已由夜入昼，到了次日中午。红发老祖法力本高，加以仇深恨重，施展全力相拼，每破一层阵法，必加上好些威力。

那阵又非方、元二人所设，只知依着成规奉行，不能变化。到第三次上，便被对方看破伎俩止此，又见无人接应，断定不是对头主持。心一放走，去了好些顾虑，静俟破完全阵，过湖寻仇。不特压力越往后越加大，并还在五遁五克、双方对消之际，一面破阵，一面运用邪法，乘机猛袭过来。如非方、元二人应变机警，又得众人合力相助抵御，俱是能者，第四次上便几乎有人中了暗算。眼看危机愈迫，虽知阵法破完，湖中埋伏的仙法会发生五遁逆行，重又相生，另发动一层极神奇的禁制，将崖洞封闭，不致受害，但见形势如此险恶，又颇担心，正各加紧戒备。哪知第五层阵法后面所藏妙用，发动甚速。红发老祖见五遁禁制已破了四层，剩此一层，已成强弩之末。看阵内各人行径神色，末层禁制未必有甚玄妙惊人之处，又是急于收功，竟不惜耗损真元，意欲就势一起破去，把所有法力全使出来。两下里一凑，阵法改变更快。

易静、癞姑等为首诸人，因阵法虽是七层，第五层一破，便生变化，命众人先避入洞，只留法力较高、飞遁神速的八九人，在坪上护着方、元二人行法，以防万一。又暗嘱大家小心，准备退路。初意每层阵法都就本行相生，与敌对拼，至少也需一个多时辰，足可支持些时。哪知第五层的本身戊土生金，百丈黄云、银光由湖中涌起，吃敌人的乙木、丙火所化青、红二色烟光，各按克相，紧压下来。两下里才一接触，这次被克一面戊土、庚金竟会突然加盛，敌人乙木、丙火竟几乎克制不住，急得敌人不住运用玄功，连由口中喷出真气，奋力施为。易静诸人方觉阵法妙用，忽见云光越盛，对方克制之力也愈加强，双方烟光摩擦，幻出万道霞芒，成为奇观。相持还不到半盏茶时，湖底风雷忽起，灵旗又出水上，刚疾展得两展，就这晃眼之间，倏地又是惊天动地一声大震，湖面青、红、黄、白四色烟光全都爆散，洒了一天花雨，阵法全破。当时湖水群飞，直上半天，灵旗飞舞中，大片五色烟光连同后面的半天血云，齐似狂潮怒涌，迎面飞来。这时，众人只先前受伤初愈诸人全退后洞，余人多在观望，事出意外，连方、元二人也没料到变化得如此快法，忙喝："诸位速退，不然便被禁法隔断在外了。"话未说完，众人也纷往后面飞进。也是忙中有错，方、元二人因身是主人，不肯先退。

众人虽早戒备，但除易静、癞姑、林寒、庄易、严人英法力较高，知机神速，一见形势危急，一面同喝速退，一面急纵遁光往洞中飞去，退得最快外，金蝉、石生同了甄氏弟兄四人，因易静再三叮嘱，不许仗恃身有异宝，便可行险，先见斗法奇观，看了一夜，见惯无奇，四人闲中无事，见洞外磐石上设有楸枰，便往轮流对弈，并还拉了司徒平和杨鲤两个高手，旁观指点。因离洞门最近，司徒平人又仔细，一见有警，立即拉了进去。下余几人，自知道浅力弱，也都闻警即退。只易鼎、易震生性喜动，先在旁看了一会儿，觉着无聊，便自走开。二人贪看双方斗法，又听易静连催众人先退为是，知道离湖一近，必受申斥，心想："自己带有辟魔神梭，可以防身，被人困住，还可由地下遁走，怕他何来？"不特没有退意，因见几个法力高的口中叫别人退，自己各取出法宝，似有应敌之意，自己不但没有退意，反想少时众人如退不及，还能相助动手。弟兄二人藏在易静身侧一株老松之后，一面观斗，一面暗中也把法宝取出备用。正商量去约金、石、二甄，危机已出现，想退已无及了。

李英琼和余英男本来也可无事，因二人患难相交，这次奉命下山，不曾派在一起，俱各思念，难得在此相遇，好生欢喜。先以应敌无暇，自昨晚斗法有了空闲，二人便同在一起，共商日后一同修为之事。坪上原设有几处石墩，二人便在滨湖之处寻了一个，并肩坐了，促膝密谈。易静、癞姑发令督促时，二人也便戒备，刚刚各把飞剑法宝准备停当，一看情势，觉着还没这快，又复疏懈下去。那地方相隔方、元二人行法之处最近，及至变生仓猝，正要遁去，一眼瞥见方、元二人口喝速退，易静、癞姑等众同门已纷纷飞遁，还未离开，以为二人必还另有施为，想与会合一同遁退，没料到时机瞬息，稍纵即逝。敌人成道多年，法力高强，这次连遭挫折，多由于众人各有仙府奇珍，应变机警，又得师长指点，高人相助，门人妖党又都不济，般般凑巧，才致如此惨败。红发老祖怨毒之下，直同拼命，何况阵法机密，强半识破，早准备好毒手，静待发难，元神变化，何等神速，凶锋已锐不可当。犹幸五层阵法破得太快，变化神奇，双方同出意外，红发老祖吃惊，略微缓势，否则早将湖上的反五行禁制一齐飞来，众人只要在洞外的一个也休想遁退回去。

那反五行禁制，专护那座洞府，人在洞外，便无用处，法力高或有至宝防身的几个或者无妨，下余诸人便难说了。李、余二人方在转念略停，方、元二人也已飞起，百忙中看见李、余二人似在观望，正想催令速逃，说时迟，那时快，连说句话的工夫都没有，就在四人将要会合之际，那半天血云焰光已经临头，将四人一齐罩住，直压下来；另一旁的易氏兄弟见众人各驾遁光飞退，也是吃了四人后起的亏，心有所恃，又复大意，略一观望，也吃血光罩住。同时崖前灵旗敛处，那五色云光已然布满洞外，将洞口连崖一起封闭严密，光霞灿烂，里外通明，历历可见。

易静、癞姑等五人本在一旁护法，因见变起太骤，知道时机一发，飞遁越速越妙。众人事前已然再三叮嘱，当无迟延之理，又听方、元二人急呼，以为二人必定知机，也许还要行法施为，自己退得如慢，反为延误，应变原贵神速，所以一齐飞遁，各不相谋。刚到洞内，洞口已被五色霞光封住。二人一看外面，还有六人在血光之下。这一来，里外隔断，可望而不可即，想要冲出救援，俱不可能了。尤愁急的是外面六人，分作两起。方、元二人瞥见霞光封洞，血光罩顶，知道遁回已经无及，心还自恃持有防身法宝。元皓口喝：「我们已为仙法隔断在外，不能退回，索性和老怪物见个高下吧。」随说，手扬处一蓬青色光丝，网一般向上飞起，欲待将四人全身护住。哪知口中话未说完，青光飞起四边，正向下网来，忽见一只极大的血手影，电也似疾自空飞堕，只一抓，便将光网抓去，紧跟着四外血焰便潮涌而来。总算英琼上次失剑，长了见识，应变格外机警，一见不好，忙和英男各将身剑合一，先不迎敌，却将牟尼珠发出，化作一片祥光，飞起四人头上，恰好接上，未遭毒手。佛门至宝，果是灵异，祥光所罩之处，四外血焰涌到身侧相隔丈许以外，便自消灭。

红发老祖恨极易、李二人，几番运用玄功变化想伤四人，俱都无法近身。英琼想和易氏兄弟联合一起，才一移动，敌人元神便伺隙来侵。想是邪法太恶，心神略分，便觉四面八方压力加紧，两只血手影也相继出没。知道此宝全仗心灵运用，丝毫松懈不得，并见易氏弟兄也都无恙，只得罢了。嗣见宝光照处，不特头上和四外，连脚底也无血光侵入，便盘膝坐地，将师父所传禅功施展起来。这一来，元神内莹，宝光越发朗耀。

方、元二人心疼失宝，只要见敌人和那血手现出，便将青灵箭发将出去。红发老祖起初运用玄功夺取宝网，原是骤出不意，元皓又是轻敌自恃，没有戒备。这青灵箭出诸仙传，专伤元神，与别的法宝不同，无法收取。

红发老祖白费了两天一夜苦功，真元消耗不少，欲将敌人一网打尽，夺取所有法宝，以为补偿。谁知敌人备有退路，虽用血焰魔火将敌人困住了六个，却是一个奈何不得。一面想攻洞，一面想伤所困六人，还须躲避青灵箭，终伤元气。敌人在祥光护身之下，以逸待劳，出没无常，其势不值以全力去应付此宝。三面全顾，也闹了个忙碌异常。

六个人只余英男闲着，几次想用南明离火剑，俱因英琼日前紫郢剑被夺，前车之鉴，不敢尝试。心想："易氏弟兄身藏神梭以内，百邪不侵，又能入地，大可自来会合。"连唤几声未应，梭光停在那里，外面精光急转，冲荡得四外血焰宛如血河潮生，片片花飞，光华互映，色彩分外鲜明。心中奇怪，定睛一看，原来那九天十地辟魔神梭已吃四外浓血一般的光焰陷住。二人先还运用法宝，想要冲动，几番无效，便不再动。气得二人在宝光防护中现出半面，大声辱骂不止。可是梭光外面，光华电转，不时还有宝光由内出击，敌人也是近前不得。洞内诸人见此情形，自是愁急，一心只盼救援早至，终无征兆。

似这样又相持了一日夜，眼看红发老祖直似怒极发疯，连施各种厉害法术，猛下毒手，形势渐险。反五行禁制依然无恙，李、余、方、元四人头上佛光也始终晶莹朗耀，大放光明。那易氏弟兄的九天十地辟魔神梭，却被魔火血焰炼久，光华渐减。又听敌人在那里厉声怒喝，说是再隔些时，便拿了二人开刀。易静姑侄关心，自是焦急万状。金、石二人和南海双童尤为忿激，不听易静劝说，取出灵峤三仙所赠法宝，往外便冲。偏那反五行禁制，看似一片其薄如纸的光霞笼罩洞口，但法宝、飞剑冲将上去，立生妙用，直似前面有不可思议的神力阻住出口，狂潮撞起万片霞辉，无穷异彩，休想擅出一步。易静知金、石二人皆有仙府奇珍，恐防两伤，再三劝阻，方始忿忿而止。

金蝉正在里面破口大骂，石生忽道："我们有法力的人还多呢，这里冲不出去，不会打外来援么？"一句话把众人提醒，想起同门中郑八姑有雪魂珠，女神童朱文有天遁镜，俱是专破这类邪法的至宝；还有齐灵云、周轻云、岳雯、诸葛警我诸人，也都是能手。事情如此紧急，预拟救星此时不至，焉知不有中变，怎会忘了求援？想到这里，正要行法告急，众人忽听身旁法牌振动生光，疑有同门在另外遇险告急，忙同取出，如法一听，竟是余英男见易氏弟兄危急，已向远近同门发出告急信火，正在传声告急。

易静恐她召来多人，有的法力不济，湖对岸还有好些异派妖邪，再者敌人邪法如此厉害，差一点的也进不来，平白吃亏。忙也行法传声，重向远近接得警报的诸同门告以厉害，只请郑八姑、朱文、灵云、轻云、岳雯、诸葛警我等数人到来应援，余人请记师命，量力行事。说完不多一会儿，牌上红光一闪，接连好几处回应，知有不少同门接到警报。看回应如此之快，八姑、朱文、灵云、轻云、诸葛、岳雯等主要赴援之人，必有一半在近处，不消多时，便可到达。只要有雪魂珠、天遁镜二宝，便可将魔火血焰破去。紫郢、青索与七修剑再如能够会合，多厉害的邪法也可抵御。纵令敌人厉害，至多不胜，当无失陷受伤之理。但这反五行禁制，神妙不可思议，到时不知能否冲出，里应外合。齐霞儿所说解围之人，也不知何时可以到来，却是可虑。

易静心中盘算，目光仍注外面，见辟魔神梭受血光魔火包围，光华虽比前缩小了十之三四，似已到了限度，却也不再减小，反倒较前还要凝炼，光轮电驭，旋转更急。鼎、震二人也似知道危机，已不再露面，只埋首光中，大骂不休。气得红发老祖不住把血焰增强，紧压上去，兀自奈何不得。易静知道此宝原是老父平生最得意的法宝，具有极大威力，防身妙用，百邪不侵。只不过被魔火血焰紧压缩小了些，乍看颇险，实则无害，心情为之一宽。那告急信火只能使用一回，妙一真人、玄真子本为众弟子遇到生死关头求救之用，不能轻发。英男同门义重，恰值神梭宝光正在减缩，误认为危急，将信火发出。

易静从小便随一真大师学道，九天十地辟魔神梭为乃父易周镇山之宝，轻易不以示人。新近才以爱女在紫云宫被困，传授鼎、震二孙，命往救援，一向未曾使用，不知此宝妙用。以为紫云宫千里神沙，何等厉害，此宝尚能破土飞遁，怎会在此被困？却不知红发老祖因知敌人有好几个俱精地遁之术，上来早已防到，血焰本比神沙还要厉害，易氏弟兄又忒骄敌大意，已然被血光罩住，仍不动念。弟兄二人，一个打算驾着神梭仍退回洞，一个又想先朝敌人冲他一下，就便把方、元、余、李四人一齐带走，或是退回洞内，或是裂地飞遁。这时危机瞬息，哪有工夫犹豫，略一商量，上下四外血焰魔火便潮涌上来，将二人困在当中，四围胶滞，寸步难移；可是法宝神奇，光一缩短，抗力越强。如非易氏弟兄因上来连冲几次没有冲动，自觉遁走无效，不愿徒劳；又见宝光缩短，口虽怒骂，内实胆怯，只顾全力施为，以谋抵御，不暇及此。再如猛力前冲，也较前容易，逃虽仍是难事，如与金、李、方、元四人会合，却可办到。易静乍见宝光缩短，姑侄关心，本就动念欲发；又以英男告急，不曾指明何人，恐一般法力浅的同门重义贪功，忘了所诫，一同赶来，受了伤害。也未寻思信火关系甚大，已然有人发动，大可省下，无须再发，一时轻率，发了出去，不曾在意。等日后遇险被困，想用时反悔已无及了。后话暂且不提。

红发老祖原知神梭来历，本心不愿开罪易周。一则昨日见许多徒党俱为此宝所伤，心已怀恨；又听易氏弟兄千妖人、万妖人破口辱骂，并历数他连日挫败伤亡的许多丢人之事，愈发怒从心起。事已至此，一不做，二不休，管他是甚来历，只有仇敌之念，见人就杀，闹到不可开交，拼犯天劫，径与轩辕、丌老、妖尸及诸异派联合，索性和对方拼个你死我活。红发老祖心念一横，又以洞中诸人有反五行禁制，不是短时日内所能攻破；外面所困六人又有佛门至宝防身，加害更难。比较只有神梭宝光渐减，于是把目标着重在易氏弟兄身上，决定先杀这两个仇敌出气。哪知神梭宝光减到限度，忽然停止，更不再减。光虽比前略短，反更精明，仍是奈何不得。方、元二人的青灵箭又不时飞来，还须抵御逃避，始可无事。正气得须发倒竖，目眦欲裂，打算把对湖一干异派妖邪招将过来，拼耗数十年苦功，施展最后毒手，用六阴绝灭神功破去反五行禁制，将方圆百里以内震成齑粉，忽听对岸众妖人呼喝之声。

第二三二回

　　破遁闪灵旗　　变灭盈虚森气象
　　传声谈旧迹　　循环因果快恩仇

　　话说这时众妖人因红发老祖破了敌人阵法，那半天血光已飞向对面，将全崖洞带石坪紧紧笼罩，成了一片血山，魔火血焰已用全力发动，另外还有别的狠毒法术、法宝一齐夹攻，和敌人成了不能并立之势，知道厉害，又用自己不着，乐得隔岸观火，等到事完，再以巧言诱激，使与自己同流，和诸正派为仇。众妖人都认定峨眉门下十多个有法力的门人非遭毒手不可，好不快意心喜。因血光移向对岸，湖这面便现出天空，无甚阻隔，当地景物又极灵秀，众妖人各运了些石块放在湖边，分别坐下，对着一湖清波，向前观战。不时三三两两，交头接耳，互议未来之事。正在说笑得意，猛听破空之声甚疾，方一入耳，已经临头。众妖人原也是各异派中能手，双方相持这一会儿，华山派的史南溪和三影神君沈通，也闻信赶来。因势太急，首先警觉有异，忙即飞身纵起观看时，无如来人神速异常，未看真切。众妖人因各方同党连日闻信陆续赶来，时有到达，敌人党羽却未见有一个到，再见易、李、金、石诸人俱已在场，以为峨眉后辈中能者差不多已尽如此，即便还有少数未到，也非红发老祖之敌。匆迫之中，内有好几个粗心一点的，俱当来的是自己的人。就在这闻声惊顾瞬息之间，四五道匹练般的光华已自天飞射。内中一个身剑合一的红衣少女，手上还发出百丈金霞，耀眼生花，光华奇强。

　　众妖人看出来者是仇敌一面，不禁大惊，忙飞剑光、法宝抵御时，已是措手不及，两个法力稍弱的，连同一残余妖人，正当来路，吃那几道光华迎头就势一绞，连人带宝，一齐了账。有的更连剑光飞刀都未及放出，便成了死鬼。犹幸来人志不在此，顺手杀了几个，略一停顿，便星驰电闪，金霞到处，血焰花飞浪卷，立即飞将过去。史南溪认得当头少女，正是前番攻打峨眉时，手持宝镜专破邪法的女神童朱文。后面紧随齐灵云、周轻云、岳雯三人。相隔日月不多，想不到竟有如此高的法力，不禁又惊又怒，扬手数十团雷火朝前打去。沈通也把手一扬，发出好些毒钉、雷火，红光飞舞半天。敌人早已飞入血光之中，一个也未中，其势又不能追将过去。二人和众妖人说道："峨眉这些小狗男女，实是各派心腹之患。朱文贱婢所用天遁镜，好似比前还要神妙。下余三人剑光也非昔比。此宝正是那血光的克星，红发老祖法力高强，虽不致败，法宝必又要毁去两件无疑。尤可虑的是，敌人皆是峨眉后辈，我们伤亡多人，红发老祖现以全力施为，始得勉强困住，依然未伤一个。敌人师长虽然闭洞不出，但还有好些教外党羽，如驼鬼、矮鬼、贼尼、贼和尚、怪叫花之类，人数颇多。新近借着开府，广为结纳，帮手越多，声势更盛。这些可恶的老鬼，多是机警神速，时久无功，难免赶来惹厌，好的话闹个无结果，弄不好还要伤人受气，一败涂地。"

　　正在谈说慨间，忽又有破空之声由远而近，这次众妖人已然留神，忙起戒备。来人也相继飞到，共来了五人，分三起降落，俱是峨眉门人。史南溪只认得秦紫玲和黑孩儿尉迟火二人，下余三人，俱未见过。众妖人自是忿怒，忙起截住，各显神通，斗将起来。湖这面杀了个难解难分，对岸更连珠霹雳，惊天大震，那千百丈血光已由密而稀，大有减退之势。原来红发老祖闻得对岸众人惊呼之声，便知敌人来了援兵，刚一回顾，一道百十丈高的金霞，后面紧随着几道匹练般的光华，已电驰而至，冲荡开千层血浪，飞将进来，光中现出三男一女，不禁又惊又怒。方欲喝问，四人中的齐灵云已在宝光护身之下，开口道："老前辈且请息怒，听我一言。"底下话未出口，红发老祖恨极之下，那还容她分说，口喝一声："小狗男女，不必多言。"一面催动血焰魔火，一面施展玄功变化，重又幻化血手，想伤害四人泄忿，元神一晃，便已隐去。灵云仍高声喝道："老前辈，你本正人，只因受了孽徒播弄，以致今日。现在已将身败名裂，我等为体家父及各位师长与人为善之意，好心相劝。你若不悔悟，放下屠刀，少时老前辈昔年所树强敌一到这里，主人是他记名弟子，此老性情，决不容人欺凌，那时再想善罢，就恐难了。"

红发老祖闻言，心中一惊。又见来这四人，不特法宝神奇，内中岳雯、灵云功力更高；轻云、朱文，虽然功力稍差，但各有一口极好仙剑，光华强烈。四道剑光又联合在一起，简直无从下手。尤厉害的是那天遁镜，金霞百丈，所照之处，血光立被冲散；自己尽管全力施为，终是近身不得。情知所说不会是虚，前途大是可虑，只是恶气难消，无法下台。心方惊疑，忽听朱文喝道："这厮想是命该遭劫，不知利害轻重，连四九天劫都等不到，便要送死，我们和他还有什么客气？"说时红发老祖元神所幻血手刚刚现出，意欲向四人中择一抓下。朱文一眼瞥见，手扬处，便有一粒豆大紫光朝那血手影打去。此宝名为霹雳子，乃上次英琼在幻波池所得宝物之一。当年圣姑用无上法，在两天交界处，收敛空中将发未发的雷电之气凝炼而成，共炼有百余粒。开府时，妙一真人将圣姑所赠法宝分赠众门人，将此宝分作两份，朱文便得了一半。虽然每粒只用一次，但是威力至大，比起正邪各教中的各种神雷还要厉害。红发老祖自恃玄功奥妙，除道家自炼心灵相合之宝，还须功候深纯者外，多半都能摄取，不畏伤害。此宝初发时，又只一粒紫色星光，光虽奇亮，并无别的异状，也无声音，决看不出似无数雷火凝炼。知道对方俱是能手，既敢对己而发，虽料不是寻常，万没想到昔年幻波池威震群魔乾天一元神雷霹雳子，会落在一个峨眉后辈手里。加以被困六人见来了生力军，血焰魔火已被镜光冲荡，宛如浪涛起伏，精神为之一振。内中方、元二人瞥见敌人身形忽隐，知又要用玄功变化暗算，血手一现，便将青灵箭迎面发去。红发老祖还得防护，另用法术抵挡，百忙中连转念的工夫都没有，一时疏忽，仍用血手抓去。说时迟，那时快，那紫光一触即发，血手才一挨上，立化为紫色焰光爆裂，声势之猛，直少伦比。红发老祖骤出不意，怒吼一声，向旁遁去。犹幸功力深厚，伤退下来，忙一运用玄功，便自勉强复原。如换寻常妖邪，所炼元神已无幸理，就这样受创已是不小。岳雯见敌人败退，乘机连发太乙神雷，加上天遁神镜宝光一照，四外血光越似红雪山崩，波翻浪滚，纷纷消散。红发老祖报仇未成，元神又受重伤，怒发欲狂，略一缓势，重又现形上前，将化血神刀和身带法宝纷纷放出，誓要分个死活存亡。哪知四人早已奉有师父密命，预示机宜，各有防身之策。乘他这一停顿，先用宝镜、神雷冲开血路，飞向易氏弟兄身旁。那辟魔神梭光华减短以后，本能向前勉强冲行，再经四人随护开路,那石坪地方又不甚大,转瞬便引向李、余、方、元四人之处,同在牟尼珠宝光笼罩之下,任何邪法异宝,俱都无从伤害。

十人会合一处,各自发挥法宝、神雷威力,破那血焰,以待时机。对于别的邪法异宝,全不理睬。红发老祖枉自怒发千丈,无可奈何。洞中诸人又有反五行禁制护住洞府。红发老祖想用六阴绝灭神功,拼着耗损真元与敌一拼,偏生此法须有三个有法力的助手,而对湖又来了好几个强敌,将众妖人绊住,打了个难解难分。眼看所炼魔火血焰消散大半,此法一破,敌人便可来去自如,气急欲昏,不知克星将至。正恐仇人遁走,忽听对面朱文说:"师姊,你看这厮,把所有家当,连向鸠盘婆借来做门面的一些破布烂铜全卖弄出来,一会儿攻打洞口,一会儿又朝我们做些奇形怪相,和疯了一般。我看不给他一点苦吃,也不知道厉害,再给他几粒霹雳子,让他再躲向一旁,缓缓喘息如何?"灵云喝道:"文妹不可如此,我们须看他以前与各位师长相交份上。他虽耳软,不明是非,但也劫数使然,依他本心,并不如此。此次他门下徒党伤亡太多,纵然咎由自取,死有余辜,到底师徒情分,因根成仇,也是人情。不过他没平心细想是非顺逆,致败之道罢了。他那法力并阻我们不住,本不难舍之而去,只因少时还有人来,万一不妙,我们还须为他解围。适才你那霹雳子已是不该,如何还再下手伤他?"

红发老祖本心是在寻思毒计拼命,闻言重把那对头影子涌上心头。心一发怵,又当力竭势穷之余,不禁回忆前情,追原祸始,渐生悔恨。觉着仇敌虽然可恶,如非孽徒一再生事诱激,耳软受愚,致为所误,也不致闹到这等进退两难。有心拼命,又觉数百年苦功修炼,与敌人同归于尽已是可惜;再如敌人师长早有防备,白白葬送了自己,与敌无伤,更是冤枉。心气一馁,越不敢遽然发难。正在相持寻思,不知如何是好,忽听有人由远处传声说道:"蓝蛮子别来无恙?可笑你杜门修炼这多年,五百年前的故人,竟会对面不相识。如非拿了人的东西手短,又因日前有二好友相劝,昨日你追我,便该向你索还旧账了。那五云桃花瘴,只可算是五百年来的利息。你今日元神在此卖弄,那法身想用不着,也吃我暂时扣住,一会儿有人代我向你算账。你既自负本领,纵容孽徒欺压善良,想必对我总该有个算计。一人做事一人当。你也知道我的性情,轻易不肯与人为难,但是言出必践。我此时为完夙愿,也是神游在外,不愿以转世之身见你,只得转托别人代办。你总不至于非要我亲身到场不可吧?"说罢,语音寂然。

红发老祖原是贵州山民,本来姓蓝,极少有人知道。再听那说话人声如婴儿,相隔至少也在三百里外,知是生平惟一对头克星。又听出昨日收去五云桃花瘴,适才中了白眉针,在崖外用法力禁制紧藏的法身也被盗去,底下口气更恶。知道此老得道千年,法力高强,不可思议,无人能敌,为方今旁门中最厉害的老前辈。性情尤为古怪,处治异己,心辣手狠,形神不留。自己尽管平日好强好胜,好容易修炼到今日地步,忽然相隔数百年毫无音信的杀身强敌克星寻来,遇到这等比四九天劫还难躲避的生死存亡关头,也不由得心寒胆悸,宛如斗败公鸡,自知无幸,呆在那里作声不得。

灵云、岳雯等四人知他胆怯气馁,自认形神俱灭就在眼前,更无心力再事寻仇。方喊了一声"老前辈",待要发话,忽见一圈佛光由对湖飞虹电舞般穿阵而至,晃眼到达。手扬处,洞口霞光连闪几闪,反五行禁制便自收去,并把手一接,发出一片青光。四围血焰魔火本已消亡大半,青光一现,红发老祖知道此光来历,心情虽然惶急,仍是不舍全毁,手一招,便自收去。来人也不紧迫,也把青光收转,连身外佛光一齐敛去,落下身来,先与红发老祖对面。洞内诸人,早看出来的正是小阿童,好生欢喜,拥了出来。因是敌我还未罢休,此时均是身剑合一,法宝护身,待与洞外十人会合,里外夹攻。

金蝉、石生、南海双童关心二易,迎头抢出,手指敌人正要喝骂,灵云、岳雯早料有此,忙打手势止住。双方已在发话,敌人也把法宝一齐收转。静心一听,阿童还未开口,红发老祖面容惨变,已先说道:"你是枯竹老人叫你来的么?当初我虽不合犯他,也是事出无心,又迫无奈,并且此事已蒙韦八公求情解免,怎又旧事重提起来?老人想必离此不远,烦劳道友引往一见,与他当面分说如何?"阿童冷笑道:"你倒说得好哩!老人对我说,他此时不愿见你,也知你有话推脱。但你应该知道,当初他向你和韦八公所出的题目,你二人并未做到,你并还辜负了韦八公,怎能怪他食言?现在你那法身,已由他还了我当年的法宝,将它钉在你那隐藏之处。你此时就在我手里脱逃出去,元神往上一合,也是同归于尽了。自己行为,自己明白。这些年来,因你假装好人,竟欲挽盖前愆,所以无人寻你。今日你既纵容门下孽徒倒行逆施，顿忘本来，和我这些好朋友做对，休说我那老友，连我也容你不得。亏你还拿韦八公来做说辞。韦八公因祸得福转归佛门，将来可望正果。照你所行所为，你还有面目见他么？这是你自种恶因，今日受报，怨得谁来？"

众人见红发老祖那么法力高强，骄横自傲的人，见了阿童竟一毫也不敢倔强，好似害怕已极，不禁惊奇。红发老祖听到末两句，愈发神情沮丧，厉声喝问道："照此说来，莫非你便是韦八公么？"阿童笑道："你居然还有点眼力，隔了好几世还认得出。如不是我，谁能代他来哩？"话方说完，红发老祖面容忽地狞厉，满口钢牙一错，猛然一晃身形，便已隐去。众人疑他情急反噬，惟恐阿童骤出不意，受了暗算，纷纷上前保护时，只听阿童笑道："我先还不知前生因果，当你有些门道。如今我前生法宝已蒙老友交还，有了制你之法，难道就被你逃走了么？"话还未毕，手先朝外一扬，一道灵符飞起，青光一闪，湖中"嘭"的一声，突涌起青荧荧一幢冷光。红发老祖身形忽现，裹在其内，连挣两挣无效，一声长叹，便把双目一闭，不再言语。众人才知湖中另外还有一层专制敌人的埋伏，事前连方、元二人也不知悉，好生骇然，不禁奇怪阿童所遇怪人就是大荒山枯竹老人，怎会数日之别，便有这高法力。

湖对岸诸妖人与秦紫玲、尉迟火、黄玄极、周淳、悟修五人对敌，因五人开府以后，各得有两件法宝，史南溪等虽然邪法厉害，也是无可奈何。有两个法力差一点的还受了伤，连同几个看出兆头不好的残余妖人，先自遁走，剩下只史南溪等五六妖人，恶斗方酣。先见血光尽收，佛光飞来，敌人齐由洞中拥出，红发老祖停手不战，已知不妙。晃眼工夫，又瞥见红发老祖隐身逃遁，被敌人用一幢青光困在湖心上面，状似闭目等死，料定凶多吉少。众妖人方想抽身逃遁，猛又瞥见崖外飞越进三道金光，其势比电还急。史南溪认出是敌党中前辈有名人物，喊声："不好！"先自破空遁走。下余妖人本已心寒胆裂，也各飞逃。有的吓得连飞剑、法宝均未及收回，全吃紫玲等五人收去。尚幸来人直往对崖飞去，不曾下手，飞遁又速，五人急于观看红发老祖被困之事，不曾穷追。只内中一个逃得稍慢的，吃秦紫玲用圣姑所赠之宝金刚杵打了一个脑浆迸裂，死于非命。下余全都逃走。

这时红发老祖元神在青光中面现苦痛，状甚可怜。齐灵云刚在开口向阿童劝说，那三道金光已经飞到，来人正是嵩山二老——追云叟白谷逸和矮叟朱梅，同了凌雪鸿转世的杨瑾。白谷逸还未飞到，先把那道金光朝青光上盖去，强力吸起，往上一提。红发老祖遇见这冤家对头，自己理亏，无从分说，先还想大对头不会就到，这一个转世不久，法力尚浅，意欲拼着法身不要，只把元神冷不防冒险遁去，不料对头早有埋伏，一下制住。只当仇人素性疾恶手辣，不知阿童转劫多生，身入佛门，心性已变仁慈，并非无法转圜。红发老祖自以为元神必灭，想起前情，悔之无及，只得闭目听人施为，受那炼神化气之惨。猛觉身上一轻，如释重负，睁眼一看，见是好友白谷逸正以全力来援，身外青光已被吸起，当时喜出望外，忙要乘隙冲出。忽听追云叟喝道："道友不可妄动，你不知那位道友脾气么？如果不是我亲身赶来，谁还再能救你？少安毋躁，解铃还须系铃人。已有朱矮子和峨眉弟子为你解怨，一会儿便没事了。"人到危急之际，忽遇救星，再一想到对头厉害，委实不能和他硬来，哪里还敢妄动，口中诺诺连声，不住称谢。

这时朱、杨二人已落崖上，朱梅向阿童道："小和尚，你能代枯竹道友做几分主的，看我三人和你这些小朋友份上，饶了老蛮子吧。"阿童未及答言，金蝉和白、朱二老顽皮已惯，故意拦道："不能！他用桃花瘴、化血妖刀连伤我们九人，适才又将两易师弟困住，非报仇不可！"朱梅把小眼一瞪，佯怒道："胡说！受伤九人，是自己不遵师命，要来多事应劫，怨着谁来？自不用功，法力不济被困住，还好意思说人？你们虽然受伤，已然救好；老蛮子死了多少徒弟党羽，被你们把他闹了个家败人亡，这气又应该如何出法？小和尚如听你话，我便寻你们六个小鬼的晦气，再和老和尚说理去。"杨瑾也在旁笑劝道："红发道友并非恶人，此次也是受了孽徒之愚，有激而发；他又于我有恩，望诸道友不可过分。"阿童也不还言，只望着金、石六矮微笑。金蝉道："小师父，你真坏，自不放人，却望我笑，闹得这位矮老前辈以大压小，其势汹汹。我怕他告爹爹，惹他不起，爱放不放，没我们的事，省你借口。"阿童笑道："他还要向我师父告状呢。这等不准也得准的人情，真不甘服哩。"朱梅正要还言，杨瑾已先接口道："小圣僧大度包容，念他多年苦功，修为不易，放了吧。"灵云等也同声劝说。

阿童道："我本不知前生之事，自从前日枯竹老人一说，才知这厮以前行为实已可恶。如装好人到底，也不会有人寻他，偏是为善不终。平日纵容妖徒为恶，已负失察之咎；如今索性与各异派妖邪联合一气，夜郎自大，一意孤行。照来时枯竹老人行法观察他的心意，因为记恨杀徒之仇，自知法力难与峨眉为敌，竟欲与轩辕老怪、妖尸等魔头一党。留他在世上，岂不贻害？因此想将他除去。既是诸位道友说情，只要他肯永远洗心革面，不与妖邪同流，不特我与他解去前生仇怨，连枯竹老人也不再与他计较了。"朱梅笑道："小和尚，赶人不上一百步。你只把乾天灵火撤去，免得枯竹老人多心见怪。你说这些话，包在我二人身上，必能办到。他也修道多年，为一家教主，莫非还要他亲自向你赔话，才能算完不成？"

阿童正要回答，忽听先那婴儿口音又在远方传声道："蓝老蛮，我如不是峨眉齐道友来书为你说情，以你昔年所为，休想活命！韦道友既不与你计较，我也破一回例，真正便宜了你。"说时，那幢青光不吃追云叟运用玄功勉强提离本位，枯竹老人话声一住，倏地刺空飞去。红发老祖知已脱险，满面羞惭，欲向白、朱、杨三人道谢。追云叟恐他众目之下，难以为情，忙道："道友久战之余，元神不免稍劳，还有那白眉针也须化去，我送道友回山歇息吧。"红发老祖当着前生大仇和一干峨眉门下，本难说话，其势又不能就此走去，闻言自是感激，忙朝阿童遥一举手，说道："多谢八公不念旧恶，幸免大劫，异日再当面谢，我告辞了。"杨瑾忙道："红发道友的法身呢？"朱梅道："这个无须发愁，枯竹老人既允释怨，小和尚又看我们薄面，决不会再与为难。倒是他门下妖孽可恨，我和白矮子代他清理门户去。我二人由那里走，不再回来了。"说时，白谷逸也向阿童遥谢一声，一道金光，拥了红发老祖飞去。朱梅也自驾着一道金光飞走。

杨瑾重向阿童称谢。阿童笑道："这原是做就圈套，故意吓他，只差点没被朱真人叫破。杨道友何必太谦？"杨瑾道："齐真人算得真巧。闻二妖尸已然发动诡谋，不论你我，稍晚一步，红发老祖怨毒太深，情急无计，便与妖尸连成一气，不知又要生出甚事来了。"阿童道："那倒不然。枯竹老人自接齐真人手书，立即神游中土。日前我和金、石、甄、易六人无心相逢，将我留住，便是为他护那法身之故。昨夜他元神来此，暗设埋伏。妖尸谷辰同了雪山老魅，果然乘他元神出游，前往暗算。因我在彼，有佛光护住，不能侵害，相持不多一会儿，他便赶回。妖魅自非其敌，没有怎斗，便已吓跑。枯竹老人不怕他们与红发老祖勾结，倒是防他乘虚而入，去往红木岭暗算。一直追出万里以外，给二妖尸吃了好些苦头，知他们暂时不敢在这附近作怪，方始回转。他说红发老祖心术尚好，前生所为还是情急无知。后虽对我不住，事隔多年，我已身入佛门，大可不必计较。不过他生平只此一块心病，枯竹老人又是他惟一克星，正可借此逼他回心向善，与峨眉释嫌。一切早有定算，只为追赶二妖尸往返耽延，不然我早去了。他那法身，不特仍在原处，连所中白眉针俱已化去了。"杨瑾闻言，自是欣慰，赞佩不置。

金蝉又问阿童以前经过，才知阿童前生也是旁门中散仙有名人物，与枯竹老人同时，还是红发老祖师执前辈。彼时枯竹老人时常神游转世，游戏人间，行道济世。这一世转生在一个山民家中，满头红发，相貌丑恶。彼时红发老祖已然修为多年，尚未创教收徒，法力也已不弱。那日二人无心相遇，红发老祖不知他便是枯竹老人元神转世，看出道法颇高，欲与结交，初意原本无他。不久，红发老祖该当应劫兵解，不知对于初见之时，便有意成全。临危之时竟生毒念，乘对方入定之时，先将元神摄走，又在当地设下埋伏，想禁制对方元神，强占他的庐舍。谁料事成之后，对方忽然出现，自道来历，力斥他不义之罪，索还躯壳，还要消灭他的元神报仇。红发老祖久闻老人威名，吓了个魂不附体，理屈力弱，不敢与抗，慌不迭突围遁走，逃到韦八公处求救。八公力向老人求情，说："你每次转劫，法身多是修到年份，寻一深山古洞，在内入定，元神却遁回山去，待不多时，又出来投生转劫。对于以前洞中存放入定的法身，就此封闭在内，有似埋葬，极少复体再用。反正弃置，乐得看我面上，成全后进。"老人先说红发老祖不应如此狠毒卖友，又说自己屡次转劫留存的法身日后还有大用，非索还报仇不可。后因八公再三求说，才出了一个难题：要红发老祖在一甲子内，把老人故乡三峡中所有险滩一齐平去。否则到时便由八公代为处罚。一面并由八公用法力将他元神遥禁，以便到背约食言时，将他斩首戮魂。八公见老人说得好似戏言，一口应诺，保其必能践约，并也从旁相助。

哪知此事说来容易，做时极难。三峡上游两边山崖上，住有不少法力高强的修道之士，有的邪正不投，有的不容人在门下卖弄。并且江中石礁，多是当年山骨，其坚如钢，好些俱和小山一样矗立水中，为数又多。昔年神禹治水，五丁开山，尚且不能去尽，何况一个旁门左道。又加上这许多阻力，事未办成，反结了许多冤家，没奈何只得罢了。红发老祖前言未践，已使人为难。到了所限年数，又不合心存狡诈，惟恐八公将他献与仇人，竟然先发制人，去往八公隐居的龙母洞中，暗破元神禁制。事有凑巧，八公恰是劫数将临，不在洞中。守洞道童又无心说了两句恐吓的话，以为八公回来，发觉禁法已破，必不甘休。反正成仇，走时又把重要法宝和一葫芦丹药盗去。刚刚逃走，八公便为敌人所伤，逃回取药，哪知药、宝全失。一会儿敌人追上门来，终于遭了兵解。由此历劫多生，受尽苦难，直到今世，方始归入佛门。红发老祖事后才知八公已早代向老人求免，只等到期寻上门来，略加告诫，便将禁法撤去。自己恩将仇报，悔已无及。这多年来，日常想起便内疚。先还恐怕老人重又怪罪，八公转世成道后，寻他报仇。事隔多年，并无征兆。又听说老人已不再履中土，虽以元神转世，只是一味修行，不与同道来往，永无一人知他踪迹所在。知道此老性情，如要寻仇，早已上门，决不会历时这么久尚无音信，并且前已答应八公人情。于是渐渐放下心来。数百年过去，除偶然想起问心不安外，久已不以为意。实则老人和八公，于他俱有夙孽，数该如此。这次如非要收五云桃花瘴，并助方、元二人归到峨眉门下，也不会管他闲事。只因老人受了妙一真人之托，出山太急，不及转世，又以多年修炼从无间断，便把昔日埋藏的法身，择一复体，以备元神日常归宿。但那法身修炼年岁有限，功候不济，附以应敌，不能大显神通。只那日收五云桃花瘴，是以肉身行事，余者均以神行。于是，把那肉身入定，交由阿童护法，就便归时快聚，详述前因，并把昔年代为收藏的两件法宝交还，告以机宜，令其依言行事。

阿童说完前情，齐灵云便取出一封柬帖。大意是说："郑八姑、陆蓉波、廉红药三人南疆之行，本不应往，事前已有训示，只郑八姑一人能够遵守。蓉波、红药虽以寻觅洞府，无心相值，并非接到信火传声，故违师命，终是有失谨慎。红药用媆姆所赐修罗刀连诛妖人，已树强敌，可速归就八姑，速觅洞府修炼，以便到时应付。修道人穴居野外，何地皆可栖身，勿得在外逗留，致惹杀身之患。余英男欲随英琼同修，并非不可，但她本身尚有要事未了，须在幻波池别府开建以后。余人所领道书柬帖，备有使命,又即分散。方、元二人,暂时可随灵云等三人一路修积外功,日后回山,再行拜师之礼。"众人望空拜命起立。除易、李、癞姑三人,以及金、石、甄、易六小弟兄,奉命一年以内可以便宜行事,随意所之外,阿童仍和金、石六人一起。秦寒萼、李文衍、向芳淑三人,因受化血神刀之伤,必须觅地静养。易、李、金、石等十人,又商量乘此无事,正好去往陷空岛求取万年续断,早使三人复原,并备异日应急之用,就便还可观玩北极海底奇景,但行止未决。余人互相略微叙阔,便即相继别去。

癞姑见众人还在争论,笑道:"主人都随齐师姊走了,你们还留在这里做甚?"易静道:"不是别的,我觉此行不宜人多。既然大家都愿看北极奇景,到了那里,只着两人下去,余人等在上面,一半玩景,一半防守那班左道中人,喜怒无常,又易受人播弄,万一翻脸,势必难敌,有个接应。秦、李、向三同门,可同回寒妹洞府,静养等候。那地方离仙府近,众同门时有往来,如若有事,也方便些。不过此去北极岛屿甚多,有好些妖人窟宅,我们过时行迹务须隐秘,不可无故生事。到了陷空岛,只能由我和癞姑下去,见机行事,不可争抢。并非我自恃机警,只为今日之事,由我和琼妹而起,师父又许我们便宜行事。各位师长闭洞不出,陷空老祖与紫云三女不同,我们有求于人,须知客主之分。一个行止不检,自家失陷,还要辱及师门,将来何颜回山相见?我虽不才,一则前生曾随家父去过一次陷空岛,稍知海中途径以及沿途险阻、宫中禁忌;二则总比各位师妹年纪较长,照着本门规矩,也应稍微僭先。本定只我三人同行,至多带上两个舍侄,以备破那千层冰壁。如今人数一多,不得不把话说明在先,权充识途老马,请诸位暂时听我调度了。"众人齐说:"这里只易师姊年长,法力最高,我们自然惟命是从好了。"

易静原以六小弟兄是初生之犊不怕虎,加上阿童也是一个喜生事的,偏都非去不可,惟恐到时不听吩咐,出了乱子,丢人误事;坚持不令同行,他们势必另做一路赶去,更易生事,转不如自己率领,多少还可压住一些,便故意说了上面一番话。见金、石等人随声喜诺,阿童也在一旁含笑点头,并无不满之色,心始稍放。癞姑又道:"陷空岛我虽不曾到过,昔年随侍家师屠龙,却到过它的边界。听一人说,前途便是北极冰原,到处都是千万丈冰山雪岭,陷空岛在尽头偏东一面,中间有一片冰原雪海,地名玄冥界,终年阴晦,只冬至子夜有个把时辰略现有曙光。与小南极光明境终古光明,每年只夏至正午有个把时辰黑夜者,完全相反。人到那里,所有法术、法宝俱失灵效。那人说时,因家师看了那人一眼,便未往下多说,至今疑信参半。师姊乃旧游之地,此话可是真的么?"

易静道:"那道关口实是厉害,便师妹不问,行前也须嘱咐。事非子虚,但无如此之甚。那地方本是北极中枢分界之处,本来就是元磁真气发源之所,差一点的金质法宝飞剑,到此便要无效。加以陷空老祖生性喜静,近年越不愿与人交往,又在当地利用元磁精气,设下一道三千九百里禁制,横亘山海之中。不知底细的人如想飞越,多半失陷。就勉强冲越过去,前途百十座冰山岛屿,均有妖邪盘踞,各仗地利法力,纷起为难,令人应接不暇。一面陷空老祖也有了警觉,除能事先得他允准,或是自愿相见,多半将水底晶阙隐去,闭门相拒,见面直是休想。沿途那些岛主,除却海中精怪,颇有几个能者外,平日多仰他为泰山北斗,虽未得列门墙,如遇有外人欺凌,也必出面袒护,一个也成仇不得。我们行踪隐秘也是为此。前半无妨,到了玄冥界附近,便须把遁光择地降落。步行约三百六十里,过了这道关口,见了天关,再翻越一片冰原,然后避开海路,绕道飞行。到了陷空岛附近,又须降下,才可无事到达,入海叩宫求见。否则他那禁法神妙,常人步行倒可无妨,只要驾遁光飞行,离地两丈不到,立触禁网,纵不致把我们所有法宝、飞剑全数收去,也必阻碍横生了。另外,虽可用神梭在地底穿行,一则路远费手,二则陷空老祖脾气古怪,最喜人诚敬相对,如以法力自恃,非吃他亏不可。所以他那禁法不阻碍常人和冰原上面生物游行。以前并还曾说,只要有人向道心诚,不畏艰险酷寒,把这万余里的冰山雪海越过,到他岛上,便可收为门徒。除大弟子灵威叟,好些徒弟都是这么收录的。后因门人辗转援引亲私,暗助来人免去沿途冰雪寒风之险,以图入门。贤质又都下驯,学道不久,时出为恶树敌,屡坏他的家规。陷空老祖盛怒之下,清理了一次门户,重订规条,严禁门人私自援引,这才无人敢侥幸犯此万里冰雪,酷寒奇险。我们只要中途无事,能到岛上,求药一层,便有指望了。"说罢,众人均无异词。

方、元二人所居崖洞,行前已用仙法封闭。众人议定,便即起身。先护送秦、李、向三人回到寒萼那里,一同进内略坐,便往北极海飞去。这十个人的遁光都极迅速，不消一日，便飞入北极冰洋上空。只见下面寒流澎湃，波涛山立，悲风怒号，四外都在冻云冷雾笼罩之中，天气奇寒。英琼笑道："好冷的地方，如是常人，还不冻死？"癞姑笑道："这里便算冷么？才刚进北海不过千里，离冷还早着哩。我昔年走至腹地将近，便觉冷不可当，再往极边，不知如何冷法。你是没有经过太冷的天气，所以觉冷。你看海中只是寒流碎冰，还有滨海渔舟出没，比起极边，岂不相去天渊？到了那里，休说是海，连天都要冻凝，风也一点没有。如若有一点风，冰山雪海立时纷纷塌裂，天翻地覆一样了。"易静笑道："师妹说的正是玄冥界左近，陷空岛并不如此。天气虽然也冷，却不厉害，海水更是清明如镜，也不冰冻。上下俱是奇景，奇花异卉到处皆是，才好看呢。"

众人原把遁光联合，在海面上空逆流上驶。正谈说得有兴，忽见前侧海面上浮着数十处黑点，随着盖天波浪出没上下。南海双童和易氏姑侄、癞姑等六人，以前均曾远历辽海，见惯无奇。金蝉、石生、英琼、阿童四人都是初次见到，俱觉新鲜。石生道："这北海的浪真大，你看那些小岛，直似随波而动，在水上走呢。"易静笑道："那都是北海冰洋中的特产，短的是巨鲸，长的是海鳅，不是小岛。因隔得远，浪大雾重，鱼头还未露出。尤其海鳅，长有百丈以上，脊背一段，满是海中蚝蚌贝介之类粘满，加上碧苔海藻丛生其上，甚至还生有小树，浮在水面，蠢如山岳。没见过的人，便近前也当是海中岛屿，看它不出。这些鲸鱼，最小的也有十几丈长，前半更是粗大，等它喷水就看出来了。"话未说完，众人已然飞近。果是一些庞然大物，奋鬐扬鳍，三五成群，在彼戏浪游泳。那身子比起以前铜椰岛所见还大得多，势也猛恶，略一转动，海浪立被激起数十百丈高下。偶将头脊露出水上，礁石也似静止不动，立有一股水柱激射出来，直上半天。鱼数又多，游息往来，只在那一带海面，并不离去。动静不一，此起彼应，惊涛如山，互相排荡挤撞，声如巨雷。骇波飞舞中，远近罗列数百十根冲天晶柱，浪花如雪，飞舞半空，已是奇观。再加上数条百余丈长的大海鳅，没头没尾，只把中段脊背浮出水面，连岭一般，横亘其间。猛一昂首，喷出来的浪花直似雪山崩倒，洒下半天银雨，半响不息。当时水雾迷漫，掩去了大片海面；涛声轰轰，越发震耳。端的气势雄伟，不是浅识之人所能梦见。金、石二人俱说："海鱼竟有这样大的，真个好玩。我们稍看一会儿再走,如何?"癞姑笑道:"你们真是少见多怪,海风多腥,这类蠢物有什么看头?前面好景致多着呢。"甄艮道:"其实此物遇上鲸鱼,照例必有一场恶斗。现在双方俱是互相蓄势示威,引满待发,只等一挨近,撞上立起凶杀。因都生得长大,今日鲸群又多,声势必更骇人。我以前曾见到过一次,斗到急时,连海底的沉沙都被搅起,急浪上涌数百丈,水花飞溅出二三百里以外,和降倾盆大雨一般,上下混茫,全是水汽布满,哪还看得出丝毫天色。我们如非有事,倒是有个看头。"

易静、癞姑二人主持飞行,说时并未停止,遁光迅速,晃眼已经飞过。金、石二人闻得来路海啸之声比前洪厉,回头一看,上下相连,一片白茫茫,已分不出哪是天,哪是水。金蝉慧目,力能透视云雾,看出水雾迷蒙中,有数十条大小黑影在海中翻腾追逐,料是恶斗已起,连道"可惜"。癞姑笑道:"你们两个真孩子气,腥气烘烘的东西有什么可惜?"石生道:"你不要老气横秋,前边要没甚好看景致,我再寻你算账。"易静笑道:"小师弟,不要可惜,你看前面,好东西不快来了么?"众人闻言,往前一看,乃是由北极冰洋随波流来的大小冰块,大的也和小山相似,有的上面还带有极厚的雪。因是大小不一,迟速各异,又受海水冲击,四边残缺者多,森若剑树。浪再一打,前拥后撞,浪花飞舞中,发出一种极清脆的声音,铿锵不已。忽有两块极大的互相撞在一起,轰隆一声巨震过处,立时断裂。无数大小冰雪纷如雨雪,飞洒海面,击在海波上面,铿锵轰隆,响成一片,好听已极。石生道:"这不过是些大冰块,有甚好看?"易静道:"呆子,你真俗气。单这碎冰声音,有的宛如雷霆乍惊,有的仿佛无数珍珠散落玉盘,有多好听!并且这还是开头,好的还未到来。再往前走,你看了不叫绝才怪哩。"说时,不觉又飞翔出老远一程,沿途所见冰块也越来越大,形态也越奇怪。有的如峰峦峭拔,有的如龙蛇象狮,甚或如巨灵踏海,仙子凌波,刀山剑树,鬼物森列,势欲飞舞,随波一齐涌来,浪头倒被压平了些。海洋辽阔,极目无涯,到处都是。

气候越发寒冷。上面是羲轮失驭,昏惨无光,只在暗云低迷之中,依稀现出一圈白影。下面却是冰山耀辉,残雪照水,远近相映,光彩夺目。冲撞越多,散裂尤频。眼看一座极大的冰山忽然中断,或是撞成粉碎,轰隆砰噗之声与铿锵叮咚之声,或细或洪,远近相应,汇成一片繁响。异态殊形,倏忽万变,令人耳目应接不暇。金、石、阿童三人也不禁同声夸起好来。癞姑笑道:"你们三人还是少见多怪,这还不算,等一会儿还有好的来,我略施手法点缀,叫你们看个奇景。"说不一会儿,前侧面忽然漂来一座极大的冰山,那山上丰中锐,因隐沉水中的下半截更大,矗立无边碧浪之中,毫不偏倚,远望直似朵云横海,缓缓飞来。等到临近一看,那冰山通体有千百丈高下,中腰细削之处恰在水上,形势愈显峭拔。当顶一片,满是白雪,离顶数丈以外,危崖森列,洞谷溪涧,无不毕具,万壑千峰,各呈异状。最妙是通体晶明,更无丝毫渣滓,寒光闪闪,夺目生花。当快浮到众人身侧,癞姑忽把遁光停住,手向外一指,冰山也停在海面不动。眼看一片光华照将上去,那些水晶洞壑峰峦立泛奇辉。因山太大,这一停住,后面大小冰块随波涌来,正挡去路,往上接连相撞去,又发出一片极雄壮的天籁。海波再随着一冲激,浪花飞舞,高起百丈,到了空中,再散落下来。那些碎冰海浪吃冰山上霞光一照,幻成一层层冰绡雾縠,裹着无限天花,在里面飞舞而下。还未及落到海里,后面浪头又一个紧接一个,翻腾激涌而上。水汽越盛,也越鲜明灿烂,五色缤纷,光怪陆离,照眼生辉,绚丽无俦。金、石、甄、易、英琼、阿童等八人看得兴起,已各将宝光放出,照将上去。这一来,更幻出万道金光,千丈祥霞,晶芒远射,奇彩浮空,映得无边碧浪齐泛金光,荡漾海面,连天际沉云也成了锦霞。众人纷纷拍手叫决不迭。

易静对癞姑道:"你还说人家小孩脾气,你先就是个小孩子头。这里已快入北极边境,海面空旷,宝光霞彩,上烛霄汉,千里以外都能看见。倘将前面各岛盘踞的妖人精怪惊动赶来为难,不是无事找事么?"癞姑把大头一晃,笑道:"我们不过因北极这些妖邪虽是左道,只在极边荒寒之区,夜郎自大,平日只有水族遭殃,轻易不去中土作怪。这次又是有为而来,不愿使主人不快,故此懒得招惹,当真我们是怕他么?前随家师来游,几个比较有一点门道的俱都见过。他们见了家师,俱和凶神一样怕。过时他如知趣便罢,如若大胆生心,想卖弄甚伎俩,叫他尝尝我的味道。"

易静闻言,猛想起屠龙师太昔年被长眉真人逐出门墙时,曾来北极觅地隐居修炼,并还和陷空老祖斗法两次,后经人调解,方始化敌为友。那威镇群邪的一柄屠龙刀,现正落在癞姑手里。她虽性喜滑稽,从不肯说自恃骄敌的话。起身以前，自己把事看得甚重，她只说曾随屠龙师太在玄冥界左近游历过，未曾深入，神情却似不甚在意。她不是不知轻重的人，行至中途，忽然炫弄冰山为戏，又说这类轻敌的话。就恃有前师所赠的屠龙刀，以她为人，也不至于如此轻率。想了想，问道："闻得昔年屠龙师伯为了苦行，南北两极均曾隐修多年。师妹昔年可曾随侍在侧么？"这时，癞姑手缩袖里，口随众人嬉笑应答，耳目似有所注，闻言不甚在意，随口答道："我拜师年浅，师父在此修炼时，我还不曾生哩。"易静又问："那么师妹前番来此，是屠龙师伯道成离去以后，旧地重游的了？"癞姑刚答应道："正是。"忽听前面暗云低垂中，似有异声飞来。因相隔尚远，海中波涛竞喧，如走雷霆。众人竞观奇景，只管指点说笑，无人留意。只易静一人心细，首先警觉，方要告知众人戒备，瞥见癞姑手在袖中微动，往起略扬，跟着远远一声轻雷过处，异声忽似退去。待不一会儿，癞姑忽然说道："我到水里看看这座山到底多高。"说罢，不俟答言，大头一晃，踪迹不见。随又隐隐听到前面一声鸟叫声，越料有事，所说乃是饰词，既不肯和众人先说，其中必有缘故。见众仍未觉察，便在暗中戒备，静候下文。

约有半盏茶时，癞姑忽然现身。易静见她面上微带喜容，也不说破，若无其事。癞姑看了易静一眼，还未张口，石生和易震终是童心，同问："海底那半截如何？你怎么不使它全浮上来？"癞姑道："这座冰山时重时轻，被我强制住，支持了这些时。它底下根盘不固，再受急浪冲荡，好景无常，已快倒了。"话未说完，只听冰山上喳喳连响，接着轰隆一声，倏地迸散爆裂，万壑千峰齐化乌有，雪崩也似坍塌下来。激得海水排天而起，波涛汹涌，骇浪山飞。众人宝光尚未撤回，又映出大片奇丽之景。癞姑随说："快走！"众人见无可看，只得各收法宝，一同飞起。

易静知道冰山之倒，乃癞姑意欲上路，恐众贪玩奇景，不舍即去，暗中行法所为。否则，那冰山已吃法力禁制，兀立海中，万无自倒之理。猜她先是故意炫露，等把妖邪引来，隐身独前，自去应付。偏是回来得这么快，行法俱在袖中，四外留神观察，除遥空两次异声略鸣即止外，并不见有一丝应敌征兆，面上又带喜容。既不会是向众同门卖弄，行事何以如此隐秘？好生不解。因癞姑只和自己以目示意，表面仍和众人说笑，一语不发，料有难言之隐，便不再问，同催遁光，加紧前驶。癞姑却知自己行藏瞒不过易静，恐其多心，借题发话道："自来有备无患，什么事都是帮手多好。我们赶到陷空岛，还是多着一人入海求见吧。"易静笑答道："师妹旧地重临，法力又高，智珠在握，想有胜算了。"癞姑也笑道："师姊一行表率，怎和我说出这样话来，我虽来过，因随家师办一件事，只北极边界较熟，玄冥界那边要地并没去过，底细不知，自然仍是易师姊主持为是。我只就我所知略微准备便了。"易静听出她暗有布置，适才所遇，看那来势，分明是旁门中精怪妖邪，不知怎会如此容易服低，见即避退，不便深问，只含笑点了点头。癞姑也未往下再说。

众人又往前飞了千余里，见海面上已然冰冻。起初冰层不厚，下面寒涛伏流，激荡有声，时有碎裂涣散之处。渐渐冰层愈厚，四外静荡荡的，悄无声息。寒雾愈浓，混混茫茫，一色白直到天边，也分不出哪里是海，哪里是陆地。遁光急驶所发破空之声，竟震撼得八方遥应。不时听到远近坚冰断裂之声，发为繁响，不绝于耳。易静知道前、左、右三面山岭杂沓，峰峦林立，因相隔远，隐于浓雾冻雪之中，看不出来。这些山岭峰峦，连同好些高可参天的危崖峭壁，俱是万千冰雪凝积，经不起巨声震动。遁光冲破冷云，向前急驶，其力甚大，稍不留神，飞临切近，休说撞上非塌倒不可，便这破空之声和被遁光冲开的云气一鼓荡，也纷纷崩裂，顺着冰原滑向海里，顺流而下，闹得附近北极的海上流冰越多。不特来路所见渔船难免受害，并还易使气候变化，发生风雪酷寒、洪水之灾，那声势尤为惊人，只要一处冰崖崩裂，势必发生极洪大的巨震，稍大一点声息，都禁不住，何况这类惊天撼地的大震。附近峰峦崖壁受不住剧烈震动，也相继崩裂倒塌。于是纷纷相应，往四外蔓延，推广开去，一峰崩倒，万山连应，把方圆万里以上的地形一齐改变。往往经时数月，始渐停歇。那无量数的冰块，有的被前途断山残壁阻住，越积越多，重重叠叠，由小而大，仍积成山岭。有的去路地势低凹，又无阻滞，便顺冰面滑向海里，化为绝大寒流，为害人间了。自己前生曾随师母、师父同驾舟来游，曾听说过。一听四外冰裂之声纷起，相隔玄冥界又只二三千里之遥，既防贻害，又恐惊动前面妖邪精怪，忙令众人把遁光升高，在天空冻云之中缓缓前飞，不令发出巨声，免生他变。

当地乃北极中部数千里最酷寒的一带，空中密雾浓云，俱已冻成一层层冰气,紧紧笼罩大地之上,相距只数十丈高下,地势又是越往前去越高。众人横海飞来,为玩沿途景致,飞得本就不高,再一直平飞过去,无形中逐渐降低,最后离地才只十余丈高下。因上面沉云低垂,大地又静荡荡,不见一人一物,均未想往上升。这一飞向高空,天气固是酷寒,那冻云冷雾凝成的冰气,竟是越往上越厚,虽不似真冰一般坚硬,却也具体而微,浮空欲聚。飞行空中,只听遁光冲过,排挤激荡,声如鸣玉,响成一片,煞是细碎好听。俯视下面,除金蝉一人能透视云雾,一览无遗,易静、癫姑、石生三人各有慧目法眼能够看出外,余人多半连地形均难分辨。因飞得太高,破空之声为密云所阻,遁光所冲激起的云气,只在高空回旋震荡,传不到地面,所以飞不远,那迸裂之声便自静止。

癫姑笑对金蝉道:"你那一双神目,曾经芝仙灵液沾润,能透视云雾,不比我和小和尚,还要运用玄功,凝神注目,能看出一点形迹。天气如此奇冷,我想离玄冥界已无多远,我们必须在三百里外降落,步行过去。听说那一带地形已变,不是昔年平原,中有一道高岭横亘冰原之上。陷空老祖因近年时有异派妖邪前往,勾结他的徒弟侍者,心中不悦,为禁外人入境,又把禁制分作上下两层。岭上时有怪光隐现,老远便可看见。离界五百里还有一座高峰,全北极山地都是极厚冰雪,独此一峰,通体皆石,不着寸冰。峰下便是火眼,与界那面元磁真气发源的磁穴相对。前途云雾越密,这瞭望之责,索性交你一人。你把云路偏东,留神观察,如见前面云雾中现出一座笔直的孤峰,青烟一缕缕摇曳其上,便是此峰,可速当先往峰脚降落。我和易师姊自会率众同下。索性多受点累,大家多走点路,由那里步行过去好了。我现用掌教师尊灵符仙法,隐秘传声相告。除易师姊外,别人均听不出。好些原因,事完回去再为详言,你只依言行事,不要回答。如照我的估计,就被人识破行藏,也必以为我们都过不去,不放在心上,就容易飞越了。"金蝉闻言,料有深意,把头一点,依言注视前面不提。

英琼与易静、癫姑相隔最近,见她手缩袖中,嘴唇乱动,似向金蝉说话,却无声音。方要询问,吃易静摇手示意止住,没有说出。癫姑又用传声之法,分别告知众人:"少时只要一降落地面,一直前行,不可任性发问,能一语不说最好。"易静见状,料知事关机密,癫姑对于此行,必有成竹在胸，只不知以前怎不向众人说起，到时才行嘱咐。疑她推尊自己，不肯僭先，又觉不似。因为以前到幻波池第二日，三人便有誓约，一同潜修，患难成败与共，同参正果。以后遇事，谁能胜任，谁便上前，余下二人为辅，同心同德，决不容有丝毫意气之见，无所用其避忌谦让。真有上策佳谋，尽可明言，锐身做主当先。适才还拿话点她，何以如此拘泥，临机方始出头分派？心中好生不解。这一段路飞得慢些，约有半日，才行飞近。时值北极的初夏明季，没有黑夜。虽然天气阴寒，只正午时略见一点阳光，终日都是暗云低迷，气象愁惨荒凉，但有冰雪之光反映，近地一带仍是明光耀眼。在天空中飞行，因有重雾密云，反倒昏暗非常。外人经此，直是伸手不能辨指。凭金蝉一双神目，也只看出二三百里远近。余人便是两三个道行高的，运用慧目法眼注视，也只百里以内能够透视，再远便已看不见。估量将到，愈发留神，各听癞姑叮嘱，一言不发，一味哑飞。

金蝉独自当先，正飞之间，发现前面果有一座孤峰，撑空天柱般拔地而起。峰顶仿佛中凹，内有一缕青烟袅袅上升，只有尺许粗细。当顶四外的云雾，竟被冲开一个比峰还大数倍的云洞，少说也有四五十里方圆。知已到了地头，忙打手势告知后面诸人。易静、癞姑立把遁光又放慢了一倍，约半个时辰，到达峰前只有数十里路，金蝉便向下斜飞，往峰脚落去。众人随在后面，一同降落。才出云层，便见下面现出一片奇景。原来北极全地面都是冰雪压满，而环着峰脚一圈，独有石土地面，峰形圆直如笔。下有火源，终古冰雪不凝。可是四外俱是冰原，经此一来，地势自然凹下了千百丈。站在冰原俯视峰下，宛如一个百余里方圆的深井，当中立着一根天柱。别处冰原多有积雪，这一圈俱是坚冰，看去水晶也似，又滑又高，光鉴毛发。头上云雾，又被峰顶青烟冲开，现出数十里方圆的天色。碧空澄澈，不着纤云。与下面冰井正对，圆得和人工修成的一般。

易静前次，原自海底通行，归途为广经历，虽随一真大师由玄冥界边上飞过，因是陷空老祖所说路径，又要往北海去乘碧沉舟与父母会合回岛，见玄冥界上空暗若长夜，过界以后，便是冰雪兼天，云雾比起今日还密得多。觉着来路奇景已然遍历，过界以后便是一片荒寒，无甚意思，便和师父说抄近赶回，不曾经此。到了碧沉舟中，才听师父说起界这边还有神峰火眼之异。初以为寻常看惯的火山一类，想不到有此奇景。见下面环峰一圈,虽有百里方圆,花树泉石颇多,景物愈发灵异。但是四外冰壁环绕,上下相去十丈,必定无路可通。见众欲下观赏奇景,方欲阻止,癞姑把手一招,已纵遁光领头下降。心想:"奇景难得,也不争此片刻耽延,见识一回也好。"便随众人一同降落。到地一看,那峰不特拔地参天,形势奇伟,而且自腰以下直到地上,竟是绿油油布满苔藓,苍润欲流,与上半石色如玉,寸草不生,迥乎不同。最奇的是,环峰一条溪涧,承着冰壁上面飞堕来的冰水,宛如一圈千丈晶墙,倒挂着无数大小玉龙,雪洒珠飞,雷轰电舞,如闻钧天广乐,备极视听之奇。溪水约可平岸,及往水中一看,碧波湛湛,深竟莫测,数百道飞瀑由冰壁中腰离地数百丈处,齐注溪中。水势如此浩大,却未见有溢出之处。溪岸上面,地势平衍,与峰相隔约有十余里,芳草如茵,碧绿涂染。到处疏林掩映,树身修直,亭亭矗列于平原荒草之上。最高者竟有百丈高下,粗却只有两抱,干黑如铁,叩上去作金石声。下半笔直,离地数十丈,方有枝丫伸出,一层层宝塔也似往上堆去,枝上满缀繁花。因树高大,枝柯稠密,每株开花不下万数,只有红、白二色,其形如梅,每朵大约尺许。树叶颜色翠红,大可径丈,也和梅叶相似,寥寥二三十片,生在树梢当中主枝之上,四下分披,宛如一片碧云罩着百丈红霞,千尺香雪,株株如是。下面行列甚稀,上面花繁枝密。几乎株株相接,连成一片锦云,花光艳发,鲜明照眼。似此奇花,便凝碧仙府也未生有一株,端的平生初见。众人方在观赏惊奇,默契无言,癞姑往两侧略一端详,便打手势招呼众人,往前面飞去。晃眼飞达峰后,忽见离地丈许峰麓上面,有一石洞,两扇石门紧闭,甚是齐整,癞姑令众停住,自和易静飞身上去,用手指朝洞门上轻轻弹了两下,又在门上画了两画。待不一会儿,便听内里有人拖着锁链行走之声。跟着便听厉声发话道:"老东西,又来扰我清修做甚?"说罢,洞门开处,内里走出一个身材短小,相貌丑恶,头大如斗,胡须虬结,手持鸠杖,行路迟缓的老怪人,见洞外来了两个女子,似甚惊讶。面色刚刚一变,倏地暴怒,一摆手中鸠杖,便要打下,杖头上立有朵朵银花,自鸠口中飞出。一面并还口喝问,方说得一个"你"字,癞姑早有准备,不等杖下发话,手早扬起,手掌上现出一粒豆大乌光。那老怪人立即住口,改倨为恭,并忙收鸠杖,面带惊喜之色,肃客入内。二人刚刚走进,门便关闭。易静见这怪人脚上拖着一条铁锁链,似极沉重。洞中甚是高大,共分里外两层。外层是一广庭,约有两三亩方圆。内层石室两间,一大一小,老怪人住在小间以内。同到里面坐下,向二人问道:"二位道友,可是受我好友黄风道长之托而来么?"癞姑也不回答,先只告诉易静,这里不怕被对头听去,可以随便说话了。接着便对易静谈起这位怪老人的来历。

第二三三回　绝海剪鲸波　万里冰天求大药
　　　　　　荒原探鳌极　千寻雪窖晤真灵

　　癞姑对易静说道："这位道友名叫乌神叟，和北极海黄风道友乃生死之交。我虽初见，但听眇姑说过。以前屠龙家师在北海冰洋中修炼时，因二位道友受了别的妖邪怂恿，来扰家师清修，斗法被擒，身受家师意锁。黄风道友当时服低认错，被家师说了两句放走。乌道友性较刚直，不肯服输，竟然带锁逃走。黄风道友由此改行向善，屡欲拜在家师门下，家师未先。又为乌道友求情。家师说乌道友被擒时，不能放下屠刀，意锁已然锁骨穿心，将来虽有机缘解脱，此时却是不行。如用我屠龙刀割断，未始不可，但是修炼不到时候，此锁一断，心便化成劫灰，身也相随同尽了。姑念你为朋友的义气，再四恳求，现传你一道符咒，等你朋友悔罪求免之际，传授于他，令其持诵，到时自有灵效。乌道友始终未来，黄风道友以后却得家师相助，免去一场大难。眇姑说我异日如有机缘去至北海，可寻他做个东道主人。

　　"我因眇姑素来冷脸，不喜说话，忽然提起我未拜师以前的事，彼时满拟永远追随家师，绝无亏吃，并未想到要转投峨眉门下。她又语焉不详，没头没尾，当是戏语，未甚在意。次日无心中问黄风道友如何找法，她义传我两道灵符。说此人现隐身冰洋海底，潜伏不出，事前必须闹些狡猾，将他激怒，等他追来为难，再将一道灵符发出，去往海中相见便了。另一道灵符，说是可在真火之中出入，也未试过。这原是开府前一年的话，说过抛开。日前去往红木岭盗剑，掌教师尊所赐手柬，忽现字迹，末有两行，便略提此事，因是偈语，当时不能解悟，所以一路寻思未说。及到冰洋上空，看到海中流水，忽然省悟，想起前事。又以偈语有慎秘无声之言，便借冰山炫露,果将黄风道长引来,先还以为灵符必有妙用,哪知竟是暗号。黄风道长一见,立命同来的人退去,径往水中等候。我入水相见一谈,才知家师当年早算定今日之事。

"这位乌道友遁去不久,便投往陷空老祖那里,欲借老祖法力将锁化去,屡试无效。老祖随命乌道友在玄冥界防守,不合受了老祖大弟子灵威叟之托,一时徇情,为孽徒长臂神魔郑元规所愚,吃他盗了灵丹法宝,逃出界去。老祖恨他纵贼逃去,就用原锁锁在这小峰石洞以内,日受风雷烈火之苦。乌道友方始生了悔心。黄风道友为友义气,冒险来此劝说,并传家师符咒,告以难满,救星自来。乌道友持咒之后,虽不能出,风雷烈火已不能伤,并还可借真火之力,来化炼意锁,免受好些苦楚。二道友俱都炼有内丹元神,附近精怪妖邪俱都觊觎,屡向陷空师徒进谗,稍有嫌隙,便即夺去。这班妖邪,颇具神通变化,多半精于隐形飞遁,天视地听之术,如被警觉,许多不便。只有这座鳌极洞,深藏地底,四外冰壁高过千丈,更有玄冥界和磁源阻隔,隐秘非常,又有禁法隐伏,外观不见,不知底细的人,只要下来便被困住,一任多厉害的精灵妖邪,不奉陷空老祖之命,也休想下来。我们在此说话,不怕听去。我也是黄风道友详吐机密,才知这里和上下出入门径。适才不曾细说,便由于此。现在我受黄风道友之托,来助乌道友脱困,并践屠龙家师昔年夙诺。大约还有个把时辰耽搁,才能起身。六小师弟和小和尚,俱喜多事,见我二人久不出示,难保不生花样淘气。乌道友洞门不能常开,关闭特急,没有告知他们。请易师姊到前面去,隔洞传声,嘱咐他们峰脚一带均可闲游,只不可不俟我们出去,离地飞起,以免误触禁网,惊动对头,引出事来。说完少俟片刻,洞外诸人如无动静,便请回来。此事正需师姊大力相助呢。"

易静见她说时暗使眼色,忙即应声出去。行时看见乌神叟一张怪脸,满是惊喜之容。等到前面隔着洞门向众嘱咐完,待不一会儿,闻得癞姑在喊师姊,回到后进小室一看,乌神叟已然不在,地上却有火烙之痕甚深,蜿蜒如带,长约数丈,知是乌神叟身上铁链化去的痕印。笑问:"事完了么?"癞姑道:"意锁被家师所传符偈与我那柄屠龙刀会合发生神火,化为乌有。只是乌道友还受有陷空老祖风雷禁制,身罩无形如意神网,非牟尼散光丸不能破去。现在乌道友已往别室准备,尚须仰仗师姊法宝一用呢。"

易静点了点头,悄问道:"这位道友既有屠龙师伯之命,自当成人之美,一粒散光丸原无足惜。只是我们有求于人,还未到达,便破他禁法,放去所禁之人,我们求取灵药,不更艰难了么?"

癞姑道:"此事不然。乌道友被禁在此,只因陷空老祖一时之忿,并非本心。事后即觉乌道友受他大弟子灵威叟之托,怎敢得罪?按理不能怪他,自己处置太过,早生悔心。无如事前没想到家师所炼法宝相生相应,变化无穷,不可思议。一上来用如意神网将乌道友网住,本要杀死,忽想到处置不公,罪不至此。这座神峰关系重要,以前门人轮值,往往仗恃禁制严密,外人不能擅入。就算看出门户,到了峰下,要想入洞暗破火源,将神峰炸毁,也是万难。附近妖邪精怪,又都是自己耳目,外人只要入境,立即觉察,或是群起阻难,或是尾随窥伺动静,多机密多厉害的仇敌,也无所施其技。于是粗心疏忽,借着轮值,偷偷赶往中土游玩,屡戒不改,觉着可虑。为此炼一阵法,隐护此峰,炼成以后,这方圆五百里内均被封闭,外人决走不进,也无须再命人防守。但是此阵共有七十二座旗门,已炼了多年,尚须一甲子始能炼成。如用此人在彼常年坐镇,实是省心得多。并且乌道友身为意锁所困,正好借用。便取海底万年寒铁之精所炼制成的长生宝链,连在锁上,以防遁走,并使其遇敌之时,仍可飞身出洞应战,只在离洞百里以内,均可任意往来。此链百转柔钢,又经法术久炼,肉眼所不能见。一经受缚,终身受制,多大神通也难解脱,本是无形之宝,哪知受了佛法反应,一经连上,顿现原质,笨重非常。意念稍一把握不住,立生烈火烧身。这一来,连陷空老祖也无法解下。自知弄巧成拙,没奈何,一面令乌道友仍来坐镇,一面防他怀恨,自坏火源,又加上风雷之禁,使其不敢心生妄动。平时却用好语安慰,说是脱困关键,全在意锁,只要勉力前修,功候一到,便能化去,并许其只要不生出叛逆之心,何时将这三件法宝破去,使可脱困,各自离开。但在离去以前,必须发动这里备就的信号,以便命人前来接替,别无顾忌。我们破去此宝,就陷空老祖知道也不相干。何况当初乌道友未得罪陷空老祖时,陷空老祖曾代说情,家师告以时机未到,到时定看道友情面,命人来此破锁放他,道友不可多心,双方曾有前约。现在乌道友人虽脱困,除非取药不成,须他相助,便须等到我们取药到手,归途经此,然后向陷空岛发出难满求代的信号,践了前言,方始离开,同往中土。又不背他的话,这有何妨?

"不过灵威叟那老家伙,枉自修道多年,专喜滥做好人,与各异派中首脑均有来往。又喜纵容儿子徒弟满处生事。他那宝贝蠢子名叫灵奇,前在衡山闲游,路遇何玫、崔绮,当时何、崔二人还未转投本门。这蠢子也不想想那是什么地方,竟把崔师妹看上,双方翻脸斗法,灵奇眼看得胜。被二师兄岳雯在衡山顶上看见,赶来相助,将他打败,如非妖人郑元规救他,几为飞剑所斩。偏一念情痴,心终不死,会爱定了崔师妹,不时暗中尾随,俱因同行有人,未敢公然现身勾搭,只是片面相思。后被老家伙知道,因知金姥姥不好惹,她那女弟子怎会嫁人?只得将蠢子逼往缙云峰喝石崖仙洞中,罚令面壁三年,收敛邪心,期满苦求放出。不多日子,这蠢子又在仙霞谷路遇何、崔二师妹,重又勾起前念。这次不知想什么糊涂心思,改用软功,不再动武,径直跪在崔师妹面前,说了许多不要脸的痴话。说他自知情孽,并无邪念,只求做一忘形之交,常共往还,得视玉貌,于愿已足。如再见拒,便请赐一剑,甘死在心上人手里,决不还手。崔师妹也被他苦肉计所动,没好意思伤他。又以飞剑、法力均非其敌,正在为难。恰值武当山石家姊妹飞来,何师妹才说得一句:'这便是衡山所遇之人。'石家姊妹火也真大,不听下文,便放飞剑出去。闹得何、崔师妹也不能袖手旁观,四人合力打他一个,终于被石玉珠用半边老尼新传的青牛剑断去一臂。崔师妹念他情痴,力为劝说,说此人尚无大恶,并非妖邪,才行放走。灵威叟代他向陷空老祖求取灵药续臂,陷空老祖不与,只得去向郑元规索讨他由陷空岛盗走的灵药。恰值一群妖邪攻打峨眉仙府,逼他相助。头一阵便吃乙师伯唤住大骂,给了他一粒灵丹,把他儿子膀臂保住。不料灵奇近日听说崔师妹投入了本门,越发绝望,失意之余,去往小南极光明境访友。归途中,路经四十七岛,被一女妖人看中,变成女的一头热。与人斗法三四日夜,末了敌人为他重伤几死,他也耗却了好些元气。老家伙舐犊情深,又去寻找乙师伯求取灵药。中途遇见百禽道人,本就相识,开府时又见一面。老家伙见人谦恭,惯执后辈之礼,又肯服低认错,所以上次助众妖人攻峨眉,开府时,又老了面皮去代乃师致贺观礼,无人和他计较。他知公冶真人法力高深,玄机奥妙,便说了来意,并打听乙师伯铜椰岛以后下落。经公冶真人一说,才知乙师伯现存灵药,还是遭劫以前所炼,本就无多,因他为人慷慨大方,对于后辈有求必应,上次赐他时共只剩了几粒。今番夫妻和好,因韩仙子道成复体之时要用,打算再炼一炉,但药难采齐,又非短时期所能炼成,便全给了韩仙子。峨眉众弟子奉命下山行道,前途险难甚多,此丹功能起死,可备缓急,最是有用,连峨眉诸长老均知韩仙子需此甚切,都未肯要。灵威叟上次已得了一粒,如何能再往要?并且乙师伯和韩仙子正与妖人斗法,行踪无定,去了也找不到。灵威叟因听公冶真人说起道家所炼元精和异类修成的内丹功效相同,又想到乌道友身上,近日已然连来求说两次,始而好言苦求,继以大言恐吓。乌道友如果答应,要耗他一甲子功行,自然不允。昨日忿忿而去,料他还要再来。他本有挟而求,如见乃师法宝破去,难保不借此要挟,发生枝节,甚或回岛告发,拨弄是非。虽然乌道友已然脱困,以他神通变化,不怕老冤伙行凶,到底于我们取药之事有碍。为防他去而复转,三次又来相强,最好在他未来以前把灵药得到,便无妨了。"

易静答道:"灵威叟我曾见过一面,还不算是不通情理。他日前忿忿而去,必见乌道友不允所请,又去别处设法,大约无处求得,方始再来。不过三次再来,必用强力,非得到手不肯善罢。此人乃陷空老祖衣钵传人,长门弟子。当年乃师方一入道,便即相从,同共患难,出死入生者数十次,乃有今日。法力颇高,乃师好些法宝均在他手。乌道友不可不留心戒备呢。"癞姑道:"这一层乌道友已经想到,好在禁制已去,飞遁变化又极神速,决不致为他所困,听说他那蠢子也颇有些伎俩呢。"易静:"我也曾听人说,灵奇原是东海散仙余暂公门下,所习本非邪教,也未听说有什么邪恶行径。他和崔师妹不是孽缘必有夙因。只要他真能言行如一,不似世人好色,做那情欲之想,我们同道中男女都有,崔师妹便与结为方外之交,有何不可?你笑他蠢,我倒觉他蠢得可怜,愚不可及。如此情痴,何必辜负,恩爱成仇,坚拒于千里之外?异日回去,见到崔师妹,我必挺为劝导,令其俯如所请,结为密友,你看如何?"癞姑笑道:"想不到易师姊平日那么铁面钢骨,会有这等救苦救难的菩萨心肠。可惜这厮不在此地,否则便被听去,不把你当做救命恩人才怪哩。"

二人方在说笑,忽听后面呻吟之声。癞姑道:"乌道友持家师符偈多年,已然功候将完。现在借用风火之力脱去原体,你听后面呻吟,元婴业已离窍而出。我们无须再等，是时候了。"说罢，二人同往另一间较大的石室中走去。刚一进门，便见里壁下面，青红光烟明灭，整片石壁上现出一个圆洞。二人由洞中步入，走完一条曲折盘旋的甬道，面前忽现一个数十丈大的石室。室形长圆，当中有一圆洞，大仅丈许，室顶甚高，下宽上窄，越往上越小，离地百丈以上，便缩成尺许大小一个石孔，再往上更小。下面圆洞青蒙蒙，烟雾隐隐，深不可测。那青雾淡如轻绡，往上飘起，下面缓而且静，向上浮起。才一冒出洞口，势便转急，紧贴洞边，做一圆圈向当顶激射上去。中心却是空的，看去宛如一幢薄如蝉翼的纱钟，紧紧罩在圆洞之中。二人知是神火发源之地，峰顶青烟便由此往上喷出。

适闻呻吟之声，也自烟洞中发出，却看不见乌神叟。心想："洞中神火厉害非常，多大道行法力，也难在火眼里停留。乌神叟的元婴决禁不住，照理不应身在火中。而适听呻吟之声，分明又在这间石室以内。"方在寻思查看，呻吟之声又起自火洞前地底。一会儿忽转洪厉，声如牛吼。二人细一观察，那地面竟似钢铁凝铸，浑成一片，坚固异常。只正对火洞前面，有丈许大小一圈圆影，隐泛光华。这才悟出那是乌神叟受禁之地；断定不久即出，忙各留神准备。

易静刚把法宝取出，圆影中倏地光华闪烁，晃眼精芒四射，随陷裂出一个丈许大一幢灰白色的光华，由穴中冉冉往上升起。乌神叟双手合掌，盘膝打坐其上，双目垂帘，鼻间玉箸双垂，口中喷出一片黑气，包没全身，看神情似已坐化。到了地面停住，圆影中精光一闪，便复原状。乌神叟仍由灰白光华拥住，趺坐圈中。癞姑忙喊："乌道友元婴被那无形神网闭住天门，不能出窍，易师姊快些下手！"易静闻言，便把手中一粒牟尼散光丸发了出去。因此宝威力甚大，恐乌神叟法体震毁，发时甚是仔细。运用玄功，将那豆大一粒宝光指定，缓缓飞到乌神叟头上，与那灰白光华微微一触，化成一片光雨炸裂。那威力虽只平日对敌运用时十分之一二，已是惊人，只听一声轻雷过处，灰白光华首先散裂。同时光雨所射黑气外面，又飞起无数寸断彩丝，那黑气也荡了两荡。乌神叟急往口中吸回，晃眼皆尽。二人看出黑气是乌神叟的内丹所化，那千万彩丝方是无形神网，已为散光丸炸成寸断消灭。料是乌神叟知道此宝威力，运用内丹元气化为黑气喷出，将身外无形神网强行撑起，紧护身外，免连法身一齐毁去。

正想等候婴儿出窍，忽听乌神叟命门内小语道："二位恩人，请到原室落座。老朽一会儿即来叩谢。"二女知婴儿初出，不愿赤身相见，便往原坐室内退回。刚刚坐定，谈了几句，乌神叟元婴已经道成满难，脱体走来，进门便向二人拜谢。二人见他只比原身矮小了三分之一，除满面道气，精神焕发，身不佝偻，比较年轻得多而外，一切均与原形相似。依然是凸额广颧，凹口掀唇；虬须如戟，又粗又硬；突睛上翻，精光四射。身材比寻常人高不许多，只是臃肿痴肥，看去十分丑怪。忙同还礼称贺。

乌神叟道："我因牟尼散光丸厉害，毁却原身无妨，惟恐元神也受波及，但又非此不能脱体出窍，没奈何，只得强运玄功，将那紧贴身上的密网强自撑开，费了无穷心力，才将身子包没一层。心还害怕，此事太险，万一易道友法宝无功，我那护身元气已吃神网裹紧，能发而不能收，时久必被消亡耗损，即使二位道友另向各位仙师求来异宝相救，元婴得已出窍，不致闭住，至少三数百年功力也被毁去了。想不到道友法力如此高强，此宝竟有如此神妙，威力大小由心。那网乃五行真气凝成，未毁以前，又看不出形影，破它极难，可是稍有破裂，立即全毁。我收元气，也还迅速，竟无一毫损耗，大出意料，感谢不尽。我觉着散光丸炸音甚密，中在身上的只两三点，就这样，身外元气已几乎被它震荡，此宝威力，可想而知了。"

癞姑笑道："你的事算完了。我们该当如何才能免去前途两层禁制、一层元磁神光的阻碍，越过这条铁槛岭呢？"乌神叟忙答道："诸位道友，过岭之事自然包在老朽身上。真要不行，至多绕行千里路，与黄风道友会合，由冰海底下穿行，也能到达。道友只管放心。倒是道友所要的万年续断和灵玉膏，岛主和妙一真人已有交往，按说可以得到。无如上次孽徒长臂神魔郑元规逃走时，盗去了一大葫芦药，所剩无多。闻说岛主自身不久还有灾劫，要留备后用。灵威叟两次乞求不与，一则怪他纵容孽徒，知情不举；一半也是为了灵药无多，药草虽有，炼成还须多年苦功，缓不济急之故。又以郑元规拜在五毒天王列霸多门下，只管狠毒，偏偏岛主灾劫将临，深居简出，尚恐不能避免，如何还去数万里外寻仇树敌？想了想，顾忌太多。没奈何，只得强忍怒火，仅费了数日苦功，施展神通，将孽徒盗去的法宝，择那曾经自己下苦祭炼，心灵相通的，收了几件回来。自己隐修北极，年数太久，居安思危，谋深虑远，知道多大法力的人，对于本身灾劫只能推详出一个大概，不能洞悉微妙。祸变之来，出人意外，发于不知不觉之中，往往差之毫厘，谬以千里。定数所限，不是人力所能避免。人定胜天，也非无有，但须本身积有大功大德，并有极高法力，以及福厚道高的至交群力相助，方可有望。岛主一向轻易不与外人交往，法力虽高，孤立无援。只有不昧先机，沉着应变，小心戒备，或可勉渡难关。为此之故，不特不曾追寻孽徒问罪，反觉微风起于萍末，此是先机之兆，索性紧闭洞门，每日炼法勤功，既不轻出，也不肯见外人。连这次峨眉开府，妙一真人柬邀观礼，都只命灵威叟代往致贺，不曾前往。他那灵药，嫡传大弟子尚且不与，何况外人？我看此事甚难，二位道友智珠在握，还须事先把主意想好，才可前行呢。"

二人虽知郑元规叛师盗宝之事，并不知所盗如此之多，主人已所剩无几。如以婉言相拒，双方虽无交情，但是素无嫌怨，新近开府还曾柬请观礼，其势不能因对方拒绝，便去明夺暗取，艰难原在意中，却不料难到如此地步。不禁对看，踌躇起来。乌神叟见二女有为难神气，又说道："陷空老祖虽然法力高强，终是旁门。这次妙一真人柬请观礼，听灵威叟语气，他师徒觉着妙一真人对他看重，颇以为荣。道友去了，只怕他推说神游入定，避而不见。若能设法见到，他往日颇重情面，性又好高，灵药被盗，以及余药留备后用，均是丢人之事，万年续断与灵玉膏，又系他独炼灵药，名扬在外，公然拒绝，未免碍口，事情并非全属无望。我说事先打算，是请二位道友去时想好退步，到后如被预知来意，设词谢客，用甚方法见他。只要能见到本人，就多半有望了。"易静道："我们同来十人，自问力尚不弱，索性是个敌人也倒好办。偏生日前开府时又请过他，有力不好使，这就难了。道友可有高见么？"乌神叟道："陷空岛水晶宫阙，深居海底，经他数百年运用法力，惨淡经营，本就坚如千寻精钢。环宫四外，更有冷焰寒铁、海气玄冰、极光元磁诸般埋伏，神妙无穷，厉害非常，宫门一闭，多高法力也难闯进。以我所知，他生平只有两个能克制他的：一是巫山神羊峰大方真人神驼乙休，一是离此西北三千里的天乾山小男。这两人，一个先敌后友，由对头打出来的相识；一个本是同道至友，将来急难相须，所仰为助者只此一人，愈发言听计从。闻得峨眉开府，海内外群仙多受延请,更有许多不请自来的不速之客。这两位散仙并非寻常人物,更非左道妖邪一流,当无不请之理,多少总该有个相识。诸位道友到后,如不得见,只把这两位前辈散仙寻来一位,必能如愿以偿了。"

癞姑闻言,一想天乾山小男,原在预计之中,此公又是屠龙师太好友,只要求他,必允相助,心中为之一宽,笑道:"这等说法,我们就不发愁了。你只把路径说出来,我们好走。"乌神叟道:"玄冥界本是一片横长冰原,自从三千年前北极发生亘古未有的大地震,陷空老祖偶在无意中发现北极磁光,变幻灵异,光中有暗赤纹条,闪烁如电,并做殷殷雷鸣之声。默运玄机一算,知道万古未消的冰原广漠,自开辟以来十二万九千六百年中,共有七十二次巨震。每震一次,地形便要变动,一次比一次猛烈,冰雪也为地底真火融化数十百丈。到了最末一次,世上人物越多,难寻生息之地,这座神峰便要崩裂,火源上涌,将这方圆百万里的广大冰原,除却西北岳最高之处,一齐融化,发生洪水之灾。附近北极的海洋陆地俱受波及,宇内江湖河海,也一齐水涨,只成灾之处较少。似这样经过一甲子后,随着地势高下,区分出山林川泽,水陆地域,再由人类自来开辟这无边沃壤,无穷地利,以供衣食生息之需。这原是天心仁爱,定数当然。眼看似大灾巨变,实为未来人类造福。现在临到第七十一次大震上,虽然冰漠寒荒,人类绝迹,多大灾变也无关系。但是地域辽阔,人以外的生物连同冰海中栖息的水族介贝,也不在少数。何况邻近陷空岛一带,四周冰山雪岳环绕,天气无比酷寒,另具一种仙景,毁了也觉可惜。更恐震势过于猛烈,连陷空岛下水晶宫阙也受波及。这类发动自天,由地轴上生出来的巨变,不是岛主法力所能制止。他思考了好些日,最终又把天乾山小男约请了来,一同修下表章,通诚吁天,为北极亿万众生乞命,伏乞天心鉴佑,准其运用法力消灭灾变。随即合力在地震未发生以前数月,一面先把这里火源开大,先泄地火之势,以免郁而不宣,突然爆发,不可收拾;一面在玄冥界附近查出震脉来源,不等发作,先以法力攻穿地脉,使其化整为零,化大为小,釜底抽薪,先把地气泄去。

"一连忙了四十九日,当时全北极共起了三百八十余处地震,终日冰坍雪倒,地叱山鸣,震得人头晕神眩,目触心惊。碎冰残雪,直上千丈,满空飞舞,仙禽灵鸟,均不能够飞渡,声势已极猛恶。到了定数大震之日,自然还要厉害得多。这还是经二人运用法力，未发以前先将气势泄去十之七八，只有本来的一两层，尚有如此威力。如若听其到时自发，更不知是甚可怖景象。似这样连震了七日七夜才住，地形全变，冰雪消融若千丈自不必说。二人为了保全陷空岛绣琼原一带美景，同在玄冥界上以全副神通阻止地震余波侵及界北。一面变移地肺，使震源往东西两头荒寒之区横逸过去。天惊地撼之下，连与弥天冰雪、排空寒浪以及罡风烈火搏斗，苦苦相持了十几天，又把那无量碎冰崩雪禁制一处，凝聚出这么一条三千六百里长的铁槛岭，横亘在玄冥界上，才保得陷空岛方圆千余里美景未受灾害。如非事出私心，要想保全岛宫仙府，不是全为生灵着想，功德之大，已不可数计，自身将来便有多厉害的灾劫，必化为祥和，无须畏惧了。可惜他初念不及于此，枉费了数十日心力，只保得宫府无恙，绣琼原上仙景如初，于异日切身利害并无多大益处。

"过不数年，才由静参中推算出大劫将临，想起前事，良机坐失，变成无用，悔恨已是无及。因见门人私与异派妖邪来往，那禁网只要知底，步行走去，便能越过，难保不由此隐伏危机。于是又把玄冥界上禁制改作上下两层，来人无论步行还是飞越，均难通行。一经误触禁网，不论失陷与否，岛宫众人立即警觉。他自不出为敌，却发信号，传至附近各岛屿冰山的妖人精怪，一齐来攻，人多势众。内中也有不少能者，又都以能为他效力为荣，来势之猛，颇不可侮。要明里过去，除非行到岭前，虔敬通诚，告以来意，得他允准，始可安然越过。便不允，也不致涉险夹攻，不过，必被婉言推谢，绝难入境。来意再被查知，见面更是不能了。本来我也无能为力，凑巧那灵威叟平日为人还好，闲中无事，常来相访。数年前，因他爱子灵奇下山，常在外面树敌惹事，他不能时常离岛外出，岛主近又严命不许众弟子再引外人入门，他那爱子更在坚拒之列。偏生灵奇天性尚厚，有了乱子，固要寻他；便是无事，久不见乃父，也很想念，不时到此寻他。无奈冰原广漠，冰天雪地，万里寒荒，无处栖身。虽有几处岛屿，上有主者，均愿延款，乃子偏又自爱，不愿与妖邪为伍。铁岭亘阻，相隔陷空岛尚还辽远，休说不能飞渡，连信息都不能通。往往在冰洋雪岸之间徘徊多日，不能一遂乌私。这里虽有信号，近年他子也曾来过，但只在此栖身，守候乃父尚可，信号却不能妄发。有一次，灵奇来了月余，还是暂居此洞。

因有急事，久候不耐，少年心性，也没和我商议，竟想偷渡铁岭，一到便吃禁法困住。岛中当是来了敌人，轮值门人撞动地寒钟，引得各岛妖邪齐往夹攻。眼看危机一发，犹幸内中有一妖人见到过他，认得是灵威叟爱子，忙止众人回去。无如自身不奉命，也不能过境，又无法解救，只得委之而去。后来还是灵威叟见久无信息，疑心来人中有能者，赶往查看，父子相遇，才得救下。事被岛主查知，几受重责。灵奇说岛主不应隔绝他父子天性，本就不忿，一听乃父受斥，越发怀恨，立志炼成法宝，去冲破岭上禁制。非到能通行自如，与父随时相见，不肯甘休。

"灵威叟胆小畏师，又以身为长门弟子，近已屡犯过失，惟恐爱子无知惹出事来，只有爱子一到，得信立即赶来，方可无事。又以铁岭阻隔，不能传声求见，再四盘算，没奈何才对我说：'此洞对面冰壁瀑布之中，有一条地道，一直通到玄冥界那边绣琼原前七八百余里冰谷之中。'这便是上次大地震时，陷空老祖所开震源之一。当初为的是把震源引到界那边去应劫，所震之处，本是绣琼原之后一座极大冰崖。经此一震，化为冰谷，那一带地气由此而泄。到日又以法力遏止震源，因得就此保全，未再波及。事后别处通脉，均以大震之后，为冰雪所填没。独这一条通脉，一边不曾再震，一边又有这座神峰与磁源反应，地质坚硬。同时峰顶喷出极大火焰，千里方圆冰雪交融，发生洪水。峰身虽多现出了数百丈，却被震波反震出去，地面不曾震裂，因得保全。事后岛主因这里关系岛宫安危，多一条密径可以应急，就此留下，把两头出入口封闭。只他一人预闻机密，能够启闭通行。灵威叟爱子情深，竟然泄露，并传灵奇一件法宝。只要由这条密径通行过界，把那小钟微晃，他便警觉，由此径出来相见；如久不至，便是有事，或值他出，便须急速回我这里，免被岛主查知，父子均有不便。本来无须走出口外，因灵奇久慕岛宫与绣琼原两处仙景，缠着乃父欲往一观，灵威叟也真溺爱，竟允了他。这里由我为主，他父子相见，本是私情，岛主知道，我也有不是处。以前也因他受人之愚，不肯明言，以致放走孽徒，累我受罪，已然愧对。又知我安分修持，绝无贰心，身受禁网，逃也无力，不便再为隐瞒，所以一切我皆与闻。有此密径，过岭一层不极容易么？初见时，道友问我，不是不说，是因适才入定中参悟，诸位道友稍迟前往，似较稳妥，故此闲谈，稍延时刻。前日灵威叟本是携子同来，因我坚持不舍内丹，他子也不愿败人的道而成全自己，才闹个不欢而散。我料他别处不成，仍要寻我。他也并非强求无偿，是以助我脱困来做交易。我已算定，脱困有望，照着屠龙师太符偈口诀，在此多修炼一日，有一日的好处，便是脱困之期还早，也是不肯。我想诸位道友去后，以原躯壳幻出一些虚景，留一字条，假作入定。他那耳鼻口目，灵警异常，只恐瞒他不了。适才洞外诸道友未曾一同延进，便因人多，恐被嗅出之故，以防万一走来撞上。诸位道友先往密径缓缓行去，省得措手不及。"随把出入之法告知。

二人应诺，谢了指点。乌神叟随引二人同出洞外。英琼、阿童、六矮弟兄在外面虽等了两三个时辰，仗着花光明丽，清景如仙，事前又有易静传声相告，也未怎在意。三人出时，洞外七人正由左近花林中走来，匆匆礼见之后，乌神叟便引众人到了正对洞门的千寻冰壁之下。只见壁上寒瀑又宽又大，宛如百道匹练连成一片，倒卷下来，轰轰发发，声如喧雷。溪上雾涌烟霏，水花喷涌，映着四外花光，幻为异彩，奇观壮丽，从来罕见。正看之间，乌神叟行使禁法，将手一指，寒瀑立似冰凝，便不再流。壁脚丈许以上，白光连闪三次，现出一个大约两丈，圆滑坚莹的大洞。易静等一行十人，便飞身走了进去，互相举手作别。烟光杂沓中，入口封闭，洞壁外面瀑声又复洋洋盈耳。众人初意那密径不过由层冰中穿透，只是奇冷，不会十分坚固。及至进洞一看，只入口二三里与来路冰壁相通之处，是由层冰中挖掘出来的甬路，冰坚如晶，气候也不甚寒。再往前走，路便斜下，渐渐穿入地层以下，其热如蒸，比起开头一段冰巷，又大不同。全甬路俱是一般方圆，除入口二三里晶光耀眼，清明可鉴外，一入地层，通体便如墨玉乌金，尽管隐光浮泛，却是昏暗如入黑洞。好在众人多是慧目法眼，甬路一色坦平，又无阻滞，虽在御遁飞行，因恐万一对面有人飞来，遁光全都隐起，照着乌神叟所说，缓缓向前飞去。

又飞行了二百余里，见那甬路并非一直向前，每行四五十里，必有一个转折，时东时西，往复回环，绕上一段，重又归入北行正路。有两个转折之处，并还现出歧径，众人有一次走错，行不数里，忽见地土崩塌之迹，将去路阻止，又退回来。似这样连经了两三处，方始悟出，这条甬路乃当初地底震脉总源。内里经陷空老祖在大震以前用法力开辟出来，又在里面分出许多经络，歧路纵横，引得地气先期往四外宣泄。到了预拟之处，再激荡地气使其裂土上升,发为无数地震。那歧路坍塌之处,必是昔年地震遗迹。所有脉络,俱与乾象躔度相应。虽然所经仅得十分之一,管中窥豹,已见一斑。暗惊此老不特法力高强,这周围数十里的地面,竟能于数日内,在地底千丈以下,开通出密如蛛网的天躔甬路。就说这条甬路,是因邻近火峰磁源两处要地,格外加功慎重。余者千万震区的脉络,均以法力法宝开通,草率简陋,只有通路。这魄力的雄伟,计虑的周详,也令人可惊可佩了。

阿童毕竟稚气未退,笑道:"这条地道长得怕人。对方要是发觉有人潜入他的密径,当成仇敌看待,稍微运用法力,这千多丈的冰雪泥土全压下来,四面堵塞,岂不给埋在内?如非诸位道友多精地形之术,要我一人还真有些胆怯呢。"癞姑道:"小和尚,胆子怎这小?就凭这点冰雪泥土就能压死么么?"易静道:"此话并不尽然。我看此老这条甬路,已决计长此保留。当地震时,全径绝无如此整齐坚固,事后必还另用法力修建,一定比铁还坚。以我们的法力强自穿行,未始不可,但非容易。我们不便给他残破,前面总该还有分歧之处。凡支脉开始的一段,均极坚固,想是留备最末一次大震,便于考查循迹,不曾毁去。这类地方毁去一点,无关重要,到彼一试,就知道了。"癞姑点头,颇以为然。

南海双童甄艮、甄兑心想以前紫云宫千里神沙,尚且通行自如,这里怎倒艰难?心还不信。恰好前途不远,便有歧路分出。二人赶向前去,择了一处,施展地行神法一试。乍进去觉着并无紫云神沙有邪法反应,须要运用法力,朝前猛冲那样难。但是紫云甬路初进虽难,只要把面层冲破,一到里面便即顺溜。这里地下,却是越走越艰难。也看不见有甚阻滞,只是身上不自在,好似上下四外都有极大吸力,将人吸住,行动粘滞,吃力异常。洞壁也坚逾钢铁,不易冲破。行不数里,便忙退出,向众一说。癞姑道:"你俩弟兄真呆,也不算算略程。这里乃是玄冥界的地底,真磁精气总源所在之区。我们已在磁气层左近,幸亏这一带是反弓形,我们走的是弓肚子,弓又往左偏斜。必是主人当初防他自己人行经此地,被元磁真气将身带法宝刀剑吸去,特地把正面避开。否则,我们的飞剑法宝,早就振动有大感应了。你入土那条歧路,偏右一些,相隔磁源越近,又是御剑飞行,不把你二人困在土里,还算便宜。你们就要试他这甬路和地底阻力能否如意通行，也等事完回来，算准里数，择地施行。此时对方又无人作梗，现成道路不走，白费心力做甚？"石生笑道："谁能有癞师姊巧？专趁现成，不先试出虚实强弱，万一对方突然发动，困在千丈地层以下，要想冲出去就来不及了。"癞姑笑道："小娃儿家知道什么。主人把这条路认作最隐秘的地道，出入口均有禁法隐蔽，如若无人泄机，确是不会有人知道。你看洞壁，虽经法力凝炼，修得异常坚固，但是内中并未设有分毫法术埋伏。此路决不想毁，也决想不到有外人经此，有甚妨害？如觉可虑时，易师姊早有打算了。倒是灵威叟护犊太甚，此是他日常往来之路，他那宝贝儿子又负伤在此，难保不撞上。不过我们遁光全隐，他如对面飞来，或是由后赶到，隔老远我们先已发觉，隐身贴壁一躲，放他过去，十九也可以无事。别的就不用我担心了。"

正说之间，忽听后方来路飞行之声，远远传来，其行甚疾。易静知道空洞传音，最能传远。自己也正飞行，虽然遁光已隐，破空之声也曾敛去，遇上法力高深之士，仍不免被听出。又知这条密径只有灵威叟父子偶然来往，别无他人。这两人俱非庸流，恐被识破，于事有碍。忙命众人停住，乘其发觉之前，赶紧停住，索性放他过去。因两下里相隔尚远，停有半盏茶时，来人才自飞过。众人见那人是个猿背鸢肩、相貌英俊的白衣少年，所驾遁光也正而不邪，看去神情似甚匆遽，又略带有惊喜之容，正以全力催动遁光，加紧前驶。易静知是灵奇。方想此人分明是有急事，莫非我们踪迹已被发现。心念才动，遁光已一瞥而逝。因疑踪迹已泄，赶往告知乃父，格外加了小心。又恐落得太后，吃他占先坏事，欲与相继到达，即便他告知灵威叟，人已赶到岛边求见，不及作梗了。便把众人遁光联合运用法力，敛声隐形，紧紧随在后面，相隔只在数十里左近。一面留神戒备，一味哑飞，也不作声，以防警觉。灵奇始终不曾回顾。中间又连经了好几处转折，歧路更多。因灵奇熟路，前面有人领导，众人省事不少。中间癞姑也疑灵奇去向乃父告密，想追上去将他截住，问明情由，禁在当地，归途再放。易静力主不可，也就罢了。

飞不多时，遥闻前面飞行之声忽止，以为灵奇已然出洞，便把遁光加急追去。等到飞近洞口一看，这边出口竟是一个广洞，也是坚冰建成，并有两层洞室。后层两间，还设有用具。只是洞门封闭，非用开法不能出去。

初意以为灵奇已先飞去，重又将洞口禁闭，阻住去路，及至飞抵尽头，试照乌神叟所传开法一试，只见一片烟光，明灭变化，晃眼便将洞口现出。易静、癫姑二人见如此容易，与入口一样，全无异状，还不放心。当先飞出去一看，洞外是一极大冰谷。两崖之上满是积雪，洞口开在积雪里面。未开时节，通体浑成。这时靠外二面，忽自崖头往下直裂出百丈高下，十余丈厚，三十多丈宽的一大片冰壁，移向前去丈许，宛如冰崖中裂所陷巨缝，洞口便深藏在裂壁之后。妙在是这么大一片裂壁移开时，异常迅速，又无一点声音。等后面诸人相继飞出，行法封闭，晃眼便已复原，也无一毫缝隙。再一查看，眼前这一片荒谷危崖，依旧冰天雪地，荒寒枯寂。灵奇踪迹，已经不见，也不听有破空之声。易静心想："灵奇飞行没自己快，而且末一段赶得更紧，只是行法开闭稍微耽延，算起自己这面还应快些，万无追赶不上之理。如他发觉有人在后追赶，另有隐身妙法，破空飞行之声也该听出，怎的声影全无？莫非留在洞内尚未飞出，那么过时怎又无甚征兆？"觉得奇怪。越过前面山崖，走完绣琼原，便到陷空岛海岸，为表诚敬，不能再飞。又恐灵奇赶前告密，步行延误。想了又想，觉得仍按预计相机行事稳妥。

易静正想和众人商议，见英琼手招自己，在云中画字，未及开口，癫姑已先说道："前半似因沿途妖邪太多，又要绕行一段海路，恐其惊觉，偷听我们机密，所以不能说话。这里已过玄冥界，妖人天视地听之法已无所施，有话但说无妨，只是大家留点心，且走且谈吧。"英琼说："出洞时节，我走在最后。快出洞口，闻得身后有人微呼'诸位道友'，底下便没了声，好似话到口边又复缩住。忙一回顾，似见左侧室内有白影一闪。因未停留，看到时，人已随众飞出，未及告知众人。又恐说话有碍，微一寻思，易姊妹已将洞门封闭。"易静、癫姑闻言，才知灵奇并未先出。照此情形，必是后段发觉众人在后，收了遁光，隐伏于侧相待。自己初来，地理不熟，又见声光皆敛，认定人已先出，匆匆追出，故此忽略过去。不知呼唤众人做甚？英琼主张退回洞中寻找。易静、癫姑料他无有恶意，看他欲言又止之状，不知又有何痴想，也许打听崔绮近况都不一定，此时哪有闲心与他多说，便不去理他，仍照预计前行。

那冰谷对面，危崖特高，并还连有一座高耸云表的大山，上积万年玄冰白雪,明光耀眼,气候奇寒。山岭俱都相连如环,蜿蜒不断,均比对崖还高十倍。天空仍是暗云低迷,气象阴肃,荒凉已极。阿童笑道:"北极寒荒,仅乌神叟所居神峰一点奇景,并还深藏地底,此外一直未见到一草一木。此地相隔陷空岛已近,仍是如此。我想绣琼原在这酷冷的气候中,也未必有甚好景致呢。"话未说完,金蝉笑道:"小师父,这话不然。我见最前面似有一圈青色天空,天也比这里高得多。这些高山俱向那里环抱,焉知山环里面不有灵奇之境呢?"乌神叟说的岛宫上下灵境,易静、癞姑原未及向众详说。见二人争论,癞姑笑道:"这里离陷空岛还有七八百里哩。蝉弟神目透视云雾,所见青天下面奇景甚多。前面山高遮眼,你怎能够看出哩?"阿童道:"还有七八百里么?这么远的途程,要走多少时候才到?"易静接口道:"我们有求于人,又是老前辈,自然须诚敬些。我们步行,又与常人不同。冰雪上滑行过去极快,至多三个时辰也就到了。这条路我虽未走过,但旧游之地,我还记得。大约走上前面冰原,越过右方横岭,见到海水时就差不多到了。"

众人本在冰谷之中滑行飞驶,其实这一片盆地并非冰谷,当初原是与前面高山相连的大片冰原,经过地震所陷的冰窟。因地太广大,四外冰原又高,人行其下,看去四面俱是高崖环耸,无路可通。等滑行到了尽头,提气上升,到了上面,眼前豁然开朗。只见冰雪漫漫,除去路高山危崖而外,下余三面俱是平坦冰原广漠,一片白茫茫,直到天边,万里无垠,气象雄浑已极。众人略一观览,便往前急滑过去。刚越过高山前面的一条横岭,便听远远涛声拍岸,清晰可闻。遥望右方碧波天际,海滩上时有白点移动,知是海鹅、白熊之类北海特有生物,在彼游行驰逐。山势自右侧冰谷来路起,越往右,越往前弯,离那海面将近,越变得凶,并不与海相连。

易静知道陷空岛是万山环抱中的一片里海,水源虽是相通,海中门户已吃封禁,仍须由陆路始得过去。乌神叟又有此行不可过速之言,旧游之地正在前面,反正绕路不多,想领这些师弟师妹侄儿等一开眼界,便率众人往向海一面滑去。还未走近海滩,路上便见那比人还高一倍,又肥又壮,通体白毛如霜的北极冰熊。前额长毛披面中,红光闪闪,隐现一对大而且亮的红眼。三三两两,人立而行。再往前去,冰熊愈多。有一片较高的雪地上,站满不少冰鹅,身比常鹅略高,红睛乌嘴,延颈直立,行动敏速。因生息在北极海滨荒寒之区,自来未遇人类,所以见了生人,全无心机,驯善已极。此外还有寒獭、冰犬之类,多是千百为群,身上皮毛油光水滑,鲜明可爱。不时又见海中巨鲸喷水为戏,水柱突涌,直起数十丈,此起彼落。数目没有初入冰洋所见鱼群之多,但较沉静。忽然巨物山立,冒出水面,一会儿又沉下去,出没无常,时隐时现,状殊暇逸。余如冰蛇、海马、巨虾、人鱼之类尚多。金、石、阿童、英琼四人俱是初次见到,互相指点笑说,称奇不置。英琼道:"想不到连我们不运用玄功真气,差一点都难忍受的北极酷寒之地,竟会有这许多生物,可见造物之神奇伟大了。"阿童道:"这种吹气成霜的苦寒天气,海里会没冻冰,也真怪哩。"易静道:"你们只见这里奇怪,到了绣琼原,还要叫绝呢。自来物极必反。极阴之中,必伏有真阳;极阳之中,亦必伏有真阴。海水并非不冻,何况又有万千里冰原雪岭,时常不免崩裂,滑向海里。只因这里已离北极尽头之处不远,由陷空岛起,到前面那一段,千余里海面,正是北极地轴的起点,隐伏纯阳,又当北极磁光返照之处,所以终古海水不冻。往回路走,便成冰海了。"

众人且谈且行,先向半山半海之处斜驶过去。离海约有百里,易静忽引众人改向北面。行不多远,便到那大半环连岭之下。只见入口之处,双峰对列,犬牙交错。中现一条峡谷,谷径往后斜行,做"之"字形。进十余里,俱是冰雪布满。行二百余里,才把"之"字形的山径绕完,地势忽然平展。到一参天危崖之下,那崖壁立两三千丈,通体如削,与左右高山相连,宽约百丈。下有石门,十分高大,石黑如墨,温润坚莹,无殊玉质,气象越发雄伟。众人一路行来,到此方见石土。回顾来路"之"形谷径,由入口起直到尽头,宽窄如一,冰崖石壁,俱做梯形横立,异常整齐。方始省悟当初并无谷径,乃主人以法力开山凿成。绣琼原全仗四面高山环绕,寒气不能侵入,所以气候饶温,景物独胖。惟恐谷径一开,到了下半年,北极寒风冷气循径侵入,故把谷径开成"之"字形。又在谷尽头,在危崖之下开一门户,以供启闭。沿途梯形崖壁,也必是阻挡寒风冷气之用。到门一看,门高不过十丈,宽约五丈,顶上横额刊有四字朱文古篆,文曰"绣琼仙境"。初意如照直径计算,那山也只有百多里厚,门道必不甚长。哪知里面甚长,每隔五里,便有一层门户,共是九层,尚幸全都两面大开,并无梗阻。行约四五十里,才把门道走完。一路清洁,不着点尘。

刚一出门,面前豁然开朗,现出奇景。只见四面都是高矗云空的大山,环拥若城。别处都是冻云压顶,冷雾凄迷,数万里冰封雪积,不见天日。独这平原一带,天气虽然极冷,常人到此,仍是重裘无温,禁受不住,但比来路所经却强得多。最奇的是,那冷只是干冷,天宇反倒分外高旷清明,风日晴和。气候如此奇寒,那景物却似介乎中土春秋之间。遥望四外山色,上半都是白雪皑皑,直闪银光。山腰以下,恰似满植乌柏枫叶之类,经霜凌寒,深染丹霞,不是紫云万丈,便是红雪千里。斜日回光照将上去,朱霞绵缅,殷红如血。再吃山顶白雪一映,愈发浮光泛彩,金紫辉煌,气象万千,难以形容。这样看去,仿佛是个深秋景色。可是当中平地之上,又耸立着许多峰峦岩岭,都比四山低下十之七八,最高的不过千百丈,无不灵奇瘦透。涧谷幽深,洞壑玲珑,清溪飞瀑,映带其间。不是嘉木插云,便是芳草平芜。端的水木清华,美景无边。尤其那些林木花草,当地特产,独具耐寒之性,种类繁多,冰莲雪蕊,琪树琼林,与无数姹紫嫣红,琪花瑶草,凌寒竞艳,同斗芳菲。看去又似阳春美景。似此一春一秋,佳时并秀,汇为宇内之奇。

众中除易静一人是旧地重游外,余人连癞姑也未到过。那些珍木异卉,更是平生初见,多不知名了。石生问道:"此地景物怎这样好法?看去都叫人心神爽快。就是天冷一点。"易静笑道:"绣琼原地方千里,景物灵奇,为北极惟一福地灵境,久已受人觊觎,如非陷空老祖在此居住,早被附近各岛妖邪占据去了。这里不过起头,更好的地方还未见到哩。这里外层万山环拱,陷空岛恰在中心。四面又是群山环绕,当中现出一大片水,名为是海,实是一片湖沼。岛在中央,形似仰盂。底下伏流,与海相通,上面却看不出。共是三个圆环,由外至内,一层层矮小下去。你不是见当中平原群峰环列么?陷空岛和天滏海便隐在里面。往常有人求见,或那些求道拜师人,并不能遁入绣琼原内地谒见岛主,都在适才所见外海的西北角海岸上。那里海中也有一岛,形如覆碗。岛中心有一深穴,与岛宫相通,波涛异常险恶,地名也叫陷空岛。大弟子灵威叟,便住岛穴洞府以内。我若不是以前曾随家父家师来过,颇受岛主青睐,又有掌教师尊情面,也不敢如此造次,初意也只试试。适才如在'之'字谷尽头处遇阻,重关紧闭,不能通行，说不得只好和常人一样，去至外海岸通诚求见了。闻说来人只要能到绣琼原，即是有缘得了岛主心许，前途便遇见宫中侍卫，也不会再有梗阻。我们要把心放虔诚些，到后各位师弟师妹可在海岸耐心静候，不可多言。由我与癞师妹叩宫求见，岛主看在各方情面，兴许不至于见拒。事完，得了主人允许，再行游览全景好了。"

众人见易静说时，道旁花林中似有奇形怪状、宛如夜叉的影子出没，忽又隐去。易静只做不见，情知这么大一片仙灵境域，空山寂寂，水流花开，纵目四顾，不见一人，必非无故，所说定有用意。地头将到，成败难知，俱都谨慎小心，不冉谈笑。众人虽是步行，自比常人不同，由出口到中心近海之处，才只百多里路，不消多时便已到达。沿途山灵水秀，景物清丽，众人生长仙山福地，多历灵境，虽然赞美，还不十分惊异。最以为奇的，还是那些花树。远看一片花光，处处繁霞，已是罕见。这一临近，见那许多花树，种类并不甚多，共只五六十种，但无一不是冰胎玉骨，宝雾珠辉。有的花开径丈，叶大如帆；有的繁英细碎，密蕊如雪，清馨染衣，经时不散；有的翠干瑶柯，高可参天，琼莲万朵，满缀枝头，银辉浮泛，耀眼欲花，疑幻疑真，不可逼视；有的花大如斗，千叶重叠，粉腻脂溶，艳绝仙凡；有的花同杯大，密萼繁枝，香光如海，无限芳菲。内有一种形似梅花，而瓣作六出，朵也较大，铁干虬枝，形势古拙，凌寒舒芳，清标独上。更有冰芝、雪莲之类，丛生路侧，花林之下，多是从来未见之奇。除易静见过外，无不暗暗称奇叫绝。可惜此间草木多秉冰雪精英而生，易地不长，一离本土，便难存活。几种最好的，多是参天排云，荫被数十亩的老树，千年古木。即便主人割爱相赠，就有法力也难携回。否则，恨不能带上几种回去，才称心意。

那环绕海的群峰，都自平地突起，虽也成为一环，但是三五错列，各具姿态，望如画图中海上神山，不相倚附，峰与峰之间，到处皆可通行。众人一路观览，刚刚穿过峰峦，便见前面现出数百里方圆的天洋海。海水清碧，天空无风，偏是波涛澎湃，浪花飞舞，水势十分险恶。遥望海中有一岛屿，其形正圆，四边高起约二三十丈，中陷若盆。岛旁波浪更大，水势愈激，山容水态，树色泉色，与天光云影相互辉映，景更清奇。众人知到地头，便在近海之处择一花林停立，由易静、癞姑上前求见，二人便往岸边走去。众人在后遥望，暗笑主人师徒宫众，占有这等灵秘之区，无上清福不来享受，任其弃置，却去伏在海底。这么大地方，除初出口时仿佛见到两个夜叉影子，沿途竟未遇见一人，不知是甚缘故，方在奇怪。前行易静、癞姑已到海边，刚躬身立定，忽见惊波乱涌，水声如雷。跟着冒起十来丈高一幢水柱，水花飞堕处，现出一个水怪，身高两丈，碧发红睛，獠牙外露，腰围鱼皮战裙，通体乌黑生光，上下身赤裸，手持银叉闪闪生光，与前见夜叉影子相似。一声怒啸，便举手中叉恶狠狠朝二人刺来。二人自不把这类水怪放在心上，也不还手，只由癞姑一人放出一片佛光，将他逼住，不使近前。二人若无其事，照旧通诚祝告，拜了下去。身刚拜倒，水声又响，由海中心岛前不远响起，一直响到海岸不远夜叉出现的前面。随着水花上涌，又跳出一个身材矮胖，形似侏儒，凸睛掀唇，面色碧绿，手执一把玉简，身穿道袍的秃顶怪物。这个却不动武，把手中玉简一挥，夜叉先自含怒退去，没水不见。然后摇摇摆摆，踏波而来。二人见他形态粗野，偏要扭捏，假装斯文，方在暗笑，那侏儒已然走近。易静看出他好似有点戒备之意，知畏佛光，忙令癞姑收去。那侏儒随向二人躬身，口吐人言道："适才岛主已知二位仙姑来意，令即进宫相见。同行还有八人，还不到相见时候，请暂在绣琼原相候，随意游玩，恕不接待了。"

众人相隔海边原不甚远，耳目均极灵敏。见后出水怪身材侏儒，说话声音如破锣也似。说到末两句，似想众人听见，声音更大得震耳，四山都起回应。说完，侏儒反身先走，径引易静、癞姑往当中陷空岛踏波走去，其行甚疾，晃眼一怪二人同到岛上，往右侧一转，便即不见。众人等了半个多时辰，不见出来，方在悬念成否，忽见海边白影一闪。定睛一看，竟是适才密径中所遇白衣少年灵奇，正由左侧沿海边急行而来。到了易静立处，把手一指，身便隐去。同时水上微响了一下，前见夜叉又复涌现，持叉四望，见岸边无人，众人无一走近，面上略现惊疑之色，重又拨头没入水里。灵奇由此未再现身。正不知此举是何用意。又待片刻，便见前在紫云宫黄精殿筵前向紫云三女告警的矮胖长髯道人灵威叟，送易静、癞姑由右侧走出，到了岛边，互相举手作别。易静、癞姑便驾遁光飞来，晃眼到达。众人忙问："所求灵药如何？"易静悄答："由陷空岛上下降，直入岛宫，岛主赐见，颇为优礼。后向他提起来意，岛主未允未拒，只说此药为孽徒盗去不少，按说我们十人数万里远道来求，又有好几层渊源，自无不与之理。不过万年续断，还有灵玉膏，所存无多，也非全为备用，不肯送人，只因个中还有机密，不便先吐。又以久闻峨眉门下俱是能者，此番来了多人，迹近相强。现有两条路由我们挑：一是孽徒郑元规盗宝叛师，早应行诛，恰值无暇分身，被其漏网迄今，如能代将孽徒擒到，当即相赠。此事相隔太久，并还艰难，自然行不通。还有便是借此试验我们法力，由他指明丹室所在以及一切埋伏禁制，由我们十人合力盗取，得手拿去，否则作罢。我二人也不知他是何用意，便以婉言相告，说我们后生小辈，无论见赐与否，焉敢无礼？至于人多，乃是诸同门久闻绣琼仙境并岛主的大名，崇钦已久，借此前来拜识，并无他意，请勿误会，再三解说。他偏不听，并还非我十人合力盗取不可。照那岛主口气，又非含有恶意。没奈何，只得应承下来。他随命大弟子灵威叟引我二人遍历全宫，并还详说各层宫门埋伏的威力妙用，一一指点，言之惟恐不尽，方始送了出来。一会儿还命宫中侍者设席相款，处处均以嘉宾之礼相待。盗药成功以后，还要亲身延见，重新宴劳。那意思，亟盼我们成功，偏又是极难之事，这等矛盾行径，实是令人难解。"

众人也觉真太不经，便问："那藏处是否隐秘艰险？我们是否有到手之望？"癞姑道："此事难说。他那藏处要想进去，说难不难，说易不易，不去身经，决不能知。"金蝉笑问："此话怎讲？"癞姑道："他那丹室在陷空岛海眼极深之处，我们盗时，沿途所经埋伏阻碍和海眼中各层禁制虽难，还有法想。所难者是最下一层丹室竟是活的，全室用万年寒铁铸成，海眼底下与玄冥界上磁源相通，有元磁真气吸住，升降无定。如不先将上面全阵制住，我们到了那里，不特好些飞剑法宝保不住，连自身也许被它吸住，不能遁逃。非有能制磁气之宝，不能入内。可是主人意思，却似极盼我们能够得手，什么机密都说出来，惟恐语焉不详，自己说过不算，并还令引去的人详细指点。看那意思，好似别人的东西他自己不便去取，必须假手于我们，他还在旁暗中尽力相助情景。主人如此用心，不是又有点容易么？"易静道："我看容易虽不见得，不过丹室上面那一层埋伏，五正五反，人少决不能破。我们来的人不多不少，恰是十人。适才我已悟出克制攻入之法。你没见岛主先听我说，同来共是十人，倏地面色一变，现出怒容，再三盘诘十人同来,是否出于师长之命?后我力辩不是,面色才转。想了一想,又现喜容。这才令我十人合力往盗,并还有'再多一人更好'的话,此事分明定数,得手虽难,望决不虚,否则,哪有如此巧合之事?我现时想起,再添一人,的确省事得多,还少好些担心,无奈他说限期只有三日,今晚子时,极光力弱,便须下手。"

说时,又听海面上水响,波涛纷飞中,现出十二名身材高大、相貌丑怪的侍者。前头四个,分捧着两个梅花形的青玉圆桌,形式甚是古雅,桌上各摆着五副杯箸,直上岸来,放在众人立处前面花林之内。另外八个各用六角雪花形的冰盘,上面分放着肴果酒浆之类,一一分设桌上。最后两个身穿着冰纨短衣短裤,项围红边云肩,面如冠玉的俊童,走近前来,向十人道:"教祖有命,说诸位道友远来,应尽地主之谊;复又以诸位道友将有丹室之行,使我二人转告,就在这里设下两席菲酌,一则慰劳,一则为诸位道友略壮胆气。只惜教祖和各师长有事羁身,宫中连日扫除未终,不便延款。等诸位道友事成,再同延往宫中相见。此时只请随意受用,并请把上下两席座位自行排好,认明五方五位。入座少时,同观敝岛极光小景。看完便可起身,恕无人来此奉陪了。"易静为首,向岛主礼谢答道:"岛主盛意,后辈等感谢无极。适才宫中已承教益,明知功力浅薄,难测高深,但是岛主之命,不敢不遵,自来恭敬不如从命,后辈等末学无知,只好勉为其难了。盛筵敬领,敬乞转代复命,说我十人有此仙酿,足壮胆力。倘蒙岛主德威所庇,不辱大命,未致陨越,再当趋前泥首以谢。"

石生见这两个道童生得骨秀神清,通体白如玉雪,只带一丝血色,看去冷冰冰的。这样奇冷之躯,所穿衣服薄如蝉翼,宛如一袭轻云笼着当中半截身子,看去由不得使人心里发冷。越看越怪,想看那衣服是何物所制,怎和云雾一样?刚凑过去待要发问,手指刚刚挨近,猛觉奇冷侵骨,赶忙缩回,笑问:"二位道友穿的是什么衣服?这么好看,又这么冷,挨都挨不得,法力高强,可想而知了。"易静觉着对方行事,令人难测。又知宫中颇有能者,禁忌又多。休看两个道童,功力绝非寻常。见石生冒失,涎着脸去摸道童衣服,恐有忤犯,方欲示意阻止,不料惺惺惜惺惺,气求声应。

二童也早看见石生年最幼小,相貌最为灵秀俊美,心中喜爱,不特不以为忤,冷冰冰一张脸反倒现出笑容。一个先笑答道:"我这衣服非丝非帛,乃万年玄冰中所抽出来的冰丝所织,其冷异常,外人决穿不了。宫中也只我两人能穿此衣,别人不喜穿它,也受不住。内有点原因,不能明言。我看你甚好。你们峨眉仙府久已闻名,想去不是一年两年,可惜无此时机前往。将来如有机缘,我二人前往寻你,可肯做主人么?"石生笑道:"像你二人这样嘉客,哪有不接待之理呢?你们去了,一寻石生,就找到了。如若不在,别位师兄师姊也会接你们进去玩的。不过我和这位蝉哥哥等一共七人,因奉命行道,此时还未找到洞府,这时去了,却不易找到我们哩。二位道友叫什么名字?"二童同声笑答道:"你这位道友真好。我二人一名寒光,一名玄玉,乃教祖再传徒孙。我师父早年犯戒,已然遭劫。我二人本在丹井上面第三层洞门旁冰室中居住,那一带均归我二人把守。本来不管待客之事,因现在全宫徒众俱在霜华宫大殿之内听教祖传训,不能分身,只我二人空闲,与那事无干,才命来此传话,得与道友相见。除教祖爱怜外,全宫长幼三辈人众,俱嫌我二人对人冷淡。我们也不大管他们,日常只我二人相对冷室之中。地方重要,却是无事,也颇寂寞,难得道友一见如故,再好没有。好些话此时俱不能说,也不便在此久停。少时去往丹室,中途我二人守处,如有为难,可低唤寒光、玄玉,自有应验。"石生含笑谢了,还想留他二人多谈片刻,但二童即率领同来侍者,向众匆匆作别而去。回到岸旁,纷纷入水,晃眼不见。

易静、癞姑俱有眼力,看出二童骨相过于清冷,但又不带一丝异类气息神情,先疑是海中精怪,又觉不像,猜详不出他们的来历,好生奇怪,断定决不是人炼成。适在岛宫,曾经过二童把守之处,禁法颇为神妙,所说的话必有原因,便叫众人与彼留意,如有险阻,石生立照所说行事。于是又想起那两桌梅花形的筵席,恰好十人,五人一桌。再一详忖二童所传岛主之命,分明隐示机密。忙令众人暂勿入座,走近前去,先一查看。见那桌面大只数尺,座位设在梅花形的花瓣交对中凹之处。席上肴果,荤素皆有,熊掌、鲛睛、蛤干、虾脯、风鹅、鲜蚝、冰鱼、冻蟹,以及雪藕、寒梅、琼珠、玉果、碧苓、银笋、方梨、松桃之类,皆北极陷空岛绣琼原特产的珍奇干鲜食品,共有数十样之多,俱用四五寸大小高脚玉盘盛着,美食美器,备极丰美。此外并看不出甚异状。方在沉吟,金蝉等八人也走了过来。石生笑道:"师父还命我们日常服气导引,这些果子,样样鲜嫩清香,味道一定不差,吃些也罢。那许多鱼虾熊鸟的干肉,腥气烘烘的,谁耐烦吃它?"说时,金蝉一眼看到另一桌上,好似少了一样荤肴,笑道:"你看那两小道童,看去顶神气,原来也是贪嘴,竟会中途吃了一样。不然,两桌食物俱都相同,怎么这桌上少了一样?"易静闻言,将两桌一比较,果然一边五十样,一边四十九,陈列之法也不相同。再一推详查考,猛触玄机,知是大衍阵图。主人有心指点,借着宴客为由,暗中显示丹井上层所设阵法,先后天相生妙用。先前所见,只知外面,未能尽悉河图四九微妙。这一来,恍然大悟,好生欢喜,以大衍之数五十,其用四十有九,所重仍在另一席的变化上。但是正面本位中心元宫,必须有大法力之人坐镇。

易静当下先把河图全宫阵位生克正反变化,一一与众人详解之后,再把轻重权衡,分配座位:自率南海双童甄氏弟兄和鼎鼎、易震,在第一席入座,照着席上河图阵位,往深处研求;却令癞姑为首,率领金蝉、石生、阿童、李英琼四个法力较高的坐第二席。都各按各人席上位次,两席看果所设阵形,一面谨记自己的方位度数,一面两席呼应将肴盘移动,以席上阵图的运行变化来做演习,互相讲解质疑。众人都是灵慧已极,新近开府,各得本门真传,功力大进,又有易静、癞姑两个见多识广、法力高强的行家领头指点,自然触类旁通,不消片时,便已洞悉机微。易静老成持重,犹恐到时不熟误事,把阵法演了又演,直演了两个时辰,全能运用纯熟,方始开怀畅饮。众人俱不喜吃荤,只把些果品大吃一顿,这些灵区珍奇之物,凉沁心脾,芳腾齿颊,自不必说。

英琼笑道:"这么甘芳清凉的水果,可惜天气太冷。如换常人吃下去,岂不周身冷透?要是改在中土伏天吃它,不更妙么?"癞姑道:"天底下没有两全的事。这类果实都是冰雪精英所结,那炎热的地方,休说成长,连带都带不过去。你只觉凉,可知阴极阳生,内里多蕴奇热。在这北极阴寒之地吃了,不特无妨,反能补益元阳,抵御酷寒之气。我们修道人服下去,自是有益无损。如是常人在中土温暖之地吃下去,纵不为热毒所杀,也必头晕倒地,如中奇毒无疑。"石生问道:"怎么吃下去如饮冰雪,那么清凉呢?"癞姑笑道:"呆子!你初食觉凉,却不想这里天气,连我们都说冷,换在中土,何止滴水成冰,呵气为冻?这些果子,却如此新鲜多汁,内里并无一丝冰冻之意,是什么缘故,可知纯阳奇热之性,一丝不差呢。"易静闻说,答道:"此言当真。昔年随家父母来时,先觉冷不可支。自蒙主人赐宴,吃了几样水果之后,不多一会儿,便周身温暖。那通往丹室的丹井,深有千丈,中有极冷之地。我看主人处处都为我们设想周到,恐连这些果食俱有助我们防寒之意在内呢。"

正说之间,易鼎、易震忽然同说道:"二姑之言,果然有点意思。侄儿自入冰洋,便觉奇寒透骨,非运用玄功不能禁受,所以连话都未多说。这些果子本是嫌冷,不愿吃的,因甄师兄说仙果不可不吃,石生师兄又在那桌直喊,勉强各吃了些,果然又香又甜,虽然心里直冒凉气,却不怎难受。又多吃了些下去,就大家说话这一会儿工夫,先是由凉转温,渐渐丹田升起一股暖气,一晃充沛全身,舒服极了。"众人道行功力原有深浅,如易静、癞姑、英琼和金、石二人,或是功力较纯,或是基禀特厚,以前又多服灵药,虽觉天寒,却不在意外,下余五人,俱觉酷冷难禁,不运用玄功真气,便难祛寒生暖。自从吃了席间果实以后,俱都有了暖意。易氏弟兄话才说完,甄艮、甄兑、阿童、金蝉、石生,以至易静、癞姑,全都相次觉着阳和之气布满全身。易静知道无心中得了主人嘉惠,立命众人照着本门真传,各以玄功将真气运行一周,使其返虚入浑,引火归原,得益更大。众人依言行事,愈觉通身舒畅温暖。

当地本是山碧水清,风和日丽,万花怒放,绣野云连。心身一暖,越成了阳春美景,哪里还感觉到一丝寒意,纷纷称奇,连道快事不置。阿童道:"主人如此盛意,与其多费心思,还赔上这么多好东西,何不简简单单把那两样送给我们多好,偏要叫人去盗。自来一成敌对,便难保周全。如因盗药有甚毁损,生出嫌隙,不是把这些好心都白送了么?"甄艮笑道:"主人此举,必有深意。我忽然想起一件事,也不知料得对与不对。真要如我所料,恐怕事成之后,他还更要喜欢呢。百禽道长开府时,冰蚕可送回来了么?"金蝉道:"公冶道长到时,曾交与家母一个小锦匣,不知是与不是?"甄艮道:"可惜此宝不曾带来,否则主人必还另加青眼,弄巧就许连药也不用盗,便慨然相赠都不一定。"易静闻言,心中一动,便问何故。甄艮道:"我也是前在南海,无意中听一位前辈散仙谈起,在天乾山听小男真人所说，这里的主人将来有一件难事，须仗此宝。再不然要七个修积三世以上纯阳之体的有道之士相助，方可成功。详情我也不知。"易静见他说时使眼色，越料出了几分，知在当地不便详言，便不令众人再问。

心正盘算，众人猛然一个寒噤，眼前倏地奇亮，身上又有了寒意。只是突如其来，仿佛春日郊行，忽然变天，冷雨寒风，迎面飘来，由不得打了一个冷战似的。不过身上仍觉温暖，不似先前不运真气便甚难耐。忙同定睛一看，只见正北方遥空中现出了万千里一大片霞光。上半齐整如截，宛如一片光幕，自天倒悬；下半光脚，却似无数璎珞流苏下垂，十余种颜色互相辉映，变化闪动，幻成无边异彩，一会儿变作通体银色，一会儿变作半天繁霞；当中涌现出大小数十团半圆形的红白光华，精芒万丈，辉耀天中，甚是强烈。千里方圆的绣琼原，顿成了光明世界。近水遥山，一齐倒影回光，霞影千里，相随闪变不定，耀眼生花。连易静来过的人，都是第一次见到，别人自不必说。

众人见光华如此富丽强烈，天空反倒更冷，如非先前服食许多仙果，更不知如何酷冷。知是极光出现，等光现过，便到了盗药时候。深觉对方法力高强，此行虽蒙指点暗助，必须连经好几层埋伏，始达丹井，绝非容易，俱各生了戒心，哪里还敢大意。一面观赏极光，一面默忆适才所商破阵之法。那极光现约一个半时辰，到了亥子之交，极光化作大小数百团六角形的光，疏疏密密，三五错综，排列在极北天空之间，色彩越发鲜明灿烂。待不一会儿，电也似连闪几闪，六角中心忽现出一个豆大黑点，渐现渐大，渐大渐明，化作一圈雪亮圆光，将六角中心撑满。偶一回顾众人身后，各现出一圈圆的彩影，人的影子便倒映过来，恰将上半身圈在其内，和画上佛像后面的圆光以及峨眉金顶上所现佛光一般无二。只是虹光较强，色彩鲜明得多；人影也如在镜中，眉发皆现，和真人一样，不似虚影。

第二三四回

奇景丽春秋　灼灼花枝明似焰
极光涵海岳　沉沉丹井酷生寒

话说众人见了极光方共称奇，那六角形的大小极光，倏地变成圆形，好似百余轮大小华日，朗照遥空。内中一轮，四边忽射出无数长短大小不等的芒角，精光万道，越发强烈。紧跟着近侧诸轮也受了反应，纷纷学样。晃眼之间，满天大小极光全受波及，各射出长短精芒。一时霞光电射，银雨流星，比起先前所见还要强百倍。端的乾坤仅有之奇，神妙无穷，不可思议，绝非常人所能悬揣。一会儿，极光又由分而合，渐渐往一处移动，两轮芒角只稍一相接，立似有极大力量吸引，连成一片，越聚越多，光也不再有规则。等全连上以后，忽似春云舒卷，展了两展，电一般略微掣动，倏地伸长，又恢复了初现时的景象，变化神速异常。众人多是慧目法眼，连金蝉、易静、癞姑三个目力最强的，俱未看出它是如何复原。方想主人说今日极光现时最短，时已子正，怎么还无退意？耳听海上踏波飞行之声，似有人来。正各低头向陷空岛海面查看，猛觉眼前一暗，那万千里长，横亘北天的流苏光幕已经不见，同时身上冷意为之一消。这时北极正是昼夜长明的季节，极光敛后，依旧斜阳照林，花明叶媚，水态山容，秀润如活。再看海上踏波之人，乃是灵威叟含笑走米。

易静忙率众人起立迎了上去，谢了岛主赐宴盛意。灵威叟笑道："北极荒寒，无甚佳肴，只有野果海物，不成敬意，何必言谢？诸位道友道法高深，会心不远，岛宫阵图适才想已洞若观火。今奉岛主之命，来引诸位道友去往丹室盗药，请即起行何如？"易静道："我等末学后进，本来愚昧无知，莫测高深。幸蒙岛主老前辈念其远来不易，诸般教益，启迪愚蒙，又承道友引导指点，虽然管窥蠡测，略悉一斑，终恐法力浅薄，难胜重任。

无如岛主大命,何敢不遵?只好仰托岛主福庇,道友雅爱,勉为其难了。"灵威叟道:"家师原以诸位道友必能胜任,不过想试验一番,始有此举。否则,灵玉膏虽然所剩无多,续断却是尽有,早相赠了。不过诸位道友务要记准:前半阵图埋伏,诸位道友大约已知其中微妙,似难实易,无关重要,倒是中下层比较容易的两处,却要多请留意哩。"易静等谢了指教。灵威叟道:"新近岛主在海面上设下与玄冥界相同的禁制,并曾立约,无论何人来见,必须先由玄冥界和这里海面安然飞越,方始相见。如有甚事要约,便须通行完了迷宫疑阵,由丹井中层穿行,去往霜华殿中二次相见,方可应允。那疑阵共有周天三百六十五个门户,多高法力也难走完,稍一疏忽,便被陷入乩坛以内,两仪之火一齐来攻,绝难禁受。这本是岛宫中第一难关,也是诸位道友机缘凑巧,此阵已移往别处。只乩坛为全阵中枢,内有好些法器,因那阵新移,不曾备妥,还未移去。虽因阵已他移,难再发生妙用,仍能看见一点端倪,诸位道友一到就知道了。时已不早,请仍和前一样,凌波而渡,免有阻碍,又延时候,老朽前面领路了。"说罢,当先往海面上踏波乱流而渡。众人紧随在后,各自运用玄功,在水波上凌虚飞驶。海面本来不远,眨眼到达陷空岛。

　　金、石等八人均是初至,上岛一看,那岛作圆形,四边海岸只有里许来宽,过去便是适才对岸遥望的那一圈仰盂形的大圆岛壁。因是海底万年寒铁筑成,远看已极辉煌,这一近看,那岛壁高约十丈,通体寒光闪闪,耀目生辉,光鉴毛发。岛岸净是五色珊瑚灵沙,衬得景象越发富丽雄伟,草木却不见一根。先前易静、癞姑入见岛主,原由左行不远,由一圆门之中走进。这次灵威叟引了绕壁而左,一路言笑,绕行两三里路,忽然停住。岛壁通体浑成,不见缝隙,只众人停处,壁上现有不少金钉,看去生铸上去。及至灵威叟用手分别推按,全能移动。众人这时方才看出,那金钉含有不少妙用。方在留心注视,只见灵威叟把金钉移动了七八个,便即停手,壁中随起了金铁交鸣之声。跟着精光明灭,那岛壁似走马灯一般,忽左忽右,两面急转如飞,不多时立处对面现出一个空洞,不住变幻,一瞥即隐。急转有二三十下,眼前一花,岛壁静止,壁上金钉不见,现出一个大圆门,约有七八丈大小。随了灵威叟入门一看,那圆壁外观坚厚,实则纸也似薄。但是共有九层,每层间隔约有五尺,分别兀立,门内并不相连。李英琼见了奇怪，试用手乘空略推，似甚脆薄，心中奇怪，笑问易静："适才师姊所进的门也和这里一样么？"易静摇了摇头。英琼方觉问得冒失，忽然身侧似有微风飘过。如在以前，英琼没有看出人影，必当是风。近来连经大阵，功力又复精进，知道有人隐身自侧越过。因身是客，主人又无敌意，适才冒失发问已经后悔，料是宫中徒众隐身经过，也许奉命来此窥伺，多言有失，也未说破。那人也颇谨慎，原贴门边隐身飞入，恰值英琼想摸那门壁，故意退向门侧，无心中恰巧相值，两下里几乎撞上，所以觉出微风飒然，由身侧飞过。余人均因隔远，不曾觉察。癞姑、金蝉与灵威叟肩随而行，已快将九层铁门走完，猛见灵威叟面色骤变，喃喃默念，自言自语，却听不出是什么言语，好似想什么心事神气。将门过完以后，灵威叟立即回身行法，将门隐去，全壁依旧浑成如一，强笑对众道："诸位道友，成功之后，自有人引往霜华宫大殿与岛主相见，归路要近得多，无须由此出入了。"

众人见他说时，面上神色不定，方在不解，灵威叟忽又说道："老朽忽然想起一事，忘了去做，意欲请诸位道友在此少候，不要走动，老朽少去即回如何？"众人听这几句话语声甚低，意甚惊惶，料非为己而发。易静首答："道友只管请便，我等在此恭候便了。"灵威叟随纵遁光往前飞去。那九层铁门以内正对着一条向前低斜向下的长甬道，与易静、癞姑二人第一次入门所见别处宫殿台榭景物大不相同，恐有差池，俱都立定相候。灵威叟去有刻许工夫，方始面带忧急之容回转，见了众人，强笑道："老朽自不小心，有劳久候。这条甬道乃通往丹井的密径，途中已减少几处阻力，故与先前二位道友所行之路不同，后半所见却是一样。诸位道友仍照预计行事便了。"易静暗察其辞色，不似有什么虚假，只不知他适才之行，何事慌张。英琼也未想到，灵威叟此行与进门时所遇隐形自身侧越过之人有关，也就丢开，并未在意。仍由灵威叟引路，往甬道中走进。那甬道也和岛壁一样，俱是寒铁所制，大小也差不多，路面微微往下倾斜。众人刚走过去，灵威叟道："适才诸位道友因老朽有事延误，到时不免稍迟。由此甬道通行，虽可免去前宫几层阻碍，但尽头处有一关口，也颇难破。此关不在先前二位道友所见之列，必须老朽引进，也是如此。现在为时将近，老朽拼担两分不是，索性把前面禁制停住，送诸位道友直达丹井上层入口的灵癸殿前去吧。"易静知道这么一来,比起原路预计要少去好几层难过的关口,忙即谢了。灵威叟随掐灵诀施为,朝着前面说了几句隐话。耳听一片铿锵之声由远处传来,全甬道壁上立发出银雪也似的光华,闪动甚疾。同时上下两壁一齐自行移动,电也似疾往前驶去,直和御剑飞行差不多少。晃眼回顾来路入口,已看不见,才知这甬道竟是活的,此时正往地面以下行进。正急驶间,灵威叟又道:"此是岛主法力,内有元磁真气妙用。那尽头处设有本岛的吸星球,五金之质到此全被吸去。我知峨眉飞剑与别派不同,开府以后,开读长眉真人仙敕大书,得有天府真诀,所用之剑,又均神物,不致被它吸去,但到底挣脱吃力,又是突如其来。我已命轮值弟子将此球妙用止住,可以无阻。但是关口上禁法不曾全撤,仍要诸位应岛主之约,自行冲破。现已将到尽头,请诸位道友各施法力准备,最好不用五金之宝,由一位在前开路,诸位道友紧随在后,看见前面有一轮银光阻路,立即飞起,破光而出。外面便是丹井上面阵图所在之地,老朽不便随往,自往霜华宫中恭候便了。"易静道:"老先生如此盛情,其何以报?"灵威叟道:"此原家师意旨如此,诸位道友必欲不忘绵薄,老朽生子不肖,名唤灵奇,不听教训,一意孤行,老朽又无暇管教。所幸此子虽然乖僻,尚知自爱,向不与妖邪交往,为此积怨也多。诸位道友日后相遇,稍微推爱垂注,便足感天德了。"

众人自是谦谢允诺。石生和易震都是口快,正想告以适才在海旁看见,未及开口,灵威叟又似触动心事,忽然说道:"老朽不才,事尚未完,前面即是甬道出口,可自依言行事,恕不远送了。"说罢,不俟众人搭话,身已离地,化作一道寒光,朝前飞去,一闪不见,神情比前还要匆遽。

众人俱觉奇怪,方在谈论,说了才十几句话,猛瞥见远远一点银光迎面飞来,知道所说关口已到。因身被甬道带同飞驶,好似人在舟中顺着急流而下,银光看似对面迎来,实则仍在尽头处悬着,并未曾动。易静本心想用散光丸、弹月弩二宝,因恐毁损主人法宝,忙令金蝉取出玉虎当先;又令癞姑、英琼一用佛光,一用牟尼珠,护住众人身子;自己将散光丸取在手中,又令众人一同准备太乙神雷,以防万一。所有五金之宝,全数紧藏法宝囊内,一概不用。众人动作原极迅速,刚刚准备停当,对面银光已越现越大,晃眼飞近。金蝉手上玉虎眼口中的两道蓝光,一道红光,已然远射出百丈以外。众人也各自如言施为，同时联合飞起。仙家至宝，果然不同，众人才一离地，那甬道便已停止飞移，银光已停住。众人身还未到，那蓝红二色三道精光，已似长虹电射，直向银光中冲了进去，当时冲开一个大洞。众人遥见内里似一光弄，看去约有十来丈深。知已无碍，忙把遁光一催，在佛光宝光环绕之下急飞过去，一晃飞出银光以外。

易静、癞姑一看甬道外面果是首次入宫时，灵威叟奉命引往的岛宫中心，丹井上层灵癸殿前设阵图的所在。记得此处相隔岛面已数百丈之多，来路甬道只是微微前倾，后一飞动，更是平行，怎会下得这么深？及至回顾那来路甬道，正飞也似和吊桥一样往上悬去。银光摇曳中，似见灵威叟影子一闪，晃眼离地百余丈。再看殿的右旁上空百余丈，也有一团银光悬住，与此东西相向。知那甬道伸缩自如，高下由心，连自己这等目力，事前误认是缩地之法，均未看出，主人法力，可想而知。如非先有默许，故意命盗，另具深心，要想深入丹室重地盗此灵药，更不知如何艰难呢。事前已有成算，便不往别处去走动，径直引了众人往殿前阵图正门走去。

金、石等八人初到，见当地乃是一个又大又高的天井，相隔上面出口，少说也有三四百丈。立处是在井当中的一片广场，大约百亩以上。身后是一座白玉建成的大殿，四边井壁。另有几所玉室。因下面丹井在阵图中心，阵不曾破，不知多深。前面阵图，只在水晶一般的平地上面，画就两仪、四象、八卦、九宫的圆点，乍看并无异状。因易静、癞姑俱说内中奥妙非常，比起易象上的河图不同，要多生出好些变化，不敢冒失走进。各照预计，先由易静率了甄、易弟兄四人去打头阵，将阵势引发。等到生出变化，再由癞姑同了金蝉、石生、阿童、英琼等五人，如法施为，把反河图后天五行制住以后，易静等五人再倒换着穿阵而下，去盗灵药。不过这阵图反应是在丹井之下深处，中间还有一层阻隔，均须破去。而那丹室由井底元磁真气吸住，变化无穷，深沉隐现不定，神妙不可思议，差之毫厘，谬以千里，稍一疏忽，便被磁光闭在室内，连人都走不脱。所以事前必须仔细想好下手步骤，丝毫不能疏忽。这还是主人临时设计，改了入口，又得灵威叟之助，一直引了深入。否则由上面井口直下，连同宫中埋伏，共有十三层禁制之多，如一层层破去，就是法力多高，所至均能得手，也须二日以上。现在共只剩了三层关口，虽是极难之处，到底省时省力，并还可以断定主人心思,实是借此考验,并非不与。陷身受害之事,已绝无有,比较放心得多了。

当下易静等五人各照图宫门户,方位途向,由正门走入。按照度数,绕行地上圆点,先往中央元正宫主位上立定,再指挥甄、易等四人分向四方。等把五行方位一齐占住,用传声之法告知阵外五人,令同驾遁光飞起,对准当中井口,觑定下方。等自己引动阵势,用法力现出当中主宫上丹井深穴以后,立即穿井而下。余仍各照预计行事。癞姑等五人依言飞身上去,往阵图中一看,下面一色水晶地面,除了那四五尺大小的河图形的白黑二色圈点外,并无洞穴。知道丹井深穴在正宫一元主位上,为阵图等所隐,急切间看不出来。便令同行四人留意,注视下面,不问阵图变化如何,丹井深穴一现,立即穿井而下。一面各把飞剑法宝取出,准备应用。易静估量一切均照预计停当,立即施为。先施法力,将五宫正位制住,再将阵法触动。手扬处,一声雷震,那地面上河图圆圈,立即变灭闪动,急转如飞。易静也不去理它,依然守定原位,静待时机。正打算乘隙下手,那些圈点往来交织,穿梭一般数十转过去,忽然连闪两闪,全都隐去。同时发出一片五色烟雾,将全阵笼罩。遥听地底起了风雷之声,知道下面阵图已然发动,生出反应。

这上层阵图,主人既先已泄机,易静又是行家,上来先将五宫正位枢机要地制住,只将阵势略微引动,不去触发它的妙用,所以显不出此阵威力。下层阵图已全发动,便无如此容易。适见阵中地面宛如水晶,与阵外地面有异。阵的大小又与上面丹井相同。照此情形,不特一元主位中空,恐怕全阵地面都是空的。少时等把彩烟破去,下面井穴便许全行现出。最后去往丹室盗药,还少一人,自己如能同下最好。无如上层看似容易,无甚阻碍,但这一元正宫主位,乃全阵主要命脉,必须大法力之人方能制住。癞姑法力虽高,但看事稍易,经历比己较差,不甚放心。和她对换,仍不能多出一人。而下层阵法全仗上面五人将五宫正位制住,才能减去它一半威力,怎么也不能多出一人。易静想了又想,还是仍照预计行事。且看癞姑等五人到了下面,能否仗着各人的异宝仙剑,冲开禁制下入丹室。如若不能,再拼冒奇险,索性连上面五人一同下去。好在众人有几件护身的法宝,凑在一起,至多盗药不成,出时再把主人阵图法宝毁去一些,那也是主人自愿如此，不能见怪。一行十人，总可全身而出，决不致有甚凶险，或是被困在此，不能脱身。心中寻思，那彩烟也在不住明灭变幻，下面那井穴却不能现出。

易静正嘱咐甄、易弟兄四人各运玄功守住心神，将法宝飞剑护身，凌空镇制，各人五方主位不可稍微移动，也不可脚踏实地。那五色烟雾明灭变幻了一阵，忽然发出妙用，化为青、黄、黑、红、白的强烈光焰，按着五行生克次序，各朝相克的方位狂涛一般涌到。易静深明阵法，自不必说，南海双童本来法力不弱，只有易氏弟兄功候稍差，但开府时得有师门心法，近甚精进，事前又得易静详细指点，再三叮嘱，一任来势多凶，只守定原阵位，加意防备，终不为动。那各色光焰，来势十分猛烈，眼看就要压到身上，忽似电光过眼一般，自行消灭。当时形势看去奇险，百余丈高的光焰四面夹攻，怒涛一般涌到，所剩也只各人所守五宫正位不足方丈之地，照那迅急之势，连眨眼的工夫都没有。偏是到此即行消灭，不能侵害。

易静知道此时只要用法宝飞剑抵御，或是心神摇动，镇制不住，各人所守阵地立被侵入，为其所乘。那时全阵威力一齐发动，就有法宝飞剑护身，不致受害，便破此阵也非一定不能。然而，一则险阻横生，二则下层阵图立生变化，移向上层井穴，当时便为元磁真气封闭。就能勉强破阵，盗药一层更无望了。易静因恐两个侄子万一看见五行精光当顶压到，年幼无知，胆小气馁，忘了前诫，误以为所立阵位受了克制，妄思抵御，坏及全局，先还有点担心。及见先是东方乙木所化青光朝甄兑飞去，甄兑神志安定，未为所动。跟着戊土黄光朝自己中宫飞来，自己更不会摇动，黄光消灭。黑光又朝甄艮南方阵位上涌去，也和乃弟一样。易鼎、易震，一西一东，守的是庚金、乙木两宫，恰落在后，有了前三人的榜样，断不会再冒失行事，这才放心。二次传声给癞姑等五人，时机将至，并告以阵中五行以逆行之势，目向各宫正位攻来，中藏变化，看似相克，实则相生，消长盈虚之中，藏有无穷微妙，上阵是体，下阵是用，尤为神奇。到了下面，务要仔细。照此形势，只恐自己必须在上层镇制，不能分身，请癞姑一人主持，相机行事。余人必须听命进止，不得妄自行动。话刚说完，阵中五行反克已全应过。最末白光一闪，刚要另生变化，五色轻烟二次刚要冒起，易静早迅雷不及掩耳，一声号令，弹指将一粒牟尼散光丸发将出去，一丛星光立在中宫阵位以内，自行爆裂，光雨星飞中，轻烟四下消散。脚底银光突现，一闪即灭。晃眼上面却出现一片银色光网，将全阵笼罩在内。头上丹井出口，已为银光封闭。众人俱在光网以内，脚底竟是全空，现出下面丹井，黑沉沉看不见底。

易静等五人所镇守的五宫阵位上，却现出五团丈许方圆梅花形的法台，凌空浮立不动。初入阵时，所见地上圈点却变作大小数十团斗大寒星，仍按河图原形凌空位列，精芒电射，耀眼生花，寒光逼人。易静、癫姑等虽知阵形必要复原，却没有料到变化得如此神奇。法台一现，当时心中更悟出此阵奥妙。遥制下层固稍容易，而此阵的威力妙用也显了出来。深喜适才没有冒失破阵，免去了多少危害阻滞。癫姑虽没易静年长经历得多，却也内行，瑜亮并立，无多轩轾。初意乘隙往丹井中猛冲下去，及见井穴随原图形一同现出，上面反倒漆黑沉沉，知道上面不再触动阵法，或是攻入下层阵内，决不会再有变化，乐得看准形势，再行下去，无须急急便往中央法台之上飞落，先令金蝉往下观察。金蝉运用神目，定睛往下注视，见井穴越往下越小，离上面二百丈左右，便见地面。与灵威叟所说丹室之类，也决不似下层阵图所在，略有晶光反映，好似一片坚冰凝成的空地，不见一人一物，也不似有甚法术埋伏。自从入宫以来，到处光明雪亮，就说丹井太深，上有这么强烈的光华照将下去，地方又较上面小，不至于会如此黑暗。

易静听金蝉说了下面情景，暗忖："这上下两阵中间还有一层阻隔。第一次灵威叟引来观察，各层埋伏禁制，均经详说它的妙用以及机密之处，独对这一层，只说不比寻常，可凭自身法力破去，无须有所顾忌，语甚简略。当时因他对于其余十二层的关口以及丹室微妙之处，却是语焉惟恐不详，只差明言破法。惟此一层，好似知道自己必能胜任，顺口带过，自然不好意思深问。自来有形者易识，无形者难测。金蝉神目专能透视云雾，洞瞩深幽，当无看差之理。按说上下相隔只二百丈，自己和癫姑虽然目力不如金蝉，也是法眼慧目，竟会看不到底，只觉一片冥黑。丹井四壁，多半空凹，如非埋伏隐藏凹处，下视不见，就许真非寻常禁制。主人既有心试验一行十人法力，偏又尽吐机密，惟恐其不能成功，心意莫测。也许主要试验的便是此处，也自难说。初意上阵五宫正位制住，等它变化过去，现出井穴，便可直看到下层阵地。中间阻隔，必在四边，或是凌空设置，至少下层阵地总可看出端倪，不料会是如此境地。主人果着重在这一层，必较上下两阵尤为难制。"见癞姑仍和金蝉同运慧目往下观察，一问，也和自己一样，用尽目力，一无所见，便把所想说了。

癞姑闻言，深以为然，见看不出甚端倪来，只得下去。因下面还有一关，癞姑预存戒心，为防万一，还令一行五人相偕同下，到了下面，不要散开。易静不放心，自上下视，眼看五人在癞姑、阿童两道佛光环绕之中一同下降，起初佛光颇强，但不能烛照上下，已觉奇怪。及至降到百丈以下，只是两圈金色祥光在暗影中降落，一会儿止住，似已落向金蝉所说地面，光影虽仍可见，但五人身子早已隐去，光以外便是暗沉沉的，仿佛坠入聚积浓密的暗雾之中。及问四方主位上的甄、易四人所见如何，因四人功候目力俱差得多，更是三四十丈以下便看不见光影。暗忖："二人佛光，多深多远皆能照见，怎看去光华这么弱？甄、易四人竟看不见。"易静方知有异，正自忧疑，忽见两道佛光分开，同时英琼的牟尼珠，金、石二人的玉虎、金牌，也相次出现光华。牟尼珠光最强，但也不能烛照上下，只是十余丈一团祥光，在下面游动。余人宝光均差不多。五人七八道光华在暗影中往复游行，分合无定，看去似在寻觅下入第二层阵图的门径，并未遇甚梗阻，心中稍宽。

原定癞姑到了下面，如有险阻，便即传声告警。易静久候无音，正欲问讯，忽听雷声，又见五人先后如有所遇，多是欲前又却，退得甚慌。退不几步，又往侧闪，横出不远，又折回来，宛如钻窗冻蝇走投无路之状。心知不妙，忙即传声问故，也无回答。耳听五人发动太乙神雷之声，空洞传音。五人神雷多有功力，癞姑尤胜，不比泛常，井穴中空，声应猛烈，听去却是闷哑，好似有甚东西将雷声紧紧压住，并不洪大，不似往日神雷一发，便石破天惊、山摇地动之势。雷火光华，更是一丝也看不出。跟着五人宝光便零落散了开来，除英琼还在缓缓移行外，余人均未再动。宝光仍在，知道人虽无害，但必受制被困无疑。自己如离阵位，恐又生出别的疏失，其势不能舍此往援。再者五人均有至宝防身，癞姑法力尤高，与己相等。这五人不比甄、易四人，各有其胜人之处，如均失陷，自己下去也不一定有用。传声不听回应，可知五人初下时便已受制，只在奋力挣扎，各将法宝、神雷一齐施为,终无效果。只不知癞姑那么精细机警的人,既然看出形势不妙,怎不先以传声相告?自己发问,好歹应有回答。相隔这么近,本来无须行法传声均可听到,竟无音响。如说声音被人禁法阻住,两不相闻,神雷之声不过闷哑,怎又听见?易静正在忧急不解,猛然眼底雪亮,定睛往下一看,下面井穴已上下通明,不特癞姑等五人历历如见,并还多出两人,在一片水晶的空地上叙话,空穴传音,也清晰可闻。七人立处不远,正有万千团如云絮的白影,雪浪山崩,往四边退去,晃眼无踪,竟没看出那是何物。知已无事,不禁惊喜交集,出于意外。

原来癞姑等五人下降时,先觉越往下光景越暗,渐渐佛光所照,不能及乎两丈以外。身上也渐觉寒冷,好似常人寒天进入冰窖一般。如非先前席上吃了许多异果,阳气充旺,绝对支持不住。癞姑一想:"不好!沿途行来,所遇酷寒之区不下三四万里,那时未服灵果尚且能耐,现又服了许多纯阳之果,竟会如此冷法。这井穴以内,必是北极冰雪寒之气所聚,比起来路所经数万里冰天雪地酷寒之区,必还更冷千百倍。不然,哪有如此冷法?"因出意外,疑在室中本来如此,一心只防下面埋伏,全没想到寒气厉害。忙令金、石、阿童、英琼四人各运玄功祛寒,一同戒备着,仍往下降,果然冷得好些。只是元气运行,不能稍闲,否则便冷得难耐。众人俱想:"丹井以内如此奇冷,最下层已近地肺,阴极阳生,总该暖些才是。否则纵然修道人多冷也于身无害,如比此还冷,破法盗药,也就不觉要难得多了。"正寻思间,身子落在平地之上。那地有似坚冰所成,光景越发黑暗沉冥,佛光圈外,连地面都看不见。玄功稍停运用,便觉头晕气促。上方和四外,均似有大力压来,只癞姑和金、石三人稍好,英琼、阿童便一个比一个觉着难禁。

起初癞姑见井穴之下黑得厉害,便恐主人有甚花样,戒备也颇严。及见人已到地,除奇冷奇黑外,并未见别的异兆。几次和金蝉运用神目法眼,仔细观察,始终见不到一丝痕迹,也未见有烟雾之类,越料是固有景象。下阵和丹室俱在足下,先率四人草草循行了一阵,觉着冰面坚厚异常,通体如此。始而不肯毁损,只想寻到门径,相机下降。及至走了一阵。到处试探,俱是实体,那坚冰和来路所经冰原相似,直不知有多少丈深厚,而坚固更远过之。门径毫未找到,酷寒之气又由脚底侵入,比起初下来厉害得多，玄功运用更难停止。癞姑一见不好，因这一关并无埋伏禁制，只是酷冷难禁，估量底下比较温和，下降越速越好。否则虽以玄功运用本身纯阳之气祛寒，也只保得身心不致受伤，头面手足，仍是难耐。无奈地面广大，黑暗异常，也许下口甚小，急切间不易观察出来。想了想，强忍奇寒，告知众人，令各将防身法宝取出，分将开来，四面寻找。

金、石等人闻言，猛想起适才为防飞剑被元磁真气收摄，降时又未遇甚埋伏阻碍，只顾运用玄功御寒，连防身法宝也未取用。这等奇冷，兴许这几件仙佛两家至宝能御奇冷，也说不定。立即分别取出一试，除英琼牟尼珠稍好外，余人仍是一样冷法，并不比佛光强些，但又宜静而不宜动。众人均不能尽识此珠妙用，如任英琼按照乃父李宁所传白眉坐禅之法，只要坐上半个时辰，此珠立生妙用，至少也可将那寒气消去一半。俱因急于寻找出路，以为此宝胜强无多，如若行动，便和众人相仿，无所用之，仍照预计分散开来。阿童更是好奇，分开时，试把佛光收去，看看冷得如何。哪知光外酷寒，更胜百倍，光才一撤，立觉一种大得出奇从未经受的奇冷之气，由上下四外急涌上来。当时七窍皆闭，通身疼痛如割，气血均欲冻凝，这一惊真非小可。犹幸佛门真传，佛光收发均极迅速，慌不迭重又放起。就这收发瞬息之间，虽然见机得快，未致受伤倒地，人已冻得透骨，心脉皆颤，再如稍迟，便无幸理。才知幸亏佛光护体，挡了不少寒气，否则谁也不能禁受。众人如非那几件至宝防身，也万无幸理。越想越胆寒，惟恐金、石二人一时疏忽，蹈了覆辙，想赶去警告。无如死里逃生，惊魂乍定，元气运行尚属勉强，怎能停止，并且口为寒气所逼，也无法开张。只得一面用师传心法，一面随定众人，姑且分头找那出路。

癞姑因传声须用真力元气，防寒要紧，又未见有禁制埋伏发动，不欲徒乱人意，故此未向上面易静相告。及至率众寻找，当地已被踏完，仍找不出一点线索，寒气却更酷烈。正打不出主意，阿童人渐复原，由侧面走来，两人恰好对面。想起适才两道佛光联合，冷要减些，忙迎上去合在一起，强挣着把前事说了。癞姑闻言大惊，暗忖："照此情形，这奇寒之气多半有人暗中运用。对方所设关口阻碍，便是指此。灵威叟不肯明言，并说一行十人法力可破，便将这全副地面毁去，也无甚话说。这类穷阴极寒之气，用纯阳雷火破它，想亦不难。自己一味顾惜主人情面，以客礼自居，总想善进善出，几乎中了道儿。"想到这里，忙追上众人，告以各分四方散开，看自己手势，随同下手。等分别说完，人已冷极，又运用玄功，稍微喘息，然后居中飞起，发出太乙神雷，朝地面上打去。初意测不出冰面厚薄，仍不欲全数毁去，只想攻穿一洞，以便下降，雷火威力不大。及见雷火发出，与平日发雷情景大不相同，好似上下四外均有极大阻力逼紧，不往四外横飞。雷声不猛，火力也弱，一震之后，地面上依然如故，全无伤损。降下细看雷击之处，只有一些冰纹白印，晃眼复原如初。情知难攻，那寒气酷烈奇盛，不可思议。雷火为奇寒之气所逼，威力消灭了多半。冰面至厚，即为雷火炸裂，寒气一凝，重又长满，非用全力不可。便即发令，一同施为。金、石等四人听雷声甚闷，火光不强，也甚惊奇，各以全力施为。癫姑发雷，自然更猛。满拟如此猛烈的连珠太乙神雷，便是整座山岳也被攻穿，何况这等冰凝之地。谁知这一来倒是奏了点效，只是冰面一破，局势也越发不利。

先是癫姑居中发雷，虽然雷火之势不如往日强烈，因出全力，玄门太乙纯阳之火，威力终非寻常，霹雳连声，金光雷火猛击之下，冰面倏被击裂开一个大洞。只是冰层太厚，尚未攻穿，四边寒气也被荡开不少，寒威为之大减。癫姑因四角上金、石四人也和自己一样，未将冰层穿透，心想："全冰层大约厚薄相同，分散为弱，不如召集到中心来，合攻一处，较为容易。"方打算飞身过去传知，恰值手中一雷发下，只见陷裂之处，突涌起数十丈一团白影，看去似云非云，似雪非雪，似实似虚，不知何物。方疑冰层将要穿透，扬手又是一大团雷火发下，猛瞥见陷处火光忽灭，先发雷火竟吃白影包没，便即消灭。后发雷火本是连续下击，那白影来势特疾，正好迎上，两下一撞，又吃白影包没，雷声火光一时都隐。心中大惊，又看不出是甚法术。跟着连发神雷，俱是如此，白影依然潮涌而来，一毫也阻止不住。势子虽急，却极散漫，好生惊疑。自恃佛光护体，并未退避，还想另用法宝去破，略一停顿，猛觉奇寒侵体，胜沐冰雪，冷不可当。知道无力抵挡，忙往侧面闪开，猛又觉身后一股奇寒之气袭上身来。回头一看，身后忽现出一个雪人也似的白影，口中似在嘘气，奇寒刺骨，皮面如割，立时打了一个冷战。又急又怒之下，也不问是人是怪，扬手一太乙神雷打去，又往侧面闪避。刚把法宝取出，未及施为，眼看雷火到处，白人击散,又化成那似云非云之物,漫地涌来。同时又是一个寒噤,身后又有奇寒之气扑来,只得回顾。这回身后又现出同样一个雪白人影,便连神雷、法宝一齐飞出。哪知并无用处,雷火宝光到处,白影一散,仍又化作那似雪非雪之物涌来。一近身旁,便觉酷寒侵骨,难于禁受。尚幸所化似云非云之物,势子虽疾,除头一起蔓延较广外,余者都只涌到十丈左右便即停住。无奈此散彼起,循环不息,老在人身后左右出现。急得癞姑咬牙强忍,运用玄功,把全身法力法宝全使出来,终无用处。金、石等四人所遇也是如此。

一行五人,似这样左闪右避,连发神雷,施展法宝,丝毫无奈他何,反倒越现越多,满地都是。宝光影里,那白人通身上下雪也似白,更无一丝异色,兀坐地上,不言不动,只是寒气越重。后来五人手足皆僵,委实难禁,眼看难以支持。癞姑分明听到易静传声问故,却无余力回复。正打算引头率众先退上去,和易静商量,打点好了主意,二次下来。石生机智,那白人宛如冰雪之质,还比玉白,身量均似十三四岁的幼童,猛想起先前送酒席来的两个道童行时曾说,所居在丹井中阵图侧面小屋之内,到此如有阻难,三呼寒光、玄玉,必有应验等语。下时还想就便寻他二人,因未到达所居之处,又忙于寻找下降道路,无暇及此。现在遇到难关,何不一试?心念一动,立即忍着奇寒,扬言高呼:"寒光!玄玉!二位道友何在?我们寻你来了!"

石生本是灵石精气所钟,资禀特异,外表虽和众人一样,多半手僵足冻,面如寒冰,微一开口,冷气便往里倒灌,体内仍是充满阳和之气。比英琼全仗珠光护体,虽冷而不酷烈。只是手足能够运用自如,内体仍是寒冷,玄功运用不能稍停,还要胜强得多。心更灵巧,未唤人时,先把太乙神雷向外连发,乘着面前寒气略微荡开,再行开口,所以并不十分为难。连唤两声,均无回应。知道二童仕在下面,上隔层冰,又为众人雷声所乱,不易听到,意欲告知众人,暂停发雷。无如四外俱吃似云非云之物所阻,那白人更在各人身后身侧出之不已。不用雷火,白人口中嘘气更是酷寒,中人胜如刀箭。击散以后,又化作冷云涌来,左右前后,棋布星罗,皆是此物,五人全吃隔断。如要冲越过去,也非一定不能,只是奇冷难当,如与众人会合,必须要连冲过好多处的云堆。稍微挨近,已觉冷极,何况由内冲过，好似一个常人，冬夜奇寒，由十余处雪堆中挺身穿过，实无此勇气。大声呼喊，又听不见。只得姑且运足丹田之力，试再呼唤几声，如仍无效，再打主意。哪知其应如响，第三次呼声刚刚出口，猛觉面前冰地宛如波浪起伏，脚踏上去，其软如绵，心还不知二童要来。

正想再喊，眼前倏地一亮，全场上所有白人，忽似雪狮就火一般，自然崩塌，一齐化作那似雪非雪之物，退潮也似往四外散去。同时全井上下大放光明，寒威尽敛。面前银光连闪，现出两个白衣童子，正是寒光、玄玉二人。石生自是喜极，癫姑等四人也甚惊喜出于意外，忙聚过去，相见称谢。石生先谢了两童解围之德，因见地面已然复原，四外寒云尚未退尽，便问丹井如何可下？此是什么法力，冷得如此厉害？二童笑对石生道："岛主想借重诸位的，便是这层关口，此乃为北极万载玄冰寒雪精气所萃，经岛主用极大法力并借地利设成。此地名为战门，归我二人主持。本来无论仙凡，均难禁受这酷寒之威，何况诸位道友又不知此中底细，误发太乙神雷。阴疑于阳，正犯此间大忌，于是寒威更烈，雷火越多，越觉冷了。适奉岛主法旨，只要诸位道友能在此停留一个时辰，不为寒气所伤，便可开放门户，听凭下去。不料发放雷火，激发万载玄霙，比前冷更百倍，诸位道友仍是无恙，即此已为岛主心期。如非我二人还想见识诸位道友神通，便是道友不出声相唤，我二人也自出见了。适在海边之言，原以石道友一见如故，这里奇寒难当，恐到时盗药不成，反为所伤，意欲略徇私情，万一诸位道友稍觉难支时，可以略效绵薄，相助出险，万想不到是这等情景。假如换了法力稍差之人，休说与万载玄霙相持，便初下来那一段，无须降到冰层之上，只离上阵百丈以下，气血便要冻凝。见机抽身，如若迅速，不过中寒受伤，仍可复原；稍不量力，勉强下降，一达冰层，上下四外俱是寒气重压，再想逃生飞上，真是无望。尤其那玄阴极寒之气，无形无声，甚是阴毒，暗中袭来，难于觉察。只要有一丝侵入身上要穴，当时骨髓皆冰，通身冻硬。只有两件法宝和各位前辈仙长所炼灵药能使回生。但是受伤人由死入生，也许受尽楚毒，方能活命。听说这两件法宝均在贵派手内，我二人想往凝碧仙府一游，也为见识此宝之故。如此酷寒竟能禁受，虽然护身法宝神妙，诸位道友法力高强，已可想见，怎不叫人佩服呢！此关已算过去，因发雷火太多，玄霙精气几全发泄于此，须俟它退尽，便可下往丹室盗药了。下阵虽然玄妙厉害，好在诸位道友机密已得，只惜差着一人，我二人又不便代劳，到时不免稍难，否则，此时便可算大功告成了。"

金蝉便问："道友所说二宝，可是万年温玉与九天元阳尺？"二童答说："正是此宝。"金蝉说："九天元阳尺，我们虽可随时借用，乃凌真人所有。那块万年温玉，开府之后便落在英琼师妹手里，何不也取出一看？"英琼笑说："掌教师尊赐我此玉之后，当时便被玉清大师背人向我借去。并说妖尸谷辰至今仍未忘情此宝，留在我手，此时在外行道，宝光外映，易启觊觎，诸多可虑，不如借她应用，暂代保存。我如要用，到时自会送来。等幻波池建立，入居三年以后，再行交还，正是一举两便。我知她为人谨慎，对我同门又极尽心力相助，此举必先得了师长默许，不然不会开口，便借与了她。事后告知灵云师姊，也说应借，师父不会见怪，所以不曾带来。"二童先听温玉带来，面上顿现惊疑之色。及听英琼之言，方始面色复原。玄玉笑道："我原说呢，如有此宝，别位难说，这位李道友也不致同样觉冷，为玄霓精气所阻了。"说时，癞姑知道易静等五人也不放心，早抽空暗用传声之法，略说以前经过。井中寒气一收，上下通明，下面七人言语行动，易静全可闻见。知道二童所说陷空老祖用意，果是在此，此关渡过，底下虽非势如破竹，迎刃立解，必无过分险难之处，好生欣幸。因少一人入室取药，重又传声癞姑，到时见景生情，如实为难，可令英琼仗牟尼珠光之力代镇主位。自己在上面拼冒点险，本身仍守一元中宫主位，将元神遁出，飞降下阵去，代英琼镇守北方水宫，仍由癞姑穿阵而下，去往丹室盗取灵药。此策只要三人动作灵敏，彼此呼应神速，得心应手，必能成功无疑。癞姑虽觉稍微行险，但外无他法，也以为然。

二人正在传声问答，地上如云如絮的玄霓精气已然退尽。众人见那冰层所结地面，迪体坚厚浑成，并无一丝缝隙。大团云絮一般的玄霓精气，分向四边退下，到了挨近井壁之外，堆积不动，渐渐减消，自然无迹。退完，冰面仍是完好。试收防身宝光，已和来此飞行时气候相近，只没上面和暖，知是冰层仍在之故。石生方问："门户何在？"也未见二童行法施为，忽然地面上冰层自然涣散，化作云烟波动，宛如潮涌。眼看脚底由实而虚，全地面变作一片云海。众人刚把遁光纵起，飞身云上，静待云开下降，寒光、玄玉二童忽向众人举手作别道："诸位道友，好自为之。少时战门升上，可由右门穿进，绕出左门。我二人再略施小技，门便隐去，寒气全收，连四围的玄阴神弩也并止住。由此下降，直达下层阵地。此层与上层阵地不同，五方阵位全是虚的，中宫一元阵位正对丹室入口。请诸位道友施展法力，相机行事。我二人要往霜华宫中复命，且等将来凝碧仙府再作良晤，此时恕不奉陪了。"

众人方要搭话，二童说完，把手一挥，面前忽又深黑如漆。也只瞬息之间，重又上下通明，只是脚底云烟尽去，不留一丝痕迹。再看二童，已然不见。因是骤暗骤明，变灭至疾，事出不意，连癞姑那么高法力，都未看出那么广大深厚的一片雪层，连同二童是怎么隐去。只金蝉一人神目异常，略看出二童手举处，全井立比先前还黑。暗影中似见二童也化作两股白气，与云相合。同时微微觉到寒风飒然，由身侧往下飘堕。紧跟着全井上下重返光明，连人带云俱无了踪影。众人想到二童竟如此神通，方在骇异，低头往下一看，下面阵图已然现出，相距当地约有百丈高下，一片五六丈方圆的云絮，簇拥着一座外观圆形，内列六根合抱大柱，似亭非亭之物，由脚底缓缓升起，众人连忙后退。那亭外面银光万道，耀眼生花。内有青白二气环绕六柱之间，一根主柱居中，五柱环绕于外。亭外布满光气，形似实体。一青一白，以主柱为界，各不相混，每边各有一个圆洞。主柱之上现出"战门"两个朱书古篆。众人已悟出"阴疑于阳必战"的寓意，便照二童所说戒备着，由右方圆洞门中缓缓飞进。

那门看去烟光并不深厚，至多不过丈许。等一进门，觉着内里寒光闪闪，冷如寒冰，猛觉身上一暖，人便飞出，计算程途，少说也有四五十丈。再一看那反面门户，和正面差不许多，只是青白二色烟光左右互换，等绕飞进去，和右门快走完时情景一样，充满阳和之气。快过完时，身上忽又一冷，眼前一花，烟光尽杳，那战门忽然隐去不见，只人在空中悬着。众人连癞姑俱不知主人就着当地独有的天时地利，加上法术运用，才有此种神妙设施。寒光、玄玉二童乃秉北极万年冰雪之精而生，不过借用了两个有根骨的形体。丹井乃北极地轴中枢。阴阳二元真气交战相生之地，一切多是天造地设，再加法力运用，便生出无上威力。初次见到，俱觉主人法术神奇，不可思议，所以行事异常谨慎，终于成功而去。及至日后，笑和尚误斩金姝、银姝，二次来盗万年续断，被陷霜华宫疑阵之内，如非神驼乙休赶来相援，几遭不测，便因陷空岛一切设施，多仗天时地利，深知底细，轻视敌人之故。还是众人小心翼翼，占了便宜。这且不提。

众人见战门隐去，料已无事，只等破完下阵，便可深入丹室取药。一篑之功，成败关头，在此一举。又以寒气全消，比起上面反更暖和，各自鼓起勇气，振作精神，按照预计，将应用法宝取出，准备停当，觑定下面五行五宫阵位分散开来，各人站定一方，一声号令，同时往下飞降。这时下面阵图，因上阵一开，已全发动，与前大不相同。全阵四十九个阴阳圈点齐射精光，五宫正位上各涌起一个不同的光柱，全阵都是五色烟光，明灭变幻，势如潮涌。休说最下层的丹室要地观察不出，连金蝉专能透视云雾的神目，也看不到一寸地面，情势严重已极。癞姑一人居中，率领金、石、英琼、阿童等四人，把遁光驾平，使五人高下如一，缓缓下降。降到离那五宫正位的五色光柱约有十丈，觉出光焰有了上腾之势。又是一声号令，各自运用玄功，施展法力，放出防身宝光，不先不后，一同往光柱上猛压下去。那青、红、黄、白、黑五根光柱，立即"轰"的一声，同时光焰暴涨，往上腾起，势疾非常。仗着五人未入岛宫以前便有详密计算，再经过上层阵图一番经历，上层主体五宫主位又被易静等五人制住，下阵减去不少威力，所有阵中一切变化生克微妙之处俱已洞悉无遗，所差只是法力强弱之分。虽不能算势如破竹，举重若轻，胸中已有成算，应付方法，下手步骤，俱安排好了。只不过觉着主人法力太高，惟恐稍有疏忽，变生不测，贻误全局罢了。那五行光柱发生妙用，原在意中。全阵枢机，如不上来便先制住，便要生出无穷变化。虽然知道破法，到底费事，只要有些微不利，立即偾事，故俱以全力施为。

癞姑对付中宫一元主位，其关系更为重要。一见中柱光焰熊熊欲升，一面发令，急催遁光加急下降；一面早把护身佛光移向脚底，化作一轮祥辉，电也似疾往下压去。中央黄色光柱刚往上疾升，比原来高起不到两丈，便吃佛光紧紧罩定，不能长大。癞姑手掐灵诀，再一行法施为，愈发受制，发出殷殷怒雷之声，缓缓下降。癞姑见全阵最主要的一元要枢所在之地已吃制住，一行五人不论如何，已无失陷之虞，心情为之一宽。因下阵受上阵反应，已全发动五宫制压，法力最好均匀，无所偏重，将中央光柱压制复了原位，便不再往下压。一看同行四人，英琼是往北方水宫降落。除中央戊土是全阵命脉外，水宫居北，独得地利，先后天均有助益。便是主人布设此阵时，也以此宫为重。后天五行变化，亦由此而生，其力最大。如换别人，还真不易制压，偏巧被英琼无心中担承了去。论起英琼本身法力功候，虽比癞姑要差得多，但那粒牟尼珠却正是癸水的克星。

英琼下时，又以自身法宝虽多，飞剑更是仙府奇珍，无如十有八九多是金质，阵下便是元磁精气所萃之地，恐被吸去，不但不敢妄用，为防万一，除紫郢仙剑神物通灵，与身相合，自信无碍，凡是金质之宝，一齐收入妙一真人所赐法宝囊内，谨密封藏，以防失落。所用以防身破法的，只此一粒宝珠，心想："此珠运用，全仗本身元灵智慧，心神宁静空灵，威力越大。自己所负使命，只是随同众人，分别镇制五宫阵位，阵中既无敌人交锋斗法，又不要自己深下丹室取药。反正无须动作，如用父亲所赐禅功，以静制动，必然省力得多。"心中想好主意，也未向众人说，便把宝珠放出，并默运玄功，盘坐其上，由那一团祥光托住，缓缓下降。这牟尼珠神妙无穷，不可思议，加以英琼运用玄功，立即人与珠合为一，快慢无不如意。英琼知道五人最好同时下去，不要快慢不一，心念一动，珠光立即加快下降，恰与癞姑等一般高低。最后英琼落到水宫位上，癞姑落到土宫位上。这样一来，全阵两个威力最大的阵位，便被二人制住了。

金蝉制压东方木宫，本来也和英琼一样，恐用五金之宝为元磁真气所制，只想用灵峤三仙所赐玉虎防身镇压。快下降时，俯视木宫方位上，见那根青色光柱光焰莹莹，翠润欲流，与前在碧云塘所见的方瑛、元皓运用枯竹老人所设仙阵中的乙木神光一般鲜明，猛触灵机，暗忖："元磁真气深藏丹室以下，地肺之内，离此何止千丈，自己所用霹雳、天啸三剑，俱是本门真传与身相合的仙府奇珍，怎会被它吸去？此阵由阴阳两仪，化生出先后天五行妙用。石生所制金宫阵位上，末根银柱光焰一样强盛，可知磁气无碍，至少也是鞭长莫及。天啸剑乃七修剑中第一口，古仙人采取西方金精百炼之宝，现成的以金克木，为何不用？"念头一转，将天啸剑取出，试一运用，果无丝毫警兆，心中越定。正好癞姑先后发令，便剑宝齐施，随同飞降。

说也真巧，这五行神咒各有各的妙用。中央土宫一元主位，是吃癞姑施展全副法力制住。水宫神柱,又遇见一粒牟尼珠克星,不等生出变化,已受了制。木宫本位,吃金蝉见景生情,无心中放出一件太白金精之宝,又是一个本命克星。那青色光柱,因金蝉压同下降时心里仍在寻思真金克木的妙用,本心又是用以防备万一,不想破坏,剑光虽已放出,只在上面,并未使与乙木相触。当时事机神速,怎容心生他念,稍一疏神,降得便落后了些。可是下余四人均已各制一宫,同时复了原位。光柱高下略有参差,五行失位,立即生出强烈变化。金蝉正降之间,瞥见癞姑等四人已各压着各宫光柱,复了原位,自己还差两三丈高不曾复原,不禁惭愧,想要加急下降。就这转念瞬息之间,猛觉脚底乙木神光突转强盛,力大非常,竟有往上冲起之势,简直压制不下。还不知是因自己降得稍缓,乙木失位所生反应,只疑自己法力不济,法宝不如众人之故。忙运玄功,指定宝光,强压下降。哪知乙木神光越发强烈,金、水、火、土四宫阵位上雷鸣风吼之声又一助威,声势更是惊人。心中一急,未容转念,下面已是云光浩荡,布满全阵。乙木光柱略一停顿,改降为升,逆行向上,与行法人相持不下。紧跟着"轰"的一声,那些五色云光一齐飞腾,怒涛电射,向金蝉涌来。

当时情势又险又快,连转念的工夫都没有,眼看全阵均要生出变化。总算数中有救,就在下面云光上激之际,金蝉见乙木神光压制不住,反倒往上逆行,一时手忙脚乱,那天啸剑光原由左手指定,情急无计,随手往下一指。本心是见乙木神光这等神奇,并不敢断定此光能遂初意,还想另取法宝。哪知这时乙木威力刚刚开始发动,此剑发得正是时候。稍迟一会儿,乙木妙用发挥,其余四宫也被牵动,乙木一得南方丙火之助,再有十口飞剑也难制服了。那天啸剑乃仙府奇珍,神物通灵,又具克制之妙,先吃金蝉指定,在上方有力难施,一经放下,立化一道金虹向乙木光柱环绕上去,才围了一圈,木光威势立减。下面云光本正腾起,相隔金蝉不过丈许,乙木势子一衰,便自停住,缓缓往下沉去。金蝉看出形势危急,又急又愧,一面指挥飞剑,心仍不放。等把囊中法宝取出,那乙木光柱已经收势,在剑光运绕、玉虎宝光镇压之下安然下降。知是自己先前疏忽落后所致,赶紧运用玄功法力,压制木光,速复原位,满阵云光也都退复了原,心才放定。这还是土、水、金、火四宫被癞姑、英琼、石生、阿童四人降复了原位,一见变生仓猝,各以全力强行压制,只是郁怒莫宣,发出雷鸣风吼之声，不能速相呼应；而乙木妙用尚未发挥十之一二，事情起止均速，未等牵动全局，便归宁息。如若金蝉稍差一步，事前再没把天啸剑放出，一宫失位，起了逆应，逐渐相生，不消片时，五行一齐发动，成败就不可知了。石生制的是西方金宫，阿童制的是南方火宫。石生用那三角金牌，以金制金，巧合先后天妙用；而阿童的佛光又是火的对头，因此，俱都安然无事。只因金蝉疏忽，生出变故，所分守的阵位受了感应，一齐震动，同受了一场虚惊而已。

癞姑见五阵神柱俱已复原，十九不致再有变故。只是阵图顺序变化以后，上下十人各要镇守原位，分出一人下到井底阵室之内取那万年续断，却是一个难题。想了想，只得姑照适才易静所说，且把阵图引动，等到变化完毕，现出丹井，再作计较。随即告知金、石诸人谨守原位，一任生出什么变化，不去理它，到了入井取药之时，看出何人能代自己守这主位，再行告知。又令英琼加意运用，看准飞越南宫之间的蹿度和通行之法，先做一个准备，以免万一误解禁制，入了埋伏，转生波折。癞姑原因到了下面看出北方水宫重要，英琼不能离开，虽照易静之言叮嘱，并未定准英琼代替自己。可是别人功力虽比英琼较深，所用法宝如若以之坐镇，还不如她。一面施展法力，发出乙木神雷，和上阵一样，故意将阵势引动。这上下两阵一正一反，下面阵势一被引动，上阵受了反应，也同时生出许多妙用。先前中间隔有战门和极厚冰层，不能看到下面阵势，只听风雷交鸣之声甚烈。这时仰观俯视，全能看见，才知这一发动，不特下阵有无边妙用，便上阵也平添若干威力。虽然宫中机密已然参透，不致失陷，但威力如此强大，呼应如此紧密，却出意外。照此情形，上下十人正好把两阵制住，同退则可，若独自抽身，五行有一失驭，立生巨变。并且那丹室正在土宫之上，丹井最深之处被元磁真气托住，浮沉不定，与下阵又有联系，息息相通，也须格外小心，简直任谁也无法分身。

癞姑和易静二人一上一下，心正愁急，那阵势已吃法术引动，相次转变。先前上阵五行反克而后相生，发之于外，只把五行正位镇住，便可无事。下阵却大不同，五行顺生，发自各宫阵位之上，却由宫外生出逆应。每值本宫位上发出威力，那五根光柱便射出万道精光。五宫正位以外的五色云光，也各按五行生克，现出无数金刀、巨木、烈火、洪水、黄尘、山崩涛涌，冲压上来。一阴一阳，互相交战，云光摩荡，激涌如潮，电叱霆奔，万雷怒震，令人目眩神摇。声势之猛烈，比起上阵还胜十倍。好几次，看去都似要反客为主，所守阵位眼看要被外五行压倒，镇守五宫正位的人也将连带受害，形势险极。这时无论何人，只要伸手抵御，立被侵入。正反五行阴阳交会，合而为一，生出无上威力，再想破阵，非但艰难，一个不巧，还将丹井底下的元磁真气引动。这地极浑茫元精之气，就非易静等十人所能制服，纵能脱身出险，也前功尽弃，取药也无望了。幸而有二人俱是深明阵法，又得主人事先泄机，先将全图变化，借着两桌筵席现出，愈发恍然大悟。深悉此阵一阴一阳，自为消长，一切变化均由暗藏无形的元始宫位上发出。下阵中心只是土宫正位，与上阵不同，须等四十九个变化相继变过，完了一周，元始宫位自行现出，仍合大衍之数，全阵便即静止不动，不复为害。只看到时能否分人下去便了。上下十人，各自镇摄心神，守定本宫，一任阵势生克变化，全不摇动，形势虽然艰险，并未生事。

眼看四十九次变化将完，到了末次，五宫四外突生出四十几根光柱，矗立阵中，比宫位上光柱略小，各射出青白二色奇光，照耀全阵，易静在上阵俯视下方阵图变化，这许多青白光柱一现，猛觉出众人光柱都是圆形，各宫方向间隔俱不差分毫，惟独癞姑所镇制的中央土宫作大半圆形，位置也略偏前数尺，所立之处并不居中，正对自己脚底。因中宫光柱独大，光华又强，阵图颇广，青白光柱未现之前，全阵云光浩荡，相去数百丈，不曾发觉。这时光柱一多两仪、四象、八卦、九宫界列整齐，又以阵图变化，丹室入口不曾现出，心中奇怪。再留意一观察，才看出来，觉那中宫光柱分明缺着小半面，非补成正圆不能居中。情知有异，忙即传声告知。

癞姑闻声，细一观察，那光柱此时约有一丈粗细，果有一面缺着一个月牙形不曾补圆，怀疑与下阵丹室的入口有关。那青白光柱出现也只半盏茶时，本来分列云光之中，急转如飞，转了一阵，忽然一阵移动，顺着五宫躔度，穿梭也似飙轮电驭，往复飞驰。最后越转越急，忽朝中宫黄柱急撞上来，精芒强烈，耀目难睁，又夹着风雷轰隆之声，声势之险恶，真无伦比。连癞姑虽是法力高强，心有成竹，也被吓了一跳。初意和先前五行自相生克变灭一样，两下里一接即退，没想到这次竟是真个挤撞上来，骤出意料，连转念的工夫都没有。金、石等四人见状大惊，以为变出非常，吉凶莫测，单这一震之威，已是难当，谁知青白光柱未撞以前，声势这等猛恶。这一撞上去，反似水乳交融，悄无声息。再定睛一看，当中光柱光华连连明灭，闪变了几次，变成了一个两丈大小的太极圆形，半青半黄，中间弯弯曲曲界着一条白线。才知元始宫位乃是一个太极，好生惊异不迭。

癞姑见数十根光柱一齐压到，那是何等力量，自己镇压其上，只眼底一花，并无别的感觉。跟着现出一个太极圆形，精光流走，左右回旋，每边各有一个三尺大小的圆眼也是一青一黄，正反易色。随着青黄二光回旋明灭不已，青白光柱与土宫光柱一合，自然加大了些，先前那小半边的月牙形也便圆满，恰好位居正中，一丝也不偏倚。知道丹室就在这中央元始宫位光柱之下，太极图中两边圆眼，便是入口。无奈这时全宫云光杂沓，变幻无端，那五根光柱霞辉夺目，势越强烈。五人镇压其上，毫无变动，看去仿佛平静庄严，矗立云浪光波之中，毫无异状。稍微疏神，立发出无限威力，往上腾起，同时精芒如雨，四下飞射，跟着风雷大作。一宫失制，其余四宫相继响应，所压光柱各自上腾。五人忙各运用玄功法宝极力镇压时，这五行光柱消长盈虚，息息相关，这一宫光柱刚强力镇压下去，那一宫的光柱又复涌上；等把后起这一宫强用法宝之力压下，先压下的那一宫又生出反应，往上高起。尚幸五人功候虽各不同，所用法宝均具极大威力。而那五根光柱虽然互相生化，牵一发而动全身，其应如响，但是非有一宫溃决，不可复制，始能发出那全般妙用。众人防备甚严，偶一疏忽，当时警觉，立以全力镇压，未等到暴长分裂的境地便自制住。而水宫最要之地，又在英琼镇制之下，正照乃父李宁所传禅功，在上打坐入定。下余四宫，尽管变化震动，水宫黑柱在珠光镇压笼罩之下，始终如一，无力反应，这要减去大半威力。只不过金、木、火、土四柱互为低昂，使四人饱受虚惊，费了许多气力，终仍无事。

此事起因原出在木宫位上，除英琼所守水宫外，金、火、土三宫全受波及。中央土宫又是元始宫位，力更强大，连癞姑也几乎镇压不下。后来癞姑见这四根光柱此消彼长，老是高下参差，不能复原，渐渐省悟。易静又在上阵传声指点。才嘱金、石、阿童三人制压之时不可太猛，等长起时，一半随势上升，只不令其过高，到了上长之势较衰，再缓缓往下压去。那受反应的三根光柱，势必相继呼应上长。各人相准四柱高下差不许多，然后各施全力,比准平度,一同沉稳下压。说起来虽易,行时却难。那四根光柱此降彼升,不易均平,稍微失当,又须再来。当初生变故时,各人心神慌乱,只顾自己,以致越压制,反应之力越强,几乎不可复制。这一来,总算得了机枢,不再似前匆遽。几次过去,渐渐高下相差无几,抗力也减退了些。但仍费了不少心力,好容易才调整平匀,缓缓压复了原位。似此情形,如何能再分人下入丹室?英琼更是关系最重,不能离开。这下阵自从元始宫位一现,比较宁静,只要不疏神失守,便不再生变化。上阵却正与相反,阵势重又变化转动,较前尤盛,更是难于分身。上下又相持了个把时辰,无计可施。

易静焦急之下,正想甄、易弟兄四人各仗防身法宝加紧戒备,守定宫位。自己拼犯奇险,在阵位上入定,把师传七宝全施出来护着原身,以作镇压中宫一元正位之用;同时运用元神飞出,直下丹室,取了灵药,便自飞上。好歹也应了先时和主人所说的大话,免得功亏一篑,为人所笑。主意打定,正待传声发令,忽见一幢七八尺上下的银光,内里裹着一道青光、一条人影,电也似疾由西南方金、火二宫相对的杀门位上飞进阵来。以为是主人知道自己为难,特命门人来此相助。于是暂息前念,欲等来人相见,问明之后,再作计较。嗣见那青白光华进阵以后,并不向自己飞来,竟顺着五行九宫躔度满阵绕行飞驰,其疾如电。不消半盏茶时,全阵已被绕了十之七八,五宫正位已穿行了四方,好似深悉阵法微妙,宛如轻车熟路,行若无事之状。方疑此阵已然发动,所以来人必须走完全阵,始达中宫一元正位相见。心正寻思,晃眼那幢青白光华已将全阵五行宫位绕完,到了自己所守的中宫一元正位之下。因光华强烈,内外辉映,精芒电射,飞行神速,急切间看不清切来人相貌。自觉所料不差,正待发出招呼,那青白光华忽似流星飞堕,直往下阵元始宫位上射去。光中人影一闪,仿佛和癞姑说了一句话,因上下相隔数百丈,又出不意,未曾细心谛听,也未听出说的什么话。同时那幢青白光华正向太极图左边青光圆眼之中投去,一闪不见。

欲知后事如何,且看下文分解。

第二三五回

一径入晶宫　广殿通明参极主
横空张绿网　长天无际遁飞人

女神婴易静、癫姑、李英琼、阿童、金蝉、石生、甄艮、甄兑和易静二侄易鼎、易震一行十人，自从得了那鳌极洞乌神叟的指点，穿行千百里寒冰甬道密径，越过玄冥界天险埋伏，直达陷空岛内前面的绣琼原。由易静、癫姑二人入岛，求见陷空老祖，求取灵药万年续断与灵玉膏。陷空老祖为想试验这十人的法力，说明岛宫埋伏以及藏药的所在，令易静等十人穿破丹井中层所设阵图，深入丹室，自往盗取。到时，并令大弟子灵威叟接引十人。进了岛宫以后，连经诸险，始达阵地。费了好些心力，才将正反两层阵图制住，元始宫位太极图中两个下达丹室的入口也各自现出。只是五行宫位神妙非常，只有同时镇制，或者同时离阵飞起，上下两阵立即自返本来面目，均可无事。否则，休说去掉一人，只要各宫位上镇制的人稍一疏神，立生出无穷变化，同时丹穴也为下面吸引上来的元磁真气所封闭，再想下去，更是难极，闹得上下十人，一个也无法分身。

众人愁思了一阵，易静见实无计可施，正打算运用玄功入定，飞出元神，冒险下去。忽见阵外飞进一幢青白光华，中拥一人，似是深悉此阵微妙，绕行于各宫位之间，等把全阵绕完，忽似流星飞堕，直往下阵太极图中入口投去。虽然事出意料，十分仓猝，易静神目仍看出来人走过癫姑身侧下阵之时，青光微闪，略停了停，好似和癫姑说了一句话，方始往下飞降。再定睛往下一看，癫姑面现惊喜之色，手持一物，正在观看，并向金、石四人摇手，不令多言。心中奇怪，方欲询问，癫姑已用本门传声之法说道："大功将成，事机匆迫，此刻无暇多言。少时如和新来这位道友同去霜华宫中，请由妹子先向主人致词，然后师姊相机发话。"易静知有缘故，刚刚回声应了，下阵太极图中圆眼忽然开张，那幢青白光华忽又冲起。身后脚下凭空激射起一蓬玄色光焰，刚刚冒出洞口数尺高下，吃癫姑运用佛光往下一压，立即退回。太极图形，复原如初。那青白光华也停在癫姑面前，现出一个人影，正是适在冰原地底密径飞行时所遇到的灵威叟之子灵奇，只见他递过一个五寸大小的晶瓶和一个玉盒。癫姑知是那万年续断和灵玉膏，连忙接去，并将适才借看的一面小晶镜交还。

　　大功告成，因在事前得了灵奇密告，各自心有默契，更不多言，一声号令，连金、石等一共六人，一同飞起。身刚离开五宫光柱，阵中风雷大作，立生变化。知是下阵复原应有现象，也不去理它。眼看飞到适才遇阻的冰层所在，那六根光柱结成的战门重又倏地涌现，阻住上升之路。虽然门并不大，四面尽多空处，可以绕越，而癫姑知机，不敢冒失。正待观察清了阴阳向背，仍用前法穿门而过，忽见左边门内匹练般飞出一股白气，直射灵奇，势疾如电。灵奇方欲逃遁，已是无及，晃眼间，将人卷入门内。

　　癫姑等抢救不及，忙即加意戒备时，猛一抬头，上面已被冰层隔断。五人方在惊疑，进退不决，忽见灵威叟满面愁容，由右门飞出，朝癫姑使一眼色，说道："家师不知蠢子近已投入到贵派门下，因他奉命来助道友等盗取灵药，家师得知大怒，已用法力擒去。老朽适才奉命，来引诸位道友去至霜华宫中谒见岛主，到此方知。见了岛主，还望分说一二。易道友已先接引，现在门内，请同去吧。"癫姑闻言会意，抗声答道："本来我等以礼求药，允否任凭岛主尊便。原因岛主欲试后辈功力，命自往盗，又承多所教益，爱护周至，所以我等不知禁忌。令郎灵奇，近蒙大方真人接引，已是二师兄岳雯弟子，乃我等师侄。因知岛主阵图神妙无穷，我等十人各要镇压宫位，一人也难离开，知他来此省视，逗留玄冥界外，特意令其暗中随来，相助取药。岛主必当他不是我等一行，所以错怪。少时拜见岛主，自会陈说详情。想岛主山海之量，决不与我等末学后辈一般见识哩。"灵威叟闻言，立转喜容，也不多答，微微含笑，点首示意，便邀五人同入。

　　这次战门以内又与先前不同，也不甚觉寒冷，只是光烟变灭，闪幻不停。一会儿工夫，眼前一暗一明，定睛细看，五人业已走出门外，那座战门已不知去向。易静等五人也同时到达。那立处既非来路，丹井上下也非日前易静、癫姑二人所经之地，乃是深居海底的一座水晶宫阙，与紫云宫情景又大不相同。紫云宫是珠宫贝阙，深藏海眼之下，海水被宙极真气托住，上面又有日月五星和乾天太乙真气一吸，空出中门千余丈高下，仰望上面，水云隐隐流走，一片清碧。所有宫室园圃，均位列在陆地之上，虽有湖沼溪流，均是极清的灵泉，看去仿佛另是一重天地。陷空岛水宫，却是只在深海之中，全水宫多半是用万丈冰原以下所凝积的水晶建成。虽然也有园圃院落以及空旷之处，不是主人法力禁制，便是借用北极真磁和能辟水的法宝珠玉逼开海水而成。众人所经之处，乃是去往霜华宫的一条水晶长廊。其上方和四面是海水包围，所有宫室廊榭俱都高大异常。这条长廊长几十里，高达四五十丈，宽约二三十丈，两边是二三尺厚的晶壁。廊内有两行粗可合抱的寒金宝柱，上面用深海中所产丈许大一片的五色贝壳为顶，由入口处用白玉铺成的雪花形六角圆门起，十步一柱，两相对列，衬得当中廊路笔也似直，直达十里以外一座高大雄伟的宫殿旁边。如换常人至此，一眼望过去简直看不到底。那两列寒金宝柱，射出万道金光，与顶上五色贝壳互相映照，五光十色，陆离璀璨，闪幻出千重霞影，无边异彩。晶墙外面，碧波澄静，海沙不扬，廊内晶光外映，一片空明，多远都能看到。时见深海中所产奇鱼、介贝之类，大者数十丈，小亦大如车轮，异态殊形，不可名状，远近游行，此去彼来，动止悠然，甚是从容。看去好似无数大小奇形怪物，凌空浮翔，直不似在水内，另是一种笔墨难以形容的奇丽壮阔之景。便是易静、癞姑、金、石诸人见多识广，又曾见过紫云宫水仙宫阙的，也都暗中惊赞不迭。

十人会齐以后，仍由灵威叟前导，顺着水晶金柱长廊一路步行观赏过去。那尽头处是一六角形的广亭，贴着晶壁，每面均有一排白玉坐处。过去十多丈，有一个与回廊差不多大的月亮门，也是白玉所建，这便是霜华宫左门入口。灵威叟引了十人，先去亭中坐待，自往门内走去。不一会儿，满面愁苦之容，走了出来。方说了句："岛主延见。"便听金钟之声，长廊回应，音甚清越。钟鸣了五下，跟着奏起细乐，法曲仙音，笙簧细细，又置身在这种水仙宫阙以内，越觉入耳清娱，心神为旺。众人闻得乐声相隔尚远，多觉这么大的珠宫瑶殿，除灵威叟外，竟未遇一人，宫门又无守侍之人，便是先在岛宫初见主人时，门下徒众也是寥寥无几。这么好的仙府，空无人居，岂不可惜？方在寻思，人已走入门内。里面乃是一座比廊还高的广庭，五根玉柱，分五方矗立地上，每根大约十抱以上。往右一转，走向当中一座三十多丈高的宫门之下，那两扇满布斗大金钉的白玉宫门，正向两边徐徐开放。立由门内闪出两个高几两丈，形如巨灵，身披甲胄，手执金戈的武士。门内又是一座广庭，地比门外还要广大。当中陈列着九座丹炉，也是寒金所制，大小不一，形式也不一样，九宫方位排列。炉前各有一个玉墩，上设海中异草织成的锦茵。当顶一面八九丈方圆的宝镜，正对下面，似是主人炼丹所在。

正行之间，耳听喘息之声。回头一看，原来入门左右，两旁有一直排长架，架上悬有好些铁环，离地高约十丈，每三环为一套。环下各有五角形、六角形的铁钵，形式不等。左边第二串铁环上，倒吊着一人，正是灵威叟的爱子灵奇。头、腰及足，各有一环紧束。下面铁钵之中，燃着一蓬怪火，寒焰熊熊，色作深碧，似欲升起。虽还未烧到灵奇头上，看去神情已颇苦痛。癞姑虽然打点好说辞，想向主人求情释放，心终不能拿稳。又见灵威叟面容惨沮之状，料知望少。一面盘算愁急，一面随同前行。那对面本是一个三四丈大的小圆拱门，忽然开放。这丹室内，本有十六名侍者，一色白衣，分立在四边角上，看去都似常人修炼，与把守宫门的武士不同。那门一开，中有四人，手中各持长鞭，即往灵奇身前走去。方疑有人行刑，灵威叟面上忽转惊喜之容。随见门内走出一个与灵威叟装束相似的中年修士，手捧一面玉牌，人在门内，先向灵威叟含笑示意。到了身前，对众人道：“岛主因灵奇乃大师兄之子，不合擅入丹井，献媚外人，盗取灵药，按着岛规，本应严刑处死。适才天乾山主驾临，言说路遇大方真人，此子果已投到峨眉门下。岛主本令诸位盗药，并未禁其约人相助。并且诸位道友已然穿出战门，将上下两阵制住，符了岛主初意，灵药本可唾手而得。只缘匆迫之中，尚未悟出太极、无极两仪分合之妙，不能下去。此子受仇人指点，乃父徇私相告，已明阵法。为图省事，混能卖好，乘虚而下，灵药虽然得手，几乎将元磁真气引发，生出事来。如非有人说情，决所不容。现已看在天乾山主情面，又念此子实是峨眉门下，适才所说，并非虚言，破例宽容，连大师兄也一并免责，命我传令释放。少时，仍由大师兄率领随同进见，岛主当面尚有话说。"

众人闻言，自是欣喜。灵威叟更出意外。那中年修士说完前言，便走到环架之下,先将手中玉牌朝那下面铁钵一照,牌上射出一片银光,飞入钵内,钵中寒焰立即熄灭。回顾旁立侍者,说了句:"奉命释放。"内一侍者,便将架旁所设六角形的铁牌扳回正面。灵奇便自飘然下落,面上苦容虽仍未敛,神态依旧倔强,一言不发,走到易静等十人面前,却恭恭敬敬分别行礼,各叫了声师叔。这时双方面对面,易静等十人见他不特一身仙骨道气,是个上等根器,并且相貌身材,均有几分与岳雯相似,比起英琼的米、刘二徒要强得多,无怪乙休要为引进。自己这一辈同门中师兄弟,刚下山不久,便收到上官红和他这类人物为男女弟子,好不欢喜。

　　易静见他的面上忿容未敛,心料主人居室密迩,灵威叟又连话都不敢和爱子说,可知威严。自己不便明言,只得借着和来人说话,示意道:"后辈等愚妄无知,以为奉有岛主明令,率意行事,冒犯威严。多蒙岛主念着家师情面,爱屋及乌,宽恕灵奇,感谢无极。现在灵药求到,急于回山医治伤人。敬烦二位引往拜见岛主,敬申谢忱,并领教诲如何?"那修士笑道:"诸位道友入见岛主,应由大师兄引往。不过此时忽有仙客到来,尚烦少待,尊意当为转达。贫道复命去了。"说时,看了灵威叟父子一眼。灵威叟也略举手,示意相谢。那修士微微点首,反身往门内走去,门随关闭。那刑架两旁的侍者,也各往壁间走了两步,身形便隐。易静才知各宫至长廊,均有轮值之人,另有隐形之法,只是看不出来。适才宫中奏乐,乃是天乾山小男到来。先那五下钟声,许是召见信号。因灵威叟尽管面转喜容,依然不发一言,神态庄严,也就不便多问。金、石、阿童、易震等五人,几次要想张口问话,均吃易静示意止住,俱各站立当地。等有刻许工夫,众人方想对方毕竟不是玄门正宗,故有许多排场做作,彼此微笑相看。乐声再奏,一会儿止住,圆门二次开放。门内又走出两个第一次入岛所见侏儒,朝灵威叟和众人各举手一让,分立两旁。灵威叟道:"天乾山主已行,众位道友请入宫吧。"随引众人入内。

　　众人进门一看,里面乃一座外五内一,六间合聚一起,形如梅花的宫殿。外五间,俱作花瓣形,分向五面。当中一间圆殿,各有一门,与五间对通,比外层高出三十余丈。殿门外,设有四十级半圆形的台阶。因每间宫室均有百余丈宽深,靠近殿阶一面虽然较窄,也有四五十丈。殿阶与外室里进一般宽度。这殿因是居中,每面各宽四五十丈,又有三十多丈玉阶直达下面。各室虽然隔断,两边都是晶墙,一望通明,全景毕现,一目了然。这七八百丈方圆,一座通体玉柱晶墙,银辉如雪,空明如镜,不着纤尘,端的伟大庄严,清丽雄奇到了极点。至于陈设之珍奇,仪仗之瑰异,珠光宝气,炫目夺神,犹其余事。令人置身其中,直疑月中仙府,亦复不过如是。宫中侍者,除在阶前持仪仗的甲士身材高大外,多是侏儒,为数不下二三百人,分在五间宫室之内排列侍立。

等到历阶而升,进入殿门再看殿中心梅花形宝座上,趺坐着一个身着白色道袍的矮胖老者。生得面如冠玉,突额丰颈。两道细长的眉往两边斜垂,其劲若针,配着一双长而且细的神目,蓝电也似,光射数尺。大鼻露孔,阔口掀唇,略带着微笑之容。除却唇红如朱外,通身形貌衣着,更无丝毫杂色。身后站立着一排甲士,各持羽葆霓旌,也是寒辉照人,其白如霜。适见寒光、玄玉二童,也分立在宝座左右。全宫甲士、侍者以及道童之类,各有各的服饰,全都一律,连身材大小都差不多。此外,宝座两旁,还分三行侍立着数十个弟子,前见修士也在其内。后面两行似是两代徒孙,多近似道童打扮。高矮胖瘦虽不同样,装束却都一式羽衣星冠,云肩道髻,备极清丽华美。独头排弟子不足十人,多是纯道家的打扮,服色既非一律,质地也极平常,绝非鲛绡冰蚕织成,比起末两代徒孙和那些侍者道童所着质料,相差天地。

众人见了这等势派,心里虽不甚佩服,表面也不得不装作恭敬。对面宝座上端坐的便是陷空岛主,威仪棣棣,自身终是后辈。又见灵威叟已先上前拜倒,口称:"峨眉齐真人门下十位道友,率领灵奇进见。"陷空老祖微一点首,灵奇便起立侍侧。众人不便再多张望,随同上前,正待躬身下拜,陷空老祖将手一摆,笑道:"我与令师只是神交,易贤侄的令尊与我交厚,虽是后辈,先来已然礼拜,此时毋须太谦。我僻居极荒,终日静坐,久习疏懒。各方道友来访,多不离座,只以奉乐迎送,也不作客套。请各就座吧。"说时,众人觉对方手伸处,立有一股奇寒而劲的大力逼来,将身挡住,不令下拜。知他天性奇特,不应违忤。又见座左设有一排十个玉墩,上铺海草织成的白色软席,便同称谢,分别就座。易震年幼辈低,坐于末位。灵奇便侍立在他身后。灵奇之事已了,无庸癞姑解说。仍由易静为首起立,躬身敬谢赐药,指点成全,以及宽宥灵奇之德,并请教诲。

陷空老祖道："我承令师不遗荒远，附于交末。又知他和各同门道友闭户修炼，无暇分身。诸位小友是他门下，既然需要，理合相赠。一则，此药所存无多，爱人以德，不愿来人得之不易；二则我将来有一为难之事。因我闭门静修，地处僻荒，为免烦扰，在本岛周围设有禁制；加上玄冥界天生阻隔，又借极光真磁之力颠倒阴阳。外人固不易推算我的虚实动静，我也不愿与闻外事，作法自蔽，益复孤陋寡闻。那巽宫冰蚕和万年温玉，落在诸位小友手中，尚无闻知，适才听天乾山小男道友说起，真乃快事。只是得信稍迟，因欲试诸位小友道力，致有盗药之举，白白多此一番辛劳，实为愧对。尚幸有此一番经历，将来不为无益，令师当已知我用意，想也不致笑我量小。此番所取的灵药，乃我最初采炼，取材配制，极为精纯，所以深藏丹室之内。那丹井，乃元磁真精所萃，与极光发源之地直对相应，酷寒烈冷，无与伦比。如不得我心许，便到时不另发动，这两间混元精气与他为难，也难如愿相偿，并要视若仇敌，更凭多大道力，也盗不去了。

"灵奇所得，实比以前孽徒所盗灵效远胜。灵奇之父，是我嫡传大弟子。灵奇平日安冀天仙位业，不愿随乃父归入本门，人各有志，也还罢了。最不合是心存鄙薄，急难来投，又不安分，屡在外面生事，以致乃父为彼忧劳。我以前不许他入境，也由于此。

"这次更是胆大妄为，勾串乃父，得知阵中机密，私入丹室。已然将我备赠的灵药取到手内，临行又起贪心。却不知两间混元精气何等威力，连我在此修炼多年，深悉微妙，尚且只能以法力运行，小心谨慎利用，不敢和它相抗。他一末学后进，新近不过乃师坐化，得了几件遗传的法宝，便不知自量，轻犯凶锋，几为妖邪所杀，侥幸才脱毒手。日前乙道友夫妇于四万里外追逐二妖人来此，被他无心巧遇，幸蒙成全，赐以灵丹，方得复原。又复不知利害轻重，任性胡为。如非佛光神妙，应变迅速，那元磁精气刚被引动，便逃上来，太阴真火未被引燃，不特诸位道友功亏一篑，丹井下层穴口为混元真气封闭，急切间连我也难为力，便他本身也必化成灰烬了。此时形势奇险，他那几件法宝虽不寻常，但无一件可与诸位小友相提并论，稍差瞬息，立肇巨变。

"大弟子虽然犯规，一则，念他从我多年，一向忠诚，功足补过；二则，父子天性，舐犊之情，贤者不免，尚可略施小罚，加以原宥。此子却是万容不得。如非小男道友代乙道友向我致意,又是齐道友第二代徒孙,照他被擒见我时,那等桀骜不驯的情景,纵看乃父情面,不戮形神,至少也应打他三百寒鞭,日受冷焰之刑,三年之后方始逐出,永不许他父子相见。现我虽因乙道友和令师之故,将他释放,但我丹井二图机密,已被他知悉,与诸位小友只知镇制五行宫位不同。他又逞能卖好,尽管事前曾向乃父立有重誓,决不再告他人,泄漏大约不敢,但异日再如有人需要此药,难保不自告奋勇,又来盗取。其实齐道友为人,我本敬服,如再需用,只凭一介之使,立可取奉。此子如再行险,那时被我擒到,我话已说在前,休怪我不讲情面。

"至于我向令师借宝,并在今日来人中约一二小友相助之事,此时尚难明言。已然拜托小男道友,或是由他亲往峨眉面谈,或以飞书向令师请借,到时自知,无须先说。此药用法极简,只需将万年续断所制炼的药锭,先由一道力较深之人运用本身纯阳之火,融化一头,使化成真气,透入断骨筋脉之中。等其充满经络,再将灵玉膏在接样处敷上一圈。晃眼气血贯通,精髓充沛,视各人本身功候如何,至多两三个时辰过去,便可复原。在四十五日以内,任多厉害恶毒的邪法飞刀,也自无妨。痊后,筋骨之力反倒比前健强轻灵,并无残痕。何况事前又有大荒神妪的灵药,先为保全,便隔百年,也可接上了。我想峨眉开府,门人四出行道,强敌众多,异日难保不需此药,而数万里冰山雪海,往返艰难,跋涉不易,此次所得,足供十人之用,余药善自保藏,留备不虞便了。"

易静见灵奇面上仍带傲容,初见不知他的性情,料必甚刚,又非自己门人,只凭乙休一言,并连本师尚还未拜过,暗忖:"岳师兄虽然性刚,外表何等和易近人,怎会收下这么一个倔强徒弟?此时如令勉强服罪,反着痕迹。"想了想,只得躬身应诺,率众拜谢赐教,一同辞别,仍由灵威叟送出。走出内重室,回到甬道尽头宫的六角亭内,灵威叟便请众人止步,说道:"诸位道友,大功告成。小儿叨列门墙,从此得受教诲,可免失足,去了老朽一件心事。此时无须再走回路,请由此亭上升,即可透出海面了。"说罢,手掐灵诀,将手一指。只见脚底四壁云光乱闪,眼花缭乱,身子便似驾云一般,被托着上升,那亭顶也似相随上升。虽不似飞遁迅速,却也相差无多,不消片刻,忽然停止,眼前光华电掣,一闪而过。再看那亭,已停在一座极险恶高峻的海岛之上。亭外波涛险恶，排荡如山，海气蒸腾，天色阴暗，一上一下，融会吞吐，合成一片混蒙。非特不是陷空岛上空，连那奇峰罗列，景备四时，满生琪花瑶草，冰树琼枝，四外更有碧嶂丹崖，环若城堡的千里绣琼原，也不知去向。

众中只易静一人知道，此乃陷空前岛，已然远出绣琼原外，孤立绝海之中。余人多不知悉，方欲询问。灵奇也要开口，吃灵威叟怒视了一眼，随手递过一封柬帖，灵奇便不言语。众人以为有什么碍关，也各住口。灵威叟笑道："诸位俱知途径，老朽尚须回宫复命，恕不远送了。"随将手一指，亭中晶壁便开了一面，引众同出，举手作别。灵奇又似要开口询问，灵威叟忍不住怒骂了一声："冤孽！"灵奇又复住口，满脸俱是忿激之容。众人均不知何故，因见灵威叟已重改笑容，举手作别，便各为礼，遥向对岸来路飞去。因有灵奇引导，一直飞入来路冰谷之中。

易静暗察灵奇，容止甚是恭谨，只是面色又改作愁容，知有心事，也未询问。到了密径入口冰壁之下，便令行法，移开洞外冰壁，同飞入内。飞行了一阵，上面玄冥界严关已由地底飞越过去。英琼因见众人连日辛劳过甚，颇耗心力，来时匆促，这甬道密径未得细看，再来又是无日；且喜大功告成，前路明坦，再无梗阻；回去医治受伤诸人，也不在此一时半时留连耽延，便提议把遁光放缓，一路观赏过去。易静笑道："现在我们的行踪，主人必已尽知，更无顾忌。就要回到神火峰脚鳌极洞去，约乌神叟同行，我们索性赶到那里歇息，不是好么。"

英琼方想说奇景难逢，意欲浏览沿途景致，灵奇插口说道："易师叔还以为乌神叟还在洞中等我们么？他已被乙真人命一海底精灵穿破冰层，借一灵符，由地底避开火源，深入洞中将他连新脱体的元灵，带那一副躯壳，全带走了；不然的话，岛主适才还不至于那样毒恨弟子，连家父也受其累呢。现时神峰那面出口的晶壁，已被岛主用法力封闭。只因这条密径将来尚有大用，临时变计，不曾变动，全行堵塞。行法之际，未及将入口一面封闭，恰值天乾山小男到来。他本意是想我们归途改走海上，绕越玄冥界边境，不经冰原神峰旧路，由极海飞渡冰洋回去，所以由前岛送出。他因这些多是丢人的事，不好意思向诸位师叔明言，以为我知归路已断，必请诸位师叔全程改走海路。弟子一则气他冷酷无情；二则日前无心中发现一条昔日地震时的通脉,一直可以通到离此三千余里的冰洋尽头,与极海交界之处,比由陷空前岛起身,海上飞行,可免去玄冥界天险阻碍和沿途数十岛的那些精灵盘诘拦阻。他们虽有几个认识弟子的,只要互相传告,便可无事,到底要费口舌。何况正邪本是水火,他们和异派妖邪颇有交往,稍有辞色不逊,休说师叔不容,弟子便看不过去,未免麻烦惹厌。

"霜华宫中圆殿之上,有一摄声照影之室。岛主平时安静成习,长年无事,不去留意。先前弟子私混入宫,他已失察,已自后悔。我们走时,必将一元五宫的圆殿行法转动,让此室生出灵效,观察行踪,我们一言一动必被看出。家父和弟子都是满腹心事,不敢倾吐,连弟子想借宝暗查,都吃家父止住,故此入门未敢开口。他见我们仍行原路,定必生气。不过此人性情虽怪,却还讲理。家父又是他成道以前恩人,自从入山修炼,便拜他为师,相随至今,不便十分严酷相待。因在事前未令我们如何走法;又以乌神叟泄漏机密,引人入内,与家父无干;至于家父爱子情深,使弟子私入密径,已然处罚,不能二罪重科。总之好些关碍,不便封闭全径。更知诸位师叔法宝神奇,万一阻挡不住,更是丢人,干生气,无可如何。玄冥界外的事,他本难查见;就能行法推算,也不肯费那么大的心力。昔年震源脉络径路暗藏地底,密如丝网,十九吃他堵死,独单把引往海中的一条震源通路留存完好。当初命来查看密径的又是他的门人,他本人不曾亲来,又凑巧密径里面的入口恰震塌了十来丈,和别处堵塞的震源通路相似,就此忽略过去,万想不到会被弟子发现。此时他忿气难平,知一为难,反倒不好;若装不知,诸位师叔必以客礼自居,不肯施展法力,损毁这条密径,到了前面遇阻时,经弟子说明前情,自必折回。依弟子推测,不特来路入口已吃封闭,甚或已运用元磁真气,把玄冥界禁制,移向地底,欲使我们进退两难,困上两天,向他求告。然后再装好人,命家父进来接引,仍由原路退出,改走海上,以戒我们行动轻率。表面客气,暗中出气,挽回颜面。诸位师叔,他将来有借重之处;盗药又是心甘情愿。便是私行密径,深入绣琼原禁地,也都算是乌神叟的罪过,与诸位师叔无干。对于弟子,因不肯投在他的门下,这次又来盗取灵药,自然痛恨已极。异日弟子思念家父,不免来此省亲,只要入境被他发觉,必不善罢,纵是峨眉门下,恐也不肯甘休呢。"

说时众人已停了下来。易静问他："适才你们父子分别，面带愁苦，有何心事？"灵奇答道："弟子自在中土为一妖人所伤，逃来此地。家父向乌神叟求借灵药未成，弟子实不愿损人利己，家父也不肯做那乘危要挟之事。但见弟子真元耗损，日久更难复原，岛主灵药又是坚拒不与，爱子情殷，到处求人帮助。日前偶晤近岛一旁门中妖道，言说极海冰洋两交界的夜明岛的深海礁石脚下，寒泉眼里，新近由南海逃来一条九首神鳌，修炼千年，内丹已成，正好合用，并传了钓鳌之法。家父因连日宫中有事，不能在外久延；又以那神鳌通灵变化，十分狡猾，虎头和尚为它费了好些年心力，不曾到手，反为此事几乎吃了天乾山小男一场大苦，钓它煞非容易，不是短时日内所能收功。家父因无法亲往守钓，只得传授弟子两件法宝，命往那岛钓取，先由妖道和家父引出。弟子知那九首神鳌海底潜修，并不害人，自将内丹炼成，便受异派旁门觊觎，无故夺它内丹，心实不忍。就说家父能够助它兵解转世，它生再去引度，总不如它原有自修，功到自成的好。我有心不去，但父命难违，又体家父爱子之心，只得同去那岛上。

"第二日，九首神鳌便已警觉，浮出海面，口吐人言，向弟子哭诉近年经历之苦，说了好多可怜的话。弟子自然更加不忍，不特未肯伤它，反助它免去一难。双方渐成忘形之交，弟子假托守钓为由，也就移往岛上崖洞中居住。神鳌为了报恩，和弟子说，南海紫云宫附近海中，产有一种神树，每四百九十一年结果一次，每次只有两枚，补益真元，不在内丹以下。它能有今日，也由五百年前服此灵果之故。恰巧不久结实，又是深植数千丈海底，仙凡均难发现。不过此去须由它仇人巢穴经过，恐被发现。并且它近日正该遭劫，幸仗我相助，得以转危为安。仍不十分放心，打算再候数日，过了它应劫之期，再行代我前往。正谈笑间，忽见两道深红如血的光华，由岛侧上空急射过去。晃眼之间又是一道金光和一道青光合并一路，朝后急追过去。都似长虹经天，流星过渡，神速异常。青光中并还发出一丛光雨，往前直射，比那遁光还快，直非目力所及。那空旷无涯的海天，只瞥见一眼，便在上空飞逝，无迹可见。弟子看出后面青光虽然正而不邪，法力也极高强，但嫌霸气太重，是否玄门正宗还拿不准。那金光却一望而知，是正教中前辈长老。前逃的两道红光，定是左道妖邪无疑。神鳌见此威势，早已遁入海底，连声呼唤，都不肯出。

"弟子正朝这四道光华去路凝望,暗忖:'这是哪两位前辈仙长,有此神通?直是生平罕见。'待了一会儿,后两道光华忽然飞回,到了附近,青光停在空中,金光倏地飞降。因神鳌说难期恐还未过,而来人无端下降,也许刚才路过发现神鳌,想要擒杀之故。弟子平日功力,已和来人相去天渊,何况又值重创之余,方替仙鳌担心。哪知来人竟是大方真人乙休。弟子前次遭难,家父往峨眉寻郑元规求药未得,反受那厮忘恩挟制,多亏乙真人赐药解救,所以忙即拜谢前恩,叩问来意。才知乙真人同韩仙子由铜椰岛起身,便甚事不问,专一寻找韩仙子前往铜椰岛途中路遇的两个隐迹多年的仇敌,报仇除害,先后跟踪搜寻了二十多次。尽管每次结局均胜,并还诛戮了仇敌好些党羽,但这两个元凶首恶狡诈异常,飞遁神速,邪法又高,总是逃脱,未伤分毫。这是最末一次,为了逃时一句狂言,将乙真人夫妇惹恼,由中土数万里外穷追到此。二妖人且斗且逃,一连已数日夜。沿途好几处同类妖邪俱为他所累,将乙真人夫妇引上门来,遭了池鱼之殃。二妖人被迫无奈,欲来北极附近黑伽山落神岭,投到兀老门下。相隔黑伽山还有千余里,眼看又要漏网,吃乙真人运用玄功变化,将元神遁出,附在韩仙子一支神箭之上,朝前射去。二妖人见敌人追赶不上,不消片刻,便可脱险,还想激动兀老,与仇敌相拼,为己报复。一见青光飞到,妄以为这次起身,逃遁较快,法力虽不如人,飞行神速却差不多,仇敌因追赶不上,无可奈何,放出飞箭,姑且一试。于是正好运用玄功,妄图行法收取。乙真人突然大笑,现身用元神将他们罩住,法宝神雷一齐施为,将二妖人震成齑粉。一个还勉强挣脱残魂逃走,那最主要的一个首恶却形神俱灭了。

"乙真人因在对敌之时,由空中瞥见弟子与一九首神鳌在一齐说笑,归途特意下来查看。问明情由以后,说那灵药无须去采,神鳌亦必无幸,二次赐了我两丸灵药,并说日前搜杀二妖人时,路遇一个道友,说起诸位师叔来此求药之事。乌神叟和黄风道人移居中土修炼之事,屠龙太师伯原向乙真人托过,遇见弟子,正好顺便。先命弟子向峨眉各位师祖以及师父岳真人跪倒祝告,遥行拜师之礼。然后命起,传了一道灵符,以备渡海御寒之助。一一指示机宜,令速回来,追随师叔们效力,并说因事恐岛主不悦,当时托人致意,命弟子暂时只可向诸位师叔略显形迹,药未取到时不可露面相见,也无须忧急害怕,任他如何为难,到时定保无事。随命弟子唤神鳌上来。神鳌先还胆小害怕,潜伏海底,隐藏不出。后来乙真人把大袖一展,由袖中飞出一个人首鳌身的怪物,初出时长还不及一尺,晃眼长大,身高丈许,跪叩了两个头,人立地上听命。乙真人说,那是他老人家前在东海,为助司徒师叔的岳母宝相夫人超劫时,所收伏的水怪,名叫人獭,乃翼道人耿鲲门下妖徒。

"说完,使命人獭下到海底,晓谕神鳌。大意说,神鳌近在南海漏网,逃来北极。以为夜明岛海底寒泉眼里,有九九八十一个螺旋形的孔穴,方圆三百余里,互相通连,内有几孔,更可通入万丈冰原之下。最长的两处,曲折回环,几及万里。内中还有一条较近的,可以通到陷空前岛附近。那里照例是陷空老祖的禁地,决不容外人在他境内随意行动。况又是施展法力,擒杀海中精灵,多大胆的对头,也不敢为此树敌犯险。自觉藏处隐秘,有恃无恐,除却陷空老祖生心擒它,别人无奈它何。却没想到虎头禅师虽不敢得罪陷空岛主,对方闭宫修道,崖岸自高,又没法进见求说。附近各岛妖人尽管垂涎内丹,无奈知它通灵机智,只要下手,立被警觉,遁入陷空岛腹地,打草惊蛇,白费心力。岛主性情古怪,不奉呼召,不能入境。海底水行既追不上,多半也无此法力,只干看着,无可奈何。这次指点家父,令弟子往钓,也为自己不能到手,才送现成人情之故。他也知道家父乃岛主长门弟子,衣钵传人,如与为难,凶多吉少。如再逃走,一离北海冰洋,到处荆棘,撞上仇敌,便难活命。端的四海之大,竟无容身之地。所以当那妖道引了家父和弟子去往夜明岛,指点那藏处时,它害怕已极。后来它见家父和妖道走去,剩下弟子一人,暗中偷视,觉出弟子对于此举并非心愿,也未照妖道所说,行那恶毒之法。再四盘算吉凶定数,与其逃往别处送死,转不如向行钓的人陈情哀诉,或者还能转祸为福。挨到第二日,决计死中求活,自行出水,向弟子哭诉异类修道之难,弟子果被说动。这一来,不特免了祸害,并将那南海水底所产仙果金银荔得到手中,使弟子元气恢复。家父必定因此念它好处,许它移居陷空内岛,并还转祸为福,永绝后患。

"主意想得倒好,这等做法,固然是谁也难于伤它。却没想到它逃来北海以前,不合妄生贪心,想起紫云宫外所产仙果,恰值成熟之期,产地隐秘，深居海眼之下，无人得知，意欲就便取食，补益真元。谁知行至中途，经过翼道人耿鲲所居海底宫阙，被两妖徒发现，想要擒去，献与耿鲲。总算它胆小知机，尽管法力较强，并未恋战。水中逃遁，本极神速，为防敌人追赶，又用逃东就西之法，幻形遁走。等到妖徒行法，惊动耿鲲追来，故意指了相反的道路。耿鲲追赶一阵，发觉是诈，回身向真正逃路急追，已经逃远，这才未遭毒手。就这样，彼时情势已足奇险，当耿鲲不愿穷追，兴尽回去之时，两下里已差不多首尾相衔。耿鲲胁生双翼，飞行绝快，神鳌潜行海底，回顾后面天空，已能望见对头身影。同时，翼道人心狠手辣，目力又强，千百丈深的水中鳞介，一目了然，全能看见。因防神鳌借着海中鲛鲸等大物隐蔽身形，沿途只要望见有大鱼在海底急驰，便由两翼尖上发出箭羽一般的火星，水族无辜送命的已有好些。第一次回身时所发火星，势子更猛，鱼介死得很多，激得波涛天涌，骇浪如山。神鳌身后有一条大虎鲨，便吃射中身死。相去才只两丈，火星如再前飞少许，即或不死，也必重伤无疑。幸而神鳌机警，把身子变得极小，在海底极深之处穿沙飞驰，才得逃脱敌人一双神目，保住性命。此人前与陷空老祖交好多年，只因彼此性情都怪，偶因细故生嫌。耿鲲热心，性如烈火；陷空老祖正与相反，近年闭宫谢客，对人愈发冷冰冰的。因此逐渐疏远，但是旧日交情尚在。陷空老祖知他与人结仇，惯喜纠缠拼命，不报复了不止，又不肯无故去得罪他。前在东海中了白眉针，便是往陷空岛借用吸星球才去掉的。急切间，耿鲲没有查出神鳌藏伏之处，虽未寻来，但他最喜收服水中精怪为徒，神鳌内丹更是他垂涎之物，现已命门下妖徒水怪四处搜寻，早晚终被查知下落。虎头和尚又与相识，断定神鳌十九窜伏北极，只要相遇，定送这现成人情，以使事成之后，略微沾润，慰情聊胜于无。有这两个强仇，就深藏夜明岛寒眼里永不出头，尚难免于毒手，何况还要妄想冒险，往紫云宫外暗采那两枚仙果。此行休说要经过仇敌巢穴，即使绕道前往，一入东海水域，到处都是仇敌门下徒党。只要在中途遇上一个，一发警号，耿鲲立即赶来，焉有命在？

"长此潜伏，暂时或可无事。日子一久，就不被虎头和尚泄机指点，引了前来，耿鲲为人行事，只一起始，便须做彻，不如愿决不罢休。当他用尽心力，穷搜不获，渐渐想到此岛泉眼，为水中精怪绝好藏身之所，念头一动,不问料中与否,势必寻来。左近各岛妖邪多与交往,神鳌踪迹已有人知,不用仇敌细访,自有人献殷勤讨好。只消往陷空岛打一招呼,陷空老祖顺水人情,断无不允之理。那时不特无可恃仗,反倒成了瓮中之鳖了。四面皆敌,只有任人宰割,更无活路。乙真人为念它千年修为不易,性又善良;更以耿鲲可恶,不愿神鳌被他夺去,助长凶焰。为此想将它救出险地,带回岷山白犀潭去,等将来紫云宫仙府重建,再送往宫中,使其参修正果。怎倒不知好歹?乙真人如要生心害它,岂是这区区泉眼便能逃避得了的?

"这还是追戮先逃二妖人,四处搜寻,跟踪追逐。二妖人知道弄巧成拙,乱子闹大,不合狭路相逢,欺敌心骄,误以为韩仙子元神出游,法力不似生前,意欲乘隙暗算,报仇去患,不料事未得手,反将乙真人引出。两位老人家都是复仇心重,疾恶如仇的性情,夫妻合力,下了决心,不报前仇不止,闹得二妖人遍体疮痍,成了丧家之犬,无论逃向何处,前脚才到,敌人后脚跟踪追来。有两次,甚至被仇人赶在前面,白白葬送了好些同党性命。如非机智神速,好几次,都是危机一发,幸逃诛戮。心中又悔又恨,又急又怕,忽生诡计,竟想乘乙真人夫妻不意,将白犀潭水宫仙府毁去。谁知又吃乙真人夫妻警觉,赶了回去,二妖人未及入门,便已惊逃。那人獭近已移居白犀潭水府。乙真人退敌时,忽然想起妖人狡猾,同党甚多。前有一次,曾被遁入江中,中土无可逃藏,必要遁往海外。这类妖邪精怪,所居多在水底。人獭在水中颇有灵力,又擅隐形飞遁之术,带在身旁,可以备用省事,恰巧带来。这才命它深入泉眼,晓以利害。更不愿施展禁制大法,迫使出水,自必舍之而去,这千载一时的良机就错过了。

"其实神鳌耳目灵敏,能观听出老远,只因乙真人来势威力太大,明知他是正人,无如自身难期未满,正值紧要关头,心生疑忌,胆小异常。先还在泉眼口里,战兢兢向上观望。及听乙真人命弟子一唤它,又未说出原因,未等劝说,心胆已寒。又知来人法力极高,这一蹿,竟由海底蹿入万丈冰原之下。弟子先前劝它上来,未听回应,还当它心不信服,实则并未听见。它在泉眼中逃窜出千百里去,深入冰原之下,仍不放心,又在沿途行法,以便敌人追来,可先警觉,改道加急逃窜。幸亏人獭神通变化,专能嗅出敌人气息,更明泉眼中水道方向,就这样,还追了好大一会儿。韩仙子在空中久候,已经不耐,人獭才在冰窟中突然出现,隐形掩向前面,另用法力阻住归途,等它进退皆难,方始现形,晓以来意。神鳌闻言,喜出望外,惟恐乙真人等久不快,话未听完,便即一同急驰,飞出水面。见了乙真人,跪伏哀求,叩头不已。

"说也真巧,无怪神鳌多心,当日果是它的难期中紧要关头。乙真人才和它说不几句话,那翼道人耿鲲和虎头和尚,竟同往岛上飞来。此举连乙真人也未曾想到。因耿鲲来势特凶,虎头飞行没有他快,想是既要同来,又不肯为人坐骑,只令虎头和尚附在他右翼之上。未到以前,只见天边暗云中有一点白影闪动,略带上几丝火星,老远便听出风雷破空之声。晃眼之间,白影加大,火光加强,天空密云,似狂涛一般被他荡开,当中冲出一条云衢。前后不到三五句话的工夫,便似流星过渡,横海飞来。这一临近,又见岛上有人,声势甚是惊人,两翼梢上的火星像百子连珠炮一般。神鳌自是吓得乱抖。乙真人方喝:'不要害怕,有我无他!'韩仙子本说是先行一步,去往天乾山相候,访看过小男真人,然后同返中土。因在高空发现较早,一面传知下面乙真人,身随隐去。来人却未观察,本意许是飞到当地,再行下手,擒杀神鳌。随来还有两个水怪,也附在他那翼上。相隔那岛百里左右,才看出岛上有人,还不知是他旧日仇敌。晃眼飞起,见是仇人,分外眼红。虎头和尚最是刁猾,一见乙真人在岛上,高喊:'我与乙道友无仇,妖鳌就在岛上,贫僧不便上前,随道友相机行事吧。'话未说完,人已离翼,飞向远处观战,忽似受伤,一声怪啸,便自穿云飞去,只剩耿鲲一人扑来。那两妖徒,同时也由翼上往海中飞下,来势猛恶已极。乙真人只是昂首微笑,一言不发,好似若无其事。

"耿鲲先未看见空中还有一人,正在口中怒啸喝骂,电驰飞扑而来。不料韩仙子早将罗网暗中展布开来,只等他来入网。眼看就要往岛上扑到,倏地空中张开一片雾縠冰绡般的大网,竟将耿鲲挡住,眼看青光一闪,便要包没上来。总算耿鲲法力高强,百忙中未曾入网,先自警觉。无如去势太骤,来势也急,一任他玄功变化,飞遁神速,也是无及。那网薄薄一层,色如淡烟,才一现出,耿鲲识得此宝来历妙用,是他对头,情知不能就此全身而退,于是两翼一振,飞出两根十余丈长的火柱,竟将网口略微撑住,未被合拢。紧跟着怪吼一声,身形一晃,缩小了十之七八,弹丸一般,由网隙中飞逃出去,逃得尤为神速,由下仰望,直未看见他是如何出来的。韩仙子随即现身,呼叱道:'你这扁毛妖孽!今日恶贯未满,特地网开一面,不然,你能在我手中逃走么?'说时,手指处,那网忽由外而内,风卷残云,往里反兜上去,将那两根火柱包没,火光立灭,化为两根尺多长的鸟羽,落在网内。往下飞落的两个夜叉一般的妖徒,也在网现出时,吃两道碧色宝光腰斩,尸落海内。后来才知虎头和尚之逃,也是为韩仙子法宝所伤。耿鲲瞥见妖徒惨死,自信平生无敌,连在东北两海吃了这等大亏,认作奇耻大辱。明知强弱相差,意独不服,既想与仇敌拼命,又想收回所失鸟羽。一见韩仙子现形,火柱被网消灭,现出原形,才知厉害,万非其敌,自然不肯白送性命。不等话完,早撒了一串火星,毒口咒骂,不住厉声怒啸,往来路破空遁去,晃眼投向天际密云之中,无影无踪。

"乙真人说,耿鲲记仇心重,故在他未到以前,便把弟子身形隐去。事完之后,赐了两道灵符,随令弟子起身,赶到鳌极洞中。乌神叟得诸位师叔之助,已将躯壳脱去,见面尚欲掩饰,吃弟子道破。匆匆说了来意,立即飞入冰原密径,加急追赶。料诸位师叔隐身飞行,声光全隐,一直飞到尽头,也未遇上。验看出口,又似无人通过;再一算那时候,也没这么快。方在寻思,便听出后面飞行之声甚微,如非耳目还稍灵敏,差一点,决听不出。忙即闪入旁室等候。诸位师叔果在后面现身飞来,移开冰墙,相继出去。因李师叔和甄师叔当时口气好似想见弟子,正欲现身拜见,忽想起乙真人的训示,不敢违背。等诸位师叔走后一会儿,方始开洞走出。

"陷空岛的地理一切禁忌,以及岛宫虚实、出入门户,昔向家父请问,知道不少。初下山时,来此省亲,拜见岛主,还到过宫中两次。又得乙真人指点,愈发可以偷混进去。因绣琼原上到处均有岛宫徒众在彼种植灵药,栽培花树,每一花林峰峦,差不多均设有奇门隐遁之法,外人只要进那重关,他们便自警觉。无论人多人少,均隐身在奇门遁甲里,一面分出人来,去往岛宫禀报;一面注视来人动静,是否仇敌上门生事,随时往岛宫报警。如在平日,凡是师叔这等生人到此,岛主闻报有人到来求见,照例不问来历,首先命人迎出辞谢,拒而不见。一面再以法力推算,来人如只请见一面,或是有求而来,还可好好出去;稍存敌意,或是于他有害,当时便难脱身。即便算出来人有大来头,本非相识,已然辞谢于先,也是休想得见。

当时偏巧宫中有事，正在外岛水宫召集徒众密议，只家父一人在绣琼原内岛代他办一要事。那人报的，是个初通人言的海中精怪，只说绣琼原进来生人，语焉不详。自来不是深知底细的人，多往外岛叩拜求见，能深入绣琼原内岛的绝少。家父误以为是弟子有什么急事，或因钓鳌受伤，冒险来此求救，令先勿往前岛水宫通报。匆匆把手中事办完，正欲出宫观看明白，来的是否弟子，再作计较。这一耽延，诸位师叔已然行抵中央海岸，由二位师叔通名求见了，家父这才知道自己料错。来人已然深入腹地，沿途无人通报，家父恐岛主怪罪执役诸人，忙即赶往前岛禀告。并在旁劝说，峨眉开府，对他师徒如何优礼，现命门人数万里远来，如似别人那等谢绝拒见，于理不合，焉知日后无有相烦之处？

"岛主被家父说动，方始延请二位师叔入见。问明来意之后，忽想起将来有一为难之事，也许能为之助，但不知诸位师叔法力如何，能否胜任？于是借着盗取灵药，以做试验。明为制压河图五行，直下丹井取药，实则全宫数十层关口，最主要的只是那寒光、玄玉两个冰魄寒精所主持的六合寒冰之阵和那战门，再便是那丹室下面的元磁真气。这两处地方，一个奇寒，一个酷热。本心只想在来人中选出两位能够抵御这一冷一热的，将来为他出力。所以到处都是形同虚设，全不相干。全宫埋伏，连那河图阴阳五宫，均经先为指点引导，自泄机密，惟恐诸位师叔等受阻罢休。独这两处，一言不发，便由此。没想到十位师叔俱有耐寒法力，好不欣慰。依他心意，原想诸位师叔镇制河图五宫，现出元始太极宫位以后，自悟两仪动静相生之妙，直下丹室，制住元磁真气，将药取出。有此法力，将来助他渡那难关，更可从容应付，万无一失，岂非绝妙？不料弟子突如其来，仗着乙真人所赐两道灵符，用以隐形，护身入宫，故现形迹，把家父引往隐秘之处，告知底细。家父知道此举关系弟子成败，仗有乙真人做主，只得暗中相助。

"岛主为防宫中埋伏阻碍太多，本已改令家父全权引导，只注重在丹井下面几层要地，别处任凭相机行事。家父为恐弟子随同，连越重关，虽难保不被轮值守侍门人看破，好在奉命主持，索性把前半数十层关口全行免去。径引诸位师叔，由寒铁飞路直达丹井中层河图阵地。就便把弟子也带往阵前广殿之中藏伏，静候时机，又赐弟子一件护身法宝，居然侥幸成功。

岛主因弟子往丹室取药,没有试出诸位师叔能否制那元磁真气,此时又不便明说何事须助,连弟子前后几次暗向家父探问均未说出,机密重要,可想而知,如何不气?旧恨新仇,一起发作,当时行法擒去。看那本心,直想将弟子置之死地,方消忿恨。

"幸而弟子知他面冷情薄,法令森严,对家父一人虽算是个例外,有时相待,仍是刻薄。惟恐累及家父,锐身自任,力言与家父无干。身是峨眉门下第三代弟子,奉了师父师叔之命,随行听命。因知岛主厌恶,隐身海岸,本来不敢妄入。又知岛主自允来人盗药,诸位师叔知弟子事前得乙真人怜爱指点,深知岛宫门户途径、丹井机密,命随同入阵,到时相机下手,不敢不从。现落岛主之手,死活任便,却休错怪家父。他这才生了顾忌,命那服役水怪,将我吊起,先用冷焰焚烤,给些苦吃。欲等家父引了诸位师叔等入见,问明了虚实,再加处治。就是本门徒孙,也须重责之后,方肯释放,否则家父便要吃苦。以此要挟,不患弟子不自承受。忽报天乾山主到来,竟把一切详细真情和盘托出,并还说起,乌神叟自弟子走后,防诸位师叔回去得快,急于同行,又不舍那副原形躯壳,知道弟子已投峨眉,家父不会与他为难,妄想带了同行。先前恐易师叔笑他异类,没有带出,这时往取,不料一时疏忽,忘了当晚极光反应,火中有了绝大吸力。他身上带着几件法宝,恰均为庚金之质,才走进那神火发源的密室以内,立被神火罩住。他又不舍那几件法宝空身遁走,只得运用内丹,放出寒灵真气,与火相抗,意欲连人带宝和那躯壳,一齐挣脱。时候稍长,神火威力越大,连空身遁走俱都不行。虽然三四个时辰过去,极光越过正子午线便可无事,到底真元损耗,难于补偿,弄巧成拙。正在惶急,乙真人忽命人獭带了灵符,由冰原地底,绕过火源,穿入内洞。同时他那好友黄风道人也已赶来,合力将他连元神一起救出险地了。弟子心想,投身本门之事,已然证实,看在两辈师长和乙真人的情面上,总可宽免。哪知岛主气量小,暗中偷听他和小男真人问答口气,竟还迁怒家父,不是好友劝说,直非重责不可。他那冷焰,身外冷不可当,身内火热如焚。不多一会儿,诸位师叔入见,他便卖好释放;如若无人解救,全焰发动,竟不知如何难当呢。准知家父必要受累,这人心冷如冰,一意孤行,言出必践,求说无用。只小男真人之言能听,但已解免了多半,况人已走,更无善法,心中忿激,不免现于辞色。家父恐弟子出言无状，一再阻止，没敢违背，心却忧虑。适在途中看了家父行时玉符赐示，才知他虽忿恨家父，不合暗助弟子盗药，一则乙真人已有成算，便家父不管，不过稍微费力，一样成功；二则将来他那难关，已非诸位师叔分出两人相助不可。先前他所虑者，是恐师叔对元磁真气不能制压得住。现在知道，不特冰蚕、温玉俱在本门，尤其就在李、金、石三位师叔手中，只是这次没有带来，借用自无不允之理。并且连那九天元阳尺，也可代向凌太师叔借用，心已喜极。家父与他师弟渊源情分又极深厚，人去怒消，必能宽免。至多指摘几句，或是做个样子，略加小罚。只因弟子知他底细，恐在外泄露，或是异日再来，特意以家父立威，来作挟制之计，实则无妨。底下多是期勉弟子的话，说什么得投身正教，乃千载一时的福缘良机，此去务须谨遵诸位师长伯叔训诲，努力潜修，勉求仙业等语。弟子诚心向往本门，已非朝夕，幸蒙乙太师伯援引，得列门墙，欣幸非常。只恨岛主不近人情，对于家父以严命相迫，不许父子相见。家父又无闲暇出游，相隔中土数万里，从此空怀孺慕，见面艰难，心中难过极了。"

石生笑道："这有何妨？只要他肯求助于我，便包你父子能够常见了。"易静道："岛主性情不免古怪。他也是有道之士，只要不真犯他恶，决不至于如此固执，定要绝灭门人父子天性。不是有所顾忌，便是别有用心。念在你是他大弟子的爱子，恐你只顾乌私，时来省亲，无心修炼，难以精进，也未可知。且等将来用到我们之时，再行劝说，使你父子能常相见便了。"灵奇谢了。

第二三六回　天未涌金轮　海气荒凉观日景
　　　　　　洞中惊黑眚　岚光明丽访仙娃

众人遁光本早放缓,且谈且行,不觉行到那通往海边的一条地震源脉通路口上,那通路入口,仍是好好的。前行里许,堵塞了数十丈,内中有一孔洞,可以蛇行而入,灵奇上次无心发现,又把它开大了些。这时灵奇在前引路,还想再为开大,请众人过去。易静说:"无须。岛主也许早年故意留此一条震脉,未向令尊说起。我们只要能通行过去已足,不必改动它的原样,就此穿行过去好了。"灵奇才没有动。一行十一人,各驾遁光,穿行过去。前面通路虽远不及来路密径通体晶明坚实,华美高大,宽窄也不一,并且途中还有倒塌之处,时闻硫黄之气,其热如蒸,但都不在众人心上。因这一带地底气候恶劣,时过黑水臭泥发烟之地,无可留连观览,便由李英琼用牟尼珠宝光,同了灵奇在前开路,一同加紧飞驰前行。不消半日,便穿入了冰原之下,道途重又清洁。众人才把遁光放下,略微歇息,缓缓前驰。

石生笑问灵奇道:"我们自来,还未经过这么长一段恶路。你看前途又臭又热又污秽,幸是我们,如换常人,简直入了阿鼻地狱,熏也熏死了。难为你那日怎么会发现的?"灵奇惶恐答道:"弟子自从先师羽化,得了几件法宝。内有两片古玉符,能传声留形,与陷空岛霜华宫顶之宝妙用大同小异。丹室盗药时交与癞师叔,家父行时交与弟子的,便各居其一。用时,只请画上先师所传符咒,运用真气,对它说话,或是写字,无论远近,到时自能现出声音字迹。昔日因家父不能随时离宫远出,弟子孺慕情殷,便各持一面,以备有事羁身,不能见面,各将所说的话留在符上,存放密径那一边的入口,彼此互换,传达心意,以代晤面。此外还有样用处:如把两符合璧，放在耳旁静听，千百里外声息动静俱能查知。日前往寻家父未遇，归来闲行密径之中，一时无聊，便往沿途歧路上乱窜，无心中寻到这条通路口上。觉出这里乃是年久坍塌，并非行法封闭，与别处歧径堵塞有异。试用此宝一查听，内中竟是空的，听出老远，并还隐有风涛之声，自极远处传来。地底侧听，本最真切。左右无事，又稍会一点地行之术，姑且走进一探，居然循此前行，可达海边。适才只顾贪图这里近便省事，却忘了道路污秽，请师叔不要见怪。"石生笑道："修道人，什么困苦艰难都应经历，便往真的地狱走一遭，又待何妨？有此捷径，免去远涉严关许多周折，自然是好。我不过说，难为你能找见，哪有见怪之事？"

说时已将最末一段冰雪中穿通的途径走完，到了出口附近。众人见这地方已成了冰獭的窟穴，出去便是极海冰洋。外面另有一道冰獭自建的长堤，甚是坚固高厚，海冰不能侵入。众人遁光到时，惊得那些潜伏穴中的冰獭嗷嗷呕呕乱叫，往四旁冰孔中乱窜。长者丈许，小者三四尺，神情滑稽，不下七八十只。石生笑道："这东西油光水滑，又白又亮，多么好玩。带两条回仙府去，养在湖里，不有趣么？"甄兑道："别处海獭毛色黑紫，巢穴生殖之地虽也在北海寒带之中，均随寒暖流来去，按着季节潮信，有一定时候。因系寒带生物，放在中土，已难存活。这类冰獭是另一种，毛色白如银针，不似先说海獭黑色。与北极冰熊，同是这里特产。终年生息冰雪之中，在深海中冒着刺鲸、寒鲛吞噬之险，猎取鱼介为食。仗着毛性奇暖，能化寒冰，又有掘穿坚冰之能，性更灵慧，尽管害它的东西多，尚能繁息，未致绝种。第一，它不似黑海獭，可吃树根草果，非鱼不饱，多杀生灵，仙府养之不宜。第二，它生于极寒之地，永不往外移动，常人难堪的极冷地方，尚难存活，何况中土。离了这片冰山雪海，一遇暖流，更难活命，娇嫩已极，如何带得回去？"石生一想此时仙府不能回去，自己洞府尚未寻到，众人又都笑他童心，只得罢了。

由獭穴中走出一看，四外冰山雪岳，绵亘不断，高约千丈以上。满空暗云低压，气象愁惨。遥望前面海中，恶浪排空，水天浑茫。时见小山一般的大小浮冰，随波逐浪而来，互相击撞，发为巨震。又见群鲸戏水，出没冰山碧海之间。来路上面冰原中，白熊、冰鹅，奇禽怪兽，时有出没，见人俱都呆望不惊，态颇温驯；偶然发声吼啸，却极洪厉凄凉。宛然禽兽鲸鱼的一片乐土,景物荒寒,气象雄阔。与初到极海所见冰原岸上情景大略相似。前路尚远,便稍歇息。

石生、阿童和易震,俱都年幼喜事。见旁边有两只比水牛还大的冰熊走来,白毛如霜,又肥又壮,阿童笑说:"人言人熊力大,这冰熊看去甚是雄壮,不知有多大力气?我们不用法力,试上一试,看能制得住不?"石生、易震随声附和。恰巧旁边又踱来了一大二小,三人一同上前,各自纵扑上去,抓紧熊的后颈皮,往下便按。那北极冰熊凶猛异常,力大无比。只因从未见过生人,初见惊奇,不曾发作,走近前来,本未安什么好心。身长足有一丈二三,四足站地,高可六七尺。石生等三人高只齐它们项下,又讲好不用法力,只凭手劲,如何能行?冰熊性又凶野,人不犯它,尚且不容,这一下,无异捋了虎须。那三只冰熊,想不到有人侵犯,三人又是天生异禀,起时势猛,冰熊猛出不意,竟吃按了个头几触地,当时惊叫,往侧蹿了两步,三人手仍未放。方觉好玩,哈哈大笑,待要往熊背上立去,冰熊忽觉此是奇耻大辱,猛然暴怒,一声狂吼,人立纵起,回爪往头上便抓。三人胆大自恃,全不在意,凌空下压,脚不沾地,力量已减去了几分。又见头一下便将熊头按下,越发疏忽,以为蠢然一物,有何伎俩,各欲争胜。因嫌熊身过于高大,身已翻向熊背,又想变换方法,致使四脚伏地不起。却不想身材大小悬殊,吃亏太甚。若以法力杀死那熊,易如反掌,便以徒手除它,也非难事。然而凭手想要制服,却难办到。笑声未住,冷不防吃那熊昂头一仰,猛然人立,回掌来抓,竟几乎吃了大亏。

三人中,石生最是心灵手巧,一听冰熊怒吼暴起,那比蒲扇还大,比树干还粗的熊掌,也已抓到,其力绝猛,自己有力难使,身被带起,竟制它不住,百忙中随着那熊往上昂起,一带之势,手一松熊颈皮,身子就熊背上往侧一翻,让开正面来势。然后横起一脚,往熊的右颊上踹去,身也借劲,飞纵出去好几丈,落到地上。石生天生神力,又是炼气之士,不过吃了大小的亏,本心不想伤生害命。那熊直劲极猛,却无横劲,万没料到敌人有此一着;几乎连头颈都被踹折,扑通一声,往横里翻滚出去老远,跌趴地上。歪着颗比水桶还大的头,厉声怒吼,急切间爬不起来。

阿童却是不然,因下山不久,见此庞然大物,不用法力,要去制服,一时高兴逞能,手才按下,觉出熊力绝大,便已胆怯。熊头往起一昂,觉力极大，慌不迭把手松开，忘了离熊纵起，竟吃熊甩出老远，忙纵遁光飞起，才未跌倒。

易震心粗，而又好胜，自负胆勇。明知熊力极大，仍一个劲往下按去，势比石生、阿童要猛得多，竟来不及收转，吃那熊一爪抓住。最可笑的是，身已临到危境，仍还一心记着"只凭手脚气力，不用法力飞剑"几句打赌的话。一手抓起熊的颈皮不放，双膝用力一夹熊背，待用强力挣脱。冰熊天生神力，又当怒急之际，一爪抓住，死也不放。如换常人，就这一抓，臂膀先已断裂，再要被它由头上扯落下来，或手或足，无论何处，只要再被它捞住一点，一撕便成两片，休想活命。犹幸易震也是天生神力，又是仙人之子，仙骨仙根，练就玄功；熊掌蠢笨多肉，尽管力大，不能和人手一样灵活。易震手臂只有两三寸粗，又被抓在掌心以内，没有被那钢一般的利爪抓住，虽出不意，侥幸没有受伤，可是当时形势也是险极。易震在熊背上往回一挣未挣脱，方觉抓处手臂紧勒生疼。同时，那熊吃易震两腿神力一夹，虽然熊大人小，不能夹紧，那熊已被夹伤，背骨轧轧作响，疼痛难禁，越发暴怒，急不暇择，又将另一掌往后抓来。易震左手正抓在熊的颈皮当中，那熊反掌后抓，眼看不见，背骨又奇痛欲折，情急暴怒之下，抓住臂的一掌往前强挣，另一掌便往颈后乱扯。这类冰熊，比山中大白人熊高大多力，又较灵便。易震一手已被抓紧，生疼不放。见另一掌又复抓来，知道厉害，一着急，不由松了左手。心想让开来势，却忘了熊已人立起来，身在熊背，面向着天，一手又被抓紧，往前猛扯，全凭左手抓紧熊颈，才得支持。这手一松，身便失了依附，来势虽然避开，人却被熊抓紧手臂，甩向前面。同时因这一急，把所炼道家真气，也自然运用出来。那熊甚是矫捷，好容易将仇敌由身后抓起，甩向前面，就势回转另一掌只一捞，便把易震的左腿捞住。狂吼一声，两掌并举，往两旁猛力一扯一抓。照着冰熊神力，又当怒极发威之际，这一扯一抓，休说是人，便是铁石，也吃抓折。恰巧易震真气已然充沛全身，通体坚如精钢，与初上来全无防备大不相同。虽还未想到施展法力，将熊杀死，但知除却飞剑邪法，很难伤它。一见身子被熊掌凌空甩向前去，一腿又吃捞住，一时情急，运用全力。那熊不特没有被扯动，两只熊掌猛地一挣，反被挣得生疼。那熊越发厉声怒吼，张开血盆大口，便往腰间咬去。

这时,海中群鲸戏水,流冰大如山岳,不时前后相撞。海气涵空,波涛澎湃,中杂鲸鲛之类巨鱼口中所喷水柱,珠飞玉迸,雾涌烟靠,合成一片奇景。自易静以下,俱在面海凝望,没留意到这三人有甚举动。闻得冰熊怒吼之声,也只当做三人故意激怒,引逗冰熊为乐,谁也没有回望。加以人熊相搏,动作均极神速,又都怀着人决不致为熊所伤的心思。当易震与熊恶斗之时,石生、阿童也刚相继自熊背纵出,脚踏实地。二人因知易震也是一身法力,认定不会为熊所伤,至多制服不了。又均无杀熊之心,见他始终手搏,只当故意如此做作,卖弄惊险花样,也没想起相助,信步往前走去。

当地冰熊,原不止这几只。这类猛兽多具灵性,复仇之心尤重,一见同类与人恶斗,一齐奔驰赶来。先前为石生、阿童所伤的那两只,还在连声吼啸,都觉人类如此可恶,一齐发威,怒啸应和,追逐愈急。石生、阿童均喜淘气,见熊动了众怒,四方八面一齐扑来,奔驰如电。熊掌践踏在坚冰上面,宛如万鼓齐鸣,震撼原野,势盛猛恶。先前二人是想用手将熊制住,过于轻视,全没一毫准备,身又短小,所以几乎吃了熊亏。这时知道不是易与,为数又多,虽仍未放在眼里,却不似先前那等大意。回顾为首两只大熊已将近身,石生首先大喝一声:"蠢东西,我不杀你,偏要自己找死么?"说时,熊已朝人猛扑过来。石生上了一回当,已自乖觉,不再和它纠缠,只把身子轻轻往上一纵,放过来势,由熊头上越过。就着身子往下一沉之势,照准熊肩背上一脚反踹过去。虽未用甚真力,就这一下,那么健强凶猛的大物,也是禁受不住。再加身子扑了个空,一时收不住势,竟被踹出好几丈,扑跌地上。冰雪坚硬如铁,尽管肉厚皮粗,也已跌得生疼,连声怒吼,反身又复扑来。阿童觉着好玩,相随学样。熊性坚强猛恶,一经激怒,发了野性,便以命来拼,不到力竭身死不止。于是此起彼落,前仆后继,打了个乱七八糟。二人不肯下重手脚,专一引逗好玩,急得那大小百十条比水牛还大的冰熊,咆哮如雷,践踏奔腾之声,震得山摇地动。

二人越打越好玩。石生方喊:"震弟,你还不把那熊支开,和它们打群架多好玩?"猛听易震一声怒喝,回头一看,易震和所斗冰熊,已是一东一西,各自分开,倒纵出去。易震手上带着一条树干般粗的白东西,那熊一声惨嗥,仰跌出去老远,还未落地,身上泉水也似喷出两三股鲜血,身已跌倒,还在冰地上滑出去好几丈,才行停住。这时才看出易震手上是条熊腿,所斗之熊已死。方想开口,微一分神,不料群熊已然激怒狂嗥,竟有十七八只从四面飞扑而来。石生二次口刚喊得一声:"震弟!"瞥见身前两只大熊扑到,未及再用前法纵身躐跌,猛觉脑后风生,两旁又有好些白影飞来。知道难于躲闪,方待行法抵御,手中刚掐灵诀,就在这一眨眼之间,忽听易静喝道:"你们也太淘气了。"语声未住,那四外飞扑而来的群熊,倏地纷纷仰跌倒退。随见易静等八人,一同自海边飞来,除金蝉朝己飞来外,下余七人俱向易震身侧落下。易静、易鼎正同向易震呼叱,那百十条冰熊均吃易静以法力禁制,空自怒吼厉啸,不能向前一步。再看易震,手上熊腿才刚放下,忙和阿童、金蝉赶过一问。

原来易震本还空着一手一脚,见熊心灵,知道缓势,身子凌空,手脚俱吃抓紧,人小熊大,有力难使,连挣两挣,未挣脱。那熊两掌被震得生疼,负痛急怒,张口要咬。易震虽然练就一身真气,只要运用,刃斧不伤,但没让猛兽咬过,不知能否禁受。又见血盆大口中白牙森森,未免胆怯。一时情急,便把空着的一手一足,紧抓在熊的大鼻梁上。这一有了着脚之处,自较得势,力气也使得多。两下里都急,也想不起换甚方法,于是一人一熊,各自相持不下。先前易震只吃了疏忽和力使不上的亏,又忘了运用玄功,熊性又极顽强,宁甘忍痛,死不放松。若凭气力,熊力任是多大,也非道家玄功所炼真气之敌。两下里相持了一阵,易震见它久持不放,急迫中又瞥见石生、阿童正和那百十条冰熊打得落花流水,热闹已极。自觉为熊所擒,久不能脱,越想越愧,越愧越急。忽然想起:"法术虽不能使,但运用玄功,发挥真力,将熊掌挣脱,有何不可?"念头一转,立把势子略缓,运用玄功,凝炼真气,准备运足全力,猛然发动。那熊吃易震用一手一足抵住鼻子,力气又比它大,本已力竭,腿掌皆痛,觉着仇敌势了略缓,乐得也缓一缓劲,正在喘息。易震已将周身真力元气运得十足,正要施为。一眼看到冰熊鼻孔中喷气如蒸,天本奇寒,所化成的冷雾聚而不散。暗骂自己:"蠢材,打瞎熊眼,手短不及;这手边的鼻孔,竟也忘了抓它两下。"想到这里,随以一足抵紧熊鼻,把势蓄好,随伸手往鼻孔中抓去,谁知无心中触着它那要紧所在。这熊觉着鼻间奇痒难禁,不顾再抓敌人,忙把抓脚的掌一松,待要回掌来抓。易震早已算定它或脚或手,必松一掌,已打点好了应付之法。一见松的是脚,更合心意。说时迟,那时快,熊掌才松,易震便将才脱熊掌的一条左腿往回一蜷。右腿就着鼻间原踏之处,用力一踹,然后联合蜷回的左腿,一同运足平生之力,猛朝熊的胸前踹去。空着的一只手缩回来,反掌抓熊,奋起神威,两膀用力一抖一振,上下相应,同时并用,口中一声大喝,往后倒挣出去。那熊鼻孔一痒,周身酸软,两只前腿便泄了劲,只顾回首抓痒,骤不及防,吃易震手足并用,猛力一挣一扯,自然禁受不住。因为用力太猛,活生生将熊的一条右前腿齐肩胛扯断。胸前鼻上又着了两脚重的。当时惨嗥了一声,随着人身向前倒纵之势,冰熊身也往后,仰面倒跌出去,顺鼻口肩胛等处狂喷鲜血,尸横就地。

易静等八人正在彼此说笑,闻得身后冰原上兽啸践踏,夹着石生、阿童呼叱欢笑之声,乱成一片,觉出有异。金蝉首先回头望见,心还好笑,告知癞姑说:"你看小和尚佛门弟子,也和石生、震弟一般淘气,放着好景致不看,去逗白熊玩。"癞姑笑道:"你莫装好人,如非这次掌教师尊命你当七矮的娃娃头,你早过去了,只怕比他们三个还闹得凶呢。"话方说完,一眼瞥见易震与熊苦持之状,忙喊:"易师姊快看你那位二令侄。"易静闻言回看,喊声:"不好!"忙即飞起,刚待行法禁制,晃眼易震已由熊身上挣脱,落到地上。熊腿已被连皮扯断,熊掌依然紧抓手臂之上,不曾坠落。众人这才看出险来,只奇怪三人为熊所困,怎不施展法力?金蝉关心石生,见众熊四面夹攻,忙飞过去时,群熊已被易静法力制住了。易震将熊掌扯脱以后,吃易静和易鼎好生埋怨了一阵才罢。

众人观玩了这一阵,也已兴阑思归,重又起身上路,往中土飞去。因那起身之处乃冰洋与北极内海交界,那玄冥界外极海中有许多妖人左道以及海中精灵盘踞的岛屿恰巧避过,前途已无险阻。又有灵奇引路,可稍抄近路,径由北冰洋上空飞行,无须横穿那万里冰原广漠。因路太长,不是当日所能飞回,初飞时见海天空旷,波澜壮阔,不时又见吞舟巨鱼,出没惊涛骇浪之中,先还觉着平日只在中土行道,冰洋极海足迹不到,难得经行,正可尽情观赏。及至飞行了半日之后,便成了见惯无奇。又以四外茫茫,天水相涵,看不到一点陆地,渐渐飞上来时原路,天虽仍是奇寒,海中碎冰也越来越小,冰山等奇景已见不到,连大鱼也难得遇见。天色早已分出日夜,正当入暮之时,天上冻云密布,惨雾昏沉。下面是寒流汹涌,碎冰杂沓,冰浪交搏,声甚聒耳。眼望过去,尽是这类阴晦荒寒之景,引不起人一毫兴味。众人越飞越觉无聊,俱想早登陆地,各把遁光加急,以全力飞驰。十一道遁光联合一气,电驰星飞,冲破千层寒云,无边惨雾,向前急驰过去,声势却也惊人。

众人起飞时晏,又当北极近边,昼长夜短之季,丑初天便黎明。众人初次经历,来时天阴,心中有事,只顾戒备异派仇敌和沿途海岛中隐伏的妖邪突起为难,均未留意及此,归途也未想到天么短,一路飞行,不觉子时将近。天色本极黑暗,似见天边金光一闪即没。众人先未看真,算计途程时候,刚在深夜。只易静、癞姑、南海双童以前曾在各海往来,均经历过,初见觉异,微一转念,便已想起,均未出口。金、石、阿童、英琼四人,俱想不到那是日出以前虚影,好生奇怪,同喊:"二位师姊,你们看见天边金光一亮么?"四人方微笑欲语,灵奇已先接口说道:"这里正是日长夜短的季节,日出在丑。只是这海上雾重,天阴时多,等到雾消时,已成一团昏白影子,到了中天,无甚看头了。适见金光,分明今日海上云高,星月之光虽被遮住,海面上却是晴空无雾,上好天气。日出好看,少时满天彩霞,还要好看,奇景难逢,难得遇到。弟子往来北海不下二三十次,并还事前留意日出之时,也只看见两次。内有一次,还只看一个尾梢。我们飞行太快,再往前去,到了有雾之处,就看不见了。"

话未说完,一个其大如山的金轮,已由极远天边跳波而起。英琼、阿童见那日轮与常见日出时情景不同,只是极大一面晶镜,四边并无光芒,却似月晕一般,四边紧紧围上一圈彩气。由海尽头处,突然升起,一下便离开海边老高,却不停住,略一升降涌现,忽又坠入波中。海面上依旧黑沉沉的,不见一点曙色。同声笑道:"无论到哪里,太阳总是一样,难道这里的太阳也与别处不同么?"癞姑笑道:"呆了!亏你们还在佛道门中修真,连这点见识都没有。太阳只是一个面目,怎会两样?这不是它的真面目,乃是它出来以前虚影,所以看去没有光芒。"灵奇接口道:"别处,这虚影便不易看见。这里因是北极冰洋附近,正当子午线上,所以有此虚影,日出之景也格外好看。实则日还未出,乃是海波回光倒影。师叔你看,天色不还是黑的么?不过虚影一现,真的也快出来了。"说时,天边金轮又复离海涌起。由此升降不停,上下跳掷,变幻明灭,毫不停歇。后来越跳越疾，正觉好看，忽然直落下去，半响不见再起。海面上浩浩荡荡，漫无涯际，除浪花奔腾、涛声震耳外，更无别的动静，天仍未有明意。

石生方说天色要变阴沉，忽见天边金轮涌过之处，微微现出一丝青色。灵奇忙喊："真太阳出来了！诸位师叔请看！"众人定睛一看，那青色先只微微一线，渐渐展开了些，颜色也就转淡，略似东方将晓的天色，只是比较往日所见稍微暗些，不是修道人的法眼便看不出。跟着海天尽处，先有无数光芒，作小半圆形往上放射，日轮还未出现。隔不一会儿，光芒渐强，渐渐露出一点半圆红影，随着波涛起伏，渐现渐大。到此，朝阳方始离波而起，现出半轮赤红如云的红影，浮于海天尽头碧波之上。万道光芒，齐射遥空，天空已由鱼肚白色，转成初晓。果然天上云层高而且多，吃阳光一映，化为满天金霞。海水受日光斜照，全海面成了金海。天光海色，同幻奇辉。那太阳全貌也已呈现，离波而起，精光万道，朗照云空。端的气象奇丽无俦。

直到众人看完晓日，重又前飞。日头逐渐高起，虹光才渐敛去，天空霞绮也回了本色。但见前行天色甚好，渐渐飞出北极冰洋边界荒寒阴晦之区。浮翳尽去，清光大来，水碧天青，风和日丽，波光云影，上下辉映，又在那么壮阔无边的海洋上空凌虚绝迹飞行，端的心神为之一快。

易静见途中游鱼跳波，海鸟回翔，结队成群，各自往来。遥望前途，已有风帆片片，出没遥波，知离海外诸国的陆地将近。一行遁光强烈，破空急驰，声势甚盛，老远都能闻见。不愿惊骇俗人耳目，正嘱咐众人把遁光敛去，猛瞥见日光底下有两点青白光由西向东，正朝自己侧面远远横空飞来。众人直行，那两点光华由斜刺朝前横来，两下里互相迎面，势均迅疾，晃眼临近。光也因近而大，真似两道长虹经天飞渡。易静见那白光虽不似本门家数，却非左道妖邪一流。看那来势，又正对着自己这一面飞来。猜疑是别派中相识道友，不是无心相值，便是有意迎来，弄巧还许有甚要事，特意从别处赶来迎候，都不一定。既非妖邪一类，当然也不会存有敌意。于是告知众人，暂把遁光放缓，不迎上去，看来人是否有心相见，再定行止。话刚说完，来人已飞离身侧不远，众人如不停歇，两下正好对面。众人方觉来人功力甚高，所识别派同道中并无此人，时又匆迫，不及互询。各以为一行中有人与之相识；再不也许有甚要事，奉了乙、凌、白、朱诸老之命而来。众人心方寻思，来人本算好两下相值之处，飞迎上来，众人遁光一停，便赶到了前面。见众人停空不进，当是不愿相见，故意停止，放他们过去，互相冷笑了一声，转头飞来。

易静、癞姑虽未把来人当做仇敌，蓄有戒心，却早看出青白光中来人是两个白衣少女；遁光家数，也认出有一个是昆仑派门下高手。开府时，昆仑派因有慈云寺党邪挫败之羞，只为首诸人来了几个，所带门人也极有限。暗忖："各正派中师执以及同辈道友，只昆仑派和本门有过节。开府盛会，钟先生、知非禅师诸长老虽也应请赴会观礼，表面看似前嫌已释，胸中难保没有芥蒂。这两女子的功力不似他们门下后辈，并且长一辈的并无女子赴会。素无瓜葛，又与本门貌合神离的昆仑派中女仙，怎么会突然迎来？恶意或者不会，好意也未免不合情理，其中必有缘故。"心念才动，来人已至对面。

二人觉得内中一个似曾相识。对方见有易静、英琼在内，面色也倏地一变，首先开口，冷笑说道："我姊妹去往海外访友，见有峨眉门下成群飞驰，本意只想托带两句话，不料会与本人相遇，真乃巧事。去年我和一位同门师兄，曾与易、李二位道友相遇，大德未报，至今耿耿。日前并到依还岭，才知二位道友门还未入，便以主人自居。却没想到圣姑遗偈，入居仙府的人，第一须将艳尸玉娘子崔盈除去，第二须将圣姑昔年未完的心愿代为办到方能入内。还有圣姑昔年所藏，最关紧要的十六件天府奇珍，俱在你二人前次所见小池以内，事前必须盗出，否则崔盈妖鬼便无法伤她，也休想深入后洞，解破洞中各层禁制。现在崔盈的元神已能通行全洞，不久便可复体重生，无人能制。除非不舍原来躯壳，又想占据圣姑仙府，没法解禁，攘窃藏珍；如想此时出洞遁走，为祸人间，已非难事。本来没有这么快，也是你二人上次惹出来的乱子，行时忘了封闭洞外幻波池底泉眼，事后也不前往查看。她囚那地方最为隐秘，妖魂禁闭多年，从无一人入洞侵扰，本是安心在内顺序潜修，准备修到功候，复体重生，再行出世，为所欲为。你们前往盗室，她受圣姑法力禁闭，停尸中层密室以内，你们就将所有法宝全数盗走，她也不会知悉。谁知你们一心觊觎圣姑藏珍，偏又不知底细，无缘无故分成两路入内，误入停尸室内，无意中将圣姑制她的禁法破去一层，以致惊动妖鬼。她算计圣姑十六件藏珍的枢纽在她尸首底下石穴以内,来人必不就此甘休,此事一经开端,必定还要再来,甚或引了许多法力高的人前去为难。料定祸兆已萌,隐忧未已,为此不等功候修成,亟谋脱困之法。你二人走不数日,她便施展邪法,引诱外面妖邪前往,以美色、藏珍为饵,令为出力。

"她自身被困洞内,不能出门一步,地更隐僻,昔年妖党死亡将尽,勾引人本是极难的事。事有凑巧,她那信香刚经了许多心力,自泉眼里透将出去,便遇见两个不知自量的男女妖邪,跟踪下去,到了池底,发现仙府所在。此时洞门有你们法力封闭,内外隔绝,不能相见。这妖鬼也实狠毒,知道圣姑不禁女子入内,只洞门无法进去,竟由洞内传声,使出奸谋,先说出她自己姓名,以及洞中藏珍之多,将二妖人打动。随后告以洞门已被佛家法力封闭,绝难攻破,尚须多寻几个有力助手,令那男的急速另约有大法力的妖人相助,人数越多越好,却把女的留下,与她做伴,隔洞遥谈,以解多年烦闷。二妖人为她甘言重利所诱,自然依言行事。哪知妖鬼看出二人法力不济,便想把风声传布出去,多引一些妖邪前往,以便各出死力相助,试为其难。万一旧日同党尚有一二残余未受诛戮,闻风赶来,岂不更妙?同时又想把女妖人的生魂摄了进去,为她服役解闷,将来破法时多一助手,省得孤掌难鸣。

"男妖人刚一走,她先用些甜言蜜语,哄得那女妖人对她信服。又故意露些口风,她好洞中法宝珍物至多,来人如是女子入内,并非不能。只为洞中法宝灵丹甚多,自己身受禁制,无力相抗。惟恐人心难测,一旦引了进去,吃来人将法宝、丹药取去,却不管她死活,故此放心不下。必须多约人来,当众言明,这些法宝、灵丹以及这座仙府,要看来人出力大小,分别酬谢。议定之后,立下盟誓,并由她指点门户途径。此时为防万一,却不愿人入内,以防受人挟持。那女妖贪心早动,又知她夫妻二人法力有限,闻言愈发垂涎,巴不得先入洞内,乘机攘取上几件好的。便再四和妖鬼商说,自己久慕她的美名,亟欲入内相见,并以离开相要挟。妖鬼方始装作无可奈何,勉强应允,教她身剑合一,并用法宝护身,由泉眼底下一个小洞,借水遁冲将进去。女妖人利令智昏,也不想想对方先已说过她此时身上束缚已去八九,全洞均可通行,只这一层洞门阻隔,又是久炼妖魂,稍有缝隙,便可穿越,既有这个水洞捷径,为何不能自出,外人倒可走进,是甚缘故？只因一心贪得法宝、灵丹，便毫不思索，如法施为，由泉眼水道中借了水遁飞入。前半果然通行无阻，等到深入腹地，到了小池以内，圣姑金水禁制被她触发，肉身当时化为乌有。本来形神皆要消灭，仗着妖鬼早有准备，在池旁等候，一见入了禁网，忙施妖法将她生魂摄起。圣姑禁法厉害无比，妖尸崔盈也几乎受了重创，才将女妖人的生魂保住。妖鬼平白害了助她的人，毫不介意，反逞淫凶。先把女妖人的生魂凌践折辱个够，使其俯首帖耳，心胆皆寒，百依百随，不敢丝毫反抗，方始收为她的侍女。

"不久男妖人到来，妖鬼推说女妖人久候他不来，忽然不辞而别。男妖人知道内外隔绝，出入皆难，做梦也想不到乃妻落了她的毒手，以为另往别处访友，未以为意。所勾引来的一干妖邪，虽也有些能手，无如那五座洞门，一座也攻它不开。有的知难而退；有的吃妖鬼连愚弄带激将，不肯就罢，又各回山祭炼邪法，以为再来之计。风声传播，人来得越多。妖尸见来人如是女的，便用前法，将人吊单，诱使入网，一连害死了十几个淫娃妖妇，那洞依然如故。当你们移居依还岭北山谷的头五天，不知由何处来一丑女，竟将洞门禁法破去，到里面和妖鬼一见，强取了一件法宝走去。取宝时，不小心误触埋伏，还舍去了一个手指。妖鬼崔盈留她不住，一去便未再来，可是门户洞禁大开，近日洞中已有妖人来往，洞门启闭已由妖鬼主持。只等身上七灵丝炼化，元神去了禁制，便成大患。你们妄想入据仙府，自居依还岭山谷之中，却任妖邪在内盘踞，岂非笑话？我日前去查看了一次，现已完好。除妖之策，只等海外归来，便即下手，不过归期还得些日。你们如若自命不凡，何不先往一试？谁能依照圣姑遗偈除却妖尸，便是洞中主人如何？"

说时，易静、李英琼早认出说话这女子，正是上次幻波池所救两少年男女中的女子辛凌霄。英琼想起这两人恩将仇报，去时曾用决守暗算老父，心中忿恨。又听出语带讥嘲，几次想要发作。易静比较持重，觉着这两女子突如其来，形迹可疑，遁光功候比平日所见各派门人都高，并且语带讥嘲，明含敌意。自己这面一行十一人，遁光连在一起飞行，威势甚盛，休说寻常妖邪见而远避，便各异派中有名人物偶然相遇，也未必敢存轻视之心。这两个女子如非有恃无恐，怎敢对面迎来，若不介意？所说又是幻波池艳尸崔盈的事情，并还自称到了依还岭，见到过静琼谷中诸弟子。料知必有原因，关系重大。那日初到依还岭，本就觉出幻波池底洞门有开闭之迹，因时太匆促，没有看真。师命彼时不许下去，癞姑、英琼又在旁劝阻，暗用禁法试探也无回应，就此离开，不曾下去仔细查看。后来连留意了好些日，并在暗中隐形前往窥伺，均无动静，自知断无眼花看错之理，至今是个疑团。当时只因炼法正紧，南疆事完后，又有北极陷空岛取药之行，一直离山多日，不曾回去。日前想起："米、刘、上官、雕、猿诸弟子虽非易与，到底功候还差。近来幻波池藏珍，以及艳尸复活之事，已渐传播，各异派妖人必定纷纷垂涎。师父命在开府之前，先行移居依还岭上，也必为此。目前正值多事之秋，万一有什厉害妖邪觊觎池底仙府中的美色、藏珍，去与艳尸勾结，发现岭上有本门弟子居住，定往侵害无疑。米、刘诸弟子如能谨守行时之戒，每日闭洞不出，静琼谷上下四外均有本门禁法封闭埋伏，就被敌人识破，至多被困谷中，也还能够支持到自己三人回去救援。最可虑的是，众弟子贪功喜事，不自量力，轻易出敌，便难保其平安无事。一人受伤遇害，余人再为同门义气所激，同仇敌忾，齐出拼斗，更是凶多吉少。何况妖邪党羽甚多，形迹一被窥破，众弟子即使当时幸占上风，仇敌也必呼朋引类，源源而来，能手日多，阴谋百出，终至吃了大亏为止。"易静因身在数万里外，事未办完，不能立时飞回，甚是悬念。嗣又想起："行时查看诸弟子面上，均无晦容。掌教师尊既命随同行道，纵令将来米、刘二人不免兵解，绝无目前遽遭凶折之理。适才动念，许是怜爱新收女弟子上官红，关心太过之故。"因北极神光就在此时出现，极光一敛，便须率众直入岛宫丹井盗取灵药，就此岔过，也未向一行诸人提起。这时听那女子一说，自是心动。不问来意善恶，难得她自行吐口，自以听完后再作计较为是。惟恐英琼记念前仇，冒失发作，误了事机，连使眼色示意，才行止住。

那女子见英琼双目炯炯，神光射人，秀眉双翘，暗藏杀气，察知她心中仇恨，意欲发难。本心原因空中路过，发现峨眉派剑遁，意欲就便令其与易、李主人带信，以遂自己阴谋，不想倒会不期而遇，一行竟有易、李二人在内。想起上次幻波池被困之事，尽管一念贪私，平日对本派诸先进同门曲为解说，以恩为仇；这一对面，想起以前脱险情形，夫妻两条性命终是人家手里救出来的，不禁难以为情。况且对方这十一人，看去功候均高，无一弱者。其实她还不知易、李二人，为峨眉门下后起有名高弟，单这两人翻了脸，便不易发付，何况有十一人之多。无如双方已然对面，况又同了新交的一个关系紧要的道友，不能当面示怯；又仗着练就隐形飞遁之术，同伴法力更是高强，身后还有极大力量的后援，想了想，只得硬着头皮搭话，意在激将。及见英琼面带忿容，一面暗中戒备，一面不等对方发作，乘机先冷笑一声，面向英琼说道："上次幻波池初见不识，事后方知你便是峨眉门下号三英之一的李英琼呢。你休生气，听我一言。幻波池底女妖尸，至多再有百余日，便能复体。那时，她必将古仙人所遗留，为圣姑保藏的十六件奇珍，设法取出。再用内中一件法宝，打开圣姑仙法封禁的一部道书，如法施为。不出三年，便和昔年圣姑一般神通。那时休说你我，便令师齐道友和他那些同门同道，也没法制她了。以前你我幻波池那段公案，于我夫妻为德为怨，尚自难言。本来你二人不寻我们，我们日后也必寻你们，不过此时还顾不到。一则妖尸气候将成，不乘此时下手，留此隐患，异日为害酷烈，不可复制。二则幻波池奥区仙府，洞天福地，想据为己有者，不只你们三人。今日你我无心巧遇，我以好意相告，你们定仗人多，倚势行凶。我金凫仙子辛凌霄，也不是好欺的，当时便可奉陪。否则，你们既以幻波池主人自居，而我却拜读圣姑遗偈在前，往好里说，仙偈隐示仙府藏珍应为我有，你也不信。何妨各凭法力，径照圣姑遗命，前往盗宝除妖，不问是谁，只要捷足先登，便算他是后继主人，到时不得再有争执。我今说此话，并非有甚用意，要想诱激你们前往上当。只因贵派专一恃强欺人，明明别人成功于先，却不甘服输，倚仗人多势众，巧取豪夺，均所不免。我也不是怕你们的声势，如不事前言明，到时纠缠不清，岂非惹厌？还有妖尸近来党羽日众，卧榻之侧，岂容他人酣睡。你们新收几个男女弟子，住在北山谷内，早晚必为所算。内中有一少女，名叫上官红的，日前想是发现池底有一妖人来往，同了一个能人言的大母猿，去往池边石后潜伏守候，恰值有一厉害妖人到来。如非我怜此女资质甚佳，连那母猴一齐使法力隐蔽，护送回去，几遭毒手。这等危机四伏的险恶之地，却令几个初入门的后辈，同了一些披毛戴皮的畜生在彼留守，这幻波池仙府未来的三位主人，也太大意了。我在空中遥望，有贵派遁光横海飞行，想托带一口信,各自下手,往幻波池盗宝除妖。并令其早日回转依还岭,或将那几个门人先行遣去,另觅善地。果真命数前定,应为仙府主人,功成以后,径回仙府居住,岂不比那虚张声势,空言无实强得多么?"

还待往下说时,英琼是被易静按住,强自隐忍未发。癞姑本在一旁察言观色,留神静听,忽然插口答道:"你便是昆仑派门下,号称神仙美眷的那位卫夫人,金凫仙子辛凌霄么?你这些话,不必再往下多扯了。你的本意,不是防将来你夫妻盗宝除妖,入居仙府,我们要和你争,想在事前约定,功成者居,到时免有异词么?又以我们几个门人现伏静琼谷,妖邪踪迹相去密迩,恐为所算,使我们急速回山,好做准备,照你心意行事么?实对你说,谁是仙府主人,未除妖尸以前,自然难定。你说你们读过遗偈仙示,隐语寓意应为你有。我们偏也得到圣姑留赠的一本小册子,上面除载明所赠百余件法宝,名称用法,并嘱家师分赐门下诸多弟子外,看那末章语气,仿佛又像与我三人有关。为此,家师才命我三人带了小徒和雕、猿前往。因艳尸崔盈气运未终,时机未至,暂住静琼谷,乃是另有机谋,恕难奉告。池底近况,我三人也早知悉,道友便不见示,也无弃置之理。至于防我们到时倚势逞强,巧取豪夺,则稍知自爱之士尚且不为,何况我峨眉门中弟子,此层只管放心。并且我们这次虽然志在除妖去害,为本门建立一所别府,私衷却不知自量,想拿此事试验各人近来功力。下手除妖,至少也须等到明年,照道友所说气候将成之际。这时不过凝碧仙府已闭,奉命下山,无处栖止;又以圣姑仙示,认定身是未来主人,为图近便,移居岭北山谷之中。暂时原无作为,一切早有定算。我们和道友同是玄门弟子,崇善诛妖,殊途同归,无分你我。道友又自称是圣姑仙偶中属意之人,虽与仙册之言不符,也许圣姑别有用意,两皆期许,借以策励。我们事尚未成,先自为此争执,不特不是修道人的襟度,转为妖鬼所笑。好在不问谁是未来主人,必须先将妖鬼除掉,方能入居仙府,徒事空言,无补实际。再如道友所言,双方各自下手,也觉稍微含混。万一彼此均曾出力,各有小就,同时与妖尸对敌,异日功成之际,有甚争执,岂不又道我峨眉惯于倚势逞强,巧取豪夺?我师姊妹三人,均照预计行事,还得些时,方始下手。道友既恐妖尸猖獗,亟欲除害,我三人自知法力浅薄,情愿相让,任凭道友占先,只要将妖尸除去,入居仙府,我三人当日便离开依还岭,决不停留片刻。万一道友到时有意相让，明知可为而不屑为，我三人再来承乏未晚。反正妖尸虽然啸聚徒党，声势张狂，也只在洞中作怪，尚未为害人间，无所贻患。此后各行其是，也无劳见示。只盼道友积此善功，为众生去此大害，我等绝无异言。还有上次在幻波池仙府逃走时，用千斤铊暗算李老伯父的，乃是道友的丈夫卫道友。李伯父佛法高强，既未损伤毫发，也与道友无干。李师妹虽然误认仇人，但我们人多，为免倚众逞强之讥，也不容她有所举动。小徒在幻波池上窥探妖邪动静，遇见强敌，承情相助，送她回去，虽然道友事前不知，此女得有圣姑亲传，精于隐形飞遁之术，不致为妖邪所算，但毕竟萍水相逢，仗义拔刀，盛情可感，回山问明小徒详情，异日相见，必有以报。现时先让道友居先下手，愚师徒也不他往，只在静琼谷中听候捷音。到了明春，道友如还任妖尸盘踞在内，迟不行诛，愚师徒再勉为其难。此后也无劳见告，各行其是如何？"

辛凌霄见癞姑长得痴肥面麻，生相十分丑陋，说起话来，摇头晃脑，神态滑稽。偏是语多讥刺，尖刻异常，叫人听了干生气，急恼不得。知道自己的本意及救上官红的实情，均吃窥破。对方人多，均非庸流，若破脸胜负难料。上次幻波池已是丢人，且还可说是误陷圣姑禁制所致，此时再如败在这几个后辈手里，岂不更是难堪？想了想，强把仇怒忍住，冷笑答道："我知你们近仗声势，无事不为。为省异日烦扰，故此把话言明，既然知难退让，还有何说？我和诸道友成功之后，料你们也不敢再有异言。此时既不倚众行凶，我和这位道友尚还有事，不值与你们计较，我们去了。"说罢，回顾同行少女，喊声："道友请。"一同破空飞去。石生、阿童、易震三人听到末句，方欲反唇喝骂，二女已是飞去。癞姑忙拦道："这丫头眼看晦星照命，要死的人了。她吃我看破诡计，没法下台，乐得由她说几句，遮羞好走。我们也好赶紧回山，免又相打，生出枝节耽延，理她做甚？"

易静不放心静琼谷男女诸弟子，先催促速行。等遁光联合，重新飞驰，然后笑对癞姑道："师妹平日滑稽玩世，今日却是文绉绉的，庄谐并陈。此女心思吃你点破，为争颜面，不得不拼着性命，勉为其难，甚至与异派妖人同流合污，俱说不定。我看此女煞气晦纹已透华盖，你说她晦星照命，一点不差。如再不知度德量力，死亡更快了。"癞姑道："你看她眼下不是已与丌老的转世爱妾联在一起了么？"易静惊问道："我见那同行女伴相貌虽美,却一脸青气,细看又非妖邪一流,原来竟是老怪物的女弟子沙红燕么?你怎认得?"

癫姑道:"这还用认?旁门女仙中貌美的,只她一人身上不带左道气质。但她成道时,元婴被仇人暗算,受了大伤。老怪物爱她过甚,不惜再转一劫,百计扶持。她也因为以前行事狠毒,树敌太多,上次转劫重修,受尽磨折苦难,想起胆寒,不敢再行尝试。偏生大荒二老的固魄神胶与九转大还丹这两种必需的灵药,因二老都厌恶歼老怪物,一任好说歹说,明求暗取,辗转请托,终是坚决不与。如与行强,又未必是对手。没奈何,只得由老怪物辗转求托天痴上人为力,向乙木精灵桑仙姥求助,勉强求得三丸乙木神丹,借灵木精气,补益所耗元神,才得逐渐修成,可是面上青气老不能退。她过去、今生,俱以绝色自负,对此引为大憾,却也无法。那青气便是她的幌子,更无二人。别的左道旁门,脸上虽也不免有五颜六色的,但以男的居多,如是女的,均喜妖淫狐媚,即使本面色难看,也必设法掩饰,并且身带邪气,一望而知没她干净。尽管她面有青气,依然看去美秀。尤其冷冰冰的,不喜和人说话,更是她的特性。我虽闻名未见,却听眇姑说过,绝无料错之理。适才她因我话说得挖苦,已然不快,再说重一些,说不定便要发作,虽不怕她,难保不把老怪物引了出来。这厮飞行绝迹,来去如电,虽然妄自尊大,不肯和我们后辈为难,如伤了他的爱妾,决不甘休。不问能敌不能,我们急于回山,遇上他,岂非麻烦?不与破脸,只说几句,便是为此。那辛凌霄乃昆仑派长一辈中最末的一位有名人物卫仙客的妻子,本是神仙美眷,不知受了何人蛊惑,如此倒行逆施。她那来意,师姊想已知道了。"

易静道:"我只知她必往幻波池,又受了挫折,或是有甚难题,正巧遇见上官红在池边窥探,值有妖人飞来,她恐红儿受害,用法力隐起,送了回去,问出实情。她往海外约人相助,云路中发现本门遁光,忽然想起可以利用。意欲令本门人带口信,用激将之计,假手于我,代她去掉那洞中阻碍,以便坐享其成。再不便是激我三人去和妖尸崔盈恶斗,好使两败俱伤,以收渔人之利。不料遇上本人,话不好说,受了抢白。我断定来意不过如此。上官红遇救一层,听你之言,好似她别有用心,并不承情,却未想到。"

癞姑道："师姊料得极是。她因突如其来，忽遇本人，又想起前事内愧，不能再照预计说话，又不能就此退去，所以辞色牵强，授人以隙，居心不良，一望而知。至于上官师侄，她分明是爱才，妖人到时，用法将她隐去。事后相见，红儿为人和易，无甚经历，胸少城府；再见她不是左道妖邪，又长得美秀，也许她再拿话一诱：越认作是自己人，便告以详情。她爱红儿资质，问完之后，必说实话，要收为门徒带走。红儿只是受愚一时，人本机智，闻言自知上当。不是当时隐形遁走，便是自觉势孤力弱，引去静琼谷内，米、刘、雕、猿自必出来接应。先也因她是昆仑门下，知道教祖与对方长老交往，又非邪教，必以婉言相拒。但我听李师妹说，卫仙客夫妻遇救，逃出洞时，恩将仇报，暗算李伯父。当时神雕正在身后养神，自然认得此女。此雕近来愈发通灵变化，必告袁星，说出此女前事，这一来，米、刘、上官、雕、猿自必群起夹攻。人还尚可，神雕却是难斗，也许措手不及，还吃了点亏。她适才骂雕、猿定是为此。否则，她已看中红儿，又问出是我们门人，焉有放过之理？不信回山一问，就知道了。红儿胆小，决不轻往池边窥探，也必有点缘故。照此女适才所说，不过三五日内之事，受此虚惊，连米、刘、雕、猿均有了戒心，我们未回，决不敢再冒失行动。真要有事，神雕久随白眉禅师，得道千年，海外途径不是不知，早就迎头飞来了。这层可以无虑。我们回山真是愈早愈好，现已无暇再与受伤诸同门相见，一入中土便须分手。我三人自还依还岭，万年续断、灵玉膏由金、石诸位师弟带去，如法施治。岳师兄现在衡山，本门诸弟子中只他和诸葛师兄可以出入仙府。灵奇虽蒙乙真人引进，尚未拜师，可由诸位师弟分出一人引去。如能侥幸，随了岳师兄去往仙府参拜，不问能见教祖与各位尊长与否，借此见识一回，也不枉他向往心诚，连日辛苦。"

易、李二人闻言称善。阿童笑道："你们不是要除幻波池妖尸么？共只三个人，如何能行？我们送到灵药，将人医好，来助你们除妖如何？"癞姑笑道："圣姑不愿男子入她仙府，你们来了，反而有害。此事不劳照顾。"石生道："我不信这话，一样除妖去恶，分甚男女？"易静道："洞中禁忌，实是如此。并且此次师父命众弟子各照仙柬道书之言，分途行事，到了急难之时，方可求助。此时一则无须，二则诸位师弟也还是分途行事的好。"金蝉笑道："石生弟和你们说了玩的。我们现连一个栖身之所还未寻到，哪有工夫管人闲账?"癞姑笑道:"你少说好听的话吧,我三人只要答应,你们不当时来凑这热闹才怪。"阿童赌气对金、石二人道:"我早听李师兄说过幻波池中女鬼的厉害。她们今日不要我们,到了事急之时,再以法牌传声求救,我们也不要理她们。"癞姑道:"小和尚,你白生闲气。我们就有了甚为难之处,也有人可找,不劳你们照顾。你没听说洞中禁忌,不令你们男子入内么?没的找了你们来,给我们添些阻力?且等别府建成,我三人移居以后,再请光降吧。"金蝉笑向阿童道:"小师父不要急。跟我们走,包你有热闹。跟癞女尼在一起,有甚意思?休看她有幻波池洞天福地,整年藏身地底,多好的洞天福地,也是闷人。我们且找一处好洞府与她们看。"英琼笑道:"幻波池和紫云宫两处仙府奇景,绝无仅有,只恐未必能赛得过去吧?"石生不服道:"莫非天底下就是你们这两处好地方么?"英琼道:"空言何用?凝碧崖仙府和这两处以外,叫你想也难想出来,休说现成放在那里,等你去住呢。"

石生方要回答,甄艮接口笑道:"李师姊,这话并不尽然。宇内灵境甚多,尽有仙凡足迹未到之地。本来我也不敢如此说法,日前详忖教祖仙示,不特小师兄领导的七矮弟兄,将来要广收门人,发扬光大,好似岳师兄也要自成一支,如无一处极好的灵境仙府,如何用得?不过时候久暂,能否当时寻到,说不一定罢了。"英琼笑道:"真要如此,那太好了。我在仙府,私底下还问过玉清大师:'怎么好地方都被我们女子得了去?男同门怎都向隅?'她只笑说:'各有因缘莫羡人。'教祖仙示自然无差,我先不知,所以那样说话。平生最爱名山胜域,仙境灵区。你们此去如若寻到,早点通知一声,大家喜欢。"甄艮应了。易静笑道:"李师妹那么性刚疾恶,平日相处偏那么天真得爱人。"癞姑道:"本门男女诸同门,差不多都是襟怀坦白,磊落光明,刚而不激,柔而不靡。不似别派门下,无论师规多严,多少总有两个败类。"石生笑道:"心里就有甚花样,也拿来刻在头脸上了,再要说是不磊落光明,岂不冤枉?"引得众人都笑了起来。癞姑笑道:"你绕着弯刻薄我么?谁似你长得和小姑娘一样?几时惹我生了气,不叫你变成又癞又麻才怪呢。"石生故意吐舌道:"癞师姊,莫生气。谁要长上你这副人见了吓得倒退三尺的尊容,莫说外人,自己先就恶心。管他小姑娘不小姑娘呢,好歹落个干净相。"癞姑道:"石生近来道力未长,却学会了贫嘴薄舌。小师弟做了娃娃头,倒装得老实了。"金蝉道:"你们拌嘴,没我的事,我不疤不麻,也不像小姑娘,牵扯我做甚?"众人闻言,又见癞姑天生丑怪之状,俱都忍俊不已。一路说笑,不觉飞入中土,到了四川境内,方各辞别分手。

金、石、甄、易、阿童、灵奇一行八人,带了陷空岛所得灵药,自去医治伤员,送灵奇往衡岳拜师,并往各地寻找洞府。情节新奇,暂且留为后叙。

易静、癞姑、李英琼三人,与金石等八人分手以后,便急催遁光,往依还岭赶去。遁光迅速,不消多时,便已到达岭上。只见空山无人,水流花开,表面看去静悄悄的,依旧一片清丽灵淑的仙境,毫无异状,也看不到一点妖邪之气。易静觉得金凫仙子辛凌霄有点过甚其词,意欲揭开幻波池上面奇树探看。癞姑知易静平日虽然性傲,毕竟久经大敌,见识得多,遇起事来,仍是谋定后动。这次对于幻波池妖邪,却轻率躁妄,连静琼谷还未到,门人一个未见,便想探看池底动静,好似有些反常。想起师父道书上附载的预示,觉着不似佳兆,忙劝阻道:"看辛凌霄神情,所说不似虚假,就说过甚其词,也不能全属子虚。妖尸所勾结的外邪,已必深入仙府。师父仙示所限年月,相差甚远,如若就此下手诛戮妖尸,时机未到,必无成功之望,徒违师命,于事无补。师姊既不打算下去,单看一眼,有甚用处?静琼谷中诸弟子尚未相见,只是远望谷中,禁制未破,此间已有妖邪往来,辛凌霄又曾与诸弟子打过交道,我们离山日久,知是如何?好歹先回洞去,问明之后,再作计较,何苦打草惊蛇呢?"说时因恐艳尸崔盈邪法高强,机警异常,所勾结的妖党绝非弱者,特用本门传声之法,免被警觉。

易静自从上次随李宁父女入内取宝,几乎为圣姑仙法所败,心便有些不快。闻言想起师谕,知圣姑平生言出必践,不到所限除妖日期,妄自入内,必受挫折,心中老大不服。暗忖:"圣姑原是旁门出身,后虽成道,仍非上乘正宗。加以前孽未尽,又在洞中羁滞数百年,直到孽满,助她的人到来,除了妖尸,方始功行圆满,证果飞升。又闻她昔年性情孤僻,刚愎自信,说了便做,就错也无反悔。妖尸已为所杀,不早将形神消灭,情甘沉滞数百年,姑息养奸,使其养痈遗患,只因当初一句无心之言的缘故。如今妖尸已近复体重生,此时除她,羽毛未丰,自较容易,并且有机可乘。

不早下手,等气候成长,不特除她艰难,更不知有多少人受害。别人费了心力,为之除害消孽,莫非为限日期还差两三年,宁甘养痈遗患,听凭妖尸坐大为恶,无人能制,无形中造下许多孽因,身受其累?对于除妖的人,不特不在暗中相助,反倒作梗,未免不近情理。果真如此,自己也可以大义责难,料她说不过去。师父想因圣姑是洞中主人,慨然将仙洞相让,并把生平聚敛的法宝、道书全数留赠,不便不依照主人意旨行事;同时又想借此磨炼门人。虽有'不到日期,不可妄入'之言,但又附有'如因自昧仙机,误入险境陷身,不能脱去,速将所赐灵符如法施为,便可保身待援'等语。那灵符又只自己独有,分明早已算定自己必在事前入内无疑。此事,师父只命自己和癞姑、英琼三人主持,也未提到须人相助的话。妖尸神通广大,不在此时乘机入内,将来定更难制。至于上次取宝受挫,是因为不知内中埋伏虚实,禁制重重,变化相生,事前又无甚戒备,所以几乎吃亏。自从开府,得了本门真传,在静琼谷修炼了些日,功力已大精进;洞中虚实和诸般埋伏妙用,也俱由师父详为指点。再将前师所传之宝,预先取出,防身备用;再隐去身形入内,小心戒备行事,自信便是圣姑为敌,也奈何不得,何况断无暗助妖尸,与己为敌之理。如能就此除去妖尸,自是绝妙;如若妖尸仗着圣姑原设埋伏禁制,防护隐蔽,暂难如愿,好歹也将几件最关紧要的法宝、道书先盗到手,以免日后落于妖尸和有力妖党之手,并雪上次受挫之耻。只是两师妹俱都谨慎,且先不与明言,事成之后再说。"易静主意打定,因没把池中妖邪看得太重,心里又正盘算下手之策,便脱口笑答道:"谷口禁制未动,可知池底妖邪伎俩有限,师妹未免过于小心。我原以顺便探看下面有无异状,既然如此,速返静琼谷问明红儿他们,再议也好。"说罢,随往静琼谷飞去。

其实易静为了上次负气,自恃劫后重修,法力高强,未免轻视仇敌。实则艳尸崔盈和新勾结诸同党,个个厉害,妖气全吃行法隐去,不露一毫形迹。对静琼谷诸人不肯加害,乃是别有顾忌,否则早已一个也难幸免。而易静等三人降落商谈之地,相隔幻波池不过一箭之遥,虽未行抵池边,三人言动,早被下面轮守的妖人用妖法窥了去。妖尸原意,不到功候十分完满,全身禁制脱去,能够飞腾变化,随意出入游行,并将仙钥和那几件异宝奇珍一齐取到,决不多事,免生枝节,贻误全局。可是敌人真要寻上门来,那也不能容忍,乐得借用圣姑所留禁制,诱使入伏,来一个除一个解恨。当时轮守的又是妖党中比较凶狠的一个,一旦开池,便会立即暴起。虽然三人不至于败,但一经交手,开了争端,静琼谷便无宁日了。当三人走时,那妖人正仰着一张狰狞丑脸,目射凶光,隔着池上飞瀑奇景,向上冷笑。三人一个也未觉察,晃眼飞抵谷上。

英琼觉着神雕奉命每日飞空守望,就说隐去身形,怎见自己回山,不曾亲身来迎?心中一动,已随易静、癞姑一同飞下。刚过禁网,一眼瞥见众弟子俱在洞外疏林之中踞石坐谈,神情似颇不安。神雕钢羽独立在林侧怪石之上,比较安详。见三人突然飞降,俱都喜出望外,纷纷出迎,拜倒在地。英琼笑道:"你们怎不用功,在此做甚?"袁星随众起立,首先答道:"弟子等因连日危机隐伏,山中多事,正由上官师妹教那先天乙木禁制,就便聚在一起,小心戒备,以防万一呢。"癞姑笑道:"这猴儿说话没个条理,你也不找个明白人问话。"易静便命众弟子一同入内详说。癞姑拦道:"先莫进去,他们既守在此,必有原因,且问明了再说。"随唤刘遇安述说经过。

原来众弟子自从三位师长行后,先照所说,在洞中修炼,极少出谷。只神雕隐身高空,环飞瞭望,一连数日,山中俱无异兆。这日众人做完早课,天已黄昏,正去洞外竹林旁闲谈说笑,等候新月。忽见神雕飞下,向袁星说:"适才发现二妖人直入幻波池内,等了好一会儿,不见出来。"因师命不许多事,自知力弱,头一次听过,也就丢开。哪知第二日起,四五日内,神雕又在空中接连看见好几起妖人在池底进出。米、刘、袁、上官诸人听此情形,知道池底仙府已被妖法攻破,妖尸已在啸聚妖党,准备脱困作怪。静琼谷相去不远,早晚必来生事。又多存有贪功之念,自恃能够隐形,只要不和妖人动手,就不致被看破。因池中妖党不时由下飞上,却不远走,只在隐秘之处低语密议,看去与池中妖尸不似同心同德。神雕当日还见先有两人正在岭东南危崖之下避人密谈,随后又有二男一女同往无心相遇,两下里互语,均带忿容。因看出对方人多势众,邪法颇强,恐引到谷中,防其警觉,未敢近前。五妖人匆匆各散,俱向山外飞去,过不片时,又都回转。分明这些妖党与艳尸崔盈多是表面勾结,并非真诚联合。不是心有叵测,各有贪图,便是妖尸仗着淫艳狐媚,并以洞内藏珍为饵,施展权术，使众妖邪专为自己一人效命，互相疑贰猜忌，以便操纵利用。

众人算计师长南疆之行，不久即回，既想窥探一点虚实，又以所居密迩妖窟，防其有甚图谋，先探明了真情，好有准备应付。加以神雕再三告知众人隐形窥伺无妨，但妖人中颇有能者，遇上必须知机远避，不可近前交手，尤忌开池探看。众人知它素来性傲恃强，新近脱毛换胎以后，功候日深，寻常妖人决不在它心上，它尚如此小心，可知厉害。因此去时也颇谨慎，议定四人分作两起，一起留守，一起往探，互相轮流，稍有警兆，立即驰回自保。哪知去守伺了三日，一个妖人也未遇上，幻波池仍是好好的，看不出一丝邪气上腾。如非知道神雕虽喜与袁星相戏，对于别的同门却互相敬重，不会向众虚言，直要疑是说诳取笑了。

这日上官红和袁星一起前往窥伺，因自闻报以后，长日守伺，毫无迹兆，未免胆大疏忽了些。又想起神雕曾说，妖人时往岭东危崖之下密议，袁星便去往岭东，只上官红一人在池旁守伺。先照易静所传法术隐形，本不致被人看出。因是久候无迹，忽然想起："本来所习隐形、飞遁之术，听师父说甚是神妙。虽然用时必须心中默记灵符，始能生效，美中不足；但是将来功候一到，或是将来把妖尸夺去的那本道书重又夺回，看过悟出妙用，便无此弊。行时还嘱随时勤习，自从师父走后，日随诸师兄修道炼法，闲来便自聚谈，一直不曾重温旧业。反正无事，何不就便演习。"想到这里，因二法不能同时并用，上官红还算谨慎，惟恐池底妖人万一就在这交替行法瞬息之间，突然冲波飞起，被其撞见，特避开正面，走向离池稍远的怪石之后，四顾无人，以为上有神雕隐形巡视，便撤去隐形之法。哪知事有凑巧，正赶卫仙客、辛凌霄夫妻为了上次幻波池盗宝，自恃法力高强，不把圣姑禁止男子入她内宫禁地，觊觎藏珍的遗言放在心上；又以心贪、不愿外人分润，意欲独得，只夫妻二人同往，不约同道相助，以致陷身池内，宝未盗成，反耗损了许多真元，如非易、李二人相救，几遭不测。匆匆逃出以后，夫妻二人劫运将临，不特恨极了圣姑，因易、李二人救他们稍晚，致被毁去多年功行，同样恨之入骨。又以脱困时所见二女行径，虽不似深知洞中细底，但是此事极秘，海内外修道之士休说全知，便知道有那地方的，都寥若晨星。自己既想入内，如不深悉内中微妙，以及对付各层埋伏禁制的法术法宝，多高法力也是无用。这两女既能深入，总知道几分虚实,寝宫宝库重地虽然难进,藏珍必被夺去不少。于是由妒生恨,又加了一层仇怨。后来虽访查出二女是峨眉女弟子中能手,救他们先实无法下手,并非有心见死不救。那守在门外,被自己用千斤铊撞了一下没撞伤,反几乎吃了他亏的那和尚,竟是白眉禅师弟子李宁。情知铸错,无如利令智昏,又仗恃昔年先师钟爱,遗赐了好几件厉害法宝和原习的几种大法,因一入内便已被困,心身受禁,全未用上,近年又交结了两三个法力极高的前辈散仙,越想越不死心。尽管知非禅师、钟先生、游龙子、韦少少、小髯客、向善等一干同门师兄看出他夫妻劫运将临,倒行逆施,苦口相劝,终是阳奉阴违,执迷不悟。因闻艳尸崔盈将要复体回生,圣姑藏珍除几件最重要的和一部道书外,好些法宝俱被前遇二女得去,由教祖妙一真人分赐诸女弟子,不久恐还要再去,心中忿妒,图谋更急。

　　回山以后,二人便自闭洞府,静修养息了数月,重新准备停当。鉴于上次人单势孤,没有成功,反倒受伤惨重,稍微存了点戒心。但因洞中藏珍已被二女得去多半,所存有限,尤其那部道书和几件重宝,不舍分润外人,夫妻计议,先往窥探一次。如仍原样,妖尸气候未成,不曾勾结外邪入内,元神尚在强力禁制之中,不能随意变化作祟,便不寻人相助,凭着熟路轻车,小心戒备,当时下手行事;外邪如已引进;妖尸必已行动自如,能够就着原有禁制抵御,便难成功;妄入反有危险,豁出自己少得,立即回转寻人相助。因为妖尸回生期近,事隔数月,虚实难知,去时隐了身形。

　　二人原是正派门下有道之士,此时不过运数将终,不能自制,失了常度。老远发现,离池不远有一少女身形,由隐而现。先疑是妖尸勾来的党羽,赶紧隐身,飞近落下。细一查看,身形已隐,觉得那女子丰神秀朗,仙骨珊珊,休说是尘世所无,便月宫情女素娥,料想也不过如是,不禁大为惊异。自己形声隐秘,看那少女情景,不似因为人来受惊隐去,知她不久还要复现。等了一会儿,不见动静,只得先自入池窥探。哪知下面竟有妖人设坛防守,陷阱隐秘,邪法十分厉害。尚幸存有戒心,径借水遁穿入,不曾揭树开池。刚越过上面层波,瞥见池底似有异状,立即知机,停身空中,向下查看。那妖人法坛设在中洞门内,不近前直看不出。可是只要降到中部,便入了禁网。来人法力再若高强,邪法不能加害,便即诱入内洞,由妖尸发动原有禁制埋伏,将人擒去,绝无幸免。卫、辛二人在上面本来不会被看破,因在三日以前众妖人受妖尸愚弄蛊惑,互相疑忌仇杀,起了一次火并。内中有两妖人看破妖尸淫凶阴毒,背人去往上面密计,竟欲乘虚盗宝,背叛逃走。给妖尸警觉,用以立威,欲取姑与,故意示人以隙,暗中嗾使守门的同党,等二人盗宝逃出,快要上升,突然发动邪法。两妖人中的一个知那守门妖党最是凶毒,已为妖尸所惑,甘心效死,贪色轻友,一落彼手,必受惨祸,绝无情义可言,所以一见不妙,立即舍身,自行兵解,元神遁去。另一个自恃与那妖人多年同道至友,至多所盗法宝被其截留,听上几句难堪的话,不致便下毒手。没想到对方受妖尸播弄,本已嫉恨成仇,见他负盟盗宝,乐得假公济私;加以妖尸在旁使上一些妖淫恶毒的手腕,一挑逗,怒火妒焰一齐狂炽,立以毒手相加。那一妖人偏又法力不弱,一见对方翻脸,也即暴怒,施展全力相抗,闹得两败俱伤。结局是妖尸见计已遂,立即变脸,假说逃人无情无义,忍无可忍,难再保全,随施邪法,帮助守门妖人将逃的一个制往。这一来,既报了叛她之仇,又立了威,使众妖人知她本身法力,圣姑禁制不曾全解尚且如此,以后稍有违忤,便是榜样。

第二三七回　云山无恙　道侣修真
　　　　　　　玉牒生芒　妖尸惧祸

那守门妖人因吃逃人厉害法宝所伤，断去一手，心中恨极，不肯令其就死。遂向妖尸将人要过，由其尽情报复，连用毒刑，残虐了三四日还是未死。逃人始而拼死咒骂，后实禁受不住，又改为乞怜。无奈仇人一味横加酷刑，全不答理。洞中妖人见状，多被镇住，各自俯首下心，听凭妖尸玩弄于股掌之上，不敢心生二意。连日来上官红等不见有人出入，便因众妖人触目惊心，不敢似前任意出入行动，以防妖尸生疑之故。

这时逃人正被妖法吊在门内不远一个法环之上。那门本是关着，守门妖人性最凶横狂傲，巴不得有人下来入网，立功逞能。因妖尸又有"来人足不沾地，不许下手"之命，近日特地将门开放。卫仙客夫妻见中洞门开未闭，知道前遇李宁等老少诸人离开时，还将洞门封闭，不曾听其大开，心已觉异，遁光略停，便闻洞内惨痛呻吟之声。试探着往对面贴壁稍稍下降，往门里一看，内中竟还设有法坛。二人是行家，看出邪法厉害，就说能破，也极费事，底下还不知如何应付，非寻帮手，绝难成功。于是立即冲波飞出，夫妻二人议定，分头寻人相助。

快分手时，金凫仙子辛凌霄平常爱才，忽想起来时所见青衣少女，动了爱怜。又想："这等地方有此女了，必非无故。"意欲探查她的来历，如能收归自己门下，岂非快事？便和丈夫说了，重又回转。正赶上官红等无聊，又在演习。上官红人本极美，拜师以后，服了易静所赐灵丹，身上绿毛已差不多退尽，现出本来面目。又置身在这等水碧山青、百花怒放的仙山灵域，人面花光，互相映照，越显得玉貌珠辉，容光绝世。辛凌霄先已惊为天人，这时仔细近看，越发爱极。正恐其又隐，忽听遥天隐隐破空之声,直向岭上驰来,天边已见乌金色云光移动。知有妖人飞到,立即乘机现身,口里低喝:"你那隐身法无用,妖人来了,还不随我急速避开。"话未说完,便施展法术,拉了上官红一同隐形飞起。上官红无甚经历,这时手还拿着那面宝镜,向天照着神雕踪迹,法力虽差,尚未听出破空之声,无心中却瞥见镜中现出乌金云光。心方一动,面前忽有一位云裳霞裾、满身珠光宝气的少年,同一道装女子现形,发话示警。紧跟着,身子便被摄走。事虽突来不意,因见对方玉立长身,服饰容貌俱与心目中想象仙女相似,词意又极关切,不似含有恶意;况且天边恰有警兆,上官红身子飞起,便听破空之声甚厉,由远而近,妖人已将到达,所去恰又是静琼谷的归路,诸般巧合,看出绝无恶意。久闻师长同门最多,经常不断来往,以为对方必是师父的同门姊妹偶然来访,或是有事来此无心相遇,发现来了妖人,恐为所伤,故而不及通名详说,先将她脱离险地。所以上官红心还感激,并未抗拒。

辛凌霄有意觅地询问此女来历,无心飞往谷中,仙法禁制,外人又不能看出,相隔还有里许,便自降落。上官红回顾那片乌金色云光,神速已极,早已飞近,往幻波池底落下,一晃无迹。见那女子未到谷口,便自降落,忽动灵机,心想:"此女如是自己人,怎在这里落下?管她有多好意,还是问明再说。"心念才动,辛凌霄已先说道:"我有话说,妖人已入幻波池,这里僻静,不会被他寻见;便是寻来,有我在此,也是无妨。你安心回答,无须再隐身了。"上官红何等灵慧,闻言心又一动,更留了神。随躬身施礼道:"小女子上官红,一向便住此山,池中妖邪,早知一二。适往窥探,偶然无聊,演习圣姑所传隐身之法。不知仙姑法号来历,因何将小女子带来此地?尚乞见示。"辛凌霄觉出上官红无甚法力,所习隐身法却奇特,匆匆竟看不出深浅,估量必非峨眉门下派来窥探妖尸的女弟子,心方暗喜。满拟危言耸听,以救她出险见好,哪知对方并不见情。所习飞遁、隐形之术,竟是圣姑传授,不禁大惊。暗忖:"圣姑法力何等广大,并且坐化已数百年。此女根骨虽是极佳,法力觉极平常,年纪又轻,怎会是她的门下?如说是假,妖穴密迩,池底艳尸和新勾结的妖人邪法均极厉害,此女竟敢在此窥伺,又自称知道池中底细,岂非怪事?"正寻思间,猛想起圣姑为佛女,此女却是道装,分明诈语。如在平日,辛凌霄听到对方这等答法，心必不快。只因爱极上官红，又想探询详细来历和洞中妖邪虚实，仍笑问道："你是圣姑弟子么？我只知她有一孽徒，便是现在盘踞洞中妖尸崔盈，怎未听说有你？你是几时投到她门下的？"

上官红虽已觉出对方不像是本门师伯叔，却也不是对己含有恶意的左道妖邪，便随口答道："我先住本山不多几年，前年才蒙圣姑慈悲，传我道法，奉命在本山修炼，等候时机到来，随同诸位师长诛除妖尸。因见连日洞中时有妖党出没，前往隐形窥伺，巧遇仙姑驾临此。适才那片乌金色妖云，便仙姑不提醒，小女子也看见了。仙姑法号仙乡，能见示么？"辛凌霄见她秀外慧中，说话清婉，本已越看越爱，闻言，觉着所说又似不虚。只不知圣姑遗偈，为了妖尸延误功行，尸解以后，元神虽仍在洞内，但她因为以前误入歧途，为了参修上乘正果，自将元神禁闭，在内坐关，不特不能外出行动，连以前法宝、法术俱已不用。洞中一切埋伏禁制，俱是昔年默运玄功，推算未来，预为设置，到时自然运动。妖尸或可就势利用，圣姑本人反难施为。这又不是寻常入定，元神可以随意行事，连话都没法和人说，怎会出洞收徒，传授道法？老大不解。想了想，又盘问道："圣姑尸解多年，修持佛家最苦最难的戒行，以备战胜万魔，飞升极乐。妖尸未伏诛以前，怎会传你道法？"

上官红见她盘诘不已，含糊答道："小女子前此无意闲游，误入一洞，迷路不出，幸得圣姑梦中传授，才学会的。醒来，人已卧在洞外了。"辛凌霄闻言，才始恍然大悟。知道圣姑这多年来苦修，不特战胜诸天七魔，并且元神成真，已能化身千亿，完满佛家最上乘功果，连那原有法体，都在可有可无之间。为践昔年誓言，虽仍必须等到妖尸就戮，始行飞升，而法力神通已不可思议。照她昔年忿语，已不再收徒弟，只将洞府和内中藏珍留赐诛戮妖尸、代完心愿之人。如今功行完满，更无收徒之理。必是此女误入仙府，被困禁地，圣姑怜她资质，破例放出，稍传道法，以待遇合，并非真个收徒。否则早令受戒皈依，决不任她着道家装束了。想到这里，辛凌霄心中越喜，笑道："我原想呢，圣姑已将证果飞升，怎会收你为徒？我金凫仙子辛凌霄，乃昆仑派居长一辈的仙人。知非禅师、钟先生、韦少少、向善、卫仙客诸仙及本门长老，均我同辈。你年轻道浅，我所说几位仙长，谅你未必知晓。我因见你凤根很厚，身有仙骨，颇堪造就。那圣姑直到妖尸伏诛飞升，你也未必能见得到一面，拜师更是休想。这里不是善地。去年洞门禁闭，外邪不入，尚还可住。自从数月前被峨眉门下几个无知后辈觊觎洞中藏珍，入内盗宝，将洞门禁法破去，走时虽然封闭，但是法力太差，樊篱已撤，以致妖尸勾引外邪，乘隙侵入。洞中妖党，想必不少，个个厉害。你先前所见乌金色云光，来头更大，只要被他的妖光一照，多好隐形，全失灵效。凭你这点法力，一人在此，凶多吉少，早晚必落妖尸之手。我与圣姑遗偈除妖之人，隐语相符。今日同一道友卫仙客，已往池底探看了一次，因见妖党太多，意欲一网打尽，不久便约了同道前来，诛戮妖尸及诸妖党。圣姑命你守候时机，分明指的是我。今日巧遇，乃是前缘，何不拜我为师，随我同往仙山修炼？等时机一到，随同除妖，入居仙府，以求仙业，不是很好么？"

上官红以前曾听易、李二师谈过前在幻波池取宝之事，一听对方自称昆仑派女仙，便疑是师父所救少年男女。再听说同来还有一个男子，暗忖："师父原说，那少年男女乃昆仑派中能手，虽在洞中受伤挫折，并未死心，早晚仍要再来。这女子所说一切，均与相合，一定是前番来人无疑。这两夫妻虽是正教中人，心却歹毒，恩将仇报。这等人竟妄想收我为徒，岂非做梦？她曾用法宝暗算李师爷爷，今日相遇，正可气她几句。好在离谷已近，师父曾说圣姑所传隐形飞遁之法只要施为，多厉害的妖人也无法寻觅；谷口又有禁制，举步即至。适才是彼暗我明，又当好人，由她带了就走，没有反抗。只要留神戒备，怕她何来？"心念一动，故意笑答道："原来道友便是前番往幻波池盗宝受伤的夫妇？我早听圣姑说过了。"

辛凌霄听她忽然前恭后倨，改称道友，又提起前番丢人的事，当时玉颊红生，心中气忿。本要发作，因听了末句，想知圣姑心意，只得忍气负愧听了下去。上官红见她面有愧色，也自暗中戒备，表面仍作不知，从容含笑接说道："照圣姑的口气，将来承受仙府藏珍的，好似另有其人，与贤夫妇无干呢。"辛凌霄负气答道："那人是谁？"上官红道："人名我还不知，只知决不是你。我也只是圣姑门下暂时恩收的记名弟子，传我道时，便指了明路，命我等那应拜的师父到来，上前拜见，请她收录，只要照圣姑仙示一说，必蒙收录无疑。我当然得听圣姑之命。在道友不弃菲质，自愿收录，自难应诺，盛情只好心感了。"

辛凌霄本在生气，因见上官红笑语天真，清丽若仙，实是心爱不过。又听口气，好似尚无遇合，暗忖："此山离妖穴甚近，地绝隐僻。昔年岭上禁法未撤，更连空中路遇俱难发现，绝无人在此隐居修炼。此女如有师父，必在本山，早已说出。她只说圣姑记名弟子，可见尚未拜师。如此美质，难得遇到，舍去可惜，莫又被峨眉派中人物色了去。管她是谁，反正法力决不能抗自己。既然如此固执成见，好好劝说，想必不听，莫如索性行强相逼，如再不从，便强摄了走。只此女尚擅隐形飞遁之法，适才没看出她是什么家数，虽然初学，尚在频频演习，到底圣姑所传，未可轻视。万一破她不成，徒自打草惊蛇，被她遁去，反惹轻看。"前念重起，暗用法力，下好禁制，然后突然变脸，佯怒喝道："小女子，怎如此不知好歹？好心怜你资质不差，意欲引度到我门下，偏生执迷不悟。你如以为我也年轻道浅，不配做你师父，不妨将圣姑所传道法一一施为。休说我不能取胜，如禁制你不住，立时就走，任你甘受妖邪毒手，决不相强。我如破去你法，将你制住，立即拜我为师，免找无趣。再如倔强，不听良言，似你资质，在此久留，早晚必被妖邪擒去。你固孽由自作，但必多一妖女，为害人世。我以济世为怀，既然遇上，必不能容，只好防患未然，先用飞剑将你杀死，休怪我狠。"

上官红因连日与诸同门一齐修炼，生具仙根仙骨，功力既是精进，加以日听米、刘、袁三人述说本门两辈师长屡次除妖斗法经过，袁星又喜夸大，把乃师李英琼髫龄犯险、远涉荒山、拜师行道遇敌时的奇险惊人的经过加倍渲染，说得天花乱坠，不禁潜移默化，激发勇气，把以前胆小习惯为之大变，反成了初生之犊不畏猛虎。此时心中鄙恨辛凌霄恩将仇报，只想代师出气，巧语嘲弄，一点不知敌人已然暗下禁网。闻言，也不生气，仍自浅笑嫣然，故作不经意之状，答道："道友法力自然比我高强得多，况你我无仇无怨，斗的甚法？拜师收徒，原要两厢情愿，我既不知好歹，还强收我这徒弟作甚？我是否会被妖邪擒去，那也无劳道友费心。至于不拜你为师便要杀我，一则，你是出家人，无故妄杀好人，道犯清规，即此已是不配为人师表；再则，我想也无此容易。打你得过，你白丢人；打你不过，不会跑么？据我看来，你自命昆仑派前辈女仙，现放池底妖尸不敢寻她，对一末学后进强以暴力，苦苦相逼，胜也丢人，败也丢人，那是何苦？就我言语冒犯，也须看我师长于你多少有点好处，如何乘我师父不在，上门欺人？快自请吧。"

说时，上官红固不知敌人暗中设有禁制，辛凌霄也不知对方隐形飞遁之术神妙无比，饱受冷语讥嘲，本已怒发，终因爱才太甚，不忍立下辣手。正想再说几句，实在不行，方始给她一点苦吃，擒了就走，听到末句，只当所说师父是指圣姑，怒喝："你那记名师父，我只闻名，不曾见过。除妖，照她遗偈所言，谁都可以依言行事，各凭法力，无所偏袒，对我有什么好处？"上官红笑道："道友真个健忘，无怪走时会暗算我师爷爷。贤夫妇如不是我师父、师叔前番幻波池底救出，早被金、水二遁化解，形消神灭了，怎会说不相识呢？"

辛凌霄闻言，气往上撞。因觉上官红不像是峨眉女弟子，各长老既不会令一法力浅薄的后进单身来此，并且峨眉诸女弟子十九末学新进，未到收徒时期。此女去年才得圣姑传授了一点防身道法，令其等候时期。上次幻波池盗宝，易、李二人并无门徒，才隔数月之久，怎会收下此女？又令其日常孤身涉险，在此守伺妖尸动静？太不近情。虽疑上官红安心嘲弄，还拿不准是否仇敌门下，或者还有别情，便怒喝道："你不说圣姑是你师父么？还有何人？几时拜的？"上官红看出对方恼羞成怒，弓已引满，一触即发。一面准备逃路，答道："家师是女神婴，姓易名静。师叔乃李英琼。"辛凌霄闻言，才知白受戏侮，果是仇敌门下。当时暴怒气极之下，仍不肯放飞剑杀害，只想将人擒回山去，再行处治。口方喝得一声："贱婢敢尔！"把手一指。哪知上官红早想好，对方连师爷爷都敢暗算之后逃走，必难力敌，说完师长名姓，同时接说道："我不与你纠缠，失陪了。"声随人起，竟然隐形遁走。

辛凌霄没想到上官红会冲破禁网逃走，越发忿激，必欲惩处。忙纵遁光，照准飞遁方向，急急追去。这原是气忿不过，姑试为之，身形已隐，本心也不想一定追上。偏巧上官红逃路正对谷口，相隔里许，飞遁神速，眨眼即至。谷内外和上空均经易静法力封禁，外人看不见也进不去。辛凌霄这一追，无意之中，正将谷口埋伏触动，遁光立被五色烟光裹紧，知道上当，又惊又怒。幸是法力高强，不在易静以下，但出不意，也已吃亏。正准备施展玄功强拼，忽听连声雕鸣，跟着便听前面有人说道："事已紧急,先放她进来,以免彼此均有不便。"话未说完,四外烟光忽敛。定睛一看,身已飞进一条泉石清幽、竹木森秀的山谷之中。面前站定一个身着道装、背插双剑的大人猿,还有两个身材矮小、相貌丑陋的道人,各作戒备之容,似有待敌而动之势。因是敌人自行撤禁放入,不知深浅,是否诱敌,彼众我寡,未便造次。方欲喝问,猛又听到空中雕鸣。抬头一看,乃是两只人一般大的白雕,高踞在路侧危崖之上,健羽如霜,二目金光远射数丈,正注视自己。认出是白眉座下神禽,本来是一黑一白,不知怎会变了双白?除黑雕已归峨眉外,白雕永远随定禅师,向不离开,心料禅师多半在此;便是不在,此雕也是难斗。不禁大吃一惊,气便中馁,幸喜不曾冒失和对面二人一猿交手。想了想,索性忍气到底,问明原由,再作计较。便把遁术收去,向两矮询问道:"你们何人?此是何地?白眉座下神雕怎会在此?莫非老禅师也在这里么?"

两矮子还未及答,旁立人猿接口答道:"我四人俱是峨眉门下。我三人师父姓李。你追那女子的师父姓易。你误触谷口禁网,本由你去。因在东崖久候妖人未来,正想回来寻人换班,刚到谷口,便见你和上官师妹吵嘴。方要过去,我这位钢羽师兄忽然同了白眉太师祖座下白老先生隐身飞来,将我拉进谷里,言说:轩辕老怪门下妖徒为争艳尸,正与幻波池底妖邪火并,快要打出池上。如见你我斗法,妖徒因在池底受了妖尸一点闲气,无从发泄,必来生事。你已被禁法困住,他也正好浑水摸鱼,我师父又不在家,岂非彼此俱有不便?不管双方恩怨如何,总是玄门弟子,你又不是左道妖邪之比,为此收了禁法,将你放进。掩过一时,等妖徒被气走,再请你出去。有本事,最好等我们师父回来再打;否则,上官师妹就在你身旁杉树林里站着。她是天生好脾气,不喜欢无故和人交手,胆子又小,怕师父骂她,并非怕你。你真要赖不依,你自到林中找她去也行。"

辛凌霄闻言,知道妖人与故人内俱厉害,暂时势孤力薄,没法怄气。只得故示大方,冷笑道:"我对贱婢原是好意,她既有师长,便应明说,不该口出不逊。本想惩处她,既你们师长不在,暂时宽容;等你们师父回山,日后相见,再行处治便了。"袁星还欲反唇相讥,刘遇安比较持重,觉着此时危机隐伏,无事为妙,忙使眼色,插口道:"道友且请在那旁石上稍坐。事已过去,不值为两句闲言,便生计较。池中妖邪日益猖狂,还是各尽各力,早日除害,方是修道人行径,争这闲气何益?"辛凌霄不便再说别的,起身要走。米、刘、袁三人同声劝阻说:"外面妖人现正恶斗,只等池中妖人一死,轩辕妖徒立即负气而去,彼时再走不迟。"辛凌霄口说:"为防泄露机密,缓去无妨。"实则色厉内荏,也甚胆怯。三人中,袁星最爱说话,反向她问长问短。

辛凌霄见一猿猴,也有如此灵异,背插长剑,又是前古奇珍。方在暗中称奇,忽听身侧隐隐风雷之声过去,一片青色金光随声闪过。上官红突然现身,由林内含笑款步而出,近前没等开口,先施一礼,道了歉意。辛凌霄看出那是乙木遁法,与幻波池陷身的金水禁制,同是先天五遁之一。估量既是圣姑传授,威力必也差不多少,不禁大为骇异。又见上官红重又嬉皮笑脸,改倨为恭,真个急不得恼不得。暗忖:"峨眉真交好运,凡是良材美质,几乎全被网罗了去。尤其是此女修为才得几时,入门未久,竟有如此法力。幸是自己,稍差一点的遇上,只此乙木遁法,便非其敌。第三代入门不久的弟子已然如此,将来真不可限量。"正在赞服,猛想起池中盗宝之事:"敌人师徒竟然移巢在此,可知图谋已亟,再不下手,自己必要落空,岂不可惜?"欲念一起,利令智昏,忽生狡谋,意欲假手敌人,与妖尸鹬蚌相争,乘隙得利。因问不出易静等三人归期,假意相让,令四弟子师回告知,速往除妖。自己在暗中勾结能手,待机而动。表面上和四人直似嫌怨悉捐,十分投机。挨到妖徒得胜回山,方始起身。因往北极,去寻丌南公求助,途遇易静诸人由陷空岛取药回来,看出是峨眉门下,意欲带话激将。不料遇见对头,又受了一番闲气,自此怨毒日深。既贪至宝,又复负气,不问如何,誓欲必得。不然甘与对手两败,亦非所惜,以致身败名裂,如非上官红到时略生知己之感,几于形神皆灭。此是后话,暂且不提。

易静等三人问完前事,易静道:"既然妖人已走,你们不在洞中用功,还立洞外作甚?神雕钢羽怎不在空中巡望?"袁星答道:"那日白雕原奉白眉太师祖之命来此,说池底妖尸生得妖淫,加以圣姑所遗珍宝,启人觊觎。自从难满回生之信传出,引得各方妖邪一齐生心,俱想人宝两得,并占据幻波池这座仙府。谁知妖尸天性淫毒,邪法又高,表面上来者不拒,一体收容,实则中意者少,除有限三两人外,全看不上,便用阴谋毒计,使其自相火并。就师伯、师父去这些日,已然残杀了不少。可是那些妖人也真犯贱，不知自量，仍是陆续求之不已。最厉害的，便是轩辕老怪门下两个妖徒。前日钢羽师兄便是觉出危机已伏，师伯、师父不在，恐弟子等吃不住，想寻各位大师伯叔请示。行至途中，正遇白雕，一同飞来。据说当日只要到晚一步，谷口禁法吃妖人发现，立即从此多事。白雕言说，只要上官师妹一人小心所用隐形飞遁之术，不露形迹，尚可无事。余下如遇轩辕妖徒之类邪法厉害的能手，稍不见机，吃那妖光一照，立即现形。钢羽师兄已会玄功变化，虽然比较好些，终非其敌。在师伯、师父未回以前，无论是谁，最好谨守不出惹事为妙，等师父、师伯回来一月以后，便无妨了。上官师妹所习乙木禁制，御敌却大有用，令各加功勤习，以防万一。行时，并嘱转告师伯，妖尸气运未终，还有二年多才得伏诛，此时除她，只是徒劳。圣姑法力高深，一切未来之事，早已算就，细极毫芒，无不应验。一个妖尸，不论闹得多凶，就算勉强复体，也有一点牵制，直到孽满伏诛，决不能离洞一步。

"妖尸自己也知道圣姑佛法厉害，总想在她遭报以前，苦用心力，死里逃生。为此，百计千方勾结妖党，无论是谁，只要能到时使她脱离，便即真心归附。她在洞中已然住得万分苦恼，对于圣姑又恨又怕，只是心胆早寒，不敢妄自报复罢了。本心只要能脱去身心牵制，立即远走高飞，甚至连那洞中藏珍得失，均未在意。但是目前正邪双方多不知她心理。尤其那班妖邪，俱妄以为她要就着圣姑原有基业和遗留下的法宝道书，收集徒党，增厚势力，以便创立邪教，为所欲为，以致格格不入。妖邪们受人愚弄，还不自知，俱当妖尸对他看重，甘为效死。没想到妖尸如非暂时还有利用之处，早就送他们上死路了。妖尸多年静修，也颇知道前非，屡欲回头归正，无如孽重罪大。当初圣姑爱她美貌聪明，明知本性难移，偏欲以人胜天，因此造下许多孽因。后来圣姑三次宽免，看出不能改悔，自己还须为她迟却多年飞升，方始迫令兵解。妖尸遭劫以前，圣姑最后一次命其面壁九年，忏悔前恶，就便令其皈依。彼时妖尸执迷不悟，错过千载一时的良机。以前神通，多是佛家旁门道法和自己私向外人偷习的淫邪之术。虽在上年乘圣姑传授上官师妹时，夺走了半部道书，稍知门径，有些省悟，但是陷溺已深，无由自拔。又不知那圣姑为应前言，假手上官师妹，给她万分一线的生机。空自习了年余，终以不舍弃旧从新，邪正相混，道浅魔高，难期将满，欲念重炽，自趋死亡之路，再不回头了。妖尸最中意的，便是轩辕妖徒和另一姓古的妖人。妖人吃醋气走，乃是妖尸故意激将之故，早晚仍要回来。请师伯在此期间内，最好不理他们哩。"

易静闻言，只觉袁星别不多日，不特面上道气益然，功力越发精进，而且谈吐也较别前更有条理。对于后半所说，并未在意。便命众弟子入洞，只留神雕洞外守望，以防万一。师徒七人到了洞内，易、李二人见众弟子按照本门心法修炼，为日无多，进境甚速，尤以上官红、袁星为最。问知四人互相观摩，彼此奋勉勤修，大是嘉许，慰勉了几句，又把三人此行经历告知。

癞姑料定，金虎仙子辛凌霄海上相遇时，受了讥刺，必然激怒，夫妻二人日内必约能手前来。自己正好坐山观虎斗，就便查看妖尸与所勾结的妖党法力深浅，以为异日之计。不等易静开口重提往探妖窟之事，便行设词劝阻。易静虽未把白眉禅师命白神雕传来的话放在心上，还是老想起前番和李英琼幻波池取宝之事。英琼末学新进，反倒成功；自己道行法力俱比英琼要高得多，反倒受了挫折，觉着难过。对于圣姑也有些不服，存着几分敌意。自负法力和师传七宝妙用，以为一任艳尸崔盈和圣姑洞底埋伏禁制多么厉害，决不能比赤身教主鸠盘婆和这次红发老祖还要神通广大，圣姑又正坐着死关，所有禁制均是昔年预设，无人主持运用，没有别人牵累顾虑。凭着自己神通变化，又有前番经历，洞中虚实妙用多半识得，不比以前一无所知，此去至多无甚大就，断无失陷之理。因此始终不曾死心，屡欲背着众人，独自乘隙入池一探。但是癞姑善于辞令，相处这些时，把易静脾气摸准。知她率真任性，尽管和鸠盘婆结仇相斗，遭了一次大难，回山苦炼多年，炼就元婴，功力大进，依然改不了好胜的天性。因此并不明劝说妖尸厉害，埋伏凶险，只借卫仙客夫妻为题，措词极为得体。易静虽是数中该经过这场厄难，过于恃强任性，毕竟不是浅薄之流，一听所说甚为有理，竟把前念打消，想等卫仙客夫妻和妖尸妖党斗过，再行相机下手。

这时艳尸崔盈，自从同党两次火并之后，默想近日经历，有好些事俱似不在圣姑给自己所留的玉牒预言之内，心中有了希冀。原本觉着圣姑法力高深，凡事前知，曾说自己结果至惨。这些年来，除了由一位误入禁地、不知姓名的女子手内夺下那半部道书,玉牒上不曾提到的外,几乎无事不应验。因此终日忧惧,不能安心。但自得了道书以后,好些事故,玉牒上均未载及。加以修炼勤奋,脱难复体之期也近了三年,现时已能行动自如。如非想要恢复昔年十全十美,称粹美艳之质,已然试过两次,随时均可复体重生。只是元灵仍受一点禁制,怎么用尽心力,满洞搜查,也查不出那禁制自己法物所在。这还是因惊弓之鸟畏惧仇人,惟恐出洞应了仇人诅咒预言,胆小谨慎之故;否则,就此出洞游行,也非难事。至于运用玄功,神通变化,功力只有较前还更精进。现在别的不盼,只盼以后经历不落圣姑算中,那便是仇人昔年法力推算,尚有不到之处。事虽被她十九算准,设下种种陷阱,但对于自己的潜心苦炼,人定胜天,超出定数以外,又得道书之力,赶前两三年脱劫,以及借用外力相助一切,却未算出。只要真个如此,立即有隙可乘,不特免难脱劫,复体重生,一定如愿,并还可以毁她法体遗蜕,乘其元神入定,正坐死关,即以其人之道,还治其人之身,报复这多年杀身禁锢深仇,均可称心而为,岂非绝妙?

妖尸想到这里,勾动前仇,顿生恶念。意欲试探着开启圣姑藏珍之室,窥伺法体,看看有无阻碍。如无异状,可知圣姑当年不是不善谋人,拙于谋己,便是道法高深,不如所疑之甚。那便立下毒手,先与洞中两个邪法高强的妖党合力破去防护法体的禁制,然后攻破元关禁锢元神,拼着数十年苦功,用妖法将她炼成灰烟,报仇泄恨。但慑于圣姑威力,道法神妙,不可思议,总是胆怯,临动手时,忽又变计,改用狐媚阴毒之策,唆使两妖党代为行事。那两妖党都经她平日色授魂与。虽以妖尸心中鄙恶,又以不到脱难的时候,怕污了仙府,转误大事,只在暗中分别示意,委身下嫁。一面推说原体未复,妄自交合,既误前修,而自己生平最得意的诸般奇趣,也无从使人领略。巧语搪塞,未使沾身。但二妖党俱已色令智昏,心迷神荡,其欲逐逐,各自视为禁脔,巴不得她早日脱难复体,尽性狂欢,享受奇艳。但那禁制妖尸元灵的法物苦寻未获,恨毒圣姑,早就各告奋勇,欲用自身法力,不问青红皂白,先把圣姑的戒体元神毁去,除了祸害,使那法物永找不到。不过平日多加一分小心,当时复体重生,决可无虑。只为妖尸知事难行,故意卖好.说恐妖党犯险,仇人禁法厉害,不可妄动,极力劝阻。二妖已被玩弄,无异婴童,不敢拂意而行,心还怏怏,好似两只饿极了的饥猫，明明看着一条活蹦乱跳的肥鱼在口角边撩来撩去，只没法啃咬一口。好容易听她露出一丝口风，俱认作立功博宠的惟一良机，双方争抢，谁也不肯落后。

妖尸知两妖党法力不相上下，本是没有把握的事，惟恐同归于尽。剩下几个日前因火并受伤残废的无用之辈，以后遇事，无可为助。又恐阴毒过甚，巧使入阱，全数丧亡，使别的有力妖邪视同祸水，闻风却步。始而仍是劝阻，以示二人自己冒失，甘为效死，与己无干。等二妖党非去不可，怒发力争，再用猜谜之法定一先后，约日行事。暗中再打叠起柔情蜜意，无限风流，一面鼓励去的一个，一面再对后去的一个，说自己真心相告，默认做千秋仙侣，知道此事吉凶难卜，不舍他去犯此奇险。而去的一个，也是真心相爱，虽是一头热，自己不爱此人，但是纠缠不清，身在难中，须人相助，不便得罪。又说："幸你见谅，知我真心，不与明斗，才得勉强相安。心却厌恶已极，他既不怕死，乐得听任他勉为其难。如能成功，复体以后，事仍在我。彼时人已回生，就委身于你，夫妻合力，他也无可如何。如若因此受伤，他夸海口在前，自然无颜和你相争；再如送命，更是孽由自作，去我夫妻两人的心病。他如不行，你就能有成望，我也不舍你为我犯险，只好另作别计。虽然毁了他，却保全了你，岂非一举两得？不问他的成败，你我仍是一双两好，地久天长。本心是想，他虽惹厌，对我总是忠心，虽说你恨他，我也不愿他去送死犯险。偏你两人全都自恃，劝阻不从，只得在你二人争时，暗中设计，使他占了先去，以便他如伤亡，你可知难而退。原是真心相爱，看你特重，惟恐差失，用心良苦。你怎倒辜负我的深情，不知好歹厚薄，不高兴起来？"

二妖党经妖尸一番狐媚愚弄，愈发死心塌地，心花怒放，各自把妖尸奉若天人，死活惟意。妖尸原以为有几分希望，并非真愿同党送死，到时除详说虚实避忌外，并出全力在外应援相助。谁知那妖党进去才入伏地，触了禁网，人便和卫仙客夫妻在小池中失陷一样，室中所设，又是丁甲木火二遁，当时便陷在法体前头，神灯里面。妖尸和众妖党在外凝望，只见一阵烟光变灭处，人便不知去向。再看长明神灯，火焰头高起尺许，焰光中裹住一个寸许大小人影，在周身邪烟妖光环绕之下，正在手舞足蹈，好似奋勇对敌，高兴非常神气。知他已陷火遁之中，自己心神已迷，尚当破法将成，实则万无生路。妖尸虽然知道微妙，但以前受厄太多，心胆早寒，一则无此勇气；二则火中人是个左道妖邪，淫欲蒙心，灵智已迷，危机一发，毫无所知，正想起大功将成，可博妖尸欢心，恣情淫欲。不比卫仙客夫妇玄门正宗，元灵未昧，失陷不久，立即警觉，识得厉害，心有主宰，未被迷了本性。只要有一位法力较高、知道其中玄妙之人在侧，便可救出。这类埋伏，一经失足，陷身在内，虽也须人相救，但主要全仗自身省悟，心能自制，方可幸免，自己尚未警觉，外人便有天大法力，也无用处。妖尸和众妖党看出绝望，方在慌急无计，晃眼工夫，灯焰熊熊闪动，略一起落，焰中小人便似什么东西落在油锅沸汤以内，滚了几滚。紧跟着，灯焰往下矮，回了原状。小人却似残雪投火，只焰头上微飘散了一丝黑烟，立即形神皆化，无影无踪。

众妖党一见里面这等神奇厉害，俱吓得面面相觑，作声不得，休说争先，便妖尸叫进去，也不敢承应了。妖尸对于圣姑的一切设施，多半深悉，并不十分骇异。于是假意悲叹，说了些好听的话，又向落后妖党表示了些好意。然后借口修炼，退往自己停尸房内。正觉白葬送了一个得力同党，别的异状并未看见，到底自己以后是否仍落仇人算中，仍难查出。独个儿愁闷忧急，犯了本来穷凶极恶的乖戾之性，在房中厉声吼叫暴跳，咒骂了一阵。偶一眼瞥见正对尸榻壁上悬嵌的那两页对开的玉牒预言，妖尸仇深恨重，怒发如狂，无可宣泄，飞扑上去，一爪抓下，一声狞笑，露出白森森两排细白如玉的利齿，张开血也似红的樱口，便要咬去。猛又想起："这两页玉牒共是六十七行，备载自己三次受责以及兵解以后之事。当初仇人付与时，曾有几句偈语。大意说此牒与己共存共亡，只要上面金字不变，仍有万一之望，一旦变色，朱文如血，便是生机已绝，末劫起始。如果全篇六十六行字迹齐现血字，运数便尽，与牒同灭了。昨日看去，宁尚金色，可见脱难并非无望。留着此物，不特可以考验成败，并还可使自己触目惊心，预为之备。凭空怒发，将它毁去，有甚益处？"

妖尸一向生性反复，喜怒无常。先时暴怒，原以兵解以后，元神又被禁锢多年，直到现在，虽用尽心力，去了许多束缚，但是最关紧要的元神仍似受有禁制。尤厉害的是随着心灵感应，不可端倪，也查不出设禁法物所在。只令自己知道厉害，要命也不敢离洞一步，又不敢试探出走。有时静心体会,直似身已自如,并未受甚禁制;可是别的尚可,只一动念,想要出洞,或是他往,立即万念横集,生出种种阻碍,无量恐怖。仿佛只有安分在此,或能苟延残喘,一出洞门,立即形消神灭,万劫不复。这无形之禁,心神忧苦,比起以前身受,还觉难耐。不时忿极暴怒,直如疯了一般,不能自制。暴性过后,又复嗒然若失。这时正是老调重弹。

妖尸心念一动,跟着瞥见牌上现出几行红影。觉着适才取下,意欲嚼碎泄忿时,看去尚是金字,如今突变红色,定是末路将临,绝非佳兆。急得一手奋力抓胸,悲啸了一声,低头定睛一看,越发惊惶忧急起来。原来就这杏眼怒突,一刹那的空儿,不特牒上字迹由金色变作了红色,并且六十六行字迹只剩了十分之一。以前的原文已然隐却,仅开头几行朱文,把妖尸由上官红手中夺了半部道书,直到当日心存叵测,阴谋毒计,愚弄妖党,毁坏法体,以及妖党惨死等情,差不多全以极简明的词句,记在上面。底下空白了数十行,对未来之事,却是一字未提。那剩余十分之一的原文,仍是异日恶报,单列在末几行内,字仍如血,更是鲜明。妖尸这才知道,自己的一举一动,仍落仇人算中。并且那道书乃圣姑昔年念在师徒一场特加警戒;如今又念在自己在洞中受苦多年,特地假手上官红给她一丝生机。当得书以后,只要肯革面洗心,立誓改邪归正,弃旧从新,照书修炼上两三年,另半部关系修为至重的也必现出,所有一切禁制身受也必在此时随同消灭。无如恶孽太重,三心二意,迷途不返,良机一失,就此趋入穷途。料定灭亡不远,越想越害怕,虽未遣散众妖党,却已背人向圣姑哭求哀告,许其自新。同时严嘱诸妖党,不特不许生事,连出洞门也在禁止之列。

易静等三人回山这一天,妖尸正在首鼠两端,举棋不定。一面恐劫难临身,苦求圣姑大发慈悲,赐以生路;一面又恐恶孽难消,圣姑不允,留着这些得力妖党,到底也多一层指望。此外还有被自己用计激走的一个最高明的人物,曾传乃师之命,锐身自任,保己无恙,也须这些人前往引来,不得不假以辞色,设计笼络。因是运数将终,竟没打定一个切实主意。其实正邪不能并立,成败关头,岂是可以双管齐下,取巧得的?可是经此一来,凶焰大减,迥非与妖党勾结时那等兴妖作怪,猖狂气势了。

妖尸既因潜参圣姑遗偈预言,知道尽管气候已成,复体回生期近,这三数年短短光阴，晃眼即至，但在此期中，如若不能将仇人所下禁制一齐脱去，离开当地，逃往别处，仍有形神俱灭之祸。日常忧急惶惶，只是紧急修为，以待时机到来，奋力脱困，破壁飞去。认为所结纳的几个帮手，俱是左道中的能者，即使再多勾结几个，法力也不过如此。此外除非正教中的高人，才能较胜，但是双方无异水火，法力次的无用，法力高的只有为敌，决不会为己所用。自己又不能出外物色，无从下手。如和昔年在圣姑门下三次死里逃生一样，命中有救，人定胜天，凭着玄功变化，到时兴许能够出困逃走。或是仇人慈悲怜悯，一切经过俱是有意恐吓，使己悔惧回头，预言虽然应验，到了紧要关头，忽然改变，现出生机。有这内外两个得力党羽相助，足可够用。如再照着初念，准备一脱罗网，立即大举勾结许多同党，不特无甚益处，张扬太过，风声越闹越大，反而引起各正教中仇敌嫉视，前来作梗。并还要用心机延款笼络，多劳神志，延误修炼。

妖尸天性又复乖戾孤刻，眼界太高，任性行事，不能容众，更喜炫弄美色，以权诈惑人，引为得意。这些左道中人，妖尸十九看不起。来人品类不齐，偶然见了厌恶，立起杀机，势必和前些日一样，仗着美艳妖媚的惯伎，毒计离间，使这些见色迷心的蠢物互相火并残杀，以遂自己天生好杀的习性，人少自可操纵自如，死活由心。人数如多，来人又非弱者，多抱着人宝两得的大欲而来，心性又多恶辣凶淫，一任如何工于媚惑，其势不能逐个玩弄于股掌之上，稍现破绽，必生内叛。自己不过自负美之质，喜欢颠倒众生，使人人甘为己死，引作至乐。又以禁闭洞中多年，忿郁不伸，非此不能快意出气。日前略使出一点浅笑轻颦，柔情软语，便引起两次火并，杀死多人。但第二次却把一个极有力的同党气走，虽然此是两雄不能并立，为了省心，事有成算，走的人仍是一招即至，事后回想，也自后悔做得太过。这些蠢物，好歹总是为己效命而来，何苦为快一时心意，恩爱成仇，以怨报德？无奈天性如此奇特，只要有新来的，必定技痒，欲试验天下有没有连自己这等奇艳的尤物，都会见了不动心的？这一卖弄风情，新旧之间足生疑忌，便不再加挑拨，也必妒忿成仇。自己再忍不住，微一蛊惑，争杀便起。

来人多是修炼多年才到今日，煞非容易，恶孽也多。妖尸新近还在打算，这次脱困以后，便孤身远引，设法物色一个可使自己快心如意的仙侣，同隐极荒隐僻之区，长相厮守。眼前这些丑恶同党，只是仗他出力相助，到时全要舍去，至多只使得一点实惠，布施一两次色身。对方人欲未遂，心必不甘，再要尝到一点甜头，愈发难舍，见已远隐，必在苦苦寻仇，法力又均高强，必难全数用计杀死，此时勾结人多，异日强敌也众，越想越不是法。非但不再分遣原有妖党四出勾结，就对于闻风来投的，也各斟酌来历情势和法力高下，或是放出难题使其知难而退，或是闭门不纳，来人连洞门也无法走进，自然息念而去。有时遇到来人不知进退，法力又浅的，便令洞中妖党杀死。如是法力较高，而又命人延请而来不便坚拒的，便延入洞内，使出媚惑惯伎，激使试险破法，消灭在五遁禁制之中，形神俱灭。以免来往频繁，呼朋引类，多生枝节。再向婉言谢绝的人，哭诉圣姑法力厉害，多少人为救自己丧命，悲忿已极，为防同道再蹈前辙，只好拼着再受苦些年，不到十二分有把握时，任是谁来也不敢延纳了。一面又令原在洞中的心腹妖党，将洞口法台撤去，紧闭洞门，复了原样，假说圣姑禁法日前突又发动，无法攻入，只能隔洞搭话。不久风声传出，一干妖邪知道艰难，又见好几个厉害同道全都葬送在内，多半胆怯。贪念虽非全消，仍在打着主意，为有一洞之隔，咫尺天涯，不比以前随意出入，不问事之成否，先可一亲美人颜色，多生一点妄想，饱点眼福，如无胜算，谁也不肯以身临险了。照此情形，妖尸改进为退，谨守待时，外来妖党渐渐绝迹。

卫仙客夫妻图谋虽急，因所借阵图旗门，外人不能到手应用，尚须祭炼，收功为日尚远。又知易静等对头一两年内不会下手，去了只有送死。夫妻二人约了同党，放放心心在山中炼法，暂时不曾前来。除易静等三人初回二三十天，尚时有妖人往访外，幻波池洞门已复原状。癫姑防患既严，说辞又巧，虽然易静在一月之后背人开洞下视，但见洞门紧闭如常，如非有许多事实和白雕传语，直如本无其事，正盘算下探与否，便吃癫姑赶来婉告回去。易静也不是不知师命难违，暂时也就放过。师徒数人每日照师传道书勤习，一晃经年，功力大为精进。池中妖尸久无异状，师徒用功甚勤，偶有妖人前往窥探均未遇上。

按说本可挨到妖尸数尽之时前往，一举成功，也是易静该有这场灾厄。因先断定卫仙客夫妻定要约人前来，久候无信，妖尸也闭洞安分起来，妙在连个妖党俱不见出入，两事全出意料。却不知神雕、钢羽不时空中飞翔，常有发现，因受白雕警告，有意隐而不报。易静每一想到，便自奇怪，屡欲入池一探虚实。只因癞姑、英琼不断劝阻，力陈利害得失，易静又好胜面软，三人同门，情义又极深厚，不便强违她二人之请，就此耽延下去，而心仍未死。

三人本定每日由亥正起入定，运用玄功，以固根本；到了午初，练习法术飞剑。因门人饮食尚未全断，日食一顿，俱在黄昏以前，此外轻易不动烟火。便是三人对于烟火食物，偶然也喜一试，不曾禁绝。英琼更嗜家乡风味，袁星又爱讨好多事，把仙厨中的酒母带了些出来，到才三月，便用本山花果酿造了许多美酒。因神雕已然不再食肉，师父又禁杀生，便学裘芷仙的样寻些盐来，腌了好些山蔬笋脯；再把本山所产的野谷种上几亩，过不两月便已成熟。上官红生自乡间，知道农耕，所以得了不少米粮食物。起初原备米、刘、上官三人食用，英琼见那米谷生自灵山，颗粒圆大，莹白如玉，见三人偶做火食献师，入口芳腴，就着笋脯腌菜，味美异常，强着两位师姊一尝，也都赞美。

由此起，只不动荤，每值风月良辰，师徒二人便提议举火，带些酒果饭菜，在谷内外择那好景致所在，聚饮同餐。易静因此举无甚妨碍，差不多每请必允。因门人每日进食，不论生熟，都在酉戌之交，山中天气既好，月夜景物最是清淑，渐渐把由黄昏起到亥初这两个时辰，当做游息言笑之时。除却日常入定，或是日间炼法未完，几成惯例。每一月中，至少也做一两次火食，或是师徒共饮，选胜赏月为乐。

第二三八回

绝艳迷人　尤物原祸水
行波入地　圣池走神婴

这日正当月夜，易静等三人因门下四弟子连日用功甚勤，这次连运玄功入定九日；众弟子近来如无师长吩咐，不肯私自举动；辟谷之功又复精进，连上官红也可隔三数日一食，略吃少许黄精灵草之类便罢。可是四弟子俱喜饮酒吃饭，便令四门人举火共食赏月。上官红和袁星照例把饭煮好，菜准备停当。米、刘二人因有多日未食，还为此事请命飞往城市中去，采买了好些师父心爱的家乡风味凑趣。哪知到时英琼早课忽然灵悟。英琼功力比起易静、癫姑自然相差远甚，但因天赋奇厚，进境神速已极，一旦豁然贯通，喜出望外，用功越勤，不肯停歇。易静、癫姑入定回来，见她不肯起身，吐纳正纯，知大精进，也代高兴。但以进步太猛，短短时日有此成就，出人意表，恐召魔头，不放心走开，也在侧守候不去。嗣见袁星在室外窃视窥探，见师父入定，意欲退回，便以传声唤住，吩咐众弟子各自饮食，师长今晚无暇。袁星领命走去。待了好一会儿，易静看出英琼运用玄功，元婴已渐成长，越发代她欣喜。方朝癫姑以目示意，忽听癫姑传声悄告道："有我在此为她护法，定可无害，何必两人都在？你那爱徒又有孝心，你如不去，就许不吃，你还是去凑个趣，好叫他们尽兴吧。"易静爱极上官红，闻言动念欲往，又知有癫姑在，绝无差池，笑答："去一会儿再来换你，琼妹这样，恐今晚未必起身呢。"说罢，便往外走。快到洞口，忽然想起已有多日不曾在暗中考查四人言行，红儿对自己却是诚敬亲切，何不隐形潜往，看他们师兄弟四人不当师面说些什么？念头一转，便悄悄隐身掩去。

自移居依还岭静琼谷以来，易静等三人对于门人虽极怜爱宽厚，无事时言笑无忌,甚是随便。平日相处,无论大小事都是言出必践,临期中变,向来未有。易静只向袁星传声吩咐命众自饮,不曾明言何故。四人惟恐有事相召,那聚饮之地便设在静琼谷崖顶,昔日妖人妙化真人漆章盘踞的洞穴外面磐石之上。易静到后一看,神雕不知飞往何处,米鼍、刘遇安、袁星、上官红四人围坐磐石之上,前面设着酒肴,上官红身侧放着一个刘遇安赠她的红泥炉,炉上瓦釜正煮着饭。可是四人谁也不曾饮食,正在聚谈,声音甚低,好似有甚紧要事情密议情景。心中奇怪,走向四人身侧一株老树之下留神一听,米鼍正对袁星道:"袁师弟,你的嘴敞,师父又是心直口快,就许漏给太师祖知道,我看此事最好不提呢。"刘遇安道:"米师兄说得极是。据钢羽说,幻波池自从师父师伯回来,便不似以前情景。这半年多,池中先来的妖人一个也未见上来;不似师父走后那些日,三三两两每日由池底飞上来,各寻隐僻所在交头接耳,互相计议,不时还起争执。外来妖人也极少见,隔了些日,偶然来了两三个,不是只见其人,不见其出,便是只见其出,不见其入,与先来诸妖党一样,从此永不露面。便是飞将下去,不多一会儿便自上来,连头也不回便自飞走,一去不返,永无回头。看去颇为扫兴,好似到了下面便遇阻隔,连门都未曾进的神气。我想圣姑佛法高强,也许又有埋伏发动,洞中出了变故,连妖尸玉娘子崔盈和诸妖党俱受了禁制,不能行动。后来那些妖人有的到后看出不妙,知难而退;有的自恃妖法,冒失前进,同被陷在里面,才有这等现象。否则妖尸正在大张旗鼓啸聚同类,以增声势之际,所勾结的外邪惟恐不多,岂有闭门见拒之理?真要这样,那些外来妖邪多抱欲望而来,岂不忿恨?就是力有不敌,也必约了同类向她等寻仇报复。并且当时池底也必起争杀,决不会一到即行,无一停留。今日来那妖人,想必也和前人一样,不是失陷池底,便是飞走不来,有甚相干?上官师妹往日不担心,今日怎担心起来?"

上官红道:"我话还没和二位师兄说完呢。今日来这妖人与往日的不同。他来时,我先不知师父临时有事,不能来和我们同饮,想到岭南高峰后半腰石凤坪上吃去。彼时钢羽正在空中密云层里隐形瞭望,米、刘二师兄在竹林里下棋,袁师兄在取各种菜蔬。只我一人提了一竹篮的用具正往外走,忽听破空之声甚是尖厉。我因中间一段路邻近幻波池,每次走过都极留心,又久未遇见过这类事,想探看来人是甚路数。忙把竹篮放下,隐身赶去,相隔幻波池还有十来丈,妖人便已降落。我虽未和妖人对面说过话,却认出那是师父初来这里所杀妖人漆章的师父。当初妖人便住在这崖顶石洞以内,我曾到此隐形窥探,妖师邪法甚高,自称为救妖尸玉娘子脱困,炼有妖阵邪法,为防正教中人作梗,特意师徒三人分作三处祭炼。漆章被师父仙法诛戮以后,我便疑心他要上门寻仇,还和诸位师兄说过。事已将近一年,未见妖师踪影。钢羽师兄也说池中妖人不断前来,但似我所说那样的妖人从未见过。今日妖人飞到时,又在池边眼望静琼谷这面,略微迟疑,方始穿瀑而去。照此情形,分明以前并未来过,也许连妖徒被杀之事尚不知道,但迟早不免寻来。妖人无妨,也绝非三位师长敌手,无奈白神雕那么告诫。好容易师父不再提起先期入探妖穴之事,恐因这妖人勾动前念,赶紧同来与三位师兄商议。钢羽师兄也自飞落,说那妖人邪法较高,已然入池。刘师兄常说,洞中妖尸妖党重又触动禁制,陷入埋伏。钢羽师兄却也是这等看法,以他意料,洞中出甚变故,自在意中。但照白神雕那日所说,妖尸已然无异脱困,洞中禁制俱所深知,绝难使她上套,多半变了初计,另有诡计。并且以神雕半年来细心查看,凡是一到即去的妖人,功力多半不大高明;凡是入而不出的,多非庸手。它虽未见过那妖人,却看出与师父来时所杀妖人一般来历家数,只是功力要高得多。它也是因想起前事,恐其误认妖徒未死,或是知道我们在此居住,告知妖尸,引了妖党来犯,想寻大家商议。我和米、刘二位师兄说时,袁师兄已将酒菜备好,入洞请示,恰好三位师长有事,不能前来。我们担心,袁师兄却认作寻常小事,无足轻重,令我移到崖顶再作商议,所以没顾细说。不瞒三位师兄说,小妹因师恩深重,未免关切,此时不知怎的竟会心动,与去年妖人初来逼迫我拜她为师时情景相似,多半是个预兆。此时幻波池,师父万去不得。师父的性情,三位师兄是知道的,闲中无事尚欲往探妖尸动静,再有妖人寻来,当时除去也罢,如被逃向幻波池洞内,或是引了池中妖党来犯,师父疾恶如仇,岂容妖邪猖狂?妖人败后,也决不肯甘休,定必勾结同党大举寻仇。师祖仙示说时机未到,不宜妄动,白眉老太祖又命神雕传示告诫,岂是可以造次的?那妖人不比别的,这里他曾来过,如认作妖徒尚在这里炼有妖法,固是必来无疑;否则,他见全谷设有禁制,自然杀徒之人未走,在此常住,定非报复前仇不可。便是妖尸和众妖党,闻说本山有正教中人隐居，当然想得到是为她而来，她必不肯甘休，怎不叫人可虑呢？"

袁星笑道："怕什么？钢羽平日只把它那旧同伴的话奉如神明。休说易师伯玄功奥妙，法力高强，癞师伯佛、道两家俱得真传，便是我师父这口紫郢剑和新炼的几件法宝，走到哪里也吃不了亏。你不知道，以前三位师长经过多少凶险的大阵仗呢，莫非区区妖尸女鬼和几个不相干的妖孽，比华山、五台各派妖人、紫云三女，以及新近所遇的红发老祖、陷空老祖还厉害么？真要不行，掌教师祖也不会只命我们师徒几个先来了。吉凶祸福，早有定数，应如何，便如何。既该继承圣姑仙府，领受藏珍，为幻波池主人，焉有为妖尸所害之理？掌教师祖不过是见妖尸命数未终，正好借这三年光阴，命三位师长勤习道法，所以期前不许私自入洞，以免引起争斗，多生枝节，日常应付妖尸，分了道心罢了。其实易师伯如若往探，只要不和她交手，先查探出一点虚实，日后除她既较容易，万一有什么变故，或是妖尸自知大劫将临，勾结妖党想出妙法，先期图逃，我们也有个防范，省得什么也不知道，到时略微疏忽，便成大错，气候养成，再要除她就更难了。区区妖人，有什么可虑？他这里来过，不论妖徒存亡，总是要来。凭我四人一雕的法力，多半不是人家对手，该来还是要来。就便设有禁制，妖人一到，三位师长也自警觉。反正瞒不过，转不如明告师伯，先准备好除她之计。等将妖人擒住，先不杀死，由易师伯用法力拷问出了真情，看是该往探看与否，然后相机行事，不是好么？"刘遇安道："我们如何敢瞒易师伯？只因白神雕去时一再告诫，二师伯又那等嘱咐，幻波池如有异状，或有妖人前来，不许我们向易师伯提说。此事关系甚大，不能不加谨慎。我想偷偷告知二师伯，想一善策。或是不等妖人寻来，一面想法绊住易师伯，一面由二师伯去往池边迎候，立时杀死，省得妖人寻来生出枝节，不较稳妥么？"上官红道："刘帅兄主意倒好，偏生三位帅长此时俱在洞中修炼，我们不能进去和二师伯说。万一妖人此时走来，不是仍要惊动师父么？"袁星道："那有什么法？钢羽现在幻波池上空探看，等它回来再作计较吧。放着现成好酒不饮，发这种空愁有什么益处？"

易静见上官红满面愁容，知她深信白雕之言，以为幻波池洞中妖党众多，自己前往，人单势孤，易为所乘。其实袁星之言有理，漫说掌教师尊命自己为主，将来入主此洞，断无凶折之理，便凭自己玄功法力和师传至宝，也无失陷之埋。不过白眉禅师既命白神雕传话，也不可过于大意，冒失往探。那妖人既是前杀妖人之师，迟早必要寻来。红儿至性天真，又不敢向我劝说，只在心中忧急，甚是可怜。与其等妖人寻上门来，癫姑又不在侧，无人作梗，何不趁此余闲，瞒着他们，径往池中探看一回？只要见机行事，并不深入重地，万无一失。

易静念头一转，便隐形飞去，到了谷口外面。因此去先在池上等候，不一定便下去，恐众弟子不放心，悄往洞中去寻癫姑密告，遂故作人来离洞，向众弟子传声告知，说自己和癫姑、英琼用功正在紧要关头，现勿入内。说完，想起身是师长，对于门人不应作伪，无奈话已出口，不便更改，只得罢了。随飞到幻波池旁一看，仍是原样安静。侧耳一听，那树叶底下的飞瀑流泉，本来喧如沸潮，这时竟是静悄悄的，听不到一点泉声。情知有异，心中奇怪，忍不住行法开池，将中心树叶揭开了些一看，由上到下竟是一个空洞，水已涓滴不流。心疑灵泉仙景为妖尸所毁，顿生忿怒，正要飞下去探看。忽见以前接受上面飞堕数百丈水柱的池底中心深潭突突往上冒水，越冒越高。环池一圈泉眼中的泉水激射出来，射到中心，正合成一根水柱下落。池底水柱也迎将上来，两下里就要迎凑在一起。猛听下面"哗"的一声，水花四下飞溅，水柱倏地裂开，飞起一幢暗紫色的光华，其势甚疾，晃眼便冲破上面水层，飞出池上。

易静一双神目，下面水柱一裂，便看见那玄光中裹定一个相貌古怪的道装妖人。知道下面深潭与池底洞府相通，幻波池灵泉本是上下循环，升降喷射，周而复始，终古不息。妖人已能借用水遁出入，使水不流，可知妖尸纵然未成气候，也是相差无几。想到这里，越不放心。为想生擒拷问洞中妖尸妖党虚实，忙即闪向一旁。欲待妖人离开当地，再行下手，以免将妖尸妖党一齐惊觉。身刚飞开，妖人已经飞到池旁，似见池中树叶无故揭起，觉出有异，上来便往四下张望，用鼻乱嗅。最后目光注定静琼谷一面，满脸狞怒之色，那护身暗紫色妖光却未敛去。

易静料知妖人必往静琼谷寻仇，心想："这里离妖窟太近，还是隔远些好。如往别处飞走，凭自己也还追得上。"便不等妖人飞起，先往去静琼谷的中途岭脊上飞去，欲等走过时突起发难。行时，瞥见妖人朝自己立处这一面微微狞笑了笑，因正当去路，也不在意。等到岭上回顾，妖人也已起身随后飞来。易静伏处略偏，见妖人来路直向谷口一面，两下里略微相左约有七八丈之差。志在生擒妖人，身一落地，便施法力，把那方圆百余丈的地面下了禁制。一见妖人飞到，立即发动埋伏，口中喝道："无知妖孽！已然落我网中。急速束手就绑，听我问话，还可少留残魄，免致形神俱戮。"

这妖人乃妙化真人漆章之师赤霞神君丙融，邪法高强，五官尤为灵敏，最善察听闻嗅敌人踪迹，多高明的隐形法，只要在二三十步之内，立被警觉。先见幻波池树叶揭开一洞，因自从他入洞去见玉娘子后，并未再有同道入池，断定有了敌人在侧窥伺。便用练就耳目四下察听，竟无征兆可寻，知道敌人必是正教的门下，弄巧便是杀死徒弟、占据此谷洞的仇人；否则凭自己这一双神目和两耳，多少总可看听出一点形影声息，怎会如此？暗中便加了戒备。二次再用鼻一嗅，闻出敌人就在身侧不远。方想敌人自恃身形已隐，彼暗我明，必然大意。正待将计就计，用妖法乘机暗算，忽听微风飒然，敌人已向山北飞走，阴谋毒手竟未用上。暗忖："敌人见了自己，理应暗中下手，怎倒退去？不是知道自己来历，不敢妄动；便是敌人法力有限，除隐形飞遁得过高明传授外，别的伎俩有限；再不便是敌人门下，赶向前去报信，也未可知。"

丙融来时，向玉娘子夸下海口。敌人谷口所设禁制，前数月为寻徒弟，查看所炼法术，见到过一次，远观甚是神妙，试以心灵感应，并无回应，料定爱徒已死敌手。只因彼时炼法未完，正在紧要关头，只得忍忿怀仇回去，没有试过，不知深浅。正愁不能冲进，如得此人先去报信，诱敌出战，倒也省事。哪知飞到半途岭脊上面，忽听一女子口音喝骂，知道仍是先前遁走的敌人。必是恐怕池底妖党警觉，有意避开当地，来此埋伏堵截。不禁又惊又怒，大骂："何方贱婢，速现原形，通名受死！"语声未毕，埋伏已然发动。

丙融原是受了妖尸指教，为防谷中敌人厉害，势孤吃亏，本身仍在池底，便用所炼元神，又在妖光笼罩之中，乍见不易分辨，易静所设禁制本难制他。先时双方都有了轻敌之念，丙融不知易静法力深浅，易静也不知妖人能仗妖光护住元神冲破禁网遁走。易静闻言，怒喝道："我乃峨眉教祖妙一真人的门下女弟子女神婴易静。你这妖孽,叫什么名字?"丙融狞笑答道:"无知贱婢,你连赤霞神君都看不出么?"易静闻言,知是丙融,乃昔年长眉师祖飞升前三月所诛中条山六妖仙之一,邪法甚是厉害。心里还暗幸妖人已落禁网,看这护身妖光不似寻常,擒杀虽难,多半不致被他逃走。于是立即现身,喝骂道:"你这妖孽,前在中条山漏网,我师祖长眉真人因值飞升在即,未暇穷诛,给你自新之路。这多年来匿迹销声,只当你已悔祸梭改,埋首穷荒,不敢再出为恶。不料仍在暗中兴妖作怪,命你妖徒收摄生魂,来此祭炼邪法,欲与妖尸勾结。妖徒早已为我诛戮,你想必也是恶贯满盈,伏诛在即了。"话未说完,早把阿难剑飞将出去。

丙融先听易静一说姓名,知是易周之女,一真大师以前爱徒,最近才投入峨眉门下。连赤身教主鸠盘婆那么厉害的魔法,曾与此女斗法多日,均未能制其死命,结局反因此成全了她炼就元婴法体。玄功奥妙,为敌党后辈有名人物。所以口头虽通名发威,实则锐气威风已馁了许多。暗忖:"自己前以岭北山谷禁法虽颇神妙,并非峨眉家法;又以谷外日常云封将近一年,谷中人并未去往幻波池涉足窥探,心疑是各正派中后辈,无意之中发现本山灵境,来此隐居修炼。也许起初有一师长同来,连池中底细俱不知悉。因将爱徒杀死,恐有人来报复,乃师无暇在此久停,又不舍这好地方,才在谷口设下禁制,以为防御。就是有为而来,在此窥伺时机和幻波池的动静,本人法力也必有限。不然,无此胆小怯敌。适才因与玉娘子谈到爱徒被杀之事,玉娘子说,她本定出困以前一味谨守待时,不再别生枝节。好在仙府禁制严密,洞门紧闭,外人极难走进,就被勉强冲入,也只送死。哪怕敌人已临池畔,只要不下去犯她,便置之不理,听其自然。哪知今日心灵忽起警兆,恰值自己炼法已成,前往相看,觉着谷中仇敌定是为她而来,人数还多,不止一两个。并说半年前有一次,幻波池无故自开,微闻上有人语,彼时来的同道不多,所受仇人禁制也只脱去十之二三,未敢造次。敌人不知洞内被她借用原有五遁禁制攻开了一座,又将上面水路开通,待不一会儿,也就走去。由此起,同道往来,连发现过两次可疑之迹,只未见人,也不知是常住本山,还是偶然隐身来此,因恐生事,未加理会。现听说起前事,正与警兆相合,嘱令往探,相机下手除去。并教留下原身在洞,运用元神飞出,并以神光护身,以防敌人隐形暗算。自己一则爱她太甚，惟恐不得欢心，二则又想起杀徒之仇，立即依言赶来。行时还觉玉娘子禁闭多年，胆小过虑。还有初下池底叩洞求见时，始而闭门不开，看去颇有见拒之意。后来自己不耐，欲以法力攻洞，方始开门延入。近闻她结纳妖人颇多，惟恐他人捷足先登，法一炼成，连另一在别处同时炼法的徒弟都不告知，匆匆赶来。哪知洞中只有玉娘子一人，并说她胆小怕事，以前来的人表面好意相助，实则涎她美色，除却一二人外，俱是徒负虚声，无能为力。一个个呼朋引类，出入来往，心中害怕反将风声闹大，引得仇敌上门。有的不听劝阻，试破洞中禁制，往往送命；即使幸逃一死，也重伤内愧而去；有的自觉不行，推说回山炼法，知难而退。下余四五人还在靦颜逗留，惟恐引火烧身，误人误己，均以婉言辞谢，请其到了时机再来，方始别去。现在洞门已开，只等二三年后，心神全脱禁制，快出困时，尚有一个生死关头，那时却极需人相助。几经查考，只有两人可以助她脱困，加上自己共是三人。她也无所专注，只要谁的功劳最大，亲手救她出险的，便不惜带了仇人遗宝藏珍委身相从。现觉来人多是意图侥幸，并无真实法力，人来多了，无益有损。加以妒念特重，互相妒忌。时起争杀，害得左右为难。先前不欲延入，便是为此。等到自己出洞，却说洞门每日开有定时，过此仍有风雷之禁，引由洞中水道遁出，再把臂叮嘱，应敌不可大意。与以前所闻行径，大不相同。当时只觉她玉艳花娇，吹气如兰，意蜜情热，令人心醉。略一转念，便自飞上，满拟手到功成，必能博取心上人的欢心。一出池面，便觉出有人在侧，隐形神妙。及至追到此间，问明来历，玉娘子说是劲敌，果然不差，贱婢竟是闻名已久的易周老儿之女易静。照此情形，谷中同党想必不止一个。如若得胜还可，否则，何颜回去？"

丙融一面施展自炼赤阴飞叉迎敌，一面心中嘀咕。猛想起："久闻同道中言，玉娘子貌比花娇，心同蛇蝎，这匹马最不好骑。休说犯了她恶，便是平日枕席男宠，稍微拂了她意，立有杀身灭神之祸。只因她乃旷代尤物，人间奇艳，相与的人尽管引死者为殷鉴，存有戒心，仍一见便为所迷。再一交合，更是甘死无悔。她本圣姑心爱门人，当收她时，圣姑已然修道数百年，所习尚非佛门正法，操行却是极正。未始没看出此女性太淫凶，只因爱她资质相貌，欲以法力引度，导使寻求正果。虽经一同道之交劝说，仍是不听,并发三次度化之言。哪知玉娘子江山易改,本性难移,仗着师传与向外人偷学来的法术,无所不为,百余年间,不知有多少人死在她股掌之上。圣姑连加重罚三次,均未悛改。最后一次,圣姑已得佛门上乘妙谛,心参正果,将她擒回,本要行诛,嗣经苦苦哀求,圣姑才说:'当初为了好友一句话,明知其不可为而为。你所造罪孽,无异于我的,为此须迟却我多少年飞升。本意诛你以后,再行尸解,修持佛家最上乘的苦戒,重坐死关。姑念哀求,昔年又曾有我决不亲手诛戮你形魄,只能看你自受恶报的戏言,放便放却,但你犯戒已逾三次,还须逐出。我尸解以后,一切外缘俱应放弃,无墨无碍。本来功到自成,为日也不甚久。但我以前收你,造诸孽因,除非你从此洗心革面,放下屠刀,以你资质仍可解脱;否则便须有人为我积善消孽,将你除去,我的功果才能圆满。当你数尽神灭之日,也是我证果成真之时。你走不久,我便坐化,此洞便闭,防却百年之后有缘人到此,谁也不能妄自走进了。'玉娘子因知师父本欲以衣钵相传,如非屡犯教规,即使不能超凡入圣,便师父平生所有法宝、道书得到手内,也可独步仙凡,法力无边,做一快乐神仙,终可称愿。想不到乃师走得这般快,而玉娘子第三次犯戒,又只相隔不几天的事。如早得信,只稍忍耐一次,便不致错过这千载一时的良机。当时也甚悔恨,再四哭求哀告。圣姑自是不允,并还将擒她时所收法宝,只要是自己传授的一齐收留。

"玉娘子被逐不久,圣姑果然坐化,玉娘子越想越不心甘。又知圣姑生具特性,平生不喜男子,化前遗命,洞中藏珍甚多,虽然依还岭终年法力掩蔽,外人不能寻到,但到日子以后,岭上禁法失去灵效,必定启人觊觎。只要知道池中底细,自问法力能胜,即可入内,但只限于女子。男的只限于前生道侣,而且是应约而往,并非有所贪求尚可;否则一入洞门,必有奇祸。如是女子敬谨入求,虽无所获,亦不致有大凶险,并不禁她前来。玉娘子心想:'师父隐修池中仙府,外人只一女子,已在十年前仙去,此外无人来往。除自己外,外人至多有点耳闻,谁也不知底细。好在洞中虚实禁忌,多半知悉。师父虽然厉害,今已尸解,元神正坐死关,与死人无异,法力不能行使,何不前往一试?'贪心一起,便再忍不住,连一些交好的男宠全未告知,独自赶往,破关而入。那藏珍共有两处,如取一处,本可得手。只因贪心特重,知道几件前古至宝和两部道书,俱在停放圣姑遗蜕的寝宫里间，意欲全得。一到便直入寝宫外间室内，禁制突发，始而只将她困住，并未伤害。后因不能脱身，恨极成仇，妄想报复，就势走入里间，欲毁遗蜕，并破全洞禁制枢纽。原只一门之隔，举目可见，埋伏一发，外出不能，入内却是容易。又连在室中仔细查看了十几天，只正对里间石门多着一个玉榻，不是原有，别无设伏之迹。那榻又是前在洞时所用，不过移放当地，并无异处。眼望门内另一玉榻上，圣姑合目趺坐，尽管宝相庄严，人早化去，元神也已离体。身旁现放着五通法物和全洞禁法的枢纽。虽知破去必不容易，但是仇重心贪，急于脱身；又以禁制发动以后，因行法人不能主持，只将去路阻断，不能冲破，并不会加害。自恃法力高强，未免胆大了些。哪知正在戟指咒骂数说，待要施展法力护身走进，忽然天旋地转，风雷齐鸣，里间室中景象大变，才知上当。圣姑遗蜕并不在内，那地方乃是昔年修道所居的西洞丹室，玉榻也原在此，那里间只是通入中洞寝宫的甬路入口而已。心方惊惶，耳听圣姑数说对她期爱多年，末次逃出，犹有余情，明知不会悛改，尚留她一线生机。来此被困以后，如能悔罪，就在外间玉榻上潜心修炼，以待时至，圣姑证果，她也成道脱困，永受衣钵，再积外功赎罪，仍是仙佛位业。谁知依然如此冥顽，罪已难道；更起弑师之念，愈发难容。说不几句，一声霹雳，便将她震死榻上。

"自己这次辛苦炼法，助她出困，所重本在道书、藏珍，并不一定要人、宝两得。如今什么也未见，先葬送了一个得力爱徒，愈发存有戒心。先还暗笑以前受她祸害的人枉自修道多年，竟会受其愚弄，死无怨悔，心中不解；哪知自己见了玉娘子以后，偏生迷恋。起初只听传说她陷入幻波池，一去不返，那后来的事还是她适才亲口述说出来，并无掩饰。自己也只有怜爱，未以为非。只听到圣姑遗音发话，觉她自铸大错，误此万年难遇的良机，微代叹惜。她便媚笑，只说身被雷击，不再详说下文。随说谷中敌人可虑，请代出力除去。说时，不住卖弄风情，诘多激将。又令自己留下原身，改由水遁上升。一时为她艳色所惑，几难自持，言无不从，只顾求功讨好，没有觉察。这时遇敌，才想起她不特一切言动多半可疑，并且久闻勾结之人颇多。心中有两人与自己还颇交好，半年前说不久要来幻波池，事后必访自己，谈他所遇，一直不曾再见，分明人在洞中，怎会除玉娘子外一人俱无？此女口蜜腹剑，阴毒淫凶，有名尤物祸水，什么事都做得出,莫要中了她的道儿,把自己数百年苦炼之功断送她手。"

丙融越想越生疑虑,有心回去,偏生对方是个劲敌,脱身虽是不难,要想取胜却非容易,何况谷中必还另有能者。玉娘子现正需人之际,如是料错,对方并无恶意,在一个峨眉后辈女弟子手下败逃回去,岂不扫了颜面,被其轻视?深悔适才过于轻率,太无城府;来时又太情急,没先查探出仇敌深浅虚实,便告以此事,引出麻烦。否则,洞中无人,正好亲近,即便有什么禁忌不能交合,至少可倾吐情愫,为异日地步;并可相机下手,先取藏珍,多么得计。如今大言已发,闹得不胜难归,真个蠢极。

丙融正在进退两难,悔虑交集,准备另下毒手。易静见妖人护身妖光和飞叉厉害,阿难剑和飞剑均不能取胜,那禁法也似制他不住,除却重伤,绝难成擒。方想将牟尼散光丸与灭魔弹月弩同时施为,偶然发觉妖人只用飞叉迎敌,那幢暗紫色妖光始终紧紧笼罩全身,不曾飞起御敌。暗忖:"双方势均力敌,未分高下,丙融又是长眉师祖手下漏网多年的有名妖人,怎会如此怯敌胆小?"心中一动,取宝未发,定睛仔细一看,竟是元神化身。便喝道:"无知妖人,你的原身何在?如是你自愿如此送死,消去神魂,留一臭皮囊与妖尸做伴,也还罢了;否则,你本来是要寻仇,怎知便要伏诛?用此行径,有什么益处?妖尸淫毒无人性,此举如出于她,必有凶谋,你想回生,只恐难了。依我相劝,速急束手受擒。我念你中条漏网以后,遁迹穷荒,销声多年,新近方始故态复萌,为恶未著,只要把洞中虚实供出,我便网开一面,用师门仙法为你除去妖邪之气,送投人世,以免灭魂之诛。不比你即便遁逃回去,也为妖尸所害,更好些么?"

丙融心事被易静道破,越发忧急,暗忖:"此女委实不比寻常。玉娘子行事可疑,心情好恶难测,不胜此女,又难回报。莫如把当年长眉真人没有毁去的三件法宝全使出来,只稍取胜,立即遁回。好歹先恢复了原体,免却万一之忧,再作打算。"念头一转,立即施为。内中一件名为天瘟球的,早已准备停当,当先发出。紧跟着,右肩摇处,身佩红蛟剪化作两道暗赤色的朱虹,剪尾电掣而出。

二人斗法已相持有刻许工夫,易静先欲生擒,未下杀手。不知妖人受了妖尸媚惑,色令智昏,临敌突然有些警觉,只顾寻思,迟未发难,未免稍微疏忽。口中话刚说完,忽见妖人发出一团栲栳大的黄光,猛想起前听一真恩师说起，这妖人自号称赤霞神君，所炼法宝俱是暗赤颜色，宝名也冠以赤字。内有五件独门散瘟之宝却是黄色，奇毒无比，无论仙凡，稍微沾上，不死必伤。自己元婴之体虽然不怕，却也不可大意。刚把手中法宝发出，对方又是两道暗赤光华剪尾飞来，势疾如电，甚是神速。尚幸法力高强，两件法宝又早藏在手内，见状大喝："妖孽不听良言，叫你报应！"说时，手指处，灭魔弹月弩相继朝红光迎去。同时回手正取六阳神火鉴，待将妖人元神罩住，以免逃遁，不料取宝稍晚一瞬。妖人知道易静元婴炼成，已是成道之身，先发二宝定难伤害，只是借以掩蔽暗算。天瘟球到了空中，便不去撞它，也要自行炸裂。易静又只听一真大师说妖人法宝多被长眉真人破去，残余有限。内有一件发黄光，乃是瘟疫奇毒之气炼成的散瘟之宝，遇时须要留意，未知底细。牟尼散光丸一撞，立化为一片极浓密的暗黄色氤氲之气。易静方觉黄烟太浓，倏见散光丸银光乱瀑如雨，黄烟激荡飞散中，眼前大片寸许长的暗赤血光，飞蝗一般射上身来。因有光烟掩蔽，骤出不意，竟未觉察。知道抵御已是无及，忙运玄功纵起，饶是飞遁神速，肩臂上仍被打中了两处。如非元婴炼成，就不死也万难禁受。又见万千飞钉一般的血光仍然飞洒追来，当时负痛大怒，一面略微闪退，一面忙取兜率宝伞抵御。

丙融见化血神钉打中敌人，竟似无什么伤害，心中大惊。伞光一起，知更难于取胜，忙把神钉收回，待要遁走。易静多年来不曾受伤，心中恨极，连伤也顾不得医，只运玄功略闭了左臂气脉，以防万一，同时六阳神火鉴已朝妖人照去。此宝自受师传以来，因是专为日后对付赤身教主鸠盘婆之用，屡遇强敌均未轻易施为。这时因为受伤恨极，必欲诛灭妖人元神，方快心意，更不寻思，施展出来。这师传降魔七宝同时已用其四，丙融如何能支。又因散光丸、弹月弩厉害，一片爆音过去，天瘟球本来收发由心，竟吃震炸分裂，那赤蛟剪也被弹月弩击中，光芒减去好些。跟着敌人飞剑便已飞过，两下里斗在一起。心中痛惜，惟恐有失，正在忙于收回，想就此遁走。不料就在这略微缓得一缓之际，敌人手上忽发出六道相连的青光，恰是两个乾卦重在一起，合为乾上乾下六交之象。先由手上一面圆镜发出，每道光长只数寸，粗才如指，光虽晶明，并不强烈，可是越往外发射，展布越大。天瘟球黄色烟光未及凝聚复原，吃镜光一照，突然发火自燃,宛然薄纸之投洪炉,一瞥而尽。紧跟着护身光华又被照中,立觉身上奇热如焚。百忙中,易静恨极妖人,又是一粒散光丸、一粒弹月弩同时打到,妖光立被震破。幸是元神化身,如换寻常妖人,不必用六阳神火鉴,就这一丸一弯,也是九死一生了。丙融万想不到如此厉害,吓得心胆皆寒,哪里还敢停留,忙收赤蛟剪,带着残余妖光急飞遁去。

易静见禁制无用,妖人已然逃走,怒火上头,必欲杀以泄忿,忙纵遁光急追过去。丙融元神飞遁本极迅速,又在惊惧忧疑情急之下,自觉敌人厉害,既不能胜,便须速回,以防本身有什么闪失,连赤蛟剪都未顾得收到手内,便先加紧遁走,剪光反在妖人的身后,神速可想。易静追到池下,丙融才把赤蛟剪收去。易静见他投入池中心水柱之中,顺流飞泻,四旁飞泉重又干涸,只剩那根水柱凌空飞堕。好似洞中妖尸已有觉察,接引妖人入洞神气。本来早想入洞窥探妖尸虚实,一则奉有师命,时机未到;二则下面洞门紧闭,必有妖法制禁,不易进入;况且正是两不相犯之际,也许妖尸和诸妖党还不知道岭谷有敌人居住,一旦勾动,从此多事;癞姑、英琼又时加劝阻,故屡次欲行又止。这时妖人已然寻上门来,踪迹已露,反正日后纠缠,不得安宁;又以妖人暗算,受了微伤,忿气难消。一见水柱下落,认为有机可乘,可以乘虚而入,更不寻思,忙将身形隐去,跟踪直下,也借水遁入内。

身刚沾水,忽闻上面雕鸣,知在示警拦阻,自恃法力高强,法宝神妙,也未在意。水柱降落又是极快,未容转念,已然落入池中深潭水眼之内。一鼓勇气,更不反顾,径驾水遁到了潭底,顺着洞壁水道往上逆行。暗中查看所经之处,俱是夹壁,最细之处只有两三寸。那壁间水路本与卫仙客夫妻昔日陷身的小池相通,易静曾听李宁说过,池中设有金水之禁。虽知道禁忌,可以防范抵御,又系女身,不致触怒圣姑,然而一旦被陷在内,毕竟厉害,不比寻常。先想尾随妖人一同出遁,不料对方入水较前,只远远望见红影飞驰,没有追上。说时迟,那时快,就这略一寻思之际,前面红光忽隐,水势也由进而退,知道妖人已然出水。忙催遁法,往前略进,果然到了上次所见小池之内。本要隐形飞出,猛然灵机一动,暗忖:"久闻妖尸厉害,所勾结的妖党连李伯父的封洞禁制俱吃破去,妖法可想。便是适遇妖人也非弱者,初遇时,隐形法好似被识破。身入险地,势子太孤;

师父仙示,更戒轻率。终是小心行事,看准再动的好。"想到这里,便即暂停,隐伏池中,暗用耳目察听。微闻宝鼎前面有一女子与人笑语之声,甚是柔媚。跟着又听一个男子厉声叹息,似极悲忿,好似前追妖人丙融口音。底下便听两男一女,一路说笑着往前走去,声音已远。待了一会儿,上面不再有人声息。

易静正想出水窥探,猛觉池面之水重如山岳,紧压头上,要想钻出,真是万难。再试回路,水源已绝,与外隔断,那水竟成了一泓死水,无路可通。才悟出此水与夹壁间灵泉虽然通连却被妖尸隔断,怪不得妖人红影一不见,水便倒退回来。如非遁法神速,快到以前赶了一程,自还不能到此。可是那样前进无路,还可退了回去,此时闹得进退两难。上有禁制封闭水面,如用法宝强行冲波出去,未始不能办到,但必惊动妖尸。一则与来意不符,洞中虚实尚未探得,一被觉察,要添出好些危机,于事还未必有济。二则洞里埋伏禁制重重,圣姑性情古怪,自己伏在池内,金水之禁必因自己是女身,又看师门情面之故,没有发动。如再与斗法,纵有七宝护身,识得五行生克妙用,不致似卫仙客夫妻一样损丧真元,脱出必更艰难。连试两次,不特不能穿出水面,四外反生出极大阻力,知不服输不行。没奈何,只得忍气默祝道:"弟子易静,现奉家师妙一真人之命,来此探查妖尸动静虚实,以备日后为圣姑清除妖尸,去此孽累。现被五行真水禁闭池内,因恐圣姑昔年所设禁法现被妖尸借用,未敢造次。兹敬通诚求告,伏乞圣姑鉴察弟子除害诛邪之意,收了禁法,令弟子得以出水,不胜感激。如久不撤禁,便是圣姑现在坐关无暇于此,或是妖尸仗着圣姑昔年传授所设,弟子只好施用法宝,破禁而出。因是不知底细,急于脱身,行事难保不冒昧。尚望圣姑略原心,加以宽宥,勿以为罪,不胜感谢。"

祝告未完,忽然身轻,试一行法,竟然离水飞出,落向池外。心方暗笑:"圣姑佛法已到上乘,行即证果,依然如此好胜,令人不解。"心正寻思,忽然听前面有两男子说笑走来。身形虽隐,仍恐被他们警觉,忙即屏息敛气,赶紧躲闪在那藏宝钥的鼎后,静立相待。一会儿走到,乃是两个相貌奸猾的中年道装妖人,同去池边仔细看了看。只听那个穿黄的道:"这厮真活见鬼,他出水时我正在池旁守候,分明见玉娘子行法开池时,只有他一个人影,他却硬说易家贱婢也借水遁追来。这水不比常水,玉娘子又在行法接引，遁法多快，如有人追来，来人又决不知此池底细，哪有不尾随同出之理？偏又说是出时不知玉娘子要用他生魂效力，还曾回看，贱婢并未随出，当时心中怀恨，所以未说，来人必然困在池底。你看池中空空，哪有影子？我们终日对着一块肥肉，不能到口，今日好容易陪她对饮一回，虽解不了馋痨，到底得点干亲热也好。他偏说些假话，害我们空跑一趟。玉娘子还说，擒不到来人，不许回她房去，这不作难么？"另一穿青的道："我看丙融那厮也是色蒙了心，也不问自己到底有什么法力，炼了几面黑煞旗门，连个护主幡的神魔都没凑齐，便跑上门来强要送死。玉娘子本心不想伤他，偏是不知进退，始而行法猖狂，竟欲破洞而入；继而玉娘子勉强延进，又偏不知自量，妄想人、宝两得。玉娘子忿他说话可恶，目中无人，正好所献旗门主幡缺一神魔，用他本人再合适也没有，这才给他当上的。自己躯壳已毁，不知悔恨，适才席上玉娘子微说了几句不得已的好听话，答应将来不特放他，还给他代寻一个比他本身胜强十倍的庐舍，又许上些好处，他便蒙了心，不但不记仇，反倒甘心为之效死，只求事成之后一亲肌体，随就吐出遇敌之事。玉娘子认以为真，断定人在池内。其实没有此事，有什么法子？这厮不是说他耳目鼻子灵，出时还听身后水遁之声么？我们就叫他来看看，如若有人，认罚如何？"

穿黄的道："余道兄，先不必忙着回去。那厮见玉娘子问完详情，立时变脸，将他禁向所炼主幡之下，已然二次中计。他便果真在此看出有人追来，现在也不会再出来加以指点，何况绝无其事。我看易家贱婢必是快到以前，发觉水遁，恐怕深入断了归路，随水急退回去，也说不定。这都无关，倒是我二人原本患难至交，自从到此不久，你虽不似旁人那样视我如仇，比起昔日患难生死交情，却差得多了，究是为何？实不相瞒，我也被她逗得迷恋欲死，但有时背人静坐，却能回想，觉出这尤物必是我们祸水，如不留意，稍一失足，便成千古之恨。近来见她口甜心毒，行事越狠，更加警惕。我看你入迷更甚。你我数百年苦炼之功，岂是容易？像她这等人百世难遇，如若真心相爱，为她死了也值。只恐本来无情，口蜜腹剑，得不到她半点真心，连皮肉也未沾上，便把平生功行付与流水，岂非至愚？如非今日见她行事过于凶残，我也不会动心。她以前曾向我离间你，背着我对你也必如此。查看池中敌人，你我原无须同来，此举好似有意把我二人调开，以便向龙道友献媚蛊惑。她近日已能复体，所说仇人法力厉害，不脱困以前不能与人交合的话，未必可信。龙道友既善容成之术，品貌又好，我看她对他才是真亲热。背后对我却说，志在用以出力，全是假意，显然是谎言。你没见前洞那几个曾受他牢笼的几个残废么？初来多么宠爱尊崇，如今落得是什么可怜神气？你想她为龙道友，宁甘激走毒手摩什那等好帮手，必有几分意思无疑。适才席上，没见她对龙道友那眉花眼笑的妖媚情景，许是特意将我二人支开，好遂她的心意都不一定。我二人以后必须小心一二呢。"

说到后半，声音更低，换了别人，决听不出。那穿青的起初闻言似不在意，后听提起姓龙的，面色骤变，竟似有些警觉，只比穿黄的较有城府，浓眉刚往上扬，面色忽又突转，以手掩口，摇头示意。穿黄的忿道："我如怕她，也不在此了。别人可以由她宰割，我却无此容易呢。依我之见，少时便与她开门见山，不相爱无妨，但要彼此相见以诚，我们为她出力，事成送我二人两件法宝，两不亏负，省得彼此各用心机，互相忌恨，反为仇敌所乘。你看好么？"穿青的还未及答，忽听曼声长吟，远远传来，声音词意淫艳无伦。易静方在暗骂："妖尸也曾在圣姑门下多年，怎的这等淫贱无耻？"二妖人本在密语诽议，忿恨妖尸狠毒，一闻艳歌之声，不由惊惶失色，面面相觑，意似畏惧。听不一会儿，好似心荡神摇，不能自制，倏地不约而同，一言未发，各自抢先飞驰赶去。

易静看出二妖人法力俱都不弱，无如迷恋妖尸，陷溺已深。尽管背人时想起妖尸狡诈淫毒，害人甚多，自身修炼不易，略生疑虑；稍得妖尸一点声音笑貌，又复沉醉。自己隐身追敌，竟吃丙融察觉，妖尸已然断定有人深入，没有查明虚实，决不甘休；现将二妖人引去，不知又有什么阴谋毒计？记得上次和英琼、轻云探查幻波池时，这里乃是东洞藏宝之所。在未取宝以前，曾随李伯父同往西洞。第一次，二人由门壁间密伦飞入，自己和英琼往右，遇阻即回。轻云往左，走入妖尸停尸之所，误认为圣姑法体，如非李伯父佛法援救，几遭毒手。后来曾听轻云详细说过经历。适听妖尸歌声甚远，正在西方。二妖人所说妖尸聚饮之所，必在西洞无疑。李伯父说，此间五洞，内里俱有通路，最稳妥是顺夹壁水道通行，决不会被人发现。无如此间水道已被妖尸隔断，别处想也被其隐起。上次出入匆促,又未留心默记。如今既已冒险深入,拼着踪迹败露恶斗一场,见机行事,才可探得虚实。知道洞中禁制密布,步步荆棘,虽得师传道书,得知好些禁忌埋伏所在,但是妖尸气候将成,已能随意隐匿变幻,加上许多妖法陷阱,一旦触动,阻碍横生,便不被困,应付起来也极艰难。颇悔适才因水遁隐形为丙融发现,又见二妖人邪法颇强,一不小心,恐被觉察,妖人去又太快,主意还未打定,不及尾随同往。如不往探,守在当地,妖尸闻报池中无人被陷,虽要自来查看,但是全洞虚实仍是不知。此行为何?不入虎穴,焉得虎子。生平屡经大敌,未尝怯阵,怎今日到此,会胆小过虑起来?

易静主意打定,四顾室中,青玉墙上圣姑遗容已然隐去十之八九,略现微迹。惟有藏珍鼎仍立当地,光华灿烂,好似无人动过。知道那柄莲花玉钥,妖尸和诸妖党决不能取,必仍藏在鼎内。此钥关系最为重要,心虽微动,忽想起前番在此受挫之事,当时如非轻云警告,几为鼎中埋伏的大五行绝灭光针所伤。又曾见圣姑遗容,对己怒视;鼎中又有"开鼎者李,毁鼎者死,琼宫故物,不得妄取"的四句圣姑遗音;鼎中百余件异宝奇珍,也经英琼一人之手取出,分明自己与圣姑无缘。掌教师尊虽令来做此洞之主,但主人不喜自己。妖尸原是她旧日爱徒,深知底细,尚不能取,自己再来也是无用,反倒打草惊蛇,徒劳作甚?只是玉壁上面遗容,本是云鬟低垂,神情若活,更能喜怒自如,向人示意,隔了不到一年,竟变得如此模样浅淡。玉壁仍是晶莹如昔,光鉴毫发,不现一毫邪气与残破之迹,绝非经过妖法毁损污秽情景。心中不解,未免多看了两眼。哪知初看圣姑遗容时,虽不似以前如在镜中,呼之欲出,淡痕显然,仍是一妙龄少女影子。及连续注视,那人影竟越来越淡,渐渐隐没,不见丝毫痕迹,愈发惊诧。略呆立了一会儿,终未再现。易静想不出是什么作用,只得小心戒备,觅路前行。

易静因记得上次进入时,东洞右壁并无门户,玉壁浑成,这时却多了两个门户并列其间,俱是六角圆门。先二妖人来去各走一门,如换常人,必当两门均可通行。易静到底心细知机,见二妖人来去门户不同,料有缘故。洞中禁制五遁,息息相通,不是适才自己冲破水面出来,吃妖尸警觉,故意令二妖人来此诱敌入伏;便是妖尸换了地方,跟踪走入,就许上当。

暗忖："这两条路，师父仙示均未明言。如若妖尸心意被己猜中，二妖人归路必有厉害埋伏。如由其来路门中走入，妖尸决想不到。反正打算遍历全洞，方始设法回去，就算料左，妖尸妖党换了地方相聚，五洞内通，也终能寻到。至多多经一些艰险，绕走些路，却可多得虚实，比起自投埋伏总强得多。何不移东就西，出其不意，舍其去路，往他来路走进，看是如何，再作计较？"念头一转，忽换走法，便不追踪二妖人，径从他们来路门中走入，意欲试探着往两洞中走去。

易静进门一看，乃一间设有丹台炉鼎的石室，陈列器皿，极为古雅精良，只比外层低小，别无异状，知是主人昔年未成道时炼丹之所。方想："师父仙示，曾说洞中千门万户，无一处不有禁制，这间室内怎无埋伏？"只见靠里壁有一卤门，正要走进，行近丹台，忽觉有异。再往上下四外细一查看，室很低窄，四壁平滑细腻，宛如美玉，不似外室那么温润，乍看不觉，实与别室壁色有新旧之分。丹台设置等，又绝非正宗路数。不禁恍然大悟，知是妖尸新用法力凿成的炼丹之所，故此未设禁制。洞中石室甚多，俱都高大崇宏，质如美玉。妖尸现钟不撞，反来铸铜，却在实心洞壁之中，现凿这么一间小室似供炼丹之需。估量各室皆有圣姑所设禁制，妖尸不能随意潜用；或是所炼妖尸邪法犯禁，恐有克制，或将埋伏引动，于她不利，才有此举。否则此洞与别处不同，洞壁十分坚固，外间室内更有极厉害的五行禁制，一经行法，难保不触动。开凿之际，定费不少心力，如非必要，决不如此。并且妖尸已然准备心神一经复体回生，行动自如，立即飞去。此时亟谋脱困，尚恐无及，怎有空闲炼丹？再者，妖尸被困将近两甲子，身不能离洞一步，灵药何从采取？如是洞中原有，圣姑事事前知，早已安排藏好，决不会让妖尸取去。此中必然藏有机密。

易静心中一动，便朝台上丹鼎法物重又查看，觉出那丹鼎与外间藏有玉钥的宝鼎一般形式，只是要小得多，是个陶制之物，火气未退，分明新在窑里烧成，用日无多，与外间那鼎玉蕴金辉，宝气炫目，不大相同。如非上有不少符箓，决不似妖尸这等法力高强的妖邪所用。旁的法物陈列，仅有鼎前立着一面小幡，似非常物，也不带有妖气。只看出是旁门中人所设丹台，别无可疑之处。细端详了一阵，猜不出有什么紧要用处。因丹台陈设虽然齐全，并未行法祭炼，不值一毁；更恐妖尸诡诈百出，机关尚未识透，一经妄动，多生枝节，便不去动它。径往台后靠壁圆门之中走进，门内横着一条长窄甬道。对面是一间大石室，中空无物，却有四门，壁上隐现风云雷电影迹。刚往里一探头，便见壁上影迹渐显，隐隐风雷之声，知道中有风雷之禁，不可轻入。室又向南，不是去四洞的道路，否则先两妖人决不敢由此穿行。又见两室中间那条甬道比丹室更低，高不及丈，地势上下弯曲不一，壁色甚新，也似不曾设计禁制，越料出是妖尸为防妖党误触埋伏，就着地形，在各处石壁之中凿此甬路，以便往来。这么大一座洞府，又是禁制重重之下，居然开凿出这么长一条灵壁甬路，虽是妖法，煞也惊人。如真能通行全洞，岂不省事得多？想到这里，又觉妖尸何等机智，明知限数将终，脱身之日便是伏诛之时，开此通行全洞的甬路，自己和妖党往来固是方便，对于外来之人，岂不加意紧防，怎会如此疏忽？必还另有花样。正在一面寻思，一面由两门之间右折往西，走了下去。

要知易静三探幻波池，两番涉险，被困遇救；妖尸色相迷群邪；仙都二女背师下山，巧骗心灯，大斗毒手摩什；李宁旃檀佛火炼妖尸；九仙同建幻波池等本书最惊险奇妙节目，均在下文分解。

第二三九回　复壁行波　潜踪穿秘甬
　　　　　　　　遗音示业　古洞困神婴

上回写到女神婴易静同了癞姑、李英琼三人在北海陷空岛，归途路遇金凫仙子辛凌霄和丌南公的女弟子沙红燕，得知幻波池中艳尸玉娘子崔盈气候将成，恐众门人有失，忙和金蝉等七矮弟兄作别。赶回静琼谷一看，众弟子俱在谷中炼法，安然无恙。只辛凌霄在幻波池旁遇见上官红，爱她资质，意欲强收为徒，吃上官红引入禁网，几乎被困，受了众弟子几句讥嘲，负气走去。易静本欲往探妖窟，吃癞姑婉言劝止。因妖尸受了圣姑玉牒血书警告，闭门不出，中止勾结妖党，一晃半年多，俱无什么事发生。这日因英琼功候忽然精进，正在入定之际，癞姑恐有魔头侵害，在侧守护。易静先也在室中守护，待了一会儿，看出英琼元神湛定，功候甚纯，料知无事，有癞姑一人守护已足。当晚恰值众弟子对月夜饮，独自隐身前往，暗中考查众弟子的言行心志。一听所谈，才知幻波池仍不时有妖人来去，并且当日黄昏前还来了一个厉害妖人，乃是前杀妖道漆章之师。众弟子因自己回山以前，白眉禅师曾命白雕传语叮嘱，说妖尸气候还有两三年，不到时期不可轻举妄动；掌教师尊仙示也曾警诫，惟恐自己涉险，意欲隐瞒过去。但是妖师记着杀徒之恨，迟早来犯。自恃法力和身带七宝，打算背着众弟子，独往池边守候，将妖人除去。因恐爱徒忧虑，故只就使略微观察池底动静，相机行事，没想深入重地。当时隐了身形，欲等妖人上来，将其引开，再行下手。不料斗法时轻视妖人，略微疏忽，为妖人法宝所伤。虽是炼就元婴，无甚妨害，但是生平除与赤身教主鸠盘婆斗法，吃过一次大亏外，从未受过甚挫折。便是上次紫云宫被困，也未受伤。天性又极好胜，不禁勾动怒火。同时又发现妖人系由池中灵泉水道出入，一时负气，竟将前念触动，匆匆未暇思索，径随妖人之后水遁追入。到时，妖人已先出水，被妖尸引走。刚由池中飞出，随往宝鼎之后窥伺。忽来二妖党，对谈了一会儿，忽又被妖尸艳歌之声引去。偷听语意，得知自己踪迹已露，只妖尸还未摸清自己虚实。况且归路已断，洞中禁制重重，反正要寻到空隙，才能施展法力逃出。先想跟踪二妖探看全洞虚实，见他们临起身前，壁上多了两个门户，二妖党来去，各走一门。猛触灵机，故意与之相反，径由二妖来路门中走进，果然发现妖尸新辟的一条密径。

妖尸原以漆章之师的生魂回报，言说逃时敌人在后穷追，估量人已深入重地，困在金水禁制之内，忙命二妖党前来查看擒人；同时也是想借此支走二妖党，以便与心上人谈情密语。及听二妖党回说池中无人，池中禁制也无异状，虽知圣姑禁制难破，来人如若强行冲出，立有警兆，不会如此安静。但是来人正是上次盗走玉鼎中百余件法宝的三女子之一，法力最高，乃自己的克星。彼时因身受圣姑禁制，元神虽能游行全洞，但是好些法术都不能使用，对方法宝飞剑威力甚大，一露形迹，反为所伤。尤其敌人取宝前，方欲作梗，青玉壁上圣姑留影便现怒容，愈发不敢妄动。忿无可泄，只在三女走时拼着冒险，引动埋伏，从后掩袭。无如三女飞遁神速，外面又有佛家法力接应，并未伤着毫发。眼望其从容得手而去，无可奈何。最难受是鼎中有两件法宝，专破后洞和玉壁宝库神钥之禁，于己关系最大，同被盗走，一件未留。至今想起还切齿，引为深仇大恨。看出三女比先来被迷水底的少年男女不同，好些俱与圣姑遗偈相合，分明是自己克星。看那来势，洞中底细似已尽知，断定早晚必还再来。今既追敌来此，决不会因水道隔断，便自胆怯返回，二妖党许是料错。

妖尸事前原也想到，恐敌人先已出水，看洞中埋伏未被触动，多半隐身在侧，曾命二妖党归途绕行伏地，诱敌入网。一听敌人无踪，各伏地均无动静，想起妖人生魂回时，因失躯壳怀恨，隐秘不告，才有此失。敌人如已深入，固是祸害；就算知道洞中埋伏厉害，见水道一断，生了畏心，真个中途折回，自己终究拿不定真假，也是平白多上好些惊扰，未查明虚实以前，绝难安心。如在生魂出水时立即告知，敌人如来，举手便可成擒，自不必说；便是敌人不来，也易知晓，何至如此？一面又疑心本无此事，乃妖魂记仇，故意谎报，使已忧心疑虑，张皇不宁，聊以泄忿。越想越气，正在施展酷刑处治妖魂出气，猛想起仇敌法力甚高，机警异常，二妖党去时，为了求快，所行乃是自己新辟的壁中甬道，全洞几处重要所在全可通行。也许敌人发觉去人往来门户不同生疑，未曾上当。照此推断，不是无心中走入甬道密径，便是觊觎上次不曾取走的那宝鼎中所藏至宝，此事关系更不在小。心念一动，顾不得再消遣妖魂出气，一面行法逐段封闭通路，一面对三个心腹妖党授以机宜，令往东洞宝鼎旁，如言行事。

也是易静机缘凑巧，妖尸过于重视敌人，既想生擒拷问详情，用妖法迫令献出上次所得宝物，又以为耽延了些时候，敌人飞遁甚速，惟恐潜入北洞停尸根本之地。上来急匆匆先把北洞甬道入口封闭，跟着封闭东洞入口，再沿途封闭过去。欲用隔水擒鱼之法，一段段搜索，查看过去。全洞甬道甚长，共有五洞二十五出口。这一来，两头虽断，中间却是空着。易静初涉险地，又颇谨慎机警，初入飞行甚缓，一步步试探前进，与妖尸所料恰是相反，东洞入口封闭在后，刚巧易静走入不远。正行之间，瞥见身后烟光闪处，归路已断。久经大敌，识得敌人用意，心料妖尸生疑，底下必有文章。见前面甬道甚长，曲折上下，忙把遁光加急，冒险驶去。晃眼又抵一处宫室，见门内禁制密布，对面小门与前见东洞入口一样。猛想起全洞五宫三百八十六间玉房石室，洞径回环往复，并非顺行。妖尸住在北头第五洞，这里必是第二洞无疑。心方寻思，忽觉有警，刚往前略闪，身后烟光杂沓，又被隔断。有此两次经历，不禁大悟。暗忖："妖尸必是两头行法堵截，等将自己困在甬道以内，再一段段搜索过来。前面必是中洞圣姑寝宫，为今之计，只有乘她未隔断以前，隐入中洞，觅地潜伏。妖尸心畏圣姑威灵，多半不敢妄入。自己未现形迹，只要隐过一时，妖尸遍搜无迹，去了疑心，便可从容行事。中洞枢纽，关系最重，弄巧还许深入宝山，饱载而回都不一定。英琼所保管的莲花玉钥忘了要来，玉壁宝库难升，后洞藏坅或者有望。不入虎穴，焉得虎子。至多人伏，拚着犯一点险，用法宝之力将未来仙府毁去一些，异日费点心力重新修复，也不至于不能脱身。"

易静边想边往前疾驶，眨眼飞入一门，门内是间广堂，壁上也未设有五遁禁制，只是里壁上还有一个圆门，看去颇深。知道此门只是中洞后宫入口，圣姑法体深藏在内。后面妖尸正在作怪追来，时机稍纵即逝，难得内中不似设有埋伏，无须费事，足可藏身待时，立即飞身而入。身刚进门，未及仔细观察，身后烟光又起，甬道固是从中隔断，入口也吃封闭。心中还想："这类邪法封禁，与圣姑所设埋伏不同，如不为妖尸数限未终，此行虚实未得，更怕因而引起全洞埋伏，妖尸妖党倚着地利，一齐来攻，自己势孤，难于应付的话，就此硬冲，也冲得出去，单凭妖尸，如何阻得住我？"边想边看，见室中左壁正中一个大蒲团，旁设钟磬木鱼，俱有架栏。右壁空无他物，只玉壁上有一个大圆圈，色作金黄，深浸玉骨，看去似是生成如此，不是人工法力所为。洞中原多灵迹，试一抚拭，并无异状，也就不以为意。先料妖尸封闭完了五洞，必要逐洞搜索，所以身形早隐，暗中防备。待了一阵，留神察听，内外俱无动静，暗忖："妖尸这等沿途截断情景，分明料定有人深入，岂有不逐段搜索之理？前后已有个把时辰，妖尸如当我已入伏地，不能脱身，这里又是圣姑灵寝所在，不敢妄入，故作不理，以逸待劳，也应有点动静，怎会静悄悄的不见一毫迹兆？实是奇怪。"念头一转，再往后壁圆门中仔细观察，仍和先见一样，别无变化。

易静先由甬道走进时，因见退路门户已然封闭，对面圆门看去甚深，知道此是中洞寝宫入口，圣姑藏法体的灵寝就在里面。门内洞室颇多，直看进去老远方能到头，中间许多层洞室，凭自己一双法眼，门内两旁有何景象，竟看不出。情知有异，不是可以轻易涉足，前进必要犯险。一面又算计妖尸既用隔水捉鱼之法，来势必极迅速，准备先行应敌，然后相机进止，所以未曾十分注视。及至久候妖尸不至，运用目力细一查看，才看出圣姑法力的神妙。原来内中只有两层洞室，连外间共有三层，乍见乃是虚景，但能随人心意发生变幻。如非法力高深，稍微疏忽，立即上当。事前如未看出底细，只一进门，触动埋伏，立生妙用，随人心意化出诸般幻境，神志一迷，便自昏倒，失陷在内。另外还有什么别的厉害禁法，尚不可知。

易静二次寻思："自己本为探看虚实而来，此与北洞妖窟俱是全洞命脉最重要的所在，圣姑法体和藏天书的宝库均在里面，又被妖尸封闭在此，早晚须觅出路。这诸天玄境幻象既被我识破，纵有别的禁制，至多遇阻不能前进，仍退原地。只要把稳心神，防御周密，决不至于受什么伤害。已入宝山，岂可空手回去？反正要与妖尸一战，何不冒险直入寝宫一行？如能有成，固出意外；如若遇阻折回，索性施展法力，冲破妖尸禁制，杀将出去，再作计较。"想到这里，便将护身七宝准备停当，在兜率宝伞防身之下，左手持六阳神火鉴，右手掐定一粒牟尼散光丸、一粒灭魔弹月弩，同时运用玄功镇定心神，驾起遁光，足离地面三二尺，凌虚步空而行，试探着缓缓往里飞遁。

那间圆门宽约两丈，高约七丈，外观已极崇宏。进去一看，更是彩光闪闪，耀眼欲花。尚幸易静识得仙法微妙，知道此时相随心幻，只把心神镇定，灵府空明，一念不生，依旧缓缓前行。进不两丈，忽听一个少女喝道："来人止步，免遭不测。"易静听出这口音与上次来此取宝时听到的相似，知是圣姑遗音，忙即止步。定睛一看，彩光已随声而隐，全景立即呈现。当地乃是一间极广大的洞室，上下四壁俱是整片碧玉，地甚空旷。当中现出一座三丈方圆的白玉榻，榻上端端正正坐着一个妙龄少女，与上次东洞宝鼎前玉屏上面圣姑仙容一般无二，只装束有异。满头秀发披拂两肩，一手指地，一手掐着印诀，柔荑纤纤，春葱如玉。下面赤着一双白如霜雪、胫跗丰妍的秀足。安稳合目，端坐其上，宛如朝霞和雪，容光照人。身穿一件白披衫，看去颇长，后半平铺身后。端的妙相庄严，令人不敢逼视。那白玉圆榻后面环立着十二扇黄金屏风，金光灿烂，风云雷电、水火刀箭之迹隐现其中。榻前立着一盏白玉灯檠，佛火青荧，焰光若定。灯侧一柄尺许长的小金戈，一根好似新采折下来的树枝，一撮黄土，一个盛水的小金盂，为物俱都不大，一样接一样，做一圈环绕在榻的左前面。易静身已行近，相隔那灯不过三尺，先未见到。如非闻声止步，再飞过去，定必冲撞上去。知是圣姑所设五宫五遁法物，既然遗音示警，可见今日之来也被算定。尤其神奇的是那么高大庄严的寝宫，除金屏外看不出一毫行法之迹，四壁空空。如非早知洞中禁制，易地以观，决不知这是五遁法物，心中好生赞佩。

方在忖量进退，倏地眼前一亮，榻前正右地面上忽涌起五尺大小一轮明光，恰似一面明镜悬在空中。那光照到身上，当时只觉着心情一动，恐入幻境，忙镇心神，定睛看时，光中景物人影忽似灯影子戏一般，一幕接一幕相继现了出来。心神不特未为所摄，灵府反而越觉空明，仿佛境中人物景地均曾相识。知道圣姑法力神妙无穷，必早算出自己今日来此，特为指点玄机，并非幻象。断定此举必有深意，事关紧要。但是当地五遁禁制厉害，危机密布，少时是否骤然发难，尚属难知。为防万一，索性在兜率宝伞护身之下，用一真大师所传坐禅之法，运用玄功守定本命元神，潜心谛视。看到后来，方觉光中人景越看越熟，直似以前经过之事。忽又听少女声音清叱道："道友危机将临，还不省悟么？"说时，那镜中正现出一个白衣少女为数妖人飞剑法宝环攻，遭了兵解。同时镜中似有一片青光迎头照来，为宝伞光华所阻，一闪不见。忽然大悟，把前几生的经历一一涌上心头。

原来易静正是圣姑昔年惟一好友白幽女，先也出身旁门，和圣姑一样志行高洁，法力也在伯仲之间。不过圣姑喜静，轻易不见生人，幽女好事疾恶，树敌甚多。二人虽是同道至交，性情均极孤傲，不肯下人。圣姑天生丽质，仙根玉貌，未成道以前，垂涎她美色的人极多。圣姑偏又性行孤洁，一任势迫利诱，誓死不屈，虽得保持童贞成道，却受了无数颠连苦难，由此愈发厌恶男子，积久成习，但对美貌少女却极喜爱。当初收玉娘子崔盈时，幽女久闻崔盈淫恶凶狡，再四劝阻。彼时圣姑尚未得参正宗佛法，明知所说甚是，一则护短，向来不肯认过，二则极爱崔盈的聪明美丽，且已收下，不便反悔。始而只以婉言相谢，意欲严加训勉，试为其难。幽女见她不纳良友忠言，心里不悦，话越切直，力言此女不去，必为所误。圣姑竟被激怒，说："我自己甘愿受累，即使此女真个犯规叛师，淫恶不法，我也加以容恕三次。只要她第四次不犯我手，决不亲手杀她。我必将她感化教导，引使归正才罢；否则有她在世一日，我也留此一日，不了此事，决不成真。再说，人非冥顽至愚，至多再蹈一次覆辙，焉有师长屡次成全宽免，尚不回头之理？"幽女答说："妹子看此女美胜天仙，心同蛇蝎，尽管现在誓改前非，立志归正，心口如一，并非虚假，但她恶根孽骨有生俱来，秉性如此，万无改移。你又钟爱太甚，异日尽得你所传授，一旦旧态复萌便难制服。我不忍见平生良友为此淫贱受害累及仙业，将来你必后悔，我自代你除此祸胎便了。"圣姑答说："我生平行事从无后悔。此女在我未逐出门墙以前，无论是谁，不容加以欺侮，暂时不劳照顾。如等她三次犯戒之后，她已尽得我所传，只恐道友今生要想除她，还未必能如意呢。"这时二人争论已久，话说得甚多，本就彼此生心，终至越说越僵。幽女见圣姑虽喜自负，彼此也常有争执，从未生过芥蒂，此日言行大改常态，心料此女必是她的冤孽。受了几句抢白，不觉有气，互相打赌，说了几句气话，幽女一怒而去，由此二人踪迹疏远。

此事发生在三百多年以前，当时圣姑道已将成，只为根骨异禀虽然得天独厚，可惜前生好些冤孽，所习不是玄门正宗，婴儿炼成以后，介于散仙地仙之间，只能遨游十洲三岛，绝踪飞行，不能飞升紫府，成就天仙位业。不得已而尸解再转二劫。今世出生，便是人家弃婴，九死一生，受尽苦难。后在依还岭巧服灵药，得了一部道书，才知吐纳修炼。因为貌美，备历险厄，几迷本性。她恐再世堕落败了道基，静中潜心推算，本身又该皈依佛法，否则便须上东昆仑仙山自本岩去独自潜修几百年，始可遂飞升之愿。无如平日孤高自赏，除幽女外，绝少与人来往。又一连因色贾祸，每与外人相见，必定生事，心中厌恶。所居深在幻波池底，地极隐秘，日常禁闭严密，独自清修，不见外人。虽急于皈依佛门，无人援引，正在举棋不定。李宁前三生是一高僧，忽然凤缘凑合，途中巧遇，看出圣姑是佛门弟子，特以禅机点化，并令往游身毒，寻取真经。

圣姑福至心灵，看出老和尚道行甚高，当时便欲皈依。高僧答说："我虽指你迷途，做你师父却还不称。况我本身愿行未完，冤孽未尽，尚须三世始能证果；况又圆寂转世在即，就我应诺，也于你无益。你只要谨守我言，将真经物色到手，自行参悟，久而自通。到你二百年后，孽满成道之日，我那第三生的师父佛法甚高，我必代你求说，以无边法力，极大慈悲，在你要紧关头前往，助你证果，飞升极乐便了。"说罢，果然圆寂。圣姑只得膜拜顶礼一番，用法力将高僧戒体火葬，如言寻往身毒国。果然在一枯树腹内寻到一段神木，详译上刻梵文，知道内藏一部佛家真经，为禅门无上妙谛。但有佛法封禁，深藏木内，须对神木用三年零六个月坐功，以自炼太乙精金之气将木分解，始能取视。本约定幽女一人打坐，一人护法，将来一同开读参悟。幽女性刚，立意不等崔盈三次犯戒，便将她除去，不再登门，连读经之念也自息了。

照着圣姑本心，崔盈天性虽恶，资质极好，世无不可度化之人，又得了这部佛经，将来自己道成以后，一传佛法，必能大彻大悟，不致重蹈覆辙。为了和幽女彼此负气，断了交往，别时话太决绝，一心想争这口气，对于多年道义之交也未忘怀。只为幽女所习旁门和自己一样，法力虽高，在积炼有不少法宝,终是外道,如不早日改途皈依正教,终于不免兵解。彼此同时学道已有多年,前辈多已飞升仙去,再拜正教中后进为师,自然不愿。难得无心中途遇神僧指点,远游西土,得了这部真经,正好一同参悟。偏生有了芥蒂,此时如往寻她,必当自己须人护法,有似屈就。意欲传授崔盈法术,使其学成护法,等将真经取出再寻幽女,释嫌修好,同参正果。初上来时并不放心,连用巧法试探崔盈心志是否坚定,俱是始终如一,毫不动摇,恭谨已极,修为尤其精进,心里还暗喜崔盈果符自己厚期。哪知崔盈奸狡异常,安心骗传道法,强制欲念,天生淫毒之性,并非真要悔改。等到把乃师传授得去多半,又得了几件大有威力的法宝,圣姑对她也越比前宠爱,本可尽得师门心法。也是圣姑亟于取出真经,与良友、爱徒同参正果,并证己言不谬。估量崔盈可以胜任,便托护法入定。事前还格外小心,为防万一魔头来扰,自己多年苦修,心性又极坚定,十九无害,而护法人本是恶根,也许难于应付,特意把丹房用法力封闭严密,方始入定。

谁知护法人只是防御外敌抢夺破坏,魔头既不伤她,也非法力所能阻止。圣姑童贞入道,已历多年,凤根深厚,心智灵明,魔头并不能为害。只在初入定时,现了一些魔相,均以神志坚定,自然消失。崔盈却是久旷之余,早就难耐,护法已久,愈发静极思动,欲念横生,直难自制。见师父入定以后,神仪内莹,潜光外映,洞中封禁防备又严,断定无事。并且此时心智纯一,绝无旁注,有此两三年光阴,偷偷出去稍微解渴,急速赶回,当不至于被觉察。念头一转,心魂已飞,色胆如天,竟然私开禁制,离山远出。在外半年多,不特重拾旧欢,另外还犯了许多淫恶之戒,反以不见师父追寻,认作不到功行圆满不会发觉,只在期前赶回已足,乐得快活些日。渐渐流连忘返,胆子越大,仗着师传法力,淫凶狠毒,较昔尤甚。后传到白幽女耳中,觉着圣姑虽然护犊,不应纵其淫凶为恶,料有缘故,忍不住赶往质问。说也真巧,崔盈初出山时,也还念到师恩,又想尽得乃师所传,并无背叛之念。日久,渐把回山学道视为畏途,又以所犯淫恶太多,不是花言巧语可以掩饰,师父功行圆满,即便期前赶回,当时不知,事后也必有人告发。心中忧疑,便和所结交的两个妖人商议,竟把取经之事泄露。二妖人均是左道中能者,本恨圣姑、幽女二人,又不舍崔盈回山拘束，难再为欢，更想乘隙报仇，夺取真经和洞中法宝，同向崔盈献媚怂恿。于是索性叛师，引鬼入室，也在这时赶到。

幽女见那禁制崔盈竟能开闭自如，引了二妖人入内，气忿圣姑不纳忠言，致有此患。

先还不知圣姑正在入定行法，只知崔盈暗引外邪入洞，绝非好事。想捉真赃实犯，使圣姑略扫颜面，以报昔日之言，当时没有发作。仗着事前警觉，身形已隐，悄悄尾随入内，跟进丹室。一眼瞥见圣姑手掐印诀，面对神木入定，二妖人已然伸手想要夺取，室中禁制又吃叛徒撤去，心方一惊，待要施为。崔盈以为成功在即，神木到手，同时圣姑再为妖法所杀，全洞法宝便可全数搜出，据为己有，自是心喜。

哪知圣姑慧珠朗照，崔盈那日才走，便已知悉。只因起先以为魔头厉害，不知如此容易，业已费了半年多苦功，此时正在紧要关头，只一起身，前功尽弃。又想崔盈昔日出时仍将禁制还原，可知并无背叛之意，必是有什么事情忽然想起，看出师父不会有失，抽空一行，事完即回，不会在外久停。好在身有法力法宝防护，只要魔头无害，外来仇人到此只有找死，无足为虑，便没有动。后过了两年多不见人回，才料崔盈此出不妙，仍未想到如此可恶。相离成功已无多日，自然忍耐下去。来敌哪里知道这些。二妖人议定，一个夺经，一个用妖法骤出不备，同时发难。三人入门，手刚扬起，圣姑身上突发出大五行绝灭光针，飞出一蓬光雨，比电还疾，齐打中在二妖人的身上，相继一声惨号，当时毙命。圣姑依然安坐未动。崔盈见状，胆落欲逃，不知怎的身被定住，不能转动。

幽女才知圣姑预有防备，又看出紧要关头，便自退出。心仍不放，惟恐还有别的妖邪来犯，特意在洞外守候到圣姑功成，方始不辞而别。心想圣姑必要寻她，并治怒徒叛逆之罪，哪知事隔三年，终无音信。这时忽见崔盈送来圣姑新笔书信，上写："真经取出，新近才将全文释解，如践前约，特请莅临，一同参悟修持。道友重劫将临，如不改归正教，纵然志行高尚，多积外功，兵解终恐难免。同道至交，直言奉告，勿再负气，以贻后悔。"对于叛徒之事，一字未提。幽女见送信人是崔盈，已经忿怒；再一见信，越看越气。便写了封书信，令崔盈带回。大意是说：圣姑怙过不纳良友忠言，执拗到底。妖妇已然叛师行刺，仍留肘腋之下，纵使法力高强，异日不为其所暗算，也必受其大累。自己福薄缘浅，不想皈依佛门，也不敢胆大妄为，收容奸恶，虽是旁门，但知安分潜修，积善绝恶，也许天心鉴怜，临劫能以保全。请善自爱重，勿以故人为念。圣姑原是静中参悟，虽然别才数年，业已洞悉前因，妖妇崔盈是她命中爱孽，仍欲以人定胜天，导使归正。见幽女回信讥嘲，中间又涉及昔年一同修道时前嫌，不由也生了气。事后二人还曾相遇两次，圣姑说幽女如不降心相从，必贻后悔。幽女答说道家也有正果，旁门中人只要不犯恶行，一样也能成仙，宁死无悔。于是越来越参商。

二人末次相见，圣姑得了佛经之力，功行大进，知幽女大劫将临，原有友情，难于忽置，特意前往点化。幽女不但不睬，语更激傲，并下逐客之令。圣姑知她难免兵解之厄，行时留了一封柬帖，请其到时开看勿毁，姑留后应。幽女任其放置案上，也未开视。等与妖党结仇对敌，并未挫败，觉与前言不符。心中一动，试一开看，才知所遇妖人厉害非常，当日大败实因骄敌自恃，措手不及，幽女法宝又极神妙之故。由此却种下了祸因。如在事前开视此柬，妖人轻易不来中土，不出山去固可错过，不致再遇。就是出山遇上，或者不去招惹，或是得胜之后立去幻波池，少避凶锋，明年再商出山之策，也可无事。到时如不开视此柬，回山这日，仇敌已约集同党跟踪寻仇，现时洞外已被邪法布满。妖人生平不曾受挫，前日之败引为终身奇耻大辱，立誓非复此仇不可。圣姑本人恰在幻波池入定，修炼佛法，不能来援。就派了人来也只各尽其心，并难挽救全局。所幸妖人知幽女法力高强，初来不知洞中虚实，未敢叩关直入。发觉虽晚，还可准备。出时可速将所炼旁门法宝一齐带在身上，施展全力，护身出门。此役万不能免，如非劫数所使，以前彼此也不致参商这么久。兵解已万不能免。到了事急之际，一面准备遁去元神，兵解超劫；一面速将所炼神火自行敛去，一闻雷声，速行兵解，切勿再误。

幽女看完柬帖大意，想起妖人受伤逃时可疑情景，恍然警觉。心中虽仍含忿，却是深信不疑。刚刚准备出探，妖人已在洞外厉声喝骂。匆匆带了法宝赶出洞去，两家一照面，便吃妖法包围，四面夹攻，果然厉害已极。先还负气，暗怪圣姑既早算出，怎不先行详说利害？明知自己和她有隙，留此柬帖何益？意欲施展全力脱身。哪知这次比上次大不相同，妖人有备而来，已然难敌；又有几个能手为助，脱身直是无望。眼看形势危急，自知无幸，不是被妖人生擒了去，受那屈辱楚毒，便不免于炼魂之惨。迫于无奈，如言行事，果然神火才敛，立时一个震天大雷打将下来，一线金光冲开妖雾，射向身前。幽女立即警觉，知道圣姑命人引度，来护元神出险。忙舍元神，将天灵震破，迎将上去。吃金光一绕，带起便飞，就此冲将出去，尸身自然兵解在地。

原来这时已是崔盈第二次犯戒以后。圣姑因幽女不肯皈依，劫数注定，无法避免，自己纵有暇往援，也无用处。又以幽女所习虽近旁门，生平无一恶行，修积甚多，兵解转世反可大成。知崔盈忌恨幽女前仇，如今若命其往援，定必偾事。所以故意令其一到便发神雷，如等妖雾中紫色火光一敛，幽女便遭兵解，人就不能救了。过了所限时刻不发神雷，定必反击来人，切勿自误。崔盈两次叛师，连经重创，深知师父法力。那符又画在手上，限有时地，只有如命行事，不敢违背。但是仇恨甚深，巴不得幽女惨死，才能快意。到时看见幽女与妖人斗法，危急万分，一算师父所限时刻还早，好生高兴，故意隐身附近峰头旁观，迟迟不发。一心盼望在时限未到以前，幽女兵解身死。不料幽女如百足之虫，死而不僵，尽管危急，仍能勉强支持，并还能豁出法宝一件件损毁与敌拼命，不时回攻，妖人竟被她伤了两个，久不遇害。一见时机将近，手上已自无故发热震动，正在苦盼，妖阵之中紫色火焰忽隐。因双方烟光杂沓，浓密异常，只有神火强烈，微见紫光闪动，人却看不见，崔盈只当幽女遭了兵解。而且掌上神雷时限已至，不敢再挨，忙不迭扬手发将出去。

崔盈奸狡，拿不定幽女是否兵解，雷虽被迫发出，却在偏左一面空中打去，谁知到了高空，仍照阵的中心下击。崔盈反因此震退数十步，几受重伤，惊顾仓猝之中，也没看见仇人元神已被金光护送，平安脱出。正在暗幸未误时限，只稍延迟便报了仇。师父尽管算计精密，智者千虑，仍有一失，这一点却未算出。回山复命，圣姑只把头略点，未再盘诘。心中一块石头落地，觉着师父仍可欺以其方，胆子又复渐大，以致三次犯戒被逐，终以幻波池盗宝，为神雷所殛。因为圣姑当时厚爱，宽容太过，妖尸深得师传，法力高强；圣姑已然尸解禅定，一切均是生前预为布置，不比人在，易使形神俱灭。况且还有好些因果，所以听凭妖尸在洞修炼。

那幻波池五座洞府各有禁制埋伏,中洞灵寝与崔盈停尸之洞,乃是枢纽,最关紧要。本来人一到此,立即发动。只有最后三年中,每年必有一日禁制停止,乃圣姑算定到时有人要来,特意留此个把时辰空隙,使来人从外入内,过了时限仍是不行。此事连妖尸也不知悉。可是妖尸近来功力越高,洞中禁制除本身所受,难满可以消解外,余虽不能除去,却能随意发动,用以害人。此时原是断定敌人身入重地,自蹈危机,被陷在内;前洞又似有了警兆,前往查看,把易静认作网中之鱼,所以未至中洞查看。前洞如无所见,定必赶来,相机行事。来人能擒则擒下生魂去炼妖法,否则坐视来敌死亡为乐,势甚凶恶。易静知妖尸有洞中禁法为其利用,不可轻敌,只宜退向外室待救,尤其要防她用法力颠倒,引入五遁禁地以内。

易静坐在宝伞之下,潜心敬观镜光中景物和后来所现字迹,才一现完,面前圆光忽隐。紧跟着烟光杂沓,风雷隐隐,易静知道禁制发动,立纵遁光后退。才到外间室内,猛一眼瞥见左壁圆影正放光明,变作一个青光闪闪的圆洞。洞口立着一个女子,装束异常华丽,面貌仿佛绝美,身材风韵尤为妖艳。只是满头秀发披散,血流满面,十分狼藉,眉目之间隐蕴凶威。神情似是刚到,便发现自己竟会经由圣姑内寝之中退出,不曾被困在内,又惊又怒。面容突变,二目凶光暴射,狞笑一声,先将双手四面一阵乱划,风雷遽作,全室立化火海,烈焰熊熊,夹着无数雷声,潮涌而至。

原来妖尸因惧圣姑威力,轻易不敢深入寝宫重地,每值去时,必须现出以前被雷击死血污狼藉的本来真相,始敢前往,而且也只敢在那圆洞口和适才封闭的正面门外窥伺。非到复体以后,心身禁制皆去,面上血污也已去尽,恢复本来面目,无须再假妖法掩饰,并还到了自认可以一试的时机,不敢入室一步。以前唆使外来妖党犯险破禁,因当着众妖党,不愿现出遭劫时丑态,为全一时体面,宁肯多折羽翼,不特不指点趋避之法,反在暗中运用原有禁制,使妖党入内犯险。破法的人成功了固可喜,不成功便把性命断送在内。以防万一圣姑留有遗音,或是与自己死前一样,寝宫那圆神光忽然出现,暴露自己种种丑态恶迹,其用心尤为凶险狡诈。这时因用隔水捉鱼之计,先用原设禁制封闭了甬道密径,然后逐段搜去,本来事机神速,只要敌人入洞,晃眼便可搜出,不料搜过两洞俱无踪影。正待逐洞搜索,前洞忽有极奇怪的警兆,不由大惊。

妖尸先虽断定来了强敌，但去往前面的出口和壁中泉脉水遁之路适均封禁，此外只有两条道路，来人既未潜追妖党，中计入伏，必已深入甬道密径，前往各洞窥探。中洞寝宫所在，禁制强烈，威力至大，神妙无穷，敌人误入重地，不死必陷，万难脱免。但自己也视为畏途，欲乘来人未到中洞以前，成擒被陷。并用圣姑所设现形之法，使来人隐身法失去效用，以便下手容易。及觉前洞有警，事出非常，心想："洞中密径甬道乃己新辟，外人不知。也许敌人法力甚高，又看出圣姑禁法厉害，意欲逃走，不知用什么方法窜入前洞。此人便是未来隐患，关系至大，万不可容其遁走。好在甬道已闭，如是另一敌人，先入甬道的已成网中之鱼，不愁逃脱，还是先除现敌要紧。"临时变计，率领众妖党急往前洞查看，人并未见，却觉出可疑之点甚多，心越不安。逐处行法搜索，扰扰多时，终无所得。

妖尸又想："凭自己的机智法力和原有埋伏，照此搜索，前洞如有敌人，当无不现之理，怎会无踪？事大可疑，莫非仍是先来敌人在出水时暗用法力声东击西，将己绊住，以便下手盗宝？后洞行法以后，未及遍查。虽说圣姑法力神妙，一则来敌既敢深入，必非易与；二则圣姑善于前知，万一预有机谋，留下什么遗音遗偈指点敌人，使知趋避，自己又被引开。前洞警兆忽此忽彼，不可捉摸，实是奇怪，弄巧就是圣姑预弄狡狯，助敌成功，都自难料。"心中一动，立命众妖人严加戒备，仍旧搜索，有事随时报警，自己重又搜索后洞。

妖尸初意甬道封闭甚速，敌人早被隔断，未必便被深入洞中重地。本心无故也实不愿往寝宫去，便由另两洞起搜索，均无敌影。只剩中洞一处未到，禁制也无发动之迹。心想："敌人不是在未出水以前随着水退之势见机逃遁，便是侵入前洞，否则不会如此全无动静。"方欲再向前洞查看，又想事关重大，反正无人窥见，便现丑态，多费点事，到底稳妥得多。正门直对圣姑停法体的灵床，走近有些胆怯，便把壁间圆洞入口行法开放，探头一看，寝宫内外室俱是静悄悄的。大骂："妖鬼该死，累我担惊，徒劳心力，并无其事。"忽见内室门里光华闪耀，风雷隐隐，好似有人快要入伏光景。情知有异，心方一动，猛见一幢伞形宝光护着一个小女婴童，与妖魂所说的敌人女神婴易静一般无二，正由里面御遁飞出。入室这么久，门内五遁禁制连同外室烈火神焰之禁均未引发，大出意想之外。不禁又惊又怒，凶威暴发，连话也不顾得说，先将室中神焰神雷发动，对敌围攻。然后戟指怒喝："无知贱婢，竟敢偷入重地，今日叫你死无葬身之地！"口中辱骂不休，手中加紧行法，又将别的禁制发动。

易静不知底细，见她面上血污狼藉，披头散发，站在洞口扬手顿足，切齿咒骂，神态凶暴，宛如雌虎。暗笑："似此悍泼淫凶之鬼，又是如此污秽丑恶，就有点姿色身材，也全掩去。众妖党虽是左道妖邪，也都修炼有年，怎会对她那样迷恋，甘为效死？实是不解。"方在寻思，忽觉出雷火厉害。跟着妖尸又发动了五遁禁制，威力尤大。易静知道难破，便照圣姑所说，静候时机，不想当时遁走。后因妖尸骂得十分污秽恶毒，不由大怒。一面镇摄心神，以防万一；一面冷不防将手中弹月弩、散光丸猛朝妖尸打去。满拟妖尸当时披发流血情景，分明妖魂业已修炼复体，以肉身出斗，自己所传佛门至宝同时施为，多厉害的妖邪也难禁此一击。即便玄功变化神妙，重伤当所不免。哪知中洞寝宫内外四壁俱有圣姑所设埋伏禁制，神妙无穷，不可思议。尤其厉害的是五遁之禁相生相应，一触即发，进攻愈猛，反应之力愈强。妖尸曾在圣姑门下多年，雷殛身死之后，又在本洞潜修了两甲子，屡经试探研求，深悉微妙，十九俱能因势利用。那壁上圆洞另有法力防御，咫尺鸿沟。妖尸身在洞口以内，相机行法应敌，多厉害的法宝也难攻进，已居于有胜无败之势。易静如照圣姑所说，在兜率宝伞护身之下镇守心神，以静御动，谨防妖尸诡计颠倒禁制，室外禁制虽也厉害，只要不被妖尸诱入灵寝五行交会的中枢要地，便可无虑，少时救兵一到，立可出险。

也是易静该有这两番涉险的无妄之灾。她自将元婴炼成，长于玄功变化，新近又连经大敌，尤其北海陷空岛丹井盗药长了不少见识，觉着五行禁制虽然厉害，身有七宝，至多费点心力抵御，早晚仍能冲出，何惧之有？加之以前与圣姑积有夙嫌，转劫多生，并未化解，自从初进幻波池，见了圣姑仙容，无形中便起了不服之念，至今介介。二次入洞，虽经慧光幻景指示，悟彻前因，也只略生惊赞，成见仍未去尽，心中仍未悦服。天生疾恶刚直之性，妖尸又是她前生最厌恶之人，双方种有恶因积怨，才一见面，便已眼红，又听恶声咒骂，由不得无明火发，顿忘圣姑之诫。却不知当地五行禁制虽也近于旁门，内中却藏有仙释两门妙用，与陷空岛丹井上面五行阵法大不相同。何况陷空老祖又是心有默许，只想借盗灵药试探来人法力高下，未存敌意，不特不曾以全力运用，反在事前指点，困中相助，否则成功也无那等容易，与幻波池如何可以比拟？这一出手，立生巨变。

易静原在神雷烈焰包围环攻之下，因有宝伞护身，虽未被雷火侵入，但因出时不曾防到妖尸突自壁间出现，妖尸发难更是神速。易静自恃宝伞威力神妙，不论收合无不如意运用，只顾注视妖尸是否原身，略缓须臾，未将宝光开张，只有丈许高下，六七尺方圆一幢光华，仅仅将身笼护在内，四外全被雷火逼紧。等再行法运用，欲将宝光放大，已吃妖尸占了先机。雷火猛烈，从来未见，急切间只能抵御，要想荡开来势，艰难已极。等到散光丸、弹月弩同时发出，一片爆音过处，身前雷火立被震散，冲开一条大火弄，一蓬银雨夹着一团明光，恰似流星赶月，电也似疾，直向妖尸打去。方喜法宝威力不凡，妖尸绝难躲闪，说时迟，那时快，就在这心念微动，眨眼之间，妖尸连躲也未躲，只面上略带惊异之色，刚怒喝得一声："贱婢！"同时宝光已然飞到，势绝神速。本来妖尸非伤不可，谁知二宝光华才飞射到了洞口，便似点燃了大堆火药焰硝一般，又似阻力甚大，二宝并未射入洞内。随听一串爆音过处，洞口青光闪得一闪，"轰"的一声巨震，化为一片青黄二色的精光，夹着无数粗可合抱的青色光柱，连同千万把金刀，排山倒海一般迎面压到。跟着全室隐去，只妖尸目闪金光，时在前面出没隐现，恶骂不休。同时风雷、水火、金刀之声交作，震耳欲聋，护身宝光立被上下四外一齐束紧，难于移动。最恶是水、火、金、木、土五行互相摩荡，生化变幻，威力越来越猛，发出五行神雷，密如骤雨，不住向护身宝光冲击上来，声势险恶，从来未见。易静尽管运用玄功，施展全身法力抵御，竟觉出宝伞光华似乎在减弱，久便难以支持，比起昔日紫云宫神沙甬道所遇，还要厉害得多。知道误触辛姑禁制，将五遁神雷一齐引动，自相生化，联合来攻。想不到洞中埋伏竟有如此厉害，深悔适才不该大意，自蹈危机。就说开府以后得了本门心法，兜率宝伞不易损毁，只要静守心神不再上当，便不至于受害，但想要脱身却是万难。已然弄巧成拙，悟出反应之妙，不敢再去施展别的法宝还攻，只把六阳神火鉴暗藏手内以防万一。同时静摄心神，默运玄功，谨守宝伞之下，静待时机，以谋脱身之计。

易静自奉师命,在静琼谷中修炼,功力大进。此时轻敌之心一去,易攻为守,果然好些。妖尸见敌人虽被困住,但是护身宝光神妙,五行神雷不能攻进。敌人又好似成竹在胸,见此险恶形势,面上神色毫不慌乱。又看出易静道行深厚,法力高强,如不就势除去,必是未来大患。连怒带急,不由凶焰高涨,暴跳如雷。一面催动五遁禁制,加增威势;一面暗中行法,将禁制倒转,使敌人于不知不觉之间投入灵寝前面的五宫埋伏以内,无论触犯何种法物,皆难活命。易静不知此时禁制埋伏已全触发,不是专一谨守,便可免于陷入五宫罗网。妖尸又极阴毒凶险,知道敌人不是易与,惟恐惊觉,故意做出许多丑恶形态,叫嚣跳踯,以分敌人心神。易静心虽未乱,无如身已受制,宝光受了五行强压,本就难于转动,内外二宝又全隐去,眼看随着妖尸行法,缓缓前移,就要陷入罗网。

易静先是身子凌空,不曾觉察。后因被困时久,忽然想起:"敌逸我劳,强弱相差,一丝不能懈怠,长此相持,终非了局。五遁禁制相应相生,虽极厉害,主人圣姑是我旧友,照着适才所见镜中字意,只要我低首求她,不至于袖手不顾,恶意更是绝无。看她神通如此广大,我今日之来,尚且被她在百年以前算出,自己如有凶险,早已明告;何况妖尸是她孽累,断无听其害人之理。现在所说救援未至,妖尸愈发猖獗,不知还使什么阴谋毒计?从上面逃走,恐怕不能;此洞已然深居地下,非有极高地行法力,不能经由地底遁走。当初圣姑设伏之时,决不致因算出我要来,特意把地面也设下严密禁制。适才不想遁走,原为法宝触动五遁禁制,妖尸没有击中,反倒加增了绝大阻力,恐再生反应,未敢造次。反正禁制埋伏已全发动,变生仓猝之际,骤出不意,自然厉害,此时运用玄功,已能抵御,再有反应,也不过如此,何苦待人救助?不如姑且试它一试。只要地面能用法宝稍微攻破一洞,立可裂地遁走,岂不是好?"想到这里,猛将手往下一指,将牟尼散光丸连发出了两粒;同时左手暗藏的六阳神火鉴也发出一片紫焰神光,往下照去。

妖尸因看出敌人就要入网遭劫,心喜快意,毫未觉察,只顾催动禁法,没想到敌人精于地遁之术,意欲侥幸一试,未免疏忽了些。又正施展大挪移法,五遁威力全在上方和四外,下面要弱得多。牟尼散光丸又是两粒并用，威力至大，一片星光银雨飞洒下去，爆音连响，密如擂鼓，易静脚底的五色焰光雷火首先炸散了一片。同时六阳神火鉴又正是五行神雷的对头，宝光照处，面前景物便现了出来。虽然圣姑禁法神妙，五行神雷变化相生，随灭随生，只有加盛，势甚神速，不过瞬息工夫。而易静一双慧目法眼，已然瞥见先前灵寝前面的五遁五宫正从对面缓缓移来，那火宫法物的玉石灯檠已然射出奇光，就在脚底相隔只有尺许，再晚须臾，身便陷入五行真火之中。此火威力神奇，不可思议，专一引起人的魔念。

易静事前既未警觉，如到时妖尸再用诡计诱敌，心神稍一失制，立即走火入魔，便有法宝也无所施，久而形神皆火。就算炼就元婴，不致如此之惨，要想脱身，至少也须丧失一甲子功行，还得具有极大法力之人来此相救，否则仍是不行。上次卫仙客夫妇丧失真元，便因陷身水遁之故，那还是在东洞壁间小池之内。何况此是圣姑灵寝中枢机要重地，五宫并列，互相生化，如何能支？易静动作极快，本拟出其不意，二次施展法宝，只要地面攻破，稍现空隙，立即乘机破土穿地遁走。一见地面不曾攻裂，只将五行神雷略微冲散，随分随合，毫无用处。却把妖尸毒计窥破，知道危机一发，慌不迭运用玄功，一手持着六阳神火鉴，一手连发牟尼散光丸、灭魔弹月弩，在兜率宝伞笼护之下，强力反身回遁。虽幸妖尸不比圣姑，只能因势利用，前后挪移，不能随心施为，而易静师传七宝威力甚大，又以全力施为，竟被猛冲出去了两丈。

妖尸见仇敌举步入网，忽然惊觉遁逃，并且阴谋毒计已被识破，自己只能缓缓行法挪移，不能通体倒转，再用前法未必成功。不禁忿怒如狂，一面厉声咒骂，一面把五行神雷愈发加紧催动。易静因上下四外俱是五行烟光雷火包围密厚，什么也看不见，不知妖尸伎俩止此，而散光丸、弹月弩每粒又只能用一次，异日尚需应急，不舍浪费。惟恐妖尸力能倒转全阵，暂时虽幸脱险，久了仍是不免为所暗算，心中已是忧急。而那五遁禁制经法宝一冲动，再由消而长，围涌上来，势愈强盛。奋力往相反方向强冲出去，不到丈许，越与相抗，威力越大，终于四面猛压，将人定住，一步不能动转。如非宝伞威力，不必陷入五宫，即此已足亡身灭神亦有余了。

易静见情势危急异常，暗道："不好！"试再发出散光丸，往下一看，地面仍在移动，身外五色烟光雷火又似排山倒海一般仍在增强，压涌上来，令人心惊目骇,震耳欲聋。遁逃无计,连想避开五宫奇险,俱所不能,好生忧急。妖尸见仇敌被陷不能再退,施展前法又觉有望,重又转怒为喜,正在兴高采烈,狞笑连声。易静已准备损丧一甲子功行,一经隐入五宫,立即以前师一真上人所传坐禅之法,保住元神,拼受苦痛,以待救援。主意打定,便把散光丸又取两粒,回身朝下打去,银星如雨,四下分爆,烟光分合之间,看出五宫法宝又在身前出现,相隔不过三尺。情知不免早晚失陷在内,方在危急无计,忽听梵唱之声隐隐自前面传来,由远而近。心方一动,忽又听耳边有一个熟人口音说道:"事机已急,可速回身,随着前面佛光飞行,便出困了。"易静听出是英琼之父李宁口音,惊喜交集,忙即回顾,面前忽有大片祥氛飞来,只闪得一闪,身外五色烟光雷火忽都无影,面前却多了一圈佛光,中有一个极淡的老僧影子,正缓缓往外飞去,适才初进来时的正面门户已然大开。再看妖尸,如醉如痴,呆立在壁间圆洞以内,好似失了知觉。心生忿怒,方欲施展法宝除此大害,忽又听身后有人喝道:"时还未至,不可妄动!"同时那圈佛光已然飞出门去,身后风雷又在隐隐欲起,只得忍怒随了飞出。那佛光飞行渐快,所经俱是中洞宫室,未经甬道密径。前行不远,忽听身后来路灵寝中一声雷震,声甚猛烈,全洞皆起回应,跟着五行神雷之声又复交作。估量妖尸已然回醒,却未见她追来。佛光所至,如入无人之境,既未遇见妖人,沿途也无埋伏发动,不消片刻,连经过十余层大小洞室,便达中洞门前。佛光一照,洞门立自开放,易静随同从容飞出。到了幻波池飞泉水柱之下,佛光一闪不见。

易静回顾中洞,门已自闭,随即冲波直上。一看天色已到了次日中午,梵唱之声早住,空山无人,水流花放,四面静悄悄的,也不见癞姑、英琼和门人、雕、猿等踪迹。心想:"先听耳边人语,分明是李伯父,必是英琼等闻报自己深入池洞,久而不出,料已入险,自身又无此法力,特命神雕去求李伯父来此相救。按理必来池边迎候,怎会一人俱无,难道有什么阻碍不成?"边想边往回飞,遁光迅速,晃眼静琼谷在望。正往下降,忽听空中一声雕鸣,同时英琼、癞姑当先,后面紧随着米、刘、袁星、上官红等男女四弟子,一同迎出,朝上扬手欢呼。易静落地相见一问,才知自己入池以后,神雕长鸣示警,没有止住,立即飞回报信。上官红等自是忧急,忙去内洞禀告。正值英琼做完功课,闻报大惊,断定易静必是被困。英琼主张硬冲入洞,与妖尸一拼,就此下手除去。癞姑知时尚未至,力也不及。上官红见癞姑持重,力主从缓,虽听说无什么妨害,终不放心,心中忧虑,悲泣不已。癞姑正打主意,李宁忽奉白眉老禅师之命,自空飞降。众人料知为此而来,好生欣喜。礼见之后,李宁言说:"洞中各层埋伏禁制均极神妙,不到时机,破去甚难。圣姑并非要与易静为难,只因易静前生与她原是同道至交,二人俱都性傲尚气。易静前生欲斩妖尸,以除后患。圣姑却说,不问崔盈如何,终是她的门下,杀她不难,但须先向圣姑低首服输,得了允许。当时二人俱未成道,为此几句一时负气的戏言,始有今日许多因果。当易静看了神光中景象字迹,悟彻前因之际,如肯低首下心求其相助除害,就时犹未至,也必从容脱出。一则前嫌仍未冰释,成见天生,不曾捐弃;二则妖尸不该伏诛,圣姑早算出易静此时决不心服,有意借此磨炼旧友,才致有此一场险难。少时洞中五遁全要发动,就我本身也难为力。幸得白眉禅师所赠灵符,才运用慧光,仗着灵符之力前来相救。"李宁匆匆说完,随命英琼一人随侍,余众退出,自在内洞入定,施展佛法。元神飞入洞内,先用疑兵之计将妖尸和众妖党引向前洞,一面照着师命巡行五洞,分别行事。一切停当,妖尸早入内洞,易静也到了危急之时,这才直飞寝宫。灵符立生妙用,祥氛一照,妖尸知觉便失,五遁禁制也自停息。等将人引救出困,五遁重又复原,洞中却现出一个易静的幻影。妖尸当时只觉心神微一迷糊,立即清醒,不知仇敌已然将人救走,心虽惊异,仍向易静幻影行法进攻,不多一会儿,便被引入五宫烈火以内消灭。妖尸只觉消灭仇敌太易,当是圣姑五遁威力,竟被瞒过。李宁先回,向众略说几句,便自飞去。英琼等挽留不住,出谷一看,易静果已安然回转。

众人互相谈完经过情形。易静修道多年,已是转劫之身,屡经大敌,见多识广,虽然天性刚烈,未免疾恶稍过,平日行事仍极干练持重。这次不知怎的,竟会沉不下心去,不听众人劝告,强要往探妖窟,致有此失。如非白眉禅师命李宁以佛法解救,几遭不测。越想越不是滋味。回山以后,除却炼法益加勤奋外,平居相对,老是闷闷不乐,不甚言笑。癞姑、英琼已得李宁密示,知她还有一场大难,早晚仍要入池涉险,定数如此,不是口舌所能劝转,非此也除不了妖尸,她和圣姑的前生嫌隙也难分解,无可奈何。好在妖尸为佛家的幻象所迷,把白眉禅师灵符幻象当做了易静本人,引入火宫之内炼化，只当仇人已死。加以心性凶暴，不等妖道漆章之师的生魂把话说完，便下炼魂毒手，妖魂恨她刺骨，静琼谷中敌情本未深知。等妖尸事完，二次盘诘，只说谷中只有易静一人，并且禁制已撤，是否还有别的仇敌来往盘踞，因刚追到谷口便与敌人相遇，未往查看，却不知悉，把逃时所闻雕鸣隐起不说。

妖尸因上次盗宝，除易静外还有两个少女同来，闻言始而不甚相信，本意想命妖党前往探看。继一想："妖道始终只说遇见易静一人，并非受害以后才行改口。仇敌如有同党，见死了一人决不甘休，定来报仇无疑。自己此时不能出洞，这类敌人均是正教中能手，同党前往未必能胜。洞中现有极厉害的埋伏，可以借用。今日仇敌如真只易静一个，人多心贪，也许背人来此盗宝，死在洞中，尚无人知。否则，正好等敌党来此寻仇，以逸待劳。洞中藏珍谁都心生觊觎，想要独得，不愿人多分润；真觉一人势孤，也只约上两个亲切交厚的同道，三数人处心积虑暗中图谋，决不会使众人皆知。仗着洞中地利，来一个，除一个，既可省心省力，还免却张扬传说，使敌人觉出厉害。又因伤了他的同党，必着重在复仇上面，召集多人，以全力大举来犯。自身还未超劫，便树下许多强敌，平增好些危机阻碍。虽说占着洞中地利，但据近日所闻，百余年工夫，各正教日益昌明，能手辈出，与前大不相同，声势异常强盛，何可轻视？自己虽然有轩辕门下的毒手摩什为后援，到了事急之际，连乃师轩辕老祖也可为己所用。但是此人妒念奇重，法力又高，人又凶横毒辣，未遭劫以前曾尝过他的滋味。当时如非己恋的人是于他有恩的至友，几乎被他强占了去。一落彼手，便被独霸，立成禁脔，休想与别人交合。自己水性杨花，见异思迁，无论多么合意的情人，也不能将心缩住，遇上别的美男美质，决不放过，本就难耐。何况此人生相丑恶无比，别的多好也觉难堪。上半年自行投到，好容易用些心机，激得他一怒而去，不到万分水穷山尽，大难临头，难于避免之时，实实不愿招惹。与其被他霸占，千百年日与丑鬼相对无欢，不如还是谨小慎微，相机应付，不把事情闹大。一经脱困，便可为所欲为。"

第二四〇回　华日丽仙山　花放水流人独立
　　　　　　　灵潭追魅影　星驰电射燕飞来

　　妖尸一味打着如意算盘，却不知前数月妄动圣姑所遗玉牒，将预设的禁法触发，受了佛法反应，一面禁她肆意横行，一面又将她引向自趋灭亡之途。外表功力大进，渐成气候，法力日高，眼看脱困在即；实则心灵已然受制，机智灵敏转不如初。强敌近在肘腋之间，危机隐伏，她却一点不知，还自以为得计，不特未命洞中妖党前往探看，反禁妖党外出。众妖党虽有几个见后洞寝宫仇敌虽然除去，此时前洞明明还有好些警兆，苦心搜查并未寻见，不是还有仇敌隐伏，便是今日来的不止一人，入而复出，已然得了一些虚实遁走，劝令小心。妖尸力说那是后洞所杀仇敌，用声东击西之计故弄狡狯，所以仇敌一死，便无迹象，无须多虑，如有人来，只是送死而已。众妖党因问出后洞仇敌为五遁神雷所困时，前洞还有响动，妖尸偏要固执成见，与往日多疑善虑谨慎情景迥乎不同，虽觉她胜后骄敌，自恃法力埋伏，一意孤行，早晚不免失计，好意劝告，反遭呵斥，心中不满。无如为妖尸媚惑侮弄已惯，妖尸又惯于擒纵诱逗，看出对方神情不对，稍使出一点柔声媚态，浅笑轻颦，一个个重又心神恍惚，惟恐不得她的欢心，哪还敢有二意。因此之故，易静等帅徒多人在静琼谷中日夕修炼，并无妖党前来生事。

　　光阴易过，倏又经年，众人功力自是大进。妖尸的气候也逐渐成长，除尚不能出洞一步外，元神已早复体，与生前无异，法力更加高强。只苦了一般天性淫恶的妖党，日常对着这么一个美胜天仙、妖艳绝伦、媚人肌骨的尤物活宝，不能染指。妖尸又喜挑逗，引人情狂为乐，不时现出许多活色生香，加上好些柔情媚态，引得众妖党一个个神魂颠倒，智迷心昏，直如疯狂。无如为邪法媚术所制,奉命为谨。每当兴发欲狂之际,为求一亲妖尸艳肌,博得片刻之欢,虽以污秽仙府,为五遁神雷所击,形消神灭,均非所计。然而尽管色胆包天,对于妖尸却是爱极恨极而又怕极,不敢丝毫忤意。哪怕满腹热爱,狂血欲喷,准备好拼却性命不要,强求一尝异味,见了妖尸,未曾出口,心先害怕。实在按捺不住欲火,刚现出一点辞色,吃妖尸把花容微微一冰,一双媚眼微微一瞪,再加上一点薄怒轻嗔,几句轻言细语,立即不敢再有表示。往往欲火攻心,热血沸腾,百脉一齐偾张,终于无从发泄,心中痒不可搔,无可奈何。

妖尸因是想起以前所习淫媚邪毒之法,迷惑这些妖人,使其本性昏乱,到了脱困危急之时,均为她出力效命,故意如此。实则久旷之身刚刚复体,淫心欲念也是奇旺,只因深知圣姑天性好洁,平生厌恶男子,遗言本禁男子入洞,犯者必死。自己啸聚了这些同党俱是男子,当初原为复体期近,好些事均须人相助,急病投医,姑且一试。好在死的是别人,于己有益无损,本心没打算这等太平,不料竟会安然无事。除却几次自己嫌人太多,高下不齐,起了两次火并,死伤多人外,凡是认作将来有用的几个能手,至今无恙。固然自己深悉洞中微妙,与众合力,在各层夹壁之间开了甬道密径和好些小洞室,以供行住,避开禁地,并各指明趋避之法,不致触网犯禁。但是圣姑既能凡事前知,早有安排算计,今日之事断无不知之理,哪有如此便宜,安然到底?心疑还有危机隐伏,圣姑遗言必要应验,这班妖人绝无好结果,不是应于现时,便是应于未来,连自己也是如此。到日安危系于一发,不能脱出,便必毁灭。平日背人一想,便觉心寒,觉着不再犯大禁忌,到日尚且难保必生,如何还敢再犯圣姑平生大忌,污秽仙府?便是毁尸报仇,好歹也等脱险雄飞,莫我为毒;或是看出不行,拼与同尽之际,再作道理。此时仍置身在仇人网中,乱来不得。总算这两甲子元神苦修没有白费,尚有定力,又不似众妖人淫欲蒙心,元灵已失主宰。每当狂欲将起,立想到切身安危利害,强行按捺,也是苦极。有时因此恨极圣姑,几番想要强行出洞,与众妖党合力施展极恶毒的邪法,拼着藏珍不要,倒反仙府,将全洞连同圣姑法体元神一齐葬入地府之中毁灭。然而终究无此大胆,咬牙切齿一阵,也就拉倒。

这一年中,池底也时有妖人来访,但与妖尸勾结上引作同党的只有一人，余者不是不甘为妖尸诱入洞内送终，便是知难先退。每来一妖人，均难逃神雕法眼，有时癞姑等人也多撞见，因守李宁之诫，视如无睹。又因隐身窥伺，谷口设有禁法，潜形幻景，来的妖人不曾发觉，众人也不出面。

易静自从第二次幻波池受挫归来，因觉洞中最厉害的是灵前五宫和五行法物，而师传道书正有一章专论此法，但非短岁月中所能炼成。心想："自己前炼过五行五遁，本有根底，只是不能穷极精微，生应变化。何不多下苦功，以年余光阴炼成，三入幻波池，不俟时至，何时炼成何时便去，亲手除去妖尸，雪耻报仇？"因而终日在洞炼法，连每日必修的定功也放在一旁，轻易不出一步。偶闻池中妖人来去，只付之一笑，这样自然无事。

这日易静觉着所炼五行五遁已然穷极变化，意欲一试法力深浅。知道上官红近炼乙木遁法大为精进，已能不假林木随意施为。起初因所学由圣姑传授，从未诘问。后来上官红日益精进，也未令其演习来看。这时令上官红如法一施为，满拟自己学有根源，又得师门传授，虽然功候尚差，上官红初拜师时曾见她演习过，虽不似旁门左道之术，威力也颇神妙，毕竟不能与自己同日而语。哪知师徒二人互相一演习防御，竟成了功力悉敌。易静先以乙木反制乙木，几为所败，已觉奇怪；忙又改用反五行，以为金土化生，可克乙木，不料也只仅仅将上官红乙木所发的青色烟光勉强压住，不能继续增高而已，一毫也奈何不得。不禁大为惊异，收了遁法，细一盘诘，才知圣姑所传先天乙木遁法，乍看与自己所炼无甚分别，实则另具极大威力妙用。想是圣姑防到上官红独处空山，受妖人欺侮，又见其天资甚高，故一开始便传以最上乘的法力，中有许多精微奥妙之处，不是可以口笔传授，必须炼法人久自通悟。虽是初学，已得元珠，加以天资颖悟，用功又勤，自然进境神速。这还是年岁还浅，若照此勤习，再要把全部道书得到，威力神妙，更要登峰造极，不可思议。自己所习虽也神妙，一则以前所习只是皮相，而妙一真人传授乃是玄门正宗，尽管殊途同归，到达极处，威力一样，或许还要加甚，但须先固根基，循序渐进。功力不到，灵效便差，不可以后先倒置，勉强得来。易静累世修为，今生又是劫后元婴，自是灵悟，略加考询，便明真相，料定圣姑那部道书，乃是天府仙箓，道法神奇。师父命己习此遁法，只为异日入洞御敌之用，并非以此破法，这一年勤炼也必早在算中。照着日前功候，炼到诛戮妖尸之日，恰巧合用。

按理不应勉强，应俟时机成熟再去，才是正理，无如这口气不出，心中不甘。好在师父不曾明令禁止入池涉险，只是示意警戒，况且已然去过一次。身是众人表率，就不能一举成功，除去妖尸，好歹也把上次颜面争回，再作计较。想到这里，夸奖勉励了上官红一阵，一同回洞。

过了数日，易静忽向众说："此时离除去妖尸还早，意欲趁此闲空，往玄龟殿一行，归省父母，顺便带上官红同去参拜师祖，求赐两件法宝，就便见识，略开眼界。"众人先疑她又要入池犯险，嗣听带上官红同去，又知她心高好胜，两受挫折，如无必胜之望，决不轻率从事。省亲孝思，又值山中无事，来去耽延不多日子，故只请早归，均未劝阻。易静行时，还嘱众人："池中埋伏委实厉害非常，我去以后，最好谁也不要出谷。琼妹眉间煞气日透，虽不一定主凶，必有争杀之事，尤须小心在意，不可轻举妄动。我此行往返至多半月，少则十日以内，就有甚事发生，最好等我回来再议。如真非应付不可，必须全听二师妹主持。神雕喜往池上空窥伺，我们既不想与妖人争斗，并此亦可无须。"众人自是应诺。易静即刻作别，带了上官红，往南海玄龟殿飞去。

易静带了上官红走后，癞姑笑问英琼道："琼妹，你可知易师姊的心意么？"英琼道："我看不出。莫非她还瞒了我们，借着省亲为由，又去池中涉险不成？"癞姑道："你说得差不多。我看她简直非去不可，只是如何去法：或是背了我们独行其是，或是回来大家商量好了去，尚还难定罢了。"英琼道："那么她带上官红去作甚？"癞姑道："那却是另一件事。因她上次和你去探幻波池，盗取毒龙丸与宝鼎藏珍，受了圣姑一点气，彼时不知前生夙缘，至今介介。这次去又被困在内，如非伯父驾到相救，直难脱身，引为大辱。你看她以前提起圣姑，多存鄙薄之意。自来谷中修炼，时常议论异日除妖之事。二次受挫回来，表面一字不提，实则心中气极，立意要在期前入洞，一雪两次之耻。但她为人性刚好胜，见识又高，连挫之余，知道洞中厉害，不是单凭血气之勇可以强为其难。因觉洞中最神妙难敌的，便是先天五宫禁制与五行神雷，恰巧掌教师尊所赐道书载有此法，并还备极精微。她本学过，功候还浅，所以这一年中苦心勤习，终日研求，连每日入定功课均行荒置。初意以她天资学力，总可如愿以偿，没想到本门之学首重根基，循序渐进，此法尤甚，功候不到，绝难登峰造极。她虽好胜，毕竟久经大敌，行事却不肯粗率妄举，何况又上过当来。她因上官红所习先天乙木遁法正是圣姑传授，初收徒时，虽曾略微指点，因非本门心法，是由外人所传，不曾详考。以为自己近日所学，必能将她制服。哪知圣姑五遁禁法别具神妙，学的人本可速成。上官红仙根深厚，颖悟灵慧，用功又勤，虽然乙木之遁不能变化五行并用，偏具极大威力。易师姊这才知道，前番往探妖窟，尽管被陷些时，因未临到危机便被伯父救出，还没有尽窥她的妙用。除非将来按照师传，炼到炉火纯青之境，如就现时所学前往，终不免重蹈去年覆辙。去的念头虽然暂歇，心终不忿，于是想到易老伯神通广大，法力高深，故借着归省，想得一点入洞除妖之策。她初收门人，开头便收了上官红这样好徒弟，心爱已极。平日尽心指点，百计成全，就着此行，令其拜见师祖和各位尊长，得赏赐些法宝，以为异日行道防身之用，自是一举两得。此女不特根骨禀赋可以追步本门诸秀，天性又极温良纯厚，相貌又那么美丽清淑，休说易师姊不枉爱他，便我也爱极。闻说玄龟殿法宝最多，易老伯母、两位林夫人和绿鬘仙娘均爱上官红这样少女，此女必有许多好处可得无疑。我说易师姊也许回来见了我们再去，便因带她同行之故。易家二老往时喜以人定胜天，逆数行事，近多年来虽未听说有这类事，对易师姊却甚钟爱。如因易师姊磨着二老为她雪耻，本人虽不会来，易师姊也不会有此一请，但赐上两件法宝，传授一些机宜，助其勉为其难，却说不定。再加上上官红依恋乃师，而所精乙木遁法又很有用，更可能犯险同往妖窟。"

英琼叹道："易师姊常说我眉间煞气太重，以过刚则折之言诚勉，却不想她自己比我还胜。上次我和她、周轻云师姊同探幻波池，由宝鼎中得来的那小宝匣中有一本百宝珍诀和两道灵符、三把玉钥。那道灵符已在脱险出洞时用去。另外珍诀第一页上便有一道通行全洞的灵符，只需预先准备，用绢纸之类将符画好，照所传法术炼过，到了洞中，无论遇何险难，将此符用本身真火焚化，往上一掷，立生妙用。只为她当时匆匆，心又生气，没有将灵符记下。回山便值开府，献与师长。这次奉命下山时，恩师掌教夫人将符赐我，未曾传授二位师姊，也并未禁我转授同门。此符连画带用，均极容易，但在画符以前，必须先将符法炼得精熟，以她法力，不过一日光阴便可运用。那日我三人谈起妖尸可恶，我看她面有疾恶之容，跃跃欲试；师父仙示又有预言，知她早晚必往，便请二位师姊先炼此符，以防万一。你已学会。她却因炼法时须向圣姑默祷通诚，又以那符虽能通行全洞，仍要避开灵寝前五宫中枢和北洞禁闭妖尸的两处重地，执意不习此法。不然，这次何至几为妖尸所算呢？"

癞姑道："易师姊此次乃是她前生因果，命中魔难，圣姑必须假手于她，完此凤孽。所以事事相左，阴错阳差，必须经过。她已历劫多生，前后修炼数百年，皆是童贞入道。直到今生元婴修成，方得寻求正果，为本门这一代女弟子中有数人物。凤根缘福，道法功行，何等深厚。心志灵明，具大智慧，岂是容易到此境地？如当她平日行事也如此动犯嗔戒，一意孤行，不特看浅了她，掌教师尊也不会命她掌领幻波池仙府，做我们的表率了。"英琼道："我并非说她短处，只因她极厚爱我和师姊，我两人也极爱她，这次明明前面是座火山，偏生非往上跳之不已，直与平日谨慎持重大不相同，劝又不肯听，由不得叫人代她忧急。就说她法力高强，只是受点虚惊，不会受甚伤害，但师尊仙示已然点醒，几乎明言不可前往，刚下山开辟别府，她是我等表率，首先违了师命，这场责罚怎能免呢？"

癞姑道："琼妹只是同门义重，关切太过，却没悟出师尊仙示明似诫她，实为你我二人而设。自从伯父去年救她出险，略示机宜走后，我又详译仙示，分明掌教师尊早已洞悉前因后果，知道此事只她一人关系全局最重。如若明令严禁，易师姊自然不敢违忤，诛戮妖尸便许贻误时机，成功更难。如不稍加告诫，大家看得太容易，势必全数同去，不是一到便往攻洞，便是日常去往池上下窥伺动静，见有妖人到来，绝放不过。不等时机到来，先闹得河翻水转，把轩辕老怪师徒这一类的厉害妖人全引了来，各位师长闭洞未出，请想我们如何抵敌？所以尽管警戒我们，不到日期不可轻举妄动，否则必有险难，却无违命责罚之言。只是指示洞中厉害，不可轻看而已。这等说法，易师姊定数所关，见师命不严，自然仍要前往；而我们不该受此无妄之灾的，自以师命为诫，不敢妄动了。我如料得不对，师父法力何等高深，凡事无不前知，易师姊既要违命偾事，决不会命她主持全局，更不会令我们在三年以前老早便跑来此地居住了。"

英琼闻言，仔细一想，不禁恍然大悟，连赞师姊推断真是有理。癞姑又笑道："话虽如此，你近日眉间煞气日显，只恐期前也不免入池一行呢。"

英琼道："这个却未必呢。妹子临敌虽不免粗心胆大，容易犯险，对于二位恩师却是奉命惟谨，决不敢丝毫违背。除非易师姊危急，非我不能解救。但有师姊在前，法力均比我高，二位师姊尚且不行，我更无用。师姊不去，而我独往，绝无其事。"癞姑微笑道："我也是主人之一，自然迟早进去，但决不会和你同去犯险。未来之事难知，且等到时再看。琼妹诸事留心，万一入洞，只守不攻，方为上策。好在你煞气虽高，而无晦纹，尚是幸事，也许此行不虚，还有大成呢。"

英琼闻言，暗忖："自己近来功力甚是精进，下山时掌教师尊将初探幻波池圣姑留赐的异宝赐了九件；恩师妙一夫人又将我初入道前误走莽苍山玉灵崖，由妖物木魅脑中取得的青灵髓，炼成一件降魔至宝相赐：按说幻波池之行实可去得。只因恩师期爱太厚，上次在南疆心粗躁妄，误伤红发老祖，如非定数，又是妖妇巧弄，孽徒进谗，稍还有理可说，几乎惹下乱子。掌教师尊虽未责罚，恩师妙一夫人行时背人诫勉，却曾提到此事。并说自己虽然根骨仙福特厚，为光大本门十七高弟中秀出之人，可惜杀机太重，任重道远，稍一不慎，纵非堕落，也不免误却天仙位业，前路艰难，务要谨慎自爱，不可轻率、嗜杀、喜事。自来依还岭静修，每忆师言，便自警惕，丝毫不敢怠忽违命，致负师门深恩与期许之厚。前以道书上仙示，大意有幻波池洞中禁制重重，不到时机妄动，必贻后悔之言，因此从未动念。二位师姊道行法力原差不多。不过易师姊定数有点险难经历，人又尚气，当局者迷，故而不肯听人谏劝，连师父暗示也敢拼受责罚，不去遵守。癞师姊机智灵慧，凡事均能逆料，每有论断，均极扼要，适才所说，果然有理。否则还有一年，池中艳尸和老妖孽便该伏诛，而长一辈的师长均紧闭洞修炼，各位同门除周轻云到时似要来此一行外，其余诸同门下山时未奉师命，别前背人私询，到时均各有各的要事，决不能分身来此相助。分明将此事责成我和二师姊二人身上，如个能负此重任，怎会那等吩咐？去年老父来救易师姊，也并未叮嘱不可入池犯险，反倒指示好些机宜应付与法宝的用法；又说开府以后，奉命下山诸同门出外行道，遇到危急之际，像乙、凌、白、朱、公冶各位前辈师伯叔们和玉清大师，均曾受过掌教师尊之托，多半应时而至，为之援救。惟独幻波池诛戮妖尸时，他们都有要事，或有别的耽延，同辈友好中或有三两人来助一臂，老辈均不能来援。

并且此事全仗机缘凑巧,圣姑在百年前早有成算,安排绝妙,时至自然成功,也实无须诸老前辈相助。自己虽然只仗飞剑法宝,有的非人所及,入门年浅,功候尚差,如论法力,平辈中哪还有再比二位师姊还强得多的?可见事须自了,别人无关轻重。既然如此,不特自己,恐,癞姑也必须往池洞中走上两回。自己本定到时始行前往,既然如此,也不必无故轻举,只等有事,相机而行便了。"

英琼本是疾恶好事天性,只因师命尊严,初膺重任,不敢轻举。这时心念一动,便想起第一次至幻波池的情景,其中通道及物事也还依稀记得。近一二年道法加增,洞中虚实趋避,道书仙示虽未指明,却传有好些应付之法。只要发动时不与强抗,相机趋避,便不至于受甚大害,怕它何来?想到这里,不由改了初念,也未搭话,只笑了笑。

癞姑近日因易静违命孤行,忽然想到易静既非浅薄躁妄之流,师父如真不许期前擅自入内,理应明令禁诫,不会只说去必有险,却未严禁。尤可怪的是当地,密迩妖窟,时有妖邪往来,在此久住,断无无事之理。如说为收上官红并诛谷中妖人,只要半日便可毕事,哪里不可暂住修炼,何必守在这里?先期入池涉险,又似只对易静而发,仔细推详,加上李宁行前的语意,已多可疑。昨日偶然无意之间独往谷外高崖上闲眺,忽然心灵一动,知道恩师屠龙师太佛法心通感应,疑有机密要事,立循崖顶飞往昔日妖徒漆章所居崖顶石洞内,运用禅功一入定,才知是眇姑的心声传意,指示未来幻波池除妖建立仙府的机宜。大意是说:明日易静要回南海玄龟殿省亲。英琼、易静日后均要入池涉险,但二人此行正是将来破洞除妖关键。二人被困日期,久暂不同,均无大害。如以易、李等师徒诸人之力尚不能竟全功,而诸师执长老到日恰都有事,不能前来,只有两个助手关系重要,可往延请。但这两人均有师长约束,不能随便下山,必须设法行事,始能请到。内中并须一件灭魔至宝,在另一前辈师执手中,但向不借人,人也不能随意动用,因此也须由此两帮手自往求借,而且明言未必肯与,也须授以方略。

癞姑听完,立对全局有了成算,好生欣喜。方欲以心灵感应回叩恩师屠龙师太近况,以及易静此行何日归来,是否借口省亲归时径往妖窟,易、李二人之事何日始行应验,不料竟无回应。知道眇姑是奉师命转告,传完意旨便罢。自己已然改投玄门,许久不见,而师姊不曾忘却自己,心甚关切期爱,表面上偏是那等冷法。故意闹气激她回答,仍以心灵感应默念了十几声瞎姊姊,终无回应。心想:"你最不喜人说你瞎,如不回应,偏要怄你。"还待念时,猛觉左脸上着了一掌。癞姑知已激恼师姊,不禁得意。笑念道:"瞎姊姊,莫打我,听我道来。我好心求教你,如有思虑,风行水动,便应自在答我。如无眼耳鼻舌身意,便无牵累墨碍,我自骂人,与你何干?因何着恼,却来打我,犯此嗔怒恶戒?你虽面冷,只此便热。以我佛法,只此一掌,便又打了诳语,着了相也。"说完,以为眇姑必被激出回应,哪知任怎激刺,更无动静,也不知师徒二人现在何处。赌气起立,想起恩师,心方一酸,忽自叹道:"我自己也犯了贪痴,还笑瞎子呢。"随即回洞,以为是未来之事,也没告知易、李二人。及至易静一走,因平素最爱英琼,偶然闲谈,随便议论了几句,只详情不宜先泄,眇姑指示之事并未说出。英琼当时虽是心动,终想等易静回来再作计较,无事仍不打算轻举妄动。二人谈了一阵,便率门人同做日课,勤习道法,各自放开,未再谈起。

光阴易过,一晃竟过了两个多月,易静、上官红终未回转。癞姑知道易静未到入险之时,此时必和上官红在玄龟殿学甚法术法宝,所以迟不归来。英琼却生了疑虑,以为易静飞遁神速,上官红本具仙根仙骨,身轻如叶,近又学会飞遁之术,带了同飞,并无耽延。就说易静父母兄嫂留住,但她是众人之长,负有除妖建府大任,妖尸气候将成,正值此间多事之秋,断无在家中久留之理。越想心越不安。这日正和癞姑商议,要命神雕钢羽飞往南海玄龟殿探看易静在未。英琼以前本和癞姑说了不止一次,癞姑因知易静此时必定平安无事,就说不在玄龟殿,也必为了除妖之事去往别处耽延,此时绝无他虑。眇姑虽未指明时日,但说易静被困之期,与英琼乃是同时,而英琼被困为时不久,等易静平安脱困出来,妖尸已将伏诛。并且与英琼同往妖窟还有一个女同门,尚还未到。现离除妖只剩多半年,日期越来越近,眇姑所说只是全局提要,语焉不详。妖尸气候既已成功十之八九,大难将临,成败关头,在此一举,图谋必定更急。去年易静脱险,妖尸虽被瞒过,一直无事,但以妖尸的神通机智,加上妖党不时来往静琼谷肘腋之间,就许窥测出一点形迹,又命妖党来此窥探。事机迫近,尽管李伯父说是无妨,到底谨慎为上。神雕脱胎换骨以后,道行大进,日益通灵变化,应变临敌比米、刘诸弟子还要得用。易静又复归宁未回,少了一个最得力的主持人,如何可以再去掉一个帮手?事情早有定数,易、李二人全是先凶而后大吉,只要小心应付,必竟全功。神雕刚直好胜,此去南海路程遥远,沿途妖人众多,遇上这等神物,不知来历底细,就许生事,又引出别的枝节,岂不更是烦难?

癞姑一听英琼又申前请,便再四譬解,说易静绝无凶险,必是到家后易老伯因妖尸厉害,伏诛之日未至,恐其归来涉险,强留在家,等候时至再复前来。否则便是炼什么法术法宝,准备事前雪耻。此间行即有事,神雕在外,易启妖人觊觎。虽然神通变化,真要遇见几个最有名的妖人,事情也是难说,何必多此一举,英琼仍是半信半疑,平素又不肯与同门姊妹们争执,心却放不下去。

夜课完后,英琼见癞姑仍在打坐,便独自走出洞外,一看星躔,正是丑末时分,暮春日长,东方已略现曙色。依还岭自从圣姑禁法满了时限,去了法力掩蔽,现出庐山真面,四围仍是本来的穷山恶水、危崖大壑环绕,外观仍看不出它的妙处。内里却是灵山仙境,迥绝凡间。静琼谷本是全山奥区,一早一晚之间气象万千,尤为绝胜。英琼觉着连日勤于用功,久已不曾选胜登临,一时兴起,飞升崖顶,想观日出佳景。刚到顶上,便见残月西斜,犹挂遥山,尚未全坠;疏星三五,犹吐明光。满山花露溟蒙,春烟杳霭中,大半轮红日已自东方天际吐射万道光芒,徐徐往上升起。最妙的是东方遥空更无片云,那青苍苍的碧天吃日光一射,黄红相映,幻出半天异彩虹辉。近处却有稀落落几片白云,在碧空中自然舒卷,随时变幻出奇峰怪石、仙人异兽等等形状。一会儿,又有两片忽然凑在一起,又复展开,渐伸渐蜿蜒如带,浮沉空中。日光一照上去,中心比雪还白,边上却幻印层层彩晕。时有二三巨禽,成行雁阵,横渡碧空,飞鸣而过。又待一会儿,朝旭渐高,转成白阳曙天,满山大地,齐现光明。天空浮云,也不知何时化去。晴霄万里,苍苍一碧,越显得天宇空旷,无际无涯,比起往日红霞半天,浮纨散绮,又是一种光景。低头俯视,花树中时有翠羽仙禽,沐着阳光,在枝头上飞鸣跳踯,嘤鸣不已,音韵娱耳,如奏笙簧。零露未晞,晓雾渐敛,到处香光浮泛,五色缤纷。远望东南峰峦岩岫,黛色肥鲜,更无杂色。时有飞瀑流泉，玉龙倒卧，界破青山，自上飞堕，雪洒珠喷，鸣声浩浩。更有松杉之属，千奇百态，盘拿倒置，飞舞其间。再看近崖谷外一带，危崖高耸，势欲排云，苔痕深浅，石色苍秀。无数花林之外，更有万竿修篁，干霄蔽日。清溪映带，正涨春波。谷径曲折，中藏幽境，端的悦目赏心，观之不尽，令人置身其间，胸襟开朗，顿生灵悟。

英琼暗忖："自来此山已近三年，因是仙山，花开不谢，四季长青，灵奇秀美之景观赏已多。似今日这等空中不见片云，晴美淑清的天色晨光，却还第一次见到。莫非有什么佳兆不成？"正寻思间，遥望东南天际起了破空之声，晃眼邻近，当头一道暗赤色光华疾驰而来，到了幻波池上空，忽似飞星下坠，直往池中射去。英琼看出暗赤色光华邪气甚重，知是妖党无疑。因已和癞姑议定，只要妖党不寻上门来，时机未到以前，任其往来池底，无故决不前往招惹，何况已落池底，追去也是无用。时已不早，米、刘、袁三弟子由昨夜起在洞中修炼，均未出来。神雕原在洞外守候，此时不见，料又喜事，隐身空中瞭望。正想下去唤米、刘、袁三弟子出洞比剑，考验各人功力，就这一转念间，猛又瞥见一道青光随在暗赤光华之后，电驰追来，到了池上，更不停留，往下射落。先觉妖光异样，近于红发老祖的化血神刀，却又有好些不同之处，威力也相差甚多，而且光色暗淡，好似主人斗败负伤逃遁之状。后来那道青光来势特疾，由远处追来，飞得更高，与天色相混，远望稍不留意便看不出。加以破空之声甚微，为赤光所掩，先后仅只瞬息工夫。英琼不想生事，只顾看那妖光下落，心又在想别的，所以不曾发觉。晃眼青光追近妖人，飞到池上，流星赶月般尾追飞堕。刚觉出那是本门家数，青光已刺波而下。方在惊诧，猛又瞥见一点银星，由碧霄之上朝崖前斜射下来，晃眼放大，风声劲疾，其速如箭。定睛一看，正是那心爱神雕钢羽，离地还有老高，便急鸣了两声，英琼听出是在唤袁星速出。知它自从转劫以来，横骨业已化尽，用功精勤，虽然学习人语，终以天生钩舌，咬字尚不真切，遇到急时，仍然用原来鸟语。因袁星和它相处日久，情分深厚，又能通晓它的语言，可以向人代达，所以每一遇事，首寻袁星为作舌人。见它来势如此急骤，分明见自己在崖上，不曾招呼，先唤袁星速出，非有紧急之事，不会如此。心方一动，神雕钢羽已自飞下，口吐人言，朝英琼叫唤。

袁星和米、刘二人正在洞中做完早课，闻得雕鸣甚急，俱料有警。袁星首纵遁光飞出，也到了洞外，后面跟着米、刘二人。初意神雕必有话说，哪知朝自己叫了一声，便即飞落。英琼随由崖上飞下，见袁星连问何事。神雕竟似急躁，只不回答，与自高空飞落急遽情景，迥乎不类，却连看了自己两眼，愈发奇怪。英琼虽奉师命与白眉师祖传谕，令神雕归到自己门下，神雕平日也把自己当做主人，终以它与白雕同在白眉门下，论起来，辈分比己还高。就说人与禽类不能并论，得道终究多年，并且自从老父出家，便全仗它照护，平日多呼之为兄，不愿忘本。众弟子中，独对它未肯以师礼自居，从来未加斥责。这时见它迟疑不言，料定必有顾虑，便走过去，抚摩着它身上雪羽，笑问道："你在空中巡视，发觉追赶那驾暗赤色遁光的一道青光，是本门中人么？有话只管明说，吞吞吐吐作甚？"

神雕对英琼最是忠心，无论如何倔强，只要英琼略加抚慰，立即温驯异常，无不惟命。闻言睁着一双金光四射的神目，又朝英琼仔细看了一眼，忽朝袁星用鸟语连声鸣啸起来。袁星闻声，面上立现惊愕之色，不等神雕叫完，便朝英琼道："师父，前在飞雷洞与石师伯同在一起的赵师叔，适才在东南方紧追一妖人到此，大约不知那是幻波池，径投池中去了。"英琼闻言大惊。神雕忽然怒视袁星，啸声顿厉。袁星道："你怪我作甚？这事岂是瞒得住的？师父早看见了，你不是说不妨事么？"神雕闻言愈怒，扬爪作势欲抓，袁星连忙避开。英琼喝住，问是何故。

袁星答说：自从那年史南溪、施龙姑、孙凌波诸妖邪火攻凝碧仙府，诡谋未遂，死伤逃亡，瓦解以后，石奇、赵燕儿均爱神雕灵慧，雕、猿又时往飞雷径游行，时常相见，彼此甚熟。以神雕的目力，适才燕儿飞来时，本可以现身阻住，告以易、李诸人在此，引来相见。因妖人遁光极快，燕儿别才二年多，功力竟大非昔比，来势比妖人还要神速。想是先未曾见，发觉妖人，再行穷追时，已吃逃远，不久必被追上无疑。神雕也和英琼一样，先见妖人飞入池中，只顾看了一面；又以这类事常见无奇，后面就还有人，也是妖人同类，没想到会有正教中人追来，更没料到还是本门中人；加以当时正往西北方空中回翔，飞得既高，相隔又远。燕儿所用飞剑并非旧有，不曾见过，功力又那么精强，由远方数百里空中飞星过渡而来，眨眼到达，不近前不易看出，再一疏忽，就此错过。容到闻声见影，看出是他，业已下落。本心池底洞门紧闭，也许和往日为妖尸所拒的妖人一样，与前追妖人一同闭洞不纳。意欲飞身下去警告，忙飞到池上空，运用神目往下透视一看，所追妖人已为燕儿飞剑所斩，横尸就地。只此瞬息之间，燕儿也没了影子，同时洞门正由开而闭，知道燕儿已被妖尸诱进洞去。神雕知燕儿与英琼总角之交，前在仙府一同修道时情分甚厚。当时又惊又怒，未敢冒失下去，未暇思索，忙即飞回告急。刚急唤袁星出洞，准备告知，一眼瞥见英琼在崖上，眉间煞气愈发透露。忽想起二人至交，闻报断无不往救援之理。但是英琼煞气已冲华盖，应在顷刻，去必无幸，深悔冒失。本不想说，方在心中盘算，吃英琼一抚弄，不肯违忤，事已目睹，业被道破。再一注视，煞气虽然明显，并无晦色，不过虚惊在所不免，只得告知袁星，欲令设词回答，止住英琼暂勿前往，等告知癞姑，从长计议，再相机行事。袁星因在仙府时燕儿相待甚厚，不在神雕以下，不特背了众人随时指点，并还恐惠金蝉、石生等几个年轻而法力高的师伯叔，瞒着灵云，暗中传以师门心法，所以得了双剑不久，便能飞行绝迹，随心运用。平常问答尤极谦和，不似别位小师叔们喜欢嘲骂轻侮，从没叫一声猴子。因此对于燕儿又是感恩，又是亲切。一听警报，急怒交加，冲口便说了出来。神雕怪他不该快口，故而发怒。

哪知英琼本来慑于池洞禁制神奇厉害，犹有一两分顾忌，及听神雕说是并无大碍，反更心定。燕儿既是穷途总角之交，同门相处又是莫逆，闻其被陷妖窟，便真有险也应勉为其难，何况无碍。闻言，惟恐癞姑拦阻，假意对众说道："二师伯最重同门之谊，法力又高。但她和大师伯一样，都还未到除妖的时候，去必有险。钢羽鸣声，她在洞中想已听到，许是功课未完，故未出来。少时你们不可说出真话，她如问时，只说见有妖人飞入池底，来势猛恶，现已飞走。赵师叔为人正直，仙福颇厚，全多被困些时，必无他虑。我此时须在洞中入定，你们可仍照往日练剑便了。"说罢，刚要反身入洞，去取那未带在身旁的法宝，就便暗中写一字帖留与癞姑，立即赶往，将赵燕儿救了出来。忽见米、刘、袁三人都望着自己发笑，心中不快，也无心诸问。猛一回头，原来癞姑正站身后扮着鬼脸，神态甚是滑稽，料知先说的话已被听去。

英琼直性，不善诳语，关切燕儿，心又忧急，不禁脸上一红。未及张口,癞姑已先说道:"琼妹,不必瞒我,你那心意我已尽知。去只管去,但须稍微商量,不必忙此一时。钢羽可仍去空中隐身瞭望,对你师父也无庸担心,我保她去,也保她回好了。"神雕闻言,意似欣喜,一声长啸,便自崖前冲空而起,晃眼出了谷上禁网,身便隐去,不见形影。

英琼急道:"师姊,赵师弟法力飞剑均不甚高,虽然近得师门心法,到底年幼学浅,必非妖尸之敌,尤其洞中禁忌男子。易师姊不在,师姊须留此主持。妹子虽比他强不许多,一则旧日去过,二则还有几件法宝防身。妖尸狠毒异常,事不宜迟,师姊如无甚吩咐,妹子取了法宝便走如何?"癞姑一把拉住道:"不要忙。赵师弟不过略受妖尸纠缠,数中注定该有这场困顿。救他出险的人也该是你,但此时还有一人未到,等她到时便可同去。不到日期,你们决出不来;不去,又是不行。你忘了那开府后二日,我们在小天香槲座上,玉清大师偶然走来,向赵师弟和你所说的话么?这里的事,日前我和那瞎师兄已曾用佛家心声传语,略泄先机。因未详言,只知你要在事前走上一回,先也不知何事,必往犯险。适才听说误入池中的是赵师弟,忽然想起玉清大师说是师弟仙福颇厚,此后只有一次魔难,犯数日桃花煞,过此便即一帆风顺,更无凶险。你随口问她应在何时,她答应在三年之内,全仗你往相救,方得脱险。并说对头是古今少有妖艳绝世的女子。金、石诸师弟因赵师弟面嫩好羞,上次吃施龙姑的亏,几遭不测,也是一个美貌妖女,还着实拿他取笑了一阵。今算时日,正是三年将近。我这才明白,前言已应,自然非你前往不能解救。不过,洞中禁制,妖尸近日几能全数运用,琼妹一人势单,如不等帮手到来同往,内里门户众多,途径歧出,千变万化,彼此如若相失,不特容易吃亏,弄巧连赵师弟的面都见不到,岂非失算?"

英琼闻言,也想起前事,往援之心更切,急道:"既应妹子往救,那帮手等到几时?除却易师姊,别位法力纵高,不曾经历,恐未必能有助益吧?"话还未完,忽听神雕鸣声,袁星首先喜道:"帮手来了!"语声才住,神雕已自空中飞下。众人仰望,雕背上还坐有一个青衣道装女子,刚过禁层,便离开雕背,化作一道青虹电射而下。众人见那少女正是二云中的周轻云,不由大喜。神雕见人已飞落,重又冲霄飞去。原来谷上封蔽,于本门禁制之外,为求慎秘,易静、癞姑各凭自身法力,另又加了两重禁制,变化神妙，威力加大，除却原住谷中的师徒七人和白雕之外，便是本门中人到此，也难随便穿入。再者，易静仙法设在头层，全谷真形已然隐去，不知底细的人，外观真难看出一点形迹。

周轻云原是闻说赵燕儿追赶妖妇，匆匆赶来，路上遥望前面正是旧游之地依还岭，心已生疑。又遇见青囊仙子华瑶崧，得知燕儿误入幻波池，必为妖尸所困，本心来寻易、李诸人一同往援。神雕因先前在空中飞巡，一时疏忽，不及阻止燕儿入阱，自觉失职，心颇惭忿，格外加了小心，惟恐不止燕儿一个前来。正隐身高空瞭望，忽然瞥见老远飞来一道青虹，认出是本门青索剑，忙迎上去。轻云见神雕迎来，忙住剑道，未及询问，神雕已先开口，说赵师叔已然失陷，师父正和二师伯商量，即往救援。轻云听它一别不到三年，居然零零落落，能以人语问答，好生欣慰。神雕请隐身上背，引了飞回。众人见面叙礼，英琼匆匆说了两句，又欲起身。癫姑笑道："琼妹早去无益，周师姊新来，略谈一会儿，再走不晚。"轻云已得青囊仙子指点，也说事绝无碍，尚有计议之事，无须如此急急。英琼无奈，只得随同癫姑将轻云陪进洞内，一面听轻云述说来意，一面把所有法宝一齐带在身上，等候起身。

原来轻云先和灵云、紫玲一起，自铜椰岛别后，因仙府暂时不许众弟子回去，将来又有紫云宫那么好的珠宫贝阙作为仙府，便无心再寻好地方。归途在五岭中的骑田岭深山之中，随意择了一个清静偏僻的崖洞居住。灵云素来行事整齐有序，紫玲、轻云又爱清洁，爱好风景，觉着虽是暂居，无须作甚长久之计，至少也有十年以上的岁月。每日用功之暇，便在当地府花种竹，就着形势建了几处茅亭竹舍，又把当地叫做停云崖。山景本好，一加点缀，越发清丽。中间也常轮流去往各地行道，积修外功。三人本是水宫旧侣，情分日厚，不喜久离，每出行道，在外均无多耽延，又以勤于修炼，居山日多。

第三年上，先是灵云、紫玲无意中同往黄河，救了一次大水灾，回山谈说。轻云忽然想起，祖籍山东汶上，母死多年，从小便随父亲流转江湖，一直不曾扫墓。虽托族人照管祭田，大乱之后，事隔多年，不知是何光景，意欲归返故乡扫墓。灵云、紫玲因值初回，不曾同往。轻云到了汶上故乡，见先茔封树甚是整齐，一问看坟族人，才知乃父周淳已在数月前来过。哭奠亡母之后，又动思亲之念，便往衡山寻父未遇，只得回转骑田。归途想寻两件功德事做，绕道往闽浙两省转了一转，途中只救了十多个贫病垂死的人，觉得无甚佳遇。

这日行经仙都，忽遇石奇、赵燕儿。轻云知石、赵二人根骨甚厚，为本门长老髯仙李元化得意弟子。师父餐霞大师也曾说二人在一班男弟子中，虽还不逮金、石等七矮弟兄，也可算是上中之材。三次峨眉斗剑以前，还要同建一大奇功。赵燕儿的成就，尤为远大。这次奉命下山众弟子，日后修道的别府仙居，十九各自物色。就是事前指明时地，也须各仗己力，寻求开辟，多半要费心力。独他二人所居洞府，是由掌教师尊恩命赐与，地在巫山神女峰北不远，地名老楠岭风火崖，乃本门长老风火道人吴元智的故居。昔年长眉师祖也曾在当地住过数年，为三峡附近景物最灵秀之区。洞壁之上，还留有好些灵迹图记。当时有好几位先进同门，俱觉此乃异数，缘福不浅，齐向二人称贺。不过壁上图记与白阳洞壁仙迹不同，不是一年半年所得领会。照理二人应在洞中勤习，到此何事？便问南来之意。赵燕儿心直口快，气忿忿说出经过。

原来巫山名为十二峰，实则千山万壑，峰岭杂沓，崖谷参差，胜景甚多，均在人迹不到之区。往往外观危崖重山，高险插天，猿猱不渡，内中却藏有大片奥区灵景。这等地方，多半俱有散仙修士、左道旁门隐居盘踞。只老楠岭风火崖因有长眉真人昔年所留风雷之禁，风火道人吴元智初成道时，乃在内住过一甲子，先后二百年间，外人没有本门启闭之法，绝难入内。自来也无人敢心生觊觎，去往洞前走动。石、赵二人天资灵悟，用功更勤，总共两年光阴，竟将两壁图记一齐悟透，只功候还不到而已。二人本和众同门一样，领有道书，并加图记之助，道法剑术俱都大进。

这日谈起师恩深厚，方在互相庆慰，忽在洞顶之上发现两口仙剑。取下一看，剑匣之外还有一个锦囊，内贮两粒灵丹，一张长眉真人所留仙示。两剑一名天慧，一名乙光，功效威力仅比紫郢、青索略次，不在七修之下。令二人各取其一，速以本门心法，先使与身相合，再加勤习。两丹药也各留一粒，谨藏身旁，异日如为邪法所惑，心神摇动，即服此丹，便生妙用。二人读罢大喜，立即依言勤习，不消多日，居然神化。每次做完功课，便去洞外练剑，从未往远方走动，按说本可无事。

也是燕儿童心未退,前在仙府,见英琼所收雕、猿神通灵慧,心生喜爱,早想学样。及来风火崖隐修,巫山猿猴本多,三三两两时在前一带出没,久想收伏两个,以供役使。俱吃石奇劝阻,说:"此时用功要紧,无此闲心;况且英琼所收雕、猿,均早得道通灵,颇有法力,本山这些寻常猴子如何能与比拟?纵令物色到一两个岁久通灵的加以教导,这类东西多是野性难驯,万一日后学有神通,背了我们行凶作恶,师长怪罪,怎当得起?再者,我们一上来便先收猴子,异日再收弟子,难叙班行,且易引人笑话。真要功行精进,何患收不到好徒弟?此洞原有禁制,外人不能擅入,又无须乎照管,你忙作甚,没的还为一个猴子操心?"赵燕儿不便相强,但心终不死。

事有凑巧。这日偶然离洞出游,采取首乌、黄精、花果之类回洞酿酒,无意之间走入岭西幽谷之中,忽然发现一只通臂小猿,被两只极猛恶的野兽追逐,迎面逃来,见了燕儿,哀啼求救。等把野兽杀死,欢跃了一阵,便随定燕儿,紧拉衣角不去,状似感恩。燕儿见那小猿长才二尺,通体雪也似白,似颇解意,便抱了回来。石奇见小猿小巧好看,已然抱回,又不肯走,也就听之。过了几天,觉出小猿竟解人语,灵慧非常,二人俱都喜爱。燕儿闲中无事,背了石奇,传以吐纳,又削木为剑,教以击刺之术,居然一学便会。对于主人,更是恭顺忠心,二人话出,永无违背。燕儿越发高兴。

过了两月,燕儿又往岭西采药,小猿连打手势,坚欲随往,燕儿便带了去。仍到幽谷左近落下,正欲令其相助采掘山果黄精,小猿忽又用手示意,趋前引导,走入谷中。在前斩怪兽之地左近,发现满布藤蔓杂草的崖壁中间,有一极隐秘的山夹缝。小猿先由藤草隙里钻进,待有顿饭光景,才行探头出来,招燕儿进去,并把爪连摇带比,意似请燕儿小心戒备,不要出声。燕儿随进一看,内里逼狭,尘封已久,蛇径弯环,仅可容身,只中间有两三丈长一段直裂到顶,略有一线天光。长有十余里,尽头处只有两三个可供小猿进出的石窍,似燕儿那么小的身量,都须裂石开洞,始能出去。方欲喝问此来是何用意,小猿忽然面现惊惧之容,爪指石窍,欲令窥探。燕儿情知有异,往外一看,原来外面是一广坪,对面有一座高只数十丈,玲珑剔透的危崖。就着形势建有十余座楼台高阁,红栏碧树,高下参差。坪上繁花乱开,重光浮映,景物甚是华丽清幽。当中却建有一座法台,上站一个相貌丑恶的中年道姑。另有两个男女幼童,分站左右,貌俱灵秀,玉雪可爱,只是面色庄谨,眉宇之间愁容可掬,不时互使眼色,偷觑道姑动作,看去似甚害怕,神情却甚机警。环台四角,幡幢林立。道姑面前,放有尺许大小一个玉钵。燕儿经历尚浅,没看出道姑炼的是什么邪法,只觉不是良善纯正一流。忽见道姑面对玉钵,口中喃喃念了几句咒语,手向钵中一指,立即冒出一片暗赤色的光华。刚飞高丈许,便自展开,化为一蓬极淡薄的烟雾,往上蓬勃而起。到了空中,再由外边倒折下来,法台立被笼罩在内,宛如山瀑间瘴气一般,停在坪上。烟中人物全被隐蔽,不见形影。

燕儿好奇,又看出道姑是个妖邪,男女二童必是好人家的子女,被她掳来,纵不被害,也必陷身在此。意欲救出陷阱,只拿不定妖法深浅,想窥探明了虚实再作计较。又守伺了一会儿,妖烟忽又上升,化作一片天幕,连危崖一带广坪一齐盖住。道姑起立,戟指男女二童喝道:"我现在出门寻人,多则十日,少则三两日,也许机缘凑巧,当日便把我喜欢的人带了回来。你二人可守在法台之上,不许离开。如值腹饥,只许分班,轮流入洞饮食,不许同往,吃完便须回来。再似那日引逗小猿,擅自离开,我回来休想活命。万一有人惹厌,上面神光被他看破,可先照我传授,用神弩射他。如若不能取胜,便即退守法台,将第四面神幡展动,便能自保。等我回来,自会除害。"说罢,二童正在诺诺连声,道姑已目闪凶光,一声狞笑,化作一道暗赤光华,破空飞去,到了烟幕左近,一闪不见,再看已无踪影。二童向上凝望了一会儿,忽然满面泪流,互相呼唤得一声"哥哥""妹妹",对扑过去,抱头痛哭起来。

燕儿越料二童由外摄回,为妖妇所胁,处境必定危险。难得道姑离去,正打算用飞剑裂石而出,乘机将这二童救去。忽见小猿由身侧另一石窝中挤钻出去,到了法台前面立定,叫啸了两声。二童似与小猿相熟,闻声瞥见,略一迟疑,双双赶将下来,一人拉了小猿一条长臂,一边拭泪。男童说道:"你没被那守洞的妖畜咬死么?怎胆子这大,又偷偷跑了前来?要被丑鬼撞见,怎能再活?趁她刚走,我到洞中取来果子与你吃了,玩上一会儿就走吧。"女童拦道:"哥哥,怎的性急?它那日打手势,原教我们随它逃走,只为壁上几个洞太小,没法钻进,又不知内里多深,有无出口,守洞孽畜也还尚在,未敢造次。后来被那不知好歹的死鬼告了一状,说我们私自下了台,和猴子玩,又背人偷哭,吃丑鬼毒打了一顿。自从守洞孽畜被人杀死,每日忧急。丑鬼才走,它便到来,好像预先知道一样,也许真如丑鬼所说,是她对头手下有灵性的猴子,前来救我兄妹二人出险,也说不定。难得丑鬼远走,最快也要三五日才回;孽畜被杀;那两个该死的,夜晚又被丑鬼用些怪药把命送掉;这里只我二人。莫听丑鬼说得那凶,既然上有天罗,下有地网,无论逃到何处,只要她回山一算,立即追擒处死,那么这猴子是怎么进来的?它既能来,必有出路。我们前回对它说时,它已点头,什么话都懂。反正难活,与其在此天天见那丑怪作恶等人宰杀,转不如随了它走,拼上一拼。丑鬼前些日那么穷搜,并未将它寻到,可见前言是吓我们。只要它和上次一样肯引我们出去,多半能够求得生路。何不再叫它打手势,向上一问?"话未说完,小猿已两次用爪拉二童要走。男童道:"你莫非还要我们走你的来路么?"小猿点了点头。男童道:"那洞太小,我们没法钻进,里面又深又黑,不知是什么光景。就说能够开大,万一洞内也是那么小,不能通行。莫说中途遇阻再回,吃丑鬼看出逃意,不能活命,就是陷在中间,进退不能,也是不了。你如真是仙人门下神猿,特意来救我们,好歹且给我们一个凭信,才敢随你逃走呢。"女童说:"哥哥,我们死在眼前,除逃更无生望,好歹也须一试,怎还这等胆小?"

燕儿在壁洞内看得逼真,见二童胆小迟疑,心想:"此时正好下手,还等什么?"手指处,一道青光闪过,面前石窍立即劈裂,碎石纷飞中,人随纵身飞出。二童闻声惊看,见一道装少年飞身破壁而出,看年纪不过十六七岁,比己大不了多少,不禁大惊。忙各戒备,同声喝问:"你是何人?因何到此?可知洞主夏仙娘的厉害?"燕儿笑道:"我是来救你们的,那丑鬼如来,正好送死。"说时,小猿已做手势,令二童学样,向燕儿跪拜。二童甚是机智,见状大悟,忙即趋前跪拜道:"仙人真是来救我兄妹的么?"燕儿点头道:"这里不能再留,我自不妨,恐妖妇回来,救你二人难于兼顾。到我那里再说吧。"说完,拟由原路退出。继一想:"此山只十余里之隔,相去不远,上空现有禁网,妖女深浅难知,乘其不在,何不用新学会的本门太乙神雷试上一试,就便将这法台破去?如若不行,再走原路。"便命小猿领二童先往裂口内暂行退避，以防波及。跟着施展本门心法，扬手一团雷火打向空中，一声雷震，上空烟幕立被震散，现出青天。燕儿大喜，跟着又是一雷打向法台之上。这次却不见全效，雷火横飞中，只将那法台震塌了一大片。幡幢、玉钵虽被震碎，幡上却飞起无数黑烟，钵中也冒出大股暗赤色光华，蓬勃高涌，奇腥之味，中人欲呕，眼看弥漫全坪。耳听二童高呼："仙人小心，这是丑鬼用生魂恶鬼所炼妖幡。血光乃是瘴气炼成，人一上身就死，不要被它挨上。"燕儿好胜，闻言一时性起，忙将身剑合一，手中神雷连珠爆发。峨眉心法果然不同，只见青虹电舞，雷火星飞，霹雳连声，天惊地撼。不消半盏茶时，妖光尽扫，邪光齐消，连崖洞带上面的楼阁亭台，全数震塌，方始住手。因先听二童说只他兄妹二人，既未询问详情，也未入洞查看，两手各夹一童，令小猿搂紧肩膀，匆匆驾了遁光，便往回飞。

石奇因燕儿出外时久，遥闻远方雷声，恐有差池，赶往相助，恰在中途相遇，一同回到风火崖前落下。到了洞内行礼落座，石、赵二人问二童经过。才知那丑道姑生相奇丑，天性却是淫毒无比。又精邪教采补之术，工于狐媚，无论什么人，一与交合，便把她视若西子、南威，如获至宝，任其搜精吸髓，至死不悟。有时连同道中人，也一样为她所迷恋。人更狡猾，法力稍比她高的，决不轻惹；法力稍次的，一落她手，便死而后已。更长于隐形遁迹之术，妖窟僻静，地方不大，常年用邪法遮蔽，由上空下视，只是一片赤黄色的童山，地又不当往来孔道。所摄壮男多在远方，近处极少。每次出外，必要物色到好几个童身壮男，方肯回来，轮流供她采补。每吸取一次元精，必以各种灵药使被害人养息复原，再与交合。日久生厌，始下绝情。等把所摄的人一齐送上死路，方始再举。从不轻易出去走动。除当中的石洞妖窟是妖妇卧处，以及修炼邪法之地外，崖上那些台树楼阁，全是面首分居之所。因是行径隐秘谨慎，知她底细的人极少。真名夏三娘，同道妖人俱称她为美嫫母，又叫做四妙仙娘。虽然为恶年数不多，被她害死的已在百数以上。

两小兄妹姓简，男名清华，女名瑶华；一年十五，一年十三。自小父母双亡，寄养姑父家中。姑父母无子，本来爱如亲生。不料三年前，两老夫妻相继病殁。姑父有一少年堂弟王子章，将家业占去。虽幸姑父工于心计，死前向着众族安排了后事，将家业分作四份：一份给那堂弟之子，算继承人；一份祭田；一份分给族众；一份分与两小兄妹，却交族中长老代为保管。两小兄妹如死，仍将所有归长老所管。立得有案。但是子章贪狡，见家业无法侵占，便将人害死，这一份也到不了手，恨之刺骨，日常相待甚苛。被族中长老知道，照着遗嘱，将两小兄妹接去教养。子章越发愧忿，想将两小兄妹暗害，诬陷族长，百计图谋，未能得手。

这日清明上坟，双方都去哭奠。子章始而乘隙将两小兄妹诱往坟后山谷僻处，想要暗算。又想自己与两小兄妹同时离开坟地，难保不被人识破奸谋，恐怕弄巧成拙，正在迟疑不决。简清华生小多力，去时本就生疑，因是年幼好奇，闻说谷中出了仙蝶，自信凭力气也打得过，方始应诺随往。瑶华劝阻不听，也跟了同去。一到便看出子章心意不善，立即发怒叫破。子章心中有病，见被识破，如与同回，奸谋定被泄露，不特以后难于下手，反招众怒。两小兄妹话更说得难堪。不禁恼羞成怒，顿忘以前顾忌，猛拔身藏小刀，欲下毒手。不知两小兄妹均有天生神力，以前受欺，只因尊敬长辈。后来受气受苦太甚，被族长接去。小孩心性最重恩怨，便改了常态，已早把他认为仇敌，只未公然反目而已。这时见他拔刀行凶，自是不让，一个纵身，抱着持刀凶手，连咬带打，将刀先行夺去，掷向远处。然后一同合力，将他拖倒，拳足交加。子章人本壮健，吃亏原出不意，也甚情急，大小三人一同倒地。正在扭结不开，魔头照命，忽被妖妇无心中走来撞见，将三人解开。一见子章，首对心思；再一注视，两小兄妹的相貌骨格更是难得遇见；便用妖法一齐摄走。本意是把子章收为面首，两小兄妹为徒。不料两小聪明机智，看出妖妇淫凶恶毒，又见许多淫秽不堪之事，心中又急又怕，欲逃不敢，表面顺服，背人愁虑悲泣。强挨过了两年，日常留心查看，并向妖妇设词乘机探询，已然得知好些底细。妖妇先对两小尚无恶意，只是性情凶暴，喜怒无常，稍有不合，便遭毒打。

这日妖妇他出，坪前崖壁石窍中忽钻出一只小白猿。两小知道当地除却时常替换的一些壮男和二只守洞恶兽外，永不见有人或禽兽走近。又见小猿毛白如霜，火眼金睛，一双长臂可以伸缩，不由童心大动，便往洞内取些果品出来，引逗小猿为乐。恰值妖妇这次出门日久，人猿相处越熟。小猿本明人语，渐能以手示意应对，便劝逃走。两小年幼，却知利害轻重，尽管动念，不敢冒失行事，没有听从。事后谈起，便自流泪。这时子章精髓渐枯，人还未死，不特不知凶危，反更迷恋日深。因记前仇，日常进谗，害两小兄妹受责。日子一多，竟被撞见，妖妇回山，立即告发，说两小私下法台，引逗小猿。妖妇因当地妖法禁制，人兽均不能到，闻言大惊，立唤拷问，两小又挨了一顿毒打。因恐小猿受害，好在子章也未看出来路，又见妖妇疑心仇人所使，颇有戒心，未说真实来路。妖妇次日隐伏台上守候，哪知小猿机警非常，自从妖妇一回山，便未再来。妖妇终不放心，又令恶兽四出物色，连寻三日不遇。第四日，忽然不见回转，亲往寻找，已为飞剑所斩，不禁又急又怒。本恨两小，回时子章又说两小偷泣欲逃，妖妇更加忿怒，几欲当下处死。两小固不免刑责，子章也遭了恶报，当晚便吃妖妇给他服了壮药，将余髓一齐吸尽，精竭而死。总算恶兽先毙，免了葬身兽腹。由此起，两小多了许多折磨。不久，便被燕儿救出，幸脱罗网。

简氏兄妹一到洞内，问完了姓名，便即跪下拜师，请求收录。二人见两小聪明灵慧，骨秀神清，大是怜爱。只觉初次收徒，不敢冒昧，内有一人又是女子，欲等异日见师请命，或向几位先进同门师兄请示，商议之后，才行定局。无奈两小苦求不已，只得姑允简清华为记名弟子，遇便可代乃妹向别位女同门引进。

那小猿自从回洞略停，便即出走，石、赵二人只当是出外采药。这时忽然跑了进来，伸爪向外连指，要二人出去。二人见状，知道有事，赶出洞外去看。时正黄昏，暮霭苍茫，四山寥寂，更无一毫动静。方问小猿何事如此张皇，燕儿忽然瞥见岭西半天空中一道暗赤色光华，直向崖前驶来，势甚急骤。知是妖妇回山，发现妖窟已毁，人被救走，赶来报仇。依了燕儿，便要迎上前去。石奇因洞中现有风雷之禁，攻守皆宜，意欲以逸待劳，便同退入禁地以内，等候妖妇自来入阱。妖妇飞行神速，晃眼飞到，先未下降，只在附近半空飞翔，竟似拿不定对头所在，又似知道风雷厉害，心存顾忌，迟疑不敢遽下之状。飞翔了一阵，把左近几处峰崖山谷一齐飞遍，忽似看准仇敌所在，往崖前直射下来。身落到地，面上仍带惊疑之色，略微沉吟，向洞说道："洞中主人请出，贫道有事请教。"

石、赵二人见这道姑生得身材肥大，阔额广颧，浓眉巨目，隐蕴着一派凶威杀气；狮鼻虎口，一嘴黄牙；两腮帮肥肉下垂，恰似垂着大片猪肝，色作油紫；自颈以下，皮肉却极肥白，腿臂均有尺许粗细。偏穿一身极华丽的装束，虽作道家打扮，却是珠围翠裹，罗绮缠身，色彩尤为鲜艳，衬得形貌越发丑怪。最难奈是脸上擦有许多脂粉，身带狐腋臭气，异常浓烈，与粉香混合成一种从来未有的怪臭味，老远便能闻到。方在暗骂："丑妖狐怎生得如此怪状？"妖妇连唤两声，不听答应，因不知洞中是否有人在内，改口喝道："我在妙仙崖修炼多年，一向与人无争无怨。适才外出，因事折回，忽见洞府、法台为人所毁，两徒弟也被人擒去，算出这里有人与我作对，一路寻踪到此。我知，此洞曾经前人封禁，但是附近更无别的洞府；此事如是洞中主人所为，既敢无故生事，便应有个担承，无须怯敌隐避；如非主人所为，也请出面明白答话。再如置之不理，我夏三娘也不是好惹的，那就休怪冒犯了。"

二人见妖妇说时颈红脸涨，强忍忿怒，颇有色厉内荏之状，越觉丑怪无与伦比。燕儿又要出去，吃石奇一把拉住。妖妇见洞中仍无回音，颇疑洞中本无人住，又不敢冒失前进。已然转身要走，猛一转念，重又立定，两道紫黑色的浓眉往上一竖，目射凶光，将手一指，立有几支箭一般的血光朝洞中射去。一下触动禁制，洞中所伏风雷立即爆发，栲栲大一团团的雷火随着罡风，雨雹一般当空爆散，火焰横飞，霹雳之声震撼山岳，声势猛恶异常。妖妇原有戒心，见状大惊，慌不迭飞身遁起，方幸未被神雷打中。石、赵二人先见她转身欲去，已待追出；及见遁走，如何能容，同纵遁光赶将出去。妖妇正在凌空下视，忽见雷火光中射出一青一白两道长虹，其疾如电，朝上飞来。洞口风雷先声夺人，已然气馁，料定是劲敌，本有逃意。及至定睛一看，来人乃两个道装美少年，都是仙骨仙根，上等美质，不禁欲心大动，不特去了退志，反想用妖法媚术，将二人摄去享受。

第二四一回 急难脱身　英云双入险
　　　　　　玄机制敌　土木两无功

妖妇忙把飞刀放出，待要迎敌，并欲行使邪法暗下毒手。不防敌人来势神速已极，心念才动，青白两道剑光已经神龙驭空，交尾而至，迎着妖妇飞刀只一绞，便洒了半天血雨红星，在斜阳影里纷飞四散。同时妖妇邪法也正施为，扬手一片粉红色的香光，朝二人刚刚发出。一见飞刀被斩断，如此厉害，心胆皆寒，性命危急，哪还顾到邪法有无成效，不敢停留，怒啸一声，便纵遁光往回逃去。石、赵二人自是不舍，忙纵遁光追赶，晃眼追到妖窟。眼看妖妇飞星一般，往崖洞中斜射进去。石奇比较慎重，觉出妖妇伎俩不止于此，势穷力竭之际不往外逃，恐中诱敌之计，止住燕儿不令下去，自在空中将法宝、飞剑、本门太乙神雷一齐施为，向下打去。雷轰电舞，剑气纵横，不消半个时辰，便将燕儿先前未毁完的妖窟毁灭，连那危崖也被震塌。妖妇终未再见，拿不定妖妇是否潜伏在内。燕儿适才当先应敌，除恶心切，没防到妖妇血光之外又使妖法。虽然抵御尚远，扬手一雷，将那粉红色妖光震散，未被罩向身上，鼻间却已微微闻到一股腥香之气，渐觉四肢有些慵惰，好似以前读书时倦困情景。和石奇一说，料定中了一点邪毒，也甚疑虑。

正想不出搜戮妖妇之策，忽见一点青荧破空而至，光小而强，晃眼将近，乃是一个高还不到二尺的小人。二人开府时，原见过凌云凤所收三小人。又知还有一个名叫玄儿的，现在韩仙子门下，正用灵药法力培养，使其成长。来人比云凤三小中的健儿虽大得多，但相貌相类，方疑是玄儿，果然料中，来者正是他。未等发问，便先述说：适才韩仙子在岷山水宫遥闻雷声，算知妖妇已由妖窟地底密径遁走，因伏诛之期未至，不久自会相逢，不便穷追。还有燕儿已中妖妇迷阳香邪毒，仗着近日功力大进，又有开府时分赐的灵丹，虽无大害，但是邪毒已然侵入体内，久便蔓延，深入骨髓，不是寻常丹药可治。只有仙都山鼎湖峰顶产有一种青灵草，性最寒凉，服后可以化去。此草峰上共有五株，根生石髓之中，不沾寸土，生根已逾千年。每三十年始一出生，过了生年，便即隐入石中不见。现正盛时，可速往采，以去邪毒，并备异日炼丹之用。事须从速，防被外人无心经过得去。说罢，作别自去。

二人留他不住，只得回洞。燕儿忙取灵丹服下，才觉好些，依然阳旺。仗着童贞入道，根基又厚，尚能自制。除头脑时作昏涨，微微有些心烦性躁外，尚无大病。二人因所服灵药虽非上品，平日用以驱毒医病，却是药到回春，其效如神，而这次竟不能将邪毒去尽，大是惊讶。韩仙子又令速往，不敢耽延。好在洞中风雷禁制厉害，妖妇便来，也无妨害。又存有不少果实黄精之类，可以充饥，白猿无须外出觅食。便把仙都之行告知简氏兄妹，令和白猿守在洞中，谁也不许出洞一步。妖妇前来，无论使什么伎俩，不可理会，绝无他虑。为防万一，将洞口禁制照着师传灵符封闭，又用法术加上一层，以防白猿识得门户和出入方法，到洞外惹事。一切停当，同往浙江仙都山鼎湖峰飞去。刚把五株青灵草采到手内，便与周轻云相遇。燕儿和轻云曾在巫峡乌鸦嘴同学，原是总角之交，现又同门，情分比英琼更厚。燕儿说完前情，问知轻云此时无事，便邀她入川同除妖妇。轻云允了。

燕儿把青灵草服了两叶，邪毒已去。当下三人一同赶回风火崖。一问简氏兄妹，妖妇去后并未再来。又同去把妖窟几乎翻了个过，也未寻到踪迹。轻云在洞中住了三日，作别回山修炼。燕儿因料妖妇必已逃远，急切间不敢来犯，挽留不住，欲送轻云一程。二人沿着巫峡上空飞行，燕儿忽想起前面不远正是乌鸦嘴儿时旧居，自从那年在玄灵山被恩师带往上峨眉，为了母老无依，向师哭求，蒙恩师亲带自己回家见母辞别，告以出家修道之事。慈云寺破后不久，恩师又托白云大师将老母接往成都，在辟邪村玉清观住了些日，再由玉清大师送往张琪兄妹家中居住，承张母以上宾之礼相待。自己还曾禀准恩师，先后省亲三次，连张母各奉服了两粒灵药。如今人极安健，可以放心。只蒙师马湘对己母子甚厚，头次归省，因初入师门,小心谨慎,又无灵药法力,只请母亲走后告知马湘出家之事,连面也未得见,以后便未再往旧居。久欲遇便前往探看,此时路过,又与轻云一路,正好同往拜访,送他两粒延年祛病的灵药,少报昔年恩义。便和轻云一说。轻云旧地重游,以马湘人好,又是父执至交,闻言连声赞好。略谈便即飞到,择一僻地降落,同往村中走进。寻到昔年蒙馆一问,才知马湘去年中举,蒙馆已然辞去。长寿县有一姓邓的财主,看中他人品学问,将女儿许配,今春迎娶,业已移居长寿县城内凤顶街。女家陪奁甚厚,夫妻相得,已不似昔年寒酸故态了。燕儿闻言好生欢喜,强要轻云折回长寿看望。周淳救马湘时,轻云已上黄山学道,只听乃父说马湘人品端正义气,不是寻常迂腐,乃患难之交。因回山心急,本想不去,禁不住燕儿小孩性情,一味软磨,只得把昔年与周、赵两家交好的几个村中父老分别略微看望,把准备救人的灵丹酬赠了些,重又往长寿县飞去。

到了城外河坝无人之处落下,赶往城内凤顶街,迎头正遇马湘走来。燕儿喜叫了一声:"马老师!"马湘早知燕儿遇仙学道之事,忽然相逢,又问知与好友之女同来访看,愈发惊喜。忙把二人引去家内,匆匆说道:"贤弟你来得好,尤妙的是与周贤侄女同来,这人一定可救了。"燕儿问故,才知马湘去年下场,病倒旅舍,多蒙一姓邓的老者延医赠银,百般照看,方得活命。中举之后,又以爱女许配。岳母除前房二子外,自生只此一女。全家待已均甚优礼。不料岳母和内弟媳日前忽患恶疮,群医束手,今已命在旦夕。邓家后园竹林中伏有怪异,时常为祟,婆媳二人病因也由于那日往后园竹林外走过而起。马湘适由邓家走出,欲往求神问卜,不料与周、赵二人相遇,知是仙人门下。那年燕儿归省走后,赵母服了髯仙留赐的灵丹,日益康强。听说轻云学道在前,想必法力更高,又是女子,难得不期而遇,认作天降救星,欲请轻云推情往治。轻云一口应诺。马湘大喜,立陪二人前往。先和乃岳说了,由马妻引轻云入内施治。

燕儿闻说竹园有怪,欲往查看。邓家人已把后园视为畏途,均不敢往,仍是马湘陪去。刚近竹林,便闻到一股奇腥之味,马湘立说头晕要吐。燕儿料是极毒蛇虫,忙取一粒灵丹令马湘服了,退往前面。自入林中查看。马湘还不放心,燕儿立说无妨,并问竹林可否毁去。马湘说:"主人久有此意,只恐引出怪物为害,未敢冒失。如今园门封锁,禁人走入。本想岳母愈后移居乡下，连园也不要了，何在这几百竿竹子？"燕儿便催马湘走去，略运玄功，屏着气息步入林内查看。这片竹林约有十亩方圆，俱是粗如碗口的大竹，翠竿入云，绿侵眉宇，密压压天光不透，看去景色阴森已极。那腥味只初到林边时随风吹来，入林反未闻到。燕儿自未把这类毒物放在心上，一路搜查过去。到处落叶满地，竹箭怒生，竹笋丛出，分明荒置已久。一会儿，把全林走了一多半，毫无迹兆，也不见有蛇虫怪物往来之迹。如非先闻奇腥之味，直以为是庸人自扰，事出猜疑。边想边往前走，忽见东北角上地势逐渐高起，成一土坡。顺坡前行，到了尽头，乃是一座假山。山旁土坡上有一竹亭，看出当初原是登临游观之地，只因年久失修，假山上半已然倾圮。山石纵横堆积，绿油油满生苔藓，肥鲜欲滴。因地势颇高，竹林俱在下面，坡上只有青草，稀落落长着十几竿竹子，俱不甚粗，天光独透。亭尚整齐未毁，石桌石墩俱全，由上望下，面前一片绿云，景颇清幽。

看了一会儿，并无异处，正要走下。猛又闻到奇腥气味，好似就在身侧不远。忙又屏息看时，仍是一无所有，心疑怪物藏在假山腹内。方欲往假山脚下查看，忽听哧溜之声，起自亭外乱石堆中。循声注视，猛见壁苔缝中有几点蓝光闪动，腥气也愈发浓烈。定睛一看，那怪物果然藏在乱石堆中。那石缝阔仅数寸，看不见怪物头面身形，只现出黄豆大几只怪眼，蓝光闪变，明灭不已。怪物除目射蓝光外，余者似与苔藓一色。只听哧溜之声低而猛急，腥味随声而出，似在发怒喷毒，却看不见口在何处。燕儿因觉腥毒难闻，虽料怪物气候未成，只是毒重，无甚伎俩，但为防万一，先在前面下了禁制，挡住毒气，以防侵入，并防少时漏网。那怪物见人一味发威，急叫喷毒，凶睛闪闪，宛若星星，只不出来。燕儿准备停当，料它难逃，然后放出飞剑，一道青光射将上去，山石碎裂处，怪物一声怒啸，猛蹿出了半截身子。燕儿见这怪物形似壁虎，却长着一颗又扁又圆的如意头。前额生着一排怪眼，不下二三十只，明灭如电，光作暗蓝。眼下无鼻，阔腮之上生着一个寸许长的血口。口中无牙无舌，每一开张，便有一蓬十几根尺许长的红丝，蛇信一般喷将出来。每根上面各有如意形的小钩，出时又劲又直，收时却互相勾结，作成一个网形，往内缩进，吞吐绝快。腹下生着两列短足，前半身蹿出之势绝猛，到了地上伏定，一面仰望发威，一面身子不住伸缩。后半身行动却缓。待了一会儿，渐渐伸出全身，才知两半身强弱相差甚远。全长不过六尺，通体暗绿。前半截甚油滑坚细。后半身看去烂糟糟的，仿佛初蜕完的介贝之类，软若无骨，连行动也不方便。前后左右均有禁制阻隔，不能再进，初遇杀星，不知利害死活，还在喷毒，怒啸连声。燕儿越知无用，正待将它杀死，唤了主人来看。一眼瞥见怪物伏处，青草忽然焦黑了一大片，由怪物身侧起，好似野烧一般，往四外蔓延开去。才知怪物奇毒无比，如用飞剑杀死，难保不留下祸患，不敢冒失。忙将禁制缩小，将怪物困住，不令动转，并禁毒气流溢。然后飞身出林，欲令马湘请来轻云商议，想一善法处置。

马湘说："前闻了一点腥味，便觉头晕恶心。幸服灵丹后，待了一会儿，才得复原轻快。料知怪物毒重，不敢再进。以前岳家不时有人入园晕倒，往往大病数月，仅免于死。近日方始发觉园中有怪，可是为害已日烈。"又说刚才久候燕儿不出，又无声息，心想燕儿尽管是仙人门下，终是年幼，学道日浅，正在愁急凝盼。一见安然走出，好生欣慰，忙问经过。燕儿笑答："是个未成气候的怪东西，其形介乎壁虎、蜈蚣之间，毒重无比。除虽容易，恐留后患，拟请周师姊来，一同处置。"

正说之间，马湘的岳父邓和斋忽命下人前来探询，说妻媳二人本已疮毒溃发，同时晕厥，眼看不保，恰值周仙姑赶进房去，用身带灵丹半敷半服，将人救醒，当时所有奇痛奇痒、心烧体炙一齐止住。过了一会儿，人便能够起坐自如。仙嘱尚须静养，日内即可康复。全家感德万分。现因仙姑坚欲起身，因闻姑老爷陪了赵真人在后园除妖，主人正陪仙姑用茶，不能分身，特命前来探看事完也未。马湘把前事说未一半，主人父女已陪了周轻云一同走来。燕儿又说前事，轻云也未见过这类毒物。问知毒气已吃禁住，便邀主人、马湘一同往看。到了林内，见那怪物除首尾外，宛然一条七八尺的大蜈蚣，身上一样也有环节，尾上还有两个极锐利的钩子。看那形态，好似生自石堆之内，因山石太重，里面空隙仅容前半身，石缝又窄，急切间无法钻出。后半身又被紧压大石之下。先是蜷伏在内，日久长大，前半身尚能容纳，后半身难于回旋。及将空处填满以后，日常在石隙中磨挣，所以后半身较扁细，软烂如腐。照日前情状，似知石内难容，不能如愿，便发威狂喷毒气，不特奇腥难闻，喷射劲急，又在高处随风吹堕，落向竹林内外。人走过时，无心相值，或是闻到，或是被其沾身，均非受害不可。林间草木有十几处均现焦枯之状，便由于此。因染毒之处不大，又极零星，先未觉察。如此奇毒之物，气候已渐成长，早晚必被钻出。那时，人畜当之立毙，非但邓氏一家老少，全城生灵也无幸免。

想不到无意之中去此大患，轻云自是欣慰称幸。略微商议，因毒太重，力求谨慎。燕儿又答应马湘，和轻云同去他家饮宴一回再走。主人闻说，又力请移尊，借地相款，略表寸心，意极真诚，不忍坚拒。轻云便令燕儿行法，将怪物就活的移往深山穷谷之中，用法力掘一深坑，再用太乙神雷将其火炼成灰，并且禁闭毒气腥味溢出地上，最后再用石土将坑填没，下上禁制。自己在当地运用法力，把怪物潜伏之处一齐用雷火炼过，并细搜查全园，有无同类遗孽潜伏，将这假山沉入地底深处，另起一座小山镇压其上，使无他虑，永绝后患。等到事完，分头走至马家相见，领了夜宴之后，一同起身。商议停当后，当下各施法力，依言行事。

由于当初二人一到，便遇马湘，立即邀往邓家医疾除怪，事皆匆迫，却忘了嘱咐下人，又耽延了两个时辰，才行毕事。风声已传扬出去，左近得知邓家来了两位神仙，燕儿行前，又问附近可有什么山野荒僻之地。主人答说："城外狮子山虽不甚高大，却有隐僻之地。"燕儿欲和马湘叙阔，只图近便，随口允了。一般好事乡邻，早就想入园中观看，主人再想隐秘，已是无及。下人恐主人斥责，不放进去，却告以神仙要往狮子山，雷劈妖怪，于是纷纷赶往。周、赵二人均未觉察，相隔不远，由燕儿相助，满园满林四处穷搜，迟延了些时，见无遗孽，才同起身。虽然飞行迅速，先行到达，可是坑刚掘好，众人跑得快的也相继赶到。燕儿人本随和，当地多是人家坟墓，埋怪之处虽然人不易至，到底太近，却又懒得再找远处。见人来看，事已众知，反觉可以借口传播，免得年久法力失效，被人误行发掘，万一毒气尚存，岂不又要害人？众见仙人是个不满二十岁的少年，甚是谦和，有问必答，便减去了好些敬畏之心，纷纷问长问短。燕儿一边随口应答，问出是由邓家下人泄露行藏，方悔忘了叮嘱。尚幸无多耽延，否则远近传扬。

燕儿将怪物如法诛埋之后，正向众人分说：自己并非仙人，埋的乃是蜈蚣一类毒虫，也非怪物。有一师姊，只会治病，路过这里，少时即行。

此举为免你们受害,不可招摇,使官府知道,当我姊弟妖言惑众,吃罪不起。忽见两人满头大汗飞跑而来,见了燕儿,便下拜道:"神仙老爷,快些救人!我们家老二被一丑妖怪捉向天上去了。"燕儿见这两人情急心慌,语无伦次,便道:"你们有什么事,要从头说。妖怪在哪里?"另一人边喘边答道:"这是我大哥,他向来说话不清白。我是他兄弟刘传德。在河坝一问刘家弟兄,哪个都晓得,不信,您老人家打听去。坟山上风水又好,我老二才进学当秀才没几天,怎么出这等怪事?不是天老爷不睁开眼睛么?"燕儿见这一个更不会说话,说了一大套,一句也未着题,旁观诸人都忍不住要笑。神态又极鄙俗,好生不耐,方欲令其解说正文。忽听"叭"的一声,先发话的一个喘息略定,猛伸手给刘传德一个嘴巴,骂道:"格老子你什么事都抢魂一样。你向神仙老爷说我不会说话,你会说话?老二被妖怪拖走好一阵,一句正经话莫说,反教龟儿子们好笑,看格老子弟兄报应。"话未说完,刘传德停住了嘴,"哎呀"了几声,猛扑上去,一把抓住乃兄,怒喝:"格老子好好跟神仙说话,你为什么要打我?格老子跟你妈的拼啦!"燕儿见这弟兄二人辞色十分鄙俗,同胞兄弟有难正急,正话未说一句,先操同室之戈,不禁又好气又好笑。一面喝止,一面暗用禁法将二人隔开。正待追问,前面又跑来一人,接口道:"你两弟兄还吵什么?妖怪走远,再不说正经话,怕神仙老爷追不上呢。"

  燕儿见这人还比较明白,试一询问,才知刘家三兄弟中,老二传孝,文是秀才,又会武艺,人甚精明。日前在前村遇见一个相貌丑怪穿得极华丽的道姑,向一少年男子笑谈了几句,便随同走去。传孝和那少年素识,觉出道姑行径可疑,心中奇怪,尾随到了无人之处。道姑忽然回头,朝他做了一个媚眼,倏地抱了少年破空飞去。传孝不禁大惊,回来向人一说,都未深信。那少年又家在重庆,偶然经过,无从考实,也就拉倒。适才弟兄三人正在河坝给人管闲事,商量着由老二写状子,到县衙去托情。老二忽然走开,老大、老三因事要紧,非他不可,问人,说见他和一红衣道姑沿河走去。跟踪一追,果在前面。不禁想起前日所说,一追一喊,道姑便捉老二向空飞去,晃眼不见。刘氏兄弟先已听人说起邓家有神仙医病除害之事,因所管官司紧急,未暇随众往观。变生仓猝,又有人一提醒,没命跑来。不料一个性暴,一个斯文,话未说明,自己弟兄反交了手。

燕儿一听，便知弟兄三人均非善良，诛戮妖妇却所应为。又听说是个中年丑道姑，越发心动。再一细问相貌衣着，断定是夏三娘无疑，不由大怒。因已去远，恐追不上，不暇再掩众人耳目，立纵遁光，照所说方向追去。追出好几百里也未追上，只好回飞。归途忽见来路侧面山云开处，现出一片山峦。心想："自己只照村民所指方向追赶，极易错过，沿途所见山岭，均非妖妇潜伏之地。这一小山稍微偏左，相隔甚近，妖妇虽然起身在前，但带着一个凡人，决飞不快，何不姑往一寻？"念头一转，立即便朝小山飞去。因见这山无甚景致，方疑妖窟不会在彼，哪知山形甚奇：半面童秃平斜，无一足取，另一面却极险峻奇秀。刚一赶过山顶，便见有四亩大小一片平石，突出山腰危崖之上，云雾似海涛一般，正在瀚然涌起。内中隐现一座极壮丽的楼观，飞楼一角，色彩鲜明，似新建成不久，尚未及被云包没。燕儿目力敏锐，一见便认出与前所毁妖妇旧居楼阁形式相同，又用的是左道中催云逼雾之法，料绝无差。那云雾起得甚快，晃眼已将楼阁崖石一齐包没，稍缓须臾到来，便易被其瞒过。燕儿疾恶心甚，扬手把太乙神雷向前打去，一声霹雳，雷火横飞中，妖云先被震散，山石楼阁也被震塌了一大片。同时人也飞到，瞥见楼后还有崖洞。鉴于上次之失，恃有法宝护身，妖妇又是败将，一见楼倒塌处，只跑出一个赤身男子，哭倒在地，妖妇不见，立催遁光穿洞而入。

进内一看，才知这洞也是新凿成不久，石色犹新，共只两层，并无出路。里层石室五间，四间尚未完成，只有一间修饰整齐，陈设华美。内中有一神态刁猾、秀才打扮的精壮少年，面上似现惊疑之色，妖妇并不在内。运用飞剑满洞扫荡，也无妖妇现出。喝问少年，正是刘传孝。估量妖妇就逃，也必不远，无心救此刁棍，便喝："你被妖妇摄来，还不乘机逃回家去！"说罢，未俟答言，便即匆匆退出。见败残楼阁已被雷火引燃。那赤身壮汉原已受了重伤，跪趴在地上挣命，见了燕儿，哭喊："小人本是川江水寇，被妖怪婆擒到这里，盗了元阳。适才又弄到新人，不要我了。自知罪孽深重，身受重伤，万难活命，只求神仙赏个痛快。"燕儿喝问："妖妇现在何处，你可知道？"壮汉答说："她先带一人来藏向洞内，忽又走出，看神气要往别处。刚飞出去，又急飞回来闹鬼，云雾才起，便藏到这石崖底下。跟着雷震火起，小人逃了出来。明白神仙是来除她的，不合指说她在这崖石底下。神仙没听出我的话,飞进洞去。她恨极打了我一掌,往西北逃走去了。"燕儿急道:"我此时无心顾你,死活回头再说,也许有救。"声随人起,立纵遁光加紧赶去。

燕儿遁光较快,追不一会儿,果见前面远远有暗赤光华闪动,算计可以追上,愈发加紧飞驶,一味朝前猛追。满拟妖妇自来孤身独处,两次相逢,俱无党羽在侧,法力飞遁均不如己,早晚必可追上,为世除害。不料遁光太快,穷追已远,前面便是幻波池。妖妇与艳尸玉娘子崔盈本不相识,也是事有凑巧。妖妇自从上次旧巢穴中漏网,因看了仇人是峨眉门下,飞剑厉害,自知不敌,只得暂时息了报仇之想。另外觅了一个巢穴,用妖法建上楼阁,依然摄取壮男取补淫乐。行踪原极隐秘,偏是所居荒山恰当由川东去往依还岭的途间,空中时有妖人来往。那次妖妇出山,身才飞起,便遇见由幻波池被拒退出的一个相识妖人,见面互询别况。那妖人不知池中妖尸看他不上,还以为是圣姑遗偈不许男子入内,因而见拒,无意中告知妖妇,谈了一阵,便即别去。如今妖妇落荒逃走,见仇敌追赶甚急,眼看追上,忽然想起:"前面正是幻波池,崔盈与己虽不相识,同道人物,又当脱难之际,身是女子,不犯圣姑之禁,望门投止,必蒙延揽。即或洞门有仙法禁闭,未到开时,那地方深藏地底,上有灵泉神树掩蔽,外观不易看出,仇人必当穿地逃走。并且照前遇妖人所说,崔盈虽不能出,已能运用法力,多少可以得她之助。"想到这里,幻波池已在前面。妖妇以前曾经路过好几次,又得妖道日前指点,这时急不暇择,径直由密叶之中穿波而下。燕儿本觑准妖妇遁光急追,这一往下飞泻,看得更真。妖妇初次入池,下时慌张,瞥见树叶如刀,根根直立,又密又长,百忙中不暇行法开池将树枝揭起,穿入之处恰又在池的中心,灵泉环射成漩,往下急堕之处,势再一猛,池面头一层的树枝首被妖光扫折了一片,咔嚓连声过处,现出一个丈许方圆的大洞,灵泉水光立即上映。因是不知底细,除当中水柱外,仅有灵泉射出的一层水幕,四面尽是空处。死星照命,一见有水,认定无差,没有避开正面,仍照直由水柱中心冲射下去。水被激起,高出池面,冒了一冒,再行下落。上面燕儿和妖妇几乎首尾相衔,百忙中先也以为妖妇想要穿地逃走,心中虽恐徒劳,追势并未少缓,反而更急。这一瞥见断枝丛中现出池面,因也初到,不知当地便是幻波池,只认作是长满水草的荒池，误疑妖妇想借水遁逃去，或是潜伏池中隐避一时。自己最近正精习水遁之术，正好一试，更不寻思，也往水中穿去。一心防备妖妇遁脱，正待运用水遁相机追索，偏巧入水稍侧，正是中心水柱边上。等到看出水幕下面空处，猛然想起当地形势与前在峨眉仙府李英琼所说的幻波池相同，遁光神速，又回落到下面。

此时洞中妖尸玉娘子崔盈因近日功候完满，只待时至脱身，想起圣姑玉牒连日又有几行不利的字迹预示先机，中有两句，大意是说上面神树灵迹如有残毁，便是伏诛近日。因此心中害怕，戒备愈严，除原在洞中诸妖党外，再来的妖人十九以闭门羹对待。刈那党羽众多后有靠山的，多借口圣姑遗偈不许男子涉足，洞门禁闭无法出入，脱困时至再当奉请，暂时难于延揽等，婉言拒绝。来人如再不知进退，强欲破关而入，也不强劝，只暗中运用原设禁制，使其知难而退。对于无甚法力来历而又冒失妄想的寻常左道之士，便下手杀死，将生魂摄去祭炼妖法。用意是想借退去的人向外传说，真个脱困尚须三二年，以免呼朋引类，来往人多，生出枝节，于己不利；或将正教中仇人引了前来，难于应付。自从圣姑玉牒末次预言示警字迹出现，近两月来俱是如此做法，妖妇如何得知？这一误将遮盖池面的神树折断大片，更是犯忌。妖尸同了两个心腹，近来日常不断在前洞门内运用妖法回光返照，观察上面动静。这时正在计算圣姑预示所说，祸起之日将至，忽听池上枝叶断折及水响之声，紧跟着一道暗赤光华由中心水柱之中飞泻下来，大片残枝断叶也随着水云乱转，旋入水柱，飞舞而下。仰视上面水层，已映天光，现出一个大洞，不禁又急又怒。妖尸何等心毒手狠，也没等来人现身立定，一手指处，洞门开放，另一手便催动门口所设金水之禁，五行反应立生妙用。妖妇死得真冤枉，双足还未沾地，下降之势又是忒急，刚看出水柱之外环立五座洞门，尽多空处，欲遁出水外望门投止，叩关求见，猛觉身上一紧，那根水柱立变作一片金光裹向身上，才知不妙。因事出意外，想用法宝飞刀抵御，已是无及，连妖尸是什么长相俱未看见，便已断送。总算妖尸要摄她生魂炼法，未用全力，只将其腰斩两段，没有被金水二遁绞成肉泥，形神俱灭罢了。

事机绝快，妖尸刚把妖妇杀死，摄到生魂，又见一个道装少年驾着一道青光，由水柱外穿渡飞堕。认出是正教中人，心中一动，忽然变计，一面用妖法断了敌人退路，一面暗将禁法倒转，诱敌入网。燕儿刚发现妖妇被人腰斩，尸横地上，忽见身侧洞门开处，站定一个绝色道姑，正在扬手掐诀比划。燕儿知已误入幻波池，不是善地。此时如若知机回首往上强行冲出，去寻英琼等人计议，妖尸罗网未密，身又还能飞出洞外，也未始不能脱身。到底年幼气傲，好胜心重，见门内道姑神态妖淫，料定不是妖尸也是同党，方喝："你是何人？这妖妇是否为你所杀？"说时迟，那时快，就这略一停顿之间，妖法已连原有禁制一齐发动，第三句话还未说完，猛觉天旋地转，道姑倏地失踪，眼前微微一暗。再仔细一观察，身已到了洞门以内，适见妖妇重又出现，一脸媚笑妖淫之态，手指燕儿，劝令降服，免得死后还遭炼魂之惨。燕儿哪知厉害，闻言大怒，口中喝骂，手中连发太乙神雷，又施展法宝，身剑合一，朝妖尸飞去。妖尸也不发怒，飞了一个媚眼，一声巧笑，身形略晃，二次失踪。燕儿扑了一个空，地方又变，好似并非洞中，四外空荡荡的不见一人一物，只是暗雾沉沉，天似要低压到头上。燕儿还不知身已入阱，如非妖尸看中他的根骨神采和纯阳戒体，生了从来难有的爱心，早为五遁禁制所杀，步了妖妇后尘了。

　　燕儿入伏失陷，暂且放过。且说周轻云在马湘夫妻家中久候燕儿不归，方在生疑，忽一下人奔入报说："适才有一近邻往狮子山观看法师埋葬怪物，河坝上刘家老大、老三忽然跑来，说他家秀才刘二老爷在白天里被一长得极丑的女妖怪捉走，话没说完，老大、老三自己弟兄又打了一架，好容易才由别个把话说明。赵法师也真有本事，问完妖怪走的方向，立时驾起一道神光，往天上追去，一眨眼就不见了。"轻云闻言大惊，暗怪燕儿疏忽，便追妖人，众目之下岂可如此炫露？人更好胜贪功，惟恐有失，急忙告辞，前往相助。主人见轻云神情匆迫，知难再留，只得先了。轻云不愿人们看见，仅问明所追方向，由主人陪往后院无人之处，匆匆破空而起。但因得信已迟，自难追上，去路方向却是正对。追了一阵，不见踪影，心中忧念，又疑追错方向。正在加紧前驶，沿途查看，拿不定主意，偶一回顾，后面追来一道光华，神速不在自己以下，光正不邪，但又不是峨眉、青城家数。料有缘故，姑把遁光放缓一试。一会儿隔近，方觉出遁光眼熟，来人已经追到身前，竟是前在玉灵崖相助除妖的前辈女散仙青囊仙子华瑶崧。

匆匆礼见之后,她便向轻云说:"适才由一荒山前侧面飞过,看见前面山后有没散尽的妖云和火光腾起,飞赶过去一看,山那面危崖之上建有楼阁,刚被雷火震塌,余焰尚炽。楼后洞中有一文士装束的少年,正在持刀杀一受伤恶汉。喝问究竟,答说二人一是川江水盗,一是长寿县秀才,全是被洞中妖妇摄去的。适才来一少年仙人雷击妖窟,妖妇暗藏石下,乘隙逃走,逃时远远打了水盗一下,内腑大伤。自知恶报不能求生,仙人又追妖妇飞去,欲请秀才将他夹入洞中杀死,图个痛快,并免葬身火窟,陈尸露天,为飞鸟残食,此举系出水寇自愿。我见那秀才不是正经文士,又刚到洞中,不知妖妇和追的少年来历。默运一算,才知少年乃系同门师弟赵燕儿,因追妖妇误入幻波池,失陷在内,须你和李英琼前往救援,始可出险。但是洞中圣姑禁制厉害,妖尸近日法力越强,此举尚非容易。好在你二人的双剑合璧,多厉害的法力也不至于遇害,至多不胜而已,去是足可去得。又算出你追燕儿已然过了头,连忙赶来告知。前面便是依还岭,你到那里不可贪功犯险,独自入池。癞姑、李英琼同了三徒一雕,均在岭南山谷之中居住,以待时至除妖。易静、上官红师徒二人在离明岛炼宝也快回山,无须等她们,只和英琼同往,救护燕儿,免去大难。至多在洞中有些耽延,如能格外小心应付,也许并此免去,早救燕儿出险,都说不定。"随又指示了些机宜,方始别去。

轻云闻说燕儿失陷幻波池内,好生愁急。久闻妖尸厉害,也不敢冒失孤身涉险。送走华瑶崧后,立催遁光,二次加紧飞驶。刚到依还岭上空,便遇神雕来迎,引去静琼谷中,与癞姑、英琼师徒相见,互相略说前事。英琼关心燕儿安危,听完又复催走。轻云道:"青囊仙子曾说,此时不宜前往,少时还有妖尸两拨劲敌相继入洞。我们等第二拨人入洞,乘其应敌匆忙,无力兼顾之际前往,最为得计。只要步数不错,加点小心,连那两三日的洞中阻滞都可免去,岂不是好?事应今夜,心急恐反偾事,还是听她的老谋深算,从容好些。"英琼因自己身带好几件至宝,中有两件开府新得的,又是圣姑所赐,可以抵御五遁之禁,再与轻云双剑合璧,更无吃人大亏之理。妖尸险毒,邪法厉害,易静尚且不敌,何况燕儿初出茅庐,法力有限,虽在开府时分得了两件法宝飞剑和师传道书,功力料是比昔精进,但决不是妖尸对手。身陷虎穴,人单势孤,夜长梦多,自以早去为是。闻言虽强不过，勉强应诺，但心中愁虑。

挨到日落黄昏，袁星忽然入报，说有三男二女同时飞到幻波池旁山坡之上落下，匆匆密议了几句，两位道装女子首先飞入池底。内中一人正是前劝上官红拜她为师的金凫仙子辛凌霄；另一女子似是左道中人，法力颇高，却未见过，与辛凌霄一路同下。刚刚穿入池面波层，便见下面金光乱闪，妖尸五遁禁制似已发动。二女全不在意，由身侧发出一片五色精光护住全身，在金光环拥中，一路明灭变幻，往下飞堕，好似且斗且降，下势颇缓。遮盖池面的神树，先前已被妖妇夏三娘的遁光撞破了大片，现出池水。金光和彩光一斗，池上灵泉飞瀑立即干涸不流，只剩半截水柱和大片金光，拥着二女身外彩光，一同缓缓落了下去。一会儿，到了池底，二女便往东洞门内飞进，灵泉也未再喷出。跟着，与二女同来伏伺在侧的老少三人，面上各现喜色。内中一个黑髯道者，先由身畔取出三片形似树叶的法宝，分与每人一片，各取法宝在手，刚见遁光一闪，还未见其飞下，便同没了影子。看那行径，分明是令二女打头阵，诱敌开门，这老少三人却隐去身形，尾随在后，乘虚而入。钢羽隐身空中，注视下面，看得逼真。回令袁星入洞禀告，并说这男女五人只有那黑髯长身道者和一紫衣道装女子是有大来头的旁门人物，余下二男一女都是昆仑派中能手。

英琼闻报，便对轻云说："妖尸劲敌相次入洞，时机已至，可以去了。"轻云却说："这五人虽分两起入洞，实是卫仙客夫妻主持，仍只能算是一拨。并且事应夜间，此时尚早，欲速不达，早恐无益。"英琼力说："燕弟年幼道浅，势孤力弱。妖尸凶毒无比，我也明知厉害，去了胜败难卜，但是我们宁愿陷身妖窟中三二日，也须先抢进去将人护住，才可无虑。万一因我二人去晚，出甚差池，休说他娘青年守节，老来只此独子，我们也有失同门义气和平日好友情分，便爹爹和三叔，也必怪我二人见死不救。我看夜长梦多，难得池水不流，妖尸正对付那先后五个劲敌，此时乘虚而入定较容易。只要将燕师弟寻到，便暂时被困不能脱身，有我二人双剑和开府新得诸宝，人决不会为妖尸所伤。还是去吧。"

轻云也觉言之有理，正想向癞姑请教行止，如若一同失陷在内，如何应援。话未出口，忽听燕儿在幻波池洞门传音告急求救，三人忙取法牌如法静听。原来燕儿起初已然陷身在先天上遁禁制以内，因妖尸看出他道心坚定，神明朗澈，急切间不易摇动；又不舍当时杀害，意欲暂且软困。于是将禁法逐渐加重，磨其暴性；再以邪媚引诱，逼令甘心降服，不曾遽下毒手。不料卫仙客、金凫仙子辛凌霄夫妻二人，约了刀南公的转世爱妾、女弟子紫清玉女沙红燕，及前在昆仑门下与知非禅师、钟先生、游龙子韦少少等昆仑三友齐名，后犯教规被逐，现隐南海小流沙银泥岛的前辈散仙东方皓，还有沙红燕的前生兄长天煞真人沙亮，突然想好虚实兼下之策，同时入洞，复仇盗宝。

　　妖尸一时疏忽，只顾纠缠燕儿，忽闻敌人来犯，忙赶往前洞，辛、沙二女已然飞降。因沙红燕法宝厉害，金水之禁无功，又当圣姑预示日期，心中惊疑。知道圣姑所设禁制，只有金水之禁仗着灵泉与内洞相通，稍可移用于外，威力虽也不小，比起洞内运用相差甚远，敌人如是能手，应变稍速，防身有宝，便难收效。只顾诱敌入洞，欲下毒手，谁知开门揖盗，后面还有三个强敌，用千古异宝天蝉灵叶隐了身形，乘隙飞入。谁知圣姑禁法厉害，具有无穷妙用，埋伏重重，外人至此，一触即发，多神妙的隐身法，也难全掩形迹，三人才一入洞，立生反应。妖尸正与辛、沙二女恶斗方酣，没防到此，几乎遭了暗算，就这样，仍闹了个手忙足乱。不由急怒交加，心恨仇敌刺骨，顿生恶念，竟将五遁禁制一齐发动，卫仙客等五人立被困住。妖尸本心不想伤害燕儿，只因应变仓猝，未暇顾到，后天五行禁遁互为生化，燕儿被困，恰与卫仙客等邻近，遂被波及。虽仗妖尸不是专心对他，又有护身法宝飞剑和本门太乙神雷，不致遽危生命，但时候稍久，便难支持。此时，上下四方俱是戊土真气紧紧挤压，戊土神雷似雹雨一般打到，身外宝光飞剑均受紧压，寸步都难移动，险到万分。燕儿初被困时，明知易、李诸人就在岭上居住。因开府后奉命下山，领受传音法牌时，掌教师尊曾说此牌自用只可一次，不到万分危急不可轻用；并说幻波池之事，令由易、李诸女同门主持，无故不许参与；如有人传音告急，也须听本人指出名姓，始可前往，未指明的人，便接告急传音，也不许妄自行动。又想易、李、癞姑等女同门守在近侧已两三年，妖尸这等厉害，俱莫奈何。自己和英琼差不多同时拜师学道，平日哪一样均不如人，这时一入妖窟，便向她告急求救，虽是同门世交至好，到底不是意思。因此一味强挨，几次想以全力冲逃出洞，均未成功，反吃妖尸嘲笑。正在气急无奈，忽然情势大变，知道再不求援，命必难保，迫不得已，方始传音告急。这一来休说英琼，便轻云也忧急起来，匆匆听燕儿略说被困情景，立向癞姑作别，往幻波池飞去。

　　此行原是旧游之地，仗有双剑合璧和牟尼珠等至宝，尽管知道洞中禁制和妖尸的厉害，易静那等法力尚且失挫，英琼仍是胆壮。轻云却较持重，飞到幻波池旁，忽招英琼下落，说道："前面便是妖窟，事情太险，不可造次。我们来得太急，毫未商议，万一此时妖尸将人困住，又去洞口防守，一被警觉，下手便难。第一步总要深入洞中，才能济事。上次随伯父入洞，故道依稀记得。师父道书也说妖尸一出困，洞中夹壁甬道五洞均可通连，任走一洞，只要记准五行五位方向，便走得通。还有灵泉水路，也是上下萦回环流，五洞皆可通连。妖尸寝室在西洞，出困以后，便要迁到北洞上层，与众妖党一同盘踞，每月只有三日在西洞原处炼法。只是那入口处缩入两壁之间的门户，须用金刚大力神法将其抵住，始能飞入。当时因我误将妖尸惊动，不能再进。易师姊悟出西洞庚金属于肺部，外分五行，内藏五相，通体脉络贯通；并自壁间磊块寻到正经门户，同由中层走入，得至东洞，便入了腹地奥区，仍由伯父行法开门，我三人才得走进。今日虽无伯父相助，我们功力却非昔比。再者上次伯父引我们去时，事前不曾详为推算，又有圣姑禁法阻碍，好些机密之事，俱是到了当地才行发觉，参悟出来。这次得有师尊指点，虽说不曾详示，比起上次自较明白。我们如触动禁网，隐身法自然无效。因此偷进门去，妖尸和诸妖党也难发觉我们在洞内。再若谨慎一些，或是妖尸先前诱敌，门已开放，埋伏发动，得知趋避，就许侥幸混进去都说不定。似此明张旗鼓径直飞入，终非善法。"英琼急道："我为急于救人，只想给他一个迅雷不及掩耳，突然冲入。周师姊话甚合理，就这么办好了。"

　　说罢，各将身形隐起，飞临树上一看，果空出一个大洞，水已不流。料知妖尸仍与劲敌相持，心中一喜，忙即降落。只见池底广场若砥，石色如玉，五色洞门五方环峙，倒有两洞门开。轻云因去西洞的壁间甬道以前曾经默记，难得西方洞门也是微开，妖党不见一人，意欲先往西洞一探。如能进入，便用声东击西之策，先扑妖尸老巢，照道书上所示，将圣姑禁制妖尸元神的法物如法略微移动，妖尸必然心惊魄悸，归救老巢。自己行法以后，立由昔日故道抄往东洞燕儿被困之所救人。事虽繁难，如能成功，却极有利；并且把人救到以后，逃走也较容易。无如英琼性急救人，话未及说，一见东边青色洞门微开，不知那是圣姑昔年为了异日诛戮妖尸预留下的妙用，内里埋伏一发，外面洞门便按五行生克变化微微开放，使后来的人得知洞中底细，便可按图索骥，辨明方向，循径飞入。此事连久在洞中的妖尸尚且茫然——因困身禁制虽吃有力同党相助破去，元神仍受一种极微妙的禁制。此时以为劲敌入网，洞口已经全行封闭，正以全力对付敌人，所有妖党俱在一起，所以洞口内外空无一人。

英琼以为轻车熟路，正是良机，大可乘虚直入，当先飞了进去。轻云既防她一人势单，又看出那是上次李宁佛法封闭的洞门，先前主意原未打定，继一想这是熟路，不过与妖尸明敌定所不免，如能直冲进去寻到燕儿，也是一样。反正不及阻止，便把遁光加急，紧追进去，与英琼做一起。刚打手势令其不要离开，晃眼已到内洞入口。耳听风雷之声甚是激烈，隐隐自内传来。同时前面也有石壁阻路，无可再进。二人忙即停住，细一观察，这地方甚是广大，壁色青紫，作两半合拢，当中微凸，甚为平滑，不似西洞石壁磊砢四出，却隐有无数血点。上面另有一条长约丈许的石笋，贴生两半之上，连洞带壁，形式恰似两片肝叶。前随李宁出洞时不曾留意及此，尚是初见。料知入口机关和两洞一样，必在壁上，便同探查，仗有前番阅历，居然悟出是在那根石笋上面。便同飞近壁顶，试把石笋往外一扳，却丝毫未动，势又不可用法宝飞剑毁损。耳听洞内水火风雷交响之声越发猛恶。英琼情急之下，猛运玄功改扳为推，一掌击向石笋头上，无意之中，竟将机关触动，神力到处，一片轰隆之声，石笋立往壁间陷入，仍和前次西洞情景差不多，现出一条甬道。二人虽觉不是以前出路，但知洞中门户密径甚多，此外无路，更不寻思，一催遁光，便飞了进去。

晃眼飞进二三里，见尽头之处似有两个左右相向的圆门。近前一看，门在壁上，一青一紫，均是浑成实质，宛如墙上画了两个圆圈，无可进入。二人正打不定主意，忽瞥见石壁圆门中心微微起伏，凹凸不停，青光隐泛，情知有异。英琼暗忖："师命虽不许损毁洞中景物，看此情形，分明是入口为禁法封闭，并非真门。身边现有圣姑法宝，木遁青色，正好用这次新得的太乙玄戈试它一试，能破更好，不能也自无害。"想到这里，也没和轻云说，回手到法宝囊内取出一柄五寸来长、银光耀眼的小戈，往青门上一指，戈头上立有一股极强烈的白光，电一般往门中心射去。门心青光忽然大亮，一闪即住，跟着青雾飞涌，门便现出。方在惊喜，就这眨眼之间，猛听霹雳连声，由门内飞出一幢乌云。内中裹定一个披头散发、赤足裸背、身笼青气的美女；另外还有二男一女背向而立，两后一前，各有宝光护身。面向后的一男一女，一手发出无数青芒，一手发出大串碧火星，雨雹一般往身后来路打去，其疾如电，晃眼已自侧面飞过。二人慧目敏锐，刚认出这四人除一黑衣长髯道者未见过外，那主持乌云、手发阴雷的，正是沙红燕，那二少年男女正是卫仙客、辛凌霄夫妻，居然脱困逃走。心中一动，人已飞出甬道以外。猛又听一女子狂笑之声，紧跟着由紫门内飞出一个美妇人，如论容貌，比起先逃的沙、辛二女还美得多，神情尤为妖艳，料是妖尸无疑。方想乘其退敌之际混入门去，哪知妖尸并未穷追，只磔磔狂笑了几声，把手一指，两门青紫烟光又闪了两闪，忽全隐去不见，现出两个大宽圆门。先四人逃出，妖尸本由紫门追出，却由右边青门缓步走入，神态甚是从容。临去之时似有意又似无意地侧顾二人立处，做了一个狡笑。两门业全出现，烟火尽收，极似平日无事情景。

二人隐身之法原本未撤，先见妖尸还不曾在意。及见朝己诡笑，神情虽极淫荡，二目隐蕴凶光，均觉有异。轻云心思更较细密，猛想起："沙红燕等男女四人由身侧飞过时，左手向后连发阴雷，右手掌中还握有青荧荧酒杯大小一团晶光，飞过以后，曾用此光往后一照。当时觉那青光似乎由自己和英琼身上照过，因是反身回照，一瞥而过，再看，人已飞出甬道。光并不强，仿佛一面小镜映日回光，在身上一闪，无甚感觉。同时妖尸相继飞出，分了心神，不曾在意。此时妖尸诡笑可疑，并且全洞埋伏禁制俱已在她掌握，可以随意挪移应用，眼看强敌一齐安然逃走，只笑了几笑，便退了回去，不去追赶，更不近情。"心中十分奇怪，便止英琼暂缓追入。

忽听另一个女子厉声喝道："无知峨眉贱婢，迟到今日，方始入洞行险。可知你们隐身法已被沙道友青乙神镜照了一照，现出了些形迹么？休说你们这些无知后辈，连我们也被妖尸擅用圣姑禁制困在此地，只遁走了沙道友一人，还将丌南公的镇山之宝毁了一件，才得脱身。其实你们该死，既知用法宝攻破乙木门户，为我四人开路，又有紫、青双剑，妖尸出时，正可双剑合璧上前夹攻，使她措手不及。如此则我们固不致被她困入丙宫重地，便你二人也不致便陷重围。如今妖尸已自警觉双剑威力，不与你们明斗。圣姑禁制玄妙，妖尸本是她孽徒，在此多年，备知妙用，加以妖法厉害。我三人虽然被困，终可脱险，再来报仇；你们休说脱身，连形神都难保了。此时五遁已被妖尸倒转，只有癸水一路可以得生。如能听我良言，以进为退。你二人如习水遁，只要寻到水源，速由昔日水路到那灵泉发源的方塘以内，用双剑合璧将那根银链斩断，破去水宫镇物，脱身虽未可必，有那双剑护身，命尚可以保住。我并非有厚于你们，特意传声指点，只因妖尸淫毒万恶，我恨妖尸远胜你们。我虽知道破法，无如为你二人所误，陷入火宫，不能往方塘，意欲假手，使五宫破去一宫，少减妖尸势焰罢了。塘中还困有一个少年，不知入门才得几时，便来犯此奇险，男子入洞，首犯禁条。如是你们一党，不会不知。听妖尸口气，又非左道门下。那锁链一断，于此人虽是不利，但妖尸将他看中，正可借以挟制。你们如若顾全此人，不消六个时辰，五遁禁制先后天互为生化，紫、青双剑受了先天庚金与反五行的后天丙火相生相克，多大法力也难主持运用，必可脱身而去。别的法宝更是无用，非到形神消亡之地不可，那你们就悔之无及了。你我虽是敌人，此时总算同在患难之中，理应同仇敌忾。有什仇怨，且俟灭了妖尸，再作计较。我有传声照形之宝，既能传话指点，又能略微观察你们行动，暗中相助，至少也能牵掣妖尸，少为你们之害。你们却被禁制阻隔，于我无所补益。只盼能为世人及同道除此未来大害，别的就不在话下了。"

二人听出是金凫仙子辛凌霄的口气，才知先逃四人才脱罗网，又陷火宫，只遁走了沙红燕一人。自己破那青门时，想是沙红燕由内飞出，觉出自己也是她的敌人，不但不承情，百忙中反用镜光照破一点形迹。自家的双剑精光宝气异常强烈，功力有限，未将剑光炼到无形无声地步。本门隐形法虽极神奇，终是初学，火候未到，本就难于掩藏，何况再为专破此法的异宝一照，自然现出形迹。互相查看，果然每人都有一线浅的剑光影子现出，不曾隐起。可恨沙红燕心毒可恶。又听燕儿已被困入水宫方塘以内，更是骇异。同时话未听完，面前光景忽变，眼前倏地一暗，只听阴风怒号，万木悲鸣之声，宛如狂涛暴涌，震撼天地。身外一片沉冥，只两边暗影中各有一个圆洞，一青一紫，色甚鲜明，却无甚光华，好似暗雾昏夜之中悬有两个青紫色的大灯笼，内里烟雾溟蒙，什么迹象也看不出。暗忖："事已至此，辛凌霄所说似是真情，不如听完再作打算。反正形迹已显，索性收法现身，双剑合璧，一面防身戒备，仍听下去。"

听完以后，估量禁制阻隔，不知辛凌霄被困何处，没法还言，又恐妖尸警觉听去，也未回答。认定此时万无退理，水宫法物关系燕儿存亡，人不救出，虽不能破，但是灵泉发源之所的方塘却须寻到。深悔适才未入西洞之愚。当初去往东洞取宝，引发禁制，出时匆迫。这条道路虽说不曾默记，就是英琼自觉记得多半，一则密径纵横交错，不能稍差；又经妖尸挪移禁制，大显神通，所有门户途径全都变易。除了硬冲乱撞，更无良策。辛凌霄虽说得凶，尚幸二人均持有防身法宝，心尚坦然。当时也查不出哪是门户途径，略微商议，径照先前现出青色圆门的一面，双剑合璧往前冲去。

先还以为前面必有阻力，哪知冲了一阵，仍在暗雾之中，剑光以外，只是一片氤氲，冥黑如漆。休说妖尸妖党，什么也未遇上。轻云暗中算计："照此迅速飞行，如在平时，少说也有四五百里途程，多长的甬道也应该走完。就说身入伏地，也应触动禁制，发生险阻，怎会飞了这些时刻，人物、洞室全未遇上，连先前风雷之声俱听不到？直似暗夜飞行辽海之上，到处虚空，渺无涯际。妖尸阴毒诡诈，越是这等情景，越觉可虑。"便把英琼止住，用本门传声之法悄声说道："我们飞了一阵，毫无动静，敌人突一发动，必定厉害，不必说了。最可虑的是，彼暗我明，彼逸我劳，妖尸知我们双剑威力难敌，不出明斗，只在暗中运用圣姑所设埋伏闹鬼。我们只管加急飞驶，其实并未离开原地。妖尸断定我们落了圈套，守在一旁，耗得我们时日一久，心中焦躁，气懒神疏，或是双剑分开，然后猛下毒手，我们就不免吃亏了。如今燕弟尚在困中，听辛凌霄之言，妖尸对他别有奸谋，暂时虽无大害，终须寻到才能放心。还有卫氏夫妻恩将仇报，始终视我们为敌，她的话本不可尽信，必有深机在内。幸她误以为同门师兄弟必知此间禁忌，男的不会前来，没想到燕弟是我们一路，提醒我们戒心。虽还不至于被她利用，误用双剑斩断灵源锁链，使燕弟遭池鱼之殃，但是目前我们连方向途径都辨不出，如何能冲到那灵泉发源的小池边去呢？"

英琼忿道："我也如此想法。上次我们往紫云宫，在离明岛玄龟殿吃韦青追及，用阵法困住，不能冲出，便与今日情景相似。本心想用神雷法宝一试，因师父不许损毁此洞，又听易师姊说这类颠倒乾坤五行挪移大法，误入它的阵地，最须小心。不把出户查明，如若妄用法宝雷火，往往无效，有的还要生出极强反应，转伤自己；再不便是你攻得越猛，它的阻力也越大，生克变化更加厉害，所以踌躇不决。妖尸不肯明斗，分明借着洞中仙阵软困我们。照此下去，多么难受！我想圣姑和我们有缘，既许我们来承受她的仙府，又赐我们许多法宝，以她神通广大，法力无边，今日之事必已早在算中。长此相持也不是事，莫如我们先向圣姑通诚求助，然后试用太乙神雷和你我的法宝试上一试。成固可喜，如真触动禁制，反应厉害，尚有白眉师祖的牟尼珠可以护身，当无大害。你看如何？"轻云略一寻思，答道："只好如此了，别的不说，但能发现一点水道，就有望了。"

说罢，二人刚向圣姑祝告完毕，忽听辛凌霄远远急喊道："我适才所说的话，已被妖尸用邪法偷听出几句，你们已被困在圣姑混元无极阵内，任你们上下四外无论如何飞驶，只能在阵中方丈以内。妖尸算计你们决不能脱，又以全力向我三人进攻，适才之言已无甚用。此阵须人主持，妖尸现与我们对敌，你二人身侧必有妖党。可乘妖尸不在，速用法宝飞剑向其左右两边连发出去，也许发现主持此阵的妖党。只要将他杀死，或使其败逃，门户立现。那时可速往有红色的门洞甬道飞入，你我两下里合力夹攻妖尸，就不能除害，人总可以逃出毒手了。"

二人听辛凌霄初发话时已似吃力，说到后来竟似力竭声嘶，在彼强挣之状，情知卫仙客等三人必在危急之中，因想自己出力往援，故此改变适才先破水宫的方略，教自己破阵以后，由红色甬道穿入火宫，名为夹攻妖尸，实是助她脱险。不禁心中好笑，先前口气那样狂妄自尊，到了急难之际，仍以巧语求助。但是所说必有道理，二人本来说要发动，便故意说道："停在这里，如何是个了局？还是加紧朝前猛冲，终有遇救之时。"口中乜说着话，暗中早准备停当。话未说完，各自冷不防把手往左右两旁一扬，太乙神雷首先连珠发出，同时，又各把新由师传的几件法宝往侧发去。霹雳连声，雷火光中果然发现英琼右侧不远，甬道口上立有一个披发仗剑禹步掐诀的妖人影子，似为神雷小伤，神色仓皇，待要遁去。二人飞剑何等神速，一眼瞥见，立似电掣一般，连人带剑一齐飞上前去。

那妖人行法之处本在甬道口内，外有一层极神妙的禁制，便是神雷也难伤他。只为心贪好胜，一味想要逞能立功，以博妖尸欢心。先以敌人双剑神奇，还自小心，及见二人只顾在阵中急飞，状甚焦灼，好似别无伎俩，渐渐大意疏忽起来。暗忖："此阵现在由己主持运用，上下四方任敌所往，均可随心变幻，使其永在圈中，无计逃脱。双剑厉害，能奈我何？如能乘机加上自身法力，将敌人生魂摄去，岂不也叫玉娘子看重？"越想越对，便走出甬道口外，正赶周、李二人停住剑光在彼计议。妖道不知自己忘了妖尸之嘱，一出甬道口外，便入险地，不特易被敌人发觉，急切间甬道中所伏的木火之禁也难于应用，一心还在妄想伤人。见敌人二次前飞，心方高兴，待下毒手暗算，猛瞥见敌人手朝自己这面一拨，立有震天价的霹雳雷火，夹着一道梭形金光同时打到，骤出不意，隐身闪避，均所无及，仗着玄功变化，未遭惨死，只受了一点伤。又惊又怒之下，便把法宝放出抵御，同时准备法宝如若无功，退回甬道，发动土火二遁威力，去伤害敌人。峨眉镇山之宝紫、青双剑乃天府奇珍神物，不比寻常，周、李二人近来功力又深好些，身剑合一，来势比电还疾。妖道正在雷火环攻之中张皇惊忿，瞬息之间，青、紫两道光华已如飞虹电射，卷上身来。那准备运用的是面尺多长的妖旗，也就刚刚展动，一片殷红如血的妖光邪焰方由旗上飞起，狂风卷云一般朝前飞去，势甚神速。这面妖旗专一污损正教中法宝飞剑，敌人只要被血光罩上，立即失心昏迷，倒地晕死，原极阴毒厉害，为那妖人平生祭炼一件性命相连之宝，费了许多心血光阴，连经几次险难阻碍，才得成功。用以防身御敌，就是敌人太强，至多不胜，本身也从未受过什么伤害。此时受伤之后，明知双剑神奇，仍欲肆毒，不曾遽然遁却，一半也为恃有此宝之故。谁知恶贯满盈，紫、青双剑来势更快，非但不畏妖邪，并还似以石击卵，一触即碎，血光未及展布，剑光已罩向妖人身上。青、紫二色会合的长虹，只闪得一闪，血光首被绞散。妖人方始心寒胆裂，待运玄功变化逃命，无奈当时情势急迫万分，连容他悔恨痛惜转念的空隙都没有，如何能再抵御施为。妖旗分裂，血光消散，尚还未尽，紫、青双剑紧跟着往前一压一卷，一声惨号过处，血肉纷飞，残骸四散，就此了账。

第二四二回

穹顶舞寒星　沧海蹄涔迷鬼主
祥宫伤炼士　珠光剑气护仙娃

周、李二人见妖道伏诛，果然除妖道立处的青色圆门甬道外，左侧又有一红色圆门现出，只是和初见青、紫二门一样，壁上虽有门的形式，不能飞入。轻云知道事机瞬息，急不如快，方欲联合英琼，仍用前法往那红门中冲进，破壁而入。英琼忙道："姊姊，我们此时正好避实就虚，办自己的事，为那恩将仇报的人效力作甚？"轻云猛被提醒，忙答道："忙中几乎失了算计，此言甚是有理。快走！"随说，二人随催动遁光，电一般拨转头，便往青门甬道以内飞去。身才入门，遥听辛凌霄挣扎着厉声喝骂道："无知贱婢，好心指点你们得了便宜，却不照我的话行事。你们那双剑决不能当圣姑禁制，妖尸和两个有力妖党原吃我三人绊住，贱婢才能得手，竟敢违命取巧，以为乘隙可以盗宝，不知良机已失。我只要几句话，略微松手，妖尸便即追来，使你二人死无葬身之地。再不回头与我会合，管教你们悔无及了。"

这时，二人已将甬道中禁制触动，遇到极强的阻力。一听辛凌霄又在传声喝骂，越料出她实须自己相助，此时必被妖尸和诸妖党所困，正在拼命支持，一心盼望自己攻入红门，与之会合，情势必甚危险迫切，否则，何至如此情急？所说绊住妖尸的话，也必实情。但她和妖尸必均认定，自己此行是为盗那上次遗留未得取走的藏珍，不知是为救人而来。听那口气，纵不致向妖尸屈服合力对己，也必拿话打动妖尸，使其转戈相向，以保洞中藏珍，为己坐收渔人之利，并假手妖尸报复前仇与今日不依她言待援的新怨。暗忖："卫仙客夫妻也是昆仑派中长一辈的有名人物，怎贪妄忌刻，一至于此？这等居心为人，如何配为修道之士？有心反唇嘲骂她几句，因道路不同，不在一地，传声未必能到；就能传到，妖尸也必听去，有损无益。并且前途险阻甚多，必须急速觅到复壁水道入口，始能有济。不如乘其犹豫，等候回音之际，赶办自己的事为妙。"便不去理她，各以全力运用飞剑法宝，朝前猛进不已。

原来那甬道中禁网密布，便是无人主持，也是一触即发。妖尸起初原因今日两起均是劲敌，后来二人飞剑厉害，有此防身，非五遁齐施不能制敌死命。又看出二人身畔另有祥氛宝气隐隐外蕴，急切间难操必胜，本日正当圣姑预言，不敢大意。敌人又恰在乙木正宫以内，惟恐遽然发动埋伏，相煎太急，敌人持有太乙精金炼成的神物利器，正是本宫克制，身边还藏有别的至宝。并且上次盗走大批藏珍的，便有这用紫、青双剑的二女在内，一个还是主体。如今两拨强敌分在两方，顾此失彼，不能统筹兼顾。圣姑禁制固然神妙，无如安心与己为难，事早算定。稍一疏忽，吃这两人将木宫破去，五遁不全，不能正反相生，随心变化，便要减少大半威力。以后法力稍强的敌人，便难指顾成擒，岂非大错？偏生先前疏忽，误疑后来敌人与先来的是一党，同时混进，在外攻破出口，准备引了同逃。心又太狠，想全数引往火宫正位上去，二次正反五行，生化合用，使其同化劫灰，形神俱灭，永除后患。没料到会是两起，于是失了算计，既要顾先，又要防后。而先来四敌中，有一个偏生又是丌南公前生宠妾，今世爱徒，比卫仙客夫妻还要不可放走。

没奈何，妖尸只得双管齐下，一面困陷先来四人，一面发动混元无极阵法，把后来两人困在东洞甬道入口外面，命一同党代为主持运用。自己赶往南洞火宫应敌，准备先把这四人引入火宫正位，以真火之力克制敌人弱点，再把五洞合用，炼到形神皆丧以后，再回东洞杀敌。以免发难早了，木宫遁法被真金之宝破去，行时，还力嘱主持阵法的妖党：对这后来二人，只可用转变挪移之法软困，不可轻易出手。万一敌人法力高强，识得此阵奥妙，被其攻入甬道，而自己又在南洞应敌紧急，不能即回之时，切不可单用本宫乙木，须由乙木化生丙火，暂时抵御，以待自己事完来援。这后天之火虽然稍弱，未必便能克那真金至宝，本宫乙木却可无伤。说完，匆匆飞去。想不到主阵妖党骄横自恃，以为二女只此双剑，无甚法力，心生轻视，自遭惨死，还给妖尸铸成大错。

妖尸赶到南洞，虽将敌人困住，但是抵御之力极强。先认为对方正宫真火必抵不住，转眼即可消亡。哪知敌人早有准备，真火一发动，又有先前未用过的法宝出现，将身护住。急切间非但奈何不得，自己转成了骑虎难下，非将敌人杀死，不能离开。尤其自己认为最是可虑、万万不能放走的老怪物丌南公的爱妾沙红燕，竟在自己将到以前，用她师传极厉害的玄阴摄神大法和一件异宝，冷不防附在一个同党妖人身上，在法力强迫役使之下逃了出去。此举因出于意外，同党妖人近日均有自己传授，可以出入禁地，做梦也想不到对方会有这等神妙不可思议之举，连肉身带元神均能附在敌人身上，迫令夹带同逃。受制的人为敌所用，并还全然无觉，心甘情愿，听其驱遣，无不如意。等到自己赶来，觉那妖党无故自退，方一心动，又发现敌人少了一个，喝止不听，忙即行法追赶，并下毒手，发动素来不敢轻试，还是初次运用的乾罡五神雷，想将敌人和同类一齐殛死时，哪知敌人逃得十分神速，人已脱离禁地，禁法未及阻截。那昔年曾将自己殛死的神雷发将出去，只将同党殛成灰烟，敌人并未遇害，仍被逃出洞去。白白葬送了一个心爱得力的未来面首，反吃敌人在洞前恶语奚落了几句，说是此仇必报。并说洞中之敌为除自己，夺取藏珍，先后用了数年心力，这次前来，一切均有准备，至多被困一时，结局必获全胜。

妖尸心神受了禁制潜力羁困，不能追出，空自暴跳怒发如雷，无计可施，只得赶回南洞。一则激怒太甚，凶焰愈高；二则卫仙客夫妻和那同道法力均非恒流。妖尸看出对方处心积虑而来，果然应付有方，不是随便可以伤害，一个也放松不得。尤其这时卫仙客等三人和妖尸互有伤害，斗法正急之际，妖尸连用全力，刚占住了上风，可是对方带有不少防身法宝，件件高明神奇，层出不穷，身侧有力妖党竟有两个受伤，连妖尸本人也几遭重伤，中人暗算。尽管看出对方受了五遁合攻的重压，抵御勉强，相形见绌，终是不敢疏懈。又以诱迫卫仙客降服，不合用了狐媚惯技，敌人不特未为所惑，反以恶声相向，辱骂刻毒。愈发勾动妖尸怒火，倒行逆施，忘了利害轻重，誓把三敌杀死才肯罢休。明知东洞主阵妖党已死敌手，东洞木宫要地现被敌人侵入，急切间竟会举棋不定，不曾回身应付。容到少时被人提醒，暂舍南洞之敌，赶了回来，周、李二人已然离开东洞，白便宜南洞之敌喘了口气，转危为安，还生出许多不利于妖尸的事。如非恶贯已盈,伏诛在即,不会如此颠倒。因妖尸暂未赶回,所以周、李二人虽遇阻力,并无大碍,仍能奋力往前进攻。后来得了门路,妖尸方始赶回,又过于重视藏珍,忧疑惊惶之中,竟未及跟踪追索;一心又恐南洞有失,再有强仇继至,越发乱了步伐。二人未受其祸,实由于此,这且不提。

二人初入甬道,便见青光潮涌山压而来,威势极盛。知是乙木妙用,也不管它,仍然循径向前急驶。仗着洞中无人主持,又因双剑属西方金精,正是乙木克星,圣姑又预先算定当日情势,加了暗助。乙木禁制既阻不住太白金精之质,五洞原本相通,师传道书曾示大概,只要把途径走对,自能循序穿行。遁光迅速,不消一会儿,便飞完乙木甬道,穿入北洞下层的幻波池灵泉发源重地。二人先见四外青光势如潮涌,飞行其中,直如鱼游大海,无有穷尽。知道此时阻碍不大,全仗妖尸不能分身之故。如被追来,必难将燕儿救出险地。心正愁急,忽然甬道尽头似有门户,未容寻思,人已双双飞将出去。刚刚飞过,一声轻雷过处,来路玉石小门忽然隐去。同时眼前一亮,身外一轻,适才四外环涌的青碧烟光已无踪影。轻云谨慎,匆迫中不知就里,心疑妖尸赶来,转变禁法闹鬼,或将原有埋伏触动,生出变化。方喝:"琼妹,且缓前进!"一句话未出口,英琼已立定喜道:"在这里了!"轻云上次随李宁来探幻波池,只到西洞妖尸寝室,后来便往东洞取宝,北洞下层原未到过。闻言定睛一看,一片薄薄的五色祥氛正往上顶升起,晃眼消失,面前奇景立即呈现。

这地方乃是除新辟建的峨眉五府以外,从来未见的一个大洞。其高约有数丈,地广百亩,四壁明滑晶莹,非晶非玉,上下四外,多半平坦若镜,却包含着上千万的大小乳珠,奇光内藏,精辉外映,密若繁星,汇为异彩,照得全洞通明,耀眼生缬。另外地上还有许多突出之处,形式不一,大小各异,经洞中主人就着原形雕刻成云床、丹灶、几案、屏风等数十百件陈设用具,以及奇禽怪兽之类,多是古雅精工,意态灵奇,生动欲活。看那质地,颇似钟乳石膏之类凝结修饰而成,五光十色,纷然罗列。另有两三座形似石碑的光华环立地上,若隐若现。耳听波涛之声起自地底,宛如海上潮生,洋洋盈耳。料是到了北洞要地,忙喜问道:"这里可是琼妹上次旧游之地么?"英琼急道:"正是。只入口不是原走过的路。那中心池塘,便在那座玉壁前面。前听爹爹说,这里乃洞中命脉要地,埋伏甚多。燕弟现困池中。你看前面近中心处，有三片奇光分三面环立么？那便是师父道书上所说的玉壁，各洞都有，只是为数不等。禁制埋伏的枢机全在上面，不转过去，看不清它的全形，隐现无常。有的地方，连妖尸本人虽能转变利用，将来为恶害人，也不能使其随心隐现。上次我们往东洞取宝，所见翠玉石壁便是此物，上面还有圣姑的仙容法像，你不也见到的么？此是北洞下层，我和易师姊上次同到这里，只见到灵泉发源的方塘，这玉壁却未见过。如今，忽然现出三座，定是圣姑恩佑无疑。余者我全认得，和上次一样。燕弟失陷的方塘，便在这三片奇光的中间。此时妖尸不曾追来，北洞埋伏竟似未发，不知何故？师父曾令慎重行事，我们留点神绕将过去，一到塘边，燕弟就能救出险地了。"轻云闻言，才知那三片光华，竟是圣姑所设玉壁，好生欣慰。

二人边说边驾遁光，看准四外形势，戒备着缓缓朝前低飞绕越。等话说完，人已由那奇光中间穿将过去，且喜不曾触动禁法，从从容容到了塘前。身才立定，还未及朝那中心方塘查看，猛又觉一片祥氛闪过。抬头仰望，那三片奇光忽然敛去，现出三座三丈多高、八尺来宽的玉壁，上面各有不同图像。内有两座所现均是圣姑仙容：一座仍和东洞所见玉壁仙容相似，是个云鬟雾鬓、貌若天仙的少女，仪态万分，雍容华贵，目注二人，微笑嫣然，神情欲活；另一座却改作佛门装束，白衣如雪，玉跗双裸，闭目合睛，盘坐其上，只是额束金箍，香发如云，尚未剃去，宝相庄严，妙丽绝伦。二人一见圣姑仙容连在两壁出现，知获默佑，妖尸已难肆其毒锋，不禁心生敬畏，惊喜交集。不顾细看第三壁上所现是何形迹，忙朝第一座立像拜倒下去，首谢上次赠宝之德，再代师长致意。然后禀告："妖尸猖獗淫凶，如被逃出，贻祸无穷。今奉师命，仰体圣姑遗偈仙示，来此诛戮。明知时机尚还未至，但有同门师弟赵燕儿被困在此，虽是男身，犯了洞中禁忌，但他本心非欲妄涉仙府，只为追一妖妇，被妖尸用计引入，困陷在此。望乞大发慈悲，神通赐佑，能将妖尸就此除去，固是绝妙；即令数限未终，不到伏诛之日，也望怜宥，使燕儿出险。"通诚之后，圣姑仙容终是凝眸微笑，无所表示。二人又朝坐像拜倒，重又如前通诚。那坐像原本双手附膝，二人拜罢起立时，忽改作了一手抚心，一手朝下，二指向地斜指。二人情知中有机密，不是无因而作，急切间偏无从解悟。已然两次通诚，不便再读。因第三壁不是人像，光影频频闪动，以为可以有得，转面一看，不禁失望。原来前两玉壁色均墨绿，此独白如玉雪，晶明若镜，上面俱是水流影子，纵横交错，盘舞其上，如走银蛇，极似塘中水光反映。

还待仔细看时，忽听地底风鸣涛吼，塘中隐隐有人厉声急呼："琼妹，快到塘边来，只管等在上面作甚？"二人静心一听，竟是女神婴易静的口音，大吃一惊，不暇再作推详，忙去塘边查看。那十亩方塘在这三座玉壁环拱的中心，二女初走到时，本是云雾溟蒙，波涛澎湃，千百根水柱罗列起伏，雪滚花翻，势绝汹涌。便是二人慧目法眼，急切间也看不见塘底多深，是否有人被困在内。又以圣姑仙容现出，未暇观察，便即拜倒通诚默祝。就这两次祝告耽延的一会儿工夫，再走近前看时，地底风涛之声依旧猛烈，塘已变作一泓清波，平明若镜，可鉴毛发。乍看去仿佛清绝，细一往下注视，内中却是云光荡漾，深不见底，也看不出易静和赵燕儿被困所在。二人心中着急，正在循塘查看，忽又听易静疾呼："我那面法牌已不能再用，为救燕儿师弟，身在癸水禁内，传音吃力。二位师妹可到南面那面玉壁之下，背壁而立，由正子午方位上朝塘底侧面细看，见到我二人存身之所以后，用牟尼珠将水遁镇住，便能随意传声问答。只不可动那链子。"英琼闻言，猛想起此塘原是一个外方内圆、上窄下宽的形式，只顾往水中心寻人，却忘了向四壁查找。立和轻云走到那有水影的白玉壁下，对好正子午方位，朝对面塘中圆壁上一看，果见易、赵二人已变作两个僬侥小人，隐藏在一个盘有银链的凹槽之内。看去水面颇深，比起卫仙客夫妻上次被困，身形觉要大些。身外又有宝光环护，知道人虽被困，本性未迷，尚无大碍，心才略放。忙照所说，把牟尼珠取出，将手一指，一团栲栳大的祥光直射下去，塘中云光立即停止。上下停匀如一。易静一说前事，才知也是刚来不久。

原来易静自带上官红回转玄龟殿省亲，并向父母说起幻波池失挫之事，自觉扫了颜面，要父亲易周为她设法指示机宜，并借用两件至宝前去除妖雪恨。说了一阵，易周只是微笑不语。对于上官红却极奖勉，颇多指点，老夫妻二人还各赐了一件法宝。易静看出老父不以为然，不敢多渎，负气辞出要走，吃两位庶母林明淑、林芳淑姊妹将她师徒强行留住。第三日上，林氏姊妹代向乃父求说，回告易静，说："妖尸气数未终，任用何策均是徒劳。你命中还有一次小挫，但是为人不是为己，与上次不同。妖尸邪法厉害，凭借圣姑一切设施法力，不到时机谁也没奈她何。此时回去无益，好在离有事之日尚长，与其回转依还岭坐视仇敌猖狂，不如在此家人团聚。到了时机，我二人必少尽心力，就令岛主不肯借宝，也有法想，决不使你失望回去。"乃母也勉徇爱女之情，又赐了一件专御五遁的防身法宝元象圈，如与兜率宝伞同用，多厉害的五遁禁制，至不济将身困住，人却不能伤害。易静方始安心住了下来。

上官红对于圣姑所赐先天乙木遁法，原未登峰造极，自经易周指点，功力已是大为精进。易氏全家自两老夫妻以次，如林氏姊妹、易静的兄长易晟、长嫂绿鬓仙娘韦青青，全都对她期爱异常，又是尊长，各有法宝赐予。上官红不多日子，便增加了若干法力，尽管喜出望外，一点也不自满，反倒愈发谨畏精勤，博得全家老少日愈嘉奖。易静见初收门人如此用功向道，根器又好，觉出增光，好生欣慰。

光阴易过，一晃数月。这日师徒二人偶随易周燕坐，忽然想起离开依还岭日久，不知妖尸是何情景，可曾往静琼谷扰害也无？虽料谷中如有紧急之事，癞姑纵不亲来，也必传音告急，当是无事的居多，心终悬念。加上连日所炼防身法宝已然成功，不禁生了思归之念，便请老父代为占算。易周取出一张柬帖，笑道："此事在多少年前圣姑早已算定，水到渠成，时至自了，一毫不能更改，心急何用？静儿如若想走，此时倒也正好。但要除去妖尸，却非你一人之力所能。不过你有元象圈、兜率宝伞和新炼成的金刚神沙，她也无如你何罢了。我本心不过问此事，因你此次回家，满心望我相助，不能不稍指示。你今此去，索性连静琼谷也无须回，径直带了红儿飞入池。这时昆仑派卫仙客夫妻，约了邛南公的爱徒沙红燕，另外还有两个同党，正与妖尸恶斗方酣。李英琼、周轻云为救赵燕儿，也在你到以后乘虚而入。她二人此行，只杀死妖尸一个有力妖觉，略探明一点道路，以为异日之助，无大功效。你却关系重大，如能应付得宜，虽为救护你师弟赵燕儿，要在灵泉发源之地水困些日，但乃是未来除妖开府之关键。

"你到了那里，可照我柬帖上所画阵图方位和破阵之法直赴中洞，与红儿师徒合力，即以圣姑所传乙木遁法，乘着妖尸无暇兼顾，骤出不意，将中央戊土禁制法物和土遁枢纽的玉璧暗中破去，另设一个戊土禁制代替。

妖尸只顾用那南洞真火困炼卫仙客夫妻,急切间未必有警觉。五行失位,破了一处,固然圣姑道法神奇,五洞五宫均可化生出五行妙用,但根本已失,威力自然大减。尤其异日事急之际,妖尸心横发狠,想将五宫五遁一齐倒转,铤而走险,已办不到。此举无异她的致命一伤,关系非小。红儿学道未久,只乙木遁法是她专长,别洞便无甚用,你带在身旁反多牵挂。你成功以后,速带她照我图径,由中洞转入乙木甬道,乘着主持妖党对付英琼、轻云,人在外面,仍由红儿行法,以木制木,使其相克,减去功效,以便英琼、轻云少时通行,减少阻力。此处事完,红儿便无用处。

"幻波池五洞,除地底灵泉上下萦回,盘绕全洞的水道而外,每洞另外还就本身方位,设有一条出口。虽只能通到中洞前面,因众妖党俱奉妖尸之命,分防各地,独于中洞,认为洞门自圣姑封闭之后,一直未开,谁也难于攻入;并且前层法台所在,稍有动静,便有征兆,立时警觉。做梦也没想到,圣姑妙算前知,早算出今日情势。和英琼、轻云所进洞门一样,妖尸只当头批仇敌被诱进洞时,已经行法封禁,不会再开,她却到时自行开放。红儿由此退出,绝无人觉。你看红儿顺着密径遁出险地,再循图径绕往北洞下层。你同门师弟赵燕儿早被困入池内,妖尸与他有夙孽,自从初见,便生迷恋,故而未下毒手。只为燕儿道心坚定,不受媚惑,妖尸正用妖法诱逼之际,忽来卫仙客、英琼等先后七个强敌,急于大肆凶焰,想致仇敌死命,将五遁禁制一齐发动。燕儿自挡不住,眼看形势危急,还算命中有救。妖尸那么淫毒的天性,独对燕儿恋恋不能忘情,竟在应敌百忙之中,特地倒转禁法,将他移往北洞水宫,困入方塘以内。这五宫五行,只有金、水二宫最为阴毒,专一迷惑修道人的本性,主持人却具有生杀之权。不似木、火、土三宫,只要陷入,便遭惨死。道法高的,元神或能负伤逃遁,但本身绝难保全。妖尸困他此宫,仍为想遂淫欲,并防乘隙遁走,或是有人来救。

"燕儿元神、身体已然受创,又被困入水宫重地,身有法水束缚,暂时虽不致命,神志也仍坚定清明,但要想脱身却是很难办到,不特本身无力出险,而你也救他不得。如若妄动水宫法物,意欲救了他冒险冲出,纵不致连你一齐遇害,玄阴癸水妙用一经发动,你尚可仗法宝护身遁走,他的功候远不如你,必不能当,虽不一定形消神灭,本身必化为乌有。可是妖尸不久仍要赶来，重加诱逼，见他执意不肯降服，也许激怒，猛下毒手，或用妖法使他受诸般痛苦。必须你在旁暗中应付，始可无害。所以你虽人不能即时救出，还不能离开他一步。

"此举看似艰难，要陪燕儿被困数日，益处却大。那方塘灵泉乃全洞命脉所在，如能乘此数日时机，寻到昔年圣姑潜藏的总图，悟彻玄机，不特救出燕儿不在话下，全洞五行禁制均可由你运用，异日除妖建府容易得多。所可虑者，你以前诸生身在旁门，今世虽可望成仙业，但是凤孽未消，成道以前还有好些周折，我也难为明言。你只记准，到了幻波池方塘灵泉之下，将燕儿寻到，切不可自恃法力去他身外水气，应速将人移往正北方塘壁凹槽以内。这些凹槽蜿蜒如带，盘绕方塘上下四壁之间，隐现无常。幻波池上飞瀑奇景妙用，便生于此，另具极大威力。凹槽看似纵横盘曲，密如蛛网，实是一条整的脉络通连，通体一贯，宽深才得一二寸，并有一根形如银链之物，与它一样长短，嵌在里面。你二人入了禁域，就是心神湛定，身子缩短，也长尺许，如何能容？且喜北方正位有一个尺八圆孔，原是被困人的葬身化形之所。你持有法宝护身，却不怕它，敌人也决想不到人会藏在那等奇险之地。妖尸妖党如来，切忌迎敌现身。可把尔嫂用本岛神泥所炼小人带两人去，幻出燕儿替身，放在原处，以为疑兵之计。妖尸如看不出最妙，立作被困人支持不住，强用法力护身，引起金水威力反应，形神消亡，使其绝念退出，以便搜寻总图，参悟玄机。

"圣姑道法也实神妙莫测，我为此事默运先天易数，连推算了三日，只查出图藏北洞下层水宫要地以内，究在何处，仍难指明。圣姑昔年留此一图，必是为了日后相助你们诛戮妖尸而设。妖尸何等机警狡诈，圣姑必也防到，故此难于寻见。你藏身之处的小洞正对子午宫位，必有深意。以我推详，此图不在洞内，必在与洞相对之处，神秘已极，不是人对时对，不会出现。此时我算不出它的准确地方，也由于此。那根银链乃真水精英所萃，除非机密尽得，人决不能救出险地，万动不得。你在塘中潜伏，如将遗图得到，便可悟出撤禁之法，燕儿自可无恙。只是成功以后，最好不要就走，可乘机将水宫禁制收去，另照你所悟阵图，重设一癸水之禁，好使操纵随心，由你主持，而妖尸暂时也能应用，先将她稳住，以为后日之计。

"此事要耽延七日，在此期中，任遇何人到来，不可理睬，只藏水底听其施为，来人自去，便免后患。否则，建立仙府以后，事便多了。固然定数难免，如若慎之于始，也非不可挽回。你们入居以后，应勤修为，终以少事为妙。在你寻到燕儿不久，英琼、轻云也必相继寻来。她二人本在你到以前入洞，因受妖党邪法所愚，在东洞甬道以外耽延多时，故而后到。如非二人先前用法宝攻那乙木玄门，妖尸觉着变出非常，急于安置所爱的人，燕儿真元必受重创无疑。你见二人，速将燕儿暂难脱出之故告知，令其寻路速去，七日后相见，再作计较。"

易静闻言，才知老父老谋深算，为己煞费苦心，并非置诸不理。当时欣喜非常，接过柬图，要了应用符宝，率领上官红一同拜别诸尊长，起身往幻波池飞去。到后一看，当中金门正在徐徐外开，知是圣姑妙用，并非妖尸作怪，立照老父所言行事，放心大胆径飞进去。机宜早得，胸有成竹，一点不费事，便将中央戊土正宫破去，略一施为，径飞东洞。因由中洞穿行，与周、李二人取径不同，故未遇上。却将乙木真气耗散好些，减少若干威力，为周、李二人去了好些阻滞。成功以后，上官红还要随行，不愿离开。易静因老父料事如见，初到时奉行维谨，执意不许，立逼上官红退出，一直看着她遁走，方始赶往北洞下层方塘前面。旧地重游，又得乃父预示先机，自无阻隔。只是那三面玉壁尚未现出，塘中云雾蒸腾，波涛险恶，具体而微，甚是惊人。知道厉害，忙将法宝取出，护身水遁而下。初意小小十亩方塘，纵然圣姑仙法神妙，凭自己的法力慧眼，还不易于将人寻到？哪知方塘虽小，一旦置身其中，竟无异于鱼游沧海，漫无边际，深亦莫测。费了好大心力，才将燕儿寻到，只见燕儿并不曾沾水，只被一团水雾包住，燕儿在内守定心神，毫未摇动，身外只有剑光围护，人来竟如无睹。

易静也不去和他问答，忙照老父所说，默运玄功法力，连人带身外水雾缓缓往北移去。玄阴癸水之禁威力甚大，虽在水中行法移动，也甚艰难，同时自身还得抵御四外水遁重压，吃力非常。好容易将人移到地头，略微歇息，运用耳目往上察听时，忽然对面岸上现出一片玉壁，水光隐隐，好些灵符，宛如龙蛇飞舞。易静修炼多年，见识自高，才一入目，顿悟玄机。知道那是水宫阵图，虽非全图，如能悟彻，妙用已是不小。一心默记壁间图形和上面符箓方位，以便少时仔细推详，如法运用。刚把图形记熟，周、李二人也自侧面绕来，忙即出声力唤。

双方隔水相见，略说前事。祥光略一变灭之间，三座玉壁忽全隐去。英琼、轻云俱都关心燕儿过甚，见他虽然也在易静法宝精光防护之下，耳目俱似失去知觉。易静算计妖尸就要寻来，时间匆促，说得又甚简略，虽信易周妙算前知，当无差错，心终不放。又以自己既可随意出险，燕儿许能同行。又恃有牟尼珠护身，恨不得将燕儿先救出去。只把易静留在塘底，寻取总图，以为除妖之计。连问易静有无善法将燕儿先救出险，不觉稍微耽延了些时候。

易静见玉壁忽隐，断定妖尸必来，恐被撞见，不特二人脱身较难，恐更别生枝节。英琼又是胆壮心热的人，只得故作不悦，力言水禁厉害，不到解悟出了个中玄妙，将他身外玄阴真气收去，稍微失当，人即废命，并还大费手脚。并说她二人必须速行，不可逗留。轻云见易静有了怒意，方始强劝英琼从速退走。英琼无奈，便和轻云一同遁走。

本意若从原路退回，要经过乙木甬道和东南二洞交界之处，南洞正在恶斗，难保不惊动妖尸妖党，或与相遇狭路，好些险阻。此时北洞甚是安静，只要不触动埋伏，便可从容出险。打算由上次和易静同出入的故道退往前洞，不问外层门户开否，凭着飞剑、法宝威力妙用，均可冲将出去。主意打定，俯视水中，易、赵二人身已隐去，说了句："易师姊和燕弟小心应敌，日内再见。"便纵遁光一同飞出。

不料这一耽延，竟然生出波折。二人正往出口一面飞去，忽听一片极低而又迅疾的霹雳之声，密如贯珠，由洞壁之内响将进来。乍听去，雷声似在昔日通道里面，由外而内，成串急响，声音也由低而洪，甚为神速猛烈。英琼以前原尝过这滋味，知道禁法神奇。又听老父说，好些紧要所在和出入口，多半伏有玄门中最厉害的大五行绝灭神光，稍微不慎，便无幸理。尤其这甬道出口，地势最是狭窄，以为那乃是妖尸或是妖党由外飞入，雷声迅烈，不知闹什么伎俩。这一飞出，正好撞上，虽有双剑宝珠护身，到底深入重地，虚实尚未全知，与其狭路相对，不如隐身暂待。踪迹如若未泄，妖尸是为燕儿到此，还可偷窥她一点行动。否则，妖尸决想不到来人事完要走，早想好了退步。这出口侧面，恰又立有一片石钟乳，正好掩藏，就便隐身无效，急切间也不致被她看破。等妖尸或妖党一走过，立由她身后，顺她来路悄悄遁出，岂不更较容易稳妥？

　　轻云尤其稳重，听出壁中雷声有了警兆，早想止步。英琼再一打手势，两下不谋而合，同往石钟乳后掩去。说也真快，二人身刚立定，觉出雷声虽然由外而内，起自壁间，并非甬道出口。心中奇怪，雷声已由下而上，到了洞顶，往中心方塘响将过去。二人随声注视，洞顶上面本现有许多水光流走的影子纵横交错，宛如百千道细水泉源倒嵌上面，随着雷声过处，内中一道水光中间，忽现两点碧绿精光，发出急密的炸音。前头环有一串青色火花，流星过渡般，顺着水源，在洞顶之上盘旋急驶。因那水光影子正是藏有灵泉妙用的源脉，每一道俱是往复回环，不是直线，由下望上，宛如一串碧绿火花，带着两点绿色寒星，贴着洞顶盘旋飞舞，接连数十绕，便飞到方塘上空。

　　二人见洞中埋伏不曾发动，来人既能用这等神妙的水遁，犯着奇险，由圣姑所设灵泉源脉中穿行至此，当然不是妖尸党羽。但是幻波池建立仙府重任，全在自己这几个人身上，此是何人，有此法力，又知洞中底细？心疑癞姑候久，不见人回，或是自来，或是另约能手来助。光作青绿之色，看不出有邪气，就许连上官红也同了来。便把行意消，正想看清是甚来路再走。只见那盘飞洞顶的碧火星光到了中心，顺着源脉转了两转，又蜿蜒着往南壁飞行下去，晃眼飞近壁脚，忽然停住。星光前面的碧火炸雷之声，越发强烈，好似寻觅出口，到此遇见阻碍，正用法力猛攻，想将水光炸破，以便飞出情景。似这样约有半盏茶时，火花忽隐，雷声顿息，两点星光聚停一处。又略微静止了一会儿，那粗才如指的泉脉忽冒起一个茶杯大小的水泡，也未散裂，只听"嗒"的一声，星光跟着穿射出来落到地上，立即暴涨，现出一男一女，俱是青光环绕。英琼一见，不由吃了一惊。原来女的一个，正是先在东南两洞逃走的丌南公爱徒紫清玉女沙红燕。那男的一身青色道装，是个矮子，生得豹头环眼，狮鼻虎口，大耳如轮，颜如朱染，相貌甚是威猛，只是身材太矮，好似十三四岁幼童，头大身小，上下不称。二人面色均微带沮丧，现形以后，互看了一眼，走向塘侧稍微观望了一会儿，意似有些作难。

　　矮子忽然作色道："适才已向主人通白，既放我们到来，当已默许，师妹只管顾虑作甚？不把这根本要地破去，令兄等三人出险便难，大仇更难报了。"沙红燕道："主人玄机奥妙，道法高强，远胜你我二人。水遁尚难通行，几乎被困，那根玄阴神链乃水宫埋伏枢纽第一件法物，不试探明了深浅，如何可以造次行事？不过现在时机紧迫，那阴魔分神之法恐绊不住妖尸，我们已耽延了好些时，迟早必被识破，如若警觉追来，事更棘手。师兄精于水遁，下去无妨，但忌冒失，只可试探着先把这件紧要法物移将上来，然后量力行事。如不能破，只好多费点精力，仗你大力相助，径往南洞和妖尸硬拼了。"矮子忿道："我只说这里法水灵源，只要穿入北洞夹壁脉络，便可用本门五遁玄功，水遁到此，想不到这么细一点水源，人在里面直如置身江海。前行虽是顺溜，水面却比多少丈厚的精钢还要坚硬，白费了好些碧霆珠，不能攻穿分毫，并且越到尽头之处越难。后来师妹向主人通白几句，才得脱出。你说的话固然有理，但是适才我们通白以后，并未似前猛冲，但自然离水而出。可见主人恨极妖尸，巴不得我们来此除她，此来用意当无不知之理。破这水宫要地禁制，自必也有默许，否则，还放我们出来作甚？难道还怕我们被困情急，用乾罡神沙将这北洞震破么？"

沙红燕道："先我也和你一样想法，现在忽然想起，主人法力高强，言出必践。男身入洞，最犯她的禁条。我未来以前，一则不信传言如此之甚，二则和卫氏夫妻交厚，又想分得法宝和师父想了多年的毒龙丸。觉着这座仙府连同许多遗珍，昔年早已算定有了传人，但是峨眉派自恃人多威盛，欲乘旺运生心夺取，故为此说。卫氏夫妻说是洞中遗偈应在他们身上，也不甚可靠。试想主人成道尸解多年，在日行迹至隐，极少同道来往，化去多年，也无人知她底细和藏珍埋骨之所。近数年间，方始有人提起，所有灵迹异事，均出传闻，认定此乃无主之物，捷足先登，便可有份。因辛道友说，她夫妻上次来时，吃了点亏，反代人开路，吃峨眉门下二个贱婢将东洞宝鼎中一些无足轻重的宝物盗走了些。那最要紧的几件至宝，因对头年轻识浅，又是无心中来此，不知底细，既未乘机探索，又未转入洞中寝宫要地，依然尚在。我问毒龙丸如何，答说据她所知，是和那几件至宝藏在一起，当不致被贱婢盗走。等我来时，向师父请问，始而不答。等我二次请问，忽然眉头一皱，冷笑了一声，仍未置可否。我不敢再问，迫于辛道友姊妹之交的情面，又代约了我兄长，一切准备停当，才同了来。和妖尸对敌之际，辛道友和妖尸相对嘲骂，忽提起遗偈与毒龙丸之事。我听妖尸口气，不特毒龙丸被峨眉贱婢全数取走，并且主人遗偈实与峨眉有关。他夫妻二人也早知此事，只因想我相助，欲以此丸引我前往，不肯明言。等我同去，又觉不该欺瞒好友，故意向妖尸喝骂，令其献出，借口吐实，作为她也不知。由此看来，分明主人一切早已算定。同时我又看出这里禁法之妙，颇悔多此一举。如非势成骑虎，妖尸太已可恶，气不过峨眉门下这些小狗男女，又看出师父别有深意，直想就此罢手了。因恨妖尸欲以全力使我形消神灭，才去找了你来。因在忿激之际，又不知主人法力竟有如此惊人威力，以为仗师兄的法力，纵不颠覆全洞，也能闹个地覆天翻，稍出这口恶气。并未想到男身之忌，主人言无虚发，男子入洞，不死必伤，迟早定有应验。据我观察，她已把此洞赠与峨眉门人，如何肯容别人毁她灵泉奇景？放我二人出水，想必别有用意，仍是造次不得。不如先移法物，试上一试，如见不行，索性专寻妖尸报仇，比较稳妥。"

矮子听沙红燕说了这一套，面色本已不快。听到后来，忽然激怒道："我生平喜见真章，除非和当年师父一样，制得我力绌计穷，生死都难，永不服低。我先见你通白不几句，便即脱禁出水，认作主人与我们同心，才有这等说法，适才我们虽不曾破禁而出，但我一些法力法宝均被师姊劝住，也未使用。你当我真怕她么？我既犯她忌讳，倒要试她一试，到底看她癸水禁制有多大的威力。"沙红燕想是知道矮子脾气不好，把话说错，闻言略一寻思，把两道细长柳眉一皱，面上立现煞气，插口急道："这样也好，反正我们决不致落于妖尸之手，试试无妨。只是水底尚有一少年，被妖尸软困在内，照辛道友所说，并非峨眉门下，修为不易，素无嫌怨，又是妖尸仇敌，此人宁死不屈，也算难得，何苦伤他？我们乐得借着救他，一试这里深浅。好在他已落于妖尸之手，绝无幸理，如若因此触发禁制而死，那是命数当然；如若得救，岂不也好？"矮子道："这厮虽非仇敌，也绝非我们一路，哪有闲心管他死活？"说罢，青光一闪，飞入水底。欲知后事如何，请看下回。

第二四三回

双脱重围　无心铸错
独寻良友　巧意逢真

　　上文写到李英琼、周轻云为救赵燕儿，乘着卫仙客、金凫仙子辛凌霄夫妻，同了银泥岛主东方皓、天煞真人沙亮、紫清玉女沙红燕兄妹等五人，仗着天蝉叶隐身，分作两处，暗中侵入幻波池，意欲盗夺池底圣姑藏珍，妖尸正在应付强敌，无力兼顾的空隙，隐了身形，外用法宝护身，紫青双剑合璧飞行，暗中飞入东洞。这时卫、辛等一行五人已被妖尸运用圣姑古洞中遗设的禁制埋伏困住，正以东方乙木真气，化生出五遁妙用，想将五人置诸死地。英琼、轻云恰已飞抵木宫重地禁圈之外，因见左右青紫二壁所画圆圈隐隐起伏波动，觉出有异，不知卫、辛等五人被困在内。英琼正以全力向外冲逃，为木遁所困，脱身不得，无意之中，误用开府新得的圣姑所赠破木遁的异宝太乙玄戈将木宫门户攻开，一片青雾腾涌中，卫、辛等五人竟然冲逃出来。二人隐身法本出自本门真传，极为神妙，妖尸玉娘子崔盈急切间本不易识破。谁知紫清玉女沙红燕见乙木禁制忽然被人用法宝攻开，知道来的绝非同党，心疑是峨眉派门下，一时私心忿妒，顿忘解围之恩。出时暗用丌南公所炼专破隐形的异宝青乙镜，向二人照了一照，致将隐形法破去了些，被妖尸看出破绽，一面穷追五敌，一面暗中运用禁法，命一妖党代为主持，欲将二人绊住，以备少时一网打尽。周、李二人先未觉察，后来辛凌霄妄欲巧使二人为她出力脱困，方始省悟。当时用飞剑法宝杀死妖道，知道卫、辛等人不怀好意，又急于要救燕儿出险，也没照辛凌霄所说行事，竟由乙木甬道乘虚冲入。事有凑巧，女神婴易静、上官红师徒二人，恰在此时回转依还岭，照着乃父易周所示先机，直入幻波池，破了两处遁法。易静遣走上官红，独自穿过东洞木宫，深入北洞下层幻波池发源之所的水宫重地。周、李二人在乙木甬道外面受妖尸妖党愚弄，这一耽延，后来的易静反倒走在前面，那乙木禁制已被破去不少，减了许多威力，周、李二人又有紫、青双剑、牟尼珠等至宝护身，一点阻碍未遇，容容易易赶到北洞下层。圣姑恰在此时显灵现身，默示玄机。同时，易静也在池底看见，出声相见，匆匆略谈经过，得知燕儿难犹未满，此时还难脱身；易静又要乘着燕儿被困，自己在旁护持的这几日机会，寻到圣姑昔年潜藏的总图，以为日后除妖清洞，一举成功之用。大约尚有六七日，燕儿方能出险。英琼心热，故交情重，还想把燕儿先救出去，留易静一人在池中参悟总图，以防有失。退出时，向易静再四力请，多说了几句话，这一耽延，又生出别的枝节。二人刚飞到水洞出口，便听洞壁之内隐隐传来异声，误疑妖尸警觉，行法追来，恐迎头撞上，知道厉害，不敢造次，隐伏在侧，欲待妖尸到后，再行相机遁走。晃眼之间，来人化为两点星光，由壁间出现，飞驰于洞顶泉脉水光之中，半响才冲破泉脉，现身飞堕。内中一个是豹头环眼相貌丑异的胖矮道人，一个便是对头沙红燕。看那行径，是为毁灭水宫枢纽重地而来。矮人和沙红燕说了没有几句话，青光一闪，立即飞入水底。

　　英琼、轻云看出对方法术颇高。又知道那根银链乃水宫埋伏枢纽，上次初入幻波池，英琼在水里只略拉得一拉，便生巨变，埋伏一齐发动，几遭不测。如若断去，燕儿必死无疑，虽有易静暗伏水内，到底可虑。正在犯愁，想不到矮子性情凶暴，说下就下，如此迅速。自来事不关心，关心则乱。周、李二人见状大惊，一时情急之下，百无顾忌，忙纵遁光，同往方塘之上飞去。说时迟，那时快，二人刚刚飞到，矮子已带了那根银链飞上岸来，上面还附有一个奄奄待毙的少年，正是燕儿。塘中立时雷鸣风吼，波涛汹涌，震撼全洞，似有巨变将临之象。二人也不想想那银链乃全宫的命脉枢机，第一件厉害法物。玄阴癸水遁法何等威力，稍差一点的道术之士，稍微沾上，便即陷身；就是道高的人，道心坚定灵明，持有防身法宝飞剑入水，尚觉艰险异常，不敢分毫大意。矮子纵精水遁，适才穿行洞顶源脉脱出时何等艰难，主客道力相差已见一斑，此时如何这等容易出入，取那水宫法物直似探囊取物一般？并且燕儿是在易静宝光护持之下，燕儿被人带出水面，竟会毫无动静，焉有是理？也是为时太骤，关心过切，一见燕儿出水，越发情急，既不暇寻思和查看沙红燕的神色以及四外情势，也未现身发话，又都觉出矮子是个劲敌，惟恐下手太快，不及阻止，两下不约而同，竟把双剑合一，疾逾电掣，朝那矮子卷去。

旁立沙红燕先见矮子骤然入水，不及阻止，情知发难在即，吉凶莫测，方在小心戒备，猛瞥见矮子已经得手飞出。水中禁法厉害，一经入网，稍微疏忽，神志便即颠倒。蹄涔沧海，瞬息百年，往往入魔为幻。况又加上易静那么一个内行强敌伏在下面，这一会儿工夫，已先悟彻水宫玄机，能够如意运用。那水遁有人主持，比起平常厉害百倍，哪有不上当的道理？在上面的人，看出矮子出入方塘，固只瞬息之间。矮子却觉在水里停了不少时，并还连遇险阻，费了好大心力，才将禁法破去一些，取了法物冲将出来。沙红燕前身原是丌南公的宠姬，法力颇高，两世苦修，与矮子各有专长，功力本在其下。见状觉着奇怪，出于意料，猛觉剑气森森，异常劲急，由斜刺里刺来，心方一惊。那矮子也是该有此劫，一向自恃法力高强，玄功变化，多厉害的法宝、飞剑均难加害，万想不到会遇见这两口得有峨眉真传的紫郢、青索双剑合璧，冷不防突然飞到。百忙中一觉有人暗算，还在妄想用他擅长的身外化身戏侮敌人，就势还手，给他一点苦吃；不料法术无功，身子迎将上去，竟变假为真。方觉不妙，已是无及，一声怒吼过去，当时绞成两段，尸横就地。这时沙红燕已将宝镜取出，照见敌人正是初来所遇二女，不禁急怒交加，怒喝一声，便即飞起，避开来势，便要施为，报仇雪恨。

英琼、轻云杀了矮子，才想起易静没有动静，又见银链带了燕儿忽同沉入水底，方在惊疑，待向水中观看。猛听易静传声疾呼："妖尸已来，燕弟无恙，再不速退，就无及了。"语声急促，似甚吃力。二人方悟出那是易静作用，猛瞥见沙红燕已然飞出老远，一手扬着初遇时所见镜光，另一手握着一件三角形的法宝，待向自己发出，卤谷已是惨变。刚一入目，还未看真，忽然面前一暗，全洞风雷暴作，光景顿变黑暗，隐隐似有排山倒海一般的压力，自适才东甬道小门一面急涌过来。同时瞥见暗影中小门已开，一幢甚白如电的光华，拥着妖尸，披发赤足，背插三面妖幡，七支长箭，右额角上还钉着三支银叉，一手托着一个毫光四射茶杯大小的黑色晶丸，一手握着一口比人还长的宝剑，目中凶芒闪闪，面带狞笑，停在小门前面，张口似要发话神气。那么亮的白光出现，全洞依旧沉黑如漆，妖尸以外，一片浓雾氤氲，不见一物。晃眼之间，风涛雷声越发猛烈，上下四外一齐震撼。凭空现出无数水柱一般的白影，齐往中心挤压上来。头上又有大片灰白影子罩落，因太黑暗，虽是慧目，竟会看不真切。犹幸二人见机，一听易静传声示警甚是急迫，未敢停留，立时飞离中央要地。妖尸先只看见沙红燕，全神贯注在她一人身上，侥幸减却好些危害。就这样，阻力也不在小。

　　二人一见埋伏发动，癸水威力如此厉害，只退时看了一眼，便把双剑合一，慌不迭夺路往出口一面飞去。哪知禁法发动，如响斯应，神速无比。二人又在暗中飞遁，门户出口全凭记忆，心中发虚，不知有无变化移转。那么快的峨眉剑遁，刚离中心方塘，还未到达出口，那无数白影已经出现，挟着无边压力，由前、左、右三面疾涌上来，当头灰白色的幕影又正下压，形势甚是险恶。二人以来此曾经尝试，虽持有飞剑、法宝护身，因知此是圣姑仙法为妖尸利用，不比寻常，也未免有些胆怯。心中一急，便把剑光加紧，硬往前冲。当头遇到两根自相撞来的白影，两下方一接触，只听惊天动地的连声大震，身上立似有无数迅雷打到，虽使身剑合一不曾受伤，也被震得头晕耳鸣，连晃了好几晃。那两根白影也被飞剑冲散，果是两根大水柱。轻云比较英琼胆小心细，知道这类五通禁制生生不已，随灭随生，威力越来越大，声势越猛。紫、青双剑虽是本门惟一至宝，自身功力恐还不济，初次接触已有如此猛恶之势，以后如何抵挡？再被妖尸追来，或再加上别的花样，更是不了。瞥见英琼已取法宝施为，惶急之下，忙取法宝备用，暗中祝告圣姑，乞赐默佑。二人虽吃水柱挡了一挡，一震之后，耳听全洞俱是癸水神雷暴发，直似万千天鼓急擂交鸣，震耳欲聋，以为前途必更艰险，依旧奋力前冲，并未少停。满拟四面癸水神雷必定生生不已，环攻而来。哪知轻云心念才动，已到上次易、李二人所通行的出口，除身外阻力甚大外，身后癸水神雷声势虽烈，并未再见。同时英琼牟尼珠也化为一团瑞彩祥辉，悬在当头，宝光照处，看得逼真。二人喜出望外。这牟尼珠佛光难于掩蔽，索性将隐形法收去，现出青、紫合璧的一道长虹，在祥辉笼罩之下一纵剑遁，加紧往前驰去。刚入出口，那无边压力立即消失，身上为之一轻，面前现出一条高约百余丈、宽只丈许的曲折甬道。暂离险境，前途难料，无暇喘息，仍催遁光循径急驰。

飞出不远，忽见前面现出三条甬道，上、中、下三层斜行分列。相隔岔道附近左右相去不远，各有一个紧闭的小石门，左黑右红，滑润如玉，闪闪生光。这条路，英琼上次虽和易静走过，但是来去匆促，记忆不真。这时回忆前情，觉着上次来时，虽也有此两门，但是左右门色与此相反；甬道也只有斜行向上的一条，那是绕往北洞上层的密径。老父曾说，未来妖窟凶险，不令前往。当时误拉方塘水链，已将埋伏引发，急于出险，也顾不得。记得入时行径与此甬道相背，老父催走，不曾回顾，并未看见。回时虽然发现，因相隔出口尽头之处尚有里许，甬道弯环，急于出去，无心细察，好似无此歧路。尤可怪的是，尽头黑色小门，记准是在右壁凹进之处，左壁红门突出在前，还有半里，如何前后左右和门色一齐变作相反？心中好生奇怪。同时又想起黑门前面地较狭小，无此宽大，此门大小凸形却是不差。

英琼匆匆和轻云一说，俱觉癸水门户应是黑色，洞中五遁虽多变化，据以往经历，门户颜色从未变过。尤其这门一出去，便是一条极窄门道，宽只尺许。再前不远，照着师父道书上的开门之法，略一施为，那外洞方门柱立即缩入夹壁，两下合榫，现出小门。飞将出去，便是外洞，共总相隔没有多远。就便遇阻，或仗法宝飞剑之力破壁飞出，或再缩退回来，另走左门。难得妖尸遇上劲敌，不曾追来，别的妖党遇上也不妨事，何不姑试一下？哪知英琼途径未全记下，只知尽头黑门在右，是个突出之形，与此略异，甬道只有斜行向上的一条，并无歧路。竟忘了上次出入匆促，入时一直向前，未暇回顾所行甬道居中，上下两条歧路均在身后，不曾发现。出时埋伏引发，后有仙法追袭，逃遁过速，甬道黑暗异常，只凭剑光映照，一面默忆来路，居中飞驰，这两条歧路又复错过，以致来去均未发现。现在向北洞退出之时，隐身法已被沙红燕宝镜照破，显露出些形迹。

只为妖尸发觉北洞有警，赶来稍迟一步。又认定峨眉诸女弟子眼前虽极可虑，但只要把这短短一二十天光阴度过，一离此洞，便可鸿飞，更无他虑。自己又不想要这洞府，至多连藏珍遗宝一齐舍去，对方洞宝两得，已如心愿。凭自己的法力，加上同党相助，并代替死，不过恶气难消，料无不能脱身之虞。何况这些初出茅庐的后起人物，只凭着一些飞剑、法宝，只要不别生枝节，多添能手，还未必便把上风占去。这沙红燕却是来头太大，十分难惹，此时如不除去，异日脱困出去，也有无穷后患，因此全神贯注沙红燕。又以为埋伏已发，周、李二人宛如鱼游釜中，决逃不脱，就不为玄阴癸水神雷震成粉碎，形消神灭，等自己杀了强仇大敌，再行擒她们，也必手到成功。却未料上次二女来时，自己元神尚未复体，北洞水宫要地不能擅入，不知对方曾经来过，不特识得出入门户，并还有圣姑暗助和法宝、飞剑的威力妙用。另一面，沙红燕也恨她入骨；加上天性忌刻乖僻，觉出此次同伴惨亡，追原祸始，全由妖尸而起。又和妖尸一般心思，料定二人无法遁走，见水雷厉害，一面抵御，一面以全力还攻，声势也颇厉害。周、李二人退得又快，等到妖尸应敌施为，百忙中瞥见水雷为二人所破，心虽一动，无奈沙红燕法力高强，自己欲以全力发挥水遁威力，想制强敌死命，不暇兼顾。总以为出口决找不到，更不会上穿数百丈坚石破壁飞去，心仍拿稳，打算先困制住了眼前强敌，占到上风，另下毒手。就这样略缓瞬息之间，猛又瞥见佛光升处，出口门户忽现，敌人已飞身穿出，当时忽怒交加，真非小可。偏生遇上一个硬对头沙红燕，因为全神全力对付妖尸，四外水雷横飞，烟光迷漫，只顾对敌，并未发现二人遁走。所用法术、法宝煞是厉害。又有易静伏身水底，欲收渔人之利，照着新悟得的五遁禁制，暗使狡狯，操纵癸水之禁，打算沙红燕一有施为，便乘机操纵，使那水遁威力忽强忽弱。妖尸见此情势，惊急交加，哪敢稍微分心再追逃人。迫于无奈，只得发出警号，传命南洞应敌诸同党留意戒备，速分能手去把北洞甬道把住，遇敌无须求胜，只把人绊住，等自己去了再作计较。但始终无暇分身。

周、李二女见北洞甬道甚是安静，以为可以照路走出，少了顾虑，一见小门正对，却不知地头还未走到。此时南洞诸妖人照着妖尸行时意旨行事，见神火无功，仅只将人困住，不能成擒，想把卫仙客等四人引往北洞下层水宫重地，用金水之禁一举除去。特意变化地形，放开一路，此乃诱使入网的生死二门。那真正尽头处的出口小门，还在前面，须由当中甬道照直前飞，约有三里始能到达。虽然门外已有妖党堵截，但决不是二人双剑之敌。这一疏忽，把路走错，却引出许多事来。

周、李二人略微计议，便用师传启门灵符，如法施为，朝那左壁上黑门连划了几下,一口真气喷去,把手一指,一声轻雷过去,小门立开。二人都是心急出险,立纵遁光飞入。飞了一阵,英琼见那道路甚宽,壁上时画有烈焰之形,越往前,越觉不对。方唤轻云暂停商议,别寻途径,忽听烈火风雷之声,心疑妖尸邪法。抬头一看,前面拐角飞来四道青白光华,后面紧紧带着一片烈焰,似潮水一般急涌而来。沿途上下弯环甚多,拐角相隔甚近,先未警觉,突然出现,料定是妖党发动火遁,迎头堵截。两下里来去之势都快,退避无及,一下撞了个迎头。英琼性急,做梦也没想到来人会是卫仙客一行。二人因为一路平顺,先又行法开门,剑光恰在此时分开。英琼领路当先,大喝:"姊姊快上前,与我一齐杀了这个妖党再说。"声到剑到,话未说完,连人带剑已往那四道光华中射去,紫虹如电,当头一道白光首先相遇。来人正在觅路飞遁之际,猛瞥见前面青紫两道剑光衔尾相连,在一团佛光笼罩之下,迎面急驰而至,未及出声搭话,两下里业已撞上。

紧随英琼身后的轻云乍见之下,也误认来的是妖人党羽。再定睛一看,内中只有一道青光微带邪气。刚看明来人相貌,忙喝:"琼妹且慢,不是妖党。"话未说完,一声厉啸,当头一人已经负了重伤,白光也被紫光绞为两段。犹幸那人是个能手,同伴法力也颇高强,一见变生仓猝,立即上前救护。同时英琼也认出这四人正是卫仙客夫妻和两同党,虽然双方也有嫌怨,终觉不应如此。继一转念,对方恩将仇报,也实该受此报。偏生受伤的人是个长髯道者,素昧平生,已然误伤,那也无法。正想对方一翻脸责难,索性将错就错。说时迟,那时快,双方相对时,后面火潮即将涌到。辛凌霄因见后有烈火,前有强敌,既要救护受伤同伴,又要御火,百忙中咬破舌尖,向后喷去,一片红光飞出,才将烈火阻住,但略一缓势,又涌了上来,势更较前猛烈。英琼正僵得想不出好主意,见火涌到,立即乘机上前,把圣姑所赐抵御丙火的法宝先天水母坎金丸发将出去。扬手只是酒杯大小,一丸精芒电射的金光,一经近火,立生妙用,化为数十百丈大小一片乌光玄雾,那怒潮飞涌一般的烈焰立被阻住,不得上前。众人身上也立转清凉,先前炎热烤炙之势,一休冰消。英琼素来不善辞令,又以适才飞剑虽是误伤,但对方视己也无异仇敌,不甘输口赔话。当转身施为之际,本就防到卫仙客等人不肯甘休,一面用法宝抵御烈焰,一面暗中戒备,偷觑四人神色。心想:"卫氏夫妻虽然昧良,终是正教出身,无甚恶行。误伤之事实出意外,并非成心。如肯相谅,一同对付妖尸,再好没有;否则反正成仇,只好和妖尸一样,当做仇敌看待,事后再作计较了。"

她这里心念才动,卫仙客瞥见同党忽为英琼飞剑断去一臂,不禁勃然大怒,一面上前救护,一面方欲喝骂还手,英琼业已发觉错下了手,由身侧飞越上前,与辛凌霄相继抵御后面火攻。那受伤道者,正是卫仙客旧日同门师兄、银泥岛主东方皓,如非玄功奥妙,应变神速,命也不保。但他为人机智非常,初念虽也恨极,待以全力与仇敌拼个死活,但转眼之间,便看出来人是无心铸错;又认出了长眉真人昔年炼魔镇山之宝紫、青双剑忽同时在此出现,知道厉害,敌人有此双剑合璧,绝难伤她们分毫。心想:"一行四人,正当势穷力竭,受尽危害,难于脱身之际,无端得此生力军,又非有心为仇。与其做那徒树强敌,绝难如愿的无益之举,何不就势利用,仗以出险,日后再打复仇主意,岂不高明得多?"念头一转,瞥见同伴天煞真人沙亮已运玄功,化作一缕青烟,由敌人身侧,将自己在百忙中用作替身的一条断臂抢到手内。那剑伤自己的仇敌也飞越到身后,剩下一个青衣女子喊了一声,未将同伴止住,便身剑合一停在左近,目注自己一行,似在待机而作,也不发话,也不动手。卫仙客夫妻本在最后,见同伴受伤,立即抢将上来。东方皓见卫仙客就要出手报复,忙使一眼色,喝道:"卫贤弟,来人也是受了妖尸之愚,无心之失,我们莫认错了。"

一言甫毕,天煞真人沙亮人更阴险,诡诈百出,冒险抢出同伴断臂,并非全是为友情长,只恐其少时为烈火焚化,无法接续,因而残废,乃是另有深谋。因他练就一种极阴毒的邪法,觉着当时前后皆是强敌,除了拼舍原身,至少也须舍却一段肢体,行那邪法,始有脱险之望。适在南洞水宫陷入重围之际,便曾想到。无如自私之心太重,心想:"此次受妹诱劝,为人出力,满拟分润两件奇珍异宝和毒龙丸等修道人用的圣药,谁知所谋未遂,反伤折了两件心爱法宝。一行四人再具神通,妖尸持有圣姑原设禁制埋伏,一毫也奈何她不得。就此逃出,都太失算,如何还舍得自残肢体?如令同伴自舍,以供己用,一则法由己施,不好意思向同伴说;二则圣姑五遁禁制神妙无穷,是否有效也还不敢一定拿稳,万一不行,更是贻笑,只得权且隐忍。真被迫到危机一发,再择一人,出其不意,突然下手借用，如同脱险，自有话说；否则自身总可保住，日后再作打算。不过卫仙客、辛凌霄与妹妹交好，又是夫妻二人，伤一个便是伤两个，并且昆仑派同道中的能手颇多，稍一失措，立树下好些强敌。算来只有东方皓，自离昆仑以后，自觉无颜，孤身一人，僻居辽海，独自修炼，不与外人交往，其势最孤，伤了他无甚大患。"主意打定，一直就注意在他身上。适才见他独自向前开路，刚过甬道拐弯，便有一道紫电飞来，知难躲避，赶紧戒备时，人已运用玄功拼舍一臂，保了活命，遁退回来。现成法物，再好没有。又自恃玄功奥妙，竟化青烟上前，将断臂拾起。沙亮初意后只有妖党紧追，到处遇伏，无不险恶异常，对面偏又来了这等劲敌。本想与新来二故略微交手，稍见不利，立即下手，用断臂行法，外役丁甲，内驱诸般神魔，并发自炼神煞阴雷，拼耗一点元气，裂山破石而出。及见来人一个停立未动，并还出声喝止；另一个伤人以后，不与一行四人对敌，反倒越向身后，相助辛凌霄御火。这两人的一紫一青两道剑光，已是从来未见之奇，头上又有佛家祥光照护，那厉害的丙宫真火，竟吃一粒小金丸所化玄雾阻住，大有受克之势，不禁大为惊奇。沙亮又看出来人便是入洞不久，由东洞退出时所见峨眉二女弟子，与卫氏夫妻双方结怨。不由暗忖："前听妹子红燕说过，对方原无恶意，实是卫仙客夫妻量小心窄所致。自己兄妹为想坐收渔人之利，加以怂恿，未曾劝阻。看此情势，分明误伤，只是面嫩，又有以前过节，不肯赔话而已。久闻峨眉新收男女弟子颇多异材，果非虚语。即以二女相论，适才木宫被困，原也是她攻破。后被妖尸倒转门户，诱入火宫以后，辛凌霄两三次传声诱为己用，均未答理。嗣见妖尸忿怒，连向同党斥骂，暴跳非常，好似二女已然攻入重地，因与一行苦斗，脱身不得之状。辛凌霄屡用言语激动妖尸，当时虽未离开，神情似更忧急。妖尸去后，满拟二女必遭毒手，哪知竟由东北二洞妥地从容到此，不特人未受伤，身后也未见妖党追赴。所用法宝、飞剑，无不具有极上威力妙用。既非有意为仇，今正需人相助，合力出险，如与为敌，岂非至愚？"见卫仙客神色不善，方想点醒，东方皓已先开口，随插言道："东方道友玄功奥妙，虽受误伤，少时即可复原。五遁禁制中枢是在水宫，此宫不破，多大法力也是徒劳。最好先离此地，想好破法除妖之策，再来不迟。据我观察，妖尸分明又使故智，倒转火宫，诱我们去入水宫埋伏。这里当离水宫不远，这二位道友适由木宫进攻，今忽至此，想由北洞水宫转来。如我料得不差，由此破洞出去，就不难了。"东方皓立即乘机附和。卫仙客闻言虽被提醒，无如大难不久将临，仍在固执成见，耻于转口。

轻云知道峨眉与昆仑原有渊源，但盼不与结仇最好，一听话音，颇有事急求合之意，正如所愿，立即接口笑答道："愚姊妹果由北洞攻出，已将近把甬道走完。因闻风火之声，一时好事，循声窥探。刚进门不远，便见四位道长飞来，仓猝之间，误认为妖尸妖党发动火遁追来。李师妹见来势猛恶，未免心急了些，致有此失，愧歉万分。此时也无暇多谈，如蒙鉴谅，且先合力攻出洞去再说，如何？"

东方皓和沙亮刚觉同仇敌忾，自应如此，忽见前面乌光玄雾荡漾中，一声断喝，飞来两个通体烟光环绕、赤身露体的男女妖人。才一对面，手各一扬，首先飞出两团血焰红雾，脱手展开暴涨，潮涌一般朝众人身前飞来，还未近身，便觉血腥奇秽之气刺鼻难耐。东方皓大怒，喝道："无耻妖孽，猪狗不如，凭着一点秽血余腥，也敢猖狂！"说时迟，那时快，话才出口，独手一扬，一片玄雾夹着数十点酒杯大小晶莹奇亮的青色精光，当先飞起，迎着血焰只一裹，那数十点青光便纷纷爆裂开来，声甚清脆，不似雷声猛烈。每有一点爆散，便化为百千青色光芒，雨箭一般四下飞射，光却强烈。那血焰红雾立即燃烧，化为暗赤色的浓烟，四下飞散。东方皓手再一指，外面那片玄雾立即将他包没在内。女妖人披发赤身，一丝未挂，身白如玉，粉腻若酥，生相妖艳已极。虽在对敌，仍是媚眼流波，巧笑盈盈。见妖法破去，也未发急，一声媚笑，喜滋滋望着东方皓和卫仙客、沙亮三人，口诵邪咒，待要施为。那男妖人身后，背着一个大黑葫芦，生相却极丑陋：肤作紫黑，身材高大，狼面鹰目，颔绕虬须，身上青筋怒凸，宛若蚯蚓，胸前一簇黑毛，直达下部，臂腿等处也是长而黑硬的汗毛，手足十分粗大，神态凶野，望去直似一个怪毛人。见状却是大怒，振起手臂往上一扬，身后大葫芦中便有无数极亮的箭形黑光飞出。同时女妖人樱口一张，一股温香起处，飞出一片粉红色的香雾。双方恰是一齐发动。

当妖人血焰初破未破时，天煞真人沙亮已然发觉危机密布，就要发作，又认出男女二妖人的来历，知道再不脱身，就与周、李二人合力，恐也艰难。眼前两起人，自己这一起先前几乎上当，被妖尸诱入重围，此时虽已识破机关，但是法宝威力不如那双剑一珠；她们虽得峨眉剑术真传，剑宝威力并极神奇，但又看去年轻识浅，未必深悉洞中禁制玄妙和门户的向背。如在平日，这两个女子一样也是敌人，自然容她们不得。当此危急之际，却是不然。一则二女并无为仇之意，先前误伤东方皓，实出无知，如同脱困出去，至多分道扬镳，各行其是。纵然全是想夺池中藏珍，也是各凭法力，捷足先登。只有自己这面暗算对方，对方决不至于一出困便即反戈相向。二则二女有此双剑一珠，脱困既较容易，就算误进为退，深陷重围，仗以防身，决保无害。自己这一起人，除了昧良负义施展毒法，拼葬送一个同党，只顾自己一人脱身或可办得到而外，想全数逃走，多半无望。为今之计，只有权且化除私见，两家合力，速急遁走，才可彼此保全。就是这样，迟了仍恐无及。沙亮念头一转，立用传音之法，向众说道："这两个无耻妖人，定是昔年赤身教下犯规被逐的两个孽徒。虽然不堪我们一击，但是后面火遁被我们一挡，立即退去，未生变化，二妖人忽来兴妖作怪，看似拦阻去路，实是妖尸诱敌诡谋。此时门户必已倒转，妖孽邪法无功，必要诈败，我们稍微一追，便入重围。你们听上下两面风雷之声已起，发动必快。我们不可再冲过去一步，就在此地除这两个无耻妖孽，表面相持，暗中准备。妖尸性暴，不耐持久，必先发难。只要稍现迹象，便可料出门户向背。我一说走，便请峨眉二位道友与我一起，仗她双剑一珠和我法力，当先开路，东方道友与卫道友夫妇紧随断后，定必冲出无疑。只是说走便走，人随声起，愈速愈妙。稍微延误，圣姑禁法神妙无穷，妖尸党羽又众，再想脱身，便要多费心力了。"

说时，男女二妖人邪法已经发动。东方皓法力本高，见识也多，初见妖人赤身而来，用极污秽淫毒的邪法，已疑心是赤身教下妖徒。继一寻思："鸠盘婆门下弟子俱是少女，休说男弟子，连妇人都没有，教规管束甚严。近年因为劫数将临，心中内怯，恐与正教中人结怨，轻易不许一人下山。并且所有门人无论相貌美恶，见了外人俱是冷冰冰的。所习魔法尽管邪恶，对敌时，除了行法时不免赤身，从无上来便是这等赤裸无耻，又施出这等妖淫荡态。如说是别派中妖邪，又多不似。"心甚奇怪。及将血焰破去以后，听沙亮传声警告，猛想起昔年鸠盘婆初创赤身教时，曾收过几个男弟子，后以这些男弟子相继败于色欲，犯了第一条教规；有的还勾引同门犯了奸淫，在外淫恶，更不必说。由此大怒，把这些孽徒十九处死。内中只一个叫胡览的，原是汉人，最为刁狡。他先勾引好一个生性淫荡而又得宠的女同门，名叫阴四娘，见众孽徒相继犯规惨死，做了魔头，心畏本门法严，彼此会心，没敢成奸。却故意先后犯些小过，等互相逐出门墙之后，再行结合。照着教规，犯这类小过的门人虽被逐出，只要自己愧悔，仍可请求师父开恩收回，只是一种形式上的惩罚，但是必须本人虔心祝告，方获恩允。鸠盘婆那么高的法力智慧，竟为所愚，自是生气。无如她那规例，如当时不加重处，未将法力法宝收回，活着逐出教外，师徒之谊虽绝，余情犹在。无论多么可恶，只要在教中不曾发现，除了犯上，或与本门结仇修怨，便听其自去，无故不再伤害。天性又极好胜，觉着受了孽徒愚弄，再如计较，越发坐实自己愚昧，心虽恨极，只得听之。为此迁怒，收徒越发审慎，男的更是不要。胡、阴二人也知此事犯恶太甚，当时色胆如天，事后却极胆寒，离开师门不久，便自隐匿，不再听人说起。一般传说，已在暗中受了鸠盘婆戮神之诛。事隔多年，久已遗忘，想不到会与妖尸一气。闻言不禁也生了几分戒心。

东方皓一见妖人二次施为，便不再攻敌，一面暗摄心神，以防邪法潜侵；一面又由身畔取出一件法宝，化为一片青色光墙，将那黑光妖箭和粉红色妖雾一齐隔断，相机进止。这一面周、李二人表面虽与四人相合，一则因为卫、辛等四人本是对头，此时急难联合，实出无奈，绝非本心，况又误伤了他一个同党，不得不加小心；二则想就便观察这四人的法力深浅，以防脱困出去，突又反戈相向时可为应付。同时却又惟恐夜长梦多，或是辛、卫等四人不是妖党之敌，暂时旁观，虽未上前，实在暗中戒备，跃跃欲试。嗣见东方皓突然破了邪法，妖党又有施为，那赤裸淫邪形态实在看不下去。二人俱都疾恶，英琼尤甚，见东方皓二次只能应付，并未占上风，本就按捺不住怒火，待要出手。再听沙亮那么一说，观察神情语意，实非虚假。心想："卫、辛二人虽然以德报怨，私心太重，到底是昆仑派中知名人物，不能过于昧良无耻。那和男女二妖人动手的一个，剑光法宝，神情动作，均不似左道中人。只这一人，急切间看不出来路，说话却极中听，法力也似不弱。圣姑禁法，妖尸已全能运用，在此相持终是可虑。转不如听了此人的话，合力往外冲出为是。好在卫、辛等四人即或乘隙暗算，自己双剑合璧,加上牟尼珠佛门至宝,也不怕他。"想到这里,觉着男女二妖人可恶,意欲除了害再走,也没把沙亮前半的话放在心上。二人互相略微示意,猛把紫郢、青索两道剑光一紧,化成一道长虹,朝前飞去,径由青光穿过,连妖人带妖箭妖雾,迎头圈住一绞。二妖人用心果如沙亮所料,暗用诡谋,诱敌落网。一见有人纵剑光飞来,虽觉来势强烈,不比寻常,仍恃赤身教中玄功变化,妄以为不能杀他们。但也恐敌人飞剑厉害,有甚损耗,不顾再等全数落阱,忙即发动妖法,诱敌入网时,哪知恶贯已盈,来势比电还疾,双剑正是克星,未容施为,已经卷上身来,方知不妙,已经无及。女的还惨叫一声,男的直连声也未出,连人带妖箭妖雾一齐葬送,剑光略一掣动,立化烟消。

周、李二人意犹未足,还在扫荡余氛。沙亮见二人不听己言,飞剑直上,方觉要糟,一见这等形势,不禁惊喜交集。心中盘算未来,眉头一皱,耳听风雷轰隆,蕴怒欲发,东方皓已把青光收回,周、李二人剑光仍在残氛中上下飞舞。知道危机瞬息,非此二人合力,不能脱身。此时已不暇再想别的,忙喝:"二位道友,前面癸水遁法已然袭来,四外想必还有应合,快请回来,认明方向出去。"周、李二人也听出风雷有异,闻言警觉,不顾扫荡残氛,忙即退下。刚把剑光撤回,两下会合,沙亮举目四望,未及发话,眼前光景倏地一暗,紧跟着五色电光接连闪了几闪,入了黑暗世界。众人虽是慧目法眼,也只在护身宝光剑光之内能看得见。沙亮、东方皓情知不好应付,同声喝道:"五遁禁制将全发动,妖尸未现,不是更有凶谋,便是被人绊住。诸位道友必须合在一起,各施法力,等她五遁禁制一齐发动,再行设法冲出,不可妄自行动。"

话刚说完,倏地青光一亮,再看存身之地已非原处,上下四处一片青蒙蒙,更无边际,不知有多少根两三抱粗细的青色光柱,互相挤压,正在浓淡相间的青色烟雾坏抛之下,四方八面怒涛一般急涌上来。周、李二人在静琼谷看上官红演习乙木遁法,曾经易静劝说向其学习,身边恰又带有克制乙木之宝。英琼首先想道:"新结合这四人本是对头,内中只卫仙客夫妻出身昆仑正教,另外两道人便摸不清他们的路数。尤其屡次发话警告的一个,仿佛法力识见颇高,相貌神情却不像是一个正经修道之士。此时彼此相识,由于势迫危临,未必本心,知他含有什么用意?再照他说话的口气，处处显出他比人高出一头，对于自己无形之中带出轻视口气。如若完全依他，不能脱出，自是一同失陷；如若一举出险，必认为是他的识见功劳。对方本来是仗着自己和轻云的法宝、飞剑相助，一同出险。仅仅修炼年久，多点识见，略知五行生克，能辨出入门户而已。自己和轻云为人利用，出了大力，结局还使对方以识途老马自居，全仗他知机指点，始得脱险。如是正经前辈修道之士，或与师长有点渊源，也还罢了。如是左道妖邪一流，人心难测，到了外面忽生异志，或是被他说上几句便宜话，不特冤枉，且失师门体面。现在双剑、宝珠护身，更有圣姑所赠克制之宝，自信什么厉害的局面也能脱身。至多费上加倍心力，由此洞深处，硬行穿山破壁而出，也不是定办不到。与其有力不施，听其驱遣，结局还许不免被其轻侮，何不施展自身全力，试硬冲它一下？事情如济，使对方看看峨眉门下威力，自为本门争光；即或不济，该怎么仍是怎么。这几件宝剑、法宝既全用到，再如无效，料对方也是无计可施。假若仍要仗他指点，才可济事，那时再依他也不算晚。到底有所自见，比那一味依随强些，譬如不遇此人，又应如何？"

英琼想到这里，也没随声应和，暗向轻云使了一个眼色。轻云本具同情，比起英琼还要老练周到，意欲反从为主，一面点首会意，准备与英琼一同发动；一面向卫仙客等四人微笑道："愚姊妹虽然年幼道浅，对于洞中埋伏禁制，也还略知一二。适才二位道长之言，固是智虑周详，老成持重。但是圣姑禁法已被妖尸窃用，神妙非常，事机瞬息，千变万化。常言一人计短，二人计长。应变贵于当机，不宜拘执成见。我看不限定谁为从主，反正彼此一心，同仇敌忾，无论是谁，只要发现可乘之机，或是辨明门户，便可当先开路，余人随后相助，合力出去便了。"

众人俱知五遁神妙，除了真能破它，抗力越大，反应之力越强，变化也快。为想少时减少一点阻力，以易脱出，见那四方乙木真气所化乙木神雷挤压上来，只各凭法力防御，不去破它。周、李二人更是欲攻先守，别有成谋。天煞真人沙亮自与周、李二人相遇，便加意留神观察，始终认定二人学道年浅，功候不深，只仗根器天赋和几件法宝、飞剑之力，本身法力必是有限。又见二人一味附和，无甚主见，愈发狂妄，自居先进，虽想利用二人法宝、飞剑，并未把二人看在眼里。见周、李二人只用剑光防身,一直未敢硬抗,方料二人慑于乙木神雷威势。忽听轻云发话,以为是年轻人好胜,恐已轻视,故意说出这些依违两可的话,来遮盖颜面。暗骂:"贱婢,你们入门才得几年,便敢与老前辈对等说话?如非恐你年轻易受刺激,话已说出,无法改口,妄自猛抗,致将五遁威力一齐引发,而你们那法宝、飞剑又有用处的话,我只略施小计,拿话一激,你们就休想脱身了。"

沙亮正寻思间,周、李二人已然准备停当。当时紫、青双剑合璧,化为一道长虹,一面放出牟尼珠将身护住,同声喝道:"诸位道长,姑且随愚姊妹试上一试如何?"说时迟,那时快,二人话才出口,轻云早施展上官红所传以木制木的收遁之法,手指处,那四处势如潮涌而来的乙木光柱前面,忽起了大片青霞,将自身乙木光柱逼住,不但不得上前,反倒往后逼去,给众人空出大片地方。最妙的是,先前互相挤压排荡,胜似万雷怒震的巨音,也已寂然。只是乙木光柱威力较大,退了一段,又复拥上,但与先前不同,两下里忽进忽退,光焰万丈,闪烁不停。似这样相持,不过极快几个进退。另一面,英琼早把牟尼珠运用停当,一片祥光将众人一齐护住。跟着取出太白金戈,朝前面连指了几指,戈头上立飞出千万道银白色的精光,向那乙木光柱丛中飞去。本命克星端的灵效神速,偏巧木遁又受了本身禁制,妖尸被人绊住,不在当地,变发太骤,急切间乙木不能化生丙火,五行失御,全部不能运行化生,精光到处,真气全消。

众人定睛一看,那被困之处乃是一间广大石室,左右两边墙下立着两个木屏风,上绘风雷五行各种图形,隐闻水、火、风、雷、金刀、飞石之声起自屏上,声甚繁碎紧密。前后两头各通着一条甬道。周、李二人上次来过,一眼瞥见这甬道正是旧游之地,知道前面便是西洞第二层的出口要路。上次来时,李宁曾嘱谨记,二人记得甚真。英琼记得当初石室之内并没有这两架木屏,料是妖尸移来。禁法已破,穿出前面这条狭长甬道,便可脱身,乐得说上几句大话。忙喝:"我们已吃妖尸行法倒转,困入西洞。现在乙木已为愚姊妹所制,前面便是出口,诸位道长还不随同快走!"二人知事紧急,五遁失效,洞门正开,再迟冲出,吃妖尸发觉追来,重施五遁禁制,脱出之艰难便不可以道里计了。口里招呼众人,自身也就往前飞去。卫、辛、东方、沙亮等四人,做梦也没想到二人竟有这等法力,骤出意外,不禁又惊又佩,又喜又忧。知事紧急,不宜迟延,忙同飞起,紧随二人身后,在牟尼珠佛家祥光笼罩之下往前飞去。甬道虽长,遁光何等神速,晃眼便已飞到出口。周、李二人遥见前面小门正与甬道出口相对,直不费一点事便可飞出,心中大喜。忙喝:"前面便是西洞出口,此时妖尸想已觉察,难保不发挥全力追来。出口外面尚有一层门户,内藏庚金神闸,如被关闭,妖尸追到,仍和困在里面一样,出去虽较先前容易,到底费事。但那出口一带甬道狭窄,不宜速行。我二人略知门径,且先开路,请诸道长鱼贯相随,并请一位断后。如见妖尸运用禁法袭来,可以法宝阻挡,不可力敌,妄想伤她。只要退出前面木柱中心小门,便无妨了。"说时迟,那时快,二人说完,人也当先飞起,身剑也早合一。卫、辛等四人各运用玄功,化一道光华,外加法宝护身,宛如一道各色光华合成的长虹,紧随二人之后,鱼贯飞驰。

　　周、李二人毕竟正直无私,居心纯善。因与卫、辛等四人已然讲好合力脱险,觉着起初没摸着门径之时,本怀着互相扶助之心,想不到一时负气好胜,冒险试探,无意中竟将禁法制住,现出西洞要口。照此情势,怎么也能平安脱出。但是自己是在前面开路,这急难联合的四个对头,不问将来是否以怨报德,心存狡诈,总算同仇敌忾,同路之人。各位师长和几位先进同道同门的平日口吻,均不愿与昆仑派中人结怨为仇。倘如自己当先脱出,后面四人因为妖尸神通广大,洞中禁法厉害,被她追来重又困住,或是落下一两个,不但失了义气,并还易启猜疑。那两个道人不知来历,卫、辛二人终是昆仑知名之士,两派以前本有渊源,救了他们也不冤枉。那年已救过他们一次,为了当时易静小心太甚,急切间又实未测知微妙,下手稍迟,人虽救出,却坏了他夫妻的道力,也致以德为怨,虽是负心,一半也由于误会。此时正好以义相结,也许解却前嫌,岂不是好?二人都是一般心理,念头一转,知道那木柱与门最关紧要,身才飞出,英琼立将那柄太白金戈取出,化为一道精光钉向门上,将那木柱钉住。

　　当众人快要飞到出口之时,后面已是异声大作,风雷轰隆怒震之中,杂着万千兵锋相击之声,由远而近。回顾身后来路,银光如电,急转起千重光云,万支银箭,怒潮暴涌一般追袭而来。沙亮断后,因见周、李二人法力高强,大出意料,心中惊愧。看出庚金禁制已然发动,晃眼追上,如若无力抵挡，要想脱出那小门决赶不上。以自己法力而论，五遁之中只此西方庚金最为难敌。无如先前向人夸口，妄以前辈自居，周、李二人又在发话指点，其势不能示弱。没奈何，只得拼着伤损一两件法宝，先照周、李二人之言挡它一下，只要稍阻住来势，一出小门便可无碍。

妖尸先是和沙红燕在水宫苦斗，忽听一个最心爱得力、代为主持遁法的同党传音告急，说是两处敌人已然合而为一，不特未中诱敌之计，那奉命诱敌的夫妻二人恐还不保。自己不能分身，如令别人前往应援，绝非诸敌人的对手。那北洞水宫下面是灵泉发源所在，原与圣姑寝宫同为全洞枢机之地。妖尸闻言急怒交加，忙将北洞法图现出一看，男女二妖人刚巧身死敌手。怒火攻心之下，忙即倒转禁制，想将众人困住，五遁齐施，等杀了沙红燕，再用凶残毒手报仇雪恨。

妖尸也是气运将尽，元神暗中受了圣姑极微妙的禁制，一味倒行逆施，任意而为，想到便做，不假思索。自己不在北洞水宫，沙红燕暂时又不能脱出，本该运用玄功变化，亲自飞往；或将阵图倒转，将敌人困入北洞水宫，以免身难兼顾，才是正理。因恨沙红燕刺骨，必欲杀之为快，心神专注在这一人身上，不知怎的会把这六个强敌看轻了些，竟然错了主意，以为五遁之中庚金威力最大。自从那年由一误入仙府法坛的不知来历姓名的少女手中夺下了多少年梦想未得的道经以后，因末几页被那少女夺去，独缺乙木一章，费了若干心力苦炼，对于洞中原设五遁禁制，仍只能如法运用，不能有所损益。独对西方庚金，新近悟彻玄机，增加了极大威力妙用。又以先前诱敌深入水宫之计未成，竟自改了原计，不惜运用全力，倒转禁制，欲将众敌人困入西洞，并施毒手，反用五行，先使敌人饱受苦虐，最后再去从容消遣，凌迟碎剐，化炼形神。谁知天夺其魄，众人按理本难脱身，此举却给周、李二人莫大便宜，法宝既用得恰是地方，又是轻车熟路。那反五行藏有先后天妙用，是由相克化为相生，五行逆用，威力本极猛烈，不可思议。妖尸心肠刁狡，意犹未足，因觉敌人中颇有内行，分明是万无脱逃之事，仍恐被敌人看破，不肯上当，守而不攻，虽吃困住，却不会受甚苦难，不能消恨。又加上指鹿为马的诡计，西洞本身本是庚金，故意先由乙木发动，以致出手便吃李、周二人一个以木制木，所用禁法正是妖尸所缺的几页，恰好攻着弱点；一个再施展太白金戈，乃木宫的克星。这反五行禁制，上来遇见本命本宫的克星，偏又是二人合力，一珠一宝同时运用，只管威力至大，开头被人制住，底下的庚金、丙火、癸水、戊土各宫禁制全数失御，不能再用。幸而李、周二人不知内中玄妙之机，如换了另外两个深知底细的强敌，再以法力一逼，还可激出巨变，反客为主，去伤行法之人，或将当地震成齑粉。固然圣姑五遁禁制妙用循环，能自为消长，而妖尸神通也大，但未必如此之甚，且变生仓猝，到底不易应付了。

第二四四回　厉啸落长空　电射屠龙驱丑魅
　　　　　　祥云封圣域　花开见佛拜神僧

这次妖尸一面与沙红燕相持，一面行法运用，目注总图，准备快意，看得逼真。方断定敌人必定遭殃，猛见法屏总图之上乙木神雷青色烟光环拥正急之际，忽由当前光柱中冒起一片青霞，自己将自己往外逼开，真是从来未有现象。反五行逆用，非同小可。金、火、水、土四宫本身反制，妖尸虽然通晓，独于木宫是个缺点。情知对方来了行家，这以木制木神妙无穷，急切间不但不能再施前法困敌，并还须防他反击，毁损总图。这一惊自是非同小可，当然是顾总图要紧，无暇再顾追敌之事。于是，李、周二人万般凑巧，不费一点心力，容容易易遁逃出去。妖尸见状，自是忿怒填胸，知这六人如被逃走，定是日后心腹之害。又看出众人没有运用五遁反击之力，心中略放，匆匆将总图还原。情急之下，连适才最痛恨的沙红燕也只得暂且放下，忙即亲自追来，出手便施展全力。

沙亮抵挡一阵未始不能，可是因为应敌耽延，稍缓一步，被她追上，或是出口一被封闭，妖尸又是情急拼命，咬牙切齿，再被困住，定必不惜一切，非制敌人于死不可，想要脱出就难极了。这后面四人，只辛凌霄一人在前，已到出口，就要飞过。但后面光云光箭已然卷到沙亮身后，只要再往前罩，辛凌霄比较可免，卫仙客已在未定之天，而东方皓和沙亮便非失陷不可了。那来势神速异常，才一望见，便已飞临头上，甬道上下四外洞壁已经摇撼，各色光华已似雨箭一般出现。就在这危机不容一瞬之间，还算好，英琼的太白金戈恰是无心巧合，将那出口木柱小门首先钉住，占了先机，妖尸想将出口封闭，先未办到。同时牟尼珠所化祥光，本已随同主人当先飞出。轻云一听甬道来路风雷刀兵之声，忽触灵机，忙喊："妖尸来了！琼妹速放宝珠，护那四人出险。"一言未毕，甬道内光云光箭已如潮涌飞来。同时英琼也已警觉，深知此珠不会被外人夺去。乐得救人救彻，一经提醒，不等话完，手指宝珠，重又飞进甬道中去。佛门至宝果自不同，看去并没对方势速，可是珠光一到里面，突作长形，将卫、辛等四人护住，恰巧迎向沙亮的身后，将庚金神光挡住，相差不过分寸，看去险极。沙亮、东方皓二人的法宝也正放出，还未与对方接触，四人晃眼工夫，同在祥光断后之下飞出。

周、李二人更不怠慢，因见四人身后光云电转中夹有辱骂之声，语甚污秽，料是妖尸本人追来。一面伸手招回宝珠，将六人一齐护住，故意后收太白金戈。就在这略一缓手之间，妖尸自也追到。二人且不先收法宝，双双扬手，便是一太乙神雷。妖尸急怒攻心，求敌心切，本在暗中施为，只等钉门法宝一收，便将外层庚金神闸放下，先困住众人再说。做梦也没想到，英琼恨她毒口秽骂，为想借着收宝延迟之机，不问能否打中，且冷不防给她一雷试试。轻云也是同一心理。二人只见金闸就在面前，悬而未下，以为有宝珠双剑可以防身冲出，一时大胆，欲少出气忿，并不知道金戈钉得正是地方，那木柱小门与金闸互相关联，木门不闭，金闸便难随意运用，无意之中又占了极大便宜。震天价连着两声霹雳过去，妖尸骤出不意，竟被打中。这玄门正宗上乘法力，妖尸又是全无防备，一任神通广大，变化玄机，不及抵御，也是难于禁受。当时形神全都受创不轻，只听一声尖锐的厉啸，对面甬道光云电射，电火横飞中，一个披发赤身、美艳无匹的妖妇影子一闪不见。雷火初过，霹雳之声震撼全洞，四壁摇摇，似要崩塌。那甬道也成了一条火弄，庚金光云仍在腾涌，受了神雷激荡，宛如怒涛起伏，并未消灭。只暂时无人主持，不再进出罢了。事情原只瞬息之间。二人见妖尸受伤遁退，好生欣喜。正收法宝，猛瞥见光云电转中飞射出一溜青光，初出时来势看去不快，似颇吃力。英琼心疑妖尸又出甚花样，手方欲扬，猛听身后喝道："道友住手！是自己人。"说时青光忽然加紧飞出，身侧沙亮也早迎上前去。刚听得一声娇叱，底下便没有声息。同时沙亮口皮好似微动了动，那青光便往他袍袖之中投入。轻云知道妖尸不是一雷可以打死，必不甘休，连声催走。英琼也知不是善地。匆促之间，那青光并未现形，二人俱以为是四人落在后面的同党，均未想到别的，立即一同飞出。到了洞外，果听洞中怒骂厉啸之声，紧跟着洞门便已紧闭。

众人一同由池底飞升，一晃眼，遁光飞近池面水层，就要冲波直上，猛听池中心那根水柱下面霹雳连声。同时瞥见白光一闪，那铺盖池面的一片水面忽焕奇光，一圈圈晶澈莹流疾转若电，往下压来。水柱也齐顶断落，化为千万道丈许长的银光，乱箭一般往上射到。众人已然脱险，未免大意，万想不到人已脱出，敌人还有伎俩卖弄。加以变生仓猝，事起太骤，周、李二人恰正在前，更是不及退避，目光到处，人已飞入光圈水漩之中，当时觉着身外一紧，力大非常，上面不知多高，急切间竟冲不过去，不禁大惊。犹幸紫、青双剑神奇，出时虽然分开，人却并肩同飞，相隔不远。一觉身外阻滞之力绝大，似被那光旋裹住，待要深深陷入光景，百忙中又听沙亮在下大喝："卫道友，速住遁光。此乃水母五癸神光，不是妖尸师徒。二位道友暂莫上升，等行法人占了上风，势稍减退，我自有法冲过。"二人话未听完，英琼首先情急，扬手便是太乙神雷连珠往上打去。轻云见自己青索剑却几被光旋裹住，行动迟滞，心中惊异，恰欲双剑合璧，也跟着连发神雷。光旋稍微震开了些，空隙一现，二人剑光立即合为一体，这一来，威力自然大增，身外阻力便减去好些。可是光旋飙轮电转，本来薄薄三数尺的池水，竟变作不知多高多厚，双剑虽然合璧，依然不能透出池面。又听下面四个对头仍和自己同床异梦，内中一个方得出险，立现本相，以自己失陷为利。英琼忿激之下，暗骂："妖道，昧良负义。洞中那么厉害的五遁禁制，尚困我们不住，何况区区一点邪法。我定破法冲出，叫你们见识见识，峨眉门下弟子是好惹的不是。"想到这里，仗着身剑合一，邪法不能侵害，便不问青红皂白，招呼轻云，一面连发神雷，一面把各人身边法宝取出，准备一一施为。

二人原以为这五癸神光并不在洞中癸水禁制以下，平日并未听出，一点不知它的来历奥妙，只仗法宝、飞剑之力，试探着往上硬冲，就能冲出，也必艰难。哪知这行法相困的人，并非水母亲来，乃是水母门下爱徒，妖尸心腹妖党，未来面首之一。除却此法是他本门真传，比较厉害，真和二人拼斗，便非对手。加以双剑威力不比寻常，先前少为遇阻，原是出其不意，一经合璧，便无失陷之理。二人初次经历，不知深浅，又是小题大做，太乙神雷之外，再加上所有法宝，如何能阻得住？也是那行法人背师党邪，迷恋妖尸，一味急切讨好，全不查看利害轻重。一见为首两个强敌紫青剑光一合，法术功力大减，势更急骤，尽管运用神光加功施为，全无效用，知道稍微延迟，终被敌人冲破重围出去。出时向心上人夸了海口，无功回去，不特无颜，还许被其看轻，因而失宠。好歹也要将两个人擒回，代报一雷之仇。一时色令智昏，竟然现身迎敌，意欲施展法宝，猛下毒手，先将敌人打成重伤，以便乘机生擒。却没想到单是敌人这两道剑光，先就无可奈何，况又加上一些至宝；而英琼这次下山，又正是各异派妖人的照命煞星，遇上便难幸免。

他这里刚一现身，对面周、李二人正往上冲，忽见前面光旋层层，飙轮电转中现出一个头戴束发金冠，身着一身雪也似白短衣短裤，面如冠玉的赤足白衣少年，手持一个羊脂玉瓶，一把短剑，迎面飞来。英琼本就怀着满腔怒火，无从发泄，先见来人相貌灵秀，看不出什么邪气，又是由上而下，还拿不定是什么路数。微一迟疑，还未及答问，来人口喝："贱婢纳命！"手中玉瓶举处，瓶口内忽冒起两个彩色鲜明的大水泡，迎面打来。英琼见状大怒，扬手一雷打去，两下里撞个正着，同时爆裂，雷火横飞，水泡也化成一蓬彩网，向二人罩来。英琼先想仍用牟尼珠护身脱出，也恰在此时飞起。祥光上升，彩网恰巧飞到，眼看罩下，并未见什么异状，彩网忽然自行消灭，无影无踪。

少年见把由水母那里偷盗来的本门镇山之宝失去，异日回山如何交代？心中忧惊愁急，微一疏神。英琼见敌人面带惊惶，似有技穷之状，不暇思索，立和轻云同纵遁光，飞将过去。那白衣少年瞥见剑光飞临，猛想起这五癸神光已不能阻挡来势，如何这等大意？心中一急，知借水遁逃走已是无及，恶狠狠把牙一错，左手朝剑光一指，拼舍一条臂膀，待运玄功水遁逃走。哪知紫、青双剑不比寻常，疾逾电掣，未容施为，剑光已绕身而过，连腰带臂断为三截。轻云方喊："琼妹，此人身有异宝，快将尸首抓住，莫令下落。"说时正要伸手，忽由尸腔里飞出一股白气，内里隐现一个小白人影，裹住这手中一瓶一剑，冲波破空而去。英琼见状，扬手就是一雷，那白气人影飞遁神速，晃眼无踪，并未打中。人死之后，法术也自失效，雷火到处，只打得水波四溅，飞洒满空，树枝树叶纷纷随流坠落，上面立见天光。二人忙纵遁光飞出一看，池水已然复原。

英琼本不知那两个道人的来历，更不知后由甬道中乘隙遁出并隐形投入沙亮袖内的是沙红燕，心忿向时所闻负义之言，必欲等那四人上来，向其质问。轻云却较见机，觉着易静尚陪赵燕儿困在北洞水池之内，易静为人素又自信太过，虽说在池底乘机隐身，探查圣姑秘藏的总图，事出有心，但照这洞中经历那等险恶，妖尸邪法又极高强，能否成功，实难拿稳。癞姑与众门人未来池上接应，连神雕均也未见影子，静琼谷中是否平安如旧，尚自难料。而救出这四五个对头，法力俱非寻常，所说的话固是可气，刚刚合力出险，只管貌合神离，无缘无故，总不至于上来便当时翻脸成仇。自己正当势孤虑重之际，乐得借着适才助他们出困的好处，暂保这一点虚情假面，何苦揭穿，除又除不了他们，徒自增加仇怨，多生枝节阻力？忙用本门传声之法，劝诫英琼不可如此。英琼也觉有理，便不再等四人上来，径往静琼谷中飞回。

周、李二人刚刚离开池畔，便听剑遁飞行之声，三青二白五道光华，疾如电射，破空飞去。二人回顾，见多一道青光，看去眼熟，这才想起，那后逃出来的女子，竟是妖姬沙红燕。此女本已被困北洞水遁以内，照起初所见惊慌应敌，与妖尸斗法相形见绌情势，当无幸免，不知怎的竟会被她脱出？看她一出，便和那道人一起，听他们称呼，恰与此女同姓，不特是同党密友，多半还是一家。怪不得出时似要喝骂神气，经妖道上前一打招呼，连面都不肯现，便入妖道袖中藏起。早知如此可恶，转不如遇时不与合流，至多不在洞中相斗，听其自行应付。这样自己一样脱身，这五个对头绝难一同逃出，岂不少却几个强敌和阻力？事已过去，悔之无及。寻思未已，静琼谷已经飞近，见谷口外禁制依然，心方略宽。忽听一声雕鸣，烟光分合之中，神雕先自谷口飞出，跟着袁星、上官红、米鼍、刘遇安相继迎来，纷纷礼拜。二人见状，料知无事，越发欣慰。轻云首问："你的二师伯呢？"上官红、袁星同声说道："师叔、师父，请进谷再说吧。"二人闻言，心中一动，料知有事，忙同飞入。米、刘二人先将谷口禁制如法封闭还原，一同赶到里面。

英琼性急，不等入洞，先唤袁星询问。袁星答道："二师伯往大雪山去了，行时留话，说是因见师父、师伯入洞救人，一去不归，与那日眇师伯用佛家心灵感应传语，有了出入，心中忧疑，独往后洞，向屠龙大师虔诚祝告。正欲以禅功入定，默运玄功通灵，请示机宜，眇师伯忽然飞到。说起上次心灵传意，屠龙大师共说不几句，也并未教她代为传示，只因她本身与二师伯此次雪山之行有一点关联，心又想念二师伯，因而转告，所说多是按着屠龙大师的语意加以揣测。今番来意，专为催促二师伯早日起身，以便代向一位佛家老前辈求说一事。并告以师叔、师伯今日黄昏以前定必出险，只大师伯一人在内，暂时是办一件要事，为异日除妖破法关键，并非真的被困。不过大雪山去所请相助的人，便是仙都二女，与师父、师伯也极交厚，最好一同前往，始能如愿。无如这一双姊妹所居小寒山，非外人足迹所能轻易走进。只有今日，她们为寻求一件佛门至宝，离山他出，去见一位入定多年的圣僧，那地方就在大雪山中，也是难寻。去前，为示对仙都二女的师父小寒山忍大师诚敬求告，不论允与否，还须先往，望山祝告求见。错过今日时机，更难见人。为此二师伯必须先往，吩咐师父、师伯回时，将话照说，即速随后赶去。这里除原有各层禁制外，又加二师伯向眇师伯借来的一道灵符和一件佛门至宝。弟子等如一同守在谷中，不到谷外走动，外人决不至于上门。来者如是自己人，有弟子等轮流守望，人就藏在谷口以内，由里望外，看得逼真，自会开门延入，也不致禁闭在外。只令见师禀告时，务要慎秘，进了谷口再说，以免外人听去，又生枝节。眇师伯已然先行，二师伯说完前言，也便飞走。所以弟子等无人在外，适才出迎，不敢妄陈，便由于此。"

二人听完，才知癫姑已去小寒山。平日本就思念仙都二女，自然希望她们来。一看天色已近黄昏，眇姑、癫姑这等说法，谷中料无甚事发生，惟恐去迟，错过时机，人见不到，立嘱众门人依言谨守谷内，连洞也未进，便自起身。刘遇安当值，一见师父要走，忙走向前收了灵符封锁。二人忙同破空飞起，催动遁光，电转星驰，往西藏大雪山飞去。

遁光迅速，不消多时，便由川边打箭炉上空飞过，到了大雪山边界。二人因大雪山幅员辽阔，仙都二女所居小寒山名为偏居山后，实是主峰后面，自己从未到过。当地又有忍大师的佛法禁制，外人不得擅入一步。便是癫姑此行，原是乘着仙都二女今日出山之便，前往迎候，或往所去之地寻找，并非入山相见。不过事前先往小寒山外通诚，向忍大师先打一招呼，把礼尽到而已。如若真飞小寒山，不特寻找不到地方，或是找到，无法入内,弄巧人还不在那里,觉着无须多此一番跋涉。但是癞姑行时,并未说出仙都二女去的是什么地方。这么大一座雪山,天又深夜,急切之间何从寻找这二人的踪迹?

二人互一商议,最后轻云说道:"癞师姊曾说谢家姊妹所寻圣僧,本在此山入定多年,难于寻到,定是一个极隐僻的所在,连癞师姊也是现找,所以行时不曾明言。记得昔日玉清大师曾对我说,西藏境内有不少苦行的高僧。他们静修之所,有的是在那荒凉无人的冰天雪地,随便搭一个仅可容身的石龛居住;有的是在山腹地底,掘一极简陋的洞穴,闭关入定;有那戒行最苦、道力最高的,简直就在亘古无人的山顶高寒之处,孤身一人在上面,一打坐便是多少年,往往全身俱被雪封冰冻,人在里面竟如无觉。这类戒行艰苦卓绝的高僧,多半是在大雪山中偏僻高险的山顶峰头之上。我们可分成左右两路,先尽这些高险的危峰绝顶挨次寻去,一面暗中再用本门传声之法向癞师姊询问。虽然我们功力尚差,传声不能太远,寻起人来到底容易得多。只要她一搭话,彼此相见就好办了。这样绕寻过去,加上我二人的剑光,不问是癞师姊还是谢家姊妹,见了定必寻来无疑。还有癞师姊,她既知我二人今日黄昏脱出幻波池,当然断定我们必要寻来,她既未先说出准地方,岂有不加留心之理?雪山地广,寻此二人看似艰难,实则并不尽然。只是此山冰雪荒凉,妖人怪物料也有不少藏伏,我们剑光太显,易被发现,还须小心一点罢了。"

英琼道:"这倒不怕,此外也实想不出别的善法,姑照师姊所说试寻一遭吧。"于是议定:英琼往左,轻云往右,各往一边,纵遁光往那许多高险山峰找寻过去,末了再向中间会合,交错绕驰回来。为想使癞姑和仙都二女易于发现自己踪迹,竟把剑光加大,一青一紫两道剑光,宛如经天长虹,往冰雪乱山顶上飞驰过去。似这样时高时低,满空飞驰,每经一个山峰,为了便于观察,相隔下面山顶不过丈许。二人俱都心急寻人,飞行绝迅,却没想到那些危峰峻岭,冰雪积成的居多。到处是冰山雪壁,当年穷阴凝闭,惨雾溟蒙,静荡荡的。除了绝顶罡风,轻易见不到一点风气,只是干冷酷寒。有时人兽呼啸,便能将整座冰崖雪壁震撼坍塌,好些地方均禁不住一点震动。那紫、青双剑飞行起来,何等威力,何况又格外加长,发出极强烈的光华声势。休说剑光冲荡起的绝大风力,便那破空之声也非小可。

相隔下面的山又低，二人剑光过去，下面的冰崖雪壁多半相继崩塌。每有数十百丈高大的危峰峭壁，倏地整座倒将下来。当时雪尘高涌，冰雨横飞，上及天半，声如雷轰。一座崩塌，附近各处的冰崖雪壁也各受震反应，相继崩塌。一时轰隆之声，震撼天地，远近应和，越延越多，响成一片巨震繁音，声势猛恶异常。

二人飞驶特快，也未留神后面，不知是剑光震动，还当事出偶然。及至飞行了一半，见到处冰崖雪壁纷纷倒塌，只要自己刚一飞过，下面必有变动。轻云首先觉察，不由想起青年众同门大破青螺峪，合力诛八魔时，行在玄冰凹上空，因英琼座下神雕两翼风力扇倒崩雪，致将女殃神郑八姑惊动，如非有异日同门这段渊源，几成仇敌之事。暗忖："此山地域广大，峰崖众多，山岭杂沓，异人修士枭鸾同寄，隐居在此者颇不乏人。又是佛门苦行高僧持戒坐关常住之地，常人足迹绝少到此，平日最是静寂，难得有甚响动。现在因为自己寻人，却闹得崖倒山崩，天惊地撼，扰人清修，实非修道人所应为。再如遇见性暴自大的旁门修士出头责问，言语稍不见机，立树强敌。就算宝、剑神奇，不致吃亏，于理也说不过去。并且所寻圣僧就住在此山中，就许震倒的山崖便与他所居有关。听癞姑留话的口气，说不定还有借助之处。人还没有见到，先就使他存了厌恶之念，也非所宜。好在声势已闹得够大，如今全山都被骚动。崩塌之声四山回应，又有这么长两道剑光满空飞舞和传声呼唤，癞姑和仙都二女如若在此，必能闻见，跟踪寻来。这等行径，实不应再继续下去。"

轻云念头一转，立将剑光升空缩小了些，以免再有波及。一面忙向英琼传声，令将剑光缩小，势子放缓升高，不可和前一样。哪知千万年冻积的冰雪，多半酥脆，势更高陡，一有震动，便如铜山西崩，洛钟东应。那崩崖坠峰之势，自比二人剑遁在空中冲荡猛烈不止十倍。一处崩塌，四面挨近的全受了剧烈的震撼，于是逐渐波及蔓延过去。加上二人飞得过快，连震倒了十好几处，闹得天惊地动，远近相闻，宛如万雷暴发，又似数十百万天鼓同时怒鸣。碎冰残雪迷漫横空，互相激荡飞舞，冲击而下，更增加了不少威势。越往后，势越猛恶，急切间怎能停息？连轻云这等有道力的人在空中俯视，也觉目眩神摇，声势可怖。照此行径，凡是在本山隐居的，不论邪正敌友，绝无好感。因此一面留神寻人，一面还须防到有人突起为仇作对。深悔适才粗心，剑光放大尚可，万不该用极猛的势子，贴着沿途山岭峰崖加急飞行，致有此失。连用传声唤了英琼两次，未听回应。心本疑虑要生枝节，越料有变，忙运慧目向英琼所去山左一面定睛遥望。适才未升空时，还曾看见的那道紫色长虹，就在自己略微寻思的转眼之间，忽然失踪，传声又未见她回答。暗忖："英琼就遇到什么有力对头，同在一山，彼此剑光俱能望见，并非太远，传声决能听到，也不应没有一句回答。"不禁忧疑起来。觉着反正凭着目力满山寻访，没有一准地方，哪里都是一样。双剑分合，威力相差太甚，英琼法宝虽比已多，人太刚直，疾恶如仇，胆子既大，煞气又重，容易生事树敌。上来不合冒失，错了步法，弄巧所寻的人已生厌恶，不肯相见。此时还是先顾英琼要紧。

轻云念头一动，随口又用传声呼唤："琼妹，你在哪里？怎无回应？有什么事没有？"一面呼唤，一面拨转遁光，正要照英琼那一面寻去，忽听英琼回唤："姊姊快来！"随见左侧去路，远远雪尘飞涌中，紫光重又出现，又听出英琼语声似颇欢喜。料是有什么踪迹线索寻到，心中高兴，忙催剑光再往上升，掩去破空之声，经天疾驶，向前赶去。刚一起飞，猛瞥见紫光在一处岭头上虹飞电舞，掣动不休，知已遇敌，并非将人寻到。只是英琼剑光那等势子猛急，敌人却看不出一点影子，好生奇怪。正催遁光疾驶，猛又瞥见一蓬五色光雨略现即隐，紫光也是一闪不见。同时忽听癞姑、英琼和仙都二女谢琳、谢璎一齐传声相喊。这一来喜出望外，连忙回应，晃眼见到。

轻云一看当地乃是一条冰雪堆积的大岭，因是附近群山并列，地势均昂，显不出它的高来，地却广大。一面是峰峦环抱，罗列满前；另一面却是一个其深莫测的无底深窒。临堑有一方圆几及百丈的一座峰崖，已然崩坠圯塌，连岭畔也倒塌了一大片。壑中雪雾迷茫，寒烟滚滚，尚未停歇。癞姑、英琼和仙都二女同立岭畔崩雪之处，见轻云飞到，仙都二女首先满面笑容，迎前相唤。轻云见她们仍像以前那样天真，只是光艳照人之中，别有一种静逸绝尘之概，装束较以前还要淡雅。一身冰绡雾縠，云裳霞帔，宛如松风水月，良玉润珠，清丽高华，迥出尘表。峨眉这一班女弟子，俱和仙都二女交好，互相爱重，与癞姑、英琼、易静尤为亲厚，良友重逢，好不欣喜。轻云随问经过。癞姑道："我三人还有事，少时再说。"英琼接口道:"我飞到这里,遇一怪物,正和它打得热闹,便遇癫师姊和谢家两位妹妹赶来,助我将怪物逐走。刚见面谈不两句,你便飞来。璎妹说这里不是讲话之所,我们又不合飞行太猛,剑光震荡起急风巨响,致将好些冰崖雪壁震塌,到处骚然。这里原有不少人在此隐居静修,被我二人无意中惊扰,内有二三位前辈神僧还不致与我们计较,余者大都散仙炼士,还有几个佛教番僧和些隐匿多年的旁门僧道,俱已忿怒。适才所遇怪物,便是他们一类。因见我们飞剑神奇,三位姊姊法力高强,尚未妄动,久留在此,必有事故。她姊妹又须回山一行,不能就随我们去幻波池,意欲约我师姊妹三人同往小寒山侧新建别业之中,小聚畅谈。现在好些话都未得说,只等二位姊姊和癫师姊用法力将四面崩雪之势止住,就起身了。"

说时,癫姑和仙都二女早脸朝外三面分立,各自施展法力。癫姑首先手掐了前师屠龙师太所传佛家法诀,往外一拨,冰雪震撼崩塌之势便由近而远逐渐停止,其势甚速,晃眼工夫,面前这一片峰岭山崖便归宁静。仙都二女动作较缓,侧顾癫姑已然行法,方始各向一面转过身去,静静地将脸朝外,也未见怎掐诀施为,只把一双明眸注定前面,嘴皮微动了动,各伸纤手向空一弹,立有两粒圆豆大祥光飞入上空冻云密雾之中,电也似急,倏地展开,化为淡薄到常人目力所不能见的一片祥氛,布散遥空,一闪即灭。紧跟着一阵奇寒之气飘过,仙都二女立处正对英琼、轻云二女分立的来路,冰崖雪壁震势正越猛烈,经此一来,一切繁响尽止。有好些初受巨震,将倒未倒的峰崖,也似有什么极大力量扶持,有的晃了两晃仍旧兀立,有的眼看坍散忽然自行凝固,不再摇动。

英琼、轻云见状,方在惊奇,忽听来路极远天空传来一种极尖锐凄厉的异声。众人立处,正是大雪山特杰尼尔峰绝顶旁侧,一片高盆地当中的山岭上面,除却周、李二人来路,三面俱是高峰插云远远环抱,上空冻云密覆,暗雾低沉。那异声来处极远,为天空中云雾所遮,急切间竟看不出丝毫迹象。英琼回顾二女施为已毕,正转过身招呼癫姑向自己走来,意似相约偕行。闻声面色忽变,秀眉微皱,立时同现怒容。谢琳刚唤得一声:"三位姊姊,暂退一旁。"话还未完,众人慧目望处,猛瞥见远远天边,冻云昏雾之中,现出一片乌金色的云光,潮涌一般铺天盖地而来,声更凄厉,势猛且速,从来罕见。方在惊奇,同时听到身侧不远一座孤峰后面,隐隐起了两声梵唱，鼻端似有一股旃檀异香飘向前去。仙都二女似见那乌金色的云光过于神速，不暇多说，俱在准备应敌，各自住口。谢琳首先一声清叱，一片祥光在身侧闪了一闪，待要抢先迎上，那梵唱和旃檀异香也已发动。二女面上立现笑容，同时止住，遥指空中骂道："无知妖孽，你当我姊妹还像上次那样让你么？此时我们急于回山复命，又加良友重逢，还要叙阔，你不能冲破大智禅师的大旃檀神光，我便不值和你这狗妖孽计较。有本领的，日后只管到小寒山寻我。如不敢去，早晚我姊妹有了闲空，也必寻你和你那妖尸轩辕老怪，一并除去，以免留在世上害人。"

癞姑、周、李三人知来的竟是方今左道中数一数二的有名人物轩辕老怪门下毒手摩什，曾听玉清大师说过他师徒的厉害，闻言好生骇然。再往空中一看，那比电还急的乌金云光声势，本来晃眼即可飞到，这时竟停滞在前面，两下里相去约有百十里远近。空中仍是暗雾沉沉，别无所有，既不见有人物法宝在前阻隔，也未见什么别的形迹。那乌金云光只管上下纵横，似钻窗纸的冻蝇四处乱窜，盘空飞舞，终似有一道极隐秘的长墙横空隔断，到东东挡，到西西挡，无论飞势多快多高多远，一任想尽方法，闪变冲突，终归无效，宛若鸿沟之隔，决不令再进一步。癞姑幼入佛门，适又拜见过大智禅师，知是佛家最上乘的伏魔法力大旃檀如意神光，早在意中，还不十分惊奇。周、李二人却是初见，暗赞佛家法力不可思议。只因来晚，未能拜见这位圣僧，方在可惜，忽听谢琳骂道："智老禅师不肯再开杀戒，却容这妖孽猖狂，如此不知进退。我们叫他先尝一点厉害何如？"话才脱口，随听空中有一女子口音，从容唤道："琳儿又要多事么？由他自生自灭，你两姊妹快归来吧，理他作甚？"说罢，癞姑等三人猛觉面前祥光一闪，仙都二女踪迹不见，同时似听二女同唤："师父，还有三位新来的姊妹呢。"底下便没了声息。

周、李二人方在惊顾，癞姑恨道："忍人师就这样一点不留情面？二位师妹，快随我追。"说罢，三人忙同飞起，由癞姑当先，追踪上去。癞姑前来时，只是照着昔日仙都二女所说途向，遥望小寒山，下拜通诚求请，并未寻到地头。后在大雪山青莲峪地底遇见二女，加以指点，比起峨眉开府时二女由小寒山匆匆往来，自然详细得多。不料小寒山神尼不愿二女加入群仙劫运，欲令专修佛法，参悟上乘正果，再出度世，所居方圆百里内外，均有法力封禁，便是走到地头，也进不去。一则癞姑心性坚决，每事期于必成，决不中途而罢；二则又得眇姑预告机宜，幻波池除妖尸开府，如无二女相助，便要艰险得多。尤其易静一时好胜急功，误投罗网，也不免于吃亏。二女又极重故交，已然应诺，回去向师求告，必践前约，不是无望。但恐忍大师坚持成见，二女有心无力，不敢强违。眇姑又有必须与之同行的话，周、李二人同往相求，便较容易。拿定主意，去向忍大师软缠，不问能见与否，一味苦求，不能如愿不止。

飞遁神速，不消片刻，便到了小寒山前面。癞姑见前途山形地势，俱与二女之言如一，知道前面就是小寒山。无如山口现有佛法封闭，再迫已是徒劳，便停了下来。先率周、李二人同往前面参拜，重述来意之后，起立等了一会儿，不见人出。又去左近寻找仙都二女新近自辟的一座洞府，哪知寻遍左近，也未寻到。气得癞姑直抱怨说："佛门弟子最重度世，如今幻波池群邪猖狂，多容他们在世一日，便有无数生灵遭殃。自来除恶贵速，夜长梦多。忍大师纵不念令高足与愚姊妹是知己之交，也应念在生灵无辜，大发慈悲，免被妖尸日久道成，率了妖党遁出幻波池，为害人间。"说了一阵，仍不见回应，又用言语激将说："佛家最重因果，更戒诳语，言行必蹈。谢家姊妹前允相助，已然种因于前。忍大师道行高妙，法力无边，自不便令门人言而无信，使人有所误解。"周、李二人见癞姑庄谐并作，时杂微讽，语多激将之词，觉着忍大师是前辈神尼，既与二女交厚，便是尊长，言语不应如此，有失敬意，相继劝解，并各通诚乞求。

癞姑道："你们不知忍大师，真个名副其实，有多坚忍啊！我先前来此，诚心诚意求告了多少话，通没一句回应。没奈何，照眇姑所说，去寻大智禅师，居然将谢家两位姊姊等到。见面一问，才知忍大师好似不管那件闲事，并还不令谢家姊妹与我相见，来时眇师姊不肯明言地名，由我自来寻找，想也与此有关。忍大师早有前知，知大智禅师在雪山地底坐关静修十二甲子，每六十年中，只有今日一夜与有缘人相见。若非谢家姊妹必须与之一见，不能错过今日机缘，简直连适才雪山这一面都恐难呢。我们已然约定，同回小寒山侧琳姊日前新辟的洞府中，从长计较，由她姊妹去向忍大师先容，许我入见，再同恳求准她姊妹往幻波池一行。刚由大智禅师那里拜辞出来，忽听轰隆之声，震动天地，到处冰山雪崖纷纷崩塌，随即发现李师妹的剑光。我们五人才一见面,偏生毒手摩什这个妖孽前来作梗,以致忍大师施展佛法,将她姊妹召回,却把我们抛下;否则,如与谢家姊姊同路,何至于这等无门可入呢?"

英琼也气道:"久闻轩辕老怪师徒是邪教中的巨擘,这多年来不知造了多少恶孽。这次的事,无形中又坏在他们手里。本来幻波池除妖开府,是我们自己的事,无论多么艰险,也在必行。为想早日成功,借重外人固无不可。但肯帮忙,是人情;有碍难不能相助,也是人情。我们也决不能因少帮手,就此歇手。忍大师在此清修多年,自来不与外人交往。她想谢家姊姊静参上乘佛果,暂时不令下山,人各有志,修为不同,原难相强。不过是谢家姊妹与我们一见如故,情分至厚,久别思念,恰巧此事又须她二人相助,好友重逢,正可作一良晤,谁知会被这妖孽所误。此时妹子也无此法力,径去寻他师徒算账。异日妹子功力稍进,定寻他拼个高下,好歹也非除去这个大害不可。现在忍大师闭门相拒,谢家姊妹料也是有心无力。易师姊和赵师弟尚在困中,静琼谷只有几个新收弟子,我们俱都远出,空虚无力,尽管守在这里作甚?还是回去,看易师姊日内能否得了总图,将赵师弟救出,再打主意吧。"

癞姑知道此事非仙都二女相助不能顺手,心料忍大师别有深意,并非坚决不见;二女交厚多情,也必设法力求,不致辜负一行来意。英琼匆匆相见,不知底细,一味负气,也未悟出自己志在激将,竟要真走,有好些话又不便细说。故做无奈之状,答道:"其实谢家姊妹热肠高义,一闻易师姊被困池中,非她二位相助不了,直恨不能当时飞往,拔刀相助,只因师命难违,必须禀明得允而行。想不到主意打得好好,会遇妖孽生此枝节。照此情势,恐她姊妹求说,也必不准,下山相助已是无望,我们只好回去了。只是我们和谢家姊妹深交,忍大师前辈道长虽然不屑赐教,后辈之礼终不可废,拜别完了再走吧。"

轻云为人谨慎,先听癞姑、英琼均说气话,便觉不应如此说法。以癞姑先前经历来说,人又精明,智计周详,平日尽管嘻嘻哈哈,遇上事来,一言一动,均有分寸,绝无丝毫疏漏,心疑所说必有用意,便未开口。这时听她口说着话,眼却望着自己,愈发省悟。忙笑劝道:"佛家以度世救人为务,虽然忍大师戒律谨严,参的是上乘妙谛,只以无边佛法,绝大愿力,普度众生，不开杀戒，绝无坐视妖邪猖狂为恶之理。休说三教同源，佛家舍身度世，尤重因缘，我们与二位姊妹至交情厚，便是外人来此诚求，也必施展佛法，度厄消灾。我看此事决不恝置。忍大师纵以二位姊姊不到下山时机，或是毒手摩什之辈正在处心积虑，伺隙寻仇，中途不免相遇恶斗，因而互相报复，扰及清修，坚持不令前往，对于我们的事，也必暗中助力，怎能以此时莫测高深，便自失望？我想谢家二位姊姊既令我们去她新居小叙，忍大师或许为了灵山静地，难令我辈庸俗登门渎扰。二位姊姊交厚在前，决不以三年之别遽判仙凡，虽是俗客，必不靳此一面。当是远出新回，复命未完；或是忍大师鉴怜虔诚，已允所请，正在指示机宜，也未可知。求人的事，怎便如此心急？还是在此恭候二位姊姊出面，能允相助与否无妨，似应得一回复再去，方显彼此交厚；便是爱莫能助，也系迫于不得已。数千里专程到此，何须忙此一时半时呢？"

癞姑闻言，暗忖："轻云素来温和忠厚，想不到也如此善于辞令。"知道仙都二女尽管屡世修为，得道多年，以前只在仙都山中清修，从未出山一步，上次峨眉开府，还是第一次与外人相见，所以人极天真。后来小寒山勤修佛法，共只三年，昔时好胜疾恶心情，必还未曾去尽。和自己这几人既是至友，又有昔日之约，不论如何，绝无坐视。她们和忍大师又非寻常师弟，怎么软语求告都行。便忍大师对于此行，也绝非坚决不允，内中总还有个隐情，适与二女相见所说语气，已可想见。自己三人问答，不会不闻，那么天真好胜有肝胆的姊妹，本就拿定主意，好歹都要践约，再听这一番婉语微讥，更必动心无疑。英琼闻言，也已明白过来，见癞姑首先附和，英琼也转过了口风。三人彼此相视，以目意会心外，又等了一会儿，仍是音信杳然。三人虽觉于理不会如此，心中终拿不稳。一面渴盼二女出见同行；一面又惦记静琼谷只几个法力浅薄的门人，山中空虚，经过连番出入，幻波池妖尸必已知道敌人就在她的近侧居住，焉知不来侵犯？失望之余，想到定数难移，妖尸气运已终，师父仙示绝无差池，便二女不助，不过事要艰险得多，终可功成除妖开府。对方不愿，何必苦苦纠缠，结局闹个没趣？继又想到二女上有师长，不得自专，纵然袖手，也难怪她们。真要坚决不去，也必明言相告，不会就此置之不理，其中乃有过节。并且轻云话已那等说法，不便就走。正打算再忍耐片时，到底二女能否同行，讨个回复，好定行止。忽听空中飕飕两声，那声音非常奇怪，劲急凄厉，从未听过，比起适才妖云又自不同。乍听来路，是在东南天际，相隔少说也在二百里外。颇似远方飞来一支响箭，只是快得不可以道里计，才得入耳，便已飞到头上，其来势之神速猛烈，简直无与伦比。说时迟，那时快，随着怪声飞堕，立有两条丈许长的绿气由空中电一般斜射下来。三人俱知小寒山灵境乃忍大师驻锡之所，万没想到妖邪竟敢前来侵扰，变起仓猝，大出意外。

癞姑终是法力高强，久经大敌，一闻怪声疾驶而至，因适才雪山所见，想起一人，心中一惊。知道这两个邪魔与轩辕老怪师徒同是一类人物，出了名的神速辣手，稍一防御不及，便为所伤，伤了还难解救。因差一点的法宝、飞剑不能抵御，周、李二人虽有双剑、宝珠，变生太急，招呼使用已未必来得及；如纵遁光闪躲，又绝无敌人神速，更是自找苦吃。匆促之间，急不暇择，竟把峨眉开府师父命己改拜妙一真人为师时，承矮叟朱梅从旁指教，蒙眇姑师姊慨然相让的那口不到万分危急时轻易不肯应用的降魔至宝屠龙刀施展出来，将身一纵，闪在周、李二人前面，口喝："留意妖孽！"一句话没说完，迎着怪声自空飞堕之势，左肩摇处，一声龙吟，一弯四边金芒如雨、形如新月的寒碧精光立即电掣而出。晃眼暴涨，神龙剪尾一般，两条芒尾各自伸长数丈，射出无限奇光，金碧交辉，冷气森森，朝那两道绿气兜去。说也真险，两下里势均绝快，就这怪声入耳，微一警觉，便放宝刀飞起，共总没有两眨眼的当儿，屠龙刀金碧寒光飞起，也就到了三人前头不过丈许，仅仅将前面挡住，光华刚自暴涨，那两条绿气已经飞到，两下里恰迎个正着。

这一临近，三人慧目法眼才看出绿气之中，裹着两个形如鬼物的妖人。一个尖头尖脑，比较高些，头上短发稀疏，根根倒立，眉毛好似没有，一双圆眼怒凸，碧光闪闪，凶芒四射，高颧削鼻，尖嘴缩腮。上穿一件绿色对襟紧身，胸前挂着一个小人骷髅，下穿短裤只齐膝盖，赤着黑瘦如铁的双足。背上斜插着三口短叉，腰悬葫芦。手如鸡爪，做出攫拿之势。直似一个猴怪，而丑恶狞厉过之。周身绿气裹得又紧又匀，似是一体。另一个身材矮胖，头秃无发，面上浮肿，色作惨白，在绿气之中直比六月里发胀的死尸还要丑恶难看。眉毛作一字形，却是断断续续，好似大小儿撮粘在上面；一双猪眼，胖得成了一条缝，似睁似闭，一闪一闪放着绿光；胖鼻肥口，血唇板齿，时作狞笑。身子胖得像个直桶。背插一把板刀，手持一柄三环骨朵。也是短装赤足。生相看似肥蠢，行动神情却与瘦的一样灵活。

二妖人想是知道屠龙刀的来头和威力，但没想到会在这一个小女尼手里发出，意颇惊惶。略一接触，金碧光华已有两头交剪，绕身而过，将二妖人剪作四段。癞姑更不怠慢，扬手太乙神雷，震天价的霹雳连珠般发将出去。同时周、李二人早觉出妖人厉害，只比癞姑出手稍缓，妖人一到，因见癞姑辞色甚紧，忙将紫、青双剑合璧飞出时，妖人仗着邪法厉害，玄功变化，虽被屠龙刀断作四截，出其不意吃了大亏，仍想复仇。四半截身子在绿气密绕之下，各自怒吼一声，正待施展邪法伤人，忽见双剑合璧而出。这两样飞刀飞剑昔年均曾尝过滋味，冤家路窄，竟会同时撞上，又看出英琼身畔佛光隐隐，知不是路。二妖人照例是一击不中，便自远扬，见势不佳，立即收势，互相一声厉啸，连身子也未合拢，竟带了四条绿气，往来路破空遁去。端的来得也疾，去得也快，周、李二人那么快的紫、青双剑，竟被他避去。

癞姑知怨结已深，留下隐患，不乘其势衰不敌之际将他们除去，以后防不胜防。大喝："无耻妖孽，既敢前来，逃走作甚？你们多少年的威风煞气，哪里去了？"说时把手一挥，声随人起，手指屠龙刀，身纵遁光，加紧向空追去。周、李二人也忙跟踪飞起。前面二妖人逃势本极神速，似为前言所激，愧怒难禁，顿了一顿，势便稍缓。癞姑因自己这面持有好几件克制之宝，胆气甚壮，意欲斩草除根。见状知被激动，心中一喜，边追边喊："这妖孽可恶，非比寻常。今日恶贯满盈，遇见我们，万万不可容留！"两下里飞遁俱速，晃眼之间，已快到达雪山上空。二妖人因屠龙刀专诛妖孽，被斩以后元气大伤，不似别的法宝、飞剑，受伤之后可以立时复原。心本打算飞往远处施为，因吃三人追骂，自觉多少年的盛名威望，败于无名后辈之手，愧忿交加，恼羞成怒。暗忖："此是仇敌穷追不舍，不算改变旧例。反正仇敌追赶不上。"便把飞行放缓，就势把四段残身各自凑合一起。运用玄功，施展邪法，接连在空中几千个滚转，便已复原长合。跟着各取身后法宝，待要与人一拼。后面癞姑早已留意，见妖人残躯已合，飞行越缓，已快追上，不敢大意。忙喝："二位师妹，妖孽厉害，来势甚快，速以全力夹攻，防身要紧。"周、李二人闻言忙准备时，妖人已纵绿气转头迎来。

双方眼看对面，忽见适才众人相见的岭侧孤峰后面，匹练也似飞起一道白光，其长经天，抢在三人前面，将二妖人两道绿气挡住。癞姑忙令周、李二人暂住，见那白光分明是一位玄门中的前辈真仙，来路却起自大智禅师所居青莲峪冰穴一面，但又看去眼生，好似从未见过。暗忖："峨眉开府，海内外正经修道仙真全都下有请柬，除却几位正在坐关入定的，无不应约而至，自己修道多年，平日常听师长指示各派群仙法力深浅，姓名行径，此公却怎看他不出？"

三人略一停顿，正待赶上，猛觉遁光微微有些停滞。同时便听下面喝道："大胆妖孽，妄听妖徒蛊惑，无故寻人生事。你可知今日乃雪山大智长老第九甲子开辟结缘之期，能容尔等在此猖狂撒野么？追你的这三人，俱是峨眉齐道友门下高弟。你虽左道妖邪，也曾得道六七百年，平日仗着机智灵敏，长于引避灾劫，又不甚为害常人，因得渡过两三次难关。平时那等自负，今日遇见正教中几个后起人物，当时不能取胜，日后再去寻人纠缠，已是没脸；况此三人持有紫郢、青索峨眉双剑、白眉定珠、屠龙宝刀，休说再遇必无胜理，即或卖弄诡诈，暗算她们，也难得占上风。这三人以前并无仇怨，乃尔自取其辱。再如寻仇不舍，也与尔等信条不符，有失体面。我本意代行天诛，只为今日大智长老开关结缘的吉日善地，方圆千里以内，凡属生物，皆在慈云广被之下，不容妄启杀机，姑且略缓诛戮。现在峨眉门下诸高弟，正值奉命行道济世之时，无暇与你这妖孽纠缠。照尔自负规例，每当作恶害人之际，只要中途有人出头相干作梗，便是尔等大仇；如不能奈何这强出头人，对方无论有多大仇怨，除非自来寻你，无故决不再去生事。尔等在各左道妖邪中独树一帜，浪得虚名，也由于此。此时回首反噬，因她二人追你而起，固可曲为掩饰。现我不容尔等猖獗，如不服输，可往大湖莫鳌峰新居寻我便了。"说时，那两条绿气疾如闪电，忽东忽西，忽上忽下，往来冲突了一阵。无奈那白光横亘天半阴云之中，虽然宽只数丈，一任二妖人如何分合冲突，终被挡在前面，休想飞越过来一步。似这样十多次过去，话还未完，二妖人忽厉啸了一声，刺空遁去，晃眼只听余响凄厉，摇曳遥空，更不见有形影。

癞姑等三人循着光前语声注视，早见左侧岭上站定一个羽衣星冠、丰神若仙的道人，在下将手连招，遁光便似有潜力吸住，前进迟滞。认出是峨眉开府时，送还灵翠峰的前辈散仙中有名人物玉洞真人岳韫。知有缘故，忙同飞下，以后辈之礼参见。岳韫一面含笑还礼，把话说完，二妖人也已破空遁去。手向空中一招，白光立隐，方始笑对三人道："你们三人胆子不小，这是蚩尤墓穴的有名三怪，竟敢穷追不舍么？"癞姑躬身答道："弟子原也知妖孽厉害，只为弟子等四人奉了家师之命，前往幻波池诛戮妖尸，就便在内修炼，免得灵山仙境又被别的妖邪觊觎盘踞。无如妖尸仗着圣姑原有禁制甚是猖狂，加上好些有力妖党，事情棘手。想起仙都二女谢家姊妹，曾有前约，特来小寒山求助。不料第一次通诚叩关，忍大师拒不肯见。事前因有眇姑师姊指点，去往大智老禅师雪洞之中相候，果得遇见。谢家姊妹对友热肠，极愿相助，因忍大师早知此事，屡请不答，正约弟子等同往相机求告，忽遇轩辕老怪的四妖徒毒手摩什寻仇。谢家姊妹吃忍大师佛法召回，弟子等忙又赶往叩关求告，久不答理。这两妖孽忽来加害，被弟子警觉，用屠龙刀将他们斩为两截。因知仇怨已成，必不甘休，妖党二人来去如电，又极神速，此后防不胜防。万一再要有人走单遇上，更难免于毒手。反正早晚是拼，转不如乘他们挫败，仗着紫、青双剑、定珠、屠龙刀之力，激今回斗，三人合力先除去这两个，还比较上算一些。妖孽神通广大，这四宝虽是他们的克星，实无全胜之望，幸得老前辈出头相助。妖孽平日自恃玄功变化，行动飘忽，好为夸大之词，照他们的规例，以后无故更不会再寻弟子等纠缠。否则，隐患真难料呢。适见白光由青莲峪中飞起，老前辈可是来寻大智老禅师的么？"

岳韫微笑点首道："我与大智老禅师原是旧交，每隔六十年必来访晤一次，你们来意，我已尽知。忍大师原因璎、琳二女虽是禅门中人，过去生中曾有一些因果，初意欲令早参上乘功果，方使出山修积。最好能效法乃师，以无上慈悲度化众生，永除妖孽，对于恶人亦以佛法度化，无如各有因缘，不能勉强。适我来时，路遇寒月大师、谢山道友，谈起此事，说忍大师经谢道友代天蒙禅师向其传语，说她多少年门横巨木，寒山静修，已然悟超玄外，正果将成。忽然情魔来扰，虽然仗着道力高深，没跳到外头去，却被璎、琳二女没费甚大事，由大雪山起一路升堂入室，只用两滴泪水,便化去她的独木严关,直冲到圈子里来,是甚原由?为此已迟却好些年正果。当初门横巨木,便非真如,璎、琳二女自有她们的来去道路,只把暂留这些年的世缘了却已足,何必再多甚事,又生出别的魔障?忍大师闻言,微笑未答。此事颇有玄妙。她那小寒山二三百里内事,尚难推算。只照我此时推测,她如坚持不令二女下山,你们适和二女在此相见,当已谢绝。后来妖人来犯,也不会抛下你们,使二女不辞而去,愧对良友。两次闭关相拒,必还另有原因。或许与蚩尤墓所三怪有关,也未可知。我料你们第三次去,当能见到。不过谢道友此时正在那里,他对二女更是情长。便今日雪山求宝,也出于他和一音大师的指教。他与忍大师自从小寒山更易禅服,劫后重逢之后,久已不落言诠,此行必为二女下山之事,前往指示机宜。你们不妨稍晚片时再去,便能如愿以偿。我向大智上人尚有话说,等你们幻波池除妖建立别府之后,遇机再相见吧。"

三人闻言好不欣喜,忙同拜谢不迭。岳韫仍纵遁光,往来路峰后青莲峪中飞去。英琼便问所追两妖人的来历,怎便如此厉害?癞姑道:"事情真险。这妖孽来去如电,适才非我见机得快,几为所乘。话说太长,好在这三人脾气太怪,有玉洞真人这么一挫,已不会再寻我们。且由他去,回去再行细说,还是先谈正事。"说完,随择一石同坐,再谈经过。

原来癞姑自得眇姑指点,照着昔日仙都二女所说途向,寻到大雪山后,运用慧目一看,只见前面到处冰峰雪岭,乱山杂沓,休说是人,连鸟兽都不见影迹,全是一片荒寒景象。与二女所说,前半来路山形尚还约略相似,后半简直迥不相同,景物相差更是天地悬殊。知是忍大师法力封禁,外人不得其门而入。只得停步,朝前下拜,恭敬通诚,说了来意。等了一刻,不见回应,这原是在意料之中,便不再久停,径往来路雪山去寻眇姑所说的圣僧。先因眇姑和那圣僧原有一段夙因,又以这等福缘不是容易得到,更防走漏机密,只令癞姑自往雪山寻找,并未告以真确地址,到了雪山上空,二人便即分手。还是癞姑知道眇姑素日为人和心性,向来不愿使人不劳而获,表面故作畏难,也不设词向其探询,暗中却早防到眇姑到了雪山上空必要不辞而别,时刻都在留意。加以同师学道多年,眇姑行性本所深悉,雪山上空雪雾又厚,无论遁法多么隐秘神速,多少可以看出一点形迹。二人正并肩飞行间,癞姑忽觉眇姑遁光微微落后,知道就要遁走,不但不为叫破,反故意唤住说道:"圣僧坐关之处,听师姊口气,以前并未来过,想必急切间还难找到。我想先行一步,并将遁光隐去,免致遇见附近隐迹敌党,又生枝节。以便早到小寒山,把礼尽到,急忙赶回,与师姊一同分途寻找,岂不要容易些?"

眇姑戒律谨严,不打诳语,平日沉默,又极少开口。先对癞姑只说自己今生和这位圣僧尚未见过,此乃初次登门,再问便不言语。癞姑知她性情如此,也就住口。眇姑始终未说不知对方法号地址的话,闻言虽未回答,也未识破癞姑欲取先与巧谋,只当是想早去早来,以便合力寻访,图个容易。本来正准备撇下癞姑,独自往前,癞姑一走,立纵遁光往侧面山北飞去。飞时因吃癞姑提醒,惟恐与左近隐迹的左道中人相遇,并还隐了身形。哪知癞姑早具成算,先催遁光抢到前面,遁光一隐,立即停空回顾。见眇姑往北一改道,也不穷追,只运慧目法眼遥望前面乱云涌动中,尾追过去。直到望见前面云雾凝空,不再动荡,知已落下,方始记准下处形势,往小寒山飞去。因此回时直飞北方,到后落下四面一看,不禁有些失望起来。原来这一带尽是山岭杂沓,冰雪纵横,冻云迷漫,暗雾昏茫,形势异常险峻,四山静荡荡的,休说人迹,连个生物影子都休想见到,分明是个亘古无人的冰雪穷荒。地广山多,峰高壑深,不是上插玄穹,便是下临无地,多是千万年以来冰雪积成。天气酷寒奇冷,冻得又坚又厚,多半转成了玄色。适才只是空中尾随,为防眇姑警觉不快,没敢逼近,前面遁光又先隐去,只凭目力遥望冻云微微波动来作线索,那下落之处原出揣测。那地方虽然寻到,看去形势既极险恶荒寒,死气沉沉,又多是冰雪倾覆,多年累积而成,并无一处洞穴,不似圣僧驻锡坐关之所,简直无从觅踪。时机贵速,千山万壑,偌大一片地方,其势不能一一遍寻。没奈何,只得就地跪拜,望空通诚,求圣僧赐见,慈悲指示。

待了一会儿,不见回应。暗骂:"这瞎子太已情薄,既做好人,便该做彻。何况来时还说此行于她将来御魔成道大有助益,为何到了紧要关头,不说圣僧住处,使我为难?如是寻常所在,还可施展法力搜索。偏生此间主人又是前辈圣僧,万万不可当门卖弄,做出失礼之事。"越想越有气,连骂了好几声瞎子。正打不出主意,忽听隐隐梵唱之声,起自来路不远的孤峰后面。料定峰后必是圣僧闭关之所,已然允许入谒,心中大喜。忙转过身,二次望峰礼拜通诚,述了来意,然后恭敬起立,往峰后走去。那峰原自一片大山岭上突起,由前面望过去,孤立突兀,高刺云表。等由峰侧绕过,形势立变。一看地势,那山岭至此忽然分裂,直下千百丈,成了一个极险峻的大峡谷。因是对崖比这面低下五六十丈,不近前不易看出。离顶百丈以下布满云雾,阴沉沉,惟有寒风呼啸,吹得谷中寒云似狂涛一般起伏不已。但只谷中有风,上面却连一点风气俱无。那梵唱之声便自谷底穿云而上,已然停止。正观察间,又听一声清磬,飘出云上。随着云涛浮涌,下面云层忽现一洞,越断定是有心接引,忙把心神一定,恭恭敬敬纵遁光缓缓穿云而下。先是白云藉莽,一片浑茫,云层约有数十丈厚。等把这上层云带穿过,身外忽然空旷,只有朵云片片自然舒卷,甚是悠闲。眼界却极宽阔,比起峨眉后山锁云洞云路又自不同。低头一看,来路上空那座峰崖竟是直插到底,峰脚两旁奇石苍古,翼然森列,当中现出一座广崖。崖外有百十株旃檀树林,宝盖璎幢,龙伸凤鬘,无不瑰丽灵奇,森秀特出。林外不远,又是一片阔大无垠的湖面,湖水清深,一碧千顷,只是静荡荡的看不见一个生物影迹。那崖形虽极灵秀,当中并无洞穴,也不见人。

癞姑慧目法眼,老远看得逼真,只觉湖水有点异样。暗忖:"此崖奇石翼立,檀林高拥,背后高峰入云,前面旷宇天开,平湖若镜,分明是神僧驻锡坐关的洞府。也许洞门未开,佛法神妙,肉眼难窥。"为示虔敬,越把遁光放缓,澄神定虑,徐徐下降,不敢直落崖前,先往湖边飞堕。落地一看,湖水深碧莹滑,与寻常清波迥不相同,知是圣泉灵乳。方想等少时拜谒禅师出来,畅饮一回,忽然瞥见旃檀林内,有两个白衣人影一闪,心中一动,忙即回身注视,不禁大喜。原来两白衣人,正是仙都二女谢瓔、谢琳,由林中对面迎出。忙迎上去执手相见,彼此亲热非常。

谢琳道:"我们早知你要来,周、李二位妹子随后也快来了,心中亟想一见。只为有点别的缘故,必须先来此地拜谒圣僧大智老禅师。日前家师谈到三位姊姊相继来寻之事,虽经我姊妹力请,并未回答,不敢强违。知道我们来后,你到小寒山必要错过,休说下山往幻波池帮你们同除妖尸,恐连见这一面都难。三位姊姊数千里远来,我姊妹却失约,一面不见,多难为情呢。适才在禅师座前遇见你那位眇师姊,依然冷冰冰的不爱理人神气。出来时,我两次与她相见,别前曾拿话引她,只说今日湖上开花,奇景不可不看，对于你们，一字不提。其实她和你差不多是同时来到雪山，幻波池之事断无不知之理。就算途中相左，不曾相遇，见我二人以后，也应乘着我们在此停留的时机，抽空赶往小寒山将你引来，至少也该说上几句，才见同门姊妹义气，她竟漠不关心。后来我和大姊直对她说你们三位将要来寻，她依旧一言不发。连这湖上花开的奇景都不曾看，径自走了。我们须在此等候，又不能离开，心料你必还在小寒山叩关求见，心正难受，忽见你自上空飞下。眇姑刚走不久，大姊还说她素来冷面，口里不说，心却有数，也许她见我姊妹在此，故去将你寻来。我力说不会，便迎出来。你便是她指点的么？"

癞姑不便深说，只得答道："这次来时并未相遇。眇师姊天生冷面，其实心肠仍是热的。暂时不必提她。二位姊姊因何至此？我来意既已早知，你看令师能允许二位姊姊下山，往幻波池相助一臂之？"谢璎道："看那日家师意思，我们还拿不定。不过我姊妹二人总尽心力向家师苦求，能否如愿就难说了。"谢琳道："怎么难说？我想事在人为。癞姊姊与周、李诸位姊妹事正紧急，远来不易。休说我们交同骨肉，不是泛常，就是外人有事相托，照着妖尸那等猖狂淫凶，修道人原以济世度人，降魔除妖为务，也不应袖手旁观。如真不能前往，怎对得起诸位姊姊？朋友相交，重在彼此扶持，一旦有事相须，便置之不理，那还要朋友作甚？我看师父并未明言不许，即便以我二人的功力尚浅，不许下山，好歹也向师父婉言求恳。哪怕此行无多补益，好歹也把心力尽到，才对得住三位姊姊的盛意。"

谢璎笑道："琳妹，你倒说得容易。我们皈依佛门，拜在师父门下，已非一年半载，难道师父心性还看不出？法力高深也不知道？你不过见师父老是容态祥和，又恃着前世夙因，慈恩深厚，遇事一味软磨，师父从未现过疾声厉色。常因强求，侥幸允准，便以为诸事都和上次学那有无相护身神光一样容易，那就错了。以师父的法力，真要坚持成见，不令前往，你便飞上一年，也跳不出小寒山圈子外去。她老是微笑默坐，一言不发，或是闭目入定，任怎求说，置之不理，你便没有法子。即以今日之事而论，老禅师开山结缘，应在寅初，我们本可早来，却令午后来此，那正是癞姊姊赶到小寒山的时候，好似有意错过，不令相见神气。老禅师这青莲峪，深藏大雪山最隐秘的绝壑之下，相隔上面一万九千七百余丈，比起峨眉凝碧崖更为幽僻难寻。每隔一甲子,又只有今天这一天开辟,与有缘人相见。平日上有冰雪掩覆,下有祥云封锁,无论仙凡均进不来。知道底细的人固是寥若晨星,就算听人说过,也无法寻觅。先前我直未想到癞姊姊也会来此,师父此举如是有意参差,要想往幻波池去,多半是无望了。"

谢琳道:"我们何尝不知师父心性法力,如能随意走动,我们拼着回山受点责罚,此时便偷偷赶往幻波池去,不更好么,还只管磨缠师父作甚?实对姊姊说,先前我也和姊姊一般想法,恐不能去的居多。现在一想,师父事事前知,既不愿我们与三位姊姊相见,不是癞姊姊不能到此,便应将彼此来的时辰错过,如何会容我们在此相见?既令相见,当然有望。尤妙是这里是西域六大圣地之一,不是福缘深厚之人,不能擅入一步。癞姊姊固然福缘深厚,但她先也是佛门弟子,今已改投到峨眉门下;此来本心又是专为寻访我们到此,原意虽未明言,不是受甚前辈高人指点,便是适才老禅师大发慈悲,自行接引无疑。你看她这里情形尚属茫然,只以寻见我们为喜,便可想见。如是原定拜谒禅师到此,遇到这等难逢难遇的盛典,又是只要有缘得履圣地,便可各按心愿乞求,她既怀有难事,现应顺路先来这里拜谒,也不会先去小寒山,耽延这些时了。适才老禅师第二次说法完毕,除我二人有事,须俟第三次升座传授宝幢,暂留在外,众人俱已拜恩辞别。忽然一声清磬,上面祥云便自收敛,不多一会儿,癞姊姊便由上面飞降。此来如若出请老禅师的心意,我们幻波池之行,更非有望不可。你如不信,回去师父一定答应。"

谢瓔道:"琳妹此言果然有理,现我被你提醒,也许师父日前屡问不答,以及适才不令我们在小寒山相见,别有一番深意,俱未可知。佛家并非不讲人情,又重种因,想不致强我二人违约,愧对良友。且等这里事毕再看。周、李二位妹子想也快来,听那日爹爹口气,幻波池还须经过一次大闹,妖尸才能伏诛,稍微迟延,想必无碍。莫如将周、李二人一齐寻到,同返小寒山,如若师父佛云未撤,我们便同去新近开辟的别洞之中,请她三人暂候。我二人去向师父复命,就便求说,请许来客入见,指示玄机。你看如何?"谢琳说:"这样自然是好。"癞姑见二女极重交情,欲向乃师力求,意甚坚诚,愈发欣慰。此时还不知当地底细和圣僧来历,不便明询,便问二女,湖上花开是何奇景?老禅师如何可以拜谒?二女同声笑道:"照你这问法,果是大智禅师清磬梵唱接引到此的了。如是经人指点而来,怎会都不知道呢?这里正对当中禅关宝座,花开见佛,虽然还有些时,也不宜在此说笑放肆。且去左边旃檀宝树之下,觅地坐好,一面叙阔,一面静候花开拜佛吧。"

蜀山剑侠传 8

—— 著 ——
还珠楼主

目录

第二四五回	有相无生　七宝幢中呈瑞彩 先机若悟　小寒山上谒神尼	3255
第二四六回	款仙宾　清谈灵石筑 参慈父　同上武夷山	3276
第二四七回	灵石筑五女谈心 古杉坪二仙盗法	3285
第二四八回	喜得先机　良友关心辞小住 忧深末劫　妖尸失计召淫魔	3304
第二四九回	密室觑浓春　玉软香温惊绝艳 祥云消煞火　金光宝相走神婴	3329
第二五〇回	轻敌蹈危机　暗袭阴魔迷幻相 转安凭定力　内莹神志返真如	3351
第二五一回	烈焰可栖身　一朵灯花生世界 微波能起浪　几重煞幕护妖坛	3370
第二五二回	势蹙怅双飞　妄肆凶威残党羽 计穷轻一掷　自投罗网困金屏	3391
第二五三回	月弯荡阴霾　厉啸一声飞毒手 金幢压地肺　伽音九劫起真灵	3414
第二五四回	佛火炼妖尸　独指祥光擒艳鬼 莲花明玉钥　重开宝鼎脱神婴	3431

第二五五回	无意纵凶顽　七宝腾辉穿秘甬	
	同心求圣籍　一丸神泥锁玄关	3449
第二五六回	佛火灭余氛　咫尺违颜空孺慕	
	丹砂消累劫　宫墙在望感师恩	3468
第二五七回	古洞盗禅经　一篑亏功来老魅	
	深宵飞鬼影　连云如画亘长空	3499
第二五八回	贝叶焕祥辉　地缺天残参佛相	
	魔宫烧毒手　神童仙女盗心灯	3520
第二五九回	蓦地起惊雷　电旋星沙诛老魅	
	凌空呈宝相　缤纷花雨警真灵	3535
第二六〇回	孽重忧危　离魂怜情女	
	心灵福至　隐迹护仙童	3549
第二六一回	怨毒种灵禽　白骨穿心腾魅影	
	缠绵悲死劫　金莲度厄走仙童	3568
第二六二回	缟袂可胜寒　万树梅花　佳人独立	
	璇沙能御敌　弥天灵雨　妙女双飞	3591
第二六三回	惊丽质　蓦地起微波	
	忿轻狂　凌空飞巨掌	3603
第二六四回	绝海渡鲸波　喜得冰纨传秘奥	
	求丹行铁甬　巧穿石壁赴璇宫	3616
第二六五回	冰魄吐寒辉　霞影千重光似焰	
	金庭森玉柱　花开十丈藕如船	3633
第二六六回	却敌环攻　玉殿晶宫伤老魅	
	传音告急　翠峰瑶岛困群仙	3655
第二六七回	玉虎吐灵音　警禅心　降魔凭定力	
	毒龙喷冷焰　伤恶怪　却敌运玄功	3669
第二六八回	火伏地中　妖光熔玉岭	
	人来天上　星雨泻银河	3687
第二六九回	赤手拯群仙　万丈罡风消毒雾	
	深宵腾魅影　千重雷火遁凶魂	3703
第二七〇回	御劫化元神　永宁仙宇虹光碧	
	降妖凭宝鼎　曼衍鱼龙海气腥	3716

第二四五回

有相无生　七宝幢中呈瑞彩
先机若悟　小寒山上谒神尼

谢璎、谢琳二女说罢，随引癞姑走往左边第三株形如宝盖云幢、璎珞四垂，异香飘引的大旃檀宝树之下，就着地上蟠曲如龙的一段树根，面向着前面千顷平湖，并排坐下。谢琳才说："大智禅师乃我佛如来座下第四十七尊者阿阇修利罗。因在北宋末年转世，起初慈悲度世，广结善缘，功德本将圆满。只为降生之初发下宏愿，于此生中所遇恶人恶物，悉以佛家无上愿力慈悲度化；虽具无边佛法，降魔本领，绝不妄开杀戒。起初数十年中也不知度化了多少恶人，抛弃恶业，皈依净土。但终于仍是众生好度人难度，遇到一个与他渊源极深的恶人，最前生是个有道行的女散仙，因为一时任性，做下一桩大错事，为仇家所杀，兵解转世。本具凤根，今生忽迷本性，刁狡穷凶，无所不为。禅师度化此人已然六次，终归无用。当时总是恍然若悟，不久复重蹈覆辙。又擅左道邪术，几次制服，俱以善言解悟放却，因此积恶甚众。禅师最后一次，将她堵在一个山洞以内，因她屡不悛改，害人太多，欲以佛家法力为她伐毛洗髓，去尽恶根。哪知此女恶孽太重，已为魔头所持，不能自制，所以每次省悟俱只一时。禅师不合以法力强迫，首违当年誓愿；这末次会面之时，又有不度此女回头，绝不证果西归之誓。当时劝诫一番，使各以背相向，面壁入定，连施佛法七日。此女先颇感动，痛自悔悟，誓欲回头向善。无如身为魔头暗中挟制，道浅魔高。对方又与以前不同，因她屡次违约失信，已不信她所说，不单是劝诫警醒便罢。事出强求，人受不住佛光昼夜地照，魔头再在暗中蛊惑播弄，竟由苦痛生出怨忿来，骤然激怒，忘恩反噬，妄想乘着禅师入定之际，以所有邪法、异宝全力发动，暗下毒手，占据禅师法身。谁知禅师法力高强，平日不轻施展，悉以苦心感度，看不出来。那护身佛光厉害非常，此举无殊以卵敌石，法宝固是无功，人也因为魔头受不住佛家圣火威力，临化以前，突然向她反克，人魔同归于尽。本来再过三两个时辰便可圆满，禅师行法到第三日，便已发现此女身上附有邪教中极厉害的神魔。本意是想故作不知，依然循序渐进，到了紧要关头，猛施佛家极大法力，先将神魔除去，那时被度化的人自然也会大彻大悟。谁知嗔念一动，立启杀机。眼看功成在即，魔头突然发难来拼，动作又是绝快。禅师因见此女反复多次，积久成嗔，一时不及收法，致令自投罗网。神魔虽除，人已成了一堆白灰。知道一时把握不住，违了昔年宏誓愿力，延误正果。尚幸法力高强，将此女元神保住，未致形神俱灭。

"此女罪孽深重，生前既未放下屠刀，再世自应备诸恶孽。重新诫勉之后，当与约定，说她凤根本厚，自堕迷途，现已孽重难返，令其先转轮回，受完孽报，仍皈净土。

"自己为践昔日誓愿，去往大雪山青莲峪，候她一十二个甲子。从此每隔六十年开关一次，接见有缘。因她元神已有佛家偈印，此去虽然备诸苦孽，但是一灵不昧，以后未来诸生无论变人变物，均自修积善行，减消罪孽。每到六十年禅师开关结缘之期，必须头一个赶到雪山，陈述自身功过，并受佛法点化。算到现在，已到第九个甲子。

"此女在第一个甲子上，苦孽最重，几把六道轮回历尽。仗着禅师偈印，真灵不昧，虽化畜生，宁可饿死，永没伤过一个生物，甚或舍身救人。第一甲子未满，居然重投人身。第一世，便是个土豪人家独子。幼受父母钟爱，家更富有，他却谨记师训，守着佛门戒条。到十二岁上，屈指一甲子期满，到了约会之期，便写了一封长信留别父母，详述过去生中之事，便独自私逃出去，赶往雪山。受尽千辛万苦，百折不回，终于在期前半日，赶到禅师所说的西藏佛家圣地大雪山青莲峪后峰崖之上。地方虽幸寻到，但是雪窖冰天，下临无地，一个毫无法力的凡人，如何能下得去？细一查看当地峰崖形势，以及到时所现征兆，俱与昔年所约相符。只是绝壑万丈，陡峭削立，冰雪坚滑，云雾沉冥，休说寻径而下，连个攀援之处都没有，简直无计可施。求告了一阵，也无回应，不禁放声大哭起来。眼看将到约定时刻，终不见有人来接引，愈发心寒气短。自思前生本是极好根器，不合误入歧途，致为魔鬼所乘，宛如附骨之疽，形影相随，不能摆脱，以致造了许多罪孽，堕入轮回。犹幸禅师眷念旧情，大发慈悲，以极大法力保住慧根，仍转人身。中间受了无限苦难，好容易如约寻到地头，方拟从此渐入佳境，不料为山九仞，功亏一篑，灵山佛地，就在眼前，偏是没法下去，时辰一过，热望全休。以禅师的慈悲，终始救拔，绝无违约相拒之理。不是自身之孽太重，人力难以回天，便是过去生中，无意之间又做了甚恶事，故此寻不到下去的路径。当时伤心悔恨到了极处，咬牙切齿，把心一横，决计要在期前到达，若寻不出下降之路，便以身殉，随往壑底云雾之中硬跳下去。

"初意必死无疑，哪知禅师佛法无边，不特早已算到此一着，连他数千里冰雪崎岖，晓夜奔驰，所经诸般厄难，以及最终如期赶到，俱是禅师法力暗中解救，加以接引。否则，从未出过门的娇生独子，一个人跋涉数千里虎狼冰雪的荒山绝漠，八条小命也早送了。此举一则为他减消一层罪孽，二则坚其向道之志。他这奋身一跳，才到半腰，正赶禅师一甲子坐关圆满，开了洞门出来，见他翻滚云雾之上，人已晕厥，随用一朵祥云托他下去。到了旃檀林前，禅师自回洞中升座。那恶人醒来，发现佛家灵境，四顾无人，还不知是被禅师救下，心神恍惚，追忆前情，觉着就到地头，所约时辰也必过去。悔恨之余，便朝前面那湖跪下，誓发宏愿，虔诚叩拜，不见老禅师不起。谁知这湖本是一片汪洋的圣地灵泉，他这一跪拜下去，立时满湖都是青莲花，上空祥云激滟，香雾霏微。随听清磬梵唱之声四方和应，立时神志一清，大彻大悟，便拜谢完了佛恩，往湖中跳去。等到脱却皮囊上岸，洞门大开，禅师已现出宝相法身，召将进去。与她摩顶受戒之后，仍令入世行道，并对她说：'你因凤世根深，此番虽以虔心毅力返本还原，但是解脱太快，所有以前罪孽仍须历尽偿完，绝不能再转一世便了。此去入世，务以极大愿力潜修善果。我已说过在此坐关相待，以后每六十年今日可来此一面，随时指点，尽管孽重魔高，有我在此，当可解免。但能逆来顺受，自可免却许多烦恼牵缠。你自去吧。'

"由此那恶人重去转世，对于以前所造孽因，有的仗着佛家法力，先以诚心毅力设法解免；有那不能解免的，便以身命偿还孽报。法力尽管甚高，对方是个常人，也绝不相抗引避，从容听人酷虐杀害，自去投生。在二三两甲子中,差不多被冤孽杀害了十次以上。内有几次,才活了七八岁,便遭惨死。可是她暗中修持,道行日高,所积善功更是不可数计。每来赴约谒见,禅师对她也极嘉许。到了第七甲子上,忽然遇一良机,积了一件极大善功,同时减消了不少冤孽。自这次起,一切冤孽完全消尽。

"内中只有一个凤仇,原是一个女散仙,在快成道时被她所害,死得极惨。此女也因凤根凤慧,转世以后,真灵未昧,仍旧出家修道。只是怨毒太深,苦苦寻她报复,已经纠缠了好几世,终是不舍,立誓定要毁却她的功行。内中并还牵涉此女两个好友,都是具有神通的人物。她知伊人十分厉害,以力相抗,既违誓约,并且冤仇越深;如以一命还她冤债,对方法力高强,罗网周密,不似常人复仇,拼着再转一世,便可解消,一落人手,必无幸理。并且过去诸生,曾有一次自甘偿此冤孽,听其杀害,仇人心计太毒,竟想令自己身经百死,饱受荼毒,方算复仇了愿。幸而时时韬光隐迹,故作痴呆,未被仇人识破。一见不好,便自乘隙脱窍,弃了肉身,冲出罗网,远遁高飞;稍缓须臾,元神便被禁锢,纵令法力高强,不致被她炼化,也必被其禁闭地底,永受地水火风之厄,不知何年月日方得出头。事后想起,还自胆寒,由此时刻在意。

"对方偏是穷搜不已,并自声言:此仇深如山海,不共天日,无可化解;宁甘舍弃天仙位业,与之同归于尽,也是在所必报。这场冤孽,直无法解消,迫不得已,只可望影先逃。若干年中,为了此女,也不知受了多少烦恼,耽误了多少功行。两次叩问禅师,并乞佛法化解,禅师只答以在你自己,仍是无计可施。最后一次狭路相逢,不能再避,迫于无奈。又知对方法力越高,更有专为复仇而炼的法宝,厉害非常,一落人手,这屡世修积的功行,至少被她毁去一半,心实不甘。欲以法力先将仇人制住,再以善言感化,既可市惠,又可使其知难而退。哪知此女仇怨太深,性如烈火,心志坚定已极。一见被人占了先机,始而以全力拼命。继见仇人在大金刚佛法卫护之下,所有法术法宝全失效用,自身反被佛光困住,挣扎不脱,觉着百计皆穷,仇报不成。又听了几句讥嘲之言,不由怒火中烧,恶狠狠咒骂了几句,冷不防自行兵解。双方冤仇固然更深,无意之中又背了禅师训诫。到了开关之期,再往求见,便遭峻拒,不能入门,再三求告,也无应声。一想解铃还是系铃人,除却仍寻此女设法消冤解孽,更无良策。

没奈何，辗转寻访到此女再生踪迹。一看此女已因性情所激，复仇念切，入了魔道。这一来不特下手更难，并因此女误入歧途原是由她而起，此后任造何孽，皆是自己促成，正应昔年禅师道浅魔高之言。而这一次，仇人与前生虽有邪正之分，法力却更加厉害。一面须要防到她的暗算，一面还要时刻留意暗中守伺，以便仇人为恶，或遇正教中人诛戮时，代为化解。苦恼之深，直难言说。

"似这样暗中护持者数十年，中间曾救过仇人十几次大灾大难。对方始终以怨报德，只要见她影迹，必定拼命，终于仍遭暗害。总算事先早有准备，拼舍一命，不与相抗，先期元神遁走，未遭毒手。可是她这一转世，初生十数年中，此女无人随时暗中护持阻她为恶，更造了不少的孽。那恶人认定一切恶因均由她种成，决计以救此女自任，使其化去夙孽，重返本来。于是重又如影附形，暗中守定此女，一面为她解消恶孽，一面为她抵御灾害。此女树敌又众，多是各正教能手，危机四伏，时有不测之忧，到时俱仗她以全力解救脱险。中间为了强护此女，还得罪了两位前辈散仙中有名人物，转而与她为难。对方法力极高，所用法宝尤为厉害，因她屡次作梗援助妖人，嫌怨已成，几欲除去为快。她此时法力虽非寻常，真要与那两位散仙相拼，却非敌手，何况对方又看出她的深浅，有了准备而来。照当时情势，纵然不死，也必重伤，坏去许多功行。幸仗灵机智慧，知难力抗，又无可避免，对方还未寻到，先默运玄功，算好适当时间地点，迎上前去。才一对面，不等对方发作，先就自述苦衷，说：'二位道友怪我护庇恶人，理原无差。但是此女过去生中并非恶人，实是自己先种恶因，激使致此。为恶的虽是她，造因的却是我，理应将她度化归正，返本还原，责无退避。故此历尽艰危，饱尝苦恼，终日相随救助，不敢稍有疏忽。无奈此女仇念太深，自己道浅力薄，至今未能感化。自知屡次开罪，但都是为救一根器极厚、误入迷途的女仙，不得不尔。现与道友狭路相逢，幸值此女不在，情愿二罪归一，只求道友不再与之为难，我甘一人受罚，以解孽报，死而无怨。如以法力相加，不特绝不相抗，也绝不防护逃避，任凭二位道友处治便了。'

"那二位前辈散仙因每次只要妖女一被正教中人所困，她立即在附近现身，将人救走，法力既高，设计又巧，防不胜防。虽看出不是邪魔外道一流，行径偏生如此背谬离奇；并且踪迹飘忽，异常诡秘，好似随时都在此女身侧，施展法术隐秘形迹。自己和各正教中道友，先后被她作梗多次，竟无一人查算出她的来历，以前也无人见过。尤妙是专在暗中救助妖女一人，如未脱困，不论多么艰危，必以死力来拼，不将人救走不止。妖女一逃，她只断后，等到远逃不能追上，立即遁走。在这时候，不论谁阻挡其前进，绝不还攻，也不对敌。可是从不与妖女一起，彼此之间直如陌路。至多妖女在脱困时看她一两眼，并无感德之意，多一半还带有怒容。断定其中必有隐情，又忿妖女作恶多端，屡伤正教中门下，只碍着她，不能除害。原意先将她擒住，问明情由，发落之后，再去同除妖女。本欲加以重惩，如系佛门中有道之人自入歧途，与妖邪一党，便与妖女一同诛戮。行到中途，忽遇东海三仙中的苦行头陀和白眉禅师，将两散仙唤住，告以此中因果，这才知道底细，更改初念，遇时已不想伤她。只内中一位性情古怪，素不服人，因苦行头陀说对方百折不回，想试验佛门中人的愿力。听她说完，故意笑道：'此言不差，果然妖女罪孽由你而造，理应代她身受。'随用禁法将她制住，使其备诸苦痛。她只端坐，口宣佛号，任凭荼毒，果然连护身之法都没有用。那位散仙本只要她略微输口便罢，见她逆来顺受，全不理睬，不由犯了刚愎天性，连用许多方法迫令服输，只不伤她元神和性命。所受端的比死还难得多，始而还在端坐不动，嗣后禁法制得倒地乱滚，死去活来不知多少次，终无悔恨神色。另一位散仙受了白眉禅师暗示机宜，有意要他如此，不时并以言相激。那散仙平素本不喜佛门中人，意欲另施辣手禁制她的元神，发话警告，迫令开口。

"谁知此女自从上次杀她报仇之后，先以元神遁走，不特余恨未消，反到处搜索仇人踪迹，欲乘她初生不久，元神未固之际，将人寻到，猛下毒手，使其形神皆灭。哪知仇人多生苦修，功力甚厚，早已防到，投生之地早有布置防备。并且生具智慧，法力不似初生婴童便有减退，即便寻到，也无可奈何。此女却因少此一人护持，到处遇见强敌为难，吃了许多的亏。过了十多年，渐渐结怨树敌太众，步步荆棘，骑虎难下。而同党中几个靠山能手，也被正教中人诛戮殆尽，眼看形势日非，难于长保。这日又遇到强敌围困，正当万分危急之际，忽然救星天降，解围而去。那救星行动神速，自己又是得隙即逃，未见寻来，匆促之间不知何人，也不知是否为了自己被强敌所杀。心正悬念，不久又连遭两次危难，均是那救星之力。每次均未看出相貌来历，心疑仇人转世所为，细一推算，偏算不出仇人来历。又觉仇人已是功行将满之时，两次为己所杀，以德报怨，似乎不应如此之甚，心中迟疑，便留了神。第四次又遇危难，细一观察，果是仇人死力来援。当时也颇动心，再一想最前生的仇恨，又复忿怒，本心实不愿由她手里脱险。无奈强敌太多，羽翼早尽，每值被困之际，见了对方法宝威力，深知正教中人疾恶手辣，想起形消神灭之惨，由不得心寒胆落，巴不得救星飞降。念头还未想完，只要真是敌人太强，无计可施，仇人定必现身出来。当时自然有些感念，可是脱险以后，仇恨又复勾起。似这样接连十多次，蒙那仇人解救回数一多，虽然平日仍想遇机报复，无形中怨毒已消去大半，不似以前日夕切齿，刻不去怀了。

"这一次也是双方该当孽满。当那仇人去迎两散仙时，此女独坐洞中，始而想起近年所有师长同党被正教人诛戮净尽，只剩自己一人，日处危境，朝不保夕。屡次遇难获救，又都出诸凤世深仇之力，异日如报此仇，还要落个恩将仇报，岂不冤枉？越想越难受，渐渐想起以前诸生本是正经修道，只为仇念所激，误入歧途。如今仇未报成，反树下许多强敌，正教中人已动公愤，日虑危亡，偏又孤立无援，不知何时便遭毒手。仇人多次解围，俱是事完即隐，不顾而去，如为借此解怨，怎不与己相见？现在处境日危，中土已难容身，与其在此束手坐待，不如遁往海外，觅一荒岛隐匿修炼，异日再作打算为是。主意打定，便弃了旧居，为防路遇强敌，特意隐身飞行，往海外逃去。行至中途，越一高山，当顶遥望，只见下面山坡上有两人施展禁法，侮弄一个女尼，因是惊弓之鸟，不敢造次。定睛一看，正是两个大强仇，所处治的正是屡救自己脱险的凤世冤家。知两散仙厉害，稍微走近，隐身法必被看破；如再飞行，破空之声一被警觉，立被发现追来，也是不了。又看出敌人行径，分明是先破了自己的护身符，再寻自己下手。有心逃退回去，眼看救过自己多次的人在彼遭难，置之不理，就不为本身利害设想，良心上也过不去。哪怕以前仇大，今生总有多次救命之恩，理应还报一次。念头一转，不忍就走。始而自顾不敌，还不敢过去。继一想，仇人法力甚高，这次必是一时疏忽，为人所乘，只要能冒险救她脱网，二人合力必能应付。照着二强敌如此穷追不舍，本就难逃毒手，再要去掉这一个大帮手，以后更无幸免。再四寻思，反正早晚难逃公道，转不如死中求活，将这帮手救下，或可得一生路。此女本具神通，当时勇气一壮，就在那散仙将要行法禁制元神之际，猛出不意，施展全力冲上前去，将人救起便逃。那两位散仙何等高明，内中一位更是早知就里，焉能容她将人救走，只一举手，便同制住。此女自问已无生理，那仇人却开了口，把此女积恶全揽过去，保其以后一定弃邪返本，愿代一死。哀求了好一阵，此女也已天良发现，不特前仇尽解，并自认罪争死。到此地步，另一位散仙才做好人，诚勉此女一番，并与那仇人结了方外之交，一并放却。这两人同到此女洞中，一同尸解坐化，再去转世，各修善果，同偿前孽。直到这一甲子来见禅师，方始见着。

"当时，我正在侧，这些经过详情，我姊妹本不晓得。也因来时尚早，禅师还未升座，遇见一位来此听经的道友说的，所以对她留意。我看她和你那位瞎子师姊相见情景，好些可怪之处。乍相见时，好似并不相识，又是先后辞别。我们因求禅师相助，借取我佛门中一件降魔至宝，领受机宜，最后走出，离她二人辞别，已有小半个时辰。如不是等候禅师二次升座传经说法，按说应该早走。哪知别人俱已走去，只她和令瞎师姊对坐在前面那株树下，说得十分有兴。我知令瞎师姊为人，前在峨眉相遇好几天，开府盛会那么多的人，难道就遇不上一个投机的朋友？又是那么好的仙景。别人都是命俦啸侣，三五成群，欢聚游玩。尤其是我们同辈道友，因俱年轻，或是下山不久，初次遇到，这等胜游佳会，分外显得兴高采烈。她却始终冷着一张脸子，睁着一双要瞎不瞎的眼睛，偶然向人翻个白眼都是难遇的事，直没开过笑口。又永远随定屠龙大师，不与众姊妹合群，仿佛她道行太高，不值与别人一起说笑似的。临分手前，我气她不过，想质问她这样冷冰冰的不爱理人，是甚原由，为何不和癞姊姊一样，莫非都是屠龙大师门下，独她有甚不同之处？心里虽这样想，走到她面前，又不好意思遽然开口。因见别位姊妹及你和她说话，不是十问九不答，便是冷冰冰答上一两句，使人没法再说，意欲先问她两句不相干的话，等她不理我时，再行数说她的不对之处。哪知她和对付旁人迥然不一样，仿佛预先知道我要和她为难一样，虽然面上未现笑容，居然有问必答。只是所答只一两句，答完便罢，永不反问，话又十分简明，使人底下无法再问。一会儿你和我姊姊、易姊姊、琼妹诸位便来将我唤走，先想质问的话，始终没好意思出口。反把嫌厌减去多半，以为她天性如此。似这样和人相对长谈情景，又是如此亲切，休说是我，照你平日所说，恐你和她同门这么多年，也未必能遇见过吧？越想越怪。

"因我两人刚往外走，人尚在洞门以内，禅师尚在座上，佛光未敛，由外不能见内。她二人又是并肩向湖，背朝我们，看得逼真。只语音甚低，隔得又远，听不清说些什么。我因此事奇特，便施展我新炼成的有无相神光隐了身形，掩向前去。哪知你这位瞎师姊目力竟比好人还强得多；那位由恶人转世的道友，也和她一样机灵。我们如在门内观察静听，倒许能得一点底细。这一近前，我二人的无相隐身竟会被她二人警觉。我原料她不是寻常人物，惟恐惊动，缓缓由林外绕向前去，并没快走。最可笑是，她们已知我们要去掩听，表面仍作不知，照样密谈。等我走近，见她们只是互相嘴皮乱动，一句听不出。我姊姊这回比我聪明，首先发觉踪迹已露，这等掩人不好意思，将我拉住，不令再进。折向旃檀林内，用心声传语，说她们已有警觉，应速收法现身，不可再去。我正疑信参半，忽听她们语声传来，甚是清晰，这才相信。一听那话，竟似为我而发，虽然不曾指明。大意是说，今日在此相见，俱是有缘，他年有事相访，当不至于见拒。令瞎师姊还回头向我们看了看，回答的话，好似关着另一个人，我没听出是谁。跟着那道友又向禅师遥拜默祝，然后升空飞去。令瞎师姊与她别时，执手叮咛，意更关切，却未随了同行，只低头略微寻思，向对林走去，一会儿走远。

"等我二人在林中绕了一转，因禅师那次升座须在满湖青莲齐开之际，虽然花开以前应有祥光涌现奇景，并非说开就开，估量尚早，终难断定何时出现。尤其祥光彩云一现，便须望湖礼拜，我姊妹恐防错过时机，不肯走远。正商量往回绕，就在左近湖滨一带，赏玩旃檀宝树的奇姿，望着前面那一大片灵乳澄波相候，忽见她急匆匆，似有意又似无意地由对林迎面走回。姊姊招呼了一声，她便立定，向我二人致贺，说再有半个时辰，千余年来只此一次花开见佛的奇景奇缘便要遇上。我先以为她既知底细，又是千年难遇的大福缘，必定在此相候。想起为时尚早，她只是随缘瞻仰，与我二人不同，禅师今日广结善缘，来人只要寻到，有求必应，按理，她应抽空往小寒山去,将你接来一同参拜。我们如得家师允准,能往幻波池一行,固可多得禅师法力遥庇,使事情格外顺手;万一家师不允,你如到此,禅师也必另示机宜,或使我姊妹能够践约成行,或使诸位姊妹化险为夷,变难为易,均是极好的事。她却若无其事神气。我忍不住拿话点她。她虽然不似平日那么冷冰冰十问九不答,但仍故作不解,抛开正题不答,却关心我取宝的事。说花开见佛已是灵景佛缘,屡世难逢,那件七宝金幢更是西方嘛罗偈波提尊者千年前所用降魔至宝,具有无上威力,非同小可。除上面降魔七宝以外,幢顶之上有一镇幢舍利,务须先期戒备,不可令其飞返西方,此宝方可随时随意发挥它的妙用。否则,威力固是极大,一旦施为,至少三百六十里方圆以内的精灵鬼怪,如若躲避不及,或是藏伏之处不在地底十丈以下,必受此宝精光的照,要将功行消去一半。这类异类修成的精怪,多半苦炼多年,并不一定为恶害人,岂不有违佛家度化众生慈悲之意?这么一来,不到万不得已,不能轻易使用,遇事便要斟酌轻重,多费心力,岂非美中不足?此宝又系经偈波提尊者佛法封锁,在池中心灵泉穴内,此间又是佛家六大圣域之一,离上面平地数十丈,再加禅师佛法封闭,多高道行的前辈神僧仙长,也未必能算知它的底细。禅师自从降世,便持苦戒,这类至宝奇珍,自不使人得之太易。所以适才虽然详示机宜,对此一层独未明言。少时升座出来,已无说话时机,此事全仗自为。她也是刚刚得知底细,因知我二人福缘甚厚,恰巧二次相遇,不然也不敢饶舌。

"我因她答非所问,对多年患难相共的同门姊妹视若路人,却对外人的事关心,老大不以为然。她似觉出我有不满之意,未再往下深说,便自辞去。我倒没想到她会不等花开见佛便走,所说的话也未留心细听。还是等她走后,姊姊埋怨我,说此人面冷深沉,但是功力极深,今日看她情景,与前判若两人,尤其我们对她貌合神离,她焉有不知之理?忽然如此关切,大改常度,内中必有深意。她乃有道之人,表面对人虽冷,与常人刻薄寡情自不相同。我们也是修道多年,如何把看待常人的情理和她计较,岂不可笑?照她走时情景,分明特为我们而来,所说定有助益。这一犯小孩脾气,对她轻慢,以致话未说完,便即辞去。花开奇景,旷世难逢,既然知底,不应先走。我们怪她对癫姊姊淡漠寡情,她素来沉默寡言,此去匆匆,焉知不是抽空往小寒山寻癫姊姊呢?我一回想,也觉稚气得可笑。我和姊姊同胎而生，名为姊妹，不过生时略有先后，平日行止动静，以及现在皈依佛门，诵经修道，全都一样。至于容貌、身材、性情、衣饰，更是无不相同。仅仅面上这点记号，一左一右，稍微有点分别。以前，连说话都几乎是一同张口，即便她说时我没开口，或是我说她没开口，那心思词句仍都是一样的。近来不知怎的，别的仍是一样，心思言语便常有不同。好些地方，我仍未免稚气任性，她却沉静得多，有时简直像一个大人，你说多怪？"

癞姑见她说到末了，仍是以前天真神态。眇姑来时曾嘱保密，任遇何人，不可提起是她指点前来，知她所说实是好意。细察二女，好似成竹在胸，并不十分看重。眇姑这人又一向不肯说空话，惟恐二女疏忽，便探询道："二位姊姊对于取宝之事，想具成算的了？"谢璎答道："成算虽不敢说，仗有禅师指示玄机和所说语气，多半有望。不过令师姊所说也关重要，舍妹不合心粗轻慢，虽令师姊未必见怪，如何防那舍利飞返西方，却未明言。匆匆作别，不及请教，先时颇觉可惜。继一想，禅师既不愿我们得之太易，承令师姊指点，如能留此舍利，固是佳事；否则，以后不能轻用，有此一层顾虑，使我姊妹多受阻难，增加修为，以免有所倚赖，也是好的。只好凭着福缘运命，到时惟力是视，由它去吧。"谢琳语意，也与相同。癞姑见二女天真犹昔，语意却寓有至理，与前大不相同，知其道行法力必更精进，故能不以得失萦念，并非有所拿稳。平日修为，即此已见一斑，好生钦佩。

正待称赞，忽然一阵香风起自湖上。当地原在大雪山广壑之下，上面布满一层层的密雪，雪山上面又是终年阴云低垂，暗雾迷漫，永见不到一点青空。而青莲峪简直另是一个天地，总是终古光明如昼，祥云片片，永无黑夜。比起上面雪山荒寒阴晦之境，大不相同。及至香风起处，眼前倏地一亮，人地愈发光明。转瞬之间，上空云雾齐收，那香风便一阵接一阵地由湖上吹来。三人知道灵景将现，互相噤声，以目示意，各自澄神定虑，端己正容，缓缓起立，去至湖边，一心念佛，虔敬等候。隔了不多一会儿，和风止处，湖上一片淡微微的香光飘荡，跟着便起了极柔和鲜明的祥雾，宛如一片其大无垠的五彩冰绡，将全湖笼罩。雾下面，万顷清波一起腾涌，浪并不高，却甚整齐，隐闻涛声汤汤，音若笙簧，令人神志为之清宁。三人处此境界，俱觉心身上说不出的一种爽适空旷，正在虔心守望间，鼻端忽又闻到一股旃檀异香，比起适才香风中的香气又有不同。同时远远传来几声清磬，跟着断断续续又传来几声梵唱。三人静心一听，那梵唱之声并非起自禅师洞中，来路好似极远，也估计不出相隔里数。青莲峪深居雪山之下，平湖空旷，并无寺观僧尼之迹。磬声梵唱如自外来，按理应由上空飘堕，听去却又不似，入耳偏是清晰非常。方在不解，梵声忽渐稀微渺茫，似在若有若无之间，那发音所在又不似移向远处。三人凤根功力本都深厚，具有极大智慧，见此情形，知道玄机微妙，细一寻思，忽渐省悟。谢璎首先顶礼匍匐在地，癞姑、谢琳也不约而同相继拜伏地上，重又屏除杂念，虔心向佛。一会儿，梵唱之声忽然大起，上下四方一齐应和。乍一入耳还在若远若近，似有似无之间。三人无论是谁，只要心神稍一把握不住，微起杂念，声音便即微远渺茫，似这样随着各人念头动息，起伏隐现，所闻各不相同。到了后来，三人悟彻玄机，一任梵音琅琅，响彻天宇，只顾安定心神，不生一念。刚刚反虚生明，到了物我相忘境界，又是一声清磬过去，繁声尽息，彩雾全收，眼前倏地祥辉万丈，大放光明。满湖清波，忽变作一片莲花世界，只是花叶均与寻常大不相同，每柄莲叶都有丈许大小，色白如银。叶底挺立着一根金茎，花却纯青，大约尺许，俱尚含苞未放，其多不可数计。金茎、银叶与翠萼、碧波交相掩映，结成无限祥霞，壮丽绝伦。

三人已悟色空境界，知道花开见佛就在俄顷。内中癞姑只是随缘参拜，虽然衷心虔敬，还不十分看重。仙都二女处境却是至难，因为佛法微妙高深，不可思议，相由心生，亦由心灭，有相无相，互为因果，差之毫厘，谬以千里。此时志在取得七宝金幢，事前预受神尼、禅师指示，先已着相，如使一念不生，自非容易。如若一心取宝，既失虔敬，杂念一生，便不能见到诸佛菩萨庄严宝相。而宝幢起落快慢，全系本身，开始时如不恰到好处，占了机先，便如石火电光，稍纵即逝。二女在小寒山皈依佛法，仗着凤根智慧和今生百余年的修道功力，又得忍大师真传与寒月、一音随时指点，道行精进，固然远非昔比，但毕竟在外经历尚少，又是初次遇到这等关系重大的不世佛缘，惟恐疏失，未免胆小情虚了些。一开始一味宁神定虑，意欲不令着相。单等花开见佛，宝幢由湖心涌现，再照预计，以极大愿力上前求取。以二女这等物相生灭有无，悉由自己主宰，论起功力原非寻常。但是这次取宝，内有佛家无上妙谛，关系二女屡世修为及最后一次成道证果的成败关头，其中精微奥妙之处，不落言诠，也不是师友所能传授，人力所能勉强。便小寒山神尼、大智禅师先前那番指点，也不过告以宝幢出现时间情景，上面七宝有何妙用，以及一些避忌之处，并非传授取用之法，依言行事便可到手。事之成否，仍仗二女自己。二女也知此事不能倚仗别人，信心愿力均颇坚强。无如屏除杂念，由于平时修道功力的强制，这一矜持太过，有念生于无念，依然着相，未能上来先臻化境，以致延误时机，落个美中不足，日后多生好些枝节。这且不提。

这时仙都二女、癞姑三人，已然通诚跪拜之后，起身跌坐湖边，端的虔心息虑，一念不生。正当静观自在，物我交忘之际，忽听身后大智禅师大喝道："诸佛菩萨已现宝相，俱在眼前，尔等可见着么？"一语未终，三人猛被提醒，心方微动，一阵异香起处，满湖斗大青莲一齐开放。湖心上空立现出一圈佛光，中间一朵极大青莲花上，立着一尊身高丈六的金身佛像。紧跟着，随同目光到处，每朵莲花上面俱现出一尊佛菩萨，看去何止百千万亿。一时霞光万道，花雨缤纷，宝相庄严，不可言说。三人忙即合掌礼拜，五体投地，重又匍匐地上。待了一会儿，二女暗忖："禅师曾说花开见佛以后，跟着湖中祥光涌现，宝幢便要升起，此时怎无动静？"心正寻思，忽听湖心清波分流之声，抬头一看，不禁大喜。原来佛相莲花俱已隐去，只湖中心翠涛滚滚，四外分流，当中现出一个亩许大的深水漩涡。晃眼工夫，水底忽有精光上射，随升起酒杯大小一团五色祥光。紧跟着又涌出一丈六七尺长，七尺方圆一座宝幢。那宝幢似幡非幡，略似华盖，共有七层，四边璎珞垂珠，每层上面各现出一种不同形式的宝光：头层上，是两个连环宝圈；二层是一朱轮，四边烈焰环绕，熊熊欲燃；三层是一钵盂；四层是一金钟；五层是一慧剑；六层是一梵铃；七层是一宝幡。全宝幢上，本就宝气精光上烛霄汉，这六层七宝又各具一色，光华分外强烈，精芒射目，不可逼视。共是七色光华，融会成一幢彩霞，庄严雄丽，气象万千，一望而知具有无上威力。

谢氏二女是修道多年，新近又得佛门上乘法髓，见了这等异宝，也由不得惊喜交集。因这宝幢出现以后，逐渐长大，光华强盛，只管继长增高。

来时虽获明悟，怀有成算，禅师并未传授收用之法，只是具有信仰愿力，期于必得，更没料到此宝如此伟大。又以时机不再，说错过便错过，不禁心慌，匆促之间，欲以本身法力上前求取。姊妹二人面向宝幢一同拜了九拜，随同起立略定心神，施展师传佛法，一面用有无相神光护身，一面手掐诀印，口诵六字真言，朝那七宝金幢冲去。初意此宝虽具无上威力，但无人主持，又是佛家之宝，自己应有这层佛缘，再以本身法力强制，必可手到成功，不问此宝如何长大，且先擎回山去再作计较，自己离宝幢不过三数十丈远近，光遁神速，本是不消瞬息便可飞到。哪知事情竟出预计，那宝幢上面发射出来的七色霞光，精芒所及，四边俱在十丈左右，并且还在逐渐增长。二女遁光飞至中途，还未到达，刚与宝幢精芒接触，便被阻住。二女心急，又自信此宝对本门弟子绝不至于伤害，去势太猛。这一硬冲上去，当时猛觉着迎面遇见一种极大阻力，人虽未伤，竟被撞退回来。

二女心方一惊，仰望在宝幢顶上徐徐滚转的那一团五色祥光，已似要离顶飞去。谢琳猛想起眇姑所嘱之言，一时情急。二女素来言行心意大半相同，至多发动略有先后，这还是近年小寒山修道以后，才行如此，大致仍是相同。彼此临机应事，多想到便做，极少商议，已成习惯，也永没有什大差误之处。惟独此举却是谢琳一人动念，因知幢顶宝光便是镇幢舍利，如被飞返西方，不特七宝金幢不能随意施为，有了缺陷，并料宝幢也必更难到手。时机一误，被其沉入湖底，永无到手之日。当时急不暇择，竟施展全副神通，上前夺取。随身飞起，扬手一个诀印发将出去，欲以金刚定力，先将那粒舍利子定住，同时以玄功变化与之合为一体，将其收下。那金刚诀印也具有极大定力，功候再如精纯，无论多厉害的法宝也可定住，何况乃是无主之物。满拟舍利虽是镇幢之宝，宝相祥和，不似宝幢威力强烈，只要占得先机，总不致被它滑脱，谁知又未如愿。诀印将发未发之际，那舍利不过在宝幢顶上徐徐自转，祥光晶莹，流辉四射，看去似要飞腾，势却缓慢。及至金刚诀印一发动，人也将要飞近，只听一声极轻微的雷音，那团舍利祥光忽然隐去。谢琳玄功所化一片光华，竟又被那雷音震退回来老远，比起头次势更猛烈。如非近年功力精进，几乎禁受不住。同时舍利祥光一隐，宝幢立即大放光华，七层法宝各显威力，水、火、风、雷、金铁、沙石之声，隐隐交作，知道不妙。这后半宝幢出现情景，三人闻见相同，休说谢琳恐惶，便连癞姑也觉要糟，自知此举非比寻常，爱莫能助。正代二女着急忧惜，紧要关头，忽现转机。

原来谢璎先听眇姑之言，虽也动念，后来想到功行须仗自己修为，法宝只是不得已时用作降魔脱难之助，所以本心没有得之念，只是急切间想不出取那宝幢之法。头次撞退下来，一时无计，决以毅力信心战胜，二次又冲上前去。不料谢琳看出舍利祥光势欲飞走，忽然舍此就彼，没有同行。二人一上一下，差不多一同飞到，谢璎飞近宝幢，正值谢琳震退下来。谢璎正觉这次飞近宝光，并无阻力，只是若远若近，不能飞到。就在这心念微动之际，祥光忽隐，吃这雷音一震，猛想起初见佛相时情景，以及禅师"佛在眼前"之言，顿触灵机，恍然大悟有无相因，人宝分合之妙，此宝与自己本是一体，何须强求？适才花开见佛，分明是悟境，一开始如不矜持，此宝早已到手。灵机一通，当时智慧空明，自在非常，人也仍在原地，含笑趺坐。另一面，谢琳被雷音震退，心中一急，侧顾乃姊正在含笑趺坐，也自如梦初觉，万虑全收，快活非常。

说时迟，那时快，先后不过瞬息间事。旁坐癞姑见二女和那宝幢忽然无踪，忙一回看，二女仍在原坐之处，面带微笑，双双入定，那玉雪双颊上，一左一右各现出一个小酒窝，于美丽庄严之中，又带出无限天真，端的仪态万方，迥绝仙凡。乍看除却神仪内莹外，别无异状。细一谛视，通身俱似有一层祥光外映。情知大功已成，宝幢已然取到，正以玄功运用，不久便可仗以施为，好生代她们欣慰。暗忖："自己原是佛门弟子，屡世修积，凤根颇深。只因恩师屠龙大师前在本门犯规被逐，起初因心性刚强疾恶，同门中如晓月禅师、风火道人吴元智均有嫌隙，一时负气，羞于重归，中间几乎入了旁门。幸遇神尼点化，皈依佛法，如今正果将成。只是本门长眉师祖师恩未报以前，心愿未了。有一年谈起自己从小便蒙教养，传授道法，始有今日，师恩深厚，无以为报。又见眇姑在旁言未发，便向师父力请代完心愿，一任愿力多么宏大，均由自己担承，免得延误恩师证果。初意不过和师父一样，由此起暗助峨眉发扬光大，多积善功，尽心尽力，不避艰险而已。哪知师父心意，竟是要令自己代她复归峨眉一二甲子，侯积完当年拜师时所许三千善功，才算了愿。当时说过便罢，师父一直十多年不曾再提。心料师父看出自己有了悔意，不肯勉强。因话已出口，并蒙师父奖勉，意甚欣慰，不应后悔，辜负恩师。平日想起便觉内愧，几次想要请命，俱以心中不舍离开师门，没有出口。后来峨眉已然开府，师父仍未提说，心还在想双方无异一家，不重拜师也是一样，如只暗中宣力，最合心意。哪知到了众弟子行礼授法之时，师父忽然旧事重提，自然说不上不算来。仙佛两家虽然殊途同归，一则自己过去生中已然皈依，今生又是自幼便投佛门，修为颇有根底，向往尤切；二则本门前辈剑仙中，如白云、元元、餐霞以及苦行师伯等十二三位师长，几有一半是佛门中人。自己也只开府行礼时换了一次装束。今见谢家姊妹三年之别，如此精进，佛法高深，果然另一境界。不知将来自己功行圆满以后，是否还能重换初服不能？"

心正寻思，忽听身后有人喝道："你自有你的来路，羡慕旁人作甚？"癞姑知道说话的必是大智禅师，这才想起只顾瞻仰奇景，还忘了参拜禅师。回身一看，身后不远站着一位老和尚，相貌甚是清癯，身材也极瘦小，疏眉细目，满面慈祥，颔下无须，手握一串念珠，穿着一身黄葛僧衣，头上隐隐环着一圈佛光，身上皮肤又是金色，活似唐宋遗留的名塑名画罗汉形象。知他是我佛坐前尊者转世，宋时已然成道，只因愿缘未了，在此佛家圣地坐关结缘，得与相见，缘福不浅。忙即五体投地，虔诚跪拜。却因身已改投在峨眉门下，想不到说什么话好。禅师微笑道："起来，起来。幻波池之事，有谢氏二女足可为助。妖尸结果我虽得知，但是这类杀孽，我已不再参与。好在到时自有人去设法，无足为虑。你此次见我，不过认认门路，且等下一甲子我临去以前，你再来吧。"癞姑闻言，重又拜谢不止。同时二女也已用完定功，起身走来。刚同拜跪下去，抬头一看，禅师已然不见，对面佛光朗照，洞门大开。二女知道禅师二次升座，一会儿便有不少人来听经说法，先已垂示事完即行，无须再留，便和癞姑说了，同向洞门遥拜，告辞起身。

这时上空云层已经布满，三人各纵遁光飞身直上，刚穿过两层祥云，入了上半云雾之中，忽听上面冰崖雪壁崩坠之声，轰隆大震。暗诧此是大雪山中最为高寒隐僻之地，冰雪多自千万年前堆积，甚是坚厚，又没有风，又无大力震动，怎有如此猛烈声势？如是人为，绝非常人。禅师开关结缘之期，下面是灵区圣域，何人大胆，敢于在此惊扰？方寻思间，三人忽同想起周、李二人此时正该到达,忙催遁光穿云上去。首先瞥见的便是李英琼驾着紫郢剑光,如长虹经天,由峰崖北面绕飞过来,飞得低而又快,破空飞行之声毫未收敛。所过之处,天空密云浓雾纷纷四散,震荡如潮,云层起伏,当中成了一条极长的巨弄,蜿蜒天半。下面冰峰雪崖,便跟着纷纷震塌,冰花雪雨随着山峦倒塌,布散高空,宛如银雾,轰隆之声震撼天地,甚是惊人。英琼仍如未觉,只管在空中左旋右转,像似搜寻人物情景。癞姑知是寻找自己,同时又听英琼传声相唤,方欲应声赶去,口还未张,忽见来路侧面岭脚下光华一闪,紫光随即飞下。仙都二女见状,倏地想起一事,说声:"快走!"三人刚把遁光掉转飞上前去,说时迟,那时快,三人到时,英琼已和那光华中变化出来的一个形如火焰的怪人影子斗将起来。怪影身外光华已敛,极似一朵火焰结成的人影,焰色极淡,动作又极神速,如非三人是慧目法眼,直看不出一点形相。那么厉害神奇的飞剑,居然敢于随同飞舞,毫无畏意,急切间英琼竟奈何他不得。癞姑看出不是寻常,正待出手相助,仙都二女已同声喝道:"今日大智禅师开关结缘之期,不容大启杀机,难道近在咫尺会不知么?"谢琳手扬处,首先飞出一团金光,晃眼加大,电一般往前飞去。英琼也觉出厉害,将牟尼珠放将出来。怪影见状似知不妙,一声未答,忽化作一溜墨绿烟光,往岭脚深洞中遁去。真是来得也速,去得更快,目光一瞬,无影无踪。癞姑神雷已然发出,竟丝毫也未打中。

四人匆匆见面。仙都二女对癞姑道:"这一带冰山雪岳俱被琼妹剑光震塌,那妖人便是为此惊动,余波蔓延,永无终息。我们三人且将震势止住,等轻云寻到,同往小寒山洞中再作详谈吧。"说不几句,轻云也已寻到。本来约定同去小寒山二女洞中,不料毒手摩什记恨二女,赶来寻仇。二女正要迎御,忽被神尼召回,毒手摩什也被佛光惊退。癞姑、周、李三人又往小寒山求见神尼,久候无音,正负气要走,又遇两厉害妖人受人蛊惑,电驶飞来,猛下毒手。冷不防为癞姑屠龙刀所伤逃走,三人穷追不舍,二妖人在逃路上运用玄功变化将身复原,回头反噬。恰值玉洞真人岳韫正在青莲峪访晤大智禅师,出来解围,并指示三人机宜,三人才知神尼别有用意。因还有些时候,送走玉洞真人之后,癞姑抽空说了前事。又停一会儿,算计到了时刻,三人重又起身,往小寒山飞去。因知神尼终年多在入定中,灵境幽秘，封锁严密，去了必是先见二女。哪知遁光飞过雪山，折向东南方去路，飞不多时，首先发现高山前横，上有林木森森秀列。猛想起二女前在峨眉，曾说小寒山前还有一座高山，上有森林，正是这等形势。先那两次，虽均照她所说途向里数飞行，前半经历都对，此山独未见到。此时忽然出现，分明适才白跑两趟，不特不曾升堂入室，连这座高山俱未越过。照此情形，当是禁法已撤，事可如愿，好生欣喜，忙催遁光前进。为示敬意，打算一过此山，便即下落，步行入内求见。刚一同飞到那山顶上，猛觉遁光前面有了阻力，心疑主人仍有见拒之意，不便向前强进。就这遁光微一停顿之际，面前金光一闪，倏地现出一个相貌清秀的少年禅师，定睛一看，认出是新近皈依佛门，改名寒月的武夷散仙谢山。知是师门至交，又是二女义父，好生欣慰，忙同拜倒。禅师含笑唤起，说道："忍大师适才两次杜门谢客，并非故作不情，内中实有原因，日后自知就里。璎、琳二女已在准备起身，你三人此去，忍大师当可相见了。我适由她那里起身回去，见你三人到来，忽然想起一事。妖尸罪在必诛，不必说了。只是沙氏兄妹与丌南公情谊至厚，再与相遇，不妨让他一二。如真为势所迫，沙亮还在其次，沙红燕乃老怪前生宠姬，今之爱徒，情如夫妇，乃旁门中有数人物。此女精通玄功，邪法颇高，使其形神俱灭，颇非容易。此女爱她容貌甚于性命，到时不可毁她容貌。否则此仇一结，便老怪自负前辈，不肯亲自出马，为了此女日常哭请报仇，明知胜之不武，不胜为笑，也必亲来寻仇。你们仗着得了圣姑所留总图和全部道书，了悟玄秘，能将原设五行妙用尽量发挥，比起现在胜强十倍，敌人莫可如何，很难攻进为害。但是老怪法力高强，来去无踪，神速如电。你们又当奉命收徒行道，创立分支之际，其势不能常守洞门，一旦离开，必受侵害，防不胜防。就有异宝护身，时刻留意，到底添出许多麻烦。乘着此时仇怨未深，可告知英琼令尊李道兄作一打算。如真不能避免，便须事先早做准备，就在幻波池内以逸待劳，不问能否就此除去，先给他一个重创。老怪天性好胜，自恃法力，不肯受激，是他短处，明知敌人有备，也必前往相拼。如遭挫败，再有人出来讥嘲他，他与令师祖长眉真人为同时人物，觉着老前辈多少年的盛名，败于后辈末学之手，定必负愧而去。或是迁怒此时助敌和那笑他之人，或是径寻令师长生事，至多使他门下徒党炼了法宝再来寻仇。本身去前，已被你们的话扣住，一举不胜，只恨在心里，无颜再来，何况还败。此老虽极凶横强霸，却是言出必践，只要事前话说得妙，临机能把他挡住，即可省却多少麻烦。此事关系你们不小，不要忘了。你们自去见忍大师，日后遇机再相见吧。"

三人方在领命拜谢，金光一闪，人已不见，天空云雾依然，毫无痕迹声息，竟没看出怎么走的。只得望空拜谢起身，往下飞去，到了山脚落下。那小寒山就在对面一座山谷之中，相隔十多里。本山不高，可是四面高山环抱，口外双峰对立，凤翥龙伸，上面苔藓肥厚，苍润欲流，下面现出一条极平广的谷径，看去气势已极雄浑奇秀。等走进谷中一看，地势愈发开展，平原绣野，树树繁花。小寒山位列其中，峰崖苍古，灵秀天然。身才走进，气候立变，天气固是日丽风和，景物更是清淑明丽。到处花开似锦，草软如茵，白云撑空，飞泉若练。另有芳塘百顷，嘉木万株。环塘一带树林以内，时有珍禽奇兽与恶虫毒蛇出没游行，枭鸾并集，鹿虎同眠，各不相扰。加上一路树色泉声，花香鸟语，岚光云影，石韵松涛，端的灵境无边，观赏不尽。

三人以前原听二女说过小寒山景物灵奇，终古清淑祥和，琪花瑶草，四时皆春。并且所有生物，无论多凶恶的毒蛇猛兽，俱受主人佛法感化，并育同游，而不相悖，共跻仙域，永息杀机。果然气象万千，话不虚传，佛法精微，不可思议。

再向前四五里，过了一片芳塘，望见对面一山突起平地之上，宛如天柱矗立，通体莹洁，无殊翠玉。山势雄峻，却又孔窍玲珑，峰峦奇秀。只是全山仅半山腰上有一块突出的平石，此外都是嵯峨削立，无可着足。石大亩许，祥云环绕之下，左右两边各有一条瀑布贴壁斜下，玉龙飞舞，灵雨飘空，界破两边山谷。当中夹着一个空敞虚立的茅篷，篷内蒲团上坐着一个妙年女尼，含笑合目，端然趺坐，神光外映，妙相庄严，一望而知是一位有道神尼。正待通名拜见，忽听有人低唤癞姑、琼妹之声。循声注视，正是仙都二女由山侧梅花林中喜滋滋赶了出来。二女各穿着一身白衣，人既天真美丽，再由那一片粉红色的梅花林中走出，玉貌花光，相与辉映，越显丰神绝世，艳丽如仙。英琼爱极，忍不住说道："真好看！这等美景，才配得上这等人呢。"话未说完，二女已经近前。谢琳笑道："琼妹，又笑我们么?"英琼笑道:"我说二位姊姊真比天仙还美,见了由不得心里便喜欢,真想永不离开才好呢。"轻云因神尼就在面前,见英琼笑语忘形,便忙使眼色止住,对二女道:"大师似在入定,可容我们进谒?"谢璎道:"家师适才已有吩咐,本可无须见面,但是三位嘉客远来不易,且随愚姊妹上去吧。"癞姑道:"这样似不恭敬,我们在下面行完了礼再上去吧。"谢琳道:"你和轻云妹子拦住琼妹,一样都是多余。休看家师长年静修,又不大肯见外人,实则人极和易。我们虽是她老人家徒弟,连句重话都未说过。平日也无甚拘束,任凭我们行止自如,慈爱温和已极。对你三人必和我们一样,只管同我上去便了。"三人闻言,便随二女飞身上去。

　　那片突石平如镜面,一尘不染,清洁异常。因都惦记着幻波池被困的两人和静琼谷中诸弟子,无心观看景致,各自恭恭敬敬随着仙都二女朝前面茅篷走去。行抵篷前,刚刚下拜,神尼忽然睁开一双静如澄波的慧目,含笑唤起,说道:"适才并非有意慢客。此举不特小徒,与你们三人也有关系,日后自知就里。幻波池妖尸已知强敌就在她的近侧,不可轻视。适才又以多年苦搜未得的总图藏处突然发现,图却失去,惶急万分,愈发不敢妄动,去向静琼谷生事了。她和毒手摩什本有孽缘,只为性太凶狡,起初仗人相助才得脱困,便觉对方难处,设词用计将其气走。如今丧败之余,总图失盗,明知来日大难,无奈劫数将临,尽管忧危,仍不舍圣姑宝库中所藏天书和那两件至宝,心神又受圣姑法力潜制,天天想要脱身,偏是死不肯去。此时妖党零落,自觉势孤力弱,断定先走脱的敌人必要大举重来,难于抵御,没奈何又向妖人求助。毒手摩什已为妖尸所迷,先虽负气舍去,心仍恋恋,终于必往。妖人得有轩辕老怪嫡传,虽非寻常,你们和二小徒已有抵御他的法宝,到时小心应敌,自可无害。事定以后,在外行道,如再相遇,虽得圣姑天书,妖人来势神速,不在蚩尤三怪之下,切不可以疏忽呢。此时静琼谷不会有事。易静得了总图以后,不合贪功,没等与众商议,只送赵燕儿由密径遁出,便即退回幻波池,暗入妖尸寝室,意欲就手除去。没想到总图虽得,另外尚有圣姑当年留存的法宝,以致误蹈危机。既是她命中应有无妄之灾,难于避免,但能因此增加道力。你们如若回去太急,反于她无益有害,他年与鸠盘婆对敌时,便不免于吃亏。就是早回山去,也须到癸未日,妖尸数尽以前入池,一切方可如愿。你们此后功力自益精进,只是英琼煞气颇重,虽是劫运当然,所杀十九为极恶穷凶,但可稍微原恕,终以宽厚为宜。此去详情,已另有人指示小徒,不消说了。这类杀孽,我本不愿饶舌,因你二人远来不易,今日之见亦是前缘;而英琼将来降魔法力甚高,性又刚烈,疾恶太甚,误生杀孽,致稽正果,多费心力,还有小灾,故此又附带说上几句。如能遇事谨慎,宁失宽厚,勿令操切,自然独秀英云,早成正果。言尽于此,请自与小徒商议行止。"说罢双目垂帘,重又入定。

三人忙即拜谢告辞,一同退下山来。谢璎喜道:"家师从来和人少说话,连我爹爹和叶姑自从初见算是作了一次长谈外,以后再来,彼此便无甚话说。有时直到人去,眼都未开。偶然开口,只一句半句。来人直似专冲着我姊妹而来。琳妹因茅篷内只有我师徒大小三个蒲团,别无长物,地方又窄,爹爹、叶姑每来多是立谈,再不和我们到下边去,连个好起坐处都没有,才新辟了一个别业。家师今日这等说法,允其对琼妹语意十分关切,缘分真不浅呢。"谢琳接口道:"以前我姊妹说话,多半同时开口,虽不一齐争着说完,也叫人看了可笑。近已改掉,她说我便不说。我姊妹还没说我们新辟洞府是什么情景呢。那里虽然地方不大,只有依梵窟、瑞云居、小潮音、灵石小筑四处小景,比不上你们峨眉仙府百分之一,但经叶姑一再相助点缀,还将就可以待客。现离癸未日期还早,且到我们那里长谈叙阔,吃两杯玉乳灵泉,再走如何?"

第二四六回

款仙宾　清谈灵石筑
参慈父　同上武夷山

周、李二人虽信神尼之言，总想早回静琼谷去，比较放心。但又不便拂二女的盛意，相继笑答道："二位姊姊灵境新居，自应观赏。不过静琼谷中只有几个新收门人，我们只坐一会儿，到了依还岭再作长谈吧。"谢琳笑道："你们怕什么呢？家师一按灵光，便知前因后果，她说无妨，一定平安，早去也是无用，忙去作甚？"谢璎道："琳妹也是多余。三位姊姊数千里远来，所居就在妖尸近侧山中，只有几个新收门人，纵然无事，众弟子见师长久出不归，也必忧念，当然以早归为是。来日方长，这次认明地点，以后便可时常往来。此去又是同行，到哪里叙谈不是一样，何必非此不可呢？"谢琳道："也好。"说时，五人已由山侧梅花林中穿出，连经过了好些灵奇景地，最后离开中央主山，往西北方外围大山走去。

一会儿到了山脚，走入一条平衍空旷、花树林立的峡谷之中。三人随了二女正走之间，忽听涛声洋洋，由前侧面花林掩映的高崖之中传来。英琼笑问："这是泉瀑之声么？"谢琳道："这是小潮音，我姊姊偶然独坐用功的地方。你没听地名与名字相同么？本想领你们去都坐上一会儿，因姊姊一说，只好到我一人用功的地方小坐片刻，吃完灵乳就走，改日再请你们来了。"英琼笑道："如此说来，那灵石小筑是二姊的了？"谢琳笑道："你真聪明，那不是地名与我名字音同么？"说罢，便领众人循坡而上。坡上面尽是千百年的松杉古木，各树枝干上寄生着许多不知名的茑萝异花，苍苍翠色中缀以繁花，五色缤纷，灿然娱目。松径两旁又是香草离离，清芬馥郁，沁人心脾。间有奇石挺立，温润如玉，孔窍玲珑，上生紫色灵芝，都如斗大。更有灵猿仙鹿，出没游行，一个个毛色鲜明，轩轩神旺，比起小寒山又别有一种灵奇清丽境界。

轻云笑问道："忍大师佛法无边，小寒山前鸟兽虫蛇，六道众生，一齐皈依向化，这里怎只有这两种生物？"谢璎笑道："我姊妹从小就厌恶蛇虫，尽管那些猛恶凶毒之物俱受佛法感化，怪模怪样的，看在眼里终究讨厌。这里只我姊妹两人静修固好，平日没些生物点缀，也嫌寂寞，少了生趣天机。所以把那素性生活很驯善，长得干净灵巧好看的，连飞带走，稍微选了几种来。它们都在小寒山前听经多年，久已通灵，闲来调教，也颇好玩。我们闲时各炼一些降魔法术。因奉叶姑姑之命，炼法时必须隔开，除我在小潮音，琳妹是在灵石小筑各居一处，日常行止仍在一起。我二人一同坐禅用功之处，是在依梵窟内。本应请你们都去看看，因忙着要走，只好作罢。琳妹自来好胜，我们几个地方，只依梵窟专为坐禅之用，是一高大石洞，无甚修饰陈设。我那小潮音也非灵籁天生，无多点缀。惟独灵石小筑本来景致绝妙，再经她磨着叶姑一同兴建，就着原有形势踵事增华，方圆九里以内，由那嵌空楼台起，下自一草一木之微，差不多都用了心思。本山特有的灵玉乳，也在当地，用以奉客恰好就便。故此请你们到那里去小坐一会儿。那里还有一些鹤、鹭、翠鸟之类，像那许多生相丑恶之物，一个也没有。你们见识得多，且请到时加以品题吧。"

癞姑见二女引了一行从容走来，便知二女尽管法力精进，童心犹在，一定近年用了巧思建此别业，又难得良友重逢，欲使一路观赏前去，看这沿途景物，也委实灵妙清丽非常。闻言，便夸赞道："二位妹妹慧心巧思，即此途中美景已见一斑。到了地头，更不用说是好到极点了。"谢琳眼望癞姑，把小嘴一撇，似嗔似喜，微笑道："你尽嘴甜，心却奸猾，不似琼妹实在。地方还未走到，先就夸好。你得道多年，多好的仙灵境界没见过，会把我这小地方看在眼里？我知你是哄人呢。琼妹你说到底如何？你要说好，我才信呢。却不许拿你们凝碧崖来作比。"英琼笑道："妹子年轻，学道日浅，到的地方太少。灵石小筑还没到，难于预料。如论此来所见小寒山佛法灵区，不能以景物论。只那伟大庄严，慈悲祥和的境界，绝非别处所能仿佛。就拿二位姊姊别业来说吧，要比紫云宫、陷空岛两处晶阙珠宫，金庭玉柱，富丽堂皇，气象万千，自然难与相比，但那是海底景致。此地的奇石古松，灵芝香草，以及花光岚影，树色泉声，无一样不是灵境天然，

3277

清绝人间。甚至一猿一鹿，都带着几分仙气。比之凝碧仙府，也只小大宫室之分。至于两地的泉石花树，也只能说是各擅胜场，两无逊色。除此之外，便只能说是第一次见到的了。"

谢琳含笑道："这话还有几分可信，不似癞姊姊，因为心不与口同，所以相貌也不与心同。以她为人法力和心里那么灵，要与琼妹长得一般美貌，多好呢！"癞姑道："阿弥陀佛！谢谢你的美意。我还是长得丑八怪的样子好些。按说琼妹美虽极美，平时相处说笑也极天真，令人怜爱。但一遇上事，便觉英气太盛。不似你们二位，美到骨髓里去，活泼天真，美丽温柔之中，偏又别有一种清出云表之致，那容光直照人的面目。本来你们是天仙化人，不能拿这句来形容你们。可是清丽温柔都到了极处，此外又无可形容。一见你们，便自惭愧，不敢和你们过分亲热。心中分明爱极，却又不知如何爱法。只一遇上，便舍不得离开，好似暗中有大力量将人吸住，任令我如何都不忍心舍。可惜我不是个妖人，若是妖人，便想粉身碎骨在你两姊妹手里，才对心思。何必像琼妹，像了你二位，不更叫人看了赞好怜爱么？一则没有那大福气和多生修积的玉骨冰肌，仙根灵质；二则我们杀孽本来就多，一班同门都借此修积外功，我若生得像二位姊姊这等仪态万方，我驾着佛门中的心光遁法，四处一游行，把异派妖邪全引了来，不必十分费力，只叫他们引颈就戮。他们休说和我一样心思，只要稍微还有一点人心，必定甘心听命，死而无怨，绝不敢逃，于是全被我一人杀光。对于那些遇灾遇害、穷苦无告的千万人民，一人救起来也费事，只向上方神佛求告一阵，撒娇软磨，缠得诸天神佛一生怜爱，于是准如所请，把他们的罪孽一齐赦免。以后，无论多大难题，俱用此法，不消多年，众生全登乐土，永无苦难之人。我固然是功德无量，众同门见其功德都被我一个包揽了去，他们无功可立，不招恨么？"

这一席话，引得众人都笑了起来。仙都二女笑骂道："你这癞尼姑，还想说些什么？你不是前生造了口孽，还不至于今生长得这么丑怪。还要刻薄人，看堕拔舌地狱呢。"癞姑绷着一张丑脸，笑道："你们不信，我说的是真话。真要阎王与我说理，我要问他，把两间灵气钟于一人，已是该打；为什么故弄狡狯，又化生出两个来，显得有权力，却害我们投胎时少了灵秀之气，变得这等丑八怪？要匀一点与我们，这些丑人就不能美到极处，走在人前也顺点眼不是？"说完，周、李和二女听着已极可笑，再见她一本正经的丑怪神情，忍不住又是一阵大笑。谢琳笑骂道："你这丑尼姑，实实恼人。我就拿你当回妖人，看你是死是活？"说罢，故作微愠，便要伸手。癞姑赶忙摇手道："好妹妹，只可嘴说，我不是手指头都不敢挨你们么？我死容易，你那好朋友易姊姊还要我呢。嫌我口直，我赔个礼儿如何？"谢琳扑哧一声笑道："我真拿你没法。一别数年，以为你道力精进，哪知顽皮也加了倍。"轻云笑道："癞师姊自来滑稽，这次我由依还岭相见，还是第一次见她这样。定是二位姊姊能够同行，心中欢喜呢。"谢璎说："癞师姊，休再取笑，前面到了。"

众人已早闻到桂花香味，一看那一带松径已将走完，地势也逐渐低平。前面坡下绿草如茵，芊绵一碧，当中现出十里方圆一片湖荡。环湖俱是参天桂树，金果缀满枝头，繁花盛开，妙香袭脑。左岸大片平地，奇石如林，高低错落，千形万态，拔地而起。琪花瑶草，纷列其上，远远望去，宛若锦绣。当中一座高十余丈，广约二亩的平顶石峰，形势尤为奇特。近前一看，乃是一座天生的怪石，石质坚莹，润如美玉，形似一朵灵芝，挺生芳原平野之上。轮囷盘屈，到了近顶之处忽然伸展，成一芝盘。上下四外孔窍甚多，玲珑剔透。尤妙是里面连顶共分七层，每层均有隔断，其平如掌，四壁孔洞既众且多，近顶一层更甚。本来就似天生的一座七层奇石楼阁，主人再以法力巧思因势兴建，布置点缀，越发巧夺天工，妙不可言。

癞姑和周、李二人随同二女，由底层起，一层层拾级上升，见里面陈设用具，样样古雅精丽，一层胜似一层，各有各的妙处。内中第五层，乃主人独居练习法术之所，却甚简朴。左右两边各设有两种旗门，壁间还挂着许多法物宝器，以及刀剑葫芦之类。当中地上，设有一座大炉鼎，炉火已成青色，内有五金精英合炼的依罗喃法火神兜。另外有大小二个蒲团，一个小金钵，一个七尺长的大玉瓶，炉鼎对面有一长案，上陈法轮、如意、宝塔、金莲等佛家八宝。其余宝物甚多，大都精巧玲珑，形制奇古，珠光宝气，互相流照，五花八门，美不胜收。一问谢琳，这些法宝也有炼成的，也有未炼成的。

英琼笑道："琳姊参的乃是佛家上乘真如妙谛，到此不过三数年，哪里收罗来的这么多法宝？又哪有这许多闲空炼它呢？"谢琳笑道："这虽是我自找麻烦，说起来却也有趣。此话太长，且等看完我这荒居，坐定再谈吧。"谢璎笑道："舍妹妄想将来创立禅宗，广收弟子。恰巧机缘凑合，叶姑溺爱，传了她一部炼法的书，近来论起降魔法力，她自通晓得多，但也分心不少。听家师口气，好似定数，早已料到，因与成败无关，只是平日多上好些麻烦，以及证果迟早之分，所以未加阻止。叶姑先本不想全传舍妹，由于巧取强求而得，因此时常笑说舍妹自寻烦恼。舍妹却说她把这部法诀学全之后，虽不一定便能完遂以前那位著书人的遗志，但到此时，所有禅门与各异派中最厉害的法术法宝，无不洞悉微妙，随意便可抵御消灭，即便多惹麻烦，能除去许多为害生灵的邪魔外道，使其无所逃避，岂不也是极大功德么？连家父当初助她读全此书的本意，也是如此。叶姑尽管说她，仍乐此不疲。你们没见先前我姊妹心性言行无不如一，这次见面，大致虽仍不差，心意和说话便稍有出入了么？"谢琳道："姊姊这等有头无尾的说法，有什么意思？她三位听了，也不甚明白，还是到顶落座再说吧。"

说时，众人已上了第六层石阁。由此往上，一共两层，俱是主人精心布置，准备将来待客延宾之所。石牖宏敞，四望通明，陈设用具比起底下诸层，尤为华美珍奇。跟着便到顶上。癞姑等三人先在下面已然望见上面花木葱茏，苍烟欲活，这时走到一看，竟似一座具体而微的神仙园囿。不特玉树琼林，琪花瑶草，缤纷绮错，更有鹤鹿灵猿游息其中，到处灵香细细，沁人心脾。加以四外碧城遥拥，翠岭绵延，近侧是绣野平铺，芳林疏秀，镜湖浩淼，天水相涵。三人凭临其上，觉着别有一种清空灵妙的况味，比起别处仙山福地又自不同，不禁齐声赞妙。谢琳笑道："这里地方不算甚小，但是好景无多，哪似你们峨眉仙府熔山铸水，妙夺天工呢！"谢璎笑道："你还想要什么？你真要能有峨眉那等洞府，哪里去物色那许多仙灵修士去住呢？那么大神仙宫室，只我两姊妹在内，又有什么意思？"英琼笑道："琳姊原要创立禅宗，将来普度有缘，多收高弟，不就有人住了么？"谢璎又道："你说得倒是容易，不知众生好度人难度么？你看舍妹这一念之因，将来不知要出上多少事呢。"轻云道："二位姊姊得忍大师与一音大师真传，今日又得佛门至宝，日后再加以精进，法力日益高强，何至有甚为难之事？姊姊未免多虑了。"谢道："学无止境，异派中也大有能手。绝尊者那么高的法力，尚且不能完成尽灭诸般魔法的宏愿，并还因此沉滞正果五百年,终于自家忏悔,方得成就正果。舍妹准备学他,难道比他还强么?"癞姑惊道:"如此说来,这部炼法的道书,便是梁武帝的神僧绝尊者住一禅师所著的《灭魔宝箓》了?"谢琳接口笑道:"姊姊多虑,我又不曾发下绝尊者那样为灭群魔不令异派存留的宏愿,学成之后只不过惟力是视,因人而施,把那造孽太多恶行昭著的妖邪除去,别的左道旁门,只要他不甚为害生灵,便不去理他。这也值得如此担心么?"谢璎微笑不语。

癞姑道:"前听家师说,绝尊者自因诛戮异派邪魔太多,犯了杀孽,一面异派邪魔也应运而生,不特不因绝尊者的法力诛戮消灭减少,反倒人数越众,声势越盛,尽管不是绝尊者的对手,无如对方层出不穷,孤掌难鸣,防不胜防。闹来闹去,闹得几个有法力的门人因习绝尊者这部以魔制魔的法诀,求胜心切,竟然为魔头所乘,误入歧途,倒戈相向。如非法力高深,几遭不测。为了这先后种种因果,竟沉滞五百年方得证果。当绝尊者向我佛座前引咎忏悔之时,曾经求告,说那叛师背他的弟子,平日修为精勤,向道诚毅,生平修积善功至厚,一时受了魔头暗算,致迷本性,事后省悟,立即痛哭自焚。这段因果未了,此书尚须留待他历劫转世,完了他自焚以前的夙愿,将那阴险诡诈万端的魔头除去,始能收回,所以这部法诀并未消去。但那魔头机智绝伦,法力又高,只有此书能够除他,势必处心积虑,百计夺取。为此绝尊者特地在川边倚天崖对面一座石腹内,用极大法力,开了一个三千尺深的石洞,并还制了一个宝幢,将书藏好,放入洞内,外用符咒封锁,以待转世之人来取。那魔头自知孽重和未来因果,仗着运数未终,意欲挽盖。由此匿迹销声,整顿门户,对于门人也分别去留,重加约束,以图苟免。表面看去,好似放下屠刀。无奈所习不正,又是魔法,第一所炼魔头便非害人不可,门徒更是习与性成,积重难返。久了,大约看出收效甚难,于是犯险往盗此书。因知佛法神奇,封锁严固,难于到手,迫于无奈,又以故智,施展最阴毒的魔法,开始攻山。哪知山未攻开,却将禁制触动,几受重伤。同时洞前现出偈语,才知那是佛家大金刚不坏法,到了时限,取书人来,自然开放;否则,休想能动一片山石,只得绝望而归。因此书差不多集正邪各派法术之大成,选择既精,每种均有绝尊者所留解破之法,反正两面俱都全全,各异派中最厉害神奇的法术法宝均载其上,只要精习以后,任他多么神通的左道妖邪,也绝非其敌。这多年来,正邪各派修士，不知有多少人心生觊觎，休说到手，连那藏宝地方俱找不到一点线索。而对崖龙象庵，乃芬陀大师驻锡之所，又是一个极难惹的正经修道人，左道妖邪自不敢去，久已无人提起。不意竟会落到琳姊手内，莫非你便是绝尊者的高弟转世不成？"

谢琳笑道："我倒不是。真情此时不能说，我只说炼这书的经过吧。"说罢，随邀癞姑等三人往左侧一片开着形如昙花、其大如碗的花树疏林以内，就着林中所设的翠玉桌墩环坐，谢琳从容述说经过，才知谢山、叶缤、小寒山神尼以及仙都二女，过去生中俱都有极深切的渊源因果。自从谢、叶二人在峨眉开府时皈依佛法，改了法号，同往小寒山，与神尼忍大师劫后重逢，换了忍大师所备的佛家装束以后，谢、叶二人眷恋凤世伦好，又都钟爱二女，由此时往看望。经过详情，以后交代，这里暂时不提。

且说忍大师虽知二女将来承受自己衣钵，但是各有因果，殊途同归，修为各异，并不强其仿效。不过二女学道虽已多年，皈依佛法入门尚浅，又是生性好动，天真喜事，当此群仙劫运，异派猖獗之际，如稍放纵，不免多生杀孽，自添烦恼。于是在二女功候未到以前，表面仍借参修上乘佛法为由，轻易不令下山一步。二女至性天真，依恋乃师，又以凤根深厚，具大智慧，功力异常精进。虽然忍大师入定时多，但是灵山佛地尽多胜境，可供留连，每值禅功余暇，只在山中游玩，指点山林泉石，调弄珍禽异兽为乐。谢、叶二人又常来看望。端的山居清娱，一点不觉寂寞。似这样过了两年。原本谢、叶二人至多间月一到，到第二年内分手，一晃过了四个多月均未见来，也无信息。二女思念异常，正赶这日忍大师向二女说法完毕，将要入定。二女知道师父和自己不是寻常师弟情分，人又慈祥和易，平日亲热已惯，从未受过嗔责。于是双双涎着脸皮，投在忍大师怀里，软语求告，要往武夷省亲，便道访看叶姑，问其何以数月不来。

忍大师先以二女此行易与强仇相遇，不是敌手，不肯答应。嗣吃二女一味软磨，不忍坚拒。随以佛家心光查知就里，笑对二女道："你爹爹正想你们去呢。只是你们前往峨眉所结强仇毒手摩什，恨你二人切骨。上次寒月、一音二位道友送你们来时，正值仇人先在峨眉所受重创不曾全好，又值轩辕老怪聚众炼法，他正带伤随侍，无暇及此，所以沿途无事。小寒山佛法封禁，休说查看踪迹，连算也算不出来。仇人因查看不出你们的踪迹下落，心中奇怪。轩辕妖宫有一异宝，妖人能以心灵所注，遍查宇内人物动静，随时都在留心观察。本来疑你们也是峨眉门下女弟子，深居凝碧仙府以内，所以查看不出形影。如非自知不是妙一真人对手，轩辕老怪又再三告诫不许冒失，几乎犯险往试。近以峨眉男女弟子凡是法力稍高的，俱已奉命下山行道，仍不见你姊妹踪迹，渐觉料错。没有多日，便遇见一个曾借观礼为由前往窥伺，欲行暗算，结局慑于峨眉威力，未敢妄动，觍颜终席而出的异派中人，问出你二人的踪迹。我独自在此隐修多年，同道往还极少，只有一二人，一向坐关，并非眼前正邪各派中知名老人物。大雪山中，正经佛道两家法力最高深的，只有一位老禅师，也是在地底坐关，每六十年才开关说法一日夜，这位自然不是。余者，道家虽有两位，一则各有畏忌，并无仇怨，又都是男的炼士。那异派中人，只知你们被寒月、一音二位送往大雪山。这一回来，虽听说有小寒山拜师之言，但不知详情，连运玄机占算，法宝查看，自己又亲来雪山四处搜寻踪迹，并向一些隐居山中的妖邪访问，俱无下落。越发认定你们是未来隐患，始终没放下复仇之念。你二人在此，他固茫然无知，只一离开小寒山境，出了禁地，立被觉察。此人来去如电，邪法甚是神通，你二人此时尚非其敌，弄巧还要遇上别的妖邪。本不想你二人前往，一则孺慕情殷，二则你父亲又正向我以心灵传意，请我准你二人前去，适才我已应允了他。不过就此前往，必遇险阻。你二人已然拜我为师，我虽持有极大愿力，永不杀生开戒，但我门中佛法无边，具大无畏，也绝不容什么邪魔外道侵害欺凌。此番不比上次，可以我的符诀法宝救急。就是不与他计较，至多使其不知不觉，或是遇上，莫奈你们何，断无似前望影而逃之理。去是可去，但在三日之后，由我先传你二人有无相护身神光，方可前往。有此神光护身，仇人法宝固难查见，即无心相遇，也是不能稍伤毫发。此时你父亲正在武夷相候，此去必能相见。而你叶姑新近代人经办一事，须要十日之后方能有暇。她在川边倚天崖西双杉坪，你们只听说过，尚未去过。那地方就在雪山边界，虽然不远，境却幽秘，又有法力禁制，终岁云封，外人足迹甚难走进。你们当归路西南，回时可顺雪山边界往西绕去，先寻到了倚天崖上芬陀大师驻锡的龙象庵，再朝西方直飞，约有三十里便是。她见你二人往访自必欣喜，开云相见。由武夷小住，回来再去，也正是时候。途中不可违戒，也不可故现形迹,收了神光生事。否则,将来纠缠便更多了。"二女早受叶缤指教,说像乃师的愿力修为太不容易,并且取法太高。二女素来情热,中间稍失坚忍,便易弄巧成拙。将来下山行道以前,务要将这有无相护身神光或是大小旃檀神法学会,方可有备无患,不畏妖邪暗算。只说功力年限均浅,此法神妙不可思议,还不到学的时机,未敢遽然求告。未料得来如此容易,不禁喜出望外,忙即拜谢领命。要知后事如何,请看下文分解。

第二四七回　灵石筑五女谈心　古杉坪二仙盗法

上文写到小寒山神尼忍大师传授仙都二女谢璎、谢琳炼那有无相神光，以为日后行道护身之用。二女喜出望外，忙向师父拜谢领命。忍大师随即如法传授。到了第三日上，二女有无相神光便已炼成，运用纯熟，随即拜别起身，遵从师命，由小寒山起，便用有无相神光隐去形迹，起身往武夷飞去。

到后一看，山顶全是白云铺满，氤氲浩荡，岚光映日之外，竟看不见下面景物。暗忖："父亲既知女儿要来，又在念女之际，如何这等光景？"方在寻思，待要行法穿云而下，云岚倏地腾涌如山，朝上卷来，四顾身已没入云海之中。谢琳性子较急，刚唤了一声："爹爹！"忽见一道金光自下方射来，立时冲开一道云衢。二女认出乃父法力，低头一看，云巷下面梅花林外，乃父身着黄葛僧衣，正朝上面含笑招手。连忙争先飞落到地，方要开口，寒月大师将手往上一招，岚光云影重又封合。二女已经双双拜倒在地。寒月一手一个扶起，一同走进屋内，笑道："你们这次可在此住四五日，要少说话，不问不可开口。"说罢，将手一扬，手上立现出一片白光，光中现有不少字迹，令二女细看。大意是说：一音大师叶缤为助一友人成道，特地费了许多心力，在倚天崖对面千寻石壁之内，将东晋时神僧绝尊者的一部伏魔炼法的真诀取到手内。但是此举那友人固是得益不少，叶缤异日成道却必定因之迟滞，甚或有害。自己又有约在先，不便违约相强，一同参与。再四筹思，只有二女资禀既厚，法力日渐高深，留世又久，可以勉为其难。但是叶缤法力与己差不多，事前如无防备，彼此行踪均可查算明悉。事前如被知悉，她平生最爱二女，惟恐将来连带受累，素性清傲，又不喜人相助，此举绝所不愿。为此暗中运用法力，乘叶缤在川边倚天崖双杉坪新居闭门习法，内外隔绝之便，与忍大师以通灵商议，令二女到来，指示机宜。等到叶缤日内尽通诸法，然后一同赶往。这部降魔真诀，以二女此时法力，学之甚易，只要记下，便能依此通解。二女之中，不论何人，凭着各人的愿力缘法，将那部真诀默记下来。叶缤先前自是不肯，但她爱极二女，又知忍大师欲以禅门无上正法传授二女。此时只当多时未见，往遂孺思，又经法力掩饰，匆猝之间，绝想不到有此密谋。等到记下以后，已无法补救，只好听其自然了。

谢琳看完，甚是欢喜。谢璎却道："爹爹设想如此周密，又得师父允准，此行自无不成之理。只是练习降魔真诀，乃于女儿修道有益之事，叶姑怎会如此坚决不肯相授？难道此举于女儿将来修道上还有什么弊害不成？"

寒月大师原以叶缤此事在所必办，但是将来好些险阻艰难。如论交情，自己便为她停滞些年飞升，原非所计，无如中有许多因果，不便相助，心里又放她不下，想来想去，只有二女成道较晚，比较合适。但二女所修不是佛家上乘正觉，如若明了这部真诀，将来法力虽高，于成道上也不免要多添枝节，增加困苦，以此易彼，于心又是不忍。算来只有使一人习此真诀，便可面面皆顾。偏生二女同胞孪生，不特形影不离，连言动心意也是如一。习法的将来成就，自有许多魔扰，其势既不能有所偏厚，任指一人往习。还有，忍大师也不知能容与否。试运心灵一通，竟未坚持成见，对于所虑一节，也说无妨。可是二女来时，寒月心尚踌躇，本想言明，设法选中一人，再行起身。哪知二女平日心性言动如一，这时意念竟有不同，分明各有因缘。此去定只一人习法，免却许多顾虑，再好没有，闻言不禁大喜，答道："佛家原以清静寂灭为宗，本来无魔，何有于降？出世入世，相由心生，自以不习此法，少去许多烦恼。"

谢琳不等说完，插口说道："爹爹说的是习了此法以后，容易招致魔头，为异日修为之阻么？女儿先已想过，一则叶姑疼爱女儿恩厚，为她之事义不容辞；二则只要道心空明，具大定力，任什么魔头无足为害，自能战胜。还有师父只女儿两个徒弟，又有夙世因果，真如有害，便爹爹肯，师父也绝不肯，怕他何来？女儿此行，既体亲心，并报叶姑多年厚恩，异日还可发大愿力扫荡群魔,一举三得,再好没有。"寒月大师闻言颇喜。及听到末句荡魔之言,细察谢琳双眉隐现一些煞气,谢璎却是依旧心光湛然,神仪如莹,不禁惊喜交集,暗中称幸。当时眉头微皱道:"琳儿今日怎的失了故态?莫把此事太轻看了。"谢琳微笑不答。谢璎自从问过前言以后,始终静立在侧。寒月大师随道:"从此你们不要再开口了,你叶姑近来愈发神通广大,此间虽经我法力掩蔽,仍是不可不防。今日是她习法第二日,我们在此说话,倒不致被她警觉。惟恐万一她在无意之间向我通灵,或按神光查听出这种真情,便不肯中我们的计了。"说罢,仍用法力现出金字,令二女归座,指示一切。教以去时如何应付,以及见时如何说法,时机稍纵即逝,不可丝毫大意。谁先记下,便算谁的,各凭机缘,不可强求。叶姑对你二人一样爱重,也本可故意畏难,不尽心力。二女一一应诺。

果然第二日,叶缤便与谢山通灵问答,说起近三日因炼《灭魔宝箓》真诀,为求慎重,并试诸般法术威力妙用,在本日通晓之后,一一加以演习。但是此举关系重大,除却内有几种威力异常厉害,不能无的放矢,非遇上事不能演习外,全部演完尚须九日。就这样,仍幸仗有佛门至宝心灯镇压,才敢放胆施为。末了谈到为取此宝,费却许多心力,久未往小寒山探看二女,适才忽生想念。算计事完还得四五十天,欲请谢山日内往小寒山一行,就便劝忍大师不要固执成见。二女虽然凤根深厚,未来成就远大,但她们过去诸生尚有因缘未了,就参佛家上乘大法,也须了完一切因果以后,不可勉强。本心想与忍大师通灵一谈,就便查看二女近日修为如何,偏生忍大师不知何故,竟以轻易不用的佛家大须弥不动尊法,将全山封闭,与外绝缘,接连叩关两次,均无回应,内里情形,已查看不出一点端倪。料是二女功力精进,正在传授大法,恐防分心魔扰,或有什么人前往求见之故。道兄近日可曾去过?武夷仙居为何也用法力封锁?自己事完以前,不想再扰忍大师禅修,道兄如有清暇,日内可往探看。谢山答以自己近受天蒙老禅师之教,山居静修,久未往看二女,也颇思念。忍大师绝不固执成见。此时尚有他事,难作长谈。等你大功告成,见面再说吧。叶缤想是抽暇询问,谢山答语虽然模糊,以平时相期甚深,彼此诚信已久,本是一时思潮忽动,略谈即止,也未往下盘诘。

双方通灵问答过去,谢山笑向二女说完前情。又道:"你叶姑忙于炼法,由此起不到事完,是不会再向我通灵了。我父女可以随意谈笑,只是上空禁法仍不能撤去罢了。我从未向她打过诳语,今番还是第一遭呢。"谢琳笑道:"爹爹搭话含糊,并未提到女儿。将来闹穿,为好则有之,各尽其心,哪能说是诳语呢?"谢璎笑道:"琳妹乃是巧辩,心与口违,怎说不诳?不过略迹原心,叶姑也不能怪罢了。"谢山道:"你看绝尊者法力何等高强,她那里习法日期,我竟会不曾算出。否则,令你们晚来数日,也省得耽误功课。"二女同声笑道:"毕竟佛门中人情薄。爹爹以前多爱女儿,极愿常在膝下承欢,不愿离开,才对心思。自从师父与爹爹换上僧衣,往往一别多日,不往探看,就去也无多时停留。这次违颜日子更长,女儿们日夕都在思念,难得有这机会,可以在此承欢些日,共总八九天,一晃就过的光阴,爹爹还嫌女儿来得太早,不是心肠硬么?"谢山笑道:"痴儿,痴儿。你们这等口吻,你师父偏想你们学她,不是难么?"谢璎道:"那也不然。师父幼遭孤露,屡世艰厄,万缘已断,自然修上乘功果比较容易。要似女儿这样,又有爹爹,又有师父和叶姑,恐也一样是不免思恋呢。"谢琳道:"我佛无缘无故,时以无上愿力普度众生,便是最情长的人。你看师父法号忍大师,坐关那么多年,一旦前生爱女再劫重逢,金刚不坏的门横巨木,为何只凭女儿两滴泪珠便化乌有呢?这是女儿们先见到她老人家,省了些事,要是爹爹和叶姑同去,想起前情,同声一哭,不也照样开门相见么?"谢山微笑不语。因已指示机宜,二女尽管天真,法力既非寻常,智慧尤高,一点就透,无须再说。加以老的初证禅修,爱根未断,小的天性纯厚,孺慕依依,又是平日各有修为,父女三人难得如此聚首,互相述说过去未来之事,谢山更对二女温言教勉,言笑晏晏。

　　天伦之乐,光阴易过。一晃便到了叶缤习法的第八日深夜,谢山才对二女道:"你叶姑明日申初大功告成。你们飞行甚速,本无须乎早往,但如算准时刻前去,途中恐有阻碍,时机一误,再也休想。最好黎明起身,就便可绕道倚天崖上龙象庵一谒芬陀大师,不问人在与否,总算把礼尽到,以免过门不入,有些失礼。并可得一落脚之所,不致在双杉坪前呆等,还惹叶姑疑心。就这样,路上无论遇见什么事,仍以不理为妙。固然你们炼有神光,起身又早,足可了当。到底事关重大,必须照我所说,申初时分你叶姑法刚习完,宝箓不及收藏的当儿,叩关求见,才恰到好处。差之毫厘，谬以千里；多一事不如少一事。虽有不平，无妨俟诸异回。那宝箓非比寻常，习后功力，尚视各人修为来定高下。你叶姑真个精习，发挥它的全力，尚须时日，何况你们。可是只要当时谨记全书，自能循序渐进。再过二三年，异派妖邪极少敌手。那时无论什么极恶穷凶，除之均非难事，何在今日？如若因此延误，悔之无及，我对叶姑也白用心了。以我计算，事固不会如此，终是谨慎些好。"

二女领命，候到天色甫明，便即拜别起身，先往川边倚天崖飞去。遁光神速，不消多时，便入川境。也是二女一时高兴，经过巫峡上空时，偶然目注下方，瞥见层崖峡峙，江流如带。那么萧森雄奇幽险的川峡，空中俯视，直似一条蜿蜒不绝的深沟。水面既窄，当日天又晴和，江上风帆三三两两，络绎不绝。过滩的船，人多起岸，船夫纤拉着抢上水，动辄数十百人拉着一条长缆，盘旋上下。于危崖峻壁之间，看去直似一串蚂蚁在石边蠕动，那船也如儿童玩具相似。二女难得出外，觉着好玩，左右还早，所御遁光无形无声，外人又看不出，便把遁光降低，沿着川峡西行。人一降低，景物显大，觉出江山之胜，与空中所见别是一番景象。

二女俱有山水之癖，并发动了凤好，可是这一临近，才看出那些纤夫之劳无异牛马，甚或过之。九十月天气，有的还穿着一件破补重密的旧短衣裤，有的除一条纤板外，只拦腰一块破布片遮在下身，余者通体赤裸，风吹日晒，皮肤都成了紫黑色。年壮的看去还好一些，最可怜是那年老的和未成年的小孩，大都满面菜色，骨瘦如柴，偏也随同那些壮年人前呼后喝，齐声呐喊，卖力争进，一个个拼命也似朝前挣扎。江流又急，水面倾斜，水的阻力绝大。遇到难处，齐把整个身子抢仆到地上，人面几与山石相磨。那样山风凛冽的初冬，穿得那么单寒赤裸，竟会通体汗流，十九都似新由水里出来，头上汗珠也雨点一般往地面上乱滴，所争不过尺寸之地。看情景，每过一滩，少说也须两三个时辰。上下起载，还不在内。二女越看，越觉得这些纤夫实在劳苦可怜，不由动了恻隐之心。

说也奇怪，二女因是孪生灵婴异质，未到武夷以前，不特言动如一，连心意也都一样，从无相左。及至武夷出来，表面上还不怎显异样，心意却在无形中有了出入。一开始都还记着父亲别时不令多管闲事之诫，虽可怜那些苦人，只是心里动念，没有一定打算出手，遁光却缓了好多。有两三次谢琳看不下眼，意欲施为，俱为谢璎阻住，并道："巫峡有名的浪恶滩险，终年如此。沿江土人以此为生，已成习惯，我们助他一时，济得甚事？何况来时爹爹再三叮嘱，甚事都不许管，如何可以违背？我们真有好心，何在今日，将来再从长计议，为行旅造福，作一长久之计，不更好么？"谢琳只得罢了。说时，二人渐渐飞过峡中最著名的苏、摄二滩。

二女见江波渐平，风势已正，既不想管闲事，便想催动遁光升空急飞。彼此正问答间，忽听前面喧哗之声汇成一片。往前细看，原来上流三四里纤道上，有三队纤夫，每队三五十人不等，所拉的船却只是三条轻载的客船，每船相去十余丈，正同抢着上流。船并不大，江上看去又那么风平浪静，一条小船，平均四五十人奋力扯纤，竟会抢不上去。这还不说，最怪的是对岸有一危崖，纤夫们背着纤板上来，似不费力，可是船一驶近崖前，便如钉在水上一样；一任纤夫们拼命前挣，汗流如雨，把全身都挣仆到地上，兀自不能再进一步。船头系纤的将军柱，已被拉成了弓形，可是江波粼粼，平稳无风，看不出一点有阻力的异兆。后两船上人见前船这等情景，俱都不敢再上。三船上人都在忙着点香烛祭神许愿，惊惶万状。二女方觉有异，猛听哭喊之声，那头一条船倏地易进为退，顺流倒驶下去。那些纤夫们吃不住劲，事出意外，纤得又紧，不及放脱身上纤板，纷纷随同往后倒跌地上，被那船带着在山石上往回乱滚，身多不由自主。纤道本窄，有的已被带落断崖之下，幸有纤板套住，人未落江，身却虚悬空中。全都吓得心惊胆战，惊叫悲号，江峡回音甚是凄厉，看去惨极。

二女心慈好善，怎再看得下这等惨状？事有凑巧，就在此时，谢琳先前本在四下查看，哭声一起，同时又发现一件可疑之事，不禁省悟。怒喝："姊姊，你快去救那些可怜人，先把船定住。我往前面看看是什么东西闹鬼。"谢璎心急救人，也没听完乃妹的话，便即飞起首施法力，先把那船定住，再把落岸的人托上，人却没有现身。就这晃眼的工夫，那头条船已倒退好几十丈。二、三两船见此异变，吓得连忙扳舵退避，侥幸没被倒退下来的船撞上。这两船纤夫把纤板慌不迭地取下，总算见机得快，只随船溜退了二三十丈，便吃谢璎把船定住。船住以后，落岸的纤夫又似被人托了上来。未落岸的因都工于此道，这类事均有经历防备，百忙中各把纤板活扣拉脱，全都受了轻重伤，幸而均非致命。船人见忽转危为安，又有些异迹，俱当神佑，自去叩谢江神，纷纷猜疑。不提。

谢璎见受伤人多，大都不轻，本心还想施救。回顾谢琳已往前面危崖凹中飞去，猛想起行时父亲之言，不禁心动，无暇再顾受伤诸人，赶紧过去一看，只见谢琳正处治一个小妖童，业已现出原身。妖童似知不敌，破口大骂："狗丫头无故上门欺人，是好的，随我见我娘去。"谢琳已用法宝将妖童罩住，闻言叱道："无知妖孽，竟敢为祸行旅。你那父母师长绝非善类，正好一起除害。想借此放你，却是休想！你自在前引路，我仍用宝光押着你，寻往妖穴便了。"谢璎虽觉谢琳不应多事，但见这妖童形态丑怪，一身妖气，无故害人，所行之事又极阴毒可恶。除非适才见死不救，既救人便须救彻，留此妖邪，不知以后为害多少生灵。又见妖童虽在宝光笼罩之下，仍似有恃无恐，不住厉声辱骂，也实可气。暗忖："自有护身神光，身形说隐即隐，百邪不侵，如有纠缠，给他一走，料也不致误事。但是爹爹既有预诫，仍以小心为是。自己且不露面，人在暗中总好一些。"便向谢琳传声示意。谢琳却甚托大，答说："区区么么小丑，他那父母师长也必有限，除他容易，不必顾虑许多。"谢璎仍未将身现出，妖童竟似有了警觉，手指谢琳骂道："狗丫头，我知你还有同党，无须鬼鬼祟祟，放光明些，有本事，只随我去。"随说随试探着斜飞而上。谢琳立意扫尽妖邪，为川峡行旅除害，一面还骂，一面指定宝光，随同沿崖而上，往崖后飞去。

谢璎忙追近前，传声悄问谢琳与妖童争斗经过。才知谢琳因风平浪静，而纤拉不动，心疑有异，先向四外查看，并无异状。也是合该有事。江船倒退时，二女遁光正停在那危崖的近侧江岸之上，纤夫们往后一倒，谢琳目光恰也扫向对崖，一眼瞥见危崖壁立千仞，都是上下如削，沿江而西。惟独纤夫经行的对面，好似昔年曾崩塌过，空出半里长一大段，日受风日雨水侵蚀冲刷，成了一片大崖坡，由上斜行向下，直与水面相接。赤石童山，寸草不生，虽叫上通崖顶，山石荦确，势极险峻，上面也无人家。近水滨处却立着一个年约十五六岁的道童，生得豹头虎项，浓眉如帚，一双突出的鱼眼直泛凶光，嘻着一张阔口；鼻子大得出奇，只是横扁不高；前额、下巴与两腮齐向外凸，更显得脸往里凹；一双大耳，左边戴着一枚两寸大小的金环；手足粗短而大，穿着一身白麻布的短衣裤，赤着双足。通体肤黑如漆，相貌丑怪，神情甚是诡异。一手戟指下流的船，口中念念有词，看见船人惊惶号叫，对岸纤夫倒跌受伤，哭喊惨状，哈哈大笑，好似以此为乐。

谢琳知是妖童闹鬼，不禁怒从心起，更不寻思，忙招呼谢璎速去救人，径直当先飞去。在有无相神光护身之下，身已隐去，妖童原不能见。只为谢琳疾恶心甚，去势忒急，未免略带破空之声。妖童虽是童装，年纪并不在小，又得过厉害妖人传授，邪法颇高。因是日前有土人侮慢了他，特意在此生事。先已暗用妖法，使那些拉纤的土人出了许多臭汗，意犹未足，末了竟施毒手，将船迫得顺流而下。看见船人纤夫狼狈滚跌之状，正在得意，忽觉疾风飒然，由斜空中迎头飞堕，便知来了敌人。仗着家传护身邪法，慌不迭忙纵遁光闪开来势，同时张口一喷，周身立在墨云笼罩之下。大头摇处，左耳金环忽化一圈红光飞起，戟指骂道："何方无知鼠辈，敢来暗算小祖师爷！有本领，现出原形，与小祖师爷见个高下，看你是什么东西变的。鬼头鬼脑，掩藏作甚？"

谢氏姊妹素来行事光明，此行隐身，乃为省去途中遇敌耽延，原意也是将妖童擒到无人之处，问明来历，盘出罪状，再行处治，并非有意暗算。吃妖童一骂，再忍不住，立现身形。方要还口喝骂，不料妖童自负练就一双怪眼，差一点的隐身法绝隐不住，竟看不出来人丝毫踪影，心中也是有些惊奇。素日机巧变诈，手下又毒又快，忙先行法护身，口中喝骂，暗打主意，准备敌人一现身，立下毒手，几面夹攻。人才照面，没等谢琳开口，早急不如快，双手齐扬，左手一蓬五色飞针，右手一道赤暗暗带有焰头的刀光，暴雨闪电一般发出。同时耳上金环所化光圈，也向谢琳当头罩下。妖童以为这三件法宝俱非寻常，来势又是极快，骤出不意；而对方赤手空拳，连道剑光都不曾有，好似轻敌太甚，隐身法初收，绝无防备。心想任你多大神通，也难经我三宝齐施，哪知遇见对头克星。

妖童原准备来人一现身，立即发动。及至瞥见来人是个美如天仙的少女，心方一动，三件法宝的光华已然到了敌人身上。正觉着收势不及，杀死可惜，猛听敌人一声清叱，也未见有什么动作，飞针先到，首先消灭无踪，飞刀和金环也似被什么东西挡住，不能再进。不禁大吃一惊。伎俩止此，敌人如此神通，别的邪法自更无效。知道情势危险，恐将这二宝又复失去，赶忙回收时，果然敌人一声叱骂，指上一道金碧光华飞出，先把金环一斩一绞，立成粉碎，洒了半崖星雨。飞刀虽幸勉强收回，人还未容破空飞起，少女扬手又是一道金光，当头罩下。那护身墨云竟似抵御不住，暂时虽未受伤，身已被人困住，逃遁不得。妖童急怒惊恨交加之下，把心一横，左右凶多吉少，索性破口大骂，欲用激将之计诱敌入巢。

谢琳天性好胜，又觉得妖童小小年纪，敢于如此为恶横行，其师长可知，有意除恶务尽，正想押了同去。谢璎也已赶到，匆匆略说经过，仍用法宝押着妖童飞行。沿着巫峡崖顶连赶了四五座峰头，约飞行了二百余里，眼望前面危峰刺天，峭壁排云，山势愈发险恶。谢璎见久未到，心早不耐，方欲就地拷问，杀了妖童，异日再寻他的巢穴和师长。忽听妖童连声厉啸，响震林谷。谢琳料想已到地头，因忿妖童恶口伤人，惟恐万一逃遁，忙把宝光止住，喝道："该死妖孽，你嗥什么？怎还不到你的妖窟？我们还有事，不耐烦了。现容你再叫三声，你那妖娘如不迎来，我便先取你的狗命！"妖童连受宝光侵削，身外墨云已去大半，早就不支。闻言知道不妙，心中还想巢穴就在前面，乃母如在洞中，必定出救，心虽胆怯，仍想延挨待救。故意厉声答道："我娘便在前面乌树岭墨云峰洞中打坐。她名乌头婆，说出来，吓破你的狗胆。你如害怕，不敢前去，我便依你唤她三声。"谢琳冷笑道："我先前因不知你巢穴，意欲一网打尽，故而押你到此。现既知道地头，自会上门，何必你喊？"妖童原以先前连唤未应，心疑乃母海外未回，虽有同门党羽，恐非敌人对手，本意欲借说话耽延，以便洞中同党乘机向乃母行法求救，只消挨上一会儿，以乃母的法力，多远都能赶回，不料弄巧反拙。闻言知无幸免，可是仍不肯说软话，意欲再以话激。口方喝得一声"狗丫头"，底下话未出口，谢琳自经佛法重炼的碧蜈钩已化一道金碧光华，龙飞电掣而出，围向妖童身上。二宝同施，妖童护身妖云将散，怎禁得住吃两道宝光齐施威力，接连绞了两三绞，当即了账，化为一摊紫血，狼藉地上。

妖童一死，那飞刀倏地乘隙往前飞去。谢琳先未防到，不及阻止，知道飞刀所去之处，必是妖窟，还待赶往除害。谢璎拦道："妹子，你忘记爹爹的话么？照这沿途耽延，赶到川边也正是时候了，我们还要拜望芬陀师伯呢。日后得便再来，仍旧隐身走吧。"谢琳本和乃姊一样天真和善，一时激怒疾恶，动了杀机。妖童一死，心气便和，又想起乃父之言，毕竟叶姑事关重大，一面应诺，便同起身。刚纵有无相神光飞起，猛觉眼前墨绿光华一闪即灭，知有妖人暗放冷箭。仗有神光护体，不曾受伤，身形已隐，故未再来。怒火重被勾动，又想往妖童所说的妖窟寻去。谢璎拦道："这妖孽看她孽子被人杀死，只放冷箭，不敢出头，就上门去，能寻到么？我们地理不熟，只听地名就在前面，但刀光越峰而过，未见落处。山峰林立，知道何处方是妖窟？就便寻到，妖人也早逃走。除非她记仇迎敌，自不甘休。看情势，妖人业已知道我们难惹，不敢明对，暗算无功，立即逃遁。去了白费心力，耽延时刻，所为何来？老妖名叫乌头婆，少时向叶姑一问，自知底细，除她容易，何必忙在一时？"谢琳也觉此言有理，大声喝道："该死妖妇，暂时容你偷生。以后如不痛改前非，我们事完回来，你那儿子就是你的榜样！"说罢，也无回应，二女便同催遁光往川边飞去。

　　因在巫峡留连，又与妖童斗法，押同往寻妖窟，虽然为时不久，路却不是先前去向。前后算来，也有一个多时辰耽延。谢璎心料妖妇绝不如此易于甘休，更恐途中再遇上别的枝节，父亲话已有些应验，估量绝不止此，觉着早到倚天崖才妥。于是只催遁光，由高空中向前急驶，不再往下观看景物。行到午正时分，前面雪山矗立，翠嶂云横，倚天崖已然在望。心方一喜，忽听身后来路遥空密云层中，隐隐传来一种极尖锐悲忿的怪声，叫道："何方贱婢，敢乘我老婆子不在山中，将我两生爱子杀死？快快回头与老身说个明白，要是我儿不好，只要理对，老身还可容你们活命；要是你们无故欺人，莫怪老身心狠。我知现今峨眉、青城两派，收了许多无知小狗男女，惯在外面无故欺人。休看你们师传隐身法神妙，人看不见，如与老身为仇，并无用处，上天下地，一样能取你们的狗命。再不回头与我理论，我一下手，就后悔无及了。"

　　二女遁光何等神速，急切间妖妇虽还不曾追上，但那怪声既是若远若近，听去又极凄厉酸楚，刺耳难耐。依了谢琳，便要停身相待，吃谢璎一把拉住。谢琳刚喊得一声："姊姊！"声才出口，又听妖妇哭喊："仇人，你回来呀！"谢琳底下话未出口，吃妖妇远远一喊，猛觉心神皆颤，似欲飞越。身在有无相神光护身之下，尚且如此，不禁大惊。幸是近来修炼佛法，功力精进，迥异往昔，一觉有异，忙运禅功把心神定住，方得无事。先前骤出不意，没料妖妇邪法如此神通，人一出声，立有感应。毕竟佛法真传，与众不同,一加戒备,便即无事。谢璎虽未出声,也已有些惊觉,情知是个强敌。暗忖:"无论多厉害的妖人,一到芬陀师伯那里便可无事,好在龙象庵就在眼前。只是妹子今日心性较暴,不似往日,恐有疏失。"忙用手揽住谢琳,加急同飞。

哪知乌头婆乃邪教中有名人物,练就独门邪法,专一摄人生魂,对方只要出声,生魂立被摄去。便是道力较高的人,如若事出不意,也都难免。不过妖妇虽然凶恶,除非人先犯她,或是爱子受了人欺,无故绝不伤人。自己也知所习不正,乃子又喜在外为恶生事,平生钟爱只此一子,舐犊情深,视若性命。乃子偏不争气,百年前已因为恶太多,被仇家杀死,几于形神皆灭。乌头婆费了许多心力,将他元神炼好,重又转世,收回山去。因知乃子江山易改,本性难移,最喜在外惹祸,习法却不用功,浅尝辄止,现当正邪名派群仙四九重劫之期,如稍放纵,不特爱子自取灭亡,多半还要累及自己。盘算之下,特意带同爱子门人隐居在巫峡群峰最隐秘荒寒的无名乱山之中,闭洞隐修,不问外事,准备躲那四九大劫,平日直不许孽子离开她一步。孽子因当地僻陋荒凉,山又童秃,终年愁云惨雾笼罩,仅有正午前后略见晴明,而且险阻幽深,风景全无,自然不耐岑寂。每欲出外,总是乌头婆跟着,以防在外树敌结怨,居然隐避了将近百年,因她管束得严,并未生事。可是年月一久,未免疏懈下来。乃子又再三向母求说,想起前生受祸之惨,心胆已寒,就娘不在,也绝不敢胡为。乌头婆虽然半信半疑,但疼子的心盛,知乃子天性好动,山中荒凉,委实无可游玩,口虽不曾明允,暗中却渐放任,只不准离开巫峡山境之外。

孽子日常无事,每去江边闲游。也是凶孽太重,运数当终。前日偶往附近村集闲游,忽思饮食。土人见他相貌丑陋,出口不逊,已极厌恶。又见道童穿着,当是山中寺观逃出来的道童,身边未必有钱,便要他先钱后酒,于是争吵起来。孽子正待行法白吃,还要作些恶剧,恰值乃母寻来,将他带回,一口恶气不出,才有当日之事。事更凑巧,乃母因算计四九重劫越来越近,连日心神忽动,若有警兆。这等景象从来罕有,心中疑虑,欲往海外寻一多年未见的同党商议。偏那同党也是一个左道散仙,宫中美女甚多,惟恐乃子生心贻笑,没有带去。行时,也曾叮嘱:自己未回以前,不许离山一步。孽子本已应充,那天乃母去后,忽想起日前土民欺侮之恨,

3295

欲往报复。赶到一看,因非集期,只是一片空地。一时气无可出,见那些纤夫俱是当日指说嘲笑自己的土民,立生恶念捉弄,不想引出杀身之祸。后被谢琳制住之时,一看日影,乃母应早归山,心中还在打点复仇之念。做梦也没料到,乃母一生言行必践,所约时限永无差错,这日竟会在归途被一久别重逢的同类至好强行约往山中,小聚了半日。

孽子死后,乌头婆在外忽觉有了警兆,跟着接到妖徒的警报,忙即赶回。当时悲忿已极,匆匆略问仇人情景、去路,便起身急追,同时施那七煞形音摄魂大法。二女幸仗神光护体,本身道力又高,没有吃亏。乌头婆见魂未摄到,大是惊异。痛子情殷,决计拼命,仍旧加急前进。快追上时,这里二女也快飞到倚天崖上,耳听身后怪声越来越近,觉着被妖人追往庵中,不大好看,心正盘算应敌与否。忽听霹雳一声,由头上越过,忙回头一看,一道金光,光中现出一只亩许大的金手,挟着千重雷火金星,其疾如电,正往身后怪声来路飞去。同时又听一声厉啸,发自遥空,这次却是由近而远,晃眼间只剩一缕余音摇曳天边。那大手和金光雷火,连同妖人怪声,全都消灭,无闻无见。

二女也已飞抵庵前,刚按遁光落下,现出原身,忽见庵中走出一个老佛婆来,说道:"芬陀大师师徒现往南海,令我在此延款二位道友。行时留有柬帖一封,请至里面再看吧。"二女见这老佛婆道气盎然,相貌祥和,料知是位前辈高人,忙即敬礼,请问法号。老佛婆道:"我姓丘,素无法名。近在这里代主人看守庙宇。适才惊走乌头婆的,乃是大师化身妙用,与我无干。"随说,随引二女去到禅堂坐定,袖中取出柬帖。大意是说:二女前途远大,功德无量,可喜可贺。丘道友是我昔年至交,但她屡世苦行,今生尚有一难,方得正果。到时,务望相助,玉成其事。另外附有一个小简,上记开视日期,令到时再看。二女一算,还有不少日月,便由谢琳收起。老佛婆道:"道友理会得么?"二女同声答道:"师伯之命,焉有不遵?只是后辈道浅力薄,不知能否胜任,老前辈何妨先为指示机宜呢?"老佛婆道:"如论此时,二位道友自难为谋。可是将来,二位道友只一举手便可为我解厄,绝非今日之比了。事情还早,说之徒乱人意。可惜一粒灵珠被它飞去,否则老婆子得益更多呢。"二女知她不肯深说,便改谈别的。谁知这老佛婆竟是法理精微,妙谛如珠,只身世来历不肯明言,二女好生敬佩。又把乌头婆的来历深浅谈了一阵，说二女凤根深厚，回山不久便有旷世佛缘遇合，以后更无足虑，不必在心。谈了一阵，二女见时将到，便起身辞别。老佛婆并不留客，送到庵外，便自作别回身。

二女立往双杉坪飞去，到的时刻原早算准，二三十里之遥晃眼飞到。见当地乃是一片危崖，崖顶有一小峰，峰前一片平地，崖顶地势十分平坦。因当时雪山边界气候高寒，山风劲疾，草木稀少，疏落落生着一些杂树，都不高大，形态也均欹斜瘦硬，偏向一方的多。惟独孤峰前面一左一右，生着两株大杉树。峰在崖顶当中，高仅十多丈，孤零零矗立其间，玲珑奇秀，势绝生动，石色也与崖石迥不相同，直似何方移来的小山，不是原有。那两株大杉尤为奇特，其高约在二三十丈，大约十围，亭亭勃勃，直上十余丈才生枝叶，虬枝纷披，形如翔凤。全崖草木黄落，生机将瘁，独这双杉铁干撑空，荫被十亩，枝叶葱茏，翠色欲流，直似两幢极大华盖张在小峰前面。最难得的是这两株大小如一，雄奇伟秀，汇为奇观。二女虽然久居仙山，似此灵杉古木，也所罕见，互相赞赏了几句。再走向峰前一看，这峰远看虽是洞窍玲珑，通体却是一块整石，最深的洞穴不过丈许，均不甚大。知道叶姑就在里面，只是无门可入。

二女心想："武夷行时，虽未说到如何入门，爹爹曾有叩关之言。细观全峰上下，到处层峦叠嶂，奇石若飞，惟独近峰顶处有丈许大一块圆形石壁，玉色匀细，又圆又阔，映日回光，闪闪生辉。前面山原林木，影照其中，宛如一轮明月悬在上面。估量这圆石许是洞门，经叶姑行法封闭。"正在商议飞往石上叩关求见，忽听一女子声音笑道："璎、琳二女来得真巧。你二人速退双杉前面，待我放你姊妹进来。"二女一听声由圆石发出，正是叶缤的口音，久别依恋，不禁动了天真，喜得拍手争唤叶姑，一面飞退双杉前面。身刚立定，忽听地底殷殷雷鸣，好似地轴正转，小峰也在往前移动。晃眼声止，便听叶缤唤道："峰移洞现，你姊妹快进来吧。"这次话声却由地底传来，听去甚深。二女边答边往前赶，这座小峰倒退了十多丈，正当峰底现出一个洞穴，方圆约有丈许，看去深约千丈。近口七八丈，悬着一团碗大银光，照得洞中明如白日。知是叶姑用来接引自己的宝光，忙把有无相神光一变，现身往下飞降。才落十丈，地轴又鸣，一片殷雷响过，再看上面，小峰已复原位，压向洞口。那团银光也似飞星下坠，赶向脚底。

二女便随银光飞落,转瞬快要到底,银光忽往横里飞去,同时看到壁间现出一个圆门。二女以为里面地方必大,忙赶进去一看,洞并不大,迎面是间大只方丈的石室,当中一个矮圆石墩,空无余物。方一迟疑,忽又听叶缤在石壁中笑道:"今日大功告成,你姊妹便寻了来。只顾欣喜,竟忘将内层门户开放。我也如此粗心,岂非笑话?"话还未毕,一片奇光闪过,正面石壁忽隐,全洞大放光明,叶缤已在面前出现。

二女忙抢过去,谢琳首先拉着叶缤的手,喜跳道:"叶姑,几时炼此妙法?快教我吧。"叶缤道:"这些下乘法术,有什么稀罕?你要学时,闲来我再传你,忙它作甚?你二人怎会寻到此地?"谢琳笑道:"叶姑神通广大,还算不出么?"说罢,又道:"啊!今天不许叶姑算,你猜,我们怎会寻来的?估中便罢,估不中时,须把移山之法传我。"叶缤一手一个,拉着二女往里走进,笑道:"这还有估不到的?这一打赌,只怕你法术却学不成了。"二女同笑道:"却不许你按神光占算呢。"叶缤笑道:"我最爱你姊妹天真,须和常人一般说笑,才有意思,占算出来就无趣了。我还有部书未收拾,事完再长谈吧。"谢琳早已瞥见,发现这间石室甚是广大,中设法坛,坛上立着一座金光灿烂的宝幢,坛前有一矮石案,案上陈着一本道书,旁有一堆金沙,案前一个石墩。闻言,故作不知,含笑将头连摇道:"叶姑,不收书有什么要紧?莫非还不许我们看么?你不知我姊妹这几个月来多么想你,出门有多难呢。"叶缤闻言,立被打动,笑道:"此书以前乃神泥封合,被我化成散沙,方得取出。现须还原,并非易事,我已忙了些日。久别思念,先谈一会儿也好。我习此书,关系非小,你们却是习它不得。莫非你们此来,还不知底细么?"谢琳笑道:"姊姊先不说,一说,叶姑就猜中了,叶姑探我们的口气呢。"说时,叶缤因无坐处,便拉二女同去石墩上落座,笑道:"那么,我先猜吧。"

二女见叶缤一味欣喜,毫未生疑,越发高兴,故意互相争唤叶姑,各要传授一点有趣味的法术。叶缤笑道:"没见你姊妹都不小了,仍是当年童心稚气,习法只为好玩。你们可是由小寒山来?"二女拍手笑道:"这头一估,就估错了。"叶缤笑道:"我答还未完呢。那么,你姊妹必是武夷省亲,听你父亲说的了?"谢璎闻言,微笑未答。谢琳却拉着叶缤的手,笑道:"全估不对。我们倒是往武夷看望了爹爹,爹爹只说叶姑想念我们,前日还曾通灵，别的并未怎提说。我们现由龙象庵来，叶姑想不到吧?"叶缤也是爱怜二女太甚，又当大功告成之际，心中高兴，全未想到别的。事情偏极凑巧，谢琳灵慧异常，这次巫峡途中与妖人结仇，事本无心，后往龙象庵听人说起乌头婆的厉害，便留了心。及听叶缤一问，猛想起此事现成资料，如加上去，岂不比爹爹所教还圆得多? 故意忿忿答道："我二人是让一个名叫乌头婆的妖妇，追到那里去的。"叶缤惊道："那老妖妇邪法厉害，最为狠毒。不过她已匿迹多年，久已无人见到；并且她虽妖邪，向不无故寻事。你二人怎会与她为敌?"谢璎正要开口，谢琳抢口说道："姊姊莫插话，由我一人来说。我姊妹不能白受人家欺负。师父所传佛法，只是防身御魔，遇见厉害一点的妖人，便难除他。说完，我还要求叶姑传授仙法，破妖妇的形音摄魂邪法，报仇除害呢。"

说罢，随即添枝加叶，假说："久不见爹爹和叶姑，日夕思念，昨日苦求师父允准，去往武夷。本心省亲之后，问明叶姑行踪，再往问候。哪知爹爹见面不久，便说有事他去。命即回山，日内当同叶姑往小寒山相见。我和姊姊问叶姑师徒何往。爹爹说叶姑近有要事，独自一人在此炼法，连门人都未带一个。此时正在闭关，谁也不见，你二人便去也见不到，还是回山等候我们来吧。今早分手，觉着好容易出一次门，师父惟恐有人欺侮，还传我们有无相神光护身，本心想和爹爹、叶姑聚上十天半月，一同回去，不料如此，岂不冤枉? 特意绕着路走，想就便看看山水景致。身为神光所隐，外人原看不出，也没想到多事。哪知行经巫峡，见一妖童用邪法无故残害苦人，是我不忿，将他追往深山之中杀死。这厮死前，说他娘是乌头婆，还叫了两声，也未见人来救。除去之后，正往回走，老妖妇忽然追来，先用形音摄魂邪法，如非神光护身，差点没吃她亏。姊姊看出是个劲敌，下山时师父又曾叮嘱，不许与人交手。先杀妖童，已然忘诫，又听妖妇一喊，心神便乱。更恐毒手摩什发觉寻仇，众寡不敌，本意飞回小寒山去。谁知妖妇厉害，三面俱有怪声呼应，恐有疏失。双杉坪只听说在雪山附近，不知何处。倚天崖却知不远，心料芬陀师伯必能相助，正好是这一方，便往倚天崖龙象庵飞去。妖妇飞行竟比我们还快，我们才到庵前，她已追近。方觉被人道上门去，不是意思，待要回身一拼，忽由庵中飞出一只大金手，将妖妇赶走。随走出一位姓丘的老佛婆，将我们接进庵去。才知芬陀师伯已然他出，早算就妖妇追来，用化身将她逐走。随给我们一封柬帖。丘老前辈谈起妖妇的厉害，以后不免相遇，吃她的亏，只有叶姑能有法力制她。又问出了地点，因而寻来。叶姑怎估得到呢？叶姑自然不愿妖妇欺负我们，传法破她那不消说。现又打赌输了，请连那移山之法一齐传授了吧。改日寻到妖窟，一出手便先把她巢穴行法移去，再与交手，有多快心呢。"

叶缤以为忍大师欲令二女承她衣钵，自己炼法断无不知之理，万不会令二女来向自己学步，闻言果然深信。略微沉吟，答道："那妖妇既与你们结下杀子之仇，委实是你二人隐患。此人神通变化，邪法高强，便我亲去除她，也是难极。尚幸机缘凑巧，我近炼此书，乃东晋神僧绝尊者《灭魔宝箓》，内中恰有制她之法。不过习了此书，虽具无上降魔威力，但亦利害相兼。尤其是习后不慎，妄肆威力，不特多造孽因，于本身修为上害处更大，必须慎重。妖妇和轩辕师徒、蚩尤坟中三怪，都是来去如电，声到人到。你二人不久便要下山，虽有佛法护身，一则皈依佛门未久，遇上寻常妖邪自然不在话下，似这类强敌，却是难料；二则你二人经历甚浅，无甚机心，妖妇捷如响应，仇恨又深，说来就来，随时随地都可侵害。你们毕竟不能终年均在神光护身之下，一个不曾防备，变出非常，吃她骤然暗算，便难抵御。固然你们累世修为，福缘深厚，不致遭她毒手，但吃亏却所不免。这部《灭魔宝箓》，你二人完全习去，无益有害；并且你们将来成就远大，到时自具佛家上乘法力，也无须乎此，本来万不能传。我想你二人此时功候未到，妖妇毒害不可不防，只把破她的法习去，以为目前防身之计，也还无碍。只是你二人俱是天资灵慧，此书注释详明，一见即可通晓。只要当时记下，日后自能练习应用。传授不难，但只许习此一法，不许窥读别章，若是那样，便不传授。不要贪多好奇，少时学完，又来缠磨要学别的。"

二女闻言，知已上套，好生欢喜，同声应诺不迭。叶缤随将桌上那本宝箓捡出一章，令二女同阅，并加讲解。二女见这宝箓长约一尺三寸，宽只三四寸，非纸非绢，色作金黄，异香芬馥，不知何质所制。上面满是篆引符箓，并且另有注释和偈咒用法，果然详明，一见即可通晓。于是故意装作老实听话的情景，不去翻动，静听讲解。眼看一章习完，叶缤待要将书合上，重新叙谈，忽见洞顶白光连闪。叶缤笑道："你父亲不知有何要事与我通灵,时间也不知久暂。现用法力将此书禁制,你二人不许淘气,设法偷看。"谢琳将小嘴一撇,故作顽皮神气,答道:"叶姑既不放心我们,请收起来吧。放在桌上,我们是要偷了逃走的啊。"叶缤急于和谢山问答,微笑了笑,也未搭话,将手一指,案上那堆金沙立化成一幢金花宝焰,将书笼罩。跟着双目垂帘,便在座上入定。

二女知道是其父暗助她们,并且调虎离山之计已成,方在欣幸,不料叶姑有此一着,见那金花宝焰强烈异常,宝箓就在其内,连施法力,不能移动分毫。心知时机瞬息,稍纵即逝,正干看着发急。谢璎比较沉稳,见伎俩已穷,只师传有无相神光不曾施为。传时师父曾说,此法不特护身神妙,并能制压敌人法宝,何不姑且一试?佛家妙法果然不可思议,那桌上金光宝焰吃那有无相神光一压,立即光华锐减。谢琳见状大喜,知道宝焰乃神泥所化,佛光既可克制此宝,自可随意取携。适才匆忙,只见宝焰威力甚强,没想到运用神光,几乎误事。当下更不怠慢,忙在神光护身之下,一伸手便把书取到手内,纵向一旁,从头往下默记。谢璎见神光生效,本想伸手去取,一见妹子捷足先登,想起父亲来时语气,以及妹子近日言动与前稍异,知是定数,只得罢了。

那宝箓共是正反各五十三章,谢琳已是神仙中人,本书既易通晓,先前叶缤又曾指教,早得玄珠,一通百通。谢琳阅看迅速,不消片刻,便即默记胸中。见叶缤仍在定中,忙把书仍放原处,并朝谢璎打手势,告以已全记住,书已还原,叶姑许可瞒过,少时说是不说?谢璎见她喜形于色,笑道:"你今日怎这粗心?叶姑怜爱我们太过,只是一时疏忽,她是能瞒的人么?你看神尼宝焰虽仍放光,经过有无相神光一照,已无先前强烈,分明是破绽。乖乖认错吧。"

谢琳含笑点头,方去叶缤身侧跪下。叶缤已经醒转,似已觉察,面有愠色,也不答理谢琳,只向谢璎道:"我起初只当你二人孪生姊妹,平日言行心性无不如一。今日看来,还是你好得多。"谢璎也忙跪下道:"此事休怪琳妹一人,叶姑此时料已得知详情。这也是爹爹惟恐叶姑故交情重,来日多事,无人驱策,朱鸾、朱红二位师妹又难胜任,特意商准师父,设下此计。知叶姑疼爱我们,算准时刻,乘虚盗习宝箓。原定我姊妹不论何人先到手,便算她的,只着一人学习。璎儿也未始不想学习,只被琳妹抢先,慢了一步。叶姑不要生气，都是璎、琳不好，没先禀告，请叶姑降责吧。"谢琳因从小便受叶缤爱怜，从未受过一句重话，叶缤这等辞色，生平从未受过，不禁动了童心，眼圈一红，几乎要哭。

叶缤见她玉颊红生，泪珠莹然，星波欲流，先前嗔怪半属乔装，见状不禁生怜。忙用双手将二女一同拉起，揽向身旁坐下，笑道："痴儿，我岂不知此是你师父和你姊妹对我的好意？可是你们知道习法的弊害么？我是为了前生与黄道友同门患难至交，并有好些渊源因果，不得不完此愿力。你们却是何苦？尚幸习法只琳儿一人，适与你父通灵，他算计琳儿已将此书默记，对我明言。并说天蒙老禅师已示先机，你二人不久还有奇遇，虽习宝箓，绝可无害，我才放心。就这样，琳儿异日正经修为，仍不免于延误。璎儿自然也被连带，延迟正果。可笑你师父虽修佛家上乘大法，玄功超妙，情关依然不能全尽。对你二人破关相见，不必说了。即以此次而论，她先前连你们降魔行道均所不愿，恨不能和她一样清净无为，专以慈悲愿力度世，才对心思。这次为了助我，却许你们学此下乘降魔之法，不也是为情之一字所摇动的么？固然佛家重在因果，随缘自如，无损于明，可是她那强欲你们学她的念头，经此一来，想必不致坚持的了。"

谢琳吃叶缤一抚慰，早已破涕为笑，只是玉颊仍泛红潮，娇羞未退。闻言乘机笑答道："爹爹和叶姑至今还不知师父用意，我看师父本来就无成见，有什么坚持之处？她平日那等口气，好似另有深意在内，如真令我姊妹学她的样，这有无相神光也不会就传授了。还有，我们和师父同在一处参禅学道，我们的功课与师父所习，好多不同之处。并且拜师不久，师父还曾说过，她那禅功最难，以前初坐关时，不知受了多少魔扰和诸般苦难。相由心生，心即是魔。休看禁制严密，外魔易御，内磨难消，一样受它侵害。并说：'你二人凤根缘福深厚，取法乎上，固是佳事；但与性情不合，不如先固根本，循序渐进。因为一是先难后易，一是先易后难，却是功力与日俱深，无甚弊害。好在殊途同归，姑先往容易路上走吧。事尚未定，能够学我更好，且等二三年后，看修为如何再定，先不要说。'我二人谨遵师命，见了爹爹、叶姑，不知怎的，从未想到禀告，这时才得想起。照此情形，定不会固执什么成见了。"

叶缤闻言，好似恍然若有所悟，随笑道："你师父对我真个故人情重呢。"谢璎接口问道:"叶姑和师父几生至交,不必说了。今日忽说此言,内中当有文章。还有叶姑这次习练宝箓,为的是一位姓黄的老前辈,他与叶姑到底是何渊源因果呢?"叶缤道:"详情此时不便明言,时至自知。只是琳儿已将宝箓盗习,事已如此,我索性再指点她一番,使她更易习练。此事于正经修为上实有弊害,璎儿以后却须谨记我诫,万万习它不得。这样,你二人长短互补,彼此均有大益。如你也同学会,不特将来不能助她,反而同受连累,那就更为不值了。"谢璎忙答:"叶姑如此叮嘱,爹爹也曾说过,怎敢违背?"

叶缤道:"你爹不是不知,只因事关重大,不得不如此。连你师父也是如此。不然的话,那西方八功德池中神泥何等威力,你们怎伸得进手去?也是定数。我为行事谨慎,明知这里邪魔不敢来犯,依然戒备甚严,除绝尊者原设禁制外,又在峰顶悬起一面宝镜。此宝功能传声照远,方圆数十里内人物动静,我在地底均可一望而知。你们初来时,因有神光隐形,我并未见。嗣在峰前突现身形,方始得知。久别欢叙,竟没想到你们神光已然练成,更忘了神泥受它克制。你父要我通灵,心虽微动,恐你姊妹好奇淘气,以为神泥宝焰威力胜于雷火,又无多时耽延。哪知稍微疏忽,错便铸成。我爱你姊妹,反使你们为我迟延正果,心如何安呢?"说罢,便令谢璎立向一旁。手指处,先收了桌上金花宝焰。跟着面前飞起一片金霞,谢璎便被隔断,再也听不见叶缤、谢琳说话声音了。

第二四八回　喜得先机　良友关心辞小住
　　　　　　　忧深末劫　妖尸失计召淫魔

待有个把时辰，金霞敛处，仍复原状，谢琳神色似颇欣喜。叶缤对二女道："我本意留你姊妹在此，聚上两日再去，因你爹爹还约我去同谒天蒙禅师，必须前往。离约期虽还有些时日，但我还有好些事未完，加上重炼神泥，使其复原，封闭洞穴，均非容易。不特不能留你姊妹在此，并还要你姊妹速急回山，以免延误事机。因你姊妹中途多事，毒手摩什之外又树下了一个强敌。乌头婆孽子虽然天性乖戾，极恶穷凶，妖妇近以四九重劫将临，却极害怕，敛迹已久。彼时孽子安心报复，也不过想使拉纤土人吃场大苦，观其狼狈受伤，引为快意，并非要全数杀害。等气一出，必现出身形，施展邪法，以示神仙显灵，迫使土民向他叩拜求饶，再贡献他一点平日想吃而乃母不许的酒食，便即了事。纵然有所伤亡，妖妇也必赶往救治。偏是他夙世恶孽太重，虽经乃母用尽心力，使其转劫重生，无如恶根难尽，夙孽未消，他母子注定劫数终逃不过。妖妇爱之如命，寻常闲气尚且不受，何况被琳儿连施佛法异宝，使其形神皆灭，连再转一劫都万办不到，如何不恨？妖妇对你二人仇深似海，绝解不开。此虽是她昔年积恶太重，恶贯满盈，劫运将到，不自警悟，但是妖妇邪法厉害，自成一派，不在当年鬼母朱樱以下。除那七煞形音摄魂大法，一旦遇敌，施展起来，对方只要被她窥见一点形影，或是听到一点声息，真魂元神立被摄去，狠毒无比，更还练就鬼爪抓魂和那独门哭声鬼啸，无一样不是修道人的致命凶星。并且邪法异宝甚多，周身俱是利器，一眉一发之微，均有极大凶威。尤其人随声到，来去如电，防不胜防。适才自被芬陀大师化身惊走，暂时退去，越想越恨。因被丘道友所愚，只算出你们在附近岩洞之中访友，不知一定地点，此时正在方圆二三百里之内狂施邪法毒手穷搜，你们飞出不远，定与相遇。休看琳儿学了制她之法，但你现时功候尚差，妖妇毕竟苦炼多年，人又机诈绝伦，她虽伤你姊妹不了，要想就此除她，不特不是容易，时限也还未至。务要听话，勿为过分，以免穷途中她诱敌之计，纵不吃亏，也生枝节。

"你们上路，稍有警兆，可故意出声引她，一面做之字形盘旋急飞。身有佛光隐护，她难于追扑，必将妖法埋伏发动。你们入伏之后，她立警觉，必定现身追来。你们可即分开，发声诱敌，等她运用全力发出抓魂鬼手，琳儿已将事先准备停当、适才学会的灭魔神符发将出去。妖妇必受重创，逃遁无疑。你们也各自回山便了。还有，绝尊者在此间所藏《灭魔宝箓》，最犯妖邪左道之忌。只为佛法威力神妙，不可思议，千余年来，为了盗取宝箓丧生败道的，不知多少。近百年来，才无人敢生心觊觎。便我也仗着一半机缘和十二分的至诚，才得到此，防卫行动尤为慎秘。她初追你们时，本应发觉，幸有芬陀大师事先算定，将她惊退出数百里外；我又恰巧发现你们，开闭神速；加上禁制严密，她知绝尊者藏宝之地，多高法力也难入门，妖妇遍处穷搜，独未想到会在这里。再如移山出去，她知所藏宝箓已为人得，不免又要生事。我虽无虑，此时无暇与妖邪纠缠，只好费点事。峰头宝镜原是我初来时通路，我大功告成，本应取下，自知妖妇寻仇，我便收回，通路并未封闭，你姊妹就由此出去吧。到了外面，先不要往回飞，反正相隔二三百里内，她必警觉，索性压低声音，迎前叫阵倒好。"

二女一一领命。叶缤随即手掐灵诀，口诵真言，向上一指，笑道："由此上去，到头望见侧面圆洞，出去便是。我不送你们了。"说罢，洞顶金云急漩若轮，突然高起，直上千丈。二女立纵神光往上升起，晃眼到顶，果见前壁有一小圆洞，也是金云电转。二女一到，忽然开放，赶紧飞将出去，只数丈远，便已通过。到了外面一看，时已入夜，月光如昼，天宇澄清。回顾来路出口，仍是先来所见圆形石壁，只是一片顽石，光华已隐。古木萧萧，空山寂寂。远望大雪山，连岭重山，静荡荡地矗列于归路天际。寒烟杳霭之中，方觉无甚迹兆，彼此悄语。忽听哭声凄惨尖厉，若断若续，起自倚天崖附近。二女近年功力精进，已非昔比，又在有无相神光保护之下，因见出时无甚征兆，略微疏忽，出了声音，立时觉着心旌摇摇，真神欲颤；仿佛静夜空山夜行，突遇云低月暗，阴森怖人之境，四周鬼物来摄，心神惊悸之状。二女知道厉害，忙即加紧戒备，并运用禅功镇定心神，同时谢琳暗中如法施为。准备停当，互相打一手势，照着叶缤指教，姊妹二人并肩一起，忽左忽右，做之字形加急迎上前去。

妖妇原是明知芬陀大师他出，不在龙象庵内，但又不敢树此强敌，寻上门去。而且算出仇人已然离庵他往，就在左近一带，不曾远去，偏算不出其落脚之所，心中惊疑，断定仇人绝非易与，只奇怪正派门下从未听说过有此人物。尤其那隐身法异常神妙，不特自己竟会破它不了，也看不出分毫迹象。看那形势，摄魂法虽不为神尼芬陀所阻，也未必能生甚大效。此时即便报了杀子之仇，仇人既与芬陀相识，仇人的师长也必是个非常人物，对己绝不甘休，后患也在所难免。不过，杀子仇恨太深，便拼一劫，也说不得了。越想越横心，二次重来，便在倚天崖方圆二百里内先飞行了一转，施展妖法，布好网罗，只要仇人一过，立即警觉，以防不出声息，隐身遁去。哪知忙中有错，因双杉坪偏在倚天崖之西，虽只二十里之遥，妖妇知那地方险恶，草木不生，从古无人来往停留。以为二女既不在龙象庵，附近山中颇多洞穴和苦行修道人的茅篷石窟，也许访甚同道。没想到双杉坪绝尊者两处石穴通路，已被人开通入内，宝箓业已取出，制她的法术就在其内，也被仇人学去。只以为对方法力太高，算不出来罢了。及至二女一出声音，妖妇只稍微有点警觉，而且二女飞行又快，一出来便是左旋右转，妖妇并未听真。二女闻得哭声，便生戒心，住口不语。妖妇呼声摄魂，又未生效，只得加紧寻来。其实二女飞行不远，便入妖妇的埋伏，虽因神光护身，邪法无功，妖妇已经警觉。这次却被认准去路，赶将上来，可是仇人影子仍看不见。二女正飞行间，忽见前面一团愁云惨雾，拥着一个妖妇飞来，忙照预计，分向两旁闪开，定睛一看，那妖妇又高又大，脸似乌金，一头乌灰色的乱发披拂肩背之上，两边鬓角垂着一蓬白纸穗，穗下垂着一挂纸钱。生就一张马脸，吊额突睛，鼻孔深陷，两颧高耸，阔口厚唇血也似红，白牙森列，下巴后缩。长臂赤足，手如鸟爪，掌薄指长。身穿一件灰白色短麻衣，腰悬革囊，肩背上斜挂着七个死人头骨，并非骷髅，都是相貌狰狞，獠牙外露，口眼鼻子乱动。背上钉着三叉一刀。正是妖妇恨极仇人，特现原形，全身披挂而来。二女出世不久，只在峨眉开府略有见闻，几曾见过这等丑恶穷凶，一身鬼气的妖邪？

谢璎方在暗笑见了活鬼，谢琳业已准备应付，笑骂道："瞎眼鬼妖妇，你睁着一双鬼眼，连人都认不清，乱找些什么？"话才出口，人也同时加紧飞行，忽左忽右往斜刺里飞去。妖妇正在咬牙切齿，仔细查看仇人来路，闻声一声厉吼，两手一挥，便往发声处凭空捞去。哪知对方早已防到，又在暗处，一见妖妇手上发出十条黑灰色的暗影闪电一般扫来，早纵神光避开。妖妇鬼爪抓魂之法竟未用上，不禁大惊，立用邪法施展全力，又发出一声极尖锐的凄厉哭声。她这妖法非同小可，只要对手一出声，再听到她的哭声，心神便即不能自制，将魂摄去。谢琳心恃敌明我暗，本意还想侮弄，及听哭声入耳，竟比上两次所闻还要厉害，尽管有了戒备，依然激灵灵打了一个冷战，才知叶姑再四叮嘱不许轻敌，果然妖妇不是易与。因此不敢怠慢，忙照《灭魔宝箓》所传破法，也以全力运用真气，将手一扬，连同灵诀发将出去。当时好似一个极大的皮泡当空爆裂，震得天摇地动，四山皆起回应。

妖妇骤不及防，立受重创，元气耗散。她原先见邪法无功，仇人不曾现形，又看不出是何来历门户，心已惊疑。不料还有极大神通，才一照面，没看出一点动静，便破了摄魂之法。这一震之威，竟将自己元气击散，耗掉好些，不禁心魂震悸。一想仇人这等年轻，从未听说，会具有如此法力，不是灵峤仙府那些地仙，也必是那些同类人物。再斗下去，只白吃亏，尽管仇深，也不宜自寻苦吃。当时又恨又痛，又急又怕，决计逃退，等访问出仇人来历，再作报复之计。不敢恋战，长啸一声，就此破空遁去。谢琳看出妖妇受伤，还待再取法宝，乘胜给她一下，没料去得这么快，才听啸声，已然化黑烟遁去，只听尾音摇曳遥空，更无形影。忙与谢璎会合，正要开口，吃谢璎摇手止住，想起叶缤之言，点头会意，拨转遁光，同往小寒山飞去。

刚飞出不多远，忽又听异声再起遥空，十分耳熟。循声一看，来路天边现出大片乌金色的云光，势如潮涌，正由东南方飞来，往适才妖人斗处铺天盖地一般横扫过去，其疾如电，飞得又低又广。二女一见，便认出是强仇毒手摩什的妖云，颇似发现自己踪迹，仗着他乌金光幕飞行神速，展布又广，赶紧追来搜索情景。自己除龙象庵、双杉坪两处外，并未现出形踪，怎会仍被妖人觉察？好生惊异。幸而适才见机，没有穷追妖妇；又先进后退，起初由北向南往前迎敌，末了却改作从东往西往回飞驶，神光飞行，无形无声，致使妖人无法追踪。否则，毒手摩什正照适才飞行途径向前追赶，也许就是妖妇引来，如稍迟延，岂不正与相遇？二人方在寻思，那乌金云光已然追出老远，忽又由极远处飞将回来，势子比前更急，展布也更广大，天被遮黑了半边，似因扑空暴怒，光中发出极猛恶的厉啸。这时来路上晴空万里，片云不生，皓月明星之下，只见天边乌云万丈，弥漫遥空，中夹千万点小金星，彗雨流天，星驰电掣，向妖妇去路疾驶而过。晃眼之间，只剩极小一片乌金色的云影，没入青旻杳霭之中，端的神速已极。

二女虽恃神光护身，百邪不侵，见此猛恶声势，也甚骇然。途中只是回顾，原未停歇，一会儿便由大雪山顶飞越过去，小寒山已然在望，心越放定。二女出入灵境本无阻隔，便催遁光直飞茅亭前面落下。见师父尚在入定，一同走向蒲团前拜倒。行完了礼，待要退下，忍大师忽然启眸微笑道："琳儿自寻苦恼，杀机一启，从此多事，你看如何？为了叶姑，又有你父之命，便多受点辛苦，迟延正果，也说不得了。乌头婆早知运数将终，隐匿已有多年，不料仍误于孽子之手，此乃夙世因果。纵无此行以启其端，异日终须相遇。除非你姊妹此时能学到我的境地，专以慈悲度世，化尽一切孽冤，她或者能于幸免。想是她以前恶孽太重，任凭如何机智狡诈，防范周密，终归徒劳。可见恶因是造不得呢。妖妇将来必为琳儿诛戮，形神皆灭。邪法虽然厉害，琳儿已有制她之法，又有神光护身，此时即使狭路相逢，她也侵害你们不得。时至自能除她，无足为虑。往常你姊妹每不自量力，好胜贪功，今日却甚知机。那毒手摩什与乌头婆本是素识。你姊妹虽在龙象庵、双杉坪两地现身，因这两处俱有佛法封闭，先并不曾发现。可是此人自峨眉开府不久，访问出你姊妹踪迹姓名以后，虽找不到我这来，想起前仇和未来隐患，时刻都在留意访查窥伺。事有凑巧。昔年赤身教主鸠盘婆初创教宗时，曾收有一个男徒，名叫胡览。因与她教下女魔徒阴四娘勾结，犯规被逐。先恐乃师行诛，一同逃到滇缅交界荒山中隐伏多年。近听同党之劝，投到乌头婆门下。乌头婆虽是邪教中有名人物，比起赤身教主，自然不如远甚。胡、阴二妖人本意实是想学那独门形音摄魂之法，并非真个拜师求庇。乌头婆也知二妖人来意，始而谦谢，后因二妖人再四求请，勉强应诺，却只管推宕，不肯真传。二妖人自是不悦，新近又想投到轩辕门下，因知老怪近已不肯收徒，便由阴四娘用邪媚之术勾引毒手摩什。乌头婆本把二妖人认为祸水，只是不便明拒，见他们改图，自然乐意。可是毒手摩什也有顾忌，只为魔女所迷，近日时往巫山相会。琳儿杀死乌头婆孽子乌蛮时，胡览早已闻声赶来。因忿乌头婆不肯传法，又知是个劲敌，没有现身相助。孽子死后，才照你二人答话之处，循声施展邪法，暗放冷箭，试了一下。继见你二人隐身神妙，邪法无功，未敢再试。此时魔女与毒手摩什在外幽会，琳儿现形，并未觉察。后来乌头婆自警，赶回追踪。隔了一会儿，毒手摩什也送魔女回来。一听胡览说起琳儿相貌，并说还有一少女，只听问答，不见人影，便料定是他仇人，当时大怒，也追了去。路遇乌头婆败回，问知仇人飞行途向，立施毒手，加紧追赶。他算计邪法神速，必能追上。妖光所照之地，任何隐身法也失灵效。哪知你姊妹受了叶姑指教，设下疑兵之计，途向颠倒，并未追上。这妖人邪法已得轩辕老怪真传，你二人虽有神光护身，因是初习，功候尚浅，如被妖光照住，纵然不被所伤，也必被困。再如不知厉害，一现身出手，便不免于吃亏。妖人又极机警神速，从此多事，你姊妹除他不了；我又发大愿力，只以佛力度化，终身不开杀戒。何况又是一个淫凶冥顽，丛恶如山的妖邪。你姊妹这一退避，没有撩拨，甚为合宜。此人终究放你姊妹不过，相逢狭路，为时已近，有好些事不能预言。我再入定，为期甚长。日内，你父与叶姑同来，也不交谈，无暇再考查你姊妹的功课。新居兴建以后，务照我传勤习，以期精进。琳儿习练宝箓，也是要紧。璎儿除与琳儿在双杉坪同习佛法以外，每值琳儿习练宝箓诸法时，务要避开，不可在侧。暂时御敌降魔，琳儿自较擅场。将来成就，仍是璎儿占先。以后表里为用，各有补益。如若见猎心喜，非徒无益，且有损了。"说罢，又指示了一些功课，便即入定。

二女自拜师以来，师父的这等口气尚是初次听到，俱料下山期近，愈发用起功来。过了八九天，谢、叶二人忽同飞到，好像早就知道忍大师在入定中，不能相见，一到便和二女同去后山看好新居，择定几处好风景，互相商议，由一音大师叶缤代为布置兴建，并把太湖东洞庭缥缈峰和武夷谢山那里存放的陈设用具，取了些来，一一安排停妥。以后叶缤又来了几次，每次必在二女新居流连，踵事增华，别开生面。本是灵境，经此一来，愈发成了神仙宫室。虽不如峨眉仙府那么壮阔宏深，气象万千，却也幽丽清华，美景无边。二女生来爱好天然，又料下山在即，新居迁入以后，便在里面分别用功，日夕勤奋，进境异常神速。叶缤本不想谢琳全习宝箓，以防耽误禅修。经不住谢琳再三缠磨求请，说全书已然记下，如不肯指教，不过习时难些，早晚仍要学会。叶姑既不加指教，习时艰难，反倒多延时日，转不如一气将它学会，以免正经功课因此分心。叶缤笑道："我是恐你贪多嚼不烂，如欲分清界限，非有极坚定的道力智慧不可，你当真能勉为其难么？"谢琳力说早已想过，必能说到做到。叶缤只得允了。因此不消数月光阴，谢琳便将全书习完，一切伏魔诸法均可随意运用。虽还未到炉火纯青境地，法力高强已远胜往昔。禅门基本功夫，却比谢璎逊了一等。谢琳自料绝可追上，并且有了姊姊在前，还可得她指点，学时也较容易。异日下山行道修积外功，诛戮妖邪，却有了极大威力，满心高兴，未以为意。因这几月中谢璎一意禅修，毫不外务，不特心光湛然，灵慧独超，便是护身神光以及平日经佛法重炼的飞剑、法宝，也同增了威力妙用，这却不是谢琳所及。二女恰巧各有胜场，不过内外功夫各有深浅，言行心性不觉也有动静之异，只大体不差罢了；不似以前，姊妹二人一言一动，连心意都是一样。

这日寒月大师谢山忽然来传天蒙老禅师之命，说："大雪山绝壑之下，有一佛家灵境，地名青莲峪，有一神僧大智禅师，又名智公禅师，在彼隐居。这位神僧原是我佛座下第四十七尊者阿阇修利罗，因在南宋末年转世，有许多心愿未了，为此闭关苦修，以完当年愿力。每隔一甲子开关一次，普度有缘人。他那莲池底下灵泉穴内，有西方嚰罗揭波提尊者千年前封藏的一件至宝，名为七宝金幢，上附七宝奇珍，威力神妙，不可思议。这次禅师开关，正当此宝期满出世。当时并有花开见佛灵异之景。尽管智公禅师广结法缘，非有极大缘福的人仍是不能参与。禅师曾发宏愿，当他六十年一次开关之日，只要是有缘来谒之人，有求必应。此事一则无人知道底细，二则此宝曾经揭波提尊者佛法封禁，上有九字真言，四句偈语，非能理解持诵，也无法相授。除智公禅师外，知底细的神僧、神尼仅仅数人。

二女如在期前赶到,向禅师跪求,必能蒙其相助。此宝一得,不特将来万邪不侵,并可宏宣佛法,光大禅宗,成就远大,功德无量。

"只是另外还有一个与禅师渊源甚深的人想得此宝,并还有一个极有法力的佛门弟子从旁相助,代向禅师求说。但这两人虽知此宝来历,而不知详细和那真言佛偈,数中也不该为他所有。二人也有自知之明,先本不是一路。前一个是为己打算,后一个是为友热肠,勉为其难,均是存着万一之想。无如事前定数,一任二人设想周密,一个是起身虽早,枝节横生,到晚了一步;一个是过去诸生难孽太重,今生操行坚苦,戒律甚是谨严,他和那至友今生尚未会过面,又是背师行事,姑试为之,不敢轻率妄为,种种顾忌迁延,到得虽是不晚,阴差阳错,终于徒劳。不过此人法力颇高,已算就此行如若无成,金幢玉宝必为二女所得,虽不如自有的好,他日仍可借用,打着万一不行,仍可退一步打算的主意。

"此外,去参谒的人虽多,俱都与此无关,在禅师第二次开山升座之后,便各先后散去。还有许多人,均在当日子夜禅师末次升座时再来。宝幢出现是在第三次升座以前,在场的共只寥寥数人,连花开见佛的福缘盛况,十九均遇合不上,佛门至宝更无庸说。二女可在期前持诵偈语真言,照着预示机宜,在禅师第一次升座时赶往,必能到在前面。到时,不问那两人在否,可照师传默运真灵,心向禅师虔诚求告,无须口说。好在小寒山在忍大师佛法封禁之下,外人推算不出一点动静,去时,又是忍大师佛法相送,无迹可求,神速异常。那两人即或有一先到,仓猝之中定想不到有此举动。再者,一是孽重,一是代人为谋,与你二人受人指教,依言行事不同,全部恭谨万分,兢兢业业,绝不敢如此轻率从事,对方见已被人捷足先登,立即退让,绝不再争。虽然事所必成,但是金幢顶上有一个十色宝光舍利,可能飞返西方,如能收下,更是再好没有。天下事无有万全,琳儿近习宝箓,又分了一点精神,樱儿独力难任,只恐十九不能如愿。姑试为之,惟力是视,无须勉强。佛家上乘法宝迥异寻常,心灵一通,便与相合,回山再用些功,便可如意运用了。"

二女闻命大喜,忙照所示机宜,日夕用功准备。来前又得师父相助,由小寒山起身,晃眼便达雪山上空,往青莲峪照直飞降,毫未受到阻滞。这时,禅师还未升座,青莲峪上空还有七层祥云封锁,加上冻云紧合,冷雾如雪，外人休说下去，连地方都找不到。许多有法力的男女修士，俱在四边静候，虔心礼佛，等候禅师开山，争先下降。二女因早有人算准时刻，到得恰好，人刚飞落，云层封锁也自开放，本是第一个到达。余人一见云开，也各争飞下。二女虽是先到，因刚开山，禅师还未升座，上面到的人全都相随同下，聚集洞外，一同跪伏地上。跟着，禅师开洞升座，现出法身，算是同时参拜。禅师升座，说完几句偈语，向众略微晓谕，便自讲经说法，指点上乘妙谛。来的人多非初次，俱为请求指点迷途，结缘传道而来，专有所求的人并没几个，俱在说法以后陈请。第一次参拜，人数太多，二女在众人中，只认得一个眇姑。下余还有两个道装的男女看去面熟，似在峨眉开府时见过的海外散仙，此时和众同辈道友一起，未与交谈，此外全都素昧平生，也不知有无那两人在内。二女天真自然，心虽诚敬，并无顾忌，只知遵照师父所说行事，不似众人那等拘谨，就在说法之际，便向禅师虔心默祝起来。

第一次说法完后，禅师含笑，首唤二女近前，先嘉勉了两句。没等跪下开口求说，禅师便说：＂你二人多生福慧，夙根深厚，此宝本和你们有缘。不过，昔年揭波提尊者曾有愿语，不是容易可以得到，你们已备知底细，毋庸多言。事情尚须自己勉力为之，千载一时，佛缘良机稍纵即逝，既有天蒙师兄之嘱，我必相助一臂。你二人暂退一旁，尚有别人待我指点，等我发付完了他们，还有话说。＂二人自是欣喜，拜谢领命，退俟一旁。禅师随命众人无事自退，有事的依次上前答话。说完，众人俱各口宣佛号，膜拜谢恩，退将出去，眇姑也在其内。留下的，只两男女散仙和一两个不相识的僧尼。二女为示肃敬，没敢窥听，退得颇远。禅师和那五人问答，语声均低，没听出说些什么。五人退时，俱都喜形于色。那女散仙走近时，并朝二女合掌示意。跟着禅师命二女再向座前，指示几句，对于如何取宝，只略示玄机，并未明言传授取法。二女二次拜谢退出。

行到门外，那女散仙已早在彼相候，迎将上来，向二女极为周旋，甚是亲热。自称沈薇，乃西海女散仙。上次峨眉开府并未接到请柬，乃是自往观光。因此一会，始觉正宗修道之士毕竟高超得多。此次也是受一前辈神尼指点，来求禅师指点迷途，解化未来灾厄，已蒙慈悲恩允。前晤二女，便即倾慕，只为彼时身是不速之客，恐被主人门下轻视，未便亲近。今日在此相逢，可见有缘，异日尚望下交，不吝赐教。二女素喜交友，看出这女散仙不似旁门左道中人，貌既清丽，话更温雅谦和，越谈越投机，便订了交。

沈薇无意中谈起禅师坐关，以及那门人历劫多生经过，并把那转劫门人指与二女观看。二女先未理会，因取宝是在第三次说法以前。第二次禅师升座，随众听经，禅师说天蒙禅师适与通灵，又命留住。依旧众人先退，二女留后。这次说的话，多关未来之事，不许先泄。接连两次，始终也未见有人向禅师提起取宝之事。等二次退时，忽然发现沈薇所说转劫多生的禅师旧徒，竟和眇姑异常交厚，心中奇怪，意欲窥听，微一疏忽，竟吃觉察。沈薇订了后会，已先辞别。不久，眇姑和那转劫门人，忽然相次无踪。

底下便是癞姑赶到。等二女取宝回来，癞姑和英琼、轻云三人，第三次同上小寒山，拜见忍大师。二女约往新居灵石小筑小坐，饮那灵泉玉乳。谢琳谈完前情，癞姑等三人闻言，自是十分欣慰。

癞姑等三人心中均记挂着依还岭静琼谷中留守的门人，尽管忍大师曾说日内不会有事，幻波池除妖之行不宜早去，恐于易静将来有害，终恐上官红等悬念忧虑，便请二女同去静琼谷中等候，以免心悬两地。二女本是想尽地主之谊，及见三人坚欲先行，便不再留，随同起身。三人又去前山向忍大师亭前下拜告辞。行时，谢璎说："毒手摩什记恨前仇，日常都在窥伺，难保不相遇。固然此时他已不能奈何我们，但照师父平日所说口气，还是多一事不如少一事，能不与这妖孽见面，总较省心，何况我们又忙着往静琼谷去。眼前反正除他不了，何必白费力气，与他纠缠？我们五人都用神光隐形飞遁吧。"

谢琳笑道："姊姊如今怎的怕起事来？休说今非昔比，我们已有敌他之法，他不寻我，我们不久还要寻他，为世除害；并且幻波池妖孽势在必去，终须交于，不能避免，转不如此时相遇，试探一下深浅，等幻波池再遇时，也好准备。先前青莲峪回时，这妖孽赶来生事，彼时七宝金幢新得到手，不曾用过，只凭叶姑所传绝尊者宝篆，尚想斗他一下，因被师父召回山去，未得施展。自从得宝回来，又蒙师父指教，当面试演，已能运用自如。有此佛门至宝在手，莫非还输与他？师父令我姊妹隐身避道，不与见面，乃是半年以前的意思，今日又是别有原因，加以智公上人传经结缘，开山盛会,不应在当地妄启争杀,故此阻止对敌,将我姊妹召回,并非真个怕他。否则,这次出山,师父早有预示了。这妖孽凶恶猖狂,越不与见,越当我们怕他,似这样闹得我们行动都难自如,岂非笑话?索性遇上,给他一点厉害,纵不能就此除害,也好使这妖孽稍见风色,以后不敢正眼相觑。我们仍由明走,从容上路,妖孽不来相犯,也不故意寻他生事;如若遇上,或他来寻晦气,就说不得了。"英琼闻言,首先鼓掌称善。

谢璎笑道:"琳妹只顾说得高兴,固然你习宝箓诸法,法力大长,但照你目前功力,寻常妖孽自非你的对手,轩辕师徒却是难操胜算。七宝金幢虽有无上威力,无奈上面十色舍利已飞返西方,容易多伤无辜异类。智公禅师和师父、叶姑均曾再三告诫,不许轻易施为,又岂是一遇妖邪,不论在什么地方,便可冒失取用的么?我也知幻波池必与妖孽相遇,那时我们人在地底,不致伤累别的生灵,又有李老伯父在彼,好些便利之处,一举可以成功,给他一个重创。不比此时撩拨,胜既难必,徒多麻烦,强得多么?"谢琳仍不谓然。癞姑和李英琼,一是受了眇姑之托,想先见识七宝金幢威力;一是天性好胜,疾恶如仇,觉着二女此行必可成功,早晚要与妖人交手,既无可畏,何须掩藏,示敌以怯?就算二女金幢不能妄用,还有牟尼宝珠、紫青双剑和屠龙刀,哪一件都是妖人克星,三人新得的几件法宝,还不在内。自信无差,同声相劝。轻云却是两可。

谢璎原意,照现在的功候法力,便与轩辕老怪相对,也未必便吃大亏,只是妖人凶狠毒辣,一与为仇,永不休止。自己姊妹在有无相神光护身之下,隐现进退,悉可自如,自无伤害。癞姑等三人如与妖人结下深仇,便多一后患,不胜其扰。如到幻波池再行交手,有李宁在前出面,纵然结仇,也较轻些。再如途中相遇,三人一旦不敌,岂非更糟?

因有先入之见,只想仇敌厉害,所以这等说法。及听癞姑、英琼俱都附和妹子,不愿隐秘行踪,才想起三人同样也非昔比,各人均有极神妙的法宝;再者,三人此次幻波池结仇树敌,必所不免,跟着建立别府,在外行道,也委实怕不了许多。

谢琳知道乃姊心意,是为三人着想,再如坚持隐形,三人必疑轻视,对于良友也非所宜。故意拿话点道:"我不问姊姊愿否,决计明里飞行。就算七宝金幢不能妄用,还有癞姊姊屠龙刀和周、李二妹的双剑一珠呢,蛮尤坟中妖鬼便是榜样，我倒要看看这邪孽能有多少伎俩。"谢璎会意，口风立转，笑道："我是想早到静琼谷，看看琼妹所说的易姊姊高弟上官红如何可爱，惟恐遇上纠缠，耽延时刻。既是大家都愿明走，我自难违众意。不过这妖孽来势神速，捷如雷电，一出小寒山，我们五人便须把遁光合在一起，随时准备，免有疏失。"癞姑笑道："自然如此。"随同起身。

五人心意一样，俱算计这等走法，一到雪山必有警兆，非与妖人遇上不可。虽然忍大师事前不曾警诫，料来可以无事，终是一个罕有的强敌。彼此交情虽极深厚，谁也不愿失闪丢人，俱都暗中准备，存有戒心。飞行一入大雪山境，过了青莲峪上空，越发警戒。起初谁都以为，二女少露形迹，妖人便会立即追到，况是明张旗鼓，公然飞驶。途中有一段路并还是在妖窟附近，不知何时变生仓猝，怎么也不会无事。不料平平顺顺飞过大雪山境，途中一个妖人也未见到。一会儿行经妖窟附近，虽然相隔也有二三百里，如以毒手摩什而论，直似跬步之间，说至即至。五人心情由不得又振奋起来。哪知慧眼所到，妖宫楼观已然在望，依旧一点动静没有，五人俱觉奇怪。

谢琳笑道："我说如何？索性不把他看重，倒没有事。要隐形掩迹，白白落个怕他，岂非冤枉？"癞姑笑道："也许这妖孽有自知之明，看出贤姊妹法力日高，知难而退吧？"谢璎道："断无此理。这情形奇怪，连乌头妖妇均未出现，这两妖人不是另有诈谋毒计，便有甚事被人绊住，无暇及此，恰巧这时没有查看我们踪迹，因而错过，也未可知。"英琼道："前听人说，这妖孽功夫还不算十分到家，飞遁虽极神速，千里外查看仇敌形踪动止，宛如对面，他并无此本领。因轩辕老怪宫中有一异宝，一经如法施为，多老远的敌人动静全可查知。以前窥伺二位姊姊踪迹，大约全仗此宝。休说别处，只要离开老怪妖宫同他自己妖巢，便不能见。我想妖尸连遭挫败之余，自知劫运将临，有力同党凋残殆尽，只此一个好帮手奥援，急难求助，势所必然。这妖孽本来对她迷恋，自然一呼即至。此时我们经过，不来侵袭暗算，多半是到了幻波池，没有那观察敌踪的法宝，所以无法知悉了。"

癞姑道："琼妹之言，大是有理。这妖孽如与妖尸相合，一则幻波池深居地底，圣姑禁制神妙，近来又在暗助我们，与妖尸作梗，不走出洞，恐不易推算观察；二则这妖孽久已迷恋妖尸，加以妖尸事急求人，必定打点全副精神，施展邪媚之术，使之效命，双方正在情热之际。那毒手摩什虽是邪法高强，极恶穷凶，看他为人好似又骄又愚，好色如命，蠢得可怜。昔日负气而去，心本不舍，今日重叙旧欢，愈发迷恋，惟命是从，死都不顾，哪有心肠再记二位姊姊仇恨？妖尸又受有圣姑法力暗制，只知迷住对方，以便到日效死，助她脱难；或者以为二位姊姊不是我们一起，在这万分紧急的当儿，自不许他出来寻仇多事，别生枝节。据此推断，这妖孽漫说不曾查见，就便看出仇人行踪，也顾不得呢。"五人一路说笑，居然一路无事，飞到依还岭前。

癞姑心细，遥望岭上山光如沐，花草明秀，幻波池一带也极安静，不见一丝妖气，暗忖："神雕钢羽时在上空隐形守望，见我们一行回山，理应迎来，怎的未见？虽然妖尸运数将尽，到底神通广大，更有毒手摩什等强敌为辅，途中相遇，自不妨与之一斗，现已回到山中，静琼谷密选妖窟，在未发难以前，还是慎秘些好。"想到这里，忙令众人同隐声形，避开正面，由后山往静琼谷绕去。癞姑等三人见谷中禁制依然，才略放心，一同飞落。方现形，见只神雕独立洞外崖角之上，偏头向上观听。众弟子一个不在洞外。神雕见众现身，忙迎上来，喜啸了两声。二女见五人均在有无相神光之下，降时神雕竟似有些觉察情景，心方惊赞。洞中诸人已闻雕啸，赶迎出来，纷纷上前礼拜不迭。轻云、英琼见赵燕儿也在其内，好生惊喜欣慰。

彼此匆匆礼叙，同入洞中落座。才知眇姑刚离开此处不久。在此之前，眇姑的一位友人曾经前来，说毒手摩什已受妖尸蛊惑，来此助纣为虐，邪法厉害，吩咐众弟子连同神雕，在癞姑等三人未回以前，不许离谷一步。眇姑和那朋友也在此坐镇。这时，燕儿方脱难出来，元气大伤，吃神雕、袁星接入谷内。眇姑对人似乎温和一些，不似以前冰冷情景。那同行道友只说姓程，未说名字来历，人较眇姑随和得多，眇姑对他似极亲切。直到五人回山前一时辰，方始一同飞去。行时，也未告知众人。二女一问，才知眇姑同来那人，正是青莲峪所见智公禅师门下历劫多生，尚未满难的孽徒。他与眇姑到达静琼谷的时间恰恰是此人在青莲峪末次见到眇姑之后不久。方觉眇姑果是外冷内热，对于癞姑仍是关心，不特法力甚高，机警细密，行事也令人难测。不禁改了初念，渐渐生出好感。跟着英琼又向燕儿询问脱困经过，以及易静何故出而复入，自投罗网。燕儿说，后半易静入伏，自身已然出险，并不得知，只知前半同由北洞逃出情形。

原来女神婴易静自从轻敌孤行，不听众人之劝，初探幻波池受了一点挫折，回谷以后，因身是一行表率，不合贪功轻敌，首次出场便吃亏，素来好胜的天性，越想越愧忿。经此一来，知道妖尸已将圣姑所遗禁制全部运用，以此时自己的法力，绝难胜她。可是此仇非报不可，纵然不能独竟全功，至少事前给妖尸一个重创，或将道书法宝盗出一两件，稍微挽回颜面。盘算定后，也没和众人细商熟虑，径携上官红赶回南海玄龟殿去，向父母求助。易周道法何等高深，早已算出前因后果，知道爱女此行吉凶祸福参半。反正早晚有此一难，此时如若强行阻止，将来和鸠盘婆对敌，也是一样要应验。再者，爱女此时法力大进，已非昔比，固然危害较少，被困仍所不免。前者危害虽多，因妖尸数尽在即，得了圣姑暗助，形势看去险恶，终无大害，还可因此折磨，早悟出许多玄机要旨，于异日修为上颇有补益。权衡轻重，实差不多。爱女性又坚强，必不肯听劝阻。当时听了易静请求的话，不置可否，也没允借法宝。老夫妻对上官红倒极奖勉，各赐一件法宝为见面礼。易静也该有这场磨难，那么修炼多年得有师门真传的人，竟会妄动贪嗔，按捺不住怒火。一见父母不以为然，不敢多说，负气欲走。后被林明淑、林芳淑两庶母再三劝住，勉强留易静师徒住了些日。嗣因易静固执成见，并在岛上把昔年炼未功的金刚神沙，仗着林氏姊妹协力相助，炼成一件具有极大威力之宝。屡动归思，急欲回去。乃母杨姑婆终是心疼爱女，勉徇其请，赐了一件专御五遁之宝元象圈，同时又代向易周求说。行时，易周才取出一封柬帖，说："我本不想管此事，因你万里远来，渴望相助，心意已决，不能不稍指示。既然事在必行，此时却正是时机。"随指示了一些机宜，命其直飞静琼谷，到后照这柬帖行事。

易静师徒领命起身，到了幻波池，便照乃父所指阵图方位，破了中洞戊土。再用乃父传授和灵符，以伪代真，急赴东洞。由上官红运用木遁立功，以木制木，减去东洞乙木灵效，以为后来的人开路。跟着，送出上官红，自往北洞下层灵泉发源的全洞命脉之地。到后，首先把赵燕儿救出险地。因此时总图未得，尚难一同脱身，池中禁制变化又多，埋伏重重，置身其中，如在刀圈火窟以内，休说妄动法物，便被妖尸警觉，发动禁制，也是难当。既要救人,防御池中原有阻力侵害,更要防妖尸警觉,事关未来破阵除妖,尤为重大。易静功力虽深,久了也自不耐。所幸北方正位上有一小洞,恰可容身,只要有法宝防护,便可不致受害;不似池中,看似平静,实则变化相生,具有无边奥妙,道心稍不坚定,随念动处,立有灾害袭来,防不胜防。就这样,仗着乃父预示,得知底细,水中阻碍仍多,寸步难行。一鉴方塘,无殊沧海,仍费了许多心力,才带了赵燕儿藏入洞内。同时用代形法,幻出一个假燕儿禁在原处,愚弄妖尸,以防察觉。

等诸事停当,圣姑忽显灵异,在对岸上现出一片玉壁。易静识见灵悟,当时悟出那是父亲所说的水宫要地的阵图,为破全洞禁制的枢机,只是全图尚未出现。心中大喜,忙即澄神定虑,潜心默记。图刚记熟,周轻云、李英琼二人也已寻来。同时一左一右,又添出两座法屏,各现圣姑法身:一是道装,一是禅装。周、李二人方一拜倒,内一法身本是双手拊膝,趺坐其上,忽改作一手拊心,一手斜指池内。易静猛然想起先见图形所得的源脉奥旨,不禁恍然大悟。忙运慧目,定睛往所指之处一看,果看出一点异兆,知无差错,惊喜交集,大出望外。水宫险地,断定妖尸放不下赵燕儿,早晚寻来。见周、李二人同在上面,恐有差池。自己总图难知线索,尚未得到,无力兼顾。忙即传声,令二人用牟尼珠将水遁镇住,隔水晤谈。因已先把癸水全图解悟,稍有警兆,立可发觉。

正谈说间,猛觉有人进入北洞。因自己这面此时绝无人来,就来也无此容易,断定来者不是妖尸,也是妖党,忙把周、李二人催走。不料二人还未出险,先是沙红燕和一妖党顺泉脉飞行潜入洞内,周、李二人误认来人要加害燕儿,紧急回身,立将妖党杀死。刚省悟出真假,沙红燕已急怒交加,欲为妖党报仇。双方正待相拚,妖尸也在此时赶到,与沙红燕斗在一起。周、李二人也乘机逃出水宫险地。易静乘着双方交锋恶斗之际,早把总图寻到,得时也极容易。因想妖尸机智绝伦,突然前来,也许发觉池中有警,如今总图虽得,还不知能否携走。不料沙红燕来得正是时候,两下争持,于己大是有利。至不济,也可在双方争斗未完以前,将图记下,然后设法消灭或是毁去,免落妖尸之手。主意打好,无奈燕儿元气受伤,法力又浅,必须随时照护。上面斗势又极激烈,妖尸随时可发动水遁去伤沙红燕。自己水遁要旨虽不深悉,也可以勉强运用,只是为燕儿所累,总图又尚未记全参悟，不能公然现身。为想多延时候，熟记总图，尚须釜底抽薪，减低水遁威力，暗助沙红燕与妖尸久斗。

那总图藏在小洞下面池底泉眼中凹槽以内，如非圣姑显灵指点，并在池中现出异兆，事前又得水遁之图，多高法力的人也休想寻到。可是那图乃是一面玉板，厚约五寸，有五尺见方。此时虽已悟出上面妙用，只要照先前玉壁水图所悟奥妙之处施为，便可按着五行化生，分先后天，连同总图，共是正反十一层，依法变化隐现，尚未全通微妙。这么大一块玉板，能否如意携走，也自难料。如其不能，便须连分带合，通体一一记熟，丝毫也差不得。这几面皆关紧要，通须统筹兼顾。易静委实功力深纯，迥异恒流，似这样耳目并用，研精极思，不消多时，竟将总图全部通晓。

同时，上面敌人也斗到互有损伤紧要关头，眼看沙红燕势将不支。易静心想："无论如何总是妖尸可恶得多。并且妖尸此时如胜，急切间总图便难销毁；如令仍藏原处，我能往，彼亦能往，何况妖尸曾得圣姑传授，苦心参悟，寻求已历多年，留在这里，终是可虑。"意欲冷不防假托圣姑显灵，倒转阵法，或是作为妖尸自不小心，触动圣姑隐伏未知的五行反克，暗助沙红燕，给妖尸吃点苦头。正在斟酌情势，如何下手，好使不疑。不料妖尸连接东南两洞警报，说仇敌厉害，冲破各处埋伏禁制，跟着又伤了两个最得力的帮手。

妖尸心性淫毒，对于别的同党，不论新知旧交，表面如何亲密情厚，不特一死便罢，绝不挂念，有时为了利己，或是日久稍生厌恶，并还故意借刀杀人，驱诸死地。这次因为同党已多凋残，新死二妖人，胡觉不过未来面首，还无关紧要，那阴四娘与她一样淫凶恶毒，不特是妖尸平生绝无仅有交中第一情投意合的淫魔和极有力的羽翼，并且还有两层最关紧要。一是双方各精淫邪术，只是各人家数作法不同。阴四娘更精最淫毒的天魔吸髓之法，专能吸取修道人的元精真阳；而妖尸别的法力都比阴四娘高，淫欲邪媚也不在其下，但只能采补常人精髓，遇上法力较高的人，仅能互逞淫欲，摄取真元便非易事。还有毒手摩什，近与阴四娘勾结，十分迷恋。妖尸现在急需毒手摩什相助，无奈以前得罪太多，话已说满，尽管对方酷爱自己，仍可请其相助，急难求人，到底面子稍差。最好仍使自投上门，永维自己尊严，以免日后违言，才对心思。此人上手容易，将来却难打发。

自己一向喜新厌旧，面首非多不能快意，如被霸占，也是难耐；如与反目，便是一个没奈何的强仇大敌，稍一不慎，便吃大亏。难得胡、阴二人因觉乌头婆难以庇护，又不肯传形音摄魂之法，负气离去，自投上门来相交结。胡觉房中之术已是绝伦，而阴四娘既可传授邪术，又可由她居间，把毒手摩什引来相救。异日脱困出去，略施小计，便可移花接木，令其弃此就彼。自己没有求他，也可明言相告，不令霸占，真是再好没有的事。

妖尸先前原因受了圣姑暗制，一味和沙红燕苦斗，恋战不休，忘却利害轻重。及知二妖人被杀，形神皆灭，敌势又极强盛，立时觉察情势不利；加似痛惜魔女，怒火攻心，又急又忿，不耐久与沙红燕纠缠，忙即施展玄功，遁出水宫。接着发动水遁，意欲困住沙红燕。先收拾了前洞几个强敌，并赴北洞擒住对头，残酷报仇。哪知沙红燕早已得到沙亮和卫仙客夫妻传音相告，说要冲逃出去，再见妖尸情急暴跳之状，早已防她舍此而去。一见万千水柱电转中，妖尸身形忽隐，随听厉声长啸，知已离去。如不乘隙随同遁走，身已入伏，妖尸再回便难脱身。同时易静也愿沙红燕跟踪逃出，妖尸自然不容，双方再一相拼，自己又可延一些时候。估量妖尸已然飞入水宫甬道去远，无暇虑后，立将禁制倒转，把已闭门户重新开放。妖尸动作神速已极，沙红燕尽管先有准备，一见妖尸隐形遁出，立即跟踪追赶，无如身在伏中，不似敌人可以随意运用，五遁禁制进退自如，终是慢了一步。等赶到先前周、李二人逃出之处，出口已被妖尸行法隔断。先入水宫所循灵泉水脉，也早吃妖尸看破。这一来，所有出路全被闭塞。而且癸水遁法也随妖尸一走同时发难，比前威力还要加增，上下四外亮晶晶闪着玄色奇光的大小水柱，直似倒海崩山一般，压了上来。

沙红燕知道癸水神雷一转玄色，更是厉害难当。幻波池禁制重重，里外隔断，不能向丌南公等师父同党求救；同来党羽也在困中，无力应援。只得拼命奋力抵御。心正愁急，忽听身后好似有一女子口音冷笑道："你不要害怕，我放你出去。以你法力，绝非妖尸对手，急速知机认输，逃回山去吧。"沙红燕听出语意讥嘲，料定又是峨眉门下，不知怎会久伏重地，竟未现形被妖尸看破，并还这等从容，不禁惊奇，愧忿交加。方欲喝问姓名，又听低声喝道："水宫遁法已被我倒转还原，再不见机速逃，妖尸警觉，又难于脱身了。彼此门路来意不同，想杀妖尸却是一样心思，谁还害你不成?"话未听完,眼前光华如电,连闪两下,四外水柱忽然一齐倒退,现出一条道路,直通出口。先前天摇地动的猛恶水电声势,也暂停息,身上立时为之一轻。发话女子竟有如此法力,不禁大吃一惊,情知所说不虚。时正危急,还口徒遭人讥笑,白受羞辱,还要延误脱身,暗忖:"小不忍则乱大谋。自己如被妖尸所擒,定是受尽酷毒,形神齐销。屡劫修炼,也非容易,何苦为了一时之忿,将它断送?不问此女是否峨眉门下对头,有意奚落,并卖弄她的本领,且先逃将出去,保得一身,日后查明来历,再作计较。反正我又不曾向她乞怜求助,不去睬她,日后相见还有话说。此时开口,有损无益。"心念一转,更不答话,立纵遁光在法宝飞剑护身之下,往出口内急蹿出去。飞到前面,妖尸正追周、李、卫、沙、东方诸人,没有防到她会逃出,竟吃运用玄功变化,乘隙遁走。又被乃兄沙亮接应,藏入袖内,在周、李二人引导开路之下,逃出幻波池去。不提。

　　沙红燕一逃,易静忙又行法复原。一任癸水神雷自行排荡挤压,震得全洞摇撼,自己却在池中静听观察,欲竟全功。这时,易静已把先后天五宫五遁,连同总纲十三层图形和用法符箓,依次默记胸中,已可运用。心犹不放,恐有遗漏,乘着妖尸、沙红燕一走,洞中无人,先把池底水遁封闭。仗着全局在握,妖尸一到立可警觉,或逃或敌,或是仍旧隐伏,全来得及,乐得松动一下。便把燕儿援出水面,将身隐去,二番入池,手捧玉板总图,意欲由尾到头再行复看一次。哪知圣姑仙法神妙无穷,刚刚一层层反看过来,第一面总图才现形复原,猛瞥见玉板图上图形全隐。银光亮处,板上现出圣姑适才禅装跌坐微笑法身,宝相庄严,仪态万方,神情欲活。易静和圣姑前生虽然结有宿嫌,到此境地也不禁心折,敬服无已。当时触动灵机,虔心祝告道:"此图留在池中,后患堪虞。还望圣姑慈悲,成全到底,赐予弟子,以为日后镇山之宝,并免此时被妖尸看出弟子此来破绽,搜索了去。"语还未毕,只见圣姑微笑点了点头,玉板上二次禅光一闪,踪影全无。同时手上一松,几乎坠落。易静心中一惊,忙把双手由大而小往里一紧。目光到处,那玉板总图已化作一个只三寸见方、厚仅数分的一块透明青晶,内里隐有图形字迹流动。再细一查看,才知那是一个青晶宝匣,内里放着一本玉册。由横面注视,那玉册只有十三层,看去薄如蝉翼,层次分明,只是通体浑成,暂时没法开视。这才省悟,先前总图便在晶青玉匣以内，每层详图随着符咒，自在匣中翻转呈现，故此图形隐隐流走，看去如在镜中，又似隔着一层玻璃。此行不但备悉全洞禁制微妙，并且有此奇缘遇合，自信所知尚在妖尸以上。这一喜真非小可，忙向圣姑拜谢，飞身上岸。

易静心想："总图已得，反正到处埋伏禁制的收发运用无不如意，异日在此建立仙府，不免有异派中仇敌来此骚扰，乐得将这现成的设备保全，以为后用。再者，内中还有好些圣姑当年遗留下的法物，将来都是一行诸人承受的宝物，就此连带毁去，也实可惜。只是妖尸万分可恶，此时胸有成算，更无可畏，正应寻她报仇雪恨。即或妖尸气运未终，好歹也给她一点厉害，少出多日恶气。还有圣姑遗书藏珍，也乐得顺手牵羊，先行取去。然后归约静琼谷中师弟诸人，同来尽扫妖氛，就此迁入仙府，岂非快事？"当时想好，便改了初计。

易静此时虽然自恃太甚，到底吃过两次亏来，又曾目睹妖尸神通变化，邪法高强，不是寻常。总图虽得，终是初习，恐带着燕儿动手时有了累赘，不能行动自如；更恐妖党人多，难于兼顾，受其邪法暗算。决计先送燕儿脱出险地，回来再戮妖尸妖党。其实，这次开府以后，允许下山的弟子便无一个差的。燕儿此时虽因误入罗网受禁，元气伤耗，看去疲敝，但照他近年坐关，秉着本门真传，修为勤奋，法力精进，已远非昔比。当时固未复原，人却机警小心，上当只是一次，又持有两件合用之宝，如若留在身旁，正是一个好帮手。

易静被陷时，只要稍微有点警觉，或是有人在侧提醒，或代抵挡一下，便可窥破诡谋。以易静的法力，只要当时不上套，便可无害，甚至可能独成大功，在毒手摩什未到以前，便将群邪诛戮，取出天书玉宝，召来周、李、癞姑诸人，即日建立仙府。无如定数所限，始终轻敌，自信甚深，看事太易。燕儿人又谦和，虽然年轻好奇，未始不想随同见识，附骥成功，可是深知易静和郑八姑差不多，乃女同门中领班弟子之一，学道年久，先进功深，不是自己末学后进所能望其项背；又在周、李二人未逃出以前，便听出易静觉他累赘之意。况且命是易静所救，曾为自己在池中费了许多心力，受了许多阻难，方得出险，怎好违她，执意偕往？并且易静探索总图，愚弄妖尸，好些神奇之处，均经目睹，委实无须相助。有己随行，兴许遇上强敌,还要分她心神。因而对易静惟命是从。易静随令燕儿告知谷中诸人,三二个时辰,如听雷声,速来接应,同杀妖党。随照图中施为,护送燕儿出去。

说也真巧,妖尸适因连遭挫败,所来两起强敌,一个不曾困住,看出情势日非。加以魔女伏诛,去一臂膀,不得不由自己去请回毒手摩什。心慌意乱,神志已昏,以为北洞敌人只一沙红燕,业已逃走。失望之下,欲念冰消,竟没想到查看池中囚人,经过先前那等恶斗,水遁已全发动,如今是死是活。连北洞禁制也未复原,便往西、南两洞去寻一班残余妖党,查问完了当地情势,同往中洞会集计议。所以易静容容易易,毫未受到一点阻碍,便把燕儿送了出去。

燕儿只见易静神通广大,已然出入无阻,满心欢喜。等到了静琼谷,由袁星、神雕接进洞去,方知癞姑、易、李三人先后去往小寒山约请仙都二女,已然离开。听三人所说的话,好似易静不特无此容易,尚有灾难,心中还想:"总图已得,怎会如此?"静侯易静太乙神雷信号一发,立率众门人先行赶往。哪知等过两个多时辰,并无信号,心方疑虑。忽然眇姑和一同道飞来,禁止众门人出外,说毒手摩什少时就到幻波池了。后来癞姑、周、李三人约了仙都二女同来,这五人俱与易静交厚,虽然明知定数,问起前情也颇忧念。英琼最是热情,谢琳自习宝箓以后,越发好奇喜事。依了她二人,直想仗着神光隐形护身,先往一探虚实,才合心意。经谢璎、癞姑二人苦口力阻,方始作罢。二女俱爱上官红美秀灵慧,甚是嘉勉。为了易静被困,虽然良友重逢,少此一人,有点美中不足,总算池中妖尸自顾不暇,未上门来纠缠;连毒手摩什,也被妖尸用媚术缠住,不曾出洞一步。因此双方均无动静。

众人俱盼时至,除妖救友。好容易挨到癸未日的前半夜,时正壬午,子夜刚过。依了谢璎,天明后再同起身。英琼、谢琳俱都不愿晚去,力主此时已癸未正日,易姊姊应该难满,理宜早往,早救出人多好,何苦令其又多受半日苦难。还有妖尸数尽今日,去晚了,就许错过时机,被她逃走。谢璎和癞姑、轻云一想此言不为无理,便同起身。行时燕儿为报救命之恩,也要随行。英琼笑道:"你不知昔年圣姑禁约么?在我们未承受仙府以前,凡是男子入洞,必吃大苦。仅我爹爹一人除外,仍被卫仙客夫妻打了一千斤铊。你是男子，如何入内？要不，你上次还许不致失陷呢。易姊姊请你先回，想也为此。我们这些门弟子，是男的全都不去，只带红儿一人。你且权代留守，等仙府迁入以后，我们做了主人，再请你去，便可随意往还，都无妨了。"燕儿素听英琼的话，只得罢了。临行前，轻云忽向英琼道："大伯父不要来么？现已到了妖尸伏诛之日，怎未见到？妖尸有毒手摩什相助，如虎生翼，莫如仍依谢大姊姊，稍候一会儿大伯父，比较稳妥吧？"英琼接口答道："你也真多虑。照着掌教师尊密令和爹爹所说口气，时机已至，事情断无不顺之理。再照这次忍大师所示之言，明说妖尸应在今日数尽，便我们一回山赶了去，也能成功。只不过易姊姊灾难未满，彼时往援，虽早脱困，异日和鸠盘婆对敌，却有害处罢了。爹爹想必要在紧要关头赶来。我们又要除妖应敌，又要分头救人，好些耽延，早去为是。定数必成，还怕什么？再说，徒自耽延时候，我们快走吧。"说完，众人更无异言。好在如何下手，连日业已计议停当，无须再有商量，说走便走。

一出静琼谷，便隐身形，往幻波池中飞去。这是因为妖尸多了一个毒手摩什，邪法厉害；而且易静尚在困中。又因易静已将总图到手多日，洞悉全洞禁制埋伏的微妙，并能如意运用，如先将她救出，自己方面便可增加极大力量，少去许多阻力危害。妖尸所恃最重要的，便是圣姑遗留的五遁禁制诸般埋伏，有了易静，立可反客为主，势如破竹，一切迎刃而解，全局已然在握。只剩毒手摩什，玄功变化，邪法高强，较难对付，遇时须仗有无相神光护身，方较稳妥。一行六人，照着预计行事，势须分为两起：一起绊住妖尸和毒手摩什，一起乘隙去救易静出困。这一来，仙都二女便应分开，以防毒手摩什侵害，才保万全。可是易静出险，又应在二女身上，恐分开减了力量。还有英琼、轻云均是轻车熟路，知道好些地方的门户途向，易静被困之处，更是旧游之地，紫、青双剑也必须合在一起。英琼牟尼珠乃佛门至宝，能制五遁，具有极大威力妙用，也必须随同救人。去敌妖尸的人，未免吃重了些。癞姑、谢璎、轻云三人行事，均极谨慎持重，事前商计，煞费斟酌。最后癞姑觉着救人一层，注重佛光和牟尼珠的威力去冲破禁制，开那宝鼎。妖尸必以为此鼎乃圣姑当年至宝，连自己当日也是乘隙凑巧，能合而不能开，绝无人有此法力。何况当地禁制神妙，变化无穷，外人也难擅入，纵有一二妖党防守，也易除去。这一路无须多人，有谢璎、英琼二人同往，必能济事。倒是对付妖尸，似易实难。谢琳不特有神光可以护身，近习绝尊者宝篆，专能伏魔诛邪，用在这一路上，正可一展所长。于是决定英琼引了谢璎，由中洞潜入，再转东洞去救易静。轻云引了癞姑和谢琳、上官红，自西洞潜入，转赴妖尸寝处炼法的密室，相机行事。

妖尸近来功候日深，虽早复体，但极爱她的肉体。知道大劫将临，日内必有强仇大敌来寻她的晦气。加以那日追赶敌人到前洞出口处，吃周、李二人冷不防打了一太乙神雷。幸是事前发觉北洞水宫重地有敌深入，估量来者不是易与，特意放下肉身，改用玄功变化，元神往敌，虽为神雷所伤，尚易复原。如是肉身，便许有甚伤残，纵能痊愈，正教中太乙神雷威力甚大，就许不是原质，为此更加警戒。又恐毒手摩什纠缠不休，万一为其所迫，玷污圣姑仙府，愈发不了。因此决计暂时不再以肉身出动，专以元神应付，既免伤残艳体，并免毒手摩什纠缠。那肉身本在西洞寝室玉榻上停放，已历多年。因为妖尸复体不久，便发现对榻玉牒上面所授圣姑遗偈，每一想起，又是心寒，又是厌恶，近日已把寝宫移向北洞下一层。因是天生淫荡邪媚之性，一面防人法力比她高，强迫淫污仙府；一面闲中无事时又喜用那肉身卖弄风情荡态，撩拨妖党。等引逗得对方发了急，再以软语柔声，说自己功亏一篑，只待取到藏珍，离开此洞以后，无不任便，此日却万动不得。说时，元神也自离开，榻前禁制重重，人不能近。闹得一干妖党全是心中痒痒，抓挠不得，妖尸却以此为乐。众妖党自然愿她早日破去圣姑寝宫禁制，搜取藏珍，毁了洞府，一同离去。哪知妖尸虽然复体脱困，心神暗中仍被圣姑法力禁制，一到进退关头，便不能自主。总觉时机未至，寝宫中禁制也实厉害，有关存亡成败，由不得迟疑起来，老是迁延，委决不下。新近毒手摩什应召而来，与妖尸合力，将所炼几件破寝宫的汶物分别炼妥，方始议定癸未日下手，破了寝宫，搜出藏珍。东洞宝鼎能开更好，不能便看事行事：或同携走，或连圣姑遗蜕带幻波池仙府一齐合力毁灭，更觅新巢，以供长此淫乐。

这些情事，癞姑等经各位师长和眇姑等先后指示机宜，已明大概。因妖尸爱那一副淫躯媚骨无殊性命，为想声东击西，以救易静，入洞以后不问妖尸是在何处，先就潜入她的停尸之所，相机先戮她的躯壳。妖尸自不甘休，毒手摩什也必出手相助，等动上手，立以本门传声发出信号，另一拨潜往东洞待机的谢、李二人接到传音信号，立即下手救人。易静一出险，首先止住各洞禁制埋伏，再同赶来夹攻。这样，一任妖尸、毒手多么厉害，亦难幸免。至多毒手摩什数限未终，被他遁走。妖尸已应圣姑遗偈，断无生理。众人计策想得甚是周密稳妥，只是妖尸连遭挫败，洞门禁闭必严，其势又不能上来便以强力明攻进去。虽然听忍大师口气，入洞好似不难，但如去时稍早，机缘未至，便不能照着预拟，由中、西二洞分头入内。好在中洞禁制已为易静师徒所破，上官红所习木遁在妖尸以上，又经易周指点，恰是中洞戊土克星。如由中洞进去，再行分开，这样走法，上来戊土虽被制住，但须强闯庚金，比起上来冷不防由西洞偷偷穿过，一转即是北洞，自要难而多延时刻。但若此外无门可入，别洞又不是上官红之力能开，别人一出手便要惊动敌人，多受点艰难，也说不得了。

癞姑正和众人密语不几句，幻波池已是飞近，晃眼就要穿波直下。众人猛瞥见池面上灵木交错，飞泉激射中似有乌金色云光闪动，忙按遁光暂缓前进。定睛一看，就在众人目光到处，又发现两道青白光华，由池底冲波而上，已然快出水面，高起仅得尺许，便吃那乌金云光由下方急追上来，势比青光迅速得多，一闪之后超向前去，似光网一般，将两道青白光一齐罩住，立时便被兜压下去。疾如电掣，又出不意，连众人的慧目法眼也只三四人看得较真。跟着，便听毒手摩什的怪声哈哈狂笑，自洞底深处传来。同时，又有两声怒吼，声甚惨厉。底下声息便自寂然，只听泉声汩汩，飞瀑长鸣，仍和以往一样。

癞姑见状猛地心动，忙打手势，令众追踪而下。众人也已省悟。尤其周、李二人觉那青白光眼熟，必是日前卫、沙等逃人二次重来，不料遇见毒手摩什，斗败欲逃，又吃邪法擒回，不死必伤。照此情势，下面洞门必被来人攻破，现已开放，妖人便要重新禁闭也必无及，更想不到有人来，正可乘虚而入。当时全都会意，一同往下飞降。落地一看，果然洞门竟有两处大开，恰是众人想进的中、西两洞，真个再巧没有。知道时机瞬息，稍纵即逝，忙照预定，各奔前途，分两路急飞入内。刚一进门，外层洞门首先徐徐自行关闭，跟着内洞门也闭。众人两路都是加紧前驶，惟恐迟则生变，入门直往里飞，毫未停歇。等内外两层门户一齐闭上，人已深入险地。

也是妖尸过信毒手摩什,又知他狂妄自恃,不欲过分示怯。不料事情如此凑巧,擒杀敌人以后没有立即闭洞。天夺其魄,行事疏忽,反把两层禁制止住,以免情人触动埋伏,恃强下手,万一吃亏,使其难堪。直到毒手摩什大模大样从容走入,才将各层禁制复原。一面卖弄风情,妙目流波,做了一个媚笑,昵声说道:"我自上次为两贱婢暗算,元神尚未复原,今夜子时便可功行圆满。事前和你破法,搜索天书藏珍,也须多用心力。有你在此,料他大罗神仙走进也是送死。我想此时回转卧室,调练元神真气,约有两个时辰耽延。却不许你跟着进来,又发猴急扰我。承你的情,明日起再长久补报,凭你把我怎样吧。"说时,媚眼中现出无限荡意。说完,故意笑吟吟往北洞寝宫走去。

此时毒手摩什迷恋已深,见状直恨不能抱着咬上两口,也不知她所说的是托词,还是畏惧圣姑威灵不敢妄为,无奈先有禁约,已然应诺,不便反悔。一想,此非情人胆小,照连日所见圣姑法力和她以前身受,确实难怪,只是心痒难搔。又见妖尸正然扭着娇躯行到转角,又回身斜睨,媚笑道:"你还不到中洞坐镇,去熬上这一日夜,只管看我作甚?"毒手摩什闻言,再也忍耐不住欲火,怪吼一声,一纵妖光,便要追扑上去。不料妖尸想他今日为己出死力,故意施展邪媚之术,有心撩拨,好使卖命,此着早已防到。含着媚笑只一闪,元神便即飞遁,紧跟着洞门便自闭上。毒手摩什却被她逗得啼笑皆非,急恼不得,欲火难消,发了野性,暴跳如雷,叫嚣起来。

妖尸这等捉弄,意犹未足,又在内传声媚笑道:"你枉自法力高强,修道多年,这块肥肉迟早是你的,共只还有一夜工夫也熬不过。真个要害我时,我豁出毁了多年功力,也自由你。上次如非怕你行强,不顾别人死活,也不会气走你了。今番急难相求,也曾想了又想,以为你既爱我,总可哀怜。哪知仍是这等强暴,分明仗恃法力,乘我危难,在你掌握之中,有意欺逼人呢。"说到末两句,便自哽咽,渐渐啜泣起来。毒手摩什听了,爱极生怜,转悔鲁莽,急急分辩道:"我实爱你,生死皆所不计。我也知你怕那贼尼,必定如约,绝不相犯,只是我不愿一时不见面。依我脾气,如换别人,我早破法入内了。惟恐你不愿,权且隐忍。此时别无所望,请容我到你卧室中相聚,不问你是否调养元神,我先略微亲热真身,或是守在一旁,你总可答应了吧?"半晌,妖尸方始收悲微笑道:"好在凭你良心,真要逼我,你也未始不能破法进来。如若真心怜爱,你且在外放安静些,不要生气。到了时候,我自放你进来,只不许催,也不可违背日前来时之约,我便可容你亲爱一会儿,如何?"毒手摩什闻言大喜,连声应诺不迭。

二妖孽这一调情逗弄,众人却占了便宜,入时毫未受到一点阻力。

第二四九回

密室觑浓春　玉软香温惊绝艳
祥云消煞火　金光宝相走神婴

暂且放下谢、李二人不提。先说癞姑等一行刚飞抵北洞上层二妖孽调情的石室附近，便听毒手摩什厉声叫骂，依了谢琳，便要硬冲进去。癞姑听出二妖孽调情，妖尸全是假话，摩什却很相信，暗忖："这两妖孽均不好斗，难得他们自己疏忽，在此纠缠，乐得多延一会儿，趁便行事，等易师姊出险，七人合力下手，岂不更妙？对方真警觉时，再动手也不为晚。此时能不惹他最好。"忙打手势，止住众人，暂在当地伏伺，相机进止。一面暗发传音信号，催谢、李二人即行下手，救出易静；一面暗中窥听对方言动。

妖尸那么邪法高强，机警灵敏，行起事来，竟会愚昧颠倒。她并不是不知道圣姑道法高深，威力灵异，男子入洞首犯禁约。偏只炼到元神刚刚回生复体，仅能在洞内随意行动，实则孽难尚犹未满，休说远走高飞脱困他去，连洞门都未得走开一步。竟然忘了利害轻重，开头便号召同类妖邪，男女不论，一体勾结。继见情势日非，方始惊惶。按说妖尸本是圣姑逐出门外的孽徒，劫中沉沦已历多年，受尽苦难，在末劫未临以前，如能放下屠刀，自知悛悔，昔年师徒一场，多少总还有点香火之情；仙、释两门，又俱都愿人自新，事并不难。只有立志断去凶嗔淫欲，向圣姑虔诚悔过，弃了盗取藏珍道书的妄念，离开幻波池，另觅仙山隐修，脱难并非无望。纵令宿孽太重，挽盖又难，到底逃过现劫，有了生路年月，总好得多。至不济，将来再经一次兵解，仍可转劫重修正果。何致形神皆灭，万劫不复啊！

这也是她恶贯满盈，天生凶狡淫邪之性，蕴毒多年，久而愈烈，一起头便倒行逆施。自从圣姑玉牒示做以来，便日在忧危之中。她所勾结的妖党，除女的本来不多，还乘隙借故溜去两个一去不来而外，便是男的，照例到后百日以内必遭横死，不为仇敌所杀，便是自相火并，再不便是久处生厌，故意自出阴谋暗算：或以淫情媚态，双方离间，使其残杀；或是故用言语巧激，令其妄犯圣姑禁网，欲毁法物，驱上死路。奇怪的是，妖尸事前一意孤行，真觉非此不能快意，事后想起也知不对，偏生到时又不由自主。再一算死者来的日期，死己手的，多是将近百日边上，分明来人这一关绝难渡过。即以上次而论，死的那几个同党全是有力助手。为了屡次党羽遭祸俱都不满百天，想起圣姑禁条胆寒，格外小心，决计不再以喜怒杀人。平日并还多方调处，以防再有内争，又应百日死限。眼看这几个党羽差不多到了百日将近期限，尤其胡览和阴四娘这两个最得力的，当日便是第一百天，并无甚事。自己最爱重这两人，不会害他们，与别的同党又均和好，加以各擅玄功变化，本领甚高，怎么想，也不会当日就死。心方暗骂圣姑："老鬼贼尼，纵令你灵气还未尽丧，至多也只愚弄我一时，我一留心，便不上套。似胡、阴二人，连鸠盘婆那么恨他们叛教，逃出赤身教多年，尚没奈何他们，何况你这般伎俩，可见遇见真有神通的，你也害他不了。"

哪知念头才动，先是卫仙客夫妻、东方皓和沙亮、沙红燕兄妹相继攻入，跟着又有周、李二人隐身潜袭，结局是把这几个快满百日的同党分别杀死，哪一个也没过了百日期限。尤妙的是妖尸近日功候更深，弃此而逃并非不能，竟然始终没想起一个走字。连那残余的一班妖党也是如此，尽管代为愁急，却无一劝她走的。妖尸本心不想招惹毒手摩什，但胡、阴二人死后，再一计算，残余妖党不济的多，又多同时到来，相差只二三日。准备孤注一掷，应在本月癸未，恰巧是一班妖党的百日限期。痛定思痛，越发忧急，万般无奈，只得把毒手摩什招来。二妖孽全都淫凶胆大，无所不为，虽以圣姑法力暗制，未污仙府，但是妖尸过信情人法力，有时想到高兴，几连圣姑也不十分在意。毒手摩什又极骄狂，不知身犯禁条，当日虽得漏网，死期仍在百日之内，心神也受暗制。口发大言，夸说法力高强，敌人休说入洞，只要在池边经过，立可警觉。话又果然应验，到后连来两次敌人，俱是才一隐身入洞，妖尸还未警觉，便为他所杀。这一来，妖尸越加信赖，未免大意了些。而当日又是二妖孽成败生死关头，在圣姑暗制之下，妖尸固是神志不清，虽料到当日必有变故，绝不平安，偏生心念一动，便自撤开，忘却厉害。毒手摩什邪法原高，虽不像在妖宫有宝可以查形照影，观察仇敌踪迹于千百里外，但只要略按灵光，百里内外的动静形迹，也立可查知。也是色欲蒙心，一意想和妖尸缠绵，心不在焉，加以大难将临，所受暗制更甚，神志时复昏迷，人已不由自主。

可是癞姑久听师长前辈和玉清大师、郑八姑等告诫，心有成见，深知二妖孽凶狡异常，如今见此情形，转觉出于意外，渐疑是诈，不敢冒失，一面暗嘱众人加意戒备，一面暗寻入口。反正此行只为牵绊妖孽，不问对方真假，心计已遂；对方如真欲令智昏，不知警觉，更是再好没有。现在毒手摩什为色所迷，奉命为谨，如能乘其分开之隙，由别处绕向寝室，就除她不易，先将她肉身毁去，岂非绝妙？因是素来处事谨慎，心虽盘算，依然强止谢琳，不可轻举。待了一会儿，见毒手摩什仍守候在室内，目光注定妖尸去路甬道，意似情急焦躁，又无可奈何之状。方在心中笑骂："毕竟妖邪还是妖邪，枉自修炼多年，那么厉害的邪法，竟会如此昏愚无耻。"猛觉轻云扯了一下衣襟，心疑有变，忙一回顾，谢琳正要往另一条夹壁巷中走去，连忙上前拉住。一打手势，才知谢琳不耐久候，也和自己一样心思，欲别寻门路，去斩妖尸。癞姑觉着谢、李二人尚无回音，强敌机警异常，只是一时疏忽，为色所蒙。适发信号便担着心，相隔这么近，只能以手势达意，传声遥问恐有警觉，生出绝大阻力，不到十分紧急，最好不向谢、李二人发声。又料救人也非易事，谢琳不耐久候，双管齐下，就便相机除妖，未为不可。只是沿途不知何故，未遇阻碍。事固无此顺手，也许凑巧走得恰对，这一路无甚埋伏，故未触发。身居重地，步步皆有危境，如何可以为例？因此，仍主慎重，少安毋躁，看清道路再去，免致打草惊蛇。

二人正以手势问答，忽听妖尸发话道："你果是真心爱我。不过我此时正要运用玄功，以备今夜元神复体。并且这里还有几人相聚多日，承他们爱重，都是一样痴情，如稍分爱，你绝不容，过了今日，势难再见。人均为我出过死力，恐怕比你还认真，分手以前，也应假以辞色，说上两句中听的话。少时，我还要先把他们逐个唤来，谈说几句，说完再来请你，你尚须多等些时。我一则为和你长久恩爱，二则今夜还须他们出力相助，免你一人势单。但在和你同行以前，却不许你管我闲事，也不许你多心呢。"说完，跟着一声媚笑。毒手摩什好似听了生气，又不敢发作，刚厉声说了一个"你"字，把牙齿一错，便自忍住。妖尸也不再说。

这地方原是西、北两洞相接之处的上层几大间石室，外有几条甬道夹巷，四通八达，门户途径交错分列。妖尸北洞新巢，轻云并未来过。因来时未遇阻碍，照着以前师示大略，顺西洞甬道而飞，闻得二妖孽说笑并骂，循声而至。洞中千门万户，途径繁复回环，即便先有人指示，也难免走错。所以癞姑见此情势，不肯冒失。先前毫无把握，不知如何走法，方可绕向妖巢。妖尸这一发话，才听出相隔尚远，似在西北角上一带。一面揣摸，正待试探前行，忽见一条黑影由身后来路急飞而来，自左侧越过，往前面通西北的夹巷中飞去。众人隐身在侧，并未觉察。料是妖尸所召妖党，便跟踪寻去。方幸途中仍是平顺无阻，一看前途又迟疑起来。原来事出仓猝，妖影飞行甚速，癞姑又太小心，停了一会儿，无甚动静，方始追踪，这一耽延，前面现出上下三条歧路，所追黑影已早无踪，看不出是何道路。只得照着意拟，往左边小甬道中走去。

癞姑拿定稳健主意，稍遇可疑，便自停下，试探明了再进。始终也没想到，妖尸断定敌人只有由外入内，忘了先前疏忽，死星照命，强敌已然乘隙隐形飞入，只把外洞两层加上严密禁制。这一带虽是腹地，但灵泉发源的枢机重地是在北洞下层，敌人不把头两关攻破，绝不能深入此间。如和上次沙红燕一样潜行侵入，只要一入洞门，立时警觉。现时水道已闭，无须戒备。况且，毒手摩什和自己在此，来了人只是送死，不足为虑。只有停尸寝室戒备尚严，以防万一因事离开，为人所算，不过多一半还是防备同党。自己现在室中，自然不必介意。此时妖尸又因先来两个强敌才一进洞，被毒手摩什不用一点原有埋伏，便将其困住，凌辱个够，故意放他逃走，再行追回惨杀。法力既高，行为又与己心相合，觉出有此一人足可济事，余党全是废物。这班妖党又各许有甜头，自从新情人摩什来到，虽然胆怯，不敢与争，背后对自己全发过牢骚。明日脱难和毒手摩什弃众一走，全成仇敌，日后还须防人报复。不觉故伎复萌，又生恶念，欲乘前半日闲暇，挨个试上一试。除非试出真对自己尽心尽力，日后又悉凭己意，招之即来,挥之即去,不敢丝毫违忤的,还可容其存活;如若怨望不逊,或是暗中要挟,反正有他不多,无他不少,索性便假手摩什将他除去,以免后患。为想激发毒手摩什妒火,那几个同党行经处,禁制全撤。

癞姑等总想,当日乃妖尸脱难紧要关头,戒备必严,陷阱必深。有谢琳一路虽可无害,毕竟易静未出,尚不能反客为主,自以少遇阻力为是。敌方的这等情形,如何得知?路又走错,走向往圣姑寝宫的中洞后殿要路,差一点没将正反五行埋伏触动。等到发觉走错途向,忙退回来,又耽误了些时候。及至赶回原处,正遇上一个由妖尸室中退出来的妖党,忙即闪开一旁,再照来路迎去,这才寻到地头。

原来妖尸所居之处,乃北洞最上一层,相隔上面依还岭地面只数十丈,为全洞最高之所在。这也是妖尸日前打算,事如不佳,便来此室复了原身,倒反五遁,自行震破上面石层,拚犯奇险裂山而逃。主意打好,迁入以后,觉着此举太险,又复丢开。这里不似西洞内俱有好几层的禁制,威力要差得多,白白便宜仇敌易于下手。癞姑、谢琳、轻云、上官红四人一点事没费,便轻悄悄掩到地头。那寝室共是两大间,通连着石室。室外又有一大间敞堂,有门无户。洞中所有门户通道多是穹顶形式,门均高大。惟独妖尸这间寝室,外作大半圆形,壁上开有两个六角形的小门,为别处所无。那敞堂之外,是一条蜿蜒如蛇的甬道,堂当中段弯曲之处,由甬壁上开一圆门。这一来,敞堂便成了新月形式,地系北洞上层最高之处。四人来路口外,途径门户上下纵横,棋布错列。甬道复壁,大都曲折低昂,势如旋螺,外表道路纷歧,实则中含九宫八卦奇门妙用,诸般禁制。发动时,稍一不慎,便堕罗网。只要道力稍差,不识其中妙用,误入歧途,也休想走得出去。又均就原来整石凿成的居多,虽是洞中高处,相隔上面还有数十丈,所有石壁均经禁制,坚逾精钢,更非寻常法力所能动它分毫。除了束手待擒,绝无幸免。

这条甬道的入口尤为诡秘狭小,内中复多歧路,端的隐僻异常。其实相隔二妖孽适才对谈之处,仅隔里许之遥,可是极难发现,即便撞上,无心走人,也易迷糊。尚幸四人多精悉五行阴阳生克之妙,先虽没有找到,却认明来去向背和此中妙用,稍觉不对,立即回身,既未把路走迷,也未误入禁地。恰巧遇上一个新由妖尸室中退出来的妖党,略微用心观察,便已寻到。这还不算,并因此途中阻延,把妖尸先招去的一些妖党全数错过,使妖尸完遂自残羽翼的毒计,无形中占了若干便利。四人先进敞堂时,见对面圆壁上有两个六角小门,一红一白。外壁色如黄金,内壁色如青玉。堂中无甚陈设,只当中有一个石鼓形的大墩,上铺极厚皮毡,石质如墨,黑而且亮。内室外堂又做日月环抱之相。四人不知此是昔年圣姑意欲创立教宗,为备召集门人,传授道法开讲之用,后来设备未完,便即舍旧从新,改了初念,后成洞中闲置之地,一直不曾用过。近日妖尸心情首鼠,因西洞旧停尸处有好些危机,心又厌忌,觉着此地僻静,离顶较近,万一大难临头,可多做一种逃计。再往好里想,如能平安无事,仗着毒手摩什之力,破了圣姑法物,毁去法体,取出藏珍,连走都无须时,居此密室之中更有好些可供利用之处。迁入以后,虽然圣姑全洞禁制只此一处独付阙如,但是灵泉发源和五遁枢机均在北洞下层,诸般禁制可以随时移用。又恃地势隐秘幽僻,径路复道回环往复,不须再加禁制,便具奇门妙用。自己却是四通八达,出没神速,敌人必难走进,也绝不知会移居于此。又恃自身邪法甚高,不以为意。除把各通路甬道入口暗中加上极厉害的五行禁制,以阻同党随意闯入窥见阴私而外,只在里间寝室内略做万一之备,安置了些又阴毒又厉害的邪法异宝。主要用意仍是防同党吃自己侮弄鱼肉太过,生了怨毒,或因争风内叛,一时没有识破,于谈笑淫乐之时突然翻脸,倒戈相向。凭己法力和玄功变化,自不能十分受其伤害,无如肘腋之变起势绝骤,最可虑的便是这具肉体。何况这类刺客大都为色而起,看出自己对他一味玩弄凌践,由爱生妒,由妒成仇,因由美色情欲种的怨毒比甚仇恨都重都切,不特情急拼命,不计死生,而且深知无如己何,上来定是先对肉体猛下毒手。万一如愿更好,如其不能,也可少泄忿恨。凡能与己亲近的,皆非庸常之流,深心暗算,不易防范。以为有这几样埋伏,便可万全,高枕无忧。哪料到昔年圣姑早已算定妖尸将来移居,数尽于此,并还开出几条通路,使与各洞要地相连。妖尸只图隐秘方便,却上了当。这内外两间虽设有埋伏,外表形势布置看去却极启人疑虑。越是仇家眼里,越认作内中必定隐藏着极厉害的埋伏陷阱,何况又是妖尸藏尸炼法,打算会集亲信与情人相聚淫乐的卧室重地,自比别处罗网严密,埋伏厉害。

癞姑、轻云本来小心谨慎,上官红更是末学后进,自不必说。谢琳近习宝箓，虽稍好胜轻敌，但她修道多年，平日常受谢、叶二人指点解说，遇敌经历虽少，对于正邪各派的法术施为以及各种阵法禁制的深浅强弱，形势虚实，却多知悉。加以圣姑昔年设而未完的又是最有威力的阵势，道法稍高的人一望即知。所以才一进门，便看出那是一种极厉害的五遁禁制。谢琳又见除两仪内外环抱而外，内室未进，不知如何；外室空空，只以五色暗寓五行，未设别的法物，更看不出一点异状和行法的痕迹。照着平日师父尊长之教，越是这等情形，对方法力越高，阻害越大。并想起日前师父又有"现习宝箓，功候尚差，七宝金幢，非可轻用。异派中几个厉害的妖邪，因峨眉开府，正教昌明，或恐见诛，或因忌忿凤仇，行将分别报复。你与峨眉诸弟子颇多交厚，幻波池只是开端，将来他们都有灾劫，你姊妹必要仗义相助，早晚遇上这类妖人。休当你姊妹屡世清修，大的灾劫已过，失利小挫之事仍所不免。此行便须谨慎"等语。幻波池本未到过，初入洞时，因为痛恨二妖孽，又是预有成谋，这次助友除妖，师父早已算好，应在今日，已成定局，加以洞中未遇甚阻力，愈发把事看易。屡欲乘机一试近来法力深浅，均吃癞姑力为阻止。先还觉她过于小心，及至后寻妖尸密室，方由所经途径门户发现许多奇门妙用，跟着又误走禁地，差一点没有触动埋伏，这才知道圣姑法力果然厉害。她又想起："癞姑也是从小修道，曾在屠龙师太门下多年，新近又得峨眉真传，法力高下姑且不论，终是久经大敌，比已见闻得多，人又机智灵敏，所见绝无差谬。看这外间敞堂形势，明是叶姑昔日再三详说指点，嘱咐遇上不可大意的道家最厉害禁法五遁真形图的外貌。现在几个至交良友，俱以我姊妹为重，休说败于妖尸之手，就是妖尸虽戮，而因行事冒失进止失措，中间无论何人有甚伤害损毁，都是不好看相，如何可以大意呢？"想到这里，适才好胜自恃之心立为一变，决计谨慎行事，不问当地有无埋伏，强弱深浅，给他一个有备无患。既为寻斩妖尸肉身而来，事前便不应使其觉察，不观察清楚，绝不妄进。

这一来，四人成了同一小心，谁也不肯疏忽一步。好在谢琳、癞姑二人均是行家，识得微妙，先辨明了门户向背。觉着一墙之隔，久候也不是事，正打算姑且按着虚拟而未现出的方位躐度，试探着往六角小门走去。忽听室中起了艳歌之声，音细而长，于万分柔媚之中，隐含无限幽怨，意思似在苦忆一个情人。词句尤为缠绵悱恻，尽管情深一往，却无一句淫荡之言。四人那么痛恨妖尸，也觉情致动人怜爱，声更十分娱耳。知道妖尸正用此歌召一同党，人来必定放进，立可跟踪而入。毒手摩什又不在此，正是一个绝好时机。互相打一手势，闪退在圆门右侧的乙木方位上去。用意是妖尸对圣姑所遗五遁禁制中，只乙木遁法因昔年被上官红误入仙府巧得了去，总图又未寻到，是个缺点，上官红却精悉此法正反相生之妙，万一被妖尸妖党识破，发动埋伏，木宫方位已被占住，不特以木制木，并可乘机遁入室内，去斩妖尸肉身。

初意这些妖党把妖尸奉如天人，又爱又怕，一呼即至，来必迅速。哪知歌声过后，待了一会儿，妖尸又在室内曼声长叹道："朱道友，你怎还不知我的苦衷？为明我的心曲，已和那厮说明，与你一见，明早便许分手，此别久暂难定。我日前并非不纳忠言，也是形势所迫，万不得已。你尚不谅，何况别人？就不愿再理我，难道背人说两句心腹话，略说我不得已的苦况，你也不屑听么？"边说，连又哽咽起来，声甚凄婉，愈发动人怜意，比起先和毒手摩什哭诉，又自柔媚恳切许多。可是那同党仍无回应。说时，癞姑觉着妖尸对新情人毒手摩什，公然连用艳歌和委婉哭诉；向旧情人勾搭，却送媚通情，好生奇怪。乘话未完，忙打手势，令众少候，走向门外去查听。才知妖尸邪法果具神通，只此圆门之隔，门内听去那么清晰，门外竟是那么寂然，不闻一字。只奇怪妖尸既能以邪法和意中指定的人分别传声，不令第二人所闻，何以人在敞堂也听得见？不特与本门传声有异，并且于理有好些不合。

癞姑心正奇怪，忽见妖尸由左边六角小红门内现身走出。众人中只有轻云一人以前两进幻波池，均和妖尸对过面，看得最真。这时见她容貌仍是以前原样，并非不美，只是杏眼含嗔，柳眉斜竖，满面上带着狞笑，眉梢眼角威棱隐隐，时闪凶光，好似蕴蓄着无限杀气。平日那么艳冶柔媚的姿容体态，竟变作了冰冷薄情，一脸狞厉之相，令人望而生畏。方料是所召同党不来之故，果然妖尸才一出现，便戟指向前空画了七八下，立有一片符箓形的轻烟现出，浮空停立在她面前。妖尸再以左手掐诀，照符烟一扬，张口一喷，那符烟也一闪即隐。妖尸随又曼声悲叹道："朱道友，既有今日，何必当初，既然见拒，我已无颜再见你面，今日死路由我自去，许应你那日之言也说不定。我不劳相助，情爱在前，不似对别人那样恐坏我事,不会无故除去。休当我有甚恶意,我已止住前洞埋伏,开放门户,请自便吧。"四人见妖尸一边说,一边侧耳静听,面色越发狞厉难看,语声却更觉柔媚凄婉,分外动人。如非眼见,几疑说话的乃是另一个痴情少女,绝不是她。妖尸话刚说完,忽似接到回音,那人要来情景。可是妖尸不但不曾息怒消恨,反倒咬牙切齿,恶狠狠狞笑了一声,随手朝白色小门画了一道妖符,然后戟指门外又咒骂了几句,方始退入门内。

四人先想乘虚入室,但因妖尸就立小门前面,恐有警觉;又想看看背了毒手摩什,连召这些妖党,所为何事,有无别的阴谋毒计。反正已入虎穴,理应拿稳下手,不争此片刻耽延。本来四人不知室中是否易于走入,想等妖党来了,跟踪混入比较稳妥。妖尸也是死星照命,举措全非,只顾阴毒设阱残害同类,做梦也没想到诛她的仇敌已然深入庭户。她这一用妖法封闭白门不要紧,却被仇敌看出敞堂虚有其表,并无禁制埋伏,更可放心大胆。室内虽还不知底细,妖尸既召妖党,纵有埋伏,多半也要撤去,断无禁制住了情人,再与谈爱之理。

说时迟,那时快,癞姑当先一打手势,早有谢琳神光立即隐形,四人一同乘虚随了进去。佛家神光灵妙,不可思议,无形无声,便是妖尸、毒手二孽不以邪法玄功查看,也不会有警觉。妖尸正忿恨妖党违忤不来,分明已悟到自己淫毒凶狡,妖党生了二心,满腔怒火,想诱来室内细加考查。如已生心怨恨,索性连手段都不必用,就在当地酷杀,摄取他的生魂,以备夜来用以行法。妖尸这一分心,使癞姑等钻了空子。

妖尸生平为恶多端,残杀同党宛如游戏,行事永无后悔。这次死期将近,居然回光返照,初念阴毒狠恶已极,及至罗网布就之后,忽想:"那姓朱的同党本是海外一个散仙,所习道法虽非玄门正宗,人却甚好,同道之交也多。自己在未遭难以前,便与相识。此人以前并不好色,因是夙世孽缘,一见钟情,不特为己丧失贞元,并因自己天性淫凶,喜新厌旧,树敌太多,使他连带受了许多艰难苦厄。为了屡次救助自己脱难,曾吃大亏,几乎丧命。可是自己并不知感,反因他情痴纠缠太甚,生了厌恶,欲以阴谋毒手置之于死地,他却仍始终没有一毫怨恨。这多年来,为想救己脱难,虽然深知五遁禁制威力神妙,和男子不得擅入的禁条,便强进来也是白白葬送,未敢造次。却是时时刻刻都在营谋,费了极大心力,炼成一件法宝,意欲助己脱难。又因深知自己孽重，敌人过于厉害，非到时机不能有望，比别的同党来得较后。一到，便以苦口相劝，欲令自己向圣姑伏罪求免，舍下法宝、道书不要，随他同去海外觅地清修。自己虽然不肯听从所说的话，为念他的深情，又当用人之际，他又不似别的同党，只一见面便一味垂涎美色，恨不能当时苟合，毫无忌惮，固然也爱自己如命，但他处处为我打算，就有所图，也在将来脱困以后，故此对他一改初念，也颇引以为重。后来因他日常苦口絮聒，劝我遇有敌人，适可而止，只惊走了事，此时切勿树敌；命他出手，又不怎用力，方始有些不快。

"近因自己已为毒手摩什霸占，以后难于分身兼顾，一班旧情人中只他一心在己身上，难于打发。论法力虽非毒手之比，比别的同党却高。照他以前相待情形，虽未必会生恶念，倒戈相向，时常纠缠也是惹厌。尤其自新情人一到，便似怀生醋意，虽未拂袖欲行，神情却甚淡漠，面有愁忿之容。这些日来，已不似日前那等亲切，也不再背人寻己密谈。适才想起这些累赘，最好脱难以前去掉。并且今晚于前取宝，必须先破圣姑所设五行法物。近年为了此事，曾炼有一件法宝，所须生魂，均系以前设计残杀的那些不知进退的同党。日前虽幸勉强炼成，无奈仇敌厉害，今日之事必早被算定，事尚难知。此宝威力至大，万一不成，毁去可惜。破那些法物时，最好每样能有一人舍命犯险，拼着万死，引使发动，下手既较容易，并免亲身入伏，稍有不妙便难脱险。因而想起这班同党可以利用，又恐其不肯自寻死路，为己葬送。这才想下毒计，借故挨个引来，对那知进知退、不曾生心背叛的，便姑缓其死，以观后效。对那心怀怨望，或是苦苦纠缠不舍，便以媚惑之术，连愚弄带激将，使其自趋死路，为己犯险。同时激起新情人的妒火，以防警觉逃走。"

独对此人尤念旧情，只想明言利害，使其绝念，本心还不想害他。哪知妒念甚深，连番勾引，俱不肯来。平日自负古今仙凡中从未有的美艳之质，一颦一笑，均可使人心神迷恋，不知死生。连毒手摩什那高法力，上次决裂，理无再合，尚且一呼即至。此人竟会屡召不理，不特对方心寒意变，而自己媚术无功，更是从来未有之辱，犯了平生的大忌。于是动了恶念，一面布好罗网，仍以媚术唤他，再如不来，便即翻脸成仇。妖符发后，已然准备再无回音，便亲身赶往，径下毒手，先行杀死，摄取生魂。随即接到回音,说他适才算出,今日必有敌人潜入,所主持的埋伏须俟有人接替,方可离开,少待即至。先前何故闻呼不至,却未提到。本已决计杀死,回房想起前情和此人现在情景口气,对己虽然冷淡,内里仍是情热忠实。回忆昔年结交经过,如以常理来论,委实辜恩负德,薄情寡义,对他不起。对别的同党尚可,在他怎以一时之忿,便下毒手?

想到这里,怒火渐渐平息。正想等人到后,先盘诘出了真实心情,再定去留。这一寻思,心神注向别处,仇敌容容易易随了进来,一毫也未觉察。

四人到时,妖尸已走入里间帘幕之内,虎穴重地。适才妖尸邪法飞符,又在门上施法,不知使甚诡谋。室内埋伏虚实未悉,加上好奇心重,见妖尸虽然淫邪凶狡,姿态容貌却是极美绝艳,比起灵峤诸女仙和各派中素负美名的女弟子,又是不同。俱想一面观察室中虚实,小心下手,以防有失;一面也想看看妖尸平日颠倒仙凡,为迷恋她而葬送道行性命,至死不悟的先后不知多少,死的又均非常人,内有好些并还是异派中有名人物,虽是左道旁门,功力均颇深厚,何以人人如此甘趋灭亡,到底有何特异之处?为此,不肯当时发难,先把外半间仔细观察,觉出虽有可疑之处,如不叫明惊动妖尸,或去触动,均可避开无事。看明形势以后,再试探着走近,站向帘侧往里一看,俱都暗中惊奇不置。

原来这间卧室比外间还大,通体做正圆形,分成内外两个半间。当中隔着一道帘幕,质类五色鲛绡,云锦双悬,流苏下垂,看去鲜艳绝伦,华贵无比。妖尸卧榻便设在里面的半间。内外合计约有十余丈方圆,这一隔开,成了两个半圆。外半陈设坐具,已是精雅富丽,巧夺鬼工,宝气珠光,辉映全室。而内半陈设之绮丽新奇,尤非笔墨可以形容。除当中放着一个腰圆形的碧玉榻外,和寻常富贵人家红闺绣阁一样,一切镜台奁具以至衣履被褥之类,无不齐备,应有尽有。只是所有物品珍奇异常,尘世上多富贵的人家,也不易见到一件罢了。

就在这妖尸回房俄顷之间,先前行动强悍,极恶穷凶,满脸狞厉的本相,已收拾净尽,连容貌神情都似变过。如非深知底细,又曾目睹亲见,几疑另是一人,绝非妖尸本身。妖尸先出现时,元神本已复体为一,这时正做出闺中美眷午梦初回,睡眼惺忪,春情荡漾,所思不至,无可奈何,娇情欲堕之状。一副娇躯正半卧半坐,靠在榻头玉屏风上。那腰圆形的玉榻,只近头一面的两边,有近二尺长雕镂精工的扶手矮栏,余者三面全都空着。榻上铺陈着极厚而软的锦茵,华丽自不必说,人卧其上,身体便陷没了小半。妖尸身上半盖半裹着一床质胜纨绮,色作淡青,看去又轻又软的被单。上半身只双肩、前胸和手臂露出在外,一手微搭胸前,另一手臂懒洋洋支向右侧玉栏之上。身穿一件薄如蝉翼,雪也似白的道衣,前胸微敞,露出雪白粉颈和半段酥胸,下面乳峰隐隐坟起于冰纨锦被之间。那没盖着的地方,固是肌肤玉映,琼绡不掩,隐约可以窥见。还有那双手臂,因为右手支颐默坐,露了半截臂膀和那十指春葱,说不出的粉铸脂合,圆滑朗润。下半身虽被盖住,却在有意无意之中,由被角边半隐半现地露出一段丰盈柔细的玉腿,以及半截底平指敛,粉光致致,柔若无骨的白足。面上神情是星波莹明,如蕴妙思,黛眉微颦,隐含幽怨。再加玉颊春生,樱唇红破,瓠犀微露,欲语不语之状,好似半嗔半喜之中,蕴藏着万种风流,无限情思。端的秾纤合度,体态妖娆,从头到脚,直无一处不撩拨人的遐想。容光既如此妖艳,神态又那么淫冶,加上服饰华丽,迥绝人间。上面淡雅的衣被与下面铺陈的锦褥文绣,再互一陪衬,越显得貌比花娇,人如玉琢,光彩照人,不可逼视。尤其厉害的是,人还不曾走近榻前,首先鼻孔中闻到一缕温香,其味非兰非麝,仿佛由榻上人肌肤中隐隐透出,闻之令人魂销魄落,心神欲醉。

癞姑先见榻旁绿玉案上,摆着好几件闺阁中人所用粉奁妆具,细一注视,多半蕴有奇光,隐隐似有邪气透出。只是邪法颇高,不是一双慧目法眼,绝不易看出。同时谢琳一双经过芝仙灵液沾润过的神目,也已发现。二人正同向轻云、上官红打手势指点,连同壁间别的陈设,令其留心戒备时,人已一同趱向帘前。猛闻到一股妖香,骤未及防,立觉心神微微一荡,知道厉害,忙运玄功把心神镇住。癞姑觉着自己和谢琳、轻云无妨,上官红年幼道浅,却禁不住邪法潜侵。方欲行法防御,谢琳的有无相神光近日已能随心御敌,只一动念,立可屏御,先是不曾防到会有这类香气迷人的邪法,一经发觉,随着心念动处,神光发出威力,早将香气隔断。此是妖尸白骨锁魂香,厉害非常,道力稍差一点的人,无论男女修士,只要闻到这香气,立被迷惑,魂销魄落,人也软醉如泥,任她尽情摆布,绝无幸免。

固然像癞姑、谢、周三人的道力，尚不致被她迷倒，如出不意，骤为所中，也不免于心旌摇摇，神魂欲荡，绝不会只有像先前那一点感觉。尤其上官红入门未久，尽管天生美质，用功勤奋，毕竟火候尚差，即便事后能够振作，静摄心神，不为所算，当时必要昏晕一下。因身在有无相神光护身之下，诸邪不侵，尽管疏忽，念不及此，未曾防到，至多也只遇上外邪加害时，照例有的微微一点感觉。休说癞姑、谢、周三人，连上官红也不过心神略微动荡，并无他异。

四人急切间不知就里，只觉神光护身之下，还会如此，妖尸邪法阴毒可想而知。又见上官红闻到妖香，竟和自己一样，不怎在意，神色自如，小小年纪，入门不久，居然有此定力和功候，足见天资超越，用功勤奋，易静有此高弟，足可自豪。方代她师徒欣慰，忽听门外有人说道："玉娘子，容我进来么？"连问两声，妖尸通未答理。四人料定那是姓朱的同党，初意物以类聚，必又是一个淫凶丑恶，比毒手摩什等妖邪长相好不了多少的左道中无耻之辈。及至回身一看，却大出于意外，来人竟是一身仙风道骨，羽衣星冠，仪容秀朗，通体不带一丝邪气，举止神情也极文雅从容。休说左道妖邪，便是海外那么多散仙也少此种人物。而且黑发玉貌，外表年纪仿佛甚轻。四人心中奇怪：此人并非妖邪一流，怎也会为妖尸所迷，甘为奴仆，受其玩弄？

妖尸仍未答话，只在里面微微叹息了一声。那姓朱的少年道者刚来时，本是面有忧色，及至连唤玉娘子未应，忽闻妖尸微叹之声，好似有甚感动，又似突然变计，凡百不顾神情，倏地把牙关一咬，面上立转喜容，从容款步走入。当道者初来在外唤玉娘子时，妖尸一面装着负气不理，一面手持两寸大小晶镜隔着帘幕往外照着，面上微有愠色。等到道者入室，口角边忽又带着一点冷笑。四人看得逼真，那道者好似常做入幕之宾，一进门便直往帘内走去，目光却四面注视，意似查看室中有无可疑形迹。到了榻前，便向妖尸身侧坐下。妖尸也不起立招呼，只媚目流波，斜睨了一眼，便自将目合拢，不再理睬。道者似知妖尸必要做作，说道："玉娘子，你真错怪我了。"妖尸不答，道者也未再往下说，只把双目注定妖尸，从头至脚仔细领略端详，大有秀色可餐，爱极忘形之意。渐渐由上而下，看到脚头，一眼瞥见那只欺霜胜雪，胫腿丰妍，纤细柔滑的白足，微露被角之外，竟情不自禁俯身下去，在那绵软温柔、无异初剥春葱的纤指上亲了一亲。偷觑妖尸面色，似嗔似喜，看去只更爱人，并无真怒。于是道者更又伸手下去，竟将那只美妙无双的白足握住，抚摩了一会儿。又跪将下去亲了又亲，手也渐渐往粉腿上摸去。

众中别人还不怎样，谢琳早看不惯这等淫昵之状，意欲就此下手。继一想："那少年道者分明非左道妖邪，也许受了妖尸邪媚迷惑，莫要连带波及，误杀好人。"心正盘算未决，这时妖尸元神早已离身飞起，现出一副满头鲜血狼藉的恶相，正站在道者身后。起始神情狞恶，大是不怀好意。嗣见道者对她肉体温存抚摩，委实爱到极处，面上神色才略为和顺了些。那道者直似始终不曾觉察。谢琳两次要想动手，均被癞姑止住。妖尸元神忽然不见，知已复体。方和癞姑打手势如何发难，妖尸冷不防把足一缩，用力稍猛，竟将下半身盖的那床锦被掀开了些，那一双脂凝玉润的粉腿立即呈现。道者也就势扑将上去，双手搂紧，不住温存抚爱。

妖尸由他玩弄，毫无躲闪，只睁眼冷笑道："你初来时，屡和我说，仇敌法力厉害，人虽坐化，并未飞升，元神必还留在百宝奁中入定修炼。这里一切事情前因后果，必早被她算定。又说我以前杀孽太重，虽然被困多年，幸得劫后回生，仍出勉强。从此改头换面，虔心静修，尚恐不能免难，怎敢再犯她的禁制？因此平日相对，只是口头亲热，不特不似昔年那么极情尽致，真个销魂，所说也都是些正经的话。有时谈到脱难以后，同隐仙山，欲结神仙眷属，以图与我长在一起，终古不离，也是将来打算，尽管爱极，也仅常想背人相聚，密谈片时，并无一点轻狂。承你爱重关切，我虽不能尽听，论心也颇感谢，足见老友不比别人。总共数十天的光阴，怎今日会变了个人，始而召之不来，来了又是这样急色儿的丑态？莫非你把以前所说的话全忘了么？"

妖尸有一特性，自负美艳，绝于古今仙凡，即使中心蕴毒，决意要加杀害的人，只要在下手以前对她爱极颠倒，便自心喜。哪怕日后仍是不免毒手，当时却能博到她片刻之欢。对方这一急色，正触所好，虽以圣姑法力暗制，中心畏祸，不敢像昔年那样纵情恣欲，肆无忌惮，说时满面微笑，媚波莹活，斜睨着俯伏在她身上的旧欢，眉梢眼角，春情荡意，自然流露。那搭在胸前的纤纤玉手，渐渐伸向道者头上，轻轻抚弄，好似柔情款款，芳心自同，相爱相怜，不能自禁之状。道者却似极爱欲狂，除了尽情抚爱，领那怀中暖玉，一片温香外，耳目已然失去知觉，对于妖尸所说的话，一句未答。

谢琳见此邪情丑态，忍不住又要出手。癞姑到底心细多识，觉得道者功候法力不是寻常，虽然迷恋妖尸，面上并无邪气，人也不带分毫好恶之相，不像已被邪法所制，这等放浪无耻情形，实在可怪。正在留意查看，忽由侧面窥见道者闻言未答，眼角似有泪痕。情知有异，忙止谢琳先勿下手，徐观其变，此人既非妖邪一流，何以如此情景？谢琳随手指处，也看出道者不特眼含泪珠，面上忽现爱念愁急之容。照着适才热情奔放不可遏止情景，不应有此，知有缘故，方息初念。

因道者上身已全俯压在妖尸腿际，妖尸元神已复，只能看见他的脑后，面上愁苦容色出于意外，并未看出。说完，未听回答，还只当旧欢重拾，心醉魂销，又正问到他的短处，以致无言可答。想起以前恩爱情深，加以多年久旷，回生以后，长日虑祸忧危，玷污仙府，恐犯大禁，不得不按捺欲火，强自忍耐。但是天性奇淫，蕴蓄愈久，其力越大，一旦奔放，便成狂流，色胆如天，不能再制。只图一时顺心遂意，哪怕刀山在前，火海在后，也是过后甘任其祸，绝非所计。何况双方凤孽甚深，道者又道骨仙风，丰神挺秀，法力亦非寻常，遇合之初，本就彼此恩爱缠绵，情深似海，并无丝毫勉强，出于片面相思。如非当时乐极情浓，越来越甚，也不至于彼此都失了真元戒体。自己专门采补，失却真阴，还能补偿。对方本非左道，又和别的情人面首不一样，一任自己水性杨花，终是情有独钟。自己也因此才生出厌恶，久遂成仇。这次劫后重逢，非但不念旧恶，反而关切敬爱，不别人专以色欲为事。妖尸纵极淫凶，也不能一毫不通情理。稍一寻思，前尘往迹立上心头，觉着此人终是情深义重，与众不同，旧情已自勾发。加以前此妖尸为了防人防己，惟恐欲念难制，每遇人来，必先约法三章，好合须在脱困之后。尽管平日喜以媚术淫情颠倒来人为乐，一则心存玩弄，未把对方看重；二则本是邪法化身，偶然故现色身，也只使对方略沾肌肤即止，一切引逗出于伪作。似此温香在抱，经人怜爱，抚摩不已，回生以来尚是初次。对于圣姑，本是又恨又怕到极点，自从毒手摩什二次重来，锐身急难，口发狂言，半信半疑之下，畏心便已摇动。再经此几回夹攻，满腔欲火立被引发，媚笑说道："怎么不答话呢？一双脚腿有何可爱，也值如此？枉自修道多年，竟和婴儿恋母一样，只管装乔，不理人作甚？莫非还要想吃口奶么？"四人虽不知这是昔年双方淫乐时隐语，可是妖尸说时，粉颊红晕，媚目春情淫荡之态，愈发不堪。可是对方依然不曾抬头答话。妖尸也似觉诧异，一面淫心已然大动，正欠娇躯，抬起左边一条粉腿，待要夹向对方头上；一面樱口微动，吐出一丝粉红色的轻烟，正要飞向对方头上。那道者忽似骤然遇到毒蛇猛兽一般，倏地舍了妖尸两条粉腿，慌不迭飞身纵退出两丈以外，也把口一张，一股青色的道家内元真气立喷出来，护住全身。带着满脸愁苦之容，悲声说道："我不足计，请你念在前情，暂且宽缓一步。此举并非为我，仍是为你。等我说完了话，死活由你如何？"这等变出非常，大出妖尸与四人意料。

妖尸正在发动春情，喷出香雾迷惑对方，本心拼着犯禁，同作淫乐。不料道者突然跃起，已是拂意惊疑。再一眼看到那等愁眉泪眼情景，怒火欲焰一起点燃。当时毒念重生，不顾发话，首先把手一指，那右方垂的半片帘幔，立化一大片血赤色的火焰，火网一般电驰飞堕，将对方罩住。一面目射凶光，注定对方，听其发言，那双淫凶眼里直要冒出火来。先前玉艳花娇，柔情蜜爱，全化乌有。艳色美人顿成罗刹变相，重又恢复了适才由小门中出现时的凶恶狞厉神情。同时身子往后一仰，也睁着一双含蕴无限淫毒的媚眼，冷冷狞笑道："你不知我性情么？还有甚说的？"

道者长叹一声道："玉娘子，你先不必发怒，听我把话说完。我也深知你孽重难挽，但我知你本是美质，只为当初在圣姑门下不合自作聪明，心志太高，以致背师下山，受了妖邪引诱，陷入淫邪。天生尤物，本具特性，一朝失足，遂如洪水横流，不可收拾。否则，你如自来万分不可救药，圣姑也绝不会欲以人力挽回定数，再四宽容。即以后来在此雷劫而论，以圣姑灭度时的法力，一切后果前因早都算定，本不难当时使你形神俱灭，何必再保全你的元神，连肉体也未加伤害？窥其用意，也无非使你在这百年患难之中，多经苦难，痛定思痛，万一能悔前愆，回头修省，便任你功成自去，不再行诛，也不枉当初苦心度你，师徒一场。

"至于我呢，因有夙世孽缘，昔年与你一见钟情，爱逾性命，只图与你长久厮守，你我合籍双修，同证仙业，便把多年苦修功力以及性命全数为你送掉,也在所不计。初定情时,还有妄想,尽我心力,以至情感动,导你弃邪归正。嗣见你江山易改,本性难移,造孽日深,无可自拔。我屡次为你出死入生,苦心相援,助你脱难,你至多不过暂时稍微感动,不久又是故态复萌,变本加厉。后且因此视我如仇,正欲加害,毒计未成,便因来此盗宝,身受雷劫。这些年来,我无一日不在为你痛惜打算。你虽幸恩薄情,我仍放你不下,恩爱之情至今不变。深知此间禁制厉害,期前入洞,白白送死,无济于事。只得一面炼下法宝,准备应用;一面静盼时机到来,冒险相助。这里内外隔绝,非我这法力所能算出底细。初意你经此百年困苦,创巨痛深,必知悔祸;还有圣姑既肯留你元神在她洞中潜修,也必有点指望。为此辗转探询,默运玄机,费了许多心力,仅仅占算出你应在本月癸未子夜难期终了,但无飞腾之象,并且运数已尽,吉少凶多。明知圣姑禁条严厉,男子入内,不出百日必有凶忧,生路极少,哪怕当时脱出,也绝过不了百日死限。终以爱你太深,自信平生除犯色戒以外,并未行一恶事,圣姑想能稍加宽恕。就算犯她禁条,也只遭上一次兵解。你自来怙过任性,不纳忠言,只我说的话,偶然还能信从。大难之后,劫后重生,也许性情磨炼好些。

"昔年曾对你说过,我对你的情爱,一任地老天荒,海枯石烂,永无尽期。只要能助你脱难归正,我便身化劫灰,亦所甘心。区区一劫,仍可再世,何足介意?哪知到此一看,你经此大劫,不特未知悛改,反更倒行逆施。虽承你犹有故剑之思,又当用人之际,未再视我为仇,可是我连番苦劝,仍似秋风过耳,毫不为动。后来我见劝说无用,只得拼以一死相代,到了日期,尽我全力助你脱难,姑作万一之想。我因连日筹思,想把全力用在最后紧要关头;更不愿助纣为虐,加重罪孽,使你多树强敌,多造恶因,眼前难以脱险,我再世也受恶报。而你不明我苦心,反认我应敌不力,屡加嗔怪。我想时至自明,终有使你省悟感动之日,也未分辩。眼看日期将近,惟恐力有不胜,我真元已亏,仙业无望,决以此行报你昔日相爱之情。受此巨创,他生也知自做,或者不致重陷情网,又蹈覆辙。一死原无足重,所怕的是各有因果,身死由于犯禁,依然代不了你。你如应了圣姑遗偈,形灭神消,岂不痛心?

"日前方在愁思,不料你竟引鬼入室。我虽不才,也曾修道多年,颇知顺逆、善恶之分，已料绝无好果。昨夜二次默运玄机，详加推算，未来之祸，竟是凶不可言。益以内邪自招，真是万无幸免。我本不难舍你一走，一则数已注定，幸免只是一时；二则临难相弃，又背初心，我绝不为。百思无计，只得仍以一死相报，但能保得你残魂剩魄，不致全数消灭，便是万幸。谁知你数限将临，又想施展以前残杀同类的毒手，一心只倚妖孽为重，想把一班受你迷惑挟制的同党一齐驱上死路，连我也在算计之列。承你还有一点香火之情，对我意在两可，尚无必死之念，足见我对你用情，尚属不虚。适才唤我，本不想来。嗣因你一再呼唤，后竟行法相制。其实我之爱你，由于夙孽与情痴，并非迷于你的媚术。真要来时，不假法力，我也必来，何须如此？我毕竟爱你太甚，虽知你对我不怀好意，但我绝不愿你无故为我忿怒疑忌。又以真心苦意，你尚不知，反正你我必死，难逃今日，与其目睹心爱人死时惨状，与之同尽，转不如死于你手，还好得多。我如不来，必误以为我因妒生忿，耿耿此心，终难表白，为此变计前来。否则，如论邪法异宝，玄功变化，固不如你远甚，但别后百年，苦功却未白用。除了夙世深孽不能断念，本心也没打算摆脱外，你那本身足能令我迷恋，至死无悔，至于你那媚惑人的惯技，对我反倒无用。

　　"来时，本想作一最后忠告，将你激怒，便死你手，了此一段情孽。及至一见，重又勾起旧情。心想以前你我相见，必定亲热缠绵些日。一别百年，劫后重逢，理应情爱更深，只为圣姑禁律森严，难得你那么迷途罔返，尚且不敢玷污仙府，如何因我误你？故此相见如宾，连戏言均无一句。虽然事已至此，也不敢再增罪孽，只想死前略亲肌体，少解百年相思之苦，再和你实话明言。你竟误以为我必受迷，忽动欲念，我这才害怕离开。你因此竟施展毒手，不特杀我，竟欲用血焰销魂之法迫我生魂入网，供你夜来破法之用。实对你说，我逃虽难望，也不想逃，要想杀我，除非自甘就死，也非容易。就你把所有法力齐施出来，取我性命元神，也须十日之后。但你此时外面强敌已然深入肘腋之间，祸发顷刻，至多不过今晚，必受恶报，绝等不及称心快意，身已先亡。我前已说过，愿意死在你前，免见你死时身受炼魂之惨。你如稍念旧情，便请容我兵解。能否摄我生魂为用，那要看你法力与我情孽之报如何。死活仍然由你，只不愿这等死法。言尽于此，你意如何？"

妖尸欲念一起，便难终息。心虽恨极，必死其人，仍想先遂淫欲，再行残杀。道者说时，妖尸先还在留神细听，只是面带冷笑，意似不信。一面仍在频抛媚目，暗施邪法，欲以暴力胁迫，兼施邪媚，双管齐下，强令就范。后来越听口风，越不受用，益似火上浇油，急怒上攻。口中连连狞笑，随手指处，由床头短屏上面发出万千缕其细如针的五色光华，朝火焰中射去。只见火焰大盛，飞针彩光闪闪，猬集如雨。道者意似有些苦痛，依然强忍，述说下去。

旁边谢琳见此淫凶，又可怜那道者，愈发忿怒，暗忖："天底下竟有这样痴情的人？"第三次又要动手。又是癞姑强行止住，连打手势，告以时犹未至，妖尸元神一会儿必要离体。果然，妖尸怒火毒焰越往后越炽，话刚听完，突似暴虎一般，元神离体，飞身而起，戟指厉声喝道："你说外敌已然深入？休说这是你惯喜以虚言为仇敌张声势，此时内外各层埋伏毫无动静，绝无此事，便有狗男女偷偷入洞，也是送死，自有人去应付，不用我操心。我已决心与毒手道友做一神仙夫妻，只等报仇取宝，明日起便同他去大笞山共享千年之乐。适才挨个考查，心服知退的，还能活命；否则我自有道理，一个也难逃我夫妻二人之手。你当是真可怜你么？我适才试他爱我情义深浅，故意令他在小琅玕室中相候，为时已久，并未逆我心意。以他法力与阅人之多，正见深情。我不忍让他再久候，现便将他请来，偏先在此洞中快活一回，看老贼尼能把我如何？你不是说我一时难摄你的生魂么？我在他未来以前，先以玄功变化亲手擒你，倒要看看你近来伎俩如何。"

话还未了，花容已经大变，现出在北洞下层与沙红燕斗法时所见恶相。方要挨上前去，道者已先笑一声，抢着说道："玉娘子，我今日初次见到你劫后变相，我明白了，也不枉来此送死一场。你不信那外来的强敌么？就在你……"底下话还未出口，说时迟，那时快，当双方抢着争说之前，四人觉着外面似有微声飞入，随见帘外有乌金色影子一闪。妖尸却如未见，更肆毒口，神情愈恶。四人知是毒手摩什妒火中烧，潜踪窥伺，只不知他隐身法入门会有声形，方觉奇怪。妖尸已然纵身飞起，化作一片碧阴阴的光影，朝道者扑去。

癞姑知是时候了，再不下手，便许错过。立即把手一挥，照着预定，上官红暂立原处不动，癞姑等三人各把飞刀、飞剑、法宝、神雷冷不防一齐发动，先朝榻上妖尸肉身飞去。只见白、金、红、青各色光华，七八道一齐飞射，同时霹雳连声，打得满屋俱是星光雷火。妖尸死星照命，全未防到。室中虽埋伏有邪法异宝，无奈敌人有神光护身，所用法宝、飞剑、飞刀均具极大威力，况又加上三人的太乙神雷，势疾逾电。妖尸既恨极所害的人，发现新情人忿怒，潜来窥伺，意欲故作不知，抑此扬彼，表白自己专爱之意，博取他的欢心，一味做作，心神已分，一任玄功变化飞腾多快，也来不及回救。刚一发觉有警，心中大惊，慌不迭返身回救时，那一副千娇百媚、粉铸脂凝的艳骨香肌，已被三人的剑宝神雷连绞带炸，成了一堆焦黑糜烂的血肉，狼藉满地，四下飞溅，玉榻也已粉碎。这还不说，妖尸万分情急之下，只顾抢救那具肉身，未及发动埋伏禁制，忙中有错，又忘了仇敌飞剑、法宝厉害。这一猛扑上去，癞姑等三人早料有此，便妖尸不动也要随同向她下手，何况自迎上来，只一举手间，妖尸元神也自扑到。谢琳恨极了她，立即移锋相向，势极猛恶。妖尸原身没有抢救成功，反迎着中了谢琳一雷。癞姑因对方是两个劲敌，出手便用屠龙刀，连同轻云青索剑，一齐电掣般飞绕上去。妖尸纵然神通广大，也禁不住这三人的几面夹攻。总算练就玄功，变化神奇，元神虽受创不轻，还不妨事，见势不佳，咬牙切齿厉啸一声，遁向一旁，晃眼无踪。

也是四人该当有几个时辰的小困。如听谢琳上两次出手，妖尸肉身虽不一定消灭，迟早仍是成功。只为癞姑老谋深算，始而发觉道者神情有异，想要观察详情，并因妖尸元神复体，榻前尚有埋伏准备，此时下手，一个杀不了她，打草惊蛇，转有戒备，再想下手便难。又以谢、李二人往救易静，久无音信，而妖尸、毒手两个强敌俱未警觉，可知无事。日前小寒山来时，忍大师复有"开鼎甚难，妖尸前因易静只是偶然触发，乘机下手，至今不能随心启闭"之言，想是开鼎艰难，不是一时半时所能成功，这里乐得稍迟下手，以免救人这一面生出枝节阻力。所以谢琳三次想下手，均被阻止。

毒手摩什在别室候久，不听心上人唤他，又知妖尸淫荡无比，这伙妖人全是她的面首，越候越起疑心，不由妒火欲焰一齐高涨，暗中隐形前往窥探。妖尸恰在此时欲心大炽，想把毒手摩什勾来，当着旧日情人尽情淫乐个够，再下杀手，以图快意。刚把毒手摩什来路禁隔撤去，未及相召，便自掩来。那密室内外俱都没有禁制，无论来人多高明的隐形法，只一进门，必要现出一点声形。却没想到佛家有无相神光神妙莫测，以妖尸、毒手的法力，也须先有警觉防备，否则绝难发现。道者告以强敌已入肘腋，妖尸轻率不信，也由于此。

四人这一耽延，毒手摩什恰正掩来，并不知他一进门妖尸便已发觉，故意做作叫骂，向他卖好，仍当自己隐形神妙，潜伺在侧。毕竟摩什乃旁观的人，胸无成见，邪法又较妖尸高强些，一听道者说外敌深入，便向四下查看。急切间虽还未及施展煞光，暗中已在留心，自向满室寻视。猛瞥见七八道光华射到玉榻之上，雷声大震，当时连尸带榻齐化劫灰，妖尸赶救不及，反而受伤遁走。内中一道光华，正是昔日所遇两个少女之一，不禁勾起前仇，急怒攻心，怪吼一声，立即发难。

这原只是一瞬间事。当四人成功，妖尸一照面受伤遁走时，毒手摩什也已动手，首先发出一大片乌金光华，将里外室一齐布满。接着施展邪法，迫令敌人现形。那乌金光华乃是妖人所炼七煞玄阴天罗，为轩辕老怪独门邪法，与赤身教主鸠盘婆所炼诸般魔法有异曲同工之妙，厉害无比。一任隐形护身法宝如何神妙，均有感觉，不必见人，便可围困，威力绝大，神速异常。并且妖人自身也在妖光笼罩之下，法宝、飞剑绝难伤他。四人虽仗神光护身，没有受伤，离身两丈以外却被四面逼紧，离头丈许也受到了重压。这时全室充满妖光，只四人立处空出不到两丈大小一团。照此情形，隐不隐也一样。谢琳佛法功力又较乃姊稍次，有无相神光抗御之力比较强些，反正隐已无用，又感到情势严紧，便把身形一同现出，一面运用神光抵御，一面把飞刀、飞剑、法宝、神雷发将出去，向妖人夹攻。哪知这类邪法、异宝不比寻常，剑光、宝光上去，便觉出有了阻力。妖光更是随分随合，力量越来越大。总算改用有无相神光以后，已能冲光进退，压力阻力均较前轻，不似先前难于行动。可是神雷发出便消，不能近身，那么厉害的屠龙刀与青索剑，竟伤妖人不得。第一次刀、剑、宝光飞到妖人身前，眼看分明绕身而过，妖人只怒吼了一声，妖光闪处，重又复了原形，气得妖人厉声咒骂，暴跳如雷。以后妖人许是觉出仇敌刀、剑、法宝厉害，已不再使其近身，只见乌金色妖光频频闪动明灭，随着刀、剑、宝光飞驰绕射,变幻不已。一任四人全力夹攻,竟奈何妖人不得分毫,妖人也伤害四人不得。

癞姑见长此相持不是件事,妖人如此厉害,妖尸又先遁走,谢、李二人又不知成功与否。再见室中还有埋伏未曾发动,估量此是停尸重地,发必难当,方想冲到外面再作计较。谢琳觉刀、剑、法宝全未奏功,只所习降魔诸法还未出手;英琼未来,紫、青双剑不曾合璧。来时师父又嘱,此地乃未来好友仙府,不可毁损。室中玉榻以及好些陈设已被波及,再毁可惜。也想到了室外,寻一宽大所在,再行施为。

二人正在互相传声商议,妖尸忽然出现,披头散发,满面血污狼藉,状甚凶厉。毒手摩什一面分光放出空隙,口刚唤得一声:"玉娘子!"妖尸已投向怀里,匆匆说了两句,互相一声狞笑。妖尸戟指跳足,向四人厉声喝骂:"该万死的贱婢!竟敢暗算仙姑法体。少时擒到,不教你们受我一千年炼魂磨身之刑,誓不为人!"说罢,不俟答言,转身又向道者大骂:"你这死有余辜的狗贼道!你既对我有情义,发觉仇敌进门,就该明说。偏只顾向我乞怜,尽说一些又酸又腐的陈言废话,将我激怒,分去心神,致为贱婢暗算。杀身之仇,不共天日,你虽不与同谋,我却为你所误。你这贼道已不免于死,反正舍此一命,何如将生魂借我一用,以报今日之仇?你意如何?快些回答,将来还能放你转世。否则我夫妻已将仇人困住,一样也能报仇,你却要受炼魂之惨,早晚形神皆灭,连转劫再世都无望了。"

要知大破幻波池,女神婴易静出险,金屏佛火合炼妖尸,仙都二女大战毒手摩什,以及若干新奇情节,均请看下文。

第二五〇回　轻敌蹈危机　暗袭阴魔迷幻相
　　　　　　转安凭定力　内莹神志返真如

　　上文写到的那散仙，名叫朱逍遥，因为情痴，误迷妖尸，死而不悟，致被妖尸邪法困住，戟指咒骂，逼令献出生魂，不然便用邪火妖光，使其受炼魂之惨。那道者先见双方恶斗，仍颇忧急，闻言略一寻思，在火焰中高声答道："我本想以此一身了完这孽债，现和你孽缘已尽，百年迷梦，也已觉醒。我话出口，绝不反悔。可是你须明白，大劫已然发动，这才开始。你那新欢尚有些日苟活，你却断无幸免。你要我命，想用我生魂行使妖法，却是未必。但我必允所请，只需依我兵解即可听从。你应知我死后法力大逊，不似你们妖邪，能以元神变化，一样作怪，且又甚之。如有差失，发之外人，那却不能怪我食言。好在此时我已在你们掌握之中，妖光煞火布满全室，绝走不脱。如以为然，可将妖火撤去，随便一刀一剑均可杀我。你下手吧。"

　　四人本就觉这道者可怜，又听出夙世深孽，俱想救他。后来癞姑听出此人因为毁了戒体，自忏前非，欲以一死了此孽缘，心志甚坚，方改主意，决定助其兵解，再救他元神脱险，只为妖光厉害，无暇顾及。嗣听他和妖尸对答的话，知已觉醒迷梦，救他之念更切。谢琳素性任侠，更是早抱不平。二人同一心理，正在算计如何解救。妖尸已经发动，冷笑道："你休把老贼尼奉如天神，我夫妻今晚定要将她化骨扬灰，以解百年仇恨。既然愿意兵解，量你也逃不脱我夫妻的手内。我倒要看看，还有甚外贼敢闯进这里送死？"随说把手一招，先前赤红火焰立即飞回。那道者仍在真气护身之下，昂立不动。妖尸怒喝："狗贼道，你还在卖弄伎俩，怎能杀你？"道者也冷笑道："今日之事，昨夜我已算出大半，只是先前过于情痴，惟恐到时举棋不定；又自信生平无多过恶，不致毁灭，本身之事并未十分推求。人心难测，还有你那新结交的妖人，俱是极恶穷凶之辈，知道有无暗算？你只把刀剑放来，我必无抗拒，一准兵解就是。"妖尸冷笑道："我想你也不会食言。实对你说，你以为只要死于兵解，便可不致损伤你的元神，那是在做梦呢。这是你自愿如此，兵解以后，法力更差，更易由我摆布，莫又后悔，怨我心毒。"道者哈哈大笑道："玉娘子，你看错了。你那用心，分明是一时不能致我于死，又知仇敌厉害，妖光虽毒，莫可奈何，这才想下毒计，知我自来言出必行，有意拿话套我。等我自甘兵解，一为你所杀，立用极阴毒的邪法禁制住我真神，增加你的邪法凶威，欲以此致敌人的死命。不知人家已具仙佛两家上乘法力，此举不特徒劳，连我也未必便如你意。事已至此，不必多言，是否如我所料，到时自知。请下手吧。"末句还未说完，妖尸已怒火上攻，口中厉声喝骂："狗贼死在眼前，还敢信口开河，教你知道仙姑厉害！"随说，左肩一摇，立有尺许长一口飞刀向前飞去。那道者瞥见刀光临头，哈哈一笑，护身真气立即收敛，毫不闪避。刀光往下一落，将头斩断。紧跟着便见一团青气，裹住一个小人疾飞而起。妖尸也真歹毒，人一杀死，扬手便是一蓬黑纱般的妖雾，朝那小人当头罩下。

当双方斗口问答时，旁边癞姑等四人故意以全力和毒手摩什苦斗，一面装着往外逃遁之势，以使其不疑。实则声东击西，早就打好主意，准备道者一死，立即舍此就彼，猛冲上前解救。事有凑巧，谢琳所习《灭魔宝箓》，专破这类摄魂邪法，一眼瞥见妖尸手上放出黑色烟网，正好拿她把降魔法力试演一下。随同三人倏地转身，冲荡开乌金妖光，往道者身前赶去。一面手掐灵诀，往外一扬，手上立现出一团明如皓月的寒光，先照过去。妖网便有似泼雪向火，一闪即消。谢琳跟着再把寒光罩向小人身上，那小人好似喜极，连在光中稽首不已。两方本只三两丈之隔，小人刚得脱险，四人也已冲破妖光赶到。癞姑、轻云惟恐妖尸又有别的邪法，也在此时指挥法宝、飞剑向妖尸攻去。

妖尸万想不到敌人被困妖光之内，还有这等法力，竟被闹了个措手不及。只得先运玄功变化，抵御躲闪，设法还攻。同时，毒手摩什猛觉敌人百忙中忽然舍此即彼，去救情敌的元神，不禁怒上加怒，怪吼一声，连忙赶去，已是无及。四人往前只一凑，那小人早在有无相神光以内，愈发无如之何。妖尸、毒手见此情形，忿怒欲狂，一面合力转攻，一面把妖尸预定毒计如法施为起来。

四人救了道者元神，正想转身往前面冲逃出去，猛觉天旋地转，顿成了黑暗世界。身外妖光并未撤退，反倒加了力量。只是光景昏黄，乌金云光不住明灭闪变，较前更急，混乱目光。连癞姑、谢琳的慧目法眼，均看不出眼前景物，仿佛存身之所已非原处，换了一个地方。上下四方无边无际，妖光以外一无所见。四人多未经过这等局面。轻云虽然三入幻波池，但为妖光所混，急切间也未看出端倪。谢琳出手得利，一上场便满心想要施展降魔法力。哪知妖尸因见敌人来势太强，起初不合自恃，只把自炼法宝埋伏室内，未将原有禁制移来，以为室居前洞最秘密曲折深邃之地，由前洞门至此有许多层埋伏，敌人如来，首先触动各层埋伏，不等进门，早就有了警觉。哪知变出非常，铸成大错，毁去肉身，悔恨无及。凭自己和毒手摩什的法力，竟会毫无所觉，不知仇敌怎么进来的。那么厉害的重重埋伏，竟被仇敌隐形潜入。又见敌人所用法宝、飞剑无不神妙绝伦，威力至大，惟恐法宝无功，反而断送。

妖尸生性本最阴毒沉鸷，一见形势不妙，便强忍奇忿，乘着仇敌为妖光所围，赶忙遁出，把五遁禁制全移了来。又以仇敌入内，未受五遁阻困，恐仍无效，情急拼命，又想下一条毒计：准备再如无功，便拼犯大险，诱敌入网，孤注一掷。先就疑心七煞玄阴天罗未必能将仇敌擒杀，到后一看，果如所料。虽幸妖光厉害，暂时已将仇敌困住，但那佛家神光威力甚大，所用法宝、飞剑也厉害得出奇。毒手摩什竟不敢撄其锋，和仇敌硬对，只用玄功变化躲闪。这些都是大出意想之事，越把对头看重，估得过高，已然决定改用诱敌之策。偏生才把朱逍遥杀死，生魂眼看入网，仇敌只一举手，便吃强行救去，把用生魂去引发禁网的原计，无形中破去。除却亲身犯险，更无良策。不禁又惊又急，只得把心一横，招呼毒手摩什加重妖光威力，暗中颠倒禁法，变换地形门户。就在天旋地转，妖光明灭甚急之际，四人已被移出室外。洞中原有禁制埋伏，本就厉害非常，况又加上二妖孽全力施为，自然其力更强。谢琳初次经历，和癞姑、轻云一样，只知妖尸已用五行大挪移法换了地方，身已不在原地。至于五遁，妖尸既恐无功,又恐仇敌因以警觉,打草惊蛇,转生枝节,不来上套,意欲一举便致死命,虽然移来,隐忍未发,只仗妖光掩护,阴施毒计。妖光以外一片混乱,暗影昏沉,渺无边际。谢琳如何知道厉害,还以为这类妖术邪法破之甚易,便把《灭魔宝箓》上的三阳降魔神焰和五火神雷相继施展出来。只见金光宝焰、五色神雷火花似雹雨一般发将出去,再加上原发出去的刀、剑、法宝,电掣虹飞,威力立时大增,初意这一发动正法,纵令妖光难破,别的妖术邪法定必失败。哪知妖尸用的是圣姑所遗诸般禁制,谢琳所施二法不特未能得手,反倒引发内中妙用。癞姑毕竟经历得多,见谢琳所施诸法毫无反应,妖光依旧强烈,知道自来遇上妖术邪法,最可怕的就是这等测看不出对方虚实动静,而自方所用法术、法宝不能见到实效的混沌景象。再者洞中原有五遁禁制,何等神妙,妖尸断无不用之理,怎会不见形迹?越想越觉形势不佳,忙对谢、周、上官三人道:"妖光甚强,圣姑禁法不显形迹,破法的人尚未见来,不应有此景象,定是二妖邪有甚阴毒诡谋。我们法宝、飞剑多在外面,固然妖邪收它们不去,但圣姑禁制现被妖尸窃据为用,却是不可轻视。好在妖尸今日伏诛,定数难逃,二妖孽绝不能侵害我们,也不争此一时半时,莫要中了她的诡谋,人虽无碍,出甚别的意外,却不上算。快将各人法宝飞剑收回来吧。"

谢琳经时一久,也自生疑,闻言立被提醒。想起下山以前父亲所示机宜,说得洞中禁制那等厉害,尚是大概,详情未便先泄。自己因见进门容易,消灭妖尸肉体那么顺手,又恃有伏魔神通,因而把事看易。照眼前形势观察,单是二妖孽已够应付,何况父亲所说景象尚未现出,分明不是易与,如何轻敌起来?谢琳本是机智绝伦,心念一动,立把先前轻敌之念去了多半。轻云、上官红虎穴重往,深知厉害,更不必说。忙照癞姑之言,四人各把飞剑、法宝假作势衰,徐徐收回,不再似前追逐往来,疾驰远去。

谢琳再以传声暗向癞姑道:"癞姊姊言得极是,伏魔诸法连用无功,妖光之外必然伏有禁制。家父虽有五遁精一,红儿业已占其先机,后必无害之言,但是圣姑所设禁制,未见妖尸运用,无迹可寻。先前被她用五行大挪移法倒转地形,急切间分辨不出门户方位。纵有制胜之策,也不可造次先发,致令警觉,自以谨慎为是,不过这等相持,也非善策。妖尸擅长玄功变化,诡诈百出,万一另有阴谋,使我预计生出枝节,不讨厌么?反正她也伤不了我们，可将法宝、飞剑集合一处，暂不进杀妖邪，移作前锋。再各用神雷合力当先，专一冲荡妖光，姑且随意前进，试上一试。我想七煞玄阴天罗纵然厉害，以我四人的刀、剑、法宝和神雷威力，如此猛烈攻击，又是化分为合，避开前面，专攻击一面，怎么也必有点伤损。听叶姑说，此是轩辕老怪平生得意的邪法异宝，本是有形之宝，以极高邪法炼作无形。只说不易毁损，并未说是无法可破，试试何妨？"

癞姑知谢琳虽已觉出形势吃紧，心仍好胜，惟恐救人的一拨成了功，自己这一拨尚为妖光禁制所困，少了光彩，欲用全力，再拼一下试试。七煞玄阴天罗乃妖人师传性命相连之宝，必极重视，哪怕不能全胜，如将妖光破去一些，也好争点面子。本想劝她，少时易、李、谢三人一来，大功即可告成，至多把七宝金幢施展一回。好在此洞深居地底，不怕累及无辜异类，已期必胜，无须如此亟亟。继一想："五行大挪移法乃洞中原有埋伏，加以奇门五遁，化生妙用，易静不出，绝不能破。至多埋伏发动时现出迹象，辨明门户生克，或者不致陷入死地而已。可是妖尸设计阴毒，此时全局在她掌握之中，妖光以外无迹可寻，便不前冲，一样被引入伏内，不是自守可保无事。转不如听从谢琳，姑且试试。万一法宝、飞剑、神雷威力略挫妖光，妖人不舍重宝，败退下去，因而现出五遁迹象，岂不也有利些？"心中寻思，便即应诺。

四人随把飞刀、飞剑、法宝聚向护身神光之处，同时癞姑和周、谢二人各掐灵诀，运用玄功，合力发动神雷。这时那乌金色云光越来越盛，势也越疾，似排山倒海一般，闪变起无限金星，飞花电舞，四方八面潮涌而来，正当万分猛恶之际。三人为想增强神雷威力，原是同时发动，只听霹雳连声，一片震过，金光雷火纷纷爆散。妖光似惊涛骇浪一般腾涌中，刚觉出雷声闷闷，妖光各为排荡，立即合拢，未怎击散，势转加强。倏地眼前一暗，四外妖光忽然一闪全隐，妖尸和毒手摩什也不见踪迹。阻力虽去，神光以外仍是一片沉冥，宛如置身黑暗世界之中，什么也看不见。试将法宝、飞剑放将出去，探查远近，只见一道道的剑光、宝光在暗影中向前疾驶，既无止境，也不能照见别的人物影迹。谢琳施法由手上放出两道光华，照向前去，也是如此，身上却是轻松得很。

本来三人以为身已入伏，恐有疏失，只得将法宝、飞剑招了回来。先前道者朱道遥元神自从遇救，到了神光里面，朝四人拜谢之后，便由口中喷出一股青气，将身托住，趺坐其上，仿佛入定神气。三人见他兵解之后尚有如此功力，外有神光保护，不畏侵害，应敌正急，无暇多言，又当他炼气凝神之际，未便相扰，一心对外，均未顾及和他说话。及至眼前形势骤变，正想方法应付，忽听道者发出极微细的声音说道："诸位道友此时已被移向中洞。圣姑禁法神妙无穷，贫道道浅力薄，本也莫测高深，乃是连日在此暗中留意，观察五遁生克变化与颠倒挪移之妙，约略得知一点大概。照着日前见闻，全洞禁制枢机虽然发源于此洞下层灵泉癸水，但是中央戊土乃圣姑生化之地，中宫主位所在，与此洞癸水相克相生，同为命脉，变化无穷，威力至大。贫道早知崔盈气数已尽，少时戊土威力必要发动，甚或生出许多幻相。诸位道友功力既深，法宝尤为神妙，更有佛法护身，只要身在光中，不出光外，以适才眼见法力之高，一任她五遁齐施，也无可如何。时机一至，便可转败为胜了。"

三人方觉道者所说虽是好意，除指出地系中洞以外，俱都无关宏旨。并且中洞戊土禁制之力的外层法物，已被上次易静师徒破去，换了乃父易周一道灵符代替。固然圣姑法力无边，各洞各层的五遁禁制均能自行变化，往复相生。但这中宫主位所设法物颇关重要，预先被人暗中破去，威力到底要差得多。何况上官红未拜师以前，先就得了乙木全诀，后随乃师玄龟殿一行，又得了师祖易周的指点传授，加以生就仙骨仙根，灵悟绝伦，用功更勤，早已深悉微妙，纵令戊土发生妙用，有上官红乙木克制，也可无虑。当初易静重入幻波池时，易周曾示机宜，命由中洞入内，五遁之中独破戊土法物，并令以灵符代替，设下一样可以生出妙用的赝鼎，以防妖尸事前警觉。今日妖尸将一行四人移向中洞，此老精于先天易数，千百年内过来因果，默运玄机，加以推算，立即洞悉本源。洞中禁法阻隔，难不倒他，今日之事，必和各位师长一样，早已推算详明，此举定必含有深意。这位朱道友功力似非寻常，新遭兵解之余，又被妖网一罩，元气伤耗，理应调神静养。适才听他元神说话声音微弱，十分吃力，患难同舟，自应关切。只是他强力嘶声，多劳心神，所说怎会无关痛痒？此人深浅虽未尽悉，即以适才所见情形而论，也似乎不应如此平庸，难道还有别的用意不成？

想到这里，三人再一回头注视，道者说完前言，便自四面张望，神情似颇紧张。心疑有故，方欲设词探询，猛瞥见左侧暗影中飞来一团邪雾，中现妖尸，披头散发，满面鲜血狼藉，目射凶光，口角微带狞笑。神光以外，暗雾沉沉，一片昏黑。妖尸身上又无光华，只笼着一团绿色浓雾。如非四人慧目法眼，妖尸又穿着一身素白，直看不真切。其来势特快，仿佛暗夜荒郊，突由侧面飞来一个厉鬼，神态比前还要凶恶得多。到了近侧，便咬牙切齿，戟指厉声咒骂不已。癞姑、谢琳先当妖尸隐而又现，不是布置停当前来诱敌，便是自己一行身已入伏，妖尸故意激怒自己出手，以便五遁禁制生出反应。事已至此，终须一斗，出手不出手俱是一样。不过妖尸玄功变化颇不寻常，既敢对面，必有所恃，多半出手也伤她不了。不愿徒劳无功，意欲稍停，徐观其变，以静防动，看她到底有甚花样。暂时仍守在神光以内，只在暗中准备，乘隙出击，并推测门户方向，相机而作。咒骂之声，视同犬吠，先未理睬。后来听出妖尸竟为那姓朱的道者而来。

原来妖尸穷凶狠毒，基于天性，生平睚眦必报。一与为仇，不将对方酷虐残杀，绝不罢休。加以素日自负奇美绝艳，独超仙凡，所有情人面首任其玩弄，死生惟命，百死无悔。那姓朱的道者虽为她而死，但是死前先已悔悟警觉，只以一死了却孽缘，为转世重新参修正果之计。死后又和仇敌一路，情同背叛，由此可见仍有由迷网中跳出的人。似此绝无仅有的事，已认为大逆不道。再加上道者元神所说的话，在癞姑等四人听去无足重轻，在妖尸却重又激发其灭尸销骨之痛。于是回想道者初见面时的情景，分明早知强敌深入，近在肘腋。如真迷恋自己，不记前仇，没有怨忿，又深知卧室中的设备埋伏，只需在一进门时，出敌不意，先将埋伏引发，防护好了自己的肉身，再行详说来意，敌人任是多高法力，也难伤害，弄巧还要入网受擒，那是多好。即使他知自己心毒，平日所说埋伏恐有不实，防误犯险，不敢冒失引发，预先也应报警。一经喝破，敌人自必发动，自己也无不信之理，如何会遭仇人荼毒，闹得全身粉碎？若是就连这样也恐敌人厉害，先下手来伤他，不敢公然喝破，那么只要上来不和自己纠缠，做那酸腐丑态，勾动蕴蓄多年的欲火，同时又假惺惺作态，当人情急之际纵身引避，说上许多逆耳之言，激动自己暴怒，一意杀他炼魂，也不致元神离体，授人以隙，使敌人乘虚而入。追原祸始，姓朱的实是罪魁。再查看仇敌，对己及自己的同党无异水火之不相容，独对他却在身陷七煞神光、奇险百忙之中，尽心尽力，不惜犯险，奋身相救。事后各无一言，直到强仇大敌将入罗网，忽然脱口一说，便泄自己机密。前后情形诸多可疑，不特和仇敌似有成约，就许是他因妒生忿，因此生真元已破，为想转劫成真，拼遭兵解，了此前孽。一面心怀怨毒，不令别人快活，特地勾引外贼乘隙加害自己。故此仇敌易于潜入。否则他先被烈焰困住时，仇敌明可救他，却不出手，他也不求人救，直到兵解以后，方救出险。可恨自己糊涂，先听他说仇敌深入肘腋，因其言多闪烁，又在被困反目之时，既未背信，兵解前，又曾露出有外人相救之意，怒火头上，又认为强仇业已被困，欲逃不得，何力及此？也未稍加思索。一生数百年来，惯以诡诈阴谋随意致人惨死。自从脱困复体，法力愈高，除对老贼尼心犹顾忌外，别无所畏。平日认为此外谁也无奈我何，谁知容容易易，败于几个无名贱婢之手。而同谋勾引最关紧要的，却是她这旧情人。越想越疑，越疑越恨，越觉所断不差分毫。

妖尸此时恶贯将盈，心神暗中受禁；加以艳尸被毁，骨化形销，终身未有之痛，较诸前受雷劫怨毒更甚。等到布就罗网，待要复仇之际，因对头一句话，想起后果前因，痛定思痛，急怒交加，凶焰更炽，不禁犯了有生俱来的凶野残暴之性。神志已昏，处事愈发颠倒悖谬，一味任性，不计利害。尤其对于旧欢的仇恨郁怒难消，不先暴跳发泄一场，宛如骨鲠在喉，万分难耐。本意恨极仇人，虽已有了成算，只是怒不可遏，想先恶毒咒骂一场，然后再引这几个去上死路。这一来，却又平白多吃了亏。

癞姑先只当她故意骂阵诱敌，以为法宝、神雷伤她不了，不愿无的放矢。嗣听妖尸专指道者元神毒口咒骂，对于四人只偶然随口带上一半句，五遁和原有埋伏并未发动，并且越骂越凶，渐渐听出妖尸认定情人内叛，引敌上门，毁她那副艳骨。此举直动了真气，并非伪装，仇深恨重，只愿毒口泄忿，欲使对头闻说少时所受奇惨，心神震悸。不料对头只是微露怜悯之色，默然相向，丝毫不以为意。于是怒火越发上攻，咒骂不已。敌人又未有动作，遂致忘乎所以。按说妖尸何等凶狡，不应如此稚谬，癞姑实在不解。而谢琳早就准备好伺机一击，不问成功与否，且先试试，能伤妖尸更好，至多引发埋伏，也比长此对耗强些。见癞姑一味注视妖尸，迟疑不动，便扯了一把。癞姑忽然心动，想起妖尸此举出乎常度，也许恶贯满盈，情不由己，忙即点头会意。跟着一个暗号，冷不防，四人把飞刀、飞剑、法宝、神雷齐朝妖尸猛发出去。

妖尸也是背运当头，中心首鼠，不知如何是好，更不知中洞外层法物早被仇敌破去。虽有圣姑遗留的环中世界，仇敌被自己倒转禁制，移向小须弥境禁圈以内，上下四外混乱昏茫，急切间分辨不出方向门户，难于走脱以外，那戊土禁制，只是易周灵符妙用所化幻相，并无实效。误以为敌人只要出手，不特伤害不了自己，必将戊土禁制勾动，外五行禁制随以相生。如能就此杀敌，省却往中洞内寝宫涉险更好；否则，便仍用前策，豁出相拼，也报此仇，径引仇敌去犯内洞。总之认定眼前仇敌全成了网中之鱼。正骂得起劲头上，做梦也没想到毒手摩什煞光一撤，失了防御。对方那些神物利器虽不能冲向禁圈以外，在圈内照样具有极大威力妙用。本未防到，忽然同时夹攻，焉能禁受？如非修炼多年，擅长玄功变化，又是炼就元神的话，只此一击，不必李宁再用佛光化炼，便已伏诛，形神皆灭了。

癞姑等四人因先前刀剑、法宝无功，也未想到妖尸会受重创。大家出手原快，癞姑的屠龙刀尤为神妙迅速，一道红光当先而出。说时迟，那时快，妖尸瞥见敌人突然发难，先犹轻敌，并未逃遁远避，一意行法，只将身形飞向一旁，手掐灵诀往外一扬，满拟戊土禁制必要发动。谁知黄光一闪之下，仇敌刀光已然临头，这才觉出不妙，忙施玄功变化逃遁，已是无及。癞姑屠龙刀首先拦腰而过，跟着周、谢、上官三人的飞剑、法宝也急如闪电，相继飞到。除轻云出手最迟，青索剑只扫中一点芒尾外，下余全部奏功。谢琳更是心灵手快，神目如电，瞥见这次妖尸居然受伤，一面欣喜，一面不问能中与否，觑准逃路，又补了一神雷。妖尸连受重创之下，身形已被飞剑、法宝分裂，当时不及复原，接连两声厉啸，化为几缕飞烟，投入暗影之中遁去，一闪即隐。

癞姑等四人见此情形，心气愈壮，立纵遁光，姑试往妖尸逃路冲去。刚一起飞，猛又觉出天旋地转，光景越发黑暗。四人不知妖尸经此一败，越认定仇敌太强，外层五行禁制不能为功，以为适才不该大意，没有察出戊土被人反制，转中诱敌之计，连受重创，耗伤了不少元气，如非精于玄功，几遭灭亡。悔恨急怒交加，决计冒险，专施前策，不再发动外层埋伏禁制，便宜四人省了许多心力。易静等三人也因此空隙，无人阻挠，从容出险,寻到洞中灵秘之地,终于两下里合力,完成大功。不提。

癞姑等四人一见又是适才初斩妖尸肉体时景象,方恨先前疏忽,不曾留意观察,以致方向门户难于推测,只得听任妖尸行法,挪移倒转,无计可施。正戒备间,倏地眼前一亮,毒手摩什的七煞玄阴天罗又闪现出千万层乌金云光,排山倒海,四方八面潮涌而来。四人觉着,还是煞光妖法厉害,照例不进则退,越逼越紧,难于相持固守。谢琳忙即运用有无相神光,任择一面,奋力前冲。冲了一会儿,癞姑见妖光虽极强烈,妖尸、毒手全未现形,方觉有诈。眼前光景忽又一暗,随着煞光变灭之间,面前忽转清明,现出一片实在景物。定睛一看,这地方乃是一处高大庭堂,通体似一大块美玉,由内里挖空凿成的宫室,上下四壁俱是浑成整玉,不见一丝缝隙。温润光滑,焕影浮光,祥辉自生,明如白昼,更见不到丝毫妖氛邪雾。那玉宫通体做长方形,横阔约十五六丈,外壁是一圆门,不知如何走进。门外煞光邪雾依旧浓烈,却不能侵入门内一步。左半壁前设着一个大蒲团,旁列钟、磬、木鱼,各有栏架,似是主人参禅诵经之所。右壁空无一物,只玉壁当中有一大圆圈,色黄如金,深入玉里,仿佛天生成的玉斑,不类人工法力所为。只是圈做正圆,整齐已极,并无分毫晕痕。乍看颇似玉壁上凿一个大洞,再将一块黄金嵌入,严丝合缝。此外,全室空旷,更无别物。只当中地上现出丈许宽一条淡青色的界痕,由身后圆门起直达里面,其直如矢,也是十分整齐,估计约长在二十丈以外。尽头处又是一个极高大的圆门,看去甚深,气象庄严,甚是雄伟。门内两旁似有空室,却看不出实在景象。知已到了中洞内层圣姑寝所在。

四人除上官红功候尚浅外,俱有高深造诣,上来匆匆,还未十分觉察。及至细一谛视,立悟圣姑法力的精微奥妙。原来当地共是内外两层宫室,连同外间广堂,共是三层。头层长方形,长仅十丈左右。再往前去,便是通寝宫正门的甬路,但比外间窄不了许多,长却有数十丈。乍见前面乃是虚景,随人心意自生幻相,非宁神定虑,仔细观察,看不出它实在远近。四人因是适才妖光中运用法宝、飞剑全力向前猛冲,忽然到此,又见门外妖光邪气尚在蒸腾暴涌,却不能侵入雷池一步,心疑误打误撞,无心中撞来此地。邪不胜正,一行脱出七煞玄阴天罗,二妖孽不是被正法隔断在外,便是不敢闯入。忽听妖尸隐隐叫嚣之声,由门外传来,似在和毒手摩什争论。大意是说：仇敌已入网，眼看倒转禁法迫其入伏，为何自己仅仅离开这一会儿的工夫，便被冲破玄阴天罗逃走，不见形影？毒手摩什答以仇敌擅长隐形，此时必然尚在网中，将身隐起，如被冲逃去，以自己的法力，断无不察之理。妖尸力说仇敌颇有伎俩，可恨适才误为所算，受了点伤，施为稍慢。敌人所冲逃的方向正与妖尸相反，等她运用玄功复原赶来，敌人已不见，这事奇怪。妖尸说到这里，忽又失惊道："糟了！这里正是老贼尼的寝宫正门，因总图未得，此洞只此一处，不能随意封闭，莫要被敌人无形中误撞进去。那天书、藏珍俱在五行殿百宝龛内，万一失去，如何是好？"毒手摩什闻言，忙即阻止，似怪妖尸话不留神，如被仇敌听去，岂不等于提醒？

妖尸笑道："你看得倒容易。可知老贼尼法力甚高，这一门之隔相差天地，人在门内，多高法力也休想听见什么。这正门连我也不敢走进，弄巧仇敌就许入伏被陷，进去容易，出来难呢。不过，近日我觉出老贼尼处处暗助外人，事情难料。这正门之内藏有极厉害的禁制，并能生出诸般幻相，诱人入阱。休说我们冒失走进，触动埋伏，难于脱身，便在门前往内窥视仇敌行踪，也易上当，陷入危境，简直分毫大意不得。仇敌如在网中，一任隐形神妙，多少也能查看出一点端倪。你对此中玄妙尚不深知，有老贼尼预留下的禁法暗中作怪，不能以常理来论。我与仇敌仇深似海，被她们逃走固然可恨，最关紧要的还是那半部天书和所藏法宝，如被巧得了去，我夫妻便今夜能脱出此地，以后也休想活命。正门以内，是万去不得。尚幸前两月我因日夜搜索总图，探寻老贼尼的缝隙，仗着昔年在她门下多年，久居此洞，略知底细，居然被我无心中发现出一条密径，可以避开正门奇险，只是通行也非容易。我想你暂时仍守在这里，我独自由那密径入内，乘其不觉，飞入停尸之所，索性不等今晚，就仗你借我这件法宝，去往神灯后面，先把那半部天书取下，并把禁制引发，以免天书被仇敌得去，永受其害。百宝龛中藏珍，且待擒敌报仇之后，今夜子时再行下手。此行即与仇敌相遇，一则骤出不意，我玄功变化，飞遁神速，绝难阻挡；二则里面埋伏甚多，层层相生，一触即发。如与狭路相逢，仇敌必仍用飞剑、法宝夹攻，一味猛追，绝想不到照着我飞行的途向方法追逐，只要一步走错，步步荆棘，阻力横生，非被陷在内不可。万一她们知机，得了老贼尼的暗助,仍由此门退逃出来,有你在此防守,我又早将全洞禁制一齐发动,任他大罗天仙,也难脱身。这样,夜来行法,取宝毁尸,虽较艰难,却可立于不败之地。你看如何?"

毒手摩什好似自恃邪法,意欲径由正门入内搜敌,先试一试;如其不能,再照妖尸前言行事,免得又生枝节,夜间多费心力。妖尸力言正门禁法太凶,坚持不可涉险,并说:"此时正门因仇敌无心闯入,禁制已被触发。非我小看你,实则门户就在眼前,除我深知虚实,近又悟彻玄机奥妙,尚能寻到而外,你初来不知深浅,休说由此深入,恐这眼前门户你就寻不着,如何可以犯险妄进?"毒手摩什似仍不服,欲施邪法搜索门户。因此煞光闪变愈急,势更猛烈,两番在门前疾驰而过,却未进门;而且敌人相隔这么近,竟如不见。

癞姑等四人在门内看得逼真,因听妖尸这一派话,俱料此来由于圣姑法力暗助,门内人的言动,妖尸竟一点也不知悉。方各寻思盘算,忽又听妖尸笑道:"我的情郎,你看如何?老贼尼实是厉害,这不是负气好胜的事。幸她元神坐着死关,她那玄功先机任怎神妙,也只算那大纲节目,不能巨细不遗,一一预留下防御暗算之法,毫无疏失。我能脱困复体,又先得到上半部道书,也由于此。否则你这等鲁莽,她元神稍能随意行动,以她往昔为人,此时便有花样对付你了。还是少安毋躁,乖乖由我一人前去,看似犯点险难,实则知进知退,比你同去稳妥得多呢。"底下便不再说。

癞姑等四人知道妖尸要由别的密径入内,多半还许是在面前出现。又听出那半部道书是妖尸的催命符,藏在寝宫一盏神灯后面,妖尸为防落于敌手,不等子夜大举,冒险先来窃取,不由全动了心。却不知数应有此小困,中了妖尸阴谋暗算,心神一动,立受禁法反应。否则四人之中只谢琳一人不知中洞寝宫情景,上次女神婴易静来此入伏,被李宁佛法救出,一切经过,癞姑等三人均曾听说起过,这时分明见外间景物,壁上黄圈,与易静所说入伏前情景一样,怎会茫然无觉?虽见前途深杳,目力难穷,偶然省悟,看出圣姑禁法神妙,镇摄心神,免为所困,也只一时之明。及听妖尸故意唱隔壁戏,好胜贪功之念太切,心一旁注,依然又入幻境。如非功行深厚,法力高强,加以妖尸数尽,种种凑巧,才入陷阱便自警觉,四人纵有天大法力,本性已迷,除了反害自身,更难施为。就算功候精纯,不致灭亡，本元损耗也必难免了。

癞姑等四人等了一会儿，不见动静，心疑妖尸已由密径入内，意欲犯险试探着往里壁圆门中走入，窥伺妖尸进来也未。总算知道当地埋伏重重，一直未敢大意，又防妖尸捷足先登，取去天书，准备堵截。各把飞刀、飞剑以及一切应用法宝准备停当，刚待缓缓飞进，猛瞥见左壁那团金色圆圈忽似电光一闪，全圈立隐，现出一个同样大小的圆洞门。青光电旋中，妖尸突由洞内斜飞而出，势甚神速，却不向里壁圆门直飞，先由左壁斜飞出来，到了前面青色界画的甬路之上，然后沿着左边界线，时高时低，燕子戏水般接连三个起落，往前面圆门飞去。明知仇人对面，竟不再顾，一味前飞，好似十分匆迫，惟恐被四人抢了先的情景。四人先闻二妖孽门外密语，已有先入之见。再见妖尸那等飞法，慧目注处，又看出几分趋避。谢琳首喝："快进！"癞姑、轻云也均未及寻思，径在神光护身之下，四人一同急追上去。双方势子都快，原是首尾相衔，等到门前，妖尸忽然一晃无踪。妖尸前进之势甚疾，四人未免追得也太急了些，加以觑准妖尸起落之处紧紧追逐，不差分毫，沿途并无阻力和什异兆，便把前言信以为真，惟恐妖尸先将道书夺去。情急势猛之下，暗中又将禁制引发，不容瞬息，便已入门。

妖尸虽和妖党打定主意，当夜以全力去破灵寝前五行交会的诸般法物，跟着盗取道书、藏珍，相机毁坏圣姑法体，报仇雪恨，但是畏威已久，心仍有些内怯。加以先拟施展邪法，利用修道人的生魂去引发禁制，使其占住五行中任何一宫，减却一些威力妙用，然后亲身诱敌入阱，不料被仇敌救去，势又紧迫，别的妖党根行功力不够，再说也来不及。以前所炼生魂，又均炼成邪法异宝，准备夜来大举，各有用处。事情难料，惟恐小不忍则乱大谋，到时功亏一篑，满盘皆误。更以种种巧合，把仇敌法力估得过高，势非拼犯险难，不能成功。及至飞抵门前，瞥见里面五遁法物各蕴奇光，闪幻不息。妖尸本来深悉中洞五行殿灵寝的先后天五遁交会妙用无穷，威力无上。自从出困复体以来，全洞设施均已精悉微妙，随意运用，独此中枢奥区，因后半部道书不能得到，怎么静心参悟推详，也只略知皮毛。屡次巧使有法力的同党试验，全遭惨死，形神皆灭。圣姑又素恨恶自己，今日肉身受戮，已应玉牒最后所现遗偈。此时只剩元神，不论怎样情急报仇，难道连几个时辰都等不得，又来犯此奇险？适和毒手摩什故意露活，说完分手时，已想起可怕。再见今日寝宫法物无人入内，便焕威光，猛忆前情，不寒而栗。

妖尸仗着机诈绝伦，尽管临危却步，望门而止，心念一动，忙运玄功，先隐身形，再往门侧闪开。其间不容一瞬，来人既未看妖尸收势，前进又急，恐因法宝、飞剑生出反应，不是易与，又不肯冒失施为，所以易于入阱。妖尸闪退时，还想仇敌厉害，未必上套。又以不消多时便要大举，只要仇敌不致走脱，复仇便自有望，本无须乎如此急急。素日行事均甚沉练，并且越是仇深恨重，志在必杀，设计格外周密准狠，一发必中。怎今日会如此烦躁，神志不宁，举棋不定？正打算先把外层埋伏引发，不问能否生效，且先绊住仇敌，再作计较。忽见四人带了所救生魂，已然一拥入门，不禁大喜。妖尸也真恶毒，见仇敌入网，断定万无幸免，知道四人法力甚高，必能挣扎些时。心想："就此剪除一些未来叛逆，并可激动仇敌怒火，使其死前多受苦厄，正好一举两得。事完也到子夜了。"当时目蕴凶光，朝门内微狞笑了一声，立由原径退出，先往前面召集同党自来纳命。不提。

这里四人先还不知中了妖尸毒计。及至飞入门内一看，那门高约九丈，宽约两丈，做椭圆形，外观已极壮丽，内里更是祥光瑞彩，静美庄严。当地乃是一同极高大的玉室，上下四壁通是整片碧玉，甚是空旷。只当中地势微微隆起，成一方台，有两级不到半尺高的台阶。台上有一个三丈大小圆形的白玉榻，四边无栏。榻上端端正正坐着一个妙龄少女，身着一件薄如蝉翼的白色禅装，头上却有又长又黑的秀发，披拂于后，沿及两肩。一手指地，一手掐着印诀，十指春葱也似。下面赤着一双其白如霜，看去柔若无骨，而又瘦如约素的玉足。安稳合目，趺坐其上，口角微带一丝笑容，面上容光更似朝霞，玉朗珠辉；宛如华鬘天人现真妙相，光彩照人，望之自然生敬，不敢逼视。那白玉榻后环立着十二扇黄金屏风，隐现风、云、雷、电、水、火、刀箭、林木、黄沙之形，金光灿烂，闪变不停。榻前立着一盏白玉灯檠，佛火青荧，光焰若定。灯侧地上插着一柄金戈，长只尺许；一根树枝，仿佛刚折下来，晨露未干，青翠欲滴；此外有一个盛水的小金钵盂和一堆金黄色的沙土。为物俱都不大，一样接一样做一圈环起。最奇的是四人一进门来，先是妖尸不见踪迹，再见室中景象十分祥和安静，又知榻上坐着的就是圣姑，不禁肃然起敬。身在禁中，以为那十二扇金屏中蕴五行和风、云、雷、电，便是寝宫中的禁制埋伏中枢，不特那五行法物一样也未看见，一心还在打算同去榻前，向圣姑礼拜通诚之后，再去寻找妖尸所说榻前神灯和灯后所放天书。危机四伏，一触即发，丝毫也未觉察出来。不过一行四人到底凤根深厚，不似寻常，尽管入网，仍存戒心，进门便即收势，并恐变起仓猝，加紧防备，并按着神光，缓缓前进，并未冒失。

正往前走，癞姑、谢琳、轻云三人在前，忽听上官红低唤："二位师叔，请看这位朱道长为何如此？"三人忙即回顾，那道者元神本和上官红并肩在后，这时忽然满面惊惧之色，做出奋力强挣，大声疾呼之状，手也往后乱指，偏是有形无音，一字也听不出。情知有异，忙向所指之处回头，这才发现那五样法物陈列在身侧不远，业已走过。这么空旷通明所在，明显放着五样奇怪东西，尤其那座神灯有一人多高，兀立在中，凭四人的目力竟会一人未见，直似本来隐起，突然出现光景，心已奇怪。再往前一看，先前分明行离玉榻前面台阶仅丈许远近，就这闻声回顾略一掉头之间，竟会远退出了好几丈。谢琳心还有恃无恐，癞姑等三人久为圣姑先声所夺，成见甚深，俱都惊疑起来。

轻云首先向谢琳道："二姊留意，此是五行法物，与易师姊上次所见一般无二。当初易师姊陷身在此，如非李伯父施展佛法，亲救出险，几遭不测。我这时想起适追妖尸入门，妖尸失踪，五行法物先隐后现，莫非中了妖尸诱敌之计，陷入埋伏了么？"一句话把众人提醒。癞姑终是久经大敌，蒙昧只是暂时，一经警觉，忙即一面镇摄心神，一面忙唤："二妹、师妹、红儿，先勿妄动，我们陷入伏内，已无疑义，少时五遁威力便要发作。我们务要镇摄心神，再打出困主意。如若求逃太切，心神一分，便受禁制，神志昏迷，多高法力也无所施了。谢家二妹近年禅功坚定，大家倚赖不少。少时变起，千万运用禅功，勿令神光有什疏漏。此举关系不小，稍微疏忽，便要多费我们一二百年功行，还是便宜的事，再坏就不堪设想了。今日之事，原已定数，功成早晚，时至自解。千万各人守住心灵，不可自恃。"

谢琳一则不知圣姑暗助，发作不快；二则无甚经历，人又十分天真好胜。见癞姑连声疾呼，众人面上全现惊惧之色，而那五样法物依然安安静静环列地上，并无异兆，心中暗笑众人胆小张皇，微笑答道："事真可怪。但是我想圣姑既恨妖尸，又注定我们今日成功，怎会遇甚险难？如其不然，家师、家父、叶姑，总有一位嘱咐我了。妹子虽然皈依日浅，但这有无相神光，照家师说，却是诸邪不侵。毒手摩什那等厉害的煞光，尚且冲破，何况圣姑正在坐关，只是遗留的禁法，并非真与我们为难，怕它作甚？你看这五行法物不还是好好的么？"癫姑方觉谢琳口气夸大失检，想要设词劝阻，已是无及，末句话还未说完，倏地一片祥光闪过，地上五行法物全都失踪，忙喊："不好！"令众戒备时，忽又眼前一暗，紧跟着便听水、火、风、雷、刀兵之声与扬沙、拔木之声，宛如天鸣地叱，海啸山崩，四方八面一齐袭来。眼前也不昏黑，只是青蒙蒙一片氤氲，上不见天，下不见地，无边无涯，一任慧目法眼，运用神光四边注视，什么景物也看不见。

这时刚刚开始发难，四人如若守定心神，静以制动，不去引发它，一样也可无事。无如谢琳天性好强，疾恶好胜，一见中了妖尸诱敌之计，困入五行禁制以内，心便有气，觉着困中待救不是意思，又认定有无相神光威力妙用甚大。适在前面也曾遇到与此大略相同的混乱景象，癫姑、轻云先也说得厉害，后来不特一行未受到一点危害阻力，妖尸猖狂了一阵，反而受伤逃走。像周、李、上官三人所说，以前涉险遇到的五遁威力，始终未见发动。癫姑又只耳闻，并未身经，难保不先入为主，有了成见。照着前半情景，不是圣姑禁法不如传言之甚，便是妖尸该当数尽伏诛，圣姑法力超妙，早已算就禁制满了时限，减却威力。否则，果如传言所闻，今日也难必其成功了。固然此是中枢奥区，这灵寝重地比较别处厉害，父亲和叶姑也曾说过。但听师父来时口气，只说临事小心，不要自恃等照例的话，并未十分看重，又无此行还要受困之言。圣姑本想我们同诛妖尸，料无为彼张目之理。妖尸不知去向，何必枯守在此？莫如退将出去，至多禁法不曾失效，引发五遁威力，现有神光护身，也必无害。再如真个不妙，豁出违背叶姑告诫，将来被她说上几句，拼耗一点元气，多用四十九日苦功，施展新由《灭魔宝箓》中学来的诸天元会九遁神功，带了众人由地下遁走，也可无事。省得又和先在前面一样，一见妖尸倒转禁制，光景昏黑，便自惊疑，不敢妄动，白让妖尸猖狂了好一会儿，岂不冤枉？谢琳想到这里，见癫姑、轻云连上官红和那道者元神，都在运用玄功，守定心神，神情十分肃静，心又暗笑众人过虑。就算禁法真具极大威力，身在神光以内，各人都持有两件防身御敌的至宝奇珍，怎么也不致受甚危害，何用如此矜持？忍不住脱口笑道："此时情景，和先在外面妖尸闹鬼差不许多，五行禁制威力尚未发动。我想许是圣姑早算到此，所遗禁制已满时限，失效了吧？现在一点动静俱无，何必胆怯？枯守无益，如不就此觅取天书、藏珍，我们索性发将出去，等易姊姊她们三人来了，再同下手。此时先寻二妖孽，将他们绊住，免他们有了闲空，去和家姊、琼妹作梗。癞姊以为如何？"

癞姑虽觉谢琳不应看事太易，还没想到当时形势，宛如森林黑夜，四面伏有极猛烈的地雷，火药引子到处都是，只要见到一点火星便要点发，人不特不知厉害，手里却持着一个大火把，在那药引丛立的昏林之中乱照，自然稍动便即爆发，神速无比。所以听了谢琳之言，忙即劝阻。谢琳一想："空自从小修炼到今，极少遇到大阵势。癞姑法力并非庸流，平日口气也颇自负，却把这里五遁禁制看得如此厉害。反正有恃无恐，至不济照着最后预计，不过吃点小亏。好歹我且经历，看它到底是甚景象，如何厉害，也长一点见识。"因癞姑力说最好镇摄心神，静守待机，不可率意行动；自己也看出四外青灵之气，与适才外面一味黑暗沉冥景象不同。但是嗔妄之念一动，必欲一试，情不由己。仗着神光由己主持，笑道："癞姊姊如此慎重，我们不妨姑往外退几步试试，不能行再做罢。"话到末两句上，也不与别人商议，便遁神光后退。

谢琳一半由于好奇，一半好胜，不耐在此枯守，并认定人言太过或是禁法失效。本心不是想和圣姑斗法，故意多事。退时还在揣度那五行法物先前位置，特地往左方绕走，以为能从容退出更好。哪知众人已在五行包围之下，此时静立不动，还未必能保其长此无事，稍一动作，埋伏立被引发，按照所触犯的宫位，生出阻力。紧跟着五行合运，先天后天自相生克变化，发出无限威力。如非早有救星同行，到了万分危急之际，所运有无相神光一出破绽，禁法妙用乘隙侵入，一个防御不及，便为所制。不似初进门时，虽受禁法反应，因在神光之内，四人凤根又均深厚，只稍受制，便自警觉；此时只要稍微疏懈，不特幻象重重，随念起伏，所有法术、法宝全失效用，并还神志全昏，自寻死路。即便功候精纯，凤根深厚，机警灵悟，悬崖勒马，猛然警觉，人已被陷在内，仅能运用玄功，强自挣扎。

除非耗到有极高法力的外人来救，或是禁法全部止住，自顾尚且艰难，不敢丝毫松懈，更无余力可以逃出了。卫仙客夫妻乃昆仑派中有名人物，昔日身陷癸水禁制之内，危险万状，眼看形消神灭，后来还是经人解救，仅得死里逃生，到底坏了真元，伏下异日祸根。癸水一宫尚且如此厉害，何况中枢奥区，五行合运相生之地，自更厉害得多。

癞姑自从知道中了诡计，便自提心吊胆。一听谢琳口气不妙，想拦，没等出口，谢琳已运神光返身绕退。方疑有变，说时迟，那时快，简直未容思索，随着神光刚一转动，就仿佛火上浇油，一触即燃，猛瞥见四外青蒙蒙的景色，恰似千万花筒一齐点燃，同时卷动起千万层大小云旋，势子比电还快，一闪即灭。四人还未及看真，就在青气隐灭、光影闪变中，面前景色忽转混茫，先前水、火、风、雷、土、木、金戈轰隆巨震，以及一切吼啸触击、澎湃奔腾的声音全都停止，不再听到一点声息。身子却似包在无边无际的黄色雾海里面，中间只隔着一片神光。

四人先前追赶妖尸入门时，谢琳预先把神光往外展大了些，和入口一样高大，约有三四丈方圆的外围，高达九丈。原意是防妖尸将天书窃取到手，上前争夺时易于迎门堵截，不使逃脱，并免四人挤在一处，法宝、飞剑施展不开。入门之后，发觉中计，只管和众人问答盘算，并未将其减低缩小。尘雾一起，犹如万丈黄云中矗立着一座祥光万道的光幢，分外显得佛家法力神妙，不比寻常。这时谢琳已被癞姑一把拉住，意欲力阻，不令再有行动。话还不曾出口，谢琳看出戊土禁制已被触发，只是眼前景色由青转黄，势子仿佛厉害，因隔着一层神光，并未觉出有甚危害阻力，暗忖："毕竟圣姑正坐死关，法力虽高，不能亲手施为，遗留的法术无人主持运用，似要差得多。这戊土威力尚无毒手摩什的乌金色煞光厉害，先后天五行合运，料也强不了多少。"继一想："诸姊妹均看得此事奇重，而这些人俱是峨眉之秀，向不怕事。周、李二人并曾身经，日前还在谈虎色变，如是寻常，怎会如此？兴许刚开始，威力尚未发作，也说不定。尤其这雾奇怪，乍看好似无奇，雾又不甚浓厚，怎晃眼之间，神光在内固仍清明，光外却丝毫也看不远？不特与前两次昏黑青黄景象不同，便与初见情形也迥乎有异，直似被包没在极厚密的实物以内。莫非真个厉害不成？"

谢琳此时心神已受了一点禁制，在未恍然警觉以前，这等想法乃是大难将发时的例有文章。想只管想，仍然仗恃有无相神光威力妙用，毫无畏怯。也幸近年身入佛门，得了上乘传授，心神湛定，功候甚深。本来受禁的人念头一转，有了顾忌，应该越想越怕，神志因之摇惑，而禁法的威力也随着对方气馁而继长增强，乘隙潜侵，使其无由自拔。谢琳却是魔高定力也高，无甚杂念。当反应初起时，依然抱定前念，虽觉出一点厉害，未生畏心。后来得免危难，警觉甚快，也由于此。

第二五一回　烈焰可栖身　一朵灯花生世界
　　　　　　微波能起浪　几重煞幕护妖坛

癞姑到底追随屠龙师太多年，佛道两家均有极深造诣。更因久经大敌，临事谨慎，虽不似谢氏姊妹有那么厚的佛缘，连得好些千载难逢的珍奇和遇合，行事终究老练得多。

谢琳则得天独厚，大成之前该有这场小挫，一上场来便即粗疏自恃，一念之差，几遭大险。如非警觉得快，不特自己，连一行皆为所累。轻云是近来勤修，法力精进，为人行事更比癞姑谨慎。上官红是凤根灵悟，天生仙骨，初当大任，始终谨慎。癞姑适才再一告诫，众人愈发守定心神，不敢稍忽。以上官红而言，就算前在依还岭多服灵药，迭经高明传授，但她入门修为才得几时，尚且无害，何况谢琳？四人数中，应有此难，不过暂时小困罢了。

轻云、上官红均知法力功候尚差，一经警觉身入危境，便专顾自己，不敢随意言动。癞姑却是旁观者清，一见谢琳屡劝不听，心中奇怪，觉着谢琳近年不特功力大进，来前又承师长指示机宜，不是不知禁法厉害神奇，怎会如此情景？便料她不知何时疏忽，无意之中受了禁法所迷，心情颠倒。一行仗她神光护身，万一真入幻象，神光先散，岂不全败？数千里将良友请来，有甚挫折，异日何以对人？想到这里，手忙拉紧谢琳，先不劝说，细察神情。见她面上神光依然焕发，目光灵莹犹昔，只秀眉微扬，似在寻思之状。知她就有迷惘，也还不深，心虽稍放，安危一瞬，仍是大意不得。此时癞姑处境至难，既要顾人，还要顾己，兼顾全局，心神稍失镇定，自己也许一样入迷。如果所料不差，劝已无用，反而有损。只得一面运用玄功镇摄住心神，一面把飞刀、法宝齐放出来，在神光中护住四人和所救元神,以防万一神光有了疏失,多加上一层保卫,比较稳妥。同时又盘算应付之法,准备相机再给谢琳一个当头棒喝,使其警觉。轻云见状,情知形势不佳,不敢开口,也将飞剑、法宝放出,如法施为。上官红因未奉命,未敢妄动,仍守在侧。那道者元神见五行禁制已被引发,忧容转敛,双目垂帘,重又入定,甚为安详。

这原是瞬息间事。癞姑正在准备以前所传佛家法力,运用玄功,突向谢琳喝破。不料谢琳正寻思间,忽见癞姑拉紧自己的手,轻云也在禅光内放出飞剑、法宝,对一行五人又护上一圈,不禁又好气,又好笑。因被癞姑拉住,不便强挣,心想:"众人成见甚深,未必肯信。且把有无相神光往外扩大,立可试出戊土禁制威力强弱,免得争论。"随想随施法力,随将神光往外展开。哪知不动时,只是身陷戊土之中,还不甚大妨事;这一施为,戊土禁制立生妙用:四外黄尘看似虚质,无甚阻力,及至神光在外一胀,不特上下四外坚逾钢铁,人和神光被包在内,分寸难移,并且生出极猛烈的重压,往中心挤来,神光竟被逼紧,一点伸张不开。谢琳见状,不禁大惊,才知果是厉害。忙以全力抵御时,上下四外本是一色淡黄色光景,原看不出一点别的景象,倏地黄影一闪,化为千万层黄色云涛,金光电闪,齐往中心压来。内中挟着无量数的暗黄金光,其色较深,暴雨一般打到。始而挨近神光,便即爆炸分裂。末后越现越多,不等到达,便自相排荡冲击,纷纷爆裂。每团黄光看去最大的只酒杯大小,那威力却极惊人。一经爆裂,便是震天价的霹雳,数又极繁,密如贯珠,渐渐汇成一片连续不断的轰轰巨震。那爆裂出来的火花星光占地甚广,互相激射飞溅,宛如千万花筒,交相发射,合为星山火海,声势猛烈雄奇,难以形容。虽隔着一层神光,兀自震得人目眩神昏,耳鸣心悸。谢琳自出生以来,未曾见到过这等阵仗。如换功力稍差一点的道术之士,处此境地,必定惊惶失措,不知如何是好。心神再一摇惑,不能自摄,护身神光首先失效,稍有疏隙,五行真气立即侵入,人为幻象所迷,魔念一起,便自不可救药。就算同来诸人明白,未为魔头所乘,也是爱莫能助,至多不受牵累,已万幸了。

此时情势,端的危机系千一发,险到极处。尚幸谢琳仙骨仙根,屡劫清修,都是童真入道,凤根至厚,元神凝炼。加以此生从小便受仙人抚养传授,取法既高,近随小寒山神尼勤修,又得了师门心传。虽以习练《灭魔宝箓》稍微外务，功候不纯，易招魔头，但受禁制不深，真神迄未摇动，稍微迷惑，只是暂时的事，本身定力依旧坚强。一见情势万分危险，惊念才起，立觉神光为戊土神雷所迫，重如山岳，直往内缩退，大有支持不住之势。想起受人重托，数千里远来，不但未助成人，反使良友为己所累，休说身败名裂，只要内中有一人失闪，也应愧死。便拼着性命，运用神光，强行撑拒。谁知戊土威力强烈异常，那万丈云涛已难抵御，戊土神雷尤为厉害，上下四外，一齐往中央打来。身外神光受不住那猛恶威力的震撼排荡，已起了波动，光圈已是越来越小，高下减了一多半，外围也减去了三分之一，所剩不足两丈方圆。照此情势，再如不能支持，不消多时，就算神光不破，人已随同压缩成了一团肉泥。

可是谢琳仍不害怕，忽又心想："自己绝不至于遭此惨劫，同来诸人自然也是祸福与共。再说祸善福淫，也断无此理，怎情势这等险恶？万一真个逢凶，自己和癫姑、轻云俱擅玄功，元神凝固，或者无甚大害，至多坏却肉身，不会形神皆灭。上官红根骨极佳，学道未久，却是可怜。"心念一动，百忙中往癫姑等三人细一查看。先以变生仓猝，形势奇险，只顾以全力应付，又以不听良言，至有此失，怀着几分内愧，无暇观察众人神色。初意三人定必惊慌失色，无计可施，甚或埋怨自己，谁知目光到处，竟是不然。轻云、上官红正运用飞剑、法宝，在神光内绕上一圈，各自澄神定虑，从容沉着，立在侧面，那猛恶的声势，直如不闻不见。癫姑则把飞剑、屠龙刀，还有一件法宝，齐放出来，与轻云等连成一体，随同环绕在身外；她本人竟在自驾遁光之上，闭目合睛，入定起来。那道者元神更在所运青色罡气之上，安然入定，态甚庄静。谢琳功候原深，见此情形，忽然想起土遁初发难时，虽然四边阻力绝大，不能行动，但神光尚可抵御，未受压迫冲击，神雷也无此时繁密。只因自己见势不佳，心略惊慌，便立即增加了几百倍的威势。照此情势，眼看不保。后以徒忧无益，又想："圣姑既然事早安排，不应如此颠倒，尽管自己以全力抵御，势仍如此猛烈。癫姑等先前那么胆怯，此时应更惊惧，不料却运用玄功，暗中戒备，外表反倒从容镇定，毫无畏色。又曾力劝自己，不合轻敌自恃，致有此失。来时父亲曾说，圣姑以前乃旁门中第一流人物，凤根深厚，屡世清修。只因前生不合妄动嗔念，与同道友人打赌，欲试自己定力智慧，特意再生投入旁门。虽以夙因不昧,生具灵悟,未行一恶,终以所习不是玄门正宗,本身虽不曾为恶,却种下好些孽累。及至佛缘遇合,皈依净土,又以生性好胜,所习复杂,空具无边法力,不是上乘佛法。后来功候日深,老是相差一步,不能完满证果。幸遇天蒙、白眉二位老禅师指点,听到几句偈语,恍然大悟,这才知道佛家虽然放下屠刀,立登彼岸,禅修途径却是走错不得。又欲肉身成圣,这才发愿,以元神坐百年死关,求那上乘正法,就便了却妖尸这段公案。她虽未能即时成真,她那法力却是兼有释道诸家之长,高妙精微,不可思议。尤其最长于心灵禁制之术,厉害无比。故此所设诸般禁制,五遁诸法,无不层层相生,变化无穷,非得她传授,精于彼法的人,多高法力也难破却。千古修道人而又生具好胜特性,居然做到言出必践,无人能敌。似她这样的,无论佛道、正邪各派,除绝尊者而外,连她不过四五人。其独步当时以此,其不能成就正果,多坐这百年死关,也由于此。父亲吩咐此行不可轻率自恃,当入洞时也颇存有戒心。嗣见事甚顺手,五行埋伏一直未发,加之父亲、叶姑平日常是那等劝诫口吻,既认作了常谈,又误以为妖尸合当伏诛,洞中禁制多半期满失效,所以妖尸连遭大挫。于是把事看易,心神疏懈,不知何时受了禁制。现看三人这等神情,回忆适才所为,不特愚妄自用,并连父师之诫竟会忘却。分明一时不慎,中了圈套,陷入危境。幸而平日功力尚强,否则不堪设想。"

当时思潮如电,一起伏间,谢琳猛触灵机,忙即镇摄心神。欲待运用玄功,先将心灵之禁克制,护身神光、本身法力自必随以复原增强,免去危害,再打主意。经此一来,虽然省悟,神志渐复清明,可是禁制威力也随以加大。尤其是杂念丛生,思潮繁乱,尽管学有根底,仍觉甚是勉强,越知所料不差。安危瞬息,心神再稍摇惑,立有不测之忧。于是拼命以定力镇摄心神。

癫姑本在运用禅功,静候时机。先见谢琳手忙脚乱,指定身外神光,面现急迫之容,误以为入魔已深,一行诸人全在危境。自己虽然发难前未受禁制,此时一样也是疏懈不得,哪敢忧急,致分心神,又恐一发不中,反而激出乱子,只得沉下心去,反虚生明,把本身元灵真气运用纯熟,使其活活泼泼地静以相待。嗣见谢琳看了众人一眼,跟着神态又复转自如,目光内视,面上神采重又焕发。一手仍指定神光,抵御外来重压,知是时机稍纵即逝,一面祝告圣姑默佑,一面猛将所运元灵真气化作一片光华,往谢琳当头一罩。同时大喝道:"你忘却来处了么?"癞姑深知此举也极危险,元神虽凝炼纯一,但已有人我之相,自己佛家功候又未达到炉火纯青地步,万一谢琳入迷已深,灵光照将过去,不能破禁使其警觉,自身也不免连带受累。无奈四人同舟共济,连所救道者元神,都成了一体,只要内中有一人入迷,均受其害。必须四人一样,先定固了元神,始能运用法力抵御一时,再作脱身之想。否则顾得了这头,顾不了那头。若照着预计施为,稍有破绽,为魔所乘,牵一发而动全身,难保不皆为一人所误。就算不致如此之甚,同门三人神志未昏,再仗法宝之力脱险出去,谢琳却受了害,也是问心不过,无以对人。因为别无善法,所以事前十分谨慎,先求圣姑默佑,随即施为,进退均极神速。

癞姑一声喝罢,哪敢查看谢琳神情,忙先复原,潜光内照,先保住了自己,觉无警兆,方运慧目法眼往前注视。谢琳本来仍在受禁之中,仿佛常人梦魇将醒情景,心中明白,在彼奋力挣扎,纵无此举,也将清醒复原。经癞姑灵光一照,猛觉眼前一亮,耳听一声大喝,忽然警悟,心神立即复旧如初,重返灵明。谢琳佛门功力原本较高,禁制一解,法力大增,有无相神光随又增强。但戊土威力依然猛烈,神光只恢复到与先前一般高大,便即止住,不能再长。谢琳此时已然想起,小寒山起身前数日,父、师、叶姑先后所示机宜,迥非适才心理,气早平静。五行合运,相生变化,还须全盘发动。运行以后,再以法力制住一宫,始有脱身之望,勉强不得,更忌躁妄。先前神光内缩,由于心灵受制所生幻象,并无所损。因为临危警觉,幸无疏漏,致败全局。但戊土威力至大,所以只能恢复到原来一般高大,不能再长。便不再谋进展行动,只把现状勉力维持,静心待变。

癞姑见她灵智恢复,知已无害。照着掌教师尊下山时所赐法谕,圣姑生有特性,未来之事早有预定,法力虽然极高,无论何等禁制,只要当时能自解免,人再服低,又不是妖邪一流,以后便不致再由此生出灾害。不过脱禁至难,不是她昔年算就,意在警诫,点到即止;便是预伏助力,自行解免。谢琳法力不应受禁,也许先前稍骄自恃,借以示儆。此关一过,虽仍不可大意,心神料已不致再受禁制。专力抵御五遁,危难便减多了。不禁宽心顿放,勇气大增。为防万一仍有疏失,心中寻思,也未向众人说破,只在暗中打点,相机应付。方料土遁无功,必要再生出庚金或是别宫妙用,果然有无相神光刚一复原,黄光一闪,那上下四外的无限云涛忽然隐去。紧随着风雷大作,杂以金戈、刀箭之声,眼前雪亮。先是金光、银光二色奇光,层层相间,闪幻若电,又似狂涛一般,上下四外排山倒海齐涌上来。身外神光才略松动,又受重压,只是还能支撑,不似先前抵挡不住。众人有了先前经历,连谢琳也小心翼翼,只以全力运用抵御,保住原状,不求有功,先求无过。似此相持不多一会儿,金银光中忽现出千万金戈、刀剑,耀如霜雪,齐向神光飞射而来。一会儿越紧越密,中杂无量数的大小箭弩弹丸,宛如暴雨飞瀑,射到面前,彼此互相激击排荡。万顷金银光涛中,闪变起千万点星雷火雨,精芒耀目,难以逼视。一时金铁交响,无限繁响汇成一种极猛烈的炸音,愈发声势厉害,惊心眩目,比起先前戊土,犹有过之。

四人始终镇定心神,守在神光以内,听其自然。似这样挨有半盏茶时,金银二光连闪两闪,先前戊土黄云重又出现。方疑来势更要猛恶,不料两下里才一混合,忽自消灭无踪。跟着面前一暗,上下四外全被阴云包没,乍见时还未觉怎厉害,倏地大片玄云起处,隐闻海啸之声自远而近。随见一线白光环绕云外,成一极大圆圈,远远飞来,晃眼之间,化作万丈银涛,发着轰轰发发的巨响异声,泰山压顶般齐往神光上面打到。上方如此,神光下面又突起了几根巨大晶柱,飞泉猛喷,直冲上来,才一挨近,猛然震天价连声巨震,爆裂分开,却不消散,化作千万团大小灰白光华。有的往光外打到,有的自行击撞冲激,二次散裂,重又雹雨一般打到。最厉害的是那些由水柱爆散的灰白光华,才一撞裂,只有空隙,不遇击撞,立即暴长加大,一经撞击,又行分裂,仍是如此,生生不已,越来越甚。本来声势猛恶,比起戊土、庚金又加胜些。谢琳没有防到有如此厉害,竟连神光几被冲动。方往下方加紧戒备,不料上方四外阴云狂涛中,也起了无数水柱,与下方一样情景。威力之大,简直无可形容,众人虽在神光以内,也几乎难耐那等猛烈的震撼。

癞姑因轻云前在北洞下层与英琼双斗妖尸,尝过癸水神雷滋味,传声询问比那次如何? 轻云答以手势: 比前厉害得多。癞姑暗忖: "想不到五遁威力越来越猛,少时顺序运行以后,先后天五行使要合运。如不按照预计制住机先，绝挡不住。上官红虽然精习木遁，道力功候尚浅，初上大阵，居然镇定如常，固是可嘉，但到了紧要关头，能否胜此大任，实为难料。并且身在伏中，为时久暂不知。圣姑法力微妙，瞬息万变，局中人觉着时间甚长，实则就许弹指之间，时机稍纵即逝。各位师长虽示机宜，但对此五行合运如何下手，却未明言。且喜适和轻云传声问话，暗中留意，果无警觉，更无差池。莫如先向上官红叮嘱几句。"

癫姑心念一动，忙向上官红传声，告以大任将临，务要留意。可虑的是五遁似须一一应过，木遁居于第四，以木制木，不等五行现完，恐生出别的阻力；不制，又恐木生火旺，不能制火。五行合运，威力过大，一个失措，反有大害。最好在木遁将完，火遁将现之时，姑试为之。是否可行，须看自己手势行事。上官红忙即点头应诺。

这时玄雾忽然又起，幻出黄云和庚金二色奇光，完全出现，也是连闪两闪，便自消灭，随听万木摇风之声。四人不知即此便是五行合运，每生出一行，便要增添出好大威力。可是已现过的戊土依次诸遁，须到五行齐备，方同出现，此时只在暗中加威，却不现形相。任是多高的慧目法眼，也看不出。似此愈来愈烈，到了五行皆备，一齐运行，便不可制。实则木能克土，不必以木制木，只要在戊土发而未收之时，令上官红以木制土，立可无事。偏生错过机会，危机一发，全未知晓。误以道家常理推断，认为是应有现象。幸而癫姑预向上官红叮嘱，稍作戒备，不然，虽不致形神消灭，元神也必受重创无疑。

这五行中，只有乙木来得先柔后猛。始而如小风初起，枝摇叶动，幽籁徐舒，清飙远引，自协宫商。忽然万木萧萧，狂风大作，走石飞沙，涛奔浪舞，万籁交鸣，汇成一阵紧一阵的洪洪发发的怒吼，中间更杂着一种极尖锐凄厉的异声，甚是刺耳，令人闻之，自然心悸。渐渐声势越恶，直似海啸山崩，地轴翻圻，千百万天鼓一齐怒鸣，宇宙若将倾颓。这才显出乙木威力，比起先前三次所经厉害得多。耳中所闻已是如此猛恶，面前所现景象也更比前厉害十倍。自从风木之声一起，先是青云杳霭，和初入伏内光景差不许多，只是彼静此动，略有不同。晃眼烟岚四合，绿云如浪，上下四外潮涌而来。乍看势仍不算十分猛恶，及至海啸一起，立即随同加盛，渐渐绿云化为青光，威力越发加大。众人的有无相神光，被绿云团团包紧，本就觉着神光外面有一种极大的潜力压迫，分毫转动不得，经此变化，更增加了不少的压力。此时谢琳虽然灵智早复，得以施展佛法，运用神光，一心应付，照样也觉出形势危急，分毫不敢松懈，大有不进则退之势。这还不算，紧跟着青绿云光在电闪翻飞中，忽又现出千百万根大小青柱，由上下四外一齐打来。这乙木神雷又与先前土、金、水三遁不同，那青色光柱撞将上来，并不爆炸散裂。先是狂涛一般，后浪催着前浪涌压突起，夹攻而来。第一层到了近前，吃护身神光阻住，便各自兀立光外，依然向前猛力压迫，也不散退。后面无数青柱，又接踵赶到，晃眼之间越聚越密，环光矗列。这回却比先两三次看得远，但是神光之外，无论何方，全被这类青色光柱布满，密压压望不到底，除了神光之内数丈之地，上天下地，全被青柱塞满。跟着海啸忽止，这些大小高低不等的千百万青柱互相旋转挤轧，一味争先猛进，吃神光一格，郁怒不宣，旋转摩擦愈疾，发出一种极繁密的轧轧怒声，比初起时的风中异吼还更尖锐凄厉，悚人心魄，那压力自然也增加了不知多少倍。

　　四人虽看出这五遁禁制变化一回，便加出好些威力，却没想到乙木禁制竟有如此猛恶。更不知层层相生，已变化到第四宫上，一会儿便要万木生火，五行全数合运，危机瞬息，大难已将临头。轻云前曾身经，见这次与前番迥乎不同，尤为疑怪，正和癞姑相对惊顾。谢琳觉着乙木威力远胜于前，一任自己运用全力抵御，竟会相形见绌，万分吃紧。知道这次与先前不同，只有拼命竭力相抗，稍微松懈，抵挡不住，吃它一压一逼，神光纵不破裂，也必定被束紧，压力更大，万无幸理。此时已是难支，乙木神光还在不断增长，威力如此险恶，何能挨到终局？想了又想，除却违背师父不许毁坏洞中景物洞壁之诫，拼犯大险，仍用诸天遁法穿地而出，直无逃路。并且下手仍须迅急，等被逼紧，再逃更难。一时情势迫急，正待施为，就在这筹思转念之间，那上下四外乙木神光所化千百万根青柱，因摩擦挤轧时久，压力有增无已，同时每根柱上都有烟岚袅袅冒起，渐渐射出一两丝青色火星。上官红道力虽浅，木遁禁制出诸圣姑传授与高明指教，自随乃师上次入洞，有了亲历，加上苦念恩师，赴援心切，连日用功益勤，精进之余，业已穷极精微。青光青柱相继一现，早就看出形势不妙，只为末学后辈，又过信癞姑等人道力高深，未奉命令不敢妄发。心中却是忧疑，觉着可怪。便在暗中加紧戒备，静等一声号令，立以全力施为，免有疏忽，致误机宜。

癫姑虽然误解师长指示，没悟出即此便是五行合运，但毕竟学道年久，见闻得多。平日见上官红演习木遁，又曾试习，不耻下问，虽以勤于正课和筹计除妖救友，往返小寒山接待良友，无暇深造，也颇识得一个大概。青柱上烟丝一起，猛触灵机，顿时省悟，木一生火，五行齐备，自然合运。又看出谢琳大有力绌之势，如此猛恶，再一合运，怎能抵挡？心念一动，暗道不好，正发号令，命上官红不等丙火化生，急速下手，以木制木时，忽见所救道者元神重又睁眼，面向谢琳双手乱指，嘶声疾呼："不可妄动！"同时又瞥见谢琳面容突转沉肃，眉间隐带煞气，手掐灵诀，将有举动。癫姑识货，一眼看出那是恩师屠龙师太所说的诸天印诀，知道谢琳好胜，不耐久困，见情势危急，竟想把日前闲谈所说《灭魔宝箓》上的杀着施展出来。圣姑法力无边，禁制严密，要逃出立有不测之忧。幸能逃出，纵不受伤，也必毁损仙府。谢琳已在开始施为，口头劝阻，恐来不及，忙纵遁光冲将过去，出其不意，先施法力，把谢琳左手诸天灵诀闭住。同时口中大喝："二妹且慢！从长计较。"说时迟，那时快，这次癫姑手挥目送，念动即发，连续气的工夫都不到。同时上官红更是蓄势引满，令下即行，俱是快极。无如癫姑警觉本就稍晚，又经这点枝节，虽然慢不到一眨眼的工夫，那千百万根青柱已如快刀斩石，火星四下飞射了。幸是木火化生接续之交，火光火星尚是青色，上官红早准备停当，发动神速。否则所差也只瞬息之间，再迟半秒施为，青柱上激射出来的火星立即由青变红，丙火也必就此引发，化成一片火海。接着戊土、庚金、丙水也会由隐而现，连同乙木、丙火，五行合运，发出不可思议的威力。一任四人神通广大，绝支持不了多少时候。而且法宝、飞剑将失去灵效，只能按着各人道力功候深浅，相继陷入那五行法物的陷阱之内，结局不死，也必受伤害无疑。如今虽避免了这种不幸，但四人仍被困于丙火法物神灯以内，威力可想而知。

癫姑、谢琳、上官红三人原是一同发动。那有无相神光也极神妙，光中人可以施展法宝、法术，随意发向外面，无论人物法宝危害，除非行法人失却主驭，绝难侵入一步。谢琳一时激发意气，只觉此外无计，心中原拿不稳。吃癫姑飞来一挡，百忙中又瞥见神光外面青色烟光火花四下激射，上官红又已发动，双手一扬，一片奇光闪闪的青霞，电也似疾飞向神光之外，展布开来，也分上下四方六面，向那千万青柱由内而外反罩上去。两下里势力俱极强大，才一接触，谢琳便觉光外阻力一轻，方才心喜。同时忙收诸天诀印，想要夸奖上官红几句，话还未及出口，只见青柱火花突涌起来，吃青霞罩住，连冲突了几下，不曾得势，忽然疾如电掣，一闪即收，只剩下东方一团青气，吃青霞紧紧逼住。同时四外金、白、红、黑各色烟光一齐暴起，上下四外又被包没，却未觉出怎样压力来。

似这样连连电闪般变灭了几次，四外烟光又化作一片青光，忽然"轰"的一声，惊天价的大震过处，新变化出的青光之中突起了一点火星，才一现便自爆散，上下四外已是一片赤红。光中隐隐现出一些景物，一道青气正由光中斜射出来。耳听癞姑、轻云双双"咦"了一声，同运慧目一看，身外神光已被一幢银焰包没。银焰之外，还包着一层红光，光外已恢复原状，现出殿台灵寝。圣姑依然安稳趺坐，玉榻之上那五件法物也重出现。神光内射出来的那道青气，乃上官红所放青霞，正斜射在那五行法物树枝之上。

众人本都慧目法眼，仙根仙骨，迥异寻常，身虽被陷，由于法力不敌，心灵未受禁制。加以五行中的乙木一宫又被上官红制住，只仗先后天变化，由土、金、木三行会合化生出的乙木弥补缺陷，以增加丙火威力，少了乙木本宫真气，威力要差得多。众人一运玄功，定睛注视，立可看出真假虚实。见了这等情形，拿先前所见景物默一寻思对照，首先觉察出存身之处地方大小。谢琳方想告知众人，癞姑、轻云也早警觉了。再互相里外一看，原来四人已全陷入火遁法物以内，连人带神光一齐暴缩，困在殿前神灯之上，那四外包围的银光便是神灯的焰头。只是一桩奇怪：那么指头大小的灯焰，众人身在其内并不嫌窄。如非宁神定虑，运用玄功，静心观察，还看不出实景和火光以外的景象。并且心神一懈，火外景物便已模糊隐去，有无相神光也成了虚景，看去似和先前一般高大，只被困在火焰以内进退不得。

癞姑、谢琳初次身经，均觉厉害神奇，不可思议，都知此时情景稍微疏忽，最易走火入魔。上官红关系尤为重要，身在火禁之中行法，所运又是乙木，与火相生，其能隔火施为，也以此故。但木易发旺火势，利害相兼。现正魔头潜侵极猛之际,如若定力稍差,万念纷集,一为魔头所乘,神志稍被摇惑,对方木不受制,五行立可合运,全数遭殃,仍所不免。其势又无法相助,都替她担着心。及至仔细一观察,上官红趺坐光中,潜心独运,竟是灵光活泼,神仪莹朗,心智专一,迥出意料之外。当难初发时,那木宫法物的树枝还有两三缕烟丝火焰在青霞中冲突,腾腾欲起,隐有奇辉闪动,明灭不定。就这一会儿,竟被制得烟焰皆收,无异凡物,除仍苍润欲滴,似自树头新折而外,不见一点异兆。那青霞却是分外鲜明澄洁,宛若实质,比起先前只是一道青气,要强得多,知已无碍。想不到她小小年纪,入门未久,居然如此精进,有这么高定力,俱都暗中夸赞不置。

内中周轻云是过来人,曾见过别人被禁情景,细查看了一阵,顿觉好些异象。见癫姑、谢琳各运玄功,默坐待机。看出只上官红无甚差错,无须如此。因恐分上官红心神,不敢明言,便用传声对二人道:"以妹子昔日见闻经历,凡陷身五遁以内的人,本身固是沧海一粟,渺乎其小,并且内中危害至大,难于抵御,多高法力也难久持。所以卫氏夫妻前遭大难,几乎形神皆灭。便易师姊日前为救燕儿师弟,自投此洞水禁以内,待了些日。我和琼妹亲见,以她那样法力,去时又得易伯父母指教,深知底细,备有好些防御之宝,尚且提心吊胆,自说随时皆有奇险,危机四伏,难于应付,不敢稍微大意。后将总图得到,悟出机密,仍如临渊履薄,看得十分慎重,与她平日自恃神情,大不相同,可知厉害已极。此是中枢要地,禁法自更厉害。可是我先恐心神失驭,致招魔头,后见形势不甚严紧,再加仔细考查,竟似全局安危只系上官红一人,我们三人竟无甚相关。初入困内,心神稍懈,尚觉身居大海,外景模糊。自从青霞凝炼,愈发晶莹以来,便无此异状。以妹子妄测,圣姑固是法力无边,但她痛恶妖尸,算就诸孽今日伏诛。只为儆诫后辈末学不可看事太易,一面大显神通,一面却留下这以木制木,不令五行合运的破绽。而破她的法,却是得了圣姑真传的后辈,并非外人。所以我们抵御万分困难,上官红一出手便可无事。照此情形,不特早有安排,连我们被陷火宫,也必是含有别的用意。照理,心神必须以极大定力镇摄,不可稍懈,杂念更起不得,应有的危害更多。请看妹子先前试探着起了好些思虑,又说了这许多话,何尝有甚警兆?入定默坐似乎不必。乘此闲暇,大可潜心体会,仔细推详,我们被留在此,到底圣姑有何心意？是否与除妖取宝有关？只要随时戒备一点，不要十分大意，更不可强作脱身之想，不看准时机，绝不妄动，就无妨了。"

二人闻言，立被提醒，越想轻云的话越觉有理。略一试探，果无异兆。谢琳被困本是出于无奈，只恐危及良友，不敢再作犯险之举。及见无事，心又活动，暗忖："前在山中因习练宝箓甚勤，姊姊常说我只顾好胜，欲以法力扫除邪魔，不知念起贪嗔，转误正课。异日法力高强，寻常妖邪自必可胜；如若遇见魔教中的首脑人物，或者并非妖邪一类的劲敌，胜负便自难料。尤其是功候不纯，到时略一疏忽，难保不受人暗算。彼时我还不服，谁知第一次出手便遭挫折，虽然无碍，到底面上无光，终以能先脱出为妙。现在圣姑似有默助，情势似凶不凶，何妨再试一试？"哪知暗中刚开始行法，略一施为，光外忽现五色奇光，风雷大作，四外压力重如山岳，一齐迫来，身外神光几难抵御。这才知不妙，未可力争，急忙收手，重将心神定住，渐渐恢复原状。因又不谋而行，暗中试探，几乎生出乱子，偷觑癫姑等三人神色，竟如未觉，好生惭忿。正在盘算，少时想好主意，和癫姑明言，二次试用别法脱身，忽听男女笑骂之声，由远而近。三人听出内有妖尸口音，不禁想起适才轻云所说，知道妖尸认定仇人入伏，灭亡在即，前来观看虚实。默念时刻已将深夜，易静应已出困。许是圣姑真个把一行留在此地，等易静、李、谢三人到来，合力除妖，也未可知。忙各传声注意，故作昏迷，窥伺妖尸和众妖党动作。但愁上官红这道青霞无法掩蔽，被妖尸发现，难保不侵入生花样作怪。

正寻思间，妖尸同了毒手摩什和另外七个妖党已然走近，到了宫门外面停住。听毒手摩什的口气甚是骄狂，竟欲率众深入寝宫，径直下手。妖尸力阻，说："老贼尼狡诈阴险，我们虽有破她之法，又得你在此相助，自可无虑，但毕竟诸位道友法力还差，还是仍照预计，分班入内，小心应付为是。"说罢，随即行法施为。一片烟光闪过，外面便多了一个丈许方圆的法台，当门而立。妖尸便朝毒手摩什一声媚笑，当先走上台去。毒手摩什跟着走上去，立在妖尸身后，拔起台上一面主幡，面带狞笑，神情甚傲。同来七妖党来时神情已不一致，半带勉强。及见二妖孽到了台上，妖尸一面行法，一面不住向毒手摩什含情献媚，神态亲昵，大是不堪，别人全都不睬，似各怀有妒意，面上均带不悦之色。妖尸此时越发妖艳，已非适才披头散发,血流满面,狞厉之相。分明见众人不快,也视若无睹。除不时回顾毒手摩什,媚眼流波外,只忙乱着行法部署,将台上预设的法物一一现将出来。

众人一看,那些法物与殿前五行法物一般无二,只内中多了一鼎。方料妖尸要用代形禁法毁那五行法物,妖尸忽然纤腰微扭,倚向毒手摩什胸前,斜睇着一双媚眼,手指台下同党,昵声说了两句。妖党中有一赤面长身的妖道立即勃然暴怒,口方喝得一声:"玉娘子……"底下话未出口,毒手摩什一声怪笑,随手扬处,撒出一蓬乌金光华,向前罩去。

妖道原是未来以前已然有些省悟,知道受了妖尸阴谋愚弄,只为深知二妖孽厉害,已受劫持,不欲公然得罪。妖尸又在暗中频施邪媚,心仍未死,闹得又恨又爱,又疑又怕,首鼠两端,欲罢不能,心想:"姑且随来,相机行事。反正留心不上她套,敷衍到事完,日后再作计较。至多不过生些闷气,当不至于翻脸成仇。"及见一到寝宫门外,妖尸立即把假面具揭去,怒视众人,除新欢外全不放在眼内。同时又看出所行法术大是阴毒,分明要选出五人供她牺牲,不禁妒忿交加。知道毒手摩什已受妖尸迷惑,此君的尊容性情绝非妖尸所喜,一样也是愚弄,为之效死,本心是想喝破妖尸的阴谋毒计,毒手摩什如能省悟,自必不肯甘休。二人因此反目,固是快事;否则借此抽身,以免少时禁制发动,任人宰割。妖道法力也颇不弱,又来了八九十天,人更机警,先是受了妖尸迷惑,陷溺太深,一经省悟,立有打算,对二妖孽原有防备。此时一面说话,一面早在暗中行法,准备逃走。

哪知二妖孽早已商定,妖尸为示用情专一,不特要把同来诸人一齐断送在寝宫外五遁之下,并欲先酷杀一二人以立威。因此妖道才一张口,乌金色光只疾如电掣,当头罩下。妖道百忙中看出毒手摩什变脸,刚急飞起,才只两丈来高,便吃妖光困住,悬在空际,被人占了先机。情知无幸,一面施展邪法防身,一面厉声大骂。毒手摩什只微微狞笑,先不理睬。跟着又把手一挥,满室都是乌金云光布满,通无隙地,只空出法台前另六妖党的立处和宫门一面丈许地带。然后戟指妖道喝道:"无知蠢畜!玉娘子被困在此,并未寻找你们,乃是你们这些猪狗自行投到。适才我已当众言明,玉娘子自是美胜天仙,不能禁人爱她。但她只是一人,不能分身。她虽倾心向我,你们这伙不知死活的猪狗必然不服,当我逞强霸占。好在你尚在此,不曾离洞,道书、宝物也未取出。今日之事,胜者为强。门内设有五通法物,无论何宫破去,均可直入取宝。本来我可随手而取,但是我如先取,你们当我占先得手,必又不服。为此约定:不论何人,休说全破五通,毁尸报仇,只要能破去一宫,直入藏珍复壁将宝和道书取出,不必大功全成,也愿将玉娘子让出。底下灭尸报仇,收拾残局,毁去此洞,并还由我一人出力包办,以做得手人的贺礼。到时却由玉娘子按照预计行法,派谁是谁,不许退缩。如若畏难推诿,或是心怀二意,欲加阻挠,却休怪我夫妻狠毒。你这蠢畜猪狗,只知无事时昏想天鹅肉吃,向玉娘子乞怜献媚,临阵却想逃脱,犯我适才法令。既然自知脓包,就应早日滚蛋。只想快活,却不肯卖命出力,天底下没有这等便宜的事。似你这类猪狗,我手里万容不得。如因破法效忠而死,我夫妻又借用你真魂行法,不过是当初有点自不量力,为色丧生,应得的苦楚,事后仍能转世投主。你未上阵,先就胆怯背叛,料你那残魂剩魄也无甚大用。再者拿你做个榜样,叫别的猪狗们看看,以免效尤,自家葬送,形销神灭,还累我夫妻多费手脚。"说罢,将手连指两指,妖光便似电一般急闪起来,旋转不休。

  妖道先虽觉出妖光厉害,自恃玄功变化,又有法术、法宝护身,尚能抵御。心想至多拼舍肉身,怒火中烧,犹自毒口咒骂。此时正作万一不济,拼连人带法宝一齐葬送,变化元神逃走。不料妖光竟有如此猛恶威力,才一转动,护身诸宝首失灵效。妖光只闪了两闪,便自纷纷爆裂,在乌金云光中洒了一蓬星花彩雨,晃眼消灭。跟着妖道全身便被束紧,虽仗玄功变化,运用元神,不曾就死。因身已被烈火焚烧,万箭攒射,并还麻痒,苦痛有甚于死。这才知道真个酷虐,万难禁受,并且少时便要形神皆灭,绝无生路,不由胆寒心悸,盛气全消,慌不迭颤声哀告:"玉娘子,我由海外万里远来,为你出力,效死效忠,本无他意,只为一时昏愚,闹到如此惨状。我知你夫妻将我立威,也不想求活。只求你念我数百年苦修之功不是容易,现在为你而死,以前多少总有香火之情,稍微恩宽,许我兵解。情愿以我生魂供你行法,惟望保住灵魂,恩深如海。"

  妖尸闻言,从容仰面媚笑道:"你想我为你向丈夫求情,放你走么?"妖道说到末两句上,已被妖光制得通身战栗,力竭声嘶,痛苦难耐已达极点。瞥见妖尸辞色不恶,觉着有了生机,方强忍楚毒,抖着语声,断断续续答道:"我自知罪,不敢求生,只求饶我真魂,好为你效力,破法取宝。"话未说完,妖尸立即面色骤变,满脸立改狞厉之容,厉声向上喝道:"该死猪狗,做你娘的梦呢!我自出世以来,只有我不爱人,几曾有人敢中途背叛我过?就这一样,你便惨死百回,再化劫灰,也难消我的恨。这不过是我丈夫性急,今夜忙于取宝复仇,无此闲心,便宜你少受一点活罪罢了。如由我性处治时,至少也要使你加上百倍痛苦,才肯把你消灭。还敢向我求饶么?适才勇气哪里去了?这等脓包,没骨头,我真悔以前和你这样猪狗相识。你自作自受,快些自认劫运,闭上你的狗嘴,以免引人作呕。乖乖等死,还落一个痛快爽利;再如多言,或自强行支持,希图苟延,非但无望,惹我性起,更有你的好受,那时死活不得,平白多受苦痛,就悔无及了。"

毒手摩什接口怒喝道:"我们正事要紧,及早完工,好随我回山享受快活,哪有许多闲话?"随说双手一搓,往上一指,妖光立即加强,连珠炮火一般纷纷爆裂起来。妖道听出二妖孽毒心难回,生望已绝,一时悲忿惨痛,咬牙切齿,强挣扎着颤声骂道:"你两个妖鬼淫魔,休要快意。我自孽重。落你毒手,命数如此。可是你们恶贯已盈……"底下的话未及出口,妖光中毒火阴雷已经爆炸,一声惨号过处,妖道全身立被震成粉碎。元神化作一团熏烟,还待飞逃,吃妖光往起一兜,只闪得两闪,连那黑烟和那些残尸剩肉一齐烧化,无影无踪。

妖尸重又恢复了妖娆体态,一脸媚笑,扭着妖躯,款启朱唇,笑向台下众妖党妖声说道:"这蛮子忒不知自量,才落到这等结果。我此时想起毒手道友也实处治太过。你们如若不能相助,当可明言。毒手道友爱我太深,人又心直性暴,免得触怒了他,又是有始无终,白把多少年的功行断送,连魂魄都一起消灭,还有一层,我们虽然情深义重,但他一向言出法随。适已有言在先,你们如无二意,不论何人取得藏珍,我仍嫁他为妻,绝不更改。你们心意如何?"众妖党虽全是邪教中有名人物,但比毒手摩什却差得多,一见二妖孽如此恶毒穷凶,前人死状奇惨,淫威暴力之下,早已触目惊心。明明前后都无幸理,知道妖尸故意作态,稍有违件,立上死路。除却甘供牺牲,或者还能死中求活,别无善策。空自悔恨交加,心内虽在盘算，口内哪里还敢道个不字。只是惊悸忧疑之际，心念不一。一个回答："他自取死，我们有言在先，怎能反悔？"另一个回答："为玉娘子效力，死而不怨；哪有临阵退缩之理？"

妖尸闻言，便朝这两个妖党做了一个媚笑。毒手摩什妒念奇重，见妖尸一身荡态，笑脸向人，已然勾动妒火。偏巧内有三妖人原是师兄弟两个，带一得意妖徒，法力较高，并特为此事炼有两件破五遁的法宝。未来以前，本想人宝两得，怀着满腹奢望而来。到后看出艰难，才死了心。犹盼妖尸性淫，人总可得，恋恋不舍。及见此情形，一面心寒胆怯，却不十分甘愿，意欲暂且敷衍，稍有空隙，冷不防施展全副神通，乘机遁走。一面又想少存体面，不愿过于显出害怕。于是三人不谋而合，同声答道："玉娘子，实不相瞒，我师徒为助你出困，祭炼法宝，委实下了不少苦功，并还伤了两个同道，一个门人。先听毒手道兄之言，心中并未多让，以为不知鹿死谁手。此时一看，他那法力实是高强，我师徒知不如人，现已甘拜下风。即便凭着多年辛苦炼成之宝，侥幸得手，也绝不敢居功，对玉娘子作那非分之想了。"

三妖党原意，自己在左道中颇有名望，却受二妖孽如此凌辱挟制，日后何颜见人？因此故示大方，无所希图，就便奉承毒手摩什几句，为使减却敌视之意，以便少时伺隙逃走。师徒三人除称谓稍异外，口气全差不多。方自以为所说得体，哪知妖尸自负古今绝艳，力能颠倒仙凡，为所欲为，最恨人对她离心。尤其是当日是她生死关头，口里虽强，内心甚怯。先前已有一旧日情人迷梦忽醒，飞跳出网去，宁以一死完孽，不再受她迷惑。跟着又毁了珍爱如命的艳尸原体。及到寝宫设台行法，刚一开始，又有一同党反目背叛。想起圣姑玉牒法偈，曾有"众叛亲离，邪媚失效，便该数尽"之言。自从昔年犯戒被逐以来，凡所交结的人，无论邪正各派，只要为她所惑，都是始终如一，竭忠尽智，死而无怨。曾共淫欲的，更是明知受了玩弄，一样肯为她粉身碎骨，从无反悔。此时不怪自己太已淫凶，却怪今日怎会接二连三发生此事？心疑圣姑遗偈将要应验，预兆不祥，正在怔忡疑虑。忽听三人又是这等说法，益加触动忌讳。阴沉沉一声冷笑，骤转怒容，正待发作，欲言又止，转过身去。

那三妖党人极机警狡诈，口里说笑，暗中早已留意，说时偷觑毒手摩什满面狞厉容色,正注视着右侧两个妖党,似要发难,又强忍住怒火之状,目光全未留意自己这一面。同时又看出妖尸神色骤变,比先前痛骂新遭惨祸的妖道还更难看。猛想起适在前洞,曾听妖尸咒骂兵解遇救的旧情人所发奇论,怎不留神,只想讨好毒手摩什,忘了忌讳?知她心同蛇蝎,必然不怀好意。因估量自己法力比先死妖道要高得多,所炼法宝尤为神妙,恰可用作替代,暗忖:"此时进退都无幸理。乍来时,还觉新炼成的法宝可破五遁禁制,哪知日前便中一试,竟连外洞禁制也是难破,何况设有法物的主宫中枢要地,具有五行生克之妙,用以脱困,却似可能。适才受二妖孽深机诱迫,妖尸又说破禁之法已有万全准备,于是心活上当,妄想因人成事,浑水摸鱼,找点便宜。不料后情势大变,妖尸用心恶毒,临事又如此谨慎。再看门内,光雷隐隐,甚是凶险,入门绝无好果。人固必死,那元神可保,也必是妖尸欺人之谈。邪法不成,自是形神皆灭;侥幸成功,妖尸也必将这些有道人的真神禁锢,使与妖幡一体同化,常受炼魂之惨,永无出头之日。如何可以信她,反正入内也不免于形消神灭,还白代淫凶仇人出入效命,便宜狗男女快活遂心,岂不太冤?定数难移,该死也绝不能活。想是平日为恶,应有此报。圣姑禁制定比狗男女妖法还更厉害得多,与其被仇人葬送,转不如就在外面冒险一试,还有几丝之望,如逃得快,多半能脱毒手。"念头一转,乘着妖尸回身行法,将要发令派人之际,互相一使眼色,悄没声地同时发动。法力最高的一个当先开路,扬手发出两团碧阴阴的火球,一团直扑妖尸,一团直冲妖光,一现便即爆炸。

妖尸和毒手摩什骤不及防,妖光竟被冲荡开一个大洞。毒手摩什的七煞玄阴天罗,本与心灵相应,运用施为,神速无比。一则鄙视群邪,并已杀一儆百,绝无反抗。心中又生妒火,正在想少时如何处死另两个情敌,心神旁注,不曾留意。这三妖党又均是能手,声东击西,双管齐下:一面运用全力发出两大阴雷,同时施展邪法,催动肉身冲破妖光逃走;一面却运用玄功变化,将元神离体,往法台一方隐形飞遁,其势极速。

妖尸正在行法,瞥见阴雷打到,因是同在妖光笼罩之内,心恨三妖党语犯忌讳,想布置停妥,首将这三人开刀,迫使入伏。即便破禁成功,也必使其受尽苦毒,再炼化其元神,为法宝增加威力,以消恶气,做梦也没想到网中之鱼居然也会情急反噬。对方所发阴雷,又是多年苦功专炼来破洞中庚金禁制，内有月魄太阴真精和无量穷阴鬼火，加以邪法合炼而成，几乎同以此享盛名的九烈神君最厉害的独门阴雷差不多少，用以破圣姑庚金之禁固是无效，用以对付敌人却是厉害非常，妖光煞火尚被冲破，可想而知。妖尸这一雷本禁不住，总算百年苦炼，功候甚深，应变机警，并且肉身已毁，只是元神，玄功变化，飞遁神速，危机瞬息之间，竟被遁向一旁，避开正面。虽然未受重创，但那阴雷威力猛烈，又在空处发作，没有妖光煞火阻隔，一经爆炸，分布至广。妖尸所施邪法专为对付门内五行禁制，法台之上毫无戒备。总共连法台直到寝宫门前，不过数丈方圆，此外全是妖光煞火布满。那七煞幺阴天罗不是寻常邪法，妖尸事前如无准备，或是预告毒手摩什，一样也不易通行。只听震天价同时两声大震，碧焰火花纷纷爆裂，密如星雨，竟把那数丈空隙填满。休说妖尸无法逃避，在万分匆迫之中，连毒手摩什也受了伤。比较起来，还是妖尸性虽凶毒，应敌稳练，不似毒手摩什性暴粗野，本身又是元神，不易受伤，一觉变出非常，飞身纵避时，早将元神凝炼，施展玄功变化妙用，虽然受伤，却甚轻微。毒手摩什自恃邪法高强，从未吃过人亏，一见三妖党背叛，已是怒火上攻。多高法力，也禁不住变生肘腋，事出非常，相去又如此之近。身方受伤，再一眼瞥见心上人受伤张皇之状，阴雷密布，仍在爆炸不休。他不知妖尸阴毒狡诈，伤虽不重，别有诡谋，不由情急暴跳，闹了个手忙脚乱。

毒手摩什一面忙运玄功，张口喷出一片墨绿色的妖光，护住全身；一面忙向妖尸赶去，手扬处又是一片妖光，将妖尸罩住。等到临近妖尸，方欲问她受伤如何，才猛想起仇人正用阴雷开路逃走，愈发大怒，急得厉声怪啸，暴跳如雷。尽管自己飞遁神速，捷如雷电，由此至前面洞口还有重重阻碍，断难追赶得上。怒火烧心，万分情急，恨不能一下把仇人抓来，嚼成粉碎，生咽卜去，方消胸中恶气。于是又把妖尸放下，忙着下手施为，那乌金色的妖光立似狂涛一般飞涌增强，重又急如电掣，闪变明灭。这虽是总共不过一眨眼的工夫，但以仇人也是能手，就这微一慌乱之际，左侧那团阴雷已发出连珠般的霹雳，快要冲出光网之外，妖光煞火这一加盛，重又困入重围。

毒手摩什断定仇人一面暗算，一面隐形飞遁，必紧随在这阴雷之后。大骂："无知孽畜！任你如何隐形，也难逃我眼底。"说罢正待行法，使其现形擒拿时，逃人好似本就死中求活，拼命一试，作那万一之想。及被妖光煞火困住，阴雷无功，力绌势穷。自知一落仇手，必比前人死状还惨；又以隐身法已被妖光照破，无法再隐。因此刚现出原形，忽发阴雷自炸，一声极沉闷的雷震，全身粉碎，三人同时毙命。妖尸在旁忙喊："快些停手！"毒手摩什仇深切齿，及想到元神还有大用处，妖光连连电闪了两下，休说血肉无踪，连劫灰影子也未见冒起。其他妖党虽然也各负伤，幸仗逃人无心加害，阴雷分向二妖孽发出，一见变起，虽未敢随同妄动，均忙行法防护，只略波及，受了一点误伤，俱甚轻微。一见如此厉害，愈发胆寒，面面相觑，作声不得。

毒手摩什余怒尚未全消，回顾余党，正欲威吓。妖尸忽然面带愠色，飞近身来，似嗔似喜，娇声问道："你怎不听我的话？把这三个蠢物杀死，以为就解恨了么？"毒手摩什一把搂住妖尸纤腰，问道："这些猪狗真个诡诈，你幸未受甚伤。可惜他们怕被擒受罪，自用阴雷炸死，没多给他些苦吃。无论何人，休说伤你，便沾你一指头，或说上一句错话，先死的几个猪狗便是榜样。"边说边朝台下三妖党频频狞笑，意颇自傲。妖尸先不睬他，等到说完，才冷笑一声，问道："我的好丈夫，好情郎！难为你有这么高的法力，行事应敌如此莽撞粗心。仇人五遁禁制，须用五个有道力的元神与我勾动埋伏，同时施展我的法力，始能有望，你怎忘了？老早便将他们元神消灭，少时就算能如我愿，也必多费心力。再者，这三个猪狗委实可恶已极，百死不足消我夫妻之恨，为报行刺之仇，果真将他们形神一齐消灭，也还可说，照他们自杀情景，以我冷眼观察，只恐未必吧？"毒手摩什性如烈火，一听妖尸语意讥刺，不禁怒道："我恨极这三个猪狗，又没想到他们会舍命。报仇心甚，诚然手急了些。但你意思似说仇人已然逃走却不对，我这七煞玄阴天罗，只要在网中，断难逃走。并且此宝与我心灵感应，如是幻化，更无不觉之理。分明是仇人原身，怎有差错？至于五行禁制，我本未放在心上。是你胆怯，执意劝我慎重，以求万全。不必为了人少发愁，你且先试，少时如若不济，由我一人入内，保你如愿，还有何说？"

妖尸见他发怒，又改媚笑，答道："你还和我强口。我也看明那是仇人肉身，一个不假。可是仇人均有极深功候，人当急时，又是修道人，知道元神一灭，万事全休。就被擒住，也必希冀苟延一时，以求生路。自家毁灭，既无此理，死得又那等快法。他们那阴雷虽非你敌，却与先死那厮真不相同。刚一发动，便将你神光震开一孔，几乎被冲逃出去。后来神光加盛，暂时并非不能勉强抵御，如何阴雷势子减得那么快？尚未到十分受制，也未见怎强行冲突，才一晃眼，立行反雷自炸，肉体粉裂，随被神光消灭无踪。休说元神始终未见，连一缕残烟余气也未见他们现出，大出情理之外。你竟一毫未觉，还在得意，因此疏忽，被他们巧瞒过去。他们分明知难脱我夫妻的手，拼舍肉身，发难之先预将元神隐遁一旁，当时能逃更好，否则便待事完，乘隙遁走。我们仇未报成，反吃他们暗中讥笑，日后还要报复生事，不更气人丢脸么？"

毒手摩什本极内行，闻言立被妖尸提醒，不禁又暴跳道："你说得对，是我疏忽。不过我这光网难于冲破，适才未有警兆，想还在此。即便他们逃得巧，已然遁走，多远我也能够追上。我且把光网收紧查看，如不现形，即是逃走，无论如何也必追擒回来，炼他们生魂，多加磨折，方消这口恶气。"说罢，正要施为，妖尸拦道："你又急躁不是？你此时一行法，别人也连带受伤，又是无益有损。凭这三个蠢物，能逃我夫妻的手么？他们发难时，我虽骤出意料，稍微受伤，但一想他们既叛我潜逃，如何还分心分力暗算伤人？早就防他们巧使那声东击西的诡计。恰好我法物齐备，部署停当，算计仇人如用此计，逃路必在我这一面。当时也不问料中与否，忙先运用玄功，防御阴雷。表面故作阴雷厉害，受伤胆怯，飞身左右，乱闪乱躲，实则阻他们逃路。他们暗我明，又深知我神通，更恐发觉，自必随同闪躲，以免撞上。无如地方太窄，我飞行变化又快，稍一不慎，便非撞上不可。同时发动禁制，就用这三个蠢猪狗来试我法宝威力。现已困入少时化炼仇敌的灭神幡下，想必正在挣扎，受那阴火化炼呢。你不必再费事了。我想这猪狗恨我夫妻必甚，自知万无幸免，此时就强用他们，必不肯出力，弄巧还要生事。本来我想命他三个进去，现且作罢，先使受尽罪孽。如仍用得着他们，经我炮制，心胆早寒，必不敢再萌他念；如用不着，事完再带了走，同你回转仙山，每日拿他们消遣，缓缓报仇。比你一击即完，不有趣些么？"二妖孽天性凶残，同恶相恋。妖尸说时，又是媚目含春，巧笑嫣然，做出万种风流，千般媚态。毒手摩什闻言，搂住妖尸，喜得格格怪笑。妖尸把手一推道："时已不早，你还不放手，把神光收去？诸事停当，该是取宝的时候了。"毒手摩什依言，收了妖尸身外神光，一同返回台上原位。妖尸捏诀行法，将手一扬，一片五色烟光闪过，台上立现出五样法物。

癞姑等四人被困火宫神灯焰头之上，目视门外，看得逼真。见那法台形式与门内圣姑趺坐的殿台一般无二，只少玉榻和榻后环列的玉屏。那五样法物也和门内形式一样，只位列次序颠倒，每件法物之后多了一面妖幡，愁云惨雾，隐隐笼罩其上。毒手摩什手持一面七尺来高的主幡，上有黑气飞绕，立在后面。法物现出之后，妖尸回眸媚笑道："这三个猪狗现落在水宫之内，你将主幡放起，给他们换个好点地方，多享受些，与你稍微消气如何？"毒手摩什立照预定施为，将手中幡往前一掷，立有一幢五色妖光簇拥着那面主幡，飞向五行法物之上，虚悬空际。妖尸早捏灵诀相候，见幡飞起，往外一放，喝一声："疾！"那幡急转起来。烟光随即大盛，先前黑气也化作数十道各色妖光，由幡顶当中往四面分射过去。光色大部黯淡，并不十分鲜明，也不转动，只看去强劲，仿佛是实质。

妖尸正接着行法，内有一道淡黄光华忽似灵蛇吐信，连闪了几闪，大有乘此挣逃之势。妖尸叱道："老黄，你到这时还敢倔强么？我因念你以前对我忠心不二，又想你法力较高，可代我主持此幡。虽然用你生魂，但绝不似对别人那样，多受炼魂之痛，怎倒不知好歹起来？乖乖为我尽力，事完，看你立功大小，还有你的活路。现有毒手道友为我护法。你以为练就玄功，暂时元神难于消灭，虽出不意落入我手，只是被困一时，无奈你何，稍有机隙，便可逃走，你是在做梦呢。休说此幡经我苦炼多年，具有无边妙用，你元神已被禁住；就算你乘我行法之际，伺隙逃脱，毒手道友飞行急如雷电，任逃多远，指顾间便可追上。七煞玄阴天罗厉害当必深知，被他煞光一罩，立行消灭。何况内外埋伏重重禁制，也绝无逃理。我想你平日那么机警，其愚不致如此。如因怕老贼尼五遁之禁，或是存心叛我，到此紧要关头故意掣肘，更是蠢极。可知我幡上主要生魂不止你一人，有你固可多加威力，无你一样可以成功。再如执迷不悟，我只要一句话出口，你数百年苦功便化乌有了。"

第二五二回

势蹙怅双飞　妄肆凶威残党羽
计穷轻一掷　自投罗网困金屏

妖尸所炼妖幡附有不少生魂，因急于盗宝脱身，只求速成，功候还差。这许多生魂，都是左道中高明人物，多半法力尚存。妖尸明知自己所行邪法既太阴毒，又系出于计诱愚弄，使其误投罗网，必恨自己入骨。虽然勉强制住，到了紧要关头，难保不反抗图逃。一切顺手还好，稍有疏忽，或是失利，不特被他逃走，使主幡威力大减，邪法无功，并还生出反应为害。毒手摩什未到以前，尽管准备，不敢轻举妄动，也由于此。果然才一上场，内中一个主要生魂便想挣逃。如在平日，自然容他不得。此时情势正当紧急，成败关头，不得不强忍气忿，心虽痛恨，不便遽下绝情。一面口中劝导，一面暗朝身后使了个暗号。

毒手摩什早有准备，立时怪叫道："一个狗道残魂，有甚用处，也值与他废话。待我将他消灭了吧。"妖尸故意极口劝阻。谁知那黄光竟是置若罔闻，掣动越急，渐渐伸长，眼看就要与幡脱离。妖尸本就忿恨，见状不禁大怒，凶威暴发，满口白牙一错，戟指厉声大喝道："这贼道有他不多，无他不少，如此可恶，就除去了他吧。"毒手摩什始终自恃神通，洞中五行禁制伤他不得。日前应敌，又曾在外洞试了一下，觉虽厉害，凭己法力尚可无碍，愈发自信，意欲独竟全功。只为妖尸力阻，勉徇情人之意，并非本怀。一见网中之鱼尚敢倔强，并还不听好说，自容不下。闻言应声而作，扬手一片妖光煞火，电掣而出，立将那道黄光裹住。也不知是妖幡禁法厉害，还是黄光故意以死相拼，坏他这面主幡，黄光紧附幡上，竟吸取不下来。毒手摩什怒火头上，竟欲就势消灭那生魂，用手一指，妖光立即加盛，煞火星飞，突然爆炸。微闻一声惨笑过处，黄光固然消灭，主幡也为煞火炸伤，旁近妖幡也受鱼池之灾，消去了好些威力。

二妖孽心身早受圣姑禁制，行事往往颠倒错乱，毫不自知。妖尸原意是令毒手示威，可是一面又痛恨那生魂，意欲除去，加以怒火头上，势成骑虎，妖光煞火发作太快，方一迟疑，主幡已受重创。等到觉出不妙，再行阻止，已是无及，这一来，主幡大失灵效。虽恨极毒手摩什鲁莽，不是理想情郎，无如用人之际。艳躯已毁，如非多年苦功，元神凝炼无异生人，专长邪媚之功，近又得了赤身教中魔法秘诀，似毒手摩什这么高法力的人，简直迷他不住。论起法力，不知能否应付，勉力周旋，本就有些情虚，如何敢于真个触怒，暗忖："这面主幡本是用来镇压五行法物，兼做有难时防身之用。想不到用心太毒，为想多加威力妙用，强摄了两个道力极高的生魂在上，急切间无力炼化，致怀仇怨，以死相拼，使此幡与之同归于尽。结果自己白用心机，在坏了好些同道。幸而五遁还未发动，如当移形代禁，五行合运，与敌相拼之际，出此大错，更难办了。现此幡已无甚大用，莫如取下，就令毒手摩什防御危害，看看他倒有多高法力，如此猛暴。真要所谋不成，索性激他入网，做自己的替身，以免长此纠缠，不论成否，难于摆脱。"

想到这里，妖尸顿生毒念，不特没有发急埋怨，反倒回眸娇笑道："这都是你上回要负气回山，我虽急难求人，但是一生不受人挟制。我见别的来人又只会说嘴，全无用处，反倒纠缠得人恶心，这班冤孽恰有好些不知自量，情甘犯险送死的。有的为了妄想把我霸占，争风火并，两败俱伤。我因他们此来不是图宝，便是图色，全都不怀好意，死无足惜。老贼尼禁法十分厉害，我炼这移形代禁之法，万一到时破它不了，必反受害。除你以外，无人可敌。彼时我以为你对我情爱不深，既已决绝，不便相烦，迫得无法，才想起利用这些生魂，炼一主幡，以防不测。谁知时日太短，功效稍差，致有此失。现被你无心中毁去，虽然省我运用时好些顾忌，但我这禁法却有了破绽，如一生出反应，就全仗你了。"

毒手摩什深知这面主幡祭炼不易，被自己无意中毁损，心本不安。及见妖尸仰赖自己，并无不悦，忙笑道："你忒多虑。我稍施为，便将此宝毁去，可知比我法力要差得多。有我在此，手到功成。此时已离子正不远，你说仇敌作梗的话已然应验，只是送死，现在别无动静，岂非胆小太过？

此洞深居地底,哪有我大岔山宫室壮丽?成功之后,你看我无须此幡,一举手间便将它倒反过来,震成粉碎,以免异日落入仇敌之手。我早不耐久候,你再迟延,我就要自行下手了。"

妖尸表面献媚,心实忿极,气无可出,口中应诺,暗骂:"你这妖孽,枉在轩辕门下修炼多年,一点不知天高地厚。你除比我多了两件师传异宝,论功力神通,我并非不如你。不过运数背晦,昔年来此,先吃老贼尼一个大亏,又被她暗留禁制,连遭挫折,不得不须你相助罢了。此时成败未卜,你便如此自满。少时成了固好,万一不妙,我还可逃,似你这等粗莽浮躁,休想活命。"正在边答边想念头,一眼瞥见水禁法物所困三妖人的元神,尚在水中挣扎图逃,其力甚强。妖尸向来取法甚高,用心狠毒,因主幡上附有不少修道人的元神,将来还可重炼复原,此时功效却差,以为威力妙用既已减少,索性不用,把重担交与毒手一人。却不想此幡与所施邪法表里为用,缺少不得。休看妖光煞火可毁伤它,却不能助长邪法威力妙用,如何可去?并且几个灵性未泯的倔强生魂已然消灭,功效虽差,转能运用自如,无甚顾忌。尽管不是圣姑三遁之敌,照妖尸先前设计那等周密稳妥,己身却可立于不败之地。至多邪不胜正,元气再受点伤,仗着早悉全洞禁法微妙,逃走并非无望。

也是恶贯已盈,一味倒行逆施。满腹怨毒正无从发泄,一见水中被困的元神欲逃甚力,不禁怒从心起,也没开口,手掐灵诀,往水盂中连指两指,一口真气喷去。五面妖幡参伍错综,一阵乱转,那大有尺许的半盂浅水,立似喷泉急涌,喷起丈许高,三尺来粗,下小上大一根水柱,隐闻水啸之声。内中三个身有妖光黑气的小人,立时慌了头路,冻蝇钻窗一般上下飞驰,乱飞起来。妖尸一声狞笑,再朝下一指,那直插地上的一柄金戈忽焕奇光,一闪不见。同时水柱内金铁交鸣,密如贯珠。紧跟着金芒如电,急闪之下,先现出无数两三寸大小的金戈,一窝蜂似急追三小人,纷纷环攻,越攻越密。晃眼间上下布满,外观宛如水晶包着的一座金塔,金光水影,相映生辉,耀眼生缬。始而三小人还能勉强在金戈阵中冲突,仗着妖光环绕,也未受伤,只看去狼狈已极。渐渐越来越紧,上下四外齐被金戈逼紧,护身妖光黑气虽未攻破,但已寸步难移,神情甚是惨苦。再一晃眼,金戈突隐,重焕奇辉,又生出无量数的飞刀飞箭,暴雨一般朝三小人潮涌而至，内中并夹着许多灰白色的弹丸，打向三人身旁，立即爆炸，银光一闪，齐化为一蓬蓬的飞针，细如麦芒，光却强烈，与飞刀飞箭一齐夹攻。只一眨眼工夫，三小人禁不住金水相生杂沓交击，身外妖光黑气相继破散。照理，此时金水之禁只要再往上一合，三妖人的元神便应消灭。可是妖尸对敌残酷，一心欲使多受苦痛，不令即灭。破了小人护身光烟以后，反将金水威力减去，再一施法，立有一片白气漫过，晃眼之间分作三股，将小人周身裹紧，凌空倒吊在水柱之内，每人身外各有无数飞针飞箭环攻刺射，毫无休歇。小人受了重创，法力已失，丝毫不能抗御，全都通身乱颤，突睛吐舌，张口狂叫，隐隐闻得极凄厉的哀号，听去力竭声嘶，神情惨痛已达极点。

癞姑等虽知被害的师徒三人也是左道妖邪，见这求生无路，求死不能，比凌迟碎割还要厉害十倍的残酷之状，也由不得忿慨发指，不忍卒视。妖尸却是行所无事，得意非常，满面春风，笑吟吟媚视毒手摩什，笑道："我虽早将这五行禁制炼好，因当初元神没有复体，仅能带着老贼尼的鬼锁链，在左近各室略微走动，既难走远，并还不能行出本室之外。这一年拼受点苦，挣扎着无形禁锁，冒险往东后洞搜寻镇物。无意之中发现有一少女来盗天书，本想将她抓死，摄下生魂与我做伴，无奈我那元神只能到那间室外附近，不能再走向前。眼看来人就要得手，幸我急中生智，强运玄功变化，将手伸长，才行夺下。同时禁制发动，因此一挣，周身大震，不能再杀来人，忙遁回来。此洞除泉脉水路而外，别无通路，来人资质虽好，乃是凡人，怎会被她走进，还到那等重要之地？后我复体，遍寻全洞，后洞仍无出入途径，又绝不是由复壁泉脉进出，至今不解。天书虽然得到，只因上半部被来人扯去了几页，五行禁法独缺乙木一宫符诀妙谛，纵然困居多年，领悟微妙，可以融会贯通，终不敢自信。再四筹计，不将藏珍和后半部天书取到手内，就能脱身，也终是个隐患。尽管仇人现坐死关，凭我法力，也未必能是对手，为此打这稳妥主意。一面照那天书施为，设下五行法物；一面用昔年别人借我的天魔解体移形代禁大法，来破仇人五行合运之禁。初次施为，先还拿它不定。现拿这三个叛逆一试，除功候尚差，本质不如外，竟和仇人所设威力妙用大体相似。我那移形代禁之法，学时颇费心力。你妒心太重，我怕你听了生气，不便说出来历。你可以相信，无论敌人用何高明异宝，只要形式一样，灵效略微相同，立生妙用，威力至上。照此看来，成功果是无疑的了。这三个叛贼先前尚有万一备用之意，因他们已然落网，还在自恃玄功，想毁法物逃走，适才和你说话，没有留意，几为所算，这才勾起我的怒火，决意除掉他们。本来一弹指间立可消灭，只为恨他们诡计暗算，伤我丈夫，特地留他们残魂，等少时事完，再带往大名山仙宫之内，慢慢消遣，给你出气如何？"

毒手摩什同受禁法所制，只顾闻言心喜，重又抱住妖尸亲热，竟忘了时已子初，正是紧要关头。不知不觉，自延时刻，以致易静从容出险，乘此时机寻到复壁密径，直入寝宫奥地，一举成功。这且不提。

二妖孽只管毒虐同类，观之为乐，互相嬉笑指说，竟没想到正事。后来还是残余同党中有一妖人名叫绣带仙人朱百灵的，人最机警，虽也悔恨上当，继一想："事已至此，只有恭顺下心，盼妖尸一切如愿，或者还有一线生机；否则前人固是前车之鉴，就是妖尸败亡，也必相随同归于尽。"旁观者清，见二妖孽当日行径大改常态，口中催促行法，却又无故迟延。尤其妖尸也自恃起来，把生死关头看成容易，迥非先前谨慎持重神情。一味互相调笑狎淫，丑态百出，简直不似有法力道术人的行径。又知圣姑禁法厉害，往往不知不觉便受了制，神志迷乱，忘乎所以。越看越觉可疑可虑，又想讨好，为少时元神求脱之计，便在台下赔笑说道："玉娘子，此时已入子初，该是破法取宝报仇之时了。"

朱百灵在妖党中貌最俊美，妖尸闻言倏地警觉，再一瞥见朱百灵一双秀目正注视着自己，端的丰神俊秀，美如少女，回忆前情，心中一荡，方生爱怜之念。猛想起此身已被野人霸占，似这等知情识趣、善解风情的美好男子，以后再难亲近，不禁有气。念头一转，立即由爱转妒，由妒生恨，暗忖："此人本是我口中一块肥肉，虽以仇人法严，未能如愿，彼此垂涎已非一日。不料心急脱险，二次引鬼入室，无端来了一个无力抗拒的管头，平日欲望只有打消。我不能得，也不甘便宜外人，索性断送了他，省得牵肠挂肚。"想到这里，表面却不显出，假意暗抛了一个眼风，媚笑道："果然是时候了。好在一切详情，如何施为，适已指明。朱道友法力高强，又有锁阴神带护身助威，当可无害。纵有疏失，你我交情较深，与众不同，又对我忠心不二，有始有终，不特保你元神无事，功成之后必以全力助你转此一劫，以为日后相见之地。就烦道友打这头阵，去破仇人土宫吧。"朱百灵先前还想："头阵、二阵入内的人如全失利，或可迫得妖尸作罢，所以好意提醒。没料到自讨死路，去当头阵。适才毒手摩什朝已怒目狞视，已怀恶念，怎敢违忤？"料是运数，只得待百死之中勉求活路。把心一横，叹道："玉娘子，我为你死，原所甘心，但你言要应验。请即行法，我去闯这头关便了。"毒手摩什平日见妖尸对朱百灵分外垂青，本蓄妒念，又连听两人语意亲密，与众不同，不由怒起，厉声喝道："贼狗道！既已奉令，快上前送死，哪有许多话说？"妖尸知他有了醋意，忙回眸媚笑，佯嗔道："别人为我夫妻尽力，你怎谩骂起来？"一面又悄声说道："你看他能活么？乐得在死前哄他两句，这你也气么？"毒手摩什还待发话，妖尸一边说话，已经如法施为。

　　朱百灵也没理睬毒手摩什，一见妖尸发动，将手一抖，平生得意的护身法宝锁阴神带立化一道粉红色的光华，由袖内飞出，随即暴长，向身上绕去，从头到脚，纵横交织，环绕了十几圈，把全身护了个风雨不透，内外通明，如在粉光影里。却把两头留在外面，各长三五丈，频频伸缩吐吞，宛如龙飞电舞，神妙非常。光色既极鲜艳，人物风采又极俊美，却去送死，连妖尸那么淫凶恶毒的妖邪，心虽不欲其生，也已不无怜惜。

　　这次是全体妖邪存亡之机，比先不同，全都注视里面动静。妖尸更以全神全力应付，准备施为。火宫四女也自留意观察，见那妖道一表人才，所用法宝也颇神妙，看神气，其左道法力似非寻常，并得妖尸指点，来势甚是狡猾。他不先触动五行禁制，才一入门，便自停住，往四外注视。一眼瞥见敌人化作小人，安坐火焰之上，身外还隔有一层祥光，另由光中射出一股青霞直罩木宫法物，似知有异。忙向门外回身唤道："玉娘子，你说那四位仇敌，虽被五遁困住，并未受制入魔，乙木反为所制。我不深悉此中妙用，你可仔细查看一下，以免有失。"妖尸先前诱敌入伏，一见禁制发动，威力惊人，心中内怯，不敢冒失入门查看。断定仇敌只要入网，早晚形神俱灭，万无生理。后来又听门内风雷止息，似已复了原状，估量仇敌不死，至多也只能仗着护身宝光支持片时，心中甚是拿稳。每次妖尸愚弄同党去破寝宫法物，从门外俱能看见被陷妖人。这次不知怎的，风雷止后看似复原，门内光霞闪闪，依旧变幻不休，一门之隔，竟看不出内里五行法物的动静景象，心想："必是被陷五遁中的人法力较高，所生反应。等少时召集同党，设下法台，如法施为，内外对照，便可看出，此时何必以身试险？"忙到前面召集毒手摩什和其他一班妖党，按照预定阴谋毒计，连激将带诱迫领将进来。意欲凭借近年苦心祭炼的天魔解体移形代禁之法和毒手摩什相助，合用全力，破禁取宝之后，毁去圣姑法体，报那百年禁锢之仇。就便将所有同党也一网打尽。行时，再同施邪法，倒翻地府，将幻波池毁灭。一心打着如意算盘，做梦也没想到那夺去数页天书的少女，便在所困仇敌之内，不特精习乙木遁法，并将木宫法物制住，以致五行合运减了好些威力妙用。仇敌道力既高，法宝尤为神妙，被困固止暂时之事，毫无所伤，并还因此窥见她的破绽。

　　妖尸设好法台以后，又受圣姑法力暗禁，妄动杀机，未曾下手，先残杀了一半同党和主幡上有用生魂。主幡再一受伤，不复运用。五行禁制原系窃自圣姑，尚能生出妙用，但只得了半部天书，所学不全，内中乙木遁法更是照外洞五遁依样葫芦，未得真诀，等于充数，与圣姑所设五遁天地悬殊，如何能与比拟？不用尚可，这一发动，无形中先受暗制，门内情景自然难于观察。这时妖尸算计，妖道入内，必将五遁引发。正在目注台上五行法物中的戊土一宫，相机下手，破法复仇。半晌不见动静，门内光霞幻变，又看不甚真，心方奇怪，忽听妖道急唤之声隐隐传出。妖尸枉在洞中禁锢苦炼了百年，当局者迷，急切间竟未警觉。寝宫禁法已生效应，内外形声隔绝，此是随着妖道大声疾呼，行法人的念头与实景相应，所生出来的幻象。定睛一看，门中光霞闪变中，隐现出五行法物。

　　妖道好似看出厉害，正由内往外狂奔出来，口中急呼："玉娘子！好人！我万里远来，为了爱你，死固不惜，但是仇人禁法厉害，我多少年的苦修也非容易，何苦使我形神俱灭？请念初见时彼此倾心相爱之情，容我逃生吧。"妖尸闻言，心方一动，偷觑毒手摩什，目射凶光，正在怒视自己，暗忖："此人关系大局，性暴而又奇妒，必不能容。"再见妖道惜命情急，狼狈之状，已快逃出门来。可是门内五行安然陈列，并无异状。心生鄙贱，不禁勃然大怒，厉声喝道："无用狗道！此时怕死贪生，有何用处？速将门内土遁引发，少时还有生机；如敢后退，先前三叛贼便是你的榜样！再如迟疑，我自在外引发，你少时连想保持残魂剩魄，都无望了。"话未说完，忽见门内黄云暴涌，尘雾飞扬，风沙传击，发出极凄厉的怪啸，势甚猛恶。妖道立被卷入黄尘影里，一面施展身外余剩下的两道粉红色的彩虹，电射龙飞，在迷漫尘沙中滚来滚去，一面仍在大声疾呼求救，已然离门不远。妖尸以为妖道法力甚强，戊土已被引发，并未将他制住，大出意料之外，暗忖："此人有用，好在移形代禁之法已可施为，又正缺人之际，何必这么早断送？"心念一转，立将邪法发动，手掐灵诀，指定面前用沙土祭炼堆成代替戊土沙物的小山，猛运玄功，张口喷出一股青气笼罩其上。跟着把手中灵诀一放，又有酒杯大小一团青绿色的奇光，由镇压主宫的妖幡上飞出，悬空停在土山之上，高约丈许。此是妖尸准备破禁的魔教中最恶毒的上乘邪法，预计这团青光往上一击，一声霹雳，土山炸得粉碎，立由妖光化炼成为灰烟消散，门内戊土法物也随同破去。

妖尸终是惊弓之鸟，强鼓勇气犯险相拼，心胆早寒。正行法间，忽想起成败安危系此一击，仇人何等法力，所留遗偈无不应验。今日更受重创，毁去肉身，兆头大是不佳。此举无功，万一生出反应，吉凶难料。虽有毒手摩什保护抵御，但他性太粗野自恃，莫又有什疏失。想再嘱咐两句，令其加意戒备，以防不测，于是欲发不止。说时迟，那时快，就这微一迟疑耽延，青光欲下未下的当儿，还未及和毒手摩什打招呼，猛瞥见面前黄影一闪，风沙之声隐隐大作。情知有异，忙往面前注视时，只见自设戊土法物忽然自生妙用，变作丈许大小一团尘雾黄沙。跟着土雷爆炸，如擂急鼓，势子越来越盛，所喷青光几乎笼罩不住，甚是吃力。有一小人影子在内，先吃土雷打得七翻八滚，狼狈异常，似已失去知觉。再看门内妖道，已然不知去向，土遁已收，五件法物仍是原状，环列在地。妖尸心中大惊，暗忖："土遁已被引发，如若邪法无功，理应反克；否则我这里法力尚未完全发动，朱百灵纵死，也应死在仇人土遁以内，怎会有此景象？事太可怪。仇人如若太凶，天魔解体之法克她不住，但又不应如此平安。"又一转念，忽然想起："乙木真诀未得，必是魔法虽强，但以乙木太弱，难制戊土。行法时，朱百灵恰在里面，为戊土所杀。功虽未成，却将他的元神移来。适才不应先破戊土，忘了弱点。照此形势，移形代禁，破法报仇，尚非无望。"越想越以为是，重又鼓起余勇，忙先行法收势，想将戊土法物止住时，隐隐闻得黄沙土雷交斗中，透出一声极微弱的惨啸，妖道元神所化小人,已经消灭无踪。土遁也随宁息,法物恢复原状。

妖尸行事素不认错,妖道为她形神皆亡,视若当然,反连先和妖道说话时的假颜色都收拾起,只媚视毒手摩什,暗令戒备。说完,突把笑容敛去,粉面一沉,满脸狞厉之容,戟指残余二妖党喝道:"你们看见了么?这厮又是一个不知死活的,好好的我命他去当头阵,本来引发土宫便是大功,至少元神可以保全,不过转上一劫,何况我夫妻念他出力,定必助他转世成道,将来到我夫妻门下,只有更好。不料,他到里面忽然情虚畏死欲退,我气他不过,将元神移来除去。现在你们总可知悉,仇人现坐死关,只凭预设禁法埋伏,无人主持,尚可趋避防御。我这五行禁制却比仇人还要厉害,前进尚可求生,稍有退缩,或怀二心,由门前起,上下四外俱有神光包围,绝逃不脱。我略一点手,便将你们移向这里,与他一样同受灭神之罚,后悔就无及了。"

那二妖党一名唐寰,一名刘霞台,早已心寒胆怯。不过人当危急之际,总是百计求生,不到死灭,不肯罢休。闻言同声应诺,互相看了一眼,吞吐答道:"玉娘子之命,我等不敢违,效死更无二心。只是仇人五遁五宫,我们人只两个,照你先前预计,未必足用。自来一人势孤,何如这次命我二人一同入内,引发埋伏之后,如可退出,便急退出来。等玉娘子破了她这一宫,二次我二人再同入内,如法行事。这样,五遁或可依次破去,免须多人,也给我二人多有一线生机。玉娘子以为如何?"妖尸闻言,才想起同党凋残,人少难如预计施行,倏地警觉,由急变怒,暴跳如雷,咬牙切齿,先把已死诸妖人厉声咒骂了一阵,继想:"适才委实火性太大,偏又加上这魔鬼狂傲自恃,性如烈火,先在前面杀死了好几个,到此又生枝节,真个苦不能言。现时实苦人少,不敷应用,这两个狗贼话倒有理。果如所言,于计亦得,全局只戊上一宫难破,莫如权且依他们所请,令其同进。倘可如愿,便把这两狗道留在末后戊土遁内,再行除去;如若不能逃出,反正不够,也不争此两人。那就索性冒一回险,叫丑鬼多加小心,一同入门,将五遁一齐引发,运用玄功急遁出来,再施魔法。如有不妙,便在丑鬼煞光护身之下,豁出法宝、道书不要,连仇人遗体和此洞府一齐毁灭。好歹也将大仇报了,再同飞走。丑鬼不知厉害,万一不济,至多由他做替死鬼,自身怎么也能逃走,有甚顾忌?"想到这里,愈发心横,决计一拼，狞笑答道："我夫妻玄功变化，法力高强，报仇之法尽多，人少有甚相干，你们如此胆小怕事？如不允你二人之情，必不甘心。只管同去，但能退时，也须同退，不可使有一人落后。门内情形我已说过，你二人原是同道，功力虽不如朱、黄等人，但俱精火遁，又均带有水母宫中异宝，足可防御。可代我将仇人内火引发，急速退出便了。"唐、刘二人闻言大喜，又听是犯火宫，更对心思，一声领命，便即起身。

二人出身原是昔年水母宫中被逐出来的侍者，早知妖尸淫凶，直无人理，因受同道怂恿，觊觎圣姑藏珍而来，本心不为贪色。到后，一见妖尸生得这等艳绝仙凡，加以邪媚勾引，方始心摇神荡。明知必无善果，只为妖尸迷惑，恋恋不去，一样也遭了恶报。二人法力不十分高，但是修道年久，各有几件异宝奇珍，所用飞剑也与众不同。昔年经水母用玄天妙法，在北海眼十万丈寒泉之下，采取癸水真精与太阴元磁凝炼而成。彼时，水宫侍者各有一柄。发出时寒光逼人，不必上身，道力差的人，百步以内吃冷光一照，立中寒毒。再不见机速退，一被击中，或与接触，寒毒攻心，血髓冻凝，通身发黑晕倒，难免于死。多猛烈的火，遇上即灭。二人又与火行者是莫逆之交，练就火遁。故此觉着有了生机，至少这头一关火宫总能闯过。便是妖尸和毒手摩什，也觉二妖人必能胜任。

二妖人因有所恃，并不似朱百灵那样先就胆怯。入门便直往前，到了五行法物之前，正待犯那丙火神灯，一眼发现灯焰上停着四女一男五个小人。男的一个，正是新在妖尸这里相识，比较投缘，昨日曾用隐语警告自己，速行设法逃回海外，免得玉石俱焚的海外散仙中有名人物朱逍遥。适才闻他背叛妖尸，兵解之后，被敌人将元婴救去。后来中了妖尸阴谋挟持，还在悔恨不听他的良言，自投死路。又听妖尸说他彼时必已入伏消灭，谁知仍和仇敌在一起。看神情，这男女五人似与妖尸所料不符，未受伤害。自己被迫来引发火遁，偏巧有人在上，焰中护身神光极似佛门法力，又有一股青霞射在乙木之上，四女神情自如，丙火许已被其镇住。如果不能引发火遁，二妖孽狠毒凶残，必不容活。如和朱逍遥一样与敌联合，可是敌人也同被困在此，如真有神通，就不能破法除妖，也必遁走，怎会久困火中，不能脱身？少时妖尸魔法发动，仍不免形神皆灭。改犯别宫，既违妖尸命令，又不比火宫较有把握。不过丙火如再引发，这男女五人就能抵御，妖尸如施移形代禁之法，也立化灰烟而灭。四女不说，朱逍遥却是新交良友，同难相怜，又觉不忍。无奈妖尸法令严厉，自己又无救他之法，实是为难。略一寻思，自觉爱莫能助，还是顾己要紧。二妖人也是平日手黑，惯用水母所赐元癸神剑冷光伤人，该当数尽。不知宫中禁制，随着心情实景，虚实变幻，因人而施。到时只看了焰中人影一眼，便只顾低头寻思，以为五人已被困在火遁之内，仅仅能暂时自保，无甚伎俩，未再向火焰中留意查看。白费了朱逍遥一番心力尚在其次，更因上官红那股青霞能由焰中透出，直射乙木法物，心疑丙火许被对方所制。再不两下相抵，不施全力，不能再引发它的妙用。反正非此不能交差，不特没有保全同道之心，反想借此卖好。算计丙火再发，威力必要暴长，五人绝不能当。自己这几件法宝专制丙火，如能得手，便将这男女五人乘机擒去献功。妖尸对这五人杀身之仇，恨深切骨，没想到存身火中，安然无恙。这一生擒献上，狂喜之下，必能换得自己这两条活命。等脱了此难，回到海外，再加以全副心力，约请能手，设法报仇，岂非绝妙？二妖人差不多一般心理，主意打定，互一商议，便自发难。

焰中五人早把妖尸残杀同类和一切丑态看在眼里，并已料定一会儿便有诡谋毒计，正在互相戒备。先见一个妖道飞身入内，进门发现火中有人，便向妖尸报知，本是讨好。哪知妖尸在外，厉声喝骂几句，忽施邪法，将妖道摄回门外法台之上，并将土遁发动，加以惨杀。跟着又命残余二妖党飞进门来。这两妖人却不似前一人畏缩，直到近前才行停住，朝神灯上看了一眼，面上似有惊异之色。癞姑因来人专犯火宫，方嘱众人小心应付，忽见所救道者元神突然起立，朝着下面妖党连声说道："二位道友，你们现在受妖尸愚弄，灭亡在即。这里五行合运，已被先天乙木制住火宫法物。我们可以无害，你们却万万触犯它不得。数百年辛苦修为，煞非容易，稍一失足，万劫不复。我看妖尸狠毒，你二人无力逃走。圣姑禁法厉害，此时虽未看出发难，料你二人已然入伏，危机密布，万无幸理。现只乙木一宫受制，是你二人一线生机。可运用你们的法力故意将它触动，我这里再求诸位恩仙行法，放你二人入内。这样你二人的肉身虽不一定保全，元神当可无恙，妖尸也奈何你二人不得。再有片刻，妖尸数尽，便可脱身转劫了。"

癫姑等四人见道者不住急喊狂呼,一面打着手势,只是新受重创的元婴,声细若蝇,甚是吃力。知他心性善良,对来人如此关切,想必和他一样同病相怜,便未拦阻。初意火宫外面妖尸言行动作尚能闻见,来人就在眼前,不比妖尸是在门外,每有禁法阻隔,又是旁门中高明之士,语声虽是极细,当无不闻之理。哪知连说带比,白急喊了一阵,对方竟似无闻无见。因见道者为友情热,又知这班妖党多为邪媚所惑,旁门中也有好人,不一定都是极恶穷凶,否则道者颇知自爱,对于来人也不会如此,不禁生出同情之念。谢琳最是天真仗义,以为语声太低之故,首先忍不住,大声向外喝道:"喂,你这两人怎不知死活好歹?有好朋友警告你们,为何连看也不看一眼?"癫姑见他们仍似未闻,料已受制,方在筹思传声之策,道者突然失声惊叹道:"自作之孽,真难解救。想必圣姑不肯饶恕,由他们倒行逆施去吧。乙木虽被我们制住,丙火威力仍大,这两人俱精水火二遁,如再引发,许比先前厉害也说不定,我们还须小心应付呢。"

谢琳连受挫折,矜气已去大半,此时看见圣姑未再为难,言行自如,暗中早准备停当,想好突出应付之策。癫姑、轻云因见圣姑虽将自己一行困入火宫,但自从谢琳心服,神志恢复以后,便不再有别的危害和丝毫警兆,与平日所知所闻凶险情景,迥乎不同,更料定此举必有深意。上来只是略示警戒,此后非但无害,就此出去也非难事,只时机未到罢了。妖尸毒计原在意中,自二妖党入门,早就防到丙火再发,势必较前猛烈。照当前身经,和由光中发现圣姑宝相面现喜容,种种情景,以及师长前示机宜,虽然难关已过,渐渐走向成功路上,到底易、李、谢这一拨大援尚未到来,怎敢疏忽。闻言忙嘱上官红小心行事,随机应变,又忙朝下面注视。

这时道者元神刚刚说完末句,重又入定。二妖人恰好抬起头来,先朝前后四外观察,未及施为。妖尸见二人迟不发难,已在门外厉声叫嚣恶骂,神态凶狂,宛如雌虎、罗刹变相。毒手摩什也在厉声咆哮,并说:"二人必已被困,反正人少,前策已不能施,有我在此,何须畏惧?莫如随我下手,如愿便罢,如真不行,豁出舍了藏珍,可将仇人五行合运,连全洞禁制一齐引发。然后你我合力施展神通,倒翻地府,在我神光护身之下,借她五行合运之力,助长威势,将地水火风爆发,使此山化为火海。仇人正坐死关,不能行动,至少她那尸体也必化成劫灰,岂不把大仇报了?"妖尸闻言，不以为然，力说："我已行法，外面五遁与内相应，去的人如若失陷，立可看出。现无一毫影迹，必尚勾留在内，畏缩不前。你看门内光霞闪闪，看不见两狗道，这是初入伏时应有之象，丙火并未触发。你法力虽比我高，对于仇人禁法，你只照各派法力常理论断，不似我曾随她日久，又在此被困百年，深知底细，这贼尼委实神通广大，法力高强，与众不同。尤其是诡诈百出，早设下许多陷阱。你虽自信必操胜算，但不是到了万分危急，非拼不可，仍请听你心爱人的话，稳妥些好。反正只此片刻，无须如此猴急。我预计全般无用，再由你下手便了。"一面又戟指门内怒骂，催二妖人下手。

癞姑等四人由内望外，见闻逼真。妖尸却说光霞闪闪，看不见妖党形影，越知二妖孽落在下风，分明已受制。一门之隔，内外闻见各异，足证圣姑法力无边，玄机微妙。敬仰之余，再看二妖人行事，也颇慎重，虽听妖尸怒骂催迫，面现忧急，举措仍不慌乱。开首似是查看形势退路，四外观察了一遍，仿佛若有所悟，面上略现喜色，互看了一眼，先不近前发难。紧跟着摘去道冠，披发赤足，正对五行法物前踏罡布斗，各将手往四外一阵乱指乱划。二妖人原在一片寒光、大团冷雾笼护之下，贴地低飞。经此施为，立由光中飞出大片寒星，冷萤如雨，洒向所指之处，各按方位凝聚不动，晃眼现出一个丈许大小、寒光堆成的八卦方阵。手掐灵诀，口诵法咒，又照八门生克飞巡了两遍，将阵布好。然后同飞向巽官方位上去，禹步立定。一个由宝囊内取出一粒黄油油的晶丸，往神灯上打到，同时另一个便张口一呼，再往火宫喷上一口气。

二妖人因这类先后天五行合运的禁制击力越大，反应越强，心疑丙火法物被陷其中，勉强镇制，非有极大击力，不能激出反应。加以畏死心切，未尚发动，先图自保，仗恃水火二遁出色当行，以为这等作法进退自如，还可乘机摄取焰中被困的人。只顾贪生畏死，灾友求生，打着如意算盘，哪知圣姑法力兼有佛道两家之长，神奇微妙，不可思议，禁法因人而施，每与相左。那晶丸乃妖人向少阳神君大弟子火行者用本门法宝换来的异宝烈火神珠，本身便能发出极猛烈火，再与真火相合，便如火上添油，再加无限火药，威力之大，可以想见。那五行法物，即使不去犯它，稍微挨近，便要入阱，以火引火；况又加上巽地罡风，自然一触即发，捷如影响。哪知大谬不然。那烈火神珠出手便是火星飞射，好似一团将爆发的火药，夹着一片爆音飞向前去。后又随着一阵罡风，劲急异常。不意刚一挨近神灯，忽如石投大海，无影无踪，罡风也同时宁息。休说引发丙遁，连灯焰均未见有丝毫摇闪，只仿佛有一丝红线微光，略在阵前一闪即隐。二妖人一见法宝无功，心中大惊。耳听门外妖尸催迫愈急，知道再不引动丙火，定将妖尸激怒，用移形代禁之法，和先进来的妖党一般摄将出去，加以惨杀。心下一着慌，更误以为丙火被人制住，非施全力不能激发。忙又同时施为，二次改了方法，欲以真水之宝激起反应。各将身畔一个小黑玉葫芦取在手内，掐起灵诀，将葫芦对准神灯微微一撒，各激射出一股寒光，银箭也似往神灯焰头上射去。就在两下里似接未接之际，人还未及看清，那寒光忽然反激回来，就势布开，往二妖人当头罩下。同时八卦阵图中的寒光冷雾也潮涌而起。

癞姑等四人适才隐约见到的一丝红线突然现出，电闪一般掣动了几下，倏地变作一片薄而又亮的火云，包在外面，不见一丝缝隙，直似一幢银色轻纨穹庐，外面再加上一层薄薄的红绡，色彩鲜明，奇丽无俦。四人因见妖人发动在先，神灯始终宁静，无甚异状，先还疑是妖人屡试无功，觉出形势不妙，情虚内怯，特又加意防备。晃眼之间，忽闻轰轰火发，与水沸之声，由八卦阵中隐隐透出。再定睛一看，红光之外并无他异，内里冷光寒雾中却生出无数火焰。同时又看见神灯焰头上有一线极细红光射将出去，一直注向妖阵之上，方始紧贴着化为红云布散开来，通体包围。那光细如游丝，不运用慧目凝视几乎看不见，才知火宫妙用已被引发。一行人居然未受危害，好生欣幸。二妖人毫未警觉身已入阱，还在里面奋力鼓勇，就在自己所布八卦阵中环绕飞驰起来。

谢琳笑向众人道："这两妖党法力不弱，尤其所用飞剑、法宝，乃水火精气所炼，均非常见之物。面上也无甚邪气，想是旁门中知名之士。适才朱道友那么急于救他们，竟会不觉，你们说他们多么晦气？"癞姑笑道："二妹，你真有眼力。这厮刚飞进门时，我已觉他们剑光与众不同。因初学道时随师海外采药，无心中见两位散仙为争一岛斗法，见到过一次，事隔多年，早已忘却。后见他们两次施为和入门时妖尸所说的话，才行想起，这两妖党定是昔年水母宫中徒众无疑。第一次所发小珠，乃磨球岛离珠宫用太阴真火炼成之宝。既能持有这类法宝，足见与少阳神君师徒也有渊源，修道年限更不在浅。却为贪淫二字，迷上妖尸朽骨，形消神灭，真个冤枉。圣姑绝不妄杀无辜，照此情形，必有自取之道。陷入火宫本就难活，偏又不知利害轻重，欲以真水克制，激发丙丁真火，欲向妖尸复命，不知圣姑五行禁法神妙无穷，克力愈大，反应愈强。由五行逆运，先天丙火化生出后天真水，阴阳两仪迭相为用，闹得水火既济，两下里外夹攻，威力更大得不可形容。现两妖党已然神志昏迷，入了幻境，纵有法力，也不知运用，一会儿便化劫烟消亡。这类人死无足惜，只是他们那两道剑光和那玉葫芦中万年月魄寒精所炼天一玄阴真气以及那粒火珠也同断送了。二人义均佩有宝囊，想必尚不在此。真个可惜已极。"

谢琳笑道："实不相瞒，我见初上来时诸事顺手，未免看容易了些。又受了一点禁制，越发私心自用，把家父和叶姑的话认作常谈。后来才知圣姑法力之高，万分敬仰。你不用可惜，我想常人暴殄天物，尚且不可，何况神仙异宝？圣姑既然凡事妙烛机先，早在百年以前算定，无论何人也不能逆她而行。此宝可惜和我们此时心情，她老人家必早算到。寻常妖邪之物自不屑留，水母和少阳神君，我均曾听叶姑说过，他们那法宝无故绝不传于外人，自是难得。难道以圣姑的法力，还算不到？据我猜测，妖人虽不能免，几件好的法宝必定留下。你们是未来主人，已承受天书、藏珍，不必说了。闻说圣姑最喜聪明乖巧的女孩，我今日虽助你们，也算是为她老人家效点微劳，与大家合戮妖尸，清除仙府，好端端将我们禁入火宫，自无此理。再说后生小辈拜见前辈尊长，原该有点打发。也许她老人家知我姊妹不久下山，无甚称心法宝，特留在此，等赐这几件见面礼呢。"轻云闻言，忍不住好笑。

癫姑知谢琳狡狯，现已悟出圣姑法力性情，欲得此宝，故意如此说法。虽然半出戏言，圣姑事无巨细，均预有安排，又最爱根骨深厚、灵慧天真的少女，其所希冀并非无望。想起仙都二女远来，热肠可感，正想措词补上两句，代为求告。一眼瞥见二妖人绕完全阵之后，忽变成两小人，仍在光中飞行不已，飞势却缓了。许多风、水、火交斗之声，仿佛更厉。知他们肉身已化，元神转眼也就消灭。正想查看所带法宝、飞剑存在与否，猛觉神灯焰光连连闪动，似有变故，暗忖："此宝只飞出一线余光，便将妖党中两能手禁制消灭。此时别无妖人进门触犯禁制，怎会有此现象？"疑心妖尸发动魔法，忙令大家小心戒备，并留神四下观察。跟着，门外震天价一声巨震，神灯焰光立又静止如恒。再看门外，烟光杂沓，狂涛怒涌，妖尸和毒手摩什同声叫嚣，杂以咒骂。因这次光景混乱，中间又隔着一幢寒光冷雾，看不真切。料定妖尸认定二妖党引发火遁，妄施魔法，全局俱败，心机白用，也许还受了重创。正寻思间，光霞倏地大盛，一闪之间，前面圆门忽隐，水、火、风、雷与拔木扬沙、金铁交鸣之声，一时尽起。回看圣姑法体和玉榻后面十二屏风，一齐隐去。先二妖党元神失踪，那幢寒光连同外围红云也同不见。到处都被五色光华布满。寝宫和外间广堂似已打通，连成一片，而且地域广大，无边无际。妖尸、毒手同在乌金色云光环绕之下，正在五色光海之中往来飞驰，行法甚急。毒手摩什仍是原来恶相，妖尸却比前几次相貌神情还要狞厉得多。只见她披头散发，面上秽污狼藉，铁青着一张脸，凶睛怒突，白牙森列，通体赤裸，一丝不挂，摇舞着两只瘦长利爪；腰悬革囊，前额、左肩各钉着七把飞刀和七支小飞叉。身有一片青绿色烟气笼罩，外面包上一团玄雾，雾外方是妖光、煞火笼护。神态惶遽，凶暴丑恶，如发狂易，改了常态。

这时洞中禁制似已全被引发，妖尸、毒手正以玄功变化，全力拼命施为。妖尸深知厉害，死生呼吸之间，情急自不必说。便连毒手摩什么自恃，尽管厉声叫嚣，施展神通，猛力相抗，也未似先前一味骄狂自大之状。癞姑等四人见二妖孽虽然被困在五色光霞海中，仍能上下飞舞，往来驰突，并未将他们制住。毒手摩什乍上来还在妄想裂毁仇人法体，不料刚一发难，便陷遁中。休说仇人法体，除却霞光万丈，彩焰千重，排山倒海，狂潮一般涌将上来而外，一任运用目力，竟看不见别的影迹。在癞姑等四人眼里，只见他飞行自如。毒手、妖尸却觉出阻力压力奇强，越来越甚。尤厉害的是，妖尸本来深悉禁法奥秘和一切蹦度、门户方位，平日随心发纵，运用自如，此时竟全一无所施。仍照以往精习，频频如法施为，想先遁出圈外，观察清楚，再行相机进退；末后觉出隐入危机，又想全身遁逃。哪知两层全未办到。一任想尽方法，无论逃向何方，全是前路茫茫，无有止境。并且每变换一回，禁力必然加大许多。

毒手摩什这才渐渐觉出厉害，对方五遁禁制威力绝大，竟是从来未见之奇，大出意料。盛气虽馁了不少，仍恃邪法高强，到真不得已时，还可犯险一拼，尚不十分惊惶。还在安慰妖尸，力言："无妨，有我在此，必能保你出险。"妖尸想起他是罪魁祸首，如非他，自己也不敢如此大意放纵，肉身先不会毁去。还有适才设坛行法以前，如不是他暴戾奇妒，连残杀了好些同党，便无须乎自己上前，进退也可自如。事纵无功，受害者只是别人，自己还能全身而退。就是现在，如不因他口发狂言，一味自恃，也不会有此孤注一掷之举。心虽恨极，无奈尚须此人相助合力，如与反目，势更危急。只得一面随声敷衍，勉与合力，准备把全身法宝施展出来，与仇敌一拼存亡；一面暗中准备退路，仍在乌金云光围绕之下，施展玄功变化，使周身俱在妖烟笼罩之下，打算少时辨清殿中门户方位，发动邪法倒转地府时，好了便罢，稍有不妙，立即单独遁走。就算丑鬼也能逃脱，他那七煞玄阴天罗虽然厉害，凭自己的法力和玄功变化，却难加害。他此次并未代己复仇，一举成功，到后纠缠也有话说。这一来，二妖孽便做了同床异梦。毒手摩什空自修炼多年，竟为妖尸邪媚所逮，一毫也未觉察，依然尽心尽力为之效死。

说时迟，那时快，先是五色云光上下四方如惊涛怒奔猛压上来。二妖仗着妖光煞火抵御，还能强力冲突，不受阻遏。晃眼之间，五遁威力骤转强烈，五色光华电闪也似连连变幻明灭，阻力越大，有类实质。奇光腾幻，本就绮丽无俦，加上妖光中的煞火似花雨一般爆散，两下里冲击排荡，更成奇观，连旁观者都眼花缭乱。休说分辨门户方位，连想似前冲荡飞行，都越艰难。隔不一会儿，妖党外围受不住五色云光强压，渐渐缩小，共只两丈大一团，双方势子逼紧，一发便自爆裂迸散，四下飞射。旁观看去，直似一片浩无边际的五色光海之中，隐现着一团四围火花乱爆的乌金光球，在里面滚来滚去，使人心惊目眩，不可逼视。

毒手摩什见此情势，越发情急；妖尸再故意做作，一味表示胆小害怕，相依为命之态，更使其内愧。不禁暴跳如雷，厉声咆哮，恶口咒骂，拼命加强妖光煞火之力，四下乱撞。五行神雷忽然相继发动，始而现出成团成阵的大小黄光，夹着无量黄沙猛袭上来，摩什才一抵御，又化作千百万金戈，夹着无量飞刀飞箭，暴雨一般袭来。紧跟着，水、木、火三行接连出现，有的是千百万根大小水柱，有的是狂涛一般的大小影子，都是前后相催,一层紧迫一层迫压上来。尤厉害是每化生一回,便相会合,加强许多威力。等到丙火神雷发动,势又为之一变。千百万火球火箭刚刚出现,五行便自合运。五色神雷互相击触猛轧,纷纷爆炸,刚刚分裂,互一相撞,又复并合为一。那风雷之势也比先前加增百倍,互助威势,宛如地覆天翻,海山怒啸,声势之浩大猛恶,直非言语所能形容。

毒手摩什得有轩辕老怪真传,邪法甚高,尤精于翻山越地、防身飞遁之术。而妖尸被困幻波池多年,除寝宫五行法物而外,洞中一切埋伏设施不特多能领会,几乎全部可以运用挪移,至于门户生克之妙,更所深悉。初发难时,二妖孽如若同心协力,专作逃生之想,并非完全无望。只因摩什来时气焰冲天,过于骄狂自恃,上来便把话说大,把弓张满,无法收锋。及至当日连遭挫折,妖尸再撒娇送媚,冷嘲热讽,巧言激将,更成了能进不能退的骑虎之势。急愧交加,越发痛恨圣姑,既想代妖尸复仇,证实平日所言不虚,以博心上人欢爱,又贪图那些藏珍,尽管觉出情势紧迫,依然口说大话,一味蛮来。妖尸见所料情势会出意外,虽知不妙,心中胆寒,也是贪得道书、藏珍,当日又有毁身化骨之痛,报仇雪恨之心更切。自恃深悉洞中形势和一切禁制微妙,并还有同了一个替死鬼,急怒交加之下,有似失心疯狂,首鼠两端,自相矛盾。明知凶险万分,偏欲巧使同党去跳火坑,自在岸上观望,相机进退,坐收渔人之利。初意寝宫禁制和外五洞差不许多,只要避开五行法物,不被吸去;或是就陷在内,只要照着以往精习和生克向背之妙,如法施为,必可代解;真要不行,便暗用天魔解体大挪移法,使用同党代死,变化元神,仍可逃走。开头虽在辨别门方位,并非完全想逃。嗣见形势越紧,猛然想起:"寝宫五行禁制虽与外洞体用施为相同,但是外洞所设全是禁法,内里这五行法物俱是仇人昔年所炼至宝奇珍。自己虽然未冒失入内,以前愚弄同党,犯险送死的曾有多人,竟连元神一齐消灭,死时惨状均经目睹,并非不知厉害。平日常在门外窥探,早有戒心。本定以魔法收功,如能毁坏五行法物,始可入内;否则,宁舍天书、藏珍不要,至多在外面与丑鬼合力姑试倒翻地府,毁洞复仇。不问此举能否如愿,一击之后,立即遁走。怎会如此昏愚无知,事到临头,便不由自主,硬往火坑里跳?"念头一动,魂惊魄悸,由不得又恨又急,又悔又怕。跟着五行逐渐舍运,化生出无限威力,身外妖光煞火禁不住六面重压夹攻，逐渐缩退逼紧。毒手摩什空自发威，怪啸狂吼，猛力抵御，并无效用，已然行动皆难，进退不得。万分情急惶恐之下，妖尸又想起误在毒手摩什身上。再一回顾，看到那一张狰厉凶恶的丑脸，不禁怒从心起，一面打点毒计，忍不住戟指骂道："你这丑鬼，不听我话，害死我了！"

可笑毒手摩什色迷心窍，明明见妖尸手掐灵诀，神色不善，竟没想到就要翻脸为仇；反觉委实不合自恃太过，累她受此惊险，问心不安。一面仍勉强抵御，一面强颜慰解道："乖乖，你莫惊惶。我本意是想为你复仇取宝，没有打点逃路。贼尼五遁果然厉害，照此情势，报仇还许有望，天书、藏珍恐难全得了。我现在准备裂山穿地而出，任她法力多高，也阻我二人不住。我正准备行法，不能兼顾，故此神光减退了些。休说有我在此保你，真到危急，我还可向教主恩师求援。他现在虽不愿下山，见我危急，绝不袖手，至多事后加点责罚而已。他来去如电，只要我告急，无论相隔多远，立时可以赶到。我还有好些法宝、法力尚未施展，乖乖害怕作甚？"妖尸原是气急暴怒，口不择言，说完方恐对方激怒，多生枝节，或被警觉，有了防备。心正后悔失言，打算出其不意，先下手为强，暗施魔法，把毒手摩什制住，使五遁威力有了集中之处。再运用元神，按照平日所知五行生克变化，一层层冲出重围。本是行家，只要冲离当地一步，或稍辨明门户方向，立即遁走。及见对方如此说法，又复心动，以为轩辕师徒乃异教中头等人物，丑鬼所说并非虚语，如若真能护己脱险，岂不更好？便把恶念暂且止住，乘机回首，报了一个媚笑，佯嗔道："我如再为仇敌所伤，看你平日那么大威名，拿甚面目对我呢？既有法力，还不快使出来！"

毒手摩什所说不能兼顾，原系实情。本来是攻守兼施，双管齐下。只为五行禁制之力太强，五行神雷再一发动，又加成了无限威势。七煞玄阴天罗乃本门心神相连之宝，平日占惯上风，自然运用由心，无往不利，今日落在下风，危害也与相连。加以生平第一次受到这等意想不到的挫折，那五行神雷飞涛暴雨一般密压压涌击而来，虽仗妖光煞火防护，暂时未得近身，心神一样也受到剧烈震撼，稍微疏懈，便受伤害，形势险恶。尤其那面妖网关系性命，不能失去，必须加意运用防护，以免为敌人五行神雷击破。孤注一掷以前，又非仗此宝防身不能施为，不能先收。互相牵制之下，心神不能专注一样，形势如此凶险，一发无功，立有败亡之虑，大则形神皆灭，至少亦绝不免受重创，或将肉身葬送。单是自身一人尚还不妨，偏又顾上妖尸不算，一心还在想复仇讨好，证实先说的大话，以致所施妖法延缓。妖尸却不计及同党安危，专为自身设想，不特不稍体念，依然一味愚弄，意图取巧，并欲伺便加以暗算，不住撒娇送媚，明讽暗激。毒手摩什多年凶横，性情暴烈，怎禁得住这等激刺，恼羞成怒，无从发泄，更想及早成功，挽回颜面。这一盛气用事，利害全置之度外，不由乱了章法，竟然冒失起来。

癞姑等四人存身神灯焰上，始终不曾离开原地，因在五遁包围之外，所见又是一番景象。见二妖孽触动埋伏以后，先是里外通连，成了一片光海。二妖身外妖光当时缩小，陷身其内，尽管上下翻腾，往来飞驶，可是并不远去，只在方圆十丈以内左冲右突，乱窜不已，神情慌张，甚是可笑。似这样隔了没多大一会儿，神雷便已发动。转瞬之间，五行合运，眼前光景立变，不特不似二妖孽所经那等险恶，所见景物迥乎不同。只见各色光霞逐次发生变幻，忽然一片五色光华往前一涌一卷，眼看一声轻雷震过，寝宫原景倏地重现。玉榻之上，依然安坐着圣姑，一切景物陈设，与先前所见丝毫无异。二妖孽却不知去向。榻后十二扇金屏风上，繁霞焕彩，突发奇光，闪幻如电。隐闻水火、风雷、刀兵、木土之声，汇为极繁碎的爆音。另由榻前五行法物上，各突起一股指头粗细的各色光焰，互相交错，直射屏上。再细定睛查看，那十扇金屏已然不似实质之物，看去又深又远，屏上所有风、雷、云、水、火、金、木、沙、土诸般形相齐生变化，发出威力，闪幻不停。二妖已被摄入在内，乌金色的妖光发射出各色光雨精芒，随同滚转，不差分毫。分明二妖孽已被圣姑五遁禁制困住，四人好生惊喜。

谢琳首道："看此情形，二妖孽已然被困，灭亡在即。可是我们也在火宫禁制之内，长此困守，也不是事。我们合力冲将出去如何？"癞姑道："照各位师长仙示，分明要等易师姊她们与我们会合，始竟全功。并且语气之间，二妖邪法也颇厉害，临未收功时还有惊险场面，怎会才一自投罗网，立即消灭，死得如此容易？尤其毒手摩什，家师仙示虽曾提到，并未说他数尽今日。这等有名妖孽，如应此时伏诛，事前必有指示。以我臆测，好似这厮暂时还要漏网。再者，我们被禁火宫之内，必有原因。只是全作壁上观，无所事事，似乎不应如此。五行合运生化相连，现时木宫受制，你们看射向金屏上面的五行真气,只有乙木光华较弱,威力也似稍逊,各宫禁法息息相通,二妖孽妖法颇高,妖光煞火更是神奇,现虽被困,仍能支持。与先前数妖党身一入困,神志全昏情景,大不相同。稍有空隙,必被逃走。万一无知妄动,引发别的变故,使其乘隙逃走,悔之何及?最好还是权且忍耐片时,静俟下文。我想二妖孽已被禁在此,令姊与琼妹无人能敌,易师姊断无不出困之理,久俟未来,还有因由。事机紧急,瞬息百变。她们三人一到,立可收功,不急在此一时。就算全出乎预计,或另生波折,也等二妖孽真个伏诛,再冲破火宫禁制出去未晚。"轻云笑道:"此时五遁之力全注金屏之上,二妖孽未能即时伏诛,许是乙木受制,以致牵连全部,减了一些威力。我看上官红乙木遁法甚是精熟,何妨稍撤禁法,使乙木失禁,发挥五遁威力,试上一试呢?"

癞姑还未及答,忽听轰轰风雷之声,自殿后壁内发出,金屏上面五遁风雷之声,听似猛急,但都具体而微,声并不高。此则声甚壮烈,仿佛四壁皆受震撼。方在倾耳察听间,跟着一声清磬,风雷声止处,紧贴金屏后壁上方,霞光连闪两闪,现出一个大圆门。同时瞥见易静、李英琼、谢璎三人,同驾有无相神光现形飞出。才一照面,易静当先,似已发觉四人被禁火宫之内。因那圆门尚有一列台阶直接金屏之上,不到门外,看不见屏上所生变化。易静又是精悉五遁微妙,胸有成竹。一见四人困入火宫,只知情势紧急,忙于救人,又见下面并无妖尸影迹,不等飞出,忙先行法将预掐就的灵诀往外一放。癞姑等四人只觉"轰"的一声,面前火花乱爆中,一片红霞闪过,身外一轻,人已离开焰头,脱困出禁。同时所有一切禁制,以及五遁风雷的繁喧一齐停止。只上官红一人因是专意宁神,注定下面青枝,目不转瞬,尽管变出非常,急切间不曾发现乃师飞出。所施法力又与原设禁制无关,乙木真气依然存在。加以初当大任,谨慎非常,惟恐失措,虽已随众出困,未奉癞姑之命,也未收法。

癞姑、谢、周三人见易静等三人飞出,心方惊喜,百忙中忽又听一声厉啸,眼前一暗,一片乌金色的云光电也似疾,当头罩下。妖光煞火中拥着毒手、妖尸,二妖孽各摇舞着一双利爪,恶狠狠正往屏面玉榻上圣姑法体抓去。三女猛想禁制一停,二妖孽也由屏上脱困飞出,圣姑护身禁制也许已同被易静止住,喊声:"不好!"谢琳忙催遁光上前抵御,癞姑、轻云也忙指飞剑、法宝迎敌。本来已经来不及，幸得上官红乙木真气未撤，觉着变出非常由不得往旁偷觑，开头还没看见易静，却一眼瞥见屏上万喧尽息，光烟齐收，二妖孽离屏飞出，乌金云光立时大盛。二妖孽好似骤出意料，满面惊疑，目闪凶光，还在四顾张皇。上官红一时福至心灵，忙把飞剑和乙木真气同时发将出去。初意有了适才经历，觉出乙木功力颇高，已能出手，二妖孽必以邪法来侵，打算先下手为强。没料到二妖孽竟舍四人，先往圣姑法体抓去。就这事机瞬息，间不容发的当儿，乙木真气恰将来势挡住。上官红虽已精习乙木遁法，因初临大敌，又震于二妖孽的威名，不知自己功力深浅，始终随众应付，未敢轻举妄动，并未全数发挥。这时巧值危机，感念圣姑恩德，不由情急万分，便把乙木威力全数施展出来。那先天乙木神雷好不厉害，二妖孽又当元气受创，新伤之际，竟会阻住，不得近身。

癞姑等三人法宝、飞剑齐施，相继发动，易静、英琼、谢璎三人也已飞出，七人一同合力。英琼识得厉害，一到便将宝珠飞出，化作一团禅光，已早照在圣姑头上。二妖孽几番冲突抢扑，不得近身，毫无效果。众人的法宝、飞剑又极神奇厉害。尤其是周、李二人的紫郢、青索双剑合璧，本来就是天府至宝，诸邪不侵，近年随着周、李二人的精进，愈发增加了极大威力，合为一体以后，更是神妙莫测。英琼又是疾恶如仇的天性，斗不一会儿，径自舍了仙都二女的护身神光，强着轻云，双双身剑合一，往妖光煞火丛中穿去。癞姑的屠龙刀，易静的降魔七宝，以及仙都二女近所炼诸宝，无一件不是神物利器，身子又在有无相神光防护之下，立于有胜无败之地。谢琳更把《灭魔宝箓》所习诸法频频施展，大显神通。几下里夹攻，二妖孽一面想要报仇，一面抵御劲敌，又见这一班新仇敌并无一人落网受伤，自己的算计已然失败，如果此时再一败退，藏珍、天书必为仇人所得，重将贪欲勾动，加倍情急。本就有些应接不暇，哪禁得起峨眉山镇山之宝两口仙剑合一来攻，稍一疏神，妖尸首先受伤，虽仗邪法高强，玄功变化，不致消亡，到底受伤不轻。毒手摩什算见机，不似先前狂妄自大，一击不中，看出厉害，一面以全力运用妖光抵御众人法宝飞剑，一面运用玄功变化飞遁，隐现无常，飘忽若电，不曾受到伤害，一样也是处于下风。

二妖孽自是狂怒忿恨，也各施展邪法异宝，欲伤仇敌。无奈对方人多势众，各有神光法宝防身。周、李二人飞剑威力更大，邪法自是不能加害，全无用处，法宝遇上，吃剑光连绞几绞，便化残烟碎星而散。妖尸的飞叉先吃破去，飞洒了大片星雨，晃眼散灭。二妖孽先还不舍放弃复仇、取宝两层妄念，没料到这班新出道的仇敌竟是如此难敌，尽管厉声狞啸，大肆凶威，暴跳如雷，全无一毫用处。嗣见放出的法宝纷纷断送，每施邪法不是无功，便被谢琳破去。别的尚可，那合璧双剑实难抵敌，七煞玄阴天罗虽未毁坏，竟被冲入。妖尸又受了伤。渐渐看出不妙。急怒攻心之下，二次再生毒计，决意舍弃藏珍，专一报仇，施展轩辕老怪嫡传最狠毒猛烈的邪法，倒翻地府，猛发地、水、火、风，将新旧仇敌一网打尽，同时消灭。于是二妖孽互相一打手势，毒手摩什便在暗中行法施为起来。也是众人疏忽了些。特别是易静因秘诀已得，不会再受妖尸禁制，自身法力又高，剑宝神奇，上来便占上风。觉着这寝宫禁制乃是五行合运，互相生化，通体关联，并且威力之大不可思议。自己虽然精习微妙，余人尚无所知，仓猝之间不及传授。妖尸又是内行，恐有疏失，一个不巧，连自己人也受了危害。尤其爱徒上官红功力尚浅。因而投鼠忌器，哪知引出大乱子来。

第二五三回

月弯荡阴霾　厉啸一声飞毒手
金幢压地肺　伽音九劫起真灵

上文写到癫姑、谢琳、周轻云、上官红四人存身火宫神灯灵焰之上，眼看毒手摩什与妖尸玉娘子崔盈被困在十二扇金屏上五遁风雷之中，已经力竭势穷。不料易静同了李英琼、谢璎三人由玉壁圆门中飞出，救人心切，误将五遁禁制止住。毒手、妖尸由金屏上脱险飞出，欲害圣姑法体未成，在众人法宝、飞剑环攻之下，依然猖獗。易静因众人尚未精习五遁禁制，上官红法力更浅，投鼠忌器，妖尸又是内行，更不肯造次，欲在百忙之中抽暇传声指点，待机而作。一半是因二次对敌，看出对方先受禁制，元气大伤，侥幸脱出以后，妖光煞火，已无前此之盛。而自己一方人多势众，宫门又已被神光堵住，二妖孽绝逃不脱，只要破去其护身妖光，立可使其伏诛，都未免大意了些。这类斗法势极神速，总共不到半盏茶时，即使当时指点传授也来不及。眼看危机瞬息，发难在即，尚未察觉。

也是众人该当有这一场虚惊。易静连经挫折之余，深知妖尸玄功变化，邪法高强；尤其元神出斗，不是肉体，更为神奇，此时看去虽受创不轻，伎俩尚不止此。只是不知何故，妖尸只管随同叫嚣，把身带法宝、飞刀之类施展出来，拼命向前和自己拼斗，所用最擅长的玄功邪法和一种极厉害的妖烟邪雾，并未施为。妖尸已是劲敌，况又加上一个负盛名的魔头。不过摩什虽和妖尸情形稍异，看似运用全力应战，但除妖光煞火较厉害而外，并无惊人之作。固然自己一行法宝皆非寻常，并还有专破邪法的谢琳，使其计无可施，照着平日所闻，二妖邪的神通广大，未免不符，事出意料，渐渐生疑。便料二妖孽先是打算复仇、盗宝，一举成功。继见情势不妙，一行又有佛光和紫、青双剑护身，无法加害，苦斗下去，就不至于败，也不能胜。怨毒仇恨之心又重，于是以退为进，表面勉强应付，暗中蓄好势子，冷不防猛下毒手，施展邪魔教下最狠毒的邪法，以希一逞，也说不定。心想："妖尸虽在洞中多年，精习诸般禁制，但总图未得，终逊一筹。妖光难破，急切间无如彼何，夜长梦多，时机稍纵即逝。何如先下手为强，即以其人之道，还治其人之身，反运禁法，姑试为之。"又一转念："李伯父曾说，到时还来相助；父亲也有圣姑现坐死关，须李伯父来始得功行圆满之言。现未见到，必是妖尸伏诛，尚须少待。以前屡因操切事，父师预示先机，定无差错。"心又迟疑起来。

仙都二女又与易静心意不同。谢琳童心犹盛，断定妖尸不能幸免，而又均精邪法，意欲借此演习，试验伏魔诸法功力深浅。及见邪法全被破去，每斗必胜，想起对方虽是妖邪中名手，尚为己败，可见先前被困受欺，全出圣姑禁法之力，不关妖尸。心中高兴，愈发乐此不疲，直想留着妖尸多斗上几次法再行除去，才对心思，别的毫未顾及。谢璎近虽功候日深，但是平素谨慎，性又仁慈，始终谨记父师尊长和智公禅师之言，七宝金幢非到情势万分紧急，不可妄用。适才为救良友，施展此宝，用时并还十分小心，以全副心力主持，开头略一展动，便将守护妖幡的一些生魂全数消灭。幸而妖尸行法，将法台移走，否则各妖幡上所附的精魂便要全灭。这些多是有道人的生魂元婴，修为至此，颇非容易。只为一念之差，自投死路，吃妖尸邪法禁锢，供其役使。方幸妖尸伏诛在即，有了一线生机，却被毁灭，连堕轮回，转入畜生道中都不能够，岂不可怜？事后心情还在不安。又知妖尸所摄有道人的生魂尚多，不知附在何处，惟恐此宝一用，又有毁灭。心想："现有神光护身，已不再畏毒手妖光邪火，自己一方又明占着上风。反正妖尸数尽今日，迟早伏诛，何必非用此宝不可？"于是枉有一件佛家降魔除妖至宝，竟无心使用。

这三个可以制胜的能手，不是举棋不定，便是优柔寡断，仅凭各人飞剑法宝，随众应敌。看似占着优势，实则二妖孽功候甚深，除妖尸开头稍微疏忽，吃紫、青双剑绕身而过，受了创伤，元气略微损耗外，以后知道仇敌势强，法宝厉害，便不再撄其锋。一些飞腾变化，比电还疾，隐现无常，虽是败退之势，直难捉摸。不时回飞，还施展邪法，异宝还攻，如非神光护身，周、李二人身剑合一，直难逃其毒手。易静见对方败意甚浓，连伤法宝,依然恋战,毫无退意。而妖尸又是曾受圣姑玉牒恫吓,早已首鼠两端,心胆内怯,怎会如此固执成见?心中生疑,不禁留意。因见妖尸最畏紫、青双剑和癞姑的屠龙刀,仗着飞遁神速,又有毒手摩什随时防护,三人竟再伤她不了。自己也因对方滑溜,瞬息百变,惟恐打空,只将飞剑发出,随众助威。暗将灭魔弹月弩、牟尼散光丸二宝取在手内,意欲俟机加以猛击。正值二妖孽邪法准备停当,故意先后现形,原意是想诱敌,并使误解,以便行那一网打尽的阴谋毒计,这一凑合再好没有。癞姑、周、李三人,好容易发现二妖孽同时现形,东西相背,妖尸少了毒手护卫,下手正好,如何肯舍。加上屡次经验,不约而同,立催飞刀、飞剑,两头夹攻。说时迟,那时快,三人势子本就神速无比。易静更早算好,妖尸一现,立将二宝同时发出。一粒弹月弩,直取妖尸;同时却将牟尼散光丸往毒手摩什打去。主意原想得好,因妖尸屡次隐现逃遁,多是隐形变化,飞遁闪躲,而毒手摩什也赶来救护。散光丸虽不能消灭妖光煞火,却可暂时阻住来势。弹月弩出去,恰与癞姑、周、李三人三面合围,妖尸失了毒手护卫,一任隐遁如何神速,也是非伤不可。哪知二宝刚分向两面,同时爆散,忽然眼前一暗,随听四外上下、洞壁地底殷殷震动。众人并未想到邪法如此阴毒,地覆天翻的巨变就要发作。事前虽也略有警兆,不到全部发难,绝觉不出会有少时那么厉害。又以变兆轻微,圣姑所留埋伏又多,误以为敌我双方,不知何人触犯了原设的禁制,略一疏忽之间,祸变发动。

众人本来不及制止,也是般般凑巧。妖尸起初不是不知处境之危,不能离开毒手摩什,终是贪心太重。眼看邪法发动在即,万分紧迫中,一眼瞥见圣姑玉榻前,神灯后面,有几点寒光闪动。目光刚注过去,紧跟着又见一片祥霞闪过,榻前倏地现出一个玲珑剔透的玉墩,上有金磬、玉鱼等法器,中间端端正正放着一个玉箧。妖尸以前原在圣姑门下多年,一见便认出那是圣姑当年修道时用的圆玉几。不特梦想多年,穷搜未得的天书秘笈,连圣姑多年辛苦炼成的镇山三宝,也在其上。这些至宝,自己多能领解微妙,有的当时即可应用。如能得到手,不特异日神通无人能制,可以为所欲为;并且出困以后,立可不受丑鬼挟制霸占,说好便罢,不好,当时翻脸,也无顾忌。再能忍耐上二三年的委屈,连轩辕老怪也无如己何。这等千载一时的良机,如何舍得放过?利令智昏之下,本和毒手摩什暗中约定，以进为退，稍一前攻，略微稳住敌人，突然抽身飞遁，同时邪法也自发动，为想独吞，既未通知同党，事机也委实迅速异常，一经发现，立运玄功，飞扑过去。毒手摩什始终不知圣姑法力究有多深，天书、法宝全未见过。一心只是迷恋妖尸，别的全未在念。又未得妖尸知会，仍照预计行事。加以敌人势强，攻杀甚急，因而还在暗中施为，深信妖尸必能自保，立即可以退出，无暇分神旁注，以致和妖尸分了开来。等众人见二妖孽居然由合而分，不约而同，各将法宝、飞剑纷纷飞追截杀之际，妖尸已然转扑到神灯后面。

妖尸目光到处，认出那几点寒光乃是最末两妖人失落禁遁中的两件水母宫中至宝。那圆玉几在一片祥霞轻笼围护之下，已全现形。敌人好似尚未顾及发现，心中狂喜。知这祥霞乃是宝光，并非禁制，正要伸手攫夺，连那两件至宝也同取走。无如妖尸快，仇敌也快，易静的灭魔弹月弩恰由身后打到。此宝专伤妖邪元神，妖尸深知它的厉害，偏是事机瞬息，稍纵即逝，没奈何，只得勉强运用玄功，拼着挨上一下重的，只要把玉几上法宝、天书取到手内，终有复仇之日。那两件水宫至宝，来得及顺手取走更好，不能，就便毁去，或是舍下。反正转眼全数毁灭，仇敌也不能享受。心念动处，全身已往玉几上扑去，满拟手到功成。做梦也没想到，看得逼真的东西，手一下去，竟会捞了个空。情知上当，心犹不甘，未及再加查看，忽听毒手摩什传声，令同速退的暗号。刚猛想起，两下所设邪法已然发动，如与毒手一同施为，遁退稍迟，不在妖光防护之下，同党法力尚不深知，稍微疏忽，就许波及，纵不致与仇敌一同毁灭，受伤在所难免。如不一同发难，威力便减，一击不中，再举便难，前功尽弃，自身安危也关重要。就这微一迟疑疏神，弹月弩的寒光正好打中身上，化为无数寒星，围绕四面，纷纷爆散，降魔至宝，威力甚大。妖尸以前全仗玄功变化，躲闪抵御，下来志在得宝，拼挨一下，已是失计。及至扑空上当，又复心智摇惑，不能当机立断。等背心上挨了一下重的，想再飞腾变化，已是无及，元神立时受伤，愈发急忿交加，心慌意乱，失了方寸。

再说毒手摩什性烈如火，暴烈异常，生平又从未吃过人亏，无端遇见几个无名的后起人物，连连失利，由不得暴跳欲狂。早想施展毒手，把仇敌全数消灭，均吃妖尸再三拦阻，久已忿不可遏。等到准备停当，与妖尸分头诱敌，不料反上了敌人的当。迎头方受周、李、谢诸人的法宝飞剑夹攻，猛地又吃易静冷不防打来一粒牟尼散丸，恰又是克星之一，身外妖光立被冲散一洞，不及补满还原。周、李二人看出破绽，忙运紫、青双剑乘虚穿入，如非他精于玄功变化，人也几乎受伤。恰好邪法也在此时成功，怒上加怒，急火攻心，再也按捺不下。以为妖尸必按预计行事，百忙中也未看清妖尸处境不利，相隔尚远，不及同逋，一声招呼，便自发难。这些全是瞬息间事。

众人刚占到一点上风，便听风雷殷殷，一齐震动，变生仓猝，几被疏忽过去。仙都二女法力虽高，和周、李二人一样经历尚浅。易静虽是久经大敌的人，但因三探幻波池，连吃了妖尸好些亏，末了一次又是几乎丧命，当晚正是仇人相见，分外眼红。偏是妖尸邪法高强，仗着玄功变化，闪转腾挪，又有毒手相助，疾逾电掣，斗了些时，分毫奈何她不得。好容易盼到二孽分开，稍微得手，自把全神贯注一方。因为变起太快，那上下四外的风雷无异一架巨炮的火引，正在点燃，不容人思索考察，就待爆发。加以战场上剑光、宝光飞驰，以及双方所施法术带起来的各种风、雷、水、火之声，汇为繁响，极易相混。如等发觉，大祸必然爆发，众人虽不致死，地府却要倒转，地、水、火、风全被勾动，山崩地陷，圣姑法体必难保全，连道书、藏珍也必随同沦陷地窍洪炉之中，化为劫火了。本来万难挽救的事，幸而癞姑从小出家，便随屠龙师太在海内外修炼游行，中间连经许多艰难危险的战斗，论起众姊妹经历，独她最多，人又异常机警干练，震声才一发动，便觉出它激烈猛急，有异寻常。心念一动，立即发话，大喝："琼妹，速发宝珠妙用。谢家大妹，留心妖孽弄鬼。"

事有凑巧。谢璎虽然心念仁慈，不肯轻用七宝金幢，这时因二妖孽久未成擒，中间连经癞姑、谢琳暗中催促急速下手，以免妖尸万一乘隙逃走，意思已然活动。但以适救易静出险时，初次施为，因幢顶舍利飞返西方，失了镇制之宝，威力大得惊人；同时觉出自身功候尚欠精纯，虽能随念施为，事前如无准备，到时便不免有难于驾驭之感，稍微失措，自身固可无害，却易惹出别的危害，暗忖："父亲虽说妖尸今晚就戮，并未说她不逃。看二妖孽如此神通，也委实不可不虑。"便在暗中施展佛家法力，运用全神，与此宝合为一体。表面仍在随众应战，以防万一，却不显出。及听癞姑发话示警,心方一动,四壁上下震声中,忽起了一种极沉闷的巨响,仿佛火引燃到了火药。只为幻波池底地层石质坚厚异常,下面虽成了火海,上面还有若干丈地层,未全熔化成浆。可是阻力越大,蓄势越猛,那情景好似用一片有伸缩性的软皮,包在一个火油罐上,下面烈火已将内中的油烧得滚沸,快要内燃,油烟热气一个劲往外膨胀,沸声洪烈,已将上层包皮冲胀起老高,晃眼工夫,便要爆炸。就是上面包皮还能稍微支持,四边的铁已经通红,油一点燃,一样也是全化烈火,往外横溢爆炸。形势险恶,已达极点。就在这四壁上下,随着震声摇晃,众人全部觉着不妙,连眨眼都来不及的当儿,癞姑发话也还未完,同时忽又听有人传声大喝:"速展七宝金幢,镇压祸变!琼儿速护法体!"那语声来处好似极远,晃眼已经临近。说时迟,那时快,来人话才入耳,谢璎业已发觉,那亘古难见的奇灾浩劫,也将猛然爆发。七宝金幢神妙无穷,不可思议,谢璎年来功力精进,更是情急之际,贸然施为,只要能抢在山崩地陷、通体尚未爆裂成灰之前,也可防御镇压,何况事前已有准备。随着心念动处,一座金霞万道,彩焰千重,通体祥辉闪闪,七色七层的金幢宝相,忽自谢璎身后飞起,端的比电还急,当时长大,矗立殿中。每层祥光中,各射出一片极强烈耀眼的精芒光气,往上下四处交织射去,再自动地徐徐转了一转。本来地底有一股极猛烈的大力,带着一种极奇异而又沉闷的巨震,刚在狂涌而上,洞顶四壁受不住巨力震撼,已在一齐晃动,摇摇欲崩;地面也似吹胀了的气泡,倏地往上喷起老高。眼见危机一发,恰巧金幢已出,立即镇住。宝光照处,洞顶四壁宁静复原,地上的大泡也已平复如初。地底本来似开了锅的沸水,水、火、风、雷宛如海啸天崩,轰轰怒鸣,说也奇怪,自从金幢徐徐一转,轰声顿止。只听一片极繁密的骚音响过,跟着似地动一般,全洞上下,略微摇晃,便已宁息无声。一声浩劫,就此镇压下去。

战场上的情景,却更热闹了。妖尸和蛊手摩什均非寻常妖邪,当金幢乍一出现之时,妖尸最为识货。她自与仙都二女交手,首先觉出是个劲敌。尤其后来的一个,身外的有无相神光,已较前者为强,身上更似藏有什么奇珍异宝,隐蕴着一种从未经见的祥氛,但却未见敌人使用。中间虽也施展出几件飞剑、法宝,俱与所料不符。自知玄功变化,邪法高强,当晚这些强敌虽也颇有几件能伤自己的法宝,但都不能致命,并还可用变化躲闪。

但若再遇上别的佛门异宝，却是吉凶难卜。因此对于谢璎格外留神，只要对面，必以全力戒备。这时妖尸深入玉榻之前，离门实远，为贪天书，挨了易静一弹月弩，过于急怒慌乱，不由乱了章法，但是仍未忘情天书、异宝。明明听得毒手摩什暗号，照着预计本应先自退下，随同发难，在这千钧一发的生死关头，如何能有寻思工夫，微一迟疑，毒手摩什已先下手发难。妖尸则想起不能再延，猛瞥见前面敌人身后飞起一幢七层金霞，看出是件具有无上威力的佛门至宝，不禁神魂皆颤，一声厉啸，运用玄功，往外飞去。

妖尸本极机警狡诈，情知此宝难当，对面又都是劲敌，逃时不特隐了形影，并还施展身外化身之法，幻出一条人影，声东击西。在一片妖光环绕之下，故意往斜刺里飞去，真神却由右侧相反方向加急飞逃，掩饰绝妙。那护身妖光，又是一件真的法宝，多高法力的人，也易被她瞒过。无如恶贯已盈，那七宝金幢现出在先，出于意外。妖尸如在前面发觉得快，再加飞剑神速，不被佛光扫中，或许能够幸免一时。这时金幢在中，妖尸在后，想由后面绕过金幢，飞向前面，如何能够。休说精芒宝气笼罩全殿，无隙可逃，便有空隙，此宝灵异微妙，对于妖邪仇敌，如磁引针，一经施为，不必主持，自能发挥威力妙用。何况内中还发出一种灭魂宝气神光，依着对方妖邪法力深浅，加以诛擒不必上身，多深功候的妖邪，也禁不住这一照。跟着宝气一卷，立即擒住；差一点的，当时消灭，形影皆无。至多也只挨上一些时日，断无生理。隐形与否，全不相干。一任如何机巧变诈，精于逃遁，全无用处。众人之中，易、李二人先已见过金幢威力，知妖尸难逃此劫，又忙着与新来的一位神僧相见，还未在意。癞姑见妖尸逃时，妖光隐现，心疑有诈，正指屠龙刀堵截，口中大喝："留神妖尸化身隐遁！"话才出口，那带有妖光的假妖尸，吃金幢精芒射中，也没听有响声，但已消灭无踪。方疑妖尸怎消灭得这么容易？忽听谢璎喝道："该死妖尸！我叫你逃！"循声一看，金幢下面竟多了一个妖尸影子。同时殿门前一片金光雷火敛处，李宁已现身形，手止众人，不令外追赶。英琼、轻云、易静正往前追去，毒手摩什已然当先逃走。

原来毒手摩什离门最近，发难之时，准备挟了妖尸，随着山崩地陷之际，冲空直上。等到了空中，立将妖光布满，准备快心快意，大施毒手，给这些劫火余生的仇敌一个斩尽杀绝。纵令对方有护身法宝神光，不致全死，到底杀一个是一个，总可稍出胸中恶气。正打着如意算盘，不承想妖尸并未与己一同发动。刚怒喝得一声，未及发话，眼看地震将起，火势就要爆发，猛瞥见七宝金幢出现。毒手摩什尽管邪法高强，但造成这等猛恶的浩劫尚是初次，知道此举异常猛烈，况又带有一个心上人的元神，所以七煞玄阴天罗并未收去，反施邪法加盛妖光，以防穿火而起时有甚疏失。此宝原系轩辕老怪嫡传心法，为邪魔道中有数法宝，迥异寻常。妖光全凭主持人本身真元运用，与正教中飞剑功效大同小异，妖人真灵与法宝息息相关。又因与众恶斗之际，妖光分布甚广，七宝金幢才一出现，神光宝气首先与妖光接触，那么厉害的七煞玄阴天罗立被吸住，竟和纸一般燃烧起来。所施邪法，也吃镇住。毒手摩什纵然平日骄狂，见此情势，也由不得吓了个魂飞胆落，锐气全消。何况此宝大有来历，关系着自身的安危荣辱，万失不得。当时急痛交加，哪里还敢停留，慌不迭运用玄功，立即自行切断未被宝气烧化的残余妖光邪火，往前洞蹿去。刚出头层殿门，待往中洞前面飞去，猛瞥见迎头一片金光，拥着一个身材高大的神僧，迎面飞来。因是生平初遭惨败，毁了性命相连的至宝，悔恨痛惜，眼里都要冒出火来，又知来者必是一个劲敌。万分情急之下，怒吼一声，张口便是一团其红如血，带着一片黄烟的妖光，朝前打去。此是毒手摩什苦练多年的内丹，与七煞玄阴天罗异曲同工，不到危急，轻易不用。一经施为，爆炸开来，立即石破天惊，整座山头也能震成粉碎。适在殿中对敌，本就想试一下，因妖尸尚在觊觎天书，又见敌人法宝神奇，玄阴神幕无功，此宝每用一次，要耗损不少真元，因而中止。嗣见七宝金幢消灭妖光那等神速厉害，自然不敢冒失尝试，自取灭亡。及脱危境，遁出金幢宝光以外，就是中途不遇敌人，到了幻波池上面，痛定思痛，忿无可泄，也必乘着下方无备，施展此宝，试上一下。明知敌人持有佛门至宝，必不能伤，但至少尽可将仙府灵境毁去一半，聊以泄忿。不料又遇大敌当前，看那来势和身外祥光，必又是个难惹的佛家高手。双方来势俱急，万闪不开，既不知来敌深浅，后面克星又必追来，连怕带恨，自然情急拼命，猛运真气，施展绝招孤注，将这内丹炼成的至宝发将出去。满想拼个你死我活，敌人万难躲闪。谁知那么激烈的妖光，竟似打在一片厚棉之上，对面金霞一闪，敌人不见，同时鼻端闻到一股旃檀异香。那团妖光的四面好像含有绝大潜力，将它压紧，不特不曾爆裂，反有被那金霞祥光吸住之势。这一惊，更是亡魂皆冒。忙施全力，张口猛往回一吸，侥幸吸了回来。斗败的公鸡，心胆皆寒，情知不妙。于是急忙发出残余的乌金云光护住全身，拼性命由旃檀香光中硬冲出去。毒手摩什飞遁神速，急逾雷电，对斗时原未停留，又在逃命急窜之际，眨眼已经无踪。

那神僧乃是李英琼之父李宁，奉了白眉老禅师之命而来。本心不要伤毒手摩什，只防他败逃时毁坏仙府灵泉圣迹，并为异日仙都二女大昝山之行，易于收功起见，特地破他这一着。毒手摩什一路飞逃出了幻波池老远，兀自闻得身后有旃檀香袭来，逃命都来不及，哪里还有心肠再作复仇之想，就此逃回大昝山妖窟而去。其实李宁所施，一半是自身法力，一半仗着白眉符偈，佛法妙用。当毒手摩什发出妖光妖火时，人早由他头上隐形飞过，直达五行殿内。易、谢、周、李诸人瞥见毒手摩什逃走，知他飞遁神速，忙要追赶。谢璎因为专注妖尸，又以七宝金幢不宜妄用，如将此宝催动，或是发挥妙用，追擒毒手摩什，并非难事。无如现在幻波池底，深洞之中施为，殿内外一些被妖尸摄制的残魂厉魄尚且不免消亡，如再追向上面，休说所过之处，凡是生魂，无一能免，更不知有多少具有恶质戾气的生灵遭殃。耳听谢琳连声催促，心方踌躇，李宁已经飞进，才一照面，便即摇手将众人止住。众人也忙上前，礼见不迭。

李宁笑道："可喜你们大功告成，功德不小，并还代圣姑解脱一桩孽累。只是你们来日还有大难，事情也还多呢。二位谢贤侄女，一会儿就要有事他去。妖尸残魂只好由我发付，免误时机，致添枝节。一切详情，再作详谈吧。"说罢，便令谢璎将金幢宝光暂且收缩，闪向殿角。再命众人离榻丈许，分两旁立定。只令英琼一人立在榻前，手指牟尼宝珠，放出祥光，照向圣姑头上。刚刚布置停妥，李宁立处忽焕奇光。随见地面上突然涌现出一个莲花玉墩，上面放着婆罗树叶织就色如翠羽的大蒲团。李宁笑道："难怪圣姑有此一关，当年分明算就今日之劫，必要假手一些与她有因缘的后辈。仍不肯稍微示弱，特意将绝尊者昔年坐禅的金刚灵石、婆罗蒲团暗藏地底，仗着道法玄妙，竟连许多位道友都被瞒过，我更不必说了。有此二宝镇压仙府，便我们这些人一个不来，二妖孽也只不过把地火引动，熔化下层石土,和地震一样,使得全洞摇晃震撼,骚扰些时罢了。真要称其凶心,倒翻此洞,化为火海,仍办不到。我来时,因觉起身太迟,祸变迅速,安危不可一瞬,万一到得稍晚,便难补救,曾请稍微提前,恩师却说无须。果然圣姑预有布置,真个令人佩服呢。"话刚说完,忽见玉榻后面上设五行、风、云、雷、电的十二扇金屏,突分左右,往两侧移去,现出屏后玉壁。壁上有一形似洞门的丈许大小圆影,上写金光灿烂的几行字迹:"伽音九劫余生,误牵孽累,自修正业,始悉玄根。坐关之初,嗔心已解,诸般小技,皆是前设。莲座蒲团,绝公故物,敬以奉归,非敢自炫。水母遗珍,蚕山所急,收赠璎、琳,聊酬远惠。眉老禅师,佛法无边,智珠在前,当已明照,未来种种,必有安排,敬此陈谢,不再琐屑。"等到众人看完,金光闪处,字迹忽隐,只留下壁上圆门一圈痕影。李宁笑道:"绝尊者二十三般西方法物,俱是佛门奇珍至宝。千百年来授受相承,显晦无常,尤以这金刚石莲禅座、娑罗蒲团最关紧要。自从尊者证果飞升,久无音息,不知怎会落在圣姑手内?法物奇珍,返诸本门,虽出圣姑盛情美意,但如追溯前因,我在东晋时,了是尊者门下最后收的一个小徒弟。现在还有好几位师兄留在人间,静修禅业。我屡劫重修,孽重德薄,易以克当圣姑厚惠?且等回山复命,禀奉恩师吧。"说罢,向南九拜,径往宝座蒲团上跌坐,英琼随运玄功,将手一指,牟尼宝珠立即大放光华,祥辉闪闪,笼罩全殿。跟着,李宁闭目入定,约有半盏茶时,头顶上激升起一道白光,往宝珠上射去。晃眼,珠光越强,珠却停在空中,不再似以前浮空徐转。前半面忽焕奇辉,宛如一面晶镜,发射出一道极强烈的银光,带着缤纷瑞彩,将那壁上圆门紧紧照住,光注之处,与门一般大小,不差分毫。乍看,又似光自门内发出,与珠相对。后半面的珠光却更加柔和。珠光照射,约有半个时辰,壁上圆门依然如故,并无半点影响。

易、谢诸人知道宝珠威力至大,无坚不摧,何况此时李宁又以本身元灵运用,愈发挥出无上妙用。但圣姑封闭的殿壁死关,竟会攻它不开,不禁惊异。李宁倏地张目,大喝道:"圣姑,你诸般魔障业已解消,三千大千世界,无罣无碍。贫僧现奉白眉禅师大金刚旃檀佛偈,送你返本还原,重归极乐。本来无魔,胜他作甚?急速勘破玄关,西方去吧。"说到末句,双手齐掐诀印,往外一扬,十指齐散毫光,射向圆门之上。紧跟着,再一口真气喷向门上。随听霹雳一声，圆门上金霞电转，连闪了几闪，门便隐去，由门内射出一片白光。李宁将手一指，牟尼珠上祥光立即包围上去，化成一个由小而大的光弄，一头直抵洞门，将白光罩定。便见门内一个妙龄女尼，在一幢祥光环绕之下冉冉飞出，含笑朝着李宁诸人略一点首，径往法体头上落去。李宁双手连掐诀印，朝那法体一扬，一声轻雷震过，圣姑元神往下一沉，与身合而为一。随着李宁手指处，牟尼珠光往上一升，重返原状，仍停当空，圣姑头上立有一圈佛光现出。圣姑相貌本是粉妆玉琢，丽绝人天。这时勘破死关，功行圆满，越发宝相庄严，仪态万方，神光照人，不可逼视。只是目仍未启。李宁也重新闭目入定，双方趺坐相对。约有顿饭光景，忽地四目同开。李宁笑道："既然圣姑昔年预有安排，恕不远送了。"一言甫毕，圣姑徐伸右手，往上一指，又是一声轻雷震过，当头洞顶忽然裂开，现出两丈方圆一个天窗，宛如一口数百丈深井，直达幻波池上面。接着，圣姑含笑指了指上面，又指了指外面和易、李诸人，然后起立，朝李宁合掌为礼。李宁笑道："多谢圣姑预示先机，少时传示诸后辈，定照尊意行事便了。"说罢，将手一招，牟尼珠便飞了回来，英琼扬手接去。同时圣姑便在一片祥光彩霞簇拥之下，冉冉上升。李宁和易、谢诸人也分别礼拜，相送不迭。圣姑初起颇慢，渐上渐速，一会儿，快要升到顶上，倏地一道金光由圣姑身畔发出，直射下来。隐闻一串连珠霹雳，自上而下，晃眼到底，金光忽隐。再看洞顶，业复原状，更不见有丝毫痕迹。

李宁随下禅座，向众说道："且喜圣姑今日证果。照此情景，修道人一时误入歧途，再修正果，煞非容易。以圣姑这样高的法力，生平又从未作甚越轨的事，只为当初一念之差，好胜负气，立意要在佛门创一旁宗，使一班旁门之士有所依归。本此修为，一样能成正果，用心并非不好，却累她惹下许多魔孽，历劫多生。虽然今日得成正果，总算完了她的夙愿，毕竟受了许多辛苦艰危，又坐这百年死关。如非夙根深厚，功力精纯，道法高强，又具有绝大愿力和坚忍不移的心志，事无大小，早在百余年前潜心推算，预识先机，戒备详密，使其强仇大敌，无懈可击。休说百年死关，法力已失灵效，不能施为，哪怕寻常人也可毁损她的形神，致其死命。何况还有许多有形和无形的诸般魔头，以及死关中应遭逢的水、火、风、雷之危，无日无夜，常年侵害，功候毅力稍差一点，便遭惨劫。就是适才易贤侄女由复壁密径飞出,不知二妖孽已被困入金屏五遁之中,乍见灯中人影,以为先来四人陷入火遁,误撤原设五遁之禁,致被二妖孽脱身出险。妖尸动作已极神速,毒手摩什比她更快,又都心毒手黑,事起仓猝,人所不料,当时情势端的危险已极。圣姑昔年统筹全局时,推算稍有疏忽,固无幸理,便火宫中留伏的四人少上一个上官红,也是凶多吉少。法体纵不致被二妖孽消灭,或是抓裂粉碎,残毁在所难免。她这百余年死关中光阴,无一刻不是满布危机。临末了这一关,尤为厉害凶险。外面是二妖孽寻仇加害,这还可仗你们保护抵御;那破关以前的诸般魔扰,因为道高,魔头也更高,比起异日道家四九天劫中诸位道友遇天魔威力,只有过之,而无不及。又以圣姑过于小心,本身法力又高,坐关以前预设法力封闭,十分严固。其中无形之魔,到此紧要关头,越发厉害。她在里面,以定力智慧战胜诸魔,寸念不生。因有一两次想到功成在即,心念微动,魔头立即乘虚而入。仗着深根夙慧,定力坚强,好容易才得战退,转危为安。为此屏除意念,虽然反照空明,人我两忘,到了炉火纯青之境,可是她在未出死关以前,一切外相,仍旧难于分辨敌我去取;纵能分别真伪善恶,心念一动,魔随以生,只好全当魔头,付之不闻不问。而她定力越强,关门也越坚固难拔。此时情势,必须助她的人具有无上法力,攻破死关,将她接出,使其复体重生,方可无害。单是宝珠之力,尚还不够,乃以佛法和我本身元灵助长宝珠威力,又仗白眉恩师传赐金刚诀印符偈,先后费了不少心力,才将圣姑死关禁制破去。直到佛光接引,将人围拥,脱出了死关以外,不致再受魔头侵害,圣姑元神方得自如,显其神通法力,完成夙愿。如是另换一人,除非再转一劫,上来便得正宗传授,或能有望。今世往好的说,不致堕落;一个不好,便不免于身膺惨劫,前功尽弃,堕入轮回。

"你们全仗多生修为,从未入过歧途,看去今世修为容易,仿佛得天独厚。却不知过去生中经历,以及由旁门中转归正果的,有多难呢!就以今世而论,比较起来,自比一般容易,只要勤于修为,将来成就当可预卜。但是幻波池开府之后,一切艰难危害便要接踵而至。首先便是卫仙客夫妻这一伙。他们自从琼儿、轻云再入幻波池将他们救出以后,本可少释仇怨。也是琼儿煞气太重,不合在北洞水宫杀了沙红燕约来的一个妖党,因此仇怨日深。彼时他们觉出你们功力不似所料为浅,又有几件奇珍至宝,无人能破。心贪洞中藏珍天书,知道你们无故不会寻他们的晦气,对于池底藏珍,只是各凭法力,捷足先登。与妖尸的仇恨又居首位,不愿在未得手以前多树强敌。为此暂时不与你们明斗,却往四处借宝约人,欲在你们下手以前杀死妖尸,复仇夺宝,先占此洞,再分双方强弱存亡。这些日已卷土重来了三次,每次均不免于伤人折宝,不曾占得分毫便宜,仗着沙氏兄妹持有一件异宝,总算保命回去。末了这次,因沙红燕受了丌南公严词告诫,负气未来,辛凌霄与她在一处,也未前来。只沙亮、东方皓、卫仙客三人在一起,因向一隐迹多年的旁门能手借宝,闻说妖尸不日命尽,一时心贪情急,沙亮力主抢先下手。自恃防身有术,又借到两件旁门异宝,并新约了两个有力帮手,以为至多不能如愿,进退决可由心,不致失陷,大可一试。众人中只沙亮为人阴险狡诈,去时还存有私心,把五人分作两起:东方皓和两旁门女散仙一路,他和卫仙客一路,分先后隐形入内。不料阴谋诡计被两女仙临场省悟,见东方皓为妖尸所杀,不曾深入,立仗玄功变化和独门隐遁之术,急匆匆抢救了东方皓的元神,冒着奇险,逃出洞去。到了幻波池上面,恰值卫仙客怪沙亮不合暗用阴谋陷害同党,在彼争论,证明所料不差。心中忿恨,不特没有现形警告二人,说毒手摩什已与妖尸合流,潜伏洞中;反倒潜施法力,发了一个业已得手的假暗号,令沙、卫二人速往策应。

"这两女仙,乃东方皓好友,心肠还算不差,觉着卫仙客情尚可原,等沙、卫二人匆匆赶下,估量必与毒手相遇,难讨公道,行前特向卫仙客传声,告以厉害,令其见机速退;如见难逃,速自兵解,保卫元神遁出,免为妖光煞火所困,形神俱灭。可是事已无及。总算沙、卫二人俱都机警,一见毒手摩什,全都魂飞胆落。一个是拼舍肉身,保了元神,先逃出来;一个是自行兵解以后,元神无法逃遁,勉强遁入别室,直到易贤侄女撤了洞中禁制,方得侥幸逃了回去。如今妖尸已死,毒手摩什不久伏诛,洞府藏珍全被你们得去。剩下沙、辛二女俱都量浅忌刻,见人、宝两失,必把所有怨毒全种在你们几个人的身上,势必日夕营谋,报仇夺取。你们虽仗有好些飞剑法宝,师门心法,以及圣姑遗留的五遁禁制和一切埋伏,敌人休说随意侵害,便想擅行入内,也所不能。但那老怪丌南公和另两个同类却是难惹。不过老怪为人外表骄狂,内里也极谨慎,故生平不曾败过。自知他许多打算俱是逆天而行，全想以人胜天，所以行事异常慎重。哪知准备了多少年，上次铜椰岛向妙一真人和正教中诸位道友寻仇，仍未讨了好去，更把锐气减了一半。他自来好胜，除妙一真人夫妇以及乙、凌、白、朱诸老是他没齿深仇，一息尚存，绝不甘休外，对于寻常侮犯他的人，因他说过自身道法高强，无论何人对他稍微无礼，他一出手，必定当场处治，不容逃遁，绝无二次再寻旧账的事。

"如果你们遇上他时，或能够逃脱，或是勉力抵御，使其无力加害，退了回去，那么除非二次向他寻事，否则日后即便狭路相逢，他也置若无睹。可是近数百年来，在他手下逃脱的，简直没有几个。他对门人虽颇护犊，但也颇讲情理。依我推测和圣姑行前通灵所示先机，暂时他自知徒党理亏，又知你们一切因果成就和许多倚仗，不是他师徒所能伤害，暂时当不至于冒失前来，行那胜之不武，不胜为笑，逆天而不可必之事。但沙红燕是他前生宠姬，今世爱徒，渊源至深，琼儿又不合将那妖党杀死，仇怨本已结成。以后沙、辛二人常来相扰，日子一久，杀伤渐多，仇恨更深。沙红燕人更机智诡诈，必定百计千方激他出来。再要沙红燕死在你们手中，那他更是非来不可。如论功候法力，你们自非其敌，尚幸占了极好地利和前人遗留下的设施。我去以后，如能格外奋勉用功，照着圣姑天书勤思禁遁，到时只要能抵御一时，便可无害。话虽如此，事情却是艰险异常。此老来去如电，瞬息万变，出没无常，什么法宝、飞剑也难伤他分毫，临机稍微疏忽，便招杀身之祸，悔之无及了。开府中间，事变还多，此是最危险的一个。余人虽不似老怪这等厉害，也都不是庸手，应敌之际，依然大意不得。妖尸虽已就擒，但她早得圣姑真传，叛师以后又得了高明妖邪指教，更经幻波池百年苦炼。她那元神凝炼，有胜生人，如非过恋以前躯壳，直用不着复体重生。她那玄功变化，不在毒手摩什以下，即用七宝金幢将她消灭，也须三日三夜。

"本来无须乎我在此，因毒手摩什受伤遁走，他那七煞玄阴天罗为乃师所传性命相连之宝，现遭损毁，不敢回见轩辕老怪，此时正在大笞山顶，无日无夜祭炼还原。他与你们仇深刺骨，尤以璎、琳姊妹为甚，如不乘此时机将他除去，必留下后患。乘其无颜见师，法宝已毁之际，前往下手正是时候。无如七宝金幢诛戮邪魅的威力太大，他那地方又是高出云表的山顶，此怪更炼有一粒元丹，消灭不易。如若过分发挥金幢威力，幢顶舍利子已失，少此镇压，一经展动，方圆数百里内稍有丝毫邪毒之气的生灵全遭毁灭，山岳陵谷也不免于崩颓，并且宝光上冲霄汉，就许把一干邪魔引来，潜侵暗算。你姊妹法力虽高，到底经历尚浅，难保不上仇敌的当。就说金幢与身相合，可无大害，到你姊妹警觉追敌，或用金幢防御还攻时，对方用的本是声东击西之策，金幢稍一移动，有了空隙，毒手摩什立弃肉身遁走，岂不正中他计？妖邪众多，俱是能者，除非金幢宝光将他罩住，不能伤害，否则防不胜防。最好先把令尊的心灯取来，再仗有无相神光隐身，到了大岙山顶相机下手。先借心灯之力，权代舍利子镇住金幢宝光，以免难于驾驭，心神专注一处，不能分用，致生空隙。等擒到妖孽以后，再将他收入心灯之内，用佛火神焰炼化。你姊妹便在山顶由一人运用心灯，生炼妖孽；一人运用七宝金幢，敛去宝光威力，只在有无相神光环拥之中略微放出一幢祥霞，将你二人护住，一任四外妖邪烦扰，不去睬他。这么一来，休说毒手摩什急请来的一干妖党，便轩辕老怪亲来援救，也说不定。他们技穷智绌之余，弄巧还要使出魔教中翻山倒海的下策，一半分你姊妹心神，一半借以泄忿。无论声势闹得多么猛烈，在妖魂未尽消灭以前，均可不去理他。因为那只是魔教中的上乘魔相，多高法力的人，不知底细来意，也必认以为真。实则金幢随着行法人的意念，自然生出无上威力，千百里内大地山河齐受镇压，任何邪魔皆难侵犯，魔头幻相，不理便自烟消。

"事完之后，四外环伺的妖党尚多，你姊妹只可略以二宝虚相恫吓，逼其遁走。切不可以一时之忿，因见内有两个极恶穷凶，便起杀机，运用二宝威力加以诛戮，致树不可消解的强敌，留为异日之患。须知七宝金幢固是佛门至宝，威力至上，但因少却一粒舍利，有了缺陷，也并非全无一人能敌。此人介乎邪正之间，为魔教中第一人物。虽然现修禅业，轻易不会出手，所来妖党也无他在内。但恐有他门徒多事，无从分别，辗转报复而牵引出来。就有忍大师护持，终归惹厌。令尊不愿借用心灯，一半为磨炼你们，一半也是为此。按说令尊原非可欺之人，但你姊妹仍须用力巧取，始能得到，否则绝难如愿。毒手摩什祭炼玄阴神幕，须要多日始能复原，本可无须亟亟。一则你姊妹此行还有一点周折，虽是令尊手中之物，却不是手到便可取来；二则夜长梦多，妖孽平素逞强骄恣、失败后绝不肯甘休，初败愧忿头上，还在羞于求援，时日一久，便有妖党前往慰问，或老怪暗中示意，遣往的同门告以厉害，自必加紧戒备。所以此行非早不可。内中隐情，此时尚难明言。到时虽然明白，也只可以意会，不可互相揣测商议。好在谢璎、谢琳姊妹凤根灵悟，一别三年，功力大为精进，又是孪生同胞，近年所取途径虽略有出入，心意行动大致仍是不差，必能同时省悟，如能始终不落言诠，日后便可免生枝节。

"至于妖尸，先和你们对敌，以及入阱出阱连受几次创伤，内中最重的是紫、青双剑一击，元气颇有损耗。如被脱逃，以她邪法之强，自然修复甚易。可是她当晚一直未有缓气的闲空。末了，不合自作聪明，用身外化身之法幻形遁走。因她一面想隐形逃遁，惟恐幻形被人识破。一面还要施展邪法，以假为真，于是一心成了二用。金幢宝光所照之处，多厉害的妖邪也难脱身。如起生人，见机迅速，拼舍肉身不要，或者还有万一幸脱之望，但也难极。她偏是个妖魂凝炼之体，本来任多神妙威力的法宝，也难伤她，比起肉身应敌，要强得多。无奈此宝神妙，不可思议，尤妙是专戮妖魂厉魄，对方玄功变化越高明，它反应出来的威力也越强。妖尸再一心分意乱，更易落网。连想拼丧失多年真元，仅仅挣脱少许残魂剩魄去堕轮回，都是绝望。现困宝幢之下，又有两三个时辰。此时就放了她，要想恢复以前凶焰，也非再经百年苦炼，不能如愿。不过仗有圣姑真传，近年苦炼之功和两件防身异宝，就此消灭尚非易事……

"璎、琳姊妹去后，可外用紫、青双剑和易贤侄女几件法宝，环绕戒备。内里借用白眉恩师宝珠护法，由我一人以旃檀佛火将她炼化。此举虽比施展金幢稍微费事，但较稳妥，再免延误事机。

"金蝉等七小弟兄，近在小南极天外神山开府，此系另一大地，乃千古无人能到之奇境，被金蝉等无心发现。但因被海外群邪忌妒，险阻甚多。异日一音大师扫荡小南极四十六岛邪魔，与金蝉等颇有关联。不久他们便要分人到幻波池探望，借用两件法宝。璎、琳姊妹以后便应下山修积外功，同道之交，以多为宜。等除了毒手摩什，送还心灯，见过父师和一音道友之后，可以来此小聚，就便与南极诸人晤面。如能同往灵境一游，不特可开眼界，也有好些便利之处。

"齐灵云、秦紫玲不久也要重返紫云宫,那里还伏有一个祸胎,法力不算甚强,乱子却大。自从那年大破紫云宫,被他偷偷混了进去,当时峨眉诸弟子不曾觉察,便朱真人也因一时疏忽,为他独门邪法颠倒迷踪所蒙蔽。末了虽仍觉察,又以铜椰岛有人被困,事正紧急,加上别的要约须赴,无暇及此,又算出此是定数,只得权且放过。这些年来,被他潜居珠宫贝阙,苦心潜修,意甚叵测。自知峨眉势盛难敌,欲在主人未到以前,仗着频年盗取,经他法力重炼的法宝、仙兵,会合宫中神兽,攻穿海府,窃宝而逃,珠宫损坏,已堪痛惜。再要吃他攻穿海眼,泄了地火,不特海啸地陷,万里沧波变成沸汤,大地也全受到震动,近海各地受祸尤烈,被害生灵直无量数。所幸这厮身虽旁门中人,心性尚好,以前极少为恶。此举出于情急无心,自己并不知要惹出这等亘古未有的巨灾浩劫。否则,万死也难蔽其辜了。故此灵云姊妹、师徒等人,必须在他发难以前,赶往制服。但去早了,他那拾取昔年残破仙兵、神铁、灵金所炼之宝尚未炼成,一见主人归来,抵敌不住,一落下风,不甘委诸敌人,必要自行毁去,也是可惜。必须时机将至,正好前去。齐、秦二人现在秦岭一带行道济世,已然开读掌教师尊开府时所赐密柬,知道轻云在此,期前自会前往,故未来寻。

"轻云等我炼完妖尸,至多再与琼儿她们聚上三日,便应赶往秦岭,随同齐、秦二师姊往紫云宫开府。好在你们一班同门兄弟姊妹,仅仅十多年的险阻艰难,多劳心力,以后各人根基日渐稳定,无甚难题,修道积功无不随心所欲。只等三次峨眉斗剑,多半功行圆满,各依等次成就。虽有一些兵解转劫的,因为各异派妖邪经此次重劫消亡殆尽,再世修为便少许多阻碍危难。何况灵根未昧,各有同门至好预约接引,助益甚多。除非误入歧途,自甘堕落,绝无他虑。比起别的修道之士,便宜容易得多了。一切说来话长,好些尚难明言,略说大概而已。此洞本还有圣姑留藏的灵泉仙酿、玉髓琼浆,以及各种花露,均在后洞夹壁之内。璎、琳二贤侄女远来相助,此役首功,主人本应取出相款,偏值多事之秋,只好再来同饮。连那两件水母宫中至宝,也等日后来取。请先行吧。"

第二五四回　佛火炼妖尸　独指祥光擒艳鬼
　　　　　　莲花明玉钥　重开宝鼎脱神婴

　　李宁说罢，便令众人如言准备。外洞本经李宁来时佛法封闭，人来立可警觉。因炼妖尸，有警恐难分身出敌，仍由易静先将里外各层禁制发动，以防万一。再由众人各照李宁选用的法宝、飞剑放将出来，结成一团光网。李宁仍向莲花宝座上趺坐。英琼放出牟尼珠，化作一团祥光，凌空定在李宁头上。一切停当后，谢璎手指金幢，带了妖尸玉娘子崔盈元神移入光网以内。李宁将手一挥，谢璎手指灵诀一指，妖尸立由宝幢金霞影里甩跌出来。见状似知万无幸理，神态凄惶，凶焰尽去，在光网中缩伏成了一团黑影，鸣声哀厉。看去受创奇重，行即消亡之状，狼狈已极。李宁望着妖尸，微笑不语。回顾光外侍立的易静、癞姑，送客出洞。仙都二女先前已向李宁和众人拜辞作别，重又告行，收了七宝金幢，退出光外。由易静、癞姑、上官红师徒三人陪送出洞。英琼、轻云因双剑合璧，不能离开，侍立在侧，未曾随送出去。英琼见妖尸那等委顿之状，以为金幢威力所伤，元气残耗，法力已失。方觉父亲无须如此慎重，就凭紫、青双剑也能将她消灭，绝逃不脱。哪知仙都二女刚走不多一会儿，忽听一声厉啸，妖尸突现原形，披发流血，咬牙切齿，满脸狞厉，摇伸双爪猛由地上飞身而起，电也似疾，往李宁头上扑去。同时身上妖烟环绕中，随于发出大蓬碧萤般的妖火，向李宁当头罩下。李宁原与妖尸同在光网之中，相去不过两三丈远近，这等神速来势，似乎绝难躲闪。周、李二人虽然深信李宁法力高深，似此变生仓碎，妖尸又是劲敌黑手，如无几分自信，绝不妄动，见状也甚骇异。无如事变瞬息，休说思索举动，还未来得及看清，猛听一声断喝，光网之中金光彩霞，忽然一齐焕发，目光到处，李宁头上宝珠祥辉暴涨，妖尸并未扑近身去。

李宁手掐印诀,由中指上飞起一股酒杯粗细的纯青色光焰,缕缕斜升,约有丈许,结成一朵斗大灵焰,停于空际。一声喝罢,人已双目垂帘入定。再看妖尸,已被收入青色佛火灵焰之中。另由牟尼珠上发出一蓬花雨般的祥光,由上而下,将她罩住。同时鼻端闻到一股旃檀异香。开头妖尸急得连声厉啸,在佛火灵焰中乱蹦乱跳,形容惨厉,悲啸不已。晃眼之间,上面祥辉与下面佛光灵焰随着妖尸叫啸腾跃,逐渐加盛。妙在光焰虽盛,十分柔和安详,并不强烈。妖尸却禁受不住,由勉强冲突,变成拼命挣扎抗拒。不到盏茶光景,便由厉啸狂怒,变成极凄厉的惨嗥哀鸣。全身似被束紧,口眼以外,再也不能动转。李宁将妖尸收回旃檀佛火之中,重又双目垂帘入定起来,只掐诀的左手中指上,发出一股纯青色的光焰,袅袅空际。和寻常打坐一样,神态庄严而又安详,不见分毫着力之状。周、李二人方觉正宗佛法微妙高深,迥异寻常。忽见易静、癞姑领了赵燕儿、上官红、袁星、米、刘诸弟子,一同飞入。

原来静琼谷诸弟子,因幻波池有圣姑禁约,男子入内必有灾祸,去的人再是妖邪一流,或存敌意,妄有希冀,百日之内必无生理。此是圣姑昔年所用梵教中一种极厉害的禁咒,去人任是多高法力,纵或能免死伤,也须应点,并且一经施为,冥冥之中便有天魔主持,不满所咒时限,连行法人也难将它撤去;否则自身便有反应,受其危害。当年圣姑因为起初生性稍微偏激,厌恶男子,又防洞中天书、藏珍为异教中妖邪盗窃了去,施展此法,尚在诸般埋伏禁遁以前。及至功候将成,发愿坐关以前,默运玄机,推算未来、过去一切前因后果,上溯多生,远达东晋。得知自己与白眉师徒以及接掌此洞的主人,或是昔年道侣,或是师徒同门,前生契好,无不各有因缘,并且这百年死关经历异常艰险,虽然功候期限一到,立即飞升极乐,成就上乘正果,但是功行完满之日,危机四伏,祸变瞬息,应在场的人,一个也少不得。尤其闭关期中魔头重重,纷至沓来,终日伺隙相侵,无时宁息。稍微着相,或生杂念,立为所乘。略一疏忽,则功亏一篑,白受多少年的艰难辛苦。万一不妙,就许元神走火入魔,不知何年何月始得修复,甚或形消神散,都在意中。反正法力已不能施,最好是把出关的要节委诸别人,自身心无二用,一念不生,常日神光内莹,空明净澈,不为魔头所扰，方是万全。无如死关重要，强仇甚多，事前行法封闭，坚固异常。来人如非具有极高深的佛法，便难为力。而将来攻破死关，并还持了白眉符偈接引相助的正是一个男僧，觉着不合施此禁咒，但也无法撤去。只得预留下几句遗偈，等李宁初入幻波池，元神探查东西两洞时发现，便知戒备；并告以禁消时日，须在圣姑飞升以后，不可大意。令禁峨眉门下男弟子期前擅入，以免道浅力薄，致遭不测。所以赵燕儿不知误入，终于死里逃生；便李宁也吃卫仙客夫妇打了一千斤铊。此时李宁初得白眉禅师佛门心法，因是入门日浅，又在尘世上混迹多年，前生法力尚未全复，功力也比现在差得多。如非元神先在内洞查看，发现壁间遗偈，有了戒心，又仗着佛法护身的话，死固不会，重伤绝所难免。他是圣姑一个极有力的助手，尚且不免应点，何况别人。

周、李二人深知厉害，又以除妖尸时，难保不有妖党逃脱，既能逃出，绝非庸手。所以走前严嘱众弟子谨守谷中，不许离开，静俟好音，奉命再往。赵燕儿和袁星等三人等了一夜，中间只见神雕匆匆飞落，说在云空中隐形瞭望，适才瞥见一片极强烈厉害的妖光，拥着一个妖人往西南方飞去，以后便不见有人逃去。众弟子又等了多半日，仍无信息。赵燕儿、袁星知道此后非同小可，惦念非常，不知成功与否，正和神雕商议，欲去后边偷探动静，正值易静、癞姑、上官红师徒三人送走仙都二女，来命众人移居仙府，自是喜出望外。袁星便忙着收拾一些用具，意欲带走。刚捧起一口饭锅，便吃神雕冷不防一爪抓去，抛向一旁。易静、癞姑正和燕儿说话，闻声回顾，见袁星正骂神雕："这是多么喜欢的事，不说收拾东西早走，还要淘气。"神雕只睁着一双金光四射的神目，歪着一张白如霜雪的毛脸，冷冷望着袁星，也不答声，大有鄙夷之色。癞姑见状，笑道："呆东西，幻波池仙府，经圣姑多年辛苦经营，中间又经妖尸啸聚妖党，日常饮宴，要什么好东西没有？休说以后你们全要断绝烟火，就说目前还不免时常要用，也不稀罕这些简陋用具，没的拿去糟践了好地方。钢羽曾在洞中住过些日，颇知底细，自不愿你带去。你把这些放在一堆，留待异日别的修道人取用吧，不必带了。"钢羽方歪着头朝袁星叫了两声。袁星方始恍然，气道："钢羽大哥，你总是喜欢欺我。有话好说，动你那爪子作甚？差一点又受了误伤，这是何苦？"话未说完，神雕忽然飞走，冲霄而去。众人俱当它先往幻波池，也未在意。易静仍主张将谷口暂行封锁，留作众弟子的别洞；或俟新居开建，一切就绪之后，再定去留。于是稍微耽搁，易静重又行法，封禁谷口。

上官红忽然失声问道："师父和诸位师叔所救的那位道长元婴，弟子先前一心应敌，不曾留意，已有好些时不见此人了。闻说七宝金幢光照之处，左近妖邪鬼怪全数化灭，莫非二次又遭惨劫么？那有多可怜呢！"癞姑笑道："红儿真个心好。昨夜一战，看出他不特修为精进，并还知道临事谨慎，应变神速，胆智皆全。无怪圣姑格外垂青，我也爱极。昨晚牛鼻子遭遇虽惨，这等道心不净，修炼多年还不能免欲，妄犯淫邪的人，本来死不足惜。尤可笑是已然觉醒迷梦，还要自命多情，抱着妖尸朽骨缠绵，叫人看了肉麻。这次不过是妖尸过于心黑狠毒，加于他的太惨，相形之下，使人觉他蠢得可怜。偏又遇上几位天真心善而又爱抱不平的姑娘们生了怜念，闹得我也随众人趁热闹，一同合力，将他救下。他本来不是不知妖尸可恶阴毒，先就不应由海外赶来，自投罗网。就说情有独钟，故剑难忘，妄想妖尸经此大难，可以回头，赶来相助，苦口劝其归正，然而到后见其执迷不悟，就应把话说完，洁身而退。可他明知妖尸无可救药，并还忘情负义，意欲加害，又算出了彼此危机，以他法力，此时逃走，并非不能。就算是戒体已破，意欲转劫重修，何地不可寻人兵解，何必非死在妖尸手内？死前又做出许多难堪的丑态。此人总算运气还好，要单遇上我时，他自心甘情愿迷恋淫凶，犯此奇险，我也许懒得过问呢。你看他死前那等慷慨，死后元神却又那等脓包畏缩，守在有无相神光以内，还在运用玄功凝炼真元，仿佛万一有甚不测，还可抽身逃遁神气。自随我们逃出火遁以后，见妖邪势颇猖獗，甚是害怕，似乎知道谢家姊妹最是面软心慈，格外肯看顾他，一直紧随你谢二师叔身旁。因他先非妖邪一流，寻常修道人的元神生魂，只要不是敌党，本可无害。何况金幢至宝，本身具有灵性，能够分判敌友。就这样，你谢二师叔还觉他胆小可怜，又以此宝初用，惟防万一波及，不等施为，当催谢大师叔取用之时，已早将他元神收入玉瓶之内，现已随身带走。只你一人彼时正在专心致志，运用你的乙木遁法，故未见到，别人多已瞥见。你师父、李师叔和我心意相差不多，因恨妖尸体生出的反应，无心中成全，顺便解救，无足轻重，乐得有人带走省事，故此行时未问。想不到你这姑娘也如此慈悲呢。"上官红道:"弟子怎敢有甚成见?不过此人遭遇可怜,修为到此,煞非容易,好容易大劫之余,保得元婴,如为宝光所灭,岂不有失诸位师长救他初心?二师伯又最爱怜弟子,言笑不拘形迹,故此冒昧请问,并无别意。"癞姑道:"你们初学道的人,是非轻重尚在首次,心性仁慈,原是好的。"

正谈说间,易静因为从此多事,为防外来妖邪潜入盘踞,照旧封闭之外,又加上一层近日学会的五行禁制,刚刚布置好了走来,随率领众人一同出谷。到了幻波池上,忽见神雕由东南方急飞而至。袁星看出它曾在远处飞回,问其何往?神雕答以有一旧日伴侣路过附近,在谷中遥闻鸣呼起往。众人急于同往仙府新居,未再追问。当下穿波飞降,到了谷底中洞门外。易静又传众人简便通行洞府的口诀禁法,方始偕入。周、李二人因知妖尸已落旃檀佛火之中,智穷力竭,只待消灭。要紧关头已过,四围光网只防万一残魂剩魄挣逃,紫、青双剑无须亲身主持,何况殿内还有五遁禁制。见众一到,便和众人同向李宁身后的玉榻边上并坐侍立,互谈各人以前经过。才知英琼、谢璎这一路虽未遇到强敌,所历险难,也不在癞姑等这一拨人以下。

原来易静自从那日在北洞下层由圣姑玉屏留影,悟彻玄机,随在灵源池底发现总图,得到手内刚刚通晓,便值沙红燕同一妖党由壁间灵泉水脉施展邪法暗中侵入。这时,周、李二人正想由北洞甬道退出,见二妖人欲破水宫法物,去往池边提那锁链,惟恐惹出祸事,送了赵燕儿的性命。一时情急无计,飞回阻挡,来势过于神速,又是双剑合璧,只一照面,便将沙红燕所约来的妖人杀死。易静原已发觉妖人暗入北洞,早在池底幻出假的法物,引其上当,以毒攻毒。没想到周、李二人去而复转,不及阻止,知道错已铸成,难于挽救。又发觉妖尸就要前来,一面急催周、李二人速退,一面乘着妖尸与沙红燕恶斗,详参总图机密,暗中运用,使其两败俱伤。此举虽近冒险,仗着妖尸怒火迷心,既与沙红燕苦斗,又防另外二仇敌遁走,易静掩藏运用,更极周密灵巧,当场并未觉察。后来妖尸连连吃亏之下,周、李二人与沙红燕相继退逃,妖尸带着万分怒火穷追出去。一则大限将临,心神暗受禁制,日益倒行逆施;二则自恃邪法,以为前洞秘奥业已尽得,运用由心,误认为仇敌全数逃遁,无一存留,又见妖党伤亡甚众，地有残尸，有的生魂尚未消灭，居心狠毒，只顾收那同党残魂剩魄去炼妖法，将各地五遁禁制重加施为，使其复原。不特北洞未再回去细加查看，连被易静、上官红用易周法宝灵符和先天乙木遁法暗中破去中洞戊土遁法，在易周法力掩饰以假为真之下，也竟始终没有发觉出来。便宜易静一人潜身水宫，细绎详参，为所欲为，直到洞悉全图微妙，燕儿心身元气也渐康复，方始出水。

易静如与燕儿同回静琼谷，原可无事。再者总图到手，胜算可操。以前所失颜面，业已挽回，转辱为荣，本无须乎亟亟。无如天生好胜，疾恶如仇，明知妖尸和诸妖党还有些日数限，终以两次受挫之辱，气忿难消，立意乘机下手。哪怕不听师长所说时机，不能就此把妖尸除去，好在洞中禁遁已能运用，无论如何也给妖尸一点苦吃；就便如能将天书、藏珍先行盗走，岂非快事？一时急功太切，却不想妖尸如不该死，便不容易伤她；果能予以重创，更无须后来大举；圣姑昔年也无须小题大做，费上若许心力，周密布置了。并且那后半部天书，暗藏圣姑灵寝后面的五行殿壁之内，藏珍也在内一起存放。内外五遁之禁，息息相关，不将五行殿法物禁制破去，不能成功。如能成功，妖尸即可侵入，易静当时如不能将妖尸杀死，至少圣姑法体必为所毁，绝难防止，岂不与原意相背？那么机智灵慧的人，一时私心自用，竟只偏想了一面。仗着真解已得，出入随意，一点没费事，便将所经之地层层埋伏一齐制住，由复壁密径，将燕儿送出险地，自己却由原路退回。

这时易静已然得知妖尸由原停尸处迁入北后洞最上层的密室新居以内。因知那地方曲折难行，全洞只此一处，圣姑无甚设施。妖尸素极诡诈，又多疑忌，既把此处辟做密室，休说仇敌，便对同党也必存有戒心，防其随意侵入，窥见她的阴私，或是群雄相遇，争风吃醋等情。如在原有禁制之外设下妖法埋伏，前往必被发觉。一击而中，固大快事；万一妖法厉害，仍是徒劳。凭借此时法力神通，自然不会再遭陷困，但既然打草惊蛇，还想盗取天书、藏珍，必须更艰难。念头一转，把原来心意稍稍变动。又知开那复壁密径，必须将东洞玉屏前宝鼎中的莲花玉钥得到手中，有了此钥，再仗连日参悟出的各处妙用，不特中洞灵寝五行殿可以按图索骥，循径出入，就那玉屏后面夹壁之内，便有好几件稀世奇珍藏在其内。至不济，这几件法宝总可到手，不致空手退出宝山。于是决计旧地重游，取那宝钥。

谁知道高胆大，行事稍微疏忽，误以为送走燕儿时，对于沿途禁制埋伏只是略微挪移停止，随过随即复原。行动极速，无多耽延，所行又是最近最短的一条途径，并且此是为燕儿重创新复，急于送他出困，更无余暇再习通行口诀法术。又想借此演习连日所得，能否全数由心运用之故，但可趋避，无须停止，便不去动它。回来因已习有通行全洞法诀，无须停止禁制，只照寻常潜踪飞行，埋伏无人触犯，妖尸自然不会惊动。就算先前警觉，也必当是有人由内往外逃走，绝想不到仇敌去而复返。如意算盘打得倒好，哪知灾难未满，一时大意，没想到妖尸在洞潜伏多年，后洞秘奥虽然未知，前洞禁制以及形势，比起易静熟谙得多。如在平日，妖尸自恃罗网周密，无人能入，还许有个疏忽。当日偏巧新遭挫败之余，更觉仇敌竟能冲破各层禁网，随意出入；尤可怕是末了两个仇敌，居然由壁间灵泉水路密径深入北洞水宫重地。自己用尽心力，施展诸般埋伏禁遁，不特未占分毫便宜上风，反吃仇敌伤了许多法宝和同党，两下里会合，由五遁网中从容退退。去时自己冷不防还吃了亏，如非法力高强，玄功神妙，几受重创。仇敌既能来而复去，早晚必要卷土重来，觉着来日大难，形势不妙。又是愁急，又是暴怒，由不得对于防卫一切，格外加了戒心。回到中层，召集残存妖党，略微询问经过，计议之后，首将禁制埋伏挪移运用，在各入口要路上加上好些阻力，另外再施妖法警戒，以防仇敌卷土重来，只要入洞，立可发觉。不分日夜随时巡逻，查看动静。

易、赵二人才一出水，把沿途埋伏略微制止，妖尸立即警觉，循踪追来。全仗易、赵二人飞遁神速，又是择优挪移禁制，不是一路施为过去，所行之路既短，又是北洞夹壁水道，等妖尸追来，人已送出洞外。妖尸正在咬牙切齿，忿怒咒骂，不料仇敌才一离洞，重又退回，如是往常，妖尸早已下手施为。这时因见仇敌如此从容进退，仿佛和自己一样，洞中禁遁埋伏已无所施，大是惊骇，没敢当时发作。知道残留妖党绝难抵敌，便用妖法发令，命各退下，以防打草惊蛇。独自运用妖法，隐形尾随在仇人身后，等到查看明了来历用意，相机下手，除此大害。易静为防无心中撞见妖尸，露出马脚，也将身形隐去。无奈妖尸终是行家，暂时虽看不出来人相貌，细一留意，来踪去迹却可看出几分。先见仇人这次回来竟能不犯禁制埋伏，通行无阻，稍微疏忽，连影迹都觉不出来，越发骇异。知道一切禁遁已无所施，不禁又惊又怕。连次吃亏之余，愈发不敢大意。只是强按捺着凶焰怒火，偷偷尾随在仇敌身后，看看是否已悉全洞微妙，还是只知大概。

一面暗中盘算毒计，相机伺隙，猛然一击。上来只当是正教中新来的能者，虽然惊疑，还没往极坏处想。及至易静到了东洞玉屏之下，因要行法停止禁制，心难二用；又知所有妖党俱在北、中二洞等处，东洞左近空虚无人，总图在握，自信过深，以为妖尸除仗圣姑遗法，其余伎俩虽多，全难不倒自己。当时一心只顾取那鼎中玉钥，妖尸运用玄功变化一路尾随，竟一毫不曾觉察。到后匆匆行法，先将玉屏上禁制止住，与外隔绝。然后照着总图如法施为，幻出一种假的反应，以防妖尸万一转动全洞禁制时，可与中洞戊土之禁一样，表面上仍生妙用，与各洞相生相应，暂时不致警觉，赶来作梗。行法甚快，晃眼一切停当，便往宝鼎前走去。

那鼎原在玉屏之下，当易静和李英琼头次探幻波池时，曾欲取走。因听圣姑遗偈，留音示警，同时鼎中禁法发动，射出大五行绝灭光线，鼎底又生出一种极猛烈的潜吸力，将鼎盖吸住，往下合去，封闭严紧，不能再开。加以四外危机密布，五通禁制纷纷夹攻，不能再留，只得一同退出。及见李宁，才知事前不知底细，错过好些良机，并且内有几件异宝，就藏在二人立处的洞壁以内，一时疏忽，未即取出，悔恨无及。鼎中遗音留偈，说明一切藏珍应由英琼取出，他人不得擅动，易静也并非是不知道。只为贪功好强心盛，以为自己和英琼义属同门，情逾骨肉，无分彼此。便圣姑也是前生道侣，颇有渊源，不过彼此好胜负气，一语之嫌，各不相下，致生后来许多因果。自从二次入池，备悉前因，已然向她服低，自不会再有参差。何况以后幻波池虽与诸同门一同执掌，为首主持之人却是自己。此举只是乘机取出，并给妖尸一个重创，略报前仇。至于天书、藏珍，就由自己一手成功，也是遵奉师命与圣姑遗言分配行事，并非心存贪私，意欲事先攘夺，据为己有。圣姑既然事事前知，料必早已算就，不致见怪。越想越觉有理。为防万一，下手以前并向圣姑通诚祝告。大意是说：蒙圣姑恩佑，赐以总图，现已洞悉机密微妙。眼看不日便可秉师命与圣姑遗教，扫荡群邪，肃清仙府。妖尸尚有些日数限未满，本不应妄有举动，但是妖尸精通玄功变化，邪法颇高，甚是猖獗。意欲就着人在洞中未去之便，略挫凶锋，并将天书、藏珍相机取走，妖尸妖党俱非所计。圣姑妙法无穷，不可思议，尚望终始成全，俾得成功，不受梗阻。祝告时，因当地已与四外隔断，不曾留意身后有人，竟吃妖尸暗中听去。

妖尸一见仇敌现出身形，竟是上两次来过的女神婴易静。那么猛烈的五行合运所生丙丁神火，并未将她烧成劫灰，被她逃出火网，自己竟会毫无所觉，已是迥出意料之外。照着仇敌所祝告的口气，分明不知何时偷进洞来，也不知潜伏了多少天，并且还把穷搜多年，未能到手的总图搜得了去。经此一来，不特以后全洞禁制埋伏俱成虚设，连那后洞灵寝五行殿中法物也能随便应用，竟比自己还强得多。此时对方只是初得总图，地理不熟，运用也尚欠精纯；又仗自己玄功变化，长于趋避隐伏，行动巧妙，才得尾随窥伺，未吃看破。想再利用原有禁遁困她，已绝不能。紧跟着，又想起圣姑遗偈中大劫将临之言，不禁惊魂皆颤。这一急，真是非同小可。认定眼前仇敌是惟一克星，不在此时将她除去，不论总图仇敌是否实得，或是在甚隐秘所在寻到圣姑遗留的总图偈，因而悟出玄机，并未得甚图书之类，只要此人一走，与正教中群仇会合，立即传布。不消数日，洞中秘奥变化尽人皆知，如何还有容身之地？这还不说，最关紧要的，是那开通全洞夹壁密径的莲花宝钥。自己曾用多年心机，并还为此炼了两件代形法物，以备破那宝鼎。想不到仇敌竟有开鼎之法，如被得去，藏珍、天书尽落仇手。休说此时难免于祸，即便暂时勉强挣脱禁网，将来也必被仇人寻到，受那形神俱灭之惨。有心上前拼命，无奈对方法力甚高，上次用那么厉害的五行禁遁尚为所破，被她从容逃走，何况现在。骊珠已落人手，休说斗败无幸，即或能胜，必被逃走，绝难致之于死，反而遗患无穷。

妖尸正在暗中咬牙切齿，万分愁急，易静已然准备停当，行法开那宝鼎。妖尸忽然急中生智，想出一条毒计。那宝鼎经圣姑法力，禁闭严固，本无打开之望。也是易静该有这些日的灾难，由总图上参悟出开鼎妙用。虽然时时形势异常危险，照第一次的见闻经历，互相考证，此鼎除外面设有极厉害严密的禁制外，鼎内也似藏有极大威力妙用，大五行绝灭光线便是其一。不过照着上次初开时那等自然和容易，又似其中难易，因人而施，只要圣姑默许，便非难题。自己等一行既是接掌此洞的主人，至多不能如愿，绝不致有甚大的危害。五行绝灭光线虽极厉害，凭自己的功力和几件护身法宝，事前又有防备，也足能抵御。如其不行，非由英琼手取不可，再打主意暗算妖尸，也来得及。虽是姑试为之的心意，无如天性坚毅，行事果断，再一把事看难，愈发把全副心神贯注上去。祝告圣姑之后，便去鼎前先试探着照近日总图所得，解去封鼎禁制。再用自身法力徐徐将鼎盖提起，悬高数尺。然后在宝光环绕防护之下，行法摄取宝钥与鼎中收藏多年的灵药奇珍。易静本是初试所学，不知能否生效。一见事颇顺手，刚一如法施为，鼎边四围便是五色毫光相继变灭。跟着鼎中微微一阵音乐之声过去，鼎盖便离鼎口，冉冉升起数尺。当地已与别处禁遁隔断，妖尸妖党不会发觉，万一无心闯来，一走近自己设禁制圈界，立即警觉。万没想到，妖尸早已尾随在侧，深居肘腋之下，又是行家。如若先前不知仇敌设有禁圈，无心闯来，易静自然可以觉察。即以旁观者清，行动一切均有准备，妖尸又是一个炼就妖魂，更长玄功变化，怎还会有甚警兆？

易静当时只觉功成在即，好生欢喜。及飞向鼎旁，刚探头往里一看，猛瞥见大五行绝灭光线五色神光精芒，宛如雷电横飞，雨雹交织，将鼎口盖了一个滴水不透，繁霞电闪，耀眼欲花，不可逼视。左手略微挨着了一点边沿，那五色精芒便潮涌而上，电旋急飞，朝四外斜射上来，幸是身在宝光环护之下，否则非为所伤不可。这才知道厉害，吃了一惊。此时妖尸正施展妖法未成，易静如能想到圣姑果真默许，取出玉钥，怎会有此景象？只要知难而退，改弦更改，哪怕仍去寻找妖尸晦气，不与甘休，均可无碍。偏是固执成见，又因鼎盖已开，绝灭光线威力虽强，有宝可以防身，依然是不肯死心。也不细想鼎才多深，固然神光耀目，凭着那么好一双慧眼，怎会看不到底？连鼎中景物，也一点观察不出？以为中间只隔着一层神光，照此形势，单单行法摄取，已不可能。除却运用玄功，缩小身形，冲光而下，便须先将绝灭神光破去，始能到手。第二策虽较稳妥，但是艰难费时，且无把握。前策虽较犯险，更不知绝灭光线以外有无别的厉害埋伏，行动却须神速。防身法宝神妙，虽能抵御，万一妖尸突然袭来，骤出不意，逆转五行，生出强烈的反应，一个措手不及，也许吃她先法制人的亏。好在五遁禁制，已悉微妙，就被暂时困住，也可设法排解。何况妖尸尚在梦中，警兆一现，立即退出抵敌，也来得及，不会吃她占了机先，事前也并非不谨慎。念头转到这里，立即停手，静心向四外观察一遍，并无丝毫动静。于是放心大胆，决计犯险入鼎。

这一旁却把妖尸愁急了个不亦乐乎。仇敌法力之高，出乎意料，没等妖法完成，鼎盖已开。尤可虑的是自己最畏惧的绝灭光线，竟伤她不了，平安退落。此时对方破绽毫无，稍一妄动，打草惊蛇，再想入网，固比登天还难。如其就此退去，也是无如之何。不下手，又不甘心。方在疑虑不决，易静连人带法宝化作一团光华，二次飞向鼎上。妖尸看出易静这等行径，正合心意。知道鼎中还藏有一种极猛烈无比的太阴元磁的吸力，万无破法，大五行绝灭神光便是它上层掩蔽，互相生克。这层遮蔽微有破裂，休说还要深入，只要对准鼎心花萼，任你多高道力的能手，也被吸了进去，直到炼化成了劫灰以前，便是天仙也难将鼎打开，不死不已。自己用尽心力苦炼了两件法物，异日欲以魔教中最神奇的移形代禁之法，泄去鼎中太阴元磁真气吸力，也只姑且拟议，到不得已时，勉力一试，并无把握。不想仇敌自投罗网。那些防身飞剑、法宝越强、吸力越大，何况自己又安排好了毒手，便不下去，也要冷不防倒反禁遁，五行逆运往中央一迫，将四外封锁，迫向中心，使其对准鼎心花萼。同时犯险飞向鼎上，拼却葬送一件心爱法宝，打入鼎内，冲破一线光层，将真气吸力引发出来，致敌死命。这样真是再妙没有。

妖尸这里剑拔弩张，跃跃欲试。易静哪知厉害，到了鼎上，停住下视，见鼎内光霞飞溅，激射起千重精芒电闪，比起适才初见，还要显得威力惊人。光层之下，第一次来时所见情景，分毫也看不出来。想起圣姑遗偈留音，曾有"妄动者死"之言。通诚祝告，如已获允，纵不似上次开鼎那等容易，形势何致如此严重？反正不久便竟全功，何须犯险亟亟？心方有点畏难踌躇，略生悔念，猛瞥见四外五色光华乱闪，五道威力齐焕金光，潮涌而来。事前未见警兆，还不知妖尸暗算，只当是犯了圣姑禁约，妄开宝鼎所致。变生仓猝，骤出意外，妖尸又是处心积虑，猛以全力相加。五行逆动，正是反克，比起正常威力加倍。易静人在鼎盖与鼎口的中间，四外全被遁光封闭，急切间难于抵御。人在飞剑、法宝防护之下，虽然无伤，但是利不抵害远甚。不施展法宝，人必受遁光的重压环攻；稍一施为，便将元磁真气引动，本就易于激发祸事。妖尸更是阴毒，禁遁虽发，却不现形,只在暗施妖法,故意现出一面破绽,诱敌入网。说时迟,那时快,易静惊疑百忙中,瞥见左侧一面遁光稍弱,恰巧又是癸水逆生出的戊土,知道土遁主宫已破,此是别宫化生出来的戊土。欲以法宝,开通出一条道路,稍微缓手,以便行法制止。心还暗幸妖尸未曾警觉,未凑热闹,起手便是一粒牟尼散光丸发将出去。哪知她这里不施法宝,尚逃不出罗网,这一施为,入阱更快。散光丸刚刚发出,妖尸的一件法宝也同时发出,恰巧迎个正着。随着晶丸散裂,精芒借一挡之势,竟以全力往鼎中飞射下去。

易静正待随着散光丸往侧面冲出,就这变生瞬息之际,瞥见一溜绿荧荧的光华飞来,射入鼎内。看出是件妖邪法宝,心方一动,猛又瞥见下面大五行绝灭光线倏地高涨飞漩,神光电雨,宛如一圈光网,由四方八面反兜上来,势子比电还急。刚暗道一声:"不妙!"猛听得妖尸格格怪笑之声,起自身后。未及回顾,猛觉得身子一紧,由鼎内神光分合中,突升起一股大得不可思议的吸力,将人裹了个紧,不禁大惊。忙运玄功猛挣时,连人带身外宝光全被吸住,哪里还挣得脱。同时那四边飞起的光线,已与上空鼎盖沿边相连,密无缝隙,好似一蓬光丝将人包在中心兜紧,上面空悬着的鼎盖立往下压来。同时随着格格怪笑声,似见妖尸影子在光层外闪了一闪,也未十分看真。跟着眼前一暗,连人带宝全被吸入鼎内,"铮"的一声,又是一片细乐声中,上面鼎盖已合。由此与外隔绝,困陷在内。初下去时,估量情势必极凶险,知挣不脱,便专一运用玄功,静心应付,听其自然。易静终是法力高深,久经大敌,这一来,竟收了以静制动之效。吸力首先止住,人也到底,正落在当中莲萼之上,只是莲萼未开,玉钥便在其内。四面鼎壁乃是一块整玉,光润无比,除莲萼外,空无一物。上层绝灭光线,也只隐隐交织,不似开鼎时那等强烈。此外空无别物,也看不出毒龙丸与那几件藏珍所在。易静仔细观察了一阵,知道越是这样难测,越难开鼎出去。圣姑既然一切前知,早有安排,妖尸伏诛在即,不应再为张目,助长凶焰。固然大功告成,全在自己所得总图之上,断无不能脱困之理,终是令人难堪。心情本就忿慨,再一想到妖尸伏诛在即,赵燕儿脱困回去,癞姑、周、李诸人正在等候自己得手而回,共商大计,不想才出陷阱,又入罗网。鼎中吸力如此厉害,偏是鼎中空空,除中心莲萼外,观察不出别的微妙。如说事出有意,假手鼎中之行取出玉钥,怎这等难法?静心查看了一会儿，不愿空入宝山。又以圣姑法力微妙，莲萼看去虽然不大，也许内有法力掩蔽，故看不出，至少玉钥总在其内。意欲将鼎心玉莲花打开，不问有无灵药藏珍，先将玉钥取到手内，查看出吸力来源，再行设法破鼎而出。

易静艺高人胆大，以为查出吸力来源，便可设法破解上层大五行绝灭光线。适已经历，仗着这几件护身法宝尚能抵御，无足为害。谁知此鼎本身便是一件前古奇珍，再经圣姑多年苦炼，加上许多设施，所有内中埋伏的一切妙用，全是一体，息息相关，互为生化，奥妙无穷，一件破不了，全不能破。此外，并有风雷烈火之禁，威力至大。除中心莲萼方圆盈尺之地尚可容身，苟安一时外，上下四外危机密布，一触即发。守定中心毫不妄动，每到子、午二时，尚不免要受那罡风雷火环攻，岂可冒失行事，再加触犯？易静初下去时，恰巧落在中心玉莲花上，本来身体瘦小，又是玄功化身，所以暂时保得无事。这一妄想开那莲萼，立将鼎中妙用引发，不可收拾，日受风雷神光熬炼。如非功力深厚，又有许多防身法宝，稍差一点，不等谢、李二人来援，已早化成劫灰，形神皆灭了。易静此举虽稍鲁莽自恃，毕竟久经大敌，机智灵慧，因想鼎中具有那么奇怪猛烈的吸力，下面必还藏有极厉害的埋伏，被困以后，怎会如此安静，除头上盖着那层神光外，别无异兆，断定花样绝不止此。尽管自信甚深，下手时依然小心戒备，不恃把几件防身御敌之宝全数施为备用，并还运用玄功，将本身缩小，在好几层宝光、剑光环绕之下凌空停立，目光注定脚底莲花宝萼，宁神定志。先照由总图上悟出来的一切解禁之法，试着依次施为，如果全部不能生效，再以本身原有法力，破开莲萼上面封锁。鼎中原有五遁之禁，正反相生，威力之猛，更比罡风烈火还要强盛，随着被困人的强弱，或增或减，变化无穷。五行一经合运，或是转而逆行，休说寻常道术之士，便是天仙一流人物，也未必全能应付，厉害非常。总算易静发觉洞中无论何处埋伏，俱设有这类五遁之禁，因先得总图，知道运用与制止之法。幸而有此一举，上来便将五遁禁止住，无意中去了一个极危险的难关，直到后来脱困，鼎中五遁威力，始终不曾发难，否则真是不堪设想。尤可怕是开头便将五遁引发，还可照着近日所得如法制止，如果五遁以外的危害也接踵而至，或是相继发难，仍许有手忙脚乱、难于应付之苦。而鼎中变化，因时因人而施，分合先后与被困人触发之处，各不相同，并无定准。如当罡风烈火先发，身被元磁真气吸住，外受神光火线环攻，危机瞬息之际，五遁更猛发威力。再想如法制止，不特势所不能，万难兼顾，纵有解破之法，也无力行使，而原受的危害却愈发加重威力，处此危境，断无幸理。

易静本意，不问有无，上来便占了先机，以图省力。及至如法一施为，果有五色遁光做一圆圈，环着玉莲花，分别一闪而灭。自觉所料不差，先颇欣喜，暗忖："这类五遁禁制，威力至大，既无须有甚别的设施，按理再有也不会比此加甚。现已分别解去封闭莲瓣之法，破它想必不难。倒是适才那股吸力十分奇怪，入鼎以后，便自渺然，查看不出一丝征兆。如自玉莲花中发出，被吸入鼎极快，此时神光已然高涨，包向头上，鼎心玉莲含萼不舒，下时看得逼真，并不见有开合痕迹。照着先后观察试验，互相印证，那吸力必是宝鼎本身的妙用，人在口外，便被吸入，鼎内转无所觉。可惜大五行绝灭光线是另一种法术，宝光四射，映得四处鼎腹玉壁明霞闪幻成无限奇辉，艳丽夺目。宝光好似较前鲜明，姿态也似格外生动了些。"别无异状，渐渐放心大胆。因见莲瓣两次行法不开，一时心急，便把师门嫡传五丁神手施展出来，哪知变生俄顷。先前安宁无事景象，原因止住五遁，去了宝鼎一半威力，花外禁制失去好多灵效，非等触动莲萼，方始发难。两次行法开花，内里埋伏已被激发，再加施为，无异火上添油，立时爆发。她这里手掐法诀，往花上一发，刚喝得一个"疾"字，莲萼花瓣忽然开张，立有一大蓬五色精芒，由花蕊和千百花瓣层中猛射上来。易静立被荡起，停留不稳，心方一惊。就在花开一瞬，精芒电射之间，四外埋伏禁制全被引发。上层是五行绝灭光线，似火花暴雨一般，飞洒下来。四外鼎腹，又忽发烈火狂涛涌到，晃眼布满全鼎，鼎的体积好似大出了多少倍。

以易静的法力，水、火、风、雷均非所惧，但是此火威力猛烈，迥异寻常。通体一团赤红，人居其中，宛如置身一个大火炉内，中间还夹着千百万条五色光雨和千百万根五色光线，环绕飞射，又劲又急，力大异常，随着上下神光，处在夹攻之中。玉莲花心内，又突发出先前失陷所遇吸力，将人吸紧，定在那里不上不下，行动皆难。跟着由烈火中起了一种仿佛金铁木石全可吹化的怪罡风。于是火扇风威，风助火势，只听轰轰发发之声，震耳欲聋。火得风力，由红色又转成银白色，精光胜电，刺目难睁，势更奇烈。火又助长风力，势子较前更猛。加上五色光线交织其中，一时雷轰电舞，风火齐鸣，声势骇人，从来罕见。护身宝光尽管有好几层，依然觉得炎威欲炽，越往后越觉难耐。火尚其次，最厉害的是火中生出来的罡风和那绝灭光线。前者威力之猛，不可思议。易静连人带防身宝光，俱吃太阴元磁真力定住，本不能动，可是那风却硬要将人带走，力大异常，又是八面乱吹。有两次，易静稍微疏忽，几被它将最外面的一层宝光揭开，现了缝隙。后者是劲疾得出奇，虽隔着好几层宝光，时候久了，竟似有点敌它不住，常被冲动，震撼失次。每遇以上两类事发生比较猛烈时，那烈火立即随同压迫上来，奇热如焚，难于禁受。起初易静还想用法力、法宝去解破它，谁知不解破还稍好些，一有举动，譬如灭魔弹月弩、牟尼散光丸之类法宝发将出去，外面风、火、神光不特未被击散，反因一震，加了许多威势，更是难挡。吓得只好停手，不敢妄动。抵御解破既是不可，不去理它，可是人在这几重夹攻之下，又实难禁受，并且心一惊惶害怕，立生出种种反应。这还算是命不该绝，为了爱惜鼎中玉莲，不舍毁伤，行法开时，未施杀手，人又始终在重重宝光防护之下，稍差一点，也没命了。

似这样，易静在风火神光合炼之下，苦熬了两日一夜。中间用尽心力，休说出困无望，并还经过两次奇险，几把性命葬送。至于困苦艰难，更是无庸说了。末后眼看有点不能支持，忽然急中生智，悟彻返本归元的玄机。首将嗔妄贪惧等一切杂念去掉，照着昔日师传和上次紫云宫神沙甬道中被困时一样，竟在兜率宝伞之下，打起坐来。圣姑鼎中禁制甚是玄妙，多半随着心念来去生灭，经此一来，果然大有灵效。虽然一样仍有罡风、烈火、神光环攻侵袭，但在法宝防身入定之下，居然做到以静御动，只要心神宁一，不受摇惑，身外宝光便不致再被冲荡分裂。痛苦固仍不免，比较已能忍受得多，不似先前那么危疑震撼，难保瞬息。从此由静生明，渐把鼎中微妙全数贯通。中间也曾养精蓄锐，伺机一逞，意欲冲开鼎盖，脱身飞出。哪知这次鼎盖合时，太阴元磁真气已被激发，将鼎盖吸紧，成了一体，加上原有禁闭之力，休想再开出丝毫缝隙。并且鼎内一切危害，好容易才得稍微停止，恢复常态，除却定时发难，不再无故施威。这一妄动，重又引发，前功尽弃，又费上好些心力方得平宁。固然要诀已得、不致惊惶失措，陷入危境，但形势也是险极。两次试过，知道单凭己力出困，实是绝望，只得平心静气，勉强忍耐，以待时机。

　　直到妖尸数尽这天，李英琼、谢璎二人进洞以后，与癞姑等四人往救易静出险。这一路路程较近，所遇埋伏阻力自然少些，又是英琼旧游之地，按说到达要容易些，但是不然。因为妖尸自从那日发现易静潜入，困陷宝鼎以后，知道敌人既已深悉玉钥现藏鼎内，见盗宝的人未回，绝不甘休，日内必还有敌党接踵来此救人盗宝。除毒手摩什以外，别的妖党绝非来人敌手。多死一个妖党无妨，死在敌手却是丧气。好在此鼎谁也难开，与其平白葬送，助长仇敌势焰，当中多设陷阱，纵其入网，比较好些。不过事情难料，今日所困敌人既能运用收发洞中禁制，再来同党焉知不是能手？倘若来的又是一个行家，能由埋伏之中通行，不现痕迹，自己无从警觉，宝鼎固打不开，却做了别的手脚，岂不是糟？便命两个得力同党埋伏要口，持了符诀，代为主持。先将沿途禁制停止，见有人来，不可临敌，先故意放他过去，再将来路埋伏，依次层层发动。等来人快到地头，再把前面埋伏发动，两下里夹攻。同时传声报警，自己赶来，再打擒敌主意。除非来人真个法力不济，或已被困失陷，在自己未到之前不许动手。又把自炼的法宝埋伏了两件在鼎侧，加上妖法运用，设计原颇周密。

　　事有凑巧。那两个妖党，一名蝎道人袁灵，一名金头仙娘。本是小南极四十七岛妖人中的健者，一兄一妹。平日自恃邪法，甚是凶横，人又阴鸷险诈，城府极深。对于妖尸原具奢望而来，到后一看，形势既是不佳，主人也是阴毒淫凶，对人全是虚情假意，并不以己为重，几天一处，便生悔恨。但终以垂涎藏珍和天书，妄念难消，不舍就去，勉强待了下来。及见形势日非，毒手摩什再一来，方始感觉有些绝望。心虽痛恨妖尸，不特未显出丝毫痕迹，更因擅长魔教中一种最高明的魔法，一经施为，任多厉害淫媚之术绝不受迷。可是表面上，却故意装着迷恋妖尸，甘死无悔的神气。妖尸见他兄妹如此恭顺奉承，渐渐心喜，时常令其代主各地埋伏。二人又具穿山行地之法，通行土石，如鱼游水，神速无阻，多深厚的石山，一蹿即入。但他们从不向人炫露，同岛那么多妖党，俱无知者。本来随时可以不辞而别，一则性贪且狠，明看出妖尸灭亡在即，就能幸免，也没自己的份，终想觑便乘隙，趁火打劫，至少也把五行禁制学会，才不枉万里远来这一行；二则近日探出玉钥为开夹壁密径至宝，还有好些毒龙丸均藏宝鼎以内，更想暗中下手，相机一逞。难得妖尸命他俩防守东洞，自合心意，不舍离去便由于此。妖尸虽然刁狡多疑，对于洞中禁制，任多亲厚的同党，只令其持了自己符偈，暂代主持一部，从不肯全数传授也不肯以全局相托。无如自大好高，喜人奉承，二妖人又格外留心，百计推详，不时相机附和，自告奋勇；加以近日妖党伤亡大半，人数太少，不够分配；二妖人又是自来恭顺老实，故作遁法精微奥妙，只能暂时奉命，照本画符，自己学它既无此功力，本心也不想学。妖尸竟为所愚，随时分派，不似别的妖党专守一地，竟被二妖人把五行禁遁连偷带暗中参悟，学会了大半。表面依然装呆，故作谨慎，明明知悉也装不会。每次奉命防守，总在有意无意之间套问机密，或是说上一两句外行话。最妙的是平时兄妹相对，哪怕背着人，也以假为真，故意把假话当作密谈。暗中却用魔教中心通之法，传达真意，端的纹丝不露。妖尸惯用元神隐形和一切隐秘邪法诡计，查探同党的言行动作，众妖党稍存怨望，或是背后辞色不逊，全被探悉。独把二妖人始终当作忠心不二党羽，近日每有使命，也不再查考防范。加上毒手摩什长日纠缠，也无暇再行多事，二妖人因得畅所欲为。

这日准备停当，意欲冒险一试，私开宝鼎，正好离开所守要地，预定一个偷开宝鼎，一个在附近巡风瞭望。本来谢、李二人入内，还要艰难，幸在二妖人下手以前，鼎后翠玉屏风在妖尸传授以外，忽然幻出许多异状。袁灵觉出玉屏上藏有极厉害的埋伏禁制，临场胆怯，恐有差池，忙用心通传意，将乃妹唤去相助。金头仙娘心疑仓猝之间出了什么变故，一得警报，不暇再顾别的，忙即赶往。谢、李二人到得正是时候，主持禁制的敌人一个也未在。这还不说。东洞禁制本与别处有些不同。因是藏宝密径所在，又是存放宝鼎之处，室有玉屏，上伏五行禁制枢机，可以独自为政，本身自具五行妙用，与别洞的禁遁可分可合，运用起来，威力固较强大，到了紧要当儿，不致受到别洞牵连。但是内中却也藏有一些害处。那翠玉屏风本身便是一件法宝，与内洞寝宫禁遁大同小异。妖尸不曾全得天书，内中妙用至今未能尽悉，上部天书乙木遁法又被上官红先得了去，五遁中，妖尸只此一宫较弱，不能尽量发挥它的威力。如全由自身主持，尚还无妨，假手他人已是稍差，况且二妖人又心怀二意，起了监守自盗的叛念，为防主人警觉，上来先将藏珍要地与外隔绝。观风的一个，应援匆迫，再一疏忽，势愈孤立。而来的这两个外敌不特道力高强，法宝神妙；内中李英琼因和上官红常时演习飞木禁遁，已颇知道其中微妙，并又持有圣姑所赠专一克制乙木的庚金之宝；谢璎的有无相神光，更是佛家防身御敌的大法。所过之处，虽然也有禁遁埋伏阻碍，但占了无人主持的便宜。二人同在神光护身之下，用庚金之宝，如法略一施为，立即过去，简直通行无阻，所有沿途禁制埋伏均同虚设，比起英琼上次来时，迥不相同。妖尸既未得到丝毫警兆，又打着随了毒手摩什当晚子时出困远遁的如意算盘，彼时正在暗用阴谋诡计残杀一班同党，以免日后啰唣。认定东洞埋伏厉害，又有袁灵兄妹代为主持防守。众妖党中只此二人始终恭顺可靠，对于自己虽也爱恋，但极谨慎知趣，不似其他妖党想入非非，色、宝全想独占，稍微酬应，便可满意，日后不致纠缠不清，由怨望生心，便做强敌。并且四十七岛同道甚多，将来有好些用处。因此独对袁氏兄妹，暂时还没想到加害。对于东洞也极放心，不接警报，绝想不到会出乱子。

隔不多时，妖尸便和癞姑等一行恶斗起来，更加无暇及此。直到五行殿外设坛行法，同党内叛伤亡之余，觉着势单需人，方始想起东洞还有两人可用。明知入殿犯险的人凶多吉少，但是事在紧急，合用的人太少，为了成功复仇，就将这两人葬送在寝宫五遁之内，也说不得了。于是忙用妖法传唤，却并无回音。只当二妖人必是无心中看破自己毒计，见机乘隙，先行遁走。心虽怒恨咒骂，本宫无甚动静，仍然未想到密径全开，大势已去。直到易、李、谢三人由寝宫壁上开门飞出，方知不妙，身陷敌手，劫运业已临身，什么都来不及了。

第二五五回　无意纵凶顽　七宝腾辉穿秘甬
　　　　　　同心求圣籍　一丸神泥锁玄关

谢、李二人初进来时，因为沿途禁制无阻，又未见到一个敌人，觉与初料不符，转觉可疑，加了小心。二人一个法力甚高而天真，一个素来胆大贪功，本都无甚机心，这一临事谨慎，自然得益。因不知当地禁制已与别洞隔断，二人正潜踪行进间，忽觉埋伏已撤，心疑妖尸或其同党潜伏在易静被困的鼎室之内，欲取姑与，诱人入阱。二人虽然不怕，但惟恐多生枝节，便把行进改缓，一路在有无相神光掩护之下，静悄悄往前行去。果然刚把那半截安静的甬道走完，便听风雷殷殷，势甚猛烈。再看前面鼎室，也在五色烟光笼罩之下。

幻波池，英琼来过两次，曾与妖尸对敌，看出有人入伏，触动禁网，方有这种景象，中间偏又隔着一段空的，心中奇怪，大是不解。虽然不怕妖尸，但易静尚在困中，惟恐惊动仇敌，人救不出，因而偾事，误了全局。意欲查看明了虚实动静，然后下手，便把脚步停住。遥望室内烟光杂沓，奇霞精芒交相变灭中，忽听一声惨叫，声音马上低微，仿佛有甚顾忌，强忍痛苦，不敢高声呼叫。紧跟着，便听一男子嘶声低喝："我已应了贼尼禁咒，法力已尽，万无生理。你是女身，或者无碍。我们定中了妖尸诡计，虽是自投罗网，仲由自取，此仇不可不报。落仇手，万事全休，埋伏一发，她必警觉赶来。日前所说绝不可信，也许在暗中看我兄妹惨状为乐，你万不可走进。乘其未来，或是未下手以前，急速逃回岛去要紧。"说到末两句上，话声已是模糊低微，不能成句。女的却无一言回答。

英琼只当是卫仙客同党一流人物，正待掩进前去偷看，猛瞥见一道碧绿光华，长仅三尺，细才如指，中间裹住一缕黑烟，由风雷繁霞轰腾弥漫中斜飞出来。一出禁圈,微微将头一拨,正对洞顶飞撞上去,恰在二人有无相神光圈外飞过,两下里相隔仅尺许。绿光不知外面隐有敌人,稍飞过来一点,便非撞上不可。初冲出重围时,似甚吃力,还不怎快。这一拨头向上,真如闪电一般,神速已极,未容一瞬,便已到顶。绿光前头似有一粒金紫色的星光,先喷向前,打向顶壁之上,同时听到"叭"的一声极轻微的炸裂之音,可是顶壁依然完整无恙。那碧光意似穿壁而上,一撞未裂,便着了急。始而如冻蝇钻窗,满头乱撞,撞了一阵,连换了七八处地方,俱无效果。忽然停住,盘飞了两匝,意若有悟,重又掉头,贴着洞顶,顺来路甬道往外飞去,电射流星,晃眼无迹。二人也不知这碧光是甚来路,室中禁遁全被引发,势甚猛烈。只奇怪仅限于鼎室以内,与英琼前两次所经大不相同。待了一会儿,不见妖尸,也不见有别的妖党出现。略微盘算,决计深入。神光护体,虽然无害,但却无法制止里面已变作了漫无涯际的光霞,急切间,也找不到易静被困的宝鼎所在。前已有人来此触伏,一死一逃,如将妖尸惊动赶来,恰好撞上,未免冒失。只得仔细搜索,查看过去,又寻了一会儿,仍未寻见。英琼便和谢璎商量说:"事已至此,已入虎穴,始终未逢一敌。妖尸、毒手全都不见,也许与二姊、癞师姊们动起手来。看此间形势,好似适才逃人,将室中禁制隔断以后,不知又误中什么埋伏,以致一死一逃。记得前次来时,圣姑五行禁制异常神妙,一经引发,埋伏地域便广大得不可数计,蹄涔化为沧海,轻尘无异山岳,妙相无穷,莫可端倪。五行禁制随时变化,我们只凭护身神光冥搜潜索,何时寻到宝鼎?依了小妹经历,圣姑每在暗中显灵相助,莫如先向圣姑通诚祝告一番。然后施展大姊七宝金幢,将五遁埋伏制住。先寻到宝鼎,救出易师姊,免误机宜,你看如何?"

谢璎原以金幢初次施为,不敢轻用,因和英琼至好,不肯逆她,又急于救出易静,只得应诺。哪知一方是佛门至宝,一方是圣姑妙法,正是各有千秋,均具无上威力,而当地恰又是妖尸禁闭生魂的复室左近。二人来时,所领师长机宜,只是一个大概。幢顶一粒舍利子已然飞返西方,又失了镇压,道力稍差,或是心神稍微疏懈,不仅制驭不住,还易生出他变。二人自不知这些底细,总算谢璎道力尚高,虽然一样天真,却比谢琳心慈谨慎,未即下手,先就运用佛门真传静摄心神,并未激发别的乱子。而玉屏上面最厉害的埋伏，已被先二妖人引发，此时便是妖尸亲来，也难于收势复原。如非此宝，便找上几年，也找不到那宝鼎所在，救人更不用说了。英琼见谢璎迟不下手，方觉她过于小心，谢璎已准备停当，运用佛法，在本身元灵主驭之下，七宝金幢突由身后现出宝相飞将起来。这时室中五遁一同施威，合运相生，威力极猛。七宝金幢照例是敌势越强，阻力越大，所生反应威力也是越大。只见一幢七层七彩，上具七色宝相光霞刚现出来，微一展动，幢上金光彩霞便似狂涛一般，往四外涌射出去。头层金轮宝相立即转动，射出一片祥光，约有丈许大小一圈，盖在二人头上。祥光照处，瞥见宝鼎就在右侧不远。鼎后玉屏也在五遁烟光环绕之中若隐若现，只是看不真切。二人一见大喜，乘这五遁威力为佛光所逼，忙抢过去。刚到鼎旁立定，瞬息之间，那五行禁遁吃佛光一迫，也立生出反应，互相生化。五色光焰挟着大量烈火迅雷，也如狂涛一般，上下四方，八面压涌，紧逼上来。金幢宝光也增加了无穷威力，往外排荡开去。一时金戈电闪，巨木如林，水柱撑空，横云匝地，烈火赤焰如海，中杂五行神雷，再加上罡风鼓扇，后浪催着前浪，争先压来。还未涌到，彼此途中击撞，又生变化，增加出许多声势。这一面的七色光霞再迎将上去一撞，只见光焰万丈，芒雨横飞，金霞异彩，杂沓生灭，千变万化，耀眼生缬，不可逼视。双方威力同时继长增高，有加无已，越往后去，声势越发骇人。仿佛地动天惊，全洞壁一齐震撼，大有转眼即要崩塌之势。

　　谢璎的金幢本能运用自如，只为初次出手，便遇到这等凶险猛恶之局，乍上来时还能勉强应付，嗣见形势越来越猛恶，未免胆怯，略一惊慌，金幢愈发难于制驭。所幸功力甚深，一见不好，立摄心神施展师门嫡传，方得强行制止。渐渐悟出双方生克消长之理，试以全力收制金幢威力，使其减缩，仅将宝鼎和二人立处护住，不令再往外冲突排荡，经此一来，果然好了许多。对方五遁威力虽仍变灭化生不已，却不似前猛恶，渐成平局，相持不下。本来当初圣姑鼎内遗偈留旨，原定英琼开鼎，谢璎施展金幢护法御敌。英琼以往曾有经历，又加近年功力精进，大非昔比，况又有谢璎一个极有力的帮手和开府时所得法宝、飞剑，下手必定容易，只要事前不把妖尸惊动，必能成功，却没想到这等难法。先见声势如此惊人，也由不得心虚胆怯，不敢冒失从事。又见谢璎神情紧迫，惟恐金幢威力太大，一个制驭不住，有甚闪失。忙把牟尼珠放起，意欲合力镇压住五遁禁制，再打开鼎救人主意。哪知时机已熟，那惊心骇目的场面总共不到半盏茶时，便已过去。牟尼珠刚化一团祥光飞起，谢璎也已悟彻微妙，转危为安。二人见状大喜，更不怠慢，忙照预定，由谢璎独当全局，英琼照着妙一真人仙示，取出开鼎灵符，朝鼎一扬，一片祥光闪过，鼎盖竟往上升起。同时鼎内大五行绝灭光线，便似暴雨一般激射出来。

英琼在紫郢剑光笼罩之下，早有防备，加上七宝金幢护法，光雨一出，便被金幢宝光消灭。可是英琼剑光近前便吃逼住，也难探头往内观察。五行绝灭光线原是四外横飞乱射，与前无异。及为金幢所阻，不能旁溢，便直向上冲去，光雨繁密劲急，势更猛烈。七宝金幢虽能克制，但要防御诸般禁遁，又防毁伤宝鼎，不便施为。晃眼之间，光线上与鼎盖相接，连成一体，下面太阴元磁真气候的发动，生出绝大吸力。如非先有妙一真人神符妙用，吸力一动，鼎盖重合，再开艰难已极。尚幸英琼心灵手快，因鼎开以后，易静并未乘机飞出，鼎内神光又如此强烈，不得飞往中心探查，疑虑交集之下，见室中禁遁已被金幢抵住，无须牟尼珠相助抵御，正指珠光飞向鼎的中心，鼎盖刚被真磁吸紧，易升为降，珠光上前，恰好齐中心将它托住，祥光照处，光雨立消。鼎口一层最严密的封锁一去，太阴元磁真气息息相关，互为生应变化，连同鼎内罡风烈火全部敛去，一齐停止。再定睛往下一看，鼎内情景与昔年初见无异，只当中莲萼上趺坐着易静玄功变化的小人，周身都有宝光环绕着，防护甚密，似在入定之中。虽已被困多日，不特面上神情不现一毫委顿狼狈之状，光仪反而较前莹明朗润。知道果然因祸得福，长了许多功力，心中欣幸。方欲出声相唤，忽见易静开目笑道："玉莲宝钥就在莲房以内，圣姑早有定见。我未便代庖，仍请琼妹自取吧。"说时声随人起，易静腾光而起，飞将上来。一眼瞥见谢璎手持七宝金幢，正以全神应付一切禁制，不禁惊喜交集，忙又接口道："琼妹，速取宝钥藏珍。谢家大姊何来佛门至宝？圣姑五遁总图已蒙见赐，我已深悉妙用。此宝威力至大，不可轻用，请先收起，我好停住这些禁遁，再作详谈。以免五遁止后，收宝稍缓，稍微疏忽，毁损洞壁和原有景物。"谢璎见她大难初脱，反更精神，也是喜出望外，忙即依言行事。果然易静略一行法施为，鼎后玉屏即由焰光霞彩隐现之中突现原形。同时所有五遁禁制忽全数收去，杳无痕影。真个上来那等艰险，容易起来也真容易。

这里易、谢二人重逢叙阔，话未说上几句，英琼手才伸向鼎内，鼎心玉莲便自行舒萼盛开。首先触目的，便是那柄如意形的玉钥，轻轻一拔，便到了手内。下面莲房跟着上浮。那莲房大约一尺多方圆，共有五十个穴巢，内有十多个空着，中藏之物似已被人取走。余者都是饱满丰盈，有的精光外映，宝霞流辉；有的异香扑鼻，闻之神旺心清。知道那发异香的毒龙丸，每一莲巢之内各藏数粒。下余发光的，全是圣姑当年自炼，小巧精细的法宝。方欲试探开取，哪知玉莲竟似有甚知觉，不等动手，逐个儿自行开张，迸将起来。英琼大喜，忙喊："二位师姊快来，帮同取宝。"谢、易二人闻声飞过，只见那先飞的全是大如弹丸，小才如豆的一些小巧灵奇的法宝，共约十二三件。以下全是毒龙丸。飞升甚速，只见奇光星射，芳香流溢，光丸闪闪，飞跃不已。二人到时，英琼业已到手多半，只相助取了些毒龙丸。英琼全数交与易静，并请谢璎随心选取。谢璎谦谢不取。易静笑道："琼妹无须亟亟。你仍全数保藏，少时事完再议，此均末节。最要紧的，还是开那壁中密径，好取出圣姑最后秘藏的天书、异宝。"英琼答说："癞姑四人已由中洞直入寝宫重地，这里如此闹法，妖尸、毒手始终不曾赶来作祟，定与谢家二姊、癞师姊她们相拼。我们仍旧往里夹攻，岂不是好，何必寻甚密径？除了妖尸，再觅藏珍、天书，不更省事么？"易静道："琼妹只知其一，不知其二。妖尸复体已久，本来早该离此他去，只是为了天书、藏珍，恋恋不舍。现得毒手为助，图谋更急。适才那等声势，妖尸当无不觉之理，竟未赶来作祟，事颇可疑。焉知不是妖尸看出数限将临，形势不妙，难于兼顾，舍轻就重？自来先下手为强。妖尸虽无总图，毕竟曾得圣姑传授，在此多年，以我所知，她如冒险入殿攘窃藏珍，并非一定不能。她擅长玄功变化，飘忽若电，多厉害的法宝也难阻止。璎妹宝幢固能制她，一则此宝威力惊人，不可轻用；二则寝宫内有好几条通路，妖尸未必不知。妖尸、毒手一见势急，不是冒险先入寝宫盗宝逃遁，必用魔教中的杀着损坏天书、法宝和寝宫景物、圣姑法体。我虽被困多日，匆匆不及询问详情，但璎、琳二位贤妹既已远来，自必有了成算。妖尸应在子夜落网，此时也还尚早，明往易生枝节。好在复壁密径的宝钥已得，通行非难。如能抢在前面占了先机，天书、藏珍一得到手，必要拼命抢夺，绝不肯舍。"谢、李二人觉着有理,便请易静主持。

易静笑道:"天书、藏珍固是妖尸梦想多年之宝,这复壁密径被人开通,也是她致命一伤。休看适才五遁施威,那么猛烈的声势,未见赶来,那是她权衡轻重,不暇兼顾;又误料此鼎非有圣姑灵符,不能开放。如知我已出困,又在开通密径,事关她生死存亡,必定来拼无疑。此间五遁禁制俱有关联,我现在此,禁遁被我停止,妖尸断无不觉之理。尤其开通密径的门户,这里便有两处,内中也有极强烈的禁制。乍开之时,正反五行互相克制,声势甚大,并有风雷异声,全洞壁内俱生回应,妖尸一听即知。本来无法隐蔽,事有凑巧。当我第二次来时,无意之中走入间壁小室之内,因见那室甚低,石色犹新,里面还设有法坛,上置妖幡、法物之类,好似妖尸在作移形代禁之法。同时看出许多小甬道,连同这类小室,本是实心洞壁,近年方经妖尸开辟出来,以备妖党通行之用。地既隐秘,每个出入口均有妖法掩蔽封禁,外人不易得知。跟着,我便困入寝宫外庭,幸蒙李伯父救出险地。第三次重来,也未在意。嗣得总图,细加搜求,昨日忽然悟出间壁小室右壁角有一凹处,形如一门,与密径通路相隔只有二尺。妖尸开此密室甬道,原极费力,又以总图未得,不知地形,当时只求大小合用,未往大开。否则四外再多开辟二三尺,便将复壁打通,无须再寻玉钥和出入门户,径由侧面攻入,直达宫殿了。那洞壁虽无禁制,石质坚固非常,如用寻常开山之法,仍恐惊动妖尸。我看金幢乃佛门至宝,妙用甚多,能由主人心意运用,无坚不摧,又不起风雷之声。最好由大妹下手,将那洞壁攻破入内,比较稳妥,只要把入口一关避过,到了里面,并用玉钥通行,就容易隐秘了。"

易静不知环室一带禁遁,早被前二妖党隔断,只当适才五遁、金幢一齐施威,别洞定有反应,妖尸已然警觉,只为舍轻就重,暂时未能赶来。谢、李二人匆匆相见,一同忙着下手,不暇详说前事。恰巧发现隔室洞壁有一处与复壁通路相隔甚近,开通省事,更可避开正面入口风雷之声,免被妖尸觉察来扰。说罢前言,便率谢、李二人走往间壁一看,前见法坛已被妖尸移去,不在原地,只留下一座与宝鼎形式相仿的假鼎。三人俱知这类移形代禁的法物,不经妖法施为,无关紧要。可是一下手破它,便易将作法人引来,转生枝节。其实,妖尸邪法甚高,更参以昔年所受圣姑传授,不似寻常。近日因邪法炼成，除假鼎准备就近破那宝鼎，仍留原地外，法宝已然全部移去。易静不知鼎中藏有不少生魂凝炼的阴煞之气，一到便请谢璎施为。谢璎因见室中空空，只存一鼎，慧眼细查，不似附有生魂在上。此处不特深居地底，更在极深厚的石洞壁以内，想来金幢的威力不致累及无辜，便将金幢放起，依言行事。妖尸新辟之地，没有圣姑所设埋伏禁制，四围禁遁又经敌我双方先后隔断制止，去了抵抗力。谢璎又有第一次的经验，乍出手时，宝光甚是柔和。谢璎见这次威力不猛，眼看头层宝幢上的一面金轮祥辉闪闪，轮光徐转，正往所指右壁角照去。心正欢喜，猛瞥见第三层上一枘戒刀形的法物忽焕异光，由刀尖上射出一线精芒，白如银电，强烈耀眼，径往左里壁那座假绿玉鼎上射去。佛门至宝施为之际，动静强弱，行法人均有感应。谢璎觉出金幢突发威力，虽不似适才那等震撼难制，势也甚猛。知道附近如无敌党潜伏，也必藏有邪法异宝之类，否则不会有此现象。心中一动，银色光芒已然射向鼎上。那七层七色宝光先经谢璎制驭，本未往外开展，光团甚小，这时也一齐焕发精光霞彩，偏向假鼎一面涌去。说时迟，那时快，未容众人观察发话，两下里已经接触，银色精芒疾同电掣，当先射到。一声大震，假鼎立即炸成粉碎，由鼎中飞起一团黑烟。众人还未看真，同时又听到"叭"的一声极轻微的爆音，黑烟随同爆散，化为数十百道碧萤黑气，发出卿卿惨叫之声，待往四下飞蹿。宝光彩霞也已涌到，好似含有极大吸力，才一挨近，萤光黑气便似万流归壑，纷纷掉头投到。跟着一裹一卷，便即掣转收敛，金幢宝光仍复原状，并无他异。只见金光彩霞略微闪变，微闻一串低而且密的惨呼响过，便已消灭，无影无踪。

易静道："妖尸真是狠毒，万死不足以蔽其罪。我只当此鼎是件寻常禁物，想不到竟将许多道术之士的魂魄炼成阴煞之气，禁闭在内。固然这些残魂剩魄十九是她妖党，不在山中修炼，妄动淫贪，自投死路，咎有应得。但照如此死法，形神两灭，连一缕残魂都不能保全，也太惨了。"谢璎心慈，闻言不禁生了恻隐之心，惟恐前进，再有伤亡。便和易静商量，金幢只备应急之用，暂且收起，另施别法开路。易静笑道："大妹心太软了。这复壁密径，妖尸从未走进，怎会伏有妖党生魂？这里有的，已然消灭。只要把入口打通，上了正路，便不会再遇上这类的事了。万一别处还有这类事，原属定数难逃，我们又出于无心，并非过失。并且这等凶魂厉魄，如非罪大恶极，焉能遭此惨祸？勉强保全，不论他转劫重修，或堕轮回，结果不是害人，便是害物。就变畜生，也是毒蛇猛兽，扰害生灵。本着除恶务尽之旨，转不如一体消灭，可省许多的事。诛恶即是为善，我们不专搜戮他们已足，何必因此还生顾虑呢？"谢璎平日饱闻忍大师普度众生的上乘佛法，认为凡遇恶人，无不可以度化，只看自己愿力如何。觉着这类旁门修道之士也有上好根器，只为夙孽牵缠，误入歧途，修到今日，煞非容易，形神皆灭受祸太惨，未免可怜。自己道行愿力尚浅，不能度化归善，已是不安，如再任意杀戮，岂不有违平日信念？闻言颇不以为然。但以易静年长，素所敬爱，人又面软口嫩，不好意思当面驳她的话，心想："复壁密径，妖尸不曾走过，自不会有生魂在内，尽可施展此宝。少时如与妖尸、毒手二孽相对，却须慎重。不是真个非此不可，以后绝不轻用便了。"当时微笑了笑，也未回答。

易静把总图、玉钥俱已拿到手，便无宝幢，也能通行全径。上了正路之后，更用不着。只为匆匆见面，未及谈说仙都二女得宝经过，又看出是件生平未见的佛门至宝，猛然触动多年心愿，意欲借以试验此宝威力妙用，并防惊动妖尸。因此舍却正面入口，另辟一个门户。到了里面，再用此宝把洞途各要口封锁禁制，试上几处，以定将来借用之计。哪知此宝和圣姑禁制都具有极大威力，一路斩关入内，不如按图行法的顺理成章，略一施为，立可制止，省便得多。中间有两处耽延，到得稍晚，几误了大事。二人正谈说间，金轮徐转，宝光照处，那坚逾金玉的右洞壁渐渐消融，也并未见有碎石和裂纹，自然内消。已现出一个丈许大小，与金轮一样形式的大洞，不仅地位合适，十分美观，尤妙是四边棱角，圆平齐整，宛如天成。英琼道："这门好像本来就有，还要使它复原么？"易静笑道："我不料此宝如此神妙，不可思议。你看开门之处，石质已然被消化，不见残砾，形式又好。多此一门与妖尸所开密室小径相通也好，就留下它吧。"说时，英琼性急，见门内有一甬道横在前面，暗影沉沉，隐隐闻得风雷之声，欲纵遁光当先飞进。吃易静一把拉住，说道："琼妹不可造次。这条密径深藏复壁以内，宛如人的脏腑脉络，上下盘旋，环绕五洞，共长三千七百余丈。我们所行，虽只由此往中洞后壁一段，仅占全程中之一二，但也要升降回旋，上下好几次，始能到达。新门正当入口不远的侧壁，此中险阴关口尚多，现为金幢宝光所逼，又未撞到各层禁制要隘，还觉不出怎样，只要深入事就多了。入内的人，休说是个门外汉，便算总图得到，不能悟彻机密，或是本身功力不济，到了紧要关心，一个制它不住，便被其反克。内里这些埋伏禁制，不特比外层还要厉害，并还各具有妙用，随时分合。一被困住必被圣姑借用此洞原有炼成的地、水、火、风，炼化成了劫灰，万无脱生之望。你有牟尼珠、紫郢剑二宝护身，又有我和谢家大妹在后接应，固是无害。但是上来便将全体埋伏引发，收拾制止就费事了。"英琼闻言止步。易静随令谢璎暂收金幢，自己居中，谢、李二人为左右辅，各纵遁光，一同飞进。入口左转，上了正路，把遁光放慢，顺着途径，一路留神戒备，缓缓向前飞去。

这复壁密径，宽窄大小高低均不一律。入口一段，宛如一条极高的夹壁巷，宽仅七尺，因其通体俱在圣姑仙法禁制之下，内里雾气浓密，一望沉冥，看不出离顶多高。易静一心想试验金幢妙用，又自恃法力和身带诸宝，未照总图所示，将沿途禁遁止住。好在入口一关已过，就这样照直通行过去。初上路时，只觉出暗影中含有一种奇怪力量，上下前后都有吸力，将人抵住，无论进退，俱有阻滞，比起寻常飞行，迥乎不同。三人功力均深，剑遁又极神妙，倒是阻不住。知是应有现象，也就不去睬它。去不多远，渐觉身后和上下两方吸力加重，越往前越厉害。地势也突易升为降，骤然下落数十百丈。除两侧加宽外，来去两途和上空都是一望沉冥，渺无边际，三人那么高明的慧目法眼，均看不出一点影迹。风雷之声反倒渺然无闻。易静知已入伏，不知何时触发禁制，生出险阻危害，因须贴地低飞始能循径前行，不致走迷，嘱咐二人小心戒备，贴着原地面缓缓下降。正在留意观察，并告知谢璎准备好了七宝金幢，随时应变。猛瞥见前途暗雾影中，似有豆人一粒火星闪了一闪。忙喝："二位妹子，小心埋伏！"言未毕，那前后左右的浓雾，好似一片油海遇火，当时一齐燃烧，化为无边火海，火浪千层，争向着三人涌到。同时上空更飞堕下一座火山，千百片烈焰赤云当顶压下。火势既极狂烈，中间还有不可思议的奇怪吸力，威势惊人已极。

三人本有准备，见此情形，不约而同各将法宝相继发出。仗着三人法宝各有妙用,英琼牟尼珠尤为神妙,一片祥光,将一行三人罩定。那上方和四处的火浪尽管争先涌来,到了祥光圈外,全被阻住。赤熛烈焰郁怒莫伸,自相翻腾排荡,终是不能近身。三人再往前进,也颇艰难,其势又不能停留。易静虽具成算,为想试验金幢威力妙用,却不肯使,只率李、谢二人同运玄功,由火海中强力冲将过去。那火阻不住敌人,似极震怒,"轰"的一声大震过处,火势忽似狂潮一般卷退下去,随起了极猛烈的罡风。这风比起谢、李二人先前所遇,又自不同,势如山海,迎面当头压倒,风力之大,从来未遇。三人连施法宝、飞剑,加上谢璎的有无相神光护身,也仅只不被冲退,前进却越发艰难。四外烈火刚刚下去,吃罡风一吹一卷,倏的由分而合,化作碗钵大小的火球,似雹雨一般,重又夹攻上来。吃宝光、神光一挡,立化作震天价的霹雳,纷纷爆炸。但均聚而不散,每团雷火震过,便化成一片火云,包在三人护身光圈之外,渐渐越包越厚围成了一个大火团。那无数的火星,便在里面自相冲压排荡,汇为繁响。风势本是越来越猛,三人护身光华吃火云包设,无异实质,火球一加增,阻力也随同加大,不特前进越发艰难,身上也似加了极重的压力,尤其那轰隆的万雷交哄,与呼呼的罡飙怒啸之声,虽在宝光、神光围护之下,也震撼得使人难耐。

英琼首先发急道:"癞师姊姊她们四人尚与二妖孽恶斗,胜败难知,全仗师姊的总图和谢姊姊的七宝金幢往援。照现在的情势,何时才能赶到哩?"谢璎料定易静既得总图,当有破禁通行之法,本不想再取金幢应用。及见前行越难,易静并未如何施为,面上神情反似紧张。不知易静是想乘机观察金幢威力妙用,看出谢璎过于慎重,未便相强,故意延宕。同时却又防到埋伏厉害,万一难当,暗中早准备好了应变之法,却不下手施为。谢璎及听英琼一说,猛想起:"癞姑等一行四人未必能是毒手摩什之敌,况又加上妖尸。对方可以随意运用原有埋伏禁制,主客异势,相差太远。妹子近来虽然勤习绝尊者《灭魔宝箓》,降魔法力大为增高,也因习了宝箓,把佛门上乘功课耽误,功力欠纯。别的功课不说,只那有无相神光,便不如自己。固然妖尸数尽今夜,该当伏诛,去的人却难保其不为二妖孽邪法所伤。万一有甚闪失,岂不冤枉?看此情势,风火神雷异常猛烈,易师姊大约只知途径,破法尚难。好在密径中绝无生魂潜伏,与其挣扎强行,何如施展金幢开路,早与癞姑等四人会合?非但易于成功,至少免去顾虑,有胜无败。"

金幢乃佛门至宝,灵妙无穷。遇敌之时,除非对方也是行家,法力又极高强,只要情势真个危急,不必主人运用,便会自行飞起,发挥威力妙用,平日更随主人心意进止。如非三人护身法宝灵异,风火不侵,早已自行飞起。这时风雷震撼已久,又被火云一迫,声势越猛。再待一会儿,便主人心念不动,也是不甘退守,本在跃跃欲试之际。谢璎既念同胞,复虑良友,心里着急,念头一动,立即激发。也没等主人行法运用,便由身后现形飞起,又照例是以强应强,一出便具极大威势。只见一幢七色的金光霞彩,突由三人光围中升起七层法物,一齐转动,同射出一色精芒。四边更有一圈繁霞彩焰,一齐往外涌射出去,紧压光围外面的火云,好似狂风之扫浮云,立被冲散,荡将开去。跟着宝光大盛,四外火球只要挨近,便即震裂,化为缕缕残焰而散。罡风虽仍强烈,狂吹不已,可是一与光霞相接,便向两边分散开去,阻力锐减,后面吸力也自消灭。三人身上立轻,行动自如。易静暗中留意,见状大喜。因知圣姑禁法变化无穷,生生不已,暂时虽为金幢所破,必有余波,且更猛烈。两败固是不妙,如将密径埋伏破去,再重设施便难。好在此宝妙用已见一斑,此处已无庸再试。便乘罡风未变化之际,暗中行法,手掐禁诀一指,口喝:"风火已退,大妹请将法宝收起,到了前面关口再用吧。"话未说完,风势忽止,金幢宝光也自减缩十之八九。易静见状,心中越发惊赞。

谢璎因金幢未听指挥自行飞起,出于意外,势又绝猛。吃惊之下,惟恐和先前救人时一样,制它不住,全副心神贯注其上,并未看出风退是由于易静照图所得暗中制止,依言收了金幢,二次同进。这一带风雷之禁一被止住,前行便无甚大险。只是径路盘纡曲折,高下回旋,歧路交错,每条路口均有门户关闭。经易静用莲花玉钥一指,立即开放。这才看清此中门径重沓,如此繁复,谢、李二人好生惊奇不置。易静笑道:"这只是按照九宫八卦、五星躔度,就着原有风、雷、水、火地利设施祭炼而成。各小门户上禁制埋伏,多属风雷五遁,有此玉钥即可开通,还不甚难,倒是前面有两层通往中洞的门户,因与圣姑坐关的五行殿中枢要地相连,禁闭严紧,坚固已极,开通实是艰难,恐还要借重大妹七宝金幢一用呢。"谢璎含笑应了。

易静用功最勤，又精细，早把总图上所指途径门户参悟极熟。除却开头一段，以后三人便并肩飞行，至多遇到各路交错之处，略微辨认宫位躔度，即行通过。一路之上无多停顿，不消多时，便把东洞密径绕飞完毕，走入中洞主宫地界。这一带甬路本是又高又窄，三人正在一路辨认途向，往前飞驶，忽然接连两个转折过去，地势突往上高起了数十丈。刚由斜坡转入平路，眼前忽有一片黄光阻路。定睛一看，原来那甬道已变作了圆形，只有丈许方圆，宛如一条长蛇，一路蜿蜒而来。圆洞尽头有一片同样大小的黄光将路阻住，光景沉静晦暗，色彩并不鲜明，慧目注视，也看不出那光有多厚多深。易静知是全程最厉害的戊土重关，那黄光乃圣姑昔年神泥所炼，比起前后洞的戊土禁遁厉害十倍。自己虽已深悉微妙，也须费尽心力始能解破飞渡，收它仍难。此是圣姑所炼五行法宝之一，虽极神妙厉害，与所施禁遁不同，如能用法宝、法力将它制止，便可收为己有，不生反应。如借七宝金幢之力收下，不特省却许多心力，异日脱难复仇，且有大用，便止住谢、李二人，暂停前进，笑道："此是圣姑一丸神泥，用来封闭这主宫入口要道，破解煞是费事，并且各洞通往主宫的密径，共是四门，均有此宝封闭。如不收去一处，移居以后，一旦有事，密径形同虚设，便自己人也不能往来自如，岂非缺点？只有烦劳大妹，用佛门至宝一试。"

谢璎本料这是易静适才所说严关，又一听说关系日后，如此重要，愈发欣然从事，口中应诺，便要将金幢放起。英琼拦道："大姊且慢。下山时掌教师尊所赐诸宝，土、木两宫均有克制。这黄光看去暗沉沉的，好似无甚出奇，易师姊说得那等厉害，自无虚言。我们各人俱有几件法宝，何不试它一下，到底有多大威力？也可见识见识。"易静道："此宝委实灵异，本来琼妹不说，也应先行激发它的妙用，才可收取。否则金幢宝光一照，难保不将它逼逃，去与别门相合，又多生枝节了。"谢璎的金幢本已随着心念现形，因黄光静沉沉地挡在前面，并未引发施威，立处相隔又远，宝光尚未照将过去，与其接触。闻言便运玄功制住金幢，不曾先发，又往后退数丈。英琼便要动手，易静忙道："琼妹留意。你那乙木之宝，只能克制前洞戊土禁遁。五行法物俱能合运逆行，已是难极。此宝是千万年混元一气神泥凝炼之宝，绝制不住。转不如那牟尼珠，还可保得有利无害。如欲引它发难，可先将珠光护身，再发一神雷，便可见出端倪。你那乙木之宝也非寻常，日后还有大用，万一毁损，岂不可惜？"此时英琼功力大增，已不似先前那等轻率，忙即应声住手，依言行事。先将珠光放出笼罩全身，然后扬手一太乙神雷，照准黄光打去。英琼本来深知圣姑法力高强，法宝神妙，只为一时好奇，并非不信易静之言，不过有了以前两次经历，心较拿稳。初意以为发难情景和戊土禁遁相似，不过威力加强，比较厉害而已。哪知神雷发出，眼看一团雷火金光打向黄光之中，照例应该一声震天价的霹雳过处，雷火横飞，星光四射。对面无论烟光云雾，纵不一击即灭，至少也必击散好些，或是冲开一个大洞。哪怕对方势强，随灭随生，分而又合，断无不动之理。这次却是不然，两下里才一接触，黄光立起变化，只见云光乱旋，突突飞涌中，直似一张冒有浓密烟光的大口张在前面，神雷直投其中，无异石沉大海，渺无踪迹。金光雷火一闪后，即行沉没，更听不到半点声息。紧跟着形势却严重起来。

原来这些途径多是天造地设，原石生成。中经圣姑多年苦心布置设施开辟，参合阴阳五行、九宫八卦诸天星躔之妙，加上诸般禁制埋伏，本就具有极大威力，外人休想擅入一步。后来圣姑皈依佛门，发下宏大愿力，欲坐死关。彼时上乘佛法尚未参透，本身法力却高得出奇。知道多生修积，数百年苦炼之功，及身受百年诸魔之扰，成败存亡，在此一举。因此事前十分慎重，尽管苦心推详，洞悉前因后果，与未来种种，仍存戒心。为防万一，又把通往中央主宫坐关之处密径四道重要门户用所炼先天神泥封锁。所有途径多是石质，独这近门四条蜿蜒如蛇的圆形甬道，通体俱是神泥所化，比起紫云宫的神沙秘甬还要神妙厉害得多。来人一进甬道，便已入伏，前进触犯黄光固无生路，后退也难于幸免。易静虽然悟出总图微妙，独此一处尚未深悉，快到尽头，才知此是神泥所化。总算破解通行之法已得，到了急时省悟，尚来得及，不致遇困被阻，仍能过此难关罢了。易静酒说神泥灵异，防其遁脱，并非不对，但是应在未入圆径以前施为。此时人已深入，神泥固不能变化飞遁，人也白受一场虚惊。

英琼一见雷火无声，情知厉害，不禁惊异。猛瞥见全甬道上下四外前后一齐震撼，发出与前面同样暗黄色的云光，宛如天崩地陷。身子立在虚空之中，上下四外漫无底止，晃眼全身俱被云光包没。同时觉出压力之大，从来未有，如非宝珠祥光笼护，万难禁受。就这样，心神稍疏懈，珠光便有被迫之势。再看易、谢二人，已无踪影，不禁大惊。忙把紫郢剑连同身带诸宝取了两件，放出一试。除紫郢剑还能穿行光云之中，但已进退吃力，不能任意飞腾外，下余诸宝，刚出珠光圈外，便被黄云裹住，如非见机急收，几被卷裹了去。经此一来，身外黄云又生变化，倏的由虚变实。始而化作豆大的金星，暴雨点一般，从四方八面一齐打到。吃珠光一挡，忽又伸长，化为千百万根尺许长的光钻，前头喷射猛火烈焰，一窝蜂似攒射过来，密集于光圈之外不退，越来越密。虽有珠光挡住，不得近身，冲击之势也是猛而无声，不知怎的，兀自令人心情烦热难耐。火云渐渐融成一片，看去与前又异，仿佛其色昏黄，暗光闪闪，也辨不出是光是火。乍上来，英琼还能移动，及至云光三变之后，四外全被阻滞，寸步不能进退。正觉心情怎会如此烦热？猛想起："牟尼珠光环护之下，万邪不侵，不应有此现象，定是神泥作怪无疑。易、谢二人断无失陷之理，必在一旁行法破解。我独失措，岂不难堪？终归无害，理它作甚？"当时灵机一动，忙即澄神定虑，将法宝、飞剑全数收起，一意默运玄功，主持牟尼珠光，一任身外云光变化，视如无睹。

英琼意念一定，方觉心神安静，不再烦热。忽听易静在身侧不远笑道："好了！好了！"声才入耳，猛瞥见金霞乱闪，四外云光如潮，齐往身侧易静发话之处涌去。定睛一看，谢璎手指七宝金幢，与易静并肩而立，似由先退之处刚刚飞到。金幢凌空矗立，高约两丈，七层法物齐焕光霞，彩气蓬勃。头层上面的金轮徐徐转动，由边沿上射出一圈金霞，广约亩许，宛如华盖撑空，宝相辉煌，奇丽无俦。先前所见黄光云光，已化作黄尘暗雾，疾如奔马，正往金幢之下涌去。吃光霞连卷几卷，转瞬消灭。适才所经圆形甬道也已不见。方觉地形不对，好似换了一个所在，随见谢璎手扬诀印一指，金幢不见，手上托着一粒寸许大的黄色晶丸，递与易静。再看立处，乃是一座圆顶形的宫门外面，门作青色，紧闭未开。门外地势高起，上有钟乳四垂，宛如天花宝盖，璎珞垂珠，光怪陆离，幻彩流辉。下有数十处大小喷泉，雪洒珠飞，声若鸣玉。通体石色，宛如翠玉，精莹朗润，净如晶冰，景绝清奇。

英琼正惊顾间，易静已和谢璎走近，笑道："琼妹近来功力精进。此系圣姑神泥,好不厉害,连这一段圆径也是神泥所化,我连日细参总图,竟未看出。如非事前有了准备,说不定还要吃它点亏呢。此宝不特生生无尽,威力至大,并还能摇惑人的心神,使其入魔。敌人到此,只要为其幻相所迷,便即丧失神志,不能自拔,任有多神奇的法宝,也无用处。适才琼妹激发它的威力,身入伏中,七宝金幢正在发动,我又略知解法,结局虽不至于受害,但吃点小亏,当所难免,你居然能在紧要关头,镇摄心神,毫未受其潜力侵袭。修道年浅,有此功力,足见凤根深厚,心性灵悟,与众不同。现在神泥已蒙大妹相助收下,有此一丸到手,事完再收其余三门便甚容易。日后稍微重炼,即可全部应用。现往寝宫还有两处关口,内只一处尚须借用金幢,余均不难,且先开了此门再说。"

那门看去本是一片整玉,仅具门形,当中有一圆圈。易静略一端详,随和英琼一同走近,仍照前法施为,手掐诀印,画了一道符。英琼便持玉钥往圆圈中点去,一片风雷之声过处,玉门立向两边开放,现出一条黄玉甬道。三人飞身同入,易静重又行法将门闭好,再同前行。又斜行向上走了一段,方入平路,以后甬道大小便都一样。走到尽头,又有一门阻路,门作金色,中有五行符箓。易静便令谢、李二人止住,笑向谢璎道:"门内便是圣姑藏珍之所,我本来可以按照总图如法制止。一则匆匆参悟,疑有未尽,恐和适才神泥甬道一样,万一有甚失措,关系非小;二则此门禁制,五道俱全,一时同发,威力声势太大,惟恐打草惊蛇,别生枝节。如果不等施威,便用金幢将五遁制住,我再行法一收,就省事多了。"谢璎知道此举非同应敌,对方又非邪法,上来须以全副精神驾驭金幢,猛然上前占其先机,将它镇住,方能济事。口中应诺,随施佛法,运用玄功,将金幢准备停当。行抵门前两丈远近,突将金幢放起,将七层宝光齐指门上,正射一面。两下里才一接触,门上立即彩光电旋,水、火、风、雷之声同时怒发,声虽不洪,看去猛恶已极。眼看要生巨变,往人处展开,无如发动在后,未及发威,已被金幢宝光笼罩,落了下风。易静见状,自是欣喜,忙再行法一收。一声轻雷,五遁光华全都敛去。谢璎也将金幢收起。仍是英琼用玉钥将门点开进去。

内里乃是一间大约半亩的玉室,室中心横着一条青玉案,天书、藏珍俱在其中,有的奇宝腾辉,精芒夺目;有的奇书鸟篆,形制古异。五光十色，观之目眩。三人仔细一看，那天书只存下半部，上附一小柬。大意说：此书连同上官红所得均是副册，尚有正籍藏在灵寝殿台之下。本是天府秘笈，全书均是天书奇字，非寻常修道人所能领解。副册乃圣姑手录，只有全书十之七八，未得全释，便即皈依佛法。除了妖尸之后，可用副册中附藏的灵符将书取出。但是峨眉掌教正在闭关期内，此外能识此书的人甚少，又不应与外人观看。此时尚不能习，可将它藏入五行殿旧日藏珍密室之中。原有禁制，必须如法复原，四门神泥封闭尤不可少，以防外邪盗取。妖尸在上官红手内抢去的上半部副册，现被妖尸藏入北洞上层石壁深处，外有禁法封锁。今夜妖尸变生仓猝，无暇及此，尚存其内，不曾取走，事后往寻，极易寻出。到手勤习之后，可即行法，兼用神火化去，不可遗留。正籍天书，到时自有天仙一类人物前来指点，并代圣姑将书送还天府。由此室中通行出去，共有两层甬路。在下一层，乃圣姑坐死关的所在，已用法力、法宝将其堵塞填实，坚逾百炼之钢，仅留尽头容身之地。前壁也由法力封禁，时机不到，谁也难开，切忌妄动。可由上层甬路开通出去，外面便是圣姑停法体的五行殿灵寝。三人看完柬帖，先向圣姑分别礼拜通诚，再行查点。除天书外，藏珍共是大小二十三件。内有几件俱是前古奇珍，仙府异宝，妙用灵异。比头次幻波池连同今番鼎中所得诸宝，更关紧要。不过多半威力甚大，非经自身重炼，不能轻易使用而已。三人见大功告成十之八九，只等诛戮妖尸，便即圆满，好生欢喜。

英琼终惦着癞姑等一行四人，催着易静将天书、藏珍收入法宝囊内，重又上路。前面室门，因由内开，收法容易，易静如法略一施为，便将禁法止住，开门出去，果然前面现出一上一下两层甬路。下层齐入口处填死，只剩一条斜行向上的途径。如非看过柬帖，认得封洞神泥，极易混过，并看不出下层还有一条入口。遥望前面云光滚滚，变灭不停，与前面所走甬道大不相同。易静知道这一段沿途阻碍埋伏尚有好多变化，好在快到地头，自己足能应付，并须留为后用。

金幢妙用已然试过，便不再令谢璎出手。由英琼手中要过玉钥，独自当先，手捏灵诀，如法施为，往前飞将过去。那些云烟光霞，本是圣姑所炼五行真气，与五遁禁制又自不同，如放金幢，难免消损。三人只将它分开，由内中穿将过去。一路云光分合起伏，风雷殷殷，不消片刻，路将走完,相隔前面寝宫殿壁约有一二十丈。易静惟恐骤然出去,与妖尸相遇,或是将她惊走。意欲诱敌,不等到达,先就行法开通出口。哪知出口正在玉榻前面,金屏之上,妖尸、毒手已同入伏被困,由壁中密径往外走的人却看不见。只见癞姑等四人带了一个修道人的元婴,被困在火宫法物神灯焰内。未出以前,又隐闻壁外五行合运,繁响洪大之声。广殿空空,妖尸、妖党一个不在。知道五行禁遁一经陷入,瞬息万变,多高法力也难保其不受伤害,救援愈早愈好,分晷不能延误。一时情急,人还未及飞出,先将全殿禁遁止住。也是毒手摩什数限未终,才有此无心之失;否则二妖孽已同陷入金屏禁遁之中,众人合力,加上李宁,不必仙都二女去借心灯,已可使其伏诛了。

众人正在互谈前事,忽听李宁在光围中传声说道:"妖尸已困入旃檀佛火之中,元气亏耗已甚。虽然消灭须时,但她智穷力竭,只等孽报受完,形神消灭,更无伎俩可施。先前为防万一,借用尔等法宝,此时已用不着。除留宝珠护法之外,下余诸宝,尔等可各收去。仙府新得,虽是旧游之地,尔等尚未全部亲历。易贤侄女可领他们游行全洞,将外层禁遁先行恢复,并将通行符诀一体传授,以备随时出入,不致受阻。此事也非一时能了,事完回到此地,妖尸也被佛火炼得差不多了。残魂一旦炼化,我便离此而去。不久仙都二女在大岑山绝顶,用心灯化炼毒手摩什,固不一定需助,你们情谊上却不能恝置旁观,理应前往助威,但是敌人必在此时来犯,由此生出许多事故。届时轻云、燕儿已各起身,尔等为首三人均往大岑山助阵,幻波池只众弟子留守,本非与敌对手,全仗原有禁遁埋伏抵御。所幸天书法物,连同藏珍、神泥均已到手,不特可以随心运用,比起妖尸在日,威力还要大得多。再把灵泉水道和几处密径加紧封闭,先来诸敌绝难擅入一步。不过沙红燕、辛凌霄等,均曾来过二数次,好些要道密径以及出入之法,颇有晓怕。尔等虽得总图、天书,但初来主持,毕竟还生,此中门径重复,变化甚多,匆匆布置,难保不有疏失之处。可乘我在此数日耽延,从速设施完毕,以便我临走之前,仔细推算一遍,看看有无漏洞。同时再将正籍天书取出,收入昔日藏珍之处。我走之后,再将后洞内层禁制,把五行法物加上一层掩蔽,不来敌看出。这等严密布置,即使敌人能够偷偷混入,也多是自投罗网,寸步难行,再想暗算你们,更是万难了。"

易静欣然领命，率众辞出。只英琼孺慕情殷，知道父亲别远会稀，难得相见，好容易为炼妖尸暂留数日，如何肯舍离去，力说："以后长居此间，暇中尽可遍历全洞，无须忙此一时。不比周师姊与燕弟长行在即，不知何日重来，欲多经历，并为异日再来出入方便，自然应该同行。至于重施禁遁埋伏，有易师姊主持已足，何况自己尚未通晓，随去无用。通行符偈和运用制止之法，学它又非难事，等爹爹走后，再向二位师姊请教，也是一样。"坚持不肯同行。

易静、癞姑知她孝思纯笃，就不再相强。李宁见爱女仍是这等依恋，等众人走后，笑道："我儿天性固是可嘉，但也忒痴了些。你什么都好，只惜杀气太重，将来不免因此多受险难。定数难移，我此时告诫原无用处。不过，人定未始不能胜天，你又孝顺，或能少为补救，也未可知。你本应劫运而生，难于相强，以后再如临敌，只谨记父言，得放手便放手，无须赶尽杀绝。像日前在北洞灵泉池畔冒失杀人的事，不可多犯，就少去好些强敌纠缠了。"英琼敬谨领命，守侍在老父旁边。

细看妖尸，被困佛火焰光之中，神情万分惨厉，已不再似先前那等凶野。又见父亲双目仍自垂帘，说话均用传声，好似仍以全力施展佛法，不曾丝毫松懈，忍不住问道："爹爹不说妖尸伎俩已穷，只等孽满消灭么？女儿也看出她元神受创甚重，挣扎皆难，怎还值这等重视呢？"

李宁仍以传声答道："你休小看这妖孽。此时她虽元神重创，神情狼狈，实则她那妖法神通尚在，元神未被炼灭以前，仍能变化飞遁。她在旃檀佛火包围之中，一开始还连施邪法，只是欲逃未得。自知孽重限终，无由幸免，强行挣扎，平日多受罪孽，向我求告又必无效，方始停了蠢动。本是力竭术穷，再加上几分做作，妄图釜底抽薪，以退为进，故示不能支持，以懈怠我的心神。暗中却以全力运用玄功，蓄好势子，以为制她的佛门至宝已被仙都姊妹带走，少了一个致命的克星。只要稍微疏忽，便乘隙暴起，全身而遁更好，不能，也可施展分化元神之法，保得一半残魂剩魄，逃往大笞山去，再打主意。哪知恶贯满盈，任用心机，皆是徒劳。休说诡计瞒我不了，即或我一时不察为其所愚，这大小旃檀佛法妙用无穷，一被佛火罩住，除我饶她，任逃出多远也无效用。行法人正以本身元灵运用，我又急于回见师祖复命，一直未肯疏懈，并借牟尼珠助长佛火威力。你此时看她狼狈,还有一半是装出来的。再有一二日,元神真气耗损大半,那由元气凝炼的形体逐渐被佛火炼化,重返妖魂,跟着再遭炼魂孽报,那情景才叫惨厉呢。"

妖尸因身陷佛火焰中,一味瑟缩战栗,本已不再暴跳怒骂。李宁父女这一问答,似知妄想已绝,始而厉啸连连,又强冲突了两次,佛火立即随着加盛。妖尸难于禁受,重又强行敛迹,不再发声。静止了不多一会儿,忽又哀声求告起来。大意是说:自知罪深孽重,万死不足蔽辜。但是佛门广大,善恶兼收。自己屡世修为,能到今日,也非容易。现在恶满数尽,并不敢妄希宽赦,只求老禅师、仙姑大发慈悲,深恩轻罚,略留一缕残魂,使得堕入普生道中,暂留蝼蚁之命,即是天高地厚之恩,百世难忘。

欲知后事如何,且待下文分解。

第二五六回　佛火灭余氛　咫尺违颜空孺慕
　　　　　　　丹砂消累劫　宫墙在望感师恩

前文说到妖尸连施狡谋毒计，想由旃檀佛火神光之下遁走，均未如愿。末了，自知孽重数尽，万无生望，又改用软语乞怜，哀告不已。李宁知她仍在妄想运用阴谋，以图逃免，微笑说道："我佛慈悲，回头是岸。你看旃檀佛火神光威力无上，如能自己解脱，一样可以逃生，照你此时心志，便我想放你，也办不到。能否保全残魂，在你自己，求我何益？"妖尸闻言，若有所悟，待不一会儿，重又嚣张起来。李宁也便入定，不再理会。暂且不提。

　　且说女神婴易静同了癞姑、周轻云、赵燕儿以及门下男女弟子上官红、袁星、米鼍、刘遇安等师徒八人，奉了李宁之命，巡行全洞，并传众人通行出入之法。易静、癞姑以为二妖孽伏诛在即，固不会再生事端。但是领头作对的卫仙客虽死，金凫仙子辛凌霄尚在，二人自命神仙美眷，夫妻情深，虽然乃夫死在妖尸毒手之内，与峨眉不相干，无如此女劫数将临，日益倒行逆施，所约帮手又有不少伤亡，必定移恨峨眉，绝不甘休。还有紫清玉女沙红燕，本来就视峨眉如同仇敌，加上英琼在北洞水室为救燕儿，一时情急，无意中杀了同来妖党，沙亮又为毒手所杀，凡此种种，均因想要强占幻波池，盗取藏珍而起。不料费尽心力，连遭险难，白将乃兄和一些同党断送，更失却不少飞剑、法宝，结局仍被圣姑算定，由峨眉派独奏全功，仇恨愈深，而且人又阴毒。照李宁预示玄机，不特两家必定合谋，不久就要卷土重来，拼个死活；而且到时一个处置不善，沙红燕的今生师长、前世丈夫、方今异派中最厉害的人物丌南公还要前来。师长闭关，全凭眼前几人应付，实非小可。癞姑更断定沙红燕性情乖僻，到时既不伤她，也是不能化解。否则李宁也不会提到丌南公来时,如何抵御的话。反正庆父不死,鲁难未已。学道的人照例不免多灾多难,与其到时留这祸害,仇复不已,还显示弱,怕她师父凶威,转不如相机除此一害再说。互一商议,好在总图连正副册天书,已全得到,副册所缺乙木一章,早在上官红的手内,恰好配上,运用全部威力,比以前妖尸执掌更多妙用。又得了圣姑全部藏珍和助长五遁威力之宝,一经全数施为,便大罗神仙到此,也难脱身。欲就李宁佛火化炼妖尸,未走以前,可以讨教,便乘巡视并传示众弟子之便,沿路布置起来。

不过圣姑仙法兼有佛道正邪诸家之长,取精用宏,备极神奇。癞姑夙根功力,两俱深厚,事前已得师长仙示和所赐道书,已有根基,一点就透,当时便可和易静一样运用。上官红入门虽浅,一则生具仙骨慧心,敏悟异常,用功又极勤奋,先学乙木遁法已尽其妙,虽然胆小矜持,也能触类旁通,不问自明。余人自赵燕儿以下,俱以为日尚浅,只能略知通行之法,遇到极精微处,便周轻云也只和上官红伯仲之间,尽管易静尽心传授,照样不能当时学全,随心运用。因此沿途解说施为,经了好些时,才将中洞走完。轻云笑道:"五洞地域广大,照此巡行,得耗多少时刻?李伯父炼完妖尸便走,妹子也就要告辞,不能再效微劳。承二位师姊厚爱,学成再走,自有大益。但妹子此时尚无用处,将来再传妹子,也是一样。我看连众弟子也由他们循序渐进,无须亟于传授,以免李伯父先行,无从请益。二位师姊以为如何?"

易静因轻云娴雅温厚,此番又出了大力,事成却不能同居仙府,固然紫云宫瑶宫贝阙,只有更好,总觉无以为报。这等不厌求详,原是为她一人,闻言觉着有理。再听到末两句,忽然想起米、刘二人出身旁门,虽然平日用功甚勤,向无过失,但细察根骨,俱都不够。以前曾听轻云暗嘱英琼"对丁门人最要留意,入居仙府以后,更应谨慎"等语。还有一门,见她和刘遇安背人谈话,双方神情甚是庄肃,轻云好似有所告诫,见自己无心中走过,便借闲言岔开。暗察神色,又不似有甚过失。几次想问,俱因那些日红儿用功精进,众人夸赞,不肯扬此抑彼。又想起英琼收米、刘二人时,因一干先进同门均未收徒,所收又是旁门中人,执意不肯。轻云与她世交至好,看出二人心诚,再四说情,方始强允。又因二人入门由她力说而成，知道不久便要移居仙府，本门法严，英琼稚气天真，二人终是旁门出身，根骨功行全差。人心难测，以圣姑之明尚有妖尸之累，故对师徒双方别前加以告诫，并无他意。虽然洞中仙法，自身功力不济，绝学不会，便会也不能运用，但身为众人之长，总以谨慎为是。心念一动，立即点头称善。好在天书、总图，癞姑、英琼均可随意勤习，癞姑更是走完中洞，骊珠已得，沿途遇有不晓之处，稍为指点，即可应用。日内还要三人勤习，只要不传授轻云，便不忙此一时，这一来，自快得多。

癞姑见易静运用施为无不由心，好似早已精熟，知是玉鼎陷身，静中参悟所致，笑道："此次易师姊苦难最多，可是所得也最多。不特尽悉此中微妙，并还处处轻车熟路，了如指掌。照此法力，此时便放妖尸出来，任她久居此洞，长于玄功变化，也非敌手了。"易静笑道："你休小看妖尸，她虽少了乙木全章，不能尽发五遁威力妙用，伎俩也实不小。尤其是心思细密，多疑善诈，连对她那最亲密的妖党，也无一不加防范。别的不说，她为想破青玉鼎，炼一代形禁制的假鼎已足，她竟炼了两个。不论何事，进退全有两条道路。如非圣姑道妙通玄，事无巨细，早在百年以前算就，并还留下预防之法，占了先机，妖尸所行所为，全部落她算中，现今回忆前情和细阅总图微妙，休说我们，再多几个能手，也除她不了。再要被她寻到总图和宝鼎莲花玉钥，更休想占她丝毫上风。其实，妖尸资质真好，只是凤孽太重，一入邪道，便自陷溺日深，不可救药了。圣姑和她也是凤孽，不然怎会留她至今日？明明断定不能回头，仍还给她留出几条生机呢？"

癞姑笑道："你知道么？我们便有一位同门，凤孽之重并不亚于妖尸，以前累生苦修，均未解脱。到了今生，更多种出一层孽因，险阻艰危更甚妖尸。不过他是男子，从未开过色戒，就仗着九世童真，元灵未昧；又得师长格外恩怜，借着玄法为他减孽，和小师弟李洪几次金刚佛法暗助，终于被他历尽凶危灾害，排除万难，功行完满，天仙可期，为本门男弟子中数一数二人物。别的不说，单他那两件法宝，就无人能敌。可见淫过万犯不得。他曾受邪魔环伺，在美艳如花的脂粉阵中困处两年，受尽邪媚引诱，每日求死都难，终能守身如玉，心同止水，并将凤世情孽感化，渡过一大难关。否则，这一关是他最紧要的关头。对方虽是淫邪女子，不但枉有法力,不能伤她分毫,还须加以爱护,不能就此舍之而去。你们说是多难?要和妖尸一样,稍为失足,不必今生,前几生时已早完了。"易静边听,边在行法布置。听完,笑问道:"你真是个百事通,见多识广。你入门还在我以后,平日又常在一起。我入门虽比你早不多少,以前师父与本门均有渊源,怎此奇事便一点也未听说?这是何人,有此本领?"

癫姑笑道:"我比师姊年轻,有甚多的见闻?前事还不是听屠龙恩师说的。至于超劫成道一节,那我是据情理推测。这人,你和周师妹全知道。你没听李伯父说,几个小淘气,就这经年不见,已在从古仙凡未到过的天外神山开府了?那地方,又名光明境,在小南极磁光圈外,自来便为宇宙之谜。最奇的是一个极南之区,偏与极北的北极陷空岛地底相通。当地有一妖物,名为寒蚿,已有万年以上功力。磁火极光,何等厉害。他们身带十九俱是庚金之质的法宝、飞剑,就有小和尚一路,佛光只能护身无害,没有天河星沙这类前古仙人祭炼千年的异宝,以毒攻毒,互相抵消,如何能入居当地?休看金、石、甄、易诸人人人小身轻,个个根骨深厚,遇合又巧又多,再加上小和尚和阮师兄法力更高。到的是那等奇怪地方,此行经历定比我们还热闹呢。"易、周二人才知那是转劫归来的阮征和大师兄申屠宏,还有苦行头陀高弟、现在东海面壁九年尚未满期的笑和尚,均成名已久,尚未见过。于是互相谈说小南极光明境天外神山,定比紫云宫中景物还要奇特。休说常人,便海内外许多有名散仙,连那极光元磁真气的屏障,也冲不过去。都想将来事完往游,一开眼界。不提。

因为洞府既大,门径又多,为防万一,格外细心,虽比先前快出好些,仍费了不少时光,才得布置完竣。恐李宁要走,虽然无甚疑难请益,终想再讨点教,决计人去以后,再行分人触犯禁制,以资演习,便同往寝宫赶去。

到后一看,李宁端坐蒲团之上。英琼仍侍于侧。佛火中的妖尸仍是原样,神态反更凶恶狞厉。已然连经紫青双剑、散光丸、弹月弩、宝珠和七宝金幢等仙佛两门内最具威力的至宝重创之余,又经佛火神光连炼了数日,元神居然还未耗散,这是何等神通。正在惊奇,英琼见易静等回来,笑道:"你们怎去这么久?爹爹都快走了。"癫姑笑答:"妖尸还是好好的,伯父怎就要走?"英琼道:"妖尸自为佛火神光所困,几次行诈暗算,未得如愿。后被佛火神光束紧，不动还稍好些，微一挣扎，苦孽更甚。她又偏不安分，结局便成了这个样子，连眉眼都不能闪动一下。固然她就放老实些，也是一样形神俱灭，到时佛火神光往上一合，形神齐化乌有，但痛苦终要减去好些，还可多延半日。她这一妄想冲逃，不久便受降魔真火反应，侵入体内，与她元神相合，内火外火，里煎外燃。她本是妖魂炼成形体，已和生人无异，因是邪法高强，神气坚凝，所受罪孽也是最烈，常人还可求死，她连求死都所不能。此时休说她自己，连行法的人看她可怜，或是放她，或想早点弄死，免其多受苦孽，皆办不到。这也是她造孽太多，平日专一炼人生魂作恶，应得的报应。闹得最恨她的人，都不忍见此惨状，几次求爹爹早点发动神光将她化去，以免看了心恻。适才爹爹传音相示，说是多费不少心力，才得勉允所求，提前了半日。你看妖尸对敌时，施展玄功变化，形体分合隐现，无不由心。一为伏魔神光所制，通体便似实质。此时元神真气已被旃檀佛火熔化将尽，以她多年苦功所炼，无异生人的形体，不特知觉俱在，且较常人受苦，感觉更敏，其苦甚千百死。乍看不觉得，还以为她凶呢，试再仔细一看，就知道了。"

众人听英琼一说，早看出妖尸虽然相貌惨厉，凶睛怒突，手舞足蹈，似要扑人之状，但和泥人一样，就这么一个姿态，休说手足，果连眉眼都未见分毫动转。身外薄薄笼着一层祥辉，也分辨不出那是伏魔神光，还是旃檀佛火。易静、癞姑俱都内行，知道妖尸好似一具薄纸胎壳，包着满满的沸油，内里已完全熔化，只要点燃，立时爆发消灭。再一计算时日，果是第七天上。因为一路说笑巡行，无人在意，知众弟子功力精进，不久便可长年辟谷，故也不觉饥渴。方在欣慰，忽听一声佛号，李宁睁开双目，手掐诀印，往外一弹，只见指甲上似有一丝极细微的火星弹出。妖尸身上忽有一片青霞，自内透映，身外祥辉立往上合，其疾如电，只闪得一闪，众人倒有一半不曾看清，便即隐去。再看妖尸，已无踪影。先前连李宁带妖尸笼在一起的光霞，也全不见。众人齐向李宁参拜，敬赞佛法神妙，不可思议。

李宁道："依我本心，并不愿使其受如此残酷之刑。无如妖尸淫凶太甚，恶孽如山，偏要多那苦吃，我实无力为其减免。今日琼儿见她受苦不过，又贪图与我聚这半日，屡次苦求。那降魔神光、旃檀佛火威力之大，真个不可思议。为徇琼儿之求,再三谨慎,仍几乎引起反克。虽然近年功力稍为长进,不致有甚闪失,到底不可大意呢。且喜你们得此仙府,更有主人遗赐的天书、奇珍,福缘不小,望你们好自修为,同证仙业。所应留意的事,前已说过,我也就要走了。"英琼把小嘴一努道:"爹爹就是这样,女儿为想和爹爹聚谈这半日,说了许多好话,才把妖尸提前消灭,哪知走得更快。早知如此不上算,谁耐烦代妖尸求情呢?"李宁笑道:"痴儿,怎的还是当年稚气?你平日疾恶太甚,与易贤侄女均为峨眉女弟子中煞气最重之人,平日又最痛恨妖尸,居然肯代求情,固然一半由于孺慕,起因终由于此。即此一念恻隐,你已荫受其福,我也少却好些顾虑。此必是你近来道基日固,加以至性感格。你我父女,均是世外之人,虽然别久会稀,将来均可望成就,何必在此半日依恋?在先我也未尝不愿为你稍留。但我想,恩师限我第八日辰初回山,而大旃檀佛火化炼妖尸,绝用不着七个昼夜,便你不求,再有两个时辰也至终局。也许恩师别有差遣,或有甚事,尚须在外多耽延半日。事完之后,我一按神光,默运心灵,果然有人在途中,并还是奉了你朱伯父与乙师伯之命而来。此事灵云、紫玲二贤侄女也在其内,事情由天残、地缺与双凤山两小引起,头绪甚多,内有两部伏魔禅经,关系紧要,必已早在恩师算中,我便想留此,也办不到。"

众人方想请问来者何人,是否还要进洞相见?忽见中宫戊土起了警兆,继听神雕鸣声遥传。英琼本因神雕未随众人一路,五洞皆闭,又经易静照圣姑总图分别施为,恐被隔禁前洞,正想询问,忽听连声鸣啸,未做人言,必有急事。先疑易静来时,传授通行之法,神雕不能领会,误犯禁制,细听又觉不像。方欲出视,袁星已跪禀道:"禀告师祖,洞外有客求见呢。"言还未了,易静突然失惊道:"此是何人,竟能直入中洞?怎又将门闭上,不再深入?待我去看。"

李宁笑道:"无须,此是寻我的人。他因身有异宝,法力也高,无通禁制虽不如易贤侄女新得仙传,但也不弱。此人行事最是慎秘,虽然飞行极快,为防妖邪跟踪,又须走过大笤山妖巢附近,仗着是自己人,不待通款,便仗法宝防身,启门而入。为防你们多心,怪他卖弄,好在入门即可无妨,所以不再前进。钢羽虽是异类,自经洗髓伐毛之后,功力大进,灵慧非常。适才在静琼谷,因杨道友座下古神鸠路过,此鸠得道数千年,威力灵异,只太猛烈，专寻妖邪晦气，二鸟和你们人一样，原极交好，相约远出淘气，便乘琼儿在此侍立，你们巡行各洞之便，私出赴约。归途不料易贤侄女事完，把五遁一齐发动，它如在内，当可通过，有此一门之隔，如何得进？恰巧来人赶到，仓猝之间，也找不到门户。双方本来见过，各知来历，人鸟相商，一个是熟地方，指明门户所在，一个便行法，连它一齐带进。此事起自古神鸠，你们乐得不加闻问。并非取巧推诿，实在是你们前路方艰，多一事不如少一事。好在杨道友不是外人，又是两生师执，法力也高，足能胜任，索性由他独任其难也好。神鸠由于为主忠心，你们三人无须怪它，也不可加奖语，以免他人效尤。我也该走了，无须延客入内。此人也不可不见，都随我往前洞去吧。"说完，收了圣姑所赠蒲团法宝，便自起身。

众人不顾问话，以为来人必是师执尊长中有名人物。及至前洞一看，神鸠早已停啸相待。来人是个身穿黄葛衫，身材粗矮，看去并不甚起眼的大头少年，恭恭敬敬立在中洞门内。因禁法已被易静止住，看不出有何法力，也无一人相识。少年一见李宁，先自上前礼拜起立，又朝易静等举手为礼，口称师妹。正在礼叙，癞姑忽然想起此人相貌，正是昔年眇姑所说的本门先进，不等招呼，便先笑道："这位大概是申屠师兄吧？我们都未见过，钢羽有好眼力，还能认得。伯父说事在紧急，命我们不必延客。我想游览荒居，不妨俟诸异日，就在隔室少坐，就便领教，总可以吧？"众人一听是本门大师兄申屠宏，好生高兴。英琼也拉着李宁的手，直说："爹爹，女儿和师姊们都想听申屠师兄详说此来经过，爹爹只留个把时辰，容我们听完，再走如何？"李宁微一沉默，笑道："你真是我魔障。好在此女该有这些年灾劫，结局又是于她有益的事，早去也救不了。禅经虽然稍为可虑，但血神子早已伏诛，蚩尤墓中三怪又为古神鸠所伤，上部被此女得去，到手便有佛法封固。另外副册即便暂时被人窃窥，也无一能解，非用多日邪法，不能取走。依你便了。"

申屠宏已和众人分别礼见，闻言，躬身说道："师叔见得极是，朱、乙二位师伯也如此说过。弟子不过想早完师命，并早得那龙珠罢了。李师妹至性孝思，师叔似可稍留。便弟子也久闻此间诸位师妹全都仙福至厚，虽是初见，已测一斑。极愿借此领教，并谢不告而进之愆呢。"李宁含笑点头。随由易静陪往别室之中落座，问知来意经过。

原来申屠宏、阮征前几生已在妙一真人门下，后因误杀了两位男女散仙，犯了本门妄杀重条，逐出师门八十一年。二人连经两世离开师门，受尽辛苦凶危。仗着平日为人好，有力同道又多，被逐出时，诸葛警我同门义重，代他二人跪求了两日两夜，未将法宝、飞剑全数追去。齐灵云姊妹感他们几生至谊与救命之恩，一个背了父母，把自己仅有的三粒灵丹，分了两粒，假传师命相赠；一个又去苦求神尼优昙，以佛法护二人两次转劫。前生法力俱在，加以始终心念师门，向道坚诚，誓在三生八十一年内减孽赎罪，以期重返师门，仍归正果。终为二人诚心毅力，排除万难。内中阮征处境尤极艰危，生具特性，又爱前生相貌，屡劫不肯变易，不到师父所说期限，知道求也无用，一味潜居苦修，也不转求别位师执求情。申屠宏和笑和尚前生的贺萍子性情相同，最是滑稽和易，又最机智。平日苦忆师门，到了峨眉开府，愈发向往。一算时限还有两年，心想冤孽已消，或能容恕，提前重返师门，便乘乙休、韩仙子与天痴上人白犀潭斗法之便，苦求乙休说情。神驼乙休本喜扶持后进，便为他写了一信。申屠宏持信赶到峨眉仙府上面，正和阿童述说，托其代向师长求情。忽见本门师叔醉道人飞上，交与一封妙一真人所赐柬帖，命其于两年内觅地将法炼成，再照此行事，又嘱咐了一番话，才行走去。申屠宏必须将事办完，始能重返师门。申屠宏原以师父言出法随，绝无更改，期限未满，求也无用。一则向往师门太切，又当开府之盛，借着求恩，试探师父心意。知道恩师命办的事情关系自己与同门至交阮征的成败，偏生又不令阮征同办此事，仅许先行通知，仍由自己一人去办。事情么艰险，少了一个最有力的助手，岂不更难？当时惊喜交集。

送走醉道人后，仔细再一想："自己两生苦孽，修为何等艰苦，恩师全都知道，绝不会再以难题相试。现在柬帖未到开视日期，醉师叔只传师命：令我两年内往甘肃平凉西崆峒附近，装着寻常读书人，借民家居住，等一姓花的女子到来。那是海外一个散仙，昔年芬陀大师逐出门墙的记名弟子。由见面即日起，便须随时暗中相助。如被看破，便与明言，说自己是峨眉门下的弃徒，现正戴罪立功，与她同样是在西崆峒寻求藏珍，寻到之后，便可重返师门。不过所寻之物与她不同，彼此无关，合则两利。如蒙见谅，合在一起，成功之后，对她所寻之物不但不要，并还可以助她一臂，任何难事，皆能办到。花女因西崆峒天残、地缺两老怪物已是万分难惹，门下徒弟也是个个古怪，专以捉弄修道人为乐，虽是旁门，并非寻常妖邪一流，法力甚强。老怪均护徒弟，除他相识有限两人外，无论正邪各派中人到此，在他所居乌牙洞十里以内，遇上绝不轻放。哪怕无心路过，误入禁地，除了向他徒弟认罪服输，非欺侮个够不完。有那火气大，或是不服气想要报复的，三百年来，不知有多少人葬送在他徒手内。误入禁地尚且为敌，如何容人在他肘腋之下，将亘古难逢、珍贵无比的至宝取走？双方所去之处，地名珠灵峡，虽不在所限十里之内，但他师徒隐居此山已数百年，平日何等自负，附近藏有这等至宝奇珍，竟会毫无所知，等人来取，方始警觉，已是难堪；再要被人取走，岂不大丢人？还有崆峒派，近数十年虽然衰落，一些余孽均在山的东面五龙崖下潜修苦炼，准备不久召集散处在外的残余徒党，重整旗鼓，以图大举。老怪虽看他们不起，与老怪的门人却有勾结，常用他本门中的妖妇勾引怪徒，在他洞中淫乐，处得交情甚深，遇有甚事，必不坐视。珠灵峡恰在这两起对头的当中，左右皆敌，个个厉害。老怪物性情古怪，刚愎倨傲，近年更甚。如被发觉，还可利用他的古怪脾气，设法激将，使他不好意思出手，而崆峒派妖人和老怪物的那些怪徒，却是难缠，事非万分慎秘，而又下手神速不可。花女本有一得力同伴，姓吕，也是海外散仙。两人乃至好忘形之交，本可同来相助，偏生日前乃师去往休宁岛赴群仙盛会，飞书召回，令其防守洞府，兼带看守丹炉，急切间不能离开。而西崆峒藏珍之事隐秘已逾十年，素无人知。近日忽被人发现，虽未四处传扬，生心觊觎的也有好几起。内有两个云南番僧最为厉害，苦于邪法虽高，不是佛门正宗，急切间无力开那深藏绝洞中的灵石神洞。现在回去赶炼一种大力金刚有相神魔，准备炼成赶来，将那山洞上面大片石地整个揭去，由上而下，不经洞门入内。下余妖人，也正准备攻洞取宝。事在紧急，为防捷足先登，花女仗着曾在神尼芬陀门下多年，自信能开洞入内，只得犯险赶来。途中本还与两个同门师妹相识，双方一见如故，甚是投契。只为花女性傲，因觉初见不便启齿，又稍自私，当时略为迟疑，就此错过。分手后，想起后悔，已无法寻人。正觉独立难成，正在愁虑，一听自己是峨眉门下，又不要她所取之物，定必心喜，由此两下联合。到时柬帖已可开视，但当后半空白尚未现字以前，花女不耐久候，定要前往一试，如劝阻不从，也可听其自去。花女定必遇险，却须随往暗中相助，使其万分信服。等到第三页空白相继现字，指示机宜，再行同行。此时因花女不合几次探询，引起对头警觉，危机已经四伏，等到一得手，对头一定全来。跟着，番僧也必得信追来。底下可照柬帖行事。"

"令我所取何物虽未明言，恩师素不贪得。何况开府之后，师祖昔年所留法宝、飞剑全数出现，新近又得了幻波池藏珍，门人各有仙缘遇合，所得均是前古奇珍，神物利器，何在乎此？又命我独往，连阮征也不令去。记得昔年师母曾说自己是异类转劫，尽管多生苦修，向道坚诚，最前一世的恶根骨，尚有些须不曾化尽，所以才有误杀散仙夫妻之事。此次被逐出门，许多师执同门求情，恩师俱都不允，表面严厉，不少宽容，实则因自己由异类修成，转劫时急于转世为人，差了功候。本身又秉天地间凶煞之气而生，忽遇机缘，悟道修为。平日不肯伤生，由于强制，事出反常，虽因此躲过三次雷劫，恶根仍在，并因屡世修为，功力日高，恶根也日固，不设法化去，不特仙业难望，不知何时遇事激发，铸成大错，结局仍须堕入畜生道中。恩师虽可为谋，但行法费事，又须不少灵药，此外只有佛家一种符偈诀印，可以当时见效，虽有此心，无暇举办。恰值误杀散仙夫妻之事发生，也许借此磨炼，玉已于成，并有转劫归来之日，恶根必已化尽，前路凶危，必须向上自爱，始可转祸为福之言。"

越想，越觉此行必与此事有关。又断定事虽艰险，恩师既命前往，断无不成之理。不禁胆子大壮，喜慰非常。瞻念师恩，感激涕零，宫墙在望，依恋倍切，不舍就走，又徘徊了一阵。算计此行还有不少时日，无须哑哑。自己和阮征前生好些法宝，俱因关系重要，群邪觊觎者多，惟恐转劫失落，存在恩师手中。连经两世，为表向道坚诚，力践被逐时誓言，三生八十一年限期未满，冤业未消，无颜再见恩师，也未托过一个师门至交，代求发达。今日已奉师命，本可求取。只为初奉恩命，喜出意外，又以恩师事事前知，此行如非那几件法宝不可，必交醉师叔交还；既未提及，必用不着，所以不曾开口。后来想起西崆峒两老怪师徒厉害，加上崆峒派一千余孽，觉出事太艰险，醉师叔已走，只得罢了。

此时越想越难，虽还剩有两件飞剑、法宝，以对那些强敌，绝难应付。成败关头，非同小可。好容易熬了八十来年苦难，眼看出头之际，万一功亏一篑，负了恩师重命，误人误己，如何是好？想来想去，只阮征昔年因和霞儿世妹交厚，当其犯规被逐，向恩师拜辞下山时，霞儿一再向师母求情，将他新到手不久，名为天璇神沙，又名天河星沙的一件至宝，准其随身携带。师母并为他在九华山锁云洞别府内，用玄门最高法力重加祭炼一十三日，将一葫芦无量神沙炼成七套四十九丸，生出子母妙用。师母每套留下两丸，以防万一阮征转劫兵解时，神沙失落异派妖人之手，立可警觉，师母只要如法略一施为，不特全数收回，那劫夺此沙的人若不死必受重伤。炼时，只云、霞两世妹护法。在此十三日内，各派妖人遥望两间乾罡之气，与天河星沙、太白精金合炼而成之宝，精光宝焰，上烛重霄，齐来劫夺。虽仗霞儿持有神尼优昙所赐佛家异宝灵符防范，未被妖邪侵入，也给师母惹下不少麻烦。可是此宝却增加了不少威力。阮征当头一世兵解以前，巧遇极乐真人，又蒙恩怜，传以玄门炼宝之法，在四川灌县灵岩山绝壑之中炼了三年，竟使此宝与本身元神合而为一。阮征又转传了自己，由此双方这几件防身剑宝，与形神相合，今又带以转世，免却许多危害，此时威力更大。反正要去寻他，何不借来应用？

念头一转，便先往阮征近年隐居的云南海心甸飞去。到后一谈，阮征恰也在日前往孔雀河畔求取圣泉，化合灵丹，为土人医那形似麻风的奇病，路遇新由峨眉赴会归来的青海派教祖藏灵子和熊血儿师徒二人。以前阮征嫌藏灵子师徒狂傲，并且几次由血儿示意劝说，想收阮征为徒，连经婉拒，话渐无礼。如换昔年，双方早已动手；只为身在患难忧危之中，不欲再树强敌。好在身有天蝉灵叶隐形，飞遁神速，并仍用婉言推谢，告以师门恩重，百死不欲变节，并非有甚成见，不领他的好意。藏灵子看出他志行坚决，也甚赞许，由此不再勉强。阮征也就避不再见，已有多年。忽然无心相遇，吃对方先开口唤住，此来又是取他最珍贵的圣泉，不便再避，只得从容礼见。初意对方必要数说几句，圣泉也必吝而不与。哪知他师徒竟是脾气大改，一开口便先把峨眉派师徒夸了个古今所无。血儿并由怀中取出云、霞两世妹合写的一封信，大意是说：在开府前三日，听母亲妙一夫人说起，阮征和申屠宏二人面上血花红影已消，冤孽化解，不久便可重返师门。并且开府两日，申屠宏便奉师命，有事崆峒。因母亲未提起阮征，正当开府事忙，又不敢多问。加以昔年寻访未遇，始终不知何处隐修，时常悬念。后请韦青青代托乃夫易晟，用先天易数占出近年行踪，在青藏番族部落中行道避祸，时常往来海心山玉树二十五族与柴达木河一带，并在一二年内还有奇遇。申屠宏此时也必前往寻他。二人虽是屡生患难，至交亲切，但是此行各有重大使命，最好各顾各，事成之后，互享彼此所得现成利益。否则，申屠宏无关，阮征却要多受艰危，并还提到，藏灵子师徒均与阮征相识，如有甚信，可以托其带去，必能交到。齐氏姊妹闻言忧喜交集，知道诸葛警我与血儿交好，便写了一信，请其在送客时，暗托血儿带去。

血儿为人诚实，还恐多年未见此人，信带不到。哪知刚到河前，便已相遇。信未开视，霞儿又用过佛法禁制，连藏灵子也不知信中所言何事，还以为峨眉派法力真高，门人也是如此，甚是佩服。又说起双方由此一会，成了至交。阮征心细，并未当时拆看。见藏灵子师徒辞色迥异往年，既与恩师订交，便是师执，重新礼拜，甚是恭敬。藏灵子越加奖勉，讨水更是一说即允，并说此后一家，以后须用，随时往取，不必通知。谢别回山，看信得知前事。知道函中所写虽是实情，但云、霞两世妹对于自己格外关心，又知申屠宏玄功法力略局，所用法宝却差得多，此行定必艰险。惊喜之余，正要寻他探询详情，申屠宏恰巧赶到。

二人几世同门，三生患难，情胜骨肉。平日虽奉师命，但各行其道，无故不许相见。二人劫后余生，情谊更厚，又极灵巧机智，别的全遵师命，独此一节，不肯完全顺从。又看出师父别有用心，于是两人八十年中，老是千方百计，甘冒危难以求一面。又在背后向师默祝，求恩宽宥，许其平日各自修为，一旦有事，不论事之大小，均可相见，只不在一起。庶几于遵奉恩命之余，仍寓恩宽之意。不过二人均极虔谨，接连祝告几次，并无回音。虽知已蒙默许，并未由此坑忽，视为故常，反倒格外谨慎，尽管想尽方法，无故仍不相见。现得音信，人难将完，以前罪孽俱已消免，互相喜庆之际，愈发无话不谈。阮征一听要借法宝，立将左手两枚铁指环分了一个递过。申屠宏忽然想起云、霞二女函中之意，分明借宝与阮征有害，执意不收。

阮征道："大哥，你是何意？此宝自经师母与李师叔两次传授之后，我将其化为两枚铁环，不特运用由心，威力更大，并与心神相合，无论相隔万里，我如法施为，立可收回。固然此宝母沙现为师母保存，再分一半与大哥，用起来要差一点，但我尚有别的法宝，便飞剑本质也比你好，更有天府神箭也在身旁。你我下山时，同是两宝一剑，你的却差得多。峨嵋老怪师徒何等厉害，如非醉师叔传有师命，拼多受苦，也必同往相助。师命固不敢违，但并未提起不准借宝，又特指明寻我通知。到时，我如真个非此不可，举手即可收回，易如探囊取物，有何妨害？世妹来书，只听外人易理推算之言，非出师命。如其有害无益，醉师叔早说了。你如不带走，我只好到时拼却回山受责，暗中赶去了。"申屠宏最爱阮征，知他为人刚毅，又极天真好义，虽然末两句有心要挟，并不一定敢违师命，但他言出必行，永无更改，实无法相强，所说也极有理。以为此宝收回甚易，话已出口，只得再三叮嘱，如其需用，千万收回，不可为此减却威力，因而误事。阮征含笑应了。这一次见面，为二人八十来年苦盼最喜慰之日。

阮征因在当地隐迹行道，救过不少番人，青藏番族奉之如神。他又苦修辟谷，除却有时命富人舍钱济贫而外，本身不受一丝一粟之赠。这日因是特别高兴，加以不久便要离去，特地向附近的一个酋长要了当地名产花果酒和一条羊肩，与申屠宏寻一风景佳处，聚木点火，烤肉饮酒。又知申屠宏此去峨嵋，前半还要隐迹人间，身边无钱，如何能行？师门法严，最忌贪妄，虽有一身法术，不能使用，便取了一袋金沙相赠。申屠宏比较拘谨，先见他约同饮酒食肉，因喜兄弟重逢，偶然吃一次烟火之食，不在禁条之列，不愿拦他高兴。及见取出金沙，修道之士留此人间财物作甚？老大不以为然，面色微变。方欲开口劝说，阮征已先笑道："大哥，你当我犯贪戒了么？先我不知云南到处埋有黄金，为了济贫一事，这些年来，煞费心力。你我弟兄，哪有金银与人？要人出钱济贫，须出他的心愿，不能动强，更不能行法搬运。只有遇见机会，劝说一些受我帮助的富酋，捐点钱财，分散穷苦。近三年来，青藏一带番人大都对我信服，还好一点，以前真是极难。我又不喜与人开口，劝人出钱，头一次都很勉强，二次直没法和人说。所以在此二十年中，仗着法宝、飞剑与前习道法，甚事都好办，只一须钱，我便发急。有一次，黄河决口，水势被我行法止住，遇上两个老对头，都被我一人打跑。只那将近三万无衣无食的灾民，我却一筹莫展。总算那些人不该死，当灾民嗷嗷待哺之际，忽由上流漂来一大块木板，上坐父子三人，并还堆有两口箱子。这时水虽归槽，水势仍是浩大。我正想将此三人救上，不料河心蹿出一条水桶般粗的带角恶蛟，张着大口，竟想朝那三人吞去。百忙中我看出那三口箱子满装金银珠宝，知那恶蛟便是此次发水罪魁，先被飞剑吓跑，水也被我压平。那蛟本来潜伏水底，心怀不正。恰巧我行法不久，便遇前生仇敌，追出老远，刚刚回来。它见半晌没有动静，出水探看，望见对面漂来三人，当是就口之食。我见此情形，忽生急智，先不下手斩蛟，只用禁法将两下里隔断，不使伤人，同时断了蛟的退路。然后现身下飞，当着那三人，连用飞剑、雷火，将蛟杀死。初意不过故示神奇，想他捐点银子，暂救目前，再行设法，富人多半吝啬，未必便肯多出。谁知那三人竟是宁夏首富，没等我开口，把三箱金珠全数济贫不说，并还力任全局。只是一件，认定我是神仙，他还有不少眷口，均被大水冲散，要我救回。这事比除妖还难，万一那些眷口已葬身蛟口，如何救法？迫于无奈，只好用活动点的话，答应代他寻找。出事在日落以前，我由左近飞过，发现此事立即下手，当时将水制住，伤人甚少。这时已是第二日天亮。我知下游不会有人，便往上游寻去。天佑善人，事情真巧，他那一家并未冲入河里，聚在一个高坡之上，正受一群饿狼围困。吃我救出，由百里外送往河边团聚。老的一个和官府有情面，正在商议赈灾之事。我送人时，不曾现身。见他说得甚有条理，用我不着，方始暗中飞走。似此大举施财虽少，类此之事甚多。有时打算救人救彻，便须用钱。由此方知神仙行道，也非钱不行，才留了心。近年人心信仰，肯出钱的人已多，正觉以后不致为难。前日忽然发现黄河上游和玉树深山之中金银甚多，河里金沙尤为方便，略为行法禁制，又得不少。昨日想今日起身寻大哥去，带了此物，可以随时济穷，特意取了几斤来，炼成小块，你便到来。大哥到平凉去，固用不许多。以此济贫，省得到时为难，不也好么？"

申屠宏在外行道，也常感到无钱之苦。又见阮征神仪内莹，心光湛然，道力益加精进，所说也系实情。师命寻一民家寄居，又令先寻阮征，必也为此，便接了过来收起。阮征因为日尚早，难得有此快聚；申屠宏也以为反正在当地一样炼法，也不舍就走，于是一同盘桓了好几个月。

这日阮征往医山民重伤，归途接到大方真人神驼乙休和青螺峪怪叫花凌浑联名的飞剑传书。看完，惊喜交集，回去便请申屠宏先行。申屠宏问来书所说何事？阮征笑答："乙、凌二位师伯叔不令告人。我也就走。大约还有两年，便与蝉弟和几个未见面的同门一起，我还忝作为首之人。此时暂由蝉弟率领，在外行道。我不是和你说过，恩师所说早已算定，不满八十一年限期，休想重返师门？不过，这两三年关系重大，我弟兄真不可丝毫大意呢。"

申屠宏不知阮征此次为友心热，甘冒危难，不说真情，另有原因。此后相见日长，无须恋恋，互道珍重，便自分手。又在当地待了年余，法已炼成，才往西崆峒飞去。为防被妖人和老怪师徒警觉，仗着师门心法，极易韬光，不到平凉府，便已降落。觅一大镇，换点金沙。装作一个落魄文人，雇了一辆大车，往平凉府去。次日到了城西，先托游山，在山麓寻一民家住下。后又借口在此教馆，租了两间空房。不久便收了几个村童，教起馆来。申屠宏几生修为，除犯规被逐，这两世八十年均在妙一真人门下，法力甚高，所租民房又正当入山孔道。以他法力，本来不用出门，只在室内稍为行法布置，三数十里以内，人物往来，均可查知。只为故意要在人前走动，使妖党常见不疑；又想乘机救助苦人，行点好事，一放晚学，必出闲步。遇上好天气，还特意带上一根寻常铁棍，同了两个年长一点的村童，假装游山，前往山中窥探虚实和那藏宝之处的形势。连去几次，中间也曾两遇怪徒和崆峒门下妖人。一则申屠宏装得极像，相貌穿着均极平庸；二则身带法宝、飞剑，均经转劫以前妙一夫人所传本门太清潜形灵符加了禁制。休说所遇诸邪，便天残、地缺两老怪物那高法力，如不事前得信，仔细观察，也看不出来。加上随行村童掩饰，一点也未被人看破。而这两起对头，一起是老怪物有命，照例不许捉弄凡人；一起是正当背晦时光，来人只是山中闲游，除手持铁棍，看去有点蛮力胆大，不畏虎狼而外，别无异处，既未犯他忌讳，也就不以为意。申屠宏却是每去一次均有用意，又是内行，见那藏宝的珠灵峡绝涧，相隔两老怪所居老巢乌牙洞禁地尚远，离五龙岩却是近得只有三四里。

这地方虽名为峡，实则只是一片峭壁危崖，下面临着一条宽约二三丈的涧壑。因那崖壁上有好几处大小喷泉齐坠涧中，水气溟蒙，也看不出涧有多深。由对面向壁遥观，只见碧障排云，珠帘倒卷，玉龙飞舞，灵雨飘空。因为常有泉瀑飞洒，烟雨蒙蒙，通体青苔鲜肥，草木华滋，郁郁森森，山容一碧，乍看风景，倒也雄丽非常。再细查看，除却对崖那短短一片好地方外，不特山容丑恶，寸草不生，并且石质粗硕，宛如利齿密布，乱石森列，崎岖难行。偏又不具一点形势，与对崖迥不相称，心已生疑。末次去时，四顾无人，隐形飞往对面崖顶一看，更是奇怪。原来崖对面乃是一条狭长山岭，由五龙岩东面高高下下蜿蜒而来。全岭皆石，草木甚稀，与涧这面荒寒情景，差不许多。到了近崖，约有十丈长，二三十丈宽一段，方始生满苔草。山势由高降下，成一斜坡，降约十余丈，重又由下而上，与崖相接。因岭比崖高，左右乱石杂沓，景物寒陋。不是事前有人指点，绝想不到岭尽头崖下藏有奇景，端的隐秘已极。尤可异者，上次来时，崖壁飞瀑珠泉有好几处飞舞喷射，这次往探，除却碧苔绿草，苍翠欲流，泉瀑俱都未见喷出，好似偶然遇上，并不常有。越看越觉当地形势隐僻非常，好些妙造自然。如非预有成算的人，不特到了近侧都易错过，也绝不会走到这一带来。心中一动，猛触灵机，走往灵崖相接之处，细看两面石色，再把苔草拔起了些一看，立时省悟。忽闻破空之声，一道碧光正往五龙岩那一面飞去，知有妖党中能手到来。虽然所带村童已经安置在离此十里的松林内采掘茯苓，不曾带来。因防妖人警觉，未加戒备。春夏之交，山中蛇虎常有出没，既恐有失，又防妖人路过向村童盘问，仍用天蝉叶隐身赶回。

　　申屠宏因教书只为隐迹，村童根骨都凡庸，虽非正式收徒，毕竟师徒一场，也是前缘。本想边地穷苦，随时加以暗中周济，并无他念。偏巧内中一个名叫马龙娃的，根骨禀赋虽也平常，人极聪明，奉事寡母，尤有孝心。没有多日，申屠宏便看出他至性过人，孝母敬师，又极好学向上，渐渐生了好感，只惜资质不够。除暗中多加资助外，因他聪明守口，奉命惟谨，每次出门，必带同行，并述秘嘱，遇上异人异事，如何应答留意。在申屠宏，原因考验龙娃，明暗几次，从未错过。心想多一凡人为助，有时也许得用。哪知龙娃孝行格天，福至心灵，渐渐看出师父不是常人，随时都在留意。而申屠宏又是日久情厚，自然欣喜。加以花女就这日内要来，事应数日之内，关系重大，心有专注。对于这一个平日怜爱、永无过失的徒弟，无形中少却好些掩饰顾忌，于是又被多看出两分异状。当申屠宏由珠灵崖飞回时，见随来的另一个村童正在收拾已掘好的茯苓，龙娃却在正对自己来路的高坡上向前眺望，似有甚事神气。飞向他身后丈许，再行现身过去，悄问："你一人在此，看些什么？"龙娃低声悄答："老师来时，可曾见有一个怪女子么？"申屠宏疑是花女已来，无心错过，不禁大惊，忙答："回去再说。"随催起身。

到了路上，设词命另一村童先自回家，暗中行法，带了龙娃到家细问。答说："先想多得茯苓讨好，走向对面土坡老松之下。正要掘取，忽见路侧危崖后绿光一亮，心中奇怪。正要往看，忽见一个装束华丽、身材瘦小、背插双剑的女子，由崖角走出。跟着，便听一男子口音，在后急喊，要那女子回去。女子忽然回手一扬，便有一道绿光，朝原来处飞去，口说'还你'二字。男的说了两句，没有听清。女的也转怒为喜，跟踪走回。这里人，全没那样画儿上的打扮。我怕是娘平日说的妖怪，没敢出声。过去等了好一会儿，试探着走往崖后一看，男女二人全未见到。只崖壁下面有一封信，和那日放学后老师由身上取出来看的差不多，也是黄麻布所做。我想一定是那女子丢的，想拿，怕寻来看出我，不得了。又想带回与老师看，忙把它塞向土坡上山石缝里，仍回原处，装不知道，暗中留神，看是如何。待了不多一会儿，女的忽然急慌慌寻来。先在原处看了看，末了寻到坡上，问我可见甚人走过，和见地上有什么东西没有。还给我一块银子，要我实说。我早看出她两眼太凶，不是妖怪，也非好人。知她先前未见我，便和她装呆说：'我是采茯苓的，你看我才掘起两块，刚来一会儿。只上坡时，见一穿黄麻布的乡人走过，未见他捡甚东西。'女子一听，好似又气又急。我正疑心怕她害我，不料她只恶狠狠自言自语道：'如是小怪物拿去怎好？'我还装呆问她：'哪里有小怪物？'她怒骂了句小狗，一片绿光一闪，便不见了，吓了我一跳。再看天上，绿光正往上次老师去的那一带飞落下去。我料她去远，忙把那信取出揣好，正怕她万一回来搜我身上，老师就回来了。"随说，随将所拾黄麻束帖取出。

申屠宏早已听出此女不是所候姓花少女，再接过束帖内外一看，越发心喜，着实夸奖了两句。龙娃先是怔怔地听着，忽然跪下说道："老师你肯要我么？"申屠宏道："你本是我学生，何出此言？"龙娃流泪道："娘和我早看出老师不是常人，也不会久在这里。必是山里有甚事要办，等事一完，就要走了。我背后留心也不是一天了，也未对人说过。近日我见老师到山里去得越勤，有时借故走开，只一转身，人便不见，才知带我们同去是为遮掩外人耳目，前日老师到了山里，又是一闪不见，我特意藏在崖后偷看。老师回时，竟自空中飞落，分明是神仙无疑。回去和娘谈了半夜，算计老师不久必走。本来我舍不得老师，也舍不得娘。可娘和我说，我祖父原是大官，为奸臣所害，流寓到此。我娘也是大家小姐，因祖父和爹爹不久病死，我才两岁，我娘受了无数的罪，才把我养大。本来代人放牛，如不遇老师，上月一场病，早已死去。如今病蒙老师医好，又给了那么多银子。不久，便照老师所说，逐渐添买田地，足可温饱一生。并且日前哥哥也由兰州回来，他做水烟生意，一有本钱，就可经商养娘，家事也不愁没人照管。娘再三劝说，必是多年苦求神佛默佑，才得遇到老师，命我无论如何也要求老师把我带走。为防真人不露相，连对我哥哥均不说实话，只说时常周济，但不喜见生人，不令他来。我想我年纪才十三岁，我娘已老，身子又弱，我不知还隔多少年才能养她，我又什么也不会，想起就愁急。好容易遇到老师恩怜，恰巧出门九年的哥哥又学好生意回家。我也不想作甚神仙，只想学像老师那样，不论多重的病，随便取点水，划上两划，吃了就好。学好回家，遇娘有病，一吃就好，活到一二百岁，人还是好好的，这有多好。现在我已决定，上天入地，都随定老师。肯要我么？"

申屠宏本就喜他至性聪明，当日又替自己无心中得到一件关系此行的机密，高兴头上，暗忖："此子实是不差。虽然根骨欠好，但他一个牧牛小儿，起初并无求学之念。只为见时看他应对聪明，举止安详，比别的村童要好得多。乃母正有病，家又寒苦，一时投缘，随往他家治病周济，又看出他孝母，才令来馆读书。他竟机警沉稳，言行谨慎，取得自己器重。照此遇合，定是前缘。虽然还未重返师门，不应先自收徒，但自峨眉开府以后，门人俱已奉命收徒，自己收徒，想蒙恩允。如说资质不够，只要真个问道坚诚，也未始不可造就，前例甚多，不过传授上多费心力。又是初次收弟子，将来功力不济，比起一班师弟门下，相形见绌而已。"心虽默许，终于不敢自专。微一沉吟，见龙娃仍在跪求不已，态更坚诚。想起醉道人所说，开视柬帖日期，就在九月中旬，并未指明何日。还有姓花女子也只说此是她必由之路，不曾详说底细。照龙娃今日所得妖人机密，事发当不在远。每早拜观并未现字，何不取视？如果不现，便向恩师通诚默祝，如此子无缘，必有警兆。想到这里，便命龙娃起立，笑道："我本心颇愿收你从我学道，但我不能擅专。等我向门师遥拜诚求，看你福缘如何？想不到我素来行事谨慎，竟会被你暗中看破，此事必有因缘。若师祖因你根骨太差，所请不许，我们也算师徒一场，你又为我出了力，我必使你母子得享修龄，日子舒服便了。"龙娃闻言，虽极愁急凝盼，并不苦磨，只朝门跪下，默祝师祖开恩，甚是恭谨。

申屠宏知道师门最重性行，此子多半能获恩允，便将柬帖取出。待要供向案上，通诚遥拜，忽见柬上金霞一闪，知已现字，好生惊喜。忙即拜恩祝告，起立一看，果然现出开示日期，正是当天。恭恭敬敬抽出一看，共有三张，均是绢帖，两张仍是空白。那现字的一张，预示机宜：明日花女即至，应于黄昏前遣走生徒，去往门外相待，必能遇上。对于收徒之事，也曾提起。并说申屠宏近年功力精进，语多奖勉。在重返师门以前，一切均准许便宜行事。不禁大喜，感激非常。随令龙娃随同谢恩，把此来用意和自己来历略为告知，并传以初步坐功。令先回家暗告乃母，切忌泄露。龙娃一听，老师果是神仙中人，心中狂喜，依命拜别回去。

申屠宏设馆之地，在山口外坡上，通着一条谷径，共只两户人家，均是务农为业，人数不多，又因平日常受先生好处，对申屠宏甚是亲切。此外村集相隔最近的，也有二里多路，地旷人稀，甚是荒寒。学生多是附近村童，连龙娃不过六人。次日一早，便向众生说，要去看山中红叶，那地方常有野兽出没，恐带人多，照顾不过来，命各放学回家。学童去后，便命龙娃在附近眺望，有无形迹可疑之人出现，到了申正再来。自将室门外锁，隐形入内，在室中行法，查看来人是否已在途中，并查山中妖党有无动作。

申屠宏所习，乃穷神凌浑因代说情未允，一时负气，传与他一种预防仇敌侵害的法术，名为环中宇宙，与佛教番僧和毒龙尊者所用晶球视影，异曲同工。一经施为，照行法人的心意而为远近，由十里以上到三百六十里以内，人物往来，了如指掌。不过此法近看尚可，一到三十里以上便耗精神，无故不轻使用。门外山谷，乃是花女必由之路，相去咫尺，本无须乎看远。只为昨日龙娃拾来麻束，得知妖女已知珠灵峡宝穴机密，并还得到一纸秘图。虽只是内层禁图，没有外图，但这最关重要的已被得去。只需邪法较高的人相助，不由外层开禁而入，径由崖顶下攻，等将内层埋伏引发，再照图说解破，一样有成功之望。不知怎会粗心失落？大是不解。还有，妖女到底是本山原有妖党，还是仅与崆峒派余孽有交情的外来妖邪，也须查看明白。此事关系重大，反正要耗一点元气，索性先由来人看起。及至行法细查来人，并无影迹。只龙娃拾取柬帖的危崖之下有一石洞，石室五间，陈设极为富丽。内有一个相貌痴肥的妖道和昨日龙娃所见妖女，面带愁急，正在计议。妖人居处地势隐秘，外壁并无门户，平日似用邪法破壁出入，看去邪法颇高。五龙岩那面，虽有几个崆峒派余孽，均在打坐练法，不似有事情景。恐大残、地缺两老怪觉察，又知老怪师徒此时不会出手，未往乌牙洞查看。再四推详，料那妖人必是崆峒派中有名人物，一向独居崖中，潜伏修炼。妖女乃他密友，不知由何处取来禁图，觉着独力难成，去寻妖人相助，无心遗失，在彼发急商议。昨日曾见绿光飞往后山，与龙娃所见时地相同。也许妖女心疑五龙岩妖人路过拾去，前往查探。照众妖人安静形势，必是妖女恐人生心，还不曾吐口，明言来意。花女来路必远，不到时候，故看不出影迹。观察了好些时，不觉已是未正，花女仍然未现。

忽见龙娃如飞往门前跑来，门已外锁，又有法术禁闭，心想时限将到，便收法起身。刚把门一开，龙娃已是赶到，见面便悄声急语道："老师，那少女来了，果然姓花。"申屠宏因自己刚才还在行法观察，所见均是土著妇女，并无此人，心疑龙娃误认，忙问："你怎知是此女？"龙娃悄答："平凉府只这一带人少荒凉，几个村子的人，我全认得。连日随老师一起，在家时少，每早一起床，娘便催我快来，村里来了外人，也不知道。方才老师命我随便在附近五里之内留心查看，没限地方，又教不要老在一处。我怕老师就要离开此地，想借此回家和娘说几句话。为想顺便看看有无可疑之人，特意和娘同立门外。不料走来一个青布包头、穿得极破的年轻女子，先还不知就是老师所说少女。因她脸生，又向娘打听附近山中可曾见有两个不论冬夏老穿着一身黄麻布短衣、面如白纸、各生着三绺黄须的孪生怪人？我忽然想起，昨天无心中曾向那丢柬帖的怪女子说起穿黄麻布短衣矮子，她便惊慌的事。心中一动，细朝此女一看，我从来没有见过长得那么好看的女子。尤其那双眼睛，黑白分明，毫光射人，来得奇怪。我娘在此居久，知她问的是山里两个最厉害的怪人，我母子全未见过，只是传言，怎敢乱说，答以不知。她便走去，行时看了我一眼。我见娘和她相识，一问，才知住在隔壁赵家。前五日，赵家夫妻由城里带她同来，说是他们亲戚，姓花，因许了轩辕庙的心愿来烧香。赵家几门远近亲戚我娘全都相识，哪有这姓花的？又是外路口音。我想十九是老师所说的人，赶忙跑来报信。走时，分明见她人在前面，晃眼便无踪影。迎头遇见赵老汉，强将我唤住，说花姑姑是他亲戚，家里很有钱，为了还愿扮成贫女，最恨人知道，叫我别向人提说，回来给我糖吃。我说谁管女人家闲事？就跑来了。"

申屠宏闻言，料知所说多半不差。只奇怪相隔这么近，来了五日，竟未看出，不禁大惊。恐怕误事，便不等黄昏，径带龙娃去往门外邻近谷口的坡上守候。因那地方是往山阴的一条僻径，不是入山正路，平日只有一二樵夫猎户偶然出入，极少人行。一晃已至酉时，并无人过。方想恩师凡事前知，每有预示，不差分毫，也许时还未到。倚在一株古松之下，正在假装闲眺，暗中守望。龙娃看出乃师盼望甚切，以为先前见过，一味讨好，独往谷口石上坐下，故意编草为戏，前后张望。申屠宏见他忠实，也未禁止。待了一会儿，谷中忽然走出两人。谷径甚直，长约二里，龙娃眼尖，又正留心往里偷觑，见那两人身材矮胖，由谷中最前面转角才一出现，也未见怎走快，晃眼已到面前。那相貌正与花女向乃母打听的双生怪人一般无二，心中一惊，仍旧故作不知，低头拔草。

那两黄衣怪人快要走过，看了龙娃一眼，忽然立定，同声说道："娃娃，我们明日回来，收你做徒弟，包你有许多好处。你父母全家，也从此安乐享福。你愿意么？"龙娃已知他们乃妖邪一流，忙把心神一定，装呆答道："我不认得你们，为何去做你徒弟？我已有老师，还要读书呢。"其实，这两个黄衣人正是天残、地缺门下最心爱的怪徒，虽然骄横狂傲，照着师规，对于凡人并不一定强其所难。当时不过由山里出来，看出龙娃气定神闲，分明见自己用潜光遁法飞过，竟如无觉，心中奇怪。想起连年物色门人，一个也未寻到。前些时，受人怂恿去往峨眉，意欲相机扰闹，就便物色美质。哪知峨眉声势浩大，不特未敢妄动，反吃师父的硬对头采薇僧朱由穆用金刚手大擒拿法甩出好几百里，受了生平未有之辱，仇深似海。已经禀告师父，定约与仇人在本山斗法，不久即要上门寻事。为了峨眉之行，知道只要是美好资质，均被正教中收罗了去。一赌气，决计不问根骨如何，只要聪明胆大，投缘就收。无如天生怪脾气，说话任性，开门见山，长得又极丑怪，休说龙娃已经拜师，胸有成见，便不遇申屠宏，就此一说也就疑虑，不肯依从。不过当时如只说不肯，黄衣人也必走去。因终是年幼，见对方相貌丑怪，一张死人脸子，未免有点胆怯，以为老师是神仙中人，事急可以相助，多了这一句口。两黄衣人闻言，便问："你老师是谁？我们和他说去。"龙娃心想："老师法力多高，莫非怕你？"便朝坡上指道："那不是教我书的老师？不信，你问去。"

申屠宏早看出两黄衣人的来历，方在戒备，人已到了面前，劈头便同说道："你劝那小孩拜我二人为师，你也得点好处，省得老当穷酸。"申屠宏见二人衣着、相貌、身材均是同样，又是同时开口，言动如一，神态至怪，且喜不曾被他们看出马脚，索性装作一身酸气，摇头晃脑答道："吾非好为人师，其母孀居苦节，不令远游。而此子有孝行焉，山中虎狼至多，殊违'父母在，不远游'之心，而重慈母倚闾之望，吾不能强人以不孝。阁下好为人师，且一而二焉，如设蒙馆，则其从之者如归市，何必此也？惟先生方高卧于山中，使为人子者有暴虎冯河之险，虽敏而好学，亦必望望然而去之，则吾不取也。"黄衣人闻言，似极厌恶，朝地上唾了一回，骂了句："穷酸！"申屠宏仍自摇头晃脑说道："怪哉！怪哉！乌用是鹦鹉者为哉？"话未说完，再看人已远出十里之外，晃眼不见。龙娃也早赶来，笑问老师："怎和他掉文？这两人跑得多快，是妖人么？"申屠宏低嘱噤声："你少说话，甚事都装不知便了。"想起自己的一套假斯文，满身酸气，连这么厉害的怪物俱被骗走，心方好笑。忽听身侧不远，"哧"的笑了一声，忙即留神查看，并无影迹。疑是秋草里蛇虫走动，又觉不像，左近也不见一点邪气。如是敌人隐伏，凭自己慧目法力，绝不致看他不出。待了一会儿，暗中行法试探，终无迹兆，只当是听错，也就罢了。

师徒二人守到夕阳衔山，遥望谷口里斜日反照，映得山石草木一色殷红。方想少时人来，对方是女子，素昧平生，如何答应？龙娃偏头遥望，谷转角处一片银光，似电闪般略为掣动。还未看清，面前人影一闪，先前所见贫女，已在身前不远现身。面上神色甚为匆遽，似知形迹被人窥破，见面便匆匆说道："我有点事，附近可有人家，借我停留一下？有人来问，可说我往南飞去,少时谢你。"龙娃甚是机警,知她后面有人追赶,忙道:"有有,姑姑随我来。"随领贫女往坡上走来。申屠宏见状大喜,因事紧急,不知底细,未便多说,朝贫女点头笑道:"道友请进,都有我呢。"贫女见申屠宏和常人差不多,并无异处,却称她道友,意似惊奇。隐闻破空之声远远传来,不顾说话,朝申屠宏看一眼,便往门内走进。见是与人合住的两间村塾,对面只有两个老妇。正想向龙娃询问先生姓名来历,龙娃已先悄声说道:"我老师在此等姑姑多日,请坐一会儿,少时自知。我还要代你打发对头呢。"说罢,转身便往外跑,仍去谷口石上坐定。

申屠宏见花女飞遁神速,法力甚高,方想后追的人必是妖党中能手,如与对敌,形迹一露,此地便不能住。那破空之声已由远而近,到了头上,只是声音甚低,飞得也高,常人耳目绝难听见。抬头一看,乃是两道碧绿光华在云影中出没,回翔了几匝,倏的往下射来,落向谷口附近,现出一个矮胖妖道和一个身材瘦小的妖女。龙娃也真机智,明知妖人在他身后现身,故作不知。等待妖人一出声,立即回首,装作乍见惊喜,跳起身来迎面笑道:"多谢姑姑昨天给我银子。那偷你东西的人,我也见到了。"这男女妖人,本为追赶贫女而来,闻言触动心事,觉着所失之物更为重要,不暇再顾查问贫女踪迹,妖女先问:"偷我束帖的人,现在何处?"龙娃装作讨好,连说带比道:"我昨日不是和你说,你丢东西时,有一个穿黄麻短衣的人走过么?不知怎的,人会变成了两个。除昨日那人,我没留神看清相貌,不知是他不是外,这两人,不但身材穿着和昨天的矮胖子一样,神气也极相似,走路都甚奇怪,晃眼便走出多远。路过这里,还一同张口,好似说他们明天回来,谁敢闹鬼,动此山一草一木,便要他命。不是昨天矮胖子,还有哪个?"

二妖人闻言,互看了一眼。妖道说道:"我说明明有人盗去,二妹你还怪我自不小心。仵氏弟兄照例言动一起,永不离开,不会独自行动。照此看来,焉知不是两人化身为一,仗势欺人呢?"妖女拦道:"此事现还难说。适才贱婢形迹可疑,看她一个人在珠灵涧前神气,分明是个深知底细的人。可惜我性急了些,没有撒下罗网,又防五龙岩诸道友知我来意,日后成功,难保不生心争夺,事前只招呼你一人,没有通知他们,才致滑脱。此女能在我二人手底漏网,又敢孤身来此犯险,必非弱者,怎不和我们交手,便自逃去？也是奇怪。据我猜想，内层禁图就不是她盗去，至少也必看过前洞禁图，得知出入之法，否则她不会在崖前作怪。我真后悔冒失，没有看清她是否能够启闭出入，便吃警觉，将旗门撤去。弄巧她来在我前，早已下手，都不一定。此事不容易，山中有二位长老师徒和五龙岩诸道友洞府，外人多大胆子，也不敢在内久留。用我们所失禁图，由崖上下攻，声势更是惊人，本身还要具有极高法力。那一带正是五龙岩左近，就算天残、地缺二老不问，外人也不敢大举。只有前洞开通，当时进了头层，将玉壁复原，重新封闭，便可人不知，鬼不觉，藏在里面为所欲为，直到功成而去，谁也不致惊动。此非一朝一夕之功所能了事，她一个外人，附近如无巢穴，必不能行。看她扮得和女花子一样，必在山外土洞，或是穷人家中寄居，平日也许还假装乞讨，在左近出现，都不一定。她飞行甚快，此时已追不上。这小鬼头人甚聪明，昨日得了我点银子，被我买动，待我问他几句。"

这时，申屠宏看出二妖人邪法甚高。又见龙娃应付巧妙，不致有失。乘其初来未觉，假装回屋，暗用蝉叶隐了身形，凑向前去，暗中偷听。女妖人也颇慎秘，说话全用邪法传声。申屠宏如非精于此道，上来便有准备，也听不出。龙娃见妖道说完，妖女只嘴皮微动，不听说话，老师也不知去向。心中因听妖道之言，知道两黄衣人与他们不是一路，正打算设词激使内证，妖女已笑问道："你这娃很聪明，如能代我访问一事，我还多给你银子。"龙娃故意大喜道："昨天给我那块银子，能换许多钱，我娘不发愁了。你这好姑姑，不论甚事，只要说出来，就不给我银子，我也立时办去。请快说吧。"妖女也颇喜他天真，随取了五两银子递过，笑道："你这穷娃怪可怜的。我也没甚难事你做，只问你，这几日内，可曾见有一个用青布包头，比我要高一头，皮色细白，腰间围有一条两寸多宽，又不像丝，又不像皮的黑旧带子的贫女没有？"龙娃喜笑颜开，抢口笑道："我看见过。这人穿得虽破，却极干净，和姑姑一样，不是小脚。头上青布连脸也包去半边，脚上穿着一双黄麻鞋。可是她么？"妖女答说："正是。"龙娃道："你说这人，她并不住在此，但是常来。由今年春天起，每隔十天半月，必来一次，也没见她讨过饭。我还和她说过话，她说在城里住，到这里来，是为烧香还愿的。我先没留心，方才见她和那穿黄衣服的两人先后走过，本是往东南方的，在谷口停了一停，忽然朝南走去，和黄衣人走的是一条道路。我正编草鞋,觉着电闪般一亮,再往前看,就这一晃眼,她已不见。我才知她和黄衣人一样,都是怪人。近来本地怪人真多,前天看见几个和尚更怪,还会在天上飞呢。"妖女惊问:"何处见来?"龙娃答道:"日前山中捡柴,忽见红绿光飞堕,我胆小逃避,掩向石后偷看,落下两个胖大和尚,在当地转了一转隐去。隔了半个多时辰,又在附近出现,耳似听说珠灵涧有甚东西,要设法取走,过日再来。又说这些妖道,可杀而不可留。随后一同飞走。因相貌凶恶,吓得我悄悄逃回。因娘再三叮嘱,不是菩萨,就是妖怪,不许对人说起。如非姑姑待我好,也绝不敢说。"二妖人不知龙娃听乃师说过此来用意,用心恐吓,信口开河,闻言大是惊疑。又问了相貌,嘱令今日的话,不许告人,并代留意贫女踪迹,如再发现,可将此箭背人掷向空中,自会寻来,另有重赏。如口不稳,或向贫女泄露,休想活命。随取一支箭递过。龙娃诺诺连声答应。二妖人便自飞去。申屠宏便向龙娃耳语,要过红箭一看,长只三寸,上有符篆,邪气隐隐。知是崆峒派中信符,揣向囊内,一同回去。

花女似知敌人已去,正站门口,见龙娃走来,重又回身。申屠宏知对屋老妇终日守在炕上,又曾受过好处,看见虽无妨害,终以慎秘为是。又知隔壁农人快要回转,忙即行法,将门自外关好,飞身入内。乍一现形,见贫女似还存有疑忌,便先开口道:"我名申屠宏,乃妙一真人弟子,因犯规被逐,戴罪修为已八十年。近蒙恩免,不久重返师门。现奉师命,助道友取那珠灵涧玉壁所藏禅经。本来只知内有极神奇的降魔禁制,不知破解与启闭之法,侥幸昨日小徒拾得方才那妖女所遗失的内层禁图。道友如知前洞启闭之法,再过七十多日,时机一至,立可成功。昨日阅读家师恩谕,得知当初在壁中藏经的那位神僧法力至高,今日之事,已早在千年前算出。因他昔年由道归佛,兼有释道两家之长,除那部禅经和一柄戒刀留赠道友而外,下余尚有灵丹、法宝,俱都各有因缘。玉壁上并有遗偈,载明此事。我们合则两利,不知道友心意如何?"

贫女喜道:"我名花无邪,前在恩师芬陀门下,与凌雪鸿师姊一同带发修行。也因犯规被逐,拜一前辈女仙为师,现已成道仙去。飞升以前,师恩深厚,曾为我虔心推算,知我灾劫凤孽至重,幸尚自爱,对于以前禅功,又能始终勤习,道基颇固。如在遇劫以前,将西崆峒珠灵涧大雄神僧所留两部禅经得到一部，虽仍不免兵解，受十四年苦孽，难满仍有成就。又因天残、地缺老怪厉害，加上崆峒派一干妖人邪法厉害，独力难成，事前必须将外层禁图得到，并须有一好帮手相助，才能成功。昔年虽有几位知交，因我犯规被逐，一直羞于相见。多年来远处辽海，愈发孤寂。平生至交，只有南海散仙吕璟一人，初意到时必可相助。哪知费尽千辛万苦，日前才得燃脂头陀指点，将珠灵洞玉壁前层禁图得到。偏巧此时吕道友的师父南海雪浪山阳阿老人正于日内要赴休宁岛的群仙盛宴，洞中又正炼着灵丹，必须他回山坐镇。此会与峨眉开府不同，来往流连，须经过四十九日才能毕事。燃脂老禅师说，为防我来时被人看破，还传了我一道灵符。珠灵洞千年灵秘现已泄露，知道底细的并不止我一个。他那灵符，只能用至今日为止。最厉害的，要算云南西昆山二恶、番僧麻头鬼王呼加卓图与他师弟金狮神佛赤隆儿爪。他们不特用晶球视影看出底细，并还将那内层禁图下落寻到。

"我这外层禁图，总算神僧相助，用他佛法掩蔽，未被看出真相。而那内层禁图，又在恒山丁甲幢三化真人卓远峰、大法真人黄猛、屠神子吴讼所居妖洞之下。三凶邪法甚高，自从峨眉惨败回去，愈发谨慎，潜居不出，不论明索暗盗，均极难办。二番僧本因算出本身再有十多年劫运将临，除将禅经得到，不能化解，才不惜多耗精力，苦心参详。既是结仇树怨，又恐因此传扬出去，觊觎人多，事更难办。最后想好一条主意：知道三凶好色，曾恋崆峒派妖女温三妹，多年未得如愿。二恶记名弟子红花和尚冉春工于内媚，恰与妖女有交。便由冉春将妖女引往云南，先令她起了重誓，然后许下好处，授以机宜，妖女欣然领命而去。番僧以为妖女志在嫁与冉春，多年来俱因自己坚执不许，未得如愿。现在不但答应，并许冉春将来传授衣钵。除禅经不能与人，妖女得去也难通解，言明看都不许外，事成之后，所有洞中藏珍分与一半。妖女又起了重誓，断无背叛之理。只是前层禁图未得，不能由正面入内。必须由里层崖顶穿洞而入，事机迅速，声势惊人。那崖本是大雄神僧由西天竺移来，通体都有法力禁制，坚逾精钢，除非将他教中最具威力的三十六相神魔炼成，不能一举成功。便乘妖女往恒山盗图之便，二恶合力往西昆仑绝顶秘窟之中，苦炼神魔，以备应用。

"谁知妖女仗她邪法之力和本身媚术迷人，一到恒山，那么厉害精明的恒岳三凶，竟吃迷住，每日争风献媚，一点没有看出她的来意。先吃她借口新得的道书，每日须有定时用功，将那藏图的上层石室占去。跟着，暗用番僧所借法宝，穿入地底将图盗去，又盘桓了两日才走。本来得手甚易，三凶一点也不知道。偏巧妖女去时，冉春便在近侧守候，想起以前和妖女万分恩爱，只为乃师法严，稍一违忤，立有炼魂之祸，奉命断绝，不敢来往，好容易多年相思，忽然得此良机。来时乃师曾说，只要图到手以后，任凭为所欲为。在未成功以前，如有沾染，事成还可，否则休想活命。没奈何，只得强捺欲火，连路上妖女引逗，也不敢犯，期以异日。每一想到三凶与妖女纵欲情景，便妒忿欲死。

"忽见妖女成功出来，相见一说，不由心花怒放。双方都是恋奸情热，色胆包天，竟没等离开当地，就在丁甲幢附近冉春连日守伺的山洞之中，苟合起来。冉春在附近逗留，早吃三凶门人看见，生了疑心，本就想要盘诘下手，见状如何能容，立即归报。三凶均知妖女水性杨花，妖女去时，冉春又做无心路过，被三凶诱迫进洞，行事更极隐秘。屠神子吴讼人较稳练，一查洞中并未失甚宝物，主张由他自去。黄、卓二凶却是酸火上攻，觉着妖女不应眼前欺人，略为商议，立即赶去。一到，便下毒手，将冉春杀死。

"妖女自是气极，翻脸成仇，在恒山苦斗了三日夜，终因众寡不敌，用计逃走。路上想起心上人已死，既恨番僧以前作梗，又想独吞珠灵涧藏珍。知道番僧正炼有相神魔准备攻山，无暇查知踪迹。此时如若寻得能手，先把藏珍连同禅经一起盗去，逃往海外穷荒，只要远出七千里外，番僧晶球视影便看不出。熬过十年，自己法力大进，再往中土将二番僧杀死，便可不致应那恶誓。主意打好，立往西崆峒飞来。妖女平日并不在崆峒居住，又知一干同党俱是刁狡凶贪，不甚可靠。只在后山夜明崖石壁里面，有她本门一个最厉害的人物，名叫四手天尊何永亮的，是她旧好。自从崆峒派连受正教中人诛戮，同类凋零，便在当地崖腹之中开了几间石室，在内潜修炼宝，以为将来复仇之计。于是销声匿迹，谁都不见，所居连个门户俱无。当初曾劝妖女随同隐伏，待时而动，以免在外为人所算。妖女面首甚多，为防不能畅意，连崆峒老巢都不肯住，如何肯与妖道同守，虽未答应，偶然也去看望。深知妖道对她忠爱，居处隐秘，行辈又高，除自己可以叩关求见外，谁也不放进去，便寻了去与之同谋。

"我知道事已紧急，再延时日，番僧有相神魔炼成之后，更是一到便将禅经取走，这比妖女还要可虑，不能再等吕璟相助。明知由上下攻至难，如无番僧所炼法宝，事前还有好些布置，妖女必不敢造次，但是夜长梦多，下手越早越好。所幸前层禁图已得，如照图中指示，只需暗中前往，将暗藏苔藓下的壁上禁制解去，到了里面，先将外面禁制复原，再照外图参详和本身法力，至多三日即可通入内洞，将禅经得到，开禁而出。壁上共有六道禁制，每次破解虽只个把时辰，但均有一定时刻，须分六日六次才能成功。到了里面，复原却易。我也曾亲往妖窟探看，因见妖法封禁颇严，又恐打草惊蛇，不曾入内，仅在珠灵涧遇到两次。我的第一次行法已完，未被妖人看出。听二妖人对谈，好似攻山的法宝既难借取，如用妖法攻山，须设法坛，五龙岩本山同党还在其次，两老怪师徒事前不打招呼，必来作梗；打了招呼，又恐生心强索。如就此拜他为师也好，偏生近年脾气更怪，绝不再收徒弟。一个不巧，平白树下番僧强敌，所得有限。妖女温三妹还想快办，四手天尊何永亮却力主慎重，随即走去。第二次行法便是今天，不料被男女二妖人发现。我事前设有旗门禁制，中悬宝镜，当二妖人发觉以前，我已得知。因为功成只需俄顷，就快完事，又听二妖人说起失图之事，心中惊疑，想听下文。以为二妖人在左侧山头对谈，相去颇远，我将旗门略一转动，他们的言动立可查知。不料遇到行家，妖人地理又熟，一会儿便被识破，立即飞来。

"这时如被看出壁上禁制已解其五，稍用邪法试探，前功尽弃，总算妖人发觉时刚巧完事。我在旗门以内听出他们要来，以防动手惊动妖党和老怪师徒，又以孤身一人，两妖邪法甚高，反正难占上风，只得收了旗门遁走。因我两用声东击西之法，只拖延了些时候，结局仍被看出，隐身法也吃照破。再逃恐被追上，才想出其不意，暂借人家躲，以便运用玄功，将身中邪气解去，只要隐身，便可无虑。真要被他们追上，再与一拼。幸遇道友师徒有意相助，在此等候多时，并且我那最悬念的内层禁图，也被令高徒得来。虽然事情仍非容易，成功已是无疑。实不相瞒，我和道友一样，自被恩师逐出，心如刀割，这些年来，无日无时不是心向师门。我改投玄门，实因以前树敌太众，畏祸托庇之故。而这第二位恩师，虽然待我至厚,但在入门之前,曾和我说了两条道路:一是从此改入玄门,将来虽有成就,或许还可以免去一场大劫,无如凤孽未能避免,至多只能修到散仙一流,对于以前修积功力,未免可惜;二是如暂寄身玄门,仍修佛法,将来虽然不免兵解,并受十四年水火风雷苦难,但由此孽累既可全消,不久重返师门,元神也自凝炼,再加修为,终成正果。在这积修外功的一甲子中,降魔法力更是高得出奇。我一口答说,愿走第二条路。所以前师所传禅功一直均在勤习,不曾少懈。此来一切,一半得有第二位恩师和燃脂神僧指点,结局虽幸成功,但我以后遭遇必惨,此是定数。道友到时也无须顾我,只请助我取出禅经,已感盛情。至于别的藏珍,我不久兵解,原有法宝尚须托人,本来无须乎此,何况大雄神僧尚有法谕,到时我只要那一部禅经,别的全由道友做主便了。"

说时,包头青布已经取下。申屠宏见她生得长身玉立,美艳如仙,虽然穿得极为破旧,但是通体清洁,容光依旧照人,不可逼视,知她功力甚深。听完,便笑答道:"道友智珠在前,胸有成竹,再好没有。我对此事,详情未悉,只照师命行事。适听道友说,明晚子时便可下手,与家师所说,尚有出入。禁图在此,道友不妨保存,还请稍为筹计。略迟数日,到了家师所说时期,见到柬帖空白处现出字迹,同往如何?"随说,随将后层禁图递了过去。花无邪知道申屠宏递图心意,一面看图,笑答道:"道友何事多心?令师妙算前知,自无差错。无奈我多生孽累相寻,多灾多难,不能避免。已为此事许下宏愿,稍可为谋,必须尽力以赴,一则借此消灾,二则借以试验我近年苦修定力。内外两图,关系重大,惟恐势孤,万一失落,便连外图我也交与道友收存,并不带走。我知贵派法严,道友在令师限期以前,不能随往。好在外图我已记熟,只借内图一观已足。明日如不前往,连日苦心既同白用,更恐迁延日久,多生枝节,事以早办为妙。能早成功一日,我将来便可少受许多罪孽。道友先前韬光隐迹,我平日自负眼力不差,竟会不测高深。后见道友隐身神妙,才知法力高强,胜我多多,又奉令师之命而来,即令我明日一无所成,尚有道友大援在后,使我放心多了。"

申屠宏早得仙示,知她为了一个前生爱侣,在神尼芬陀门下犯规被逐,始终心向师门,志行坚苦。对那禅经关心太切,性情又极坚毅,向道心诚,甘犯奇险,百折不回,劝她必不肯听。心中却甚敬佩同情,实不愿她多受苦难,便拿话点她道:"道友志行,坚苦卓绝,令人佩仰。彼此师门皆有渊源,何况奉命来此,同策事功,故将禁图交与道友,并无他意。既然道友无须带往,由谁收存,俱是一样。师命难违,如道友所云,谊属同舟,也不能拘执成见。道友明夜成功更好,到时倘有差池,或是独力不能御众,请道友索性往两老怪所居乌牙洞飞去,即可无事。详情暂难奉告,还望鉴谅。"花无邪外和内傲,外表美艳温柔,而心如冰雪,又极灵慧。本心未始不想申屠宏明夜同往,可免许多顾虑,一听这等说法,只淡淡地一笑,并未深问。双方又各谈了些以前修为之苦,以及近和齐灵云姊妹订交经过,越发投机,都是道力极高的人,谈不到甚男女之嫌。花无邪寄居的农家,虽然受过恩惠,绝不走口,终恐日里现了形迹,妖人不免运用邪法,四下寻踪,也许被查探虚实,并还连累好人。申屠宏室外,却有妙一真人灵符禁制,不特妖人为仙法所迷,就无心路过,也绝错过,不会走进。便二番僧的晶球视影,也查不出分毫迹兆。好在双方均非常人,无须安眠,经申屠宏一留,花无邪便即留下,准备明夜入山再走。因感龙娃无意中得来禁图,成此大功,虽拜申屠宏为师,但是根骨不佳,便将好友吕璟所赠阳阿老人自炼的坎离丹,取了两粒相赠。

申屠宏知道此丹乃阳阿老人费了一甲子苦功,用九百余种灵药炼成,功效比起幻波池毒龙丸差不多少,正邪各派中均视为脱骨换胎的灵药,每服两丸,最为珍贵。吕璟乃阳阿爱徒,不知费了多少心力得来,赠与至交,如何举以送人?方要推谢,花无邪道:"吕道友与我情胜骨肉,他因想我与他一样做散仙,永远逍遥自在,为求此丹,曾向他师父跪求了三日夜,才蒙允许,照着好友情分,本不应该随便送人。一则我志不在此,服它无用。二则又素不肯受嗟来之食,强人所难,见他得丹那等难,越非我所心愿。再者,阳阿老人对我为人前途,早已深恶,赐丹时,曾对吕道友说:'我看你心思白用,花无邪性傲,知你如此苦求,得来绝不肯服。你既为友诚切,索性带两粒去也好。只是不领情无妨,却不许她退回来呢。此丹多一粒,有一粒的功效。'吕道友先还高兴,平日大小事均不瞒我,独于此事,却假传师命所赠,想等我服后,再行说明。不料人还未到,我已得知。因他再三苦劝,我才对他说:'乃师此举实有深意。这么珍贵的灵药,你先求一粒而不可得，末了明知我不肯服，转以四丸相赠，并还不许退回，分明是想假我手转赠旁人，如何还不明白？'他方省悟，又素不肯强我不愿之事，只得罢了。他既知我必将此丹赠人，所赠恰又是对我出过大力，于我将来转劫成道有关的人，虽慷他人之慨，一样也感他的盛情。我也知道峨眉正当鼎盛，灵药至多，此子根骨虽差，只要向道心坚，勤于修为，将来一样可得教祖恩赐，不患无成。但是岁月难期，知在何时始能如愿？道兄又须常带他在身边，似此凡庸，岂不累赘？服了此丹，至少抵一甲子修为，而我也尽了心。令高徒前去必有修积，否则也不会有今日的遇合，何必推辞呢？"

申屠宏笑道："我以道友至交所赠灵药珍贵，受之于心难安，既然盛意栽培后辈，我令小徒拜收便了。"随令龙娃拜谢，并告以服法，服后再照本门心法加以运用，当日便生灵效。

第二五七回

古洞盗禅经　一篑亏功来老魅
深宵飞鬼影　连云如画亘长空

龙娃一听这等好法，心中大喜。忙即跪求，说师祖灵药甚多，自己向道实是坚诚，将来可邀恩赐，年纪又轻，来日方长。乃母以前多病，自己不久从师远去，实不放心，意欲带回，如法传与乃母服用。话未说完，申屠宏笑道："这类事，各有福缘，当是容易得来么？你孝心固然可嘉，此事却难通融。并且你母服我丹药之后，至少还有三四十年寿命，彼时你已能助她得享修龄，放心好了。"龙娃还待跪求，耳旁忽听有人低声说道："你这娃儿很好，少时我必帮忙送你一粒。这东西有甚稀罕，别人当它宝贝，我多着呢。你乖乖服下，免你师父不愿意。待打坐完，速急回家，我在谷口外树林子内等你。"龙娃听那语声甚低，和花仙口音差不多，知花无邪还有两粒，必是怜念自己孝心，怕师父客气，不许再收，少时暗中相送。又看出申屠宏辞色坚决，似有不快之容，只得依言服了。随去一旁，如法打坐。一个时辰过去后，忽觉周身轻快，头脑清灵，昨日师传坐功，也可如意运行。等坐完一周天，忽觉肚中乱响，疑要解手，又记着适才所闻耳语，便起身辞别。申屠宏只当他见母心切，嘱令慎秘，暂时对娘也不可泄露山中取经之事，否则无益有害。随令回家，明日再来。

龙娃见老师并未看出，越发心喜，应声走出。下坡便是谷口，又觉不该瞒着师父要外人的东西，灵丹已经服下，既想老母康健长生，又恐师父仙人发觉怪罪，再者，刚蒙恩师收容，便即背师行事，也太辜恩，两面为难，越想越急。心想花仙必来林内赠丹，三次走近林侧，又复退回，实在想不出两全之策。最后无奈，便朝师门遥跪，虔心默祝，说此次背师行事，实出不已，从此不敢再犯。为了老娘，情愿受责，但求师父开恩，不要疑心自己胆大欺心，不再传授道法。独个儿跪祝了两遍，才往林中走进。满拟耗了不少时候，花仙必已在内，入林一看，并无人影。先疑人已来过，背师行事，也许偷偷出来，放了丹药回去了。借着月光，寻遍林内不见，又疑被师父绊住，暂时无法分身。惟恐错过，便在林中守候。哪知越等越没影，眼看月色平西，时已深夜。昨晚乃母虽说好容易遇此仙缘，以后当惟命是从，不回家也不妨事，终以从未这么晚回去过，恐娘担心，暗忖："花仙事尚未成，必不会走，也许老师不令出来。仙人绝不失信，再遇时明和她要，也必应允，此时还是看娘要紧。"小孩性情，想到就走。正往回飞跑，忽见前面一株倒地多年的枯树干上，坐着一个比自己还小好几岁的白衣小孩子，月光正照其上，看去衣饰甚是华美。龙娃以前是个牧童，左近村落无多，人家幼童全都相识，暗忖："这必是个大户人家公子，怎会深更半夜放他一人出来，在山野地里玩耍？"

走近一看，见那孩子生得又白又胖，二目神光炯炯，黑白分明。深秋天气，身上穿着一件非丝非帛，映月生光的短衣裤，下面赤着一双白足，所着藤鞋也极有光泽。上衣圆领敞露，胸前悬着一块形制奇特、从未见过的玉牌；腰挂三枚如意金环，约有茶杯口大小；左肩斜插着一柄非金非玉的连柄双钩。这三件东西，全是光华闪闪，人又长得那么英俊美秀，互一陪衬，格外好看。小孩至多不过七八岁光景，人小腿短，坐在树干上，悬着两条欺霜赛雪的小胖腿，不住踢动，正在昂首望月，见人走过，直如未见。龙娃心虽爱好，想要亲近，终以自惭形秽，恐对方是个富贵人家公子，自讨没趣。已将走过，忽想起："此是崆峒后山，虎狼时有发现，一到夜间，便无行人。便自己也是由昨日起，经师父在身画了灵符，才敢夜行。小孩长得如此好看，看那衣饰，绝非近处农家顽童。也许城里有甚贵人带他来此游山，借宿田家，小孩淘气，背了大人夜出望月。如为虎狼所伤，岂不可惜？和他说话，也许不理。昨晚回时听师父说，所画灵符，不论多厉害的野兽蛇虫，在五十步以内，绝不敢犯。对过有一石磴，何不坐在那里，想法引他开口，劝其回去，以免冒失说话，受他抢白。如不肯听，便与他家大人送信，自会引他回去。即便受他点气，自己到底比他大得多，也不值计较。"哪知刚一坐下，对面小孩突把俊眼一瞪道："喂！我在此赏月，你这小孩，怎不回家看你娘去，却坐在我对面讨厌？"

龙娃见小孩说话难听，方自有气，想还他两句，想起大户人家小孩照例看不起人，所带仆人又多凶恶。此地离家已近，如与争吵，惊动他家大人，必不说理。就打得他过，不受欺负，或是腿快逃脱，被他寻上门去，老娘必要受气。再说，他比我小，也应让他。念头一转，气方平息。忽见小孩口角上似有笑容，不似真个厌恶自己，猛又想道："富贵人家子女何等娇贵，夜深寒冷，就说背人淘气，怎穿得这等单薄，也不怕冷？还有肩上所插连柄双钩，长有二尺，像件兵器，也是奇怪。"微一沉吟，小孩又笑问道："问你话，怎不说？老对我看作甚？也不回家，不怕你娘担心么？"龙娃闻言，暗忖："我怕娘担心，他怎知道？"心又一动。终因小孩年幼，末次带笑说话，神情更显天真稚气，仍当作是偶然，立时乘机答道："我上晚学才回，走累了，歇一歇腿，就走。这里离山口近，时常有虎和狼出来咬人。你是城里大家公子，年纪太小，不知厉害，并且夜深天冷，身穿太少。你大人借住在谁家？我送你回去，明早再玩，就不怕了。"小孩笑道："我还当你是好小孩，原来不论对谁，都说鬼话，这已欠打，还说我年纪太小。老实说，且比你大得多呢。如不看你是后生小辈，单说我小，就犯了忌讳，且不饶你呢。也不自量力，要想送我回家。我家大人离此好几千里，你送得去？不用你担心，趁早快走，免惹我老人家有气。"

龙娃已经借着问答，凑近前去，越看越觉这小孩宛如美玉明珠，容光朗润，如花仙面色，同是从来未见。尤其那一双黑白分明的俊眼，隐蕴精光，令人不敢与之对视，暗忖："近日连遇师父和花仙，均是神仙中人，乍见时，全看不出一点形迹。这小孩更是异样，说话也有好些怪处，莫非又是一位神仙变的？怎的这么小年纪？"立意想探出个底细才走，便笑答道："我就不走，也不碍事，还省你一人寂寞。你家到底何处？相隔几千里，如何来去？难道会飞？还说我说鬼话呢。"小孩把俊眼一瞪，微嗔道："小鬼无理！你当我和你一样，见人装样，专说鬼话，讨点便宜，连师父都想瞒着，末了天良发现，又后悔么？你那师父嫌你捣鬼，也许明早不要你了。快拜我为师，脚踏两头船，他不要你时，我要，趁我高兴头上，你还有个着落。"龙娃人本机智，加以新服仙丹，福至心灵，一听话里有因，分明点出方才之事，大为惊异。猛想起画儿上的哪吒红孩儿，不也是小孩么？如何因他年小看轻？这等人物，从来未见，焉知不是仙人所变？虽还拿他不定,终以恭谨为是,立即躬身答道:"我已拜了仙师,甚是疼我。虽然方才做错点事,那是一时疏忽,没有想到,不是有意欺骗,已经改悔,我那恩师绝不会不要我。你就是仙人,我也不能舍了老师拜你。你要真有本事,我就做你小辈也愿意。我先前实是好心,并非鬼话。"小孩插口说道:"你分明见我一人在此很奇怪,却说走累了歇腿。你先在那边树林里捣了好些时鬼,却说上晚学。你由昨日起到现在,除却捡点现成便宜,拜了一个师父,你读过一句书么?如不是我好意作成,你哪里有这许多便宜的事?白捡了人家要紧东西,白得两次银子,又拜好师父,又吃灵丹,脱胎换骨。不然凭你原来那样,你师父肯要你才怪。如今见了我老前辈的面,连个谢字皆无,还往对面一坐,当我纨绔小孩,一点礼貌没有,已经招我生气。最可恨的是无故在树林里捣鬼,连男女口声都分辨不出,硬派我是女的,以为只有姓花的女子才有丹药似的。我一气,只好让你明早自己和她要去,我省这一粒灵丹,将来救人也好。"

  龙娃闻言,回忆师父和花仙俱都力说禁图何等重要,妖人任多疏忽,也无失落之理,想不出是甚缘故。照此说来,不特一切均是这位小仙暗助,适才耳旁低语,令往林中赐丹,也正是他,怪不得口音有点相似。当时又惊又喜,不等说完,忙即跪下礼拜。等小孩发完了话,才恭答道:"龙娃年幼无知,只为想得灵丹心切,以为师父室有仙法封禁,又知花仙身上还剩两粒,她并无用。仙人语声甚低,与花仙口音有点相像。万没想到还有一位仙人近在身侧,连师父、花仙全未看出。弟子多蒙仙人成全,感恩不尽。先前说错了话,情愿仙人打我一顿出气,仍将仙丹赐我娘吃,一辈子也忘不了仙人好处。"小孩见他叩拜惶急,哈哈笑道:"快些起来,我逗你玩的。我比你淘气得多,早来了好些天了。因怜你事母甚孝,引起同情。知你这等根骨,你师父至多使你母子全家生活安逸,比常人多活二三十年,第一次收徒,未必肯带你走。为此略施狡狯,由妖人手里将禁图盗来,由你拾去。我照例好人、恶人都做到底,当你将图埋藏,向妖妇说话时,我隐在一旁,早有准备。妖妇如若看破,我就不暇再顾别的,当时便不容她活命了。灵丹仍还与你,你母子节孝难得,加上你至性感格天人,你母子乃有此奇遇。坎离丹专供修道人之用,常人服了,未免大材小用。此丹虽非其比,仍能起死回生,祛病延年。至多数十年,你也成道,还怕你娘不长生么?"说时早将一粒丹药递过。

龙娃见这丹药不似坎离丹一红一白,只有绿豆大小,色作纯碧,清香袭人,闻之神爽,似比先服还好。喜出望外,重又拜谢说:"请问仙人姓名,与师父、花仙可是相识?"小孩把龙娃唤起,说道:"我也是背了师父,抽空来赶这场热闹,与他二人不是一路。你师父虽然法力甚高,无如他明我暗,此时也许不知我的来历。花道友更是素昧平生。不过我虽贪玩,我师父如若查知,当时便要将我召回山去。也许一会儿奉命即返。叫你瞒师父,必然不肯。我名姓来历,下次相见,你就知道了。明早你见了师父,爱怎么说都行。我很喜欢你,当长辈的本应再给点见面礼,但我随身法宝均出师长所赐,不能与人。再者给你,此时也不会用,权且记账,算我欠的,也等再见再补。我还有事,你回家孝母去吧。"话终人起,小孩手扬处,一片金霞闪过,便即无踪。

龙娃连忙望空拜谢,欢欢喜喜跑回家去。老母果在织布未睡,心中一酸,扑上身去,母子相抱,亲热了一阵。问知乃母,料他归晚,到家必有话说,适才强令兄长安歇,独自守候。龙娃随将灵丹、银子取出,悄声说了当日奇遇,看着乃母将灵丹吃下。因不知何日就要分别,甚是依恋,谈到鸡鸣,方始安歇。小孩贪睡,乃母因他睡晚,知道随神仙读书只是具文,上午无事,不令乃兄唤起。

龙娃起来,日色已将近午,吓了一跳,匆匆洗漱,和乃母说了两句,便往外跑。赶到书堂一看,一班学童均在高声朗诵,老师含笑教读,并无异状。刚向圣人老师行礼归座,翻开书本,忽听耳旁说道:"少时放学,你不要走,我有好东西,请你师徒吃呢。"龙娃听出是花仙口音,知她隐身在侧,低声谢了。一会儿日午,申屠宏便说:"今日有事,午饭后,你们无须前来。只有龙娃书未读熟,尚须暂留补读。"村童应声,辞别散去。龙娃忽然想起母亲昨晚曾说今日杀鸡煮饭,等自己归吃午饭,恐怕久候,忙赶出去,托一村童带话,告知乃母,老师今日甚喜,起晚书未读熟,已在学中吃饭,不必等候。申屠宏轻易不动烟火,为掩俗人耳目,故意在学房中做些吃食,其实多是这班村童享受,留饭是常事。龙娃说完,正要回去,忽见昨日两黄衣怪人又在谷中现身,看神气,似由山外新回,见众村童正在吵闹跳蹦,朝自己看了一眼,便往谷中走去。假装与众村童说笑同行,折向谷口，偷眼往里一看，最前面转角处，黄影一闪，便即不见。恐被发觉，又往前走了一段，再从容走回。过了谷口，跑进书房一看，花无邪已经现身，桌上放着二尺多长、碗口粗细两节巨藕，以及四个碗大桃子。见了龙娃，方要开口，龙娃已抢先说道："那两黄衣怪人又回来了。"

花无邪闻言，秀眉微皱，似在想事，略问了两句，答道："我见你孝母可嘉，我坎离丹虽还剩有两粒，但已心许一人，不久便要送去，未能相赠。我走不久，忽然想起离此二百里的瓦亭关附近的深山之中，青莲庵内，有一老友。庵中一桃一藕，均是海外仙种，今年正当结实之期。想问她要一点来，请你师徒母子，就便借件法宝，便即赶去。不料她云游在外，五年未归。庵中只一徒弟，原认得我。法宝未借到，却要了两段藕和四个桃子，恰好四人分吃。你吃完，可将桃子连半段藕与你娘带去。虽不是仙丹，常人吃了，也有不少益处呢。"龙娃大喜，忙即拜谢道："多谢花师伯的好意。索性由我连这整藕和两个桃子一起带回去，与娘同吃吧。"申屠宏道："我知你的心意，想将你的那一份与你兄长。但是此桃吃后，可以一月不进烟火。事已应在日内，我还想令你随我历练，并且说走就走，至多行时再令你回家辞母一行。路上如若思食，岂不累赘？"龙娃见被老师识破，红着一张脸道："弟子以前家苦，常吃不饱，熬饿并非难事。尤其吃了仙丹，直到今日，未进饮食，一点未觉饥渴呢。"申屠宏笑道："昨晚只顾与花道友说话，忘了此子未进饮食。我索性成全你的孝友，将我这一份与你吧。"龙娃不肯。花无邪道："我是主人，断无道友推食之理。"申屠宏自是谦谢。龙娃道："我知师父、师伯话已出口，必不收回。我想师父、师伯俱是仙人，不过尝一点新，无须乎此。还是由弟子拜领一桃，以防路上腹饥，无从得食。下余一藕一桃，师父、师伯分吃吧。吃完，弟子有事禀告呢。"

申屠宏也说有理。当下三人分吃。初意龙娃所说，必是他家中之事。及至龙娃说完昨夜回去，遇一小仙人赠丹经过，俱都大惊。尤其申屠宏觉着本门禁制何等神妙，任多厉害的外人，即便自己不是对手，一近禁圈，必然警觉。此人竟会来去自如，并向龙娃耳边说话，一点也未发觉。是何能人，有此法力？想来想去，幼童打扮的前辈仙人，只有极乐真人李静虚，但那行动装束均不相似。如系老前辈所炼元神，化身游戏，又不应那等天真稚气。听他要龙娃拜他为师的口气，分明是同辈中人。同门师弟虽有几个未见过的幼童，一则入门不久，无论如何，不会有此高深功力。再说年纪也本幼小，照他戏弄妖妇，盗图情形，必是一个极有力而与本门有关的大助手。怎么一点也想不出他的来路？花无邪虽然修炼功深，佛道两门均有深造，但是一向隐修海外，交游不广，更是闻所未闻。知道此人必是正教中高人，好意从旁暗助，法力既高，隐身尤为神妙，弄巧此时便在室中都不一定。惟恐出语不慎，被人轻笑，互相示意，各说了两句感佩欲见的话。申屠宏又暗中运用禁法一查，并无回应，知道人不在侧。似此神出鬼没，平生仅见，愈发留心。不提。

一会儿，花无邪起身告辞。申屠宏劝她夜来慎重，最好暂时不去。见花无邪微笑不语，知劝不住，只得罢了。花无邪走后，便命龙娃将桃藕包好送回，无令人知，明日午后再来。龙娃笑道："我看师父今晚必要入山暗助花师伯，不是说带我随同经历么？"申屠宏道："我说是起身以后，或是事成以后，带你前往见识。你一点法力皆无，如何去得？"龙娃不敢强求，只得辞别回去。

申屠宏想起赠丹小孩奇怪，试再行法一查看，并无影迹，却看出珠灵涧有二妖人刚走。知道当晚花无邪去了，凶多吉少。经过一夕长谈，得知此女以前诸生孽累极重，竟能以精诚毅力，排除万难，才有今日。前此犯规，原是无心之失，分明神尼芬陀故意将她逐出师门，激使奋志潜修，消除魔障，以期正果。想起自家身世、经历，好些与她相同，恩师本有暗助之命，自更非以全力往援不可。只那幼童来得奇怪，怎会查不出点影迹？昨日曾闻身侧笑声，查看无踪，以为误认，忽略过去。凭自己耳力，焉有误听之理？

定是此人在侧发笑无疑。虽幸这等重要的禁图，竟会任龙娃拾来讨好，又以灵丹相赠，不似存有故意，但人心难测，尚未见面，终以小心为是。再把柬帖拜观，第二张空白忽现，只是指示当晚如何应付，对于小孩只字未提。本因两老怪难惹，虽照第一张柬帖行事，令花无邪事急往乌牙洞飞去，心中终是忧疑，恐难胜任。不料竟有安排，心便放了一半，便在室中默运玄功，调神炼气，算准时候再去。

一晃，到了子夜将近。因那天蝉灵叶乃上元仙府奇珍流落人间的，共只九片。除昆仑派得有一片外，余下几片几乎全在海外散仙手中。自己这一片,原因十年前路遇一女散仙,为翼人耿鲲所困,自己本非耿鲲之敌,也不知火中困有何人,只为一时仗着宁甘不久身犯奇险,将极乐真人所赐用来保命免劫的一道灵符舍去,将女仙救出险地。跟着阮征赶来,用手戴二相环,发出威镇群邪的天璇神沙,将穷追不舍的妖孽耿鲲惊走,那女仙才得保全性命。事完,仔细一看,那女仙竟是前世误杀的对头,这两世三生七八十年中,已经救过她夫妻三次,始终仇恨难消,以为又要反戈相向,哪知这次竟是消了夙怨。只是说她丈夫也因夙孽,转劫之后,不似她心灵坚定,中途不慎误入旁门,不合在东洞庭路遇严师婆门人姜雪君,生心调戏,现被擒往王屋山别府,日受风雷苦难,已有半年。雪君法力高强,素称冰心铁手,疾恶如仇,去必无幸,不敢前往。此次为耿鲲所困,也为海外求人之故。知道峨眉与严家师徒颇有渊源,如能代往求情,将她屡世同修的恩爱丈夫救出,立时前怨齐消,并还感谢不尽。身是师门弃徒,虽知严氏师徒最难说话,好容易八十一年限期将满,有此解孽良机,如何不去?那女仙关心太切,便用这天蝉叶隐形尾伺。依了阮征,雪君时喜出游,明求未必肯允,索性乘其出外,用二相环破了禁法,将人救走。然后同在洞中束身待罪,任凭处治,好歹把这一块心病去掉。幸是自己持重,知她师徒性情,绝不容捣鬼,径往叩关求见,果然对方早知来意。结果是四次登门苦求,受了好些险阻艰难,才将人救出。同时那女仙目睹自己和阮征为她夫妻身受了许多苦难,始终志不少懈,才将对方感动,把一个就快形神俱灭的恩爱丈夫救了出来;又知二人以前实是无心之失,为此受了大罚,能否重返师门,尚不可知。不特反仇为恩,自动将前生遭劫时所喷血光收去,并以两片天蝉叶相赠。女仙夫妻才走,雪君便自出洞道歉,才知她是奉了师命,乘机解免这场冤孽。随将天蝉叶要去,由严师婆重用仙法炼过,前年方始发还,实比别人所用要强得多。

申屠宏连经灾劫之余,行事谨慎,知道此行要遇好些强敌。昨晚龙娃所遇小孩隐形神妙,常在暗处,虽似相助,心迹如何,究不可知。如用此宝隐身,便两老怪也不易发现。宁可多费一点事,终较稳妥。便将天蝉叶取出,照着严师婆所传,行法施为。以为加上一层法力,比起寻常取用要强得多。哪知正施为间,又听窗外有人"哧"地笑了一声,与上次所闻笑声相似,不禁大惊。申屠宏屡世修为,向道精勤,虽然久离师门,法宝多未发还，如论法力，实是峨眉门下头等人物。加以久经大敌，心思极细，应变神速。本来室外设有禁制，声一入耳，手指处，立将禁法催动，便将师传五行禁制迷踪现迹之法同时施展出来。虽因来人心意善恶难知，未肯遽下毒手，但这几种均是极厉害的太清仙法，威力至大。就是精通此法的本门高手能够分解，当时也无不现形迹之理。哪知一任施为，仍无迹兆。心中惊奇，不便显出，故作从容，笑问道："是嘉惠龙娃的那位道友么？有何见教，还望明示，怎不现出法身一谈呢？"说完，终无回音。因是笑声在外，全神注定门外禁制有无变动，不曾留意身后。正想再用言语激令出现，忽听身后书桌上纸笔微响，知道人已入室。表面故作不知，仍朝外说话，倏的回身将手一扬，同时左肩摇处，一片银光立将全室满布，口喝："嘉客已经惠临，为何吝教，不肯相见呢？"随说，随将五行禁制催动，当时五色光华一齐闪变，心想："这回你便是大罗神仙，也不愁你不现身了。"方一动念，猛瞥见一片极淡的金光祥霞微一闪动，觉有一种极大潜力，在禁光中荡了一荡，便自逝去。再加施为，仍和先前一样，无迹可寻，知已冲禁遁去。照此高强法力，真是罕见。又看出那金光祥霞是佛门传授，自来自去，只是故意取笑，并无敌意。惟恐因此树怨，便朝窗外赔话道歉，也无应声。只得收法一看，桌上一纸一笔忽然不见，测不透此人是甚用意。时限已经快到，正待起身，忽听"噗"的一声，禁圈微动，由门外飞进一物落向桌上，乃是失去的纸，将笔裹住。打开一看，上写："答应帮可怜人的忙，偏不早去，在此坐一冷板凳，当穷酸，害人家受苦，已是可气，还用五行禁制吓我。幸而我警觉得快，不曾上当，没有丢脸。要被你捉住，我就不和你好了。我去珠灵涧和老怪物洞中等你。那姓花的女子不久便要粉身碎骨，元神还要被妖僧擒去，受那十四年风雷水火苦劫，才得出头，有多可怜，还不快去！"另外一行写着："你猜我是谁？如何反朝我赔礼？可笑，可笑，可笑。"没有具名。字虽刚劲，语却稚气，暗忖："照此语气，分明是同辈至交，怎会是个六七岁的幼童？所留的字，也和小孩一般稚气。"忽然想起一个前生至好，但他转劫重生才只数年，不应有此法力，并有严师照管，也不会放他一人下山犯险。此时人已先往珠灵涧，不知能否相见？果是所料之人，真乃快事。极欲相见，又加时限越近，忙即起身，往珠灵涧隐形飞去。

还未到达，相隔老远，便见崖前约有十多丈的五色精光彩霞，将涧面连同对面十数亩平地一齐笼罩。内有五座旗门，随同烟光明灭，不时隐现，并有七八道妖人遁光穿梭也似，在旗门之下往复出没，其疾如电。涧壁上面，却看不出甚动静。申屠宏断定花无邪在紧要关头被人识破，情急之下，准备与众妖人一拼，心想："少时还将乌牙洞老怪师徒惊动，照天残、地缺两老怪的脾气，绝不肯与众妖人合流夹攻。花无邪如败，能够逃走，还可无事；如其得胜，必令其门下怪徒出头喝退众妖人，上前为难，却是难当。花无邪已用旗门将妖人阻住，最好先觅一地隐伏起来。反正当晚的事，十九不能成功，妖人被旗门所困，无所施为，便由他去。如被老怪师徒或有力妖党将旗门破去，花无邪不能抵敌，再行出头相助，使往预定地方逃走。"主意打定，便往涧侧一座兀立平地的小峰上飞去。那峰离战场只数十丈远近，高约二三十丈，虽比对崖低些，看不见崖顶景物，涧壁下面双方斗法之处，却可一览无遗。见那旗门甚是神妙，烟光杂沓，随着众妖人在阵中飞驰穿行，闪变不停。因做旁观，人在阵外，也看不出里面真相。刚落到峰上，想用慧目法眼查看花无邪到底进入外层崖壁也未，忽听身侧有人低唤："师父，你在哪里？"同时瞥见一只小手四外乱捞。知是龙娃，不知怎会来此？并还隐身在侧，只现一手？好生惊异。恐泄机密，忙把手抓住一带，龙娃果现全身。天蝉叶甚是神妙，不特隐圈大小由心，连声音也可由心隐去。因知龙娃隐身之处也有界限，单他一人不能到此。于是忙把隐圈放大，问他怎能来此？何人带来？此时可在原地？龙娃说了经过。
　　原来龙娃回家送桃藕时，又遇昨夜小仙人，因感他成全赠丹恩德，邀往家中见母拜谢。恰值兄长他出，又看出小仙想吃桃藕，由老母做主，将桃子赠了小仙一个，将藕分吃。小仙因将乃兄的一份吃掉，乃母又想将自有之桃留给长子，小仙便说他不能白吃小辈的东西，令乃母将桃吃下，另赐灵丹一粒，与乃兄服用。说完，还教给龙娃两种法术和一张隐形防身的绢符。说如遇危难，只需手掐灵诀，口喷真气，将符一扬，立可由心飞走。教到夜间，才行教会。乃母为他备了酒菜留饭，小仙说久已不吃人间烟火，吃得很香，只不肯多吃。吃完，问龙娃想寻师父看热闹不想。龙娃自是愿意，随告乃母，也许明早飞回，不要担心。乃母自服丹药，一夜之间，白发全黑，身轻体健，又见许多灵迹，自是信服拜谢。小仙随带龙娃往当地飞来，一到便往峰顶落下，一同隐身旁观。先是两个男女妖人来此布阵，满地俱是黑烟交织，又插了七根长幡，才行走去，黑烟、妖幡已早不见。小仙等妖人走后，令龙娃少候，先将手一扬，一片金霞略闪即隐。跟着飞落，触动埋伏，黑烟、妖幡忽又出现。幡上更飞出无数鬼火和红绿妖光，还有许多恶鬼，将小仙围在里面。龙娃正在愁急，哪知小仙一点也不害怕，由胸前玉玦上发出一片极淡的霞光，将全身包住。先是满阵乱飞，逗鬼玩，他走到哪里，恶鬼便追到哪里。鬼数很多，奇形怪状，凶恶已极，偏是不敢近身。追得满阵乱跑，阴风滚滚，上下四外，千百条黑烟连同暴雨一般的鬼火，也随同围涌上去，看去十分厉害吓人，可是一到小仙身旁，便自消灭。有时追得急了，吃他猛然回身飞起，双手齐伸，朝鬼脸上打去。那么高大凶恶的恶鬼，吃他打中，立时哑哑惨叫，化成一团团绿光黑气，往旁滚去，鬼叫之声，越发惨厉。鬼仍不退，依旧前仆后拥，黑烟鬼火随灭随生，跌跌撞撞追逐不已。龙娃正看得好玩，小仙想是玩厌了，不耐烦再逗下去，将手一招，便往峰上飞回。下面恶鬼烟火阻他不住，跟着如潮水一般涌上。

　　龙娃正在心惊，小仙已先飞到，将腰间挂的三个如意金环往空一抛，脱手便是三圈四五尺的金光，分三层悬向峰前。恶鬼似知不妙，带了黑烟想逃，已是无及。由头一个光圈内飞出一股紫色光气直射阵中，将恶鬼和烟光鬼火一齐裹住，天龙吸水般往圈中吸进。鬼大圈小，鬼数又多，不知怎的，一到圈旁便自缩小，投入极快。三圈相隔不过丈许，过第一圈时，还略辨出一点痕迹。未容余烟消散，第二圈中又射出一股红光，正好接住吸进，其势极快，只听一片极凄惨的唧唧鬼叫。第三金圈的一股银光刚刚射出，与前两圈红光紫气合成一条三色长衔，恶鬼妖光连同数十丈方圆大片黑烟，已全消灭无踪。只剩七根上绘恶鬼妖符，带有不少污血的长幡，分立地上。小仙笑："这类障眼法儿，也要卖弄。早知如此，不破它了。"随收金环，往下面飞绕了一遍，妖幡便挨次隐去。手扬处，空中又是金霞微闪。小仙说："恐破法被妖人警觉，又生诡计来与花仙作梗，故此先用太乙迷踪潜形之法将当地隔断。否则，人只入他阵地，即使法力高强，不为所困，也必被他警觉。经此一来，花仙可以多办点事，也许深入涧壁，妖人还不知道，只当未来，这有多好。"

龙娃两次请问姓名，均不肯说，只说："我和你师父是至好弟兄，成心逗他玩。他如像我一样想他，必定知我是谁。我知你想问了去讨好，再烦我就生气了，不爱你了。"龙娃不敢再问，只上下留意，看他相貌，也被觉察，笑骂："小鬼不知好歹，一心只想讨好师父，以为看明我的相貌，你师父便可猜出几分。不知我是长得高，今生实年才只三岁，容貌好些不同先前，你说得多细，你师父也未必想到是我。不然，他白天就知是谁，也不会像同外人般做眉眼，说那些过场话打招呼，防我有甚别的用意了。你师父就这点不如阮……"末句话没说完，又笑道："我想多隐一会儿，话又说漏了。反正早晚会知道，我是气他，分明有闲空，不去寻我，成心怄他。既说漏了口，由你这小鬼讨好去吧。"

正说笑间，便见花无邪飞来，到时也颇审慎，先在空中飞翔了两转，发下一道光华，见无动静，方始欣然降落。由身畔囊内取出一寸大小五座旗门，分向五方掷去，随手一道五色光华闪过，便即隐去。掷完，立往对壁飞去，壁上接连现了六次金光，人便不见。小仙说："糟了！我怎疏忽，忘却隐蔽外壁神光？踪迹已露，少时必被妖人寻来。此女今晚未必成功，只好做一点，算一点，等你师父来了，再说吧。"随往对壁飞去，也是一晃不见。一会儿，小仙飞回。花仙也从壁中飞出，面带愁急之容，正在四下张望。忽听破空之声，一道暗赤光华，由五龙岩那一面斜飞过来。光中现出一个身材高大、相貌凶恶的红脸道人，还未落地，花仙已带着一道青光迎上，两下里斗在一起。那五座旗门也未发动。妖道邪法厉害，一会儿青光便被红光裹住，眼看青光暗淡。正替花仙着急，接连又是好几阵破空之声。小仙倏的左肩一摇，手朝空中一扬，那连柄双钩立化为两钩金红色的精光，交尾而出，电也似疾，朝红光飞去。红脸妖道似知不敌，想要收光飞去。小仙始终不曾现身，钩光也未现形，到了上空，突然下去。红光想要逃走，如何能够，只一接触，便将红光绞住。本来妖道也不免死，不知用甚邪法，由身旁放出一片红光，破空遁去。红光立被绞碎，洒了一天红雨。花仙也飞落，手朝上一举，道声多谢，人便隐去。

这原是一眨眼之事。花仙身形一隐，那些妖人也随同破空之声，纷纷飞落，共是九人，昨日男女妖人也在其内，好似不见红脸妖道和花仙在场，有些奇怪。一个说道："我明见老徐和贱婢在此斗法，到时看得逼真，仿佛看见一片极淡金霞闪了一闪，便全无踪。就走，也没这等快法。莫非有人用太乙潜影迷踪之法，将形隐去不成？"另一妖人答道："就说有人行法迷踪，到此总该见人，徐道友为何不见？难道就这转眼之间，人便隐形飞去？断无此理。适见徐道友已经大占上风，他近年法力越高，也许杀了贱婢，故弄玄虚，使我们扑空，自去破壁取宝。你看何师兄和温三妹的七煞搜魂阵，不是行家到此，怎会毫无动静？贱婢必死无疑。莫如我们照温三妹所说，就今夜分出两拨，一由崖顶，一由崖前，两头夹攻，试他一试如何？"四手天尊何永亮忽然失惊道："我那阵法被人破了。我数十年祭炼的凶魂恶煞，连同黑青赤尸之气，全都不见，七煞幡也不知去向。适才心疑行法毫无反应，贱婢无此本领。只有老徐又凶又贪，今日闻我一说，自告奋勇，并还不等这里有了动静，便借题目飞来，诸多可疑。他忌乌牙洞二老前辈，也许不敢下手，却抽空将我七煞神幡盗去。弄巧贱婢也被生擒回山取乐都不一定。由崖顶直攻，也有顾忌，如若在此，必往前崖一试。此地外人一来，立有警觉，非他没有第二人。他今日所为，不论怎说，都不够朋友。我们先往前崖一试，如真恃强欺人，我必与他拼命，诸位道友、师兄弟尚须助我一臂。"

众妖人方在随声附和，忽听花仙在暗中冷笑，喝道："无知妖孽！你们那七煞妖幡，早被我朋友破去。可笑你们连点影子也不知道，还在狂吹大气。你那妖党徐全，素恃是妖鬼徐完之弟，你们怕他，来时是存心不良，想要卖友独吞。可惜邪法无功，奸谋未遂，反将他性命相连的天赤剑失去，还断了两节手指，才得化血逃生。偏生近年来为一妖女，与徐完不和，平日凶顽孤立，连个救兵也没处请。我本想不说破，由你们群邪内证。但我花无邪乃芬陀神尼与小瑶宫玉绳仙子门下，两位恩师戒律谨严，向无诳语。实不相瞒，前后两层禁图，均已在我手中。此崖有大雄神僧佛法封禁，已有千年，一图缺一不可，妄想非分，自取灭亡。趁早缩头远去，还可网开一面；否则少时伏诛，悔无及了。"话未说完，众妖人已齐声怒喝，十来道妖光邪焰，齐朝花仙发声所在飞去。妖女温三妹更由怀中取出一镜，待要向前照去，数十丈五色光华，连同五座旗门，倏的同时涌现。众妖人知已入伏，阵法厉害，一声招呼，聚在一起，各施邪法，想将阵破去，就此绕阵飞驶起来。妖女宝镜晚了一步，为旗门所隔，并未照出花仙。

龙娃见众妖人合力前攻，破完一座旗门，又有一座旗门出现，光焰万道，变化无穷，好看已极。正看到有兴头上，小仙笑道："你师父既打算帮人家，怎不早来？如不是我，那可怜的花道友，岂不为妖剑所害？就这样，为想将众妖人引入伏地，我下手稍晚，她那飞剑已经受了点伤，真个可气。等我把前崖禁光蔽住，送她入内。我再去把你师父催来。你却不可离开。"随即走去，待有不到半个时辰飞回，说："你师父就来，如觉一阵微风急吹上来，便是你师父来到。如果久候不至，便不是落在这里，我再带你寻他。此时我还有点事须走一趟。"说罢，人便不见。一会儿，果有一阵风落向石侧，试喊了一声师父。

申屠宏闻言，越知来时所料不差，小小婴童，竟有这高法力，好生欣慰。少时必能相见，便不再去寻找，暗忖："花无邪已得小师弟之助，进了头层崖洞，禁图全得，神妙已悉，照说今晚就许得手。但恩师先机预示，却说她不到时机强求，不特成功无望，反倒吃苦，多费辛劳，不是有人解救，命且不保。如今崆峒派所有厉害一点妖人，俱集于此，均为旗门所困。就被破阵脱出，花无邪连来七日，所剩仅此一关，只要被攻进，立可运用内中现成禁制，抵御外敌。再按禁图施为，去往内洞寻取禅经。不问敌人发觉与否，均无妨害。先前还恐天残、地缺两老怪师徒作梗。一则，为时已久，花无邪当已破关而入；二则，老怪师徒素极自负，生具特性，当双方胜负未分，妖人以众对一之际，当时绝不至于出手。迁延时久，人已入洞，转以大雄禅师所设禁制相抗，无可奈何。分明有成功之望，恩师说得那等难法，并令自己首次只可暗助，非出不已，不可现出形迹，其中必有原因，并还关系重大。小师弟尚未见面，不知此来是否奉有师父之命，万一乘着归省，或是私自下山，来此惹事，他虽屡生修积，前生法力俱在，毕竟今生尚是幼婴，天真胆大，惹出乱子，却不在小。几世至交情切，不寻见人，问个明白，如何能放心？休宁岛群仙盛宴，他那师父必然不在仙府，定是私出无疑。"越想越愁，又不知他隐向何方。只得悄嘱龙娃："如遇小仙，可告诉他我已知他是谁，并非有空不去寻他，只为峨眉奉命时，不许往别处走动。又以孽难未满，无颜见人，意欲重返师门，再往相见，请不要见怪。不论甚事，务必先见一面，或用本门传声之法，先谈几句也好，并说我已知他近来法力更高，我已心服，不要再隐形取笑了。"龙娃应诺。

这时，下面众妖人已经悟出旗门幻象，一个提醒，纷纷警觉，不由急怒交加。一面各施法宝，将四外环攻的五色精光挡住；一面想九人合力，施展九天都箓、秘魔阴雷，将旗门震成粉碎，再致敌人死命。申屠宏见下面九妖人按九宫方位立定，由何永亮为首，各持一面妖幡，幡上飞起一股绿色光气，正往中央聚齐，看出是崆峒派独门辣手秘魔阴雷。知道阴雷已是阴毒无比，况又加上九天都箓，一经爆发，除却对崖有佛家禁制可以无害外，休说阵地一带，连自己存身的小石山也必被震成粉碎。花无邪的五遁旗门，断送还在其次，万一人在崖外，未得入内，再白恃法力，不知隐退，骤为阴雷邪火所伤，凶多吉少。偏为小师弟佛法掩蔽，看不出人在何处。因昨晚一谈，越觉花无邪身世可怜。又知崆峒派首要诸人为炼这种邪法，残杀修道之士过多，本已引起各正教公愤，仍还夜郎自大，公然在骑田岭设下九天秘魔大阵，想将各正派仙侠一网打尽。不料极乐真人李静虚恰在此时功候完满，元神化身，单人入阵，用太乙神雷大破妖阵，首要妖人几乎全数伏诛。由此瓦解，剩下十多个余孽，匿迹销声，久不听人说起。不想竟是处心积虑，隐伏山下，重又炼成阴雷。照此情形，早晚必定猖獗。崆峒阴雷与九烈神君所炼，异曲同工，这班妖人虽非已死诸首要之比，到底不可大意。一时仗义，便把阮征所借的二相环取下，静俟绿烟凝聚成一碧绿火球，待要爆发之际，下手破去，免得留在世上害人。

主意打定，忽见西南方现出一团愁云惨雾，乍看邪气一团，不过亩许方圆，晃眼展开，铺天盖地而来。云中隐隐闻得极凄厉的异声，其势神速已极，声才入耳，月光立暗，妖云已是飞近。看出来势太凶，为防万一，刚把龙娃一抱，妖云也停留阵地之上，现出一个丑怪妖妇。生得又高又大，脸似乌金，一头灰发披拂两肩，左右鬓角各挂着一串纸钱。生就一张马脸，吊额突睛，颧高鼻陷，大口血唇，白牙森列，下巴后缩，口眼鼻子乱动。手如鸟爪，长臂赤足。身穿一件灰白麻衣，腰悬革囊。才一到达，一声狞笑，把手一伸，便有五条黑影由指爪上飞出，往阵中抓去。下面五股绿色烟光正往中央斜射，互相会合，凝成一团，尚在流转不休，那绿气也正发之不已。只要绿气放完，变作一个绿荧荧的晶球，阴雷便自爆发。邪法虽未完成，但那绿色光气，一样沾它不得，并且所差只是瞬息之间，一样可化无量阴火爆发,端的厉害已极。不料妖妇鬼手影到处,便似一蓬丝般抓了起来,另一头便与妖幡脱离。手法更快,五条黑气往起一裹,便即无踪。

当妖云到时,众妖人陷身阵中,不曾觉察。忽见五条手一般的黑影自空飞下,阴雷便被收去。除却两个稍为知底的以外,全都暴怒。未及发话,二次鬼手正要飞下,五色遁光一闪,面前一暗,旗门也便无踪,变了一片空地。众妖人瞥见空中一团阴云邪雾裹着一个妖妇,纷纷喝骂,待要围攻。妖妇已先厉声喝道:"我是乌头婆,与你们无仇无怨,只互相商议一事,不可乱动,免我冒失。"众妖人一见所料不差,果是此人,又在旁大声喝阻:"此是乌老前辈,不可妄动!"于是全都停手为礼,转问:"老前辈,既无嫌怨,何故将我九人阴雷收去?"

乌头婆面容立转惨厉,怪声答道:"话说太长,不及详谈。只因我一个亲生独子,为两贱婢所杀,仅仅收得几缕残魂。非有佛家无上法力和两件灵丹异宝,还须三十六年苦练玄功,不能使他魂魄复原转世。这类有大法力的僧尼虽有三数人,门户多殊,求必不允,甚至受辱,为此先打复仇主意。我那仇人,乃小寒山神尼门下谢璎、谢琳,既得师门真传,新近又得了佛门至宝七宝金幢,此已难敌,贱婢谢琳更学会了绝尊者的灭魔宝箓。毒手摩什与她们也有杀徒之恨,一样奈何她们不得。我老婆子有仇必报,从不轻举妄动。费尽心力,才访问出珠灵涧玉壁,乃西天竺一块灵石,千余年前,大雄禅师将它移来此地。内中藏有两部禅经和好几件灵丹法宝,于我这两件心事,全有大用。只是内外两层均有佛、道两家禁制,埋伏重重,非将此两图得到,多大法力也开不进去,并且外面壁上,便有佛家六字灵符,即此已须在佛门中得有真传,禅功深厚,每日按着外禁图附载的时刻连来六次,才能暂时化解,稍停它的妙用。而洞门上面,更有道家混元真气封固,除却目前有限几人的太乙神雷与魔教中三十六相神魔外,只有阴雷能开。现在两禁图均被一个名叫花无邪的女子得去,她本芬陀弃徒,精于大小金刚禅法,已将六字灵符妙用停止。以为用五遁旗门将你们绊住,只一进门,便可照着禁图,从容在内施为,不料混元真气封闭严固,却没法破。你们想用阴雷法宝,前后夹攻,也是梦想。再被此女冷不防暗将六字灵符复原,人还受伤,济得甚事?依我想,你们比此女还要无望,不如双方成全我老婆子,由我向她讨图,止住灵符妙用,再借你们阴雷破门入内。事成之后，我只取一部禅经、九粒灵丹、一件法宝，下余除数十粒灵丹十人平分，另一部禅经了却此女的心愿不计外，法宝恰有九件，由我做主，正好分与你们九人。既免徒劳，平白结仇树敌，而你们阴雷虽只九粒，但与九烈道友所炼不同，用后仍能收回还原，并无伤损。此举不是三全其美么？"

众妖人知她炼就七煞形音摄魂大法，道力稍差的人，声音一被听见，立被将魂摄去。一双鬼手更是厉害，在场诸人谁也禁不起她一抓。正在面面相觑，未及答话。妖妇说完，也不再理睬妖人，径向对崖说道："花姑娘，我也知你志行坚苦，埋应得此禅经。无如我为报仇与救我儿子，非此不可。我儿为仇敌所杀时，值我归晚，只由别人代收到一点残魂剩魄，无法成形，终日心如刀割，不能再延。适才所说，想已听见，禅经你仍先得一部，另一部，我也在三十六年后还你。如听我话，将图交出，以后不论何人与你作对，都有我乌头婆代你出场。你看如何？"正说之间，花无邪并无回音，也未现形，只听一个小孩的口音道："花道友，今日你已无望，速将六字灵符复原。你走你的，你也不可出声现形，由我对付这个老妖妇。"妖妇闻言，怒喝："谁家无知小鬼，敢与老娘作梗？通名领死！"小孩接口骂道："无耻老妖妇！你母子积恶如山，在我前生，便想为世除害，未得如愿。我知你因恶贯已满，大劫将临，不敢与人结怨，故此连对几个崆峒余孽，都与之好商量，不似昔年，上来便下毒手。今日便天残、地缺两老容你上门猖狂，小爷我也容你不得，别人怕你呼音摄魂，小爷不怕。你想打听我来历，好打主意么？我不要你留情，我说出来，你要不敢动手，当着许多欺软怕硬的狗男女，你丢人却大呢。还有甚邪法，只管使吧。"妖妇闻言，并不发火，冷笑道："我老婆子一生怕过谁来？杀你易如反掌。你果是有来头，值我下手，休想活命；如是无知童稚，如此胆大，倒也合我脾胃，我不杀你，只捉去当儿子便了。"小孩接口怒喝："放你狗屁！小爷便是峨眉教祖妙一真人之子李洪，前几生均在天蒙恩师门下潜修佛法，今生又拜寒月大师谢山为师。你那两个杀子仇人，便是我两位师姊。休看我转劫才只三岁，似你这类妖妇却不在小爷眼下呢。你不用怪眉怪眼，小爷现形让你看，你那鬼手到底能出甚花样？只管来吧。"话未说完，人已现身。只见一片祥霞，拥着一个背插双钩，腰悬如意金环，胸悬玉辟邪，各焕奇光，短衣赤足的童子。年纪看去虽不似三岁,最多也只七八岁光景。生得粉妆玉琢,俊美非常,加上那一身装束配饰,一身仙风道气,分明天上金童,下降凡世。众妖人知道,既是妙一真人之子,善者不来,全都暗中惊奇不置。申屠宏在旁,却代他捏着一把冷汗,一见现出身来,这等形相,不禁惊喜交集,忙用本门传声告以留意。未及跟踪飞去,双方已是动手。

原来老妖妇闻是妙一真人之子,面上先现惊疑之色。及至听到末两句,面色忽转狞厉,正要下手,人已现出。乌头婆老奸巨猾,刁狡非常,一见这等仙姿英仪,暗忖:"此子根骨之厚,从来未见,分明此时已是仙佛道中人品,这等美质,如何会死在我手内?自己本已大劫将临,意欲从此隐迹,不料爱子被杀,复仇心盛,又复出世。就以两个仇人的根骨而论,均不应毁于己手,何况此子父师无一好惹。莫非情急心昏,仇报不成,反而自投劫数?"心方一寒,猛瞥见李洪在祥霞拥护之下,一手掐着灵诀,一手戟指喝骂。众妖人除温三妹手藏袖口中微动,目注对面,似在暗中行法外,余人全都斜视自己,要看对此婴童如何发落。众目之下,就此退去,实在难堪,至少也应将那禁图抢夺了来,才可落场。好在来时禁网已经暗中布好,花无邪隐身多妙,只一离壁飞行,便即现形。此子仍以吓他逃走为妙。如真不知进退,逼我下毒手,也说不得了。念头一转,厉声喝道:"无知乳臭,真要我下手么?"随说,便有一团灰色暗光,朝李洪打去。这还是妖妇不愿与峨眉派结仇,没想伤害李洪,上来未下杀手,只将自炼阴煞奇秽的天垢珠发出。满拟此宝除能污秽敌人飞剑、法宝外,并还发出一种极秽奇腥之气,闻到便即晕倒。如能将人擒到,说上几句放走更好,否则他的护身宝光必然被污,失却灵效。敌人虽然仙根深厚,终是幼童,奇秽难当,必逃无疑。

哪知李洪并不领情,所带法宝,乃灵峤三仙所赠,专御邪法,不怕污秽,并还深知妖妇来历,胸有成竹。一见天垢珠冉冉飞来,笑骂道:"我本心想见识你那形音摄神邪法和那一双鬼手,你偏使出这等下作玩意,有甚用处?"说时,那团灰暗的光气,已是飞近身侧。照例敌人不论用甚飞剑、法宝,只一出手,妖光立即爆散,化为大片邪气,向人飞涌,其势极快,并具灵性,稍有缝隙,即被侵入,法宝、飞剑沾上就失灵效,众妖人深知妖妇全身法宝,无不阴毒厉害,李洪不死必伤。不料李洪若无其事,口说着话，手往胸前玉辟邪上一按，立有万道毫光，暴雨也似朝前射出，妖光立被撞成无数烟缕，四下飞射。妖光虽破，残烟剩缕仍是奇秽极毒。妖妇事出意外，骤不及防，又惊又怒，百忙中恐毒烟飞射，伤了身旁妖党，越发丢人。既然法宝已毁，不愿收回，忿急之余，将手一扬，残烟重又前飞。吃李洪宝光一挡，消灭大半，下余邪烟，便由李洪左右两侧绕飞过去。同时妖妇也已横心，待下毒手，双手一伸，飞出十条黑影，正向李洪抓去。猛觉心灵一动，知道花无邪已离崖飞起，待要逃走。想起此女禁图关系重要，怎今日轻重倒置，与小狗怄甚闲气？忽听温三妹喝道："那不是贱婢？"目光到处，花无邪已经现身，往斜刺里飞去。

原来花无邪日前连破外壁六字灵符，以为洞门已现，只要照前图施为，当可如愿。不料门上还有混元真气封固，连施法力，均未攻破。李洪去唤申屠宏回来，看出她久攻不开，便往相助，仗着断玉钩之力，方觉有点意思，妖妇便已赶来。二人均知妖妇邪法厉害，李洪便令花无邪暂且停手避开，不可出声。由己上前，如能把妖妇逐走，再打主意。天残、地缺师徒历久未来，只要两老怪不出面作梗，仍是有望。花无邪明知艰险，终以功亏一篑，不舍就走，想看看再说。其实，当时妖妇已下禁网，稍有行动，仍被察觉，以不动为好。谁知妖气残烟猛飞过来，才闻到一丝，立觉腥秽奇臭，难于忍受。尚幸功力甚高，忙运玄功封闭七窍，不令侵入，虽未中毒晕倒，余气尚是飞扬。惟恐有失，又想起来时申屠宏之言，妙一真人预示先机，定无差错。不合贪功求速，事未成功，反把强敌引来。妖妇人随声到，来去如电，此后防不胜防，又非敌手。再不见机，吃她摄去元神，永沦苦孽，休想出头。越想心越寒，便照申屠宏所说，往乌牙洞那一面乘隙遁去。身才飞出，立触禁网。同时妖女温三妹知花无邪尚在壁上隐迹，暗用镜光查照，因有李洪佛家禁蔽，不曾照见。这一飞出禁地，立被照出。虽然妖妇所设禁网在发动邪法以前并不伤人，花无邪功力又高，照旧飞驰，可是踪迹已现，不能再隐。妖妇见了，自然不放过，立舍李洪，口唤得一声："花无邪，你跟我来呀。"那一双鬼手影便即抓去。妖妇呼音摄神之法厉害无比，如换别人，必被鬼手抓中，真魂元神已被摄住。总算花无邪得有佛门真传，禅功坚定，事前又有戒心。身刚飞出不远，忽听怪妇用极凄厉的怪声呼唤，才一入耳，便觉心旌摇摇，真神欲飞。知道不妙，忙运玄功制住心神，不去理睬，仍催遁光加急飞遁。不料妖妇飞行更快，人还未到，那双鬼手影已是追近。

花无邪心灵上也有了警兆，眼看要糟。幸亏那旁李洪见妖妇鬼手舍了自己，去追花无邪，心中一急，把日前路遇女神童朱文谈起南疆斗法，因而要来的乾天一元霹雳子，由侧面照准妖妇便打。同时左肩一摇，断玉钩立化两道金红光华，交尾电掣而出，朝那黑手影剪去。双方都快，恰巧迎个正着。李洪这主意早就打好，不过提前先发，满拟妖妇必受重创，甚或震成粉碎。哪知妖妇在百多年前，也为孽子惹事，吃过此宝苦头，颇为内行。一见豆大一点紫色晶光迎面斜飞而来，知道此宝乃昔年幻波池威震群魔的乾天一元霹雳子，不禁大惊，口喝："诸位速退！"忙即收手退回时，只听震天价一个霹雳过去，紫色星光已化为万道紫光奇焰，横飞爆散。这一震之威，数十丈方圆以内的山林树木全都粉碎。众妖人虽均久经大敌，闻声立纵遁光逃避。两个逃得慢一点的，均受了重伤。申屠宏如非为防龙娃受伤，加以禁制，相隔又远，所立小山也难免于波及了。李洪见紫光过处，妖妇鬼手前半似乎扫中了些，可是逃遁极速，晃眼无踪。方想妖妇也许知难而退，不料去得快，回得也快，远远一声极凄厉的怒啸，人随声到。妖妇虽然吃了点亏，并不向李洪报复，径由斜刺里朝花无邪追去。本来双方动作神速，花无邪逃并不远，又不合闻雷回顾，见妖妇逃走，群邪伤避，略一迟疑，四山回响未息，妖妇又追来。又避开了李洪一面，那一双数十丈的鬼手黑影，重又发出。李洪知道断玉钩乃晓月禅师苦炼多年，准备用来抵抗长眉真人玉匣飞刀的前古奇珍，到手以前又经天蒙禅师佛法传授，妖妇鬼手依然竟似无伤，照此情势，不将花无邪擒到不休。只有霹雳子是其所畏，无奈自己共只向朱文讨来两粒，妖妇来去如电，就发出去也未必能使受伤。如再一击不中，便无制她之法。不禁又惊又急，立纵遁光横截上去，手中暗藏末一粒霹雳子，准备迎头再发。

这一面，申屠宏见状也着了急，也是隐身飞起，与李洪不约而同往前追截。忽见由乌牙洞那一面飞来一片天幕也似的黄云，放过花无邪，将妖妇阻住。那云直似一片横亘天半的屏障，上面现出两个死眉死眼、一般高矮的黄衣怪人。这两个怪人，不特容貌身材相同，连神情动作也都一样，乍看直似云屏上画着两个孪生兄弟，不似生人。各睁着一双呆暗无光的怪眼,望着妖妇,一言不发。申屠宏一见,便知仙柬之言已应,忙用本门传声,招呼李洪速急隐形,退往小山,恩师有话。李洪深知怪人来历,本就想坐观虎斗,只是少年好事,不知厉害,打算乘隙下手,与妖妇一个杀着。又以众妖人吃了点亏,俱各忿怒,见妖妇去而复转,气焰更盛,跃跃欲试,已经出声喝骂,待与妖妇合流动手,也想借此除去两个。心方盘算,忽听传声,并有父谕,立即隐身前往会合。因是先后隐形,飞遁神妙,怪人、妖妇全未看出去向。刚到土山,便听两怪人同声说道:"娃娃真乖巧!"李洪闻言,方要开口,吃申屠宏连忙阻住,告以少安毋躁,且看下文。师徒二人往前一看,妖妇鬼手已是收回,仍出一团阴云惨雾环身凌空而立,望着两怪人,也不动手,口眼鼻子不住乱动,面容悲忿已极。众妖人见此阵仗,全部收势,悄悄避向一旁。双方沉默相持,约有半盏茶时,妖妇好似进退两难,忽然厉声说道:"我并未到你乌牙洞禁地,何故逞强作对?"两怪人始终呆视如死,并不理睬。

第二五八回

贝叶焕祥辉　地缺天残参佛相
魔宫烧毒手　神童仙女盗心灯

妖妇连问两次，对方连眼皮都未眨一下，也不前进，也不放妖妇过去。花无邪早逃得没有影子。妖妇两问不答，便不再问，凶睛闪闪，望着两怪人，几番欲前又却，好似进退皆难，神情忿怒已极。又相持一会儿，倏的眉发倒竖，厉声喝道："你们既是逞强出头，就该说个原因，我如无理，立即就走，为何死眉死眼，装腔作态，连话都不敢出一句？我知你师父一向不捡人现成便宜。大雄禅师玉壁藏珍，他居此多年，毫不知情，一见有人来取，便生贪心劫夺，我想他绝不会做此老脸丢人、自背平生言行之事。我不过打狗看主，不肯轻易结怨，并非怕你们。如只是你两弟兄想要染指，尽可商量。今日之事，凡是出力的人，俱都有份。与其无故结仇树敌，何如将花无邪寻回，合力下手，一同分享，岂不是好？有甚话只管明言，我老婆子在未叫明以前，绝不暗中伤你们便了。"两怪人闻言，互看了一眼，板着一张死脸，阴恻恻答道："无知老妖妇，你做梦呢！别的我不知道，就不容人在此卖弄。近年恩师不许我们先动手，才让你一步。你既发了狂言，想好好逃走，不留一点东西，还不行呢。你那一套只管使出来。否则，我弟兄懒得看你这张鬼脸，先下了手，莫说不打招呼。"

妖妇本因近来时衰运背，不欲树此古怪难惹之强敌。又见对方人不出门，却将两个元神附在本门独有的五云锁仙屏上飞来。表面上好似人正在打坐，发现来了强敌，不及复体，径用元神出战。实则取巧，有此云屏护身，先立不败之地。此宝用无数人兽精魂戾魄，与乾天罡煞之气合炼而成，虽是旁门左道，但是天残、地缺法力甚高，平生恩怨分明，无往不报，对人也是如此。事前先遣门下怪徒四出，用他灵符拘上万千人兽魂魄，再经选择。别的左道中人视为至宝的凶魂戾魄，反倒不要，连同一些看不中的残魂余气，一齐在他灵符护持之下遣走。下余经他选中的，再当众晓以利害。如愿为他服役的，便自认年限，到时放走；不愿者，仍用灵符送回。这些鬼魂因炼时极少痛苦，并且年限越多，形神益固，限满投生，必能体健身轻，多享年寿，那服役最久的也许还有别的好处，因此十九应诺。事出心愿，与以邪法强制者不同。对起敌来，也各拼命，发挥所付全力，端的神奇无比！

妖妇暗忖："怪物师徒欺人太甚，并且都是有名乖张怪僻，不通情理，好说无用，空自示弱丢人，甚至还不容就此退走。有此云屏护住元神，我那呼音摄神之法多半无用。莫如施展玄功变化，冲入云屏，用这一双抓魂鬼手，将怪徒元神抓裂。也不和两老怪再交手，以防深入虎穴，中他暗算。就此遁回，约请能人相助，再以全力来拼，非将禅经、藏珍得到不可。"妖妇也是大劫将临，自信太甚。不知天残、地缺当晚因见珠灵涧有人斗法，默运玄机推算，得知有一件关系毕生荣辱安危的事，就在不久发生，心中忧急，此举别有用意，竟自破例由那末次一坐三百余年，不曾离开过的危崖石凹之中，隐形飞出，也同附在云屏之上，两怪徒实是真身。因乌头婆邪法厉害，来去如电，非使受了重创，胆寒却步，不能免于纠缠，故意用法力颠倒掩饰，棋高一着。妖妇果然误认是两怪徒怕她，特以元神出斗，上了大当。主意打定，一声极惨厉的怒啸，将身一摇，全身立被一团极浓密的黑烟包满。同时鬓边两挂纸钱也便飞起，化为两道惨白色的光华，环绕身上。众人目光还未看清，两道妖光已环绕一团黑影，箭也似急，往云屏上冲去。

那云屏横亘在珠灵涧斜角上空，看去长只数十丈，高仅十丈，一色深黄，时有光影闪变。众妖人虽然同居此山多年，只偶听人说过；有两个和怪徒交好的，每问俱都不答。今见忽然出现，并不如所闻之巨，看去好似无甚异处。妖妇却精玄功变化，相隔千百里外，声到人到。休说这点间隔，再长百倍，就不冲破，也被由上下左右四边空处飞越过去，不料竟会望而却步，已是奇怪。只当过去不远，便是乌牙洞禁地，不愿开罪两老怪物之故。及见妖妇忽以全力前冲，知她平日行事向不虚发，也无敌手，况当怒极相拼之际，就便将两老怪引出，这片云屏也非破去不可。谁知那么邪法高强，与毒手摩什、蚩尤墓中三怪齐名的乌头婆，这一冲，并未将云屏冲破。一到上面，也和两怪人神气差不多，附身云屏之上，只是动静不同：怪人仍旧呆立相看；乌头婆却是眉发怒张，黑烟和惨白妖光环绕之下，在云屏上往来飞舞，其疾如电。晃眼之间，黑烟白光之外，忽然附上一层黄云，渐渐云气越附越厚。妖妇便如冻蝇钻窗一般，此突彼蹿，似想挣脱。末了简直周身被黄云束紧，成了一个大黄团，妖光黑气全被包没，不见痕影。经此一来，休说众妖人大出意外，便申、李二人也觉老怪果是名不虚传，连门下怪徒也有这么高神通。

　　李洪想起花无邪往乌牙洞中逃走，此时未归，也颇可虑，意欲隐形往探。申屠宏力言："此举系照恩师手谕而行，结局虽未明言，当可无虑。老怪更为厉害，一入禁地，立被警觉。等乌头婆败后，再作计较，我奉师命，自有处置。"李洪方始中止。云屏上忽然光色闪变，由黄而白，转眼又变成红色，同时起了无数大小漩涡。妖妇身外所包云光也随同变幻，不论飞到何处，均被漩涡裹住，挣脱一个，又遇一个，飞舞冲突之势越缓，不时发出两声惨啸。申、李等三人因在天蝉叶和禁遁掩护之下，只觉听去刺耳难闻。众妖人却似心摇体战，真神欲飞，不能自制。有几个声才入耳，便已仓皇飞走。下余还有四人，均露出强自镇摄，面带惊惧之容。方料妖妇乌头婆情急，正以全力呼音摄神，与敌拼命，猛又瞥见屏上火云旋转中，碧光乱闪，一串连珠霹雳大震，乌头婆身外光云立被震散了些。紧跟着，一股黑烟比电还疾，冲霄射去，烟中带着一种刺耳的厉啸，由近而远，晃眼余音犹曳遥空，乌头婆踪迹已杳，端的神速已极。跟着云屏忽隐，两个黄衣怪人也未驾甚遁光，竟自下落。残余四妖人多与怪徒相识，抢先迎上，意似想恭维几句。哪知两怪人死眉死眼，全不理睬，厉声喝道："那九粒魔阴雷，乃你们门中之物，怎会到乌头妖妇手内？分明与妖妇勾结，合谋作祟，师父立等回话，快说！"众妖人俱是崆峒余孽，苦炼多年，邪法异宝各有专长，满拟不久死灰复燃，重整门户，经此一局，才知不论和正邪哪一方比，全差得多。本就气短，一听怪徒声色俱厉，大有翻脸之意，适已看出厉害，又是紧邻，如何敢忤，慌不迭极口分辩。李洪见众妖人窘急丑态，反倒消了敌意，还想再听下去。

　　申屠宏知已到了时机，老怪已回，悄告李洪："速带龙娃回我书房，我去接应花道友回来。这累赘是你带来,万不可随我同往。包你还有事做,但不在今天。"李洪已觉龙娃一人在此可虑,便答应看完即走。申屠宏说声:"小心。"便往乌牙洞飞去。刚到,便见另一怪徒引了花无邪,由崖凹中走出,引往半里外另一设备整齐的石洞中坐下,笑说:"花道友,此事两有益处,还望三思。不过家师素不勉强人,本是令我送出山去。只是我想二位师兄曾为道友,稍效微劳,想请道友暂缓,等他们事完回来见上一面,再走如何?"申屠宏忙用传声,令其婉言相拒。花无邪便告诉妖徒:"令师盛意,并解我围,甚为感谢,必有以报。尚有要约须赴,改日登门,再见令师兄吧。"怪徒极强横固执,闻言面色一沉,冷笑道:"我也有事,留否由你!"一闪不见。申屠宏立令花无邪同隐身形,仗着天蝉灵叶与仙束指示,连越过沿途禁网,飞了回去。李洪、龙娃恰也飞到,各说经过。

原来花无邪危急中想起申屠宏之言,忙往乌牙洞飞去。果然身后现出云屏,将乌头婆阻住。先还恐才脱虎口,又入龙潭,继一想:"申屠宏奉命相助,所说当无差错。"一到乌牙洞上空,除来路外,三面均有禁制,不能冲过,只得硬着头皮下降。见危崖内陷,地并不广,也无陈设用具。只当中有一个五尺高、二尺多宽的石凹,并肩挤坐着两个黄衣怪人:一缺左脚,一缺右脚,似是孪生兄弟。虽未见过,料是天残、地缺。知他们生性乖谬,狂傲固执,与众不同,便以礼相见。两怪人冷冷地说道:"我这西崆峒,除五龙岩几个后辈,因他们师长先住此山,在日对我又极恭敬,容留至今外;向不许外人动本山一草一木。你所做的事,本不容许。但我一向扶弱抑强,见你孤身一人,竟敢大胆来此开山取宝,已有五龙岩这班蠢牛与你作对,再如出手,还当我师徒倚强欺人。本心由你自去,不料你当危急之际,明知我师徒不好说话,偏往我们前投到,足见胆识过人,妖妇又那等猖狂可恶,才命门人相助。妖妇已为我法力所困,逃生已是万幸,足可无虑。你所取禅牙,到此也能成功,我并还可助你一臂。不过,我一人恩怨分明,助人须有酬报。此事已经洞悉因果,并不想有分润。只是存放贝叶的金箧之内,有一件佛门至宝,非你不能到手,如肯借我一用,到时,你便可安心下手。不论有多厉害的对头与你作梗,均由我师徒应付。我事一完,立即还你。此系彼此有益之事。我师徒素不勉强人,时尚未至,也无须马上回话。如若心愿,或是你看出单仗李洪相助无用,仇敌太多,形势凶危,下手前三日，来此一行，我便可为你安排，使你专心按照禁图取宝，绝无他虑了。"

花无邪知道对方乃方今旁门散仙中有数人物，脾气更怪，行辈甚高，一向自大，入门并未跪拜，他们竟毫无忤色，反允相助，只借宝物一用。按说承他师徒解围，借此酬报，原是应该。不过二老行事莫测，以其神通广大，怎会自贬身价，向一后辈借宝？还有他们既凡事前知，申屠宏也在暗中相助，怎会算不出来？贝叶禅经箧内是何法宝，他们竟会如此需要，自身灾劫定数所限，非经魔劫，不能成道，本是明知故犯，并不须人相助。还是问过申屠宏，再行回答为是。略一寻思，正要回答，天残、地缺已闭目入定，唤了两声"老前辈"，不听回音，只得罢了。身在虎穴，主人喜怒无常，便在侧恭敬侍立，以待回醒。隔有片刻，左侧有人影一闪，忽现出一个黄衣怪徒。花无邪法力原高，看出怪徒早在室内，并非外来，也许隐伏的不止一人。于是故作不知，方问："道友，有何见教？"怪徒已做手势噤声，似恐惊动二老，态绝恭谨。随之引往另一洞中，一言不合，便自含怒隐去。看神气，似以为禁网周密，若不放行，绝难脱身。不料申屠宏赶到，将人引走。

另一面，李洪在小山上隐形旁观，先见仵氏兄弟咬定诸妖人与乌头婆勾结，经四妖人再三分说，仵氏弟兄虽然息怒，即令众妖人不许过问此事，并说他们只是不服以多欺少，并非想要自取禅经。众妖人自是不愿，温三妹便说："此事譬如不知，中止前念，本无不可。只是云南二恶定必不容，早将神魔炼成，寻上门来，却是难敌，不知二位道友可能助我等免难？"仵氏弟兄闻言，冷笑道："不经我师徒默许，谁敢动此一草一木？你们只要不离此山，怕他何来？你们不听话，与那女子为难，却是自讨苦吃。"说罢，人便不见。气得四妖人咬牙切齿，一言未发，各自飞去。申、李、花三人彼此一谈，均觉奇怪，便把仙束取出，通诚拜观，第三页字迹忽现。才知白眉禅师大弟子朱由穆，自从铜椰岛分手，本约定三生至交姜雪君，随了大方真人神驼乙休、韩仙子，去除玄门中败类双凤山两小邢天相、天和兄弟。就便应仵氏弟兄之约，往寻袒护双凤山两小的天残、地缺斗法，减少他一点气焰。不料邢氏弟兄凶狡异常，知道铜椰岛拦截韩仙子元神惹下杀身之祸，遍约能人，百计求免。四人最后虽然大胜，邢氏弟兄也吃乙、韩二人追往北极天边杀死，除去两个极恶穷凶，却因此惹出不少事故，这里暂时不表，留待后叙。

且说妙一真人素持宽大，与人为善。深知天残、地缺虽非正宗清修之士，除却生性奇特，专重恩怨，不论善恶，又喜袒护徒弟，是其所短，劣迹却不多。门人虽不时背师为恶，但他两人初得道时，颇积善功。尤其所炼护身云屏，度化了许多冤鬼，用心虽为利己，无形中也积了不少功德。只为狂傲自大，所居直同禁地，有人游山误入或是路过，不论仙凡，均受怪徒欺侮，法力越高，吃亏越大。他俩不但不问，有时反为张目。几个宠徒相貌既极丑怪，行事更极骄横任性。近年胆子越大，时与妖人勾结为恶，因此树敌甚众。朱、姜二人这一去，必与他师徒难堪，只是二人法力虽高，仍难致其死命。念在他俩成名多年，修为不易，又恐其恼羞成怒，激与妖邪合流，生出事来，欲以恩相结，到要紧关头，为其解围。同辈之交，不是无法分身，便是素来恨恶他师徒的人。双方法力都高，事前不能泄露。知申屠宏机智稳练，如将迷踪隐迹和乾坤大挪移法炼成前往，照柬帖所说而行，便可胜任。为此命醉道人传谕，令其依言行事。

这第三页仙示上，除指示到时机宜外，并说："大雄禅师法力无边，不特洞门上的太乙混元真气，不到时限无法攻开，并且内里另有法宝封固，不在禁图所载埋伏以内。第三层威力更大，刻经玉碑，已化成一片玉壁，法力稍差，也不能取走。届时番僧三十六相神魔已经炼成，随后赶来。花无邪所要禅经也可得到，当时携经遁往海外，虽可无事，一则孽难未消，将来仍须应验；二则玉碑所刻，乃是经解，留在世上只剩五日，便须化去，碑重如山，保留、携走两俱不能，非当时默记下来不可。如用前部贝叶禅经自去参悟，至少三百多年始能通晓。事前只采薇僧朱由穆和李宁可以相助，但各有事，到得甚晚，必与云南二恶相遇。此经关系番僧日后成败，就令当时不敢苦迫，真形已被摄去，从此苦苦寻踪，不久便为所害，元神也被擒禁，非满十四年不能脱难，但异日成就却大。如甘以身殉道，为久远之计，经到手后，速将天残、地缺想借的一片贝叶灵符交与申屠宏备用。再照图封禁全洞，往末层玉碑之下读那经解。一任番僧神魔攻山，不去理睬。等碑洞将被邪法攻破，经已记全。速将所得禅经用筐中所附灵符封固，高呼神僧法号，乞发慈悲，朝玉碑掷去，立即藏起。跟着申屠宏所请的人也已到来，将碑取去。番僧晶球视影只能看出前半，藏经一节，因有灵符妙用，并未看出。只知关系切身利害的前部禅经已被人取走，因此拼命劫夺，不肯甘休。花无邪若隐避得快，真形不被摄去，未始不可暂脱毒手。无奈定数如此，花无邪精诚强毅，也必不肯早退。苦难虽不能免，将来脱难出困重取此经，参悟末两章上乘佛法，必成正果。"

花无邪向道坚诚，知道事可如愿，又知天残、地缺借宝之事已有安排，好生欣慰，毫不以十四年炼魂之苦为念。申、李二人愈发感动，对于她将来超劫出困之事，均愿以全力相助。花无邪自是感谢。申屠宏因仙示未提李洪，便问："洪弟，怎得到此？"李洪笑答："我每年此时要到峨眉省亲，恰值休宁岛群仙盛会，欲往观光，未得如愿。归途遇见世叔藏灵子，将我喝住，先对我夸奖了一阵，后说日前遇凌世叔与陕西黄龙山猿长老，谈起这里的事，回山又探出了些机密。问我如想凑此热闹，助花道友取经，便指点我得一件好法宝，并说他去休宁岛见了我爹娘、师父，必为分说，事情是他怂恿，与我无干。另外又赠我一道极神妙的灵符，一经施为，不论对方法力多高，也算不出来人心意行动。须等璎、琳二位世姊有要事寻我时才用。此是他照例三年一次，默运玄功，推算未来，为了感我爹爹高义，一时关切，无意中推算出来的。命我慎秘，尤其不可对师父说。防我不听话，心思自用，冷不防在我头上拍了一下，加了禁制，说是一见师父便想不起，我也不知灵否。送走以后，一想师父也是赴会未归，回山无聊，好在爹娘、师父事前全未叮嘱，不算违命，何况还有世叔藏灵子代我说情呢。我以前法力，近来多能运用，法宝虽未发还，有断玉钩和灵峤三宝，也能抵挡一气，便赶来了。"申屠宏知藏灵子近与本门修好，此老法力高强，必有深意。仙柬未提李洪，可知无碍，才放了心。花无邪见李洪小小年纪，如此神通，再听二人叙阔，说起前生之事，更为惊奇，赞佩不置。

一会儿天明，龙娃告辞回家。申屠宏说："无多时日，便要下手，形势较前还要凶险，带你徒多累赘；并且你不久随我远行，母子还要久别。明日我便设词散馆，反正无事，何如家中奉母，多聚些时，事完，我自寻你多好。"龙娃先颇不愿，后一想到母子不久分离，不知何时才得重逢，立即应诺，分别拜辞而去。李、花二人均说龙娃至性可嘉。申屠宏笑向李洪道："如不是孝母可取，似此庸凡，如何可要？都是你作成我，头一次收徒便不如人。"李洪笑道："大哥休如此说。人贵自修，你没见诸葛师兄初在大世伯门下那等艰难么？现为本门四大弟子中第一等人物，成就如何？再者，我见这孩子灵巧孝心，颇为喜爱。既作成他拜在大哥门下，也必助他到底，我一下山，必有办法。我这老长辈绝不白当，包你满意便了。"申、花二人见他不过像一个六七岁的幼童，偏于老练之中，带着无限天真，深以当龙娃老长辈为喜，都由不得笑了起来。

一会儿，生徒到来，申屠宏告以不久解馆归去，每人暗赠了些银子遣走。生徒去后，花、李二人重又现身。因昨晚为妖妇所扰，洞未攻进，反把连日心思白用，又须从头做起，将六字灵符解完，也到了神僧所限时日。虽然进洞之后尚须三日始得成功，但这次有申、李二人同往相助；两老怪物既已明言，不致作梗；众妖人也许不敢违怪徒之诫。花无邪心急下手，虽然早了数日，生出好些事故，因此却把崆峒诸妖人阻力去掉，损益也可相抵。三人商议停妥之后，又把两图取出，互相观看，照妙一真人仙示，细加推详，花无邪才知禁法微妙，息息相通。幸而昨日没有进攻，否则还要陷身在内，进退两难。深悔先前不合私心自用，总算临事审慎，将两图全交申屠宏保管，免却好些难堪。尤其李洪无端锐身急难，以全力相助，免去燃脂头陀所说鬼手抓魂之劫，由此铭感在心。不提。

挨到夜间，时辰已至，三人一同前往。因乌头婆到时，李洪前生曾与孽子斗法，知她厉害，立催花无邪速收旗门。花无邪本在壁上行法破门，久攻不开。李洪忽然飞往相助，并说自己来历。花无邪才知引进龙娃的小仙，乃妙一真人之子。看出他禅功甚深，法宝神奇，甚是信服。又早知乌头婆厉害，只未见过，闻言吃惊，立将旗门收走，未被邪污。有此埋伏，可多一层防备。这次再至珠灵涧，先将旗门布好，由李洪助她，重破六字灵符。申屠宏仍在小山之上守望。有了二人相助，不特格外放心，并且破完灵符，李洪便由外面加上一层佛法禁制。申屠宏又格外慎秘，用天蝉灵叶将花、李二人形迹隐去，任是多高法力的妖人，绝看不出。如有妖人到此，别的不说，外面的一层佛法禁制便极难破。此是天蒙禅师伏魔真传，与行法人心灵相通，只一有事，李洪先自警觉，端的戒备周密，无隙可乘。初意众妖人未必死心，至少也有隐伏窥伺。前后也有个把时辰，才得毕事。李洪连施佛法，暗中搜索，连预想要讨借宝回音的怪徒都未见来。第一夜，还当偶然，不料第二夜对方人仍未见，接连三夜，俱是如此。都料这伙妖人均非弱者，即令畏惧怪徒，不敢自来，也必有别的阴谋毒计，或将此事传扬出去，将与天残、地缺法力差不多的妖邪引来作梗，哪有如此便宜的事？李洪欲往五龙岩、乌牙洞两处探看。申屠宏因他这次转世，法力恢复既快，功候越深，胆子更大，恐生枝节，力说："看恩师手谕，虽非容易，既可成功，当然无碍，去惹他们作甚？"李洪欲行又止。一晃，到了第五夜，已经事完将走，忽见一道极暗淡的灰白色妖光由山外飞来，往五龙岩那一面投去。飞行甚速，破空之声也极细微，换了常人，绝听不出。次日子夜，便是成功紧要关头，特意在当地隐伏了半夜，均无异兆。妖党往来常有，不愿多事。好在李洪禁法有警即知，仍未往五龙岩探看，便同回转。

次日，申屠宏装作起身，退了民房，暗将行李衣物等平日用来摆样的东西，一齐暗送龙娃家来。告以三日之内前往，带他同行。龙娃母子见了三人大喜，坚要款待。三人见他诚切，难得动上一回烟火，也就允了。因仙示上只说当晚可以成功，险阻多在入门得手之后，门上混元真气却未明言破法，是否顺手还不一定，又防临期生变，特意早些赶往。到后一看，仍无异状，心虽喜慰，戒备更严。快到亥末子初，竟连听到两次隐微破空之声，飞行甚高，遁光一点也看不出。等到发觉，已由侧面飞过，好似俱自外来，落处并不在崖前一带。功成一贯，要紧关头，就有敌人，也须一拼，只有仍照预计行事，不去睬他。为防门上真气难破，才交子初，便即下手。仍由花、李二人上前，申屠宏在侧戒备。约有盏茶光景，花、李二人攻门正急，李洪心灵忽连起了两次警兆，都是略现即止，照理人一走入禁地，旗门立现，并且来人不到壁上犯禁，不会有此景象。李洪虽然屡生修积，法力甚高，此生终是年幼天真，无甚机心。那警兆又是现灭极快，毫无影迹。一见旗门禁地仍是好好的，申屠宏尚在小山上守望，并还加了一层本门禁制，有此两关，敌人稍有动作，万无不觉之理，怎会已到身旁，尚无异兆？二人本是连人带法宝、飞剑，合成一道精光，朝门上猛冲。无奈元气屡分屡合，几次可以冲破的，均未占住机先。心虽奇怪，以为敌人如已冲开禁网入内，有此法力，早已出手施为。正急之际，略一寻思，也就放开。李洪并未通知申、花二人，眼看断玉钩连同灵崤三宝与花无邪法宝、飞剑合成的一片精光，末次冲上前去，将门上混元真气冲散了十之八九,又和以往一样,不能全数冲破。方在可惜,待要就势加功施为,猛瞥见酒杯大一团灰白色的妖光打向门上,"叭"的一声,元气四散,门便大开。紧跟着,箭也似急一道暗赤光华由身侧飞过,往门里冲进,来势神速,事出意外。方道不好,未及施为,就这妖光电射,不容一瞬的当儿,猛又瞥见门前现出五青五白十道光华,也是电射而出,两下里撞在一起,只听"哇"的一声惨叫,妖光散处,飞起几条黑影。同时另一道银光却往门内射去,耳听哈哈大笑道:"狗妖孽!你上了我二人的当了,想逃如何能够?"花、李二人百忙中俱都情急万分,话没听完,各将飞剑、法宝朝那青白光华冲去。双方撞了一撞,觉出其力甚大,又看不出甚路数。忽听门内有人大喝:"贤侄不得无理!此是猿长老,经我便道约来相助。申屠宏快放天璇神沙,留神妖孽逃走。"话未听完,先前妖光散处,旗门出现。

申屠宏见变生瞬息,事前毫无迹兆,敌人便已入阵,也甚惶急。正待往援,门内人一发话,便听出是师门至交怪叫花穷神凌浑,忙喊:"洪弟、花道友,不可妄动!"又立将二相环取出,方要施为,忽听一声可裂金石的清啸,大喝:"无须,凌花子,你太小看我了。"话还未完,青白光华只与花、李二人撞了一撞,并未为敌,略微一斜,便自让过。崖前忽现出一个身穿白麻布衫,生得猿臂鸢肩,狮鼻阔口,银牙朱唇,面色红润,额前搭着两道细长寿眉,大耳垂轮,色如朱砂,须发如银,一对细长眼睛精芒四射,相貌奇古,身材高大的长髯老者。一出现,便凌空而立,一双细长指爪一齐外伸,那五青五白十道光华,便由指尖上射出,朝旗门内那几条黑影追去。申屠宏久闻猿长老之名,尚未见过。李洪来往仙府,早听说起开府斗法,凌浑义结猿长老,弃邪归正之事,来时又听藏灵子说过,此时一听是他,忙即住手。方和花无邪高喊:"后辈一时无知,长老恕过。"凌浑忽然走出,手中托了一件祥辉闪闪的法宝,见面便指花无邪道:"我受令友吕道友之托,来此相助。如今洞门已开,还不快些进去。"花无邪连忙礼谢,飞身而入。申屠宏因猿长老一说,不便出手,也飞过来拜见。

凌浑随对李洪道:"你这娃儿也不安分,还不到你下山时期呢,便来多事。可笑藏矮子量小,知我想借这里一件法宝应用,因记青螺峪和开府时的两次小过节,特意指点你来取此宝,使我不好意思再要。其实,我无此宝,不过稍费点事,有甚相干?倒是他赠你那道灵符,关系重要。小寒山二女不久便与毒手摩什恶斗，非用心灯，不能致这妖人死命。此时，谢氏姊妹已往武夷等你，须用此符，才可将心灯得到，去往大咎山火炼毒手摩什，除此一害。你这小淘气，也有一次热闹可看。以后便须再过七年，才可下山行道。藏矮子尚且作成你，何况于我？省你费事，已将你那件法宝得到，于你将来颇有大用。至于名称用法，令师会指点你。底下没你的事了，还不快走！"李洪笑道："小侄法宝甚多，本是为开眼界而来，没想要甚法宝。世叔如是需要，请拿去吧，或是用过再赐小侄，也是一样。"凌浑道："胡说！藏矮子还当我非此不可呢，还不快拿了走！"李洪接过一看，形如一朵莲花，非金非玉，入手甚轻，料知不是寻常。因和谢璎、谢琳最为投契，知道所取心灯关系至大。只不知师父既是她们的父亲，又是诛邪除害之事，为何要等自己这道灵符才能到手？此老脾气古怪，不便多问，惟恐误事，匆匆拜谢作别飞去。

申屠宏旁立，看出妖人已死，元神也被剑光击散。只是妖人法力甚高，元神竟能分合，先被旗门困住，吃他接连几蹿，已将冲出重围，快要合成一体。猿长老十道光华，先只分射阵角，忽在此时合围上去一兜，成了一面光网，将黑影包紧，电闪了两闪，便已消灭。一见飞回，忙即上前拜见。凌浑道："此时朱、姜二位道友正与两老怪斗法，驼子夫妻也要前来，我和老猿要前往观战。你快进洞去，只要将禁制复原，便可畅所欲为。那旗门可先收去。如有甚事，我们俱在乌牙洞，立可应援，放心好了。"申屠宏方在拜谢，凌浑已和猿长老飞去，暗忖："恩师所传禁法真个神妙，那最关紧要的事，以此老的法力，居然不曾前知。休看成功在即，底下的事更多艰危，丝毫大意不得。"便照所说，收了旗门，往里飞进。花无邪正收那第二层埋伏的一件法宝，尚未成功。见面匆匆一说，忙将外壁禁制复原。那第二层是一道玉门，法宝是一金环，大约丈许，乍看仿佛画在门上，是一圈黄印，不在内外两图所载之内。

花无邪初进来时，并未看出这是佛门至宝。及至按照总图行法，想要开门入内，头一次行法攻门，因是初试，不知威力大小，心怀谨慎，不敢过猛，门上黄圈只色彩格外鲜明，尚无大异。二次再进，因头次行法无效，也不见有甚反应，胆子渐大，心又急于收功，以免夜长梦多，别生枝节，除照总图所载，解禁之法施为外，并以全力朝前猛攻。花无邪曾在芬陀大师门下多年,得有佛门真传,因平日用功最勤,彼时功力尚在杨瑾前身凌雪鸿之上。以为佛家降魔禁制,十九同源,头层禁制已解,初试不见有甚警兆,埋伏许在门内,只要把此门攻开,便可照图行事。因忆总图载有逐步解禁之言,为防万一,并还双管齐下,心料照此行事,万无一失。哪知全洞禁制,不但息息相关,并与所埋伏的法宝互相连贯,发生不可思议的威力。如非得有佛门降魔真传,而又与事机巧合的有缘人,便将两图得到,照样无法进去。花无邪这一猛进,恰将金环威力引发,眼前倏的奇亮,门上黄印忽变作一圈金霞,发出无量吸力,吸上身来。如换另一个法力稍差的人,当时定被吸进圈中,吃那西方真金之气裹住一绞,纵不形消神灭,也休想逃得性命。总算花无邪机智绝伦,法力又高,两次施为,禁法已被止住,人未入圈,尚可无害。又是行家,一见金霞焕彩,立即警觉,知这黄印乃是佛家法宝,并非禁制。这类法宝,如若无力收取,一经引发,就此想脱身,真是万难。慌不迭一面运用玄功,奋身纵退;百忙中回手咬破中指,施展师传滴血化身之法,朝前弹去,化为一片血光,飞上前去。那金霞正待离门飞起,与血光迎个正着。只见血光投入金霞圈中,一闪不见,金环也就停在原处,不再转动。花无邪知道不将此宝收取到手,不能入内。先前不知误犯,受此虚惊,一经判明是佛门异宝,不能再以强力引发,便照佛道两家收宝之法,试探着小心收取。金环威力虽不再现,连用收法,并无动静。初意难极,本欲求助。及至与申屠宏见面,说完前事,外壁禁制刚一复原,门上金印也恢复了原状,不再放光。猛然触动灵机,重又跪拜通诚。起立之后,先不行法攻那玉门,只照总图试一解禁,又见金光一闪,心中大惊,赶紧纵退。再定睛一看,那一圈黄印忽化为一个金环,晃眼由大而小,只有茶杯粗细,向洞外一面飞去。事出仓猝,又是惊弓之鸟,见即闪避,不及下手。

申屠宏初来,不曾问出底细,正立迎面,一眼看出是件奇珍异宝,立用分光捉影之法,伸手捉住递过。花无邪道:"此系佛门至宝,我尚不知它的来历用法。定数应为道友所有,否则我早已收取到手了。即请收下,无须推让。我便据为己有,也只暂时保存,多操一份心,并无益处。只门内禅经,关系我大劫安危成败,此时方悟仅我一人之力,绝难如愿,仍望道友终始玉成,感谢不尽。"话未完,门内水火风雷与金铁交鸣之声同时大作。虽题中应有文章,鉴于前失,知道单靠内外两图还不足恃,前路艰危,一层难似一层,把初来急功自恃之念去了个干净。二人合力下手,先朝玉门按图行法一指,门刚自行开放,门内立有千万点金星激射而来。这一道埋伏,又非禁图所有,花无邪急切间分辨不出是法是宝,方在惊疑。申屠宏来时开读仙示,早知就里,把手中二相环脱下准备,见状忙往外一甩。环中所收天璇神沙,也化为千万朵五色星光,激射而出,竟将门内星光冲了回去。随喝:"花道友,此是佛家八功德池中神泥所化金沙,被我用二相环挡住。速照总图准备,随我入门,再将二层禁制复原,此宝便可收下了。"花无邪见他用一枚铁指环发出五色星光,竟将西方神泥挡了回去,愈发钦佩,自愧弗如。同时悟出洞中防卫周密,禅经未到手以前,禁制不能全撤,每进一层,必须先将外层来路禁制复原,始能照图行事。否则另设的法宝埋伏必生妙用,阻路为害。前面禁制一复原,所伏法宝也可收取,等禅经得到手中,禁法也不破自解,端的互相呼应,神妙莫测。照此情势,分明神僧深知仇敌厉害,特意设此严关。等少时仇敌到来,层层攻破,事情已差不多了。闻言立即应诺。

　　申屠宏已当先飞入。这时门内星光金霞,吃天璇神沙强力一挡,威势更盛,互相冲激排荡,发出极强烈的轰轰之声,宛如山崩海啸,震耳欲聋。转眼之间,神沙星光竟吃阻住,不能再进。申屠宏觉着神泥不特威力逐渐加增,并与天璇神沙互相吸引胶着,生出一种极微妙的变化。不知二宝各具吸力妙用,只要一方势绌,便可化合为一,增长出无边威力。西方神泥虽然厉害,却无人主持。当日之事,神僧早已算定,一切设施运用,至时逐渐失去灵效。少时便与神沙合为一体,成了峨眉七矮中第一件至宝。但是天璇神沙如为神泥所制,虽也一样相合,却凝成一金块,必须多耗心力,日日重炼,始能运用,尽管峨眉仙府藏有天一真水,也费事多了。仙示只说神泥至宝可以收用,并未详言,申屠宏仓猝之间,自未悟透。又以天璇神沙乃阮征性命相连之宝,除他年抵御邪魔,仗以完成仙业外,不久领导金蝉、石生等七矮,冲破南极磁光圈,在小南极不夜城光明境天外神山开府,以及三次峨眉斗剑,均有极重要的关系。如稍毁损,怎对得起几生患难的同门至交?当时情势,已无法收退。心中一急,拼耗真元,把多年苦练的全副功力运用上去。因与阮征同门同修,各人法宝妙用均所深悉。此举人与宝几成一体,天璇神沙不是可以消灭之物,人虽不致死,稍如失挫,创伤却不在小处,形势端的险极!

申屠宏这一情急相拚,神沙威力随同大盛,神泥星光立被制压后退,未容二次发生变化。花无邪撤收禁制,也已成功。神泥与禁法息息相关,禁制一停,便失灵效。天璇神沙吸收法宝,原具专长;申屠宏全力运用,势又绝猛,一进一退,相差悬远,这一来刚巧合适。申屠宏猛觉前面千万斤的阻力忽地一松,神泥也未消灭,只吃天璇神沙分化,杂入五色星光之内,随同飞舞,向前冲去,上下四外,更无别的阻碍。因素来谨慎,虽料神泥已被制住,依然不敢造次。方在停步观察,忽听花无邪道:"前面已是神碑,道友快收法宝,容我过去。"申屠宏闻言,又看见神泥所化金星与五色星光匀合,仿佛原有,运用由心,忽然省悟,忙戒备着往回一收,神光一闪即隐,与平时收宝一样,只铁指环隐隐多出一圈极微细的金点。知道神泥已到手,并与神沙相合融为一体,喜出望外。同时花无邪已将二层禁制复原,朝前飞去。申屠宏跟踪赶到尽头处一看,那神碑乃是一片平整玉壁,当中有一片尺许长树叶形的金影深入玉里,隐隐放光;好似天然生就,又似一片真树叶藏在里面,玉质晶莹,映透出来。知道这便是那贝叶禅经,忙同下拜通诚,祝告起立,又知道此经密藏玉里,金光外映,看去只隔纸一般薄的玉皮,实则相隔还有尺多深厚。并且外壁所刻禅经与此关联,非把这贝叶禅经取出,外壁经文不能出现。玉质更坚如百炼精钢,非照总图所载,并须精习佛法的人,不能取出,并非容易。到手以前,夺经仇敌也必赶到,实是大意不得。总算事前有了准备,便照预计,由花无邪施展前师神尼芬陀所传佛法,上前取经;申屠宏在侧戒备。事机瞬息,稍为延误,便生巨变。申屠宏少时又须抽空走往后山,参与采薇僧朱由穆、姜雪君与天残、地缺师徒斗法之事。哪一面都是事难责重,差之毫厘,谬以千里,由不得心情紧张起来。

待了一会儿,申屠宏见花无邪面壁而立,先是手掐诀印,由中指上放出一道毫光,射向壁上,朝树叶四边徐徐转动。跟着便听壁内禅唱之声隐隐传出。此是神僧所留音文经解,只此一遍。当时如若记忆不全,便须再费多年功力,始能通解。那时花无邪早到应劫之时,必不能仗以自保。禅唱一完,玉碑上立即变化,禅经也自取到手内,暗忖:"自己不是佛门中人，此经无缘得见，事正危急，也无暇记，不消说了。可笑云南二恶用尽心机，百计劫夺，虽精晶球视影之法，内洞许多秘奥仍无法窥测。这禅唱留音不曾听去，便将禅经劫夺到手，也无用处。何况内外两经互有关联，若不深悉细情，又是神僧昔年默许的正宗佛门弟子，多高法力也难取走。结局必然是白用心力，害人转而害己。闻说二恶虽是邪教，法力甚高。麻头鬼王更能前知，行事谨慎。怎临事如此愚蠢？现在花无邪功成在即，先前不合贪功，又稍延误。又当天残、地缺与人斗法正酣，无人作梗之际，按说仇敌应已早到，洞外怎还无有警兆？"方在寻思，忽听隔洞顶上面惊天动地一片大震，宛如一二十个极大地雷同时爆发。可是洞内仍是好好的，并无异状。紧跟着，四外风火之声轰轰交作，顶上巨震更响个不住。两下里汇成一片，声势猛恶，自来罕见。知道云南二恶正用有相神魔攻洞，此时虽还无害，迟早仍被攻进，难免一场恶斗，并且从此纠结，非到强存弱亡，不能分解。

申屠宏再看花无邪运用法力，虔诚默记，直如未闻，暗想："此女根骨既佳，人又美好，更有这高定力，真个难得。只为当初一时不慎，误犯芬陀教规，已受多年辛苦危害，结局仍不免于玉碎香消，还受二恶十四年炼魂之惨。如非向道坚诚，自身能够排除万难，甘于以身殉道，力求正果，势必形神皆灭，连元神也保不住。"再想起师长闭关，群邪猖狂，自己虽得重返师门，前路依旧艰难。心忿二恶，明知此经正邪殊途，不应为其所有，和乌头婆一样，偏要恃强凌弱，乘危劫夺。花无邪定数如难避免，异日相遇，绝不使其漏网。正寻思间，外面风雷攻势愈急。待不一会儿，中间忽杂着一种从未听到过的极凄厉的颤声悲鸣，隐隐传来。好像是乌头婆呼音摄魂之法，又不全像，才一入耳，便是心摇神荡。知道不妙，尚幸功力坚定，未为所乘。再看花无邪，闻声面上立带惶急不安之状。同时壁中禅唱也已终止，一阵旃檀香风过处，眼前倏的奇亮，耀目难睁。由内而外，满洞风雷大作，焰光交织，上下四外洞壁一齐震撼，势欲崩塌。变生仓猝，不禁大惊，忙把二相环往外一甩，那神泥、神沙合化的五色金星，立似潮涌而出，先将内层碑室入口封住。

第二五九回

幕地起惊霆　电旋星沙诛老魅
凌空呈宝相　缤纷花雨警真灵

前文说到李洪遇见凌浑、猿长老相助，得到一件佛门至宝，为了小寒山二女盗取心灯去炼毒手摩什，事关紧要，便先走去。申屠宏、花无邪立照凌浑所说，合力攻入内洞。申屠宏先在二门上收得一枚金环，又用阮征所借至宝二相环，将大雄禅师昔年护经之宝，西方八功德池中一丸神泥收去，与天璇神沙融合一体，为二相环增加了许多威力。跟着玉壁神碑出现，所取贝叶禅经也在玉壁层中现出。花无邪立用师传佛法，由中指上射出一道毫光，朝着贝叶四边徐徐转动，随听壁中发出禅唱之声。正在虔心默记，忽听得洞顶上面迅雷连震，动地惊天，风火怒鸣，响成一片，甚是惊人。申屠宏知是云南二恶将有相神魔炼成赶来，见花无邪仍在面壁静听，若无其事，不禁赞她定力甚高。洞外风雷交袭中，忽又夹着一种极凄厉的颤声哀鸣，隐隐传来，与乌头婆呼音摄神邪法大略相似。才一入耳，立觉魄悸神惊，心旌摇摇，不能自制。尚幸功力坚定，忙运玄功镇摄心神，未为所算。再看花无邪，面色已带惶急，同时壁中禅唱也已中断。忽然一阵旃檀异香过处，眼前倏的奇亮，耀眼欲花，满洞风雷暴作，由内而外，向前涌去，上下洞壁一齐震撼，势欲崩塌之状。仓猝之间，不知底细，惟恐有失，忙将二相环往外一抛，那与神泥化合一体的天璇神沙，立化为五色金星，狂涛也似涌出。

刚想先将内层碑室封闭，忽听身后花无邪急呼道："道友快收法宝，我禅经已得到手。此时神僧佛法已经发动，并蒙神僧慈悲，佛光照体之后，顿悟玄机，因此得知佛法妙用。固然结局必不能免难，但不到我将前后两部经文、经解全数记下以及我应劫时限到来，任他天大邪法也难攻进。时机紧迫，不暇多言。只等道友取走贝叶灵符，后半部梵唱二次又起，大功即可告成。前得伏魔金环，乃昔年禅师降魔之宝，用法简便，只要将前洞六字灵符记住，照我所习佛家诀印，再以本身真灵主持，便能由心运用了。出时可用此宝防身，许能为我除去一害，也未可知。快请习此诀印，由我倒转禁法，送道友出洞，往后山为二老解围便了。"说时，申屠宏已经取宝回身，第一次见到花无邪满面惊喜之容，暗赞佛法神奇，不可思议。就这转眼之间，此女竟能悟彻玄机，并连洞中佛法也能由心运用。闻言足代欣慰，但知她大功虽成，十四年苦难魔劫仍所不免，定数所限，无法挽救。方觉可怜可敬，花无邪话已说完，将贝叶灵符递过，催习伏魔金环用法。知时迫势急，难于久延。好在禅师千年前早有准备，来时见洞外六字真诀，因防异日或许有用，已经记下。佛道两家降魔法宝，多由本身元灵主驭，大略相同，所差只这诀印。既然易学，又可为此女驱除妖妇，自应学了再走为是。见那贝叶灵符形如一片手掌大的翠绿树叶，并无符号字迹在上，只是金光隐隐，祥辉浮泛。用法恩师已经示知，便不再细看，随手藏起。花无邪立传诀印，告以用法出于禅师遗偈留音，并说："道友不是佛门弟子，好些无关，故未听出。适才风雷祥光，便是佛家威力。三五日内，我与道友尚有一面之缘，但必无暇长谈。且等过十四年，劫后重逢，面谢大德，再行奉告吧。"

申屠宏无可劝慰，只得举手作别，说声："道友珍重，行再相见。"随将先得金环取出，如法一试，立有一环金光套向身上，看去只将腰间围住，但是佛光远射，全身均有祥辉笼护。知道威力至大，少时如与二相环合用，多厉害的妖邪也不是对手。如非花无邪凤孽太重，必须经此一劫始能成道，后山之行又奉有师命，不敢违背的话，便助此女脱离，也非无望。略一寻思，花无邪又催道："道友盛情心领，此时不必管我，请快去吧。"说时，满洞祥光闪变，二次风雷又起。申屠宏知正倒转禁法，忙纵遁光往外冲去。觉着所过处阻力绝大，如鱼穿波，身外焰光万道，祥霞变灭如电，不容一丝缝隙。知道花无邪防范周密，佛法威力至大，已与主持人心灵相合，神妙已极。这还是有意放走，更有佛门至宝防身，这才不觉飞过两层门户，一看前面，已是头层出口。忽然想起："洞外现有云南二恶；又听哀呼之声，与乌头婆邪法相似，也许妖妇也卷土重来。这两起妖邪均极厉害，又都性情乖戾，有己无人，双方均把禅经珍逾性命，宁冒险难，势欲必得。但知正教中人已经出手，天残、地缺不容外人在此猖獗，日前已经出手，大有左袒花无邪之势。这类妖邪平日虽不相下，一到事急，照例同恶相济。也不知双方联合与否？自己如若现形飞出，定必群起夹攻。何如仍用天蝉叶隐身？双方如未合谋，必在外面先自火并，乐得任其相持，耽延时候，等后山事完，再作计较。如已联合，二恶气运未终，又擅魔教中小金刚不坏身法，除之甚难。仗着隐形突出，冷不防将妖妇除去，想可办到。"

沿途光焰杂沓，飞行迟滞，直到主意打好，才到洞口。立将天蝉叶取出，并用太乙潜光之法，连护身宝光也同隐去。哪知到了洞外一看，珠灵涧对面平地之上，竟设有一座法台，上面各色幡幢林立。另有十八个身高丈六，相貌狞恶，威风凛凛的神将，手持各种奇怪兵刃法器，按九宫方位立定。当中两个身材高大，相貌凶恶，手持戒刀、金钟、火轮、法牌等法器的红衣番僧，坐在两朵丈许大小，血也似红的千叶莲花之上。花瓣上面，各有一股血色焰光朝上激射，高起丈许，合成两幢血光，将两番僧全身一起笼罩在内。法台周围，也有一层血光环护。上首手持火轮、令牌的麻面番僧，由牌上发出一道金碧光华，长约百丈，直射身后崖壁顶上，神态甚是紧张。台前不远，一片愁云惨雾，笼罩着日前所见妖妇乌头婆和一个形似鬼怪的妖人。这妖人生得尖头尖脑，头上短发稀疏，根根倒立；脸作暗绿色，前额下面不见眉毛，好似生病烂掉；一双圆眼，怒凸在外，碧瞳闪闪，直射凶光；高颧削鼻，尖嘴缩腮。上穿绿色短衣，下穿短裤，赤露出黑瘦如铁的腿足；胸前挂着一个拳头般大的死人骷髅，背插三叉，腰系葫芦。面向台前悬空而立，似与二番僧在争论。下首妖僧喝道："侯道友，你我彼此闻名，井河不犯，久闻三位道友言行如一。那盗取禅经的女子，已成网中之鱼。来时大师兄曾用晶球视影，此时两老怪物正准备与劲敌斗法，无暇及此；又以日前此女心粗糊涂，未肯应他所求，绝不会和我们作梗。你并不需此经，不过受人怂恿而来。如肯依我先前所说，我们事后必将你想得到的两件法宝奉上，从此交个朋友。否则，暂请回去，我弟兄回到云南，恭候光临如何？"

话未说完，形如鬼怪的妖人似要变脸，一只鸡爪般的怪手已经扬起。旁立妖妇似与配合，作势欲发。二番僧也似在暗中戒备神气。不知怎的，妖人面色遽变,好似有甚警兆,吃了一惊,厉声答道:"我弟兄三人,说到必行,永无更改。无如此时大哥、三弟忽然催我回去,无暇与你两个不知死活好歹的蛮人纠缠。总之,禅经如落人手,我自会去寻他,不值与你们计较。如落你们之手,不献出来,休想活命!"下首番僧见他声色暴戾,令人难堪,不由大怒,方一扬手中戒刀,麻面番僧嘴皮微动,竟似不令轻举。刚刚止住,妖人也似事情紧急,连末句话都未及说完,竟化作一道绿气,刺空激射而去,其疾如电,余音尚在摇曳,人已飞向遥空云层之中,一晃不见。妖妇见帮手一走,神情更转狞厉,口、眼、耳、鼻似抽风一般,不住乱动,厉声喝道:"我向不服人,只为我子残魂不能重聚,苦痛日深,心如刀割,明知劫数将临,依然来此拼命。早知你们必来犯险作梗,特请侯道友同来,与你们商量。此事合则两利,分则难成。只求保全我儿一命,暂借此经,并不据为己有,终于归你们。已经再四言明,你们偏不听。休看侯道友已走,照样能坏你们的事,不过不愿两败俱伤而已。休再固执。"话未说完,麻面番僧本来目注前面晶球,全未理睬,忽然一声诡笑道:"我弟兄向不与外人联手行事。念你为子心切,暂宽一线,联手仍是休想。你既吹大气,我且将攻山神魔暂止,让你先去下手。你如不行,或是为人所杀,我们再行下手如何?此事并非容易,便我两弟兄来此,能否如愿,也还未定。但我二人劫数未临,法力又高,虽还有未尽算出之处,早已防备周密。不似你这老妖妇,为了孽子,明明大劫临头,还敢胆大妄为罢了。"

妖妇闻言,立被激怒,厉声喝道:"我本心防你们作梗,闹得两败俱伤,为了我儿,忍气吞声。否则,我已将蚩尤三友吸取真神之宝白骨吹借来。你们先前也曾尝到厉害,如非预坐小金刚禅,心魂早已被它摄去。何况此女微末道行,我只一吹,她必由我摆弄,自将禅经献出。话须言明,到时不要作梗。"说时,申屠宏因听番僧口气,后山斗法似刚开始,稍迟无妨,意欲相机下手除害。仗着隐形神妙,便往侧面绕去,早看出妖妇胸前挂着一个白骨哨子。先听飞去妖人姓侯,本就疑是蚩尤墓中三怪之一。再听妖妇说出白骨吹,愈发惊异,先前异声悲啸必是此物无疑,怪不得连自己也几乎支持不住。为防花无邪闻声闪失,心中忿恨,忽听番僧喝道:"无耻妖妇!让你先下手,尽说废话作甚?想挨到神魔攻破山顶,捡便宜么?直是做梦,此地三日之内,绝无人来作梗。现且停手让你,再如拖延,我们前言便做罢了。"申屠宏出时，风雷之势并未停止。再稍往前，便见崖顶之上焰光腾涌中，另有十八神将与台上所立相同，正用手中法器发出百丈风雷，在麻面番僧右手令牌妖光指挥之下，猛力攻山。这时忽然一闪不见，山顶仍是好好的，心方稍放。妖妇也是恶贯满盈，明知前路凶危，仍想因人成事。素日又极凶横自大，本想借着说话延宕，等山顶稍被攻出一点裂痕，再行运用玄功变化，入内夺经。及被番僧道破，怒火上升，自觉难堪，不由犯了凶狂之性，怒喝："蛮人休狂，此时无暇多言，早晚必取尔等狗命！"末句带着哭音，甚是刺耳。二番僧好似早有成竹，任她叫骂，只把目光注定妖妇动作，全不答理。妖妇说完回身，两臂一振，身外邪气立即暴涨，满头灰发连同鬓角两挂纸钱一同倒竖，飞舞起来。跟着飞身而起，将那两只鸡爪般的怪手往外一伸一扬，立有十条黑影由指爪尖上飞出，各长数十百丈，将对崖连顶带洞交叉罩住，大片愁云惨雾便疾如奔马，朝前涌去。

　　申屠宏行事谨慎，上来便恐番僧、妖妇设有禁网，为防触动，特意由侧绕去，相隔尚远。本在准备发难，及见妖妇动作神速无比，知那妖云邪雾只一近身，妖妇心灵立有警兆，便不等涌近，突然现身，大喝："无知妖孽！你劫数到了！"说时迟，那时快，申屠宏原因身是峨眉高弟，不愿暗中伤敌，又防一击不中，又留后患，身形一现，二相环一甩，天璇神沙早化作无量星涛，金芒电舞，狂涌而出。妖妇长于玄功变化，原可遁走。无如心痛孽子，夺经之心太切，邪法又高。刚一反身施为，心灵上便有了警兆，觉着左侧有人隐形埋伏。忽然想到日前吃亏之事，由于李洪作梗而起。心疑花无邪与李洪合力下手，一个入内取经，一个在外接应，又在作对。不由怒火中烧，既想报复前仇，又想借此卖弄给番僧看个厉害。表面装着行法，实是就便布置邪法，乘敌不备，冷不防回身，用鬼手抓魂，将仇人生魂抓去。不料煞星照命，左侧隐伏的并非前见幼童李洪，天璇神沙已是极厉害的克星，又加上西方神泥，威力更大，一经发出，疾逾雷电。尤厉害是稍为沾上一点，下余立生感应，一齐飞涌而来。当时见机，变化遁走，尚非容易，何况事出意外，一味蓄势前扑，未有退逃之念。当申屠宏现身时，妖妇也已猛然回身，扬手抓到。双方恰是同时发难，迎凑在一起。等妖妇瞥见对方是个大头麻衣，身有佛家金光祥辉环绕的少年时，那山海一般的五色星涛，已当头罩下。心方一惊，猛觉身外压力绝大，行动不得，才知不妙，怒啸一声，便要化身遁走。哪知此宝威力无上，专戮妖邪，不动死得还慢一些，这一行法强挣，星涛受了激动，内中神泥所化金星各具绝大吸力，首将妖妇通身绕住，吸了个紧。申屠宏再伸出一指，与金星杂在一起的五色星光跟着往上一涌一裹，互相激撞，纷纷爆裂，火花密如雨霰，只管随分随合。妖妇却是难当，只惨号得两声，便已形神皆灭。

申屠宏因知妖妇身带法宝甚多，均极污秽狠毒，惟恐消灭不尽。侧顾二番僧，目注自己，面有惊容，守在台上，一意戒备，并未出手。料他们行事审慎，必不先发。为防万一，便将飞剑放出防身，连新得伏魔金环也放将出去。金光方离身而起，果有几声极难听的鬼哭悲啸之声，由神沙星涛中发出，金光还未飞到，已经消灭。申屠宏终不放心，仍指定金光祥霞罩上前去，使神沙由佛光照过，方始缩小收回。正想此宝如此神妙，好在为时尚不算晚，索性一不做，二不休，将二番僧有相神魔破了再走。忽听麻面番僧喝道："道友奉命后山解围，正是时候。你我素无仇怨，我们早用晶球视影看出此事，各用小金刚不坏身法防护，道友法力虽高，仍是无奈我何。并且道友一来我便看出，有心假手道友除此妖妇，以免你那女伴元神被她摄去。我们志在取经，并无他意。道友何苦违背师命，与我们作对？"申屠宏不知番僧仅知大概，并未看出底细，所说一半是诈，急切间被他蒙住。又知所持魔教中不坏身法，委实难破，心虽吃惊，仍想略示威力。方在寻思如何下手，猛听后山乌牙洞那面雷声大作，精光宝气上冲霄汉。一看日色，已是西初，知难再延，只得大喝道："大雄禅经，留赠有缘，各凭法力，善取无妨。如被花道友先得了去，你们如敢伤她一根毫发，妖妇便是榜样！"麻面番僧忙插口道："我们绝不伤她。道友留步，尚有话说。"申屠宏原知恩师既有仙示，绝难挽回，只是可怜花无邪，一时义愤，又看出番僧有些内怯，故意如此说法。急于赶往后山，说完，便自飞走。耳听番僧大声疾呼，又叹息一声，也未回身理睬。飞行神速，晃眼乌牙洞在望。忙照仙示，不飞近前，先在中途隐身飞落，步行赶去。看出沿途均有埋伏禁制，有的已为人破去。仗着师传灵符，通行无阻，径由乱山中绕到洞前危峰之上。

那乌牙洞在崆峒后山深处，地甚僻险，中隔森林绝涧。天残、地缺师徒脾气古怪,喜怒无常。怪徒更是骄横任性,仗着乃师袒护,专与生人为难。故此处平日为仙凡足迹所不至。申屠宏也是初次来此,地方就在日前申屠宏寻找花无邪时,所见怪徒住的山洞左近,该洞位列西首危崖凹中,并不广大。洞外大片盆地,三面均是危峰怪石,宛如犬牙相错,石色乌黑,形势奇特,险峻非常。本来四面均有极厉害的禁制,申屠宏未到以前,既防主人先行惊觉,更恐采薇僧朱由穆和姜雪君识破,老早施展迷踪隐形乾坤大挪移法,另用天蝉叶隐身,悄悄前进。先还恐主人法力高强,稍一疏忽,便触禁网,甚是小心。哪知刚到峰下,一片黄云闪过,所有禁制忽全撤去。隔峰遥望,佛光祥辉,连同各色光华,仍在隐隐相持,映得满天暮云俱成异彩。知道双方未分胜负,心中一宽,立即走上。到了峰顶,觅好藏处,往下一看,崖对面两座危石顶上,分立着两人:一个是面如冠玉、身着黄葛僧衣的小和尚;一个是美艳如仙的青衣少女。看年纪都不过十多岁,都是气度高华,神仪朗秀。一见便认出是师门至交,朱、姜二位师叔。知道神驼乙休、韩仙子,还有先在珠灵洞所遇穷神凌浑和猿长老,也必在此,细一寻视,并无踪影。凌、猿二老,本为解围而来,也许隐伏在侧。乙、韩两老夫妻,本与朱、姜二人约好一路,事又一半为了乙氏夫妇追戮双凤山两小而起,怎会不见?

这时天残、地缺也未现身出斗,只把日前逐走妖妇乌头婆的黄色云屏放了出来,也不似那日飞得高,只横向天半,将乌牙洞连崖护住。云屏上面立着五个怪徒,一律黄色短衣,相貌丑怪,仵氏弟兄却不在内。朱由穆由手指上发出五道佛光,朝屏上五怪徒射去。姜雪君左手指定一青一红两道长虹也似的精光,分射开来,将云屏两头罩住;另一手掐着一个法诀,目注前面,蓄势待发。五怪徒立身屏上,不言不动,态甚沉稳,各有一幢白光护身。另外一道五色精光宝气,由屏中心激射出来,分布成一片光墙,挡向怪徒前面,将佛光敌住。有时势子稍缓,吃佛光往前一压,缩回屏上,五怪徒立现不支之状。可是彩光也颇强烈,略为退缩,晃眼强行冲起将佛光敌住,怪徒神色又复自若。朱由穆见状,将手一指,佛光重盛,五彩光墙又复后退。双方进退不已,似此相持到了天黑,精光祥霞照耀之下,四外峰峦齐幻异彩,更是奇观。申屠宏知道天残、地缺尚未出现,还不到下手时期,且喜双方全未惊动,便耐心静候下去。中间姜雪君几次想要扬手施为,均吃朱由穆止住。到了后来,光墙似知不是对手,已不再往前冲起,却挡向云屏前面。这一改攻为守,看似势衰,佛光反倒不能再进,成了相持不下。

姜雪君意似不耐,叱道:"老怪物!你以为将元神附在孽徒身上,人不出面,只凭这万千游魂所结的挡箭牌,就可免难么?除照我们先前所说,将两孽徒献出,当面责罚,念你二人虽是左道旁门,除喜护短任性、夜郎自大,和这次包庇双凤山两小外,恶迹无多,只要肯认错服低,便可无事。否则,我不似朱道友仁慈,一发无音神雷,你这千万游魂炼成的保命牌和你这老巢,齐化劫灰了。"随听洞中有两人怪声怪气,一同答道:"你当我弟兄怕你们么?不过你们来得凑巧,正赶有事,暂时无暇罢了。是好的,少时我弟兄自会出来见个高下。你要不怕造孽,无音神雷只管发放,看看可能伤我分毫?"话未说完,忽听当空有人大喝道:"老怪物,少要说嘴。你明知姜道友可怜这些游魂,用意只想迫你俩出头,不肯下此杀手。得了便宜,卖乖作甚?本来是我的事,被朱、姜二位赶在前头。我夫妻照例不喜两打一,小和尚已经抢先,只得让他。原想你这两个老残废自负多年,既敢纵徒为恶,包庇妖邪,人已寻到门上,总该把你那些鬼门道使点出来,令人见识。始终藏头不出,已是无耻,还要发狂言,空吹大气。我夫妻绝不打帮槌,朱、姜二位道友也无须人相助。只是来了半日,看着闷气。我夫妻也不与你俩动手,只将你俩这龟壳揭开,省你俩无法出头,你俩看如何?"申屠宏早看见神驼乙休同了韩仙子,突在乌牙洞上空现身,相隔洞顶危崖不过数丈高下,可是说话声音,却在朱、姜二人身后列峰之上,正与相反。再一回头注视,果然又另有一个神驼乙休在崖对面相去里许的小峰之上立定,戟指喝骂。韩仙子却未在侧。怪徒闻声,一齐朝前注视,身后崖顶有人却并无所觉。知是身外化身,难得是两下均能一样言动施为,各行其是,心中好生赞佩。乙休话未说完,朱由穆已经插口大喝:"驼兄住手!我不捡人便宜。老残废可速出现,免得驼子用身外化身、五丁神掌将你牢洞抓去,被人逼出,平白现世。"

话还未了,乌牙洞上空的乙休听朱由穆发话阻止,早不等说完,手伸处,立发出五股长虹也似的金光飞射下来,将乌牙洞连崖顶一起搭紧。乙休随纵遁光飞向空际,口喝得一个"疾"字,那高广十多丈的一座危崖,连同当中凹进的乌牙洞,立似齐地面铲去,一片裂石之音过处,齐整整与地脱离,吃乙休手上五道金光抓起。刚刚悬向空中,先是青蒙蒙一片淡烟闪过,猛听天崩地裂一声大震,那座危崖忽然自行炸裂,宛如千百巨雷同时爆发,那石崖已化为百十丈大一团烈火,声势猛恶,从来罕见。乙、韩二人同时不见,只剩小峰上面乙休原身哈哈大笑道:"老残废惯用心机,平白将你俩的牢洞自行炸裂,闹得少时无家可归。你俩多年炼就的灵石真火,可曾伤我分毫?白便宜山妻炼一纯阳之宝。"说时,韩仙子也在峰上现身,腰间挂着一个黑葫芦,扬手一招。崖石爆发所化火团本悬空中,立时电驰飞去。申屠宏先还奇怪,雷火怎会聚而不散?这才看出火外还包着极薄一层光网,淡如轻烟,火光强烈,如非慧目法眼,休想看出一点痕迹。韩仙子见火团飞到,将手一指,火团便裂了一口,自向葫芦之中钻进,晃眼全消。笼在火外的青色淡烟,也往韩仙子袖中投入,同时不见。对面云屏之上,五徒忽然一闪不见。跟着云屏敛处,先飞起一团黄气、两道青光,将朱、姜二人的佛光剑光接住。同时现出两个一缺左腿、一缺右腿,相貌奇丑的孪生怪人,并肩而立,挨挤甚紧,须发皆张,神情好似忿怒已极。也不发话,一照面,便朝乙、韩二人并立的小山峰飞去。身上也未见甚遁光,连手足都未见动,飞起来却是快得出奇,人方出现,便已飞到小峰前面。申屠宏那好目力,竟未看出是怎么飞过去的。便是朱、姜两人那高法力,也似出于意外,未及阻隔,便被飞近身前。申屠宏因天残、地缺已经出现,一面准备贝叶灵符,一面朝前细看。就这瞬息之间,双方已经交手。

原来天残、地缺恨极乙休,本朝乙、韩二人扑去。不料对方知他巢穴一毁,又把灵石真火失去,必要情急拼命,事前早有准备,先前所见淡青色的光网,忽又出现。天残、地缺的太乙潜光遁法,虽不如佛家心光遁法可以神游千万里外,念动即至,但也迅速不可思议,去势又猛,差一点没被撞到网上。同时朱、姜二人见两老怪物一言不发,纵遁飞来,竟舍自己,朝乙休夫妻扑去,佛光、飞剑也吃那黄气和两道青光敌住。知两老怪物得道年久,在各异派旁门中独树一帜。所用二宝,乃二人昔年在两极尽头,采取千万年前遗留,快要积成星球的混元真气凝炼而成,青黄二色,一清一浊,分合由心,威力至大。此外,尚有一件异宝,乃南极磁光炼成,更是厉害。这三件法宝,多高法力也不能破。看去虽只一团黄气,大才尺许,如在当地破去,一经震裂,五千里方圆以内,立被鸿蒙大气布满,自相激射震裂,地震山崩,洪水怒涌,烈火烧空。在此震圈以内,人畜生物固全毁灭,弄巧还要蔓延开去。所到之地,气重如山,生物遇上,立即闭气裂腹而死。非俟二气日久自分:轻气上腾,为云为雨,大雨数年;重浊之气,受了雨湿凝聚,化为土石下降,方始停歇。虽不似天地定位以前那么厉害,灾区相差悬远,也须经过数十百年才可无事。震圈以外,人物虽不至于死亡,水火天时之灾,也多受波及。端的厉害无比。

老怪物对此三宝一向珍逾生命,不特与人对敌从未用过,并且多年来均深藏在所打坐的崖洞山腹之内,亲身坐镇守护,连门人也不令见。原备于三百年大劫临身之时,去往两天交界之处,把应遭劫的几个同道至交也约了去,仗此三宝抵御末劫。论起为人用心,并不算恶。只是自恃成道年久,法力高强,性既骄狂自傲,又专以一时喜怒来分亲疏。怪徒每喜结交妖邪,横行为恶,尽管法严,事后也必责罚,但因师徒情长,当时必加护庇,与对方为难,从未清理过一次门户。尤可恨是无论是甚极恶穷凶,如双凤山两小之类,遇到危临事败,无可幸免,只要肯低首下心,忍受苦痛恶气前往求告,碰到二人高兴头上,也必援手,不稍顾忌。结怨甚多,人却奈何他俩不得。朱由穆前生有两好友,便吃他师徒大亏,几乎惨死。彼时激于义愤,未及往寻,便奉师命转世。上次峨眉开府,恰遇见当年肇事的两黄衣怪徒,事已过去,两友已经仙去,本想放过,两怪徒反向自己招惹,逃时叫阵。因值有事,迟延至今,方始来会。对这三宝,事前原料对方防避佛光击破,绝不敢用。不料竟自施展出来,必是恨极乙休夫妻,又知自己和他俩一样顾忌,不肯造此浩劫,佛光威力神妙,非此不敌之故。老怪物尚是初会,果然有点门道。本心不想除他俩,只是忿其纵徒行凶,略加做戒。虽然备有制他俩之法,照此神通,委实不可轻视。如果对方情急,豁出两败俱伤,大家造孽,自将大气爆散,佛光还不能收回。见姜雪君不等对方冲向光网之上,扬手先是一粒无音神雷发将出去。媖姆的无音神雷何等威力,势更神速,发时并无声音,多厉害的妖邪一被打中,只金光一闪便成劫灰,甚或形神皆灭,万无不中之理,哪知对方竟似预先知道。金光闪处,高地大片山石全成粉碎,尘雾高扬,涌起数十丈高下,地也击碎了一个大深坑。再看天残、地缺,人已飞出十里以外。金光闪过,人又飞回原处，手略一扬，那高涌天半的尘雾立即消散，行动端的比电还快。同时每人肩上发出一片五色奇光，流辉四射，耀眼生缬，冷气森森，老远都觉逼人。

姜雪君见对方已将两极磁光所炼之宝发出，便将师门至宝天龙剪化为两道金碧光华，交尾而出。天残、地缺二次飞回，本仍想朝乙休拼命，一见此宝，知道厉害，只得暂停。双方斗在一起，动作都神速，原是瞬息间事。朱由穆心念微动，还未及出手，乙休已哈哈大笑道："我向不喜以多欺少，似他俩这等老残废，两人只能算得一个，连山妻也无须上前。既是专来寻我拼命，有我一人足够发付。小和尚和姜道友速将法宝、飞剑收转，停手观战。我先看看他俩那混浊之气结成的坏包，是什么玩意？"说罢，不俟答言，身形微闪，化作一道金光，惊鸿刺天，朝那黄色气团飞去。气团原吃佛光包没，停空相持不下。申屠宏是个行家，早看出气团虽小，重如山岳，佛光虽然将它包住，并看不出能够破它。金光正要往佛光之中穿进，忽听朱由穆大喝道："驼兄不可负气，老怪物虽然可恶，此是他俩的命根。你将此重浊之物送往两天交界之处破去，也颇费事。他俩不过借此抵挡，便敢造此大孽，我也早有防备，绝可无害。还是由我与姜道友对敌，老残废若是服输便罢。快请回来，免他日后说嘴，道我又请帮手。"乙休不理，依然冲光而入。朱由穆知道乙休欲以全力大显神通，将此宝送往两天交界之处毁去。此次来时，曾接妙一真人飞书相劝，又遇师弟李宁代传师命，本心不欲过分。惟恐乙休记恨对方袒护妖邪，结局虽将双凤山两小除去，因被连次作梗，不特大仇元凶几被漏网，韩仙子失了几件法宝，连所居白犀潭水宫也几不保，又结下许多无谓仇怨，必不甘休。又知妙一真人密令门人暗有安排，为防乙休走极端，特意赶在前头，故意虚张声势，把事情揽在自己身上。不料乙休久候不耐，依然出手。一见不听拦阻，气团渐有上升之势，只得发挥全力，指定佛光，连金光一起包住，不令上升。双方功力原差不多，气团早变成了一个极大光球，金光、佛光齐焕霞辉。双方再一进一退，便在当空上下滚转，气象万千，壮丽无伦。

朱由穆一面阻住乙休，不令飞走；一面寻思："两怪物幸吃姜雪君绊住，不然事更难测。此时势成骑虎，除却最后一着不能取胜，否则乙休也绝不善罢。"又见天残、地缺手掐灵诀，知他俩也要施展杀手，用玄功变化应敌，便喝道："老残废！并非我们倚仗人多欺你俩，只为驼兄恨你俩自不为恶，却喜庇护妖邪，想将你俩御劫三宝破去，以示做戒。我想强行劝阻，你俩也看见了。再不服输，驼兄法力高强，我一个阻他不住，你俩数百年苦炼之功，付于一旦了。你俩那小诸天邪法和玄功变化均无用处。如嫌我们多了一人，我请姜道友停手，由我和驼兄对敌如何？"此时天残、地缺也是气急之下，竟没想到对方知他俩运作如电，早有成算。闻言暗想："自己原不舍的这两道磁光，才被绊住。只要对方天龙剪一收，立可施展玄功变化追上仇人，乘机下手，与乙休拼个存亡，免得施展杀着，为害生灵。"闻言，正在准备，谁知姜雪君已得暗示，天龙剪往回一撤。三方动作均快，又是同时发动。就在这将要飞起，时机不容一瞬之际，朱由穆大旃檀佛法已经施为。天残、地缺刚收转两道磁光，要往上空飞起，猛闻到一股旃檀异香，当时心神便觉迷糊，知道不妙。怒喝一声，手才往起一招，意欲拼命，忽又瞥见一片祥霞，由侧面峰上冉冉飞堕，看去并不甚快，可是才一入目，全山立被笼罩在内。同时空中出现一个身高丈六，形与观世音相似的一尊菩萨，头上环着一圈佛光，手执一朵青莲，拈花微笑，凌空而立，宝相庄严，气象万千。一时祥辉潋滟，花雨缤纷，一派祥和景象，与先前金光宝气满空激射飞舞，形势迥不相同。二人便清醒过来，只觉天机宁静，通体一片清凉。不特先前怨毒嗔怒之气一齐化为乌有，连发出去的那些法宝也全回到手上，仿佛噩梦初回，并无其事情景。

二人言行心念本都相同，猛想起身非佛门中人，此时空中忽现佛菩萨金身，所用法宝又复无故收回，直如未发，必是敌人施展大旃檀佛法，身已受制无疑。多年盛名威望，不料毁于一旦。心中一急怒，神志刚又一迷，同时空中飞剑、法宝，连同强仇乙休元神所化金光，也均不知去向。这时二人已为佛法所制，随着心情反应，成败所关，仙凡系于一念。当嗔念才起之际，已经神志不清，周身火热欲焚，忿怒之下，再生先前恶念，立为本身真火所焚，堕入轮回了。总算二人苦炼千年，法力高深，神志尚未全昏，见空中宝光全隐，心中一动，忙往左右查看。目光到处，乙休已经回到原处，身前光网已收，连同山石上分立的朱、姜二人俱在向空顶礼膜拜，神态十分虔敬，满面喜容，哪有丝毫敌意？再看侧面高峰之上，现出一个葛衣矮胖少年，不由大悟。

原来二人日前曾算出为了自己一时负气，护庇妖邪，始而势成骑虎，欲罢不能，终于树下强敌。事后虔心推算，不久便有对头寻上门来，此次斗法，竟关系到成败安危。恰巧日前珠灵涧有人斗法，刚算出取经女子和一同伴是个救星，设计引来，向其借用灵符，偏又不答应，被人隐形潜入，冲破禁网，带了逃走。话已出口，不能向其作梗，或是自行强取。并且不到时限，经和灵符均取不出。后又再四推算，除此无救。自己那高法力，竟会推算不出详情，越知厉害。总算此女虽未明允借符，也未拒绝，又曾助她脱难，见时神情甚是感激，也许不致袖手。万般无奈之下，知道此女便肯借符，也在敌人到来以后。只得先把两个最招恨的徒弟隐藏起来，自在洞中打坐。表面故作大意，仅将护身云屏放出，并分化元神附在五怪徒身上，出来应敌。本想拖延时刻，以待解救。不料被神驼乙休所愚，将洞府连崖拔去。自己将计就计，暗放石火神雷，又吃韩仙子收去，失了一件至宝。连遭失利，怒火中烧。心料花无邪乃芬陀弃徒，与敌人多有渊源，日前不肯借符，必由于此。这时符当取到，并未送来，可知无望。多年盛名，就此断送，恶气难消。反正敌人难伤自己，好歹也须与之一拼。及至现身出斗，所恃三件法宝，又吃敌人分头敌住，两不相下，已是忿极。尤可恨是乙休竟想把将来御劫三宝中最具威力的混元一气球毁去，如何不急？暗忖：「你既无所顾忌，索性大家造此大劫。」恰巧敌人托大收回天龙剪，正要赶往，佛身忽现，法宝无功，自己也未离地飞起。正在心念起伏，周身火热剧痛之际，一见申屠宏，猛触灵机。刚自省悟，盛气一平，周身重又立转清凉，越知所料不差。本身功力原极高深，当时明白过来，刚双双顶礼膜拜下去，口呼：「我佛慈悲！」似觉一片祥辉透身而过，宛如醍醐灌顶，周身气机和畅，神志愈发空灵，哪有丝毫杂念。

正在潜光反视，静心休会，忽听身侧有人唤道："老怪物，齐道友嘉惠于你不少，今此佛光一照，异日天劫免去许多魔障。加上你那三宝抵御外魔，绝可无害。灵符已收，还不起来？"睁眼一看，自己跌坐在地，并未跪倒。旁边除先前五人外，又添了二人：一是凌浑，一是猿长老。以前均曾见过，猿长老更是对头之一。俱都含笑，环立面前。彼此都是有道之士，自然无须细说。本来胜败未分，又有佛力化解，芥蒂全消。从容起立，笑答道："以前种种，本属虚幻，不消说了。只是嘉客远来，蜗居已为乙道友所毁,只好请至小徒洞中一叙了。"朱由穆笑道:"道友你说此话,又入魔障。以前既是虚幻,怎会毁去?"乙休也微笑插口道:"道友仙府已为佛光复原。只是高足们不合私出观战,虽然隐形,并无用处,佛光照时,妄生嗔念,如非符收得快,几乎堕劫。现在人俱昏迷于峰侧崖凹之中,尚在受苦。只有小和尚能救,你我均难为力。可是这一来,气质已变,绝不再为盛名之累了。"凌浑笑道:"我向不服人,今日越看出佛法神妙,不可思议。只金身一现,佛光所照,弹指之间,不特在场诸位仁兄仁姊杀机悉泯,连我驼兄说话也文雅起来。自与驼兄相交以来,连峨眉开府,第二次又听到他这等吐属。早知如此,我和老猴头真不该藏得那么远。假使藏在左近,让佛光照上一照,好歹把我这身穷气和老猿的一身野气去掉,不是好么?"韩仙子、姜雪君等俱都觉得好笑。连申屠宏正向天残、地缺礼见,素来谨饬的人,也被他引得忍俊不禁,只不敢笑出声来。

天残、地缺闻言回顾,已早看出乌牙洞仍是好好的,原样未动。又知门人均在受苦,便请众人同往。申屠宏随往一看,怪徒共是七人,仵氏弟兄也在其内,业已昏迷不醒,面上各带苦痛神色。朱由穆道:"因申屠宏不是佛门中人,不能尽发贝叶灵符妙用。否则,此等西方至宝本有无上威力妙用,善恶转移之间,大千世界任何事物,哪怕化成劫灰,立可返本归原。二位道友也必回坐原处,不在外面了。他们七人,佛光不曾普照,如藏原处,便可无事。可是不如此,焉能转祸为福?可惜福缘还浅,因我也是劫中之人,不敢妄行收取。幸家师早知此事,已用佛家心光收去。如在我手,他们更是得益不少呢。"随说随将自炼佛光放出,照向七人身上。

第二六〇回　孽重忧危　离魂怜情女
　　　　　　　心灵福至　隐迹护仙童

　　约有盏茶光景，七人逐渐如梦初觉。天残、地缺立命向众礼见。并说："我弟兄二人早该成道飞升，只为性情奇特，延迟至今。多蒙齐道友命门人解围，居然转祸为福，与诸位成了朋友。现蒙佛法度化，备悉前后因果，孽根已净，连门人也变了气质，真乃万幸。我师徒九人稍事清修，便须出山修积。此后小徒在外行道，仍望诸位道友在便中相遇时加以教益。还有，此次虽是齐道友暗中主持，花、申二人实是首功。花无邪处境尤为可怜。适才默运神光查看，珠灵涧碑洞已被番僧连用三十六相神魔攻进头层门户。花无邪禅经已得，本可冒险遁走，但此女向道诚毅，因见经解梵文尚未全通，已拚以身殉道，定欲学全。仗着大雄禅功，二三两层禁制尚未失去灵效，一任风雷烈火猛攻，全未在意，现正相持。可惜佛法神妙，头层禁制未解以前，查看不出内里情景。又以日前此女不肯借符一用，未曾令人往助，否则也不致如此。我因番僧长于晶球视影，先前撤禁，本为等候此女送符之故。自见申屠宏道友省悟之后，便将原有禁网恢复，这里他绝查看不出。此女志行如此高洁诚毅，行路之人均无坐视。我意欲同了诸位稍逆定数，将这云南二恶除去，为此女永除后患。得经以后，再仗佛力化解夙孽，免去这十四年炼魂之惨如何？"

　　凌浑笑道："你两弟兄又想左了。我和小和尚、驼子夫妻，还有姜道友和老猿，哪一位不是和贤昆仲一样，专讲人定胜天的么？如能这样，随便哪位前去，也只举手之劳，何必劳师动众呢？请想她那前师芬陀神尼是什么人物，如不堪造就，绝不会收到门下；既收，绝不会再逐出。分明有意激励，设法玉成。稍可挽回，休说似她师父的法力，便一干师执之交，也绝无坐视之理。这十四年的苦厄虽极厉害，对她实有大益。我们爱之，实以害之，由她去吧。但那云南二恶横行川西云南等地，为恶已有多年。固然他们的结局也是徒种他年恶因，终觉气不过，我们到时自会除去。你两弟兄护身云屏，为小和尚佛光侵铄太久，不免受伤。这些游魂也颇可怜，我们走后，便须重炼，以免多受苦痛。花无邪危急之时，另有人来应援。我和猿长老秦岭归来，也许前往凑趣。你两个由她去吧。"乙休笑道："主人虽经佛力度化，但他们恩怨分明，根于天性。佛家原重因果，去原无妨，只不要早去便了。"

朱由穆笑道："乙道兄此话多余。主人法力高强，已知定数难移，无非想使花无邪稍减苦孽，异日少受上点磨难罢了。本来事尚凶险，因蚩尤墓中三怪执意想与幻波池易、李诸人为难，杨道友偶然对人谈起，吃所收古神鸠听去，得知三怪已经约好日子，由大、三两怪先往洞庭山寻岳韫道友斗法，只要打一个平手，便用邪法发出信号，由埋伏幻波池左近的二怪去向英琼、癞姑二人报复一刀之仇。恰巧杨道友所去之处，相隔幻波池只数百里。古神鸠和神雕佛奴鸟友至交，立即溜出，赶往幻波池送信，本意报警，令神雕转告主人，多加戒备。神雕为主忠义，知古神鸠专制这类僵尸恶鬼，当时用鸟语一激，不等发难，便先寻去。事有凑巧，三怪因平日自负，立有信条，犯他三怪的人，固是必杀无免。如在下手以前有人逞能，包庇作梗，便先寻这人作对，非获全胜，连生魂也摄去，绝不再与前人为难。并且一击不中，永不再发。此次为了看中幻波池藏珍、灵药，虽然双管齐下，毕竟有背向例，并料定岳道友不好惹，本就不甚愿意。妖妇乌头婆又往卑词求助，诱以禅经重利，已向大、三两怪力争，只要胜得岳韫，报仇何必急这二三日内？多年信条，万不可改，已经变计，应了乌头妖妇之约来此。大、三两怪飞行本极神速，路过大咎山，忽遇毒手摩什败逃回去，说起七宝金幢已落他仇人小寒山二女之手，破幻波池便有二女在内，双方仇人已结为一体。两怪知那七宝金幢也是他们的克星，闻言大惊，妄想赶往幻波池外，用邪法先摄癞姑生魂试上一试，途中正遇古神鸠，自然不放过。休看有名三怪那么高邪法，竟遇克星，连吃了好些亏，脑中元丹也几被神鸠抓去。后来情急，各用玄功变化，拼耗元神，施展阿鼻七煞。神鸠刚现败象，杨道友便已赶来，将两怪困住。后用邪法，向第二怪告急，隐形暗助,才得遁走。可是三怪元气受伤不轻,复原尚须时日。又知乌头婆已死,估量这里主人也不好惹,想等二恶夺经之后,再捡现成。否则,花无邪危机还要多呢。"

乙休道:"话虽如此,闻说后半部禅经连同副册经解,均刻在玉碑之上,还有几件法宝也尚未取出。前部禅经,末了也要藏于碑内,第五日上,碑文便隐。由经声止后算起,今天虽是第二日,但此后部禅经也不宜为群魔窃窥。上次分手,你与人所约时日已至,我还有事他行。此碑运走及保存,均非你不可,你真大意不得呢。"朱由穆道:"这个无妨,我固有成算,齐道兄也预有安排。申屠宏只等我们一走,便往幻波池请我李宁师弟去了。"随对申屠宏道:"你此次功劳不小,功力尤为精进。齐道兄日前谈起,颇有奖意,好自为之,前途无量。我们尚要往主人洞府少坐,不必等候。定数如此,无须匆忙,只在第五日内赶到,绝不误事。你先去吧。"申屠宏早就盼走,闻言拜谢道:"弟子待罪多年,幸蒙各位师执前辈恩怜,始有今日。此后重返师门,咸出恩赐,敢不勉畴。"又向姜雪君谢了上次义释女仙夫妻之德,然后分别拜辞。步行出洞,越过山去,再驾遁光往幻波池飞去,途遇神雕,引入洞内;见了李宁与诸女同门,谈完前事。

英琼笑问:"师兄过大咎山时,可见小寒山二女么?"申屠宏答道:"小师弟李洪赶回武夷,便要暗助谢家姊妹盗取心灯,他年幼喜事,也许跟了去趁热闹。他虽灵根不昧,法力甚高,这等强敌,既然有人出头,终以不去招惹为是。我见他行时甚是高兴,恐随了二女同往下手,不甚放心,过大咎山时,曾经隐形前往窥探。只见山顶魔宫外面,平崖之上,涌起一幢祥霞,静悄悄的,连个人影俱无。祥霞也极淡,日光之下,如换常人目力,直看不出。方想试探着近前查看,霞影中忽现出两个孪生少女,一立一坐,并无洪弟在内。同时遥天空中异声大作,妖光邪雾电驶飞来。东南方更有两道细如游丝,不用目力,直辨不出的金碧光线闪动,晃眼便要飞落当地。立的一个少女,又在朝我挥手。我虽未用本门心法,天蝉叶护身也极神妙,不知怎会被她看出。看神气,分明知我来历用意,必因妖党将来应援,恐我遇上生出波折,催我速走。我见洪弟未在,二女已可制胜,又急于拜见李伯父,便赶来了,未看下文,立即飞走。刚一离开,妖人也相继飞落,稍差一瞬,即被撞上,端的神速已极。"李宁接口问道:"你可看出妖人的形象么?"申屠宏答道:"来的共是五人,虽是初见,内中三人似是毒手摩什同类。只那化身金碧光线的乃是两个十多岁的幼童,各穿一身短装,赤着双足,头上顶着一朵拳大的金莲花,身上各缠着一条金碧光线,相貌也颇俊美,并无邪气,看不出是甚路数。"

李宁微噫道:"果不出我所料,这两人果然背师下山,党邪多事。小寒山二女如听我别时之言,只将他们惊走,或可无事。谢璎也还无妨。谢琳如恃绝尊者《灭魔宝箓》,加上李洪年幼,疾恶喜事,必定多所杀伤。固然此是他二人夙世因果,数应如此,但毕竟佛力广大,将来道成,仍可化解。诛戮邪魔无妨,这两人一伤,乃师必不甘休。小寒山神尼绝不出手伤人,何况二人之师前虽魔教,近已皈依佛法。他师徒父女并不为恶,老的法力甚高,七宝金幢妙用也所深知。除因二女得有佛门最高心法,功力又深,真灵已与此宝相合,不能夺去以外,并难以此制他。阮征遇他女儿纠缠,尚在他昔年旧居魔宫之中困了两年,受尽烦恼,如非定力坚强,几为所败。近方脱困,化敌为友。彼时阮征如与动强,直难幸免。李洪今生福厚,到处逢凶化吉,也还罢了。二人虽然灵根特秀,毕竟未到火候,如何能与李洪为敌呢?"

众人闻言,全都忧疑起来。申屠宏更和阮征、李洪几生患难,骨肉至交,正想询问:"李洪在内,怎未看出?这两个对头的师父是谁?"易、李二人尚义性急,好友同门,均所关心,已经纷纷请问。李宁却向申屠宏道:"你未见李洪,以为他不在内么,七宝金幢神妙无穷,任何隐形妙法均无用处。当运用时,千百里内人物来往,均可由内查看。李洪也真胆大,他原是背师行事,不特同去,并代二女主持心灯。见你去后,恐遭劝阻,所以隐形。在金幢中看出各方妖邪强敌纷纷赶来,防你众寡不敌;又恐你对敌时久,误了花无邪取经之事,才令二女现形示意,催你快走。内中人本可随心隐现,你自然看他不出。阮征非但脱困,并将屡生宿孽化去,连受将近两年的磨折,终以坚诚毅力战胜,未施一点法力。结果对方也受感化,同受其福。他那对头原是个女子,此女之父便是你所遇头顶莲花两幼童之师。所居在云南高黎贡山西南,与缅甸交界的火云岭绝顶神剑峰上。你与阮、李二贤侄几生至契,此时听我一说,你想必知道了。"申屠宏闻言,得知阮征夙孽居然化解,不禁惊喜交集。英琼笑道:"这家父女师徒是谁,如此厉害？爹爹怎和申师兄打哑谜，不说出来呢？"

李宁道："你们迟早必知底细。一则，此事说来话长，我就要走，无暇多言；二则，此人现虽改归佛门，嗔念犹存，更与有名异派散仙苍虚老人同一积习：人如无知相犯，他并不以为意；如知是他而与对敌，或他自道姓名仍不认罪服输，必杀无赦。至今未参上乘佛法，也由于此。但他所习法术和两件法宝，实具释、道、正、邪诸家之长，别有妙用，绝不可以轻敌。我料谢琳必树强敌，你们与二女至好，若知此人姓名来历，也许遇事还可相助。他见你们末学后进，又这等好资质，不特不致为难，弄巧故意任你们解围而去。但他姓名来历，必在你们去时说出。二次相遇，再与为敌，便须由他喜怒行事，难于逆料了。此事得知，反有害处，先说作甚？来日方长，足够你们应付。以前所说，务须谨记。我们已经迟了些时，花女正在危急，另外虽有救星，仍非我和你朱师伯去，难收全功，我走了。"英琼等知留不住，方欲恭送出洞，李宁笑说："无须，我二人自会飞出。我去十日之内，此处便有事故，最好暂时守洞待敌，不要无故轻易外出，事虽一样，到底要省好些心力。"说罢，将手微扬，一片金光闪过，便带了申屠宏冲开禁制，飞将出去。

申屠宏满拟遁光已隐，路过大笔山，还可就便观察。后见李宁竟自绕越过去，径飞崆峒，不知何意，只得罢了，心中仍是惦念李洪不置。飞行神速，比来时还要快得多，不消多时，已离崆峒山不远。遥望珠灵涧，烟光交织，风雷大作，恶斗方酣，暗忖："此人与番僧为敌，自是花无邪的援兵，怎也看不出他来历？"心念才动，人已飞抵当地上空。李宁忽将遁光停住道："花无邪的好友吕璟，竟背师命来此，现与云南二恶正在相持。大番僧魔法颇高，花无邪真形已被摄去。我们到得恰是时候。早来，吕璟尚未赶到，花无邪不与见面，将来难免又生枝节；如到稍晚，天残、地缺感念花无邪借符之惠，必先出手，二恶自知不敌，必有毒计。固然禅经不会落于他们之手，今日已是第三日，二恶晶球视影只能查知大概，玉碑有佛法禁制，不能洞悉微妙，后部禅经再有一二日便要隐去。如被施展魔法，将碑沉入地底，连取前部禅经也费事了。我自起身，便用佛法隐蔽，番僧尚无所知。你可在崖左近隐形埋伏，只见洞顶冒起祥光，速将你那金环、神沙放出，以防二恶见势不佳，施展崩山下策。"说罢飞去。

申屠宏再用慧目往前一看，珠灵洞崖顶已被魔法揭去。番僧所用三十六相神魔，各由所持兵刃法器之上发出风雷烈火与各色光华，四面围定，正在朝下猛攻。洞前站着一个丰神挺秀的中年书生，右手掐着灵诀，左手平舒，抚着一个形制古雅大才五寸的小香炉，由炉中心发出一股青色烟光。初出细才如指，又劲又直，越往上越粗，到了空中展布开来，化为一座极大穹顶光幕，将全崖洞一齐罩住。四外妖光雷火为其所隔，虽然急切间攻打不进，书生面上已现悲忿之容。料知此人必是阳阿老人之徒吕璈无疑。花无邪真形为妖法所摄，人必昏迷，失去知觉。

申屠宏方在寻思，忽听大番僧麻头鬼王喝道："吕道友，我原料今日之事未必顺手。但是此经，我和令友均非此不可。我此时已不想据为己有，只求容我二人将全文读上一遍，经仍任她取走。你且问她，心意如何？"随听花无邪接口道："蛮人无信无义，王哥来时已经上当，几为所算，不可睬他。何况禅经上部被我藏起，眼前除我，只几位长老、神僧能解。经声已住，虽然后部禅经尚在碑上，日内也要隐去，就令他读，必难通晓。况我适才真形被他摄去，此时有佛门至宝防身，固然无妨，将来魔劫终于不免。我志已决，再挨一会儿，蛮人多年苦炼的神魔便化为乌有，他能逃生，已是幸事。此说分明又是诡计，等我容他入门，再用邪法连人摄走，逼索经解，再加楚毒。我如不是尚有些事未了，本拼以身殉道，早晚一样，已经豁出去了。你理他作甚？"二番僧闻言，面色越转狞厉，同声怒喝道："小狗男女，不知好歹！佛爷如此委曲求全，你偏不听。今日不将你们擒去，受我炼魂之惨，你也不知厉害。"说时，将手一扬，先前法台上的两朵血焰莲花忽又出现，往洞前飞去，势子却缓。大番僧又厉声喝道："你们留意，再不降伏，我这莲花往下一合，你那法宝立毁，人也成为灰烬了。"话未说完，先是一道祥光由洞中升起，到光幕顶边停住。申屠宏见李宁发出信号，忙即现身，把伏魔金环与天璇神沙一同飞出手去。紧跟着，又听两人怪声怪气，接口冷笑道："只怕未必。"那声音听去甚远，似在后山一带，但是来势神速已极。话完人到，两个死眉死眼的黄衣怪人，已在空中现身。四外空空，凌虚而立，一扬左手，一扬右手，看神气，似要往那两朵血莲抓去。

申屠宏刚看出是天残、地缺两老，不知怎的，只现身一闪，忽然不见。

同时一道佛光，金虹电射，由当空直射下来，晃眼展布，将那三十六个身高丈六、相貌狰狞的有相神魔全数罩住。同时在西南天空中，又有一片青霞电驶飞来。这原是瞬息间事，又是同时发动，势疾如电。番僧瞥见申屠宏突然现身，天璇神沙金星电射般潮涌而来，方觉此宝厉害，天残、地缺又现，不禁大惊。但心仍不死，咬牙切齿，待作最后一拼，未容打好主意，佛光已将神魔罩住。愈发手忙脚乱，忙即行法回收，已是无及。青色光幕忽然撤去，下面祥光突涌，佛光往下一合，只闪得一闪，神魔全数烟消，心灵立受巨震，知已受伤不轻。总算神魔已为佛光所灭，不曾倒戈反噬，功力又深，一有警兆，立将心神镇住，不曾反应昏迷。知道对方救星云集，再不见机，万无幸理。以为血莲尚未飞抵洞前，未受波及，还可保全。慌不迭将手一招，并纵起魔光，待要带了逃走。不料申屠宏临敌最是机智稳练，伏魔金环早已准备应用，佛光一现，更不寻思，一指满空霞雨金星，改朝番僧冲去。金环也化作一圈金霞，脱手飞起。一见番僧手忙脚乱之状，忽然想起二恶数还未尽，两朵血莲乃魔教中心灵相应之宝，如能破去，日后害人，便要减少许多凶焰，岂不也好？心念微动，金霞立向血莲飞去，恰好迎个正着。神沙星光再返卷回来，两下里一凑，相次裹住，随化血雨爆散，金霞再一闪动，全都失踪。二番僧一见如此厉害，当时亡魂丧胆。百忙中又听空中有老人口音大喝道："我向来不打落水狗，来晚一步，便宜你们多活十数年，结局仍须死我门人手内。逃生去吧。"二番僧已经逃出老远，犹觉声如霹雳，听去心脉皆震，哪里还敢稍为迟延，就此逃去，只把花无邪恨入切骨。不提。

番僧刚逃，便有一幢金光祥霞涌起一座神碑，左右分立着朱由穆和李宁，由崖洞原址冉冉升起。朱由穆朝下面点首说道："我二人急于护送神碑，往复师命，不及与道友叙阔。令高足来此，实出不得已，还望道友从宽发落。我们改日登门拜访吧。"说罢，佛光忽隐，不知去向。申屠宏再看洞前，立着一个白发白须，面如红玉，黄衫朱履，手执拂尘的老人。吕、花二人分别拜倒在地。知是在海外闭宫隐修多年，新近方出走动的吕璟之师阳阿老人。方想上前拜见，老人已指着吕璟说了几句话，青霞微闪，便自飞去。近前一看，吕璟满面愁苦悲忿之色。花无邪仍是那么玉立亭亭，神态从容，手上托着一个布口袋。见了申屠宏，先为吕璟引见，然后说道：

"此次多蒙道友相助，且喜大功告成。这布口袋内便是神碑、藏珍，连前番所得，共是九件。禅师留有遗偈，除道友前收伏魔金环、西方神泥，与李道友所得金莲宝座以外，尚有一粒龙珠，我暂借用。袋中共有五件奇珍和四十九粒化魔丹，此时还不到开视时候，道友带回仙山，妙一真人自有分派。我这次因吕道友知我危急，拼受他师父重责，持了师门镇山之宝来此应援，几为邪法所污。阳阿老人原知此事因果，只为一时疏忽，为佛法所掩蔽，没算出采薇大师护送神碑一节。由海外施展他多年未用的太清仙遁赶来，到得恰又稍缓须臾，见此情势，越发不快。如非采薇大师前生曾与交好，行时说情，吕道友受累更重。就这样，行时仍罚吕道友回山，将一十九炉灵丹炼成以后，尚须鞭打一顿，罚在外面乞食数年。炼丹虽苦，于修为上反有进益。那行法的蛟影鞭，却是难禁。最厉害是那行乞，事前本身法宝法力全要追去，直比凡人强不多少。更不许受人分文和向朋友求助。他生性耿介，日月又长，如何熬得过来？"

话未说完，忽听身后有人接口道："花姑娘，不必为令友担心，此时且先顾你自己的事吧。"三人一看，正是凌浑，忙同礼见。凌浑不等发问，便先说道："我和乙驼子以前专喜逆数而行。近听朋友之劝，虽不似以前那么任性，有时仍按捺不下。为了花姑娘心志坚强，爱莫能助，事前早和驼子、老猿商量，知道朱、李二位今日必到，并且一切均已算定，我们事前赶来，至多不令番僧摄去真形，结果花姑娘仍不能免难，反倒因此迟延岁月，多生枝节。与其这样，何如釜底抽薪，给云南二恶苦吃，先出点气，使其异日再炼有相神魔，难于成功，而那魔火威力，也因此减少大半。比起来此助威，实强得多。定数所限，仍难尽如人意。我原想和驼子夫妻分头埋伏在番僧去路左近，算计神魔一亡，他们必遁走。却没想到驼子有事他去，阳阿老人也会赶来。我们俱知此老轻不出手，出手便是辣的，向无虚发。他在岛宫闭关二十六年，连上次峨眉开府均未得去。近甫开宫出外走动，匆促之间，未及推算，以为番僧必无幸免。哪知他来得那么雷风暴雨，其势汹汹，竟连手也未伸。番僧因受你们几面夹攻，连受损害，心胆皆寒，再吃他挡住去路，竟吓得舍了回去正路，往相反方向逃走。我们看出番僧元气大耗，将来魔火风雷虽仍厉害，只要禅功坚定，苦厄虽所不免，难关必能渡过。驼妻韩仙子，想与老人见面叙阔，并代吕道友求情，知他飞遁神速,已经赶向前去。适听传声相告,吕道友罚仍不免,本身法力却不加禁闭,那一顿长鞭也从宽不打了。我没有追去,知道你们定必担心,特意来此送信。以后不论甚事,我必竭力相助便了。"吕、花二人拜谢不迭。凌浑道:"我不喜人谦恭多礼,无须如此。还有你二人,一个要赶回海外领责,一个来日有大难,今生所用法宝也须准备。尤其令师遗留的那件锦云衣,务须贴身穿好。龙珠用完,你只要心念峨眉,高呼大雄禅师法号,自会飞走。有此至宝护住元神,应劫之时,可免好多苦难。不过全身快被魔火化尽时,必须留意便了。你们先走吧。"花、吕二人立即应诺,分别拜辞,一同飞走。

申屠宏见二人走时,花无邪还不怎样,吕璟却在暗中切齿,悲忿已极。想起花无邪这么好一个志行高洁的修女,不久便吃云南二恶用魔火化炼成灰,再受十四年炼魂之惨,稍一疏忽,元神也为地火风雷所化,身受如此惨酷,朋友一场,爱莫能助,好生忿慨。凌浑见他义形于色,笑道:"他二人原是欢喜冤家,已经历劫五世,女的夙孽更重。到了今生,因受芬陀大师点化,方始勘破情关。再经十四年苦厄,脱困出来,便以元神成真。吕璟也必受她点化。此举于他俩人实有大益,本人心志又强,不便逆她。否则,我们助她脱难,岂不易如反掌?只是蛮人下手惨毒,明知不行,仍想由此女口中逼出梵文经解,并且居心险诈,便此女肯献出来,仍是难免,令人不忿而已。你与她也颇交厚,如不服气,乘着师长未回,何不找点事做?还有你那徒弟,怕你不肯带他,你又再三禁阻,不令来此探看,急得在山口外不住背人祝告,眼都望穿,你也应该把他带走才是。"申屠宏便说:"我不放心李洪,欲乘恩师未回以前,就便往大笤山一行,尚不知能去与否,如带龙娃,未免不便。意欲先往嘱咐他几句,大笤山事完,再来带他同行。还有花无邪之事,既承师叔见示,此女实是可敬可怜,不知有无方法,使其减少苦孽?仍求师叔赐示。"

凌浑笑道:"这两件事,我早想好。你先往大笤山去,别处你还有事。事完照我柬帖行事,内有灵符一道,去时应用,便不致被蛮人觉察。他们原是云南玉树乌龙族中两个蛮子,幼时在海心山采药,本是踏冰过去,不料附近火山爆发,海中冰解,无法回转。为避狂风,误入魔教中一个主脑人物所居魔宫地阙以内,巧值每三百五十年一次开山之期,不但没有送命,反留在宫中百零九日,除传授魔法外,又赐了两部魔经。并说西昆仑有一破头和尚,乃他师叔,命持魔经前往求教。蛮人将人寻到,炼成魔法以后,横行云南,无恶不作。破头和尚是个汉人出家,得道早数百年,人更凶恶乖戾。因和血神子郑隐争夺魔教中秘籍血神经未成,反遭大败,心中忿愧,立誓此仇不报,绝不出世。蛮人本与他貌合神离,这次劫夺禅经,本来欺他闭居山腹,不使与闻。现见花女大援甚多,又知血神子已经伏诛,必往求助。秃贼前在西昆仑山腹隐居,禁闭甚严,与外隔绝。本是负气苦修,入定多年,竟将一次劫难避过,越发自恃。不知修道人的本身劫难,非到临头,极难尽悉天机微妙。蛮人前往一说,定必静极思动。如将此人除去,功德不小,并免花无邪每日魔火风雷之外,更受金刀炼魂之厄。就便再给蛮人一点苦吃,岂不也妙?我看龙娃喜气已透华盖,绝无凶险,只管带去。如不放心,你将他放在大笞山北山谷崖洞之内暂候,事完同走便了。"

申屠宏料无差错,方在应诺拜谢,凌浑人已飞走。忙赶往谷外,龙娃果然独坐谷口,向内探头遥望。见面喜极,便同往他家中,给乃母留了一些金银,然后走向无人之处,往空飞去。龙娃对师亲热异常,从见面起,老是喜形于色,把师父叫不绝口,不住请问对敌情形和往返幻波池经过。申屠宏本就爱他天真,素性又极和易,见他问得甚详,心想:"此子根骨虽差,但极聪明至诚。本要带他在外经历,此时所问,俱是本门师执尊长名姓法力和诸妖邪的来历,而幻波池地阙仙景,日前也听自己谈到,却未问起,也无歆羡之意。小小年纪,竟能逐处留心,分别轻重,实是难得。"心中一喜,便有问必答,不厌其详。龙娃一一记在心里。仗着师父带了同飞,天际罡风吹不上身,问答方便,竟连大笞山斗法起因及此时情形,全听了去。师徒二人且谈且行,不觉行抵大笞山绝顶不远。依了龙娃,还想跟去。申屠宏终觉累赘,不令同往,先往北山谷中降落。遥望绝顶之上,双方似在相持,佛光祥霞,反倒加盛,不似上次经过时隐晦,看出谢、李三人正占上风。这班妖人,均非弱者,本心为防李洪误伤那两个头戴莲花的道童,意欲觑便解围,不令树此强敌。照所见形势,谢、李三人分明着重化炼毒手摩什,仗着七宝金幢防护,未怎出手。自己守着李宁预嘱,既未打算助其诛杀妖邪,稍为延迟无妨。

当地邻近魔窟,龙娃无甚法力,只身在此,休说遇上妖邪一流,便厉害一点的猛兽，也禁不住。虽有李洪所传法术和隐形绢符，但是学习日浅，功力不够，只能用来防御蛇兽，如遇妖邪，反而有害。绢符虽可以隐形飞遁，但又人地生疏，不知逃处。再因事急寻师，遁往山顶，更是可虑。本门隐形已极神妙，天蝉叶此时实是多余，便取出来交与龙娃，传了用法，择好藏伏之处，令其将身隐起，不可出现。为防万一，并在外面下了一圈禁制。龙娃大喜，立即跪请传授，说："师父去后，不知久暂，适见附近果树甚多，如知收撤之法，便可随意出入，弟子绝不远走便了。"申屠宏也觉这地方是个窄小隐僻的崖穴，龙娃年幼，独个儿禁在内，也实气闷，一个忍受不住，走出圈夫，便不能再返原处。本想传以出入之法，再见两手牵衣，依依膝前，仰望自己诚求之状，一时怜爱过甚，竟连收发口诀也同传授。初意还防他功力太浅，到时遗忘，或是临事疏忽，想将衣襟割下，留道灵符备用。哪知龙娃向道诚切，逐处用心，加上服了阳阿老人两粒灵药，灵智大增，自从领了本门心法，日常勤习，数日之隔，居然大有进境。因见师父常用此法封禁学塾，每次旁观默记，除功力不济，不能由心运用，便生极大威力妙用，仗以擒敌，外人绝难发现侵入，单是收撤复原，竟是一学就会，毫不费事。出手更是谨慎从容，一点不慌。申屠宏见他如此勤勉向上，自然更放心嘉许，嘱咐了几句，便即起身飞去。

龙娃初次学会本门禁法，高兴非常，师父走后，便在洞外演习，始而还用天蝉叶隐身。嗣一查看，那山谷隐于乱山危崖之中，四面更有高林掩蔽，岩穴左近草莽繁茂，高可过人，端的隐秘已极，觉着这等地方怎会有人到此？不由胆子渐大起来。又想起师父昔曾说起，本门禁法威力甚大，外人绝看不出；即或外人心生疑念，强行闯入，不死必伤，或者昏迷成擒。虽然初学，功力太差，多少总可生出一点妙用，意欲寻点物事，试上一下。无如天蝉叶也是初学，人在禁圈之内，自不须此；一出圈去，便须如法施为，始能隐形；一心不能两用，暗忖："此地绝无人来，便师父也说防备万一，事出多虑。一会儿工夫，有甚妨害？"便将天蝉叶收起，走出圈外。先寻了块山石，假当敌人，往禁圈中投去。接着按照师传发出法诀。只见一片金霞闪过，石成粉碎，一点也未侵入，越发高兴。连试了几次，俱是如此，不论是石块，是树枝，全部一触禁网，立即碎裂四散。意犹未足，又想寻个活东西试试。哪知当地野兽甚少，先在附近一寻没有，不由往前走去。等走了半里多路，忽想起禁法厉害，自己不过借以演习，却要白害一条生物性命。那蛇虎等猛恶毒物，又制它不住；兔子一类小生物，俱都与人无害，无辜弄死，岂非造孽？念头一转，忙往回走。快到崖侧，似有金碧光华一闪即隐。龙娃无甚经历，光又细如游丝，斜阳影里也未看清，同时想起："先前原和师父求说，绝不远走，如何忘却？虽然师父不在，也无甚事，终是违背师命。自身根骨又差，好容易有此仙缘遇合，理当时刻仰体恩师心意行事才是。只要用心勤学，将来飞剑、法术全可学会，忙这一时作甚？并且师父已去了好些时，想必快要回转。行时曾说自己坐功长进，与其出外贪玩，何如去往洞中打坐？既可用功，还讨师父喜欢，多好。"心中寻思，禁法已撤，便走将进去。

这地方本是危崖之下一个洞穴。左近还有两洞，比较高大，但颇污秽。这洞虽小，地势却好，外面还有丈许大小一片石地，上面危崖前覆，更有藤蔓下垂挡住入口，本不易为人发现。再一设上禁制，外观一片侧壁，绝不知内有洞穴。申屠宏行事谨慎，那禁圈又藏在藤草之后，除非来人揭藤俯身而入，便走到崖前也不相干。龙娃因觉不该走远，回洞时心中想事，稍为呆立了一会儿，方始走进。刚把禁制复原，用功打坐，忽听破空之声甚是劲急。龙娃知道师父飞行之声细微得多，不特没有冒失出外，反将天蝉灵叶取出，准备随时可以运用。方始伏身崖口，隔着禁圈往外张望，目光到处，两道白光已自凌空飞射，落向谷中，现出两个白衣少年：一个长身玉立，丰神俊秀，手持一柄玉如意，背插一口宝剑，腰系一个白玉葫芦；一个身矮微胖，方面大耳，相貌丑陋，背插双剑，两手各持一镜，斜对着四面乱照，镜光远射，宛如银电，不时向左手镜中注视，似用镜光照看，搜索甚物事情景，面色也极紧张。龙娃近来耳濡目染之下，已稍能分别邪正，暗忖："大笞山顶斗法正紧，这两人剑光、宝光均不似妖邪一流，来路又与山顶一面相反。自己在此半日，从未离开，并未见甚事故，这两人如此搜索，必有原因。"忽听身后似有极轻微的声息，心中一动，忙将天蝉叶随手一晃，隐身纵向一旁。

龙娃回脸细看，洞中竟多了两个十五六岁的幼童，各穿着一身莲花短装，赤着双足，臂腿裸露在外。都是星眸秀眉，面如冠玉，头上戴着一顶金莲花，前发齐额，后发垂肩，相貌甚是英美。装束一色，身材高矮也差不多，比画儿上的哪吒、红孩儿还要好看得多。内中一个已经受了重伤，头面身上好些血迹，满面忿激之容，倚着墙壁，坐在地上。一个本来掩向身后，不知是何用意。因见龙娃忽然隐身飞遁，神色似甚惊惶，先朝外面匆匆看了看，将手一扬，回身说道："我弟兄二人，因受仇人追迫，偏我哥哥受伤。仇人空中布有罗网，难于逃遁，来此暂避，并无恶意。我知你就在我前面，如蒙相助，异日必有重报。这里说话，外面绝听不出，就被发觉，来人于你也无妨害。你如愿意，请即出现商谈。否则，我弟兄死不皱眉，也绝不强人所难，只要答一个'不'字，我们便走如何？"龙娃素具侠肠，一见两人这身装束相貌和李洪相仿，本就心生好感。等话说完，忽然想起："来时师父所说往幻波池诸人，路上所遇头戴金莲花的两幼童，正是这等打扮，并还说起这两人来头甚大，此次帮助妖党，必是受人之愚。师父赶往大岔山，便恐李师叔不知底细，与人结怨，意欲相机化解，或到事急，助其逃去，不料在此相遇。追赶这两少年的，照那遁光，绝非师父所说本门尊长。好在不要出手，乐得助他，为李师叔解冤。"想到这里，立时收了天蝉叶，现身出来，笑问道："二位道长，只要有用我之处，力所能及，我必尽心，不知有何话说？"龙娃原因师父常说，在外对人务要谦和；又因初遇李洪，那高法力，却是一个小孩；自己初次从师，什么都不会，一心对人谦恭。以为师父虽未细说，既肯为这两人解围，必是师父同辈，所以这等说法。

两道童见龙娃如言现身，已现喜容，再见词礼甚恭，越发喜他。立的一个便凑近前去，拉着龙娃的手笑道："我也知你无甚法力，但你那隐身法和这五行禁制，均极神妙。我先见你禁法，颇似敌人一路，只一发现我们，撤去禁制，仇敌立时寻来。固然我们还有脱身之法，但受伤终所不免。起初对你也无十分恶意，只想将你制住，以免坏事。你隐身遁走以后，想起这等行事有欠光明，非我弟兄所为，因此和你明说。为防万一，我并还留有退步。不料你小小年纪，竟有这等胆识义气。此时彼此莫问来历，免你事后为我们受过。我们也别无所托，只要在我们仇敌罗网未撤，人未离去以前，同我们隐藏洞内，你也不可出去。还有你那隐形法宝，甚是神妙，我也不便相借。万一仇人识得禁制，搜寻进来，你只和我弟兄立在一起，由你行法，一同将身隐去，出洞不远，我便将你放下，自行遁走。你如能答应,将来不论甚事,只要你一开口,我必照办,另外还送你两件法宝。你愿意么?"龙娃也是福至心灵,记准师父化解之言,暗忖:"师祖仙府中法宝多着呢,只要我向道坚诚,必有赏赐。旁门法宝多是妖魂魔鬼所炼,我已见过,哪有师父师叔的好,谁稀罕它?"随口答道:"些许小事,理应效劳。我知二位道长法力甚高,这次必是不留神受了人欺。法宝、飞剑,将来师父自会赏赐,外人的多好也不想要。万一将来有事相求,二位道长如能答应,却极感谢。"道童闻言,喜道:"你这人真好。实不相瞒,本门法宝也难送人,本想另外寻找,否则现在就送你了。你竟不起贪心,我也不再勉强。既是这样,将来无论天大的事,只要你一言,我弟兄必允便了。"

龙娃忽想起师父不令他离洞,少时如何同人隐身飞走?话已出口,无法挽回,后悔末一节不该答应。洞外两少年本在谷中四处持镜查照,搜索甚细,这时忽然寻近洞外,正在说话。两道童面色立变,卧地的一个也被同伴扶起,打一手势,同凑近前,一边一个,将龙娃夹在当中,令其暗中戒备。龙娃知不能抗,再说已经答应了人家,转不如放大方些。便将天蝉叶取出施为,先将身形一同隐起,以示践言。二童同声喜谢,悄说:"就被仇人破法冲进,也无妨了。"话未说完,两少年已寻到洞外立定,一面持镜四下查照,面上同带惊奇之色。只听高的一个说道:"师兄,此事奇怪,莫要被这两个小鬼滑脱,却累我们白费心力呢。"矮的一个忿道:"凭我这两仪天昺镜,所照之下,绝难逃脱。何况我们追他们走时,知道小鬼精于玄功变化,滴血分身,老早便把如意五云罗暗放空中。大的一个,又为谢、李三位道友所伤。只可惜事前未用宝镜,稍为疏忽,吃他用两滴鲜血化成两个幻影,往相反一方逃走。等到警觉,你将幻影破去,我用宝镜查看,落在此地。虽然搜寻不出,但是人如逃出千里以外,阴镜人影定必消灭。如今阴镜人影尚在,阳镜却不现形。如用魔法隐藏,镜上又无形迹烟雾之类出现,真个奇怪。我料人必在此,如不寻到,用那根锁心神索将其制服,迫令立下誓约,将来必是隐患。如何可以大意呢!"高的道:"你休看宝镜一照之下,物无遁形。但师父说,此宝灵效仍非极品,如遇峨眉、青城两派玄门正宗禁制或佛法禁闭,便照不出。莫非正教中有人暗助小鬼隐藏么?"矮的道:"师弟你倒会想。谢家姊妹是佛门高弟,与各正教中长老门人多有渊源。李洪更是寒月大师门人、妙一真人之子。他三人在此诛戮妖邪，连我二人遇上此事尚且相助出力，岂有反帮对头之理？"高的道："这事难说。你没见李洪喊他大哥的那位麻面大头道友的行径么？如不是他用伏魔金环挡了一下，小鬼怎会遁走？至今我还疑他有心卖放人情。如非李道友和他那样亲热，又亲见他杀死两个妖邪，真要当他奸细呢。我们先前不问这事也罢，如今闹得势成骑虎，不将小的制服，回山一拨弄是非，老的必不甘休。师父又快闭关证果之时，已为蚩尤墓中三怪延迟了些日，岂不又要为此操心？"这时天空中忽有云光闪动，两少年好似有甚急事发生，各自眉头紧皱，将足一顿，破空飞走。

道童道："蒙你相助，仇人因恐所布五云天罗为毒火邪焰污毁，赶忙撤去。也许另外还有甚急事，不欲再寻我们晦气。现虽飞走，但是仇人诡诈，又持有两面宝镜，一离此洞，便易被他发现。平日无妨，此时我们有人受伤，元气已耗，好些法力不能施展，飞行也较往日要差得多。仍望你始终如一，用这护身法宝，将我二人隐送五百里外，便不愁他追上了。"龙娃闻言吓了一跳，随他们逃往近处已是违背师命，如再远出数百里外，休说无以对师，自己不会飞行，怎得回来？方想据理力争，问他们前后之言为何不符？忽听耳侧有人低语，令速允诺："远出无妨，自有人去接你，也不会令你走出那么远。"声音极低，料是师父传声，心胆立壮。同时侧顾受伤的一个，大汗洋洋，面色愁苦，似已难支。发话的一个似见自己迟疑，也现出不快神色，于是忙答道："我原在此等候师父，又无法力，不会飞行，惟恐走远相左。现见这位道长受伤颇重，想必急于回山医治，好在师父法力甚高，自会寻找。只好豁出受责，陪着二位道长同行了。"道童闻言，喜道："本来我不令你远送，无奈实逼处此。大咎山敌人只小寒山二女和一小孩。你那师父，可是先前仇人所说的大头道友么？"龙娃答说："正是，双姓中屠。"道童又道："有一阮征，你可相识？"龙娃原听师父说过，忙答："那是我师叔，入门未久，尚未见过。"道童朝受伤的一个对看了看，随道："我本不肯食言相强，你如不愿同行，还须冒险出探。既蒙相送，就此走吧。"随令撤去禁制，龙娃依言收法。只见金碧光线闪得一闪，便即随同凌空而起。刚同飞过两座山头，道童忽然侧顾喜道："仇人不知何事，竟未终场而去。今日之事，只这两人可恶，无须远送了。"随说，随同下降到地，说道："此地离你原处只六七十里，本想送你回去，无如事正紧急，只好由你跋涉，徐图报德了。详情无暇细说，如见令师，只说我二人近和他好友阮征有交，今日甚感令师徒盛情。令师必知我姓名来历，不致再累你受责了。"

龙娃原从李洪学会隐形飞遁之法，只是所去须有一定地方，不能随意飞行和远出百里之外，闻言方答："几十里路，自会回去。"二童已经相扶飞去，一道金碧光线，破空入云，转眼无踪。龙娃心想师父已知救人之事，并还愿意命人来接，好生欣喜。收了天蝉叶一看，四外并无人影，以为人还未来，或是误听。好在路近，正待行法自回原处，哪知遁法失效，连试三次未起。眼看夕阳已快落山，算计不会有人来接。这六七十里山路，跑多快，也须两个时辰，不走又不放心。正在愁急，寻路回跑，刚一举步，忽听身后扑哧一声笑道："你这娃儿，竟敢暗助敌人，放他们逃走，胆子不小。"龙娃闻言，大惊回看，正是李洪，不禁大喜，忙喊："师叔！"跪拜在地，急问："师父可曾怪我？我是照师父口气行事的。"

李洪拉起笑道："你这娃儿，专会取巧闹鬼，这便宜又被你捡上了。不过，田氏兄弟平日虽然好强，危急之际，也顾不了许多，彼时如不允助他，就许吃亏，连天蝉叶也被夺去。你师父见你遇事留心，应变机警，竟能体他心意行事，也颇高兴。我起初原恨他二人党恶助邪，后知受人愚弄而来，本已不想伤他俩。你师父再赶来传声相劝，我正想逼他们回去，不料谢二世姊的灭魔大法发动，即此已是他俩的克星。偏巧玉洞真人岳韫师叔两个门人孙侗、于端，自在武夷见到谢家两姊妹，便刻意结纳讨好。因听人说起火炼毒手，田氏弟兄助邪作梗之事，他知田氏弟兄所炼魔法已得他师父尸毗老人真传，近一甲子。乃师皈依佛门虽然未参上乘佛法，法力却极高强。他两弟兄最得宠爱，又学了好些本领，更有独门飞剑、金碧神锋和几件神奇法宝，甚是厉害，恐谢家姊妹功败垂成，竟把师门几件镇山之宝全带来了，恰在紧急时赶到，两下夹攻。如非你师父故意放出金环佛光挡了一挡，田氏弟兄休想全身回去。就这样，田琪还受了重伤，元气大耗，幸得田瑶用滴血分身护了乃兄，才得逃走。孙、于二人只顾讨好，一面发出五云天罗，一面用宝镜照形追赶。既要和人作对，又怕人家师父，打算追上，乘其受伤挫败，有力难施之际，强行擒制，迫令服输。只要不再与妖邪一党，回去不向乃师诉苦报复，便即放手，永罢干戈。也不想想，对方师徒是甚人物心性，田氏弟兄岂是受人强迫，便肯服低的？并且这次如非先为灭魔神光所伤，孙、于虽有师门至宝，也制人家不住。就被追上，乘人于危，如何肯服？

"这两兄弟照例同共祸福，一见不妙，定必铤而走险，拼舍肉身，只将元神遁去，双方立成不解之仇。老的把这两人和他一个前生女儿珍爱如命，以前闹了不少事故，由魔归佛，以致苦修多年，至今不能证果，全是为了保全他们。你阮师叔那么高法力，如非师门渊源，老的近来脾气略改，前年也几乎死他手内，凭这两人便想制服，如何能行？但他们自信大甚，素无交情，无法劝阻，已然对你师父生疑，如何化解，恰巧你阮师叔同时隐形到来，将我唤出金幢宝光之外，匆匆说起他与田氏兄弟渊源。可惜定数所限，晚到一步，不及阻止。你师父知我已无敌意，他正会同你阮师叔合用天璇神沙防护，又有强敌侵扰，不能分身，命我隐身赶来，相机化解。我到时田氏弟兄正与你相见，孙、于二人也自寻来，我一面传声与你师父，一面令你允诺。正想暗护你们三人，设法愚弄孙、于二人，遁出云网之外，不料又来强敌。那云网天罗，原与宝镜相辅为用，大笞山上空已吃神沙、神泥宝光笼罩，多厉害的邪法，也无所施。想是孙、于二人讨好过甚，仗着此宝可以如意展布，又相隔不远，于是连大笞山顶一齐罩住。本来妖人一见天璇神沙，定必知难而退，因为云网所隔，你阮师叔把宝光隐却十之八九，来势又急，匆促之间，没有看清，一到便用魔火阴雷往上硬冲，云网差点为其毁去。等到二人警觉收宝，他们的师父又在行法催归，只得怀着鬼胎赶回山去。总算云网未破，妖人冒失下冲，吃神沙裹住，毁了两件厉害法宝，负伤逃走。我先见孙、于二人说得颇好，法力也不弱，行事却如此冒失，看去好笑，不知是何缘故。田氏弟兄起初也是屡生修积，根骨甚厚，本来早该成就仙业，只为一点凤孽，转世不久，便吃他这位老魔头由危难中救出，收归门下。二人也真忠于乃师，誓不他投，立意随同乃师，以旁门魔道修成。近一甲子，方始随师改习正教。平日只是任性恃强，恩怨心重，虽与左道来往，有时遇事相助出手，本身却和乃师一样无甚恶行。我前生曾经人指点，见过一次，不曾交言。他们说话最算数，所允之言，必能照办。这次他们和谢家姊妹仇怨不轻，孙、于二人更无庸说，将来如由你化解，就太妙了。"

龙娃知要起身，涎着脸笑道："那山洞又窄又暗，师叔还叫我回去么？"李洪笑道："你这娃儿，真个胆大，莫非还想跟我到大咎山顶去么？"龙娃恭答："有师叔携带，不论哪里我都敢去，弟子还想听那盗心灯的事呢。"李洪道："热闹的事多着呢，岂止盗取心灯一件？此时火炼毒手正当紧急之际，无暇多言。我且把你带去，事完问你师父吧。只今日情势，比珠灵涧还要厉害。虽说毒手摩什原身早死，元神也将化完，但他炼就三尸元神，玄功变化。轩辕老怪邪法甚强，接应人多。稍被逃走一点残魂剩魄，早晚复原成形，仍是隐患。又有妖党环伺，乘隙发难。到时务用天蝉叶隐身，紧随我身侧，连话都不可说呢。"龙娃大喜应诺。

李洪正待起身，遥望大咎山顶，霹雳连声，满空星光霞雨四下飞射，先前隐伏在天璇神沙光幕之外的一些妖云邪雾，全被太乙神雷击散。随见四五道深赤、暗绿和乌金色的妖光血焰，带着极凄厉的异声长啸，分头逃走，其急如电，晃眼遁向遥空暗云之中，一闪不见。不禁又好气，又好笑道："我上阮二哥的当了。"龙娃问故，李洪朝前山看了看，笑道："你师父和阮师叔知道光幕之外必还隐伏着不少妖党，必是防我事完之后节外生枝。又知我爱你，假说田氏弟兄心性难测，你不允助他们，定必翻脸无情；而孙、于二人也在情急之际，又未见过你面，二人冒失手狠，如误当你是敌党，必不肯容，处境甚危。他们又须合用神沙，不能分身，令我来此相机暗护。不料竟有用意。现时妖魂全灭，群邪鼠窜，谢家世姊送完心灯，即回小寒山。这都不说，最可气是你阮师叔。他日前脱难之后，奉令往小南极，冲破太阴元磁极光，去助金、石诸位兄弟，合诛万载寒蚿。在天外神山遇到大方真人，令其赶回中土，向杨仙子借用九疑鼎和古神鸠。偏巧古神鸠为助鸟友神雕佛奴，与蚩尤墓中三怪结下深仇，要等过数日，始能借用此鼎，杨仙子命他就便来此相助。我与他二次见面，还在喜欢，难得师父又放了我三个月假，正想事完和他说好，均往小南极光明境一游，看看极光圈外、天外神山的奇景。他竟不辞而别，我偏和你守在这里不走。他只听你师父的话，真个丢下我一走，从此再理他两个才怪。他们嫌我惹事，我日内索性杀几个著名的妖邪，与他们看看。"

龙娃虽和李洪亲热，言笑无忌，闻言当他真急，但所埋怨的又是师长，要想劝解，难于措词。正不知如何说法，忽听空中有人接口道："洪弟，你错怪我和大哥了。此行正还须你相助；如何不辞而别呢？"龙娃一看，话完人到，突有两人自空飞落：一是师父申屠宏；那发话的是个重瞳凤目，身着青罗衣，腰悬宝剑的俊美少年，知是师父同门至好阮征，连忙礼拜在地。二人命起。申屠宏笑道："二弟说你见妖人逃散，谢家姊妹回山，不见我二人寻你，不知是在扫荡魔窟，只当二弟隐形走去，难保不负气发点牢骚。我还说是不会，来时行法查听，果然还是这等天真。"话未说完，李洪哈哈笑道："你们何曾猜对？不过我想和阮师兄一游小南极，看金、石诸兄弟的天外神山如何开发，又恐吃碰，不带我去。准知你们要查听我的言动，故意说些话探口气的。不然，就你二位，好意思不辞而别？当真你们人没走，我都看不出来么？二哥那么高法力，前生法宝日前已由大姊奉命送还，大哥又代你收了一丸西方神泥，怎还须人相助？如是哄我，却不行呢。"

阮征笑道："你太把宇宙极光看易了。我这二相环，近日威力大增，虽能控制极光，偏又带上一座九疑鼎，故非你和大哥相助不可。请想，乙师伯那么高法力，去时尚由地轴之下绕越过去，回来便难。也非真个不可，但他必须等候时机，还要少损元气，才能通过，可知不是容易出入的了。"李洪道："我们都去，那么龙娃呢？"阮征道："为了他事母甚孝，至性感格，已蒙教祖与乙、凌诸老恩怜，不但令其随往，还令在当地寄居三年，随我炼本门大还丹，脱胎换骨之后，再来中土修积呢。好在极光虽然厉害，有我三人法宝、佛光围护，便是凡人也能过去。此子福缘真个不浅。先听大哥说他根骨稍差，此时一见，根骨虽非上等，诚厚强毅，根于天性，人又灵慧，异日成就，必不在小哩。"李洪道："我三人无处可去，除龙娃外，无须饮食。弟兄久别，尚未畅谈，此地景物不差，山月已升，就在这里谈上一会儿，少时再定行止如何？"申屠宏因当地邻近魔窟，元凶群邪虽已消灭逃亡，终恐生事，方欲劝阻，阮征已先点头。再一想，凭三人这时法力，就有甚事，也是进退裕如，欲言又止。便由李洪先说本身经历。

第二六一回

怨毒种灵禽　白骨穿心腾魁影
缠绵悲死劫　金莲度厄走仙童

原来李洪由珠灵涧别了凌浑，起身往武夷山赶去，暗忖："谢氏姊妹乃师父前生爱女，来借心灯诛邪，为何不与，还要自己相助？藏灵子这道灵符又是何用？怎的非它不能借到？前在峨眉，闻说此次休宁岛群仙盛会，实因岛上许多地仙大劫将临，恃借这数百年一次的盛会，向我爹娘和各位有法力的尊长求助。所以爹爹此行为期最久，前后须去三次，与其他会后即去的仙宾大不相同。师父必被留在岛上，未必回来。就是回来，如其不允，自己是门人，也无相助世姊偷盗之理。"正想不出是甚缘故，哪知藏灵子有心以全力作成此事，法力又高，日前当头一掌，竟将元神分化，附在李洪身上。李洪因见对方父执之交，好心指教，事出意外，没有防备，心灵竟受遥制。那道灵符更是神妙，路上还在盘算，一到武夷，便只记着灵符必须转交两位世姊，始可将妖邪除去，永绝后患，别的全想不起，尤妙是，身刚到达，还未走进，便见小寒山二女飞来，双方见面，自甚欣喜。谢琳开口便问："我爹爹呢？"李洪见仙府云封，禁法未撤，知道赴会未归，笑答："我也刚回，师父大约还在休宁岛吧？"忽想起身畔灵符，连忙取出，说道："来时途遇藏灵子世叔，交我一道灵符，命转交世姊，说有大用。世姊请看。"谢琳刚一接过，一片红霞闪过，符上现出两行字迹，也是一闪即隐。心中大喜，忙即收好。并用传声告知谢璎，令其如言行事，李洪正与谢璎叙谈，刚觉符上有字，已经隐去。李洪问是甚字，二女同道："说来话长，我们进去再说吧。"

李洪随即撤禁，延入仙府以内。谢琳先将灵符取出，朝入门处一扬，又是一片红霞飞起，连闪几闪隐去，符已不见。然后落座，说道："我爹爹少时即回。我们来意,是想借那心灯,去除毒手摩什。照着爹爹本意,惟恐由此生出枝节,本不肯借。我虽然想好一个主意,但爹爹法力多高,岂能巧取?正在为难,不料有人暗助,事已可望如愿。不过,事情仍须洪弟相助,你却不许推辞呢。"李洪道:"只不叫我欺骗师父去偷,哪怕受顿责罚,也必照办。"谢琳嗔道:"洪弟忒小看人。莫非我所求不遂,便做偷儿么?就说自己父亲,事后可以涎脸请罪,也断无逼你伙同行窃之理。"李洪见她生气,慌道:"我不过一句笑话,如何认起真来?"谢琳笑道:"你说话气人么。其实前半一样瞒着爹爹,不过事有凑巧,仗着爹爹不曾明令禁止而已。我只问你,灯在你手,你肯不肯借呢?"李洪道:"如在我手,拼受责罚,也无不借之理。"谢璎接口道:"我看还是一面向恩师、叶姑通诚求告,等爹爹回来,明言借用吧。"谢琳道:"姊姊真迂。适才灵符现出,已经指点,并且到时自有机缘。适求恩师、叶姑,均无回音,当有原因,再求未必有望,弄巧还被爹爹警觉。偏生这几日无法求见,寻了去也是无用,时机甚迫,稍纵即逝。爹爹不知为何不允?万一坚执成见,说明更糟。好在诛邪除害之事,异日有什么难,我自当之。我真恨那妖孽,难得有此除他良机。豁出爹爹见怪,便做小偷,也所不计,何况无须做贼呢。"谢璎便未再往下说。李洪还想问师父如果不允,既不暗取,如何到手?话到口边,吃二女说话一岔,就此忘却。二女也不再提前事。

这日李洪正谈花无邪取经经过,谢山忽然走进,李、谢三人迎前礼拜。谢山笑问二女:"幻波池事完了么?"二女略说经过。谢山笑道:"那毒手摩什连吃大亏,必不甘休,你姊妹不久下山,却须随时留意呢。"谢琳乘机说道:"那个自然。便女儿们来此,也是想求爹爹相助,将这妖孽除去呢。"谢山道:"这妖孽在老怪门下最为凶残淫恶,委实能早除去得好。我此时尚难为谋,且从缓计议吧。"随对李洪道:"休宁岛诸位道友欲借心灯一用,但是此灯所存万年神油,本来无多,所余儿滴,又经叶姑和我先后用去。而休宁岛这次天劫,须用四十九朵佛火灯花,相差悬远。虽然此宝神妙无穷,无油也能应用,威力终差得多,休说这等数百年一次的天劫,便用以化炼具有神通的妖邪,也未必能奏全功,并且叶姑将来诛戮小南极四十七岛妖邪时也甚需要。这类神油本极珍贵难得,也是邪魔将亡,机缘凑巧,杨瑾道友在白阳山古妖尸无华氏墓中,竟将这神油无意之中得有甚多。事后分了一半送与令尊,因须炼过,始可合用,我在峨眉开府时,不曾索取。昨听令尊说,杨道友已用佛法将油炼成,恰可取来应用。此外尚有一事,须我亲往,必须半月,始可办完。特地回山一行,命你持此心灯,去向杨仙子求取神油。她此时已回倚天崖,去必获允。她正与蚩尤墓中三怪为敌,如有甚事,你只照她所说而行便了。还有,我这一去,需要三月始回。回山不久,你便同我往谒天蒙、白眉二位神僧,由此勤修佛法,七年之内,难得离山一步。你灵智虽复,童心犹盛,前生良友又均难满,重逢在即。好在我这里并不须人照看,你取来灯油之后,乘我未归以前,三个月内许你自在游行。但那神油必须在十四天内取到,仍放原处。只要将留存的灵符如法一扬,此灯即自向休宁岛飞去,你就无事了。"谢、李三人闻言大喜。

谢山手朝洞壁一指,一片金霞闪过,壁间现一尺许高的小洞,心灯便在其内。随将灯交李洪,传以存放启闭之法。二女笑道:"爹爹的心灯,原来藏在这里。将来女儿想要借用,爹爹不肯,便可偷了。"谢山笑道:"你们还像以前一样顽皮。异日有事,暂用何妨,说甚偷字?"谢琳闻言,首先跪谢。谢山看了她一眼,笑道:"你莫得意。你姊妹二人,独你习了《灭魔宝箓》,魔障也随之而生。你如一遇事便来借用,我并不一定再肯呢。"谢琳故意把樱口一噘,笑道:"习那宝箓,原为仰体爹爹心意,如今说了话又不算。女儿日后不用此灯便罢,如用此灯,不问明偷暗盗,一定到手才算哩。"谢璎知道时机成熟,父亲法力甚高,惟恐灵符时久失效,插口道:"琳妹说话全没检点,幸而洪弟不是外人,否则,和爹爹这等放肆,岂不被人见笑?"谢琳知她用意,故作负气,走向一旁不理。谢璎又对谢山道:"女儿久已不见叶姑,杨仙子对女儿们也极期爱。洪弟法力虽已复原,终是年幼,持此至宝远行,也觉可虑。意欲与他同往龙象庵,拜见杨仙子,就便看望叶姑。等取来神油,再返小寒山,不知可否?"谢山笑道:"你看他年小么,稍差一点的妖邪,真没奈他何呢。同往无妨。叶姑却见不到,双杉坪无须去了。杨道友如无甚使命,回山去吧。"李洪把珠灵涧所得莲花形法宝取出,说了来历。谢山笑道:"我已听人说起,此是大雄神僧昔年降魔至宝金莲神座。我此时无暇,你见了杨道友,她两生对你均极期爱,必有传授。我等一人来此,便要起身,你们去吧。"二女巴不得早走,忙催李洪，一同拜别上路。

　　谢琳心急，刚同驾遁光飞出不远，便和李洪商量说："火炼毒手就在日内，等油取到，便先借用。"李洪一算，尽有富余日限，刚刚应诺，忽见一道金光由身后电驶追来。方疑是正教中长老父执，想看是谁，晃眼已经追近，正是谢山同一头陀。谢山唤住三人，先命向头陀礼见。然后说道："事虽定数，藏灵子何必又乱谋？只顾他感念齐道友的厚情，却忘了别人添累。我如不允，反道我真个畏惧这些邪魔外道。燃脂道友，又代你三人力保。你们此去尚还有事。我已允借心灯，无须再有顾忌，事完由璎、琳二女送回，照我适说行事。你小世弟与前生良友重逢，不舍回山，且由他去便了。"说时，李洪早认出同来的是前生至交燃脂头陀，心中大喜，忙上前拜见，想问隐修何处。未及开口，已吃头陀拉起，笑道："一别多年，在此重逢，皆是前定。再有数面之缘，我便去了。"同时，谢山话也说完，一道金光便同飞去。

　　二女见父亲追来，本在担惊，不料竟奉明命，喜出望外。谢琳笑道："可见还是做好人上算，洪弟如不允借，岂不白做恶人？"李洪笑道："我早打好主意，心灯虽可借用，你不要我同去，却是不行。"谢璎道："洪弟你太胆大。我们两次败于毒手摩什之手，这妖孽实是厉害，闻他这次并有好些能手相助，便我们也只试试，并无必成之望，如何可以视如儿戏呢？"李洪急道："那乌头婆鬼手抓魂何等厉害，照样吃我大亏。我有三宝护身，怎去不得？何况还有你们七宝金幢呢。你们多大乱子都敢惹，怎一有我在内，就胆小了？反正我不多事，只帮你们助威照料，总可以吧？"谢琳接口道："如论小世弟的法宝功力，去是可去。不然，爹爹早就禁止，也不是那等口气了。我只恨他狡猾，始而说他不肯背师偷盗，但又愿受责罚，暗助我们。既不背师，如何暗助？话已矛盾。本心喜事，想趁热闹，却不先说。直到爹爹追来，明允借灯，才坚执同行。分明先前怕有碍难，预留地步。如不是答应借灯，还有一点情分，我再和他好才怪。"李洪忙分辩道："我一离山，藏世叔赠符之事立时想起。因师父法力高强，念动即知，又知你近来心急计快，惟恐师父查知，不但去不成，还误你事，到了地头再说，不是一样？你偏路上先说，我正担心师父这时离洞，必定查知就里，果然追来。幸我应命于先，不然，更当我藏私，有口难分了。我这人言出必行，永无更改。也知二位世姊爱我,恐有闪失,并非轻视。不令我去,仍是不行。你只细想,师父行时所说,是不要我去的话么?真不令去,我将心灯交与世姊,自己一样能去。妖邪人多势众,你们要炼毒手,难于分神对付别的妖党。你们不放心我,我还不放心你们,恐怕功败垂成呢。这心灯,师父便传过我用法,你们虽能以佛法应用,终是初试。有我同行,既可为你们护法,遇事还可代为应付,以免分神。这等自送上门的好帮手,该有多好?"谢琳笑骂道:"小猴儿,又逞能吹大气了。到时如稍误事,看你日后拿甚面目见人?"李洪笑道:"这个只管放心。真要丢人,两位世姊也在一起,大家一样,有何可笑?"谢璎伏魔法力不如谢琳,禅功却较高深,近来愈发精进。先因李洪年幼,不欲令犯奇险。及见非去不可,回忆父言,果有许他同行之意,只未明说。再一想,此人屡世修积,功力根骨无不深厚,今生应当证果,福缘更厚,何况法力早复,又有灵峤三宝防身,不特无妨,果还是个极好帮手,如何因其天真稚气便加轻视?忙接口道:"如论洪弟法力,足可去得。只为来时李伯父力戒,此次只除毒手妖孽,不可多杀,恐你好贪功,又生枝节罢了。只要能听话,同去也可。"李洪闻言,自是高兴。

三人一路说笑,飞行神速,倚天崖已经在望。忽见一点黑影疾如流星,迎面飞来,两下里都快,晃眼邻近,黑影由小而大。二女见是杨瑾门下古神鸠,先告知李洪,随问道:"杨师叔知道我们要来拜谒么?"神鸠点头,欢叫了两声,便朝前引路飞去。李洪久闻神鸠之名,尚是初见,笑问道:"闻说神鸠得道数千年,妖邪鬼物望影而逃,怎和老鹰差不多大,莫非故意缩小的么?"末句话未说完,神鸠身形忽然暴长,两翼立即伸长十多丈,铁羽若箭,根根森立。身上更有栲栳大十八团金光环绕,目光宛如电炬,回顾三人。张开那比板门还大得多的铁喙,一声长啸过处,身子倏又暴缩成拳大一团黑影。那十八粒金光,也缩成绿豆般大,宛如一蓬星雨,朝前面峰脚下射去,一闪不见。李洪笑道:"神鸠果然灵通变化,不比寻常。差一点的妖人,休说与之对敌,吓也被它吓死。人言它性情过于刚烈,也真不假,我只随便一说,立时显出颜色来了。"谢琳笑道:"只你小娃儿家口没遮拦,说话冒失。它去得那么快,也许生气了呢。"李洪笑道:"我本疑似之词,又没说它不好,怎会见怪?显点威风我看,也许有之。"

谢璎忽然惊道："神鸠所去之处，不是倚天崖，莫非杨师叔换了仙居，命它来接引么？"李洪、谢琳也被提醒，见那地方偏在倚天崖左的百余里峡谷之中。倚天崖矗立在大雪山川边界上，四外景物本就荒寒，那条峡谷更是险恶阴晦，隐秘非常，更有高峰危崖掩蔽。三人若不是飞得甚高，又有神鸠前引，绝难发现。心想这等寸草不生的穷山暗谷，主人怎会移居来此？峡谷中间一段，谷径长约里许，宽只数尺，两边均是危崖，三人已经飞过。李洪因觉神鸠好玩，飞得又快，相隔近二百里的峡口，晃眼飞投下去，一闪即逝。先前因将到达，未催遁光急追，竟未看出下落，寻时格外留心。偶一回顾，瞥见身后危崖，近地面一段竟是空的。二女也恰回顾，谢璎首先心动，觉出有异，见李洪正要开口，忙使眼色止住，故作前飞。越过谷径，再打一手势，同隐身形，往回急飞。落到谷底一看，原来那中间一段，空中下视，仿佛一条裂缝，宽只二三尺，下面却甚宽大。一面危崖低覆，凹进之处竟达六七十丈宽深，直似把山腹掏空，成了一个大洞。因前面入口宽只尺许，崖石厚达数丈，又甚倾斜，便走近前，也当是峡谷尽头，不易看出。

方觉洞中空空，无甚异物，忽听一声鸠鸣甚是洪厉，同时瞥见当中地皮下陷一个巨穴，邪气隐隐。各运慧目定睛一看，一股绿气突然涌起，内中裹定三个大只如拳的骷髅头骨。一出现，便在绿气之中上下滚转，其疾如电，晃眼几百转滚过，吱吱几声鬼叫过去，绿气忽连骷髅落地爆散不见，化作三个周身灰白色的赤身怪人，俱不甚高，相貌狞恶已极。身外各有五尺长一朵火焰灯花，各持着一根死人骨朵，一个三寸大小的六角环，非金非玉，色作灰白，环中碧锋交射，密如针雨，看去和刀圈相似。三怪初现形时，似有畏难之色。及听神鸠在外鸣啸不已，正在互相推托，分人出外探看，穴中异声忽起。三小怪人闻声全都惊惶已极，慌不迭各把手中六角环一晃，那环随即暴长到五六尺方圆。当头一个环中现出一个古神鸠的影子，似被邪法困住，在里面左冲右突，忿怒已极，无如被那一圈碧锋绿气吸紧，脱身不得。另外两环，却是空的。

李洪并没把妖邪看在眼里，几次想要出手，均吃二女阻住，不令言动。等三个形如鬼物的赤身怪人走出，互相一打手势，谢琳首先往外飞去。谢璎刚把七宝金幢放出，压向穴中，忽听穴中远远传来两声极凄厉的鬼啸。

同时外面震天价一个迅雷过处，雷火金光交映中，耳听谢琳大喝："休放妖邪逃走！"声才入耳，三小怪人已经电驶飞回，那现有鸠影的妖环已经失去。瞥见金幢祥光徐徐转动，霞辉四射，花雨缤纷，归路已断，同声惨嗥。两个想往外面分路冲逃；一个就地一滚，化为一溜绿气，往地下便钻。哪知遇见克星照命，七宝金幢威力神妙，一经施为，多厉害的妖邪也难脱身，更能凭着主人心意发挥威力。这上下方圆数百丈地面，全在禁圈以内，何况相隔这么近，另外两人还有防备。不过谢璎想看看妖孽邪法究有多高，是否如先前所料；又因心性慈祥，当地虽然无甚赋有邪气的生物，又是深藏山腹之内，终防万一有甚伤害，不肯发出全力，势子稍缓而已。绿气才一沾地，便吃祥光裹入金幢之内，消灭无迹。另外两个怪人，一个被李洪挡住左边出口，胸前放出一片霞光，先将怪人裹住，断玉钩随即飞出，两道宝光交尾一绞，便成粉碎；另一个吃谢琳扬手一串连珠霹雳，同时了账。剩下几缕残余妖烟邪气，连那骨朵、妖环全被金幢祥光吸去，晃眼全灭。谢琳道："此与癞姊姊所说蚩尤墓中三怪一般路数。必是记恨神鸠，不知怎会被他们将形摄去？先前神鸠来迎，多半杨师叔不在庵中，自知有难，欲引我们来此相助。恰值邪法摄魂，它用那十八年尼珠抵御，洪弟恰在说它，适逢其会，并非逗能呢。"说时，地底忽然隆隆大震，山崖似要崩塌，吃谢璎金幢略转，便即止住。李洪道："适闻穴中异声，三怪必在远方主持。现成地穴，何不寻去，永除后患？"二女同道："你真看事容易。三怪行动捷逾雷电，追赶不上。他们刚才妄想发动地震，吃我镇住，地穴已经填没。何况妖邪所开地穴就算还在，也由其主持运用，急切间如何追寻？如用金幢硬冲，岂不又要造孽伤生么？"

话未说完，神鸠已经飞进，仍是苍鹰般大，朝着三人欢啸不已。谢琳因当地曾有妖邪出入，为防卷土重来，又下了两层伏魔禁制。方始各收法宝走出，一同飞起。神鸠这次才是朝前引路，并没往别处飞走，相隔百多里路，晃眼飞近。正要往倚天崖上庵门前飞去，神鸠忽然回顾三人，叫了两声，绕崖而过，往叶缤炼法的绝尊者故居双杉坪对面山脚下飞去。三人疑心另外还有妖邪伏伺，赶去一看，那地方乃是一片童山削壁，神鸠已先飞到。爪喙齐施，朝壁上画了几下，张口喷出一团金光，一股紫焰射向壁上，山石立即裂开，现出一个石洞。方觉神鸠变化通灵，神通广大，只惜不会人言，是个缺点，杨瑾已由洞中迎出，三人忙同礼拜。杨瑾拉起，同到里面落座，笑道："这孽畜枉自修炼数千年，劫后重生，又经家师佛法点化，虽不似前凶野，天性仍是那么刚烈，又喜多事，时常累我清修。日前忽与三怪结仇。我知三怪无怨不报，此鸠在化去横骨以前，尚有两次大劫。怜它虽然性暴疾恶，对于主人和同道鸟友，倒也忠义。正赶叶道友这次重返双杉坪闭关炼法，不日完满，期前不免邪魔烦扰，欲为暗中护法，移居在此，就便结坛，为她解去这场大难。彼时叶道友也功成出来，正好合力将三怪引来，一齐除去。事虽勉为其难，并非无望。它偏心急，耳目嗅觉又极灵警，知我在此护法防魔，每日都在留心守伺。三怪因我设有佛法禁制，推算不出虚实，昨早命一得力妖徒来此窥探，被它在洞中闻出邪味。此洞原是山腹中空之处，并无门户，出入均须行法。此鸟功候甚深，随我这几年，这类禁法已经通解，本身又有裂石开山之能，阻它不住。先想用它身佩十八牟尼珠将其禁住，不令外出，因它急叫不愿，只告诫了几句，没有施为，又当炼法正紧之时，竟吃开禁走出。它专长抓食这类凶魂戾魄炼成的精怪和僵尸一类的邪魔。妖徒本难免死，偏吃了性急的亏。妖徒知道此间人鸟均不好惹，来时隐了身形，并还备下退路和替身。其实此鸟神目如电，老远便能闻出邪味，隐形无用。如若故作未见，声东击西，冷不防喷出丹气紫焰，张口一吸，妖徒便无幸理。它始而性急，一出便照直飞扑过去。临快下手，一见不是三怪本人，便存轻视，忽想生擒回来，由我问出口供，再行享受。又因在峨眉开府时得了一口飞剑，经我无事时略加传授，居然与身相合，常想卖弄。于是没喷丹气，却将飞剑吐出，以为它那飞剑不比寻常，想将妖徒胁迫入洞。哪知妖徒诡诈已极，邪法又高，李英琼紫郢剑尚难伤他，何况别的？隐形无用，本在行法欲逃，如来得及便下手暗算。一见所用飞剑，正好乘机暗下毒手。一面故作张皇，现形欲逃，冷不防，暗用白骨锁心环，将它真形先行摄去；一面化作一朵火焰，还想另施毒手。总算此鸟应变尚速，看出飞剑无功，妖徒有诈，心灵一有警觉，立将紫焰喷出。妖徒知难迎敌，方始穿地逃去。神鸠回到洞中，尚不知真形被摄。后来三怪邪法发动，心魂欲飞，才知不妙。幸而身怀佛门至宝，略一运用，便即无事。三怪自不死心。白骨环乃蚩尤胸骨所制，为二怪镇山之宝，例存墓中，向不轻出。再如三环同用，一任道力多高，也挡不住。

记仇心切,本身又在养伤,决计先杀此鸟,日后再寻我的晦气。便命门下三妖徒,仗其本门玄功变化,将三个白骨环一齐带来,由地底潜行,在你们所去谷洞之内,设好埋伏,诱令此鸟上当。它如不多事,只需挨过今夜,佛法炼成,加上九疑鼎,便可将计就计,连妖孽师徒一网打尽了。想是运数所限。

"适才大方真人命人来此投书,上说阮征被困火云岭神剑峰魔宫之中,已近两年,灾孽将满。昔年阮征被妙一真人逐出时,曾允有事相助。无如魔宫山主尸毗老人得道千年,法力既高强,阮征和他前生魔女又有屡世夙缘。此老以前虽习阿修罗法,为魔教中第一人物,但他昔年立志欲以旁门证果,千年苦修,备历灾劫危难,从未做过一件恶事。这两年来闭关期满,改修佛法,虽以嗔念未尽,暂时难参上乘佛法,已经兼有两家之长。此事他又有理可说,不便和他动强,并且阮征仗着定力坚强,性行诚洁,被困两年,已将孽尽难满。不过最后一关尚须佛法暗助,始能圆满,双方交受其益。但是此老争强好胜,又最喜爱灵慧有根器的幼童。大方真人日前默运玄机,推算因果,只有李洪能胜此任。恰巧大雄神僧西方至宝金莲宝座又为所得,更易成功。因金蝉、石生等七人近由陷空岛误入北极地轴,走往小南极天外神山。大方真人早知此事,前在铜椰岛分手,曾赐金蝉一件法宝,告以将来如遇一身具六首四十八足、精于玄功变化、幻形美女、能运用太阴元磁真气的怪物,被其困住,可用此宝求救。此宝原是两块刻有符箓和太极图形的铁牌,乙真人也留有一块。无论相隔千万里,只一如法施为,立生感应。这时恰巧接到求救信号,时当极光最盛之际,乙真人那么高法力,如欲冲越过去,也非容易,必须仍由陷空岛地轴通行。相隔十数万里,先是不愿延迟,使金、石诸人吃苦,意欲早去。又算出你三人今日来取前古神油,特命司徒平与我送信,请我传授此宝用法;并将所附柬帖转交,令在此间开看,借我法力禁制,以免对方由魔宫宝镜中查知,别生枝节。司徒平还未起身,乙真人忽得妙一真人由休宁岛飞剑传书,说金、石诸人只此一场困厄,过此便无往不利。加以妖物寒蚿贪恋七人屡世童贞,志在必得,绝不加害,晚去些日无妨,并且凌云凤师徒不久也要赶去,她持有前古至宝宙光盘,专破磁光和太阴元磁真气,无足为虑。到时乌牙洞之行,万不可缓,务请与天残、地缺践约之后再去。乙真人方始息念。

"司徒平来时,我又恰在入定,神鸠本来认识,开山放进。他为人恭谨,不肯惊动。偏巧另奉师命,有事秦岭,必须赶往,好在详情均在信上,便向此鸟略说来意,礼拜留书而去。此鸟听我说过七宝金幢威力,一听宝主人就快要来,立即迎了上去。刚遇见你们三人,妖徒也快赶到,内中一个忽用妖法摄形。本是存有戒心,意欲三环合用,试上一试,如能就此将神鸠魂摄去,便省来此犯险。哪知另外两环不曾摄形,连在一起,力虽加强,并无用处。此鸟自然警觉,知道仇人已来,此次非它所能抵敌,一面发动牟尼珠,挡了一挡;一面缩身隐形,引你三人前往,将三妖徒除去,破了摄形之法。我恰回醒,知这一来,仇怨更深。三怪也不敢再自恃邪法玄功,轻来犯险。可是不来则已,来必厉害,此鸟必有一场大厄。事已至此,只率听之。李洪本习佛法,近日玄功精进。金莲宝座用法极易传授,你只要记住珠灵涧外层六字灵符,再由我传一诀印,立可应用。大峇山之行,应在五日之后。火云岭却须早去,灯油现成,事不宜迟,看完柬帖便须起身了。"

李洪一听阮征有难,早就心急,忙接柬帖一看,不由惊喜交集。杨瑾随向二女要过心灯,取一玉瓶,将瓶中神油注入,传了诀印,命带心灯起身。二女也要同去。杨瑾略为闭目寻思,笑道:"柬帖你姊妹也各看明,同去更多一层助力,但须用有无相神光隐身。只能由李洪一人出面,照柬帖所言行事,却不可显露形迹,也不可到峰顶上去呢。"二女领命,便同拜谢辞别,杨瑾亲送出洞。谢琳见神鸠低鸣连声,意似感谢,忽然心动,笑对它道:"你放心,我大峇山回来,也许能帮你除此一害。"神鸠欢啸了一声。说时已行至洞口。杨瑾唤住三人道:"你们由此起身,比较稳妥。"三人随即隐形飞起,往火云岭神剑峰而去。

当地在滇缅交界的乱山之中,四周山岭杂沓,高峰入云,上蠢天半。山阳一面上下壁立如削,尢可攀升。峰半以上终年为六雾包没,看不见顶。左右两面溪谷回环,幽险莫测,其中更多毒蛇猛兽,森林覆压,往往二三百里不见天日。林中蚊蛇毒虫类以千计,更有毒蚁成群,大如人指,数盈亿万,无论人兽与之相遇,群起猛啃,转眼变成枯骨。瘴气迷漫,中人立毙。故为人兽足迹所不至。只山阴一面有一横岭,乃哀牢山支脉,由苍山蜿蜒而来,与峰相接,成一数千丈高的斜坡,与峰相连。沿途草莽怒生，灌木盘虬，更多险峨，亦难直达。本来四面无路可上，三人因有大方真人预示途径，一起身便直往半峰云雾中飞去，到后一看，云上竟是别有天地。原来那峰周围有百十里方圆，云层以上忽作圆锥形，往里缩小，现出大片平地。上丰下锐，孔窍甚多，宛如朵云高起，矗立云端，高出霄汉，天风浩荡，烟霭苍茫。四望云外，大地山河宛如蚁蛭，历历可数，景绝壮阔。上半峰巅，果如卓剑，知那魔宫就在剑柄护手两头。山主尸毗老人父女分居其内，上下皆有禁制，仙凡不能冲越。李洪便请二女埋伏峰半崖坳之中，潜为接应。自己照仙柬所示，觅到峰侧盘道，用佛法隐身，潜踪而上。魔宫禁制森严，止此一条道路，专供魔女平日游山之用。但离峰丈许以上，便为禁法所制，不死必伤，并难脱身遁走。峰形如剑，上下笔立，盘道环峰而建。其间洞壑灵奇，水木清华，移步换形，时有胜景，令人应接不暇。外观却如一条青线，盘绕峰腰之上，时隐时现，断续相间，峰高前突，已难窥测。入口一带，乃一暗洞，宽只容人，高仅数尺，深约十丈，不知底细的人绝难发现。

李洪知道此行如用法力飞行，易为对方警觉，前段必须步行上去。好在途径避忌均已知悉，隐形又极神妙。只要走到峰左魔宫平台之上，大功即可告成，便飞步径直而上。沿途所见瑶草琪花，美景甚多，也无心观赏。仗着奔驰迅速，不消多时，便赶到峰巅。那峰上层，宛如一个倒丁字形，魔宫分占两边横头之上，地大各数百亩。魔宫金碧辉煌，峰石如玉，宛如一根绝长大的碧玉簪，一边担着一幢金霞，卓立天汉云海之中，气象万千，壮丽无伦。魔女所居在左，平崖突出，下临无地，魔宫便建其上。前边一片花林，灿若云锦，花大如碗，多不知名。李洪刚由林中突出，遥望魔宫前面，一伙美艳如仙的少女，拥着一个身着青罗衫的少年缓步走来。李、阮二人屡生至契，一望而知，那少年便是平生惟一的好友阮征。料知难发在即，又想起和二女分手时谢琳面上神色，似有不服之意。恐其自恃法力，用有无相神光隐身，冒然掩来，一触主人禁制，便生波折，良友关心，好生愁虑。那一伙人又走得慢，直似闲谈玩景，不似变生顷刻之势。再稍前进，便入禁地，易被觉察。没奈何，只得守在花林旁边一株石笋之上，静立相待，以备接应。当地看似一片绝好园林仙境，实则禁制重重，埋伏杀机。惟恐发难时相隔太远，不及救援，事机瞬息，稍纵即逝，心情正在紧张。阮征同那一伙少女竟似预有成约,当地美景甚多,均未浏览,直往林前走来。神态偏又那等从容,若无其事。心方奇怪,来人已经停步。正对花林外面是一个十亩大方塘,水清见底,荇藻纷披,寸鳞可数。左通小溪,右傍花林。当中有一晶玉所建水榭,兀立水上,通以朱栏小桥。水榭顶上是一玉石平台,相隔石笋只二三十丈。阮征等已到平台上面,这才看出,内一黄衣少女,云帔霞裳,仪态万方,周身珠光宝气,掩映流辉,容光照人,美绝仙凡,似是众中之首。一到平台,便与阮征分坐青玉案侧玉墩之上,诸女侍立两侧。

待不一会儿,黄衣少女随顾左右说了两句,内一侍女意似不愿,黄衣少女凤目微睁,立现怒容,诸女分别各去。阮征和那少女便争论起来。隐闻少女说:"你非此不能脱难。我虽经惨劫,不过苦难三年,有我父在,终不至于灭亡。而你异日道成,倘能念我对你三生热爱,将你师父的毒龙丸与大还丹各赐我两粒,也不在我对你这番痴情苦心,就足感盛情了。"阮征道:"我误你两世仙业,你又为我身遭惨死,受尽苦难,本是不解之冤。蒙你大恩宽宥,自行化解,深情厚德,终生难忘,愧负已多。我已连铸大错,如何又使你为我受此惨祸。只要你对我宽恕,令尊法力虽高,我不过每隔些日受上一回苦难,并不能奈我何,反倒加强我的道力,有甚相干?你因对我情痴太甚,见我每月必受几次金刀刺体、魔火烧身之厄,爱莫能助,心生怜念,故而出此下策,不惜舍身相救。此时你我二心如一,无事不可明言。实不相瞒,我仗本门法力与二相环守护心神,令尊毒刑,我并不怕,反以为非此不足抵消前孽,似祸实福。倒是你以前对我深情密爱,有时过分,尤其情痴太甚,有失常度。我既不能自毁道基,屈意相从,终于两败;又不忍对你难堪,加重冤孽。当时你那玉骨冰肌,雪肤花貌,无异刀林箭雨攒刺全身;浅笑轻颦,柔情媚态,更似烈火毒焰烧心灼骨。又是日夕相处,软硬兼施,随时皆可发难。令尊毒刑,至多只一月夜,甚或片刻之间,即可耐过。彼时你神志失常,全无理性,魔法又高。我为防诱惑,一面镇摄心神,一面还须甘受凌逼,婉言劝解,以防羞恼成怒,情急生变。彼时处境,轻重皆难,内心苦痛更有甚于魔火金刀之厄,至今思之,犹有余悸。现你既已如梦初觉,不听老人乱命,我便无所顾忌,别的何足为虑?我自日前彼此把话说明,对你敬爱甚深,便没有这两生凤孽,也不忍伤你分毫,何况目睹心中敬爱的人,为我受此惨祸呢?我每日但得来此一游,终有脱身之望。因我许多话不便先泄,大约出困当不在远。异日道成,便来接你,一同清修,天长地久,共享仙福。昨日已经言明,静俟时机,或是另作计较,如何又欲变计,定以身殉呢?"

少女叹道:"哥哥,你哪知道爹爹的神通和厉害呢!适才因师弟密告侍女阿壹,说爹爹当初原想人非木石,我的容貌也非庸流,早晚你必能被我痴情感动;他又以毒刑煎逼,迫你降顺。知我彼时虽然怨你薄情,但仍爱你深情,胜逾性命,见你受苦,自然不舍。于是每次行刑,故意弄出一点空隙,以便我私人解救,所以你身受苦难,多是片刻即完。只有三次,经时一日夜以上。那是他听侍女告密,说我百计千方呈身自荐,不顾羞耻,种种难堪。每次受伤归来,又是那等服侍将护,无微不至,情深一往,任是铁石心肠,也应动心。你却始终置之不理,至多说上几句花言巧语;再不,竟同老僧入定,无一次不使我伤心已极。为此大怒,立意惩罚,以全力禁制,使我不能冲入相救,给你多吃点苦。这还是他身为我父,不愿看见儿女之私,并防师弟由宝镜中看出,将这里全境预以法力掩蔽,只听侍女口说,如真见我那些俯就丑态,更不知对你如何楚毒了。我没想到侍女饶舌,不能入内解救,向他哭求了一夜,才行将你救出。你除心智灵明未灭外,事后苦痛尚非人所能堪,狱中情形可以想见。好容易调养痊可,我不合又生欲念,强迫同好,你又不从,第三日便吃摄去。我才查知侍女告密,向爹爹哭求不允,正要斩杀侍女泄忿,再去拼命,爹爹忽然将你放回,只不许杀那侍女。我见你周身糜烂,心如刀割,恨那侍女不过,方要毒打报仇,忽被师弟奉命救走。由此逐出宫去,不令随侍。第三次,原是我不好,因往参谒,想起伤心,爹爹盘问,略说了几句。当时激怒爹爹,说此时此地只有妙一真人和天蒙、白眉两禅师可以救你。但你负我两世凤冤,情孽纠缠,因果相循,爹爹于理无亏。这三人,一个是方今正教宗师,两个是有道神僧。除你自行化解,三人法力虽高,绝不肯做此逆数悖理之事。爹爹当时无杀害之心,刑却更毒。我知失言,这场毒刑以次加重,越往后越难当,哭求不允,只得横心拼命。总算爹爹爱我,恐我以身殉情,于危机一发中将我放进,救你回宫,由此对你便不再似前此恶毒。我更时刻留心,见人失踪,立即赶去。所以你以后每月例受苦难,只要我强行冲进,便即救出，为时不多。如非冲入费事，简直连那片刻之苦都不会受了。爹爹见我不念两世杀身之仇，今生情痴更深，时将两年，依旧固执，昨日谈起，大为忿恨。知你道心坚定，功力甚深，又有至宝防护心灵，料我绝不伤你，便设下法坛，施展魔教中九天十地大修罗法。到时先将我禁住，以免从殉。再将你擒去，化炼成灰。也不伤你生魂，仍放投生，只将你本身多生修积的灵智摄去，为我补益。这么一来，我灵智道力无不大增，欲念一消，夙孽也解，就不致再做痴心殉情之想了。即便你师父知道，以你一命偿我两命，也不为过。祸在旦夕，除此无救，你如何还可延迟呢？"

阮征闻言，先颇吃惊，听完慨然答道："我宁遭惨死，堕入轮回，纵然转世成了凡胎，毁却数百年功力，只要心志坚定，终有成功之日。何况前生恩师良友以及各位师执尊长，见我处境如此，绝不坐视呢。我志已定，绝不容你行此拙计。"少女笑道："我自受你感化，情发于正，已绝不再以色身相示。今当生离死别之际，为示我心志坚定，使你一见，当不至说我食言无耻。你来看！"说罢，慷慨起立，两臂一振，满身霞帔云裳一齐委卸，除胸前有形似背心的一片冰纨遮住乳阴外，通体立即赤裸。人本极美，这一来，把粉臂玉腿一齐呈露，越觉柔肌如雪，光艳照人。阮征一着急，指上所佩二相环立化一圈虹霞飞出，将少女全身罩住。口中急呼："我实爱你，妹妹不可！"李洪不愿见裸女形态，无如事机正迫，不容少懈。方在暗道："晦气！"晃眼工夫，少女从头至脚，突现出无数小金针、金刀、金叉之类，长约二寸、三寸、五寸不等，俱都深深钉入玉肤之内，有的看去已经刺入骨里。胸前七把金刀，更是长达尺许。金光闪闪，看去可怖，通身钉得密层层，刺猬一样。少女随笑道："这二相环与你心身相合，为你防身。我爹爹如施全力，尚且难当，如何拦得住我魔教中最恶毒的金刀解体化血分身大修罗绝灭神法？我只要心念一动，不必自己拔刀，全身立化血云而起。快快依我收去，休伤一件至宝，照计行事，免被爹爹迫回，平白送我一命。只要你能图他年聚首，便是怜我痴情，真心相爱。否则我志早决，魔法已经发动，不能收回。除非我佛菩萨亲来，此时便我生了悔心依你，我也无法自救。转不如听我良言，来生尚有相逢之日。如非爱你过甚，不舍分离，想在死前多看得一眼是一眼，等你答应起身，我再发难，也放心些。不然的话，我已只剩一点精气化成的血云，休说肉身不受三年炼魂之苦,连神魂都散而不成形了。好哥哥,你听我的话,走吧。"少女心志虽然如此壮烈,起初并不带一点愁苦容色。尤其听到阮征说是爱她,更是媚目流波,满脸欣慰之色。及至说到末几句上,想是会短离长,柔肠欲断,满腹悲苦,再也支持不住。始而翠黛含颦,隐蓄幽怨,渐渐语带哽咽。到了末句"哥哥走吧",竟然不胜凄楚,星眸乱转,泪随声下。人是那么美艳多情,声音那么凄婉,处境又如此壮烈悲苦,端的子夜鹃泣,巫峡猿吟,无此凄凉哀艳。李洪九世修为的童贞有道之士,也被感动,心酸难过。

少女见阮征不肯收那二相环,不住以好言求告,满面愁苦,惶急万分,不禁破涕为笑道:"我为爱你太深,不惜百计千方,屡以色身诱惑。现虽蒙你见怜,允做名义夫妻,他年同修仙业,我也知你至诚君子,不会欺我,终觉为形势所迫,为解凤孽,不是真心相爱,想起前事,引为奇耻。今得见你至情流露,百死无恨。除不舍这长时之别外,只有更喜慰。料你二相环不肯收去,这件法宝,于你异日修为关系至大,我绝不舍损伤我心爱丈夫防身之宝,但阻我不住。为全此宝,说不得,只好拼受痛苦,以次而行了。"说罢,口皮微动,胸前七把金刀便缓缓自行拔起,刀上金光骤转血红颜色,少女酥胸上鲜血立即随刀上涌。阮征见状,不禁收环扑抱上去。李洪知是时候了,忙即现身喝道:"二嫂无须拙见!我来接应二哥,持有佛门至宝在此,你二人均不妨事。只请世嫂暂等三年,便与二哥同证仙业了。"话未说完,佛门至宝已先发出,化为一朵亩许大的千叶莲花宝座,飞向男女二人头上。李洪再掐灵诀一指,莲花上突涌起一圈佛光,照向少女身上。少女此时本是苦痛万分,眼看形神将化血云而散,忽见李洪现身,听出来是丈夫好友。但知魔法厉害,万无解救,既不信一个幼童有此法力,又恐来人失陷,话未听完,便负痛急喊:"你那法宝无用!来人快走!"佛光已照向身上,立觉金芒掩耀,神铁无光,通体清凉,疼痛全止,魔法自解,全身金刀、金叉、金针之类纷纷坠地。事出意料,心中狂喜。同时瞥见前退侍女由魔宫左角蜂拥而来。为首一女,隔老远将手一扬,花林四外突然血焰飞扬,中夹千万金刀,潮水一般,向平台上涌到,大片园林立成刀山血海,李洪归路已断。少女见状,一声娇叱,将手一挥,四围血焰金刀便不再进。口中急喊:"哥哥还不快走,等待何时?"这原是转瞬间事:李洪早连宝座一齐飞向平台之上,不等少女说完,飞身上前,手拉阮征,另一只手一扬灵诀,莲座往下略沉,阮、李二人飞身其上。佛光随将二人罩住,宝座千层莲瓣齐放毫光,拥着二人,电也似疾,更不再由故道,冲破千层血浪金刀,往花林上空突围而出。耳闻身后风雷大作,宛如百万天鼓一齐怒鸣,声势惊人。回顾少女,手执一枚金环,由环中射出一道黄光,一晃分布开来,将血焰金刀阻住,似在断后神气。同时又闻远远传来一种钟磬之声,悠扬娱耳。

李洪料知尸毗老人已经警觉,血焰金刀已被少女阻住,正好逃走。刚飞出不远,忽想起小寒山二女尚在峰半崖洞之中潜伏。略一迟疑,猛听空中有一老人口音喝道:"孺子何来,竟敢犯我禁条么?"声才入耳,便见前面高空中悬下一条宽达十丈、长约百丈以上的黄光。当中站着一位老人,生得白发银髯,修眉秀目,狮鼻虎口,广额丰颐,面如朱砂,手白如玉。穿着一件火也似红的道袍,白袜红鞋。相貌奇古,身材高大,宛如画上神仙,手执一个白玉拂尘,挡住去路。相貌那样威严,面上却无怒色,手指二人道:"你这娃儿虽然无知,这等胆大,倒也罕见。先不问你来历,我只问你:你救这人,欠我女儿三生孽债,尚未清偿,你们一走,就算完了么?"李洪法力甚高,年幼胆大,屡世修为,见多识广,人又灵慧机智,一见这等声势,知非易与。又因阮征乃屡世患难骨肉之交,知他成败安危,系此一举。本意委曲求全,但求免难,不肯操切从事。何况来时又经高人指教,竟把往日遇敌勇往直前之气去个干净,破例小心起来,当时躬身答道:"我与令婿多生至友,义同生死。明知你老人家法力无边,得道千年,此举无异以卵击石。但是交深金石,不容袖手,为此甘冒百死,来犯威严。师长父母均未请命,纯由义气所激,一意孤行。幸托我佛默佑,侥幸成功,令爱冤孽亦同化解。尚望你老人家念在世哥阮征九世苦修,能到今日,煞非容易,并念翁婿之谊,许其暂离仙山。三年之后,再接令爱去往海外同修仙业。令婿固感玉成之惠后辈也同拜大德了。"说时隐闻身侧有女子声音冷笑,知是小寒山二女隐伏在侧,心方一放。老人还未即答,猛又瞥见一个相貌奇丑的魔女,驾着一朵血云电驰飞来,近前说道:"小贼另有同党,不知用甚法宝隐身,暗将禁法破去三层,小仙源入口山径也被毁去好些,阿鬠并受重伤,主人千万不可放此二人逃走。"

老人闻报大怒,喝道:"孺子大胆乃尔!我在此修炼千年,从无一人敢犯我一草一木。你来此救人，念在为友义气，本不想与你计较，略问数言，便即放走。你竟敢率人毁我灵景，伤我侍女。就此放你，情理难容。就算我女儿孽缘已解，也须将我灵景复原，还须问明情由，方可酌情释放。"话未说完，忽听谢琳在暗中插口笑道："老人家枉自修道千年，为何这么大火气？阮道友所欠乃是令爱孽缘，与你何干？逞能出头，已嫌多事。冤孽未解，也还可说，如今债主已自愿了结，反而怨你行事狠毒，你仍出头作梗，理更不通。如说毁你山中景物禁制，须要赔偿，那么阮道友与你并无冤仇，无故将他困禁两年，受尽金刀、魔火、风雷之厄，你将如何赔法？"老人已怒不可遏，厉声喝道："何方贼婢，敢在我面前饶舌强辩？"随将手中玉拂尘一挥，立有千百万朵血焰，灯花暴雨一般飞出，布满空中，将阮、李二人金莲宝座一齐围住。虽因佛光环绕，无法近身，但是上下四外已成一片血海。李洪心灵上立有警兆，知道老人魔法至高，自己法力新得，虽习禅功，功力尚差，一个冲不过去，全数被擒。所幸老人未自道名姓。心中愁急，方欲婉言分说，与之辩理，忽听谢琳传声语道："洪弟，你不要慌，事情有我担待，只准备走好了。"阮征同时也要挺身向前理论，闻言略一迟疑，二女七宝金幢已先发动。李洪深知谢琳近日性情法力，料将决裂，难于挽回，因受大方真人之诫，惟恐做过了分，将来更难化解。一面传声密告二女，不可现身；而把灵峤三宝连同断玉钩同时施为。也不前攻，只将宝座四外护住，挡在金幢宝光之前，高声说道："后辈不敢班门弄斧，只望老人家大度包容。三年之后，再与令婿同上仙山，负荆请罪。我们暂时告辞了。"

老人本极高明识货，明知金莲宝座乃西方至宝，李、阮二人根骨福慧平生仅见；阮征又孽冤已解，转祸为福；素性又最喜这等灵慧隽秀的幼童少年，本无伤害之意。此时追出拦阻，虽以千年威望所关，不愿来人随意出入禁地，事成之后从容而去，一半还是另有深心。不料小寒山二女久候李洪不至，谢琳首先不耐。又以阮征乃妙一真人九生高弟，昔年法力高强，并有两件至宝随身，稍差一点妖邪，闻名丧胆，望影而逃。此次为了犯过，逐出师门八十一年，在强敌林立，群邪环伺之下，竟以精诚毅力，历尽苦厄，排除万难。这最后一场冤孽更是厉害，有力难施，师长良友全都爱莫能助。终仗着至诚苦志，感化魔女，同保真元，化敌为友。人又生得那么英秀,前在峨眉仙府,曾听癞姑说起,此人在同辈仙侠中有第一美少年之称。不特一班异派妖邪淫娃荡妇欲得而甘心,便是海外女散仙,甘弃仙业欲谋永好的也大有人在。灵云姊妹未成道时,与之情分甚厚,历劫九生,终能守身如玉,以迄于今,又将这仙凡所不能解的夙世爱孽奇冤一朝化去。闻名已久,早欲一见其人,又想就便观赏魔宫奇景。谢璎也有同感。谢琳既恃伏魔威力,又恐李洪年幼,不能济事,略一商议,便即起身。路上疏忽,不曾步行,虽然寻径飞驰,离地不高,仍将埋伏引发。谢琳虽听杨瑾叮嘱,但并未放在心上。哪知魔法厉害,牵一发而动全身,到处皆是梗阻,金刀箭雨,血焰如潮。幸而此是魔女所居,主人正与阮征死别生离,情爱缠绵之际,虽有警兆,无心及此。二女有无相神光隐身防护,居然冲到魔宫前面,沿途景物却被毁去不少。

事有凑巧,那丑女便是魔女恨其告发阮征,欲加毒打,后又逐出的侍女拉蛮。因为求荣反辱,怀恨在心。算计两年期满,阮征不从婚姻,魔女痴情,必将此人放走。为想讨好老人,近日常往伏伺。正与同党侍女阿鬡在一小峰之上密语窥探,却被二女隐形跑来听去。同时阮征和魔女正诉说前事,情致哀艳,令人心恻,二女大为感动。因听两侍女准备阮征一逃,立将埋伏全都发动,擒去惨杀,心已忿其残酷。跟着李洪发出金莲宝座,刚将分身解体魔法破去,两侍女也将埋伏引发。二女立时生气,顿忘杨瑾之诫,谢琳先将《灭魔宝箓》施展出来。谢璎又将碧蜈钩放出,化为两道翠虹飞将出去。因不肯轻用七宝金幢,魔宫禁制又极神妙,阿鬡本不至于受伤。偏生平台上魔女见阮、李二人还未起身,侍女已将禁制发动,惟恐情人受伤,又陷罗网,当时急怒交加,也未看清李洪有无同伴,猛以全力将所有禁制强行止住,双方恰是同时动手。拉蛮狡诈,一见主人身上刀叉飞针自行脱落,人也未伤,魔法全解,大出意外。小主人不死,不问阮征能逃与否,绝不与己甘休,知事不妙,见势先逃。阿鬡骤不及防,竟为碧蜈钩斩断一臂,化道血光逃去。丑女拉蛮本往老人宫中告急,老人已经警觉追来。同时阮、李二人也飞身遁走,二女立即追去。这事本是一时疏忽,阴错阳差,老人又预有算计。假使无人告密,老人必定装作不知,双方问答几句,即可无事。无如丑女拉蛮本系老人记名弟子,因犯过恶,降为侍女,人极奸狡,蓄有私心。自惭貌丑,老人又最恨淫恶,自见阮征,便生忌妒。谋害未成,反与魔女结怨,仇恨越深。巴不得有事,一见老人追出,随后赶来大声告发。

老人虽有通天彻地之能,只是嗔念未消,积习难忘,闻言自觉多年威望,情面难堪。又听二女出语讥嘲,最奇是凭自己这么高法力,竟看不出对方形影,越发有气。刚刚出手将来人困住,本心迫令服输,稍加惩治,仍愿放走。哪知血焰刚涌上去,莲花宝座佛光骤盛,已出意外。紧跟着又涌现出一幢上具七宝的金霞,祥辉潋滟,瑞霭千重,将阮、李二人笼罩在内,血焰挨近,便即消散。认出此宝来历,只不知幢顶舍利已失。心方惊急,李洪又将灵峤三宝与断玉钩一齐发出,光芒万丈,奇辉电耀,挡在金幢之前。都是闻名多年的仙府奇珍,西方至宝,竟在此时突然出现。一任老人平昔自负,也由不得心生谨慎,急怒交加,嗔念与好胜之心也被激发。正待施展玄功变化,改变初衷,与敌一拼,忽听李洪以上说话,盛气渐平。又觉对方法宝如此厉害,纵然炼就不死之身,不至受什么伤害,但是此时尚可乘机下台,再若出手,一个制伏不住,盛名立堕,反而不美。心念一转移间,遥闻魔宫金钟连响,知有急事发生。忙按神光查看,才知爱女为防自己与逃人为难,竟发动魔宫禁制,假装向己求情,实则以死相挟。心想正可借此下台,但须使对方知道,免其轻视。同时李洪说完,金幢宝光已在冲荡血焰,向侧面移动。为示不与老人为敌,行动虽缓,所到之处,那势如山海的魔火血焰,已似狂涛怒奔,纷纷消散。老人忙把手向空一指,大声喝道:"无知乳臭男女,现已放你,且慢逃走,听我一言。"阮征知道厉害,忙止二女,暂停前进。谢琳因老人辞色强做,意犹不服。总算谢璎心气和平,又因阮、李二人为此行主动,不应相违,将金幢强行止住,不令谢琳开口。李洪先问:"老人家有何见教?"阮征接口说道:"岳父息怒。我与令爱虽无肌肤之亲,已有夫妇名分。蒙其深情厚爱,不特自解前孽,并允三年之后,与小婿同去海外合籍双修,同证仙业。今当孽消难满,蒙屡生良友解危脱困,冒犯威严,实非得已。所望岳父念在来人急于义侠,未知厉害,大度包容,使小婿重返师门,再事潜修,感恩不尽。"老人把两道其白如霜的寿眉往上一扬,冷笑道:"此中因果,我原晓得。救人尚可酌情容恕,为何毁我灵景,伤我侍女?本来欲加惩处,现因我女在宫中苦苦哀求,拼舍一身为你们赎罪。如以为你们持有仙、佛两家至宝,便行自满,日后来人再犯我手,就难活命了。"

这时对面现出一圈银光,大约数亩,中现一座金碧辉煌、宛如神仙宫阙的魔宫洞府。魔女跪在一个法坛之上,四外尽是金刀魔火,围紧烧刺,正在哀声号泣,哭求乃父宽纵来人,声音悲楚,惨不忍闻。阮征见状,慨然接口,厉声说道:"我不忍见此惨状。请速停止禁制,我束身待命,任凭宰割便了。"老人红脸上方转笑容,答道:"既允放你,绝不食言。我女自作自受,以死相挟。此时虽然不免受伤,但亦无妨。你们去吧。"说到"去"字,把手一挥。先是光中刀火全清,只剩魔女娇声悲泣,委顿在地,柳悴花憔,奄然欲绝。同时四外血焰潜收,晴空万里,重返清明。老人也自隐去。只觉一股重如山海的绝大潜力由后涌来,推着宝座、金幢,比电还疾,往来路飞去,晃眼远出千里之外,方始停止。老人末句话的余音,犹复在耳。谢琳几次要想开口,均被李洪阻住,直到潜力收去。众人又飞行了一阵,算计途程已达两千里外,料知不会有事。刚把势子放缓,想要互叙别状以及各人经过,忽听破空之声,同时瞥见一道金光如长虹经天,横空飞来。李洪与二女同声急呼:"大姊来了!"

来人已经飞近,光中现出一年约十八九岁的道装女子,正是峨眉四大女弟子中的齐灵云。见面把手一招,便往左近山头上飞去。众人料知有事,忙收遁光法宝,跟踪降落。互相礼见之后,灵云先向阮征道贺,匆匆略谈别况,随又说道:"昨日家母由休宁岛飞剑传书,上写蝉弟等七人,因甄氏弟兄在南疆赤身寨为毒刀所伤,同往陷空岛求取万年续断,与岛主发生误会,困入迷宫。后经易氏弟兄与石生合力,由地窍中通行,误走小南极天外神山,被盘踞当地多年的妖物万载寒蛟所困。命阮师兄急往救援,家母代你保存的法宝以及四枚二相环均已发还,交我取出带来。另有白眉禅师所赐心光遁符一道。此符飞行千万里,顷刻即至,又当宇宙磁光最弱之时,当日便可到达。如过今天,磁光威力绝大,便有此符,也甚费事,并且你事完之后,日内还要重返中土,故非迅速不可。此环尚有一枚在申屠师兄手中,他得了一丸西方神泥,与之融合,如能六环合用,威力更大。无如他日内也有急需,暂不能取。你我劫后重逢,尚有多少话说,请即起身,日后相见再作长谈吧。"阮征闻言大喜,随将法宝、灵符接过,一纵神光,往小南极飞去。

灵云又对谢、李三人说："大岔山之行，由今天算起，应在第四天上。早去便生枝节，务要留意。洪弟虽然年幼，此行尚还无碍。倒是二妹眉宇间隐伏杀机。自来道长魔高，尤其二妹近习《灭魔宝箓》，法力虽然高强，也必从此多事。所望杀戒少开，遇事务从宽大，便可少却许多烦恼。属在知交，特为奉告，留意为幸。愚姊新近移居紫云宫，本意请去一游，无如远在东海，相隔数万里，往返费时，万一误事，反而不美。异日事完有暇，再奉邀一游吧。此三四日中，最好能寻一处知交姊妹，前往小聚，以待时至，往除毒手妖孽。以金幢威力，一日夜间即可将其消灭。如愿回转武夷等候更好。愚姊尚另有事，行再相见吧。"说完，作别自去。

谢琳笑道："灵云姊姊人是极好，就嫌她稍为有点头巾气。洪弟是她前生爱弟，性情却不一样，这等淘气。"李洪未及答言，谢璎接口道："琳妹此言不对。他虽宿根灵慧，今生毕竟年幼。可记得你我未到小寒山以前，不也是带着几分稚气么？"谢琳笑道："你还说他幼稚呢，平时那样好胜喜事，多大乱子，他都敢惹。可是适才对付老魔头，说那一套，何等文雅谦和，酸溜溜的。你我当初说得出来么？可见他也是欺软怕硬，见景生情。不似寻常初生之犊，惯吃眼前亏呢。"李洪气道："二姊专挖苦我，也不想想今天是甚情势？阮二哥和我多深交情，休说几句软话，为他脱难，再大委屈我也愿受。如非有所顾忌，一任对方多凶，我要皱一皱眉头才怪。"谢琳把樱口一撇，笑道："事后说狠话，谁相信你？像老魔头那高法力的人，方今能有几个？另换一人，自然你狠，何足为奇？"谢璎见李洪无话可答，赌气把小胖脸往侧一歪，假装看山，不再理睬。知道二人世交至好，无事常喜拌嘴。妹子心灵慧舌，妙语如珠，李洪稚气天真，一说不过，就生闷气，转眼就好，已成常事，便笑说道："琳妹，话不是这样说。尸毗老人得道千年，法力兼有佛、道、正、邪诸家之长，实非小可。眼前各位长老尚且无人对他轻视，何况我们后生小辈？这次我们因候洪弟不至，前往窥探，本心不想为敌，不料无意中触动禁制，毁损好些灵景。他千年威望，不快自是人情，你不合出语讥嘲，越发激怒。当血焰猛压洪弟法宝，尚未施为之时，虽然西方至宝仍具极大威力，冲行其中，便不似毒手妖光云幕那么容易，我心灵上也有了警兆。幸我存有戒心，又知金幢舍利已失，未敢轻敌，有无相神光不曾撤去，魔女恰在此时舍身求告，才得善罢。否则，以我今日观察，我三人结局，胜负正自难定呢。就以修道年龄而论，洪弟词意稍为卑下，也不为过。何况对方乃阮师兄的岳父，而洪弟所说不亢不卑，也甚得体呢。分明我姊妹不来，事更易了；这一来，反倒生出嫌怨。此时想起，真觉多此一行哩。"

李洪立转笑容道："还是大世姊公平讲理，不似二姊欺人。今日你也看见，以我三人所用，无一不是具有极大威力的奇珍至宝，可是休说冲荡血焰，不似往日遇敌那等厉害，就以临去而论，人家只把手一挥，道声'去吧'，那催送之力，晃眼竟把我们送出千里之外，法力可想。对方别的神通尚还未见，是否能敌，实是难料。就这样，我也不肯怕人，只为来前乙世伯仙示再三告诫不可轻举妄动，务以阮二哥为重，不得不委曲求全。二姊说我欺软怕硬，早晚找一个与此老有同等法力的人斗他一斗，看我李洪年纪虽小，法力不高，可是怕人的么？"谢琳星眼微瞋，未及发话，谢璎已先拦道："你两个都是小孩脾气，这些闲话说它作甚？我们往返火云岭，尚有三四日的闲暇，往哪里去呢？"李洪道："我有主意了。昨天和你们说那花无邪志行高洁，向道坚诚，身世处境至为可怜可敬。我们左右无事，何不前往珠灵涧助她一臂？"谢琳答说："也好。"谢璎道："此事不妥。花道友劫难乃是定数，我们去了不能救她，反倒难过。至于惩治番僧，照昨日洪弟所说，已有申屠师兄在彼，更有凌真人暗助，何必多事？"谢琳道："那么我们到哪里去呢？莫非在这荒山顶上露立四天么？"谢璎道："如今各位姊妹道友，俱各奉命下山建立洞府，积修外功，都可以做主人。除幻波池，因听李伯父的口气，似乎不应再去外，余者哪里都可去，地方多着呢。"谢琳喜道："我想起来了。前次峨眉开府，我姊妹几乎被于娲的混元球装走，多亏半边大师赐我一根玄女针，才得转危为安，甚是感念。她门下武当七姊妹，又有五人与我们交好，分手时曾答应日后有便，往作良晤。山在鄂西，邻近四川，以我们飞行之速，往大岳山片刻可至，由彼动身，也颇方便。我意欲往作数日之聚，便践前约，不是好么？"谢璎拍手称妙。李洪却不愿意道："我不惯和女子同玩，武当门下尽是些女弟子，有甚意思？你们去，我不去。"谢琳笑道："你敢不去，日后你再出花样淘气，我们再帮助你才怪。我姊妹不也是女的，你怎么也跟我们好呢？你刚到武夷拜师，因太幼小，好玩喜事，我们每去，你磨着出游，好姊姊喊个不住，哪一次不是我抱你同去？如今又不愿与女子同玩了，羞也不羞？你不知道石家姊姊她们人有多好，还不是和我们一样？"李洪也笑道："莫非这也算是我的短处？引头带我出游，不也是你么？第一次和妖人动手，还是你教的呢。去我便去，你要当着外人拿我取笑，我绝不干，当时就走。心灯在我手上，误事你却莫怪。"谢璎接口拦道："你俩姊弟，每到一处就拌嘴。洪弟也是多余，我们比同胞骨肉还亲，当着外人只有夸你，怎会取笑？这里景物荒寒，久留无趣，我们走吧。"

　　三人随同起身，谢璎为防万一，并还将遁光隐蔽。这时原是深秋天气，沿途山野中，不是梧桐叶落，桂子香残，便是黄花满地，枫叶流丹，秋光满眼，天色本极晴爽。哪知飞到武当附近，三百余里暗云密布，天色忽变，再往前便下起雪来。沿途都是崇山峻岭，山中气候阴晴百变，地势高寒，原不足奇。二女所居小寒山虽是仙灵境地，但在西藏大雪山后僻远之处，四围冰山雪岭，亘古不消，看惯无奇。李洪长居武夷，地暖气和，难得见雪，不住赞妙。谢璎笑道："这有甚稀罕？几时你到我们小寒山一游，当地到处冰封雪压，终年愁云低垂，暗雾沉沉，令人闷气无欢，你一看就无趣了。"李洪道："闻得小寒山灵境福地，鹿虎共游，雀鼠同栖，瑶草琪花，四时同春，一派祥和气象，怎会是这等晦暗景象？"谢琳道："大姊说的是山外。这雪越下越大，看神气已下多时，武当仙府定成玉砌银装。可惜时在九秋，岭上梅开尚差一月，无由领略寒芳，美中不足而已。"说时，三人已经越过卧眉东西两峰，直达武当后山绝顶，绿云崖前降下。崖在半边大师所居仙府张祖洞左侧，地广百亩，背倚崇山，面临碧嶂。中间隔着一道大壑，浮云低漫，深不可测，修竹流泉，映带左右。对面峭壁上更有一条宽约丈许的大瀑布，自顶际缺口倒挂下来，顺着崖势折成长短数叠，如匹练悬空，玉龙飞舞，直泻下面云雾之中，隐闻铿锵玲珑之声由壑底传来，与上面泉响松涛汇为繁籁。仿佛黄钟大吕，杂以笙簧，清妙娱耳，尘虑皆消。云层之上，水烟溟蒙如笼轻纱，雾谷冰纨，与雪花相映，分外缤纷。

第二六二回

缟袂可胜寒　万树梅花　佳人独立
璇沙能御敌　弥天灵雨　妙女双飞

三人为想观赏雪景，由洞侧危崖之下缓步走来。见积雪已厚尺许，雪仍未住，当地山势灵秀，再吃积雪一铺，到处琼堆瑶砌，玉树银花，照眼生缬，观之不尽，一时心喜，有无相神光也忘撒去。谢璎低语道："你们看此地又是一番美景。前闻林绿华姊妹最爱梅花，姑射仙之得名，也由于此。这里乃她七姊妹啸邀游赏之地，就说梅花未到开时，怎连成荫的绿叶也见不到一片？"李洪道："莫是被雪盖没了吧？"话未说完，忽闻一股幽香随着雪风吹来，沁人鼻端，二女忙即示意噤声。刚转过崖角，猛瞥见崖腰上突出一根虬枝，上缀红梅三五，正在凌寒吐艳，自竞芳华，忙赶过去一看。原来崖上有一斜坡，近壁一株丈许高的梅树正向前斜伸出来，铁干盘虬，迎风飞舞，上面约有百十朵梅花。因为树大，看去稀落落的，有的枝上尚还挂着几片残叶。积雪难支，似坠不坠。叶旁花萼两三，嫣红欲吐。二女原极爱梅，觉着此中消息大有天趣，正在流连观赏，不舍遽去。忽见李洪跑来笑呼道："二姊快看！那旁梅花多着呢。"二女闻声回顾，问在何处。李洪道："我无心中往前走了几步，就在前面坡下。你们的朋友也在那里，还不快去！"

三人边说边走，已经看见前面崖势凹下，现出一片平崖。雪势已止。崖上一幢楼台精舍，前面大片梅花林，树头满缀繁花，香光如海，望若云霞。林前一株大梅花树下，站着一个年约十五六岁的白衣少女，玉立亭亭。人本美秀，再吃四外白雪红梅、琼楼飞瀑一陪衬，宛如缟衣仙人离自广殿瑶宫；又似小李将军云山画图中，添了一个仙女。武当七女中，二女只见过五人。方欲现身上前通问，忽听少女娇叱道："何人大胆，窥视仙山？急速现形出见,不怕死么?"语声未住,把手一扬,立有一道青光飞起。同时二女也已现身走近。白衣少女一见来人,略一注视,立即转怒为喜。因看不出来人所在,飞剑并未随人下落,似有愧色,连忙收回,赶迎上来,笑唤道:"来者是小寒山谢家二位姊姊么?肉眼无知,只当外人,幸勿见怪。"二女同道:"姊姊贵姓芳名?石、林诸位姊姊可在仙山?"少女答道:"小妹司青璜,去年才蒙恩师收录,不在武当七女之列。二位姊姊却是心仪已久,今得相见,真乃幸事。这位道友尚望引见。"随向三人礼拜。三人答礼。谢琳道:"此是我小世弟李洪,妙一真人齐世伯九生爱子。偶因暇日,来此拜望七位令师姊,不料又得一位良友,真乃快事。"司青璜道:"诸位师姊多半有事远出,只林绿华师姊现在入定。我因见积雪,闲中无聊,偶然游戏,把林师姊的催花灵符暗中取了一道,照她所传,如法施为。此地梅花多半为女仙姜雪君所赠,均是洞庭山中灵木,各有一点气候。林师姊又极珍爱,常用灵泉滋润,故此花开容易。本心想等林师姊出来,同赏香雪,博她一笑,不料三位道友光降,倒真成贻笑大方了。"三人自是谦谢。青璜道:"嘉客远来,只顾说话,还未及请进叙谈呢。"遂请三人入内。

刚刚坐定,林绿华便已走来,见面大喜,互相礼叙。绿华道:"愚姊妹如今奉命轮流下山,修积外功,众同门姊妹在山时少。今日石玉珠师妹本已回山,又被卧眉峰孙毓桐姊姊约往鼎湖峰采药,见面没有说几句话,便匆匆走去。我因家师近方闭关,须人留守,未得同行。却值天降大雪,小师妹故弄狡狯,知我最爱梅花,行法催开,三位嘉宾又从天外飞来。古人谓良辰美景,赏心乐事,今乃兼之,梅花有知,当亦欣喜。只惜诸姊妹未得迎待,辜负此清赏罢了。"说时,青璜已将主人自酿香雪饮,连同山中特种葡萄、苹果、梨、枣、松仁、首乌之类,杂以松菌、笋脯等素肴,用碧玉盘端来奉客。绿华笑道:"薄酒野蔌,愧无兼味款待嘉宾,惟此果品数事。虽是常物,尚系愚姊妹由各名产地移植而来,此间地脉尚属膏腴,复经灵泉浇灌,味颇甘芳,有异常产。若比凝碧仙府仙果灵实,相差不可以道里计了。"三人随意取尝,果然玉肪流膏,芳腾齿颊,隽美非常。那酒倒在玉杯之中,湛然深碧,芳馨袭人,尤为色香味三绝,比起峨眉仙酿另具胜场,俱都赞不绝口。

谢琳道:"林姊姊冰肌玉骨,美绝天人,仿佛梅花化身,同此冷艳。吐属容止,更那么温文娴雅。与你相对,就有一点俗气,也被你的容光所化了。"绿华道:"二姊几时学来这一套客气话?莫非玉珠妹子不在,我便见外不成?"青璜见二人谦词相对,笑道:"我这人口直心快,常说同门师姊妹中绿华姊姊最美。久闻谢家二位姊姊天真美貌,并世所稀,常想还有比我绿华姊姊更美的么?今日一见,果然珠辉玉映,仪态万方,青女素娥,未必胜之。你二人瑜亮并生,我绿华姊姊也不遑多让。可是绿华姊姊孤芳自赏,哪似二位姊姊琼树双生,琪花并秀,看得人眼花缭乱,直恨不能永为臣仆才快心呢。"李洪道:"你们尽转文,放着好酒好东西不吃,说这些文话干什么?"谢璎道:"洪弟毕竟年幼,连主人说在一起。初次登门,也太不客气了。"谢琳笑道:"此时此景最宜清谈,谁似你这等俗气,只会吃呢!"绿华前在峨眉见过李洪,知他九世修为,法力甚高,忙笑答道:"我们修道之人,原无须乎客套。本来是我说话酸气,小师妹再一随声附和,无怪乎李道友齿冷。"谢琳道:"姊姊才说不客气,为何对洪弟道友相称?若不见外,和我们一样称呼如何?"林、司二女谦谢不肯。谢璎道:"洪弟童心未尽,你要客气,他便不能久留了。"绿华本意结纳,又听出三人此来,不似略谈即去口吻,随即应诺。随问是否便道相访,还是另有别事?谢琳说了来意。林、司二女一听,三人似愿小住,愈发高兴,再四挽留。三人便应了。

当地乃是一座玉石所建的两层楼舍,楼外便是大片花林。宾主五人凭栏赏梅,对雪小饮,笑语甚欢。李洪见主人对他格外殷勤,也自高兴,忘了拘束。三人因半边老尼闭关入定,不能进谒,只托绿华日后致意。雪住以后,天气渐趋晴朗,遥望夕阳已落西山,大半轮红日浮在地平线上,射出万道光芒,把左近山石林木都映成了红色。谢璎道:"今方九月,天并不冷,这场快雪,恐怕留不住哩。"司青璜道:"此间地暖,本来难得遇到这等大雪,就下也难留。适才略施小技,留此快雪,以伴梅花,并留姊姊、洪弟同赏寒芳。你看此崖以外积雪不都化了么?"三人斜倚玉栏,先未留意,闻言四顾,尺许厚的积雪已经化去十之八九,只剩薄薄一层,浮在地上。雪后飞瀑,越发雄快,玉溅珠喷,水烟溟濛,斜阳映照上去,缤纷五色,顿成奇观。

正观赏间,忽见遥天云影中,有两道金碧光线闪了两闪,细如游丝,一霎即逝,也分不出邪正家数。李洪回问众人见未,绿华眉头一皱道:"此与妖邪不同。名姓详情,我不深知,不值一谈。"正说之间,又是一道青光如长虹飞渡,朝那金碧光线追去,晃眼落向左侧乱山之中,相去也只五七百里,三人看出青光之中邪气隐隐。谢琳便问故。绿华道:"本山虽不许左道妖人驻足,但在五百里外,向不过问。这道青光尚是初见,我们还是饮酒赏花吧。"李洪回顾,见青璜忿容初敛,绿华辞色也颇可疑,好似有话不说神气,料有缘故,便留了心。

一会儿,东山月上,清光大来,照得楼外花林香光浮泛,仙景无殊,对月开樽,佳趣无穷。彼此又那么情投意合,直谈到斗转参横,翠羽嘲啾,东方有了明意。三人知道,武当诸女在山时均有常课,力请自便,主人方始引客去往楼后云房中安置。三人也想用功,略为商谈,便同在房中玉榻上入定。因连日不曾用功,这一坐,直到次日下午方始先后起身。李洪先起,见主人不在房中,信步走往前楼。见晴雪梅花愈发繁艳,想往花下踏雪。刚刚飞落,忽见青璜急匆匆跑来,说道:"好弟弟,快帮她一帮,绿华姊姊出了事了。"李洪知道绿华道力颇高,半边老尼好胜护犊,向不许人欺她门下,何人大胆,敢捋虎须?忙问:"现在何处?"青璜急道:"就是昨日青光下落之处。林师姊不许我去,更不许对人说起。本来不想出口,无如她此时还未回来,令人放心不下。此事不宜人多,最好快去快回。事前连谢家姊姊也无使知,问时我自会代你应答,请快去吧。"李洪喜事,住在当地本非所愿。只觉绿华人好,匆匆也未深思,便即起身,破空飞去。

六七百里的云程,飞行神速,晃眼即至。因青璜不知一定所在,只照昨日青光落处寻找,见下面乱山杂沓,溪壑纵横,空山无人,毫无迹兆可寻。正在盘空疾飞,打不出主意,忽见前面山谷中飞起一片蓝色妖光,光中一个相貌痴肥的妖人,刚由林中飞起。紧跟着后面一道尺许长金光电射追去,晃眼赶上,两下里才一接触,霹雳一声,妖光立被震破,洒了一天蓝色星雨。妖人一声怒啸,化为一溜烟逃去,一霎不见,金光也自撤回。认出那金光便是玄女针,谢琳曾有此宝,乃半边老尼所赐,知是绿华所发,人必在内,忙即赶去。入林一看,绿华手指一道金光,与昨日所见青光相斗。敌人乃是一个相貌丑怪,一目已眇的中年秃子。前面另一美少年,面容愁苦,正向绿华赔话,神情甚是惶遽。绿华面有愁容,似在大声斥责。

回顾李洪赶到，意似惊急，更不再理少年，手指敌人喝道："我实委曲求全，投鼠忌器，秃贼休再不知进退。再不见机，刚才妖人便是你的榜样！"随把手一指，金光骤盛。李洪也已赶近，因知绿华所用金牛剑乃武当派镇山之宝，威力至大，而妖人并无所惧，绿华又是那样情急，匆匆未暇寻思，左肩摇处，断玉钩立时化为两弯精虹，神龙剪尾飞将出去。惟恐不能制胜，又将玉玦一按，一片祥霞随同飞出。

那妖人乃左道中有名之士，受人之托而来，本心想迫绿华降服，未施全力。不料绿华应变神速，反乘隙将另一妖人打伤败逃。一见飞来一人，虽是幼童，遁光却不寻常。暗忖："此是何人门下？小小年纪，具此根骨功力。今日若败，以后何颜见人？"方想另施邪法取胜，金牛剑光骤盛，匆匆迎御，断玉钩已迎面飞来。妖人深知此宝来历，心中一惊，祥霞一起，越知不妙。因所用飞剑也是苦炼多年，雌雄各一，不舍失去，想要收回。慌迫中略一迟疑，哪知来势万分神速，青光又被金光绊住，缓得一缓，断玉钩已追上前来，照准青光一绞，立成粉碎，化为凡铁，纷纷坠地。妖人急怒交加，未及施为，玉玦霞光电驶飞来，当头压下，精虹也跟踪剪尾而至。两人夹攻，知无幸理，只得咬牙切齿，把心一横，左臂往上一迎，立被钩光斩断，就势化为一道血光遁去。李洪耳听绿华急呼："洪弟且慢！"事已无及，匆忙中也未在意。事完回看，那美少年仍立在绿华面前，面色已是惨变。绿华急道："你这不听好话的人，自寻苦恼，谁来管你？再不见机，此时便难活命了。"说时见李洪回身走来，脸上一红，似有愧容。正待迎前说话，少年面色忽转悲忿道："妹妹再不见怜，有何生趣？你不肯下手，便请贵友杀我吧。"

绿华见李洪已经走近，知难隐讳，只得苦笑道："洪弟乃我好友，怎肯杀你？倒是你连番弄巧成拙，今日更是引火烧身。幸而田氏弟兄被我说服，否则误己还要误人。你真是我累世冤孽，我绝不忍见你自毁仙业，徒取灭亡。今日你如联合妖人与我为敌，我蒙李道友相助，也不至于吃亏。妖人虽败，你却无害。不合首鼠两端，既想借外人之力乘我于危，又恐我受伤害，事急之时，反而倒戈相助，以至两妖人反胜为败，相继受伤逃走。这两个一是姬繁爱徒，一是小南极群邪之首，对你岂肯甘休？你虽愚昧无知，昔年情分仍在，况有义母抚育之恩，岂容坐视？偏生师父对你又极厌恶。妖人寻我，尚有师父荫庇。你孤立无援，田氏兄弟未必助你。本来再有一甲子，我功行便可圆满，经此一来，又要为你延误。事已至此，尚复何言？绿云崖左近，师父绝不容你涉足。若往别处，难保不与妖人相逢狭路，吉少凶多。幸石师妹好友孙毓桐隐居卧眉峰峰腰一洞，深入地底数百丈，乃古仙人炼丹之所，可往相依。就这样，踪迹仍须隐秘，我每月两次，或是得暇，必往看望，就便考察功力，也许日后机缘巧合，将你引进到诸正派长老门下。你虽在旁门，从无恶行，今世又是散仙门下，只要肯勤于修为，仙业并非无望，何苦自暴自弃呢？"少年起初闻言，神色依旧悲忿，好似无动于衷。及听绿华日后要去看他，面上忽现喜容，答道："今日才知妹妹对我仍是关切。本心只求常得相见，并无他求，但得如此，百死也所心甘，请即同往便了。"李洪细看少年，方觉他丰神俊朗，道骨仙风，颇似散仙中人，并非左道一流，心颇喜他。未及发问，小寒山二女忽然现身，笑道："林姊姊有甚为难之事，但请明言，我三人愿效微劳如何？"绿华见二女赶来，愈发玉靥生春，朝少年斜视了一眼，眉宇间隐含幽怨。转对二女道："你我至好，无事不可明言。这位崔道友当初乃我世交至友，说来话长。三位请回绿云崖，等我将他送往卧眉峰安顿之后，回来再说吧。"随向双方引见，礼叙后分别飞回。

原来李洪走时，二女已经警觉赶出，随后追去，相继到达林中。一听双方说话，便明白了几分，知道绿华别有难言之隐，本来不想现身出见。因见少年情词诚切，神情悲忿，隐蕴无限深情，人又那么英俊，一身道气；绿华对于少年只是难处，并无恶感，反甚关切，不由生出同情，意欲问明相助。一想李洪已与绿华相见，妖人也为她所伤，少时仍须问明，便即现身相见。回到崖前，青璜正在盼望，问知前事，知难再隐，便同去楼中，笑道："林师姊虽是丽质天生，性情温婉，但她玉洁冰清，纤尘不染，此是她难言之隐。少时回来请勿多问，由我略说经过吧。"二女一问，才知绿华前生乃西藏派教祖凌浑之女。因父母雪山炼丹，年幼不能同去，经乃母白发龙女崔五姑寄养仙都后山碧梧仙子崔芜洞中。少年乃崔芜次子，两人本是两世情孽，转世重逢，情更深厚。先颇发情止礼，终以冤孽纠缠，致为妖人所算，同失元真，又堕尘劫。绿华幸得前世恩师半边老尼接引，重回师门，仙业已将成就。少年接连三世俱在旁门，今生始拜在一位散仙门下，对于绿华情深爱重，相思入骨，一心只想常伺玉人颜色，并无邪念。无奈武当教规至严，半边老尼性情古怪，因爱徒前生为其所误，大为厌恶，不许入山相见。少年在左近守伺多年，好容易见到两次。绿华性情温柔，始尚敷衍。嗣见少年情痴更甚，恐蹈覆辙，又陷情网，往往避道而行。少年自是痴恋，本就难耐。近闻武当七女奉命行道，照胆碧张锦雯、摩云翼孔凌霄与绿华不久还要别寻灵区胜域，另建仙府。闻讯惊喜交集，顿触夙愿，欲与绿华乘机同在一起共修仙业。绿华为人谨慎，如何敢逆师意行事。近三月中，少年乘着老尼闭关，七女他出，绿华一人在山，竟自犯险，暗至绿云崖与绿华相见。绿华又急又怒，严词拒绝，并以法力驱逐。

少年情急难堪，一时激怒，忽发奇想：便约了几个左道中好友，欲以强力迫令如愿。此已三次，均未得逞。但对绿华情痴意厚，行事便多颠倒：一面约人相助，又恐绿华到时受伤，不是发难之前飞书告警令做准备，便是到时一见绿华有了败意，便锐身掩护，甚或反戈相向，情愿事后向所约妖人赔罪，受尽折辱，所识几个左道中人竟全因此反目。这一次辗转请求，所约的也无一庸手。因忿绿华薄情，已下决心。哪知人约定后，知来人法力高强，行事毒辣，情切心上人的安危，又害了怕，忙在人到以前赶来告急，吃绿华怒斥回去。三人来时，绿华实在暗中准备，因想师传法宝神奇，近来功力尤为精进，只有田氏兄弟乃尸毗老人爱徒，魔法甚高，恐非敌手，心中疑虑。先想请李洪等三人相助，又觉羞于启齿。今朝一见时至，如若不去，必要寻上门来。心对少年仍存维护，师父最恨外人来此扰闹，何况上门欺人，万一将其惊动，少年必无生理。忙中无计，只好硬着头皮，前往一试。哪知田氏弟兄甚通情理，绿华义正词严，竟被说服，首先退去。这两个最厉害的一走，绿华心便放了许多，以后情事，三人均曾眼见。

说完，绿华也已回转。谢琳首先说道："此事已听青璜妹子说起，姊姊处境困难，令友痴情也是可怜，久藏在此，终非了局。我想此事只有佛力度化，方可无害。妹子事完回山，必向家师求说，请其相助便了。"绿华闻言大喜，再三称谢。随对二人道："今日秃贼邪法甚高，未容施展全力，便为洪弟所伤，绝不甘休。此贼手狠心毒，炼有邪法九寒沙，此外异宝甚多。洪弟再与相遇，最好先用灵峤三宝制住他的本身元灵，勿留空隙，再将断玉钩与太乙神雷同时发动，方可永绝后患。否则，此贼最长暗算，识人甚多,海外妖邪多半是他后辈,定往仙山寻仇。固然洪弟法力高强,必可无害,但现当用功之时,岂不惹厌?"二女同声说道:"早知此贼是我叶姑对头,刚才我们也动手了。"李洪道:"早知如此,我只要放出一朵灯花,立可了账,何必费事?"谢璎道:"这可来不得,我们踪迹一现,毒手妖人立可警觉。如知此宝在我们手中,必先隐匿逃遁,再过些日,元气炼复,除他便难。所以我们行动均用有无相神光隐身,虽也有现形之时,绝不使其看出将有除他之意。妖孽虽知金幢厉害,一则幻波池诸姊妹未与我们一起,魔宫防备森严,邪法厉害,心仍自恃,以为我们畏惧轩辕老魔,必有顾忌。到了明日子夜,我三人突然前往,出其无备,方可成功,怎可打草惊蛇呢!"

众人笑语欢叙,时光易过,不觉到了用功之时,仍去分别入定。等次日功课做完,同时走出,林、司二女又陪往游玩全景。偶谈起卧眉峰主人雅善修治营建,匠心独运,清景如画。残雪早消,满山红叶与秋菊争艳,秋光独盛。主人不在,也可观赏,欲往一游,便信步行去。快要到达,忽见一道白光刺空飞来,直往面前落下,现出一个道装女子,正是武当七女中的大姊张锦雯。与三人分别礼见之后,便对绿华道:"我原说山中哪有如此年幼的道友,原来李道友与二位姊姊宠临,无怪乎那么厉害的妖人,也不是对手了。"众人问故。锦雯道:"适才归途,发现川鄂交界深山之中,水木清华,洞壑幽奇,意欲日后为本门辟一洞府,前往查看。忽然发现有人在彼修炼,刚把身形隐起,便见两人走出。听他一谈,内中一个秃贼竟是小南极为首妖人尤鳌,主人乃昔年在东海三仙无形剑下漏网的妖妇半杨妃勾魂姹女马庚仙。秃贼说起昨日为李道友所伤之事,痛恨彻骨,必欲得而甘心,只不知姓名来历。已和妖妇定下毒计,由明日起,秃贼先来本山查访窥探。只一见面,便即诱往妖妇山中,用邪法困住,由妖妇吸取真阳,再由秃贼嚼吃肉身,方可报仇雪忿。我知又是林师妹那位冤孽所惹的事,此人也太情痴,长此纠缠,如何是好呢?"谢琳插口笑拍了李洪一下道:"你这个胖娃娃,少惹点事,留神秃妖贼要吃你的肉呢。"李洪在旁,本就有气,不等说完,怒道:"秃贼、妖妇实太可恶!反正无事,就此除去也好。"说完,手向张、林、司三女主人把手一拱,道声:"行再相见。"双足一顿,破空飞去。谢璎一把未拉住,想要飞身追回。谢琳拦道:"秃贼以前曾往金钟岛生事,叶姑门下两世妹几为所害,断乎容他不得。就此除害,岂不也好?"张锦雯道:"我看秃贼、妖妇恶贯满盈,此去手到成功。愚姊妹尚有要事,未便远离,恕不奉陪了。"二女问明途向,作别起身,以为飞行神速,必可追上。哪知叙别稍为耽延,李洪年幼疾恶,匆匆起身,未及细问,只知地在川鄂交界深山之中,本来不易找到。也是妖人该死,阴错阳差,却在此时离山外出,二女反倒扑空,李洪却迎个正着,等二女寻到,双方已经恶斗多时,生出枝节来了。

原来李洪飞经川鄂交界,忽想起先恐二人拦阻,忙于起身,不曾细问山在何处,荆门一带,千山万壑,如何寻找?又不便回去问人。心想今天才第三日,有的是闲空,豁出把这一带山岭寻遍,也许查出妖人下落。心念才动,猛瞥见一道青光同了一道暗赤光华横空而渡,飞得极高,直非寻常目力所见。暗忖:"秃贼飞剑已被我所毁,这道青光怎与其一样?莫非飞剑不止一口?暗赤光华也与赤阴教相似,说不定就是所说的妖妇。"立即跟踪赶去。原意身形已隐,对方不能发现,等追上看明,再行下手。不料男女两妖人邪法甚高,还未近前,便被警觉,因觉来人绝非平庸之手,特意诱往小峨山一个有力的同党那里,准备合力应付。那同党正是毒手摩什门下妖徒闵乌能,正在山上祭炼邪法,性本凶残,仗恃乃师凶焰,无恶不作。所炼邪法,得有师传,也极厉害。一见二妖人匆匆跑来,神色张皇,见面说不几句,李洪也已赶到。因见邪法厉害,妖人已经现身,果是秃贼、妖妇连同妖党师徒,有十余人之多,正向自己来路指说,知被警觉。少年心性,不欲示弱,立即现身,方喝:"妖贼纳命!"山顶上忽有一片乌金色的云光飞涌上来,将李洪围在其内。李洪虽不知妖党来历,但听二女说过,这玄武乌煞罗睺血焰神罡的厉害。近来精习禅功,应变神速,心灵上略有警兆,灵峤三宝立即发动。玉玦祥霞首先飞出,护住全身。金连环连同断玉钩相继飞出。本来心有先人之见,毒手摩什又未见过,虽然当地山形景物与二女所说大峇山魔宫不类,但因所用邪法同一路道,心疑毒手摩什也在其内。又见金云电旋,血焰如潮,上下四外成了一片乌金色的火海,宝光以外,什么也看不见。那么强烈的护身宝光,所到之处,尽管纵横如意,并不十分为难,潜力却大,妖光随灭随生,散而复聚,越来越密。

匆忙中不知妖徒伎俩只此,因素来强横骄狂,夜郎自大,当着同党门人,表面虽还镇静,实已手忙脚乱,强行挣扎,损耗颇多,并不能持久下去。以为邪法厉害,二女又未同来,如无七宝金幢将妖邪困住,必被逃走。虽有制他之宝心灯在手,不能妄用。胜负两难,方在寻思。对方男女两妖人原是行家,先觉闵乌能邪法可恃,人又刚暴逞强,不便伸手。及见李洪周身都是佛光祥霞环绕,邪法无功,大有相形见绌之势。妖妇首把腰间葫芦一拍,便有粉红色的淡烟杂着一股赤阴阴光雨,朝前激射出去。此是赤阴教中最阴毒的邪法,厉害非常。看去光并不强,中杂一股带着粉香的腥秽之气,洒中人身,骨髓皆融,终化脓血而死,连生魂带所化污血全被妖妇葫芦吸去。每害一人,便增加若干凶威。不论道力多高的人,骤不及防,如为所乘,初闻尚觉腥秽异常,只一入鼻,便觉另具一种膻香,越闻越爱。不多一会儿,便软瘫在地,听其摆布,终于化血而死。妖妇原因李洪仙骨仙根,致生邪念。又见李洪头顶祥霞,身环金光,精虹如电,上下飞舞,以为妖光血焰虽不能近,并非无隙可乘。所放毒气俱是凶魂厉魄,与极污秽淫毒的精气合炼而成,能由心运用,得隙即入,敌人稍为疏忽,即受暗算。便用宝光护满全身,稍为疏忽,也必晕迷过去。对头法宝虽极神妙,终是年幼,无甚经历,多半不知利害。又因妖徒势绌,不容袖手。明知宝光强烈,此举必有损耗,继而一想:"敌人不知是甚来历,这么好的根骨禀赋从来未见,如能吸取他的童贞,足偿所失。"贪心一生,立即如法施为。秃子也将轻易不用的九寒沙发出助战。

李洪本有戒心,前生曾与赤阴教妖人对敌,深知邪法来历。又见九寒沙化为千万点碧萤,暴雨一般射来,乌金色光云血焰又未减退。一时惊疑,惟恐失算,便把莲花宝座取出,望外一扬,化为一朵金光万道的莲花宝座。本意腾身其上,不求有功,但求无过,先把自己护住,再打御敌主意。没想到西方至宝威力绝大,前与尸毗老人相斗,心存退让,全力并未发挥,这时却显出此宝的妙用。灵峤三宝本就万邪不侵,妖妇所谋只是徒劳,所用毒气并不能侵入丝毫,哪再禁得起这一件西方至宝的威力。一经施为,那千叶莲花瓣上突射出万亿金芒,所到之处,邪焰全消,毒氛尽灭。更有一圈佛光,大约十丈,悬向敌人头上,祥辉潋滟,徐徐流转。妖妇先打着如意算盘,欲等对方中邪晕倒,立即连宝带人,一齐下手抢走,捷足先登,以免同党觊觎。待用玄功变化,掩向火海邪氛之中,相隔甚远,做梦也没想到祸发甚快。佛光一现，立被罩住，邪法全都失效，原形毕现，想逃已是无及。李洪原为有点疑虑，上来便照杨瑾所传，猛以全力施为，未料此宝如此威力。一见金莲涌出，邪法全破，天色立转清明。妖妇忽在身前不远现形，手执阴火葫芦，周身邪烟围绕，被佛光罩定，正在强力挣扎，似想逃走。知道上有佛光，下有金莲，任何邪法异宝俱难侵犯，无须再用法宝防身。于是将手一指，断玉钩先飞出去。妖妇首当其冲，精虹略闪，立时毙命。如意金环宝光赶上前去，裹定一绞，连人带葫芦一齐消灭。秃子见势不佳，急纵妖光逃去。闵乌能看出不妙，再不见机，必无生理，心中忿恨，急怒交加，也忙化为一溜乌金色的妖光，电驰遁走。李洪虽觉妖人邪法不如意料之甚，但是相貌狞恶，身材高大，连所发妖光均与二女所说相似，仍疑心是毒手摩什本人。也许幻波池新遭惨败，元气未复，故此法力大逊。一见逃走，惟恐二女不在，被其逃脱，因而误事，便着了急。立纵遁光加急追去，百忙中连所用法宝也未收回，身在莲花宝座佛光环绕之中，前面又有一道金红色的交尾精虹和灵峤三宝所发宝光，相率齐飞。一时光焰万丈，上烛重霄，慧炬流天，星驰电射，顿成亘古未有之奇观，千万里外俱能看见。

当时只苦了山顶上一伙毒手门下的徒子徒孙。因妖师情急逃命，忘了携带，来势又万分神速。知金莲宝座本是佛门降魔至宝，寻常妖邪只吃那圈佛光照住，或被金莲宝焰射中，绝难幸免；常人遇上转可无事，且增智慧。这班极恶穷凶的妖徒一经接触，立生反应，欲逃无及，佛光宝焰已照上身来。李洪只顾追敌，并未在意，众妖徒却全数遭报，死于就地。总算李洪不曾有意诛戮，佛法慈悲，经此佛光一照，邪法戾气与原有恶性一齐解消，仍可前去投生，转入轮回，只不过法力全失，与常人死后精魂一样罢了。当地原离大岲山魔窟不远，双方飞得又快，不消片刻，先后飞近。

这时毒手摩什正在宫中修炼，欲谋异日报仇之计，忽见一门下妖徒神色慌张，飞身入报说："闵师兄被一敌人追来，已将到达。"毒手摩什闻报大怒，身形一晃，便到宫外。迎头遇见妖徒鼠窜逃来，手指身后来路，连话也顾不得说，神色甚是惊惶。素日凶威远震，无人敢撄其锋，这多年来只小寒山二女曾来本山与之对敌，由此连遭挫折，想起便怒不可遏。一听有人追上门来，想起前事，更是火上加油，暴跳如雷。因忿妖徒脓包，怒吼一声,方要打去。猛瞥见遥天空际,一座千叶莲台带着大片金光祥霞,电也似飞来。先前吃过佛门中人的亏,一见这等声势,疑是平日意想中那几个强敌来寻晦气,不禁惊疑。再一想:"来人如是方今佛门中几个有名人物,妖徒一遇,早为所杀,怎会被其逃走?再说来人也不曾这等卖弄,许又是对头门人有意欺人。"念头一转,怒火重又上升,李洪也已追到。一见来人是个不满十岁的幼童,再见周身俱是法宝防护之状,分明年幼无知,仗着师长法宝,私出生事。觉着自己多年威望,无人敢惹,如今时衰运背,连这么一个乳臭未干的幼童也敢上门欺人,怒极之下,心想:"来人根骨至佳,从所未见,如能摄得生魂,祭炼邪法,报仇必可如愿。"毒手自从幻波池逃走以后,也曾防到对头寻他晦气,魔窟内外均设有极厉害的埋伏禁制。于是将手一挥,立即发动。

李洪正追之间,瞥见妖徒下落的山头竟有大片平地,一头矗立着数十幢金碧楼台,殿阁崇宏,气象万千。前面更有无数琪花瑶草,佳木秀列,软草如茵,山光泼黛,景极壮丽,有似神仙宫阙,不类人间。但用慧目法眼遥一谛视,便看出其中邪雾隐隐,暗含煞气。快要飞到,忽见殿前玉平台上突现一人,紧跟着两旁金碧台榭内又飞出一伙奇形怪状的妖人。前追之敌,也已落地现身,先出妖人把手一扬,便即退去。这才看出为首一个,正是毒手摩什。暗忖:"这里方是大岔山魔窟,至多挨到明朝,二女必要寻来,一举成功。一放,人已飞上山顶。

要知下文许多惊险新奇情节,俱在以后各回披露。

第二六三回　惊丽质　蓦地起微波
　　　　　　　　忿轻狂　凌空飞巨掌

　　前文说到李洪独自一个追赶妖徒，不料竟追到大昝山毒手摩什魔窟门上。等到发现毒手摩什在对面山顶上现身，才知先前所追不是本人。虽幸妖孽未被滑脱，但是小寒山二女不曾跟来，是否能敌，尚无把握。方在惊喜交集，人已飞近。毒手见来人是个幼童，越发忿怒，立意生擒，用邪法逼问口供，摄取元神祭炼魔幡。厉吼一声，扬手一片乌金色的光幕飞将出来，将李洪连人带宝光一起罩住。这玄武乌煞罗喉血焰神罡在魔法中最是厉害，李洪虽有佛光、法宝护身，毕竟今生功力不够，只能仗以防身，取胜却是无望。这还是毒手日前幻波池连受重伤，妖光魔火损耗太甚，所剩只是一点残余，虽然连日苦炼，尚未复原，否则更凶，但也伤害李洪不了。
　　李洪不知就里，一见妖光当头压到，跟着血焰如潮，四外涌来，防身宝光以外，成了一片暗赤色的血海，乌金色的妖光更是箭雨一般射到。虽为宝光、佛光所阻，不能近身，但上下四外全被胶住，无法行动。比前遇妖徒固凶得多，连尸毗老人魔光血焰也似无此厉害。耳听毒手现身恶骂："何方小狗，通名纳命，少时可免好些苦痛。你那法宝不过稍挨时候，我只要略用玄功，你连人带宝立时粉碎了。"李洪想起二女以前所说妖法厉害，虽有制他的法宝，不能妄用。方想把如意金环和断玉钩放出防身宝光之外试试，忽听两个女子声音同声接口清叱道："无耻妖孽，少发狂言，你今日恶贯满盈，活不成了。"刚听出是二女的口音，话还未完，猛瞥见一幢祥霞突然涌现。同时又听一声厉啸，那布满山顶高入数百丈的妖光血焰，连同毒手师徒多人，全数不见，只有十几道妖光黑烟往祥霞中投去。天色重转清明，妖氛尽扫，云白天青。面前七宝金幢仍在徐徐转动，祥辉激滟，彩霞千重。内中现出谢璎跌坐在地，身后站着谢琳。金幢约有三丈多高，丈许粗细，由谢璎头上升起，将二女带妖人一齐笼罩在内。

再看毒手师徒十余人，仅有两条黑影随同毒手摩什在光幢外围之内上下冲突，往来飞舞，倏忽如电。正在注目查看，一会儿工夫，妖徒肉身早已消灭不见。元神所化黑影，随同佛光祥霞闪变之际，一个个由浓而淡，转眼化为乌有。只剩毒手摩什尚在光中张牙舞爪，拼命挣扎，想要逃出。谢琳一手掐着一个灭魔诀印，一手指着一道佛光，射向妖人身上，随同飞舞，似以全力防范，不敢丝毫松懈之状。谢璎闭目跌坐，神仪内莹，正在默运禅功，加增金幢威力。二女本来美绝天人，再吃佛光祥霞一陪衬，越觉宝相庄严，仪态万方，容光照人，不可逼视。方在赞妙，待要走近，忽见谢琳朝自己看了一眼，面有怒容。随闻妖人厉吼悲啸之声，由光幢中隐隐传出，挣扎冲突，势更猛急。再看谢琳，好似有点制他不住，神情也不慌乱。暗忖："金幢乃佛门至宝，多厉害的妖邪一被困住，休说逃生，连声音也被隔断，想向同党求救也办不到，吼啸之声如何听出？"又见金幢祥霞大盛，转动渐快，啸声也时闻时辍。猛想起："心灯佛火尚未施为，妖人未受重创，已被二女擒住。闻说妖法厉害，声到人到，已经听见啸声，许是金幢制他不住，莫要被他乘机逃走，却是大害。"心中一动，手掐法诀，取出心灯。谢琳脸上忽现喜容，越知所料不差。方想如法施为，说时迟，那时快，毒手魔影忽在金幢光层内急挣了几挣，一片极淡的血焰妖光倏的爆散消灭，毒手前半身竟然冲出光外，妖遁神速无比。这时毒手已拼舍弃原身，只留妖魂元神，本来非被逃走不可。也是恶贯满盈，数限将终，二女又以全神贯注在他身上，金幢威力绝大，挣逃甚难。毒手将原炼形体失去，已是痛心万分，出于无奈，再将三尸元神葬送两个，自更不舍，欲保全魂而逃，以致弄巧成拙。

二女原恐附近有气候的生物无辜受伤，又恐隐却宝光，李洪看不见自己，特用有无相神光笼罩在外，未将金幢全力施为，以免波及。及见妖魂要逃，心中一急，便不再顾忌，加增威力。毒手身刚逃出一半，便被吸住，知被擒回，再逃更难。这时方在咬牙横心，拼着苦炼六十年，想要分化元神，只保得一半残魂逃去时，就在这时机紧迫，不容一瞬之际，李洪手指处，青荧荧只有豆大一点极柔和的佛火神光，已经发将出去。双方相隔甚近，恰好迎个正着。毒手神通广大，见多识广，百忙中瞥见幼童手上拿着一盏玉石灯檠，灯头上发出一朵灯花，看出是件佛门至宝，情知不妙，无如里外受敌，想逃如何能够。刚被打中，只觉身上微微一凉，佛火神光随即爆炸，将元神震散了一半，只惨嗥得一声，立被金幢佛光摄去，转眼合成一条黑影。虽然仍在里面挣扎，比起先前便差多了。金幢转动，便由快而慢，回了原状，渐渐停住不动，光霞也减少了多半。这原是瞬息间事，先后不过半盏茶时。李洪见妖魂逐渐势弱，知已无碍，正在高兴，忽听谢琳娇嗔道："洪弟还不收了你的法宝，进来代我护法！妖孽这一声鬼叫，不知要有多少妖党被他引来。强敌将到，你一人在外，如何应付？"说时，李洪已如言走进，觉着由光层中穿过，若无其事。知道佛门至宝，随同主人心念所至，因人而施，果然神妙无穷。方在赞妙，谢琳已埋怨起来，说因李洪忘了施展心灯，看出妖人欲用玄功变化逃走，略用眼色示意，稍一分神，差点没被漏网。李洪随问如何寻到此地。

原来二女照张锦雯所说妖人巢穴寻找，敌我俱无踪影，惟恐有失。正在巫峡上空飞寻，忽遇金姥姥罗紫烟说："适才空中遥望，李洪在佛光金霞环拥之中追一妖人，往西南方大峇山一面飞去。前面妖人驾着一道乌金色的妖光，颇似毒手摩什门下。"二女闻言大惊，立用有无相神光隐身急追，到时李洪已被困住。便乘妖人口发狂言，尚未惊觉之际，冷不防施展七宝金幢，将毒手师徒一起擒住。虽然出其不备，得手容易，不似预计之难，但下手早了一天，难免不生波折。又知这类妖邪颇具神通，同党呼啸，均有邪法运用，不论多远都能听见。毒手这一喊，必已发出求救信号。轩辕老怪因知劫运将临，邪法尚未炼成，惟恐因此生出波折，牵动全局，虽然不敢出手，但毒手是他第四爱徒，任人宰割，心必不甘，定必示意妖徒来援。而毒手本人所结妖党，也不在少，必来为他报仇。谢琳不愿李洪犯险，又恃学会绝尊者《灭魔宝篆》，便令李洪用心灯代她护法，以便专心御敌。刚刚准备停当，将宝光缩减，便由金幢中看出申屠宏绕道飞来。另外两三起妖党也由天边出现，各纵妖光，似往当地飞到。李洪知道这些敌人定极厉害，申屠宏此来，必为不放心自己是否在此。忙告谢琳，令其示意催走，不令停留。同时把身隐起，人在金幢之内，千百里内人物往来，俱能看见，更能随意隐现。申屠宏到时，未见李洪，谢琳又挥手示意，再见天边两道金碧光线与几道妖光三面飞来，自己又有事在身，不便久留，便往幻波池飞去。申屠宏刚走，先是那两道金碧光线飞落山顶，现出两个头顶金莲花、各披云肩、臂腿半裸的白衣道童，一现身，便手指金幢，喝令二女现身搭话。

谢、李三人见这两个道童面如冠玉，皆是英俊，赤着白足，年纪不过十五六岁，和画上哪吒、红孩儿相似。又都生得一般高矮，装束相貌宛如一人，分不出谁长谁幼。连人带那金碧光华，均不带一丝邪气。虽不知来人乃魔教中第一等人物尸毗老人的爱徒田琪、田瑶，初见也未有甚恶感。尤其李洪，见他们这等相貌打扮，惺惺相惜，首先有些喜爱，本意不愿伤他们。三人均在金幢祥霞之内，万邪不侵，一心想等毒手摩什炼化之后，再作计较，任其叫骂，没有理睬。转眼之间，又飞落三个妖人，都是满身妖气，面目狰狞，神态凶恶。一到便各施展邪法，放出各色各样的妖光法宝，上前夹攻，纷纷厉声怒骂，话甚秽恶。随后又一妖妇赶到，相貌奇丑，偏是赤身露体，不挂一丝，只有一团粉红色的彩烟将身围绕。紫黄色的胖身体上，画着不少赤身俊男美女。始而不曾动手，只在光层之外摇头晃脑，做出许多妖声媚气，向三人娇啼哭喊，说毒手摩什是她情人丈夫，快快放还便罢，否则身带诸天欲界阴阳五淫神魔，稍一施为，他们连元神带肉体，全被她身上神魔享受了去，休想活命。又说她虽然相貌不大讨人喜欢，但是身具艳质奇资，不论仙凡无此禀赋。又具阴阳二体，平生阅人千万，从无一人合意，只有毒手情郎是她心爱之人，无如他情爱不专，一年中难得聚上两次。适才闻他求救之声，特意赶来相救。也知道你们正派门下专与他这样的人作对，如能看五淫仙子情面，将他放出，他对我固是知恩感德，而我有了合意郎君，常年快活，必定同他隐居在那小春城诸天欲界之中，终日厮守，永不出山害人为恶。你们无形中也算积了极大功德，彼此两益，何苦结什么冤家呢？

这妖妇既长得奇丑，说话偏那么浪声浪气。那粗如水桶的腰身，连同前胸一对肥肉口袋，后身两片紫酱色的肥臀，还随同乱扭，丑态百出，厌状至怪。先来三妖人深知妖妇厉害狠毒，始终在旁夹攻乱骂，只让出中间一段，由其向前搭话，眼看别处，故作未见。田氏兄弟见此怪状，也忍不住笑出声来。谢、李三人本来打算除去毒手之后再说，藏身宝光之中，对这些妖党全不理睬。及见妖妇这等丑怪，简直梦想不到；再想起毒手摩什那副尊容，与妖妇恰好配对。初遇不知来历，谢琳首先忍不住好笑起来。哪知妖妇邪法厉害，别具专长，即此也是邪法之一。幸被金幢宝光隔断，未受暗算，否则谢琳这一笑，先吃大亏了。妖妇早就看出毒手摩什只剩残魂在内，勉强挣扎。暗中激怒之下，因对方三个少年男女根骨之好，从来未见，竟生妄念：既想代毒手报仇，救出残魂；又想把敌人真神摄去。及见邪法无功，内中一个少女同一幼童还在指点自己笑骂，竟如无事，不禁大惊。当时一声怒吼，现出本来面目。浓眉往上一竖，两只猪眼突泛凶光，拍手跳脚，狼嗥也似破口大骂起来。

谢璎近来禅功精进，佛法越高，一经运用，便如一粒慧珠，通体灵明，不染丝毫尘滓，任何事物绝难摇惑。此时正在灵光返照，潜心默运，打算时机一到，再发心灯佛火，消灭残魂。妖妇尽管丑态百出，直如未见。谢琳却是不然。因七宝金幢已有乃姊主持，护法有人，又恃炼就伏魔诛邪之法，先见群邪猖狂，本就跃跃欲试。又见妖妇怪声怪气，哭求了一阵，无缘无故忽然翻脸，张着一个连腮血唇大口，露出满嘴黄板牙，唾沫横飞，跳脚乱骂，出语更是污秽不堪，便是鸠盘、嫫母，恶鬼变相，也无此丑怪，不由有气。李洪更是早late厌恨。于是双双不约而同，一个把断玉钩化为剪尾精光，一个把碧蜈钩化为一道翠虹，同时飞射出去。

不料田氏弟兄喝骂一阵，见对方三人不曾理睬，当做有心轻视，越发有气。把来时所闻妖人激将之言信以为真，早要发难。不过二人出身虽是魔教，因尸毗老人为人正直，除因身是旁门，恐正教中人轻视，无甚往还，交游不多，大半左道又与乃师一样习性，专喜意气用事而外，善恶之分，却极明白。见妖妇淫亵丑态，也是心生厌恶，羞与为伍。这还是与群邪同在一面，妖妇不曾犯他，如在别处相遇，绝看不惯妖妇这等淫邪无耻，也许动手杀她，皆未可知，如何还肯与之同流合污？因此一来，反倒停手住口，暂作旁观。心料妖妇邪法虽高，不是对方三人之敌，想等妖妇败退，再行上前，以示并非妖党。只为闻说二女学会绝尊者宝箓，要将宇内魔教中人一一除去，自己虽已随师皈依佛法，以前总是魔教，为此不服。又与轩辕门下妖徒好些相识，还想寻对方理论，教她知道魔教中人厉害，就便救出毒手，应人之托。停手以后，仔细往光中一看，见二女生得美胜天仙，清丽绝尘，又是一般装束相貌，不由生出爱意。暗忖："自己也是李生兄弟，又都生得那么美秀，自负举世无二，谁知天地钟灵毓秀，并不偏私，竟会生出这样两个少女。师父近来虽习佛法，因是得道千年，法力高强，无从拜师剃度，至今不曾受戒。本门不禁婚嫁，新近师父还将师妹的前生爱侣擒来，迫令允婚，自己学样，当不怪责。如得此女为妻，岂非天造地设，两双四好，永传佳话？"想到这里，多年道心竟为二女美丽容光摇动，本就越看越爱。谢琳再因妖妇丑态，嫣然一笑，越发爱极，正在痴看。不料两道虹光电射飞出，当前妖妇首先化作一片红粉色的妖光，一闪不见。

李洪年幼爱才，对于二田并无敌意。见妖妇逃退，右侧三妖人正以全力猛攻，想救毒手。金幢宝光虽冲不进，但谢璎一心对内，未将金幢威力向外发挥。而来的这三个妖人，所持均是魔教中的异宝，厉害无比，如换别的法宝，早已被他毁去。尤其内中一个身材高大的妖徒，竟用大量阴雷来攻。只见一团接一团茶杯大小紫碧二色晶球，在光层外连珠爆炸，发出极猛烈的雷火精芒，连同另两妖党手上发出来的十几根血焰火蚕，所到之处，激撞起千重霞彩，花雨缤纷，霹雳之声震天动地。如非金幢镇压，轩辕老怪秘炼阴雷与九烈神君异曲同工，凶威最猛，休说为数这么多，只消两三粒，两座大峇山也被从顶到底连根炸去，成了平地。就这样，当地虽无甚残破，附近峰峦也被震裂了不少，纷纷倒塌，此起彼应，轰隆轰隆，响成一片巨震，声势猛烈，也实惊人。此时正越来越猛，李洪自是不容，一指断玉钩，改朝三妖人飞去，双方斗在一起。谢琳见妖妇逃退，本来想与李洪合力御敌，猛瞥见田氏弟兄痴看自己，低声说笑。金幢以内，心灵所注，能听出千里以外，任何巨声繁喧均不能乱，照样听得逼真。先见二童喝骂叫阵，因见身无邪气，左道妖邪中从来无此妖人，当是海外散仙一流，受人蛊惑而来，本和李洪一样不想伤他。及见神色可疑，行法一听，对方竟垂涎自己美色，正在暗中商议，想用魔法擒回山去为妻，如何不恨？当时大怒，以为两道童绝非好人，立意除他，不愿再寻三妖人的晦气。一面指挥翠虹，改朝田氏弟兄飞去；一面把近炼的伏魔法宝，纷纷飞将出去。田氏弟兄竟然不惧，朝着二女，喜滋滋同喊得一声："好！"连身化作两道金碧光华，与那四五道宝光雷火斗在一起。

妖妇五淫仙子秦嫫邪法高强，本非真败，因见金幢神妙，邪法难侵，又见钩光厉害,措手不及,本意败退诱敌,将邪法准备停当,乘隙暗算。二田动手一挡,敌人法宝又在纷纷发出,正合心意。知道这类法宝多与主人心灵相合,如在行法时先有准备,不令上身,便有成功之望。只要对方心神稍受摇动,所炼五淫神魔便如影附形,不到把对方真元吸尽,骨销神灭,便是天仙也难解脱。又看出田氏弟兄对她意存鄙视,对于二女却甚有情,不由激发天生凶残淫妒之性,妄想就势连男带女一起下手。这时刚刚准备停当,飞将回来,二次现身,手朝脐下一拍,妖妇丑怪形体忽然隐去。谢、李三人面前,忽现出亩许大小、明镜也似一团略带红粉色的光华。先前妖妇身上所绘五对赤身美男美女,忽同出现,在一片繁花盛开的桃林之内,舞蹈起来。始而粉臂轻摇,玉腿同飞,雪股酥胸,极妍尽态。跟着艳歌互唱,媚笑相闻,声音柔曼,荡人心魄。到了后来,更是横陈花下,引臂替枕,活色生香,备诸妙相。

  谢琳禅功本有根底,道心坚定,不合心忿敌人,必欲置之于死,全神贯注在田氏弟兄身上,生了嗔念,心神已分。索性厌恶妖法污目,不去看她也罢。一则妖妇邪法相隔不远,正在对面,占地又大,目光所及,不容不看;再则谢琳童心未退,性最爱花,又擅灭魔大法,未免自恃,不知厉害。见那片花林花光潋滟,灿若云锦,十分好看,一时大意,不由多看了一眼。及见林中邪魔诸般丑态,不愿再看下去,暗骂:"该死妖妇!少时一定叫你形神皆灭。"正想用法宝破那妖法,猛又瞥见镜中飞起一蓬粉红色的彩烟,朝外面宝光中射去。当时心神一荡,心旌摇摇,心灵上立生警兆。知道妖法厉害,虽然金幢阻隔,不曾受害,因所用法宝与心神相合,也竟受了感应,几为所算,可见阴毒无比,不由大吃一惊,改了先前轻视之念。于是忙把最具威力的灭魔大法施展出去。

  妖妇不知金幢威力不可思议,就算谢琳神魔已经附身,不过元神稍受损耗,谢璎必定警觉,稍为运用,不特害人不成,那淫魔也必消灭,再不,便是倒戈相向,反攻主人。本来万无幸理,偏又是既贪且狠,竟想谢、李三人之外,就便连田氏兄弟一齐下手。做梦也没有想到,李洪九世童贞成道,虽然年幼,不论法力,专论道力,竟比二女还要深厚。不特见如未见,无动于衷,反倒恨她污目,正要一举除她。而另一面,田氏弟兄得道多年,又是行家,虽未见过妖妇,闻名已久,知她淫毒无比,不论亲疏,早有防备。先还想妖妇震于自己师徒威名，必不敢犯，不料竟连自己齐下毒手，毫不顾忌，不由大怒。又想借此向心上人卖好。于是同声大喝："谢道友暂停玉手，留神邪法暗算，我代你除此妖孽。"随说，田琪扬手一蓬彩丝，暴雨一般发将出去，首将那团妖光一齐网住。田瑶又发出三根血红色的飞钉，朝妖光中打去。李洪为想一举成功，竟将金莲宝座取出，手掐诀印，往外一扬，那圈佛光立飞出去，罩在红丝妖光之上。妖妇隐身妖光之内，见所想擒的五人，除谢琳面色略变，即复原状外，一个也未受动摇，心中惊奇。正待加紧施为，忽听二田喝骂。猛想起："欲令智昏，怎会忘了这两人？看去年幼，实则得道年久，又是尸毗老人爱徒，如何惹他们？"情知不妙，方欲收法暂退，谁知对方出手神速，恰又同时发动，刚被红丝连人带淫魔一起网住，连中三根魔钉，现出原形。那五淫神魔所化的十个美男美女也齐现原形，变作十个青面獠牙、形如骷髅的狰狞恶鬼，一窝蜂朝自己扑咬上来。心中一慌，佛光也已照到，本就万无生理，另一面谢琳又扬手一片雷火打到，三面夹攻，妖妇固是形神皆灭，连带二田的那蓬红丝和三根魔钉，也一起消灭。

谢琳心恨二田轻薄，妖妇一死，又指宝光夹攻上去。田氏弟兄把师门至宝连失其二，不由急怒交加。又看出谢琳恨他们已极，明知对方厉害，无如心爱二女，又从未丢过这样大人，就此退去，面上无光，只得各施法力斗在一起。双方相持，不觉过了一日夜。谢琳成心要制二田死命，见对方法力甚高，法宝层出不穷，急切间无奈他何，欲用所习小金刚灭魔神掌伤之。但是刚刚炼成，尚未用过，此法威力太大，功力不纯，一个驾驭不住，自身元气也要损耗。事前还要准备，必须有人相助，始保万全。谢璎专炼毒手；李洪正与三妖人为敌，刚刚得胜，又来了两个妖党，打得正紧。又看出李洪对于二田似无敌意，越不好意思把前闻之言告知。打算暂时相持，等到妖魂将要炼化，再告知姊姊，一同下手。本来毒手摩什的妖魂黑影，至多再有几个时辰便可消灭。谢琳如不先发，到时二女合力上前，只将七宝金幢往前一罩，田氏弟兄便难幸免了。

事有凑巧，玉洞真人岳韫的两个门人孙侗、于端，因随师父武夷访友，遇见过二女两次，意欲结纳，闻说二女在大笞山化炼毒手摩什，有不少妖邪前往作梗，特意赶来相助。见田氏兄弟孪生，相貌非常英俊，所用法宝邪正皆有，甚是神妙，谢琳与他俩只打个平手；李洪以一敌众，却常占上风，心中奇怪。便飞身上前喝道："你二人乃何门下？不去好好修道，来与邪魔为伍？少时形神皆灭，悔之晚矣！"田氏弟兄正没好气，闻言怒答道："无知鼠辈，也配问我姓名！说出来吓你一跳。我弟兄乃火云岭神剑峰尸毗老人门下田琪、田瑶。从来不与别人相干，因闻小寒山二女近炼《灭魔宝箓》，口发狂言，要将魔教中人一网打尽，为此寻她。先见她姊妹并不似传言那等骄狂，又是李生美秀，已不想与她俩计较。恰值妖妇用五淫神魔暗算，摄她真神，被我二人看破，助她先将妖妇现形困住，合力杀死。此女不知好歹，反将我们法宝毁了两件。此时除她姊妹嫁我二人，绝不甘休！"孙、于二人一听，对方竟是尸毗老人爱徒田氏兄弟，心中一惊，本在踌躇。及听到末两句，不由大怒，各把法宝、剑光纷纷放出，上前夹攻。谢琳听对方公然当众明言，要娶她姊妹为妻，不由怒上加怒，更不再有顾忌。随即暗嘱李洪，暂缓与群邪为敌，彼此合力，先将二田除去。

正说话间，申屠宏忽然赶到。李洪一见大喜，一面答应谢琳，一面高喊："大哥怎又寻来？花道友呢？"申屠宏看出田氏兄弟必败无疑，因在光幢之外，还不知谢琳要下那等杀手，忙用传声说："田氏弟兄并非恶人，与阮征还有渊源，千万不可伤他们。"其实李洪自听对方道出姓名来历，已无伤害之心。只为深知谢琳心性，又见她第一次这等生气，如不依她，少时必受责难，口虽应诺，心中早打好两全之策。再听申屠宏一说，越发小心。知道日前往救阮征时，田氏弟兄必已离山他去，受人之愚，不知二女厉害，生此妄念。见谢琳已将外面法宝收回，由孙、于二人迎敌，暗中默运玄功，准备发难。欲向二田警告，故意喝道："我名李洪。阮征是我二哥，为令师所困，便是我同谢家两位师姊救他脱险，你们难道不知厉害么？"田氏弟兄虽因二女只守不攻，不曾发挥全力，毕竟得道多年，早已看出神妙，知非易与。只为天性好胜，不肯服输，又丢了好几件法宝，心中怨恨。二女寻毒手摩什时不曾眼见，自恃炼就玄功变化，兼正邪诸家之长，所用法宝均极厉害；心又不舍二女，明知不能如愿，仍想勉为其难，只管迟疑不决。不料孙、于二人因在途中听姜雪君说起二女诛邪之事，只想见好，特地回山把师门几件至宝全带了来，内有两件恰是专制魔法的克星，正待施为，即此已是难当，哪再禁得起谢琳一击，双方又是同时发动。

正斗之间，谢琳突在有无相神光护身之下，飞出光幢，一声清叱："小贼纳命！"随说，玉手往外一扬。田氏弟兄见谢琳现身出斗，想说两句便宜话，口还未开，猛瞥见金光奇亮，光中一只大约亩许的蓝手，由敌人玉臂上飞起，发出轰轰霹雳之声，当头打到，这才知道不妙。弟兄二人最是友爱，田琪因见敌人法力太高，身子已被金光照住，情知不能幸免，惟恐与兄弟两败俱伤，不特未逃，反倒迎上前去。回手头上一拍，头上莲花金顶立时飞射出千重金色莲焰，朝那大手迎去。满拟用师传防身救命之宝挡它一下，好放兄弟逃走。自己无事更好，如若不敌，拼受一点伤，再纵玄功遁走。不料神掌威力至大，如何能与相抗。另一面，孙、于二人又将专破魔教元神的五雷神锋发将出来，两面夹攻，全都厉害非常，形势危险万分。幸而五行有救，阮征也在谢琳发难以前，由小南极赶来，见状大惊，当时不便现身，忙用传声告知李洪，令其暗中解救。李洪本有此心，又最听申、阮二人的话，假装从旁相助，一指断玉钩，朝正中飞去。申屠宏更是早有准备，也将伏魔金环连同飞剑一齐发出。田瑶瞥见金光蓝手当头压到，乃兄不顾危险，口喝："瑶弟速退！"自己犯险迎上，知道凶多吉少，不禁大惊。危机已迫，知拦不住，又以弟兄情重，不愿独退，正拼运用玄功，冒险抢救。晃眼之间，田琪已被神掌打中，当时金冠震裂，血流满面，受伤甚重。那旁孙、于二人的宝光雷火，又似暴雨一般打到。不由心胆皆裂，料知不能逃命，怒吼一声，待用魔教中解体分身大法，与敌人拼命，就算二女有佛法护身，不致受伤，拼得一个是一个，好歹也将孙、于二人杀死泄忿。

说时迟，那时快，就在这心念微动之间，猛又瞥见一道精虹剪尾飞来，恰将蓝手挡了一下，未再下去。同时斜刺里又飞来一环佛光，将孙、于二人的法宝神雷挡住。这两起来势都是又巧又快，虽只微微一挡，不过瞬息之间。田氏弟兄久经大敌，应变神速，最是机智，百忙中见两面强敌均被对方自行隔断，知是逃生机会。田瑶就势一把抱起田琪，化为一道金碧光华，飞身遁走。迎头又遇孙、于二人，扬手一蓬飞针打到。正在惊惶，恐乃兄禁受不住，不料那环佛光正往回飞，似有意似无意地又将飞针挡了一下，然后转往斜对面众妖人中飞去，田氏弟兄始得逃退。逃时瞥见那用佛光解围的，是个大头麻面少年。心想："照此情势，分明成心解救，连那小孩也似有意助己逃难。"虽知这两人明是敌人至友,当时还未想到阮征身上。满腹悲忿之下,正待逃回山去,禀告师父,设法报仇。

谁知孙、于二人见二田逃走,知已闯了大祸,除非将其擒住,迫令服输,立下誓约,否则后患无穷。见谢、李二人正在争论,那发佛光的麻面少年并未去追,直似有心助敌神气。又忿又急,不暇理论,匆匆飞起便追。惟恐敌人飞遁神速,被他逃走,竟把师父一向不许轻用的五云天罗向空撒去,晃眼展布空中。一面照准逃人,穷追不舍。二人在玉洞真人门下多年,法力颇高。田氏弟兄伤败之余,不能同运玄功,晃眼便被迫近。田瑶抱着乃兄同飞,回顾敌人越追越近,四面天空均被五彩光网布满。知道再被迫近三五里内,光网往下一罩,立被擒去。兄长又被重伤,没奈何只得拼耗元神,咬破中指,回手一弹,用魔教中滴血分身之法,幻出同样一道光华,带着两个人影,在血云拥护中,往斜刺里飞去。真身却用玄功往相反的方向遁走。因有一人受伤,空中又被五色云光隐隐罩住,不能逃远,意欲就近觅地藏起。刚向前面山谷中降落,孙、于二人已用两仪天罡镜发现幻影,又用镜光照查,跟踪追来。幸遇龙娃,得救回山。

申、阮二人和李洪匆匆见面,便令他将心灯交与谢琳,前往暗助二田脱难。李洪走后,在场诸妖人均为申、阮二人所败。除有两个为谢琳就势用神掌击成粉碎而外,全数受伤逃走。跟着又来了几个妖邪,均是左道中能手。二人因见二女成功在即,不想多结仇冤。只将天璇神沙会合西方神泥,一同放起,护住山顶,不去理睬。这时整座山头,都在五色星沙与金光灵雨笼罩之下,多高邪法也难侵入。孙、于二人偏又将云网远布,盖向上层。不料后来这批妖邪,竟有黑伽山主丌南公门人在内,邪法自是厉害,几乎毁却一件至宝。孙、于二人见云网受阴雷妖光冲击,眼看要破,同时又听师父用千里传声,催令速回。只得收了法宝,连二女也未见面,便即飞回山去。

众妖人连用邪法、异宝攻山,均被神沙阻住。又相持了些时,谢琳见毒手摩什妖魂黑影越来越淡,挣扎之势逐渐缓慢,好似就要消灭神气。暗想:"李宁曾说,这妖孽本由精魂炼成肉体,又曾炼就三尸元神,与别的妖邪不同,邪法甚高,哪怕只剩一点残魂余气,经妖师祭炼数十年,仍可成形复原;非仗心灯佛火之力,不能将其消灭。否则,如用金幢,便须多耗时日，至少也在七天以外始能化尽。旷日持久，必生枝节，势须从速。总共两天工夫，怎会消灭殆尽？可见金幢虽无那一粒舍利子，仍有这大威力妙用，不仗心灯，也许能够成功。"正在寻思，不料妖魂刁狡，自知难于逃死，二次被禁以后，想下诡计。知道佛门至宝，抗力越强，反应越大，消灭更快，便不再十分挣扎。一面拼受佛光炼形之厄，忍痛待救，故意装出力弱不支，借用玄功，准备最后一试，作那万一之想。这时因见群邪相继死散逃亡，新来援兵不能攻进，光幢之外又是星沙弥天，祥光如海，自知逃生望绝。那佛光炼形苦痛也实难忍受。万分忿恨之下，早想出其不意，与敌拼命。又见李洪离去，谢琳正与申、阮二人说笑。谢璎又把眼睁开，笑向来人点头。似因自己形影越淡，快要消灭，不知暗藏诡计，意存轻视，心神已分。不由触动凶心，妄想乘着仇人心神松懈之际，猛下毒手，与之同归于尽。用心虽是刁毒，实则并无用处，死得更快。谢璎早有准备，金幢佛光已将妖魂隔断，多厉害的邪法也难施展。何况谢琳手持心灯，应变又快。见妖魂微微挣了两挣，倏的一闪，由大变小，缩成尺许长一条黑影，张牙舞爪，目射凶光，猛向谢琳头上便抓。同时闻得谢璎喝道："琳妹还不下手！"立被提醒，手掐诀印一指，灯头上便飞起一朵青荧荧的佛火灯花，照准妖魂打去。妖魂本拟骤出不意，刚把元神缩小凝聚，忽见谢璎目注自己，正在微笑。面前祥光突盛，身被隔断，无法冲过。同时佛光潮涌，上下四外平添了无限压力，将妖魂紧紧逼住，不能移动分毫，才知弄巧成拙。刚刚吼得一声，佛光已当头打到，休说逃避，连似先前那样恢复原影，也办不到。当时只觉头上一凉，佛光爆发，连声都未出，便被震碎，化为无数零烟，跟着佛光祥霞，随同金幢转动，略一闪变，便即消灭，化为乌有。

申、阮二人见大功告成，便向外面群邪喝道："毒手妖孽已经伏诛，除他的小寒山二女谢家姊妹与我们四人，各有西方至宝七宝金幢、大雄禅师伏魔金环与天璇神沙，万邪不侵。因念尔等为友心热，数限未终，不与计较。再如不知自量，我四人出手，尔等形神俱灭了。"随说，把手一指，一面发挥天璇神沙的威力，一面由二女现出金幢宝相。众妖人先见敌人一味防守，不曾应战，虽然技无所施，仍在妄想报仇主意。及听对方发话，紧跟着百丈星沙，金光电旋中，突又现出一幢上具七宝的佛光祥霞，内一少女，手持一个玉石灯檠，青光荧荧，佛光神焰似要离灯而起。这才看出，无一不是专戮妖邪的至宝奇珍，料知厉害，俱都胆怯，纷纷逃退。只有两个行辈较高，邪法特强，自觉被敌人几句话吓退，太已难堪，仍想一拼。一个被谢琳用心灯佛火杀死；一个被天璇神沙裹住，自断一臂，用身外化身之法，化道血光逃去。总算谢璎未再施展金幢，否则那伙妖人一个也休想逃命。大功告成，互相谈了几句。二女知道李洪要随阮征往小南极一行，便带心灯先行辞去。

第二六四回　绝海渡鲸波　喜得冰纨传秘奥
　　　　　　　求丹行铁甬　巧穿石壁赴璇宫

申、阮二人送走二女，又往魔宫扫荡邪氛，将全宫行法毁灭，成为平地，方始往寻李洪，说起数日之内往返小南极的经过。原来金蝉、石生、甄艮、甄兑、易鼎、易震等六人奉命下山时，金蝉因七矮中为首的阮征戴罪在外，尚未返回师门，特意把小神僧阿童拉来补缺，凑成七矮之数。自从南疆大战红发老祖，又随易静、癞姑、李英琼同往陷空岛求取万年续断和灵玉膏，为秦寒萼、李文衍、向芳淑三女同门医那血神刀之伤。到手以后，与岳雯新收未入门的弟子灵奇，一行十一人飞回中土，到了西川境内，各自分手。易静等三人自往幻波池，去除妖尸玉娘子崔盈。金蝉等八人自往姑婆岭，给秦、李、向三女送药。到时三女正被群邪围困，幸八人赶来，诛邪解危，得免于难。并因此交了两个道友：一是土木岛主商梧、商栗的门人卜天童，一是麻冠道人司太虚惟一得意门人干神蛛。二人因追妖妇赵金珍，误入秦岭石仙王昔年石宫地府故居，毁了不少仙景，将石仙王派来守洞的一个怪人，连所庇护的妖魂一齐诛杀。幸而南海双童甄氏弟兄，将石仙王之孙石完收到七矮门下，免去双方嫌怨，未生枝节。跟着带了灵奇、石完，往峨眉拜见师祖，正值闭关期中，未得进谒。偶往解脱坡探访天狐宝相夫人，巧遇黎人云翼之妹云九姑。并受宝相夫人之托，分途赶往贵州娄山关九盘岭左道妖人癞僧盘踞的巢穴以内，杀死两个妖徒，救出云翼和癞僧所禁制的九姑真形，癞僧也受伤逃去。

当地本名金石谷少清仙府，原是道家西南十四洞天，景物本极灵秀。又经癞僧多年布置兴建，到处瑶草琪花，缤纷满目，修竹流泉，交相掩映，越觉水木清华，洞壑幽奇，仙景无边，观赏不尽。七矮先因所奉仙示偈语隐微难测，屡次推详，好像自己所辟建的洞府，似在云贵野人山南疆一带，又似另有一所远出天外的极好去处。可是经年寻访，飞遍宇内名山，未有遇合。一见当地风景如此美妙，地名又与金、石二人暗合，以为仙示已经应验，甚是高兴，正想作那久居之计。不料癞僧虽因小妖徒韦蛟在斗法前巧遇石生，改邪归正，拜在七矮门下，拜师以前见癞僧危急，舍命求救，得保元神，连身遁走。但是癞僧虽系左道旁门，法力甚高，自知大劫将临，难于避免，为此想下两样主意：准备强迫云九姑嫁他，将末几页道书得到手中，一同修炼，仗以免难，做一地仙，固是心愿；否则，便在期前两年，设法兵解。事前原有成算，不料将七矮引来，未容将计就计，身受众人围攻，又被阿童佛光罩住，如非韦蛟舍命相救，势必形神皆灭。虽得逃走，心仍未死，不多几日，连往故居侵扰，均为七矮所败。第二次并被擒住，也是韦蛟向众跪求放却。第三次又往，事前七矮发现他昔年恶迹，同时看出他想借阿童神木剑兵解的用意。因癞僧这次做得太狠，将石生新用仙法布置的一处美景毁坏，全都激怒，欲使形神俱灭，由当地起，直追到云南滇池香兰渚旁小瀛洲上空。癞僧眼看危急万分，幸蒙前辈散仙宁一子出头，代为说情，才得如愿兵解。本来无事，偏巧赤身寨两妖徒也在此时路遇，一个为石完所杀，一个逃时口发狂言。七矮师徒杀完癞僧，别了宁一子，便跟踪追赶。到了赤身寨，与为首妖人列霸多、长臂神魔郑元规师徒多人苦斗了七日夜。末了，向芳淑约同凌云凤，带了沙浒、米浒二徒和新得的两件至宝赶来，双方合力将全寨妖孽诛杀殆尽。甄氏弟兄和米浒却为七煞乌灵毒刀所伤，甄兑断去一只左手，米浒断腿，受伤更重。

　　金蝉知道云凤还未找着洞府，便请她暂带沙、米两小，前往金石洞调养待救，并助韦蛟留守。自己率众去往北海陷空岛，再向陷空老祖求取灵药。说完，云凤师徒先走。甄氏弟兄虽然受伤，仗有灵丹御毒止痛，照样飞行。丁神蛛也要随去，金蝉等门早看出他为人心性，双方成了至友，自然愿意。因都怜爱沙、米两小人，略为商谈，匆匆起身。以为陷空岛乃旧游之地，上次取药，主人相待颇好，这次前往必能如愿。众人年轻好友，同居一处，不舍离开，上来便把遁光连在一起，把臂同飞，一路说笑甚欢，并未细想。灵奇虽知主人上次曾有"此后不令入境"之言，但是孺慕情殷，想见乃父灵威叟。又知这几位师叔都好说话，就有不合，不至怪责，何况此举由于思亲，见未阻止，便随了去。走到路上，想起岛主法令甚严，向不许人违背，父亲又在他的门下，如何明知故犯？有心告知众人，中途退回，无如海天辽隔，路逾十万，父子二人难得相见，岛主不许自己登门，好容易遇到这等机会，又觉不舍，一路思潮起伏，进退两难。

众人飞行神速，不消一日，已飞入北极冰洋边界。只见下面寒流澎湃，悲风怒号，万里鲸波，全在冻云冷雾笼罩之中，一片沉冥，望不到底。一座座的冰山，顺着海浪飘来，上载千百年的积雪，远近罗列，互相激撞。或是浮着浮着，忽然自行中断崩裂，海波当时激起好些水柱，高涌数十百丈。此外冰岸冰山受了震荡，冲撞越多，轰隆巨响，远近应和，汇为一片繁音巨籁。时见鲛、鲸等百十丈长的大鱼，在海面上出没游行，吹浪如山，嘘气成云。玄冥界天限严关已将在望，灵奇念切思亲，心中愁急，不禁现于颜色。众人横海飞行，极目万里，正觉波澜壮阔，奇景难穷。金、石二人因见灵奇从起身便未开口随众说笑，先当他为人恭谨，未怎在意。这时见他满面愁容，忽然想起。金蝉首问："你是怕岛主不许你入境么？"灵奇也想到事态凶险，不应如此冒失，闻言躬身答道："弟子本想随同诸位师叔神僧，往见家父一面，但知师祖法严，不敢妄入。意欲过了玄冥界，便即落下，去往昔日乌神叟所居神峰故径之外守候。求师叔与家父一口信，请抽空赶出，使弟子得见家父，感恩不尽。"金蝉还未及答，石生素孝，上次听说陷空老祖不许灵奇父子相见，便抱不平，首先接口道："岛主此举本来不近人情，如照他那岛规，便干道友和石完也未必许他进去。岛上奇景实在举世所无，另有它的妙处。北极磁光也因此岛正对南极子午线，能见全景。先前不请干道友同来，说在前头，也还罢了。如今十万里外横海飞来，好容易有此机缘，如何望门却步？情理上也对不起朋友，岛主此举更是不近人情。依我之见，既来之，则安之，我们还是一同进去，到了岛宫对岸，把那防守海岸的精怪唤出，令其代为通报。就说干道友和石完二人是仰望他的威名和岛宫海底奇景，特意前来拜望。灵奇乃我们的师侄，因为随同行道，他道浅力薄，初入师门，尊长全都不熟，目前各派妖邪正乘师长闭关之际，到处寻仇，强敌甚多，未便令其孤身在外；又想念他父，意欲一见，请其开恩，收回前命，许随我们入宫拜见。肯了固好，不肯，至多不许进去，想也不至翻脸为仇。你看好么？"

金蝉笑道："你倒说得轻松。此老有名刚愎，性情古怪，不通情理。上次行时，原说连玄冥界也不许灵奇踏进一步，休说玉殿晶庭，便岛宫海岸也不能到，按说此事绝对不行。但我来时已经想过，一则此老将来有求于我；二则上次来时，原说我们如将他的叛徒郑元规杀死，便不消犯那战门灵癸殿、丹井等奇险，去往丹室，盗取灵药。这次郑元规恰被我们杀死，形神皆灭，替他出了一口恶气。而郑元规被杀，又因灵奇知他底细，从旁提醒，我们才得成功，未被妖魂逃遁。干道友也是出力最多的人。此行实是有词可借。你们不必发愁，到时我自有话说。既带他来，焉有中途退缩之理？岛主如若见怪，我便说他禁制神妙，道法高深，我们非有灵奇领路，无法深入宝山，故此带了同来。有什么责罚，我自承当，此老虽不讲理，想必不至对我下那毒手。可惜温玉、冰蚕均在峨眉，此时无法往取，否则他还更高兴，当我们嘉客登门呢。"众人俱觉言之有理。只灵奇深知主人性情，心中不无疑虑，但想这等说辞，对方当不至于十分翻脸成仇，至多把自己辱骂一顿。只要见到父亲，再因此一来，把话说开，使其收回前言，他年父子相见，岂非万幸？于是便未再说。

众人以为轻车熟路，一过玄冥界天限，便可按照上次所行之路，仍由灵奇引导入内。哪知上次众人取药走后，陷空老祖防范更严，不特神峰下面出口的晶壁行法封闭，连灵奇昔年发现的那条震源通路也被隔断，无法寻找。众人先并不知真相，又因主人法力高强，所居霜华宫设有法坛，按照一元五宫，略一转动，两三千里外人物往来，纤微悉睹。为求慎秘，索性连玄冥界神峰天险都不去犯它，径由上次斗白熊的冰洋海岸，顺地底穿行入内，等到岛宫对岸绣琼源，再出其不意，突然飞出，通名求见。及至找到海獭土穴，飞将出来，仍用前法，一同前进，才只三数百里，忽见地底震脉甚多，道路分歧，时遇阻碍，与上次迥不相同，心已生疑。先还仗着灵奇地埋熟悉，南海双童师徒与干神蛛均擅穿山行地之术，易氏弟兄更有九天十地辟魔神梭，任何坚厚的冰雪石土皆不能阻。只当又经过了一次地震，把上次通路填没。等到再走二百余里，不是道路毫无，便是曲径弯环，形如螺旋。最后一次，竟绕回到了原处，几乎连方向也难分别。因未见什么法力阻隔，仍不在意。互相商量，料知通路已经堵塞，决计由南海双童师徒三人辨明方向，照准往陷空岛那一面，用地行法当先开路，众人跟在后面直穿过去。

这一来，居然又穿行了五七百里，比起刚才初入地时还快得多。哪知正走之间，当头三人猛觉前面有一股奇冷之气扑上身来，因未见有别的异状，仍旧施展法力，向前冲去。本来众人非要吃点小亏不可，尚幸灵奇机智细心。先见旧路堵塞，因在岛上居住多年，天时地理最是熟悉，知道当地冰山虽常有崩塌，地形容易变异，因有神峰火口常年狂喷火焰，宣泄地气，地震数十百年难遇一次，怎会如此？又见沿途曲径弯环，平列地底，高低却差不多，也与地震裂缝不同。尤其是一处处形如螺旋，上下都有。知道主人法力甚高，有时敌人已经深入腹地，还看不出，有时只使来人知难而退，还不妨事。否则，到了最后一关，所有埋伏一齐触动，越发难辨，不可收拾，来人能保得全身逃去，便是大幸。早就生疑，有了戒心，一直用心提防。这时紧跟在甄艮之后，一觉对面有冷气扑来，便知不妙。再如前进，万一所伏寒雷冷焰突然爆发，纵令众人法力高强，骤出不意，事前未用法宝防身抵御，这等寒毒之气撞上，受伤也是不轻。万一对方再用毒计，将众人倒翻在北极地窍之内，更是凶多吉少，难于藏身。赶忙上前唤住。偏巧石完童心好胜，初入师门，不明礼让，仗着身秉灵石精气而生，穿山透石，如鱼游水，竟与乃师抢先飞驶。甄氏弟兄知他一味天真，此举实是卖弄他的天赋本能与家传独门神通，志在讨好自己，想得夸奖，并非不敬。心想："看他天生特长，在地底能走多快？"便由他去。这时恰被抢在前面，约有两三丈远。同时前面埋伏也被触动，只还不曾爆发。石完觉着师父地行法还没有他快，正在卖弄精神，加急前驰，猛瞥见迎面一片寒碧光华突然飞涌，冲上身来，不由激灵灵打了一个寒战。随听后面灵奇急呼："师弟、师叔，快快止步请回！"同时阿童同了金、石、易诸人正走之间，心灵上忽起警兆，不由戒备。跟着身上一冷，目光到处，石完已将碧光引发。又听灵奇大声疾呼，料知不妙，把手一指，一片佛光金霞电也似急飞将出去，挡向前面。石完也闻声飞退回来。灵奇见埋伏已被触动，不及细说，忙喊："诸位师叔神僧快退，如往地底穿下最好。"众人见他神色惊惶，料有缘故。石完首先应声开路，往地底深处穿去，众人跟踪而下。阿童发出佛光，干神蛛发出大片灰色的光网，护住上面，断后同行。众人应变极速，刚刚下落丈许，那寒碧光华随着佛光一撤，已和电一般快，由头上入口潮涌而过，后面更夹着许多银电般亮的针芒，耳间爆音轰轰，宛如密雷。如非佛光盖住穴口，定被跟踪追来。等众人下降了数十丈，上面方始过完。隐闻雷声猛烈，朝前面来路响去，一晃响出多远，不时听到几声极沉闷的巨震，地底好似波浪起伏一般，不住晃荡。

灵奇请众人暂停，连说："好险！"众人问他何故如此惊慌？灵奇道："此是岛主冷焰寒雷，乃万年前寒毒之气所积精英凝炼而成，厉害无比。虽有小神僧与诸位师叔的至宝奇珍护体，不至受它大害。但一不留神，佛光法宝不及施为，那寒毒之气比上次诸位师叔在战门灵癸殿所遇阴毒得多。尤其那寒雷已经爆发，威力至大，对面撞上，哪怕一座钢山也成粉碎，抗力越大，它也越凶。最厉害的是见缝就钻，无孔不入。等它通过升出地面，遇到热气自行爆散，万里冰原生物稀少，还好一些。如在地底遇到阻碍，接连爆发，生生不已，那一带千百里方圆，数十百丈深厚的地面，定被整个揭去，震裂成一个大洞。从此当地冰坚胜铁，终年笼罩着数十百丈高的一团冷雾，变成奇寒之地，任何生物不能走近一步。至少经过数十年，才能逐渐减退。端的厉害已极。方才幸是下降，如由来路退回，除非飞行比它更快，一直退出千余里入口之外，如被追上，固是难当。我们再如不愿远退，中途停留，或是回身抵御，想要破它，小神僧和诸位师叔也许无妨，弟子和石完必定经受不住，不死必伤了。"石完在旁笑道："你说得那么厉害，我不过打一个寒噤，并未觉得怎样。"灵奇说时，本朝石完脸上注视，面现惊奇之容。闻言又走过去，拉着手细看了一看道："我明白了。先见你触动埋伏，人未僵倒，心还奇怪。这时想起你的天赋本能，水火寒暑所不能伤，难怪平安无事。但是你刚遇冷焰，便即退回，又被佛光挡了一挡，冷焰被阻在禁圈以内，寒雷不能爆发，你才未与相撞，不知它的威力。否则，那雷一个接一个连珠爆发，越来越多，你便是大罗神仙也禁不住，只怕比我还要吃亏呢。"石完意似不服。众中还是甄氏弟兄见闻较多，早已看出厉害，同说："灵奇之言不差，实是厉害。我们虽有佛光至宝防身，那一震之威，就不受伤，恐也难支。"石完最信服师父，又和灵奇友好，想起他从未以年幼无知轻视自己，话到口边，欲言又止。

众人都信二甄，便问灵奇："照此厉害，禁制周密，如何可以过去？"灵奇道："此时过去却并不难。因为最厉害的冷焰寒雷刚刚发过，适听雷声已在千里左近，揭地而出，向空爆散。此宝虽极猛烈，设伏并非容易，不是当时便可施为。我们有佛光宝光防身，更精地行之法，此最厉害的一关已经过去，底下纵有禁制，均可抵御，不至伤人。不过事情仍须隐秘。好在寒雷威力极大，又追出老远方始爆发。此地在玄冥界外，为霜华宫法坛观察不到，岛主必料来人就不震死，也必重伤逃走。这里已深入地底三百余丈，再下数百丈，便入海底平面之下七十余丈，霜华宫一样查看不出。可是我们已将临近地肺，所过之处，其热如焚，有的地方还有地火沸浆和金、铁、石、煤等熔汁。如非小神僧的佛光与诸位师叔那几件至宝奇珍可以防身，不畏地水火风之险，照样也过不去。此举绝出岛主意料之外。莫如将计就计，不由上面寒雷故道，径由地底通行。等他惊觉，我们已到达绣琼源，深入腹地了。"

众人同声称善。商定之后，仍由甄氏师徒开路，降往地层深处，往陷空岛绣琼源飞去。众人为想考验各人功力，初下时，只驾遁光，紧随甄、石三人身后飞行，未用佛光法宝防身。先是地层土色随同下降之势，变异气味，窒息难闻。便把七窍闭住，以本身真气运行全身，不再呼吸，还不妨事。降至五六百丈以后，泥土渐软，地气越热，便与寻常天热不同，另具一种况味，仿佛人在一座蒸笼之内，难受已极。等到降近地肺，改作平面飞行，不特热气加重，而且果如灵奇所说，不是一片沸浆熔液阻路，便是遇到凝结数十里方圆大团暗绿色的地火，人行其中，宛如由火海熔炉之内通过。更有阴风刺骨，黑水毒烟横亘前路，到处皆是，此去彼来，一任法力多高，也难禁受。还未进到最深之处，易氏弟兄首先忍耐不住，便将九天十地辟魔神梭取出，藏身其内，向众招手。石生看出干神蛛胸前蜘蛛影子突然出现，好似不耐神气。干神蛛因金、石二人未退，还在随众强支。石生知他好胜，一面头上放出一片金霞，一面赶过来拉他，一同进入梭舟以内。前行的甄氏弟兄虽精地行之术，因先受七煞毒刀之伤，甄兑更断去一手，如非石完奋勇当先，地水火风全不能侵，也几乎难于如意通行。金蝉看出众人多半不耐，又见易氏弟兄放出神梭，忙喝止道："此宝通行地底，响声太大，难免不被对方惊觉，如何能用？易师弟还不快些收起！"随说手往胸前一按，身佩灵峤三仙所赠玉虎立即离身飞出，晃眼暴涨，长约三丈。金蝉手朝众人一招，各纵遁光，随同附在玉虎身上。易氏弟兄忙将神梭收去。石生把手一指，那金霞再飞向玉虎之上。阿童也忙将佛光放出，护住前面甄、石三人，一同向前飞驰。这才未受侵害阻难。只见佛光护住一道墨绿色的光华与两道白光，金碧交辉，虹惊电舞，当先开路。后面一片山形金光，笼罩着一个银光闪闪的玉虎，涌起十丈祥霞，无穷灵雨，缤纷五色，电旋星飞，朝前直射，穿行于火海黑波、阴风毒烟之中。所过之处，冲荡起千重火㶽，百丈玄云，毒烟滚滚，阴风怒号，顿成从未有之奇观。众人多半天真，童心未退，纷纷喊起好来。这一来，飞行越发加快。

灵奇默计途程，已离地头不远，忽然想起一事。忙请甄、石三人把势子放缓，说道："今天事情太怪。那寒雷冷焰，岛主视为防御外敌的至宝，从未见他轻用。这次竟将它暗藏在玄冥界地底埋伏之内，数量又那么多，好似早知有人要来生事，意欲一举致人死命。诸位师叔素无仇恨，又有师门渊源，说什么也不会特地下此毒手。如说为了弟子，岛主与家父师徒情分甚厚，知道家父只此一子，又最怜爱，就算痛恨弟子，也必看在家父面上，至多加上一点责罚，何须小题大做？此事实出情理之外。他当初不许再来入境，而弟子今日便遇此事。也许岛主有甚仇敌，应在今日到来，故此设下这类极厉害的埋伏，欲使来人形神俱灭，永绝后患。偏被我们赶在那人前面，无心引发。而来人也在此时随后赶到，见机遁走，或是受伤逃去，也未可知。如弟子所料不差，以岛主为人性情，定必忿激，到时还须留他点神才好。"众人闻言，颇觉有理。因想到了地头，再突然上升，以免中途遇阻，对方仗着天时地利，特有的禁制法宝，闭关相拒，不令人入境，平白徒劳。不过这等走法，途程、方向计算稍差，容易错过。正由灵奇一路查看土色形势，缓缓往前行去，走了一会儿，忽见前面地层土色如雪，甚是干净，地、水、火、风已不再见。知道陷空岛绣琼源方圆三千里内天生灵境，近年地层深处也与别处不同，照情势，转眼必要到达。各自留神，暗中戒备，以便一举直上。

果然前进百余里，灵奇由土石中看出，已到了绣琼源地层下面。因灵奇当地情形虽熟，这等走法尚是初次，惟恐有失。又往前走了一段，寻到陷空岛最深的海眼附近，由干神蛛行法，听出海声，再由灵奇算计好了远近和上升之处。然后聚在一起，冷不防一同破上，直上数百丈深的地层。在甄、石师徒三人开路之下，不消半盏茶时，便已升出地面。金蝉一看，上面正是绣琼源旧游之地。料知岛主已经惊觉，事机瞬息，恐有延误，意欲抢先发话。无暇赏玩当地仙景，一出土便向海岸赶去，躬身说道："弟子齐金蝉、石生、甄艮、甄兑、易鼎、易震，同了白眉老禅师弟子阿童、司道长门人干神蛛，师侄灵奇、石完，一行十人。自从上次拜谒老祖，蒙赐灵药，回转中途，因在滇池追一妖人，看出那是赤身寨为首妖孽列霸多门下妖徒，想起叛师卖友的恶徒郑元规，意欲就便除去，为老祖效劳，清理门户。不料邪法厉害，弟子等与他师徒苦斗七日夜，虽然得胜，将赤身寨妖孽师徒全数除去，但是师弟甄艮、甄兑一时疏忽，为七煞毒刀所伤，断去一手。师侄米佘更将两腿斩断，现在金石谷养伤待救。为此二次又来拜谒岛宫仙府，求取灵药。望祈老祖看在家父师面上，并念事由诛杀郑元规而起，加恩垂怜，再赐灵药，俾将断处接续还原，感恩不尽。"说完，不见动静。暗忖："上次易静等三人刚到海岸，还未开口，便有夜叉水怪相继出现，这次怎说了一大篇话，无人答应？形势似较上次和缓，也许有望。"方在寻思，忽见一道寒光自如银电，由陷空岛隔着海面飞来，晃眼落下，现出两个道童，项围云肩，身穿形若冰纨的短衣短裤，四肢半裸，面白如玉，相貌俊美，年若十三四岁。石生在后面，认得这是上次所遇岛主再传徒孙寒光、玄玉二童。知他们和自己颇为投契，心中大喜，连忙赶近前去。众人也随后赶到。玄玉正向金、石二人举手为礼，一眼瞥见灵奇在内，星眸微微一瞪，扬手便是一蓬银丝，似暴雨一般朝灵奇当头撒下。灵奇似知不妙，纵起遁光想逃，已是无及，吃那蓬银丝连人带剑光一齐网住。玄玉跟着把手一指，便网了灵奇，朝陷空岛上飞去，晃眼投入岛中心盆地之内不见，势急如电，神速无比。

众人因二童上次一见如故，谈得甚是投机，这次见面又以客礼相待，万不料会有此举。因变出非常，谁也不及拦阻，竟吃在人丛中把灵奇擒去。七矮虽然惊急不快，因对方只向灵奇一人下手，事后仍以笑颜相对，不现一丝敌意，料知灵奇为违背上次岛主行时所诫，二童奉命行事，只想向其责问，尚未发作。石、干二人不知底细，尤其石完性如烈火，生来心急手快，又和灵奇同门至好，首先情急，也未留意众人举动，口中大喝："白娃娃，你敢伤我师兄？"话还未了，扬手一道墨绿光，早朝玄玉头上飞去。玄玉把手一指，先前那道银光重又飞起，将绿光敌住，同时张口一股银光，朝石完迎面喷来。见石完闪躲不及,只打了一个冷战,仍站地上未动,不禁惊奇。那旁干神蛛又是一个爱友护群的心性,数十百条纵横交织,形如蛛网的灰白色光影也脱手而起,飞向前去。玄玉也是自恃太甚,未及闪避,竟被网住。寒光见状,又急又怒,正待施为,金、石二人知道话还未说,届时不宜动手结怨,何况二童奉命行事,也难怪他,忙喝:"干道友,快请停手,此与二位道友无干。石完不可无礼。"干神蛛虽然性急,人却机警,见七矮一个未动,知道冒失,丑脸一红,也未见动手,白影忽然不见。玄玉虽是千万年寒魄精英炼成,也被白影勒得痛痒难禁。双方宝光飞剑也各收回。

众人俱料二童定必发怒,哪知二童若无其事。只玄玉朝干神蛛看了一眼,笑道:"你这丑鬼,真没道理,这事能怪我么?灵奇之父是我师伯,如何肯无故伤他?你们闯了大祸,我二人好心好意,借题来此指点,不装得像,如何能行?你跟那小黑鬼怎都不知好歹?"干神蛛已看出二童骨秀神清,浑身上下宛如冰玉搓成,这等根骨,从来未见。听双方口气似有深交,平日爱交朋友,对方说话又那么天真,并无怒意,连忙谢过。石完剑虽收回,仍然不服,口中咕噜道:"不问是谁,要害我灵师兄,我和他拼命。"甄艮闻言喝止,不令开口,方始默然,面上仍有忿容。二童见他生得那么矮胖奇丑,憨态可掬,又听出是七矮门下,便笑道:"我不想你二人竟有这两件专长,我代你们又少担一点心了。"

金、石二人等二童把话说完,方要询问老祖是否允许入见?何故将灵奇擒去?猛听远远一声大震,好似崩山之声。跟着便有一道奇亮无比银光,在遥天空际闪了一下。二童面上立现惊异之容,同向众人使一眼色,大声喝道:"师祖有命,说灵奇不遵前诫,已应严惩,来时更不合引了外人触犯禁制,引发寒雷冷焰,本意将其斩首。则念在他新近已拜在峨眉门下,又是大方真人接引,姑看齐、乙二位真人情面,虽不要他的命,似此胆大妄为,不加责罚,必当我陷空岛可以随意胡为,如入无人之境,情理难容。至于你们上次所得灵玉膏,原够十人之用,尚有盈余,尽可取用。就说妖刀阴毒,万年续断与灵玉膏只能接骨还原,邪毒仍然暗伏体内,当时不痛,隐患无穷。欲用我师祖秘炼的冷云丹化尽邪毒,来此求讨,事情又为诛杀本岛叛徒郑元规而起,如若来时向玄冥界通诚叩关求见,或是选出两人径由上空飞来，一过玄冥界，师祖自会命人接待。偏要胆大妄为，仗恃地行之术，由地层之下私越禁地，已属无理欺人。姑念后辈年幼无知，不与计较。但想求讨灵药，却无如此容易。那灵奇也不伤他。昔年三样灵药，现同放在霜华宫后地底地璇宫内。你们既然法力甚高，飞入禁地，目中无人，只管前往盗取，连灵奇一同救走。否则，那地璇宫挨近地轴最深之处，相隔海底千四百四十九丈零六寸，更有许多埋伏，你们法宝佛光只能防身，有时并此不能，只可见机逃避，切勿自恃，以免取祸。话说在先，凭你们的运气吧。"

二童口内说话，所着冰纨短衣前胸，接连现出好些字迹。大意说：岛主有一强仇，定在今日由地底来犯，想要破坏丹井下面磁源真气。岛主知道此人不除，必有后患，为此在玄冥界内布下疑阵，暗藏本岛至宝寒雷冷焰，引其入阱。不料因事疏忽，御敌匆促，未算出众人会先一步赶来，误将寒雷引发。这时敌人正由众人所开的地道赶来，一见神雷，赶忙遁走。并还将计就计，想将寒雷引去，炸毁神峰，激发地底太火，把方圆五千里的地面化为火海，引起地震，毁损本岛仙景。幸而岛主深知敌人厉害，神峰早有防备，未为所算。敌人几乎弄巧成拙，只得穿地而出。寒雷也随同爆发，将一座冰山揭去，震成粉碎。岛主也已查看明白，本意阻止众人，不令入岛。略一占算，改命二童，等众人到了绣琼源，先将灵奇擒去，再命众人自往地璇宫盗丹救人。二童知那地璇宫邻近地轴，与南极子午线遥遥斜对。全宫系岛主多年心血，按照天星躔度建成，其中途径回环往复，密如蛛网。休说救人，到了里面定必迷路，投入七星环死地，人到里面，休想脱身。并且宫中布置，宛如缩小的一个天体，到处均有禁制埋伏，神妙无穷，威力绝大。每月由初七日起始，多在里面留上一天，便多受一种危害。再过七日之后，所经途径宫室，不是化成一段极长大的坚钢，便是化成无量火焰熔汁，逐渐凝成其热无比的胶质，将人埋藏在内。再要误走日、月两宫，一个是日轮压顶，发出万道金光，比烈火还热千万倍的热力，将人化成一缕青烟消灭；一个是一团暗影压向头上，当时奇寒透体，毒火烧心，寒热交作，同时似有几千万斤压力，将人吸入暗影之中，气闭身死。当地乃北极天枢与地轴中心奥区，本来具有地利天机、阴阳五行生克妙用，并非全由法力使然，实在厉害已极，多高法力也难破解。二童因与七矮一见倾心，虽不知师祖用意，但知双方师长均有渊源。惟恐众人仗恃法宝，犯险送命，恰好奉命擒人，就便警告，令其留意。到了地璇宫中，如果迷路或是遇险，须记准五宫五行方位。不管沿途歧路多少，只照右转三丈六尺，左退两丈一尺，照长圆形往前走去。如见黑色六角小亭，便是金宫顶上。由亭中地洞下去，便是藏丹困人之地。下去之后，全宫禁制必生变化，日月七星连同五行妙用齐发威力，便大罗神仙也难冲出重围。二童也不深知底细，但知金宫正亭下面有一甬道，如能下去，寻着道路，可以脱险。届时必被一块极厚的玄晶封闭堵塞，前见众人法宝神妙，尤其李英琼那粒定珠似乎可以将它破去。偏生此女未来，见时正替众人着急。不料石完有天生耐寒之性，连玄玉先前所喷寒精俱都不怕；干神蛛所发白影，不知是何法宝，竟能将自己网住。由此二人同行，足能下去。但是前听师祖说起，下面便是地轴入口，也须留意。师祖现已回宫，不敢多言，也不便接待。相知以心，行再相见，请各保重。那字迹随现随隐，现完，话也说完。

金蝉想了一想，当先答道："烦劳二位道友转告岛主，说我们来此，本以后辈之礼求见。请其念在代诛叛徒微劳，而杀郑元规的正是灵奇，纵令犯过，似可将功折罪。初意岛主旧规，不喜人由上空飞越，直抵岛前求见，欲寻昔日地底故道，不料触犯寒雷埋伏。更不知岛主为防御外敌而设，因见威力惊人，不敢再由上面穿行。而受伤的人必须灵药医治，前赐灵药虽然还有，所余均在两位女同门手中，现正奉命在幻波池诛杀妖尸，不便往寻。再者，三人所受邪毒，也非岛主冷云丹不解。故此冒昧同来。岛主既然见怪，又将灵奇擒去，我等身属后辈，不敢多言，自取愆尤，只得遵命而行。但是陷空仙府，贝阙珠宫，上下方圆地广数千百里，惟恐愚昧无知，于犯禁忌，尚望指点地璇宫所在之地，引往入口，以免妄自走入，得罪左右，负罪不起。"二童答道："家师祖原命诸位如敢入宫盗丹救人，不特我二人应为领路，并以诸位道友均是妙一真人门下高弟，此举意在警诫，并非有甚恶念。知道贵派法宝神奇，宫中五行七星，除日宫最为厉害，但是老远便可惊觉，望即远避，不致受害外，余者多半也能防御。只是前途另有危机，遇时难免受制，特赠神雷三粒，以备缓急之需。另外还有神香七支，须用三昧真火方能点燃。此是千万年前天龙毒涎，与千百种异香灵木合炼而成，任何海中精怪一闻此香，立生妙用。今赠七位道友人备一支，前途兴许有用处，也未可知。"

金蝉原因师父尊长都说自己和石生仙福至厚，此后任意所为，绝无凶险。又知主人性情刚愎，言出必践，永不更改，已经激怒，出此难题，又将灵奇擒去，求告无益，徒自取辱。再见二童身上现字示警，更知事在必行，乐得大方应诺。料定前途凶险，不是易与，忽听这等说法，心想："主人既然有心为难，如何又肯赠这两样法宝？行事矛盾，令人莫测。也许此行又和上次一样，转祸为福。"心念一动，方才盛气便平和了许多。笑问："此香有何妙用？"二童笑答："师祖传命如此，我们也不深知。道友请收此宝同行吧。"金、石二人接过一看，那神雷乃是三粒墨色晶珠，虽然透明，并无光泽，看去毫不起眼。拿在手里，却是沉重非常，那七支毒龙香几长二尺，粗约寸许，看去仿佛六角形的尖头乌木棒，其坚如钢，又黑又亮。二童便叫七矮人佩一支，插在背后备用。金、石等六矮如言斜插背上。惟独阿童料知前路凶危，自己有佛光护身，不怕遇险，心爱石完，怜他小小年纪，初次随师出山，便遇到这等厉害关头，惟恐途中有甚险难，多此一宝，便多一层防护，有意转赠，坚辞不肯佩戴。玄玉笑道："这小黑鬼，法宝功力不如你们，如说此行，他和那丑鬼却是别有专长。休看你佛法高深，到时定力稍差，如无此香，便难保不吃亏呢。"寒光看了玄玉一眼，说道："玄弟如何随便说话？你知小神僧无此定力么？"玄玉便不再说。阿童年幼好胜，闻言自然更不肯再要。金、石二人看出二童辞色可疑，知有隐情，力劝阿童不听，只得改与石完佩了。那三粒神雷应由一人应用，便由金蝉收去。

二童随带众人凌波乱流而渡，往陷空岛上飞去。由岛中央万年寒铁所建仰盂形的铁城中心，直降下去，深达三百多丈，方始到地。乃是大片水晶铺成的一座广场，大约十里方圆，其高八九十丈，用六根粗约十抱晶柱支住。除通向上面一段外，顶上也是水晶铺成。精光灿烂，耀眼生辉，迥非旧游之地。众人因上次来时，灵威叟曾说迷宫疑阵，共有周天三百六十五个门户，为岛宫第一难关，多高法力的人也难走完。稍为疏忽，便被陷入乩坛之内，两仪之火一齐夹攻，难于抵御。因已移往他处，不曾见到。二童所说地璇宫，必是指此而言，谁知还有七星五行之险。边走边问二童道："灵威道友可在宫中么？"寒光答道："大师伯现在随侍师祖，不得出来接待。诸位道友可有甚话说么？"金蝉道："灵道友前说，这里有一迷宫疑阵，共分三百六十五个门户，可是地璇宫么？"二童惊喜道："正是此宫。他还说别的话没有？"金蝉道："并未说甚别的。见时烦为致意。"二童好似失望，应诺未答。那广场尽头，远看也是一片晶壁，及至走近一看，竟是极深厚的海水，因受仙法禁制，成了大片冰墙，望若晶壁。众中除金、石二人一落地便早看出外，余人虽也全是慧目法眼，先前竟然误认。

二童先领众人由南而北，将到尽头，忽然转身立定，说道："此是地璇宫的上面，这片广场乃此宫总图。我弟兄与七位道友一见如故，承蒙折节下交，认作平生幸事，按理不应徇私。一则，双方师长原有交情，岛主此举必有用意，不是想置来人于死地。二则，我弟兄实秉万年寒冰精气而生，虽是岛主再传弟子，平日期爱最为优厚。曾允将来转世，亲自收为门人，不与二代弟子并列。并说我二人灵根特异，天仙有望。只因身负奇寒之气，任何母体俱难投胎，不等降生，亲母必死。只有冰蚕、温玉，还有毒龙丸、大还丹两种灵药，可以助我二人转劫成道。曾嘱遇到友人持有这类至宝灵丹，便可任意行事，纵犯本岛规令，只要不过分，也免责罚。先前便想略说几句，总以平素畏惧，本岛法严，胆小不敢妄言。此时见诸位行即入险，而此四宝又全在贵派门下，想起师祖前言，正可借题，略为尽心。等我现出总图，诸位道友道法高深，当能看出天星躔度与阴阳两仪上下相生，七宫五行之妙。固然天枢、地轴玄机微奥，变化无穷，仍在诸位临机应变，随时警悟，不是一看即可全解，但到底不无小补，所望留意才好。"

说罢，将手一指，立有一个形如罗盘的碧玉冒出地上，大约三尺。离盘寸许，悬着大小七根铁针。二童手伸盘内，分朝第二、第四两针微微一拨，针头上立时射出一青一白两股细才如指的精芒，长约丈许，到了前面，互相激撞，一闪即灭。紧跟着，"轰"的一声巨震，广场上八根金柱齐射毫光，同时转动，电也似旋将起来，约有盏茶光景，忽然隐去。再定晴一看，已换了一番景象。前面大片水晶地面已全不见，四外青气浑茫，当中裹着一个略带长圆不甚整齐的大球，正在徐徐转动。看去好似实质，但是气层中隐现着好些脉络，密如蛛网，更有无量大小星光明灭闪动，小的几如微尘，不是目力所能发现。横面南北两端各有一道光线，绕向上面圆球之上。光并不强，好似一青一白两股光气互相接触以后，合而为一，颜色却不相混。再由中心聚点,向两旁各射出一片奇光,形态各殊,变幻不同。众人自从峨眉开府以后,功力大进,知道此是宙极缩影。刚刚悟出一点地轴、天枢妙用,球上躔度还未看清,忽听远远金钟响动之声。二童慌道:"师祖升座,我二人必须前往。下面便是地璇宫入口,请快走吧,恕不奉陪了。"说罢,圆球忽隐,广场并不复原,当中现出一个井形大洞,黑沉沉看不见底。金、石二人运用慧目,定睛一看,底层暗影中似有一团亮光,停住不动,上下相隔约有三四百丈。阿童正放佛光朝下照看,大洞一现,二童面上更形惊慌,见阿童放出佛光,忙又回身急喊:"诸位请就此下去,不用法宝,还可免却入门时好些阻力。"话未说完,便双双往上面来路飞去。阿童也将佛光收起。众人略为商量,料知二童善意相告,必有原因。但是深入重地,主人又是那么难说话,不得不加小心,便戒备着往下飞落。沿途并无阻碍,只觉气太浓重,如行大雾之中,如换常人,必难呼吸,别的并无异状。

晃眼到地一看,那发光所在,乃是一个六角形的洞门,作斜坡形,好似半个圆球平置地上,正面开着一个孔洞。来路天井已然不见,上空四外一片沉冥,雾气浓密,其黑如漆。用尽慧目法眼,只觉地方奇大,也看不到一点物事,也不见有宫殿影子。那光便自洞中发出,光并不强。细查洞内,也是一片茫茫,依稀只辨出一点甬道影子。休说归路已断,其势也无中途退出之理,只得一同试探着,往里缓缓飞入。进约数丈,光气忽隐,偶然回顾来路,门也不见,后面也化成一条又弯又斜的极长甬道。金、石、甄、易六人前破紫云宫,曾在神沙甬道中出入,料与相似。便无二童之诫,也不敢妄用法宝,引发它威力变化。便嘱干神蛛、石完、阿童三人:"大家一起,不要走单,须听招呼行事。"一面率众前行,顺甬道走去。众人飞行神速,一晃飞出数百里。刚觉出甬道奇长,前面忽现出七条歧路,参差分列。金蝉等近年已通晓七宫五星两仪运行之妙;先前二童泄机,又占了不少便宜。知道此是七星环入口,内中金、日两宫通路最为厉害,必须避开,便即立定。方在仔细观察,寻找土、木二宫入口,比较减少危害。忽见第七条歧径上黄尘滚滚,互相磨荡,发出一种极洪烈的巨声。遥望门内,无量数的火星互相激撞爆发,密如雨雹,势甚惊人。下余六条歧径仍是静悄悄的。断定此是土宫入口,看去虽然猛烈,比较下余六宫威力要差得多。

一行诸人，有好几个通地行之术，就有险阻，也可用法宝闯过，不致被其困住。立率众人纵起遁光，往里飞进。觉着尘沙火星，越往前越密，威势越大。仗着各人均有法宝防身，阿童更放佛光护住，众人一同急进，居然通行无阻。方想七宫虽然通连，本身各有躔度，可通中枢要地，至二童所说的六角黑色小亭，取得灵药，将灵奇救了出来。哪知飞不多远，忽到尽头，并无出路，壁坚如钢，非金非石，无法再进。同时尘沙火星全数敛去。

众人不知土宫也有好些变化，那尽头处实是通路，只要由甄、石师徒三人用地行法穿将过去，即可直达所去之地。当时疏忽，不曾细想，误以为黄尘迷路，走错了地方。回头一看，果然左右两侧均现出不少通路。事出意外，先看总图又未记全，急切间想不出如何走法。没奈何，只得选中一条较小的甬道，往前走去。行约里许，看见前面似有一座金亭。初次见到亭舍，以为那是金宫中心要地，只一入内，便可看出日月五星七宫方位，走到一看，果是一座大约二十多丈的金亭。可是那亭中高起，每面各有一条极长甬道通连，内有两条最大。众人站在亭内，正在分头查看，不知往哪面走好。忽听干神蛛惊呼速退，回头一看，东首甬道不见。一个极大日轮发出万道金光，由远而近电驶飞来，老远便觉奇热无比，灼人如焚，任何火力也无此强烈。以为误走日宫，不禁大惊，纷往来路退回。众人退得快，那日轮来得更快。众人刚刚退出，还未立定，只听轰轰隆隆，一片霹雳之声，那日轮直似一个极大的火球，已由原甬道外穿亭而过。那亭立时不见，路也隔断，变成一片金壁。总算飞遁神速，没有撞上。众人虽是法力高强，还有至宝防身，也几乎面热心跳，烤得透不过气来。心神乍定，方想另外觅路，四下一看，地形又变，歧径更多，无所适从。还未看清方向，对面又有一片黑影冷气缓缓飞来。先前日轮尝过厉害，恐是二童所说月影，恐生变化，不愿与抗，忙即退入别路。正不知如何是好，忽听石完大声喜唤："师父、师伯快来！我能开路了。"

众人恐他走单遇险，连忙赶去一看，原来迷宫奇境随时变化。当众人匆匆飞避之时，石完早就疑心那尽头墙壁是个玉石之质，打算仗着家传仙法，撞它一下试试。同时见那黑影冷气来势较缓，初生之犊，不知利害轻重，退得迟了一步。刚要飞去，恰巧甬道又生变化，左手一条极长的甬道，倏的涌起一片黄尘，紧跟着又变成一片墙壁，挡住前面，和第一次所见一样。心中一动，不再随众退下，径往左侧刚变出来的墙上行法撞去，果然石质坚硬非常。本来这一冲，土宫妙用已被引发，石完如若回身，又生变化，仍是无用。总算福至心灵，一经试出真相，不特未退，反用家传法力将那墙壁裂口制住。经此一来，妙用全失，急切间不能生出变化，致被众人安然寻去，见状大喜。同时闻得风、雷、水、火夹着各种极猛烈的异声，万籁齐鸣，上下四外一起震动。全甬道也不住摇撼，仿佛海啸山崩，就要爆发情景。金、石、干、甄诸人不是得有师传，便是见闻广博，知道宫中妙用埋伏，已被石完触动，此是应有现象，不足为虑。前面石壁必是入口，前行固然不免险阻，且喜无心中得到出路，由此可以悟彻玄机。反正不用法宝不行，且由石完先行开路，到了前面见机行事。

第二六五回　冰魄吐寒辉　霞影千重光似焰
　　　　　　　金庭森玉柱　花开十丈藕如船

众人因知石完地遁由于天赋与祖父母的独门传授，具有专长，便令他当先开路。甄艮、甄兑左右相助，金、石、二易居中，阿童与干神蛛殿后，一同前进。刚刚穿入石中不过数丈，方才风、雷、水、火各种爆震之声忽然停止。初意一座石壁能有多厚，一心只防冲开石壁，走上正路，必有许多阻碍。哪知并无别的变化，石却深厚得出奇，前途不知多深。尤其是前面坚如钢铁，石完当先刚刚冲过，上下四外直似快要冻结的石膏一般，又似极浓厚的胶质，随分随合，齐往身上挤来，身后立即填满，向人涌到。如非阿童、干神蛛各放佛光、蛛网，分头抵御，后面两人非被陷住，埋藏在内不可。并且越难通行，压力逐渐加增，在佛光笼护之下虽还无害，均觉吃力异常。

金蝉看出情势危急，稍为疏忽，必受其害，权衡轻重，不管前途如何凶险，终以防身为上。便令易鼎、易震将九天十地辟魔神梭取出，化成一条两头尖的梭舟，众人藏在里面，各将法宝、飞剑放出，护住四面，试一冲行，竟比石完开路还慢。没奈何，只得仍命石完开路，众人驾着神梭尾随在后，向前冲去。所过之处，只见金光电闪，霞彩飞腾，上下四外的石浆狂涛全被排荡开去。虽然神梭一过，后面仍旧合拢，比较先前却好许多。四边压力为宝光所阻，石完走起来也较先前容易了些。似这样，也不知飞行了多少时候。众人见前途漫无止境，又觉着所行之路迂回往复，并非直路，几次命石完留意朝前直穿，总有穿通之时。不料费尽心力，不能如意，非顺石性，不能通过。屡想用法宝、神雷往横里攻穿出去，看清石外形势，再作计较。总算甄氏弟兄持重，力说："这里面既是土宫门径，被我们无心发现，总有到达之时。以我观察所得，好似此中只有一条道路，不照它走，便有无量阻力，此外无路。否则，早和先前一样，现出许多奇境了。"金蝉也觉有理，只得前进，走上一阵再说。也是众人不该遭难，否则，以众人法力，再如妄用主人所赠神雷，这条石中道路难免不被震破，不特众人脱身无计，五行也必失次，甚或引起一场大劫，均未可知。

众人在里面又飞行了好些时，将到尽头。只知顺路穿行，早分不出东西南北，更不知土宫躔道已将走完，过去不远，便是中心六角黑亭。但在将到以前，还有一重难关。走着走着，方觉石质逐渐松软，石完在墨绿光笼罩之下，奋力往前一冲。众人紧随在后，猛觉身外一轻，前面石壁变作一片极浓厚的黄影，与初入土宫所见相似。晃眼冲将出去，面前一亮。回顾身后黄尘滚滚，星沙飞舞，正似潮水一般退去，一闪不见，来路只是一堵石壁，知将土宫走完，心中大喜。再往四面一看，除来路外，歧径纵横交错，蜿蜒回环，密如蛛网，望去甬道甚长，尽头处各有门户。同用心力，按照先前所见总图仔细参详，好容易才看出五宫五行方位。可是一经走动，险阻横生，不是金刀水火突然怒涌，便是风雷爆发，霹雳横飞。更有五行神雷，连同五色光柱，各像本形，互相生化，夹攻上来，一个退避不及，几乎便为所困。幸而胸有成算，始终合在一起，不曾走单，方得保全。就这样仍受了不少虚惊，才得化险为夷。末一次，更将日轮、月影差一点引发。起先众人深知五行生克与七星运行之妙息息相关，牵一发而动全身，捷逾影响，法宝威力越强，压力越大。到了后来全数引动，一齐夹攻，必不能当。虽幸应变机警，都是浅尝辄止，不曾深入腹地，但是动辄得咎。除开来路短短四五丈地面一段死甬道外，任走何路均有埋伏。每经变故，地形必变，所现甬道更多。

正无奈何，石生笑说："主人真有玩意，想不到这地璇宫竟比紫云宫千里神沙还要讨厌。何不照着那两位朋友所说的走法试试？"金蝉早就想到二童身上所现字迹，因主人法严，二童此举徇私泄机，大犯岛规，但能不用最好；就用，也要装作无心巧合，以免主人看破，使受责罚。闻言看了石生一看，故意说道："他教我们遇到危险，用岛主所赠神雷抵御。照着此行经历，前途大难，不到万分紧急，如何妄用？我们还是查看好了躔度和五行生克方位，试探着前进吧。"石生闻言会意，想起二童私现总图，闻钟惊慌之状。人家为友热心，何苦累他受责？好生后悔，便不再说。阿童、石完想要开口，也被金蝉使一眼色止住。又犯了两次小险，方照二童所说，往右边一条甬道走进三丈六尺，果然发现左面有一往后退的甬道。仍作不知往前走去，待前面埋伏发动，然后故作慌不择路，往那甬道退回。到了两丈一尺左侧，又一甬道形如鹿角，改退为进。仍作不知，照前触动埋伏，再退回来，改走进去，果然无事。料定所说不虚，只恐二童负过，一路做作，有时相准行势，连往别路犯险，始回正路，似这样，经过七八次之后，方始装作悟出玄机，照着所说进退之法，往前飞驰，也未再遇丝毫阻碍，所经道路竟达二百六十五条之多。走到一半以后，发现沿途所经，是个长圆形的螺旋躔道，由外而内，圈子越来越小，知将到达。事情虽可如愿，金宫黑亭最后还有难关，既不知如何冲出埋伏，更不知归途如何走法。方在商议，路已走完，略一转折，便见黑亭当路，其高九丈，大约亩许，正中心果有圆形地洞。

　　金蝉沿途行来，已觉越走地势越低，估计离上面海底，少说也在千丈以上。亭心地洞深三四百丈，知道下面必与地轴相连。少时遇险，再要深入，必要走近两极子午线，或将元磁真气引发。众人法宝，除灵峤三仙所赠玉虎，以及石生的两戒牌、易震的火龙钗、阿童的神木剑外，无一样不是五金之质。心方一动，忽闻有人与灵奇说话，甚似耳熟。石完、干神蛛、阿童首先飞身而下。金蝉不暇多想，恐防遇阻分散，匆匆率众跟踪赶去。快要落地，便见一道青光拥着一个红矮胖老头，正是灵奇之父灵威叟，朝着众人把手一拱，一言未发，便迎头飞过，往上升去。落地再看，灵奇手里拿着一个小晶瓶，一个内贮灵丹的玉盒，上前拜见递过，神色略显紧张，似未受苦。只奇怪灵威叟怎会在此，而且彼此情意颇厚，见面不交一言，径自飞走？接过灵丹，方要问话，灵奇已抢先说道："诸位师叔，请快随我避入甬道，再说不迟。如非家父在此，诸位师叔一到，所有埋伏全发动了。"说罢，当先走去。众人料知来势厉害，忙即跟去。下面形势长圆，一头大，一头小，并不凹凸，不是纯圆。那甬道入口，在横面之北作三角形，大约三丈。但只一块银色，光可鉴人，不知底细，绝看不出那是甬道的入口。众人刚刚走到，便听上面万籁怒号，震耳欲聋，比初入土宫所闻更要猛烈得多，知道厉害。金蝉不等灵奇招呼，先命石完行法开路。石完当日连受奖勉，又听出玄玉口气，破此玄晶非他不可，越发兴高采烈，不等说完，冒冒失失，头一晃，便冲将进去。只见墨绿光华刚刚破壁飞进，忽听石完惊呼一声："哎呀！"同时那块玄晶也变成一股奇亮若电的银色光气冒起，亭上面的五行神雷也似排山倒海一般快要涌到。下面立生反应，上下四外一齐震动，壁上银光若箭，暴雨一般相对飞射，晃眼化成一片光海。众人先听石完惊呼，知已遇险。因他年小胆勇，独任艰难，全都对他怜爱，惟恐有失，一着急，各用法宝护身，便要赶去。甄氏弟兄更是着急抢先，刚一飞近，猛觉奇寒侵骨，几乎血脉皆凝，快要冻僵。银光中又飞出一蓬淡青色的寒星，这才看出那玄晶竟是万载玄冰所结精英，寒星更是厉害，知道不妙。本难避免，幸而金蝉早有防备，见石完不等说完，先自飞入，忙喊："干道友、小神僧留意！"干神蛛扬手一片灰白光网飞将出去。不过二甄心急，稍为快了一步，几吃大亏。就这受寒惊退之际，光网已飞向前面，将那一蓬寒星兜住，不令喷出，众人也无法前进。干神蛛回顾身后形势大变，全室除甬道入口这一片外，都在灵光箭雨纷射之下，阿童正用佛光抵御。干神蛛不由情急，自言自语道："你不趁此时进攻，我将来如何向人求告？暂时就吃点亏，所得也足偿所失。就现原形，有甚相干，谁还不知道么？"众人料他要令附身神蛛破那玄晶，果然话未说完，胸前黑衣上现出一个大白蜘蛛，以前众人所见，只是神态生动、若隐若现的蜘蛛影子。这时神蛛虽未离人飞起，却是全身毕现，看得甚真。只见那蜘蛛形如人面，狞恶非常，通体灰白，六脚长毛如针，一双火眼其红如血，凹鼻方口，上下各有两枚利齿。一现形，便由肚脐眼内射出一股白气，光网立即加厚，同时嘴里喷出一个血色火球，由光网中心穿出。对面银光寒星虽被网住，仍在冲突飞舞，毫未减退。火球一现，立时爆散，化成一片火云，只一闪，便连光网带银光寒星全都消灭。蜘蛛也已不见。以众人的目力，并未看出是怎么收回来的。面前立现出一个三角甬道，连忙一同飞进。石完也由里面迎出，见面说道："我出生以来头一次遇到这样奇冷，差点没有把我冻死。"干神蛛见甄氏弟兄尚未复原，便请与石完立在一起。跟着胸前蛛影略现即隐，一片红光朝三人当头一照，三人立觉一股热气罩向身上，寒气全消，当时复原。

就在这略一停顿的工夫，上面五行神雷全数爆发，随见一股五色变幻的精光直冲进来，甬道全被填满。前头各色火花乱爆，发出连珠霹雳，狂潮也似朝众人涌来。阿童殿后，忙用佛光挡了一挡。方觉力大异常，从来未有，猛瞥见五色精光齐射中心，互相一撞。跟着便是惊天动地一声大震，威力加倍猛烈，佛光竟被荡退。心灵上忽生警兆，心中一惊，不敢再抗，忙大声急喊："大家快走！我支持不住了。"这时雷声更密，千百团五色火花随同霹雳之声纷纷爆射，宛如百万天鼓，一齐怒擂。众人听不出说些什么，但见阿童惊慌却退之状，料似不妙，无法再相问答，各纵遁光，联合一起，朝前飞去，后面神雷飞驰追来。众人见那甬道作圆弧形，往下弯去，只顾逃避，也不知飞出多远。似这样逃窜了半个多时辰，甬道渐渐缩小，最前面只有丈许方圆。看去深黑异常，后退无路，只得飞向前去，相机行事。因虑地势如此狭小，无法应付，一同施展全力，飞身逃遁，又飞出老远。金、石、阿童三人留意后面无甚声息，回头一看，惊慌忙乱中，后面的五行神雷已经退去，四外静荡荡的，黑暗异常，雾气浓密。那么强的宝光，只能照出七八丈远近。神雷收得奇特，意欲回看。哪知才一举步，便觉潜力阻路，重如山岳，寸步难行。如往去路飞行，却是轻快异常。惟恐强行回冲，引发神雷，又入危境。互一商议，取丹救人已经做到，主人又将灵药交与灵奇转付，更无再用深机密阱苦苦为难之理。既有道路，总可通行，索性前飞，看到尽头是何景象。

金蝉随问灵奇怎会父子相见？被困时可曾受苦？灵奇答说：自被玄玉擒去，飞到岛上，便见父亲灵威叟赶出，带了自己，飞入地璇宫最下层金宫洞底。一直等到众人快来，才将丹药交与灵奇，说："五行神雷万不可抗，应由石完开路，一同飞入。这时五行神雷一齐发动，定必来追，只要不与接触，飞行百里左右，神雷必退。虽然可回原路，穿行全宫，脱身出去，但经此一来，途径已变，除向岛主服低认过，要想觅路脱身，却非易事。逃时如若误用法宝佛光去敌五行神雷，　生反应，却不知要被它迫出多远，方始撤退。不过前行彼此有益，比由地璇宫迷径走出反而容易，只是道路要远得多。"说完，众人便来了，乃父也自飞去。

众人先前只顾寻路急飞，无人留心里程和飞行时间，只知所经途程甚多，不知神雷退时已深入地轴，为前面元磁真气所吸。先只觉得越往前飞越快，好似不用飞遁，也能照样前进。那甬道已不见，上下四外暗沉沉一片浑茫,以金、石二人目力,竟看不出前面景物。所行却是正中央略作弧形的一条直线,毫不偏倚。后来发现前进固是轻快无比,后退却是有不可思议的绝大阻力,不能倒退一步,成了有进无退之势,除照中心飞驰前进而外,连往两旁移动,稍改方向,都办不到。甄艮、甄兑首先惊觉,跟着金蝉也已省悟:如非深陷地肺之内,将为太火所化,形神皆灭,便被两极元磁真气吸住,人由地窍中穿出,走向去往南极的子午线上。互相一说,全都惊慌起来。众中只阿童、石完二人还能勉强挣退,其势又无可丢下众人退走之理,正在犹疑。

七矮见身被前面吸住,除越飞越快而外,别无所苦,也不见有甚异兆。暗忖:"照此飞行,早已穿入地肺深处,为地底千万年郁积的太火所困。照前次神驼乙休在铜椰岛陷入地肺情景,就仗法宝护身,不至炼成灰烟而灭,也绝无如此平安。再者,主人与师父尊长俱都相识,对几个后辈也绝不会深机密阱,行此阴谋毒计。此时必是附身在地轴中枢,地体下层之外,上下四面均有极浓厚的混元真气裹紧,只当中子午线有两极元磁吸力,可以通行无阻,左右移动,固然不能,什么也看不见。太火焚身之险虽可免去,但那南极尽头的宇宙磁光威力之大,不可思议,多高法力也禁受不住,到时如何抵御?脱身更是奇难。此行如有凶危,下山时所赐仙示如何不提?"心念一动,金蝉首先想起:"仙示偈语微奥难解,几经猜详,以及玉清大师、郑八姑二人搭话暗示,好似新辟的金石谷,只是自己他年小住往来之地,真正洞府似在海外两极等处。照着目前形势,好些俱已应验。"向众一说,再互一推测,果然一点不差。石生更说:"灵威叟最爱灵奇,有时为他,甘受岛主重责。上次暗中相助,何等出力,那是因灵奇拜在岳师兄门下,爱屋及乌之故。如今我们果有凶危,断无一言不发之理。我看不特仙示应验,前行当有奇遇,连那宇宙磁光到时也必能通过。"众人法力虽高,仍是少年心性,闻言忧虑全消,反嫌飞行子午线上黑暗奇闷,巴不得早到尽头,见个分晓,一点不知厉害,全都胆壮高兴起来。众人所用法宝、飞剑,十九是太白金精所制,为防万一,遁光又连在一起。对面吸力自然随之加增,便不御遁飞行,也不由自主朝前疾驶。这一心急赶路,飞行更快,端的比电还急,朝前射去,快得出奇,晃眼便是千百里。众人只觉飞行之快,从来所无,也不知飞行了多远,飞了多少时候。正在加急飞驰,忽然发现前面微微有了一片亮光。众人以为快要到达，心中一喜，猛觉身上奇热，前面吸力倏的加增。因见前进太快，初次经历，不知吉凶如何，想要仔细盘算应付方法，试把遁光停住，任其自进，果然慢了许多。

七矮上次见过北极磁光，见前面光影相隔渐近，只是一大片灰白色光影，并不好看。暗忖：“前次所见磁光，精芒万丈，辉耀中天，千万里的天空布满彩霞，大地山河齐幻异彩，光怪陆离，不可逼视，奇冷异常。怎同是极光，南北不同？不但光不强烈，并还如此奇热，莫非相隔尚远之故？”正指点说笑间，猛瞥见灰白光影中现出一个黑点，并无光华，照样发出无量芒雨，作六角形往外四射，吸力又复加强好多倍。众人身子竟如一群陨星，往前飞投下去。不知黑影便是大气之母，阴阳二气正在互为消长。平日所见极光并非实物，乃是气母与元磁精气分合聚散之间发出来的虚影回光，黑影一散，极光立现。阴凝于阳必战，此正是极光出现以前应有现象。阳极阴生之际，那热力竟比寻常烈火加增到几千万倍，而且吸力大得出奇，不论宇宙间任何物质，稍为挨近，便自消灭，化为乌有。众人已经将近死圈边界，形势危险万分，一点还不知道。眼看走上死路，也是仙缘深厚，该当转祸为福。就在这快入死圈、危机一发之际，那气母元磁精气恰巧由合而分，爆散开来，挨近子午线旁的极光虚影立即出现。

众人正飞之间，瞥见那六角黑影突然暴涨，四边齐射墨色精芒，当中空现一点红色，其赤如血，晃眼加大，热气同时增加百倍。如换常人，早在半途热死，也绝不会飞得这么近。众人本就热得难耐，哪经得住热力暴加。又看出黑影红星威力猛烈，不近前已热得五内如焚，透不出气，再如飞近，焉有幸理？因觉这等突发奇热，从来未有，金蝉已早将玉虎放出，也只觉对面吸力减少一点，仍然抵御不住奇热。正不知如何是好，忽听干神蛛惊呼道：“前面死路，万万不能再进！”众人闻言大惊，身子又被吸住，无法停止回退。正待回闪，猛瞥见左侧极光突现，万里长空齐焕精光，霞影千里，瑞彩弥空，壮丽无伦，俱以为极光原来在彼而不在此。大家全都怕热，看出前面厉害危险，猛又觉出吸力骤减，身上一轻，不约而同，便往有极光的地方飞去。本来众人身上飞剑、法宝俱与心身合一，早被元磁真气吸紧，万拉不脱。事有凑巧，极光现时，众人恰飞到正子午线侧面来复线交叉之处，已经无意巧合，现出生机。

阿童本在断后，始终未向前去。因众人法宝、飞剑均极神妙，不在佛光之下。初次下山，无甚经历，只用佛光试行后退，觉着艰难，以为前面也是一样，并未再试。忽听干神蛛大声警告，自己也是热得难受，想用全力发动佛光去挡热力，再试它一下。如在先前，此举也无甚补救。这时却是适逢其会，正赶到子午、来复两线交叉之地，再巧没有。又以师传心法全力施为。金蝉玉虎不是金铁之质，又具有隔离妙用。于是太阴元磁真气首被隔断，挡了一下，不等由四方身后包围上来，众人已经发现极光虚影，同时身上吸力一轻，更不怠慢，纷纷改道往侧飞去。一经脱身于子午线外，吸力全消，当时一个寒噤，又由奇热变为奇冷，知已脱险。惊魂乍定，惟恐又陷危机，俱以全力飞行，朝前疾驶。直到飞出老远，方始回顾，见右侧横着一条奇长无际、不知多粗的气体，别的一无所见。天色上下一片浑茫，也与平日所见天色不同。只面前银色极光布满遥空，下半齐整如前，上半长短大小参差不齐，宛如一大片倒立着的天花宝盖，璎珞流苏，不往下垂，根根上竖。霞光电射，银雨星飞，与上次陷空岛北极磁光正好相反。只见万里长空，上下四外只此一片极光，不见一点云彩与别的景物。极光虽然非常好看，却不能照远，近身一带仍是黑沉沉的，并且越往前走，遥望极光越发鲜明，所行之处反更黑暗起来。心中奇怪，仍想前途总有光明，一味疾飞。哪知人已飞到南极尽头，转眼重又走入极边地窍。由地轴中通行，穿出大地底层，只消冲破最后一关，便到了小南极左近，附在地体旁边的天外神山之上。

众人飞了一阵，眼前一暗，极光不见，又入黑影之中，先还不知就里。等到又飞行了些时，才看出与陷空岛初入地窍时情景相似。心料危难已过，前途必是南极奥区，只要和在北极一样见了实地，便可进退如意。一面又想着仙示海外开府的语意，全都兴高采烈，不以为意。这一段地窍竟短得多，不消多时，便已走完。众人正飞之间，忽见前面微有亮光，近前一看，所行之路乃是一条弧形甬道，已经行到尽头。光并不强，只似一团实质，将去路堵塞。易氏弟兄心急，首将飞剑放出，哪知飞向光中，竟如石投大海，剑光一闪即没，无影无踪，仍是好好的，并无异状。众人一见大惊。石完不知厉害，又当是石土之质，飞身便朝前穿去。甄艮想拦，没有来得及，人已冲入，当时发生变化。只见奇光电旋，石完陷身其内，尽管用尽力量挣扎,不能脱出,急得大声疾呼,哭喊:"师父、师伯救命!"又有无数光箭朝众人猛射过来。虽仗各有飞剑、法宝防身,不曾受伤,但那力量大得出奇。尤其是酷寒难禁,与上次陷空岛初探乩门时所经一样。晃眼之间,众人便全陷身于光海之中,冷得乱抖。同时阿童一见石完失陷,首先一指佛光,飞身上去,虽然将他护住,但那寒光之中另具有一种极大压力,上下四外一起涌到,不能脱身。灵奇强挣着喊道:"这必是两极寒精所萃之地,那三粒神雷呢?"金蝉不等他说完,已先警醒,便将陷空老祖所赠神雷一起发将出去。那寒光竟似具有灵性,想要逃遁,无如金蝉出手得快,又是连珠同发,已经无及。只见神雷脱手,三团酒杯大小的五色火化纷纷爆炸。耳听两声哀吟过处,寒退光消,一闪不见,所失飞剑也便收回。前面地上,甬道重现,倒身两具残尸。过去一看,乃是两个质如晶玉的女子,各穿着一身薄如蝉翼的冰纨雾縠,与陷空岛二童一样形质。只是相貌狰狞,凶恶非常,已被神雷打死,肢体碎裂,横仆地上。众人知是寒魄精气炼成的怪物,已经身死,便不去理睬,仍旧前行。

走出四五十里,前面又现微光。众人全有戒心,惟恐又遇阻拦,洞径弯曲向上,看不到尽头,便把势子放缓。正在戒备前行,忽听干神蛛笑道:"我看看去,也许走远一点,诸位寻不到我,不要介意,这地方我许有一点事要办呢。"说罢身形一晃,当先飞去,转眼不见。行时,众人见他面有喜容,胸前蜘蛛影子时隐时现,张牙舞爪,兴奋异常,不似路上那样沉默忧郁之状。前面光影似由上透下,与先前遇险不同,已将邻近。到了尽头,才知那地方正是通往上面的出口,形如深井,上下相隔约数百丈,势向前倾,上面洞口大只数尺,天光由此斜射下来。知到地头,出险在即,不由精神一振,大放宽心,忙催遁光飞将上去,出口便见面前现出一片奇景。那地方乃是一座极高的冰山顶上,通体翠色晶莹。一座高约十丈的黄色玉亭罩住出口,平顶垂直,整齐如削,直似整块品玉镂全雕刻而成。众人先看到的是对面大片海洋,碧波浩瀚,天水相涵,极目苍茫,漫无涯际。水色又极清深,几可见底。水中鱼介多具文彩,五光十色,千形异态,不时往来飞翔于水面上。海底深约百丈,细沙如雪,上生海藻海树之类。有的五色交辉,丫杈分歧,宛如巨树;有的翠带纷披,长达十丈以上。更有不少奇形怪状的海兽、飞鱼穿行其间,追逐为戏。偶然激怒,斗将起来,海底细沙受了震荡,立卷起千层星雨,亿万银花,飞舞于翠带珊瑚丛中。

方觉奇景当前,从来未见,忽听石生、阿童传声惊呼,起自身后,金、甄、易、石诸人回头去看。因前面亭外矗立着一座高达数十丈的玉壁,众人一出口,便见大海前横,景又壮丽,纷纷向海眺望,亭前景物被玉壁和两边冰崖挡住,不曾绕往前面查看,也未想到这等海上神山,岂无仙灵精怪之类隐居盘踞,多半不曾留意。只阿童一人因先前几为寒精所困,想起大师兄朱由穆铜椰岛别时之言,始终谨慎,见当地景物过于奇异,休说眼见,连听也未听过,本就惊疑。同时心灵上又起了一点警兆,照着初下山时恩师传授,料定必有事故发生,乱子还不在小。见众人正在看海,指点碧浪锦鳞,十分有兴,此时尚无异兆,不愿大惊小怪。因与石生并肩而立,便悄声说道:"这地方太怪,我们往亭那边看看去。"二人本甚交厚,随同往亭前走去。本意那山顶形势奇特,左右两面有数十丈高的冰崖,环向对峙,前面一座玉壁,除亭后向海一面,下余三面外景全被挡住,打算飞向前面玉壁之上,往外查看。哪知上面看是空的,暗中竟设有禁制,刚飞到顶,便将埋伏引发,万点银光似暴雨一般当头打下。幸而阿童早有防备,石生那一块三角金牌又是灵峤奇珍,自具灵异,与主人心神相合,金霞佛光同时飞涌,那禁法恰巧遇到克星,才一接触,便即破去。二人知已深入重地,一面传声告警,一面隐身上飞。到了墙头,恐又有甚埋伏,越将过去,方始下落,同时看出墙外别有天地,景更光怪奇丽。原来下面乃是数千里方圆一片盆地。先在山顶观海,已觉那山甚高。再由这山前下望陆地,更显得那山高出于意外,上下相去达数千丈,地面似比海底还低得多。地面上也有不少峰峦远近罗列,最高的约有千丈,但比这座高山却差得多。最奇的是除开陂陀溪涧而外,大部地平如镜,其白如银,也看不出是冰是雪。每座峰峦均由平地拔起,翠色晶莹,上面各生着不少奇花异树,遥望过去,俱似晶玉之质,不是金光灿烂,便是锦色辉煌。有的花朵生得奇大,从来未见。如非树身高大,老干丫杈,蟠屈飞舞,姿态生动,简直不像真的。更有不少金碧楼台掩映光林之中,下面地上也是处处花林,灿若锦绣,繁艳无伦。由上望下,到处仙山楼阁,霞蔚云蒸,光怪陆离,不可名状。头上的天是青的,长空万里,湛然深碧。除偶然白云如带,横亘在东南方峰腰殿阁之间,舒卷回翔,似欲飐去而外,不着丝毫云翳。下面的地又是白的，广原平野，其白如银，直似一片奇大无比的银毡。上面堆着千万锦绣，花光浮泛，彩影千重，分明是梦想不到的美景奇观。便凝碧仙府也无此宏阔壮丽，气象万千。令人见了目眩神迷，应接不暇。

　　石完喜得便要往下飞去，被金蝉一把拉住，说道："你知道这是什么地方？如此冒失。"说时，发现那山占地甚大，除玉亭高居山顶正中，三面均有玉墙冰崖环绕而外，形势灵奇，景物也颇繁妙。便令众人先寻一个隐秘之地，就冰块上坐定，说道："适才推详仙示，好似此地是我师徒七人久居修道之所，但是事前似有不少凶险。似此灵境仙山，休说是见，便听也不曾听过。其中如是海外散仙所居宫室，这么大的地方，人弃我取，选上一处做我们的洞府，对方要是正经修道之士，声应气求，必无嫌忌；如是左道妖邪，事情就难说了。干道友此地从未来过，怎会一去不回？必有原因。事须谨慎，我们孤悬南极天外，相隔中土不知多少万里，一有失陷，连救兵也请不到。上次在铜椰岛与乙师伯分手时，虽蒙他赐我一面事急求救的信符，但是相隔太远，又有宇宙磁光太火、大气阻隔，也不知道能否当时赶来。干道友虽是初交，已成至友，蒙他数十万里犯险同来，如今失踪，吉凶难定，也须从速查探他的下落。二甄师弟伤还未愈，一路险难飞驰，虽有灵药，无暇医治。必须治愈复原，将毒气化尽，以免临时仓猝，容易吃亏。"随将陷空岛所得晶瓶玉匣取出，打开一看，瓶中灵玉膏、万年续断和冷云丹外，玉匣中尚有一个小蚌壳，中藏绿豆大小十粒透明金丸。另附灵威叟一张二指大的鲛绡，上写"辟邪去火，解毒清心。到后即服，可以防身"等字。人数正对，只干神蛛不在。每人分了一丸，将另一丸连蚌壳带余药收起。甄氏弟兄接过灵药，便照前法医治。因所中刀伤有奇毒，虽仗本门灵丹保住心身，仍非陷空岛灵药不能去毒复原。不到半盏茶时，甄氏弟兄便同复原。各人又把那粒金色丹丸服下，入口觉有一丝清凉之气流行全身。再等行完一周天后，好似心神比前更加清灵，只心头微有一点凉意。急于查探干神蛛下落，是否入伏被困，匆匆起身，均料此丹有益无损，也未在意。

　　行时金、石二人同用慧目法眼，仔细往那群峰楼阁查看，觉着相隔太远，纵有妖邪盘踞，也难看出。但是内中一所楼台，金庭玉柱，高大崇宏，一片平台甚是广大。别的楼阁都在峰上，独此一处建在平地。四外群峰环绕，一水中涵，竟比紫云宫中的黄晶殿、蚣就榭两处还要壮丽得多。占地最大，相隔那山也最远。心疑正经修道士怎会如此奢侈，穷极工巧？意欲先往一探，又恐下面设有埋伏，干神蛛不曾走远，便被困住。这等地方不见一人，越看不出一点迹兆，越是危险，深入重地，虚实难知。便试探着隐身降落，打算由平原花林之中，沿路观察，隐将过去。先还恐地面上设有埋伏，降时甚是审慎，哪知由上下落，倒还无事。因见近山一带，除万载坚冰，青凝如翠，从未见过而外，由上到下都是空的。山下地面虽也银色，大片平原草木不生。那最壮丽美观之处全在东南角上，相去约数百里。便同往下斜飞过去。落地一看，所有地面非晶非玉，又不似冰，一片银色，通体晶莹，不见一点尘沙。那么坚硬光润的地面，竟会生着许多不知名的奇树。每株均有七八抱粗细，其高多达一二十丈以上。树身碧绿，宛如翠玉，琼枝碧叶，上缀各色繁花。有的花大如盆，宛如一朵圆径五六尺的白牡丹，千叶重重，天香欲染。有的花大如杯，满缀繁枝，宛如朱霞锦幛，绵软芬芳。有的铁干挺生，直上二三十丈，到了树顶，繁枝乱发，广被十亩，每一枝上挂下七八丈长，形似垂丝兰叶的翠带，叶上又生着无数五色兰花。偶然一阵微风吹过，花、叶随同披拂，看去好似一座撑天宝盖，繁花如雨，五色缤纷，冉冉飞舞，似下不下。花叶相触，发出一片铿锵之声，如奏宫商，自成清籁，最为奇绝。下余有的和陷空岛绣琼源所见大略相同，但是花开更艳，到处香光荡漾，玉艳珠明，为数更多更奇。那花香也与别处不同，不特清馨细细，沁人心脾，并还沾襟染袖，人由花下走过，便染上了一身香气。香并不十分浓烈，只觉暗香微逗，自然幽艳，闻之心清，令人意远。眼、耳、鼻所领略到的妙处，一时也说它不完。

众人念切良友安危，灵景当前，暂时也无心观赏。连穿越过好几片花林，飞行迅速，已经又多深入了一二百里。由一座孤峰绕过，忽闻笙簧交奏，琴瑟叮咚，汇成一片极繁妙的声音。过去一看，原来面前横着一条大溪，阔约十丈，水甚清深，水底满铺着大小宝石。三座碧玉飞桥，宛若长虹，横卧水上。上下疏疏落落，矗立着不少玉笋，翠色晶莹，高出水面数丈不等。上生一种五色苔藓，其大如钱，宛如无数奇花，重叠贴在上面。通体孔窍甚多，玲珑剔透，风水相激，顿成幽籁，适听声音便由此发出。桥下无柱，全桥宛如整块碧玉雕成。除来路孤峰上下童秃而外，两岸俱是参天花树。因为树大枝繁，行列虽稀，上面花枝纠结连成一片，一眼望过去，直似两条花龙，蜿蜒飞舞于碧波之上。因处在花林深处，更有远近群峰遮蔽，先在山顶并未看到。这时一见这等壮丽景象，心想："来路花林，还可说是千万年冰玉精英灵气凝结而生。这三座翠玉虹桥，雕镂精细，巧夺鬼工，分明是人力所为，怎会入境已深，始终不见一人？"桥长中高，非到桥上，看不见对面景物。桥旁空处，又为花林挡住目光。石生、易震正要飞高查看，再行过去，金蝉、甄兑各用传声拦阻道："我看此事奇怪，桥对面必有埋伏禁制。我们虽然行法隐身，但身在异地，危机将临。干道友并非弱者，忽然不见，大是可疑。如有埋伏，由地上走过，或者不致引发。这一飞高，难免触动禁网，还是小心些好。"说罢，各把法宝、飞剑暗中准备，敛去光华，由当中桥面上贴地低飞过去。一看桥那边，果然邪气隐隐，正当中涌起一片轻烟，将路阻住。那烟似烟非烟，看去好似一簇轻纱，甚是淡薄。偏生前面景物尽被遮蔽，不能远视，怎么也看不见。再用慧目细查，两旁花林也有这类淡烟浮动。情知有异。待了一会儿，不见动静，石生、石完和易震三人首忍不住，待要上前。阿童也说："已经身入虎穴，终须见个分晓。邪烟阻路，也许干道友陷身在内，夜长多梦，迟则生变。好在身形已隐，如不该来，或有险难，教祖仙示必已明言。似此相持，何如试它一试？"

阿童和众人已学会峨眉传声之法，大家说话，外人一句也听不出。金蝉本在暗中推详仙示上的偈语，意欲谋定再动，并非真个胆小，听众一说，立即应诺。因恐人单势孤，和干神蛛一样走了单，发生险难，仍然聚在一起。料定林中埋伏必更多而厉害，转不如径由侧面冲将过去。那三座玉桥，每桥相隔约有十丈，通体约有五六十丈之宽，全被那片淡烟挡住。众人议定以后，便联合一起，往对面烟中心冲去。快冲过时，忽听有人急呼："诸位道友请慢！"刚听出是干神蛛的口音，人已飞过，那片淡烟只一冲便即散灭。同时眼前一亮，前面突现出三座白玉牌坊，上面用古篆文刻着"光明境"三个丈许大字。那牌坊约有三十丈高大，通体水晶建成，银光灿烂，耀眼生花。众人那么高的隐身法，竟被破去，各现原身。干神蛛也由左侧赶来，神情似颇惊惶。牌坊旁边不远，倒卧着一个虎面鱼身、六蹼四翼的水怪，身旁流着一摊腥血，脑已中空，头上陷一大洞。众人见那么清洁的仙山灵境，竟会发现水怪死尸，忙即止步，双方见面。干神蛛道："诸位道友，可是寻我来的么？我虽被困，并不妨事，再有一会儿便脱身了。可惜稍缓一步，诸位隐身神妙，我没有看出，等到警觉，已经入伏。我本想求诸位相助，代办一桩彼此有益的事。偏生我那冤孽老怕人笑他，性子又急，不令我和诸位商量，致有此失。这一来，又要多费手脚了。"众人问故。干神蛛道："前事说来话长，无暇详言。这里底细也不深悉，只知我们已经深入重地，有进无退。好在妖物自恃神通，又是天生特性，现在还不致发难，乐得探明虚实，再作计较。幸我早有防备，隐形法未破，且引诸位同去，见机行事便了。"

众人见他早来，以为必知对方虚实来历，便即依言而行。干神蛛随将众人身形隐去，由牌坊下往里走进。石生边走边问道："这里的地主，你见过了么？你也初来，怎知底细？"干神蛛面上一红，略为迟疑，答道："我并未走到里面妖窟，为首妖物也未见到，一切全听我那冤孽所说。也是刚过牌坊，便遇禁阻，幸而遇到两个精怪在彼闲谈，听出一点虚实。本想赶回送信，但为邪法所阻，必须寻一替身，方可乘机脱身。不料刚寻到一个水怪杀死、我还未走，诸位道友就来了。此事只内人知道一半底细，到了妖物盘踞之所，必须照她所说行事，才可减少危害。我与灵奇、石完均不会贵派传声之法，妖物神通广大，耳目甚灵，我们不过来得凑巧，才未被它觉察。等到临近，言动千万留意，务请看我眼色行事，冒失不得。但盼般般凑巧，将它除去，诸位固得这一大片灵境神山，建立仙府，我也得以解脱冤孽，勉修正果，岂非绝妙？"金蝉等闻言，才知干神蛛并未深入妖窟，只仗附身灵蛛指点，随口应诺，并不十分在意。前途景物越发雄丽。先是数十丈宽一条质若明晶的大道，长达三数十里，两旁均是参天花树，翠干银枝，琼花玉叶，紫姹嫣红，索青俪白，其大如斗，竞吐芳菲，一路香光绵亘不断。到了尽头之处，路忽两歧，左面不远尽是一座座的高峰危崖，众人见上面不少金碧楼台，当是妖人所居，正要掩去。干神蛛抢前拦住，用手示意，令众噤声。轻悄悄往右一转，便见大片花林，树不甚高，离地不过两丈，枝干却长，蜿蜒四伸，虬枝委地，又复生根，往上发枝，互相纠结蟠纡，和闽、粤间的榕树差不多。最大的树占地十亩以上，有花无叶，由上到下满生繁花，形若桃梅，望去一片粉霞，宛如花城，挡住去路。

干神蛛领了众人,由花丛中悄悄绕行过去。那蜘蛛影子也在胸前时隐时现,似颇惶急不安之状。又行五六里,方由衖中走出,乃是一座极高大华美的宫殿后面。再由殿侧绕向前面,正是先前高山所见那座殿台。殿高十丈,占地四五十亩,玉柱金庭,瑶阶翠槛,珠光宝气,耀眼生缬。殿前一座白玉平台,高约丈许,尤为壮丽。因自侧面绕来,又是步行,不曾看见殿台上的事物。只见那殿位列正中,三面翠玉峰峦环绕,远近罗列,不下二百座;犹如玉簪插地,云骨撑空,斜壁琼楼,交相掩映。对面又是一片湖荡,澄波如镜,甚是清深。因为地面莹如晶玉,清波离岸不过尺许,望去一片澄明,几乎分不出是水是地。湖中心也有亩许大小一座椭圆形的白玉平台,高出水面约有二尺。湖岸旁生着一片莲花,水生之物却生在陆地上面,莲藕根也露出地上,每枝粗约二尺,其长过丈,分为三、四、五节不等。颜色比玉还白,看去滑嫩异常,吹弹欲破。每一节上各生着一柄莲叶,或是一朵莲花。那叶茎粗如人臂,长约丈许,叶有六七尺方圆。花分粉、红、青、白四色,盛开时大约翠叶之半。有的含蕾将绽,其大如瓜,吃碧叶金茎一陪衬,仿佛一条白玉船上面,撑着两三个宝幢翠盖。古诗"花开十丈,藕大如船",今乃见之,端的好看无比。只是为数不多,共总二十多条。结实又少,仅有当中一枝白莲现出莲房。花外更围着一圈二尺多高的珊瑚朱栏,上面蒙有一片粉红色的轻烟,隐现邪气,料是珍奇仙品。那藕又嫩又鲜,定必甘芳隽美,爽脆非常。莲蓬只此一朵,必更珍贵。但有邪法防护,不是容易可以得到。

众人中只甄氏弟兄最为持重。金蝉因奉师命,暂作七矮之首,生性好强,惟恐失措,贻笑同门,遇事也格外慎重,已不似以前一味天真。灵奇素常谨慎,专一随众进退。余者多半童心未尽,一见这等珍奇灵物,多半动了食指,想尝异味。石完、阿童、白生三人首先传声提议,先往莲花丛中看个仔细。易氏弟兄随声附和。干神蛛听不出众人说话,所去之地又恰可看到台上,不曾阻止。金蝉见他未拦,以为无妨,便同了去。石生本想此地既是妖邪所居,只要力所能及,便无顾忌。石完素常想到就做,更不必说。三人如若一到就采,或者也能得手。偏生走到花前,目光看到台上一些奇怪的事,只顾观察对方情势,便耽延了些时辰。金蝉恐对方惊觉,再一拦阻,未将那三百六十五年才结实的天府玉莲采下,自将机缘错过。如非那几根神香,几乎送了性命。这且不提。

原来众人还未走到花前,便发现当中白玉平台上面全景。那台原是一块整玉建成,玉质特佳,光明若镜,大有两亩方圆。这么空旷台面,只台中心孤零零设着一个椭圆形的宝榻,上面侧卧着一个身蒙轻纱的赤身妖女,睡眠正香。妖女生得肤如凝脂,腰同细柳,通体裸露,只笼着薄薄一层轻纱,粉弯雪股,嫩乳酥胸,宛如雾里看花,更增妖艳。尤妙是玉腿圆滑,柔肌光润,白足如霜,胫跗丰妍,底平指敛,春葱欲折,容易惹人情思。活色生香,从来未睹。另有十几个道装男子,有的羽衣星冠,丰神俊朗,望若神仙中人;有的相貌古拙,道服华美,似个旁门修道之士;有的短装佩剑,形如鬼怪;有的长髯过腹,形态诡异。十九面带愁容,静悄悄侍立两旁,面面相觑,一言不发,状甚恭谨。除当中妖女外,更无别的女子。众人见这一伙人及裸女身上多半不带一丝邪气,而沿途所见埋伏和莲花上的烟雾全是邪法,心中奇怪,不知闹甚把戏。干神蛛胸前灵蛛影子又现了两次,面色更转紧张,连打手势止住众人,不令妄动,静以观变。金蝉觉着照此情势,分明是妖邪一流,竟无邪气现出,绝不好惹。也忙止住众人,先不要动,看明虚实,再作计较。

守伺了半个时辰,方觉不耐,石完毕竟天真,脱口说道:"似这样等到几时?先吃那藕吧。"众人想拦,话已出口。同时对面平台上,妖女也伸了一个懒腰,欠身欲起。旁立老少诸人,立即赶去,纷纷跪伏在地。内有两个道童打扮的正跪榻前,妖女已缓缓坐起,粉腿一伸,一只又嫩又白的左脚正踏在一个道童头上,那道童好似受宠若惊,面容立时惨变。众人断定此女必是群邪之首,绝非好相识,石完不应出声,将她惊动,方料要糟。哪知妖女意如未觉,坐起后,只朝众人星眸流波,做一媚笑,懒洋洋把玉臂一挥。那班人面上立现喜容,纷纷起立,目注妖女神色,倒退数十步。到了台口,方始转身向外,化作十几道红碧蓝紫的光华,分头朝那远近群峰玉楼中飞去,当时散尽。台上只剩一个相貌丑怪的矮胖道童,跪伏榻前,被妖女一脚踏住,尚还未退。众人去后,若有大祸将临,周身抖战不止。妖女左腿踏在道童头上,右腿微屈,压在左股之下,却将私处微微挡住,心中似在想事,不曾留意脚底。一会儿,忽由身后摸出一面金镜,朝那玉臂云鬟,左右照看了两次,顾影自怜,柔媚欲绝。无意中右腿一伸,脚尖朝那道童的脸踢了一下。道童忽然兴奋起来,纵身站起,两臂一振,所穿短装一齐脱卸在地,立时周身精赤,一声怪笑,便朝妖女扑去。妖女好似先未理会到他,神情别有所注。及见道童快要上身,忽把秀眉一扬,娇声喝道:"你怎还未走,你忙着求死,我偏要留你些时。此时不该你班,去吧。"说到末句,纤手往外一扬,当胸打去。道童闻声,早就止步,只不知对方心意,进退两难,微一迟疑,便被打中。道童看去颇有气候,人更健壮。妖女人既美艳,手又纤柔,这一掌仿佛打情骂俏,轻轻拍了一下,并无甚力。道童竟似禁受不起,忽的一声惨嗥,跌出老远。连衣服也顾不得穿,随手抓起,纵起一道蓝光,就这样赤身飞去。众人见他逃时手按前胸,好似受有重伤,面上偏带着十分喜幸神情,俱都不解。

妖女逐走道童,又取镜子照了一下,微张樱口,曼声娇呼了两句,音甚柔媚,也不知说些什么。平台对面群峰上,便起了几处异声长啸,与之相应,却不见有人下来。又隔有半盏茶时,妖女意似不耐,面带狞笑,一双媚目突射凶光,更不再以柔声娇唤。张口一喷,立有一股细如游丝的五色彩烟激射而出,一闪不见。跟着便听好几座峰上有了一片呼啸异声,随有七八道各色光华,拥着一伙道装男子飞来。到了台前,全都落向台下,一个个面如死灰,神情狼狈。最奇怪的是,这一班人看去法力颇高,身上也多不带邪气,对于妖女却奉命惟谨,不知为何那么害怕。妖女反而没事人一般,娇躯斜倚金榻之上,手扶榻栏,满脸媚笑,微唤了一个"龙"字。

来人中有一身材高大,长髯峨冠的老道人,闻声面色骤转惨厉,把牙一咬,随将腰间两个葫芦,连同背上两支长叉向空一掷,由一片烟云簇拥着,往斜刺里天空中飞去。

跟着飞身上台,在一幢紫光笼罩之下,走到妖女面前,厉声喝道:"我自知今日大劫将临,命送你手,但你不要喜欢。我虽异类修成,道力也非寻常,已经费尽心力,由地轴中穿行,去往中土,拜在一位仙师门下。本可逃出你的爪牙毒口,不合结交妖人,犯了教规,恐恩师金刀行诛,没奈何又设法逃回。以为藏身之处邻近地窍,本来精擅玄功,又收服了两个冰魄寒精,与我所炼法宝合用,不畏太阴元磁真气,稍有警兆,也可由子午线上遁走。不料一时疏忽,为你阴谋暗算,将我师徒擒来,供你蹂躏淫欲,已有三年,仗着功力较深,苟延至今。无如你淫凶诡诈,毫无信义,致在日前为你盗去元丹。如换别人,早应残杀。你表面虽说,这多年来一班有气候的同道被你残杀殆尽,苦无适意之人。那日盗我元丹,由于一时情浓,并非本心,现在仍想和我做长久夫妻。难得瑶池玉莲今年结实,到时令我采服,虽仍不能复原,足抵三百年苦炼之功。说了许多花言巧语。起初我也颇受你愚弄,近日方看出你只为欲心大旺,禀赋奇淫,暂时留我补空。等我元精被你吸尽,早晚仍做你口中之食,并非真有好意对我。昨日回去,想起寒心。恩师以前所赐白柬忽现字迹,才知我命该终,万难避免,今日便是我应劫之期。幸蒙恩师怜念,算出结果,有了准备,否则连元神也保不住。可是我死不久,你的数限已尽,身受较我尤惨。我本可设法拖延到你伏诛,免去此劫。一则前蒙恩师点化,传授道法,备悉因果,自知恶孽太重,非此不解;再则元丹已失,与其苦炼数百年,本身仍是精怪一流,何如保着残余精气,一灵不昧,往转人身,悔过求师,重修仙业。刚才你唤人时,本想早来,为了兔死狐悲,物伤其类,特在事前向诸位道友告以趋避之法,意欲稍为保全几个。本来他们闻呼即至,乃我一人行法阻止,迫令听完我话再走,为此晚来一步。我已拼做你口中之食,供你淫欲,也只一次,无须做此丑态,由你摆布便了。"

当道人初上台时,妖女面有怒容,似要发作。及听对方厉声丑诋,反倒改了笑容,喜滋滋侧耳倾听。斜倚榻上,将一条右腿搭在左腿之上,微微上下摇动。玉肤如雪,粉光致致,上面瓠犀微露,皓齿嫣然,更在频频媚笑,越显得淫情荡态,冶艳绝伦。一任对方厉声辱骂,直如未闻,正在尽情挑逗,卖弄风骚。及听到末两句,方始起身下榻,扭着纤腰玉股,微微颤动着雪也似白的柔肌,款步轻盈,待要朝前走去。道人话已说完,好似早已知道对方心意,有心激怒,不等近前,双臂一振,衣冠尽脱,通体赤裸,现出一身紫色细鳞。妖女虽然心中毒恨对方,但是赋性奇淫,此时欲念正旺。本意阴谋被人识破,欲以邪法强迫为欢,不料对方痛骂了一顿,仍和往日一样脱衣来就,一时疏忽,忘了戒备。道人身外那片紫光,忽然电也似急地当头罩下。此是毒龙所炼防身御敌之宝,厉害非常。总算妖女功力甚高,口张处,飞出一股绿气,迎着紫光微微一挡,便全吸进口去。表面仍和没事人一般,媚笑道:"你想激我生气,没有那么便宜的事。"说时肚脐下猛射出一丝粉红色烟气,正中在道人脸上,一闪不见。经此一来,台上形势大变。妖女固是荡逸飞扬,媚态横生;道人也由咬牙切齿,满脸悲怨,变作了热情奔放,欲火如焚,不可遏制。双方立时扭抱在一起,在那一片形若轻纱的邪烟下,纠缠不开。

众人看那道人相貌奇丑,身有逆鳞,也是水中精怪修成,功候并不寻常,来时明已悔悟,结局仍为邪法所迷。所说恩师不知何人,料是散仙中有名人物。事迫无奈,多表同情。激于义愤,想要救他,又看不惯妖女丑态,正在传声商议。干神蛛比较知道底细,惟恐冒失,又不便开口说话,只得忙打手势。又用手指画字,告知众人说:"先在光明境牌坊下面,曾听妖邪私语,妖女乃是一个极厉害的妖邪。此外也都是小南极光明境这一带修炼数千年的精怪和一些左道妖邪。我们如在此地建立仙府,这么多妖邪,扫除费事,此时正好任其自相残杀,以暴制暴,有甚相干?那妖女不知是人是怪,如此厉害,就要下手除她,也须等到探明虚实深浅以后;或是少时由我同了内人,前往那些翠峰楼阁之中,生擒一两个拷问明白,下手不晚。"众人也看出妖女邪法高强,何况还有许多妖邪精怪,休说不胜,就被漏网,也是隐患,只得忍耐下去。

隔了一会儿,忽听台上接连两声怒吼惨啸。众人因不愿见那淫秽之事,正向台下人丛中查看,见一道者带着一个十来岁的幼童,并立一处,面带愁容。幼童生得粉妆玉琢,骨秀神清,绝不是甚妖邪,不知怎会与群邪一起。心方奇怪,闻声往台上去看。先见道人已经仰跌地上,胸前连皮肉带鳞甲裂去了一大片,满地紫血淋漓。妖女正由榻上起身,目射凶光,手指道人,狞笑一声,喝道:"我已用你不着。你元阳虽失,内丹仍在,想要欺我,直是做梦,趁早献出,少受好些苦痛。"道人闭目未答,似已身死。妖女连问数声未应,张口一喷,一股绿气便将道人全身裹住,悬高两丈,那绿气便往里紧束。道人身本长人,经此一来,便渐渐缩小,只听一片轧轧之声,跟着便听道人惨哼起来。妖女笑道:"你服了么?"随说,绿气往回一收。"叭"的一声,道人坠落台上,周身肉鳞全被挤轧碎裂,肢骨皆断,成了一摊残缺不全的碎体,横倒地上,血肉狼藉。溅得那光明如镜的白玉平台,染了大片污血,惨不忍睹。妖女二次喝问。道人缓了缓气,强提着气,颤声答道:"我那两粒元珠么?方才自知今日必死,已用恩师尸毗老人所赐灵符;连我法宝,一同冲开你的禁网,飞往神剑峰去。为防你不肯甘休,脑中一粒尚在。但有恩师仙法禁制,此时周身糜烂,无法取出。你如不伤我的元神,我便指明地方,情愿奉送如何?"妖女不俟说完,厉声喝道:"我早知你存心诡诈。你此时元神受禁,迫于无奈,就肯献出,也非将你元神吸去不可。何况龙珠已失,又中诡计,所说直是做梦。你不说出,当我不能自取么?"道人好似无计可施,急得惨声乱骂。妖女也不理睬,伸手便往他头顶上抓去。众人见状,俱都忿然。连金蝉也忍不住怒火上冲,正待发作。干神蛛见势不佳,连忙摇手阻止时,只听台上"喳"的一声,道人大喝道:"无知淫妖!你上当了。"说时迟,那时快,就在妖女手刚打中在道人头上,猛见一朵血焰金花由道人头顶上飞出,中间裹着一条尺许长的紫龙,比电还快,刺空飞去,一闪即隐。妖女一声怒吼,道人右手便炸碎了半截,残尸在地,方始完全死去。

妖女似知追赶不上,咬牙切齿,暴跳乱吼了一阵。忽然走向台前,望着台下众人,做了一个媚笑,眼含荡意,瞧了两眼。走回原榻坐定,张口一喷,全台便被一片绿气罩住,什么也看不见。金蝉、石生二人本能透视云雾,知系妖女丹气,与先前所见禁制不同。忙运慧目法眼,定睛注视,才知妖女竟是一个极奇怪的妖物。体如蜗牛,具有六首、九身、四十八足。头作如意形,当中、两头特大,头颈特长,脚也较多。一张平扁的大口,宛如血盆,没有牙齿。全身长达数十丈,除当中两首三身盘踞在宝榻之上,下余散爬在地,玉台几被它占去大半。道人残尸已被吸向口边,六颗怪头将其环抱,长颈频频伸缩,不住吮啜,隐闻咀嚼之声。形态猛恶,从所未见。想不到一个千娇百媚、玉艳香温、冶荡风骚、柔媚入骨的尤物佳人,一现原形,竟是这等凶残丑恶的妖孽。

金蝉等正惊异间,忽见台下人中幼童不知去向,那具残尸也被吃完。妖物身子渐渐缩小,在台上盘作一堆,状似睡眠。甄艮猛觉石完扯了一下衣服。众人随手指处一看,那结有莲房的荷花,忽然中空,那粉红色的邪烟仍笼花上,只当妖物摄去,也未在意。再往前一看,幼童忽又在道者身侧出现。跟着台上绿气忽敛,妖女又恢复了原状,仍是方才初见时那么浓艳淫荡神态,那只断手仍是玉指春葱,入握欲融。地上仍是晶莹若镜,休说残尸不见,连半点血迹俱无。妖女柔肌如玉,斜倚金床,无限春情,自然流露，正在媚目流波，昵声娇唤。台下众人似知当日情势分外凶险，一听娇呼，虽然面色惨变，早有两人装作满面喜容，飞身上去，见了妖女，更不说话，各把衣服脱去。这次结束却是极快，共总不到刻许工夫，上去两人全都奄奄待毙，状若昏死，僵卧榻上。妖女把手一挥，便似抛球一般，两人滚跌出去老远。跟着妖女又唤了两声。似这样，接连上去六人，情景大略相同。到了末次事完，前两人首先回醒，似知将落虎口，勉强爬起，乘着妖女前拥后抱，正在酣畅之际，想要溜走。刚纵遁光飞起，妖女把口一张，全台立被绿气布满。妖女突现原形，当中两身各用四五条怪爪紧紧搂抱着一个赤身妖人，尚还未放。先前四人，已被那如意形的怪头吸向口边，一片吮啜咀嚼之声，先已连肉带骨吃个净尽。后两人为邪法所迷，抱紧怪物下半身，尚在缠绵不舍。不知怎的触怒妖物，当中两个如意怪头往起一伸，张开血盆大口往下一搭，便将那两人整个身子咬下半截。这两人也是旁门中得道多年的散仙，本来隐居南极各岛上修炼，新近约有十几个同道来此，妄想盗采当地灵药仙草，全被妖物擒来，遭了惨死。此时为邪法所迷，明明搂抱着一个凶残丑恶的妖物，竟把它当做天仙美女。正在得趣当儿，连声都未出，便送了命。

　　这妖物便是盘踞光明境多年的前古妖物万载寒蚿，以前被禁闭在台前湖心地窍之中，近数百年二次出世。生性奇淫，凶毒无比，终年残杀左近方圆七千里内外的精怪生灵。当地乃紧附宙极下的一座天外神山，两间灵气所钟，并有极光太火元磁真气阻隔，为仙凡足迹之所不至。神峰翠峰不下千百，地质宛如晶玉。更有琪树琼花，灵药仙草，种类繁多，遍地都是。岛上生物和海中鱼介之类，生此灵区仙境，得天独厚，渐渐飞腾变化，具有神通。本来与世隔绝，除了强存弱亡，偶起争杀，或因一时多事，前往隔海侵扰，被不夜城主钱康诛杀收服而外，本可潜心修炼，相安无事。不料妖蚿二次出世，大肆淫凶。始而只是幻身美女，勾引挑逗，使其竞媚争宠，互相残杀，共起淫欲，于中取利。彼时当地颇有几个得道数千年，本领神通和妖蚿差不多的精怪，终于在妖蚿媚惑之下，同室操戈，一个个失去灵丹元阳，相继做了妖蚿口中之食物。

　　妖蚿近年吞噬既多，神通越大，淫心食欲也更加盛，越发任性妄为，恣意淫杀。那为采灵药自行投到的南极散仙，不知死了多少。照例交合之后，除却道力较深，知道厉害，元阳未失，还能保得暂时活命，去往妖蚿所建仙山楼阁中困居待死而外，多半交合之后，便遭吞噬。因当地一带，由上到下全有极严密的禁制，被擒人身上均中妖毒，休说逃不出去，就算侥幸逃脱，出境毒便发作，全身糜烂，化为脓血而死。同时妖蚿也必赶来，将元神吸去，捷如影响，连做鬼都无望。妖蚿又生具特性，纵欲之后，非食肉饮血不可。吸血之后，必要醉卧一会儿。所食如是人血，经时更久。先死六个，倒有四个是人，吃完便自睡着。台下还剩四人，好似胸有成算，妖蚿一睡，两个首先往殿后偷偷绕去，走的正是众人来路，方向、途径一点不差，也是步行，一会儿便穿入花林之中不见。剩下一个道者和那幼童，互相急匆匆打了一个手势，幼童便往众人立处的荷花前面赶来。道者拉他不听，紧随在后，神情似颇惶急。到了花前妖烟之外立定，道童一晃不见。道者回到台上，正在愁急，忽然人影一闪，幼童二次现身，手上却握了两尺来长的一段藕尖。双方又打了一个手势，同往湖心中穿去，动作快极，一点声音都没有。

第二六六回

却敌环攻　玉殿晶宫伤老魅
传音告急　翠峰瑶岛困群仙

金蝉等见后来十人比先走诸人不同，多半身带邪气，相貌凶恶，一望而知是些左道旁门。但都是人，并非精怪。独这一老一少却是仙风道骨，相貌清秀。幼童根骨更是少见。再看他盗藕情形，所习尽是太清仙法，那么坚厚晶玉地面，竟能来往自如，胆更大得出奇。金、石二人首先喜爱，只不知二人入湖作甚。莲丛就在台右不远，那么神通广大的妖物，怎会一无所知，任其盗走？料定先前莲蓬也是幼童所盗无疑。照此久候下去，无非多看一点淫凶丑态，有甚意思？几次想要下手，偏被干神蛛再三摇手力阻。方在寻思，回顾石完不见，互一询问说："先前还在甄兑身后，未见走动，不知怎的没了踪影？"看出妖物神通广大，身居危境，人忽不见，自是忧急。遥望台上妖蚿酣睡若死，又不似有甚动作。金、石二人暗忖："眼前所见，分明妖物吸血之后，必定醉眠，此时下手，岂非最妙？"心方一动，未及与众商量，石完突由地底钻出，双手也捧着一节大藕，喜叫道："这藕好吃极了。"干神蛛闻言大惊，忙即阻止。底下话未出口，台上妖蚿忽醒，又将身子缩小，绿气突收，仍化为一个妖媚入骨的赤身美女，缓缓欠身而起。众人本觉妖蚿难惹，多主慎重，想照干神蛛所说，向所困妖邪先探虚实，再打主意。见妖蚿好似不曾留意自己，身又隐去，便不再想发难。以为妖蚿必重施故伎，向台下唤人淫虐，不愿再看，打算去往对面群峰设法探听，已经要走。金、石、阿童三人忽想起，那幼童本随道者同立台下，听候残杀，忽然不见，妖蚿绝不甘休。去处又在湖中，以妖蚿的神通，多半受擒。二人入水不出，必为妖蚿已醒，不敢出面。这老少两人绝非妖邪一流，幼童灵慧胆勇，尤为可爱。恐妖蚿擒回残杀，想要相机解救，不舍就走。正用传声告知众人,干神蛛胸前蛛影突又一现即隐,觉他神色又带惊惶。

妖蚿忽由身后取出那面金镜,笑滋滋正在搔首弄姿,做出许多媚态,对于台下四个逃人直如未见。不知何故突现怒容,目射凶光,将手朝外一扬,那台前湖水突然涌起,直上数十百丈,成了一个撑天晶柱,往上冒起,湖水立时由浅而涸。一会儿便见水中露出两人,正是先见道者、幼童,身陷水柱之内,挣扎冲突,周身光华乱闪。无奈身被困住,如盆中之鱼一样,尽管在水内驾着遁光上下飞行,穿梭也似,共只亩许粗细的一根水柱,竟不能冲出水外。众人见妖蚿禁法如此厉害,也甚心惊,料定老、少二人凶多吉少,激于义愤,本就跃跃欲试。妖蚿怒容已敛,只把一双馋眼注定水中两人,看了又看,满面俱是喜容。倏的把口一张,绿气重又喷出。这次却不散开,初喷出时,粗才寸许,一直射向高空,到了水柱顶上,方始展为一蓬伞盖,笼罩水上。那水柱立即由顶弯倒下来,被那绿气裹紧,由大而小,往妖蚿口内投进,势甚迅速。同时绿气到了妖蚿口边,反卷而下,重又布满全台。妖蚿也现出原形。那水柱大半弯曲,缩成五六尺粗细一股,往绿气之中冲入。下半仍有数十丈高,亩许粗细一段。水中二人几次随水吸近台前,又被挣脱,蹿向下层。看意思,似知四外无望,待要往湖底钻去。无奈妖蚿力大,那么大的一湖水,竟被吸起十之八九,已经见底。妖蚿突将六首齐昂,张口一吸。水中二人立似两条人箭,直往台上射去,眼看就要投入绿气之中,为妖物所杀。

总算命不该绝,下面十人见此情形,更不再计厉害,除干神蛛另有心计而外,便有九人动手。金、石、阿童三人一着急,各把飞剑、法宝、佛光先飞出去,余人不约而同也相继出手。金蝉霹雳双剑红紫两道光华,与石生所发的一溜银光合在一起,霹雳连声,加上阿童一道佛光,已是惊人。惟恐邪法妖气厉害,又双双扬手,把太乙神雷连珠打去。数十百丈金光雷火,一起向上打到,爆雷之声惊天动地,震得满殿台金庭玉柱一起摇撼。再加上易氏弟兄的太皓戈、火龙钗,南海双童下山时新得的五雷神锋,灵奇的寒碧剑光,石完的墨绿色剑光,以及别的法宝、飞剑,数十道各色宝光金霞,虹飞电舞,交织如梭,连那大片连珠雷火,同时夹攻上去。妖蚿先前只知来了一伙隐形敌人,潜伏在侧,心骄自恃,以为网中之鱼,少时手到擒来，正用前古宝镜照查踪影。本未想到吞噬老少二人，忽由镜中无心发现，又见幼童身上背着一节玉藕，立时激怒，想将二人吞吃下去，再寻敌人晦气。万未料到来势如此厉害，骤不及防，护身丹气几被震散。只顾抵御，妖气一松，水柱邪法先为佛光神雷击散。道者首先破空遁去。幼童本也随同飞走，刚飞出不远，重又飞回与众会合，也把剑光放出，随同夹攻。

这原是瞬息间事。金蝉等刚一出手，便听干神蛛急喊："我非妖孽之敌，又有一层顾虑，此时隐身法已经无用，只好暂退。诸位道友须要联合一起，小心应敌，不可分散。我暂时只好失陪了。"众人知他人最肝胆，累次相助，均出死力，舍众独退，必有原因，绝非怯敌胆小。料知妖蚝厉害无比，金蝉、二甄首存戒心。方喝："众人留意！"一眼瞥见幼童身剑合一，在一道青光护身之下，右手发出五股毫光，正向绿气猛射，并眼望自己这面，大有歆羡之色。恐其误遭毒手，忙把手一招。幼童去而复转，便是想与众人亲近，因众忙于对敌，不曾喊他，年少面嫩，心虽感激，还在不好意思。一见金蝉招手，石生也在含笑点头，不由大喜，忙赶过来。石生因自己收了韦蛟，甄氏弟兄先收了石完，金蝉居首，门下反倒无人，早想给他找个好徒弟。一见幼童灵慧美秀，根骨既好，又是众人所救，欲令其拜金蝉为师。见他含笑飞来，神情亲热，好生欢喜。刚刚迎上前去，未及说话，妖蚝邪法已经发动。

众人知道妖蚝厉害，那么多的法宝、飞剑、佛光、雷火夹攻上去，满台绿气不过震荡了一下，便散而复聚，反更较前浓密，所有剑光、宝光全被挡住，奈何它不得。金、石二人正待将两套修罗刀放将出去，忽闻一股膻香刺鼻，紧跟着眼前一暗。众人猛觉心神一荡，周身发热，起了一种从来未有的奇异感觉。阿童心灵忽然大震，想起下山时恩师所赐偈语，倏的惊悟，知道不妙，不禁大吃一惊，忙用传声告知众人："已中邪法暗算，务须速退，先逃出罗网，再作计较。"众人自在来路服了一粒金色的灵丹，便觉胸前发冷，老有一团凉气。一任运用本身纯阳化炼，当时稍好，过后又复如初。又以连经危境，跟着深入妖窟，吉凶莫定，无暇及此，只得听之。除金、石、阿童、石完四人稍好而外，多半冷得难受，颇悔不应早服，但已经服下，也是无计可施。灵奇因见众人都说难受，明知师祖好意，打算留以备用,独未曾服。因为先前妖蚿藏身绿气之中,不曾出来抵敌,全神贯注前面,毫无形迹,不知怎会中了邪法暗算?好生奇怪。一听阿童传声告警,想起以前阿童曾说,下山时师父白眉禅师曾有偈语,说他此行当有一场大难,到时心灵上必现极大警兆,令其留意;铜椰岛随同起身时,他大师兄朱由穆又有和自己六人同行,要吃苦头的话。此时必已应验,闻言暗自惶急。那暗影已经失去,重现光明。猛听身后石完惊呼,回头一看,前面不远,现出六个与妖蚿同样的赤身妖女,在一片粉红色轻纱笼罩之下,做出许多淫情荡意,手指众人,秋波送媚,巧笑不已。众人中石完生具异禀奇资,向来不怕女色摇惑,阿童从小修道,得有佛门真传,定力坚强;金蝉等六人也都宿根深厚,道力坚强,下山时节又曾通行火宅严关,得有本门心法,悟彻上乘妙谛,更预先服有专御邪毒的灵丹,虽中邪法暗算,一下警觉,忙各镇摄心神。加以累世童贞,素无邪念,只开头身上烦热,均未十分摇动。这时一见妖蚿元神幻化,分身出现,阿童又在二次催逃,一面把佛光收回,照向众人身上,正待一同飞遁。猛瞥见灵奇俊脸通红,眼里似要冒出火来,竟然飞出光外,朝那妖女扑去,神态甚是难堪。金、石、阿童三人首先想起,自从闻到邪香,胸前冷气便自消散,跟着心身逐渐清凉,不再有那微妙感觉。只灵奇一人这等情景,知是未服灵丹,致为邪毒暗算,受了媚惑,自投死路。心中一急,更不怠慢,纷纷各纵宝光,冲将上去。金、石二人各把玉虎、金牌发出百丈金霞,千重灵雨祥光,上前抢救,双手齐扬,太乙神雷密如雨雹,纷纷打上前去。阿童佛光更快,随手指处,晃眼便将灵奇围住,拦了回来。也是灵奇命不该绝。妖蚿分明见众人法宝、飞剑、佛光、雷火威势惊人,从所未见,依然自恃,以为无论多高法力,只要闻到那股膻香,中毒心迷,便可听其摆布。又见来的这九人,根骨元阳之佳,实在少见。除盗藕幼童已预定先做口中之食不计外,意欲挨个摄取真元,从容享受。又见众人回身惊顾,内一美少年已朝自己扑来,越发心骄意快。正待施展淫媚惯技,先行抱住交合,再向余人引逗,令其自行投到。只当众人全受邪迷,多高法力也不会对她再存敌视。不料全都功力深厚,并未迷倒。只灵奇一人,还因未服灵丹之故。众人来势又捷如雷电,灵奇立被擒回。妖蚿志在诱敌,使其全神贯注身前,以便掩向身后,暗中下手。护身丹气全在台上,只将元神幻化成六个赤身美女,飞向众人身后。索性隐形到底,也还不致吃亏。经此一来,这些专除妖邪的至宝奇珍,加上佛光、神雷,怎禁得住。到口美食先被夺去,元神还受了重伤。等到复体重来,众人已有了准备,虽然全被困住,再想遂意淫欲已无望了。

众见灵奇被佛光圈住,强行夺回,人仍和疯了一般,不住在佛光中左冲右突,拼命想朝前扑去。同时宝光、雷火夹攻之下,妖蚿元神已受重伤,一片血雨飞洒中,龙吟也似几声怒吼,六个妖女一齐不见,满空血雨犹自纷飞,尚未全息。因见妖蚿败退,多想乘胜追杀,二次往台上进攻。一则阿童又在连声催走,惶急万分;又见灵奇中毒,神志全昏。猛想起:"上山时,锦囊仙示尚有几行空白。目前吉凶难定,不如先行遁走,救转灵奇,取出仙示,通诚祝告。如能现字,指示玄机,岂不容易应付得多?"心念一动,一声招呼,一同电驰般遁走。逃时,盗藕幼童杂在人丛之中,阿童见他只是面带惊疑,并未中邪,心中奇怪。恐他遁光追赶不上,落后遇害,二指佛光,连他裹定。余人也是同样心思,便连他一齐护了带走。

这原是转念瞬息间事。刚刚飞出不远,便听台上妖蚿厉声喝道:"无知小儿,已为我仙法所困,一出光明境,便化脓血而死,还想逃么?速往东北方顺数第九峰白玉楼中候命处治,等我法体复原,自会挨个寻你们快活。想逃岂非做梦?"声甚猛恶,与先前娇声媚气迥乎不同。众人也不去理它,本意是往回路逃走,冲出光明境,再打主意。不料妖蚿邪法厉害,到处埋伏。眼看飞离光明境玉牌坊不远,忽见四外白烟蓬勃而起,晃眼弥漫开来,上下一片迷茫,什么也看不见。众人便把太乙神雷向前打去,一片惊天动地的大霹雳连串响过,妖烟尽退,突然大放光明。再看前面,光明境牌坊仍是相隔不远。当时也未理会,照旧前飞,满拟晃眼即可飞过。哪知飞行了一阵,牌坊依然在望,不曾飞到,方始省悟。回顾来路,已不似先前样子。知道陷入埋伏,忙各止住,聚在一起,在法宝、飞剑四外防护之下。正待商议,忽听妖蚿又恢复了先前妖声浪气,媚笑哧哧,若远若近,隐隐传来。石完忽道:"上面不好走,我们不会由地下穿出去么?"一句话把众人提醒。易氏兄弟忙把神梭取出,正用传声商议如何穿地而出,眼前忽又一暗。等到重现光明,因不放心石完,想用神梭载了众人,同时裂地出险。一看地势,人已落在一所极高大的白玉楼中。众人料知妖蚿用邪法挪移,引来此地，已被困住。先还当神梭可以脱身，及至易氏弟兄将梭化成一条金舟，前面七叶风车一齐转动，金光电旋，行法一试，哪知地比精钢还坚百倍，非金非玉，不知何质，一任用尽心力，竟冲不破。石完与那幼童全不服气，连用家传穿山行石之法，也未穿动。见那玉楼共只内外两间，孤悬翠峰之上，约有三四十丈宽大。内里陈设，皆是精金美玉、珠翠珊瑚所制，珠光宝气，富丽堂皇，神仙宫室，不过如斯。三面琼檐高耸，翠槛横空，除却斜壁云门，珠棂洞启，更无屏蔽。楼外碧峰刺天，高低错列，翠色晶莹，山光如活。时见白云如带，蜿蜒山腰，更有不少玉宇琼楼，掩映于白云花树之间。端的神山仙宅，美景清淑，气象万千，备诸灵妙，便唐宋名手也画它不出。

　　众人明知入伏已深，未必有用，仍用神雷、法宝发将出去，结局仍是徒劳。三面轩窗，看是空的，无奈冲不出去。前面也未见有甚征兆。方知厉害，危机已迫，脱身不得，只有开读锦囊仙示，或能现出一线生机。还有灵奇也须救转。幼童来历尚未问明，许能由他口内探知一点虚实。适听妖蚖口气，好似受伤甚重，正在调养，暂时被困，不致来扰。因为妖物神通广大，出人意料，恐有万一，便把所有法宝、飞剑一齐施展出来，凌空结成一个极大的平底光幕，将众人全体护住。再看灵奇，已是如醉如痴，身热如火。忙把那粒灵丹搜了出来，塞向口中。搜时，石生又发现他身畔法宝囊内，有一座六角金鼎，中贮黑色粉末。方在传观，幼童在旁，一直满面喜容望着众人，依在金、石二人身侧，几次想要开口，因众人正忙，欲言又止，这时忽然惊咦了一声。金蝉正要问话，灵奇已渐毒解，明白过来，满面惭惶，跪在七矮面前，意似求恕，羞于出口。金蝉命起，笑道："邪法厉害，此事怎能怪你？倒是脱困诛邪要紧。"

　　随用传声告知众人，同向峨眉通诚祝告。取出锦囊仙示，空白上果现字迹，互相一看，不禁惊喜交集。大意说：那妖物名叫万载寒蚖。已经修炼九千余年，身具六首九身，神通广大，变化神奇。尤其所炼内丹最为厉害，便大罗神仙，事前如无防备，为它所算，也是难当。因禀宇宙间邪毒之气而生，生性奇淫，凶残无比，又具纯阴极寒之性。小南极光明境一带最多生物，得天独厚，极易修成，一向精怪甚多，并还孳生不已，近年竟被妖蚖残杀殆尽。七矮虽然终于成功，但是这次凶险不比寻常，必须谨慎应付，方可免害。此时人已被困，不特行动艰难，不能离楼一步，再过一日夜，妖蚿肉体修复，必来侵扰。越往后越厉害，必须忍耐待救，不可冒失出手，防身要紧。阿童更须留意防护，因到最紧急时，各人只能自顾，不可分心，否则自己受害，还要连累别人。到时，众人已被妖蚿用邪法隔开，所见同伴多半为幻影，最易上当，不可不防。只等救星一到，除了妖物，阮征赶来相会，合成七矮，便可在光明境建立仙府。与海外前辈散仙不夜城主钱康分居两地，永住天外神山，同修仙业。但救星是谁，如何抵御妖法，却未提到。

金蝉惊喜之余，越想越着急。石生道："我们乃是陷空老祖引来，此举他必有用意。如有伤害，休说冰蚕、温玉，李师姊不曾借他，乙师伯也绝不肯甘休。想他必早算定，愁他作甚？"一句话把金蝉提醒，想起铜椰岛分手时，神驼乙休曾赠了一面信符法牌，说是元磁真金所炼，阴阳两面，用以传声，无论相隔数十万里，当时便能到达。灵机一动，立即将牌放出。原来方今女散仙中，只有神驼乙休之妻韩仙子法宝最多，又均各具妙用。此宝乃乙休向其要求，转赐金蝉。看去黑铁也似，并不起眼。约寸许宽，两寸来长，两头椭圆，中腰特细，仿佛大小两枚枣核连成一串。当中太极上各有一线银丝，细如牛毛，针锋相对，时隐时现。背面一头有一个六角形的星纽，微微凸出。用时，按照所传法诀，用中指紧按背后星纽，再以峨眉派传声之法，先朝正面大的一头喷出一口真气，如法通诚，对方那面阴牌立时发出信号。所说的话，不论相隔多远，全被听去。虽然阴阳两牌一发一收，对方不能回话，说时颇耗元气，是其所短。但是任多厉害的妖邪，各家禁制和至宝奇珍，均不能加以阻止隔断，用以求救，实是再妙没有。金蝉说时，两头银丝线各射精芒。话才说了一半，小的一头银线转成红色，不住闪动。料知乙休已接信号，虽因宇宙磁光阻隔，相去数十万里，不知能否即时来援。但这一位父执至交，法力极高，人甚仗义，又最钟爱自己这几个后辈，必不袖手。也许赠宝之时，便已算出这场危难都不一定。想到这里，心情稍宽。

所救幼童已朝众人躬身为礼，请问姓名来历，怎会来此。金蝉见这幼童生得长眉星目，粉面朱唇，两耳垂珠，鼻似琼瑶，头绾双髻；穿着一身淡黄色短装衣裤，非丝非帛，质似鲛绡；露出半截手臂和下面一双小腿，赤足不袜，又白又嫩。看去玉人也似，竟和石生一样俊美，宛如瑜亮并生，难分高下。这一近看，越发喜爱。又见他稚气天真，面上常挂笑容，看去不过十来岁光景，料是海外散仙之子。便把自己的姓名、来历告知。问他父、师何人，怎会被妖虺困住。幼童闻言大喜，当时拜倒，跪地说道："弟子名钱莱，家父是不夜城主钱康。弟子上月偶往乌鱼岛游玩，无意中遇见四十七岛那伙妖孽，众寡不敌。幸仗家父传授；而且不夜城、光明境俱是天外神山，与四十六岛相去三千余里，中有磁光太火阻隔，妖人不能通行，才得脱身逃回。因忿岛上群邪以众欺小，又不敢告知家父，屡想报复之策。不料这伙妖邪日前竟乘极光太火每年必有六个时辰最微弱的时期，冲将过来，想要偷采光明境内各种灵药仙草，又怕妖虺厉害，不敢直赴妖窟。但这天外神山碧海茫茫，除此两处仙山灵境，更无陆地。先又不知弟子来历，冒失欺人，妄逞凶威，结下仇怨。以为家父人最和善，只要来人对他有礼，不是偷盗本岛灵药，任凭游玩，从不作难；尤其是在城外海边一带，更不加以过问。欲借本岛做一根据地，分人去往妖窟窥探，乘便下手。不料来了七天，被弟子发现，认出仇敌，如何能容。暗中跑回城内，将家父母法宝取了几件，又取两粒冷焰寒雷赶出。不合自恃地利与法宝、神雷威力，心粗胆大，也没有告知别人，独自向前，先用法宝打伤了两个。余人一听弟子道出姓名，知道极光圈外无处栖身，就算盗得灵药，也须在不夜城岛上住上一年，到了明年此时方能回去；又见我的法宝厉害，如何还敢应敌，一面逃走，一面和弟子说好话，意欲求和。弟子忿他们无恶不作，又曾目睹妖人祭炼生魂时惨状，立意为世除害，一直追到光明境岛上，只还不曾过桥。本来已入险境，偏巧众妖邪恐怕妖虺出来，前后受敌，情急反噬，群向弟子夹攻；同时仍想讲和，力劝弟子化敌为友，以免两败。偏生内一妖人妄用邪法，放出一片妖烟邪雾，想将弟子擒去，以此要挟家父，许其在海边暂住一年。弟子恐受暗算，便将神雷发出，邪法虽破，妖虺却被惊动，追了出来。众妖人除几个先被神雷打死之外，全被妖虺擒去，困入翠峰玉楼之中。

"这些楼阁，看似轩窗洞启，并无遮蔽，实则妖虺神通广大，幻化无穷，暗中运用，到处都是阻力，看不出一点迹兆，人在里面，休想逃出。所喷丹毒绿气更是厉害，只要稍为沾染丝毫，便如影附形，不论逃出多远，妖蚿心念一动，立即赶上，不是当时吞吃下去，便将人擒回供它淫欲，终局仍加残杀。再不，便是一到光明境禁圈以外，由手脚烂起，烂到全身化为脓血而亡。元神被禁，万逃不脱，所受更惨。除却听命，有时碰到机会，死虽不免，元神或者能够保全逃走。因此被困的人明知无幸，谁也不敢冒此奇险，只有听候宰割，以冀万一。弟子如非年幼，早已做了妖蚿口中之食。被困才只两日，众妖邪已惨死了十三四个。心想家父未必得知弟子被困。凡是被妖蚿唤去的，从无一人回来。眼看被擒二十余人，只剩下了三个，今日必要轮到弟子身上。用尽方法，只能在所住峰上游行，不能离峰他去。正在无计可施，忽然发现隔室有一道友，乃小南极附近散仙，名叫公孙道明。也因偷采灵药，冲越极光来此，被妖蚿擒来，困在此地，幸与尸毗老人记名弟子龙猛相识。那龙猛本是前古毒龙，修炼数千年，功候颇深，老巢就在本海深处，为避妖蚿残杀，逃亡中土。因犯师规，恐受诛戮，逃回不久，便被妖蚿暗算擒来。虽然同样被困，但他精于玄功变化，近又算出本身因果，又得妖蚿欢心，各地均能自在游行。于是暗中维护公孙道明，不令妖蚿加害。并对他说：'我不久数尽，跟着妖蚿也必伏诛，只要挨过些日，便可无事。'但是妖毒厉害，只有天府玉莲所结莲子可以解毒，否则便逃出去也难活命。如今虽当玉莲结子之期，但是外有邪烟笼罩，人不能近。须在妖蚿吸血昏卧之际，由一精通石遁之人，由地底穿过去，采得玉莲，急速服下。乘妖蚿二次醉卧时去往湖心，用所赠魔珠，暗藏在妖蚿老巢泉眼之内，急速逃出。再照所说藏处，潜伏待救。只要听到一连十二时辰的连珠霹雳过去，便可化凶为吉，免去此难。湖心之行虽与逃人无关，此举却是妖蚿致命一伤，务要照办，不可畏难，纵遇凶险，也有解救。邻室幼童钱莱的师父必在此时到达，只管照他所说，各顾各自行逃去，静候出险。

"说时，龙猛忽然走进，笑对弟子说：'你父是地仙，千二百年一次大劫，为期将近。此间地皆晶玉，其坚如钢。你幼承家学，长于石遁，除这一带翠峰楼阁均有邪法禁制，余者多能穿行自如。如肯助我公孙道友盗来莲实分食，彼此有益，我便指点明路，使你得拜仙师，并助你父他年脱难。你意如何？'又说：'今日必有人由子午线上冲越极光太火，来此诛邪。你只问出来人是由中土飞来，你的师父便在其内。如肯收你为徒，仙业必成，你父大劫也能避免。可要我来指点？'弟子常听家父谈起，大劫将临，只有峨眉掌教妙一真人或者能够解救。前乘峨眉开府，赶往道贺，便中求救。真人口气虽好，素无深交，相隔如此之远，险阻重重，到时能否来援，实是难料。时常想起愁虑，有此救星自然更好。无如那龙猛形态丑恶，口气狂傲，不甚投缘，将信将疑。我便对他说：'我如该为妖蚿所杀，想必难逃定数，乐得助你朋友脱难。来人是否可做我师父，我自会看，也无须你指教。倒是公孙道友人好，我必助他盗那玉莲便了。'他只听了点头，说是还有两人也颇可怜，欲往指点脱难。刚走不久，便听妖蚿怪声唤人。本只一样怪声，听的人全听出是喊自己名字，由不得心神摇动，想要前去。这次被唤诸人，本来要走，被龙猛拦住。一面也发异声，与之相抗；一面向众指点，到时如何趋避。妖蚿二次邪法催逼所发邪烟，也被龙猛暗中解去几股，所以去的人心中多半明白。弟子心想：'近日极光太火阴阳相搏，消长循环，此盛彼衰，往复不已，最是猛烈厉害。休说由子午线上通行，稍为挨近死圈，便大罗神仙也被炼化，怎会有人前来？'心疑龙猛想救公孙道友，故意如此说法。后来遇险被救，已将逃走，回顾诸位仙师法力甚高，偏都那么年轻，忽然心动赶回，仍当是南极各岛散仙门下。及被佛光、遁光带了同飞，心想：'海外散仙哪有这等功力？'心方奇怪，不料果是师祖门下。弟子前生乃家父所生独子，也因好胜无知，多树强敌，身遭惨劫，历尽艰危。今生方蒙天乾山小男真人由襁褓之中救出，费了许多事，才送来此地，父子团圆。因是异胎，始终是幼童形体。诸位师长身材也都不高，如收弟子为徒，正配得上。我早看出诸位师长对我怜爱，必不使弟子失望。如蒙收录，得拜在齐仙师门下，感恩不尽。"说罢，又拜了下去，跪伏不起。

众人见他应答如流，甚是灵慧，神态却甚天真，一双俊目仰望金蝉，满脸企盼之容。金蝉连拉他几次，均吃赖在地上，偏不肯起，好似金蝉不答应收他，便不起来神气。不时朝众人望一眼，似想众人代为关说。末几句话更带稚气。七矮中原以石生身材最小，金蝉也是一个俊美幼童；如收这等俊美矮小门人，难师难弟，果然相称。都忍不住好笑起来。石完最是天真莽撞，不等金蝉开口答应，先在旁急喊道："你拜齐师伯为师，再好没有，我也得一个好师弟。师伯不收，你便跪在地上，不要起来，非拜师不可。当初师父不肯收我，我就是那么样死皮赖脸，跟定不走，师父才答应的。这个法子最好，包你成功。"众人本想说话，见他摇头晃脑，连比带说，貌既丑怪，憨态可掬，由不得又是一阵大笑。石生笑道："蝉哥哥，你收他吧，这小孩怪可怜的，再说根骨心性也好。"金蝉略一沉吟，答道："仙示偈语虽有'神山师弟，永葆元真'之言，但他乃不夜城主之子，行辈相差。且等事完，见了他父亲，再定如何？"石完本被二甄兄弟止住，站向一旁，闻言，忍不住又急喊道："钱师弟，快拜师父，还是说定的好。"甄兑瞪了石完一眼，低喝道："你怎老不听话？也不想此时危机四伏，这是什么地方，要你多口？"石完咧着一张大口，赔笑道："师父饶我一回，我实在爱他，比韦蛟好得多。师父帮他说两句好话吧。"阿童笑道："韦蛟是石师伯的门人，你这等说法，他一生气，你齐师伯不收钱莱为徒，怎好？"石完慌对石生道："师伯千万不要见怪，我说错了。韦蛟也好，不过他不该拜两个师父，又长得那么难看。"众人见他说了一阵，韦蛟仍是不好，说话矛盾，越描越黑，厥状甚怪，又是一阵好笑。石生道："你说韦蛟丑，你比他也高明不了多少。谁与你一般见识？你看齐师伯快要生气了，还不住口。"石完见师父又在瞪他，不敢再说。金蝉见众人三次哗笑，身居奇险之地，不以为意，仍是平日说笑情景。心料妖蚝不久必来加害，能否抵御，尚且难测。想起锦囊仙示，好生忧急。见钱莱跪地不起，连声求告，力言乃父与师祖共只一面之缘，谈不到什么行辈。如知弟子拜在师父门下，只有喜欢，断无话说。阿童、石生、甄、易诸人，又再相继劝说，惟恐妖蚝猛然来犯，众人只顾说笑，分了心神，只得答应收徒。钱莱大喜，又向师长同门分别礼拜，起立一旁。石完过去拉住他手，喜欢已极。钱莱也是天生异禀，看似幼童，其实功力甚深，见石完对他如此诚恳，也甚高兴。

金蝉随问灵奇："金鼎是何法宝？以前怎未见过？"灵奇答道："此是家父在地璇宫相见时，说诸位师长不久便有一场险难，岛主已经赠了七支毒龙香。因恐弟子追随在侧，万一遇险，特向岛主再三求说，把金鼎、神香借来。此香与师叔所佩毒龙香异曲同工，专御各种精怪，一经本身真火点燃，便不会中那邪毒之气。无论多大神通的精怪妖邪，闻到此香，定必昏醉，敛了凶威；就说不能除他，暂时绝保无事。并且鼎中神香足够此行之用。目前除干师叔不知何往，只小神僧无此神香，弟子法力又极浅薄，最好请小神僧与弟子合在一起，以便两全，不知可否？"金蝉何等机智，一听便知言中之意。料定乃父灵威叟必有机宜预示，妖蚖厉害，非此不能抵御。灵奇恭谨，借口依仗阿童助他，实则是见阿童手中无香，恐其遇害，故意如此说法。暗忖："阿童年纪虽小，法力甚高，人又忠实爱友。下山时，因阮征尚未重返师门，拉他补缺，凑成七矮之数。屡次遇事，出力最多，交情也日益深厚。白眉禅师所说险难，必甚厉害。万一为此一行受害，如何问心得过？偏生一行十人，香只七支，他那一支已转赠与石完，其势不便取回，难得灵奇有此至宝，自是幸事。但照仙示所说，到了紧急之时，一切皆是幻象，只能各顾各。二人合在一起，是否有效，难于预料。阿童人小，如肯坐在灵奇怀内，合用此宝，以免到时为幻象所迷，生出危害，比较要好得多。"见已答应，乘机说道："适见仙示，到了危急之时，大家均无力兼顾，全仗自己以道心定力战胜妖邪。灵奇入门未久，只由我们代他师父略传本门心法，道力不高。在小神僧佛光防卫之下，固受庇护，无如事尚难料，万一因此分神，反有害处。以我之见，莫如令灵奇居中趺坐，小神僧便坐怀内。我们八人按八卦九宫方位，一同悬坐在这个法宝、飞剑结成的光笼之内，将面朝外一同御敌，小神僧再用佛光坐镇中心。我想妖蚖任是多大神通，也绝攻不进来。只要挨到救星到来，立可诛妖脱险。你们看如何？"阿童不知金蝉关心他的安危，以为是欲以众人之力联合防护，觉着此计甚好，妖蚖必难侵害。以为众中只他曾习禅功，定力坚强，并没想到只他一人所遇情势最险。因喜灵奇至诚恭谨，乐于相助，欣然应诺。

这时，金蝉运用慧目法眼，远望平台之上，妖蚖正现原形，在彼大嚼海中鱼介生灵。这些水族均由台前湖水中飞出，一出水面，便被妖蚖用那四十八条妖足利爪抓住，六首齐伸，争先乱咬。遇见那生得长大的鱼类，稍为倔强，便将那九条蜗牛也似的长身伸将出来，左右上下只一搭，便即缠紧。只见六个血盆大口，九条带着许多利爪的长身，此起彼伏，上下伸动，一阵乱飞乱舞。不论多长多大的吞舟巨鱼、海鲛介贝，不消片刻，全都连身吞吃干净。因这一次内丹毒气并未放出，看得逼真，端的凶残猛恶已极。休说金、石、阿童三人，便二甄、灵奇等久居辽海珠宫，见闻广博的人，也是首次遇到。正用传声互相谈论，钱莱见众人说完，从旁说道："适见那香，乃数千年毒龙精涎，与两极海底各种神木奇香，再经仙法炼制而成。任多厉害的海怪山精,一闻此香,便即昏昏如醉。家父前游陷空岛,承蒙岛主赐了一小玉盒,可惜忘了带来,否则便够用了。"金蝉闻言,想起钱莱尚无此宝,方想略变阵形,命他到时坐在自己怀内,合用那支灵香。钱莱躬身答道:"弟子虽非妖蚿之敌,因不夜城与光明境隔海相对,妖窟密迩,家父早防妖蚿早晚要来侵扰,时常留心,用法宝查看它的动静,并向门人指教,颇知趋避。此次原是弟子心粗疏忽,致被擒来,无法逃身。虽然禀赋有异常人,那邪毒之气,仍恐禁受不住。幸在事前巧遇龙猛泄机,得知三百六十五年一次的天府玉莲,刚刚结实。此是瑶池仙藕,美玉精英所萃,服后身心清灵,任多邪毒之气也难加害。只是日期不到,莲房尚未完全成熟,内中莲子共只四粒较大,下余全是空苞。此与寻常莲子不同,必须当时服下,隔不一会儿,便成玉质。又恐妖蚿惊觉,采得之后,当时吃了两粒,莲房掷向地上,便即不见。带了两粒送与公孙道明。彼时如照龙猛所说,暗入湖心,将魔珠藏好,立时一同遁走,觅地藏起,立可无事。也是弟子贪吃,二次前往盗藕,耽延了些时候,如非恩师和诸位师长救援,命必不保。因已服过莲实,虽无此香,在诸位师长佛光、宝光之中,绝可无虑。"金蝉方始放心。石生笑问石完:"你盗的那个藕呢?"易震接口道:"他早丢了。"石生道:"这好东西为何抛弃?你不好带,怎不交我?"石完道:"那藕奇怪,当时忙着逃走,没顾献与诸位师长,一会儿就变成一段玉石。我嫌带着费事,又想将来我们都是地主,那藕还怕没得吃?便全丢掉了。"石生连道可惜不置。灵山仙境,亘古光明如昼,不分日夜。遥望妖蚿自从受伤逃回;在平台上待了些时,便把内丹绿气收去,现出原形。用邪法摄来海中大鱼介贝,只顾恣意残杀大嚼,不似就要来犯情形。反正脱身无计,相持待救,乐得多挨一会儿是一会儿,且图清静,不去惹它。楼内外的景物又极灵秀富丽,置身其中;令人心旷神怡,飘然有仙山楼阁之思,霞峰云生之想。如非妖物厉害,发难在即,委实心情处境再好没有。众人因见妖蚿久无动静,多半年幼天真,石完和新收的钱莱又是两个爱说话的,闲中无事,便谈笑起来。始而金蝉和南海双童甄氏弟兄还在持重,各以传声之法问答。后因石完时常插口,又和钱莱彼此投机,互相说笑。石生、阿童均爱钱莱,不时问他不夜城中景物,一有开端,纷纷发问。钱莱人又灵秀温文,有问必答,个个喜他,于是说之不已。金蝉初次收到这样好的门人，自是得意心喜，不时也问上两句。因想一切准备停当，众人所说俱是题外文章，无关宏旨，便不再阻止。大家畅谈起来，危机将迫，竟如无事。当地不分日夜，仅以天空星辰隐现和圆月清影，分别朝暮。只钱莱居此多年，能够辨别，偏生忘了说出。所谈又是除去妖蚿，将来建立仙府，总领灵山的方略。互相说笑，各道心意，越谈越高兴，竟把仙示所说"再过一日夜，妖蚿肉体修复，必来侵扰"的话忘却。

也不知经过了多少时辰，金、石、阿童三人目力最高，虽然各有慧目法眼，常向对面平台查看，也只看到妖蚿蚕食鲸吞情景，别的并无异处。哪知妖蚿原因适才被众人飞剑、法宝所伤，虽仗玄功变化，不曾伏诛，受伤也是不轻，元气更有损耗。虽仗天赋异质，除六阴怪首而外，身上不论受甚重伤残破，一经运用玄功，至多个把时辰，便能生长还原。或是斩断之后，又接续上去，连痕迹都没有。但那本身真元之气却是关系甚大，珍如性命。又以再差数日，便是九千六百年生辰，自知到时必有一场大劫，比以前诸次更要厉害。偏生当日所来敌人道法既高，法宝、飞剑更具极大威力，与往日所杀海外旁门散仙迥乎不同。虽然骄横淫毒，一心想把来人擒到，尽情享受，终是不无戒心。一面将人困住；一面用邪法把近海一些有气候的鱼介水族，连同平日收禁的一些精怪摄来，吞噬肉身，吮吸精血，借以补益元气。等过十二个时辰便可复原，那时再寻来人，任性淫虐，报仇快意。眼看妖蚿真元已将复原，众人大难将临，却一点不曾警觉。

要知七矮、乙休大战妖蚿，扫荡小南极群邪，开府天外神山，以及齐灵云、金蝉姊弟与白侠孙南、女神童朱文各解尘缘，共修仙业，诸般新奇香艳情节，请看下文，自有分解。

第二六七回

玉虎吐灵音　警禅心　降魔凭定力
毒龙喷冷焰　伤恶怪　却敌运玄功

前文说到金蝉、石生、甄艮、甄兑、易鼎、易震、小神僧阿童，同了灵奇、石完、干神蛛等一行十人，由北极陷空岛地璇宫底，误入地轴中枢，被太阴元磁真气吸住，走向两极子午线上。眼看撞上极光太火，危机一发，忽然巧得生机，转凶为吉，由来复线穿出南极地窍，走入紧附宙极南端的小南极天外神山光明境内。金、石诸人见当地满是玉砌琼铺，琪花瑶草，仙山楼阁，气象万千，比起陷空岛绣琼源景物花树，还要灵秀雄奇瑰丽得多。想起下山时所奉仙示和道书后面所附偈语，似有海外清修，神山开府的寓意，方在欣慰。因干神蛛事前突然失踪，前往寻找，等在途中相遇会合，但已深入重地，被盘踞当地多年的妖物万载寒蚿用邪法困入一座翠峰玉楼之内。后来金蝉用神驼乙休所赠传音告急之宝求救，并开读锦囊仙示，得知妖蚿只要隔一个日夜，便可将先前为众人法宝、神雷所伤的元气、肉体补足复原，前来为害。这时众人已各将飞剑、法宝，在那数十丈高大的玉楼之中凌空结成一座穹顶光幕，除干神蛛早已遁走外，一同分坐其内，又各备有一支毒龙神香。阿童虽无此香，仗着灵奇持有乃父灵威叟向陷空老祖求借来的寒氤宝鼎，中贮秘制神香，威力更大，只要事前防范得严，或者可以无害。也是阿童该有这场磨难。众人都爱极金蝉新收弟子钱莱，纷纷问答说笑。金蝉虽觉危机将临，强敌在前，不应大意，因用慧目遥望对面法台，妖蚿现出原形，正用那六张血盆大口，在台上残杀海中精怪鱼介之类，连护身丹气均未放出，看神气，发难还早。又见众人已准备停当，正在说笑甚欢，自己也实爱那钱莱，不特未加阻止，反倒加入，说笑起来。当地终古光明如昼，不分日夜，每隔一百五十五万五千二百零一个时辰，才有个把时辰的黑暗。此时也正是太火极光向此斜射，阴阳大气在子午线上互相激荡，为光明境最危险的时期。除此个把时辰以外，永无黑夜。众人多半童心，又见妖蚝动静一目了然，有甚变故，必先觉察，何况防备甚严。大家说高了兴，竟忘时间早晚。

众中灵奇比较最为谨慎，偏生阴错阳差，入门未久，不会本门传声之法。金蝉又因锦囊仙示有"慎秘勿声"之言，未向灵、石二弟子告知，所以灵奇不知底细。只因妖蚝来势必快，几次想请阿童坐在自己怀内，比较稳妥，终防阿童多心，说他轻视；又想防身宝光这等严密，小神僧幼得白眉禅师期爱，禅法甚高，所炼佛光威力神妙，就有变故，心灵上必起警兆，怎么也来得及。最后决定，等妖蚝发难之后，再请同坐，于是忽略过去，更不再提。这时众人已按九宫方位排好，由灵奇居中，余下八人分八面坐守。本都向外，因正无事闲谈，暂时面均朝内环坐。阿童本应坐在灵奇怀里，到时放起佛光，将二人一起护住。因见妖蚝尚未发动，平日和金、石二人交情最好，又喜钱莱天真灵慧，一见如故，金蝉排座位时，石生心喜钱莱、石完，惟恐二人年幼，初经大敌，遇到这等凶险场面，以为自己身带法宝颇多，母传两戒牌、离垢钟尚未取用，想将二宝分借钱、石二人，并想遇险时，就便照应，便把地位选在二人之中，令其分列左右。到时如真无力兼顾，那是无法，否则遇机仍可救助。这一来，石生便和钱莱并坐一起。阿童因无甚事，便凑将过去，三人并坐，随众说笑，甚是高兴。

南海双童甄氏弟兄最是稳练多识，为七矮中的主谋。先也随同说笑，这时忽然想起阿童曾得佛门真传，六根清净，平日虽是天真，喜怒均不过分，惊惧神情更是从来所无。先与妖蚝对敌，那等惊慌失措，已是第一次见到，还可说是尊信师长最甚，心灵上有了警兆，想起下山时白眉禅师所示仙机，成败之心太切，故而诚中形外。既然这等害怕，理应警惕到底，时加小心，如何转眼忘怀，反更高兴起来？似此惊惧愁喜情绪，均是相交以来所无，事颇反常，已疑心他先说警兆恐要实现。再仔细朝阿童脸上一看，不由吃了一惊。原来阿童人最慈祥和善，大有乃师之风，言动神色也极安详，永无疾声厉色，不但平日相处，连对敌时也是如此。这时不知因甚激发，始而趾高气扬，眉飞色舞，毫不把当前妖物放在心上。继听钱莱谈到小南极四十六岛一班妖邪实在凶横可恶，自从金钟岛主久赴中土不归，越发肆无忌惮，恶迹越多，便连骂妖邪可恶，后来越说越气，竟想斩草除根，将群邪一网打尽。这些话如在别人口里说出，并不足奇。阿童乃佛门高弟，素主慈悲，对方改过迁善，便可不究既往，怎会说出这等斩尽杀绝的话来？同时又发现阿童眉目之间隐带煞气，前额更现出一片淡红色影子，越料不妙。甄艮因为同舟共济，一人也伤不得，何况彼此交情甚深，首先着急。忙用传声，向金、石、阿童等五人说道："小神僧，你须留意白眉老禅师所赐偈语。你此时头上现出红影，眉目间均有煞气。妖蚿厉害，我们患难同舟，牵一发而动全身，委实不可疏忽呢。"

阿童闻言，猛然想起帅言，不禁失惊道："我前生本来冤孽未尽，多蒙恩师佛光化解，虽然冤孽已解，本生仍要应过。今日心灵上连起两次警兆，我已觉出不妙，这红影一现，定是凶多吉少。少时彼此无法相顾，我如无事便罢，如若遇害，或被妖蚿所伤，诸位道友请念我数十万里相随来此，无论如何，务必将我元神护住，带了回去，感谢不尽。"众人见他辞色悲怆，说话也无伦次，迥与平日不同。良友关心，全都感觉不妙，心中又急，同声劝说："哪有此事？我们七人早已言明，此行生死患难安乐皆相共之，哪有坐视一人独败之理？不过小神僧今日辞色与往日不似，必有原因。何不运用禅功，向白眉老禅师通诚祷告，一试吉凶呢？"阿童闻言，依言运用禅功试一通诚，并无感应，心情也逐渐宁静起来。众人见他仍是平日安详神态，额间红影也减退了好些，料知就有甚事发生，不致有甚大害，俱都代他欣慰。

经此一来，自然又耽误了好些时候，众人仍一点不曾觉察。大家心情正注在阿童身上，石完忽然问道："师父，这妖怪也不知吃了多少大鱼，照我以前在巫山石洞山腹中的估计，差不多快一天了，怎的还未吃够？"一句话把金蝉等人提醒，方想起时已甚久。钱莱跟着在旁插口说道："楼外虽有邪法掩蔽，看不见大星，照我久居此间的经历计算，就不满一整天，也差不多了。"金蝉闻言，先吃一惊，忙用慧目朝上一看，西方一星独大，精芒闪耀，旁衬小星七颗，此外天空中繁星密布，正与初被困时所见天色相似。忙问钱莱："此是何星？"钱莱惊道："师父法力真高，竟能由禁网中透视上空天星。那便是启明星，因这里躔道方向不同，所以出在西方。此星一现，便是一整天了。"

话未说完，金蝉目光到处，前面玉平台上突然飞起一片绿气，将妖鼍连台一起罩住。又听钱莱说是满了一整天，料知事变将临。刚喝得一声："我们留意！"随听楼外媚声媚气地笑道："你们哪一个跟我快活去？趁早出来，否则我有通天彻地之能，神鬼莫测之机，更炼就千劫不死之身，玄功变化，法力无边，你们那些法宝，一件也难伤我，照样被我攻进，那时全遭残杀，后悔无及。休看我残杀那些蠢物，似你们这样妙人，我修道万年，尚是初遇。我本纯阴之体，只要肯顺从，绝不舍得伤害。如能以你们的纯阳，补我纯阴，彼此融会交易，不特两有补益，我也由此将原身脱去，化成六个美人，与你们结为夫妇，永住这等灵山福地，与天同寿，长生不老，岂非两全其美？"说时，众人已全面向外，照着先前所商应付之策，一言不发。只阿童一人本定回坐灵奇怀内，因先前离开，没有归坐。妖鼍来势神速，才一现身，众人便觉光幕外面，多了一种绝大压力。阿童佛光本想环绕在光幕外面，金、石诸人恐他有什么险难，再三相劝，令其放在内层，以作万一之备，至不济，总可仗以防护本身，免为邪法所伤。阿童也是对友心热，以为佛光与本身元灵相合，邪法难侵。自与金、石诸人凑成七矮之后，平日无事，互相讨论观摩，对于众人法宝、飞剑备悉微妙，十九试过，都能运用。又是安危相共的生死至交，彼此灵感相应，对敌无异一人。当初此举原是石生提议，说："各人功力差不多，法宝、飞剑妙用却是不同。如若一旦遇上强敌人多，双方混战，一个照顾不到，就令不伤自己人，也免不了生出阻碍。再要和南疆红木岭、碧云塘两处一样，万一有人中邪受伤，法宝、飞剑在外，本身无法收回，同伴既要顾人，又要顾宝，已是两难，再如不能代厄收回，以致失落，岂不可惜？"于是把各人的法宝、飞剑，大家交换演习运用，除阿童的佛光，非通佛法不能运用外，下余七人，全能由心施为。

阿童知道佛光虽在里层，一样能够飞出光幕之外御敌。朋友好意，虽未再争，不知磨难将临，情不由己，先前虽连起两次警兆，心中害怕，经禅功通诚，不见感应，便放了心，反更轻敌。一心打算将佛光放向外层，相机将神木剑掩蔽宝光，暗放出去，给妖鼍吃点苦头，稍出恶气。同时又觉钱莱年幼可怜，独当一面，未必胜任。过信自己佛光威力，能随心念隐现御敌。何况玄功坚定，多厉害的妖邪，至多不能取胜，或被困住，绝无受伤之理。灵奇虽然道力较浅，总比钱莱强胜好些，人又稳坐中央主位，八面均有能手环护，足可无虑。有心想令钱莱去与灵奇会合，自己代他守这离宫。又想："金蝉自从做了七矮之首，便与众人议定，平时随便言笑无忌，只要奉到教祖仙示，由其代为发令以后，必须一体遵守，不可丝毫违背。先曾说过，各人方位派定，妖蚘一现，便各顾各，以本身道力，在法宝防护之下抵御邪法，毋为幻象所迷。鼻端如闻异味，立以本身三昧真火，将香点燃，自生妙用。别的全不理睬，更不许擅离原位。钱莱新近拜师，如何令其违背师意？"想了一想，还是坐在一旁，随时暗中相助，比较好些。

主意打定，因灵奇恰是背向离宫，正好背对背坐下，以为这样双方皆可兼顾。一看外圈八人，连同中宫灵奇，早照金蝉所说，各自澄神定虑，运用玄功，准备应付。同时妖蚘把话说完，一声媚笑，便环绕光幕走了一转。每过一宫，一片绿色烟光闪变。跟着，分化出一个与妖蚘化身差不多、淫艳无比的赤身妖女，站在当地，朝那一宫的防守人施展邪媚起来。妖蚘仍旧往前绕去。似这样，连经六宫，连本身共是六个赤身妖女，环绕光幕之外。艮、坎两宫外，每门均有一个妖蚘分化出来的赤身美女，都是粉铸脂凝，生香活色。始而只是媚目流波，娇声巧笑，淫词艳语，向众引逗。后见众人神仪内莹，英华外吐，宛如宝玉明珠，自然朗洁，一尘不染，无隙可乘。于是笑吟吟一个媚眼抛过，各把藕臂连摇，玉腿齐飞，就在外面舞蹈起来。

阿童见众人警戒庄严，如临大敌，连钱莱、石完也是如此，各把目光垂帘返视，直如平日打坐入定神气一样。暗忖："师父常说，目为六贼之首。异日在外行道，遇见厉害妖人，施展出九子母天魔和十二都天神煞，魔教中阿修罗五淫神魔、姹女吸阳等魔法，不论来势多强，只要先有防备，应变机警，见道浅魔高。形势不妙，立即闭目内视，用师传大金刚天龙等坐禅之法入定，外用佛光护身，任他邪法有多阴毒，也难侵害。并说自己出生三月，便入佛门，不久便被恩师收为门下，从小勤修佛法，得有本门真传，降魔法力虽然不到功候，定力尚还不差，只要遇事留心，当可无虑。生平未与女子交往，几次随众对敌，也未遇到这类邪法，初意定必厉害，照今日所见妖蚘前后情景，对其只有万分厌恶。明知此是淫凶丑恶无比的妖物，如何会受它的勾引迷惑？何况人又藏在光幕之内，这些法宝俱是仙府奇珍，任何邪法异宝不能攻进，怕它作甚？想是金、石诸人因见妖蚿神通变化，邪法高强，被困在此，相隔中土太远，所以格外小心。实则脱身虽然不能，被害决定不会。真有凶险，妙一真人必早预示仙机，怎会任其自投绝境？"念头一转，见妖蚿所幻化的六个赤身美女已经舞到妙处。粉弯雪股，玉乳酥胸，凉粉也似上下一齐颤动。口中更是曼声艳歌，杂以娇呻，淫情荡意，笔所莫宣。心想："原来妖邪伎俩不过如斯，有何可惧？难得遇到这等淫毒无比的妖物，何不借此试验自己功力？好在戒备严密，又在中心地位，万一有甚变故，再用玄功抵御也来得及。"

哪知妖蚿诡计多端，上来头一个看中金蝉。不料对方累世童贞，仙缘深厚，又得有玄门上乘心法，复蒙许多前辈师执爱怜，所受教益甚多，下山以前，通行火宅严关。一行同门六个少年好友，年纪虽轻，道力却是坚定。加以锦囊仙示告诫，自然不敢大意。金、石、甄、易等六人返照空灵，固不必说，连石完、钱莱、灵奇三人，也不是深知妖蚿厉害，看出危机，便是福至心灵，不该遭难。觉着各位师长法力高强，尚且被困，临事如此谨慎，何况自己，又因独当一面，惟恐一时疏忽，贻误全局，全都把平时顽皮童心收起，改作谨慎起来。内中石完又是天生异质，心如铁石，不特不会受甚迷惑，引起欲念，并且奇寒酷热以及各种邪毒之气，均难加以伤害。这两个小人，看去仿佛功力稍差，实则得天独厚，别有专长。妖蚿诡计难施，表面淫声艳舞，做尽鬼态，心却忿恨已极。本对金蝉志在必得，经时一久，看出金蝉道心坚定，不易摇动。宝光之内，还有一圈佛光，对方十人，非有一个受了摇惑，必定无隙可乘。方始变计，想就众中择出一人，运用邪法，愚弄诱敌。只要稍现一丝空隙，立可化整为零，以诸天幻象愚弄，挨个享受过去，至尽为止。主意打定，厉声怒吼道："无知小鬼，不识好歹！你仙后得道万年，如杀你们，易如反掌。我只要一现法身，略用玄功变化，便连人和法宝一起吞入腹内，不消三十六个时辰，便为我大阴真气炼化。我人宝俱得，固是大有补益。你们却是形神皆灭，连残魂都逃不出半点，岂不可怜？比起顺我心意，结为夫妇，永享仙福，相去天渊。再不降顺，我一张口，你们就悔之无及了。"说罢，只阿童仍在注视妖蚿动静，余人早料妖蚿邪媚无功，必还另有凶谋，闻言各自加意戒备，置若罔闻。

妖蚿大怒，震天价一声厉吼，四山轰轰回应，立起洪响，那座数十丈高大的玉宇琼楼一时震撼，连整座翠峰也似摇摇欲倒，声势先就惊人。同时眼前一暗，六女齐隐，妖蚿立现原身，竟比先前所见加大十倍。六个怪头，九条长身，连同四十八条利爪，一齐挥动。身上软腻腻，绿黝黝的，腥涎流溢，活似一条条奇大无比的蚯蚓，这一临近，形态越发丑恶可怖。又是凌空飞舞，停在外面，天都被它遮黑了大半边。妖蚿这次现身，当中、两头特大。才一照面，十二条前爪往前一抓，一片鸣玉之声过处，整座琼楼全被揭去，只剩下大片平崖楼基。紧跟着，由口中喷出两股绿气，将光幕一起裹住，张开血盆一般大口往里便吸。

阿童先听妖蚿口发狂言，说是要将人和法宝一起吞噬，还未深信。及见一现原形，便喷绿气，那许多法宝、飞剑结成的光幕竟被裹定，往妖蚿口中投入，同时又觉压力暴增，光幕被其束紧，好似无力挣脱神气，不禁大惊。晃眼之间，光幕吸向妖蚿左边怪头口前。右边怪头似想争夺美食，奋力一吸，又被吸了过去。左头也似不服，照样猛吸相争。两头怪口齐张，互相争吸不已，眼看相隔只有数尺，又被对头夺去，全都不能到口，争得彼此怒吼连连，厉声交哄。余下四头也齐张口发威，势更猛恶，震耳欲聋。阿童不知此是妖蚿诡计，想将众人引开，化合为分，以便下那毒手。以为妖蚿丹气厉害，那么强烈的宝光，竟敢强行吞噬，照此情势，必被吸进口去无疑。万一如它所言，岂不是糟？因知众人早就言明各顾自己，以防两误，无法商议。情急之下，意欲将计就计，运用自己佛光试它一下。随运用玄功，将手一指，将佛光飞向光层外，压力果然减轻了些，心中微喜。正欲以全力施为，妖蚿似觉佛光威力较大，当中两首便不再争，一齐狂喷绿气，裹定光幕，朝口猛吸。阿童试出那绿气不似预料那等厉害，心便放宽许多。见此情形，正合心意，便不再强抗，反把佛光连同光幕一起略为缩小，表面故作不支。等缩小了十之一二，光幕已经迫近众人坐处，冷不防突用全力施为，佛光、宝光同时暴涨，本意想将妖蚿丹气震破。只见数十百丈金光、宝霞暴涨急涌中，耳听妖蚿连声怒噪，绿气首被震破，脱了束缚，一片碧光闪过，妖蚿全身忽隐，不知去向。

阿童自以为得计，心想："众人不该胆怯谨慎过度，一味防守，不敢反攻。方才如若合力抵御，或将光围缩小，索性任其吞入口内，再照前策，合力施为，当中怪头必有一个震成粉碎，给妖蚿一个重创，岂不也好？如今妖蚿逃去，必又是逃向平台养伤，复原再来，未必再肯上当。似此相持，真不如趁其负伤未愈，乘胜赶去，合力与之一拼呢。"越想越觉有理，正要告知众人吉凶有数，株守无益，不如试上一试，不行再说。忽然发现光幕加大之后，并未缩小还原，四外一片浑茫，先前所见仙山楼阁，翠峰琼树，以及对面妖蚿所居的金庭玉柱，宫殿平台，全都不知去向。仅看出连人带光幕，落在一个极大的山顶之上，地势十分平坦。同伴九人，相隔均在十丈以外，仍按九宫方位趺坐，每人身前神香多已点燃。细查人数，只有钱莱不知去向。

阿童正在惊疑，忽听金蝉用传声急呼道："小神僧，你适才已为妖蚿所愚，我们此时身入危境，形势比前更加凶险，多半自顾不暇。处境更是艰难。所幸我在光幕暴涨之际，突然警觉，防备尚早。灵峤三仙所赠玉虎甚是灵异，在危机一发之间，忽吐人言。才知甘碧梧仙子早已算就今日之事，虎口内藏有仙符留音，到时自生妙用，将妖蚿元灵隔断，只被乘隙侵入一些，不能尽发它的凶威。而那毒龙香专制这类前古精怪。休看妖蚿玄功变化，邪法极高，一闻此香，便昏昏如醉，有力难施。只需挨上十多日，救兵一到，立可无事，化凶为吉了。无如此香少了一支，上来错了主意，不该令灵奇镇守中宫，你又轻敌，未与合坐。钱莱虽然无香，但他家学渊源，又服过玉莲仙实，尚可无害。就这样，为防万一，已在妖蚿暗用大挪移法分化我们之时，看出破绽，行法藏起。我们十人，只你处境最险。幸仗各人法宝、飞剑，连同你那佛光，均具极大威力，防御严密。妖蚿仅能用那一丝真元之气，里应外合，不能全身入内为害。只要不为它幻象所迷，便可渡此难关。此时外层宝光万万不能再行移动变化，以免又中暗算毒计。等我说完，速将佛光收回防身，运用佛家金刚天龙禅功入定。不论有何身受，全置度外，自可无害；否则，就不免吃它大亏了。此时谁也不能分神他顾，我这次说话也是万分危险。只为你我患难至交，誓共安危，此虽是你应有磨难，但我弟兄蒙你屈尊下交，数十万里同舟相助，宁遭苦难，也无坐视之理。也许本门千里传声之法，全凭心灵运用，不致为此数言受害。即使不然，陪你受罪，也较心安。为此犯险相告，望小神僧千万留意才好。"

阿童闻言大惊,当时省悟过来。因听金蝉说到末两句时,似颇惊慌,料他为了自己受累,关心着急,回问已无应声。只听石生传音急呼叫:"神僧急速自顾。此时妖蚿初闻神香,灵奇防你准备不及,又将宝鼎内的神香大量发出,妖蚿骤为所中,以致邪法尚未发动。我也不能多说了。"阿童知金、石二人以前情分最厚,未下山时,灵感便自相通,石生必听自己发问不已,恐其两误,也学金蝉犯险警告。自己已为妖蚿邪法所乘,危机四伏,如何还敢大意?心中一动,忙把佛光收转。刚把全身护定,忽然激灵灵打了一个冷战,知道不妙,忙即按照师传运用禅功。满拟金刚天龙等禅功一经运用,万邪不侵。哪知妖蚿一丝丹元真气,已在阿童先前收发佛光之际乘隙侵入,附向身上。不特阿童本人,连众人也同被幻象分隔,满布危机。道心稍不坚定,立即飞出光幕之外,自投陷阱,连元神也休想保全。不过众人防御得严,当妖蚿现形,用幻象愚弄诱敌时,紧守师言,置之不理,未为所乘,比较好得多罢了。阿童邪气已经上身,禅功怎能如意运用。如非金、石二人为友忠义,犯险警告,有了戒心,又仗佛光紧护本身元灵,直是万无幸理。就这样,阿童身受已是痛苦万分。

原来阿童所习乃是上乘佛法,功候虽还不到,毕竟名师传授。本身福缘根骨既厚,用功又极勤奋,差不多已得白眉真传十之七八。平日一经入定,便如一粒智珠,活泼泼地返照空灵,心如止水,不起一丝杂念。这时却是不然。先是心乱如麻,不能返虚入浑,物我两忘。等到勉强将心定住,身上又起了诸般痛苦,疼痛麻痒,同时交作。再试往外一看,先前所见同伴一个不在。跟着,现出奇异微妙景象:不是眼前珠茵绣榻,美女横陈,玉软香温,柔情艳态,秋波送媚,来相引逗;便是赤身玉立,轻歌曼舞,皓体流辉,妙相毕呈。舞着舞着,忽然轻盈盈一个大旋转,宛如飞燕投怀,来相昵就。随闻一缕极甜柔的肉香,沁入鼻端。那又凉又滑的玉肌更是着体欲融,荡人心魄。面红体热,心旌摇摇,几难自制。如在方才,阿童必当妖蚿幻化美女,必以法力抵御降魔,中它圈套无疑。此时已知身入危境,一切见闻身受全是幻景,稍一镇压不住七情,立为所算,只得任其偎倚,不去理睬。不料对方得寸进尺,竟把丁香欲吐,度进口来,立觉细嫩甘腴,不可名状。香津入口,又起遐思,心神一荡,抗既不可,守又不能。自知危机瞬息，稍懈即败，哪敢丝毫大意。没奈何，只得听其自然，只把心灵守住，运用玄功，勉强压制心情，不为所动。总算以前根基扎得稳固，有时居然在万般为难之下，入定起来。心智刚一澄清，幻象齐化乌有，越知只有定力诚毅，可以战胜邪魔，越发加紧用功，不敢丝毫懈怠。

无如邪气附身，虽仗佛光法力，不曾侵害真灵，但是妖蚿神通广大，诡诈百出，所用邪法变化无穷，女色不能迷惑，又生别的幻象。由此起，又变作大风扬尘，罡风刺体，吹人欲化，七窍五官皆被堵塞，几乎闷死。跟着，又是骇浪滔天，海水群飞，身陷汪洋万顷之中，压力绝大，身子几被压扁，海水如百万钢针一般满身攒刺，奇痛无比。刚刚忍受过去，又是千百火球当头打到，互相一撞，纷纷爆炸如雷，化成一片火海，人陷其内，毛发皆焦，周身皮肉烧得油膏四流，焦臭难闻，痛苦更不必说。阿童定力本强，已经省悟前者俱是幻象，先还咬牙忍受。后来索性拼受诸般苦痛，千灾万难，认作当然，只把本身元灵牢牢守定，一毫不去理会。每经一次苦难，无形中道力随以加增，只一入定，便即化解。可是每换一次花样，所受也更残酷。先还要受上好些时苦痛，才能躲过一难，刚刚安宁，心神又把握不住，禅功稍一失调，危害立即上身。最厉害是一面受着苦难，心神还要摇荡，似欲飞扬出窍，不知要费多少心力，才得脱险。总是宁息时少，受苦时多。到了后来，痛苦虽然逐渐增加，解除却比先前容易，渐渐安宁之时较多，痛苦之时越少。虽幸最危险的关口已渡过一大半，但是这类风火炮烙之刑，虽然是个幻象，事过境迁，人还是好好的，若无其事，仿佛做了一场噩梦，但当其入幻之时，那罪孽也真不好受。似这样百苦备尝，也经过了好几天，除本身元灵未受动摇外，心身实已疲惫万分。

妖蚿见阿童小小年纪，连经邪法侵害，毫不为动。到了后来，元灵忽然出窍，由命门中往上升起，被一股祥霞之气冉冉托住，趺坐其上，离头只有尺许。以为对方肉体受不住幻景中磨折，元神已受摇动，离开本身，不过根器道力尚还深固，未受迷惑。立意吸取到口，正在加功施为。哪知阿童千灾百难之余，竟然大彻大悟，已超佛家上乘正觉，物我两忘。元神出窍以后，便静静地停在头顶上面，仿佛具有金刚降魔愿力，一任妖蚿邪法危害，千变万化，直不能动他分毫。妖蚿素性凶横刚愎，想到的一定要做。虽看出阿童元神宝相庄严，神仪莹朗，并且元神已经离体，痛痒已不相关，情欲十三魔头全都无法侵害，但到口馋首，心仍不死，正以全力运用，志在必得，哪知上来便遇见这么一个定力最高的对头。这一耽延，便经了好些时日。等到发现事不可能，转向别人进攻，余人已悟出毒龙神香的妙用。妖蚿就是拼耗元气，施展玄功，猛下毒手，不想再遂淫欲，只把对方吞下去，旷日持久，救兵也将赶到，来不及了。妖蚿正以全力施为，瞥见阿童顶上佛光忽似金花一般爆散，灵雨霏微，宛如天花宝盖，倒卷而下，刚把肉体护住，元神佛光一瞥全隐。再看，人还是好好地趺坐当地，二目垂帘，满脸祥和之气，神采焕发，已经安详入定。那先前附在身上的一丝邪气，竟被荡退，并为佛光消灭大半。由此起，对方身上好似有绝大潜力发出，再也不能近身。却又看不出一点迹象，连先前护身佛光俱都不见。妖蚿试再施展先前邪法幻象的欲关六贼，以及水、火、风、雷、金刀、炮烙之刑，全都无所施威，比起方才对方忍痛苦熬情景，相去天地，这才绝望。妖蚿见阿童在光幕环绕之下，又无法去进攻，除用幻象诱惑愚弄而外，别的邪法全无用处。而各人面前，又都有一股克制自己的毒龙香，当中少年所持宝鼎中香尤为厉害。对方如不受愚中邪，自行投到，自己稍为走近，闻到香味，便即昏昏如醉，通体皆融。既恐敌人乘机逃走，先前已经尝过神香味道，又防反攻为害，自然不敢十分大意。

  妖蚿修成后，纵横数千年，平日任性残杀，无不得心应手，从无拂意之事。如这次所遇困难情形，从未有过。加以生性饕贪淫凶，每隔十二时辰必要恣情淫欲，事完，再把那些情人吞吃下去，大嚼一顿。末了还得加上许多海中鱼介之类，才能快意。因和众人相持，一晃十多天，食、色二字全都空虚。又把众人认作空前所无的美食，隔时愈久，求得之心愈切，早就馋涎四流，怒发欲狂。及见阿童无法进攻，只得改图，去寻别人晦气。妖蚿本有六个化身，分向众人进攻，上来势猛心毒，打算一举成功。不料女仙曰碧梧所赠玉虎口内预藏灵符留音，金蝉得以警觉之后，立即传令众人，先把神香点燃，朝妖蚿射去，当时便醉昏了四个。只剩当中两个主身分化的妖女，因在运用邪法，相隔较远，又是本身元灵所附，功力最深，不曾受伤。对那神香，虽不似其他四个化身那么易醉，中上也是难禁。先前金蝉为了提醒阿童，冒险分神，几乎为另一化身所害，全仗神香方得免难。这时那四个化身已早醒转，妖蚿也看出对方不是易与，心虽忿极，贪欲更胜于前,却不再做那徒劳之事。舍去阿童以后,自觉分身力弱,敌那神香不住,又想在必要时下那毒手,便把六身合为一体,仍幻作一个赤身美女,先朝金蝉赶去。

金蝉因是妖蚿第一个看中的人,处境虽无阿童那么苦痛,经过情形也颇凶险。原来金蝉自从听玉虎留音,便向阿童传声急呼,连香也顾不得点。话未说完,猛觉身外压力加增,情知不妙,为友热心,仍想把话说完,邪法也已发动。先是面前现出一个千娇百媚的赤身美女,在一片轻绡雾縠笼罩之下,已快扑上身来。一着急,便将嬷姆所赐修罗刀发将出去;又把大、中二指照准香头一弹,立有一点火星飞向香头之上,神香立时点燃,冒起一股青白二色的烟气,朝前直射出去。这时金蝉只顾悬念阿童安危,一面御敌,一面口中仍在说话。并不知妖蚿因见光幕阻隔,不能飞进,特用幻象诱敌,想激敌人取宝施为,只要光幕稍被冲动,乘着神光离合之间,稍有一丝空隙,便可侵入,为所欲为。金蝉这一出手,正好上当,情势本是危险万分,总算金蝉仙福深厚,不该遭难。身佩玉虎乃灵峤仙府奇珍,威力神妙,不似阿童佛光须以主人本身功力来分强弱。那支神香恰又相继点燃。就在修罗刀二十七道精碧光华穿破光幕而出,妖蚿伺机乘隙冲入,危机一发之际,玉虎本身自具妙用,不等主人施为,突然发动,由虎口内瀑布也似喷出一股银光,直射前面。那光幕因是二三十件法宝、飞剑结成,层次甚厚。妖蚿心急骄狂,以为敌人已经中计,只防宝光分合太快,错过时机,既未看清楚敌人所用是何法宝,更不知那神香克星,自恃玄功变化,飞遁神速,只顾冒失冲光而入。还未穿过光层,迎头撞上玉虎口中所喷银光。方觉厉害,挡得一挡,猛又闻到一股异香,当时心醉神迷,骨软筋麻。才知不妙,赶忙飞遁退出圈去。

光幕中的法宝、飞剑本就厉害,只为妖蚿玄功变化,身形已隐,金蝉一面说话,又一面飞刀杀敌,心神已分,不曾发现,才被妖蚿乘隙侵入。等到神香点燃之后,金蝉猛想起外有光幕阻隔,妖蚿怎得飞进?定是幻象,莫要中它诡计。又见玉虎无故口喷银光,威势猛急,从所未见。知道神物通灵,自生妙用,越料情危势迫。不禁又惊又急,赶忙将修罗刀收回。本意刀光不再收入光幕之内,只令附在光层之外,以免穿光而入,带进邪气或妖蚿元神,引火烧身。方在收回,猛瞥见虎口银光所喷之处,妖蚿吃那青白二色的香光射向身上，面上立现惊惶，由光幕层中向外飞遁，大有手忙脚乱之势，才知妖蚣已经侵入。虽因谨记玉虎留音，未将各层宝光、飞剑发动夹攻，但现成的二十七口修罗刀正往回飞，如何能容，将手一指，那二十七道金碧刀光立往妖蚣身上裹去。妖蚣虽然神通广大，当此神志将昏、周身麻醉之际，此刀又是专杀邪魔妖物的至宝奇珍，怎禁得住。总算数限尚还未尽，金蝉心有顾虑，拿不定眼前所见是真是幻，来的这一个化身是否妖蚣当中主体。又知这六个化身，两主四从，全有呼应，只要当中主体不死，下余四身哪怕斩断破碎，至多七日便可生长复原。与金蝉对敌的化身刚中神香昏迷，另外还有三个化身也各在石生、石完、易震三人面前同样醉倒。妖蚣主体也自惊觉，立用玄功抢救下来。就这样，与金蝉对敌的一个，仍被修罗刀将前爪斩断了三只，身受好些刀伤，几将妖头劈为两半。急切间，还无法修炼还原，负伤临敌，天性又极凶残固执，见众人防御严密，无懈可击，只有阿童比较容易下手，意欲由此进攻，一网打尽。嗣见形势日非，没奈何，只得变计，对于金蝉又爱又恨，于是六身合一，头一个又找了他去。因知这班敌人虽然年幼，道心全都坚定，法力颇高，邪媚故伎绝所难施，上来便开门见山，咬牙切齿，戟指怒喝道："你们须知厉害，我一反手，便将你们化成灰烟。再若执迷不悟，形神俱灭了。"

金蝉自经连日运用玄功，潜心体会，不特增加好些功力，并还悟出毒龙神香的妙用。

加以这些日来，妖蚣全神贯注阿童，无暇旁顾。金、石二人各具一双慧目法眼，虽因遵守师诫，不敢分心他顾，却在暗中观察，看出好些破绽。便乘两下里相持之际，试探着暗中传声告知甄、易四人，说："妖蚣迟早来犯，这七支毒龙香如若同指一处，合力夹攻，威力更大。可惜石完不能传声告知，稍有缺陷，姑且试它一试再说。"二人原因十人同行，香却只赠了七支，其中必有缘故。又见别的法宝穿出光幕，光层必受冲动，独这神香穿光而出，好似银月照波，静影沉璧，水面上不现一点迹象。香头烟光所射之处，虽和正月里的花炮一样劲急非常，光层却似晶墙镜壁，毫未闪动。先前妖蚣化身一闻此香，立即昏迷欲倒，变化逃去。如果联合应用，威力定必更大，这一来，竟被料中。金蝉见妖蚣突然在光幕外面出现，神色更加狞恶，一面守定心神，一面发动暗号。冷不防伸手一弹，一口真气喷将出去。那支毒龙香已点燃了多日，悬在各人面前，香头上发出一缕细如游丝的香烟，缕缕上升。金蝉这一伸手，余人也同时施为。石完灵慧，见状跟着学样。七支神香突然怒涌，各发出一股青白二色的香气，朝前面光幕外急射出去。晃眼透出光层，互相一撞，便化作大蓬光雨，四下里急射，散布开来。妖蚿飞遁神速，先前又吃过亏，本不至于受伤。也是晦运临身，阴错阳差，到处受挫，多受伤耗。正在厉声喝骂，只当敌人仍和先前一样潜心兀坐，以静御动，不加理睬，绝无什么作为。不料毒龙神香乃陷空老祖苦炼多年的至宝，不特香中异味专制妖邪精怪，一任功候多深，一闻此香，也必昏昏欲醉。内中更暗藏有寒焰神雷，只要三支连用，互相融拿，立生妙用。何况七支香同时施为，齐注一处，威力更是大得出奇。

妖蚿眼看好些美味，连耗多日，空自眼馋喉急，不能到口，反受伤折，淫欲之心又复奇旺，急怒交加，不由失了理智。一见神香来势猛烈，依然不舍就退，自恃全身坚逾精钢，想将身上窍穴用真气闭住，试它一试。谁知陷空老祖特意假手众人来此除它，惟恐被其看破，神香具有分合生化之妙。那蓬光雨由表面看去，一撞便散，实则由分而合，隐而复现。晃眼化成无数豆一般大的寒碧精光，不用人指挥，便相感应，齐朝妖蚿身上打去。香头上那股烟气香光更是突突怒涌，朝前发射不已。妖蚿见光雨散灭，七窍和身上要穴全被自己封闭，仅头脑微昏，并未昏醉，以为得计。只等神香燃完，便把炼了数千年的丹气全数喷将出来，豁出真元损耗，将光幕震散。再不便把那方圆三百余里的玉山，整个倒翻或是熔化，将众人压入穴山底地火穴内，炼化成灰。再开一个火口，将众人的真灵之气吸入腹中，以为补偿，兼带雪恨。及见光雨刚散，突现出万千点的寒碧精光，雹雨一般上下里外一起打来。虽然看出不似寻常，更没料到冷焰神雷与魔教中阴雷异曲同工，各具绝大威力，微一迟延，妄想喷出丹气防御。就在这满口绿气喷出，现出原形，晃眼之间，神雷已纷纷爆炸。只听连珠霹雳之声，惊天动地，身外绿气首被神雷炸裂了好几十处。未炸裂的冷焰寒光得隙即入，见缝就钻，到了里面，又复互相激撞，纷纷爆炸。妖蚿六条长身，又被炸伤了数十百处，四十八只怪足利爪也炸断了一小半，闹得遍体鳞伤，受创甚重。如非身躯长大，皮肉坚硬，具有极大神通，玄功变化，不必七矮救兵到来，就这一下，已成粉碎了。

这原是瞬息间事。妖蚯飞遁何等神速，原是一时疏忽，遭此惨败。一见元气大伤，知道不妙，赶忙纵身飞遁。如往来路退回也罢，无如受伤太重，激怒攻心，把敌人恨入骨髓，又见神香、寒雷多在光幕前爆发，逃时妄想由光幕顶上飞过，就便施展预定毒手，将腹中一粒内丹吐出，与敌一拼，震破光幕，微露空隙，立可成功。说时迟，那时快，这里妖蚯刚飞起，下面灵奇静坐光层之内，早看出阿童神情痛苦。料为妖蚯所算，爱莫能助，正在愁急。过了许久，见阿童面色转和，神仪明朗，心方一宽。跟着，妖蚯又在幕外喝骂，金蝉等七支神香突然一起发射。知道此香如不用以御敌，可点四十九日以上。照此用法，大量施为，顷刻用完，救兵未到，岂不又少一层防御？又不便出声劝阻。正打不出主意，瞥见寒光爆发，万雷怒震，才知香中藏有冷焰神雷。灵机一动，想起父亲借鼎时曾说："你诸位师叔有此七支神香，足可防身除害。可惜事关机密，不能预泄，此行虚惊，当所不免。你那宝鼎与神香同一妙用，威力只有更大，务要谨记勿忘。到了前途，更不可向众提起此事。"暗忖："鼎内也必藏有冷焰神雷等异宝奇珍。"见妖蚯丹气已被震破，本就想要乘胜夹攻。忽见妖蚯连声怒吼，现出数十丈长的原形，六首高昂，九身蜿蜒，在残余绿气环绕之下冲光冒火，往光幕顶上飞舞而来。那一大片光幕，立被遮黑了半边。妖蚯遍体鳞伤，血肉狼藉，二三十条树干粗的利爪一齐划动，做出攫拿之势。目光宛如电炬，凶芒闪闪，血口怒张，厉吼连声，来势猛恶已极。受此重伤，不向来路逃退，反朝敌人飞来。方疑它不怀好意，待要施为，便照父亲传授。手朝宝鼎一指。忽听钱莱急呼："师兄快做准备，留神妖蚯情急吐出内丹，光幕难免不受震荡，就来不及了。"

　　钱莱早得乃父钱康指教，深知妖蚯底细。虽然服有玉莲灵实，不畏邪气迷惑中毒，但是妖蚯邪法厉害，终恐一旦被其侵入，不能抵敌。一到当地，便用隐身法赶向师父身旁，匆匆禀告了几句。不等发难，早用家传专长，隐藏在灵奇身侧。初意众中只有自己未带神香，而灵奇所带宝鼎，正与父亲常说的灵癸殿中至宝寒氤宝鼎一般无二。照父亲平日所说，有此一宝，便可除却妖蚯，况又加上七支毒龙神香。但不知为何不用？初入师门，未敢多言。因灵奇宝鼎威力更大，打算托庇。已然藏身多日，正不耐烦，忽见妖蚯惨败，神情有异，看出将下毒手，忙即大声告警。灵奇也正发现妖蚿飞临光幕上空，忽把九条长身一齐划动，盘成一堆，凌空飞停在光幕上面，全身皆被绿气包没，把六个如意形的怪头一曲一伸，全身倏的暴涨，粗了两倍。六首一齐向上直竖，左右四头各喷出一股五彩烟光，直射当中两张血口之内，全身忽又缩小。紧跟着，一声极难听的怒吼，由当中两口内突喷出两团五彩奇光，两下里一撞，合二为一，光团反缩小了些，看去不过饭碗般大，只是流辉电射，幻丽无比。妖蚿动作极快，光团一经会合，便往下打来。灵奇恰在此时发动，再听钱莱大声疾呼，心中害怕，竟以全力施为。宝鼎所藏冷焰神雷，又与金蝉等所用不同，威力更大。此是由合而分，出手便是大蓬银色寒星朝上激射。双方势子又急，同时发动，刚出光幕，便撞个正着。又是大片霹雳当空爆炸，中间好似杂有"叭"的一声巨响，满空银电也似的雷火横飞中，一声极凄厉的惨嗥，妖蚿已凌空遁去。那大片冷焰神雷也紧紧追向妖蚿身后，爆炸不绝。只见一大团绿气彩烟，裹着一个奇形怪状、狰狞无比的妖物，满空飞驰。前面那蓬神雷星雨也似具有知觉，紧追上去，仿佛妖蚿身具吸力，如影附形，兀自追逐不舍。妖蚿飞遁虽快，雷火寒星也极神速，妖蚿逃到哪里，便追到哪里，稍为挨近，立即爆炸。妖蚿一粒内丹元珠，已被宝鼎中暗藏的神雷震破，化成大片彩烟，连同先前绿气，护住全身，向前逃窜。不料神雷具有感应妙用，如磁引针，追上便炸。妖蚿元气大为损耗，震得护身彩烟如残纱断丝一般片片飞舞。急得妖蚿不住惨嗥厉啸，在光明境上空千百里方圆以内往来飞驰，其疾如电，彩云飞射，银雨流天。再吃大片仙山楼阁、玉树琼林一陪衬，越觉奇丽非常。可是那神雷和魔教中阴雷一样，一炸便完。这还是陷空老祖想致妖蚿死命，为数既多，又各具有分合吸引妙用，非打中妖蚿或是两雷互撞不炸，无甚浪费，否则早就炸光了。

  灵奇宝鼎中的神雷，固是一举便全数发出。金、石等六人先见青白香气之中藏有大量神雷，妖蚿骤出不意，竟受重创，正在高兴，妖蚿已冲光冒火而起，往光幕顶上飞来。百忙中一看，手中神香已去了十之六七，青白香气仍旧向外激射，心中一惊。意欲将香闭住，留以备用，免得浪费。谁知香势猛烈异常，无法封闭。同时瞥见妖蚿已盘空下扑，口吐内丹元珠朝光幕顶上打来。方在惊疑，猛觉手中一震，"轰"的一声，那小半截香头已化成一股带有无数银星的青白光气，电射而出，冲出光幕之上，朝妖蚿追去。灵奇神雷已先爆发，双方前后相差也只一眨眼的工夫。那么厉害的妖蚿，竟被这两蓬神雷追得走投无路，护身丹气连被炸散，看去受伤甚重。众人先颇高兴，石完更喜得乱蹦。其实此时众人如将光幕缩小会合一起，合力御敌，绝可无事；便就此逃走，也有可能。无如连困多日，成了惊弓之鸟，虽见妖蚿现出败象，终是拿它不稳，谁也不敢遽然提议。嗣见神雷越炸越少，妖蚿虽然身受多伤，并未致命，飞遁更急。均想："神雷发完，更无制它之物，妖蚿仇恨越深，少时卷土重来，如何抵御？"一有戒心，越发不敢妄动，除守在光幕之内待救，更无良策。妖蚿先前极畏寒雷威力，继见寒雷除头一蓬初出时略为生化外，只一打中，便即消灭，早想激使全数爆炸。忽发现此宝灵异，尽管似流星过渡一般紧随身后，可是不被打中，绝不爆炸。每中一雷，受伤还在其次，最可惜是数千年苦炼而成的内丹共只六粒，非再炼三数百年不能复原；本身精气每中一雷，也必要损耗好些；那护身绿气，又是数千年来不知残杀了多少精怪生灵，才得凝炼而成，也吃寒雷震散不少。实不舍再有损耗，只得运用玄功变化，飞腾逃避。到了后来，看出逃避无用，照此下去，损耗更多。心想长痛不如短痛，回顾后面追来的神雷寒星尚有三分之一，咬牙切齿，把心一横，当中两个大头猛张血口，各把左右长身咬下两丈多长，一条断尾分别往后一甩，立有两片暗绿色的妖云裹住两个妖蚿化身，朝那大蓬星雨反兜上去。寒雷立被截住，一片爆音过处，全都散灭，两段长尾也被炸成粉碎，洒了一天的血雨。妖蚿虽然神通广大，动作很快，仍被那由空隙中穿过来的两粒神雷打向身上，又中两下重伤。痛定思痛，怒火烧心，忿怒欲狂。忙在空中把那两条断尾伸向前去，用如意形的怪头含住一吮。那瀑布也似的血泉立时止住，成了两条秃尾，往后甩去。紧跟着，六首高昂，九条长身一起摆动，被神雷震破的护身彩烟绿气重又合拢，将妖蚿全身笼罩。口中怒吼如雷，由相隔二三十里的西北方天空中飞舞而来。

众人在山顶上远望过去，好似十来条极猛恶的妖龙挤在一起，带着大片五色烟云，在神山仙境上空电驰飞来，声势甚是惊人。方料来者不善，比前更凶，果然妖蚿创巨痛深，心中恨极，决计一到便下毒手。身子还未飞近，相隔里许，便把六个怪头猛然往后一仰，再往前一伸，身形立即暴涨了数倍。六张血盆一般的大口，各喷出一股暗绿色的光气，天河倒泻也似急射下来,分六面将光幕围住。所到之处,那么坚固的玉山当时消融,往下陷去,晃眼环着光幕,陷落了丈许深一个大圆圈。同时妖蚖身上的彩烟绿气也结成一片云网,往光幕顶上压来。那光幕乃众人法宝、飞剑联合结成,均与主人心灵相应。才一压到,便觉重如山岳,更有一种胶滞之力,一毫也不能移动。想起妖蚖先前所说下面乃是当地火穴,要将众人压入内炼化,再吸精气之言,知道厉害。逃是逃不掉,上面和四方全被困了个风雨不透,更须防备妖蚖乘机暗算,幻化侵入,又不敢妄将光幕移动。急切间正打不出主意,忽听钱莱疾呼:"师父快做准备!妖蚖因为适才受伤,已经情急拼命,施展毒手,欲以全力将我们十人陷入地窍之内。此山下面乃是一团蕴积千万年的乾灵真火,比两极子午线上极光太火不在以下。此时离地心火眼虽有三千余丈深,不早打主意,被那火力吸住,再想脱身就来不及了。"众人知他深悉当地情势,闻言一看,就在这晃眼之间,山顶地面环着光幕所在之地陷了一个大坑,玉质地面已成流质,化作浅碧色浆汁,四外飞溅,往下流去,当中地皮随往下陷。那数十丈高的穹顶光幕,被上面妖云邪气压紧,正往大坑中下降,已经陷入地中好几丈深。

方在惊惶,无计可施,忽听正南方高空中有人用本门千里传声之法高声喝道:"小神僧与诸位师弟不要惊慌,我阮征来了!"声到人到,话还未完,猛瞥见一股五色星沙,似神龙吸水,电一般急斜泻下来。同时又有两道紫光,夹着三朵莲花形金碧光华,莲瓣上各射出一片其红如血的毫光,带着轰轰雷声,齐朝对面妖蚖夹攻上去。后面一幢金光祥霞,裹着一个凤目重瞳、面如冠玉、鼻似琼瑶、秀眉入鬓、大耳垂轮、猿臂鸢肩、相貌英俊,身穿一件青罗衣,腰佩长剑,年约十五六岁的美少年,横空电驶而来。众人除石完、钱莱而外,俱都久闻阮征威名,一听是他,又见这等来势,不由喜出望外。

第二六八回

火伏地中　妖光熔玉岭
人来天上　星雨泻银河

妖蚖知道对方根骨深厚，道心坚定，想要苟合，绝难遂意。加以内丹元珠连同护身丹气全被神雷震破，损耗太甚，受伤极重，就说费上数百年的苦功，也难修炼复原。因为这两样珍逾性命的至宝，多由数千年来残杀无数精怪和吸取有道人的元神灵气凝炼而成，所杀海中鱼介尚不在内。好容易得有今日，再差不多两年，只等元婴炼成，再把内丹元灵真气与之相合，立可脱去原形，幻化成一个美绝天人的女仙。冲破极光，去往北极陷空岛，将那两个冰魄寒精强行摄来，与之配合。由此与天同寿，万劫不死，飞腾变化，为所欲为。不料会被几个幼童破去，把真元损耗了一半，如何不恨同切骨。为此，抛弃欲念，准备施展毒手，将众人陷入小南极乾灵火穴以内，再去吸收灵气。本心想光明境远隔天外，又有极光太火阻隔，所困诸人已成网中之鱼，绝无后援。对海不夜城岛上虽有一个散仙钱康，法力颇高，但他门人眷属甚多，绝不敢招惹自己。既然志在报仇，不想生擒，那还不是举手之劳，便可成功。一心打着如意算盘，猛瞥见正南方飞来一片彩云。自恃当地到处禁网密布，埋伏重重，纵有人来，无异送死。哪知来势神速，心念才动，人已电驶飞到，空中禁网竟被冲破。刚看出来人是个美少年，根骨似比所困仇敌更好，邪念重又勾起。正待暂舍下面诸人，迎上前去，施展邪法，将来人擒住，以备少时享受。哪知晦星照面，阮征天璇神沙威力至大，正是妖蚖克星，见机先逃，尚且无及，况又迎上前去，岂非自投死路。

阮征因齐灵云传命，曾说七矮诸人已经被困多日。自离师门八十一年，日夕怀念恩师，向往宫墙，遭遇艰危，情如切割。忽然奉到这么重大的使命，可见师门恩重，期爱至厚。以前严罚峻拒，实是玉我于成。惊喜交集之下，惟恐相隔太远，势孤力弱，误了时机。接过新发还的几件法宝，便照灵云所说，施展佛门心光遁符，往小南极天外神山飞来。佛法神妙，又值当日极光太火对消，阻力微弱之际，再加上天璇神沙专能抵御两极元磁真气，只稍为受了一点阻碍，便自冲过。到了来复线上，阮征不知全年只此六月十五日起，每夜子时这一个时辰太火最弱。误以为途中耽延了些时刻，惟恐误事，心中愁虑，一入光明境，隔老远，便看出众人被妖蚿用邪法困住，越发情急。刚一照面，便以全力猛攻，除将天璇神沙大量发出而外，又将师父新发还的两支娲皇戈和神剑峰魔女行前所赠阇耆珠化成两道紫虹和三朵血焰金莲，同朝妖蚿打去。

　　妖蚿虽然神通广大，邪法高强，连遇见两件克制之宝，如何能当。双方势子又急，迎头先被那数十百丈长大一股五色星沙裹住，便知厉害。待要变化逃遁，脱出光网，再用邪法还攻，说时迟，那时快，连念头都来不及转，两道紫虹连同上发血焰毫光的金碧莲花也已飞到。尤厉害是那五色星沙具有极大的吸力，星光看去虽只绿豆大小，但一撞上，便互相激撞爆炸，随灭随生，变化无穷，比起先前寒雷冷焰威力更大，刚一挨近，便被吸紧，难于挣脱。因不舍那护身丹气，极力强挣，微一迟延，两道紫光已绕上身来。忙运玄功抵御时，金碧莲花也已打到。心还妄想那本身丹气可以防御，只要挣脱星沙吸力，便可无害，做梦也没想到，此是尸毗老人所炼魔教中的至宝。阮征又是累世修为，经历甚多，早看出妖蚿厉害，打算一举成功，上来只用天璇神沙将妖蚿裹住，先不发挥它的威力。等那三朵血莲分三面打向妖蚿身上，化为千万朵血焰，同时爆炸，再把神沙一指，也化为无量数的神雷，纷纷爆发，妖蚿身外绿气立即震散消灭。大量星沙海潮般涌将上去，再一裹，妖蚿自吃不住。总算修炼将近万年，功候极深，不似寻常妖物之比。一见护身绿气被敌人震破，知道凶多吉少，先前错了主意。咬牙切齿，把心一横，仗着炼就六个化身隐遁神速，慌不迭喷出一大片绿色烟光。不等星沙爆发，便乘烟光闪变明灭，危机一发之间，运用玄功隐形遁走。无奈阮征所用法宝俱都神妙非常，一任妖蚿变化神通，仍连舍了三个肉身，方得冲出重围，隐形遁去。

　　阮征料定妖蚿已成网中之鱼，见它忽然喷出大片烟光，不知是计，只当情急拼命，正想加功施为，星沙已先爆炸。瞥见妖蚿张牙舞爪，口喷黑烟，连声厉吼，虽被神雷血焰炸得血肉狼藉，遍体鳞伤，内有三条身子并被紫光斩断，仍在千层星沙、无边雷火环绕夹攻之中，迎面猛扑过来，身被星沙裹住，兀自不退。连那斩断的三截残身，也还飞舞不停。这等生性猛烈，从来未见。妖蚿因用肉体真身迷乱敌人目光，加上邪法运用，阮征那么高明细心的人，急切间也未看出。神沙、血莲以及两道紫光，均具极大威力，阮征惟恐有失，再一加功施为，晃眼之间，妖蚿所舍肉身全被星沙裹住，血莲毫光再一连连爆炸，当时便成粉碎，邪法也被破去。这才看出，所消灭的只是三条残身和一颗妖头。料知妖蚿已逃，只得救人要紧。回头一看，妖蚿虽走，众人光幕仍被那暗绿色的光气紧紧裹住，围了一个风雨不透。地皮仍在熔化，往下陷落，只比妖蚿在时势子要缓得多。

阮征正在施展法宝，将它破去，忽听内一幼童大声疾呼道："师父快请师伯且慢动手。这暗绿色的妖光，乃妖蚿修炼数千年的精气，厉害非常，不论金玉，挨着便化成水。除非将它整个收去，或是全数消灭，才可脱身。否则，如用阮征师伯法宝破它，只要震散，便朝地底钻将下去。迟早被它穿破地窍，将潜藏地底千万年的乾灵真火引发，这整座神山便成粉碎，连家父所居不夜城也是难保。甚或熔山沸海，烈火烧空，至少也须数百年才能熄灭。地轴同受震撼，那时南北两极积压数千百年的冰雪一齐融化，到处海啸山崩，洪水泛滥，加上天时奇热，瘟疫流行，如何是好？还是打好全盘主意，再行破解，比较安全无害。倒是妖蚿淫凶阴毒，诡诈无比，来去如电，防不胜防。它先前因为报仇心切，将所炼妖气全数放出，逃时受伤太重，阮师伯法宝神奇，追迫甚紧，以致不及收回；再不便是想要发难，借此报仇。我料妖蚿此时必逃向隐秘巢穴之内，正在养伤，等伤势稍好，再行拼命。它见阮师伯法力这么高，一定不敢明来，多半暗中闹鬼。反正此山相隔地窍三千丈，我们下陷才二十余丈，只要妖蚿不来作祟，照此形势，便困半年也不妨事。最要紧的还是防备妖蚿，不令侵入此山，并防它将妖气收去。由阮师伯将先前星沙分布开来，再化成一座光幕，罩在外面，先把妖蚿隔断，不令收回。然后想一个两全之法，或收或破，将妖气消灭，再除妖蚿，便无害了。"阮征早看出那暗绿妖光，与妖蚿逃时所喷妖气大不相同，再听这等说法，越发不敢造次。因知妖蚿耳目灵敏，这等与本身元灵相合的妖气收发之间，捷逾影响。不等说完，早把星沙化成一片光网，笼罩在绿光外层。双方心意恰是不约而同，妖蚖果如所料，刚刚逃回巢穴，便用玄功回收。不料敌人发动太快，慢了一步，那苦炼数千年的丹毒精气，已被神沙隔断，休说收回，连想就势报仇都办不到，空自咬牙痛恨，无计可施。这且不提。

阮征站在光外，向内查看，除金蝉仍是前生相貌，还能认出，阿童早听传言，一望而知外，余人多是初会。见众人个个仙根仙骨，满脸道气。内中石生和那喊金蝉做师父的幼童，更是众中麟凤。暗忖："人言峨眉派日益发扬光大，果然吾道当兴，这些同门师弟年纪俱都不大，居然有此功力。自己得为七矮之长，将来便住在这光明境神山仙域，真乃出于意外。"方在欣喜万分，待要上前问话。被困诸人均料妖蚖重伤惨败之余，已经技无所施。再见阮征这等法力，全都放心欢喜，一齐向前，由金蝉为首，通名礼拜。阮征才知说话的名叫钱莱，乃前生忘年之交不夜城主钱康爱子。又见他仙根仙骨，英俊灵慧，越发喜爱。双方分别礼见之后，便问他道："令尊所居，与妖蚖只一海之隔，以他法力之高，如何坐视妖蚖猖獗，不加过问？"钱莱躬身答道："家父也曾为此日常筹计，只为妖蚖玄功变化，邪法甚高，生具六首九身，不特炼就好些化身，所有形体可分可合，更于内丹元珠之外，炼就三种妖气，最厉害的便是那护身绿气和这光幕外面的丹毒之气。此地离子午线近，又当地窍火穴之上，除它时节，稍为疏忽，败固不少伤亡，胜必激动滔天灾劫，眷属门人又多，没有万全之策，不敢造次发难。妖蚖对于不夜城中主人也是虎视眈眈，只为岛上另有防御之道，家父防备有年，不敢轻举。于是双方各仗天时地利，暂且苟安。实则妖蚖并放不过我们，早晚必去侵害。家父日前算出，妖蚖元婴已经炼成，再过一二年便可脱去原体，飞腾变化，每日都在愁虑，只是无奈它何。想不到这么厉害的万年精怪，师伯天外飞来，只一出手，便杀得它体无完肤，狼狈而逃。少时师伯再想好主意，将这妖气收去，师父和诸位师叔、神僧几下里夹攻，妖蚖伏诛无疑了。"

金蝉接口问道："阮师兄，你可有甚别的方法，将这妖气收去，乘着妖蚖新败，前往合力除它，省得夜长梦多，被它冲破极光，由子午线上逃往中土，为害人间，不是好么？"阮征笑答："我也如此想法。只是来时匆匆，只在神剑峰脱困出来，遇见灵云师妹，给了我一道心光遁符，便赶了来。便无钱莱提醒，我已看出邪气不似寻常。非但震散之后，入地为害，引出灾祸，便有几丝残余之气，随着罡风吹坠，无论仙凡无心遇上，均非死不可。昔年我在都庞岭深谷之中诛一妖物，曾经见过这类邪毒之气。那功候比妖蚿差得很多，尚且几乎惹出乱子，如何敢大意呢？"石生接口笑道："照这样下去，我们何时出困？为防妖蚿暗中跑来闹鬼，人又不能离开，以我之见，小神僧大约受伤颇重，佛光只能护身，不能别用，我们法宝、飞剑均与心灵相合，何不用这光幕，同阮师兄的神沙光网里应外合，将妖气夹在当中，往上飞起？等我们乘隙飞出，再返转过来，用神沙将它裹住，先行收去，再想消灭之法。诸位师兄师弟以为如何？"众俱道好。阮征问钱莱，可有什么弊害？钱莱答道："前听家父说起，这丹毒之气，乃妖蚿数千年来吞吸各种精怪和修道人的元神精血凝炼而成，厉害无比。只有妖蚿本身能够随意运用，外人除却真个能收能破，要想变它都很艰难。并具一种极大的胶滞之力，重如山岳。先前诸位师长防它下压，曾将光幕放大，毫无用处，可知厉害。试试无妨，但须防备震破，稍为遗漏了一点，侵入地底，便成大害了。"阮征点了点头。暗忖："自己奉命援助众人除妖脱险，长此相持，人救不出，妖也除不掉，如何交代？"又想起神沙吸力甚大，只要将它吸离地面，光幕由外往内一合，便可如愿。众人又多急于出困，同声怂恿，立即应诺。

阮征行事十分谨慎，一面命众人小心应付，一面运用玄功，口念灵诀，往外一扬，一口真气喷将出去。先是神沙所结光网，与本身合为一体。然后运用神沙环绕外圈，往贴近地面的妖气底边抄将过去。准备将那妖气结成的整座光幕兜住，与里层宝光相合，稍为提离地面，先放众人飞出，再打主意将其缩小。哪知妖气底层深入地面，正徐徐往下钻去，地皮也随同熔化，往下陷落，相搂甚是严密。总算阮征法力高强，又极细心，神沙居然由外层地边强行穿过，将妖气一齐兜住。觉那暗绿色的光气沉重异常，并且坚逾百炼精钢，宛如实质。同时众人见阮征神沙光网由四边透将进来，心中大喜，以为预计成功，出困在即，忙各运用玄功，把各人法宝、飞剑结成的光幕迎合上去，但连冲两冲，没有冲动。金、石二人正待施展灵峤三仙所赐的两件奇珍全力施为，向上硬冲，只等稍有空隙，便可护了阿童冲将出去。阮征欲以全力施为，双方正待里应外合，金蝉胸前玉虎已喷出大片银霞，千层灵雨，要往当顶冲去。忽听老远空中有人大喝道："你们万动不得！"众人声才入耳，一个身材高大的驼背老人已经飞到，来势神速，竟比阮征还快得多，以众人的慧目法眼，竟未看出是怎么来的。那老人才一现身，便就空中把双手一伸，立有十股长虹一般的金光彩气射将下来，将整座光幕交叉抓住。巨雷也似喝一声："疾！"那么大一座穹顶光幕，便整座离地而起，提向空中，声如霹雳，震得四山皆起回音。

众人一见来人正是大方真人神驼乙休，不禁惊喜交集，出于望外。立时护了阿童，飞往阮征之处。只见乙休人在高空之中，凌虚而立，面红如火，须发皆张，周身金光闪闪，手发虹光，将那里外三层的光幕一齐提向空中，声威凛凛，望若天神。比起铜椰岛地底被困，怒极发威神情，又自不同。自从相识以来，这等神态尚是初次见到，料定关系重大。刚刚一同拜倒，便听乙休喝道："妖蚿已将原体化成六个化身。因为恨极你们，知道此仇难报，又急于夺回多年苦炼的丹毒之气，并报大仇，竟不惜再拼舍一个化身，去将子午线上元磁真气和那太火一齐引来，想将此天外神山连仇敌一起毁灭。幸我由乌牙洞斗法事完赶来，抢在它的头里；又蒙天乾山小男相助，来将复线地轴躔道暂时封闭。无如妖宫后面有一地窍，与地轴通连，难保不铤而走险。到时又发现你们快闯大祸，只得先顾这里，无暇前往阻止。并且妖蚿之外，还有一个祸害，也将在日内发动，全都凑在一起，事情本极可虑。适才虽然算出妖蚿气运将终，因为所炼元婴被人盗去，藏向它对头巢穴左近，以妖蚿的法力，本不难将仇敌嚼成粉碎。无奈所炼元婴被敌人抱紧，逼它释放同伴，逃出来复线，方允还它；否则，豁出两败俱伤，先将妖蚿元婴抓裂吞吃，再与拼命。妖蚿为那元婴苦炼数千年，费了毕生心血，才得结胎成形，平日珍逾性命；况当惨败重伤之余，已经失去一个化身、三条肉体；又分出一个化身，去引发元磁太火，能否生还，尚不可知。本心是想不等万年期满，功候完成，闯下大祸之后，径舍肉身，将所剩元神与元婴会合，乘机穿入子午线，飞往中土，寻一深山古洞，修炼些年。等元婴成长，元神附合，化成美女，再出世作怪。不料极光天险，竟有多人相继飞越过来，与它为敌。一时骄敌疏忽，没看出你们人数多少，以为全已被它困住，只顾在此行凶，被那一对苦夫妻事前查探出它的巢穴所在，乘隙暗中赶去，费了好些的心力，居然深入虎穴。虽因女的深知妖蚘厉害，未敢造次，又想借此要挟，释放你们，只将元婴抓住，不曾下手杀害。妖蚘既不舍那元婴，又不肯放弃复仇之念，只想运用邪法诡计欺骗敌人，夺回元婴。无奈敌人甚是机警，防备又严，两次用幻影愚弄，均被看破，反吃对方将那元婴抓伤了好几处，以示惩罚。妖蚘投鼠忌器，不敢动强，一面和敌人好说商量；一面准备稍有空隙，立即变化侵入，夺回元婴，将敌人残杀报仇。实则对方早有准备，除非妖蚘肯舍元婴，并无用处。此时双方正在隔洞相持，妖蚘情急万分，无暇再顾别的，非要诸事绝望，方始孤注一掷。因它自信操有胜算，明知我来，又多了一个强敌，并未放在心上。你们可乘妖蚘丹毒所结光幕不曾被我消灭，我说话的声音均被禁法隔断，妖蚘尚未觉察之际，各将法宝收回。除阿童一人少时由我事完护送，以免有失，暂留此地外，余人合力去往妖窟，两下里夹攻。我将这丹毒之气化尽，便往相助。等我一到，阮征可拿我柬帖，仍用你那心光遁符，乘着元磁太火被妖蚘牵动，极光微弱之际，速飞中土，照柬行事，借到神鸠、宝鼎，速急赶回。你去之后，元磁真气必被引发。我已另向陷空岛主要了些灵药，与凌云凤送去，命她师徒将伤治愈之后，急速来此。你那另一枚二相环，被申屠宏借去，得了一丸西方神泥，与之会合，更长了不少威力。心光遁符虽然失效，有此神泥融会的天璇神沙，极光不论强弱，均能冲破。再如遇见云凤师徒，她持有专御元磁之宝宙光盘，走起来更容易了。"说罢，便由大袖中飞出一道金光，中裹一封柬帖，阮征连忙领命接过，金光也自飞回。

众人见乙休仍是飞身高空，双手发光，抓紧那里外三层的光幕，停空不动，神情也颇紧张。知道这位老前辈神通广大，法力无边，一向举重若轻，似此慎重，从来少见，料是关系重大。一面应诺，早各把法宝、飞剑收回，同往妖蚘所居魔殿平台前飞去。耳听迅雷轰轰，惊天动地。途中回望，那丹毒之气已被大片火云包没，由大而小，缩成丈许方圆一个光团，仍由乙休十指所发金光抓紧，随人破空直上。那雷声夹着一片爆炸之音，晃眼飞入高空，无影无迹。众人也已飞到台前，待要下落，寻找妖踪。目光到处，瞥见台前湖水已干，由上下相隔数十丈的湖心深处，飞起一个赤身女子，正是妖蚘幻形，满面俱是忿激之容，似往来路飞去，不料会与众人对面撞上。因先前吃过阮征的亏,知道厉害,微一惊疑,待要纵避,众人法宝、飞剑已是暴雨一般,纷纷发将出去。妖蚿原因那丹毒之气与本身元灵相合,匆匆败逃,不及回收。阮征再被钱莱止住,妖蚿久未觉出动静,认为敌人无法破它。反正收发由心,神速如电,稍有警兆,立可收回。又以元婴受人劫持,无暇他顾。心想对方既不能破,乐得用他困住仇敌,掩蔽逃走,便由他去。谁知乙休赶来,用韩仙子一件至宝将妖气裹住,再用少阳神君所赠三阳神雷,由内爆发,将其送往两天交界之上消灭;等到妖气被火云裹住,震破缩小,方才警觉,忙运玄功一收,竟未收回。这也是一件性命相连之宝。料知元婴虽受劫持,只要自己不先发难,敌人绝不敢伤。好在仇敌已被禁闭,不会逃出,一时情急失智,便追了出来。迎头遇见阮征等赶到,猛想起:"此人法力何等厉害!妖气与心灵相连,就被震破,也有残余收回,怎会丝毫皆无?分明被人全数消灭,连先前几个仇人也都救了出来。似此法力高强,如何能与为敌?"心念微动,刚刚飞身遁逃,念头还未想完,众人的法宝、飞剑已似惊鸿乱飞,潮涌而来。阮征天璇神沙更似千丈星河,无边光雨,将妖蚿全身裹住。三朵血莲跟踪飞起,打向前去。妖蚿吃过大亏,惊弓之鸟,本就怯敌,加以适才元气大伤,神通已不如前,越发胆寒,哪里还敢久停。百忙中把心一横,不等血莲飞近,便现原形,喷出一片妖光毒烟,仍用前法,舍却一个肉身,变化逃走。不料敌人上过一次当,有了防备,一见妖蚿喷出大片烟光,恐其重施故伎,忙把天璇神沙发挥全力,电一般涌过来。妖蚿也真心狠,见头一个化身刚刚脱体飞出,敌人并不理睬,星沙来势更急,身子又被吸住,知道危机不容一瞬,只得又舍一条肉身,化形遁走。无如敌人来势神速,还未冲出重围,大量星沙又涌上身来。似这样,接连三次过去,虽仗神通变化,长于隐形飞遁,先后仍舍了三个肉身,两个妖头,才算勉强逃出,往另一秘窟中窜去。痛定思痛,心中恨极,自去发动阴谋毒计,作那最后打算。不提。

众人见妖蚿原身接连出现了好几次,俱为法宝、飞剑所诛,满空血雨横飞,纷纷下落,早疑它重施故伎,事后细一查看,仍只得三身两首。知道妖蚿六首九身全能分化,只要一首一身留下,便是祸害。尤厉害是当中两个主要的身首,最具神通,竟被逃走,料知前途阻碍尚多。再一想起乙休适才所说的话,妖蚿必不甘休。阮征见柬帖注明,限令七日之内赶回,在未去川边倚天崖龙象庵以前,还要往大笞山去,助仙都二女、李洪三人抵御群邪,除那毒手摩什。这一往返,有数十万里之遥,中隔极光太火与元磁真气天险。惟恐延迟误事,正和金、石诸人告别要走,忽听湖底有人急呼求援之声,隐隐传来。

金、石诸人先听乙休之言,虽因起身匆促,不及细问,早就料到盗去元婴的是干神蛛,一听呼援之声,果然是他。惟恐邪法厉害,难于救他出险,忙把阮征拉住,说道:"二哥慢走,我们还有一个好友被妖蚿围在妖窟之内呢。"阮征只得随同众人,匆匆飞下去一看,那湖底也是一片玉质,紧靠平台一面,有一个数十丈高大的洞穴。钱莱忙道:"那便是妖蚿潜藏元婴所在,弟子受人指教,曾经去过,并带人暗藏了一粒宝珠在内。里面歧径和大小洞穴甚多,不知人困何处?待弟子前往一看吧。"石完插口道:"我也同去。"随说,二人当先往前飞去。阮征行事谨慎,为防妖蚿不舍元婴,暗中掩来,先用一朵血莲发出大片金碧光华,将洞口封闭,加上本门禁制,然后率众飞入。见那洞穴又深又大,果然歧路甚多,大小洞穴约有一二百个。耳听干神蛛呼唤求援之声甚急,无奈所有洞穴俱都传声回应,以众人的耳目,急切间竟查不出准在何处,连找了几处俱都不对。钱莱、石完早已穿入玉壁之内不见。金、石二人方在发话询问,耳听干神蛛远远答道:"我们在妖窟最深之处。只为刚才妖蚿赶回,惊慌逃走,本来已被追近,难逃毒手,忽然冒起一团宝光,妖蚿受伤后退,才得乘机逃入一洞,也未看出沿途路径。适闻诸位道友上面说话,才知人已脱险。妖蚿虽不在此,但它邪法厉害,出口被妖光封闭,不能脱身。内人又发现地底还伏有祸胎,事在紧急,非诸位道友合力,不能破去妖光,救我夫妻出险。务请从速,稍迟便无及了。"众人已经飞进十余里,那声音老是若远若近,所有洞穴齐起回音。后来还是阮征潜心体会,稍为分辨出一点方向,同在宝光防身之下,循声前进。又飞了十余里,地势越发往下弯斜,隐闻战鼓之声出自地底,方疑人在下面被困,干神蛛仍大声疾呼。阮征正在查听,忽见钱莱、石完由侧面破壁飞出,见面急道:"那妖蚿真个可恶!干师叔被困之处,就在前面不远。洞口已被妖光封闭,妖蚿并用邪法颠倒途径,中有极厚玉壁相隔,无路可通。待弟子向前开路,照直进去吧。"说罢,二人各纵遁光,朝对面玉壁上冲去,当时裂开一缝。众人跟踪飞入,晃眼便将那十多丈厚的玉壁穿过。见前面地上有一个三四尺方圆的地穴，上面涌着一片暗绿色的妖光，好似妖蚝已在远处警觉，自知无幸，立意相拼。

众人刚一飞入，妖光便往穴中钻去。幸而阮征久经大敌，手疾眼快，刚一瞥见，天璇神沙早脱手飞出，射向穴口，将妖烟吸起一裹，立时化为乌有。干神蛛也满面惊慌飞了出来。众人见他长衣已经脱去，手上抱着一个十二三岁的赤身少女，身上披着干神蛛那件黑衣，与妖蚝长得一般无二。见了众人，满面娇羞，倚在干神蛛怀内，星眸微闭，低头不语，神情甚是亲热。石完性暴，知是妖蚝元婴，大喝："干师叔还不快把妖怪杀死，抱她作甚？"随说，扬手一道墨绿光华，便往少女身上射去。干神蛛因和阮征初见，正想朝前请教，骤不及防，方在飞身纵避，口喝："且慢！"少女已张口一片灰白色的光网，将石完剑光敌住。金、石二人一见少女口喷白光，全都知道就里，甄艮忙将石完喝住。耳听地底战鼓之声又起，干神蛛忙道："此非善地，不是讲话之所，到了外面再说吧。"金蝉仍命钱莱、石完开路，以免损毁玉洞灵景。一会儿飞将出来，到了湖旁平台之上。阮征急于上路，无暇细问经过，和干神蛛匆匆礼叙，二次正要辞别。忽见广殿后面精光万丈腾空而起，夹着大片极猛烈的风火交哄之声，甚是惊人。同时地底战鼓之声也越来越盛，由远而近，往上传来。少女樱口微动，干神蛛急叫道："诸位道友，快做准备，浩劫恐将发动，再稍迟延，这座天外神山光明仙府便保不住了，我们的吉凶也自难定了。"众人闻言大惊，阮征也甚惊疑。略一停顿，猛听空中乙休传声大喝道："阮征快走！你们不必害怕，待我挡它一阵。"

阮征料知事情万分凶险，所以连这位老前辈也未说甚满话。自己此行事关重要，越快越好。匆匆应声："弟子遵命。"便往回路中飞去。星光遁符，佛法神妙，瞬息千万里，又是归途，有了来时经历，不消一日，便冲出极光圈外，由子午线横越过去，一直飞行到大笞山附近，灵符也便失效。遥望山顶斗法正急，想起恩师命灵云所示仙机，改纵遁光隐身飞去。果然尸毗老人爱徒田氏弟兄在彼，忙用传声告知李洪，三人合力，暗中助其脱险。等到炼化毒手妖魂，群邪伤亡败逃，再与申屠宏寻到李洪、龙娃，互相细谈，说完各人经过。李洪问道："蝉哥他们既然情势紧急，你还不快去？我们走吧。"阮征笑道："我来时比你还心急，惟恐七天之内难于往返。

不料炼化毒手已成尾声,并无耽搁。适才大师兄又将二相环还我,六环已经合璧,加上西方神泥,威力越发大增。我由光明境到此,才一天半的光阴,乙师伯妙算前知,既然限我七日,必有原因。闻说杨仙子正在除那蚩尤墓中三怪,早去必不能将宝鼎、神鸠借到。我们与大哥难满重逢,乐得抽空聚上些时,何必忙呢?"李洪笑道:"我真糊涂,只顾心急,想见你们七矮和那小神僧,把方才你说的话俱都忘了。等在这里多没意思。我们难得见面,你和大哥以后更是海天辽阔,见面时少。乘这几天工夫,找个地方玩上一会儿,或是寻点事做也好。"申屠宏笑道:"洪弟历劫九生,依然童心未退。我们不比世俗之人,此时仙业未成,有甚可玩的呢?"阮征笑道:"我老惦着诛杀妖蚿的事。虽然杨仙子借宝耽延,必在乙师伯算中,但这位老前辈明知有三数日的闲空,诛杀毒手摩什又用我不着;至于田氏兄弟脱难一节,便我不来,大哥、洪弟也必知道,保全小南极,正当用人之际,催我早来做甚?其中必有原因。此山荒寒,无甚可观,换个地方也好,省得邻近妖窟,难免不生枝节。"李洪接口道:"我想乘着月夜,同往洞庭、鄱阳两湖水天浩渺之区游玩一夜。我们大都久已不食人间烟火,难得今夜月明,岳阳楼上如有夜市,大家痛饮几杯,叫龙娃尝尝异乡风味,岂不也好?"申屠宏道:"金、石诸弟正在待援,我们就乘月夜登临,也须找那清静隐僻之地,同道所居洞府尽多胜景,何必去往人多之处?以我之见,在去小南极以前,千万不要再生枝节了。"李洪忽然喜叫道:"有了!既然此时不宜多生枝节,我们左右无事,何不赶往倚天崖,帮助杨仙子除那蚩尤墓中三怪?看似多事,实就本题立论,早把三怪除掉,我们不就可以早动身了?"阮征笑道:"洪弟,难为你还是佛门中人,这等好胜喜事,一天也闲不住。"申屠宏道:"二弟可知佛门最重因果,他前几生受尽妖邪危害,应在今生还报,所以功力尽管精进,性情始终未改。否则,这些因果如何了法?他的主意并不算错,也许乙师伯催你早来,为的就是这件事呢。"

说时,三人因是累世深交,情胜骨肉,申、阮二人素把李洪爱如幼弟,山顶又恰只一块条石,李洪居中,申、阮二人一左一右,并坐其上,良友重逢,对月谈笑,甚是高兴。加以法力都高,如有妖邪来犯,或是路过,老远便可警觉。此时云净天空,山高月小,清光如昼,玉宇无声,谁也不曾留意。龙娃先是立在申屠宏身旁,出神静听。李洪怜他久立,命向左侧树根上坐听。龙娃深知小师叔对他怜爱，不听话不行，但又不愿远离。便去寻了一块石头，放在申屠宏对面，然后坐下。李洪笑他对师父如婴儿恋母一样。龙娃不好意思，把头一偏，目光到处，忽见相隔不远的对面山坡上，贴着地皮，微现出一片极淡薄的白烟，后面似有两个怪人影子，由地上冒出，只一闪，便往地下钻去，隐现绝快。如换别人，必当山上起雾，那人影也是眼花。龙娃一则福至心灵，自知根骨不济，处处留心；近来又长了一点经历，认定左道妖邪惯放烟雾，心有成见；再则近服灵药，智慧大增。一见便惊呼道："师父、师叔，快看后面！"李、阮二人听完申屠宏之言，本要商议起身，也恰站起，闻言回顾。就这晃眼之间，白烟已隐，夜月清辉，照得四山好似蒙了一层银纱玉雪，到处静荡荡的，一点迹兆俱无。李洪笑问龙娃："你大惊小怪作甚？"龙娃便把前事一说。阮征眼界甚高，又与龙娃初次见面，不知底细，见他根骨平常，相貌丑怪，除人很至诚外，别无可取。虽然爱屋及乌，终觉大哥乃本门弟子之长，怎会头一次便收了这么一个徒弟？心中未免不满。再见他忽然失声惊叫，回顾却又无甚迹兆，以为龙娃神倦眼花，年幼无知，没看清便大惊小怪。否则，妖邪既敢由后来犯，怎会不见？纵令知难而退，也不会逃得这等快法，以自己的目力，竟会看不出半点痕迹？一时疏忽，也未向龙娃所指之地仔细查看。哪知危机已经密布，变生瞬息，就要发作。

　　就这互相回顾答问之际，猛瞥见环着四人所立山头，由地上激射起无数缕的白色淡烟，势甚神速，一出地面，便电也似急往当头高空中射去。晃眼展布开来，成了一个奇大无比的烟幕，罩将下来。那烟看去又稀又薄，可是一到上空，立时星月无光，四外一片浑茫。同时地面上也冒起一蓬烟网，除四人立处外，仿佛由地上四面揭起，朝上兜来。另有七八支血红色的火箭，朝四人身上射来。耳听万千鬼啸之声宛如潮涌，腥秽之气扑鼻难闻。三人知道来了邪教中劲敌，因知自己法力甚高，不敢近前，暗用阴谋，将邪法做成一圈，暗伏地底，等准备停当，然后发难。本来打算掩到近身之处，骤起暗算，因吃龙娃叫破，不等布置完成，便先发动。因为来势太快，上面邪烟已经下压，下面的也快涌到身前，看出不是寻常，全都不顾说话。李洪金莲宝座首先飞起，阮征扬手一股五色星沙便朝空射去。那七八支火箭妖光也已射到。本来龙娃处境最险，总算命不该绝，申屠宏知他灵慧忠实，所说绝无虚言，一直都在留意，妖烟一起，忙喊："龙娃快来！"手中伏魔金环先化为一圈金霞，飞上前去，将龙娃全身罩住。火箭妖光恰也射到，吃金霞一撞，只听几声鬼叫惨嗥，全被震散，化为一片黑烟而灭。因为来势特快，先后相差不容一发，出手稍缓，三人或者无妨，龙娃必无幸免。同时李洪金莲神座已化成一朵千叶莲台，将龙娃招来，一同飞身其上，才得无事。就这样，已为那股腥秽之气所乘，头晕心烦，摇摇欲倒。李洪见他几为邪法所伤，不禁大怒，急喊："大哥、二哥，此是何方妖邪，敢来暗算我们？千万不可放他逃走！"一面把灵峤三宝连同两柄断玉钩，一齐发将出去。申、阮二人也各指飞剑、法宝，一同夹攻。只见精光万道，霞彩千重，加上中杂无数金星的五色神妙光雨，顿成奇观。

那妖人乃前杀妖妇五淫仙子秦嫫之兄秦魃，邪法比妖妇还高。因为有事来晚了一步，途中遇见败逃下去的妖党说起前事，又惊又恨。知道仇人厉害，绝不好惹，自恃所炼邪法阴毒神速，特意暗遣妖徒，由远方地底暗下埋伏，四面合围，突然发难。准备一击成功，骤出不意，至少也伤他两个。不料只听传言，不知敌人深浅，以为那持有七宝金幢的小寒山二女不在，所炼白骨搜魂网专污敌人法宝、飞剑，摄人魂魄真神，最是难破。那阴磷火箭，更是不论对方多高法力，中上便是无救。做梦也没有想到，申、阮、李三人所持不是仙府奇珍，便是佛门至宝。单是李洪西方金莲神座，已是诸邪不侵，万无败理。那天璇神沙、伏魔金环，更是专制妖邪的克星。何况还有许多法宝、飞剑，威力俱都极大。妖人先前暗算既未成功，如何能是对手？说时迟，那时快，先后也只有三两句话的工夫，当空妖网邪气首被天璇神沙冲破，现出天光。申屠宏再把本门太乙神雷朝四外乱发出去，连珠霹雳之声惊天动地。妖人飞遁神速，此时逃走，原来得及。也是恶贯满盈，该当数尽，明知敌人厉害，不是对手，仍以素性凶横强做，不到力竭誓不甘败退。又因那火箭炼制不易，曾费多年心血，忽被敌人破去，痛惜之余，激动怒火。自恃邪法异宝甚多，尚未施为，妄想侥幸与敌一拼。不特未退，反倒厉声大喝，幻出许多化身，上前迎敌，意欲相机暗算。

谁知李洪恨极妖人，立意除他。预料莲台佛光如若放出，妖人看出无隙可乘，又见这面法宝如此威力，定必不战而逃。为此故示破绽，引使来犯，不将佛光放起。并用传声暗告申、阮二人："这类邪法得隙即入，妖人定必自恃。烟网一破，可各分开诱敌，只由我一人在莲台上暗中戒备，并护龙娃。千万不可放其逃走。"阮征本与李洪同一心计，既防妖人逃走，又见申屠宏太乙神雷虽将妖网震破，并未消灭，恐其随风吹散，为害人间。这类邪法，不知聚敛多少凶魂厉魄，成功不易，必不肯舍。因此在当空妖网刚一冲破之际，神沙星光便似电一般冲出烟层之上，四面反卷而下，烟网立被裹成一团，连地上妖烟也被神沙吸起在内。跟着运用玄功，将手一指，只听万千恶鬼悲啸惨嗥之声，凄厉刺耳，晃眼消灭，无影无声。

妖人连失重宝，越发激怒，吼啸如雷，现身飞扑过来。四人见那妖人生得和妖妇一样丑怪，只身材高大得多，也是通身赤裸，不挂一丝。双手空空，并未带甚法宝兵器，只在身上画着不少刀剑戈矛、针箭钉锤、水火云烟以及各种奇怪图形，从头到脚画得密密层层，五颜六色，遍体都是。双手各画日月之形和一些血红火焰。发长尺许，色如黄金，怒极发威，根根倒立，便恶鬼夜叉也无此狞恶丑怪。口发怪声，甚是难听。

阮征见妖人竟不畏神沙威力，对面扑来，心疑有诈，意欲试他一试。刚指神沙拥上前去，将妖人裹住，暗把血莲隐去宝光，发向空中。先下一着闲棋，以备到时应用，一举成功。猛瞥见神沙合围中，妖人身上突飞起十来道各色妖光，中杂一团团的血焰，刚一离身，血焰便自爆发。虽然转眼连那十来道妖光齐被神沙和申、李二人的法宝消灭净尽，但神沙星雨竟被荡了两荡。妖人身形吃三人宝光合力一裹，方才消灭，空中喝骂之声又起，又重出现。阮征知被自己料中：先灭妖人不是化身，便是幻象虚影，那些邪法异宝却是真的。照此情势，妖人不久必逃，便留了神，并用传声暗告申、李二人，设计诱敌。妖人本想用自炼化身幻象，带着邪法异宝愚弄敌人，使其分心，专顾前面，以便隐形变化，乘隙暗算。及见敌人法宝如此厉害，刚一出现，便即消灭，也甚胆寒，生了戒心。无如恶气难消，二次下手，换了方法，意欲多幻出几个虚影，同时分头出现，自己在空中运用邪法，再试一下，如不能胜，先行遁走，日后再作复仇之计。做梦也没想到，空中伏有三朵血莲，此是魔教中最有威力之宝，敌人存着以毒攻毒的心意。他这里刚一发动，阮征早在暗中查看好了妖人来路方向，及见五个幻影分五面相继出现，立照预计行事。妖人见敌人分头迎御：那最厉害的五色星沙和那一圈金霞，分敌东南两面三个幻影；金莲上幼童独敌两个幻影,似见自己法宝相继离身飞起,有些手忙脚乱,金莲宝光虽极神妙,但是只护四外和脚底,头上并无防护。误认李洪根骨虽佳,修为不久,全仗师传法宝,无甚道力经验。那手放星沙的少年又似贪功,独自飞起,向那未消灭的一个幻影朝空追去,正好乘虚而入。刚由空中隐形飞降,往下扑去,心想:"邪法阴毒,只一侵入,立可成功,至少也可将两幼童的元神摄去。"快要到达,猛觉出宝光强烈,从来未见,忽然胆怯。暗忖:"此是佛门至宝,适见幼童把手一扬,莲台立时涌现。如若道浅,岂能随意运用?并且另外还有三件法宝,也均幼童所有,威力无不神妙。照理自己所用法宝多非其敌,为何一件未伤,仍在相持,连幻影也未消灭?"心疑李洪乃修道人所炼元婴,成长出游。所料如中,必是天仙一流人物,莫要上当,弄巧反拙。心中一动,便未冒失冲入,只把邪法暗中运用,想把敌人迷倒杀死,将元神摄去。

  他这里正在施为,李洪已按阮征指教,一面与来敌幻影故意相持,一面运用佛门心法暗中戒备。待不一会儿,果然心灵上有了警兆,立把佛光飞将出去。妖人一见佛光突现,才知凶多吉少,有败无胜,立纵妖遁逃走。虽得挣脱,佛光照处,隐形法已被破去。就这样,仍不舍那残余法宝,还想收回再逃。缓得一缓,猛瞥见三朵亩许大的金碧莲花,各由花瓣上射出万道血焰毫光,突在空中出现,三面合围上来。那五色星沙也似银河倒泻,当头压到。不由心胆皆裂,哪里还敢上升,慌不迭飞出一个化身,先挡一阵。同时拨转妖遁,往下急射,竟欲穿地逃走。无如原形不能再隐,所用幻影又早被人识破,一任机警狡诈,全无用处。刚刚掉头向下,申、李二人的飞剑和断玉钩已当头迎上,双双环身一绞,妖人立被斩成粉碎。申屠宏扬手又一太乙神雷打去,阮征的星沙、血莲也自空中电射而下,几面夹攻。妖人残尸下坠,血肉纷飞中,飞起一条黑影,吃申屠宏伏魔金环往上一绞,便已消灭。李洪方说:"这妖孽真个找死!"忽听阮征急呼:"洪弟快将佛光展布,留神妖魂逃走!"话未说完,阮征手指星沙,已似狂涛怒涌急追下来。同时瞥见地上射起两条黑影,往斜刺里飞去,到了前面,化成两团黑气,飞星电旋般接连千百个滚转,合而为一,仍还原形,刺空飞去,神速已极。阮征那么快的星沙,竟会差了一步没有追上。原来妖人炼就三尸元神,已被舍却一个元神,乘隙遁走。

四人见那妖魂逃路正是川西一面，反正顺路，自然不舍。因带龙娃同飞，便把法宝收回，会合一起。阮征道："我深知这妖孽的来历，如放妖魂逃走，不知要害多少生灵，最好追上除去，才可免患。"双方飞行均极神速，尤其四人遁光联合，势更猛烈，宛如一溜惊鸿横空而渡，晃眼便是千百里外。追来追去，追到大雪山边界，双方已是首尾相衔，相去不过里许远近，眼看就要追上。遥望前面，一峰刺天，高出云表。近顶有一危崖，下有一洞，宛如巨吻怒张，向空嘘气，正在喷吐云雾。妖魂好似急不暇择，本由洞侧斜飞，快要飞过，猛一掉头，便往洞中飞去。洞中立冒出一股云烟，将妖魂裹进。妖魂黑影好似误投虎口，并还现出挣扎之状。四人也已飞近，李洪便要跟踪追入，申、阮二人连忙拦住。仔细一看，洞口云烟已止，形势虽然险恶，内里却并不深，只有丈许便到尽头。石壁地上，满是尘沙冰雪堆积，外面更是冰封雪压，已成玄色。分明高寒荒僻，亘古以来无人踪迹。洞中云烟喷得奇怪，洞壁完整，并无缝隙，妖魂怎会不见？阮征虽觉此非善地，无人便罢，如若洞有主人，妖魂如非运用邪法幻化遁走，被其收留，绝非易与。心中念着光明境应援之事，妖魂既未追上，不欲别生枝节，正想招呼众人，仍往倚天崖赶去。龙娃笑道："明明见妖魂逃来此洞，怎会不见？师叔何不用佛光宝光照他一照，妖魂如在里面，不就现出原形了么？"

申、阮二人先因洞中不见一丝邪气，地上冰雪尘土均非幻化，匆促间不曾想到用法力试探，闻言方要施为，李洪首被提醒，已将佛光发出，朝洞中照了一照，仍是原样，无迹可寻，只觉心神微微动了一下。因申、阮二人见无异状，正在催走，也未在意。都当妖魂幻化逃走，略为商议，便同起身，带了龙娃往倚天崖飞去。两地相去不远，顷刻飞近。因知女仙杨瑾带了古神鸠同隐双杉坪侧山腹之内，便往当地飞降。刚一落地，忽听重石坠地，"砰"的一声。回看身侧，倒了一块三尺来长的石条，上面并还带有冰雪尘沙。方觉奇怪，李洪忽然惊叫道："龙娃呢？"申、阮二人一看龙娃，已不知去向。随听石条上发话道："无知竖子，竟敢无故扰我清修！为此将他押禁洞中三日，以示薄惩，期满自会放出。你们不服，可来寻我要人便了。"

第二六九回

赤手拯群仙　万丈罡风消毒雾
深宵腾魅影　千重雷火遁凶魂

众人闻言大惊。依了阮征，杨瑾仙居近在咫尺，必知此人来历，意欲叩壁求见，问明再去。申屠宏却是师徒关心，虽知适才带了石头幻化的龙娃，同飞了这么远里程，竟未觉察，对方不问邪正，均非弱者。但因龙娃无甚法力，性又强毅，被禁必定不服，左道中的禁法多半恶毒，恐其受苦。又想自己和李洪均有佛门至宝，适才佛光照洞，本是李洪所发，对头因龙娃开口提醒，拿他出气，行事又极鬼祟，可知仍有顾忌，为此想先赶往援救。李洪最爱龙娃，性又疾恶，力主快去。申屠宏便令阮征往见杨仙子，请教之后，问明对头来历，速急来援。匆匆说完，便同李洪往来路孤峰危崖上飞去。

到后一看，崖洞仍是原样，静悄悄地看不出一点形迹。李洪方要开口，申屠宏因对方来历深浅一点不知，意欲先礼后兵，忙使眼色止住李洪。一面戒备，一面口中说道："我乃妙一真人门下弟子申屠宏。适同师弟阮征、李洪追一妖人，路过此山，见他飞入崖洞不见，不知洞中有人，曾用佛光查照、后到双杉坪落下，听道友石上留音，才知小徒被道友擒去，为此前来请教。道友在此清修，本不应冒犯虎威。但是小徒入门日浅，毫无法力，并且佛光照洞乃是我等二人，与他无干。如蒙念其年幼，事出无知，从宽放出，固感盛情，否则，也请现身赐教如何？"说完，并无回音。李洪早就不耐，忍不住喝道："你这人好无道理。我们因见荒山古洞，不像修道人隐居之所，妖魂恰又隐入此洞，你如真是有道之士，理应助我们除此妖邪，就便不愿惊扰，也应现出形声拦阻。你始而隐藏不见，末了又将我师侄用诡计擒去，是何道理？有本事只管找我，无须欺软怕硬，朝那毫无法力的幼童出气。趁早放出,两罢干戈;否则,我便不客气了。"说完,仍无应声。申屠宏也已有气。

二人正要下手,忽听一老妇人的口音,喘吁吁发话道:"孺子无知,我不过看在你们师父份上,不肯与你们计较。但我巨灵崖不许外人侵犯,就便无知误入,也须少受惩罚,才放脱身。你们本来要走,因你们徒弟提说,才用佛光照我,为此将他拘禁三日,其实并无害处。我因凤孽太重,正坐枯禅,休说行动,连说话也是艰难。平日不愿人扰闹,也由于此。妖魂过时,正值洞中神火刚消,余烟不尽,误认同道,情急自投,现已被我法力炼化。你们那徒弟龙娃却是好好的,现在下层洞内虽受禁制,并无妨害。你们不知轻重,又来登门寻事。我仍看在你们师门情面,心想此举虽已犯我规例,已有押头在此,可以交代,也就罢了。哪知一再冒渎,你们这小孩尤为无理,就此放过,情理难容。除非应我昔年誓约,你们也须受我禁制三日,才可放走。我在此隐修,再有三日,便整整两个甲子。除每日三个时辰,元神去至下层洞内而外,终日在此枯坐。你们自有眼无珠,怪着谁来?"

申屠宏听出对方口气辈分颇高,料是与师父相识的散仙。又听龙娃并未受苦,心中一放,气便平和许多。方想请问姓名,如何应付,李洪也略平盛气。后听对方口气越来越不好,竟连自己也要禁制三日,不由大怒。暗忖:"自己九世修为,前生之事全部记得,从未听说父执私交中有此一人。照所居崖洞和这等言行,绝不是什么玄门正宗清修之士。"刚要发作,忽见正面石壁上现出一点人形。定睛一看,原来壁上乃是半人来高一个石凹,中坐一个老妇,生得身材横宽,甚是臃肿。一个扁圆形的大头,乱发如绳,两颧高起,扁鼻掀天,咧着一张阔口,牙齿只剩了一两枚,胖腮内瘪,巨目外突,瞳仁却只有豆大,绿黝黝地不住闪光,两道灰白色的寿眉一长一短,往两颧斜挂下来,形容丑怪,从所未见。尤奇是壁凹与人一般大小,老妇嵌坐其中,上下四边通没一丝空隙,仿佛按照人体大小凿成。想是自从入座,经过百余年不曾动过,通体满是冰雪沙尘堆满。初出时还带着一片冰裂之声,看去宛如一个冰雪堆成的怪人,由壁凹中缓缓移出。等离石凹,方始现出全身形貌,身上冰雪仍未去尽。申屠宏知道对方坐关年久,功力甚深,既与师长相识,必非庸流。见李洪面色不善,惟恐生事,方想与之理论，老妇已先指李洪笑道："无知顽童，我已两甲子不曾离座，如今为你现身。有甚法力，只管施展，省得说我以大压小。我这人说话永无更改，不通商量。你们此时便朝我跪地求饶，也须拘禁三日。你那同伴如再开口，不问说些什么，我都不听，也许和你一样，休想脱身。"李洪闻言，固是有气。申屠宏虽觉对方不可理喻，仍恐冒失，赔笑问道："道长法号可能见示么？"老妇怒道："叫你不许说话，为何多口？我与你师父共只见过一面，无甚交情，不必顾忌。我名姓说出来，你也不知道。有甚本领，施展便了。"

李洪终是童心未退，见这老妇形态丑怪，手微一伸，身上冻积的坚冰雪块便铿锵乱响，纷纷碎落，觉着可笑，呆了一呆。老妇已二次发话，神态越是强横，便大喝道："我那法宝厉害，更不愿无故伤人。有甚法力，快些施展，似此装模作样，我先动手，你更吃亏了。"老妇冷笑道："孺子无知，把你那几件法宝献出来，我看什么样儿，也值吹这大气？"李洪几次要动手，均被申屠宏暗中传声拦住。闻言再忍不住，心中仍想："对方枯坐多年，与人无害。虽然禁住龙娃，听口气也未受苦，何必伤她？莫如稍为示威警戒，迫她放出龙娃，一走了事。"主意打定，惟恐断玉钩厉害，对方又无防备，不死必伤。便把玉玦一按，胸前立有大片霞光放出。老妇笑道："这么一点伎俩，也敢发狂？真不知自量了。"说时，李洪玉珏宝光已将老妇全身罩住，对方神色自如，竟如无事。李洪听她讥嘲，越发有气，又把三枚如意金环放将出去，将老妇罩住。这两件均是灵峤三仙所赠奇珍，照理必不能当。老妇吃宝光罩住，不特言笑自如，连那身积坚冰也未碎落一块，嘲骂的话越发刻毒。李洪性起，仍不想施展断玉钩，只把金莲宝座放出。老妇笑道："你已力竭智穷，乖乖服输，去往洞中小住三日吧。"

说时，宝座上佛光刚照向老妇身上，眼前一暗，耳听申屠宏传声疾呼："敌人厉害，防身要紧！"声才入耳，申屠宏已飞近身来。那金莲宝座本与李洪心灵相合，闻言也自警觉，一同纵身莲台之上。本意敌人奇怪诡异，莫测高深，不求有功，先求无过。不料两人会合，定睛一看，敌人也未还攻，就在这晃眼之间，已换了一个地方，敌人不知去向。宝光照处，环境已变。当地是一个奇大无比的山洞，四外无门无户，约有二三百丈高大。正面一片石钟乳，好似一座极广大的水晶帐幔，带着无数璎珞流苏，天花缤纷,自顶下垂,竟与那洞一般高大,离地只有两三丈高。正当中幔后,有一个丈许方圆的宝座。另外两排玉墩,均在晶幔之后,作八字形分列,似是主人集众讲道同修之所。只见全洞空空,并无一人。宝座对面,洞中心约有一尺许大小的圆穴。穴内冒出一股银色火苗,时高时低,向上激射,高约丈许,照得对面钟乳帐后五光十色,齐闪霞辉,壮丽已极。二人料知身已入伏,被人困住。李洪才首先不耐,正待施展全力,破洞而出。申屠宏忙拦道:"我看主人不似左道中人,法力甚高,我们不可冒失。龙娃想也必在此地,何不将他找到,以免误伤?"李洪才被提醒。因见敌人行事莫测,人又被困山腹之内,那银色怪火不知何用,为防万一,同在金莲宝座之上环洞飞驶。方在搜寻龙娃踪迹,忽听当中宝座上老妇笑道:"你二人无须张皇,我绝不伤你们,只留三日便放。要想寻你徒弟,却还不到时候,第三日便相见了。实告诉你们,我昔年许有愿约,有人到此,除非将我杀死,休想脱身。三日期满,还须看你们能否省悟,行事如何而定。否则,我虽不违约,照样释放,你二人造孽无穷了。"申屠宏接口问道:"我知道长必是前辈仙人,此举必有用意。有何使命,只管明言,何必打这哑谜,令人莫测高深?"老妇笑道:"你到底年长几岁,火气小些。别的话我不愿说,你们已被我禁入山腹之内,上下四外全都厚逾千丈,你们法宝、飞剑全无用处。尤其穴中地火激动不得,如敢胆大妄为,方圆三千里内立成火海,此间千年冰雪一齐融化,那时洪水为灾,造孽无穷。我在此隐居多年,俱都不敢惹它。你们如不怕造此大孽,只管闯祸便了。"说时,只听发话,不见人影。

李洪料知对方隐身座上,本想施放法宝试她一下,因听这等说法,猛想起日前师父曾说:"雪山境内伏有一处祸胎,深藏在一个极大的山腹之内,一旦被人引发,便是滔天大祸。"只得忍住。语声也便终止。二人心想阮征少时必来救援,对方所说又不知真假,照着先前对敌情形,终以谨慎为是,好在别无他苦。互一商量,只得耐心待援,暂时守候。等了一阵,阮征终不见来。李洪惟恐延误光明境之行,好生烦急。正想施展法力,姑且往上冲它一下试试,忽听龙娃嬉笑之声,由宝座后隐隐传来。二人忙即赶过去一看,座后不远便是正面尽头,石壁如玉,通体完整,看不出一点形迹,连喊数声,也未听答应。方在惊疑,猛瞥见座上飞起一条人影,一闪即逝。紧跟着，地底风雷之声轰轰怒鸣，刚一入耳，火光大盛，银芒如电，往上激射而起。转眼升高百余丈，下小上大，猛烈异常。当时便觉奇热难禁，忙用佛光、法宝护身，才得无事。方疑地火将要爆发，引出巨灾，忽然一片墨云，上坐老妇，自空飞堕，正压在那蓬银色烈火之上。墨云立时展布开来，将那箭一般直的一蓬斗形火花兜住，反卷而下，缓缓往下压来。约有个把时辰，方始将火压入穴中，与地齐平。老妇全身也被墨云拥住，压坐火穴之上。二人见她两目垂帘，似在入定，看出对方正在镇压灾劫，自然不便动武。

又经了好些时，老妇身上所积冰雪早已融化。先是水气蒸腾，结为热雾，全身直冒热气。地底风雷之声也越发猛烈。到了后来，老妇面容痛苦，仿佛下面火烤，奇热难耐。护身墨云也逐渐消散，化为缕缕热烟，往上升起。李洪忍不住问道："你是想镇压地火么？休看你我是敌人，防御灾劫，理所应为。情愿助你少受苦痛，事完再与你分个高下如何？"老妇先未理睬，忽把顶门拍了一下，喘吁吁颤声喝道："无知顽童！你不伤我，自身难保。你们已被困了三日夜，在我法力禁制之下，连此小事尚且不知，还说助我御灾，岂非做梦？何况地火已被我全力制服，由地肺中蹿往海外无人火山，缓缓宣泄，也用你不着。"李洪一听，被对方连困三日，竟未觉察。阮征不知何故未来？惟恐海上之行因此延误，又看出对方神态不似先前苦痛惶遽，防她事完隐遁，无法寻踪。一时情急，也没和申屠宏商量，冷不防把灵峤三宝连同断玉钩发将出去。初意敌人不是隐形遁走，便会和初时一样，法宝无功，不能伤她。哪知断玉钩剪尾精虹刚一飞出，老妇忽然把头一挺，宝光绕身而过，立时斩为两段。头顶上随飞出一幢金碧光华，当中拥着一个赤身趺坐的女婴，相貌甚是美秀，电闪也似往上升起。右手往下一指，一团紫光带着一片碧光打将下来，残尸先被碧光一裹，化为尺许股血焰，往火穴中投去，紫光跟踪飞下。老妇一死，穴中又现银色火苗，刚刚冒起一二尺高，被那血焰投入，压了回去。紫光再往下投，霹雳一声，地底风雷便似潮水一般由近而远，往远处退去。转眼声息皆无，穴口也自合拢，化为一片完整石地。李洪先当敌人元神遁走，本要指挥宝光追赶，因见那金碧光华不带丝毫邪气，微一停顿，紫光打下，地穴填平，元神也自飞走。

二人才知敌人是想借此兵解，只是困了三日，此时才知。龙娃不见，阮征未到，急切间正想飞起，查看出路。忽听龙娃又在急喊："师父、师叔！"声音似在玉石宝座之上。刚要放出佛光照看，一片紫光闪过，龙娃倏然现身，果在宝座之上飞纵下来。手上拿着一个鱼鳞口袋，腰间还挂着一个金葫芦，胸前一面护心镜，银光闪闪，一望而知是件异宝。二人见龙娃满面喜容，正要问话，忽听阮征在上面传声疾呼："大哥、洪弟可在下面？我们此时就要起身往小南极去了。"二人闻言大喜，一面应声，匆匆带了龙娃，照适才老妇元神上升之处，飞去一看，洞顶现一小洞，正是先前老妇打坐之处的出口，里外相隔，少说也有好几百丈，才知所说果非虚语。阮征正在外面等候，手持一个小鼎。洞外山石上立着一个目射金光的黑鸠，竟有丈许高下，顾盼威猛，神骏非常。李洪笑问："二哥将九疑鼎和古神鸠借到了么？这位鸠道友，怎不变小一些？"阮征笑道："宝鼎自经佛法炼过，已经大小随心。来时鸠道友因听杨仙子说，主人脾气古怪，虽然假手洪弟兵解，也许故意留难，不将门户开放，意欲将这山顶揭去，放出你们，刚现法身，还未恢复呢。我蒙杨仙子转赐一道神符，可以快些。据说不用此符，也赶得上。不过凌师妹未必能遇到，她途中也许还有阻拦，最好早走，无暇多谈。鸠道友因我弟兄为它曾效微劳，欲令我们骑它同飞，固辞不允，只好恭敬不如从命。且先起身，有话路上再详谈吧。"随令龙娃先向神鸠礼拜，跪谢无礼之罪。然后长幼四人同上鸠背。阮征终想快走，方取灵符施为，神鸠忽然回过头来叫了两声，把头一摇，张开比畚箕还大的铁喙，一嘴将符衔去，吞入腹内。两翼展动，环身十八团栲栳大的佛光突然现了一现，立时破空入云，比电还快，往小南极天外神山飞去。阮征不知神鸠夺符何意，见它飞得如此快法，暗忖："此符杨仙子所赠，必有原因。"方想询问，嗣见飞行神速异常，预料期前必可赶上，便未再问。

阮征随说起先在双杉坪叩壁求见，半晌无人应声，心方奇怪，忽见侧面危崖飞来一道金光，落地现出一个女仙。上前请教，乃是一音大师金钟岛主叶缤。见面便说杨瑾因蚩尤墓中三怪知道大劫将临，不特飞行神速，来去如电，近来并在地底穿通了两条道路，由不周山，远至冀北涿鹿一带，每隔三四百里，设有一处邪法禁制，准备万一有事，便由地底通行，沿途倒转地形途径，以阻追兵。并在不周山老巢设下极厉害的埋伏，以备敌人上门，若不是对手，当时施展邪法，倒翻地肺，引起浩劫，以为挟制。自从上次三妖徒被李洪和小寒山二女杀死，越生戒心，虽然恨极，日夜打算复仇，但畏七宝金幢威力，不敢妄动，师徒数人防备甚严，除之越发不易。日前算出三怪生辰在即，一班妖邪知其厉害，又喜奉承，平日行踪诡秘，很难寻到，多乘此日借着庆寿为由，前往讨好。三怪虽知杨瑾将要寻他晦气，无如平日骄横好胜，不肯示弱，若把每年一次例举忽然取消，自觉丢人，互一商议，仍然举办，只在暗中加以防备。便把会场设在大雪山西黑风峡暗谷之内，表面说是峡中隐伏的大弟子巫拿阿为他庆寿，实是为了当地僻处雪山深处，终年阴霾，冰雪万丈，狂风怒号，无论仙凡，从无人打从当地经过。妖徒最喜营建，经用邪法多年布置，整座山腹几被掏空，方圆大至二百余里。不似三怪老巢，地势虽也不小，污秽黑暗，无异地狱，每次设宴都在不周山前广场平野之上，无故从不邀人深入墓穴。谷中更有不少邪法禁制，埋伏重重，道路又多，一旦强敌寻来，进可以战，退可以逃。事前并用邪法迷踪，在老巢内外设下幻象和七盏摄形神灯。有人入内，被那神灯一照，立将形神摄去，休想活命。邪法如若无功，或被人破去，也可立时警觉。端的防范严密，诡诈异常。可是不乘此时下手，以后除他更难，甚或铤而走险，激出别的灾变。只要有一人漏网，便是将来大害。为此十分慎重，与叶缤约定：假装各不相干，面都不见，等时机一到，立即分头下手。而叶缤所炼《灭魔宝箓》，也恰在期前完成。当日杨瑾已经先去，事前计议还少一个帮手。无如人选甚难，事要机密，本想神鸠近来法力大进，可以承负。叶缤刚要起身，忽在绝尊者故居以内，由佛光中看出三人飞来，细一推算，得知此行因果。为此赶出告知阮征，令其同往相助。

叶缤又说："那擒龙娃的老妇，以前也是旁门中有名女仙江芷云，和幻波池圣姑伽还是先后同门。昔年美艳如仙，虽是旁门中人，除性情乖僻而外，从无恶迹。因为树敌太多，中了仇人诡计，乘她元婴刚刚炼成，神游之际，将她法体毁坏，以致不能归窍。她又不愿再转人身，正在愁急，寻找庐舍，巧值散仙彭姬尸解，被她撞上。彭姬已经成道，貌极丑怪，借用法体，本可商量。因她情急疏忽，后面敌人追迫又紧，惟恐明言不肯，自恃玄功法力，隐形神妙，对方真神刚一离体，便强附了上去。彭姬忿她无礼，立用仙法将她泥丸、紫阙两窍闭住，并对她说：'我这躯壳，本不足惜，为何不告而取？我已成道，也不愿为此伤你，惩罚却不能免。我这法体已有千三百年功力，你得了去，修为上固可精进，但是要穴被我闭住，非经我师门炼过的法宝兵解，你纵元婴凝炼到我今日境界，也不能出窍。此举于你利害参半，只看你心意定力如何。如能改头换面，静中体会，照样能以元婴成道，甚或成就在我之上，都说不定。'芷云自负绝色，一生好胜，急难附身，原因元婴尚未凝炼，一时权宜，日后仍要别寻美好庐舍。一旦被人将窍闭住，相貌如此奇丑，心虽忿极，无奈连中敌人暗算，元气已伤，看出对方厉害，说完人已飞升，无计可施。怒极之下，想起事由仇敌而起，在当地修炼了些年，法力越高，又炼了两件法宝，前往寻仇，积恨太深，竟把仇敌师徒同党七十多人全数杀死，一个不留。正在快心，归途遇一神尼点化，忽然省悟，改归佛门，就在巨灵崖洞中修炼。这日静中推算，备悉前因后果，得知洞底火穴乃是未来祸胎，于是发下宏愿：在上层崖壁上开出一个壁凹，往内坐关苦炼，每日两次运用元神镇压火穴。先后历时三百余年，单枯禅便坐了两甲子，元婴早已凝炼，用尽方法，总是不能出窍。后又算出彭妪所说法宝，便是李洪由晓月禅师手中得来的断玉钩，不久便要由她那里经过。生性刚傲，向不求人，不愿明言，便在暗中布置。等妖魂路过，故意诱他自投罗网，禁入火穴消灭。再故意把龙娃擒去，想激李洪下手。现时申、李二人均被她用乾坤大挪移法关入洞内，以备到时借断玉钩兵解，即用彭妪法体和她两件法宝，封闭火穴，除去祸胎，一同成此功德。因觉此举不甚光明，并把平生所有法宝、飞剑转赠李、申师徒三人，以示酬劳。她那里事完，兵解飞升，三怪也同时除去，正好借了宝鼎、神鸠一同起身。此时却去不得。"

阮征闻言，便同起身，往不周山飞去。当地乃蚩尤埋骨之所，墓中只有一个大头骨。自三怪盘踞以来，又开了不少洞穴，地势颇大。原定杨瑾带了古神鸠去往黑风峡，暗用佛法将宝鼎中混元真气笼罩全山。神鸠埋伏不周山上空。杨瑾独自隐形潜入黑风峡妖穴，用有无相神光将三怪逃路封闭。这面叶缤赶往蚩尤墓穴，故意被那神灯妖火摄住，挣扎欲逃，并将三怪寝宫毁去。等三怪警觉，附着灯焰飞回，立用灭魔神掌，冷不防将三怪原体击碎。元神必往黑风峡逃去，神鸠突然在外现身，吸收妖魂。杨瑾也在妖穴发难，用师传佛门四宝，就势将妖徒和到会群邪一网打尽。照此行事,虽然可望成功,但是三怪邪法甚高,元神仍具神通,一样厉害。神鸠猛烈心粗,容易为他所愚。更防三怪逃时不在一起,难免漏网。阮征恰巧新得西方神泥天璇神沙,威力更大,正是一个绝好帮手。一上路,便用佛法传声告知杨瑾,说帮手约到,分头准备。

三怪果然上当,误以为敌人为他所愚,中计入伏。只是法力颇高,人虽被困,还在挣扎。因事前又有芬陀大师的佛法隐蔽,三怪推算不出虚实真假。性又凶毒,报仇心切,惟恐仇敌逃走,立化灯焰赶回,到时还自戒备。及见叶缤用佛法幻化的替身被神灯鬼火罩住,周身宝光乱闪,分明人已被困,这才现身,一同上前,调笑侮弄。不料叶缤火魔神掌突然卜击,三怪骤出不意,立成粉碎。如换别的妖邪,这一下早已形神皆灭。但三怪邪法真高,元神居然逃走。本心似想黑风峡聚有不少妖邪,意欲赶去,寻上三个功力较高的猛下毒手,将对方元神摄去,附体重生。不料刚一出洞,阮征一听洞中雷声,立把天璇神沙大量施展开来。因宝光早被叶缤法力掩蔽,三怪逃命匆促,不曾看出。等到发觉身被吸紧,百丈星沙突然涌现,将身裹住,才知不妙,合力往外冲逃,已经无及。叶缤看出妖魂厉害,如非阮征相助,神鸠还未必制得他住。似这样,经了两日夜,才由神鸠喷出口中紫焰,神龙吸水,直射星沙丛中,将三怪残魂一齐吸入腹内。

叶、阮二人随往黑风峡,赶去一看,妖徒虽已全数伤亡,赴会的妖党颇多能手。内有两个,一是摩诃尊者司空湛的爱徒刘超,一是老怪廾南公的得力门人清风散人,邪法还在其次,每人均持有两件厉害法宝。同时姬繁记念前仇,炼了两件法宝,算出杨瑾在此,赶来报仇。以一敌三,已经斗法两三日。二人一到,随即助战。三邪本就连失重宝,力绌计穷,一个已被法华金轮罩住,一个被般若刀斩断一臂,本就情虚胆怯,焉能禁得起这两人一鸠。只一照面,刘超先被天璇神沙裹住,杨瑾法华金轮宝光急转,往上一冲,形神俱灭。姬繁独臂应敌,还想拼斗,一见清风散人知机先逃,新来强敌个个厉害,只得飞遁逃走。事完,已是第四天早上。为了指示阮征机宜,又往龙象庵要了一道神符,先后耽搁了半日,才得起身,果然到得恰好。

三人说完前事,龙娃早由李洪用玉玦宝光挡住前面,不畏天际罡风,也禀告经过。才知龙娃本随众人起身,忽然眼前一花,落在洞中宝座之上,面前坐着一个丑怪老妇。因见师父、师叔不知去向,正在着急,想要动手。不料一抬手,便被老妇制住,笑对他道:"你不要急,你那师父一会儿便要寻来,我因烦他一事,特意留你在此。但我向不无故承人的情,此举彼此都好,实非恶意。你如不信,这法宝囊内,便是赠你师徒三人之宝,到了天外神山取看,自知它的妙用。我另外再赐你一个金葫芦,此宝内贮百余粒霹雳子。我与幻波池圣姑是同门姊妹,此宝比她所炼虽然稍差,威力却也不小。葫芦更是太白精金所炼,你将来也有不少用处。"龙娃甚是机智,一听这等口气,又见道姑说完,递过一个鱼皮宝囊和所说葫芦,禁法也已收去,以前曾听师长说过圣姑事迹,知又遇见前辈仙人,忙即拜谢。待了一会儿,申、李二人一同赶到。自己在座上,师父竟如未见,一任呼喊,也似未闻。自觉隔时颇久,人又不能下去,方在愁急,银色怪火忽然升起。直到老妇兵解飞升,禁法失效,方得纵下。

师徒见面,李洪要过金葫芦、宝囊一看,那霹雳子只有黄豆大小,五色晶莹,隐射奇光。知道此与圣姑所炼乾天一元霹雳子同一路数,威力甚大,已是欢喜。再看宝囊封闭严紧,外写"到后取视"四字,用手一摸,好似法宝甚多,越发高兴。笑道:"这位老前辈,有事怎不明言?如非人已兵解,又由龙娃转交,真不好意思要她的呢。"阮征笑道:"所赠法宝必非寻常,以后我们均要收徒,正有用处。她令到后再看,也许还有别的用意。"龙娃道:"弟子也曾问过,她说:'你师徒四人飞近南极天边,当有对头相遇。此人知我来历,我赠法宝未经你们用本门心法炼过,一被看破,难保不暗中偷盗,能不出现最好。否则,也只霹雳子可用,余者均经我收入囊内,用佛法将宝光隐去,不使看出,到了光明境便无妨了。'"李洪道:"她原是佛门中人,怪不得我用佛光照她,依然言笑自如呢。"申屠宏道:"洪弟,下次遇敌,仍须慎重。幸而对方未存恶意,并有用我们之处,否则岂不又树强敌?还是问明了好。"李洪笑道:"她不肯说真话,也怪我么?"

神鸠飞遁神速,竟不在三人以下,一路说笑,不觉飞入南极海洋上空。申屠宏想起龙娃适才所说,方令大家留意,忽见前面暗云低压,水雾迷漫中,隐隐有金光红光闪动,并有无数火星飞射如雨,看出内中剑光是本门中人。未及开口,神鸠两翼突收,已由高空中电也似急往下射去。李洪手中拿着两粒霹雳子,坐在鸠背之上,本想遇见敌人,给他一下,试试此宝威力。这时目光到处,瞥见前面一个胁生两翅、身材高大的怪人,口喷火球,两翅横张,各有丈许来宽,由翅尖上射出千万点火星,和一个青衣女子、两个十二三岁的幼童斗得正急。少女和两幼童似知敌人厉害,都是身剑合一,另用一道白光、两弯朱虹和两团金光与敌恶斗,一望而知是本门家法。申、阮、李三人对于开府后所收新同门,十九不曾见过,只认出对头是那翼道人耿鲲。这三人虽未见过,但那形貌极像杨瑾所说的凌云凤师徒。阮征方用传声询问:"这位道友可姓凌么?"凌云凤原是日前神驼乙休命人由陷空岛送去灵药,将沙、米两小治愈,立即起身。不料行至南极上空,突遇翼道人耿鲲,因见云凤师徒峨眉家数,想起前仇,意欲加害,双方便在海面上争斗起来。云凤自非其敌,幸仗神禹令和沙、米两小的佛门牟尼珠、毗那神刀合力抵御,勉强打个平手。无奈耿鲲精于玄功变化,邪法甚高,沙、米二人重伤新愈,不能施展全力。眼看危急,忽见四人骑鸠飞来。神鸠本来相识,李洪也曾在峨眉见过,再听传声相唤,不禁大喜,连忙回答:"愚妹正是凌云凤,同了小徒沙余、米余路过此地,被这妖孽无端拦阻。诸位师兄贵姓?望乞见示。"申、阮、李三人一面通名答话,一面各人的飞剑、法宝早先飞将出去。神鸠也早飞向云凤身前,等双方会合一起,忽将两翼微振,似要众人下骑。申、阮二人会意,因知耿鲲邪法甚高,不可轻敌,忙令李洪放起金莲宝座,带了龙娃飞身其上。四人刚离鸠背,神鸠倏的一声长啸,便朝宝光丛中耿鲲飞扑上去。

　　阮征知耿鲲乃人与怪鸟交合而生,生具异禀;又在一无人海岛上得到一部道书,修炼多年。仗着邪法神通,横行东南两海,性又凶残,犯者无幸。虽因生长在辽海穷边无人岛上,最恋故土,不常去往中土为恶。但他素性凶残,强暴无比,海中生灵遭其残杀者不知多少。近来又受许飞娘等妖邪蛊惑,专与正教中人作对。仗着天赋本能,修炼年久,两翅上面长短羽毛均是极厉害的法宝。对敌时,翅尖上所发火星凶毒无比,不论仙凡遇上,为其打中,不死必伤,端的厉害非常。自从那年为与宝相夫人作对,被神驼乙休将他一个得力妖徒用乌龙剪杀死,将另一个收服擒去,本人又为乙休所伤。到末一天赶来报仇,又被恩师仙法惊走,越发怀恨。从此只要遇见正教中修道之士,便视为切齿之仇,绝不轻易放过。此人飞行神速,来去如电。日前正当一班同门下山行道之际，一旦狭路相逢，稍为疏忽，难免不遭毒手，实是未来隐患。意欲就势将他除去，上来便用传声令众留意。天璇神沙先不放出，以免打草惊蛇，追他不上。只把两柄娲皇戈，连同各人的飞剑发将出去诱敌。正待暗放阇耆珠，分三面埋伏空中，将去路阻住。再由正面，冷不防发动天璇神沙，阇耆珠所化三朵血焰金莲也同时发动。再把各人法宝、佛光，连同太乙神雷，一齐上前夹攻。纵然他擅长玄功变化，至多也只逃得一个元神，本身必死无疑。哪知古神鸠神目如电，早看出敌人禀赋奇特，介于人禽之间，腹中炼有内丹，起了贪心，欲捡便宜，也在此时飞扑上去，势又绝快，竟抢在阮征前面，已先发难。

原来正派群仙见耿鲲性虽凶暴，所残杀的俱都是海中精怪之类。近年除所收妖徒多是异类，偶然背师在近海诸山摄些妇女纵淫为恶而外，本人只是性暴刚愎，无故不肯害人。又知他数限未尽之际，均未与他计较。年时一久，耿鲲以为神通广大，无人敢惹，越发夜郎自大，谁也不放在眼内。自从连遭神驼乙休与白发龙女崔五姑两次挫折，才知敌人不是易与，心虽忿恨，时刻都在留心，平日骄横之气已去了好些。当日正与云凤巧遇，看出是峨眉门下，触动旧恨，意欲报仇出气。哪知敌人师徒法宝神奇，急切间无可奈何。正待施展玄功变化，避开正面神禹令的宝光，出其不意，猛下毒手，忽见四人一鸟横海飞来。一照面，便看出神鸠气候不似寻常，鸟尚如此厉害，敌人本领可想而知。方在失惊，暗中戒备，法宝、飞剑已相继飞来，对面两个幼童又放起一个金莲宝座，将身护住。经此一来，已经有胜无败之势。正在又急又怒，那只比自己大出好多倍的古神鸠，忽然离了主人，猛扑上来。虽知厉害，因神鸠近来功力深厚，宝光已先掩去，不曾看出。正想施展邪法试它一下，两翼一振，翅尖上大片火星像暴雨一般刚刚飞出，神鸠一声怒啸，身子忽又暴涨十倍，看去直是展翅金鹏，当头扑到。同时鸠身上又现出一十八团栲栳般大的金光，环绕全身。比海碗还大的火眼金睛，精光电闪，远射数十百丈，威势越发惊人。方料要糟，只为凶横已惯，不甘败逃，仍想试为抵敌。就这微一迟疑之际，猛瞥见神鸠把口一张，立有六七尺粗一股紫焰激射而出。翅尖上的火焰，挨着便被冲散消灭，护身光气也被吸住，吸力甚大。同时敌人方面六七道剑光、宝光，连同少女手中神禹令所发青蒙蒙的光气，也正电舞虹飞环攻上来，才知不妙。心方一惊，神鸠两只树干般粗细的钢爪已当头扑到，正在扬爪下击。匆迫之中，想起此鸟乃众妖人平日所说的古神鸠，本就猛恶无比，更有至宝、佛光环绕全身，如何能与为敌？忙用玄功挣逃时，觉出身子已被紫焰吸紧。惊惶失措之下，一时情急，不知厉害，忙把苦炼多年、新近才得炼成的一粒内丹火珠喷将出来。本意形势万分危急，只有拼舍损耗元气，一面仍用翼尖上火星抵御其他强敌，一面用这一粒内丹火珠将紫焰暂行挡住，等运用玄功化身逃走，再行收回。谁知神鸠狡猾，故意扬爪发威，运用腹中丹气将其吸住，迫使喷出元丹，以便吸收，耿鲲果然上当。

其实申、阮二人已经布置停当，人、鸠合力，耿鲲自无幸免。也是神鸠一心专注敌人内丹，没想到双管齐下，就势下击。瞥见对方张口喷出一团火球，心中大喜，惟恐失去，只顾夺取，奋力一吸，那粒内丹虽被紫焰裹住，仍然吸入腹内。耿鲲见此情形，早吓了一个亡魂皆冒，乘着紫焰收回，慌不迭飞身遁走。刚一回身，猛又瞥见空中现出三朵亩许大的金碧莲花，各射出千重血焰，无量毫光，带着轰轰雷电之声，三面环攻而来。身后宝光大亮，天璇神沙已化作大片金光星雨，铺天盖地潮涌追来。内中并还夹着许多法宝、飞剑和两环佛光祥霞，电驰飞到。太乙神雷打个不住，千百丈金光雷火密如雨雹，上下四外一起夹攻。震得天惊海啸，浊浪排空，精光万道，上达云霄。耿鲲做梦也没有想到，几个无名后辈竟有如此神通威力。古神鸠吸完内丹，又二次铁羽横空，飞扑上来。此时危机一发，耿鲲稍为疏忽，非但命丧敌手，连元神都许保全不住，不由心胆皆裂，哪里还敢停留。只得拼耗元气，自残肢体，假装情急拼命，运用玄功变化，由两翅上卸下三根长翎，化作三个化身相继出现，迎敌上前，真身却在暗中隐形遁去。

第二七〇回　御劫化元神　永宁仙宇虹光碧
　　　　　　　降妖凭宝鼎　曼衍鱼龙海气腥

　　这原是瞬息间事。耿鲲逃时，那三朵血焰金莲已经飞近，正要合围爆发。众人见耿鲲已受四面包围，浑身火星银光乱爆如雨，不特没有逃意，反倒多分出两个化身，向那血焰迎去，当是情急拼命。方想："妖人伏诛在即，这等魔教中的至宝，如何能与硬对？"众人法宝、飞剑夹攻之下，血焰神雷已全数爆发，三个化身相继粉碎。星涛血焰怒涌中，阮征方觉有异，忽听神鸠怒啸，往星沙中冲去。阮征因神沙厉害，神鸠虽有牟尼珠光护身，恐其疏忽误伤，方在运用神沙，不令生出感应。神鸠已由千层光焰之中，将耿鲲最后一个化身抓起。众人还当真身被擒，忙收法宝仔细查看，乃是一根七八尺长的鸟羽，色彩鲜艳，虽有好些地方残破，铁翎如钢，仍是好看非常。神鸠身上也复了原状，飞向李洪身前，将那鸟羽向龙娃手里一塞，龙娃连忙接住。申屠宏知道耿鲲已逃，便向龙娃道："此是鸠师伯赐你的见面礼，将来必有用处，还不拜谢？"龙娃连忙谢过。云凤师徒再向众人重新礼见。神鸠连声鸣啸催走，云凤师徒本与相熟，更不客套，略为招呼，便随众人一同坐上，往南极天边飞去。

　　神鸠飞行甚快，不消多时，便由南极荒原雪漠之上飞越过去，到了地轴之下。众人除阮征外，多是初次经历，觉得天体有异，所见星辰都较往日为大，地面上凹凸之处甚多，时见方圆千百里的深穴，天气奇冷，有的地方长河千里，绣野云连，只是鸟兽大而不多，形态特异。偶然发现丛林深处大河两边有些野人，身材俱甚瘦长高大，肤黑如漆，纵跃如飞，每人身上只围着一片兽皮、树叶之类，拿着石条和树枝所制成的兵器，飞驰往来于林野草树之中。这时神鸠飞行越低，那些野人一见空中飞来这样大鸟，齐声哗噪，纷纷奔出，漫山遍野到处都是，各用石制镖弩和树枝削成的长矛，暴雨一般飞掷上来。神鸠自不把这些野人放在心上，两翼微动，大风立起，把野人纷纷扇倒，连身子也未挨近。众人看出当地洪荒未辟，那些人仍是穴居野处，神鸠性烈如火，恐有伤害，忙请飞高。野人见大鸟厉害，也自惊退。晃眼便把那一带飞过。李洪笑道："这里的人怎还似上古之民一样？"阮征笑道："我们此时已在地壳下面。我上次经过，因在日中，下面奇热无比。此时约在申酉之交，如此奇冷，晚来天寒可想而知，外人到此绝难生活。中间又隔着数万里的冰洋大海、雪漠荒原，凭这类人，如何能够飞渡过去，限于天时，只好穴居野处了。"

正说之间，忽见天宇渐低，身外似有雾气笼罩，前途一片浑茫，天星早已隐迹。神鸠双目金光，电炬般直射浓雾之中，先能照出数十丈远，此时也在逐渐缩短。眼前暗沉沉一片氤氲，似无量数的圆圈密层层旋转不休。阮征猛觉手中所持宝鼎，似被甚吸力吸住，知道已飞近天边气层之外，前途不远，就是子午、来复两线交会之处，极光太火相隔渐近。正告众人留意戒备，凌云凤躬身答道："昨奉乙师伯转来仙示，恩师所赐宙光盘和师兄二相中天璇神沙，均能穿越元磁真气和那极光太火。有一已可无害，何况会合一起。不过此宝用时费事，愚妹功力不济，须先准备，不似师兄神沙可以随心运用罢了。"申、阮二人早知宙光盘乃本门最珍秘的法宝，封藏多年，连自己也未见过，想就此观察此宝的威力妙用。便对云凤道："此宝实是神妙非常，师妹既然奉命，当仁不让，无须客气。我用神沙防护，请师妹独立前面，准备应付吧。"云凤依言行事。刚刚站好，将宙光盘取出，众人猛觉身子一轻，人已飞出气层之外，眼前一亮，重放光明。李洪、龙娃首先欢呼："好看！"

原来前面极光已现，茫茫天宇已成了一片云霞世界，又仿佛面前横着一道其长无比的光墙。上边整齐如削，下半如山如林，如岗如阜，又如剑树刀峰和人物花草之形，只是倒立芒尾，根根向下。奇光灿烂，幻为五彩，气象万千，不可名状，极尽光怪陆离之致。龙娃笑问李洪道："这便是宇宙磁光么？我们穿过时，必更好看呢。"李洪笑道："你这小娃儿知道什么？此是极光反射出来的虚影，如何冲过？那元磁真气只是一股混元之气与万古凝炼不消的太火，厉害无比，不论仙凡都不敢去惹它。我们如非备有克制之宝，不要说冲过去，稍为挨近，便化成烟气消灭，万无生理。磁光尤其厉害，听说多厉害的法宝，只要是五金之质，全被吸去，化为乌有。你小小年纪，功力直谈不到，如非阮师叔宝光防护，当此阳魄始生、极光犹盛之际，天气奇冷，你早冻死了。"

话未说完，忽听阮征说道："我们来快了一步，正当元磁真气最盛之时，吸力甚大，虽有制它之宝，仍以小心为是。那磁光本质只是一团灰白光影，乙师伯那高法力都不敢犯险冲入，何况我们。此时鸠道友已经停飞，尚且如此快法，想必相隔已近。这东西说来就来，神速无比，凌师妹先把宙光盘准备，以防万一吧。"云凤初当大任，早看出神鸠一离大地气层之外，飞不多远，忽然往侧一偏，两翼便即停住，未再前飞。内有两次，并往后挣退神气，口中鸣啸不已。下面大地山河，不见一点影迹。脚底青冥杳霭之中，反有不少天星出现，光均强烈，比平常所见要大得多。料知快到地头，虽以全神暗中戒备，但因后进道浅，心存谨畏，意欲奉命行事。闻言，立把手上宙光盘往上一扬，立有长圆形一盘奇亮无比的五色金光飞出神沙光层之外，悬向前面，一同飞驰。众人见此宝脱手便自暴涨，约有六七尺长，三四尺宽。盘中满是日月星辰躔度，密如蛛网。中心浮卧着一根尺许长的银针，针尖上发出一丛细如游丝的五色芒雨，比电还亮，耀眼欲花，不可逼视。再往前飞不远，针头上的精芒突朝前面自行激射，伸缩不停，快射出光盘之外。申、阮二人身边所带，多是精金炼成之宝。阮征手持九疑鼎，原体更是重大，本来越往前越觉前面吸力加增。如非众人法力高强，所用法宝、飞剑与身相合，早被相隔万千里外的元磁真气吸去。后经神沙、星光连人带鸠一起笼罩，也只稍为好些。阮征手中宝鼎仍被吸紧，除了双手紧持，随着吸力前飞，已经无法与之相抗。可是宙光盘才一出现，盘中子午神光线并未射出，前面吸力便似有了抵消，神鸠飞行也可停住。本来飞行已缓，李洪急于赶往天外神山去与那七矮相见，偶然无心催快，神鸠飞势刚一加速，盘中针光便现出这等景象。一看云凤全神贯注此宝，并未施为。方在奇怪，眼前倏的一暗，那横亘左侧天半的大片极光忽全隐去。阮征以前曾经过，知已飞入磁气死圈之内，忙道："师妹留意！左侧面如有白影黑点出现，连用此宝朝正南方冲去。"同时把手一扬，又放出大片五色星沙，将前面挡住。申、李二人早经议定，也各把两圈佛光飞出。云凤宝光照处，方始看出，连人带鸠已飞入一股粗大无比的黑气之中，最前面现出一团灰白色的影子。相隔极远，那么浓厚的黑气，竟能看见光影，光之强烈可想而知。

众人本对那团灰白光影正面急飞，刚一发现，便觉身上由冷转热。白影圈中突现出饭碗大小的黑点，料是阴衰阳盛，太火将现。阮征还未及开口，云凤先听阮征一说，格外留心，一见白影黑点相继出现，立将法诀一扬，盘中针头上光线突然电也似急往斜刺里黑气中射去。初出时，光细如发，又劲又直，猛烈异常，光并不十分长，离盘只两三丈，宛如千万根比电还亮的银针，刺向前面，闪烁不停。一经射入前面黑气之中，便似白方天鼓同时怒鸣，雷声轰轰，震耳欲聋。两旁黑气本最浓厚，无异实质，光线刚一射入，"轰"的一声巨震，立化为大片暗赤色的奇怪火花爆散，对面便冲破了一个大洞。神鸠似知厉害，身上珠光骤亮，将头一偏，两翼往里一束，便往新现出的衖中急穿进去。同时众人均觉身后奇热，百忙中回头去看。就这晃眼之间，黑气爆散以后，来路一带已被波及，成了一片暗赤色的火云，往四外蔓延开去。火力之猛，热力之大，从来未见。看去又非真火，仿佛无量顽铁被火烧红情景。众人那高法力，又在宝光笼罩之中，俱都烤得难受。龙娃更是通体汗流，连气都喘不出。而前面黑气因是混元真气的外层，势子比较稍缓，但也逐渐引燃，一路烧将过去。幸仗神鸠飞行神速，一路疾驶。阮征又发出千百丈的星沙，挡住后面燃烧之势，才得穿过。这两旁气层也有千百里厚，回顾身后赤云虽在蔓延，似潮水一般狂涌而来，因飞得快，相隔渐远。

申、阮、李三人均觉自己虽然无事，但这环亘地壳之外的元磁真气已被引燃，发出极强大的热力，万一发生灾祸，如何是好？心正愁急，忽听神鸠欢啸，七人一鸠已全飞出磁圈之外。云凤随令神鸠停飞，回身将手一指，盘中针头上立有一串细如米粒的银星朝那暗赤色云气中射去。说也奇怪，磁圈本是一道长大无比的暗虹，横亘天心，无边无际，两头望不到底，看去形势那么惊人；这么小一串银星，无异大千世界着上一粒微尘，相形之下，端的渺少得可怜。可是一经射到火云以内，遥闻一连串的风涛交哄之声过去，便由浓而淡，转眼恢复原状，变成了一股同样长大的青气，作一环形，静静地横涌天边。神鸠也自调头前飞。

三人见此宝如此神妙，不可思议，互相询问。才知云凤来前先奉到妙一真人飞剑传书，预示仙机，指点此宝用法。跟着，乙休又命人送药，告以机宜。大意是说：途中如遇申、阮诸人，便可不由来复线上通行，前面还有一层阻隔。那元磁真气边层为宙光盘冲破，太火受了感应，必发出比常火热出千万倍的热力，彼时元磁真气也受波及，看去虽是一片暗红，火云万丈，实非真火，无须害怕。因在地壳之外，四外均有大气包没，除南、北两极边界上当时感到一阵奇热而外，转眼便过，并无他害。只消倒转盘中神针，针头上便有银色火星飞出，引使复原。三年之内，元磁真气与太火互相吸收抵消。这隔断宇宙的奇险固可通行无阻，人世上九州万国全都风调雨顺，气候也可转为平和。虽然三年后仍要复原，不是根本消除，但经此一来，后人只要算准两仪消长盈虚之理，便可通行，本门弟子更无用说。只是天外神山也是紧附在地壳外面的另一世界，照样也有混元真气包没，更与地极磁光太火互相吸引。除来复线可以通行外，只在偏西的小南极四十六岛最末一岛附近有一道路，比较容易冲过。但那地方乃小南极天边与不夜城两天交界之处，大气磁光虽较微弱，下面四十七岛尽是妖邪盘踞，邪法颇高。此时应援要紧，不宜多生枝节。来复线相隔尚远，并且磁光太火已被妖蚿引发，正与神驼乙休相持不下。妖蚿受逼，难保不铤而走险，一个防御不周，天外神山的美景恐有毁损。应由中部横断冲过，冷不防先用宙光盘将极光太火挡退复原，底下皆由乙休做主，便可成功。

云凤因知申、阮二人同门先进，道法高深，阮征又往来过一次，所用二相环也是一件能制元磁真气之宝，以为事前必奉机宜。见面匆匆，阮征又先发话指点，令其戒备，越当是胸有成竹，一味谦恭，忘了先说，反使三人受了一场虚惊，俱都哑笑。正谈说间，前面又现出一道其长经天的青气，虽比来路所见要小好些，望去也有数千里长一圈。天宇空旷，又是远看，绝看不出那是一股混元之气，只是色彩鲜明得多。难关将到，俱各紧张，一会儿便已飞近。等到穿入气层之中，只觉上下四外气流甚乱，吸力之外加上阻力。阮征看出有异，与上次所经不同，料是妖蚿已将这元磁真气引入地窍之故，便令云凤先莫动手。既然吸力不大，索性由自己用天璇神沙开路冲过，以免和先前一样发火蔓延，生出奇热，毁损下面仙景，再被妖蚿警觉，激出变故。随将神沙放出，冲荡气层而进。费了不少心力，居然将这数百里厚的气层磁圈平安通过。李洪遥望前面仍是一片苍茫,除有许多大小星光疏落落上下闪耀而外,什么也看不见。笑问:"还有多远?"阮征笑道:"就快到了。我们如由来复线走,一出地窍,便到光明境前面海岸。因由中部横断冲入,也未留神上头,只看前面天心,所以不曾留意。鸠道友大约也是初来,只知前飞,所以均未看出。我正要说,它已看出形势,你没见它正往上回飞么?"

说时,李洪见神鸠果然正在上升,已飞高了好些丈,倏的一个回翔,反折了上去。目光到处,猛瞥见左前面突现奇景:到处仙山楼阁,棋布星罗,琼林花树,宛如锦绣。并有大片海洋,碧浪滔天,红霞万丈。远望过去,那地方恍惚天空中虚悬着一片奇大无比的另一世界,上面有山有水,万象包罗,霞蔚云蒸,好看已极。神鸠已经飞过了头,再由上而下斜飞过去。飞行越近,越觉那地方壮丽庄严,景物灵妙,料是天上仙宫不过如此。方在赞妙,阮征早把宝光隐去,低声说道:"洪弟噤声!你只顾好看,全没有想到我们慧目法眼能看多远?此时相隔少说也有好几百里,地面上的海涛竟会如此汹涌,岛中心又被红霞布满,分明妖蚖正在卖弄神通,与乙师伯斗法,以致引起海啸地震。虽被仙法禁制,不曾毁损灵景,乙师伯必还另有顾忌。我已早隐形迹,暗告鸠道友飞行放缓,看清形势之后,我们七人分头下手,方可成功。势正凶险,你还当是好玩的么?龙娃无甚法力,恐禁不起丝毫侵害,到时你可带他同在金莲宝座之上,免受危害。"李洪笑答:"二哥是怕我转世不久,难当敌人,不便明言,故意给我添个累赘,使我专心防护龙娃,连自己也同保住,对与不对?"阮征方答:"洪弟怎么连我也疑心起来了?"

话未说完,神鸠已越飞越近,果然前面形势险恶异常,耳听风雷水火夹着海啸之声,隐隐传来,光明境已经在望。只见当中琼原翠峰之间,宝光剑气电舞横飞,霞光万道,雷火千重,霹雳之声密如擂鼓。阮征已与众人商议停当,并告神鸠埋伏待机,各自分途飞起,分四面合围而上。这时只剩百余途程,晃眼便已飞近。申屠宏独当中路,刚把遁光飞到妖蚖所居宫殿上空,往下一落,便见一座极广大的玉殿金亭,已被震毁击碎。只剩前面一座残破的五平台,中心坐着一个相貌丑怪的矮胖子。怀里抱定一个身披黑衣的赤足美女,年约十三四岁,口喷一股白色的光气,将男女二人全身护住。身前趺坐着一个小和尚，周身佛光环绕，正是前在岷山所遇小神僧阿童。另外十来个少年幼童，各用许多飞剑、法宝，将那平台笼罩了一个风雨不透。内有三人，一是师弟金蝉，另两人不认识，正向前面发出数十道刀光和一道形如火龙的宝光，朝湖心中飞出来的一个牛首人身、两翼四手怪物夹攻。怪物并未使用什么法宝，只由左右四手上发出二十来道紫黑色的妖气，与众对敌，不时由口里喷出一团比血还红的火球，向前打去。刚一出现，金蝉胸前便飞出一个玉虎，晃眼暴涨好几丈，周身祥霞潋滟，灵雨霏微，虎口内更喷出大股银光星雨，挡在前面。两下里才一接触，火球便自退回口内。三人便把本门太乙神雷连珠般朝前打去。怪物枉自激怒，发出战鼓一般的厉声怪吼，终究无计可施。三人应敌稍为松懈，又复飞扑上去。申屠宏认出那大片飞刀乃左道中最有名的修罗刀，看去不带邪气，必经仙法重炼，竟会伤那怪物不得，料知厉害。似这样，时进时退，双方相持不下。神驼乙休不知何往。地底水火风雷之声与海啸遥相应和，比先前空中所闻加倍猛烈。申屠宏暗忖："妖蛕女体，此怪雄身，形态也与二弟所说不同。下面诸人多是同门后起之秀，年纪不大，功力颇深，飞剑、法宝尤为神妙。似此只守不攻，必是妖物厉害，奉命待援。反正防护周密，万无败理，莫如看清形势，出其不意，一举便可成功。"仗着隐形宝光全隐，先不发动，轻悄悄掩向湖底细一查看，不禁吃了一惊。

原来那湖深达数十丈，面积甚大。怪物所现竟是元神，本身形状如龙，少说也在百丈以上，约有一丈多粗。前半截生着两片肉翅，四只龙爪。后半近尾之处却生着两排粗约尺许，长约三四尺的兽足。尾作扇形，约有三四丈方圆，上面尽是逆鳞倒刺。通体红色，满生三角鳞片，其大如箕，闪闪生光。前半身近头一带昂起向上，口发鼓声，不住怒吼。尾部、兽足挺立湖底，中段长躯竟将湖中心一带盘满，形态猛恶长大，平生仅见。靠近玉台正面湖底玉壁上，有一大洞，已被一片金光堵塞。料定是洪荒以前的龙类妖物，深藏地底不知多少年，乘着斗法之际，穿地而出，神通定不在小，一个除它不了，反倒生出别的灾害。投鼠忌器，正想不起应当如何下手才好。忽听空中一声清叱，先是云凤师徒各指剑光飞到，自空击下。妖物发现来了一个女子，两个幼童，以为此是到口美食，竟舍前面敌人，飞身直上，一扬怪爪，便有一二十股紫黑色的妖气往上飞起。申屠宏知道云凤师徒入门日浅，对敌全仗法宝，妖龙何等厉害，恐有闪失。又见妖龙好似心骄气盛，只顾将元神飞起迎敌，全没防到下面，觉着此时下手，正是一举两便。于是把自己大小两口飞剑，连同伏魔金环同时发出。意欲先用金环佛光将妖龙元神隔断，不令复体，然后再用飞剑将它肉身斩断。

其实那妖龙和妖蚿均是前古最厉害的凶毒爬虫，地底修炼将近万年，并和妖蚿生性相克，所具神通也不在妖蚿之下。只为当初本是毒龙遗种，当天外神山地震时，随入地窍深处，那地方恰是地水火风微弱之处，因得长成，便潜伏在里面修炼。因为所居地层太厚，性素喜睡。妖蚿又先出世，知道两恶不能并立，百计防护。妖龙不似妖蚿诡诈，偶然发怒，想要冲出，吃妖蚿邪法阻住，不得如愿，无可如何，只得罢了。妖蚿自知自己巢穴隔离对头伏处最近，时刻留心。准备万年期满，元婴凝炼，可以任意飞行变化时，便将原体弃去。于是设下毒计，即以原体为饵，将妖龙放出，乘其交合之际，暗中引发地火，将妖龙化为灰烟，以免后患。不料被干神蛛盗去元婴，激怒忘形，妄施邪法暗算，想用湖中玉泉将敌人胶住。做梦也没有想到，先前钱莱受了龙猛指教，在它穴中放了一粒如意魔珠。此珠也是魔教中至宝，专与敌人心意相反，发出威力妙用。妖蚿人未害成，反将湖水干涸，并把泉眼堵塞。下面地窍中气候混浊，奇热如焚，妖蚿虽然生长其中，一样难受，全仗泉眼通气呼吸，历久相安，才得无事。妖蚿自从出地以后，所有通路均经邪法封闭，单留这一处泉眼，以防功候未到以前，妖龙气闷不过，情急拼命，裂地而出。妖龙近年神通越大，早已不耐蛰伏，无奈妖蚿防护周密，禁制重重。泉眼通路最小之处，大只如拳，其深数百丈，更有许多埋伏，即便元神能够通过，肉身也必毁灭，为此顾虑，迟疑不决。表面装睡，每遇妖蚿纵淫行凶、吸血醉卧之际，便在地底用水磨功夫朝妖蚿老巢进攻。意欲时机一到，便以全力猛蹿出去，先将所炼元婴吞吃下肚，然后与之拼斗。口前泉眼一闭，立时激怒，以全力向上猛攻。当时妖蚿乘着乙休飞升天空、化炼妖气之际，恨极行凶，竟将极光太火、元磁真气引发，与敌拼命。乙休法力虽高，一面要将妖蚿化身由来复线引来的太火挡住；一面又须对付妖蚿当中两个主体。阮征这个得力帮手又先走去，七矮诸人经历又都不够，势难兼顾。只得暗用传声指示，令干神蛛抱着妖蚿元婴诱敌，暂将妖龙稳住，免其逃走。再由七矮诸人各用宝光防护，只守不攻，以待后援。等自己擒到妖蚖，将剩余的两粒元珠收去，援兵也已到达，分头下手，便可成功，不致毁损仙境，免生灾祸。

众人依言行事，已有数日。实则妖龙神通变化，也极厉害。只为刚出不久，无甚机心，初见生人，又都是些根骨深厚的童男；再见妖蚖元婴在内，越发眼红。上来本想用原身御敌，因金、石二人受有指教，一照面，各把飞剑、法宝、太乙神雷先给了它一个下马威，妖龙身长吃亏，受了点伤，见不是路，忙即缩退回去，改用元神化身出斗。负伤之后，越发激怒，必欲得而甘心，全神贯注在众人身上，通未留意其他，申屠宏隐形飞下竟未警觉。以妖龙的功力，便乙、凌、白、朱诸老要想一举除它，也非容易，何况是申屠宏。并且妖龙力大无穷，身比钢铁还坚百倍，一个应付不善，纵不引起灾祸，元神只要复体，大片仙景花林定被扫荡残毁无疑。

也是妖龙该当伏诛，般般凑巧。申屠宏行事素来谨慎，这次因见妖龙厉害，乙休人又不在，又见入门不久的师妹凌云凤飞驰数十万里之外，当此大任，临敌太猛，两个门人又是幼童，一见妖龙，便冒失下击，一时激于义愤，未假思索，便即动手。妖龙眼看好些肥肉，相持数日不能到口，正在馋极。忽见云凤师徒自空飞下，自恃飞遁神速，复体甚快，元神竟然离体飞起。就在这时机瞬息之际，佛光一起，恰巧隔断。等到警觉退回，已是无及。其实云凤早得杨瑾预示，下时胸有成竹，故作大意，实则早命沙、米两小将牟尼珠隐去宝光，暗中护住全身，便无申屠宏相助，也不至受害。那专一克制水陆精怪的至宝神禹令，也早准备停当。一见妖龙化身飞起，来势猛恶，大出意料之外，慌不迭将神禹令一扬，一股百十丈长青蒙蒙的光气刚射出去，妖龙急于回护原身，已不战而退。经此一来，妖龙闹了一个首尾受敌，哪一头也未顾上，佛光首将回路挡住，不特无法冲过，元神反被吸住。惊悸惶急之中，正要挣逃，禹令神光又罩将下来，妖龙元神立被裹住，两下合围。妖龙像是一只极猛恶的野兽，自投陷阱，空具神通，不能自拔，佛光、宝光会合一绞，立成粉碎。申屠宏见妖龙元神虽死，下面原身也被飞剑斩成数段，仍在蠢动，生意犹存，恐有疏失，又将佛光裹住残余妖烟，连连绞动，直到妖魂消灭无踪，方始停手。

金、石诸人见那么厉害的一条妖龙，竟被申、凌二人手到除去，好生欣喜。各自飞将过来，正待合力消灭妖龙原体。沙、米两小人小胆大，最是贪功。一见妖龙被宝光裹住,下面一道金光、一道银光正在纵横飞舞,绕向一条极长大的妖龙身上,看出妖龙皮鳞坚厚,暗具抵御之力,身虽斩成数段,似乎未死,另有诡计。又见金光绕向妖龙头上,只听一片皮鳞碎裂轧轧之声,急切间斩它不断。暗忖:"前听杨大仙师说,凡是修炼数千年的妖物,除本身元灵最关紧要,必须杀死而外,更须防它脑中炼有元婴、内丹之类,如不一并消灭,被其遁走,仍是祸害。妖龙身躯如此威猛长大,本生灵气必还未尽,莫要被它诈死逃走。近来毗那神刀已炼得出神入化,大小由心,何不隐去宝光,由它七窍中穿入,试它一试?"念头一转,不约而同,各把飞刀朝妖龙鼻孔之中直射进去。那妖龙修炼多年,功候甚深,脑中果然炼有内丹、元婴。当元神消灭之际,本身仍具绝大威力,稍为奋力腾跃,湖面上下立成齑粉。纵然结局难逃一死,仙景却难保全。只为初遇强敌,一见来人这等厉害,心胆皆寒,禹令神光既是克星,元神首被消灭,减去许多神通。自知身太长大,反而吃亏,惨败之余,一心只望保住元婴,用本身丹气防护,乘隙遁走。因见上面佛光、宝光厉害,不敢就起,正在暗运丹气抵御飞剑,只等禹令神光一撤,立即变化逃去。及见众人纷纷飞临,宝光、剑气满空飞舞,就要飞下,情知凶多吉少。方始横心,正想用那身体猛力向敌人扫去,不料两小隐蔽刀光,由鼻孔中飞入。等到警觉,元婴已被刀光裹住,无力再施毒计。刚收转丹气,防护挣扎,两小在外面也已警觉,忙以全力施为。身外丹气一撤,飞剑金光绕处,龙首一下斩断,大股鲜血,似瀑布一般向上射起数十丈高下。妖龙元婴在一团紫黑色丹气绕护之下,被两道朱虹裹紧,刚刚飞起,云凤手中禹令神光已经当空射到,一下裹住,一声惨嗥,化为残烟消灭。

同时遥闻:"师妹且慢!"众人连忙回顾,一道长虹已自空飞堕。众见来人正是阮征,见面便道:"可惜!"众人问故,阮征笑道:"此是前古妖龙元婴,神通广大,凶毒无比。化身虽只一个,功力却与妖蚣不相上下。所炼丹元,送与干道友的夫人,至少可抵两三千年功力。虽然中有弊害,但有本门灵丹可以化解。我刚听乙师伯说起,才得知晓。因想这等难得之物,平白毁去,岂不可惜?连忙赶来,仍然迟了一步。否则,干夫人只需转世十余年,便成仙业,岂不是好?"说时,干神蛛同那怀中幼女也已双双赶来,闻言拜谢道:"多谢阮道友好意,但是我和内人欢喜冤家,互相纠缠已好几世。她因前生被仇敌暗算，投身异类，羞于见人，我和她又不舍离开，只好长年附在我的身上，彼此俱都难受。幸蒙诸位道友下交，因得附骥来此。初意只想求得一粒毒龙丸，使其脱去妖形，仍复人身，已是万幸。她虽女体，实是纯阳之性。不料此行竟将妖蚿元婴得到，不特借此恢复人形，因妖蚿纯阴之质，得益实在不小。我夫妻也不想成甚天仙，只想长相厮守，永不离开。妖龙元婴、内丹固具坎离相生之妙，但这十数年的离别也颇难耐。如蒙厚惠，只求赐她一粒大还丹便感谢不尽了。"阮征笑道："这个不难。各位老前辈中，只乙师伯交游最广，身上所带灵丹最多，有的并不在大还丹以下。少时由我代令夫人求取一粒如何？"干神蛛方要答言，阮征深知乙休性情，朝他使了一个眼色，便未开口。众人见他那附身妖蚿元婴的爱妻美如天仙，容光娇艳，因为没有衣服，穿着他一件又肥又短的道衫，上半露出雪白粉颈，下面白足如霜，玉腿半裸，依附丈夫身前，随同向众礼拜，越显得娇小玲珑，楚楚可怜。干神蛛却生得又矮又胖，相貌奇丑，长衣脱去，其状更怪。二人一美一丑，相去天地，偏又那么恩爱，如影附形，不可离开，全都好笑。

金蝉随问："乙师伯可将妖蚿除去了么？"阮征一说经过，众人才知乙休早已算定，为想借此考验自己道力，特命阮征第七日赶到。不料阮、凌二人俱都急于赴援，以防误事，仍是早到半日，才知事有定数。想起铜椰岛的经历，便不再固执己见，仍照妙一真人飞书行事。

原来妖蚿失去元婴，惨败恨极，誓以全力拼命。除来复线与地轴躔道通连，可以引发太火，尚有一处地窍，与元磁真气发源之处相连。那地方便在妖蚿所居广殿后侧地底深穴之中，相隔只百余里。乙休惟恐丹毒之气为害，特意送往离地万七千丈以外两天交界之处，借着乾天罡煞之气与法宝之力，将其消灭。费了一些时候，以致晚到一步，妖蚿已经遁走。妖蚿另一化身，因被乙休禁网法宝阻住，竟仗玄功变化，由一山峡缝中蹿入来复线内。那地方原是龙猛暗中开出来的逃路，事前不曾查到，致被妖蚿寻到，蹿了出去。乙休如果亲身赶往，太火一被引发，天外神山必化劫灰。地底妖龙又在此时裂地而出。妖蚿引发的元磁真气，虽有一件法宝可以抵御，也只暂时镇压，不能消灭。那时元磁真气必被地火引燃，威力之大，不可思议。再为法宝镇压，不能宣泄，定要引起海啸。那为避免妖蚿侵害，深藏海眼之下的许多精怪，存身不住，也要兴风作浪。

乙休当时难于兼顾，略一盘算，随用传声，密令众人绊住妖龙。自己分化一个化身，用一件至宝去将磁源来路堵塞。再用一道神符幻出阮征，手发神沙，紧追妖蚿，与之相持苦斗，以免又生枝节。乙休亲身追入来复线，在祸发顷刻之间赶到前面，用一幻象将妖蚿引入子午线死圈之内，并施大法力，将回路隔断。妖蚿化身还想引发太火，不料对敌时，乙休痛恨妖蚿淫凶阴毒，竟拼舍一件法宝，用一枚神铁环隐去宝光，束在它的身外，刚一蹿进子午线，便被元磁真气吸紧。妖蚿几个化身全具神通，功力只比当中主体稍差，仍是狡诈机警，不比寻常。虽然情急相拼，仍想全身而遁，将太火引上来复线后，便仗本能，就此逃往中土，本无必死之意。无如性太贪残，又为幻象所愚，一味穷追不舍。等到追入死圈，幻象忽隐，方才省悟，已经无及。那磁光太火仍顺地轴躔道自为消长，分合流转，并未起甚波动。妖蚿化身却被太火化为乌有。乙休将这最紧要的关头渡过，忙又赶回，知道非将妖蚿两个主体中的脑中元珠内丹得去，不能善后。但是妖蚿机灵，稍被看破，自知不能幸免，必将元珠自行毁去。而且还须防备日子越多，地下磁光火力越大，一个镇压不住，便是祸事。于是暗用六合旗门埋伏四外，将妖蚿困住，化出好些幻象与之相持，自往地穴全力镇压。

到了第五日上，乙休见势危急，正在施展玄门最高法力，犯险一试，阮、李二人忽然飞到。忙用传声，令阮征将九疑鼎放在坎宫旗门之内；又令空中神鸠隐身守伺；再令李洪带了龙娃去往地穴，用金莲宝座代为镇压。分派停当，说是还有一会儿才到时机，随说起干神蛛夫妻之事。阮征心热，立即抽空赶来，想将妖龙内丹留下，已为众人所毁。众人好奇，又知妖龙一死，只等除去妖蚿，将元磁真火复原，大功便可告成。此时不会再生枝节，俱想前往观战，以开眼界。走时，金蝉忽说："小神僧先前几受妖蚿暗算，元气大伤。自从乙帅伯将他送来台上，便自入定静养。此时地底风火与海啸之声比前更要猛烈，知道少时有无危险，如何丢他一人在此？"石生笑道："这个无妨，我们把他带去不一样么？"金蝉未及答言，一片金光祥霞忽自空中飞堕，现出一个少年神僧，众人一看，正是师门好友采薇僧朱由穆，众人连忙上前拜见。

朱由穆笑道："我小师弟虽然该有此难，但他在铜椰岛分手时，如听我话,并非不可避免。这样也好,总算因祸得福,人虽受伤,道力却增进不少。"说时,见干神蛛夫妻也随众跪拜在地,尚未起立,便指二人道:"你夫妻本是怨偶孽缘,只为前两生至情感召,反成了患难恩爱的夫妻。尽管磨难重重,受尽苦痛,居然一灵不昧,终于化解前孽,遂了心愿。如非向道真诚,深明邪正之分,如何能有今日?我知你妻妹将妖蚿元婴夺去,可以借它所炼形体恢复人身,并还增长道力,并非不好。无如妖蚿修炼万年,功力颇高,它那元婴乃妖蚿精气凝炼而成,赋有它的本性;暂时或者无妨,将来修为上难免不受其害。固然妖蚿伏诛,元神不能附体,但终究可虑。还是由我用大荫檀佛光将恶质化去,永绝后患,索性成全你们这一对苦夫妻。此女以后就叫朱灵吧。"干神蛛夫妻闻言,喜出望外,口宣佛号,膜拜不已。朱由穆随令干神蛛走开,将手一扬,立有一片极柔和的祥光,朝少女身上当头照过,同时闻到一股旃檀香气。再看蜘蛛所附的少女脸上,立改庄容,不似先前那么轻佻神气,容光也更美艳。俱知佛力感化。夫妻二人双双跪拜,叩谢不已。朱由穆随又对众说道:"乙道友今日功德不小。我此时急于带了小师弟,回转云南石虎山去,不及往见。可对他说,等他事完,回转中土,再相见吧。"说罢,又是一片金光祥霞,飞向阿童身上,只一晃便全没了踪影,众人竟未看出是怎么走的。金、石诸人因和阿童至交,未及叙别,自是恋恋不舍。

云凤见朱灵通身全裸,只披着干神蛛一件道袍,满脸娇羞,甚是可怜,人又生得那么美艳,好生怜爱。便对她道:"朱道友这样,如何往见大方真人?我下山时,曾蒙恩师赐我一身仙衣,因洞府尚未寻到,一直带在身边,另外还有旧衣两件。如不嫌弃,等诸位道友走后,我拼凑出一身,送你如何?"朱灵闻言,大喜称谢。话未说完,忽闻殿后神雷大震与古神鸠怒啸之声,众人已先飞身赶去,男的只干神蛛一人未走。朱灵妙目微瞋,悄声说道:"你还不去,我蒙凌姊姊赐我衣服,穿上就来。"干神蛛丑脸一红,笑道:"我因凌道友与你初见,想代你说几句话,并谢解衣之德。"朱灵抢口说道:"我以前那丑样儿,凌姊姊在滇池已早见过。照她为人,只有可怜我的身世,绝不见笑,无须你来表白,还不快走!"干神蛛方始应声飞去。云凤随将衣服匀了几件与她。并问她:"照采薇大师所说,你二人分明是久共患难的恩爱夫妻,又不曾为恶,怎会化身蜘蛛?"朱灵苦笑道:"伤心人别有怀抱，我那累世患难经历，便铁石人听了也要下泪。此时急于往见大方真人，无暇长谈，且等事完奉告吧。"话未说完，随又接口惊喜道："妖蚖已快伏诛，我们还不快去？"

云凤与朱灵一同飞起，往后面雷火宝光飞涌之处赶去。还未飞到当地，便见前面山野中现出六座高达百丈以上的旗门，申、阮、金、石等十余人分立在六门之下。金光祥霞上映重霄，雷火星沙笼罩大地，把方圆一二百里的阵地一起布满。坎宫阵地上现出一座宝鼎，大约丈许，被一片金霞托住，突然出现。由顶上飞出亩许大的一张口，口内射出大片金红色的火花，中杂一青一白两股光气，匹练也似正在朝空激射。一个近百丈长、双头双身、口喷邪烟的怪物，刚由震宫旗门前面冲光冒火而起，看神气似要向空遁走。朱灵方告云凤："怪物便是妖蚖。"说时迟，那时快，宝鼎怪口中所喷光气，已将妖蚖当头裹住。妖蚖似知不妙，正在挣扎，不料全身早被天璇神沙吸紧。本是欲取姑与，故意放它逃走，以便取它脑中元珠。上面青白二气，便是九疑鼎中混沌元胎，具有无上威力，想逃如何能够。刚挣得一挣，阮征也发出全力，上下夹攻，互相对吸，妖蚖长身立被拉成笔直。空中神鸠早得指示，猛然凌空下击，身子也比较平日长大了好几倍。物性各有相克，妖蚖先前被困阵中，往来冲突之时，闻得神鸠啸声，便听出是专克制它的前古对头，早就心惊。只为身陷旗门，为仙法所制，失了灵性，不知敌人有意乱它心神。因为先被阮征幻象追逐，相持数日，才发现是假，刚刚省悟，真的又复赶到，上当不止一次，心疑又是假的。性又凶猛残暴，听出极光太火声势越来越猛，暂时虽被敌人禁住，迟早终须爆发。彼时敌人多高法力也难禁受，便自己如非炼就元珠，一样难当。一心想挨到地震山崩，整座神山化成火海，借以报仇。又恐玉石俱焚，身遭波及，明知情势危急，始终不舍将那元珠毁去。后在阵中乱冲，觉着吸力稍减，立时乘机冲起。不料这次上当更大，等到上下吸紧，不能动转，才知万无生理，再想毁珠自杀，已经无及。只见一片佛光自空飞射，竟将头上混元真气挡退了些，百忙中以为有了一线生机，想把元神乘机遁走。就这佛光一闪，瞬息之间，妖蚖这里已将天灵震破。两条与妖蚖同样，长约三尺的妖魂，各含了半尺方圆一团翠色晶莹的宝珠，刚刚向上激射，神鸠突然现形，猛伸开丈许大小的钢爪，分头向下抓去。同时口中喷出大股紫焰，裹住妖蚿，两声惨嗥过去，全被吸入腹内。先喷佛光也已飞回，神鸠张口接住，身形暴缩复原。两翼一展，风驰电掣往左侧飞去，晃眼不见。这时妖蚿只剩死尸，灵气全失，佛光一去，重被青白二气吸住。阮征惟恐宝鼎吸力太大，元珠还未到手，便将妖蚿吸入鼎中化去，为此用神沙将妖蚿下半身吸紧，以便神鸠下手。等元珠夺下，立即收宝。阻力一去，宝鼎威力大增，那么长大的妖蚿死尸，竟似灵蛇归洞，飞一般往宝鼎怪口之中投去，晃眼无踪。

阮征也率众人往坎宫阵地赶到，手中灵诀往外一扬，宝鼎立复原状，缩成尺许大小。众人料知妖蚿已被宝鼎炼化，前古至宝果是神妙莫测，互相惊赞不已。阮征随道："还有两个难题，一大一小，乙师伯正在施为，不知如何，我们快去看来。"说罢，一同飞起，往左侧群峰环绕中的磁源地穴飞去。刚飞过一座高矗入云的玉峰，猛瞥见一片寒光闪闪的碧云，裹着一股其长经天的暗赤色火气，朝最高空中电也似急斜射上去，破空之声震得山摇地动，猛烈惊人，从所未见。回顾海上波涛，本随啸声高涌起数十百丈，此时正似山崩一般往下落去。惊涛尽管浩荡，威势却减小了大半，海啸也已停止。地底风火之声也似潮水一般，由近而远往四外散去。知道灾劫已被消灭，好不欢喜。

到后一看，李洪同了龙娃正在欢呼。那地方是翠峰环绕中一片凹地，当中也无地穴，只是一片池塘，翠峰倒影，碧波粼粼，池水甚是清澈。四边不少琪树琼林，满地繁花如锦，景绝清丽，一点不像适才经过灾变景象。石生笑问李洪是何缘故。李洪答道："你们没有看见，方才形势多么厉害。那磁光太火最盛时，因被我的金莲宝座压住穴口，不能出来，下面地火及点燃的元磁真气无法宣泄，威力越来越猛。彼时山林地皮一起震动，眼看就要全数爆炸；四外花树纷纷摇落，如下暴雨一般。幸亏乙师伯全力施为，百计防护，勉强保住。正在危急之际，神鸠忽然飞到，吐下两粒内丹元珠。乙师伯说妖蚿禀千万年纯阴之气而生，此珠功效不在冰蚕之下，可惜用以防灾，不能保全。还有地火磁气全都爆发点燃，此珠虽可引火复原，但经连日地水火风在地底互相激荡，地层已经熔化不少，不将地火发泄，迟早仍是祸胎。几经盘算，已有成竹。接到元珠以后，立时命我闪开，将预先埋伏的仙法禁制一齐发动，穴中地火立时狂喷而出。他让过火头，将两粒元珠上下分掷,下半地火立被一片寒碧光华压了下去。一声雷震,涌起一股清泉,晃眼便将地穴布满,成了这一片池塘。同时另一粒元珠也已爆散,乙师伯跟踪飞起,同化作一片碧云,将那数千丈的火头裹住,向天空中飞去。乙师伯的法力尚且如此,你当是容易的么?现在诸事已定,只等九疑鼎收复海中精怪之后,你们天外神山就住成了。"金蝉便问:"神鸠何往?"李洪又道:"当地震最烈之时,神鸠一到,乙师伯一面行法,一面令它去往海中,防备那些精怪乘机蠢动,当时飞走。听说不夜城主钱康也为此事,率领门人全数出动,与那些精怪斗法多日,除去不少。不过为数太多,又不应该多杀,必需九疑鼎始能镇住。阮师兄怎不快去?"阮征道:"乙师伯本有此意,后因钱道长已经出手,不愿掠人之美,令我缓去,所以先来此地。"钱莱躬身说道:"前听家父说,此间海眼中所潜伏的妖精,多半是前古遗孽,猛恶非常,只为畏惧妖蚿侵害,不能出头。妖蚿一死,定必兴风作浪,甚或穿通地窍,逃往中土,祸害生灵,所以必须事前除去,免使为害。不过家父虽然住此多年,深知底细,但门下弟子法力有限,恐难成事。家父也必渴望诸位师伯师叔驾临,请往一叙如何?"

  金、石二人不知阮征奉有乙休之命,另有用意,因爱钱莱,首先答应。余人也多随声附和。阮征见众同门已经应诺,不便独异,略一寻思,只得点头。一行十余人同往海中心飞去,遁光神速,一会儿飞到。这时海啸已止,那些海怪多半觉出厉害,海眼归路又被乙休先用禁法隔断,于是齐往不夜城一带海岸下面洞穴中遁去。另有几个最凶的还在领头作怪,妄想将不夜城占据。钱康知道这些精怪多非善良,休说被它上岸,即使都在近岸一带盘踞,也是未来隐患。又算出乙休同了七矮弟兄,正与妖邪斗法,开建光明境仙府,自己无力往助,反被海怪侵入,面子上也太难堪,便率门人妻子前往堵截。苦斗了四五日,海怪虽除去不少,那最厉害的几个因是出没无常,将门人伤了好几个。这类精怪多具神通变化,除它不易,钱氏夫妻又不敢远离本岛,正在为难。先是古神鸠横海飞来,凌空下击,只一爪,便将内中一个具有无数长须、上附吸盘毒刺的星形怪物抓死,连所喷内丹也吸了下去。那怪物名叫星吴,一雌一雄,最是厉害,性又凶毒狡诈。雌的见雄的一死,立缩形体,遁入海心深处藏起。神鸠为想得它内丹,假装飞走,将身隐去。下余海怪本已多半惊逃,待了一会儿,无甚动静,重向岛上飞扑。神鸠志在取那星形怪物，尚在守伺，众人恰巧飞到。见近光明境一带还不怎样，再往前飞，遥望海天尽头，现出一座瑶岛玉城，海中波浪如山，直上千百丈。妖雾迷漫之中，时有剑光闪动，许多奇形怪状的妖物时隐时现，上下飞腾，大都三数十丈以上。岛岸玉城之上，散立着好些道装男女，各指着一两道飞剑、法宝，向前抵御。岛边更有一片极长大的青光，防护外层，遇有妖邪冲上，便即挡退。双方斗得正急。阮征昔年本来认识，看出那钱门弟子，好些手忙脚乱。暗忖："乙师伯本来语意活动，并非一定不令前来。以后彼此隔海同修，他子钱莱又是金蝉爱徒，既已来此，何不助他一下，免使为难？将来便有什么难题，看在他儿子份上，也不容坐视，到时再作计较便了。"念头一转，立即抢先飞去，手掐灵诀，将鼎一举。宝鼎立时暴涨，悬向空中，大口重又出现，喷出金花彩气，神龙吸水般朝下面精怪丛中射去。同时水中星吴见上面久无动静，想拿岛上诸人复仇出气，也在此时飞出水面，被神鸠现形抓去。众精怪逃得稍慢一点的，全被鼎口宝光摄住。众人再把飞剑、法宝纷纷放出，四下合围，全都困住，吓得纷纷怪叫惨嗥，有的并还口吐人言，哀求饶命。

　　七矮终是心善服软，见众精怪除有一半生得特别长大凶恶而外，余者多半具有人形。因由上到下均被天璇神沙罩住，转动不得，一个个正由大变小，往鼎口内投去。知道众精怪少说也有三五千年功候，修成不易；平日畏惧妖蚿，并未出世为恶，有的竟连邪气都无，不由生了恻隐之心。又知宝鼎善于分辨善恶。于是大喝道："无知妖物！盘踞在这等仙山灵境，得天独厚，还不知足，竟敢兴妖作怪，来此扰闹。本应全数诛戮，姑念今日地震，海底难于栖身，事属初犯，稍从宽免。此鼎乃仙、佛两家合炼的前古至宝，专除精怪妖邪，气机相感，如影随形。你们为数太多，难于分辨善恶。现将神沙放松，尔等如能从此洗心革面，就在海中游行，为我神山仙府点缀，永不为恶，只要不被宝鼎神光吸去，便可活命。"众精怪齐声欢啸，舞拜跪谢。那未成人形的也将头连点，以示改悔。阮征运用鼎光暗中查看，见那么多的精怪，只被宝鼎先后吸了十一个，下余全都挣脱，有的并还从容穿光而过，好生欣慰。刚刚发放完毕，对面瑶岛玉城上突飞来两个男女修士，身后跟着好些徒众。钱莱早高呼："爹娘！"飞身迎去。众人知为首两人便是钱康夫妇，忙收法宝，上前相见。

钱康是个羽衣星冠的中年道者。夫妻二人由南宋末年得道，偶因机缘巧合，隐居小南极不夜城，度那神仙岁月，已数百年。除爱子钱莱新近转劫重归外，所有眷属门人全未离开过。此岛也和光明境一样，到处玉砌琼铺，金门翠殿。加上主人多年新建布置，添了好些金银宫阙。当地又是终古光明，城开不夜，每隔九百六十年，只有一二日的黑暗。钱康带了眷属门人长住其中，端的逍遥自在，快乐非常，美景无边，赏玩不尽。只有妖蚿是他一个强敌。多年来苦心积虑，炼了两件法宝，准备用一件防卫本岛，用一件去除此大害。不料法宝尚未炼成，妖蚿元婴已快成长，眼看神通越大，不久即来侵害。正在愁急，恐其先发，钱莱忽追妖人，赶往光明境去，闻报大惊，知道此后永无宁日。虽然心疼爱子，无如仇敌厉害，如在本岛，还能防御，如往妖窟，绝非其敌。权衡轻重，只得强忍悲痛，修下绿章，向玉清仙界恩师通诚祝告。同时虔心推算，居然算出一切因果：不特爱子此行因祸得福，并且前数年所筹计未来的事，也可因此得到极大助力，以后神山仙景，更不会再有妖邪盘踞。

乙休到时，本欲往助。继一想，不久地震海啸，尚有不少精怪要来侵扰，惟恐损坏本岛仙景。以为乙休神通广大，七矮法力高强，此来必有成算，去了不过锦上添花，不能出甚大力，便没有去。料定对岛诸人必来除妖诛邪，哪知乙休忿他自私，当阮征走后需人之际，未往相助，只顾防卫自己，示意阮征先无须管他闲事。申、阮二人戴罪八十一年，全仗乙、凌诸老爱护保全，才得脱难，自然惟命是从，照他意旨行事。如非金、石诸人答应得快，几乎中止，因此晚来一步。钱康见妖蚿伏诛，地震已止，遥望磁光火头已被乙休引走，所盼的人一个未来。只古神鸠略一现身，抓死了一个精怪，便即不见，仿佛专为夺那内丹而来。精怪为数甚多，防不胜防，如非事前防御周密，几乎被它们扑上岛来。门人有三个受伤。正在为难，众人忽然飞临，才一到，便将海中精怪全数制伏，好生惊佩，连忙迎上。爱子已当先赶来，向各位师长一一引见。申、阮二人原是旧交，见面均甚喜慰。钱康便请众人去到宫中款待。

那对敌之处，乃是一片五色珊瑚结成的地面，全岛只此一处不是玉质。那地皮直似五色宝石熔铸，细润无比，其平如镜，光鉴毫发。靠海一面，晶岸削立，高出水面只两三丈。四外生着不少大约两三抱的珊瑚树，琼枝丫杈，奇辉四射。临海建有一座十余丈高大的金亭，三面花树环绕，面临碧海清波。近岸一带更有不少翠玉奇礁，镂空秀拔，孔窍玲珑。风水相搏，会成一片潮音，洪细相间，仿佛黄钟大吕，箫韶叠奏，音声美妙，好听已极。先前放走的海怪好似感恩诚服，去而复转，连那炼成人体的，全都现出原形，罗列海上，各现出前半身，朝着众人欢笑舞蹈。一个个俱是奇形怪状，彩色斑斓，嘘气成云，排浪如山。微微张口一喷，便有一股银泉射起数十百丈高下，海面上当时便涌起大小数百根撑天水柱。时见吞舟巨鱼，胁生多翅，上下水中，往来飞行。另有鲛蜃之类卖弄伎俩，各喷出一座座蜃楼海市，照样也有金亭玉柱、瑶草琪花、仙山楼阁、人物往来，把近岸数百里的海面点缀成一片奇观。再被这真的神山仙景互相映衬，越觉火树银花，鱼龙曼衍，光怪陆离，雄奇壮丽，简直不可名状。众人年轻好奇，不舍离去。石生、易震同声笑道："我们与主人此后成了一家，不作客套，盛筵自当领谢，但请把席设在此间如何？"金蝉也说："这里最好。"钱康夫妇知道众人想看海景，又因乙休尚未回来，在此迎候也好，立答："遵命。"旁立门人侍女，早有多人分头飞去，一会儿，便将盛筵设好，来请入座。

钱康刚陪众人入亭就座，忽见一道金光比电还疾，横海飞来。阮征看出乙休所发，连忙赶向前面，接到手内，落下一封柬帖，金光重又飞去。阮征打开一看，不禁大惊失色，忙喊："大哥、洪弟、蝉弟，快来！"众人早纷纷凑向前去，看完俱都惊急非常。申屠宏随道："我早料到此事必有后文，不想如此厉害。连灵峤三仙也会牵入，事甚扎手。二弟还不便去！此间仙府新设，也难离开，只好由我与蝉、洪二弟送凌师妹四人一行吧。"钱康料有极重大的事故发生，否则以众人的法力，绝不会如此惊慌，但新交不便询问。方疑乙休恃强，也许消灭磁光太火未成，中途遇险，干神蛛已先开口道："愚夫妻可能同行，少效微劳么？"申、阮二人同声笑答："二位道友如肯同行，自是佳事。"说时，钱莱已由四女手中取过一身衣服鞋袜，转赠朱灵。主人看出众人行色匆匆，正欲挽留片刻，小饮两杯再走，七矮所带告急传音法牌突又发出紧急信号。众人一听，越发愁急，略一商谈，申、李、齐、凌、干、朱六人便向主人告别。

要知是何紧急之事，请看下文。

蜀山剑侠传 9

— 著 —
还珠楼主

人民文学出版社

目录

第二七一回	灵境甫安澜　忽听传音急友难 离筵陈壮志　为观飞束报师恩	3735
第二七二回	飞剑除凶鱼　黄水堤封消巨浸 登山逢怨女　白莲花送见仙童	3752
第二七三回	浩荡天风　万里长空飞侠士 迷离花影　一泓止水起情波	3768
第二七四回	惆怅古今情　魔火焚身惊鬼魅 缠绵生死孽　花光如海拜仙灵	3783
第二七五回	绣谷双飞　示机灵　喜得天孙锦 江皋独步　急友难　惊逢海峤仙	3803
第二七六回	瑶岛降琼仙　冉冉白云　人来天上 金樽倾玉液　茫茫碧水　船在镜中	3835
第二七七回	我必从君　相期再世　斜日荒山悲独活 卿须怜我　此中有人　他年辽海喜双清	3852
第二七八回	破壁纵神魔　一击功成千叶飞 飞光笼大帚　半空高系五山图	3870
第二七九回	难越是情关　妙语翻莲矜雅谑 逃生惊鬼手　仙云如幄护瑶姬	3885
第二八〇回	霞彩拥灵旗　万里枭声逃老魅 青莲消血影　四山梵唱拜神僧	3902
第二八一回	神斧劈凶妖　灭火飞泉　功消浩劫 天环联异宝　同心合璧　缘证三生	3917

1

第二八二回	宝气千重　鬼语啁啾飞黑眚	
	仙城万丈　朱霞潋滟亘遥空	3937
第二八三回	疾恶毙穷凶　无限缠绵悲死孽	
	痴情怜覆水　双心灿烂傲飞仙	3953
第二八四回	情重故人　名山访道侣	
	喜收神火　奇宝吐灵辉	3972
第二八五回	救仙童　误投玄牝阵	
	援道侣　同返幻波池	3985
第二八六回	恨重仇深　长啸曳空来老魅	
	危临敌盛　宝云如雾护仙峦	4004
第二八七回	遗偈悟连山　获藏珍双英并秀	
	飞光离远峤　惊浩劫一女还山	4019
第二八八回	烈火弥天　神圭擒异士	
	飙轮舞电　飞剑斩妖人	4035
第二八九回	玉陨香消　感深情　金宫援情女	
	恶盈数尽　施妙法　火遁戮凶魂	4051
第二九〇回	独朗慧光　呈宝相　灵生兜率火	
	群飞星雨　毁花容　误放弥陀珠	4068
第二九一回	有意纵妖娃　宝树婆娑　青霞散绮	
	隐形擒异士　精虹潋滟　红雨飞花	4083
第二九二回	灿烂祥霞　双飞莲座	
	庄严宝相　自有元珠	4099
第二九三回	五遁显神通　烈火玄云呈玉碣	
	一环生世界　青阳碧月耀金宫	4115
第二九四回	转嫌为妍　玄功参造化	
	回嗔作喜　爱侣述缠绵	4132
第二九五回	苦缔心盟　三生寻旧约	
	宏施佛法　七老悟玄机	4148
第二九六回	逝水惜芳华　路远山深求宝诀	
	冲空闻异响　烟霏雾涌遁神魔	4164
第二九七回	绝海剪鲸波　万里长空求大药	
	穿云飞羿弩　诸天恶阵走仙童	4179
第二九八回	宝相灿莲花　万道霞光笼远峤	
	金针飞芒雨　千重暗雾遁元凶	4197
第二九九回	妙法渡鲸波　电射虹堤惊海若	
	香云冲癸水　星飞莹玉破玄冰	4213

第二七一回

灵境甫安澜　忽听传音急友难
离筵陈壮志　为观飞崃报师恩

　　前文说到申屠宏、阮征、李洪、凌云凤、沙余、米佘、金蝉、石生、甄艮、甄兑、易鼎、易震，连同众人新交的好友干神蛛、朱灵夫妻，以及新收弟子灵奇、石完、钱莱等共十余人，在光明境除了万载寒蚖和前古毒龙元鼍之后，赶往对岸不夜城岛上，用九疑鼎和天旋神沙，将海中精怪一齐制服，被不夜城主钱康夫妻迎往岛上，在临海珊瑚林金亭之中设筵款待。宾主言笑方欢，忽见一道金光横海飞来，落下一封柬帖，众人接过一看，俱都大惊。正待商量起身，金、石诸人身畔传音法牌又连发信号告急。正静听骇异间，古神鸠忽自空中飞堕，到了亭前，朝众人连啸两声，把口一张，先将从阮征手上夺去的灵符喷了出来。
　　阮征因起初杨瑾赠符时，曾说此符本可无须，但是此符具有不少妙用，带去可备缓急之需。此行如用不着，将来遇事，虽不似白眉禅师心光遁符飞行神速，但仗以防身，多厉害的邪法也难侵害。难得师父回山，特意代求了一道相赠。到了途中，赶路心急，刚一取出，便被神鸠夺去。后除妖蚖，曾见此符化为金霞喷出，现了一现，便自收回。此时忽来交还，心想："此鸟得道数千年，通灵变化，法力甚高。自被杨瑾收服，传了佛法，神通越大。照此情形，许是杨瑾早已算出，神鸠预奉密令，也未可知。"连忙伸手接过，笑问神鸠道："我此时不能离开，无须此符。鸠道友忽还此符与我，可是申屠师兄和蝉弟他们此行有用么？"神鸠将头连点，鸣啸示意。阮征便将符交与申屠宏。随问神鸠："此行对头厉害非常，鸠道友可能相助么？"神鸠将头一摇，身子忽然暴缩，飞进亭来，用爪向阮征手中宝鼎抓了一下，朝云凤叫了两声，又朝阮征连连点头。阮征见状会意，答道："此事不劳鸠道友挂念。我原和杨仙子说好，这里事完，便我不能前去，也必令凌师妹将鼎送还。看鸠道友心意，可是护送此鼎回山之后，再往相助么？"神鸠闭目寻思，并未回答。这时众人俱都忙于起身，见它不理，也未在意。

阮征因奉师命，必须坐镇神山，主持开府之事，不能同行；甄、易四弟兄法力较差，敌势太强，去也无用；新收弟子更不必说，沙余、米佘、灵奇、龙娃四人俱都奉命，暂留海外修炼；石完舍不得师父，再说去也无用。只钱莱一人，见众人要走，便依依金蝉身侧，意欲乘便求说，相随同往。金、石诸人对他均极喜爱；又知他看去虽是幼童，实则累世修为，功力颇深；众中只他一个面上喜气直透华盖，虽非对方之敌，去了未必有用，也绝不会有什么凶险。石生看出他依恋师父，有不舍之状，首先提议带同前往。钱莱立即乘机跪求。金蝉眉头一皱，说道："照乙师伯仙示之意，我此行恐怕还有牵累，偏又非去不能应点，自顾不暇，如何能带你呢？"钱莱不好说出自己因看见乙休柬帖，得知金蝉此行似有险难，方始想去的话，仍是婉言求告，坚执随行。金蝉终因童心未尽，初收弟子根骨既好，法力又高，越发喜爱，故不忍拂他心意；又听众人纷纷劝说，连乃父钱康也说："小儿道浅力弱，虽无大用，此行却可增长见识。"金蝉想了一想，笑道："我对贤郎实是钟爱，无如事太艰险，稍微疏忽，便吃大亏，为此不愿他去。既是大家这等说法，同行便了。"当下议定：只申屠宏、李洪、金蝉、石生、干神蛛、朱灵、钱莱七人同行，按照乙休柬帖行事。由凌云凤带了古神鸠开路，径由子午线上冲过，到了中土，再与众人分手，送还宝鼎，这等走法，可以近上小半路程。好在近日极光太火威力大减，云凤已试出宙光盘妙用，不似初来时那等矜持，足可无虑。

阮征和申屠宏、李洪累世同门至好，生死骨肉，终不放心；尤其金蝉此行，似要关系他的仙业成败，越发忧念。行时，将二相环分出一枚交与申屠宏。又把杨瑾所赠灵符交与金蝉，暗中叮嘱说："此老法力委实厉害，不可思议。乙师伯的仙示又未明言，看那意思于你关系甚大，万万不可疏忽。杨仙子本是凌师叔转世，佛法高深，她赠此符，竟未明言，必是防备此老会查出底细，故借助我飞行为由，到了途中，却命神鸠夺去，如此机密，定有深意。此外我再把阇耆珠借你一粒，此是魔教至宝，你二嫂与它灵感相通，如遇危急之时，照我所传诀印用法，向她通诚求助，立生感应。

我与她相处二年，无事时也常说笑，我生平几个好友俱都深知，她见是你，定必暗中竭力相助，但不可用来对敌。"随将用法传授。申屠宏说："二相环须用来镇压神山，不宜分开。"推辞不要。阮征道："法宝共是六枚，自从大哥代我收了一丸西方神泥，另四枚又经师母仙法炼过，目前发还，经我试用，比前威力大了不知多少。近日我已将六环化合为二，与西方神泥再一融汇，更见神妙。不论相隔多少万里，如若遇事，我只要运用玄功，立可收回。到时，大哥如见环上忽然放光，不住闪动，你便将它取下，朝空一扬，自会飞回。再说这里远在天边地轴之外，中有极光太火相隔，异派妖邪向无人来。就是元磁真气，近已减退，须满三年方始复原，到底远隔中土数十万里，一班妖邪漫说不会知道，纵令得知，也不敢轻来相犯。至于海中精怪，也都制服。暂时绝无甚事发生，大哥只管放心。倒是龙娃在大笞山援救田氏兄弟，我们曾下了一着闲棋，龙娃虽无法力，却有用处，近又得了几件法宝，怎么也不带去呢？"

申屠宏想了想，将二相环接过，答道："我看乙师伯仙示，好些均未明言，并还注明：一过子午线，便不许再谈论此事。与他平日所发仙柬预示，迥不相同。我看此行事既艰危，更须隐秘。乙、凌、白、朱诸老前辈，暗中必有布置，龙娃也许还不到去的时候呢。"说时，瞥见龙娃紧依身侧，眼巴巴望着自己，满桌仙果珍馐，美酒佳肴，均如未见。知他依恋之心更切，不舍离开。于是正色说道："你毫无法力，带去反而累我，如何能行？好好随着诸位师叔、师兄在此勤修，自有成就。你看同门师兄弟，哪个不比你强？你根骨最差，全仗用功勤奋，或能补你缺憾，专跟着我有什么用处？"龙娃本来不舍离开师父，自知法力太差，不敢求说。及听阮征之言，方生出一点希冀，没敢开口。一听师父这等说法，想起自己和诸同门一比，委实相形见绌，差得太多，简直谁都不如。知道师父乃本派第二代大弟子，群龙之首，第　次开山收徒，便收了自己这样徒弟，不特不曾轻厌，反更疼爱，师恩深厚，重如山海。如不用功向上，为师门争光，也无面目见人了。当时感愧交集，通身出汗，急得眼花乱转，吞吞吐吐，低声答道："弟子错了。"申屠宏见他目有泪光，面涨通红，看出他的心意，觉着此子终是年幼，也颇怜爱。便抚慰道："莫要心急。你诸葛师叔当初根骨也差，今日居然成就为本门中有名人物，全由勤奋得来。只要立志向上，终能如愿。

我们就要走了。"说时，众人早就忙于起身。

主人钱康夫妇听出事虽紧急，并非一到便能无事；而被困的人道心坚定，除受魔扰之外，暂时尚无别的危害；便乙休柬上，也令众人到后，按照所示方略相机而为。事虽紧急异常，并不争此片刻迟延。因此再三挽留，小饮再走。众人先也着慌，继而想到去得太早，并无大用；主人情意殷殷，不便坚拒。又见主人正命人取来许多仙果，款待神鸠，知它随侍杨瑾，极难得吃到这好东西，此次相随，往返数十万里，出力不少，又见它吃得香，也就不便催促。等到众人商议完毕，神鸠也住口，飞出亭外，方向主人辞别。刚一飞起，神鸠已恢复原形，飞迎过来。众人不便拂它盛意，略为称谢，便同坐上鸠背，仍由凌云凤手持宙光盘，当先戒备，冲入子午线，往中土飞去。因知事要机密，一过子午线便不能再谈前事，乙休柬帖又只说大概，一切全仗随机应变，为防有失，便在途中互相商议，到时如何下手应付。

原来女神童朱文同了齐灵云、周轻云、方瑛、元皓一行五人，由南疆红木岭碧云塘，别了众男女同门起身，到了路上，朱文因自己和女空空吴文琪找了一路，尚未寻到洞府，本来议定分头寻找。行至云贵交界，接到传音法牌告急信号，中途又遇二云姊妹，也为应援之事而来。下山时，早有仙柬预示机宜，于是三人会合，同往碧云塘相助诸人脱险。此时无事，意欲往莽苍山一带寻找洞府，便向齐、周、方、元四人辞别。二云姊妹因与秦紫玲约定，在衡山白雀洞金姥姥罗紫烟那里相见，等把岷山天女庙步虚仙子萧十九妹的绿玉杖转借到手，便同去南海紫云宫，开建海底仙府。因知此行事难责重，自己三人势力较单，虽有金萍、龙力子、赵铁娘等新收男女弟子，法力都不甚高。又因下山时所颁仙示，好似前次大破紫云宫时，矮叟朱梅一时疏忽，被一旁门散仙连同宫中异兽神鲛，藏在宫中隐僻之处，此去还有争执。二云姊妹人均谨慎，本想多约两个帮手，无如一班同门各有使命，不便邀约，外人更不便请其相助。料知诸人无甚要事，方、元二人又是枯竹老人引进的本门弟子，奉命随行，这一来，无异多添了三个好帮手。正在欣慰，不料要往莽苍山去。依了轻云，本想拦阻，劝其同往紫云宫，再续前游。灵云素不强人所难，深知朱文心高好胜，行事坚决，急于早将洞府寻到。不等轻云开口，便先说道："文妹既然急于找寻洞府，等愚姊开了紫云宫,再行奉邀作一良晤吧。"五人随即分手。

轻云埋怨灵云道:"大师姊太随和了。我此时想起恩师一句闲话,往往暗寓仙机,既命方、元二位随我三人同行,多半含有深意。寻找洞府,稍缓何妨?也是文姊太好强,否则黄山故居一样可用,何必费事再找?你不拦她,就许生出别个枝节来呢。"灵云一想,果然有理。便答道:"仙示兴许别有用意,可惜我未想起,她已先走。如说寻找洞府,却是难怪。人谁不爱好?她见易、李、癞姑三位师妹不久开府幻波池;我们三人所居紫云宫更是珠宫贝阙,金庭玉柱,海底奇景,气象万千。她们此时尚无一定住处,自然心切,急于往寻了。"轻云便未答言。灵云深知父师每于无意之中暗示仙机,料定朱文此行必有事故发生,无如飞行已远,又急于赶往衡山赴约。暗忖:"事如重大,仙示纵不明言,也应略示机宜,当不止此一句。"虽不放心,也就罢了。这且不提。

朱文也并非不往紫云宫去,只因性刚好强,言出必践,又和吴文琪约定,在西南诸省深山之中寻找洞府,如寻不到,便往莽苍山灵玉岩相见,再作计较。算计约会日期,相去只有十来天,如随二云姊妹前往南海,加上衡山,就便事情顺手,一到便入居紫云宫,这一往返,连同途中耽搁,决赶不上。文琪本是自己的大师姊,前在黄山餐霞大师门下同修时,多蒙她爱抚关照,亲如骨肉。如今自己法力越高,成了后来居上之势,理应对她格外恭敬亲热才是。如使其在莽苍山中孤身久候,于心不安。所以坚持要去,不与二云姊妹同行。初意前听青囊仙子华瑶崧曾说,莽苍山环回三千余里,其中洞壑幽奇,水木清华,灵区美景所在都是,以为洞府必可寻到。哪知平日见惯仙景,胸有成见,目光太高,连寻了好几天,把一座莽苍山几乎寻遍,全不合意。内有两处觉着还好,但都各有缺点。一算日期,相隔本月十五、十六两夜,还有三四日。心想:"文琪原来约好,分两路寻来,以灵玉岩为终点。也许她在别处寻到,且等见人之后商议。如无合适所在,且就先寻两处,择一暂居,修为要紧,将来道成,另寻仙山也是一样。"闲中无聊,又去前寻两处仔细查看,觉着也有可取之处,决定文琪如未找到,便择一处居住。

朱文心意一定,忽然想起昔年旧家情景,欲往城市置办一点什物用具,将它布置出一间卧室。这原是朱文以前出生世家,一时无事,乘兴所为。等到飞到昆明城外，择一无人之处降落，走到碧鸡坊前，才想起身边未带金银，如何买法？再说修道人也不需此，好端端布置这间闺房作甚？念头一转，忽又想起初到黄山拜师时年幼无知，常随师父去往九华锁云洞师母妙一夫人别府拜望，得遇掌教师尊转生爱子金蝉，两小无猜，十分投契。自己每爱闹个小性，常娇嗔，金蝉总是让着自己。也常随师母去往黄山相访，彼此关切，情分越厚。后来两次身中邪毒，几乎送命，全仗他姊弟二人救护，方得免难。金蝉从未以此居功。自己不知怎的，心虽感他情意，只一见面，必定故意讥笑，往往使其难堪，红脸而去。事后也未尝不悔，见面又是故态复萌。自己并非贫嘴薄舌，惯喜拿人取笑，对于别的同门也极谦和，惟独对他不然，不知是何缘故。忽又想起两番遇救时的情景："第一次，金蝉伏在自己身上，不惜耗损元气，嘴对嘴哺那芝血。刚将自己救醒，便被推下床来，几乎打跌在地。第二次，被红花姥姥用袖里乾坤摄往桂花山福仙潭，醒来又和他并头交臂而卧。虽然彼此天真，心地光明，终有男女之嫌。为此一到峨眉，便故意和他冷淡，彼时还怕他和从前一样纠缠不舍，被人议论。哪知金蝉从紫云宫取水回来，不久也自谨饬，不再似从前一味天真，言笑无忌，专寻自己游玩。加上自己一见面，便加嘲笑，仙府人多，年轻面嫩，除对自己仍是格外关注而外，踪迹渐疏。照良心说，实在有点对他不起。听说七矮暂时以他为首，不久要在云贵南疆深山之中开建仙府。以他累世修积，仙福甚厚，不知仙府寻到也未？所居如近，以后便可时常来往。好在彼此年长，道力精进，不似以前童心稚气。以后如与他相见，还是对他说明心意，免使误解，还当自己知恩不报，反与为难。"

朱文独个儿思潮起伏，忘了路的远近，信步前行，不觉走向碧鸡山上。纵目四顾，遥望滇池，平波如镜，万顷汪洋。内中岛屿沙洲，宛如翠螺，浮向水面之上。加上风帆点点，出没天边，景物清旷，颇觉快心。暗忖："此山风景也还不差，最难得的是这八百里滇池就在眼底，点缀得眼前景物分外雄丽。只借离城市太近，又是省会所在，山民之外，更有不少游人往来。否则就在这金马、碧鸡两山，择一胜处建立仙府，岂不也好？"一路寻思，不觉登上山顶，翠袖临风，独立苍茫。正在指点对面翠屿螺洲，观赏水色山光之胜，偶一回顾，瞥见一道白光，急如流星，正由远方飞射而来，投向后山深谷丛林之中。看出是本门中人，不知何事如此仓皇？正要去看，忽又见后面飞来一个周身白光环绕的黄衣少女，朝那白光追去。朱文前在峨眉开府时，曾见各异派和海内外的散仙因受众妖人蛊惑，无故生事，双方斗法多次，所以认出后追少女正是冷云仙子余娲门下。知道余娲师徒前在峨眉斗法不胜，丢了脸，当时为势所迫，虽被灵峤三仙劝往宾馆，终觉无颜，未等入席，便推有事，坚辞而去。乙、凌诸老本想封闭云路，迫令吃这罚酒，后因赤杖仙童阮纠传声劝解，才开云路送走。彼时师父妙一夫人又值开府在即，去往太元殿开读师祖长眉真人仙示，不曾亲送，当然又是一恨。看双方情势，必是本门师兄弟在外行道，与她门下的女弟子相遇，因而动手。闻说余娲门下男女弟子少说也有一二百年的功力，已成散仙一流，道法甚高。前面那道白光身剑合一，飞行迅速，必遭大败无疑。朱文一时激于义愤，不暇寻思，立即跟踪追去。

朱文自到峨眉以后，用功越发勤奋，连经大敌，又经师长同门指点，长了不少见识。这次开府，妙一真人传以本门心法，赐了几件法宝和一部道书，这些日来潜心参悟，法力更高。相隔后山谷只七八里路，晃眼飞到。还未降落，便见前面树林尽头有一石洞，洞前高林环绕，一条瀑布由洞侧危崖上如银龙蜿蜒，飞舞而下，直注洞侧不远清溪之中，雪洒珠喷，清波浩荡。洞前大片空地，中杂各色草花，老松如龙，虬干盘纡。下设石台石墩，似是主人闲中对弈之所。先前两道白光已经不见，满林静荡荡的，只有泉响松涛，相与应和，自成清籁，景物幽绝，不见一人。朱文心方奇怪，人已落向洞前。暗忖："先前明见白光落在此间，这条山谷，外观形势虽极幽险隐僻，中隔危峰峻壁，但是地方不大，形如葫芦，并无出路，怎会追到此地不见一人？双方明是仇敌，也无如此清静之理。有心飞入洞中查看，又觉洞中之人必也是修道之士，彼此素昧平生，不应如此冒昧，并且来历深浅，一点不知。看眼前形势如此安静，来人也未必落在洞内。冒失飞进去，就许一个不巧，发生误会。不问对方是什来历，均违背本门教规。"念头一转，便即止步未进。先在洞外喊道："哪位道友在此隐居，可能请出一谈么？"连喊数声，未听回音。先前看准敌我遁光相继飞落，立时跟踪赶来，无甚耽延，又未见人飞起，心终生疑。方想诸人如在，不问敌友邪正，断无置之不理之理。再不出来，我便进去也有话说，还是应援要紧。忽听洞内有人急呼:"朱师妹!"只喊了三个字,便无下文,好似突然隔断,语声急促,听去甚远,颇为耳熟。这一来,越发断定有人被困在内。

因是劲敌当前,既有同门被困,定必厉害。对方深浅虚实难知,忽生戒心,意欲隐形飞进。身刚隐起,便见洞中银光一闪,忙往洞侧避开,一蓬其细如针的银光,已由身旁飞过,一闪即隐。志在救人,便不去惹他。二次正待飞入,银光到了洞外,又由隐而现,电也似收将回来,如不躲闪得快,差点被射中。她心中一动,便把天遁镜取出,隐去宝光;以作防身之用,立随那蓬银光去路,飞身入洞。见洞中又深又大,石室甚多,曲径回环,极易迷路。最后一层,地势往上高起,钟乳四垂,蝙蝠乱飞。有的地方积水甚深,前进之路,盘旋如螺,最窄之处,人不能并肩而过。好似主人全未修缮,比起高大整洁的前洞石室,迥不相同。如非有那银光引路,自己飞遁神速,绝找不到。飞过那中洞最曲折阴晦污湿的一段以后,前面渐平,到处钟乳如林,璎珞下垂,光影离离,灿若锦屏,地势亦极宽大。那尽头处,大小共有八九个钟乳所结的洞穴。因见门户太多,恐和来路一样,正在立定查看,不知由何洞走进才好,忽听女子说笑之声,似由右侧第三洞内隐隐传出,忙即循声走入。

进了洞门往右一转,面前忽现出一条高约丈许,长约十丈,通体质如晶玉溶结的甬道。全洞由外到内,俱都不透天光,独这甬道前端明如白昼。最前面又是一个圆洞,那光便由洞内发出。空洞传音,适才所闻笑语之声,分外真切,听去似在与人问答,不似对敌情景。朱文心中奇怪,孤身深入,未敢造次,便把飞行放缓,轻悄悄掩将过去。只听一个女子口音说道:"你们怎还不明白?适才你那同门师妹,必因无人应声,又见前洞黑暗,不似有人在内,已经走去。我因急于问话,无暇过问,也就听之,否则我决放她不过。我这太白神针,能由心灵运用,隐现如意,威力至大。此女如还在外,或是走进,遇上此针,不死必伤。就算你们峨眉门下这些后辈各有一两件可以卖弄的法宝,事前警觉,能够抵御,我也必有感应。此洞深长曲折,隐僻非常,不知底细的人绝难到此。你二人新近隐居此地,并无人知;就有人来,在我手下也是送死。我已再三开导,怎么还不省悟?趁早降顺,免受苦楚。"稍停,又道:"你这黑鬼最是可恶!如非看你师兄分上,休想活命!如今声音被我隔断,鬼叫有什么用处,且先给你吃点苦头再说。"朱文才知被困的人，连说话都受了禁制，难怪没有回音。料定对头不是庸手，便把法宝、飞剑准备停当，打算相机行事，猛施全力，给她一个措手不及，将人救走。主意打定，人也飞到洞外。定睛一看，里面乃是一间八九丈方圆、由钟乳结成的洞室，当顶悬有一团宝光，照得满洞通明。上下四外的钟乳晶壁齐焕流霞，光却柔和，并不耀眼，不知是何法宝。此外，卧榻用具陈设颇多，也均晶玉所制。初疑被困那人，必被对方禁制擒住，不能行动，这时一看，大出意料。

原来室中共是男女三人。一是白侠孙南，一是黑孩儿尉迟火，分坐两边玉榻之上。孙南全身宝光笼罩，似运玄功入定神气，还不怎样；尉迟火身外虽也有宝光、飞剑防护，光外却笼罩着一幢银色怪火，满脸俱是忿激之容，嘴皮乱动，似在喝骂，但是一句也听不出。榻前站定一个宫装女子，云裳霞帔，宛如画上神仙打扮，满身珠光宝气，相貌颇美。正在戟指说笑，劝令二人降顺。如换平日，朱文早已冲入下手。因是先前看出对方来历，胸有成竹，自觉势孤力弱，又见这女子禁法神妙，深浅莫测，已快闯进，又停了下来。这一审慎，果看出门外还有一片极淡的银色光网，断定敌人厉害非常。于是小题大做，骤以全力施为，一言不发，首先将天遁镜朝前照去。此宝略一施为，便是数十百丈金霞电闪而出，那么小一点地方怎够施展，宝光到处，封门光网首先消灭。朱文因恐不是敌人对手，原是同时发动，镜光到处，飞剑、法宝也一齐飞出，夹攻上去。这女子乃余娲徒孙三湘贫女于湘竹的爱徒魏瑶芝，法力颇高。正在志得意满之际，猛觉满洞金霞，耀眼欲花，封洞法宝已被人破去。知道不好，将手一扬，一幢银光刚将身护住，只见敌人飞剑、法宝已一同飞射过来，不禁大惊。朱文因恐敌人情急反噬，镜光一偏，又射向尉迟火和孙南的身上，笼身怪火立被消灭。孙南、尉迟火见来了救星，也各飞起，指挥飞剑上前夹攻。

魏瑶芝本就觉着镜光强烈，如非仗有师父防身法宝，敌人上来又以救人为重，不曾对面照来，就开头这一下，便无幸理。情知凶多吉少，无如师父性情素所深知，此举大是犯恶，成了还好，就此逃走回去，认为丢人，必不能容。心中忧急，举棋不定。敌人法宝、飞剑又极厉害，正在奋力抵御，打算豁出心上人，玉石俱焚，施展最后杀着，败中取胜。猛瞥见镜光到处，师门至宝乾罡神火罩又被敌人破去；所困两人也各放出飞剑，倒戈相向；敌人也现出身来，是个红衣少女。这一惊真非小可。一时心痛情急，咬牙切齿，把心一横，忙将左肩上所系葫芦往外一甩，立有几粒豆大黑色精光突突飞起。这时朱文等三人正同时向前夹攻，两下里一撞，当头一点黑光首先爆散，化为无数黑色火弹，夹着大片黑气狂涌上来，剑光几被荡退。如非朱文宝镜在手，防御得快，几乎被它打中。头一粒刚被镜光冲散，第二粒又飞将上来，相继爆炸。虽被天遁镜照样消灭，但是地方大小，火球黑烟四下横飞，上下洞壁挨着一点便成粉碎，整片钟乳晶壁雪崩也似纷纷倒塌坠落，晃眼之间，便炸成了百十丈方圆的一个大洞。

朱文见那黑光并无邪气，余威所及尚且如此厉害，本就惊奇。又见敌人在银光环绕之下，恶狠狠戟指怒骂，说与自己势不两立，辞色凶横，毫无退意，惟恐还有别的杀手，意欲先下手为强。暗用传声，令孙南、尉迟火留意，一面用天遁镜破那黑光，一面加增法宝、飞剑的妙用，上前夹攻，使敌人无法援手。暗中又取了两粒霹雳子，一粒照准那黑光的葫芦打去，另用一粒想将敌人打死。此宝乃幻波池圣姑收集两天交界乾罡雷火凝炼而成，威力绝大，如用两粒照人打去，魏瑶芝绝难活命，总算她命不该绝。朱文因见敌人护身宝光甚是神妙，飞剑、法宝不能攻进，只有左肩上的葫芦往外发那黑光，略有空隙，意欲乘虚而入，先将葫芦震破再说。另一粒能否打中敌人，原无把握，不料弄巧成拙，竟被逃去。

原来魏瑶芝口中虽发狂言，实则力竭计穷。先还情急拼命，继见敌人如此厉害，心胆已寒。暗忖："师父法严，总有一点情意。如落外人手中，焉有活命？"于是起了逃走之念。无如敌人相逼太紧，急切间脱身不得，本就心虚意乱，加以宝光、剑光均极强烈，虹飞电舞，耀眼欲花。那霹雳子初发时，只有豆大一粒紫光，又经妙一夫人炼过，能随心意运用，不到地头，绝不发难，势更神速如电。魏瑶芝因见黑光一出，便为宝镜所破。此宝虽无霹雳子那么大威力，功效性质也颇相同。师门至宝，炼时不易，连遭毁灭，痛惜万分，不舍平白葬送。恰在此时停发，未及封闭，霹雳子已乘虚投入，到了里面，便生妙用，连那一葫芦的火珠也一齐爆炸开来。幸那葫芦也是一件异宝，不曾一举炸裂，缓得一缓。魏瑶芝百忙中刚将葫芦封闭，猛觉里面迅雷爆炸，密如贯珠，左肩立受震撼，力猛无比。知道中人暗算，心还不舍抛弃。转眼震势越猛，葫芦也发出炸裂之声，才知不妙，极力戒备,用护身银光将其隔断。在这微一迟延之际,猛听惊天动地一声大震,雷火横飞,葫芦炸成粉碎,左肩连臂震断,身外宝光也被荡散,人被震退出去好几十丈。同时第二粒霹雳子也已打到,正值断臂飞起,一下撞上,又是一声霹雳,炸成粉碎。幸是先前受震倒退,否则身外宝光全被震散,人也难免惨死。惊痛惶急之中,瞥见雷火猛烈,连珠爆发,下面洞壁四外崩塌,整座洞顶也被震裂了一大片,轰隆之声震耳欲聋,上面已经发现天光。敌人也似事出意外,飞剑、法宝虽还未撤,人却齐向后退,正用宝镜排荡残余雷火。心中一动,立纵遁光,电一般朝上射去。

三人没想到敌人葫芦中还藏有大量火珠,声势如此猛烈。朱文惟恐同门受伤,不知当地相隔山顶只二三十丈,已被雷火震裂了一个大洞,以为敌人逃路已被隔断,只顾施展宝镜排荡雷火,略一疏忽,竟被敌人负伤逃走,再想追赶,已是无及。一问孙南,才知二人自从奉令下山,便在西南诸省行道。前两月行至昆明,发现碧鸡山后深谷之中有一山洞。以前原有一位散仙在内隐修,后来尸解,便将洞封闭。并还留下偈语,说再停两甲子还要转世重来,到时禁法自然失效。但是入居不久,还要他去,脱去一层情孽,便可成就仙业。孙南到时,石壁忽开,谷中云雾全消,现出洞府。寻到里面,仿佛以前常去之地,心甚奇怪。后来发现偈语,再被壁上一片神光照过,忽然省悟,自己竟是那散仙转世,心中大喜。到后洞寻出前生遗留的道书、法宝和十几粒灵丹。因是前世修炼之地,此次奉命行道,多在云贵两省城镇之中,二人本无一定洞府,便同住在其内。用功之外,日常出外行道,一连两月,所救的人甚多,功力也颇精进。

本来无事。尉迟火为友心热,这日想起同门好友笑和尚违犯教规,被师父苦行头陀罚在东海面壁十九年,开府盛会,所有同门师兄弟妹全都得了好处,只他一个罚期未满,不得参与。便和孙南商量,欲往探看,虽然爱莫能助,使笑和尚得知本门近年发扬光大的盛况,心里高兴,也可增进向上之心。孙南知他诚厚天真,虽然修炼多年,仍是刚直性情。笑和尚与自己原也交厚,略为寻思,便即应诺。一同飞到东海钓鳌矶侧面笑和尚受罚之处,见石壁苔封,中藏本门禁制。尉迟火打算拼受责罚,仗着下山时传授,解禁入内探看。孙南觉得笑和尚疾恶如仇,树敌甚多,此举不特有违师命,甚或与他不利,再三劝阻。二人正在商议,忽听笑和尚由石壁内传声说道："本门开府盛况，我已尽知，诸葛师兄并曾神游到此，与我叙谈。十九年光阴，弹指即至，火弟如何这等热情？我此时原神本能出见你们，无如师命难违。自从大师伯与掌教师尊走后，有时妖邪来此扰闹。上月耿鲲竟想毁损三仙故居，为封洞禁法所伤。近来方始安静一点。此间已非善地，你们法力尚差，遇上厉害一点的便对付不了，我又不能相助，还是快些走吧。"

孙南以前原在东海住过，意欲去往三仙洞府稍微查看，就便将当地所产的五色灵芝带几株去。心想笑和尚曾说当地近日已较安静，这一会儿工夫，当不致有什么事故。尉迟火素来胆大，又在旁一怂恿，便同前往。哪知事情真巧。刚一到达，见仙府后面昔年诸葛警我、黄玄极二人所开辟的一片芝圃，虽然无人经管，照样繁茂，各色灵芝，灿若锦云，老远便闻到一股香气。暗忖："诸葛师兄曾说，这里共有五千株灵芝仙草，开府之时，已经移去大半。所余虽非天府名葩，也是以前海外采药物色来的异种，为防妖人毁损，曾用禁法掩蔽。并告自己，以后寻到洞府，如需以此点缀，不妨亲往移植。现在生长如此繁盛，老远便能看见，莫非禁制被人破去不成？"想到这里，已同飞落。孙南方嘱尉迟火留意，忽听身后女子笑声。二人忙即回顾，面前站定一个黄衣宫装的女子，肩上扛着一柄花锄，上面挑着一个六角浅底花篮，已然采有两株灵芝，正由芝丛中缓步走来。尉迟火素来不喜欢女子，见是生人，又因禁制被人破去，不由有气。开口便问："你是哪里来的？为何盗我灵芝？"孙南见这女子满身珠光宝气，不是妖邪一流，惟恐冒失惹事，不等说完，抢前插口问道："道友何来？可能见告么？"女子先听对方口出不逊，本有怒意，柳眉微扬，说得"丑鬼"二字，又听孙南之言，忽改笑容，答道："家师乃三湘贫女，家师祖是冷云仙子。我名魏瑶芝，平生最爱种植灵芝，异种收罗，不下千种。前听人言，你们凝碧崖颇有珍品，无奈双方情意不投，不便往取。昨日才听一道友说起三仙故居后面有一芝圃，但有法力封禁，并还传我破法。我想你们凝碧仙府瑶草奇花甚多，这里已经弃置，理应公诸同好，为此赶来，破禁入内。哪知传言太过，佳品无多，只几种差强人意，我已早有。本不想要，因先和那道友打赌，如不采回两株，必定道我怕事。其实并不稀罕，如不愿意，还你如何？"孙南一听，对方竟是余娲门下，想起开府斗法情形，心中一惊,知道难惹,不愿为此小事结怨。暗止尉迟火不令开口,从容笑道:"这片芝圃,乃我师兄所辟,曾费不少心力。因自移居峨眉以后,时有左道妖邪来此侵扰,恐其毁损可惜,方用禁法掩护。道友如喜移植,只管将去便了。"魏瑶芝一双媚目注定孙南面上,听完笑道:"你这人甚好,不似你这同伴无故开口伤人。你就住在此地么?"孙南不知对方一见钟情,虽不忿她辞色狂傲,总想省事,平生不惯说谎,勉强答道:"我二人奉命行道,尚无一定住所。"魏瑶芝又问:"现在何处行道?"尉迟火见她絮聒不休,早已不耐,忍不住说道:"我二人回昆明去,与你什么相干?"魏瑶芝朝孙南瞟了一眼,笑说:"你这人怎不诚实?你那禁制只被我法宝镇住,仍可复原,免得日后被人毁损,你却怪我。行再相见,我去了。"说罢,将手一招,一片银光闪过,人便破空飞去,再看禁法,果是原样。

尉迟火气忿忿方要开口,孙南道:"诸葛师兄虽因以后同门弟兄姊妹许要移植灵芝,所下禁制虽不厉害,终是太清仙法。此女竟能用法宝将它暂时镇住,不令发出威力,从容来去,你我岂是敌手?何况余娲师徒最是骄横,法力又高,本有嫌怨,与她门下再一争执,立即会生出不少事故,何苦惹她,反正不是妖邪一流,让她一点也无妨害。我们采上几株走吧。"二人随把灵芝采了四株,便即回山。

又过些日,二人照例同出同进,每次出外,必将洞门禁闭。这日孙南想起滇池小菱洲有一家渔民为水蛇所伤,经自己治愈以后,因那渔民是个孝子,人甚穷苦,欲加周济。恰巧当地富人邢开甲人甚侠气,昔年便与相识,曾救过他两次性命。因知自己不受酬谢,在外行道身无分文,教规又严。遇到需钱之时,至多只能去往金沙江上游,淘取一点金沙,或向相熟善士募化,不许偷富济贫,妄取不义之财。为此慨捐巨金,托代行善,每有需用,无不欣然照奉。打算向他讨些银子,与渔民送去。尉迟火灵悟较差,用功却勤,隔夜照着师父道书修炼,觉着功候不如孙南,又不喜与俗人酬应,便没有同去。孙南先到邢家取银,再寻到小菱洲一问,那渔民因母老弟幼,愈后无米为炊,又值淡月,嫌当地所得不多,独驾小舟远出未归。孙南怜他孝行,将银交与乃母,还想见他一面,告以此后有事,如何寻找自己,便追了去。寻到谈了一阵,又赐了两粒祛病延年的灵丹,令他母子同服。正要走去,忽听破空之声甚是细微,忙运慧目仰望,一道青光正由当空飞渡,往东北斜射下去。飞行绝快,声光一闪即隐,一望而知是个正教门下,却又不是峨眉、青城、武当三派家数。一看下落之处,正是香兰渚一面。暗忖:"宁一子便在那里隐居。昔年自己偶游西南深山之中,被一妖人所困,彼时入门不久,法力太差,眼看危急,幸遇此老援救,才得无事。这次再来昆明,早欲往见,每日勤于用功,并须按时出外修积;又以这位老前辈为当今散仙中头等人物,道法高深,人又和善,最喜提携后进,既打算去,便须留上一半日,以便向其请教,一直无暇,迁延至今。难得今日有此闲空,何不就便拜见?"想到此,便往香兰渚上飞去。刚刚到达,便见临湖水榭之上,一个年约十二三岁的道童,飞身迎出,自称姓蒋名翙,问知来意以后,延往水榭落座。说他前生乃宁一子门人,近始转劫,重返师门。师父昨日去往海外访友,不久还往休宁岛去赴群仙盛会,归期尚远。孤身留守,甚为寂寞,难得双方相隔甚近,如不见弃,以后可以常共往还。孙南因双方师门交厚,蒋翙年纪虽轻,适见青光功力颇深,人又天真至诚,所居相隔又近,交此同道好友,自是合意。两下里越谈越投机,便成莫逆之交。蒋翙又往洞中取些酒果出来款待,意欲留他盘桓几日再走。孙南答说:"现奉师命,修积内外功行,每日均有常课。并且尉迟师弟尚在等候,时久不归,必多悬念。今日暂且告别,稍暇当与尉迟师弟同来拜访,再图良晤。"

孙南临行,蒋翙忽取出一片上画符箓的青竹叶递与他,说道:"小弟前生,偶往熊耳山采药,路遇枯竹老人神游中土,转世三十六年刚刚期满,在彼坐化。因有一对头开他玩笑,此老性情古怪,素不求人相助,我事前恰遇高人指教,为他效了一点小劳。等他坐化以后,我正要走,此老元神突然出现,命我再隔一甲子,记准那天月日时刻,不论人在何处,往西南方飞寻过去,一面三呼枯竹老人,便可相遇。说完不见。今早忽然想起此事,便照所说寻去。飞出好几百里,经过好几座山头,均不似修道隐居之所,前行又无一定地方,心中不耐,姑且唤他名号。刚一出口,遁光便被人吸住下降,落向山头。同时面前一片青光闪过,现出一位手执竹枝的美少年。我知那竹枝便是此老记号,连忙朝他礼拜。他说我今生必有成就,夸奖了几句,送我一粒青灵丹和几片竹叶。那丹可抵一甲子功力,我已服下。这竹叶乃他自炼灵符,专能抵御邪法,保卫真灵,用以防身,再好没有。因为每符只用两次,所以给了好几片。行时曾说:'你用不了那许多,日内有人寻你,不妨转赠一片。'我想前生道友多半道成,或已转世,就有两个,也不知我踪迹,近数年内,师父又不许我离此他去,怎会有人寻我?没料回来不久,师兄便到。久闻此老与齐师伯神交甚厚,此举必有深意。现送师兄一片,以备不时之需。此符神妙非常,用时只需心中默念他的口诀,立生妙用,连手都不要动。无论多紧急的形势,哪怕身被敌人擒住,不能言动,均可无害。"

孙南闻言喜谢,各订后会而别。本定一直飞回,忽想起附近山中有片果林,好些果实俱已成熟,想就便采些回去,二人同吃。刚刚飞落,忽听女子笑声,甚是耳熟。回头一看,正是前在东海所遇魏瑶芝,面带巧笑,突在身后出现。心里虽厌恶,却不愿得罪。略一点首,刚转身去采果,魏瑶芝忽道:"这里果实皆非珍品。我那海外仙果甚多,均能轻身益气,驻颜祛老。道友洞府何处?我改日专程奉送,不比这个强得多么?"孙南因对方道路不同,师门还有嫌怨未消,又是一个女子,不愿与之结交,还未想到别的,便以婉言推谢。

其实魏瑶芝也非淫荡女子,只为前世夙孽,一见钟情。想起本门不禁婚嫁,除乃师于湘竹外,各位师长多是成双配对,同修仙业,于是动了凡心。东海采芝之时,恰正有事,又不愿上来便现轻狂,未及尾随。无如身陷情网,不能自拔。魏瑶芝先还在想借故结识,等交往些时,成了朋友,再仗自己美色柔情,引使上套。后听人说,峨眉教规至严,所修均是玄门上乘道法。教主虽是夫妻合籍双修之道,一则历劫多生,愿力宏大,非一般人所能办到,更有长眉真人为他夫妻特炼的太元丹,依然历尽艰难,才有今日。教规虽也不禁婚嫁,但是门下弟子除有限几人,情孽纠缠不能解脱而外,全都忘行艰苦,誓修仙业。下山时,通行左、右元两洞火宅、严关,道心坚定,万难动摇。休说便其自投,便献身俯就,也必遭其峻拒。思量无计,只有苦缠不舍,或者有望。算计意中人必在昆明滇池左近山中修炼,事完便寻了来。魏瑶芝因孙南行踪、洞府均极隐秘,连寻多日,不曾寻到。正在失望,疑心尉迟火所说不真,待要离去,偶往乡镇上访问,无意中居然访出孙南、尉迟火在当地舍药救人之事,不由又活了心。每日隐身飞寻,把那一带的山岭搜索殆遍,终无影踪。这日飞经香兰渚上空,正值孙、蒋二人分别,被她发现,隐身追来。初意仍想结为同道之友,循序渐进。不料对方毫不领情,辞色虽颇谦和,心意却是坚拒,连所居洞府均不肯明言。疑是心意被人看破,不由恼羞成怒。始而责问,说孙南不受抬举。后来情不自禁,公然直吐心意。孙南听她越说越不像话,又忿她无耻,于是由口角变为动武。孙南自非其敌,总算魏瑶芝情痴热爱,不愿伤他。又因此举太没脸面,防被别人撞见,想逼他逃回洞去,再行追使降服。已经困住,又故意放他一条逃路。

孙南不知是计,正想施展蒋翊所赠灵符,忽见有了逃路,立驾遁光逃去。起初也防备引鬼上门,及至飞出不远,回顾敌人渐远,已不再追,只当飞行不快,没有追来。双方相持已过了一夜,出来时久,惟恐尉迟火悬心,便往回路飞去。眼看碧鸡山洞府快要飞近,忽听身后笑骂之声。孙南回顾敌人突然现身追来,心中大惊。意欲赶紧回洞,用本门禁制将洞封闭,见了尉迟火再商议应付。刚一入洞,敌人也跟踪赶到,连禁法也不及施为。可是敌人也未十分相逼,一直追到后洞。尉迟火闻声迎出,相助应敌。双方动手不久,便被魏瑶芝追入室中困住,立逼降顺,结为夫妇。一任二人辱骂,置若罔闻,一面用新学来的左道中摄心迷神之法诱惑。这时二人全被困禁室内,虽仗飞剑、法宝防身,对方又无别的恶意,未受甚苦,心中自是惶急。尉迟火还好一点,孙南因被对方看中,邪法厉害,心中几受迷惑。幸而身带灵符,刚觉心神摇动,不能自制,立即施为,随有一片极淡的青光冷气笼罩全身,神志立时清明。便用传声告知尉迟火,各自镇摄心神,索性坐向榻上,按照本门心法运用玄功,免为所算。只要道心不受摇动,外有法宝、飞剑防护,决可无害,暂时不去理她。枯竹老人遇事前知,仙机莫测,转赠此符,分明早已前知,也许还有救援,且相持些时,再作计较。尉迟火性暴,偏不听话,喝骂不已,又想运用传声法牌向同门求救。孙南因那法牌只能用一次,自己前途还有大难,不舍轻用;又看出敌人志在求偶,虽然淫贱无耻,并无害人之意;并且法宝、飞剑足能防身,除被困外,并无他虑,何苦为此用去?便止住尉迟火,不令发出求救信号。

正相持间,忽听洞外有一女子呼唤主人出见,正是朱文来到。尉迟火刚一应声,魏瑶芝深知峨眉门下颇多能者,惟恐来人作梗,一面行法,连二人语声一同隔断;一面施展法宝太白神针,出洞查看。不料朱文机警,动作神速,预先避开,跟踪飞入,既巧且快。魏瑶芝几被神雷炸死,身负重伤逃去。可是那洞府也被炸碎,连洞顶所悬照亮的宝珠也一起葬送,全洞石室十九崩塌,无法再住。仇恨已成,早晚有人寻来,绝非对手。略一商量,便将上下洞穴裂口一齐行法堵塞,同飞往香兰渚,与蒋翊相见,告以前事。蒋翊答说:"今日开读师父所留柬帖,曾说此事因果。并令告诉三位:余娲素日自负,前番峨眉受挫,在未找回颜面以前,绝不致亲自出头与后辈们作对。于湘竹虽不好惹,又有伤她爱徒之恨,寻仇当所不免。但是此女身具畸形,四肢不全,天性乖张强做,又喜奉承,时受许飞娘等妖妇蛊惑,多行不义,终于自误,法力虽高,到时也可解救。倒是两年之后,另有一场魔难关系孙南成败,必须留意。最好在莽苍山寻一洞府隐居,行道之外,多用基本功夫,务令道心定力格外坚强,到时才可勉强应付。"孙南向空拜谢之后,朱文作别先走。孙南、尉迟火在香兰渚与蒋翊聚了数日,方始辞别。蒋翊笑道:"照师父留示,那魏瑶芝与孙师兄原是凤孽,她那同党曾往山中代为寻仇,二位师兄在此数日,已经错过。此女已被乃师带往海外养伤,大约两年之内不会寻你。过了两年,你便有人相助,不怕她师徒了。"二人自是感谢,各定后会之期,同往莽苍山飞去。

第二七二回

飞剑除凶鱼　黄水堤封消巨浸
登山逢怨女　白莲花送见仙童

朱文在莽苍山本寻有两处洞府。一在风穴左近向阳山谷之中，便是她与吴文琪的新居。一在山东南一座峡岭上面，满山俱是松篁，掩云蔽日，一峰凸起，形势高峻，远望宛如神龙昂首，势欲飞舞。洞在峰腰危崖之上，高只数丈，但有天然石径。由上而下，移步换形，各有胜景，加以泉石清幽，山花如锦。因左近还有两山高出天汉，挡住天风，气候十分温和，四时如春，花开不断，只是稍微显露一点。孙南、尉迟火寻到地头，稍加布置，便即入居。在山中先后将近两年。因隔城市太远，又因树下强敌，存有戒心，头一年两人闭洞用功，极少外出。到第二年上，见敌人无甚信息，一班同门兄弟姊妹闻说四人分居莽苍山，每一经过，常往探望。得知二云姊妹同了秦紫玲已经开府紫云宫；易静、癫姑、李英琼也早到了依还岭，正与妖尸隔洞相持，不久便要夺取圣姑藏珍，开府幻波池；七矮弟兄和一班同门，也都各有遇合，建功颇多。又见朱、吴二女时常出外修积。心想："对头一次也未遇上，自己这样胆小，岂不惭愧？"孙南谨记宁一子柬帖之言，偶然心动，还想："成功不在早晚，挨过两年之后，彼时功力精进，再行出山也是一样。"尉迟火天性刚强，见众同门多为师门争光，只自己和孙南伏处山中，无甚建树，心中不快，力言："事有定数，我们该遭魔难也逃不掉，师父也不会命我们下山为他丢人。再不出山修积，岂不被人取笑，说我们怕那贼婢，连门都不敢出么？"孙南强他不过，自信近来道力坚定，飞剑、法宝越发神妙，下山时所赐道书也将学全，遇上强敌也无大碍，便被说动。偏生一开始事情十分顺手，连建了两次大功德，越发高兴，以后又是无往不利。中间也曾遇见两次妖邪，一则本身法力已非昔比，二则时机又巧，刚一动手，便遇有大力的同门经过，一同合力将妖人除去。因为遇事得手顺心，渐渐忘形，不以前事为意。

光阴易过，转瞬满了两年。二人一路游行，随处行道，久已不曾回山。这日在路上，孙南想起明日便满两年，忽然心动，恐宁一子之言快要应验，正在商议回山住上两月，再出修积。忽听人言，黄河在开封附近决口，灾民甚多，尉迟火首先提议，前往救灾。孙南暗忖："这类大劫不知也罢，知而不往，便犯教规。就便有甚魔难，也不应取巧回避。有命自天，管它作甚？还是救灾要紧。"立止前念。互相商议，此举需银甚多，不是所交几家富人所能胜任，日前听墨凤凰申若兰说，二云姊妹近因紫云宫中金珠宝玉多如山积，前两月曾用法力运了不少存放在解脱坡崖洞之中，请宝相夫人收藏，准备众同门在外行道济人之用。便决定由尉迟火前往取运，孙南赶往黄河防御水势，暗助堤工，并查水中有无精怪作祟。议定之后，便各分头行事。

当地原离灾区甚近，孙南不消多时便已飞到。那黄河原是数千年来一个大害，自青海发源起长达万余里，自来流经河南、山东两省境内水灾甚多。这次原因上流山洪暴发，加上巩县、武涉一带天降淫雨，连旬不休，由孟津起直达铜瓦厢，连决了十多处口子。灾区之广，从来少见，又当桃汛期中，水势越发猛烈。孙南刚入河南省境，便见前面浊浪滔天，奔流滚滚，大好平原已成了一片泛滥之势。低处人家田舍早已淹没漂走，化为乌有。较高之处，也只露出半截屋顶。灾民全都露宿山野之中，更有不少被水围困的栖身树上，哀鸣待救。遍地汪洋，野无炊烟。虽有一些官民绅商好善人士抢救河堤，分驾小舟，装运食物，在那水浅之处救济灾民，无奈灾区太广，杯水车薪，简直无济于事。孙南一路飞将过去，到处都是啼饥号寒，哀鸣求救之声，惨不忍闻。时见成群浮尸，夹着一些箱笼什物，顺水漂浮。河道中的激流，仍似排山倒海，万马奔腾，狂涌而来。那被惊涛骇浪激起来的漩涡，大大小小，一个接着一个，比电还快，顺着狂流往下流泻。遇到浮尸、断树、什物之类，只转得几转，便被吞没了去。遇到稍微转折之处，那么坚厚的河堤，吃浪头一扫，立似雪崩一样，倒塌大片。滚滚狂流，便顺堤岸决口狂涌而上，晃眼便淹没了一大片。不论人畜房舍，挨着便被卷去。这些地方，因是河堤险要之处，堤上大半聚有不少乡民，在彼抢护。河堤一塌,前排的人首先随堤下坠,被浊流卷去,送了性命。后排的人见状齐声哭喊奔逃,水已由后涌来,人自然没有水快,有的赶忙爬往附近树上,还可苟延残喘。有那跑得慢的,再不悉水性,不是被浪打倒,淹死水中,便被卷入河内,照样送命。只听哭喊救命,唤娘呼儿的哀号,与远近村中鸣锣报灾之声,四野相应,声震天地,令人见了,心酸目润,不忍毕睹。那水仍在继涨增高,狂涌不休。

孙南当时激动侠肠,一着急,便不暇再顾行藏,径驾遁光,飞身直下。明知灾区广大,独力难胜,意欲先将堤防护住,再作计较。飞近堤边,先用本门太清仙法,手掐灵诀,往下一扬,先把决口水势禁制,不令冒起。然后飞往村中,唤住难民,说水势已退,不会再涨,无须逃避,速急去救死伤诸人。并留下几粒灵丹,溶化在大缸水内,只要将死人腹中浊水压出,灌上一杯药水,便可救治。村人早见他驾着一道电光,自空飞降,扬手又是一道金光,水便退去,决口依然,却不再涨。黄河沿岸居民神权最盛,俱当天神下界,纷纷求救。孙南知道无可理喻,便大喝道:"我奉仙师之命,来救你们。但是水势太大,我还要往别处,不能单顾你们。那富有钱米人家,可速取出施舍救灾,等我回来,照数奉还;如若不舍济人,你们也无须勉强,听其自便,善恶皆有报应。不出三日,我便回来,只不许告知官府,向外传扬,也无须祭神供奉;否则,我便不管你们了。"说罢,索性故示神异,放出大片光华,腾空飞去。便驾遁光,顺流而下,遇到决口之处,便照前法施为:先将堤岸护住,然后设法医救灾民。共经了四日四夜的工夫,才把中下游的堤防护住。总共现身民间才只三次,均是小镇,也未在意。因见水势依然汹涌,不能过多运用法力禁制,帮手一个没有,救灾善后,事甚烦难。尉迟火也未到来,心中奇怪。正打算去往上流查看,行经武涉、孟津之间,见两山对峙,中夹黄流,骇浪奔腾,势更猛恶。

孙南再往前飞不远,忽见两面山崖上聚有不少乡民,正在焚香顶礼,向空哭喊,声震原野。心想:"地势这么高,难道还怕被水冲塌?"便把遁光放低,定睛一看,原来前面不远,便是河道弯曲之处,山势至此突然中凹,现出大片平原。地上种满粮食,看去一片青绿,甚是茂盛,分明年景甚好,可望丰收。可是那两山缺口,正当河道转折之处,堤防虽颇高厚,无如水势太猛,千层恶浪由上流狂涌而来,先朝缺口之处打去,被那又坚又厚的河堤一挡，然后就势转折，一泻千里，往下流头驶去。似这样后浪催前浪，一个紧接一个，打个不休，多坚固的河堤也禁不住。虽然不曾整个崩溃，每经一次大浪头过去，临河堤岸便被刷去好些。那宽厚几达二三十丈的河堤，有的地方已被冲刷去了十之七八，成了六七十丈长的一条残缺不全的锯齿断岸。最猛烈的是浪花高涌，宛如山立，竟由堤岸上飞过，近堤上田已有积水。河中涛鸣浪吼，水气蒸腾，杂着两边坡崖上近万人民号叫喧哗之声，越显得形势险恶，看去惊人。

孙南料知堤岸必被冲塌，正待行法禁制，忽听决口这面哭声震天，近村中锣声又起。随有无数人民扶老携幼，肩挑背负，由附近村中哭喊奔出，纷纷往山头高地上跑去，势甚惊惶，若有大祸将至。知道近河居民多有经验，预感到河要决口，才有此惊惶逃命情景。再往河中一看，不禁大怒。原来水气弥漫中，竟有无数奇鱼，正在攻打堤岸。那鱼通体青黑，形如棒槌，不知何故，各用前面鱼头乱箭也似朝着堤岸纷纷乱撞。上面看去，堤岸还有小半不曾冲塌，实则底层水中一带，已被那群鱼攻穿了一个大阱，成了中空之势。如再经上较大一点的浪头，立时全部崩决，黄水便由决口倒灌而入，将那一带田野淹没，酿成巨灾。无怪人民这等情急悲哭。

孙南因觉怪鱼可恶，立动杀机，连禁法也未及施为，扬手一道剑光，便朝怪鱼群中飞去。飞到水中，微一闪动，当头鱼群被斩杀了好几百条。满以为惩一儆百，后面鱼群必被惊退。哪知这类怪鱼，乃黄河中天生的大害，平日一条也看不见，只要出现，便有水灾，生具特性，专攻堤岸。一来就是千百成群，朝堤下乱撞，多坚厚的河堤，不消片刻，便被攻穿一个大洞。那虚悬上面的堤岸，失了支柱，水势又大，一个浪头扫到，便自崩塌，立时决口成灾。最厉害的是凡鱼所攻之处，都是险要所在，只要决口，连想抢救都办不到。这种鱼又具特性，宁死不退，为数又多，前仆后继，一味朝前猛攻。一经成灾，鱼也不见。河边居民畏如凶神。也曾有人用鱼叉、水箭刺杀，尽管杀死甚多，因其来势猛急，又不怕死，结果仍被冲塌，灾区更广，大好田野，全数荒废。于是只当河神所遣，人力无用，除却焚香哭告而外，从来不想对付之法。孙南不知那鱼宁死不退的特性，见此才有二三尺长的丑类，任凭飞剑诛杀，一点不怕，依旧猛攻不休，本就有气，一时疏忽，只顾杀鱼，忘了先护河堤和河岸上的百姓。正诛杀间，忽然上流头一排急浪打到，只听"轰"的一声，数十丈长一段堤岸立被冲塌，骇浪如山，高涌数十丈，立随决口奔腾而入，晃眼便淹没了一大片。见势危急，手掐灵诀，往下一扬，一片金光闪过，水势立被禁住，不再上岸，顺着转折之处，往下流去。

孙南的这类禁法只能防御一时，不能经年累月持久下去。立即召集当地人民重新筑堤，以谋永久。同时仍用剑光追杀群鱼，打算用禁法将其围住，一齐杀死，永除后患。这时身侧哭喊喧哗之声又起，只当又有惊兆，回头去看。原来山崖上居民早听传说孙南救灾救人灵异之事：在当日灾象已成，危急之际，忽然出现，施展神力，将堤护住。行法之人又与传说中的美少年仙人相貌衣着一般无二，自然惊喜出于望外，纷纷赶来，一会儿工夫，便跪了一大片。孙南近日已知这班愚民心性，不等近前，便大喝道："我奉师命来此救灾，不受人礼拜，只需听话。你们可乘河水被我挡住，合力同心，速备土袋、柳条、木桩等筑堤之物，将堤筑好。有我行法相助，要快得多，事也容易，此地至少六十年内不致受害；如不听话，我便走了。"众人齐声欢呼应诺，仍是拜跪不已。那离得远一点的，都纷纷赶来，人声喧哗，嘈成一片。孙南见人越来越多，心里不耐烦嚣。同时那怪鱼也被圈住，吃剑光一绞，全数斩断。剑光禁法一撤，只见一片血浪过处，满河通红，千万条半截鱼尸，随着奔流激淌，一路翻滚而去，晃眼不见。刚要飞起，忽听上流浪吼之声有异寻常。偏头一看，那浪头宛如一座水山，高出水面二三十丈，由远而近，疾驶过来。当前似有一团黑影，因隔较远，还未看真。众人已在同声惊叫："黑龙爷爷来了！棒槌鱼是它先锋，被神仙爷爷杀死，前来报仇，这却怎好？"话未说完，孙南已看出水头上的黑影，是一个独角牛头形的怪物，料是水中恶蛟之类。忙喝："你们不要惊慌！"

原来那恶蛟潜伏星宿海侧黄河发源之地，已有多年，近始远出为害。起初只在上游兴风作浪，吞食民畜。近半年来，越发胆大逞凶，不时往来中游一带，为害人民。连日黄水为灾，即由它造成。当日正想发动洪水，冲决堤防，肆意行凶，不料恶贯满盈，遇见凶星照命。它由数十里处，望见堤岸上聚有多人，还在高兴，发威怒啸，兴波逐浪而来。所过之处，两岸地势稍低一点的地方全被淹没。总算全神贯注前面，无暇旁顾，不曾决口成灾。那蛟在水面疾驶如飞，转眼临近，相隔三数十丈，把头一昂，所带浪头立时高涌起五六十丈。众人先仗仙人壮胆，虽未逃退，见此猛恶形势，也甚害怕，正在纷纷哭喊。孙南因见恶蛟太大，惟恐自己一人除它不了，毁堤伤人。因那一带河面较窄，便暗用太清仙法，将两岸和来去两路下了禁制，一起隔断。然后冷不防把法宝、飞剑发将出去。那蛟虽也通灵变化，只因出生以来没有吃过亏，哪知人的厉害。等到发水施威，觉出水势尽管向上高起，并不往外横溢，与往日发水，一个浪头，便不论人畜田舍全都卷去，当地立成一片汪洋的情势，大不相同。方在惊疑怒啸，猛张血盆大口，想将岸上诸人吞吸上数十个，稍微解馋，再打主意。哪知一道白光，有如长虹飞堕，直射过来，才知不妙。百忙中把口一张，刚喷出一口黑气打算抵御，并缩小身形准备逃遁，不料这类玄门仙剑，岂是寻常妖物腹中邪气所能抵御，本就白送。孙南救人心切，又是初次遇到这类水怪，想起昔日诛戮妖蚖之事，存有戒心。一见蛟口喷出黑气，惟恐有失，扬手便将太乙神雷发将出去。霹雳一声，数十百丈金光雷火打向恶蛟头上，黑气全被震散。飞剑也绕身而过，把蛟斩为两段，再吃大片雷火一打，前半身首先粉碎。后半身余性犹在，方在挣扎欲起，被那剑光飞追过去劈作两半，血雨横飞，带着数十段残尸，随同那数十丈高的浪头，一齐下坠。血浪汹涌，顺流冲去，水势一时消减了许多。众人见孙南在弹指之间，便将那么巨大的恶蛟除去，雷火电光满河横飞，越当天神下界，纷纷跪拜欢呼，叩头不止。孙南料知水害乃是恶蛟作怪，除去以后，水势不久必然平息，便告众人："水怪已除，可各安心筑堤，我还有事他去。"

话未说完，忽听有一女子冷笑。回头一看，那女子相貌并不甚丑，只是生具畸形，双手双脚都是一长一短，一大一小，左右参差。穿着一身破旧黄麻的短衣，补缀却甚整洁。右手与常人无异，又白又细。因为双腿左长右短，右手握着一根青竹竿当拐杖用。左手又短又瘦，宛如鸟爪虎拳。正在斜视自己冷笑，满面俱是轻鄙之容。认出是前番峨眉开府见过的冷云仙子余娲的爱徒三湘贫女于湘竹，也正是魏瑶芝的师父，不禁大惊失色，料她此来绝非好意。因此暗中戒备，不知如何应付。于湘竹仍持竹杖，用那黑瘦枯干、形如乌爪的怪手，指着孙南冷笑道："我与这些愚人无缘，不愿管他们闲事。也不愿阻人善念，你事未了，我暂时不肯与你为难。五日之后，可去嵩山寻我便了。我知你同门党羽甚多，约人无妨。你如不去赴约,使我费事寻你,却休怪我心毒手狠,料你也逃走不掉。"说完,手足乱动,一颠一拐,缓缓转身走去。

众人全把孙南敬若天神,感激非常,一见来人如此无礼,又是一个残废的贫女,毫无异处,不由大动公忿,认为是个疯女花子,纷纷喝骂喊打。内有十几个性情暴一点的,竟追上前去大骂:"该死残废丫头,你敢冒犯神仙爷爷!"随说,动手便打。孙南知要闯祸,连忙喝止,已是无及。当头两人刚一伸手,贫女忽然回身冷笑道:"你们这群猪狗,要想死么!"说时,当头两人已应声而倒。余人喝骂,越发有气,匆促之中,也未看到前面两人怎么倒的,已经打上前去,刚要挨近,便自倒地,当时跌翻了一大片,全都气闭身死。孙南本想忍气,少时再去救治。及见伤人甚多,担心是五行真气伤人,少时救不转来,不由激动侠肠,一纵遁光,便落向贫女前面,先大喝道:"此是海外仙女,你们如何无知冒犯?还不跪下赔罪!"众人见上去的人纷纷倒地,贫女除开头骂了两声,从容前行,连理也未理,再听孙南这等说法,受伤人的家属亲友首先害怕,纷纷赶上前去,拦路跪拜,哭求仙人饶命。贫女见孙南阻住去路,面色一沉,阴沉沉问道:"你想在此地做个了断么?"孙南抗声答道:"你无须如此狂傲,愚民无知,何苦与他们一般见识?彼此禁法不同,不知你是否下那毒手?你如是三清门下,修道之人当有天良,请你将人救醒再走,以免造孽。五日之后,我准到嵩山赴约便了。"于湘竹冷笑道:"我素不知什么叫造孽,自来顺我者生,逆我者死。此是他们自寻死路,姑念无知,免其一死。但他们轻视穷人,欺凌残废之罪,仍不可免。我不要他们的命,只令他们受上五日活罪,自会醒转,戒其下次。再如絮聒,便难活了。"说罢,从容走去。众人还待赶上前去跪求,孙南早听人说此女手狠心毒,求必无用,连忙迎前拦阻。有几个腿快赶上去的,还未近前,便被一种极大的潜力猛撞回来,跌倒在地,几受重伤,方才死心。又赶过来,纷纷向孙南求救。孙南看了又看,竟看不出是甚禁法所伤。且喜不是五行真气,死人心头微温,气也未断,只是面容惨变,汗出如浆,料知苦痛非常。暗骂:"贱婢万恶,日后必遭恶报!"

孙南耳听众人悲哭求救,正在为难,忽听破空之声甚是耳熟。等遁光飞落,一看来人,正是尉迟火。说是数日前飞到峨眉,取了金珠,正要起身,途遇玉清大师唤住,说起她也为了黄河水灾之事,想助他二人成就这场功德。放赈之事,已有详细方法,只是所募金银不够。命将金珠交她,变成银钱,再同去产米之区采办粮米,由她平日在外行道所结交的富绅施主出面,以免惊人耳目,因此耽搁了两日。如今事已办妥,并由大师门徒暗中行法相助,由今日起便要分段发放。分手时,大师又说:"孙南命中魔难不可避免,现已开端。对头连伤诸人,孙南原能救醒,但是于湘竹为人凶横,言出必践,禁法多有反应。幸是孙南持重,否则暂时救醒,被她警觉,立下毒手,反而送命。此女多行不义,恶报将临。嵩山之约只管前去,到时自有人来。救灾之事已算圆满,不可再露行藏,致生枝节。另赠灵符一道,如法施为,伤人立时可醒,并免后患。"孙南闻言大喜,立即依言行事。尉迟火取出灵符,用所传佛家诀印如法施为,将符一扬,一片佛光照向死人身上,当时全都同醒。孙南见众挽留,拜谢求告不已,便说:"是真神仙,绝不受人一草一木之敬。只要为人善良,自有好报。难得灾区众多,当地官府顾不过来,不曾惊动。今日之事,只要不向外传扬,便算对我报答。现在水势越小,那堤又被护住,三月之内,多厉害的波浪也打它不动。只要照原样兴工修筑,不久可成。"

众人还想问仙人姓名,以便建庙,永显灵威,保护沿河生民。二人却已驾遁光破空飞起。先寻一隐僻深山降落,互相商议。孙南知道对头法力甚高,决计到时孤身赴约,真要不行,再以传音法牌求救。尉迟火本来要去,因玉清大师再三劝阻,不令同往,只得罢了。便对孙南道:"我也忘了对你说,玉清大师劝我,去了无益有害,却说天遁镜有用。我想问她,是否请朱师妹相助?她已飞走。我看朱师妹近来功力越深,法宝、飞剑威力甚大,你就不愿人相助,何不将此宝借来一用?"

孙南因近年一班同门多建殊功,只自己无声无息,刚遇点事,还未临场,便先求人;又因连日参悟道书所附仙示,这场魔难虽所不免,结局仍是因祸得福。恩师当年常说,自己根骨比起同门杰出之士虽然不如,但是心性谨厚,用功勤奋,将来必有成就,勉励好自为之。中途如有凶险,师长怎会说出此言?近习太清仙法,道心越发坚定,到时如不能敌,只要有法宝防身,运用本门传授护住元神,至多被困些时,受点魔难,绝无大害。玉清大师最是热心好义,既知此事,暗中必有安排。吉凶祸福,定数难移,何苦先事张皇,示人以怯?本想谁都不令知道,及听尉迟火一说,暗忖:

"于湘竹行时那等狂妄,出手必定厉害。好在还有五天,如借宝镜防身,果然是好。"便被说动,同往莽苍山飞去。到后一看,只吴文琪一人在山。问起朱文,说应申若兰之约,去往仙霞岭助一道友转劫未归。二人坐了一会儿,回到自己山洞用功,准备第四日起身,赶往嵩山赴约。

次日,尉迟火忽说他与邱林、徐祥鹅已有两三年不见,近闻张瑶青说,二人现在黔灵山中修炼,乘这数日闲空,欲往寻访。孙南知他为友心热,并不拦阻,惟别时再三叮嘱,暂时休将嵩山斗法之事告知别的同门。

尉迟火走后,到了第三日早上,孙南忽觉心动欲行。暗忖:"宁一子曾说,到时自有解救,照所留柬帖口气,那救星到日必来。事情反正一样,何不先期赶往?省得敌人骄狂说嘴。"念头一转,便即起身往嵩山飞去。那定约之处并未指明。嵩山地域广大,群峰罗列,势甚雄秀。孙南见时尚早,先去岳庙闲游一会儿,走向少室峰顶。孙南为人外和内刚,向来对人总是谦和,遇事也肯忍让,不轻发怒。可是对方欺压太甚,一旦激怒,便以全力相拼,任多厉害的形势,也非所计。不过对方法力久有耳闻,尽管奋勇而来,心终不无戒备。行至山顶嵩山二老昔年旧居,见古洞云封,一片整壁,连洞门也找不到。心想:"此时朱、白二老如在嵩山,必不容人在此猖獗。其实诸老前辈对本门弟子有求必应,只因少年修道,理应多历艰危,以期磨砺,不应遇事倚仗外人,以求苟安。一向在外行道,均在人间,从未遇险甚难。而三英二云等诸同门所遇对头,全是极恶穷凶、厉害无比的妖邪,往往出生入死,不知受了多少艰危辛苦,终于成功,为师门争光,受师长同门奖赞。自己如何初次遇事,便去求人?"意欲借着此行,试验自己道力。故此拿定主意,独自应付,连同门也不找一个。即便不是敌人对手,也须等力竭势穷,万分危急,方用法牌传音求救,这样才可以交代得过。

孙南边走边想,不觉走上绝顶。见老松之下,有一四五尺方圆磐石,旁设石礅,石上画有棋盘,知是昔年二老对弈之所。心想:"敌人法力高强,也许知道自己踪迹。近来隐形飞遁,越发比前精进,何不将身隐起,暗中观察?在当地等上一会儿,如无人来,再往别处寻她,出其不意,突然现身,多少压她一点骄气。"便在石旁松根坐下,隐身往四外查看。忽然一阵山风过去,鼻端闻到一股莲花香味。暮春天气,又是嵩山绝顶最高之处,哪里来的莲花?情知有异。偶一抬头,瞥见前面高空中悬下一条数十百丈长的黄光,光中有一红衣白发、手持拂尘的老人,直往前面少室峰顶落去,来势绝快,一闪即隐。暗忖:"此是何人?怎会看不出他的路数?正邪各派中,均未听有这等行径的人物。"心方奇怪,忽又瞥见下面山径上走来两个女子。当头一个,正是仇敌三湘贫女于湘竹,仍是那等怪相,一路摇摆着左长右短的手脚,顺山径往上走来。后随断臂女子,正是魏瑶芝,已换了一身道装,不似以前宫装高髻的仙女打扮,满面均是愁苦之容。于湘竹虽然四肢不匀,手脚各有长短,走起路来左右乱晃,行动却甚矫捷。师徒二人行走若飞,转眼便到峰脚,距离峰顶那片突崖约有十来丈,忽然停住,又绕崖环行了一周。孙南暗中留神,见于湘竹手掐法诀,边走边往四外发放,手扬处必有一片极淡的白光闪过。走完一转之后,师徒二人停步商议,语声甚低,不知说些什么。料知敌人正在行法暗中埋伏,自己踪迹也许未被发现。反正不能善罢,索性给她叫破,嘲笑几句,也可快意。

　　孙南也是该当有此一难,心有成见,断定自己必败,一意相拼,不似平日谨慎。心念一动,也未寻思,又看出敌人似要他去,冷笑一声,喝道:"我孙南共只一人来此赴约,已经恭候多时。山路崎岖,于道友天生异相,古今所无,手足不全,行路想必艰难。对我一个道浅力微的后生小辈,何值费这大事呢?"于湘竹此来原因孙南虽非自己敌手,但是峨眉派正当鼎盛之时,门人甚多,个个法力高强,内有几个并还带有几件天府奇珍、佛门至宝,如全约来,自己法力虽高,也未必能操胜算。多年威望,若惧这班学道没有多年的后生小辈,再约人相助,未免笑话。平日只管骄狂,临场也不由生了戒心。适在左近山中想起,明早便是第五日约会之期,偶然行法观察敌人踪迹,好做准备。忽然发现敌人已在嵩山少室绝顶出现,隔不一会儿忽又隐去,再往上看,便不见一点迹象。于湘竹猛想起当地正是嵩山二老的故居,敌人先期赶到,必有原因。莫要被他将白、朱两个老鬼请出相助,却是惹厌。得道数百年,休说败在敌人手下,便被敌人逃去,也是难堪。深悔先前疏忽,只图近便,忘了嵩山乃是两个老鬼的巢穴。近数十年,两个老鬼虽已移居衡山、青城二山,当地终是他们的老巢。两个老鬼脾气又怪,前曾声言,不许人动他少室一草一木。敌人在此相待,不是将人请好,便是借此将两个老鬼激出,与自己作对。明知此举不论如何,都有枝节,但其势不能更改,正在盘算。

魏瑶芝对于孙南,仍未忘情,认定仇人只是朱文,与孙南无干。看出师父有点为难,乘机苦劝说:"此番结仇,乃弟子自己不好,无故生事。对敌时,孙南一味防守,并未反攻,仇人实是贱婢朱文,不能怪他。师父与少室主人素无嫌怨,何苦为此伤了和气?莫如权且开恩,宽他一面,由弟子前去见他,命其献出仇敌,或令转告贱婢,另约时地报仇不晚。"于湘竹先是冷着一张怪脸静听,等快说完,冷笑骂道:"你当我怕这两个老鬼么?你随我多年,难道不知我的脾气?你那痴心妄想,直是做梦!休说事情因他而起,他又卖弄法力,破我禁法,我生平说了不能做到,只此一次。虽然愚民无知,不值计较,但容他活命,断无此事。再如多言,休怪我不念师徒情分。"魏瑶芝知道师父反被激怒,势在必行,无可挽回,只得罢了。于湘竹虽然狂傲凶横,终以多年盛名,虽不把孙南放在心上,二老却是难斗。又以对方隐遁神妙,一任行法查看,也不见人影。想了一想,把心一横,二老不在便罢,如若出面,便以全力与之一拼。如若失败,索性归告师父余娲,约人再作报仇之计。主意打定,便往少室峰飞去。快要到达,也和孙南一样,鼻端闻到莲花香味,只未见到别的。当时觉着心神微动,不知无形中已为魔法所迷。身刚落地,便听左近崖上有人说道:"斗法应在明日,这残废便来,也无须理她。此时无事,我们去寻那老和尚下棋吧。"跟着,便见崖上金光一闪,飞起三条人影,内有一人似是孙南,晃眼不见。也未想自己不曾隐身,由老远飞来,直落峰前,对方这等人物,焉有不见之理?竟误以为敌人全数走开,正好施展,暗下毒手,事先埋伏。等明日动手,突然发难,也许连二老一网打尽,令其受伤大败,岂非快事?

于湘竹正打着如意算盘,事完待要走去。倒是魏瑶芝觉出师父平日行事何等细心周密,今日怎会改了常态,如此轻敌?忍不住问道:"嵩山二老鬼成道多年,我们在此行法,怎会毫无警觉?适才又由那旁崖上飞起,与师父先见少室峰顶不同。"于湘竹闻言,才想起来时身形未隐,对方见如未见,果非情理。心方惊疑,忽听孙南发话讥嘲,不由大怒,扬手先是大片白光往上飞去,师徒二人随同飞上。孙南早有准备,忙将飞剑、法宝纷纷放出,先将身护住。然后喝道:"你无须如此撒野凶横,有甚本领只管施展便了。"于湘竹看出对方飞剑、法宝均颇神妙,又是只守不攻,急切间无奈他何。分明是约有援兵,相持待救,嘴里偏说大话讥嘲。越发生气,厉声喝道:"无知小狗!你无非倚仗这里是两矮鬼的老巢,想就势引出与我对敌;再不,便是人已约好,暗中闹鬼。实对你说,我已布就天罗地网,向不容人在我面前放肆。今日无论是谁,只要敢出头,我便连他一齐杀死,形神俱灭。"话未说完,便听两人在旁冷笑道:"不要脸的残废叫花,自己粗心狂妄,与人约定在此比斗,还好意思说这样无耻的话。姓孙的单身到此,几曾约甚人来?他在崖上看你闹鬼可怜,你在下面画了半天鬼符,人家不说话,你连人影也未看出,还有脸吹大气呢!你数百年修炼,就炼的是这双盲眼么?似你这样三分不像人,七分倒像鬼的残废丫头,我弟兄本不值与你计较,打算看点活把戏拉倒。你偏不要脸,口发狂言。我弟兄虽与你那敌人素昧平生,不想帮他,但是气你不过,倒要看你有甚鬼门道?形神如何灭法?否则,你那残废徒弟还能活命,你却要形神俱灭了。"

说时,于湘竹瞥见面前现出两个年约十五六岁的道童,各穿着一身莲花形的短装,头上顶着一朵金莲花,赤着双脚,臂腿全裸,都是星眸秀眉,面如冠玉,周身雪也似白,身材高矮,装束相貌,全部一样,宛如一人化身为二。每人左肩上斜插着一柄金叉,左腰挂着一个翠色鱼皮宝囊,手脚均戴金环,胸前挂着一面宝镜,大如碗口,精光四射。看去英俊美秀,宛如天府金童下降凡世。不知何时掩来,竟在禁圈之内突然出现。于湘竹哪曾受过这等恶语讥嘲,又当怒火头上,明知来人必非弱者,竟未寻思,自恃暗中伏有法宝和极厉害的禁制,连名姓来历均不顾得问,怒喝:"无知小狗,敢来送死!"随说,把那瘦小枯干、形如乌爪的怪手往外一扬,立有五道白光电射而出。同时发动埋伏,"轰"的一声,眼前奇亮,大片白光银电也似由四外飞起。到了空中,化为数十丈高一口大钟,将众人全罩在内。来势绝快,精光电耀,强烈异常。孙南看出厉害,一面用飞剑、法宝紧护全身,以防万一;一面高呼:"二位道友,尊姓大名,仙乡何处?"说时迟,那时快,就这晃眼之间,那五道白光首先飞到三人头上。二童依旧谈笑自若,全不在意,也未答话。只内中一个把头上莲花用手一按,立有数十道金碧光华,箭雨一般向上激射而起,将那五道白光敌住。另一个笑道:"大哥,人说三湘贫女颇有一点鬼门道,原来就这一点伎俩,也敢猖狂,当众现丑。我实讨厌这等六根不全、短脚短手的怪相,还是早点打发她吧。"另一个答道:"我也和兄弟一样心思,但是恩师还想把她师父冷云仙子余娲娶来做我们的师母,还未过门,便将她徒弟杀死,日后不恨我们么?莫如把她这些破铜烂铁留下作押,放她逃走,好把师母早点引来,嫁与师父,省得伤了和气。你看如何?"

于湘竹得道多年,本来识货。一见道童头顶莲花瓣上射出大片金碧光华,势急如电,忽然想起初入师门所闻魔教中的一个异人,后来此人忽然引退,久已不听说起,也无人知他踪迹下落。两童看去年轻,可是道力甚深,正与此老同一路数。如是此老门下,休说对方最善玄功变化,魔法高强,绝难伤他们分毫;即便侥幸占了上风,定把老的引出,势更难当。心方惊疑,一听对方说话这等难堪,便是泥人也有土性,何况那么凶横狂傲的性情,不由怒火上攻,顿忘利害,切齿大骂道:"无知小狗畜生,我不杀你们,誓不为人!"一童哈哈笑道:"你也不到粪缸里照照你那怪相,本来像个人么?实对你说,这姓孙的,我师父还有一事和他商量,岂能容你这残废动他一根头发?念你无知,我也不曾说出来历,按我本门规条,还可容忍。晓事的趁早滚开,免我弟兄看了你恶心生气;否则,连你那好的一手一脚也保不住了。"这时于湘竹已用全力相拼,将手连指,那照在众人四周的钟形白光突然急闪如电,往中心挤压上来。另外又有三条弯月牙形的翠虹和大蓬粉红色的飞针,齐朝二童和孙南身前射到。内中一童,首先抢在孙南面前,右肩一摇,先是一柄其红如血的飞叉飞起,将翠虹敌住。另一个将腰间宝囊一指,立有一团血色的火球飞向空中,晃眼暴涨十余丈,化为一幢红光,将钟形白光挡住,不令下压。同时囊内又飞出一股血红的光气,迎着那蓬飞针只一裹,"嗖"的一声,全数吸入囊内,无影无踪。飞叉到了空中又连闪几闪,由一柄化成了三柄,将那三弯翠虹分头敌住,尚还不分上下。

于湘竹不知对方便是尸毗老人门下爱徒田琪、田瑶。原来老人料定此事必然闹大,自己立意一拼,要树不少强敌。知道对方仙机神妙,法力高强,威力之大,往往不可思议。就许早有定算,暗中布置。或是颠倒五行九宫,迷乱自己心智,稍微疏忽,便落对头算中。惟恐爱徒又有闪失,除将魔教中几件至宝交其带来外,又运用玄功,自己的元神暗中跟来,施展魔教中阿修罗附形大法。经此一来,田氏兄弟比在大笞山顶与小寒山二女斗法时，法力胜强得多，无异老人亲临战场。于湘竹见自己仗以成名的几件法宝不特不能收效，最厉害的一套坤灵针，反被敌人收去，另两件形势也颇不妙。不由大吃一惊，又急又怒，正想另施杀手。那用飞叉敌住翠虹的，恰是田琪，平生最恨丑人。见于湘竹生相丑怪，神态又极凶横，心中有气，怒喝道："贱婢再不见机快滚，休想活命！"田瑶接口道："这等活怪物，哥哥何必为她生气，我来打发她走便了。"于湘竹此时已看出对方来历，又见法力如此神妙，未始不知厉害。无如骑虎难下，就此退走，不特丢人不起，师父余娲素来好胜，又将至宝坤灵针失去，回山也无法交代。闻言怒火上攻，把心一横，咬牙切齿，厉声骂道："无知小狗！当我不知你们来历么？你们无非是尸毗老魔鬼的门下。这类邪魔外道，也敢在你仙姑面前猖狂，今日有你没我！"田瑶哈哈笑道："你这残废丫头，我弟兄本意是将姓孙的带走，不想伤你，所以未说名姓来历。你既敢犯我师门戒条，且教你尝尝邪魔外道的厉害。"

话未说完，于湘竹已先发功，身形一闪，人便不见。魏瑶芝早得乃师密令，先已隐形遁去。孙南心疑敌人师徒口说大话，冷不防乘机遁走，方想二次上前向两道童请教，刚喊得一声："二位道友！"空中三道翠虹忽全隐去。田琪忙喊："这残废闹鬼，弟弟留意！先保住姓孙的，待我来对付她。"田瑶回答："无妨。她那现世宝已被我制住，收不回去了。我先给她一点厉害。"说时迟，那时快，就这两三句话的工夫，那罩在众人头上的钟形白光，早被田瑶所发血色光幢撑紧，随同大小，几乎合成一体。白光电也似急连闪了许多次，看神情是想收回，因被血光撑满，不能如愿，正在相持。田瑶将腰间宝囊一指，又飞出一支血色火箭，朝上射去。箭光到处，只听"叭"的一声极清脆的爆音，当空钟形白光立被震破。同时紧抵内层的血光突然暴涨，又是震天价一声巨响，白光全被炸成粉碎。田琪忙喊："此是西方太白玄金精气所炼之宝，不可糟蹋。"田瑶回答："晓得。"口说着话，血光比电还快，早反兜上去，将残碎白光全数裹住，和飞针一样收入囊内。紧跟着微微一暗，当地立被一片青灰色的光气罩住。孙南觉着四外沉冥，一片浑茫，二童近在身前竟看不见，上下四外均有一股绝大压力猛袭上来。所幸防身宝光未撤，否则就这一下也甚难当。心方一惊，猛瞥见一个与于湘竹同一形象的尺许小人，周身毫光四射，灿若银电，耀眼欲花，双手指上各射出五股极强烈银色精光，凌空飞舞，突然出现。四外青气越发浓厚，沉重非常。虽仗法宝、飞剑防御，未受甚害，但被上下逼紧，一毫行动不得。随即有两股血焰金光朝上斜射，将那十股银光连于湘竹的元神一齐挡住，人却不见，正在相持不下。

这等斗法，孙南连见也未见过，料是厉害。心想："这两个道童小小年纪，竟有这高法力。听于湘竹的口气，他们似是左道中人，怎又不带分毫邪气？好生不解。宁一子所说救星，定是这两人无疑。人家仗义拔刀，我专一自保，不特使人轻视，也太不好意思。"心念一动，以为近来法力精进，师父法宝威力颇大，意欲乘机下手，相助应敌。主意打定，便把开府下山所赐，近年方始炼成的法宝，连同另一口飞剑发将出去。同时又把太乙神雷由防身宝光内往外乱打，数十百丈精光雷火满空爆炸，霹雳连声之中，外面青气竟被击散了好些。只是打不到敌人身上，稍一挨近，便似有什么东西阻住，枉自震得山摇地动，无奈其何。青气少散，二童也现出身来，每人头上均有千百层金碧光华，由头顶莲花瓣上射出，反卷而下，护住全身。另由花心莲房中射出二三十股血焰金光，到了空中合而为一，向上斜射，与对方相持，也似难于行动神气。隐闻二童喝骂之声，双方相隔不过丈许远近，听去却似中隔了极厚一层墙壁，听不甚真。并且神雷一停，青气立时由淡而浓，二童身形又复隐而不见。孙南自己所发宝光飞到空中，于湘竹只将手一挥，便有一道银光脱手而起，将其罩住。于湘竹又怒目相视，咬牙切齿，似在咒骂。孙南也未理会。因见青气随灭随生，变化无穷，不知是何法宝，如此厉害。觉出二童也未必稳占上风，欲用太乙神雷二次震散青气，移往二童身前，与之会合，一同应敌。刚把神雷连珠发出，倏的眼前人影一闪，又一个于湘竹飞临头上，戟指怒喝道："小畜生，速急跪下降服，由我擒回海外处治，还可免却戮神之诛；否则，我一扬手，形神皆灭了。"孙南百忙中看出敌人化身为二，口气如此凶恶，情知不妙，心一着急，不等她说完，便把太乙神雷连珠般往上打去。

于湘竹不知孙南情急拼命，全力施为，神雷威力比前更大。一时骄敌，骤出不意，虽仗玄功奥妙，飞遁神速，又有混元真气护身，不曾受伤，但神雷来势十分猛烈，也是难当，竟被震退出去老远，护身真气也被击散了一些。如非功力高深，连元神也非受伤不可。不禁大怒，厉声喝道："无知小畜生！竟敢与我对抗，且先将你除去，做个榜样，再杀尸毗老魔鬼两个孽徒便了。"说时双手一扬，和先前一样，也是十来股银色精光，由双手指上发出，朝孙南当头射下。才一接触，孙南便觉周身奇热如焚，力大异常，可是防身宝光并未冲破。方料不好，忽听空中有人接口道："贱婢虽然无礼，徒儿无须杀她，仍照前定，将她仗以行凶的几件法宝全数留下，稍微惩处，放其逃生，教她师徒去往神剑峰寻我便了。"跟着，便听二童答道："弟子遵命。只是太便宜了她。否则，她那五行真气已经发完，若不奉师命，弟子早在空中伏有十八粒修罗雷珠，贱婢连残魂也保不住了。"话未说完，孙南猛觉一大片极浓厚的血云往上飞去，略为闪动，当时身外一轻，适才奇热与那无限压力全部消失。同时眼前一暗，四外漆黑，什么也看不见了。

第二七三回

浩荡天风　万里长空飞侠士
迷离花影　一泓止水起情波

孙南听到于湘竹的怒吼咒骂之声，仿佛人已逃走。自己的身子好似被一种极大力量摄向空中，身外依旧黑暗异常。那么强烈的护身宝光，照不出分毫景物，也听不见别的声音，只觉天风浩浩，又劲又急，但又吹不到身上。心中奇怪，试纵遁光想要飞冲出去，行动虽然自如，一任加紧飞行，改变方向，始终仍在黑暗之中，冲不出去。先颇惊疑，后想起二童曾有奉命将自己带走之言，辞色虽倨，双方素昧平生，敌人所说尸毗老魔鬼从未听人说过，自无结怨之理。二童又曾出力相助，料非恶意。还有初到嵩山时所见，随着大片黄光飞向对面山头的红衣老人，想必便是二童师父，看那神气，颇似有道力的前辈散仙，不是妖邪一流。也许有甚事情，将自己摄往所居神剑峰商议，也未可知。只是有话好说，加以解围之德，断无拒绝之理。一言不发，便强行摄走，是何缘故？再者，他师徒法力高强得多，便有甚事，也不应向己求助。这等行径，实在难测，怎么想也想不出一个道理来。断定人被对方法力所制，任飞何方，均难脱身，莫如听其自然，等到达后，见人再行询问。孙南念头一转，便不再相强，任其自行前飞，只在暗中戒备。忽然眼前一亮，脚踏实地。定睛一看，身已落在极广大平崖之上。那崖在一座高出大半的孤峰近顶之处，面前大片平地，尽头处乃是一座极高大庄严的宫殿。到处玉树琼林，繁花盛开，灿如云锦。不少亭台仙馆，斜壁云楼，清溪平湖，位列其间，交相映带。端的美景无边，观之不尽。加以翠峰独秀，高出天中，远峰凝青，飞云在下。越觉天空地旷，胸怀自朗，景物灵奇，气象万千。

孙南立处就在正面宫殿不远的白玉平台之下，占地甚广。珠楼翠瓦，玉柱金庭，伟大壮丽，平生仅见。只是静荡荡的，遥望远方花林中，时有二三宫装少女游行出入，此外并无人影。因见对方这等气象，所居高出云汉，宫殿园林虽极华丽，并无邪气，许多瑶草琪花，也均仙种，不是常见之物，断定主人必非庸流。只是让自己来此不知是何用意？偏又无人接待，不敢胡乱走动。正在暗中留神查看，忽听身后男女笑语之声远远传来。孙南回头一看，左侧花林中立着两男一女。男的便是前遇两童。女的年约十六七岁，美艳如仙，正对二童说道："二位师兄，此人的师兄阮征，和我情厚，你所深知。父亲此举实是尚气，务望遇事相助，暗中关照，感谢不尽。"一童反问道："师妹可知阮妹夫还有一个师兄叫申屠宏，一个师弟名叫李洪的么？"少女笑答："这二人均和他好几生骨肉之交，二位师兄何处相见？"另一童接口道："师父少时便回，无暇详谈，师妹既然关照，我必尽心。"少女答道："其实无妨，我已将禁法发动，爹爹如不回山行法查看，绝不知道我们言动。但也快回，正在气头上，莫要被他看破，我回去了。"说罢，人影一闪不见。

二童却到了孙南身前，行动神速已极，未容开口，便先说道："孙道友，我兄弟二人，一名田琪，一名田瑶，乃火云岭神剑峰阿修罗宫主尸毗老人弟子。我们双方本无仇怨，只为我师妹与令兄阮征凤孽纠缠，已历多世。前年才经家师将阮道友寻来，本意令其与师妹成婚，完此一段因果，消除前孽，彼此都好。不料阮道友道心坚定，执意不从，连受两年磨折苦难，终未动摇。师妹又复情痴太甚，平日百计救护，自将前孽解去。本来家师已被他们至诚感动，不再固执成见，只令在宫中再留九年，便放回山。刚满两年，忽有三个少年男女来此救他。为友义气，救人无妨，来人偏是年幼无知，自恃佛门法宝威力，辞色诸多不逊。为此激怒家师，本意将其擒往魔宫治罪处罚。无奈师妹夫妻情重，拚死犯禁，冲入法坛，豁出身受金刀解体、魔火焚身之厄，欲以身殉。家师为保全爱女，未下绝情，便用一阵罡地罡风将他们四人送出五千里以外。当时放过，嗣后想起此事，分明有人暗中布置，乘着家师日久疏忽，出其不意，冷不防将人救走。对方暗用太清仙法，颠倒阴阳，使家师算他不出。但是别人无此法力，定是令师妙一真人所为。他的门人被困在此，命人来救，理所当然。家师并非不通情理的人，何况近百年既习佛法，已非昔比。我师妹一念情痴，已历多世,尽管仇深孽重,始终不忍报复,伤害阮道友分毫,甘心解消前孽,化此冤冤。只要托出一位稍有情面的道友来此相求,立可无事,双方还可化敌为友。令师始而爱徒被陷,置之不理。等家师费了不少心力,阮道友前孽消尽,道力反更增进,难期已满,却随便遭上三个无知童稚,将人救走。家师几生钟爱的女儿,几乎为此形消神灭。越想越觉欺人太甚,为此运用大修罗法设坛推算,得知他门下弟子情侣颇多,都因得他玄门真传,各运慧剑斩断情丝,欲证上乘仙业,未成连理。为此,命我兄弟将内中诸人相继请来,也不怎么为难,只请在我魔宫住上些时。如和阮道友一样,能以道力战胜情魔,立即放走,从此甘拜下风;否则,来人自然不能回去,只好同在家师门下,同参我阿修罗魔法。此次请来男女共是四人,内中两人均是令师前生子女。愚弟兄奉命行事,实出无奈,还望道友见谅,好自应付。家师少时即回,事前未必会与道友相见,在道友脱困以前,也难私自接谈。请随愚弟兄同行吧。"

孙南在这番言语中,听出乃师虽存敌视,田氏弟兄颇有维护之意。暗忖:"以阮征的法力,尚且被困在此两年,并有魔女舍命相助,才得脱身,我如与动强,岂是敌手?偏生见闻太少,竟不知这师徒来历。所用魔法虽必厉害,但是自己近来道力坚定,料是无妨。与其逃走不得,徒自取辱,转不如放大方些,听其自然,借此试验自己道力。所说师父子女,必是灵云、金蝉二人。二人俱是本门之秀,仙福最厚,无论如何不会遭人毒手,也许连人都擒不来。"念头一转,猛又想起:"自己和灵云同在师门两世,不特情分甚深,前生更是患难知己之交。当初有两位前辈女仙,曾向师母妙一夫人提说:'你和齐道友也是夫妻成道,合籍双修。他们金童玉女,一双两好,反正还要转世,何不使他们也结为连理,为贵派添一佳话?'师母含笑未答。彼时自己初入师门,和灵云年纪都轻,两小无猜,常共游玩,正在后山一同练剑,并未在侧。金蝉年纪更小,因和灵云性情相投,跑来告知,意欲取笑,被灵云怒斥了几句,负气走去。由此起,双方行迹虽渐疏远,暗中却是互相关切,情苗日渐滋生。中经不少患难,虽然相敬相爱,直到兵解转世,满腹情愫始终未吐。今生偶然想念,去往九华山访看,聚了数日。正不舍走,便遇五台妖僧法元斗剑,跟着与她姊弟合力,诛杀妖蟒。朱文一时不慎,为取肉芝,误中妖人白骨箭。自己因见金蝉口含芝血,哺救朱文,知道二人也是三生爱侣,无心中和灵云谈了两句。第二日,灵云背人相告说:'母亲这次东海回来,说父亲奉有师祖长眉真人仙示,不久便要开府峨眉,承继道统,本门日益发扬光大,一班同门十九仙根仙骨,成就远大。你我情分深厚,胜于他人,为此约你商谈。以后务要虔心勉力,互相扶持,以求上乘仙业。不可再似以前专事游乐,荒废功课,以致成就不高,为人所笑,她虽未明言,用意实想摆脱情缘,免误仙业。'自己因她词意虽然坚决,深情仍自流露,并因自己根骨功力两都不够,暗示异日绝不独成,必以全力相助,同修正果,于是大为感动,越发奋志勤修,暗中照她心意,力求上进。平日面都难得相见,见面也是相知以心,不落言诠。"

孙南正在跟定二童边走边想,田瑶朝他使一眼色,左手往后一扬,先是一片暗黄色的光影微微一闪。再手掐灵诀,向前一指,田琪背上便现出"似真是幻,似幻是真,以水济水,以神宁神"十六个血也似红的字迹,一闪即隐。孙南侧顾田瑶,正朝自己微笑努嘴。当时虽未省悟,料非恶意,便点头示谢,慨然说道:"小弟道浅力薄,见闻孤陋,实不知令师与二位道友名姓来历,但知是位前辈仙人。我想双方素无仇怨,令师成道多年,量如山海,未必会与后生小辈为难。至于家师,自从开府以后,便即闭关清修,久不与闻外事,新近才应休宁岛群仙之约,前往赴会。阮师兄虽是相随多世的门人,因犯教规,戴罪在外,八十一年限尚未满,连师门都不令回,怎会管他的事?令师推算不出,必有原因,并非家师有意为难。家师对人宽厚,公正和平,不问敌友,均所深知,还望令师三思而行。如能相谅,使小弟末学后进免此难关,是非曲直,终会水落石出。必欲考验后辈功力,小弟固是不才,一班同门师兄姊妹均曾得有本门心法。下山时节,便曾通行左、右元洞,由火宅、严关与情欲十三限勉强冲过,定力还有几分。令师乃前辈尊仙,对此末学后辈,自不肯以法力加以危害。力一不如所料,被困的人竟能勉强应付,排除万难,岂非不值?"说时,田氏弟兄本已摇手示意,不令开口。孙南因见对方无故欺人,未免有气,反正难于脱身,又想起宁一子之言,断定难关终可渡过,乐得痛快几句。见当地势派,明知魔法厉害,一言一动均在主人耳目之下,而田氏弟兄受了魔女之托,意欲暗助,故不愿示怯,依然往下说去。

话未说完，遥闻空中有一老人哈哈笑道："无知孺子，均善卖弄口舌。你道我胜之不武，不胜为笑么？只要你有本事逃脱出我的魔宫，老夫甘拜下风。非但不再为难，并还助你四人，从此随心所欲，任多厉害的妖邪仇敌，也难伤你们分毫。如今就便使老夫看看你们的玄门上乘道法，你意如何？"声才入耳，一道宽约数丈，其长无际的黄光，早如黄虹经天，由东北方遥空云影中斜射过来，飞落在三人面前。犹如金河倒挂，悬向当空，光中现出前在嵩山所见悬光飞降的老人。这一对面，只见老人身材高大，相貌奇古，生得白发红颜，修眉秀目，狮鼻虎口，广额丰颐。颔下一部银须，长达三尺，根根见肉。手白如玉，指爪长约二三寸。头绾道髻。身穿一件火一般红的道袍，白袜朱履，腰系黄带。手执一柄三尺来长的白玉拂尘，尘尾又粗又长，作金碧色，精光隐隐。形态甚是威严，直与画上神仙相似。孙南本想口头上占便宜，见了这等势派，也不由有点气馁。暗忖："口舌取胜，徒自结怨树敌。目前身在对头掌握之中，口气又非不善，还以忍气为是。"便躬身答道："弟子学道年浅，莫测高深，如言法力，何异以卵敌石。只望老前辈不要过分，使末学后进不致贻羞师门，就足感盛情了。"

老人笑道："你和齐灵云这一对，都是这等口吻，善于辞令。不似朱文贱婢狂妄无知，上来便欲仗她师父法宝、飞剑与霹雳子向我行凶，如不念其不知底细，岂能容她活命？你们这一对，实是天生佳偶，正好相配。此次能脱我手，自无话说；如在宫中成了夫妇，我必以全力助你们成就了这段神仙美眷，就不肯归我门下，也成地仙。此与阮征不同，本无仇怨，只是老夫忿人取巧，一时负气。除用我大阿修罗法，试你们能否以定力智慧脱出我的柔丝情网之外，那些水火风雷、血焰金刀、毒芒针刺之刑，全都不用。因此另将你们禁居一处，与朱文身受也大不相同。将来便知道了。"孙南早听出另一对，男的必是金蝉，因为朱文激怒了对方，连带受害，甚代二人愁急。便说："老前辈如此神通，何苦与后辈一般见识？不知他三人可曾来否？"黄光忽连老人一齐隐去。田瑶便道："你师妹齐灵云已经早到数日，见面自知。朱文与家师路遇，刚刚寻到。另外还有几个女道友，同禁一处。只齐金蝉远在天外神山，中隔磁光太火，我们嫌远，不愿往寻。朱文不久必用法牌传音求救，他日内自会投到。听家师口气，对你二人颇好。你那情侣正在宫中相候，度日如年，快随我走，不要分神管人闲事吧。"

孙南先以为灵云自从重返紫云宫,照着师父道书勤习,法力大进。下山时又得了圣姑留赐的好些法宝、灵丹,加上紫云宫中异宝藏珍全部发现,神通更大。她又远在南海海心深处,禁制重重,加上千里神沙与海眼地利,多高法力也休想妄入一步。对方却说得那等容易,心里还不信。及听田瑶这等说法,料无虚语。关心过切,心疑灵云在魔宫中不知受了多少苦难,一时情急过甚,未免现于辞色。耳听田琪低语道,"照孙道友这等形势,恐难脱身呢。我到这里,情、欲两关最是难渡,休说峨眉诸道友修为年浅,全仗得天独厚,夙世修积,所习又是上乘仙法,定力虽坚,毕竟功候不纯。连灵峤仙府赤杖真人那些徒孙,谁都具有好几百年功力,尚且被困在此,结局如何,尚不可知呢。"孙南一听灵峤三仙门人也有好些被困在此,不禁大惊,忍不住问道:"灵峤诸仙也有人被困在此么?"田氏弟兄答道:"此事说来话长,不久自见分晓。这里便是天欲宫,齐道友便在此内。愚弟兄不能入内,暂且失陪,请进去吧。"

孙南见前面只是一池清泉,波平如镜,池旁繁花盛开,枝枝秋艳,倒影水中。水面上更无一丝波纹,花光水色,交相映照,景甚清丽,并不见有什么宫殿。再往两侧和前方一看,到处琪花瑶草,互斗芳妍,弥望繁霞,香光如海。更有山鸡舞镜,孔雀开屏,鹣鲽双双,鸳鸯对对,莺簧叠奏,鸾凤和鸣。全是一片富丽繁华景象,令人娱目赏心,应接不暇。想问田氏弟兄宫在何处,如何走法,刚喊了一声"田道友",无人应声。回头一看,人已不见,只身后起了一片五彩云网,将退路隔断,情知身已入伏。事已至此,只好安定心神,暗中戒备,相机应付。先以为前途步步荆棘,危机四伏,主人来历虚实一点不知,稍为失机,一败涂地,哪里还敢大意。方在盘算,再回头往前一看,池面上忽然起了波浪,水中花影散乱,一阵香风过处,觉着心神微微一荡。跟着又是一片粉红色的香光闪过,所有清泉花鸟全都不见。眼前只是一片粉红色的雾影,上不见天,无边无际,不问何方,都是一眼望不到底。人却和微微陶醉了一般,除带着一两分倦意之外,别无感觉。

心方惊疑,猛想起灵云被困在此,不知所见景物是否相同?心中悬念,忍不住唤了一声:"大姊!"语声才住,眼前忽然一亮,又换了一番景象。

存身之地,乃是一座极华美壮丽的宫殿,园林花树环列,水木清华。殿侧有个十字长廊,顺着地势高低,通向湖中朱栏小桥之上。桥尽头,有一块约三丈方圆的礁石,其白如玉,冒出水上约两三尺高。上面种着几株桃树,比常见桃树高大得多,花开正繁,宛如锦幕,张向石上。内中一株较大的桃花树下,有一架尺许高的玉榻,上面卧着一个美如天仙的道装少女,榻前玉几上横着一张古琴。湖上轻风飘拂,吹得树上桃花落如红雨,少女身上脸上沾了好些花片,身前更是落花狼藉,仿佛熟睡多时。有时一阵风过,将少女衣角锦袂微微吹起,露出半截皓腕,越觉翠袖单寒,玉肤如雪,人面花光,掩映流辉。当此轻暖轻寒天气,不由得使人一见生怜,撩动情思。虽是侧面,相隔又远,看不甚真,但心有成见,情所独钟,加以两生爱侣,见惯娇姿,一望而知那是灵云在彼酣睡。关心过切,便想赶去将其唤醒。刚一举步,猛听殿中有一女子口音急呼:"南弟快来!"一听正是灵云口音,忽然惊觉。暗忖:"灵云道力甚高,身在困中,怎会花下酣睡?"微一寻思,又听灵云颤声急呼:"南弟快来!迟无及了。"情知事在紧急,慌不迭想往殿中飞去,哪知法力已经失效,遁光竟未纵起,心越惊慌。只得一面应声,一面纵身往里飞跑,且喜尚能行动。那殿外本有一道极宽大的玉石矮廊,离地约有二尺。正门前面,还有一方平台。因从侧面赶去,来由廊上行走。刚刚纵上台去,灵云便已迎出,面上容光比起从前越更美艳,面带微笑,望着自己,欲言又止,眉梢眼角隐蕴情思。

　　孙南平日对她本极敬爱,又在魔法禁制之中,毕竟近来功力已非昔比,心神刚刚一荡,自觉不妙,立即后退。灵云竟轻舒手臂,面带娇嗔,似喜似愠,迎面扑来,似要晕倒神气。孙南对她爱若生命,一见要倒,先前又听大声疾呼,以为中邪受伤,人已不支。一面想将她扶住,又恐扑个满怀,扶时只把双手前伸,留有退步。哪知对方身形一歪,又往左边倾倒。孙南心中一急,往前一抢步,正握在对方手腕之上,立觉玉肌凉滑,入手如绵。当时面红耳热,心头上起了一种微妙感觉,猛听一声轻叱。百忙中抬头一看,又是一个齐灵云,只头上多了酒杯大小一团银光,光甚柔和,时大时小,由门内飞奔出来。口喝:"南弟,我们已受魔法迷禁,所见全是幻象,危机四伏。我犯险相救,且到我旗门中说去。"说时,早一把拉了孙南,边说边往前跑。孙南满以为殿门相去咫尺,举步可至。哪知灵云一到,先前扑上身来的幻影,虽然一晃不见,可是殿身老在前面,跑了一阵也未赶到,灵云满脸俱是惶急之容。觉出形势不妙,知道灵云本能自保,为救自己,妄离旗门,也许两败俱伤,心中愧悔。正在愁急万状,灵云忽把双眉一皱,回首将孙南夹在胁下,手掐灵诀,往前一扬,口中默念了两句,忽然一片竹叶形的青光,突由身上冒起,裹了二人往斜刺里飞去。

孙南瞥见前面现出一幢六角形的青荧荧的怪火,灵云飞行甚缓,正带自己直往火中飞去。快要到达,遥闻一声断喝,灵云面色越慌,往前奋力一冲,好似十分吃力神气。身方穿入,回顾身后,又有大片粉红色的烟光冒起,同时人也落到火中。再仔细一看,火已不见。身外环插着六根青竹竿,长才齐人,上面各带着一两片枝叶,青光隐隐,占地不过丈许方圆。下面也非真地,乃是一片青云,形若石质。竹竿与人分立其上,由内外望,哪有什么宫殿楼台,花树水面,乃是一片亩许大小、荒寒不毛的绝顶危崖之上。仰视穹苍,下临无地,上下四外,俱被一片五色彩丝结成的光网笼罩。本来什么景物也看不见,因灵云手中持有一面两寸大的八角晶镜,方才看出,除去临崖一面,下余便是神剑峰魔宫园林全景。孙南便问:"大姊怎会到此?"灵云答道:"事情真险,我唤你时,也只刚把枯竹老人所赐旗门准备停当,才脱危境。事情也真巧,我二人不问是谁,再稍迟延,便无幸理。我仗旗门宝珠护住心身,或者无妨,你却难了。但是此老法力高强,素不服人,除非有心相谅,不与我们计较,休想脱身。恐怕还有辣手,防不胜防,虽在旗门之中,我们仍是不可大意呢!"孙南随问经过。灵云因身入危境,惟恐有失,本不想说,以防为敌所乘。待了好些时,见无动静,又知枯竹老人早有算计,曾对妹子齐霞儿说过,此行因祸得福,时至自了。只要不离开旗门,决可无害。适才因救孙南,那旗门施为费事,主人魔法又高,惟恐措手不及,好在另有一道保身灵符,以为遁回也来得及。不料十人连用魔法倒转阵地,差点闪失。经此多时,平安无事,别无异兆,才把前事经过说了出来。

原来灵云自与周轻云、秦紫玲奉命重返紫云宫,开建海底仙府,行事均极谨慎。因为紫云宫虽有千寻海眼与千里神沙之险,但是贝阙珠宫地域广大,矮叟朱梅那么高法力,尚且被人乘虚混入,隐藏在内。自己开建仙府,费了好些心力,失去许多仙兵神铁,才得将其遣走。宫中门人又只有限几个,惟恐有甚疏失。曾经议定:每出行道,必有一人坐镇。灵云这日因见紫云宫中金沙、珠宝堆如山积,意欲送些去峨眉解脱坡,交与宝相夫人保管,以备同门济世救人之用。心念一动,便命金萍、赵铁娘将尘世易于变价的金珠之类取出,想分两三次运去。当第二次运送时,带有新炼灵丹,恰值轻云、紫玲有事远出,须过些日才回,灵云自己如往峨眉,宫中无人留守,放心不下,本想候到二女回宫再走。

第二日,严人英忽然来访。灵云知他和轻云本有凤缘,自从莽苍山一见之后,便即投契。近年在外行道,双方每遇危急,都是不期而遇,又共了几次患难。虽然向道心坚,未涉儿女之私,情谊却比别的同门要厚得多。半年前,人英得了嬺姆所赐道书大玄天章,刚到手,便寻轻云一同修炼,由此二人法力大进,又炼了两件法宝。人英原意,嬺姆准其转传一人,学成之后,便将书中所附柬帖取出,依言行事,书便化去,为期只有百日。想起同门中,只轻云一人私交最厚,忙即寻去,二人恰在途中相遇。轻云虽然落落大方,总想自己是女子,人英平日相对,仿佛情有独钟;再者,孤男寡女同在一起修炼,易招物议,先还婉拒。嗣经人英再三力劝,说:"家祖姑法力之高,全由此书得来。现值异派猖獗,妖邪横行之际,如将此书学会,立可增加极大威力。本欲公诸同好,无奈仙示只许再传一人,时限又短。难得遇见师妹,又是我的患难至交,可见福缘前定,如何天与不取?我知师妹也许为了彼此情厚,男女同修有甚顾忌之故。实则,修道人避甚嫌疑?实不相瞒,我对师妹,固是敬爱逾常,衷心感佩,但自奉命下山勤修仙业,愚兄虽然不才,尚知自爱。本心虽想与贤妹同参正果,永享仙福,终古不离,也只是累共患难,情分使然,男女界限早已忘去。师妹志行高洁,如冰如玉,更不必说。难得遇到这等不世良机,如何为这小节拘束,将它失去,岂不可惜?彼此心地光明,何必计较人言?何况我们不比常人,是非真假,一望而明。各位师长更是神目如电,念动即知。愚兄稍有乖谬,也不配列名三英了。"

轻云本就不忍坚拒,再听对方明道心事,心想:"再不应允,反显自己情虚。"只得允了。人英因见时限大迫,恐难学全,左近恰是元元大师罗浮山香雪洞旧居,封洞的又是本门禁制,立同赶去。先向各位师长通诚遥拜,再行开洞入内,就在洞中一同勤习。二人练到第一百天上,居然学了十之七八。还待往下学时，忽听柬帖发出霹雳之声，不敢再延。打开一看，内有姆姆手谕灵符。便照所说，用真火将符化去，立化一片金霞，拥了那部道书，带着风雷之声，向空飞去。柬上大意说：二人累世清修，均以情丝难断，互相牵缠，致误仙业。直到前一世，道心方始坚定。但是情爱至厚，不舍分离，在兵解以前约定以身殉道，誓求仙业；来生虽不再作双栖之想，仍要同门同修，共证仙业。虽然一样情爱，但与司徒平夫妻情孽纠缠，终误仙业者大不相同。以后只管安心学道，绝无他虑。二人方始大悟。因柬上曾说，各位师长也早深悉前因后果，双方心意又经言明，无须再有嫌忌，情爱自然更深一层。此次乃因轻云许久未见，不知有事远出，特来寻访。

灵云觉人英远来不易，平日修为又极清苦。心想："轻云不久即回，正好请人英代为留守，自己去往峨眉一行。"便和人英说了。人英未见轻云，本在失望，闻言立允。灵云独自一人带了金珠、灵丹，二次飞往峨眉解脱坡，交与宝相夫人。聚了数日，本欲回宫，忽然想起人英、轻云本来情厚，只因忙于修积，会短离长，虽无儿女之私，相见必有话说。自己在旁，这两人一个面嫩，一个拘谨，好些不便。当时又无处可去，忽想起孙南和自己也是累生情侣，只为当初嫌他情痴太甚，恐其两误，姑以正言规劝。自从九华分手，开府再遇，双方便渐疏远。以后偶然相见，虽未尹邢避面，迥非以前如影随形，非到万不得已，不舍分离情景。后听人言，他功力精进，修积甚厚。分明根骨稍差，自惭形秽，专一刻苦自励，以求上进，免使自己轻视，实则心中仍蕴热情。如与轻云、人英来比，未免对他太薄。又因孙南对自己敬爱太甚，前生相处，稍假辞色，便心喜欲狂。转世以后，表面不似前生那等亲密，人也端谨得多，而真诚流露，情爱之深更甚于前。不过敬重自己，知道志切修为，恐拂己意，言行慎重，不敢露出而已。灵云越想，越觉自己迹近薄情，对他不起。良朋久别，尚且相思，况是三生情好。欲乘此时无事，前往访晤，加以慰勉，坚其向道之心。念头一动，立时起身。本意飞往莽苍山，先与孙南叙阔，再寻朱文、吴文琪良晤。到那里一看，只吴文琪独居山中，说起昨日七星手施林来谈到孙南、尉迟火黄河救灾之事。算计二人必在黄河灾区一带行道，意欲跟踪往晤。如若不遇，就便可向玉清大师叙阔也好。于是又往黄河灾区飞去。

飞行神速，不消多时便已到达。哪知二人此时也正回山，云路相左，竟未遇上，以致生出波折。刚刚飞过铜瓦厢，见黄河水势正在减退，沿途难民甚多，到处都有富绅善士所设的善篷，施舍衣食银钱，办理甚善，灾民欢呼颂德之声，所在都是。先当是玉清大师佛法慈悲，正在沿河前飞，打算择地降落，探询三人踪迹。继而一想："尉迟火昨日才与玉清大师相遇，灾区蔓延数千里，中途还要变卖那么多金珠。玉清师徒共只三人，任凭法力多高，事前防御灾劫尚还容易，灾象已成，再往救济，何等烦难，岂是一天半日所能办理完善？"于是沿河上飞，暗用仙法查听。她一连飞了数百里，到处歌功颂德，异口同声，说是从来救灾无此完美，也没有这么多的善士。最难得的是银、米丰足，被淹没的土地，水退以后，全成沃壤。每一灾民除当时所领救济费而外，并还各按本来行业、人口多少，给以安家治生之用；老弱残废，均有所食，使其温饱，以终天年。经此一来，连那素常贫苦、无依无业之民，均有得遂小康之望。妙在那多地方所设善堂不下数百，各有专人总管，办事井井有条，一点看不出有人暗用法力相助之迹。灵云几经留神观察，只两三处大善堂为首诸人密计时露出一点口风，大意是说："我们必须仰体仙人恩义，宁可妄费，不可遗漏。好在仙人钱多，我们问心无愧，必无话说。只不许灾民得知详情，张扬出去。我们未费甚钱，得此善名，虽出仙人之意，心终不安，惟有日夜用心，多出点力。"所说大同小异。听那口气，所遇仙人均在同一时间，颇似用身外化身分头下手神气。

心正奇怪，已经飞近城池上空。瞥见一片极轻微的祥云横空而渡，由斜刺里高空中飞来，往侧面飞去。那云飞得又高又快，宛如薄薄一片彩色轻烟，在当头高空苍冥之中一闪即过。如换旁人，必不在意。灵云近年法力大增，开府之后越发长了经历。见那彩云看去薄薄一片，又是逆风而渡，聚而不散，飞得那么高，以自己的慧目竟不能透视云上，断定不是寻常人物。方按遁光回顾，猛想起灵峤三仙师徒，来去都是祥霞丽霄，轻云冉冉，与异派仙侠御剑飞遁，破空冲云而渡，迥不相同，这片彩云正与他们同一路数。记得灵峤女仙陈文玑、赵蕙，与己一见如故，十分投契，曾有不久重逢之言。一晃数年，并无音信。所居仙府，中隔十万里流沙与八千寻罡风之险，已近灵空化界。以崔五姑的法力，上下尚且艰难，何况自己。前月取出紫云宫玉池藏珍，虽有一件法宝可御罡风劫火，但因初得到手，尚未重新炼过，只能抵御罡风。此宝关系重大，异派中首要诸人全都梦想多年，得到便能抵御大劫，一旦出现，必定百计窃夺。放在玉池宝库以内，自然无妨。带在身旁，此时法力尚不能掩蔽它的精光宝气，一被发觉，就不被夺去，也永无宁日。父亲命藏原处，不令带往峨眉，可知重要。为此格外慎重，不敢妄用。

灵云久欲去往灵峤仙府访晤，均未得便，看出彩云正是灵峤仙府之人，意欲探询陈、赵二仙近况，立时追去。彩云神速已极，灵云的剑遁竟几乎追它不上。对方不知何人，又未便传声相唤。方疑失之交臂，彩云忽然向前飞堕。双方高低悬殊，恰好相继落下。一看落处，正是嵩山太室山后绝壑之中。两下里相隔不过数十丈，灵云早看出云中是一美貌少女，装束也和陈、赵二仙女差不多，人却从未见过。想起适才飞行太急，无故追踪，似乎无礼。方一寻思，那女仙本是面有愠色，神情匆促，回顾灵云，忽然转嗔为喜，微微一笑，欲言又止。灵云见她身材不高，娇小玲珑，神态天真，越想亲近。正要乘机上前请教，前面崖凹中忽然走出一个黑衣老妇，生得身材高大，相貌丑怪，从未见过。手里拄着一根黑色的藤杖，杖头枒丫颇多，遍刻着鸟兽龙蛇之形，黑烟缕缕，由蛇鸟口内喷出。一望而知不是正经修道之人。少女面上立转愁忿之容。因地势弯曲，老妇背向自己，落时遁光已收，料未发现，忙隐身形，轻轻掩向前去，藏在小石后面，暗中查看。

灵云只听老妇格格怪笑道："小姑娘，可是想讨还你那玉环么？"少女气道："此宝乃我恩师之物，不能失落。一时疏忽，被那小贼诡计盗去，约我来此取环。已经延误三日，如今急于回山，如肯还我，情愿送你一件别的法宝，免伤和气。你看如何？"老妇突把两只鹞眼一翻，狞笑道："你说什么？凭你那样来历的人，身带这物，怎会被人盗去？我那小孙儿，共才学了几年道法，岂能近身？分明有心相赠，事后生悔。除非答应嫁我孙儿为妻，同在我洞中修炼，休想将环取回。"少女怒道："无知丑妇！我原是一时疏忽，误中诡计，被小贼乘隙将环骗盗了去，等我警觉搜寻，人已隐形遁去。只发现一片树叶，上写有事相求，约在此地奉还。后遇一位道友，得知你为人贪狠。因为急于回山，委曲求全，自认晦气，另以宝物交换，谁知这等狂妄刁诈！快将此宝还我，免动干戈。"话未说完，老妇厉声喝道:"无知贱婢!我居此三百多年,何人敢犯?竟敢对我无礼么?好说谅你不从,今日教你知我的厉害。"说时,手微一晃,杖头上立有五股极浓厚的黑气,各按所刻形象,化作龙蛇鸟兽等猛恶之物,口喷各色毒焰,向前夹攻。少女也似早有准备,扬手一片祥光,先将全身护住。跟着放出一粒宝珠,化为斗大一团银光,向老妇当头打去,被内中一条龙形黑气迎头敌住。少女又连施了两样法宝,俱被老妇杖头上所发黑气结成的妖物分别抵御,不能上前。下剩一蛇和一只形如鸱鹗的怪鸟,仍向少女猛扑不已。晃眼妖蚖黑气加盛,紧缠在护身祥光之外,妖鸟又在当头下击,蛇鸟口中毒焰似火箭一般喷射不已。少女被困其内,上下四外全被黑气裹紧,所带法宝已全发完,大有败意。老妇连声喝骂,令其速降,免遭毒手。

灵云见这老妇白发如绳,乱草一般披拂两肩,当中露出一个猪肝色的大头,浓眉如刷,目射凶光,鼻尖似被削去,鼻孔大如龙眼,两腮奇大,又咧着一张缺口,露出稀稀落落几根又尖又长的利齿,形态丑怪,声如枭鸟,简直不似生人。杖头上所发黑气一经出现,便成实物,上下飞舞,口喷毒焰,猛恶异常。少女身受围困,满脸愁急悲忿之容。灵云早想相助,因为素来持重,妖妇初遇,从未听人说起,不知来历深浅。心想:"当地靠近嵩山二老故居,怎会容此妖邪盘踞?如是新来,听口气又觉不像。"意欲查看明白,再作计较。又想灵峤诸仙法力甚高,既命下山,绝不容人欺侮,难得相遇,正好看看她的法力。稍为一停,少女已经被困,不由激动义愤。暗忖:"妖妇邪法虽然厉害,自己身带飞剑、法宝均具绝大威力,怕她何来?"心念一动,正准备冷不防将几件法宝、飞剑连同太乙神雷一齐施为。妖妇性情凶暴,见敌久不降服,也甚暴怒,待下毒手,刚喝得一声:"贱婢你真想死么?"忽然一道青光,由崖凹中飞出。灵云见这青光眼熟,并非邪教,欲发又止。青光落地,现出一个少年,拦跪在妖妇面前,直喊:"太婆饶命!待我劝她降顺。"灵云认出这少年正是前在峨眉为害芝仙,被自己押往青螺峪,现为凌浑门下的杨成志。不知怎会和妖妇一起,又是这等称呼?双方师门均有渊源,凌浑性情古怪,恐生嫌怨。心中踌躇,再一查听,不由大怒。

原来妖妇所说小孙儿,便是杨成志。杨成志出现以后,妖妇便将手上快要发出的一股黄光邪火收回。狞笑道:"小孙儿,不要太痴。此女即使被迫嫁你，也非心愿，何况她已准备事急兵解，宁死不从。我二次出世虽才三月，你已得了我不少传授。照你所说，峨眉门下美女甚多，早晚还不由你随便选择，何患无妻，非要此女作甚？我虽多年禁闭，仍是当年脾气，顺我者生，逆我者死。此女口出不逊，本无生理，你爱她过甚，方始宽容。如此倔强，岂容活命？她已被我五形神火困住，想要兵解，遁逃元神，岂非做梦？我只扬手之间，便成蛇鸟口中之物。你将她这件法宝得去，再经我祭炼之后，决少敌手。那时照我所传，遇上峨眉心爱的人，擒来成婚，岂不一样称心么？"杨成志仍苦求道："孙儿实是爱她。并且峨眉那些贱婢，俱都看我不上，尤其齐灵云、李英琼可恶，将来只想报仇，不想要人了。"灵云在旁，闻言已是气极。又见少女气得乱抖，想是素性温柔，骤遇横逆，一句话也说不出来，只把目光望着自己先前隐身之处，似有求援之意。手中握着一口尺许长的玉刀，已经发出精光，似要自杀，又在迟疑神气，心越不忍。转念一想："此贼已经叛师附邪，凌老前辈未必再肯护他；即或不然，灵峤三仙乃凌氏夫妻至交，他门人这等行为，人神共愤，见面也有话说。"想到这里，立时发动，飞剑、法宝同时施为，紧跟着双手齐扬，又把本门太乙神雷连珠般发将出去，精光宝气照耀岩阿，虹飞电舞，金霞乱窜。数十百丈金光雷火纷飞四射中，妖妇存身的崖凹先被炸裂，成了粉碎，山地也陷了七八亩大一个深穴。当时沙石惊飞，尘土齐扬，地震山崩，天鸣谷撼。

灵云自从学道以来，遇见强敌，从来也未如此出手。这时因觉邪法厉害，惟恐一战不胜，更费手脚，上来便用全力。妖妇也是禁闭年久，新近出世，不曾想到后起中竟有好些能手。先前分明已听出破空之声降落附近，依然托大自恃，守着昔年人我不犯的戒条，不特未放心上，竟未回顾，打算制服少女后，再问来意。只要在离崖十丈以外，便不过问，否则看事而行。半晌未听身后动静，还当来人被自己吓退。为防少女元神遁走，全神贯注前面，做梦也未想到这等厉害。灵云所用法宝，内有两件恰又是专破这类邪法的克星，新近才由玉池宝库取出，刚刚炼好。因恐毁损仙景，久欲觅地演习，素性不喜炫弄，未得其便，只知威力甚大，不知底细。此时急于救人除害，全力施为，加上别的飞剑、法宝和太乙神雷，多高法力的人遇上，也非死必伤；何况妖妇丝毫不曾防备，变生意外，来势神速，纵有一身邪法，神通变化，也是难当。宝光、雷火电射中，那五形妖物还未全消，妖妇已随同那片崩裂的危崖山地震成粉碎。元神刚刚飞起，灵云早就防到妖妇擅长玄功，炼有元神，一见飞起，左手一指，新炼成的至宝日月轮所化一红一白两轮宝光，早电也似急迎向前去。妖妇元神先吃那团冷森森的银色寒光照定，不能脱身。跟着日轮所发万道毫光往上一合，火星电旋，闪得一闪，立时消灭无踪。杨成志站在妖妇身前本难免死，总算运数未尽，新近炼有一身邪法，隐遁极快，人又刚刚立起，走向少女身前，想要威逼劝说，恰巧离开。灵云因知内有二宝威力太大，虽然由心运用，终以初次施为，投鼠忌器，惟恐少女万一波及，本心又只想生擒杨成志，交与凌浑发落，不愿伤他。有此顾忌，连那五形妖物也只除去三个，内中一鸟一蛇，因是紧附少女护身祥光之外，反被苟免。它们全是修炼千年以上的妖物，被妖妇杀死，将精魂摄来，炼成法宝，厉害无比。一见主人及同伴同时惨死，禁制已破，无人拘束，又见来敌如此厉害，立即乘机遁走。杨成志闻声惊顾，瞥见神雷、宝光横飞电射中妖妇惨死，邪法全破，自身几受重伤，不由亡魂失魄，哪里还敢停留，本要逃走。忽然想起一事，百忙中竟犯奇险，往原处隐形遁去。等到灵云与少女相见，入洞查看，妖书已被盗去，几乎留下后患。不提。

　　蛇鸟妖魂均具神通，逃时神速非常，由大变小，一闪即隐。这时，满崖谷宝光照耀，飞剑纵横，雷火又极强烈，微一疏忽，只当全数消灭，并未在意。方觉杨成志没有擒到，少女忽然将手一招，立有一圈青光由劫灰中飞起，化为一只青玉环落向手中，含笑迎来。灵云忙收法宝相见，未容开口，少女匆匆说道："妖妇虽死，洞中藏有妖书，姊姊取来，大有用处。少时再作详谈如何？"灵云见她美丽天真，神情亲热，闻言笑道："道友贵姓？可是灵峤三仙门下？洞中可有妖党么？"少女笑答："家仙祖赤杖真人，所说三仙乃小妹的师伯，家师为兜元仙史邢曼。妖妇近始脱困，洞中只她一人。我防小贼前往偷盗，但我想他也许无此大胆。"话未说完，灵云原因行事谨慎，恐有余党，不便冒失，打算问明入洞。闻言忽想起杨成志隐遁神速，心中一动，忙说："事果可虑，我们查看之后再谈也好。"

第二七四回

惆怅古今情　魔火焚身惊鬼魅
缠绵生死孽　花光如海拜仙灵

灵云和少女一同飞进洞中，见那妖洞前半已被震塌了几十丈，碎石堆满，已被隔断。只近顶处，似被人用法力穿了一洞，仅容一人蛇行而入。便料有人到过，也许还未出来，立用仙法封禁出口，一同飞入。里面乃是一座极广大的山腹石洞，内中只有一个石榻，一个法坛，上面插着几面妖旗，邪气隐隐，此外无甚陈设。榻已中裂，内有一槽深约二尺，大约尺许，作长方形，似是藏书之所。书已不见，裂口旁染有两滴鲜血，痕迹犹新。槽中还有两粒丹药，一支妖针，长才寸许，仿佛匆忙中不及取走。知道书已被人盗去，总共立谈几句话的时间，也许贼还隐藏洞中，未及逃出。洞口又有禁制，只要行法查看，便可寻到。为防暗算，正在戒备着四下观察，忽见离地数十丈高的洞顶上起了一片裂音，声甚轻微。灵云还未觉异，忽听少女急呼："姊姊留意！"立有一片祥光飞起，照向二女身上。一句话未说完，"轰"的一声大震，整座山顶崩塌下来。少女忙道："小贼在外暗算，必已盗书逃走，也许能够追上，我们快走！"说时，手指处又是一片彩云，拥了二人，由那数十百丈碎石尘沙猛压中飞身而上。

灵云因身带宝镜，多么厉害的隐身法俱都能破。此时全山崩塌，敌人必以为暗算成功，将人压死，正在上面快心之际，兴许想不到当时便能冲出，只要用这面伏羲镜破去隐身邪法，任逃多远也能追上。当即运用飞剑、法宝相助少女，冲荡开千层石沙，向上飞射。晃眼透出崖顶，用镜四外一照，哪有人影。少女笑道："小贼已学妖妇邪法，他知姊姊法力高强，虽想报仇，好计未必有效，一面暗算，人早逃走。日后我再寻找凌师伯理论，反正难逃公道，暂时由他去吧。适才忙于取书，无暇多言，仍被小贼捷足先登。小妹名叫花绿绮。姊姊必是峨眉齐真人门下三英二云之一,今日如非大力相救,几遭不测。想起法力不济,强要下山,幸蒙家师怜爱,还赐了两件防身法宝,初次遇敌,如此狼狈,空自修炼三百余年。如和姊姊来比,那么享名百年、号称无敌的妖妇,一举手间,形神俱灭,岂不教人愧死?不知尊姓芳名?可能不弃,结一同道之交么?"

灵云见她骨秀神清,明艳绝伦,宛如美玉明珠,无限容光,自然流照。性情偏是那么温和,语声又清婉柔丽,如哳笙簧。比起几个最美的女同门,另具一种丰神。心想:"似此美好娇柔,我见犹怜,何况杨成志这等心术不端的男子。"又见她依依身侧,执手殷勤,笑靥相问,吐气如兰,玉手纤纤,春葱也似,入握温软,柔若无骨,由不得越生怜爱,思与亲近。随笑答道:"愚妹便是齐灵云。今生修道,并无多年,姊姊比我年长得多。许附知交,原所欣慰,这等称呼却不敢当。"绿绮笑道:"实不相瞒,小妹从小娇惯,又蒙师长同门加意怜爱。灵峤仙府中长幼几辈,除朝参师祖、传授道法而外,平时相处多是笑口常开,常葆天和,从无一人疾声厉色。小妹在同辈中入门最晚,年龄最稚,于是养成这种柔和性情。觉得人若幼小,平日易得师长怜爱,就有错事,也比起别人易得原谅,所以自来不愿居长。姊姊今生入道虽然年浅,休说法力高强,胜我十倍,便按修为年岁来说,齐伯父九世修为,姊姊乃他最前生的爱女,先后总算起来,还是我的老前辈呢。不过我爱姊姊,一见投缘,结为姊妹,要亲热些罢了。"灵云见她如此天真稚气,几番逊谢,坚执不允,只得罢了。绿绮又道:"姊姊法力比我高得多,以后我便是你小妹,再受人欺,姊姊却不要置身事外呢。"灵云道:"愚姊仅仗法宝之力,如论修为,实差得多,妹子何出此言?万一有事,休说愚姊,便一班男女同门遇上,也必以全力效劳,怎会袖手?"

绿绮想了想,笑道:"家师说小妹以后多灾多难,此次修积外功,众同门俱都奉命下山,家师本欲以人力避免,令我独留。小妹平素让人,修为之时却耻落人后,再三求告,方蒙允准,为此还拜赐了两件法宝。本心早想结交正教中几位道友,偏生最后一人下山,初来凡间,人地不熟,一些男女同门均早下山行道,一时无从寻访。偶然想起白发龙女崔师叔,近两年曾往灵峤宫去了好几次,对于小妹最是怜爱,曾说异日下山,可去青螺峪寻她。想得她一点照应,寻到一问,凌、崔二位师叔均往休宁岛未归。

门人也多下山,只有两人留守,一名于建,一名俞允中,人尚老成。问知我来历,知我尚无住处,留我住在那里,随时出外修积。

"小妹生具洁癖,本无适当居处,有此洞府暂居,主人又是师门至交,自然是好。不料第二日,又一门人回来,便是小贼杨成志。小妹久居灵峤,早忘男女之嫌,何况是主人门下,全未想到别的,反因他对我殷勤,心生感谢。起初除觉他遇事先意承旨,全神在我一人身上,对于于、俞二人却是冷淡,尤其于建时常背人争论,和对我相去天渊。也只当是这两人与他平素不和,因我是客,又想求取蓝田玉实,因此格外讨好,并未觉异。中间我同他出来行善修积,刚觉出他不应那么亲热,不愿再与同行。哪知小贼竟早在我到以前,闲游嵩山,与他前生祖姑、尸毗老人之妻女魔王阿但含婆在此谷中相遇。

"妖妇虽是魔教中长老,但在前生,与她丈夫原是怨偶,后又背师叛教,身受魔刀分身之刑。因忿丈夫不肯救她,全仗所习邪法才免斩魂之厄,心中忿恨,戾气所钟,相貌奇丑。事也真巧,妖妇刚转世不久,便得到一部妖书,费了一甲子的苦功,炼就神通。头一次出山,便寻丈夫作对。尸毗老人先还念在旧情和爱女的分上,不与计较,每次逐走了事。后来仇恨越深,纠缠了数百年,最后一次,才将她封禁此地绝壑之中。妖妇仍不屈服,立誓报仇。老人说:'你数限当终,至多只有百日寿命。我虽将你禁闭在此,实是夫妻一场,加以女儿苦求,借此助你脱难,到时自有前生业障寻来,与你合力将我禁法破去。彼时你如在百日之内不离此洞,或是自知悔罪,一出困便来寻我,只要肯服输,我便既往不咎,使你免此大劫;否则必遭惨祸。'说罢走去。妖妇由此在洞中潜修,苦炼邪法,费了多年心力,刚把解禁邪法炼成,短一助手,小贼恰巧无心寻来。便在里面发话,令其相助,竟将禁制破去。

"小贼于是借着行道为由,前往学炼邪法。因遇见我,起了邪心,已有多日未去,妖妇行法唤他。小贼看出我生了疑心,又知我不久尚须出山一行,奸谋必被家师看破,就势前往求助。妖妇不知用甚邪法,算出我那玉母环关系甚重,设下阴谋,令小贼埋伏途中,假装路遇,将我拦住,说是附近山中有一妖人,与斗不胜,请我相助。我不知那妖人是他新结交的妖党,预先伏有妖妇邪法幻象,一见化身太多,便把所有法宝全使出来,只有此环未用,妖人受伤败逃。他见我法宝神妙,假装佩服已极,问我还有其他法宝没有。并说他在附近山中藏有凝碧仙酿和几样佳果,请我就在当地同饮。我见那山风景颇好,又听陈师伯说过峨眉酒好,见他不是以往讨厌情景,只当愧悔,我素性又不愿与人难堪,勉强应诺,便把此环取出。小贼接过,便套在手上。我因此宝外人不能使用,随着心念一动,立可飞回,小贼又在殷勤劝饮,也未在意。等酒方要沾唇,忽然想起地邻妖窟,小贼酒果如何藏在附近?取酒时又是隐形来去,一晃取来,来去甚快,妖人已走,何须如此?酒色深红,也与凝碧二字不符。同时闻得酒香浓烈,还未入口,便觉心神微晕,情思不宁。忙定心神,一抬头,小贼一双鬼眼正对我看,手持一符已经抬起。越知不妙,忙用法宝护身,向其责问。小贼情虚,立纵妖光隐形遁走。我忙行法禁制全山,想断小贼逃路,再行搜索,哪知妖遁神速,并未追上。我气忿太甚,忘了先收此环,竟被邪法禁隔,连收不回。正在着急,发现小贼所留树叶妖符,说是有事相烦,令我三日之后来此取宝。

"彼时不知妖妇来历,因是回山心急,第三日便赶了来,途遇玉清大师,才知底细。玉清大师又说她在黄河救灾,一班同门师兄妹也在黄河两岸,相助成此善功。妖妇命我三日后去,实是多年禁闭,尽管仇深恨重,因本身劫难,局中人多高法力也算不出,知她丈夫昔年所说必有原因,心中胆怯,意欲挨满百日之后再出为恶,并寻丈夫报仇。我今日来此找她,虽有险难,结局无害,并可交一良友。小妹依言赶来,到时发现姊姊在后追赶。因玉清大师行时曾说:'前途无论遇谁,在未与妖妇相见以前,不可相见交言,否则两误。'所以不曾回顾请教。后见姊姊是个美貌女子,方在喜欢,人忽隐去。本心还想善罢,妖妇凶横太甚,终于动手。全仗姊姊免此一难。小妹灾劫尚多,以后行道不在一处,万一有事,如何能够助我呢?"

灵云道:"愚姊与两同门姊妹见紫云宫中昔年残毁的精金神铁甚多,除改铸飞剑之外,又炼了不少子母传音针,现由门人祭炼,愚姊妹闲时也相助同炼。将来炼成,当送妹子数套。如若有事,将此针往地上一掷,心念紫云宫或别的所在,子针立向母针飞回,不久即可往援。好在妹子回山,往返尚须时日,再下山时,何妨绕道紫云宫一游,就便取针,不是好么?"

绿绮大喜道:"妹子久闻紫云宫乃海宫仙府,灵景无边,想不到姊姊竟是宫中主人,再好没有。"灵云又问知陈、赵二女仙已同下山,只陈文玑同另两同门去往北海访一道友,不在中土。余下全在黄河两岸灾区行道,赵蕙也在其内。方欲往见,绿绮忽道:"姊姊快看,师姊她们怎会往此山飞来?前面还有好些外人,是何缘故?我们追去看看如何?"灵云见前面遁光虽非妖邪一流,看去眼生,飞行却快得出奇,颇似一追一逃神气。料知有事,又想与赵蕙相见,就便结交几个道友,立即应诺,一同飞身追去。

前行两起遁光本极神速,二女发现,已经飞过,再一耽延,虽只几句话的工夫,踪迹已杳。二女各以全力催动遁光,由后急追,并未追上,晃眼便是三四百里。因恐对方不见,一面朝着去路急追,一面留神查看,不觉又飞出了好几百里。灵云笑说:"令师姊们飞云驭空,瞬息千里,不必说了,怎前面诸人飞得也这样快法?"绿绮道:"小妹在同门中功力最差,否则也不致落后太远,连影子也看不见。前飞的人,颇似陈师姊常说的冷云仙子余娲门下,她自峨眉开府受挫,便恨我们师徒,背后并有报复之计,莫要狭路相逢动起手来,可是师兄姊他们性均温和,绝不会赶尽杀绝,追得这么急,令人不解。姊姊宝镜何不取出一照?"灵云方答:"前面诸人并无败意,也许双方订甚约会,前往比斗。"说着,将镜取出,未及照看,猛觉遁光遇阻,似被一种极大潜力吸住,往下坠落,情知下面有人拦阻。绿绮初次经历,未免情急,欲用仙法抵御,强行挣脱。灵云终是持重,心疑拦路的人许是师执尊长,恐有疏失,忙即劝阻,非但不与相抗,反把遁光一按,往下飞降。满拟此人法力甚高,必是乙、凌、白、朱诸老之一。如是对头,凭着近来功力法宝,就不能胜,全身而退也非难事。便把先前所用法宝暗中运用准备,若见势不妙,仍照前策先下手为强。

灵云目光到处,瞥见下面乃是大片松林,林外山坡上站着一个白衣少年,素昧平生,从未见过。心方惊疑,人已飞近,发现少年是个丰神挺秀的书生,面带微笑,态甚温文,右手拿着一根青竹枝,正朝自己这面微招。他的手刚放下,灵云忽然想起七矮在南疆与红发老祖斗法以前,所遇前辈散仙,正是这等装束神情。福至心灵,顿触灵机,忙把绿绮的手握了一下,示意不令开口。落地便收遁光,躬身上前问道:"仙长可是枯竹老仙么?"少年微笑点头道:"你倒有点眼力。"灵云忙拉绿绮一同跪拜行礼,说道："这位便是东极大荒山无终岭枯竹老仙,妹子快快随我拜见。"少年笑道:"我与令尊神交至好,便赤杖真人,以前也有数面之缘。我向不喜人多礼,一拜已足,可同起来说话。"灵云曾听人说过枯竹老人性情,便同绿绮起立。问道:"弟子等适才飞行寻友,老前辈见召,不知有何仙谕?"

少年笑道:"你和灵峤诸弟子不久大难将临,日前被我无意之间偶然发现,算出因果,结局无碍,目前总是讨厌。前飞的冷云门下几个孽徒,便是起祸根苗之一。灵峤诸弟子下山,各奉锦囊仙示,虽同被困,暂时还不致有甚险难。你二人中一个防魔法力较差;一个本身定力虽坚,但受前生情侣牵累,微一疏忽,易于两败。对方乃魔教中第一人物尸毗老人,近百年来本已改习佛法。只为以前旧习太深,既不舍放下屠刀,尽弃前功,去旧从新,作大解脱,又以天性刚烈,尚气任性。自觉年龄、行辈俱尊,眼前极少有人配做他的师父,虽有一两位神僧,未遇机缘,耻于登门求拜。而且又想以大阿修罗法参同佛门妙谛,别创禅宗,为此委决不下。近年推算他的气运成就,只有三条路走:一是自甘卑下,以虔心毅力,往求天蒙禅师与雪山智公长老度化,从此皈依,以求佛门正果;一是方才所说,会合两家之长,别创禅宗;还有一条,便是自恃魔法神通,炼就不死之身,仍照以前故习,虽不为恶,却要重开魔教,广收门徒,与各正教相抗,一分强弱。因第一条虽是他向往多年的明路,无奈佛门虽然号称广大,普度众生,但对他这样人,却非有极坚诚的毅力恒心,甘受诸般磨折苦厄,难于入门。而他平生对人,专以喜怒为生死,因果甚多。佛菩萨那么高法力,前生误伤禽鱼走兽,尚受报应,何况是他。此去皈依,必受许多令其难堪的苦难,空有偌大神通,全都无用。更须将一切因果全都偿完,才望成就。以他那等法力智慧,仍受无相魔头暗制,临机竟起畏难之念,欲行又止,本就举棋不定。新近小寒山二女往救阮征,他因事出意外,不曾准备,人被强行救走,丢人现眼。道浅魔高,不知危机将临,竟因此激发怒火,故态复萌,认定令尊有意使其难堪,定要报复。总算多年修为,把以前狂妄狠毒的心性改去了些,未为太甚,用意只想一报还一报:把峨眉门下近已解脱了的几个前生情侣强摄了去,禁入天欲宫中,在魔法禁制之下,使其勘破情关,才行放出。否则中意的收到他的门下;惹恼他的任在宫中放纵情欲,自生自灭,死后元神永做魔宫男女侍者。虽不似别的邪魔将生魂炼成法宝，沉沦苦厄，日受炼魂之惨，并还和他门人一样享受，但天劫降临，终归消灭，升仙成道更是无望。这第一起，便是你和孙南、金蝉和朱文两对，不久将全被擒去。固然令尊和天蒙、白眉两神僧均早算就此事，另有安排，但总觉你四人小小年纪，遇此难关，稍一疏忽，累世修为全成泡影，实在可怜。但是此老魔法甚高，三千里内对他有甚行动，明如指掌，这两日正在附近往来。此老又正魔星照命，以善为恶，倒行逆施之际，不可不防。为此暗布旗门，将你二人引来，在我乾灵仙遁之中，他决观察不到。除对你们事前指点之外，昔年借与令尊的巽风珠虽未取回，此珠我共炼有一十三粒，恰在身边。除分一粒宝珠与绿绮外，下余全数赐你，另加灵符一道，六个旗门。照我用法施为，可免好些苦难。此老性暴，既看中你，决逃不脱。等我说完，仍照原路赶去，定与相遇。见时话须得体，法宝用作防身，不可仗恃威力，与之相抗。否则，他那前生冤孽新死你手，此老情热，尽管厌恨，犹有故剑之思。只要不将他触怒，必当你事出无知，不再计较。否则，新仇旧怨一齐发作，此去便多吃他苦头了。"说罢，取出六根长才尺许的青竹枝，一片上绘灵符的竹叶，十三粒宝珠，除分了一粒宝珠与绿绮，其余全赐与灵云，并分别传授用法，便命起身。

　　灵云等二女随即拜别，仍往前途赶去。飞出又数百里，刚刚到达秦岭上空，遥望前面高峰之后宝气蒸腾，霞光闪耀。料知双方正在斗法，连忙绕向峰后一看，果是灵峤男女诸仙正与余娟门下斗法。双方约有十余人，除开府时见过的赵蕙、尹松云，以及对方的毛成、褚玲等有限数人而外，多半并不认识。两下里相隔也只有二三十里，二女慧眼看得逼真，见双方斗法正酣，旗鼓相当，两不相下。因避熟人耳目，借着高峰隐蔽，离地不高。有的更在地上，各用法宝、飞剑相持。止待上前助战，忽见侧面电也似急飞来一道极长大的黄光，只一闪，便到了众人头上，立时往下飞泻。双方似知不妙，看出厉害，各用飞剑、法宝防身抵御。立时精光万道，霞彩千重，上冲霄汉，势甚惊人。方料双方必有恶斗，说时迟，那时快，就这晃眼之间，黄光中飞出一片其红如血的光华，映得天都红了半边，但是神速异常，略现即隐。再看战场，连人带宝已无影迹。同时黄光中现出一个身材高大、白发红衣、手持白玉拂尘的老人，悬空而立，手指自己这里，似要发话。二女也已飞近，因先得高明指教，再见这等形势，知难逃避，不动手又恐露出马脚,各把飞剑、法宝放出防身,迎上前去。问道:"这位道长,素昧平生,为何将我几位道友擒去?"尸毗老人此来,本是满腹盛气,想将二女一齐摄走。及见灵云迎前发话,手托日月轮,好似微微吃了一惊,转口喝道:"你便是齐灵云么?先前所杀老妇,你可知她来历?"灵云知他怀恨,便把前情一一告知。并说:"我乃事出仗义,因见妖妇邪法厉害,急于救人,故下杀手,实不知她姓名来历。我见道长并非与她同流,既问此言,想有瓜葛。似此恶人,难道道长还要为她报仇么?"尸毗老人冷笑道:"我虽不值为她报仇,但你父仗恃法力,与我为难,心实不服。我知他门下弟子均受玄门真传,为此想擒几个去,试验他门中人的道力。好好随我同行,免受苦痛。"灵云抗声答道:"你是何人,如此狂傲?看你法力、年辈,当非庸流,只要说出一个来由,使我心服,我姊妹自甘听命。否则临死也要拼个高下。"

老人便把阮征前事一说。灵云立即改容,躬身答道:"我不知老前辈便是阮师兄的岳父。实不相瞒,上次阮师兄脱困时节,家母因他八十一年期满,曾命我送还他的法宝。可惜匆匆一见,不曾谈到老前辈的威仪,致多冒犯。事出无知,还望原宥。家父与阮师兄分手八十一年,久未见面。前两年虽曾赐柬,令其将功赎罪,由此闭关,便未过问,怎会有意为难?至于弟子,先前实是不知。既知老前辈驾临,休说流萤之火,不敢与皓月争辉,便以阮师兄而论,也是前辈尊长,如何敢于放肆?何况老前辈此举,与人无伤,正可借以试验自己的道力,闻命即行,何劳老前辈动手呢?只是弟子义妹绿绮,法力浅薄,灵峤诸仙素无嫌怨,如蒙许其归去,固所深幸,否则也请另眼相看,感谢不尽。"说时早把防身法宝收去,以示听命。老人见状,反倒不好意思,略一迟疑,笑道:"你倒大方,话也得体。人不犯我,我不犯人。无暇长谈,绝不难为你们,即使陷身情关,也必成全你这一对。此时箭在弦上,且随我走吧。"说罢,扬手一片红光闪过,灵云立觉四外沉黑,身被摄起,先还能和绿绮谈说,过有些时,便不听回音。倏的眼前一亮,自己落在神剑峰魔宫外面,绿绮不知何往。所见也与孙南相同,只引路的是一魔女,见面并未多说,便将灵云引入天欲宫去。

灵云因事前有了准备,法力较孙南为高,一到便悟出玄机。初意还想运用玄功,在内打坐,哪知魔法厉害,非比寻常,道力越高,反应之力更强。休说丝毫念头都起不得,便是五官所及稍为索情,一注目间,魔头立时乘虚而入。由此万念纷集,幻象无穷,此去彼来,怎么也摆脱不开。灵云尽管洞悉此中微妙,仍然穷于应付。最厉害是情关七念刚刚勉强渡过,欲界六魔又复来攻。此虽无关身受,终是由于一意所生,不论耳目所及,全是魔头。人未逃出圈外,不能无念;便能返照空明,但是起因由于抵御危害,即此一念,已落下乘,魔头必须排遣。虽仗本门传授,勉强把心神镇住,一经时刻提防,先生烦恼。魔头再一环攻,机识微妙,倏忽万变,全身立受感应。接连两日,受了不少苦痛。先因魔法厉害,稍为疏忽,动念之间便为所伤。惟恐取宝施为之际中了暗算,孙南幻影又复缠绕不休,未敢造次。后来实在忍受不住,便运用玄功奋力相抗,想要取宝防身,仍是不得机会。后来忽然急中生智,听其自然,只把心神守定,任凭孙南抚抱温存,见若无物,果然好得多。那幻象见她不理,时而哭诉相思之苦:"已历三生,好容易有此机缘,并不敢妄想鱼水之欢,只求略亲玉肌,稍以笑言相向,死且无恨。否则,也请心上人念我情痴,回眸一笑,免我伤心悔恨,于愿已足。如何萧郎陌路,冷冰冰置若罔闻?此举与你无害,我却平生愿遂,其乐胜于登仙。我爱你多少年,昔日也承温言抚慰,义厚情深,美人恩重,刻骨铭心。常说他年合籍同修,可以永享仙福,花好月圆,与天同寿。谁知今日落在患难之中,你竟视若路人,连句话都没有,负心薄情,一至于此。"说着说着,忽然面转悲忿,情泪满眶,抱膝跪求,哭将起来。仿佛先前所说肌肤之亲,都因玉人薄幸,已不敢再想望,只求开颜一盼,也自死心。

灵云此时端的危险异常,只要心肠稍软,一盼一笑之间,立陷情网,休想脱身。幸而胸前藏有宝珠,虽未取用,仍具灵效。被困时久,居然发觉孙南两次幻象。虽还不知此时是真是假,心早拿定主意,想将枯竹老人所赐灵符、法宝取出,将身护住,然后相机应付。心想:"眼前这人就是真的,也为魔诱,事完尽可向其劝解,必生愧悔。到底不理他为好,以免得寸进尺,穷于应付。"心念动处,早把旗门、珠、符一同取出,加以施为。先是一片青霞,飞向脚底,将身托住。跟着又是六股青色冷光随手而起,电一般急,环身转了数转。当时身上如释重负,连日所受眼、耳、鼻、舌、身、意诸般感觉,一齐消失。同时瞥见孙南忽然不见,只是一个相貌狰狞的魔鬼影子一闪即灭。再把那两颗宝珠取出一颗，往上一扬，立有茶杯大小一团青光压向头顶命门之上，心智越发空灵。那旗门已长成六根一人高的竹竿，立在四外青光边缘之上。这才知道，连最后的孙南也是幻象所化。心想："他的法力更差，对方手到擒来，理应早到。另一粒宝珠，本是留为他用，今已被困多时，怎还未见真人？魔法厉害，自身尚受好些苦难，才得勉强应付，何况于他。"惟恐人早被困，因为定力不坚，走火入魔，败了道基，难以挽救。

如在平日，灵云也还不致如此关切。因为适才幻象一来，不由回忆到昔年经过，想起三生情厚，不禁着起急来。自身才脱难关，又守着枯竹老人之戒，旗门只能离开一次，非到万分切要，不可妄动。否则一被主人看破隔断，休想再回原地。偏生由内望外，一片沉冥，什么也看不见。又经多时，她才想起用宝镜照看。镜光照处，虽能看到一点外景，孙南仍无踪迹。此举关系修道人的成败，听父母说，孙南将来地仙有望，至少也可成一散仙。一经入魔，前功尽弃。心正代他着急，又盼了半日光景，忽见孙南走来。前面崖石上卧着一个魔鬼影子，孙南一点不知戒备，反要往魔鬼身前走去。先还拿不定是真是幻，试用本门传声警告，令其来会。孙南方似警觉，却不往自己这面走来，纵了两纵，似想飞起，未得如愿，忽又往旁走去。魔鬼又抢在孙南前面出现，双方伸手，似要拥抱。忽然大悟，知那魔鬼必定幻为自己形象，孙南误认为真。情势已在危急，心一着急，便往外飞迎上去。一离旗门，才知本身法力已失灵效，全仗脚底青光飞行逃回。等到里面，一看孙南神情，与前见幻象大不相同，断定不差。刚刚救回旗门，对头已经警觉。二人幸亏运气还好，稍差须臾，转瞬之间便被魔法隔断在外，绝无幸理了。

惊魂乍定，互说前情。灵云又将另一粒宝珠放在孙南头上，为他保住心神，坐待难满出困。以为有此旗门护身，对头已无可奈何。经此患难，越发情厚。又都是修为勤奋、向道心坚的人，心地光明，无话不说。正在各吐心腹，谈情言志，互相期勉，忽听传音法牌告急信号。未容详听，忽又听尸毗老人喝道："我见你们心志可嘉，不似别的无知小辈可恶，因此略宽，不曾施为。如当老怪物的太乙青灵旗门不是你们本身自炼之宝，又有老怪物在远方主持，不致受我大阿修罗法禁制感应，你们便错了。不信，你们看别人身受如何？此非幻景。如非我女儿、徒弟再四求情，你们刚才飞回旗门时，早已入网。贱婢身受，更不止此，只要往西方一看就知道了。"语声听去甚远。灵云知道主人好高，法力又强，自己一举一动，全被看出。虽然关心朱文、金蝉和绿绮等灵峤诸弟子，闻言且不回看，先朝魔宫躬身遥答道："弟子等怎敢以防身法宝自满，不过志切仙业，不甘堕落，耐得一时是一时。舍弟金蝉，师妹朱文，纵有冒犯，事出无知；还有灵峤弟子人均和善，即或冒犯威严，料非得已，所望老前辈念他们修为不易，勿下辣手。或是送交他们师长处罚，也是一样。"话未说完，老人应声笑道："我不为他们师长欺人太甚，也无今日之事。这比你们不同，非等他们师长亲来搭话，便满时限，也不轻放。我已格外宽容，最好只顾自己，休管他人闲事，免招无趣。"灵云不便再说，想起先前身旁法牌曾发信号，不知是否朱文、金蝉所发，忙用宝镜照定西方，定睛一看，不由大吃一惊。

原来前面乃是一片花林，林中有一座丈许方圆的法台。朱文独自一人坐在中心，身上穿着一件紫色仙衣，宝光闪闪，不知何处得来，从未见过。由一片紫光将人护住，另外身上套有两圈金红光华，似是嵩山二老所用朱环。手中除一面天遁镜外，和自己一样，别的法宝似均失效，一件未用。这时满台俱是烈火血焰笼罩，更有千万把金刀、金叉四面攒刺。头上一朵血莲花，花瓣向下，发出无限金碧毫光，正在向下猛射。身外血火中，更有好些魔影环绕出没。朱文护身宝光竟挡不住魔火金刀的来势，已被压迫近身，只有尺许。最厉害的是头上那朵血莲，其大如亩，全台均被罩住。火焰刀叉合围夹攻，光芒更是强烈。那面天遁镜的宝光，也不如往日，光只丈许，仅能将那血莲抵住，不令下压。朱文满脸俱是愁惨苦痛之容，好似力细智穷，情势万分危险。知道此是外象，局中人身心所受更不知如何苦痛。不由愁急万分，偏又无法解救。后来还是孙南暗告灵云："这里一言一动，对头明如指掌，姊姊何不也用传声，把我们经历告知？只要心神保住，不受魔头侵害，也可减少好些苦难。"灵云虽拿不准是否不被对头听去，终以朱文是同门至交师妹，金蝉未见，不知到否，心中悬念，立用传声告知，令照自己先前经历一试。并问何时结怨对方，下手如此狠毒？

朱文年来功力虽然大进，因被困以前连用天遁镜、霹雳子等至宝向敌还攻，加以性情较刚，又不知对方来历，辞色强做，事前又伤了两人，致将尸毗老人激怒，所用魔法禁制格外厉害。如非事前也得前辈先人暗助，早无幸理。即使如此，因被擒入伏之时心中气忿，才见天光，立即施为，法宝、飞剑虽然失效，朱环、天遁镜仍能使用，虽伤了一个魔宫侍女，可是一上来不曾准备，致为魔头所乘，心身苦痛，比起灵云远胜十倍。总算为时不久，魔火金刀又是后发。否则此时魔头所化金蝉幻象正施诱惑，二人几生情侣，以前两小无猜，亲热已惯，患难相遇，自更情深，魔头幻象惯能随着人意喜怒做作变幻，无所不用其极，任是铁石心肠，也受摇动。朱文又当千灾百难之际，忽见意中人身犯奇险，由魔火金刀、千重血焰之中冲入来援，见面便流泪哭喊：“魔法厉害，要死也和姊姊一起。”身上还受了重伤，满面鲜血，焉能不芳心感动，勾起旧情，加以怜爱？做梦也没有想到，全是魔头幻象。刚刚开口想呼蝉弟，因四外受逼，惟恐分神失散，同归于尽，缓得一缓。就这危机一发之际，忽听灵云传声警告，令其留意魔头幻象，猛然惊觉。想起金蝉所配玉虎万邪不侵，既能飞入，身还受伤，怎未见此非用不可的至宝？只有一片遁光护身，难道假的不成？连忙运用玄功防御时，就这念头微起，心神已受摇动，好容易才得镇住。便照灵云所说，澄神定虑，返照空明，一切视若无睹，果然要好得多。身外魔火、血焰、金刀、血莲虽仍环攻不已，身上不是奇冷，便是奇热，痛痒交作，如被芒刺，因为心神已有主宰，比如又通行了一次左元洞火宅莲焰，把一切身受视若故常，居然痛苦减轻了些，镜、环宝光也稍加强。本来准备再待一会儿，不生出别的变化，再向灵云回话，商谈出困之策。心神刚定，灵云关心兄弟，问她见到金蝉没有，是否已由天外神山飞返中土。

朱文近半年多是独身行道，不知七矮小南极开府之事，以为金蝉人在云雾山九盘岭金石峡新辟洞府之中。闻言猛想起适才受苦太甚，眼看情势危急，曾用传音法牌发出信号，指名求救，金、石二人便在其内。虽只令他转求诸长老求援，但他对己情厚，人又好义自恃，定必亲身赶来。照灵云所说，对方本就要他自行投到，难得人在天外神山，相隔数十万里，中有极光太火之险，魔法难施，避还避不开，如何令其自投罗网？想到此，不由连着急带后悔。心神一动，魔头立即乘虚而入。先前的幻象已早隐灭，这次竟化作七矮同来，金蝉头上玉虎也自出现，各在外面施展法宝、飞剑、佛光，同破魔法。晃眼之间，金蝉同了南海双童，一晃不见，随由法台下面穿地而入，到了身前，正向自己高喊："姊姊！"满脸悲忿，热情流露，挨近身来，温语慰问，劝用天遁镜开路，一同冲出，脱身再说。朱文本非上当不可，也是不该遭难。尸毗老人没有想到，双方会用心声传语；以为受困的人一举一动全能察知，不曾留意。不特未加防备，反欲示威卖好，自撤魔障掩蔽，令齐、孙二人去看，以致泄机。等到发现，朱文最重要的难关已过，怎会上套？另一面，灵云却在此时瞥见魔影甚多，内外都有，不似自己和孙南所遇只见一个情景，料知厉害，又在连声警告说："魔头有七个之多，师妹必须留意！"朱文重又警觉。回问灵云说："先前曾用法牌求救，眼前所见乃是七矮弟兄，并有小神僧佛光，大姊可看出全是假的？"灵云忙答："七矮一个未见，全是魔影。前月遇见采薇大师，还说小神僧在小南极有难，须往救其回山；并且阮师兄为七矮之长，日内坐镇神山，便来也不会全来，小神僧怎会在内？"朱文闻言，心方一惊，金蝉已扑上身来，似要搂抱亲热，越发断定是假，不去理睬。一面强摄心神，一面把连日所遇告知灵云。因和灵云传音回答，必须运用玄功仙法，心神专注，又按本门心法与自己道力，付之无觉，反倒比前好些。魔头照例缠扰一阵，技无所施，便自退去，变个花样再来。朱文居然能把话说完，除刀、火、莲焰仍在环攻不休，与前一样外，并无他异。由此又悟出了一些玄机与抵御之法。想起方才奇险，不禁惊心。灵云忽说："眼前魔光一闪，你便不能再见我了，恐被主人看破，又生枝节。"跟着语声便断，再问也无回答。料知对头发觉，底下必有杀手，脱身无计，没奈何，只得运用玄功，专心应付，以待救援。不提。

朱文原是自从移居莽苍山后，因想内功外行同时并进，与三英二云一争短长，半日一点光阴不肯荒废，功力固是精进，所积善功也真多。这日正在山中修炼，女空空吴文琪忽由外面回转，进门便道："我来问你，你这两月未出山，可知诸位男女同门的奇遇么？"朱文问故。文琪说道："方才途中遇到杨瑾师叔，说起易静、癞姑、李英琼师徒已入居幻波池。其他一班同门，除女殃神郑八姑赋性恬退，仍和陆蓉波、廉红药三人近在邓尉山中筑了一所道观，比较次而外，余人多就各地名山胜景建立洞府。其中最好的，是蝉弟等七矮，小小年纪，不久就要开府天外神山，在光明境建立仙府。听说景物灵奇，与紫云宫先后辉映，各擅胜场。阮征师兄也要前往与之会合。那地方孤悬天中，附于宙极之外。到处玉树琼林，琪花瑶草，仙山楼阁，不下千百。海中碧水千寻，奇鱼万种。最难得的是通体地如晶玉，不见纤尘，终古光明如昼，永无黑夜。不特本门仙府多一灵境，也是从古未有之奇，为神仙传籍中添一佳话。你道喜是不喜？"

朱文人最爱群，尤其金蝉至交密友，情分深厚，闻言自是惊喜。又听说众同门多半收了徒弟，心想："自己与吴文琪，一个谨慎，惟恐多事；一个眼界太高，无暇及此，至今连个守山门人都没有，以致二人难得同出。近年洞中设下丹炉，更须有人坐镇，更番行道，都是孤身。"因吴文琪语焉不详，意欲寻人打听金蝉，到底何时才得成功？所受四十九日险难，此时是否渡过？就便物色一两个门人：真要美质难得，便和英琼、寒萼二人一样，收个把奇禽猛兽，或是猩猿之类，用来守洞也好。心念一动，便和文琪说好，独自出山。本意玉清大师与郑八姑见多识广，所知最多，交情又厚，一个并是同门师姊，当可问知底细，便往成都辟邪村飞去。朱文行至中途，遥望前面飞来一道遁光，看出是本门中人。迎上前去一看，正是黑凤凰申若兰。二人也是久别，见面喜慰，一同觅地降下，互询来意。若兰说是近年遇一惹厌之事。先是对方两人到处追踪，纠缠不舍。中有一人，并还约有同党将自己困住。又不愿用法牌求助，正在为难，忽被另一个赶来解围，由此居功，越发讨厌。因他曾有解围之德，不愿伤他，偏是纠缠不舍。又说："起初和灵云大姊与姊姊定交时，本欲追随，永不离开，便为了这两个冤孽。偏生师父另有使命，不令与齐大姊一起，有心请求，又不敢冒昧请求。如与齐大姊一起，同住紫云宫，哪有此事？昨日去寻玉清大师求教，人已他出，连门人都不在。转往峨眉解脱坡，访看宝相夫人，请她代我占算未来之事。她也没有深说，只令我照她所说途向飞行，不久便有遇合。刚飞出不远，便遇姊姊，不知能助我一臂么？"双方本来交厚，朱文知她性情温柔，所结同伴何玫、崔绮，都是性刚喜事的人，法力还不如她。虽然同门情分，都是一样，终不如自己和灵云姊弟屡共患难的交情，遇事也无力相助。看她独自出来求人和所说口气，必有难言之隐，便问何事。若兰颊晕红潮，只不肯说。朱文再三盘问，才吞吞吐吐说了个大概。

原来那两人一名李厚，一名丁汝林，与若兰是师兄妹，前生同在一散仙门下，二人均对若兰苦恋。若兰虽然志大心高，不愿嫁人，无奈生性柔和，不肯与人难堪，只是设法躲避。丁、李二人见对方从未以疾声厉色坚拒，俱认为事情有望，互相用尽心机追逐不舍，结局谁也不曾如愿。若兰在师父坐化以后，为了躲避二人，远走滇、缅交界深山之中。本欲觅地清修，不料又遇魔教门人屠沙，一见倾心，和丁、李二人一样情痴，逼得若兰逃回旧居。屠沙自是不舍，跟踪追来。丁、李二人一同合力，将屠沙用计杀死。本身也为魔法所伤，一同丧命。事前各对若兰哭诉相思，说是来生无论如何，也要结为夫妻，为此形神消灭，也非所计。不久屠沙同门得信寻来，若兰为魔火环攻之下，自行兵解，转世投到红花姥姥门下。师父兵解前，曾示仙机，说这三人均是冤孽，纠缠已好几世。屠沙应为若兰而死，丁汝林也还无妨，李厚却是她命中魔障，必须善处。如非累世修积，两在旁门，均以心性仁厚，不曾为恶，反多善行，因此仙缘遇合，借着齐、朱三人来取乌风草的机缘，投到峨眉门下，得有玄门上乘心法，简直不能幸免。

若兰每一想起，便自发愁，几次想和众人提说，羞于出口。不料刚下山不久，便与丁、李二人先后相遇，已经纠缠了两年多。若兰既恐误己修为，又以李厚热恋已历四世，虽是左道中人，不忍加以杀害。而丁汝林邪法甚高，又非其敌，新近约了好些妖党围困自己，意欲行强。又是李厚由旁处得信，约人赶往解围，并用邪法异宝，甘犯众怒，冷不防将丁汝林杀死，代自己除了一个大害，本身也为此受伤，断去一手。由此起，一味软磨，也不动手，只是到处追寻，一见面便跪哭求告。近因自己坚决拒绝，忽变初衷，去向前师红花姥姥的老友、左道中妖人司空湛求助。妖道因知峨眉势盛，表面不应，却将宠姬爱徒忉利仙子方玉柔所炼诸天摄形镜转借与李，说是若被此镜一照，人便昏迷，听其摆布。若兰并不知道，所幸下山时节，妙一夫人赐了三件法宝，内中一件便是幻波池圣姑留赐的天宁珠，此宝专破这类邪法，立将妖镜震破。当时因见李厚取出妖镜一照，心神便自摇动，不由胆小情急，把所有法宝、飞剑全施出来，威力太大，李厚竟遭波及，身受重伤。他非但毫无怨恨，反说自己实是该死。此时失却妖妇至宝，必不肯容。念在几世相思，身已残废，不再求爱，只求稍加辞色，将他杀死，以免妖妇师徒寻来翻脸，受那炼魂之惨。并且死在心上人手上，也所甘心。

若兰想起对方除痴心热爱之外，从未使自己难堪，这次虽用邪法暗算，也是有激而发。及见自己发现中邪，向其怒骂，立即赔罪。正想收去妖镜，自己身藏法宝已随心运用，发出威力。他当时逃避并非不能，因见自己生气，心中惶恐，只顾赔话，忘了逃退，始受重伤。似此情形，如何还忍亲手杀他？劝又不听，一味求死，词意凄苦，说什么也不肯离去。伤也真重，难于飞行。跟着，吴、崔二女回山，问知前事，也觉对方可怜。迫于无奈，只得给他服了两颗灵丹，移往洞后石窟之中养息。石窟甚为黑暗狭小，又当山阴，终年不见阳光，他却认作天堂乐土，喜幸非常。常说："此后别无他求，只望常住在此，早晚能得一见颜色，于愿已足。"若兰起初也颇怜他，日子一久，渐渐觉出对方并未死心，日夜守伺求见，已是厌烦。洞外风景甚好，偶出闲眺，或与同伴闲游，他必紧随身侧，不肯离开。若兰平素不愿与人难堪，气在心里，说不出来。对方深知若兰性情，一见快要发作，向其责问，便即远避，等若兰气消再来。除在身侧痴望外，又说不出别的过处，越发难于翻脸。只好赌气，不是洞中修炼，便是远出行道，懒得回去。李厚倒也守信，又恐妖人寻仇，并不似前如影随形。即此若兰已觉是未来一个大累。

　　新近妖人师徒见借宝久未归还，妖妇行法一收，才知已毁。又查知李厚已立誓改邪归正，永不再与妖人为伍，甘心守定若兰，永为臣仆之事。妖妇水性杨花，早想勾引李厚，因为对方情有独钟，不为所动，当着妖师，勉强借他宝镜，心实不愿。及见这等情形，以为自己秋姿奇艳，谁都一见倾心，色授魂与，李厚独不受其诱惑，认为奇耻大辱。又因法宝毁在若兰手内，越发大怒，当时便要寻来，把二人置于死地。无奈妖师因与神驼乙休结怨，吃了大亏，仅以身免，惟恐又生枝节。说："李厚失宝，非出本心，不敢见你，也是常情。他与对方几生热爱，乘机近身，也难责怪。我法宝尚未炼成，此时不宜多事。"严词禁阻。妖妇本有好些面首，均是有力妖邪，自己不敢违背师命，气又不出，便在暗中指使妖党去向二人寻仇。若兰已经遇上过一次，虽仗师传法宝占了上风，但是仇恨越深，必要卷土重来。李厚便说："我一人在山，早晚必遭毒手，死并不怕，但不愿死在别人手内。"力求若兰将他杀死，了他痴愿。还说如蒙见怜，带他出入，绝不敢稍有违忤，或想就势亲近。只是随侍身侧，可以常见玉容，一旦遇事，也可多个帮手。妖邪行径来历，均所深知，有他在侧，便可先作防备，要免好些意外。若兰见他词意恳切，虽未答应，也颇感动，当时未置可否。心想："这人痴得可怜。虽然出身左道，近已立誓改悔，可惜正教中无人援引。"意欲寻到齐、朱等至交姊妹，说明心事，由灵云出面，接引到本门师兄门下，借以保全，免为妖人所害。自己素来面嫩，又觉难于出口。想起玉清大师法力高深，无须明言，便可代为做主。方始变计，前往求教，不料忽与朱文路遇。

朱文问知前情，暗忖："若兰温柔心软，昔日玉清大师背后说她将来尚有情孽，能否摆脱，尚不可知。彼时见她端静，向道最切，还当不至于如此。谁知下山不久，便遇此事。难怪灵云想将她带往紫云宫同修，两向师长求说，俱都未允。她说那人，不知根骨心性如何？只要不是真正恶人，七矮现在开府小南极，那么大一片仙山灵境，自必须人管理。七矮下山不久，无甚门人，金蝉又是莫逆之交，如为接引，断无不允之理。"朱文便将自己的想法和若兰说了。若兰闻言大喜，立约朱文同往查看。途中力言："妹子实因志切修为，对他从无情愫，故觉纠缠讨厌。平心而论，前生同在旁门，丁汝林有时还不免于为恶，李厚却因情太专，敬爱自己，奉若神明，休说害人，不论甚事，妹子只稍不以为然，立即作罢，并还永不再犯。转世之后，多年不见，以前行为虽还不敢断定，但他仍是当年心性。因其所交多是左道中人，过失或者不免，料非本心。何况近又立誓追随，决计弃邪归正，永不再与妖邪来往。他曾对妹子哭诉：'以前误入歧途，此时虽知自拔，自信平生也无大过，无如始基已误，手又残废，峨眉取材甚严，似此菲质，绝难收录。兰妹又不能以本门心法私相授受。我虽归正有心，但向道无门，只想永随兰妹做一守洞奴仆，以待劫运来临。我已洗心革面，又不出山，除妖道师徒怀恨可虑而外，正教中人绝不再加诛戮。有此三数百年光阴常见兰妹的面，到时形消神灭，也是值得。何况期前兵解，还可转世，彼时定当化身女子，求兰妹度在门下，收为徒弟。由此天长地久，永不分离，岂不更好么？'妹子气他不过，便问他道：'你既想转女身，早日兵解，不是一样，何必缠我作甚？'他说：'前师所赐法宝，内有一件能查知三年以内祸福，我两次遇难，俱有警兆，并非不知。一次为与妹子解围，明知故犯，断去一手。一次因见妹子中邪生气，心中惶急，更没料到法宝威力那等神速，虽受重伤，但是因此常见玉颜，无异转祸为福，引为深幸。我因看出兰妹不久当有一难，想同出入，实由于此。屡请不允，可知对我厌恶太深，死后定必弃我如遗，转世不论为男为女，要想兰妹度我，绝无此事。我又不肯违背兰妹心意，再投左道旁门。岂非白用心机，徒受苦难？转不如守侍些年，万一能以至诚感动，稍加怜悯，固是万幸；否则，有此三数百年眼皮上的供养，也足够我消受了。再不，死在兰妹手内，我也心甘。'妹子虽然又好气，又好笑，现在回忆此人，实是忠厚。世上美女甚多，左道中妖妇淫娃中也不少佳丽，以他法力容貌，一拍即合，并非难事。一班同门和平辈道友中，休说仙都二女、姊姊和英云姊妹那样珠光玉貌，令人一见便要眼花的，我比不上，便是秦家姊妹与向芳淑、陆蓉波、李文衎、廉红药、凌云凤诸姊妹，哪一个不是丽质天生、容光照人，比我胜强得多？平时往往自惭形秽，偏生遇到这么一个冤孽，前生多年同门，杀他于心不忍。姊姊如不想法代我去此一害，将来万一受他牵累，如何是好？"

朱文见她辞色幽怨，料知芳心早被对方感动，如不乘此时机预为分解，将来定和寒萼一样，延误仙业。若兰也深知利害，所以如此愁急。朱文慨然说道："你我知交，患难姊妹。你为人又好，同门姊妹个个情意相投。休说片面相思，心有主宰，即使凤孽纠缠，我和英云姊妹，定无坐视，放心好了。"若兰心中感谢，未及开口，忽听左侧有人说道："泥菩萨过江，自身难保，还要代人撑腰呢！"这时二人正由仙霞岭上飞过，因是俱都爱花，经过之处乃是一条极广大的山谷，谷中繁花盛开，蝶莺乱飞，好鸟和鸣，景甚清丽，因想事情不忙，便把遁光降低，一路说笑，并肩徐飞，顺便观赏过去。朱文一听有人接口，语意似为自己而发，声如婴儿，忙拉若兰，按住遁光细一观察。见当地山谷长只半里多路，一头通向口外乱山之中，一头是片云雾布满的无底深壑，两边山崖高矗入云，从上到下，被千百种各色繁花布满，霞蔚云蒸，宛如锦绣。先在空中遥望，便因花开繁盛，向所罕见，方始下降，只顾谈笑，也未留意。及至闻声查看，方觉有异寻常：二人均想起常在当地上空飞行往来，从未见过这条山谷。再看那声来处，乃是近顶一个大只方丈的崖凹。这一座山崖，本较倾斜，只当地缩进去这一块平地。上面繁花布满，层层堆积，地作圆形。花又纯白，其大如碗，形似莲花，开得极盛，从未见过。四外的花多是五色缤纷，独此一圈白花宛如锦绣堆中涌起一团银玉，花光灿烂，清香袭人，看去繁艳已极。四围更生着四五株玉兰花树，繁枝乱发，上面花都开满，亭亭若盖，恰将那片地方罩住。

二女正寻视间，忽又听先发话人笑道："我在这里，怎的还未看见？"二女定睛一看，原来靠崖树下花堆上面，坐着一个白衣幼女，看年纪不过五六岁，正朝自己指点说笑。这幼女身材矮小，形若童婴，盘膝坐在其上。四围万花围绕，上面又是一片繁花交织的华盖紧压其上，离头只二三尺。人又生得玉雪也似，所穿白衣非纱非纨，好似一簇银色轻云笼在身上。下面一双又白又嫩的脚埋在花堆里面，微露纤指。除头上披拂两肩的秀发乌光滑亮而外，连人带衣服俱与花光同一颜色，人又生得那么瘦小，所以起先没有发现。这一照面，觉出对方是一个幼童，独身坐在这危崖近顶，万花丛中，相貌虽然清丽入骨，神态却甚庄严，直是天仙中人。猛想起极乐真人李静虚，也是这等幼童神气，料是成道人的元婴。不敢怠慢，忙即躬身请问道："道长有何赐教？法号、行辈还望见示。"幼女微笑道："我的姓名，此时未便明言。但我在此隐居数百年，轻易不与人相见。此谷也经我行法封禁，无人能来。只为前月有一昔年故交来此相托，说你二人不久大难临身，他又有事，暂时难于往援，为此留下一封锦囊，内有两件法宝，请我转交。本不想管此闲事，因在当年曾与这位道友约定，将来有事，必定相助，不便失言。照我向例，凡能见到我的人，便算有缘，多少必有所赠。何况你们中，又有一人前生是我旧交，当此危急存亡之际，更应稍尽心力。不过我不久便要成道，实厌魔扰。虽然事前还要出山一次，素喜清静，日前最好无事。为此移动禁制，将你二人引来，除代交锦囊外，另赠天孙锦仙衣一件与朱文，可供防身之用，此时便须贴身穿上。此宝专御魔火，宝光纠我隐去，御敌始生妙用。还有两粒灵丹赠与若兰，留备未来之用，任多厉害的邪法，只要把人保住，立可起死回生。锦囊也在此时取看。一离此谷，不可再提此事和我的踪迹，否则，我不过多点烦扰，你们却有大害。"

说罢，由身侧花下取出大仅数寸见方一叠轻纱。朱文以为还要脱衣更换，方和若兰拜谢，少女手一扬，一片紫色光华迎头罩下，顿觉身上轻快，舒适非常。幼女随将锦囊交与朱文，令其开看。再将两颗灵丹赠与若兰。笑道："你二人根骨深厚，必有成就，前途珍重。"说完，眼前银霞微闪，一阵香风过处，人已不见。二女知是一位前辈女仙，连忙下拜。打开锦囊一看，不禁大吃一惊。

第二七五回

绣谷双飞　示机灵　喜得天孙锦
江皋独步　急友难　惊逢海峤仙

前文说到朱文、申若兰打开锦囊一看，才知原来那女仙名叫倪芳贤，竟是极乐真人未成道时的表姊。二人幼时青梅竹马，相恋多年，因为中表之嫌，未得如愿。中经好些波折和一场大乱，等到劫后相逢，真人已另婚名门。不久看破世缘，夫妻同修，已经将证仙业。极乐真人对于芳贤，旧情还在，便将她度去，一同修炼。修道人虽无燕婉之私，情爱反更深厚。此时芳贤学道不久，犹有儿女之见。只因身是庶出，为俗礼所拘，未成连理，又见真人已经娶妻，芳心不无幽怨。虽蒙度上仙山，超脱死孽，初去时，见真人夫妻情厚，每疑真人心有偏私，对于自己只是故剑难忘，余情未断，并非真相爱好。虽感真人之妻五福仙子孙询仁厚温淑，相待甚优，心仍介介，不能去怀。真人以前对她本是情有独钟，但因彼时尚未出家，身是独子，不能不以嗣续为重。而李夫人孙询，又是怜才念切，一见倾心，排除万难，誓相追随，不忍辜负，虽然闺房静好，但对于儿时爱侣并未忘情。劫后重逢，又见她仙骨珊珊，凤根甚厚，比前更爱重。无如女子善怀，道基未固，修士不比凡人，修为之际，除却清谈永夜，把袂云游而外，温存之时甚少。一个是未同衾枕的爱友，一个是仙凡与共的患难恩爱夫妻，心中虽无甲乙，形迹上难免有了不同之处。芳贤始而由疑生妒，心中怏怏，终至负气出走。真人夫妇苦寻不见。

隔了数十年，真人得到一部天书，夫妇二人不久全都修炼到天仙一流人物。只为真人不愿转劫受苦，又以爱妻根骨功力较差，所炼元婴尚须多年功候始可成就，便把本身法体留在雄狮岭长春崖无忧洞，陪伴李夫人修炼；自以所炼元婴化成个道装幼童，游戏人间。彼时真人法力之高已不可思议,在散仙中最负盛名,各派妖邪闻风丧胆。芳贤也被一女仙度去,法力虽高,但以所学不是玄门正宗,学道年久,深悔以前不该负气,但又羞于重返故居。乃师坐化以后,因其容貌美艳,时受群邪欺凌,苦不可言。真人先因她负气远避,又知所习虽是旁门,法力颇高,算出早晚还要聚首,时机未至,绝难相见,也就听之。得信连忙赶去,芳贤正在危急之中,救星天降。深知真人始终情重,虽为之感动,但是心高气傲,积习未尽,仍然不好意思回去。真人知她心意,特地就她,在仙霞岭花云崖旧居,另外开一石洞,并留当地十年,传以上乘道法,方始别去。行时说道:"你照我所传修炼,只一甲子,便可将元婴炼成,天仙可期了。"真人去后,芳贤内功外行同时修积,功力大进,不久便成了散仙中有名人物。近百年来又将谷口封闭,独在其中静养,除真人和几个同道至交偶然来访外,轻易不与外人相见。

上月嵩山二老忽然来访,说起本年各正派长老均接休宁岛八十六位地仙请柬,往赴群仙胜会,各以全力助其避免天劫。无如目前妖邪猖狂,各派后起门人大都修道年浅,本就难于应付。新近又有一个最厉害的人物,妄动无明,出头作对,虽以法力高强自负,不与群邪一党,但是此人最为难敌。所炼情网欲丝和所设魔阵尤为厉害,一被暗算,轻则为魔法所迷,失去元阴,被他收到门下,成了魔宫侍者;重则欲火烧身,形消神灭。现在此老声言专与峨眉弟子作对,要摄取十几个男女弟子,前往魔宫试法泄忿。朱文便在首列,此行如被擒去,万分危险。二老本欲出手相助,一则休宁岛之约不能不赴,无暇分身,二则平生嫉恶,又不喜这样矫情的人,一见定必成仇,对方恼羞成怒,事更闹大。妙一真人又极力劝阻说:"对方虽是魔教,志行还好,只为心高尚气,一时误会。如能就此度化,乃是一件极大功德;还可就此试验门人的道力,使有增进。恩师长眉真人早有仙示,决可无害。"朱梅因朱文乃前生好友,只为一时恶作剧,累她转劫。今生又是好友门下,前在成都相见,已答应她逢难必援,不容坐视。所以虽知无害,仍将二老月儿岛火海中所得朱环和两粒灵丹,托芳贤等二女路过时,引来转交,以免朱文困入魔宫,受那魔火焚身、金刀刺体之苦。顺便为若兰也解去一劫。锦囊后面并写:"芳贤功行不久圆满。尸毗老人魔法神妙,最重恩怨,人如无故犯他,定必寻仇不止。锦囊之言,前途不可再提。魔火、金刀虽极厉害,有此二宝防身,所见全是幻象,不会真的受伤。再有芳贤所赠仙衣,更可无碍。"对于若兰前途之事,除所赠两粒灵丹用法外,别的未提。

朱文虽不知尸毗老人来历,听那口气,料不寻常。心想:"下山前,仙府火宅严关何等神奇厉害,我尚无害,区区邪魔,岂能害我?"当时看完锦囊,虽吃一惊,不久也自放开。二女回顾来路,仙云杂沓,已经潮涌而来,前边出口却是香光如海,并无异状,知道主人催走。同时一片银光过去,锦囊也自化去。略一商量,便往前飞,那条山谷长才七八里,转眼飞过。身后彩云也尾随涌来。刚一出口,猛听隐隐雷鸣之声响过,再看后面,已成了一座秃崖童山。谨记锦囊之言,不敢多说,同往括苍山飞去。快要到达,遥望承露峰上崖洞前面,敌我双方斗法正急。何玫、崔绮已被四个妖人用邪法困住,在一团灰白色妖雾之中左冲右突。另一妖妇,手持一面妖幡向二女连晃,由旗上飞起两条赤身男女魔鬼,各在一片粉红色淡光环绕之下,想朝雾中二女拥去。被李厚发出两环相连的绿光,将魔鬼双双拦腰套住,不令近前。妖妇势颇激怒,口中大喝:"你们速急降顺,免遭惨死。"随说着话,又由手上发出一幢烈火,将李厚罩住。李厚虽用法宝防护,但非其敌,神情狼狈已极。妖妇又在连声喝骂:"贱婢不降,由她送死!你如随我回山快活,便可免死。"李厚也是咬牙切齿,厉声大骂:"无耻淫贱妖妇!我今日宁死不降,由你便了。"

若兰隔老远便看出李厚为救何、崔二同门,竟然舍身犯险,不由心生怜爱。又见崔、何二女尚还无妨,李厚却是危急万分,立催遁光朝李厚飞去,先发出飞剑去斩妖妇。同时取出初下山时所得法宝,待要施为,还未出手,忽听李厚急叫道:"此是九烈老怪所炼阴阳两形幡,不要近前,免为邪法暗算。"话未说完,若兰手中白龙钩已化作两道白虹,交尾飞出,朝妖妇拦腰绞去。妖妇一声冷笑,身形一闪,倏的化出十七八个同样幻影,满空飞舞,一任宝钩、飞剑往来追杀,老是随灭随生,闪避不停。每一妖妇手上均有一面妖幡,连连晃动,始终不知真身所在。若兰出身旁门,原知厉害,一见妖妇化身神妙,变幻异常,恐分心神,遭其暗算。耳听李厚大声疾呼,似令取宝防身,也未听清,百忙中一指腰间宝囊,前在峨眉所得七修仙剑之一的青灵剑,刚化成一片青霞罩向身上,又听李厚惊呼:"兰妹！"鼻端猛闻到一股异香，心神微微一荡。同时瞥见李厚护身宝光已被妖火炼化殆尽，只剩薄薄一层附在身上，满脸俱是痛苦之容，将口连张，似已力竭失声，危机一瞬。一时情急，不顾追杀妖妇，连人带宝齐往火中冲去，想救李厚出险再说。猛又觉出脑后阴风鬼叫，百忙中回头一看，妖妇幻影一齐不见，真身手持妖幡，指定自己，幡前两个赤身男女魔鬼张牙舞爪，正由后面扑来。全身已被妖幡上面大蓬粉红色的邪烟裹定，如非剑光护身，早被邪法将魂摄去，遭了毒手。就这样，心旌摇摇，情思昏昏，仍是不能自制。方料不妙，猛听惊天价两声霹雳，随同两点豆大紫光当空爆炸，震得山摇地动，石破沙飞，同时眼前金光奇亮。还未看真，一道形如蜈蚣的赤红精光，直朝妖妇电掣飞去。这原是转眼间事，雷声震处，妖烟邪雾连那妖幡鬼形全被震散，消灭无踪。

妖妇似知不妙，一声惊呼，化作一道粉红色的烟光，刚刚飞起想逃，旁边又是数十丈一道金霞飞将过来，恰将妖烟罩住。紧跟着一点紫色金光朝前打去，当空爆散，一声惨嗥过处，满空雷火星飞，红光宛如雨箭，纷纷迸射，妖烟不见，只剩妖妇残尸随同血雨下坠。刚看出那是朱文的天遁镜和七修剑中的赤苏剑，先后三点紫光乃是圣姑伽因留赐的乾天一元霹雳子，李厚人已昏迷欲倒。若兰按定心神，勉强落向崖上，朝李厚身前赶去。见邪法虽破，人已昏死在地，为妖火所伤，周身是泡。心方一酸，忽听朱文喝道："兰妹怎忘来时之言，灵丹何不取出？"一句话，猛然警觉，忙将女仙倪芳贤代赐的灵丹取出，塞了一丸在李厚口内。朱文原因到时发现双方恶斗，因与李厚初见，又非本门师兄弟，虽然料是若兰所说情孽，并未在意。一见何、崔二女为四妖人所困，又急又怒，左手天遁镜发出百丈金霞，跟着又是两粒霹雳子。先听若兰说妖党太凶，为防一击不中，被其逃走，直到飞近方使全力下手。那团邪雾先被震散，解了二女的危。四妖人有两个被霹雳子震成粉碎；一个身受重伤，刚要逃走，吃何、崔二女飞剑赶上，只一绞，便即杀死；只有一个吃神雷炸断一腿，再被崔绮用新得王母剪，连另一腿一齐剪断，成了半截人，总算见机，逃遁得快，拼舍独腿，就势化成一溜黑烟，冲空遁去。朱文百忙中侧顾若兰，为妖妇邪法所制，一时情急，将赤苏剑先发出去，天遁镜光再一侧，便将妖妇罩定。意犹不足，扬手又是一粒霹雳子，将妖妇连形神震成粉碎。总共才逃掉半个妖人。

朱文自觉近来功力大进，自是得意。及见若兰被自己提醒以后，已取一粒灵丹塞向李厚口中，另一粒也想送掉，满脸惶急关心之状，脸上更是春生玉靥，星眼微饧，隐蕴情思。忙赶过去，将天遁镜宝光照向她的身上，随手将一粒灵丹夺去，大喝："兰妹，你为邪法所迷，还不清醒，想要如何？"随将灵丹塞向她的口中。若兰虽中邪毒，因妖幡已破，本身又颇有功力，本只一时昏迷，再被朱文用宝镜一照，立时省悟过来。服药以后，觉着满口异香，遍体清凉，精神一振，立时复原，想起方才中邪情景，好生惭愧。见李厚倒卧地上，双目微睁，人尚委顿，不能起立，心虽觉他可怜，也不好意思过去扶起。何、崔二女因自己如非李厚在妖人寻来以前再四警告，到时又犯险相助，几遭毒手，心生感激。知道若兰面嫩，恐朱文说她，不敢将其扶往洞中，同声笑道："今日妖人厉害，妖妇尤为狠毒淫凶，多亏李道友舍命相助，才得免难。如今又受重伤，后洞卑湿，常年风吹雨打，如何调养？我们已看出此人虽是情痴，心地不恶，近又立誓改邪归正。这等外人，我们遇上尚且援手，况是兰妹故人，我们将他扶向洞中去吧。"说着二女同上前去，各用遁光托起李厚，往洞内走进。

朱文故意后走，暗用传声告知若兰道："兰妹此后须要留意，虽然对方肯听你话，到底小心为好。越是这样，越易纠缠。一旦陷入情网，毁却仙业，就来不及了。秦家二姊有大方真人乙老前辈始终全力维护，将来能否超劫成道，尚不可知，你有何人可恃呢？"若兰闻言，脸上一红，低语道："文姊说得极对。我们走吧。只等文姊将来为他引进，我不想再和他见面了。"随听何、崔二女在洞内连呼："朱文姊，怎不进来？"朱文且应且笑道："兰妹你又迂了，只要自己拿定主意，相见何妨？一着痕迹，反而不美。并且我只看出此人心志尚迭坚定，不知他的功力根基如何？何、崔二师妹和你移居此，我尚初来，也无过门不入之理。"随拉若兰往里走进，同到洞中一看，李厚人已回生，身上烧焦之处尚未复原。本在闭目养神，一听众人说笑之声，一时睁眼望着若兰，面上立转喜容。朱文知他伤痛未止，又见人颇英俊，相貌也似忠厚，何、崔二女再从旁一说好话，不由心肠便软。把身带灵丹取了两粒出来，方要取水调治，李厚已在榻上欠身说道："妖妇袁三娘所炼阴火最是厉害，一被罩住，火毒立时攻心惨死。虽然拼毁一件法宝，未使上身，但那火势十分猛烈，先已火炙难受，后来防身法宝又被炼化十之八九，再也支持不住。恩人只要缓下手一步，护身宝光一灭，全身立成灰烬，至多逃脱一个残魂。本来受伤还不致这样厉害，只为恩人所发神雷威力太大，力尽神疲之际未能飞走，致被残余火星射中了好几处，痛极昏倒。昏迷中自料必死，正忍奇痛，运用玄功，想将元神遁出，谁知灵丹入口，立时通体清凉，心中火热全解。此时只身外几处烧伤虽还有点痛处，并不妨事。据我推测，至多一个时辰，必可复原。这两粒灵丹，当是峨眉仙府奇珍，用去可惜。如蒙惠赐，留待异日应急之用，却是感恩不尽。"

朱文见他欠身说话，似甚负痛，一面令其安卧，一面答道："此是紫云丹，乃紫云宫齐、秦、周三位师姊采取宫中所产灵药仙草炼成。前月方始炼成，分送男女同门，有的人还未得到。虽能起死回生，专治各种伤毒，但非本门大小灵丹可比。你当是与先前所服灵丹一样么？此丹我身边带有甚多，无须珍惜。先用两粒化水，便可治好火伤。你如要时，我再送你几粒无妨。"李厚闻言大喜，随问恩人姓名。崔绮见若兰目注李厚，虽未开口，但是脉脉含情，似甚关切，接口笑道："这位便是我们师姊女神童朱文，身带天遁镜、赤苏剑，更有好些霹雳子，异派妖邪遇上她，便无幸免。方才妖人何等厉害，她一到，便被消灭，你又不是没有看见。我们都是至好姊妹，你与兰妹旧交，今且又为我们犯险，几乎送命，此后只要性行坚定，力求正道，绝不当你外人，无须说甚感恩客气的话，可以姊妹弟兄称呼。等有机缘，为你引进，从此转祸为福，岂不是好？"李厚闻言大喜，立答："既蒙诸位姊姊不弃，小弟感谢，遵命就是。"何玫已将泉水取来，朱文将灵丹用水化开，再施仙法，将手一指，便化成一片银雾，笼罩李厚全身，转眼进入体内，身体伤痛立止。跟着，焦处结疤脱去少许皮肤，人便复原下地，重向众人拜谢。朱文性刚口快，笑道："先前崔师妹已经和你说过，为何还要多礼？"

李厚起身，慨然说道："小弟并非客套，只为耿耿私心，可矢天日，无如兰妹因我以前投身左道，一任说得舌敝唇焦，始终不肯见信，避我如仇。难得今日许我登门，又值朱姊姊驾临，正好表明心迹。我也深知双方本是情孽，难以化解，临机稍一疏忽，便要误人误己，妨害兰妹仙业。但我也是历劫一生，修道多年，并非不知利害轻重。何况此时见嫉群邪，到处仇敌，已经穷无所归，除非投身正教，早晚死于妖邪之手，连元神也保不住。我又算出兰妹还有一场劫难，非我不解。她偏对我顾忌太甚，空自忧急，无计追随。即以今日之事而论，兰妹如与狭路相逢，定必不免伤害，事后想起尚自心寒。我蒙诸位姊姊见容，将来代为引进，实是存亡剥复之机，如何敢有丝毫异念？为此当面言明，上矢天日。只求兰妹勿再见疑，平日容我来此相见；如出行道，在我未拜仙师之前，许我相随。休说有甚歪心，稍有忤犯，便甘受飞剑之诛，死膺灭神之祸。只等诸位姊姊深恩援引，得归正教，便即辞别，不俟道成，绝不再见。不知兰妹心意如何？"

朱文早看出若兰芳心已受感动，见她闻言望着自己沉吟未答，便笑道："兰妹，人问你话，怎不开口？我们修道人只要心志坚定，本无所用其嫌疑。你没见严师兄和轻云姊姊不是常在一起么？为了所居相隔太远，屡次相见，至少也要聚上十天半月。紫云宫还好，严师兄的洞府共只前后两间石室，二人同居洞内，时常同出同进，形影不离，从未听人笑他们，他们也居之不疑，纯正自然。既是生前至交，又经过许多危难波折，只要互相爱重，心地光明，有甚相干？如若胸有成见，矜持着相，一旦有事，魔头立即乘机而入，反而不美。人非太上，本难忘情。掌教师尊和乙、白、凌诸老前辈，也都是神仙眷属，合籍双修，前生受尽颠连危害，始有今日，问起来，还不是为了一个情字？我未来时，初意李道友曾在旁门多年，人尚难料，意欲见面，相机为你解脱。不料事出意外，照我此时观察，他为爱你太深，即便出于强制，也未必背叛盟约。你这样有意矜持，却不是甚好兆头。能如秦家大姊和凌云凤师妹那样，故作无情，强压情感，仗着功力尚高，向道心诚，尚是幸事；否则，我真替你担心呢。"若兰闻言，不禁心惊。

朱文又转对李厚正色说道："我这兰妹，人最和婉温柔。你既对她一往情深，始终爱护，就应知她根骨在众同门中不是最高，全仗一时机缘，始有今日。这等仙缘，旷世难遇。何况你又适才当众盟誓，想必洞明利害。以后她仙业成败，全在你的身上。万一骤遇强敌，致迷心志，虽然情非得已，不是本心，却也不容你推诿呢。"李厚慨然答道："那个自然。万一不幸，必先自杀，绝不使其两误。今日劫后余生，已如大梦初觉。又早看出兰妹近日似受感动，为免累她，本欲离此他去，在她仙业未成以前不与相见。实为她那一场劫难不久即要来到，偏生仙机难测。家师所传元运球，本来三年以内祸福吉凶，一经行法，了如指掌。前因此宝最耗人的元神，又料兰妹必定弃我如遗，略现警兆，便停施为，不愿往下查看，以免人还未见，先就短气，始终当做有望的事，一味情痴。居然也有今日，可见精诚所至，金石为开，不必说了。这次为了兰妹安危，不惜连耗元气，三次查看，不知怎的，所见影迹甚是模糊，与前日大不相同。我料事关重大，但又在乎人为，并非不可避免，也必与我有关，所以吉凶互见，隐现无常。好在最后结局，兰妹似乎无害。我却三次不同：只有一次变了相貌，不似本人，说是兵解转世，又必无此快法；下余两次均无下落，令人不解。立意追随，便由于此。但盼暂时不要应验，比较稍好。发难如早，还真可忧呢。"崔绮问是何故。

李厚道："先师传授此宝时曾说，此是仙府奇珍，如在正派中道法高深的仙师手内，只要不惜消耗真元，拼舍一甲子修为功力，休说三年以内，便十二万九千六百年元会运世，也全可挨次观察过去。因是旁门法术，功力又差，以家师之力也仅看出三数十年为止。如由小弟行法观察，不过三数年内，时期久暂，还难定准。先来妖人乃西昆仑伏尸峡有名的六恶，共是四男二女，多半为藏番修成，所炼阴火邪法均颇厉害。为首妖妇萨若那，心最狠毒，邪法也最高，今日未来。她与赤身教下魔女铁妹交厚。为了去年终在大雪山杀害生灵，祭炼邪法，恰值屠龙师太善法大师同了门人眇姑访友路过，立用佛法降魔除害。妖妇机警异常，虽得逃走，但是六恶全都受伤，毁却多半功力。萨若那为护同党，逃走稍迟，还受了佛法反应，回到伏尸峡，便被所炼阴魔反噬，几遭惨死。现时正以全力祭炼阴魔，在未炼到随心应用、指挥如意以前，不敢轻出，所以今日未来。来的这五人邪法较差，又当重创之后，凶威大减。否则，天遁镜虽然神妙，想要除他们，也无此容易。可惜小弟彼时不能言动，竟被内中一恶逃去。虽然双腿已断，只剩半截身子，照样能够为害。何况妖妇淫凶无比，有仇必报，六恶誓同生死，绝不甘休。如将来的五恶形神一齐消灭，妖妇素日骄狂，绝想不到会有此事，只当远游海外，日子一久，便难查知下落。先被逃走的一个，我们形貌来历均被看去，发难必早。单是妖妇就已难防御，万一加上铁妹相助，益增险恶。此女来去如电，自炼神魔尤为厉害，本极可虑。所幸魔女初转劫时,先师得道年久,与她曾有救命之恩。她那魔法,我固万非其敌,但一发动,便可警觉。兰妹如允许小弟随行,至少也可先为防备。妖妇行动神速,说来就来,更能行法查看敌人动静强弱,俟机而动。依我猜想,她知天遁镜、霹雳子难敌,必有阴谋毒计。我们四人还在其次,朱姊姊仇恨最深,绝放不过,此后也须留意呢。"

朱文道:"照此说法,妖妇发难必快。反正难免一决胜败,我们一同找上门去如何?"李厚道:"她那伏尸峡妖窟,地广数百里,深居地底山腹之内,一头可通星宿海泉源之下,内中洞径何止千百,更有重重埋伏,不特费事,也难搜寻。一个不巧,不是为她所困,便是妖妇铤而走险,用邪法震破泉眼,崩山发水,惹出极大乱子。如非投鼠忌器,青海派教主藏灵子恨她刺骨,难得六恶均为屠龙师太佛法所伤,早下手了。"朱文道:"反正都要出山行道,我们合在一起结伴修积,等到除害,再行分手,不是好么?"李厚不便深说,方想如何回答,何玫笑道:"此时我和崔师妹先就不能一路。昨日拜读师父仙示,令妹子往武当山见半边大师,便在她那里暂住,听候使命,须等事完才回,但未明言何事,明日就要起身。好在我二人随去也只助威,无甚大用,只得失陪了。"朱文闻言惊道:"我想起来了,上次峨眉开府,玉清大师曾说武当山将来有事,半边大师为此炼有一座阵法。因她门下只武当七姊妹,尚缺五人,掌教师尊曾允相助,并借五个女弟子与她。上月路遇岳师兄,也曾说到此事,说派往武当的女弟子,内有李文衍、向芳淑、云霞两姊妹和我五人,怎又添上你们,岂不多出两人?日期也还相差一年,是何缘故?"何玫道:"这事以前我也听人说过,详情一点不知,奉命而行,且到武当再说吧。"

若兰始终不曾开口,正在盘算心事:此后出门是否和李厚一起?忽听洞外破空之声,似有同道之人飞过,若兰心正烦闷,先自赶出。李厚立即跟了出去。朱文本来要走,被何、崔二人拦住。朱文因和若兰父厚,先前听她一面之词,不知心志是否坚定,本想探询,如今只好不出洞。微闻洞外天空风雷飞行之声,略一停顿,便往侧面飞过,跟着又听破空声起。料有本门中人路过,若兰前往追赶,不久必把来人追回,也未在意。随问何、崔二女经过。

二女答说:"李厚固是痴心情重,若兰也早被感动,表面峻拒,不令随同出入,实则心肠早软。每次出外回来,必要询问李厚别后情况,再埋怨几句,以为遮掩。李厚近日却改常态,每遇若兰他出,苦口追随,非到若兰坚持不许,不肯退去。人走以后,必是终日愁虑。等若兰回来,立现喜容。有时暗中尾随,又被若兰设法掩蔽,苦寻不见,只得回山,日常向空盼望,不到人回不止。只要若兰在山,便少愁容,也不再似以前每日立在洞外守候。今日早起,忽到洞外呼唤,说他为了不放心若兰孤身行道,又不许他跟去,每日必用法宝查看。近因此宝关系重要,不宜在外泄露,兰妹又不许他跟在身侧,只好回山行法观察,以防妖邪劫夺。天明前忽有警兆,行法一看,竟有妖人来犯。令我二人留意,并告我们应付之法。果然,不久五妖人飞来,势甚神速,一到便将我二人困住。幸而事前准备,他又舍身相救,将妖幡摄魂魔鬼挡住,不令上前。妖妇淫贱无耻,本欲迫他降顺,不想伤害。后见不降,拼命苦斗,才用妖火将他困住。我二人正在愁急,师妹就赶来了。据我二人观察,此人心地忠厚,只对兰妹情痴太甚。兰妹面嫩,双方必有话说,我们何苦作梗?"朱文叹道:"她根骨不如寒萼,偏又遇见这类事,一个面软心活,便误大事,怎么好呢?"崔绮道:"我看不会。休说兰妹向道心坚,日常都在警惕,李厚方才还曾立誓,料想无碍。"朱文叹道:"你哪里知道。以司徒平师兄那么向道坚诚的好人,尚为情孽所累,何况旁门中人?这类事,非具极大智慧定力,难于解脱。兰妹几次请求往依二云姊妹,师长不允,必有深意,终须应验。我们只好事前遇机相助,事后设法补救,暂时由她去吧。"

崔绮笑道:"这个人还不进来,莫非平日假惺惺,今日刚说明了心事,情话便说不完么?我看看去。"朱文忽想起先前申、李二人破空飞去,未见回转,心中一动,同出洞外去看。只见晴空万里,白云自飞,斜阳倒影,晚烟袅袅,到处静荡荡的,哪有丝毫形迹。三人均觉先听破空之声,如是本门同道无心走过,若兰追去,必定同回。如说觅地谈情,应在静处;再说二人也不好意思背人密谈,许久不归。朱文试用传声呼唤,并无回音,知已飞远,越发奇怪。在洞前等了一会儿,还是未回。朱文首先疑虑,估计方才二人去处,似往西北一面,只拿不准一定去向,便和何、崔二女商量,分路去往前途追寻。崔绮说:"反正明早要去武当,正好顺路,索性封闭洞门,就此起身,顺便还可访看两位故交。"说罢,依言行事。何、崔二女自去封闭洞口，另走一路。

朱文惟恐若兰有失，已先起身，飞遁神速，一口气飞出千百里，沿途运用传声呼唤，始终未听回音。心想若兰不会飞出太远，先在满空中往来搜寻，均无下落。似这样连寻了三日三夜。这日飞到江西庐山上空，仍是无迹可寻。天已入夜，大半轮明月高悬天半。俯视脚底，鄱阳湖中水月交辉，渔灯掩映，清波浩浩，极目千里。大小孤山矗立湖上，在皓月明辉之下，宛如大片碧琉璃中涌起两个翠螺，夜景清绝。方欲回飞，忽听下面有人传声相应。互一问讯，正是同门师兄林寒、庄易两人，在含鄱口危崖之上，与一妖人正在斗法。朱文不顾寻找若兰，连忙赶去一看，对方乃是一个大头大肚、胸挂十八颗人头念珠的妖僧。旁边倒着一僧一道，已经腰斩。朱文一见，便认出是江西鄱阳湖小螺洲金风寺恶弥勒观在。那年峨眉开府，曾和几个妖人带了所养虎面枭和金眼妖狍前往仙府，借着观礼为名，暗盗芝仙。后来枭、狍和众妖徒被癞姑和小寒山二女以及仙府神鸠、雕、鹫等仙禽所杀。妖僧和众妖人自觉无颜再留，又不敢再肆凶威，乘着灵峤三仙送走冷云仙子余娲之际，暗中遁去。料是遇见林、庄二人，想起前仇，欲下毒手。又见二人已被青、白、黑、绿四色相混的妖光邪火怪蟒一般将身缠住，林寒手指一片祥光，连庄易一起护住，神色自如，虽未受伤，但也不能脱身。观在挺着一个大肚皮，赤着双脚，跌坐磐石之上，手指二人厉声喝骂，形态甚是丑恶。

朱文早听说妖僧厉害，仗着他在含鄱口旁的危崖之后，地势十分隐僻，先前闻声寻来，身形已隐。妖僧自恃得道多年，已经脱过三劫，对方只是两个峨眉后辈，丝毫不以为意，并未发觉。朱文想先下手为强，冷不防暗用霹雳子朝妖僧打去，同时用天遁镜破那缠身妖光邪火。眼看飞近，取了一粒霹雳子，正待向前打去，忽然发现月光之下，似有一层极薄的暗赤光华似大水泡一般，将双方斗法之处罩住。未及看清，猛瞥见一道金霞突自五老峰上激射下来，照得左近山崖林木全成了一片金色。同时霞光中有一粉面朱唇、宛如婴童的小道人，生得更比极乐真人李静虚还要矮小。霞光到处，一蓬血焰火花先已破散，暗赤光华也立时消灭。紧跟着，小道人右肩一摇，立有一支奇亮如电的短剑飞起，剑尖上射出一股银色毫光，直朝林、庄二人身前飞去。身外妖光邪火，挨着便断成数截。妖僧似知不妙，把手一招,刚把残余妖光收回,未及还手。不料对方来势神速无比,一面飞起剑光,一面用手一扬,立有数十百丈金光雷火,连同一道形如火龙的红光,直朝妖僧飞去。妖僧已经警觉来敌厉害,又见身材这等矮小,断定是天仙一流人物;否则,如是寻常修道人的元婴,哪有如此骨格坚固、神完气足?本就心惊,再见这独门的太乙神雷,越发看出来历绝不寻常,如何还敢恋战,立纵妖光遁去,小道人随手一指,满空金光雷火,连同那道红光,立朝妖僧逃路追去。霹雳之声由崖谷中响起,一直响到天心,由近而远,晃眼剩了一蓬极微细的火星,朝着妖僧逃路,穿向天边云层之中,方始一闪而逝,大片金霞已早收去。

小道人并未追赶,刚将飞剑收回,朱文也恰飞降,满拟这么高法力,必是一位前辈仙人的元婴,出场解围。方想礼见,请问来历,猛觉来人眼熟,似在哪里见过。还未开口,小道人已朝三人下拜。三人连忙还礼,定睛一看,来人竟是凌云凤前在小人国所收四小之一,前数年被极乐真人李静虚收归门下的健儿。因有数年未见,又换了一身道装,一个憔侥细人,做梦也想不到会有如此高的法力,所以仓猝之间全未辨清。这时见他羽衣星冠,赤足芒鞋,与极乐真人近来装束一样。身材仍似童婴,妙在背插单剑,也与人相称,长才尺许。林、庄二人素极庄重谨慎,还不怎样,朱文却和健儿甚熟,前在仙府还抱过他,忍不住笑道:"竟是你么,想不到别才几时,竟有这么高法力,可喜可贺!你已高升,按说比我们还长一辈,怎倒如此谦恭?"健儿笑道:"朱师伯,话不是这等说法。弟子如非凌恩师深恩收容,焉有今日?为人不可忘本,何况师祖极乐真人与齐师祖也是各论各交,从不自命尊长。弟子为防异日见了凌恩师和诸位师伯叔不好称呼,特拜在未来家师秦渔门下,算是本门第二代弟子。见了诸位师伯叔,如何不礼拜呢?"三人见他一步登天,具此法力,丝毫不以此自满,反更谦退,齐声称赞不已。朱文又笑道:"你们四个小人,只玄儿我未见过。听说和你一样,法力甚高,韩仙子对他十分钟爱,赐了不少法宝。只是身材太小,遇敌时容易被人轻视,至少能和沙、米两小一样,岂不更好?可见佛法无边,能于弹指之间历三世相,实在神妙不可思议呢!"朱文原是无心说笑,又因健儿是以前师侄,人更谦厚,随口而出。

健儿闻言,笑道:"师伯,你也玄门中人,只说佛法高深,可知一枕黄梁，顷刻槐西；残棋未终，斧柯已烂；壶中自有日月，袖里别具乾坤。与佛家须弥芥子之喻，不也殊途同归，差不多么？如说李健渺小，沙、米二兄身虽较高，又何尝不是幻象？哪似弟子本来面目，游行自在，大小由心，无须矫揉造作呢！"说到末句，两臂微振，身材忽然暴长，成了大人，又生得那般俊美，望去一身道骨仙风，飘然有出尘之概。林寒知他不快，忙插口道："道友姓李，可是令师祖所赐的么？"健儿躬身答道："林师伯怎如此称呼？家师祖因健儿单名无姓，赐名李健。当着诸位尊长，非敢班门弄斧。只为朱师伯对弟子期许太厚，又蒙家师祖怜爱成全，使我略谙变化，知道诸位师伯见了，必代弟子喜欢，故敢放肆，还望恕罪才好。"朱文笑道："你几时学得这张巧口？我原是无心之言，你朝我摆这架子作甚？还不收去。你几时下山行道，怎知妖僧在与我们作对？可从五老峰来的么？"李健闻言，好似不好意思，忙即恢复原状。答道："弟子尚有要事忘却禀告。今日本随家师庐山访友，偶见妖僧闹鬼，又算出申若兰师伯有难，现在汉阳，与同伴被困江心水洞之中，须经五日方可脱身。特命弟子持了一道灵符，将妖僧惊走，转告三位师伯，后日早上赶往相救；不可先往，否则有损无益。事完，朱师伯速急与之分手。不久，也有变故发生。好在事前有人指点，不足为虑。弟子尚须复命，不久还要往见凌恩师，先拜辞了。"说罢，向众拜别，一道金光，往五老峰飞去。

三人见状，俱都惊赞不已。互一询问，才知林、庄二人结伴行道，颇有积修。日间偶游孤山，与恶弥勒观在妖徒相遇，看出淫凶之迹，尾随到了含鄱口，被妖徒和同党识破，动起手来。因观在自从开府会后，心中胆寒，惟恐门人惹事，不多传授。妖徒又从师不久，无甚法力，才一照面，便为庄易玄龟剑所斩。观在来救，已是无及，想起前仇，顿发怒火，双方恶斗起来。同时说起二人途中遇见三位老前辈，说汉阳龟山脚下有一大洞，直达江底；另有一座水洞，也甚广大。两洞均具奇景，本是前古水仙萧真人的洞府，法体也藏水洞之内。竟被南海妖人呼佝师徒发现，盘踞在内，到处摄取良家妇女入洞淫乐。二人本意前往除害，料定若兰被困，必是此洞无疑。朱文与若兰至好，又防她和李厚一起，步了秦寒萼夫妻覆辙，恨不能当时便要赶去。林、庄二人再三劝说，极乐真人既命李健来此吩咐，必有深意，事情想必无碍。否则真人对于我们这些后辈何等爱护提携，多厉害的妖邪，也难经他一击，岂肯坐视？想是命中一劫，早去既然有害，只差二日，并未接到法牌告急信号，仍以到时前往为是。

朱文想了一想，只得依言缓去。心终不放，意欲先往汉阳一带，访查妖人师徒虚实，遇事顺往援手，就不往救若兰，遇上对方摄取妇女时，也可阻止，免多害人。二人对于女同门，向来不善应付，不好意思强劝。心想救人之事，分所应为，只好答应。朱文看出二人勉强，情知所说不差，不便独自先行。虽然合在一起，心意却不相同。林寒、庄易人最慎秘，断定极乐真人洞悉前因，不便明劝，便在途中故意迟延，一面暗用言语点醒朱文，不可冒失。等到汉阳，竟是次日午后。朱文心想："已经结伴同来，这两人极诚恳谦和，只是过于谨慎固执，拿他们无法。"路上一算，明日便该下手，今日先探虚实，也不算违背真人仙示。还未飞到地头，便即提议，分头访查。林寒近来功力大进，早就知她心意，便对她道："我知师妹义气，同门姊妹，锐身急难原是应该。无如极乐真人已示先机；又听师妹途中所说，虽未明语何事，前途必多艰险，稍失机宜，难免两误。以我之见，汉阳虽系临江要邑，地方不大，妖人所摄民女多在外乡，目前正教昌明，人才辈出，断无不知之理，为防被人发觉，必不在巢穴附近作怪。到了汉阳，除却深入虎穴，决查不出他的虚实。如往妖窟窥探，岂不又背仙示？此间有鹦鹉洲、黄鹤楼、南楼、石镜亭，颇多胜迹，又近在隔江，与汉阳东西相对。武昌又是水陆要冲，人民繁富，遥望龟山，宛如对面。妖人师徒行动往来，不论水陆，全可查见，还省得被他警觉。你看好么？"朱文点头应诺，仍主分头查访。林寒想了想，也就不再多说。于是分成三人两起。

朱文关心若兰安危太甚，本定先去武昌访查。分手以后，越想越不放心，中途变计，仍往汉阳飞去。始而尚记仙示，隐身访查。等赶到龟山上面一看，因地当江边要冲之地，上有真武庙宇，香客游人络绎不断，找遍全山，哪有什么洞穴。也无一人谈到当地有甚奇迹，所说均是寻常迷信神汉的话。在人丛中，暗中查访了一阵，毫无所得。末了在后山和临江山崖之上，寻到几处山洞，俱都污秽窄小，蝙蝠乱飞，蛛网四布，绝不似有人出入光景。又用法力隐身入江，见江中礁石林立，无路可通，也找不着妖窟门户。心想还有半日，何必冒失行事？勉强忍耐，飞出水面，又往附近几处穷苦人家现身打听，也问不出一点消息，当地也无一人失踪遇害以及民女走失之事,才知访问不出。仰望日光已经偏西,忽想起林、庄二人所说口气,妖道虽未见过,来历底细以及出入门户,似已得知。所说隔江遥望,也颇有理。心想:"既查访不出下落,莫如还去寻他们商议,至少也将人口问出。次日天色微明,便即下手,反正早一刻是一刻。"朱文主意打定,先往鹦鹉洲上飞去。见人不在,因为所约之处相隔都近,试用传声一问,并无回音。注视龟山上下,仍未发现邪气。心想:"若兰真要万分危急,必用法牌求救。始终未接信号,也许人虽被困,尚还无害。法牌只能用一次,非到存亡关头,谁也不舍轻用。既未求救,当无大害。林、庄二人所论甚是,自己这次行事,怎会心神不定,举动粗疏?"心虽一动,哪知大难将临,此是预兆。当时想过,也未在意,径往黄鹤楼飞去。先是隐形寻人,见又不在,朱文赌气,索性现身下楼,走往武昌市上和江边一带,游玩访查。本意想诱妖人师徒出面,并使林、庄二人望见来会。便在沿途留神访查,并随时暗用传声向二人通话,令其约地相会。

朱文万没想到,林、庄二人先前已接传声,因遇两个怪人,看出厉害,口气又恶,分明是本门强敌,恐被发现寻踪,别生枝节,误了明日之事。林寒人最稳重,恐被对方警觉,仗着身形已隐,等其离开,方始飞走,也未回答。朱文由鹦鹉洲刚走,二人也就寻去,先后相差才半盏茶的工夫,往来途向不对,以致错过。二人见朱文不在,以为是在龟山发现敌踪,或是有甚急事,来约同往,便往对江寻去,没想到会往黄鹤楼去寻他们。经此一来,本就不免被两怪人发现,朱文再在江边现身走动,自然更容易生事。林、庄二人在龟山左近寻了一遍,又听朱文传声,说是人在江边等候,不禁大惊,连忙回飞。这里朱文信步前行,已到江边无人之处。因唤二人不应,心疑人已走远。方觉不耐,待要离去,忽见前边树林中青光一闪,斜阳影里似有两条相貌丑怪的人影一闪。行处恰是江边野地,发光所在乃是一片大坟地,相隔约有半里多路。朱文本来想往左近临江人家访问武昌城内外可有奇事发生,见状情知有异,立即跟踪寻去。刚一起步,忽想起人单势孤,对方深浅难知,前面地虽僻静,相隔民家均不甚远,踪迹还须隐秘。刚把身形隐起,似听身后有人"咦"了一声,相隔甚近,晃眼人已飞近。

峨眉隐形法本极神妙,除却本门中人,对方多高法力也难看见。这次下山，共只十多人领了传授，朱文还是近一年来才炼到功候。本来起飞时，已有警兆，只为命中注定灾厄，不能避免，只顾寻查妖踪，飞得太急，一时粗心，忽略过去。否则，只要闻声回顾，立可发现身后对头。一有戒心，为防惊动俗人耳目，误伤好人，就动手也必引往深山无人之处。届时林、庄二人自必赶到，将其唤走，何至破去隐形法，生出许多事来？朱文这一疏忽，刚刚赶到林内，四面查看，并无妖人影迹。相隔这么近，才发现，立即赶到，又未见有妖光邪气飞起。心想："怎么也不会逃得如此快法，何况自己独步江边，和常人差不多。仓猝间看不出来历深浅，怎会望即隐避？"料定妖人未走，也许藏向巢穴之内。但那坟场甚是宽大，四外翠柏森森，当中一片空地，十几座坟头错落对立，祭坛完整，打扫也极清洁，绝非妖人隐藏之地。方在奇怪，忽听身后有人说道："这丫头果是峨眉门下贱婢，容她不得！"朱文不知竟被对头循声追来，两下里合力暗将隐形法破去。闻声连忙回顾，见面前站定一个豹头圆眼、狮鼻虎口、面如黄金、形容丑怪、穿着一身金黄色华美短装、臂腿赤裸的矮胖道童。另外还有一个高髻宫装、年约十八九、容光甚美、一双秀目、隐蕴威严的女子。二人正指自己说话，满面轻鄙之容。

朱文方要发作，猛想起这两人看去功力甚深，女的又与那年峨眉开府所见冷云仙子余娲门人打扮相似。这里离民家近，还是不要造次，等问明了来历再说。心念才动，猛觉出隐形法已失效用，不禁大惊，忙把心神镇定，也做藐视之状。同时暗中戒备，冷笑一声，说道："我与你们素昧平生，为何出口伤人？即便寻事，这里离城市近，难免殃及无辜，也须约在无人之处一分高下。真正修道人有这等鬼祟行径么？"道童似甚暴烈，话未听完，怒喝一声，便要发作，手已扬起，因听离城市近，女的再摇手一拦，方始停止。朱文说时，忽听林寒传音急呼："此是余娲门人，明早我们还要救人，此时不宜与之动手。师妹先不小心，隐形法被他们暗用法宝破去。乘他们当地不会下手，可借说话迟延，暗中准备。我二人仍用隐形法护你脱身，见面再说，不可造次。"听完，正想询问对方姓名，忽然一片祥霞在面前一闪，耳听庄易传声低喝："师妹随我往东方遁走。"

朱文本极机警，祥霞一现，乘着敌人骤出不意，立即飞起。瞥见林、庄二人一个手指祥霞，挡向前面，等将敌人惊退，立时飞走；一个护了自己同飞。二人全都隐身，逃时却分东南两面。中途回顾，林寒仍向南飞，那片银霞却往西北飞走。因为隐形神妙，行动神速，对方那么高法力竟未看出。银霞又在西北方天空密云之中时隐时现。对方似知来人分路逃走，女的方一停顿，道童已经暴怒。那祥霞乃林寒玉玦宝光所化，曾经上方山无名禅师佛法炼过，加以近年本门仙法重炼，威力甚大，不是幻影。道童只当有人在内，另两起敌人身形已隐，非等看准地方，暗中掩去，不能破那隐身法，更难捉摸。将女的手一拉，双双化成一道青虹，刺空追去。声光强烈神速，从来罕见，晃眼便被迫近，祥霞忽然不见。朱文才知林寒功力竟不在岳雯以下，自愧弗如，好生赞佩。人也飞出老远，随同庄易落向深山之中。林寒也已寻来。

见面一说，才知二人在武昌市上游行了一阵，先未隐形。午后去往黄鹤楼眺望，忽发现上来两人，装束奇古，虽将衣上光华隐去，但在二人眼里，一望而知不是人间绸帛，身上又无妖气，看去功力甚深，先还当是散仙中的有名人物。继一想，开府时，余娲门下女弟子也是这等装束，便留了心，乘其未见，隐身查听。当日楼上的游人不多，对方这等装束，全都奇怪，未免多看了两眼。女的还未在意，道童已是不快，将手一挥，一片白影微闪。众游客便说："好好天气，为何这么大的雾，什么也看不见？方才男女两人怎会失踪？定是神仙下凡，莫要冲撞了他们。"纷纷议论而去，全都走光。有的还向空礼拜才走。凡是礼拜的人，均被道童伸手一指，打了一个冷战。随见对方凭栏望江，说是日前在雁荡追赶两个峨眉后辈，本想擒往海外，臊臊他们的脸。飞过括苍山上空，又有两个同党追来，本想一同下手，眼看成功，不料斜刺里飞来一片佛光，挡住去路，因看出是佛家大旃檀法，退了下来。后来佛光自撤，四处搜寻，不见逃人踪迹。日前算出人在汉阳江中，尚未查看出一个底细。因先追两人十分可恶，曾受暗算，非要擒回海外处治不可，为此前来查看。并说乃帅冷云仙子得道千年，从未受过人气，只在上次峨眉开府当众吃亏，又伤了许多法宝，说什么也非报此仇不可，只要遇见他的门下，绝不放过。二人一听口气不善，知道对方得道年久，不是好惹，又当救人之际，始终隐在一旁，闻得朱文传声，俱都未动。直等对方离开，方始往鹦鹉洲赶去。

三人说完，因见月上中天，夜色渐深，且喜对头不曾寻来，救人要紧。

好在当地景物荒寒，对头不会寻来。朱文又问出那妖道名叫呼侗，师徒五人，不特擅长水遁，并还炼就独门邪法，善于移山换岳，叱石开壁。所居龟山下面，上下两洞设有极厉害的埋伏。内中洞径纵横交错，密如蛛网，多半细不过尺，外人只能顺着几条大路出入，妖道师徒却能变化通行。水洞之中，除邪法禁制外，更有所炼法水邪雾，阴毒非常。龟山上下共有七处出口，多半都似一个尺许方圆的洞穴，内里又甚曲折，连狐狸之类均难通行。又均深藏崖缝古树腹内，所以观察不到，就发现了也无法进去。内中只有两个出入门户：一是真武庙大殿后大深井中；一在江底大别山脚峡缝之内，相隔龟山还有五六里，外有礁石林立，泉眼所在水涌如沸，恰将入口遮住，形势隐秘，极难寻到。妖人刁狡异常，初来中土，不知底细。近听同党说起，汉阳白龙庵近在咫尺，庵主素因大师佛法高深，绝不容他们在此为恶。想起神尼优昙师徒的威名，十分胆寒。后来访出大师云游未归，又舍不得离此他去。于是改变主意，在方圆千里之内不再生事，所有妇女均由千里之外摄来，比前敛迹得多。就这样，仍然胆怯，特意开通全洞甬道水路，以为事急逃身之用。要想除他们，事前如不通盘筹算，绝难成功。来时，幸遇凌真人夫妇和黄龙山猿长老。凌真人赐了一道灵符，只命到时施为，非到万分无法不用。猿长老赐了一套子母针，吩咐到时此针将他七处出口一齐封闭，妖人逃时无须追赶，只将母针如法施为，妖人不死必伤，终于伏诛，连元神也逃不出去。本来二人如非在孤山遇见妖徒，早已起身，因向来敬奉各位师长前辈，既奉仙示指点，如何敢违。

朱文问知前情，不悔自己冒失，反觉二人胸有城府。知道二人虽是手到成功，不到明早绝不会去，只干着急。林寒看出朱文煞气已透华盖，暗忖："朱师妹性情虽刚，平日人颇温和娴雅。这次见面，论功力已经大进，怎会如此浮躁？面上又有煞气，料非佳兆。"因素谨饬，不善与女同门说笑，惟有婉言劝她留意。朱文一心惦记若兰安危，随口敷衍，全未放在心上。好容易挨到月影偏西，便催起身。二人见她心急，明知飞行甚快，到时天还未亮，但不便过于勉强。庄易道："早去无妨，最好见了曙色，再入妖窟。莫为一时心急，生出枝节，反而不美。"朱文微愠道："二位师兄也太小心了。论起来，一过子时，便是明朝。救兵如救火，越快越好。不知兰妹是受的什么罪呢！"二人不便再说，随同飞起。朱文隐身法已破，须经重炼四十九日，始能复原，本未在意，嗣经二人力劝，才合在一起，一同隐身前往。飞到龟山上面，天果未亮。朱文因知事有成算，当时便要下手。林寒推说还须布置，立照预计，与庄易各持子母针，分头封闭出口。庄易入江先行。朱文与林寒一起，见他每去一处洞穴，只取六支飞针，向洞口手掐灵诀，一掷即行。行法甚易，偏是那么慢吞吞的，知挨时候，心甚不快。末了行到殿后大井的正面入口，天仍未亮。林寒只向井口张望，迟不下手。朱文有气，想要催促，忽听井底男女说笑之声隐隐传来，相隔甚远。忙用传声询问，若兰立即在下面传声求救，刚说是危急异常，语声便断，好似妖人已有警觉。经此一来，连林寒也着了急，忙即放下飞针，飞身直下。朱文更不必说，早已当先飞落。不提。

　　原来那日若兰闻得洞外破空之声，似有开府时新交好友云紫绡在内。紫绡本是白云大师门下，在峨眉众弟子中年纪最轻，美慧绝伦。人甚好强，自觉年幼道浅，对众同门师姊个个亲热恭敬。因若兰性格温柔，一见如故，双方甚是情厚。若兰见她平日明艳娇柔，宛如小鸟依人，对敌时却是英姿飒爽，豪气无俦，年纪又那么轻，本就喜她。紫绡因第一次通行火宅严关未得通过，用功越发勤奋。又蒙妙一夫人恩怜，随时传授，只有一年，便由右元十三限通行出来，又得了几件异宝。才一下山，先去看望若兰，直比同胞姊妹还要亲热。相聚不久，紫绡便奉命往就郑八姑，随同炼法。八姑乃本门师姊，道法高深，兼有正邪两家之长。紫绡又奉师命，一切听命而行。八姑见她美质，立意造就，监督功课甚严，与若兰见面时少。若兰前寻八姑，一半为了看她。知她所炼三阳一气剑，飞行起来，隐隐夹有疾风迅雷之声，与众不同。等赶出洞外一看，遁光已经飞近。除紫绡所用三连环的朱虹外，同行更有红、白两道遁光，也是同门中人，飞行甚急。同时后面又有一道经大青虹电驰飞来，前行三道遁光忽然回身抵御。双方才一挨触，红光中忽射出大蓬火针，青虹好似受伤，立往斜刺里飞去，一闪不见，端的快极。方觉三人怎不现身？就在这晃眼之间，敌人一退，紫绡等三人也已遁去，似有急事在身情景。若兰相念已久，立纵遁光追去。

　　李厚本想和若兰说话，也忙跟踪追赶。刚到空中，紫绡发现二人追来，立即回飞会合，急呼："你们快随我逃，休被敌人追上。只要赶到衡山，便无妨了。"李厚飞行原快，三人便将遁光合在一起，向前急飞。前行二人，原来是新近下山的万珍同了郁芳蕤,已先飞走。若兰忙问:"后追何人?怎连万、郁二位师姊也如此胆怯?"紫绡匆匆答道:"无暇细说,先逃毒手再说。"说罢,前后五人,各以全力催动遁光,宛如电射星驰,凌空飞渡,一泻千里。刚飞出七八百里,忽听后面破空之声十分猛烈,若兰百忙中回头一看,正是那道青虹二次追来。先前遥望天边,尚无踪迹,以为伤重退去,不料这等快法,刚一出现,便追了一个首尾相衔,只差三数十里,转眼便被追上。紫绡脸上立现愁急。前行郁、万二人已由合而分,往左右两面遁去。若兰方觉二人太无义气,一任紫绡小妹落后,不来应援,只顾自己逃走。那青虹已越追越近,相隔才两三里。若兰心正惊疑,忽闻一阵旃檀香风过处,身后倏的金光奇亮。三人还疑心敌人有甚法宝来攻,正在往前急穿,又觉身后破空之声由近而远。回头一看,一片佛光金霞,金城也似横亘天空,将来路隔断。刚刚隐去,青虹已经射向来路天边密云之中,二次回退,万、郁二人已无踪影。紫绡好似惊弓之鸟,仍不放心,要若兰同飞衡山,见了金姥姥罗紫烟和追云叟白谷逸之后,请示再说,否则仍留后患,连催快走。

直到飞近汉阳、武昌一带,青虹不曾追来,紫绡才和若兰说:"那敌人乃余娲门下。女的名叫吴青心,前在两广行道路遇,强令我拜她为师,两次用计脱身。这次又在途中相遇,力迫降顺。幸遇万珍、郁芳蕤解围,虽未被擒,但是三人均非其敌。芳蕤事前得人指点,原是有意犯险来助。曾告诉我,只有将这两人引往衡山,由金、白二老前辈出面,才能将其逐回海外,为此加急飞逃。中途快被追上,万珍气她不过,拼舍一套丙乙针,回身迎敌,冷不防发将出去。此针功效不在白眉针以下,打中以后,非得将它当时化去,便成大害,终将火毒攻心而死。又是离火之精炼成,本是气体,得隙即入。对头人太骄横自恃,骤出不意,立被打中。仗着得道年久,法力高强,早就料他受伤暂退,仇恨越深,绝不善罢,本来议定急飞。万、郁二人并还各有急事,必须赶去,所以先走,不必怪她。"若兰随说:"追云叟已往休宁岛赴会,金姥姥也未必会在山中。"紫绡闻言,想起对头厉害,心里失望发愁。若兰忽说:"前面不远,便是汉阳白龙庵,何不往寻素因大师?"紫绡立被提醒,便同赶去。

若兰见李厚紧随身侧,又是旁门中人,见了素因大师,岂不被人见笑？方要命他退回，或是约地等候，三人遁光已行近大别山边界，稍一偏，便可落向庵前。猛瞥见一道灰白色的光华，由斜刺里飞来。三人因为快要到达，本在觅地降落，三阳剑带有风雷之声，已先收去，二女交厚亲热，仅由若兰带了同飞。若兰原有飞剑本质较差，虽有一口青灵剑，因光太强，也在到前收起。二女均极美艳，李厚又是旁门，遁光随在一起，妖人见了，自起轻视，立时飞起拦阻。二女见有妖人阻路，看出邪法有限，还在暗笑妖人送死，毫未在意。紫绡更是有气，也没问姓名来历，一声娇叱，手指处，三道连环朱虹已夹着风雷之声先后飞出。那灰光正是呼侗门下妖徒，奉命去往江南摄取美女，一见飞来两个美女，自恃持有一葫芦的邪雾，能污飞剑、法宝，二女只有一道剑光，飞行既缓，光又不强，凶星照命，当做福神。不料遇见对头，未及开口问话，三环朱虹已夹风雷而至，大惊欲逃，连人带葫芦已被绞成粉碎。李厚深知各派妖邪行径，瞥见妖人死时，身边冒起一股粉红色轻烟，才一现，便往前面收去，未被朱虹消尽，认出来历，忙用前师所传护神法暗中戒备。同时急呼："兰妹和云道友速将法宝、飞剑防身，妖人还有余党，那邪雾万不能沾。"话未说完，眼前光景忽然昏暗起来。

　　这时天本阴晦欲雨，又当黄昏将近，先未在意，正想行法消灭残尸。紫绡觉出天黑大快，又听李厚警告，心方一动，倏的一片极浓厚的阴影，已似天塌山崩，当顶下压。当时天旋地转，四外山峦林木，一齐似走马灯一般乱转急飞，到处阴黑浑茫，什么也看不见。又听李厚大声疾呼："此是妖人移山换岳邪法，前途必还设有妖阵，各自防身，镇定心神，免为所算。"说时，三人已各施展法宝、飞剑，将身护住。方想冲出重围，眼前忽又一亮。再看人已落在一个大洞之中，地广五六亩，石黑如墨，由顶到地，高达三数十丈。壁上大小洞穴，有数十百个，大的三丈方圆，小的仅尺许。内中都有亮光射出，看去宛如百十盏大小明灯嵌在壁上，照得全洞通明。隐闻水声浩荡，由四壁小洞穴中传来。当中一座上铺锦垫的石榻，上坐一个妖人，生得身材高大，相貌粗蠢，一双猪眼凶光外射，一张猪肝色的脸，满头乱发披拂脑后，额束金箍，身穿道袍，短只齐膝，露出一双满生黑毛的粗腿，赤脚盘坐，形态甚是丑恶。手里拿着一柄铁拂尘和一块妖光闪闪的铁牌。身旁和地上斜身坐卧着七八个赤身妇女，除有几个神情淫媚自如外，余多状类昏迷，神志不清。另外三个背挂葫芦、手持妖幡的妖徒，与前杀妖人一样神情装束。才一见面，妖道便手指三人狞笑道："我乃南海水仙呼侗，偶游中土，发现此洞，辟作别府。我海外水宫，水晶宫殿美景无边，不在紫云宫之下。你三人将我门人杀死，本难活命，因见你们资质不差，女的美貌可爱，现被我用移山法困住。这里地在江心山腹之内，上下四面均有数百丈的山石，内中道路密如蛛网，到处有我仙法禁制，你们便是大罗神仙也难脱身。趁早降顺，男的拜我为师，以补四弟子之缺；女的充我妻妾，永享仙福，快乐无穷。否则，便要被我杀死，还受炼魂之惨。你等意下如何？可速回话。"

申、云二女一见妖人，便要动手，两次均被李厚止住。后来越听越气，紫绡性情较刚，再按不住怒火，一声娇叱，首先身剑合一，连同身带法宝一齐施为，朝呼侗冲去。这时三人身外均有一片灰白色的光影围住，呼侗虽觉对方飞剑、宝光均极强烈，不似寻常，因为擒时容易，又因二女被李厚止住，不曾发难，看去好似胆怯，只当做笼中之鸟，未免轻视。再见李厚拦阻二女，不令动手，越以为昔年海外凶威远震，对方知道来历，心中害怕，也许怕死愿降。一时疏忽，不料敌人会作困兽之斗，相隔又近，好几道宝光连同三环朱虹，已夹着风雷之声，电射飞来，二女身外妖光邪雾竟被冲散，才知敌人厉害。总算他邪法高强，飞遁神速，当时不愿抵御，身形一晃，灰光散处，遁向一旁。只苦了榻上坐卧的两个赤身女子，均吃剑光扫中，连那两三丈大小石榻，一齐粉碎，撒了一地残尸碎石，鲜血淋漓。呼侗见状大怒，正待施展邪法，紫绡不知厉害，一见妖人遁逃，把事看易，口喝："兰姊，还不动手！"因见妖人已经变化遁走，匆匆不及追赶，一面施展法宝，横冲直撞，一面朝那三妖徒冲去。妖徒也已看出厉害，无如呼侗天性疑忌，妖徒所用法宝虽极厉害，平日无甚传授，一个闪避不及，吃剑光一绞，首先腰斩，另一个也被削去半边身子，均尸横就地。等到呼侗施展邪法，三妖徒已去其二。

紫绡连杀二人，正在得意，耳听李厚急呼："道友飞剑神妙，快来会合，从长计议，同除妖人。"紫绡方想若兰怎不动手？一眼瞥见呼侗手持令牌，重在左壁一个大洞门侧出现。心想擒贼先擒王，也未回顾身后若兰、李厚是甚情景，一纵遁光，直冲过去。眼看飞到洞前，猛觉灰白光一闪，妖人不见，眼前倏的一暗，身上似被一股力量吸住。同时妖人二次现身。耳听李厚又在急呼："道友已陷入妖阵，飞剑不可离身，便无妨害。"想起先被困时光景，心中一动，人已投入暗影之中。

申若兰当云紫绡冲破笼身妖光时，本要冲出，吃李厚一把抓住，急呼："兰妹，你去不得！"略一停顿，妖光由分而合，重又笼罩全身。紧跟着，紫绡连杀妖妇妖徒，喝令动手。李厚大声疾呼，令紫绡退回。若兰前在旁门，原是行家，不似紫绡初出茅庐，勇往冒失。见呼侗刚化妖光闪避，满洞壁上大小洞穴齐射邪烟，妖人已在左洞壁上现身，手中铁牌突飞起一股灰白色的光气，射向紫绡身上。跟着便见洞口一暗，紫绡连人带宝，全被邪气裹住，往洞内投去。知陷罗网，一时情急，想要一拼。李厚忙拦道："邪法厉害，罗网密布。可惜先未想到云道友飞剑如此神妙。兰妹速用峨眉传声之法，令将三环朱虹绕向全身，再加法宝防护待救，决可无碍。我二人只要各自将身护住，不令邪烟侵入，妖人也绝无奈我何。时机一至，我自会引你逃出。此时万动不得。"

若兰这半年来，早已试出李厚忠实诚谨，知他两三世久在旁门，见闻众多，所说不虚，立即依言行事。紫绡传音回答："身在黑雾之中，和初被困时一样，一任四下冲突，均难脱身。妖人师徒，不时更在身侧现形，隐现无常。"若兰回答："此是妖人幻影，防中暗算，不可理睬，护身要紧。"紫绡回答："知道。"底下语声便断。跟着，洞壁连转几转，重复原状。呼侗重又出现，戟指二人说："适才贱蝉已被困入癸水阵内，任她持有护身法宝，七日之内必死。你等快些降顺，免遭毒手。"若兰得了指教，毫不理睬。呼侗暴怒，将手中拂尘一挥，身外光影立即加厚。二人只将宝光抵住，不令上身。呼侗看出对方防御周密，无隙可乘，又将手中铁牌一晃，向左壁一指，另一大洞立涌出一股黑气，裹向二人身外。李厚到此时方厉声喝道："你这妖道，可认得我么？你那邪法底细，早所深知。可惜我前师五行神炉被人借去，否则今日你便难逃公道。这两位女道友，均是峨眉门下高弟，你如此胆大妄为，岂非找死？休看她一时疏忽，被你困住，他们同门众多，又有传声之宝，一呼立至，人多势众。幻波池妖尸比你如何？尚遭诛戮。快些放出，逃往海外，或可偷生一时；否则，不消数日，你便恶贯满盈了。"呼侗正在施为，闻言好似吃了一惊。等话听完，略一寻思，朝若兰望了望,倏的目射凶光,一声狞笑。二人猛觉身外一紧,黑气加盛。若兰还待挣扎,李厚忙说:"无须徒劳,且换一个地方,免见好些丑态。"话未说完,身子已被吸紧,往右侧洞中投去。

若兰初意,洞中情景必和紫绡所历一样,黑暗非常。哪知刚一进洞,眼前忽然一亮,不特黑气全消,连先前笼身的灰白光影也全收去。洞中竟是一间极华美精致的寝室,玉榻之上,锦茵绣被,裳枕皆全,所有陈设用具,无不齐备。到处桂馥兰芬,温香扑鼻,香艳非常。直似一个绝代佳人、风流少妇的红闺绣阁。到处充满香艳色彩,另外具有一种微妙,由不得使人心神陶醉。李厚闻到香味,首先神思一荡,知道入时因见奇景骤变,微一疏忽,稍微沾了一点淫邪之气。忙把心神镇住,对若兰道:"兰妹留意,这里设有极厉害的玄牝妖阵癸水遁法,稍不留意,便为所算,幸我深知敌人底细,就为暗算,也不至于害你。想不到你那大难应验这么快。此时我已沾了邪毒,不知兰妹如何?如觉对我怜念,或是想起旧情,便是中邪。务要明言,以便解破。我知兰妹传声法牌一经施为,外援立至。日前曾听你说,教祖仙示,十年后还有一场大难,当比今日还要厉害,此是救命之宝,岂可轻用?本来蒙你和朱、何、崔三位道友怜念孤穷,允为引进到正教门下,方想仙业有望,长此追随,不料夙孽太重,遇见此事。不用法牌求援,万难脱困;如用,又误他年大事。现我已拼却舍身殉情,不过兵解之后,前路艰危,望你念我三世痴情,到时约请同道稍加援手,使我终归正教,能与兰妹劫后重逢,就感恩不尽了。"说完,李厚便把元运球等重要法宝交与若兰保存,回首咬破中指,张口一喷,立有一股血红色的火花,先朝自己当面罩下,再朝若兰迎面扑来。

若兰也是闻到香味,心旌摇摇。方觉李厚情痴可怜,闻言立时省悟。知道二人先本联合一起,防护周密。入室以后,因见黑气妖光全数收去,落地时只顾观察景物,微一松懈,致为邪法所乘。见火光迎面扑来,当时闻到一股奇腥,火光散处,心神立定。知道李厚不惜消耗元气,舍命相救,自己已中邪毒,非此不解。心方感动,李厚忽在自身室光防护之外,纵向一旁,两下里分开。若兰大惊问故,待要赶过,和先前一样合力防御。李厚苦笑道:"我也知道分开力弱,但是兰妹青灵剑乃仙府奇珍,只要小心,我再从旁提醒,便可无害,有我不多。我又爱极兰妹,合在一起,我虽得益,一个不巧,同受邪法暗算,不能自制,便成两败,为此离开。双方不在一起,就算妖道诡诈阴毒,你有仙剑、法宝防身,无须顾我,固好得多。而我纵受邪毒,丧心病狂,想要累你也办不到。这里变幻无常,阴谋百出,你休管我,就顾也顾不了。兰妹如肯怜我痴心至诚,请以全力防护你自己,不使受害,以便来生仗你援助,能得化身为女,追随同修,于愿足矣!"若兰见他说时面容悲怆,慷慨激昂,一往情深之状,越发感动。知是实情,无法挽救,只得分头戒备。

待了一会儿,若兰渐觉室中有粉红色光影,不时在身外闪过,越往后越多。出路已闭,通体石壁,坚厚如玉,质甚温润,知难冲破。那粉光淫毒一被侵入,便受暗算。室中老是银灯雪亮,温暖如春,不分昼夜。似这样,也不知经过了多少时候,渐渐妖光加盛,全室都成了一片粉红色,光甚柔艳,也分不出甚影迹。若兰方想:"这等相持,并无危害,但到何时才能脱困?朱文等见己不归,必定寻踪,纵令不知去向,也必寻人设法。如真危险,师父必有预示,想无大害。真要危急,再用法牌求救,也还不迟。"心正寻思,忽听壁后笙歌细细,杂以艳歌,音声柔曼,十分娱耳。无聊之中,方在侧耳倾听,猛瞥见李厚面红耳赤,双目注定自己,热情流露。再听壁后又起了一种极微妙的声息,由不得心中一动。李厚忽然双手一伸,带着大片碧光邪气,迎面扑来,又现出从前施展邪法追逐求爱神情。未及喝问,李厚忽似骤遇毒蛇猛兽,惊退回去。倏的面容遽变,咬牙切齿,恶狠狠取出一口翠色晶莹的匕首,扬手飞起,化为尺许长一道碧光,朝着那条断了手的臂膀只一绕,便齐时斩断。一口真气喷去,断臂立时冲出护身宝光之外,一声大震,化为大段烈火爆炸,满室粉光全被震散消灭。若兰知他用旁门中解体分身之法相救,拦阻不及,心中一酸,忍不住流泪道:"厚哥,你怎这样自残,教我如何对得起你?"

李厚见她感动流泪,刚转喜容,忽又正色说道:"兰妹已得玄门真传,如何还不旷达?此时你七情万动不得,否则妖人发难更快。须知我此举不过暂时受苦,实则前路光明,转祸为福,全在于此,我能得你喊我一声哥哥,真情流露,可见昔日并非毫无情意,心愿已遂,百死何惜?妖法即将发动,越来越凶,你最好潜心运用,付之不闻不见。照我法宝观察,只要我一死,你便出困,日后还有重圆之望。小不忍则乱大谋,千万不要怜我。

传音法牌更须保存，不可妄用。"

若兰本知厉害，虽然忍泪定神，但也想到解体分身之苦，实是不忍。但他死志已决，无法劝阻，稍一疏神，平白同归于尽。李厚又说，便得遇救，他不愿以残废相随。一用法牌，他便立时自杀，何苦糟掉此宝？若兰正在愁急无计，洞壁忽然一闪不见，四外空明，现出大片广场，数十对赤身男女，一个个容貌美艳，柔肌如玉，粉弯雪股，活色生香。有的曼舞轻歌，目逗眉挑，情思若醉；有的就地横陈，相倚相偎，备诸妙相。若兰明知是邪法，自己又是行家，不知怎的，目光到处，忽然一股热气由下而上充沛全身，当时两颊春生。方喊不好，猛听一声断喝，尺许长一条血影，已由李厚身旁飞出。和先前一样，一出便化为烈火爆炸，纷飞四射，邪法立破，恢复原状，人也清醒过来。再看李厚，左臂已齐膀斩断，面白如纸，神情十分惨痛，正用朱文前赠灵丹行法治伤。

若兰想起前情，又急又愧，心更不忍。暗忖："身得师门心法，本可通行火宅严关，近年修炼也有进境，如何一遇强敌，便不能支，反累三生良友受此苦劫？可见道基不固，易受摇惑。倘有失闪，下无以对恩师，上无以对同门。"念头一转，立时想起下山时通行左元洞的经历和妙一夫人仙示，猛触灵机，忽然大悟。知道自己还是情丝未断，不能解脱，以致易为邪法所乘。忙即澄神定虑，潜光内视，照着左元洞通行火宅经历，屏除七情，封闭六欲，一切付之不闻不见，连李厚所为也不再去置念。此举虽然不免着相，毕竟要好得多。等到心智灵明，万念归一，入浑返虚，玄功独运，居然做到平日打坐用功的最好境界。那与身心相合的青灵剑，也立焕奇光，青霞电耀，护在身外。内里还有几件法宝笼罩全身。那玄牝邪法自无所施。

可怜李厚到底出身旁门，不识玄门真谛，一见若兰闭目垂帘，关心过切，只当勉强矜持，不特不敢疏忽，反更愁虑。妖道呼侗连用邪法不曾收效，又见李厚用解体分身之法破解，心中恨极。以为二人是夫妻，又贪若兰美貌，想令男的早死，以遂淫邪妄念。明知无效，仍将邪法相继发动。这一来，李厚却吃了大苦，每当邪法施展一次，李厚定必用刀自残，四肢殆尽，只剩一手和半截身子，在宝光防护之下，悬身空中，通体鲜血淋漓，惨不忍睹。到了最末一日，若兰偶然开眼，望见李厚这等惨状，老大不忍，心中一酸。方要含泪开口，李厚见若兰看见，神情越发悲壮，忽然抢先说道："我因邪法厉害，惟恐兰妹有失，不敢早去，在此忍苦支持。依我计算，已有五日，照着以前观察，救兵必定快到。我也实在忍受不住，与其忍痛挨苦，转不如和妖道拼上一下，至少也将此间禁制破去，使来人容易找到。兰妹如果念我痴心苦志，勿忘前言，千万保重，镇定心神，以待救援。来生再图聚首，我去也！"

这时邪法更加厉害，若兰如似先前那样澄心定虑，也可无事。这一开眼，见此惨状，越想越觉对他不起，心神略分，邪魔已随毒烟乘虚来袭，眼看危机将临，若兰还不知道。一见李厚辞色悲壮，知将兵解，心中又急又痛，深悔以前对他不该过于冷淡。方在哭喊："厚哥慢走，我有话说。"猛觉心旌又在摇摇欲动，刚道不妙，李厚也说到末句，将手一指，所有护身法宝齐朝若兰飞来，附在青光之外。同时回刀朝胸前微微一点，只听"叭"的一声巨震，红光猛现，血肉纷飞，全身炸成粉碎。当时满洞俱是大小血光，一团团纷纷爆炸，霹雳之声宛如连珠。若兰身外环绕的粉红烟光全被血焰震散消灭，连四外洞壁也被震塌，现出外面广场。若兰心神立定，知道李厚已经以身殉情。正在留意查看元神所在，忽听朱文传声相唤。又见广场上妖人师徒似因此举出于意外，现出手忙脚乱之状。若兰心中惊喜，忙用传声回答："我在这里，姊姊快来！"话刚出口，呼佃旁坐还有一个同党妖妇，本与妖人对谈，一见变生仓猝，口说："峨眉门下同党众多，最易求援，还不快将贱婢用禁法隔断？"话未说完，将手一摇，立飞起一片黄光，将若兰全身罩住。再听上面，便无声息。

呼佃因见邪烟虽被破去，男的已死，剩下美女一人，必可到手。心中打着如意算盘，急于快意，便以全力施为，大片妖光邪雾，似山崩潮涌一般，齐朝若兰压去。一面厉声大喝："无知贱婢，你那情人已死，再不见机降顺，照样难逃我手。从此被我法力禁制，永受痛苦，和这些民女一样，终日昏迷，听我摆布，等你元阴尽失，立受炼魂之惨。你当我那玄牝阴阳神魔，岂是几件法宝所能抵御的么？"随说，双臂一振，全身衣服立时精光，在一片粉光环绕之下，赤身飞来，形态万分丑恶。若兰深知妖人淫凶，先因李厚乃左道中能手，恐行法时受伤，还有顾忌，不敢以身来拼。心想："现在妖人施展全力，必不能当。朱文传声忽被隔断，不知能否深入来援？"

又听旁立妖妇笑道："呼道友,贱婢剑光强烈,你一人恐难如愿,我助你成功如何?"说罢,喜滋滋也把双臂一振,通体赤裸,现出一身雪也似白的娇躯,相继飞来,神情越发淫荡。眼看二恶相合,危机一瞬,心正愁急,忽听山石自内炸裂,轰隆之声不断,夹着一连串的雷火之声,由远而近,似自洞顶西北角斜射下来,晃眼已经临近。男女妖人正在耀武扬威,做出许多丑恶之态,快要搂抱在一起,闻声惊顾,女的首喊:"道兄留意!"伸手一招,那先脱下来的衣服,刚朝身前飞到,又用手一扬,一片黄光也刚飞起。只听轰隆一声,洞顶崩裂一条大缝,碎石纷飞中,人还未到,一道极强烈的金霞已斜射下来,照得全洞都是金光,邪法立破。

妖妇看出来势厉害,那片黄光支持不住,惊慌忙乱中,待取法宝迎敌,又想抽空逃遁,已是无及。说时迟,那时快,一道三环朱虹先由身侧小洞中电射而来,精芒四射,耀目难睁,未等妖妇施为,黄光已被冲破。妖妇喊声:"不好!"瞥见呼侗已化为一片妖光,隐形遁走。妖徒被石缝中飞来的一道青光杀死。妖妇不由大吃一惊,刚纵遁光逃出圈外,同时瞥见来人现身,当头一个红衣少女,左手持着宝镜,右手发出豆大一粒紫光。也未看清是何法宝,更不知敌人因忿妖人逃走,拼舍一粒霹雳子,想将妖人遁光击散,现出原形,好使伏诛。百忙中以为那地方偏向一旁,不在镜光所照之处,又是同党逃的一面,正可随同逃生,不由上了大当。妖妇还未追上妖人,震天价一个大霹雳,紫光已经爆发,满洞金紫光华互相电闪,雷火横飞中,连声都未出,形神皆灭。上下四外的山石一齐崩塌,当时震裂了百余丈方圆一片。幸亏林寒由后赶到,见朱文妄用霹雳子,忘了人在江心山腹之下,恐将龟山震塌,伤害上面生灵,一面喝止,一面扬手飞出一片祥霞,护住四外,将震势止住。否则乾天一元霹雳子威力极大,尚不止此。就这样,仍是石破天惊,顶壁全塌,大小山石沙砾,满洞激射横飞,宛如雨雹。众人如非有宝光、飞剑防身,照样也禁不住。如换常人,早被打成肉泥了。洞在江底,洞壁震坍以后,邪法破去大半,水道也有两处震破,山泉江水立似银蟒急蹿,由裂口中喷射出来。

呼侗刚刚隐形飞遁,待寻出口逃走,万不料敌人如此厉害。霹雳子神雷炸处,虽然未被打中,妖遁首被震散,身形立现,不由亡魂皆冒。恰巧身侧便是一条洞径,不顾再寻小洞。慌不迭化成一道灰色妖光,往洞中窜去。因觉敌人来势奇猛，空有一身邪法，不及施为，门徒同党全死，邪法异宝毁去大半，急怒交加，心惊胆寒之下，仍想报复。仗着洞径密如蛛网，只一心逃往隐秘之处，立下毒手，与之一拼。哪知那三环朱虹，正是云紫绡所施。因被邪法连困数日，妖人见她美秀绝伦，几番下手。无如紫绡根骨较厚，虽然年纪最轻，用功勤奋；又得师长爱怜，传以太清仙法；再经郑八姑近年监督指教，定力竟在若兰之上。她那三阳一气剑，又是前古奇珍，一经与身相合，万邪不侵。妖人连用邪法，丝毫未受摇动，故改向若兰一人进攻。紫绡从未吃过这等亏，早就恨极，正在无计可施，朱文、林寒忽然飞到。天遁镜宝光到处，恰巧扫中紫绡被困之处，邪法一破，立时冲出。实是想朝妖人冲去，只由妖妇身侧飞过，无意中将黄光破去；否则，妖妇早为飞剑所诛，还不至于死在神雷之下，形神俱灭了。紫绡瞥见呼伺隐形遁走，方在气忿，向前急追，神雷忽震，妖人隐形立破。仇人相见，分外眼红，首先一纵遁光急追上去。

　　这里朱文、若兰方要跟踪追赶，林寒忙说："无须。"朱文接口道："云师妹年幼胆大，妖人埋伏甚多，邪法也颇厉害，如何令其穷追涉险？万一有失，如何是好？"林寒道："来时，我和庄师弟早有安排，妖人一会儿还要退回原处，或在洞口伏诛。云师妹飞剑神奇，便有埋伏，也难侵害。此洞已被神雷震塌，山腹太空，年岁一久，稍遇震动，便要崩塌伤人。必须我们三人合力行法，将洞壁和沿途裂口填满，或加禁制，才免后患。可惜晚到一步，事前忘了嘱咐，朱师妹这一雷，连妖人所摄民女也全震死。虽然她们本质已亏，元神尽失，出去也活不长，终是可怜。愚兄口直，霹雳子威力太大，并且为数无多，用一粒少一粒，妄费也实可惜呢。"朱文因林寒恂恂儒雅，人最温和，遇事竟会这等刚直。自己素性好胜，受人数说，尚是初次，老大不是意思。面上一红，方要开口，见林寒话虽温和，面上仍带愁容。心想："对方义正词严，言婉而讽。本门家法，同门不论男女，只要犯规条，均可指责纠正，何况又是师兄。自己委实粗心，也有不对之处。"不便再说，只得勉强赔笑道："妹子实是粗心，以后必定留意。"林寒方转笑容道："我已看过，误杀诸女多半淫贱孽重。内中还有三个甘心附邪的，当师妹初到时，曾和妖徒同用邪法图逃，杀之无亏。只有一女为邪法所制，如能救出，尚能活上些时。既能从谏如流，事已过去。但是师妹双眉煞气甚重，还须留意才好。"朱文心虽不快，不便多言。若兰随说李厚殉情经过。只元神不知何往，洞中邪法重重，为时不久，必难逃出，恐为神雷所伤，方在代他愁急。林寒竟如未闻，只管行法封闭洞穴。二女一边问答，也在一旁相助，方觉林寒表面温和忠厚，性情似嫌刚直。忽听庄易传声急呼："留神妖人逃走，只剩一条水道了。"这时，所有裂口均被三人相继行法，用崩坠的碎石堵塞封禁，只剩来路裂口和一个三尺方圆的水洞，山泉正由里面向外狂喷。朱文本想将其封闭，吃林寒摇手止住，说是还有用处。朱文当他恃强，刚赌气走开，便听庄易传声。林寒似取一物朝水洞中掷去，紧跟着飞向二女身旁，低喝："随我隐身，且等妖人自行落网。"说完行法。三人身才隐起，便见一道灰白色的妖光，裹着一个二三尺长的小人，身上附着一条同样大小的血人影子，身后追着几蓬银色飞针，狼狈逃来，其疾如箭，闪得一闪，便往左近洞壁上拳头大的小洞中窜去。若兰看出那血影正是李厚元神，才知李厚真个情痴，死后元神还不舍逃走。必是守在一旁，发现男女妖人邪法夹攻，又未听出朱文传声，不知来了救星，竟拼与敌同归于尽，施展前师所传最阴毒的附形邪法，把元神化成一条血影，紧附妖人身上，以防救兵不到，心上人遭了毒手。这类邪法一经施为，便如影附形，非将敌人元神消灭，不能并立，也难脱身。若兰见状大惊，惟恐林寒法宝厉害，玉石俱焚，忙喊："林师兄，这血影便是为我而死的友好，虽是旁门，已早改邪归正，望祈留意，不要伤他。"说时，那几蓬银针已合在一起，朝小洞中追去。跟着，便听壁内惨叫之声，上下往来，时近时远，好似妖魂顺着水道通路逃遁，为法宝所伤，痛苦惨叫情景。

若兰因林寒闻言未答，方代李厚担心，又无法往援，急得手拉朱文，直喊："姊姊，你知道他的，快和林师兄说一说，不要连他一齐消灭。"朱文因觉林寒为人方正，看去温和，不易说话，李厚所用附形邪法又甚阴毒，难免不被误会，何况先前曾遭他的指责；若兰又在情急流泪，满脸惊惶。朱文正在为难，紫绡忽由别洞飞出，见面便说："妖人邪法真凶，我追出不远，几乎又被困住。不知怎的，身上会现出一条血影。先还当是又施毒手，不料妖人面容惨痛，竟收妖光逃走。吃庄师兄玄龟剑先断一臂，我又用飞剑追上一绞，当时杀死，元神却被逃去。那血影也附在他的身上。随听庄师兄令我速回原处，妖魂决逃不脱。你们为何隐形在此？"朱文见紫绡一到,便被林寒隐去身形,连语声也被禁法隔断。方觉妖人已死,出口封闭,万难逃走,何必如此小心?猛瞥见两魂在大篷飞针追射之下,由水洞中飞将出来。林寒把手一指,立有五座长仅七尺的旗门突然出现,凌空而立,四面烟云环绕,光影明灭,闪变不停。妖人出时,飞得更快,看来意似往左边顶上小洞斜射过去。旗门正挡去路,后面飞针追得又紧,飞遁神速。等到穿入旗门,方似警觉,想逃已是无路。在阵中穿梭也似往来驰逐了一阵,每经一座旗门,必有各色火花引发。等把五座旗门穿完,"轰"的一声,五门五色火花一齐融合,合成一幢五彩金光烈火,将妖人围在当中。跟着,风雷之声殷殷大作,汇成一片繁音,空洞回声甚是震耳。血影依然紧附妖魂身后,看去也是狼狈异常。无如双方合为一体,分解不开。

眼看危急,若兰自更惊惶,连喊:"师兄,手下留情!"林寒未理。若兰一时情急过甚,想起李厚为她而死,焉能坐视不救?林师兄分明见他使用邪法,疑是妖人,不肯宽容。不如冲入阵内,犯险相救,好歹也报答他一点情意。心念一动,更不商量,冷不防身剑合一,猛朝旗门之中冲去。这时妖魂已快被那五行神火消灭殆尽。血影也由浓而淡,成了一条黑影,在内苦挣。若兰方觉旗门之内并无阻力,那火也不烧人,未容寻思,倏的一道金光,由身后飞射出来,五色火光也一闪即灭,只剩一条黑影浮空而立,好似疲惫不堪神气。若兰自是心痛,欲以本身真气助其复原,忙收青灵剑迎将上去。那黑影也缓缓扑上身来。偏头一看,法宝、飞针全收,妖魂只剩一些残烟淡影,已被遁光裹住,连闪几闪,便自消灭。

林寒道:"二位师妹休得见怪。我与庄师弟前遇凌真人和猿长老,早奉密令。说李道友之师与凌真人本来相识,兵解以前说:'贫道虽是旁门,无甚恶行,此次转劫,便归正教,投在峨眉派门下。门徒李厚本是美质,误被贫道收来,归入旁门,将来弃邪归正并非无望,只是尚有一段孽缘未了。女的也是我的门卜,将来同拜妙一真人为师。如无人为之解脱,情孽纠缠,必致两误。纵令贫道转世,不昧夙因,也无此法力为之化解。敬求真人开恩,到时救助,感恩不尽。'真人曾经许诺,为此向愚兄指示机宜,命我依言行事,并赐五行旗门。先用猿长老飞针封闭出口,等妖魂情急,准备拼命,以全力攻破泉眼,裂山而逃时,再行下手。本来无须如此,因李厚情痴太甚,元神紧附妖魂之上,如不解开,非但不能脱身,终于两败。并且所用邪法阴毒太甚，不能害人，反害自己。必须将那血焰妖光用五行神火炼尽，妖魂也恰在此时快要消灭，再行分解，方可转世。否则，将来必要堕入邪魔一道，绝无幸理，并还是若兰师妹一个大害。为此才将他一齐困入旗门之内，便不救他，也必无事，实非故作不情，还望二位师妹原谅才好。"

第二七六回

瑶岛降琼仙　冉冉白云　人来天上
金樽倾玉液　茫茫碧水　船在镜中

朱文、若兰听了林寒之言，方始省悟。若兰暗查林寒口气，好像说的是自己前师，相貌神情也颇相似，只是年轻得多。方想设词探询，庄易忽然飞来，见面便道："适才我在洞外水底埋伏，以防妖魔遁走。后听林师兄发出信号，得知妖魂困入旗门。因听水上破空之声，似是同门中人，忙飞出水一看，果是诸葛师兄。说是途遇媖姆、姜雪君师徒，谈起老怪丌南公宠姬紫清玉女沙红燕约了同党，往盗毒龙丸。李英琼师妹一时疏忽，将她容貌毁坏。因来时老怪曾经力阻，妖妇恃宠孤行，受伤之后无颜回山，又往海外约了几个著名妖邪，连翼道人耿鲲也在其内，日内便要大举发难。幻波池只有几个女同门和新收弟子，虽仗地利，到底人数稍单，更防妖人用邪法残毁灵景。幻波池禁制重重，虽然不怕，依还岭上美景如仙，被毁也实可惜。并且不因此事，老怪暂时不会上门，等他法宝炼成再来，全洞立成齑粉，众女同门也必有伤亡。与其留此隐患，转不如就势将妖妇除去。等老怪激怒寻来，再照以前李师伯所计策，连将带激，引使入洞，去破圣姑所留五遁禁制，只要应付得宜，老怪言出必践，定必负愧而去。非此不能无事。不过老怪有通天彻地之能，玄功变化，法力至高，事太危险。各位长老又都有事，连媖姆老前辈也因正果将成，勤于修炼，无法分身。她本来不知此事，日前忽因飞升在即，想起廉红药师妹，心生怜爱，偶然推算，得知她也在内，因而尽悉未来之事。媖姆老前辈觉得事虽万分凶险，但并非无救。何况英琼师妹杀孽虽重，仙福最厚，易静、癞姑二位师姊同为本门之秀，事前如有准备，当可渡此难关，只嫌人少。老怪因非寻常，连妖妇所约也都是隐迹多年、久未出世的凶人，邪法神通，个个高强。洞中五遁禁制，不论何宫，至少均须有人主持，还要有人出外应敌。参与此事的，必须人要细心谨慎，胆勇机警，更须具有专能防身的法宝始可前往。特令诸葛师兄，照她所说的人前往相助。我和林师弟也在其列，此时便须起身。好在前事已完，就走如何？"

林寒点头，转向朱、申、云三女同门道："李道友元神损耗甚大，必须申师妹带回山去，按照本门传授，将本身元神与之相合，修炼四十九日，然后送去转世。经此一来，不特转祸为福，他年修为也较容易。不过此事须有一人守候护法，以防妖邪侵害，难于抵御。云师妹有三阳一气剑，最是当选。还有朱师妹面上煞气太重，归途遇事必须留意。愚兄不才，两生修为，颇识先机，还望留意才好。此洞中空，适才虽用法力紧随妖人所过之处，将好些通路封闭，若干年后仍难免于崩塌，只有放入江水，借着水力支撑，或可无事。我们出外分手吧。"说时，手掐法诀往外一扬，江水立由各小洞中激射而出，地下积水本已不少，转眼升高丈许。众人也随林寒顺着壁间大洞，隐身往上飞起。所过之处，林寒将手连指，一串雷鸣之声过处，山石便自合拢。朱文等三人因平时见他和庄易均极谨饬缄默，无甚表现，人又谦和，想不到法力这么高，料是修为精勤所致，好生钦佩。晃眼出洞，因身已隐，并未惊人耳目。到了大别山上空，彼此分路。林寒因朱文隐身法已被对头破去，别时重又劝其留意。最好随了自己，飞到依还岭左近，再行分手。又嘱咐朱文先寻两个法力高的女同门，同在一起修炼，等过些日子再出山行道，否则暂时回去也好。

朱文性傲好胜，听出林寒走时口气，仿佛不久大祸将临，难于避开，连往括苍山都恐若兰受她连累。庄易又说媖姆除指定诸人外，不令别人前往，不禁有气。暗忖："我自学道以来，也经过不少凶险场面，俱都无事。何况近来功力大进，天遁镜威力甚大，更还剩有专除妖邪的霹雳子，难道就不如人？纵令再遇余娲门徒，凭我这几件法宝，至多不胜，能奈我何？事有定数，如真中途遇害，不堪造就，各位师长也不会那样器重。似这样见人就躲，岂非笑话？"当时不便明说，佯笑答道："林师兄好意，我先回转莽苍山如何？"林寒看了她一眼，仍用隐身法护送出五百里以外。到了湖口上空，朱文推说附近有一道友须往看望，二次向众辞别，方始分手。若兰、紫绡已早别去，朱文独在高空之中飞行，不知怎的，道心不靖，越想越有气。已经飞过洞庭湖,待往云贵边境飞去,忽然心动。暗忖:"先前原是托词,一向孤身行道,从未失闪,难道真个怕人,回山不成?"试往脚底一看,八百里洞庭湖宛如一片碧玻璃嵌在大地之上,湖中风帆,由高空俯视,好似一些白点,大如虫蚁,错落其间。湘江宛如一根银链,蜿蜒萦绕山野之间。沿江诸山,最高大的也只像些土堆。到处碧绿青苍,疏疏落落现出一些红色地面。因飞太高,房舍、田园大仅如豆。天朗气清,风日晴美。脚下时有彩云冉冉飞渡,映着日光,幻为丽彩,时闪银辉,觉着有趣,一时乘兴,附身其上。

朱文人本美丽,又穿着一身红绡仙衣,这一凌云而渡,云是白的,人是红的,再衬上那娉婷玉貌,绝代容光,望去直如瑶池仙女,乘云驭空,美艳无伦。朱文丽质天生,平时颇为自负。心想:"似此景致,如被蝉弟看见,定必拍手赞美。可惜人在海外,不知神山开府功成也未?本定往寻玉清大师和郑八姑探询底细,遇见若兰,解了她的危,却闹了一肚子气,原来心意也被岔过。反正无事,何不仍寻八姑一问?"想到这里,正要离云飞遁,因是附云随风而渡,一时游戏,不觉走了回路,竟飞到了君山上空。正要催动遁光,猛瞥见遥天空际飞来一朵祥云。如换常人眼里,必当是片极小的云影。朱文自是内行,见那彩云飞得极高,远望不过尺许大一片,如在地底仰望,决看不见一点影子。又是逆风飞渡,聚而不散,来势绝快。方疑云上有人,猛想起昔年峨眉开府,灵峤三仙师徒七人也是仙云丽空,冉冉飞来。看似不快,晃眼便到面前。前闻灵峤诸女弟子将要奉命下山,来者如是陈、管、赵三女仙,在此相遇,岂非快事?心念才动,云已飞近,果然朵云之上,立着一个霓裳霞裙、容光照人、年若十七八岁的女仙。对方本是由东而北,侧面飞来。朱文因是越看越像三仙之一,心中一喜,惟恐错过,立纵遁光迎上前去。不料去势太快,对方来势也极神速,恰好迎头撞上,对面一看,并不相识。朱文因知这类地仙看去年轻,往往得道已在千年以上。上次陈、管、赵三仙因随乃师同来,虽然论成平辈,姊妹相称,实在修道年纪相差太多。既非相识,如何这等冒昧?心中惭愧,呆得一呆,对方已把云头止住,含笑问道:"道友可是峨眉妙一真人门下么?"

朱文见对方辞色谦和,蔼然可亲,越发心喜,想要结纳,忙即施礼,赔笑道:"弟子朱文,正是峨眉门下。适才偶见朵云天外飞来,与灵峤诸女仙所驾仙云相似，不料粗心误认，还望恕罪。仙姑法号，可能见示么？"女仙笑答："姊姊何必太谦。妹子宫琳，正由灵峤奉命下山。家师姓甘，曾到峨眉去过。常听陈文玘师姊说起凝碧仙府灵景无边，香光似海，及人才之盛，早已心仪。适见天边白云之上有一红衣仙女，说是同道，又是寻常云雾，心还奇怪。后见姊姊剑遁，正是陈师姊所说峨眉家法。正想亲近，姊姊已经飞来，岂非幸遇？这里不是谈话之所，下面洞庭君山，妹子已有三百年不曾去过，意欲重寻旧游，就便高攀，结一姊妹之交，不知可有清暇么？"朱文本想亲近，难得对方一见如故，又那样美秀谦和，不禁大喜。忙答："末学后进，岂敢齿于雁序？如蒙见教，三生有幸。"话未说完，对方已接口笑道："陈、管、赵三位师姊，均与贵派诸位姊姊以姊妹论交，为何对我独外？愚姊痴长几岁，你是妹子如何？"随说，早挽手同驾仙云往君山飞去。

朱文忙把剑遁收起，暗忖："此人真好。可见道法真高的仙人俱极谦和，哪似余娲师徒那等狂傲。如与订交，非但得她指点，便遇汉阳对头，也可得一帮手。"正寻思间，仙云已直落千百丈，忽然连人隐去。落到君山后面一看，对方已把一身宫装仙衣变成了一身清洁的布服。再看自己，也是一样。除容貌未变外，哪似先前珠光玉貌，云锦仙衣，仪态万方，交相辉映情景。方在赞佩，宫琳笑道："愚姊奉命隐迹人间，稍为修积，恐惊俗眼，也未奉告，便班门弄斧，文妹幸勿见笑。"朱文道："妹子近日未在人间行道，昨日偶往汉阳，便受俗人注视，方悔失检。这样再好没有。不过，姊姊天上神仙，尽管青衣淡素，依旧容光照人，美秀入骨。俗眼虽然无知，骤睹仙容，恐也目眩神摇，照样惊奇呢。"宫琳笑道："文妹一身仙风道气，珠玉丰神，休说人间，便月殿仙娃也不过如此。只恐俗眼惊奇在你而不在我吧？"

二人边谈边行，到了十二螺后小山顶上，方始寻一山石坐下，促膝谈心，相见恨晚，甚是投缘。朱文问其来意，才知灵峤仙府三辈地仙，虽然得道年久，法力高强，但是每隔五七百年，也有一场劫难，最厉害的是神仙千三百年一次的天劫快要到来。赤杖真人师徒虽有准备，可以渡过，但是第三代弟子刚将道法炼成，必须去往人间修积外功。又算出此行颇多魔难，全仗各人以己身功力相机应付。门下又是女弟子最多，因服蓝田玉实，一个个美如天仙。当此群邪狍狙之际，在外行道，险阻重重，全仗声应气求，互相关注。

宫琳又道："那年凌真人夫妻光降，阮大师伯曾与略商。他说妙一真人开读长眉真人仙示，已经得知前因后果；众弟子下山时，并还各奉密令，到时可以相助。久闻文妹乃峨眉之秀，与三英二云并称于时。此事不特灵峤诸同门，便贵派各位道友，也多牵连在内，想必奉有机宜。这次奉命下山的同门，各有伴侣，只愚姊和兜元仙史邢师叔的门人花绿绮，同是孤身独行。想起自己道浅力薄，前路艰危，实是心寒。不知文妹可能稍泄仙机，预示一二么？"朱文答道："灵峤诸位姊姊应劫之事，虽听玉清大师说过，只知结局似无大害，因她不肯细说，语焉不详。众同门下山，虽各奉有锦囊仙示和一部道书，但都注明开视年月，不到日期，只是一张白纸和几行空白。即使到日现出，也只寥寥几句，再不便是指明所去之处，或寻何人，照此行事，万无一失。不到临场，绝不知道底细。"说时，朱文因与对方惺惺相惜，倾心结纳，恐其生疑，又将身伴锦囊仙示取出以证。

宫琳似颇失望，忽又笑道："文妹真个至诚，焉有不信之理？"随说，早把锦囊接过，取出内中柬帖一看，见是一张白如蝉翼的宫绢，除半张有字，上写修为之法而外，下余俱都空白。看了一会儿，交还。朱文见她看时甚是仔细，面现惊喜之容，心疑字迹已现。接到手内一看，仍是后半张空白。正要收起，倏的金光微微一亮，绢上突然现出"不可再以示人"六字，在纸上如走龙蛇，略现影迹，一闪即隐。方想："前半均是师父指点功候口诀，对方师门好友，所习与本门心法殊途同归，她也不会舍彼就此，看看何妨，怎会禁止？"宫琳似已觉察，有点不好意思，带愧说道："愚姊不合胆小私心，只顾查探未来之事。恰巧齐真人太清隐迹之法，下山时家师曾经指点，略为偷看了几句。实是出于无意，反累真人见怪，真对不起文妹了。"朱文才知空白仙示已被看出。想了想，笑道："姊姊不必介意，家师与灵峤诸仙长甚是投契，时常提起，赞佩非常，绝不会为此见怪。方才所现字迹，也只不许妹子再与别人观看，事前又无明令禁止，可见今日之事，家师已经算到，有何妨害？不过小妹不久也有危难，家师柬帖必有指点，只惜时机未到，仙机莫测，想起也颇愁烦。姊姊慧目法眼，既能看出空白中的字迹，何妨说出几句，使妹子好放心呢？"宫琳面上一红，笑道："我真愧对文妹。仙书所说，我看不多几行，事与文妹无关。底下连用仙法观察，便看不出。这时想起，齐真人端的法力无边，不可思议。此事分明早在算中，有意假手文妹示我先机，否则底下怎的一字不见？你我一见如故，已成骨肉之交，真人又是令师，本无隐瞒之理。无如事关重大，暂时不能奉告，还望文妹原谅，将来自知就里。"朱文听出柬帖所说似为对方一人而发，师父本禁违令行事，不应事前窥探，便未再提。

在当地说了一阵，朱文偶问："姊姊三百年不履尘世，烟火之物想早断绝了，否则岳阳楼茶酒不恶。妹子五过洞庭，均以孤身无伴，恐启俗人猜疑，有背师命，未敢上去。难得今日天气清和，身边带有济贫金银，我们不吃他的东西，略为饮些茶酒，凭栏对酌，略赏湖光山色，重续纯阳真人前游，就便观察这一带可有甚善举好做。不知尊意如何？"宫琳答道："灵峤宫中，本来未断饮食，只与寻常烟火之物不同。兴会所至，偶然一用，不以为常罢了。愚姊又素贪杯，为防人间酒劣，并还带有一小葫芦蓝田玉露在此。就是人间烟火，偶然一用，也无妨害。此行本要深入民间，正苦化鹤归来，城郭已非，不知今是何世，民情风土大半茫然。文妹既有雅兴，你我各服一丸化俗丹，便同饮啖如常，不致厌那烟火气味，也不致使脏腑间留下浊气了。"随取两丸绿豆大的晶碧丹丸，二人同服。入口便化一股清香，顺喉而下，顿觉食指大动。朱文笑道："姊姊仙法神妙，不可思议。即以妹子而论，因是学道年浅，开府以前与众同门同居凝碧崖，闲中无事，每隔些日，必与众同门至交弄些酒食，欢叙为乐。下山以来，此道久废，也从来不曾想过。今日良友相逢，虽然一时乘兴，想借此杯留连光景，以助清谈，本心不想吃甚荤腥。姊姊灵丹入口，便动食欲，岂非怪事？"宫琳笑道："人间珍味，自与道家所备不同。这一来，便可稍增兴趣。我们索性作为常人，到前山雇一小船，同去如何？"朱文暗忖："自己本无甚事，只想探寻金蝉仙山开府成功未，无须忙此一时。多年未用人间饮食，难得交此好友，就便盘桓也好。"随即笑诺，同往前山走去。

到了湖神观前埠头，雇船时偶听船人说起观主史涵虚为人甚好，昨日忽来一道姑，要借观中小楼住三日，观主不肯，道姑发怒，说是到时休要后悔。那么美貌年轻的人，说话这等凶恶。因人声嘈杂，也未在意。小船十分清洁，上去坐定以后，宫琳见沧波浩淼，清风徐来，来去两途，风帆点点，宛如白鸥回翔水上。笑道："灵峤是仙山灵境，但是孤悬辽海，远在极荒，中间隔着万八千寻罡风黑沙之险。山腰一带更有万载玄冰、千年积雪，终年阴风刺骨，呵气成冰。休说常人不能涉足其间，稍为挨近，便入死域，就是我们同门姊妹通行时，也颇艰难。平日不喜下山，也因上下艰难之故。山脚一带，大海茫茫，四望无边无际。常年愁云低垂，浊浪排空，全是一派荒寒阴晦景象，使人不堪驻足。哪似这里浪静风和，平波渺渺，水碧山清，较有佳趣。此时天色尚早，记得左近有一湖口，水木明瑟，岸上桃林中有一麻姑祠，我与家师昔年相遇，便在庙侧，少时同往一游如何？"朱文深知灵峤诸仙，由祖师赤杖真人起，俱是性情中人，加以常服蓝田玉实，最重情感。此次劫难，半为情字所累；真人师徒不能修到天仙，也由于此。本是诚心同游，既然萦情故乡，乐得凑趣。随口答道："我们并非真个饥渴，姊姊既欲访问昔年故居，先去那里好了。"宫琳道："此事相隔已数百年，地名青林港我还记得。等岳阳楼回来再去，也是一样。"

朱文见操舟的是对少年夫妇，神情似颇寒苦，人也不甚健壮，意欲先往岳阳楼一行。正待行法催舟，宫琳笑说："无须。"遂将手微挥，湖上立时起了顺风。船家本是病后刚起，见状大喜，笑问："风头甚好，可要将帆拉起？"二女见船家夫妇人颇忠厚，笑对他道："先前我们本想在湖上荡舟，现在又想往青林港麻姑祠去。你如赶到岳阳楼天色尚早，我们归途仍坐你船，多付船钱与你。"朱文随取十两银子交与船家，说："此银暂存你处，到时，你将船择一僻静之处停好等候，游完，由你要价如何？"船家见二女容止神情清丽高华，早就疑是贵家小姐乔装游湖，出手又甚大方，喜出望外。随口答应："我家便住青林港不远，有事只管吩咐。"将银接过。船妇已将布帆升起，因有仙法暗中催舟，船行如箭，表面却看不出。朱文见状，不禁暗中赞佩。不消片时，船已到岸，船家夫妇大是惊奇，朝二女看了一看，把跳板搭上。二女告以时候久暂难定，必须守在船上，不可离开。船家应诺。

二女便缓步往岳阳楼走去。上楼一看，当日天好，游人酒客甚多。又因貌美年轻，虽幻成一身布服，仍似朝霞之美，容光照人，所到之处，人尽侧目而视。有的还在交头接耳，互相议论，品头评足。朱文心甚厌恶，游兴大减，悄声说道："姊姊，这般俗人甚是讨厌。我们可把现成酒菜买些,带往舟中同饮,就便往青林港去,不是好么?"宫琳道:"文妹既厌烦嚣,我们买都无须,教船家代办好了。"说罢,便往回走,行经仙梅亭外,瞥见一个藏番装束的丑汉急匆匆由外走来,往亭中跑去。朱文觉这藏番装束奇特,似乎见过,却并不相识。二女正在说笑,看了一眼,也未理会。

回到船上,又取银子,令船家往岳阳楼代购酒菜。船家笑答:"小人因知此去青林港尚有好几十里,归途逆风,恐到得晚,已命屋里人代客备办吃的去了。"二女等不多时,船妇已提了一筐食物回转,生熟荤素俱有。自称以前本是湖中画舫,善做船菜,只为时运不好,丈夫多病,将船卖掉,改驾小船,生活甚苦。朱文笑说:"我们不杀生,你把活的鱼虾放掉,只留那两样卤味,加上几色凉菜好了。"船夫应命,自去准备。一会儿,便将酒菜端来,放在小条桌上。二女见菜甚精洁,杯筷全是新的,心中一动,笑问:"这是刚买的么?"船夫恭答:"我知客人爱干净,特意备办,全是未用过的东西。除这两样新出锅的卤味外,都是洗了又洗。我夫妻一点孝敬,望贵客多用一点。"朱文见船家夫妇自从自己上岸回来,言动越发恭谨,料是船行太快,湖湘人民最信神仙,被其看破,便不再往下说。

饮过两杯,宫琳由腰间解下一个长才两寸的碧玉葫芦,斟了一杯酒,递与朱文道:"文妹,这便是蓝田玉露,乃未成熟的玉石灵浆与数十种琪花仙果酿成。功能驻颜,使人不老,足敷你我平原十日之食。你看味道如何?"朱文见这酒刚到杯中,满船俱是异香,色作浅碧,入口甘醇,芳腾齿颊,端的色香味三绝。又见那小葫芦形制精雅,宝光浮泛,拿在手上,宛如一捧翠雪,与玉肤相映流辉。心想:"这么小一件东西,竟有如许容量。"越发惊奇赞佩。宫琳笑道:"微末小技,何足挂齿?只是适才疏忽,酒香恐已随风远扬,就许被人惊觉呢。"朱文侧顾湖波浩瀚,往来行舟相隔俱远。船家夫妇正在偷观自己,互打手势,知道闻出酒香有异。意欲到了青林港,便即开发。此时人家既未明言,也就置之。这时扁舟一叶,容与湖心。二女举杯对酌,听其自行,虽未行法,因风势已转,舟行颇速。二女均是喜酒,仙家妙术,取之不尽,反正船家看破,就不再掩饰,各把仙酿开怀畅饮。后来还是朱文说起日色偏西,如到得太晚,不便访问旧迹。想早到达,才在暗中行法催舟。本来水程已去三分之二,这一行法,转眼就到。正待付银登岸,船家夫妇忽然相继跪求:"仙姑慈悲。"二女一问,原来船生有奇病,时发时愈,家口又多,日常忧急。自载二女,发觉船行快得出奇,四顾旁舟,并不如此。而且船行虽如箭一样快,而左近船上却如未见,心已惊奇。到岸遇见两个熟人,说是先并未见自己船影,忽然靠岸,问是何时到此,这才断定所载定是仙女。二人刚走,又听邻舟说起今日湖上,曾见两次灵迹:一是道姑打扮,一是仙女装束。舟中游客恰又是两个少女,想尘世间哪有这等美女?神情举动也与常人不同,于是生心。先前不敢叫破,自去备办酒食,欲等吃完,再求救治。朱文笑说:"你夫妻颇有眼力。我们虽不是仙人,治病尚还容易,只不要向人乱说便了。"随取两丸灵丹,分赐船户夫妇,又把身带金银给了一些。船已近岸,船家还待辞谢,二女已往岸上走去,随起大风。船家知道仙人不令窥探,只得开船回去。

宫琳本是南宋时得道,中间只随师来此一游,相去已三百年,见当地变迁,好生感慨。再寻到麻姑祠昔年遇仙之地一看,庙已改建,面目全非。因是偏流曲港,水猛滩多,舟船极少由此经过,居民寥寥。只一株生气毫无的老柏树,犹是南宋故物。庙也残破不堪,不似昔年香火繁盛。斜阳影里,晚风萧萧,景色甚是荒凉。再寻到自家祖茔一看,满拟华屋山丘,子孙定已零替,不料墓地完整,松柏森森,看去气象颇好。料知香烟未断,子孙必有显达,心颇喜慰。又见坟前田亩甚多,人家却少,欲寻亲坟,访问子孙近况。

宫琳正要走开,忽听林外有一女子怒喝:"贱婢纳命!"同时一片红光,照得满林血也似红,千百支火箭夹着无数绿阴阴的飞针,暴雨一般由林外斜射进来,来势万分神速。朱文骤出不意,本来非遭邪法暗算不可。闻声警觉,知来仇敌,回身待要抵御时,一片明霞已由宫琳身上飞出,挡向前面,将火箭、妖针一齐挡住。朱文定睛一看,林外站着一个道姑打扮的美丽妖妇,身旁两个同党均是藏番装束:一个双腿已断,手持两根铁杖,悬身而立;一个便是仙梅亭前所见番人。这才认出,断腿妖番正是前在括苍山受伤逃走的西昆仑六恶之一。妖妇必是李厚所说的萨若那无疑。不禁大怒。刚刚飞剑出去,又取出天遁镜,未及施为,妖妇已先骂道:"该死贱婢,我寻你多日,好容易才得寻到。如不将你杀死,摄去元神,使你受那无尽苦痛,誓不为人!"说时,扬手又是大蓬碧色飞针迎面打来,吃明霞一挡,纷纷掉头向上,朝空飞去。朱文天遁镜也发出一道金光,冲向前面,火箭、妖针纷纷消灭。因见飞剑被旁立妖蛮两道叉形妖光敌住,方想用霹雳子给他一个厉害,宫琳忽喊:"文妹,留意身后!你用宝镜去破邪法禁制,将妖妇引往别处除害,免伤居民。"朱文闻言回顾,先往上飞去的大蓬飞针突自身后、身左、身右三面环射过来。只闪得一闪,身前又飞起一片明霞,光墙也似将其挡住。如非宫琳仙法神妙,已中暗算。随照所说,将天遁镜四下扫荡,所到之处,妖针纷纷消灭,依然来之不已,随灭随生。上空四围又被阴火红光笼罩全林。仗着宝镜神妙,妖妇好似不愿白送,飞针忽然不见。朱文就势将镜往上空照去,上空阴火本在下压,就要爆发,两下恰好迎个正着,妖光立被冲破。妖妇见状大怒,将头一摇,满头长发便自披散。旁立二妖人飞叉不是朱文对手,也待发难。就这双方剑拔弩张之际,宫琳玉臂轻抬,笑说:"文妹,我们换个地方如何?省得毁伤林木,殃及无辜。"声才出口,袖中飞出拳大一团银色明光,晃眼加大,成了一个扁圆形的云囊,看去轻飘飘薄薄一层悬在面前,宛如一团轻云所结的球,毫无奇处。

这时,头上阴火红光已连同四外的邪焰、飞针潮涌而来,镜光只能冲破一面,下余三面来势更猛。朱文看出邪法厉害,又有李厚先人之言,早将身剑合一,暗中戒备。本来要用霹雳子诛邪,因是宫家坟地,恐有残毁,欲发又止。紧跟着,云囊便由宫琳袖内飞出,刚一长大,前端便裂一口,微微射出一股祥辉,光甚柔和。可是才一出现,四外的阴火、妖光、飞针、飞箭便似被那祥辉远远吸住,万流归壑一般,齐朝云囊口内挤射进去。只见云网中各色光影闪动明灭,十分好看,后面依然来之不已。妖妇似知不妙。这些阴火本由一个鱼皮带内发出,妖针却发自手上,因为深恨敌人,又见宝镜神妙,立意一拼。以为敌人镜光只顾一面,只要被乘隙射中一支,对方便听其宰割。做梦也没有想到,这样不起眼一团轻云,会有如此威力妙用。当时急怒交加,好生痛惜,行法回收。谁知对方吸力太大,如磁引针,她那聚敛地底千万年阴煞之气炼成,平日能与心灵相合、运用由心的妖火,竟会收它不住。又因性暴急功,把所有飞针全数发出,以致顾此失彼,闹了个手忙脚乱。微一疏忽,千百根碧血妖针首先净尽,阴火再无法收回。等到想用邪法切断,保留一点残余时,去势太快,已是无及,"嗖"的一声,晃眼全尽。只见一溜色红如血的火尾余光,在云囊口里一闪即隐。

这一急真是非同小可，妖妇厉吼得一声："我与贱婢拼了！"忽听一声惨嗥，两同党妖人又被敌人斩成两半。同时对面祥光一闪，敌人倏的收回飞剑，在一片祥云笼罩之下，腾空飞去。

妖妇急得暴跳如雷，自恃尚有邪法异宝未用，又见云中祥光明灭，闪变不停，只当敌人胆怯欲逃。把满口白牙一错，大喝："快追！"一纵妖光，破空追击。那半截身子的妖人也伸手一招，一片灰光裹了同党残尸元神，一齐随后赶去。眼看云影在前，冉冉飞驰，晃眼便追了个首尾相接，看去不快，相差只数十丈，偏生追赶不上。后来追到一座高山后面，云光忽隐。妖妇、妖党相继追到，会合一起，便往山后搜寻踪迹。这时已是日落黄昏，一轮明月刚挂林梢。后山一带景甚荒凉，到处静荡荡的，哪有人影。妖妇怒极，断定云飞不快，必在近处隐藏，不会逃远。忙令同党放下死尸，各自戒备。一面飞起一幢灰白色的妖光，护住全身；一面从囊中取出一个晶球，正待行法，观察敌人踪迹，猛瞥见豆大一粒紫光在身前一闪。妖妇邪法高强，人甚机警，知是敌人暗算。刚刚遁向一旁，震天价一声霹雳已经爆发，打得满林均是红紫色的精光雷火，那半截妖人连那同党残尸，元神立被炸成粉碎消灭。妖妇如非逃避得快，也非受伤不可。

原来朱文正指飞剑、法宝迎敌之际，忽听宫琳低语："文妹，速收宝镜，待我收去妖火，引往左近深山之中除她不晚。"跟着，阴火飞针便被云囊吸紧。朱文好胜，因与宫琳初次相会，不愿弱了师门威望，便把轻易不用的赤苏剑冷不防发将出去。同来妖蛮本是妖妇新收的门徒面首，邪法不高，早就不支，哪里还禁得起赤苏剑的威力，当即被杀死。等到随同宫琳飞往山后，见妖妇跟踪赶来，自己就在她面前危崖之上，竟会看不见，知是宫琳隐形妙用，便把霹雳子朝前打去。本意先除妖妇，不料妖党离得太近，骤出不意，竟遭殃及。朱文还要出手，被宫琳伸手止住，悄说："文妹且慢动手，少时还有人来。"话未说完，妖妇已似急怒攻心，状类疯狂，一手绾过头上长发，含在口内，恶狠狠咬断了一大把。跟着，取出一面上绘骷髅的铜牌，连晃几晃，便有五个魔鬼影子由牌上飞起。初出时，长才数寸，影也甚淡，但见风暴涨，立成实质，一个个身材高大，相貌狰狞，口喷黑烟，獠牙外露，周身都是碧绿色的萤光环绕飞舞。出现以后，朝四外望了一望，张牙舞爪，朝妖妇反扑过去。妖妇厉声大喝："今日我为你们备下美食，还不自去搜寻，再敢无理，休怪我狠！"说罢，伸手一弹，便有一丛短发化成为数十支火箭，朝魔鬼作出飞射之势，挡在前面。魔鬼仍然不肯就退，几次前扑，均被火箭吓退。最后妖妇面容惨变，厉声喝道："你们现成美食不去寻找，反和主人为难，使我无暇分神，查看仇敌踪影，真该万死！因见你们相随多年。忘恩反噬，由于屠龙贼尼所害，不与计较，当我怕你们不成？"说罢，将手一指，那数十支火箭便朝五魔鬼身上射去。魔鬼中箭，疼得厉声惨嗥，越发暴怒，重又朝前猛扑。妖妇事前原有准备，早把手中断发全数发出。同时咬破舌尖，张口一喷，一片血光挡在面前，那千万支火箭也做出凌空环射之势，照得左近山崖都成一片红色。魔鬼知难禁受，纷纷怒吼，满山飞舞，似往四下搜寻。妖妇见魔鬼穷搜无迹，状更情急，似防反扑。于是用那火箭环绕全身，二次取出晶球，又在行法照看，面上更带惊疑之容。

朱文早见宫琳手中持有一个玉环，内中现出一道青虹，在洞庭湖上空飞行了一阵，忽往当地飞来，渐渐邻近，看出光中二人，正是前在武昌所遇两个对头。心想："现有帮手在此，即便寻来，也不妨事。"后见妖妇情急惊疑之状，心中奇怪。几次想要下手，均被宫琳强行止住，悄声说道："妖妇就要作法自毙，我们何必多事？"话还未了，妖光一闪，妖妇身形忽隐，连魔鬼也全失踪。跟着，便听破空之声，青虹飞堕，仍是现出前见道童、少女，立处在妖妇面前不远。女的方说："方才分明见这里邪气上腾，并未飞走，如何不见？"忽听男的一声惊呼，回头一看，那五魔鬼忽然同时现身，由地底化为一股黑烟冲出。男的因离得近，刚刚惊觉，想要行法抵御，已被两魔鬼前后夹攻，扑上身来。男的骤不及防，只顾前面，扬手一团青色雷火。虽将一个魔鬼打落在地，化成骷髅头骨震碎，后面的一个已猛伸双爪，扑上身来，当时神志昏迷，倒于就地。宫装少女总算应变得快，法力较高，一见鬼影突现，长袖一扬，立有一幢青霞笼罩全身。另外三个魔鬼又朝女的飞扑，为青霞所阻，未得近身，还在张牙舞爪，飞舞欲扑。

少女已看出这是邪教所炼阴魔，丈夫惨死，急怒攻心。因知这类阴魔多与主人心灵相合，缺一不可，既被丈夫除去一个，魔主人元气大伤，下余魔鬼便难制伏。有心使其反噬主人，受完奇痛至苦，然后下手报仇。好在丈夫功力尚高，元神已经遁走，未被阴魔吸收了去。于是强忍悲痛，装作胆怯，一任魔鬼环身飞舞，只守不攻。妖妇也是恶贯满盈，分明由晶球中看出来人功力甚高，因见遁光不是左道中人，误认敌党。魔鬼已经放出，不令得胜，饱啖敌人生魂元气，必要反害主人，势成骑虎，不能离开。没奈何，只得暗中传令五魔鬼暂时隐蔽。来人又太自恃心骄，微一疏忽，男的首先送命。妖妇见来人虽死了一个，但是伤了一个魔鬼，元气大耗，下余四魔更难制伏，想起胆寒。余魔如再不能把女的精血元神吸去，更是凶多吉少。一时情急，现出身形。双方相隔甚近。少女乃余娲得意门人，法力颇高，便妖妇不出现，早晚也被看破。这一出现，死得更快。对方又深知魔法微妙，一见妖妇现身，未容下手，早用法宝暗将隐形破去。因是仇深恨重，与前对朱文不同，表面不显，暗中布就罗网，先把逃路隔断，然后下手。

这里妖妇还在妄想诱敌分神，以便阴魔乘虚而入。不料她这里飞出一蓬火箭，敌人连理也未理，以为那青霞除防身外，并无别的异处。火箭也未消灭一根，只被阻住不得近身。又见魔鬼持久无功，越发暴怒，齐声厉啸，不时把一双凶睛射向主人身上，越发心慌害怕。以为敌人宝光只能防身，不战不逃，可知能力有限，又急于收功，便把所有火箭全发出去。少女见是时候了，忽然切齿怒喝：“妖妇还我丈夫命来！”随说，把手一扬，满天都是青霞，将当地一齐罩住。跟着身形一晃，人便无踪，那大蓬火箭也被收去。魔鬼扑了个空，一齐暴怒，转朝主人扑去。妖妇瞥见敌人失踪，火箭消灭，知道不好，不由心胆皆寒。百忙中手持法牌，才晃得一晃，二次咬破舌尖，一口血光喷将出去。同时手掐法诀，朝外一扬，法牌上立即有一股灰白色的妖光射向魔鬼身上。当头一个被妖光罩住，再吃血光一裹，化为一股黑烟，唑唑鬼叫，往牌上投去。下余三魔又争先抢扑过来，妖妇本就手忙脚乱，穷于应付，忽然霹雳一声，一团青色雷火迎面打到，法牌立被震成粉碎。这一来三个魔鬼失了禁制，凶威骤盛，妖妇只惨哮得一声，便被魔鬼抢上身去，化为三个骷髅头，一个紧紧咬在粉脸之上，前心、后背也各钉了一个。妖妇却还未死，满脸惊怖痛苦之容，通身妖光乱爆。那魔鬼始终咬紧不放，只听互相呼吸咀嚼之声，响成一片。妖妇渐渐疼痛得厉声惨嗥，满地打滚，面无人色。不消片刻，便形销骨立，二目深陷，人已惨死，剩下一个空骨架蜷卧地上。那三个死人头，依然紧钉身上，深嵌入骨，目射凶光。突然厉啸连声，相继离身飞起，看神气似因四外青霞笼罩，不能逃遁，在光网中转了一转，待往地底钻去。

少女忽在崖前现身，怒喝："尔等今日恶贯满盈，想逃，岂非做梦？"随说，青霞突然往起一收，妖妇元神恰在此时出现，同被网去，缩成五尺大小一团悬在空中。魔头被困，一齐怒吼，齐朝元神进攻。妖妇先前本防备元神为魔鬼吸去，早已逃遁，隐藏在侧。无如少女报仇心重，有意使其多受苦痛，故作未见，等魔鬼离身欲逃，再使现形，那么小一点地方如何逃法？妖妇又妄想逃遁，一味强挣不已，嗥叫鬼啸之声，惨不忍闻。眼看元神已被魔头吸收殆尽，少女方将手一扬，网中立起风雷之声，火星乱爆，晃眼青霞收处，魔头已炼化成灰，纷纷下坠。少女方始飞落，又将地上残余鬼头震成粉碎。方在伏尸大哭，男的元神忽由空中飞堕，吃少女伸手抱住，合为一体，哭诉道："都是你不肯听话，致被邪魔暗算。我虽报了杀夫之仇，你周身精血已被阴魔吸尽，如何回生？说不得，只好归求师父，拼舍两甲子苦功，陪你一同转劫，再为夫妇便了。"

朱文见这少女一面哭诉心事，一面行法开山，把道童尸首藏在其内。已经行法封闭，还不舍走，哭得甚是伤心。人又那么美艳。不禁起了同情之心，觉得此女夫妻情长，遭遇可怜。侧顾宫琳面上，忽现惊疑之容。随听遥空中传来一种异声，十分尖厉，刺耳难闻。遥望西北方高空云层之中，似有黑影微微掣动，看去约在数十里外。刚刚悄问："又有妖人来了么？"宫琳摇手示意，不令开口，神情似颇紧张。就这一两句话的工夫，那破空异声已自空飞堕。面前黑烟飞动中，突然多了一个身围树叶、肩插一剑一铲、披发赤足、裸臂露乳、碧瞳若电、周身烟笼雾约、神态服饰均极诡异的长身少女。才一落地，扬手先是三股烈焰般的暗赤光华电射飞出。原先那个女的正在悲伤昏迷之际，没想到来者是她仇敌，平日自恃法力，不曾留意，发现稍迟。但毕竟修炼数百年，不是寻常人物，声一邻近，立时警觉。双肩一振，护身青霞重又飞起，将全身罩住。魔火也便笼罩全身。朱文前听同门说过魔女铁姝的相貌法力，不禁大惊。同时发现身前笼罩着薄薄一片云影，为前所未见，知道宫琳已用法宝将身护住。魔女来去如电，邪法至高，惹她不得。心还在想："那宫装女乃余娲门下高弟，看适才邪魔除得那么容易，想必无碍。"再朝魔女仔细一看，见她身披一件翠羽、绿叶合织的云肩,碧辉闪闪,色彩鲜明。下半身也是同样的一件短裙围向腰间,略遮前阴后臀,余均裸露在外。纤腰约素,粉体脂溶,玉立亭亭,丰神仿佛艳绝。那张脸上却是雪白如纸,通无一丝血色。碧瞳炯炯,凶威四射,满脸俱是煞气。左肩上钉着九柄血焰叉,右额钉着五把三尺来长的金刀,俱都深嵌入骨,仿佛天生。秀发如云,披拂两肩,尾梢上打着许多环结。右臂被三个拳大骷髅咬住,红睛绿发,白骨如霜,隐放妖光,狞厉如活,似要离臂飞起。左腰挂着一个形如骷髅的人皮袋。通体黑烟环绕。魔女手持一面令牌,一面晶镜,若沉若浮,凌虚而立。口中大喝:"你将我好友杀死,连我送她的阴魔前后伤了两个。因她与你有杀夫之仇,你杀她也还讲得过去。而这类阴魔奉命行事,不能怪它们。你将萨若那元神消灭,已经过分,为何又将下余三魔炼化?你修道多年,莫非不知我赤身神教魔来历?本门规条原主以牙还牙,我如早到一步,只将下余三魔收回,还可容你活命,偏生有事耽延,万万容你不得!晓事的,我念在你报仇心切,情出不已,自将元神献上,随我回去。虽受三年炼魂之苦,等到炼成魔头,仍可具有极大神通,无穷享受。否则,连你丈夫的元神一齐炼化,悔之晚矣!"

铁姝遂将手一拍人皮袋,立由口内飞出数十团碧烟,互相激撞爆散,化为百丈烈焰,罩在青霞之外。那臂上钉着的三个魔头,也自凶睛电射,呜呜怒啸,似欲飞起,吃铁姝用左手法牌制住。重又喝道:"贱婢再不见机,形神便化为乌有了。"少女在魔火围困之下,始终咬牙切齿,一言不发,神情悲忿已极。朱文看出她相形见绌,觉着此女师徒虽然骄狂,终非左道妖邪之比。正在同情,代她着急,忽听"叭"的一声惊天动地价的大震,青光倏的爆炸,震得天摇地动,青霞血焰交舞横飞,爆射如雨。左近数十丈高的一座山崖,连同对面小山,全被炸裂崩塌,连来路高山也被击去大半,往四外飞去,碎石尘沙,满空飞舞。遥闻崩山巨石纷纷坠地之声轰轰隆隆,震山撼岳,半晌不绝。魔火血烟也被震散大半,直冲空中,四下激射。左近山石林木挨着一点,立时烧焦,成了沙粉。再被那一震余波互相激荡,合成大股无数浓烟尘雾,交织横飞,当时便空出了百多亩的地面。声势之猛烈,朱文自从学道以来,尚是初次见到。就这耳鸣目眩心惊之际,同时瞥见斗大一团银光,由万丈烟霞魔火中激射而起,比电还快,向空射去，一闪不见。铁姝见状大怒，左肩摇处，飞起三股血焰金叉，待要追去。又将令牌一晃，那被震散的魔火血焰重又涌将上去。臂上三个魔头也自飞起，全都大如车轮，由七窍内射出赤、黄、黑、白四色妖光邪火，飞舞而出。

少女原是舍命救夫，本未想逃。一面用法宝护住丈夫元神逃走，一面扬手飞出一片青色云光，横亘天半，早将魔叉挡住，任飞何方，不能过去，略一停顿，元神已经逃远。同时身畔又飞出两股青白二色的云气，晃眼展布，宛如极厚一团云光，将全身密层层裹住。先前青色云光也已收回。铁姝知男的元神已追不上，又见魔火震散时损耗不少，越发暴怒。把手一招，三股魔叉立时掉头，朝少女射去，连同神魔一齐围攻。同时厉声大喝："无知贱婢，速献肉身，喂我神魔，元神随我回山，还可保全；否则，一任你防身法宝多么神妙，也必被我魔火炼化，形神俱灭了。"少女似因丈夫已逃，无甚顾忌，也在云烟之中咬齿咒骂。魔女见她不降，狞笑一声，便不再问，只把手中令牌连晃。魔火邪烟突然加盛，后来直似一片血海，将人困在其内。少女见不是路，也在云光中施展法宝神雷，往外还攻，无如魔火势盛，稍为冲荡开一些，一会儿重又合拢，平白断送了三件法宝，全无用处。有心自杀兵解，无如神魔环伺在外，元神仍难逃遁，终遭毒手。除忍苦待救外，别无善策。正在悲愤填膺，生死两难。

旁边朱文早就激动义愤，想要出手，均被宫琳止住。说是此女性情刚烈，就逃回去也难活命；魔女太凶，也须谨慎。后来越看越看不下去，又见魔女大发凶威，不时回顾二女藏处，怒目冷笑。猛想起三面山崖林木均被震塌，惟独自己这面因有仙云防护，依然无恙，料被看破。暗忖："闻说铁姝手狠心毒，妖妇之死由我而起，少时未必甘休。反正是祸不是福，事有定数。既奉师命行道，不能畏强。遇见这类不平之事，视若无睹，还积甚外功？"当时心胆一壮，也不再和宫琳商量，左手天遁镜，右手霹雳子，再将赤苏剑等随身法宝，一齐准备停当。刚要发难，猛瞥见少女身外青白云气已被魔火炼化殆尽，看出危险万分，一时情急，冷不防全数施为。先是数十百丈金霞直射过去，那千层魔火先被冲散一个大洞，同时又将霹雳子打将出去。

铁姝原早疑心左边山崖上埋伏有人，一见对方不曾出手，又以行法正急,无暇分神他顾。后将敌人困住,护身云光已渐减退,暗用法宝查看,竟看不出一点迹象,才知对方法力甚高,并非寻常,又惊又怒。心想:"对方隐形窥伺,既不出面,且自由他,等除了敌人,再相机行事。"做梦也未想到,朱文这两件法宝,恰是她的克星。又因敌人凶恶,胸有成见,乾天一元霹雳子一粒已是难当,竟连用了三粒,并还分朝三个魔头打去。这时当地光焰万丈,已如火山血海,天遁镜光又极强烈,三粒豆大紫光投在里面,自然显它不出。

第二七七回

我必从君　相期再世　斜日荒山悲独活
卿须怜我　此中有人　他年辽海喜双清

铁姝眼看成功在即，正在趾高气扬，冷不防一道金虹由左壁上斜射过来，魔火焰光立时被冲开一个大洞，不禁大怒。待要施为，猛又瞥见三粒紫光在魔头口边一闪，认出此宝来历。暗道："不好！"不顾再寻敌人晦气，慌不迭连晃令牌，等要收回时，这类神魔最是凶毒，只一放出，不伤敌人绝不肯回，本就倔强。霹雳子来势迅速，已先爆炸，只听接连三声震天价的霹雳过处，三魔头全被震成粉碎。那被金虹冲荡开的魔火血焰，也被震散了多半。云中少女本来断定自己非遭惨死不可，万分情急之下，仍想逃遁元神。刚刚自杀兵解，在一片青色云光包围之下，正待由魔火血焰中强行冲出，猛瞥见金虹电射，神雷大震，魔头血焰全被震散，对面崖上现出一个红衣少女，正是武昌所遇峨眉门下女弟子，不禁感愧交集。瞥见铁姝因神魔心灵相连，经此一震，元气大伤，竟受反应，立在当地，状类昏迷。少女自恃功力甚深，身边尚有两件法宝，一面朝朱文点首示谢，一面还想去杀铁姝报仇时，忽听对崖又一少女清叱道："道友还不快逃，意欲何为？"少女闻言，猛想起魔法厉害，休看仇敌暂时昏迷，仍是无法近身。何况铁姝全身均有绿光环绕，九股血焰金叉已全飞起，环绕全身，似有灵性，左额所插金刀也已闪闪放光。知道万动不得，只得朝着对崖拜了一拜，电也似急向遥空中遁去。

这原是瞬息间事。朱文想不到事情如此容易，见少女已经兵解，尸首也被残余的魔火扫中，成了白灰震散，深悔下手缓了一步。正用宝镜消灭残氛，忽看出铁姝在黑烟、绿光、金叉环拥之下，如醉如痴情景，心中大喜。方想就势除害，二次取出霹雳子待要打去，忽听宫琳催促少女元神逃遁,同时右手也被握紧,眼前云光一闪,耳听:"文妹随我快走,迟恐无及。"说时迟,那时快,人已随同飞起,星驰电射往西南方飞去。回顾后面,并无敌踪,却有两幢明霞裹着两个少女影子,分向东、北两方飞去,一幢已先飞入云层之中不见。内中二女,正与自己和宫琳相貌一般无二,转眼飞出千里之外。方要询问,宫琳道:"魔女已得鸠盘婆真传,你我就是敌手,此时也不宜与之一拼。我用幻影愚弄,真身已隐,就这样,也未必生效。此女持有魔宫照形之宝,如非神魔被毁,我们早已不免。你那得胜,由于一时侥幸。她虽元气大伤,仍非其敌。此女受愚,只是一时,不久必被发觉。不过我们前途尚还有事,只要到达地头以前不被追上,受那九子母天魔暗算,便无大害。文妹前途珍重,遇事首要守定心神,自可化险为夷。我带你同飞,以免破空之声引来仇敌。飞行由我主持,你用这枚玉环放在眼前,往来路查看,就知道了。"

朱文接环,如法回视,果见魔女铁姝化成一股黑烟,先往北方追赶,与那幻影相隔少说也有千百里,晃眼便被追上,只见魔光一晃,幻影立灭。魔女好似发现是假,在遥天空中略一停顿,拨头又往东方追去。幻影也已出现,并还放光。两下里相隔更远,追势也较前更急,仅比先前稍缓须臾,仍被追上消灭。魔女略一停顿,又反身追来,双方背道而驰,预计程途至少当在四千里外。可是魔女回追不久,便闻异声凄厉,起自天边,渐渐由远而近。如非二女飞行神速,早被追上。宫琳随将玉环要过,说道:"魔女必定查看我们踪迹,不久追上,前途也将到达。惟恐万一有失,如见异声追近,速将你那霹雳子再取二三丸朝后打去,魔女禁受不住,定必逃退。雷火一散,仍要追来。此宝珍贵,浪费可惜,万不可以数枚同发。方才之言,务要谨记。"朱文闻言,猛想宫琳方才所说,似有分手之意。依言取出霹雳子,正想问故,身后异声已越来越近。回顾黑烟如箭,疾驶飞来,相隔只十数里。忙将手一扬,一点紫光星飞而出,只听霹雳一声,黑烟震散了好些,一溜精碧魔光正朝来路激射退去,一晃不见。随听宫琳边飞边道:"文妹不合回顾,这一耽延,被她追近,她又受了重伤。反正仇恨已成,且等将来再说吧。"话刚说完,异声又由身后追来。朱文更不怠慢,反手一霹雳子打将出去,迅雷震过,又是一声厉啸晃荡遥空,听出逃势更远,底下也不再有声息。

方觉魔女知难而退，也许不会再追，忽听宫琳急呼："文妹留意！"猛瞥见身后碧光一晃，后心一凉，虽在法宝防身之下，也现出一点警兆。宫琳仍带自己飞行更急。由不得回头一看，魔女不见，只有一片碧色光影紧随在后，快要罩上身来。刚想再用霹雳子朝后打去，倏的眼前一亮。宫琳立时把飞云止住，现出身形。耳听哭啸之声，比先前所闻更要凄厉刺耳。百忙中定睛一看，一道宽约十丈、长数十百丈的黄光，已由当空倒挂下来。光中现出一个身材高大，白发银髯，手持白玉拂尘的红衣老人，阻住去路。同时身后碧光中现出魔女铁姝，满头鲜血淋漓，上身翠叶云肩已经脱去，露出玉乳酥胸。身上钉着九个白发红睛，其大如拳的骷髅头骨，神情更是惨厉。铁姝戟指老人，厉声喝道："我今日受人暗算，毁了神魔，又遭愚弄，伤耗了不少元气，此仇非报不可。如不将仇人形神摄去，我那九子母天魔岂肯甘休？你我异教同源，平日井河不犯，你已隐蔽多年，何故为了外人逞强出头？莫非真要和我一拼不成？"

话未说完，红衣老人笑道："老夫阿修罗宫主者，虽不故意为善，从未无故害人。你们赤身教炼上几个死人骨头，摄些凶魂厉魄，便欲称雄，岂能与我相提并论？这两个女孩，老夫与她们另有因果，尚须了断，如何能容你带去？我也知你邪魔消亡，身受反应，元气大伤，又吃魔头反噬，十分痛苦，须用极大法力始能解免，复原仍须三百年后。此是你逞强行凶，自作自受。方才初遇，如肯服低，求我解救，也还可以助你脱困。你竟敢无礼，口出不逊。我看在你师父鸠盘婆面上，饶你一命，趁早逃回，求你师父解免。再如多言，命就不保了。"说罢，将手中玉拂尘往外一挥，喝声："去吧！"魔女没想到老人闭关数百年，已具正邪两家之长，法力高强，不可思议，重创新败之余，如何能敌。怒吼一声，仍想施展天魔解体大法，与敌一拼。老人拂尘弹处，立有一片黄光将魔女裹住，身不由己，跌跌翻翻，往东北方天空中飞去。同时闻得远远声厉啸，喝道："老不死的！你我以前也有数面之缘，此事虽是我徒儿不好，如何下此煞手，不留丝毫情面？"话未说完，老人已接口喝道："无耻老乞婆！你自创邪教，为我魔教丢人，也配与我理论？如不服气，我在火云岭神剑峰阿修宫等你，随时寻我便了。"远远听见异声大怒答道："老贼休狂！我如非近日身有要事，此时便容你不得，且便宜你多活些时。"说罢，便无声息。

朱文听那异声若远若近，摇曳云空，十分刺耳，知是赤身教主鸠盘婆所发。老人从未见过，虽疑是矮叟朱梅柬帖所说的人，因见身无邪气，宫琳立在一旁神色自若，又觉不似，拿他不准。方想："此老何人，法力这么高？"待要开口询问，老人已转向二女说道："我本不值与后生小辈为难，无如你们师长对我冒犯，为此将你二人擒回魔宫。或是你们师长亲来解救，与我一见高下；或是你们本身道力坚定，不为我欲界六魔所困，也可以无事。乖乖随我回山，免得动手。"朱文天性刚烈，遇敌不计利害，闻言气道："你想必是尸毗老人了。我师父从未提过你，有甚仇恨？"话未说完，老人厉声喝道："贱婢竟然知我来历，还敢无礼？即此已犯我的戒条，万万容你不得。"说时扬手一片黄光，罩向二女身上。朱文立觉身子一紧，连护身宝光全被黄光裹住，往上飞起。一时情急，顿忘利害，手中恰剩了两粒霹雳子，匆匆不暇寻思，口喝："老魔头休狂！你且尝尝神雷厉害。"扬手两丸神雷早打出去。耳听宫琳急呼："文妹！不可造次。"想起柬帖之言，心中一动，神雷已经爆发，竟将黄光震散，身上一轻，心中大喜。

尸毗老人自恃法力，一时大意，明知朱文持有专破魔光之宝，没想到人已被擒摄起，竟会这样胆大，作那困兽之斗。如非功力高深，这两雷便吃不住。就这样，元气也受了点损伤，不由大怒。正待二次施为，朱文身已脱出黄光之外，见老人二次现身，知他魔法甚高，来去如电。心想："一不做，二不休，索性与之一拼。"左手天遁镜刚发出百丈金虹，往前冲去，二次又取霹雳子要发时，宫琳忽又二次急呼："文妹！此是应有劫难，千万不可恃强，法宝白送。"自从黄光上身，朱文便不见宫琳人影，这时忽见宫琳现身急呼，刚要赶往会合，宫琳身形又隐。同时眼前一暗，伸手不见五指。只听罡风呼呼乱响，甚是劲急，只不吹上身来，也不见人。心终不死，又用天遁镜向前照看，不知怎的，镜光忽然减退好些，护身宝光更全失了灵效，一片混沌，什么也看不见。试用霹雳子打将出去，豆大一点紫光，微微晃动，宛如石投大海，无影无踪。随听雷声微微一震，相隔甚远，知道无效。这一急真非小可。万般无奈之中，只得回镜自照，护住全身。身上仙衣忽发紫色祥光，想起女仙之言，心中略宽。几次想要回飞，左右冲突，俱都无效，始终不能冲出黑影之外。宫琳早已不见踪迹，连声呼唤，均无回音。自知柬帖之言已验，因为语焉不详，只知对头名叫尸毗老人，自己该有一场劫难,虽有仙衣、宝镜、朱环防身,仍须格外谨慎,应变神速,方可免害,别的全未提及。正在愁急,隔不多时,眼前一花,暗去明来,身子已落在主人魔宫法台之上。

这地方乃是尸毗老人所设天欲宫魔阵最凶险之处。朱文如非性刚冒失,老人本心只为出气,不想伤害这些少年男女性命。因朱文辞色不逊,又用神雷震散魔光,由此激怒,立意将她困禁法台之上,欲使受那魔火焚身,金刀刺体的毒刑。不料朱文虽然该有这场劫难,近日行动冒失,改了常度,一经入困,立时警觉。一到法台之上,忽然福至心灵,自知不妙,先把仙衣妙用施展出来,紫光立即大盛。刚护住全身,台上已经发火,魔火熊熊,带着千百把金刀,由四面潮涌而来,头上又现出一朵亩许大的血莲花,由花瓣上射出万道魔火,朝顶压到。幸而朱文事前有了戒备,见势不佳,天遁镜、朱环已早飞将起来,护住头身,才保无事。可是上下四外,金刀血焰层层包围,虽吃护身宝光挡住,不得近前,其重如山,只中间丈许方圆空地,休想移动分毫。当时无计可施,心中稍懈,便觉魔火奇热,炙肤如焚。虽仗仙衣护体,不曾受伤,也受感应,难于忍受。想起通行左元洞火宅严关景象,与此大同小异,立时省悟。只得镇定心神,索性在上运用玄功,打起坐来,这样果然要好得多。也不知经过了多少时候,魔火、金刀还未减退,幻象又起,随见金蝉现身飞来,同时灵云传音警告。等到发觉幻象以后,灵云传音便被魔法隔断,心中一犯愁虑,立有诸般幻象现将出来。自知危险万分,除却按照本门心法虔心默运,一切付之不闻不见而外,别无善法。又过了不少时候,连经过无数次魔难幻景,一时也说它不完。仗着凤根深厚,始终守定心神。先还出于强制之功,到了后来,由静生明,神与天合,宛如一个智球,表里通明,通无尘滓,功力无形中大有进境,身外苦痛已如无觉。

正在澄神定虑,返虚生明之际,忽听一声大震,金蝉用本门传声急呼:"姊姊!"先仍当是幻景,未加理睬。后听到呼声越急,心想:"本门传声之法,外人不知,怎会使用?"觉出有异。方想试用传声之法试探真假,猛听到太乙神雷连声爆炸,甚是猛烈,身上好似轻了好多。猛想起:"先前不合妄用法牌传声求援,金蝉又曾发出必来信号,焉知不是本人到来?"忍不住定睛一看,果是金蝉,相貌装束均与平日所见以及幻象无异,只头上插着一片青竹叶,奇光闪闪,出于意外。只见他独自附身在玉虎银光之上,所有法宝全数施展出来,将身护住,口中急呼"姊姊",双手连发太乙神雷,霹雳之声宛如连珠,殿顶已被揭去一大半,法台上的魔火、金刀已被虎口所喷银色毫光连同雷火冲破了一面。一见朱文睁眼,金蝉便喊:"姊姊,快来与我会合。老魔头厉害,好容易被我徒儿冒险引开,特来陪你受难。艰危尚多,还不到出困时候。这魔火、金刀生生不已,难于消灭。你如不敢移动,只把天遁镜敌住头上血莲,不令下压,等我冲到台前,速飞过来与我一起。否则,时机瞬息,老魔头因见你和大姊、灵峤诸仙女一个未伤,恼羞成怒,对于大姊和孙师兄还好,对你却是恨极,立意制死,必将大阿修罗法发动。如非有一老前辈暗助,你此时非重伤不可,稍为迟延便来不及了。"说时,金蝉身外已成血海刀山,四面受围,只虎口前面银光射向台上,将正面魔火、金刀冲散,成了一条血街,相去朱文只两三丈,好似被那血光粘住,怎么也冲不过来。朱文见状与平日心想情形迥不相同,知非幻象,仍不放心。试用昔年相约同游,为避外人而所说隐语一探,金蝉立用隐语回答,并即喊道:"此时千钧一发,我舍命来此,与姊姊同共患难,以应凤箓。幸蒙前辈仙人怜助,持有护神之主,绝不累你。渡过难关,便和严师兄、周师姊他们一样,同我去天外神山永享仙福,如何还不信我?"朱文听出绝不是假,不禁伤心,急道:"我法力全失,法宝无功,只仗天孙锦和朱环、天遁镜护身,如何可以飞将过去?你又冲不过来,时机坐误,如何是好?"

金蝉初来时原极顺手,哪知神雷刚将正面魔火驱散,四外火焰便如潮涌而来,虽仗高人指点,灵光护体,法宝、飞剑不曾失效,魔火不能侵入宝光之内,但是四面全被粘住,一任运用玄功,无法冲到台前。今听朱文之言,不禁大惊。想起她法力失效,知道危急顷刻,稍为延误,自己或者无妨,朱文凶多吉少。一时情急,怒吼一声,正待拼命前冲,忽听空中一声鸠鸣,甚是洪亮。刚听出是古神鸠的啸声,丈许粗一股紫焰,已由殿顶缺口斜射下来。跟着,一片铿锵鸣玉的巨响过处,下余半边殿顶全被揭去。古神鸠突在空中现身,比平常所见大过十倍。两翅横张,宛如垂天之云,将殿顶全部遮盖,凌空翔止不动;两只铁爪比树干还粗,拳向胸前,头有小房般大,两眼宛如斗大明灯,金光下射。身上环绕着十八团栲栳大的佛光，祥辉朗如日星。口中所喷紫焰，宛如星河倒泻，刚一射下，大片血光魔火立似血龙一般，被紫焰裹住吸起。

金蝉身子立时一轻。隐闻有人喝骂之声，也未听清。一心救人，乘机冲破残烟，只一冲，便到了法台之上，扬手一雷，将台震成粉碎。紧跟着，一把抱起朱文，同附玉虎之上，往殿外急飞。朱文见被金蝉抱紧，未免羞涩，无如一手运用天遁镜，难于挣脱，离开金蝉又是危险，好生为难，金蝉见她撑拒，紧抱不放，急喊："姊姊，当此危急之际，避甚嫌疑？又无外人在此，难道还信我不过？"话未说完，两道黄光已如电掣飞来。空中神鸠虽将血焰吸去，并未入口。一见黄光飞到，突把身形一收，晃眼由大而小。同时身也破空飞起，带着那血龙也似的百丈火焰，向遥天空中飞去，其急如电，晃眼便剩了一个带着一二十点金星的黑影，投入遥空密云之中不见。血焰依然甚长，斜射空中，似已脱离鸠口，那两道黄光也已破空追去，快要追上，那条血龙忽似朱虹飞堕，往下射去，黄光也跟踪下落。

这时，朱文因听金蝉这等说法，想起累世深情，以及适才孤身犯险、舍命来救情形，不禁感动。知他心地光明，道力坚定，尽管爱好，从无别念，便不再强挣。金蝉本是防她万一疏忽，为残余魔火所伤，只要沾身，便无幸理，忘了仙衣护体，并无妨害，关心过切，将她抱紧。及见不再强挣，又看出身外紫光甚强，一想自己从未这样抱过，又在魔阵被困之际，易陷情网，难怪多心，也就松手，只将袖子紧紧抓住。朱文当他又和平日一样赌气，颇悔先前不该强拒，自觉对他不起，反倒用手拉紧他的膀臂，传声说道："我并不是多心，以前也非对你冷淡，只为仙缘不再，你又情分太深，为防两误，不得不狠心一点。你怪我么？"金蝉本未怪她，笑答："姊姊心思，我全知道，怎会怪你？大概还有几天危难，这次难关一过，功行便快圆满。我想暂时还难脱困，且先冲他一下试试。申屠师兄、洪弟、石生和新交好友干神蛛、朱灵夫妇，还有新收弟子钱莱，先后都来魔宫，分头下手。他们各有一道神符，敌人查探推算不出他们踪迹。只要老魔头被他们绊住，我们也许能逃出去，少受好些苦难。"说时，二人附身玉虎银光祥霞之上，直往前冲，先前只顾说话，不曾留意。后见只三亩大一片殿堂残址，竟会冲不出去。心想："少说飞行已过百里，就有残余魔火阻路，因较前弱，宝光一挡便退，怎么也不应有此景象。"二人方在惊疑，头上血莲倏的连闪两闪隐去。紧跟着眼前一暗，连人带宝陷入暗影之中。朱文尝过滋味，惟恐法宝失效，忙喊："蝉弟留意！魔法实在厉害，留神法宝失效。"及见宝光依旧朗耀，才放了心。金蝉见果然被困，不由激怒，法宝、神雷二次施展出来。因是身有灵符，未受魔法反应，太乙神雷照旧发挥威力。只见宝光剑气、雷火金光横飞爆炸，势甚猛烈。但见雷火一灭，依旧沉冥，黑暗如漆，仅剩各色宝光在暗影中飞舞。

朱文见状，知道无碍，心神越定。这时玉虎已发挥全力，身长虽只丈许，所发银光祥霞远射数十丈外。二人并坐虎背之上，被虎身上的祥光拥护全身，灵雨霏霏，银霞闪闪。为防万一，又将法宝、飞剑结成一个四五丈大光幕，笼罩身外。珠颜玉貌，掩映流辉，同是那么年轻美丽，宛如一个金童，一个玉女，骑着一只毫光万道的玉虎，在天花宝盖笼罩之下，挟着千束宝炬，行于黑雾之中，端的仪态万方，妙曼无俦。二人本是三生情侣，修道心坚，强制热情，不令流露，表面虽甚淡漠，内心实是爱好。当此同共患难，生死关头，玉肩相并，香泽微闻，你爱我怜，互致衷曲。人非太上，孰能忘情？便无魔法暗算，也应引动情肠，易生遐想，按说比起灵云、孙南，应该危险得多。哪知金蝉累世童贞，道心坚定，对于朱文尽管累劫深情，心中爱好，始终天真无邪，从来不曾想到燕婉之私。加以近来功力大进，智慧灵明，又有灵符护体，至宝安神，不必运用玄功，自然智珠莹朗，如月照水，碧空万里，不染丝毫尘翳。朱文初经大难，始脱危境，百难千灾之余，六贼之害已全挡退，返照空明，顿悟玄机。虽不似金蝉那样，一样也有情有爱，但心境始终明朗，活泼泼的，一切纯任自然，全不着相，本来无念，魔何以生？尸毗老人那么高魔法，竟无所施。

二人今生虽然同门，未作劳燕分飞。自从九华山亲哺芝血，桂花山求取乌风草回到峨眉以后，朱文恐金蝉纠缠，便故和他淡薄，直似尹邢避面，难得相见。金蝉也深知她的用心，偶然一见，谈不几句，便体玉人心意，先自走去，心中却无一日忘怀。彼此都有不少相思，难得无人在侧，同在暗室之中，和人间小儿女拌嘴一样，互诉前情。时而你嗔我怪，各怨情薄；时而温言抚慰，笑逐颜开。那相思话只管说它不完，哪里还容起什杂念？尸毗老人先在暗中查看，见这一双小儿女，女的一开始还有一点做作，到了后来，至性深情无形流露，索性携手揽腕，相偎相抱，亲热非常，满拟手到成功。因见这一双金童玉女实在可爱，连对朱文厌恨的心思也减去了好些，不忍便下毒手，只想使二人成为夫妇，收到自己门下，便即罢休。待了许久，渐看出二人天真无邪，纯任自然情景。老人试一施为，那么阴柔狠毒的魔法，竟然无从施展。方在惊奇，二次想要加功施为，忽听金钟响动，玉磬频敲。老人知道不是先前逃遁的敌人去而复转，便是又有人来扰闹，不禁大怒，忙把魔窟封闭，飞身追出。老人走时，金蝉便听爱弟李洪用本门传声，说是救星将到，钱莱先前被困地底，已经救出。被困诸人连同灵峤诸女仙，将快出险。心方一喜，刚回答得两句，老人一走，魔窟又被封闭，隔断传声。

朱文推了金蝉一下，笑道："你只顾说些闲话，不说正经，你还未说你怎么来的呢。"金蝉高兴道："好姊姊，我自接到法牌传音，心急如焚，立即和众同门由天外神山起身，冲越极光太火，一口气飞行数十万里。申屠师兄偏说大方真人仙示，你们灾难未满，早来无用，何必跟着受罪。我偏不听，心想受罪也和姊姊一起。一到中土，正和他争，想带钱莱赶来，与老魔头拼命，不料还未分手，便遇上次南疆所遇那位老仙长。他本最爱我和石生，这次见了洪弟、钱莱，又很喜爱，在一片树林中，连教我们好些法术，每人又给了一片竹叶灵符，我和钱莱还各得了一件至宝，这不是因祸得福么？"朱文似喜似愠道："我看你功力大有进境，怎还是以前那样说话，连个头绪也没有？我是要听你怎么开府神山呢。反正老魔头奈何不了我们，时机一至，出困无疑。你从头细说，像你这样人能有几个，我听了也好欢喜。我一时疏忽，妄用法牌传声，使你为我犯此奇险，后悔无及。幸而枯竹老仙相助，未和我一样法宝、法力全数失效。如其不能复原，只好随到小南极跟你一辈子。想起还在心寒，谁要你来救我呢？"金蝉见她满面娇嗔，拉手赔笑道："这世上有你才有我，如何不来？好姊姊，莫生气，我说你听。"随谈经过。

原来金蝉自得警报，心如油煎。申屠宏只管劝他谨慎，水到渠成，无须心急，全未入耳。刚一飞进中土，凌云凤带了古神鸠飞去以后，金蝉首先提议先往一探，见机行事。李洪是几世同胞，石生是同门挚友，同声愿往。钱莱更是死活都要随定师父，不肯走开。只有干神蛛夫妻微笑不语，看那意思，只是隐而不露，也是两个要去的。申屠宏虽是本门长兄，对这几个小兄弟也是无可如何，劝也不听。只得说道："愚兄并非怕事，只为大方真人已有仙示，越到得晚越好，起身却是要早，其中必有深意。被困之人无一不是仙福深厚，绝无凶险，何苦自寻苦恼？水到渠成，忙它做什么？"金、石、李、钱四人正在争论，飞行神速，已经飞近云贵交界的乱山上空，忽见前面云雾迷漫，高涌天半，挡住去路。这类景象，空中飞行时常遇到，又未见有什么邪气警兆。金、石二人心急赶路，意欲穿云而过，当先冲入。李洪、钱莱也跟踪飞进。申屠宏因和干氏夫妻商量，想要劝阻，遁光稍为落后，本来也未警觉。已经飞近云边，猛瞥见前行四人穿入云中，便已不见。暗忖："四人那么强烈的遁光，又是并肩急飞，休说是云，便是一座山崖，也被穿透过去，如何不见遁光闪动？云雾也未冲散？"心中一动，忙即止住。干氏夫妻也已警觉，一同停飞。留神往云内查看，仍是一片白茫茫，云层甚厚，四人踪影皆无。试传声一问，云中并无回音，也未见人穿云飞过。

三人一着急，立即行法施为，同时放出飞剑、法宝，申屠宏扬手又将太乙神雷一齐往前打去。哪知神雷连响都未响，飞剑、法宝和那未炸裂的神雷火团全似石沉大海，无影无踪，投入云影之中不见。方在惊疑，一片白影已电也似急，朝三人头上漫将过来，想逃已是无及。申屠宏情急之下，正想施展二相环，放出天旋神沙，忽听金蝉急呼："大哥、干兄，你们快下来，这是枯竹老仙。"同时目光到处，下面现出大片森林，满是松杉古木，行列疏整，参天矗立。树上满是寄生兰蕙，杂以茑萝香草野花。当中平地上有一磐石，上坐一位手持青竹枝的白衣少年，一派仙风道骨，潇洒出尘。金蝉等四人分立两旁，正向上空招手。空中白云似帐幕一般，将那树林罩住，相隔树梢约三数十丈。这地方乃是半山腰上的一片平地，左右均有峰崖环立，形势十分险峻。久闻枯竹老人大名，不料在此路遇，料有缘故，不禁惊喜交集，立同飞降。到地便自通名跪拜，请恕无礼之罪。少年笑道："你三人法宝、飞剑奉还。那团雷火已被我收去，下次不可如此冒失。"申屠宏为人恭谨，诺诺连声。少年看了干神蛛一眼，笑道："你不服么？"朱灵知道丈夫脾气，但最敬爱自己，闻言连忙下跪道："弟子夫妻怎敢无礼？"干神蛛见爱妻如此，也忙跪倒。少年手指朱灵道："你这蜘蛛精倒有一点灵性。休说你们，便司太虚见我，也不敢有半个不字。我见不得这神气，可去一旁等候。"干氏夫妻只得站立一旁，直生闷气。

少年转对众人道："我因尸毗老魔劫运将临，空自修炼多年，仍受魔头禁制，倒行逆施。你们此去，难免不为所算，尤其金蝉与朱文经历最险。我因老魔最善前知，方圆数千里人物言动，均能查知，算计你们由此飞过，特意引来林中，外用颠倒乾坤上清大五行挪移大法，将四外隔断，使其无法查听。现赐你们每人一个锦囊，内有此行机宜，可各在此开看；另外一片竹叶灵符，以作防身隐遁之用。金蝉师徒经历最险，现赐你师徒每人法宝一件。一名天心环，专护心神，金蝉可将它悬向胸前，任何魔法均难侵害。此系紫虚仙府奇珍，我向大荒山无终岭绝顶神木宫青帝之子用一粒宝珠换来。有此至宝，不特可以镇摄元神，你们的法宝、法术也不至为魔法所制，失去灵效，并还增加威力。不似竹叶灵符，虽有同样功用，至多只过三十六日，便即失效。以后用处甚多，不可轻视。钱莱所得，名为六阳青灵辟魔铠，穿在身上，不论水火金刀和多厉害的法宝，均难伤害。更具隐形妙用，穿在身上仗以地行，扰乱敌人心神，再妙没有。我再暗中相助，行法遥制，一任敌人有多厉害，也查看不出你们的踪迹。不过，老魔神通甚大，钱莱此去，只能按我锦囊所说调虎离山，等你师父将人救出险地，立即退走，不论再困何处，均不要管，不可贪功。否则，仗着此宝和太乙青灵竹叶神符，虽不至于受甚伤害，却不免被他困住，岂不冤枉？"

金、钱二人闻言大喜。众人也都喜谢拜命。金蝉接过天心环一看，那环形如鸡心，非金非玉，不知何物所制，大仅寸许，外圈红色，中现蓝光，晶明若镜，冷森森寒气逼人。那六阳青灵辟魔铠，看似青竹叶所制，拿在手上，其软如棉。竹叶小巧玲珑，约有三寸见方一叠，轻飘飘的，色似翠绿，隐隐放光。照着所传用法，随手一扬，立化成一身形似蓑衣的铠甲，紧附身上，通体满是竹叶形的鳞片，寒光若电，晶芒四射，立成了一个碧色光幢，随心隐现，端的神妙非常。青灵竹符具有防身隐形妙用，也是万邪不侵。少年传完用法，令众演习之后，笑道："此符乃我初得道时所炼，曾费不少精力，共只三百六十五片，历时千余年，用得已差不多。虽只三数十日灵效，威力妙用却非小可。用完仍可重炼，务要保存。十年之后，可命钱莱与我送来，等我炼过带回，三次峨眉斗剑还有用呢。本来我与老魔并无嫌怨，只为我承齐道友盛情，他人又极好，而老魔妄犯嗔恚，无故将峨眉门人摄去。恰值我来中土行道,偶然发现,赠了灵云一副太乙青灵旗门,本心只打算稍为救护,免得几个好根器的少年男女为他魔法暗算,坏了道基。不料这厮出口伤人,为此我才叫他尝点厉害。我本人并不出面,只略为指点你们几个后辈,便要叫他手忙脚乱。再如无礼,你们对他说,可去东溟大荒山寻我便了。"

申屠宏知道枯竹老人得道千余年,也是出名气盛,最重恩怨。少年乃他每一甲子神游中土所附化身,法力虽高,比起无终岭坐枯竹禅的化身,功候自差得多,否则早已亲自出马。明明假手众人代他出气,却这等说法。方觉此老神通广大,法力无边,怎的积习难忘?少年似已觉察,面色微微一沉,对申屠宏道:"你那天旋神沙虽与神泥化合,但是魔法厉害,你非此宝原主,只知用法,功候尚差,如无我这片竹叶,便难免不被夺去。就算阮征能够收回,你也受场虚惊,为何对我腹诽?"申屠宏知被看破,不便多言,忙答:"弟子不敢,偶起妄念,还望老前辈宽宥。"说罢,虔心诚意,恭谨侍侧,不敢再作他想。少年方转笑道:"无怪人说峨眉门下多是美材,果然管得住自己心念。非我量小,只为平生最喜天真幼童,能见到我便是有缘,不惜以全力相助。这两件法宝,均是古仙人遗留的仙府奇珍。内中一件,我费许多心力方始到手,保藏多年,轻易不使用,岂是随便与人的么?"又指石生、李洪道:"你这两个小孩,十分可爱,可惜机缘不巧,此宝与你们无甚切要。他年大荒山送还竹叶,你二人同来,再行补送。"石生、李洪大喜拜谢。金、钱二人知道此宝乃稀世奇珍,关系重要,越发感谢。金蝉更想:"我已两次蒙此老指点传授,又赐我这等至宝奇珍,将来何以为报?只盼他早证天仙位业,或是能为他效点力才好。"正寻思间,看见少年目注自己,点头微笑。不禁心中一动,想起二姊霞儿大荒山借宝以前,母亲和自己说的话,立时乘机请问道:"弟子等七人,前闻大荒山仙景无边,久欲观光,只为修为甚忙,仙山远在东极,中隔十万里弱水流沙之险,往返费时,又不知老前辈是否神游在外,惟恐冒昧,不知何时可以拜见仙容?他年钱莱往送竹叶,弟子等也想同往拜谒,不知可否?"少年笑道:"你们七人俱都与我有缘,只管同去。阿童是我旧友,能约上他更好。你们各自分看锦囊,照此行事吧。"

众人领命,各把锦囊分别观看。方在惊喜交集,忽然一片青荧荧的冷光透身而过,锦囊已经化去。少年笑道:"有此一片青灵火,足够防护心神,便无竹叶灵符,也不妨事了。此符每用只有三十六日灵效,你们自问定力,如能胜任,省下它不用最好。"石生、钱莱均料此符必非寻常,便生了心。少年便对钱莱道:"你师徒二人却省不得呢。"随说,双目紧闭,似在想事。一会儿,睁开说道:"你们起身正是时候了,无须再听驼子的话。"金蝉心念朱文安危,早就想走,只为枯竹老人道法高深,难得在此相遇,得他相助,万无一失。又知性情古怪,不发命不敢说走。好容易盼到把话说完,又看罢锦囊,对方又把双目闭上,心方着急,闻言大喜,随同辞别。申屠宏因非同路,终恐金蝉师徒胆大贪功,有什闪失,忙又劝道:"尸毗老人魔法厉害,这里有仙法禁制,不致被他发觉,也不忙此一时,稍为商量再走如何?"李洪道:"大哥就是这样小心太过,莫非枯竹老仙长还会让我们几个后辈吃那魔头的亏么?"说时,众人为示诚敬,不敢当面起飞,已将走出林外。正争论间,忽听身后少年笑道:"此子狡狯乃尔!申屠宏无须虑,照我所说行事,绝无大险。峨眉传声之法,至多只被魔法隔断,外人绝听不出。开始仍须分头下手,始能迷乱他的心神,使其不能兼顾。一出我的禁地,速急隐身,分头去吧。"申屠宏料知无碍,仍嘱咐了金蝉几句,方始分手,隐形飞起。

　　行时石生笑对干神蛛夫妻道:"我和你夫妻二位奉命策应,随意行动,不似他们各有一定方向去处。本想随同钱莱,由地底穿入魔宫,但我不擅长穿山地道,须仗钱莱开路,万一困在地底,岂不进退两难?洪弟又要去与魔女相见,算来算去,只有同你二位一路最好。这样,我的竹叶灵符便可省下,留备他年之用,只是私心重了一点。"干神蛛立时接口道:"这有何妨?内人虽然附形重生,仍然可以与我合为一体,本就多出一片,我三人同行最好。万一此符非用不可,我多出的那一片送你好了。"石生笑道:"岂有此理!我不愿损人利己。只求携带同路,到了那里,再相机行事。不能保全,也是无法。"

　　此时金蝉心急,已先飞走。钱莱原定与乃师一明一暗,由地底入魔宫。因前半还有不少路程,恋师心切,明知前途就要分手,依旧同行。金蝉见他对师忠诚,自更喜爱。师徒二人都是幼童,差不多的年纪,人均俊美,看去直和亲兄弟一样,亲热非常,谁也不舍分开。眼看飞近滇缅交界,遥望前面乱山杂沓，高矗排空，中有一条峻岭，本身已经高出天汉。岭头上更有一峰突起，宛如长剑卓立云空，形势奇险。峰的上半已被云雾遮住，二人虽在空中飞行，竟会望不见顶。知道火云岭神剑峰已经在望，枯竹老人所指示的地方也早过去，二人只得分手。

钱莱看过神驼乙休的仙示，知道师父此行危难必多，十分依恋，但是不能同往，于是恨极尸毗老人。他人又胆大机智，惟恐误事，意欲赶到师父前面，先将敌人绊住，免与乃师为难。分手之后，心想："隐形神妙，更有六阳辟魔铠，隐现由心，只要此时穿山，便不致被敌人警觉。那片竹叶灵符也许保全，多此一件防身隐形之宝，岂不更妙？"念头一转，别时便和金蝉商量，将他送进地面，等到穿山入内，取出宝铠穿上，便可免去用那灵符。否则来时忘了先穿宝铠，乍一使用，必有宝光闪耀，难保不被敌人警觉。金蝉初收这好徒弟，自是钟爱。心想："全路均有灵符隐身，虽然稍过界限，必无妨害。"闻言笑诺，便将遁光按落。眼看钱莱穿入山石，方始前飞。钱莱刚穿入山腹之内，便将宝铠取出，手掐灵诀，往上一抖，宝光闪处，全身便被碧光裹住。再试往前飞行，竟比平日地遁要快得多，几乎能与石完天赋异禀的人并驾齐驱，好生欢喜。随将宝光连身隐去，加急向前飞驰，箭一般穿行山石泥土之中，不觉已到神剑峰山腹之内。

尸毗老人法力虽高，毕竟明不敌暗，枯竹老人又算就路程远近，先在数千里外布就迷阵，骤出不意；他又骄狂自恃，以为人在方圆五千里内，言动如同对面，便敌人诸长老前来，也瞒不过。万没料到几个后生小辈，如此大胆，敢于深入虎穴。先又由魔镜中看出朱文曾用法牌传声求救，断定金蝉必由海外飞来。不知神驼乙休早已备悉因果，预有布置，先示机宜。特命众人按照所指途向、日期到达，故意赶前一日，到了途中，冉行耽搁，这一天恰值尸毗老人每月一次的祭炼魔法之期，刚巧错过。金蝉急于赴援，偏不听话，本来快要自投罗网，中途忽被枯竹老人技住。此事原在乙休算计之中，尸毗老人却不知道，等到炼完魔法，想起金蝉和其他应援的人均应到达，至少也在途中。随意行法观察，忽见几道峨眉派的遁光合在一起，刺空飞渡，途向却又不对。老人心方奇怪，意欲占算来此入网的有无金蝉在内。心想："如不自行投到，便亲身赶去。"心念才动，遁光忽然分成三起，相继失踪。再一占算，竟算不出他们的底细，仿佛来人不是朝神剑峰飞来，另有去处。以为峨眉派门人众多，也许路过。因为断定金蝉必来落网，也许在小南极有事，还未起身。反正来人只要飞进五千里内，立可查知。恰值魔女来见，父女闲谈，一时疏忽，就此忽略过去。过了些时，老人忽然想起："先前御遁飞行的人为数颇多，至少也有六七个。就说空中路过，不来本山，怎会中途不见，所经之处，又是一片城镇的上空，是何隐身法，如此神妙，连踪迹均难查知？"越想越疑，暗忖："对方诸长老多非弱者，妙一真人夫妇、玄真子更是道法高强，自己将他子女门人擒来，岂肯甘休？这等强敌当前，如何托大？莫要中了他的道儿。峨眉派的隐形法出名神妙，至多只能查听出一点破空之声。以自己多年威望，休说被他将人救走，只被深入魔宫，也是丢人。"

想到这里，立动盛气，竟不惜损耗元气，一口真气喷向所炼宝镜之上。仔细一看，齐灵云、孙南这一对少年男女，在太乙青灵旗门之内，已各运用玄功入定，一任主持行法的门人施展魔法环攻，毫不为动。因对这两人无甚恶感，还不怎样。再看下余被困的人，只余娴门人毛成、褚玲二人本是夫妻，易受摇动，成了连理。灵峤男女诸仙共十六人，只有丁嫦之徒赵蕙和赤杖仙童阮纠之徒尹松云，二人本是情侣，先为魔法所迷，几乎败道。眼看不能自持，快要入网，忽又警觉，虽与欲界六魔强抗，备受苦难，仍能支持。当初祸首，一个陈文玘明明已下山，竟不知隐藏何处，无法寻踪。宫琳虽被擒来，分明是一个最重情感的人，似乎受了高明指教，预知有此一难，更有异宝防护心灵，连法力也未失效，一任魔火、金刀环攻，老是心光湛湛，分毫奈何不得。内中虽有几个功力稍次的，都能忍苦强支，并无大害。最可气的是朱文，头悬宝镜，身有朱环、仙衣，休说魔火、金刀不能近身，那诸天五淫、欲界六魔连现诸般幻象，也都视若无睹。他自觉此举曾用不少心力，事前并用魔法隐蔽，不令对方师长预先警觉，哪知仍是无用。万一满了时限，全都脱了困出去，自己向不食言，这等大举，连此末学后辈，一个也奈何不得，岂非奇耻？

尸毗老人方在急怒，忽然觉出破空之声，似往魔宫这面飞来，但一任行法施为，人影依然不见。知道来人必有至宝隐形，不肯服输，有意上门来拼。对头并还故示大方，意存轻视，自己不来，只令门人出动。越想越有气，不由大怒，把心一横，一面查听飞行之声，一面准备破那隐形之法。

只等将人擒到，便将大小诸天阿修罗法，连同所炼的阴阳神魔，一齐发难，绝不轻放一人逃走。他这里妄动无明之火，只顾注意那声音来路，不知那竹叶灵符只要落地不动，便现身形，无须破法；一经飞遁，身形立隐。这类上清太乙青灵神符，恰是对头，并非魔法所能破解。另外几个敌人，一是具有穿山遁地之长，已经深入根本重地，就要去往魔牢扰闹；下余诸人，也都得有高人指点传授，分路来投，不等到达，自现身形。所以一个也查看不出，却听飞行之声越来越近。此时魔宫为防敌人师长亲自来援，自半山入口以上，全都设有禁制，外观一片云雾笼罩全宫，内里埋伏重重。因听飞行之声甚急，来人功力颇高，恐他知难而退，特意开放禁网，纵其入内。刚一施为，破空之声已经到达峰顶，未容放出魔光去破隐形，来人已先现身。原来是一个十五六岁的美少年，星眸秀眉，面如冠玉，仙风道骨，俊美无伦。老人本来极爱俊美幼童，一见来人竟有最好根器，如能强行收到门下，岂非快事，口角微露笑容，未及开口。

　　金蝉来时早有准备，一见落处乃是大片园林宫殿，到处珠光宝气，霞彩辉煌，琪花瑶草，美景无边，但一心想寻朱文下落，无心观看。刚由一片高大花林之中飞将出去，瞥见殿前白玉平台玉榻之上，坐定一个白发银髯，手持白玉拂尘，身材高大的红衣老人，身旁分列着七八个美貌宫装的侍女，面前悬着一团黄光，估计便是尸毗老人。只见他见人飞到，面带笑容，似要开口。金蝉情急太甚，顿犯童心，不问青红皂白，开口便喝问道："你便是尸毗老魔头么？你将我两个姊姊和师兄困在何处？快些说来，免我动手！"老人戒条最恨呼名冒犯，因见金蝉天真稚气，反倒消了怒意，喝道："无知孺子，凭你这点微末道行，也敢孤身来此捋虎须么？我不值与你动手，你既敢前来，当有几分定力。朱文贱婢本是你的情侣，想要见她不难，我送你往天欲宫五淫台上，结一对小夫妇，永在我的门下如何？"金蝉因想听他说出朱文下落，本在强忍忿恨。及至听到喝骂"朱文贱婢"，已经有气，再听到末两句，不由怒火上冲，大喝："放屁！我今天与你拼了！"

　　金蝉本极胆大，近来暂充七矮之首，以为身是众人表率，遇事持重，其实并非本性如此。这时救人情急，哪还顾甚厉害。又见对方毫无防备，竟想冷不防施展全力，与之一拼，万一能胜，岂不是好？把来前李洪所说魔法厉害情景，忘了一个干净。口中喝骂，两手施为，除玉虎因受枯竹老人指教不曾使用外，举凡太乙神雷、七修剑、修罗刀等所有法宝、飞剑，全数发将出去，一时电掣雷轰，声势猛恶已极。满拟敌人近在咫尺，这等猛烈神速之势，怎么也不及防备，多少总受点伤。哪知他这里刚一发动，猛瞥见黄光也一闪，台前立涌起百丈黄云，霹雳声中，耳听老人厉声喝道："大胆小狗，竟敢如此无理！且让你往我魔阵之中见识见识。"同时所有法宝、太乙神雷全被黄光挡住，连那玉石平台也未伤毁。只修罗刀二十六道寒碧精光冲入黄光云层之中。微闻老人"咦"了一声，跟着便觉飞刀有了吸力。金蝉惟恐有失，忙照嬹姆所传，运用真气奋力回收，居然收转。就这样，收时也颇吃力，似由敌人手里强行夺回，心中大惊。猛觉眼前一花，黄光忽似匹练升起，悬向空中，又宽又长，敌人又在光中现身。另一平台上飞起几个魔女，内有二女似已受伤，被同伴护住，纵起一片遁光往左侧宫殿中飞去，知为修罗刀所伤。金蝉方想："这些魔女绝非好人，何不顺便杀她两个出气？"扬手一雷还未发出，倏的一片黄云已当头罩下。知是老人所炼魔光，一经上身，法力便失灵效。忙掐灵诀，把头一摇，金冠上所插竹叶灵符，立发出一片青荧荧的冷光，一闪即隐。老人怒道："怪不得小狗敢于无礼，原来求得大荒山老怪物的灵符而来。今日你已落网，看你此符保得几时？我先给你吃点苦头，再送你与情人相会。"说罢，将手中拂尘往外一挥，立有大片千万点金碧火花暴雨一般打到。这时金蝉看出魔法厉害，自己的法宝、飞剑已经连成一片，将身保住，只把神雷往外乱打。哪知打在敌人身前，尽管纷纷爆炸，敌人言笑自如，并无用处，连黄光也未震散分毫。方在着慌，无计可施，那金碧光已似倾盆暴雨，当头罩下，身外宝光竟受震动，上下四外的压力立时重如山岳。心想："老魔头这等厉害，自身难保，如何救人？"金蝉正在惶急万分，忽听金钟乱响，荡漾云空，远远传来。只见尸毗老人两道寿眉倏的倒竖，须发皆张，顿现暴怒之容。同时瞥见一幢寒碧精光电驰飞来，看出是爱徒钱莱诱敌以后，发现自己被困，竟不顾死活，仗着乃父不夜城主钱康的两件法宝，来此拼命。忙用传声急呼："徒儿，不可前来！快照枯竹老仙之言行事。"因钱莱不能用传声回话，不知他是何用意。话未说完，老人拂尘一挥，大片金碧火花已朝钱莱飞去，自己身上当时一轻。眼看火星到处，碧光一闪，钱莱不见。金钟撞得更急，同时远远天空中又有佛光闪动。耳听李洪大喝道："尸毗老人，别来无恙？"

你道高德重，修炼千余年，何苦与我们后辈为难作对？"接着又听钱莱在另一面大喝道："小师叔，和这样不懂人事的老魔鬼有甚理讲？他要敢动各位师长一根毫毛，弟子不把他魔宫震成粉碎，不是人类。"随说，人已现身。尸毗老人素极自负，几曾受过这等侮辱。这两人又是一东一西，钱莱一现，佛光立隐；另一面金钟连响，又在报警，当时急怒交加，如换别的妖人，受人暗算，根本动摇，绝无暇再寻敌人晦气。尸毗老人天性刚愎，恃强好胜，法力也是真高，怒火攻心之下，转不似先前初闻警报那样暴烈。只冷笑了一声，先扬手一指，空中立被黄云布满，将整座神剑峰一齐罩住。同时手掐灵诀，朝后一扬。

金蝉见李洪已先得手遁走，并用传声说："老人收炼阴阳神魔的根本重地已被攻开，将那封禁多年最难制服的几个魔头放了出来。"又见钱莱现身诱敌，口出恶言，心虽痛快，但知敌人难惹，必有反应，正在代他担心。钱莱忽又无踪，老人也一闪不见。金蝉方想如何去寻被困的人，眼前倏的一暗，忙纵遁光往前冲去。晃眼由暗转明，面前现出大片金红光华，已被敌人倒转魔法，引入天欲宫血焰金刀魔火之中。金钟依然响个不住。紧跟着便冲破五淫法台，救出朱文，见面惊喜。不多一会儿，又被困入暗影之中。

要知钱莱、李洪大闹魔宫，以及被困诸仙凶吉如何，请看下文分解。

第二七八回

　　破壁纵神魔　一击功成千叶飞
　　飞光笼大岳　半空高系五山图

　　前文说到金蝉为救朱文、灵云，去往火云岭神剑峰，与尸毗老人斗法，金蝉虽然不是对手，仗着身有枯竹老人所赐镇摄心神之宝和一道太乙青灵神符，不受魔法禁制，法宝、飞剑灵效全未失去，虽落下风，人却不曾受伤。老人一生气盛，见金蝉口出不逊，又用修罗刀伤了他两个宫女，越发大怒。正待施展法力，先给金蝉吃点苦头，然后送往天欲宫中困住，引使入魔，以消仇恨。忽听金钟乱响，玉磬频敲，知道来了强敌，深入魔牢根本重地，不禁急怒交加。方想运用魔法查看，忽见一个幼童在一幢冷荧荧的青光笼罩之下，突然出现，认出来人所用法宝又是枯竹老人一派。尸毗老人心中恨极，忙把手中玉拂尘往前一挥，大片魔火金花刚似星河倒倾，往前飞压下去。青光忽隐，幼童不见。紧跟着又听空中有人大喝，随见一个十来岁的小孩影子在空中把话说完，一闪不见，正是上次和小寒山二女同来本山，救走阮征的妙一真人之子李洪。因李洪措词得体，自居后辈，不似金蝉可恶，加上李洪上次相遇，有了经历，知道魔法厉害，预留退步，在佛光护体、至宝防身之下，把话说完，方始现身，略闪即隐，擒他甚难，便没有追。二次待要回制金蝉，青光中的幼童又在一旁现身喝骂，怒火头上，只想将敌人擒住，没想到来人是用诱敌之计，急匆匆施展魔法，先将金蝉送往天欲宫中，去与朱文一起。然后发动禁制，将当地围了一个风雨不透，跟踪追去。魔光才起，敌人又不见，自己那么大神通，竟未追上。刚一停步，青光中幼童又在别处出现，戟指大骂。老人因魔法禁制已全布置停当，一任隐形多么神妙，早晚也非落网不可，不禁哈哈笑道："无知竖子，你已在我天罗地网之中，还敢猖狂乱骂。别人被我擒到，还能活命；

你若被擒，教你知道厉害！"

老人神通广大，动作如电，心念所至，立可到达，无不如意。口里说着话，暗中运用法力，人已到了幼童面前。满拟魔法遥制，骤出不意，一旦赶上，便可将人擒住。幼童因见老人未追，正在叫骂，本未觉察。及至老人随心念飞到，刚伸魔手，幼童忽似有了警兆，面色微变，青光立隐，人也不见。尸毗老人不料凭自己的法力和那一双慧目法眼，幼童竟被漏网，越想越有气。正待行法查看，忽听金钟零乱，敲打甚急，夹着爱女与门人侍者惊呼求援之声。猛想起先听钟声，只顾擒敌，也未查看。爱女所居魔宫前面，有一魔牢，昔年所炼十二神魔，全被禁闭在内，已有多年，禁制重重，休说外人，便门人、爱女也难进门一步。先前钟声传音，正是魔牢有警，急切间只顾擒敌，竟忘查看。这些神魔俱都神通广大，自己为想归入佛门，又念这些神魔曾经苦心祭炼，历时多年，立功甚多，不忍将其消灭；留在那里，又都凶残猛恶，很不安分，不论什么人全都伤害，对方稍为疏忽，即使法力甚高，逃得元神，本身精血也被吸去，实是一个隐患。特意费了三百日苦功，用法宝设一魔牢，全数封闭在内，欲待自己皈依之后，再以佛法度化，消去凶煞邪气，送去投生，使其改邪归正，不料竟会有人来犯。敌人虽是两个幼童，根骨均是上等，法力也非寻常。那太乙青灵火和李洪的两件佛门至宝，正是破那禁制的克星。莫要被他攻穿魔牢，放出神魔，大是不妙。

说时迟，那时快，老人心念一动，早把先前那环魔光放起。因两座魔宫分建在神剑峰近顶不远形似宝剑护手的两端平崖之上，相隔虽只数里之遥，但因近日一连困住了不少年轻男女，均是几个有名人物的门下，老人料知事只开端，对方师长必不甘休，东面两宫均有魔法重重禁制，非行法不能查看底细。这时老人目光到处，瞥见那深藏在西魔宫平湖水底的魔牢，已被人用法宝攻破一洞，内中神魔已经逃出了四个，一个个赤身露体，白骨如霜，身高丈许，白发红睛，张牙舞爪，正与爱女和宫中门人侍女追逐恶斗。爱徒田琪、田瑶正以全力施展魔法，堵住魔牢出口，不令下余八魔逃走。于是一面将手连指，使钟楼上所悬的金钟发声报警；一面传音求救。牢中八魔见洞口被阻，不能脱身，也急得咬牙切齿，呼啸如雷，神情狞厉已极。经过了多年禁闭，威力又加大了好些倍，田氏兄弟已有不支之势。

同时爱女刚受逃出来的神魔追扑，一面传音求救，一面在法宝防身之下避入钟楼，发动禁制，一面行法撞钟。田氏兄弟同时情急无计，也用魔法远远撞钟，故此钟声十分零乱。

那钟楼乃魔宫中枢要地，四面均有魔法异宝埋伏。爱女虽仗应变神速，逃遁得快，当先飞入钟楼，进去便将埋伏一齐发动，将追她的神魔隔断在外，未受其害。无奈这类神魔感应之力最强，对方一被相中，便如影随形，不将那人精气吸去，绝不罢休，端的厉害无比。虽被隔断，兀自厉声怒吼，张牙舞爪，朝前猛追乱冲，不舍退去。另有两个相随多年的侍者，法力也非寻常，因为逃避稍迟，已为神魔所杀，头陷一孔，尸横就地，点血俱无。其他人被另外三魔追得四下乱窜，内有一个门人已经快被追上。知道这类神魔均是昔年所摄修道人的元神，功力甚高，再加禁闭湖底，多年潜修，凶威更盛。最可虑的是急切间就拼损耗本身真元，也不能将其当时消灭。而这些爱徒、爱女被相中，魔牢已破，就擒回去，二次禁闭，比起以前也差得多。稍有空隙，立即逃出为害，捷于影响，防不胜防，一扑上身，便无幸理。再要被他们情急反噬，连本身十三神魔合为一体，便和自己成为不能并立之势。稍为疏忽，一个制服不住，定吃大亏。如以大阿修罗法除去，本身真元必要损耗一半，焉能不急。老人不顾再寻那两个小孩子，立时飞往应援。不提。

原来青光中的幼童，正是金蝉新收爱徒钱莱。自在途中和金蝉分手以后，穿入山腹以内，立时施展全力，向前急赶。本心是想在防身宝铠、神光笼罩之下，仗着穿山行石专长，赶在师父前面，照枯竹老人仙示，去往西魔宫魔牢重地扰闹，引诱敌人分神，以便师父下手救人，免为魔法所伤。及至赶到神剑峰西宫地底，正在查看形势，忽听泉声震耳，仔细一看，那地方正是湖心泉水发源之所。钱莱想起仙示所说，魔牢就在湖底孤岛之下。跟踪一寻，一点没有费事，便到了上次阮征夫妻分手的湖心水榭平台之下。那水榭建在湖心一座礁石之上，出水虽只二三尺，下面却是又高又大。当初本没有这座礁石，原是尸毗老人将神魔禁闭魔牢以后，特移了二十多丈高，六七丈方圆一座平顶孤峰镇压在魔牢之上。又在石顶出水一段，建起一座水榭平台。表面玉槛珠栏，金碧辉煌，矗立浩浩碧波之中，清而非常，实则由上到下，均有魔法禁制。常人到此，休说破那魔牢，只要在水底礁石十丈之内，便受魔法反应，或被困住。偏巧钱莱练就穿山行石的专长。由不夜城起身时，钱康夫妇虽知爱子累生修为，法力道根俱都不弱，但一则对头太强，惟恐有失；二则他初入师门，便遇此建立奇功的机会，不能不加慎重。爱子转世不久，天性好强，以前诸生便为出道太早，童心未退，多树强敌，吃了大亏。这次转动重归，想起他海内外仇敌甚多，都是妖邪中的能手，常为他未来愁急。天幸仙缘遇合，归入峨眉，如能立此奇功，全家增光，将来也有许多指望。好在小南极妖蚳伏诛，海怪降伏，仙山灵域，邪氛已尽，即便有事，光明境隔海相对，瞬息可以往来，有阮征等峨眉之秀在此为邻，也无妨害。便将几件镇山法宝交与爱子，令其带在身旁，做个准备。内中一件叫千叶神雷冲，乃钱氏夫妻昔年看出万载寒蚿是个未来大害，特意在每年极光微弱之时，暗用法力，冒着奇险，潜入来复、子午两线交界口上，等极光太火环绕地轴疾驶飞过之时，收摄得一点残余精气，立时遁回。年积月累，居然积存不少。再用八十一年苦功，连同预先采集的元磁神铁，炼成此宝。形如一个千叶莲花形的风车，当中有一小莲房，中具九孔。用时指定前面，如法施为，风车立时电旋急转，莲房孔中便有几股青白光气射出。看去并不强烈，可是所到之处，不论多么坚厚神奇的铜墙铁壁，或是五金之精所炼法宝，只要射中一点，挨着便即消融，妙在连点声音都没有。尸毗老人的魔牢，原是大白精金炼成，形如一钟，大约五丈方圆，本就坚实，再加魔法祭炼，不特能大能小，坚固无比，而且人一近前，并能发出魔焰、金刀、火轮、飞叉，环攻而上，稍为沾上，休想活命。此宝恰是它的克星，钱莱又有宝铠防身，只一下手，便即成功。

钱莱先没想到这等容易，本只打算引发魔牢埋伏，用声东击西之计，扰乱敌人心神。及见青白光气所冲之处，四外魔火、金刀、飞轮之类尽管飞舞腾涌，声势猛烈，却被那千叶宝光急旋荡开，不得近身。对面那片光芒耀眼的金壁已被烈火融雪一般冲破一洞，晃眼越陷越深。隐闻内里群魔奔腾，吼啸之声逐渐洪厉。金壁刚刚穿透一洞，便听上面金钟乱响，玉磬频敲，大片湖水立似漏底一般转瞬干涸，现出湖底。同时又听李洪传声警告道："你真胆大，此是老魔根本重地，万不甘休，还不乘他未来以前，赶快逃走。"钱莱闻言，猛想起敌人厉害非常，不可做得太过。刚把法宝一撤，猛瞥见一个身高丈许，白发红睛，一张血口，白牙森森，通身火烟环绕，形如夜叉的魔鬼，由洞中冲了出来，伸开两只蒲扇般大钢钩也似的怪爪，正要飞扑过来。看出厉害，忙把千叶神雷冲往前一指，青白光气重又飞出，射向神魔身上，只听一声厉啸，神魔受伤遁走。正赶上面魔女和宫众闻警赶来，神魔立即追扑过去。洞中跟着又飞出两个，也为千叶神雷冲所伤，因见对方护身宝光强烈，不敢前拼，各自负伤，朝魔女等扑去。耳旁又听李洪急呼："这些魔鬼，你万放不得，你惹祸了。"钱莱倒被闹了个手忙脚乱，见神魔又有一个冲出，向上飞去。洞中怒吼之声更急，恐被全行逃脱，又没法子封闭，只得把宝光射住破口，不令余魔再逃。正在进退两难，忽听两声断喝，一道黄光拥着两个头顶金莲花，身穿荷叶莲花披肩战裙，面如冠玉的道装少年凌空飞堕。同时耳听李洪又在大喝："还不快走！"紧跟着，一片佛光已先飞堕，正挡在破口外面。钱莱人本机警，料知来人必是尸毗老人的爱徒田氏弟兄，曾听李洪说过他们的厉害。本想调虎离山，又惦记师父安危，不敢恋战，闻声瞥见破口已被佛光封闭，连忙隐形，收了法宝，往地底钻去。这原是瞬息间事。

田氏弟兄本在东魔宫内，因闻钟声报警，立纵魔遁赶来，见魔牢已破一洞，又惊又怒。刚把血焰叉朝钱莱飞去，青光一闪，人便无踪。猛想起魔牢关系更重，忙又回身，见有佛光封洞，当是敌人，偏又看不见人。正待喝问，李洪忽在空中现身，喊道："二位田道兄，我是阮征师弟李洪，为防神魔冲出为害，特意代你们封闭一会儿，请快行法防堵，我要走了。"田氏弟兄见是李洪，心生好感，方要问话，人忽隐去，佛光随撤。幸而田琪机警，见李洪身形一隐，忙即施展魔法，防御洞口，稍差一点，便被神魔冲出。就这样，神魔威力仍是大得出奇，简直不易防御。田氏弟兄一面合力堵住洞口，一面行法撞钟告急，竟未看出钱莱又是怎么走的。

钱莱得手以后，如由上面飞行，去往东魔宫，也必触动埋伏。因觉田氏弟兄不大好惹，一心又想探看师父，改由地底通行，穿山而过。到了东魔宫，升出地面一看，师父已为魔法所困，不禁急怒。因是童心未退，已听李洪传声警告，令其穿山逃走，去附近山中相见，钱莱偏因师父被困，义愤填胸，犯了童心，妄想用法宝暗算敌人，哪知临机不退，几吃大亏。钱莱后看出师父那么神奇的法宝、飞剑和太乙神雷，也不能打伤敌人分毫，反因攻破魔牢，大闹魔宫，两次现形引逗，竟将尸毗老人怒火激发。当末次现身时，正在喝骂，方觉敌人仍立当地，没有来追，心中奇怪。猛瞥见黄光照眼，老人突在身前出现，哈哈一笑，手已扬起，护身青光立受震动。钱莱知道不妙，忙往地底钻去。当时虽得逃走，哪知老人神通广大，先前受愚，只因意气用事，骤出不意，此时魔法已经布置停当，上有天罗，下有地网。虽因钱莱有宝铠护身，长于地遁，老人看出魔牢被人攻破，神魔正在猖狂，无人能制，急于赶往应援，未看出人是怎么走的。毕竟见多识广，钱莱逃时惊慌，未免情急，将神雷冲取出，准备万一，微一疏忽，宝光扫中地面，裂了一口，入地以后，虽将法宝收起，却露出一点马脚。老人早疑来人善于地遁，自然一望而知。当时也不叫破，自往西魔宫应援。暗中却将魔法发动，施展冷焰收魂大法，由地底四面涌来。只要遇敌，微一生出反应，所有埋伏一齐发动，将敌人追出地面，免毁灵景，然后擒人报仇。

  钱莱哪知厉害，以为穿山行石，如鱼游水，人在地底山腹之内，魔法有力难施。一心还想到天欲宫去，与师父会合，同共患难，救人出险。那天欲宫外有欲网，内有情丝，外观只是一团五色变幻的心形影子，悬在魔宫旁边空地之上，不是慧目法眼，休想看出一点影迹。尤其金蝉、朱文被困之处，乃是诸天色界，五淫法台，全宫中枢要地，内里宫殿高大，富丽堂皇，更能随人心念生出幻景，无限风光，备诸美妙。与灵云、孙南困身之处，只是一泓深碧，偶起涟漪，景物本来清空，风来水上，纵有微波，风定波澄，依然天光云影，上下同清，迥不相同。不将外面所蒙欲网以无量神力抓破，绝看不见里面虚实全景，钱莱如何能够找到。正用乃父所赐法宝，在地底向上照看，自己还以为胆大心细，师父既已困入欲宫魔阵，未为魔法所伤，免去一道难关，底下便是如何出险，犯不着再与强敌去拼，必须查明所在之地，突然上升与之相合。不料他心念才动，因先前那道太乙青灵符不舍使用，宝铠虽可防身隐形，心神却易受那魔法感应。如非机智，长于应变，灵符又易施为，老人怀恨已深，立意报复，就能保得性命，那苦难也必难当了。这且不提。

  钱莱走着走着，猛觉一种冷气由上下四外一齐扑上身来，当时便打了一个冷战，几乎晕倒。知是地底通行，忘了防御，一时疏忽，不是中了魔法暗算，便已陷入埋伏。忙即强摄心神时，那冷气越来越盛，更具极大压力，周身刺痛，几乎连骨髓都要冻僵，护身宝铠并无用处。料知邪气奇寒，先已侵入，无法退去。同时又觉心旌摇摇，元神欲飞。还不知身中魔法禁制，如非宝铠防身，将外层冷焰隔断，人早晕死被擒了。万分情急之下，身已行动不得。暗道："不好！"忙运玄功，一面强行抵御，一面把那竹叶灵符如法施为，一片冷荧荧的青光照向身上，心神方才重转清明，人也行动自如。惊魂乍定，正待起身，魔法已经生出变化：本来奇冷，如堕寒冰地狱，忽然眼前一红，上下四外全是血光包没，随发烈焰，如在火海之中，虽仗神符、宝铠防护心身，仍是奇热难耐，气透不出。钱莱刚刚运用玄功，停止呼吸，使元灵真气流行全身，自闭七窍，在内里调和坎离。倏的金光乱射，又有无数金刀叉箭，暴雨一般杂在血焰烈火之中，乱斫乱射而来，风雷之声轰轰震耳。最厉害的是那血光，将身胶住，宛如真的烈火金刀，尽管随意环攻，并无阻隔，压力大得出奇，心脉皆震，自己却是寸步难行，地底又无日无夜，也不知经了多少时日。

钱莱正在忍痛苦挨，猛瞥见一片墨绿色的光华，在血海中闪了几闪，忽然不见。他认出是石完所用遁光，仿佛由地底来援，为魔火血焰所阻，不能近身，不是知难而逃，便被敌人困住，禁向一旁。暗忖："石完虽具穿山行地之长，此时人在天外神山，相隔数十万里，凭他一人怎能赶到？又怎知这里底细？"既疑不是，又恐真个冒失赶来，被敌人擒去。方在担心，猛觉脚底一虚，身便下沉，未容看清，身子已被墨绿光华裹住。同时四外血焰金刀也狂涌下压。方觉身外一紧，压力暴增，虽不似刚才那样胶滞，墨光依旧往下急降，已经改向横里飞驰。但那魔焰压力也大得出奇，眼看快要漫身而过，倏的见有三环佛光迎面一闪，飞向身后，魔火金刀立被挡住。随听地底风雷之声大作，宛如山崩海啸，惊涛怒吼，由远而近，似由四方八面往中央猛袭过来。

原来钱莱被困时，尸毗老人知他精于地行之术，本心又爱这个小孩，不愿伤他，意欲强迫归顺。惟恐其穿入地层深处，将地肺攻穿，勾动地火；一面还要兼顾天欲宫中被困诸人，一面又须收禁那逃出来的几个神魔。而这些神魔均具有极大神通，以前收禁便费了不少的事，加之多年被困，忿怒已极，禁制神魔的法宝又为钱莱所毁，仓猝应变，全出意料。逃出的神魔难以收服，未逃出的几个又在魔牢之中各以全力向外猛攻，稍有空隙，便成大害。这还是李洪先前暗助田氏弟兄，用佛光将破口封闭，跟着田氏弟兄和老人相继赶到，否则只差一眨眼的工夫，其余诸魔便全逃出，成了大害。

尸毗老人到后，先用法力封闭破口，再去追擒逃走诸魔。无如那些神魔均经老人多年祭炼，变幻无穷，狡诈非常。老人想起强敌太多，未来难料，仍想留以备用，而且本心也实不愿伤害。神魔看出主人心意，越发有恃无恐，老人急切间竟收伏不住。几次想将被困诸人选上两个，使神魔饱啖，然后乘机迫其就范。又以此举违背昔年誓愿，加以性情奇特，最爱胆大灵慧的幼童。开头尽管痛恨钱莱是个罪魁，及至将其困住，又不忍下毒手。老人这一立意生擒，钱莱却占了便宜。老人以为地层已被禁制，坚逾精钢，上层和四外均有血焰包围，寸步难行。自己已将逃魔困住，只等完全制服，收入魔牢，再费七日苦功，将破口炼回原状，再去擒人不晚。钱莱又有宝铠、神符护身，宛如一幢青光竖立地上，已有数日。及被石完由脚底攻穿一洞，将人救走，那血焰金刀原与老人元灵呼应，人一逃走，老人立时警觉。偏巧正在紧要关头，逃魔如不制服，休说爱女、门人早晚受害，便自己微一疏忽，也难免不受暗算。无法分身，急怒交加，一面发动魔法禁制，一面命爱女和田氏兄弟率众分头堵截，休放一人逃走。谁知这两人均得高明指教，石完穿山行石又具专长，独门灵石剑和石火神雷不畏血焰金刀伤害。李洪再由暗中随来，放出如意金环，将血焰金刀挡住，石完越发得势。钱莱也是行家，两下里合力，听准四外来势，在山腹中或上或下，灵蛇电闪也似略一腾挪，便穿山破地而出。李洪因是始终不肯与主人结怨太深，仅附石完身后，暗中运用佛门至宝，只守不攻，连石火神雷均不许用。等二人逃远，便将如意金环撤回。虽遇到两次四面袭来的魔火风雷，只在石完上下穿行之际略为一挡，便即过去，一同飞了出来。未出地面以前，先命钱莱同隐身形，遁往魔宫左侧小山顶上的预设旗门之内，方始互说经过。

原来石完自从那日众人走后，因钱莱刚入门不久，都能随去建功，自己却不能同行，虽然不快，但见师父未去，也就拉倒。等众人走后的第三日，正随阮征、易、甄诸师长布置仙山灵境，甄艮偶然拜观下山时所领道书，得知乃父甄海已经转世多年，现在小南极四十七岛中的白鲸岛旁水洞之中隐居。乃母不久也要寻去。并说光明境仙府,在金蝉等未回以前,无甚事故,如往省亲,正是时候。二甄素孝,对于父母转劫之事,时刻在念,几次向师长哭求哀告,请为援引。妙一真人均答以时机未至,并说乃父孽重。甄氏弟兄便发宏愿,誓修善功,为父化解。下山以前,还曾苦求,真人答以时至自能相见,必会成全其孝心。下山以后,时常背人暗向师门通诚求告,均无回音。忽见空白上现出字迹,喜出望外,忙和众人说了。阮征立时准许。虽然太火极光自从上次开府光明境已经减退大半,只要算准时候,便可通过,但终不放心,便亲身护送。快到子午线入口,回顾石完追来,正要喝问,令其回去,忽然发现神驼乙休,独在两线交界之处运用玄功仙法,收炼一件法宝,忙即上前拜见。乙休笑说:"你们走这条路正好,否则我还要多费点事。此时炼宝正急,无暇多言。我囊中有一副旗门,一封柬帖,可命石完照此行事。甄艮、甄兑自往白鲸岛省亲,将你们父母接来光明境内同修。事完后,速往幻波池应援。石完听其独自起身,等魔宫事完,随金蝉他们往幻波池相见,你弟兄再带他回来。我另赐他一件隐身法宝,也在囊内。近日极光太火顺着地轴缠道依时运行,自为消长,与前大不相同,势子缓得多,稍为加急飞行,遇上都不妨事。现正微弱之际,阮征无须护送,看完柬帖,各自回去。甄艮师徒通过子午线,也各分手。尸毗老魔机警非常,那地方石完又未去过,到了中途,可照我所开途径地形,隐身穿山而行便了。"

四人见乙休独立当地,两手握着斗大一团具备七彩的光气,不住转动揉搓,口虽说话,手却始终未停,法宝柬帖俱都令人代取。说完便不再开口,全神贯注双手,转动甚急。四人知关重要,不敢多问,各自依言行事。甄氏弟兄打开柬帖一看,惊喜交集。石完自更兴高采烈。甄氏弟兄防他胆大冒失,又是孤身涉险,再三告诫,令其到后务先寻见各位师伯师叔,听命行事,不可任性逞能。石完诺诺连声,见那旗门和那隐身法宝均极神妙,心甚欢喜。同向乙休拜谢辞别,加急飞行。越过子午线后,甄氏弟兄因所去四十七岛也名小南极,在南冰洋尽头,与光明境小南极只隔一道子午线,也有三数千里之遥,师徒玄向不同,又嘱咐了石完几句,并令将所得二宝觅地演习了两次,方各分手。

石完暗忖:"乙太师伯对我真好,此去莫要丢人。"平日那么胆大任性,竟会格外谨慎起来。飞行迅速,不消多日,便赶到了滇缅交界不远的深山之中。离神剑峰魔宫七千里外,便将身形隐去。老人魔镜只能查见五千里内外,又当手忙脚乱,几头不能兼顾之时,竟被石完容容易易直入魔宫,由地底升出。刚照乙休所说,将伏魔旗门安置在小山顶上,忽听身侧有人笑道:"你这小东西,好大胆子,竟敢背了师父,深入虎穴,找死不成?"石完听出李洪口音,只不见人,忙喊:"小师叔快出现,莫逗我着急。我奉乙太师伯之命而来,你再不出现,我发动旗门,小师叔就丢人了。"随听李洪骂道:"黑小鬼,你敢无礼!"跟着脸上挨了一掌,人也现身出来。石完原和李洪最好,忙赔笑道:"小师叔,弟子怎敢无礼,说着玩的。"李洪笑道:"此时尸毗老人正被神魔绊住,但四面俱是罗网,连我也难脱身。你齐师伯已经被困,钱莱不知下落,我仗灵符隐身在此守望。你石师叔和干神蛛道友夫妻奉命策应,也未见面。我正发愁,忽见你那遁光一闪即隐,因不是本门隐形法,还拿不定是你不是。后见几座旗门影子,一晃不见,你也现身。心还奇怪,你怎会到此?胆也真大。你是乙老世伯教你来的么?你师父呢?"石完便将前事说了。李洪大喜道:"乙师伯真个神通广大,相隔数十万里,竟如目睹。不过,主子是你阮师伯的岳父,他的女儿人又极好,钱莱自应解救,只不许你胆大妄为,以免主人恼羞成怒,无法下台。"石完道:"小师叔,你放心,这回我绝不惹祸。不信,你跟了去,我只把人救到旗门之内,任他多高魔法,莫说奈何我们,连言动多不能听见。"李洪笑道:"我知地底也有魔法禁制,你是如何去法?"石完道:"去年祖父对我说,弟子只怕五行真火、极光太火,别的魔火邪烟却伤我不得。万一遇到魔火环攻,危急之际,只要将石火神雷发出抵御,便可无害,何况乙太师伯已有指示。我想先开一路,弟子前往救人,再与小师叔会合同出,不是好么?"

李洪不知石完天生胆大顽皮,当此危机四伏之际,仍想试探魔火威力,以为是乙休所命,当无差错。便将遁光联合同行,由石完开路,穿山入内,不消多时,便发现钱莱被困之处。石完妄想直冲过去,还是李洪看出血焰势盛,知与主人心灵相合,如若硬冲,即便通行过去,也被主人警觉,石完岂是敌手。忙即喝止。石完也看出厉害。于是二人改由地底下手,穿到钱莱脚底,冷不防攻破山石,用剑光将人护住,立即逃走。也是二人该当成功。石完先在上面一冲，尸毗老人已有感应，只当是又有敌人穿山入内，忙施魔法，跟踪搜寻。不料李、石二人机警神速，忽然改上为下，将人救走。等到埋伏一起发动，人已逃走。田氏弟兄本来受了魔女重托，对于峨眉来人，不愿施展毒手。后见来人闹得太凶，师父盛怒之下，也自有气。不过只想将钱莱擒去处治，对于别人仍存袒护，尤其对申、李二人具有好感。无如师命难违，只得率众赶来。满拟这两座魔宫无异天罗地网，上下密布，敌人万逃不脱。哪知到后，便听老人传声告知已逃，令速留意。细一查看，四外禁网未动，毫无迹兆，人却不见。同时老人也在百忙中放出魔镜观察，见新设禁网依然高张，纹丝未动，敌人却无踪影，又不似由地底遁去。自己这面，逃魔虽被困住，但互相怒吼，猛扑强挣，一任威吓利诱，只是不肯降顺，老人空自忿怒，无可如何。同时牢中诸魔也在暴动，稍一疏忽，就许被其攻破。

尸毗老人越想越恨，立即召回门人、爱女，命照往日传授，各在法宝防身之下，扬手飞起七十九面魔幡，当时布就魔阵，将魔牢罩在中心。然后施展大阿修罗法，将手一指，收回封洞魔光。牢中诸魔，立即厉声吼啸，张牙舞爪，猛冲出来。由于收了禁网，先被困住的逃魔同时飞舞而出，都是身材高大，白骨嶙峋，一双红眼，满头银发，塌鼻陷孔，凸嘴血唇，利齿森列，手脚又长又大，钢爪也似，在红绿二色的烟光围绕之下，环阵飞驰，朝众门人、侍者抓去，口中厉啸连声，怒吼如雷。老人自从神魔全数飞出，两臂一振，上半身立即裸露，独自趺坐在一朵血莲花上。众神魔初出时，朝着老人狺狺怒吼，啸声尖厉，尽管作出张牙舞爪，向前攫拿之势，仍是有些害怕。始而离身两三丈，便各惊退。忽然一声厉吼，飞身纵起，向守在魔幡下面的门人、侍者猛扑过来。到了幡前，刚举双爪朝人便抓，魔幡上忽发出千万枝火箭飞叉。神魔逃避也是真快，火光乍现，立即纵退，极少射中，只有一两个逃避稍迟。

防守阵地的恰是魔女和田氏兄弟，平日最恨这些神魔，认为是将来大害。几次想请老人趁其被困牢内，一举除去，均因老人受了阴魔暗制，主意不定，欲发又止，不肯听劝。当日师兄妹三人见老人施展大阿修罗法，不惜损耗本身精血元气去啖神魔，竟欲倒行逆施，等强敌到来，与之一拼，以快一时之忿。这等做法，一个不巧，害人变为害己，即便神通广大，也是要吃大亏。并且神魔二次又与本身合为十三之数，后患无穷。越发不以为然，但又不敢违抗，只得假公济私，乘机拿神魔出气，凡是扑到三人幡下的，全被火箭飞叉射中，疼得满地打滚，厉声惨啸，少时又纵烟光飞起，朝别人扑去。老人独坐中央，始终不动。群魔朝众门人飞扑了一阵，不曾得手，越来越情急，一个个白发倒竖，满口獠牙利齿，错得山响，怒吼越急。又朝众人飞扑了两次无效，忽然拨转头，一窝蜂朝老人身上扑到。老人竟似不曾防备，等快上身，忽把两条手臂往上一扬，往外一分，张口喷出一片黄光，将前后心和头一齐护住，双臂立时暴长丈许。群魔也一齐扑到，张口便咬。因正面已被黄光挡住，恰好咬嵌在两条手臂之上，每边六个。刚一咬中，老人座下血莲花瓣上忽发出千层血焰毫光，高射数丈。到了空中，再倒卷而下，化为十三个血光火罩，将老人和神魔一起罩住。

　　神魔一见血光飞射，便知不妙，想要飞逃，无如利齿咬紧在老人臂上，急切间竟被嵌住，休想挣脱，晃眼便被血光笼罩全身。只听一片卿卿惨啸之声，神魔身形暴缩，身子不见，各变成一个拳头大的死人骷髅，依旧白发红睛，利齿森森，咬在老人双臂之上，血光影里，看出似颇狼狈。老人也不理睬。神魔始而厉啸哀鸣，后似忿极，各向老人双臂猛吸精血。无奈老人早有准备，臂坚如钢，毫无用处。跟着，那环绕魔头的一层血光忽化烈焰，中杂无数细如牛毛的金碧光芒，向内猛射。神魔方始支持不住，各又停了吮吸，哀鸣求恕，啸声也由凄厉转为极惨痛的哀吟。老人知已降服，厉声喝道："你十二人以前也是修道之士，只为恶孽太重，被仇敌擒去，日受炼魂之惨。好容易机缘巧合，被我救来，虽在我法力禁制之下，不能随意飞出害人，但已免去炼魂之惨，并有不少享受。虽将尔等禁闭牢内，也为尔等赋性凶残，出必造孽；又因相随多年，不忍加害，意欲候到将来，我以极大法力化解，使尔等转世重修。平日血食也未缺少，自问相待不恶。为何不知好歹，日在牢中恶闹？我门人每送食物，便欲加害，即此已应严罚，我仍宽容。今日趁着敌人破牢逃出，竟敢忘恩反噬。本意将尔等化炼成灰，形神皆灭，姑念以前劳苦，再四哀求，我又有用尔等之处，既然认罪服输，老夫生平不愿食言。天欲宫被擒诸人，除他们自己找死，我已说过，绝不加害。自己人更不容尔等动他们毫发。若任尔等飞出妄杀无辜，又我素所不为。为此特降殊恩，以身啖魔。索性将我本身精血，分赏你们每人一份。由此便与老夫重合一体，日内只要有敌人敢于来犯，任尔等咀嚼便了。"

说到末句，便把双臂微一振动，群魔也便欢啸，刚要吸食老人精血，忽听左侧有人笑骂道："不要脸的老魔头，自家法力不济，不惜以本身精血去喂家中枯骨。我便和你逗着玩儿，看你那几个死人头吃得了谁？"话未说完，老人知有强敌到来，扬手大片黄光，朝那发话之处飞去。同时双臂一振，群魔全数飞起，聚在一处，也未恢复原形，仍是十二骷髅，方要挣扎，血莲精芒电射，只一闪，便一起包住。老人也脱出血光之外，不顾擒敌，先大喝道："老夫绝不食言，等我擒到敌人，自有道理。"话未说完，右侧空中又有人接口骂道："老魔头，凭你也配？"老人怒极，又是大片黄光，循声飞去，尽管势急若电，毫无用处。来人语声时东时西，说之不已，身形却是不见。老人冷笑道："无知鼠辈，你这样藏头缩尾，我就没奈何你了么？"随说，刚回手把肩插白玉拂尘取下，还未施为，忽听空中又有一人大喝："石完不可大胆！这老魔头岂是你们所能惹的？"心方一惊，暗忖："敌人隐形神妙，难道几个为首的全都来了不成？"说时迟，那时快，老人心念才动，猛瞥见一蓬红白二色的火星迎面一闪。知道有人暗算，忙用魔法抵御时，连声霹雳大震，已经爆发。老人也是背运当头，平日尚气心高，惯占上风，如今连遭失意，怒极神昏，已知来人不是弱者，仍在自恃。以为自身法力高强，动念即可施为，对方法力越高，越知自己厉害，绝不敢随意近身，致受魔法反应。加以来人神出鬼没，魔法无功，不知来了多少人，一面想以全力抵御，一面想要查看虚实人数，心神已分，致被石完乘虚而入。那时机也真巧到极点，稍差一瞬动手，两人休想活命。老人万没想到，两个后生小辈敢于如此冒失，略为大意，石完石火、神雷已经爆发。总算老人法力真高，神雷炸时，护身黄光已同飞起，虽然吃了一惊，却不曾受伤。同时血莲光外，又是一声大震，雷火星飞中，血光竟被击散了好些。老人知道这类神魔虽被制伏，许以重赏，尚无实惠，性又凶残猛恶，绝不甘心，此时丝毫松懈不得。除非万分事急，豁出两败俱伤，在未践言以前，连放神魔出去伤敌，均难免生出意外。一个不巧，敌人不曾受伤，重又反噬，自己无妨，爱女、门人便难幸免。没奈何，只得先用魔法一指血莲，光华重又大盛。

这时群魔已因先前情急反噬时发出全力，凶威更大，已非昔比。老人明知敌人就在眼前，竟不及施展毒手，缓得一缓，来人已遁入地内，并还有意嘲弄，入地时故意现出身形。老人瞥见雷火炸处，面前不远，现出一幢青色冷光，中裹前破魔牢的幼童，同了一个绿发红睛，又黑又瘦，身有墨绿光华环绕的丑怪幼童。因那石火神雷正是魔光血焰的克星，老人惟恐魔头逃出，不及兼顾，竟被遁走。不禁怒火上攻，伸手连指，立有无数金碧光华夹着千万血焰火箭，暴雨一般朝上下四外乱射过去，小半穿入地底，下余满空横飞乱射。整座魔宫宛如火山箭海，血浪千重，连天都映成了暗赤颜色。更有轰轰雷电之声，如百万天鼓怒鸣急擂，山鸣谷应，地动天摇。老人满拟方圆五六十里，上下千百丈，齐在魔火血焰飞箭飞叉所笼罩死圈之内，一任敌人法力多高，就说不死，也必受伤被困，哪知仍是不见影踪。这时魔女和众门人已得老人密令，各将魔阵缩小，藏身阵内，移向老人身侧，以防有失。

　　老人不见敌踪，空自忿怒。魔镜已早飞起，正运法眼注视。因为来敌太强，又在暗用大阿修罗法，准备施展毒手，到了紧要关头，一举成功。料定敌人善者不来，来者不善，既敢深入，绝不会走。老人细寻无迹，应敌正紧，又无暇虔心推算，方在惊奇忿怒，忽听男女笑语之声，起自前面曾用法力点缀灵景的小山上空。又听有人笑道："凌花子，我还有事，去去就来。你把妙光门开放，教老魔头看个仔细，省得他两只鬼眼东张西望吧。"同时血光中祥光一亮，小山那面现出五六亩大、五六丈高的一幢五彩轻云，看去薄薄一层，祥辉闪闪，光甚柔和。内中围着数十个道装男女：有的云裳霞帔，羽衣星冠；有的相貌古拙，形态滑稽。还未看清，一道金光拥着一个身材高大的驼背老人，正往东魔宫飞去。老人不由气往上撞，扬手千百枝火箭，夹着无数血团，朝前打去。驼子哈哈大笑道："无知魔头，少时教你知我厉害！"说完，金光电闪，人已不见。那火箭血团，不知怎的，竟会反击回来，射向魔女所居宫殿之上，比电还快。老人忙即回收，匆促中不曾收完，内有几个血团已先爆炸，血火星飞中，整座魔宫竟被震碎了小半。

　　老人这才知道敌人不是易与，也非盛气任性所能济事，还是看清敌势，仗着炼就不死之身，相机一拼，或能转败为胜。也不再顾别的，先将神魔、宫众护住，强捺心神，定睛朝前细看。只见仙云杳霭，明霞冰纨之中，那凌虚而立的数十个男女，除一个花子打扮的道装怪人和一个满头银发美妇而外，下余全是天欲宫中先后被困的少年男女。峨眉门下，只齐灵云、孙南未见。至于金蝉、朱文、李洪，还有几个不认识的幼童，以及先前用青灵辟魔铠护身，暗发石火神雷，借着地遁逃走的小对头，也在其内。那么薄薄一片明霞轻云，看去只要风一吹，便可吹散的，却一任血焰如海上下紧压，火箭金刀四外环攻，休说不能攻破分毫，并还在血海之中若沉若浮，似欲随风扬去，意态生动，十分悠然。云中少年男女，有的本具师门渊源，神交已久；有的本来相识，劫后重逢，班荆叙阔，各话前情。便余娲门下那些男女弟子，经此大难，因对方援助脱险，也各化敌为友，修好释嫌，言笑晏晏，交欢若亲。对于上下四外的这等猛恶攻势，简直视若无睹，笑语喧哗，隐约可闻；意似魔运将终，不久便看自己笑话。正强忍耐，暗想制胜之策，忽听金蝉、朱文同声喝骂，备极讥嘲。不由满腔怒火重被勾动，冷笑一声，正待施展毒手。

原来金、朱二人陷身天欲宫魔窟之内，虽受魔法禁制，不能行动，仗着道心坚定，尽管深情密爱，却出于天真至性，纯任自然。身外邪魔既攻不进，老人不久又被所养神魔绊住。李洪传声相告，说救星将到，钱莱已先出困，诸仙转眼难满，两人心中大喜。此时如在玉虎神光与法宝飞剑防护之下突围而出，也非无望。只为先前被困，连冲无效，不愿徒劳。又难得遇到这等互诉衷怀，你怜我爱的良机，只管绵绵情话，说个不完。反正无伤，难满即出，谁也没打逃走主意。金蝉更恨不得多挨一会儿是一会儿。正谈得快心头上，忽听李洪二次传声，得知钱莱脱困，出时遇见申屠宏，说起神驼乙休、穷神凌浑、黄龙山猿长老等各位长老相次来到，众人灾难将满，出困在即。石完也已赶来，钱莱便是他所救。干神蛛夫妻现正奉命，由地底暗入东魔宫，用神符禁制魔坛，迷乱尸毗老人的灵智，不令事前警觉。李洪又说："蝉哥蝉嫂，只听风雷之声一过，立往东方冲出，我和钱莱再照你们传声来处接应，立可脱身。"金蝉一面回答，互相准备；一面抱着朱文，笑道："好姊姊，我早知这么轻松平常，真恨不得和你在此多留些时呢。"

第二七九回

难越是情关　妙语翻莲矜雅谑
逃生惊鬼手　仙云如幄护瑶姬

朱文因听李洪在传声中唤她"蝉嫂"，便想起前两生李洪淘气，常拿自己取笑。把手将金蝉一推，娇嗔道："都是你闹的。洪弟淘气，你也不管，被人听去是什么样子？"金蝉也气道："我知你过河拆桥，少时出困，又不理我了吧？只要心迹双清，怕人笑话作甚？你怎不学轻云师姊的样，她和严师兄情如夫妇，有谁笑话？还说随我同去海外共证仙业呢，分明又是骗我。"朱文想起金蝉屡世深情和几番冒死相救之德，见他当真，于心不忍，忙道："蝉弟，你道力精进，已非昔比，为何还是这等小孩脾气？快莫生气，要见光明了。"金蝉笑道："我那里便是光明境，只不知你真去假去？"朱文笑答说："同向光明，永享仙福，哪有不去之理？"忽听暗中有人哈哈笑道："你们要往光明境，还有不少的路。我立刻大放光明如何？"刚听出是李洪的口音，一片风雷之声响过，眼前倏的一亮，一片佛光照处，果然大放光明。一看当地，只是魔宫西偏殿入口之处，内外只隔一条门槛。这一双深情仙侣，先前时机未至，只在黑暗之中冲突，竟会跳不出来。光明现，立即脱困而出。

朱文见李洪笑嘻嘻望着自己，满脸顽皮神气。钱莱却正朝自己下拜，态甚恭谨，知是金蝉新收爱徒。见他仙风道骨，相貌英美，好生欢喜。因李洪是金蝉前生幼弟，和金蝉、霞儿情分最厚，说笑无忌，恐其随口乱说，又想起先前称呼，恐被外人听去，一面唤起钱莱，忙朝金蝉使一眼色。金蝉正收法宝，见状会意，知道钱莱不会本门传声，不对他说便听不出，便对李洪传声，令其不要多口。李洪笑答："蝉哥哥，兄弟方才一时失口，在朱师姊前替我说几句好话。你那光明境的大藕好吃，还有不少仙果，我这小和尚嘴馋,将来到了那里,不给我吃,怎好?"朱文听他说话俏皮,想起前言,面又一红,当着钱莱又没法说。金蝉恐她有气,忙道:"洪弟不谈正经,专说空话作甚?"话刚出口,忽见凌浑、崔五姑同了石完飞来。匆匆一说,才知乙休和凌浑夫妻在峨眉开府时,曾受灵峤诸仙之托。说门下男女弟子不久当有魔劫,对头尸毗老人法力高强,神通广大,赤杖真人师徒又不便再启杀机,众弟子运数所限,无法避免。虽然炼有几件法宝和诸仙所炼五云幄,到时只能防身,仍破那魔法不得。尤其对方所炼神魔厉害非常,敌人恼羞成怒,难保不铤而走险,与所炼神魔重又合为一体,由此倒行逆施,仙凡均受其害。对方早想归入佛门,本无大过;真人师徒以前又发宏愿,永止嗔杀。对方只是一朝之忿,实不愿因此使其堕入邪魔,害人误己。而遭诘诸弟子,十九仙业将成,只此情关一念,尚未勘破,致为魔头所乘。只要渡过这层难关,不久便成地仙。多年师徒,不容坐视。知道此事只有妙一真人夫妇的生死晦明幻灭六合微尘阵能够解免,另外须几位长幼道友合力相助。等到难期将满,一面解救各派门人出险;一面派一凤根深厚、心智灵敏的峨眉弟子,前往附近深山之中寻一神僧,到了事急之时,前来解救。乙、凌、崔三人均和三仙至好,立时应诺。赤杖仙童阮纠说完前事,又说:"此事头绪尚多,暂时不宜泄露。只请转告妙一真人夫妇先为准备,难发之前,再当飞书奉告详情。事前最好不必推算,免得先有成见。"乙、凌、崔三人也都应诺。

这次七矮开府天外神山,乙休前往相助,刚由光明境大殿后把冒出地上的地肺真火、元磁真气截断,运用玄功,施展法力,化成一道长虹,打算带往九天之上,将其炼化消灭。刚飞到灵空仙域两天交界之处,忽见灵峤三仙驾着祥云冉冉飞来。见面先助乙休将那地火、磁气收缩成一个气团。然后详说前因后果,下手方法。并说:"日前凌浑夫妇带了黄龙山猿长老往索蓝田玉实,曾在仙府住了三日,已经告以机宜。只要照此行事,必可成功,只望道兄不可与老魔一般见识。须知对方将改邪归正,不可为一朝之忿,妄动无明。固然此人孽重魔高,此时他存亡关头,孽由自作,如能善处,并非不可避免。度一大恶人,胜积十万善功。何况并非妖邪一流。如由我们迫其走险,此人炼就不死之身,除他既非容易,无形中要造不少的孽。因果循环,何时是了?"话未说完,乙休知三仙因为自己气盛,恐又偏激行事，预先叮嘱。笑答："道友无须忧虑。我自铜椰岛与天痴老儿斗法以来，昔年疾恶性情已减少得多了。此人狂妄，虽想就便警戒，我必适可而止。自从峨眉一见，我对此事已有准备，虽不似道友美意周详，但也颇有成算。老魔即便怒极发疯，也办不到。只管放心，遵命便了。"三仙随说微尘阵六合旗门，已由凌浑借到，照约定时日分头下手，随即称谢别去。

乙休随向不夜城岛上七矮传书指示。自己照三仙之言，带了那团磁火，去往来复、子午两线交界之处，乘太火极光环绕地轴飞过时施展仙法，加以凝炼。后来南海双童师徒走过，又向石完赐宝，授以机宜。不久火珠炼成，便赶了来。这时，上空魔网高张，乙休那等神通，自然阻不住。为免警觉敌人，乘他收伏神魔之际，乘虚而入，事前又用仙法迷踪，故此老人毫无所知。凌浑夫妇和猿长老已经先到，匆匆谈了两句，便各分头行事：乙休亲送石生和灵云、孙南等穿出魔网禁制；凌浑等三人便去天欲宫破法。这时只金蝉、朱文这一对，因老人负气，特意另禁闭在魔宫偏殿之内。那天欲宫除五淫台一处，并非真的宫殿，只是一座魔阵。方才石生、石完持了太清灵符，暗入魔坛，已将魔法妙用止住。凌浑又有成算，一到便连余娲门下男女弟子也同救出。为了惑乱敌人心神，不令事前警觉，还放了好些替身在阵内。自用五云幄隐去云光，将被困诸人一齐护住，送往西魔宫，隐形旁观。然后又现身招呼金蝉、李洪、朱文、钱莱一同赶去。石完也已赶来，说石生已随乙休飞走，灵符已撤，魔坛恢复原状，特来复命。凌浑见他和钱莱使眼色，笑骂道："你们两个小猴儿，仗着地遁专长，想淘气么？老魔头连我们都要留他的神，不是好惹的呢。"石完笑道："我和乙老太公说过，那五云幄里面有多气闷，我和钱莱躲在地底下看，也是一样。"凌浑骂道："我知驼子专一领头淘气，显他神通，也不想想你们有多大气候，便令胆大妄为。这五云幄中观战，有多舒服，偏去涉险。驼子将太乙玄门出入之法传授你么？"石完笑道："凌太师叔不必多虑，乙老太公不但传授，还赐有一道护身符呢。虽然只能用一次，老魔头绝无奈何，何况我们又不惹他。"凌浑笑道："吃了苦头，却莫后悔。真要动手，你那石火神雷专破魔光，可惜功力不够，捣乱尚可，切忌离他太近，至少也得在十五丈外动手。虽然不能伤他，多少也教他着点急。你二人在宝铠防护之下，得手速遁，或可无事；否则，被他魔手抓中，就不死也够受了。"钱、石二人回答："遵命。"

凌浑随率众人隐身飞去。因已准备停当，一到先将空中魔网破去。老人全神贯注在神魔身上，竟未察觉，等到空中有人相继发话，知道魔网已破，强敌已在对面了。石完胆大天真，贪功好胜。钱莱情切私仇，见师父被困多日，自己也几陷魔手，心中忿恨。二人交情又厚，互一商量，觉着持有至宝防身，如有凶险，乙太师伯也必禁阻，如何还肯指点下手方法？便不听凌浑的话，先由地底赶往西魔宫，看出老人正在手忙脚乱，乙休又在空中发话，立意想使敌人吃点苦头。仗着石完能够透视石土，由地底暗中移到老人身前，突然飞出发难。石完耳听凌浑发话示警，两丸神雷已分头打出。同时觉出老人身上黄光爆发，一种极大的吸力也已上身，才知厉害，总算逃避得快。钱莱又在暗中加意防备，见石完胆大自恃，抢先上前发难，忙追过去，宝铠神光往起一合，将二人一起护住，立往地底遁去。就这样，逃时仍将身形故意现了一下，再由地底飞行。到了小山前面，被凌浑开放云门，接了进去，见面自不免埋怨几句。

老人那么高法力，平日自负五千里内人物往来了如指掌，稍用法力，对方念动即知。不料敌人如入无人之境，又被两个幼童戏侮暗算，几乎受伤。再见被擒诸人全数逃出，并在自己面前随意谈笑讥嘲，如何不恨。怒火烧心之下，再也不暇顾及别的。又看出敌人虽仗仙云护身，却不似有甚还攻之力，自恃炼就大阿修罗不死身法，把心一横，一面催动血光、火箭、魔焰、金刀，上下四外一起夹攻；一面暗中传令爱女、门人说："敌人甚强，你们不可出手，速用魔法避入西宫地底魔坛以内，守护重地。到了事急之时，速将魔坛上主幡如法展动。我豁出以身啖魔，损耗真元，与敌一拼。至多两败俱伤，也绝不使敌人全身而退。"魔女和田氏弟兄看出父亲、师长怒极心昏，已改常态，料知不是好兆，但是不敢违抗，只得应诺。老人说完，将手一挥，一片黄光罩向爱女和众门人身上，人便无踪，全数往魔宫遁去，依言行事。不提。

凌浑这面，除猿长老不愿藏身云幄，途中隐去，不知何往，神驼乙休在空中说了几句，随即飞走外，连灵峤男女弟子、余娲门人共是四十六人。内中只李洪、石完不曾被困；钱莱虽然被困，未入魔阵。下余全在天欲宫中，因为五淫欲网好破，情关难渡，受尽诸般痛苦烦恼。灵峤男女诸弟子道力高深，性情温和，知是应有劫难，还不怎样。余娲门下诸弟子全部道力高深，火性未退，对于老人仇深恨重，虽因凌氏夫妻劝阻，又曾尝到过魔法厉害，未敢妄动，依然仗着云幄护身，不畏侵害，乐得讥嘲，笑骂不休。金蝉等峨眉诸弟子，虽不似余娲门人那样气量褊狭，记仇心重，但都童心未退，一同随声附和。内中石完更是淘气，故意做出许多怪相，把魔头骂个不休。白发龙女崔五姑看出老人表面镇静，面带冷笑，实则眼含凶毒，须发欲张。自听朱、金二人嘲骂以后，一手掐着五岳真形法诀，一手拿着白玉拂尘，任凭嘲骂，一言不发。料知发难在即，忙令众人不要过分，自己纵操必胜，也不应失却修道人的襟度，使其无法下台。话未说完，忽听老人大喝："贼花子，既敢来我魔宫闹鬼，便应现身一斗，似这样藏头缩尾作甚？"随听空中有人接口道："老魔头休要猖狂，别人怕你阿修罗魔法，我却偏要见识见识。凌道友夫妻不过想将你所炼死人头一一消灭，免被你那对头乘机盗劫，助长邪焰，多留后患。时机未至，特意看你闹甚把戏，暂缓动手罢了，真是怕你不成？如不服气，放些本领出来，老夫见识见识如何？"话未说完，人早现身。

众人见是猿长老身穿一件白色道衣，生得猿臂莺肩，满头须发色白如银，两道白寿眉由两边眼角下垂及颊，面色鲜红，狮鼻阔口，满嘴银牙，两耳垂轮，色如丹砂，又长又厚，相貌奇古。通身衣履清洁，不着点尘。一对眯缝着的细长眼睛，睁合之间，精芒电射。身材又极高大，看去天神也似，在一幢亮若银电的白光之下凌空而立。才一出面，便双手齐扬，由十根瘦长指爪上发出五青五白十道光华，宛如长虹电射，由相隔二三十丈高空中飞出，直朝老人射去。老人似知厉害，手上拂尘一摆，发出数十百道金碧光华，夹着无数血色火星，迎敌上去，接个正着。同时一片黄光宛如匹练悬空，老人附身其上，连那十二神魔也全护住。猿长老所炼乾天太白金精剑气神妙无穷，威力至大，果然与众不同。那四外的血焰金刀涌上前去，只一近身，便被消灭；血光火弹被那十道青白光一冲射，也全纷纷爆炸，未容近身，便被消灭。金碧魔光也只勉强敌住，打个平手，此进彼退，时往时来，互相对面激射，谁也奈何不得。

尸毗老人没有想到敌人会有这等功力，怒喝："猴头，教你知我厉害！"说罢，左手五岳真形诀往上一扬，空中忽现出五座火山，发出大片风雷之声,缓缓往下压来。猿长老看出厉害,不由激发怒火,一声裂石穿云的长啸,正待施展玄功变化,与敌一拼。忽听空中神驼乙休大喝:"猿道友,不值与老魔计较,他这些障眼玩意,随便打发一个后辈便可破去,理他作甚?"说时迟,那时快,由高空中突然射下一股千百丈长的五色星沙,宛如天河倒倾,凌空直射,来势比电还急,分布极广,晃眼便将那五座火山一起裹住,从千重血海之中吸出,悬向高空。猿长老忽然不见。神驼乙休突在空中现身,手指老人哈哈笑道:"老魔头,你已孽满数尽,大难临身。你多年苦炼的五块小石头,已被天旋神沙吸起,一弹指间,便将这座神剑峰震成粉碎。你那不死之身,照样也禁受不住。只是血焰魔火随同震散,难免伤害生灵,我先把它化去,再行还敬如何?"

那五座火山,乃老人采取五岳精气,多年辛苦炼成的厉害魔法。原体只是五座拳大山石,与五岳形状一般无二。平日藏在魔宫地穴法坛之上,不用带在身旁。用时只消手发诀印,立随心意发挥妙用,威力之大,无与伦比。自从炼成以来,尚未用过。当日恨极仇敌,立意一拼,正准备间,猿长老突然现身来斗,一时气忿,施展出来。因为这类魔法过于猛恶,又恐毁损灵景,好在山影所照之处,敌人多大神通也难幸免,为此降势颇缓。老人满拟整座魔宫均在火山覆压之下,猿长老固难逃遁,便对面仙云笼护下的数十个敌人也无幸免。心还在想:"对面这些少年男女,多半灵慧英美,全杀可惜。"不料千丈星沙自空飞堕,晃眼便将五座火山裹住上升。同时敌人乙休又在空中出现,肆意嘲骂,不堪入耳。无如所炼魔法如不能伤敌,便要反伤自己,威力越大,反击之力越强,所以不能轻易发出。惟恐强敌厉害,利用五座火山回敬,自己还好,全宫大众一个也休想活命。没想到敌人利用魔法短处,声东击西,并非真个要致他死命。一时情急,任凭敌人笑骂,乘着火山未爆发前,施展全力回收。同时拼耗真元,咬破舌尖,含着一口鲜血,准备万一。谁知那天旋神沙自与西方神泥合炼以后,越变成了专破魔法的克星。申屠宏受有指教而来,故意和他强挣,时进时退。老人觉出回收不是无望,便未施展杀手。

双方互一相持,眼看火山快要收回,猛又听神驼乙休哈哈笑道:"老魔头,你上了我的当了。"老人目光到处,一个鹅卵大小青白二色的气团,已由乙休手上飞起,悬向空中。看去不大,上面云光隐隐,毫无异处。可是才一出现,悬在血海之中,心灵上便起了警兆。再定睛一看,那弥漫全山的血焰、金刀、火箭、飞叉,就在此晃眼之间,竟消去了大半。下余的正电也似急,朝那小小气团涌去,好似具有不可思议的吸力,自己竟制止不住。同时因为心神略分,空中火山又被那千丈星沙向上吸起。不禁闹了个手忙脚乱,两头不及兼顾。心中一慌,一面吸收空中火山,一面想将残余血焰、金刀收回时,忽眼前一亮,所有魔焰、金刀、火箭、飞叉全数失踪,日光正照天心,重又恢复清明景象。

老人毕竟识货,看出敌人所持气团乃是元磁真气所炼至宝。无如敌人动作神速,所有法宝魔火已被收去。刚怒吼得一声,那五座火山忽然当头下压,空中星沙忽隐,一个大头麻衣矮胖少年正朝对面仙云中飞去。暗道:"不好!"不顾还攻,总算应变尚快,在火山压离头顶数丈,眼看爆发之际,抢前收去,手中法诀往上一扬,火山不见,总算不曾作法自毙。这一惊,真非同小可,当时怒发皆张,厉声喝道:"老夫今日与你们拼了!"随说随将手一指,那朵血莲本已缩成丈许大一团血光,包围住十二魔头,附在黄光之中,悬停老人足下,忽然暴长亩许,千层莲瓣一起开张,花瓣上先射出暴雨一般的金碧光芒。中心莲房共有十三孔,如正月里花炮也似,各有一股血色火花,轰轰隆隆,带着雷电之声,直升数十丈。到了空中,再结为一蓬天花宝盖,反卷而下。先前黄光匹练已经不见,老人身形忽然暴长,周身仍有一层黄色精光紧附其上,巨灵也似立在莲房中心。四围十二孔中的火花俱都高出天半,惟独当中一孔冒起四股高约两三丈,粗约两抱的血焰,火柱也似将老人托住。那十二骷髅魔头也同时飞起,一个个大如车轮,面向老人环成一圈,口发厉啸,七窍内各有一股血焰黑气激射而出,神态狞厉,口中獠牙利齿,错得乱响,好似恨极,意欲反噬。无如被那黄光隔断,在百丈火花中刚要往起飞扑,老人扬手一个诀印,由十二莲房中又各射出一蓬彩气,射向魔头颈腔,神魔全被吸住,分毫动转不得。号啸之声与雷鸣风吼交相应和,震得四山齐起回音,声势越发惊人。

老人行法时,曾想:"这类大阿修罗法最是厉害,只等将本身精血真气喂完神魔,两下便合为一体,连自己也成了魔头,当时飞出,任多厉害的法宝都不能伤。对于敌人便可随意吞噬,吸取他们的精血元神,所杀越多,威力越大。为首诸敌法力均高,不会不知厉害,那附身灵光又并非不能冲破，就说本身无妨，这么多后辈门人，万不能当。对方必在行法作梗，并且还格外戒备。驼鬼最是可恶，先还见他自恃法力，在对面发狂。当此紧要关头，他自问能敌，固应下手，否则乘着空中魔网禁制全破，正好逃遁，也应退走，才合情理，如何不战不逃，连人也不见影子？凌浑夫妇仍率新逃出的数十少年男女，藏身五云幄中，视若无睹，是何缘故？"越想越怪，忙运用法眼四处查看，对方仙云环绕中，只多出了先前那个麻衣少年，乙休、猿长老影迹俱无。耳听钱莱、石完拍手欢呼，直喊："师父、师伯快看，这老魔头真有玩意，这等好看的花炮，从未见过。不趁此时看个够，少时那些死人头，要被鸠盘婆趁火打劫抢夺了去，我们就看不成了。"又听李洪接口道："死人头有什么稀罕？我倒是可怜他那女儿阮二嫂和田氏兄弟，分明是三个好人，迫于无奈，暗代老人去守魔坛，法力偏又不是人家对手，平白受害，才真冤枉。人家眼看家败人亡，闹不好成个孤老，你们小小年纪，幸灾乐祸，真个该打。"钱莱笑道："小师叔，你为了阮师伯而帮他忙，可知他有多么可恶？魔运已终，除非及早回头，否则转眼身败名裂，作法自毙。小师叔帮他无用，弟子等有力难施，又非其敌。有此太清至宝五云幄防身，乐得看个热闹。"李洪笑骂："你两个只知记仇，全没有修道人的襟度。可知度一个恶人，胜积十万善功么？"朱文笑道："洪弟，你比谁都淘气，装甚正经？既看阮二哥的情面，何不劝他几句？"

李洪随即大喝道："尸毗老人，你休妄动嗔恚。乙、凌诸位师伯叔和我们这些人虽然冒犯，并无恶意。你那两个真正对头，因忿你行事骄狂，伤他们门人，到你紧要关头齐来夹攻，暗下毒手。你便是炼就不死之身，神魔也是你一害，原该消灭。你那爱女、门人及全宫大众，必难保全。你只顾倒行逆施，可知阴阳十三魔最是凶毒。你昔年不合自恃法力，只将十二阳魔闭入牢内，那主要阴魔，以为是你前师所赐，附有他的元灵，又只一个，一向与你相合。其实他阴柔凶毒，如影随形，表面从无违忤，暗中却在主持拨弄，诱令其他神魔远善就恶，恣意横行。只等时机一至，猛施毒手，使你在万恶所归之下，身败名裂，形消神散，至死不悟，认作当然。否则，以你那高法力智慧，早已皈依，何待今日？这些因果，我本不知，适才听人说起。念在令爱是我阮二哥的患难之妻，你生平也只此一念之差，致受阴魔愚弄，危机已临，毫不自知，为此略进忠言，请你仔细盘算得失之机。如能回头是岸，释嫌修好，免却这场祸患，有多好呢！"

说时，老人正在行法，一边留神察听。闻言心中一动，猛想起眼前仇敌，除峨眉诸长老尚无一人现身，不知来了没有，下余还有两个强敌：一是赤身教主鸠盘婆，一是女仙余娲。照此说法，或许乘机来犯，也在意中。如在平日，还可行法查看，先期预防；今日却因魔头环攻反噬，正想用以伤敌，行法紧急之际，无暇分神。并且这两个敌人都是来去如电，等到发现，人已飞来，除凭本身法力与之对敌，别的全无用处。听到后来，越想越觉李洪之言有理。暗忖："此子真个灵慧。自己本来早已立志归佛，只为无师引度，性又强做，迁延至今。魔宫岁月也颇安闲，只说静待机缘一到，立成正果，谁知惹出许多事故，会有今日之变。细想起来，上次阮征逃走，来人虽然伤毁爱女和几处美景，但是对方救人心切，既成敌对，也是意中之事。就疑心对方师长暗中指使，意有轻视，所困是他门人，也是难怪。何况事情真假并未分明，自己当时既将来人放走，如何事后怀恨？不特峨眉门下，连灵峤诸仙与余娲这两处，时隔多年的一点嫌怨，也要报复，将他们下山门人一网打尽，全擒了来。鸠盘婆素无仇怨，铁姝追敌，自己迎头拦阻，还在其次，如何一言不合便下杀手，使受重伤？对头焉得不恨？多年威望，虽不便为了幼童几句话便即罢手，照此四面强敌，委实不可大意。"老人也是暗受阴魔潜制，闻言本已心动，有些省悟，但一转念间，顿忘利害。又听仙云中余娲几个门人纷纷咒骂嘲笑说："老魔头末日将临，这等狂妄无知的老鬼，理应坐视灭亡，才合天地人情，李道友不应提醒他。老魔如果胆小心寒，向我们跪下求饶，岂不便宜了他？"老人本来首鼠两端，只是微微有点疑虑，并非真个警醒，甘于悔祸，哪禁得起这一挑逗。再想当口连遭挫败，丢人太甚，不由满腔怒火，重被激动。恰值魔法准备停当，心中怒极，哪里还再计安危，竟豁出玉石俱焚，立意非制敌人死命不肯甘休。

尸毗老人也不再反唇相讥，两道奇白如银的寿眉微微往上一挑，一声冷笑，先张口一喷，立有十二血团飞出，分投十二魔口内。神魔立时张口接住，齐声欢啸，把先前仇视之态丢了个尽。仍在挣扎欲起，因被莲房所发火花中的那股彩气吸紧，不能如愿。老人随大喝道："尔等少安毋躁！你们也知我的法条，先前忘恩反噬，就罢了不成？"话未说完，将手一扬，指尖上立飞出五把金刀,齐朝当前魔头挨个斩去,一下劈成五六瓣。魔头见老人突然变脸,似知无幸,一个个面容惨厉。方在哀鸣求恕,金刀已电射而出。因被彩气吸紧,又无法逃避,刀光一闪,当时斩裂,只听一片惨号之声。五把金刀环身绕了一圈,老人把手一招,便自收回不见。魔头虽各斩裂成齐整整的六片,但未见流血,也无脑浆。六片头壳被那彩气托住,当中有一团暗绿色的鬼影,依旧惨号不已,声甚洪烈凄厉,风雷之声几为所掩,甚是刺耳难闻。老人见此惨状,意犹未足,眉头一皱,忽又有两蓬银针由那两道长眉上飞射出去,分两行射向魔头鬼影之中。号叫之声越发惨厉,听去令人心悸。老人方始冷冷地问道:"你们今日知我厉害么?少时经我行法以后,虽然与我本身元灵重合一体,但是这次与前者不同,威力自然大增,稍有忤犯,便受诸般惨痛,却休怨我无情。"说时,那银针本向魔头鬼影之中攒刺出没,倏忽如电,群魔苦痛非常。老人把话说完,那细如牛毛,长约寸许的银针,忽然全隐向鬼头之中不见。紧跟着,老人左手掐一法诀,右手一招,当前一魔的鬼影,便戴了六片头壳迎面飞来。老人随将左手诀印发出,照准一个魔头一扬,双手一拍,头壳立时合拢,仍复原状。神魔便向老人肩膀上飞去,依旧缩成拳大一个骷髅头,附在老人肩膀之上,口中呜呜,意似献媚,态甚亲驯,迥不似先前猛张血口想咬人神气。老人也不理睬,二次又掐诀印,如法施为,动作甚快。似这样接连十二次,十二个神魔复原。老人随将左臂膀露出,将手连指。群魔本全依傍在老人肩膀之上,老人连指两次,俱都未动,口中呜呜媚啸,意似不肯再噬主人,迫于严命,不敢过分违背神气,各将血口微张,露出两排利齿,分别在老人左膀之上轻轻咬住,并不咀嚼吮吸。老人态本严肃,到此方露出一丝笑容,回顾群魔道:"原来你们也有天良,既是这样,老夫也不勉强。对面敌人均是有根器的道术之士,待老夫行法助威,任凭尔等快意饱餐便了。"说完,张口一片血雨,喷向左臂之上。群魔立即飞起,各自一声怒吼,重又暴长,大如车轮,两只时红时蓝的凶睛明灯也似,在那百丈血莲水花之中略一飞舞,全身突现,全都恢复初见时形状。只是身材高大得多,神态也越发凶恶,周身俱是黑烟围绕,碧光笼护,张牙舞爪,分列空中,朝着仙云中人连声怒吼,作出攫拿之势,好似等主人令下,便要立即发动神气。

钱莱笑说："这山魈丑鬼一类东西，老魔也值得大惊小怪，费上许多的事。我们光明境不夜城的海怪，且比他们长大猛恶得多呢。我先前攻破魔牢时，曾用家父千叶神雷冲打伤三个，有甚稀罕？师父可许弟子出去，给他们吃点苦头？省得张牙舞爪，看了有气。"一句话出口，石完首先应和，也要同去。余娟门下的毛成、褚玲因为欲网情丝所困，互相好合，失了真元，愧忿有加。褚玲更是气极，如非崔五姑再三劝阻，又知魔法厉害，早就上前拼命。这时因听凌浑接到大方真人神驼乙休传音，转告众人，得知一切就绪，成功在即。一则有恃无恐，再则道基已毁，忿不欲生，惟恐老人少时滑脱，复仇心盛，也在旁边附和，意欲率领诸男女同门飞身出斗，仗着师门法宝与敌一拼，好歹也出一口恶气。无如五云幄仙法神妙，先前不曾询问出入之法，惟恐冒失冲出，不能如愿，反吃灵峤诸仙讥笑。褚玲正要开口，忽听李洪对钱、石二人道："你两个乱吵什么？把事情看得如此容易！眼前就有热闹好看，片刻工夫也等不得？我如非尝过味道，胆子比你们还大呢。"金蝉也看出神魔二次出现，威势大盛，正要开口劝阻钱、石二人，不令出去。忽见灵峤女仙赵蕙笑对钱、石二人道："此事已快近尾声，大家在此仙云之中静以观变，既可见识，又免得有甚闪失。否则，冷云仙子固不妨事，另一个女魔头不久大劫将临，也在倒行逆施，自取灭亡，种因便在今日。此人虽具深心，近年因自己不便出面，专命门人与正教中拉拢。只为铁姝强做，不曾理会到她心意；金、银二妹心向正教，虽想假公济私，上次峨眉开府，并还前往道贺。但这两姊妹温柔胆小，法力不如铁姝，天性又厚，知道师徒会短离长，不舍久出离开师父，因此与正教中人交往无多。铁姝却喜在外惹祸横行，结怨甚多。这女魔头尽管存有戒心，但她天性刚愎古怪，人不犯她，她不犯人；真要触怒，多厉害的强敌，以及将来安危利害，均非所计。你们出去，一个不巧，与她对面，自吃大亏。再说这五云幄也不容你二人出去，还是安静些好。你们看凌真人、崔仙子还在么？"

众人只顾说笑，目注前面强敌施展魔法，不曾留意。闻言回看，凌氏夫妇果然失踪，仙云未动，谁也不曾看见怎样走的。赵蕙原是丁嫦门下，人最天真，因见当日形势十分凶险，变生顷刻，就快发作，恐钱、石二人闪失，本是师执前辈，便不客气，上前劝阻，原是无心之谈。没想到余娟门下男女弟子共十六人，平日自负得道年久，性较狂傲，不料会被尸毗老人擒来困了多日，受尽苦难，已是忿极。最可气的是自开府以后，便将峨眉派及其交好诸人全恨在内，视若仇敌，不料这次对方竟以德报怨。本来已在万分危急之中，连发求救信号，师父不曾赶来，全仗对头解救，才得转危为安。并且灵峤同辈诸仙一个未伤，连朱文、金蝉那等学道年浅的人，被困之处又是魔阵中枢五淫台最凶险的所在，竟会安然脱身，毫发无损。惟独自己这面伤了两人。尽管对方这些人均愿借此一会，释嫌修好，到底相形之下，不是意思。

内中三湘贫女于湘竹被擒以前，连被敌人毁了好几件法宝，当时本能逃走，也因凶横任性，不知进退，激怒了田氏弟兄，强劝乃师趁其暗用法宝，隐形报复之际，被一同擒来。又故意放走门人魏瑶芝，令其归报，一面把她困入魔宫五行神牢之内。田氏兄弟并还肆意讥嘲说："你这样六根不全的丑八怪，再转一百世也不会有人看中，单凭片面相思也无用处。休看天欲宫欲网情丝厉害，你还不配进去走动见识。只为你狂傲凶横，已无人理，为此给你吃点苦头。也许你运气好，在我五行禁制之下，截长补短，变成一个整人，再去投生，变猫变狗，能找一个雄的配对，岂不也是便宜？"于湘竹生具畸形异相，最恨人说她六根不全的短处。以前游戏风尘，为此不知伤过多少人，哪禁得起对方这等侮辱。所受刑罚又极残酷。这一来，成了刻骨铭心之仇。只为天性阴狠，明知难胜，恨在心里，不曾发作。这时觉着仇敌转眼势败，有机可乘，自身还有两件厉害法宝未用，又善隐遁专长。意欲乘机赶往地穴魔坛暗算田氏弟兄，报仇雪恨，正和同门暗中商量。赵蕙这样一说，言者无心，听者有意。于湘竹当时大怒，误认灵峤诸仙仗恃五云幄天府奇珍，非主人自己开放，不能出去。当时狞笑一声，意欲立即用法宝强行冲出，免得师父少时到来，见众门人全在对头保护之下，为她丢人。那旁女仙宫琳最是灵慧细心，知道赵蕙失言，惟恐引起误会，故意笑对朱文道："赵师妹只是不令师侄们冒险，实则五云幄虽具防身灵效，只要会少清妙玄仙诀，本身功力稍高，均可随意出入。不过今日事太凶险，已有各位道长神僧做主，事有定数，能不出去最好罢了。"于湘竹闻言，知其故意点醒出入之法。赵蕙先前实是无心，想起先前脱困时，因自己所困之处不在天欲宫内，受刑既惨，又无人知，如非灵峤诸仙看出踪迹,约了凌浑来援,此时还在受罪。人家既非有意轻视,不便再与计较。忙改笑容道:"我与老魔师徒仇深似海,意欲就便前往魔宫一行。诸位道友,可能容我去么?"

宫琳见她满面晦容煞气,知她此行凶多吉少。无如此人天性强横,不通人情,劝她反而得罪,又不忍坐视灭亡,便点她道:"道友法力本可通行自如,不过我们被困多日,似应稍为休息。愚姊妹何尝不恨对头,也为魔法厉害,面上煞气尚重,吉凶难料,自知道浅力微,不敢妄动。道友能少待片时,相机而动最好。真要非去不可,我们这里言语,除却有意取笑怄气的几句,敌人全听不出,走时也不会被他发现,但毕竟谨慎为是。"说时,毛、褚二人也看出于湘竹满脸晦色煞气,心中一惊。知她素不听劝,刚要伸手去拉,于湘竹已冷笑道:"多蒙道友好意。我知自非老魔之敌,但这几个男女小魔,料还无害。当他行法正急,无暇旁顾之际,或者不致遭他毒手。既可通行,我便去了。"话到末句,人已手掐少清仙诀,穿云而出,一闪不见。毛、褚二人没想到走得这等快法,一把未拉住。又见对面除诸魔分立,厉啸作势而外,老人行法未完,相隔尚有数十丈,云白天青,并未有甚埋伏禁制。想起师父好胜,这次不知何故应援来迟。少时飞到,如见门人托庇在对头云幄之中,必定不快。何如乘她未来以前,一同冲出,能够报仇,或将神魔除去,固可挽回颜面;即便失败,师父也必赶到,暗中还有几个能手相助,怕他何来?二人心念一动,便和宫、赵诸女仙一说,立即冲云而出。下余诸人也觉师父将到,留在里面面上无光,纷纷隐身追出。宫、赵诸仙见拦不住,只得听之。好在这些人俱是练过少清仙法的行家,不等开放云门,各自手掐灵诀,如法飞出云外。

石完也要追去,吃宫琳一把拉住。笑道:"石贤侄,你怎如此冒失?请看敌人是好惹的么?凌、崔二位师叔不知何往,我们虽有云幄护身,还愁挡他不住,如何去得?"说时,金蝉因余娲这班门人神态多半骄横,走时对于自己这几个峨眉门下理都不理,心方有气,忽然看出异样,惟恐钱、石二人冒失飞出,刚一把抓住钱莱,宫琳也将石完止住。同时对面战场上形势大变。原来老人自将十二神魔制服放出以后,人便趺坐血莲花上,恢复原来形状高矮。那激射空中的百丈火花,金碧光焰,随着往下一落,高只丈许,将老人紧紧护住。血莲也缩成丈许大小。老人随将双目垂帘,仿佛入定。那莲瓣上所射出的金碧血焰越来越强,却不向外发射,齐朝中央聚拢,渐成实体,宛如一朵丈许大小还未开放的千层莲萼,凌空浮立,当中包着一个须发如银的老人。众人看时,于湘竹等余娲门人刚走,老人身旁神魔仍作八字形分两边排立,火花一收,风雷立止,神魔也不再吼啸,神态却更激烈猛恶。余娲门人因都隐形神妙,一个未见,广场上静荡荡的。这一面是仙云滞空,冠裳雪映;那一面是红萼高矗,精芒丽霄,照映得满天云彩齐幻朱霞。琪树琼林,同飞异彩,端的气象万千,壮丽无伦。再加上那十二个身材高大的神魔一陪衬,越显得光怪陆离,奇诡惊人。

众人料知魔法将成,变生瞬息,不知是甚惊险场面,方在注视。只见那千叶莲花本是千层花瓣,由分而合,缓缓往上包来,只剩莲萼顶尖还未合拢。老人身坐其中,宝相庄严,神态越发安详,加上那副慈眉善目,直似上方仙佛,偶现金身,哪像内中隐蕴无限凶机,十分杀气的景象。眼看莲萼顶尖已将顶层包没,忽听远远一声极清越的金钟响过。余音尚在摇曳,悠扬不息,莲萼尖上忽然激射起十三丝极细微的彩色精芒,中央一根刚升起丈许,顶尖上"叭"的一声,现出一团黄影。晃眼彩丝消灭,黄影暴长,先现出一个与老人相貌差不多的魔头,跟着现出全身,身材相貌与老人一般无二。只胸前围着一片碧叶战裙,通体赤裸。下余彩丝早分别朝神魔飞去,其急如电。那十二神魔似早知道主人有此一举,一听钟声,立即回身相待,各把血盆大口一张,分头接去,一声欢啸,跟着怒吼飞舞而起。血莲上面主魔正是老人元神,也同飞起,只不前扑,口中厉啸连连,似在发令神气。那情态与神魔一般无二,只是比较沉稳。

群魔本朝众人存身的云幄扑来,闻得主魔啸声,忽然收势,先四方八面分将开去,腾空而起。到了半空,各将那门板般大的利爪往下一扬,立有五股暗赤光华朝下飞射,急如雷电。似这样,廿四只魔手齐挥,晃眼之间,整座山头又成了一片血海。同时魔火所罩之处,余娲门人纷纷现身,各在宝光防身之下四散飞逃。有的边逃边由手上发出宝光雷火,朝神魔打去。哪知并无用处,至多将魔手挡住,得以逃生;或是稍为受伤惊退。可是魔爪又大又长,指上魔光更是厉害,刚刚惊退,晃眼又复当头抓下,动作万分神速。空中已被魔影布满,上面无法冲出重围,只得从下面,像冻蝇钻窗一般,狼奔豕突,东逃西窜。那廿四只魔手像网中捞鱼一样,到处乱抓。下面被困诸人，只于湘竹不在其内，余人全都狼狈异常。虽仗着修道多年，本身法力尚高，护身均是仙家至宝，逃遁神速，在魔手鬼影缝中钻来窜去，未被抓中，但是魔影由外而内，齐往中心而来，圈子越缩越小，眼看形势危急已到万分。

云幄中诸人自从主魔出现，魔影纵横，将余娲门人隐形法破去，便知不妙，虽然有了成算，也甚心惊。尹松云看出厉害，手掐法诀一扬，云幄早往后退去。那十二神魔也未前追，全神贯注下面诸人，满空飞舞，往来抓扑，厉啸之声山鸣谷应，甚是惊人。灵峤诸仙早知就里，还不怎样，金、朱、钱、石诸人见下面诸人危急情势，全都动了义愤。金蝉首喊："申屠师兄和洪弟均有降魔之宝，为何见死不救？我们大家同出，拼着冒险救他们一救如何？"钱莱、石完更是性急，手掐凌浑所传的灵诀，往外便冲。因云门已被女仙赵蕙封闭，连金蝉、朱文也休想出去。朱文见石完急得乱跳，申屠宏、李洪却是微笑不语，忙劝金蝉道："大哥素来持重，洪弟平时又很淘气，如何这等安详？果真这些人要遭惨劫，灵峤诸位道友也无坐视之理，要你师徒心急作甚？"话未说完，廿四只魔手一齐聚向中心。那十几个余娲门人也会合在一起，各将主光结成一个大光团，似想合力抵御。但是八面受围，眼看魔爪鬼影重重交压，正缓缓往下降来，宝光也越发暗淡，耳听主魔又在长啸发令，眼看这十多个修炼数百年的道术之士难逃毒手，连形神全要被神魔吸去。金蝉等四人正在代他们着急，猛然一声雷震，先是一团紫气，九朵金花，由下面飞将上去。紧跟着又是一道紫色金光往上飞起，将那魔手一挡。魔手上所发出的碧光，立被九朵金花罩灭。同时一片五色云网电也似急飞起，罩向被困诸人头上，只一兜，便连人带宝一齐网去。

众人认得那三件法宝，正是凌浑的九天元阳尺、崔五姑的七宝紫晶瓶和采取五岳轻云炼就的锦云兜。心想人怎不见出面？凌氏夫妇已同现身。凌浑于指前面，笑骂道："老魔头枉白费尽心力，纵魔行凶，眼看大难将临，还不省悟。我们先将你这十二残魂朽骨的邪气破去，省得少时措手不及，被人趁火打劫，你不过丢几个死骷髅，却为别人留下祸害。"这原是瞬息间事，凌浑话未说完，崔五姑七宝紫晶瓶内早飞出两股宝光，看去和火一样，但是色彩鲜明，从来少见。最奇的是初出好似两根火柱，百丈朱虹，才一出现，前头忽然爆散，化为龙眼般大的火珠，霹雳连声，宛如千万颗母子连珠炮同时爆炸，整座魔宫立被火雷布满，如海如山。只听神魔一声惨嗥，全都震成粉碎。所幸老人识货，又与神魔心灵相合，收发绝快，认识那专破魔法邪焰的雷泽神沙，知道骤中暗算，难于抵御，忙即回收。老人看出受伤甚重，不由急怒交加，切齿痛恨。正待行法还攻，猛又听敌人笑骂："老魔头，少时自有人来制你。我不过见你行凶欺人，看了有气，稍为多事，谁耐烦和你这老不死一般见识？"说时迟，那时快，那雷泽神沙也真神妙，本已由无量火星化为百丈红云，火海一般笼罩全山，除一朵血莲外，全魔宫的景物已成灰烬。就这晃眼之间，老人为神魔所炼法身一经消灭，那火海一般的红云只一闪，仍恢复原状，变成两根火柱朱虹，由大而小，仍往那小才寸许的七宝紫晶瓶口中射去，连人带宝一起不见。

再看半空云幄之中，敌人和所救十余人又在里面现身说笑。同时猿长老也在云外出现，高呼："适才我在空中观察，那话儿快来了。凌道友留意，我去防护魔宫诸人，莫要受了误伤。"说完，青白光华一闪即隐。老人闻言，心便一动。及见对面敌人笑骂轻视神情，重又暴怒，张口一喷，那十二骷髅立时暴长，大如车轮，凶威再振。老人主魔也随在后面，离开血莲上空，一同磨牙张唇，呼啸怒吼，迎面飞舞而来。凌浑大喝："老魔头，你那两个对头就要来到，当真要找死么？"老人在后督队，正往前飞，不料那云幄在仙法妙用之下，暗中另有埋伏，已由凌浑在现身破法以前，趁着主魔一意伤敌，心无二用之际，暗中布置停当，仙法禁制已生妙用，如何能够近前。老人毕竟法力高强，见这晃眼即至之地，竟会不曾到达，已觉不妙。猛听风云破空之声，与寻常剑遁不同，又听凌浑这等说法，料知强仇劲敌已快飞来。对面敌人不知用甚仙法，颠倒挪移，以自己这高法力，竟会追他不上？在未查明虚实以前，追也无用，还是抵御另一强敌要紧。老人心中一惊，立令群魔停住待敌。又听凌浑发话道："我本不难代你挡住，不令你那对头欺凌孤老，无如你这老家伙不知好歹，且将来人放进，看你有多大神通，敢于如此狂妄？"

老人先听敌人风云破空之声，尚在千百里外，方在戒备，向空观察，就这几句话的工夫，一片纯青色的仙云已驭空凌虚，乘风而来，晃眼飞到上空，云上现出三个女仙。朱文只认出内中一个穿素罗衣，背插如意金钩，手捧玉盂的，正是冷云仙子余娲。另外两位仙女：一个穿一身雪也似白的仙衣,年约二十左右,手执一花,面带微笑;一是中年道婆,拿着一根珊瑚杖,上挂尺许大小的铁瓢,从未见过。转问宫、赵二仙女,才知这两人也是灵峤诸仙的好友,名叫霜华仙子温良玉和瓢媪裴娥。虽和余娲道路不同,但都同在小蓬莱西溟岛上修炼。料被余娲强约了来,助其报仇。正谈说间,仙云已经停住。余娲怒容满面,更不发话,左肩微摇,背后如意金钩化作一道百丈金虹,首朝群魔飞去。出手便自暴长,宝光强烈,只一闪,全山便在环绕之下。老人看出仙府奇珍不是常物,一声厉啸,群魔一齐后退。主魔突现全身,看去好似一个又高又大黄色人影,上面顶着一个大如车轮的魔头。双方动作均极神速。老人魔影先被金虹圈住,连绞几绞,黄影立被绞成数段。旁观诸人方觉老人魔法不过如此,谁知神魔全身虽被绞断,魔头却被漏网,始终圈它不住。

第二八〇回　霞彩拥灵旗　万里枭声逃老魅
　　　　　　　青莲消血影　四山梵唱拜神僧

余娲只图擒贼擒王，不知是计。敌人又只有一个，不便请同来二仙相助。满以为主魔乃敌人元神所化，只要将其除去，立可成功。认定仙府奇珍威力至大，见状怒喝："无知老魔鬼，我不过有事羁身，便宜你多活几日。在我手下还想逃命么？"随说，手掐法诀，朝外一扬，一口真气喷将出去。金虹似急电惊掣，宝光大盛，只闪得两闪，便将主魔裹住，在里面上下冲突起来。这时那金虹已绕成一个十多丈方圆的金球，将魔头包住。眼看主魔在里面由大而小，渐复原形，只是跳动越急，绕护魔头外面的一层血光也更强盛，并未消灭。

余娲方在奇怪，忽听裴娥说道："道友留意，敌人擅长玄功变化，莫要中了他的道儿。"余娲闻言，猛想起此宝何等神奇，仇敌已被困住，理应裹紧才对，为何光中空隙甚大，好似被甚东西撑住，莫要有甚诡计不成？心念才动，定睛一看，里面竟有一层黄影，由内而外将其绷紧。因都是黄色，不用慧目注视，绝看不出。最奇的是外层金光已只剩了薄薄一层，魔头仍在里面跳动，上下飞滚。余娲方料不妙，未及回收，猛听惊天动地，万金齐鸣，一声大震，金虹所化光圈竟被震成粉碎，上下飞射的残光金雨，立时笼罩全山，高涌百丈旧光之下，宛如平地冒起一座金山，声势猛烈已极。余娲如非法力高强，几被震伤。心惊急怒之下，正待施为，忽听身侧温、裴二仙同声大喊："老魔头，你待如何？"余娲先见金尘高涌，仇敌所化主魔已由百丈光雨中冲空飞起。因为至宝被毁，心中恨极，只顾注意前面，想要下手报仇。刚把手中玉盂一举，一片冷光还未发出，闻言心中一惊，料有变故，忙把护身青霞飞起时，猛觉心头一凉。同时瞥见仇敌仍是初见时原样，头下黄影并未绞散，突在面前现身，满脸笑容，注视自己，立有一层黄影当头罩下。余娲当时心神便觉有些迷糊，通身冷战，幸而应变尚快，护身青霞同时飞起，虽未昏倒，已中魔法暗算。暗道："不好！"忙用玄功抵御。

另一面，裴娥将珊瑚杖上铁瓢一指，便有一股紫气飞向百丈金尘光雨之中，神龙吸水一般，只一裹，一片金铁交鸣之声响过，全数收去；温良玉将手中所持非金非玉，形如幽兰，其大如杯的奇花微微往外一点，立有青白两股云气朝前飞射出去。余娲事前并非不知厉害，所以约好帮手，想下制胜之策。到时，因见门人丢脸，助他们脱困的又是平日对头，盛怒之下，觉着门人被困已久，自己因为魔法厉害，不敢冒失来救，所约帮手好些推托，迟到今日方始赶到，门人已为对头所救。对头索性就此动手也罢，偏是相持，不肯发难，分明算准自己要来，想较斤两。自己如若不胜，再行动手，以显他的法力。对头这等软斗，处处使人难堪，表面还装大方，使人无话可说。越想越愧忿，自恃所持二宝乃天府奇珍，便不照原定方略，意欲上来先给敌人一个重创，即便不能一举成功，多少争回一点颜面也好。谁知仇敌厉害，反将昔年费尽心力炼成的一件至宝毁去。而且骤不及防，竟为魔法暗算，虽仗功力高深，还能支持，但极勉强。尤其仇敌魔影老在面前含笑而立，自身法力竟会失效。正在悔恨惊惶，强摄心神，幸而温、裴二仙双双发动，老人准备就势反击的碎宝残金，首被收去。温良玉花上的青白云气又飞射出来，裹向身上，破了魔法。余娲神志立即恢复，平素虽然骄狂，毕竟修炼千年，深知厉害，好容易在千钧一发之间，把身前魔影去掉，元气已经损耗不少。凭自己的功力，本来不应如此大败，全由骄敌疏忽所致。这不是怄气的事，反正人已丢定，如何还敢恋战。这才飞退回来，满面愧忿，与温、裴二仙一起。

对面尸毗老人也是情急心横，知道强敌环伺，吉凶难料，竟起凶心杀机。将金球震破以后，既想利用那些残碎神金去伤敌人，又想乘机将余娲元神吸收了去，助长神魔威力，大举报仇，一网打尽。没想到温、裴二仙胸有成竹，法力又高，全被破去不算，本身如非飞遁神速，几为太虚清宁之气所伤。老人方在惊怒，猛听遥空中似哭似啸，传来一种极凄厉的异声，知道又来强敌鸠盘婆。也是背运当头，明知鸠盘婆来去如电，声到人到，因是另有强敌当前，先前又吃了点亏，志在报复，正施魔法，一时举棋不定，微一迟疑，敌人已经飞到。云幄中众人先前觉着余娲等三仙来时仙云驭空，凌虚飞泻，快得出奇。不料鸠盘婆来势更快，异声才一入耳，一个年约四旬的丑怪妇人，已随着一股黑烟飞落场中。虽然好多人均未见过，但那来势早有传闻，一望而知是那赤身教主鸠盘婆亲自赶到。眼见之下，比起传闻更觉丑怪。

原来鸠盘婆身长不过四尺，生得又瘦又干，和僵尸差不多。头作鸠形，面黑如墨，一双碧眼凶光隐隐。通身赤裸，只在腰间围着一条鸟羽、树叶交织而成的短裙，上身穿一件同样材料的云肩，金碧辉煌，好看已极。和魔女铁姝装束差不许多，只是有一蓬黑纱笼罩全身，看去似烟似雾，不知何质所制。她的手脚均和鸟爪一样。左手拿着一根鸠杖，鸠目闪烁放光，口中时有彩烟袅动。此外并未持有什么法宝。不似铁姝头肩等处，均有刀叉那等全身披挂。神态也极严肃。身外黑烟厚约尺许，宛如一条七八尺高的人形气团，当中裹着这么一个怪人。黑烟也停在地上，并不飞动。众人正看之间，鸠盘婆已先发话道："尸毗老人，别来无恙？老身本定今日抽暇前来领教，到此才知尚有多人与你斗法。我素不愿乘人于危，但又不肯虚此一行，多少须见一点意思。好在你那神魔必送敌手，留它无用，事急反噬，更多操心，不如暂借老身一用。今日你如无事，随时请往我那里，亲自讨回如何？"说时，双方已经动手。先由老人主魔头上发出五色奇光，朝鸠盘婆射去。鸠盘婆忙把鸠杖一摇，鸠口内也迸射出大股彩烟，将其敌住。开头双方还能扯直，两句话过去，魔口内又喷射出大股黄光血焰，鸠盘婆面色立现紧张，两臂一振，上身所着云肩（名为秘魔神装，乃赤身教中最厉害的五宝之一）立发出一蓬暗碧光华，将其敌住。同时鸠盘婆左手向头一拍，随见一个长约半尺，与鸠盘婆同样的小人，由头顶升起，在一幢尺许大的碧光笼罩之下悬在头上，意似戒备，并未出斗。

双方都是魔教中的高明人物，互知深浅。为防两败，所炼神魔均未使用，各凭本身功力拼斗，看去反没有先前火炽。老人身形已幻化为二，一个去与温、裴二仙相斗，一个则与仇敌互用魔火邪烟喷射，相持不下。老人一心两用，分身应敌，有点为难神气。那鸠盘婆也似强敌当前，表面强作镇静，口中发话，实则也是故作从容，丝毫不敢松懈。魔光火焰，对面冲射，互相时进时退，相差也只两丈出入，急切间也看不出谁占上风。老人早就怒极心昏，又见鸠盘婆元神已经飞起，正待与之一拼，刚怒啸得一声，忽听空中有人笑道："老魔头日暮途穷，众怨所归，还不省悟么？"声才入耳，鸠盘婆话也说完。老人这里还未下手，猛听群魔厉啸之声。同时瞥见魔女铁姝同了几个赤身魔女，忽然现身；另有九个粉妆玉琢的女婴，电也似急，齐朝身后神魔扑去。两下里一撞，十二魔头立时缩成拳大，被那九个女婴和魔女各抱一个，腾空便起。老人也是一时疏忽，明知鸠盘婆诡诈多端，双方法力差不许多，此时乘机来犯，占了不少便宜。因来势特快，又在对面发话，已经动手，彼此无暇分神。先前因为余娲等来敌太强，既恐神魔措手不及，为敌所伤，又欲以退为进，先把神魔护住，藏向先前暗设魔阵之内，少时用以诱敌，一举成功。无如形势匆迫，强敌相继飞来，两头兼顾，未免心乱。没想到鸠盘婆暗带门人前来，又是行家，魔阵拦阻铁姝不住，鸠盘婆再特意激将，使其分神，一时疏忽，竟被铁姝用九子母天魔，冷不防乘隙将神魔盗去。

老人一着急，不顾再与敌人争斗，立纵魔光追去。不料鸠盘婆早有准备，元神电一般急飞起，只一闪，便到了老人前面，拦住去路，两下撞在一起，斗将起来。就这稍微停顿之间，铁姝已带了神魔，长啸一声，化为一溜黑烟，刚要往空射去。猛瞥见一片金霞，光墙也似横亘天半，拦住去路。铁姝素性恃强，见状大怒，左臂一扬，三把金刀刚刚飞将出去，忽听满山梵唱之声。同时接到师父鸠盘婆的警号，令其放下神魔速逃。百忙中定睛四顾，梵唱之声与平常和尚念经并差不多，阻路金霞虽然神妙，凭自己的法力，并非不能抵敌，何故如此胆怯？不禁奇怪。鸠盘婆原身本在黑烟笼护之下，凌虚而立；元神正与尸毗老人主魔相持，未分胜败。不知怎的，发完速退警号，碧光一闪，连元神一起不见。尸毗老人立时回头追来。铁姝知非敌手，又听乃师在归途上连发传音警号，催令速回。同行魔众又已经奉命先逃。猛想起来时师父曾说，此行不过践约，出气未必如愿。铁姝知道除了自己的敌人之外，还有几个极厉害的对头，因有仙法隐蔽行踪，推算不出心意，如与自己作对，暂时虽然不怕，后来却是隐患。按说最好不来，一则恶气难消，再则自己借与天门神君林瑞和萨若那的几个神魔均被仇敌毁去。当初借人，原想师父近年法令更严，不许无故伤人，而自炼的几个神魔又不能久断血食，借与林、萨二人，由其自行放出，吸收生魂精血，与己无关，交了朋友，还可增加神魔威力，何乐不为？不料全数葬送，好生痛惜。铁姝既恨老人伤她，又想所炼神魔功力已深得多，师父恰算出老人当日惨败，正好趁火打劫，再三哀求。鸠盘婆本极爱她，因恨仇人欺人太甚，便赶了来。师徒说好应变必须机警，知进知退；否则仇报不成，还要吃亏。这时虽见乃师逃退匆忙，必有原因，终以到手之物，不舍抛弃。一见仇敌追来，上空又被金霞布满，意欲穿地逃走。哪知微一迟疑，尚未将神魔放下，那九子母天魔所化的婴儿和魔女一同忽然不见，神魔重又飞起。知道师父见己违令，将九子母天魔收去，同门也被召回。先擒神魔尚未祭炼，不能随意隐遁，现既弃去，便能来去自如。想起仇敌可恶，何不赶往魔宫扰闹出气，即使戒备森严，不能深入，多少也可出气。反正天空路断，非由地底逃走不可。铁姝心念一动，立即往下飞逃。

这原是瞬息间事，双方动作俱都极快。铁姝刚刚飞出不远，猛看见前面一道青光拥着一个手长脚短的畸形丑女，后面两道血光拥着两个头顶金莲花的短装道童，迎面飞来。百忙中不曾看真，那三人又是首尾相衔，看去好似一路。铁姝不知前面的正是三湘贫女于湘竹，后面是田氏弟兄，误认作同是仇敌。恰好于湘竹因往魔宫暗算，触动禁制，身受重伤，飞遁出来，迎头遇见魔女，后面随着尸毗老人，也把双方当成一路。于湘竹胆寒情急之下，想用法宝挡上一下，再往斜刺里遁去。不料平日凶横，恶满数尽，手中一团青色雷火刚闪得一闪，魔光已由铁姝手上发出，照向身上，想逃已是无及。本来连元神也被吸去，总算死运还好，身刚往下一倒，便听空中一声清叱，一道经天白虹，中杂无量亮若银电的毫光，忽自对面飞射过来。铁姝猛觉身后冷气寒光，从头下照，全身立被裹住，仇敌又在后面紧追不舍，知道不妙，忙用金刀自断一截手指，化为一溜血焰，穿地逃去。老人正发号令，命田氏弟兄速发动地底禁制堵截时，自身也被银光裹住。

原来那银光正是余娲所发。因自先前败退以后，正在切齿痛恨，忽见鸠盘婆隐形遁走，铁姝舍魔而逃，老人随后追去，忙把玉盂中宝光发出。本心是想乘机下手，先将十二神魔除去。忽见爱徒于湘竹由魔宫内负伤逃出，隐形法已为仇敌所破，忙指宝光前去接应，爱徒已为铁姝所杀。越发悲忿，再指宝光去擒铁妹，又被逃走。老人追来，恰被就便裹住。方要施展魔法破那白光，忽然一闪收去，猛觉心灵上起了警兆。回头一看，魔宫上面忽现出六座数十丈高大的旗门，整座神剑峰魔宫已被金光祥霞布满，仙云遍地，瑞霭飘空，照得大千世界齐幻霞辉。内中的六座旗门在祥光彩雾之中时隐时现，正由大而小，往云帼前面收去。当中裹着那十二神魔，已被困入旗门之内，闪得一闪，便即无踪。同时，老人心灵大震，才知敌人暗中设有六合旗门，神魔已为所毁。急怒交加之下，意欲施展诸天十地如意阴雷与敌拼命，更不寻思，飞身便往旗门之中冲去。

这时余娲已被白发龙女崔五姑赶来婉劝，说："今日之事，早有预定，尸毗老人命不该绝。只因他那本身元神已与阴阳神魔合成一体，受其暗制愚弄，才有今日之事。贫道等为了机缘未至，还须等一位有大法力之人前来化解，否则早已下手。此人炼就阿修罗不死身法，只能劝其归善，除他极难。少时他必情急拼命，施展诸天十地如意阴雷，这座神剑峰方圆千里之内，不论人物，齐化劫灰。道友可带了令高足回转仙岛，免得见此惨劫；否则暂时请作旁观，容贫道等代劳除魔如何？"余娲一听，老人竟不惜损耗三数百年的功力，为此两败俱伤之计。知道这类秘魔阴雷，比轩辕老怪、九烈神君所炼不同，因以本身真气助长凶焰，威力之大不可思议，方圆千里，死圈之内，仙凡所不能当。自己虽然防身有宝，就不受伤震撼，仍所不免。其势又不便避入旗门之内。温、裴二仙也在示意相劝。一想无法，只得带了众门人一同飞去。

老人也已发现旗门，飞身追来。满拟仙阵神妙，敌人既将自己隔断在外，神魔一灭，旗门立即缩小，必是知道有此杀手，难于冲进。哪知刚到阵前，祥光一闪，人便陷入阵内，四顾茫茫。那金光祥霞，宛如泰山压顶，怒涛飞涌，上下四外一齐拥来。怒极之下，更不寻思，忙即施展魔法，将全身缩成一团碧光，和由血莲萼上刚飞起时的元神一般大小，将要自行震破。他这里刚刚准备停当，快要发难，忽听先前梵唱之声越来越近，四山应和，也不知人数多少。心方一动，那阴雷已似离弦急矢，未容寻思，突然爆发。

老人原是复仇心盛，拼却断送数百年苦功，将在场敌人连那旗门一齐震碎。以为炼就玄功变化，元神分合由心，胜了固可报仇雪恨，即便不能尽如人意,元神当时随同震散,仍可收合为一。对方那么多的人,多少总伤他几个。自己虽然吃亏,所炼阴魔不过当时受伤,事后却可收摄好些修道人的真元。哪知阴雷爆发时,本身元神为了助长威力,本应随同雷火震散,不知怎的,竟在快化为无量雷火血焰、四下里飞射的这眨眼之间,猛觉身子一紧,面前一条暗绿色的鬼影闪得一闪,便即自行震散,化为一蓬碧光黑烟,四散消灭,并未听出雷声。同时霞光耀眼,身外一紧,全身均被金光祥霞裹住,也未随同震散。知道护身阴魔已被敌人消灭。如在平日,老人必定怒发如狂,忿不欲生。这时因附身阴魔已去,毕竟修炼千年,法力高深,见此情形,虽然仇恨难消,盛气已去了大半。又见仙阵厉害,神妙无穷,自己那么高法力,竟找不出它的门户。心中方生悔恨,忽听对面有人大喝道:"你那附身多年的阴魔,已被我们除去。齐道友和灵峤诸仙念你修为不易,委曲求全,特命门人将尊胜、天蒙、白眉三位老禅师求请到此,用极大佛法为你化解恶孽。还不就此皈依,等待何时?"

老人抬头一看,先前云幄中的长幼敌人,正分立对面广场之上,神驼乙休、猿长老、灵云、孙南和三个未见过的少年男女也在其内。当中仍矗立着那朵血莲萼。面前一个破蒲团上,坐定一个身材矮瘦,面黑如漆的中年枯僧。身上一件百衲衣已将枯朽,仿佛多年陈朽之物,东挂一片,西搭一片,穿在身上。有的地方似已被风吹化,露出铁也似的精皮瘦骨,左手掐一诀印,右手拊膝,安稳合目坐在血莲对面,态甚庄严。空中各立着一个神僧,正是以前向往的天蒙、白眉二老。同时身上一轻,再看仙阵已收,祥霞齐隐,只剩梵唱之声荡漾空山,琅琅盈耳。同时又发现爱女、门人已全跪下,正向蒲团上枯僧膜拜顶礼。知是初学道时,受自己魔法禁制,后来苦搜不见,也就不再理会的那个想要度化自己的和尚,当时省悟。元神正待复体,往那血莲萼上飞去,刚刚到达,未及行法,莲萼倏的舒开,分披向下,老人也就复体,立即飞落。方想收去血莲,向三位禅师下拜,请求皈依。哪知血莲萼竟收不回,光更强烈。没奈何,只得走向蒲团前面,顶礼下拜,说道:"弟子愧负师恩,不敢多言,望祈佛法慈悲,恩赐皈依。"祝罢一看,只一个破蒲团在地,想是千年旧物,质已腐朽,当中现出一圈打坐的痕迹,已快深陷到底。心方惊疑,忽然身后说道:"徒儿,我在这里,你向何处皈依?"老人忙即回头一看,尊胜禅师已端坐在血莲花上。天蒙、白眉二老扬手一片金霞照下，血莲立发烈焰，转眼变成青色，禅师头上随现出一圈佛光，身已涅槃化去。忽有三粒青荧荧的舍利子飞起，吃石生、钱莱、干神蛛随手接去。老人立时大喜下拜，更不说话，刚向破蒲团上坐定，一阵旃檀香风吹过，满天花雨缤纷，祥霞闪处，上下三神僧连老人和所坐青莲蒲团一齐不见，四山梵唱之声顿寂。魔宫人众也都悲泣起来。乙休笑道："你们先前已得神僧点化，你们师父此去便成正果，有甚伤心？各照禅师和我所说，自投明路去吧。"

乙休说完，众人俱都收泪应命。只有田琪、田瑶慨然说道："家师现往师祖昔年打坐之处，尚须三年始成正果。师妹因奉各位师长之命，必须移居天外神山。弟子等感念师恩，在家师未证果以前，实不舍离开，何况鸠盘婆师徒心怀深仇大恨，早晚必来侵害，家师定中，也须有人护法。望乞各位真人仙师恩准弟子，将魔宫封闭以后，去往家师洞前守护三年，略报深恩。只等家师功行圆满，再求去拜师如何？"乙休、凌浑同声笑道："你兄弟二人志行可嘉。令师魔孽甚重，此三年中绝不安稳，我们索性成全你们吧。"凌浑又道："老伴，可将雷泽神沙取点出来。"随说，早由崔五姑七宝紫晶瓶内，倒了十二粒绿豆大小的红珠，传以用法，赐予田氏兄弟。

乙休随向众人道："魔女、宫众，我已另有指示安排。我因在铜椰岛与天痴老人斗法，几造无边恶孽，事后颇悔。不料这次得了赤杖仙童指点，无意中将尸毗老人度化，并代尊胜禅师、丽山七老居士了却千年心愿，同归正果，实是快意之事。幻波他不久有难，我本来想去助易、李诸人与老怪卍南公一斗，因采薇僧朱道友再三劝阻，来时途中又遇芬陀老尼说起此事，丽山七老证果在即，也想和他们聚上几日，并为护法送行，只得中止。光明境相隔太远，你们往返需时，又不宜在期前赶去。我的意思，除中屠宏与干神蛛夫妻往助花无邪外，余人如想回转小南极，暂时便可无须再来，令师休宁岛事完，自有使命。幻波池事且凶险，现只开端，你们去了，不过多杀几个漏网妖孽，事情还是一样。如欲前往，便须候到英琼事完之后，在洞中相助，撤去圣姑所留五遁禁制的法物，开建仙府，始能回转。为日颇长，你们去留任便。不过李洪转世年浅，还不到下山时候，趁他师父不在山中，便在外面惹事，胆子又大，容易与妖邪结怨，最好不去，你意如何？"李洪知道诸长老均极爱他，便走向身前，拉着乙休的手笑说道："老世伯,侄儿蒙你几生厚爱,才有今日。你不是常说,侄儿以前几生,常受邪魔侵害,理应今世回报?师父不让出门,好容易他老人家不在山中,又曾许我下山,难得有此机会。师父一回山,弟子便须守在山中,要过好几年才能出来走动。难得遇到这等机会,为何不令我前去?即使妖人厉害,有老世伯在场,也不会让侄儿吃亏,怕他何来?"乙休手抚李洪的头,笑道:"你真顽皮胆大。我如坚执不令你去,你必不快,还当我老世伯怕事。去是无妨,却不可和众人做一路。你和他们聚上两日,可去高丽贡山井天谷中寻我,就便参拜七老居士。这里事完,你去也恰是时候。既免途中淘气,还可得点好处。"李洪闻言大喜。

金蝉和朱文本已说定,同往小南极一行。朱文早就想念幻波池诸友,见金蝉欲言又止,恐其说出不去的话,忙先开口道:"幻波池诸姊妹久已未见,不知为何不能早去?"乙休笑道:"此时还难明言。我看你们师徒五人全都想去,事应两月之后。在此期中,可在西南诸省行道,一切任意而行,也许还有甚事。到了第七十天上,你五人再同往幻波池,李洪也必赶来会合,这样便可将那潜伏东海已三百年的两个妖邪除去。孙南随意。灵云速返紫云宫,如遇小寒山二女,可告谢琳留意:如遇一个头生肉角的妖妇,千万不可放她逃走;如被逃走,也须追上。此事忍大师已早知道,但不肯说。我和凌道友夫妻、猿道友还要往高丽贡山去寻七老一叙。你们聚上几时,也自走吧。"说罢,四人飞走。

灵峤诸仙送走乙休等四人,也各告辞。内中只宫琳、花绿绮二女仙后走,分向朱文、齐灵云二人话别,双方俱都依依不舍,宫、花二女均说不久还要再见,方始别去。灵云因紫云宫有事,又因大难之后,看出孙南道心坚定,知他想往紫云宫一游,便约同往,一同飞走。魔女和田氏弟兄见众仙纷纷飞去,挽留不住。知道申屠宏、金蝉等暂时无事,再三挽留,请往东宫一叙。这时西魔宫已经全毁,法坛也被破去,只东魔宫完好如初。众人好些事尚不知道,又见魔宫景物奇丽,主人情义殷厚,全部应诺。朱文先向魔女请教,才知尸毗老人原是藏族人。魔女已经七老赐名,改为明殊。并奉乙休之命,在当地只留七日,便用所赐灵符,飞往天外神山,去与阮征同修仙业。此事全由乙、凌二老前辈深恩成全。

原来那日古神鸠奉了杨瑾之命,仗着芬陀神尼灵符掩护,赶到神剑峰魔宫之上，突然现身，抓破上空魔网，将困陷金蝉、朱文的魔火血焰，用所喷丹气裹住，朝空飞遁。同时尸毗老人也已警觉，立即命田氏弟兄去追。神鸠回顾敌人追来，立将所吸血焰舍去，仗着灵符之力，隐形遁走。田氏弟兄正要行法回收，忽见血焰宛如朱虹飞堕，往下面山坳中射去，竟收不回来，好生惊奇。跟踪飞落一看，下面乃是形如天井的深谷，四面皆山，危崖环立，当中一片三四亩大的平地，草木不生，石色如火，景甚荒寒阴森。四面崖壁上分列着七个仅容一人起坐的小洞。当中地上环列着七个蒲团，上坐七人，都是白发如银，年已老迈，装束非僧非道，人也胖瘦不一。地上放着一个瓦钵，那道血焰正往钵中投进，一闪不见。田氏弟兄见状，又惊又怒，刚飞到地上，正要开口喝问，七老忽然不见。再往崖壁上一看，那七个石洞中，各有一个须发如银的老者坐在其内，身上衣服破旧，面容庄严，仿佛入定已久。因想以前常在空中来去，从未见到过这等人物景地；师父魔光何等厉害，怎会被人收去？知非寻常。忽然福至心灵，便向正面一个年纪最长的老者躬身下拜道："诸位老先生尊姓大名？为何无故作梗，将我阿修罗神焰收去？"连说三遍，不听还言。刚要发怒，猛想起魔光与师父心灵相合，休说外人决收不去，就被制住，师父也必警觉赶来，怎会毫无动静？越想越怪，不敢造次，二次躬身说道："弟子奉命追敌，不曾追上，又将神魔失去，归必受责。望乞诸位老前辈勿再为难，感谢不尽。"说完，便听有人发话："你那魔焰自向我天浮杯中投到，现在你的身后，自己取走便了。"回头一看，那瓦钵果在原处未动，只是空无所有。方在惊疑，又听左壁上有人发话道："七弟，此子不是我门中人，何必费事？由他去吧。"说到末句，声如巨雷，宛如当头棒喝，心灵皆震。田氏弟兄偷觑崖上发话之处，洞中老人仍各端坐，无一言动。同时瞥见上空血光一闪，耳旁又听有人喝道："你师父大劫将临，回去不可多言，到时还有解救。去吧。"

说时田氏兄弟已发现那片血光在上面浮沉游动，似是无主之物。连忙飞身直上，刚刚回收，脚底忽起风雷之声。低头一看，已变成一座童山危崖，方才人物和那井形深谷全都不见，忙即飞回。

刚到魔宫，师父正与敌人斗法，敌方群仙相继飞到，从此多事，始终无暇向师请问。后来去镇魔坛，与魔女明殊说起经过，正在忧急愁虑，于湘竹忽用法宝前往暗算。魔坛根本重地，埋伏重重，何等厉害，于湘竹还未攻进，便已受伤逃走。田氏弟兄因忿于湘竹骄狂凶狠，又见外层禁制也被她破去三道，魔幡毁了好几面，越发有气，便令魔女暂为主持，自己追出。不料迎头遇见铁姝杀了于湘竹，穿地遁走。师父传令追击，意欲急飞魔坛，相助魔女行法，发动地底禁制，将铁姝困住。不料就这追敌晃眼之间，魔法未破，魔坛上却多出前遇七个老人，另外还有两个少年男女。魔女、宫众已被一片灰白光影网住，刚刚收去，一个个呆若木鸡，言动不得。田氏弟兄不禁又惊又怒，扬手两股血焰金叉刚飞出去，忽听魔女急呼："此是丽山七老，我刚想起前生之事，不可无礼。"话未说完，魔女已先下拜。同时两柄金叉也自落地，身上似有一片金花一闪，当时打了一个冷战。紧跟着法坛上七老不见，却现出一圈金光，正照在自己和全体宫众身上。立时洞悉前因，省悟过来，佛光也已敛去。

原来魔女知道众人虽为降魔佛光所照，泯去杀机，心生畏惧，但好些事还不知道。同时又怕父亲当此危机一发之间，强敌又多，稍为疏忽，便无幸免。忙去台上重新主持，又向众略说经过。干神蛛夫妻原奉神驼乙休之命，仗着那道青灵符来到魔坛前面守候，正愁无法入内，忽见另一魔徒随着二田追出，遥望铁姝飞来，立时缩退回去，立即附身同入。一到里面，便照乙休所说，用蛛网先将魔女、宫众困住。魔女骤不及防，正待反攻，七老忽在台上现身。内中一个把手一挥，魔女、宫众全被逼下魔坛，蛛网也自收去。同时一片佛光照向身上，魔女首先省悟，想起以前几世的经历。余人自从佛光照体，也都心平气和。魔女再一下拜拦阻，全都不敢再动。连干氏夫妻也便泯去杀机。

及听魔女说起前因，才知尸毗老人初得道时，遇见一位高僧，便是那尊胜禅师。禅师想将尸毗老人度化，不料道浅魔高，虽然老人不肯伤他，仍被他魔法所困，受尽苦痛。禅师不稍畏缩，到第七次上，并发誓愿：如不将此魔头度化，绝不离去尘世。老人神通本大，但因禅师欲以慈心毅力感化，施展最高佛法金刚天龙禅唱，木鱼之声日夜不断，始而因觉对方纯是好意，又为至诚所感，虽然不愿归入佛门，但也不忍杀害。后嫌梵唱之声老是萦绕耳际，无时休息，不由激怒，便施展大阿修罗法，将禅师封禁在高丽贡山一座崖洞之中。那地方大只方丈，左临绝壑，瘴气蒸腾，前有高山低覆，终年不见日光，阴风刺骨，暗如黑夜，四外俱是前古森林，毒蛇猛兽成群出没，端的危机四伏，凶险异常。老人将禅师禁闭之后，笑道："我本不想伤你，是你惹厌。我今将你禁闭在此，只要悔过服输，将我洞口所留铁牌翻转，立可脱身无事；否则，这里夏有酷热，冬有奇寒，夜来阴风刺骨，日间瘴毒蒸腾，还有毒蛇猛兽，均能出入侵害，你却不能出洞一步。你禅功虽高，无甚法力，如何禁受，死活在你自己。"禅师笑道："我已对你发下誓愿，如不将你亲自度化，甘堕地狱。否则我门下七弟子均具佛道两家降魔法力，焉知不是你的对手？"高丽贡山中，本有七位无名散仙隐居在内，法力甚高，新近才被禅师度化，还未披剃。起初也和老人一样，不肯皈依，并将禅师擒去，用法力禁制，受尽苦痛，禅师始终坚持，不受摇动。七老终于悔悟感动，决计归入佛门。因去所居茅棚参拜，发现禅师被老人擒去，大怒赶来，见面便要动手。被禅师拦阻，笑道："你们既然志切皈依，如何又犯嗔戒？我志已定。你们如若真个志行坚定，各自回去，礼佛虔修，只等度了这业障，便我师徒功行圆满之时。"说时，老人已先狂笑而去。当时魔女和田氏弟兄因觉禅师是个怪人，随往观看，也在一旁。

时经数百年，老人始终未得所留法牌的感应，人又不似化去。老人天性倔强，始而厌恶，听其坐困。只有一次，行法推算，得知禅师门下七居士，每隔一百二十年，必去送一蒲团，别的全无所知，也不知如何送进。不愿再往，也就忽略过去。直到三百年前，老人忽然改变心志，欲归佛门。想起前事，觉着禅师志行坚定，大是可敬，心生悔恨，忙即赶去。哪知踏遍全山，都找不到那所在，也推算不出一点因由。因当初禅师曾说："你这业障入魔已深，我必在你万分危难，百死一生之际前来度你。到时，任你魔法多高，全无用处。"当时心虽疑虑，恐应前言，否则这师徒八人均在山中，怎会用尽心力，毫无踪影，也推算不出形迹？尤如索性强做，又有阴魔暗制，不甘示弱，想过便罢，直到今日。原来禅师本坐枯禅，自从被困时与七老说过一阵，由此坐关，冥然若死，从未开口。七老虽知师父佛法日高，但见僧衣受了长年风蚀，已全腐朽，当初再三苦求，只允每人孝敬一个蒲团。有一次七老前去参拜，蒲团已将换完，人还未醒。恐僧衣化尽，便成赤身，刚在行法禁护，禅师头上忽起了一圈佛光。七老连忙口宣佛号，拜伏在地，当时大彻大悟，心地空灵，拜罢回去。由此七老各以元神化身，去往人间救度众生。

乙休曾与七老见过数面，只知法力甚高，也未说起乃师坐关之事，近才备知底细。七老知道老人魔法厉害，所炼阴魔如不去身，终难皈依。正好乙、凌诸仙也早心有成竹，所以先将六合旗门暗中布置，将八个阳魔先行除去，激令老人施展诸天十地秘魔阴雷来拼，乘机将他元神与阴魔隔断。再由石生同了齐灵云、孙南，前往禅师洞前礼拜，代将禁制魔牌毁掉，以应禅师绝不自己动那魔牌的前言。七老先发出金刚禅唱，然后飞入魔坛，用极大法力，使魔坛上主幡与阴魔生出感应。再将魔法破去两处，然后隐去。以免老人万一阴魔禁制不住，元神必受大伤。阴魔一灭，魔坛立生反应，所有设备一起消灭。魔女和田氏弟兄虽因佛光一照，备悉前因后果，终是忧疑，仍想到坛上以全力细心主持。只要看出老人阴雷将发，立时釜底抽薪，将那魔阵颠倒，稍作补救。

魔女正和众人说起前半经过，忽听耳旁有人大喝："你等若不快走，便化劫灰了。"同时眼前金光电闪，身子似乎微微一动，定睛一看，人已落在广场之上，正向三位神僧下拜。老人已经飞出阵来，顶礼皈依，随同飞去。石生也同了灵云、孙南，按照乙休指示，刚寻到禅师洞前，依言行事，将那两面法牌取出，跪拜在地。眼前佛光连闪，耀目难睁，一晃眼间，自己已在西魔宫广场之上，天蒙、白眉也突现身。众人说完，均觉佛法无边，赞仰不置。

魔女一面和众人说笑，一面早命侍女设下盛宴。众人见山珍海味，琪花异果，罗列满前；所有桌椅器皿，全为珊瑚明珠、神金宝玉所制，五光十色，耀眼欲花。虽然久断烟火，偶一为之，原无妨害。加上魔宫酒食味美绝伦，也各食指大动，畅饮起来。李洪笑道："这么多的好器皿，过几天都拿来埋葬毁掉，有多可惜！"朱文笑道："你你小和尚不守清规，又犯贪、痴两戒。你师父知道，日后许你下山才怪。"李洪笑道："这些东西我又不要，我是爱惜物力，想把这些东西做阮二嫂嫁妆，带往天外神山，暂时作为布置嫂嫂们的新房点缀，将来请我吃喜酒好看。赶上需钱救灾，随便拿两件往人间变卖，便可救上不少的人。自来成物不可毁伤，明珠岂应埋藏？杀孽与毁物，同是罪恶。佛法慈悲，原极广大，你当只有血气的东西才值爱惜么？真正欠通呀欠通！"朱文知他暗点自己与金蝉海外同修之事，此事尚未奉到师命，只在出困后听崔五姑暗中示意，恐被外人听去，面上一红。魔女情痴，人又素来大方，前听阮征说李洪是他屡生患难骨肉之交，见他小小年纪，这高法力，先自心喜。再听喊她二嫂，不但不以为忤，反倒高兴。笑道："洪弟，仙人不似俗世夫妻要设新房，这些东西本定带去。你如光降，我和你阮二哥必定请你尽量痛饮如何？"李洪转对朱文道："你看，还是我二嫂好。"朱文恐他再说别的，装不听见，起身走向一旁。金蝉忙朝李洪使一眼色。李洪还想说时，申屠宏觉着李洪虽然历劫九世，今生毕竟年幼，童心太盛，这等童言无忌，终非所宜，也使眼色禁阻，李洪欲言又止。朱文心虽不快，其势不便和金蝉反口，单独行动，闷了一会儿，经众一阵说笑，也就岔开。

　　田氏兄弟本留众人住满三日再走。申屠宏挂念花无邪安危，惟恐去晚为二番僧所伤，虽是应有劫难，早到比较要好得多，首先同了干神蛛夫妻告辞，起身飞走。第三日，金蝉忽想起，自从离开金石峡，便往北极陷空岛求取灵药，被陷空岛主诱入地璇宫，误走子午线，直飞小南极光明境，开府天外神山，一直有事，尚未回山去过。那金石峡，乃道家西南十四洞天之一，地名又与自己暗合，必有原因。离山多日，洞中尚有黎女云萝娘和乃弟云翼，石生新收弟子韦蛟，在彼守候，定必盼望。还有凌云凤门人沙馀、米馀在内养伤，经过陷空岛灵药医治，当已痊愈。更有云凤误杀雷起龙，与人结仇之事，尚还未完。同门师妹，又有海外相助之德，云凤法力未必是那女仙对手，何况对方为夫报仇，又非妖邪一流，岂容坐视？金蝉心料云凤如不往投郑八姑，便是送还古神鸠后，向神尼芬陀、杨瑾师徒二人领了机宜，回往金石峡，医好沙、米二小，仍在自己洞中守候，也说不定。乙、凌二位老前辈最爱七矮弟兄，遇事每每暗示仙机，事前却不明言。否则他们明知光明境仙府新开，幻波池之事应在七十天后，此时飞遁神速，极光太火之险现已减少十之八九，尽可从容来往，为何示意不令回去，并还限定在西南诸省行道？其中必有深意，便向众人说了。

　　石生早就想念门人韦蛟，只为连日无暇，主人又再加挽留，情不可却。心想时间颇多空闲，正好就便回转金石峡一趟。本定离开魔宫时，再告金蝉诸人，闻言自是赞同。李洪喜道："蝉哥，你那金石峡我未去过，也想跟去看看。如果真好，你们有天外神山灵境仙府，要此无用，将来我下山后，如我找不到好地方，借与我吧。"金蝉笑道："洪弟样样都好，就是人太天真，童心甚重。乙老世伯命你往见丽山七老，必有深意。我因小神僧阿童随同我们一起三数年，出力甚多，自身却受重伤，虽然因祸得福，反而增长道力，毕竟吃了一场大亏。现被他师兄采薇大师朱世叔带回山去。依我本意，还想先往云南石虎山看望他一次，再转金石峡，往返少说有好几天。明日你便须去见七老，如何能来得及？你如暂时不去，这座金石峡，就是师命有用，不全送你，也必把那最好的地方与你留下。不比匆匆往来，走马看花强得多么？"李洪故意把嘴一噘，负气说道："蝉哥，你现在讨嫌我么？"金蝉和他弟兄感情最好，以为他真个负气，忙走过去抱住他的肩膀，笑道："好弟弟，你莫多心，我如何会嫌你？既是一定要去，我们先往金石峡，然后再往石虎山如何？"李洪笑道："原来蝉哥还是对我好，没有因为……"底下话未说出，朱文便接口埋怨金蝉道："本来是你不好，洪弟难得下山，听你有这好地方，欲往一游，如何拦他高兴？你有天外神山那好地方，亲生兄弟，便将金石峡全送与他，也不为过，说甚分居？我要是洪弟，宁肯无处栖身，也不要了。"李洪笑道："原来文姊姊也对我好，那我不去也罢。我本是说着玩的，共只一天半日的工夫，如何能赶得上？"说时，瞥见田氏弟兄嘴皮微动，似有话说，笑问："田大哥、田二哥，有甚话说？"

田氏弟兄因见李洪法力甚高，人却是个幼童，相貌又生得玉娃娃也似，言动十分天真，老是一脸笑容，自从初见，便对心思，再一相交，越发投契。同声笑答："我弟兄因奉乙师伯密令，本说引进采薇大师门下，先命明日起身。嗣因愚弟兄感念师恩，向其求告，欲等家师飞升之后再去，此时想起，先持乙师伯的书信前往拜师，再向大师求说，回到这里守候家师飞升，必蒙允许。诸位道友如先往石虎山，愚弟兄也同了去如何？"

第二八一回

神斧劈凶妖　灭火飞泉　功消浩劫
天环联异宝　同心合璧　缘证三生

金蝉、李洪方要开口回答田氏弟兄,魔女明妹已接口道:"二位师兄还是慎重些好。采薇大师戒律甚严,不似我们修阿修罗法的随便。万一拜师之后不令离山,爹爹闭关坐禅,无人守护,一旦仇敌来侵,妹子又不在此地,如何是好?就说许你回来,在这数日之内万一有变,妹子转劫多世,不似二位师兄永随爹爹,从未离开,如凭原设禁制,来了敌人还可应付,如凭本事对敌,妹子比两位师兄法力要差得多,实是可虑。既与乙师伯说好,还是仍照原议,不要更改,免生枝节。你看如何?"田氏弟兄原因从小便被尸毗老人度去,爱如亲生,遇事放纵。久闻白眉门下戒律精严,操行尤苦。自己早听恩师说过,将来必归正果,难得有此佛缘,自是万分可喜之事,但恐言行失检,误犯规条。心想阿童乃师长同门,又是七矮至交,意欲随同前往,由金、石诸人转托阿童照应。闻言转念暗想:"恩师此次坐关,全凭定力战胜外来邪魔,所有魔法至宝,均失灵效,无人在侧,处境太险。师妹奉命,必须先往光明境,无多停留;再说她那法力,也非鸠盘婆师徒对手。自己虽然强不了多少,但是师父几件异宝全在内,至多不胜来敌,专一防护恩师法体,只守不攻,怎么也能抵御。先前又曾说明缓去,不应中途生变。"想了一想,也就绝止前念。只托金、石、李洪二人,如见阿童,请其照应;并请丽山七老勿念旧恶,恩师如受仇敌侵害,在七老飞升以前,请其随时相助。三人全都应诺,同起告辞,说:"来日方长,不在多此一二日之聚。"意欲先行。田氏弟兄见众人和自己一样,多有一点幼童心性,想到就做:一是惦念金石峡留守诸人,一是急于往见乙休、七老,全都忙着起身,不便再留,只得握手殷勤,各道后会而别。

朱文见魔女明殊美丽若仙，对人十分真诚。尤其是对阮征情痴义重，分明是名义夫妻，不知怎的那等痴法，只要说到阮征，便是满面笑容，好似情发于中，不能自已，却又不带丝毫轻浮神态，纯任自然。心想："轻云师姊近和严师兄虽不似魔女这样，也颇相敬相爱，并无一人笑他们。记得前生恩师妙一夫人和今生师长餐霞大师，曾有让自己与金蝉先结夫妇，了此情缘，再同转世之意。自己也为李洪和霞儿师妹的两句戏言，坚邀金蝉立誓：尽管深情密爱甚于夫妇，必以童身成道，任转多劫，必矢双清。只要心志不渝，管他人言作甚？何况这班男女同门，均非世俗中人，自己如何偏存世俗儿女之见？以后何不也学他们的样，索性放大方些，既免金蝉犯小孩子脾气，也少被李洪、霞儿取笑。"朱文想到这里，故意对李洪道："幻波池事完，我便开读恩师仙示，只要崔老前辈说得不差，便随你蝉哥哥同往天外神山共修仙业。你这个小淘气如去光明境，我和二嫂必以上宾之礼相待。就怕你师父管得严，去不成呢。"李洪看出她的心意，笑道："我本想长侍爹娘膝前，稍承欢笑，爹娘偏不疼我，一年只许省亲一次。难得哥哥嫂嫂们肯疼我，再好没有。师父又不忌嘴，你们那里好东西多，只要文姊真心请客，不是借题发挥，我豁出挨打，偷着下山，也要前去。何况师父顶多说上两句，还绝不会打我呢。"

朱文尽管近来功力精进，因是生自世家，从小娇惯，师长又极钟爱，心高好胜，积习难忘，又有一点小性，闻言笑道："你只要不怕受责，谁还不愿你去？敢打赌么？"李洪道："我幻波池事完同去，迹近取巧。等师父休宁岛回来，照理不能离开之时，不论明暗，二月之内，如不往你天外神山吃那玉藕，从此见了文姊，绝不敢多说一个错字，并还听你处罚如何？"

石完在旁接口道："小师叔常说佛门规条，你和朱师伯打赌吃藕，又是贪，又是嗔，不是犯了好多戒么？"石生喝道："石完怎无规矩？告知甄师兄，教你好受！"金蝉知道石完天真烂漫，性又粗豪，语言无忌，脱口而出，也佯怒道："你对小师叔怎如此放肆？再如冒失无礼，幻波池也不要你去了。"朱文笑道："上梁不正下梁歪，怎能怪他？"李洪笑道："石完虽然无礼，话却说得不差。我一怪他，岂不又动嗔念？我要往寻乙世伯，去见七老，也许不和你打赌，连那光明境也不去了。"说完，一道金光，人便破空飞去。石完本是无心之言，只当众人真个怪他；又因甄氏兄弟深知石完浑金璞玉，天真未凿，平时管教颇严，屡说峨眉法严，犯者无赦。石完惟恐众人回去告诉，又见李洪走得太急，越发疑虑，再三央告："各位师伯叔，宽看弟子年幼无知，把话说错，下次不敢。"朱文笑道："不要紧，都有我呢。"石生道："朱师姊，话不是这样说。以后门人甚多，我们又都年轻，如果老是这种样子，无甚威严，过于随和，以后门人由涎脸变作胆大妄为，如何是好？你看钱莱，虽是年轻，多么恭谨。"随告石完："今番饶你，下次不可。"石完诺诺连声，也学钱莱的样，不问不再多言。貌既丑怪天真，这一矜持，神态越显滑稽。连钱莱也忍不住好笑，凑近前去，低声说道："师弟无须这样，你只要少开口，遇事请问一声，便不妨事了。"

石完本和钱莱交好，方要开口，众人忽见前面山凹中本是云雾弥漫，忽然波翻浪滚，云如奔马也似往四外散去。众人本是联合同飞，且说且行，遁光迅速，已经飞到贵州边界，离金石峡只数百里。前行不远，便是边岭主峰云雾山，那一带山岭杂沓，林莽纵横，乃边岭最幽险的所在。沿途除偶然发现山人而外，往往二三百里不见人烟。众人先见山势险恶，瘴气浓厚，当中却结着那一片云雾，已经奇怪。尤其朱文从小便随餐霞大师行道，经历较多，一见那云无风自开，又是四下分散，那等快法，首觉有异。因自己隐形法为人破去，尚未修炼复原，忙告金蝉："速将遁光连人隐去，看清形势再说。反正无事，如是妖邪一流，就便除害，岂不也好？"说时迟，那时快，众人遁光才隐，云雾已全散尽，下面现出一条山谷，四外均是密压压的森林布满，那山谷便藏在方圆数百里的森林中间。山本不高，再吃那原始森林遮蔽，下看一片苍绿的树海起伏如潮，片石寸土也看不见。只谷外一片平地，广约百亩。当中危崖突起，约有五六十丈高下，中藏天生石门，高广竟达十丈。崖顶平坦，上下壁立，草树不生，却有两条瀑布，由崖顶两头相隔里许的丛树中奔腾而出，齐往崖前交合，化成一条宽二十多丈的大瀑布，凌空飞堕，恰将谷口天生石门遮住。下面是一水池，有五六亩大小，比瀑布略宽，恰巧接住。如非空中注视，绝想不到瀑布后面藏有谷口石门，进去八九丈，内里还藏有那大一条山谷。最奇的是谷中地势，比外面低了二三十丈，谷中却没有水。谷并不深，长约里许，便到尽头。通体圆形，两边危崖环护，宛如大半个葫芦横卧地上。尽头处一段，宽只一二丈，里面似有一洞。

众人俱都好奇喜事，见那收云之法，虽不似妖邪一流，却也不是玄门正宗法术，立意往探。因料这等形势，上空多半设有禁网。金、石二人更因以前寻找洞府，踏遍西南诸省，边岭上空曾经飞过多次，从未看见这等景物。分明内中有人，当地一向都在禁法掩蔽之下，不然，凭金蝉目力，多厚云雾也能透视。方才云开以前，怎会看不见下面景物，那云收得极快，晃眼无踪，四外不见一点残云断絮，谷中主人如非善良，必不好斗。二人便用传声商议好了，不由谷中心往下直降，先往侧飞，装作飞过，然后缓缓飞回，往谷外空地落去。刚一落地，便见石门高矗，瀑布又宽又大，大幅银帘匹练自顶飞堕。石门隐藏在内，作穹顶形，甚是整齐高大。水光耀眼，冷气逼人，喧声如雷，震得山摇地动，势绝雄奇。众人贪看瀑布，并未留意。走到崖前，正待试探着穿瀑而入，忽见池上横卧着一座朱栏长桥，直达瀑后。众人方想先前这桥怎未看见？心中微动，银光闪处，瀑布忽似一匹白练珠帘，自顶切断，直坠池中，立时水势全收，涓滴无存。当中石门也自现出。才知那桥直达门内，白石清泉之上，横卧着十来丈长一道长桥，再吃四外山光树色一陪衬，看去也颇壮丽。

众人都在观察，石生笑道："这瀑布收得奇怪，主人似有延客之意。就是恶人，我们也不怕他，索性放大方些现出身形，就由桥上步行入内。蝉哥哥和文姊以为如何？"钱莱打一手势，意似想和石完穿山入内，相机应付，金、朱、石三人步行进去。金蝉颇以石生之言为然，随用传声，命钱、石二人穿山入内，不听传声呼唤，不可冒失。二人领命先行，径由左侧崖上石遁飞入。金蝉等三人也到了桥前，把话想好，现出身形，果无异状，以为石生所料不差，便同往桥上走去，暗中仍在戒备。三人走到桥中，朱文笑说："这里白练垂空，长桥卧水，树色泉声与天光云影交相辉映，这等美景，也实少见。"话刚说完，猛瞥见光影乱闪，同时雷电轰轰，三人立被大蓬红光裹住，连桥往石门中电也似急飞去。三人原有准备，知落敌人伏中，又急又怒，各纵遁光飞起。朱文刚把天遁镜取出，还未施为，红光一闪即止，仍复原状。再看人已入门，那条长桥正往来路蛇蹿一般退去，晃眼不见。细查谷中，并无异兆，也不知主人心意善恶。因那红光不带邪气，好似主人想要示威，因见三人法宝、飞剑厉害，知难而退。对方既未动手，也就收势，暗中戒备，仍往前走。这原是瞬息间事。刚把法宝收回，便听谷尽头有一女子口音，微带愁苦说道："贫道接引诸位到此，并无恶意。只为这水门洞为仙法封闭，已四甲子，谷口设有先师玉龙铡、风雷针，恐诸位入门触伏，虽然诸位法宝神妙，于人无伤，终非待客之道。又因前犯师门教规，言动均受禁制，语声不能外达。如若错过今天机会，便少脱困之望。那接引神符，只此一道，没奈何，只得把诸位用灵符引了进来。不料仍被误会，差一点没将封洞法宝毁去。贫道俞恋，乃幻波池圣姑伽因昔年好友，与现已转世改名易静的白幽女，全是至交。请到谷底一谈，幸勿见疑如何？"

三人听出语声十分娇柔，口气不恶，又是圣姑和易静的前生之友，不知何故被师长禁闭在此，闻言好生欢喜。朱文首道："我三人无知冒犯，道友幸勿见怪。"说时，金蝉、石生因钱莱、石完已先穿山而入，恐其冒失，引起主人不快，便想用传声告知，令其退出，待命而进。口还未开，忽然一声雷震，谷顶上空一蓬极强烈的红光一闪不见，同时左崖壁上又是大片金花火星暴雨一般纷飞四射，钱、石二人已由壁中飞出，宝光立隐。三人料知钱、石二人误触埋伏，主人难免见怪，方想赔话，假意责备钱、石二人几句。忽又听谷底发话道："多谢诸位好友相助脱离大难，必有以报。蜗居窄小阴晦，先前身困此间，无法脱身，没奈何，只得请诸位近前面谈。只说仙机莫测，诸位虽能出入，那禁制贫道的枢纽仍未出现，下面火山就要爆发，多年推算，尚查不出它的下落，何况外人。心正愁急，没想到会藏石内，竟被这两位小道友将它无心破去。诸位不必再进，下面火山就快爆发，待我收完封洞二宝，到了前途，再作长谈吧。"

众人本未停步，谷径又短，相隔尽头只三数丈。见前面乃是一个大只容人起坐的石洞，本有一片白影，淡云也似罩住钱、石二人，刚一出现，白影便化成一片红光，一闪即隐。同时洞中现出一个长身玉立的道姑影子，倩影娉婷，似颇秀丽，只身上笼着一片红雾，看不甚真。等到众人把话听完，红影忽散，同时现出全身。这才看出那道姑竟是披头散发，满脸鲜血，身上绑着六七条火链，灵蛇也似，只一闪，便已烧尽。道姑也便飞起，用左袖掩着头面，似有愧容，电一般往谷口飞去。众人看出道姑必是和圣姑伽因同时的女散仙，不知何事犯了师规，被禁在此二百余年，被这一行人无心解救出困。回顾谷口，石门依然，红桥不见，道姑也不知何往。便在当地等候，并问钱、石二人如何破禁而出。二人答说："因听朱师伯与主人问答，口气颇好，随意飞出，只见身前金花一闪，立即不见，别无所知。"

众人正谈说间，忽见道姑驾着一道红光飞回，换了一身白衣道装，缟衣如雪，霞帔霓裳，已不似先前狼狈神态。人本绝艳，遁光又是红色，互相映照，越显得朱颜玉貌，仪态万方。刚一飞到，便急喊道："地底乃是火口，本早该爆发，因被先师禁闭在此，勉强镇压了二百余年，眼看制它不住，幸蒙诸位道友助我脱难。但是火山仍要爆发，请快随我走吧。"朱文忙问："这等巨灾大劫，就是附近千百里方圆内无甚人烟，生灵要伤害多少，怎不防止？"道姑面带愧容道："此事说来话长。这里火口，自从贫道被困以来，日常拚受苦难，每日三次引其向外宣泄，火势比起昔年，相差已不可数计。只是地壳逐渐消融，一个时辰以内必要崩塌，所幸灾区不大，四外无人；否则，引起强烈地震，更是不得了。"金蝉道："我们新近学会太清禁制，只请道友指示火灾所在，将四外禁住，引火向上，不令生出野烧，岂不要好得多？"道姑喜道："我不知诸位道友年纪不大，竟擅太清仙法。这样再好没有。贫道如非独力难支，也早下手了。"石完接口道："师伯、师叔，钱莱身有六阳辟魔铠，弟子也不怕火，先往一探如何？"金蝉方说："这火有甚探头？"道姑忽似想起什事，忙道："我还忘了一事，近日地底震势颇奇，与往常不同，令高足能往地底一探，看看是否有甚异处，好有准备。"金蝉未及答，石完性急，见三人点头，有了允意，立拉钱莱往地底穿去。

道姑瞥见先前坐处前面，已有青烟由石缝中往外透出，越来越多，先只一处缕缕上升，晃眼多出十来处，烟势渐急，内有两处更是向上激射，道姑喊声："不好！"随说："今日之事，大出原来意料，一个不好，便成大祸。早知如此，我拚身殉此劫，也无去理。请三位道友急速施为，贫道自往火穴上空相机应付。千万留意，否则方圆千百里内化为火海，不知要伤多少生灵了。"三人闻言大惊，忙各飞身而起，一同施展太清仙法，将火穴周围禁制。本意将火迫成一根冲天火柱，任其自向高空消灭，免伤生灵。因是初经这等险恶形势，这类太清禁制之术学成不满一年，初次施为，未免惊疑。三人正在全神贯注，望见谷中道姑所指发火之处，地上青黑二色的火烟已在满地迸射，道姑全身红光笼护，正在施为，晃眼整座山谷已被烟光迷漫。只见道姑一条红影在内飞舞,约有半盏茶时,耳听道姑大喝:"三位道友,留神妖物遁走!"话未说完,忽见下面连声咝咝怒啸中,紧跟着天崩地裂一声大震,整座山谷连地表突然爆裂崩塌,无数大小山石向空激射。吃三人禁法一迫,夹着百丈尘沙,正往原处下压。就这不到一眨眼的工夫,已听钱莱、石完同声大喝。先是一股十来丈粗细的烈火浓烟由火穴裂口冲霄而起,那声势之猛烈,从来少见。同时火头上飞出一个猴形怪物,周身通红如血,头和前后心约有数十只怪眼,金光闪闪,奇亮如电,直似一条血影,带着一蓬金星,破空直上,火头随着向上高起,势极猛恶,神速无比。紧跟着火里又冲出一幢冷荧荧的碧光,中裹两人,正是钱莱、石完。一个手持千叶神雷冲,宝光电射,风轮电旋,正朝怪物追去;一个手指墨绿色的剑光,随同夹攻,又将灵石神雷向上乱打。霹雳之声,连同轰轰隆隆的风火之声,震得山摇地撼。怪物似已受伤,左臂已断,但那火势随同怪物起处,晃眼升高百余丈,当时满天通红。三人万不料来势如此快法。又听道姑急喊:"千万莫放火妖逃走!"越发惊惶,各将飞剑、法宝、太乙神雷一齐施为。

那怪物因在地底吃亏,本来想就势勾动地火,将敌人炼化,不料诡计又被道姑看破,不等发难,先将火穴震开。敌人追赶又紧,断了一臂,知道不妙,怒发如狂,出来又想到处发火,寻人泄忿。一眼瞥见上空环立三个少年男女,生性猛烈,妄想加害,已经飞过去,又复回身,猛朝朱文扑去。也是怪物该当遭劫,头一个使遇见照命克星。朱文早就防备火势太烈,宝镜不曾离手,一见怪物出现,天遁镜首先迎面照去。金、石二人也已发动,各把太乙神雷连珠发出,满天金光雷火,齐朝前面打去。怪物自然吃不住,见三个敌人更加厉害,好容易冲出宝镜光霞之外,满天雷火又连珠打到,情知不妙,将头一拨,负伤逃走。下面道姑本在法宝防身之下,准备封闭火口。见怪物不住上走,往横里飞去,知道所过之处,不论山石林木齐成焦炭,城镇生灵尽化劫灰。喊声:"不好!快追!"不顾下面火穴,跟踪追去。怪物虽然连受重伤,飞行起来仍如电一般快,所过之处,下面林木立即着火。众人见势不佳,忙催遁光朝前急追。那怪物与火相连,始终不曾离开火头,后半虽被禁法隔断,但它本身能够发火,火势越来越盛。前后数十点金星,带着一条火龙,横空乱云而渡,不论大小云层,挨近便成了红霞。下面是随着怪物所过之处，先起了一条火衖，再往两旁燃烧过去。

众人虽然飞遁神速，转眼追近，但见火势如此猛烈，怪物飞行又快，既恐追它不上，又恐除它不了，心正愁急。忽听怪物轰轰连声厉吼中，前面忽有破空之声，一道青虹迎面飞来。众人刚觉眼熟，怪物也真死星照命，分明见后有追兵，前面又有人挡路，不但不怕，反想拿来人出气，"轰"的一声怒吼，火箭般迎面冲去。金蝉、石生远远望见青光眼熟，知道怪物厉害，忙用传声大喝留意时，只见青光中飞起一道斧形碧光，一出便自暴长，小山也似，已朝怪物当头劈下。怪物躲避不及，一声惨嗥，劈成两半，还在飞舞，想要合拢逃遁。两半边怪物刚往起一合，又有一团酒杯大的暗碧光华由青光中发出。随听来人大呼："诸位道友，勿发太乙神雷，待我除此火妖。"声才入耳，碧光已经爆散，化为千万点鬼火一样的碧荧，约有数十百丈大一片，暴雨也似，一下便将怪物裹住。说也奇怪，那么强烈的火，吃碧荧裹住，当时消灭。只剩两半边红影，在荧网星雨中左冲右突，转眼由急而缓，红影变黑，荧光忽收。空中落下两片尺许长的黑影，吃先前斧形碧光往下一压，立成粉碎，斧光也自收去。

来人早已现身，正是黎女云九姑。金、石二人大喜。双方相见，正要问话，女仙俞恋忽道："且喜大害已除，下面野烧将成，我们合力将它消灭再说吧。"说完，回身飞走。九姑见众人各将飞剑、法宝放起，想逼住火势，再施仙法灭火。因那火区太广，开头一段已成火海，烈焰腾空，满山林木已被引燃，前面已是六七十里长一条火河，正往两面延烧，火势甚猛，众人救灾心急，似颇心虑。九姑忙道："无须介意，这火容易熄灭。"随将碧光发出，又化成数十百丈一片碧荧光雨，飞射而下，先将火头兜住，然后迎着火的来势往前卷去。所到之处，那么强盛的野烧，立即全被消灭，只剩老长一段烧焦的树木。凌空下视，宛如一条墨龙，蜿蜒于林木绿野之中，将近原发火的山谷一带方始散开。俞恋从对面飞来，下面火势也被熄灭。同时身后飞起一条又粗又大的白虹，定睛一看，正是那条瀑布被仙法引来，长虹经天，一直往前飞去，直到火场尽头，方始停住。俞恋回手一扬，一片叭叭之声连珠响过，瀑布全数爆散，化为百十里长一大段寒云冷雾，往下飞堕；望去直似整条银河忽然漏底，齐整整凭空坠落。离地二三十丈，方化为倾盆大雨，往下暴降。下面水烟溟濛，怒涛起伏；上空却是红霞丽霄，长空万里。两相映照，顿成奇观。

这时九姑已和众人相见，惊佩道："这位仙姑是谁？怎看不出她的家数？早知仙法如此神妙，我也不敢班门弄斧了。"说时，俞峦也已飞回，见面笑道："事情真巧，方才发现先师遗偈留音，才知一切早已算就。那碧灵斧与阴磷神火珠，正是消灭火怪的克星。贫道若事前得知，也不致那样愁急了。我已无家可归，诸位道友何往？可能同去前面，寻一风景较好之地，稍谈片时么？"金蝉等正要问她来历经过和九姑何事远出，金石峡中有无事故；尤其朱文见那女仙和玉清大师神情面貌都好些相似，越发投缘，便同约其回山，再作详谈。俞峦喜诺。

当地离云雾山金石峡原不甚远，仍将遁光联合同飞。金、石二人急于想知金石峡中近况，便向九姑询问。才知凌云凤由小南极回来，先飞到川边倚天崖龙象庵，往谒杨瑾，神尼芬陀仍未回庵。匆匆谈了几句，便飞往金石峡，将沙、米二小医治痊愈。因与郑八姑路遇，云凤知道对头已往峨眉寻她，因仙府禁闭，未得入内。后又到处寻访，云凤人往海外，不曾寻见。现向同道借来法宝，正在查看，只要发现踪迹，立往寻仇。欲请八姑相助解围。八姑答说："我自姑婆岭回转苏州，曾代你细心推算，得知事并无碍，不过如来也颇凶险。此事非我力所能及，便众同门也难相助。霞儿师妹同了弟子米明娘，现已移居雁荡山绝顶小天池，正炼禹鼎，优昙大师亲为护法，如往相求，必有解救。再不，往藏边青螺峪，请求你曾祖姑崔老前辈也好。除这两处而外，别人却寻不得。如遇同门兄弟姊妹，不可约其相助，免生枝节，无益有损。"云凤医好沙、米二小，便同飞走，也未说明去往何方。才走不久，那对头女仙便带了她丈夫雷起龙的元神，寻上门来，问知云凤已走，还不肯信。说是昨日在她道友洞中用法宝观察，看出云凤现在金石峡，为二小医伤，怎走得如此快法？九姑自不便和她说云凤受了八姑指点，知对头法宝笨重，不能随身携带，算准她要起身寻来以前离去，使其扑空。见她不信，便请入洞查看，对她道："道友不必多疑，凌道友师徒是峨眉门下高弟，又是神尼芬陀器重的人，极光太火，亘古神仙所难渡越的奇险，尚且为她冲破，通行自如，如真在此，怎会避而不见？只管回山用那法宝查看，是否真假，就知道了。"女仙闻言，先颇不快。嗣因九姑温言劝慰，十分礼待，又把误杀雷起龙之事详为告知，责其不该与妖人同流合污，难怪云凤妄杀。又说峨眉仙府颇多至宝灵丹，此事只可设法挽救，不宜操之过急，一个失当，至多两败俱伤。何况云凤身有至宝，又有许多前辈仙长相助，未可轻敌，何苦逼得两伤？最好释嫌修好，设法挽救，或送雷道友转世，再行度化，比较要好得多。女仙虽未允诺，因见九姑措词温婉，方始转了笑脸，双方谈得颇为投机。别时忽说起来时路经边岭，发现下面石缝中青烟缕缕，地底必是火穴，大约日内火山就要爆发。烟带邪气，也许地底伏有怪物，如火魈之类。可惜鬼母朱樱已经转劫，不知下落。否则前与此人曾有一面之缘，如将她的碧磷七宝借到一两件，这场大功德立可成就。休说地火邪焰，便真伏有火魈等类精怪，也必手到伏诛。九姑闻言，想起前向红花鬼母朱樱转劫门人杨原借来的碧灵斧、阴磷神火珠尚在身边，不曾送还，正好应用，便和她说了。女仙笑答："事情真巧，否则我便有心，也无此法力。有此二宝足能成功。"随即指示机宜，并代算好起身时刻。又说凌云凤必定有人暗助，以致行踪难于推算，必须仍回原处，用那法宝观察，随即飞走。九姑便照所说时刻赶来，此时洞中只乃弟云翼和石生门人韦蛟留守，不料果将火魈除去，并与众人巧遇。

金、石二人料知云凤必往上说两处求援，无须相助，只得罢了。众人飞行神速，不觉飞到金石峡上空。九姑行事谨慎，惟恐妖党乘虚往犯，两条入口均经行法封闭。刚一开云撤禁，韦蛟便已迎出，说由瀑布传真，望见师父、师伯同了各位仙长师兄飞来，特出迎接。师徒见面，说了几句，便同入内。云翼也刚迎出，同往仙府落座，重新礼叙，并向俞峦请问经过。俞峦面上一红，叹道："说起来，实是惭愧。好在劫后余生，事已过去，以我所经，为修道人作一借鉴也好。"随说被困经过。

原来俞峦以前乃有名前辈女散仙潘六婆爱徒，起初和圣姑伽因、白幽女均甚莫逆。彼时艳尸玉娘子崔盈见她貌美温柔，人甚和气，时时请教。俞峦天性温厚，向不与人难堪。明知崔盈背师淫恶，终因双方相识在先，虽然辈分不同，情如姊妹。初意还想引她改邪归正，见面必定婉劝。哪知崔盈淫凶阴毒，非但忠言逆耳，反倒恼羞成怒，想拉她一起下水。暗中勾结妖党，出其不意，用邪法迷乱心神，以致失身妖邪，眼看同流合污。崔盈忽因杀师盗宝，为圣姑所困，俞峦还未觉悟。这日正与所交妖道欢聚，坐关多年，快要成道的恩师潘六婆忽然飞降，一照面，便将妖道杀死。俞峦也身受重伤，忙即跪地哀求免死。六婆始而置之不理，随即入定。俞峦知道恩师脾气，见自己身在宝光笼罩之下，不能行动，断定九死一生。只不知恩师何故突然此时神游，心中惊疑，忧急如焚。惟恐恩师法严，少时连转人世也难如愿，急得跪地痛哭哀求。连跪哭了七日七夜，六婆忽然醒转。刚看出神情稍为缓和，有了生机，猛觉精光奇亮，闪得一闪，已被红云摄走，晃眼落向山谷中。六婆随即现身，戟指说道："以你所为，本应连元神一齐诛戮。姑念你误中邪法，失身只妖道一人。虽曾相从为恶，迫于无奈，不是本心，又有多年师徒情分。为此恩施格外，给你两条路走：一是追还法宝，任你游魂自去投生转劫；一是此谷地底有一火穴，再有数十年便要爆发，如能不畏苦厄，在此镇压，只要熬过二百多年，使地火泄去多半，再任发火，你不特难满出困，还可借此减去许多孽难，成就正果，但这身受之苦，却非人所能堪。你意如何？"俞峦早听师父说自身孽重，早晚必遭惨劫，知是因祸得福，立时答应愿走第二条路。六婆便命她住在谷底小洞之内，每日三次镇压火穴。

俞峦初来，心志却颇坚定。无如身受太苦，每次镇压火穴时，必须按照师传引火烧身，再以法力炼化，将火气送向高空化散，免得火毒伤人。贴身虽有仙衣防护，法力又高，事后无害，当时却是热痛难禁。每日三次，那火越往后越厉害，师父又不准离洞一步，勉强熬了几十年。这日俞峦实忍不住痛苦，算计师父成道坐化已经七日，彼时表面上无甚禁制，意欲出山一游，寻圣姑、幽女二人相助。不料刚一离洞，便遭雷击，差一点没被震死。随见面前现出一片白光，上有金字，大意是说：俞峦孽重如山，非此不能解免，为何自背誓约？幸是寻人相助，尚无背叛之意，稍差一点，早被神雷震死。经此一逃，全谷禁制已全发动，从此不到时机，不能出入。否则，谷口埋伏二宝，必生妙用，休想活命。如能洗心革面，照着师传，将全谷行法封闭，不使外人看出，自在洞中清修，只要候到四甲子后，火口左近石缝中渐有烟焰喷出，空中也必有人路过，可将其引入谷内，来人自会破法，助你脱困。不过事机瞬息，稍纵即逝，如若错过，你身被宝链绑紧，不能脱身，到时火山爆发，至多逃得元神，连数百年功力也全葬送。那接引来人的灵符只有一道，现在身后。照我传授施为，立化长桥，将人引进。如若事前躁妄，不到时机，发现有人飞过，妄自接引，定必弄巧成拙，连来人也无幸免。如能遵守前言，挨到时机，事完可往幻波池水宫地底，将昔年我命你好友伽因代藏的法宝、灵丹取出，再助新主人御敌，不久便可成道。看完，光便隐去，身上却多了七条彩链，将其绑紧，除双手外，休想行动一步。那彩链每当镇压火口之时，必要发出烈火焚烧自身，端的惨痛无比，好容易才苦熬二百多年。

这日，俞峦发现石缝冒烟，遥闻破空之声，忙即开云撤禁，将人引来。一见来人，竟是几个少年男女和幼童，最大的看去才只十六七岁，心正怀疑，想请到面前谈说脱困之策。不料钱、石二人无意破法，身上彩链随同消灭。后又回封火口，闻得恩师所留传音，指点幻波池之事，并知害她的仇人艳尸崔盈已经伏诛，越发心喜。俞峦心想："众人都是峨眉门下，年纪虽小，法力却高。"有心结纳，意欲觅地畅谈。及被约来，见洞府美景如仙，石室甚多。想起自己这短短二三百年中，一班师友同道大部转劫成真，只剩一好友也在闭关，孤身一人，无处栖止。难得当地景物灵秀，又与朱文、九姑十分投契，想借两间作为修炼之用。说完前事，便向众人示意。朱文豪爽，首先应诺。后想起此是七矮别府，如何自己做主借人？又见金蝉始而面有难色，及听自己一说，立时随声应诺，反更殷勤。俞峦已先称谢，自己不便改口，知道金蝉为了体贴自己，勉为其难，越发不好意思，托故走出，暗取道书锦囊背人一看，不禁大喜。

原来朱文和金蝉海外同修，师父竟有明命，现出字迹。并且女仙俞峦，还是一个去幻波池的好帮手。对于借住金石峡之事，虽未提到，并不见怪，可知无碍。方在高兴，忽听身后金蝉笑道："好姊姊，这回你同我去，放心了吧？"朱文把身一闪，佯嗔道："照你这样婆婆妈妈的神气，我就讨厌。你像开府时对我那样神气，多好！"金蝉气道："彼时你见了我就讨厌，再不就给我气受，你还说是好呢！"朱文笑道："大家好在心里，又不是世俗中人，被外人看见，是甚样子？石生弟真好，除却一味帮你，从不和我取笑。洪弟看见，又该笑我了。"随听有人接口道："朱师姊说得不差。同门虽多，情义也都不浅，但我和蝉哥哥最厚，谁和他好，我就欢喜，怎会取笑？"二人见是石生突然掩来，朱文笑道："你本少年老成，实在好，否则尊胜禅师的舍利子怎会单被你接去，别人无此佛缘？佳客远来，你两兄弟怎么都出来呢?"石生笑道:"这位女仙真好,她得道已数百年,一点不以老前辈自命,和玉清大师一样,谦和极了。你和蝉哥哥好,不知怎会被她看出?你们两个刚走,她便推说要往洞中各处一游,请九姑姊弟同往,连三个门人也被引去。我借故溜来,看朱师姊背后骂我没有?"朱文气道:"你看人家刚来,就被见笑,都是蝉弟闹的。总算石生弟还好,要是别的同门,传出去岂非笑话?"石生把小脸一绷道:"我们三人好好的,无非屡生患难,同门义重,说话亲热一点,也是应该,有甚可笑?谁再和你二人取笑,我和他打架如何?"金蝉方呼:"岂有此理!本来无事,是你文姊多心。"

朱文还未及答,忽见韦蛟飞跑出来,高呼:"师父、师伯,快看古仙人留藏的奇珍竟出现了。先师曾有一次在洞中入定,发现出一点迹兆,费尽心力发掘,均未到手。方才那位俞仙子竟然识货,一到内洞便指出来。现在宝光已将后洞布满,法宝似还不只一件,收它却难,人不能近。俞仙子防它遁走,正在行法封闭宝穴。俞仙子说,只有天遁镜和玉虎金牌能够制它。还不快去!"金、石、朱三人闻言大喜,忙即往里飞进。刚刚到后洞,便见前面俞峦手指一片红光,将上次走前新开出的一间石室封闭,正以全力施为。内里金霞紫焰乱飞乱闪,还有两道形如龙蛇云水的各色奇光,带着风火雷声,也在里面往来冲突,隐闻石壁碎裂崩塌之声。三人暗道:"不好!"忙指宝光冲上前去。忽听霹雳一声,前面三团其大如碗的紫色火焰追一道龙形银光,已将那厚约十丈的崖顶冲破,向空激射而起。朱文一见不妙,一指天遁镜照将过去,挡了一挡未挡住,仅将裂口封闭。金蝉看见法宝遁走,一着急,放出霹雳剑,身剑合一,飞身直上。那条银光先被天遁镜一照,势已略缓。金蝉看见法宝遁走,红紫两道剑光急追上去,围着绞,当时收下。那三朵紫焰已先逃走,不知是何法宝,其势比电还快,晃眼射向高空密云之中, 闪不见,无法再追。金蝉看所得之宝乃是 根龙形玉尺,刚往下飞,便听一片铿锵鸣玉之声。朱文站在石室顶上裂口之处,笑唤:"蝉弟快来!"宝镜已收,众人欢呼四起。

金蝉忙即飞落下去一看,钱莱、石生、石完、韦蛟四人,各拿着一件法宝。钱莱拿的是心形玉环,与枯竹老人前赠自己专护心神的天心环形式一般无二。只是一为冷气森森,侵入肌发;一为光气温暖,照在人身,具有一种阳和之气，通体生春。仿佛两环一阴一阳，可以合璧并用。忙将枯竹老人所赐取出一比，不特大小形式相同，更具互相吸引的妙用，可分可合。知道原是一对，不知怎会分开，阴环被枯竹老人得去；阳环却被古仙封闭此洞石穴之内，历时千百年，禁法失效，方始出世。金蝉为以定数应为己有，才有这等巧事，不禁大喜。金蝉便将两环分开，阳环递与朱文道："文妹，你我魔宫里同共患难，全仗枯竹老仙恩赐，始得脱险。此宝具有镇摄心神妙用，带在身上，万邪不侵。你我每人带上一环，恰好又是心形，一阴一阳，以后同心努力，共修仙业，不论遇上多厉害的邪法，也难侵害，岂不是好？"朱文见他喜极忘形，情不自禁，随口说话，全无顾忌，不禁秀眉一皱，微嗔道："这么多的人，宝只四五件，知道是否为你所有？何况又是钱莱取到，如何随便送人？"钱莱忙道："师伯没有看清，这几件法宝，弟子等和二位仙姑用尽心力，均制它不住，后来裂顶破壁，相继逃走。幸亏朱师伯宝镜一照，才全落下。并还有一字帖，现在石师叔手内，一看即知，定是师父、师伯与石师叔所有无疑。否则云道长早到手了。"

话未说完，金蝉见朱文玉颊红生，面含薄愠，想起此宝一阴一阳，又是心形，分赠朱文，隐寓同心之意，当着众人，难怪脸红。又见俞峦、云氏姊弟俱都微笑相视，自知失言。方要开口，石生已含笑走了过来，对朱文道："此宝名为天心环，与枯竹老人所赠本是一对。阳环应为文妹所有。蝉哥哥因与文妹累世患难同门，亲如手足，情分自比别的同门厚些，你们以后又在一起同修，就此赠你，也是应该，何必客气？你看这柬帖就知道了。"金、朱二人已看见石生手里拿着一张青纨仙柬。石生等三人所持法宝也是三寸圆径的宝环，非金非玉，上刻古篆和天风海涛、云雷龙虎之形，各具青、红、黄三色，精光外映，时幻异彩，又是三环合成一套的至宝奇珍。二人先接柬同观，才知原来当地最初是秦时修士艾真子所辟洞府，后得到一部天府秘笈，道成仙去。艾真子飞升以前，推算前因后果，特将平日炼魔镇山的四件仙府奇珍埋藏后洞石室地穴之内，外用仙法禁制，留赐有缘。除已飞走的兜率火另有得主，不久自知而外，一名天心环，一名玄阴简，一名三才清宁圈。并说天心环本是一对，当年苦寻阴环下落未得，直到道成前数年，才知此宝为东溟大荒山无终岭青帝之子所有，将来辗转落一后辈地仙手内，与阳环合璧，得宝的人与艾真子有极深渊源。除已飞去的兜率火外，下余三宝均归持有阴环的人随意领受，任其转赠，或是自用。柬上附有口诀用法，如以太清仙法炼上六十四日，威力更大。虽未说出得宝人的姓名，与艾真子是何渊源，但归金蝉所有无疑。

金蝉看完，越发喜出望外。忙和朱文、石生及钱、石、韦诸弟子一同向空跪下，礼拜通诚，叩谢古仙人的恩意，拜完起立。柬上除用法之外，并注明只玄阴简只可一人用，下余三宝全可分用。便将那玄阴简转赠石生，三才清宁圈分赠三弟子：钱莱得天，石完得地，韦蛟得人。三弟子拜谢不迭。朱文见金蝉喜形于色，高兴已极，便笑道："照仙柬所示，你天仙已经无望，还喜欢呢。"金蝉这次却留了心，看了朱文一眼，用传声说道："我只想与姊姊永享仙福，长生不老，永不离开，情愿和灵峤诸仙一样，做一地仙，心满意足，便大罗金仙我也不换。"朱文偷觑众人，正在传观仙柬法宝，互相赞赏，无人留意，也用传声答道："你真没出息。我二人如能飞升灵空仙界，同作瑶池紫府嘉宾，岂不是好？"金蝉笑答："一受仙职，难免仍有拘束，不过免去每隔一千三百年一次天劫而已，有甚好处？哪似你我上天下地，自在游行，神山仙境，出入必偕，来得快乐？不论作甚仙人，我只不离开姊姊，于愿已足。"朱文见他这等痴法，本想说他两句，又觉彼此心迹双清，不过情深爱重，出于自然，诚中形外，不能自禁，也就未再开口。

俞峦本和九姑并立旁观，忽然走过来笑道："贫道前后修炼也数百年，三宝却未见过，但是曾得先师传授，颇有一两分眼力。方才偶来后洞，本意想向主人觅地借居。刚到这里，见全洞石室虽多，内中门户甬道俱都相连，只后洞孤悬，与前面不相连续。仿佛后洞门外，本是通往溪边的空地，凭空多此一座小石山，石色也与前洞不同，贫道心中奇怪。后问云道友，才知她初来此山时，前后洞本是一片，中间也没有这片空地。后经甄道友看出后洞 带石壁太厚，穿山观察，触动古仙人的禁法，山石凭空中断数十丈，方发觉这座石洞。又听韦师侄说起前主人癞师兵解前数年，入定时发现光怪，用尽心力观察，毫无所获。虽觉仙人禁制封闭如此严密，其中必有藏珍，正搜查问，便遇癞师来犯，一去不回。云道友姊弟又跟踪查看多日，终无异兆可寻。只在今晨微闻金玉交鸣，与隐隐风雷之声起自地底，但查看不出是在何处，忙于救灾，未及探寻。回山正想告知，三位道友便相继走出，令我就便观察。贫道本看出这座后洞好些可疑，闻言细一观察，当初果是空地，经用仙法移来一座小山，再用法力造成石室。又见宝气隐隐外映，料知出世在即。方嘱九姑留意，忽听雷鸣风吼，忙用法宝刚将洞口封闭，珍藏便即出现。如非事前戒备，钱、石二高足精于地遁，听贫道一说，立即穿石入内，仗着宝铠防身，法宝神妙，将其绊住，稍差一步，早被全数逃走。韦蛟又将三位道友请来，居然仙缘遇合，得此至宝，真乃可喜之事。这三件法宝，贫道以前虽无所知，那兜率火的来历却是深悉的，为数不止三朵。昔年听先师说，此宝乃紫清玉府太虚宫中乾灵灯上所结灯花，被几位谪降的天仙带临凡世，仗以御邪防身。先后共是七朵，威力也各有大小不同。方才三朵，单在此山地穴已藏一二千年，威力之大，定必惊人。此与西方佛火心灯的用法功效有好些不同。本是紫虚仙府神灯灵焰，本身具有灵性，能发能收。若能得到前古神油，加以补益，威力更大。发时作如意形，神妙非常。来时听先师遗偈留音，只提到贫道与幻波池生前旧友易静曾有愿约须践，再过两个多月便须前往。此时她那里正受强敌围困，危机四伏。照家师所说，仇敌势盛，绝非贫道所能解围。内有两个潜伏东海已数百年的左道妖人，尤为厉害。我才想起兜率火正是破那邪法的至宝，不知怎会被它飞去？道友不久便往幻波池应援，此宝却在期前出现。仙柬并令道友用太清仙法重炼六十四日，炼成后前往，正是时候。以我猜想，非但今得三宝与此行有关，连那兜率火也绝不会被外人得去。贫道先因师命说幻波池不宜早去，无处栖身，才向道友借居。本想道友出山行道，权代留守，照此形势，分明成了一路。道友最好日内加功重炼，贫道抽空出山访友，往返约有一月，回来正当要紧关头。彼时宝气精光上冲霄汉，休看道友禁制严密，仍然掩蔽不住。虽有云道友姊弟护法，如来强敌，恐难应付。道友应敌固是必胜，无如中断不得，一经重炼，便赶不上。不炼虽仍能用，比较却差。贫道赶回时，正当宝气上升前后紧要关头，仗着先师留赐之宝相助护法，或可无事，只是以速为妙。贫道现已变计，明日便告辞了。"

金、朱二人知她乃前辈女仙，与圣姑至交，法力必非小可，适才灭火已见神妙。只是为人谦和，不肯炫露，所说必有深意，同声谢诺。俞峦见众人对她礼敬，自居后辈，再四谦谢道："贫道虽然痴长数百年，诸位道友也都历劫多生,凤根深厚,何况贫道前堕迷途,得附交游,已为光宠,如再客气便见外了。"众人见她再三谦逊,恭敬不如从命,也全改了称呼。金蝉并命门人及云氏姊弟,一齐改称师伯。云翼还想谦谢,金蝉知他心意,力言将来必为引进,方始应诺。石生见钱莱等三人自将三才圈分得到手,便去一旁互相传观,各用自身法力演习,看出好些妙用,全都欢喜非常。刚领命行礼改了称呼,又跑向外面如法施为。内中石完得的地圈,恰与天赋本能相合,再妙没有。又经钱莱看出此宝除总名"三才清宁圈"外,每圈上还有古篆,一名天象,一名地灵,一名物神,各有名称,越发大喜,说笑甚是热闹。石生比石完高不多少,也是童心,便赶出去笑问:"你们吵些什么?还要经过太清仙法重炼六十四日,才能应用呢。"石完笑答:"我这个无须,方才试过,能发风雷五遁,威力大着呢。恐伤仙景,未敢发挥。不信,师叔你看。"说完,扬手一圈五色精光,环绕全身,往地便钻。被石生一把抓住,笑骂道:"不成材的东西!你知道什么?"原来石完先问九姑,知乃姊石慧因女仙杨瑾十分爱重,又以云凤多事之秋,特意留在倚天崖,传以道法。如用此宝,地行更快,任何阻力皆所不惧,想趁众人炼宝之时,抽空往倚天崖去寻乃姊,闻言方始终止前念。金、朱、俞、云四人也同走出。

俞恋见石室顶破一洞,下面又陷一深穴,笑说:"这后洞石室本为藏珍,现已无用,反为仙景减色,最好移去,在空地上种些花树,将后面溪流开出一片湖荡,岂不更好?"话未说完,忽又笑道:"艾仙长真个法力无边,诸位快请后退。"俞恋说时,金蝉手持仙柬,本打算将古仙人的手泽带往前洞珍藏,刚出石门走不几步,柬上字迹忽隐。紧跟着银光乱窜,如走龙蛇,柬上忽现好些符箓。心方一动,猛觉手中微震,仙柬忽化作一片银霞,飞向前去,只闪得一闪,一声雷震,由先前宝穴中爆发。那数十丈高大的一座小山石室,忽然拔地而起,在一蓬银光笼罩之下,屯也似急,往前山飞去。同时地面上陷落了一片广数十亩的大坑,随着数十股清泉由内涌出,高出地面好几丈,化为好些水柱,向上喷射不已,转眼便成了一片湖荡。石完见水直往上涨,便喊:"师伯快将水禁住,漫上岸来,满地皆水,就无趣了。"朱文也说:"这数十根水柱喷泉,又为此地添一奇景,果然不令上岸才好。"俞恋笑答:"不会。文妹你看,这位艾仙长法力多高,相隔近两千年，先机布置，如此周密，连水道也全留下，真令人敬佩无地呢。"众人往所指处一看，原来平湖侧面有一缺口，恰与原有广溪相连。那一带地势较高，水顺缺口往溪中直泻，宛如一道两丈来宽的匹练，银光闪闪，横卷而下，水声浩浩，与那数十根水柱喷溅之声相应，如奏宫商；又似数十株玉树琼林，森列湖心。下面珠飞玉滚，翠浪奔腾；上面灵雨飘空，银花四射，飞舞而下。端的又好听又好看，耳目为之一新，仙法神妙，俱都赞佩不置。

众人赏玩了一阵，同去前洞。韦蛟又将仙法保藏的佳果珍馐，连同所藏美酒一齐取来，请众饮食，欢聚了一天。次日子夜，便照师传结坛，行法炼宝。

俞恋自从藏珍发现，回忆来前乃师遗偈留音，细一推详，忽全省悟，又惊又喜。立把先前打算借地暂居，静修些日，往访一位多年未见的至友，求其相助，到日同往幻波池去的主意改变。本是行家，知道金蝉等刚习仙法不久，虽以福缘深厚，具大智慧，毕竟初次运用；又料用这等玄门最高仙法炼宝，重要关头，宝光上升霄汉，必有变故。因此除金蝉等自用本门禁制，封闭上空谷口外，并代设了两层埋伏；又暗告九姑姊弟暗中留意，使其知道在自己未回以前，发生变故如何应付。九姑听出事甚艰险，惟恐法力有限，不是来敌对手，好生愁急，再四挽留。俞恋笑道："我受诸位道友解救之德，岂有不顾之理？未来尚属难知，只照仙示遗偈语意，两月以内必有巨变。贫道出山访友，便为此事而行，我料定必逢凶化吉。只这三宝关系幻波池之行十分重要，非先炼成不可。我定期前赶回，至多相差三二日。有我所留埋伏，必能抵御。已和文妹说过，不到万分紧急，金、石二人千万不可离开法坛。可将天遁镜和金、石二弟几件至宝交与钱莱，拼着天象圈稍减威力，也能抵挡三数日，我和帮手也赶到了。钱莱还有千叶神雷冲，足可无害。可惜仙机难以预测，如能算出所来强敌是谁，更好应付。因为金、石二弟主持行法，不宜分神，故只暗告文妹一人。虽有好些不曾明言，行法前已将法宝要过，暗交钱莱，传以用法，贤妹放心好了。"说罢，作别飞去。

当下由金、石二人主持行法，余人为辅。等将法宝炼成，再行传授。只要能运用本身元灵与之相合，不消多时，便和二人一样，由心运用。本来师徒六人各持有一件法宝，均须炼过，也是俞峦想出的权宜之计。照此炼法，钱莱等三弟子功力虽然较差，但经金、石二人炼过之后，法宝威力丝毫不减，钱莱等三人事后不过多用上数日苦功，一样成就。彼时为首三人均已无事，便有强敌扰害，也无妨了。朱文本应和金、石二人同炼，因所得恰是天心环，本是一宝分而为二，两心相印，如磁引针，中具微妙，朱文功力又高，故此无碍。

九姑姊弟连经忧患之余，越发胆小谨慎。听俞峦行时口气严重，先本愁虑，惟恐有失，日夜守伺巡查，一毫不敢疏忽。及见众人炼了五十来天，法坛所列法宝虽然精光外映，与初见无二，但上空谷口均有仙法禁制，连去外面升空查看，仙法掩蔽之下，只是一片苗山中常见的森林密莽，深沟绝壑，并看不出一点形迹。已到俞峦所说日限，宝光终未外映，心情稍定。由此每日子夜，均去谷外观察，均与前见一样。眼看已是两月将尽，毫无异处，也未见有妖人侵扰。这日夜间，见法坛上三宝悬向师徒六人面前，反倒精光内蕴，返虚入浑，不似日前宝华外映的强烈情景，料知金、石诸人功力深厚，期前便可炼成。方觉俞峦言之过甚，只要宝光不透出禁网之上，决可无事。猛瞥见金、石二人手掐太清仙诀，朝前一扬，一口真气喷射出去，一道银光同了一红一蓝两团心形宝光首先暴长。紧跟着，三才圈的天、地、人三环宝光也突然大盛，并还现出风、云、雷、电、龙、虎、人物、五行、仙遁等各种形影妙用。金、石二人面上立现喜容。当时毫光万道，霞影千里，照得整座金石峡到处奇辉眩目，精芒电耀，五光十色，交织灿烂，照眼生缬，不可逼视。云氏姊弟才知宝主人连日先用本身真气将它凝炼，当晚无心中试验威力，不料功候尚差，求进太切，一发不可复收，非到功候精纯，尚难由心运用。虽然到时一样炼成，还可提前些日，但是精光宝气定必透出禁网之上。俞峦未回，金、石诸人又不能离开法坛，如有强敌来犯，兑自己姊弟的法力，实是可虑。

九姑姊弟心中大惊，忙即飞出查看。刚到峡外，便见当地依旧大片丛林密莽，只是精光霞彩、宝气奇辉已经上冲霄汉。在凡人眼里，虽只似几根笔直的雨后长虹矗立林野之上，下垂至地；如在道术之士眼里，一望而知下面有人炼宝，并还不只一件。尤其左道妖邪见了，绝不放过。想起俞峦前言，心中叫不迭的苦。身受主人救命之恩，如有失闪，何颜见人？预料那宝虹在千里以外都能看见，越想越怕。略为商议，只盼俞恋能在来敌发现以前赶回，除此无法。正待飞回，加紧戒备，忽听东南方破空之声猛烈异常，从所未闻。心惊侧顾，一片红云带着千万点火星，正由遥天空际疾驶而来，看那来势，便知厉害。想不到宝光刚一外映，敌人便来得如此快法，九姑情急之下，想起身带法宝颇多，并有鬼母朱樱的两件至宝，连同下面的禁制埋伏，也可抵御一阵，为何这等胆小？刚把心一横，往下飞降，才进峡口，猛又听西北、西南两方异声大作，鬼哭啾啾，宛如狂潮怒涌，中杂阴风雷电之声，由远而近，铺天盖地而来。九姑前在黎母门下，曾经见识过强敌的厉害。方在惊慌，百忙中回顾上空，那西北、西南方的碧云火星直似飞云电卷，星雨流天，已离当地不远。来人是谁，也已看出，越发胆寒心悸。

要知后事如何，以及李英琼三战沙红燕，巧得奇珍，激走丌南公，金、石诸人斗法幻波池等诸般惊险新奇情节，请看下文分解。

第二八二回

宝气千重　鬼语啁啾飞黑眚
仙城万丈　朱霞潋滟亘遥空

前文说到金蝉、朱文、石生、钱莱、石完、韦蛟等六人在金石峡后洞之内，将古仙人遗留的天心环、三才圈、玄阴简得到手内，并为仙府添出一片喷泉奇景。随照仙示所说，在洞外设坛，用太清仙法重炼所得诸宝，黎女云九姑、云翼姊弟在旁护法。女仙俞峦行时再三叮嘱，说所得三宝关系幻波池之行甚大，非经重炼，使与宝主人心灵相合，便不能完全发挥它的威力。可是此宝乃天府奇珍，炼到快收功时，精光宝气上烛重霄，虽有仙法禁制，也难遮蔽，一被异派妖邪发现，必定群起劫夺。坛上六人正当紧要关头，不能分身，九姑姊弟必须留意戒备。俞峦如果能够期前赶到，或者无妨；一个不巧回得稍晚，非但功败垂成，还要毁损灵景。九姑姊弟既感金、石诸人救命之恩，加以心向正教，意欲立功自荐，觉着事难责重，日夜留心，眼看功成七八，并无异兆，俞峦也未回来，所说期限已经过去，方觉言之过甚。这日夜间，忽见三宝同悬坛上，突然宝光大盛。忙又赶往峡外飞空一看，宝光已和彩虹也似，照耀天中，下面禁法竟掩它不住。方在惊疑，先是东南方暗云之中飞来一片红云，力点火星，其疾如电，晃眼便已邻近。刚看出那是昔年曾与恩师黎母斗法三日未分胜负，后被同道劝和的南海著名妖仙翼人耿鲲，慌不迭便往峡中赶回，欲借禁法和埋伏的法宝暂为抵御。不料两姊弟未到峡口，西南、西北两方又传来两种异声：一是卿卿啾啾，鬼语如潮；一是厉声轰啸，尖锐刺耳。由极远处划空而至，毫不间断。三起来势全都神速猛恶已极，声才入耳，晃眼飞近。耿鲲更是当先飞到，相隔也就百十里路，弹指即至。

九姑知道后来两起妖人中有一个乃澎湖岛海心礁禁闭多年，近年方始出世的妖孽恶鬼子仇魄。前年偶往海外访友，曾见他在一个无人荒岛之上残杀生灵，玄功变化，邪法高强。幸亏老远发现邪气，身形已隐，先有戒备，否则难逃毒爪。就这样，九姑仍被他惊觉发现，飞身追来，扬手便是大蓬七煞黑罾丝，暴雨一般飞出，天空立被布满，差一点即被擒去，休想活命。总算命不该绝，九姑见势不佳，立用声东击西之策，故意放出幻影，朝前飞遁，略现即隐，人却往相反方向逃走，才免于难。后来九姑回望妖孽似上当激怒，满空乱放黑罾丝，身子也随同满空追逐，直似一片广约千百亩的黑云黑网，罩向海面之上，连天都被遮黑，最近时追离自己只数十丈远近。虽是无的放矢，途向不对，未被追上，那动作之快，生平尚是初次见到，端的神速无比。这两妖孽已是万分难斗，那另一个还不知是何强敌，想必也非寻常。不由心胆皆寒，急匆匆闪进峡口，三起妖邪已相继飞来。九姑心想："恶鬼子仇魄飞行神速，照例人随声到，也许还要赶在耿鲲和另一妖邪的前面。"哪知仍是耿鲲和另一妖邪先到，两下里差不多。先是一个身材高大，胁生双翅，各有丈许来宽，由翅尖上射出千万点火星银雨的怪人，宛如银河泻天，火雨流空，电驰一般飞来。到了金石峡上空，扬手先是大蓬火雨，夹着风雷之声，往那宝光涌处射下，意似试探有无埋伏。火星刚一爆炸，下面禁制立被触动，千百丈方圆一片祥霞突然涌现。

耿鲲原因上次在南海上空遇见凌云凤师徒，因记峨眉派旧仇，欲上前加害。不料弄巧反拙，被申屠宏、李洪等师徒飞来，结果敌人一个未伤，耿鲲的一粒内丹反被古神鸠巧计夺去。如非长于玄功变化，用三根翎毛化成替身，隐形遁去，命都难保。事后想起，自己素来强傲，纵横于东南两海，多少有名望的海外散仙俱都不敢轻视自己，不料自向宝相夫人寻仇，东海一败，由此走了背运，连遭失利。两翅上炼作化身的十八根长翎竟损失了一半以上，又将数百年苦功炼成的内丹元珠失去，并还败于几个无名后辈之手，怎能不恨。耿鲲越想越难受，立志报复。心想："峨眉派诸长老和乙、凌等强敌，暂时自然无奈他何，即便寻去，也非敌手。杀死几个峨眉后辈，总还容易。"于是炼了一件法宝，径来中土。本是相机寻仇，遇上仇人门下，立施毒手，杀得一个是一个。这时峨眉诸弟子各在四处行道，耿鲲邪法甚强，只有限数人还能抵挡一阵，多半遇上休想逃命，本是危险已极。总算峨眉气运昌隆，耿鲲因自己身具异相，如往人间寻访，一则费事,再则引起俗人惊怪,辗转传说,反使对方惊觉。心想:"自己目力素强,能够查见千百里外人物。敌人空中来往,老远便能发现。不如在离峨眉两千里内,寻一高山隐形守伺,发现敌踪,便可追截。这样既可报仇,还免打草惊蛇。"主意打定,刚选好了隐伏之处,只待半日,忽见宝气上升,映照天心,先只当是埋藏土中的至宝奇珍。赶到当地仔细一看,下面虽是林莽纵横,宝光起处那一片却是空的,情知有异。立发妖火试探,果将禁法触动,才知下面有人炼宝,所用禁制正是峨眉仙法,不由又急又怒。耿鲲知道禁制神妙,暂时攻它不破。又不知敌人深浅,连败之余,尽管切齿痛恨,怒发如狂,惊弓之鸟,终有戒心。刚刚飞身而起,意欲发火攻打,查明了虚实,再以全力进攻,忽听异声邻近。他想起来时曾见西南、西北两方遥空中各有黑影异声飞来,势甚迅速,想必也是对方仇敌乘机来此劫夺。同仇原好,不过这类妖邪,比自己还要凶狠心贪,莫被他们捡了现成,坐收渔人之利。看敌人禁法如此神妙,必非弱者。何不暂缓一步,容他们先行发难,自己相机下手,报仇之外,法宝也要到手,才合心意。

耿鲲念头才动,那由西北方来的大片绿云,已拥着好些恶鬼头的影子,都是白骨狰狞,奇形怪状,面如死灰,利齿森列,一双双豆大凶睛碧光闪闪,一路浮沉翻滚,铺天盖地而来。身后一个身材高瘦,相貌狰狞,裸臂赤足,手持一个上画人头白骨锤的妖人,也已飞近。想是看出下有禁网,一到便把手一挥,那千百鬼头便随着大片绿云展布开来,将整座金石峡一齐笼罩在内。立时异声大作,如泣如诉,鬼语如潮,鬼声凄厉,令人闻之心神皆悸。这时整座金石峡均有祥霞笼罩,上面再加上大片绿云,中杂无数恶鬼头,时上时下,浮沉往来。再上层,又有一个胁生双翅的怪人,带着大片银光火星,凌空飞翔,上下相映,顿成奇观。耿鲲认出那妖人乃是昔年在东海居罗岛神尼心如手下惨败漏网的天恶真人谈嘻。彼时自己也曾在场,因见佛法厉害,知难而退,不曾动手。但是主持约去与心如斗法的九烈神君,曾为此人引见,有过一面之缘,本来相识,多年未见,不料在此相遇。耿鲲暗想:"彼此同仇,又是熟人,这厮不特视若无睹,并且一到便施杀手,来势猛急,自己如非飞升得快,差一点没被妖云裹住,虽然无害,情实可恶。尤其那恶鬼呼魂的邪法,似连自己也算在其内,毫不留情,有的还在哭喊自己姓名。这类邪法最为阴毒,全由行法人心灵主持,同道在场,并非不能避免。照此形势,谈嚱分明又贪又狠,目中无人,虽未公然为敌,竟想冷不防搞阴谋暗算,就便连自己元神也摄了去。自己如非擅长玄功,又是内行,心神微一摇动,便即镇定,几遭暗算。"耿鲲性如烈火,见对方这等凶横,毫无情面,立被激怒。刚怒喝得一声:"谈道友,认得我么?"谈嚱阴沉沉狞笑了一声,更不发话,把手一指,立有数十百个恶鬼头,带着一股绿气,一窝蜂由下面飞起,哭喊着"耿鲲来呀"的鬼啸,飞拥上来。耿鲲见对方一言未答,竟施毒手,不由怒火上撞,怒啸一声,身形一晃,真身立隐。同时用一根长翎化成一个替身,迎上前去,与恶鬼头斗在一起。本身一面施展随身法宝,一面朝谈嚱隐形扑去。耿鲲炼就独门玄功,擅长隐形飞遁,长翎化身照样能显神通,发出大片火星银雨,闪变神速,敌人绝难看出。

谈嚱自从居罗岛一败,逃回阴山妖窟以后,因所炼三尸元神被心如神尼与屠龙师太师徒二人连斩其二,始而心胆皆寒,一连隐藏了一个多甲子,不敢出头。后将妖书阴魂秘箓炼成,自恃邪法,重又骄狂起来。他这次本是想寻屠龙师太报仇,又恐不敌,欲寻妖尸谷辰商议,与之合谋。碰巧由老远天空发现宝光来此,一见耿鲲已经先到,想起以前同受九烈神君夫妇之托,往寻神尼心如斗法,约定同时下手,不料自己心粗性急,先行动手,结果九烈夫妇与自己同遭惨败,惟独耿鲲狡猾,不战而退。彼时他若上前助战,自己三尸元神绝不会被佛家降魔慧光罩住,葬送其二。谈嚱怀恨多年,早想遇机报复,只为对方也非弱者,惟恐弄巧成拙,未敢冒失。新近刚把恶鬼呼魂大法炼成,恰在这里相遇,想起前恨,分外眼红。只为多年未见,深浅难知,意欲暗中下手一试,成功更好,不成,再相机行事,以免冒失,在妖人自己还觉忍让,谁知近年正邪各派都是人才辈出,尤其许多后起之秀不是好惹。便耿鲲多年未见,法力也已增高。谈嚱初次出山,还不知道轻重利害,耿鲲隐遁变化时,竟未发现。见由下面分出来的百余个鬼头拥上前去,耿鲲已在数十丈碧云邪气包围之中,周身火星乱爆,飞射如雨,竟似不能冲出重围;但是恶鬼呼魂,连声哭啸,心神又似未受摇动。谈嚱心方奇怪,元神忽生警兆,未暇寻思,绿云中的千百个恶鬼头忽然同声惨号,满空火星银雨飞射中,全数炸成粉碎。原来耿鲲身上翎毛,根根俱有妙用,立意要给对头一个厉害。先把身一抖,那鸟毛立似暴雨一般，朝众恶鬼飞去，趁其张口哭喊之际，投入口内，然后施威，化为火星爆发。这些都是两翅羽毛炼成，比针还细，又经行法隐蔽，鬼头均是凶魂炼成，全仗邪法主持，如何得知。妖人注视仇敌假身，再一分神，稍微疏忽，那经过数十年苦炼而成的妖云恶鬼，立被炸成粉碎。当时心神大震，元气也受好些损耗。方自激怒，猛又瞥见空中鬼头也被消灭，敌人不见，却化为一道三丈来长亮若银电的火光，从对面射将过来。谈嘻正忙行法抵御间，忽然脑后风生，耳听头上有人大喝："无知妖孽，教你知我耿鲲厉害！"同时眼前一亮，耿鲲两翅横张，脚上头下，翅尖上火星银雨密密如飞蝗，已经凌空下击，离头不远，全身业被两翅风力裹住，火星也打到了身上。如非应变尚快，先飞起一片绿云将身护住，早已不保。就这样，仍是受伤不轻，附身邪气差一点没被震散。不由大惊，一声怒吼，化为一道暗绿光华，破空便逃。

耿鲲性烈心凶，又知对头邪法颇高，此举骤出不意，方得将计就计，破了邪法。如不就此除去，将来又是强敌后患，索性一不做，二不休，猛追上去。谈嘻因对头追迫太紧，空有一身邪法，竟无所施。正在心慌忙乱，猛听一声厉啸，由斜刺里飞来一片黑光，将二人隔断。同时上空也是黑色光网布满，像天幕一般飞压下来。二妖人看出这是千万年前海底阴煞之气积炼的七煞黑罥丝，知道厉害，又被来人占了先机，急切间无法与之对抗。只得随同飞堕，想往横里飞去，避开来势，再与对敌。谁知来人准备严密，未容旁遁，满空黑罥丝已朝四边飞降，其势比电还快。这一来，宛如一面奇大无比的密网，反兜过来，连人带金石峡一带全被罩住。二妖人惊急之下，正在戒备，怪声已自空飞堕，落下一个形如鬼怪的妖人。定睛一看，来人高只四尺，瘦骨嶙峋，其形如猴，通身漆黑，被一片薄如蝉翼的黑色妖光紧裹身上，好似未穿衣服。来人一到，便止住二妖人，咧着一张阔口笑道："敌人一个未见，自家人打些什么？休看里面虽是几个无名后辈，他们人多势众，又有传音告急之宝和一些老鬼相助。事贵神速，一个不巧，偷鸡不着蚀把米，岂不冤枉？并非小看你们，连我仇魄一起算上，他们只要把那几个老鬼招来，就算能敌，得手也是万难。适见心形宝光，不知是否昔年枯竹老鬼曾经用过的天心环？此宝于我大有用处，特地赶来。如肯听劝，便请旁观，由我一人下手。得到以后，我只要这两件心形法宝，下余四件由你二人平分,岂不是好?你们真要火并,便请一旁斗去,免误我事,还教敌人笑话。"说时,早把手一扬,那下垂至地的妖网立时两边向上张起,意似好心相劝,并无敌意。

谈嘻虽然痛恨耿鲲,但上来便惨败,觉出敌人功力较前更深,虽然受伤失宝是由于疏忽,便是明敌,恐怕也难占上风。本就有些胆怯,再听后来妖人竟是前被极乐真人禁闭在澎湖岛海心礁二百多年的恶鬼子仇魄,越发心惊。知道此人是有名的笑面虎,素来一意孤行,遇事专断,开头总是一张笑脸,稍有违忤,立遭毒手,端的凶横已极。邪法又高,生平只败在长眉真人与极乐真人手下两次,谁也不是他的对手。再听所说,也颇有理,方想开口应诺。耿鲲性如烈火,宁折不弯,又仗恃炼就玄功化身,素不向人低头。只因骤出不意,身在妖网笼罩之下,急切间难于还攻,化身长翎又所余无多,不舍轻用,只好强忍怒火,一面静听,相机应付。及听对方虽似不存敌意,但那言动神情十分狂傲,本要发作。继一想:"久闻此人翻脸无情,最是厉害,但敌人设有太清仙法禁制,不是邪法所能即时攻破,只有自己所炼纯阴之火或者有效。乐得坐山观虎斗,看他口出大言,到底有何功力。"但耿鲲又不甘就此示弱,冷笑一声,答道:"道友解围,虽是好意,我也颇愿领受,无如我生平不愿无功受禄。还有谈嘻老贼,以前也曾有过一面之交,适才无故欺人,你也想必看见。既以取宝复仇为重,容他暂活些时无妨。但我平生不愿借助朋友,好在敌人缩头未出,虚实难知,万一人多,你一人兼顾也较费事,最好同时下手。成功之后,所得法宝如何分配,悉随尊意。我只取那几个仇敌性命如何?"仇魄见耿鲲答话,本瞪着一双凶睛,在旁静听,见对方辞色高亢,也似要将发作,及听到末两句,方始又现笑容。回顾谈嘻笑问:"你意如何?"谈嘻先前本想就便恭维几句,不料耿鲲已先开口,当着对头,自不便话说太软。忙笑答道:"道友美意劝解,自应遵命。我与这厮仇怨已深,事完我再寻他。天心环应为道友所有,不必说了。下余法宝,道友既不愿要,我和这厮各凭法力,谁取得,便算谁的好了。"话未说完,仇魄已不耐烦,冷笑道:"你两个都要动手么?既不愿享现成,请各自便,各行其是也好。如再火并,却休怪我不讲情面。"说罢,人影一晃,连满空妖网一齐失踪。

耿鲲天生神目,竟未看出去向,才知对方果然名不虚传,看这情势,也许另有通行之法，或用地遁入内。自己此行固然志在报仇，但那几件法宝也颇重要，如被捷足先登，岂不可惜？还要丢人。不禁又惊又急，也不再理谈嘻，大喝："峨眉鼠辈，速出纳命！"连喊两声，无人答应。重又飞起，两翼一振，翅尖上火雨银星，立似暴雨一般，朝对面彩光层中射去。谈嘻看出耿鲲施展全力向前猛攻，恶鬼呼魂之法又为所破，不曾用上。自己所仗只有两件法宝，惟恐落后，也由囊中取出一件上画鬼头，大约尺许的铁盾，将手一晃，鬼头七窍中便射出七股绿光，喷泉火花一般由侧猛冲。耿鲲和谈嘻一左一右，各自施为，那五彩祥霞却将金石峡笼罩得风雨不透。二妖一连攻打了二日，仇魄始终未见，也不知攻入没有。内中耿鲲更是情急，见火星打到祥霞之上，纷纷爆炸，枉自激射起千层霞影，电旋星飞，一毫也攻不进，打了多时，仍是原样未动。一时性急，咬牙切齿，把心一横，拼舍一根救命长翎，将左翼一抖，立有一道红光似朱虹电射般朝对面祥霞中冲去。到了祥霞外层，突然爆炸，惊天动地一声大震，祥霞被冲开一洞。眼看光云飞涌，快要合拢，耿鲲更不怠慢，将身一闪，通身齐发烈火，银芒四射，电一般急，跟踪往里冲去。这一来，果然冲进重围，到了峡内，落地一看，身外祥霞已经合拢。面前人影一闪即隐，耳听仇魄哈哈笑道："你果然还有一点门道，等将法宝取得，绝不令你空手回去。"听到末句，声音似已入地。耿鲲才知仇魄竟是隐藏身后，等自己冲破外层坚阵，立即跟踪飞入。自己毁了一根珍如性命的长翎，却让对方捡了现成，再想起先听狂言，如何不怒，怒吼得一声，想要喝问。随听仇魄笑道："你休以为我取巧，实则我破敌人禁制较难，惟恐旷日持久；虽略沾光，你们也有益处，省力不少。我一到里面，便能将他头层禁制破去，免得又生变化，不信你看。此事你我只算扯平。敌人埋伏并不止这一关，有甚法力，你们各自施为便了。"说时，一片黑光突然向上飞起，只听"叭"的一声大震，那笼罩峡上的祥霞立被震破，一闪不见，黑光也已隐去。仇魄语声时远时近，时上时下，急切间不知何意。

耿鲲只得忍气朝前一看，当地正是峡中玉牌坊前面的大片平地。敌人法坛设在前面，大只三丈，被一幢金光似一口大钟将坛罩住。前面不远，是一座玉石牌坊，下面立着昔年在黎母山见过的云九姑姊弟，其面上神情似颇紧张，周身均有青光防护，也不过来对敌。耿鲲料知坊下必有埋伏，正待发话前进，忽见谈嘻手持妖盾，自空飞堕。本朝法坛扑去，盾上七道绿光刚射向下面，九姑忽把手一扬，立有一片红光火龙也似飞起，将谈嘻敌住。耿鲲见云翼手掐灵诀，目注自己，又看出那红光十分强烈。情知坛上敌人此时还不出斗，只凭九姑姊弟抵御，必是功候将要完成，不能松懈。太清禁网虽被破去一层，护坛金光却难攻破，所设埋伏必非寻常。既恐敌人炼到火候，一齐出敌，所炼法宝将与心灵相合，无法夺取，又防仇魄诡计多端，乘机下手，暗中将宝夺去。于是怒吼一声，又发出大量火雨银星，朝前猛冲。刚到牌坊前面，忽又飞起一片红霞，内中一束刀形白光射出万道毫光，飞舞而来，挡在前面，休想冲过。耿鲲正斗之间，侧顾谈嘻，只见他一面用妖盾敌住红光，一面扬手发出一团团的绿光，出手便即爆炸，红光立被荡开了些。谈嘻越发得意，便将绿光连珠发出，霹雳之声震得天摇地动，知是所炼阴雷。眼前同道中，轩辕法王、九烈神君而外，只他阴雷厉害。眼看红光连受激荡，似已不支，敌人面带惊惶之色。耿鲲自己为敌人宝光所阻，急切间竟难前进，相形之下，自觉难堪。厉声喝道："无知贱婢、狗道，你师父尚且不行，螳臂如何挡车？快快降服，放我过去，取那峨眉小辈狗命，还可饶你们不死；否则，我一伸手，你们全成粉碎，悔之无及了。"随说，张口一喷，立有三团形如连环的银色火球，亮晶晶悬向牌坊前面，不住流转闪动。

九姑先见一下来了三个强敌，本就惊惶。后见太清禁制神妙，到第二日尚无一人攻进，心方略定。不料敌人已破禁而入，援兵不到，更加愁急。起初原定事到急时，便由钱莱持了金、石诸人的几件至宝出敌，这样可好一些。谁知金、石诸人若无其事，同在最后一层禁光防护之下一心炼宝，连法宝飞剑均未放出。这等厉害强敌，凭自己姊弟和俞峦所留的两件法宝及禁制埋伏，绝非敌手。哪知坛上金、石诸人已早有人指教，所炼法宝关系太重，非得炼完，不能松懈。法坛之下，又经事前暗设禁制，加上石完独门仙法防御，坛底四外均被灵石仙剑护住，多高法力的妖人也难侵入。

九姑姊弟不知底细，如何不急。正在愁虑，红光已被谈嘻阴雷冲荡，相形见绌。耿鲲又喷出三团连环银光。两人知道此宝乃耿鲲用数百年苦功，聚敛月魄寒精炼成，昔年与恩师黎母斗法，曾经见过，刚一出现，便被人劝住，不曾发挥威力。嗣后听说此宝威力大得惊人，一经爆炸，方圆数百里内山崩地陷,奇冷无比,所有生物全数毁灭,不震成粉碎,也都冻成坚冰,休想活命。不过耿鲲性虽凶横,对于人类,若不侵犯他,还不肯轻易杀害。此宝又是发易收难,用后必有损耗,元气也连带受伤。为防气性暴烈,一向深藏海底巢穴之内,轻易不带出来。彼时功力尚浅,光大如杯,已有那么厉害,何况现在加大了好几倍,并由口中喷出,足见功候完成,收发由心。照着昔年所闻,即便金、石诸人能耐奇冷,自己绝不能当。这么好一片仙山灵境,也必化为死域。越想越发心惊胆寒,只得硬着头皮,强笑答道:"耿道友,我知你九天寒魄珠的厉害,但是此宝一发,要伤无数生灵,这里诸位道友与你无仇无怨,何苦造此大孽?徒伤生灵,于事无补,你还讨不了好去。"耿鲲大怒,喝道:"贱婢,你敢出言顶撞?峨眉师徒老少皆我仇敌,只要肯献出法宝,跪下纳命,听我处死,还可保得元神去转轮回,免伤这几百里内的生灵。"

此时二人忽听空中有人说道:"大哥,你看这扁毛畜生和那妖孽多狂,不给他们点厉害,也不知天高地厚。我先把他喷的三个水泡收去,你去杀那妖孽如何?"九姑方想:"此是何人?声如婴儿,说出这等大话?"猛瞥见阴雷连声爆炸之下,红光已挡它不住。谈嘻正持妖盾开路,朝牌坊下冲来,只要把第二道禁网冲破,便能深入法坛之下,岂不又多一层危险?心正着慌。同时耿鲲也闻得阴雷爆炸声中,空中有两个幼童对答,语声虽细,听去十分清晰,并还离头不远。心虽忿怒,因见谈嘻已快冲破敌人禁网,不暇兼顾,一时骄敌,妄想把话说完便发宝珠,连敌人带谈嘻一齐炸成粉碎。刚把头上人末一句话听完,猛瞥见一片银光拥着一个形如初生婴孩的小人突然出现。那小人高还不到二尺,生得身白如玉,头绾抓髻,短发斜披,穿着一身粉红色的短衣短裤,赤足芒鞋。两肩后各插着一口金光闪闪的宝剑,长才八九寸。相貌甚是英悍,身材虽似初生数月的婴童,但是神情老练,动作如电。刚出现,才瞥得一眼,一片淡薄得几非目力所能分辨的水烟已经随同飞起,一下便将空中三团银光网住,刺空飞去,一闪不见。

耿鲲不由大惊,急怒交加之下,同时又瞥见数十百丈一道金霞连同一道形如火龙的红光后面,有一粉面朱唇,与前见婴童差不多的道装小人,随同自空飞堕。耳听谈嘻惨叫了一声,百忙中也未看清。心痛至宝,不暇旁顾,立即展翼追去。这原是瞬息间事,刚一飞起,就这转身一瞥之间,两口金剑忽由小人去路迎面飞来，看去长才七八寸，但与寻常剑光大不相同，直似两口小剑对面射来，剑锋精光奇亮，来势又快，突然出现，一任精通玄功变化，骤不及防，连转念工夫都不容。敌人更似深知自己来历虚实，双剑竟朝两翼左右分射，正是翅根与肉身相接之处。乍见不知厉害，全身又有火光环绕，微一疏忽，剑已由千重火星银雨中穿进，猛觉奇热如焚。耿鲲知道不妙，慌不迭再用玄功变化飞遁，已是无及。总算功力尚高，飞遁得快，未将两翅齐根斩断。但内中一剑已穿翅而过，另一剑又将长翎斩断了三根，差一点便非全数斩断不可。剑锋过处，当时全身发热。这一惊真非小可。暗忖："是何仙剑如此厉害？"方运真气抵御，金剑已撤回。小人又在前面空中现身，拍手笑骂："你这扁毛畜生！我师父那年在北海容你漏网，你不做缩头乌龟，又来人前现眼。今日可知厉害？"耿鲲性最暴烈，见这小人既非精怪修成，又不是甚道家元婴，自己枉自修道多年，竟看不出他的来路。生平不曾受过这等重伤，又是偶然疏忽，致遭暗算。不由怒急心昏，更不寻思，咬牙切齿，强耐伤痛，二次飞身追去。并由两翅上发出大量火星，欲将当地高空布满。敌人隐遁多妙；只要挨近，立时警觉，便可用玄功变化，身外化身，隐形追上，冷不防猛下毒手，报仇雪恨。耿鲲正在寻思，金剑忽由斜刺里飞来，如不是预有戒心，差一点又受伤不轻。等往旁追，人剑同隐，晃眼又在前面出现。妙在越来越高，老在火星层上，空洒了一天的火雨银星，竟是无奈他何。似这样，时左时右，隐现无常，逗得耿鲲怒发如狂。又见小人除却隐遁神妙，诡诈非常而外，似无他长。金剑虽颇厉害，只要事前防备，也难再伤自己，如能追上，立可报仇。便不顾命一般朝前追去，越追越急，不由追出老远。这且不提。

另一面，九姑原因耿鲲厉害，一面指挥红光去敌谈嘻，一面回头答话，不料微一疏神，红光竟被荡开，不由大惊。方想抵御，只见数十百丈金霞连同一道火龙，已自空中突然飞射而下。妖人骤不及防，先吃金霞罩住，欲逃无及。火龙也便飞到，环身一绕，立时烟消火散，连人带阴雷一起消灭。紧跟着飞下一个羽衣星冠，赤足芒鞋，背插尺许长的单剑，生得粉妆玉琢，形似童婴的道装小人。九姑素来谦和，只当是前辈仙人元婴神游相助，忙同云翼下拜。幼童连忙避开，笑道："贫道是李健，二位道友不必多礼，还有强敌未除呢。"随说，扬手又飞起一团银光，出时甚快一轮初生明月，约有丈许方圆，悬向空际，徐徐转动，光并不强，但是银霞闪烁，寒辉四射，照得山石林木全变成了银色。紧跟着，光中现出一条黑影，正是妖人恶鬼子仇魄，看光中所现景象，似由地底刚刚冲出，想要逃遁神气。九姑知道妖孽厉害，性又凶狡刚愎，如被逃走，从此多事，永无宁日。又始终认定来的这两个小人是天仙一流人物，忙喊："李道长，留意妖孽逃走。"

李健原奉极乐真人之命而来，知道仇魄擅长玄功变化，动作如电，那幢银光便是专破隐形至宝。仇魄也是恶贯满盈，恃强太甚，先想由地底穿入法台，冷不防夺去天心环，就便能伤人更好，否则便由地底遁回山去，不料法台四围底层均有防备。仇魄发现墨绿光华阻路，不能再进，刚看出是石仙王关临的独门灵石剑气，防御地遁最有妙用，急切间绝难冲过。正想运用邪法勉为其难，只要稍现空隙，立可侵入，忽听上面太乙神雷连声大震。昔年吃过极乐真人大亏，最怕的就是此人和屠龙师太、嬴姆师徒等四人，一听雷声相似，惊弓之鸟，未免疑虑丛生。反正法坛难于攻进，便即出上窥探。刚到上面，瞥见一个形如婴儿的小道人，不禁吓了一跳。这时仇魄隐形邪法虽被银光照破，还不自知，逃走原来得及，无如性太凶暴。分明见耿鲲受伤追敌，不见回转，谈嘻连元神也未保住，形势不妙。因看出新来敌人并不是极乐真人，又想起那天心环关系太大，本来不舍就走；再听九姑一喊，骂他妖孽，立时激怒。自恃邪法高强，心想猛下毒手将九姑先擒了去。刚怒喝一声："贱婢纳命！"李健一见妖人隐形法已破，忙把手中宝镜一扬，百丈金霞首先带着连珠霹雳，朝前射去。

仇魄因为出土稍迟，只见谈嘻形神俱灭，剩了一些劫灰。李健事前受有指教，镜光已隐，致使仇魄匆促间竟未看出人是怎么死的。又吃了性暴心急的亏，对敌时老是阴沉沉蓄势待发，一经出手，便是又狠又准，志在必得。仗着邪法高强，动作神速，向例百发百中，极少失手，平日便以此自满。这时虽见银光异样，敌人身形小得出奇，心中惊疑。因见九姑一时大意，为向来人行礼，走出禁地，以为可以顺手牵羊，声到手到，先将九姑姊弟元神抓去。然后趁着禁法无人主持，冲过牌坊，改由上面下手，直闯法坛，去夺天心环。声才出口，忽见九姑姊弟飞遁回了原位，百忙中猛觉自己隐形被破。方在失惊，一双鬼爪发出大蓬黑青丝，已连人扑向坊前。

猛又瞥见金霞电射，照向身上，数十百丈金光雷火同时打到。仇魄知道不妙，想逃已是无及。在连珠霹雳纷纷爆炸中，虽仗邪法防身，没有当时炸死，身已负重伤，元气也被震散了不少。最厉害的是宝镜金霞具有极大吸力，将身裹紧，难于逃脱。太乙神雷又连珠打到，如何禁受得住。再不见机，迟早将护身烟光一齐震散，连元神也会保不住。惊慌情急中，咬牙切齿，把心一横，一面施展全力抵御，一面运用玄功邪法，身外化身保了元神遁走。

李健虽因向道坚诚，深得极乐真人钟爱，用功又勤，近来法力越高，毕竟无甚经历。见仇魄已被镜光困住，以为绝逃不掉，手指神雷朝前猛击，忘了另用法宝防备。正在得意，忽见一片黑光似花炮一般爆散，妖人全身震得粉碎。李健只当妖人形神已灭，心方一喜。就这微一疏神之际，三缕黑烟突然由雷火烟光中激射而出。先还当是被神雷击散的残余妖氛，忽听九姑姊弟大声急呼："李真人，留神妖魂逃走！"声才入耳，那黑烟已化成三条黑影，与妖人一般模样，晃眼合而为一，黑影也由淡而浓，与人无异，厉啸一声，向空逃去。李健想起师祖行时之言，一见妖魂逃走，好生惶急，飞身便追。不料妖孽仇恨已深，便李健不追，也想一试毒手，回顾仇敌追来，正合心意。又知仇敌追不上自己，乐得就便复仇，扬手便是大蓬黑昔丝，似暴雨一般打来。李健深知邪法厉害，想不到妖人已死，元神尚具神通，一见满天黑丝飞来，慌不迭飞身往上遁避。同时用镜光去照时，当前妖丝虽被镜光照散，妖魂已乘机逃走。

李健见妖魂逃远，方悔追时疏忽，匆促中忘用宝镜开路。忽见遥天空际突然现出一片红霞，长城也似横亘天半，正挡妖魂逃路。就这微一停顿转盼之间，妖魂已逃得只剩了一点黑影，几非目力所及。吃红霞一挡，冻蝇钻窗般上下左右连闪了几闪，不论逃向何方，均被红霞挡住，晃眼便向金石峡原路上空逼来。妖魂似颇情急，周身妖光、黑昔丝爆射如雨，全无用处。李健见状，知有前辈仙人相助，便纵遁光追去，意欲两下夹攻。妖魂似知不妙，改往来路上空飞逃，一溜黑烟，其急如电。刚往斜刺里窜来，忽听空中一声雷震，当空突又现出大小六十四面云旗。妖魂一逃，刚刚投入云旗阵中，红霞立似电一般卷到，围向云阵之外。这时晴空万里，更无片云，天色十分晴朗。碧霄之中，突现出数十片祥云，各拥着一面灵旗，凌空招展。本就仙云如焰，瑞霭浮空，光景奇丽，再吃那经天红霞围拥上去，映得满天空奇幻异彩，好看已极。李健本快投入阵内，猛听对面有一女子大喊："道友请留云步。"忙收势往前一看，对面飞来一个道装美女。九姑姊弟也同离阵飞来。双方见面，未及说话，就有一阵风雷之声响过。道姑把手一招，红光飞回，云旗忽隐。只剩下一朵大只尺许的祥云，拥着一个形如婴儿的白衣少女立身云上，朝众人含笑点了点头，便往东方飞去，晃眼不见。众人随同下落。

九姑姊弟见先后四个援兵，除俞恋外，下余三人全部形如婴儿，好生奇怪。等到互询来历，才知那小道人便是极乐真人所收徒孙、前听凌云凤师徒谈到过的小人李健。那诱走耿鲲的名叫玄儿，现在岷山白犀潭韩仙子门下，已从师姓，改名韩玄。这两人和沙、米二小一样均是凌云凤前在白阳山小人国所收，虽是僬侥小人，因为向道心坚，各有仙缘遇合，数年之间，炼就如此神通，俱都惊佩不止。因金蝉等炼宝未完，宝气上升，恐又惊动别的妖邪前来侵害，便不进洞，礼见之后，各就山石坐下，互相请教。

俞恋见健儿谦恭诚谨，问知奉了极乐真人之命来此解围，除那两个妖孽，途遇韩玄，说起乃师韩仙子前在北极上空已将耿鲲困住，一时疏忽，被其变化逃走，知他凶狠，恐留未来隐患。当日早起，算出耿鲲赶来中土寻仇，意欲就势除他，特命韩玄来此诱敌，将其引往白犀潭去除害。韩玄飞遁没耿鲲快，但是法宝甚多，足可防身；人甚机警，又精隐形飞遁之法，足可无碍。李健因奉师命须与金、石诸人会合，同往幻波池去，为易、李、癞姑诸人接应，故此不曾随往，仅在途中谈了几句。这一耽搁，差点没被妖孽遁走，幸得俞恋约一女仙相助，才得成功。否则初次下山，便未完成使命，回山何颜交代？九姑随问俞恋："如何来得这么晚？差点没出乱子。"

俞恋本来被困多年，同道至交只剩两人，自从发现藏珍，悟出恩师遗偈留音，知道这几件法宝，尤其那大心环关系重要，非经重炼，不能发挥全力。但是炼到收功之时，宝气上升，必有妖人前来扰害，凭自己的法力，恐非对手。照着仙示，内中一个好似昔年仇敌恶鬼子仇魄。俞恋本来算准日期，准备请来帮手，期前赶到。不料所寻两人，一个新近数月方始成道化去，费了好些时，方查问出底细；另一个便是朱文、申若兰前在仙霞岭所遇女仙倪芳贤，无奈多年不见，所居花云崖，有仙法层层禁制，休说入内，直看不出一点形迹。后又辗转寻人打听，仍未查明虚实。连用仙法传声，请求一见，把一座仙霞岭全部寻遍，也无回音。如非占算不出迹兆，好似受了对方禁制颠倒，直疑人已成道飞升，或是移居别处，不在当地。眼看日期已到，恩师遗命寻找帮手，一个也未寻到。俞恋心中愁急，惟恐误事，正打算赶往云南雄狮岭长春岩无忧洞，去向五福仙子孙询探询芳贤下落。忽然霞光一闪，四外都是烟云布满，看出正是百花仙子倪芳贤的家数，不禁大喜，忙喊："芳姊，我找得你好苦！"紧跟着眼前一花，异香扑鼻，云光散处，人已落在花云崖深谷之中。芳贤也已现身，将其迎往所居崖洞之内。俞恋想起昔年彼此道力全差不多，如今芳贤已有成就，自己偏因一时铸错，被师父禁闭二百多年，受尽苦难，才得出头，前路仍是艰难。方在感叹，来意还未出口，芳贤已先笑道："我知那天心环前古奇珍，关系重要，休说贤妹非它不可，便我和静虚、询妹，他年也须借它一用。但那妖孽炼就玄功身外化身，静虚日前与我谈起，虽已命一徒孙拿他两件法宝前往除害，终恐难收全功。如被妖魂逃走，将来必留隐患。我和静虚、询妹自不怕他作祟，你却可虑。这妖孽又是诡计多端，来去如电，一被逃走，寻他更难。静虚又须往应齐潄溟夫妇之约，到时无法分身，令我带了他的九宫朱灵旗去灭妖魂。此宝我未用过，一算时日，尚有余暇，便在洞中重加练习。你在本山寻我，并非不知，只为妖孽机警神速，必须一举成功，方可无事。累你苦寻多日，实不过意。现在妖孽同了耿鲲、谈嘻两个妖人已到金石峡，因有两三层禁制埋伏，急切间攻不进去，并且李健已奉静虚之命先到；对于金、石诸人，也曾传声指点，不令出手，以防功亏一篑，再炼费事，延误幻波池之行。你我至交姊妹，难得相见，不如在我这里谈上两日，到时前往，包不误事。"

俞恋闻言大喜，便在花云崖洞中住了两日，再同起身。刚飞到金石峡前面，便见韩玄、李健相继现身，一个引走耿鲲，一个杀死谈嘻，仇魄也被镜光裹住。芳贤笑说："事已无碍。"仍照预计，令将师门至宝赤城仙障隐去华光，埋伏遥天空际，去挡妖孽逃路。芳贤也忙隐身，飞往金石峡上空。刚把九宫朱灵旗布成仙阵，未及施为，妖魂已经遁走。总算下手尚快，赤城仙障威力神妙，只要被红光照向身上，如影附形，任逃何方，均被挡住去路。妖魂连放黑眚丝，均无用处，只是一片朱霞，其长经天，环亘空中。先还左冲右突,打算趁隙逃遁。后见仇敌现身,猛想起此宝来历,不由亡魂皆冒。方准备拼受神雷一击,将三尸元神化分为三,逃得一个是一个,仙阵突然发动,二仙合力将其消灭。芳贤也自飞走。

四人正谈说间,俞崟忽然侧顾法坛,惊喜道:"想不到金、石诸位道友的功力如此纯厚,刚到正日,竟能归真返璞,将此天府奇珍如期一举炼成。即使此时有妖邪来犯,也不怕他了。"九姑等闻言回顾,果然坛上所悬六件法宝,宝气精光忽全敛去,各自悬向金、石诸人面前,渐复原质。大家知道大功告成,相见在即,俱各欣喜。李健道:"家师祖原说,六十三日之内便可炼成,与本身元灵相合,便老怪丌南公也难夺去。为防万一,可多炼一昼夜,使坛上六位师叔、师弟全能交换应用。我昨日一早便赶来了,曾用传声代达师祖之命。许是三位师叔精益求精,又多炼了个把时辰,否则早该完事了。"

正说之间,神光忽隐,禁制齐撤。四人赶过去一看,那法宝共是三种六件,已由金、石等六人收下,持在手内,正在传观,互相庆贺。李健随向众人分别礼见。金、石二人和健儿自从峨眉一别,尚是初次相见,俱都欣喜异常。朱文随将前在含鄱口,因说李健身量不大威武,李健卖弄神通,身形暴长,立成大人之事说出,俱都好笑。石生见李健脸有愧色,笑道:"这有什么不好意思?想我初入师门时,谁都当我小孩,秦二师姊还抱过我一次。我就老着脸,由他们去,冷不防一打挺,跌了她一交,引得哄堂大笑,由此也就无人再和我闹。生得小,有甚相干?更显天真。要都和洪弟那样,才好玩呢。"朱文笑道:"其实洪弟哪样都好,不知怎的,今生快要成道,反更顽皮,学了一张贫嘴。"金蝉笑道:"姊姊你莫理他就好了。洪弟童心最盛,你越多心,他越得意。他又灵巧,老想和我们一路,此时背后说他,就许暗中掩来,故意逗你生气,岂不冤枉?"

朱义恐被外人听出,刚把风日微睁,想要发话,忽听石生道:"大家快莫说话,你听这是什么?"众人侧耳一听,原来是一种极淫艳的乐歌之声,那声音起自地底。九姑姊弟首先大惊失色。俞崟也是玉容骤变,扬手一片红霞闪过,再向众人说道:"诸位留意,此是前山暗谷附近潜伏的魔教中有名人物金神君,本是尸毗老人师弟。想是发现这里宝光,意欲暗中夺取。乐声乃他魔教中迷魂邪法,难怪百花仙子来时赠我灵符一道,说可镇摄心神,日内有用,原来为此魔头而发。只奇怪九姑姊弟虽非玄门正宗,也曾修炼多年,方才乐声初起,便觉不支。如非我深知这厮来历,用禁法将其隔断,再待一会儿,人必入魔昏迷。诸位道友竟如无事,天心环虽是制魔之宝,怎连三位师侄也如未闻?"金蝉随把枯竹老人所赐青灵符取出,略说前事。

第二八三回

疾恶毙穷凶　无限缠绵悲死孽
痴情怜覆水　双心灿烂傲飞仙

俞峦听了金蝉之言，不禁大喜，立请金、朱二人将符转借九姑姊弟佩戴。随即说道："魔头虽擅长晶球视影之法，但他只看出我们同在坛上说笑，以为禁网已撤，魔法阴毒，闻声逐渐昏迷，手到擒来。他因为昔年誓言，不走前洞，许由地底来犯，忙于行法开山，一时骄敌疏忽，不曾再看下文。又是亲身赶来，专心运用魔法，既没料到我们有此太乙青灵符可以防护神心，更未想到我是他昔年的仇人，魔法又先被我隔断，声形全隐。我再现出些幻象，作为人已入魔昏倒。等他到后，蝉弟、文妹可将天心环如法施为，立可致他死命，省得留在世上害人。"众人一听，全都打起精神，准备应敌。

俞峦将金蝉、朱文所佩竹叶灵符转交九姑姊弟，随即行法，手掐灵诀朝外一扬，面前不远立现出一座法坛和众人幻影，有几个已先昏倒坛上，剩下三两人也都作出昏昏欲睡情景。然后向众说道："我已布置停当。这厮魔法虽然不如尸毗老人，也是魔教中残留的有名人物，素来行事谨慎，休看魔法发动，还有一会儿才会出现。照我这样作法，便他另有教外同党飞空来探，也看不出我们真相。诸位自做准备，等我把手一举，一起发难，便不怕他跑上天去。"九姑姊弟先闻乐声，便已心旌摇摇，云翼简直昏迷欲倒，直到佩上青灵符，始复原状。细看众人，却是气定神闲，若无其事。可见峨眉传授果然神妙，由此倾向之心更切。众人听那地底乐声时远时近，老在峡口一带，久等不来，方在不耐，乐声忽止。俞峦笑道："这厮真个狡猾，行法已久，毫无反应，还不放心，又退了回去，也许命甚同党飞空来看。大家最好照我手势行事，免被漏网，除他便难。"石完忽道："我和钱师兄先往地底埋伏，断他归路，可好？"俞恋便笑道："你二人果然去得，只是事要隐秘神速，听我师父、师伯传声方可下手。"钱、石二人领命，刚往地底隐形遁去，耳听破空之声，两道青光忽由峡口飞来，到了法坛前面凌空停住，现出两个道装男女。金、石、朱、云四人认出女的正是前在昆仑门下被逐出门的阴素棠，九姑更认出男的便是阴素棠的情人赤城子。幻象中法坛人物和真的一样，均在真坛前面。

这两人一到，便互打手势，嘴皮微动，意似浑水捞鱼，就便杀他两个，以报峨眉之仇。男的好似不愿，恐被魔头知道。女的不听，便往坛上下降。金、朱二人方觉这两人一落地必被看破，露出马脚；再看俞恋，手掐灵诀，目注前面，若无其事，心正奇怪。阴素棠行事也颇慎重，降到中途，忽又停住，细看了看，柳眉一竖，面上立带杀气，扬手一道青光，便朝坛上金、石二人的幻影飞去。不料剑光到处，坛上忽起了一片红霞将坛护住，青光几被卷落坛内。同时地底乐声又起，阴素棠也便失惊飞起。赤城子面带埋怨之色，朝她看了一眼，故意说道："我早知道这些小狗男女虽然昏倒，所设禁制埋伏尚未失效，杀之不易。姊姊只想报齐漱溟之仇，杀他两个出气。暂时既伤他不了，不如归报金道友，免得他那门人多心，还当我们想要染指呢。仍由金道友一人包办，由地底下手。我们如能把这几个小畜生要来杀死，也是一样出气。我们走吧。"忽听地底有人哈哈笑道："二位道友何必如此太谦？这几件法宝我虽有用，二位道友如若心爱，尽管拿去，听便好了。"话未说完，先是"喳"的一声，坛前不远裂一地缝，人影连晃，便现出一个穿着华丽的中年道装男子。阴、赤二人看出道人面带狞笑，口气不善，方在同声分辩不了几句。道人正是魔头金神君，冷笑答道："本来无主之物，人人有份，不过我看此事未必如此容易。二位如有雅兴，只管伸手。否则我这人说了必做，二位当所深知，照例与我相识的人，不论亲疏长幼，向不容他口是心非。阴道友明知峨眉群小不是好惹，知我对于黎女不会忘情，两次巧语诱激我来。遂你二人心意，若得手，你们可报仇；不得手，也为峨眉树一强敌：用心实在巧妙。我如不来，必当我连几个峨眉后辈也都害怕，一时不忿，为你二人所惑。就这样，你们心犹不足，还想借作探敌为由，浑水捞鱼。不料你们刚走，便接到教主心灵传语，才知他自神剑峰皈依佛门之后，见本门只剩我师徒数人，今日正是我的成败关头，念在昔年同门之谊,特以心声传语警告。再经晶球查看,你们果想坐收渔人之利。既有此心,便请下手,真个敬酒不吃,便吃罚酒了。"

说时,阴、赤二人本是面带愁容,相对而立,猛瞥见各人背后突现出一个相貌狰狞,其红如血的魔鬼影子,往身上扑到,一闪即隐。二人法力并非弱者,事前竟会毫无警觉。当时打了一个冷战,知道弄巧成拙,悔已无及。金神君是有名心辣手狠,言出必随,除了照他所说,或者无事;否则魔鬼附身,即便仗着道力暂时不为所杀,这附骨之疽,如影随形,何时才可去掉?一面暗用玄功抵御,一面听他说完。阴素棠首先满脸悲忿,抗声说道:"我实为与峨眉师徒仇深恨重,见这些小狗男女昏倒坛上,意欲就便杀死两个雪恨。不料外有禁网防护,不曾如愿,实则并无他意。你全不念多年情分,如此多疑,意欲如何?我二人照办好了。"金神君怪笑道:"你当事情容易么?照你所见,对头现在对面,我也别无他求,只请你二人破禁入坛,任你们报仇。便将法宝全数取走,我也绝无话说,附身神魔自会撤回。如办不到,却休怪我无香火之情。"阴素棠也是淫孽太重,恶贯已满,竟未悟出言中之意。以为金神君素来胆小心黑,震于峨眉威名,恐对方还有厉害埋伏,意欲借故相迫,令自己去破禁网。只要豁出不要法宝,得到以后双手奉上,便可无事。哪知对方已接尸毗老人警告,一切均有准备而来,因魔法已经发动,势成骑虎,不能回收,把阴、赤二人恨同切骨。阴素棠大劫临头,毫不自知,还想双方多年交情,此举许因自己和赤城子情厚,由于一时妒念,未必真个翻脸便下绝情,何况本身法力也还能够抵御。念头一转,心又略放。便和赤城子使一眼色,各将身剑合一,朝前冲去。

众人见二人剑光十分强烈,又当情急之际,志在必成,施展全力,越显得惊鸿电掣,威力异常。朱文悄告金蝉说:"这两人以前原是昆仑派名人,可惜日居下流,自投邪路。看他们飞剑功力,比那年所见更强,我们如似从前那样,还真不是他们的对手呢。"俞鸾接口道:"此事奇怪。我疑心魔头已经警觉,但又内讧作甚?我那禁光反正早晚被冲破,蝉弟、文妹可照原计行事,只将天心环照定魔头,仍以手势为号,我先撤去禁光幻影,看他是何用意。"说时,假坛前面红光已被阴、赤二人快要冲破,二人面带喜色。金神君却不住狞笑,望着前面一言不发,面上更带愁忿之容。俞鸾随将禁法收去,并将原来法坛用仙法移向洞前小峰上面,隐形旁观。

阴、赤二人眼见禁光里面敌人全数昏倒坛上,方想起来时山外所见宝光何等强烈,便敌人原有的飞剑、法宝,多半也是仙府奇珍,如何不见影迹,莫非是诈不成？二人心念才动,红光一闪不见,面前法坛敌人全数失踪,竟是一片平地。匆促之间,不及收势,将石地穿裂了两条大缝。耳听身后冷笑之声,知道不妙,情急心横,一面强摄心神,一面准备相机应付,好说便罢,否则出其不意,先与一拼,怎么也比束手待毙强些。二人刚一回头,金神君已冷笑发话道:"我自教祖隐退以来,本已自知运数将终,便照昔年所发誓言,来此潜修,多年不出走动,魔宫岁月,原极逍遥。自从二十年前被阴道友寻上门来,从此多事,不时引诱我的门人出山寻仇,我两个得力门人已经送你手内。我因他们自取其祸,事前又未禁阻,又念与你交好之情,也就罢了。近年你和峨眉派仇恨日深,受了五台淫妇许飞娘之托,屡次邀我出山为你卖命。我因不愿背誓失信,自取灭亡,已经坚拒不允,你终不死心。上次你以黎女云九姑为饵,欲借颠僧一斗,引出峨眉强敌。总算黎女贞烈,我素不愿强人所难,不曾上套。这次知道天心环与我关系重要,又与你的情人勾结,怂恿我由地底来此盗宝。事前说好,由我一人下手,只取天心环,休说伤人,连别的法宝也都不取。你如寻仇,须等敌人醒后,由你二人自行动手。我想地底通行,不见天光,不算背誓失信。已经行到中途,忽想起取宝时仍须出土,偶生疑虑,回宫取宝。你二人便自告奋勇,先来空中查探敌人虚实。我刚回宫,便接教祖心声传示,得知你二人不特违约,还想就便盗取法宝,等天心环到手,立即遁走,觅地隐炼,用以制我,迫令从你与峨眉为仇,用心十分阴毒贪狠。并知敌人早已警觉,有了准备。为此心中气忿,才赶了来。魔法已经发动,难于收回,尚在其次；还有心念已动,就令终止,也是违背誓言。你二人既然如此贪狠卖友,必有几分自信。照我方才所说,如能办到,我便自认晦气,与你们无干；否则,你们当知我厉害。"

金神君话未说完,二人听出口气不妙,知将发难。阴素棠首先情急拼命,冷不防宝剑齐施,朝前杀去。金神君也是一时轻敌疏忽,以为神魔已附在对方身上,已占先机,动念即可致人死命；又以昔年双方一见倾心,一直无事。对方法力深浅和几件有名法宝全未见过,内中一件最厉害的本是阴素棠昔年瞒心昧己,由亡友金针圣母洞中巧取偷来,为防人知,改名泥犁玄阴轮,又经仙法重炼,恰是降魔至宝,威力绝大。又当神魔附身,存亡关头,自然下手又快又猛,相隔更近,一任金神君匿法高强,也难抵御。只见七八种各色剑光宝光一齐电掣飞出,只闪得一闪,耳听一声怒吼,一片血光过处,一条人影先已飞起,同时又是一声惨叫。金、石诸人定睛一看,原来金神君已经断去一臂,两脚也被飞剑、法宝齐膝斩断,身受重伤,成了残废,在一片比血还红的火焰环绕之中,满空飞舞。阴素棠身上魔影已现,因有法宝防护,功力又高,面色虽带苦痛,仍指飞剑、法宝向那敌人追逐。另一面,赤城子身受却是惨极。想系法力较差,无力镇摄心神,但仍随同情人发出飞剑。魔法也已发动,魔鬼血影突然出现,紧附全身,几成一体。因受魔制,自将飞剑收回,持在手内,人和疯了一般,不住哭喊号叫,满地乱蹦乱滚,不时回手向身上乱刺,晃眼便成了一个血人。

金神君也因断了一臂,不能施展全力,仇敌法宝、飞剑又颇厉害。一面用独手施展魔法抵敌,一面口中厉声喝骂:"淫妇万恶!我今日原该遭劫,否则我也不来。但决饶你两个狗男女不得!我先把你情人碎尸万段,再令魔鬼啖他生魂,使你心痛,看个榜样,然后再把你这淫妇如法炮制。休看你这贼淫妇有几件飞剑、法宝,我只是一时疏忽,被你暗算,此时可能伤我一根毫发?"随说,随将手一指。赤城子立即回手一剑,砍落自己半条手臂,化为一股丈许长的血光,朝宝光丛中飞去。跟着接连几剑,残肢断体,纷纷化为血光飞起,将空中法宝、飞剑一齐敌住,赤城子只剩了半截身子,一条手臂,人在魔鬼血影附持之下,满地滚跳,哀号之声惨不忍闻。阴素棠眼看情人受此惨毒,无法往援。自己也是神魔附身,本就苦痛难支,虽仗功力尚高,暂时未遭残杀,再稍分神,便和赤城子一样,也许更惨。除将仇敌杀死,万无活路。后见所有法宝、飞剑全被血光敌住,有的已被斩成粉碎,反倒由少变多,化为一团团的血块,紧附宝、剑之上,无法去掉,空自悲痛急忿,无可如何。金神君将空中宝光分别敌住以后,停了一停,哈哈狂笑道:"贼淫妇!我本定将你情人惨杀,喂了神魔,再把你慢慢切割。可惜我的时限将临,大大便宜了你,你先看个榜样。"

阴素棠知他要下毒手,想将赤城子残杀,喂那神魔。自己实忍不住心中悲痛,哭喊一声,竟不顾利害,猛扑过去。金神君原因阴素棠功力较深,急切间神魔竟奈何她不得,特意引她分神,见状正合心意,大喝:"贼淫妇,教你好受!"阴素棠刚扑到赤城子身前,一把将人抱起,赤城子还在猛挣不已,知受魔法禁制,身不由己,心方酸痛,忽听敌人喝骂,跟着胸口一凉,知道不好,喊声:"我命休矣!"就这心神一分之际,附身神魔立时施威,周身如火热针刺,奇痛麻痒同时交作。只心里比赤城子稍微明白,知道一时疏忽,受了暗算,所受必更残酷。阴素棠惊悸亡魂之下,情急失神,大声哭喊:"我背叛师门,勾结左道,虽死有余辜,但此邪魔也太惨无人理。我也不望生还,只求诸位道友勿念旧恶,看在同是三清门下,速急现身,用飞剑赐我一死,并去附身邪魔,为世除害,感谢不尽。"说到末句,人已昏迷,回手将招回来的飞剑朝左膀一斫,玉臂立断。

众人见此惨状,早就不忍,因俞峦注定魔头尚未发令,只得隐忍未动。及见阴素棠也为魔头所制,金神君飞向二人前面得意扬扬,怒骂道:"我不将你二人碎尸万段,并将元神喂魔,难消我恨!"随说随用魔法残害敌人。阴素棠满面流血,已在惨号,实在使人看不下去。石生、韦蛟正要动手,忽听有人接口骂道:"该死魔鬼,如此凶残,你的恶报到了!"随说,一幢青荧荧的冷光拥着石完、钱莱突由地底飞出。金神君好似出于意外,吃了一惊。忽又面带狞厉,先把手一指,那刚由空中下落的碎血残尸重又飞起,化为血焰,朝二人飞涌上去。他这里手刚一停,阴、赤二人痛苦也便稍减。阴素棠立时乘机放下赤城子,一面运用玄功,重又奋力抵御,口中哀号:"二位道友所用法宝,想是枯竹老人所赐。此宝专制邪魔,休要放他逃走。"石完笑答:"你这女人放心,他的逃路已被我用灵石真火封闭埋伏,上空决逃不掉,放心好了。"话未说完,那数十百丈魔火血焰吃钱莱手掐法诀一扬,身外青光突然大盛,二人再联合一冲,纷纷震散消灭。同时俞峦也突然扬手发令,众人一齐现身,蜂拥上前。

金神君先受尸毗老人警告,本意此借兵解,以应昔年誓言,自去转世。谁知以前恶孽太重,发觉上了阴、赤二人的当。想起自己早该遭劫,全仗魔法神通,带了门人和所爱魔女,隐遁山腹地洞之中,匿迹多年,因不出外走动,魔宫岁月何等逍遥自在。只为天性好色,偶由晶球中发现阴素棠由当地经过,暗用魔法诱了进来,挟制成好,从此种下祸根。金石峡藏珍中恰有他梦想多年,闻名而未一见的天心环在内。此宝如能得到,加以魔法祭炼，立可背誓出山，和以前一样任性而行，成为不死之身。但以取宝时必须出土，违背昔年向教祖所发"从此不见天光，见则必死"的誓言。又知后山炼宝这些人虽是峨眉后辈，道力颇高，法宝尤为神妙，不是好惹。正在迟疑，耿鲲等三人同时飞来，结果两死一伤，他越发心惊胆寒，妄念已消。不料阴、赤二人赶到，再三蛊惑，劝其施展多年未用的阿修罗秘魔妙音迷魂魔法，将人迷倒，再由地底入坛取宝，利令智昏，遭此杀身之祸。先还只说教主已归佛门，正在坐关，不再主持本门严刑。哪知教祖魔法神妙，不可思议，虽归佛门，一切因果仍要在此三年之内了结，其应如响。不特丝毫不肯通融，而且事前不加拦阻，等到动念行法以后，方下警告，便中途罢休，也不能免死。

金神君本就悔恨交加，同时发现阴、赤二人又在生心背叛，明里唆使自己背誓树敌，暗中趁火打劫，倒戈相向，如何不恨。明知不能免死，即使败逃回去，教祖昔年所留应誓毒刑，也必突然发难，所受更惨，只得硬着头皮应付钱莱。意欲到时再用魔法，照教祖所说，向法坛上猛扑，坛上石生见来势厉害，定要飞剑抵御，立可兵解。就是钱莱、石完出时，如以本身对敌，石完性急心粗，也必将灵石剑飞出光外，只要肉身往上一迎，元神仍可遁去。只因金神君天性凶残，为了孽重惧祸，隐遁多年，一旦遇敌，下手惟恐不毒。自恃魔法高强，那天心环虽是克星，只听师长说起，不知微妙。妄想将阴、赤二人凌虐个够，非到万分危急，不令送命，使其到死前还要备尝诸毒，以为快意，连元神也不令逃走。哪知心太狠毒，坐误两次良机。因见太乙清灵神光专御魔法，不舍速死，一面行法抵敌，一面想用毒手残害二人。缓得一缓，瞥见阴素棠因是法力较高，神志渐复。越发暴怒，正待施为，抽空先给她一点罪受。忽听石完那等说法，心方一动，对面峰上敌人突然出现，各指飞剑、法宝夹攻而来。金神君认出内一女仙竟是多年冤仇，自己底细虚实，对方全知。心正发慌，一青一红的心形宝光突在上空出现，晃眼合而为一。内圈先变青、白二色宝光，立时加强百倍；外圈射出红、蓝二色的万道精芒，日轮也似，比火还热得多。刚射上身，身外魔光一齐化尽。知道不妙，教祖先前警告已验，不禁心寒胆裂，哀号："诸位道友，手下留情，允我一言。"想要逃遁，全身已被宝光裹住，知无幸免，急得大声哭喊起来。

众人见魔头已被困住,各收法宝,正在旁观。金、朱二人见那么厉害的魔头竟被制住,才知双心合璧,威力大得出奇。正在相对欢喜,想将魔头消灭,俞峦忽令暂缓施为。随指金神君笑道:"你这厮淫恶如山,我为你受害二百余年,想不到你也有今日。阴、赤二人虽然叛教党邪,除与诸正教中人作对外,从未残杀生灵。就说你中她计,当初你不引鬼上门遂你淫欲,也无此事。不自悔祸,反下这等人神共忿的毒手。你想使他们身受奇惨,再行杀死快意,谁知反害自己。你放出的魔鬼,难道还要我来收回?那你就要受罪了。"金神君闻言,颤声哀告道:"昔年我虽累你受了多年苦难,看你如今分明转祸为福,我却落得这般光景,你也足够消恨了。你既可怜两个狗男女,我将他们放掉,收回神魔,情甘多受一点苦痛,只请你开恩,容我兵解如何?"俞峦冷笑道:"你恶贯已盈,还想带了魔鬼前去投生,重又为害生灵,岂非做梦?实对你说,我生平最是随和,与人无争,惟独对你恨如切骨,为你早有准备,你今日便不自投罗网,迟早也必上门寻你。如今天心环已经合璧双辉,便你教祖自来,也救你不得。既不听话,我偏不使你称心快意,以此要挟,更是做梦!"说完,不再理睬。转向金、朱二人道:"有劳蝉弟、文妹,暂将这邪魔制住,等我救这两人之后,再行除害。"

众人见俞峦那么温和的人,忽然辞色如此悲忿,料有隐痛。方答:"遵命。"俞峦已令钱莱将太乙青灵铠照向阴、赤二人身上。那两条血影立由二人身上跃起,在青光中一挣,便已消灭无踪。阴素棠虽不似赤城子那等惨状,也是周身伤痕,血流遍体。总算青光收去,魔法全破,法力又高,俞峦一用玄功,再取些丹药嚼碎,化为一片彩雾,喷向二人身上,痛苦全止。阴素棠独手抱着赤城子的残体,满脸悲愧之容,走向众人面前下拜,说道:"我二人今日也无话可说,可惜回头已迟。仇人已被诸位道友困住,我也无力报复。若用自己飞剑兵解,有好些妨害,欲求诸位道友成全到底,赐我二人一剑,感恩不尽。"众人知她以前还是师长一辈,俱都不肯受礼,各自闪避。又看出二人已知悔过,遭遇如此惨痛,俱生怜悯。方要开口,俞峦已先答道:"你二人不必如此。我知昆仑门下飞剑另具威力,用以兵解,要耗不少元神,苦难之余,更难禁受。助你们兵解不难,但我见你二人面上晦色未退,恐怕难不止此。我意不妨暂留残身,等将邪魔除去,你二人可略为消恨。索性就在本山养息些日,自用玄功尸解坐化,比较要强得多。"阴素棠慨然笑道:"道友好意深恩,铭感入骨。但我二人自知孽重,人已残废,即便厚颜托庇,无如元气大亏,已难运用玄功,转不如求诸道友赐我们兵解,还痛快些。至于仇人,和我一样,自有他的孽报,我二人也无所用其快意了。"俞峦知她无颜再留,笑道:"既然如此,昔年我蒙好友伽因赠我几道护神灵符,尚未用完。现赠你二人两道,以免此去万一遇上有力量的妖人为难。我再令石贤侄用他祖父的灵石剑送别,免被太白真精之气所伤,如何?"阴、赤二人闻言,更是感激涕零。俞峦随命石完将灵石剑放出,一道墨绿光华绕向二人颈间,立有两道青光拥着二人的元神飞起,朝众举手谢别,电也似疾,往山外飞去。只剩两条残尸,横倒在地上。俞峦笑对众人道:"我看这两人本是正教门下,只为一时失足,铸成大错,由此陷溺日深,落得这等惨况。这类修道人的元神,最引妖邪觊觎,她事前既无准备,虽仗功力尚高,随身法宝也都带走,但是越这样越可虑。元神在飞剑、法宝护持之下,四处飘流,寻找生机,万一撞上异教中几个元凶,必被擒去,又受炼魂之惨。可见我们修道人必须谨慎,丝毫大意不得呢!"

这时金神君在天心环宝光笼罩之下,始而哀声求告,惨号不已。自从神魔消灭以后,神情越发惨痛。俞峦始终不理。他又向众人求告苦诉,说:"我本意也为想求兵解,并无与众为敌之心。处治仇人虽然太过,但这两个也是你们对头。我除盗宝以外,并无侵害之念,为何连兵解也所不许?"众人天性疾恶,又见女仙那等光景,料知这类邪魔不能轻放。李健无甚经历,心肠又软,竟看不过去,笑问女仙道:"这厮虽然可恶,身受已够,给他一个痛快如何?"俞峦苦笑道:"你只见他此时惨状,可知邪魔残害生灵时的残酷么?否则他教祖厂毗老人也早救他来了。我此举实有用意,既是这等说法,请蝉弟、文妹消灭了吧。"金神君听李健一说,方觉有了一些生机。又听了俞峦之言,自知绝望,面色立转狞厉,怒吼道:"贱婢休狠!我虽形神皆灭,但我教是最重恩怨,我还有几个门人,已早被我接着师祖警告时遣走,早晚定必寻你报仇。"话未说完,金、朱二人手指处,天心环宝光大盛,裹着魔影只一绞,便由浓而淡,神影齐消。俞峦道:"我知魔徒把师仇重如山海,照例必来为师拼命,特留他多活些时。谁知竟被事前遣散,又留后患,还不如早除去呢。可将残尸移往山外掩埋,就便往魔宫查看一回,谁愿同去？事完，日内也该往幻波池去了。"众人均料魔宫景物奇丽，多愿同去，只云翼一人独留。众人随即行法，一片红光，将地上残尸血肉一同卷起，相偕飞起。

众人纵遁光同行，飞到前山魔宫门外一看，乃是一座危崖，地势隐僻，内里光景黑暗，甚是污秽。众人方要走进，石完在前，猛瞥见大蓬金刀烈火电掣飞来。金、石、朱三人知触埋伏，各人法宝刚刚飞起，想要抵御，一片红霞已先飞向前去，挡得一挡，那千万把金刀本如潮水涌来，忽然一闪不见。众人方觉奇怪，猛听地底轰隆之声大震，危崖似要崩坍。俞峦猛喝："诸位速退！许还有变。"众人见俞峦面带惊奇，刚同飞出洞外，俞峦手指处，阴、赤二人残尸刚投入洞内，又听琅琅梵唱之声，鼻端闻到一股异香，眼前大放光明。众人听出这是金刚天龙禅唱，方想此是佛门中最高降魔大法，魔头已死，此是魔窟，怎会有这禅唱之声。难道内中埋伏厉害，有甚前辈神僧赶到不成？抬头一看，正是尸毗老人在一片佛光笼罩之下，刚由魔窟之中飞出，一闪不见。经声也由近而远，渐渐隐去，跟着，地底雷鸣风吼响了一阵，危崖倏的整座下陷，几乎成了平地。俞峦喜道："我只说魔徒必要报仇，不料全宫徒众全被他们教祖用佛法度化，解去冤孽，连魔宫也被毁去。照此情形，已无后患，我们回山去吧。"

众人方要回山，忽听破空之声。抬头一看，两道白光正横空飞来。石生认出是本门中人，忙纵遁光迎上前去。双方相遇，便同降落，来人正是石奇、赵燕儿。好久不见，俱都心喜，忙同约往峡中叙阔。燕儿似有话说，石奇拦道："师弟你忙作甚？到了金石峡再谈，不是一样？"众人随到峡中落座。一问来意，才知燕儿自从幻波池脱难以后，回山与石奇同修了些日，便下山修积善功。这日在云贵交界深山中遇见一位跛了左脚的女异人，也不肯说名字，自称修道数百年，一向独居洞中，有一法宝能查知过去未来之事。二人见那女异人一身道骨仙风，知是前辈女散仙，便同去她洞内。见那法宝是一形如鹅卵的大球，非金非玉，半青半黑，乍看无奇。主人行法之后，立时通体晶明，随同心念现出许多人物影子。二人因而得知，目前徐祥鹅在大峇山附近深山中，被一隐迹多年的妖妇困在洞内，欲与苟合，祥鹅固执不从，现为邪法所困，尚有二日灾难。并连不久幻波池也有妖邪来犯，金、石诸人均要往援，以及七矮开府金石峡与小南极天外神山，好些经过，一齐现出。二人本就惦念这些男女同门，本身法力又差，便向主人求教。异人答说："祥鹅该有七日灾难，尚差二日，不宜早去。幻波池也在日内，你们去否，均无妨害。不过金、石诸人此行关系颇重，现时人在金石峡，那里还有我一个师侄，如能替我带封信去，你们双方都有益处。"二人听完，未容回答，眼前一花，便被移出老远，手上多了一封信。再回原处寻找，连人带洞全都隐去。便照所说飞来，途中遇见一个身材高大，白发红颜的老和尚，给了一个锦囊，托令转交金蝉，带与李洪，随即也是一闪不见。随将书信、锦囊递过。

俞峦惊喜道："原来是我跛师叔所赐书信。想起昔年我去求助时，她那侄孙稽一鸥为了我事，曾代跪求三日夜，始终不肯赐见，只得痛哭而去，不久便受师罚。想不到她老人家早成地仙，对我并未忘情，此函必有恩意。"随即向空跪祝通诚，然后开看，面上立现喜容。朱文问她："有何喜事？"俞峦笑道："我昔年失身妖邪，便为先前邪魔求婚不遂，表面不肯勉强，却助同党暗算，致我被逐师门，受此苦难。非圣姑为我留藏的灵丹法宝，不能成道。而那水宫宝库，经她仙法封闭，既要我本人亲到，另外还有好些阻力。我势孤力弱，实是艰难，主人又非素识。易道友虽是老友白幽女转世，但是去时正值强敌围攻之际，那宝库又只有当日能开，时机瞬息，稍纵即逝。虽与诸位道友同行，省事不少，终拿不稳。有跛师叔指示仙机，我固有望，还可为主人除去一个大害，岂非喜事？石、赵二位道友所遇，便是尸毗老人佛法化身，所赠锦囊，中有法宝，不过须等李道友面交，才能开看罢了。"

金、石二人因徐祥鹅天性至孝，入门年久，法力却不甚高，一班同门都对他敬爱。他人也谦和，从不以先进自居。都恨不得立时赶往救援。俞峦笑道："此是定数，跛师叔信上也曾提到。只差半日，定要先去也可。但那妖妇邪法既高，人又刁猾，狡诈多疑，白被嬷姆禁闭多年，越成惊弓之鸟。所居山洞，地势广大，内有三条道路，多半远通百里以外，稍被警觉，立时遁走。人还不易救出，甚或投鼠忌器，受她要挟。我们又不能说了不算。最好我们分成三起，明日起身。照那三条出口，由石道友往正洞一带诱敌，下余两路，俱都隐形前进，三面夹攻，断她逃路。同时由钱、石二位贤侄穿山入内，寻到徐道友，能救则救，不能则用太乙青灵铠将他暗中护住，免受痛苦，到了时机自会脱困。诸位以为如何？"众人知她法力甚高，算计周详，全都说好。本留云氏姊弟和韦蛟留守，俞峦说九姑持有鬼母朱樱两件法宝，此行有用，令和自己同出同归，事完便借金石峡暂居。韦蛟恋师，又羡慕天外神山灵景，意欲同行。金蝉说："本山须留守，幻波池之行又极凶险，就去也等事完回来同行。"韦蛟不敢多说，只得罢了。众人遂依俞峦照信上所说，指明地点，分别起身：金蝉、朱文、石生作一路；云九姑、李健、赵燕儿作一路；石奇独带钱莱、石完去往正面诱敌；俞峦隐形，暗中策应。由金蝉与俞峦各施仙法，封闭仙府，下了两层禁制，然后一同飞起。行近大咎山上空，方使分路，隐形下降。只石奇等三人到了妖窟附近降落。

那妖妇名叫五铢神女萧宝娘，以前本是五淫尊者情妇，因是生性淫凶，恣情淫欲，又移情别向，后被发现，已被困在魔牢以内，将被残杀。不料媖姆师徒寻上门来，用修罗刀和太乙五烟罗将五淫尊者杀死，形神俱灭，妖窟也被仙法封闭。妖妇便在里面用尽心力，破牢而出。无如出口已被仙法封闭，苦熬了些年，每日用法宝开山，开通两条长路。正开出口，恰值小寒山二女火炼毒手摩什，在七宝金幢、天旋神沙诸般至宝与魔火阴雷震撼之下，附近山岳崩塌了好几座。当地原是五淫尊者安置妖妇的别宫，与毒手魔宫甚近，媖姆禁法无意中被佛光照破。妖妇先还不敢出来，事完之后，本想另找地方，但不舍魔窟富丽，又因地势隐僻，暂时不会有人知道。为防万一，又将所开两条洞径打通，设下许多埋伏。起初还不敢明目张胆任性为恶，只是暗往城镇中摄些壮男，回山淫乐，把人弄死，再炼生魂。

妖妇这日偶往山外，路遇徐祥鹅，用邪法诡计诱入洞中，困入牢内，再用邪法强迫顺从。祥鹅定力甚强，宁死不从。妖妇从未遇到这等好根骨的美少年，不舍杀害，正在相持不下。石奇等三人到时，妖妇正因所摄壮男已被淫死，祥鹅又甘受痛苦，只在飞剑、法宝防身之下，不受摇惑。妖妇简直无可如何，一时急怒，决计先往山外寻找几个壮男回来，暂解心烦。在此数日之内，此人降顺便罢，否则对方乃峨眉门下，一放立有杀身之祸，只好施展魔法将其杀死，连元神也不能放走。因洞中原有侍女，早被五淫尊者怒发时全数杀死，剩了妖妇孤身一人，惟恐祥鹅逃遁，行时并用邪法层层封闭。不料刚一出洞，便见下面山径上走来长幼三人。定睛一看，内一道装少年，品貌根骨均不在徐祥鹅之下。随行两幼童，一个俊美如仙，一望而知是个有根器的美质；另一个却是丑怪瘦小得出奇。料定三人均非庸流。因三人是步行，不知深浅。又想旁门中不会有此人品，疑是祥鹅同党。先还不敢冒失，准备好了邪法，布下罗网。然后闪向道旁大树之后，暗中留神查看。谁知这三人似和常人一样，不能远看，并未发现自己，径由下面绕山而过。看来意似想采取右侧山凹中新结实的佛棕果，并非为己而来。又觉出对方法力似乎有限。忙即赶去，快要到达，忽见同来两幼童各喊："师伯，我二人往那边去玩一会儿。"说完，便往斜刺里危崖后飞步跑去，一闪不见。妖妇也是色令智昏，这一临近，越觉那少年丰神俊朗，宛如玉树临风，越看越爱。也未留意两幼童因何不见，喜滋滋走上前去，故意作些媚态，娇声喝道："你知这里是什么地方么？随便采我仙果，胆子不小。"

其实石奇先受俞恋指教，早就发现，故意侧走，本意想将妖妇引开，再令钱莱、石完穿山入内，往护徐祥鹅，以防妖妇警觉逃遁，或是情急伤人。石完目光最强，忽发现前面谷中好些大树，俱都东歪西斜，好似经过地震，倒地重生。内有十几株从未见过的奇树，却是株株挺立，高约三丈，下半苍鳞如铁，干粗皮厚，上半也无枝干，只在顶上密层层生着一丛长达一两丈，形似芭蕉，比较宽长的翠叶。叶丛中心一株尺许高的金茎，顶上一朵尺多方圆红花，莲瓣重合，鲜艳非常。花底生着一圈长圆六棱，与茎同色的拳大果子。石完忙指令看。石奇认出是陀罗蕉，又名佛棕，乃南海大浮山落星原所产仙果，每隔十三年开花结实一次。每丛必须十三株同植，挨次结实，周而复始。峨眉开府时，小寒山二女曾带了百多枚作为贺礼，说是路过大笞山发现此果，采得以后，才知毒手摩什由南海移来，差点没把小命送掉。此果色、香、味三绝。采时不能近铁，并要算准时候，在旁守伺，一过中午不采，便即坠地入土化去。生的也颇好吃，只欠灵效。石完也曾听祖父说过，此是磁铁精气所化。略一商议，便同赶去。钱、石二人首将快成熟的采了几个，瞥见妖妇赶来，连忙借故走开，趁其未见，隐形穿山，往妖洞中飞去。

石奇刚采了一个果子在吃，忽听身后妖妇发话，暗中戒备。回头一看，那妖妇生得骨瘦如柴，细眼疏眉，小鼻小口，两颧高耸，面白如纸，周身仿佛笼上一层淡烟,活像吊死鬼,故意媚声媚气说话,满脸阴险狡诈神情。心想:"我也曾见过旁门中好些妖妇,虽然一身邪气,多是美色,几曾见过这等丑八怪也想迷人?"忍不住又好气又好笑,假意问道:"此是野生之物,人皆可采,如何认为己有?"妖妇不知石奇天生笑脸,又想借着说话耽延,好令钱莱、石完入内下手,暗中早有防备。妖妇以为容易勾引,把腰一扭,媚笑道:"你在那里做梦。此是灵树谷,果名佛棕,乃我由大浮山落星原移植来此,吃了能够长生。看你像个修道人,我洞中仙果、灵丹甚多,只是孤身寂寞。如肯与我交好,同去洞中享受,包你无穷快乐。你意如何?"石奇虽见妖妇由洞中走出,因貌又丑又瘦,走起路来故意扭扭捏捏,仿佛弱不禁风神气,其状太怪,心更厌恶。还拿不定是否萧宝娘本人,喝问道:"你叫什么名字?如此讨厌!"妖妇见石奇怒容相向,也不发急,仍媚笑道:"我便是五铢神女萧宝娘。你是何人?"话未说完,石奇一听正是萧宝娘本人,大喝:"无知妖妇,今日休想活命!"说时手扬处一道白光,连同下山新得的坎离神梭早同时发将出去,紧跟着又将太乙神雷连珠打出。

  妖妇背运当头,不料石奇如此辣手,相隔又近,骤不及防,忙施邪法防身,已是无及。那坎离梭最是神妙,出手红、黑两道精光电一般射到。等将护身妖光放出,一条左臂已被炸成粉碎。未容还攻,神雷又当头打下。总算石奇功力尚差,妖妇邪法颇高,飞遁神速,只被神雷震出老远,未将妖光击散,当时措手不及,怒叫一声,往前逃去。石奇见她逃时咬牙切齿,面容狞厉,上来得手,哪知厉害。暗忖:"似此丑怪妖妇,又无同党,何值小题大做?"还恐妖妇惊逃,忙纵遁光追去。还未到达洞前,先是一片极淡薄的黑烟由头上飞过,微闻狐骚焦臭之气。知是邪法,忙将身剑合一,扬手太乙神雷往上打去。哪知并未生效,眼前倏的一暗,四外漆黑,全身已被浓烟笼罩,什么也看不见。同时面前突现出一面黄光闪闪的妖牌,另有三根针形妖光相继射到,当时便觉头晕。原来妖妇因被坎离梭所伤,成了残废,恨极石奇,仍未忘了淫欲之念,竟想用所炼阴灵牌与迷阳针,将仇人迷倒,擒入洞内,吸完元精,再加残杀。石奇一见妖网飞来,雷击不散,立将身剑合一,虽然不曾当时晕倒,也觉头晕心烦,神昏欲醉。暗道:"不好!"又见妖牌连连晃动,妖针不住飞舞攒刺,与剑光稍一接触,身便酸痛发软,才知邪法厉害。只得把随身法宝全施出来,太乙神雷也发个不休。经此一来，虽然好些，但那黑烟越来越浓，随散随聚，也分不出方向进退。

石奇正想自己人多，只要守定心神，怕她何来？眼前忽又一花，黑烟全收，身已落在一个极高大华丽的洞府之中，四外环立着好些旗幡。妖妇便在外面厉声喝道："你已陷入五淫尊者遗留的小诸天五淫色界魔阵之内，休看四外无甚阻隔，你只冲出试试。如若从我，还可免死；否则，我只将魔法发动，任你法宝防身，不消三日，形消神灭而亡。"说时，石奇已觉出身上似有极大吸力裹住，不想冲出还好，稍一前冲，妖旗微微拂动，鼻端立时闻到一股温香，口生异味，耳听淫声，眼前现出诸般微妙的幻景，心头杂念纷呈，周身酸痛麻痒同时交加，知道厉害。忙即回光内视，定虑澄神，在宝剑防身之下，强自忍耐，潜心待救。妖妇没想到先后所擒之人，定力如此坚强。对于石奇更是咬牙切齿，恨入骨髓。无如五淫尊者遗留的邪法异宝，只这一两件最为阴毒，自身只能照本画符，又不能发挥它的全部威力。方在厉声咒骂，心灵忽生警兆，知道左右两洞俱都有人侵入。本来情虚，心方一惊，一道金霞已由侧面飞来，跟着又有数十百丈金光雷火打到。仗着当地乃昔年五淫尊者法坛重地，所留埋伏甚多，均极厉害，立即施为，暂时还能抵御。

来人正是李健。他本随俞峦和云九姑一路，到了东洞入口，李健笑问："妖妇共只一人，我们何须如此戒备？"俞峦笑道："妖妇妖法虽高，尚非我们对手。但她本是海外一散仙弃妾，后投左道，练就三尸化身，稍不留意，便被遁走，又留后患。还有她那前夫当分手时，曾许以危急性命关头，必往救她一次。此人法力颇高，少时恐要来援，必须在他到前除害。否则人被救走，一个不巧，还树强敌。我与云道友已经商定，在外守候，分头下手，你持有令师祖的宝镜，可由东洞入内，到了中洞广场，金、石、朱三位道友也由西洞赶到，两下里会合，立可成功。"李健闻言大喜，忙照所说途径赶来，仗着宝镜神妙，沿途埋伏全被冲破。妖妇复仇心急，色令智昏，分明已发现有了警兆，仍想迫令石奇降顺。这一迟疑，李健来势又极神速，等到觉出不妙，敌人已经飞到。忙将洞中原有埋伏发动抵御，虽然未为雷火所诛，但是敌人宝光强烈，威力甚大，必难持久。妖妇先还自恃前随五淫尊者刘独练就三尸化身，长于隐形飞遁，魔法甚高，又有原留魔法异宝，以为无妨。偏偏遇见敌人持有极乐真人镇山之宝，正是克星。相持不多一会儿，除魔法禁制暂时尚能仗以自保外，连所用两件法宝，均为宝镜破去。敌人又将飞剑放出，敌住三根飞针，专一运用宝镜破那诸般禁制，那面阴灵牌已被宝镜照破，大片神雷连珠爆发，四外洞壁已震塌了百余丈，满洞都是金光雷电布满，越往后威势越盛。

妖妇心虽发慌，不舍这片基业。后又看出李健是天生小人，并非道家元婴炼成，不如意料之甚，心又放定了些。以为洞中三条逃路，均有邪法埋伏，又有两件法宝不及取用，还想支持一会儿，真个不行再说。在这一迟疑中，忽又觉出西洞也有敌人破禁而入。心方吃惊，又是数十百丈一道金霞和红、紫、银、白四道飞剑齐由身后飞来，并还夹着霹雳之声，两道宝镜金光相对一照，魔法埋伏首被破去大半，不由心胆皆寒。匆迫间刚刚逃进小诸天五淫色界妖阵以内，惊魂未定，猛又瞥见一幢青荧荧的冷光裹着三个人飞来，正是前见两幼童和日前被困牢中的徐祥鹅。三起敌人刚一会合，两幼童朝自己望了一望，忽然隐去。妖妇以为敌人是想隐形入阵，暗忖："我这魔阵虽不能发挥它的全力，用以退守，还可无害，隐形何用？稍微挨近，立时警觉，略一施为，便可将人擒住，并不足虑。只是敌人太强，四面包围，除非豁出受伤，绝难遁走。"正想暗中准备，收那色界魔阵妖幡，能全身而退更好；否则自己一生便吃了又瘦又丑的亏，除前夫是为夙世情孽，真心相爱外，所有情人全靠邪法媚术强迫而来，从未得人颠倒，想起就气。这类肉身无甚可惜，况又残废一臂，转不如就此弃去，日后另寻一个美女附形重生，岂不是好？妖妇先前害怕，无非惜命。既肯舍此躯壳，至多把三尸元神葬送一个，生魂仍能保全，还有何怕？主意打好，自认得计，反倒拿稳起来。忽见石奇尚在宝光护身之下，同在阵内。外面敌人神雷宝光尽管强烈，外层护阵的玄武乌煞罗喉血焰神罡虽被激荡起千万重乌金色的光云血焰，电旋星飞，看去危险异常，急切间尚攻不进来。妖妇想起前仇，不由怒从心上起，反正不能如愿，乐得报仇。当此危机一发，情急逃生之际，仍欲妄逞凶威。正在暗中施为，打算在临逃以前，冷不防猛下毒手，用外层妖光魔火将石奇震死，就势惑乱敌人心目，以便逃走。忽听脚底有人喝骂："丑妖妇，你的劫运到了！"心方一惊，声到人到。猛见那幢青色冷光突然裂地而出，同时又有一团银红色火花飞起，当时爆炸，一声天惊石破的迅雷震过,阵中心要收未收的两面主旗首先粉碎。青光立即暴长,石奇首被罩住,救出阵去。

原来钱莱、石完由魔牢内救出徐祥鹅,本定在当地待机,因闻雷声寻来。一见石奇尚未出困,妖妇也逃入阵内,众人竟奈何她不得,以为邪法厉害,心有成见,只想由地底冲入阵去,将人救走。却不知道魔阵妙用全在那些旗幡上面,并与外层魔焰妖光有内外相生之妙。外层玄武乌煞神罡为轩辕师徒独门邪法异宝,五淫尊者更将它炼成为一件法宝,比毒手摩什还要厉害,如非妖妇功力较差,众人直奈何它不得。就这样,急切间也难攻进。可是内层主幡一破,外层神罡灵效大减,主幡本就脆弱,太乙青灵神光和石火神雷又是它克星,用得恰到好处。其实魔阵已破,二人只消再一进攻,妖妇三尸元神一个也休想逃走。二人只顾救人,急切间不知魔阵已破,等将石奇护住,一同冲出,妖妇已吓得亡魂失魄,哪里还敢再留,忙施邪法,在一片暗灰色妖光护身之下,运用邪法,准备变化逃遁。阵外诸人看出外层焰光乃轩辕老怪邪法,也是惊疑,大家惟恐妖妇逃遁,各以全力进攻。金、石二人正想用玉虎金牌连同每人二十七口修罗刀一试,朱文的天心环先取了出来,正在高呼:"蝉弟,你那心环呢?"一言未了,钱莱、石完突在阵中裂地而出,外层乌光血焰竟被震散。金、石二人的玉虎金牌各发出百丈金光,千道银霞,飞压上去,魔阵立破。猛瞥见妖妇飞身欲逃,金蝉修罗刀恰在手上,急切间忙用天心环,连同石生共是五十四道寒碧精光飞将上去,刚将妖妇裹住。忽听洞顶有一老人口音大呼:"道友,刀下留情!"声如鸾凤,甚是清越。二人疾恶心甚,又听语声不熟,心虽惊奇,并未理会,仍指五十四道寒光碧电也似只一绞,妖妇全身粉碎。

二人百忙中还不知妖妇得有前大和五淫尊者真传,最善玄功变化,除非先有太乙五烟罗那样至宝,人虽杀死,元神仍未诛戮。刀光过处,不见妖魂飞起,只当形神皆火。耳听洞顶裂石之声,宛如疾风怒鸣,从来不曾听过。洞顶上面便是高山,厚达百丈,来人语声竟能直达。二人恐是妖党,正在戒备,说时迟,那时快,就此瞬息之间,忽听朱文、李健同声大喝:"留神妖妇元神逃走!"话未说完,金、石二人已瞥见三条妖女黑影,被朱、李二人宝镜无心照出。一条已被朱文天心环吸入光中,惨号一声消灭;两条被镜光照定,身上灰色烟光乱爆如雨,尚在惨叫挣扎。金蝉更不怠慢,也将天心环放出,刚刚把一条残魂吸入心环宝光之内,朱文天心环也正朝残余的一条妖魂飞去。猛又听"嗤"的一声大震,那厚达百余丈的洞顶突然中裂了一个大洞,内一相貌清癯、白面无须的道装老人猛从洞顶飞降,口喝:"诸位道友,怎丝毫不留情面,这样斩尽杀绝?"随说扬手先是两片青霞,电也似急飞起,正拦在朱文前面,将妖妇残魂护住。同时又有一片红霞由东洞电掣飞来,也抢在妖魂前面。两边来势虽都神速异常,无如天心环专戮妖魂,宝光照处绝无幸免。另一妖魂黑影已被金蝉吸入环光以内,一声鬼叫,已先消灭。众人见这老人满脸悲忿之容,青光却不带邪气,正待喝问为何袒护妖邪,心念才动,还未开口,那红光正是俞恋,已随红霞现身,高呼:"蝉弟、文妹,不可造次!此是妙一真人好友南海青荷岛主洪真武。"金蝉闻言,忽想起开府时所下柬帖中曾有此人,后听说因事未来。不料这样一个有名散仙,会与妖妇相好。正待向前礼叙,讥嘲他几句,老人已朝金蝉、朱文怒视了一眼,微微叹息了一声,一言未发,将手一招,连青霞带妖魂一齐收去,一片青光闪过,仍由原来裂口飞走,随听轰隆大震一声。

众人心疑来人怀恨,有甚报复举动,俞恋笑说无碍。雷声过处,洞顶裂口已经合拢复原。才知来人虽然忿怒,未存敌意。这么厚山石竟被喝开,并使复原,其法力可想而知。正待询问,忽见云九姑带了一个少女飞来。众人见这少女并不相识,年约十五六岁,生得秀丽人骨,又穿着一身雪也似白,非丝非帛的云裳仙衣,宛如奇花初开,自然娟秀,美玉明珠,光艳夺目。一见面,便向金、朱、石三人跪拜在地,口称:"师叔,弟子上官红拜见。"三人才知少女竟是易静爱徒上官红,无怪上次在碧云塘、癞姑、英琼夸之不已,果是仙骨仙根,一身道气,便差一点的女同门也比不上她,俱都喜赞不置。朱文更是爱极,一手拉起,令与余人分别通名礼见。九姑一说经过,才知俞恋得道多年,见闻甚多,知道妖妇乃洪真武弃妾。真武本是得道多年的散仙,人也颇好,只为未成道前风流自赏,纳此妖妇为妾。后虽逐出,情孽未断,仍有故剑之思。昔年曾许妖妇危难相救,到时必要来援。俞恋受了前辈仙人指教,既恐留害,又恐金蝉等法宝神奇,与洪真武发生误会,于是把人分成三路。东洞一路,只令李健入内。自己隐身空中,暗中相机应付。由九姑用鬼母朱樱的两件法宝拦阻来人,与之相持,只等众人成功,再放入内。不料对方法力甚高,那碧磷斧和九姑的几件法宝竟阻他不住,又不便出面相助。真武虽知妖妇罪恶,为尽人事而来,但是情孽未断,必以全力救护;金蝉等自是不容,双方只要破脸,从此多事。正在为难,忽见一道经天白虹电掣飞来,一到便用飞剑法宝助战。洪真武吃二女绊住,先是大声恫吓,二女不听,又不肯结怨伤人,竟拼舍去一件法宝,化身脱出宝光圈外,喝石开山而下。俞峦恐双方动武,忙来阻止,妖妇残魂虽被救去,但是三尸元神已灭其二,除来人孽缘未断,或许受累而外,已无能为力;双方又未结怨,乐得做个好人,由他救去。

朱文再问上官红怎会来此?上官红随说起幻波池之事。众人闻言,不禁大惊。欲知详情,且听下文分解。

第二八四回　情重故人　名山访道侣
　　　　　　　　喜收神火　奇宝吐灵辉

原来易静、癞姑、李英琼同米鼋、刘遇安、上官红、神雕钢羽、灵猿袁星等师徒诸人，自从大破幻波池，起先还谨记李宁行时之言，只在洞中布置仙府，修道炼宝，以备他年遵奉师命，开建别府，并防妖邪来犯。日月一久，见无事故发生，无形中也就松懈下来。易静等三人功力又复大进。英琼更把前得的几件至宝奇珍，连同莽苍山木魃脑中的一块青灵髓和矮叟朱梅所赐形似冰钻之宝，一齐照下山时所奉仙示炼成。那钻形之宝，英琼先因朱梅只说将来有用，未说出它有何妙用，法宝又多，还不十分看重。直到奉命下山，才知此是前古奇珍燧人钻，威力至大，但须炼过，也不可以轻用。及用太清仙法炼成一试，威力果然神妙，心中自是欣喜。英琼虽然刚烈疾恶，心直口快，但是性情中人，不特对父纯孝，对于同门也极诚恳谦和，人又生得美秀天真。近年勤修道业，更似仙露明珠，精神朗润，神仪内莹，丰标特秀，望如瑶岛飞仙，桂府霜娥，容光照人之中，别具一种冷艳出尘之致。使人对她爱中生敬，不敢逼视；再不便是自惭形秽，如有仙凡之分。休说不常见的人，便是易静、癞姑朝夕同修的至交姊妹，也往往有此感想，觉着英琼这两年来，性情神态一毫未变，不知怎的，另具一种清华高贵的威仪，俱都称奇不置。癞姑原本最爱英琼，见她后来居上，总共才几年光阴，竟有这等境界，功力尤为精纯。料知将来承继道统，秀出群伦，必定有望，每和易静谈起，全都代她高兴。三人情分越处越厚。

　　仙山岁月，本甚逍遥，再经法力兴建布置，把幻波池仙府点缀成了玉室瑶宫，比前更多灵景。幻波池仙府原有五遁禁制，威力已极神妙，三人又将圣姑所留道书总图全数得到，如法勤炼，悟彻玄机，比起从前威力更大得多。外人休说深入五宫重地，只一进门，不用三人动手，门人、雕、猿也先自警觉，略一伸手，便可将人困住，死活由心。尤其上官红根骨最厚，人也最美，最得师长怜爱。易静初次收徒，便得到这等美质，期许自不必说。癞姑、英琼也都对她爱极，全都尽心指点传授。上官红也真自爱，识得轻重，尽管感激师长深恩成全，奋勉勤修，对众同门和那神雕，却是始终恭敬谦让，从不以此自满。英琼见她如此好法，想起袁星近年功力也颇精进，米、刘二徒限于根骨天赋，比起上官红虽有逊色，但也是知道向上，从未犯甚过错，对师也极忠诚。自己小小年纪，末学后进，收到这样徒弟，也非容易。只是二姊癞姑，具有佛道两家之长，人更诚厚义侠，三人中独她一个门人都没有。本来还可出山物色，只为父亲行时叮嘱，说沙红燕和众妖邪还要卷土重来，甚或连老怪丌南公也可能被引出，势甚凶险，全仗应付得宜，才能免祸，因此不敢轻出。谁知历时已久，并无甚事发生。

李英琼日前拜观恩师仙示，所说多是两三年后之事，语气甚好，直似不会有甚事故发生情景。只内中几句偈语，隐寓三人不久还要收徒，论资质似还不在上官红以下，也未明言何人所收。这是新现出来的字迹，未来如真凶险可虑，恩师事前必有指示，怎未明言？至少在此两三年内无甚大事发生。也许爹爹爱女心慈，惟恐自己法力尚未练成，骄敌生事；或是疾恶多杀，致树强敌，故意如此说法。人多静极思动，英琼早就动念，有了出山之想。这日三人闲谈中谈起癞姑尚无门人，未免委屈，因而谈到仙示所说不久收徒之言。英琼又想到至交姊妹中，只有余英男亲如手足，身世可怜，屡次向师长求说，许其同来幻波池修炼，未蒙允准，说英男尚有一事未办，事完始许同修。久未相见，不知境况如何？如照仙示语意，仿佛诸男女同门，这数年多在外积修外功，各有遇合成就。只自己三人深居幻波池内，从未离山，个同门也未见过。反正无事，即便妖人来犯，仗着原有五遁禁制，绝不致被他冲进。如果只守不攻，怎会将老怪物引来？越想越觉无碍，便向二人提议，欲往山外访看余英男和诸同门，询问各人近况，并代癞姑物色门人。

易静自在幻波池连受挫折，又加修炼功深，已不似从前那样轻敌自恃。再想到身是众人之长，如有失闪，贻羞师门，还使几个量小一点的女同门轻笑，行事更谨慎起来。听了英琼之言，想起李宁行时所说，本想劝阻。

不料癞姑恰在日前悟出仙示隐意，再想起恩师屠龙师太分手前所说的话，知道英琼与众妖邪因果定数难移。李宁全为爱女杀机太重，恐误仙业，又知她素来孝顺，欲使先将太清仙法练成，再行出山，免得法力尚浅，骤遇强敌，难于应付。反正群邪早晚来犯，故意如此说法，实则事已注定，不可避免。也早知道英琼天生是妖邪的克星，遇事逢凶化吉，决可无虑，否则师父也不会委以重任，许其率意而行。此时静极思动，正是英琼消灭群邪的开端。仙示原命自己随时暗助，必定指此。于是忙先接口笑道："英男师妹委实可怜，从小孤独，历尽艰危，又受寒冷冻骨之灾，比谁都苦。虽然名列三英，此时功力、法宝尚非别人之比。听说下山时，诸男女同门均蒙师长恩赐，独她一人所得最少。除自己冒险得到那口南明离火剑威力甚大而外，只蒙师长赐了一件法宝，并还只供防身之用。目前妖邪有多厉害，凭此一剑，遇上强敌便非对手。琼妹与她患难深交，自是想念。再说我们久不与诸同门往来，连个音信也没有。最可气的灵云大姊她们，当铜椰岛分手时说得那么好，计算日期，紫云宫当已入居，又常轮流出宫修积，便不能来常聚，也该顺便看望一下，我们听了也好喜欢。如今连个音信都无，仿佛幻波池深居地底，就不该上门似的。琼妹就便寻找她们评个理儿也好。至于我这丑怪样子，纵收徒弟，也和屠龙恩师收我一样，不会有甚灵秀资质。休看我丑，我偏最爱琼妹、文妹和小寒山二女以及红儿那样的人品。如收一个丑八怪，师徒二人法力不如人高，却拿丑和人对比，多么气人！还不如没有呢。这个不劳琼妹费心。我的意思，妖邪不来，何苦守株待兔？本定日内和易师姊说，在群邪未来以前，由易师姊暂领几人坐镇，我和琼妹轮流出山修积外功。不过琼妹照例一出山，连人带雕、猿便是五个，人要去上大半，这么大一座仙府，剩我和易师姊、红儿三人，不特太单，外洞也无人轮值。若让你孤身出外，又觉无伴。我想红儿近来法力足能应付，莫如令其同去，长点经历，多认得几个本门师长也好。别人就不用去了。"

易静见癞姑说时暗使眼色，知她机智过人，胆大心细，平素谨慎，当此群邪早晚来犯之际，忽许英琼独自出山，当有原因。连日为防妖邪来犯，专一勤炼五遁禁制，不曾开看仙示，想是无碍，便即应诺。英琼因自己学道日浅，又是一个年轻小妹，对于两位师姊奉命惟谨，早想出山一行，惟恐拦阻，心正盼望，闻言甚喜。急于往寻余英男，忙答："二位师姊放心，我此行无多耽搁，连神雕也不带去，只和红儿寻到英男妹子，再往姑婆岭看望秦寒萼和几位师姊妹，顺便探询诸男女同门近况住处，立即回山，预计数日之内，就和英男同回了。"癞姑笑道："你只随意所之，不必担心。这里有易师姊和我在此，洞中五遁威力近来更大，就有妖邪来犯，也能对付一阵。你要替我物色徒弟，就不如红儿那样好看，人品也须过得去，莫收个丑八怪来气我。"易、李二人见她摇头晃脑，似真似假，神态滑稽，俱都好笑。易静笑道："我还不是生得又丑又小，红儿何尝像我？包在我身上，怎么也得找个美慧灵秀的徒弟。如何？"癞姑道："你是道家元婴炼成，如何能比？我生平最厌丑人。可是前听小瞎尼师姊口气，仿佛我的徒弟比我还要丑怪，此人向无虚言。我们诸同门虽不说男的金童，女的玉女，十有八九也差不多。就几个年长一点或是品貌稍差的，至少丰神俊朗，带着几分秀气。男的虽有几位貌丑，如南海双童、尉迟火、商风子等有限几个，看去也不讨厌。女同门便都个个是美人，只我一个奇丑无比。我再收两个丑徒弟，岂不笑话？我一想起就心烦，惟恐遇上，不收不行，收了有气，索性就不去想了。"

英琼知她爱说笑话，并非真有成见，互相说笑了几句，便起身辞别。易静随令上官红近前，指点了几句，又将随身七宝中的灭魔弹月弩和兜率宝伞令她带在身旁，以备御敌防身之用。上官红前随易静往南海玄龟殿省亲，曾蒙易周、杨姑婆夫妻赐了一件白云河，也是兼备防身、御敌妙用的奇珍。另外还有一口仙剑。癞姑、英琼也各赐了一件法宝。如非无甚经历，已可孤身行动，除非遇见几个强敌首恶，决可无害。上官红见师恩如此深厚，感激得几乎流下泪来，随即拜命辞别。英琼行时，似见米、刘两矮怏怏不乐，料是不能随行所致。英琼忙于起身，也未在意，随带上官红往山外飞去。英琼只知余英男和李文衍、向芳淑三人同在浙江东天日后山深处松篁涧古仙人成公旧居崖洞之内，还未去过，此时不知人在那里没有。江浙诸省，还是小时随同父亲避祸时曾往一行，东西天目山均曾到过，尚还记得。上官红前随易静南海省亲，曾由江浙上空飞过，易静爱她，曾将沿途所经名山一一指点，记性又好，竟比英琼还熟。二人遁光连在一起，把臂同飞。英琼见她秀美温柔，女同门中极少这样人品。暗忖："癞师姊不愿收丑徒，不知是真是假？此行如有机缘，能像此女这样收上一个，给她带回，岂不是好？"二女一路说笑，一过汉水，便顺长江东下。此行只是思念旧友，无甚要事，沿途名胜所在，虽未下降，飞过时必在空中留连观赏一会儿，方始前飞。三湘洞庭和鄱阳湖孤山等处，并还绕道前往，沿途耽搁，飞行自然较慢，飞了两日一夜才到京口。

英琼怜爱上官红，恐她飞久疲倦，对于师长又最恭顺，有话不肯求说。想起昔年随父南游，欲往焦山访友，正值江中风狂浪猛，父亲恐被仇敌发现踪迹，欲行又止。曾说焦山庙中，住有一位老友，姓汤名成，以前私交最厚，庙中素斋甚好。何不前往一访，就便歇息，一览江天之胜？心念一动，一同隐身飞降。寻到江心寺一问，汤成已在庙中披剃多年，法号大明，人尚健在，年已八旬，并还做了庙中方丈，只是年老喜静，轻易不见外客。二女知他为前朝名臣，隐名为僧，不便明言来历，便和知客僧说久闻禅师道高德重，特地渡江求见。知客方代推病辞谢，英琼已问出方丈居室，正待隐身入内。大明听说有两位道装少女求见，意甚坚诚，虽疑是故人之女，但是来人年纪太轻，又觉不对，遂暗出窥探。上官红窥见窗外有一老和尚，忙用传声告知。英琼试用传声说出来意。大明本有一事为难，一听是昔年忘年至友齐鲁三英中李宁之女，再见二女穿着虽然朴素，神采照人，望之如仙，人未见面，便在耳边说出来意，知非寻常。好在自己苦修多年，清名在外，记名女弟子颇多，无甚顾忌，忙即回房，令人来请。二人随了知客同去禅房，假装慕名参拜，自道姓名。大明随令沙弥走出。然后笑道："知客随我多年，室无外人，贤侄女但说无妨。"随问："令尊现在何处？贤侄女年纪这么轻，远涉江湖，家学渊源，不必说了。适才竟能在我耳边说话，莫非武功之外，还精道法不成？"英琼便把父女出家修道之事一说。大明大喜，失惊道："贤侄女竟是峨眉派剑仙么？我正有一为难之事，昨求神佛默佑，还在愁急，不料贤侄女师徒今日来访，岂非幸事？"

英琼问故，才知庙中隐有一位高僧，先来庙中挂单，名叫镜澄，本是侠僧轶凡的徒弟，为奉师命，除那江心泉眼中恶蛟而来。大明见他相貌清奇，操行艰苦，背人一说，大为投契，留在庙中居住。不久，便乘大雷雨夜，将恶蛟除去。行藏绝隐，除大明外，并无一人知道。事完本要他去，大明不舍，再四挽留，由此一住数年，除每日用功入定外，从不出外，也无他事。日前偶同大明去往山前闲眺，发现前面两条大官船，正在扬帆顺风疾驶。刚过去不久，镜澄忽然"咦"了一声。再看左侧，有一小船驶过，船上一僧一道，船行迅疾如箭，晃眼追上官船，依傍同行。先与船人似在争辩，一会儿便同跳上船去。回顾镜澄忽然不见，到晚回转，说在日间管一不平之事，虽然救了两船人的性命，但与妖人结下深仇。并说庙中寄居，便为避一仇敌，想等师父闭关期满，前往求助。不料今日所伤妖道，竟是仇敌门下，踪迹已泄，早晚必然寻来。镜澄本可一走了事，惟恐贻祸，自己又非仇人对手。算来只有昔年师弟赵心源与峨眉、青城两派剑仙多有师门渊源，听说人在川西行道，如能寻见，或可无事。镜澄当日曾与妖道约定，要在一月以后往九华山斗法，一决存亡。又暗告大明，这类妖人多无信义，万一期前来寻，就说自己本是游方僧人，在庙中寄居。只装众均厌恶不理会的神气，不可与来人多言，说话务要谦和。说完匆匆飞走，一晃已二十来天。

这日忽有男女二妖来寻，话甚强横，说奉乃师龙真人之命，令秃驴镜澄三日之内前往天台山顶纳命；否则全庙和尚均无幸免。并称换地斗法，并非为了九华山乃峨眉派贼道往来之所，便不肯去，实为龙真人不屑与秃驴定约之故。说完，故意示威，扬手一道碧光，将后殿台上一座七尺多高的铁香炉，连石台斩成两半，腾空飞去。庙中和尚自是惊惶，幸而都是大明嫡传徒子徒孙，事情不曾外泄。虽因女妖人行时，知客答话得体，又见全庙均是寻常僧众，口气缓和，只令速寻镜澄，告知前事，未再口出伤人，但心终不放。

大明深知镜澄精于剑术道法，看他行时匆促神情，知道厉害。正在愁急，不料二女寻来，竟是峨眉门下高弟，听口气直未把妖人放在心上。先还不信二女小小年纪有此法力。英琼因对方乃父亲至友，便把学道诛邪经过说了一些，又取飞剑、法宝略显神通。大明看出二女本领果比镜澄高强，惊喜交集，便问如何去法。知客答说："二人原说，乃师近往仙霞岭访友，尚须数日才回天台，故此限令第七天到达。如等他亲自上门，全庙人众休想活命。现在刚过三天。"大明便留二女在附近民家或觅山洞暂居，到日前往。英琼欲寻英男，不肯留住。后经相劝，谈到天黑，吃了一顿丰盛素斋。英琼赠了大明三丸灵丹，说往天目山访看三个女同门，到日同往天台诛邪。

镜澄如回,告以事绝无害。大明以妖人凶恶,不甚放心,坚邀英琼在成功之后再来一见。英琼笑答这类妖人绝非自己对手;事如不成,妖道必要前来寻事。实是事忙,恐难再来。说完辞别。

英琼因受大明之托,又不知妖人虚实来历,心还在想:"各异派中有名人物,并无姓龙妖道。"等到了天目山松篁涧,刚要下落,忽见下面飞上一道白光,中一青衣少女,见面笑问:"二位道友,可是来寻家师的么?"二女早看出对方是峨眉家数,一问名叫楚青琴,乃英男新收女弟子。见她相貌美秀,新学本门剑术已有根基,心中甚喜,便说了来意。青琴一听,二女竟是师父至交,向往已久,不禁狂喜,忙唤:"师伯、师姊,请入洞中礼拜。"英琼知英男等三人,连同李文衍新收弟子司空兰,都因事外出,说要第三日才回。洞中石室虽只七八间,外景灵秀,又经英男、芳淑时常布置,陈列精雅,全洞光明如昼,净无纤尘。英琼见青琴根骨法力虽不如上官红,人却老成温柔,对自己和上官红亲热异常,再四挽留。心想:"反正要到第七日才往天台除害,英男等三人回来同去,正是时候。"便把先前打算寻见英男,不到日期先往仙霞岭搜除妖道的原意打消,就在洞中住下。青琴貌美灵慧,早听乃师说起英琼法力之高,将来并有入居幻波池同修之望,想见面已非一天,留住以后,一面诚敬款待,一面殷殷求教。英琼也极爱她,每问必答,谈得十分亲热。

到了第二日夜间,正值山中大雨之后,山光如染,夜景澄鲜,明月吐辉,碧空万里。青琴为表恭敬,特在崖顶设下酒肴,把乃师新从海南各地采来的佳果,连同洞中腌腊笋蔬之类,全数搬了出来,请二女食用,对月畅饮。英琼正对上官红笑说:"我们自从入居幻波池以来,只三月前你师父寿日,曾往静琼谷同吃了一回寿酒,仙府中除偶用酒果外,从未动过烟火之物。你余、向二师叔都会做菜,讲究饮食。你幼受恶人虐待,人间珍味多未尝过,以后道成,便断烟火,难得有此现成美食,何不吃个畅快?"

话未说完,青琴忽然惊呼:"妖人来了!"英琼随手指处一看,西北方遥天空际,忽有三点紫色星光游动,并不甚快,细看也无邪气。因对自己飞来,忙把身形隐去,悄问青琴:"怎知妖邪?"青琴答说:"弟子看错了。那日有一妖道龙飞,遁光也是紫色,只是较暗,被师父用南明离火剑赶走。这紫光乍看相似,以为妖人来犯,不料看错了。师伯,紫光是如意形,正朝我们飞来，看去像朵灯花，里面又没有人，是何缘故？"英琼近来法力大增，已看出那紫光似是无主之物，载沉载浮，在皓月明辉之下，互相激撞引逗，时缓时快，迎面飞来，相隔已近。心疑是甚奇怪法宝，也许主人遇敌受害，因具灵性，自己飞回。忙用太清仙法设下禁网，并将圣姑留赐的一面宝网拿在手内，准备此宝如有主人，便放过去；如系无主之物，便用分光捉影之法收下，再作计较。刚布置好，忽听侧面又起了破空之声，又是一道暗紫光华飞来，看意思似向前面三朵紫焰追了上去。这时那紫焰相隔英琼只十来里，空中望去，宛如三朵如意形的灯花，时大时小，舒卷无常，灵焰流辉，精光明艳，好看已极。本来飞不甚快，晃眼便被暗紫遁光追上。方疑宝主人追来，忽听青琴高呼："紫光便是妖道龙飞，师伯留意！"英琼先听青琴一说，知道天台山妖道竟是昔年在成都辟邪村斗法漏网的妖道七手夜叉龙飞。师叔风火道人吴元智便死在他九子母阴魂剑下。前听人说他已经伏诛，怎会还在？早就打算遇上时绝不再令漏网。及见暗紫妖光飞来，心中一动。又听青琴指说，正要上前，那三朵紫焰刚被妖光追上，略一接触，忽然由慢而快，电掣星飞，迎面射到。后追紫光中妖道也已现身，好似宝光快要到手，忽被逃遁，妖光也被荡退老远。略一停顿，重又急追，势甚神速，还未追上。先是数十道暗绿光华夹着大片阴云惨雾，狂风鬼啸之声，急涌而来。英琼低喝："妖光厉害，青琴不可动手。红儿先去迎敌，我收完三朵紫焰，再同除害。"

英琼原因看出紫焰与佛火心灯所发灯花神光相似，知是至宝奇珍，不是妖道所有，一时疏忽，只顾收那紫焰，不曾先除妖道，于是惹出好些事来。说时迟，那时快，英琼话刚说完，紫焰朝人直飞，已经自投太清禁制之内。英琼如用手中宝网将其兜住，除了妖道，再收不迟。只因紫焰强烈，吃太清禁制一挡，光焰突然暴长，上下乱冲，想要挣逃，惟恐遁去，又知卜官红必能胜任，连汝嵩、飞剑均顾不得使用，立将身剑合一，朝那紫焰圈去。一面施展分光捉影之法，一面发出手中宝网，大蓬其亮如电的银丝朝上网去，三管齐下，自是成功。其实神物有主，英琼那口紫郢剑正是古仙人艾真子的故物，与这三朵灵焰气机相感，原有应合。英琼剑光往上一圈，那大蓬银丝乍一出现，还未罩上，紫焰已被英琼接去，落在手上。见是三朵形似灯花，若实若虚，温软轻浮的宝光，急切间看不出是何质地，但知是异宝奇珍,心中大喜。恐其遁走,仍将宝网招回网住,同放法宝囊内。再看上官红,已与妖道交手。妖道来势甚急,本不知崖顶有人隐形相待。一见紫焰飞到崖顶,金霞突现,阻住去路,看出前有太清禁制,猛想起下面正是前遇峨眉门下三女弟子所居,来时怎会忘却?不禁又惊又怒,惟恐至宝被夺,忙催遁光急追,想先下手为强。忽听一声清叱,对面崖顶另飞起一道紫光和一蓬银丝,正朝紫焰网去。光中人刚现身,同时对面又飞来一个白衣少女,美艳如仙,从所未见,不由色心大动,妄想擒回山去受用。刚一转念,一道银虹已迎面飞来。

龙飞邪法原高,近年加功苦炼,较前更凶。看出对方剑光强烈,方觉峨眉这些小狗男女怎都持有仙剑?为想生擒敌人,暗使阴谋,先把随身飞剑放出迎敌。再将一套子母阴魂剑化为数十道惨碧妖光,想将对方围住,即便飞剑不受邪污,稍微沾上邪气,人也晕倒。哪知凶星照命,上官红胆大心细,遇敌惟恐丢人,未曾行兵,先防败路。又见来势猛恶,满空妖云邪雾,阴风鬼号,料知邪法厉害,早有准备。不等妖光围拢,玉臂一振,身穿白云诃立化为一幢银霞,将身护住。紧跟着,扬手便是一粒弹月弩,酒杯大一团寒光,出手爆炸,一声大震,剑光立被荡退,妖云邪雾也被震散了一大片。龙飞见状大怒,正待施展邪法再下毒手,猛瞥见那三朵紫焰已被另一少女收去。紧跟着,一道紫红电掣飞来。忽想起敌人这道剑光,颇与传说中的紫郢剑相似,心方一惊。英琼对敌素来胆大疾恶,心灵手快,法宝又多,剑光刚飞出去,紧跟着又把新炼成的青灵髓和燧人钻一起施为,再将太乙神雷连珠打出。当时金光百丈,霞彩千重,雷火漫空,精虹电舞,一齐施威。满空妖云邪雾,固是转眼消散,连龙飞的九子母阴魂剑,吃紫虹、青霞、火钻、神雷四外夹攻,立成粉碎。甚至连当头的朗月疏星,飞云断絮,也全被映成了好些异彩,霹雳之声震得山摇地动,响彻重霄。

妖道已经警觉那收紫焰的少女就是峨眉三英中第一号人物。因其年轻美貌,犹存侥幸之心,见机稍迟,没想到敌人这等厉害,一套九子母阴魂剑先被消灭。另外一件法宝刚发出手,妖光闪得一闪,还未发出威力,又吃上官红弹月弩一团寒光飞来,立被击破。敌人法宝、飞剑、太乙神雷又复一齐夹攻而至。不由吓得心胆皆寒,忙纵妖光想逃,已是无及。紫虹先已上身,一团六角形的青色奇光又相继迎头打下,猛觉周身如坠洪炉,奇热如焚。知道不妙，只得运用邪法，将右臂往上一扬，施展化血分身，化为一溜紫红色的妖光，电也似刻空飞去。

英琼因想妖道不除，必留后患，焉肯容他逃走，忙喝青琴速回守洞，随带上官红飞身追去。双方飞遁均快，宛如惊鸿渡空，流星赶月，向前急驰。妖道回顾敌人穷追不舍，虽然咬牙切齿，暗中咒骂，还有两件厉害法宝未用，但因敌人威力太大，休说寻常正教门下，便昔年辟邪村所遇对方诸长老，也极少这等法力。最可恨是敌人欲斩尽杀绝，早晚追上。正在惶急万分，忽见前面高山入云，峰巅杂沓，知道正是越城岭黄石洞左道中名人秦雷、李如烟夫妇所居。暗想："这两人邪法甚高，以前本是同道至交，因为刁狡险诈，知道正派势盛，不肯与众合流，借口人不犯我，我不犯人，日在山中逍遥快乐，差一点的同道，多不肯见面。这厮还有一弟一女，更是凶横异常，虽被禁止出外，心实不服。此时必在洞内外下棋、种花，何不假装托庇，引鬼上门？能仗他所设八反风阵，将敌人炼化报仇更好；否则，这厮平日狂傲，专说大话，仇敌上门欺人，也必难堪，怎么也不肯甘休。"毒念一生，立往黄石洞飞去。

事也真巧。秦雷这日心灵上忽有警兆，如在平日闭洞不出，外有邪法禁制，龙飞急切间也冲不进去，原可无事。偏是他多疑情虚，想起平生淫恶，害人太多，虽因见机隐迹，久未出山，终是提心吊胆，惟恐正教中人寻上门来。一时情虚，去往洞外演习妖阵，以防万一。事完，见无异兆，天色又极晴朗，日丽风和，谷中繁花盛开，景物奇丽。妖妇李如烟，因秦雷近年常说峨眉敌党，近派门人下山行道，虽是一班小狗男女，竟比老的还要厉害，万一寻来生事，却是惹厌，最好就在洞中闭门不出，或保无事。想起时常气闷，见当日这般好景物，便笑秦雷过于胆小怕事，空负多年盛名，传说出去，岂不被人笑话？弟、女二人再一附和，秦雷想起多年盛名，这等胆小怕事，虽是家人，也觉难堪，竟被激动。于是四人分成两起，下起棋来。一局未完，秦雷心终不定，一想谨慎些好，便回洞内去取法宝，以备临事应敌之用。谁知刚一入洞，龙飞便已逃来。下面三人虽听破空之声由崖后传来，偏那一带危崖高矗，遮住目光。又正当专心下棋之际，听出是同道中的飞行之声，只是快得出奇，方一寻思，来人遁光已绕崖飞近，以为龙飞有甚急事相求，不知后追强敌。刚起身招呼，还未看真，妖光才一到地,一道紫虹和一道白虹也跟踪追到。看出来了两个女敌人,也不想想龙飞邪法并不寻常,如何这等狼狈?秦雷之弟秦迟,因和龙飞交厚,首先扬手一道黑光,放过龙飞,迎上前去。

英琼、上官红追敌时,为求迅速,除遁光外,法宝、神雷全部备而未用。一见下面现出一条山谷,风景甚好,中有男女三人,龙飞正往右崖洞中逃去,已疑对方定是妖邪一流。再见妖党迎敌,如何能容,法宝、神雷一同发下。三妖人也真该死,分明见来敌剑光不是寻常,依然自恃谷中设有妖阵,以为略一施为,便可将人困住。做梦也未想到对方出手如此神速,法宝威力大得出奇,紫虹迎着妖光只一绞,立时粉碎。秦雷见状大惊,正待施展妖阵,数十百丈金光雷火连同各色宝光、飞剑,已同时夹攻而来,端的比电还快,未容施为,先吃上官红一弹月弩,将身子炸成粉碎。妖妇李如烟母女更是措手不及,刚惊呼得一声,化道妖光想往左侧闪避,并发挥妖阵时,妖女先被燧人钻那一道带有五色火花的红光穿胸而过,炸成粉碎。妖妇一见爱女危险,情急欲援,青灵髓已当头压下,人被青光罩住,当时周身奇热如火,空有一身邪法异宝,一件也未用上,当时惨死,二女剑光、神雷再往下一压一绞,连元神也一起消灭。

龙飞见状,猛想起当地形如一个钵盂,上空已被敌人剑光、神雷布满,没有逃路。秦雷人最狠毒,知道自己如逃进洞,阴谋必被看破,不问对敌与否,必对自己先下毒手。到了洞门以内方一迟疑,只见英琼杀完三妖人,一指飞剑、法宝,正往洞中攻进。忽听一声怒吼,眼前一暗,天日全昏,只见愁云漠漠,惨雾沉沉,四外阴风飕飕,风虽不大,吹上身来竟有寒意。雷火、宝光照耀之中,四外都是一样,先前崖洞花树,已全不知去向。英琼知陷妖法之中,便往左右冲了一阵,也未冲出。雷火、宝光虽仍强烈,但只冲不出去。耳听另一妖人与龙飞争论咒骂之声,时近时远。等用神雷、飞剑射去,始终未见人影,却也无害。暗忖:"如今紫郢仙剑威力越发神妙,身剑合一,万邪不侵,妖阵并不能伤自己。除四外妖雾黑暗而外,并无他异。到底是何作用,怎未觉出?"心正奇怪,忽见上官红飞近身来,笑问:"师叔,可觉冷么?"一句话把英琼提醒,暗忖:"自己近来功力大进,休说微风,便连北极陷空岛那等奇寒,都无奈我何,怎会身上有了寒意?红儿虽然不如自己,但也曾服小还丹和圣姑指名留赐的毒龙丸,怎会冷得脸都变色？前听易师姊说有一个最厉害的妖人，邪法狠毒阴险，所炼风烟邪雾，能在不知不觉之中使人中毒昏迷，能连全身化尽。如若遇上，要将心神护住，再打主意除害，以免冷不防误中暗算。幸亏我仙福深厚，法宝众多，更有仙佛门中至宝如定珠、紫郢剑、青灵髓之类，如善运用，仍可转败为胜。照此形势，必是所说邪法无疑。"英琼刚与上官红联合，待将青灵髓招回防身，先御邪风，再取定珠一试时，忽听龙飞笑问："秦道友怎不下手？"妖人答说："我这八反风阵威力极大，多高法力也迟早会被吹化。尤其贱婢雷火越强，阴风受了激荡，威力越大，早晚必将贱婢擒住，报仇泄恨，你忙作甚？"

二妖人原因仇敌虽被困妖阵多时，只一个面上略带寒色，另一个更是若无其事；又见宝光、神雷威力神妙，虽有邪法、异宝，出手等于白送，无法应用。因而故意说此反话，想诱敌人收回法宝、神雷，免得一时疏忽，不及转变阵势，被敌人仗着法宝、神雷之力猛冲出去。哪知英琼天生是邪魔的克星，胸有成竹，佛家至宝又极神妙，哪把邪法放在心上，闻言仍将定珠放出，全不理会。那粒定珠天与心灵相合，炼成第二元神，一运玄功，一团佛家慧光祥霞，立即从头上飞起，晃眼加大，竟达亩许方圆，将二女护住，阴寒之气立止。英琼知道定珠神妙，不可思议，邪法越强，慧光也是越盛。一见珠光暴长亩许，才知邪法果然厉害。就这转盼之间，忽听八方风动，狂飙怒号，宛如海啸，波鸣浪吼，声势猛恶，比起前在莽苍山风穴所闻风声还胜十倍，但不现甚形迹。初次经历，因觉风声猛恶，没想到妖阵已被佛光破去。英琼正想如何才可冲出，刚把遁光合在一起，打算冲出阵外再说，猛觉那风并不上身，似往四面吹去。晃眼瞥见天光，当空阴云惨雾也齐化为残絮，急如奔马，随着狂风往外卷去，一闪不见，天色重转清明。只见前见崖洞换了方向，知被邪法颠倒阵形所致。

二妖人刚由洞前驾了妖光向上飞起，因由定珠慧光出现，以全破阵，共总一两句话的工夫，休说英琼不曾留意，便妖人也没想到这等快法。尤其秦雷心痛妻女之死，妖阵被破，竟忘逃走。及见龙飞先逃，妖风全灭，忽然警觉，跟踪飞起时，二女也同看破，忙纵遁光急起直追。秦雷也是运数将终，心恨龙飞，意欲逃出敌手，先将他杀死出气。一见背友先逃，更是怒极。仗着飞遁神速，怒吼一声，抢向前去。龙飞知他心凶手毒，时刻提防，闻声忙即闪避。秦雷飞遁极快，立被越向前去。偏那地方是片危崖，必须绕崖而过。秦雷正往上斜飞，刚绕过崖角，猛听破空之声，方在心惊，一道朱虹已迎面飞来，看出厉害，事起仓猝，忙逃无及。微一惊疑之间，朱虹先已上身，二女人还未到，法宝、神雷先由妖人身后一齐打来。秦雷多高法力也是无用，一个措手不及，顿时形神皆灭。龙飞却是机警异常，往侧一偏，瞥见对面飞来一个少女，手发朱虹，正是日前所遇持有南明离火剑的余英男，身后又有两个强敌，不由亡魂皆冒，慌不迭往斜刺里飞去。英琼见英男飞来，心中欢喜，略一缓势，龙飞已经逃走。匆匆不顾说话，一声招呼，联合一起急追下去。

第二八五回　救仙童　误投玄牝阵
　　　　　　　　援道侣　同返幻波池

　　话说龙飞惊魂皆战，不顾命地朝前飞驰。英琼、英男一受父执重托，一受妖人日前欺侮，全都忿激，立意除此一害。彼此又是至交姊妹，敌忾同仇，疾恶之心尤甚，不问青红皂白，只管穷追。追来追去，不觉追上回路，到了庐山五老峰上空，天光已到了半夜，月照中天，碧空如洗。眼看龙飞在前，即将追近，忽由五老峰上飞起一片暗红色的妖光，将龙飞接了下去。英琼、英男、上官红也已飞近，见峰腰磐石上坐着一个奇形怪状的丑胖妖妇，龙飞正在大声疾呼："师姊留意，贱婢法宝厉害！"妖妇方答无碍，同时前见红光已将男女二妖人一齐护住。妖妇手持一枝红光闪闪的小叉，似想发出。不料三女来势神速无比，竟未容她施为，连神雷带飞剑、法宝同时下击。龙飞早就觉出不妙，因为连受重创，元气已伤，又知再逃仍无活路，本心只想乃姊飞龙师太近将元神凝炼，无异生人，神通越大，如往求助，不求免死，只求舍却肉身，在她妖法护庇之下保住元神遁走，便是万幸。不料妖妇仍是当年狂傲骄敌的心性，不容分说，反用妖光将他一起护住，连想单逃都不能够。正急得乱叫，数十百丈金光电火，连同红、紫、银三道剑光以及青霞、火铅同时压到身上。休说妖妇，便是天仙，也难禁受，当时全成粉碎，连残魂一齐消灭。

　　三女方在快意，忽听身后崖洞中有鬼哭之声，心中奇怪。英琼凑近前，便听鬼声哭喊道："外面可是李英琼、余英男二位道友么？"英琼一听，语声颇熟。又见崖脚是片整石，并无洞穴，知道人被妖法禁制。只想不起被困的人是谁。英琼便问："你是何人？怎会知我二人名姓？"随听壁中答道："我二人现为妖法所困，不能脱身，肉体已在日前兵解。因不听金蝉、石生他们之劝，意欲转世，不料途遇司空湛门下男女妖徒，将我二人摄来此地，欲与妖妇合谋，用我二人生魂祭炼法宝。妖徒因寻隐僻所在祭炼妖法，出山物色地方去了。多亏三位道友飞来，将妖妇杀死。我们以前也非无名之辈，此时一败涂地，无颜自解。只请三位道友念在玄门一派，用贵派太乙神雷，朝着正面离地三丈的崖壁上打去，再用李道友佛家定珠朝残魂一照，邪法自解，那时再说详情吧。"

英琼性急，越听那语声越似以前听过，偏生想不起来。及听说起人已兵解，并与金、石诸人相识，正要下手解救，又听出另一人是个女子口音，却甚耳生。方想他们是何人？忽听英男手指壁间笑问道："你二人怎的不说名姓？我们知你好人坏人？"说完，仍不听回答。英琼方要开口，吃英男摇手示意，便即住口。英琼方用传声问故，上官红站在旁边会错了意，以为内中被困的是左道妖魂，又听对方口气可疑，暗忖："此人既遇七矮师叔，如是好人，绝不会容他兵解，又被妖徒寻来，不加闻问。"同时瞥见空中似有红云一闪不见。李、余二女只顾查听对方，不曾留意，便把乙木仙遁暗中准备，以防万一。随又听壁中女子微微叹息了一声，说道："英男贤妹，我的声音你听不出来么？"英男笑道："我早听出你那同伴口音，便料有你在内，不然我也不问。想当初，你虽强迫收我为徒，并非恶意。尤其贱婢孙凌波对我凌虐，你并不袒护她，只有帮我骂她。虽因心志不投，背你逃走，受尽苦楚，但我并不恨你，何必藏头缩尾？如以为只要出困，便可脱身，除非我三人肯放你们逃走，否则仍是无望，何不实话实说？"女的叹道："说来话长，一言难尽。擒我二人的对头，乃是一男一女，均得司空湛真传，淫凶狠毒，几无人理，隐形飞遁，更是神速。乃师前年为大方真人所败，自知不了，逃往海外隐藏。二妖徒不曾跟去，并向乃师夸口，欲炼邪法报仇。仇敌来去如电，说回就回。我对你不敢再说师徒情分，只请你念在当初我虽强迫你拜师，终是好意，请念昔年香火之情，先将我二人放出，再谈详情，以免万一仇敌赶回，措手不及。"

英琼闻言，忽想起男的正是在峨眉强迫自己随他同行，后在莽苍山遇见仇人，把自己放在古庙内的赤城子。听女的口气，必是阴素棠无疑。暗忖："这两人以前也是昆仑派有名剑仙，只为一时失足，误入歧途。二人法力颇高，怎会落到这般光景？按他们以前行为虽然可恨，自己和英男总算因祸得福。"闻言心肠早软,笑说:"男妹,他二人既受邪法禁制,必多苦痛,放出再问,也是一样。"英男刚一点头,猛瞥见红影一闪,忽听壁内惊呼:"二位道友救我!"声才入耳,离地三丈的崖壁突现一洞,一片粉红色的妖光裹着阴、赤二人的生魂电也似急飞起。同时红光中现出男女二妖人,一个摄了生魂向上急飞,一个手指一片同色妖光朝三女当头罩下。事也真巧,李、余二女均想先破邪法,救出二人生魂,再问经过,手中太乙神雷正往外发,双方正好撞上,接连两声震天价的大霹雳,雷火金光四下里横飞中,二女两道飞剑也已出手。妖人似知不妙,慌不迭纵起妖遁,向上斜飞。二女看出妖遁神速,阴、赤二人生魂又被另一女妖人摄了先飞,惟恐妖人隐形逃走,不易追上,方在着急,一同追去,忽听上官红笑说:"妖人决逃不掉,二位师叔放心。"说时,一片青霞中杂无数巨木影子,忽由上下四外突然出现,齐向中心压到。二妖人已经先后离地,飞起数十丈高下。女的带了生魂在前,闻得雷声,失惊回顾,当空青霞神木忽现。男的看出对方飞剑、神雷厉害,果不虚传,差一点没受重伤。方想一面飞逃,一面示意妖女,令其隐形同遁,等把生魂摄走,再打复仇主意。

猛觉青霞照眼,看出是乙木仙遁,知已入伏,喊声:"不好!"想逃无及,连女的一齐被困住。上官红正想施展全力,用乙木神雷将二妖人打死,忽听英男疾呼:"红侄,且慢,不可伤那生魂。"上官红笑答:"遵命。"把手一指,青霞连闪几闪,便将阴、赤二人身外红云荡向一旁消灭。再把手一招,二人生魂便脱出重围,向三女面前飞来,口中疾呼:"妖邪诡计多端,留神遁走。"上官红原本细心,见妖人被困青霞之中,四外神木宝光正在疾飞电旋,往上压去,晃眼神雷便要爆炸,正在施为,猛想起妖人邪法颇高,怎会身困阵内毫无抵御?忽又听英琼一声清叱,一道紫虹往上一绞,只听接连两声惨号怒吼,两条红影突往左侧地底穿去。女的一个稍微落后,吃英男飞剑拦腰一绞,扬手一片金光雷火,震成粉碎。只男的被英琼斩断双脚,受伤逃去。

原来这男女二妖人一名金泰,一名温如花,自从妖师隐逃海外,便与许飞娘等妖人勾结,专与正教中人为难。这日行经边岭,缺少两个生魂。阴、赤二人晦运当头,认出前面遁光眼熟,心想:"此去转世,如无人相助,好些不便。"又自恃身带法宝,尚能运用,不但未逃,反倒迎上前去,意欲看清来人，相机求助。谁知自投罗网，刚一对面，认出来人竟是司空湛的妖徒金泰、温如花，知道二人淫凶狠毒，翻脸无情，心中着慌，只得硬着头皮上前答话。刚说得一半，发现女的目射凶光，嘴皮微动，觉出不妙。正在戒备欲逃，一片妖云已当头罩下，虽有法宝防身，但是原身已失，功力太差，勉强能够自保；对方邪法又高，对于搜摄鬼魂，又具专长。不多一会儿，法宝被人夺去好几件，元神也被擒去。妖人初意，将二人生魂炼那妖幡。因缺少一个帮手，知道妖妇飞龙师太元神新炼成形，正好合谋。又因阴、赤二人尚有飞剑不曾夺去，为防逃遁，便将二人生魂带往五老峰，禁闭洞内，交与妖妇防守，自去寻觅设坛之处。等把地方找到，归途遇见小南极四十七岛两个旁门散仙，也是一男一女。得知南海双童和金钟岛主一音大师叶缤师徒两下里夹攻，四十七岛妖人十九伤亡。这两人本是夫妇，不知叶缤手下留情，有意放走，妄想逃往中土，寻人报仇。行至五老峰附近，撞见二妖人，又将生魂摄去。

二妖人正想和妖妇商议，多炼一面妖幡，遥闻杀声震天，连忙飞往查看，瞥见妖妇尸横就地，崖上立着三个少女。隐身往探，听出是峨眉门下，又惊又怕。忙使邪法分途下手，想将阴、赤二人元神先行摄走，就便暗算仇敌。先因师言峨眉三英最是难斗，上来还留有退步。不料上官红预有戒备，早将乙木仙遁暗中埋伏，原防崖中妖魂逃走，恰好用上。二妖人最是机警狡诈，见势不妙，假装被困，各幻出一个化身，暗中紧附阴、赤二人之后，随同遁出。本心先前只是骤出不意，自己精于地遁，逃时还想暗放冷箭，报仇出气。不料所摄两散仙的生魂本非弱者，看出仇敌势败，意欲乘机遁走，出时突然猛力强挣，哀声呼喊求救。英琼先听英男一说，早就心动，闻言警觉，立时把定珠慧光放出，恰将妖人隐形法破去，两散仙也便挣脱邪法禁制。英琼又扬手一神雷，英男飞剑一绞，二妖人一死一伤，穿地逃走。两散仙也是孽重，英琼不曾想到另外还有两个生魂，吃佛家慧光一照，本身邪法全破，仅比寻常游魂强不多少，再因对方也是峨眉门下，慌不迭乘机逃去。等三女想起，打算喊回盘问来历，助其转世，已经逃远不见。

阴、赤二人脱险以后，即向三女下拜，说起兵解经过。三女觉对方也是前辈剑仙，落得这般光景，又对自己如此卑躬屈膝，自称从此悔悟，改邪归正,越动怜悯。一面还礼,问其意欲如何。阴素棠凄然答道:"我二人本意想往人间,选一积善人家投生。此时想起良机难遇,一个不巧,再遇这类妖邪,仍难免祸。最好求贤师徒深恩成全,助我二人转劫重生,感恩不尽。"三女俱都心慈,对方一经归正,早有同情。二英回忆昔年,也颇有知己之感,英琼首先应诺,英男、上官红自无话说。行时,因见残月犹挂林梢,空山无人,到处泉响松涛,五老峰一带景甚幽静。上官红笑说:"此时离天明尚早,何处寻访人家?此山夜景清幽,我们闲游到天明,再计较如何?"李、余二女闻言笑诺。随即行法,把残尸去尽,步行下峰。遥望鄱阳湖波光云影,上下同清,斜月光中,宛如大片水晶琉璃,上面放着两三个翠螺,景更清丽。阴素棠偶说含鄱口望湖,风景更好。英琼性急,便同飞往。到了含鄱口,众人再改步行。快要到达,阴素棠忽然悄说:"我们速隐身形。"三女依言,随她手指处隐形飞降。一看,前面崖后立着两幢红影,正是先前受伤逃走的妖人同了妖女生魂,面前倒着两个少男少女死尸,正在行法,一边争论;意似想要借体重生,为防原死人的生魂突然回转,并被外人看破,正商议行法,隐避形迹。余英男见男女妖魂已经飞起,等待女尸抢扑上去,男的因双足已断,说女的只剩元神,不必忙此一时,将其拦住,意欲抢先。猛想起阴、赤二人正在寻找庐舍,正好学样,恐妖魂附体,便有顾忌,又防逃走,一时心急手快,也没和英琼说,飞剑、神雷一齐发动。二妖人已成惊弓之鸟,本就胆寒,女的又是元神,逃遁较易,剑光雷火一现,首先遁走,英男飞剑没有追上。只男妖人私心太重,为防仇敌追来,意欲抢先,不料众人由后掩来。等到他闻得雷声想逃,已被神雷击中,飞剑又拦腰一绞,当时伏诛。元神刚待飞走,英琼、上官红的飞剑同时夹攻,电掣飞来,当下将妖魂围住,只一绞便已消灭。

英男随对阴、赤二人说起前意。二人早看出地上两人十分俊美,又是修道多年的法体,闻言也颇合意。便对二女道:"这两人必是前逃两生魂的法体,也是旁门中人,因胆怯情虚,又被佛家慧光一照,元气大伤,只能另投人身。借用他们的躯壳无妨,但是这类旁门中人道路不同,身上邪气也还未尽。最好仍请李道友用佛家慧光再照一下,我二人便可回生,永拜大恩了。"英琼笑诺。随将定珠放起,照定死尸头上。阴、赤二人随运玄功,往上一合,当时复体重生,坐了起来,伏地拜倒。三人连忙避谢不迭。

一看那两具肉身功力甚厚,又是一男一女,俊美非常,佛光照后,不带一丝邪气。二人因妖人伏诛,只逃得一个元神,试用玄功一收,先失去的法宝均在妖人法宝囊内,妖人死后,由空下坠,落向危崖之内,立连宝囊飞回,还多得了几件法宝,二人欲送三女收用。三女见他们意甚坚诚,只得各分取了一件。

事完,互相劝勉两句,正待分手,阴素棠道:"李道友眉间杀气甚重,虽无大害,也须留神。前两月偶游黄山,云路中突遇沙红燕,同了辛凌霄师妹,说起幻波池诸位道友,仇深恨重,正在约人前往报复。所约人中,内有两个乃是潜伏东海已二百多年的妖人,妖法甚高,不可不防。以我猜想,必在日内往犯。三位道友如无甚事,最好回山待敌,比较稳妥。易道友他们法力虽高,又有圣姑所留五行仙遁,固是无碍,但李道友这粒定珠关系甚大,有此佛门至宝,便老怪丌南公亲来,至多不胜,也不致便遭毒手。不过事情还须善于应付,否则沙红燕乃老怪爱徒、宠姬,如若杀死,老怪纵因道友为后辈,也必不肯甘休。此女虽是左道,近年因受老怪再三告诫,有所收敛,已少为恶,能不伤她最好。辛师妹更是昆仑派同道,与贵派师门颇有渊源,素不为恶,只是受人蛊惑,又以丈夫卫仙客惨死,不知悔祸,一意孤行。虽然愚昧无知,处境可怜,也望诸位道友网开一面,免得多树强敌。贫道以前也是正派中人,一朝失足,不可自拔,以致骑虎难下,才有今日。如非贵派诸位道友两次解救,连元神均难保全。此时幸得重生,悔恨无及。尚望诸位道友采纳愚见,仙福无量。"

英琼闻言,想起父亲行时之言,本就心动,听完猛觉心灵上起了一点警兆。忙向二人称谢辞别,同了英男、上官红回山,途中英男想起师命所办的事已经办完,正好移居幻波池,与英琼等同修。因为爱徒楚青琴尚在天目山留守,算计李、向二同门必已回山,意欲回转天目山,带了青琴,就此移往幻波池。和英琼一说,英琼因方才心灵上有了警兆,便令英男师徒随后再去,自带上官红先返幻波池相候,以防万一。其实英琼如不急此一时,随了英男去天目山,携带青琴,便可岔过,不致受那危难。一则定数所限,不能避免;再则英琼如不先遇妖人,发难便缓,个人虽然无事,幻波池仙府却也未必能够保全了。经此一来,英琼虽吃点亏,易静、癞姑却有了准备。并且时机瞬息,好些巧合之处,稍差一些,便成大害。此是后话不提。

英琼、上官红听阴素棠一说,惦念幻波池安危,归心似箭,别了英男,二人一同加急飞行,往幻波池飞去。当地离依还岭云路约三千里,二人飞遁神速,不要多时便飞了一多半。天已过了中午,沿途云白天青,到处山光如黛,晴空万里,天风不寒。二人破空急驰,飞得甚高。上官红笑说:"今日风日晴美,弟子沿途留神观察,不见丝毫朕兆。也许师叔听了阴素棠之言,一时多疑,并无甚事。"英琼方答:"我今日心神不甚宁贴,多半有事。"话未说完,人已飞到巫峡上空。遥望前面一山,高矗云外,只要再飞过去三数百里,便到依还岭对面的宝城山。因飞得高,老远望见隔山依还岭上静悄悄的。英琼心刚一放,只顾朝前观看,互相问答,没有留意到山那面有无异状。等到飞过十来里,依还岭已经在望,二女脚底山甚高大,内中颇有峰峦洞壑之胜。虽与依还岭遥遥相对,相去只有二百来里,因为易、李、癞姑三人自到幻波池一直无暇,仅在空中路过,来往两三次,发现下面景甚奇秀,屡欲往游,未得其便。二女过时,想起前面中部一带,风景似乎更好,这才低头俯视,既然顺路,就空中查看过去。便将遁光降低,向前飞行。先前因飞行太高,只见下面一片苍绿,大小峰峦玩具也似。这一降低,越看出山的好处,只见沿途白石青松,树色泉声到处迎人,应接不暇,虽是走马看花,也觉有趣。英琼暗忖:"此山与依还岭相连,中间只隔着一带危崖大壑,想不到风景这么好,洞壑又多。将来开辟两处,以供门人修道之用,岂不也好?"心念一动,又看出幻波池不似有事情景,相隔又近,瞬息可达,既然无事,便不必忙。于是又把飞行放缓,只顾留意观察,始终没有回看来路山头一带。

正飞行之间,瞥见下面一条白光,白练也似蜿蜒于山半树海之中。定睛一看,原来下面乃是一道广溪,那发源处是一山谷,水由谷中奔腾而来,穿行于丛林绿野之间,沿途分成许多支流,再顺山势往前面绝壑中化为大小瀑布,飞舞而下。记得以前虽也见过,因为飞得太高,水势无此洪大,又当有事之际,没有在意。这时见这山谷两边峰崖对峙,势均灵秀,中宽五六丈,均是水道,不见一点陆地。由高下视,宛如一条缩小的江峡,而景物灵奇,又复过之。一时好奇,想看这条溪峡到底有多长,有无别的奇景。方和上官红同往峡口下降,猛瞥见石口外溪岸旁泊着一条梭形的独木小舟。心想："这里山高路险,与世隔绝,怎会有船停泊？"方要开口,上官红忽将身形隐起,悄说："师叔你看,那三小孩多好！"英琼目光到处,三个幼童年均十二三岁,正由对岸草树中飞纵出来,手上各拿着一些花果,急匆匆往独木舟上一纵,朝天看了一看,各持竹竿双桨,驾舟往溪峡中如飞驶去,不时偏头回看,面上各带惊慌之色。二女也早落地,见幼童共是两女一男。内中一女生相奇丑,身材又极矮胖。而且身上到处浮肿,东一块西一块,坟起寸许高下。肤色也是红白紫黑相间,闹了个五颜六色,更加丑怪。下余二童,却是粉妆玉琢,美秀入骨。又都穿着一身树叶兽皮织成的短裙披肩,臂腿一齐裸露在外,各赤着雪白的双足,每人腰背间均插有两三件奇怪兵器,大都土花斑驳,似新出土不久,刃尖却有金光外映,一望而知不是常物。船用独木制成,三童操舟之术极精,转眼便已穿进峡口。

二女见了觉着奇怪,本要追去,因三童纵出之处似有光气上升,知道下面藏有宝物,以为幼童既往峡中,不怕寻他不到,先未追踪。赶往树林中一看,见草地里倒着一株大树,似是连根拔起,下陷深穴,宝光隐隐,映着晴日,幻为异彩。英琼见穴甚深,没有下去。试行法一招,一圈旁有五孔的金花突然飞起。忙用分光捉影之法收下一看,竟是一枚上刻五孔和十二元辰的金钱,背面还刻有不少风云水火符箓,都是密层层叠在上面,虽然不明用法,但已看出是件异宝,不期而得,心中大喜。再将遁光往下一照,见这地穴深达三丈,离地丈许以下,便成六角井形,整齐如削。旁边放着一条长藤,好似幼童用以上下。穴底还有一个陶罐,也用法力收了上来。只见罐大尺许,形式奇古,通体无口。拿在手上一摇,内有水声,不知何用。料非常物,便交上官红收好。穴中已空无所有,重又向峡中追去。二女飞到谷口,见相隔二里的转角上,独木舟和幼童影子一闪。等到赶去,就这晃眼之间,连人带船一齐不见。那地方两崖上挂着好几道瀑布,都是白练高悬,由上直下,喷珠溅玉,声若雷轰,激得水烟溟蒙,涌起数十丈寒雾。定睛四顾,前途哪有木舟影迹。方想这船怎会隐逃这么快？忽听上官红喊道："在这里了！"随说,便纵遁光往左边瀑布中穿去。同时接连好几枝竹箭由水中迎面射来,又听幼童喝骂之声。这类寻常兵器,原奈何英琼不得,还未近身,便吃遁光消灭。紧跟着,上官红已将男女三幼童擒了出来。

原来瀑布里面，乃是一座极大的水洞，离转角处甚近。幼童事前发现空中飞来遁光与破空之声，疑是对头寻来，慌不迭驾舟入谷飞逃。本还以为峡口外有仙法禁制，外人不能走进，心方略定。丑女忽然想起，当日禁法应失灵效，船到转角，觉着可虑，便连人带船一齐藏入水洞之中，往外查看。忽然有人说话，跟着现出一个美貌少女，凌波而立，正在张望。幼童一时情急，便将平日防身竹箭隔水掷出去。不料人未射中，猛觉身上一紧，另一少女突然现出，连人带船一齐制住，押了出去。俊美的两个童男女以为身落毒手，正急得破口大骂。丑女忽然大喝："三弟、姊姊住口！这不是那妖人，莫不是救我们的师父吧？"男童已急得粉脸通红，闻言怒答："仙人不是说你师父和你此时长得差不多，好点也有限么？怎会比姊姊还好看？又说谷口今日禁制失效，妖妇必要寻来。他们人多，必是她的同党。反正我们须听仙人的话，宁遭残杀，绝不拜她为师。"丑女急道："三弟说得不对，莫非会飞的就是妖妇？也许是师父派来的呢。等问明情由，再骂不晚。"另一少女似是长姊，本随男童同骂，自听丑女一说，便住了口。略一寻思，便朝二女问道："你们从哪里来的？我们三人均有师父，绝不再拜别人为师。如杀我们，又和你们无仇无怨，再说仙人也不饶你们，还是放了我们的好。"

说时，英琼已看出这三个男女幼童全部根骨深厚，灵秀美慧，竟不在上官红以下，任其喝骂争论，只是查看。闻言笑道："我们绝不伤你们，只问你们姓名来历，怎会在此居住？有无师长父母？至于强收你们做徒弟，绝无此事。就你们肯，我还不一定收呢。"随命上官红撤去禁法，听其回答。长女方要开口，丑女忙抢向前，拦道："姊姊、三弟，等我来说。"随对英琼道："我名竺笙。他们是我姊姊竺生和三弟竺声。我三人乃同胞孪生，因是生相丑怪，身包厚皮，被父母弃住深山之中。为大鸟抓到小山竹林以内，本要抓吃，幸遇仙人将怪鸟杀死救下。托一女仙抚养，指竹为姓，起名音同字不同。到七岁上，女仙出山不归，断了食粮，仗着力大身轻，本山鸟兽山粮又多，苦候了四五年。这日往采黄精，我姊姊、三弟无意中吃了两个奇怪草果，回来人便晕倒，只气未断。我误认为毒果，将带回的十几个一齐丢掉。哪知过了三日，他二人身上厚皮脱光，越长越好。只我没吃那果，如今还丑怪。再往原处寻找，一枚也看不见。这日正在后悔，前救我们的仙人忽然飞来。我们小时见过，女仙又曾说他法力甚高，再来时便拜他为师，或求接引。仙人先是不允，说还未到时候。后经苦求，方说我们师父在依还岭幻波池内，早晚自会寻来。并说峡外山顶石洞里面，隐藏着一个妖妇，不久出世，如见我们，必要强收为徒，千万不可答应。峡中设有禁制，外人不能走进。但是峡外古松之下，藏有东西，应为我三人所有。必须在今日午后，用他灵符前往发掘。东西到手，禁法便失灵效。不久妖妇也必醒转，来寻我们晦气。我们师长此时如不寻来，必为所擒，不依她，便难保命。令我们到时务要小心，得手速回。只要挨到仙缘遇合，拜师之后，至多受场虚惊，成仙却有指望。我因不曾见过师父，恐怕错认，向其请问，他说师父和我现在一样貌丑。仙人去后，偶往峡外采取山粮，也是三弟胆大，知道妖妇此时睡在洞中，和死人一样，想将她杀死，免得害人。于是我们同去，十几里的山路，一会儿赶到，见近顶危崖之下，果有一洞。先未见人，等到走进，忽有白光一闪，当中山路上坐着一个怪女人。三弟连放好几箭，挨着妖妇便化成灰。我们看出不妙，正要退走，妖妇忽然醒转，用一片黑烟将我三人困住，立逼拜师。我们先未答应，吃了不少的苦，在洞中被困好几天。妖妇本是一个骨头架子，不知怎的越长越胖，也未见吃东西，渐渐长得和好人一样。跟着，来了好些同党。我知不能脱身，趁她睡时，打手势商量。等她醒来，答应拜师，说我们喜欢吃荤，家中留有腌肉、衣服，必须取来，请放我们回山一行。妖妇居然应允，我还在喜欢。到了路上，才看出每人身后均有一蓬黑烟随定，妖妇并还看破我们心意，老远鬼叫，说她已用仙法遥制，想逃必死。我们虽然害怕，无计可施，想回原住洞中，在墙上画字，留给仙人师父观看，好救我们。哪知刚进峡口，一道青光闪过，黑烟尽散，遥闻妖妇怒骂之声，也未理她，由此不敢再出峡外。今日算计老松下面藏珍该当出世，只得硬着头皮，趁妖妇此时打坐未完之际，前往掘取。刚一到手，便听破空之声。因为妖妇同党全都会飞，也是这等声音的多，心中害怕，刚藏入洞，你们便寻了来。我看你们不像妖妇说话凶横，也许是好人。反正我们听仙人的话，宁死不从，话已言明。你们如非妖党，请给我们想个法子脱难；如是妖党，只好由你们杀害。可是仙人绝不饶你们。随你们便吧。"

英琼笑问仙人名姓，丑女答说："仙人是个手持青竹的少年。"英琼再问相貌，知是枯竹老仙，不禁心动，便将癞姑相貌说出，问："你三人所等师父，可像此人？"三幼童闻言，惊喜交集，同声笑问："我师父正是这样。你怎知道？可能带我们寻她么？"英琼随说自己是癞姑师妹，以及幻波池同修之事。竺氏姊弟大喜道："原来你是李仙师么？我们三人本该拜在三位仙师门下，早说幻波池，也不敢无礼了。"说时早同跪拜，求告起来。英琼看出三童都是极好根骨，又问知自己和易静、癞姑各收一人为徒。枯竹老人并还留有一片竹叶为信，竺生已经取出。上写："三人仙根仙骨，福缘甚厚，务望器重，多加传授，不消数年必有成就。"暗忖："这三人只竺笙奇丑，偏又拜在癞姑门下。"方在暗笑，竺笙见英琼对她注视，笑道："李师叔嫌我丑怪么？他二人未吃异果以前，比我更丑。听仙人说，这身上厚皮，早晚脱掉，和姊姊长得一样，就不讨嫌了。"英琼见她姊弟三人资禀差不多，竺笙却更灵慧机警，天真可爱，偏生得这等丑相，本代可惜，闻言越喜。再一细看，果然身材相貌均和乃姊差不多，只为紧附头脸身上的厚皮所掩，变成丑怪神气。闻言知能医好，越发喜欢，拉她手笑道："我怎会嫌你？只有爱你。这是你们师姊上官红，见完礼一同走吧。"

竺氏姊弟和上官红正在礼叙，英琼猛觉心灵上又起了警兆。暗忖："今日心神为何两次不宁？仍以早回为是。"竺氏姊弟所居在尽头处山洞之内，还想去取衣服。英琼笑说："幻波池不少仙衣，你们的既非珍物，不必去取。"随驾遁光，带了竺氏姊弟同往峡外飞去，准备一出峡口，直飞依还岭。到了峡外，竺声忽说："师父，我还有一件法宝没取到手呢。"英琼只当还有藏珍未取，随同下降，仍是先前树穴。竺声探头一看，惊呼："法宝被妖妇偷去了！"英琼一问，才知所说正是那枚六角金钱，不由好笑，告以前事。并说："等与你易师伯看过，知道用法，仍还与你。"竺声笑说："此宝甚难收服，师父拿去最好。如被妖妇偷去，就可惜了。"英琼知他得了枯竹老人指点，正待要问，眼前似有一片极淡的红光微微一闪，因在说话，青天白日别无他异，自恃法力，也未在意。正要起飞，忽听身后冷笑一声，随听竺氏姊弟同声大喊："妖妇来了！"同时一蓬粉红色的烟丝已朝众人当头撒下。妖妇隐身前来，动作绝快，骤出不意，几为所算。总算英琼近来功力大进，身藏至宝有好几件，均能随心运用，定珠更具极大威力。闻声一团慧光祥霞先已飞出，恰好敌住，粉色邪烟也便收去。就这样，竺氏姊弟已中邪法，昏迷欲倒，幸被佛家慧光一照，方始复原。

英琼百忙中瞥见一个面容妖艳，肩挂葫芦，腰佩宝剑的妖妇，一闪即隐。当时天旋地转，四望昏沉，到处茫茫，一片灰色暗影，和在越城岭陷身妖阵情景差不多。方才的天光云影，树色泉声，以及大小峰峦，全都失踪。心中大怒，忙将青灵髓取出，先将竺氏姊弟护住。跟着太乙神雷往外打去，想将邪法震破。哪知往常出手便千百丈的金光神雷，这次竟会无甚光焰，只现出百点酒杯大小的红火，略闪即隐；雷声也甚闷哑，毫不洪烈。阴沉沉的天幕愈来愈低，随着连珠神雷，快要低压到头上。敌人却不见影迹。情知邪法厉害，不比寻常，惟恐一时疏忽，误伤三小姊弟，便命上官红施展乙木仙遁，将其护住。收回青灵髓，仗着几件仙剑、至宝向前开路，能除妖妇更好，否则依还岭便在对面，易静、癞姑定必警觉，里应外合，也将妖妇除去。主意打定，上官红已放起一片青霞，将三小姊弟护住，想请英琼也藏身在乙木仙遁之内。英琼因为天性疾恶，又因先前连起警兆，断定妖妇是强敌大仇，留必为患，不肯与上官红联合，只命上官红暂守勿攻，见机行事。自己身剑合一，再将定珠和别样法宝纷纷放出，朝前猛冲。正喝妖妇现形纳命，偶一回头，上官红连护身青霞一齐不见。微一疏神，猛又觉出神思昏昏，身上有了倦意。再看环身飞舞的那些宝光，除定珠外，也渐渐减色起来。知道不妙，忙照师父传授，运用玄功，镇定心神。总算功力精纯，转眼灵智恢复，那几件与身心相连之宝重放光明，尤其那团慧光祥霞分外晶莹。可是四外的暗影也越来越浓，吃宝光逼住，宛如在雾海之中浮沉着数十百丈一团精光宝焰，闪起千重霞影，顿成奇观。英琼才放了心，恨极妖妇，立以全力朝前猛冲。

也是妖妇该死，分明已看出敌人法宝威力神妙，虽因经历尚浅，初次遇到这等玄阴六戊邪阵，不知破法，但想要伤人已是万难。恰巧又来了两个妖党。妖妇本在主持阵法，颠倒五行，想将敌人引入阵中心玄牝门内迷倒。因和同党相见，只顾谈说咒骂，不料敌人已被引近旗门前面。妖妇如果被英琼看出形影，便难活命。因那同党中的一个正是沙红燕，知道李英琼厉害，忙喊："敌人持有佛门至宝，不可大意！"说时英琼已被引到妖妇所居山洞前面的玄牝旗门之下，因为初上来神雷无功，又见上官红失踪，差一点神志昏迷，有些胆怯，不求有功，先求无过，专一自保，虽有制胜之宝，竟未敢轻举妄动，只把燧人钻持在手内，相机待发。正往前冲，猛觉慧光照处，前面现出一个无底黑洞，无数黑影乱箭一般飞舞，环射上来，吃定珠慧光一照，全都消散。英琼还不知主要旗门已被定珠无意中所破，见前面黑洞洞的，心中一惊，待要后退。妖妇却着了慌，忙使邪法妄图补救。就这倒转阵势之际，那旁上官红已看出破绽，竟然带了三小姊弟逃出阵去。妖妇还要追赶，吃沙红燕拦住，悄说："阵法虽然神妙，但困敌人不住，心身相连的奇珍与神雷不同，此阵早晚必破，岂不可惜？转不如将阵收去，我们三人合力先与敌人较量，能胜更好，如不能胜，索性等各位道友前来，再图大举。"说时，三妖人忘了妖阵中枢已破，声形已不能掩。

英琼恨极妖妇，早就跃跃欲试。闻声扬手一燧人钻，朝那发声之处打去。此宝乃前古奇珍，发时一道两头尖的红光，长只丈许，前锋尖上射出五彩精芒和大股火星，宛如连珠霹雳，爆炸如雨。更能随着主人心意追杀仇敌，一个抵挡不住，不死必伤。妖妇名叫宝城仙主屠媚，昔年和幻波池圣姑寻仇斗法，结下深仇。不久走火坐僵，藏在本山近顶崖洞之内，隐迹多年，本无人知。新近沙红燕偶往东海寻一隐藏多年的妖人屠霸，才知妖妇乃屠霸之妹，以及她走火坐僵经过，意图勾结，与幻波池诸人为仇。特意赶回黑伽山，把丌南公所炼固形丸偷了两粒送去。妖妇本就梦想幻波池的灵丹藏珍，难得有此倾心结纳助她复体的死党，自是喜极，双方十分投契。沙红燕知她服完灵丹尚须四十九日始能复原，所居宝城山正对依还岭，惟恐事机不密，被仇敌看破，约定复原后再见一面，和辛凌霄分头约人，以图一举成功。当日因新约到一个能手，要在三日之后才可赶到，特来商议。妖妇最是骄横，自恃练就好些厉害邪法妖阵，本想建功。没想到敌人这等厉害，初次出手，便遭挫折，自觉脸上无光，仍想再用邪法一试，不肯就收。微一迟疑，燧人钻已当头打到，本就难逃一死。英琼先被邪法颠倒，颇生疑虑，没想到成功如此容易。瞥见燧人钻上雷火强烈，一片霹雳声中，烟雾纷纷消散，对面现出男女三妖人，沙红燕也在其内。忽然省悟，有了破阵之望，忙把法宝、神雷一齐打出，慧光正冲旗门而过，千百条黑影闪得一闪，全数消灭，清光大来，重见天日。同时妖妇已被燧人钻所伤，负痛欲逃，吃英琼紫郢剑电掣般追上，只一绞，形神皆灭。

沙红燕及另一妖人比较见机，又各持有防身法宝，等红光一现，早各放出一片碧光将身护住，另放飞剑、法剑迎敌。英琼因不见上官红和三小姊弟踪迹，急怒交加，上来便使全力，双方在当地恶斗起来。另一妖人也是老怪丌南公的爱徒，名叫伍常山，生得扁头大肚，身材矮胖，一双鱼眼凶光闪闪。周身碧光笼罩，更擅玄功变化，隐现无常。手指三道钩形妖光，满空飞舞，光甚强烈。威力极大的紫郢仙剑竟奈何他不得；别的宝光、神雷打将过去，妖人更似不曾在意，打得周身妖光乱爆，宛如银雨横飞。不时身形一晃不见，忽化作一只两三亩大碧光环绕的怪手，朝下抓来。英琼如非定珠护身，几为所伤，连元神也可能被摄去。

沙红燕也是一个劲敌，又偷了丌南公两件法宝，比起那年初遇难斗得多。沙红燕因所约党羽未来，本不想就动手，因为妖妇疏忽，枉有好些邪法，一件也未用上，便遭惨杀，不由激怒。先想同党神通变化，或者能将仇敌元神抓去。及见英琼持有定珠，邪法、异宝无奈她何。正在忿恨，忽听有人笑骂道："无耻妖妇，哪里弄来这些山精海怪？既敢上门现眼，便该到我幻波池走一遭，只在这里乌烟瘴气作甚？"英琼听出是癞姑口音，心方一喜，话还未听说完。伍常山一听有人发话，声音似在沙红燕前面，知来了敌人，自恃玄功，暗忖："莫非这个敌人也有定珠防身？好歹抓死他一个再说。"便幻化一只大手，朝发话之处抓去。初意敌人仗着隐形嘲骂，自己所炼仙人掌势急如电，只要在百丈方圆以内，不论敌人隐形如何神妙，也是难逃毒手。不料撞在钉子上面，一下抓空，敌人语声又在左近发出。似这样时东时西，时前时后，一下也未抓中。

癞姑近来法力越高，又精地遁之法，特意引敌分神，给他吃苦。仗着隐形地遁，挑逗戏弄，激令发火。等话说完，妖人方在忿怒，又在妖人耳旁骂道："你有鬼手，我有神手。本来不想打你，是你自己惹出来的，不能怪我。且先让你挨一巴掌，试试味道如何？"妖人忽见面前人影一晃，猛伸怪手一把未抓中，"叭"的一声巨震，后心上早挨了一下重的。此是癞姑师祖心如神尼独门传授的伏魔金刚掌，近年功力更高，多厉害的防身妖光也必受伤。妖人以为人在前面，没料到动作这等神速，这一下打得心胆皆震，元气大伤。不由急怒交加，猛施全力，双手齐挥，朝发话处抓去。不料就这一转身抓敌之际，左脸上又着了一掌，打得两太阳穴金星乱冒，护身碧光全无用处。急痛昏迷中，就势乱抓，一把居然将敌人抓中，心中大喜，觉着是条手臂。正想下毒手将敌人抓裂雪恨，猛又觉出轻飘飘无甚分量，也未挣扎。低头一看，所抓乃是先前被燧人钻炸断的妖妇一条臂膀，而敌人早已不知去向。妖人不由怒火上攻，随将轻易不用的一件法宝取将出来，正待施为，忽听敌人大喝："师妹快走！这扁头大肚子的丑怪物，被我两巴掌打昏了心，竟把他师父那座落神坊偷了出来，如为我们破去，老怪物必定恼羞成怒，上门讨厌。方才玉清大师和青囊仙子送来好些仙果，易师姊正等你回去吃呢，懒得斗怪玩了。"妖人只见前面人影一晃，现出一个奇丑无比的癫女尼，拉了先斗敌人，招回空中法宝、飞剑，一同往幻波池逃去。

伍常山所用法宝，形似一座黄金牌坊，共有五个门楼。出手向空一掷，立时高达数十丈，在五彩云烟环绕之中，由门内发射出狂风烈火，迅雷飞叉，夹着轰轰隆隆雷电之声，怒涛一般，朝前涌去，声势猛恶，无与伦比。所过之处，休说是人，便是整座山岳也被化成劫灰，端的厉害非常。丌南公为了此宝威力太大，曾下严令：非遇强敌，不许妄用；便用，也不许骤然发挥全力，更不许在离地十丈以内施威。妖人发出时，原意敌人必用法宝、飞剑抵挡一阵，自己也欲擒先纵，等到风火云雷、太白金刀将敌人前后罩住，再施全力报仇雪恨。不料敌人早用传声暗告英琼，故意诱敌，逃得又是那么快法。想起两掌之仇，怒吼一声，把手一指，那矗立半空的一排五座牌楼声威更盛，百十丈风火云雷排山倒海一般朝前追去，二百来里的空路，一晃相继飞到。

英琼回顾，见风火牌楼在前，妖人在后，光焰万道，照得满天通红，宛如一座大火山，横空直驰过来，更有无数金刀火叉朝前猛射，霹雳之声仿佛连天都要震塌，声势猛恶，从所未见。前面越过危崖，便是依还岭，猛想起仙山景物本就灵秀，又经自己师徒数人匠心布置，得有今日，也费了不少心力，雷火如此猛烈，惟恐损坏仙境。心想："红发老祖和幻波池五遁，那么厉害惊险的场面，均仗定珠之力化险为夷，怕他何来？"一时情急，方欲回身一试，不料癫姑早已想到，低喝："琼妹，怎不知轻重利害？伯父行时之言，已将应验，稍失机宜，幻波池全山齐化劫灰，岂可大意？来时已有准备，还不快走！"说时，二人越过依还岭前绝壑，英琼正待前飞，猛瞥见身后突冒起一片灰白色光华，一闪即隐。随听神雕鸣声起自白光之处，心疑另有妖党潜伏岭上，也许神雕被困在内。正想回看，无奈手被癞姑拉紧，不得脱身，忙喊："二姊稍停！"癞姑答道："这是你那几个孽徒大胆惹事，好在暂时无碍，还有解救。我们回洞见了师姊，再出迎敌，或守或论均可。事已至此，由他们去吧。"伍常山见二女飞遁神速，暗骂："贱婢，你的巢穴就在前面，就算你能逃我手，也必将你幻波池化为劫灰。"又恐功力不如乃师，驾驭不住，违背师训，回山受责。反正不易追上，索性把稳前进，准备飞临幻波池上空，再下毒手。这一缓势，双方相隔便差了好几十里。

英琼、癞姑二人已到幻波池，妖人追离依还岭尚有二三十里。因在牌坊之后，前面风火云雷又甚强烈，岭上烟光隐现甚快，并未看出。晃眼追近，又是一片五色轻烟突然涌现，贴着全山地面，也是一闪即隐。伍常山素来骄横，一毫不以为意。沙红燕却深知敌人与幻波池禁制的厉害，见伍常山不照预计行事，所约帮手一个未到，便先下手，已觉冒失。又见敌人不战而逃，尽情戏侮，途中不时回顾，分明是诱敌。但知伍常山一向刚愎自用，轻不出山，蒙他相助，又把师父交他掌管的落神坊私带出来，实是绝大情面。那么自负的人，平生极少遇见敌手，却被一个无名小癞尼打了两掌，自难怪其气忿。又想："此宝威力大得出奇，崩山坏岳，易如反掌。差一点的法宝、飞剑稍微接触，便被金刀雷火化尽。即使幻波池禁制神妙，不易攻进，先将依还岭震成粉碎，稍出恶气，当能如愿。"因此不曾拦阻。追时暗中留意，先前烟光虽未看出，那五色彩烟却被瞥见。沙红燕认出此是昔年五台派之宝太乙五烟罗，还有三套佛教中的修罗刀，均被嫫姆得去，重新炼过，威力越发神妙。这些异宝均是左道克星，轩辕法王的大弟子五淫尊者便被此二宝所杀。专能抵御邪法异宝，一任多厉害的风雷水火，全能挡住。自己和伍常山均怕修罗刀，必须留意，免为所伤。忙喝："敌人已用太乙五烟罗护住全山，师兄且慢，看清虚实，下手不晚。那修罗刀想必也在敌人手内，留神被她暗算。"

伍常山虽非妖魂炼成，也曾费多年苦功，练就身外化身，又深知修罗刀的厉害，闻言又惊又怒，答说："师妹不必多虑，我自有道理。"说时，风火牌楼已经飞过绝壑，到了依还岭上空。伍常山虽然恨极敌人，仍守丌南公之戒，始终未将牌楼降低。那五烟罗紧附地上，薄薄一层淡烟，在未接触发生妙用以前,直看不出一点影迹。当空雷火刀叉虽极猛烈,离地数十丈,自然不觉。伍常山又只是闻名,不曾见过。见幻波池就在面前,敌人已早飞落,并无异状。心想沙红燕言之过甚,把手一指,大蓬风火云雷连同金刀飞叉,崩山倒海一般往下激射。满拟这等猛恶的威势,敌人纵有法宝防护,也难抵御。哪知数十百丈雷火金刀暴雨一般射向地上,竟似被甚东西挡住。池中灵泉依旧滚滚翻花,齐向中心飞射,化为一根水柱飞瀑,直落数百丈。伍常山因敌人降时,好似胆怯匆忙,隐蔽灵泉上面的树幕,并未放落复原,隔水下望,池底五座高大洞门经过主人仙法兴建之后,比起以前沙红燕三人幻波池所见,还要壮丽得多。只被烟网隔住,下面且不说,池周围的草树也没有伤到一根,水波也未被那雷火冲动。

沙红燕看出敌人戒备严密弄巧还有厉害埋伏,有如惊弓之鸟,想起前情,未免疑虑,正在低嘱同党,留意敌人暗算。伍常山素来凶暴,见状非但未有戒心,反倒大怒,大喝:"师妹且退一旁,豁出回山受责,我不将幻波池炸成粉碎,誓不为人!"口说着话,手掐法诀,往上一扬,那三十六丈高大的金牌楼,即带着数百丈风火云雷,千万把金刀火叉,朝下压去,一近地面仍吃阻住。伍常山越发气忿,竟以全力施为,将手连指。一阵雷鸣风吼之声过处,牌楼由合而分,列成五面,分别向下面五座洞门各发出大股风雷烈焰,朝下猛射。这一来,紧附地面的五色轻烟渐渐由淡而浓,虽将雷火刀叉勉强敌住,似有不支之势。灵泉受了猛烈震动,也已腾涌起来,随着水面烟网起伏如潮。二妖人先还高兴,以为乃师法宝神奇,只要把五烟罗冲破,即使前途难料,将上半灵景毁去,也可稍微泄忿。伍常山一味骄敌恃强,哪知厉害,为想增加威力,竟照师传布成阵势,把牌楼定在地上,朝下猛攻。

又隔一会儿,沙红燕见那么强烈的雷火,除冲得五色彩烟越发光彩鲜明,不住起伏震荡而外,并不见有别的动静,渐觉不妙。因见伍常山持久无功,怒火重又勾动,不便明劝,拿话笑点道:"敌人虽是几个无名后辈,俱都诡诈多端,又各有两件法宝,仗着幻波池原有五道禁制,越发骄狂。今日之事,甚是奇怪,如说诱敌,不应隔断入口,又不出斗,其中必有诡计。"伍常山接口怒道:"师妹平日何等自负,怎对峨眉群小如此胆怯?为代师妹报仇,除这落神坊风火牌楼而外,又把师父天罡雷珠带了两粒。再隔一会儿,如攻不进,拼着闯祸,也要将此山炸成平地,看他如何藏头缩尾!"随听身后有人骂道:"放你娘的春秋屁!我师父师伯不屑与妖孽一般见识,随便放点烟云,你连草都不能伤一根,还吹什么大气?如若不服,无须各位师长出手,就凭我们几个门人后辈,教你知道厉害!"二妖人闻声回顾,见发话的是一个身材高大,手持两把长剑,貌如猩猿的怪人,不禁大怒,扬手一道钩光朝前飞去,人已不见。跟着,又在侧面现形,仍在嘲骂。等飞钩光过去,又是一闪不见。沙红燕看出敌人仗着少清隐形飞遁之法,故意挑逗对手怒火,虽料对方志在诱敌,却也有气,正准备冷不防暗下毒手,忽又听左侧又有五人笑骂道:"袁师兄,你怎不出手?这妖妇是丌南公的小老婆,为防老怪拼命,容她多活些时日,也还罢了;这丑怪物有多讨厌,还不早点打发她回去?"说时,左侧危崖上又现出一个道装矮子,正在大声喝骂。沙红燕最恨人说她是丌南公的宠姬,不由怒极,立纵遁光追赶。矮子似知敌人厉害,一闪不见。沙红燕心中恨极,立将邪法、异宝一齐施为,扬手大片青光,天幕也似,电掣飞去,晃眼连人带宝追出老远。沙红燕忽听身后哗笑之声,雷声忽止,回头一看,不禁大惊。

原来沙红燕追敌时,伍常山因被袁星讥嘲,激动怒火,见对方隐现无常,连用飞钩不能伤他分毫。以为风火牌楼已经排成阵势,暂时无人主持,不过威力略有强弱,并无大碍。又看出敌人法宝、飞剑不如前遇二敌,怒火头上一时疏忽,便暗用邪法挡住敌人逃路,等一现形,立下毒手。正施邪法,待要起飞,忽听身后又有人笑骂:"狗妖孽,你的报应到了!"伍常山闻声刚一回顾,一蓬灰白色的光丝已当头撒下,对面又现出另一道装矮子。百忙中看出那是地底阴煞污秽之气炼成的黑眚丝,先前轻敌太甚,没想到敌人会有这类左道中最阴毒的邪法异宝,不禁大惊。想用玄功逃遁,已是无及,全身立被绑紧。情急之下,仍想将身畔天罡雷珠放出,炸断妖丝,索性毁灭全山,与敌一拼。只见妖烟邪雾突然飞涌,面前又现出三面妖幡环绕身外,喊声:"不好!"妖幡上面早飞起一片暗绿色的影子照向身上。对方正是英琼门下的袁星、米鼍、刘遇安三人,事前受有高明指教,想好下手方法,伍常山一时骄敌心粗,竟受暗算,空有一身邪法,并未用上。那幡本是莽苍山妖尸谷辰多年心血炼成的邪法异宝,事败逃走时,被米、刘二矮偷了三面,又是主幡,最为阴毒厉害。伍常山先吃黑眚丝绑住,如何能敌，当时觉着心神昏迷。自知无幸，怒吼一声，情急拼命，竟在快要昏迷倒地以前，将天罡雷珠由身畔自行飞出。两团酒杯大小的精光刚往上飞，眼看暴长，猛觉疾风压顶，一片白影带着两点金星，突自空中现形飞堕，宛如流星飞射，双爪齐伸，将两珠一齐抓去。伍常山刚看出是一只大白雕，神志已全昏迷，倒于就地。满山五色彩烟，忽然电也似疾齐往中心掣动，闪得一闪，便将那五座牌楼一齐裹住。又有一片佛光往下一压，立时雷住风停，火散烟消，仍化作尺许高一座小牌坊。被那彩烟裹住，穿波而下，往池底飞降。

当沙红燕回顾时，风火牌楼已被敌人收去，对面崖上站定两矮子和那猿形怪人，手指地上卧倒的伍常山说道："无耻妖妇，我们因奉师命，不肯伤你同伴，还不将他带走，要放在这里示众么？乖乖带了回去，自行设法解救。否则，此宝乃妖尸谷辰所炼妖幡，我们只能擒人，不能破解。你若不自想法，七日之内，你那同伴就没命了。"沙红燕闻言，自是急怒交加，无如同伴尚在敌人手内，如再逞强，立有性命之忧，空自咬牙切齿，无计可施。微一迟疑，对面三人一雕忽然一闪不见。没奈何，忙赶过去一看，伍常山已是面如死灰，昏迷不醒。周身均是黑黄丝交错缠紧，更有一片暗绿色妖光深嵌入骨，知道危险万分。沙妖妇又是愧忿，又是急怒，其势不能不先救人。正想带人飞起，寻人解救，忽听西北方遥天空中传来一声长啸，宛如一枝响箭破空冲云而来，势甚迅疾，声还未住，一条红影已随啸声飞堕。沙红燕不禁喜出望外，忙喊："邹道友，你居然先期而至，此仇必报无疑了。"要知来人是谁，以及群邪大闹幻波池，李英琼误伤沙红燕，癞姑智激丌南公，如意紫灵焰、天心双环同除元凶，余英男入居幻波池，易静大战鸠盘婆，九鬼噉生魂等等惊险情节，请看下文分解。

第二八六回　恨重仇深　长啸曳空来老魅
　　　　　　　　危临敌盛　宝云如雾护仙山

前文说到李英琼在宝城山收了竺生、竺笙、竺声三小姊弟，刚要一同起飞，忽遇妖妇宝城仙主屠媚寻来，因是骤出不意，虽有至宝，不善应用，几被邪法所困，后仗佛家定珠之力，破了玄牝妖阵，杀死妖妇。上官红已在事前仗着乙木仙遁护身，带了三小姊弟预先突围逃去。同时紫清玉女沙红燕同一妖党伍常山来寻屠媚，欲往幻波池寻仇，一见妖妇被杀，全都激怒。双方正斗法间，癞姑忽然隐形飞来，连用佛家金刚掌将妖人打伤，随用诱敌之计，拉了英琼往幻波池逃去。妖人大怒，竟将老怪丌南公的镇山之宝落神坊放起，当空立现五座牌楼，发出千百丈风雷烈火和金刀火箭，宛如一座火山，带着千百丈长一条火龙，精光万道，雷电交鸣，火箭金刀宛如雹雨，朝二女急追过去。不料癞姑来前，早有高人指教，预示仙机，准备停当。男女二妖人刚追到幻波池旁，二女已先飞下，依还岭全山均被太乙五烟罗护住，一任雷火金刀猛烈攻打，丝毫不动。妖人正在激怒，袁星同了米、刘二矮忽然出现，用前在莽苍山所得妖幡黑眚丝，将妖人伍常山绑住，中邪昏死过去。沙红燕发现回救，已是无及。因听敌人去时发话讥嘲，同党中邪倒地，身被黑眚丝绑紧，深嵌入骨，不能不救，师门至宝落神坊又被敌人收去，焉能不切齿痛恨，无如势穷力竭，无可奈何，只得救人要紧。

　　沙红燕正打算将人救走，化去黑眚丝，再想报仇之计，忽听一声长啸，来自遥天，晃眼一道碧色的妖光，拥着一个身材矮小，其瘦如猴，周身穿得火也似红的赤面妖人，已随啸声自空飞堕。看出来人正是被杀妖妇屠媚的情人赤手天尊邹勤。知道此人神通广大，邪法高强，更擅玄功变化，炼就阴火碧云。人最阴毒，凶狠沉着，动作如电，声到人到，飞行绝迹，瞬息千里，又精五遁之术，厉害无比。前被极乐真人与长眉真人禁闭在东海底水眼之内已数十年，新近方始脱困出来。他本就恨极正教诸仙，再经自己前往怂恿，于是合谋，连同另一妖人，约定日内往幻波池盗取毒龙丸和圣姑藏珍，并杀易、李、癞姑师徒，报仇雪恨。不料伍常山性急，又看中屠媚美色，强约往访，致遇英琼、癞姑，狭路相逢，伤人失利。邹勤与屠媚本来有奸，双方多年不见，好容易复体脱困，未及叙旧，便被仇人杀死，自是恨极，必以全力与敌一拚。沙红燕心中暗喜，表面却作悲忿之容，凄然说道："邹道友晚来一步，媚姊轻敌，不肯听劝，已死于李英琼贱婢毒手了。"邹勤妖光已先收去，闻言把紧压怪眼之上的一字浓眉微微一皱，阴沉沉狞笑道："我早知道了。伍道友身上黑眚丝，乃妖尸谷辰在地底苦炼多年而成之宝，厉害无比，非我不能化去。稍迟人必受伤，任他法力多高，三日之后便无救了，此时救人要紧。幻波池这些小狗男女，命在我的手中。他们有太乙五烟罗，此时决攻不进，非我施展神通，炼成法宝，不能成功。我们走吧。"说完，朝沙红燕看了一眼，将手一招，一片碧光微闪，带了伍常山和沙红燕，一同破空飞去。

　　妖人走后，袁、米、刘三人本来隐身在侧，忽同出现，空中神雕也便飞下。米、刘二矮首先问袁星道："师父回山必知此事，如何是好？"袁星答道："师父法令虽严，但你二人志在立功诛邪，与炼邪法害人不同，平日又无甚过失。丑媳妇难免见公婆，况你们今日又立下功劳，足可折罪。还是随我一同回去，见师请罪的好。"刘遇安道："话虽如此，但是师伯、师父建立仙府之时，曾下严令，门人犯规，绝不宽容，何况第一次立法，必更严厉。你没有听易师伯所说的话么？师父对我们虽极恩厚，但是人最好胜，性刚疾恶。如知我二人背师祭炼邪法，二位师长只她门人犯规，必定大怒，如何能容？我二人也是该死。已经立志改邪归正，本无二心，只为初拜师时，见师父年纪太轻，无甚法力，只仗一口紫郢剑，虽知名列三英，后望无穷，终恐遇见强敌，不是对手。难得遇到邪教中这等异宝，以为有用，本心实想建功，别无他念。后到仙府，见恩师蒙师祖器重，法力日高，几次想将妖幡毁去，一则无暇，再则邪法厉害，毁它甚难。又知师祖和各位尊长神目如电，不会不知，既未禁止，也许将来有用，心里也不舍，因循至今。日前恩师出山远游，大师伯忽命我们往静琼谷用太清仙法设一埋伏，以为妖人来犯时，作一呼应。心想此幡到手，尚未炼过，遇见强敌，尚难如意运用。米师兄再一劝说，意欲乘机改用本门仙法重炼，将邪气除掉，免得带在身旁，还要设法隐蔽，终日提心吊胆，恐被师长发现怪罪。等到炼成，自行检举，同时托二师伯说情。哪知邪气上升，被人发现，起了误会，往告大师伯，将我二人唤去，当时便要处罚。如非二师伯和华太师叔再三讲情，许我们在静琼谷待罪，几乎当时便将师祖所赐法宝、飞剑收去，重责之后，逐出门墙。休看事情已过，并不算完。一则师父未回，不能作准；二则幻波池开府立法之始，三位师长曾经言明，任何门人犯规，一律处治，绝不姑息。大师伯不过是看华老前辈情面，特让师父自去立法，以为惩一儆百之计。此时如回去，还可借着大师伯之命，作为待罪在外，等到建下功劳，再托各位师伯叔向恩师求情，至多挨上一顿打，还可无事。否则恩师对我二人出身左道，本不放心，再知此事，必以为故态复萌，处罚重些尚非所计，就怕怒火头上，追去法宝、飞剑，逐出山外，不要我们为徒，那就糟了。那后来妖人邹勤，曾听以前先师说过，知他底细来历。这厮邪法甚高，精于玄功变化和五行遁法。他知太乙五烟罗难于攻破，现正回山炼宝，正可暗往下手。好在来时，我们身形已隐，未被看见。适和米师兄商议，意欲深入妖窟探他底细，豁出妖幡送他手内，相机与之一拼。如能暗中除害，自是万幸；即或不行，仗着师祖所赐防身法宝，也不致有甚大凶险，怎么也能立点功劳回来。那时恩师见我二人志诚心苦，盛气已消，再有几位师长说情，便可从轻宽免。如就此见师，想起平日师训，实在不敢。因恐三位师长万一生疑，故向师兄明言心事，否则，妖人走时，我们早在暗中跟去了。"

说完，神雕低声急啸。袁星本通鸟语，便劝二人道："钢羽说你二人面有晦色，去不得呢。师父怪罪如重，我愿替你们受罚，还是不去最好。"米鼍苦笑道："袁师兄厚意深情，万分感谢。不过你随恩师多年，还不知她性情？尤其二师伯人最义气，待下恩厚，法力又高，料事如神，她早看出我们心意，如可挽回，早就传声相唤了。你看洞门紧闭，太乙五烟罗未撤，分明不许再进仙府。呆在这里，毫无益处，只有早点立功，或能表明心迹。至于面有晦色，我也知道，如无晦色，焉有此事？真要该死，有甚凶险,也是在数难逃。我想师祖既允恩师收我二人为徒,将来多少必有成就,不致便遭惨劫。我二人久想立功,以赎前愆,难得有此良机,师兄不必劝阻。"袁星因听神雕啸声,说二人此去凶多吉少,仍想劝阻,笑道:"你说洞门未开,我并无过,如何也不令进去?你们就要去,也等我见过师父,探明心意,真个不行,再走不迟。"二矮同声笑道:"如等师父有甚严令再走,那就是逃,罪更大了。不如在未奉命以前,先向恩师遥拜通诚,就此离山,将来回山请罪,还有话说。"说罢,便同向幻波池跪下,虔心祝告,先诉背师隐藏妖幡之罪,再说此行心志,等到建有微功,可明心迹,再行回山待罪。因奉大师伯之命,暂时不许擅入仙府,故未当面拜别,望乞深恩宽恕,拜罢起立。袁星还想强行阻止,二矮将手一拱,道声:"再见。"身形一晃,便即隐形飞去。

袁星一把未抓住,人已无踪,忙喊:"钢羽大哥,怎不追他们回来?"神雕便用鸟语回答,意思说二矮此去,本是定数,师长多半知道,不过敌人太凶,为尽同门之义,向其警告,使知戒备,其实拦也无用。双方正问答间,忽听幻波池底癞姑传声相唤。紧跟着彩烟浮动,光影闪变,再看身子已在太乙五烟罗笼罩之下。袁星暗忖:"此宝为何始终不撤?连放自己入洞,也是这等严密,难道形势真个紧急不成?"那太乙五烟罗,本是薄得几非寻常目力所能辨认的一层淡烟,紧贴地上,这时因唤雕、猿回去,高起一条,以作归路。袁星正在寻思,神雕忽用鸟语急唤快走,料知有事,忙同往池底飞下。到地一看,洞门竟是大开,好像在诱敌神气,便向中洞赶入。迎头遇见癞姑,笑骂道:"你真胆大!连我们此时还不敢冒失出外,你有多大本领,敢和米、刘二人去惹强敌?沙红燕这个妖妇何等狠毒,也是你们几个所能应付的?他二人走了么?"袁星乘机跪禀道:"他二人虽然背师祭炼妖幡,实是贪功心盛,并无他念。他们因立法之始,恐师父法严,不敢来见,现往妖窟去探虚实,意欲立功赎罪。此行实是危险,还望师伯开恩,念其平日无过,代向恩师求情,加以宽免。"癞姑笑道:"此是他二人劫数,不能避免,非此也难成道。否则他们私自离山,如何能够?你当他们还能生还么?"袁星一听口气不妙,便惶急起来,急喊:"二师伯素来待我们恩厚。弟子常听米、刘二师弟说,他们根骨禀赋均非上乘,早年又不该误入旁门,虽得本门传授,功力尚浅。他们是师父初收门人,师父何等威名，而他们和诸位同门比较，好些不如，实在自惭形秽。如非此时兵解有好些危害，早去转世，何待今日？务望师伯深恩垂怜，设法解救，感恩不尽。"癞姑笑道："你这猴儿倒也义气。不过定数难逃，不经此难，永不如人。你师父为三英之秀，将来门人众多，只他二人不济，岂不难堪？你毋须操心，我们已有安排。不久群邪大举来犯，你和神雕均有使命，见过你师父，可照以前传授，各守阵地，相机待敌。去吧。"袁星还在求说，忽见英琼走出，面有怒容，不敢开口，向前行礼，叫了一声："师父。"英琼便问："米、刘二人何往？"袁星看出师父神气不佳，便把前事委婉陈述，并代求恩。英琼怒道："他二人就算心迹无他，即以隐匿妖幡，背师行事而言，已犯重规，如不念在相随这些年，平日无过，早用飞剑斩首，还能容他们走么？你也专喜胆大妄为，如不以他们为戒，一旦犯过，悔无及了。"袁星哪敢再说，诺诺连声而退。

原来英琼同了上官红走后，易静忽想起群邪不久来犯，静琼谷斜对幻波池，如在谷中设下太清禁制和五行仙遁，到时再命得力门人前往埋伏，里外夹攻，可有好些用处。因觉米、刘二矮在旁门中多年，经历甚深，好些妖邪均知来历；近又用功，通晓五行仙遁：便令前往布置。哪知二矮自在莽苍山得到妖幡以后，惟恐背师行事一旦发现，必受重责，时常想起害怕。后才省悟青囊仙子华瑶崧已在得幡时，经其默祝，代将邪气清除，故此无人得知。及至峨眉开府，恐师祖怪罪，暗中祷告了几次。后见奉命下山时并未提及，心虽放宽，但因师父疾恶性刚，听平日口气又极严厉，始终不敢明言。此幡非经炼过，又不能用，难得有此机会，布完仙遁，便在谷中私自祭炼。刚刚炼成，可以随身应用，不禁又叫起苦来。

原来那妖幡乃数千年地底阴煞之气，又经妖尸多年邪法炼成，华瑶崧禁制一破，邪气立时上腾。二矮虽能应用，那邪气却掩藏不住，知道回山必被师长看破。既已炼成，看出它的威力甚大，既不舍弃去，也轻易毁它不了。实在无法，只得将它暗藏谷中，不带在身旁。以为谷中设有仙遁，外人不能出入，可以隐瞒。哪知第三日回去复命，二矮正向易静禀告埋伏停当，玉清大师命门人张瑶青，拿了一封书信来见易、李、癞姑三人，指点未来机宜，刚到依还岭，便看出静琼谷中邪气隐隐，以为藏有妖邪。瑶青人甚谨慎，并未去探，直飞池底，正遇袁星，问明来意，引到里面。当着二矮说出,也还有个推托,偏生易静因瑶青乃玉清大师初传弟子,人又极好,为了自己之事而来,意欲厚待。二矮的话恰巧说完,便命仍往谷中,再加一道灵符,隐蔽形迹。二矮领命走后,瑶青方说来时所见妖气之事。这时癞姑正在西洞入定,接到眇姑心声传语,正在问答,还未来晤。易静一听岭上面现出邪气,当地又是静琼谷一带,以为妖邪已来,不禁大惊,忙同瑶青隐身飞去查看。到时正值二矮仗着灵符隐蔽,发挥妖幡威力,得意洋洋,不禁大怒,随即现身。二矮大惊,跪地求告。易静本要处罚,将二人逐出山去。后经二矮再三哭诉求饶,易静因是立法之始,还待不允宽恕,癞姑忽然寻来,一面代为力求,一面暗用传声示意,说适才接到眇姑心声传语,少时再说。易静方始会意。但因奉命创立教宗,以后门人众多,无论如何,赏罚必须严明。尤其二矮出身左道,初犯这等重条,不加责罚,异日胆子更大。又知英琼回山,必定不容。这才改命二矮在静琼谷戴罪立功,等英琼回来,三人商议之后,再行论罚。易静本意将妖幡毁去,青囊仙子华瑶崧寻来,朝易静使了一个眼色,故意说道:"此幡经仙法重炼,正好以毒攻毒,就不想要,也留待将来和妖人一拼。随便毁去,岂不可惜?"易静应诺,陪了来客同回仙府。一问来意,和玉清大师柬帖差不多,只是比较详细。

原来沙红燕自从上次幻波池大败回去,自觉偷鸡不着蚀把米,恨极仇敌。先是回山向老怪丌南公哭诉,丌南公只说:"凭我的法力威望,如何能与这群无名后辈动手?将来法宝炼成,必要扫荡峨眉,将敌人师徒一网打尽,报仇不在此一时,你何必忙?"沙红燕本是丌南公两世宠姬,平素娇惯,看出妖师意甚坚决,不为做主,深知老怪习性,不敢再强。但心存怨望,当时不说,暗中勾结老怪门人伍常山,并四处约人,意图大举。老怪法力甚高,本难隐瞒,只因宠爱沙红燕,见吃了人亏,也颇忿恨。无如对方势盛人多,上次铜椰岛已尝过味道,深知敌人道法高强,应援神迅,牵一发而动全身,此去败多胜少,还落一个以强压弱之名。转不如表面不管,任凭沙红燕自去约人,双方功力相当,能胜更好,败也不背平日信条。好在沙红燕对自己法宝均能使用,只要带一两件防身,敌人便无可奈何,哪知老怪一时疏忽,沙红燕竟会和他负气,只去约人,不去盗他法宝。更因老怪忙于炼法,心无二用,长日入定,没想到自己那么严厉的法令,门人会将他镇山之宝盗出去惹事。事有凑巧，妖徒伍常山平日最是恭顺，奉命惟谨，这次竟会看透师父心意；又因沙红燕巧言蛊惑，许以重利，除答应事成之后把幻波池藏珍和毒龙九分他一半外，并说好友宝城仙主屠媚快要复体重生，愿为媒合。伍常山以前好色如命，只为相貌奇丑，又受一妖妇遗弃，一怒回山，恰奉师命在山坐镇，炼法炼丹，轻不得外出。对于沙红燕本来爱极，因是妖师禁宵，不敢问鼎，私心却甚爱慕，言听计从。再听说起屠媚天生尤物，秾艳绝伦，不禁大喜。趁着妖师入定之际，便带了镇山之宝落神坊，随同偷下山来。如非沙红燕连遭失利，深知幻波池五遁厉害，想多约几个能手相助，已早来犯。除这男女三人之外，还有东海两个著名妖邪：一是屠媚之兄屠霸，一是昔年在长眉真人手下漏网的老妖孽席圆，大约不久也要来到。

玉清大师和青囊仙子从另一妖党和昆仑派女仙崔黑女口中得到消息，知道事机危急，恐幻波池诸人难于应付，特来告知。张瑶青途遇诸葛警我，得知大方真人神驼乙休和凌、白诸老对于此事已有一点准备，不过本人都不能来，只在暗中传语峨眉诸同门，令其到时来助，事情仍是可虑，命众留意。易静转问癞姑："眇师姊有甚话说？"癞姑笑说："我这位瞎姊姊，对我实在真好。此是她日前偶听屠龙恩师说起，特用玄功入定，详参前后因果，已知就里。但她命我照计而行，不许先说。米、刘二徒颇关重要，你还好说，琼妹最是疾恶，又爱面子，对外胆大，对内胆小。前为一班同门，以为她最年幼，却最先收徒，又收的是两个左道中人，时常担心。恐其出身邪教，禀性难移，受他们连累，故对两矮严厉，不稍宽假。日内回山得知此事，必不能容，到时你我还须合力劝解。你是大姊，不可再推波助澜了。便照真的说，两矮虽然不合背师行事，心实无他，人也颇知向上。他们此去，所受甚惨，如非此是他年成败关头，转祸为福，我已早代他们隐瞒了。少时我还要出山一行，太乙五烟罗现在师姊手中，可交与我，将全山护住。别的均照华老前辈所说行事便了。"

癞姑说罢，又互相商议了一会儿。癞姑说："你听地底震动，远远传来雷声，琼妹必已回山，在宝城山遇敌，我去接应她回来吧。"易静回顾，雕、猿均不在侧，笑说："这么大一座仙府，门人却只有五个，其中还有一雕一猿。米、刘二徒再一被逐，就剩红儿一人了。"癞姑笑道："我还一个门人都没有呢,等我去了回来,不久便可添人进口,从此源源而来。并且英男师妹日内也要来此同修,她再收有门人,以后不怕人少,只怕要为他们操心呢。"易静料知眇姑已示前因,方要询问,癞姑说:"时辰已至,不久就有热闹,师姊陪着华老前辈谨守洞府,我去去就来。"说罢飞出,到了上面,癞姑先将太乙五烟罗暗中埋伏。侧顾雕、猿和米、刘二矮正聚池前,手指对山,互相密议,身形已隐,未被发现。遥闻神雷连震,由对山传来,知众门人已经看出宝城山上敌我相持,二矮要仗黑青妖幡前往接应,便用传声笑骂道:"凭你几个没出息的东西,也敢以卵敌石?万不可去。那是你们师父,还听不出?守在这里接应,不是一样?"米、刘、雕、猿听出癞姑口音,忙喊:"二师伯!"

癞姑说完,已经飞走。刚到宝城山,便见下面烟光高涌中,上官红带了三个男女幼童,用乙木仙遁护身,突围而出,却不往本山飞回。又见阵中英琼的定珠在发出佛家慧光,知道无碍,便朝上官红赶去。双方见面,正要说话,身子忽被一股极大的潜力吸紧,往斜刺里山头上飞去,知有前辈高人接引,也未强挣。上官红方说:"师叔可见三师叔么?"眼前倏的一花,长幼五人一齐落在一座大只两丈方圆,上下钟乳如林的石洞之中。靠壁晶幕下面,坐定一个面容清秀,白发如银的年老道婆,从未见过。癞姑知非庸流,便率上官红等下拜,恭问:"弟子癞姑同了师侄上官红等,被仙法接引来此,不知老前辈法讳,有何赐教?"道婆微笑命起,说道:"我在东极大荒山南星原,一住千年,偶然游戏人间,也只元神来往,预先算定,事完即回,不似枯竹老怪有许多做作,连令师妙一真人尚少见面。我的行动均有法力隐蔽,外人更推算不出,难怪你们不知我的姓名来历了。"癞姑一听,知是齐霞儿上次所寻东极大荒山前辈女散仙卢妪,不禁大喜,重又跪拜道:"你老人家便是卢大仙婆,弟子得拜仙颜,福缘不浅。群邪不久围攻幻波池,大仙婆既许弟子等拜见,必有赐教。"卢妪二次命起,笑道:"你无须如此恭礼,我虽痴长些年,如论令师前生,原本同时,以前况又少通交游。虽与令师祖长眉老前辈,为擒血神子邓隐有过一面之缘,并无深交。不要如此称呼,唤一声师伯叔足矣。我此行便为幻波池之事而来。当初令师借我吸星神簪,事完被我当时收回,实因当时尚有他用,不便在外久留。不料我那对头得知此事,故意将他性命相连之宝巽风珠留在令师那里，以示大方，显我小气。我气他不过，为此以元神飞来中土，欲助你们脱此一难。原恐此宝关系重要，难于付托，不料你们五人俱都美质，你更与我投缘，功力也颇深厚，堪当大任。不过敌人神通广大，先机不能预泄。好在此宝与我心灵相通，又经我预用法力禁制隐蔽，到时自能发声，照以行事，决可无害。这三个小顽童乃我对头所救，既然看重，就该传点防身法术，偏是鬼鬼祟祟，藏头缩尾。今既遇我，就是缘法。现你三人已将赤杖真人昔年遗留的几件防身之宝得去，这几件法宝已经真人法力封禁，你们拿去重加祭炼，须费好些时日。幸我识得他的妙用，只要将禁法一解，立现威力。现有柬帖一封，灵符两道，等将诸宝解禁之后，由上官红率领竺氏姊弟，去往依还岭昔年未拜师前所居之处，设一法坛，将第一道灵符如法施为，仇敌多大神通，也难查见你们底细。等到两月之后，阵法由心运用，可命三小姊弟代为主持。休看他们年幼道浅，仇敌绝不能伤他们。况且此时不曾正式拜师，未入幻波池，遇敌时照我柬帖的话答复，便可无事，气也把他气走。此洞现在我法力禁制之下，敌人虽难查听，一出洞门，你们不可再提此事。到了依还岭，先发灵符，后看柬帖，看完不久也自化去。此时岭上虽有太乙五烟罗笼罩，我用土遁送你们去，事更隐秘，绝不致被人察觉。非等上官红把人约来，不可再与师长同门相见，以防泄露。"

卢妪说罢，先将吸星神簪交与癞姑，传了用法。再命三小姊弟近前，将所得法宝取出，分别传授，指点用法。并将柬帖、灵符交与上官红，令其依言行事。癞姑暗中偷觑卢妪是元神出游，但精神凝炼，无异生人，如非事前知道，决看不出，好生敬佩。正在暗赞，卢妪似已觉察，笑道："你将来前途远大，闲中无事，何妨到我南星原一游呢？"癞姑方率众拜谢应诺，卢妪又道："我送上官红往依还岭，就回山了。李英琼现已将妖妇杀死，你们快去吧。"说完，伸手一挥，一片奇亮如电的银光一闪，立有一股极大潜力袭上身来，将人托起，往洞外飞去，晃眼便达战场。癞姑为了诱敌，存心戏弄，先用地遁隐身，猛然出现，连打了伍常山几下金刚神掌，将其激怒。随带英琼飞往幻波池，与易静、华、张三人相互说完经过。料知群邪不久必来围攻，为防万一，太乙五烟罗仍罩全山，准备多挨时日，等到过几天再行收去，纵其入洞，用五遁禁制御敌，相机行事。

英琼闻知米、刘二矮私藏妖邪法宝，经过多年，不曾自首，好生气忿，本要重罚，众皆力劝。癞姑又说："二矮心坚志苦，禀赋又差，非仗此劫，不能转祸为福。现在自知罪重，不敢来见，正好听其自然，既显你的宽厚，又使异教门人知所儆戒。"英琼方始允诺，心终不快。随谈起巧收竺氏姊弟之事。易静笑道："二师妹想收一个美秀门人，不料仍是难师难弟。"英琼接口道："此话不然。我听他们说身是异胎，身包厚皮，满是紫斑，奇丑非常。后来两个服了异草，将皮脱去，长得和金童玉女一般。只癞姑师姊令高足未服，至今皮还未脱。但我看他三人，以她最为灵慧，一旦将皮脱去，必在她姊弟以上。"癞姑接口笑道："她长得丑八怪，才能与我相称，这个无妨。我先前本是开读恩师仙示，知我三人每人要收一个徒弟，偶然说笑，莫非真个以貌取人么？倒是方才我见此女双目隐蕴杀机，煞气竟不在琼妹以下，根骨心思也以她最为灵巧，将来淘气无疑，不知要费我多少事呢。"华瑶崧道："只要真好，淘气何妨？你们本是应运而生，群邪皆当遭劫，我看杀气越重的人，将来成就越大。不过遇敌时，总是宽厚些好，不要疾恶太甚。否则事虽定数，你们也不致妄杀，但树敌太多，到底讨厌。"

癞姑看她说时朝易静、李英琼看了一眼，知有原因，方要开口探问。英琼忽想起余英男师徒就要前来，人必在途中，便把先前自己与英男约定在幻波池同修之事说出。又将所得法宝紫灵焰取出，与众同观。华瑶崧喜道："此是紫青神灯兜率火所结灯花灵焰，共有七朵流落人间，乃九天仙界至宝奇珍，与谢道友佛家心灯有异曲同工之妙。英琼所得还是最大的三朵，威力更大。我还知道此宝用法，现时如炼，只消十九日，可由心运用，神妙无穷。有此异宝与佛门定珠，从此虽不能说是所向无敌，用以防身避邪，绰绰有余了，可喜可贺。如按太清宝箓第七章祭炼，再用贵派本门心法，更有威力。本来此宝最启妖邪觊觎，难得幻波池深居地底，又有五遁禁制，宝气不致上腾，等到炼成，与本人心灵相合，多大法力也夺不去了。"英琼闻言，自是心喜。易静便令央垍迪往东洞炼宝。英琼因念英男师徒人在途中，现当多事之秋，恐与群邪狭路相逢，欲往接应，回来再炼。易静答说："此宝既是关系重要，速炼为是。我代琼妹接应余师妹回山。还有新收三个弟子，我尚未见，也想就便一看。琼妹就不必去了。"英琼素对易静恭谨，连声应好。癞姑笑道："那三姊弟我已见过，个个美质，看固无妨。但照卢老前辈所说，最好不要入阵交谈，看完就回来吧。"易静随口答应，随即飞走。

易静到了岭上,因静琼谷改由雕、猿轮流防守主持,而袁星去见英琼尚未回来,只神雕盘空守望,见了易静便飞过来。易静见它通身亮若银霜,二目金光电射丈许,知道近来功力越深,甚是喜爱,夸奖了几句。令等袁星出来代为传示,由此便在谷中主持,听传声和预定神雷暗号发动埋伏,无须再回仙府。并问空中可曾发现别的异兆?神雕昂首长鸣,将头连摇。易静知它神目如电,远视千百里外,料知妖人未到,也许为时尚早,便朝英男来的一面飞迎上去。刚过宝城山,便见英男同了楚青琴师徒二人迎面飞来:双方会合,高兴非常,略谈两句,便同回飞。易静先前原是一时乘兴,随便一说,本要回转。反是英男听见易、李、癞姑三人各收了一个弟子,根骨既好,恰巧姊弟三人又是枯竹老人引进,料定不凡,欲往一视。易静本也心动,便同往后山飞去。

哪知卢妪禁法神妙,设坛之处竟看不出一点迹兆。易静暗忖:"身为师长,门人行法之处竟看不见,如在外人眼里,岂非笑话?"因以前来过,知道法坛所在,忍不住唤了一声:"红儿!"随听上官红传声应道:"师父可是命师弟他们出见么?"易静听上官红用本门传声答话,料知事关机密,心想不见也罢。英男好奇,因有英琼门人在内,不知底细,仍想一见。易静面软,又爱英男美秀天真,身世可怜,不愿扫兴,仍用传声问上官红,是否可以出见?上官红答说:"卢大仙婆法力神妙,师父来此已被算出,在阵法未布成前,弟子等四人已难自行出入,望师父宽恕。"英男只得罢了。本意往见英琼,因听易静说她现在东洞炼宝,也只好作罢。初来依还岭,见当地景物如此灵秀,沿途观赏过去,不由走慢了些。易静又说起前居静琼谷境更幽胜。幻波池虽是云廊霞壁,玉柱金庭,到处珠光宝气,精丽非常,可惜深居地底,没有园林之胜,是个美中不足。等到这次大难之后,还要用法力重新开建,与上面几处灵秀清丽之境打成一片。因见英男随地留连,赞不绝口,随邀英男往谷中走去。英男人本随和,又爱美景,便即应诺。

易静途中问起以前师父命办何事,因何迟来,于是走得更慢了些,英男话未说完,已到谷口。正值袁星见完英琼,得知乃师去往东洞炼宝,易静已行,癞姑要往各洞巡视,重加禁制,奉命往静琼谷主持埋伏,便即飞回。一见易、余、楚三人从后山走来,人已落在烟网之下,知将英男接回,好生欣喜。所去又是静琼谷一面，仰视空中神雕，不知何故忽往山外飞走，唤了一声未应，忙即赶上前去。英男和英琼至交姊妹，因袁星是英琼开山弟子，见它虽是异类修成，一别数年，居然一身道气，功候颇深，又听说有脱胎换骨之望，好生代她师徒欢喜。令与爱徒楚青琴礼见之后，便夸奖了几句。

英男说不两句，正要同往谷中走进，忽听空中厉声怒喝："余英男贱婢，今日休想活命！"语声未歇，五六丈方圆一团烈火，已如火山崩坠，当头下压。空中立现出一个火也似红的怪人，双手齐发火团，落地便即"轰"的一声展布开来，晃眼之间，静琼谷一带立成火海。这怪人形如童婴，相貌并不丑恶，来势却是又猛又急，突然由空现身，事前连点飞行声息均无。易静那高法力，又是久经大敌的人物，直等敌人出声发难，方始得知。如非人在太乙五烟罗下，一任二女法力多高，骤出不意，也难免于受伤。先已听英男说过，得知一点怪人来历，不禁大怒。因灭魔弹月弩和兜率宝伞均在上官红手内，无法取用。口喝："大胆妖孽，敢来我侬还岭扰闹行凶，叫你知我厉害！"随取一粒散光丸，隔网往上打去，那太乙五烟罗自经嫫姆重炼，越发神妙，敌人任多厉害的法宝，均难侵入。而自己人不特出入由心，法宝、飞剑也可穿网而出，应敌时分合由心。

原来怪人因为英男日前取宝，吃了大苦，心中恨极，偏值元神凝炼要紧关头，空自急怒交加，无可如何。一经成形脱困，震破罗网，立时到处搜寻敌人踪迹。因是练就独门玄功，长于飞遁，经人指点，先到英男旧居东天目山松篁涧，见人未在，发现英男与李文衍留书，得知人往幻波池，立即跟踪寻来。行时忿无可泄，将全洞用太阳真火炸成粉碎。幸而李文衍等他出，只弟子司空兰一人留守，又正采药在外，人甚机警，归时发现一个火人突然现身入洞，看出厉害，忙即隐向一旁，未遭毒手。怪人将洞炸成粉碎，使往幻波池飞来。以前曾听人说起，圣姑所留五遁禁制十分厉害，还格外加了小心。仗着天生神目，能透视云雾，远及千里，特由两天交界之处，御着乾天罡煞之气飞来，其疾如电。起初尚在踌躇，惟恐入池报仇，误陷癸宫水遁以内，便无胜理。到时发现仇人正在下面，立时凌空下击。满拟所炼太阳真火猛恶无比，又是得隙即入，寻常法宝、飞剑绝不能挡，就被发现也禁不住，何况仇敌毫无警觉。仇人相见，顿犯恶性，也未思索查看有无异状,竟想连仇敌同伴一齐烧死。及见一团团的大火球随手发下,虽似红雪崩坠,融散开来,将当地化为火海,隔火下视,又好似有一层薄薄的彩烟,将火像山一般托住,敌人除面带惊忿之容外,一个未伤。怪人知敌人有法宝防护,越发暴怒,正待加工施为,猛瞥见一点银光由下飞起。刚一入眼,未容抵御,"叭"的一声大震,前发烈火竟被散光丸震散大半。暗骂:"贱婢!你哪知我厉害。倒是那五色彩烟十分神奇,不将敌人诱出,绝难如愿。"念头一转,将计就计,趁着烈火受震,四面飞扬中,暗中行法一收,火便消散大半。

易静不知是计,一见敌人好似手忙脚乱神气,先前英男的话还未听完,想这妖人能发这等猛烈的毒火,决留不得,意欲为世除此一害。也没和英男说,立即行法,由烟网中冲出,一面放出师传飞剑和那护身七宝中的阿难剑,一面左手连发太乙神雷。刚把六阳神火鉴取在手中,未及施为,猛想起敌人所用分明是太阳真火炼成,如何以火御火?一个不敌,岂不上当?同时发现敌人身上飞出两道赤虹,将双剑敌住,并无退意。易静看出是诈,耳旁又听英男传声急呼:"师父有命,此人不可轻敌,必须小心。妹子话还未说完呢。"心中一动,未及将鉴收起,忽听怪人大喝:"先杀你这贱婢,也是一样。"随说,数十百道火虹已电射而来。跟着,怪人将手连扬,下面烈火又由分而合,暴涌上来,将人围住。那火虹比电还疾,内中一道已经上身。易静手中六阳神火鉴上六道相连的青光还未飞起,吃火虹一射,忽转红色,知道不妙。幸是心灵相合之宝,应变又极机警,见势不佳,阿难剑首先飞回,与身相合。易静觉得那火势热得出奇,而且火虹中杂有无量数细如牛毛的银色光针,竟与大五行绝灭神光线的威力差不多。等再发太乙神雷和牟尼散光丸想去震散时,已是无效,并且一击之后,火势略分即合,只有加盛,端的厉害无比。如非近来炼了太清仙法,功力大增,在火虹初射时,应变稍迟,便非受伤不可。身在阿难剑光环护之下,虽然无碍,但是火力奇大,越来越盛,身上渐觉奇热难耐。耳旁又听英男传声急呼:"师姊先退。"

易静这才想起太乙五烟罗自经师长转赐之后,只自己和英琼、癞姑三人能随心出入,英男被隔在下,这等急呼,必有原因。自居幻波池以来,初次遇敌,心终不甘就退,急切间想不出破法,防身宝伞又在爱徒手内。

于是一面运用玄功,仍指飞剑、法宝御敌;一面打算试将上官红手中宝伞收回。忽听哗哗连声,有一少女口音娇呼:"易师姊,不要理这种混蛋,到时自有对头来收拾他,我们乐得看热闹。且同到下面一叙如何?"随说,两道青荧荧的箭形冷光,已由斜刺里冲焰分火而入。易静方觉眼熟,来人已到身前,正是前在碧云塘相遇,后来奉命随灵云暂往紫云宫同修的方瑛、元皓。那冷光便是枯竹老人赐与二人的太乙青灵箭,所到之处,千寻烈火直似狂涛怒奔,立被冲开了一条火衖。见面未及回答,又听元皓用本门传声说:"奉师长之命,请先下去一谈。"料有缘故,便将准备发放的两件新得法宝停手不发。三人同道一个"请"字,青灵箭光往下一指,便同冲火而下。怪人见状大怒,想运用玄功跟踪追去,还未追近,冷不防一团形如璧月的寒光迎面打来。刚认出是太阴月魄寒精所炼之宝,心中一惊,待要退避,寒光已经爆散,化为千万银雨,四下激射。同时另一道童手上又发出几团三寸大小乌油油的墨色精光,只听叭叭连声中,齐化玄云炸裂。下面烈火遇上,便即消灭,立时荡开一片空地彩烟轻扬,闪得一闪。等到烈火重合,潮涌而上,敌人已全数退下。

怪人起初还疑后来二敌是对头克星门下。继一想:"对头门人虽有两个,全都是穿着一身冰纨雾縠,仪态万方、美绝天人,并且远居极海,闭宫多年,怎会来此?对头师徒衣饰最是清丽绝尘,分明不是这等装束。"再见敌人将同党接引下去,使不再出手,互以师姊妹相称,执手殷勤,笑语十分亲切,分明全是峨眉门下。只不知由何处把对头的寒雷玄珠取了些来。以为敌人伎俩只此,企图困守待援,不敢迎敌。自己差一点没有上当,被敌人吓退。想起至宝尚在仇敌之手,如何罢休?不由怒火上攻,厉声喝道:"贱婢速急出斗,免我火炼全山,多伤生灵。否则,便将月儿岛所得法宝还我,或可两罢干戈,不再与你们计较。"方瑛接口朝上骂道:"无耻妖孽,月儿岛最末一次藏珍,乃本门连山祖师所藏,理应为本门弟子所有。昔年嵩山二老师伯连去几次,独此一件不曾寻见,何况英男姊姊?虽然彼时连山祖师曾有'以火济火'的几句偈语,乃指南明离火剑而言,与你何干?你自贪心糊涂,已将坎离神经得到,自恃玄功与火珠护身,致犯神碑之诫,妄想连宝取走,才被神雷震死,毁去躯壳,被困火穴之内。好容易参悟神经,炼成形体,见英男姊姊取走此宝,妄动贪嗔,寻仇到此。莫非那数百年火炼苦厄不够你受,非要遭劫,连元神一齐消灭才称心么?"这几句话一说,怪人直似火上加油,急怒交加,厉声喝道:"神碑偈语,原有玉我于成之言,此宝分明应为我所有,被贱婢趁隙偷进,捡了我的现成;行时又妄用离火剑引发火山下面埋伏,使我多受苦难。你们还敢花言巧语。休看你有法宝防御,我这太阳真火最具威力,至多四十九日,任何法宝皆能炼化。那时连人带山齐化劫灰,休怪我狠。"方、元二人闻言,朝着上面扮了一个鬼脸,说道:"你不怕吃苦头,随你的便。我们同门至好,许久不见,懒得和你这类孽畜废话,要找地方谈天去了。"

易静因上空虽然布满千重烈火,下有宝网笼罩,仍是通行无阻,连草木也未燃焦,此宝用来防身御害,真个神妙无穷,先前真未想到有如此威力。心正赞美,闻言想约大家同返幻波池。元皓已先说道:"闻说这里有一静琼谷,我们谷中谈心去,以便看这妖孽现眼,另外还有话说呢。"易静笑答:"这样也好。只是池中还有两位远客呢。"话才出口,张瑶青忽然飞来,说癞姑已请青囊仙子华瑶崧代易静在中洞坐镇,癞姑也在一起。近月余内,尚无甚大不了得的事,请众人留在静琼谷中,待机听请,当敌人未擒以前,不必回去。易静知癞姑先听眇姑心声传语,又遇南星原前辈女仙卢妪,两次均未明言详情;方、元二人忽然来到,又劝去静琼谷中叙谈,越知有事,随口应诺,开了谷口禁制入内。瑶青说完,已先飞走。随即谈起各人经过。方、元二人前事另有交代,暂且不提。

第二八七回

遗偈悟连山　获藏珍双英并秀
飞光离远峤　惊浩劫一女还山

原来英男自从在南疆碧云塘与英琼分手之后，想起李文衍因被化血神刀所伤，暂住姑婆岭秦寒萼洞中，等候七矮陷空岛取来灵药医治，才能复原；易、李、癞姑三人随去北海。剩下自己孤身一人在外行道，现当师长闭关和休宁岛群仙胜会，群邪势更猖狂，诸须留意。师父又命自己不久有一要事，必须办完，始许与英琼在幻波池同修，不知能否胜任。越想越觉可虑，几次开看仙示，后半空白，终无字迹。心想："何时才能应验，得与平生良友同修？"正在日日盼望。这日偶从莽苍山经过，想起昔年风雪被困，受那寒冰冻髓之苦，如非英琼舍命相救，又得诸同门照护，早已惨死，事后想起十分心寒。同时又想到上次元江取宝，曾得到一件前古奇珍，此宝形如一块黑铁，无甚宝光。开府时师父妙一夫人只说关系她今后成就甚大，时至自晓，也未传授用法。莫非与师父所说那件要事有关不成？心中寻思，不觉飞近山阴，意欲就便去往风穴一探，看那狂风是否还有那样厉害，就便试验自身道力能否忍受。心念一动，便即寻去。因为当初受创太甚，回思尚有余悸，分明近来功力大增，仍然谨慎，不敢直飞风穴。到了穴前下降，步行走去，耳听穴中悲风怒号，异声乱起，山阴一面，昏沉沉惊沙蔽空，暗无天日，与山阳旭丽风和，繁花盛开，大不相同。风已归穴，并不猛烈，声势尚且如此厉害，越发不敢大意。方要去往穴口，忽见前面乱石丛中似有黄色妖光闪动，忙即隐身；悄悄藏在左近，仔细探听，才知是两个妖人，一名全绍，一名史准，恰是万珍、李文衍昔年强敌，因为被二女所败，正在商议报复之计。

原来月儿岛火海之下困着一个怪人，名叫火无害，本是人与大荒异兽火汗交合而生，其形如猿。后在东极大荒南星原左近得到一部道书，将周身红毛化去，成了一个异派中的有名散仙。怪人因是天生异禀，从小便能发火，成道以后更擅玄功变化。偶听人言，月儿岛火海之中藏有连山大师遗留的好些奇珍，并有一部火经，如能得到，便能吸取太阳真火，练成火仙。他想起自己天赋异禀，正好合用，加以生来不畏烈火，不问火口是否发火时期，均可前往，因此一得信便赶了去。事有凑巧，那月儿岛自经连山大师仙法封闭，常年烈火千丈，由火山口内喷出，上冲霄汉；再不便是布满冰雪，全岛坚如精钢，就是那精于穿山地遁的人也休想入内。这时刚巧嵩山二老取完法宝走去，火口未到封闭时候，火无害既是火精，正好入内，立时冲焰冒火而下。当时觉着火势十分猛烈，运用全力才得勉强下降，仿佛奇热之内，另具一种威力。火无害人极自恃，毫不在意。等到入内，又是容容易易将那火经得到，看完大喜。明知火海禁忌，一任来人多大神通，要取法宝，只凭各人缘福，取上一件，当时就走，方可无事。但他心生贪念，以为下面最厉害的是那烈火，既无所惧，又见守洞石人已被斩断，破了禁法，所以并不厉害。临走时发现中洞一座神碑上有"双英并美，离合南明，以火济火，玉汝于成"十六字偈语。旁加小注，说碑中藏有一件至宝，名为离合五云圭，乃大师昔年降魔镇山之宝。本是阴阳两面合成的一道圭符，阳符另有藏处，尚未出世，大师所藏只是阴符，特意留赠有缘来人得去，如与阴符合璧重炼，便具无上威力。火无害以为应在自己身上，又不知火海法宝只此一经一宝，下余已被嵩山二老相继取走。本来火口已封，此是大师仙法神妙，早就算出前因后果，特意放其内，使仗本身火力与所学火经炼那神碑，好使法宝出世，留赐英男。当时便在碑下习那火经，不消数日，便已精通。正在如法施为，开碑取宝，上面火口忽然封闭，一声雷震，断了出路。火无害自恃神通，又将火经炼会，妄以为从此太阳真火可随意运用，取之不尽，颠山覆岳，易如反掌，毫未放在心上，仍在烈焰之中化炼神碑。炼到四十九日过去，忽然满洞金光云霞似万道金蛇闪得一闪，惊天动地一声大震，当即把全身震成粉碎。虽仗玄功变化，应变神速，元神得以保住，但被阴阳相生的五行真火包围，四面更有千万根奇亮如电的七色金银光针环身乱射，只当中留有一个大圆空洞，元神被困在内。不想冲出还好一些，那千万光针近身即止；只一想逃，立由上下四外猛射过来，元神立被击散。认出是大五行绝灭神光线，威力之大，不可思议。性又浮躁，也不知吃了多少苦头，元神常被击散，后来实在受不住那苦痛，只得停止。始而藏身中心空处，忍苦待机，后被悟出玄机，竟在里面修炼起来。连经数百年，居然将元神炼成形体，和观音座前红孩儿神情相似。末两年静中参悟，得知大师禁法再有数年便解。这时神碑已被炼开，中现一洞，离合五云圭便藏在内。因碑上有"以火济火"之言，认定此宝为他所有，正在里面苦心耐守。全绍、史淮不知由何处探出底细，想将风雪中的风母精气摄去，炼成八面妖幡。然后再施邪法，用一阵极大妖风将月儿岛自顶揭去，救火无害出困，与之联合，去寻白云大师与万、李二女报仇雪恨。

英男一听妖人说得甚凶，又知妖幡已经炼成七面，用邪法隐蔽，收藏在月儿岛上，只等最末一幡炼成，立时下手。再听说起"离合南明"的偈语，好似应在自己身上，不禁跃跃欲试。但因人单势孤，不知对方深浅，有点踌躇。恰巧女空空吴文琪就住在附近不远，已由山顶上两次发现妖踪。因值妖人事成回去，等到赶来，人已逃走。这次有了成算，算好时日，隔山遥望，发现妖光，立即寻来。没看出英男隐身左侧，只见妖人用一面妖幡正施展邪法，将穴中数十百根风柱摄起。眼看无数大小风柱矗立穴中，发出极凄厉的异啸，互相挤轧排荡，电旋星飞，凌空急转。忽然随着妖人手指处，由风柱丛中飞起一根，被一股黄光裹住，急转了一阵。倏的由大而小，化为一缕黑烟，往幡上飞去，晃眼不见。看出邪法厉害，不由大怒。二妖人也是该死。先炼邪法，是在穴中，本来人不知鬼不觉，便可成功。因为连番无事，渐渐胆大，又不耐穴中狂风玄霜之苦，便在上面行法祭炼，致被二女先后发觉。吴文琪比英男修道年久，颇有经历，看出妖幡炼成，是个大害。又由侧面隐身飞来，见状更不寻思，左手一指仙剑，朝妖幡上飞去，右手猛发太乙神雷。等到妖人警觉，已是无及。幡悬穴上，吃剑一绞，当时粉碎，妖人却未受伤。紧跟着，吴文琪将雷火金光似暴雨一般打去。妖人将最重要主幡失去，方在急怒交加，想要迎敌，英男也已现身，手指南明离火剑，化为一道朱虹，电掣飞出。二女也忙见面，联合一气。妖幡一破，幡上所摄风母也全复原，化为滚滚狂风，重又归穴。英男南明离火剑最具威力，妖人还未施为，一道朱虹已经上身，持幡妖人先被腰斩。另一妖人见势不佳，纵起妖光便逃。英男本来谨慎，这时因见妖人邪法有限，忽然胆大起来。想起前在峨眉，师长同门曾说月儿岛火海藏有连山大师好些奇珍，关系重要。白、朱二老连去数次，虽然取走不少，最后一次更将守洞石人斩断，法宝全数取走。但下山时听师父口气，好似门人还有岛上之行，内中法宝藏珍也未取尽，又听妖人之言，岛上还有七面妖幡，万一所说阴谋成功，岂非异日大害？本来就想追去，耳听文琪身后急呼："余师妹，此是八反教下妖人，不可放他逃走。我须封闭风穴，不能同行。你那离火剑是他克星，但追无妨。"

英男闻得传声，人已飞起，再听这等说法，自然穷追不舍。妖人飞遁本快，因同党被杀，恨极仇敌，回顾英男追来，不时在前现身引逗，意欲将英男引往月儿岛，用邪法诱入火海之中烧死报仇。英男更是急怒，连追了一日夜，也不知追出多远，看出妖人志在诱敌，也未放在心上。料定是往月儿岛，所去方向也对，不特不肯停止，除害之心反而更切。正急追间，忽见大海茫茫，无边无岸，脚底波浪滔天，鱼龙隐现，势甚险恶。又追了一阵，遥望最前四面愁云低压中，由海上冲起一根大火柱，浓烟滚滚，直上天半，把当地天空全映成了暗赤颜色，上空暗云也被冲开了一个大洞。定睛一看，前面现出一座荒岛，上有火山，那火柱直由岛中心火山口内喷出。妖人已往岛上飞去，忙即加急前追，晃眼追近。那根撑天火柱带同千丈浓烟，突似惊虹飞堕，直落下去，现出全岛。等飞到岛上，妖人已无踪影。为防逃遁，暗将新学的太清玄门禁制施展出来，先将全岛暗中罩住，然后降落。到地一看，这岛自经上次嵩山二老带了金须奴末次取宝，发生过一次地震，已不是平日所说的原形。四面断崖零落，宛如一个极大的破盆，中现一个数十丈方圆的大火口，浓烟倒往下落。环岛波涛汹涌，骇浪如山，暗雾蒸腾，湿云若幕，风却静得一点都没有。岛上满地都是熔石浆汁所积的怪石，残沙满地，色红如火，硫黄之气，闻之欲呕。全岛更无一个生物，端的炎热荒凉，无异地狱。运用慧目查看，并无异兆。因无妖党来迎，也未见别的动静，胆子越大，以为妖人巢穴就在岛上，不知藏身何处。烈火浓烟已经归穴，想起昔年所闻，欲往火口内连山大师藏珍之所瞻拜遗容，求取藏珍，以冀不虚此行。到了穴口，又因妖人未除，妖幡不知藏在何处，曾听说过月儿岛火山的厉害，不敢冒失，欲下又止。准备寻到妖人，破了邪法，再入火口觅取藏珍。以前惦记英琼，时常拜观仙束，终无字迹出现，竟忘取看，便在岛上穷搜。哪知妖人已与穴中怪人火无害勾结，人已隐在火口之内，等其入阱。

英男查听全岛毫无迹兆，最后想到妖人一到，立时火止烟消，断定妖人藏在下面。孤身深入，不免谨慎，几次想下，不敢冒失。后想妖人法力如高，经此半日早已发动。为求万全，何不隐身而下，相机行事？主意打定，便将法宝、飞剑准备停当，隐身往火穴中降落。那火穴深达数百丈，自经地震之后，形势已变，到处满是沸浆熔石。连山大师藏珍的洞府，石门已经紧闭。英男见下面仍无妖邪迹兆。大师为本山第一代开山三师祖之一，法力无边，不可思议。虽听妖人说过，内里不时仍发浓烟烈火，猛恶非常，危机四伏，人不能近。但自己身为本门弟子，既有机缘来此，决可无事。于是便放了心，一心取宝，竟把洞中所困妖人忘却，便朝洞门下拜，通诚默祝道："弟子余英男追一妖邪到此，遍寻不见，才知仙府佳城，就在当地。敬乞大师祖深恩垂怜，准许弟子入内，瞻拜法身，并乞恩赐法宝，使弟子微末道行，以后仗以诛邪行道，为本门发扬德威，感恩不尽。"祝罢起立，暗忖："新近学会太清玄门禁制，不知能否开禁而入？"正待行法开门，那两扇石大门忽然无故开放，徐徐往两旁分开。料知先前祝告，大师显灵，许其入内，不禁大喜，二次下拜，恭恭敬敬走了进去。入内一看，里面乃是一座广堂，石色如玉，昔年所闻四壁所留各种法宝痕影，均已无踪。正面壁上却现出大师遗容影子，羽衣星冠，丰神俊秀，望如大罗金仙，神态如活。知道大师虽不出现，既容瞻仰，可见有缘，断定此行不虚，越发心喜。

英男第三次跪拜下去，正在通诚祝告，忽见满洞金霞乱闪，惊惶四顾中，似见大师手指后左壁，朝她微笑，随即金光彩霞一闪即隐。方想左壁也许藏有法宝之类，欲往观看，正面洞壁忽然不见，中坼一洞，内里红光奇亮，精芒射目。定睛一看，原来门内便是后洞，离地丈许，凌空悬着一个大火球，大约五丈。中有丈许空隙，内里一个形如童婴的红人，通体精赤，安稳合目而坐。身困火球之中，上下四外都是烈火包围，火中更杂有千万丝其细如发的七色光线，如暴雨飞芒，环身攒射，只是射离红人两三尺便即回收，毫光闪闪，闪烁不停。红人似有警觉，面现怒容，但未睁眼说话。猛想起来时妖人之言，火中所困必是所说怪人火无害无疑。看情势似为仙法所困，不能为害，也未管他，暗中戒备，由火球旁绕了过去。英男也是一时疏忽。下时身形已隐，仙法神妙，外人本看不出。因在入门之时发现大师遗容，又无别的异兆，为示诚敬，将隐身法撤去，不曾再用，致被红人看出形迹。等到绕过火球，回头一看，红人身子也已掉转，光线立发威力，精芒突盛，乱箭一般朝中心攒射上去。红人好似禁受不住，面上立现痛苦悲忿之容。等到坐定不动，隔了一会儿，才复原状。

英男看出那是平日所闻大五行绝灭神光线，只不知怎会多了两样颜色。因知火中红人身受禁制，不能为害，也就不去睬他。本打算绕行一周，再去左壁之上查看。刚由右面绕过，忽见左侧有一神碑，上现"双英并美，离合南明，以火济火，玉汝于成"十六个朱书篆字，并有好些符箓。暗忖"双英""南明"均与自己暗合，不禁狂喜，忙赶过去。刚到碑前，碑上便发奇光，再看上面，又现出两行字迹。大意是说碑中藏有一件法宝，名为离合五云圭，本是阴阳两面，昔年连山大师只得到一面阴圭，仗以威震群魔，为连山著名四宝之一。此圭本是前古至宝，那面阳圭与另一件至宝归化神音原藏在元江江心水眼金船以内，不曾出世，这面阳圭威力绝大，但是非将阴圭得到，两仪合璧，再经仙法重炼一百零八日，不能发生灵效。阴圭因经大师苦心炼过，自具威力妙用。为此在成道以前，算准前因后果，将阴圭藏在神碑之内，等英男得到阳圭，数年之后亲自来取，重用本门仙法炼过，便可由心运用。但是炼时必须慎秘，能在地底更好。并且注明取宝收用之法。字迹甚小，随看随隐，看完便已不见。碑上一洞立发奇光，耳听风雷之声自碑中。才知大师特留至宝，等她来取。同时想起元江所得那块如黑铁的宝物和妙一夫人平日所示先机，才知那黑铁便是阳圭。因听碑中雷声隆隆，越来越急，惟恐延误，忙即谢恩，匆匆起立，如法施为。

先将阳圭取在手内，手掐太清诀印，向碑立定。再将南明离火剑化为一道朱虹，朝碑上所现朱痕轻轻落下。剑光到处，只听霹雳一声，神碑立分为二，一幢墨绿色的圭形宝光突然由内飞出。初现时高才三尺，精芒万道，耀目难睁，当中裹着六七寸长一根圭形黑影，凌空直上。刚离碑顶，宝光大盛，其力奇大，剑光几乎制它不住。附近熔石吃墨光稍微扫中，立时粉碎消灭，无影无踪。英男见此宝威力大得出奇，不敢怠慢。同时又听前面风火交鸣，全洞壁都在摇撼，当是应有文章。心想："大师祖既留此宝与我，可见一切早已算定，无须害怕。"全神贯注在取宝上面，也未在意。一面指定剑光，以全力将神圭紧紧裹住；一面暗照仙示，用元江所得阳圭，左手掐诀，右手一扬，将阳圭朝墨光中打去。说也奇怪，就这晃眼之间，墨光已经暴长好几丈，洞顶已被攻陷一洞，碎石下坠，纷落如雨，南明离火剑几乎制它不住。谁知那么一根暗无光华的黑铁打到里面，只听"当"的一声，墨光突收，化为七寸长短一柄宝圭，停立空中。再用分光捉影之法一招，立即随手飞来，那柄阳圭已经不见。英男仔细一看，原来阴圭和阳圭差不许多，只是较大，中有浅凹，仿佛正反两面的古令符，阳圭正嵌其中，严丝合缝，成了一体。合璧以后，连那阳圭也是宝光外映，精芒眩目，英男自是喜极。

英男回顾火球中所困红人，见他双目怒睁，注定自己，咬牙切齿，好似忿怒已极，无可奈何神气。碑上只注此宝取用之法，对于所困红人和前追妖邪一字未提。深知这大五行绝灭神光线的威力，人又谨慎，觉着法宝已经到手，师祖将此怪人困在这里，不杀不放，必有原因，仍以省事为妙。但是碑上曾说，此宝需要重炼，才能由心运用，偏又注明收用之法甚详，是何缘故？好在能发能收，荒岛无人，又在地底，不怕伤害生灵，何不试它一试？一时好奇心盛，念头微动，立即如法施为。满拟和初收时一样容易，何况南明离火剑可以将其圈住，不致有失。哪知仙机莫测，两圭合璧以后，威力大增，再一出手，便比先前厉害得多。当初发时，侧顾火中红人，满面惊惶，张口乱喊，但为火球所阻，听不真切。手微一动，上下四处的光雨立即暴长乱射。红人似吃不住，却又万分情急，无计可施。英男因自己名列三英，功力独次，法宝又只几件，平日想起便觉惭愧。一旦得此至宝奇珍，正在志满意足之际，哪将红人放在心上。只听外洞风火之势越发强烈，认定人师算就前因，预有安排，必无他害，只微微心动了一下，仍旧如法施为。刚照碑上所传用法扬手发出神圭，猛觉出手时力大异常，疾逾电掣，虎口几被震裂。同时眼前墨光暴长，精芒四射中，洞壁上下纷纷崩陷消融，还在继长增高，南明离火剑大有圈它不住之势。宝光虽作墨绿色，但是奇亮无比，所到之处无坚不摧，如非应变神速，飞身纵避，另取法宝防身，遁向一旁，直非受伤不可。

英男大吃一惊，正以全力指挥剑光，如法回收，忽听身后有人厉声大喝道："火道友无须气忿，我已将八反神风发动，贱婢休想活命！"声才入耳，前洞烈火红光已随着无量狂风潮涌而来，风火中更夹有千万飞刀火剑，却不见妖人影子。等到把话听完，上下四外的洞壁已似雪山崩塌，带着千丈尘沙，纷纷倒坍下来，立被困在里面。那柄神圭已快收转，微一疏神，重又暴长，威力更大，收它更难。一面还须应敌。万分情急之下，因见上下四外均是烈火狂风包围笼罩，知道此是后洞深处，相隔地面不下千丈，多高法力也难冲出。来路为火所断，势最猛恶，不敢冒险前冲，又恐至宝得而复失。惊惶忙乱中也未看清，便将身剑合一，本意先收神圭，再打出困主意。及至身与剑合，未等施为，忽看出那些烈火狂风挨近神圭宝光便被荡开，那困陷红人的大火球也是如此。这高达百丈，大有数十丈方圆的后洞，已成火海，全洞已被烈火狂风、飞刀飞箭布满，只当中神圭和那火球所在之处，四外各有一圈空隙，风火刀箭挨近便即消灭。但那风火的声势越来越猛，宛如山崩海啸一般，洞壁又在纷纷崩坍，全洞一齐摇撼，地面也似波涛起伏，仿佛就要地震陆沉光景。

英男惊魂乍定，心想："妖人不见踪影，本洞本是火山，如今火势已被引发，加上邪风刀箭十分厉害，还不知有无其他阴谋埋伏。幸而所得法宝威力神妙，不曾受害。照此形势，只能仗以防身御火，不能再收。似此相持，何时是个了局？初来不知底细，万一被妖人真将全岛揭去，引发地火，如何能当？"正在愁急，心中默念："连山太师祖，速显神通，助弟子诛邪脱困。"猛又想起："情势凶险，师父所赐仙柬今日未看，也许现出字迹。"心念一动，便将仙柬取出，暗中观看，不禁大喜。原来柬说师命所办要事，便指离合五云圭而言。并说三英并秀，两女一男，以后英男、英琼一同行道，相得益彰。英男法宝虽较众同门少，此宝炼成以后，却具无上威力。不久还因此宝另有遇合，关系将来成就不少。但那红人火无害暂时无须理他，此人不久也必脱困，来向英男寻仇。如与相遇，不到时机，不可迎敌。到时自知，自有安排。所得神圭，杀气最重，出必伤人，必须重炼，也由于此。妖人乃八反教中著名余孽，必须除去。但其隐形神妙，又得火无害前在洞中被杀时遗留之宝防身，难于下手。看完柬帖，可将下山时所赐法宝禹王鉴朝东北角上照去，邪法立破，现出妖幡妖人，速用太乙神雷震碎妖幡。内中一面上绘风火刀箭的主幡，乃妖人本门至宝，必来抢护。只等妖幡由身侧飞起，可冷不防连人带神圭朝前冲去，妖人必死。再照大师传授收了此宝，不问何处，一直上冲，立可脱险。不过此宝威力特大，又是身剑合一，前半须要仗它开路攻山，脱出火围，方可回收。诛邪以后，此宝有了反应，收时虽较容易，地火仍被引发，整座月儿岛都将崩裂，沉入海眼之内。此时无论是何异景，不可留连回顾，速往中土飞回，立可无事。再隔二三年，便与英琼相见，先后同往幻波池修炼，那时便可重炼神圭。底下还有几句奖勉的话，英男看完，大喜心定，胆子更壮。

那妖人也是该死。自仗火无害所留法宝，连同自炼妖幡，发动风火之后，见敌人身剑合一，守在神圭宝光之中，一任全力施为，全无用处。不时又见火无害使用平日双方所定眼色、手势不住示意，怪其弄巧成拙。知道此人性如烈火，法力又高，虽然与己道路不同，但不久脱困，可以是一大助，极力倾心结纳。末了见火无害怒目相视，顿生毒念，暗忖："前数月费尽心力，冒险入洞，与之相见，对方始而意存轻视，置之不理。后经同伴苦口劝说，卑礼相求，始允联合，但须将妖幡炼成，助其取宝脱困，才肯下交。虽趁日前每百年一次的神光减退之时，面谈过一切，允将洞中遗留之宝借用，神情仍是强傲无比。身在困中，尚且如此，将来未必能如己意，去与正教中人为仇作对。今日偏又弄巧成拙，定必忿恨，纵不为仇，也难望其一党。反正不妙，莫如趁此时机，连他带仇敌一齐葬送。就算道书、五云圭都不能到手，借用之宝总是我的。"心念一动，立即施为，英男也正下手，双方恰好同时发动。妖人不现身，尚要破他隐形邪法，妖人事前再一大骂，英男惟恐一击不中，闻声先将禹王鉴取出，一道青红二色形似坎离二卦的宝光冲破火层，由火海中将照过去。右手太乙神雷不等妖幡出现，先就连珠打出。妖人瞥见敌人手上突现出一面宝镜，上有坎离二卦，射出一青一红长短各四五道奇光，猛射过来，邪法立破。那七面妖幡本在邪法隐蔽之下，在火海中分立招展，邪法一破，也全出现，心方一惊，对方连珠霹雳已经打到，近侧三面妖幡先被震碎，如非逃避得快，人也重伤。百忙中瞥见那面师传主幡正在敌人身右，随手可以破去，此宝一失，再炼休想。情急万分，顿忘利害，又恃飞遁神速，一纵妖光，忙抢过去，正待回收。英男还没想到妖人会自寻死路，一声清叱，连人带宝一齐施为。手中灵诀一发，那神圭吃剑光和太清仙法强行制住，本就郁怒待发，再经主人施为，威力立时暴长百倍。只见墨光精芒突然大盛，电一般朝前冲去。妖人见状大惊，知道不妙，想逃无及，吃墨光射中，当时惨死。

英男因恐其元神逃走，又用神雷乱打。不料神圭威力太强，一经施为，上下四外一齐加增，一头宛如撑天晶柱向上突伸，一头便往地底冲去。四外宝光再一加强，四壁挨着便倒，连那火球也被荡了好几荡，内中七色光线自然发生威力妙用，红人又是受苦不小。英男百忙中见宝光如此强烈，晃眼便将后洞毁去了大半，地底又被宝光攻陷了一个大深坑，火中红人又是那么苦痛悲忿，心想："此宝新得，妙用莫测，威力再加，一个制它不住，反而不美。而且师命原是诛邪即去，连回顾都不许，如何停留？"心念一动，立照预定行事，将手一指，连人带宝一齐朝洞顶冲去。就这功成迟疑，微一停顿之间，地底烈火已被引发，由宝光攻陷的深坑中，一股浓烟激射出来，直射洞顶，晃眼由黑转红，化为百丈烈焰。又与常火不同，其红如血，火力又大又猛，耳听轰轰怒鸣，火穴随即加大，靠近穴口的地面立即熔化，成为沸浆。火口越来越大，火势越旺，略一回顾，洞顶火冲之处，也和地面一样，着火便即消熔。沸浆熔汁宛如瀑布飞泉，四下喷射，映着火光，发出亮晶晶的异彩，壮丽无俦。

英男因仗神圭护身，已经冲破洞顶，超出火上。回顾下面，声势如此强烈猛恶，不由耳鸣目眩，心神惊悸，虽有仙柬预示，也甚胆寒。方想当地离上层不知多少丈，这等烈火，怪人怎会不死？猛觉脚底火头上冲荡之力奇大无比，往上冲来，休想稍微迟延。总算宝光神奇，不可思议，那么坚厚的玉石洞顶，吃宝光一冲，只听一连串轰轰隆隆之声，所到之处，洞石直似残雪遇上大火，挨着便即消灭，现出一个井形大洞，一直向上开去，连熔石沸浆都见不到一点。不多一会儿，便将那数百丈的地底攻穿，冲出岛上。英男正忙着收回法宝，想要飞走，脚底来路火口一股烈火浓烟已激射上来，晃眼升高数百丈。同时先前下降的旧火口还有大股火烟狂喷出来。两火口前后对立，直似两根冲天火柱矗立岛上，比起初来所见，猛恶十倍。地底异声大作，宛如百万天鼓惊霆发自地中，全岛一齐摇撼。当地形势险恶，本就雾暗云愁，骇浪如山，再受烈火浓烟热力鼓荡，越发惊涛群飞，海啸大作。那一座月儿岛，仿佛一叶孤舟漂行于茫茫大海，突遇飓风，浮沉起伏于万丈洪涛之中,眼看就被海中恶浪卷去光景。

英男正待收宝回飞,猛瞥见神圭上面飞起一片银霞,略闪不见,已经收到手内,忽生异兆,不知何故。心方惊疑,忽又听圭上有人发话道:"孙儿大功告成,还不快走!百里以内,不许回顾。"听出是连山大师留音仙示,又记起仙柬现字,忙答:"孙儿遵命。"更不怠慢,一纵遁光,加紧飞行,往来路飞去。行时身后银霞隐而复现,似还有别的宝光彩霞围在身后,那被烈火映成暗赤色的海水也改映成了金银色,惊波万丈,齐幻异彩,骇浪千重,尽闪霞辉,海天无涯,景更雄奇。奉命在先,不敢回顾。心想:"地底烈火何等厉害,太师祖的法体正藏火穴之内,万一为火所化,岂非憾事?何况火山崩裂,必将发生海啸地震,这一带海水全被煮沸,至少千里方圆之内,海中生灵绝无幸免,自己偏又无此法力挽救灾劫。太师祖命在百里以内不许停留回顾,必有原因。莫非仙机莫测,事前早有准备不成?"心中寻思,飞遁神速,不觉飞出百里以外。忍不住停身回顾,只见先前来处,满空都是金光银霞,将月儿岛全部笼罩在内。宛如一口极大银钟,罩在茫茫黑海万丈洪涛之上,直达海底。中有两股烈火浓烟由顶透出,直射天心,空中愁云惨雾被冲开了两个大洞,火柱特高。远望过去,上半好似无数彩绢裹着两支奇大无比的红烛,用尽目力,也看不出到底有多高。四边云雾也被映成了千万层冰纨彩縠,料已直射九天高处。英男正眺望间,先前所见羽衣星冠,丰神秀朗的仙人,在一幢银霞笼罩之下,悬空立在岛上光钟以内,手掐灵诀,用剑向那火柱连指。火势越来越盛,突然连根拔起,朝空直上。大师将手一扬,发出两片金光,将那离地而起的火柱底层托住。紧跟着远远一声雷震,钟形银光忽隐,连人带火柱便同朝空飞起,一串霹雳之声响过,便已无踪。再看月儿岛,已整个不见,海上波涛仍和初来时所见一样。只天心高处略有两道赤虹,由暗影中破雾冲去,刺空直上,瞬眼高出重霄,几非目力所及。英男至此才知连山大师对此灾劫已早防到,特意假手后辈门人来此取宝,开一穴口。再由本身元神以极大神通,将这隐伏地底万千年的烈火毒焰送往两天交界之处,连同劫灰一齐化去。法力之高,端的不可思议。师命不许停留,也未回首观察那火无害的生死存亡,便自回飞。

英男到了东天目山,听门人楚青琴说前山有一妖人时常经过,形迹可疑。李文衍也已伤愈回山，正在商议。原来那妖人正是七手夜叉龙飞，因听妖徒归报说，东天目山住有几个峨眉女弟子，相貌极美，竟然上门生事。李、余二女合力应敌，龙飞大败而去，许久不曾再来。二女后遇徐祥鹅，说起龙飞来历，又知祥鹅与之有杀师之仇。于是三人联合一起，前往天台山连寻几次，均未遇上。为防打草惊蛇，隐忍多时。这日徐祥鹅独往天台山查探，二女忽接法牌传声，说与龙飞路遇，正在苦斗，请即往助，立即赶去。英男用南明离火剑连毁龙飞两样法宝，又被遁去。祥鹅志切师仇，不时仍往东天目山去访二女，本意合力除害，屡被漏网，以为二女尚难除他，想再约两个有力同门相助。走后不久，二女偶往仙霞岭寻人，归途文衍因事他去。英男回山闻报英琼来访，并在山头收了一件异宝，正赶龙飞寻来，为英琼、上官红所败，负伤逃去。英男立即跟踪追赶，二女见面，恰好各人所持仙柬全现字迹，准其幻波池同修，俱都大喜。英琼因恐幻波池有事，作别先走。英男也想回去，与文衍师徒辞别，并带新收爱徒楚青琴同行。

火无害原因元神逐渐凝炼，成道在即，又算出那大五行绝灭神光线不久便失灵效，本在静心耐守。后为二妖人所劝，意欲先期出困，致被英男寻来。不特多年想要的至宝被人夺去，又将地火引发，如非来人只顾取宝，不与为难，几乎送命。就这样，仍受了不少痛苦。最厉害的是大师早就算定月儿岛他年崩发，必将引起一场大劫，特意算就前因，预为布置，将那地火先分成好几次发泄，最后再以本身元灵将其送往天空消灭。当火发时威力绝大，火无害人在火口以内，自然禁不住，身外又有神光包围，不能逃脱。事定之后，全岛陆沉，海水倒灌而入，风浪稍大，火球受了水力冲荡，神光便生反应，人也同受苦难。因而越发把英男恨入骨髓，刚一脱困，便寻了来。本意想往峨眉窥探，中途遇见昔年海外老友凌虚子崔海客问起前情，先用好言婉劝，不听。后来又说："峨眉鼎运方隆，万去不得。你那对头现在东天目山，不久便往幻波池圣姑伽因旧居修道，这几人均颇难惹，必须留意。"火无害不知崔海客受了一音大师叶缤之托，特意将他引往幻波池，并激他将二女东天目山故居毁去，以防文衍师徒在彼势孤，为妖邪所暗算。闻言暴怒，立即寻去。到了东天目山，暗入洞中一看，人已不在，桌上放有英男留书，知道已往幻波池，怒不可遏，便用所炼太阳真火将全洞炸碎。总算司空兰运气还好，采药他出，刚刚回来，发现一个红人破禁入洞，知道厉害，藏在远处窥探。正打不出主意，猛听一声大震，全洞已成粉碎，千百丈烈火红光，惊沙碎石飞涌中，红人已破空直上，一闪无踪。洞府全毁，只得在附近另觅居处，等乃师回来，再作计较。不提。

火无害由当地赶到依还岭，发现仇人在下，还同了两个同伴，自是眼红，便将所炼太阳真火发将出去，化为一片火海，将静琼谷笼罩在下。无如太乙五烟罗自经嫫姆重炼之后，威力越发神妙，一任毒火猛攻，全无用处。火无害看出法宝神妙，又看出敌人功力甚深，想起崔海客之言，也颇惊心。无如事已至此，只好一拼，便以全力猛攻，想将全山炼化，以报前仇。易静见上面火势越盛，看出太阳真火厉害，因英男话未说完，方、元二人神态从容，知必无害，也就听之。回到谷中旧居洞内落座，先由英男说完取宝经过，元皓随说来意。

原来方、元二人自从碧云塘分手，随了灵云、轻云、紫玲三女在外面行道。不久便同往紫云宫，开建海中仙府，与宫中潜伏的散仙斗了些日，最后双方和解。散仙知道三女本是宫中旧主人，也就不再相强，只将前破紫云宫的神兵残金要走多半。五女随将独角龙鲛收服，同在宫中修炼了好些时。又将门人金萍、龙力子、赵铁娘等招去，传以本门道法。方、元二人本有根底，又得枯竹老人和本门传授，功力日高，不时也分头出外行道。这日方、元二人和轻云又来中土，在洪泽湖龟山遇见严人英与华山派四妖人苦斗，三人上前助战。刚将妖人杀死逐走，忽遇女仙杨瑾说起幻波池之事，形势十分险恶，给了一封柬帖，命其来援。轻云见杨瑾说时，先用佛光将当地罩住，似恐被人听去光景，心方惊奇，身旁仙柬又忽发奇光。这类事最是少见，知关系重大，忙向师门跪拜，通诚开看，空白柬忽现字迹。大意是说：幻波池日内有一异人火无害往犯，此人原禀丙火之精而生，天赋奇姿，已经练成火仙，得道多年。虽是旁门，性情刚烈，平素并不为恶。并与本门师祖连山大师有渊源，本人却不知道。大师早就算明因果，已将他困入火海二百多年，火性尚未完全磨退。近始出困，来向英男寻仇，一开始无须理他。英男所得神圭，本须重炼一百零八日，始能随心应用，无如有事，决来不及。此宝乃前古奇珍，威力太大。那面阳圭形似穿山甲，腹有十八只九指利爪，便是制火无害之宝。因其炼时宝光强烈，上冲霄汉，易启外人觊觎，以致到手多时，尚不能炼。目前恰是时机，又得杨瑾所赐芬陀大师灵符可以速成，勉强应用。看完仙示，轻云、人英另外有事，不必同往。方、元二弟子，可拿了杨瑾所赐灵符、柬帖速飞依还岭，传示易、余二女，由易静先率众人在静琼谷中防守，依言行事。英男独往幻波池后宫重地，炼那神圭，仗着灵符之力与地底隐蔽，宝气不至外露。用太清仙法加功重炼，约有五十五日便可成功，可以勉强运用。将来尚有一强仇大敌，须仗此宝御敌除害，届时再行重炼。别的机宜，均由方、元二人临时告知，不能预泄。

易静、英男闻言大喜，立即如命行事。略为叙谈，易静便带英男隐身先往幻波池，见过华、李诸人，由英男设坛炼宝，易静再回静琼谷防守待机。仙法神妙，来去无踪，火无害毫未看出，连用火攻，一晃八日，见下面始终被那一层五色淡烟护住，端的连草也未烧焦一根。先是急怒交加，越想越恨，暗忖："我这太阳真火何等厉害，任你法宝如何神奇，早晚连人带山化成灰烬。"后见炼了多日毫无动静，忽然想起："被困近三百年，以前又在极海潜修，中土之事不知详情。听崔海客说，峨眉派出了许多后起之秀，比起昔年长眉真人在时声势还要强盛，今日一见果然不虚。敌人退时并无败意，尤其大荒枯竹老人的青灵箭又是真火克星。自己虽在火海被困，苦炼多年，真火威力极大。出困时又将地底残余的毒焰全数收来，按照连山大师所留坎离神经苦炼，功力越高，不畏此箭。对方并不知道底细，既有法力，怎不出战？不是另有大援，便是别有制胜之策。门人如此，师长可知。自己前困火海，受尽苦难，好容易才得脱身，对方师长又是连山、长眉一脉真传，莫要弄巧成拙，仇报不成，反中敌人圈套。虽说炼就元神玄功变化，到底可虑，不能不防。"火无害方在心虚，猛又想起那离合五云圭关系自己成败太大，如能得到，本身真火便能化炼精纯，大小分合，由心运用，可以细如毫芒，不致一发不可收拾，波及无辜，造那无心之孽，累及将来功行。更可将那真火炼成丹元，早成正果。于是重又激怒，猛力进攻起来。似这样举棋不定，不觉过了多日。几次施展玄功变化，化为一道尺许长的烈焰，混在火中，打算乘隙暗入谷中，猛发烈火，里外夹攻，但均为宝网所阻，无隙可乘。易静奉有机宜，又将谷口禁制故意变动隐现。火无害素看出谷中还设有太清禁制和乙木仙遁，青霞万道，神木如林，风雷殷殷，随时隐现，情知厉害。暗忖："圣姑五行仙遁，敌人已能全部应用，神妙无穷。休看木能生火，能长自己威力，如是先后天互相化生，难免不为所制。"越想越可疑，就此退走，心又不甘。

这日火无害正用烈火加紧攻打，忽见一道人飞来，正是老友崔海客，见面便说："峨眉势盛道高，神圭本是连山大师留与余英男之物。道友既非此宝不能成道，海外仇敌又多。最厉害的便是那九烈神君夫妇，听说道友出困，已在合谋，想要报复前仇。你一人势孤，如何能敌？依我之见，不如就拜在对方门下，不特此宝可为你用，并还得益不少，更不畏仇人夹攻。再不，索性与这班妖邪联合一气，也可苟全一时。凭你一人，绝非峨眉对手，似此孤立，必定自误。"连将带激，语气甚巧。火无害素性刚强，竟被激怒，负气说道："先母遗命，说我身具恶质，务要勉为正人。因此虽以旁门成道，向不与群邪交往，以前遭忌也由于此。火海脱困前，几为两妖人所动，与之联合，至今悔恨。以后不特宁死不与妖人一党，只要敢犯我，必与一拼。至于拜师一层，休说后生无名贱婢，不配做我师父，况又是我仇敌，岂非笑话？就她法宝神妙，我也必以全力再接再厉，不将神圭得回不止。任她人多势众，料难伤我，怕她何来？"海客笑道："道友息怒，我实好心。休看对方年轻，已得玄门正宗传授，拜她为师，有何辱没？何况对方取才甚严，还未必肯收呢。人各有志，难于相强。我知道友独断独行，向不容人忠告，不过日内如有左道中人来此侵犯，你意如何？"火无害以前曾因树敌太多，受海客解围之德，生平只此至交。却不知海客受人之托而来，故意诱激，语有深意。气忿头上，不暇思索，脱口答道："当我胜败未分以前，不问来人是何用意，只要伸手，哪怕同向贱婢作对，也无异我的仇敌。我也知你恐我情急势穷，去与妖邪联合，故意激将。但我生平言出必践，放心好了。"崔海客知他中计，便不再说，略为劝勉几句，随即别去。

这时已是五十天过去，火无害见持久无功，下面敌人索性把谷口禁制撤去，现出内景，笑语之声，隐隐传来。方、元二人性又滑稽，更指着上面笑骂不已，说："余师姊正炼神圭，到日便要取你狗命！"语极刻毒。火无害恨到极处，忽想起幻波池乃敌人巢穴，恨不能一齐毁灭。一发狠，便将那丈许大一团团的烈火，连珠也似朝下打去，整座依还岭立时全成火山。

同时又将轻不使用的太阳神针满山乱放。此宝也是采用日华炼成，其细如针，发时一道亮若银电的精光，所到之处，多么坚固的山石，挨着便即攻陷成一大洞，威力极猛。本来此宝阴毒，奉有遗命，不许妄用。火无害这时忿极出手，心想不论何处，攻破一洞，立可穿山入内，夺宝报仇。哪知宝网神妙，一经对敌，便生灵效，并且隐现无常，无论飞往何处下手，均有五色淡烟护住，仍攻不进。

火无害正急得无计可施，忽又想起那火经上又曾载明神圭的妙用，好似一落敌手，便为所制，敌人所说必是真情。正在满山飞舞，怒火头上，忽见一道纯青色的长虹带着极强烈的破空之声电射而来，晃眼临近，现出一个相貌丑恶的矮胖妖道，见面便厉声喝道："何方道友，快些收手。敌人有太乙五烟罗防护，绝难攻进，待我下手。"话未说完，火无害已经犯了本来恶性，正在眼红之际，一听来人辞色狂傲，又看出是左道中人，想起海客之言，不由怒火上撞，天性暴烈，也没问来历姓名，接口大喝："我得道千年，向不许人干涉我的事。事有先后，敌人就在下面，你有法力只管施为，问我作甚？"来人正是日前受伤，被沙红燕、邹勤救走的伍常山，也是一个猛恶任性的人。来时发现依还岭上有一小红人满空飞舞，手发烈火，朝下乱打，因怀盛怒而来，又恃攻山法宝厉害，急于收攻，冒失上前，没问对方来历，便喝停手。不料遇见对头，闻言大怒。又以素性狂傲，不愿输口，说为太阳真火所阻，不能下手的话。当时暴怒，口喝："鼠辈无知，敢于口出不逊！"扬手一道青色刀光，发了出去。火无害法力本高，更有天赋奇能，动作神速。先前只为易静等所用法宝恰到好处，才落下风。一见伍常山，心早厌恶，扬手先是一团烈火，紧跟着一声长啸，飞身而起。因忿来人神态可恶，又将太阳神针暗发出去。

第二八八回　烈火弥天　神圭擒异士
　　　　　　　飙轮舞电　飞剑斩妖人

话说伍常山不知对方便是在月儿岛脱困的火精，加以背运当头，那么高法力的人，因为师门至宝落神坊被仇敌收去，又吃大亏，虽将伤他的米、刘二矮杀死，偏被人将元神救走，仇人就此超劫，反而转祸为福，又为同党讥笑。满腹怨气，怒极如狂，一时疏忽，以为所用飞刀厉害，自己又擅玄功变化，没想到对方乃是元神炼成，飞刀所不能伤。见刀光如电，已经上身，敌人好似躲不及的神气。一面敌那烈火，还想运用元神摄取敌人生魂时，忽见刀光已将敌人围住，绕身而过，斩为两段，化为一幢红影飞起。百忙中看出底细，伍常山方觉不妙，红影已迎面扑来。正待抵御，忽听噬噬两声，腰间所佩葫芦首先无故熔化。紧跟着，身后奇热奇痛，未容转念，便已身死。元神刚飞起想逃，忽然满空上下俱是烈火，包围上来。眼看危急万分，连元神也难保全，猛瞥见一道寒光，宛如飞星电射，直投火中。未及看清来人是谁，便被一片冷云裹住，冲烟冒火而起，往回路逃去。

原来火无害正动手间，觉出飞刀厉害，又见敌人腰间葫芦作六角形，猛地想起一人，暗道："不好！"假装惊慌，把太阳真火暗布空中，再把那大小由心，其细如发的太阳神针发出七根，等将敌人四面罩住，再行施为，前后夹攻。伍常山竟未警觉，腰间葫芦首先断送，背上又中了两神针。因为上来骄敌，未及防御，对方出手极快，又是先将宝光隐去，前后夹攻，等到发现所借至宝为敌所毁，惊惶失措，急怒攻心，想要防御，已是无及。火无害本想将他元神一起炼化，忽来救星，看出来人寒光冷云不是寻常，暗道："不好！"已被妖魂逃去。方想今日又树强敌，忽听身后有一女子声音笑骂："无知妖孽！竟敢将老怪开南公的门人杀死，并将水母宫的奇珍地寒钻毁去。还不快些投降我余师姊,作个徒弟,真想形神俱灭么?"回头一看,正是前遇男女幼童方瑛、元皓,不禁大怒,知道烈火无功,便将太阳神针明暗打去。哪知二人早得高明指教,又在下面看明虚实,故意来此诱敌,收那六十四根太阳针。说完,便在青灵箭冷光护身之下,穿火逃去,一针也未上身。

火无害好容易盼来两个敌人,又是不战而退,怒火难遏,忙即追去。本来是想随着敌人,跟踪追入,不料敌人只在火海中环山飞驰,并不下降。并还边逃边说,仿佛不该轻敌出门,如被追上,难保不乘隙侵入,如何是好?语声虽低,隐约可闻,好似心意被他看破,神情十分慌乱。经此一来,自然更加不舍。追了一阵,几次追离地面,眼看彩烟飞动,敌人似想穿网而下,均因自己追得太急,重又停止。火无害心想:"神针本与心灵相连,只要能乘隙入内,便有成功之望。追得太急,反而无用。"便把六十四根神针一齐准备,待机而发。后来追到一处,下面便是山凹,敌人似因相隔已远,忽然穿网而下。火无害忙将飞针全数发出,满拟针到下面必生威力,自己也可乘隙入内,哪知有如石投大海,毫无反应。方在惊疑,待要回收,已被宝网隔断,最奇的是连点形迹俱无。正在情急无计,猛瞥见方、元二人穿网而出,同时神针在下面也有了感应,只是收它不回。敌人不知何故,又行飞出,神态慌张。出口近在脚底,不顾追敌,忙往彩烟之中冲下。那地方初看本是一个山凹,彩烟紧贴地上,刚随敌人上升之势分合飞扬,还未复原,火无害容容易易便冲了下去。待将真火发出,上下夹攻,猛觉眼前一花,青光耀眼,无数成排大木影子发出万道青霞,四方八面潮涌而来。再看形势大变,人已落向静琼谷中,陷身太乙大阵内。知落埋伏,先觉木能生火,方想一试,未等施为,那青光闪闪的千万根大木,互相摩擦激荡,忽发烈焰。火无害心中大喜,忙将太阳真火发出助威,一片雷鸣之声,丙火忽然化生戊土,万丈黄沙,夹着无量大小戊土神雷,八面打到,威力猛恶,从所未见,太阳真火竟被挡住。才知敌人五行仙遁果是先后天正反应用,如其五行合运,如何能当?幸是炼就元神,精于玄功变化,否则直无生理。敌人又未再见一个,料是厉害,盛气一馁,忙运玄功,化为一条红影。

火无害正要冲出阵去,身上一轻,光华尘沙忽然全隐,现出一片空地。

对面一座山洞,洞前立着几个少年男女,仇人余英男也在其内,与一未见过的少女并肩而立,旁一猿形怪人随侍。少女手指自己喝骂道:"你这无知火精,还不投降!你已身陷五行仙遁之内,因怜你千年修为,不是容易,金、水二遁不曾施为。再要不知好歹,你师父已将神圭炼成,你就吃大苦了。"火无害仇人见面,早就眼红,不等说完,便将太阳真火朝前打去。哪知还未近身,便似被甚东西吸去,消灭无踪。怒极前冲,想要拼命,不知怎的,相去数丈,竟冲不上前。看出敌人精于五行大挪移仙遁,方始有些惊惶。忽听英男对少女说道:"琼姊,这厮如此凶横,我不稀罕收甚徒弟,将他形神消灭,免留后害吧。"话才出口,一条形似穿山甲,旁有十八条九指怪爪的墨绿色精光已由敌人手中飞出,突然暴长。刚看出是月儿岛所见那面阳圭,只是与初见那幢圭形墨光形态不同,宛如一个成形精怪。才一出现,便觉来势虽然不猛,吸力却绝大。方想闪避,身上一紧,已被那十八只形似怪爪的光影连身抱住。一任施展玄功,想要逃遁,无如身被极大潜力吸紧,休想逃脱。稍一挣扎,墨光便射出万道精芒,环身乱刺,痛苦非常,和月儿岛火球中所受绝灭神光竟差不多。才知厉害,急得破口乱骂。

英男怒喝:"你这业障!不教你尝点厉害,也难悔过。"随说把手一扬,那面阴圭也便放出,又是一幢圭形墨光,发出轰轰雷电之声,迎面飞来,那面阳圭便往前迎去。火无害看过坎离神经,识得此宝威力,阴阳二圭只要合璧,就是元神炼成,迟早也被消灭。心方一惊,两圭相对,阴圭凹槽中墨色精光已直罩过来,当时元气消烁,痛楚更甚。但又不甘心输口屈服,正在胆寒,忽听旁立少女笑道:"师妹,这厮火性尚未磨尽,何必与他一般见识?"随说,扬手发出一团慧光,正照在阴阳二圭之中。火无害身上立觉一轻,虽未脱困,痛苦已经减少十之八九。惊魂乍定,忽然想起得道千年,为一位小女子所制,重又暴怒。刚一发威想骂,不料那团慧光竟随人心意发生反应,重又痛苦起来。试把心气压平,痛苦立止。虽知对方法力高强,这两件法宝尤为神妙,身已受制,无计可施,无如赋性刚烈,怒火难消。然而只一动气,立受奇苦,气平便止。似这样时发时止,越是暴躁,所受越惨。没奈何,只得强捺气忿,静心忍受。

易静见他一言不发,先代众人指名相告。然后笑道:"你休不知好歹。

前杀妖人乃丌南公嫡传妖徒，你当知道此人厉害，何况妖徒又与水母门人勾结，将他水宫至宝地寒钻借来，被你毁去。你树此两个强敌，便有多高法力，也非对手。我本不难放你出去，但是此举无异送死。现虽被困，老怪素来骄狂自大，绝不肯捡这现成。念你修为不易，暂留在此，如知悔过，拜在我余师妹门下，以求正果，自是两全其美，否则，念在无知冒犯，素无恶迹，等我们日内事完，也必将你放走。休看此时被困，实是助你脱难。只要你心平气和，自知理短，这两件法宝与宝主人心灵相合，妙用无穷，绝不伤你。况有佛家慧光照去你的凶野之性，只有好处。听否在你，你如不信，这里不久有事，到时就知厉害了。"火无害闻言，猛想起丌南公果是神通广大，绝非其敌。先前分明已看出飞刀异样，怎连姓名也未问，便下毒手？那水母虽然坐关多年，但她元神仍能出游，门下两女弟子法力颇高，所用法宝，多半是自己的克星，将来狭路相逢，实是凶多吉少。回忆心惊，正在盘算，对面敌人已说笑走去。心想："便照所说，也不屈服，看她到时肯放不肯？只不知满空烈火收去也未？"抬头一看，空中云白天青，哪有丝毫火影。

原来到了五十多天上，英琼、英男先后将法宝炼成，一同赶往谷中。方、元二人便与众人密计，按照仙示，假手火无害把伍常山除去，破了攻山至宝地寒钻，再由二人上去诱敌。易静在下面主持五行仙阵，先收去太阳神针，引使入伏。刚把火无害困住，五行未全合运，白发龙女崔五姑忽令大弟子白水真人刘泉拿了五岳锦云兜、七宝紫晶瓶、雷泽神沙和一封柬帖飞来，告知易静事变将发，迟恐无及，可速用神圭将火无害困住，免为敌人所伤，并可借此去激老怪。又由刘泉用所带法宝，将空中太阳真火一齐收去，以备将来之用。易静本想使火无害知道众人年纪虽轻，法力却高，欲令心悦诚服。闻言知道事在紧急，不能再延，忙即分头行事。等将火无害擒住，癞姑已在上面传声相唤，便同飞去。刘泉也将太阳真火收完，恢复原状。于是各按仙示，分别隐形埋伏，等候敌人到来。

刚停当不久，便听遥天破空之声甚是强烈。先是五道各色遁光横空冲云而来，晃眼飞堕，落在岭上，现出三男二女。内中一个正是前在幻波池，为妖尸邪法所败，勉逃残生的金凫仙子辛凌霄，同了紫清玉女沙红燕。还有三人似是海外散仙一流，除一个面红如火，身材高大，背插四柄烈焰叉，腰挂葫芦，左肩上停着大小三个朱轮，一个套一个，火焰熊熊，不住闪灭，像是左道中人外，余均不带邪气，相貌也颇古拙。刚到依还岭落下，离地丈许，便不再降。先是红面道人发话道："幻波池中小狗男女，速出答话，否则，你们那太乙五烟罗只能对付别人，对我无用。再若藏头不出，惹我性起，全山人物齐化劫灰，悔之晚矣！"另两道人也同声接口道："我知你们不过仗了峨眉隐形之法，藏头缩尾，其实并无用处。我二人乃西海火珠原琪琳宫主留骈和车青笠，这位便是火龙礁主庞化成。我三人均是得道千年，久居海外，量你们后生小辈也不知道。本来久已不来中土，不愿管人闲事。只因沙、辛二位道友说起峨眉派自恃人多势众，目中无人，专一欺凌同道；幻波池前主人圣姑伽因所留法宝灵丹甚多，更有道书目录，本是留赠有缘，你们全数攫为己有，不肯一毫公诸同道，并将仙府霸占，夜郎自大，为此前来问罪。既然恃强，就该出来一分高下。如仗区区五烟罗就想保全全山，岂非做梦？休说庞道友的日月五星轮有颠倒乾坤之妙，万丈高山，弹指立成齑粉；便我二人想破此宝，也非难事。你们与其束手待毙，何如撤宝一拼，分个强存弱亡？如仍仗着洞中有五行仙遁，我们也可自行入内，看你们能有多高法力？我们如败，自无话说；我们如胜，只要将原有藏珍和毒龙丸等灵药、道书献出，也可饶你们不死。"话未说完，庞化成二次接口喝道："二位道友，这班无知小狗男女，和他们有甚话说？已然警告在先，料他们心贪胆小，欲仗五烟罗和原有五遁苟全一时，绝不敢出头对敌。只有用我日月五星轮将全山先行毁去，再破他们的五遁禁制便了。"

沙红燕因是屡受重创，深知敌人得天独厚，法力并非小可，更各有两件至宝奇珍，不可轻视。自从日前一败，事隔多日，敌人依旧声色不动，太乙五烟罗也未撤去，分明暗有准备，绝非怯敌。又还有几个帮手未到，想等人到齐，合力进攻。而且留神查看，觉得淡烟笼罩之下，全山景物有些俱已隐去，断定此行机密先泄，故人小会小知厉害。自己虽约有几个好帮手，偏被对方两个门人暗中赶来，用黑眚幡将那最厉害的法宝毁去，有一人还受了暗算，连医伤带炼宝，延迟多日。伍常山又一怒而去，说向水宫二女借宝，并约相助，也无音讯。此时虽然帮手多了几个，但照以前经历，未必便有必胜之望。所幸防身法宝神妙非常，胜固可喜，败亦无甚大害。满拟敌人必定约人相待，怎倒如此沉静？沙红燕越想越觉可疑，偏又查看不出一点迹兆。想起敌人隐形法甚高，莫要和对付伍常山一样，突然发难，吃他暗亏。心中疑虑，未及开口。

庞化成是西海旁门散仙中有名人物，一向心骄志满，这次原受沙红燕的蛊惑，又对毒龙丸起了贪心，意欲捷足先登，故不等同党到达，特意用飞光遁法抢在前面。因受前师遗诫，说师传至宝日月五星轮颠山覆岳，易如反掌，威力过大，一旦施用，必伤无数生灵，造孽太重，非到万不得已，不可出手，传时并命立誓，因此慎重。对于太乙五烟罗并未放在心上，一见对方置之不理，不禁大怒，一面厉声喝骂，一面取出另一件法宝待要施为。忽听有人笑道："红脸妖贼，乱叫什么？"声才入耳，还未听真，猛觉眼前一花，叭叭两声，左右开弓，早各中了一个大嘴巴。庞化成当时被打得头晕眼花，两太阳穴火星乱迸，连牙都几被打落。他在海外横行多年，几时吃过这么大的亏？情急暴怒之下，耳听一声娇叱，一道青光由身侧电掣飞过，往左侧射去，同时现出一个相貌丑怪的癞头小女尼，不知用甚方法打了自己两下，刚往左侧飞去，被沙红燕在旁发现，用一道青霞将人罩住，手忙脚乱，正在光中挣扎。庞化成心中恨极，忙喝："沙道友，且慢下手，待我将这小贼尼生擒回去，给她多受一点报应，然后处死。"随说，便要往前抓人，青光忽收。猛又听沙红燕大喝："道友留意！"底下话未听完，当胸又中了一掌。这一下打得更重，空有多年功力，竟会禁受不住，只觉五脏皆震，眼黑口甜，几乎晕倒。幸而辛、车二人看出不妙，忙各放出一幢青光，将庞化成罩住，暂保无事。一看小癞尼，只在第二次打人时身形略现，重又隐去。同来诸人俱都气极，各用法宝防身，纷纷用飞剑朝前追去。无如敌人动作如电，隐现无常，尽管剑光、宝光虹飞电舞，向前夹攻，人已不知去向。

原来沙红燕早就生疑，自在暗中戒备。只因所约三人，只车青笠一人是多年老友，留、庞二人俱是新交，又都骄狂自大。来时看出庞化成除贪得藏珍而外，并还垂涎自己的美色，暗中有气。虽为报仇心盛，又是自己约来，不愿他吃敌人的亏，比较却冷淡得多。又想此人成名多年，既说大话，许有胜望，便对他不甚留意。正暗告辛、车二人，说敌人法宝厉害，隐形神妙，内一小癞尼更擅金刚神掌，须防暗算。癞姑已打了庞化成两嘴巴，往侧遁去。沙红燕忙飞起一片青光，将其罩住。忽想起敌人功力甚高，怎会不曾还手？定睛一看，果是幻影，忙即收回，喝令留意。庞化成又挨了一下重的，虽然激怒，敌人已隐，无可如何，心中恨极。沙红燕见庞化成一张红脸已气成了紫色，二次又取法宝，厉声咒骂，正待下手。经此一来，已看出他空负盛名，除法宝厉害还可一试外，功力不过如此。再想到来时竟敢调戏自己，不由勾动恶念。暗忖："约此三人，仅为增加威势，所重仍是另外两个同党，不料这厮如此狂谬。反正上来挫了锐气，这太乙五烟罗料也未必能破。如想毁损全山，这厮又是畏首畏尾，好些顾忌。不如与敌人言明，照来时预计，稍微提前，往破五行仙遁，成功更好，否则索性借刀杀人，免得日后纠缠，并为峨眉树敌，也是好的。"心念一动，沙红燕忙喝："庞道友且慢！你便将全山毁去，敌人深藏池底，仗着五行仙遁，仍可无事，何苦多伤生灵，违背令师遗命？我们入池一试如何？"说罢，转向前面喝道："易静、李英琼、癞姑，你们与我姊妹仇深恨重，有你无我。今日我已约了诸位道友，特意来此，见识所设五遁。是好的，可将法宝撤去，开放门户，容我五人入内破法，免得庞道友用日月五星轮将全山化为劫灰，多伤生灵。"

话未说完，面前人影一晃，癞姑重又现身，并哈哈笑道："本来我们既在此为本门开建仙府，便不怕人上门请教。你们来时若以礼求见，这红脸贼怎会挨这三下冤枉打？我小癞尼最讲道理。这太乙五烟罗乃玄门至宝，并非因怕你们，用以防御，这是我余师妹想收徒弟，偶然放起。我见近来妖邪横行，到处乱飞，我们照例人不犯我，我不犯人，这天空不是私有之物，不好意思拦阻，又怕邪气污了本山草木。再说本山灵境仙域，上面蒙着一片五色轻烟，怪好看的，就懒得撤了。谁知你们会来？好好说话也罢，竟如疯狗一样乱叫，怎能怪我生气打他呢？本来想让你们干看着急，不来睬你们，看看他那大小三个套狗圈，是什么玩意？你这么一说，怪可怜的，放你们进去无妨。只是件，别人不相干，你那丌南公疼爱你好儿辈子，虽在他寿终以前，我们还不想伤你，但是仙遁神妙，万一你自投死路，回去可对你那人说，这是你自己带人上门生事，非送死不可，与我无干。他不要恼羞成怒，趁着我们师长休宁岛赴宴未归，自恃邪法，以大压小。我们虽然不怕，他胜之不武，不胜为笑，把平日吐出来的口水又吞回去，却丢了大人哩。"庞化成见是仇人癞尼，分外眼红，又听话甚刻薄，几次发怒想动手，均吃沙红燕止住。后来越听越难堪，沙红燕素来阴险沉着，也已气极。但知敌人隐遁神速，更有穿山入地之能，太乙五烟罗似能分合由心，除照预计入池破禁，由内下手，或能成功外，对方有此宝防御，急切间决攻不进，师门至宝落神坊尚且无用，何况别的。被敌人晾在外面，反更无趣，只得强忍气忿，冷笑道："卖弄口舌，有甚用处？既敢放我们进去，胜败存亡，各凭法力。我师父岂肯与你们这些无知鼠辈交手？你们不必害怕，只管现出门户。"癞姑笑道："这是你说的，将来顾点脸皮，不要赖啊。"

沙、辛二女不知敌人早由华瑶崧暗中主持，上下均有布置，并得有高明指教，只因援兵尚未赶到，特意借这太乙五烟罗将上下隔断，分减敌势，并将内中几个极恶穷凶就此除去。辛凌霄心痛夫仇，满腹悲忿。又以出身正教，当初一念之差，受此大害，其势不能不与左道为伍。这类妖邪有甚好人，见她美艳如仙，又是孤鸾寡鹄，多半心生垂涎。辛凌霄人甚坚贞，心虽忿恨，但又不能过于得罪，只能隐忍闷气，在未发难以前，一味躲避。当日被沙红燕约来，越想越恨，决计此行只要将毒龙丸到手，可备他年丈夫转世成道之用，不问胜败，也必兵解殉夫，所以始终冷冰冰地一言不发。这时因见敌人不住讥嘲，好似借故延迟，心中生疑，忍不住喝道："既然如此，何必多言？"癞姑笑答："你本好好一对神仙美眷，如今闹得家败人亡。虽因当初一念之差，到底今日来人以你最好。我把话说完，便请你入内，到了里面，也绝不存心难为你。不过五行仙遁今非昔比，你虽立志殉夫，不畏兵解，但是金宫威力甚大，反应极强，万一不巧，连元神也难逃遁，你却须格外留意呢。"

沙、辛二女还未答言，庞化成见敌人相貌丑怪，摇头晃脑，肆口讥嘲，只管延岩，不由怒火上冲，大喝一声，扬手便是亮晶晶各具一色的碗大精光，朝前打去，眼看暴长。癞姑一晃不见，耳听哈哈笑道："红脸贼，要找死么？且把你一人留在上面，反正逃不了，倒看看你会闹甚把戏，能动我一草一木不能？"沙红燕不知癞姑早有算计，见庞化成发难，方欲拦阻，敌人忽然不见。紧跟着眼前一花，耳听发话，再看时人已落在幻波池下，快要到地。面前现出五座洞门，除南洞门未开外，其余洞门大开。门前各立一人，倒有三人不曾见过。癞姑也已立在西洞门外含笑相待。才知敌人暗用五行大挪移法，趁着问答之际，冷不防撤宝，将人放了下来，并把庞化成一人留在上面，事前竟会毫无觉察。想不到数年之隔，会有这高法力。心方惊疑，耳听破空之声由远而近，上空风雷大作，料是敌我双方均有人来，深悔方才不该性急，致落敌人算中，照此情势，绝非佳兆。事已至此，无法中止。好在预计也要入池，各人法宝神妙，早有准备。已经深入重地，只好一拼，并待后援。

癫姑独立西洞门外，朝辛凌霄笑道："我姊妹三人入居仙府以来，圣姑禁条已改，只要沾一点邪气的人，入洞必死，形神皆灭。你不是那样的人，元神或能保住。我知你持有专破庚金之宝，先给你引路，使你少吃点亏如何？"辛凌霄连听对方道出心意，先颇惊疑。再一想到丈夫恩爱，为此而死，不禁忿极，怒吼一声，扬手一道白光飞将过去。癫姑也将屠龙刀化为一弯寒碧金光，敌住辛凌霄，并且笑道，"你莫着急，今天包管你称心如意。如非成全你的心志，你并非对手，怎的不识抬举？实不相瞒，我们真爱惜你。休看毒龙丸就在里面，你们明偷暗盗，谁也不能得去。等你夫妻转世重来，准定各送一粒，放心好了。"辛凌霄闻言，心又一动。侧顾沙、留、车三人，已由二女一男分头迎敌，各往东、北、中三洞分头追去。癫姑说完，也已退入西洞。辛凌霄情知事情艰难。原定五人并攻一洞，到了里面，后面援兵也已赶到，各仗专破五行的异宝奇珍，里应外合。不料敌人法力之高，出于意外，五人同下，临时忽把一人留在上面，分明预有成算无疑。方一延迟，耳听癫姑在门内笑道："辛仙子，你丈夫乃妖妇所害，与我们何干？我对你实是怜爱，趁早抽身，不与群邪为伍，还来得及。只要转念，我必送你回去。你一进门，就活不成了。"辛凌霄闻言，忽又想起丈夫惨死，悲忿填膺，咬牙切齿，把心一横，往门内追去。不提。

当癫姑诱敌之际，庞化成法宝也已出手，猛瞥见前面轻烟闪动，敌人与四同伴略闪即隐，相隔竟在数十丈外。知被敌人暗用法力将人分开，只留自己一人在上，不禁愧忿交加，怒发如雷，一指宝光，正待追去，意欲冲烟而下。平日飞遁，本来神速，法力也高，哪知此时敌人比他更快。刚一飞起，就这不到一眨眼的工夫，满山头五色轻烟似海波一样起伏飞扬，耳听叭叭叭连串响处，突由对面飞来七团酒杯大的银光，正打在七色精光之上，当时爆炸。顿时满空彩芒银星激射如雨，只闪得几闪，便同消灭。

自己多年苦炼成的北斗珠竟被毁去，心方一惊，面前已现出一个矮瘦奇丑、形若幼童的小道姑。一时情急，便将左肩一摇，立有两柄飞叉各带着五股烈焰朝前飞去。那道姑正是女神婴易静，刚用飞剑敌住妖叉，便听东南、西北破空之声，随有多人分头赶到。庞化成看出西北方来人多是日前分手的同党，还有几个不认识的。这时觉出敌人果是厉害，锐气已挫，自己肩上日月五星轮少时再要无效，事前曾夸大口，何颜见人？而新来诸人中，有两个又是多年好友，气方一壮，双方已飞近岭上，还未下落，便在空中动起手来。易静见自己这面来人，乃是庄易、吴文琪、陆蓉波、杨鲤、廉红药、万珍、郁芳蘅等七人。

原来林寒、庄易自从在汉阳得到诸葛警我指示，说群邪年内来犯幻波池，奉了嫫姆密令，把朱文、申若兰、云紫绡三女送走之后，便照所说，在数月前便暗中赶来依还岭附近高峰之上，由林寒主持，设下一处法坛，以为接应。起初为了事机慎秘，一意准备，先不往幻波池见易、李诸人。所以当时连对朱文等三女均未明言，托故飞到幻波池东面高峰之上，寻到地方，择一山洞栖身，先将诸葛警我转交旗门取出，将第一道灵符发动。等到当地设下禁制，方将柬帖取出观看。林寒一见大惊，立即依言行事。准备停当，便在峰头上眺望，迎接各地来援的男女同门。前两月并无人来。只有廉红药因在南疆红木岭、碧云塘两地用修罗刀连伤左道妖邪，树敌太多，先奉师命归就郑八姑，历久无事，便放了心。加以频年修为，功力日高，渐把前事忘却。这日静极思动，想起近来修为甚勤，外功立得太少，恐落人后，便和八姑说，想要出外修积。八姑知她暂时无碍，又知嫫姆师徒对她怜爱，有事必往应援，化险为夷，稍微劝勉，也就听之。

红药因和蓉波、朱文、英琼、英男诸人交厚，意欲便中探看，并往东洞庭参见嫫姆师徒并谢恩。哪知嫫姆本是元神成道，近参上乘功果，飞升在即，因有件俗家的事未了，不在山中。姜雪君又应采薇大师之约，往云南石虎山谈禅未归。红药打算先去东天目访看英男，再转幻波池。途遇严人英、徐祥鹅说起日前路遇英男，正往成都，于是想起玉清大师许久不见，意欲往访，就便寻到英男，同往幻波池去，与易、李、癞姑三人叙阔。不料赶到成都又扑了个空。本来要飞幻波池，忽遇醉道人门下韩松、林鹤二童，说起大笞山毒手摩什已经伏诛，当地产有佛棕仙果，无人采摘，自身法力不济，未敢前往。红药便欲就便采些与幻波池带去，别了二童，刚到大笞山，便遇上两个妖人，一名裴懿，一名张则，均乃南疆所杀妖人死党，怀仇已久，也采佛棕，无心相遇，便争斗起来。红药以为修罗刀专杀妖邪，不料二妖人淫恶刁狡非常，邪法阴毒，红药几受暗算。幸而万珍、郁芳蘅奉了密令，往依还岭助林、庄二人设坛布阵，空中路遇，将二妖人杀死。红药已中邪法，救醒以后，郁芳蘅深知二妖人来历，恐遇妖党，偶看仙示，越发心惊。便不再往别处去，先期赶往依还岭，令红药随同林、庄二人一起，不可离开，等到幻波池事完，妖人之师如来，有众人在，自可除害，否则也可寻上门去，永绝后患。万、郁二人原是护送云紫绡，中途分手，按照崔五姑前说的话，来与林、庄二人会合，于是便同留下，每日演习仙阵，分班轮值。到十日前，吴文琪、陆蓉波、杨鲤也先后来到。

这时依还岭早在火无害百丈烈火笼罩之下，如非林寒持重，众人早已往援。后见火无害被擒，又有五个敌人飞到，虽然不知详情，既用太乙五烟罗防御敌人，历久不撤，可知厉害，本就跃跃欲试。林寒坛上有一片法光，乃媆姆所传仙法妙用，视千里内外人物的往来形声，犹如对面，这时忽然发现西北方飞来十数道遁光，均是左道妖邪，知欲夹攻幻波池而来。众人原因诸长老仙示，均说易、李诸人人少势孤，尤其五行仙遁必须有人分别主持，全要飞往应援。林寒知道时机已到，不过还有好些人未到，并要接应伤败的人，便令庄易照着日前密计，率众前往，自己留守。众人刚到岭上，群邪也已飞临，便在空中斗将起来。

易静见那来敌大多是相貌凶恶，神情诡异。内有五个身材矮胖，相貌狞恶，各穿着一身黑衣，道童打扮的妖人，装束神情全差不多。背上各有一个妖幡，肩头上各钉着二根黑光闪闪的妖钉，手持一柄两面出锋的锯齿刀，满身都是黑气笼罩，颇似传说中的查山五鬼弟兄。知他们黑狗钉出名厉害，妖师乃火法真人黄猛的师兄吼天王童斯，最是护犊，邪法又高。即此五人，已非弱者。另外还有两个身材高大，形如巨灵的妖人，也是同胞弟兄，各恃一杵，腰间法宝囊甚大，好似藏有不少东西。这伙妖人，上次峨眉开府均未见过，善者不来，来者不善，何况还有两个大强敌未到，故易静惟恐众同门万一有失。而对手之一庞化成，邪法还在其次，最厉害的是那日月五星轮，如不能破，便须防他狗急跳墙，改由山外攻打，地底开路人内，太乙五烟罗却只能防备上面和全山四外。此轮乃左道中的有名异宝，一旦制它不住，近山生灵必要遭殃，并还毁损附近风景。再者依还岭地域广大，敌人众多，此时虽未到齐，已不下二十来人。万一敌人知道五烟罗的底细，四方八面一起进攻，稍微运用失当，必由山外攻入，本山美景必有损毁。自己这面人数又少，如何照顾得来？易静忙用传声告知庄易等七人，令其留意。同时暗中通知癞姑，将先前的四敌人引入洞中以后速急出场。好在对于辛凌霄，本心不愿伤她，不妨宽她一步。正说之间，空中妖人已死伤了几个。原来易静因时机未到，知道敌人日月五星轮虽极厉害，用时却须准备，上来便以全力进攻，法宝、飞剑纷纷放出。庞化成不料敌人这等厉害，忙用法宝分头迎敌，仗着飞遁神速，先前又吃过大亏，不再轻敌，虽被逼得手忙脚乱，空自痛恨，无暇施为，可是易静急切间也伤他不了。

英琼、英男本来奉命在静琼谷待机，等候屠霸等敌人到来，再行出战。不料众妖邪大举来犯，人数甚多，邪法又强，只好提前出手。庄易等七人如非易静传声，斗时不求有功，先求无过，上来便用法宝、飞剑护身，吴文琪、郁芳蕤几为邪法所伤。只有万珍所用三花神梭威力神妙，出手便是金、红、白三色奇光交织如梭，环绕全身。每遇邪法异宝来攻，前面便有金花爆散，飞射出千万点银雨金星，在妖光邪雾之中往来冲突。虽也时常遇阻，却比较占上风，敌人拿她也无可奈何。还有廉红药，在飞剑护身之下发出二十七口修罗刀，也是满空飞舞，所到之处，除查山五鬼和那两个大汉能够抵挡而外，余者全都纷纷逃避。无如下余五同门却是仅能自保，难于还攻。尤其是敌人先就来了十六个，后来的还不算，连沙红燕这一起，先后竟达三十一人之多。也是幻波池诸人该有这场险难。庞化成本身法力还在其次，那日月五星轮本是前古奇珍，被乃师得去，重又苦炼多年，越发厉害。英琼开头如与易静夹攻，杀死妖人原是易事。只因生性疾恶，最护同门，一见敌势太盛，以为易静绝不妨事，并未上前。也未等到发令，便朝空中飞去。英男自和英琼一路，相继飞起。空中群邪正在耀武扬威，纷纷喝骂，不料来了两个杀星，紫郢剑与南明离火剑都是仙府奇珍，况又加上英琼的青灵髓与佛门定珠，威力更是神奇。

内中查山五鬼先用飞刀对敌，看出敌人用仙剑、法宝防身，难于侵害，便将黑狗钉发将出去。那黑狗钉出手便带着雷鸣犬吠之声，外层是道黑光，内里却裹着一根暗赤色的钉形红影，为邪教中最阴毒的法宝。不特中人必死，而且黑光中所发出来的血色火花细如牛毛，得隙即入，尤为厉害，沾上便无幸理，专门污秽法宝、飞剑。五鬼因是素性刁狡，本对藏珍存有贪念而来。后见人数甚多，那两个大汉又是西海黄鱼岛有名的巨灵神君商弘、商壮，原是土木岛主商梧孽子，因犯大恶，被禁在黄鱼岛上已有多年，新近才得脱出，被沙红燕约来。这两人法宝最多，五鬼恐显不出自己。本还不打算用黑狗钉出斗，因见敌人虽然势弱，但都防身有宝，无一能伤。内有两少女更是难斗，一个不巧，就许被修罗刀所伤，方始施展出来。这原是瞬息间事，双方恰好同时发动，五根妖钉刚一出现，二女仙剑一紫一红，已如惊天长虹电射而来，刚一接触，妖光先被双剑绞散多半。五鬼把此宝珍如性命，不禁大惊，总算收势尚快，不曾斩断。

廉红药因和二女至好，一见出斗，心中大喜，连忙赶去，恰值五鬼收钉旁遁。另两妖人因见万珍法宝神奇，欲加暗算，趁着混战之际，退到一旁，将邪法准备停当。正打算冷不防骤起发难，一眼瞥见李、余二女由光网下冲烟而起，因都久居海外，不知峨眉派的厉害，虽见剑光强烈，依然自恃邪法，以为查山五鬼黑狗钉绝不至于败。见二女美貌如仙，竟生妄想，意欲抽身下手，将人迷倒，擒回山去。不料死星照命，他们的邪法刚一发动，红药突然飞来。英琼正待追敌，忽见斜刺里两幢黄光，光中两个妖人，一高一矮，各持一面形如鱼头的法宝，口眼各喷黑气，腰间鱼皮袋内各有一股白烟，蓬蓬勃勃向外激射。又见红药由侧飞来，邪烟腥秽，料非寻常，恐其中邪受伤，便将定珠放出。二妖人见敌人发出一团佛家慧光，祥霞潋滟，流辉四射，才一出现，邪烟立被消灭，知道不妙，忙即回收。红药也听易静传声，令其留神邪法，防身要紧。一见慧光朗照，邪法将破，更不怠慢，一指修罗刀，电掣飞出。二妖人刚想起此是左道克星修罗刀，想要逃遁，已是无及，吃那二十六道寒碧刀光将全身裹住，只一绞，便成粉碎。英琼百忙中瞥见妖人已死，所用鱼头形法宝尚在狂喷邪烟，惟恐妖魂逃遁，忙指慧光照将过去，扬手又一太乙神雷，霹雳声中，慧光、雷火夹攻之下，已经消灭无踪。

英琼见敌人越来越多，知红药性虽温柔，遇敌时却极胆大贪功，素无机心,此时满空均是敌人邪法、异宝纵横飞舞,光焰四射,邪雾横飞,恐其无心受害,忙与会合,同在慧光护身之下,合力应敌。至交姊妹,久别重逢,红药对英琼最是亲热,相见惊喜,免不得说了两句。就这匆匆问答,转瞬之间,众妖人见同党败逃,伤亡了好几个,全部大怒,各以全力施为,夹攻上来。英琼见众同门除癞姑身与刀合,满空纵横飞舞,正追五鬼,众妖人挡她不住而外,只万珍能仗法宝之力抵御群邪,未分胜负。下余五同门已为群邪所困,各仗法宝防身,仅能自保。不禁情急,便率余、廉二女向庄易等五同门赶去。三女所用刀剑,全是仙府奇珍,众妖人如何能敌?只见丈许大的一团慧光,带着红、紫两道长虹,二十七道寒碧刀光,满山电舞虹飞,所到之处,任何邪法异宝全都无用,不是雾散烟消,妖氛尽扫,便是光消人死,形神皆灭。三女又将太乙神雷向外连珠乱打。庄易等受敌围困,见双英数年不见,竟有偌大威力,全都惊喜交集,出于意外,也各将太乙神雷由防身宝光中向外乱打,八人晃眼会合一起,威力越盛。万珍量小,对于英琼,本认为师长偏爱,有意成全,及见偌高功力,不由心中钦佩,自愧弗如,立改成见,也赶上前去会合。众人法宝、飞剑本非寻常,只为敌强势盛,更须防到邪法暗算,以致吃亏,在佛家慧光防身之下,外邪不侵,全都胆壮,不再顾忌,各以全力御敌,威势越来越盛。不消片刻,三十多个敌人先后伤亡了一半。内中只那两个巨人商弘、商壮正斗之间,发现癞姑正追查山五鬼,所用刀光乃屠龙师太镇山之宝屠龙刀,五鬼竟被追得望影而逃。最厉害的是刀光神妙,竟能分化,人与刀合,隐现无常;太乙神雷似暴雨一般打出,更有别的法宝助战,无一件不是威力极大。五鬼微一分开,便吃大亏,只得联合一起,几次想用背上妖幡,均被追得无法出手。暗忖:"莫怪峨眉势盛,一个无名小癞尼,也有如此厉害,余者可知。"心方惊疑,猛想起父、叔均与妙一真人夫妇有过嫌隙,屠龙师太更是对头,此女定是她门人,何不将计就计,将父亲、叔父引了出来?心念一动,忙即赶去。

癞姑原因接到易静传声,令其出战。当时辛凌霄已经被困金宫之内,癞姑便对她道:"你已被困,任你多大神通也难逃走。但我姊妹实在不愿伤你,此时各宫五行仙遁一起发动,不能放你。如听忠告,可守在这里,等我事完回来,将你放走。如再恃强,想保元神兵解都办不到,后悔无及了。"匆匆说完,便自赶出。知黑狗钉乃邪教异宝,最是阴毒,现被英琼、英男破去一半,正好除害,便不再顾别的,加急追去。不料五鬼邪法甚高,法宝又多,黑狗钉已收,非连人杀死不能除害。癞姑本来追击五鬼,心正盘算下手之法,见商氏弟兄飞来。癞姑认得二商,先还想以一敌七,毕竟人单势孤,这七个敌人又都是能手,飞遁尤为神速。五鬼本想在百忙中抽空施展邪法,见二商飞来,稍挡得一挡,立即飞身遁去。癞姑无法,又知二商所用宝杵乃家传至宝,法宝囊内并还带有土木神雷,不敢轻敌,只得先用飞刀将敌人所发杵形黄光敌住,笑骂道:"你两个违犯教规,被你们父亲困禁多年,刚得脱身,又出来为恶。尔父早不肯认你们这不肖之子,有何脸面见人,还敢勾结妖人来此扰闹?趁早回归海外,免得送死。"商氏兄弟全部身高九尺,金刚巨灵也似,声若巨雷,望去威武非常,人却阴险狡诈。闻言并不发怒,各咧着一张大嘴,冷笑道:"小贼尼!你想激我们用土木神雷么?家父对我弟兄已经宽容,即便使用,也绝不会将我二人追回。何况老贼齐漱溟和老贼尼沈琇,均是家父的对头。我二人此来,绝不空回,除在胜败未分以前,献出藏珍毒龙丸,或能饶你狗命,否则叫你知道厉害!"

二商原意是激怒癞姑,使其心中忿恨分神,冷不防猛发土木神雷、二行真气和别的法宝,将敌人杀死。不料癞姑见商弘发话,商壮指宝杵应敌,另一手暗掐灵诀,面上神情有异,早料敌人必有阴谋。心想:"别的法宝尚在其次,最厉害的是二商家传的二行真气,一经发难,整座依还岭均能震成粉碎。此时虽有太乙五烟罗防护,但这两人天性凶恶,素无人性,不可不防。此时虽有太乙五烟罗护身,但群邪势盛,地域太广,一个照顾不到,得隙即入,除幻波池仙府而外,本山灵景固要毁灭,即或不然,四外群山也必震碎。日月五星轮又是一个大害,另外两个强敌尚还未到,岂可大意?自己无妨,英琼等九人有慧光防身也不足虑,要想保全别的灵景,却非容易。"心正忧虑,二商把话说完,突然将手一扬,大片青、黄二色合成的二行真气已似电一般潮涌飞出,晃眼把依还岭盖上大半。同时又有两团同色奇光流辉若电,晶莹耀目,飞将起来,大只如杯,也未当时爆炸,出手便是流星赶月,直上高空,在离地数十丈的空中停住不动,宛如两轮彩月,精光朗照,方圆数百里内,全被映成了青黄色。那光更是越来越强,只管加盛，这时夕阳已早落山，天空星月竟为所掩。

癞姑见是二商之父商梧所炼至宝二行珠，比土木神雷威力更大，一经爆发，千里内生物齐在死圈之内，化为劫灰。除在未发难前用法宝收去，送往两天交界之处消灭，才可无害。心正愁急，打算拼着以身殉道，以全力将其送往高空消灭。耳听商弘大喝："诸位道友速退，免遭波及。"才知敌人恐伤同党，特意延迟。众妖人多半识得此宝厉害，闻警纷纷收宝遁退。英琼等九人还在追杀。癞姑心想："英琼的慧珠乃佛门至宝，也许能够抵御，但二行珠威力绝大，稍受震荡，立即爆炸，纵令英琼能够抵御，附近生灵仍遭毁灭，一个不巧，众同门必受重伤。还是用定珠慧光将众人护住，自己独任其难为是。"刚把心一横，忙用玄功赶去。眼看二珠停在高空，忽似飞星电旋，流转不休，仿佛就要对撞神气。英琼等追赶群邪，已快追出依还岭边界，易静独斗庞化成和另一妖党，双方均若无事。癞姑心虽奇怪，危机瞬息，不暇寻思，一纵遁光，正朝上空急飞，猛听幼童口音在空中喝道："诸位师伯，休放妖人逃走。待弟子韩玄将这二行珠给不肖畜生的父亲送去。"话未说完，高空中突现出一个形若童婴，背上插两口尺许长金剑的短装幼童，通身都是霞光笼罩，将手一扬，先是一只大若亩许的手形金光捞起两团珠光，带着一连串霹雳之声，比电还快，直向高空飞去。紧跟着，另一只手撒下大片淡薄的青烟，也和电一般快，自空飞堕。

第二八九回

玉陨香消　感深情　金宫援倩女
恶盈数尽　施妙法　火遁戮凶魂

二商原因沙红燕一味推崇所约屠、邬二妖人，心中大忿，到时故意敷衍，想等众人不行，再行发难，以显他们的威风。后被癞姑激怒，方始打算提前出手。只为同党人多，尚与敌人相持，想等退出死圈，再行下手。以为二行珠无人能破，只一接触，立即爆炸，敌人必死。正在得意扬扬，口中喝骂，忽见癞姑运用玄功，向高空中追去。还恐敌人不知厉害，将珠震破，发难太早，伤了同党。刚指珠光想使上升，不令追上，忽见一个形如婴童的敌人，扬手便是一只金光大手，将珠抓去，不由大怒。二商忙即行法，向空一指，想将二珠爆炸，同时腾空追去。那片青烟已经飞堕，似网中捞鱼一般，将那弥漫大半山，正向全山展布的二行真气一下网住。同时另一敌人忽然飞降，手持一个晶瓶，先飞起一片锦云，笼向青色光网之外。两下里一合，立时由大而小，合成一团轻烟彩雾。晶瓶又飞起一股七色彩光气，将其裹住，晃眼由大而小，"飗"的一声，吸入瓶口以内。二商见二行珠已被金光大手收走，一任施为，毫无反应，正在情急，还未追上。

癞姑一听来人竟是韩仙子门下小人韩玄，那金光大手不是芬陀、媖姆二老前辈元神所化，便是所炼神符。知已无害，心中大喜。一见二商飞来，立即回身迎敌。就这略一停顿之际，下面二行真气已被收去。二商看出故人所用法宝，乃是五岳锦云兜与七宝紫晶瓶，情知宝珠真气已落敌手，不禁悔恨交加，又急又怒。那金光大手来历更大，韩玄又生得形如童婴，误认作快成天仙的道家元神，料非对手，再说也追不上。不得已而思其次，想将二行真气夺回，如能成功，再将敌人紫晶瓶夺来，岂不更妙？情急万分，本不暇再与癞姑恋战，又见下面敌人收了二行真气，立时破空遁走，心疑敌人似往土木岛送还法宝，越发着忙。慌不迭舍了癞姑，便朝那人电驰追去，双方全部飞行神速。韩玄也已飞降，正向癞姑行礼回答，英琼等和众妖人也已飞回。

原来易静独战庞化成，忽听有人传声，自称韩玄，奉了韩仙子之命，拿了芬陀大师一道灵符，来收二行珠，并说邬、屠二妖人就要来到。日月五星轮将来有用，此是定数，附近山林景物终须遭劫，最好在二强敌未到以前任其发难。否则庞化成人最恃强，又最珍爱此宝，轻不使用，来时心存奢望，见不如人，就许负愧逃去，或是不肯出手，收它便难了。这时另一新来妖党伊佩章，乃华山派老辈中妖人，正随庞化成一同对敌。当二行珠飞起，二妖人知道厉害，本想逃走，不料易静恐妖人逃光，发难太早，韩玄不及下手，突将太清禁制施展出来，将二妖人困住，迫令出手，并作缓兵之计。同时传声英琼，说强敌将临，可速退回。残余的十来个妖人无一弱者，本非真败，又都各怀奢望，想要染指。英琼等一退，见空中宝珠不见，二商追敌飞走，纷纷追回，双方又斗在一起。庞化成见仙法神妙，身外满是金霞笼罩，知道敌人发动太清禁制，自己虽有法宝防身，但是压力极大。晃眼之间，金霞中又现出千万根大木影子，互相挤轧排荡，潮涌而来，本就惶急，伊佩章再一连番怂恿，顿忘师戒，立将四柄烈焰叉将身外余霞挡住，随喝："诸位道友留意，速往我这里来。"左肩一摇，一口真气喷将出去，肩上大小三轮立即朝空飞起。易静知道敌人法宝乃前古奇珍，不愿为他所破，立收仙遁隐身，追上英琼等，匆匆说了几句，便和癞姑、韩玄同往静琼谷中遁去。

伊佩章最是刁狡无耻，因见仙法神妙，惟恐庞化成无暇施为，由身旁取出一方形如手帕的法宝，向空一抖，立有一片暗赤色的妖云，腥秽难闻，飞向空中。易静恰巧收法遁走，伊佩章以为所用赤霞玄阴障厉害，敌人被其惊退，正向庞化成口发狂言。不料韩玄手疾眼快，机警绝伦，师传法宝又多，本随癞姑同往谷中退去，正由二妖人身侧飞过，闻到奇腥，觉着有些头晕，不由有气，因已隐身，二妖人全未看出。庞化成仗着师传，发难以前，先有一幢七色宝光将身护住，还不妨事。伊佩章自恃年老成精，易静一退，越发骄狂自满，以为妖光邪云笼罩之下，敌人必不敢近身。不料韩玄经过，如非身佩师门至宝护神牌，几乎晕倒，不禁大怒，已经飞过，也未告知癫姑,忽然一剑飞来。那两口金剑与寻常飞剑不同,乃韩仙子昔年初得道时,用前古神金炼成的防身至宝,发时只是金光闪闪的小剑,长只数寸,比电还快,又是万邪不侵,相隔甚近,如何能防。等妖人发现一口其亮如电的金剑在眼前一闪,想逃无及,竟被那剑追上,由头到胯斩为两半。一道血光裹着妖魂刚要飞起,癫姑回头望见,扬手数十百丈金光雷火,将妖魂连空中妖光一齐消灭。方同往谷中退去,照眇姑之言布置。不提。

那日月五星轮也已飞向空中,化为大小三轮奇光。一轮其红如火,飙轮电驭,急转不休,四边发射出千万朵火焰,猛射如雨,晃眼全山便在火星笼罩之下,红雪飘空,上下飞舞,光芒万丈,烈焰烛空,与先前火无害太阳真火的威力又自不同。火焰朵朵,所到之处,满山五色轻烟全受激荡,起伏如潮,风雷之声,山摇地动,形势万分猛恶。第二轮却似一个大冰盘,寒光四射,正罩在众人头上,先未在意,晃眼光更强烈,照在身上,似有极大吸力,如非慧光护身,几被吸去。这还不说,最厉害的是那第三轮,外边上有五色星光,迎空暴长数十百倍,各射出一股光气,罩向众人立处,压力之大迥异寻常,下面太乙五烟罗竟敌它不住,虽未冲破,环着众人身外一圈,已被冲破数十亩方圆的一圈裂缝。这时众妖人已各纷纷退去,与庞化成会合一起,各指英琼等喝骂不休。众人因受癫姑指教,立意收那日月五星轮,故作不支。同时由英琼运用定珠慧光将众护住,只守不攻,也不去理睬,想等收宝的人一到,立即下手,收宝除害。依还岭上重又光焰万丈,上彻重霄,宛如日月合璧,五星联珠,一同自空飞降,离地仅数十丈。只见烈焰千重,彩光万道,星光如雨,红雪缤纷,寒光若电,流辉四射。又当深夜之际,整座依还岭宛如一座霞光万道的火山,照得方圆千里内外明逾白昼,壮丽光怪,亘古未有。

庞化成不料慧光这等厉害,日月五星轮乃师传奇珍,竟不能伤它分毫。太乙五烟罗也未冲破。敌人虽似困住,终究奈何他们不得。正想三轮合运,朝下压来,试上一试,先不伤人,且将五烟罗碾破,以便接应池中同党,里应外合。正与一同党妖人商议间,忽见一片银光先在月轮旁闪了一闪,疑有敌人,定睛一看,已无踪影。方在奇怪,日轮中心又有豆大一点的黑影,一闪即灭。紧跟着,五星轮上又飞起一蓬乌金色彩丝,均是从所未见的异兆。想起此宝乃师父传授,曾说与自己共存亡,不到万分危急,并还理直气壮,不许妄用,又曾立过重誓。虽具无穷威力,仗以横行,从未用过。日前因受沙红燕蛊惑,想分得一粒毒龙丸,冒失来此,突生异兆,莫非有甚变故不成?心正惊疑,忽听月轮内有一女子喝道:"无知妖道,敢忘师诫!认得我女殃神邓八姑么?看你师父面上,赐你兵解。还不快逃,等待何时?"说时一根长只尺许的黑光,并不甚亮,突在日轮中出现,只闪得一闪,日轮便即停止不动。紧跟着又有九朵金花,一团紫气,由空飞堕,满山火焰立收。刚认出这是前师所说天狼钉与九天元阳尺,只见一团冷光银霞又由月轮中突然涌起,光中现一黑衣道姑,正是前师旧友邓八姑。月轮忽隐,立还原形。星轮上又有一片乌光,大蓬金线飞起,收得更快,话未听完,三轮全失。庞化成不由心惊胆裂,亡魂皆冒,忙喊:"邓仙姑开恩!"话还未了,耳听一声长啸,起自遥空,宛如响箭穿云,破空而来。庞化成未及回顾,星轮上一片乌光已罩向身上,护身法宝立破。惊魂震悸中,一道青虹又飞上身来,耳听八姑喝道:"红侄看我面上,休伤此人元神,放他走吧。"庞化成自知难活,青光已绕身而过,斩为两段。一条人影在那四柄烈焰叉环护之下,往斜刺里破空飞去。

就这一两句话的工夫,一条红影已随同长啸之声飞堕。同时东北方又飞来一片暗蓝色妖云,疾如奔马,铺天盖地而来,晃眼临近。众妖人见庞化成惨死,正在心惊,一见来了两个大援,又都惊喜,齐呼:"二位道友,怎此时才来?"众人看出来敌甚强,正准备迎敌间,忽听八姑传声喝道:"诸位师弟妹,速照计行事。这里须受妖人数日围困,我送红侄脱离阵地。此时不便相见,到日再来。"话才出口,八姑已在雪魂珠护身之下,带了上官红,化作一团银色冷光,比电还快,往左侧面破空飞去,听到末两句,语声已在数十里之外。众人方在钦佩,新来二强敌也相继飞到。一个身穿白衣,装束诡异。一个赤面蓝衣,其瘦如猴,身后背着一个大葫芦,内喷蓝色烟云,才一到达,便海涛也似当头压下。耳听易静、癞姑分头传声,令众分退静琼谷中待命,破阵的人尚还未到,妖孽数也未尽;洞中所困四人均持有克制五行之宝,也须有人主持相助。现在人少,最好听其攻打,到时自有解救。否则即便能胜,后患甚大。癞姑又说辛凌霄带有法宝甚多,甚是厉害,五行仙遁须妖人主持,令英琼往金宫相代。由癞姑自去对付沙红燕，以防张瑶青法力稍差，不是对手，万一疏忽，生出变故。英琼等闻言，同在慧光笼罩之下，往静琼谷飞去。

英琼将众送到谷中，再行飞出，只见蓝云如海，高涌如山，整座依还岭全被罩住。太乙五烟罗已化为大蓬彩烟，向上飞起，护住全山，离地约有十丈高下。妖云正在下压，恰好接住，虽能抵御一时，仍是妖云势盛。那穿红衣的妖人也正发难，扬手发出大片阴雷，互相击撞，千万霹雳一齐爆炸，震荡之势，比起先前几次还要猛烈十倍。方才对敌诸妖党似恐波及，各在后来二妖人所发两幢红蓝二色交织成的光幢笼罩之下，飞翔云海雷火之中，耀武扬威，连声喝骂，也用邪法异宝相助攻打，尤其对幻波池、静琼谷分外猛恶。内一妖人名叫玉神君唐双影，因同伴为众人所伤，报仇心切，哪知厉害，怒火头上，只顾见敌眼红，也不想想中间隔着那层五烟罗本就难破，又经邓八姑来时用一道灵符加增威力，比方才还要神妙得多，怎攻得进。事有凑巧，英琼出时不曾隐身，被二妖人发现，因听说过相貌，猜是三英中第一人，各用阴雷邪法朝下猛攻。这两个妖人正是屠霸和赤手天尊邬勤，均在东海被困多年，近始逃出，邪法甚高，炼有不少极厉害的法宝。尤其邬勤，乃九烈神君师弟，所炼阴雷威力极强，并能随发随收，化生无穷。他乃昔年邪教中有名人物，又擅长独门玄功变化，精于五遁。如非五烟罗防护，邬勤所炼攻山异宝百灵冲与十七面妖幡又被米、刘二矮暗中尾随破去，早被侵入重地，全山仙景也为妖云熔化。就这样，那丙庚精气会合各种龙蛇虫兽毒涎炼成的妖云，稍差一点的法宝飞剑，沾上便即污毁消熔，厉害非常。其阴雷又极猛烈，太乙五烟罗虽经嫘姆仙法重炼，如非八姑带来那道灵符，仍难持久。这一合力攻打，威势更大，宝气彩烟立被激动，纷纷飞扬，起伏如潮。唐双影只当宝网将破，想起自己成名多年，此来寸功未立，反伤了两个同伴；屠、邬二人一到，便将敌人惊退，声威立盛，自觉不是意思。又因身藏异宝尚未用，想收渔人之利，于是诱敌出斗，连发出三枝阴灵箭，一见无功，破口辱骂，语甚污秽。

英琼由宝网下面飞过，已经快到幻波池边上，见一油头粉面的敌人，手指三道妖光追来，全身有粉红色的光焰笼罩，众中只他一人穿行妖云雷火之中，若无其事，口中又在秽骂不休，不禁大怒。暗忖："照癞姑师姊所说，虽然时机未至，冷不防除去一个，有何妨害？何况这妖孽必是极恶穷凶，万万容他不得。"心念一动，立时回身，手掐灵诀，冲烟而上。唐双影一见敌人出斗，英琼又是身剑合一，定珠不曾放起，以为敌人中计，所用邪法赤阴球最能迷人心魂，发动极快。性又贪淫，心中还存妄念，打算生擒回去。一面指挥妖箭迎敌，一面将球放起。不料英琼近来法力日高，身有佛家至宝定珠，万邪不侵，因恨敌人出口淫凶，立意除他。一见妖箭迎面飞来，也不用紫郢剑迎敌，先将开府所得圣姑遗赐的太白金刀化为一条银电，朝前飞去，自身却向妖人追去。就这对敌晃眼之间，忽听妖人大喝："邬道友停发阴雷，待我生擒贱婢回山，一同享受。"话未说完，身形忽隐。邬、屠二邪见英琼出战，正发阴雷妖云朝前夹攻，闻声忽然退去，齐喊："唐道友说得对，这丫头果然美貌。好在她已难逃罗网，你如不行，我们再来。"那三支妖箭本极厉害，不料英琼无心中放起太白金刀，正是克星，银光一绞，首先粉碎。那赤阴球也随同妖人隐处，飞向空中。此宝与妖人心身相连，阴毒淫恶，无与伦比。

英琼对敌人的话还未听完，瞥见当空现出一团暗赤色的妖光，晃眼由浓而淡，变作粉红颜色。光中现出好些俊男美女，都是一丝不挂，互相搂抱，颠倒横陈，活色生香，备诸妙相。光球里面，另有两条人影若隐若现，与妖人一样相貌，也是赤身露体，一丝不挂。忙纵剑光追去，扬手又一太乙神雷。不料那球看似停悬空中，徐徐转动，但是闪变神速，隐现无常，飞剑、雷火竟未击中。英琼心中奇怪，想把慧珠放起。妖人也是该死，分明见英琼神态无异，并不似平日敌人一见便即中邪晕倒神气，仍不死心，还以全力施为。英琼正追逐间，球上忽飞起一片粉红色的薄雾，色彩越发鲜艳，球中男女色相更多，鼻端微闻一股温香，心神忽然微动，觉出邪法厉害，不知如何破它。刚一迟疑，又听癫姑传声。心想退走，又觉有气。猛听"叭"的一声，球忽爆散，化为大片粉红色彩烟。中有两条赤身人影，比电还快，当头罩下，竟然不畏仙剑威力。英琼当时便打了一个冷战，喊声："不好！"心随念动，定珠慧光首先飞起，并将身带几样法宝，连同太乙神雷，一齐施展出来。妖人原因持久无功，侧顾群邪，多半停手耳语，心越愧忿。一见敌人惊疑神情，不知英琼定力最强，更有至宝防身，不过稍现警兆，并无大害；误认为中邪，只为法力颇高，不曾晕倒。惟恐失却机会，自恃发难神速，连人带宝猛扑上去。此举动作如电，本极厉害，偏生遇见凶星照命，劫数当终。妖人又将元神化身一齐向前飞扑，准备将人迷倒。四手齐伸，带着大片妖光刚往下扑，慧光暴起，邪法立破。同时又是一幢青霞罩上身来，飞剑再往上一绕，数十百丈金光雷火暴雨一般当头打下，多高邪法也禁不住。何况事前心存必胜之念，未有退意，当时连人带宝一齐消灭。

英琼本想再杀两个，因癞姑传声催促，只得回飞。邬、屠二妖人见状大怒，各施邪法阴雷急追过去。英琼在宝光防护之下，虽然不怕，也觉出阴雷震荡之势十分猛烈，那蓝色妖云压力更是奇大，才知果然厉害。刚刚冲烟而下，不料邬勤玄功变化，飞遁神速。先见英琼上时，彩烟飞动，已早生心。英琼一退，立时隐形追来。她那定珠原与心灵相合，下时虽觉微有一点警兆，不知邬勤邪法神通，得隙即入，已经紧附在外。以为五烟罗能随心意分合，间不容发，绝不会被他随同追入。满空阴雷又在乱打，百忙中竟未发现。也是幻波池不该毁坏，否则全洞虽有仙法禁制防护，池底灵泉必为阴雷所毁，就能修复，也须费事了。邬勤因见敌人法宝神妙，难于暗算，惟恐打草惊蛇；又听同党说起沙红燕等四人已先入洞，久无动静，料已被困。一心迷恋辛凌霄的美色，意欲卖好，竟忘了毁损仙景，紧紧随在英琼身后，想混到里面。哪知癞姑早得高明指教，得知妖人乘虚侵入，一见英琼出战，便舍了辛凌霄，运用仙法，将南洞开放，下余四洞一齐关闭。英琼本不知癞姑心计，一见南洞大开，便飞了进去。正想转入右洞金宫，忽又听癞姑传声，说妖人已经侵入，令其留意，须等困入南洞火宫，方可撤去法宝，以防暗算。英琼闻言，自是气忿，先不发作，直飞火宫重地，暗中准备。

邬勤还以为敌人毫未觉察，打算英琼宝光一撤，立发阴雷，将其打死，再破火遁，去与沙、辛二女会合。正觉敌人已经回洞，防身法宝怎还不撤？身已迅入火宫深处，发现所经之处是一螺形甬道，又长又窄，上下洞壁好似画着不少火焰，若有若无，时隐时现。知是火宫重地，自恃精于五行遁法，也未在意。邬勤以为敌人不曾惊觉，只要在未发难以前将那最重要的火宫神灯毁去，全阵威力便要减去一半，成功较易。英琼忽然回身喝道："妖贼自投罗网，休想活命！"说罢，手中灵诀往外一扬，一片风雷之声过处，邬勤眼前红光一闪，敌人、甬道一齐不见，也未见有甚别的异兆，身却落在一座大约两亩的广堂以内,通体红色,洞壁宛如红玉,四外空空,不见一人。只当中一盏金灯,下有翠玉灯檠。灯上结着一朵灯花,时青时紫,时红时白,色彩鲜明,别无他异。邬勤向在海外横行为恶,被仙法禁闭已三百年,对于幻波池五遁威力只是耳闻。以为自己是行家,不知仙法神妙,神力无边,尤其不知那五行法物均为仙府奇珍,非比寻常。所以虽知自己身落埋伏,毫无畏心,反想引发火遁威力,试上一试,成功更好,至不济也可遁往别宫去寻同党。邬勤的主意打定,扬手一阴雷,朝那星灯打去。阴雷本是一点豆大绿光,出手随人心意,化为百丈妖光雷火爆炸,无坚不破。哪知出手并未爆炸,打到灯上,宛如石投大海,形影全无。心方一惊,眼前倏的一暗。紧跟着光焰万丈,风雷大作,全身立陷火海之内。先尚不知厉害,怒吼一声,在邪法异宝防身之下,先发阴雷,四外乱打。仙遁神妙,不可思议,攻势越大,反应之力越强。只见碧荧如雨,出手消灭,一闪不见,并还收不回来。越往后火力越大,竟是无可奈何。身外烈焰早已合成一片,无异投身在一座极大无比的洪炉之中,用尽方法,人力只有更强。在烈火中连用邪法异宝,均不能破。最后想用火遁窜往别宫,去寻同党。刚一施为,飞出不远,忽见无边无岸的火海深处,现出一盏前见金灯,灯焰停匀,奇光迸射,由对面缓缓飞来。方想攻打破法,忽想起先前阴雷无功,此灯乃火宫法物,必是一件奇珍,稍失机宜,必为所败,岂可冒失?忙即停手退飞。那灯浮沉火海之中,看似极缓,不知怎的,无论如何加急后退,老是离身不远,并还越隔越近。暗忖:"似此相持,何时是个了局?"顿发凶威,一声厉啸,忽然改退为进,运用玄功,想借火遁往别宫窜去。

说时迟,那时快,耳听沙红燕传声急呼,说五遁厉害,问众同党是何景象。话未说完,语声忽断。邬勤得道多年,人本机警狡猾,闻声方在失惊,猛觉出灯上奇光精芒迸射如雨中,忽有一种极大潜力吸来,身子立被吸住,再也挣扎不脱,所习火遁全无用处。眼看金灯越长越大,光焰越强,挺立火海之中,灯上光焰飞射火中,幻为异彩,耀眼欲花。邬勤才知不妙,幸仗玄功变化,练就身外化身,先将元神遁出,想用本身一试真火威力。好在身外还有宝光防护,无事更好,否则元神绝难保全。多年苦修,已早凝炼,不须肉体,一样神通,并且敌人法力多高,也难加害,那时报仇不晚。元神刚一离体，原身立被灯焰卷去，重又缩小，恢复原状。定睛一看，仍是前见那盏小金灯，原身已被裹向如意形灯焰之上，缩成寸许大的一个小人，带着一点法宝余光，略为挣扎，一缕淡淡的青烟冒起，连人带宝齐化乌有。眼前一暗，身外一轻，金灯不见，身外烈火忽然一晃，消灭无踪，只剩元神落在广堂之中，四外静悄悄的，哪有一点形迹。

邬勤肉体已毁，还失去两件法宝。如非应变神速，不是所用法宝多与心灵应合，几乎全数葬送。惊魂乍定，悔恨交加，又急又怒。细看四外洞壁，通体浑成，全无一丝缝隙。连用五遁，想要冲出，俱都无效。心正惶急暴怒，四壁忽现出无数火焰影子，重重叠叠，飞舞起来，与来时甬道所见相同，晃眼布满全壁，越聚越多。宛如万朵火花上下翻飞，精光闪闪，潮涌波腾。忽然"轰"的一声大震，那无量数的火焰立将全堂布满，又成了一片火海，元神被陷其内。但那无数如意形的火焰并不合成一体，只由上下四外一齐打到，近身便即爆炸。精芒电射，毫光万道，前消后继，越来越盛，比起雷火还要猛烈十倍。一任邪法高强，玄功变化，也禁不住那么大威力。如非先受重创，有了防备，护身法宝均是奇珍，元神早已受了重伤。后来，邬勤实在禁不住那雷霆万钧之势，只得运用玄功，将元神缩成寸许长一个小人，并将所有法宝一齐放出，化成一个空心光球，元神藏在其内，再用阴雷向外乱打，方始稍好。但是烈焰熊熊，漫无际涯，无论蹿往何方，均无止境。情知弄巧反拙，凶多吉少。忽听左近有一少女低语道："这妖孽元神真难消灭，五行合运如何？"另一女子答道："琼妹怎的性急？为时尚早，乐得教这些妖邪受点活罪，忙他作甚？我们不是想要保存辛凌霄，只给沙红燕这泼妇吃点苦头，使其知难而退么？五行合运，使他们同归于尽，太便宜了。不过这妖邪气他不过，先听辛凌霄暗中祝告，诉说这些妖孽对她不怀好意，何不把这厮移往金宫，见他心上人一面，再用木火二行合闹，倒要看他妖魂余气有多大神通。你看如何？"

邬勤想不到自己成名多年，法力高强，却被米、刘二矮将制胜之宝暗中毁去，身受重伤。满拟此来可报仇雪恨，谁知好些邪法异宝均未用上。不合轻敌心骄，只说自己精于五遁隐形之法，得隙即入，有胜无败。谁知敌人如此厉害，刚进火宫，隐形先被破去，肉身随毁，连元神也被困住。现在闻听二女交谈之言，不禁暴怒，意欲猛施全力，分出两件异宝试朝发话之处冲去。刚厉声怒骂得"贱婢"二字，眼前火焰忽然连闪数闪，由分而合。再定睛一看，原来存身之地，哪是什么广堂，乃是一幢形如火山的灯焰，元神便困其内。火外立定癫姑、英琼两个敌人，正在戟指笑骂。幸亏不是肉体，邪法又高，更有法宝防身，暂免于死，否则早已灭亡。那金灯神妙无穷，所见必是幻景，这一惊真非小可。方要强行突围，猛又瞥见黄尘万丈，光雾千重，压上身来。百忙中发现黄光雾中裹着一团宝光，中一道人正是沙红燕所约同党之一，正在奋力挣扎，狼狈已极，一闪而过，身外火光不见，似已脱出金灯之外。邬勤方想冲上前与之会合，尘雾中忽射出一片金霞，黄尘人影一齐不见。耳听女子悲声喝骂和急呼之声，定睛一看，正是辛凌霄被困在一片银霞之内，上下四外布满无数金刀，电旋星飞，一齐团团围住，但不朝人下落。

邬勤见二敌正朝辛凌霄说话，笑指自己道："辛道友，我们对你并无仇怨，你丈夫为妖尸、毒手所杀，我们为你报仇，有德无怨。你虽无故勾结左道妖邪来此侵扰，终念你本是正人，无心做贼，一念之差，实迫处此，此时当已后悔。我们因听你哭诉心事，知受群邪欺侮，志拼必死。逼迫你最厉害的便是东海新逃出来的两个妖孽，邬勤已经被杀，屠霸迟早伏诛。我们现转变五遁，将邬勤的元神引来，当着你的面除去，为你出气。你的后患已绝，剩下沙红燕这个泼贱自身难保，绝不会再逼你从邪。只要回头是岸，我们念你本是正人，为了一朝之忿，身败名裂，不愿使你遭此惨祸，情愿放你回去。不过我们事尚未完，只要你点头，豁出费点事，放你脱身，在后洞守候数日，等到群邪伤亡，送你回山，实为上策。否则，这太白金刀与先后天庚金真气格外厉害，只一施为，形神皆灭，危险万分。我们绝不加害，只请守在这里，静候事完，再作打算，任凭尊意。如何？"辛凌霄满面悲忿，慨然答道："我知你们好意，事已至此，有何可说？我与先夫情深义重，誓共生死，既不能为他报仇，又受群邪挟制，何必苟活人间？如蒙周全，请赠我夫妻两粒毒龙丸，以为转世之用，足感盛情了。"癫姑笑道："辛仙子，你真要兵解么？现在却非时候，还望暂时耐守，少安毋躁。因你先前过信阳乌球的威力，欲以真火克金，却不知我们五行仙遁可以合运逆行，神妙无穷，瞬息万变，你将先后天庚金威力一齐引发，如非琼妹来快一步，早无幸理。现时我们也被隔断在外，你如妄求兵解，连元神也难保全。我们定必成全你的心志,那毒龙丸也必奉赠,此时千万不可造次。你如不信,我们先戮妖魂,与你看个榜样,就知厉害了。"

邬勤本被银霞裹住,一见辛凌霄,色心又起,连呼辛道友,想要赶前会合。无奈银霞之力奇大,将身困住,上下四外其重如山,仿佛将他埋在坚钢以内,丝毫转动不得。耳听敌人这等说法,更加急怒交加,厉声怪吼。辛凌霄已接口怒骂道:"无知妖孽,万死不足蔽辜!我自先夫惨死,经诸同门再三劝解,知与峨眉弟子无干。只为友人所误,又想毒龙丸可助亡夫转世,致与群邪为伍。不料尔等天生淫邪,再三凌逼,我不得已,决计不论此行成败,必从先夫于地下。你来时何等骄狂,以为手到成功,并说成功以后,定必逼我顺从,不怕逃上天去,想不到也有今日。"话未说完,英琼见她玉容惨变,辞色悲壮,想起她乃昆仑派前辈剑仙,有名的神仙美眷,一念贪嗔,这等下场,不由心生怜悯,忙劝她道:"辛仙子无须气苦,这等淫孽何值多言?当初我与易师姊实是道浅无知,无心之失,致误贤夫妇仙业,至今愧对。我们必照尊意而行,将来定助贤夫妇成道,合籍双修,重成正果便了。"辛凌霄闻言似颇感动。

邬勤看出形势不妙,妄想身是元神,先困火宫尚且无害,现仅被困,外有宝光防身,至多受点苦痛,反正难逃,把心一横,一面厉声辱骂,一面运用邪法玄功,还想冲突。谁知金、火、土正反相生,三行逆运,比起先前威力厉害百倍,休说妖人,便是天仙一旦人伏,也难幸免。他还未骂上两句,敌人已经发难,眼见身外银霞似电一般先闪得几闪,紧跟着一片黄云压上身来。方觉身外宝光受不住无量压力,往里紧缩,烈焰又起,更有千万把金刀环攻而至。邬勤方怒吼一声,所有邪法异宝一齐消灭,仅剩元神仍停陷在方才灯花火焰之上。身外裹着一层黄云,千万金刀似暴雨一般刺到,痛苦非常。用尽邪法全无用处,元神被戊土真气裹紧,庚金神刀乱绞乱刺,烈火再一焚烧,所受楚毒比起肉身还胜百倍。元神精气逐渐耗散,疼得不住惨号。英琼心虽疾恶,却不愿见此惨状,手掐灵诀,如法施为,金、火、土三行神雷突然爆发。妖魂因陷火宫法物金灯之上,自觉黄沙如海,金刀如雨,烈火千重,霹雳大震,猛恶非常。从辛凌霄眼里看去,却似一盏半人高的灯,灯花只有两三寸长短,光甚停匀,妖魂只寸许大小,困在其内,挣扎乱滚,忽见一片极淡黄光银霞微微一闪,一串极轻微的爆音过处，妖魂消灭，神灯立隐。

经此一来，辛凌霄才知仙遁神妙，不可思议。敌人对她一片好心，十分感愧，再不认输，必和妖魂一样形神皆灭。方想改口向主人分说，忽听地底传来风雷之声，癫姑、英琼面上立现惊容，同声说道："东宫乙木已将沙红燕困住，忽生变故，我二人必须前往查看。好在话已言明，化敌为友，辛仙子万不可动，我们去去就来。"说时，英琼已先飞走。癫姑临行回顾，并说道："别宫困有敌人，暂时不可撤禁，请辛仙子暂候，我们绝无恶意。如生变化，只要不逆它，拼受围困，以静相待，便可无事。恕不奉陪了。"说罢，刚飞走不久，金宫忽生巨变。

原来辛凌霄心痛夫死，欲以身殉，刚入金宫，癫姑本心不愿伤她，无如幻波池中人少，又知查山五鬼在上，想将黑狗钉破去，免留后患。在应敌时嘱咐了辛凌霄几句，暗示趋避之法，以为必可照办，不会身投死路。哪知辛凌霄志决心坚，全未在意，又听说毒龙丸便藏金宫之内，贪心又起，想将灵丹得到，遁回山去，托友宝藏，然后兵解。并恃所持阳乌球和新借法宝能克真金，致将埋伏一齐引发，身困金刀银霞之内，法宝全毁。正在惊惶强挣，想要就势兵解，又恐元神全灭，眼看危急万分。总算她出身正教，向无过恶，癫姑忽然匆匆飞回，见面大惊道："辛仙子，怎不听话，真要自取灭亡么？"辛凌霄虽有悔意，因敌人本是后辈，不愿输口。虽经癫姑强用仙法将庚金制住，减去大半威力，不致受伤。无如人已被困在内，下余三宫困有敌人，庚金已被引发，稍一疏忽，必被逃走，甚或毁损仙景，引出他变。癫姑没奈何，只得好言劝解，令其暂忍目前，自往别宫查看。果然下余三敌所用法宝要强得多，金宫如若复原，辛凌霄逃走无妨，沙红燕等三妖人便难免不乘隙进攻，越发不敢大意。刚用传声催令英琼速回，谁知英琼贪功，仍将妖人引下。癫姑事前在洞门外暗藏着一件照形之宝，看出英琼下时身后附有一条极淡红影，知道事有定数，果如眇姑所言，妖人仍被放入，只得传声警告，赶往会合，费了许多事，才除去妖人。辛凌霄刚被感化，本宫重地忽又传来警兆，英琼先往赴援，癫姑正嘱咐辛凌霄不可再动，猛想起李宁别时之言，木宫所困正是沙红燕，不禁心动，匆匆赶去。

癫姑刚走，辛凌霄正想起前事，愧悔交集，那环绕四外的金刀银霞不知怎的忽闪奇光,刀尖上更有五色火花,环身猛射,虽还未像先前一样涌上身来,已觉出威力绝大,不禁大惊。虽仗残余法宝防护,已经禁受不住那金火互相生克的威力。又听癞姑传声急呼,说东宫有强敌,由千寻地底潜入,现正紧急,望辛仙子忍耐待救,稍缓即来相助脱险,万不可就此兵解或与冲突。但是情势已万分危急,眼看宝光逐渐减退,方喊:"我命休矣!"忽见一片青霞拥着千万根大木影子排山倒海而来,以为正反五行又化生出别的威力,如何能当,不由心惊目眩,神魂皆颤。那青霞木影忽然冲入重围,将那四围的金刀排荡开去。紧跟着大木上忽发烈火,与那万千金刀混合,激撞起来,雷声隆隆,震撼全洞。辛凌霄正在心悸,青光一闪,倏的现出一个白衣少女,丰神绝代,美艳如仙,认出是前在幻波池上所遇少女上官红,想不到数年之隔,竟有偌高功力。知其有意来援,双方话已说明,化敌为友,不禁惊喜。方要负愧开口,上官红已躬身行礼,匆匆说道:"辛仙长,弟子对你实感知己之恩,回山闻说误陷金宫,又当强敌侵入之际,特意来援。但是此时危机瞬息,老怪丌南公许要前来都不一定,事在紧急,尊意如何,还望示知,无不惟命。"辛凌霄前听癞姑说过,此时五行仙遁不能轻撤,就能脱身,也无颜回见一班同门,难得敌人以德报怨,允赠灵丹,并助将来转世成道,正好兵解,以践昔年与丈夫同生共死之约,生生世世永为夫妇。忙答:"贤妹犯险相救,甚感大德。峨眉门下果是不凡。我已不愿求生,无如本门飞剑好些顾忌,最耗元神,况又身陷重围。方才令师叔已经言明,请赐兵解,便感盛情。"上官红喜道:"弟子原恃师恩怜爱,回山闻警,拼受责罚,私自来援,不料双方化敌为友。本意拼着葬送一件法宝助仙长出险,但是群邪凶威正盛,强敌将来,好些顾忌,既然如此,再好没有。仙长元神飞出既难,更恐妖人暗算,最好由弟子保护,送往安全之处,事完送去转世。尊意如何?"辛凌霄闻言,越发感动,悲喜落泪道:"贤妹根骨心性俱都天仙中人,我虽无此福缘收你为徒,前番相迫,实由爱你太甚。想不到贤妹不念前嫌,反存知己之感,拼受师责,冒险相救,令人感愧万分。事正紧急,不应迟延,此是定数,请下手吧。"

就这双方问答之间,乙木、庚金正反相克,声势越发猛烈,满洞霞光万道,电旋星飞,万雷怒鸣,震耳欲聋。上官红一面应答,一面行法强制,面上已现惊畏之色,闻言匆匆答道:"势果危急,弟子遵命。"辛凌霄方说:

"残尸应劫,可减庚金威力,无须顾惜。"一道青光环身而过,元神刚刚飞起,上官红扬手一幢金光,将其裹住。方说:"弟子无礼,望乞恕罪。"将手一招,一同收入袖内。那两段残尸已被金刀神木裹去,一串雷声过处,可怜一个修道多年,仪态万方的美貌女仙,就此香消玉殒,化为乌有。

幻波池除灵泉通路外,原有两条密径:一通静琼谷,尚未开通;另一条便是上官红昔年误入的后洞入口。近受南星原女仙卢妪之教,所设仙阵便在后洞以外,地名青松坪。本来太清禁制封闭严密,仙阵又设其上,威力神妙,休说群邪,连不久到来的丌南公,因卢妪事前设有仙法颠倒,出于意外,发动以前,也难看出一点影迹。上官红原因女仙卢妪所传阵法布成之后,见竺氏姊弟一经行法,周身均有一层宝光笼罩,连用仙剑法宝试探,均不能伤;三小前得法宝,又都炼成。正在心喜,忽听吸星神簪上发出语声,说:"时机已至,可助邓八姑收那日月五星轮。成功之后,必有强敌飞来,速随八姑用雪魂珠护身,九天元阳尺开路,避开正面,由左飞出重围,再行分手。八姑速将所收之主送往紫云宫,交与二云重炼备用。以防留在幻波池,万一有失。上官红速往大峇山告知金蝉等七矮,令众来援。中途如遇李洪,令照七老所说,单独行事,不可随众一起。"上官红领命,知道事在紧急,丝毫不能松懈。刚一出阵,正值八姑飞到,用本身雪魂珠和凌浑所借天狼钉、九天元阳尺,将日月二轮制住。上官红再用吸星神簪制住星轮,大功告成。那吸星神簪本由癞姑按照卢妪所说施为,交与上官红,前往布阵行法,事完便化作一道黑色精光,仍朝癞姑自行飞去。八姑遂带上官红分头行事。

上官红刚飞到大峇山,金蝉、朱文、石生、俞恋、石奇、李健、赵燕儿、云九姑、钱莱、石完等十人刚将妖妇五淫神女萧宝娘用天心环除去,气走洪真武,正在说笑,忙即上前拜见。众人见她慧质仙根,秀丽入骨,个个称赞。等到问完前事和卢妪所示机宜,全都大惊,忙即起身飞去。刚到中土,便见一道金光、一道红光合在一起,由斜刺里电掣飞来。知是正教门下,未及细看,来势绝快,双方已经对面。原来正是李洪,同了一个相貌灵秀,看去不过十来岁,极似道家它婴,驾着一道极强烈的朱虹,挽手飞来。二人年貌均差不多,看似幼童,功力却都甚高,偏看不出那幼童是甚来路。方在惊奇,李洪已将遁光停住,对众说道:"蝉哥哥、文姊姊,你们快看，此是我忘年之交陈岩。"金蝉方要开口，令其独行，李洪已先笑道："蝉哥哥莫讨嫌我，我二人早就知道，不和你们一起。我这位陈哥哥的法力大着呢。我不过把双方引见，不到依还岭就分路了。"众人见那陈岩分明和李洪一样，是个未成年的幼童，装束也差不多。只是头戴珠冠，身披粉红色荷叶云肩，下系翠鸟羽织成的短战裙，红绿相映，金碧辉煌。手臂腿足全露在外，又生得粉妆玉琢。腰系玉环，项挂金锁，宝光隐隐，背插短枪，金光四射，腰边挂着一个鱼鳞宝囊。和李洪一比，简直一个哪吒，一个红孩儿，一对金童下临凡世，仙风道骨更不必说，俱都暗中称奇。

一边飞行，一边礼叙，话未谈完，已经飞到宝城山。老远便见依还岭上烟光杂沓，妖云弥漫，高涌天半，依还岭全山均在笼罩之下。金、石二人都是慧目法眼，本能透视云雾，定睛一看，妖云之下，全山并无人影，只有一片彩烟托住，众妖人正在耀武扬威，朝下猛攻。不禁大怒，方要追去，耳听李洪笑说："少时再见。红侄可要随我同行？"上官红忙答："弟子遵命。"李、陈二人同说："这样走法不行，我们须要暗来。"说罢，扬手一片金霞闪过，三人同时不见，休说人影，连个破空之声均无。金蝉等七人见李洪九世修为，法力未失，更得有几件仙府奇珍，时遇仙缘，不去说他；陈岩从未听说，那么强烈的遁光也未见过，匆匆不及询问，竟看不出他的来路，走后重又称赞不置。

上官红原奉卢妪之命，只说最好先回，赶在前面，没想到是李洪携带。闻名已久，不料如此神通，当时只觉金霞耀眼，闪得一闪，身子便似被什么大力摄起，耳听天风呼呼乱响，却吹不上身来，晃眼便到依还岭上空。方想下有五烟罗，正准备行法下降，以防降势太快，万一疏忽，致被邪法侵入。忽听李洪传声说道："你自入洞，莫管我们。"说时，人已冲烟而下。上官红不及施为，才知二人法力真高。等到幻波池旁，李、陈二人忽然不见，忙往池中飞去，青囊仙子华瑶崧忙即开洞放人。上官红见五行仙遁全被敌人引发，忙往后洞去寻易静，不知何往。拜见华瑶崧，谈了一阵，才知辛凌霄被困金宫，危机顷刻。想起以前她想收自己为徒，对自己十分期爱，又是正教前辈，自己如非先遇恩师，定蒙收录，仙业仍可有望，顿生知己之感。又听华瑶崧口气，师长对她钟爱，从此只管任性而行，不必遇事禀告。心想："如寻恩师请求，似辛凌霄这样人必定宽容。"时机危急，本准备先去救人，再向师长奉告。刚到金宫，便看出中宫有警，牵制全局，五行仙遁齐生威力，不禁大惊，决计拼受师责，救她一命。及听辛凌霄那等说话，越发放心，暗忖："此时五行仙遁行将合运，便自己师徒精通仙法，也须按照总图施为，不能疏忽，外人决逃不脱。何况主要的强敌不久飞临，金、石诸位师长同门也必到达上面，正在混战，形势凶险，如欲脱身，也实艰危。难得她自愿兵解，并与二位师叔说定。"立即应诺，收了辛凌霄的元神，欲往中宫会合。

易静忽引朱文、石奇、赵燕儿和女仙俞岱、云九姑五人一齐飞来，见面便说金蝉、石生带了李健、钱莱、石完已到依还岭，正与群邪恶斗。另有同门数人赶到，内中徐祥鹅和新下山的木鸡、林秋水已经受伤，被对峰林寒用仙法接去，尚在救治。翼人耿鲲因念金石峡之仇，岷山漏网以后，特地赶往海外，趁着天乾山小男去休宁岛赴宴，偷入三连宫，将十八粒天罡珠盗走。事前又将海穴中法宝连同门下水族炼成的妖徒一齐带上赶来，并用法宝查出小人韩玄现在静琼谷待机，越发忿怒，飞来报仇，一到，便在静琼谷上空恶骂叫阵。韩玄小人心高，上次得胜，未免骄敌，把事看易，竟不听劝，自恃这次持有师门至宝如意水烟罗和另两件法宝，足可防身御敌，强行出战。一照面便被一粒天罡珠震伤，如无法宝防身，几遭惨死。幸而沙佘、米佘二小奉了凌云凤之命赶来助战，用伽蓝珠和毗那神刀，将其护送往对峰林寒阵内。耿鲲本想用十八粒天罡珠连山带人震成粉碎，刚发一粒，太乙五烟罗便几被震破。幸而金蝉等赶到，勉强用天心环将那分而复合的千万年乾天罡气制住。紧跟着，天乾山小男在休宁岛得知宝珠被盗，立命随侍大弟子师真童拿了天乾袋和一道灵符，用飞光遁法电驰飞来。耿鲲已将另十七粒天罡珠发出，眼看五烟罗将被震破，人也要伤不少。师真童恰好赶到，由天乾袋内发出青白二气，将珠一起收去。金蝉刚将玉虎神光放起，想要抵敌，猛瞥见一片青色云光拥着一个身材高大的道童，一言不发，才一照面，朝着耿鲲冷笑一声，便将天罡珠收去。又朝众人把手一拱，青光一闪，飞云已到天边。

耿鲲知道进退两难，反正无幸，妄想拼命。便把全身羽毛化成无数火星，往下飞射。带来的一班妖徒也各将元丹和所炼阴火纷纷喷出，满空飞舞。金蝉等各施飞剑、法宝还攻，并扫荡满空蓝色妖云。忽见青松坪那面飞来一道佛光和三枝如火箭之宝,其疾如电,突然出现。耿鲲竟被佛光罩定,炸成粉碎,佛光火箭立隐,更不再现。妖人屠霸本与耿鲲相识,见众妖人纷纷伤亡,耿鲲正在暴怒发威。陈岩突然现身,不知用甚法宝,竟将满空蓝色妖云点燃,"轰"的一声大震,化为火山也似大片蓝焰,直上高空消灭。双方正在相持,易静见妖云虽破,还有强敌将来,丌南公不久即至,五烟罗挡他不住,不愿断送,一会儿便要撤去。索性纵令群邪一半入宫,用五行仙遁除去;一半由金蝉等分人在上抵敌。只是仙府人少,须人相助,为此将五人带下。又令上官红去往木宫替出癞姑,请其飞往上面,按照卢妪仙示主持。

上官红领命欲行,癞姑恰由木宫飞来,见面警告道:"沙红燕为琼妹毁了她的容貌,仗着地底来敌相助,用老怪法宝仍由地底穿山逃去。如今老怪丌南公已由黑伽山落神岭起身而来,转眼到达,乱子不小。我们虽有安排,还须谨慎。师姊速往中宫坐镇,主持总图。我到上面等候他去。"话刚说完,猛听远远天空中有一老人口音哈哈笑道:"无知小狗男女,我本不值与你们计较,无如欺人太甚,情理难容!先将你们擒回山去,等你们师长寻我要人便了。你们只管准备,老夫还未起身呢。"说时,语声并不十分强烈,但是入耳心惊,连地皮均似受了震撼。癞姑心想:"此老果然厉害,能由数万里外传声来此。"方在心惊,忽听一幼童口音接口骂道:"凭你也配?你由地底传声,有甚稀罕?我随便答话,便能高出九天之上,老怪物听见了么?你不过倚老卖老,以强凌弱,自己打嘴。休说各位师兄师姊,就我一个幼童,你便休想伤我一根毫发。有本事只管前来,空吹大气作甚?"随听哈哈大笑之声由远而近,比前还要强烈。癞姑知道丌南公已被激怒,就要飞到,虽有布置,也甚惊惶,连忙往上飞起。五烟罗已被易静撤去,群邪纷纷往池中飞降。癞姑一面传声,告知诸同门分头迎敌,并说老怪丌南公不久即至,各自戒备,不可力敌。

要知后文许多惊险情节,请看下文分解。

第二九〇回

独朗慧光　呈宝相　灵生兜率火
群飞星雨　毁花容　误放弥陀珠

前文说到李英琼杀了妖人唐双影,往幻波池中飞降,不料赤手天尊邬勤暗中隐形紧附宝光之外,遁入仙府,幸被癞姑传声道破,与英琼合力,运用五行仙遁将妖人除去。刚赶往金宫,想救辛凌霄出险,不料木宫有警。英琼知道木宫所困的正是罪魁祸首紫清玉女沙红燕,不禁引发平日疾恶之念,立即当先赶去。癞姑本要随往,因觉辛凌霄可怜,恐其自蹈危机,临走回身向其嘱咐,就几句话的工夫,英琼先去,便出了乱子。后来癞姑走后,辛凌霄因木宫变出非常,金宫连带受了反应,眼看危机即发,幸而上官红感念知己之恩,冒险入阵,助其兵解。刚将元神救走,欲往中宫会合,易静忽引朱文、石奇、赵燕儿和女仙俞恋、云九姑等五人一齐飞来。说起翼道人耿鲲被天乾山小男大弟子师真童用天乾袋把所盗天罡珠收走,众人合力除去了耿鲲。李洪新交好友陈岩突然现身,将满空蓝色妖云点燃,震散消灭。易静料知丌南公不久即至,太乙五烟罗必须收回,欲将一半群邪诱入阵地,下余由金蝉等分人抵敌。但嫌仙府人少,为此将朱文等五人带下,令上官红去往木宫替出癞姑,亦照卢妪仙示主持。上官红领命未走,癞姑忽然飞来,见面警告道:"沙红燕因为琼妹毁她容貌,仗着老怪法宝灵符飞遁回山。老怪已由黑伽山起身,不可轻敌,请师姊速往中宫坐镇,我到上面等候他去。"话刚说完,猛听丌南公发话示威,语声如雷,连地皮也受了震撼。众人方在心惊,忽听一幼童接口嘲骂,众人料是李洪所发。小小年纪就这么高法力,固是惊人,对方法力何等高强,如何能与为敌,俱都代他愁急。果听丌南公哈哈大笑之声,比起先前还要强烈。易静、癞姑知道强敌已被激怒,转眼就到,虽有准备,也颇惊惶,立即分头行事。

这时五烟罗已被易静撤去，群邪纷纷往池中飞下。癞姑正用传声告知诸同门小心戒备，猛瞥见余英男由静琼谷中飞起，身后随定一个形如幼童，火也似红的怪人，正朝群邪扑去。认出他是月儿岛火海异人火无害，已被英男收归门下。恐老怪赶来撞上，吃人的亏，正想传声拦阻，猛又瞥见英琼由幻波池中突然飞起。她是老怪师徒的大对头，如在池中隐藏，或者无碍。癞姑暗怪英琼胆大，立即传声警告，令其留意。忽听四面天风海涛之声震耳欲聋，空中却是云白天青，只残余诸妖党和诸同门对峙，尚在苦斗，势已不支，别的更无迹兆。风声虽急，却不见风，断定老怪已经发难，善者不来，来者不善。又见英男师徒一到，火无害扬手便是大片太阳神针，银电也似的针光闪得两闪，纷纷爆炸，众妖人当时伤亡大半。英男闻得传声，随即率众同门各照预计，往静琼谷飞去。下余还有四妖人，吃英琼追上，扬手发出紫郢剑和太白金刀，往上一绞，两个当时了账，下剩的两人也各负了重伤。

癞姑恐她穷追涉险，方要赶上，身旁卢妪吸星神簪忽发警号，令其速退回阵。同时又见一道佛光拥着两个幼童，往静琼谷飞去，一闪即隐。因势紧急，也顾不了许多，只得往青松坪仙阵中退去。因和英琼至交，关心过甚，未及和竺氏三姊弟问话，一到阵中，便朝外面观望，连用传声警告英琼说："琼妹该有这场险难，但非完全不可避免，如照预计，怎么也可少却许多危害。敌人神通广大，法力高强，虽以旁门成道，苦修千余年，几成不死之身，连经两次大劫，均被逃脱。长眉师祖那么高法力，因恨其引诱师弟血神子邓隐，两次想要除他，以气运未终，未能如愿。各位师长对他尚存戒心，你如何犯此大险？"英琼也用传声回答说："日前炼那紫清神焰兜率火时，忽悟玄机，生出许多妙用。现在神焰不特与我本身元灵相合，并使白眉师祖所赐定珠与之连为一体，使此仙佛两家至宝有互相感应离合由心之妙。此举一则是想试探此宝威力，二则又以身受师门厚期，照理不应伤折。既然定数难移，与其勉强逃避，终于不能免却这场危难，转不如沉着应付，听其自然。既免敌人先入幻波池，时久生变，微一疏忽，被其毁损仙景，并还借此试验自己道力与敌人看看。"

癞姑劝她不听，又看出英琼面朝阵地，独立在斜阳影里静以观变，人既美艳，加以仙骨珊珊，一身道气，吃本山灵景一陪衬，休说常人，便天上神仙也未必能有许多这样人品。癫姑知其夙根深厚，用功更勤，智慧定力无不超人一等。尽管胆大包身，对于大敌当前，危机已迫，依然气定神闲，处之泰然；但非骄矜自满，一味胆大可比，表面上从容，实则神仪内莹，星光湛湛。真有心包宇宙，气罩山川，而又岳峙渊渟，与天同化之概。将来分明是天仙一流人物无疑，难怪师长垂青，许其领袖英云，表率群流，独领女同门，别张一军，继承师门法礼，与申屠、诸葛、阮、岳诸先进男同门旗鼓相当，分庭抗礼。自己虽得仙佛两家真传，入门较久，如论根骨福缘，先就比她不过，何况将来成就。本门竟有这等人物，真乃可喜之事。正暗中赞佩间，竺笙忽然悄声说道："师父留意准备，请去主持仙法，以备到时釜底抽薪，老怪物快来了。"同时又听吸星神眷上发话，令癫姑留意，无论英琼和诸同门有何危难，不到时机，千万不可妄动，否则有害无益，因那仙阵妙用，必须到时方能发挥全力。吸星神簪关系重要，因有卢妪在南星原以本身元灵遥为主持，每遇紧急，能按需要，自行飞往应用。好在一切用法，日前见面均经指示，凡与此宝有关，如易静、上官红等俱都知道，此时只应自保，以待化解。癫姑深知此老仙法神妙，遇前曾运玄机潜心推算，吉凶祸福早已算定，惟恐泄露，不肯先说，连所布置的仙阵也都循序渐进，非到时候不发挥它的全力，愁急无用。只得如言去往林中所设法台之上观战待机。癫姑刚一上去，便见台上现出一圈极淡的银色光影，定睛一看，才知仙法真个神妙，连丌南公偌高法力，事隔十万里外，其一举一动，竟会被它全数摄来。因在事前准备严密，预有仙法迷踪，颠倒阴阳，棋先一着，老怪空具神通，竟一毫也未警觉。不禁大为惊佩，喜出望外。一面按照所传行事，一面朝那光影中仔细观察。

原来英琼并非忘了老父李宁之诫，只是十分痛恨敌人凶狠贪残，过于骄狂。沙红燕这次来时，又抱必胜之念，先和乃师负气，几件至宝全未带来，只有老怪前赐的一件异宝和一道神光遁符藏在身旁，一直未用。后因伍常山骄敌妄动，如非敌人留情，当时惨死。沙红燕想起落神坊乃师门镇山之宝，尚不能奈何敌人，被其收去。邬勤所炼陆沉混元幡眼看炼成，可将依还岭全山化为劫灰，先给敌人一个厉害，就算幻波池仙府有五行仙遁防御，暂时不能攻进，只用此幡炼上三十六日，也必将那五遁外层炼化。再如无效，便将地肺中蕴积千万年的太火毒焰引发，一任幻波池五行仙遁如何神妙，也将四外山石地土一切灵景化为劫灰，好歹也出一口恶气。不料会被米、刘二矮两个无名后辈仗着峨眉传授，暗中隐形，掩入洞外，趁着屠霸和自己初见说笑，为伍常山医伤之际，潜入地穴深处，埋伏法坛之内。

邬勤骄狂自恃，以为那幡本身虽然易毁，但是法坛四外有几层邪法禁制，只有当中法台共总三丈方圆空处，坛前又设有照形邪法，敌人一到禁圈外层，立可发现，何况上面还有三个厉害同党，多大本领也难混进。一时自满太过，又因法坛设在后洞地穴，离地三四百丈，最是隐秘，于是疏忽。那邪法照形，又是专注上面和洞口一带，变为照远不照近。而米、刘二矮又是行家，本门隐形更为神妙，一直尾随到了法坛，便看情形藏好。因那妖幡关系尚小，最厉害是毒火邪焰，妖人经数百年始炼成，如不全数毁去，仍可重炼。加以入洞之前，因无妖人飞遁神速，到得较迟，知道洞中尽是强敌，此来虽怀必死之念，事如不成，岂非白送？邪法厉害，稍被警觉，便无生理。二矮正在发愁，在洞外隐伏待机，不敢妄进，忽然发现左近山凹中有一幼童驾着一道红霞飞堕，看出是正教中高明人物，只奇怪怎会那样年幼。因见妖窟邪气太浓，无法走进，一时福至心灵，跟踪寻去。到时正遇幼童采了一株仙草，似将飞走。这一对面，越看出对方仙风道气，功力极高，越发惊奇，忙即现身拜见。幼童见二矮不问来历姓名，先自下拜，执礼甚恭，又问出是峨眉门下，越发投缘，略一闭目寻思，便笑对二矮说："我姓陈，适才默运玄机，得知你二人此举必能成功。"便告以出入妖窟下手之法。二矮大喜，因闻此行功成必死，陈岩到时愿为应援，又闻小师叔是李洪好友，喜出望外。便将飞剑、法宝全数交与代存，日后与师父带去，自带黑眚赶回妖窟。正值屠霸刚飞到，妖人迎出，宾主四人正在说笑，立时乘机掩入。跟着邬勤回坛炼法，忙即尾随下去，冒着奇险，掩在坛后，一直提心吊胆。换到妖幡快要炼成，幡上毒火邪焰已全凝聚，先化为无数蓝黑红三色的烟丝往幡上投去，一晃不见。只要再炼上几昼夜，便可如意施为。

沙、屠二人因伍常山负气，单独飞去，正往外追，尚未觉察。邬勤却看出前洞有了警兆，心疑敌人寻上门来，妄想诱入洞内，一试妖幡威力，匆匆赶上，自恃禁制重重，未先将幡收起。他刚被陈岩用法力调虎离山，将其引走，二矮立照预计，将黑眚幡取出，发挥全力，将整座法台与台上主幡一起用黑眚丝裹住。跟着再把新学会的太乙神雷连同乙木仙遁一齐施威。两下里对撞，那万丈毒火邪烟未等发难，便与妖幡同归于尽。因在法坛中枢要地，四外虽有禁制，并无用处，二矮本能逃走，只为贪功心切，志在转劫重修，死生早置度外。因恐妖幡太强，万一不能毁去，岂非徒然？黑眚幡外，又将神雷、木遁发出，功成收法，稍微缓了缓。邬勤来去如电，闻得地底雷声，知道中计，立时赶回。另一面，沙、屠二妖人因追伍常山不上，也已飞回。如非陈岩法力高强，应变神速，志在救人，不与相持，仗着法宝护身，跟踪赶往地穴，二矮几乎连元神也难保。二矮本意大功已成，能逃则逃，但恐元神受害，正待隐藏一旁，相机出险。邬勤已经飞回，料定敌人必有隐形仙法，人还未到，先将禁制一起发动，合围上去。经此一来，二矮宛如笼中困鸟，网里逃鱼，在重重邪法包围之下，略一逃窜，便看出不妙，各出先备佩刀，对刺兵解。满拟原身在法力运用之下，受那千百把飞刀毒箭、烈火妖云环攻之下，假意逃窜，可混敌人耳目，伺隙逃遁。哪知妖人见妖幡被毁，怒火攻心，虽见敌人现身，已被千万刀叉飞箭绞为肉泥，仍疑元神尚在，正待施展妖法搜魂。二矮元神原仗仙法隐蔽，在刀叉火箭丛中穿来穿去，眼看危急万分。就在晃眼之间，陈岩忽然飞到，急速连人带宝化为一道朱虹，纵入重围，收了二矮元神，往外飞遁。

邬勤见人来救，心中越发暴怒，忙用邪法封闭出口，同时把那蓝色妖云似狂涛一般飞起。与此同时，沙、屠二妖人也已追到，正待两下里夹攻。陈岩正要还手，忽听有人传声，令其速退。因忿妖人凶恶，冷不防扬手一大蓬金花，似暴雨一般照准敌人打去。同时哈哈一笑，骂道："无知妖孽，我不耐与你纠缠，过日我往依还岭寻你便了。"声随人起，话未说完，霹雳一声，扬手先是一片红光，将蓝云挡得一挡，就势拨转朱虹，朝洞顶穿山直上。只听一大串喳喳裂石之声，晃眼无踪，便已遁去。三妖人满拟四面邪法包围，出路已断，本身法力又高，敌人万无逃走之理。不料敌人竟会改下为上，把那三千丈深的山石穿裂而逃，其去如电。欲待跟踪，分头追赶，轰隆一声大震，山摇地动，震耳欲聋，整座山洞忽随敌人起处崩塌下来。如非邪法均高，邬勤、沙红燕均精穿山地遁之术，见势不佳，不顾追敌，忙护屠霸逃到上面，几被压埋地底。这还不说，最气的是敌人只是一道朱虹，耳听发话，便不见人影。逃时所发大片金花，又不知是何法宝，其细如豆，来势猛烈。屠霸以为敌人乃网中之鱼，自恃必胜，微一疏忽，竟被扫中了些，纷纷爆炸，闹了个遍体鳞伤。随之伤处化为一种怪火，往里熔化，其痛钻心透骨，万难忍受。虽幸沙红燕带有老怪灵丹，本身又精玄功变化，忙把元神离体，再行救治，残余火气虽被制住，但仍难于复原。为此另寻同道解救，又耽延些时日。直到重炼别的法宝，重新寻来，始终不知那朱虹的来历。

沙红燕触目惊心，暗忖："敌人如此厉害，如无万全之备，岂可轻举？伍常山往水宫求助，不知如何？"急切间寻他不见，无颜回山见师，只得趁着邬、屠二妖人炼法之际，飞往海内外，连借法宝，带约能手相助。虽将火龙礁主庞化成、西海火珠原琪琳宫主留骈和车青笠，以及土木岛主商梧之子巨灵神君商弘、商壮，连同查山五鬼等能手妖邪约来，本定到日一齐夹攻。谁知这伙旁门散仙左道妖人俱都成名多年，骄狂自满，多半把事看易，以为对方只是几个入门不多年的峨眉后辈，至多仗着幻波池原有五行仙遁，凭自己的法力，还不是手到擒来。又都各生贪念，妄想捷足先登，把池中藏珍和毒龙丸攫为己有，谁也不肯落后，纷纷抢先赶来。沙红燕无法，只得同庞、留、车三妖人及辛凌霄作一路。本意想仗庞化成日月五星轮之力，将太乙五烟罗破去，各持克制五行之宝，飞入池底仙府，破阵报仇。谁知敌人早有准备，因自己这一起飞遁较快，后面接应尚未到达，便连受敌人戏侮。末了还是敌人想要诱其入网，才得下到幻波池，却把庞化成隔断在上。预计各攻一宫的主意已缺其一，料知敌人预有成算，空此一门，必有深意。无奈一时气忿已极，中了激将之计，势成骑虎，不得不进。那木宫门外迎敌的正是张瑶青，年纪虽轻，入门又不久，因其心性灵慧，又是玉清大师开山弟子，甚是钟爱，来时见她初次出山，玉清大师除原赐法宝、飞剑和仙佛内教御邪防身的各种仙法而外，并将自用炼魔之宝罗刹金刀赐她带来。她因听说过沙红燕的容貌，一见便被认出。因为初经大敌，未免谨慎过度，惟恐给师门丢脸，上来便以全力应付。索性迎斗到底也罢，打着打着，忽又想起奉命诱敌入网，哪能恋战，骂了两句，便收宝败退。沙红燕见她法力颇高，所用飞刀、法宝无不神妙，正待猛施杀手，忽然不战而退。明知诱敌，但因对方骂得刻毒，正中平日心病，一时激怒，立意追上，在未入重地以前将其杀死，或是给她吃点苦头。正寻思间，忽见前面现出一条甬道，沙红燕知是木宫入口，自恃身有异宝，毫未在意，连忙追去。方想昔年三入幻波池，曾经陷身其中，所有五行仙遁和各种禁制，差不多均已见识，今日所见为何全不相同？沿途毫无动静，绝不似要发动景象，难道敌人竟将五行仙遁重新布置不成？果如所料，更须先发制人，免得吃亏，中其埋伏，虽有制胜之宝，到底费事。一时心狠，妄想把瑶青先行杀死。

瑶青回顾敌人飞行特快，还未引入重地，便被追上，情面难堪。又见敌人法宝来势厉害，一时心慌，猛一扬手，将师传佛门至宝弥陀珠回手打去。此宝发时，一团青紫绀三色的祥光立时化成千百朵五色金花，暴雨也似，无论何物遇上，便作轻雷之声，纷纷爆炸，随灭随生，生生不已，威力绝大。更能分别对方善恶，敌人邪法越高，威力越强，全随人的意念与善恶气机感应。对方如非极恶穷凶，至多受伤，绝不致死。如不是妖邪一流，因与宝主人发生误会，致起争斗，那千百朵金花便只将人包围逼紧，上下飞舞，不令进退，对方嗔念一消，立时复原飞回。玉清大师原因钟爱瑶青，既恐在外吃亏，又恐少不更事，树敌伤人，特把恩师神尼优昙昔年所赐镇山降魔之宝转赐，使其在防身御敌之下，不致误伤好人。瑶青年轻好胜，又见峨眉门下一班同道都是年纪轻轻，法力高强，惟恐失机丢人；仙府人数又少，所遇偏是最有名的强敌，不免担心。回顾敌人追近，木宫甬道刚刚出现，惟恐在自己尚未飞入以前吃敌人追上，假败变成真败，心内一急，不暇寻思，便将此宝发出。

沙红燕本有乃师为她特炼的乾天罡煞之气笼护全身，寻常法宝、飞剑绝难侵害，平日也颇以此自豪。那年三探幻波池，虽为妖尼所困，也因仗有罡气护身，本身未受伤害。又见五行仙遁尚未发动，一心自恃，想要伤敌。不料遇此专破邪法的佛门至宝。眼看敌人快要追上，法宝也已取出，待下毒手，猛瞥见一团酒杯大的紫青绀三色祥光在面前一闪，还未看清来路，已化为万点五色金花，暴雨一般迎面扑到，发出轻雷之声，纷纷爆炸不已，护身青气当时震破，这一惊真非小可。连忙行法抵御时，敌人忽又收回法宝，往甬道中飞去。总算沙红燕法力高强，应变神速；宝珠威力虽大，瑶青初得师传，功候尚浅，不能尽量发挥，要差得多；又是志在诱敌，小胜即止，趁着敌人受伤停追，知已入网，由此永落下风，不怕她逃，忙收宝珠向前飞去。否则沙红燕受创更重。初遇一个无名少女，吃此大亏，如何不急怒交加。以为防身有宝，只待取用，护身青气将来仍可重炼。怒火攻心之下，哪还再计利害。于是取宝防身，力催遁光，切齿咒骂，恶狠狠朝前急追。接连三把三尖两刃的飞刀刚发出去，猛觉眼前青霞电一般疾，微闪得几闪，那条长甬道忽然隐去，敌人踪迹不见。耳听少女喝道："不要脸妖妇，你虽旁门左道，邪法甚高，落伽山黑神岭高居天半，风景更极灵秀，你在老怪物宠爱护庇之下，如若安分守己，除却应有天劫，谁肯无故招惹？平日仙山修炼何等逍遥，无故倚势横行，屡次结党欺人，不是明偷，就是暗盗。玄门中哪有你这样败类？幻波池灵丹藏珍，前主人本有遗令，留与转世旧友和有缘之人，并非无主之物。你以前不知难怪，现既知道物各有主，就应死心。上次你和同党为妖尸所困，又全仗李、周二位师姊以德报怨，救你出险。不料你和同党刚脱危境，立即反恩为仇。自来因果循环，只要平心细想，你也修道多年，并非无识之人，此番你们如能成功，岂有天理？现你困入木宫，转眼遭劫。似这样忘恩昧良的无耻之人，本不值与你多言，因奉师命，为免不教而诛，良言相劝。如能革面洗心，回头是岸，趁五行仙遁尚未发挥威力以前，急速死心退去。你那师父情人虽是旁门，自从躲过四九天劫以来，隐居落伽山，重定条规，不再自出为恶。只你是个祸水，虽因你师溺爱袒护，仗他威势，在外横行，也不过是喜近群邪，仇视正人，并不似别的妖妇一味淫凶，无恶不作。再者你师徒修炼多年，劫后余生，也实不易。为此与你一条生路，免得牵动全局。你师父本与此事无关，也因你卷入漩涡。就算他此时仗着法力，受你蛊惑，自食前言，以大欺小，略占上风，实则与人无伤，早晚你师徒同归于尽，何苦来呢？如听良言，便放你走。至于你所约那些妖党，十九极恶穷凶，能逃生的极少，必被主人一网打尽，劫数使然，你就不用问了。"

说时沙红燕早就激怒，气忿已极。无如甬道隐去以后，当地便成了青蒙蒙一片其大无垠的广场，四面青气氤氲，无边无岸，敌人语声时远时近，一任施展法宝、飞刀朝前猛冲，均无动静。知已入伏，有心想要施展特备的几件异宝奇珍，因为仙遁威力尚未发动，更恐敌人事前惊觉，有了准备，一个不巧，被敌人用那两件仙佛两门的至宝占了先机，心思岂不白用？不如上来示怯，暂忍一时，相机发动，成功便罢，万一又和那年一样，便以全力猛然发难，以毒攻毒，就着敌人五遁威力，把整座依还岭震成粉碎。即使灵药藏珍不能到手，好歹也杀他几个，稍出胸中恶气。沙红燕只顾心存毒念，也不想想此举要造多大罪孽，修道人如何能有这等贪残阴毒的念头？一面咬牙切齿，厉声咒骂，静候敌人把话说完，相机行事；一面行法传声，向同来的辛凌霄、留骈、车青笠三人询问有无成功之望和敌情虚实，一个也未回答。料知形势艰危，越发气忿，心中恨极。

张瑶青性情温柔，丰神美艳，连举止神情也全像玉清大师，只是年轻气盛，比乃师疾恶得多。因听易静等说起幻波池这场危难全由沙、辛二女而起，沙红燕更是罪魁祸首，所有妖党也都是她约来，结果双方均有伤亡，来的妖人更是极少逃免，越发痛恨。虽以师命难违，事前加以警告，话却不大好听。因知就照乃师之言婉劝对方，也是平白耽延时间；不知乃师藏有深意，正想借此延挨时刻。不过终因素敬乃师，明知徒劳，依然把话说完。见对方一味毒口咒骂，直如未闻，越发有气，突然现身喝道："无耻妖妇，祸到临头，好意劝你，还要骂人！"说完，手掐灵诀，朝外一扬，形势立时大变。

沙红燕瞥见敌人在前现身，怒火头上，先把三口五毒飞刀化为绿荧荧三道光华，朝前飞去。随取法宝，正待施为，倏的青霞奇亮，敌人身形忽隐。同时眼前忽又一暗，青霞敛处，大地上立时一片昏暗，四顾暗雾沉沉，身外浓黑如漆，什么也看不见，这与以前被困所见景象大不相同。方想五行仙遁神妙无穷，此地虽是东宫乙木所在，敌人如在此数年之内真能悟出玄机，随心分合运用，化生无穷，必比以前还要厉害，就许运用正反五行，由乙木化生癸水、戊土，来诱自己上当，均未可知。阵中藏有大五行挪移仙法，反正冲不出去，不如静以观变。便把盛气强行忍住，运用玄功，以防不测。

沙红燕正在戒备中，忽听乐声悠扬，听去十分娱耳。接着万木萧萧，狂飙骤起，澎湃奔腾，走石飞沙，万籁竞号，如擂天鼓，一阵紧似一阵，汇成轰轰隆隆的厉啸，中间更杂着一种极尖锐刺耳的异声。渐渐声势越来越恶，直似地轴翻折，海啸山崩，千百万密雷一齐怒鸣。沙红燕那么高法力的人，竟由不得闻之心神皆为震悚。暗忖："敌人果然尽得仙遁微妙，刚开头发难仅是耳闻，乙木威力已有如此猛恶，下面危机必比昔年加倍厉害，如换常人，不必别的埋伏发动，单这奇异的风木之声，早就把人震死。"方自入耳心惊，晃眼之间，面前由暗趋明，现出一片青蒙蒙的微光，仍和先前一样，除一片浑茫看不远而外，更不见半点影迹。沙红燕心想："似此相持，等到几时？同党声息难通，不知所经如何？多半落在下风无疑。反正要拼，何不试他一试？"扬手又把飞刀发出，猛觉前面似有极大吸力，暗道："不好！"忙即回收。三道刀光本已投入青云杏霞之中，仗着应变机警，收回得快，刀光只在青蒙蒙的暗影里微挣了两挣，居然收回，不曾失落。埋伏却被引发，先是眼前一花，一片青霞微微一闪，晃眼烟岚杂沓，碧云如浪，由上下四外铺天盖地潮涌而来。起初时沙红燕还未觉出十分猛恶，刚一上身，风木怒啸之声忽止，碧云立化青霞压上身来，当时成了一片云海，人困其中。那力量大得出奇，如非先有法宝防身，功力又高，几被压死。就这样，护身宝光以外，行动仍是艰难，大有进退不得之势。那碧云青霞有如电闪涛翻，越来越急，势也更猛，环身四外忽又现出大小千百万根木形青色光柱，纷纷挤压上来。前排到了身前，为宝光所阻，便即停住，不再前进，后面的又冉冉飞翔而来，挤将上去。一层跟一层，越来越多，势也由慢而快，越来越密。一会儿工夫，便密压压成了一圈青柱密林，为数何止千万，除却护身宝光，数丈方圆以外全被青色光柱塞满。前排的为宝光所阻，环绕矗立，本难再进。无奈后面光柱为数太多，争先拥到，一味前冲，等到挤成一片，便又互相旋转，磨擦起来，渐渐越转越急，发出一种极繁密的轧轧怒啸，比起先前万木鸣风所发异声更是尖锐凄厉，震悸心魂，那压力也增加了不知多少倍。

沙红燕到此境地，才知敌人于数年之内，果然悟出玄机。便昔年妖尸在此苦炼百年，又是圣姑门人，尚无如此厉害。有心施展太白金精之宝，以金克木，又防敌人中藏反止生化之妙，由木生火，反克真金。如照预计，由同来五人分攻一宫，互用传声联系，各仗克制本宫之宝同时下手，就说仙阵难破，也可无害。偏是敌人厉害，才一飞进，便失联系，连用传声，均无回意。一个较强的同党又被隔断在上，空出一宫。敌人全占主动，开头便被占了上风。历时已久，所约援兵一个未见下来，想连邬、屠二人也被隔断在上。照此情势，分明败多胜少，自己无妨，辛凌霄、留骈、车青笠三同党却是凶多吉少。

沙红燕正在越想越急，打算再迟一会儿，乙木神雷发动以后，或是光柱顶上发出火花，然后猛施全力拼他一下，就势冲往别宫，索性与辛、留、车三同党会合一起，相机再下毒手，以免牵动全局，使同党也遭池鱼之殃。正在奋力抵御，待机欲发，觉着乙木威力越来越大。不特防身宝光被其四面逼紧，寸步难移，那压力之大更是惊人，防身法宝连受四面重压，已渐禁受不起。候的天崩地塌般霹雳连声，前排刚一震散，后面光柱立时狂涌上来，将其塞满，仍旧电旋星飞，互相挤轧排荡，相继爆炸不已。当时情势，宛如百万迅雷纷纷爆炸，前灭后继，生生不已，威力越来越猛。只见青霞群飞，精芒电射，身外宝光受不住那无量冲击压力，四外震撼，眼看就要破裂碎散，凶多吉少。虽然她身藏异宝，预有准备，至不济，尚有脱身之策，仍然心惊胆怯起来。正在奋力抗拒，并做准备，以防万一，事也凑巧。

原来当沙红燕正在紧急关头，剑拔弩张，将要发难之际，英琼恰将邬勤误带入阵。因忿妖人凶残，癞姑也是疾恶如仇的心理，刚巧留骈、车青笠妄恃带有克制之宝，将水土两遁引发，仍然不知进退，二女心想："今日来的妖邪甚多，势已至此，除得一个是一个。"定数所限，竟把沙红燕这一个祸胎忘却。正发挥反五行威力，想把邬勤、留骈、车青笠三敌一齐除去，忽想起辛凌霄可怜，恐遭波及，又防她不知好歹，特把总图转动，把三妖人伏诛情景现与辛凌霄看，使知戒惧。各宫五行仙遁原有呼应，癞姑和辛凌霄问答，由英琼主持仙遁，只顾除恶快意，忘将木宫隐蔽，她这里如法运用，木宫也自现出景象。沙红燕本就忿极，忽见万丈青霞中先现出一片黄色光雾，裹着一团宝光，中一道人正是留骈，在雾影里奋力挣扎，神情狼狈已极。方想冲上前去与之会合，黄雾影里忽冒起一片金霞，奇光激射，一闪即消。紧跟着，又现出一盏金灯，灯花只有两三寸长，光焰停匀，中裹一个寸许大的妖魂，正是费尽心力约来的靠山之一赤手天尊邬勤。只见邬勤挣扎乱滚，似走马灯一般快，由青霞影中飞过。火头上忽有一片极淡的黄光银霞微微一闪，一连串极轻微的爆音过处，连妖魂带金灯全都不见。紧跟着又是一片玄云波翻浪滚，中有无数水柱，车青笠被困在内。虽只小小数尺方圆的一片水云，看去却是波涛汹涌，水柱林立，光影明灭，和乙木光柱一样，互相挤轧排荡，隐闻水雷乱爆，密如贯珠。车青笠人小如豆，困在里面，越显得形势险恶。车青笠似比留、邬二人明白，神情虽然狼狈，只在一片青黄二色的宝光环护之下奋力防御，并不挣扎。眼看癸水将要化生乙木，就在青霞初闪，要起未起一瞬之间，车青笠身旁忽发出一蓬烈焰，乙木得火，越发威猛，眼看要糟。沙红燕心中悲忿，刚失口"哎"的一声，不料车青笠就在这千钧一发之间，扬手发出一股黄气，身形一闪，化为一道红光，迎着前发的烈焰，连人带宝光在那万千水柱中连闪几闪，忽然不见，玄云也便隐去。沙红燕知他法力较高，识得五遁生克之妙，肉身虽死，元神凝固，又长玄功变化，带有几件克制五行之宝，应变机警沉着。一经陷入重围，知难幸免，便不与强抗，以免激出反应，增加危害。静候五行合运，癸水生出乙木妙用之际，先用烈火，故意助长乙木威力，实则自身精于火土二遁，以退为进，另用戊土之宝反克癸水，再驾火遁，由危机四伏，死亡一瞬之际逃去。就这样，是否又遇别的埋伏，能否安然出险，尚不可知。经此一来，同来四人已死其二，还饶上一个大帮手。

当三妖人相继伏诛之际，沙红燕又发现辛凌霄被困金宫，四外虽有千万金刀箭雨布满，银霞电耀，却不上身。癞姑、英琼二强敌正与对谈，似已化敌为友神情。车青笠元神一逃，便不再见。自己这面乙木威势本来稍缓，等先见景象一幕接一幕似走马灯一般闪过，威力重又大盛，并由木柱顶上射出极强烈的火花，上面又有无数木形青光往下压到。沙红燕心神一荡，脚底忽冒起一株宝树，枝叶葱茏，苍翠欲滴，通体都有青气浮动，宛如雨中春树，雾约烟笼，华盖亭亭，美观已极，本来上下四外均是压力，加上万千乙木神雷连珠般爆炸，防身宝光已禁不住那强力冲击排荡，危险万分。再见同党伤亡，形神皆灭；辛凌霄那么强的性情，又是为报夫仇而来，竟会觍颜降敌，如非存亡呼吸，万般无奈，怎会如此？虽然自己身怀异宝，照此形势，能否如愿，实不可知。心中惊疑，欲发又止。就这略一停顿之间，乙木威势突又加强。

沙红燕正在举棋不定，万分难支，心中悲忿，切齿咒骂，那树一现，脚底立时一轻，不但下面压力全消，并还轻松异常，空若无物。可是头上四面冲击压力越发大增，只有下面一条路，防身宝光已快冲破，如换常人，定必被迫朝下避去。沙红燕毕竟累世修为，得道年久，见闻广博，深知五遁厉害。才一入眼，便看出那是木宫法物，一落树上，便和三妖人一样形神俱灭，休想活命。总算见机得早，不特没有下落，反倒运用全力朝上猛冲。暂时虽免奇险，但那头上和四外的木雷光柱威力越猛，再加上千万朵火花激射如雨，更是难当。她知道陷身神木之上，固连元神也难保全，少时乙木化生丙火，又加一重威力，如何能敌？稍微疏忽，困入火宫法物金灯神焰之上，死亡更快。端的危机密布，九死一生，奇险异常。本就情急，猛又觉脚底生出一股极大吸力，竟连宝光也被吸住。百忙中往下一看，原来那树先前高只丈许，就这转眼之间，忽然暴长，枝叶扶疏，由小而大，蓬蓬勃勃，向上高起。树上又有无数青色光气朝上激射，已将身外宝光裹住，往下猛兜，力大异常。上面和四外的木雷、光柱、青霞、火雨更似排山倒海一般，朝身上压击而来。眼看那树亭亭上升，树上千枝万叶精芒迸射，霞光万道，离身已近。又被那具有极大吸力的青色光气裹住，朝下猛扯，上下夹攻，休想挣扎。不由吓得心惊胆寒，亡魂失魄。加之有妖党前车之鉴，不禁气馁疑惧，把来时必胜之念消个干净。

当此危急存亡关头，沙红燕也就不暇再与乃师负气，想起了向丌南公发那求救信号。于是把胸前密藏一枚形似宝珠的传音法宝取出，伸手一弹，"叭"的一声极轻微的炸音，由近而远，往地底钻去，晃眼无声。同时把所借几件至宝取了两件，先由手上发出一道白虹，朝那裹身青气绞去。果然庚金克木，一绞便断，身上一轻，才知所借白虹钩果然神妙。心中一喜，忙取第二件法宝，防备万一。同时手指白虹，环身绕成一圈，然后由内而外，朝那四边青色光柱反荡过去。再若成功，然后斩那神木，只要木宫法物一破，五行失驭，便五遁不能全破，敌人威势必大减退。上面屠霸、伊佩章、唐双影、查山五鬼和商弘、商壮如果乘机而入，由商氏兄弟用土木二行真气去破癸水、戊土两宫，屠霸和五鬼弟兄夹攻助战，庞化成日月五星轮再一施威，整座依还岭连同幻波池仙府一齐毁灭，均在意中。沙红燕心中一喜，精神大振。正打着如意算盘，不料白虹电掣，刚环成一圈，还未向外展开，就这一眨眼的当儿，青霞如电，闪得两闪，眼前一暗，所有乙木神雷、万千光柱、大片青霞连同脚底神木大树，忽然一闪不见，重又恢复到先前黑暗景象。她那护身宝光已极强烈，光外白虹钩更是向西海白虹岛师执至交大白仙姥借来的太白金精所炼前古至宝，发时白光如虹，光芒万丈，理应照出老远。幻波池仙府虽广，当地不过一间石室，能有多大，就仗法术隐蔽，颠倒挪移，无非逃不出去，实质至多数十亩方圆一片，况还未必。这等至宝，不论多坚厚的物质，照例挨上便成粉碎。然而护身光幢已近十丈高大，这圈白虹范围更广，不特没有丝毫山石破裂之声，而且光幢以外，依旧黑暗非常。白虹紧附光外，看去还好一些，只一加大，便成了一圈白影，环绕在光幢外面的暗雾之中，仍是什么也看不见。情知厉害，反正非拼不可，求救信号已先发出，决计沉着应付，看清下手。

沙红燕也是运数当终。既然横心拼命，胸有成算，求救信号又先发出，索性多挨片时，便丌南公不好意思亲自前来，也必命人来援，何至惨败，误己误人。只为同党伤亡，仇恨越深，急于报仇；身在阵中受了仙法暗制，心神无主；加以妄用庚金之宝，当时似乎小胜，因而不愿久等。张瑶青虽奉师命，令对沙红燕不要过分，最好纵令其全身而退，等其恶满自毙，心中却很痛恨。又见三妖人相继伏诛，以为双方势成水火，反正骑虎难下，照沙红燕的口气，便放她走，也必不会悔祸死心，转不如痛痛快快除此一害。因此一见沙红燕已入幻境，还在咒骂逞能，并把宝光频频伸缩，越发有气，便照易静所传，催动五遁禁制，使其合运。仙法神妙，不论何宫，一受敌人挫折，自生变化，来势越强，反应之力越大。便不去催动，也要发作，经此一催，来势更快。沙红燕偏又急于报仇，认定乃师宠爱，一接警报，绝不坐视，而且神速已极，估量不久即至。欲在乃师和援兵未到以前，先行发难，以便将事闹大，使乃师势成骑虎，欲罢不能。只顾行法试探，自己还以为是临敌谨慎，稳扎稳打。哪知危机四伏，一触即发。犹如好些地雷火药，药引早已点燃，哪再禁得起烈火焚烧，自然祸发更速，沙红燕原是行家，早算计敌人五行正反相生，不是乙木化成丙火，便由先天逆行，转化庚金。自己恰借有专制金、火二行之宝，以为戒备严密，即使不能获胜，也不至于伤亡。便将水府奇珍极光球取出，试探着朝黑影中放出。此宝本是千万年内极寒精凝炼而成，任何烈火当之立消。初意乙木必要化生丙火，意欲抢占先机，万一反化庚金，再用身带的阳金至宝金乌神火破它。此着虽被料中，但是仙遁威力神奇微妙，生发之间变化万端，不可思议。

沙红燕的极光球刚化为一团冷艳艳的五色寒光，飞向广场前面，精芒万道，流辉幻彩，正在暴长，张瑶青也正催动仙遁，双方正好撞上。寒气才现,倏的眼前大亮。先是千万朵烈焰突然出现,"轰"的一声,一齐爆散,当地立成了一片火海,来势神速异常,连人带宝齐困火中。对面又有一盏半人多高的金灯,由一翠玉灯檠托住,沉浮火海之中,时隐时现。灯上结着一朵如意形的灯花,光焰停匀,时青时白,时红时紫,彩色晶莹,变幻无常。同时那极光球也已暴长亩许大小,"叭"的一声极清脆的炸音过处,当时爆散,化为一片极长大的五色晶幕,璎珞流苏,寒光若电,五光十色,奇丽无俦。才一出现,便带着一股奇寒之气,罩在护身光幢之上,那么强烈的火势立被挡住,近身即灭。沙红燕方在欣喜,忽见矗立火海之中的那盏金灯的灯头上突发出五色奇光,灯花也自暴长,高达丈许,火势骤盛。虽被极光球所化晶幕挡住,不得近身,但那火势越来越猛。更由灯头上飞出一朵朵火花,精光闪闪,由火海中飞舞而来,晶幕一挡,立时爆炸,毫光万道,火雨千重。虽然同是一火,前者一片深红,仿佛一个极大的洪炉,人困其中,因有晶幕护住,声势只管猛恶,还未觉出它的厉害。这些灯花,开头全是如意形,火作金色,跟着五色变幻,纷纷爆炸以后,立即化生成一朵朵的五色火焰,上下飞舞,潮涌波翻,重重叠叠,暴雨一般打到。又是前灭后继,随灭随生,宛如亿万金花杂着无量彩星灵焰,潮涌于火海之中。霹雳之声,比先前乙木神雷更猛百倍,身不受伤,那万雷怒震之势也吃不住。因被晶幕一挡,好似郁怒莫宣,威势越来越盛,火中更有极大潜力,上下四外全被挡住,行动不得。

沙红燕心想:"擒贼擒王。圣姑五遁法物,只这一盏乾灵灯乃九天仙府流落人间的至宝奇珍,最为神妙,本身便具无穷威力。极光球乃万载寒精癸水奇珍,正是它的克星。并且大小舒卷,可以由心运用,此时火势虽被挡住,仍有相形见绌之势。何不另用法宝防身,将此宝朝那灯头打去?只要将灯上神焰打灭,便有成功之望。"心念微动,立即施为。哪知危机已迫,此是应有景象。她这里刚把晶幕化为一团寒光,往火海中打去,暗中主持的敌人张瑶青看出敌人法宝厉害,也未用传声向主人请问,便将先后天五行正反相生运行起来。癸水之宝虽能克火,无如乾灵金灯与另外四件法物不同,本身自具极大威力。极光球连与真火对抗,暂时虽能抵御,暗中实已损耗不少;神灯所发灯花烈焰,却是生生不已,又有仙法挪移。所以灯头并未打中,却将五行仙遁一齐引发。

第二九一回

有意纵妖娃　宝树婆娑　青霞散绮
隐形擒异士　精虹潋滟　红雨飞花

沙红燕一面发出癸水之宝，一面妄想以火御火，并还借此防御乙木运行所化庚金，一面又将新借来的天木神针和师门防身之宝二气环分别拿在手内，以为克制。五行之宝已有其三，况又加上从来备而未用的法宝灵符，自然万无一失。再若不济，便仗这道灵符逃回山去，再打报仇主意。沙红燕因见信号发出已久，尚无回音，正在满腹幽怨，心恨师父薄情，平日那么恩爱，当此危急之际，竟不肯破例来援。猛瞥见那团寒光在火海中星飞电驰，朝前急追，但金灯始终矗立火中，未见移动，只是追不上。那亿万金花神焰仍如潮水一样，随着万丈烈火涌来。并且上面晶幕一去，神火所结光幢竟挡它不住，已快逼近护身宝光之外，周身奇热如焚，火雷威力更是猛恶难当，连人几被震散。

沙红燕方在触目惊心，金灯神焰上忽射出一片黄尘彩雾，只闪得一闪，便朝极光球飞来。先前金灯在前，寒光朝前直冲，四外金花火焰挨着寒光，纷纷爆散消灭，当时冲进一条火衕，只是打那金灯不到。及至丙火化生戊土，黄尘一起，来势比电还快，只一晃眼，便将寒光包没，"叭"的一声，精芒万缕，迸射如雨，当时炸散，射向火海之中，立时沸腾，化为大片热雾，随着火势，发出轰轰隆隆方雷怒鸣之声，潮涌而来。同时那片黄尘也由大而小，化为千万层黄色云涛，由上下四外齐往中心压到，神灯已经不见，烈火却是未消。万丈黄云影里，更杂着千万点暗黄色的星光，暴雨飞蝗般纷纷打来，挨近防身宝光层外，便化神雷爆炸。末后越现越多，不到身前，便已冲击排荡，纷纷爆裂。看去大只如杯，便那极大的迅雷也无此猛烈，数又繁密，生生不已。只听轰轰巨震之声，令人心神皆悸，魂魄欲飞。火花星光互相激撞，又似千万花筒相对射击，合成一片火海星山。沙红燕知道戊土神雷已是难当，如果火土二行联合来攻，更不知底下还有什么变化。后援不到，危机瞬息，迫于无奈，二次横心，便把前在东极大荒山向青帝之子巨木神君骗来的天木神针朝那黄尘影里打去。因用巧计诈取而来，虽知用法，不明微妙，用时迫于无奈，心实踌躇。此宝与主人心灵相通，巨木神君因爱沙红燕貌美，故意由她骗去。别时曾用言语暗点说："此宝任多厉害的戊土真气均能克制，但是对方如有乾灵纯阳真火，我不肯使此至宝平白葬送。你如无法抵御，我必将其收回。再用来取，只要不失信，永远由你使用，否则便只能用这一次了。"

沙红燕本意也只想骗一次，破了戊土便罢，惟恐事前收回，连演习也未敢用过。不料这天木神针威力之大果是惊人，才出手便是一溜光色极深的苍霞，奇亮无比。打向黄尘之中，只听惊天动地一声大震，那么广大一片杂着亿万土雷火星的云海，吃那长仅尺许的一溜苍霞打到里面，当时烟消云灭，眼前景物突现。那地方乃是一片广场，四面玉壁上巨木如林，青光涌现，似要飞舞而出。离身不远，地上有一堆金光闪闪的黄沙。天木神针钉在上面，已现原形，乃是一根四五寸长苍黑如玉的木针，奇光隐隐外映，别无他异。最奇的是黄沙下面压着一堆烈火，火焰熊熊，由沙下往四边迸射飞溅。知道天木神针不特克制戊土，并还连敌人的丙火也被反克在下。只是上下洞壁一齐震撼，似要坍倒神气。同时风雷、金刀、烈火、狂涛之声又如海啸天鸣，由上下四外急涌而来，料是五行仙遁已制其二，正反失驭所生感应。方在惊喜交集，只不知如何下手，天木神钉如何收回，就这微一迟疑之际，猛听二少女连声清叱。先是张瑶青扬手万朵金花，带着一道剑光迎面飞来。先前吃过她的亏，早就怀恨，仇人相见，分外眼红。刚把飞刀、白虹钩一齐飞出，猛又瞥见李英琼身剑合一，电驰飞到，扬手飞出一朵如意形的紫色灯花，朝那天木神钉上飞去。苍霞一闪，神针立隐，"轰"的一声，先前黄尘烈火突又出现。

因那天木神针镇压戊土，反克丙火，将五行仙遁一起引动。英琼不来，乱子更大，沙红燕固是不免于祸，仙府也必受到毁损，先前四处风雷震撼，刀兵火水之声，便是正反五行齐生感应所致。沙红燕哪知厉害。及至英琼飞来，一见戊土为神木所制，虽不知它的来历，但想五行仙遁何等神妙，竟被对方法宝所制,并因丙火也受反克,知道变生瞬息,事出非常。心料那天木神钉必是东方乙木精气所萃,恰巧前得紫清神焰兜率火新近炼成,正可应用。一时情急,扬手一指,先将神焰放起,为防万一,又将定珠和青灵髓放起。沙红燕如何禁受得住,来势又都神速异常。神木一去,丙火、戊土重又施威,已极厉害,下余乙木,庚金也在此时突然发动。只见亿万金刀,千寻恶浪,连同那无量数的青色光柱一起出现,狂涌上来,水火风雷、金铁交鸣之声会成一片繁喧巨响,比起先前威势更加强烈万倍。英琼见沙红燕在光云火海、金刀巨木、光尘水柱环攻之下,已急得面容惨变,走投无路,手上拿着一件形式奇怪的法宝,正想发动。英琼知道五遁已全引发,便卂南公亲来,也未必能从容抵御,沙红燕如何能行?猛想起昔年老父别时警告,方喊:"贱婢不必惊慌,五遁被你引发,只要谨守不动,等我行法复原,和你说话,还可暂时饶你活命。"话未说完,沙红燕一见五遁环攻,悲忿情急之下,以为对她绝无好意。英琼虽用仙法传声警告,无如沙红燕痛恨英琼,不特无心去听,反倒厉声咒骂,神态凶横,又将师传防身至宝施展出来。就此逃走也罢,偏又记仇心盛,临逃还想放把野火,致将英琼激怒,终于引出事来。

这里英琼一面发话劝诫,一面连用仙法使五遁复原。眼看五遁运行已复常轨,所有烈火、金刀、黄尘、水柱已全消灭,只剩千万根青色光柱环列如林,将敌人围在中心。正待向前发话,纵令逃走,偏生事机变化绝快,英琼仙遁复原,沙红燕也施展杀手,双方恰是不先不后,同时发动。那乙木光柱本来环绕在外,吃英琼不止,尽管青霞潋滟,并未发威前攻。沙红燕却不知好歹,见先前形势厉害,又因五行仙遁撤退时各射奇光,相继闪变,比电还快,看去分外强烈,不知敌人有心败退,以为还有别的变化,越发情急。本来要走,临时又想起许多同党多为自己而来,弃众而归,以后何颜见人?微 迟疑,欲将法宝先发出去,准备先拼一下。心想:"此是师门最著名的六件前古奇珍之一,和落神坊有异曲同工之妙。师父因见自己前生遭劫惨死,几乎形神皆灭,便为法力、飞剑不是敌人对手之故,等将自己的元神救回山去,炼成形体重生以后,想起前情,十分怜爱,特传此宝,以作防身之用,威力绝大。初发时,只是一个淡微微青紫二色的光圈环绕身外,大只数尺。跟着发出一片光雾,将人通身包没,成一青红二色的气团，随人心念发生妙用。敌人如若知机，就此让路，任其飞走，还可无事；否则，一经发难，当时精芒猛射，晃眼暴长千百倍，形如一个日轮，连宝主人也制它不住。无论上天下地，任何厉害的飞剑法宝，钢铁石土，挨着便成粉碎。因它威力大得出奇，传时再三告诫，不许妄用，正邪各派中人又都闻名，自己也从未遇到这等情急拼命之事，因此尚未用过。那年我三探幻波池，师父为防仙遁神妙，二强相遇，一个不巧，便要惹出巨灾浩劫，特将此宝索回，另赐了两件法宝。后为妖尸所困，几乎送命，并还伤了一个同门至交，我回山哭诉，向师埋怨。师父因见敌人势盛，法宝未成，时机未至，表面推说门人背师行事，与他无干，心中却是气忿，再被自己一激，才将此宝发还。并附一道玉叶灵符，加增此宝威力，使其易于收发。只要敌人稍微见机，不与它强抗，并不多伤生灵，引起地震山崩，发生浩劫。现见敌人如此可恶，莫如在行前试它一下，万一转败为胜，固是极妙；至不济，也使敌人受伤，或将敌人所用飞剑、法宝破去一两件，稍出心中恶气。"主意打定，一面施展法宝，化成一个光环，罩向身外；一面将先前身外光幢和飞刀、法宝一齐收去。

英琼、瑶青见她目射凶光，连声咒骂，所说的话全未入耳，已经有气。忽见青、红二色的光环飞起，只一闪便成一个气球，人在中心，手掐法诀，似在行法施为神气，先前防身法宝和那飞刀、白虹钩忽全收去。料知敌人想作困兽之斗，出手定必厉害，二女全生戒心。见那气球将人包没以后，乍看雾气只薄薄一层，吃四外金霞一照，里外通明，看得逼真。耳听沙红燕人在里面厉声怒喝："峨眉贱婢，还我三位道友的命来！"随说，左手法诀一扬。那气球本来虚悬光柱之中，大只丈许，光气又淡又薄，看去本似一个大水泡，忽然由淡而浓，变成实质。球上先是光云电旋，奇亮夺目，宛如一轮红日。紧跟着上面射出青、红二色的火花，晃眼暴长。四围乙木光柱虽被英琼阻止进攻，反应之力仍极强烈，来势又快得出奇，晃眼便将那将近十丈的空处占满。宝光万道刚射向光柱丛中，立生剧变，只听风雷轰轰，青霞电耀，前排光柱吃敌人宝光火花暴起排荡，当时震裂了一大片。乙木遇见强烈攻击，立生反应，惊天动地般一声大震，那千百根光柱随着惊涛骇浪般的大片青霞，电也似的连闪几闪，全都不见。跟着红光奇亮，烈焰突起，风雷、金刀与万丈洪涛之声纷纷怒鸣相应。

英琼看出敌人法宝厉害无比，从来未见，五行仙遁竟被激动，不禁大怒。气忿头上，竟将定珠和那兜率火紫清神焰猛发出去。双方下手均极神速，那气球形的宝光本来急如雷电，一发不可收拾，无坚不摧。火光精芒所射之处，任何坚固之物，甚或差一点的飞剑、法宝，只一射中，便化乌有，死圈所及，能达数百里外。沙红燕手持灵符，暗中戒备，本心还想此宝威力太大，如若奏功，宝光所及之处立成死圈，惟恐上面同党也遭波及。正持灵符戒备，想将宝光制住，只将仙遁破去，杀敌报仇，于愿已足，免得死圈太大，整座仙府连依还岭一齐震碎，同党也受误伤。及至发难以后，百忙中瞥见气团化为日轮暴长，吃四围光柱一挡，前排虽被震裂，但颇吃力。心想："此宝一经施威，便似迅雷爆发，非经宝主人行法回收，绝无止境，非把当地景物全数毁灭，化为劫灰，四面皆空，毫无阻止，不会停歇。照此情势，并不如师父平日所说那等猛烈神速。"又见青霞电耀，烈焰群飞，乙木受挫，又生丙火，宝光虽仍往外暴长，无形中却似被一种大的潜力阻住，不似预想之快。方在惊疑，就在这应敌瞬息，不到一句话的工夫，猛瞥见敌人在火海中双双扬手，一个飞起万朵金花，一个发出一朵长才寸许、奇光晶莹、精芒四射、如意形的紫色灯花，以及以前敌人常用的定珠慧光，一同打到。灯花来势绝快，出手便如一朵流星，迎面射将过来。那团慧光却是大如栲栳，祥辉流转，冉冉飞来，看去要慢得多。

沙红燕因在平日过信师门至宝威力妙用，早知敌人持有佛门至宝，并未放在心上，以为就算法宝无功，护身逃遁，决可无虑，惟独害怕敌人的那粒定珠。心念才动，那团慧光不知怎的竟会当先飞到，未暇寻思，祥辉暴长，已将那气球形的宝光罩住，休想似前暴长发威。她知道不妙，不禁大惊。刚把右手玉叶灵符扬起，未及施为，慧光照处，耳听远远有人高呼："琼妹，且慢下手！"刚听出是敌人癞姑口音，人也随声飞来。说时迟，那时快，那朵形似灯花的紫清神焰兜率火已打向气球之上，当时穿光而入，化为一片紫色神火精芒，当头打到。沙红燕骤出意料，不及防御，万分惊惶之下，忙将玉叶灵符展动，人已受伤。本来非死不可，幸而癞姑恰在此时赶来，一见李、张二女各用法宝夹攻，最厉害是那兜率火，想起前事，忙即喝止。哪知已经晚了，只差句把话的工夫，英琼已先发难。英琼闻声想起老父行时告诫，又见气球已被慧光制住，停在火海之中，不能再动，忙即回收，已经无及。气球本被慧光罩定，又被灵焰震破一洞，但未散裂。就在这收宝瞬息之间，忽由沙红燕手上飞出一片青白色光气，将头面全身一起裹住，使沙红燕立成了一个青人。同时气球上光云电旋，前发火花精芒一闪即灭。紧跟着气球由大而小，成一青、红二色的光幢，将沙红燕紧紧裹定，电也似急往上腾起。只听一连串的爆音往外响去，晃眼响出老远，少说也有百十里外。

癞姑忙收仙遁查看，那么禁制重重的仙府，竟被穿山透石，逃了回去，所经之处，洞壁上现出些尺许大的空洞裂口。才知此宝兼备五遁之长，穿金透石，如鱼游水。那么严密的禁制，竟阻它不住。又知沙红燕自负绝色，最爱她那副面容，方才英琼误发灵焰，已将她玉颊烧残，仇恨越深。此去回山哭诉，老怪丌南公心怜爱宠，必不甘休。自己百计求全，到底仍是英琼惹祸，可见定数难移。也就不再埋怨，笑问："此女本有青气护身，如何不见，竟为神焰所伤，花容残毁？"瑶青笑告前事。并道："事关定数，我们该有场磨难，不必说了。早知这样，反正成仇，转不如将这一害除去，还好得多呢。"癞姑笑道："你哪知道，此女天生尤物，丌南公爱之如命。自从她昔年遭劫，元神逃回山去，丌南公本想令她转世重炼，她偏爱惜前生容貌，一任劝说，始终倔强。老怪竟不忍违她心意，亲自为她炼丹炼魂，费了多年苦功，硬将元神炼成形体。身上青气虽可防身，她却认为是有损花容的一件憾事。只为当初助她炼形的人也是一个老怪物，丌南公又是强娶她为妃，非所心愿，故留此一点缺陷，美中不足，尚向乃师撒娇絮聒。丌南公因此举逆数而行，又以事大繁难，他本身灵元还要受伤，不肯为她去掉，不料青妹弥陀珠正是罡煞之气的克星，为她破去。虽然元神不免损耗，多年憾事居然去掉，我料她定必心喜，事完回去，正好向老怪物献媚，不料脸会残破。这类元神凝炼的形体，如是别人，定必分合由心，虚实兼用，更具神通。她却爱美过甚，既想讨情师的欢心，又恃独门玄功变化，宁甘多受三年苦痛，用固神胶和乙木青灵真气凝炼，照样长骨生肌，无异生人。可是一为法宝飞剑所伤，便难复原。虽然仇恨越深，老怪物禁不起她缠磨，必来生事，终比杀死的好。否则，他师徒情孽纠缠，已历多世，丌南公宁失天仙位业，归入旁门，便为了她。现虽受伤毁容，以乃师的神通，还可医治；至多转世重修，更合初意。如令形神皆灭，必来拼命无疑了。"

英琼气道："你们都是怕事。自来邪正不能并立，福善祸淫，定理不移，怎见得会遭她的毒手？你看好好一座仙府，被她穿破好些洞穴，老怪物如来，正好由此钻进，岂不惹厌？终不如将她除去，才消恨呢。"癫姑笑道："琼妹偏是这么天真，你已快是神仙中人了，你看你小嘴一噘，生气神气多么可爱！无怪人说自来美人，不管是哭是笑，薄怒轻嗔，无一样不好看，动人怜爱，看了心疼。要似我这样丑八怪，休说生气，这麻脸缺嘴叫人看了，只有肉麻恶心，便把眼泪哭出两缸来，也无人理，反倒讨厌。天下事就这样不公平，同是一样人和处境，一美一丑就差得多，你说多怪！"英琼忍不住笑道："姊姊，这是什么时候，还打趣么？也不想个方法把贱婢所开洞穴封闭，真个想让敌人长驱而入不成？"癫姑笑道："你把丌南公太看小了。他平日眼高于顶，自居前辈，如非爱徒宠姬哭诉，便我们把群邪一齐杀光，也不会来。此来他以为胜之不武，不胜为笑，便可全胜，也有损他的威严声望。来时必定预先通知，公然登门问罪，绝不肯做那鼠窃狗偷之事，来钻狗洞。至于别的妖人，漫说本洞禁制重重，就被穿破，当时复原，也钻不进来。再若深入重地，真是找死。愁它作甚？倒是你们说那一根木针，竟将戊土神沙钉住，末了又会自行化去，威力这等神奇，极似恩师以前所说东极大荒巨木神君用东方先天精气所炼神木，比那铜椰岛木剑厉害十倍。如非琼妹得有三朵紫青灵焰，还真讨厌呢。"

癫姑说时，忽听身旁吸星神簪发出卢妪传声，说沙红燕先发求救信号，恰值丌南公为御天劫和报峨眉之仇，炼宝正急，法坛封闭，内外隔绝，信号被门人接去，不敢通报。后来还是丌南公由定中警觉，忙即开坛，未等命人来援，沙红燕已仗法宝、灵符之力遁回山去。人在途中，知已受伤，本就急怒。少时沙红燕回山，再一哭诉，必然寻上门来。好在事前已有准备，事已至此，可速依言行事。癫姑因在意中，虽然为时尚早，也须先做准备，忙告二女，匆匆飞出。见了易静诸人，略说几句，便即飞上。本想玉清大师和青囊仙子华瑶崧均说英琼杀气太重，敌人太强，不可大意，料知情势凶危，关心过切，恐其胆大冒险，各位师长前辈又无一人能来解救，应付之间稍失机宜，纵令英琼仙福深厚，不致受害，伤痛危难，也许不免。事前屡次叮嘱告诫，令先趋避，须到万不得已，方出面应典，不可冒失。

英琼平日温婉娴静，对诸同门姊妹最是谦和礼敬，一旦遇敌，便当仁不让，从未计较艰危。近来功力日深，勇毅沉练，已非昔比。知道命中该有这场劫难，不可避免，素性疾恶好胜。幻波池仙府灵景无边，恐为邪法残毁可惜，吉凶命定，不能避免，事由自己而起，理合身先急难。再者修道人常有三灾八难，不经险阻艰难，如何能成大器？平日自负向道坚诚，誓为本门效忠宣勤，使其发扬光大，以报师恩。而修仙业既以崇正诛邪，降魔除害为务，以往诛戮妖魔如同剪草，入门不久，便以三英之名威震群丑，纵然修为年浅，全仗福缘深厚和父师尊长怜爱期许，毕竟也有光彩，如何遇见强敌，便自退缩，仿佛欺软怕硬？同是旁门左道，敌势一强，便不敢与之争锋，岂不丢人？休说受命自天，老怪物未必能奈我何；即便为道殉身，也使异派群邪知我峨眉门下一个入门未久的小女弟子有此智勇胆力，竟敢以卵敌石，不为老怪物凶威所屈，虽死犹荣，似这样藏头缩尾作甚？英琼主意打定，因听易静、癞姑再三劝诫，说敌人实太厉害，何必多受苦难？良友好意，不便明拒，心中却想借此试验自身道力。

也是英琼该当有此奇遇。当炼那紫青神焰兜率火时，因此宝十分难炼，功力稍差，便不能与心灵应合；威力又是极大，倘不能收发由心，一个制它不住，反而受害。必须以本身真火元灵，与之合为一体，方可发挥它的无边妙用。先用太清仙法施为，好容易才得制住，可以随意收发，仍只能勉强应用，将来还须重炼，为美中不足。到了三十六日过后，始终没有进境。这日英琼忽动灵机，暗忖："此宝与佛家心灯既是异曲同工，寒月大师的心灯佛火已与他本身元灵相合，我怎不能？现在定珠已与元神相合，不畏心火自焚，何不按照师传，用这定珠将元神护住，索性以火济火，由明化空，返虚入浑，使与本身真火合为一体，炼成第二元神，随意发收，并还增加自己道力，岂非绝妙？"于是便用仙法重炼。英琼虔心毅力也真坚强，上来便拼尝苦痛和火宅坐关，受那灵焰罩体炙身灼肤之苦，始终按捺心头火，不令外燃，一味守定心神，使体外灵焰神火无法侵入。她起初还用定珠慧光护定元神，志在尝试，由渐而入。到第七天上，偶然触机，猛地悟出微妙，当时反照空明，明见三朵神火化为一幢紫焰笼罩身外，全仗本身功力和那凝聚心头的三昧真火，内外防御。虽然不曾烧伤皮肉，热痛异常，一经悟彻玄机，心火立灭，当时透体清凉。就在这有相转为无相的瞬息之间，三朵灵焰立被收为一体，与本身元灵相合。只见定珠慧光大放光明，三朵灵焰已被降伏，收为己有，不在体外，时间也恰满了四十九日。

英琼满心欢畅，微笑而起，大功告成，欣慰非常。由此随心应用，弹指即出，大小分合，无不如意。暗忖："有此仙佛两门至宝防身，并与元神相合，多高邪法均所难施。久闻丌南公自尊自傲，平日号称敌人生死只在他反掌之间，一击不中，便不再击。只要挡得过这开头一阵，便可无害，怕他何来？"惟恐易静、癞姑劝阻，只说宝已炼成，并未明言。及至飞到上面，明听癞姑传声急呼，假装追杀妖人，随口应答，却不照她预计退入阵内，自往当地立定，静待强敌应战。后听天风海涛之声由远传来，知道敌人先由十万里外传声示威，无非是先声夺人，以示他的威力，心中好笑，也不理睬。正在暗中准备，忽见李洪同一幼童隐形飞来，到了面前，忽在佛光中现身，含笑点头，把拇指一伸，意似称赞，一闪即隐，似往静琼谷一面飞去。英琼忽想起："英男身世经历最为可怜，与自己患难至交，亲逾骨肉，她虽名列三英，法宝不多，功力也不如严人英师兄，孤身在外行道，日常代她担心。难得她这次远赴月儿岛，巧得离合五云圭前古奇珍，又收了火无害这等异人为徒。看她对敌情景，比起从前要强得多。姊妹情分太深，少时见我为敌所困，定必出手，却是可虑，怎忘了招呼一声？"

英琼心方一动，果见英男去而复转，正由谷中飞来，吃火无害抢前拦住，意似不令她来，师徒二人还在争执。忙用传声推说奉有前辈仙师预示，绝无妨害，别人出来不得，务望退回，免自己分心，反而有害。说不几句，忽又瞥见李洪和那幼童又在谷口现身，朝英男师徒将手连挥，意似劝令退回，英琼原未见过陈岩，这时见他相貌神情和李洪相似，几如李生兄弟一般，功力根骨也均不在李洪以下。又穿着一身大同小异的短装，越显得粉妆玉琢，俊美可爱。心方奇怪，见幼童侧耳一听，二次口说手比，催令英男速退。英男师徒刚刚退走，烟光闪处，人全不见。谷口一带，原本设有太清玄门禁制，只自己人能够随意出入透视，外人看去，只是一座危崖，山形早变。便丌南公亲来，若不是事前知道底细，或是细心观察，急切间也难查见。李洪虽然年幼，因是九世修为，近年法力也许恢复，不去说他。那幼童明明不过十岁左右，如何也能随意出入，不现一点迹象？忽听极猛烈的破空之声，由遥天空际冲风穿云而来，那么洪大的天风海涛之声，竟丝毫掩它不住，来势万分神速。当入耳时，听那声音来处，少说也在千里以外，高出九天之上，常人绝听不出。可是才一入耳，便似两枝响箭电射而至，晃眼工夫，声到人到。只见两道青光，由来路老远高空中流星过渡，斜射下来，直落静琼谷外，现出两个豹头环眼，扁脸狮鼻，虎口燕颔，相貌装束无不诡异的矮胖道童，好似谷中动静，老远便被看见。二道童落处正对谷口，又似觉出当地设有仙法禁制，面带惊疑之色，落地先互相对看了一眼。内中一个穿黄衣的厉声怒喝："李英琼贱婢，快出来纳命！我师父命我二人来此先行通告，命尔等自行准备，引颈就戮。我二人因师父还有些时才来，想起我长兄仵备前随沙师姊来幻波池取宝，与你们无仇无怨，为李英琼贱婢暗算，久欲报仇，未得其便，特在师父未到以前，来取贱婢狗命。适才在路上遥望这里，谷口内有一少女穿着神情，与沙师姊所说贱婢李英琼相似。等我弟兄赶来，你们已用禁法隐蔽，缩头不出。是好的，快出来纳命，分个高下。如以为区区障眼法便可隐身保命，直在做梦！再如延迟，惹我弟兄性起，只一举手，这座依还岭便成粉碎了。"

话未说完，便听一幼童口音在旁笑道："洪弟，你认得这个小妖孽么？他便是老怪丌南公门下，号称黑伽三仙童的仵氏弟兄。师父年老成精，老而不死，门下徒弟也个个这样丑怪讨嫌。仵老大前往幻波池盗宝，在北洞水宫卖弄伎俩，为你李师姊所诛。这是老二、老三。听刚才风涛怪声，老怪物必将起身，故意闹此玄虚欺人，不知何事耽延未到。这两个小怪物仗着老怪物在后面，有了靠山，来此狐假虎威，仗势欺人。本来我们不愿多事，他偏狂吠不已，看了有气。洪弟你如高兴，我弟兄一人对付一个，先给他们吃点苦头，扫扫他师父的老脸。他不是说举手便要粉碎全山么？莫如我两个乳臭未干的小祖宗，也举一回小手，教他尝尝味道，你看如何？"

这两道童乃丌南公爱徒黑伽三童中的仵盛、仵江。因乃兄狮面仙童仵备前探幻波池，为轻云、英琼无心误杀，怀仇数年。乃师知道劫运当然，峨眉势盛，自己多年名望，不出手则已，出手便须全胜。上次妙一真人夫妇率领长幼群仙往铜椰岛，为天痴上人、神驼乙休和解救灾，丌南公带了两个有力同党，趁着妙一夫人和玄真子送那天火毒焰，去往两天交界之处消灭时，暗用邪法，前往作梗。结果阴谋未成，平白造孽，同党还受了伤。试出长眉真人虽然仙去，门下十二弟子和一班同道敌党，竟是个个神通广大,法力无边,一个不巧,就许身败名裂。幵南公决计暂时忍辱,等那两样异宝邪法炼成,再与敌人一决存亡。成则独自称尊;败则乘机转世,就便避那末次天劫。好歹也在事前多杀几个敌党,以消胸中恶气。见宠姬、门人相继伤亡,心虽痛恨,表面却不露出,反说门人未奉师命,自取灭亡,凭自己的身份,难道还与这班后起的无知小狗男女交手不成?把门人骂了一顿,置之不理。仵氏兄弟修道多年,均颇狡猾,看出师父是因知道峨眉势盛,去了仇报不成,或许还要送命。也只得假装做遵守师命,不敢离山,连沙红燕屡次约他们同报兄仇,均以婉言辞谢。这日见乃师为沙红燕受伤激怒,亲自出马,心中大喜。暗忖:"弟兄三人,一母孪生,此仇不报,岂不被同道中人耻笑?"身后又有靠山,顿起轻敌之念。

幵南公自命得道年久,在异派散仙中,与大荒二老、大雠山青玕谷苍虚老人同是修炼千年,经过两次四九天劫,均得无恙,素极自恃。每一出洞,照例要有好些排场做作,未到以前,先使当时风云变色,山川震撼,有时还有门人和仙音仪仗前导,以显他的威势。风涛之声,便是来前个把时辰,向敌人所下警告,表示旗鼓堂堂,未来便先通知,好使敌人先行戒备,绝不暗算。仵氏弟兄一心想捡现成,乃师又命前行通知,立即飞来,本想当时能报仇更好,如果不能,依还岭全山已在乃师法力遥制之下,随时可以发难,人也随后就到,越发气粗胆壮,没将敌人放在眼里。二仵邪法本高,老远看出谷口有一女三男聚谈。因未来过,英男和英琼相貌身材又差不多,二仵本来就分辨不清。恰巧当日二女因为知道来的都不是常敌,特将开府所赐仙衣穿上,二女更加相像。二仵前听沙红燕说过英琼的相貌服饰,又见谷口烟光明灭,山形立变,人也隐去,误认英男为英琼,立催遁光飞来。不料幵南公刚将邪法发动,飞行中途,忽被两人拦住,来迟了些。又因和那两个人说话,无暇行法查看当地情形。二仵正发狂言,忽听幼童在旁哭骂,不禁大怒。但因素性阴毒险狠,知道峨眉隐形神妙,既敢在旁讥嘲,必有所恃,惟恐一击不中,上来便先丢人,强忍忿怒,照样问答辱骂,故作不闻,暗中却施展邪法,留神查听。正准备冷不防猛然发难,谁知怒火头上,成见又深,以为有恃无恐,只顾猛下毒手伤敌,一举成功,不曾想到防御本身。

二仵这里邪法刚一准备停当,对方话也说完。另一幼童接口笑说:"李师姊不必动手,由我和陈哥哥先给他吃点小苦,省他狗嘴骂人。"话还未完,二仔刚把手中法诀扬起,各把左肩一摇,肩头所佩扁长葫芦立有数十点酒杯大小的青光飞起。还未及往两幼童发话之处飞去,就这转眼之间,面前疾风电扫,叭叭两声,每人嘴上早各中了一掌,力大异常,比钢还坚,当时满口门牙一齐打断,舌头也被残牙咬碎,鲜血直流。骤出不意,遭此猛击,空有一身邪法,竟无所施,牙碎舌破,疼得连话都说不出来。剧痛神昏,情急暴怒之下,似哼似吼怒叫了一声。因觉着敌人是个小孩的手,连法宝也忘了施为,忙伸双手去抓。不料敌人隐身灵巧,人未抓中,仵盛右膀又被那坚逾精钢的小手打了一下,当时打断。耳听幼童笑骂:"这等脓包,也敢人前撒野!"声到手到,这里骨断筋折,奇痛攻心,右脸上又挨了一记巴掌。那幼童正是李洪,所用乃是佛家金刚神掌,仵盛多高邪法也禁不住。事前骄敌,毫无防备,一下打得头晕眼花,仰跌地上,几乎晕死过去。负痛昏乱中,凶心仍然未死,不顾行法止痛,先由地上飞起。左手一挥,正待把那葫芦中的宝光朝敌飞去,匆迫中未先行法防身,左手刚伸,手指上又似中了千万斤重的一块钢板,左手五指又被打断了三指,痛得周身乱颤,发怒如狂。仵盛刚想起敌暗我明,吃亏太大;又因背师行事,上来丢人,挫他锐气,恐受责罚,不敢告急求救,只得忙运玄功,行法止痛。紧跟着身剑合一,化为一道青虹,朝敌人来路电驰卷去。但一任往来飞翔,依旧毫无迹兆。乃弟邪法也已发动。

原来仵江先和仵盛一样,被陈岩一掌照样打得齿碎血流,舌根几被咬断。但他人较机警,知道厉害,一受伤,先自行法防身,准备把痛止住,再去应敌。一面把葫芦中的青光暴雨一般分布开来,朝前射去。本想敌人就在对面,纵令隐形神妙,宝光分布甚广,也能伤敌。一面正待施展先前所准备的埋伏,手中法诀刚一扬起,"当"的一声,后心上又中了一下钢拳。最奇的是修炼多年,又已经行法护身,竟无用处,这一下来势更重,打得心脉皆震,脏腑几要断裂,口里发甜,眼前乌黑,两太阳穴直冒金星。一个旁门中的散仙能手,竟和常人挨打一样,这一拳竟把他打出去好几丈远,几乎立脚不住。总算比乃兄略善应变,又有一点准备,就着前蹿之势,忙运玄功,强定心神,纵遁光飞起。同时邪法也已发动,当时便是青光一闪,大片青色火花似乱箭星飞突然出现,把静琼谷外一带笼罩在内。

英琼独立阵前，遥望逼真。先见妖徒骂人，心想事已至此，迟早对敌，何必顾忌？正打算出手，先挫敌人锐气。忽见李洪和同来幼童隐形发话，似想让自己观看。连幼童也是本门隐形之法，李洪又在大声喝止。刚一停顿，二妖徒便连遭毒手，狼狈已极。这两小孩胆大得出奇，竟敢空着双手去打敌人。敌人邪法异宝虽然那么厉害，竟会抓捞不着，一照面，便接连挨打，被打得头晕眼花，骨断筋折，顺口血流。打时形势也颇冒险，敌我互相对面，敌人伸手可及，李洪又是纵身连打，不曾闪退，差一点没被毒手抓中。因这两人看去全是十来岁的幼童，而敌人相貌狞恶，一身邪法，相形之下，休说不知底的人认为以卵敌石，犹捋虎须，强弱相差天地，便自己深知李洪和那幼童法力均高，照这等空着双手，毫无准备，去向虎口中讨便宜，也由不得代他们捏一把冷汗。及至邪法发动，大蓬青色火花满空飞舞，电射如雨，越聚越多；两幼童仍未施展法宝，只在光雨丛中飞来飞去，宛如两个天上金童，飞翔星花雨海之中，驰逐为戏，又都生得那么玉娃娃也似，吃青光一遇，俊美无伦，顿成奇景。二妖徒行法之后，血虽止住，牙齿全碎，大嘴内凹，一个又成了残废。当此心中恨极，暴怒如狂之际，貌更丑怪，神情狼狈已极。李、陈二人虽不再打，却不时飞近前去，这个捏一把，那个抓一下，急得二妖徒连哼带吼，咒骂不绝。别的法宝又无暇施展，语声含混不清，宛如狼嗥鬼叫，惨厉刺耳。

英琼到底年轻，童心未退，看得好玩，连用传声赞妙，笑个不住，还问那位道友贵姓。李洪听英琼喝彩赞好，越发得意，引逗敌人更急。因相隔近，忘用传声，脱口笑道："这是我陈岩哥哥，前三生的好友，日前才得巧遇，因他相貌已变，几乎都不认得了。"二妖徒受尽戏弄，无计可施，一听敌人自道姓名，越发又惊又怒。乍江哼声喝问："小狗中有陈岩么？我弟兄和你前有杀姊之仇，既有本领，怎不现身一斗？鬼头鬼脑，暗算伤人，岂非尤耻？"说时，英琼闻得癞姑在阵中急呼说："卢老前辈仙法已将完成，连你们的声形均被隔断。老怪物现为仙法所迷，全看不出这里真相，只当二妖徒已经攻入仙府，但他不久就来。小师弟可陪陈道友将妖徒诱入静琼谷内，困向乙木仙遁之内，有英男师徒监防。妖徒惧怕离合五云圭与火无害的太阳神针，绝不敢逃。只是不要杀他们，以备事完给老怪物添烦添气，也是好的。事不宜迟，以速为妙。"同时李、陈二人也在光雨丛中现身，指着妖徒笑骂道："无耻小妖孽，我弟兄只凭一双空手，你们便吃足苦头，如再现身施为，还有命么？我弟兄也不怕你们的师父恼羞成怒，你们既求我二人明斗，有甚伎俩，快些使来。如想等老怪物来为你们撑腰，可速跪下告饶，我们便停手。否则，再挨打就更重了。"二仵和陈岩有仇，只听已死之兄说起，并未在场，不曾见过。一见敌人现身，竟是两个八九岁的幼童，同在一片红光护身之下，连敌那青色光雨似均勉强；不知陈岩是故意诱敌，把宝光隐去大半，作为全仗隐形神妙，取巧暗算，诱令入网。想起先前吃亏之事，二仵怒火越发上升，越想越恨。大援未到，说不上不算来，一半轻敌，一半心横，便把葫芦中的青光大量发出，双双纵身，各化为一道青虹，朝二人飞去。

陈岩见妖徒飞剑青光强烈异常，仵江手掐法诀，似要施展别的法宝。知他们曾得丌南公的传授，幸是自己和李洪，如是飞剑、法力稍差的人遇上，单这两道剑光，便非其敌。剑的本质也是神物奇珍。见李洪想用断玉钩，恐其伤折可惜，意欲收来转赠别人。忙喝："洪弟且慢！他们要是有本事，同我们静琼谷斗去。"随说，早回手拉了李洪，同往谷中飞去。二仵背运当头，明明见敌人背上两道精虹，欲起又止，绝非常物，因李、陈二人身旁宝光早已隐去，都是空手，仅仗那片红光护身应敌，见敌人纵身想逃，同声喝骂，随后追来。双方飞遁神速，晃眼便到。二仵见敌人过处，前面现出一条宽大谷径。想起来时连用法眼查看，均未看出门户，此时突现谷径，必有埋伏在内。心方一动，飞遁特快，又未停住，猛觉金霞乱闪，烟光明灭之间，人已追到谷内。前面敌人也收红光停住，并立对面崖石之上，正指自己说笑。忙追过去，相隔只数十余丈，不知怎的，竟未追上。跟着猛觉手上微微一空，前面飞剑和那大蓬青色星光忽然一闪不见。心中惊急，忙即行法回收，毫无动静。而且敌人就在前面不远，只是追不上。崖石上却多出一个前在空中所见少女和另一猿形怪人。那地方乃是一片广场旷野，四外青蒙蒙一眼望不到底，除敌人立处崖石之外，空无所有。方觉不妙，忽听殷殷风雷之声，一片青霞闪处，面前忽又多了一个美艳如仙的白衣少女。

仵氏弟兄已入埋伏，仍未忘了报仇之事。同声喝骂："哪个是贱婢李英琼？速来纳命！"少女笑道："你连我都打不过，还敢见我三师叔么？"二仵大怒，扬手把两枝青色火箭发了出去。少女微微笑一笑，把手一挥，身忽隐去。同时眼前青霞电耀，上下四外全是青色光柱布满。随之听万木风号之声，迅雷大作，那千万根巨木的青色光柱便互相挤压排荡，一起压上身来。耳听敌人同声笑骂："投降免死！"二仵知已落入乙木仙遁之中，一时情急，欲以全力拼命。忙取宝防身，并想把先前追赶敌人时未及使用的两件厉害法宝取出一拼，能胜更好，败便自杀，免得受辱，去犯师门重规，连投生转世俱都无望。猛听空中大喝道："无知业障！你火爷爷在此。李师叔逗你们玩的，谁还要你们投降，乖乖守在阵中，等老怪少时把你们领回山去，免得形神皆灭。你们那鬼心思我全知道，以为你们师父的法严，门人应敌，照例宁死不辱，能拼则拼，不能拼便自行兵解，归向老怪物哭诉，仍可转世。此举直是梦想，我火无害早已看清。莫以为你们那两件现世宝尚未使用，仿佛死不甘心，休说身陷乙木仙遁，你们元神决逃不出去，我火无害的太阳神针便是专灭妖魂之宝。你们那大师兄伍常山，便死在我手。你们比他如何？况还有我师父在此，略一弹指之间，你们连残魂余气也休想保全一丝一毫。不信你们去试试。"仵氏弟兄久闻火无害之名，抬头一看，只见一个形似红孩儿的小人，周身都是烈焰包围，手指上射出无数奇亮如电的光针，时长时短，伸缩不停，正在停空飞翔，手指下面喝骂。上空也是青霞神木光柱布满，互相挤轧排荡，轰隆之声，天惊地撼。火无害飞行其中，木光竟如虚影，并无所阻。二仵心想："五行仙遁虚实相生，何不乘机试它一试？只要逃出阵地，立可运用师传玄功变化，逃了回去。"心正寻思，忽听说师兄伍常山乃火无害所杀，心更悲忿，忙将师传多年，不到万分危急，轻易不许使用的青雷子和大有圈，同时施展出来。

刀南公门下弟子，各有一两件至宝奇珍。那大有圈发时是一环淡悠悠的彩虹，月晕也似。初发光并不强，一经发动，便由小而大往外开展，电也似疾，连转不休，越长越大，光也越来越强烈，晃眼暴长千百丈。然后化为光雨爆散，光雨所及之处，无论是人是物，当之均无幸理，整座山峰均能炸裂，荡为平地。这还不说，最厉害的是那青雷子，乃千万年前残留空中的罡煞之气和日月五星的精气凝炼而成，比起轩猿、九烈两老怪所炼阴雷还要厉害。并且这两件法宝能发能收。震散以后，方圆二三百里全成了光山雾海。这类光雾，重如山岳，敌人被陷在内，就不震死，也被压死，厉害已极。丌南公毕竟修道多年,连经两次天劫,想起寒心,恐多造孽,再三告诫徒子徒孙说:"我生平行事向无后悔,已经传了你们,自然不肯追回。但是此宝威力太大,非当性命关头,受辱太甚,不许妄用。用时也须留意附近生物多寡,震圈更不许远及五十丈外,务要适可而止。"

仵氏弟兄仇深恨重,情急万分,出此下策。想起来时师父曾有"此宝敌那五行仙遁或能成功"之言,满拟可将四外神木震破,逃出重围,也许还能杀死两个敌人,都在意中。哪知二宝才一出手,猛听空中火无害一声怪笑,扬手飞起一条形似穿山甲,腹下具有十八条带钩利爪的墨绿光华,停空不动。一珠一圈未等发生妙用,好似被一种奇大无比的潜力吸紧,朝那墨绿宝光飞去,用尽心力,休想收回,晃眼缩小,恢复原状。同时火无害对面现出初来时所见少女,手指一座具有凹槽的圭形宝光,朝先见宝光迎去,一闪合榫,同时无踪。这一惊真非小可。随又听火无害厉声喝道:"这便是我师父所用前古至宝离合五云圭,休说是你们,便比你们邪法更高十倍,也是送死。真想形神俱灭,我成全你们如何?"说罢,将手一扬,五个手指尖上立时有大蓬太阳神针往下射来。这时二仵已被四围青霞神木将防身宝光逼紧,行动艰难。知道此宝若一上身,防身宝光必被震破,真连元神也保不住。互相长叹一声,闭目等死。耳听幼童笑道:"这两个业障倒也硬气,火贤侄休下杀手。谷外已有音乐之声,老怪物想必将到。他师徒还有几年运数,暂且饶他们,交你看守,等少时老怪物自来领回吧。"

仵氏弟兄抬头一看,敌人不见,只四外青霞合成一个光团,包没全身,防身宝光以外,休想移动分毫。侧耳细听,果有鼓乐之声由谷外隐隐传来,知道师父将到。看敌人说得这等把稳,或许连师父也未必能操胜算。空自忿怒悲恨,无计可施,只得耐心困守,以待救援。初意乃师神通广大,一到必将自己救出。哪知丌南公暗受两位前辈散仙仙法禁制,骤出不意,受了暗算,只知门人被困当地,连地方都未算出,详情经过更是不知,心中也是惊疑。无奈素来强傲好胜,性情古怪,预料敌人这面必有能者暗助,多年盛名,惟恐万一吃亏,或是不胜,全都丢人。到后再一细查当地形势,竟与遥空所见好些不同。他虽表面骄横自大,暗中也有戒心,决计事完救人,竟未查见他二人的下落。仵氏弟兄等了一会儿,不见动静,越发惶急不提。

第二九二回　灿烂祥霞　双飞莲座
　　　　　　　　庄严宝相　自有元珠

　　且说李英琼自从李洪、陈岩引走二妖徒后，因听癞姑传声告警，知道强敌将临，便问癞姑："卢老前辈对我有无仙示？"癞姑回答："依我之见，只需稍应劫难，便少好些凶险。琼妹想借此磨炼自己的道力定功，使强敌知峨眉三英二云，英琼独秀，不是虚语，也大佳事。此时已不及更改，由你小心应付吧。"又接易静仙府传声，也说丌南公将来，敌势太强，务望沉着应变，转危为安，不可自恃，胆大涉险。现知她孤身待敌，十分愁虑。最好趁其未来，仍照预计引入仙府，仗五行仙遁之力，将其绊住，以待时机。英琼知道良友关心，恐其担忧，正想把炼宝所得，传声告知。四外天风海涛之声忽似潮水一般响过一阵，声音便小了下来。随见遥天空际，云旗翻动，时隐时现。隔不一会儿，又听鼓乐之声起自彩云之中，由天边出现，迎面飞来，看去似乎不快，一会儿便已飞近。那彩云自高向下斜射，大只亩许。云中拥着八个道童，各执乐器、拂尘之类，作八字形，两边分列。衣着非丝非帛，五光十色，华美异常。相貌却都一般丑怪，神态猛恶。云朵后面，拖着一条其长无际的青气，望去宛如经天长虹，前头带着一片彩云，由极远的几天高处，往当地神龙吸水一般斜抛过来。自从天风海涛之声由洪转细之后，晴空万里，更无片云。华口仙山，景本灵秀，忽有彩云夹着一道其长无际的青虹自空飞堕，越显得雄伟壮丽，从古未有之奇。那彩云青气宛如实质，离地丈许，便即停住，正落在英琼的对面。八童分执乐器，仙韶迭奏，此应彼和，并不发话。

　　英琼见为首敌人未到，料在后面，始而视若无睹，不去睬他。暗笑："左道中人专喜这些排场，明是旁门，偏要东施效颦，自命天仙一流，弄些音乐仪仗,装点门面。昔年灵峤诸仙峨眉赴会,何尝不是仙云丽空,祥霞若焰,冉冉而来,何等从容,全是一派清灵祥淑之景,不带一丝霸道,哪是这等光景?"心方寻思,忽听身侧不远的小峰上面有一幼童,似是玄儿,发话笑道:"健哥,你看老怪物多叫人恶心,要来就来,偏有许多过场。他还没死,连送葬的乐器都带来了。我越看这八个小怪物越有气。来时,恩师赐我两件法宝,内中一件,乃是新由崔老前辈给师父的一把雷泽神沙,经师父为我用了四十九日苦功炼成,尚未用过。我想拿妖徒试试手,你看如何?"随听李健拦阻,意似劝其慎重,不可妄为。英琼听两小隐身在旁窥探,已是胆大异常,又是这等狂言无忌,料被妖徒听去。久闻敌人神通广大,妖徒虽是道童打扮,任何一个,至少也有三数百年功力,如何能够轻举妄动?正代两小担心,以为对方必要发难,哪知众妖徒竟如未闻,只左边第三人面色微变,随即复原,全不理会。心方奇怪,料知强敌转瞬即至,说来就来,惟恐玄儿犯险吃亏,便用传声劝阻。猛瞥见一点紫艳艳的星光在彩云前面一闪,一声霹雳,当时爆炸。数十百丈雷火飞射中,只见前面彩云只略为震荡了一下,云光转幻,一晃复原。众妖徒仍立云中未动,乐声也未停止。耳听李健急呼:"玄弟快来!"方料不好,果然左侧第三妖徒两道浓眉往上一竖,当时目射凶光,把手一扬,云中立有一圈碗大青虹突然涌起,随由里面射出一道寒光,照得当前百亩方圆一片全成青色。玄儿隐身法立被照破,现出全身,小手刚刚扬起,背后金剑也刚飞出,看神气似因神雷无功,另取法宝、飞剑二次施为。李健也似因拦劝不听,正由小峰上面纵着一道金光出来,想要拦他回去光景。就在这双方发动,时机不容一瞬之际,玄儿身形一现,法宝、飞剑还未离身,对面彩云已化作一蓬彩丝,激射而起,将玄儿连人带宝一齐裹住,转动不得。健儿吃青光一照,隐形也被破去,情急救人,扬手一道金霞,正朝玄儿冲去,想将彩丝荡开。忽听云中妖徒冷笑一声,手指处,彩云略为飞动,竟连李健一齐裹住。李健所放金霞较强,上来便将彩丝荡开了些,两小会合。玄儿虽不似先前那样,防身宝光全被逼紧,难于挣扎,然而仍是冲突不出,彩丝反倒越发加强,急得玄儿在里面连声咒骂,敌人仍是不理。

英琼最爱白阳山四小,方在情急气忿,待要出手,猛听左面连声呼喝,都是幼童口音。刚听出有李洪、陈岩在内,猛瞥见两团佛光带着两弯朱虹,先由斜刺里电驰飞来。中拥两个小人，正是凌云凤的爱徒沙佘、米佘两小，各在伽蓝珠与毗那神刀护身之下，突然出现，同声喝骂："小妖徒敢伤我们的大哥、四弟，教你尝尝宙光盘、子午神光线的厉害！"话未说完，两小身前早有一盘椭圆形的宝光出现，大只三尺方圆，盘中浮涌起一根七寸来长的光针，针头上突射出大股比电还亮的光雨，精芒电射，带着轰轰雷电之声，猛烈异常。光头先射向李、韩两小身前，身外彩丝立似雪花遇火，当即消灭，冲破了一个大洞。四小人会合一起，玄儿方喊："这法宝太好了，快杀上去！"沙、米二小面有难色，刚把针光扫向对面，彩云立被冲破一洞，众妖徒突然变色，纷纷欲起。就在双方剑拔弩张之际，又听李、陈二人同声大喝："老怪物快来了，够他丢脸的了，还不快走！"话未说完，一幢佛光祥霞簇拥着一个金莲宝座已电驰飞来 四小还在惊顾，另一圈佛光已罩向身上，宝座往前接住。李、陈二人也未现身，便同冲霄而起，一闪不见。随听李洪空中大喝道："快告老怪物，你们连峨眉下三代的几个小人都敌不住，还现什么世？"说罢，声影全无。众妖徒好似看得那彩云极重，见被敌人冲破，一面暴怒，欲起，一面仍在张皇抢护，想要收起，闹得手忙脚乱，十分狼狈。与初来时骄狂自傲，把敌人视若无物神气，大不相同，颇有外强中干，心虚胆怯之状。敌人一去，带着满面忿激，也未追赶，互相看了一眼。为首一人手掐灵诀一扬，彩云仍复原状，乐声重又吹起。

英琼正笑妖徒无耻，刚吃了亏，敌人才走，又来装腔。忽听远远遥空中传来一声冷笑，众妖徒面色骤变，乐声立止。那条青气仍是长虹经天，由当地起一直挂向天际，始终未动，也看不出它的尽头到底多长。笑声由远远天空传来，听去极远。乐声才停，便见最前面苍霞杳霭之中，有一点青光闪动，晃眼由小而大，由那长不可测的青气之中飞射过来。随见青光越来越大，现出全身，乃是一个身材长瘦、青衣黑髯的道人，羽衣星冠，相貌清癯古古，不带一丝邪气，周身罩着 层青光，简直成了一个光人。刚一入眼，便随青气飞堕，来势神速，晃眼临近，声息皆无。可是才落彩云之上，便觉全山地皮一齐震动，似欲崩塌，猛恶惊人。道人先朝众妖徒看了一眼，众妖徒立时面无人色。为首一人嘴皮微动，也未听出说些什么。道人笑说："我早知道，此事难怪你们，只不应违命出手罢了。可惜途中遇人，晚来一步，被小业障们逃去，一时无暇寻他们。我虽不值与什么小丑计较，但既敢对我无礼，至少也应擒回山去，命他们师长向我要人，为何容他们放肆？暂且不说，可令贱婢李英琼和幻波池一干小狗男女上前答话。"

　　为首妖徒刚刚领命，未及开口传话，英琼早知来人是亓南公。本要上前喝问，心想还是沉稳些好，先作未见，闻言方始从容喝问道："来人是亓南公么？想你得道千余年，虽是旁门，连经天劫，俱都无恙，仙山岁月，何等逍遥。你自负前辈，法力无边，令高足沙红燕去幻波池盗宝的经过，当已深知。是非曲直，自有公理。她不是我解救，早已命丧妖尸之手。如今恩将仇报，明知物已有主，仍然勾结妖党，来此侵扰，她今本已身陷五遁之内。我也并非怕你，只为你近数百年，除与正人为仇而外，也颇像个清修之士，又最宠爱这个女徒，不计是非。我奉师命，崇正诛邪，险阻艰难，我自当之，便为道殉身，亦复何惧？只恐操之过切，你受爱徒蛊惑，难免为她倒行逆施激出事来，因而祸害生灵，引起浩劫。为此网开一面，纵令逃走。我已委曲求全，谁知你仍自毁平日信条，来此兴戎，趁我师长休宁岛赴会，上门欺人。来前，并还虚张声势，志在恫吓。我因令宠乃我所伤，与众无干；又知你法力高强，不问胜败，难免不毁我仙府灵景，为此孤身在此相待。我李英琼勤修道业，不计艰危，休说你师徒九人，便十万天兵天将一齐下凡，也只笑你量小作态，绝不皱眉。现在我就在你面前，意欲如何？"自从亓南公一到，整座依还岭便在震撼之中波动如潮，如非早有仙法防御，已经震裂，声势猛恶已极。

　　亓南公见她仙骨珊珊，一身道气，言动从容，神态英爽，独立艳阳之中，仙容光彩，照耀岩阿，不特没有丝毫惧色，身外也未见有法宝防护。老怪暗忖："莫怪峨眉英云名不虚传，此女果是天仙一流的根骨人品，自己法力虽高，至多使其受点苦难，未必便奈她何。"明知此来自违信条，大失身份，胜之不武，不胜为笑。无如爱徒一味哭诉，纠缠不休；凤世情孽，两生爱宠，空自修道千年，早无床第之私，偏会怜爱已极，放她不下。本想威名远震，对方不会不知，师长暂时又难来援，必定害怕，只要肯服低认过，献出毒龙丸，使爱徒复原，或是乘机转世，再不随同回山，静待敌人上门，再分高下，稍出爱徒恶气，挽回一点颜面，也就拉倒。不料一时托大，被两位与他同时的前辈散仙暗用仙法，出其不意，颠倒愚弄，好些均未算出。来时途中，又被两位轻易不见面的地仙故意拦住叙阔，到晚了一步，门人已为他先丢了人。与两位地仙分手之后，遥望依还岭，先派的仵氏弟兄不见踪影。只见英琼独立岭上，仿佛有恃无恐神气。众妖徒所驾彩云，本是一件镇山之宝，特意用来示威，以壮声势，竟会受了残损。偏又查算不出，仅知内有几个峨眉后辈，将法宝几乎毁去，凭自己的慧目法眼，事前竟未看见，屵老怪料知敌人就这个把时辰，已有了准备。弄巧敌人师长也许由休宁岛赶回，行法隐蔽，占了机先，所以毫无影迹可寻。心想："果然对方师长在此也好，省得自毁信约，凭自己的威望身份，落个以大压小。"到时还当仇敌有意欺人，自不出面，却令一个少女孤身相待，来扫自己颜面。所以暗用玄功，震山撼岳，想将依还岭先行震裂，好将敌人首脑引出。及见全山虽然震动甚烈，连草树也未折断一根，越料对方已先行法防护，暗有能者主持。

　　屵南公正令门人呼唤英琼答话，英琼早已出面应答，并且竟是孤身应敌，好生惊奇。因对方答话讥嘲，太已难堪，不由勾动无明，冷笑喝道："你就是李英琼么？我本不值与你计较，只为你们这些峨眉群小欺人太甚。当伽因遗偈未得以前，彼此全是心贪藏珍，想除妖尸，双方素无仇怨。我门人仵备与你何仇，为何一言未交，便用飞剑暗算，将他杀死？我也知你师长均往休宁岛赴宴未归，暂时不难为你。只要献出灵丹，唤来易静、癫姑，由我将幻波池封闭，也绝不动你一草一木。你们好好随我回山，等你们师长寻我要人，必先释放你们，再分胜负曲直。如若不听良言，我一伸手，你们身受苦难，甚或形神皆灭，悔之晚矣！"英琼亢声笑道："你枉自修道多年，不明是非顺逆。我也不愿和你多说废话，只是不肯波及生灵。我自在此，绝不逃走，你有何法力，只管使来，看看可能将我擒走？"屵南公早在暗中查看，见对方除神仪莹朗，道力精纯而外，身旁虽有宝光外映，别无十分奇处；先前那么多的人全都不见，又不似全退守在幻波池内，对方竟敢说此大话，越想越怪，以为少女无知，恃有几件法宝，便欲以卵敌石。想说满话回答，欲言又止，略一寻思，微笑答道："三英之名不虚，单这胆力已是少见。如非你们太已骄横，我真不忍加害。既这等说，我如擒不了你，便先回山，等你师长回来，他不寻我，我再寻他。只是你一人难代全体，今日你们伤人虽多，与我无干，但是欺凌我门人的，一个也饶不得。你那几个同门姊妹如不出面，我自往池中寻她们去。"英琼笑答："你若是有法力破我五行仙遁，不拿生灵出气，谁还怕你不成？"丌南公笑道："我素来对敌，明张旗鼓。闻你法宝甚多，又不施展，真个想找死么？"随听有一幼童口音接口笑道："这老怪物不要脸，上次铜椰岛使用阴谋暗算，鬼头鬼脑，那也是明张旗鼓么？"丌南公闻言，面上立带怒容，怒喝："竖子何人？速来见我！"随即伸手一弹，立有豆大一团青光朝那发声之处飞去。青光到了空中，便即暴长，当时布满半天，狂涛怒卷，电驰飞去。同时又听喝道："我化身千亿，给你看看何妨？"话未说完，那青光比电还快，早循声飞去，只一闪，便又飞回，缩成丈许大小一团。内中裹着两个粉妆玉琢幼童，正是李洪、陈岩，看神气似被青光困住，每人手指一道金红光华，将那青光撑住，不令往里缩小，只是面上仍带笑容。

英琼深知敌人厉害，恐二人真遭毒手，一时情急，方想拿话激将，使其释放，青光已裹了二人，眼看投向彩云之中。因是势大神速，二人笑语之声尚还未住，已被青光擒来。丌南公目注青光来处，面上似有惊异之容。刚喝得一声，二次伸手往前一扬，忽听李、陈二人在空中大笑之声，听去似在静琼谷左近。英琼心方奇怪，忽听震天价一声迅雷，满地俱是金光雷火，青光已经爆散，内里二人忽然不见。那雷火金光本朝敌人打去，吃丌南公手指处，飞起大片来时所见青气，只一闪便将雷火打灭。才知李、陈二人用仙法幻化身形，却用一丸神雷藏在里面，想和敌人开个玩笑，不料被敌人看破。英琼想不到二人竟有如此法力，心方惊喜，丌南公已是气极，先伸手向空连弹了几次。只见无数缕青色光丝，连同其细如沙的火花，向空飞射，微微一闪，便即不见。英琼心想："李、陈二人，敌人尚且无奈其何，我怕他作甚？"心胆更壮，故意气他道："丌老先生不要生气。这两人一是我小师弟李洪，今年未满十岁；另一位是他好友陈岩，年纪想也不大。你修道千余年，和我这等末学后辈交手，已失体面。他们年轻，见你以大压小，未免不忿，年轻人多喜淘气，何值计较？莫如还是和我先斗一场，再往幻波池荒居一游，分了胜败，各自回山，安慰你那爱徒去吧。"

癞姑藏身阵中，见英琼从容应敌，措词巧妙，和往日一味躁进勇敢不同，又爱又喜又担心。正想用传声叫她和老怪物定约，不问胜败，以三日为限。英琼又接口往下说道："你无须顾虑，死活认命，绝不怪你暗算，如有本领，只管施为便了。"丌南公也是怒火头上，表面虽顾身份，言动从容，暗中气在心里。闻言冷笑道："你既如此胆大妄为，且先叫你见识见识。"随即把手一扬，左手五指上立射出五股青色光气。初出时细才如指，出手暴长，发出轰轰雷电之声，飞上天空。后尾也离手而起，化为一幢大如崇山的手形光山，朝英琼头上罩来。英琼见来势较缓，但离头还有十丈，便觉压力惊人，重如山岳，不敢怠慢，也以全力应付。先不发作，故意延挨，暗中防御。估量压力重得快难禁受，光山快要压到身上，离头只有丈许时，方照预计行事。丌南公因自己所炼五指神峰不特重如山岳，内中并藏好些威力妙用，乾罡真火尤为猛烈，多高法力的人遇上也不能当，而见英琼目注上面若无其事，法宝、飞剑全未放起，实在不解。觉着此女虽是爱徒之仇人，这等美质，就此形神皆灭，也实可惜。方要警告，猛瞥见一团慧光突然涌现，祥云霏微，人也离地上腾，丈许大一团祥霞包没敌人全身，凭自己的慧目法眼竟未看出如何发动，才知敌人持有佛门至宝。照此情势，分明已与本身元灵相合，休说急切间不能如愿，便炼上数日夜，也未必能够奏功。不由羞恼成怒，先前怜惜之念去了一个干净，立意想让英琼吃点苦头。便把双手一搓，往外一扬，手上立有两大股青白二气朝光幢中飞去。

英琼人困光中，虽仗定珠之力不曾受伤，但是上下四外宛如山岳，其重不可思议，休想移动分毫。及至青白二气射到光幢之中，先是烟云变灭，连闪几闪，二气不见。光色忽然由青转红，由红变白，化为银色，中杂无量数的五色光针环身攒射，其热如焚。知是敌人采取九天罡煞之气所炼乾罡神火，全身如在洪炉之中，正受那银色煞火化炼。虽有佛门至宝防身，心灵上也起了警兆。急忙潜神定虑，运用玄功，静心相持，虽觉烤热，还好一些；心神稍乱，火力暴增，顿觉炙体灼肤，其热难耐，连心头也在发烧，大有外火猛煎，内火欲燃之势。这等景象，乃修道人的危机，自入峨眉以来，尚是第一次遇到。深知厉害，心中一慌，火势忽止，连四边压力也已退尽。忙用慧目注视，四外青蒙蒙，只蒙着一团轻烟，行动已可自如。换了常人，绝不知此是敌人最厉害的诸天移神大法，只要心神把稳不住，妄想冲出重围，或用法宝、飞剑施为，稍微移动，立陷幻景之中，不消多时，便被煞火炼成灰烟而灭。除临死前苦痛难禁，也只一眨眼的工夫。道力稍差的人，还不知怎么死的。端的厉害非常，阴毒已极。

英琼本来危险异常。一则，仙福深厚，不该惨死；再者，她的功力远非昔比，道力更极坚定。一见形势突变，身上一轻，仗有定珠护体，本身定力仍极坚强；又以强敌当前，就算青光为定珠所破，敌人也还必有杀着，始终以静御动，只用慧目查看，未作逃走之想。方想青光如破，怎会还有青气笼罩？这一念竟占了便宜，转危为安。一眼瞥见敌人师徒望着自己，似乎笑容初敛，内中两妖徒并在以目示意，猛触灵机。暗忖："敌人法力极高，师祖当年两次除他，均被逃脱。第一次在东海路遇，斗法两日夜之久，才得获胜。自己能有多大气候，如何能与对抗？诸位长老前辈均说事甚凶险，必须善为应付，结局也只能将其气走了事，并非真胜，还须留意毒手，不可轻视。反正须困两三日，索性不等末两日，先连兜率火放出，与佛家慧光连成一片，在里面打起坐来，不问来势如何，付诸不闻不见，且过了三日再说。"英琼二宝本与元神相合，随心运用，动念即生妙用。心念一动，那三朵灵焰已经分合由心，化为一朵，威力更大，再与定珠联合，越显神奇。事也真巧。卂南公见敌人张目四顾，身外慧光祥霞似稍减退，知其将入幻景，方顾妖徒微笑，忽想起此女已得仙佛两家真传，功力深厚，如何大意，轻其年幼，未用法力隐蔽本身？反正对方法宝神妙，不是急切间所能成功，便打算把英琼陷入幻境，交与门人主持，自往幻波池去寻敌人晦气。

这时英琼危机系于一发，幸亏敌人发难，英琼也恰好打定主意，一朵紫色灯花，在元灵主持之下，突在慧光中出现，晃眼化为一片紫色祥焰，飞出慧光层外，仿佛一朵丈许大的紫色灯花灵焰。上面托着一团佛家慧光，光中裹着一个白衣少女，双目垂帘，安然趺坐，端的仪态万方，妙相庄严，好看已极。卂南公见状大惊，想不到一个后进少女，竟有偌高功力。双方虽是仇敌，到底修道多年，与别的旁门左道不同，见此情势，也由不得心生赞许，认为从来所无。英琼自从灵焰飞起以后，便觉四外压力奇热重又暴长，恢复原状，这才省悟，方才原是幻境。经此一来，越发小心，专一运用玄功，哪敢丝毫疏忽。到了后来，觉着心有敌人，仍是有相之法，出于强制，故此觉得压力奇热未退。于是便把安危置之度外，一味潜神定虑，回光内烛。等到由定生明，神与天合，立时表里空灵，神仪分外莹澈。一切恐怖罣碍，立归虚无，哪还感觉到丝毫痛苦。

丌南公见她宝相外宣，神光内映，那粒定珠已与本身元神合为一体，升向头上，祥辉柔和，乍看并不强烈。先那佛家慧光已经透出光幢之外，那朵紫青神焰不知怎的忽然由上而下，到了敌人脚底，宛如一朵丈许大的如意形灯花，凌空停立，将人托住。英琼跃坐其上，灯花上紫色祥焰由四边往上升起，包没全身，已不似方才分作里外两层景象。表面宝光只有一层，似比先前容易攻进。实则上面慧光照顶，灵霞耀空，下面紫焰护身，祥辉匝地。那五指神峰所化形如山岳的光幢，相形之下，不特比以前减色，内层并现出一个两三丈高的空洞，相隔五六尺便难再进。丌南公知道敌人初悟玄机，还不知尽量发挥，否则就此冲出，都拦她不住。不禁大惊，又急又怒。暗忖："一个学道才不久的少女，竟有这等功力。那两个敌人不曾见过，闻是此女师姊，修炼较久：一个是道家元婴炼成；一个更是大对头神尼心如徒孙，兼有仙佛两门传授。就许比此女还高明。自己枉然修炼多年，苦炼了好些法宝，满拟人能胜天，拼遭重劫，时机一至，扫荡峨眉，将仇敌师徒一网打尽，使齐漱溟不能代师完遂昔年所发宏愿。谁知铜椰岛之行阴谋未成，反有伤损，坐看敌人成功而去。因见对方功行已将圆满，破坏无用，想起昔年长眉真人手下三败之仇，仍不死心。费尽心力，炼了两件颠倒乾坤、震撼宇宙的左道至宝，打算最后一拼。不料法宝尚未炼成，门人先已多事。凭着多年威望和以往信条，本不应亲自出手，无奈爱徒受伤，激起无明怒火。只说区区无名后辈，何堪一击，手到可以成功，先还打算适可而止。谁知这等厉害，平白虚张声势，上来便丢了两个徒弟，至今推算不出下落吉凶。未来前，又还受人戏侮，几将镇山之宝毁去。仇恨越深，偏无奈何。照此情势，将来报仇固是极难，便是目前，胜之虽也脸上无光，到底还好一些；力一不胜，丢人更大。自己又和别人不同，持久无功，便须退走，不能和别的左道中人一样苦缠不休，受人轻笑。好歹也要伤他两人，才能退走。此女又是祸首为仇，不给她一点厉害，休说外人，便爱徒面上也无法交代。"

丌南公越想越恨，于是变计，打算往幻波池破那五行仙遁，就便搜寻先来二徒笮氏兄弟的下落。因敌人正运玄功，潜光内照，不会答理，徒自取辱，便不再发话。只将身旁法宝如意七情障取出向空一扬，立有一幢七彩色光合成的彩幕笼向神峰光幢之外，以备自己去后，敌人乘机逃遁。再用传声暗告门人，说敌人已有准备，遇事难先推算观察，令其留神戒备，以防敌人另有诡谋。看今日情势，对方必有能者，不可轻敌。即便万非得已，也要一面还手，一面报警，以防再伤人受愚。说完，尚恐英琼法宝神奇，光幢阻她不住，自己一走，出与门人为难，特意留下一个幻影，方始走去。

癫姑藏身仙阵之内，闻得卢妪神簪传声，说丌南公已往仙府扰害，令照预计行事。试用仙法一看，果见一条人影电也似疾，正往池中飞去。自己就在对面留神观察，竟未看出丝毫影迹，如非仙阵中设有照形仙法，绝看不出。就这样，也只看到一点极轻微的淡影，一瞥不见。再看所留幻象与本身一般无二，照样具有神通。暗忖："老怪物连经天劫，几成不死之身，真有通天彻地之能，旋乾转坤之妙。以他法力，如非与峨眉拼命作对，势不两立，各位师长见他虽是旁门，自从隐居黑伽山数百年来，已不再为恶，无故绝不会去惹他。只要将最后一劫再渡过去，便成不死之身。如今偏要自寻死路。固然女人是祸水，如非沙红燕引起，不致如此，但到底还是前孽太重，嗔念难消，以他那么神通广大的人，竟会执迷不悟。"癫姑一面寻思，一面忙用传声向幻波池、静琼谷诸男女同门警告，并说："英琼虽被困住，决可无碍，时至自解。尤其英男师徒，事完尚有余波，万万不可轻举妄动。以英琼法力、法宝之高，尚非其敌。别人出来平白吃亏，不死必伤，决占不到丝毫便宜。"话刚说完，忽听有人接口说道："癫师姊，休这等说。我和陈哥哥不是你们约来，也不在你所限范围之内，你不用管。"癫姑听出是李洪口音，忙用传声急呼："洪弟与陈道友法力虽高，仍不可造次轻敌。休说别的，我幻波池仙景如被老怪物毁损，也是冤枉。"李洪笑答："我们如非防他毁损仙府，还不多这事呢，包你没事。休说陈哥哥，便我来时，也得有几位老前辈相助，连人都请了来，你们自看不见罢了。我恨他狂妄，今日准教他丢脸回去。我已准备停当，和蝉哥哥、文姊姊他们说好，连李健、韩玄、沙佘、米佘、钱莱、石完六个小人全都带上。他喜以大压小，我便教他尝尝小的味道。蝉哥哥他们，已照预计布阵待敌。我们如果不行，他和文姊姊一个鼻孔出气，能答应我么？"

说完，便见对面八妖徒身后现出一伙人来，老少都有。除李洪所说八个而外，下余还有七个老者，都是相貌清奇，长髯飘胸，穿着多半破旧，却甚整洁，高矮不一，一个个仙风道骨，飘然有出尘之致。手上各拿着一串佛珠，穿的却是道装。随在八小身后，一同出现。内中一个相貌清瘦的黑须老者手掐诀印，由中指上发出一片淡得几非目力所能看见的青色祥辉，将八人一起笼罩在内，好似特意现与癞姑观看。只闪得一闪，便即隐去，只见一大团青光如轻烟电卷，往幻波池中飞堕。由此更无形声，问也不再回答。去前似见陈岩手朝丌南公的幻影一扬，若有施为，但未看出形迹。最奇的是对面妖徒无一弱者，大队敌人就在身后现形，又由身侧飞过，竟未觉察。匆促之间，未暇用仙法照影，看这七个老者，法力绝不在李、陈诸人之下，行辈必高。李、陈二人来时，曾与上官红路遇，并未听说有此七老同来；自己方才还和二人相见，谈了几句，也未看出。就算来人长于隐形，或是后到，此时本山禁制重重，更有照形仙法，外人到此，无论法力多高，断无不见之理，使用本门隐形法更不必说。怎么想，也想不出这七个老人是怎么来的。想了想，终不放心，又朝朱文传声询问："可知李洪同来七老人的来历，是何因缘？怎未听说？此去有无危害？"

随听朱文在远方回答说："我与洪弟匆匆一见，当时只有陈道友同行。方才按照各长老的仙示，在依还岭布阵，洪弟与陈道友突然飞来，取出乙休伯的柬帖，柬帖上也只说是老怪物可恶，洪弟此来，得有异人暗助，尽可由他任性而行，无须顾忌，详情未说。当时也没见洪弟同有第三人。洪弟认定老怪物仇报不成，必然羞恼成怒，难免毁损仙府灵景，强将钱莱、石完二弟子要去。我因见四人面上并无晦色，又有乙师伯仙示，不曾拦阻。休说七老人不曾见到，连李、韩、沙、米四小也未见到。洪弟虽然淘气胆大，但他仙福至厚，机智绝伦，谁也比他不上，照乙师伯仙示口气，料无妨害。只不知把这六个小人带去作甚。"癞姑闻言，才稍放心，待不一会儿，便听易静由幻波池底传声说："老怪物已在池中现身，与青囊仙子华瑶崧对面答话。因华师叔措词极巧，将他将住。双方约定：先请老怪物破五遁，三日无功，便即收兵回去。现刚开始破五行仙遁。我因得有诸长老指教，仍照预计，故意延宕，暂不出面，暗以全力运用总图，以免被老怪物发现中枢要地和金门锁钥，去毁总图。等到挨过明日，再将五行仙遁正反合用，给他一点厉害。李、陈等八人我已见到。洪弟忒也大胆，同来全是一伙小人，个个年轻喜事，胆大妄为。虽不放心，无奈劝他们不听，中枢要地又不能离开，只得请华师叔随时留意照护，如遇危机，便为警告。华师叔竟说无妨，不知何故，也未见有七老人同来。"

易静说完，癞姑方在寻思七老人的来历，忽听池底传来风雷烈火之声，知道双方斗法正急。心方惊疑，待了半日，卢妪神簪又在传声，说另有强敌乘机来犯，事情虽应在第三日上，但敌人已将寻到。乃是九烈老怪夫妇，因和火无害多年深仇，近闻他在月儿岛火海脱困，到处搜寻，日前才知被困静琼谷内。知他性情刚做，绝不屈服，又与峨眉派不曾破脸，意欲先礼后兵，亲自赶来，将火无害要去。如允便罢，否则，便强行下手，能将离合五云圭一同夺去更好，至不济也趁火无害陷身在内，不能行动之际，用他一粒子母阴雷珠将其震成粉碎，以消多年杀子之恨。九烈夫妇还未起身，恰巧发生一事，有人寻他，耽延了数日。这时卢妪仙法已经发动，禁制神妙，外人休想查见一点形声，所以火无害拜师之事，不曾看出。想起大劫将临，心虽惊异，但仇恨太深，如不是火无害将他一部修炼未完的魔经烧去，早成不死之身，连爱子黑丑也可保全，越想越恨。乃妻枭神娘又在一旁力争，絮聒不休，这才决计来此寻仇。惟恐峨眉这班后起之秀法宝神妙，便在魔宫设了一盏魔灯，来去更是万分神速。总算老怪顾虑将来，非到万不得已，不敢树此强敌，上来只向主人商量，不先发难；否则火无害虽经火海苦修，有多年功力，本身不至于死伤，而老怪夫妇来去如电，却难于预防，依还岭上灵景必被毁去不少。同时一音大师叶缤正约凌云凤和与云凤化敌为友的前辈女仙申无垢的记名弟子南海翠螺洲女散仙杜芳蕤一起，同往小南极扫荡四十七岛那伙妖孽，并助南海双童父子重逢。因乌鱼岛余孽逃往魔宫，跟踪追赶，想起九烈夫妇以前积恶如山，意欲便除害。老怪夫妇到后不久，必接魔宫告急信号。两老妖孽全都心性不定，暴如烈火，一见多年苦心经营的魔宫根本重地被强敌侵入，反正难免于祸，又恃练就三尺元神，不致形神皆灭，情急心横，必以全力拼命。

老怪道力虽不如丌南公，所炼邪法异宝俱非寻常。尤其是自从炼成后，只在青玕谷与苍虚老人斗法用过一次，并未再用的独门子母秘魔阴雷，威力猛烈，无与伦比，便用太乙五烟罗防护，也必被震破，别的法宝更不必说。只有用英琼新得的紫清神焰兜率火和金蝉、朱文天心双环合璧并用，才能破去。危机瞬息，本极艰险。幸而老怪夫妇知道丌南公性情古怪，不喜旁人参预，临行发现在此生事，迟疑不决，后虽起身，只在宝城山绝顶准备待机，并未就来。单等丌南公被众人气走，立时赶到。这时金蝉等虽得仙示，在岭侧峰顶埋伏，无奈来势大快，英琼又刚脱困，一个措手不及，就算众人应变机警，也必难当。至少依还岭四外仙景被他一雷震散消灭，彼时左近多高大的峰峦，也会被整座铲去，碎土沙石布满天空，四外激射，方圆千里内外的地面全成死域。无论人畜田舍，全被这满天石雨打成粉碎，压在下面，并还引起极强烈的地震。就依还岭勉强保住，也只会像一座孤峰，矗立千里沙漠之上，何况未必能保，端的厉害非常。

为此，卢妪传声详示，等老怪夫妇到时，由英男将离合五云圭放起，把火无害假困其中，故意拿话延宕，使老怪夫妇看出五云圭的威力妙用，不敢轻举妄动。挨到英琼飞来，再令火无害变化遁走，把老怪夫妇诱往金蝉仙阵之内。火无害飞遁神速，骤出不意，又擅玄功变化，幻有替身，老怪发现必迟。等其警觉，追往仙阵之内，接到魔宫信号，知道上当，怒极发难，天心双环已经合璧飞起，将那大小九粒子母阴雷珠制住。英琼再用兜率火飞入心环之中，以火克火，内外夹攻。老怪本有顾忌，上来便被众人占了先机，必定胆怯心惊。加上魔宫告急信号接连飞来，锐气一挫，只图回救根本重地，不敢恋战。但他子母阴雷珠绝不肯舍，必要软硬兼施，向众索讨言和。因在仙阵之内，全阵均是太清仙法禁制，成了一片光海，多高魔法也无所施。众人无须理他，久必自去。但再激怒拦阻不得，否则仍不免于急怒攻心，只图泄忿，逃时乱发独门阴雷和别的邪法异宝，依还岭虽不至于毁损，宝城山一带峰峦仍被击碎，化为乌有，等他想起后悔，巨灾已成，生灵不知伤害多少。对方魔法甚高，近年为防外敌探他虚实，魔宫内外设有九重禁制防御，又在海心泉眼之内，深达千丈，多高仙法也难推算，连卢妪也在老怪出宫起身之后，才得知悉。如非首鼠两端，中途耽延，直难预防。因老怪夫妇不似丌南公一味自尊好胜，还要顾全身份威望和以前的信条，道力虽然较差，来势危机只有更盛。应付之间，稍一失机，立成大害。卢妪并说各派妖邪蓄机数年，已多准备停当，不久便要蠢动，在三次峨眉斗剑以前，专寻各正派门人的晦气。峨眉诸弟子近来功力虽然大进，往往后来居上，法宝、飞剑威力也多神妙，但是道高魔高，群邪势力也比以前加盛。尤其是五台派妖孽，近奉万妙仙姑许飞娘为首，勾结的异人能手最多。妖妇为报夙仇，处心积虑，多年苦心，本炼有好几件厉害法宝。近又牺牲色相，与西海鹿革岛潜伏多年的老妖人鬼王冼盈勾引成奸，声势越发浩大。还有华山派烈火祖师，也是未来强敌；赤身教祖鸠盘婆与女神婴易静，又有一场恶斗。从此多事，来日必有大难。当此邪正互争存亡，各正派师长功行将完闭关之际，到处隐伏危机，丝毫疏忽不得。卢妪昨日为此用了一日夜的玄机推算，始悉因果，虽然结局多半无害，便遭兵解的几个也全转祸为福，但到底厉害。卢妪又因本身天劫将临，不能随时相助，为力只此，令癞姑速为转告，期望众人好自为之。

癞姑听卢妪不厌其详，口气十分慎重，知关紧要。但对李、陈等八个幼童潜入仙府，轻捋虎须，一字未提，料无危害。心虽稍放，但那九烈夫妇有名邪魔，已经敛迹多年，忽又亲出生事，此来绝非容易打发。心中惊疑，便用传声向众同门嘱咐，并问金蝉仙阵妙用。金蝉答说："上来只照师父仙柬空白处所现字迹和几道灵符，如法施为，不知底细，以为接应同门之用。直到刚才，胸前贴身宝藏的仙柬锦囊忽发金光，朱文也是如此，同取拜观，才知所设二元仙阵是为九烈老怪夫妇而设，来势十分凶险。英琼师妹已早知道。"癞姑闻言，心方一定。

这时恰值上官红隐形飞来，说奉卢妪仙示，用所传仙法灵符往来策应，并仗五行仙遁掩护，用乃师开府新得的一面宝镜查探丌南公动作，随时传知，以免强敌隐形暗算。她还说："当丌南公初入仙府，身形全隐，金宫仙遁起了强烈反应，几被牵动全局。幸弟子由宝镜中看出形迹，暗告师父和华太师叔，暗中准备。后由华太师叔出面，向其劝告，丌南公虽是旁门，心性倒也刚直。因到金宫时，昔年圣姑隐藏的一座神碑突然出现，上有灵符，骤发妙用，丌南公受了仙法蒙蔽，以为他那么高的神通法力，敌人既无能手相助，不便蛮来。持久无功，心虽忿怒，表面仍装大方，哈哈一笑，就此允诺。因华太师叔礼貌谦恭，自言来此是为主人年幼道浅，意欲解劝，并非与之为敌，自居后辈，话说极巧。现与言明：不问如何，只要被他在三日之内将五行仙遁破去，立令主人束手待擒，任其处治；否则，纵令有甚冒犯之处，均请原谅，各自回山，不与计较。以他法力威望，带了门人，声势汹汹，趁人师长闭关赴宴，上门生事，已有以大欺小之嫌；再如相持不下，即便后来得胜，也违平日信条，有损威望。何如妙手空空儿，一击不中，翩然飞去，显得豪爽，来去光明。况限三日之久，胜已不武，不胜再不肯去，问他何以自解？丌南公急怒之下，又受圣姑仙法感应，一时疏忽，竟被将住。刚一随口应诺，华瑶崧大师叔便以礼谢别隐去。事前李、陈二位师叔和诸小同门李、韩二道友相继出现，丌南公的法宝竟被损毁了好几件。定约以后，闹得更凶。师父和华太师叔先颇代这长幼八人愁虑，知道丌南公法力甚高，只要被追上，就许受害。经过这多半日，才看出长幼八人真个神通，也不知用甚法宝隐形飞遁，丌南公那快动作，一任飞腾变化，怎么也追他们不上。小师叔和石完师弟更是淘气：一个是出没不定，声东击西，抽空使用神雷法宝暗算；一个更精地遁，仙府洞壁、地面坚逾精钢，竟会一闪穿入，毫无影迹，挡他不住，也是一抽空，双手连发石火神雷，上下乱打，雷发人隐，神速已极。二人出现时，不是扮些鬼脸，便是说些难听的话。下余六人，也是各有拿手，动作如电。丌南公空自激怒，无可奈何。这才看出八人此来，不是受人指教，便是有恃无恐。据华太师叔说，小师叔他们法力多高，也非丌南公对手。最奇的是五行仙遁何等威力，他们随意飞行，出没于光山火海、风雷水柱之中，如鱼游水，毫无反应，又是个如此。师父先还恐小师叔们胆大妄为，受了误伤，随时留意，不料心神一分，差点没被丌南公占了上风。后见这等情势，又听小师叔连声疾呼，力言无妨，这五行仙遁专制左道旁门，不会伤他们，只管全力施展，免得投鼠忌器，被老怪物占了便宜。师父试将五行仙遁正反相生，逆行合运，威力自然暴增，虽伤丌南公不了，但看出他要应付也颇为难。小师叔们再一作梗，丌南公急于擒人泄忿，顾此失彼，往往闹得手忙脚乱。几次想用邪法把仙府毁去，均被华太师叔拿话激将，说：'丌南公前辈，你连幼童都伤害不了一个，徒自毁损灵景，只显量小，有何益处？'丌南公被问得无言可答。现已变计，在法宝防身之下，一心想将小师叔他们擒住，如今越斗越凶，谁也不能奈何谁。师父因丌南公不知用何法宝，师叔刚才传声说话几被听去，知道卢太仙婆仙阵能够隔断语声，特意行法，写一柬帖，命弟子送来，请师叔一观。"

说时，癞姑早把上官红手中柬帖接过。因是本门仙法书字，看完即隐。大意和上官红所说差不多。只后面嘱咐癞姑，说刚才在百忙中拜观锦囊仙示,查看李洪等这类举动有无妨害,空白上果现字迹,对李洪等所为一字未提。只说陈岩与易静将来安危关系甚重,必须一谈。但到第三日事完,陈岩必走。届时易静要使五行仙遁恢复原位,好些事情无暇分身,想托癞姑就便连李洪一同挽留,请往仙府少坐晤谈再走。癞姑本觉陈岩那么高法力,人又是个幼童,自己学道多年,见闻颇广,竟不知此人的来历;再看易静来书口气,分明与此人颇有渊源,越发奇怪。上官红辞去之后,青囊仙子华瑶崧忽然隐形飞来,癞姑忙把门户开放,请入一谈。才知上面暂时安静,除英琼被困五指神峰之下而外,幻波池仙府敌我相持,已闹得河翻海转。

第二九三回　五遁显神通　烈火玄云呈玉碣
　　　　　　　一环生世界　青阳碧月耀金宫

原来丌南公因见英琼功力高深，道心坚定，并有仙佛两家至宝防护心身，急切间休想伤她分毫，自觉轻举妄动，丢人太甚。再一想到事成骑虎，欲罢不能，不由着起急来，便往幻波池中飞去。本想破那五行仙遁，能将敌人擒去几个更好，否则寻到金门宝库，将藏珍毒龙丸取回山去，拼着再用一年苦功，将爱徒沙红燕医治复原，或是乘机转劫。虽然此举有欠光明，到底还可交代。为防英琼警觉逃遁，便隐形前往，先未想到暗害。到后看出仙遁神妙，大出意外，分明设有太清仙法隐蔽，以自己的法力，竟不能在未到以前查见虚实，不由吃了一惊。为了平日威望，意欲仗着玄功变化，把金木水火土五宫威力全都观察清楚，探明虚实，一举成功，以防持久，授人口实。哪知身后有人跟来，对方主持人虽未看出他本身，也已警觉，隐形之法虽高，并无用处。丌南公刚由木宫走到金宫，见所行之处乃是一条极长甬道，四边墙上戈矛纵横，刀箭如林，似画非画，精光闪闪，作出斫射之势，隐现明灭，为数何止千万。甬道口外，还站着一个道装少女，手持一个黄色晶球，金光内蕴，隐隐流转，闪幻不停，面上却带愁容，似颇矜持。知是黎女云九姑在此把守诱敌，敌人仙遁已全发动。丌南公看出此是入口，若是常人到了里面，必然立生感应，发出无限威力。幸而自己擅长玄功变化，深悉五行生克感应之妙，暂时不去犯它，便可无事。以为凭自己的身份，也不值与区区黎女为敌，所以略为观望，仍旧隐形飞入。丌南公的法力也确实真高，那么神妙的五行仙遁，里面更是千门万户，随人心念变幻无穷，他竟深入重地，毫未触动埋伏。便是主持仙遁的人，也仅在他初入洞门，触动头层禁网，稍微有一点警觉，以后便不知人往何处。

易静深知来人厉害，偏又谨慎太过，把师传宝镜交与上官红，令其飞行各宫往来查看，以便一心运用，主持全阵，而免旁顾分神，以致开头简直不见敌人形影。后来还是上官红由火土二宫巡查过来，方始警觉。同时丌南公刚把甬道走完，见前面乃是一个广大洞室，除上下四外洞壁上隐现出各种刀矛戈箭而外，当中还有一座数尺方圆的法台，上面凌空悬着一把金戈。本想由当地转往北洞水宫，得便先破灵泉水源，没想到就此发难。上官红恰由暗中赶到，因听易静传声示警，说是来了敌人，正用宝镜沿途查看，刚到金宫，便看出一幢淡微微的青光，中有一人，不住飞腾闪变，时大时小，有时竟缩成尺许长短，满室飞翔。五行各宫重地，除四壁上下五行光影而外，尚有无数隐去形迹的金刀、大木、烈火、水柱、沙堆之类，各按阵法，棋布星罗，上下排列，用尽目力也看不出。又是疏密相间，最窄处，空隙只三数寸。人到此固是一触即发，陷入埋伏之内，便不去触动，如不知道门户和五行躔度，走错方向，仍要引发埋伏，或是困在里面，进退两难。丌南公竟似深悉仙阵微妙，顺着躔度，往复穿行，直若无事。上官红不禁大惊，忙用传声告警。正在准备自将仙阵发动，丌南公已将木宫阵地走完，快达水宫入口。丌南公忽然想起木宫法物遍寻未见，金宫为何不同，竟现出金戈？心疑敌人已有惊觉，一半诱使他发难，一半想使他陷入埋伏。不禁有气，暗骂："峨眉小狗男女，我已通行两宫，那先后天互相应合的五遁真气所化神木金刀之类，仗我法宝之力，已经查见迹象，走完躔度，通行无阻，你就发动，能奈我何？索性给你一个厉害，再作道理。"他心念一动，想把金宫法物就手破去，给敌人看点颜色。于是扬手弹出一点火星，朝那虚悬法坛的金戈飞去。

此系丌南公千余年苦功所炼纯阳真火，以前曾仗它抵御天劫，以为真火克金，十九可以破去。哪知火星飞到法坛之上，还未挨近，坛上金戈忽变虚影，电也似疾连闪两闪，金戈不见。那团真火看似豆大，但是威力强烈，任何坚厚之物，甚至西方太白元金所炼法宝，挨着也必熔化消灭。人与法坛相隔只有丈许，去势又极神速，照理连眨眼的工夫都不会有，便要发生威力。

不知怎的，真火飞到法台前面，尽管作出向前飞射之势，相隔二三尺，竟会打它不到。丌南公料知上当，仍然有恃无恐，忙扬手一招，将真火收回。就这转眼之间，法台不见。同时风雷大作，金铁交鸣，上下四外的刀矛戈箭之类的兵器突然一齐飞动，精光电射，一齐合围，全身立陷在刀山箭海之中。风雷怒吼，形势骤变，上不见天，下不见地，四外无边无涯，全是这类奇亮如电的各种金光银光布满，全身立被紧紧裹住，难于冲突。如非丌南公法力高强，身有宝光防护，当时便遭惨死，形神皆灭，脱身更谈不到。再见戈矛刀剑互相摩擦击撞，生生不已，越聚越多，一会儿便发射出亿万火星，随同那无数火箭，暴雨一般环身射来。知道敌人正在暗中运用，已将庚金神雷一齐施威。耳听雷鸣风吼，烈焰烧空，杂以万木摇风，金沙怒鸣之声，宛如海啸山崩，远近相应，潮涌而来。丌南公一时性起，忙取法宝就地一掷，立有一团碧阴阴的光华翠晶也似飞出。初发时大只如杯，脱手暴长成亩许大小，四围刀箭戈竟被荡开。庚金真气受了反激，威力越强，无量金刀火箭如排山倒海一般猛压上去。翠球四外受压，不再暴长，两下相持，发出一种极强烈的金石相击之声，声若密雷，势甚惊人。

　　上官红一面用宝镜查看，一面传声告知易静，请做准备。易静也是小心过度，一意延挨，想将这最紧急的三日度过，见五遁受了强敌反应，已被一起引发，不特没有施展全力，发挥妙用，反倒强行遏制，不令全发。经此一来，几乎惹下乱子。丌南公原有破遁之法，已准备停当，将手一指，那亩许大的翠球突然爆炸，震天价一个大霹雳过处，四外密结的刀箭戈矛竟被这一震之威荡退出好几丈，当中现出一片空地。丌南公就势放起一幢青色浓烟，人在其中，却不现形，不用宝镜仍看不出。翠球震破之后，化作千百道翠色烟光，细才如指，由退改进，二次潮涌而上。迎着一绞，只听一大串连珠霹雳之声，其直如矢的宝光，立被纷纷截断，闪得一闪，化为许多与先前同样大小的翠球，全是晃眼暴长。随着上下四外的金刀火箭环攻猛压之下，大小不等，为数不下千百。经此一来，宛如一片金山银海之中，拥着无数大小晶莹透明的青阳碧月，互相映射，精芒万道，耀眼生缬，顿成奇观。庚金真气的威力，竟被化整为零，不似先前专向一人夹攻。丌南公得意微笑，突将光幢缩小，四外刀箭戈矛虽然齐压上去，因抗力均在那千百翠球之上，此宝又具吸力，互相牵制，相持不下。丌南公身外压力自然减退，随即施展玄功变化，在光幢包围之下，由刀山箭海之中，化为尺许长一个小人影子,穿行过去。

上官红看出敌人用心诡诈,并还深明阵法,所行正是金宫中枢要地,知其想破金宫法物。此举看似徒劳,但五行受激,反应越强,敌人神通又大,一个不巧,至少仙府灵景为其所毁。心方惊疑,传声急呼:"请师父留意!"易静因对方隐形神妙,只见金宫已被翠球布满,看不出敌人形迹,有心五行合运,又恐敌人太强,万一铤而走险,震山坏岳,引起浩劫,如何是好?老想耐得一时是一时,不到万不得已,不轻发动,正以全力主持总图。同时暗告上官红,令用宝镜查看敌人行动,随时报警。师徒二人正担心事,忽见兀南公现身光海之中,略一寻思,身又长大复原。趁着四外刀箭戈矛一齐拥上之际,突然双手一搓,往外连弹,立有无数前见银色火星朝前射去。知道法台重地已被看出,虽仗仙法禁制,不致被他攻破,但所发真火威力大得出奇,那么厉害神奇的庚金真气所化各种刀箭,吃真火弹将上去,纷纷消熔。虽然随灭随生,越聚越多,那火星也由少而多,化生千万,四外激射。

这时四外金刀火箭环攻那无数翠球不破,自生反应,变化出无数庚金神雷,已发出亿万道比电还亮的精芒,争先飞射,待要激撞爆发。只要和前面敌人所发真火一撞,五行自然逆运,如非预有准备,后患不堪设想,但又无法阻止。上官红不知师父何以不发动癸水仙遁,心正愁急万分。就这危机瞬息,金雷、火星快要对撞之际,先听有一幼童口音哈哈一笑,前面黑影一闪,突有一座墨绿色的玉碑涌现于刀山箭雨、金银光海之中,上面射出大蓬墨色光雨,好似具有极大吸力,兀南公所发千万点火星突作一窝蜂,暴雨一般往碑上射去,当时消灭。碑中心另有一道符箓,龙蛇电掣闪得一闪,同时飞起一片黑光,朝兀南公当头罩下。兀南公见状大怒,左肩一摇,立有一枝七寸来长,前有五彩星雨的碧色飞箭朝前射去,"叭"的一声大震,飞箭、神碑首先消灭,一齐无踪。那上下四外的刀山箭雨,万丈光芒,也已一闪不见,仍旧恢复原状。面前突现出两幼童,一丑一俊,正是李洪、石完。李洪手里拿着先前隐去的那枝飞箭,笑道:"老怪物,你平日何等狂傲,今天又丢徒弟,又丢法宝,多丢人呢!这枝箭小巧可爱,送给我吧。"

兀南公柱有那高法力,受了圣姑百年前预伏的神碑禁制,因碑箭同时失踪，金刀全隐，连那无数翠球也同消灭。先还误以为两下对消，同归于尽，庚金仙遁已被破去。正痛惜所失至宝，忽见二幼童现身嘲笑，他们根骨之佳，从来未见。因素爱才，又因事前无备，另受一层佛法暗制，性又恃强好胜，呆得一呆，瞥见那枝飞箭竟在幼童手上，不禁急怒交加。丌南公先还想："此子必是未来以前，用传声和自己对骂的幼童李洪。虽是仇敌之子，毕竟年纪太轻，不值动手。"自以为自炼至宝，外人决夺不去，也没想到这类心灵相应之宝，怎会落于人手？意欲先将法宝收回，稍微给他吃点苦头，以示警戒便罢。及至行法一收，口喝："无知竖子，乳毛未干，也敢无礼！"话未说完，忽听李洪急叫道："老怪物不要脸！丢了的东西被我捡来，硬要夺回去。我制它不住，哪位老人家帮我一帮？"话未说完，这类道家心灵相应之宝，本是动念即回，外人决收不去。丌南公因觉对方颇有功力，并未过于轻视，及至运用玄功往回一收，那箭突发奇光，只在敌人手上不住震动，竟未收回。他心中一惊，这才动了真气，二次将手一指，想给李洪苦吃。口刚喝道："小狗找死！"猛瞥见金红光华电舞虹飞，四面射来，同时更有一股金霞和大片连珠神雷，相继打到。骤出不意，敌人所用法宝又均仙府奇珍，那高法力的人，竟会在阴沟里翻船，连防身宝光均被震破，如非玄功变化，法力高强，几受重伤。

丌南公百忙中回身一看，左侧站定四个小人：一个道装少年和三个幼童，都是面如冠玉，天上金童一般，仙风道骨，俊美非常。只是身材矮小，并非真个幼童，既非道家元婴炼成，又非精怪一流。内一道童形如婴儿，身穿荷叶云肩，短装战裙，臂腿裸露，背插两口金光闪闪、长不过尺的短剑。看去形似婴儿，偏生得猿臂蜂腰，双瞳炯炯，满脸英悍之容。这四人一个手持宝镜，所发金霞雷火甚是强烈；相貌装束相同，宛如孪生弟兄的两个，各指一团佛光，两弯朱虹，也均佛门至宝；最小的一个，似知丌南公心大忿恶，把两口金剑收回。接着，佛光和朱虹也收了回去。只为首的那一个手中宝镜未撤，丌南公的护身宝光便被所发金霞雷火震散。当时暴怒，忙把手一扬，刚发出五道青色光气，朝前抓去。就这目光到处，时机不容一瞬之际，斜刺里突飞来一片红霞，中杂无数银芒寒星，宛如天花猛射，飞冲过来。丌南公看出厉害，忙伸左手一挡，另发出一片青光。刚挡得一挡，面前突又涌现出一幢冷荧荧的青光，中裹一个幼童，比前见四小还要生得灵秀可爱，只一闪，便将那四小人裹住，右手五指青光还未抓到，忽然失踪不见。丌南公的五指神光所到之处，休说一间大洞室，便是百亩广场，敌人也万无漏网之理，不知怎会被他们逃去，一个也未抓中。再看红霞来处，也是一个和李洪年貌相仿的幼童，已朝自己哈哈一笑，一瞥即隐。前后左右八个幼童，除一个相貌奇丑，瘦小枯干而外，根骨品貌都似天府金童，一个赛过一个。心方惊奇，耳听李洪欢笑之声，忽想起飞箭尚未收回，忙即回顾，二童已全隐去。连用法力禁制，打算迫令出现，并将隐形破去，哪知全无用处。正运玄机推算下余七幼童的来历，忽听一声霹雳，由脚底飞起一团银色雷火，当时爆炸。虽因先前受了暗算，料知这八个小敌人全都淘气，绝不就此罢休，必要再来，有了防备。但没想到那么坚逾精钢的地面，敌人会由下面来攻，又几乎吃亏。认出那是灵石精气所炼石火神雷，忙即抵御还攻时，先前那幢青色冷光裹着前见相貌丑怪的幼童与原宝主人，随同雷火出现，一闪不见，又未抓中。

丌南公越想越气，连施法力异宝，均无用处，一时急怒攻心，正待施展毒手。青囊仙子华瑶崧忽然飞来，见面便朝丌南公先施一礼，笑道："老前辈别来无恙，可能容贫道稍谈片刻么？"丌南公和华瑶崧之师女仙谈无尘，昔年在南海磨球岛离朱宫见过一面，瑶崧随侍在旁。知她在方今女散仙中交游最广，人最和善，先见突然飞到，料是敌党。正待喝问，对方已先开口，执礼甚恭。李、陈诸人又被易静传声止住。丌南公素来讲究礼貌过节和气度，敌人以礼来见，不便先寻人家晦气，强忍怒火，点头笑道："我与令师虽曾见过，并无深交，无须太谦，有话但说无妨。"华瑶崧便把上官红告诉癞姑的那一套话从容说出。丌南公因对方言中有物，暗带讥刺，辞色偏是那么谦和，无法发作。再想此来实是理亏，与平日信条不符，难怪贻人口实。无奈势成骑虎，恶气难消，一时气忿疏忽，自恃法力。又想神仙三劫，已过其二，平日虽有准备，这千三百年的最后一关，必更厉害，多造罪孽，终非好事。何况对方公然声称，双方同是玄门清修之士，并非谁怕谁，但恐崩山坏岳，引发滔天浩劫，故来商量。果真神通广大，就该敌人手到成擒。如见不胜，便以无量生灵出气，纵令不畏天命，不恤人言，也是无聊，有损平日声誉。否则，敌人生死尚且随意，幻波池仙府岂非囊中之物？只管占为己有，何必毁它作甚？对方所说原颇有理，无可反驳，转不如表示大方，给他一点厉害。丌南公心念一动，脱口便答："我早看出，峨眉门下小狗男女，有人暗助，偏又藏头缩尾，不敢现形，意欲迫他们出来，与我一见高下。再者，他们欺人太甚，我虽不值计较，将其处死，也须稍为惩罚。只将他们擒回山去，等他们师长到我黑伽山，必先释放，再分胜败，绝不伤他们性命。免得齐漱溟这小辈妄自称尊，偏会缩头不出，我又无暇寻他。既果真无人暗助，今日我便不将小狗男女擒去，只破五遁而外，也绝不毁灭全山，以免引起浩劫。好在我不须乾罡至宝，一样成功，何在乎此？你让这班小狗男女齐出卖弄便了。"

华瑶崧知已上套，笑答："老前辈不必动怒，自来大人不见小人怪。他们多高法力，也是末学后进，如何能与你比？贫道因双方强弱太差，峨眉开府时，又受齐道友之托，自知法力浅薄，也不敢班门弄斧，只想釜底抽薪，从旁稍为指点，并与老前辈定此信约，略尽寸心，使他们稍占便宜。免得双方各走极端，毁损仙府，祸害生灵，余愿已足。他们如能幸免，固所心愿，便被老前辈全数擒去，也无话说。既然老前辈不肯息那雷霆之怒，非与这班后辈一分高下不可，自应遵命。不过老前辈驾到已将一日，除李英琼在五指神峰重压之下安然入定，意欲借此磨炼而外，余人并无伤损。方才那八个幼童，乃齐道友令郎李洪约来，有的贫道还未见过，突然而至，连主人均出意料。他们又均年幼淘气，致有冒犯，实则与主人无干。我想五行仙遁先后天合运逆行，具有鬼神不测之妙，也非易破，今天恐来不及。请以三日为期，无须亟亟，使老前辈可以尽量发挥威力，他们也可借此一开眼界，长点见识如何？"

丌南公听她冷嘲热讽，句句有刺，偏又被人问住，难于发作。最错误是不应说那今日不胜便走的话，本来无心之言，随口而出，恰被对方乘机说出日限，并还多说了两天限期。表面放宽，显她大量，并露轻视之意，暗中却是借诘答诘，把自己扣住，到时不胜，非走不可。话出如风，凭看道力身份，其势不能反悔。照此情势，分明敌人暗有能人主持一切，算定未来，有恃无恐。五行仙遁已甚神奇，加之敌人年纪虽轻，无一弱者，方才那八个幼童已见一斑，成败直拿不稳，又不便下那天人共忿的毒手。丌南公匆匆未暇寻思，随口应答，铸此一错，尤其是法宝不能使用，无形中已吃大亏，偏又说上不算来。冷笑道："华道友巧思利口，足见为友热肠。我本意当时不胜就走,既这等说,不是暗中有人,便是小狗男女仗恃人多及地利,想要卖弄,我全依你如何?"华瑶崧知他气极,刚从容笑着,待要退去,忽听一幼童怪声怪气喝骂道:"这老怪物不要脸,刚才用鬼手满地乱抓,活见鬼,还说当时成功,吹甚大气?有这三天,不把他狗头砍下才怪。他骂我们好几次,陈师伯再不许动手,我要气疯了。"说时,华瑶崧也就刚退出去。

丌南公心恨易、李诸人,事由爱徒而起,情出不已,又觉理亏,尽管辞色强横,还稍好些。对于李、陈等八人,因自修道以来,从未受人侮辱,又损伤了两件法宝,心中恨毒到了极点,早想施展杀手。无如这八个小敌人个个机警滑溜,捞摸不到。正打算施展九天都箓斩魂摄形大法杀他几个出气,一听那语声时高时下,有时发自地底和洞壁之中,捉摸不定,心中痛恨,也不发话。华瑶崧一走,便以全神贯注,暗运神通,准备冷不防猛下毒手。哪知急怒神昏,又受仙法禁制,他明明看见石完用的是石火神雷,急切间竟未想到敌人具有独门穿山行石专长。仙府洞壁,本就坚逾精钢,方才金遁,乃圣姑神碑仙法妙用,并未破去。华瑶崧一退,主持仙阵的敌人惟恐李、陈等八人受伤,又知丌南公定约以后不会铤而走险,行那绝着,此时正在中枢要地主持总图,准备五行合运,一起夹攻,威力妙用尽量发挥。幸是丌南公,如换别人,甚至九烈神君夫妇到此,也不免于伤亡。丌南公因是气忿太过,恃强太甚,一心想置敌人于死地,连平日不杀弱者的信条全都置之脑后。先恐一击不中,又受敌人轻笑,引满待发,不肯似前稍见身形,便贸然下手。后来听出人在东壁,话已说完,正和同党低声密语,似向一人求告,请其相助,来夺防身法宝。暗骂:"小狗该死,竟敢如此大胆!"于是猛下毒手,右手一伸,立有五股罡气朝壁上发声之处射去。

丌南公为当今旁门散仙中第一流人物,修炼年久,除有十二件最著名的法宝外,更练就独门乾天罡煞之气。照例这类邪法一经施为,五指罡气所到之处,一任对方长于隐遁和多么坚强的防护,无不应手成擒,当时粉碎。满拟多坚厚的洞壁也无用处,哪知五股罡气刚射到壁上,连转念都不容的当儿,心灵上忽起警兆,仿佛暗中具有一种不可思议的强大阻力反震回来。心中一惊,正在定睛查看,三环佛光夹着两道剪尾精虹已电掣飞来。一入眼,便认出是佛门至宝如意金环和前古奇珍断玉钩。不敢轻视,只顾暂时闪避，惟恐身外宝光为敌所毁，百忙中应敌，一面收宝，一面运用玄功，化为一道青光，电也似急往侧飞去，打算暂避正面来势，另用别的法宝迎敌，以免先前所用防身法宝不是敌手，而为所毁。万没想到，这八个幼童另有制胜之策。李洪更因心爱石完、钱莱，初上场时，尚恐敌人恼羞成怒，激出事来，身旁几件至宝多未使用。及至双方定约以后，宽心大放，便向同来高人求告，想把丌南公那件防身法宝夺来给石完，有意诱敌，冷不防把三环、双钩猛发出去。

丌南公虽然连受这几个幼童侮弄，看出不是寻常，心仍自恃，未免疏忽。因见敌人所用乃仙佛门中至宝奇珍，来势特快，连转念的工夫都没有，微一心慌，先用玄功遁出圈外，不曾先收法宝。就这事机瞬息之际，身刚变化飞遁，突由斜刺里飞来一团石火神雷，当时爆炸，银星如雨，四外猛射中，又有两弯朱虹、两团佛光、一道金霞夹着大蓬神雷，纷纷打到，电舞雷轰，声势猛烈已极。百忙中不顾再收法宝，怒喝一声，双肩一摇，全身立有奇光涌现，晃眼人便成了一座光幢，高约两丈，粗约丈许，光焰奇强，照得全洞都变了碧色。丌南公人在其中，手掐法诀，尚未施为。先前那道宝光本是八十一个翠连环连系而成的一件法宝，不用时，好似一条手指粗的翠练，平日用代束腰丝绦之用。一经施为，便织成一片青光，包没全身，收发本极容易。这时因在怒火头上，李、陈诸人同时发难，各以至宝还攻，又要闪避，又要还攻，八面兼顾，不由得闹了个手忙脚乱。那条翠练刚复原形，还未上身，一幢冷荧荧的青光裹着一大一小两个幼童，已在雷火宝光横飞猛射之中突然出现，电一般疾，只一晃眼，便将那翠练夺去，一闪无踪。丌南公身上宝光恰刚涌现，翠练也正还原，已快往腰间围去，那幢青色冷光竟敢在他身前出现，才一入目，法宝便被人夺去，来势神速，不容一瞬。丌南公几曾吃过这样大亏，焉能不恨，怒喝一声，伸手一挥，立有五申火星朝那冷光现处一带射去。此时身前忽有红光一闪，又是一个震天价的响雷迎面打来。只听得二幼童笑声已入地底，所发乾罡神雷也已纷纷爆炸，朝敌人打去。那乾罡神雷威力甚大，又当忿极之际，全力施为，全洞立被雷火布满，轰隆之声密如万鼓急擂，震得山摇地动。如非易静防护严密，禁制重重，又有七位异人暗用佛法相助，纵因敌人好胜，不肯食言，下那毒手，就这千万迅雷，仙府也被震毁无疑。

丌南公方想防身至宝青阳柱一经取用，敌人任何法宝均不能奈何他。这班小人刁钻狡猾，不杀几个，难消恶气。正待行法，二次摄取敌人形神，猛瞥见面前突又现出一个金莲宝座，八个小对头环坐其上，先前来攻的法宝、飞剑已全收去。内中两人，分别拿着方才夺去的飞箭、翠练，正朝着自己指点说笑，满脸淘气之容。那西方金莲神座，乃是一朵大约丈许的千叶莲花，拥着一个形如蒲团的宝座，四外莲瓣尖上齐放毫光，往上飞射，上面更有一圈佛光，祥辉潋滟，花雨缤纷，飞舞而下，两下里一合，恰将八人全身护住。那万千团雷火尽管纷纷爆炸，四外攻打，近前便即消灭，莲瓣也未摇动一下。雷山火海中，拥着这么大一朵金莲，越显得光焰万道，瑞彩千条。上坐八人又都生得灵秀清奇，实在可爱，一个个天府金童也似，端的壮丽无比。

丌南公毕竟功力高深，与寻常左道妖邪不同，见此情景，方想："这伙小敌人无一不是仙福深厚，根骨超群，如何会死我手？所用法宝全是仙佛两门奇珍，威力绝大，法力稍差的人，早为所杀。如今又使出这等伏魔防身的佛门至宝，除他们更是万难。真要连经三日无功，如何下场？此是庚金重地，自从神碑出现，阵法忽收，便未再现，这么猛烈的雷火，也未将其引发，好些可疑。难道敌人自不出面，只令八个小畜生出来讨厌不成？"想到这里，细一查看，就这万雷爆发，莲座涌现的转眼之间，当地已变了形势，上下四外一片混茫，竟不能看到边际。那雷火看似猛烈，震撼全洞，但也只有环绕金莲宝座四外的一片，一任全力施为，占地似只有数亩方圆，此外便是黑沉沉望不到底。微闻风水相搏，波涛之声隐隐传来，才知敌人法力果非寻常，竟在不知不觉之中转变阵法，将自己由金宫移往北洞水宫以内，五行仙遁就要发动，虽然不怕，要想破阵如愿，却是大难。丌老怪方在愧忿交加，忽听陈岩对李洪笑道："洪弟，老怪物防身法宝，乃九天之上浮游空中的一颗前古未灭完的大陨星炼成，老怪物曾仗它抵御天劫，视若第二生命，轻易不用。今日一见，果非寻常。我们修道年限虽没他长，居然一出手便把老怪物的全部家当都吓得搬了出来，他还损兵折将，失去几件法宝，人已丢够。我们各有至宝防身，反正两家半斤八两，彼此都奈何不得，谁耐烦看他这副丑态？本是来趁热闹，与主人无干，依还岭上那么好的景致，同去游玩一回如何？"李洪笑答："陈哥哥不必代主人分这仇恨。易师姊他们受命自天，仙福深厚，老怪物有力难施，只有丢人，不过我们须防他窘极反悔，把吐出来的口水又咽回去。你懒得看他那副怪嘴脸，我们暂时让他，试试五遁威力也好。上面不必去了，免得看他八个妖徒有气，一动手，又说我们倚仗人多，欺负他们。"

丌南公听二人信口讥嘲，句句刺心，怒火重又上撞。知道敌人身在金莲宝座之上，任何法宝均攻不进。一时情急，刚要发动太戊玄阴斩魂摄形大法一试，眼前佛光一闪，敌人连那千叶金莲花忽全隐去。紧跟着波涛之声突然大盛，骇浪怒鸣，飙风突起。同时眼前一暗，突现出千百根水柱，电旋星飞，急浦而至，前发神雷，竟被消灭，风涛之声宛如地震海啸，猛烈异常。那千万根水柱，大小不一，先是一根根的白影，带着极大的压力，互相挤轧，忽然一撞，便是霹雳爆发。刚刚散落崩坠，后面的快要涌到，黑影中又有几根水柱电一般冲起。初现细才如指，晃眼急旋暴长，上与天接。白影也由淡而浓，变成灰白色的晶光，四外环绕。那么多而又亮的水柱晶林，天色偏是黑暗如漆，密密层层，丌南公空具慧目法眼，竟不能透视多远。那压力也逐渐加增，上下两面更有灰白色的光云相对流转压上来。丌南公以为自己已身陷北洞下层癸水阵内，先还想用专破五遁的几件法宝取胜擒敌。及至取宝一试，满拟戊土精气所炼至宝能克癸水，而当地五行仙遁又均发源于癸水灵泉，此宫一破，在五行法物未全毁去以前，虽不能全部瓦解，下余四宫便不能将先后天五行随意运用，化生逆行，岂不功成一半？哪知易静早得师长仙示，已用仙束中临时现出的灵符仙法，趁他和八小对敌，愧忿分神之际，倒转禁制，将他移往圣姑伽因昔年遗留，近照道书总图重又加工布置的小须弥境环中世界禁圈以内，再把五行仙遁正反相生，逆行合运，发挥全力，瞬息百变。丌南公法力虽高，人已入网，棋输一着，自误先机，如何能够成功。戊土之宝刚化为一片黄云，夹着万点金星，往那水柱丛中打去，一片青霞电闪而过，水柱不见，上下四外仍是暗沉沉的。刚看出五遁逆行反生乙木，来克戊土，暗道："不好！"未及回收，暗影中突然现出一圈青蒙蒙的光气，才一入眼，大片黄云金星便似万流归壑，只一闪便全被收去，一齐不见。紧跟着红光骤亮，四外又成了一片火海。当此突然转变之间，威力之猛，不可思议。虽仗护身法宝神妙，本身法力又高，但骤出不意，也几乎禁受不住，差一点没将宝光震散，不禁又惊又怒。似这样五行化生，转变无常，几使丌南公穷于应付。

光阴易过，一晃便到了第三日上。圣姑遗留的禁制渐渐消解，丌南公方始惊觉，运用玄机暗中推算，才知中了敌人圈套，故意相持，使其无功而退，只是详情仍未知悉。尤其卢妪所设最后一关，因在仙法埋伏之下，竟连影子也不知道。暗忖："空负多年盛名，亲自下山，与几个无名后辈为敌，已是贻人口实；再要无功而退，并还伤人折宝，岂不难堪？尤其镇山至宝落神坊现落人手，连收不回，除却胜后夺回，便敌人自甘送还，也不能要。时限又是快到，看眼前形势，直无胜理。"越想越恨，怒火烧心，愧忿交集。猛一转念："自己虽受敌人愚弄，也只因不为一朝之忿伤害生灵，只要不引起浩劫，便不算食言。许多法力、异宝均未施为，此时敌人一个不见，分明想挨过今日，再由华瑶崧出面质问，激令自己收兵回山。平白丢此大人，有力难施，还无话说。反正青阳神柱防身之下，五遁威力虽大，也拦阻不了自己，何不运用玄功变化穿行各洞，深入内层，能将总图破去更好，否则便施杀手，伤得一个是一个。"意欲先向敌人示威，发一警号。只见金刀、烈火、巨木、惊波、黄沙、风雷夹着大片五行神雷，交相应合，变化无穷。

丌南公只守不动还好一些，稍一施为，立生巨变，声势猛烈，即使丌南公修道千余年，也是初次遇到。不过既已主意打定，仍然厉声大喝道："峨眉鼠辈，再若藏头不出，我便要冲进来了。"声如巨雷，自觉这类巨灵神吼，能够裂石崩山，传出老远，如无仙法防护，连这洞府也要震塌。正要查明五宫躔度方位，冲将出去，眼前倏的一花，所有五行仙遁一齐停止，面前突现出一条长圆形的甬道，内里黄云隐隐，两边壁上风沙流卷，时隐时现。丌老怪以为敌人看出不妙，仍想延宕，将自己引往中宫戊土。反正须要冲破，飞遁神速，也就不去管它，便以全力施为，催动遁光，往前冲去。禁法已解，立显神通，比起刚才初遇敌时迥不相同。戊土禁制也被引发，只见黄云万丈，土火星飞，飓风暴发，神雷大震。丌南公并未放在心上，连人带宝化成一道青色光气，疾如流星，往黄云尘海之中电驰冲去，虽觉阻力甚强，未生别的变化。无如五宫躔度，纵横交错，疏密相间，稍微疏忽，便难通行。再要激动五行合运，又和方才一样，固然不致受伤，到底费事。只得强忍忿气，耐心穿越过去，也经了好些时，才把土宫走完，转入南洞火宫，仍和开头一样，先现甬道。走完甬道，到达中枢重地，再按躔度飞行，最后转往别宫。似这样，将近大半日，才把五宫走完。

丌南公因知幻波池仙府经圣姑多年苦心布置，最重要的所在除北洞下层癸水灵泉发源之所外，尚有灵寝五行殿、十二金屏以及中宫后殿金门宝库所在。全洞密径宛如人的脏腑脉络，环绕五洞，上下盘旋，长约三千七百余丈，外由五行仙遁封闭。只要五遁一破，便可直入奥区，报仇取宝。哪知刚把五宫走完，绕回上宫，五遁合运，重又同时爆发。猛想起时限将到，成功无望，怒吼一声，正待以全力穿山破壁，朝里硬冲，忽又听众幼童拍手欢呼哗笑之声，眼前倏的一暗，光影变灭，其疾如电，五遁齐收，身影皆无。再运慧目一看，当地乃是一片十丈方圆的圆形洞室，上下四外空无所有，只离地三数丈，现出"小须弥境环中世界"八个金光古篆，一瞥即隐。地上有四五丈大的一个圆圈，内画五遁神符，自己连人带宝立在当中。才知敌人故意使自己通行五宫，然后由南而北，重用仙法倒转禁制，把自己引回原处，这一惊真非小可。方在愧忿交加，先见八幼童突然全数出现，纷纷笑说："你怪叫作甚？用尽神通，闹了三天三夜，始终没有跳出圈子外去。可还要托华仙姑代为说情，向主人再讨三天限期，试上一试？"丌南公闻言大怒，因知敌人机智非常，各备至宝防身，公然出现，必有所恃，先不发动，表面冷笑，暗中行法。猛地扬手，飞起一圈接一圈的五彩云旋，电一般疾，分朝八人飞去。这类玄阴太戊摄神之法最是阴毒，多高法力的人，只要朝彩圈一对面，元神立被摄去。初意敌人不是隐形逃遁，便用法宝抵御。谁知彩圈刚一飞起，八人身后忽有七个相貌清奇、手持念珠的老人突然出现，各用大中二指往外一弹，也未见有宝光飞出，只听叭叭连声，所有彩圈全被震散。李、陈等八人便纵遁光纷纷向外逃去，七老立隐。

丌南公已受佛法反应，法力虽在，心神已是受了禁制，比起先前只有更深。怒极心昏，急起追赶，见前面八人遁光连在一起朝前急飞，相隔也只数丈远近，就是追不上。

敌人更不时回身，将连珠神雷纷纷打来。所经道路上下弯环，甚是曲折，似电一般由两侧闪过。晃眼追出老远，眼前突有一片银霞闪过，再看前面八人忽然失踪，身已落在一片银色光海之中，四外空空，并无阻力。

只有一事奇怪：一任飞向何方，用尽神通，找不出一点途向；光涛万丈，虽不伤人，也无法将其消灭。这等情势从来未见，连用几次法宝，想将银光震散，并无用处，又推算不出底细。一会儿，便听门人厉声咒骂，中间反杂有先来的仵氏弟兄口音，好似全被敌人困住神气。心想："身在幻波池后洞深处，相隔门人立处甚远，如何会在对面？"心中奇怪，暗用本门传声一问，众妖徒答说："在上面等候了三日夜，不见师父出来。心正不解，方才忽见一片青霞拥着仵氏弟兄，由一小红人火无害押了前来，说了几句难听的话，和一少女往侧面隐去。因忿敌无礼，见仵氏弟兄尚为青霞所困，知是乙木遁法，意欲解破，刚一出手，青霞忽隐。突飞起一蓬青丝，由空中撒将下来，将弟子等笼罩在内，用尽方法，不能脱身。那青丝虚笼身外，只一冲突，立被绑紧。敌人分明有心恶作剧，师父快来破去，免被轻笑。"

丌南公一听，两地相隔甚近，知被敌人由幻波池引了上来，不知是甚阵法，怎会冲不出去？没奈何，只得命门人暗中呼应，以便朝那发声之处冲去。满拟飞行神速，比电还快，只要查明方向朝前硬冲，一任阵法倒移多快，怎么也能冲出光海之外。谁知还是无用，急怒攻心，莫可如何。忽听左近有一幼童忽喊："姊姊，你闯祸了。师父命你采黄精，如何妄将仙法发动？大姊胆子更大，索性把师父新得的法宝也偷出来玩。我们拜师才得几天，就这样淘气。师父三日前原因敌人厉害，恐我们年幼无知，遭了波及，如何这等大胆？"另一女童答道："我原是闲中无事，试着玩的，不料会有一人困入阵内。我怕他告知师父，不敢放他出去，再说，阵法又未记全，如何是好？"另一女童娇声笑道："我听师父说，来人法力虽高，言而有信，只要过了约定时限，不问胜败，便即退走。如今已过三日夜，师父事完，必要出来。这阵法我倒会收，就怕被困的人向师父告发，这顿打怎受得了？等我和他商量一下，你看如何？"

丌南公先受丽山七老佛法禁制，这时又为卢妪仙法所迷，神志虽未全昏，人已失了常度。因觉那银光奇怪，既看不出它来历，也不知道破法。情急之下，只图脱困出去，偏是无法向敌人的门下开口，越想越愧忿。正生恶念，想要循声抓人，迫令开放门户，却见面前人影一晃，现出一个女童，见面便笑道："你这人哪里来的？先不要动，有南星原卢太婆相助，你也伤我不了，反将我好意埋没。你被吸星神簪宝光制住，一辈子也逃不去，岂不冤枉？最好安静一些，等我和你商量走后，如愿动武，由你如何？"丌南公见这女童年约十二三岁，头脸手臂全部浮肿，满是紫癜，疙瘩隆起，乍看奇丑。就在面前银海中现身，摇头晃脑，神态滑稽。细一注视，虽然年幼，无甚道力，然而不特根骨之佳从来少见，便那本身也是一个极灵秀的美人胚子，只为身是异胎，身上还有一层浮皮未褪。不知怎的，心生怜爱。暗忖："莫怪峨眉势盛，连第三代门人也是这等根骨。今日已成惨败之势，再如相持，便成无赖。何况东极大荒两老怪物均是昔年对头，事前自恃神通，未经细算，被人暗布圈套，占了先机，还有何说？既是这样，转不如就此下台，等法宝炼成，再寻敌人师徒一拼，显得来去光明。"心念一动，便笑答道："你这女孩叫甚名字？不必害怕，我便是你师父的对头丌南公。今日既有卢妪老贼婆行法暗算，老夫误中诡计，已经认输，迟早我自会去寻她。我自从隐居落伽山以来，常人绝难见我一面，今日与你总算有缘。你本一身仙骨，只为异胎包皮未脱。你师父未必有此法力为你解去这层附身丑皮，我可代你去掉。并非卖好，想你放我出去；既知老贼婆闹鬼，便有对敌之法。知你奉命在此布阵，使我难堪，我已认输，也不怪你。事完只管加功施为，也绝不伤你，无须开放门户，我自会出阵。你意如何？"

这丑女童正是竺笙。当丌南公说时，乃师癞姑已听出对她垂青，口气甚好，早就暗中传声，教了几句。竺笙听完，立即大喜道："我知老前辈早变成了好人，此来只是受激，出于无奈。小女子名叫竺笙。还有一姊一弟，他们巧服仙草，早已由丑变美，只我还是丑八怪。丑还无妨，臭却难受。蒙你老人家开恩，将这附身臭皮去掉，感激不尽。"丌南公笑道："此来本为给两个门人报仇，不料为人暗算。我素性人不犯我，我不犯人，行事悉随所喜，最爱灵慧幼童，反倒作成了你。虽然此仇必报，但我向无反顾，不会再来。命你师长将来去凝碧崖等我便了。"说罢，把手一指，立有一股青气将竺笙全身包没。竺笙先觉奇热难耐，强自镇定，面无难色。丌南公笑道："想不到你竟有如此胆力灵智。"随即用手一招，竺笙头脸背腿和胸前所附浮皮，忽全离身而起，化为几缕轻烟消灭，奇臭难闻，人便瘦了许多，相貌骤变，美秀非常。丌南公笑说："你们快去施为，那枝铁簪还难不倒我。"竺笙忽然下拜道："小女子受老前辈脱胎换形之德，无以为报，你那镇山之宝落神坊被家师收来，赐与弟子，现想奉还原主，略表寸心，请收回去吧。"

丌南公匆促间不知癞姑仗着卢妪仙法隐蔽，将落神坊暗中递与竺笙。见她刚拜谢完，手上忽然多了一件法宝，正是已死爱徒伍常山失去之宝。凭着自己身份法力、心灵相合的镇山之宝，被敌人收去，落在一个毫无法力的女童手中，如何能向其取回？强忍悲忿，再朝竺笙细看了一眼，猛一动念，苦笑道："你虽受人指教而来，向我行诈，我实爱你根骨灵秀，索性转赐与你也好。但此宝威力太大，不可妄用。好自修为，老夫去也。"话刚说完，未及施为，癞姑突将仙阵收去，带了竺笙姊弟和上官红一同现身，方要开口。丌南公一眼瞥见门人尚被轻丝笼罩，就在对面不远。李英琼也在五指神峰光幢笼罩之下，经过三日夜，头上慧光越发明朗，下面紫色祥焰更显光辉。七情障所化彩虹柔丝在自己的替身手指之下，环绕神峰之外，与敌人宝光相映，反倒减色。又见癞姑师徒五人虽然美丑不一，均是极好根骨。同时先前对敌的八幼童也都出现，内中一个将手微招，便将那大蓬青丝收去，互相说笑，已无敌意，甚是天真。此外还有几个峨眉门下，无一不是成道之器。丌南公知对方不等自己破法，便将仙阵法宝撤去，分明是有意奚落。于是更不发话，微微一笑，青光微闪，人便到了八妖童所附彩云之上。手微一招，法宝齐收，师徒十一人立被彩云拥起，先前那道形似垂天长虹的青色光气重又出现，直向遥天抛射过去。彩云之上，依旧鼓乐仙音，箫韶并奏，晃眼直上天中，余音尚在荡漾遥空，青虹已隐，端的比电还快。

英琼也已起立，众人相见，说起前情，俱说莫怪人言丌南公与别的左道旁门不同，果然言行如一，来去光明。如非凤世情孽所误，将来也许不致灭亡。上官红因竺氏姊弟尚未拜见各位尊长同门，便正式分别引见。英琼侧顾岭上诸人，只余英男师徒和袁星、神雕未来，便开口询问。癞姑因爱徒化媸为妍，丌南公刚走，毫无动静，一时疏忽，心颇欢喜，顿忘卢妪之戒，闻言大惊，忙把前事朝英琼一说，请往池底小坐。英琼惟恐英男吃了九烈神君的亏，话一听完，便匆匆先往静琼谷中飞去。癞姑正拦众人，说："此事不宜人多，我也不去，请至幻波池中一谈。"

陈岩本来要走，吃李洪强行拉住，刚谈起丽山七老暗助经过，忽听静琼谷内一声极闷哑的雷震，一道红光裹着火无害破空直上，电也似疾，往依还岭右侧高峰上飞去,一闪不见。随听厉啸之声起自谷中,一片黑色妖云,突然向空激射,中裹两个相貌丑怪的男女妖人,谷中禁制竟拦他们不住,也不知先前怎么来的。一到空中,立即展布开来,晃眼便似狂涛蔽空,天都遮黑了大半边,疾如奔马,朝火无害电驰追去。英琼、英男同了雕、猿各纵遁光,尾随在后,急追过去。要知双环合璧大破阴雷,许飞娘斗法梧桐岭,巧计诱鸠盘婆,易静被困魔阵,九鬼哄生魂,李洪丽山拜七老,巧遇前生良友等许多惊险新奇情节,请看下文。

第二九四回

转嬟为妍　玄功参造化
回嗔作喜　爱侣述缠绵

前文说到丌南公因被李洪、陈岩等小辈仙侠戏弄激怒，意欲通行五宫，大闹幻波池，不料内受圣姑伽因预留的佛法禁制，受了感应。始而心神无主，被众人引入小须弥境内，一任玄功变化，连经两三日，始终不曾脱出环中世界。仗着功力高深，虽然明白过来，已到了三日夜的限期。神碑禁制也渐失灵效，易静又将总图转动，便乘机引往后洞奥区。因有正反五行逆行合运互为生克，变化无穷，丌南公又是心狠手辣，骄狂自恃，见五遁威力对他不能伤害，还在得意。打算按着五宫躔度方位，直入后宫五行殿金门宝库，毁去总图，强取毒龙丸，多少挽回一点颜面。丌南公万没想到，易静知他厉害，五遁之外，又将昔年圣姑遗留的西方神泥暗藏上遁之内，诱使上当。丌南公竟未觉察，致由后洞穿出，误陷卢妪仙阵埋伏之中。等到警觉，已被敌人占了机先，急切间逃不出去。正在忿怒，将起凶心，不暇再有顾忌。竺氏姊弟忽相继出现，由竺笙上前，照着癞姑所教把话说完，乘机取出落神坊奉还。丌南公得道多年，行辈甚高，平日狂傲自尊，立有信条，处到这等情势之下，啼笑皆非。但他毕竟修炼功深，深悉利害。心想："人已丢定，敌人狡猾，自不出面，却将前失至宝交由一个入门不几天的小女孩拿在手里，使自己无颜夺取。"再见竺笙凤根灵慧，一见投缘，忽然触动灵机，索性抛弃前念，自甘认输，决计下一着闲棋。不特未将法宝夺回，并还将竺笙附身丑皮用仙法褪去，传以法宝用法，方始带了众妖徒，吹奏仙乐，由原来彩云围拥，同驾青虹从容飞走。众人相见，正在谈说前事，相对喜幸，癞姑因料易静与陈岩必有渊源，故令约往相见。刚托李洪陪了陈岩同往幻波池小坐，忽见静琼谷内飞起一道红光，正是余英男新收门人火无害往依还岭侧高峰上投去。紧跟着便见九烈神君夫妇驾着大片妖光黑云疾如奔马，由后追去。英琼、英男也相继追去。

陈岩本还不想回往幻波池去，李洪因听癞姑用本门传声，暗中叮嘱，再四强劝。陈岩笑道："洪弟，我知你受人之托而来。并非我固执成见，你去问她，我虽历劫三生，并未一日相忘，但她始终弃我如遗。这还不说，最使人不无介意的是，她与幻波池前主人伽因道友昔年瑜亮并生，丰神美艳，迥绝仙凡，因为不愿见我，不转世也罢，怎么连元神也故意炼成这等丑态，这还有什么故人情分么？"癞姑知道易静前生名叫白幽女，与圣姑同时，美艳齐名，后来转世，拜在一真大师门下。因为疾恶太甚，致受邪魔忌恨，最后伤了两个魔女，被赤身教祖擒去惨杀。幸得各位师长解救，元神未遭毒手，经一真大师用法力凝炼元神，又为引进到妙一夫人门下。因是元神炼成，形如童婴。平日觉她两生均负艳名，何以元神炼得如此丑怪？每一问起，总是惘然若失，似有隐情，不肯泄露。这时听了陈岩之言，才知她与陈岩还有好些渊源因果。癞姑正要劝说，忽见青囊仙子华瑶崧飞来，手持半片上有血迹的玉璧，见面便朝陈岩笑道："原来道友便是桓真人么？易道友昨日无意中开读仙示，得知不久便遭大难。强敌鸠盘婆自在神剑峰魔宫败逃回去，虽觉此是近三百年中初次丢人之事，心中气忿，终想大劫将临，还在顾虑，不肯重蹈故习。无如孽徒铁姝忌恨前仇，再三诱敌，不肯罢休。事有凑巧，鸠盘婆又在魔宫地底得到一件至宝，炼成以后，休说敌人，连天劫都能抵御。但是此宝尚缺半丸西方神泥，知道圣姑伽因留有一丸在此，落入易道友手内。又知易道友和她有不解之仇，再经魔女怂恿，如不取得神泥，非但法宝难炼，仇人还可用它反毁那件至宝，迟早必要上门。既是定数，反正难逃，与其受辱埋头，遭人轻视，结果吉凶还是难定，转不如先下手为强，乘机往幻波池余死仇人，取来神泥，既除后患，并可炼成法宝，抵御灾劫也较有指望。鸠盘婆虽然神通广大，自信甚深，行事却极审慎，谋定始动，准备把雪山九鬼炼成神魔，再来下手，因此迟了些日。这时各位师执尊长因四九天劫将到，多在准备本身安危大计，无暇他顾，就有两人，也不一定能占上风。陈道友虽不能获全胜，却可助易道友免难。我知陈道友对她海枯石烂，深情不变，如将此事说出，绝不坐视。她说无须，想起前生双方负气之言，本应由她亲出迎接。无奈丌南公神通广大,她在五行殿内主持应付,按照总图,五遁威力妙用几乎全部发挥。虽然未到最后关头,便将强敌由后洞引出仙府,未被识破,攻入后宫重地,将总图毁去,但因中宫戊土杂有那丸西方神泥,威力特大,收取较难。五行正反逆行合运,变化又达七十余次,也须依次转变复原,方可将全宫禁制就势撤收。以后再有强敌上门,只需顺便取上一件五行法物,便可随意应用,比前省事得多。异日开建幻波池仙府,也显得峨眉派的威望气度。这些事全都费神,李英琼又有事他往,不能相助,实在无法分身。烦我转告,说陈道友见此半片玉璧,必能量她苦心。陈道友如非她先来见不可,便请在此稍待如何?"

陈岩不等华瑶崧说完,早把玉璧要过,再由身畔取出同样半片玉璧,两下一对,立时完整如一,当中现出一颗心形血影,色彩比前还要鲜明,直似一颗血心嵌在里面。陈岩面上立现悲喜之容,凄然笑道:"想不到我和她也有今日。既然同心,不曾背盟,自应我往见她;况又事忙,不是故意。洪弟,你我累生骨肉至交,愚兄隐藏多年的恨事,为此还延误仙业,你尚不知底细,请同往见易姊姊一谈如何?"华瑶崧笑说:"此间来日大难,各位师长为试门人道力,磨炼心志,非到万不得已,便不闭关,也少相助。英琼正和强敌相持,金蝉、朱文等近来法力大进,又得了几件至宝奇珍,成功无疑。此事不宜人多,旁观尚可,切忌出手。还有几个受伤的人,已被林寒、庄易接入预设的仙阵之内医治,不久尚有变故,也全仗他二人接应脱险,暂时不必往寻。我还有事,要告辞了。"说罢,作别飞走。李洪送走华瑶崧后,便陪陈岩往幻波池仙府飞去。癫姑带了长幼两辈同门,也随后跟去。只钱莱、石完、李健、韩玄、沙佘、米佘等六个小人俱都喜事,欲往观战,同往岭侧白象峰上二元仙阵中飞去。金蝉、朱文与李英琼合斗九烈神君夫妇,下文另有交代,暂且不提。

只说癫姑等飞入仙府,见五行仙阵尚未全撤,光焰万道,闪变如潮,中宫正路已被神泥所化祥霞封闭。陈、李二人在前,同驾一道佛光,刚一冲进,金霞电旋,分而复合,又听易静传声呼唤,由东宫转入。张瑶青同了云九姑等刚由金宫甬道飞来,说朱文事完先走,易静一人在五行殿主持总图,使其复原,尚未完事,欲请癫姑相助。下余四宫遁法已都撤去,只中官戊土因有神泥相合,留为后撤。癫姑听出易静想令自己代为主持,不愿余人同往，便请张瑶青等陪了众人，去往外环四宫游玩，等中宫复原，再同入见。匆匆说完，便由东宫绕往五行殿内，到后一看，陈、李二人已先到达。陈岩目视易静，满脸均是久别重逢伤感之容。易静手掐灵诀，面对总图，并未如法撤禁，也将一双怪眼注定陈岩。二人同是隐蕴无限深情。癞姑暗忖："情之一字，真个误人不浅。我虽不知这两人的遇合经过，即以目前而论，哪一个不是仙根仙骨，道法高深，偏对前生情侣如此留恋。妙在是易姊姊劫后元神小若童婴，已变得如此丑怪瘦小，对方全不以此为意，仿佛看她仍是前生那样国色天香。便易姊姊平日那么言笑不苟，神态庄严的人，此时也会是这等情景。她将来分明是天仙中人，偏口口声声说是甘愿作一散仙，比较逍遥自在，免得拘束。自己还代她可惜。原来还有一个三生情侣，不舍忘情，等她同遂心盟呢。"

癞姑正在寻思，易静已经觉察，笑道："二妹，我的事也不瞒人。这位陈道友前生姓桓，隐居在东川寿王峰，你此时当已想起。本来是我三生良友，为了一念情痴，几乎两误。我和他劫后重逢，尚有许多话说，请你代我主持片刻如何？"癞姑看出五行已全复位，便中宫戊土也已复原，撤收甚易，那丸神泥并无预想之难。知她除自己同门深交，小师弟李洪又是陈岩良友，无须避忌而外，余人全不愿使与闻。便含笑点头，将易静换下，一面主持总图，一面留神静听。见易静刚下法坛，陈岩便扑上前去，互相执手呆立，都是目有泪光，一句话也说不出来。后来还是李洪在旁笑道："陈哥哥和易姊姊已是神仙一流，何苦这样情重？"陈岩叹道："洪弟，你哪知道，我若不是她，也未必能有今日。可是这历劫三生相思之苦，也够受的。家师由地仙修到天仙，本想带我一同飞升，也为愚兄痴心太甚，甘受师责，地老天荒，心志难移，非要与她合籍双修，长此相聚，不肯罢休。后来我因转劫两世，受尽艰危，功力虽然精进，她却始终避我如仇，连面都见不到。她本是天仙化人，为了想修仙业，恐我纠缠，到了今生，竟借着鸠盘婆一劫去转世，并将前生容貌毁去。以为我爱她美貌，所以纠缠，故意变成这样丑怪，使我灰心绝望。我先前只知一真大师为她炼形固魄，清规森严。前辈师执，本就不容违犯，又守昔年对家师所发誓愿，非等破壁重圆，双心合一，重放光明，不能相见，否则便有形神俱灭之灾。我不足惜，她必连带受害，因此不敢前去。后知她故意毁容，我仍未改初衷，正在设法想见一面，忽听说她毁容以前曾将所持半璧索去，交与大师，用佛法毁去，使我绝望。一算时日，毁璧之前，我正神游在外，心灵上忽生警兆。等到赶回寿王峰，肉身已为妖人所毁。那璧本是一面整玉，因当最前生兵解转世时，曾将二人心血滴在上面，精诚所注，血痕深嵌玉里，成一红心。转世以前，分裂为二，每人各带一半，意思是今生无望，期诸来世，双心合一，破璧必能重圆。后她转世改名白幽女，愚兄改名桓玉。始而遍寻不见，等道成以后，将人寻到，她因误投旁门，矫枉过正，欲以贞女清修，由旁门中上跻仙业。愚兄所重在人，此缘无关宏旨。她自劫后一见，便避若尹邢，经我追求不舍，中间又经过多次患难艰危，她方感动。相见不久，又为圣姑伽因孽徒妖尸玉娘崔盈所害。经我将她元神救护回山，正想为她另觅躯壳，或是一同转世，途遇家师和一真大师唤住，问知我二人心意，都想来生夫妇同修。二老苦劝不听，家师命把两半玉璧取出，同立盟誓。并说：'璧在人在，璧亡人亡，只等双心合一，破璧重圆，便可如愿。'随将元神交与大师带走，由此便没了信息。她因夙孽颇重，又转了一次劫，始投大师门下。我自前生初见，情根与日俱固，本来重人而不重色，毁容无妨，不该将玉璧毁去。我前闻她形如童婴，以为玉体被毁，特意借一幼童复体，只是不该刚一回生，便又毁璧。我虽长年相思，见面之望已绝，心中不无怨恨，但我思念更苦。知她在此，才随洪弟同来，意欲暗中助她成功，岂有不愿相见之理？无奈家师法力无边，如违盟誓，我固不利，她也有害，因此不愿相见。适见破璧重圆，昔年血痕已化同心，才知二位师长有意成全，用佛法禁制颠倒阴阳。我本疑她不会如此薄情，竟会推算不出。今我二人已将成道，天仙本非所愿，不去说它，地仙实在意中。只是鸠盘婆外，尚有一个对头也颇厉害。只需过此两关，等到三次峨眉斗剑，群仙劫后，从此天长地久，不会分离的了。"

易静闻言，接口笑道："玉弟此时当知我的苦心了。如非恩师相助，毁容易貌，那冤孽先就放我不过。迟早仍还你一个白幽女如何？"陈岩喜道："当真的么？不怕洪弟与癞道友见笑，我虽是修炼多年，因是幼童，仍不免于童心和洪弟一样，言动天真，自觉所附童身尚还灵秀，易姊姊偏毁了芳容。经我多年苦修，早已脱胎换骨，此身又不舍抛弃，正想易姊姊如允双修，也将容貌毁去，好和她配对呢。"易静忍不住伸手朝陈岩头上指了一下，笑道："痴子！难为你多年修为，还改不了老脾气。"癞姑见陈岩看去只十来岁年纪，神情既极天真，语气又是那等痴法，忍不住笑了起来。陈岩笑道："癞姊姊笑我脸老么？"癞姑笑说："不敢。"陈岩又道："我历劫三生，本是为她一人，便笑我也不怕。"随问："易姊姊，何时恢复昔年容光？"易静笑答："你才说重人而不重貌，如何又对此事关心呢？"

语声才住，猛瞥见总图上金云电旋，光焰潮飞，知有自己人冲禁而入，为神泥所化佛光所阻。易静原防别的同门进来，说话不便，特以神泥封闭土宫，免其闯进。一听癞姑说是英琼，忙即飞身上坛，刚要行法撤禁，英琼已在定珠慧光笼罩之下冲了进来，见面笑说："九烈老怪夫妇刚被我们赶走，不料又来一人，因其指名要易姊姊出见，不似有甚恶意，神情好似海外散仙，又非左道妖邪一流，法力颇高，初见颇为谦和，本想引入外洞相见。神雕忽用鸟语急啸，说来人不是善良，最好向易姊姊问过再说。如今金、石二弟和朱师姊他们均在上面守候，特来告知。不料神泥与戊土合用，威力甚大，如换红儿、袁星，恐还更费力呢。"易静闻言，朝陈岩看了一眼。陈岩把小脸一绷，气道："这厮又想欺负你么？"癞姑忽然笑说："二位劫后重逢，且先谈上一会儿，我看看去。"说完，大头一晃，人便无踪。

英琼说："那人绝非庸流，众人向其盘问，面有不快之容。袁星再把神雕之言用本门传声暗告众人，正想将其引往静琼谷内。石完听袁星说，来人是易姊姊的对头，在旁插口，语多无礼。妹子如非俞姊姊劝阻，令先请问，同时又接林、庄二位师兄传声相告，不许冒失，因见来人前恭后倨，末后辞色不善，问他姓名来历，又不肯先说，也许早动了手。癞姊姊见闻广博，对敌神情又极滑稽，此去必有事故，待妹子前往相助如何？"说时，陈岩、李洪两次要走，均被易静强行阻止。英琼刚把话说完，易静忙拦道："琼妹，不可与来人一般见识，请代我用传声劝住众同门，我自前往会他。"陈岩闻言，似更不快，接口说道："姊姊，你还要见此人么？"易静闻言，脸上一红，笑道："我与此人早就情断义绝，但他专为寻我而来，如不往见，必不肯去。众同门又均气盛喜事，一句说僵，非动武不可。此人虽然心狠狡诈，自近百年隐居海外以来，早已敛迹，不再为恶。他虽无义，绝不愿由我二人身上使其败亡。好在四九天劫，不久即至，他绝难于避免，何必与他一般见识？"陈岩道："话虽如此，但他多年修炼，交游甚多，正邪各派都有。你连经三劫，前后师长都是道法高深，冠冕群伦，近又奉命开府幻波池，得了圣姑珍藏，功力大进，他断无不知之理，竟敢孤身一人登门寻事，不是炼有邪法异宝，有恃无恐，便有大援在后。你一时姑息，必留后患，转不如就此将他除去，省事得多。"易静微愠道："玉弟，你怎会说出这样话来？也不替我想想？"陈岩笑道："我如非此人作梗，怎会受这三生数百年相思之苦？想起最前生，他视我如仇，忘恩负义，却又对你那等情薄心狠。后知白幽女是你转世，欲以贞女成道，双方情义早断，依然苦缠不休，百计暗算。到了今生，还是不肯放松。久闻他机智阴沉，处心积虑已有多年，对我仇恨尚浅，对你曾有不能并立之言，可恶已极。我说此话，并非真要由我二人手内杀他，只不愿你和他再见。你如不去，我便罢休，否则休怪我狠。"

英琼见易静满脸均是愁虑之容，知她性情刚直，素不怯敌，连丌南公那么厉害的人物也都从容应付，怎对一无名散仙如此顾虑？以为来人法力真高，想再请命出视，相机行事。易静又对陈岩笑道："玉弟，我的苦心，已蒙相谅，怎连这点事都不通融呢？"陈岩默然不答。李洪笑说："我虽不知你二人的事，但是来人如真蛮不讲理，莫非怕他不成？易姊姊不令动手，陈哥哥又不令易姊姊出去，来人绝不肯退，如何是个了局？依我之见，就让易师姊与他一见，讲理便罢，如不讲理，不问事情如何，敢来幻波池扰闹，便要给他一个厉害。"话未说完，易静好似吃了一惊，忙把新撤收的五行仙遁重又复原。随听长啸之声由岭上传来，易静喊声："不好！"忙道："玉弟、洪弟，千万不可动手。待我和他说几句话，遣走再说。"说罢，将总图用身旁法宝暂行护住，随纵遁光，匆匆飞出。

英琼见易静虽将五行仙遁发动，比起先前应敌时威力要差得多，并将五行分化，不令合运逆行。照这样仅凭各宫本身威力，只要来人明白天星躔度和五行生克、各宫步位，即便入伏被困，仍能自保。分明是怕来人受伤，故意如此。一时好奇，也纵遁光追去。刚到外洞，便见前面黄尘高涌，风沙弥漫，烟光浓雾之中，有一道人驾着一道遁光，冲将进来，虽被陷入戊土遁内，依然朝前猛冲。易静固然恐伤来人，戊土威力未全发挥，但似此光焰万道，飓风怒鸣，黄尘如海，中杂无数戊土神雷，纷纷爆炸，威力也非寻常。那道人正是先前指名要见的无名怪客，竟丝毫不以为意，拦他不住。戊土只就本宫发挥，未生变化，如非另有太清仙法挪移倒转，照来人法力之高，直非被其冲破不可。方觉果非寻常，易静已与来人对面。同时耳听众声呼叱，前面尘海中又飞来十来道遁光。当头一只玉虎，周身毫光如雨，银芒电射，头上一座山形金光，中拥三人，正是金蝉、朱文、石生，带了钱莱、石完、李健、韩玄、沙余、米余等六小弟子，以及英男、俞恋、赵燕儿、石奇诸人，一同电驰飞进。

钱莱、石完同在太乙青灵铠所化一幢青荧荧的冷光笼罩之下，抢向前面，同声大喝："好个狡猾妖道！口出狂言，敢用障眼法欺人，妄入仙府。今日教你来得去不得！"话未说完，石完一扬手，便是七八团石火神雷连珠打出。钱莱紧跟着手掐灵诀，一按遁光，身形一晃，二人同时无踪。方瑛、元皓同时赶到，也电一般抢向金蝉等前面，大喝："二位师侄，不可动手！"那一连串的石火神雷，已先爆发。易静见状大惊，不及阻止，扬手飞出一片中具两个乾卦的镜光，想将神雷收去。说时迟，那时快，金蝉、朱文因在上面受了来人愚弄讥嘲，未免有气，也是一到，便将天心双环合璧飞出，易静六阳神火鉴的宝光立被荡退了些。道人一味向前猛冲，见了易静，怒火中烧，正想下手，不料上面敌人来势极快，先为神雷将防身宝光震破。如非功力甚深，几被打死，就这样，人已受伤不轻。方在激怒，待要还攻，两圈青红二色的心形宝光已相对射向身上，当时被困在内，法力失效，全身不能转动。刚恶狠狠咬牙切齿，骂得一声："小狗男女！"易静深知天心环的威力，宝光已将来人制住，只要相对一合，形神皆灭。口方急呼："蝉弟、文妹，快些停手，此人是我旧友。"话未说完，一片佛光红霞由斜刺里拥着两人飞来，直投双环之中，正是陈岩、李洪。李洪手指如意金环，与陈岩手上一道红光同时飞到，金环、佛光先罩向道人身上。陈岩手发红光，又将天心双环两头挡住，笑对道人说："元道友，你自负人，如何怪她？况已为你兵解，历劫三生，双方情义早断，苦苦纠缠作甚？休看这里诸位道友年幼，哪一个不是累劫修为，根骨深厚？便这几个后起之秀，你也未必能占上风。天劫将临，还是早做准备的好，请回海外去吧。"说时，金、朱二人已将法宝收去，戊土禁制也被易静止住，现出一间广堂玉室。

道人见当地金庭玉柱，宝气珠光，面前敌人不分长幼，个个仙风道骨，福缘深厚，知非敌手。救他的，恰又是前三生的情敌和另一幼童。不禁愧忿交加，怒说："此仇早晚必报！你们人多势盛，我去也。"随纵遁光飞起。英琼见他手掐法诀，似要施为，料在临走以前要暗下毒手，方在暗中戒备，想将定珠放起，冷不防给他一个没趣，使知这班人全不好惹，免其再来寻衅。忽听前面有人接口道："元道友，你的飞针、旗门，请带走吧。"声随人现。道人本是心中恨极，想在去时用法宝向陈、易二人暗算，手刚抬起，猛瞥见面前人影一晃，现出一个癞女尼。认出是昔年心如神尼的徒孙癞姑，手里拿着先在上面埋伏的诸天旗门，笑嘻嘻站在面前。这还不说，最厉害的是现身时觉着身旁法宝囊微微一动，那随着自己心意扬手即发的太阴六绝神针，不知怎的，竟会同时到了敌人手内。那百零八座旗门，不用时长才寸许，由一个八角金牌托住。飞针恰也百零八根，分插在旗门中心。阴谋已被敌人识破，愧忿交集之下，怒道："我不知你会背师门，改投峨眉。蒙你见还，后必有报。此时无暇多言。"随手接过，手指处，旗门、飞针一齐不见，金牌也已缩小多半，悬向胸前。重又回头，咬牙切齿，恶狠狠手指陈、易二人，说了句："行再相见！"忙纵遁光，电驰往外飞去。

众人因被易静止住，全未追赶。正要谈说前事，忽听洞外霹雳连声，山摇地动，一连串响到上面。同时又听神雷大震，势更猛烈。易静喊声："不好！"当先飞出，只见洞外灵泉水柱刚被震散，重又复原，地上水深数尺，也顾不得行法退去，匆匆穿波而上。刚出水面，便见天边一条红影，在密云层上略闪即隐。钱莱、石完和火无害、上官红、竺氏姊弟三人，还有神雕、袁星，正由前面赶回。易静知道敌人受伤逃走，事已至此，叹口气，只得罢了。

原来余英男师徒二人带了神雕、袁星，遵照卢妪仙示，先在静琼谷中防守。英男本将离合五云圭放起，令火无害藏身其内，装作被困神情，等候九烈神君夫妇到来。后听音乐之声，兀南公已驾彩云青虹气走，知道强敌将临，故意手指火无害喝骂，令其降顺。正做作间，忽见火无害连使眼色，暗示有了警兆。英男侧耳一听，地底似起了一阵极强烈的异声，声虽低微，来势绝快，只一两句话的工夫，便由远而近，到了依还岭前。因全山地面均有仙法禁制，敌人又不愿改道上方，到了岭前，略一停顿，便往地底钻去。英男知敌人要由地心深处斜穿上来。又见火无害神情比前紧张，忙作戒备时，忽听身后有人笑语道："余道友，可容愚夫妇一谈么？"英男故作失惊,先将防身宝光飞起,将身护住,飞向一旁,转身回顾,见面前立定男女二妖人。男的是一身非僧非道的装束,腰间挂着一个黄玉葫芦,头戴星冠,冠上钉着九朵手指大小的烈焰,左肩道袍上钉着五柄殷红如血的魔叉。所着道袍前短后长,色作暗绿,上有烟云风火,随时隐现,变幻无常,若将离身而起。神情虽然诡异,相貌尚颇清秀。女的却是丑怪异常:身材比男的几乎高大一倍,虎头鸟面,目光如豆,钩鼻尖嘴,肤黑如漆,肩披绿发,蓬头赤足,相貌威猛狰恶,宛如山精海怪,不似人类。穿着一身黑衣,上面烟云滚滚,蓬勃欲起,一身都是邪气。站在男的身侧,二目凶光注定在火无害身上,隐蓄凶威,大有一触即发之势。

英男知此一男一女正是九烈神君与恶妇枭神娘,故意怒喝:"你是火无害的同党么?"随即装作怕来人将火无害劫走,随手一指,那面阳圭便往阴圭槽中合去。火无害见敌人已被瞒过,立时趁着宝光变幻之际,运用玄功离圭而出,隐了身形,飞向崖顶守候,准备诱敌入伏,更给妖妇吃点苦头。九烈神君先未觉察,笑答:"余道友不必多疑。你所困那妖孽,昔年将我夫妇一部魔经盗去毁掉,累我受了许多苦难,仇重如山,特来寻他。如不嫌弃,我情愿用一件法宝与你交换。否则你虽将他擒住,不能除去。此贼性如烈火,也绝不肯降顺,稍纵即逃,又留后患。你意如何?"英男怒答:"你便是九烈老怪么?趁早快走,免招无趣。"九烈神君还未及回答,猛由空中射下一蓬银色针雨,细如牛毛,奇亮如电。妖妇枭神娘见英男口出不逊,本在暴怒,手刚扬起,未及发难,火无害太阳神针已先到了头上,来势神速,声光先又隐去,到了头上,飞针方才爆发。妖妇虽是擅长玄功变化,也禁不起这至宝暗算,如非应变神速,稍有警兆,立即飞遁逃避,并发出防身魔光妖云,几受重伤。就这样,她满头怪发仍被太阳真火毁去了一半。当时暴怒,就着飞身闪避之际,扬手便是大片妖云黑影,内里带着千万点金绿色的火旱,暴雨也似向空激射。同时耳听身后另一少女大喝,似由谷口飞来,急于追敌,也未回看,便和九烈神君破空飞去。后来女子正是英琼,见到得稍晚,九烈夫妇已朝火无害追去,忙和英男身剑合一,尾随急追。等追到岭侧高峰之上,只见前面烟光电闪中,火无害和九烈夫妇已先后相继投入金蝉等所设仙阵之内。英琼刚到阵前,还未入内,朱文忽由幻波池飞来,暗用传声向二女说奉了癞姑之命来此会合,使双心合璧,抵御老怪。说完,同往阵中飞进。

金蝉原和石生、石奇、俞奤、赵燕儿等会合新奉命来的三个同门,在岭侧白象峰顶设下仙阵,暗中埋伏。俞奤把守阵门,一见火无害飞到,连忙开放门户,引了进去。紧跟着,九烈夫妇也已到达,仙阵虽未现出形迹,但九烈神君毕竟修炼多年,见闻广博,遥望火无害飞到峰顶就忽然不见,情知有异。依了枭神娘,便要朝前猛冲。九烈神君终是持重,刚按遁光降落峰上,待要查看,红光一闪,面前现出一个美貌道姑,也未说话,把手一指,立有一座旗门平地涌现。九烈夫妇虽看出那是太清仙法,自恃神通,全未放在心上。枭神娘更是性暴,扬手一片金绿二色的火星打将过去。敌人身形忽隐,随见火无害人影一闪不见,越发急怒,双双入阵。刚刚飞入旗门以内,忽听雷声殷殷,前后左右突又现出数十座同样旗门,其高都在十丈以上,烟光万道,霞彩千重,时隐时现,一任运用法眼观察,竟看不真切。九烈神君知道厉害,凭自己的功力虽然不怕,照此情势,主持人绝非峨眉群小,急切间偏又推算不出详情。九烈神君自知大劫将临,不敢造次,忙即立定,大喝道:"我与你们无怨无恨,何苦为一妖孽自伤和气?"话刚说完,先是金蝉、石生同在法台之上出现,紧跟着李、余、朱三女一同飞来。金蝉首先喝骂道:"无知老怪!在此修炼多年,平日狂傲,连眼前的事都看不出来。那火无害已被我英男师妹收到门下,你都不知道,怎么还敢猖狂?趁早回宫,我念你虽是邪教,近年已知敛迹,不与你计较,再如逞强,在我依还岭扰闹,教你形神俱灭。"

九烈神君见对面敌人都是仙根仙骨,知是峨眉门下高徒,年纪虽轻,法力不弱。内中金、石二人,更是宝光外映。既在此布阵相待,事前必有成算。方要开口设法下台,枭神娘已按捺不住怒火,扬手便是一粒阴雷,朝法台上打去。金蝉通未理睬,只将手中灵诀往外一扬,面前突又现出一座旗门。九烈夫妇所炼独门阴雷,威力最是猛烈,弹指之间,整座山头都能震成粉碎。哪知打到旗门之内,碧光一闪,化为一蓬绿烟,便已消灭,连雷声都未听到,不禁大惊。枭神娘怒吼一声,立用玄功,通身黑烟火星乱爆,一催妖光,便往旗门内飞进。九烈神君知她犯了凶性,劝说不住,只得施展神通,一同飞入。刚进旗门,法台忽隐,那旗门一座接一座涌现不已,四方八面都似走马灯一般,相对乱转,隐现无常,到处烟光如海,上不见天,下不见地,连施邪法,均无用处。九烈神君见枭神娘怒发如狂,暴跳不已。四外烟光越来越盛,压力逐渐增加,一个敌人也见不到。想起多年威望,竟为几个无名后辈所制,也甚忿怒,把心一横,便将那苦炼多年,准备抵御天劫的九子母阴雷取在手内,厉声喝道:"峨眉后辈,速将火无害交出,还可两罢干戈;否则,我这九子母阴雷一发,全山齐化劫灰,你那太清旗门决敌不住。一震之后,至少五百里内生灵均遭波及,玉石俱焚,悔之无及了。"随听左侧有人冷笑,骂道:"师父,你看这妖孽口发狂言,有多讨厌!妖妇更比鬼怪还丑,看了有气。弟子给他们吃点苦头如何?"

九烈夫妇循声回顾,先不见人,那语声也是若远若近,心中恨极。定睛一看,前面忽现出一团极淡薄的红光,四边青色,内里现出金蝉、石生、俞岱,还有一丑一俊两个幼童,正指自己笑骂,不由大怒。因为被仙法所迷,金蝉又将宝光隐去,只现出一圈红影,没看出那是前古奇珍天心环。虽然恨极,仍以九子母阴雷威力太大,天劫又将临身,惟恐造孽太重,更遭天谴,两次欲发又止。口正威吓,劝令敌人明白利害,忽又听右侧也有人在喝骂嘲笑,内中一人颇似火无害的口音。回头一看,果是火无害,同了几个少年男女,也在一片心形淡光之中现身,只是光作青色,外有红边。仇人相见,本就眼红,况当身困阵内,进退两难,怒火上攻之际。悍妻枭神娘因孽子黑丑为叶缤所杀,原因在于魔经被火无害盗去,故对火无害切齿多年,再三催逼九烈神君下手,哪还再计利害,扬手一团紫绿二色暗沉沉的宝光,直朝对面敌人打去。那九子母雷珠大只如杯,随着主人意念,发出极强烈的威力。照例出手时光并不强,暗紫、深绿二色互相闪变,无甚奇处。但一经发威,立发奇光爆炸,当时光焰万丈,上冲霄汉,下透重泉,方圆千里内外,无论山川人物,一齐消灭,化为乌有。那被阴雷激荡起来的灰尘,上与天接,内中沙石互相摩擦,发出无量数的火星,中杂熔石沸浆。由千里以外远望,宛如一根五颜六色的撑天火柱,经月不散。若将地壳震破,引发地轴中蕴积的千万年前太火毒烟,灾祸更加猛烈,端的厉害无比。

九烈神君虽因急怒交加,迫而出此下策,心中仍有顾忌。满拟此宝威力之大,不可思议,敌人法力多高,也禁不住这一击之威,正在运用玄功,不令九雷连发,减少它的威力,以免灾区蔓延太广,多害生灵。万没想到那团紫绿二色的雷光刚一离手,心形青光突然大盛,方看出此是一件奇珍。心念微动,红光一闪,前见那圈外青里红的心形宝光倏的同时飞来,比电还快,一齐照向阴雷之上,直似具有一种奇大无比的吸力将其吸紧,四外均受压迫,休想移动分毫。猛想起双心合璧正是此宝,不禁大惊,忙即行法发动阴雷时,竟被敌人宝光制住。只见雷珠宝光不住闪变,光甚强烈,似想发挥全力爆炸,只为四面逼紧,休说无法施威,连移动都难。这一惊真非小可,忙以全力回收,已收不回。正愁急间,前面突又现出一座旗门,门内法台上立着十几个少年男女,指点自己这面,互相说笑。那两圈心形宝光,也已缓缓往里合拢。一时情急,正待拼着损耗元神,运用玄功上前抢夺,猛瞥见一团佛家慧光祥霞潋滟,突然出现,罩向心形宝光之上。同时又有一朵形若灯花的紫色灵焰飞入心光之中,将那粒阴雷裹住,紫焰往上一包,慧光祥霞再往上一压,四道宝光合为一体,本身心灵真气立被隔断。九烈知道对方所用多是闻名多年,难得见到的仙佛两家至宝奇珍,威力神妙,不可思议。想起此宝关系未来成败,盛气立消,忙用魔语警告枭神娘,不可发威开口。随对众人笑道:"想不到贵派后辈中竟有这等能手,我今日甘拜下风,只要将九子母雷珠还我,从此互不相犯如何?"英琼首先喝道:"老怪物,你做梦哩!这样害人的东西,我今日替你毁去,免你将来多害生灵。本想将你夫妇一同除去,姑念近年不曾为恶,本门与人为善,不咎既往,放你逃生,已是便宜,再如唠叨,连性命也保不住了。"九烈夫妇闻言大怒,方在厉声咒骂,待以全力相拼。金蝉见九烈夫妇身上烟云滚滚,光焰四射,一个头上九朵烈焰,连同左肩上的妖叉已将飞起。笑骂:"无知老怪物!你那仇人已深入你魔宫根本重地,门下魔徒现正纷纷伤亡,你那本命元神也眼看随着魔灯就要消灭,若再执迷不悟,在此相持,就来不及了。"

九烈神君闻言,想起天劫厉害,多高法力的人,事前也推算不出来。有时并非人为,多半咎由自取。想起闭宫多年,本定不再预闻外事,不料孽子黑丑无故惹事,妄向郑颠仙寻衅,致为金钟岛主叶缤和峨眉女弟子凌云凤所杀。自己虽然忿恨,因知注定劫数,孽子不遵父命,自取灭亡,空自悲忿,还不想当时报复。无奈悍妻枭神娘历劫三生,只此一子,爱如性命，闻讯大怒，强迫自己非报此仇不可。因受她两次救命之恩，追随两世，才有今日，不肯过分使其失望。后经再三劝说峨眉势盛，此时万不可以树此强敌，否则仇报不成，还有杀身之祸。这才答应对凌云凤这个仇人暂且留为后图，先去找叶缤报仇。依自己的心意，对方人多势盛，法力又高，此时叶缤又在元江大熊岭，如往寻仇，郑颠仙和峨眉派这班人绝不坐视。最好过上些时，冷不防赶往金钟岛，杀他一个痛快，以免作梗。枭神娘偏不肯听，也没商量，独往寻仇。刚一到达元江上空，便遇叶缤、杨瑾和峨眉派几个女弟子迎上前来。枭神娘只想到峨眉派的紫、青双剑厉害，不知对方持有佛门心灯。正待施展玄功，猛下毒手，忽然一朵佛火灯花迎面飞到。匆促中不及防御，竟将苦炼数百年的魔光震散，身受重伤，逃了回来。欲速不达，元气大为损耗，她悲忿交加自不必说。又经自己再三力劝，强自按捺怒火，重炼魔光，等到炼成，威力已不如前。先曾算出敌人在川边倚天崖对面双杉坪石洞之中，苦炼绝尊者遗留的《灭魔宝箓》，日运玄功入定，报仇机会原好。无奈崖对面便是芬陀神尼所居龙象庵，敌人又持有佛家至宝心灯，此去无异自投虎口，绝难占到上风。枭神娘也因元江一败，有了戒心，不敢似前冒失，特在魔宫之内设下法坛，将乃父伏瓜拨老神魔遗留的一件奇珍，自刺心血，苦炼成功，虽不能仗以破那心灯，却可防身，乘机伤敌。当老神魔火化时，留有遗命，说此宝威力太大，又太阴毒，只能使用一次。并还迫令枭神娘立下誓约，不能违背。故不得不慎重其事。等到炼成，重用晶球查看，才知心灯乃谢山所有，叶缤只是借用，已早送还。神尼芬陀也不在庵内，等敌人《灭魔宝箓》炼成，方才回庵。如在炼法要紧关头赶去，十九可望成功。一时小心怯敌，自失良机，悔恨了一阵，无计可施。最可恨的是敌人神通广大，不特报仇极难，更须防她寻上门来。每日闭宫自守，本想挨过最后天劫再打复仇主意。不料怀恨多年的凤仇火尤害，忽又由月儿岛火海之内逃出。想起伏瓜拨老神魔之遭火化虽是定数，仇人如不将他未炼完的魔经焚毁，也不至于遭那惨劫。而且爱子黑丑也不会死，自己夫妇神通必定更大，成了不死之身，怕那天劫作甚？更恐仇人性如烈火，仇怨又深，记着昔年三入月儿岛向其寻仇之恨，突然上门闹事。越想越急，以为飞遁神速，仇人正被峨眉门下擒困神圭之内，报仇容易，往返不过半日，决可无事。哪知对方仙法神妙，晶球视影只现出前半段，仇人降敌全不知道，贸然前来，连自己也因积仇太深，忘了利害。又偏巧在途中耽延，因不愿和丌南公生事，直到他师徒走后，方始下手。万没想到，敌人竟算出此事，先有防备，落入圈套，还将心神相连的至宝九子母雷珠失去。敌人这等口吻，必有原因，也不知所说强敌是谁。

九烈越想越惊疑，忽听俞峦拦住金蝉，越众向前，笑道："九烈道友，可还记得贫道俞峦么？昔年先师曾对你说，你本质并非大恶，只为一时昏迷，又受魔女救命之恩，入赘魔宫，相从为恶。暂时虽可快意，劫数一到，便不免同归于尽。如能中途洗心革面，及早回头，魔女虽然灭亡，你本身并非全无解救。事隔数百年，想还记得？你已多年未出魔宫，忽然向人寻仇，便是自取灭亡的先机之兆。姑无论此仇该报与否，你也修炼多年，具有神通，来时还有晶球视影查看这里动静，也不想想，你那仇人既被余道友困入神圭之内，怎会事隔多日，人物景象原样未变，是何缘故？你那强敌便是前金钟岛主叶缤，现由乌鱼岛追一妖人，前往魔宫。妖人以为你夫妇魔法甚高，和叶缤又有杀子之仇，所以敌人已经停追，他还故意引逗，意欲诱敌入宫，与你夫妇合力报仇，以致误人误己，把杀星引上门来。我料此时当已到达，你那些门人侍者绝非其敌。如知利害，速舍雷珠，赶回宫去。我劝诸位道友念你多年苦修，实非容易，不加阻止，那盏元命灯或能保全。这还是念你近年颇知敛迹，本着各位师长许人迁善之心，不愿过分。否则，这二元仙阵乃太清无上仙法，虽是妙一真人近日传授，但因金、石、朱诸位道友功力深厚，阵中又有大方真人所借旗门，你想要全身而退，并非易事。那粒雷珠威力太大，阴毒已极，已被收来，断无还你之理。再如迟延，你就两头皆失，难于幸免了。"

九烈神君原来与俞峦见过，一听已至其魔宫的强敌就是叶缤，正中心病，不禁大惊。但就此退走，一则难堪，二则所说到底不知真假，应敌匆匆，无法推算。悍妻连遭挫败，怒发如狂，毛发皆竖，也必不甘退走。心方愁虑，忽然接到魔宫最危急的信号。经此一来，连枭神娘也大惊失色，心胆皆寒。九烈神君更不必说，略一寻思，忙向俞峦道："俞道友之言有理。如念昔日相识份上，烦告峨眉诸人，说我此来，本寻火无害报仇，与他们无干，也不知仇人怕死畏敌。如今既有仇敌上门寻事，不容不回。那粒雷珠关系我夫妻重大，从未用过，如非此阵威力神妙，怒火头上，也不至于出手。但请将来借我一用，劫后定必奉赠，并还传以分合运用之法，千万不可送往九天之上将其震毁，便感盛情了。至于这二元仙阵虽甚高明，仍然拦我不住，只管施为便了。"金、石诸人见他说时面容悲忿，口气仍甚强横，方要开口，吃俞恋摇手止住，答道："贫道必为婉劝，请先走吧。"话还未完，九烈夫妇心灵上已连生惊兆，魔宫告急信号也连翩而至，知是危急万分，不暇多言，道声："改日图报。"把手一挥，两道魔光合为一体，立时掉头往阵外冲去。金蝉忿他口气太狂，便将仙阵旗门一齐转动，发挥全力妙用，想使服输告饶，方肯放走。

第二九五回

苦缔心盟　三生寻旧约
宏施佛法　七老悟玄机

俞峦久经苦厄，被困多年，心情最是平和。见金蝉以全力发挥仙阵，一时云旗闪变，光焰万丈，风雷之声震撼天地，声势比前还要猛烈得多，惟恐激怒九烈神君，危害附近生灵，方要劝阻，哪知九烈神君夫妇魔法真高。先前志在擒敌，仙阵神妙，并有许多顾忌，知道敌人长于隐形飞遁，旗门变化无穷，难于捉摸，没奈何才下毒手，以为取胜虽然不行，逃走却非难事。加以根本摇动，情急万分之下，先曾夸口，不甘认输。再听出所设乃是二元仙阵，又多了神驼乙休的伏魔旗门，所以如此神妙。退志一决，早在暗中施展魔法，取出一件专测各宫部位躔度的法宝蚩尤九宫鉴，查看好了门户方向，运用玄功变化向前猛冲。只见光焰海中，一道黑色魔光长约丈许，四围金星血花乱爆如雨，冲行光海之中，每遇旗门阻路，立时激荡起千重金霞，万道毫光，随同风雷滚滚，云旗闪变，一冲即过。尽管旗门去了一座又现一座，阵法不住倒转，竟拦他不住。金蝉上来错了主意，以为阵法颠倒，便可将其困住，等到发现，忙即催动阵法，把旗门移向前面阻路，依然没有他快。晃眼之间，便被冲过四座旗门，逃出阵外，破空遁去。才一出阵，魔光突然暴长，仍和原来一样，化为黑色妖云，中有无量金绿二色火星，不住闪变，半天立被布满，狂涛一般蔽空飞去，晃眼已到天边，剩了一片极小的黑影，一瞥不见，端的比电还快。火无害因忿九烈骂他怕死，心中忿怒，本来要追，吃俞峦在旁看出，暗向英男示意禁止，未得如愿，空自忿恨。不提。

众人见状，才知九烈夫妇魔法果然厉害。经此一来，不特收得九子母阴雷，无形中积了一件大功德，并还断定敌人由此知难而退，不会再向本门生事，俱都喜慰。由俞恋在旁指点，仍用天心双环和定珠、兜率火将阴雷制住。再由金蝉把伏魔旗门缩小，按方位布好阵势，将雷珠包围在内，一同退出阵外。照日前仙柬上所现灵符法诀，如法施为，俞恋一声令下，金、朱二人和英琼一面收回四宝，一面施展仙法，扬手一片霞光，罩向阴雷之上，当时裹住，大小四座旗门齐射霞光。阴雷随同四宝一撤，紫、绿二色的魔光突转强烈，刚一闪变，待要暴长发生威力，已吃旗门霞光制住，仍在乱转。及被灵符所化金霞包没，方始缩小，渐渐复原，化为豆大一粒雷珠。金霞也已缩小，变为薄薄一层，紧附珠外。金蝉便收到手里。钱莱、石完、李健、韩玄、沙佘、米佘六个小人，随同杨鲤、陆蓉波、万珍、郁芳蘅、廉红药等男女同门在旁观战，相继上前会见。

众人俱想和李洪、陈岩、易静、癞姑诸人长谈。金蝉、朱文、英男、石生四人更恐李洪同了陈岩飞走，难得再遇，又急于想见新收的门人竺氏姊弟，见陆、万、廉、郁四女同门因和俞恋初见，尚在叙谈，不耐等候，当先飞走。刚到岭上，便见袁星、上官红同了竺氏三姊弟与一道人对谈，似在争论。神雕钢羽盘飞空中，银翼凌空，目光若电，注定下面，好似对那道人示威戒备神气。袁星瞥见四人飞来，忙用传声禀告，说那道人强要面见易静，因听钢羽空中连啸，说来人是个对头，因其不似妖邪一流，以礼来见，未便动强。令其稍待，以便请示，偏不肯听，请四人暗中留意。金蝉等见那道人相貌不似别的妖人丑恶，但是面带诡笑，一双怪眼隐藏奸诈。本来神情似甚和易，当四人飞来，先见到的便是金蝉、朱文这一双情侣，面上微微一惊，立时转身迎上，开口便向金蝉笑道："道友便是妙一真人爱子金蝉么？这位必是女神童朱文了？"金蝉见对方身上不带邪气，笑语温和，开口便道出自己的名姓来历，神情似甚和善，转问："道友尊姓？仙乡何处？"石生、英男同了俞恋、杨鲤、万、郁诸人已先后赶到。道人除乍见金蝉、朱文微微一惊外，对于后来诸人并未介意，神态从容，也未再问名姓，闻言笑答："易道友是我旧友，多年未见，新近闻说在幻波池开建仙府，特来一访。我乃绝海荒礁的无名炼士，姓名来历，不值一谈。易道友也未必愿诸位知道详情。只请领往一见如何？"

金蝉还未回答，因空中雕鸣甚急，袁星传声转告，说易师伯正在五行殿主持仙遁，使其复原，此时不可放其入内。并说来人身带法宝甚多，必须留意,但不可先动手。金蝉听完,道人话也说完,便据实答道:"丌南公和九烈老怪夫妇逃遁不久,易师姊现正有事未完,便我们同门师弟妹也见不到。若道友非见不可,请在岭上稍待如何?"道人笑答:"一别多年,思如饥渴,易道友如见是我,断无不快之理。贫道也是身有急事,因听说易道友在此,百忙中抽暇赶来。幻波池五行仙遁难不倒我,只为身是来客,不便冒昧登门而已。"英琼在旁,因平日最信钢羽之言,听它连声急叫,说来人是易静的对头,休说不宜放进,最好不令易静出见,否则有害。她本已激动侠肠,再听道人口气强傲,软中带硬,直似不问情由,非见不可,并还不肯等待。心中不快,上前说道:"道友为何不通情理?这幻波池虽是易师姊居长,实由三人为主。今当强敌初败之际,我们有事不见外客,你又不说名姓来历。易师姊的身世交游,曾听说过,并未说过有你这样朋友。实不相瞒,我李英琼此时便不容外客登门,请你回转。易师姊如和你有交情,自会登门奉访,否则她也不是怕事的人,你何必忙此一时呢?"道人闻言,朝英琼细看一眼,笑道:"道友便是峨眉三英之一么?果然名不虚传。所说也似有理,无如贫道天性固执,又与易道友分别太久,知她此时有事,不能出见,意欲登门奉访。你们如若倚仗人多,强行阻止,贫道只好做那不速之客了。"石完在旁听了有气,上前喝道:"易师伯是主人,不许你见,你待如何?"道人刚把脸色一沉,俞岙得道多年,最是见多识广,见道人穿着一件青灰色的道袍,非丝非帛,胸前有一团八角形的宝光,隐隐外映,非用慧目法眼查看不见,已猜出几分来历。恐双方言语失和,冒失动手,一面止住李、石二人,暗告英琼不可动武,令见易静问明再说,一面又向对方婉劝。道人虽怀必胜之念而来,到后看出众人无一好惹。心想:"所寻的人即便前知,也不至于逃避不见。反正仙遁不易冲破,不如将计就计,冷不防暗中冲入,施展毒手更好;否则等她离开五行殿出见,迎上前去相机行事,也可成功。"心念一定,立时应诺。

英琼刚一飞走,道人以为峨眉三英中英琼最是难斗,身旁又有佛光内映,看去法力甚高,此人一走,省事不少。笑对众人道:"我闻诸位得天独厚,虽年幼道浅,颇有几件法宝。贫道炼有几座旗门,意欲请教一试。只要有一位知道此宝来历,贫道立即回山,不再登门惊扰,如何?"众人本就不快,再听这等说法,越发有气,同声应诺。道人说声:"献丑。"手伸处立现出一片八角形的金牌，上面钉着许多旗门，看去形似玩具。扬手便是数十道彩光飞向空中，落将下来，电也似疾，闪得两闪，旗门失踪，当地却成了一片光海。随听道人笑喝："你们只要破得了我这件法宝，我从此低头，永不再寻易静贱人晦气。你们看如何？"钱莱、石完等六小弟子首先气忿，忙纵遁光循声追去。然而一任众人冲荡攻打，道人始终不见，声音却是时东时西，始终是那几句话，无法寻踪。宝光甚强，压力更大，幸而均有飞剑、法宝防身，否则绝难抵御。那旗门先是隐而不现，后因众人法宝神妙，始稍出现，但随阵法变动，略现即隐，一座也伤它不了，还以为道人藏身阵中。后来癞姑赶到，因由阵外冲入，看出上当，忙用传声令众会合，说对头已经冲入仙府。

俞峦本知底细，因恐双方各走极端，还想善罢，隐而未露。及听癞姑说破，众人大怒，准备施展全力破那旗门，这才告以收宝之法，并说此宝非道人所有，不可毁损。癞姑笑答："我已知底，只无俞道友详细罢了。"随令众人按九宫方位立定，再由金蝉、朱文用天心环罩定中心主位，余人也各施展法宝，镇压各宫，然后按照太清宝箓如法施为。众人起初原想和道人斗法打赌，没打算他会冲出阵去，及听癞姑、俞峦先后指点，辨清方位门户，立时通行无阻。道人素来外和内刚，居心阴险，因那旗门由他借来，如将敌人困住更好，否则此宝一失，宝主人必不甘休，立为峨眉树一强敌，岂非绝妙？没料到有人知道底细，并不加以毁损，趁着无人主持，便容容易易将此宝收去。众人因此却被激怒，同往幻波池中追下。俞峦见道人如此行径，断定必是易静的深仇，来者不善。恐众人冒失飞进，受了暗算，除雕、猿、上官红、竺氏三姊弟暂留上面不令随下外，并令金蝉、朱文各取法宝，当先开路，余人也各小心，见了敌人，不可冒进。金、石二人听了俞峦之言，惟恐同门弟子中人冷箭，便将玉虎金牌取出，穿波而下。一到下面，看出中宫戊丨仙遁已被敌人引发，忙即冲进。

道人先未想到五行仙遁威力如此强大，阻碍横生，虽然预有准备，身藏至宝，并无畏惧，到底还费了许多事，才把甬道冲出，到了中宫腹地，觉出不如预计之易，仇敌又是人多势盛，正在急怒交加，易静突然飞来。道人妒火中烧，表面一点不显，假装久别重逢，想望已久，意欲骤出不意，乘机发难。不料阴谋诡计早被易静看破，却不叫明，借着戊土神雷阻隔，立在三丈之外，开口便问："我早转世，与你情断义绝，寻我作甚？"道人闻言，不禁大怒，刚喝骂得一声："无耻贱婢！"众人已先后飞来，眼看被天心双环制住，性命难保。幸而陈岩体会三生爱友心意，强拉李洪，合力将他救下。癞姑因在上面收那旗门，使其复原，到得稍后，现身以前，又先将他飞针盗去。道人这才知道厉害，怀着满腔恶气，匆匆飞走。到了外面，想将幻波池灵泉顺手破去，却被神雕在空中发现，告知袁星，正要下击。钱莱、石完疾恶心盛，不问青红皂白，上来便发石火神雷，并且还想由地底进攻。不料仙府地面本就坚硬，又经仙法禁制，钱莱虽仗青灵铠护身，石完穿山行石独具家传，但上下游行，仍是费力，刚一停顿，便见陈、石二人飞来解救道人。钱莱、石完有气，欲往上面等候。刚到外面，便见敌人行法，想破水源，不由大怒，石完扬手便是大串石火神雷，二人又各将仙剑、法宝纷纷放起。道人见势不佳，又恐敌人闻声追来，咬牙切齿，一路连声咒骂，往上飞去。雕、猿、上官红和竺氏姊弟迎上，再一夹攻，差一点没受了重伤。就这样，还被神雕一爪将道袍抓裂，连皮去了一大片，方始运用玄功破空逃走，仗着飞遁神速，雕、猿不曾追上。

易静等也闻雷声赶来，见面略谈前事。癞姑随说："幻波池从此多事，并有几位同门受伤。幸有林寒、庄易二位师兄在前面高峰上设有仙阵接应，并备灵符、灵丹医治，或者无妨。以后遇敌，必须小心。"并问金蝉等是否回转天外神山光明境去。金蝉笑答："乙师伯来时，曾命我等幻波池建府之后，再回小南极。癞姊姊如不嫌我师徒，暂时还不走呢。"易静和英琼同声笑道："请还请不到诸位师兄姊弟呢，正好借此盘桓些日，同到里面谈吧。"随同飞入仙府。

众人分别礼见之后，易静、陈岩见竺氏三小姊弟个个仙根仙骨，灵慧非常，便问长问短。才知因有大荒二老预先指教，以其道路不对，只传寻常吐纳之功，无甚道力，但所得法宝已能应用，又传授了几种防身法术，各有一种飞行灵符，不禁大为奖勉。陈岩又取出三柄金钩、一面玉牌，分赐上官红和竺氏三小，作为见面之礼。上官红和三小大喜拜谢。李洪笑道："陈哥哥，你是长辈，如何偏心？眼前后辈门人有好几个，为何单赐红儿与竺氏姊弟呢？"陈岩方答："这四件法宝，乃我昔年初从师时所得，多年未用，因见他四人灵慧可爱，随意转赠，实为无心之举。别位贤侄，改日再赠吧。"易静笑道:"我们下一代的门人何止百数,你有那么多的法宝么?"癫姑笑道:"我和陈道友初见,不便说笑。毕竟三生良友,与众不同,一个爱屋及乌,一个关心过切,惟恐陈道友没处去弄那些法宝赐人,把话说在头里,就此下台。都是洪弟没有眼力,本来陈道友只赐易姊姊两位高足,因三小姊弟都是新入门,初次相见,不得不连类而及,你偏多口。休说那么多后辈门人,无法遍及,此风一开,以后我们尊长更不好当了。教人家为难,有多讨厌哩!"

易静平素庄严,不善辞令,闻言脸上一红。陈岩也觉不好意思。英琼爱护易静,虽然不知详情,先已看出几分,怕二人不好意思,接口笑道:"癫姊姊少说笑话,正经的还未谈呢。我闻洪弟小小年纪,飞越宇宙极光,往来天外神仙光明境,和本门七矮兄弟同诛万载寒蚿,两次大闹魔宫,如入无人之境,不愧九世清修,功力高深,果自不同。先在岭上戏弄妖徒时,身后曾有七位异人同来,今在何处,如何未见?莫非功成即退,已早飞走了么?"李洪见陈岩不好意思,癫姑又在取笑,神态滑稽,众人全都好笑,颇悔失言。闻言,乘机改口笑道:"那七位老人家乃是滇缅交界高丽贡山井天谷中隐居的丽山七老居士,怜我年幼胆大,恐吃老怪的亏,赐了我一件法宝,与七老心灵相合。我一动念,七老元神立用佛家心光遁法,马上飞来相助。有了这件护身符,老怪多凶,我也不怕。你当是我自己的本事么?可惜此宝是片树叶,经七老命我采来,临时炼成,只用三次,便失灵效,否则有多好。"朱文笑道:"幸亏只用三次,洪弟那样胆大淘气,如能常用,有此七老随身,仗了靠山,还不到处惹祸才怪。"李洪刚把俊眼一翻,想要开口,金蝉在旁,恐李洪又说出不中听的话向朱文嘲笑,忙接口道:"洪弟虽然胆大,功力也实不弱,不在九世修为,难怪七老垂青。你此行遇合必奇,何不说出来,使我们高兴呢?"朱文正恐李洪天真,口没遮拦,当众取笑,说完前言,方在后悔,闻言也忙改口说:"李洪根骨福缘,无不深厚,前生受尽磨难,此时理应苦尽甘来,畅所欲为,故此各位师长前辈都加期许。"李洪到底童心未退,有些好高,看出了兄长和朱文的心事。丽山之行,本最快心,先向金、朱二人笑道:"蝉哥哥、文姊姊放心,兄弟虽然童言无忌,当着许多人,我是不会妲你们兴的。"随将前事说出。

原来李洪别了金、石诸人和田氏兄弟,独往丽山井天谷山中赶去。到后一看，当地乃是高山顶上，一个四无出路的井形巨谷，四面危崖壁立，中现平地，只有当中地上放着一个非金非玉的钵盂和一座小石香炉，炉中香烟袅袅，四周空无一人。那香非檀非麝，闻之心神皆爽。李洪一时福至心灵，触动灵机，见向南壁上石洞若龛，似与两旁六洞有异，便恭恭敬敬地向洞跪拜，通诚求见。还未起立，忽然一阵旃檀香风吹过，与先闻香味不同。方疑主人施展大小旃檀佛法，将要现身，紧跟着一片极柔和的祥霞淡淡地闪了一下，倏的眼前一花，现出大片奇景。定睛一看，已换了一个境界，身子却未移动。那地方乃是一片园林，左右水碧山青，繁花似锦，白云如带，横亘峰腰。到处仙山楼阁，望之不尽。虽无光明境天外神山来得富丽，但是景绝清华，一尘不染，另具一种美妙幽静之趣。对面是片大花林，高均五丈以上，离地三丈始发繁枝，叶大如扇，色作翠绿。上面开着不少花朵，形如千重白莲，清香扑鼻。行列又极疏整，每树相隔竟达六七丈，色作翠绿，琼枝四出，亭亭若盖，荫蔽亩许。远望好似百十根大约两三抱的青玉柱，撑着一座花山锦幕。花林深处空地上，似有几个白衣老人席地而坐，料是七老引其入见，忙向花林重新礼拜。耳听有人笑呼"洪侄"，听出是神驼乙休的口音。抬头一看，果是乙休同了七位老人环坐地上。不知怎的，身未立起，人已到了花林之内。心想："七老道法真高。照这样见客，有多省事。"正要行礼，旁坐一老笑道："小客人已礼拜了两次，不必再多礼了，起来说吧。"李洪一听，心才动念，已被道破，不由大惊，哪敢怠慢，忙即应声起立，走向乙休身侧，恭求引见。乙休含笑，命坐在侧，手指七老，一一引见。

李洪才知为首一人姓文名成，得道已千余年。当初原是世家公子，从小好道，踏遍宇内名山，终无所遇，只结了五个同道至交：一名诸有功，一名钟在，一名毕半，一名余中，一名归大年。大家都过中年，方获奇遇。先在无意中服食了几株仙草，由此身轻力健，能手擒飞鸟，生裂虎豹。信心更坚，智慧也日益空灵，终于在高丽贡深山之中，得到一部玉匣道书。又隔些年，得一散仙鄢望指点，并与六人结为兄弟，一同修炼，人都称为"丽山七友"，又名"七老"。仗着道法高强，常年游戏民间。因为任侠好义，到处除恶扶善，救济孤寒，本是无心为善，却积了不少功德。七老多半出身富贵人家，讲究衣食园林之奉，得道之后，积习未忘。为避尘嚣，远离中土，在高丽贡山，寻到一处奇景。当地乱山环绕，与世隔绝，但是遍地琪花瑶草，水木清华。再经七老用仙法布置兴修，景更灵秀，取名隐仙崖。七老长年炼丹修道，啸傲其中，不时结伴出外云游，散仙岁月，本极逍遥。

这日门人入报，说门外来了一个穷和尚，定要面见诸位师长，劝他不听，话甚诚恳，特来禀报，可否许其入见。七老因所居四外无路，来人怎会到此？又非道术之士，心中奇怪，方命引来相见。忽听佛号之声，一个相貌清瘦的老和尚，已经从容走来。来人正是尊胜禅师，见面问答不几句，便劝七老归入佛门，做他徒弟。七老见他毫无法力，强为人师，妄自尊大，又好气又好笑，始而不允，后竟翻脸逐出。不料禅师抱有极大愿力而来，禅功坚定，操行艰苦，说什么也要将七老度去。七老始而当他无知之徒，未与计较，逐走了事。后因禅师被逐之后，便在左近井天谷中打坐念经，行时并发宏愿，非将七老度入佛门，绝不罢休。所持又是佛家金刚天龙禅唱，不论相隔多远，心念所及，全能使对方听到。由此七老时闻经声，琅琅盈耳，日夜不断，枉有一身仙法，不能去掉。连经七日过去，始终不停，其势又不便寻去理论，本就有气。这日无心中谈起和尚奇怪，并无法力，怎会由老远把经声传入耳内，别人偏听不见？四老毕半偶答："这和尚虽然不会法术，颇似一个有道力的高僧，否则你我七人的法力，经声怎的禁制不住？可惜那日把话说僵，又将他逐走，不便再去寻他。如再上门，我真想仔细问他一问呢。"经声忽止，门人又来禀报和尚求见。话刚说完，禅师又已走来。双方各用机锋问答了一阵，七老全被问住，无言可答。又见禅师固执来意，一时恼羞成怒，便问："你有何法力，收我七人为徒？"禅师微笑答说："我四大皆空，用甚法力？只为见你七人善根深厚，迷途未返，不久天劫将临，发此慈悲。只凭定力宏愿，将你七人引度到我门下，要那法力作甚？"七老怒喝："我弟兄七人均精玄门禁制之术，法力高强。你以为稍具禅功，便妄信定力坚强，要人从你，岂非做梦？"禅师笑道："我历劫多次，已参上乘妙谛，悟彻真如，休说你那区区禁法，便十万天魔、刀山火海也奈何我不得。我既引度你们，哪怕历时千年，誓愿未完，绝不离去，你们终有回头之日。"诸有功比较性暴，怒喝："你哪知厉害，我们念你只是狂谬无知，也不伤你性命。你只要禁得住三清禁制之术，果真大无畏，甘受诸般痛苦，再作商量。你有此胆量没有？"禅师答："你此念一生，便是向我佛门俯伏的预兆,请尽情施为吧。"说罢,居中趺坐,就在当地入定起来。

七老均觉和尚是个凡人,禅功多高,也决禁不住禁制苦痛,本想二次赶走了事。一则诸有功话已说出,不好收回;二则又见禅师神态安详,坦然自恃之状,未免有气。先想稍微试上一试,只要他出声求饶,立即罢手。一上来还不忍施展禁法,先命门人鞭打,只一两下,便打了个皮开肉绽。但禅师不特毫无痛苦,反倒满面笑容。诸老心疑他用禅功暗护心神,不畏痛苦,下令重打。不多一会儿,便血肉模糊,惨不忍睹,人已体无完肤,却仍是端坐不动,笑容未改。七老运用慧目查看,并不似有甚护身熬痛之法,实在打不下去,只得停手。头一次还用灵丹为他医治,禅师也合掌称谢,伤愈,立问皈依与否。七老怜他痴愚,也未理他,只命门人逐走了事。隔不多日,禅师又寻上门来,照样求见。七老后才觉出,只一动念,稍有想见之心,禅师必不等通报,自行走进。后来约定不去想他,置之不理,禅师虽未再自走进,但那经声越发热闹,除相见片时停止外,仍是不断。七老终于大怒,将禅师擒往所设法坛之上,连用禁制迫令死心,不许再用经声聒噪。禅师笑答:"你们自己要听,干我何事?如嫌烦恼,何不皈依?"七老大怒,立施禁法劲制。接连七日,禅师备受水火金刀与揭发刺身之刑,历尝诸般苦厄,始终定力坚强,面不改容。

这日,七老正用毒刑禁制,觉着伎俩已穷,除非将人杀死,但又无此冤仇,真是骑虎难下。正在为难,禅师忽然口宣佛号。因连经七日毒刑,水米未进,声音本极微弱,但七老听去,却似当头棒喝,心神皆震。本就有些感动,经此一来,猛触灵机,当时大悟,不约而同,一齐拜倒,口称:"弟子知罪。"俯首皈依。禅师也已一息奄奄。七老忙撤禁法,奉上灵药,为之医治,留在当地,供养了三日,同请拜师。禅师笑说:"时尚未至。我佛门中最重因果,你们先前不合将我毒打,并下禁制酷刑,便我自愿解冤,将来也难免于身受。何况你们天劫将临,非多积善功,减孽消灾,不能避免。我本具有降魔无上法力,为了夙孽未完,曾发宏愿,只以坚诚毅力普度有缘,虽有法力,并不施为,直与常人一般无二。现我暂收你们为记名弟子,再传尔等降魔法力,由此分头去往人间,修善积功。我在此期中还有一个大魔头须要亲自度化,等到完成夙愿,你们功行也将圆满,我自有区处。因你们虔诚苦留,勉受数日供养,就便传你们道法,传完自去,留我无益。"说完,一一传授。七老才知师父法力无边,越发感激涕零,由此拜在禅师门下,各自苦修。

禅师第七日便自离去。后为尸毗老人所困,七老寻去,本要动武,因禅师再三禁止,只得罢了。后来尸毗老人危急之际,被禅师赶来度化,魔宫瓦解。七老也经禅师指点,悟彻玄机,连经两次天劫,得了佛门上乘真谛,不久就要披剃,更换禅装。所居仙府,已赐与两个门人,经众苦留,在未披剃以前,暂留月余。神驼乙休经赤杖仙童指点,七老本是昔年旧交,又正有事相烦,便寻了来。并且告知李洪,令其来见。七老以前本在井天谷崖洞之上,分居苦修,洞穴大仅容身,长年风吹日晒,和禅师一样,操行至为坚定。这次为了证果在即,念在师徒情分,归来小聚,又算出故人来访,特在当地款待。李洪到时,七老看出他累世修为,前生又是天蒙神僧高弟,本就看重,又见李洪诚敬天真,越发期爱,便施法力移山换岳,引其入见。

乙休说完前事,七老笑问李洪:"有何心愿,不妨明言。"李洪恭答:"弟子前生法力已全恢复,法宝也有几件,不敢心贪,妄求恩赐。只是幻波池中有几位师姊,现因老怪丌南公前往扰害,虽有好几位师兄、师姊赶往相助,绝非丌南公师徒之敌。务望恩怜相助,使弟子此行不为老怪所败,感谢不尽。"七老中的鄢望,闻言朝下余六老互看了一眼,似有默契。一会儿便命李洪往取一片树叶,互相传递,各诵咒语一遍,再画一灵符在上面,交与李洪。说:"此是西方佛木桫椤树叶,经我七人施展佛法,已与心灵相通。如有甚事求助,照我们所传诀印施为,我们元神立时随念即至,一任对方法力多高,也伤害不了你们。只是时间匆促,此符仅能用三次,便失灵效,不到紧急,不可轻用。你功力根骨均是上乘,好自为之,成就必早。"说完,门人献上一种特产的瓜果,李洪拜谢领命,吃了一些。

到了次日,乙休便令李洪先行,赐了一个锦囊,令其到时开看。鄢望对李洪最是期爱投缘,临分手时说道:"六位道兄外功早完,惟独我还有欠缺,此去皈依佛门,必还要往人间修积,也许还有相逢之日,不似你和别位道兄只有一面之缘。"李洪知道七老一心皈依,不久便同证果,为此一人耽延,必非得已。佛家素重因果,蒙主人厚待,理应图报,猛触灵机,躬身答道:"弟子蒙七位老前辈深恩成全,无以为报,请代完此善愿,不知可否?"七老闻言,面上同现喜色。鄢望笑道:"此子真个可爱。我本不应使你小小年纪为我当此重任,但我佛家原重施,我弟兄七人誓共安危成败,为我一人耽延正果,心正不安。难得你有此愿力,倒也两全其美,彼此有益。蒙你代我完此善功,无以为报。此是我昔年行道时所用宝囊,内中法宝虽非你随身至宝之比,也颇有用;还有两道灵符、一面宝镜,足能防身;另外一本道书,上载点石成金之法,用以济世救人,方便不少。全都赐你,由此你便算我替身如何?"李洪大喜,忙即拜谢。乙休笑道:"仙佛两家,衣钵相传,门人继承师志,理所当然。我知道兄和诸道友一样,至今未收门人,既以衣钵相传,此子将来又系佛门中人,索性收他做个徒弟,岂不更好?"六老纷纷赞可。鄢望笑说:"本有此意,只为李洪乃寒月道友门人,不便掠人之美。既这等说,我们收他做个记名弟子吧。"李洪随向各位师长行礼,将宝囊接过,学了用法,方始拜别。

李洪出山一想:"此行真个奇遇。听各位师长闲谈口气,对我十分嘉许,仿佛任意而行,无往不利,纵有险难,也无妨害。此去幻波池并不须多少时候,为时尚早。初次拜师,不令随侍,期前便命起身;又说不到日期,不可先往幻波池和金石峡去,却又不肯明言。闲这好些天,教我往何处去呢?"李洪心中寻思,因见当地只井天谷后七老所居隐仙崖一带风景灵秀,余者都是穷山恶水,瘴雨蛮烟,林深菁密,无可留连,便任意飞行,不觉飞过云、贵两省,转入湘江流域。已然飞过衡山,想往洞庭湖飞去,忽想起:"七老与乙师伯两次催走,不容停留请教,师父又以宝囊相赐,也许命我就便行道,或是另有原因。记得衡山后面青龙洞危崖之下,有一前生对头隐藏在内。此人姓白名虹,本是双身教中漏网的余孽。昔年因有两个同道为他邪法暗算,一时仗义,同了好友桓玉往海外除他,将他所爱妖妇和门人同党一齐杀死,只他一人仗着邪法身外化身,逃来中土,到处搜寻不见。后来才知逃到此地潜伏,往寻未遇,反被妖人乘机潜往自己所居大峨山红梅洞,将全洞用邪法震碎,并盗走了两丸灵药、一葫芦仙酿。回山发现,再往寻他,忽奉师命往雪山坐关,静待转世,未得如愿。此时想起这妖邪罪恶滔天,早该遭报。所居崖洞虽然隐僻,但与追云叟白谷逸、金姥姥罗紫烟二老所居的仙府邻近。这等极恶穷凶之徒,为何任其潜伏,不加过问？此事相隔已百余年，不知伏诛也未？还有好友桓玉，自从昔年一别，杳无音信。我在雪山坐关多年，并还转了一世，他也未前来看望，好生不解。"

李洪心念一动，立即回身，打算先往衡山查探妖邪还在也未，事完再往武夷、仙霞一带寻找桓玉踪迹。因知妖人白虹邪法既高，人更机智狡诈，飞遁神速，更擅天视地听之术，为双身邪教中有名能手三凶之一。但是好色如命，每遇俊童美女，从不放过，淫凶无比。意欲引其出面，特用法力隐形飞往，到了无人之处降下，又将宝光隐去，装作游山迷路的幼童，慌慌张张步行往青龙涧跑去。那涧藏在后山幽谷之中，两面危崖，左边一条山涧紧贴崖下，只右边一道涧岸，岸上满布兰蕙之类香草。涧并不深，涧底山石高高下下。一条瀑布，由上流头奔腾而来。涧中满生苔藓，连水也被映成了青色。望去宛如一条青龙，沿涧急驰，吃大小山石一挡，激溅起无数浪花水烟，映着日光，珠霏玉涌，景绝幽丽。才进谷口，便闻幽香沁鼻。李洪童心未退，因见山光黛波，崖花如绣，泉声汤汤，松风稷稷，空山寂寥，四无人迹，别饶静中之趣。一路观赏前行，竟忘了故意做作。最后行到昔年妖窟附近，知道瀑布后面藏有一座崖洞，宽仅数尺，高约丈许，其形如枣，地名就叫仙枣洞。瀑布由上面倒挂下来，恰是一条水帘。内里甚深，前半并还有里许长一个水洞，妖人便藏在水洞尽头左侧旱洞以内。内里洞径纵横交错，有好几十条歧路，到处都是钟乳结成的晶衔甬道。前行七八里，连经险窄难行之处，转入山腹地底深处，方到妖人平日隐迹潜修的水晶洞室之内。地势前高后低，因有天然石堤，隔成水旱两洞，也是一处天然奇景。昔年曾有仙灵寄迹，后被妖人无心发现，仗着邪法地利，逃路又多，防备更严，昔年李洪寻他两次，均被脱兔。入洞除他，比较艰难，本想诱他出洞。到了洞前，见无动静，想起前事，重又假装把路走错，往回路仓皇飞跑。到了谷口，回顾无人，掌心定妖人伏诛也未，意欲入洞查看，有无邪法防御。刚把身形隐起，忽听有人喝道："大胆李洪，我白虹被你害得家败人亡，早就想要寻你，不料你已转世，累我在此等候多年。你转世不满十年，一个无知幼童，竟敢来此窥探。我已炼成法宝，今非昔比。你如有本领，可到我洞中见个高下。你那隐形法无用，我有天视地听之宝，无须鬼鬼祟祟，装腔作态。"

李洪天性疾恶，既忿妖人淫凶，又恨他说话强横，暗骂："该死妖孽！休说我灵峤三宝和断玉钩你不能当，即便邪法厉害，我还有金莲宝座和七老师长所赐法宝桫椤灵符，分明有胜无败，到时叫你知道厉害。"因想自己隐形神妙，敌人只看出前半来去，以后绝看不出，乃是诈语，便未回答，仍然隐形飞进。刚到洞前，那条瀑布本似匹练下垂，宽约丈许，长达十丈，李洪一到，忽然中断，倒卷而上，现出洞门。随听里面有人笑道："你来了么？这一转世，更像一个玉娃娃。惟恐你衣服淋湿，特把水帘卷起。若有胆子，快些进来，莫要惹我白虹生气，你就吃苦了。"李洪听出语声颇远，似由后洞深处远远传来，甚是耳熟，也未留意。因料隐形法被人看破，一赌气，索性撤去隐形，暗中戒备，飞身入内。妖窟本来过两次，妖人未遇，不过毁损灵景，便即退走。这时一见，竟比昔年景更灵奇。走入旱洞甬道，便见琳琅璀璨，光彩晶莹，回廊曲甬，到处通明，宛如置身水晶宫阙之内，富丽清华，美不胜收，也未见有邪法禁制阻隔。

李洪心中奇怪，越是这等情景，敌人越不好斗。眼看地底妖窟将要飞到，正在加紧戒备，忽然被人由后面打了一掌。凭自己的法力，事前又暗自戒备，敌人近身竟无警觉，心中大惊。未容寻思回顾，双肩一动，背上断玉钩先化作两道交尾精虹，电掣飞起。百忙中飞身回顾，一道朱虹突然出现，和钩光斗在一起，电舞虹飞。双方略一纠缠驰逐，敌人也未现身，只听光中喝道："你我法宝厉害，莫要毁损灵景，暴殄造孽。有本事，和我到外面打去。"语声才住，朱虹已当先遁走。李洪越听口音越像熟人，宝光也甚眼熟，绝非左道中人。一见逃走，急忙追了出去。方想妖人便改邪归正，也不应是这等情景，人已追出洞外。朱虹在前，眼看追上，忽听哈哈大笑道："洪弟，你我才百余年之隔，便不认得我了么？"李洪早疑心对方是个旧友，闻言一时省悟，方喊："你是桓玉哥哥么？想得我好苦！怎还是当年的脾气，不先明言，取笑作甚？"话未说完，人已现身，相貌并非桓玉，乃是和自己年岁差不多的幼童，惊问："你是桓哥哥么？百余年不闻音信，难道和我一样转世不成？"

幼童这才说道："我确是桓玉。昔年与你别后，我便回武夷山中修炼。为替你复仇，连寻妖人几次，因敌人约有同党相助，互有胜败，循环报复了好些年。最后我将婴儿炼成，偶往海外神游，寻一道友。归来一看，才知妖人白虹向边山四恶中的鬼母朱樱门下妖徒借来异宝碧磷冲，由地底冲入，杀死守门人，将我的肉体用火焚化。幸而婴儿早已炼成，本想就以元婴成道。不料极乐真人李静虚大弟子秦渔因被天狐宝相夫人所诱，毁了童贞，在云南长春崖无忧洞伏罪自杀。照着昔年誓言，应该历劫三生，才能重返师门。他投身在左近一个富家，生而能言，不昧夙因，想起前情，时常悲忿。加以思恋恩师，由六岁起，每晚背人哭求恩师原谅，早赐接引，但终无回音。他法力已失，此去云南山高路远，长春崖地更险阻，生自富贵人家，无法前往，日夜愁急。这日想起昔日誓言必须转劫三世，以为早日自杀，再往投胎，岂不可以早见恩师？主意打定，便背了家人，逃往山中跳崖自杀，被我路遇。我本想救他回生，他再三向我苦求，要将他肉体借我回生，再由我送他前往转世。我本来想变作一个幼童，游戏人间，此举倒也两便。刚一答应，真人忽然飞降，向我指点了几句，并赐了这一身装束。我欲拜师，真人不许，另赐了两封仙束。随说秦道友不到时机，便先自杀，不但有违真人初意，欲速不达，并还有害。念其初犯，头一世姑且从宽，再去转劫，须以童贞成道，以待时至。应劫三次，方能恢复从前功力，重返师门，不可自误。念其向道心坚，特降殊恩，转世成童，便有遇合。又对我说：'陈家父母钟爱此子，他亲恩尚还未报，陈家不久又有大祸，你既借他躯壳，应代他报恩三年，等陈家灾难脱去，方可回山。'问我愿否，我自遵命。陈家富而好善，远近皆知，左近盗贼因他全家善人，都不肯侵犯。谁知第二年陈家长子习武好交，偶因任侠喜事，代抱不平，打伤了一个土豪之子，官府受贿，买盗栽赃，欲兴大狱。被我暗用法力显示灵迹，警戒贪官土豪，把事消灭。我因三年期满，早和父母言明来历，并改用乃子陈岩原名，示不忘德，当时去往山中游玩。回家得知瘟疫流行，全家病倒，将全家医好，又救了好些人民，方始拜别父母家人，入山修道。

"我想起妖人叵恶，又听说他与赤身教主鸠盘婆的门人铁姝勾结，我有一位三生良友为他所害，早要寻他，一离陈家，便往这里寻来。这厮本极狡猾，知你雪山坐关，只我一个强敌，自用阴谋将我肉体毁去，双方仇恨越深，恐要寻他报复，曾经勾结魔女，到处搜寻我那投生之地。以为我必转世重修，欲在襁褓之中，乘机下手，将我生魂摄去，交与魔女，祭炼神魔。万没想到我会附在十二岁的幼童身上，这厮遍寻不见，虽然不曾死心，却没想到只隔三年，我会寻他。他虽擅天视地听邪法，我寻他时，我的相貌已变。妖人正因一事得罪魔女，由洞中看出我是一个有根器的灵慧幼童，意欲生擒入洞，献与魔女讨好，以致自寻死路。我知这厮邪法颇高，又极机警，于是我便假装成富贵人家小孩游山失伴迷路到此，在洞外埋伏停当。他才出洞，便被我在暗中断了逃路，再将天蚕丝所织宝网放起，将他笼罩在内。你知此宝隐现大小，由我心意，初发时毫无影迹，占地甚广。这厮竟未觉察，已经入网，还在发狂行凶。我才自道来历，和他对敌，历数他的罪恶，这厮方知上当。吃我用太清仙法禁制，逼他献出那年巧取豪夺的法宝、灵丹，并将宝网收紧。这妖孽知无幸免，先还倔强想逃，并向魔宫发出告急信火。无奈我早防到，魔光信火已为宝网隔断，不能发生灵效，身子又被网紧。那天蚕丝细如毫发，一上人身，便紧嵌皮肉以内，周身麻痒，苦痛难当，任多高邪法，也难施展，况又加上太清禁制，如何能当。我生平这样收拾恶人，尚是初次。妖人痛苦不堪，只求速死，不敢再强，所有夺来的法宝也全献出。最后我才用极乐真人所赐雷符将他震死，神形皆灭。只那一团魔光信火是个难题，无论把它放出网外或是消灭，魔女必定跟踪寻来，甚是讨厌。

"我因故居已毁，你又功行圆满，将要转世，此时绝见不到。你我故居也早为妖人所毁，因见妖人故居颇具奇景，便在里面隐修，先还恐魔女突然寻来，事隔多年并无影迹。此洞经我布置兴修，景更灵妙。妖人原设天视地听之术并未撤去，所炼旁门道书也被我由晶壁之中寻到，全部学会，三百里内人物往来，当时可以查见。这日无意中发现极乐真人同了苦行头陀由衡山上空飞过，忙即迎上，拜谢前番指点，并赐灵符诛邪除害之德。真人告以妖人白虹因将魔女铁姝得罪，双方无异绝交，我住在此，绝无后患。那团信火本是千年阴磷炼成，魔女赠与妖人，以作求救之用。未发时，只是一块死人的白骨，出手化为一团绿阴阴的魔光，一闪即逝。魔女接到信火，立即来援。幸我识得它的来历，不曾消灭，也不曾放出，长留网中。惟恐稍微疏忽，仍被遁走，魔女素来言出必行，虽忿白虹犯了她的禁条，但此信火赠与在前，已经许以有难相助，必要践约，早晚是个后患。如能使其复原，却可留作他年诱敌之用，省得占住宝网，好些不便，便向真人请教。真人随令将网取出，施展法力，扬手一片金霞罩将上去，当时复原，成了一块白骨,上面笼着极薄的一层霞影,交我藏好,并说用时只消把外层禁法撤去,微呼铁姝,立化碧荧飞走,无论相隔千万里,不消半盏茶时,魔女必定飞来,神速已极。将来鸠盘婆师徒行法害人时,可发信火将铁姝引开,以便冲入魔阵,救那被困的人。真人并说这魔宫信火与铁姝心灵相通,魔法规例又严,炼时曾起重誓,一接信火,无论多忙,相隔多远,也必抽空赶来;否则所炼神魔接到信火,知有敌人生魂心血可啖,正犯凶威,主人如不亲往,必起反应,群向主人为难。铁姝绝想不到有人收以备用,此举实是绝妙,不可大意。真人说完飞走。

"我自然心喜,拜送回山,又在洞中修炼了几年。新近出山闲游,得知你已经转世,今生必成正果,深代庆幸。又听说你在武夷绝顶,从一新归佛门的散仙谢山勤修佛法。一算你的转世年纪,也就十岁左右,且又初入师门,即便前生法力已全恢复,也未必许你下山,武夷又是旧居,便寻了去。不料仙府云封,难于入内,再用天视地听之法仔细查看,才知你师徒二人均不在内。无意中发现后山深处有一妖窟,中有男女数妖人,内有一妖妇正是丌南公的爱徒沙红燕。我在去年听一同道说过妖妇与峨眉门下易、李、癞姑三人结仇,大闹幻波池之事,便留了心,暗中隐形赶去,并仍用前法查听。得知群邪日前侵犯幻波池,受伤败逃,来此医治,不久还要大举往犯。同时发现米、刘二矮暗中跟来,欲用黑眚丝妖幡去破敌人邪法,以身殉道,将功折罪。只是洞中邪法厉害,禁制重重,二人身形虽隐,强弱相差。我恐其徒劳无功,平白送死,又怜二矮苦志,特地现身,引往旧居山谷之中,指示机宜,并在暗中相助,居然把妖人一件至宝毁去。二矮元神被我救出,打算护送转世之后,再往幻波池,暗助主人抵御强敌。中途忽遇秦渔,与他一见如故,又有借体重生之惠,重逢甚喜,便同下降,互谈前事。得知秦渔已转劫三世,都是美少年,备受妖妇淫娃蛊惑,而他总想以童贞成道,故均是未届中年便遭兵解。最近方蒙极乐真人念他同道坚诚,许其重返师门。因其历劫三生,相貌如一,故此一见即知。谈完前事,秦渔随说此来原奉师命,将二矮元神要去,为觅投生之所;令我暂回青龙洞,等有人来相访,再同结伴往幻波池去,不可起身太早,又指点了几句别的话。我与他作别回山,正在寻思来人是谁,不料是你寻来,使我欣慰非常。因由洞中看出你故意做作,我便故意相戏,将你诱往洞中相见。"

第二九六回　逝水惜芳华　路远山深求宝诀
　　　　　　　冲空闻异响　烟霏雾涌遁神魔

　　李洪和陈岩劫后重逢，喜出望外，同去洞中聚谈了一日。算计为时尚早，李洪想起前生几个至交良友。那东海底水洞中隐居的燃脂头陀和滇池香兰渚前辈散仙宁一子的门人林总，当年分别时，曾说就在这几年内兵解转世，重返师门，不知是否如愿。还有云南石虎山白眉禅师的大弟子采薇僧朱由穆，虽是与父亲同辈的世叔，如以前生师门渊源来论，还是平辈师兄弟，李洪因为他是父亲好友，始终不敢以兄弟相称。一向蒙他厚爱，法力又高，自从石虎山坐关以前分手，便未再见。后来峨眉开府时虽见了一面，但当时还是婴儿，刚蒙天蒙禅师恢复灵智，取得断玉钩，匆匆一见，未暇畅谈领教。小神僧阿童近在小南极受伤，被其带往石虎山修炼，也不知复原与否。此时无事，正好乘机往访。这几人与陈岩前生又都相识，略一商量，便同了去。二人先往东海寻访燃脂头陀未遇。又去寻访林总，知已改名蒋翙，重返师门。无如兵解以前为邪法所伤，元气损耗，初返师门，年纪虽比季洪略大，功力却差得多，新近奉命炼丹，不便扰他清修。
　　二人告辞出来，便往石虎山飞去，朱由穆已经他往，只小阿童一人在山，三人交厚，连聚了三日。阿童年轻好交，觉着自往峨眉与七矮一起，到处受人礼敬款待。师兄辟谷多年，便自己由小南极归来，也断了烟火之物，往往禅关一坐，多少天不进饮食。难得佳客上门，李、陈二人又未断绝烟火，山居清苦，休说美酒佳肴，连碗粗茶淡饭都端不出来，自觉不好意思。阿童想起离洞五百里哀牢山深山之中，有一片世外桃源，名叫卧云村。主人萧逸，妻子欧阳霜，乃大雄岭苦竹庵郑颠仙门人。只因昔年妖人侵害，全村几遭灭亡，幸蒙穹神凌浑门下弟子白水真人刘泉等相助，转危为安。全村人民多半好道，前月无意中闲游路过，见一幼童甚是清秀，与之一谈，正是萧逸幼子萧璇。小小年纪，竟看出阿童是个异人，再三苦求，请往村中礼待。恰巧萧逸之侄萧清和门人郝潜夫，受了内弟欧阳鸿指教，往青螺峪寻师，刚同起身。路遇阿童，听萧璇一说，一同延至村中，待如上宾。当地桃源乐土，物产丰富，风景清丽，饭食精美。阿童见主人为他特备素斋，恭敬诚恳，再四挽留，素日面嫩，未便不辞而别，心正为难，事有凑巧。卧云村自妖人伏诛，一向安静，这日萧逸长子萧璋，忽与妖妇宋香娃狭路相逢，当时虽得逃走，妖妇仍在跟踪追逐，意欲逃回村中求救。不料乃母欧阳霜随师海外炼丹未归，萧璋到后才知，匆促之间，还不知道来了一位小神僧，见母不在，惟恐贻害，迎出山去，妖妇已经追到山口。正在拼命迎敌，眼看危急，阿童闻报赶去，妖妇晦星照命，还想将阿童一齐摄走，不料被佛光罩住。幸仗应变机警，见势不佳，负伤忍痛，地遁逃走，差一点没送了性命。阿童为防她再来，次日又将朱由穆洞中灵符取了一道，给卧云村送去。全村上下，自然把阿童尊若天神。以后便不曾去过。阿童暗忖："上次行时，主人再三苦求，日后无事时前往小住。村中产有几种瓜果，均是欧阳霜由海外移植而来，现正成熟。前月曾听主人说过，请到时前往尝新。李、陈二人到前数日，萧璋又来石虎山邀请，因为禁法所阻，自己又正用功，他在洞前寻了一阵，未得入门，留书而去。"意欲陪了二人往村中游玩，借用主人佳庖，款待良友，便和二人说了。彼此都天真贪玩，前生良友，劫后重逢，自更有兴，略为一谈，便同起身。

三人到后一看，萧逸父子已设盛筵，在彼恭候，似有前知。阿童心中一动，事出不意，便自己也是临时动念，萧氏父子怎会早知道？因正说笑，未及询问，就此忽略过去。时正中午，席设村中赏秋亭内，亭在小峰之上。左侧山坡有大片枫林，望去一片红霞。下面遍地秋花，凌霜竞艳。小峰上下，疏密相间，种有十几株柱化树，金粟离离，缀满枝头，微风动处，隐闻妙香。端的秋光照眼，到处霜华，天色又是那么高旷晴朗，白云丽霄，秋风不寒。虽当九秋之际，依旧是遥山拥黛，近岭萦青，方塘若镜，岚光欲合，陪衬得当地风景分外清丽。虽是主人胸有丘壑，半出人工，但也具有移步换形，左右逢源之妙。筵席又精极味美，荤素俱备。三人齐声赞美称谢。萧逸笑说："三位仙宾所经海内外仙山灵景不知多少，哪一样美酒佳肴不曾尝过？荒山僻野，不值一顾。昨夜才与小儿、村众勉强选择一处稍微清净之地，以便领教。内人海外带来瓜果和刘公枣，幸在此时成熟。因候仙宾降临尝新，尚未采摘，只此不是寻常果实，差强人意。前月如非神僧解救，全村又有灭亡之祸，大德深恩，全村铭感。仙凡云泥，难得有此福缘謦奉杯觞，所望不弃庸愚，多住些日，感激不尽。"

三人还未回答，忽见一对少年夫妇各捧着径尺玉盘，盘中堆满瓜果，飞步跑来。到了峰前，方始立定，恭敬走上，入亭奉上玉盘，一同下拜。三人见这一对少年夫妇并非庸流，女的更是琼肌玉貌，皓齿明眸，仙骨珊珊，容光照人。陈岩暗忖："村中怎会有这好人品？似此美质，如果有人援引，当是散仙中人无疑。"方和李洪、阿童起身谦让，萧逸已指小夫妇笑道："此是舍侄萧玉和舍侄媳崔瑶仙。前月小神僧光降，恰值有事出山未归，深以未得拜见仙颜为憾。昨日听说小神僧要来，并还陪了陈、李二仙同降，特意斋戒沐浴，虔诚拜见。他二人昔年曾陷妖窟，几乎化为野兽，备受苦难，幸蒙白水真人和诸位仙长怜救，才得死里逃生。由此志切清修，心诚向道，日夕拜祷，时往山外寻访异人，意欲拜师学道，无奈仙凡分隔，苦无机缘。昨夜向我哭诉，说人生朝露，瞬息百年，有如梦幻，欲求三位神僧仙长特降深恩，收录援引。弟子见他们意诚心坚，不揣冒昧，代为陈情，不知神僧仙长尊意如何？"李洪、阿童等同声笑答："我三人虽然累生修为，今方转世，俱都年浅，自己尚在从师学道，如何能收徒弟？"

原来瑶仙自从劫后重生，便志切修为，先想求欧阳霜为之援引，刻意巴结。不料欧阳霜对于瑶仙虽颇怜爱，终不忘乃母屡次陷害之仇，萧玉又曾忘恩犯上。又知他夫妻情厚，志在同修仙业，不愿分离。师父常说，自己为了丈夫子女，尘缘未断，致误仙缘。便为他们请求，也必不允。所以一任瑶仙苦求，均以婉言谢绝。瑶仙觉着韶光虚度，芳华易逝，仙缘遇合，始终未得。最后想起义妹绛雪被岷山一位女仙救去，曾听说她将来仙业有望，并与萧清尚有重逢聚首之日。人生百年，转眼老死，姊娘不为援引，似此长年在家盼望，外人都轻易见不到一个，如何能有仙缘遇合？绛妹忠义，情逾骨肉，如能寻到，必为设法引进。恰巧去年一胎双生，又都是男儿，由此娘、婆两家均已有后。便向丈夫明言，决计去往岷山寻找绛雪，求其引进，由此夫妻分房。因刘泉等四仙行时，曾传萧清扎根基的坐功口诀，被瑶仙学去，便照所传，先行用功，商议起身之策。萧玉自离大难，原有求道之想，又对瑶仙情深爱重，向无违背，闻言笑道："我只要不离开瑶妹，无不依从。否则，当时教我成仙，我也不愿。"瑶仙娇嗔道："姆娘常说，我根骨甚好，出家必有成就。还不是为了你这个累赘，便遇仙人，也不会要我？否则姆娘早为援引，何待今日？我看除了绛雪这条路，简直无望。她因见你以前因为爱我太深，百无顾忌，误认你天性凉薄；她又痴爱二弟，见你为我打他，越发轻鄙不满。我虽志切仙业，也不愿辜负深情，舍你而去；一心只想仙人垂怜，也不想作天仙，只求夫妻同修，作一散仙，能得长生，于愿已足。不过我心志虽坚，起因仍由于人生短促，芳华易逝，欲与你长相厮守。这等求道，情缘先自难断，就遇仙人，也必难蒙见许；再与你一路，必更艰难望少。你如真爱我，应知七十古稀，转眼老丑，与其暂时欢聚，何如长驻青春，永不分离，好得多呢。"萧玉满口答应，从此只是干亲热，不再有那床笫之私。瑶仙还不放心，恐其日久，情不自禁，有了仙缘遇合，他偏违约败道，反生危害。除日常警诫劝勉外，又在村中待了多半年，连经试探，试出萧玉果是虔诚坚毅，尽管爱极，从无欲念，才知丈夫真个情深爱重，到了极点。果如所言，只要不分离，无不顺从，芳心越发感动，誓欲夫妇同修，不成便认命，怎么也要在一起。等寻到岷山，把所有洞穴崖壑幽隐之地全都踏遍，到处景物荒寒，哪有一条人影。山行野宿，受了许多苦楚，终不懈怠。

这日想起仙洞云封，寻踪无处，连绛雪那么患难深情的姊妹尚且避而不见，何况别的仙人，越想越觉无望。萧玉本以爱妻为重，虽然失望，还稍好些。瑶仙越想越伤心，忍不住痛哭起来。夫妻二人正在抱头痛哭，忽见一片尺许大的芭蕉叶无风飞堕，上有朱字。

拾起一看，上写："速回卧云村，到后不久，便有遇合。"并说阿童三人来日来访。寥寥数语，也未具名。料是绛雪指点，不知何故不见，又未详言。这一来，总算有了几分指望。二人惊喜交集，向空拜谢，立往回赶。回村一问，阿童已早来过。日前萧璋去请，也无回音，不知来否。二人好生后悔不该晚归。昨日郑颠仙的门人辛青飞来，交了一信，令萧逸背人拆看，才知陈、李、阿童三人次日必到。萧玉斋戒沐浴，连夜布置，并向叔父苦求，请代求说，以为蕉叶上所说遇合必应在三人身上。及听李洪、阿童这等说法，瑶仙首先情急，想起以前经历与求道之难，好容易遇见三人，仍是无望，不禁伤心得流下泪来，还待苦求三人，代向别位仙师援引。

陈岩见她可怜，已先笑道："不必如此。以你夫妻根骨，尤其是你，学道并非无望。古来夫妻同修，成道的甚多，只是机缘未至而已。但我三人道路不同，又不应收女弟子，如为你遇机引进到别位道友门下，却非无望。念你诚求，由我先传入门口诀，你夫妻照此勤习，即便遇合艰难，日久也能领悟，至少得享修龄。再如机缘巧合，修成散仙，也在意中。我有一位前生好友，是位女仙，今尚未遇，他日重逢，必定为你引进便了。"瑶仙先觉绝望，想不到中有一人会自开口应诺，不由喜出望外，感激涕零。陈岩随传二人吐纳导引之术和初步炼剑之法。二人俱都聪明，一点就透，三人均颇期许。李洪前听陈岩说，前生有一良友，是一女仙，便想询问，被陈岩用话岔开，始终不知所说乃是易静。因其答话支吾，料有隐情，也就不再追问。一算日期还早，主人再三留住，瑶仙温婉恭谨，用功勤奋，再加苦求，三人俱都面软，便留住下来。本意照着乙休所说时日，同往幻波池，左右无事，落得成全这一双少年夫妇。萧玢、萧璇、萧珪三小兄妹也都好道，乘机跪求，日夜随侍在侧，求告不已。三人见三小兄妹个个灵慧向上，又曾得乃母传授，服过郑颠仙所炼灵药，根骨颇佳，向道之心尤为诚切。阿童先生怜爱，说自己不到收徒时候，转劝陈、李二人收到门下。陈岩便说："洪弟是佛门中人，萧珪又是女子。他三人将来当有遇合，便欧阳道友也必为之设法援引，本来无须。既然如此苦求，不便拂他们向道之心。我意萧玉、瑶仙及他们三人一齐收为记名弟子，由我三人遇机传授，免使失望如何？"阿童还想推辞，李洪最爱萧璇，心想："师父常说，我虽年幼，历世修为，功力甚深，将来尽可便宜行事，无须禀告。只在未奉命下山以前，不可多事。此子如此灵慧，师父当必喜爱，便真收为弟子，料必无妨，何况是记名弟子。"听陈岩一说，首先应诺。阿童不便独异，只得暗运玄功，向师门通诚求告，并无回音。知道白眉恩师法力无边，动念即知，如不允许，至少心灵上必有警兆。于是离座，先去亭外向师跪祝，请恕擅妄之罪，并求恩允，终无警兆，也就欣然答应。当由萧逸设下香案，令小兄妹五人同行拜师之礼。三人也分别传授。

李洪见萧璇生得相貌俊美，玉娃娃也似，神态言动十分天真，好些均像自己；对于自己也最亲热，依依身侧，极少离开，越发怜爱，有心赐他一件法宝，才称心意。无如所有均是仙佛两门至宝奇珍，功力不济，易被妖人夺取。再者弟子五人，也不能太偏爱。想了想，只得罢了。陈岩也想每人赐件法宝，只因入门不多几天，恐其年幼无知，炫弄生事，因而终止。二人均有此念，不曾明言。

过了些日，师徒八人正在宾馆中背人传习，遥闻破空之声由山外传来。陈岩心细，听出有异，笑说："这里不应有人飞行经过。来人飞到后山一带，何事停止，又未下落？必有原因。前月妖妇曾来扰害，莫非卷土重来？我去一探，你二人暂不要去，以防有事。"说罢，破空飞走。李洪想要跟去，被阿童拦住说："妖妇邪法十分厉害，恐其乘机暗算，虽有大师兄灵符防护，敌人一到，立生反应，毕竟谨慎些好。陈兄传声相召，再往接应不迟。"李洪还未及答，忽见萧逸门人吴敏飞跑进来说："外面演武场上，凭空出现了两男一女，喝令村主出见。家师本想发动灵符，因三位仙师在此，来人颇似妖邪一流，恐将其惊走，又留后患，命弟子来此禀报。同时命人款待来人，推说村主出山未归，问其有何见教。"二人一听，立即飞往，五小兄妹也由后跟去。阿童回顾门人追来，恐有闪失，唤住李洪，索性众人同行前往，会在一起，由自己隐蔽佛光，相机应付，以防有失。

两地相隔不远，还未赶到，便见前面广场上站定三个道装男女，周身邪气，一望而知全是左道妖邪。内一妖妇，装束华丽，相貌奇丑，正在指手划脚朝萧逸所派门人厉声喝骂。大意是说：一行三人乃天门神君林瑞好友，先听林瑞被杀，欲代报仇，探询数年，近遇黑神女宋香娃，才知仇人乃是萧逸夫妻引来。本想洗劫全村，鸡犬不留，因宋香娃看中萧璋，代为说情，才暂时作罢。如想避免惨劫，速令萧璋与宋香娃结为夫妇，再将那日所见几个少年唤出，并选三十六个童男女，由她带回山去，才可无事。说时，众人也已赶到。李洪闻言，首先有气。妖妇和同来两妖人偏还不知厉害，正在口发狂言，厉声恫吓。一眼瞥见左侧树林中跑来两个少年男女和五个幼童，个个仙根仙骨，灵慧非常。内有一个小和尚和一个十来岁的短装幼童，更是鸡群之鹤，从未见过这等好人品，不禁狂喜。也未寻思，内一白发红脸妖道首先喝道："这几个童男女便合我意。"李洪在幻波池见癞姑对敌隐形打人，觉着好玩；后来戏弄仵氏兄弟，与丌南公斗法，因对方法力太高，不曾快意。此时一见妖道乱发凶威，正好拿他试手。也未发话，只一晃，便将身形隐去，到了妖道身前，和在依还岭暗打仵氏兄弟一样，迎面就是一掌。

这男女三妖人俱是九烈神君门下妖徒。因乃师宠姬宋香娃被孽子黑丑气走，黑丑为寻妖妇回去，受别的妖人蛊惑，在大熊岭送了性命，妖妇不敢回去。九烈最爱妖妇，暗命三妖徒寻访，劝其回宫，好容易才把她寻到。宋香娃已爱上萧珤，又恐枭神娘怀恨迁怒，不能相容。仗着同来妖妇丑杨妃张春桃受过她救命之恩，以前便互相勾结，狼狈为奸；另有两妖徒蝎尊者陶西、鬼婴儿史家泉，都是淫凶好色，容易上钩，便用罗刹消魂邪法蛊惑，勾引成好，从而加以挟制，说九烈老怪近年闭门避祸，不能奈何他们，逼令叛师，另立邪教。三妖人竟为所动。妖妇不久途遇萧珤，追到卧云村，受伤逃回。伤愈之后，归寻三妖人商议，说村中俊男美女、灵秀幼童甚多，意欲强迫萧逸令萧珤顺从，献出少年男女，另选三十六个童男女回山，祭炼邪法。事有凑巧，飞往后山又与萧珤路遇，宋香娃知他法力有限，认作囊中之物，用邪法困住，当时逼迫顺从，意欲就地成好，同时令三妖人照计行事。

三妖人因在事前查访出小神僧阿童不在村中居住，至多有一个欧阳霜，并不放在心上。正在大发凶威，猛觉眼前一暗，面门上早中了一掌。原来李洪因忿妖道凶恶，这一掌打得比仵氏兄弟还重，"叭"的一声，当时满脸开花，面骨、牙齿一齐打碎，妖道正是陶西，骤出不意，纵有一身邪法，年老成精，也禁不住这佛家小金刚掌。又正张口说话，遭此猛击，连舌尖也被断牙咬碎，几乎痛晕过去。急怒攻心，一面忙施邪法防身纵避，一面施展毒手，扬手一团碧阴阴的妖光飞起。李洪认出是粒阴雷，料知妖道心中狠毒，妄想把全村震成粉碎，以图泄忿。惟恐波及无辜，不愿再打，先将如意金环化为三圈佛光，连环飞出。阴雷立被金环宝光收去，闪得一闪，同时不见。妖道因受暗算，恨极敌人，一面手发阴雷，一面又将肩上三柄妖叉化为三股叉形血焰，带着大股腥秽难闻的黑烟飞舞而出。怒火头上，本打算毁灭全村，并用妖叉搜杀仇敌。阴雷刚发，猛想起此来的目的，这么多灵秀童男女，还有一个美妇，一齐杀死岂不可惜？微一迟疑，金光一闪，阴雷不见，这一惊非同小可。同时瞥见史家泉和妖妇张春桃正要下手擒那少年男女，内中一个小和尚突然把手一挥，立有大片佛光祥霞一闪，同来少年幼童一齐不见。只小和尚一人手指一道青虹，将两个同党飞剑、妖叉敌住，认出那是铜椰岛天痴上人所炼神木剑，越发惊疑，妖道想起宋香娃前月受伤，敌人也是一个小和尚，方疑适才打人的也是他，待要上前助战。就这面上伤痛刚用邪法止住，转念瞬息之际，猛听一幼童口音哈哈笑道："无知妖孽，今日你来得去不得了。且先教你临死以前遭点恶报！"陶西闻得幼童就在身前不远发话，想起先前一掌之仇，怒火上攻。舌尖已断，话说不真，怒吼一声，扬手大片黑烟，中杂一蓬金、碧二色的火星，连身飞扑上去。满拟势急如电，只一抓中，或被妖光邪气射中，仇敌立被惨杀，还将生魂摄去。哪知恶贯满盈，临死以前，还要多遭惨报。

　　李洪见他神态狞恶，出手便发阴雷，知他凶残，特意惩治，使多受苦，动作比他更快，身藏至宝，万邪不侵，又在暗中，妖道如何能是对手，妖光射处，一下扑空。又听出敌人语声已到身后，心还自恃邪法防身，不以为意。因是仇深恨重，急于报复，也没再看同党对敌形势，只顾乱发妖光邪火，想将敌人杀死，通没想到防身邪法并无用处。幼童语声才止，"叭"的一声，左颊上又挨了一掌，护身妖光立被击散，残牙尽碎，皮绽血流，痛上加痛。情急惊慌中，正不知如何是好，忽听空中又一幼童大喝："这等妖孽，也值多费手脚，我们还有事呢。"妖道陶西忽听出又有敌人赶来助战，连遭重击，敌人身形未现，心胆已寒。方在惊惶，眼前先是人影一闪，遍地妖光邪火中现出一个粉妆玉琢的幼童，与前见幼童相貌相似，只是背上多了一只连柄玉钩，颈挂金环，胸悬一朵金莲花，周身佛光祥霞环绕，与前见大不相同。大片妖光、邪火涌将上去，近身便即消灭，手指自己笑骂，神态从容，若无其事。猛地想起一个强敌，未容转念，同时一道朱虹，已随空中语声其疾如电直射下来，来势万分强烈。陶西颇为识货，看出厉害，百忙中又见同党已被小和尚的佛光罩住，不出魂魄皆冒，胆寒欲逃。刚一飞遁，那道朱虹已罩向身上，全身立被裹住，猛觉浑身针刺火烧，其热如焚，痛苦异常。心寒胆裂之下，凶威尽敛，不住团着舌头，颤声惨叫："仙长饶我狗命！"一个十余岁的金冠短装的英俊幼童已随红光飞堕，戟指骂道："陶西无耻老妖孽，你认得当年的桓真人么？你连元神都保不住，还想活命不成？"说罢，右手往外一扬，那道朱虹本由左手发出，法诀扬处，红光内突现出千万点金花。只听妖道连声惨号，一串极繁密的轻雷响过，金花纷纷飞舞爆散，妖道立被炸成粉碎。一溜黑烟刚由身上出现，亿万金花往上一合，妖道残尸血肉连那黑烟一齐化为乌有，形神皆灭。

李洪与陈岩累世至交，从未见他对敌时施展过这样毒手，好生奇怪，笑问何故。陈岩笑答："我前生有一良友，曾受妖贼欺凌，稍微过分，也说不得了。"李洪知他素喜感情用事，延误天仙位业，也由于此，因不肯说，也未往下追问。

另一妖道史家泉和妖妇丑杨妃张春桃，见来了一伙少年男女幼童，上来也想下手生擒。妖妇比较机警，因见来人根骨特异，尤以小和尚更甚。自从飞到，所有村民全都纷纷逃避，只由一个少年代村主答话，满脸均是惊惶之容。这伙幼童如是常人，怎会这等胆大，成群来此，并还兴高采烈，面无惧色？宋香娃前遇强敌，也正是个小和尚，莫要吃亏上当。心念一动，方想招呼同党查看，陶、史二妖人已先动手。就这晃眼之间，祥霞一闪，少年男女幼童一齐不见，只小和尚一人上前动手。阿童自小南极归来，功力更高，妖人如何能与为敌。陶西刚受惨报，还未伏诛，妖妇先被佛光罩住，如非阿童想试神木剑的威力，早已全遭惨死。史家泉也是为恶多年，恶贯满盈，分明见妖妇已被祥霞裹住，无法冲突，还在妄想施展独门阴雷，粉碎全村泄忿。阿童本性仁慈，不愿过分。因见二妖人相貌丑恶，神态凶横，所发又是最狠毒的阴雷，惟恐一时疏忽，被他爆发一粒，引出祸害，不顾再用神木剑比斗，将手一扬，那片祥霞立时展布，将男女二妖人一齐罩住，连闪两闪，连人带阴雷一齐消灭。紧跟着陈岩、萧璋也先后飞到，将老妖人除去。三妖人都是形神均灭，连残魂也未逃走。陈岩遂说后山对敌之事。

原来萧璋归途路遇妖妇，已被邪法困住，始而奋力苦斗，口中不住大骂，不肯降顺。妖妇色欲蒙心，一面遣走同党，打算人去以后，施展邪法勾引。萧璋正在苦斗间，鼻端忽闻到一股温香，立觉心旌摇摇，不能自制。眼看中邪入迷，危急万分，陈岩忽然飞到。妖妇总算命不该绝，因随九烈神君多年，见多识广，一见红霞，便认出敌人来历，不等红霞中的金花上身爆炸，便先遁走。陈岩大喝道："大胆妖妇，可认得昔年桓真人么？今日便宜了你。萧璋是我师侄，如敢再来卧云村扰闹，教你形神皆灭！"妖妇虽看出红霞金花来历，因见敌人是个幼童，又不舍得萧璋，已经逃远，还想回身观望。及听这等说法，才知果是往年有名散仙桓玉，不禁大惊，这才死心飞走。陈岩解了萧璋邪法，因听雷声，忙即赶回，一到，便认出往年仇敌妖贼陶西。因易静前生曾被陶西乘隙盗去一件至宝、七粒灵丹，后遇鸠盘婆，几遭惨祸。陈岩怀恨多年，苦于寻他不到，不料今日巧遇，如何能容。故此上来便下毒手，将其除去。因恐妖妇宋香娃约了同党卷土重来，萧逸和众小兄妹也再三留住，不放起身，遂在村中又待了数日，不见动静。

这日，俞允中同了陆地金龙魏青路过当地。允中前和萧逸一见如故，又因那年曾与萧清、郝潜夫约定卧云村事完，即往青螺峪求见，待了数年，不曾前往，不知萧、郝二人因事耽延，新近才得起身，恰巧当日路过哀牢山，便道来访。萧逸父子师徒闻报大喜，忙迎进去，并为陈、李、阿童三人引见。偶谈起妖妇来犯之事，魏青笑说："昨日路遇峨眉弟子诸葛师兄，谈起九烈神君夫妇。九烈神君因为妖妇背叛，不肯回宫，枭神娘因为孽子黑丑被杀，事由寻找妖妇而起，新近妖妇又勾引派去寻她的三妖徒，叛师不归，九烈神君虽气忿，还好一些，枭神娘却恨之入骨。妖妇得信胆寒，近已逃往西藏深山之中，依一妖人暂避。峨眉、青城两派门人因她造孽无穷，又用邪法伤过一个峨眉女弟子，现正搜寻她的踪迹。近数年内，妖妇绝不敢在人前露面，村主只管放心。"陈、李二人算计幻波池期限将近，早想起身，因主人和几个记名弟子再四哀求，知道妖妇说来就来，就此一走也不放心，正在为难，闻言大喜。萧逸和众弟子仍在强留。陈岩说："此去幻波池，期限只有两三日。本想顺道访一老友，因为妖妇漏网担耽，既知无事，必须起身。好在小神僧所居离此不远，只要用佛法稍为布置，一旦有警，瞬可至。他又奉命暂时不能离山远出，就便照护，再好没有。何况妖妇不敢再来，相见有期，多此一二日之聚作甚？"萧逸等无奈，只得定了后约，离别起身。阿童本也要走，因素面软，被主人留住，只陈、李二人先行。

李、陈走到路上，李洪笑问："所寻老友是谁？"陈岩笑说："也是一位散仙。因他为人侠义，豪爽慷慨，后来仙缘遇合，在太行山出家，修成散仙，道号水云子。他曾采取万载玄金，炼就飞剑，未发时形如米粒，黄、白二色，自成一派。我与他已经相别多年，前三月我才访问出他住在大峇山斜对面日月崖,久欲往寻,正好便中同去。"李洪惊道:"他不是昔年在太行山独斗群魔,用亿万金银沙剑连诛三十六妖党的苏宪祥么?我想见他已非一日,只因前生修炼甚勤,后又雪山坐关,无甚闲暇,他又行踪不定,未能如愿。如今趁便往访,再好没有。"陈岩笑道:"宪祥乃他俗家名字,我说的正是此人。他那独门飞剑,发时宛如亿万点米形金银光华积成的瀑布长虹,分合由心,化生不已,端的异军突起,神妙非常。我意欲约他同往幻波池,不知他去否。"

二人飞遁神速,边说边谈,不觉飞到大岔山境。前年陈岩原曾来过,日月崖就在山的东北,离毒手摩什魔宫只二百余里,两座峰崖遥遥相对。水云子苏宪祥所习虽是玄门正宗,因是得道多年,人又和易,不喜树敌结怨,正派中仙侠固多好友,便几个异派中的首要人物也颇有交往。因知轩辕老怪师徒声势浩大,不是寻常所能除去;老怪师徒也知他交游众多,法力高强,无故不愿树此强敌。所以彼此所居相去虽近,各不相扰。当地双崖对峙,下藏幽谷,为山中风景灵秀之处。共只一条出路,洞府便在谷的尽头。前面大片平地,生着数十百竿特产大竹,有水桶般粗细,高达六七丈,森森矗立,蔽日插云,因风振籁,声若鸣玉,与泉响松涛相与应和,景绝幽静。洞门也极高大整洁。当初原是无意中发现,辟作别府,太行故居仍在。宪祥往来两地,每处均有两个门人留守。

二人到后一看,谷口双崖已全倒坍,洞也残破崩裂,乱竹纵横,老竹多半倒断,地上却生着不少小竹,蓬蒿没顶,荒芜异常,好似经过地震山崩神气。陈岩方在奇怪,说主人法力甚高,怎会这样残破?李洪忽想起小寒山二女火炼毒手之时,曾用七宝金幢;敌党又均是有名妖邪,所用阴雷法宝,威力猛烈,故左近山峦多被震飞。也许彼时主人他出,未及行法防御,受了波及。正说之间,遥望一溜金光由斜刺里飞来,直飞入洞,宛如星雨自空飞泻,一瞥不见,神速异常。二人正立在洞前大竹之下,来人似未发现,电射飞入。陈岩方说:"此人剑遁,正是苏道友的家法。"待不一会儿,前见金光同了一溜银光忽又相并飞出,似要越崖飞去。陈岩见后来遁光也似银雨流天,向空倒射,分明与主人一路。方要追问,那两道遁光刚到崖顶,未及越过,忽似有甚急事,双双掉头往洞口退回。同时又听异声破空,由远而近,甚是凄厉。陈岩听出来历,忙即低喝:"洪弟隐身,待我助他一臂之力。"李洪闻言，刚把身形隐起，一股黑烟已疾如电驰，由空中直射下来，神速已极。落地现出一个身穿翠叶云肩，腰围翠羽短裙，臂腿裸露，头插金刀，胸前斜挂着一串死人骷髅的少年赤足魔女。身材容貌俱都美艳，只是周身黑烟浮动，碧光环绕，映得面色绿阴阴的，又是那样装束，看去有点怪模怪样。前两道遁光已往洞中飞进，魔女一到，便朝洞门媚笑道："我早看出你藏身这里，藏躲无用。不过，你师父不在家，你并不算失约，照我师门规条，不便登门便了。我也不逼你，只想作一忘形之交，与你有益无损。如负我好心，拒人千里之外，真要使我难堪，我就要命白骨神魔入洞搜寻了。反正躲不掉，无论逃向何方，均难脱我掌握，何苦敬酒不吃吃罚酒呢？"

陈岩早认出来人乃魔母温良之女玉魔女金刀仙子温娇。知道魔母晚年自知罪恶，皈依佛门，自用魔火涅槃，并许宏愿，誓以来生修积，忏悔前非。门人侍者均经强迫转世，等到来生收归门下，改邪归正。只有爱女温娇，因素钟爱，人又机警，不肯随同转世，事前设法规避。魔母因爱女虽然精习魔法，性颇良善，所佩白骨神魔和几件异宝均是自己传授，从未收摄生魂炼宝害人，只得任其立下重誓，未加强迫。温娇也真守约，一向隐居在巫山夜叉崖魔洞之中，不特无甚恶行，并与左道妖邪断绝来往。自己虽未见过，照此装束神情，断定是她无疑。洞中两人也必是宪祥的门下。暗中盘算如何应付。

温娇连说两遍，不听回答，意似不快，两道秀眉往起一皱，戟指喝道："你当真不理我么？我虽魔女，与你道路不同，但我遵奉母诫，一向隐居山中，守身如玉。只为那日见你人品甚好，我嫌独居寂寞，一见投缘，欲与你结一忘形之交，时常来往。就这样，仍不肯违誓先行开口，因你对我怜爱，方始明言。你也并非无情，只为听我说出来历，方始避我如仇。实不相瞒，我自出生以来，从未和一男子交往。已经对你再三俯就，你如坚执不允，使我难堪，却休怪我心狠。"洞中仍无回答。魔女面容骤转悲忿，将手一指，左肩上斜挂的十二个白骨骷髅突然口喷绿烟，鬼眼闪闪放光，头上绿发蓬松倒竖，纷纷厉声呼啸，作势欲起，狞恶非常。陈岩知道厉害，暗道："不好！"正待出手，那十二元辰白骨神魔一个个已经暴长，离身飞起。魔女也正准备翻脸，又似迟疑，于心不忍。手朝胸前一拍，项下所悬一面三角金镜突射出一股冷森森的白光,将那十二神魔一齐罩住,厉声喝道:"你们且慢!"底下话尚未出口,陈岩看出魔女本性不恶,欲发又止,刚一停手,旁边李洪不知底细,一见大只如拳的骷髅一个个绿发红睛,突颧凸口,白骨森森,獠牙外露,神态已极狞厉,随着魔女手指,突然自动张口,离身暴长,七窍生烟,厉声飞起,以为魔女想害主人弟子,不禁大怒。也未和陈岩商量,左肩一摇,断玉钩化为两道交尾精虹,朝前飞去。魔女瞥见宝光耀眼,又惊又怒,娇叱道:"何人大胆,敢来干预我事?"说时看出敌人法宝不是寻常,神魔又全放出,急切间收不回来,将头一昂,前额所插三柄金刀突化金碧光华,朝断玉钩迎去。两下里才一接触,魔女似知不敌,有点手忙脚乱,回手一按,胸前寒光大盛,连人带神魔一齐护住。并准备隐形飞遁,施展魔法,另下毒手。

陈岩瞥见李洪出手,忙喝:"洪弟且慢!"声才出口,眼前一片淡微微的金光银霞一闪,耳听有人低喝:"陈兄请陪贵友同往崖后相见,由小徒他们闹去。"陈岩听出是熟人声音,心中大喜,料有原因。李洪因见魔女金刀虽非断玉钩之敌,魔法却非寻常。已将如意金环化为两圈佛光飞起,同时扬手又发出太乙神雷,想将那十二个骷髅震毁消灭。这原是同时发动,转眼间事。陈岩见李洪金环、神雷相继发出,不及阻止,只得现身,扬手一道红霞,将李洪所发神雷挡住。紧跟着暗用传声二次喝道:"洪弟,主人在此,不令你我出手,还不快走!"李洪会意,刚收法宝,陈岩尚恐不及阻止,一纵遁光,拉了李洪,便同越崖飞去。

魔女温娇先不料敌人这高法力,本待避开来势,行法伤人,猛瞥见左侧竹林下现出两个幼童,一个又指金环迎面飞来。本就心惊,急怒交加,惟恐佛光上身,刚运玄功变化逃避,又见大片金光雷火一闪。深知太乙神雷威力,方觉不妙,自身无妨,那十二神魔易发难收,秉性凶野,不伤人不肯归来,一个不能兼顾,难免不为敌人所伤,再炼无望,本身元灵还要损耗。正在惶急失计,想要拼命,百忙中又瞥见另一幼童扬手发出大片红霞,将神雷挡住,拉了敌人,收回法宝,同驾遁光越崖飞去,方才心定。由此对陈岩心生感念。不提。

李、陈二人飞到崖后一看,崖那面竟是山凹中的大片园林,繁花如锦,水木清华。四山环绕中建有一所楼台,房舍不多,但极高大崇闳,玉栋瑶阶，翠宇雕栏，地平如镜，一尘不染，端的神仙宫室，自具光华。楼前石平台上，立着一个五短身材、年约四旬的道人，未等二人近前，便先拱手笑道："果是桓玉道兄在顾。闻说道兄庐舍为妖贼所毁，借一童体重生。多年未见，甚是想念，曾往武夷寻访，两次未遇。又因忙于修炼，道兄踪迹隐秘，恐系有心避人，未再往访。不料今日光降，实为快事。这位道友颇似传说中的李洪道友，真是幸会了。"

道人正是水云子苏宪祥。互相礼见之后，同去楼中落座。李洪笑问苏、陈二人："为何不令与魔女对敌？"宪祥笑道："昔年魔母温良虽习魔法，但与边山四恶中的鬼母朱樱一样，素无大恶；劫前更知回头，已经转世，改邪归正。她女温娇，更能遵守母诫，隐居巫山夜叉崖深谷之中，闭洞虔修，守身如玉。小徒杨孝偶往大峨山看望老友马芝云，归途路过巫山，见下面风景灵秀，形势幽险，乘兴往游。不料魔女这日忽然静极思动，偶出闲眺，一见钟情。因守乃母遗诫不许先向男子开口，假装失足坠崖，身悬孤藤之上，婉转娇啼。小徒不知她有心引诱，心生怜爱，将其救起。正谈得投机之际，小徒忽想起荒山危崖，如何有此孤身美女？坠崖求救时婉转悲啼，好似弱不禁风，上来以后便满面喜容，又未受伤，口气神情也太亲密，不由生疑。试拿话一探来历，竟是平日所闻魔女温娇，不禁大惊，急欲逃回。不料对方法力比他高得多，任逃何方均被挡住，不能脱身，打又打不过。没奈何，和她定约，说师规极严，爱之实以害之，不论如何，也须禀明师长才敢交往，否则宁死不从。魔女看出他并非真个无情，只是胆小为难，仍然纠缠不已。小徒急于脱身，便照平日所闻魔规，故意激将说：'我师父神通广大，你只要斗得过他，或蒙允诺，便可依从。'魔女先不知小徒住在此处，受骗放走。小徒回山复命之后，便在洞中修炼，不再出山。隔崖山洞因我不在，为妖党邪法无意震毁，我早迁来此地。内中只有两座丹炉，愚师徒近年采有不少灵药仙草，由两小徒轮流守炼。前半残破，后洞尚存，为防妖邪盗取，洞中设有两层禁制。魔女寻小徒不见，本在日夜苦思。近三月小徒奉命出山两次，均被魔法看出，将人软困，不能脱身。总算魔女情深爱重，只要小徒几句好话一说，立时放掉。小徒两次问我，因想试验他的道心，均未回答，实则夙缘前定，难于避免。他对此女原是又爱又怕，进退两难。今日偶往附近采取山果，不料魔女早就疑心他藏在大峇山中,只因被我禁法遮蔽,无法寻踪。日常都用魔镜四下查看,一离洞口,便被看出,飞遁又快,想在暗中掩来。小徒因恐邪正不能并立,近正打算斩断情丝,隐避数年,加紧用功,到时再与相抗。不知魔女情深,只要肯允婚,情愿随夫改邪归正。小徒乃惊弓之鸟,先还不敢出洞,因受同门讥笑,今日又正轮值,以为相隔不远,当时可以飞回,致被发现,寻上门来。我由外面回山,正想唤他二人问话,刚一出山,便见魔女远远飞来。小徒听我呼唤,不敢违命,又想我不会坐视魔女上门欺人。刚一过崖,魔女迎面飞到,只得遁回向我告急。我原想成全此事,只是往年好胜之心尚还未退,不愿就此应允,正在盘算。李道友出手正好,经此一来,魔女已知厉害,愚师徒不算受迫允婚。方才已传命小徒,照我所说行事。此女将来大有用处,并还去掉一个邪教,免受妖邪勾引,为害人间,实是两全其美之举。不过她那本命神魔,虽因魔母昔年算出她将来有归正之机,曾用极大魔法损耗不少元气为之化解,恶性邪气仍未全消,我已请求采薇大师改日为她解去邪气。就这样,还须费我二十七日炼魔之功。幻波池之行,我虽不能前往,但是峨眉诸道友不久尚有险难。此女好胜情热,心感陈道友方才相助,免却佛光照体之德,得与小徒结为夫妇,一见有事,必以全力相助,纵难全胜,终是有用。我听采薇大师说过,但不知详情,二位道友可是日内要往幻波池去么?"

二人便把来意一说,前生良友忽然快聚,自是喜慰。宪祥出身富贵之家,对于衣食园林之奉仍是结习难忘,成道以后,偶然也用烟火,性又好客,所藏美酒、佳肴、仙果甚多,便留陈、李二人在此小住,到日再去。

第二九七回　绝海剪鲸波　万里长空求大药
　　　　　　　穿云飞羿弩　诸天恶阵走仙童

　　李洪、陈岩因听苏宪祥转述采薇僧之言，不应早往，便在当地住了两日。当夜魔女随杨孝同来拜见，请命求婚。三人见魔女温娇已将魔装换去，身上魔光以及十二白骨神魔念珠已全收起，看去直似一个温柔娴静的美艳少女。温娇见了三人，躬身礼拜，态甚诚谨。宪祥当时允婚，告以采薇大师之意，命起赐座。温娇听说要为她请来神僧消除本命神魔所赋邪气，越发感激心喜，重又拜谢。李洪暗用传声向陈岩说："新夫妇初见，可要赐点见面礼？"陈岩笑说："无须。你看魔女神态恭谨，楚楚可怜，实是因夫重师，为情低首。否则，此女魔法甚高，法宝更多，寻常看不上眼。七老囊中法宝未到开看时候，将来必有大用，不宜转赠。"李洪只得罢了。新夫妇随即拜辞，往后洞走去。
　　到了第三日，李、陈二人作别起身，中途遇见金、石等十人，因有成竹在胸，并未联合一起，略谈几句，便带上官红同飞依还岭。陈岩先不知心上人易静的苦心孤诣，直到破壁重圆，血痕重现，两心合一，方始看出真意。见面不久，昔年对头便已寻来，虽然败走，料知绝不甘休，还有一场大难也将到来。照着各位师长预示，易静处境最是危险。李、陈二人偏又在东海见到燃脂头陀留书，约定幻波池事完，请二人往东海底水洞相见；又听苏宪祥说起一件要事，不能不去，去了又不放心，好生为难。易静笑对陈岩说："玉弟修道多年，怎的未达？我已历劫三生，始以元神成道。自居幻波池以来，幸蒙师恩，功力颇有进境。修道人自不免艰难苦厄，似我生平，终必转危为安，并还因此增加道力。事有定数，最好听其自然，事先愁急，并无用处。"陈岩原是关心过切，知道难于幸免。心想："燃脂头陀乃前生至友，自在海底坐关，一别近两甲子，难得他功行圆满，既算出自己和李洪要去寻他，留书约晤，必有原因。他又有一佛门至宝香云宝盖，威力无上，神妙非常，用以防身御敌，多厉害的邪法、异宝也不能伤。易静仇敌乃有名邪魔，魔法厉害，如得此宝，立可助其转危为安。宪祥所说之事，也颇关系重要。此行实是一举三便。与其守在这里，易静灾难依旧不能避免，何如赴约之后，借了法宝再来，并还可向燃脂头陀求助，请其指点玄机，比较稳妥。"李洪和燃脂头陀更是九生至交，并有两次同门之义，情分深厚。李洪雪山坐关以前，曾往访看，也值坐关，未得面谈。只留有一封书信，指明前因后果。并说此次坐关要两个多甲子才能完功，转世之后，始可再见。李洪因和头陀前几生从未分别这么久，头陀以前坐关必要神游人间，修炼善功。期前双方均有约会，等头陀元神转世，立往相见。因他凤孽至重，发愿最宏，操行尤为艰苦，本身虽具极大神通，却并不使用，所有法力均经禁闭，专以虔心毅力，苦参佛法。邪魔又多，强敌环伺，日在艰难凶险之中苦熬，结果多遭惨杀。李洪时常暗助，头陀不愿，屡以婉言谢绝，但是双方交厚，不容不见。似此一别百余年，尚是初次，所以李洪也是急于往访。二人略一商量，便同起身。

陈岩本意早去早回，虽知易静这场大难不能避免，总想事情难定，也许人力可以挽回。如将法宝借到，取来灵药，早日赶回，至少人可少受一点苦厄。途中想起燃脂头陀留书之言，说此时坐关已完，要在海底留住月余，何时前往均可。苏宪祥为助魔女消除邪气，要用二十七日苦功，行法炼魔。还要请采薇大师帮忙，不知何时起始。意欲先飞往大岔山，如见宪祥无事，便约同去北海，求取所说灵药。然后三人联合，同往两天交界的天蓬山绝顶灵峤仙府，向三仙求取蓝田玉实。到手以后，再寻燃脂头陀叙旧。易静灾难，事应一月以后，照此行事，东海回来，正可赶上。好在魔女温娇已经成婚，耽延月余并无害处，只要宪祥行法不曾开始，便不妨事；如已行法，自己再去东海也不晚。主意打定，便和李洪说了。

李洪自然不愿违背良友心意。及至飞到大岔山一看，宪祥、杨孝均已他出，只剩门人章勉留守。章勉说："日前采薇大师曾来飞书，师父看完，立即飞走。杨师兄因魔女对他情深爱重，只图长年相聚，并无邪念，二人约定，只做名色夫妻，各保元真，同修仙业。但是夫妻仪式却要举行，已经禀明恩师，同去魔宫成婚。"陈岩因听杨孝夫妻先行，未随宪祥一起，行时又未提到炼魔去邪之事，不知何意。心想："难得宪祥尚未开始炼魔，只要寻到，仍可按照预计行事。只是其间只有一个多月的光阴，须飞驰海内外，往返数十万里。那最关紧要的两种灵药，又在北海一个著名旁门散仙所居岛上，求取不易，稍微失机，药取不成，还要树一个强敌。宪祥虽和岛主有交，但是此人乃旁门散仙中能手，法力甚高，性情古怪，并非好惹，兴许翻脸成仇，而又非得此灵药不可。对方法力既高，更在岛上设有十三门恶阵，与峨眉仙府右元洞情欲十三限有异曲同工之妙，破它甚难，旷日持久，岂不误事？还有天蓬山绝顶高居两天交界之处，中隔十万里流沙与三万六千丈罡风之险。就说主人期爱李洪，开府时曾许其异日随时前往，不致拒而不见，到底上去艰难，往返路途又极辽远。好在前已约定，宪祥知道自己要来寻他同去海外，不会在外多延时日。与其先往东海，不如就在当地等他回来，先取灵药，免误时机。"便硬请李洪一同留下。

哪知等了十来天，宪祥终未回转。李洪苦念良友，又再三催走。陈岩没奈何，只得留下一书，请宪祥回山立往东海相见，同往北海求取灵药，炼魔务望稍缓，免得延误。等飞到东海，会见燃脂头陀，三人叙阔之后，陈岩告知来意，向其求助，并请运用玄功代为推算。燃脂头陀笑说："陈道友道法也极高深，怎的如此痴情？此去金银岛，恐那情关七阵不易通过呢。"陈岩听出话里有因，再四探询。头陀笑答："敌人不是寻常，先期推算，详情难知。道友来前，我只算出苏道友此时无暇，要在十日之后才能来此。事起仓猝，前说的话，本以采薇大师来否为定，并非违约。道友欲借香云宝盖，本无话说，偏生此宝被一老友借去御魔护法，不在手边，尚有月余始能交还。事情决误不了，到时自会送去。倒是金银岛主吴宫得道多年，功力甚深，虽然出身旁门，以前极少恶行。自从移住北海，仗着天时地利，更与外人隔绝。他那金银岛深藏海眼之下，本是一座浮礁，随着极光感应升降。经他多年苦心布置，全岛均经法力炼过，平日深藏海底泉眼之内，每一甲子浮起一年零三个月，岛上几种灵药仙果也正此时结实。你所需两种灵药，本和灵药仙草毒龙丸一样，乃九天仙府灵药奇珍，偶有几粒种子在千年前被罡风吹坠，落向岛上。功效用途虽与毒龙丸不同，也是道家最珍贵的灵药。此人性情奇特，他因内中有一种瑞云芝，又名朱颜草,有返老还童、化媪为妍的妙用,正邪各派修道之士只要知道它的底细来历,必往求取,后不知何事激怒了他,说修道人要这容貌美好作甚?为此在岛上设下一座十三门恶阵,自称:'此岛所产灵药乃是天生,非我种植,但平日不愿人扰我清修。等到此岛浮出海面,灵药成熟之时,绝不禁人来取。自来仙法易修,灵药难求,经我苦心培护,才得保存至今。来人除非和我有缘,自愿相赠,否则必须经过前岛所设十三门恶阵,深入灵药产处,才可任意采取。'陈道友得信较迟,还有一月,岛便封闭下沉,再取便须一甲子后。易道友遭难之事,虽然凶险,依我之见,还是先取灵药,才不至于误事。等道友天蓬山回来,易道友难期也已将满,早去无益。幸亏魔女温娇因苏道友有事耽延,未将魔光邪气先行炼化消灭,将出力不少,否则易道友的对头便是鸠盘婆,很难对付。道友以为如何?"陈岩也知所说有理,心急无用,只得耐心等候。实则忙中有错,欲速不达。当二人由幻波池起身时,如依李洪先飞东海,必与宪祥路遇,就不能同去北海,也可拿了宪祥书信,往见金银岛主,将药取到,少生好些波折。燃脂头陀佛法高深,明知宪祥就在附近岛上,代采薇大师炼丹候人,因其无暇分身,去也无用,事有定数,便未明言。

陈岩在海底水洞中又候了十来天,宪祥方用飞剑传书,说自己现在东海钓鳌矶,奉采薇大师之命代炼灵药,去救大师好友姜雪君的俗家眷口亲属九十四人和洞庭山成形灵木,现刚炼成。本想回山炼魔,姜仙子忽然飞来取药,说起李、陈二人寻他之事。先想往寻二人,并拜见燃脂神僧,忽又遇见两位道友寻来,不便同往,因而终止。请速往相见,即日起身,免得过了限期,金银岛陆沉误事。二人见书,立即辞别,飞往钓鳌矶一看,宪祥所说两人,乃昆仑派小辈剑仙小仙童虞孝、铁鼓吏狄鸣岐。

原来虞孝因和武当七女中的石氏双珠交厚,这日相见,缥缈儿石明珠说道:"峨眉派近来人才辈出,许多后起之秀全都仙福深厚,除多得至宝奇珍而外,并还得有各种灵药仙丹。最著名的便是灵峤宫蓝田玉实和幻波池的毒龙丸,加上本门大小还魂丹,或能脱胎换骨,起死回生;或能永驻芳华,长生不老,并还增加若干年的道力。端的得天独厚,非众所及。本门七姊妹均有美名,便小师妹司青璜也是天生丽质,丰神俊秀。平日颇觉容华不下于人,尤难得的是同门姊妹全都如此,早已艳传人口。前次峨眉开府，见到小寒山二女和英、云姊妹，已觉有些相形见绌，自愧不如。近日遇到几位灵峤宫女弟子和峨眉门下诸姊妹，美容尚在其次，最难得的是个个仙骨珊珊，宛如朝霞，容光照人，几乎不可逼视。问知除本身修炼而外，多半仗着玉实、灵丹之类。我姊妹同修仙业，虽不至于衰老，比较起来，终不如人，不知将来有无这样福缘呢。"虞孝自来钟情明珠，爱逾性命，当时未说，记在心里。又想自己曾在峨眉被困十三限内，经诸葛警我接引，才得出险。因而心存妒念，立意踏遍海内外名山，寻求灵药，赠与武当七女，去博明珠欢心。辞别不久，便听一海外散仙说起金银岛灵药朱颜草结实之事。忽想起好友苏宪祥与岛主交厚，以前只知他每隔些年必往相见，产药之事怎未提过？又听说此行十分凶险，意欲前往探询，并请相助。于是偕狄鸣岐向大岔山飞去，不料途遇诸葛警我。因觉对方为人诚恳谦和，前次被困十三限，蒙其相助脱险，不特毫无得色，反倒殷勤慰勉，心生好感，难得不期而遇，便同降落，晤谈了一阵。别时，警我说是新由钓鳌矶故居回转，见水云子苏宪祥在彼炼丹。虞、狄二人还庆幸不曾错过，忙同寻去。宪祥丹刚炼完，送走姜雪君，将所借丹炉藏起要走。见面一谈来意，因虞、狄二人不愿往见燃脂头陀，才以飞剑传书将李洪、陈岩召来，五人得以会合一起。陈、李二人见对方乃正教门下，人又英爽，颇为喜慰。虞、狄二人虽因李洪是妙一真人之子，上来尚有门户之见，及见对方年幼天真，根骨法力那等高强，由不得心生赞佩，不再歧视。又有宪祥居间，于是越说越投机，无形中成了好友。

五人准备停当，便由钓鳌矶动身，向金银岛飞去。飞遁神速，不消多时，便转入北海。先见下面暗云低压，恶浪排空，水天相接，一片混茫。一眼望过去，老是雾沉沉，一派荒寒阴晦之景。再往前飞不远，便见狂涛滚滚中，拥着不少大小冰块，随波起伏，疾驰而来。跟着又见大小冰山林立海上，顺流而下，不时撞在一起，发出轰隆巨响。那数十百丈高的冰山，本是矗立海上，透明若晶，回浪生光，已极好看。经此一撞，化为无数碎冰，向空激射，浪花飞涌，骇浪如山，更是奇绝。陈、李二人屡生修为，见闻甚多，重寻旧游，仍觉壮观。虞孝、狄鸣岐初次见到，更是惊奇，赞赏不已。

五人原由宪祥引路，并告机宜，随同北飞。又飞行了一阵，望见前面冰山丛中时有黑影出没洪波，并有数十百个水柱向空激射，暗雾迷漫中波涛汹涌，越发险恶。知是鲸群闹海，喷水为戏，正要赶往。宪祥笑指道："越过那片鲸群，便是北极冰洋境界。再朝北飞万余里，就是陷空岛北海尽头，金银岛尚在侧面。"说时遁光一偏，改朝西北飞去。约飞万余里，始终是在海气蒸腾，暗雾茫茫之中飞行，除一片无边无岸的冰洋大海而外，只偶然看到几座冰山，望不到边。后来渐离寒带，除了天，就是水，连冰山也见不到一座，海雾却越来越浓。如非五人都是慧目法眼，离身数尺，便不见人。虞、狄二人才觉荒寒沉闷，笑问："还有多远才到？"宪祥只低声说道："前面就是金银岛。岛主生性奇特，好些禁忌。方才路上我已说过，到时由我领头，相机行事。此时不可开口。"正说之间，忽然飞出雾阵之外，前面形势大变。原来来路海面波涛险恶，水作黑色。一出雾阵，水色立变，一眼望过去，碧波滚滚，水色清深，与来路大不相同。最奇的是两水交界处一青一黑，全不相混，整整齐齐，宛如划了一条界线。那雾也只笼罩到黑水之上，过界以后，雾影全无，上面更是云白天青，风和日美，一片清明空旷之景。遥望天边碧波无垠中，隐约浮出一黄一白两点岛屿。因相隔太远，波浪又大，直似一顶金冠，一个银盆，随着浪头起伏，出没波心。日光照将上去，反射出万道金光，一片银霞，当中又有一团日影。白云往来，上下同清，遥望已觉奇丽非常。渐飞渐近，岛影也自加大。这才看出，那岛形如玉簪，两头圆形，中段较细。左边半岛外围满布金色奇花，中拥一座金碧楼台。右边半岛石质如玉，并无房舍树木，却被一片银霞笼罩其上。中段相连之处作珊瑚色，上面设有一座飞桥，形若彩虹，先并未见，似方出现。下面陆地相通，不知要这百十丈长的虹桥何用。心方奇怪寻思，宪祥忽然挥手，令众暂停，自往岛上飞去。

李、陈、虞、狄等四人起身时，原经宪祥指教，忙把遁光停住，各用慧目法眼注定前面。这时离岛约有四五十里，遥望宪祥纵着一道遁光，星雨流天，向前飞射。眼看快要到达，忽由当中朱堤海岸之上飞射出一蓬五色光网，双方刚一接触，便同往岛上飞去。紧跟着起了鼓乐之声，远远传来，仙韶迭奏，响彻水云，听去十分娱耳。一会儿，乐声止住，便不再有动静。眼看红光照波，晴阳耀水，海面上射起万道红光，照得那座金银岛屿耀彩腾辉，精芒四射，越觉庄严雄丽，气象万千。四人久候无音，深知主人强傲孤僻，不近人情，渐生疑虑。李洪提议隐身往探。陈岩关心灵药，自不必说。虞、狄二人也是少年喜事心性，又各练就隐形之法，见李洪小小年纪如此胆大，也自然不甘落后。略为商议，便同飞往。因岛上自从乐声止后，老是静悄悄的，除斜日返照，色彩格外鲜明外，别无异兆，不似待敌情景。四人身形又全隐去，以为不致被人觉察。陈岩虽觉宪祥不应一去不回，杳无音信，继一想："他法力甚高，主人困他不住。何况双方原有交情。"稍微动念，也就罢了。哪知四人一时性急，竟因此生出枝节。

原来五人来时，岛主人吴宫已早警觉，五人索性一同登门拜见，求取灵药，就不答应赠送，也不致反面成仇，几于误事。宪祥偏是小心太过，深知主人性情古怪，行事难测，飞到岛前禁地边界，便将四人止住。意欲先由自己以礼求见，代四人先容，再说来意，如蒙赠与固好，不然也可按照岛规行事。如果主人虚应故事，不与来人为难，以陈、李二人的法力，必能成功，连虞、狄二人也占了便宜。哪知主人先前倒也殷勤，后将宪祥迎入东半岛金宫之内款待，宪祥说起来意，并代四人求见，岛主便改了态度。原来岛主吴宫素来强傲，不肯下人。因听来人中有两个幼童，均具极大来历，李洪更是九生修为的妙一真人爱子，前生曾在天蒙神僧门下，今生又是寒月大师高弟。吴宫虽少恶行，终是旁门左道出身，双方邪正不同。近一年中，照例开岛，来访同道和昔年旧友，多是在峨眉开府时受了万妙仙姑许飞娘之托，想要乘机扰害，后见对方仙法神妙，知难而退的那些向隐海外的旁门散仙和五台、华山两派余孽，这类人如何能说峨眉好话？吴宫有了先入之见，日前飞娘又亲来勾引，吴宫一时不察，竟落在飞娘的套中，对于峨眉由不得生了忌恨。宪祥口气再一夸大，越发勾动气忿。

吴宫人本阴鸷沉着，喜怒不形于色。宪祥修道多年，仍是当年豪爽性情，襟怀坦白。又以生平度量最人，从不与人结怨，正派中固多好友，异派中除却一些极恶穷凶的妖邪，也有不少相识。以为和主人交好多年，他那海洞岛宫在封岛时期照例不纳外客，只自己一人随时可以出入，怎么也能给点情面。万没想到吴宫海底独修，素少交游，在这半年期间，会被群邪说动；妖妇许飞娘又以色为饵，加以勾引。虽知对方存心诱惑，表面自高身价，若即若离，时冷时热，吴宫也还有些顾忌，不曾成好，但已道心摇动，为色所迷。宪祥满拟峨眉领袖群伦，声威广播，主人早听自己说过，必定借此结纳，所以尽情倾吐，历述峨眉诸长老的威德法力与人才之盛。及至说了一阵，见主人老是望着自己静听，还当他向来如此，不以为意。等到说完，还未回答，偶一眼瞥见吴宫口角上微带冷笑，才觉话不投机，正待劝说。吴宫忽然笑道："苏道友，我知你是好人，照例有求必应，意欲借我讨好峨眉，交接那班狂妄无知的乳臭小儿。却不知我行事任性，向不懂甚情面。他们如有自知之明，打算由你说情，向我求取灵药，就该随你来到岛前通名求见。我纵不肯轻易相赠，但他们以后辈之礼而来，我也不会使其失望而归。他们偏狂傲无知，令你先来说话。我如被峨眉派声势吓倒，双手奉上，他们自是称心省事，否则不是明夺，便是暗取，分明打着先礼后兵之计。人说峨眉派自恃走了几年运气，夜郎自大，果然不差。我就此答应，情理难容。依我本心，直以仇敌相待。姑看在你的分上，人不犯我，我不犯人。好在半岛设有十三门恶阵，灵药就在西半岛，向不禁人采取，只要有本领能通行十三门，由他们随意采取，如何？"

宪祥见他犯了本性，力说："同来四人并无一个峨眉派在内。李洪虽是妙一真人九生爱子，但他早归佛门，转世年幼，新近下山，谈不到狂傲二字。虞孝、狄鸣岐乃昆仑门下。陈岩更是一位独修的散仙，为一前生情侣来求灵药，与峨眉派何干？"吴宫仍是不听。后来宪祥又说："李洪只是年幼好奇，随来观赏灵景，并无求药之意。同来四人，只他一个与峨眉派有渊源，既不取药，便不相干，道友何必多心？"吴宫被问得无言对答，方在沉吟，忽似有甚警觉，双目微闭，隔了一会儿，冷冷地答道："既这等说，我留道友在此对饮半日。来人如不自恃，必在禁地外候道友出见，不敢冒失，任意横行。只要候到子夜，我必放道友出去，引其入见。我看道友分上，十三门恶阵的威力至多用上一小半，稍有法力便可通过，绝不使其难堪。否则便是成心上门欺人，情理难容，我也不过分难为他们，只照旧例相待如何？"说罢，便命门人将岛上禁制连同埋伏的法宝一齐施为，加紧防守，倒要看看来人是否如他所料。又告宪祥："你我交好多年，想来不致为此几个乳臭小儿伤了和气。"

宪祥见他将全岛阵势发动，外面禁制重重，分明已受人蛊惑，此时一走，立成仇敌，下手越难。他那禁制又极严密厉害，更有几件异宝，连想传声通知都办不到。暗忖："同来四人以陈岩见闻最多，来时路上已曾告以虚实，不会不知轻重利害。在未见自己以前，总共半日夜的光阴，也许能够等候。主人骄狂任性，如能挨过子夜，证明不是有恃而来，盛气一消，他那灵药向不禁人求取，只要他不故意作梗，便有法想。四人如不能忍耐，或因久不见人，心生疑虑，冒失行事，我索性和主人说明，按照岛规破阵取药。狄、虞二人功力、法宝虽然稍差，陈岩、李洪前生法力早已恢复，更有几件仙佛两门的至宝奇珍，料他也无可奈何。"念头一转，觉着自己和主人交好多年，以前还曾为他出过大力，不料竟会受人蛊惑，翻脸不认人，越想越有气。强笑答道："道友如此多疑，我也不便多言。不过来人年幼，行事未免疏忽，如能等过子夜，得蒙道友相谅，再好没有。如因我久不出见，不耐久候，难保不来此求见。道友心有成见，先入为主，既非见怪不可，他们不知底细，误触禁网埋伏，必当主人有意为难，再不放心我的安危，难免冒失。可否念其无知，开放门户，容他们按照岛规，通行十三门恶阵，取那灵药呢？"吴宫冷笑道："道友，我们到底也相交多年，不犯为此伤了和气。他们以礼求见，自好商量；便直叩岛宫，照例行事，也可凭他们功力福缘，以定成否。只要不欺人太甚，绝不出手。"

宪祥早听他吩咐门人将全岛阵法埋伏一齐发动，外加三层禁制封闭阻隔，端的如临大敌。那云网更是前古奇珍，由昔年一旁门散仙手中得到，重又炼过，隐现由心，神妙非常，威力甚大，不易冲破。如用法宝毁去，立成不解之仇。还未入阵，这头层关口先难通过，况还有好些布置。分明自己不说，还能照例而行，经此一说，不特不给丝毫情面，反更视若仇敌。心虽忿怒，仍想委曲求全，暂由他去，表面笑语从容，一毫不露。二人都是海量，每见必饮。宪祥由谈话中听出吴宫和许飞娘相识，妖妇常来岛上小住，并将岛上灵药要去不少，知他倒行逆施，早晚自取灭亡。多年交好，虽代可惜，无如忠言逆耳，劝必不从，只得听之。心还想："来时主人曾以鼓乐相迎，四人不会不知，也许不致冒失。"正在盘算，万一双方走了极端，如何化解。忽听异声如潮，由前岛传来。吴宫面容骤变，端起酒杯向空一泼，张口喷出一股真气，随手一指，那半杯残酒立化一片青光，悬向席前。吴宫怒道："道友说我多心，且看竖子何等猖狂！实不相瞒，如非深知你的为人，此时便容你不得。"

宪祥闻言也大怒，正要发作，目光到处，瞥见那片酒光形如一面晶镜，全岛景物立时呈现。只见岛前面现出千丈锦云，将全岛罩住，云烟闪变，卷起无数大小漩涡。内有两大云漩，所到之处，寒光如雨，交相飞射，不时移动，左右冲突，好似有人由云网外强行冲入。岛岸虹桥之上，立着一个披发仗剑的赤足门人，手掐灵诀，朝外连指，烟云光雨立时加盛。同时从岛岸上一座临水的楼台里面飞出两人，各在一道光环围绕之下，往云层中冲去。宪祥暗想："四人法力真高，冲行这等具有极大威力的云网之中，仍未被擒，连隐身法也未破去。"瞬息之间，两道白光合而为一，正朝内中一个云漩冲去。双方微一接触，先由白光中发出大片黑色火弹，刚听爆炸之声，连珠乱响，对面云网中来敌有点不支，相形见绌。黑色火弹爆炸以后，再化为一片邪气隐隐的墨色妖光，往上罩去，云网中人隐形立破。

宪祥刚看出是狄、虞二人，暗道："不好！"虞孝已扬手发出一道青白二色、其亮如电的箭形宝光，朝那百丈锦云与墨色妖光射去，箭头上立射出万道精芒，妖光立即被冲散消灭，云网也被冲破一个大洞。二人现出全身，更不怠慢，就在箭光前冲，锦云如潮，四下飞滚，分而未合之际，各纵遁光，同由云衢中直射过来，冲破头层云网阻隔，落向岛上。二人把手一招，将箭招回，仍旧插在背上。宪祥知道虞孝用的是前古奇珍后羿射阳神弩，猛想起此宝正是主人那两件最厉害的法宝克星，心方稍慰。同时又瞥见旁边一个云漩在锦云丛中，随同无量光雨环绕追逐飞射中，往来冲突。因那云层厚密，变化无穷，生生不已，中杂无量数的血神针，常人到此，只一挨近，先被云网卷走，或是困在其内，不能行动，再被发动神针，更难活命。云漩中两人虽然不曾受伤被困，就此通过，也非容易。云衢刚现，那云漩也如电一般快，由左侧急转而来，只一闪，云漩不见，人仍未现形影。料知是李、陈二人随同穿过，虞、狄二人隐形法已破。那九天云网为射阳弩穿破一洞，虽然仍能使用，终有缺陷，主人如何能容。

宪祥惟恐二人吃亏，忍气笑道："道友可看出来人是四个么？内有二人已隐形穿云而过。前面所现两人，便是昆仑门下。他们许因久候我不至，前来探望，误犯禁网，无法脱身。这两人带有后羿射阳弩，情急试用，穿云而入。此举虽然被迫无心，道友或不免于误会。事已至此，请止住令高足，容其通行全阵如何？"吴宫心痛至宝残破，本极忿怒。一听敌人所发竟是射阳神弩，并有两人隐形飞入，不禁大惊，心念一动，待施毒计。门下徒众见敌人破了师父云网至宝，现身穿入，已全激怒，纷纷出斗，当时把虞、狄二人围住。

原来陈岩等四人久候宪祥无信，欲往隐形窥探，并无敌意，哪知前行不远，便入禁地。海面上那些旁门禁制，休说陈、李二人，连虞、狄二人也拦不住，稍施法力，便即冲过。本来开头四人联合一起，也是小仙童虞孝心高好胜，又仗着那三枝射阳弩，自从开府珠还以后，乃师钟先生用少清仙法又重炼了一百零八日，威力越发神妙，多厉害的禁网也能冲破，不免有恃无恐。又见李洪一个未成年的幼童具有那高法力，未免内愧。李洪又天真爱群，惟恐二人受伤，稍为分开，便抢上前去，想将二人一齐护住。二人见他用灵峤三宝防身，却将宝光隐去，岛前海面上的禁制也非寻常，李、陈二人一前一后，将虞孝和狄鸣岐护在中心，一同前进，连冲过三层禁制，直达岛前，如入无人之境。虞孝以为因人成事，越想越发不好意思。刚和狄鸣岐暗中示意，将陈、李二人分成两起，敌人的埋伏骤然发动，人已陷入云网之中。当时只觉眼前一花，身上一紧，千丈锦云直似实质而又具有粘性的丝绸，一层接一层，急涌起千层云片，花飞电舞，环身裹来。仗着峨眉开府回山之后连用了几年苦功，功力大进，虽未被那云涛卷去，但是上下四外云光变灭如潮，压力绝大，冲突艰难。已与陈、李二人分开，不便再合在一起，只得施展全力朝前猛冲，云网也越加盛，怎么也冲不出去。四人来时，原经商定，主人乃宪祥老友，不到万不得已，不可动武。以为灵药采取，有例可援，至多费点事，有宪祥和主人的交情，绝不至于成仇敌对。及见云网如此厉害，虞孝暗忖："宪祥曾说采药人到此，只需和主人打个招呼，便由轮值门人引入十三门阵地，怎会如此关闭坚拒，连岸都不许上？"刚一回顾，陈、李二人已经不见，一时情急，正待朝前猛冲。防守徒众见云光电旋，却不见人，知来强敌，立发凶威，飞身迎去。因知敌人身隐电旋之内，猛施毒手，将师传旁门异宝猛发出去。此宝名为泥犁珠，乃昔年冥圣徐完所赠，最是阴毒，专污法宝、飞剑，并破隐形之法。妖光爆散，二人被迫现身，如非功力高深，几连飞剑也被污毁。一时情急暴怒，忙将射阳弩发出，邪法立破，人也穿云而过。

李洪见二人通行艰难，本想仍合在一起。陈岩早看出虞、狄二人心意，暗用传声阻止说："这两人好胜，面上又有愧色，暂时不必明助，听我招呼,再行下手。"刚把李洪拦住,事有凑巧,这时双方各不相顾,因敌人发出黑色妖光,李洪、陈岩均能透视云雾,看出妖光污秽,恐虞、狄二人受伤,连忙冲云赶去。刚一赶到,前面云层已被神弩射穿一条云衢,忙随之飞出,隐身一旁,正准备相机行事。吴宫门下共有八个弟子,十二侍者,一见敌人穿云飞入,落向岛上,全都暴怒,各指飞剑、法宝杀上前去,同声厉喝:"小狗纳命!"虞、狄二人见来势凶横,已是有气,一面迎敌,一面喝道:"我们一行四人拜见岛主,求取灵药,事前还托苏道友代为先容,我们不耐久留海上,特来拜见,即便岛主不重朋友之情,也应按他平日条规,容我们照例行事。似此禁制重重,如临大敌,已与他平日所说有异,你们又无故倚众行凶,是何道理?我想岛主得道多年,前辈仙人不应如此量小,莫非不在岛上么?"说时,双方各用法宝、飞剑恶斗,已杀了个难解难分。

二人虽忿敌人可恶,因想宪祥在此,真相不知,问又不答,好些顾忌。为防备走极端,射阳弩不肯轻用,敌人法宝、飞剑均颇厉害,二人寡不敌众,眼看要落下风。李洪本就越看越有气,又见敌党中有一身材瘦小,吊睛塌鼻,满脸奸诈的妖人,同一个身材微胖,眉有黑痣的中年妖人,新由左侧飞来助敌,满身都是邪气,不似前斗诸敌虽是旁门,不施邪法,身上还看不出。方在奇怪,瘦的一个突然扬手发出一道妖光,形如灯焰,却与英琼新得的紫清神焰兜率火不同,碧光荧荧,四外黑烟包没,刚一出现,腥秽之气刺鼻难闻。自己还不怎觉得,虞、狄二人忽然面带惊惶之色,往后败退。妖光黑烟立即爆散,眉有黑痣的一个又张口喷出一团血光,连那妖光一起化为大片黑烟血云,正朝二人电驰飞去。其他十几个敌人已被二妖人在出手以前喝退。李洪不禁大怒,扬手先发出太乙神雷,数十百丈金光雷火打将下去,血云妖光当时震碎。二妖人见状,怒吼一声,一个二次口喷血云,一个把手连指,空中妖光正待由分而合,李洪如意金环已化为三圈金光,朝前迎去,只一闪便将二妖人连人带妖光一起罩住,云光立灭。二妖人正在手忙脚乱,挣扎欲逃,说时迟,那时快,李洪身上断玉钩已化为两道交尾精虹,电驰飞来,迎着妖人环身一绞,金光祥霞往下一压,两声惨号过处,形神皆灭。

众妖徒见敌人形影不露,神雷、法宝威力惊人,又惊又怒,正在进退两难，虞、狄二人已经中邪欲倒。李洪见事已至此，心想护住二人，索性动强。刚与二人对面，还未开口，忽听陈岩大喝："洪弟与二位道友留意！"声才入耳，一道白虹突由岛后比电还急地作半环形凌空抛射过来。李洪见那白虹其长何止百丈，粗约四五丈，光并不强，来势万分神速，一头尚在岛后，一头作弧形自空下射，带着轰轰雷电之声，前头半段更发出无数的光箭，声势猛恶，从未见过。正要迎敌，一道红霞已由身后电射而出，迎将上去，红霞之中，金光乱爆。两下里刚一接触，猛又听遥空有人大喝道："双方停手，听我一言！"四人刚听出是苏宪祥的口音，声到人到，来人已到了众人头上。人还未降，双手齐扬，各发出一股银光、一股金光，宛如亿万金银米聚成的两道长虹匹练，从半天空倒挂而下，将双方的白虹、红霞分头裹住，不令对敌。一时红、白、金、银四色宝光照耀中天，霞光万道，映照得全岛大放光明，连天和海水全被映成了异彩。宪祥人还不曾下降，白虹首先撤回。陈、李二人忙同现身，将法宝收转。宪祥也便落地，朝虞、狄二人脸上看了一眼，惊道："二位道友已中邪法毒气，幸我带有灵丹，请二位各先服一粒，洪弟再用佛光一照，方可无碍。"二人称谢，将丹接过，刚服下去，便听远远有人喝道："苏道友今日这般行径，可是心存偏向，意欲与我为敌么？"宪祥向空笑答："吴道友，你当知我平生不喜树敌，何况是你，只不愿双方各走极端。好在前杀二人，乃是五台余孽，与令高徒们无干。如蒙看我薄面，两罢干戈，仍按旧规通行十三门恶阵，任往西半岛采取灵药，便感盛情了。"吴宫接口道："这样也好。道友如不与我为敌，便请回来，有话商量。"宪祥笑答："小弟遵命。"说罢，转对四人道："今日之事，原出误会，幸蒙岛主见谅，请照旧例而行。此阵妙用无穷，随人意念而生变化，更有各种埋伏。还有先杀二妖人乃五台派余孽，同党甚多，近又拜在摩诃尊者司空湛门下。妖师自为大方真人所败，逃来海外潜伏，所居离此颇近，飞遁神速，洪弟不可疏忽呢。"李洪听了，也未十分留意。宪祥说完，匆匆飞走。

前斗众妖徒本在旁观，宪祥刚走，眼前倏的一暗。陈岩、李洪见状，知道阵法已经发动，忙喝："虞、狄二道友，我四人联合一起，彼此互助，免遭暗算。"语声才住，天由暗而明，全山景物一起不见，只面前大片平地，矗立着一座红色牌坊。李洪刚要走近，陈岩拦道："洪弟怎的如此冒失,也不查看一下?"李洪早看出牌坊两侧似有一圈雾影,环若城堡,牌坊好似城门。雾虽极淡,几非目力所能辨认,但是里面景物全被挡住,凭自己的目力竟难透视。牌坊里面,仿佛斜阳平西,回光倒影,一片暗赤昏茫之景。一眼望过去,暗沉沉似雾非雾,似烟非烟,但又望不到底。因在前生听父母说过,情关七念与欲界六魔总名十三限,实则相为表里,牵一发而动全身。休看魔头厉害,威力之大,不可思议,如想战胜情、欲二魔,并非难事。只要到时澄观息机,心有主宰,先照师门传授,守定灵台方寸之间,使其返照空明,便宛如璧月沉波,天空云净,点尘不着,上下同清。再由有相转为无相,使其神与天会,里外空灵,慧珠明莹,大观自在,本来无我无物,有什么情欲严关之险?后蒙恩师传授佛法,深参上乘妙谛,雪山坐关以来,越发悟出玄机,定力道心无不坚强。此次转世重来,休看言动天真,照样疾恶如仇,也只是数中因果世缘,随遇如此,应有即有,应无即无,功力只较前世更为高深,任多厉害的邪法魔头也难自己不住,本大无畏,有何可惧?李洪因知陈岩虽然修道多年,法力高强,但最厉害的情关一念,却难勘破,同来四人,独他比较可虑。又因敌人恶阵辅以邪法,终是左道旁门,头关如破,底下便要减去不少危害。尤其是这些牌坊,乃法宝炼成,只要毁去一个,余者就许全失灵效。意欲当先飞入,仗自己功力和随身法宝,破去阵法,固是绝妙;即或不能如愿,身任其难,后来三人也可相机应付。闻言笑答:"陈哥哥,此阵虽是初次经历,我想不会比右元十三限还要厉害,十三限我曾通行两次,并未遇阻。这类阵法,照例各行其是,除非有人当头把阵破去,彼此身经均不相同。反正不能联合一起,而这头层情关必定厉害,我们都是多情善感的人,一个把握不住,难免被困,因此我想先试一下。至于他那些鬼门道,我早料出来了。"陈岩深知李洪良友好意,便笑答道:"洪弟用意甚好,我也想借此一试自家道力。现我看出此阵虽颇凶险,并还暗藏好些埋伏禁制,以加此阵威力,无如主人弄巧成拙。别位我尚不知深浅,如愚兄想要冲破情关七阵,就不被困,必定艰难。幸我两人均带有几件法宝,虞、狄二位道友射阳神弩也具专破邪魔灵效。主人阵中埋伏之宝,必与此阵相连,在他原为镇护这十三座牌坊,增加威力之用,不料那些法宝与牌坊联合一起,反易牵动全局。我们只要破去一两座,纵不全数瓦解,决可通行自如。我先也不知道,因由妖人白虹手中得到天视地听之法,方才光景一暗,我料阵法发动,忙即行法查听,得知就里,看出破绽,为此将你唤住。还是四人合成一起,一同前冲比较容易。既成一路,谁也不会吃人的亏。你看如何?"

李洪闻言,猛想起丽山七老那片桫椤灵符尚可再用两次,多厉害的邪法也无妨害,何况还有金莲宝座和灵峤三宝用以防护身心,纵有一二人心神摇动,有自己主持,也可无害。只因宪祥说得太凶,有了先入之见;前在峨眉通行十三限火宅严关,又曾经见到情、欲二魔的厉害:以为魔头来去如电,十分阴毒,一入阵地便各不相顾,稍微疏忽,必受暗算。没想到身有佛家至宝与七老灵符,不但本身无虑,还可兼顾同来三人,不由宽心大放,连声应诺。二人原用传声问答。虞、狄二人中邪遇救,刚刚复原,对于李、陈二人早已心生敬佩,自愧弗如。见李洪被陈岩拦住,相对默然,知用传声商量。方要探询如何前行,二人话已商定,陈岩笑道:"此阵虽是厉害,好在主人曾说,我们只要有本领,便将全阵十三门一齐毁去,也无话说。二位道友射阳神弩甚是有用,洪弟也有两件法宝,足可防身。我们四人就此一试如何?"二人刚一点头,李洪忽听宪祥传声说:"你们四人虽有至宝随身,灵药仙草终是主人培植,此次不过受了妖人蛊惑,最好是适可而止,以免结仇树敌。"李洪知自己行动宪祥全都看见,也未答话,把头微点,略为示意,便同起身。于是四道遁光联合一起,再由李洪暗中戒备,遇到危难,金莲宝座万一无效,立将灵符展动,向七老求救。初意敌人阵法和右元十三限大同小异,不去触动埋伏,再将本身元灵守护,不为幻象所迷,便可免去危害。

也是双方该结仇怨,不可避免。吴宫此阵本是异宝炼成,再加魔法妙用。因素好胜,惟恐来敌太强,知道此中微妙,将那形如牌坊的十三道阵门毁去,除各种禁制外,每阵门上均有法宝镇护。又为便于运用,两下里合为一体。经此一来,果然增加了好些威力妙用。表面上任人采取灵药,实则生性吝啬,这多年来,除却吴宫一时高兴,自愿相赠的三数人外,生人从无一个安然通过。平日也以此自满,狂傲非常。不料气运将终,遇见这四个对头,内中李洪更是他照命克星。吴宫先见来访的二妖人为敌所杀,刚一出手,便被宪祥止住。同时试出敌人飞剑的威力神妙,竟是平生仅见,又惊又怒。表面上似看宪祥情面,许其通行十三阵,按例采药,心里却恨极。本就有些情虚，又见敌人把四道遁光连在一起，精芒强烈，势若雷电，直往阵中冲进，惟恐阵法拦阻不住敌人，将药采走，于心不甘，面上难堪，还无话可说。又因所杀二妖人乃许飞娘约来的妖党，总共才来两次，为助门人，却被敌所杀，不为报仇，无颜再见妖妇。越想越恨，便将所有埋伏一齐发动，邪法、异宝全数夹攻。这一来，无形中各走极端。

李洪等四人刚一入阵，猛觉一片淡微微的红影微一闪动，忽然现出异景。只见风和日暖，水碧山青，遍地繁花，香光如海，到处好鸟娇鸣，笙歌互奏，山巅水涯之间，现出不少金碧楼台，端的富丽清华，仙景不殊。置身其中，由不得令人心旷神怡，妙趣无穷。四人知道此是幻象开始，互用传声略为警告，各把心神守住，付之不闻不见。然后由陈岩施展天视地听之法，暗中查看好了方向门户，等到一生变化，立即下手。本想不到万不得已，只要能够冲过，便不去破它。李洪看出敌人正在运用阵法，倒转门户，必须静以观变。又见沿途花林中有宫装美女往来游行，出没其间。方在暗笑："我道十三阵有多厉害，这类障眼法也来卖弄。反正不怕，何不试他一试，看能闹甚花样？"忙用传声令三人留意，故意笑道："陈哥哥，美景当前，你怎不多看两眼？"话才出口，花林中的美女忽然纷纷跑出，当着四人歌舞起来。有的宫装高髻，霞帔霓裳，手持箫管，音声柔媚，艳歌时作，十分娱耳；有的雪肤花貌，臂腿全裸，楚腰一捻，起舞翩跹。端的声容并妙，荡冶无伦，观之心醉。

李洪知道这一开口一动念之间，已将阵法引动，底下便要出现诸般色相，好些丑态。不耐再看下去，笑骂道："有甚神通，不妨施展出来，我们不耐烦看这丑态。只管闹着障眼法儿闹鬼，我就要不客气了。"话未说完，面前忽地光华乱闪，所有人物山林一齐失踪。先是一片粉红色的烟光朝众人飞来。陈岩看出此是左道中最阴毒的迷魂邪雾，得隙即入，只要闻到那股膻香，立时中邪入魔，不能自制。暗骂："妖道说不为恶，偏设下这种恶阵，已够造孽，还要加上这类阴毒的邪法。如不看在宪祥分上，我必教你难逃公道。便我四人善罢，似此行为，早晚也是自取灭亡。"正在警告虞、狄二人小心防护，不令邪雾侵入，忽听轰轰巨震，宛如万雷怒鸣，一片暗赤色的密云，天塌也似，带着极强烈的雷声，正往头上压来。脚底立成血海，左右前后更有无数绿油油的钉形妖光暴雨一般乱射而来。陈岩认出全是左道中最恶毒的邪法异宝。同时眼前一花，十余座金银珠玉所结牌坊突然涌现，里六外七，分为两层，发出各色妖光邪气，环绕身外，似走马灯一般电驰而过，闪得两闪，全都不见。上下四外的血云妖钉排山倒海一起压来，轰轰厉吼怒鸣之声，宛如山呼海啸，地震天崩。当时上不见天，下不见地，只是大片暗赤色血云包没四外，什么也看不见。如非四人所用仙剑均是神物奇珍，不必再生别的变化，飞剑必为所污，人也早已中邪被擒，绝无幸理。

　　陈岩先还和李洪同一心思，想等少时十三门恶阵联合施威，试验自己功力。后见血云妖雾越来越浓，几乎成了胶质，四人遁光竟觉迟滞，不能似前任意飞行；同时那环身攒射的碧色妖钉，冲射之力更是强大，四人剑光竟受震动，只一撞，便自粉碎，化为一蓬暗绿色的妖雾，一层接一层包围在遁光之外，血云再往上一挤，晃眼之间，行动越发艰难。陈岩渐渐看出厉害，刚把手一指，待要出手，一片佛光涌处，李洪忍耐不住，已先发难。先将金莲宝座化为丈许大一朵千叶金莲花，花瓣尖上各射出万道毫光，向上冲起，将四人托在中心莲台之上，头顶上又现出一圈佛光，上下四外全被护住。佛光金霞刚一涌现，周围血云绿雾立似浮雪向火，当时融化，纷纷消失。那无数妖钉只要挨近金莲宝座，也便无踪。李洪见状，知己必胜，心中一宽，大喝："主人再不施为，我们就要冲阵而出了。"说罢，扬手发出连珠神雷，四外乱打。这时身外血云已都消散，现出空间，陈岩早在暗中行法，查知方向门户。血云一退，看出脚底正是两半岛相连的中腰一段，头上便是来时所见那道百丈虹桥，照此情势，破法极易。因有佛门至宝防身，那十三门恶阵一任邪法施为，绝难伤害。陈岩也大喝道："苏道友，请告岛主，说此阵玄妙，我已尽知。双方本无仇怨，我们蒙他允许照例行事，不如作个人情，放我们由虹桥之下过去，免伤和气。难道真要一拼不成？"说时，李洪得了陈岩暗示，随同于指之处，时进时退，时左时右，驾着金莲宝座向前飞驰，只见前面一座黄色牌坊突然涌现。四人在金光祥霞护身之下，内里尽管烟云闪变，势如潮涌，还未生出变化，瞬息之间，人已飞过，跟着前面又有牌坊涌现。李洪暗忖："这妖道真是不知进退，莫如给他一点厉害。"心念一动，立即手发神雷，朝牌坊打去。同时又将灵峤三宝连同断玉钩一齐施为，再捏灵诀，朝脚底一指，四人便飞到第二座牌坊下面。脚底金莲突然暴长，万道毫光齐往四下飞射，太乙神雷再一连珠乱打，诸般法宝一齐施威，前面绿色牌坊立被震成粉碎。紧跟着牌坊上面现出九团栲栳大的血球，也已飞起。虞孝见李洪法宝如此神妙，好生惊佩。入阵以前，听说射阳神弩有用，便留了心，老早就跃跃欲试。一见血球飞到了空中，忽发奇亮，料非常物，也没和陈岩商量，右肩微摇，三枝神弩同时飞起，空中血球立被射中了三个，叭叭叭三声大震，当时爆散，化为无数缕血丝血片，满空飞舞。陈岩看出厉害，心中惊奇。李洪手指处，三环金光飞迎上去，只一裹，全数消灭。虞孝见已成功，正指神弩追射下余六球，猛听空中大喝："四位道友停手！"四人听出宪祥又来解围，刚一缓势，眼前一亮，重见光明。上下四外的血云飞箭连同残余的六个大血球，忽然一闪不见。恶阵齐收，重又现出实景和清明的天色。再看当地，乃是虹桥尽头，西半岛后面的一片花林之外。

宪祥刚由空中飞下，见面笑道："恭喜四位道友，岛主看我薄面，已将阵法收去，请即采药去吧。"四人闻言心喜。见前面又是一座玉牌坊，上写"诸天灵药之圃"，字作银色，四围花林也是灿若银霞，更无杂色。四望当地，并无房舍，但是到处香光浮泛，奇石云升，峰峦秀拔，掩映于琼林之间，更比东半岛景物还要清丽灵秀。正待穿越花林，往圃中采取灵药，忽听天边传来极强烈的破空之声，才一入耳，一片从未见过的青色奇光已由遥天空际如狂潮云飞，电驰而来，只一闪，便凌空飞堕，将全半岛一齐笼罩在内。众人均是久经大敌的能手，竟未看清，当时只觉心灵一震，激灵灵打了一个冷战，五人倒有三人被敌人邪法制住，心神无主。内中一人功力较深，元神虽未被其摄去，也只仗着应变尚快，勉强支持，仍是行动艰难。同时面前落下一个长身玉立的中年道者，满脸俱是怒容。要知李洪大战司空湛，易静巧遇鸠盘婆，魔女感恩调虎离山，万妙仙姑许飞娘连伤峨眉诸弟子，三英二云合力败元凶等情节，请看下文。

第二九八回

宝相灿莲花　万道霞光笼远峤
金针飞芒雨　千重暗雾遁元凶

　　前文说到陈岩、李洪同了昆仑派门人小仙童虞孝、铁鼓吏狄鸣岐，在金银岛上大破十三门恶阵。岛主吴宫因受妖妇许飞娘蛊惑，见来人破了他的邪法，心中大怒，已经出手，眼看双方势不两立。水云子苏宪祥因为双方都是朋友，岛主吴宫虽是旁门散仙，也曾交好多年；而且在海宫隐修，除骄狂自大外，敛迹已久；所以不愿双方各走极端，忙将独门金银沙剑化为一道长虹，将双方隔断。同时吴宫也看出敌人功力甚深，法宝神妙，李洪、陈岩各持有仙佛两门至宝奇珍，已占有胜无败之势，而小仙童虞孝的三枝后羿射阳神弩更是专破他那邪法的克星。吴宫本知难胜，无奈迷恋妖妇许飞娘，正在火热头上，所引见两妖党又为敌人所杀，相形之下，情面难堪，一时恼羞成怒，欲以全力相拼。骑虎难下，本无把握，所以苏宪祥一拦，立时见风转舵，暗打日后报仇主意，任凭来人往采灵药，不再过问。陈、李等四人志在灵药，本无敌意，又看宪祥情面，当时停手。

　　金银岛天生灵境，仙境无边，陈、李等四人随着宪祥一路观赏过去。走到诸天灵药圃前玉牌坊下，四望到处玉树琼林，香光浮泛，奇石云升，朵云自起，比东半岛景物还要灵秀清奇，不带一丝火气。正待穿林而入，忽听天边传来极强烈的破空之声，才一入耳，一片青色奇光如狂潮电卷，已达上空，只一闪，便当头下压，将西半岛完全笼罩在内。来势之神速，竟和老怪丌南公师徒飞降依还岭时不相上下。青光之中，更杂有比电还亮的亿万银针，轰轰之声宛如雷震，声势十分惊人。那来人正是摩诃尊者司空湛，前因路过元江上空，将神驼乙休伏魔旗门盗走，乙休正值开府事忙，不暇顾及，后来韩仙子铜椰岛应援，途遇双凤山两小邢天和、邢天相，欺她元神出游，上前夹攻，结果反为韩仙子所败。于是勾动旧仇，铜椰岛事完，乙休夫妇约了采薇僧朱由穆和姜雪君同往双凤山诛杀妖人，由中土追逐，往返海内外数十万里，追到北极冰洋上空，才将两小杀死。在两小未死之前，因被乙休夫妻穷追不舍，宛如丧家之犬，一时无处投奔，又想为二人树敌，曾将乙休引到司空湛洞府之中，结果仇未报成，反将司空湛的阴谋败露，吃乙休把伏魔旗门夺了回去。司空湛弄巧成拙，邪法全破，仗着人甚机警，比别的妖邪知机，见势不佳，当先逃遁。乙休夫妻也因他恶运未终，邪法又高，急切间难于除害。双凤山两小却是罪大恶极，仇恨太深，如被逃到丌南公那里，或与一干为首妖邪勾结，以后不知要害多少生灵。所以见司空湛逃走，并未追赶。

司空湛逃到海外，因知敌人性情是除恶务尽，既恐随后穷追，又因所炼邪法异宝必须三数年工夫才能炼成。海外这班旁门中人均非乙、韩、朱、姜四人之敌，其他如磨球岛离朱宫少阳神君之类法力高的几个，又和峨眉派这班敌人均有渊源。想来想去，只有大雠山青玕谷前辈旁门散仙苍虚老人得道千余年，行辈法力比谁都高，只是一向自负，比丌南公还要狂傲。正派群仙见他虽是旁门，得道年久，已数百年不往中土走动，有时下山也只去好友少阳神君离朱宫中小坐，对于门徒法规又严，无甚恶迹，因此谁也不肯惹他。昔年司空湛和本门大师兄混元祖师偶游海外，与苍虚老人无心相遇，因他狂傲太甚，当时虽执后辈之礼，心实不快。一别多年，不曾上门，虽是急难往投，仗着以前还能忍耐，对他恭敬，多少有点人情。所居大雠山，横亘地极中枢，两海交界之地，中隔七千里流沙落漈。当地的水，比东极大荒还重十倍，鹅毛也要沉底，并有海雾蜃气之险。主人性情更怪，故仙凡足迹不至。此去投奔，只要肯伏低，必可依附，不特闭门炼宝，无人敢犯，还有好些益处。哪知苍虚老人竟听好友少阳神君之劝，说是地仙千三百年大劫将临，现当正邪相持，势不两立之际，最好闭户清修，不问外事，连门人也不许下山，免得微风起于萍末，牵一发而动全身。司空湛还未入境，便被看破，闭关不令入境，以法使海雾浓黑如漆。司空湛遁光飞到里面，宛如置身胶海之中，运用全力朝前猛冲，虽然迟缓，还能勉强前进。头关还未渡过，忽然千百股蜃气宛如无数具有极强烈的彩虹，齐朝来人猛冲直射。司空湛那么高法力，竟被阻住，不能前进。后来看出主人故意不令人见，便用激将之策，暗示主人怕受连累。老人自来尚气，因来人狡诈，措词得体，再加卑礼求见，不便再拒，当时撤禁放入。见面后便对司空湛说："老夫并不怕事，但和你交情有限。如令你在我青玕仙府居住，便算老夫门下来客，从此不容外人欺侮，我不犯为你出大力。大雕山两端有不少岛屿，借你暂居无妨。我原知你此来用意，凡在离山千里之内，均我禁地，在我庇荫之下，只管放心。你的事，我不过问。敌人如来寻你，只要在我禁地之内，绝不置身事外。你如离开，我却不管。"说完，便令门人茹黄沙领往大雕山极北边界一座小岛之上安置。

司空湛机警诡诈，善观风色，长于趋避，本身邪法又高，从未败过，因此享有多年盛名。只为一时贪心，路过元江大雄岭，发现伏魔旗门，因觉郑颠仙可欺，急切间又没想到那是神驼乙休之物，盗走以后，始知底细，已成骑虎之势。知道此老难惹，又想起昔年仇恨，索性一不做，二不休，欲借旗门诱敌暗算。不料阴谋未成，反遭惨败。平日妄自尊大，一听苍虚老人辞色这等强傲，心中不忿，此外偏又无可投奔，只好忍受。到了那小岛一看，不禁气忿起来。原来大雕山为海外有名的灵山仙境，因当地轴中枢，山又特高，上接天汉，为两间精气所萃，环山各岛，景物也都灵秀，嘉木葱茏，花开不谢，时有珍禽异兽和海中水陆两栖的鱼龙介之类出没游行，天色气候也极清和。惟独司空湛所居墨云岛偏在北极冰洋左近，共只百余亩方圆，是一座小岛，高出水面可达数丈以上，通体深黑，寸草不生，终年愁云笼罩，拔海壁立，四面孤悬。岛形又奇，上丰下锐，近水一段更细，远望过去，宛如一朵墨云，由海中冉冉上升。终年悲风怒号，浊浪排空，荒寒阴晦，直非人境。

司空湛见主人先是闭关坚拒，后经苦求，设词激将，虽被说动，见面时辞色神情那等强傲。又特选此孤悬辽海的无人荒岛令其居住，岛上面除却此愚丕黑的礁石外，一无所有，远看顶上似颇宽大，实则无一平整之处。如换常人，休说居住，行动皆难。茹黄沙又有乃师习气，意颇轻视。越想越恨，偏值事急求人之际，没奈何，只得耐心忍受。送走茹黄沙后，忙发信号，通知门下众妖徒，令其寻来，会同炼法。过了几天，妖徒只有三人赶到。一问缘故，才知门下九妖徒，除有两人自告奋勇愿留中土，遇机向各正派门下寻仇报复而外，还有四人已先后为敌所杀。最痛心的是宠姬爱徒赛阿环方玉柔，就在自己元江盗旗门之际，为陆地金龙魏青用白骨锁心锤所杀，连元神也被锤上魔鬼吸收了去。事后才知，已是无法挽救。想起方玉柔之死，一半是受了许飞娘的引诱，因此把许飞娘也恨在心里。一面加工祭炼邪法，一面暗命妖徒随时留意，如遇许飞娘，不妨告以移居墨云岛之事。

　　妖徒自到岛上以后，不时轮流奉命往各海岛采取灵药，日子一多，海外各旁门散仙渐与相识，与小南极四十七岛诸妖邪尤为交厚。这时司空湛已用邪法在岛上筑了一所大宫殿。因当地骇浪如山，湿云低垂，常年晦暗，如在深夜，先想驱散云雾，使现天光。后见海面辽阔，只大雠山相隔数百里算是最近，下余三面都是一望沉冥，寻常人数步之外不能见人，单现出当地一点天光也觉无聊。一赌气，索性不去管它，先命门下妖徒穷搜海底，由奇鱼介贝腹中觅取珍珠，一年之中，惨杀了无数海底生灵，居然采集到许多大小宝珠和数千年珊瑚之类。又用邪法布满岛面，所居宫室也是晶玉所建，落成之日，全岛大放光明，在海面上远望过去，宛如一座霞光万道的光塔，矗立在万丈愁云惨雾之中，顿成奇观。

　　司空湛每日炼法之暇，又命三妖徒分头往北海岛上采取奇花异草，移植其间。小小一座无人荒岛，在邪法布置之下，竟点缀出好些灵奇之景。当地与金银岛只千百里的海面，司空湛早知岛主吴宫种有不少灵药仙草，方欲设法结交，以备到时往来。末一年上，邪法练成，金银岛也正浮出海面。司空湛正想如何下手，三妖徒中有一个名叫滕柱的，偶往小南极乌鱼岛寻人，归途偶与许飞娘巧遇，约了同来。司空湛本来暗恨飞娘，想下毒手，摄取她的元神。见面一谈，才知飞娘竟为寻那吴宫而来，说有同道引进，愿代求取灵药，只请异日合力，同报前仇。司空湛见飞娘恭顺，又想由她身上代向吴宫求那几样灵药。免得自己前去，对方慨然允诺还好，如被坚拒，动起手来，胜之不武，不胜为笑，平白失去身份。于是暂缓下手去寻飞娘晦气。飞娘先往金银岛求见，只说闻名往访，并不提起求药之事。反是吴宫为美色媚态所迷，震于飞娘名望，飞娘又故意矜持，若即若离，欲擒故纵，极尽迷惑之能事，引得吴宫神魂颠倒，自然将所产灵药分别献上。飞娘故作漫不经心神气，到手便即辞别。不久，又把同党和司空湛门下妖徒先后引去。吴宫虽是得道多年，孽缘遇合，竟为所迷，百计逢迎，自不必说。

司空湛灵药到手，正要二次发动阴谋，闻报吴宫对飞娘入迷，忽想起金银岛常年沉在海底泉眼之中，岛上琼楼玉宇，瑶草琪花，金光银霞，气象万千，更有不少天产灵药，如能假手飞娘据为己有，免得依人檐下，服低受气。地方又极隐秘，离大魉山又近，即便敌人寻来，当时逃回墨云岛也来得及。何况邪法、异宝已全炼成，只未试过，焉知不是仇敌对手？因觉利用飞娘之处甚多，重又中止前念，对飞娘再三夸奖，告以心事。飞娘知他为人阴险凶狠，难于共事，此次众妖徒不期而遇，并非本心。已代他取来不少灵药，还不知足，妄想夺取金银岛以为己有。暗忖："此时峨眉势盛，用人之际，同党越多越好。吴宫相待又是那样至诚，以怨报德，以残同类，已太过分。对方不过为色所迷，并非弱者，一个弄巧成拙，就会失掉一个大帮手。平白树一强敌，还要被人议论，使别的妖邪灰心，太不合算，情理上也讲不过去。无如司空湛向来有己无人，一说翻脸，立时成仇。自己功力虽较以前强得多，也未必是他对手。"又想起昔年为与杨瑾苦斗不胜，正值司空湛路过，曾经恳惠他出手相助，他不但不允，反倒一怒而去，分明已怀恨，以他为人，本应见而远避，如何反来寻他？悔已无及，表面上不敢露出，满口应诺。意欲设法拖延，挨到金银岛出水期满，沉入海底，再行相机应付。

司空湛先未看出，后见时久无信，忽听妖徒归报，吴宫对于飞娘，固是神魂颠倒，便飞娘也似日久生情，受了感动，不禁大怒。这日偶命二妖徒前往查看，致为陈、李诸人所杀，形神皆灭。本来暂时不会得知，偏巧这时来一妖党，也是飞娘约来的五台余孽，到时本想出手，后见双方法力均强，敌人固是难斗，妖阵也无法入内，隐身旁观，无意中听吴宫门人说起二妖徒被杀之事，又惊又怒。再听出苏宪祥袒护敌人，与吴宫多年交好，以为自己日浅交薄，万一吴宫被苏宪祥说动，成了□略，白找苦吃，因而并未现身，暗中飞走。初意也因司空湛难惹，不敢与之亲近，正在踌躇，想不到忽与妖徒滕柱相遇，忙即告知。

滕柱日前往四十七岛赴众妖人乌鱼大会，不料金钟岛主叶缤同了女弟子朱鸾、朱红和凌云凤寻来，跟着又来了一个强敌，乃神尼芬陀的门人女仙杨瑾。人还未到，先用冰魄神光将四十七岛上空一齐笼罩，四十七岛群邪，有的被凌云凤用神禹令制住，有的死在杨瑾法华金轮之下，总共逃走不多几个。只有乌鱼岛主乌龙珠见势不佳，连拼掉五个身外化身，并仗自己一件师传异宝，勉强逃往九烈神君魔宫之内。本意是诱敌上门，使主人出场应敌，不料九烈夫妇同往幻波池寻仇未归，魔宫男女门人、侍者自恃魔宫内外的魔法禁制，奋力迎敌，并用魔灯连发警号求救。无奈敌人厉害，乌龙珠身遭惨死，形神皆灭；魔宫徒众纷纷伤亡。九烈夫妇闻警赶回，仍是不敌，总算见机，勉强护住本命魔灯，幻化遁走。那么壮丽的一座魔宫，竟被敌人毁灭。滕柱如非见机先逃，也几乎不免于难，就这样，仍受伤折宝，才得逃回。看出敌势太强，正想回山禀报，一听说两同门兄弟为两幼童所杀，越发忿怒，忙回墨云岛报警。

　　司空湛闻报大怒，连忙赶来，两地相隔甚近，晃眼到达，当时便下毒手，欲为爱徒报仇，并向吴宫示威。满拟所炼庚甲运化天芒神针厉害无比，敌人只要被那金、木两行真气合炼之宝所发青光银针罩住，上下四外重如山岳，内中亿万根天芒针更无坚不入，无论多神妙的防身法宝，稍露空隙，立被侵入。哪怕只是一丝青光，或被一根细如牛毛的光针乘隙飞进，身外排山倒海的乙木神光和庚金精气所化亿万银针齐受感应，大量侵入，内外夹攻，光层立被冲破，将敌人宝光震散，人也粉碎，化为血雨，尸骨无存。陈岩等这五人中，只苏宪祥深知敌人法宝底细，陈岩也晓得一个大概，此外休说虞、狄二人，连李洪九世修为，都不知真相。来势那等神速，本难免于受害，幸而五人各有至宝随身。宪祥更是交遍海内外，人又机警。陈、李二人先在依还岭尝过丌南公的味道，长了见识，青光刚在天边出现，便知有异，心中一动，同时施为，打算不论来势善恶，先把各人身子护住，看清再说。宪祥更料定来人不怀好意，扬手先是两股金银沙合成的长虹，刚想挡向前面，将五人一起护住，不料司空湛怀恨太深，上来猛用全力，那天芒神针更如水银泻地，无孔不入，感应之力绝强，宪祥尽管警觉得早，仍仅护住本身。那狂潮一般的青光银雨，已乘隙穿进，只一闪，虞、狄二人立被罩住。二人虽仗近年功力大增，飞剑、法宝均与心灵相合，不曾被其上身，宝光先将全身护住，无如敌势太强，防身宝光以外，四面逼紧，非但不能移动，那亿万银针看似极细，冲射之力偏大得出奇。

　　就这转瞬之间，虞、狄二人已觉难支。又见陈岩飞起一片红霞，包没全身，内里空隙竟达丈许，不似自己四面逼紧，行动艰难。李洪更是仙佛两家至宝同时施为，那青光银雨，上来先被如意金环的宝光荡开，两柄断玉钩跟着化为两道精虹交尾而出，飞舞光海之中，大片银针多被绞碎。李洪似见敌人法宝神妙，随灭随生，想冲过来，相助脱险，又将金莲神座放起。一时佛光万道，祥霞千重，青光银雨只一挨近，便被冲散。敌人法宝也是变化无穷，怒涛一般，前灭后起，威力绝大。急切间仍冲不到自己身前。宪祥在一座亿万金银沙合成的光幢之内，也向自己这面冲突，也为青光银针所阻，暂时尚难会合。虞、狄二人见同来五人只自己这两人相形见绌，觉着不是意思。虞孝情急，想用射阳神弩试上一下，忽听宪祥大喝："虞、狄二位道友，只守在宝光之中，自有解救，千万不可妄动。"虞孝贪功好胜，话未听完，三枝射阳神弩已先离手飞出。三道箭形宝光刚飞出去，前面青光针雨立被冲破了一个大洞。二人方喜法宝得胜，虽听苏、陈二人同喝："留意！勿令妖光邪气侵入。"并未警觉，百忙中瞥见陈岩已由光海中冲将过去，与李洪合在一起，面带惊急之容，正朝自己这面猛冲。心想："自从神弩飞出，身外已轻了好些，陈岩何故手指自己大声惊呼，是何缘故？"说时迟，那时快，就这转眼之间，虞孝猛觉微微一片青光在防身宝光之内出现。心方一动，青光突然加强，贴着光层，往外暴长。定睛一看，原来宝光层内忽起了一片青色奇光，将内层布满，向外暴长，防身宝光已不能由心运用。暗道："不好！"

总算命不该绝。本来司空湛的乙木精气已随神弩穿光而出之际乘隙侵入，稍一施为，敌人就不惨死，也被青光粘附，包没全身，一任法力多高，也难解脱。而司空湛心太狠毒，偏想由内发动，先将敌人身外宝光震破，外层的光潮针雨再合围上去，两下夹攻，恨不能把敌人绞成肉泥，并把元神摄去，永受炼魂之苦，才快心意。就这稍缓须臾之际，敌人已经得救。原来虞孝自在峨眉通行左元十二限，领回前在白阳山妖尸无华氏墓中所失三枝后羿射阳神弩回转成都以后，觉着自身法力、飞剑哪一样都不如人，于是日夜加功，用心苦炼，数年之中，功力大进，远非昔比。乃师钟先生见他忠义坚诚，极能向上，格外器重，又因自己不久大劫将临，便将本门心法尽量传授，并赐了几件法宝。这时对敌，因觉飞剑不如宪祥等三人，不曾放出，只用师传防身至宝碧云盾护住身外。及见敌人青光侵入，有了警兆，立运玄功，身剑合一，就这晃眼之间，竟将危机脱去。

司空湛见敌人防身宝光已甚强烈，刚被青光撑满，往外暴长，还未震破，身剑已经合一，急切间仍是无可奈何。正想加功施为，猛觉佛光耀眼，四五道金霞银虹忽由斜刺里猛冲过来。前头有一形似风车的法宝，电也似疾，旋动起大蓬五色金花银雨，冲行光海之中，如鱼游水，所到之处，大量青光飞针雪崩也似纷纷消散倒退。晃眼之间，五个敌人会合一起，同被亩许大一朵千叶莲花金光宝座托住。司空湛不由急怒交加，仍在妄想就势还攻，暗用侵入的乙木庚金真气所化青光由内爆炸，将虞、狄二人的防身宝光震破。不料那莲花座上射出万道毫光，竟将内外隔断，邪法失了反应，外面的不能继续侵进，内层的却往外暴长。虞孝看出护身宝光要被震破，不等宪祥招呼，先将碧云盾收去。青光还待就势伤人，自行爆炸，宪祥手中忽发出无数大小金银光圈，朝那刚化飞针、四下激射的银针光雨一裹，便同收去。司空湛见状，觉着多年盛名，连几个后生小辈都制不住。所用天芒神针乃金木合运之宝，历时百年，费尽心力，并经海内外许多有名人物相助，才得苦炼成功，平日所向无敌，仗以成名，竟被敌人损耗不少，好生痛惜。当时怒火上攻，正打算把新近炼成准备和神驼乙休夫妇拼命的几件法宝取出施为，敌人已先发难。

原来宪祥看出敌人厉害，李洪虽有佛门至宝，但不善运用，为友情切，竟将轻易不肯施展的一件至宝放将出来。正赶上虞孝不听招呼，妄发射阳神弩，身前青光虽被冲开，却被乘隙侵入。宪祥暗道："不好！"扬手发出一蓬上具百零八片形似风车的五角金花，出手加大，上面花叶一齐转动，朝前猛冲。陈、李二人见状，不等招呼，立时一同下手。五人相隔亦近，因见敌人来势厉害，苏、陈、李三人均想挡在前面将虞、狄二人护住。不料司空湛邪法高强，又是久经大敌，成心要把敌人分开，以便单独下手。三人骤不及防，来势万分猛烈，无形中竟被冲开。等到三人法宝发动，相隔已远，好容易施展全力，才得冲近一些。如非宪祥把昔年降魔之宝耶迦宝相轮施展出来，陈、李二人应变神速，狄鸣岐或者无妨，虞孝万难幸免。五人会合以后，狄鸣岐见李洪等三人法宝威力如此神妙，自愧弗如，不由敬佩非常，不再强撑门面，首先把防身宝光退去。虞孝也将飞剑收去。五人同在金莲宝座之上，正待合力御敌，宪祥瞥见司空湛已气得须发皆张，二目隐蕴凶光，头发也全散开，手掐灵诀，正在施为，看出那是大小十二诸天秘魔大法。宪祥知道这类邪法专摄敌人元神，本就十分阴毒，再用他炼成法宝，发出诸天神雷，更是厉害。自己深知底细，固然无害；陈、李二人屡生修为，看似年幼，如论法力功候，便寻常地仙均所不如，又有佛门至宝防身，元神也不至于摇动；虞、狄二人却是吉凶难定。司空湛如见不胜，铤而走险，方圆千百里内全被邪法笼罩，当时便将天地混沌，成了死域。在此禁圈之内，无论飞、潜、动、植，齐受邪法催动，互相摩擦爆炸，加上风雷水火鼓荡，便会发出一种不可思议的威力。以致骇浪冲天，海水群飞，风木相搏，云雷互震，粒沙滴水，均能发出惊天动地的大震。亿万霹雳，连续不断，永无休止。休说被那连珠密雷打上身来，便那无量爆炸之声，法力稍差一点的人，连心神、人体也要被震散。声势猛烈，无与伦比。方今各异派为首妖邪，只三数人精于此道，内中以丌南公和苍虚老人功力最高。上次在幻波池，峨眉诸弟子用尽心力，拿话激丌南公，便为防他情急无计，下此毒手，不论胜败，均有无数生灵遭殃之故。大概因为司空湛心中恨极，怒火无可发泄，竟不畏造孽，引发巨灾，下此毒手。众人在金莲宝座上，又有金环佛光笼罩全身，就算全无伤害，这上下方圆千百里内，均被敌人运用邪法，就着阴、阳二气元精所发出来的无量迅雷笼罩在内。此与寻常雷火不同，由一丸化生亿万，越往后越细，到了最后，看去细如灰沙，但震势威力反倒更大。敌人再行法倒转，任走何方，均难突出重围。宪祥深知厉害，不禁大惊，忙喝："各位道友留意！此是敌人大小十二诸天秘魔邪法。"虞孝三枝射阳神弩本在光海之中往来冲突，所到之处，青光针雨纷纷消散，虞孝还想加功施为。幸而陈岩也是行家，看出不妙，不等宪祥开口，暗告李洪小心戒备，如见自己扬手，速将丽山七老所赐桫椤灵符如法施为。同时告知虞孝，将三枝射阳神弩收回，以免匆促之间，为敌人邪法所毁。

也是虞孝不该失此前古奇珍。司空湛本来急怒攻心，正施邪法，猛下毒手，因见那三枝后羿射阳神弩冲行光海之中，竟将多年苦心祭炼的至宝庚甲天芒神针毁去不少，敌人有佛门至宝防身，正当行法紧急之际，其势又不能将天芒针收转。忿恨之下，心想："神针已为金莲宝座和射阳神弩所伤，几乎毁去了一半，就将敌人震成粉碎，也是无法补偿。反正敌人难逃罗网，对方所用又全是前古奇珍、仙佛两门至宝，与其同归于尽，不如夺得一件是一件。但那金莲宝座为佛家伏魔防身的至宝，与宝主人心灵相连，未必容易下手，一个不巧，就许护了宝主人突围逃走，都不一定。即便能震死两个法力稍差的，将元神摄去，仍是得不偿失。只这三枝神弩，不在金莲宝光之内，比较容易得手。"故临时变计，意欲顺手牵羊，先用邪法将神弩收去，以致延误了时机。原来金银岛主吴宫因当日吃亏受气，心中痛恨，又恐妖妇许飞娘来了无颜相见，又知敌人立于有胜无败之势，正在气闷，无计可施。忽见青光飞来，中杂亿万银针，将西半岛一同笼罩，知道司空湛赶来报仇，先还心喜，后渐看出对方来意不良，一半似向自己示威，不禁怀疑。正在东半岛行法遥望，忽又见司空湛使出毒手，发难以前，借着青光隐蔽，并在暗中放出大片淡白色的妖云，紧贴地面，潮水一般向全岛展布开去，竟朝东半岛暗中涌来。邪法阴毒，无形无声，如非吴宫行法查看，决看不出丝毫迹兆。经此一来，越认定司空湛怀有恶意，又急又怒，暗骂："妖道，竟想连我一起暗算。此时敌你不过，且让你和敌人先拼死活。败了，看你笑话；胜了，也教你落个空欢喜，平白丢人。"心念一动，匆促之间，顿忘前岛主人所留仙偈，暗中行法，把平日准备好的幻影现出，不等妖云展布，忙把全岛沉向海底。这时双方俱都各仗法宝神通，凌空应敌。司空湛报仇之外，还想霸占金银岛，为防岛上仙景灵药受伤被毁，早把近地面一带用邪法护住。又放出妖云，想将全岛笼罩，准备少时强迫吴宫降顺，将岛献他居住。性太贪狠，一心三用，未免分神。吴宫在岛上修炼多年，不特升降由心，并还神速隐秘，不易查见。更炼有一座与金银岛同一形状的幻图，只一施为，和真的一样，不特外人难于分辨，内中并还伏有邪法异宝。司空湛一时疏忽，先被瞒过。正收神弩之际，百忙中想起吴宫师徒见自己施展这类邪法，不会不知来意。抽暇查看，东半岛上景物依然，人影一个不见，心中奇怪。他毕竟修道多年，见闻、法力均非寻常妖邪可比，心一生疑，立即暗中行法试探，幻景竟被他识破，不由恼羞成怒。知道岛已下沉，欲趁海眼未封闭以前，抽空先给吴宫一个厉害。忙由身上取出一件法宝，待朝海底追去。就这微一缓手之际，射阳神弩已被敌人收回，闹了一个两头均未顾到。越想越气，如非先除敌人要紧，直恨不能运用玄功变化，追入海底，将吴宫师徒一齐杀死，才快心意。

当时司空湛咬牙切齿，把心一横，不愿再寻吴宫晦气，右手一招，那大如山海的青光银雨，全数收去。紧跟着张口一喷，先是龙眼大小一团似光非光，似气非气，上具七种异彩的宝珠，急如流星，直上云空。同时左手诸天魔诀往外一扬，那宝珠形的气团一闪不见，大地上立变成了黑暗世界，上不见天，下不见地，四望沉冥，浓黑如墨。那么强烈的金莲宝座佛光，虽然远射数十百丈，光外仍是一片深黑。妖人已经无踪，四外也无甚阻力，又不似雾，只是黑暗得怕人。所有日月星辰，海岛宫室，峰峦花树，一任佛光远照，也看不出一丝影迹。静荡荡的，休说是风，连先前所闻海涛之声，全听不出。遂听黑暗中一声大喝道："无知鼠辈，速将所有飞剑、法宝献出，虽仍难免一死，还可放你们元神逃去，免得形神皆灭；再若倔强，我大小十二诸天秘魔神雷一经发动，悔之晚矣！"说时那当空沉沉黑影中，突然现出一个七色彩气合成的气团。初出现时，宛如千万丈浓厚黑云中涌现出一轮彩月。那七色彩气一层接一层，氤氲流转，变幻不停。开头只有海碗般大，越转越急，气团也往外暴长，转眼便有丈许方圆。

宪祥见那气团突然出现，电旋星飞，停空滚转，晃眼暴长，势更迅速。不知李洪恃有秒椤神符，动念便能发生威力妙用，现出丽山七老的真形，多厉害的邪法也无用处，只是因灵符只能用三次，李洪惟恐糟掉，不到万分危急，不敢使用，故意延挨。料知邪法转眼发动，除仗佛门至宝防身，别的法宝、飞剑还不能够妄用。否则那亿万迅雷受了宝光激动，威力只有更大。心正发愁，想把自己飞剑、法宝全数施展出来，把众人层层包围，以防李洪骄敌疏忽，宝光受了巨震，稍露空隙，被其侵入，固无幸理，便那一震之威，也未必全能禁受。李洪不等宪祥施展，已大骂司空湛道："妖孽，施此邪法，必遭天诛！"陈岩和虞、狄二人附和，同声喝骂。司空湛狞笑一声，便不再发话。眼看空中气球已长有亩许大小，旋转更急。本来一色接一色，随时变幻，忽然增多，先变为二三种颜色同时出现，逐渐加多。到了五色俱备，气团突发奇光，由当空黑暗影里射将下来，光影闪变，耀眼生花。苏、陈二人俱知七彩如果同时出现，那极强烈的爆炸便会立时发生。这一来，连陈岩都着了急。眼看危机瞬息，忽听遥空中有一老人厉声魑大喝道："我容你在墨云岛栖身，原是情面。你自造孽，本来不关我事，可知我大魃山灵景要被你引起的地震毁损么？"语声来自天边，才一入耳，便见一股五色星沙如天河倒倾，电驰飞来，将气团裹住。紧跟着又有一片青霞在当空连闪几闪，连气团黑影一齐隐去，天地立转清明。

众人定睛四顾，司空湛不知去向，妖法全收。发话的老人也未现形。最奇的是整座金银岛也无了踪迹，碧波万里，与天光云影上下同清。海面上空荡荡的，一眼望出去，水天相接，一片混茫，哪有一点陆地影子。众人先前多疑司空湛用邪法移开原地，见此情景，方觉奇怪。忽见苏宪祥面带惊疑之容，同问何故。宪祥答道："金银岛以前本来隐居着一位水仙，后来仙缘巧合，得到一部道书，由旁门改归正教。成道以前，见岛上景物灵奇，更有不少灵药，恐被妖邪发现毁坏，默用玄机推算未来，将此岛封闭海眼之内。后被吴宫无意之中寻到，入居之日，又发现水仙所留偈语。大意是说：后来的岛主与他颇有渊源，可惜误入旁门，凤孽太重。如能在岛上隐修四百八十年，便可寻到那部道书，得归正果；如妄离岛，与左道旁门勾结为恶，便有杀身灭神之祸。水仙并说，中间还有一次大劫，只看此岛不满日限，受迫沉水，便是劫难将临之兆。事前有人来求灵药，表面来人是个对头，实是未来救星，万分危难之中，全仗此一线生机。到时不问是何原因，只要此岛因故下沉，必须好好将灵药献与来人，加意结交，不可与之为敌。由此封闭海眼，再用水仙遗留的上清灵符加以禁制，断绝出入，不与外人相见，耐过三十七年，才可无事；否则，凶多吉少，必无幸免。吴宫每一谈及此事，便多疑虑。看今日形势，分明司空湛被一前辈散仙逼走。吴宫不是看出司空湛有甚恶意，便恐邪法毁损仙景、灵药，故将此岛沉入海底。水仙遗偈，分明应验。不问吴宫为人如何，终是交好多年的朋友。自从他由终南移居此海，一直在海底潜修，未往中土。此次金银岛按时出水，虽有许飞娘等妖邪勾引，渐为所惑，也只互相纳，恶迹未张。照着司空湛先前来势，对他实是不善，又与群邪勾结，吴宫早晚必败。我与他相交多年，不忍坐视其危亡。他又骄狂自恃，不听忠言。我欲追往海底，加以力劝，不知能否挽回。还有众人所需灵药也未采到，陈岩又是非此不可，如坚拒不允，绝不罢休，双方再一破脸，立成不解之仇，势难两立，因此为难。"

陈岩一听金银岛已经下沉海眼之内，好生愁急。冷笑道："此人毫无信义，欺软怕硬，与群邪勾结，早晚自取灭亡。岛上灵药本是天生，并由前岛主人仙法培植。他不过暂居此地,据为己有,又故意设下十三门恶阵,表面上要人通行全阵,便可随意采取,等到来人成功以后,无法刁难,又将此岛暗沉海底。这等无耻行径,实是容他不得。他以灵药为饵,设此恶阵,海内外修道之士,每隔六十年必有许多人来此受害。道兄此去,他如好好献出,或由小弟自往采取,我们来者是客,暂时还可宽容;如若居心鄙吝,言而无信,休说他那海眼禁制重重,我只一人前往,如不将药取到,永不再回中土。"李洪见他情急之状,因是借体重生,外表上仍是一个秀美幼童,这一急,把一张美如冠玉的俊脸气得通红。忙笑劝道:"陈哥哥,你往日何等温文和气,今日为了前生好友,气得这个神气,可见'情'之一字累人不浅。我看你情关一念,绝难勘破,难道当真要'愿作鸳鸯不羡仙'么?"陈岩也觉自己心乱气浮,不似修道人的襟度,闻言心中一动。尚未及答,宪祥接口笑道:"桓真人且莫着急,包在我的身上,绝不误你的事。真要不行,我豁出重作冯妇,把多年未曾再用的法宝,由海眼旁攻穿一洞,隐形入内,不论明暗,都为你把药采来如何?"陈岩喜谢。

　　三人交厚,言笑无忌。便虞、狄二人,也是一见如故,患难之交,友情更深。宪祥去后,四人谈笑了一阵,方觉宪祥自从隐形深入海底,久无音信。各用慧目法眼隔水下望,见那一带海底深达数十丈,近底一带水色深黑,竟看不真,知有邪法隐蔽。惟恐宪祥众寡悬殊,吴宫本非弱者,又得地利之助,恐有差池。正在商议入水查探,忽见海底飞起一道金银色的遁光,看出人已回转,遁光未掩,料已得手。晃眼宪祥已纵遁光穿波而上,手中持着一个玉树琼枝结成的花篮,中有好几种灵药仙草,香光浮泛,五色缤纷。陈岩最注重的是那朱颜草所结果实,一问宪祥,始知整本采来,根须齐全,毫无伤损,好生欣喜。那草形似灵芝,周围生着九片形似兰叶的叶子,当中生着两个色如红玉的桃形果实,异香扑鼻,艳光欲流,令人心神为之一爽。除朱颜草是一本整的,紫枝翠叶,上结两只仙果而外,下余六种,有四种是果实,两种是花,均是九天仙府的灵药仙果。李洪见篮中还有几枚朱果,自思前生曾蒙父执宁一子赐过两枚,深知它的灵效,笑问:"这等尊贵朱果,岛主如何舍得送人?"

　　宪祥说了经过,才知吴宫刚把金银岛沉入海底,便想起水仙遗偈,屈指一算,正是所说年限。再想到当日对敌情形,同来敌人除宪祥外,下余全都年幼，法宝、功力无一不高。后又行法查看，见司空湛大小诸天秘魔神雷已将发难，敌人固是危急万分，震波所及，便自己所居海眼也未必不遭破坏。才知司空湛邪法厉害，果是惊人，如被得胜，自己也是不得了，至少金银岛必被强占了去。吴宫心正惶急，忽由天外飞来一股五色星沙，将那满布祸胎，转眼爆发的七彩气团裹去，邪法全收，司空湛也便逃走。他因未听出来人是苍虚老人，不知底细，那五色星沙看去又不带邪气，只当是敌人同党，以司空湛那高邪法尚为所败，何况自己。想起先前不合仇视陈岩等人，心疑水仙偈语所说祸根由此引发。本身凤鼜太重，正在悔恨交集，觉出这几人志在取药，本无敌意，又是宪祥好友，只要应付得宜，怎么也比司空湛强得多。无奈岛已往下沉，非再经一甲子无法上升。来人必以为自己食言背信，吝而不与。他们又知海眼禁制严密，如用法宝强行攻破，必定激发地震海啸，海水便成沸汤，要伤害亿万生灵，正教中人绝不肯犯此大恶，势必怀恨而去，由此成仇无疑。吴宫平日自大，又不甘心低头服输，亲自献上。正在为难，宪祥忽然飞到。宪祥起初本想隐形穿地而入，及见禁制严密，稍一动作，便被警觉，只得现身叩关，相机行事。不料吴宫竟改了态度，亲自撤禁迎人，也不说自己怕事，只说："我已答应，绝无反悔。只因看出司空湛来意不善，惟恐毁损灵药，故将全岛下沉。现在各种灵药均已成熟。尤其苏道兄孤身前来，未存敌意，任凭道兄采取。并代向贵友致意，说我以前全是误会，不必介介。"后来还是宪祥为友情热，设词探询，这才问明心事。便劝他说："峨眉派向不无故和旁门中人为难，你海底清修，又无恶迹，只要从此闭关谨守，不与妖妇许飞娘等群邪勾结，熬过三次峨眉斗剑，四九天劫，便可无事。"吴宫闻言，也颇以为然。宪祥知他为人素来阴沉固执，这次竟改常态，深代欣慰，随往采药。也是众人仙缘遇合，岛上原有一棵朱果，自从水仙在日结实过一次以后，便未结过果实，每年只开空花。宪祥采药时，忽闻异香，寻去一看，树上竟结有十余枚果实。吴宫记得水仙遗偈说那朱果每五百年结实一次，因此岛得天独厚，地气灵奇，结实分外饱满，多具灵效，但是年限也长。还有此岛所产与别处不同，一见果色深红，便须采下，否则到时自行坠落，到地立隐，就能当时拾起，也要减少多半灵效，务须留意。宪祥到时，果正成熟，已出意外。再一点数，除师徒十余人外，下余恰有五枚，如赠今日来人,正好每人一枚。事情哪有如此巧法?意欲乘机收风,就此见好,慨然取出五枚相赠。

陈岩不料吴宫变得这样快法,也便消了气忿。宪祥随将灵药仙果分赠众人。见陈岩拿了朱果不舍就吃,笑道:"桓道兄,此果不耐久藏,离树就吃,才见灵效,与别处仙山所产不同。日前无意中听一道友说起,峨眉仙府种有好几棵朱果,莽苍山危崖山石之上原有一株,也经仙法移植到了峨眉仙府。易道友曾在仙府住过,必蒙师长恩赐,道兄不必再留,请先吃吧。"陈岩脸上一红,笑答:"我见它红鲜可爱,不舍就吃,并无他意。"遂将朱果吃了。陈、李二人均有童心,先等宪祥时,不愿飞空停留,由陈岩用仙法禁制海水,成一亩许大的平地,质如水晶,光明莹澈,镜面也似,孤浮海上。前、左、右三面的碧波急浪吃那晶镜一挡,激动起千重玉雪,高达数丈,本要由晶面上漫过,吃禁法一逼,宛如起了大半环水墙,银光滚滚,珠喷雪涌,顿成奇观。众人同立其上,指点云水,四顾苍茫,多觉波澜壮阔,雄壮无伦,恋恋不舍就去。陈岩急于赶回幻波池,笑道:"我们均擅水遁,洪弟爱玩海景,何不就把这万里鲸波化成一道晶堤,凌波飞渡,到了前面交界有雾之处,再用剑遁飞行,不更好么?"李洪笑道:"你莫性急,易师姊那场急难,为时尚早,我们期前赶到,有害无益。我在井天谷曾听七老暗示先机,当时不明白。方才想起仙机玄妙,不曾明言,敌人魔法又高,哪怕相隔万里之内,形声如同对面,稍有举动,立被警觉,所以燃脂头陀的香云宝盖不肯预借。虽然他向来不打诳语,答应不会是假,但看那神气,许有原因。你看苏道兄每谈及此事,均用传声相告,依我观察,易师姊被困之地,恐未必是在幻波池呢。"

陈岩本觉幻波池禁制重重,鸠盘婆多高邪法,也未必敢轻于深入,何况丌南公失机不久,前车之鉴,不会不知,焉肯自讨没趣?本来怀疑,只因易静和众人都说得那么肯定,不由不信。及听李洪这等口风,料知不会是在幻波池应敌,势更凶险,归心越急,表面却不露出。笑对众人说:"我只想先送灵药往幻波池,交她服用,便往东海待机,绝不期前多事,致生危害。"宪祥笑答:"此事日前已听姜雪君仙子和我谈过,非慎秘不可,否则爱之适以害之。好在这里离魔宫甚远,还不至于被她查见。一出冰洋雾阵,最好一字不谈,有话也等见了燃脂神僧再说。仗他佛法禁制,既可无害，还可由李道友请其指点，要强得多。今日所采灵药，原为易道友脱难时之用，何必先行赶往？其实易道友师门灵丹甚多，又得幻波池圣姑遗赠的各种灵丹，除朱颜草可以化丑为美，恢复她的前生仙容玉貌而外，别的多用不着，心忙作甚？"陈岩不便再说，细一寻思，也知徒急无益，只得罢了。事不关心，关心者乱。虽是修道多年，对此三生情侣，关心过切，依然放她不下。为此情关一念根深蒂固，由来已久，无法解脱，终于延误仙业。否则，以陈、易二人的仙力功候，修到天仙并非难事。其结局，陈岩固是自误天仙位业，易静也为对方深情感动，夫妻同修，虽然名为夫妻，散仙岁月分外逍遥，每经四五百年，必有一次大劫，备历惊险苦难，才得幸免。本身元气已经损耗，又须苦炼一甲子以上，才得复原。众同门俱都代她可惜，易静丝毫不以为意。这是后话。不提。

众人商定以后，陈岩笑对宪祥道："我这晶虹渡水之法，能使万丈洪波平若镜面，随流飞遁，瞬息千里。如在旁人眼里，还则罢了，当你的面，岂非班门弄斧？我看还是请你大显神通，使我们一开眼界如何？"宪祥为人谦虚，又知北海一带隐有散仙异人，惟恐炫弄惹事，再三婉辞。众人不允，同声劝说。宪祥不便推辞，立即施为，把手一扬，笑道："诸位道友请上。"随之立有一股金银二色的星花彩虹随手飞起，贴着水面朝前平射出去。海中心立现出一道金银星沙结成的长堤，由当地起，紧贴水面，朝前突伸，其长无际，直射入最前面云水相涵之中，宽却只有丈许。所到之处，海波全被压平，两旁惊涛骇浪激起丈许高下的浪花，偏是壁立如墙，当中长堤上点水不沾。望去又似千百里长一大条金银沙筑成的甬道，两旁晶墙对峙，直达天边。端的壮丽神奇，美观已极。宪祥等众人走到堤上，自己也站了上去，手掐灵诀，朝前一指，那道金银长堤立时比电还快，朝前飞驰。

第二九九回

妙法渡鲸波　电射虹堤惊海若
香云冲癸水　星飞莹玉破玄冰

上回说到众人站在金银沙结成的长堤上，由宪祥行法，朝前急驰。只见前面依旧两道晶墙，夹着一条长堤，身后所过之处，海水却似狂雪山崩一般，往中间合拢。回头一看，海面上直是起了一条银线，海波滚滚，随同长堤往前缩退，飞行神速。宪祥又恐多生枝节，行法更快，不消多时，便离前面两水交界的雾阵不远。李洪知道一入雾阵，宪祥必要收法，改由上空飞行。觉得海天万里，碧波无垠，当中水面上架起一道金线飞堤，实在好看，不舍撤去。笑说："奇景难遇，苏道兄稍缓前行，容我多看一会儿如何？"忽听陈岩传声急呼，令众戒备。原来陈岩虽知易静劫难不可避免，早去无用，不知怎的，道心不宁，仍急于回转中土，惟恐中途多生枝节，以致延误时间。因而一面随同飞驰，一面暗中行法四下查看，果然前面浓雾之中现出异兆。本想请宪祥将飞堤收去，改为御遁飞行。继一想："李洪童心未退，又不服人。便是宪祥也是轻易不出手，只要施为，遇敌绝不后退。眼看距离前面雾阵不过二三百里，瞬息飞到，雾影中虽有异兆，相隔尚远，是否为难，尚自难料，就此让避，也嫌胆怯。"于是改用传声，令众留意。

众人一听，忙用慧目查看，目光到处，发现前面浓雾影里，有数十百股白影，长虹也似朝着他们这面飞来，看去劲急异常。李洪和虞、狄二人均是初见，还不怎样。宪祥一见，便知对方来历，料知适才行法为戏，无意之中将北海隐居的一位水仙惊动。这才想起浓雾笼罩之下，正是水仙别府左近。那水母姬旋的弟子绛云真人陆巽，因奉水母遗命，在海底静修，身早走火坐僵，须要静修三百六十年，才能复体重生，在此期中，不许外人惊扰。为此在所居水宫的海面上，行法造出八百里方圆的浓雾。在他境内，照例有人飞空经过，必须相隔水面千丈以上飞行，才可无事。离水稍近，门下好些弟子均是修炼多年的水族炼成，神通甚大，对师最是忠心，知道乃师所炼元神尚未凝固，最忌惊扰，必定群起夹攻。宪祥以前往来金银岛，虽知当地禁忌，因飞行均高，不曾惊动下面水族，日久无事，只当人言过甚，便未在意。这次同了众人前来，因陈、李二人俱有童心，贪看海中群鲸戏水，飞行既低，遁光更强，路又走偏了些，相隔水面只一二十丈高下，一直不曾改高。中途宪祥虽然想到，见无甚事，也就忽略过去，不知所经正是水宫上空。等到水仙门下弟子发现，纷纷追出，因飞行神速，未被追上。众人却不知道，这班水族修成的人类，气量甚小，全都忿恨，断定众人是往金银岛，必要回转，早就隐伏水下，布阵相待。其实众人归途比原路稍偏，本可避开水宫正面；或由上空飞走，也可无事。众人偏令宪祥施展仙法，飞渡洪涛，那道金银长堤，把千百里海面齐焕霞辉，相隔老远便能看见。如非水仙法令严密，惟恐门人生事，不令出境，早已迎上前来。

宪祥为人外和内刚，平素对人虽极宽厚，但也不肯受人欺侮。见此形势，料知对方有意为难，暗忖："久闻水仙为人甚好，但他门下弟子均是水中精怪炼成，以前专喜兴风作浪，残杀水中生灵，又喜与过往的人为难。正教中人均因水仙人甚方正，长于玄功变化，神通广大，法规甚严，所受劫难苦痛非常，所以从不惊扰。好在这班水族自从乃师走火入魔坐僵以来，只在水宫方圆千里之出没游行，并不他往。过时自己只要稍微留意，把遁光升高一些，便可无事。又是海天尽头，难得走过之地，谁也不肯计较。近又听说水仙三百六十年灾难已满，元神凝固，休说离水飞行，便是由他宫前水遁经过，也不妨事。自己这一行不过飞离水面较低，并不妨事，何故如此倚势欺人，布此恶阵？平生喜与同道交往，早想见识此人，未得其便，就此退让，未免示弱。对方虽是水中精怪炼成，多具神通，见人逃走，必定不容，当地似在水宫境内，就许追来为敌，也躲不掉。"宪祥一时乘兴，也未告知众人，索性不再收法，把手一指，那道金银堤立似惊鸿电掣，朝雾阵中直射过去。

陈、李二人见宪祥闻警，眉头微皱，金银长堤反更加宽，去势很快，晃眼穿入雾阵。那雾阵横亘两水交界之处,上与天接,一片混茫,甚为浓密。这时吃那千百丈惊鸿飞堤上面的金光银霞一映,所到之处,齐闪霞辉。飞行又快,雾气受了冲动,卷起千万层彩绮霞绢。下面的惊涛骇浪,又成了亿万金鳞银甲,电转星翻,四外偏是那等沉黑,越显得奇丽壮观,气象万千。再看先前所见数十百道迎面斜射而来的白虹,突然一闪不见,均以为对方知难而退,已先隐避。宪祥也觉当地本是主人水宫所在,对方来意善恶,尚未得知,就算有意为难,当未交手以前,先就行法示威,也觉无礼。心中生悔,忙收缓进,故意对众笑道:"我只顾迎合诸位道友好奇之念,略施小技,忘了此地乃水仙宫阙。我们已入禁地,还在班门弄斧,此举实太冒失。且喜发觉尚早,这里相隔水宫尚有三数百里,还是改由上空飞行,以免惊扰主人,贻笑失礼。"陈岩会意,方要接口,李洪和虞、狄二人均不舍那奇景。李洪先说:"此地既离主人所居尚远,我们只在水上飞行,有何妨害?譬如海中大鱼由此经过,莫非不许么?"虞、狄二人从旁附和,力言:"下面虽是水仙宫室,我们也未在他宫前扰闹,这么大一片海,既非私有之地,为何我们在三百里外经过都不许?"宪祥笑说:"话不是这等说法。主人得道多年,因奉师命,闭关清修,本来不应惊扰。我们不知便罢,既然知道,再如故犯,实在失礼。就这样,将来再过此地,遇机相见,我还想负荆请罪呢。"李、虞、狄三人未及回答,陈岩听出宪祥口气,惟恐多事,从旁力劝。

就这几句话的工夫,又前进百余里,已到雾阵深处,尚无动静。宪祥越以为先前误会,心更不安,便不等众人再说,先将金银沙提收去。众人见宪祥执意不肯,只得听之,随同飞起。满拟千百里雾阵,不消多时便可飞渡,下面又是暗沉沉的浓雾依然,除却海涛冲激之声,毫无异兆。谁也没想到,转眼便有变故发生,危机四伏,一触即发,虽然无害,却生出好些枝节。暂且不提。

众人正飞之间,宪祥首先觉出飞行时久,始终仍在暗雾之中,方在奇怪。忽听陈岩大喝:"妖物敢尔!"众人本是各驾遁光,联合同飞,一路说笑前行,多未留意。闻声惊顾,一片红霞已由陈岩手上电驰飞出。红光照处,两个身材矮瘦、形似夜叉的怪人,手中各持两柄形似雁翎的奇怪兵器,带着大串寒星,本由暗雾之中突然来袭,因吃红霞一迎,似知不敌,各自化身飞遁，朝下面海涛之中流星下射，晃眼不见。

原来陈岩刚才心里不宁，疑有变故发生，本在行法查看。及见飞行时久，觉出有异，格外留神观察。不料对方隐形甚妙，身外更有浓雾遮蔽，海雾又极浓密，看去仿佛被风卷起来的雾团，先未看出真相。后用天视地听之法仔细观听，见那雾团随在遁光之后紧追不舍，越看越怪，想要行法试探，是否里面藏有妖人，忽闻雾影中有人低语。一个说："敌人剑光强烈，飞遁神速，虽被困住，想要一举成功，仍是很难。隐形暗算也未必有用，一个不巧，反为所伤，大不值得。"另一个答道："看敌人先前来势，甚是难斗。师父神游未归，不用法宝暗算，至多将人困住，要想擒他们，绝非容易。再要被他们看出门户方位，就许逃走，都不一定。还是照二师兄所说，试他一下的好。"陈岩看出雾阵团中有几点碧光闪动，似是妖人双目，知道妖人不但精于隐形，并还另有法宝隐蔽形迹，故此行法观察均看不出。如非听出语声，难免不中暗算。所放冷箭又不知是何法宝，必定厉害。正想暗告同伴留意戒备，未及开口，那两团浓雾已由后面追近。陈岩料知来者不善，扬手一片红霞飞将出去。那两人原没想到踪迹已被陈岩看破，本想由雾影中发出两大串寒星，打算乘隙暗算，双方势子都急，恰好撞上。这两人均是水仙门人中的能手，因见敌人虽然困入阵内，还拿不定是否可以得胜，特地隐形暗算，已经尾随多时。先因对方遁光强烈，惟恐一击不中，未敢冒失。后听同门发动信号，连催下手，心想："本门隐形神妙，又加上法宝隐蔽，敌人决看不出，就不成功，也可全身而遁，发动阵法，再与一拼。"哪知两串寒星刚发出手，猛瞥见敌人扬手一道红霞，迎面飞来，两下里才一接触，红霞中突现出千万点金花纷纷爆炸，寒星消灭，护身黑雾也被冲散。二水仙不禁大惊，仗着飞遁神速，忙即逃去。

众人只当妖人已逃，不敢再来，但所说阵法不知底细，急切间不易冲出，飞行徒劳，便即停飞。正在各运慧目，观察门户方位，商讨应付之法，忽听"叭"的一声，下面暗雾影中，突然飞起一团斗大白影，来势甚急，到了众人身旁，吃身外宝光一挡，当时爆炸。众人觉出威力甚大，如非功力都强，另换一个法力稍差的人遇上，纵不受伤，附身宝光也必震散。就这样，大家仍受了一点震撼。李洪首先激怒，喝骂道："这一大片海面，并非私有之物，我们又未去他海底水宫惊扰，只由上空飞过，与他何干,为何倚势横行,用此恶毒阴谋,埋伏暗算?真是欺人太甚!照此情势,平日不知如何横行,就他开放门户,想要善罢,也是不行,非和他分个高下,除此妖孽不可。"话未说完,猛见无数团白影突然出现,最大的约二尺方圆,小的只酒杯大小,虚悬空中,往来飞舞。被身外宝光一照,看去白色透明,内里水云隐隐,旋转如飞,快慢不一。苏、陈二人认出此是水母门中独有的癸水雷珠,乃大量海水精气所萃,一经施为,生生不已,越来越多,威力极大。恐虞、狄二人功力稍差,难于抵挡,忙令五人把遁光联合一起,合力防御,以免疏忽。待了一会儿,见上下四外已被这类形如水泡的白色雷珠布满,为数何止千百,多半停空急转,只有百十团环绕身外,飞舞不停。

众人正想敌人既将从不轻用的本门癸水雷珠发出,怎不爆炸?忽见前面又飞来一片银色冷云,上面拥着七八个道装男女,多半奇形怪状,高矮胖瘦各不相同。内中只有两个身披鲛绡的白衣少女,貌最秀美,所穿衣服薄如蝉翼,玉肤如雪,隐约可睹。这伙敌人的相貌神情大多诡异。尤其为首一人扁头阔身,鼻孔向天,一只怪眼生在前额之上,凶睛怒突,大耳垂轮,满头红发,纠结如绳。穿着一身红衣,面赤如火,背插两柄大叉,手持一剑,连人带兵器,通体红色,貌更丑怪,不似人类。偏都不带一些邪气,同在水云拥护之中冉冉飞来,手指众人,正要发话。李洪看出敌人有意作态,故示从容,越发有气,立意想给对方一个下马威。于是将身一纵,飞出遁光之外,朝前喝道:"大胆妖孽,无故兴妖作怪,通名受死!"为首怪人不知李洪出时防身宝光已隐,见是一个未成年的幼童,相貌又生得那么英俊灵秀,反倒不忍加害,厉声喝道:"乳臭小儿,有何本领,敢发此狂言?此是绛云真人仙府所在,你们师徒数人,如由上空飞过,彼此无仇无怨,自然无妨,为何卖弄神通,贴波飞驰,激动海涛,惊扰我师父的清修?为此饶你师徒不得。看你小小年纪,不值计较,快叫你师长出来答话。否则,你们已经陷我阵内,本门水府癸水雷珠具有无上威力,便大罗神仙遇上,也是不死必伤。弹指之间,全成粉碎,休要后悔。"

李洪原想先发制人,给对方一个厉害,早将法宝、飞剑暗中准备停当,表面却不显露形迹。及至闻言,不由大怒,不等说完,左肩一摇,断玉钩首先化为两道剪尾精虹,迎面飞出。跟着又是连珠霹雳,朝前打去。为首的怪人乃水仙门下二弟子唐铿,得道年久,法力颇高,又得独门传授,精于玄功变化。上来因李洪将宝光一起隐去,所驾遁光并不甚强,又见众中只有一人年长,误将苏宪祥认作一行师长,没把李洪放在眼里。他正发话间,忽看出对面敌人全是金光红霞,层层防护,仿佛深知雷珠厉害,防御甚严。而这幼童竟敢单人出斗,根骨又是那样灵秀,方在生疑。猛瞥见银虹电舞而来,宝光强烈,从来罕见。方觉敌人年纪虽小,法力功候均非弱者,待要行法抵御,一试深浅,已是无及。就这微一动念之间,银虹突然暴长,朝那一片水云环绕上来。怪人看出不妙,待要一退,水云已被银虹裹住。下余几个道装男女,全是那水仙门下,法力颇高,见势不佳,各将法宝、飞剑纷纷施为。不料李洪误以为敌人恃强,凶横撒野,心有成见,立意给对方吃点苦头,准备先用断玉钩试上一下,看出敌人深浅以后,再下杀手。一见断玉钩银虹已将敌人连所驾水云一齐围住,因是天性仁厚,忽想起断玉钩乃前古奇珍,威力绝大,敌人虽然可恶,听宪祥之言,水仙为人甚好,法规又严,这班异类修成的人均有多年苦功,到此地步实非容易,也许罪不至死,何苦斩尽杀绝?心中一动。就这银虹电卷的瞬息之间,忽见七八道青白二色的寒光同时由敌人手上飞起,晃眼将所驾冷云包没,老远便觉冷气森森,寒威逼人。断玉钩银虹竟被挡住,敌人虽似有些相形见绌,急切间却伤他不了。

李洪正待另取法宝施为,对面两少女忽然张口一喷,便有两股灰白色光气由口中激射而出,吃身外银虹挡了一挡,忽自碎散缩小,化为大量细如游丝的微光往外乱窜。耳听宪祥急呼:"李道友留意!"说时迟,那时快,断玉钩所化银虹虽将敌人连同身外寒光、冷云一齐围住,龙幡也似不住闪动,往里束紧,但四边仍有空隙。李洪本意是先将敌人防身云光破去,只使稍微受伤,又无全数除去之念,一时疏忽,竟被那光丝乘隙穿出。刚瞥见两三丝极细微光穿出银虹之外,突然暴长,宛如两道极强烈的水龙迎头冲到,来势比电还快。李洪先因断玉钩未将敌人护身云光破去,原想发动太乙神雷和如意金环再试一次。一见寒光如龙,从对面冲来,又听宪祥连声警告,忙将左手一扬,数十百丈金光雷火随手而出,朝那两道水龙打去。同时如意金环也相继飞出。满拟敌人多厉害的邪法异宝也禁不住神雷一击之威,至不济,也将它冲荡开去。谁知这两股寒光乃敌人千年苦功所炼元丹真气，本身便具极大威力，奇寒无比。常人遇上，固是百步之外，必要冻僵惨死；便道力稍差的人也禁不住。最厉害的是这两股丹气，与空中布满的大小癸水雷珠有相生相应妙用。如非李洪仙福深厚，无意中将如意金环同时发出，照样难免受伤。

事也真巧。宪祥经历最多，深知敌人来历深浅，一见两个少女发出丹元真气，便知不妙。方喊："李道友留意！"那细如油丝的寒光已乘隙穿出，生出感应。宪祥惟恐李洪不知底细，受了误伤，慌不迭一纵遁光，电驰追去，身外金光银霞狂涛一般往前卷去，欲将李洪护住。就在这事机瞬息之际，太乙神雷已经爆发，震天价一声巨响，数十百丈金光、雷火满空飞舞爆炸。那两股水龙迎头撞上，立被震散。宪祥知更危急，未容寻思，随听叭叭连声，四外气团也纷纷爆炸，震势更比神雷还要猛烈，身外宝光已受震撼。当头金光银霞竟被那千百团形似水泡的癸水雷珠连续爆炸，震退了些，急切间已不能与李洪联合一起。知道这类水母所传独门雷珠威力之大，不可思议，一经发动，生生不已。往后势更猛烈，到了后来，这千百里方圆的水宫上空织成一片雷海，敌人事前又有阵法埋伏，休说破它，连想辨清门户逃走都极艰难。宪祥正在愁急，前面李洪的如意金环突化佛光飞起，也是晃眼加大，展布开两三亩方圆，将人护住。宪祥曾在金银岛见过李洪持有仙佛两门的至宝奇珍，当时李洪身在金莲神座之上，又只放出一环，还显不出此宝的威力妙用，这时一见，不禁大喜。

原来李洪先发出一环，想破敌人法宝。及见四外雷珠纷纷爆炸，当头水龙被神雷击散，化为酒杯大小无数水泡随同爆炸，震势猛烈，繁密异常，又都是由小而大，互相撞击。爆炸以后，化整为零，重又由灭而生，越来越多。心灵上竟生出警兆，看出厉害，百忙中先将三枚金环全数施为。看去上下三圈佛光，凌空将人护住，环绕身外，上下均有空隙，但那么强烈繁密的水雷竟被挡住，一个也未上身。宪祥等见状，立时乘机忙催遁光迎将上去。两下里刚一会合，李洪看出敌势太强，又将金莲神座放起，化为一朵亩许大小千叶重叠的金莲花，将众人一起托住。花瓣上的毫光金芒电射，齐往上升，高出众人头上十来丈，吃那三圈佛光往下一压，重又化为千重灵雨，倒卷而下，将五人围护在内。这时那满空水泡形的雷珠已排山倒海一般，夹着雷霆万钧之势，齐从四面压来，霹雳之声成了一片极强烈的繁音巨响，海啸山崩，无比猛烈，已分不出是风是雷。

众人在仙佛两门至宝防身之中，静以观变，暂时虽看不出有何危险，但那无量数的雷珠先似万千炮弹，由上下四外齐往中心涌来，尽管纷纷爆炸，还看得出一点缝隙。打到外面光层之上，立即溅起千万重金花芒雨，四外水雷也被挡退老远，不得近前。到了后来，因佛门至宝威力神妙，防御严密，挨近便被挡退。敌人也将那取之不尽，用之不竭，由无量海水精气中凝炼成的癸水雷珠大量发挥。经此一来，直似把千寻大海所蕴藏的无量真力朝着五人夹攻，水雷也越来越密，密到一丝缝隙都无，千百万丈一片灰白色的光雾中夹杂轰轰怒啸，将那高约十丈，大约亩许方圆的一朵金莲花围绕在内。那无量数的水雷已分辨不出爆炸形迹，上下四外都被光雾布满。除前头爆裂的密雷被宝光逼紧，化为亿万水花芒雨，密结如墙，停滞不动外，只见无量银色星花，明灭乱闪。再往前便是白茫茫一片光影，内中翻动千万层星花，狂潮一般朝前涌来，压力震力之大，简直不可比拟。

众人连运慧目查看，休想看到敌人一点影迹。李洪意欲仗着法宝之力冲将出去，宪祥、陈岩齐声拦阻。宪祥说："这类癸水雷珠，乃水母昔年独门仙法，威力之大不可思议。我们此时差不多被敌人把这么大一片海面的真力由四面八方吸来，一齐压到我们身上，中杂化生无尽的亿万雷珠。照此情势，好似水宫主者绛云真人也被惊动，在彼暗中主持，有意怄气，否则敌人绝无如此大胆。如非李道友持有西方至宝金莲神座，我们不死也必重伤，或是仅将元神逃出。别的不说，单那奇寒之气先禁不住。还有，我们此时无异陷身雷海之中，敌人所埋伏的阵法甚是神妙，为雷珠光潮所掩，门户方位全辨不出，急切间如何能够脱身？一个不巧，还要发生巨灾，伤害无数生灵。虽然孽非我作，事情总由我们而起。不知道也还罢了，既然知道，再如硬冲，激成灾害，便须分任其咎，如何可以大意？李道友再如不信，以你我的法力，事前有备，又有法宝防身，骤出不意，稍微冲出宝光层外，略试它的寒威，还可办到。但是行动必须神速，不可全身出现，以防回时艰难。那癸水真气，感应之力奇强，只要一丝侵入，这如山如海的雷珠一生感应，随同乘隙而入，纵有至宝防身，也难禁受。我看以水仙的为人，绝不会纵容门下如此妄为，其中必有隐情。陈道友无须愁急，时至自解。"

李洪终觉所言太过，仗着所有法宝均与身心相合，便照所说，冷不防想冲出宝光层外，试上一下。人到金莲宝光外层，还未透出，猛觉一股奇寒之气迎面袭来，不由激灵灵打了一个冷战，心灵上重又生出警兆。知道不妙，忙即退回。对面已有大蓬光雨激射而来，那环立若墙的雷海光壁也受了感应，冲动更烈。宪祥笑问："道友你看如何？"陈岩原听人说过水母师徒的厉害，知已被困住，难于脱身。惟恐强行突围，引发灾变，又不敢轻易尝试。正在为难，宪祥默运玄机，推算了一阵，笑说："陈道友只管放心。虽然不免耽延，兴许还要因祸得福都不一定。"李洪也说："身有丽山七老所赐桫椤神符，真要不能脱身，只要将灵符展动，立可转危为安，无须发愁。"陈岩也知为日尚早，但不知怎的，老是想和易静见上一面，神思不能宁贴。先未觉得，闻言忽然想起自己历劫三生，修道多年，就说事太关心，也不应如此烦躁失常，莫非有甚不好之兆将要应验不成？越想越疑，料定事故不久必要发生，只得凝神定虑，把先前杂念一齐去掉，听其自然。宪祥和陈岩是两生良友，交情之厚，不在陈、李之下。又经推算，口虽不说，早已洞悉前因，得知未来结果，陈岩前途危机隐伏，回去越晚越好。虽幸和李洪一起，尚有解救，到底无事为妙。恰巧水仙门人作对，将众困住，癸水神雷虽然厉害，但有西方金莲神座和诸般法宝防身，决可无害；并且不久还有一位异人要来会合。借此拖延，实是两全。一听李洪说起丽山七老桫椤神符，恐其不耐久困，妄自发难，又不便当众明言，忙接口道："此符只能使用三次，日前幻波池七老现身如算是两次，再用一次便失灵效了。七老既赠此符，必有深意，否则何必只限三次？我们眼前虽居险境，我们的法宝足能防身；而水宫的主者又是正人，此时尚未见面，是否知道门人违命犯规，恃强欺人，还不能定。就算纵徒行凶，也是一时负气，不是本心。依我之见，好在无害，不如守到主人出来，问明再说，免伤和气。此符却是千万不可轻用。"

李洪答道："当七老前辈传授此符之时，听那口气，共可抵御三次危急，不许妄用。能省下不用，防备未来，自然是好。不过易师姊危机将临，真要拖延日久，为免误事，也就说不得了。"陈岩原见过七老元神和佛法威力，暗忖："有此大援在后，有何可虑？易静又是屡生修为，师门钟爱，绝不会坐视灭亡，置之不理。莫要为了关心太过，反倒惹出事来。"念头一转，心情也就宁贴。宪祥暗中留意，先见陈岩自从上路以来，老是心躁气浮，有时直不似修道多年的行径。知道此举关系他的安危甚大，一时疏忽，遇上那几个前生强敌，被其看破，立有性命之忧，一直代他愁虑，及见恢复常态，才稍放心。虞、狄二人法力较差，法宝、飞剑更非苏、陈、李三人可比，见敌人声势这等猛恶，自知不济，只得守在里面，听凭三人主持进退，不再过问。

这时癸水雷珠已密压压结成一片，震力之猛，自不必说。上下四外的水雷光气几成实质，六合之内都被这无量雷珠塞满，除当中这朵大金莲花而外，更无丝毫空隙。西方至宝不是寻常，虽然敌人威力越大，反应之力越强，那莲花瓣上放出来的毫光和那三团佛光、一幢祥霞反倒较前加倍强烈。但对方水雷威势也有增无减，一任李洪施展全力，也只相持不下，仅保住不受危害，想要随意冲动，突围出困，仍是万难。似这样相持了好些时日，五人身在水雷包围之中，仿佛天地混沌，四围被无量元气包满，轰轰之声既密且急，震得人耳鸣心悸，哪还分得出天色早晚。不知经过多少时日，后来还是苏、陈二人看出突围艰难，除却水仙神游归来，或是有心释放，要想脱身，直似无望。惟恐相持日久，误了时机，各用仙法留意推算，算出被困已达十日以上，便把时日记下，静待解围。又过了几天，陈岩因先前警觉兆头不好，心生谨慎，还好一些。李洪却因被困多日，身陷雷海之中，四外均是灰白色的寒光，中杂亿万密如雨雪的银花，电旋星翻，不住闪变，看去似光似气，但是压力奇重，比钢铁还坚。如非金莲宝光四外抵住，休说寒威难耐，震势奇大，便那压力也禁不住。敌人始终不曾再现一个，这些日来，曾和虞孝连声喝问，一任冷嘲热骂，百计引逗，始终人影不见，毫无反应。一算日期，不知不觉已是二十来天。李洪不由烦闷起来，便对众人说道："易师姊他们大难将临，固然另有救星，到底放心不下。能早飞回中土，在旁待机，到底好些。何况燃脂头陀所借香云宝盖尚未到手，不知借宝的人送还也未。主人缩头不出，却任门人大胆妄为，倚势行凶，实在可恨。我想那水仙既是得道千年，法力高深，入定已有多日，这等猛烈的震势，断无不知之理。似这样分明是师徒合谋，有意作梗，我们守到几时是个了局？自从被困，从未出手还击，就不轻用桫椤神符，也应给他尝点味道。我想大家合力试他一下，否则我们也是屡生修为的人，却被这些水中精怪随便困住，太丢人了。"

宪祥早就算出前后因果，知拦不住，微笑未答。虞、狄二人日久气闷，因自身法宝威力较差，不便先发，闻言首先赞好。陈岩见宪祥未开口，便拦住三人暂缓发难，笑问："苏道兄，你意如何？"宪祥答道："我想绛云真人绝不轻易与人结怨，照我看法，前数日或许是他门人见我们飞行太低，乃师元神刚刚凝固，魔头甚多，最忌惊扰，一时气忿，便出头作对。休看先前亿万雷珠同时爆炸，那等猛烈的声威，海面以下，水宫左近，早被他们禁制隔断，听不出一点声息。否则，我们经过时只将海涛冲激，尚恐惊动，他们到了第三天上，身外水雷光气，看去几同实质，声势仿佛更猛，癸水精英已连成了一片，敌人怎会始终不曾再见一个？仿佛主人有什么要事，将这北海癸水精气化为一片雷海，将水宫四外护住。我们不过适逢其会，又当双方敌对之际，单放我们脱身，匆匆不知底细，难免敌人就势反击，更多危害。所以只好将错就错，将我们留在此地。此时为时已久，主人难关已过，只剩余波，也许暂时无暇及此。你们只看近两日来，四边癸水精气尽管和以前一样坚如万丈钢壁，无法冲动，但是里面雷珠爆炸所发出来的光雨银花，层次分明，快而不乱，十分自然。不似先前纷纷乱爆，互相冲荡，轻重大小不一。压力虽仍大得出奇，也与以前两样，上下匀称。我只是猜想，也还拿它不准，真要试它一下，也无不可，只不要伤人便了。"

陈、李、虞、狄四人互一商量，决定把法宝、飞剑由光层中发将出去，等将敌人激引出来，然后相机应付。主意打定，狄鸣岐忽想起身边还有一件法宝，乃恩师新传，名为青阳轮。因素谦退，不愿卖弄，又见众人法宝神妙，惟恐相形见绌，未肯轻用。这时想起，此是乾天真火所炼之宝，专能煮海烧山，对方都是水中精怪修成，如将海水烧成沸汤，决禁不住。好在金莲宝库防御严密，不会反害自身。心中一动，便取了出来，对众人说道："此是昔年西海离朱宫少阳神君赠与家师之宝，名为青阳轮。新近家师为了证果在即，转赐小弟。因其威力太大，不论金铁石土，人物鸟兽，遇上立成灰烬。小弟功候有限，惟恐不能随心运用，多伤生灵，殃及无辜，从未轻易用过。现在我们被困日久，照苏道兄所说，水官上空方圆千里之内，已被雷珠布满，如有生物，早被震成粉碎。当前敌人多是水中精怪，如将此海炼成沸汤，必定存身不住，好歹也将敌人见到，问个明白。如有本领，不妨一拼，何故藏头露尾，又伤害我们不了，偏是长此相持，使人气闷？诸位道友以为如何？"

李洪连声赞妙。陈岩接口笑道："此宝如将海水煮沸，实是极好制他之法。还有虞道友的三枝射阳神弩，乃前古至宝，也颇有用。听苏道兄屡次所说口气，恍惚还有文章，不愿与主人结怨为敌，偏又不肯详言。为了息事宁人之计，莫如先与他打一个招呼，如知利害，先把人现出来，分明曲直，动手不晚。"陈岩又随即向前大喝："我们往金银岛采药，路过此地，并不知道海底有人潜修，只是无意经过。就嫌我们遁光强烈，有甚惊动，也应明言，为何上来便用埋伏暗算，见敌不过我们，又隐藏不出，并发动这等猛恶的癸水雷珠。就说我们是你对头，这方圆千里以内生灵何辜，无故受此荼毒？你们的师父固是有道之士，便你们虽是异类修成，也有千百年苦炼之功，当知因果，无端造此大孽，难道不怕恶报？我们在此已二十余日，任你们施为，可曾伤到我们一根毫发？真有法力，何妨出门见个高下？我们先前闻你们师父是个前辈修道之士，事出误会，不愿结怨，专一自保，只守不攻，至今不曾还手。今见癸水雷珠的威力不过如此，中土尚还有事，难再相待。再不出现，这位狄道友的青阳金轮乃少阳神君所赠纯阳至宝，一经施为，此海立成沸汤。我和李、虞二位道友，也各持有仙佛两家至宝，休说你们异类修成，便有法力的散仙也禁不住。为免不教而诛，先此警告，再无回音，我们就要下手了。"

陈岩说时，微闻海底深处钟磬之声远远传来，无如密雷怒哄，轰轰震耳，似有似无，听不真切。说完，对方仍无反应。众人俱都有气，事前原经商定下手方法，仗着所用法宝均与心灵相合，又有金莲宝座内外隔绝，可以退守，便由陈岩发令，先命虞孝将三枝后羿射阳神弩朝前射去，等到冲开一洞，再将各人法宝相继飞出，相机行事。虞孝本心，因那射阳神弩乃前古至宝，威力绝大，如非宪祥再三主守不攻，陈、李二人有那么高法力均未发难，早已出手了。这时想起金银岛所得灵药已有多日，急于回转中土，给武当七女送去，巴不得早日脱身。所以闻言立即施为，扬手发出三枝射阳神弩，化为三道金碧色箭形奇光，朝前射去。箭光到处，只听一种极刺耳的异声，一连响将过去，虞孝因觉前面阻力甚大，一再加功施为。

那无量数癸水雷珠合成的光海，近三日来，看去虽似万丈洪涛，高深莫测，势也猛烈，较前更密，但是似动实静，亿万星花密层层不住飞舞，上下四外远近相同，毫不紊乱。仿佛汪洋大海，尽管波浪滔天，起伏不停，终古如斯，更无变化。吃那三枝神弩穿入以后，立似海上起了巨风，一处受了冲动，所有雷珠齐受反应。雷珠本来细如星沙，因是大小平均，疏密如一，尽管一层接一层相继爆发，因为威力相同，互相抵消。犹如亿万流萤，在那万丈光海中不住闪变明灭，更无别的异兆。及受神弩冲射，立现奇景，本来米豆般大小的水泡突然暴涨，无论多大的空隙立被填满。再受四外小泡冲散，立时爆炸，左近雷珠齐受反应，晃眼之间，蔓延了一大片。虞孝不知敌人藏在何处，再以全力施为，指定三枝神箭，在光海中往来乱窜，全海雷珠齐受冲动，生出反应。又和开头一样，那些水泡形的雷珠失了均势，有的大如铜锤，有的小仅如豆。大的刚刚爆炸，小的立时长大，将其填满，重又爆炸。似这样随灭随生，声威也越来越猛，上下四外的亿万雷珠齐往中央压到，互相冲激排荡。同是排山倒海一般威力，轻重快慢却又不同。

李洪因末两天压力平均，不用玄功主持也不至于有甚变故，又当合力应敌，准备出手之际，未免疏于防范，事情发作又快，只一两句话的工夫，四外雷珠齐受反应，威势猛烈，较前更甚，急切间不暇兼顾，金莲神座的护身宝光竟受了冲动。这一惊真非小可。忙用玄功主持，觉出威力大得出奇，差一点便镇压不住。最厉害的是前后左右都具有山海一般的压力，偏是此轻彼重，瞬息万变，丝毫松懈不得，只顾全力防御，忘了招呼。其他三人都想出手，但所想各不相同：虞孝志在搜敌；陈岩见时日将近，急于回转中土；狄鸣岐是想为师门争光，试试这青阳金轮的威力。三人又见阵中水雷虽起变化，那存身的金莲神座已是祥霞闪闪，万道毫光，屹立光山雷海之中，未受摇动。但咒祥只是不赞一词，微笑在侧，大有脱困在即之概，使三人越发心定。先由陈岩扬手发出百丈金花红霞，直冲光层雷海之中，只见金花乱爆，红霞电飞，满阵飞舞。所到之处，那无量数的大小水泡纷纷爆炸，震势猛烈。到了后来，忽然一个挨一个，蜂窝也似密接起来，好似无数水泡挤在一起，不住摩擦滚转，发出一种极尖厉的异声，刺耳难闻。就在这蓄怒待发之际，吃陈、虞二人的神弩、飞剑往前一冲，轰轰怒啸中，又夹着惊天价一声大震，四外雷珠立被这密集的大片水泡自行排荡开数十百丈，形成一个大洞。二人方想癸水雷珠均是同形同质之物，为何自相排荡，现象不同？说时迟，那时快，就这瞬息之间，空处已被一团突然暴涨的大水泡将其填满。刚被荡开震散的大小雷珠突似狂涛一般往上一涌，那数十百丈的大泡受了冲击，立时爆炸，所排荡开的空处又比先前大了数倍。同时左近也发生同样现象。开头都是无数大小雷珠密集一团，正在摩擦，突然爆炸。刚现出大片空地，立有一两团雷珠暴涨，将其填满，再行爆炸，声威越来越猛。那雷珠见空即填，也越来越大，此应彼和，纷纷继起。许多未得乘隙暴涨的水泡、雷珠受了波动，宛如亿万光球、气团，将上下四外一齐填没，随着大泡震破之势，如金刀划水一般朝前涌去，星飞电旋，往来翻滚，纷纷炸裂。本来亿万密雷轰轰怒鸣，已比山崩海啸还要猛烈，内中又夹着好些大水雷的爆炸之声，休说常人，连陈、虞诸人那高法力，又在金莲神座防护之中，均觉耳鸣心悸，神思不宁。但还自恃法力，一味坚持。

陈、虞二人的法宝、飞剑尚未收转，狄鸣岐的青阳轮又相继发难。出手先是三寸大小，上有六角的星形金轮，飞出金莲神座光层之外立时暴长。狄鸣岐初次施为，惟恐威力不大。因觉此时上天下地，方圆千里之内，均被癸水元精之气布满，无论火力多强，也不至于伤害生灵，放心大胆，只顾加功，全力施为，顿忘师诫。宪祥虽早算就，及见祸变就要爆发，也惊疑起来。那金轮到了外面，已长成亩许大小，六根芒角齐射银芒，远达丈许，比电还亮，一齐转动，飙轮飞驭，直冲光海之中。五行各有克制，水本克火。无如青阳金轮所发三阳神火，自身具有坎离妙用，与寻常真火不同。大只亩许的一圈金轮，投入无边雷海之中，何况此时水雷爆炸之势又是最剧烈的时候，本来相差悬殊，决显不出它的威力。轮上芒角长只丈许，按说两面相形，大小威势差得太多。谁知那比针还细，长只丈许的银色奇光，竟不受真水克制，反因水力寒威生出妙用。只见万道银芒随同金轮电旋星飞，到了光海之中，所有雷珠只一撞上，立即消散。所到之处，所有雷珠、水泡齐化热烟。转眼之间，变成一条其长无比的白虹，随同金轮飞舞，只顾往前伸长出去。始而白气两旁的雷珠不等爆炸，凡是挨近一点的全都自行消散，只远处还在爆炸不已。

狄鸣岐见状大喜，以为成功在即，手掐灵诀，催动金轮，将六根芒角的银色火花似暴雨一般大量发出。那无量的雷珠、水泡沾着一点，便化为大蓬热烟，晃眼之间，当前一片便被热烟所化白雾布满。陈、虞二人也误以为破阵有望，便令狄鸣岐收回金轮，由内而外，贴着金莲神座宝光外层往前开去。那金轮已在光海中环绕一大圈，四外全是热烟所化浓雾，隐闻水沸之声。等到金轮后撤，由内而外，电也似急地从四面飞转过去，所到之处，前面光墙首先雪崩也似纷纷消退。同时万丈热烟蓬勃而起，上下四外全是白雾布满。李洪见状，便把金莲神座宝光往外加大，向前展开。刚觉出前面光墙虽减退了些，无形中另有一种极奇怪的阻力，忙按神光微微一试，竟是奇热无比，心灵上又生出了警兆。方在惊奇，侧顾宪祥立在旁边，好似耳目并用，正在出神查看，面带惊疑之容。未及问询，忽听"轰"的一声，紧跟着轰轰沸水之声忽然大作。再朝四外定睛一看，原来金轮已越转越远，就这一会儿，已开出了好大一片空处，热烟越发浓密。只见白茫茫一眼望不到底，内中仅有金轮宝光和那三枝射阳神弩在内飞舞滚转。

陈岩先发出去的那道红霞金花，刚由浓雾影中急收回来，面上也带惊疑之容。李洪方要询问，陈岩已先开口道："苏道兄，怎的如此现象？我这飞剑原与心灵相合，本是万邪不侵，寒暑无害，竟会觉得奇热难耐，是何缘故？"宪祥还未及回答，忽然异声大作。先前大量水雷受了金莲神火激射，多被烧化，只隔远一点的仍在爆炸，发为巨响，不知怎的，忽随异声停止。好似全海的水均被煮沸，四外光墙齐化热雾，内具一种极奇怪的压力，排山倒海一般地往中心狂涌上来。宪祥看出不妙，忙喝："虞、狄二位道友，速收法宝，免有疏失。"虞孝早就觉出射阳神弩先前飞行光海之中，穿梭也似，随心运用，无不如意，所到之处，雷珠、水泡纷纷炸裂，威力甚大。自从金轮转过一两圈后，环绕金莲神座宝光圈外的大量雷珠纷化热雾消散，照理当前一大片要水雷珠已破，底下应更容易，谁知热雾中忽生出一种极强大的粘滞之力，神弩飞行雾海之中比前要慢得多，到了后来直似进退两难。虞孝心正惊疑，忽听宪祥大声示警，心中一动，忙即收回，猛觉阻力加增，几乎收不转来。幸而狄鸣岐素来谨慎胆小，又最信服宪祥，见金轮神火所到之处，雷珠、水泡尽管纷纷消散，大量热雾却是越来越浓；并不似恩师所说，此宝一经全力施为，不论多大的水，当时均可烧干，并还不畏癸水克制。怎会有此现象？也是心中惊疑，一听宪祥知会催收法宝，忙即照办。恰巧金轮回飞，本不畏热雾阻力，很容易地收了回来。

宪祥看出癸水雷珠受了三阳真火反克，已生变化，惟恐有失。一面招呼虞、狄二人收回法宝，一面急呼："李道友，速以全力施为，莫令逼近。"李洪依言，忙运玄功，将金莲神座与三枝如意金环一齐施展，数十百丈金光祥霞，立即往外暴长。四外热雾本来紧压宝光层外，吃李洪施展全力，宝光加盛。虽然多排荡出数十丈空处，但那热雾吃宝光一逼，先是光云电旋，宛如千万层白色轻纨，朝外面光层包围上去。后来雾层一密，沸水之声忽然由大转小，晃眼停止。那形似轻纨的雾影，也由浓而淡，渐渐隐去，青晶也似，将那百十丈高大一幢金色莲花包住。众人定睛一看，上下四外已全冻为坚冰，无论哪一面都是一片晶莹，仿佛埋藏在万丈冰山之内，金光祥霞映照之下，幻为丽彩，一眼望不到底。众人不禁大惊失色。

李洪想用法宝开路，穿冰而行，试上一试。宪祥见众人已被癸水雷珠所化玄冰包围在内，仗着佛门至宝防身，就此相持，还可无事；如若冒失前冲，虽仗法宝之力不致受害，也难保不引发别的巨灾，伤害生灵。偏生先前所算救星至今未到，心正有些忧疑。一见李洪手掐灵诀，待以全力破冰而行，不禁大惊，拦道："此与常冰不同，变化多端，威力极大。如非佛门至宝功用神妙，四面挡住，不令上身，休说常人，便我们五人吃那万丈坚冰往里一合，也无幸理。就这样静守不动，暂时还可无事；如若施展法宝、飞剑，妄想脱身，那重如山海的坚冰齐往中心压来固挡不住，便是宝光稍露空隙，只要有一丝冷气被其侵入，马上里面全被布满，会连骨髓一齐冻凝，多高法力也是凶多吉少，如何可以大意？此本昔年水母独有的无上仙法，不须法宝，全由阴阳二气与癸水精英凝炼而成，最是厉害。我们与主人素无仇怨，怎会平白下此毒手？如是门人所为，又不会有这么高法力。最好静守待机，不可妄动。再等半日，如无动静，由我行法，向主人探询心意，问其何故如此，当有答复。否则，主人既把昔年水母轻不施展的天一玄冰都施展了出来，怎会一个也不出面？我先前原料主人今日必有为难之事，正当要紧关头，我们无心经过，适逢其会，他那门人事前不知底细，妄下埋伏，等到双方交手，我们又占了一点上风，主人惊觉，已成骑虎难下之势。此时越看越像，千万轻举妄动不得。"

李洪因想到了最后一关,还有桫椤灵符可以运用,又见四外坚冰被宝光挡住,不能合拢,反正无害。闻言觉着有理,决计专心静守,相机而动。陈、虞二人觉着先前陷身阵内已有多日,尚无脱身之策,如今敌人把全海的水冻成坚冰,要想脱身,岂不更难?心正忧急,猛瞥见右侧冰海深处有一点青荧荧的冷光闪动,后面紧跟着一蓬碧荧和一幢形如伞盖的金霞,由右侧面万丈冰海中缓缓驶来。所过之处,四外坚冰纷纷碎裂,立被冲开了一条冰衖。金光刚过,坚冰由分而合。看去好似内有三四人,由那青色冷光和大蓬荧火在前开路,金霞随在后面,朝着自己这面直穿过来。那冰本是一片晶莹,又深又厚,吃来人宝光一映,齐焕异彩,分外好看。最奇的是穿行冻海之中,如鱼游水,不似有甚阻力,只是行动甚缓。冰再冻凝,吃青光金霞一冲,竟似受了激动,宛如波涛起伏。闪动起千万点金鳞碧浪,比起四外冰壁受了宝光回映,又是一种奇景。陈、虞二人正拿不定是敌是友,不多一会儿,隐闻一片极繁密的玎玱鸣玉之声,清脆娱耳,青光金霞已经邻近,到了宝光层外停止,现出四人。李洪认出当头二人正是前往小南极四十七岛救父的南海双童甄艮、甄兑,一个手指青光,一个手指鬼母朱樱所赠碧磷冲,当先开路。身后随定一个手持一件形如伞盖,上发金霞的小和尚,还有一个身材矮胖的道装怪人。不禁大喜,忙用本门传声询问来意。甄艮答说:"事在紧急,无暇多言。绛云真人为了抵御魔劫,将昔年水母用万载玄冰精气凝冻之宝发动,方圆千里之内齐化坚冰,加以仙法运用,任走何方均难脱身。开头虽对诸位道友不免误会,此时却非针对我们。现奉天乾山小男真人之命来此,代小师弟和诸位道友开路,去往水宫,助真人抵御邪魔。无如这天一玄冰奇寒无比,虽仗小男真人一道灵符和燃脂神僧所借香云宝盖护身通行,终恐小师弟收宝之际万一疏忽,为寒气所侵。请速准备,只等香云宝盖与金莲宝光相接,速急收宝,与我们四人合为一起,仍由愚弟兄开路前往。水宫事完,再作详谈如何?"五人闻言大喜。

宪祥知道金莲宝光太强,仗以防身虽然极好,但冲动太甚,容易激出反应,忙告众人留意戒备。李洪笑说:"这里百丈方圆之内,均被宝光挡住,甄师兄和同来二位道友只管过来,此宝与我心灵相应,收发容易。"甄兑笑道:"小师弟终是那么性急。我岂不知西方金莲神座的威力,只为此时我们全在万丈玄冰之中,此冰不比寻常,乃两间混元真气阴阳相战,凝炼而成，看似坚冰，实则中藏分合变化之妙，威力之大，不可思议，稍为冲动，立生出极强烈的反应。我虽持有鬼母碧磷冲和香云宝盖防身，外加小男真人一道灵符，缓缓前行尚恐激出反应。你那宝光之内空处太大，突然一收，上下四外重逾山海的坚冰猛然往下一压，整座冰海齐受震撼，说不定生出什么灾劫。我们或者无妨，水宫主人就许为此受到危害，或被邪魔乘机侵入。此时他正以全力主持仙法，无暇分神，否则早已通知，岂待今日？你须看香云宝盖的金霞与金莲神座相连，然后缓缓收势，越慢越好。就这样，小男真人所赐的一粒混元珠，仍须留在此地，以防万一，将来能否珠还，就说不定了。"随即请身后同来的小和尚上前，把手中香云宝盖朝前一指，那一幢金霞祥光便拥了四人，由冰壁中缓缓冲出。四外坚冰立受冲动，宛如狂涛起伏，光云乱闪，半晌方止。

李洪才知厉害，便照所说，将身外宝光往里缩小。甄兑连说："洪弟不可大快，越慢越好。"说完扬手飞起一团豆大光华，穿出金莲宝光之外，立时散开，化为一片青白二色的光气，布向光层之外，将四边冰壁挡住。甄艮仿佛如释重负，笑道："小师弟放心施为，难关已过，不妨事了。"李洪将那法宝缓缓收去，各把遁光会合一起。同来小和尚随掐灵诀，朝香云宝盖一指，金霞光幢随将众人遁光一齐罩住。仍由甄氏兄弟当先开路：甄艮手指一片青色冷光，盾牌也似挡向前面；甄兑指定红花鬼母朱樱的碧磷冲，发出一蓬碧色荧光，由青光之中微微透出。上面七叶风车一齐转动，朝那万丈冰层之下缓缓冲去。

李洪见飞行甚缓，又见同来小和尚生得唇红齿白，满脸笑容，持有香云宝盖，知从燃脂头陀手中借来，料定双方必有深交。那道装怪人的相貌与甄氏弟兄相似，匆匆相见，尚未叙谈。于是笑问："二位甄师兄，这两位道友是否同辈？"甄氏弟兄和那小和尚好似全神贯注在前面，不曾回答。道装怪人已先接口道："我名归吾，前生名叫甄海。艮、兑弟兄乃我前生之子。我近由乌鱼岛脱困来此。这位神僧乃燃脂头陀好友笑和尚，本是峨眉门下苦行头陀的高弟，李道友怎会不相识呢？"李洪久闻前生同盟好友玉仙童方还与申屠宏、阮征号称东海小三仙，已经转世，重返师门，改名笑和尚。因为误犯贪嗔，奉命在东海面壁十九年，以示惩罚。此人屡世苦修，功力甚深，更得师门真传，长于隐形飞遁，为后辈同门中有名人物。

因十九年坐关之期未满，连峨眉开府均未到场，怎会来此？想起前生交厚，好生欢喜。因见笑和尚全神贯注在香云宝盖之上，只是偶然笑向自己看上一眼，知其无暇分神，不便打扰，只得转问归吾在何处相遇。归吾随说了经过。

蜀山剑侠传

——著——
还珠楼主

10

人民文学出版社

目录

第三〇〇回	密爱轻怜　再世仙缘圆旧梦 精芒掩醒　无边毒火堕诸天	4233
第三〇一回	赤手戏元凶　潋滟祥辉生宝盖 沉沙惊浩劫　昏茫黑海耀明灯	4247
第三〇二回	排难解纷　热雾海中飞宝鼎 除恶务尽　明霞天半起金城	4264
第三〇三回	晤仙灵　畅饮青瑶乳 探宝库　言寻黑海碑	4280
第三〇四回	合力助痴龙　地穴神碑腾宝焰 潜踪闻密语　波心赤煞耀尸光	4297
第三〇五回	入耳震神音　玉宇晶宫摧浩劫 凭空伸巨掌　魔光血影遁妖魂	4313
第三〇六回	困魄似灵丹　散掷青霞消煞火 艳歌生古洞　飞光紫电斗元凶	4329
第三〇七回	雷发紫霆珠　霹雳一声逃老魅 身潜兜率伞　香光百里困神婴	4346
第三〇八回	宝鉴吐乾焰　一击摇芒弹月弩 鬼声逃魅影　满空飞血散花针	4362

第三〇九回	恩爱反成仇	更怜欢喜狱成	魂惊魄悸	
	酷刑谁与受	为有负心孽报	神灭形消	4377
第三一〇回	随飓入遥空	天宇混茫伤只影		
	飞身同一叶	卿云缥缈遇真仙		4396
第三一一回	宝气明霞	力援爱侣		
	疾风劲草	苦斗神魔		4410
第三一二回	瑶草琪花	勤求蓝田玉		
	仙裳异宝	同破碧目光		4425
第三一三回	地底传声	双姝援石女		
	莲心御劫	九鬼陷神婴		4435
第三一四回	义重同门	惊心闻友难		
	情殷旧雨	长路阻仙云		4450
第三一五回	灵石筑	二女话玄机		
	小琳宫	三仙防后劫		4463
第三一六回	雪岭现神光	魔网张空窥魅影		
	圣灵藏鬼女	桥山隐迹话清修		4478
第三一七回	把臂驶遥空	缥缈轻烟笼剑气		
	飞光明大岳	迷漫烈火涌元珠		4490
第三一八回	合璧仗双心	离合神光同消黑眚		
	分身防大敌	纵横剑气独朗慧珠		4503
第三一九回	传语寄心声	迢递关山	眷怀伦好	
	玄功增智慧	缤纷花雨	独秀英云	4516
第三二〇回	满室焕祥辉	悟彻玄修	欣逢奇福	
	更生怀大德	初窥至宝	再警芳魂	4529
第三二一回	灵桂吐奇馨	十里香光明彩焰		
	仙禽诛老魅	千山雷雨乱虹流		4543
第三二二回	阳九肆凶威	无穷大气藏坤极		
	机先消浩劫	一点精光耀碧辰		4556
第三二三回	父子喜重逢	掌上传声	福临祸去	
	师徒同御侮	空中下击	雾散烟消	4570

第三二四回	应敌有仙机	宝焰飞光	青霞幻绮	
	酬恩完夙约	梵音出壁	健羽摩云	4585
第三二五回	弹指阻双凶	妙法无边生幻象		
	飞身诛大敌	红光一线建奇功		4597
第三二六回	烈火荡妖云	冷焰红光诛二憾		
	冲烟闻鬼语	地灵天象护双童		4610
第三二七回	平地涌金轮	太乙光生灵石火		
	凌空收匹练	弥尘幡化彩云飞		4623
第三二八回	毒气落红沙	百丈祥辉援道侣		
	灯花兜率火	千重霞雨戮凶顽		4636
第三二九回	神物喜仙传	好友重逢	同歼大憨	
	玄功惊魅影	三才并秀	再耀双心	4651

第三〇〇回

密爱轻怜　再世仙缘圆旧梦
精芒掩醒　无边毒火堕诸天

原来小南极附近飞龙岛散仙飞龙真人本是旁门左道，以前曾因受正教仙人惩治，几遭诛戮。但由此洗心革面，不再为恶，长年在岛上苦修，极少出外。偶游中土，行经海南岛，适值甄海投生在一个姓归的渔民家里，因是怪胎，受尽欺凌，年才七岁，父母双亡，仗着生来力大，为一土豪牧马。这日骑马下山，马忽失足滑跌，人虽未伤，马却跌成残废，不敢回去，连夜逃走，为奇蛇所伤，被飞龙真人救去，收到门下，取名归吾。飞龙真人知其根骨深厚，夙孽甚重，对他说道："旁门中人终无好结果，我不久便要兵解转世。现将本门道法全数传你，等我兵解以后，最好遇机改归正教，切勿自满。"甄海感激应诺，每日苦炼，不满十年，便将师传全数学会。飞龙岛上原产有一种灵药，乃师命他加意防守。一日，飞龙师又对归吾说："我连日默运玄机，已算出前因后果，得知你前生二子现名甄艮、甄兑，已拜在峨眉门下。因他们天性纯孝，时常背人向天泣告，苦求师长恩允，许其父子重逢，他们以后必定寻来，你便可归入正教。你的前生夙孽，也因二子孝心感格，减去不少。你那前生爱妻也转了世，作了小南极四十七岛旁门散仙白菱礁主的女儿，名叫白明玉。不过不到时期不能前往相见，否则便要生出许多危害。"这时归吾已尽得师传，洞悉前因。想起以前夫妻二人海外同修，本极恩爱逍遥，只为一念贪嗔，受人蛊惑，往紫云宫夺宝，致被仇人虎头和尚将强敌引上门来，身遭惨死。爱妻也因伤重而亡。如今既知下落，恨不能当时便寻了去。无如他素敬师长，不敢违背，等了些年。正在日夜相思，白明玉忽来岛上盗取仙草。因其投生时法力尚在，灵智未失，前生之事尚还记得不少，但不知丈夫就是本岛主人。正下手采药之时，归吾忽然惊觉，发动禁法，将其困住。因不知来人是前生爱妻，欲下毒手伤害，又爱其美貌，忽然心软，发话现身。明玉这才认出对方乃是前生丈夫，忙即出声相唤。归吾因明玉相貌已变，先未认出，直到对方大声疾呼，方始问明经过。劫后重逢，悲喜交集。旁门中人，本来不禁婚嫁，何况是前世夫妻，不免重温旧梦。

明玉之母乃一妖妇，人最凶狠，淫荡无耻，与四十七岛群邪多有交往。因为明玉贞烈端好，本非所喜。明玉虽将灵药取回，但其法宝已被丈夫破去，有点得不偿失。何况又在岛上留了三日，才行回去。本想禀明乃母，不料才一回岛，便见乃母好友、邻岛妖人徐神君父子在座。知道乃母滥交，徐神君之子水灵儿徐通对自己垂涎已久，屡次求婚，乃母还曾强迫许婚，均因自己厌恶对方，誓死不从，为此失欢。恐其进谗，未敢向母禀告自己与前生丈夫团聚之事。等徐氏父子走后，乃母重提旧事，仍令嫁与徐通。明玉已与丈夫隔世重逢，自然不肯。妖妇恋奸情热，只图讨好情夫，见女坚拒，不由大怒。吓得明玉有满腹的话不敢出口。就此因循下去，不时私往飞龙岛与丈夫相见，年月一多，自然泄露。妖妇和徐氏父子俱都忿恨，几次往寻归吾生事，于是成了仇敌。明玉终被乃母监禁，不能擅离一步。归吾思恋爱妻，竟冒奇险，由地底暗入白菱礁，强将明玉救出，带了逃走。刚一回岛，男女妖人便已寻来。归吾也是恨极，用师传异宝，冷不防将徐神君杀死。妖妇同了徐通见机逃走，随约四十七岛妖人赶来报仇。因众寡悬殊，归吾不敌，只得带了明玉逃走。眼看快被仇敌追上，幸遇南海玄龟殿前辈散仙易周之子易晟，将妖妇杀死，群邪也都受伤惊逃。易晟便令归吾夫妻在玄龟殿附近觅一小岛，暂时隐居，以待仙缘遇合，全家团聚。

归吾夫妻住了些年，忽忆前师遗命，曾说前生爱子本年必往小南极相会。同时又想起岛上所产灵药虽然深藏岛洞山腹之内，已用法术封禁，外人不易寻到，也难采取，但今当结实之期，意欲暗中回岛查看，将灵药连根移来，以免落入敌手。哪知刚到不久，便被徐通用邪法查见，约来乌鱼岛上妖人，将夫妻二人一起擒去，欲用阴火炼化归吾附身宝光，将其残杀，并逼明玉归顺，供众妖人淫乐。被困四日，受尽苦难，正在拼命挣扎、万分危急之际，总算五行有救。

原来金钟岛主叶缤门下女弟子朱鸾，因那年峨眉赴会之后，乃师去往双杉坪炼那绝尊者灭魔宝箓,想起前在灌口手刃亲仇以前,曾被仇敌邪法所困,多亏土木岛主商梧之子商建初相助,才免于难。又见对方少年英俊,并为自己受伤,深觉对人不起,但所居远在北海,不便往访。不知凤缘前定,彼此一见钟情。回岛不久,又出去行道,商建初三寻始遇。朱鸾见他中了妖道毒刀,几乎残废,虽仗陷空岛灵药解救,元气亏耗,尚未复原,事由救护自己而起,好生不安。双方本就倾心,日子一久,情爱越厚,不时背了众同门,另往别岛约地相会。这日朱鸾忽然想起故乡风物,双方情爱日益加深,师父又不在家,师妹朱红和别的同门、侍者见自己与商建初一双两好,不但不为叫破,反想促成神仙眷属,处处与己方便。日子一多,渐渐成了形影不离,便与商建初商量,欲回故乡一趟。商建初爱极朱鸾,百依百随,闻言立即应诺,两人便往中土飞来。二人本意是往湖南故乡,畅游三湘七泽之胜。中途听一同道说起东海三仙旧居钓鳌矶附近,尚留有不少灵芝,本年正当结实。于是仗着师门深交,欲往求取,以为当地必有峨眉门人防守,一求即允。不料到后一看,芝圃四外竟设有极严密的仙法禁制,无法入内。商建初见她失望,意欲讨好。因自上次受伤回山,虽受乃父商梧责罚,却赐了两件法宝,均是土木真气炼成,便和朱鸾说,打算用土遁入内,采取灵芝。朱鸾因峨眉乃师门至交,怎能行此盗窃之事?执意不允。

  二人原坐在钓鳌矶旁山石之上,正在说笑,忽听远远破空之声。商建初自从灌口吃亏,遇事留心,闻声仰望,三道暗绿色的妖光夹着几丝红线,正由天边破空穿云而来,看出是左道妖邪,忙把二人身形隐去。晃眼之间,遁光飞堕,现出一僧一道,相貌均甚凶恶。内一妖道背插妖旗和九柄短剑,更是一身邪气。才一落地,便朝右侧危崖下走去。二人听出妖道乃慈云寺漏网的七手夜叉龙飞,另一人则是妖僧。因听人说苦行头陀门人笑和尚在东海钓鳌矶洞中面壁十九年,名为受罚,实则是乃师借此传授他本门无形仙剑,以为三次峨眉斗剑之用。七手夜叉龙飞想起前仇,欲趁对方入定之际,施展邪法暗算,收炼生魂。朱鸾知道妖人不怀好意,首先激动义愤。商建初本恨妖人,又有心上人的话,便一同暗中跟去。到了洞前一看,因有仙法禁制,妖人无法攻入,便在洞外布下妖阵,意欲摄取生魂。朱、商二人因以前曾为邪法所败,还不敢现身冒失动手。又见洞外禁制神妙,邪

4235

法无功。正想看上一会儿再相机下手，忽见邪法发动，妖旗上飞起四五十个魔鬼影子，不住舞蹈，厉声悲啸。朱、商二人身在妖阵以外，听去都觉心惊神摇，令人生悸，知道邪法厉害。忽见一个面如冠玉，又白又胖的小和尚，满脸笑容，在一片金光笼罩之下，由洞中飞出。数十魔鬼立时张牙舞爪，扑将上去，小和尚立被困住。商建初知是笑和尚的元神，便先将乃父镇山之宝六甲金光障扬手飞出，想将笑和尚护住。不料那形似六角屏风的金光刚一发动，人影一闪，忽然不见，自己踪迹却被二妖人看破。妖道扬手便是一片碧阴阴的妖光，电也似疾布满天空，往下压来。朱、商二人逃避不及，隐形法竟被破去，只得动手。二妖人的邪法十分厉害，幸而商建初持有父传至宝，放出二行真气，将身护住，未遭毒手。

　　双方正相持间，二妖人忽似有甚警兆，一同破空遁去。朱、商二人因见笑和尚先前失踪，不知是否为邪法所害，正在互相谈论，因洞口有仙法禁制，无法入内查看。忽听壁中有人笑道："二位道友，怎的如此性急？这两个妖人日前已经来过，知我面壁入定，意欲暗算；不知我年来苦修，未等期满，内功已经圆满。同时我又发现先恩师的遗偈，得知此举实是师恩深重，玉我于成。本不需要十九年功候便可完满，只为尚有孽缘未了，意欲令我多留数年，免去烦扰。无形仙剑炼成，虽可随意出山，但峨眉仙府参拜教主，仍须十九年期满，才能前往。在此数年之内，仅许出洞三次。本来我已约有两位同门好友，打算用一幻影绊住敌人，等他到来，一起夹攻，将其除去。不料妖道恶运未终，已被逃走。你们虽然误了我事，盛情高义也颇感谢，此时尚难出见。你二人前坐山石之上，有家师留赐的灵符，我转赠二位道友，万一有甚为难之事，不妨照我所说用法，将符展动。因家师遗留的法宝、灵符均已被我得到，飞行颇快，不消多时，便能赶往相助。还有先逃妖道名叫龙飞，炼有九子母阴魂剑和一面摄魂妖幡，邪法厉害，你二人已和他成仇，遇时必须留意才好。"

　　朱、商二人闻言，才知笑和尚法力甚高，原来故意诱敌，连忙称谢。寻到所赠灵符，笑和尚传了用法，又指示去往芝圃的门户，二人大喜称谢。采了两株灵芝，同往南海飞去。刚到金钟岛，见小师妹朱红和一妖人对敌，正在相持。二人连忙上前，一同合力将妖人打败，妖人受伤逃走。一问，方知妖人乃乌鱼岛主乌灵珠之子乌角，天性淫凶，无恶不作。朱红去邻岛闲游路遇，被其暗中跟来，先畏岛主叶缤的威名，不敢轻于招惹，只是恋恋不舍，时往窥探。后来探出叶缤不在岛上，一时色令智昏，约一同党，暗用邪法隐形，打算冷不防把朱红暗中摄走。不料岛上设有仙法禁制，并有一面宝镜。朱红日前又早发现有一相貌奇丑的猴形怪人在岛前隐形窥探，先不叫破，暗告同门设伏相待。二妖人还未深入宫中，便被朱红将隐形邪法破去。同来妖党见势不佳，已先逃走。只乌角一人尚在恋战，不肯就走。朱鸾想起四十七岛妖人的多年夙仇，师父双杉坪炼法便为此事，孽子竟趁师父不在，来此相犯，不由大怒。

商建初为了迎合二女心意，自恃父亲所传法宝，欲代除害。乌角偏不知道死活，第二日又约了几个妖党前来，一到便被商建初杀死了两个，乌角受伤逃走。当时不追，原可无事。为讨好心上人，一同追往乌鱼岛上。岛主乌灵珠正用邪法阴火祭炼归吾夫妻，忽见爱子被敌人追来，看出对方乃土木岛主门下，先还不想结怨。无如商建初自恃法宝神妙，又忿妖人先前出语淫秽，立意将其除去，一任对方警告，终不肯退，于是动起手来。乌灵珠乃四十七岛妖人之首，妖法厉害，因知土木岛商氏二老十分难惹，虽然动手，仍不肯结怨。一时疏忽，竟被二人仗着二行真气开路，闯入法坛，将归吾夫妻救出险地。乌灵珠本意想将二人困入法坛，一见对方发动二行真气，又持有土木岛镇岛之宝六甲金光障，再一喝问姓名，竟是商梧独生爱子，越发不敢伤害。

朱、商和归吾夫妻四人会合以后，仍可逃走，偏见成功容易，敌人邪法均为自己所破，一时贪功好胜，妄想将乌鱼岛众妖人一齐杀死。孽子乌角又是恶贯满盈，看出乃父首鼠两端，赶往后宫向乃母哭诉，一同赶来，想逼乃父为他报仇。到时正遇上乌灵珠和来人一面对敌，一面发话警告之际，惟恐敌人胆小逃走，不由分说，母子二人一齐动手。商建初本已看出敌人邪法厉害，伎俩未穷，偏生朱鸾天性疾恶，尚无退意。乌灵珠又口口声声说："我与你父无仇无怨，你年幼无知，不值计较，姑且宽容，但所救两人必须留下。"因此不肯退走。正在相持，待以全力一拼，一见孽子同一妖妇重又出现，不由勾动怒火，扬手把土木神雷打将出去。妖妇母子自恃太甚，以为敌人深入重地，死活由心，万无败理，其实已是煞星照命。

原来商建初因在灌口受伤，断去一臂，回山受完责罚，将断臂续好之后,商梧便对他说:"我门人子侄,从未吃过人亏。你既心爱此女,限在三年之内,接来本岛完婚。另将本门至宝土木晶沙赐你,外加柬帖一封。寻到此女,便即回岛完婚,过期不成,休再见我。"商建初因为养伤,已和朱鸾数年未见,闻命大喜,伤愈立往寻访。不料朱鸾奉命行道,很久不曾寻到。最后前往金钟岛相访,方得相遇,并还看出对他钟情,心中狂喜。后来探明心意,同了朱鸾回山,禀知父亲,说朱鸾已经允婚,但要禀明师父方始来归。以为父亲、叔父言行如一,向无更改,三年期限将满,朱鸾又非等师父回山请命不可,恐父怪罪,还在提心吊胆。不料商梧听完之后,对小夫妻甚是奖勉,并赐朱鸾一件防身法宝为见面礼。此宝名碧云屏,一经施为,便有一片碧云将身护住,万邪不侵。这时,建初因心上人痛恨仇敌,不肯退走;又见乌灵珠有些情虚,好似怯敌。心想:"自己的防身法宝十分神妙,又带有土木晶沙,至多不胜,全身而退,当可无害。"于是全力发动,妖妇母子恰巧撞上,骤出不意,竟被震成粉碎。朱鸾恨极孽子,又将新近炼成的冰魄神光往起一合,连元神也一齐消灭。

乌灵珠当时大怒,悲忿填膺,咬牙切齿,把心一横,所布妖阵本已准备停当,当时发难。朱、商二人法宝虽然神妙,具有威力,无如对方精于玄功变化,邪法厉害。先前妖妇母子之死,只因其轻敌太甚,以为敌人已陷妖阵,弹指之间,便可报仇,没料到那等快法。双方来势又均极神速,乌灵珠又在迟疑不决,就这事机瞬息之间,微一疏忽,母子二人已被土木神雷震成粉碎,形神皆灭。这原是朱、商二人一时侥幸。等到敌人真个翻脸成仇,以叶缤法力之高,昔年屡与四十七岛群邪恶斗,尚难全胜,何况乌灵珠近年为防叶缤报仇,又联合群邪炼了不少邪法异宝,朱、商二人如何能是对手。不过乌灵珠对商梧父子仍有点惧怕,因而一面发动妖阵,将仇人困住;一面又向四十七岛群邪发出警报,一齐召来,以备万一。四人在阵中被困了三日,商建初虽仗父传法宝护身,并用土木晶沙、二行真气护在宝光之外,暂时不致受害,无如敌阵中阴火凶毒异常,休说脱身,稍被乘隙侵入,便遭惨死,连元神也被摄去,永受炼魂之惨。群邪因见敌人晶沙神妙,急切间不能奏功,为防夜长梦多,商氏二老警觉赶来,仇报不成,反为所败,索性各把邪法异宝纷纷施为,把整座乌鱼岛笼罩在万丈妖云阴火之下。商建初看出厉害,先还想父亲得信,必要来援,才一被困,便将本门告急信号发出。哪知两次求救,到了第四日上尚无音信。心疑飞光信号被阴火邪法隔断,这才急起来。惟恐心上人遇险,万分愁急之中,忽想起笑和尚所赠灵符,忙即取出,如法施为。又隔了一日夜,救兵仍未见来。知道父亲和叔叔钟爱自己,闻警绝不坐视。便笑和尚赠符时的口气,也是十分诚恳,又系第一次向其求救,焉有不来之理,必为邪法所破无疑。生机已断,眼看那紫、碧二色的阴火邪焰像火山也似包围在宝光层外,二行真气已被化炼去一半,群邪多人更在一旁各施邪法异宝助威,中间又杂有大片阴雷,声势猛恶,比前更盛。乌灵珠见持久无功,竟还不足,更把多年苦功炼来对付叶缤的七二秘魔元命神幡和摄心铃取出施为。这两件都是魔教中有名异宝。摄心铃更是厉害,共有三枚,其中一枚在峨眉开府以前为两位长老毁去,乌灵珠得有一枚,经用邪法重炼,凶威更盛。

朱、商和归吾夫妻四人,先见妖人取出一面上绘无数血影的妖幡,才一展动,幡上便涌起一片血光,光中现出许多奇形怪状、相貌狞恶的魔鬼影子,一个个张牙舞爪,口中发出极尖锐的惨啸,在大片其红如血的妖光中沉浮隐现,呼啸不已。不知怎的,目光竟被吸住,想要下看,直办不到。一会儿工夫,便觉目眩心悸,周身冷战,神魂欲飞。后来还是朱鸾看出不妙,忙令三人留意,才把心神勉强镇定,一味运用玄功,潜心四视,不去看它,觉得稍好一些。耳听妖人厉声喝道:"无知狗男女,急速束手就擒,听候发落,还可以少受苦难;如再倔强,我那无上仙法一经发动,白受许多苦难,仍不免一死。那时求生不得,求死不能,悔之晚矣!"说罢,便将摄心铃取出,刚一晃动,四人便闻得一种极悠扬娱耳的异声隐隐传来,虽然满阵都是妖光邪火布满,那么强烈的风火之声,竟掩不住这种异声,听去十分真切。只觉得越听越好听,渐渐全神贯注,顿忘处境之危。这摄心铃最是阴毒,专摄修道人的元神。乍听无奇,只一入耳,便随人心意发出各种极为微妙的异声,元神立被吸住,渐渐神志昏迷,真魂出窍,休想活命。也是四人命不该绝,众妖人中有数人忽然看中二女美貌,意欲先奸后杀,再炼真魂,不令乌灵珠当时杀害,以致缓了一步,邪法便不曾全部发挥。

四人正相持间,朱鸾忽听铃声有异,猛想起以前师父曾说乌鱼岛妖人邪法厉害尚在其次,最厉害的是手中有一魔教中异宝,名为摄心铃,共是三枚，各有妙用，以乌灵珠所得一枚为最厉害，又经邪法炼过，遇上必须小心。方才所闻异声，必是此铃无疑。忙即暗告三人留意。本来还是无力防御，事有凑巧。当初妖人为防应敌之际误伤同党，四十七岛妖人全都经其指教，得有秘传。明玉之母本是四十七岛群邪之一，也曾在场，明玉曾听乃母说过，听朱鸾一说，想起前言，不禁大惊。忙用玄功先将双耳闭住，再朝众人警告，传以防御之法。经此一来，才得勉强支持。但是众人说话时也为妖人听去。乌灵珠眼看敌人心神摇动，快要成擒，忽被明玉提醒，转危为安，不由大怒，便向众妖党大喝道："贱婢白明玉，乃白道友所生逆女，乃母为她惨死，摄心铃的用法她原知道，现被泄机，只好将此宝妙用全力发挥，使其形神皆灭，不必保全。此是贱婢自寻死路，不能再照诸位道友原意了。"说罢，把手一招，收回妖幡，手掐灵诀，朝空一扬。立有一团心形碧光飞起空中，晃得一晃，碧光便自加大，光中现出许多赤身魔女影子。铃声也响个不住，先是铃语幽咽，凄人心脾。四人因有明玉邪法防御，又都是各存戒心，还未受甚危害。及至响了一阵，铃声骤转洪烈，宛如无数大鼓迅雷，中杂狂风烈火，一齐怒鸣，震撼天地。

四人中朱鸾法力较高。商建初法宝最为神妙，自从闻警，得知妖铃厉害，惟恐有失，又发出一片二行真气，由里面将四人一齐护住。那铃声听去虽极猛恶，并无他异，心方略定。铃声忽转淫艳，碧光中的赤身魔女都是粉光致致，皓体呈辉，媚目流波，风情无限，朝着众人搔首弄姿，轻盈起舞，作出许多淫荡不堪之态。稍一注目，多看两眼，心神便被摄住。众人两耳本已封闭，又加二行真气防护，原可不受铃声摇惑。谁知五官相连，目光被摄，两耳也受了感应，立时心旌摇摇，不能自主。最厉害的是明知邪法厉害，耳目所及，心神一受迷惑，真魂将被摄去，偏生不能自制。身外阴火阴雷及各色妖光血焰，又似狂涛暴雨一般纷纷压到，护身宝光和外层的二行真气已被炼去十之八九。六甲金光障虽然无恙，但是二行真气化尽以后，是否仍能支持，尚说不定。

眼看情势更加危急，众妖人正在笑骂相告，说是成功在即。摄心铃所化碧色心形妖光忽然转成紫色，光焰更强，内中赤身魔女更现出许多妙相。白明玉曾听乃母说过，知妖光一转成粉红颜色，生魂便被摄去；跟着一片黑烟冒过，妖光再转纯黑，人便成了灰烬，永受炼魂之惨。眼看妖光由碧转紫,渐渐由浓而淡,快由深红转淡红,知危机已迫,绝难逃生。无奈先前疏忽,被其乘隙侵入,再想行法防御已办不到。自己知道底细,耳目尚被摄住,其他三人更不用说。白明玉想起死时惨状,惊魂都颤,越想越伤心,扑到归吾身上,痛哭待死。忽听暗中有人笑骂道:"该死妖孽,竟敢使用这等恶毒妖阵。今日你们恶贯满盈,劫数到了。"众妖人闻声大怒,细一查看,哪有人影。各将法宝、飞剑只朝那发话之处飞射过去,还是不见敌人影子。随又听暗中骂道:"无知妖孽,你那邪法只向别人卖弄,岂能伤我毫发?我不过见正主人未来,他是我师父的朋友,不便抢先,姑且由你多活片时;否则,一举手间,你们这群妖孽立遭惨戮。不信,我先将你这摄心铃破去,教你看点颜色如何?"众妖人闻言,忽想起阵中已成火海,还有无数阴雷、异宝夹攻施威,听敌人口音,年纪不大,竟在阵中隐形发话,若无其事,连影子也见不到,料是能手,不禁惊奇,一齐朝那发话之处各以全力纷纷夹攻。那摄心铃本来高悬在四人头上,光已转成淡红,四人均觉四肢绵软,心神如醉,老是要晕的神气。商、朱二人耳听阵中来人隐形发话,十分耳熟,因心神已为邪法所制,危机一发,急切间也未听出是谁。还是明玉比较内行,见丈夫向前呆望,神思昏昏,知道不妙,正在强摄心神,大声疾呼哭喊:"是哪位仙人来此,请快将妖铃破去,救我四人性命。否则,妖光一转粉色,我们便没命了。"话未说完,猛瞥见一幢金光祥霞大约亩许,突自空中出现,只闪得一闪,便将摄心铃妖光裹住,一片香风过处,妖光立灭。乓乓两声,现出一个形似人心,拳头般大的黑色妖铃,尚在满空跳荡。

众妖人一见金光,认出是佛门至宝,眨眼之间妖光消灭,摄心铃正在金光之中跳动挣扎,不由又惊又怒。乌灵珠更是情急,忙纵妖光跟踪追去,想将妖铃夺回。说时迟,那时快,一团拳大红光突又出现,打向妖铃之上,霹雳一声,震成粉碎。乌灵珠枉有一身邪法,飞遁神速,竟未追上。敌人也始终未现身。妖铃一破,四人邪法立解,恢复原状。那六甲金光障乃前古至宝,本有灵性,宝主人虽然中邪,将要晕倒,仍能发出威力,不令阴火侵入。但那外层的二行真气已被阴火化尽,救星稍微到晚一步,四人仍无幸理。经此一来,四人全都复原。先还不知隐形人是谁,竟具有这么高法力。正待询问,请其现身,忽听哈哈笑道:"无知妖孽死到临头,还敢发威么？你要见我不难，可惜不能白见。"话未说完，"叭"的一声，乌灵珠身旁有一妖人竟被隐形人照脸一掌，打了个皮开肉绽，口鼻歪斜，鲜血直流。原来那妖人乃团沙岛主伍神师，人最阴险狡诈，因敌人不肯现身，表面随同群邪毒口咒骂，暗中却把独门异宝天魔钉准备停当，打算冷不防朝那发话之处猛下毒手。此钉经妖人多年苦功炼成，发时只有寸许长一丝灰色妖光，中在人身，立时暴长，火弹也似化为一蓬血光，将人震成粉碎。更能由心运用，大小隐现，无不如意。比宝相夫人的白眉针还要阴毒得多，最难防御。为数又多，满拟大量发出，凭着自己心灵运用，追赶敌人不舍，一任对方隐形飞遁和防身法宝多么神妙，似此半隐半现，至多能避开一半，另一半绝躲不掉，只要稍露空隙，立被打中，便不死也必重伤。心里正打着如意算盘，没想到死在临头。

那来人不特借有佛门至宝香云宝盖，万邪不侵，威力神妙，并还持有前师留赐的聆音查形的一枚玉环，外加无形剑气防身，多厉害的邪法也无用处。本意想打乌灵珠，因见妖人长于玄功变化，不易击中，正想主意。忽见旁立妖道相貌丑恶，神情鬼祟，手藏袖内，暗掐法诀；另一手托着一百零八根短只三分，碧光闪闪，似钉非钉之物，先取一半发将出来，光细如丝，出手变成灰色，又由千百丈阴火妖光之内发出，如非师传玉环查看，多好慧目法眼也难分辨。这一半发出以后，便环绕在自己的身外，因被无形剑气挡住，无法进攻。但那妖钉似有灵性，始终环绕身外，冻蝇钻窗一般钻射不已。另一半出手不见，针光全隐。那人知其隐光暗算，心中有气，忙即飞身上前，施展佛家金刚掌，只一下便将妖人打个头晕眼花，鲜血直流，几乎晕倒。当时怒火上攻，一面行法止痛，一面准备邪法，待要还攻。乌灵珠看出敌人隐形神妙，法力高强，双方一明一暗，更易吃亏，知非其敌，忙喝："道友留意！"话未说完，耳听哈哈一笑，面前人影一晃，现出一个又白又胖的小和尚，先那一幢金光一闪不见。

众妖人先因敌人隐形神妙，邪法无功，均以为是一个本领极高的正教中仙人。及见来人现身，竟是一个未成年的小和尚，生得唇红齿白，带着一脸顽皮淘气神情，说话偏是那样难听，全都大怒。四十七岛妖人原以乌灵珠和伍神师、四首神君崔晋为首。方才接到警号，都当来了强敌。有几个吃过叶缤大亏，怀恨多年的，更误以为叶缤寻来，又急又怒。各把前些年所炼邪法、异宝一齐带上,人数也不下八九十人,除却有限几个妖人事前离岛外出,其余全都赶到。先见敌人已被困入妖阵,正受阴火化炼,还当乌灵珠小题大做。后来问出中有一人乃北海土木岛主商梧之子,虽然有些顾虑,但都自恃人多势众,早有准备,仍未放在心上。不料现在有人隐形入阵,连受讥嘲,并将至宝摄心铃破去,伍神师又被打伤,全都痛恨。内中乌、伍二妖人更因先前吃了大亏,怒上加怒,恨不得把敌人吞吃下去,才能消恨。隐身人现身以后,再一细看,对方空着双手,笑嘻嘻摇头晃脑,凌虚而立,并无法宝、飞剑随身,急切间竟看不出他的来历深浅。如非先前吃过大亏,又见那么强烈的阴火妖光,敌人竟在阵中从容出现,若无其事,绝想不到会有那等厉害。对方年岁不大,从未听人说过,除有限十余人之外,多疑还有师长随来,隐形在旁,故示神奇。不由同声喝骂,纷纷施为,一时阴雷妖光如暴雨一般,齐向小和尚打去,四外的阴火更是潮涌而至。乌灵珠二次又取妖幡连连晃动,打算破去隐形,摄取敌人元神。哪知敌人正是东海三仙中苦行头陀惟一爱徒笑和尚,已经尽得师传,身有无形剑气防护,万难伤害。只是性喜滑稽,故意取笑。等到邪法异宝一齐发动,忽然哈哈一笑,仍然空着双手,凌虚飞行在妖光火海之中,如鱼游水。那么多邪法异宝夹攻上去,分明已打到身上,不知怎的竟如无觉。身外也无宝光出现,口中直喊:"妖人太多,我一个人除他不完,只杀一半,又恐金钟岛主怪我多事。内中还有一个妖人,又有人受他母亲所托,向我说情,我看他母亲碧梧仙子面上,想要委曲求全,偏不认得此人,教我为难。我多年不曾出山,手又痒得厉害,如不给他们吃点小苦,手痒难受,错了机会,以后哪里能找到这么多的妖邪杀痒去?"边喊边跑,神速异常。

笑和尚跑着跑着,忽然把头一晃,便到了某一个妖人身前,扬手便打,手法又重又快。最厉害的是挨打的人虽有法宝防身,并无用处,一打必中,打上便是一个满脸花,不是头破血流,便是半边脸肿起老高。再不就是一掌打个半死,几乎闭过气去。众妖人先还当挨打的几个一时疏忽,防备不严,为敌所乘。后见无打不中,而且每打必重。渐渐看出只有崔晋和精通玄功变化的主要十余人不曾受伤,余者无一能免。群邪连受打击,全都大怒,恨之切骨。对于先困四人,已无暇再顾及,各以全力与隐形之敌拼斗。一时大片妖光邪火和各色宝光如虹飞电舞,狂涛暴雨一般,紧紧追逐在笑和尚身后。哪知并无用处，敌人好似始终不曾在意，飞驰又是极快，一任多么厉害的邪法异宝，到了笑和尚身上，始终和没事人一样。

乌灵珠见同党吃亏太甚，自恃还有两件法宝，以及与几个为首群邪合炼的邪法可用。当初只因这些邪法异宝太狠毒，易受正教中人嫉视，上干天忌，又是专为对付叶缤一人而炼，共只能用三次，约定非遇叶缤本人，不许妄用。如今见敌人十分猖狂，群邪纷纷受伤，齐催他下手，不禁犹豫起来。原来乌灵珠所炼诸天秘魔乌梭为魔教中无上利器，最是凶毒，一经施为，诸天日月星辰齐受感应，发出一种极强烈无比的毒火烈焰，天际罡风也被引来。在一个时辰以内，方圆三数千里内，成了一个大黑气团，天昏地暗，日月无光，全被这类毒焰布满，无异混沌世界。附近岛屿也差不多全要陆沉，至于山崩地陷，热浪沸空，更是题内文章。这还是行法人事前有备，虽不能收，事完之后仍可行法将其送往两天交界的罡气层上化去，尚且如此猛恶，否则在此方圆千里内外固成死圈，所有生物无一幸免，便是邻近之处，无论人畜，沾上一点毒气，也必惨死。他当初是因为叶缤的法力太高，炼有冰魄神光，居于有胜无败之势；近又学会绝尊者的灭魔宝箓，功候更深。这多年来双方仇怨日深，群邪虽各炼有几件邪法异宝，恐非其敌，这才下了数年苦功，把他发现多年，因为许多顾忌而未敢尝试的魔教中无上法宝秘魔乌梭取出，联合十二个有力同党，在海底深处辟一洞穴，外加重重防备，费尽心力，炼成三枚。打算将来强仇上门，能胜更好，否则便与一拼。

乌灵珠这时虽然恨极笑和尚，一则觉着对方是无名之辈，小题大做还在其次，最要紧是此宝隐秘多年，从未试过，贸然取用，被正教中人得知，固必不容，又犯天忌，再被强仇知道，有了准备，岂不徒劳？还有四十七岛俱都邻近，岛上宫室园林，均经群邪多年苦心经营，才有今日，一经发难，便全毁去。炼时又是极难，非有十二个有力同党相助，合力同炼，不能成功。炼时稍一疏忽，前功尽弃，还会惹火烧身。每日提心吊胆，费了数年心血，好容易才得圆满。虽因年时尚浅，功候还差，又因上干天忌，不敢试验，能发而不能收，未达炉火纯青之境，但用以对敌，多高法力的人也禁不住。因为慎重，除一同炼法的十三人外，下余同党均不知道。一旦使用，敌人固是必死，便四十七岛群邪也必难于保全。当初乌灵珠为防伤害同党，虽在海底设有躲避之处，事前将人撤退，或者无妨，到底不曾试过。为此踌躇，欲发不敢。

乌灵珠正劝众人少安毋躁，自己还有法宝不曾使用，真要不行，再打主意。不料笑和尚因见伍神师相貌丑恶，行事险恶，发出那样凶毒的妖针，越看越有气，有意除害，偏不当时下手，故意恶作剧，仗着飞遁神速，隐形巧妙，出没无常，专和他作对。冷不防飞身过去，扬手就打，也不施展杀手，一味引逗恶闹，打得又狠又准。就这一会儿工夫，竟打了个遍体鳞伤，一任邪法异宝防护，毫无用处。拼着挨打，听其自然还好一些，防备越严，打得越重。也不知用什么方法，打在身上，又痛又痒，连骨髓一齐酸麻，万难禁受。刚一行法把痛止住，第二下又打上身来。防是没法防，攻又没法攻，空自忿怒，咬牙切齿。那三枚秘魔乌梭炼成以后，为防强敌法力太高，未等应用便有疏失，原交乌、伍二妖人分别保管，二妖人也不敢妄用。后来挨打次数太多，痛苦难禁，暗忖："多年盛名之下，为一无名后辈所伤，此仇不报，以后如何见人？"虽然越想越恨，仍然顾忌此宝的威力太大，恐伤同党和各岛宫室灵景，还是迟疑不决。

事有凑巧，同党离依岛主云雷真人黎望，忽由中上飞回，遥望岛上妖阵发动，知有强敌，赶来相助。黎望本是昔年正教中弃徒，兼有正邪两家之长，法力尚在其次，更有一件至宝，名为云雷仙网，一经施为，多么厉害的水火风雷，均能防御。发时一片红色仙云，中杂亿万五色火星，除防身外，并能发出大片五色神雷，神妙非常。当众妖人炼宝之时，知道毒焰厉害，虽然能致敌死命，自己的岛宫也化劫灰，甚或波及同党，只有此宝可以制止。无如黎望虽因犯过被逐，投身邪教，毕竟出身正教，颇知邪正之分；又见所投妖师为恶太重，致遭诛戮，死得极惨，越发胆寒。更想起昔年母亲碧梧仙子崔芫兵解以前曾再三托人告诫，彼时正为心中气忿，一意孤行，不曾在念，及至妖师遭劫，母亲坐化，想起以前不听母教，渐生悔恨。虽与群邪同居小南极，相交多年，不便离去；又因以前失足，随同为恶，积重难返，正教中无门可入，因循至今，遇事便有了分寸。一听乌灵珠等人祭炼那么凶毒的邪法异宝，知道此举既干天忌，又犯众怒，绝无好结果。始而设词推托，不肯加入同炼。后竟避往中土，去了数年，方始归来。一听妖人向其借宝，以为御敌时作防身之用，迫于情面，虽然应允，并非所愿。没奈何,只得时常离岛外出,意图回避。邪法练成以后,敌人既未寻来,群邪也因为以前连遭惨败,一味养精蓄锐,暗中准备,不敢轻易发难,始终隐忍待机,不曾出手。当初秘魔乌梭炼成之时,群邪曾与黎望约定:将来有事,如若他出,便以信火催归,请其相助。黎望这次由外回来,发现乌鱼岛上来了强敌,不便坐视。心想:"敌人连妖阵尚不能破,群邪明占上风,绝不会施展此宝。"因而本打算敷衍。不料才一到达,十三妖人却有一半请其相助。自己答应在先,难以反悔,只得将宝网发出。先是手掌大一蓬彩绢掷向地上,立似轻云飞絮,海上狂涛一般,往四方八面,贴着地皮海波,电也似疾地舒展开去,晃眼工夫,极大一片海面,全被这片彩云紧紧盖住。

第三〇一回

赤手戏元凶　潋滟祥辉生宝盖
沉沙惊浩劫　昏茫黑海耀明灯

笑和尚见阵中飞来一个妖人，相貌神情均不似别的妖人那样丑恶，和群邪相见，行法密语了几句，便随手发出了一片彩云，向四外展开。这时乌鱼岛已全在妖光邪法笼罩之下，四边海水全映成了暗赤颜色。小南极海水本来极清，海中水藻均能见到。四十七岛宛如碧螺浮波，朵云自起，异态殊形，林立远近海面之上。上面是云白天青，晴空万里，下面是沧波浩渺，天水悠悠，海峤仙山，本就景物清灵。何况在万里碧波之上，被这广阔无垠的大片彩云漫将过去，所有大片海面，远近各岛，连同岛上的琼楼玉宇，花木泉石，立时蒙上了一层五色轻绡。景已奇丽，云中更有无数五色星花，不住翻动隐现，映天际华日，海中洪波，上下交映，更成了奇景。

笑和尚本仗无形剑气护身，隐去遁光，步空凌虚，飞驰往来于妖阵之中，追逐妖人，打之不已，追上就是一下金刚掌。刚开头，群邪还在妄想施展邪法异宝上前夹攻，后见无效，连受重创，内有数人已经骨断筋伤，差点送命，多被打得寒了心。笑和尚更是狡猾，专在阵中横冲直撞，其疾如电。内中几个比较老实一点的，偶然逃避不及，对面撞上，反倒放过；越是狡猾逃得快的，越躲不掉。除精玄功变化的有限十余人外，全被打得又恨又怕，狼狈已极。笑和尚正打在火头上，忽见彩云现后，群邪照样奔逃，自己在后追逐，眼看打中，不知怎的，彩云一闪，突然涌起，便将妖人隔断在下，逃得稍快便打不中。笑和尚本来识货，看出彩云中五角星花乃是雷火，便那彩云也不带甚邪气。猛想起来时原受师兄诸葛警我与师弟林寒、庄易之托，说林寒前生有一至友，乃小寒山二女谢氏姊妹的义母碧梧仙子崔芜，她所生二子：一从母姓，名叫崔晋；一从父姓，名叫黎望。

均已投身邪教，现居小南极四十七岛，不久便要遭难。林寒前生曾受重托，转世遗忘。近年功力大进，洞悉前因，回忆前事，好生为难。本意想求同门相助，无如法力高的几个均奉师命，各有要事，不便前往；法力差的，去又无用。自己更不宜去。因诸葛警我秉性诚厚，同门有求必应，便告以苦衷，求其为力。诸葛警我自从开府之后，居山勤修，法力更高，算出前因后果，知道笑和尚无形剑已经炼成，更有一粒乾天火灵珠，新近又将师父遗赐的法宝得到手中，法力之高，不在三英、二云、七矮之下，便将林寒引去，当面拜托。

笑和尚人最热诚，当时应诺，正商量何日起身，前生好友燃脂头陀忽然神游来访。三人知其海底坐关，苦修多年，功行已将圆满，佛法甚高，便向他求教。头陀说他也为此事而来，随即指示机宜。笑和尚听出敌人邪法厉害，好似自己虽无危害，一个防御不周，便要波及旁人。知道头陀那香云宝盖乃佛家至宝，万邪不侵，便向其求借。头陀慨然允诺，并说用完回来，还有他人要用，不妨转借，将来由其送还。还说此人也是彼此前生至交。

这时笑和尚想起彩云来历，正与燃脂头陀所说相同。方才又查看出崔芜昔年孽子崔晋也在当地，正要设法警告，加以开导，发话稍迟，对方已先发难。就这心念微动之间，先是乌灵珠见敌人后半未再隐形，误以为妖幡奏效，将隐形法破去，妄想就势以全力摄取敌人元神，竟忘敌人法宝威力神妙。笑和尚早就想破那面妖幡，因为敌人精于玄功变化，又是与妖人心灵相连之宝，惟恐打草惊蛇，不能成功，反被警觉，欲发又止，妖人这一施为，正合心意。乌灵珠欲借伍神师诱敌，故意施展玄功变化，掩向伍神师身侧，再将妖幡突以全力施为。笑和尚由玉环中查见敌人动作，见状正合心意，故作不知，立时暂止前念，冷不防身剑合一，猛冲过去，先朝伍神师扬手一掌。为首三妖人仗着彩云掩护，本在诱敌，想要发难。乌灵珠见笑和尚扑来，还当敌人中计，乘着彩云飞涌，同党逃避之际，突以全力发动，大片妖光带着数十条魔鬼血影，张牙舞爪，猛扑上去。满拟妖幡厉害，无论对方法力多高，只要被魔影扑中，当时闻到一股血腥气，便遭惨死，元神立被摄去。便有法宝防身，也无用处，稍差一点，反为所污。敌人事前无备，多半可以成功，哪知竟然无用。只见一团金红色的宝光闪得一闪，猛想起先前至宝摄心铃被毁，便是这团红光。乌灵珠心念才动，待收妖幡逃避，已是无及，霹雳一声，血光邪烟飞射如雨，一片恶鬼惨号之声过处，妖幡被震成粉碎，神形皆灭。这一与心灵相连之宝本是炼来报仇，强仇还未见到，先已消灭，本生元灵还受了重伤，如何不急。当时怒火上攻，忙将最后一个杀着施展出来。也是群邪恶贯满盈，都在怒火攻心之下，一心杀敌，忘却顾虑。他这里刚一发难，伍神师因为受伤太重，仇恨越深，又见乌灵珠迟不施为，心中有气，不再招呼，便先出手，双方恰是一齐发难。这类邪法异宝，用上一枚，已是震撼乾坤，哪能两枚并发。当时只见两道长约尺许的黑色梭形之物火箭也似，尾部发出极强烈的银色火花，带着一串霹雳之声，刺空直上万千丈，晃眼无踪，休说肉眼，便法力稍差的人，也看不出一点影迹。同时岛上所有邪阵邪法，在为首妖人同声大喝之下，忽然一闪不见，全数失踪。商、朱、归、白男女四人，只当妖人逃走，商、朱二人又认出来人是前在东海所遇笑和尚，早就惊喜交集，忙同上前拜谢。

笑和尚毕竟是行家，见那黑梭形的妖光直上九霄，其高莫测，群邪法宝齐收，忽同隐去，看似逃遁，遍地彩云尚在；群邪虽被自己痛打，尚无败象；为首妖邪又无一受伤，这等形势，必有凶谋毒计。忙用玉环仔细查看，果然彩云之下，有数十个妖人影子，手指上面，交头接耳，似在咒骂指说。猛想起头陀之言，心中一动，忙向四人迎去，大喝："邪法厉害，已将发动，诸位留意！"随又手指云下面的群邪喝道："我乃先恩师东海三仙之一苦行头陀大弟子，现在恩师妙一真人门下。因为一同门好友代替梧仙子崔芜求情，说她两生之内，各生有一个逆子：一名黎望，一名崔晋，都与小南极妖邪同流合污，无恶不作。此时群邪数尽，请我相机行事，二子如能痛改前非，弃邪归正，便为设法解救，以免同遭惨戮。如知悔悟，快来与我一起；否则，少时金钟岛主来此诛杀群邪，你们便要形神俱灭，同归于尽了。"话未说完，忽听遥空之中，隐隐传来万千霹雳之声，当头日光忽呈异彩，日边现出万道银芒，日轮中心却转成暗赤颜色，宛如一个大血轮，高悬空中。日轮之外，又出现不少奇星，也是五颜六色，星边上各射出不同色的毫光。更有数十百道不同颜色的长虹，满空交射，顿成奇观。天空光华电射，纵横交织，那么色彩鲜明，美丽夺目。因为星日中心光气不强，都是一片浓影，下面大地上反比先前昏黑起来，看去死气沉沉，好似蕴有无限杀机，由不得使人生悸，似有大祸将临之兆。天也变成青灰色，一丝云影皆无。

笑和尚修道多年，是历劫三生，久经大敌的人，似此邪法尚是初次见到，情知厉害，不敢大意。耳听天心高处霹雳之声越来越密，全都响得出奇，却不见有雷火打下。星日所发奇光，也是越来越强。笑和尚正令众人小心戒备，不可分开，猛瞥见高空中有两点黑影一闪，估计少说也有好几千丈高下，自下仰望，竟能看见，其大可想。知快发难，急忙加紧戒备时，黑影已经加大，突发奇光，只闪得一闪，天崩地塌般接连两声大震，宛如亿万迅雷集成一片天幕，再化为一幢伞形黑色怪火，大逾山岳，突自当空向下飞堕。离头顶还有一两千丈，随着亿万迅雷之声同时爆炸，化为奇大无比的一蓬黑色火雨，铺天盖地猛罩下来，来势比电还快，只一闪，千百里方圆的海面，齐被这种黑色怪火笼罩在内。如非笑和尚防御得快，香云宝盖又随着心念化为一幢金光祥霞，伞盖也似将五人一齐护住，本身法力又高，绝禁不住。而且即便火毒不能上身，那一种极强烈的繁密的爆炸之声，也禁不住。众人全被怪火笼罩，火是一片纯黑，中杂无量数的大小火星。看去不大，最小的简直细如灰沙，最大的也只龙眼大小。震势却猛烈得出奇，互相冲击，连续爆炸，并未见其灭后重生，只数量太多，狂涛一般齐向中心涌到，越来越多。当空星日奇光已经不见，天地也早混沌，好似陷身无边黑海之中，受那恒河沙数的黑色怪火迅雷猛击。

众人虽仗法宝护身，尚能防御，不曾受害，但是上下四外的压力重如山岳，香云宝盖的金光祥霞竟受了震撼。一任笑和尚运用玄功，全力防御，依然镇压不住，随着怪火冲激，震撼不已，激得宝光外层金芒霞雨四下飞射，商建初看出厉害，欲用法宝相助防御。笑和尚正以全力戒备施为，一眼瞥见商建初手掐灵诀，忙即喝止。商建初两粒土木雷珠已朝外打去，只见青、黄二色两团酒杯大小的光华脱手飞起。笑和尚本可自内封闭，不令飞出，因想此时整个海面已在诸天太虚煞火笼罩之下，反正不免浩劫，妖人处心积虑造此无边大孽，此宝一出，劫火受了冲动，固然不免增加威力，但伤害不了自己，妖人或许还要受伤，因而没有阻止。就这转念瞬息之间，二行雷珠早已冲光而出。

太虚煞火乃妖人采集万千年地心罡煞之气，会合两极元磁精英所炼魔教中惟一至宝，全名为诸天星辰秘魔七绝乌梭。一经施为，便和火箭也似直上九霄，超出两天交界大气层外，停空急转，跟着四边发出亿万道的黑色光线，越转越快，具有极强大的吸力。除日光最强，吸引力大，易受感应，日轮中的元磁煞火首先被引发外，凡是挨近一点的天空星辰，多被吸引，相继受其感应，发出本身罡煞之气，与之相合。黑梭受不住空中日星煞火冲射，自行爆炸，再将先前引发的诸天星辰罡煞之气与元磁太火毒焰带同飞堕，一近地面，大地上的罡煞之气立与相合。无论是何固体，液体还是气体，全受感应，发出一种极微妙的冲力，方圆数千里内生物全灭。这还是妖人功候尚差，所炼乌梭中的元磁真气为量既少，又欠精纯，不能飞得太高；如真炼到极点，真能将天空中无数巨星中的罡煞之气大量引来，齐向地面冲射，更能使大地上的生物一齐毁灭。威力之猛，端的不可思议。

方今群邪中长老，只三数人有此法力。但这数人俱都邪法极高，深知厉害，便多忿恨仇人，也不敢行此险着下策。既恐功候缺欠，易发难收，引起无边浩劫，更恐炼时激动正教中的强敌，画虎不成，惹火烧身。那元磁真气，与地肺中的太火毒焰、罡煞之气，又最难得到。内中除黑伽山主丌南公和轩辕老怪每人炼了一种与乌梭大同小异之宝，也都炼来防备万一与敌人拼命同归于尽之用，不到万分危急，绝不出手。就这样，日前丌南公往幻波池寻衅时，峨眉派诸长老明知敌人对几个后生小辈不会铤而走险，仍令门人软硬兼施，小心应付，以防引起别的灾害。丌南公第一次在阴沟里翻船，尽管气忿，尚未下此毒手。

乌灵珠等四十七岛群邪，也是恶贯满盈，自取灭亡。因和叶缤仇怨太深，势不两立，偏巧乌灵珠和另一妖党昔年无意中发现海底魔窟中有一部魔神经和三枚未炼成的乌梭。先知这类魔教中的异宝均有魔头暗中主持，必须制其降服，才能取用，仇虽可报，由此却受了魔头暗制，不能自主，死而后已，因而并未敢动，匆匆退出。一日又遭惨败，心中恨极，为首群邪商量报复，想起前事。因见上次出入魔窟并无异兆，乌梭又只是未炼成的质料，误以为前主人和魔头已为正教中人所灭，同归于尽。不炼此宝，不但报仇无望，而且早晚必为仇人所杀。这才决计重入魔窟，祭炼此宝。刚把一册魔神经看完，如法祭炼，还未成功，魔头忽在暗中发话，迫令归顺，才知上当，无奈势成骑虎，欲罢不能。只得把心一横，连同党十三人，加功祭炼下去。祭炼之处是在小南极海心深处，本就隐秘，又有魔头暗护，直到炼成之后，并无敌人上门，魔头也未再出现，越发放心。哪知大劫临头，乌灵珠本意只用一枚已足，不料同党记仇，同时发难，再想阻止，已是无及。此宝不曾试过，两枚并用，威力更大得出奇。敌人仗着香云宝盖防身，虽然被困，并未受害，自己反吃了亏。所居各岛宫室、林泉、灵景甚多，虽幸玄门至宝云雷仙网将劫火所罩死圈之内的海面连同远近各岛一齐护住，自己为防灾害扩大，又将死圈以全力缩小，但也有千百里方圆一大片在死圈之内，其中包括四十七岛。伤害生灵虽然不多，但是云雷仙网仅能暂护一时，久仍无效。岛上宫室园林受不住那猛烈震撼的声威，已先纷纷倒塌崩裂，时日一多，十九陆沉。

　　最可虑的是事完以后，因为劫火威力太大，无法送往九天气层之上将其消灭，正教中人一旦发现，必定群起来攻。还有此宝威力虽大，并不理想，几个无名后辈尚难加害，何况正教中的有名人物。敌我相持之际，其势又不能收手。云网主人黎望见此形势，又在愁急埋怨，说是宝网存亡与共，现已不支，稍久必为劫火所毁，下面岛宫和诸同党仍难保存。如非二枚并用，绝不至此。因为黎望近年貌合神离，乌灵珠心本不快，再听语气不满，越发忿怒，但当用人之际，偏又不能翻脸。正在强忍，那太空煞火受不住猛力冲动，尤其是五行神雷猛击，两下里一撞，立受反应，哪禁得住两粒二行雷珠一齐打出。只见寸许大两团青白二色的宝光，在万丈黑色火海中闪得一闪，立时爆炸，震势猛烈，已胜于前。炸后雷珠受了吸力反应，竟化成无数大小青白二色的星光，杂在弥天黑焰之中，爆炸不已，随灭随生。下面岛屿当时陆沉崩塌了好几座，多年辛苦修建的仙山灵景全数毁灭。紧跟着又起了极强烈的海啸，海水像开了锅一样，隔着云网往上狂涌，水力奇大。云网竟受了冲动，先是微微起伏，还不厉害，及至无数土木神雷一一爆炸冲激，上下夹攻，更禁不住。只见一片广大无垠的彩云，随同水火夹攻之势，上下起伏飞扬不停。本来煞火所到之处，任何物质均受感应，发出强烈的火力，互相冲射。云网只要破一小洞，全海的水一齐化为水雷，与之会合，来势更是比电还快。一经爆炸，群邪十九震成齑粉，被煞火水雷卷去。便是人身毫发之微，也随同爆炸，终于形神俱灭。

众妖人均在云网之下，同立岛上。乌鱼岛陆沉以后，各自飞空应敌，由为首十三妖人全力主持头上煞火。只见海沸已起，海中的惊涛骇浪山崩也似狂涌上来，云网大有不支之势，众妖多半大惊失色。乌、伍二妖人最是凶横，见黎望满脸忧急，正以全力指定那片彩云防御煞火，狞笑道："道友此时愁急无用。你那云网稍露空隙，巨灾立成，除我们主持此宝的十三人外，无一能免。休说收网遁走，稍微照顾不到，你必首当其冲，休想活命，连元神也保不住。不如落个整人情，为我们支持到事完之后。只要你不背叛我们，尚不至于惨死，不比虎头蛇尾强得多么？"黎望先听笑和尚发话，说受乃母好友之托而来，便已心动，无如云网已先施为，不及回收。又知群邪厉害，心肠狠毒，自己答应在先，中途退缩，他们必不甘休；更怕因此发生巨灾浩劫。不由首鼠两端，迟疑不决。及见煞火厉害，宝网难支，心更生悔。再听乌灵珠是这等说法，分明群邪看出自己与他们同床异梦，已存心不善，自己便能支持到终局，也必翻脸成仇，合力加害。真是骑虎难下，心生悔恨，已经无及。旁立崔晋本与群邪一党，因和黎望是同母两生兄弟，见他出了死力，还受恶气，心中不服，便踅近前去，借话示意，令其相机遁走，仗着云网连他一起护住，当可无害。黎望不是不知收回云网可以全身而退，终因出身正教，深知厉害，骤然一退，惟恐引起空前浩劫，群邪也必不容，不敢冒失。眼看云网起伏更猛，宝光已渐减退，忧心如焚。

这一面，笑和尚等五人自从土木二行神雷发出以后，见外面煞火宛如火上添油，越发狂烈。香云宝盖虽无损伤，因是借来之宝，未与心灵相合，要减去不少灵效。这时已渐不能随心主持，震撼更急，看去宛如十来丈高一幢天花宝盖，上下腾挪，往来摇晃于弥天黑海之中。上下四外的无量煞火神雷互相击撞，狂涌而来，打到身前，吃香云宝盖一挡，激射起千重灵雨，亿万金化，虽未被其侵入，形势已危险万分，不由也着起急来。

眼看双方危机已迫，均难持久。猛地在千万丈黑海星涛之中，远远飞来一朵如意形的灯花，青光荧荧，其大如斗。后面跟着一幢上具佛家七宝，高约三丈的金光祥霞，光中拥着一个妙年女尼和一对相貌相同，各着一身白色仙衣，年约十三四岁的少女。长幼三人，都是容光美艳，望若神仙，再由那幢金光祥霞拥护飞来，越显得宝相庄严，仪态万方。说也奇怪，那么强烈的煞火神雷,上天下地,方圆千里内外,全被布满,威势何等厉害,但这三人手指前面灯花开路,飞行无边黑海中,竟然平稳异常,其疾如电。所到之处,大量黑色煞火和那青白二色的神雷星花,挨着便自消灭,当时冲开一条火衖。等到煞火由分而合,狂涌上去,来人已经飞近。同时又见左侧面飞来一道遁光,内有二男一女,联合同飞。

笑和尚见是本门遁光,暗忖:"闻说峨眉开府以来,日益发扬光大,人才辈出,果然不差。这么厉害的煞火,自己练就无形剑气,尚不敢轻撄其锋,来人只凭本门剑遁,竟能飞行自如,不受危害,法力之高,可想而知。"心正惊奇,这两起人已先后飞到。只见那二男一女往香云宝盖之下投来,连忙放入。内中两个相貌丑怪的矮子,一到里面,各喊一声爹娘,便朝归、白二人怀中扑去,抱头痛哭起来。原来这两人正是南海双童甄艮、甄兑。因奉仙示,领了师传道书上一道灵符,越过子午极光线,急飞小南极,来救父母。眼看飞近,遥望前面黑烟冲天,由海面起直上九霄,把天空都遮黑了大半边。知道父母被困乌鱼岛,煞火厉害,挨着必死,自己只能仗着灵符防身,想要杀敌救出父母,还须另仗别人相助,只得在当地遥望。等了一阵,不见人来,心中愁急。正打算由海底地遁前往,忽见一道青光冲空破云,横海飞来。看出是本门中人,连忙迎上前去一看,正是凌云凤,带了子午宙光盘,奉命来助,心中大喜。便将遁光会合一起,取出灵符,如法施为,立有一片淡微微的银色烟光飞起,贴向遁光之外,同往前面黑海中飞去。因那灵符神光又淡又薄,紧附三人身外,故难看出。

云凤、二甄和笑和尚初次相见,知他是本门先进,法力高强,执礼甚恭。笑和尚闻知来意,听说持有宙光盘,知是专破两极元磁真气与太火毒焰之宝,心中大喜。笑问:"师妹,何不下手?"云凤笑道:"妹子此来,固奉师命诛邪除害,但一半是应前辈女仙金钟岛主一音大师之约。现在大师已率小寒山二女谢家姊妹同时赶到。此时将煞火收去,群邪难免不乘机逃遁。恩师仙示,原说大师来前,曾用绝尊者《灭魔宝箓》中的十二诸天降魔大法将四边封禁,不令漏网。但是群邪中颇有能者,这几个妖人多擅玄功变化,练就三尸元神好些化身。煞火便由这几个为首妖邪所炼,阻他不住。还有谢家姊妹的义母碧梧仙子崔芜,生有两个孽子,推爱屋乌,欲加保全。故此下手以前,必须慎重。这宙光盘的用法,按照本门师传,一学就会。待我转告师兄,请代主持。妹子还要同了二甄师兄遁往海底妖窟,用神禹令除那几个海中精怪修成的妖人。请看大师不是动手了么?"

笑和尚早看见先来的长幼三女仙飞近乌鱼岛上空,便即停住。那朵如意形的灯花时青时黄,有时又作金红色,悬在三人前面,不住闪变。上下四外的煞火星光涌上前去,便自消灭。晃眼之间,灯花祥光所照之处,竟空出了亩许大一块地面。群邪隔着彩云,朝上手指咒骂,万雷聚哄之中,也听不出说些什么。笑和尚听了凌云凤之言,才知这长幼三女仙便是闻名已久的金钟岛主叶缤和小寒山二女谢瓔、谢琳。方觉二女相貌灵秀,仙骨仙根,真是天仙一流人物。忽见下面云网波动处,一条梭形黑影冲将上来,这次不似先前直上九霄,竟朝那朵灯花打去。眼看撞上,灯花一闪不见,乍看似已消灭。笑和尚早听人说,叶缤的好友谢山得有一件佛门至宝,名为心灯,所发佛火灯花威力神妙,不可思议。连本门前辈叛徒、有名的血神子邓隐那么高魔法神通,尚被此宝消灭,怎会未见发挥,便自化去?心疑有异,忙取玉环查看,果现出一朵灯花影子,只是光华已隐。才知一音大师叶缤胸有成竹,小寒山二女又持有佛门奇珍七宝金幢,群邪绝难幸免。正在寻思,双方已斗起来。

原来叶缤知道群邪所炼乌梭尚有一枚未发,为首诸妖人均精玄功变化,人数又多,惟恐事败逃遁,如将此一枚乌梭带去,势必留下一大祸胎,因而故意诱敌,迟不发难。为首群邪见敌人在宝光护身之下停立空中,前面悬着一朵形似灯花之宝,四边煞火涌将上去竟被消灭了好些,但敌人始终藏在金霞之中,未有别的动作。心想:"人言七宝金幢威力神妙,今日一见,不过如此。那灯花形的宝光,不知是否传闻佛家心灯?敌人分明仗着这两件法宝想破这诸天煞火,没想到多寡相悬,煞火威力太大,金幢仅能防身;那朵灯花也只将煞火挡开一些,并无大用。敌人也许还有别的顾忌,不敢发挥全力。"因知敌人不好惹,惟恐夜长梦多,又生别的变化,事已至此,不如把残余的一枚乌梭冷不防发将出去,只要将那灯花法宝破去,十九可操胜算。谁知祭炼这类魔法最是危险,一经施为,休说不能胜敌,只要持久无功,便要反害自身。群邪此时已受魔头暗制,一味倒行逆施,内中虽有两个邪法最高,知道厉害的,禁不起怒火头上,又有同党怂恿,也一时心神无主。等把最后一枚乌梭发出,猛想起先前两枚同发已制不住,如今全数发动,不论胜败,这场滔天大祸无法收拾还在其次,自己无妨,这班同党如何脱出死圈之外?心方一惊,瞥见上面灯花忽隐,不知敌人早准备好灭魔大法,除此大害,再以毒攻毒。

叶缤见群邪把第三枚乌梭发出,早把佛火灯花的光华隐去。乌梭一下没有打中,冲入上空,吃那排山倒海的煞火和土木神雷、青白色星花火雨上下四外一齐冲射,未等飞高,便行爆炸,天崩地陷,顿时大震。下面云网先被击穿一个大洞,大蓬煞火立似天河倒倾,电射而下。群邪逃避不及,除为首十三个祭炼乌梭的妖人和少数精通玄功变化的几个之外,当时便死去了一大半,身首被震成粉碎。元神再吃煞火猛压下去,围住一冲射,当时炸散,形神皆灭。下面海水立被击开了百亩方圆的大洞,四边壁立,飞涌如山,宛如群峰环列,向上飞涌起数十百丈。再吃煞火一压,海水也受了感应,化为无量水雷,自行冲射,连珠般爆炸起来。眼看由近而远蔓延过去,整片海水纷纷分裂,化为雷潮,与煞火相合,冲破地肺,生出无边浩劫。说时迟,那时快,这原是转瞬间事。叶缤见群邪作法自毙,神雷、仙网已被冲破,妖人纷纷伤亡,海水群飞,骇浪山立,煞火所冲之处,大量海水化为万钧霹雳,自行爆炸,由上而下,再往四边自行排荡冲射,蔓延开去。暗道:"不好!"忙喊:"璎侄、琳侄,还不下手诛邪救人,等待何时?"口中说话,手掐灵诀,往下连指,那朵如意灯花重又出现。同时由叶缤手上飞出一团紫色祥光,作一大圈往海中飞射,晃眼成了一个千百亩方圆的光筒,将下边煞火一齐罩住,不令往外泄出。那朵灯花也已加大十倍,外面射出金红色的奇光,内裹一朵青荧荧的如意,其高近丈,悬在光筒之上,先将云网破口补上。然后回顾笑和尚,连声笑道:"道友宙光盘大有用处,请先准备,听我招呼,助我消灭煞火。来时,死圈四围已下禁制,无须顾虑。"说时叶缤脚底忽然涌起一朵青莲,祥辉电射,和那灯花一样,四边煞火神雷只一近前,便自消灭。小寒山二女身形微闪,连那七宝金幢一同隐去,不知去向。

这时最苦的是云雷真人黎望和乃弟崔晋,云网一破,二人心胆皆裂。本以为此宝分合由心,先打算收转残余,防身逃遁。不知怎的,似被一种极大力量吸住,急切间收不转来。眼看煞火已和水雷连成一片,狂涌而来。为首诸邪有的仗着玄功变化,魔法神通,各在一幢魔焰拥护之下,一个个咬牙切齿，互相呼喝，欲与仇敌拼命，至不济，也使同归于尽。内有多人，仗着飞遁神速，已然蹿入海底秘窟。黎望知道云网如不能收回防身，海水齐生反应，死圈又远及千里之外，无论飞遁多快，也难脱身。休说自己逃得稍晚，除精通魔法的为首十三妖人而外，那逃往海底的群邪，少时也无一能免。反正难保，好在云网只破一洞，未尽消灭，莫如仗着前师真传，索性不逃，互相兵解，运用玄功，将元神附在云网之下，保得一时是一时。万一敌人法力真高，借着这点时机，将煞火破去，免掉这场浩劫，自己功德不少，必为敌人宽免，就许为了以身殉劫，因祸得福，都不一定。忙告崔晋准备时，忽听少女口音娇叱道："谁是我义母碧梧仙子崔芜之子？通名免死！"二人先听笑和尚一说，早就心动，闻言惊喜，忙答："愚弟兄便是碧梧家母的不肖之子。二位道友可是小寒山姊妹么？"话刚出口，猛觉身上一轻，同时眼前奇亮。

　　黎望、崔晋定睛一看，先前所见七宝金幢，突又在海底出现，高达数十百丈，金霞闪闪，祥雨霏微，上面七宝齐放毫光，挺立海中，徐徐转动。海水立被映成异彩，宝光照处，当时波平浪静，恢复原状。先前爆发的煞火神雷、青白星花，好似被甚东西托住，自行上浮。上面虽仍是黑焰弥空，神雷如海，下面却是碧波平匀，一望清深，连水底魔窟也被照见。为首群邪似知厉害，已各远遁。光幢之外，却不见人。二人心想："小寒山二女乃母亲义女，修为年岁比自己要少得多，竟有这么高法力，真可钦佩。"正面向金幢称谢，忽见天空四边起了一圈明霞，奇光如电，估计少说也在数百里外，似将死圈一起环绕在内。那么强烈的煞火，本是无边黑海，上与天接，多高慧目法眼均难透视，此时竟会掩不住那环绕若城的明霞奇光。暗忖："是何宝光，如此强烈？"忽见明霞渐往中心收缩过来。当空煞火神雷的威势本就猛恶已极，天地早成混沌，方圆千里以上，直似一个极大洪炉，内里包满烈焰，火星乱爆，互相冲射，更无一丝空隙。吃这四边光墙往里一压，威势骤加百倍，轰隆巨响声中，更杂着亿万密雷的怒啸。身经其境，固成灰烬，便在金幢宝光笼罩之下，也觉目眩神惊，心魄皆悸。仰望上空，叶缤先前所发的防御劫火的筒形金光已经收去，化为一片金霞，将云网破口遮没。头上悬着那朵如意形的灯花，叶缤仍由一朵丈许大的青莲托着，手掐灵诀，停空含笑而立。另一面，由那满面笑容的笑和尚为首，在香云宝盖护身之下，面前飞起一盘长圆形的宝光，内中银光闪闪，细如牛毛，似正待机。先困四人随在身边，满面均是笑容。后来一个青衣少女和两个矮子，不知何往。

黎望、崔晋曾听群邪说过，这诸天星辰秘魔乌梭所发煞火，均是当空日星中蕴藏的太火毒焰，被其吸引而来，无论多高法力，甚至是此宝主人想要收退，也只能釜底抽薪，不能压迫。否则抗力越大，威力更加狂烈。此时见上空煞火毒焰已被四外明霞合成的光围由大而小，逐渐逼紧，密压压齐往中心聚拢；好似一个极大地雷，内里已经发火通红，连铁皮也被烧成熔汁，无端加上一层铁皮，将其包没，郁怒莫宣，一经爆发，便不可收拾。明霞不知是何法宝，少时逼到急处，突被煞火震破，这一震之威，就不崩天，也必裂地。这大片海水和下面地壳，也立被击散震碎，所生灾害，必比先前更猛十倍。二人误以为叶缤和同来诸人过信法宝威力，不知这魔教中至宝的厉害，心中愁虑，朝着金幢大声疾呼，欲请小寒山二女行法传声，告知金钟岛主，不可大意，免受危害。

二女本用无相神光护身，暗中主持七宝金幢。先听黎、崔二人心意不恶，曾想以身殉劫，知此一念转移之间，已可减去不少罪孽。后在暗中查看，他们竟是一身道气，如在易地相逢，照此言行，绝想不到会是妖邪一党。觉得曾受义母抚养之恩，无以为报，难得这两人居然悔悟，大有转机。否则暂时虽仗自己之力免其一死，将来仍难保全，岂不有负义母兵解以前重托？心里正代他们高兴，猛瞥见二人身前不远，有两条同样相貌的黑影由海底穿出，好似看出金幢厉害，略一迟疑，重又往海底钻去。看出妖人欲以邪法暗算，忙将金幢宝光转动，并飞身往擒时，黑影已往海底钻去，隐遁神速，凭自己近年的功候，竟未追上。前面二人也似毫无觉察。知道黎望、崔晋等二人与四十七岛群邪以前是同党，必知来历。正要询问，忽见头顶彩云金霞之上，千寻黑海之中，突射出万道银芒，隔着彩云碧波，幻为异彩。耳听轰轰巨震之声，十分强烈，和先前所闻又不一样。定睛一看，原来已被四边明霞裹成一根撑天黑柱。本来烟囱也似，紧束着那大量劫火，往九天高处上升激射，只因火力太大，那黑色煞火与土木二行神雷受逼太甚，竟似成了实质，先还无甚异状，到了后来，光团越发缩小。

叶缤在佛火灯花防身之下，由那青莲拥着，施展灭魔大法，逼住煞火毒焰强行上升，尚能行所无事。笑和尚等五人仗着香云宝盖护身，虽以全力施为，竟几乎镇压不住，时受煞火猛冲，东西摇晃，时上时下，难于稳定。笑和尚所持宙光盘，早按本门心法准备停当，看出煞光受迫，威力更猛，叶缤偏又迟不发令，心正不解。猛觉头顶压力暴增，心中奇怪，忙用玉环查看。原来那方圆千里以外的煞火神雷，自从被叶缤用灭魔大法放出一圈上接重霄的明霞，由死圈外围紧紧环绕，往中心缩小以后，仍有数十里方圆一圈无量数的煞火毒焰，便由这烟筒形的光圈中朝九天之上猛射而上。看神气，似想将它送往大气层上，仍由天空日星将那毒焰吸收回去。本来无事，不知怎的，当空突然飞来一片蓝色妖云，竟将那么强烈的毒焰挡住。煞火受迫，无从发泄，本就郁怒莫宣，出口这一封闭，立时由上而下，随着那片蓝色妖云反压下来，猛烈冲射，威力之大，直难形容，连那一圈筒形明霞，也受了剧烈震撼，好似震散情景。

　　笑和尚见状，方在惊疑，俯视海底，金幢忽隐。先由玉环中看出小寒山二女隐身金幢之内，好似待机而动，忽然不见。正想查看踪迹，忽见两条黑影由海心深处电也似疾，朝崔氏弟兄扑去。二人似出不意，骤中邪法，当时晕倒，立被黑影拥入海底，一闪不见。想起此来原受林寒重托，救此二人，现为妖人所擒，吉凶难定，不禁大怒，待要追去。忽听叶缤大喝："笑道友速将宙光盘中子午神光线发射出来，待我和璎、琳姊妹除此元凶。"同时眼前倏的金光奇亮，抬头一看，正是小寒山二女在七宝金幢笼罩之下，同在当空现身。那蓝色妖云中裹一条蓝影，本由当空飞降，欲以煞火向下反击。一见七宝金幢突在头上出现，似知上当，只一晃，妖云收处，蓝影化为三条，上下飞舞，像冻蝇穿窗一般，往来乱窜。无如明霞若城，四面挡住，冲突不出。上面又有七宝金幢罩定，两旁虽有空隙，无如佛门至宝威力神妙，不敢冒失上冲。只得掉头往下，星飞电掣一般往下射来，打算由九丈黑焰毒火中穿地逃去。笑和尚动作何等灵敏，一听招呼，目光到处，手掐灵诀，朝宙光盘中一指，那根虚悬的神针立射出一蓬细如牛毛的银芒光雨，所到之处，下层煞火神雷首先纷纷消灭，化为轻烟。上面煞火神雷随后压到，吃那针头上所发子午神光线再一冲射，也相继消灭。光线虽然极细，光却强烈，亮逾银毫，带着轰轰雷电之声，那么繁密的煞火神雷，宛如浮雪向火，挨着便被消灭。笑和尚见状，精神大振，忙以全力施为，指定针头上子午神光线，在那黑海中上下冲射。

就这顾盼之间，三条黑影已由极高空中东窜西逃，缩成尺许大小，直飞下来。忽听一声轻叱，叶缤头上那朵如意形的灯花突又一闪不见。青莲花瓣上立有一片青霞向上飞起，将人包没在内。那三条蓝影原是参差飞降，各不相顾。当头一条竟似想和仇敌拼命，本来向左，猛一掉头，蓝影突然加大，内中裹着一个赤身露体的妖人，由胸前发出一片血光，猛朝叶缤扑去。这头条蓝影已暴长一两丈，内中所拥妖人，相貌十分狞厉，相隔叶缤约三四丈，猛然手口齐张。先由口中喷出一串比血还红的光气，朝前激射。两只其大如箕的怪手上，更发出连珠火弹，齐向叶缤打去。胸前血光骤转强烈，火镜也似朝前照去，来势神速，猛恶已极。叶缤竟似不曾理会。笑和尚虽知叶缤法力高强，不致受伤，因忿妖人丑恶，百忙中扬手飞起师传璧月刀，一圈金碧光华刚飞出去，忽见豆大一点淡微微的黄影在当头蓝影胸前闪了一闪。蓝影中妖人似有警兆，慌不迭改进为退，待由斜刺里穿破彩云，往海中遁去。猛听"叭"的一声极轻微的爆音，一团如意形的佛火灯花突在妖人胸前爆炸，妖人及其身外蓝影一齐震成粉碎，吃残余的煞火神雷往上一围，宙光盘中子午神光线再冲射过去，当时消灭。

第二条蓝影正往斜刺里飞去，笑和尚本想用子午神光线除他，因见煞火神雷为数尚多，宙光盘初次运用，威力甚猛，稍一分神，便难驾驭，不敢怠慢，连先飞出去的那口飞刀均以心灵运用，不敢分神兼顾。幸亏所化金碧神光正在飞舞，蓝影一到，恰好迎头挡住。这第二条蓝影，只有尺许大小，瞥见金碧刀光迎面飞来，忙运玄功，往左侧面飞遁过去。不料小寒山二女因奉叶缤之命，专除这为首三凶，不令漏网。眼看妖人三尸元神已有一条被戮，成功在即。忽见所救两人，因先前自己奉命用七宝金幢封闭上空逃路，行前疏忽，忘了崔晋等两人本是妖党，这一悔过输诚，成了群邪仇敌，自然不会放过。又因他二人邪法颇高，并非弱者，不曾带走，竟被那两条黑影擒去。情急往援，欲早收功，便将新近炼的碧蜈钩化为一道丈许长的翠虹，电射而下。谢琳又从叶缤处学会绝尊者灭魔宝篆，扬手发出一蓬灭魔神雷。蓝影中妖人与乌灵珠均是四十七岛群邪之首，邪法甚高，更擅玄功变化，练就一部魔神经，法宝甚多。新由北海回来，见四十七岛多半陆沉，岛上灵景宫室全部毁灭，群邪纷纷伤亡，不禁暴怒。自恃邪法神通，所炼魔神经更有极深功力，与众不同，径由高空中施展邪法，封闭出口，冲焰冒火而下，意欲来一个冷不防，将敌人杀死。不料当头一条元神先被消灭。第二条吃金碧刀光一逼，正往一旁飞遁，一道翠虹围绕上来，欲逃不及，当时绞为三段。仍想把残魂合在一起，设法遁走，不料一蓬紫色雷火已当头打下，当即震成粉碎。

末条妖魂蓝影见势不佳，敌人追得又紧，意欲隐形潜藏，待机逃遁，谁知恶贯满盈。笑和尚因先前妖人突由空中出现，连身外宝光均受震撼，忽存戒心。一面主持宙光盘消灭煞火；一面把师传玉环放大，悬向面前，由内而外，留神查看。此宝乃苦行头陀多年随身至宝，多神妙的隐形法也看得出。一见妖魂越发缩小，将身隐去，似要乘隙逃遁，如何能容。此时恰好煞火神雷自经子午神光线冲射，上空更有七宝金幢缓缓下压，上下夹攻，同具无限威力，就这应敌匆匆，前后几句话的工夫，已消灭了一大半，渐渐化成热烟黑气。爆炸之声，也渐渐轻微。身外也轻松了许多。笑和尚料知无害，表面仍向残余煞火冲射。觑准妖魂所在，冷不防一指盘中神针，针头上的子午神光线猛向妖魂射去。只听轰轰雷电声中，一声惨啸，妖魂立现，分裂成数缕蓝烟，箭一般朝空射去。小寒山二女正由上空压着残余煞火飞降，一见残魂余气还想遁走，忙把金幢宝光微微一转，一片金霞电射而下，残魂立被吸去，晃眼无踪。二女高呼："叶姑，我们救那两人去了。"人随声隐，重又不见。

叶缤见是时候了，惟恐众邪逃窜，不能一网打尽，便对笑和尚道："道友大功告成，可将法宝收起，由我将这残余毒焰煞气送往大气层上，使其消散，免使飞堕人间为害。"此时那残余的煞火神雷早已全数消灭，只剩黑烟飞扬，往来鼓荡，尚极浓厚，但已不能发火爆炸。笑和尚闻言，便把宙光盘收去。叶缤手掐灵诀，正待施为，忽似有甚警兆，面容微微一变。口喝："强敌将临，笑道友人走无妨，香云宝盖不可收去。"说罢，将手一扬，那明霞合成的光筒本似一根撑天宝柱，由海面起直上重霄，忽随叶缤手指，裹着煞火神雷所化毒烟黑气突然上升，如长虹射空，照准天心高处，电也似疾，不一会儿便超出云层，剩了一条笔直的彩虹。然后光影由大而小，渐无影迹，烟消火灭。日华耀空，天色重转清明。那遮盖海面的云雷仙网，尚在浮动，不曾收起。

笑和尚见大功告成，所救二人又被妖人邪法擒去，不知吉凶下落。还有凌云凤、南海双童甄氏弟兄相见匆匆，谈不几句，便同仗灵符护身穿波而下，至今未回，不知是否成功，欲往寻找。心想："香云宝盖既不能收，留在这里也是一样。"便将诀印传与归吾，令代主持。自己身形一晃，隐形往海底飞去。刚到海底，耳听远远空中有人厉声大喝："叶缤贱婢！"随见一道白光，由高空中电也似疾，横海飞来。忙用玉环查看，内中现出一个相貌丑怪的黑衣年老道婆。这等来势，从未见过。心方奇怪，白气已将到达上空。叶缤也未答话，玉手一扬，立有一股电气霞光激射而出，将那白气迎头敌住，也和长虹一般，两下里抵紧，时进时退，就在海面上相持起来。笑和尚暗想："此人是谁，怎未听说？"看出她法力甚高，偏又无甚邪气。忽听海底连珠迅雷一阵响过，中杂传音求救之声，忙即循声飞下，深入海底。只见当地乃是一所水晶制成的洞府，深藏海眼深处，上面海水受有邪法禁制，宛如一片碧绿晶幕，张在上面。小寒山二女正与群邪斗法，为首一人正是乌灵珠，另有几个妖邪也均精玄功变化，各用邪法异宝与二女苦斗。暗忖："二女七宝金幢何等威力，怎不使用？"忽听二女用峨眉传声说道："笑师兄，这里是海眼深处，离地肺甚近，海底更有亿万生灵，七宝金幢威力太大，不便取用。众邪看出我姊妹心意，冒险强斗，不肯离去。虽然除去几个，尚有六人均是为首元凶，一个也容他们不得。因有许多顾忌，暂时尚难成功。还有小妹所救两人，为乌灵珠邪法所制，身上附有阴魔，正受苦难，妖孽也以此挟制。须有一人将那护身阴魔除去，才能解救。久闻笑师兄法力甚高，炼有无形仙剑，望乞相助，救此二人脱险，感同身受。"

笑和尚闻言，见自己的隐形法竟被二女看出，先颇惊奇。后想起二女与本门女弟子颇多交好，既能用本门传声，隐形法自必瞒她不住，不禁好笑。忙以传声应诺，往内搜寻。又听呼救之声，寻到当地一看，崔氏兄弟已被困在法坛之上，也未绑吊，只身上各附有一条魔鬼黑影，正施魔法凌虐，疼得二人满地打滚。不禁有气，仗着隐形神妙，法坛上主持邪法的妖党不曾警觉，轻悄悄掩将过去，施展无形剑气，冷不防罩向阴魔身上。紧跟着发出乾天火灵珠，一片红光金霞连闪两闪，魔影立被消灭。扬手又是一个太乙神雷，将全洞震成粉碎，妖党也被无形剑所杀。立即带了崔氏弟兄一同飞出。就这往返不多一会儿，小寒山二女也已成功，六个为首妖邪竟被谢琳将先准备好的灭魔大法骤然发动，顿时除去了四个。只剩乌灵珠与伍神师二首恶，运用玄功变化，飞遁逃去。三人忙同追出，仰望空中，见叶缤与新来强敌正各指着一条白气、一股彩霞，长虹一般互相抵御，横亘海上，相持不下。谢琳看出来敌十分厉害，不由有气，正要飞身上前助战，忽见一股青蒙蒙的光气由海中电射而出，朝天空两道长虹之中冲去。要知来人和那新来强敌是谁，因何结怨，请看下文分解。

第三〇二回 排难解纷　热雾海中飞宝鼎
　　　　　　　除恶务尽　明霞天半起金城

前文说到笑和尚在小南极乌鱼岛上救了商建初、朱鸾和归吾、白明玉等夫妻四人，仗着佛门至宝香云宝盖，防御四十七岛群邪为首妖人乌灵珠等所炼诸天星辰秘魔七绝乌梭引发的太空煞火，眼看形势越发险恶。先是金钟岛主叶缤同了小寒山二女谢璎、谢琳，用佛火心灯开路，在七宝金幢祥霞拥护之下，由千万丈黑海星涛之中飞来。紧跟着，南海双童甄艮、甄兑同了凌云凤，相继用神禹令开路，赶来会合，一到便将宙光盘交与笑和尚，暗中说了来意。甄氏弟兄和前生父母转劫重逢，自是喜慰，但因煞火厉害，危机密布，势正紧急，不暇多言，并还要搜戮海底潜伏的精怪，匆匆说了几句，便随云凤同往海底遁去。

另一面，乌灵珠等为首诸妖邪和同党云雷真人黎望，又起了内讧。因恨极仇敌，将残余的一枚七绝乌梭发将出去。不料叶缤早有准备，将佛火灯花的宝光隐去，乌梭打空，吃那排山倒海的煞火和土木神雷一齐冲激，未等升空，先行爆炸，云雷仙网立被冲破一洞。海水受了反应，眼看化为无量水雷，引出滔天大祸。叶缤见势危急，一面行法，将云网破口补上；一面飞出一圈紫色祥光，晃眼化为千百亩方圆一座光筒，将下边煞火罩住，令笑和尚用宙光盘上子午神光线破那煞火。正施为间，忽由高空飞来一条蓝影。笑和尚由玉环中看出来敌练就三尸元神，知是魔教中能手。破完邪法，妖人残魂方要逃走，恰值小寒山二女由海底赶回将其消灭。同时发现先救碧梧仙子崔芜所生二子黎望、崔晋被妖人用阴魔摄走，寒山二女想起义母抚育之恩，一时情急，朝叶缤打了一个招呼，便往海底飞去。

笑和尚因自己曾受林寒之托，来救黎、崔二人，先因煞火尚未消灭，不能分身。及见煞火全消,妖烟尽扫,想起所救二人被妖人擒去,甄氏弟兄和凌云凤也是一去不归,心中悬念,便把宙光盘收去,只留香云宝盖交与归吾,令代主持,随即隐形,往海底飞去。刚一到达,耳听高空中有人喝骂,随见一道白气横海飞来,比电还快。叶缤也未答话,扬手一股电气霞光,将那白气敌住,两下里抵紧,宛如一道经天长虹,横亘天半,在海面上相持起来。看出来敌法力甚高,偏又不带邪气。笑和尚方在奇怪,忽听连珠霹雳起自海底,中杂传音求救之声,忙即赶去。到后一看,小寒山二女与群邪斗法正急。匆匆见面,略谈几句,便即隐形,深入法坛,见黎、崔二人为阴魔所制,正受凌虐,疼得满地打滚。不禁大怒,忙用无形剑气冷不防罩向阴魔之上,再发乾天火灵珠、太乙神雷,将阴魔和海底秘窟震成粉碎,守坛妖党也被无形剑气所伤。笑和尚带了黎、崔二人,匆匆赶上。

就这往返之间,小寒山二女也将群邪除去了好几个,只剩乌灵珠、伍神师二首恶,运用玄功变化,穿波逃去。三人忙同赶出,仰望空中,见叶缤与新来强敌各指一股彩虹、一条白气,互相抵御,横亘海上,相持不下。谢琳看出来敌不比寻常,心中有气,正待上前助战,忽见一股青蒙蒙的光气由海中心电射而出,朝两道长虹之中冲去,定睛一看,正是凌云凤。笑和尚见云凤满脸怒容,手掐法诀,似要施为。因见来敌不是庸流,暗忖:"叶缤乃散仙前辈,得道多年,近又练成绝尊者灭魔宝箓,多厉害的敌人也非对手,来人不会不知她的厉害,竟敢拼斗,已是奇怪。叶缤那么高法力,又有几件至宝,偏都不用,只将冰魄神光化为一股彩虹与之相持,其中必有原因。凌云凤无甚经历,如冒失出手,所持神禹令又是前古奇珍,威力甚大。黑衣老妇看不出是何来历,所发白虹毫无邪气,万一是位前辈地仙,无心开罪,惹出事来,岂不讨厌?"念头一转,忙用本门传声急呼:"凌师妹,不奉一音大师之命,不可冒失出手。"

云凤原是奉命搜戮潜伏海底的那些水中精怪修成的妖党,刚刚得手,听甄氏弟兄说上空来了强敌,似是昔年水母一派。云凤先并不知水母来历,后来偶然遇到齐灵云、周轻云、严人英、林寒、庄易等五人,无意中谈起水母许多怪癖。并说水母得道数千年,虽然早坐死关,封闭在北海水底地窟之内,但她还有几个门人和宫中男女侍者,个个法力高强,所炼癸水雷珠、玄阴真气和其他癸水精英炼成的法宝,件件厉害,又最恃强好胜,异日无心相遇，最好不去惹她。好在对方除却稍微骄狂自大而外，绝少恶行，教规也颇严厉，即便后辈门人众多，品类不齐，间有少数为恶之徒，也应问明来历姓名，寻他师长，不可妄自出手。云凤彼时因未婚丈夫俞允中苦缠不舍，心中为难。允中又有一事求助，自身奉有师命，不能同往，前番误杀雷起龙之事尚还未了，便命沙余、米佘二小陪了允中先去。想起丈夫情深义重，只为向道心坚，允中根骨又差，连像峨眉男女同门中的轻云与人英、灵云与孙南那样男女同修，做个名色夫妻，常在一起，都办不到，未免心中烦闷，故未上心去听灵云等人的话，只知水母门下法力甚高，俱有专长，别的均未留意。这时听说来敌乃水母一派，想起叶缤以前重托，说将来四十七岛妖人还在其次，内有数人法力虽不高，但和一前辈水仙颇有渊源。自己也非敌那水仙不过，只是不愿伤她，但不给她一点厉害又不肯退。算来只有神禹令是她克星，最好到时用神禹令将其惊走，免生许多事故。云凤因感叶缤相待之德，一直记在心里。闻言匆匆赶出水面，一指禹令神光，刚朝上空冲去，耳听笑和尚传声急呼，不令造次。想起此是同门先进，法力既高，见闻又广，传声阻止，必有原因，不禁犹豫起来。

那股白气本由黑衣老妇右手发出，与叶缤凌空相持，时进时退，彼此旗鼓相当，无一人露出败意。及至云凤飞出海面，禹令神光电射而出，黑衣老妇面容骤变，怒喝得一声："贱婢也敢欺人！"忙把左手一扬，先是一股同样白气，将神禹令敌住。同时把口一张，喷出一蓬细如米粒的银灰色光雨，为数何止千万，暴雨也似，朝云凤当头罩下。云凤因神禹令威力太大，上场照例不肯发挥全力，本是身剑合一，朝前急飞，见那细如星沙的云光刚一近身，便觉奇寒侵肌，几难忍受，心方一惊，打了一个冷战。说时迟，那时快，就这危机瞬息，一转眼之间，猛瞥见一道金光破空横海而来。刚看出来人遁光眼熟，光中已现出一个年约十六七岁的白衣少女，正是神尼芬陀惟一传衣钵的弟子杨瑾。云凤身已冷不可当，如非近来功力日高，身剑早已合一，仙剑护身，虽被云光罩定，不曾侵入，当前一片又被神禹令冲荡开去，几遭不测。惊喜交集之下，正在奋力抵御，只见由杨瑾左手五指上发出五缕红线，朝自己面前射来。这时云凤身外已被银灰色的光雨紧紧裹住，密层层快要融为一体。这五缕红线看去细极，色作深红，又劲又直，无甚奇处。谁知此是太阳真火凝炼而成，威力十分猛恶，和那云光刚一接触，黑衣老妇便似知道不妙，把手一招，想要回收，已是无及，那大量银沙挨着红线，纷纷消灭，化为大蓬热雾，弥漫海上。

黑衣老妇急怒交加，厉声大喝："你虽仗着人多，今日教你知道我厉害！"话未说完，一股灰白色的光气由口中喷出，到了外面，和那残余的银色光沙会合，不等红线追来，先自纷纷爆炸，化为大量热雾，四下飞腾，晃眼展布开来，千百里的海面齐在笼罩之下，仿佛刚开锅的蒸笼，奇热无比。云凤奇寒刚退，酷热又生，虽在剑光防护之下，依然热不可当。幸而当空白虹彩气忽然收尽，敌我双方均无踪影，只杨瑾一人在法华金轮之上，金光电旋，停空不动。正待用神禹令冲开热雾，赶往会合，忽听笑和尚二次传声急呼："师妹速用法宝防身，不可妄动！"声才入耳，海面上热雾更加强烈热力比起烈火还要猛烈得多。遥望前面上下四外，已被这类似火非火，似气非气的热雾布满，什么也看不见。只有杨瑾法华金轮等师传佛门至宝金光祥霞，电旋星飞，在白色浓雾影里隐隐闪动，人影早看不见。那白雾不特奇热无比，更具极大压力，如非神禹令挡住正面，绝难忍受。

云凤正想发挥全力，另取法宝一试，忽听杨瑾笑喝："闵道友，何苦为了两个门下败类，闹得身败名裂？一音大师近炼绝尊者灭魔宝箓，已早成功。同来小寒山二女又是忍大师门下高足，曾修上乘佛法，练就有无相神光，更有佛门至宝七宝金幢。你便多大神通，也难占得上风。何况一音大师先前因为四十七岛群邪罪大恶极，意欲全数除害，又防煞火猛恶，波及无辜，曾在死圈外施展灭魔大法，以防漏网。道友得道千余年，当知顺逆利害。乘着此时胜负未分，各自回山，免累多年盛名，岂不是好？如觉这太阴凝寒之气阴极阳生，已经化生火雾，热力胜于烈火，易发难收，已经骑虎难下，非拼不可，那也无妨。我囊中带有九疑鼎和一粒混沌元胎，足能将它收去，只请少安毋躁，免生枝节。"说罢，金轮宝光中突现出一张大口，由口中喷射出山中杂亿万金花的五色祥焰，神龙吸水一般投向雾阵之中。那上与天接的方圆千百里无量热雾，忽随同那两股祥焰，往大口中飞投进去，晃眼便去了一小半。

云凤方觉身外一轻，耳听谢琳在旁低语道："这老婆子有多可恨！我叶姑再三让她，还自逞强。你那神禹令是她克星，可趁着杨仙子话未说完之际，冷不防给她一点厉害。你看如何？"峨眉这班同门对谢氏姊妹个个投缘，私交甚厚，谁也不愿违背二女心意。云凤更因自己根骨禀赋均非三英二云之比，全仗向道坚诚，欲以定力胜天，一面下苦用功，一面对于各位师长同门格外恭敬。对于谢氏姊妹，更视若天人，早想结纳，未得其便。闻言暗忖："叶、杨二仙的法力神通，微妙不可思议，即便将敌人得罪，有她们在此，当无妨害。"忙即点头示意。谢琳见她点头，又附耳笑道："凌姊姊只管放心，真个闯出祸来，都有我呢。"谢璎插口笑道："琳妹行事实在胆大。此人乃水母嫡传弟子，因犯师规，禁闭宫中三百七十二年。难得她竟以至诚苦修，由禁法中悟出妙用，参透玄机，自身脱困，并还长了无边道力。她和另一男同门绛云真人陆巽分居乃师所留两处水宫仙府之内，虽未奉有遗命承继大统，已隐然成了一派宗主。只因性情乖僻，恩怨太明；近年开读水母仙示，又发现昔年遗音，得知将来与那男同门分掌教宗。一时好胜，以为神通广大，法令素严，门人不敢违背，多收无妨。于是海外旁门中人闻风来归，她又喜怒无常，感情用事，只要来人心志坚诚，便即收留。四十七岛群邪，倒有七八个在她门下，方才死于煞火，形神皆灭。因其天性好胜，门下弟子向不容人欺侮。他犯了重条，由来人向其告发，绝不姑息。如与为敌，再有伤亡，门人身旁均带有水宫信符，一经受伤，向其报警，立即赶来。如是当场被杀，那信符也能自生妙用，向其报警。不问门人善恶是非，必先赶来，为门人报仇，然后回宫处治，绝不轻饶。叶姑不愿各走极端，意欲退让，自己不出手，还不许我姊妹上前，她偏不知进退。我姊妹不便出手，凌姊姊用神禹令给她看点颜色也好。"

云凤知道谢璎谨慎持重，不似谢琳胆大喜事，这等说法，料无妨害，便将神禹令宝光朝前射去。自从九疑鼎大口一现，虽只有与二女问答几句话的工夫，满空热气白雾已被吞没了十之七八。对方意似不服，始而口中连喷银色光气，满脸忿激之容，也不发话，一味哑斗。后来热雾快要收完，正把黑脸上两道白眉往上一竖，口中喝得一声："杨道友！"云凤因为先前连受了酷冷奇热，元气损耗，几乎重伤，心中怀忿，加上二女怂恿，哪还再计利害，反恐一击不中，遭人轻视，特意把神禹令宝光先行隐去，扬手先是一口玄都剑、三枝火雷针朝前猛射出去。这时双方已将停战，黑衣道姑虽觉前见青光是她克星，自恃玄功变化，始终未把云凤放在眼里。一见剑光如虹，夹着一溜红光电掣飞来，冷笑道："米粒之珠，也放光华。"张口喷出一股银色光气,欲将那一剑一针裹去。不料遇见对头克星,白气刚喷出口,把剑光裹住,猛瞥见先前那股青蒙蒙光气突然出现,自己苦炼千年的癸水元精竟被突然一撞,逼退回来。当时元气亏耗,受了内伤。先前满空热气,已将收尽。杨瑾手指九疑鼎所化大口,正在婉言劝说。叶缤也同现身。

黑衣道姑知道强不过去,待要乘机下台,因见凌云凤飞剑来攻,一时疏忽,意欲先给敌人吃点小苦,挽回颜面。不料一念轻敌,吃了大亏,不由怒火上撞,厉声大喝:"你们欺人太甚,休怪我狠!"说罢,把手一扬,刚由五指尖上射出五串光闪闪的水星。忽听杨瑾大喝道:"闵道友莫要造次!此是前古至宝神禹令,还有离合神圭与宙光盘,正是助令师脱劫之宝,如今均在峨眉派手内,此女也是峨眉门下。遇此千载难逢之良机,道友为何将它错过?当真为了一朝之忿,便自身不计,连师恩也全忘了么?"话未说完,叶缤将手一扬,一片霞光已飞向前,将神禹令宝光挡住。黑衣道姑也将所发水星收回,满面愧容,无话可答。杨瑾知其素来好胜,将手一招,收回九疑鼎,招呼叶缤、云凤,一齐飞上前去,见面笑道:"闵道友,自来不打不成相识,何况事出无知。你那几个门人本是四十七岛中的妖邪,极恶穷凶,无所不为,道友为他们负气,未免不值。趁此胜负未分,由我作个鲁仲连,将来再令云凤带了前古三宝,前往水宫仙府,负荆请罪如何?"

黑衣道姑慨然答道:"道友盛意,令人心感。我因这几个孽徒为恶甚多,久欲处治。也因家师坐关,快要期满,不久复体重生,但在道成飞升以前,还有一场大劫,厉害非常,多高法力也难抵御,为此日夜加功,苦炼了两件法宝,昨日才炼成。忽接家师坐关以来第一次心声传语,说是此宝虽经贫道三甲子的苦功炼成,仍非天劫之敌,只有方才杨道友所说前古三宝,可以免难。但这三宝只是昔年耳闻,谁也不曾见过,何处去寻访它们的下落?并且这类前古奇珍威力神妙,即便被人得去,宝主人也非庸手,愚师徒隐居东北两海,千百年来,闭关清修,极少与他人交往,又是借来抵御天劫,一个不巧,人宝全毁,除非真有交情,对方绝不肯借。再说,三宝也不会在一个人的手内。想起师恩深厚,眼看大劫将临,无力效忠,终日愁虑。正拼到时以身殉师,忽接信符警号,行法查看,得知门人均为叶道友和同来诸人所杀,一时气忿,冒失赶来。先见神禹令青光与别的法宝不同，还不知是家师所说三宝之一。适听道友之言，竟连那两件奇珍也同在峨眉派手内。贫道性情虽然刚愎，为了家师，粉身碎骨均所不计，伤点颜面，有甚相干。我这人心口如一，真人面前不说假话。道友只要肯相助，请凌道友到时带此三宝光降水宫，助家师脱难，感谢不尽。既已化敌为友，如何还说负荆二字呢？"

叶缤笑道："闵道友快人快语。其实，我事前还不知道，道友快来以前，才接小寒山忍大师心声传语，得知此中因果。为防各走极端，道友又不容分说，只得勉强相持。想起四十七岛元恶未除，另外还有几个余孽也未伏诛，惟恐夜长梦多，正在为难，恰值两生至好杨道友受了忍大师之托，赶来解围，本可无事。不料云凤因见不胜，出手稍快了些，否则便更圆满了。如今话已说明，成了一家。令师复体在即，昔年强敌太多，水宫仙府不可离人，道友请先回宫，日后再令云凤持了三宝，前往效劳如何？"黑衣道姑闻言惊道："我知诸位道友法力高深，遇事前知，可是家师有甚警兆么？"叶缤笑答："详情我不深知，听忍大师之言，似无大害。令师弟绛云真人陆道友虽有强仇上门寻衅，到时也有化解，终可无虑，放心好了。"黑衣道姑闻言，料知水宫有事，忙即告辞。

云凤便问叶缤："现在群邪十九伏诛，为首元凶尚未消灭，经此长时耽延，如被逃走，岂不又有后患？"叶缤笑说："无妨，我已有了准备，业已发动灭魔宝箓，四面封禁，只有一条逃路，也是我故意留下，迫令由此逃遁。这厮定必遁往魔宫，正好将那隐迹多年的元恶穷凶除去，免留后患。其实这两个魔头，男的还好一些，女的积恶如山，百死不赦，最好趁此机会除去，只不知可否办到。"谢氏姊妹自从道姑一走，便飞近身来，闻言插口道："时已不早，叶姑还不把这些余孽一网打尽么？"叶缤笑道："又是琳儿淘气，已然无事，偏给人家一个没趣。"谢琳笑道："自习灭魔宝箓以来，叶姑遇事不问青红皂白，老是怪我，那姓闵的道姑来时神态凶横，有多气人。要无叶姑在场，恩师又再三禁止，即便因她不是左道妖邪，照此蛮不讲理，我也绝不放她过去，多少教她丢点人，才消气呢。请想，连姊姊都开了口，别人就不用说了。"谢璎笑道："琳妹自从学会宝箓，平添了许多杀机。我请凌姊姊施展神禹令，一半使其知难而退，一半也为此人性情偏激，不到黄河不死心，非使亲见此宝威力，才能心服口服，否则怎会这样听话？我乃好意，当是和你一样，真个与她难看么？"云凤闻言，才知谢璎此举含有深意。方要开口，忽见东南方飞来两道遁光，内一红衣少女正是叶缤门人朱红，同来那人是个身材高大的道童。

这时四十七岛上空，已被叶缤暗用冰魄神光一齐笼罩，光华已隐，不是自己人绝进不来。叶缤又认出同来道童乃西海离朱宫少阳神君门人火行者，料有急事，见面正要询问，猛瞥见远远海底飞射起二三十道妖光。这时众人已全聚在一起，南海双童刚由海底飞出水面，朝前生父母身前扑去。笑和尚看出叶、杨二仙已有成算，便不再出手，正与众人叙谈，一见妖光四方八面纷纷飞起，正待追上。叶缤笑道："诸位道友无须动手，这班妖邪恶贯满盈，休想逃走。"说罢，手掐法诀，往外一扬，四外天边立起了大片金紫二色的霞光，环立若城，下齐海面，上达天心，电也似疾，突往中心合拢，晃眼之间，由千百里方圆缩成百余丈大小。上面明霞闪处，满空冰魄神光忽然出现，照向金紫圈之上，宛如一口平顶大钟，将众妖人罩在下面。只见金墙环立，精光万道，明霞蔽空，幻为异彩，映照得千寻碧海齐焕霞辉，绚丽绝伦。众妖人看出厉害，再以全力向前猛冲，一时五光十色，纵横飞舞，电射星流，顿成奇观。

原来乌灵珠这日正是生辰，原定在岛上开一乌鱼大会，海内外同党妖邪赴会的甚多。先来妖党飞近小南极，发现满空煞火，上与天接，俱都害怕，不敢近前。有的一到便知难而退；有的先还观望，后见煞火消灭，看出不妙，俱都惊走。只苦那后来几个，正值煞火全消，群邪伤亡将尽，叶缤所用禁法十分神妙，来人能入而不能出，这班妖邪不知底细，误入禁地，飞近四十七岛上空，遇国内层禁圈冰魄神光阻路，方始惊觉，后退已是无路。同时发现敌人正与一黑衣道姑斗法，双方均具极高法力，看出厉害，正在惊疑。不料死星照命，乌灵珠等为首诸邪由小寒山二女、南海双童等手下漏网，仗着玄功变化，遁入海心深处；不知敌人欲擒先纵，防他铤而走险，攻穿地肺，以死相拼，故意放宽一步，叶缤早在上空布好罗网相待。群邪只剩四人，藏在一处泉眼之内，正在咬牙切齿，痛恨仇敌。一见妖党飞来，内有数人均是能手，妄想借此援兵，转败为胜，或是助其脱难。同时四人中有一个名叫滕柱的，乃摩诃尊者司空湛的得意门人，邪法既高，又持有两件异宝，人最刁狡，早看出敌势强盛，休说报仇，逃命都难。便向乌灵珠献计：把人分成四方八面，使敌人不能兼顾，乘机遁走，真要不行，再与一拼。否则逃尚无望，如何能胜？

乌灵珠也被提醒，立时变计，不听伍神师之言，和新来妖党略一商议，便自起身。初意是先由两人出水试探，如其上下四外均有禁制，仍回泉眼潜伏，能够穿地而出更好，否则便守在泉眼之内，敌人真要相迫，索性攻穿地肺，发动巨灾，与之拼命。哪知运数将终，乌灵珠自恃邪法较高，长于玄功变化，飞遁神速，本来令伍神师陪了来宾留守，自带二同党出水查看。谁知伍神师既忿乌灵珠专断，又以新来妖党中有两个至交，带有几件厉害法宝，认为只能与敌一拼，如把来赴会的人一齐隐藏在泉眼之内，觉得难堪。乌灵珠惊弓之鸟，又慎重了一些，因见敌人与一对头停空相持，同来好些敌党均作同观，神情可疑，只顾查看，没有就回，伍神师越发不耐，便和众妖党一同冲出。刚离原处，叶缤暗中埋伏的灭魔之法立生妙用，将泉眼封闭，断了归路。群邪见势不妙，只得仍照原计，分头突围逃走。果然乌灵珠先前所料敌人埋伏的灭魔神光长城也似，突然出现，将群邪一齐圈住，冰魄神光再往下一合，于是全成网中之鱼。

笑和尚等见群邪已被困住，冲逃不出，正要追杀。群邪知道凶多吉少，也都向前拼命，各施邪法异宝，返身杀来。杨瑾看出中有数人均持有极阴毒的法宝，恐众人一时无知受了误伤，忙喝："可随璎、琳姊妹一起，不可妄动！"说罢，一指法华金轮，宝光立时大盛，电旋星飞，朝众妖人冲去。叶缤将冰魄神光往下一压，谢琳又将碧蜈钩放起，晃眼之间，群邪伤亡大半。叶缤原意是将这些妖邪全数除去，灭魔大法已早发动，弹指之间，群邪便可伏诛。只因来时受了忍大师指点，另有深意，故意迟不发难。及见乌灵珠肉身为杨瑾飞刀所斩，连伤了四个身外化身，知其七煞化身已去其四，即便逃走，也无能为力，便用传声告知众人，速退光圈之外。这时群邪只剩乌、伍二妖人和四个赴会的妖党，滕柱也在其内，各仗玄功变化和邪法异宝防身，正在舍命相持。忽见四外神光一闪，所有敌人一齐到了光层之外，情知不妙。滕柱因和乌灵珠至好，又因一人势孤，当地又是海心深处，泉脉纵横，只要能找到一处，穿入其内，便可借着水遁逃走，为此追随不舍。一见那数十百亩方圆的光圈突往中心收拢，伍神师和另外三同党相隔较近，骤不及防，撞向光圈之上，连人带元神全被吸住，挣扎不脱。

紧跟着上面射出万道毫光，连声惨叫中，人便化为乌有。才知先前敌人不曾发挥全力，不由心胆皆裂。同时瞥见对面光墙也当头压来，快要上身，上面已射出千万道金紫色的精芒火花。又听乌灵珠大声疾呼："滕道友，你再不施展那师传至宝，我们全无命了！"滕柱本带有两件旁门奇珍，因见敌人厉害，惟恐损毁，不肯轻用。见势危急，只得把心一横，伸手一按胸前，"轰"的一声，飞出一蓬伞形碧光，中杂无数银色火星，伞尖朝前，将二人一齐裹住，火花纷纷爆炸，发出亿万霹雳之声，火龙也似朝光圈上猛冲出去。那紫色的光圈立被冲开一洞，二妖人立时逃走。滕柱方喜师门至宝，威力神妙，忽听一声怒啸。回头一看，乌灵珠身外化身又被敌人消灭了一个。同时一片金霞由身后射将过来，笼护身外碧光火雷忽全消灭。紧跟着又有一股极大吸力由身后猛袭过来，不由魂魄皆冒，连忙运用玄功，一同遁走。万分情急之下，又将另一件防身法宝放出，借着水遁，亡命飞逃。

这里众人本要随同追杀，刚被杨瑾止住，随听叶缤传声说道："我尚有一害未除，必须追赶。除璎、琳二女随我追杀而外，余人可听杨仙子之命行事。"众人往旁一看，海面上灭魔神光已全收去，小寒山二女踪迹不见。杨瑾随令笑和尚近前，递了一封柬帖，令带归吾和南海双童去往北海，如言行事。笑和尚见那柬帖是由火行者手上取来转交，内中还附有一粒宝珠，暗用玉环查看，不禁大喜。杨瑾又朝云凤等嘱咐了几句，约定日后各人事完，去往幻波池相见。云凤便说来前途遇韩仙子指示玄机，说俞允中事情已完，暂时无须再令沙、米二小寻他。令她将宙光盘交与二小，先往依还岭助战，只等破去敌人法宝，便用所赐灵符飞行，赶往白阳山，将盘交与她，再回幻波池待命。令她在白阳山寻到前古固魄灵药，急飞小南极相助叶缤，诛邪除害之后，再往寻那对头女仙化解前怨。想起事太艰险，欲求杨瑾相助。杨瑾笑答："你那对头经人指点，已经省悟，不再记仇。不过夫妻情厚，故意逼你为他出力，好使元神早日凝固罢了。"

云凤因为误杀雷起龙之事，始而东藏西躲，应付为难，虽有至宝随身，无如自犯师规，虽是无心之失，师门法令森严，其势不能将错就错，没奈何，只得忍气吞声，受人闲气。后来三个男女弟子见师受辱，一同激怒，暗中埋伏，将女仙打伤，事情越发闹大。好容易经邓八姑、玉清大师设法化解，双方才行和解。事情虽暂时告一段落，但须云凤再往白阳山前古妖尸无华氏墓穴隧道之下，寻取二元神胶和另外一种灵药、一道佛家护神灵符，亲身送往海外，帮助对方凝炼雷起龙的元神，才可完卷。偏生对方所居远隔中土十万里外，地势隐僻，无论如何走法，沿途均不免与隐伏海外的左道妖邪相遇。师命又只许带同门人前往，不许约请同门相助。耳闻前途危机四伏，自知道浅力薄，全仗几件法宝防身，而威力最大的宙光盘又须交与笑和尚带往北海助人脱难。上面虽然附有韩仙子的灵符，到时只需行法一招便能飞回，但仙示上不曾提及，到时是否能够飞回应用，尚不知道，心中愁烦。满拟杨瑾乃前生祖姑，今世曾共患难，彼此情感最厚，必能为力。一听这等说法，好生失望，不便多说，只得辞别，先行飞走。

云凤走后，杨瑾对笑和尚道："这宙光盘关系重大，你照柬帖所说把事办完，可将此宝交与灵云姊妹。盘底附有韩仙子的灵符，云凤又是此宝主人，一招即回。但是云凤此去另有遇合，此宝随身反而有害，此符化去又太可惜。待我将其妙用止住，以免云凤胆小，妄将此宝招回，致被妖人夺去，或又惹事树敌。"说罢，将盘要过，伸手一指，一片金光由盘底闪过，将灵符妙用停止。再交笑和尚，令照柬帖所注日期行事。白明玉见杨、叶二仙道法高深，万分钦佩，早有拜师之念。一见叶缤已和小寒山二女先行飞走，杨瑾正朝商建初、朱鸾发话，令回金钟岛待命，只等叶缤事完回来，便往土木岛成婚。朱红也随同回去。说完似有行意，忙赶向前跪地哭诉，请求收为弟子。杨瑾笑道："白道友，请快起来。我已皈依佛门，不久披剃，你夫妻累生患难，必须同修，如何拜我为师？你累生修为，颇非容易，尤其两在旁门，未染丝毫恶习，今生更是莲出污泥，凤根不昧，实是难得。你前生二子修为勤奋，向道心坚，名列七矮，福缘深厚，你将来也必能得到他们的益处。机缘一至，自有成就。彼此道路不同，求我无益。"明玉仍然跪地不起。南海双童见母亲跪下，也随同一齐跪下，苦求不已，杨瑾笑道："北海之行，虽然应在幻波池事完以后，为日尚早，不必着急。现在大家多半有事，各人本应分散。我这人素来面软，收徒虽然不能，把你引进到别位道友门下，以你心性禀赋，必蒙收留。本来我有离朱宫之行，且随我同往青门岛、小方壶两处，一试机缘如何？"明玉母子闻言大喜，连忙拜谢起立。杨瑾随带明玉和火行者一同起身，先行飞走。众人也分别上路，笑和尚同了归吾、南海双童一行四人，也便起身。

当地与北海均在地极天边，相隔遥远。笑和尚为人谨慎，又因以前受罚面壁，遇事越发小心。知道日期虽然尚早，事关重要，杨仙子既命此时起身，必有原因，反正无事，不如早到北海，在彼相待，候到日期下手，比较稳妥。四人均精隐形地遁之术，因为途程太远，小心过度，行时商议，不由空中飞行，改用水遁和穿山地行之术，隐形前往。南海双童更持有红花鬼母朱樱所赠的碧磷冲，任何坚厚的精铁石土，那七叶风车所发碧光只一旋转，所射之处当时消熔。满拟这等走法，绝不会显露形迹。前半途程倒也无事。这日行经东北两海交界之处的铁刀峡，当地原是海中心突出来的六座大礁石，其高千百丈，石黑如漆，远望好似六把大刀，犬牙相错地钉在海上，形势奇险。风涛更是猛恶，终年骇浪滔天。那六座礁石，最低的离水也有五六千尺，全是刀尖朝下，钉向水中。离水六七丈以下，山脉纵横，高低不同，不下数十百处。本来风涛险恶，再被这些千百座伏礁层层激荡，海水到此，环绕这六座大礁石，产生激漩，海水群飞，倒卷而上，浪花如雪，低的两座礁石常被漫过。当地虽是两海交界之处，因地处僻远，景物荒寒，除却海中蜃雾幻景时有涌现而外，只此六座广数十亩，其高千百丈，通体连苔藓都不生的平顶斜面黑色礁石，方圆四五千里以内，更无别的岛屿。休说仙凡足迹之所不至，连海鸟都不上栖息。四人虽是累生修为，足迹遍海内外，当地尚是初次经过。

笑和尚见景象荒凉，风涛险恶，浪花撞在那些礁石上面玉溅雪飞，高起数十百丈，成为奇观，以为甄氏父子生长海中，必知地理。等到一问，竟连黑刀峡的地名都是出于传闻，当地是不是黑刀峡都不知道。一时好奇，试用慧目隔水查看。原来海下面竟是千石万壑，峰峦灵秀，琪花瑶草，满地都是。那六座黑色荒礁，便是山顶。最奇的是海面风涛那等险恶，离水五六丈以下却是碧波停匀，清明若镜。仿佛上面只有六七丈深的海水，下面千百丈深的大片山林均被　片奇大无比的琉璃笼罩。心中惊奇，正指给甄氏父子向前遥望，猛瞥见七八只一群似龙非龙，颈长十余丈，鹿头龟背，扁尾长拖，腹具四足一爪，通体碧鳞闪闪生光的怪兽，由一片高达数十丈，粗约十数围，碧干挺生，繁花大叶，纷披若盖的奇树林中缓步而出。这些怪兽，小的从头到尾，也有十六八丈长短。四足前高后低，那条长颈几占身长五分之三，嘴却不大，前胸生出一爪，形如蒲扇，似可伸缩。到了大树之下，将头一昂，便将树上花果咬落下来。先不吞吃，把头一低，放在胸前大爪之上。只见长颈不住屈伸起落，一会儿把前爪抓满，然后前行，边走边吃。吃时把头一低，含着一枚果实，昂头向天细细咀嚼，好一会儿才咽下去。吃上三数枚，爪向胸前一贴，便已不见。原来所贴之处，乃是一处凹槽，平日用作存粮之所。那么高大的怪兽，神态却甚纯善，行动更是从容。笑和尚再用玉环查看，果然那些山林全是陆地，偏看不出行法之迹。越看越怪，觉着这些地方休说眼见，连听都不曾听过。互一商议，觉得似此海中灵域，美景清奇，必有水仙在内隐修，故此不见妖邪之气。难得发现，正好乘机往游。即便主人不喜外客入境，或有左道妖人在此隐迹，凭一行四人的法力，绝可无妨。何况身形已隐，又精穿山隐形之术，说走就走，也不怕人拦阻。

四人均觉奇景难逢，反正时日甚宽，乐得就便一开眼界。经笑和尚一提议，全都赞好，略一商议，便同往前驰去。到了前面，同往下落，果然离海面六七丈以下，里面全是空的。上面海水仍是狂涛汹涌，骇浪如山。下面好似被甚东西将海水托住，不令下沉，只是看不出一点影迹。这一临近，越觉峰峦幽奇，景物灵秀，从来未见。急于穿波而下，也未仔细观察，便往下降。四人除归吾稍差外，均有极高功力，休说海水，便是大片钢铁，也能穿行自如。哪知事出预料，刚降六七丈，快达中空之处，眼看穿过，先是脚底浮着一片奇大无比的潜力，软绵绵涌将上来，差一点没被连人荡退，抛出水面，却未见有法宝禁制之迹。笑和尚首先发现，觉着对方有意阻挡，不令入境，稍微疏忽，便吃大亏，不禁有气。正待行法强冲，正面猛地水云晃荡，急转如飞，连闪两闪，脚底一虚，忙按遁光，定睛一看，人已落在水层之下。便把遁光缓缓降落，到地再看，越发惊奇。原来水层之下，不特洞壑幽清，景物灵秀，有山有水，美景无边，并还有各种从未见到过的珍禽奇兽，往来游行。那些参天花树，无一株不是拔地挺生，粗逾十围，上开各色繁花，荫蔽十亩；远望好似一座座的花山，花光点点，时闻异香。地上浅草如茵，不见泥土。间有无草之处，现出一点地皮，望去好似银沙铺成，其细如粉，偏又点尘不扬，清洁已极。

正行之间，前面峰回路转，忽现一片平野。对面高山矗立，气势雄伟，山顶已透出水面，似是海面上所见六座礁石之一。海波在上，宛若一片其大无垠的晶幕，将山巅隔断，水色又极清明。仰望上空，水云飘拂，洪波浩荡，飞雪千里，骇浪山崩。加上涛声轰轰，汇为繁喧，隔水传来，令人耳目震眩，眼睛一花，仿佛那万里洪波就要自顶崩塌，整片下压神气。细看底层，却是一片平晶，纹丝不动。笑和尚断定这片海水必有法宝托着，否则这方圆千里的洪波，当空之外还有四方，海又极深，压力之大，何可数计，多高法力禁制也难持久。连用玉环仔细观察，终无影迹可寻，越知主人不是寻常。一面暗用传声，令众留意；一面观察形势，见那高山前面是片平原，沙明如雪，寸草不生。平地上拔起二十四座小峰，都是玲珑秀拔，云骨撑空，异态殊形，彼此不相连属。石色宛如金银翠玉，也不相同。内中更有几座似是珊瑚水晶之质，光怪陆离，互相辉映，十分好看。南海双童口赞奇景，当先前进。笑和尚同了归吾，随在后面。刚到迎面两峰中心，笑和尚的心灵上忽生警兆，再看前面南海双童，已无踪影。

原来那二十四峰，乍看参差位列，似是天然生就，实则四面均有门户。四人先见两峰对立，相继前行，并未留意。及至笑和尚入门以后，发现双童失踪，心灵上又生警兆，情知不妙，忙止归吾，不令前进。运用玄功，趁着敌人尚未警觉，表面装作观景，暗将元神由原路遁出门外，飞向上空，绕着群峰外围，再细观察，这才看出那二十四峰竟是一座极奇怪的阵势。不特双童失踪，连自己的隐身法也被人破去，不由大惊，忙将元神飞回。正待分辨门户，寻到南海双童，再相机行事，忽听甄艮用本门传声说道：“我们误入阵地，今已被主人发现。只不知笑师兄和爹爹人在何方，望速传声告知，以便往寻。”笑和尚忙用传声回答：“此阵系十二元辰、二十四气排列而成。我如非近年遵奉师传，面壁苦修，就不被困，脱身也必费事。主人这等行径虽属不合，但他在海底清修，我们明知有人，不曾向他打招呼，也有不是之处。为了息事宁人，只要主人不公然出面为敌，我们便作无知误入，照我所说门户途向赶来会合，一同出阵，再作计较。如若通行艰难，可用碧磷冲开路，穿地来会，以免我和令尊深入重地。万一无法脱身，一旦用法宝破阵而出，立树强敌。我们本是一时乘兴，无意来此，莫要被人误会。再者，这些山峰秀俊灵巧，质如金玉珊瑚，不知主人费了多少精力，才有今日，就此毁损，也大可惜。”南海双童同用传声应诺。

笑和尚早把门户向背和阵中微妙之处看出大半，说完还不放心，又仔细观察了一阵,方用传声指点双童出路。并令其随时通话,说明途中经过景象有何异兆。甄氏弟兄答以依言行事。隔不一会儿,猛地一片青白二色光雾飞过,跟着眼前一花,那二十四座奇峰忽然多出了好几倍。笑和尚早看出此阵虽非本门两仪微尘阵之比,但也颇具神妙。此举原在意中,试将元神三次飞起,竟不能冲出峰群之外。表面奇峰罗列,仅比先前多了几倍,只起过一片光雾,天色依旧清明,并无异兆。一经行动,便觉四外青蒙蒙,白茫茫,成了一片雾海,到处俱是阻力,天低得快要压到头上。情知敌人阵法发动,生出变化,本身已经被困,元神再不复体,更加艰难。仗着机智灵敏,擅长玄功变化,见势不佳,忙即遁回。就这样,仍费了好些心力,并仗隐形剑气防护,才将元神遁回。刚一复体,料知南海双童必已遇阻,暗忖:"主人既不愿人入境扰他清修,便不应这等炫露。我们无心经过,一时好奇,入海游玩,与他并无妨害,即便多疑,也应明言。人不出面,只在暗中闹鬼,未免欺人太甚。反正难以脱身,莫如给他尝点味道。"心念一动,正待取出法宝,强行冲阵而出,还未及向南海双童传声告知,忽听甄艮传声说道:"我二人已经入地,并无阻隔。此阵好似被人引发,并无主持。笑师兄现在何处,请速回答,自会寻来。"笑和尚随用传声互相联系,不消几句话的工夫,面前地底碧光乱闪,萤雨横飞中,南海双童循声赶到,穿地而出。

四人会合以后,笑和尚料知事情无此容易,隐身法又被对方破去,阵中已难隐形,所有言动均在敌人耳目之中,忙令众人速由地底冲出阵去。果然四人一起刚一入地,便听阵中天风海涛之声大作,地皮也在震动。仗着飞遁神速,晃眼飞出阵地。耳听身后风涛越加强烈,回头一看,一股青白二色的光气正由地底来路狂涌追来。甄氏弟兄意欲返身迎斗,笑和尚不知敌人深浅来历与邪正之分,恐蹈申屠宏、阮征前生覆辙,不令动手,一味前驰。遁出七八十里,回顾身后,光气忽然回收,不再追赶。再用玉环查看,上面乃是一条广大山谷,景更灵奇。依了归吾,本想就由地底冲出,越过海中群山,径飞北海。笑和尚因见敌人始终不曾现形,所设阵法埋伏又不带一丝邪气,威力妙用,却非寻常,自己历劫几生,修炼多年,竟未听人说过。又觉着当地埋伏,乃是无心引发,主人似无为敌之意。暗忖:"此人必是前辈散仙,绝非妖邪一流。这等高人,难得遇上,理应结纳。无故惊扰人家,也应打个招呼,免得日后生出仇怨。"便将三人止住,一同出土，也不再行法隐身，以示无他。故意笑道："我们四人原是无心经过，发现海中灵景，意欲观赏，后才发现此间隐有前辈仙人，正值误入伏地，几乎被困。此时不见追逐形迹，可知主人量大，恕我们无知，不曾见怪。我们无心惊扰，应向主人负荆，就便拜谒仙颜，你们看如何？"归吾会意，笑答："本来我们失礼。"

话未说完，忽听远远龙吟之声。那条山谷原极宽大，左面危崖削立，上齐海空，壁间繁花盛开，碧苔绣合。前面一片平地，疏落落列着一片花林，树比来时所见要矮得多。虬枝交错，蜿蜒如龙，上头开满一色纯白，其大如碗，似莲非莲的奇花。另有一列花树较高，形似杨柳，有花无叶，花似剑兰，丝丝下垂，无风自动，时送异香，闻之心神为畅。前面是片湖荡，广约百亩，碧波平匀，晶明若镜。崖脚有一大洞，幽深莫测。四人奇怪如此深海之下，还有这样湖荡，湖中水光与上空海云相映，远望过去，宛如银霞。湖旁花树参差，奇石罗列。一石高仅数尺，广约数亩，突出湖中，石上种着数十百竿从未见过的方竹。林中设有玉几玉墩，几上横琴，前供炉香。水石清华，景更空灵，料是主人抚琴游赏之地。也未朝崖洞中细看，忙赶过去。近前一看，那湖竟是深不可测，少说也有千数百丈才能到底。方才龙吟之声，似由湖那面发出，等人寻到，声已停歇。侧顾竹林之中，香烟袅袅，炉香尚未熄灭，分明主人刚去不久，急切间查看不出洞府所在。心想："主人具有这等神通，我们到此，断无不知之理。方才龙吟，又似引客来会。看此情势，绝无恶意。"

四人互相对看了一眼，便由笑和尚上前，先向竹林为礼，说道："后辈等偶往北海有事，路过仙居，欲来观光，误触禁忌，自知失礼，来此负荆，意欲拜谒仙客，请示仙机，望乞主人赐教为幸。"说罢，忽听身后风雨之声甚急。众人回头一看，乃是一条墨龙，长约数十丈，头如小山，上生三角，须长丈许，宛如钢刺，龙睛外凸，其大如箩，金光闪闪，远射十余丈，正由左侧那列高树梢上蜿蜒飞舞而来。到了四人面前不远，略一停顿，朝四人看了看，一声长啸，忽然掉头，往湖心深处穿波而下，那么长大猛恶的蛟龙投向水中，竟连水花也未溅起一点。去时身形似在逐渐缩小，入水之后晃眼缩成丈许长短。只见一条乌光电闪的龙影，由大而小，往湖心深处飞射下去，一闪无踪。

第三〇三回　晤仙灵　畅饮青瑶乳
　　　　　　　　探宝库　言寻黑海碑

　　四人见此情景,越知主人存有善意。只奇怪走了这一段路,始终未见人影。甄氏弟兄心疑主人是龙修成,方才通诚求见,立时现形,否则怎会见人不惊,如此巧法?刚欲传声谈论,忽听琴音起自林内,却不见人。料是主人有意引客,只不知何故隐身不见。笑和尚因对方暗以客礼相待,不便再用玉环查看,只得同往林中走进。耳听琴音甚美,从所未闻。隔林内视,见那瑶琴横在一张白玉短几之上,形制十分古雅,琴音荡漾,自然入妙,仍未见有人影。暗忖:"主人既将我们引来,何故不肯出见,奏这瑶琴作甚?"心中寻思,人已走入林内。见那方竹约有两寸粗细,节长二三尺,质似珊瑚,上面朱叶纷披,光影浮泛,鲜艳非常。竹下浅草蒙茸,间以杂花,五色缤纷,与碧草相映,格外好看。玉几玉墩,又都是整块羊脂美玉琢成。石岸微高,突向湖中,前临碧波,后倚绣崖,奇石异花,映带左右。甄兑笑说:"此地景物灵秀,虽不似紫云宫那么雄奇壮丽,别有一种清空灵妙之致,自具胜场。主人隐居在此,清福不浅。"话未说完,笑和尚暗中查看,见那琴弦好似有人勾拨抚弄,知道主人隐身石上。

　　方想设词探询求见,琴声忽止。随听石上有一女子口音说道:"诸位道友远来不易,幸蒙光降,实是前缘。先前外子因荒居远在辽海,凡人为海中恶浪所阻,固不能到。便是修道之上,千百年来,也只三数人由此经过。内中一位,乃东极大荒前辈女仙卢太仙婆,还是愚夫妇请来。从此便无人迹。初见诸位,未免怀疑,后来看出无心经过,未存恶意。外子虽是得道千余年,无奈前孽太重,未脱孽骸,自惭形秽,本来羞于见人。后见诸位道友来意甚诚,方将诸位道友引来此地,初意只由外子略现形迹,以酬在顾雅意。忽奉恩人卢太仙婆十万里外飞书传示,才知诸位道友此行来意和所带法宝。愚夫妇本身有一难题至今未解,自从北海成婚之后,迁居此地已九百年,便为此事延迟,至今不能修成正果。如蒙鼎力相助,感恩不尽。"笑和尚听出主人好似水中精怪修成,先见三角墨龙,便是此女之夫,越发惊奇。又听说奉有南星原前辈散仙卢姬之命,知是师门至交,想借他们四人之力,成全这一双夫妻。初意女的也是水中鳞介之类,想系相貌丑怪,羞于出见。只奇怪水中精怪,怎会有此高情雅致?不特抚得一手好琴,连所居花树泉石,一切布置,无不别具匠心,一尘不染。略一寻思,微笑答道:"卢老前辈乃师门至交,主人既与交厚,又于十万里外飞书传示,我四人绝无推辞。只不知所说何事,我等能否胜任?飞书是否仍在主人手内,可否借观?以便遵办。"随听女子答道:"飞书仍在,便当奉上。事虽艰险,但诸位所带法宝正可合用。只消用碧磷冲开路,再用香云宝盖防身,便可深入,将那一十七粒灵丹、几件法宝、一道古人的灵符取了出来。愚夫妇固拜恩赐,便北海所寻水仙,也感大德。可惜第四重宝库禁法未满时限,寻不到它的门户,否则以诸位道友法力和那几件至宝,攻破库门,并非难事。看卢太仙婆仙示,好似库中藏有一部道书,应为贵派女同门所得。今日如仗鼎力,取得灵丹,愚夫妇愿代诸位留守,候那女同门到来,引往取书,免被左道妖邪发现,明偷暗盗,又生枝节。不知尊意如何?"说罢,琴几上忽多了一封束帖,乃蕉叶所书,卷成一筒,由对面飞来。接过一看,不禁大喜,互相传观。

原来卢姬仙示的大意是:这里的海水之下是一极大海眼,自男女主人由北海受一左道妖邪逼迫,逃来此地,发现海眼之内有一极深长的洞穴,内里门户甚多,均有仙法禁制。因爱当地景物灵奇,更有千年珊瑚林和各种琪花瑶草,珍禽异兽,鱼龙之类,心生喜爱,始定久居。于是由男主人用腹中丹气将海水逐渐辟开,使其中空,将四外和头上的海波隔断。然后潜往远近各岛,采取各种灵药仙果,种植其中。等到地方越开越大,功力也越深厚,四外海水全被所喷丹气托住,好似一座极大晶幕,将方圆千余里的山林景物一齐罩住。夫妻俩又去往海眼之内日夜查探,最后运用法力破去头层禁法,现出一座神碑,上刻朱书古篆。大意是说:此洞乃古仙人盘荜所居洞府,飞升以前,将生平几件降魔至宝和各种丹药、灵符藏在三四两层宝库之内,谁能得到,便是有缘。凡人服上一粒灵丹,当时便可脱胎换骨,至少成一散仙;如是异类服下,立可脱去旧有形骸,化为人类,法力神通也必增高不少。男主人为此守候多年,中间曾遇昔年强敌寻上门来,眼看危急,幸而卢妪海上路遇,打败妖人,随即现身,指点玄机,令再守候一甲子。如有危难,可用所赐信香求救。过了些年,仇敌又约两同党上门寻仇,来势十分猛恶,男的眼看危急,幸而女主人机警,长于应变,暗点信香,卢妪元神当时赶到,用吸星神眷将妖人邪法破去,全数杀死,解了危难。女主人感激恩义,苦求拜师。卢妪不许,说自己渡过末次天劫,便可成道,传衣钵的门人只有一个,名叫白癫,绝不再收弟子。姑念诚求,收为义女,仍允遇机相助。当日卢妪算出前因,知道笑和尚等四人带有子午宙光盘、香云宝盖和鬼母朱樱的碧磷冲,正可开那当中宝库,此是彼此有益之事。男主人龙玄得到灵丹立可脱胎换骨,重化人身,由此成道。灵丹共是十七粒,内中七粒专备男主人脱体化人之用。下余十粒,具有凝神固魄无上灵效。此去北海,以众人之力,固可将那水仙的对头打败,但必除他不了,早晚仍是后患。对方神通广大,来去如电,法力极高,又炼有几件前古至宝,记仇之心极盛,一个不巧,狭路相逢,难免受他暗算。此人除却天性乖僻,刚愎自用,与水仙为死对头而外,别无什么过恶,照理也不应将其斩尽杀绝。最好将那十丸灵丹带去,如法施为。到了最后关头,只消用上三粒,便可化敌为友,了此仇怨。不过那怪人自恃得道年久,平生最重恩怨,虽然消恨退去,绝不输口。令女主人转告笑和尚等四人,可照杨瑾所说行事。

笑和尚等四人看完了卢妪的仙示后,又听女子说道:"外子性情古怪,而且多疑,贫道与他虽是多年夫妇,仍恐贫道舍他而去,以致贫道难见外人。今日佳客到来,又蒙大义相助,如再隐形对谈,殊非敬客之道。贫道适才与外子争论,又经卢太仙婆传书指示前因后果,外子已经省悟,抛弃成见。但他本人暂时还不能当面接谈,只好恭候诸位再来相见了。"说罢,只见对面一片黑光闪过,跟着又是银光连闪,石墩上突现出一个白衣妙龄道姑,正在向他们盈盈下拜呢。笑和尚等四人见这道姑生得秀媚绝伦,美丽入骨,一身仙风道气,哪里像是异类修成之人。于是连忙答礼,请其引路前往,并问姓名。初意男的既是水中蛟龙,女的也必是其同类,怎会这等仙根仙骨,灵慧美秀,看不出一点异类修成的形迹?女主人似已觉察,笑对四人道:"诸位道友见贫道外子那等形象,以为真个水族修成么?"笑和尚素对女人面嫩,知被看破,脸上一红,未及答话,女主人随笑道:"此事难怪道友多疑,实则贫道固是人类修成,便外子本身也非水中鳞介。此事一半是夙孽,一半是自作自受,说来话长。开那宝库,尚须时日,不是一时可以成功,诸位道友尚有北海之行,无暇多言。卢太仙婆仙示原是两页,此时尚难详告。此去北海,见了绛云真人陆巽,可说黑刀峡海下仙洞镜天湖,住有他昔年北海旧邻老友,自会说出详情。如仍不肯明言,英云姊妹不久必来此地,诸位便知道此中因果了。此时贫道鼓琴之所,难于待客,请到荒居稍坐,略尝此间灵泉玉液和由南北海移植来的瓜果如何?"四人见女主人不肯明言名姓来历,又听说英云姊妹不久要来,知有难言之隐,也就不再多问,同声谢诺。

女主人随请四人同行,缓步由来路花林之中穿行出去,走往前见危崖之下。四人见崖洞阴黑幽暗,深不可测,隐闻波涛之声由下面传来,女主人仍未停步。暗忖:"难道所居宫室,便在崖底不成?这等阴晦的水洞,如何住人?女主人既说款客,绝无此理。"心念才动,女主人已向前引路,往崖洞中飞去。甄氏父子久惯水居,还未在意。笑和尚却觉主人在此洞中待客,岂不气闷?先前只说当地景物如此灵妙,所居必是贝阙珠宫,金庭玉柱,五光十色,气象万千。哪知这等光景,黑洞洞的,连点光亮都见不到。早知如此,还不如就在原处立谈,还好得多呢。心正好笑,宾主五人已往洞中下降,约有十丈远近,地势忽然展开。四人各用慧目查看,当地好似整座山崖由内掏空,地甚广大,只是阴暗无比。主人下降颇缓,不便越过。甄兑忍不住问道:"主人仙府便在这洞内么?"话刚出口,忽听殷殷雷鸣之声起自地底,暗影中好似两面洞壁均在移动,雷声随止。紧跟着眼前一花,大放光明。定睛一看,就这几句话的工夫,身已落向一座水晶宫阙之外。那水宫高约十丈,通体水晶建成,上盖碧瓦,质如翠玉。前面一座牌坊,也是翠玉建成,高约五丈。宾主五人正立坊前,往里走进。遥望晶宫,共只五座宫殿,作梅花形矗立地上。由外望内,晶墙厚约四五尺,内里立着数十根黄金宝柱,大可合抱,光影辉煌,壮丽无比。由牌坊起,直达宫前,是片平地,广数十亩。两面均是花林,香光若海。初来时所见长颈龟身，四足一爪，身长二十余丈，似龙非龙之物，不下四五十条，还有各种珍禽奇兽，均在林中出没游行。树上更有许多大小翠鸟，飞鸣往来，娇音婉转，如奏笙歌。女主人一到，所有大小珍禽异兽，龙形怪物，一齐飞鸣来迎。女主人微笑摇手，便各退去，同隐花林之中。一会儿走到宫前，四人见那宫门又高又大，形似整片水晶，通体浑成，不见一丝缝隙。如非四边各有一条金线，上面更有不少拳大金钉和两个尺许大的金兽环，绝看不出门户痕迹。方想："主人隐居在此，轻易不见外客登门，为何宫门紧闭，常年不开？"女主人已越众上前，朝那金环上用玉指略弹了弹。回顾四人笑道："诸位道友，请暂相候，等贫道更衣出迎如何？"

笑和尚沿途留心，本就看出女主人形体不似生人那么凝固，好似元神炼成。尤其所穿道装非纨非縠，雾约烟笼，若隐若现，随时变幻，从未见过。心正奇怪，闻言方答："女主人无须如此多礼。"女主人已含笑把手一扬，人便隐去。笑和尚见宫门未开，慧目法眼注视之下，似见一丝银光在门环中闪了一闪，这才断定，先前所见果是女主人元神。想系抚琴时周身赤裸，故此不肯见人。只不知那形似烟绡雾縠的道装是何法宝，凭自己的慧目法眼，竟未看出何物所制。主人未着衣服，幸而未用玉环查看，否则彼此都难为情。听那女主人之言，他那丈夫本是修道之士，怎会成一妖龙？多年恩爱夫妻，又在一处同修，何事多疑，连人都不许见，是甚缘故？越想越觉这男女主人情事奇诡，令人莫测。如非卢妪仙示，那湖中宝库灵丹与绛云真人陆翼成败有关，如在平时相遇，似此形迹可疑，藏头露尾，真不愿管这闲事。正和甄氏父子传声低语，忽听笙箫细乐之声起自宫内，一阵香风过处，宫门开放。跟着便见女主人带了一队手持香花、提炉的男女幼童，各穿着一身薄如蝉翼的白色仙衣，迎了出来。四人暗中留意，见那四十多个男女幼童美丑不一，却都一般高矮，一望而知是些异类修成，内中只有两个女弟子像是人类。再看女主人，先前所穿形似烟纨的服装已经换去，仍是一身纯白，但似鲛绡冰蚕所织，形体也与生人无异，知其元神已经复体。

笑和尚等方称谢，女主人见众对她注目，似有觉察，玉颊微红，嫣然笑道："贫道长年枯坐，有时无聊，只以元神出游，素喜琴瑟笙箫，时往天镜湖边偶然抚奏。说也惭愧，只为外子昔年对我痴情太甚，甘弃仙业，倒行逆施，致中妖人诡计，化身妖龙。虽幸道基坚定，借此躲过一场四九天劫，至今仍是异物。因见贫道昔年虽仗他舍身相助，得免大难，后蒙卢太仙婆恩怜，竟有成道之望，性又好洁，他因身化妖龙，自惭形秽，又恐我道业将成，弃他而去，任怎分说，也不许贫道自行出外。此地以前布满海水，自愚夫妇来此，才行开辟。外子附身的妖龙，有五千年以上的道力，所炼内丹颇有妙用。外子当初因受仇敌和妖龙夹攻，原身已毁。仗着多年修为，玄功变化，以及两件前古奇珍之力，将妖龙元神禁闭在陷空岛侧地窍之内，占了妖龙躯壳，连那内丹元气也被收来。彼时因逃难心切，本身元灵虽与妖龙相合，难再重化人类，又舍不得把本身多年苦功和妖龙数千年所炼内丹元精真气付之一旦，便自行兵解，暗中也占了不少便宜。上面和四方的海水，均是外子所喷丹气，与本身元灵相应，稍有警兆，或是外人入境，立被查知。我便负心，真想逃走，也办不到。就这样，他仍不放心，知我爱惜原有形体，特意将其禁闭宫中。只许元神在他丹气笼罩之下的千百里内往来游行，而且每一出游，他必紧随在侧，不肯离开。我见他痴得可怜，又气他不过，近来索性就在适才抚琴的镜天湖上抚琴，或是观赏千寻碧波透射下来的明月，有时一坐经年，连元神也不离宫一步。诸位来时，他早知道。因诸位隐形神妙，先看不出是何来历，只知有人想要冲破上面气层，强行飞下。他那丹气近年功力越深，差一点的人休说冲破，人早入网。后来觉出诸位法力厉害，恐有损耗，只得自开气层，将诸位放下来。用尽方法，查看不出诸位的影迹，恐是仇敌，心正忧疑。及至诸位误入阵地，这才看出不是左道妖邪一流人物，但仍拿不定是敌是友。那神峰共是七十二座，乃是昔年所得前古奇珍布成的阵势。表面只现三分之一，内中颇具变化妙用，多高明的隐形法，入阵立破。满拟将诸位困住，盘问明了来意，相机应付。不料诸位法宝神妙，法力高深，眼看就要困住，忽然穿地遁走。外子正由地底追赶诸位，贫道忽接卢太仙婆仙示，将其唤回。不久，诸位道友寻来，竟是愚夫妇命中福星，自然喜出望外。这里便是愚夫妇日常居处之地。外子因前古仙人遗留的水晶宫室经他盘踞，地上时有腥涎狼藉，气忿非常，方才借着贫道和诸道友对谈之便，刚打扫干净。当中宝座四周是他常年盘踞之处，地上仍留有痕迹。贫道平日在上打坐，他便环绕身旁，这等苦光阴已近千年之久。至于贫道身世，实有难言之痛。

便绛云道友昔年与外子至交,又是日常相见的近邻,也只知其大概。贵派英云姊妹中,有两位虽是紫云宫旧友,相隔千年,纵令现在法力高深,洞悉前因,见面时贫道不提前事,也恐未必能够想起。旧日姓名,也不堪奉告。如蒙不弃,唤我东阳如何?"

说时,四人已由主人陪往当中宫庭珊瑚椅上,分别坐在珊瑚宝座之上。就在四人前面不远,隐闻异香。细一查看,当中宝座乃整块万年碧珊瑚雕成,形制古雅,光彩耀目。座后有一白玉屏风,上面烟云浩荡,隐露鳞爪,如有神龙潜身其中,飞舞如活,知是一件奇珍,不禁暗赞。再低头一看,环着宝座,果有一圈龙蟠痕迹,料是主人丈夫平日盘踞之地。因其年岁太久,那么坚厚的水晶地面,也成了一环凹槽。再看四旁,五六尺粗的黄金柱上,也有龙蟠之迹。设词一探,才知男主人把女的爱逾性命,虽因附身妖龙,无法亲近,每当女的在宝座上入定,或是无事闲居,便将身形缩成丈许大小,环绕身侧,成了一圈,将女的围在中央,昂头向上,饱餐秀色,专一眼皮供养,心坎温存,永不离开一步。又因女的好洁,自身腥涎不堪,有时爱极,情不自禁,朝女的身上微一亲热,立生悔恨,飞往两旁黄金柱上盘起,流泪求恕。女的虽然怜他情痴,但因此举关系双方成败安危,知其情热如火,一旦不能自制,元神裂体而出,立成两败。没奈何只得故作无情,厉声喝骂,以粉身碎骨相挟,一任男的哀鸣求告,始终不肯假以辞色。表面情薄,内心苦痛已极。男的一面痴爱日增,永无止境;一面却防爱妻只顾自己成道,又对他生出厌恶,弃之而去。因而成年忧虑,百计严防。直到当日接到仙示,得知孽难将完,女的本是他累生凤孽,竟为他至情苦心所化,不特灾退福生,并还从此天长地久,同证仙业。只等英云姊妹转世重逢,便可将元神炼成形体,同返旧居,作一水仙夫妻,长享仙福。

四人见女主人说时喜不自胜,诚中形外,情感无形流露,连本不想说的话也无心泄露出来。笑和尚和南海双童近年原听诸葛警我谈起灵云、轻云、紫玲三人固是紫云宫中旧主,连严人英、李英琼和凌云凤姊妹、青门岛主朱萍等,均是千年前旧侣至交。另外还有好些水仙,有的转劫来归,有的尚在坐关受难,或是海外隐修。只要易静、癫姑、李英琼、余英男等躲过鸠盘婆之劫,重建幻波池,开府依还岭,这班历劫多生,尚未得见的昔年仙侣,均要来投,并奉英、云诸人宗主,光大峨眉门户。料知主人夫妇必与此有关。再探对方口气，以前所习道法虽然自成一家，有异玄门正宗，绝非旁门左道一流。想起本门人才辈出，四大弟子之外，又有三英、二云、七矮，一时并秀，日益发扬光大，定在意中。正在心喜，忽听龙吟之声起自玉屏风中，音甚悠长，细润娱耳。抬头一看，原来屏上烟云浮动，鳞爪飞舞，竟是活的。随见一条墨龙影子，先现出一个斗大龙头，朝四人将头连点，长啸两声。跟着身形一闪，屏上烟云滚滚飞舞，龙便不见。烟云随同消散，仍是一片白如羊脂的美玉。女主人见状，似悲似喜，微叹道："外子因不愿见外客，推说隐往后宫，暗中附身屏上，贫道坐处与屏风相背，不曾留意。方才诸位道友下问，因多感慨，无意之中吐露心迹，忘了外子尚在屏上，被他听去，知我不会负他，欢喜非常，亲向诸位道友致谢。现已亲往海眼，布置破禁之事。其实区区之心，早想对他明言。一则，以前为了拒婚，骗过他好几次，如无事实，未必肯信；再者，外子为人任性，有许多顾虑，如非知他脱困在即，又有嘉宾在座，当英、云姊妹未来以前，我也真不敢泄露心情呢。"

正谈问间，侍女捧来五个形制古雅、大小不同的古玉杯，中贮玉浆，色作纯碧，向客敬上。四人知是琼浆玉液，入口一尝，甘芳满颊，其凉震齿。方在夸好，侍女又用玉盘献上各种瓜果，均是罕见珍物，隽美绝伦，芳腾齿颊。女主人笑说："诸位道友屡生修为，又在峨眉门下，闻说凝碧崖开府之时，八百仙人齐来赴会，所赠海内外的灵药仙草，琪花珍果，堆积如山，多珍奇的仙果，诸位也早尝过，区区辽海荒岛所产之物，何足挂齿。倒是杯中青瑶乳，乃海眼地洞千万年前灵玉液，经愚夫妇用各地移植来的八十余种瓜果灵药之汁酿配而成。本来质类空青，功能明目，人服少许，或点上一两滴在眼内，便能透视云雾，远及千里之外，况又加上各种灵药仙果。诸位道友道法虽高，服此一杯，也不无小补。我知北海之行为时尚早，此山天生灵景，颇可游观。反正早去无用，一个不均，途遇左道妖邪，甚或误事。再说那宝库也非当时所能攻破，上来便用宙光盘，固可成功，但那藏珍宝库也是一件奇珍，将来送往幻波池也颇有用，毁了实在可惜。依我愚见，先陪诸位道友游玩全山。到了下手之日，先请二位甄道友用鬼母碧磷冲，由头层地底穿入二层，由内而外，将神碑上所说的禁制法牌取下，如法施为，二层门户自然开放。到了三层前面，查看有无古仙人所留仙示,如其无有,再用前法,将三层门户开放入内。这样不问如何,先将那封闭洞门的两面法牌保存下来,不致毁损。等寻到头层宝库,相机行事。照神碑所说和卢太仙婆飞书,仿佛那宝库能大能小,可以移动,只要两面法牌不毁,便有开闭之法。仙示又曾提起香云宝盖与宙光盘缺一不可。我知香云宝盖只作防身之用,进头层时必须用碧磷冲从地底开路。宝盖可以防身,不去说它。那宙光盘里子午神光线具有极大威力,无论任何物体,五行真气,只一挨上,便即消熔毁灭,化为乌有,妙用神奇,不可思议。既然非用不可,怎能保全?为此我还有些不解。那海眼与地壳相连,所差只数百丈,所用法宝威力太大,到时尚须小心,免生意外。"

四人初意,以为主人被困多年,难得卢妪仙示,指点玄机,机缘巧合,千年难遇,必定急于成功,延往宫中,稍尽地主之礼,便催下手。一见这等安闲从容不迫神气,好生奇怪。再一留意,竟是故意延宕。等众人吃完酒果,又令侍女献酒,接连三次献过。四人因其意态殷勤,又知仙酿具有好些功效,并未坚拒。可是每一取酒,必隔好些时刻。归吾性急,到末次上,见酒来更迟,并且不曾装满,笑问藏酒之处相隔远近。主人闻言,笑答:"并不甚远,只是那青瑶乳,每隔些日才有数杯,又是见风即化,虽能行法吸取,量仍不多。每次取用,必须将原酿的酒用玉杯盛了,放到乳源之下,听其下滴,满了一杯,忙即盖好,不令见风。今日也是凑巧,乳量甚多,从来所无。我知此乳于诸位道友颇有益处,幸蒙仗义相助,意欲借此稍报大德。本想每位只敬一杯,尚恐不能如愿,谁知侍女来报,今日乳量奇丰,大出意料。又见诸位道友颇喜此酒,故再命取奉客。不料二次取后,玉液仍未枯竭,料定诸位道友仙福深厚,有此奇事,连贫道也随同沾光。直到三次往取,量方大减,故此末次只有多半杯,诸位道友莫轻看了它。饮完,请随贫道游观全景如何?"

又隔一会儿,女主人方请同游,并未由原来入口走出。先把五座宫殿游完,见了不少奇珍之物,到处珠光宝气,耀彩腾辉,令人目迷五色,眼花缭乱,观之不尽。末了绕往后宫,和前面一样,宫门紧闭不开。女主人刚把秀眉一皱,忽见一丝玄色精光由身后电驰飞来,射向门上,双门立时大开。女主人请众同出,只见和前宫一样,也是一座极高大的玉牌坊矗立后宫门外。女主人引了众人走过牌坊,前面现出一座金桥。宾主五人及随行二女弟子刚走上去,眼前似有一片乌油油的光华自头上飞过,一闪不见。耳听殷雷声声,从对面传来,由桥下响过。金桥似在移动,一会儿停止,又一玉牌坊阻路,内里云烟变灭,浩荡如海。正用慧目查看,仿佛内里具有好些山岭花树,只是看不真。人已走到牌坊之下,女主人随捻灵诀,往前一扬,烟云立开,眼前倏的一亮,现出大片峰峦崖壁,到处布满奇花异卉,百里香光,宛如锦绣,美景无边,令人应接不暇。似这样每经一处,女主人必定从旁指点,不厌求详。四人看出她想尽方法沿途延宕,几次探询下手时刻,均被拿话岔开。对于来客,却是极尽殷勤,人既美艳,话又温柔,态更诚恳,使得人不好意思违她心意。反正为日尚早,只得听之。那一片海底山峦,方圆数百里,地域广大,灵景又多,不是一二日内所能游遍。当地为北极边界,海中又无昼夜,终日光明。四人贪看奇景,再为主人诚恳温柔的意态所动,只顾随同游赏,娓娓清谈,越来越投机,顿忘朝暮。

光阴易过,不觉过了好几天。最后还是笑和尚警觉,向其探询,并说:"北海之行固然还早,途中仍难久延。最好由我四人先将法宝、灵丹取出,然后相机行事。否则事机稍有延误,便致两败。我看还是先下手的好。"女主人知道不能再延,没奈何,只得凄然答道:"并非贫道故意拖延。一则神碑所载日期,是由庚辰至壬辰的十三日内,明日方是正日。二则,贫道本身有一强仇,新近发现愚夫妇在此隐居,已来寻仇两次。卢太仙婆仙示,曾说此人日内要来,我畏之如虎。我想借诸位道友之力,将其惊退。如蒙相助,深恩大德,终古不忘了。"众人才知主人有意延挨。笑和尚暗中再一推算,已在当地耽延了好些天,以四人的法力,一时疏忽,竟未留意。照此情势,分明主人还在行法掩蔽。笑和尚人最耿直,似此有意相欺,颇为不快,但为主人礼貌诚恳所动,未便叫破,只在暗中留意。一面笑对主人道:"我们来此时久,既到了庚辰正日,不如先将宝库打开,取山法宝、灵丹。主人如有他事,只要不误北海之行,我们仍旧效劳如何?"女主人面上一红,答道:"这样也好。贫道实是对那来人胆怯,又知他还有数日才到,为此算好下手日期,等诸位大功告成,正是时候,欲一举两便,解此前孽。以免万一诸位成功之后,不愿久留,来人与外子只一对面,必无幸免,使贫道多年来委曲求全的苦心付之一旦,故此想留诸位等到那人来后再去。

至于北海之行，绝不耽误，诸位放心好了。"

四人听出女主人对那恶人竟想保全，好生奇怪。知道不肯明言，也未再问。略为商谈，女主人随说："泉眼宝库，原在镜天湖下，离此尚远。待我通知外子，开出一条水路，再同飞往如何？"说罢，将口微张，说了几句，仍和众人缓步前行。那一带景物更是奇妙，移步换形，到处洞壑幽奇，水木清华，奇花异草，触目皆是。更有无数参天花树，大均数抱以上，灿若云霞，绵亘不断。宾主五人说笑前行，又经过了好些奇景。南海双童心疑女主人仍在故意延宕，正想开口，忽听远远龙吟之声，由前面地底传来。前面是一水潭，潭水澄泓，平波若镜。众人刚到潭边，潭水忽似开锅沸水一般，水花滚滚，往上高起。女主人笑道："此间的地底泉脉纵横，凡是有水之处，均相通连。外子正开水路迎宾，本来还想延迟两日，适听传声，今日泉眼古洞中竟有异兆，也许珍藏多年的前古至宝灵丹，应在今日出世，诸位道友定必手到成功无疑。"说时，潭中水花已冒高两三丈，水塔也似矗立潭中，正突突往上冒起，倏的往下一沉，刚陷下去一个大深洞，四边的水忽全停止不流。俯视潭心深处，似有光影微微凸起，乍看相隔上面约有二十余丈，跟着便见往上涌来。等出水面，乃是一个大水泡往上冒起，眼看越长越大，约有五丈方圆，"叭"的一声，化为一片淡青色的光气，罩向众人头上，反兜过来，分而复合。脚底也现出一片青色云光，将众人托住，往下降去，其行如飞，晃眼直下千百丈，再改平飞。

四人看那前行之处，乃是一条其长无比的甬道，上下四外的水，全被那淡青色光气形成的空洞隔开。人由那片水云托住，朝前急飞。光衢甬道，跟着向前收去。所过之处，身后海水重又合拢。再看女主人面色，好似忧喜交集，阴晴不定。估计人已走向回路，约有二三百里远近，龙吟之声又起。女主人面色一惊，忙对四人道："外子偶然疏忽，几为埋伏所伤。他因自惭形秽，在元神未脱体以前，暂时不愿见客，贫道必须赶往照护。宝库就在前面不远，外子已受微伤，正以全力支持，以防丹气中断。诸位到了头层洞内，洞外的水已被丹气隔开，只照神碑所说行事便了。"说罢，匆匆飞走，白光微闪，人影不见。那淡青色的光衢本来前收极快，到这末一段，势忽转缓，好似力竭神疲。因听说主人受伤，恐其勉力支持，女主人已去，四人途径不熟，万一主人支持不住，又要费事。于是四人各纵遁光，朝前急飞，晃眼到一大洞之前，光彻忽收，那洞就在前面脚底。四人刚往下一落，仰望上面，水已合拢，只不下压，知已到达。加急往下飞降，又是千余丈，方始到底。

前面地势，忽然展开数十亩大小，两座华表分立地上，高三十余丈。前面现出一座大洞，两扇质似精钢，高约五丈的大门，右边一扇大开，左边一扇已经残缺不全，遥望洞内光明如昼。因当地乃前古水仙隐修之地，又在二千年前留下许多灵丹至宝，以前虽未听说，必非寻常人物。为示诚敬，先朝洞门下拜，再同走进。入内一看，洞甚广大，只不甚深。当中矗立着一座金碑，上有朱书古篆。四人修道多年，本全通晓，细一辨认，不禁惊喜交集，出于意外。原来碑上大意，不特载明宝库藏珍应在当日出世，并还隐示天机，连四人之来也似早已算定。四人看完，便照预计行事。南海双童刚把碧磷冲取出如法施为，前面七叶风车星飞电旋，一蓬碧色荧光刚往地底冲去，洞中禁制已被引发。先由神碑后面射出一道黑色精光，朝着四人暴雨一般射来。如非事前先有准备，上来便自留意，应变又快，差一点没有受伤。跟着洞顶一蓬紫光当头压下，左右两壁也有七八尺长的火箭攒射过来。地底风雷烈火之声大作，全洞一齐摇撼，似要崩塌神气。笑和尚的香云宝盖恰在此时放出，化为一幢金光祥霞，将四人一齐笼罩在内，上下四外的火箭神光立被挡开，声势尽管逐渐猛烈，却不上身。笑和尚为防万一，又将火灵珠取出备用。口喝："甄师弟，还不快走！"南海双童看出禁法厉害，从来少见，有些迟疑，闻言忙以全力施为，碧光电转，朝前疾飞，往下钻去。初意下面地层必定坚厚，难于通行，谁知通行并不艰难，入地不过丈许，便入了烈火之中。这才看出古仙人的禁法神妙异常。下面地底直似一座极大洪炉，火光比电还亮，已成银色。内中更杂有无数火弹，打到身外金霞之上纷纷爆炸，威力奇猛。如非佛门至宝防身，几为所伤。回顾来路，更是险恶，先前所见紫光、火箭的冲射之力越来越强，正由身后潮涌而来。香云宝盖竟受冲荡，归路已断，前进尚可，后退直是万难。笑和尚见状，忙道："二位甄师弟不可退缩，照卢老前辈的仙示和神碑大意，今日必能成功，我们有进无退了。"说罢，扬手一粒火灵珠发将出去，初意相助甄氏师弟开路，不料一时巧合，那粒乾天火灵珠正是地底阴火克星。一团金红奇光刚发出手，投向火海之中，那大量玄色阴火和身后射来的火箭才一接触，立时消灭，一闪无踪。又看出前面地层竟是白色银泥，碧磷冲荧光飞射中激荡起千重银旋。两洞相隔只十余丈远近，先为禁法阴火所阻，前进艰难，阴火一破，通行自如，晃眼便达二洞地底。

笑和尚与南海双童各用玉环宝镜查看出二层关口已经越过，忙往上升。透出地面一看，形势与头层相仿，只是空无一物，光景却极明亮，匆促间先不知光从何来。后经仔细查看，当中洞顶离地十丈，凌空悬着一面上丰下锐，长约六寸，前端具有双耳的人形铁牌。本身乌油油，仅现微光，但是越来越强，光也转为白色，照得全洞通明如昼。如非慧目法眼，见闻又多，绝看不出那牌的妙用。知是至宝奇珍，忙同跪拜，通诚求告。拜罢起立，又用法宝试探，见无异兆。笑和尚行事谨慎，还不放心，突将四人聚在一起，收了别的法宝，只用香云宝盖护身，朝上飞去。到了牌前，见如钉在那里一样，看似凌空，实甚牢固。满以为取之费事，试用本门太乙分光捉影之法，手掐灵诀，朝前一招，牌便冉冉飞来，竟是容易已极，心中大喜。刚往下降，待要去往三层洞内查看形势，开库取宝，还未落地，就这法牌到手，微一注视之间，地面上突有一幢金光涌起。回头一看，原来铁牌下面洞中心，埋伏着一座形似宝塔之物，高只丈许，色作乌金，光芒四射，立在地上。乍看不知用法，笑和尚方想行法收去，忽听内里有人说道："此是镇海之宝，妄动者死！时机甚迫，不可延误。"以下便没了声息。知是古仙人仙法留音，不敢冒失，忙用前法往三层洞内穿进。刚用碧磷冲开路，宝盖防身，穿地而入，上下四外的埋伏也一齐发动，这次竟比先前厉害十倍。才一入地，烈火风雷，火箭金刀，便潮涌而来。前面和身后来路更具一种极奇怪的阻力，四人竟被困住。埋伏威力又是越来越大，进退两难，行动不得。笑和尚连用玄功施展全力，又和南海双童父子把所带法宝全都试遍，只有火箭风雷和那奔腾若海的火浪被火灵珠消灭，别的仍是无用。最厉害的是那无形吸力，四外一齐吸紧，连香云宝盖也被裹住。如非人在金霞笼护之下，内里还有空隙，势必手脚均难移动。

似这样用尽方法，困守了好些时候，无计可施。后才想起，那面铁牌也许有用，姑取一试。因还不知用法，上来只用铁牌朝外连晃。哪知此牌正是各种埋伏的枢纽，才一晃动，禁法和那吸力全数失效。四人忙往前进，越过三层洞门，深入地面，见洞顶上也悬着一面同样大小的铁牌，忙用前法取下。到手以后，见洞中空空，四壁浑成，一丝缝隙俱无。再用玉环宝镜查看，迎面洞壁之内果有一座似鼎非鼎，高约丈许之物，知道那鼎便是藏珍宝库。但是通体高达三丈许，深藏壁内七八丈，上面既无门户，又无缝隙，和洞壁一样，通体浑成，庞然一座大物，就能到手，也奈何它不得。何况越到里层，地势越低，二层洞内，又藏有镇海之主，可见相隔地壳必近，取时用力一猛，便易发生灾劫。想了想，不敢造次，连用两面铁牌向壁晃动。头一面宝光照处，洞壁上突发奇光，两下里相持了一阵，牌收光退，并未显出别的灵效。再用第二面铁牌晃动，更是静悄悄的，连壁上神光也未冒起。连试两次，均是可望而不可即。

归吾在旁，见笑和尚未一次把两牌阴阳两面同时并用，洞壁虽未分裂，牌上竟射出极强烈的宝光，为以前所未见，仔细一看，忽然省悟。将牌要过，试一合拢，"铮"的一声微响，双牌合璧，一片金光过处，竟成一体。再细查看，两牌相合以后，前端现出一团形似太极的圆光，两仪二气，正在微微旋转不休，时隐时现。笑和尚见状，忽想起杨瑾转交那封柬帖所示先机，当时省悟。把牌要回，握在手里，按照师传太清仙法，手掐诀印，朝前一扬，一口真气朝牌头上喷去。随见一青一白两股光气细如游丝，起自牌上，朝前面似玉非玉，似金非金，连用法宝冲射不破的洞壁上射去。说也奇怪，先前法牌上那么强烈的宝光不曾收效，这细如游丝的青白二气前头只有米粒大小一点金光，刚射上去，耳听"轰"的一声大震，眼前烟光变灭，腾涌如潮，正面洞壁忽然失踪，宝库也便出现。众人见那宝库下具五足，形似金鼎，高约三丈，上面无门无口，看去坚厚异常。因先前双牌合璧发生妙用，有了经历，仍由笑和尚持牌查看，辨明向背之后，再用前法把青白二色的光气发出，朝宝库上射去。方想："主人曾说此宝能大能小，似此重大之物，如无收法，岂能带走？"那阴阳二气已射到上面，鼎上五色毫光迸射如雨，每面各现出一座小门，同时并放。外面光华立隐，库中宝光闪闪，并有金铁交鸣之声。

笑和尚想起昔年偶往峨眉仙府去寻金蝉、石生同往南疆，共敌绿袍老祖时，正值师祖长眉真人仙籁顶石洞藏珍七修剑由里飞出，便是这等光景。料知库中藏珍将要飞去，忙喝："大家留意，莫被法宝遁走！"边说边将香云宝盖向前罩去。不料鼎内藏珍颇多，六门齐开，匆促之间不及兼顾。只听乒乓连声,眼前五色奇光如虹飞电舞,金芒耀目,当头一道龙形紫色奇光先由正门之内激射而出。下余五门,也各有宝光腾起,其势比电还快。笑和尚见状大惊,忙将香云宝盖飞罩上去,已是无及,左侧门内又飞出七点火星,作"之"字行,互相追逐,飞舞而出,赶上那道龙形紫光,冲向出口一面洞壁之上,只听霹雳连声,洞壁立被震穿一个大洞,两件前古奇珍就此破壁飞去。

笑和尚原以为当地四外洞壁坚厚如钢,又有禁制,法宝绝不能遁走,想用香云宝盖将宝库罩住,再把逃出之宝收回。谁知事起仓猝,上来不曾留意,六面库门各有一件奇珍,除先逃两件之外,香云宝盖只罩住了三件。另外还有一件形似三根二尺多长的彩羽之宝,由库后相继飞出,被南海双童瞥见,各指飞剑上前拦阻,剑光才一接触,前面洞壁已现裂口,那三根彩羽立化彩虹飞去。只有一件钟形之宝由内飞出,吃归吾身剑合一,飞起一挡,逃势略缓,笑和尚忙发无形剑气追将上去,当头罩下,挣了两挣未挣脱,被笑和尚行法收到手里。笑和尚料定库中法宝至少有六七件,竟被逃走了三件,对于北海之行,不知是否有关。追是没法再追,只得回到鼎前。在香云宝盖笼罩之下,侧耳一听,内里金铁交鸣之声越急,并杂以风火雷鸣。时见宝光往外冲出,都被金霞将门封住,不曾冲破。几次想收,未能如愿。笑和尚暗忖:"鼎中至宝,已失其三,似此相持,几时是个了局?"想了想,把金霞宝光往外加大,一面令归吾父子三人拦住法宝逃路,合力堵截。等到准备停当,把手一挥,先是金霞往外展开,突然空出大片地面。内中法宝本以猛力往外强冲,一有空隙,立时夺门而出,那么强烈的香云宝盖,竟会受了波动。如非笑和尚早有准备,几被逃走。

那法宝共是三件。一件形如双斧交叉,飞舞而出,斧头为正圆。其中一斧形如满月,寒光闪闪;一斧四边金芒电射,中心深红,宛如一团日轮。两斧斜插在一根形似长矛、奇光激射的斧柄之上,飞舞之时发出轰轰雷电之声。库中共是七宝,只此一件威力最猛。下余两件:一件形似一个大半圆的玉圈,上面蟠着七条灵蛇,口中各喷彩焰,其直如电,满空飞舞;一件是个两头尖针形的青光。这三件宝贝才出宝库,便分三面冲逃,吃香云宝盖金光一罩,纷纷掉头向下,待往地底穿去,幸而南海双童都是行家,看出三宝本身具有灵性,早把碧灵冲和随带法宝、飞剑全数取出,结为一片光网，将地面封闭。笑和尚又将金光由下面分卷过来，成一光笼，将三宝围困在内。原想把三宝一起笼罩，再将金霞逐渐缩小，行法收取。岂知三宝各具威力，并似具有灵性，连冲数十次不曾冲出，便自停止，作三角形悬在光笼之内，各将宝光加强，朝外猛射。经此一来，光笼竟被撑住，难于缩小，笑和尚见香云宝盖虽是佛家至宝，却是借来之物，初次运用，不能发挥它的全部威力妙用。又因卢姁仙示说库中灵药、藏珍与笑和尚等人的北海之行有关，此事关系重大，非同小可；七宝已失其三，这类前古奇珍不知收用之法，如被逃走，落在左道妖邪手中，岂不又留隐患；想要强行收取，又恐互有伤折，因而心中为难。又隔了些时，决计先取库中灵丹，查看内里有无别的藏珍和古仙人所留仙示，以免相持时久，夜长梦多，生出变化。主意打定，便令南海双童代为主持，自往库中查探。

这时三宝威力越来越猛，宝光精芒互相冲射，激荡起千重霞影，万点星花，看去威势甚是惊人。又作三角形停立空中，向外猛冲，力大异常，正挡在宝鼎前面。笑和尚费了许多心力，才得缓缓移开，停向一旁。笑和尚暗忖："稍微移动，便如此艰难，照此威力，如何收法？"忙告双童："小心戒备，不求有功，只求无过。等到入库取出灵丹，查看库中是否附有收宝之法，再作计较。"随往库中飞去，见库高三丈，门仅三尺大小，笑和尚施展玄功，飞遁入内。初意库中地势颇宽，六门大开，必可随意出入。哪知刚到里面，瞥见库中心似有光华闪动，疑有藏珍在内不曾飞去，便纵遁光，飞往当顶查看。笑和尚看出那宝光作六角形，中藏一团形似鸡卵的灰白影子，心方一动，眼前倏的一暗，耳听金铁风雷之声四面涌来。知道库中还有埋伏，无心触动，喊声："不好！"总算东海面壁之后，功力大进，人又机智万分，见势不佳，忙将无形剑气向外展开，先将本身护住，再用慧目法眼定睛查看。原来身已陷入万丈浓雾之中，上下四外，黑影沉沉，什么也看不见，不知多高多沉。身外只是一片浓黑，耳听风雷大作，金铁交鸣，宛如百万天兵，夹着排山倒海之势和重逾山岳的压力，齐向中心压来。

笑和尚开头运用玄功，还能稍微冲行移动。晃眼之间，上下四外一齐逼紧，休说随意冲行，如非法力高深，人又机警，先用无形剑气四面挡开一大团空处，直连手足都难移动。换了常人，处此危境，急于出困，必将太乙神雷与随身法宝、飞剑放出，向外硬冲，当时便是祸事。笑和尚却是累生修为，见闻广博。先见宝库中心所悬灰白色形似鸡卵的气团，便疑中藏先后天五行妙用，知道抗力越强，反应之力越大。库中禁法埋伏虽极厉害，如无特殊变化，在南海双童等人眼里仍是三丈多高一座宝鼎。想起到达之前，主人推说丈夫受伤，前往救护，由此一去不归，看神气虽不会是有意欺骗，也许还有隐情。今日之事，稍失机宜，难免铸成大错。莫如把稳行事，相机应付为妙。于是只守不攻，先不作脱身之想，只是运用玄功，以退无进，加强无形剑气防御之力。等剑气越发凝固，稍微往里缩小，缓和了四面压迫的威势，便用本门传声向南海双童询问："自己入库以后，外面是何景象？有无变故？主人来否？"随听甄艮回答说："笑师兄入库以后，似见光华微闪，六门同时关闭。方疑有异，门忽开放，仍和方才一样。只笑师兄人影不见，此外别无他异。只是三宝冲突更猛，光焰越强，金霞时受冲荡。主人始终未见，不知如何收法，恐难持久。"

笑和尚闻言，越知古仙人的禁制威力神妙，不可思议。如用法宝护身，施展玄功朝外猛冲，即使当时能够出困，也必狼狈不堪，藏珍、灵丹还未必能到手。正在仔细盘算，忽想起卢妪仙示曾说宙光盘、碧磷冲、香云宝盖三宝缺一不可。为防三宝威力太猛，误将地壳冲破，未肯轻用。人已深入三层洞内，既说此宝不可妄用，又说非它不可，也许是指破此宝库而言。当时触动灵机，忽然省悟。上来惟恐毁损至宝，不敢骤然发动，先将法宝、飞剑结成一团宝光，环绕全身，外层仍用无形剑气四面防御。等到准备停当，便传声告知外面三人，务要联合一起，各用法宝防身，相机应变。最后才取出宙光盘，朝掌心所悬神针一指，针头上子午神光线便隔着宝光剑气冲射出去。那细如牛毛的银色光雨长才尺许，刚一射向剑气层外，那笼罩外层重逾山岳的浓影便似飞雪投火，当时消融，冲开一个大洞，跟着身上一轻。再用慧目法眼定睛一看，不禁惊喜交集。

第三〇四回　合力助痴龙　地穴神碑腾宝焰
　　　　　　　潜踪闻密语　波心赤煞耀尸光

　　原来那黑影竟是太白玄金精气炼成，具有极大威力。人被围困在内，不消多时，便由气体化为实质，仿佛一块极大钢铁，将人埋葬在内。对方如是行家，还能仗着法宝防身，将四面挡住，困在其中，苟延残喘。若稍微疏忽，不知底细，或是临变心慌，以为身外只是一团黑气，不难冲破，妄用法宝、飞剑朝前猛冲，立生反应。再要误发各种雷火，那玄金精气立成熔质，人便似陷身在一座极大的熔铁炉内，任何法宝，均难免于炼化，金铁之质，更无庸说，人也随同化为劫灰。端的厉害无比。

　　这时玄金精气已快化为纯钢，宙光盘恰在此时发动，子午神光线所指之处，四外快成实质的精钢纷纷消灭，化为乌有。笑和尚正防子午神光太强，宝库也遭波及，猛觉身上一轻，眼前大放光明，知已脱险，忙收法宝。待要观察形势，猛瞥见先前发光之处忽然飞落下三尺大小一团形似灯焰的银光，比电还亮。中心拥着一个道装小人，相貌奇古，身长不满二尺，手掐法诀，朝着自己微笑，把头一点，往外飞去。跟着便听外面连声雷震，赶往库门一看，由内到外，三层洞门已一齐开放，金霞仍在一旁未动，归吾和南海双童正在惊呼相唤。方想出看，忽闻宝库顶"叭"的一声，疑有变故，忙即回身仰望，先前银焰小人飞堕之处，当中库顶一团光影刚刚震破，光焰四射，尚未全消。跟着落下一个淡青色的皮囊，由那残余光烟托着，轻轻下落。先还恐是法宝，试行法一收，容容易易到了手上。只见这皮囊通体细鳞，青光闪闪，大约二尺，并未封口。伸手一摸，内里共有两个乌金瓶，高只数寸。另外一本用竹简制成的道书，共是七十三页。除开头三张朱书古篆，载明库中藏珍和灵丹妙用而外，底下每页均是灵符。末一页又是朱书古篆，大意是说：

三千年前，有一仙人盘荸在此隐修，因为夙孽太重，虽然积有无数善功，天劫仍难避免。仗着修炼多年，功力高深，在大劫将临以前，连用百零八日苦功，虔心推算未来因果，运用全力，严密布置。再请一位同道好友相助，将他本身元灵用太白玄金精气包没，连同平生所用法宝、神符、灵丹，一齐藏向两座宝库之内。再用诸天禁制，将三层内洞一齐封闭，移山换岳，将整座洞府沉入海底泉眼之内。再以极大神通，重新布置出一座洞府，与原来的一般无二。就这样，仍恐仇敌看破，除行法掩蔽，颠倒阴阳，使其无法推算真情，再由那至交同道的元神附在本身肉体之上，在洞中相待，仗着事前留下的二十六道灵符，与强敌恶斗了二十九天。等到灵符用完，那至交同道的元神突然飞走，盘荸的原体自为仇敌所毁。对头虽然神通广大，练就《蚩尤三盘经》，邪法厉害，狡诈无比，觉出对方不应死得这么快法，连元神也似随同消灭，不曾遁走。最可疑的是那些有名奇珍一件未用，心中奇怪。但因仙人事前防御严密，设备周详，元神早已藏入海眼深处，由那至友附身应敌，双方法力均高。那新布置的仙山洞府均是宝物，经此二十九日苦战，十九已化为劫灰，灵符更具威力妙用。斗到最后一天上，至友的元神早已隐形遁走。那至友原与对头相识，元神一经复体，便装作由远处得信赶来解劝。事后，仙人便不再现影迹，海底泉眼早已有了仙法掩护。对头尽管半信半疑，事隔多年，访查无踪，又未见有转世形迹，也就罢了。仙人大祸虽免，元婴尚还不到功候，便在海底苦修。又隔千年，强仇身遭末次天劫，形神皆灭，仙人的元婴也早炼到功候。无如当初发愿太宏，立意用于八百年苦功练成天仙，自用所炼太白玄金真气，将洞府和宝库严密封禁，非到时机，等前古至宝宙光盘二次出世，便将三层洞门打通，也无用处。并且来人一入宝库，便受玄金精气包围，万无生理。日前回忆前事，定中推算，得知今日功行圆满，破禁放他的人，正是三千年前至友转劫到此。为感昔年高义，除外库中藏珍、灵丹之外，并将昔年准备飞升时防御九天罡煞之气和左道妖邪途中暗算，留作万一之备的七十三道灵符一齐相赠。还有那七件奇珍，均经自己千年苦炼而成，多高法力的人也收不去。虽然传有收法，仍非短时日内所能随意运用，特在行时代为行法禁制，以便笑和尚前往收取。不过此宝本身已具灵性，虽经行法禁制，令其改归新主，到手以后，仍须本身元灵与之相合，否则仍难免于生变。前逃三宝，已落在两个左道中人手内。本来此宝外人收它不去，因其持有克制之宝，才被收去。但仍难应用，将来终于珠还，无须往寻。

笑和尚见那灵符每道均附有用法，越发心喜。那十六粒灵丹，分藏在两金瓶内，瓶口微开，立闻清香，想不到得来如此容易。宝主人更是三千年前至交，更加欣慰。随听南海双童连呼师兄，急忙飞身赶往一看，那三件法宝已全缩小，凌空悬立金霞之中，甚是安静。双童谨慎，恐又生变，不敢贸然收取。一问经过，才知双童正觉三宝威力越增，香云宝盖渐有制它不住之势，笑和尚又似被困库内，心正危急，倏的一朵银焰拥着一个道装小人由库内飞出来，将手中灵诀朝外一扬，三宝立发出几声异啸。同时小人也带着连串雷鸣之声，往前洞飞去。所过之处，洞壁立开，现出门户，晃眼无踪。三宝由此悬在里面，不再往外冲突。笑和尚不顾答话，朝金霞中一看，三宝最长的也只七寸大小。其中斧形之宝，乃一块铁令符，上刻双斧。另一月牙形的玉环，上刻六条怪蛇，彩色斑斓，精芒外映。还有一根似铁非铁，长约三寸，上绘符箓的长针。都是宝光隐隐外映，知是前古奇珍。为防万一，先照道书所载用法，飞入金霞之内，如法施为，果然应手取下，才放了心，将香云宝盖一同收去。

笑和尚正和归吾父子三人同观道书，谈说前事，忽听洞外天空中异声大作，杂以龙吟，远远传来。想起前受女主人之托，说有对头要来侵害。仗她指点，自己得此前古奇珍，又蒙优礼款待，其势不能坐视。一声招呼，忙同归吾父子往外赶去。匆迫之中，只顾应援，忘了宝库尚未收取。因洞门已全开放，通行容易，晃眼便到头层洞外。耳听异啸龙吟之声，越发猛恶，仰望却不见甚争斗形迹。上面海水吃墨龙所喷丹气逼住，宛如一座极大的水晶穹顶，将当地罩住。四人虽然未见主人的面，一则受托在先，又知来敌厉害，以为主人夫妇业已被困，或是落在下风，正在勉强支持，龙吟乃是求援，也未仔细查听，立时穿波而上。墨龙所喷丹气本极强劲，不易穿过，这次竟是毫无阻力，越料求援正急。笑和尚虽然想起宝库未收，内库尚未发现，以为助战要紧，况又不知收法。心念微动，立即丢开，同纵遁光，穿波而上。当地是在天镜湖底，离战场颇远，中间隔有好几座峰崖挡住目光，急切间也未取出玉环查看。一离水面，便循声赶去，刚越过前面高峰，便见一个身材清瘦的道人手指五股黑烟，烟中各裹着一口飞刀，与前见墨龙在晶幕之下飞空恶斗。墨龙口喷青紫二色丹气，敌住那五口飞刀，口中不住怒啸，似有不支之势。

四人天生侠肠，对于主人本就心存左袒，再见道人手发黑烟飞刀，不似正经修道之士，越发生出敌意。南海双童首先飞身上前助战。笑和尚虽然后发，动作更快。因想试验新得法宝威力妙用，上来未用飞剑，只把身形一晃，便到了道人前面。道人瞥见斜刺里先后飞来四人，当头两个矮子剑光强烈，厉声大喝："你们哪里来的？"话未说完，笑和尚人影一晃，已越向前面，哈哈笑道："主人在此隐修多年，你这妖道叫甚名字？为何上门欺人？"那道人也是该当晦气，明明看出新来四人是正教中能手，仍然不甘就退，闻言反倒大怒，厉声大喝："无知小秃贼，也配问我名姓？我与妖龙仇深似海，你们既是三清门下，为何帮助妖孽，倚众欺人？趁早退去，还可活命；否则，休怪我狠！"四人先见对方面带狡诈，不似善良，成见已深；再见道人口喷黑气，将双童飞剑接住，说话又是那么凶横，越料对方不是海中精怪，也是左道妖邪，闻言全都有气。笑和尚更因对方狂傲，不说名姓来历，有意给他难堪。本想隐身上前打他一下，不料道人竟有法宝防身，笑和尚一掌打将上去，竟被一股潜力挡住，反震回来。如非功力高深，所用又是佛家小金刚掌，几乎反被所伤。同时归吾因觉两生修为均在旁门，前生爱子固已上进，笑和尚更是法力高强，望尘莫及，到处相形见绌，心生内愧，一见三人上前，也将法宝、飞剑一齐施为。

道人看出墨龙颇有逃意，不知是计。心恨四人作梗，又吃笑和尚那一掌，虽未打伤，也自有些警觉。厉声大喝："无知小狗，今日叫你知我厉害！"说罢，双肩摇处，背上所佩葫芦内立有大股黑气，中杂亿万寸许长的红紫二色飞针，暴雨一般朝四人当头罩下。经此一来，四人越把对方认作左道妖邪。笑和尚因先前一击不中，有了戒心，惟恐双童父子误中邪法，扬手先是一片无形剑气，将三人挡住，不令飞针上身。跟着发出太乙神雷，数十百丈金光雷火打向前面，黑烟、飞针立被震散。耳听女主人远远狂呼之声，墨龙全身均有丹气笼护，口中悲鸣越急，以为邪法厉害，便将新得三宝的腾蛇环发将出去。大半圈闪变无常的彩光，上面七条彩蛇，出手便自暴长亩许方圆，比电还急，飞舞而出，六条蛇口齐射五色灵焰，对准道人飞去。耳听女主人狂呼与龙吟之声，相与应和，也未听清，仍指法宝上前。道人见状大惊，面色立变，怒吼一声，放出一道玄色精虹将身护住，收回飞刀，破空便逃。无奈来时容易去时难。上空晶幕，原是墨龙的丹气与本身真灵相合，本是有意放他人内，败后想逃，如何能够，连冲两次，不曾冲破。那大半圈彩光带了七条口喷灵焰的怪蛇，又由后追来。没奈何，只得拨转遁光，满空飞逃。归吾和南海双童又各指飞剑、法宝，满空追截。

笑和尚本来要追，因见墨龙盘空未动，只朝四人点头示谢，不曾追赶，心中奇怪。腾蛇环又具有灵性，一经放出，除非主人将其收回，不追上敌人绝不停止。笑和尚正在寻思，忽见女主人凌空飞来，还未近前，便双手连摇，高呼："诸位道友，手下留情！"说罢，回顾墨龙，大声呼喝，满面均是怒容。笑和尚想起女主人前言，心方一动，待将腾蛇环止住，就这两句话的工夫，一道玄色精光已朝女主人电驰飞去。还未到达，黑光中先射出一蓬墨色光雨，朝女主人打去，来势比电还快。笑和尚因看出主人夫妇争论，不便上前，稍微缓了一缓，玄虹已电驰飞到，才一照面，便下毒手。只听女主人悲呼："好狠！"似已受伤，人便往斜刺里遁去。墨龙见仇敌所喷墨雨将爱妻打伤，立时暴怒，怒吼一声，身形暴长，正在发威，想要拼命。忽听女主人又在大声疾呼："你不放他逃走，我就死在你面前！"随听玄虹中道人接口骂道："无耻贱婢，你休要讨好卖乖，今日叫你和那妖龙死无葬身之地！"说罢，玄虹微一挈动，又朝女主人电驰追去。

这时，腾蛇环和归吾父子三人的飞剑本在尾随急追，无如敌人已横心拼命，飞遁又极神速，乘隙飞来，先发出一蓬墨雨，将人打伤，重又急追过去。笑和尚早知女主人有难言隐痛，一见妖道要斩尽杀绝，不由大怒，一指腾蛇环加急前追，紧跟着隐形飞遁，也急追上去。墨龙更是怒火攻心，刚一回身要追，女主人忽由侧面飞回，面容惨变，大声疾呼："诸位道友，看我面上，请哲停手！我虽受伤，并不甚重。"说罢，回身猛朝墨龙扑去，一把抱住龙头，连推带撞，哭喊起来。道人在玄虹护身之下，本朝侧面追赶，不料女主人精于玄功飞遁，法力甚高。先前受伤，原是情急之际偶然疏忽，更没料到对方会下这等毒手。一经防备，便难追上。就这样，仍恐道人为众所杀，本想用化身将其引开，本身飞回拦阻众人，不令下手，强迫墨龙将其放走。偏生所幻化的替身又被对头看破，回身追来，一见女主人抱着龙头,代他哭诉,向众求情,不但不领好心,反而激发怒火,又是一蓬墨色星雨发将出来。

笑和尚刚刚追到,因见女主人情急狂呼,神态可怜,本想停手,一见妖道这等狠法,心想迫使屈服,永绝后患,便暗放无形剑气,想将主人护住,再行设法制服。谁知墨龙早有准备,先前乃是故意示怯,一见墨雨飞到,猛张口一喷,一团青紫二色的光气飞将出去,两下里一撞,便自爆散,电也似疾,正朝敌人当头裹下。忽听女主人一声悲叫,光气忽又收回。道人幸脱危境,仍还不知进退,扬手又是七八十口裹着黑烟的飞刀朝前飞去。这原是同时发生,瞬息间事。笑和尚见妖道如此凶横,不知进退,早按仙人传授,暗中施为,把手一指,腾蛇环所化彩虹早已追到,被笑和尚止住,突似惊鸿电掣,暴长数十百丈,电也似疾将那玄虹围在中央,上面七蛇齐喷灵焰,环绕冲射。同时归吾父子三人也已追到,纷纷用法宝、飞剑上前夹攻。道人先仗玄虹护身,还不十分害怕,此时方想逃遁。笑和尚把手一指,那大半盘彩虹连同上面灵蛇,立似转风车一般,将道人连身外玄虹一齐裹住。晃眼之间,蛇口灵焰交射中,玄虹竟被消灭了大半,周身也被极大吸力裹紧,休说逃走,移动都难。这才知道厉害,厉声喝道:"阿东!莫非你看我今日为你葬送么?"

女主人似已将墨龙止住,凄然叹道:"似你狠心薄情,忘恩负义,况又自取灭亡,本应听你自作自受。现既知悔,宁你不仁,我不可以无义。"随向笑和尚带愧说道:"此是贫道两世冤孽,他虽多行不义,实不愿其由我而死,还望诸位道友看我薄面,放他去吧。"笑和尚故意摇头道:"放他不难,只是这厮过于阴毒,以恩为仇,放他必留后患,还是除去的好。"说罢,取出那面上刻双斧的古铁令符微微一扬,两柄日月双辉的神斧立时光芒万道,交叉飞出,照准道人头上待要下落。道人防身宝光已被灵焰化去十之八九,身被裹紧,无法逃脱。瞥见神斧飞起,当头下落,看出是前古至宝奇珍,心胆皆裂,颤声急呼:"神僧饶命!如蒙网开一面,从此绝不登门与他夫妻为难。"笑和尚一面止住法宝,喝问道:"你叫什么名字?既然知悔,看在主人面上,放你逃生。下次再被我发现恶迹,休想活命!"说罢,把手一招,收回法宝。道人满面羞惭,朝主人看了一眼,腾空便起。笑和尚看出对方目射凶光,知其不怀好意,连忙隐身追去。这次道人居然未受阻隔,冲破晶幕而出。刚到上面,不知有人暗中尾随,咬牙切齿,恶狠狠手指下面,厉声咒骂。笑和尚见他如此卑鄙阴险,不禁有气,刚要追上给他吃点苦头。忽见道人取出一块方形水晶,看了一看,好似有甚警兆,面上一惊,身形一晃,便纵水遁逃去,一闪无踪,只得罢了,暗忖:"此人所用法宝颇似左道中的能手,不知是何来历?主人不肯明言,未便询问。看他行事神情,早晚仍是后患。"正往回飞,女主人和归吾父子三人恰同迎来。再看墨龙,已先退去。

女主人似恐众人盘问底细,见面称谢之后,苦笑说道:"诸位道友高义,刻骨铭心。外子和今日来人有不解之仇,不知怎会被他算出强敌要来,借着受点微伤,将我骗去,软禁水中,意欲与敌拼命。如非强冲禁网,赶来解围,双方必有一伤。虽蒙手下留情,将其放走,仍然未如预计。可恨外子一味感情用事,不知利害。否则,仰仗诸位大力相助,只要不将我困住,诸位法宝早已到手。贫道再与诸位略为商议,将来人惊走。他只当古仙人的藏珍被我取得,此人贪小,只要将外子所得灵丹和他想了多年的一件法宝送他讲和,从此便可各不相扰,永绝后患,有多好呢!实不相瞒,诸位道友在此已有多日,前半固是借重鼎力,有意延挨,后半实由取宝耽延,看似不久,历时却久。请至荒居小坐,便请起身如何?"四人闻言,一算日期,果然只剩两天限期,不禁心急起来,忙将灵丹分与主人一瓶,匆匆辞别,主人也未强留。笑和尚行时忽想起宝库未收,忙问:"此时往取,可来得及?"女主人笑答:"此时海眼洞府已全封闭,暂时取不成了。好在英、云姊妹不久要来,彼时再取不迟,请上路吧。"

四人随即冲波而起,往北海飞去。到了北海绛云宫海面附近,遥望前面,暗云海雾,上与天接。乍看还无过分惊人之处,后来越飞越近,入了雾阵之中。四人去时,奉有杨瑾密令,早将遁光连人隐去。因还有一昼夜限期,相隔绛云宫海面只七八百里,各将冲空飞行之声隐去,缓缓前进。看出越往前飞,雾气越重,灰蒙蒙望不到底。遥闻万雷轰隆怒哄之声,互相应和,声震天地。四人照着杨瑾所说,环着雾阵暗中查看。正贴水面缓缓同飞,忽听身前不远有两人低语争论。赶过去一看,原来当地乃是海中一座无人小岛,大只数亩,宛如一个碧螺浮在水上。地不甚大,但是花木繁茂,景物清丽。如非四外海气荒凉,终年愁云惨雾连接不开,真乃极好所在。那两人都是道装少年，临水而坐。听那口气，好似二人的师父与人有仇，算计敌人近日功德圆满，元婴炼成，快成气候之际，前往扰害，并还带了几个得力门人，持了几件法宝，分成三面埋伏，以防敌人元神飞逃，分头堵截。因嫌为日甚多，海面辽阔，景物幽晦，特由别处移来几座小岛，以便门人在上守候。四人才知两少年存身小岛，竟由别处移来。门人如此，乃师法力之高可想而知。笑和尚足智多谋，暗忖："为时尚有一昼夜，何不就便设法探听虚实？"心念一动，便用传声告知南海双童父子小心戒备，暗中查听，相机行事。不料那两人谈过几句，便离开了本题，所说全是同道往还和海外采药经过，不再提到正文。依了南海双童，既听不出所以然来，同时又听远远雷声爆炸，声虽沉闷，好似隔着极厚的浓雾，但是繁密异常，连千百里外的地壳均受震撼，意欲赶往前面观察。笑和尚本来要走，偶然一眼瞥见两少年互相对看微笑，所谈越不相干，猛触灵机。暗忖："我们到时，这两人正在谈论乃师乘隙报仇之事，话未说完，我们才到岛上，忽然转了口风，对前事只字不提。莫要隐形法未被看出，岛上却设有埋伏禁制，人一上岛，立被警觉，也未可知。"心中一动，立用传声暗告三人："同往岛西，隐形遁走，动作越快越妙。不听呼唤，不可回顾。"

　　四人原本立在两少年左侧花树之下查听动静，甄氏弟兄和乃父归吾刚纵遁光隐形飞走，内一少年面色忽变，微一冷笑，把手往外扬起，待要施为。不料笑和尚早有准备，先和甄氏父子同纵遁光离开地面，却不飞走，人仍停在原处未动。一见少年伸手发难，故意把手一指，立飞起四条人影，由甄氏父子所去之处현现形迹，忽然改道，往斜刺里飞去。因知水仙门下男女徒众都是水族修成，因而所幻化的四条人影相貌均极丑怪，似人非人，各在一片灰黄烟光拥护之中朝侧面飞遁。少年手中两道红光也电掣而出，本朝甄氏父子这一面急追。那四条人影出现正巧，仿佛害怕敌人红光，改道逃遁神气。少年先误认为所发红光破了隐形之法，忙指法宝急追，不知对方乃是幻影，暗中有人主持。他这里一追，幻影立时遁入海中，少年立指红光往下追去。笑和尚防他看破，幻影入海，并不当时消灭，等到红光追上，方作为想逃无及，被那红光裹住一绞，立成粉碎，海水也似被血染成红色。少年方始收回法宝，笑对同伴道："师兄，你看这些水怪也敢来此窥探，岂非找死！"同伴青衣少年似如未闻，只向四外留神查听。隔了一会

儿，微笑道："我看事情无此容易，你当四个水怪是真的么？"少年答说："我先和你说话，也许被他们听去了。或许我们一时疏忽，不自警觉。他们偏大胆冒失，入我禁地。如非我们行事慎重，过信传言，以为对方师徒法力甚高，又觉来人隐形神妙，暗中查听了好些时，不见丝毫形声，我早下手了。后来我见敌人逃遁，实在气他不过，还拿不定是否能够追上。试用红光一追，谁知他们只擅隐形之法，并无大用。你分明见我用赤尸煞光将其绞成肉泥，莫非还是假的不成？"

青衣少年笑道："我看此事有好些可疑。这几个水怪既然擅长那么好的隐形法，必非弱者。何况水母师徒素来护短，她那门人向不许人欺侮，法力稍差，休说远出和人对敌，连她那绛云宫都不许离开一步。何况我们师父是她师徒三人多年来的凤仇大敌，又当仇人元婴炼成，功候将完之际，怎会纵令这类毫无法力的门人远出探敌？还有那四人死得太易，也未回手，死后连元神都未见飞起，此时我越想越怪。我二人奉命防守，责任重大，莫要上了敌人的当才笑话呢。本来连这几句话也不想说，因见敌人去后不曾再来，不问所杀是真是假，这赤尸煞光敌人不会不知，也许看出我们不好惹，幻化出几条幻影，本身早已知难而退。适才行法查看，不见形迹。师弟自信太深，这等粗心，极易误事。为此令你留意，现在双方胜败存亡，只此一举。师父正与陆巽在绛云宫中苦斗相持，整座绛云宫均在师父赤尸煞火笼罩之下，只要斗过明夜子时，敌人如无强有力的救兵赶到，万无幸理。敌人本来就是九死一生的关头，她那门下孽徒偏不知利害轻重。日前有几个中土隐修的散仙，同了昆仑派两个后辈由金银岛起身，因其中有两个转劫重生的法力虽高，年纪却轻，童心未退，强着内中一人，用金银剑气化一长堤，凌波飞渡，偶然疏忽，忘了前面雾海中绛云宫禁地不远，以致误入。这班狗仗人势的孽徒，也不想想他们师父多年闭宫苦修，功候快要圆满，止当要紧关头，我们师父这个大对头已是难于抵御，竟又多生枝节，无故添出好些强敌。并且来人自知疏忽，已经飞高，并向孽徒们赔话；所行之处，又偏在绛云宫侧面，至多剑气照耀海水，绛云宫前立有两座辟水牌坊，便在宫前，也不至于惊扰，何况相隔尚远。这班无知孽徒因想起宫前牌坊原是三座，昔年被神驼乙休用两件至宝奇珍换去一座，转送与峨眉妙一真人，以为开府的点缀，无法取回。乃师不久有难，连日正在加功苦炼，见来人遁光强烈，恐惊乃师，分了心神，误以为他们那独门癸水雷珠威力神妙，师父之外无人能敌，不特仗势欺人，迫令来人认罪服输，并还看上内中两个幼童，妄想收为弟子。不料对方年纪虽轻，法力却高。表面困入他们雷山火海之中，实则来人和他师父素无仇怨，不愿树敌，未将那几件佛门至宝一齐发动，欲待他们师父出面理论，以防结怨树敌，或是双方各走极端，生出别的灾害。

"昨日陆巽婴儿炼成，得知此事，又急又怒。正待责罚众孽徒，并与来人相见，也是劫难将临，行事颠倒，素来好胜，觉出孽徒已将水母独门法术法宝一齐施为，不特没有占到一点上风，如非来人手下留情，几乎反为所制。而且又用法宝查听出对方心意，疑心他故意纵容门人出头为难，就此出面，无异向人认罪服输，越想越不是意思。同时又接到我们师父就要前来寻他报仇之信。那癸水雷珠，照例敌人法力越高，它反应之力也越大。虽是水宫奇珍，似连日这等用法，从来未有。如今绛云宫方圆千数百里以内，均被这类雷珠满布。最后又因敌人持有仙、佛两门至宝，将这一带化成万丈冰山，一直冻入海底，生出好些妙用。知道我们师父来去如电，神速无比，防不胜防，稍微疏忽，立被侵入，难得这几个过客只守不攻，不与为难，正好借着所持仙、佛两门至宝，激动癸水寒精元气，随时发生变化，护住当地。自身躲在海底宫中，由门下孽徒四外防护。满拟我们师父必为那万丈冰山、无边海气所阻，水宫左右更有各种埋伏禁制，绝难侵入雷池一步。做梦也没想到，我们师父去时，托朋友借了一件法宝，名为太乙金鳞舟，加上自有的一件法宝，前数日赶来此地。

"事也真巧，到时正值癸水雷珠受了仙、佛两门至宝冲荡，生出反应，大片海水齐化雷珠，纷纷爆炸，密层层上与天接。我们师父便将元神藏身舟中，再借法宝妙用隐却形声，一直侵入海底。本来晃眼到达宫前，离那辟水牌坊也只数十里远近，眼看深入重地，一举成功。也是我们师父觉出敌人以前法力颇强，临事审慎太过，恐被敌人警觉，将太乙金鳞舟收去，欲以玄功变化隐形飞遁，深入宫中，一举将敌人师徒除去。没想到此宝乃西方庚金元精炼成，既与癸水相生，又是仙府奇珍，妙用无穷。虽是借来之物，难于发挥全力，用以护身隐形，却具有极大妙用，宝光又隐，敌人绝看不出。这一舍宝不用，别的不说，身形虽隐，随带几件本门至宝和那赤尸煞光，隔老远便被敌人看破。对方原有准备，时刻都在提心吊胆，立将埋伏发动，先将我们师父隐形之法破去，上来声势十分猛恶。前听我们师父传声发令，差一点没被敌人困住。后来虽得冲破，但看出仇敌用的是缓兵之策，借着各层埋伏禁制，相持待救，以致破了一层，又是一层，直到今日，还未越过头座牌坊。

"我们师父本想攻破地壳，毁灭仇敌这座水宫，稍出胸中恶气，再作复仇之想。偏生下面布满层层埋伏，上空千余里方圆大片海面，又被那无心路过的人将癸水雷珠威力全部引发。师父如以全力施为，就能报仇出气，所发生的灾劫也不知如何浩大。一则造孽太甚，心有顾忌；再者，那几个人颇有来历，所持均是仙、佛两门具有极大威力的至宝奇珍。他们这些自命不凡的正教中人，见我们师父发动这类空前浩劫，必定不容。我们师父虽不把这些后生小辈放在心上，一则胜之不武，不胜为笑；再者，对方师长均是有名人物，人多势盛，一旦成仇，不胜其烦。本来彼此素无嫌怨，何苦结仇自扰？不愿多事，只得强行忍耐。看那数人神情，也似守候待援，此时最好所盼援兵寻来，仗着他们法宝之力，粗心大意，将癸水元精真气所化雷珠冰山、冷焰寒云和受法宝反应所化热雾破去。上面起了剧烈变化，下面整座绛云宫立受危害。仇敌因见孽由己造，必多顾虑，也许连元神都不等复体，便赶出拼斗，都不一定。只一现身，必为我们师父所杀无疑。就这样，还防他师徒逃走，令我们几面合围，远远防守。如见外来的人，速用传声禀告。这一面乃是往来要道，敌人师徒如逃，固非经此不可；便是被困数人的援兵，也是必由之路。"

"你只见方才杀那四人容易，却没想到事须合理。这里海气荒凉，终年愁云惨雾笼罩，怎会有此景物灵奇的小岛孤悬海中？外人经过发现，难免窥探。对方身形已隐，人数又多，来历姓名丝毫不知，又未存有敌意，略为偷听了一阵，不致遁走，你为何便把本门独有的赤尸煞光妄自发出，岂不惹事？如非看出来人法力甚高，不肯计较，我早向你拦阻了。依我之见，多半来人故弄狡狯；再不，也许绛云宫中逃出来的那些虾兵蟹将，被你无心相遇，一时误会，不问青红皂白，便下杀手，其实方才隐形窥探的四人已早遁走。这四人不是不知道我们来历，不愿无故树敌，便是行辈较高，又觉自己不应隐形窥探，或是应援心急，惟恐延误，自行走去。你在那里卖弄，人家早已飞走，你还得意呢！"少年意似不服，还待争论。

　　笑和尚先见少年所发红光与众不同，分明是旁门家数，偏不带甚邪气，早就奇怪。后来隐形窥探，听出所发竟是赤尸煞光，忽然想起一个隐迹多年，久已不听说起的旁门老辈，不禁大惊，知这师徒四人和红云大师一样，最是难惹。所习虽是旁门，除性情古怪而外，法令甚严，无甚恶迹。昔年因与血神子邓隐交厚，当邓隐事急往投时，他虽不善邓隐所为，向其告诫，仍以死力护庇，致与师祖长眉真人对敌。如非师祖知其为友热肠，所用邪法虽极厉害，平日无甚恶迹，格外宽容，几被诛戮，形神皆灭。就这样，仍损失了许多法宝，仅以身免。如换别的左道妖邪受此重创，必定怀恨。他因看出对方有意宽容，不肯伤他性命，不特不恨，反倒心生感激。由此告诫门人说："以邓隐法力之高，又具有正邪诸家之长，尚为长眉真人所败，被困在西昆仑星宿海底，永无出头之日，何况我们。我生平从未经此大败，以我为人，最重恩怨，本来有仇必报，无如我和长眉真人对敌三次，均应惨死，全是对方留情，才得保此残生，否则连元神均必消灭。看似仇敌，实是有恩于我。我已放弃复仇之念，便是你们将来在外，如遇长眉真人门下徒子徒孙，只要是真人一脉相传，非到对方万分逼迫，生死关头，只许退让，不许还手。据我观察，真人那么仁慈宽厚，门下徒众必能仰体师意，也绝无赶尽杀绝之事。"由此，把和峨眉派对敌列为他门下的禁条。笑和尚自从转世以来，不曾听人再提，想不到水仙仇敌竟是此人，不知何故，仇怨难解。休看自己这面持有仙、佛两门的至宝，如论法力神通，恐还未必是此人对手。再一回忆由杨瑾转来的少阳神君飞书仙示上面的语意，知道双方仇怨太深，一个闹僵，便不免惹出滔天大祸。

　　笑和尚心正忧疑，忽听远远水雷巨响之声正在猛烈头上，忽然停止。跟着起了一种极奇怪的沸水之声。又听南海双童传声遥唤。暗忖："这两人的来历已经探听出来，在此无益。不如去往前途，先查明了形势，好做准备。"本来要走，因见两少年争论不休，意欲给他们一个警告，行时故意触动岛上禁制，足先沾地，再行飞起。两少年似知来人未走，面色立变。青衣少年手掐法诀，往上一扬，立有大蓬红光四下飞射，再分布下来，将当地一齐笼罩在内，约有数十亩方圆，宛如一座穹顶形的光山压向海上，来势比电还快。笑和尚天性滑稽，本意是点醒对方莫太骄狂自恃，并想试验那赤尸煞光的威力。不料对方发动这等神速，只一晃眼，便被煞光笼罩在内。虽然法力高强，又有至宝随身，知道无害，但见此威力，也颇惊心。方想运用无形剑气一试，忽听青衣少年回身喝道："何方道友光降，请现身形赐教如何？"

笑和尚本打算触动埋伏，立时飞走，不料身刚离地，红光暴起，人便被困在内。于是索性不走，仍旧隐身，静待对方如何下手，相机应付。看出那红光好似一口大钟笼罩海上，光虽强烈，中空之处甚是宽大，并无异兆。知道对方先礼后兵，意欲逼令现形，问明来历姓名，再作计较。因见两少年虽然回身喝问，并未看出人在何方，偏又故意做作，仿佛敌人已在眼前，被其看破，便有意淘气，也不答话，哈哈一笑，往两少年身后飞去。青衣少年冷笑道："这位道友当真不肯见教么？"说罢，将手一指，四外红光电一般连闪两闪，便往中央合拢，晃眼缩成三四丈大小停住。两少年重又同声喝道："彼此素昧平生，无故来此窥探，好意请教，再不现身，我二人便要无礼了。"说罢，见仍无回音，俱都大怒。一个手持法宝准备施为；一个将手一指，红光重又由大而小，往中心缩去。两少年立即透出光外，势子却比方才要缓得多，看神气好似迫对方现形，仍无伤人之意。等煞光缩成丈许大小一幢，罩向地上，重又停止，光更强烈，其红如血。内层更有亿万细如牛毛的芒雨朝内飞射。笑和尚早抢立在两少年的中间，运用玄功，紧附青衣少年之前，把对方当作盾牌，任那煞光透过，随同脱出光外。见那煞光如精芒电雨，果是厉害。

两少年因对方始终不曾回答，也未现出形迹，面上均有惊疑之容。最后厉声喝道："我二人因奉师命，不肯无故伤人，再三好言相劝，仍是不听。休以为隐形神妙，我这赤尸七煞神光虽不似玄武乌煞罗睺血焰神罡那等阴毒，威力却差不多。你已在煞光笼罩之下，再不见机，神光合一，我们纵不想下毒手，也是必死必伤，何苦来呢！"说罢，见仍无回音，一个便催下手，青衣少年还在迟疑。笑和尚忍不住哈哈一笑。另一少年知道方才未将敌人困住，大喝一声，扬手一蓬比血还红的飞针，朝笑和尚发声之处打到。青衣少年把手一指，先发红光重又展布，向前追来。这次笑和尚有了经验，自然更不会被他困住，刚一发笑，人早飞向一旁，跟着又是哈哈一笑。两少年见那么快的煞光飞出，竟被敌人遁走，又惊又怒，二次指挥神光电驰追去。笑和尚人早遁开，又在别处发出笑声。两少年见不是路，口中厉声喝问，煞光发之不已，当地四外全被这类煞光布满。笑和尚只是一味引逗，既不现身，也不还攻。最后方始哈哈笑道："我本无心经过，后听二位道友谈论，得知令师竟是我闻名多年的老前辈赤尸神君。因二位道友说得那么凶，想要领教贵派独门赤尸煞光的威力；又以前途有事，无暇奉陪多谈，致多得罪。此时已经领教，这赤尸煞光威力果是惊人。改日再见，恕不奉陪了。"说时，另一少年已随手发出一片煞光，将人罩住。笑和尚胸有成竹，此时已试出对方功候尚差；比平日所闻乃师功力相去尚远，也就不再闪避，任其罩住。青衣少年听对方发话，本想拦阻同伴不令下手，不料已经发难。方想回问，笑和尚把话说完，立运玄功，在无形剑气防身之下，冲破煞光，往前飞去。

两少年万没想到对方法力如此高强，煞光照体不特没有现形，反被冲破，通行无阻。又听笑声去远，知道追赶不上。因来人只是稍为戏弄，不曾为敌，自己不该先行下手，恐乃师见怪，也未传声禀报。后来想起来人去处正是绛云宫一面，非敌即友，此时到来，必与双方恶斗有关。无如师父性暴，禀告已迟，就此含混过去，或者无事，否则难免不受重罚。这一胆怯，立止前念，始终不曾禀报。笑和尚如在煞光初起时隐形遁走，原可无事。这一出声发笑，又引逗了一阵，无意之间与两少年结了嫌怨，以致将来惹出许多事来，几乎为此延误道业。暂且不提。

南海双童同了归吾，先由海中水遁，飞出三数百里，猛觉前面海水快要结冰。知道当地虽是北极冰洋尽头一带，但与陷空岛气候不同，相隔也远，终年只是暗云笼罩，并不甚冷。耳听万雷交哄，声更繁密，料知相隔阵地将近。海水受了癸水雷珠反应，已快成冰。因时尚早，笑和尚尚未追来，三人不敢冒失前进，同在当地等待，并用传声请笑和尚赶往商议。待了好一会儿，不见人来，重又传声询问。后接到笑和尚传声回话，说两少年乃赤尸神君门下，正想试那煞光威力，令其暂候。海中忽涌来大股热浪，雷声立止。心正惊奇，猛瞥见七八道细如游丝的各色光华，每道长只丈许或数尺不等，由斜刺里飞来，往侧面作半圆形绕去，转眼无踪。三人一同隐身悬立海上，甄兑正取宝镜向前查看，忽在无意中看出，忙喊："爹爹、大哥快看！"已无踪影。再看前面，镜光照处，万丈海波已早成了实质，一片灰白色的光影似冰非冰，上与天接，相隔当地不过二三百里。遥望中心阵地，无数水雷仍在纷纷爆炸。内中一幢金光高约十丈，四外均是灰白的寒光包围，看去似光似气，中杂无量数密如雨雪的银花，电转星翻，不住腾涌闪变。三枝青碧二色的箭形精光和一团上有六角的星形金轮，正在那雷珠水泡互相挤轧爆炸的光海之中往来飞舞。轮上六根芒角各发出大量银色火花，暴雨也似射向四外密集喷发的雷珠水泡之上，沾着一点，便化为大股热烟，中杂沸水之声，渐渐热气越来越浓。隔了一会儿，飞箭、金轮一同收去，热雾也由浓而淡，忽然冻成坚冰，将那金光祥霞包围在内。看出此是水母宫中天一玄冰，方圆千余里内，由海底起，直达天空，已冻成一片奇大无比的坚冰，少说也有千余里方圆，高达万丈以上。又看出那幢金光祥霞乃李洪金莲神座。虽因佛家至宝威力神妙，内中人物，宝镜不能透视，但先前所见那一轮三箭从未见过，可见同伴必不在少数。南海双童均爱李洪天真灵慧，人又义气诚恳。来时所观少阳神君来书，并未提到李洪被困之事。知道金莲神座，外人不会借用，既见此宝，李洪必已被困无疑。心正忧急，待催笑和尚速往应援，先将李洪救出险地，或与会合，再打主意。忽又听海底钟磬细乐之声隐隐传来。

　　笑和尚也已赶到。他和李洪屡世同门至交，曾听诸葛警我谈起他今生功力，更胜前生。怀抱之中，便被天蒙禅师度去拜见父母，由此恢复灵智法力。因为九生修积，根基福泽深厚异常，到处仙缘遇合，师长同门个个期爱。未满十岁，便出行道，仗着累生修为，法力日高，又得有仙、佛两门至宝奇珍，上次随同七矮开建小南极天外神山光明境仙府，合诛万载寒蚿，出力甚多，年纪虽轻，几乎所向无敌。这次来时，燃脂头陀曾说他归途必与一前生好友相遇，可将香云宝盖转借，不料是他在此，心中大喜。知道金莲神座威力神妙，不论正邪各派多厉害的法宝、飞剑也不能伤，困守冰海之中，必有原因。也许奉有使命，或是知道绛云真人止与强敌相持，惟恐激出灾害，才不肯发难。只不知双方素无仇怨，水仙何故与他为难？少阳来书，只说水仙有难，令往相助，前途还有几个帮手已经先至，别的均未提起，好些不解。忙告甄氏弟兄说："李洪绝可无事，不须忧疑。"说完，本想挨到预定时刻赶去，但甄氏弟兄深知天一玄冰威力，均想见着李洪，才能放心。笑和尚也因累生良友，急于相见，一经怂恿，立时动摇。

暗忖：“先与李洪本人相见，问明情由，再作计较，还可问出一点虚实。只要等到下手时候，或是提前赶往辟水牌坊之下隐形坐待，也是一样。如今相差共只两三个时辰，相隔还有千余里始到阵地中心，总共早不了多少时辰，当无大害。”心念一动，便率甄氏父子朝前赶去。

第三〇五回　入耳震神音　玉宇晶宫摧浩劫
　　　　　　　凭空伸巨掌　魔光血影遁妖魂

　　笑和尚仗着事前有人指点通行之法，香云宝盖更是防身至宝，先照预计，由甄艮把从少阳神君来书附赐的一粒混元珠发将出去，化为一点青荧荧的冷光，甄兑又将鬼母朱樱所赠碧磷冲发出，二人在前面开路，以防万一。笑和尚手指香云宝盖，化为一幢伞盖形的金霞，紧随在后。三人均急于与李洪相见，一经议定，加急前飞，上来就快。相隔前面冰海只数百里水路，飞行神速，晃眼即至。耳听身后有人传声疾呼："你们暂缓前进，我有话说。"笑和尚方觉耳熟，四人已经飞入冰海之中，同时甄氏弟兄也听出发话的好似白发龙女崔五姑的口音。刚一停顿，忽又听另一人接口遥呼说："你们已入禁地，回也无用，不必回身。会见李洪之后，索性赶往绛云宫去，越快越妙。"三人听出是怪叫花凌浑的口音，忙用传声遥问："是凌、崔二位老前辈么？"随听凌浑传声回答："正是我夫妇由此路过。此事与天乾山小男真人、少阳神君有关，如不误事，将来你们全有好处。我二人暂时虽经不便出面，也许还有别人暗助，多厉害的阵仗也无须害怕，只管放心大胆，随意而行吧，那老家伙绝不能奈何你们。你们已然冲禁而入，回身反与主人有害，快些去吧。"三人还想请问机宜，底下便不听回答。知这两位老前辈最喜提携后进，既说此言，十九成功，越发放心，恨不能当时赶到。无如那天一玄冰与常冰不同，冲荡之势稍缓，立起反应，生出变化，只得按住遁光，缓缓前进。

　　笑和尚心想："缓缓前进，能按照预定时限赶到也好。"先见香云宝盖金霞甚强，行动稍急，身外坚冰便起了波动，云光乱闪，暗中便有极大压力猛吸过来。后来看出乾天混元珠甚是神妙，加上碧磷冲，二宝合用，威力更大，通行万丈坚冰之中，如鱼游水，所到之处，不用施为，那么坚厚的天一玄冰，吃宝光照射上去，直以浮雪向火，沾着一点，便即消融，开出一条长大冰巷。只是人一过去，冰便合拢，恢复原状。而且相隔稍远，便觉上下四外均有压力吸来，宝盖金霞虽能防身，也觉行动吃力。当时明白内中妙用，忙赶上前，紧随甄氏弟兄之后，鱼贯而行，步法快慢如一。果然试出，只要距离相同，人离甄氏弟兄丈许以内，绝可无事。心又一喜，便告归吾留意，不可落后，一同破冰而行。经此一来，自然快得多，不消片刻，便深入冰海之中。遥望前面李洪等刚将所用法宝收回。取出玉环一看，同行还有四人，除小仙童虞孝、铁鼓吏狄鸣岐二人，甄氏弟兄曾在峨眉开府时见过一面外，下余一个中年道者和一个与李洪年貌差不许多的幼童，均未见过。正往前行，猛觉前面坚冰发生异兆，光云已隐，又在波动。待了一会儿，笑和尚知道四外坚冰均被宝座神光将其挡住，暗中蓄有极强烈的威势，随时均可爆发。不敢大意，忙以全副心神主持香云宝盖，紧随在甄氏弟兄之后，稳住势子，向前飞驰，晃眼到达，与李洪等人相见。一算时刻，所差不过两个时辰便到限期。心想此去绛云宫还有百余里坚冰阻隔，索性乘机赶往，到了辟水坊前再作计较。又想引逗李洪，匆匆见面，把头一点，未容开口，便令起身。

李洪见来人面带微笑，和善可亲，越看越投缘。因笑和尚这次转世，相貌已变，先未认出。及至一问，竟是前生良友，不由喜出望外。一面忙告陈岩、苏宪祥和虞、狄二人；一面挨近前去，望着笑和尚笑说："峨眉开府之时，因听娘说笑哥哥误犯教规，在东海受罚。虽知苦行伯父借此玉成，终是悬念。后来灵智恢复，遇见蝉哥哥，几次想往东海寻你，因申屠宏大哥和阮二哥他们再三拦阻，说你难期未满，去了也见不到；当地又时有左道妖邪前往窥探，虽然洞中禁制神妙，不能为害，恐我前往，又生枝节，所以不让我前去，只得罢了，想不到会在此地相遇。从此东海小四友重又聚会，真乃快心之事呢！"笑和尚见他热情天真，喜形于色，仍是前生神态，劫后重逢，欣慰非常。但以大敌当前，对头赤尸神君法力高强，非同小可，必须将身外宝光隐去，以防警觉。而这几件仙、佛两门至宝，宝光强烈，隔老远便能被敌人看出，全仗自己以全力行法掩蔽，主持前进。先只含笑点头示意，不想回答。后见李洪意态诚恳，亲热非常，忍不住答应了几句。这一开口，李洪的话便滔滔不断。李洪先见笑和尚神态矜持，还当有甚施为须在暗中主持，问明原来是还有顾忌，恐被水仙对头听去，便笑说道："笑哥哥不必多虑。我那金莲神座隐现由心，举手之间，便可将我们连人带宝光一齐隐去，无须多虑，其实我和苏、陈诸兄在此被困，已有多日，水仙不必说，对头也无不知之理，隐蔽无用。索性堂堂正正赶到当地，由你主持，大家听命而行，看他闹甚花样，相机应付，不是好么？"笑和尚虽觉明去恐要多生枝节，但是金莲神座金光祥霞上映重霄，对方不会不知，此举近于徒劳。不过这等明去，终太显眼，难得李洪有此至宝，并能由心运用，实比行法隐蔽要强得多。便令李洪如法施为，果然连人带宝一起隐去，越发高兴，赞勉不已。李洪随带苏、陈、虞、狄四人分别引见。然后仍由甄氏兄弟当先开路，下余诸人各在金光祥霞笼罩之下，聚合一起，一路说笑前行，兴高采烈。

不多一会儿，便将大片冰海走完，到了绛云宫前不远，遥望那雄奇壮丽，宝光万道的晶玉牌坊已经在望。初意水宫仙府，必被天一玄冰同时封冻；到后一看，由牌坊前起，环绕水宫百余里方圆的海心泉眼全是空的。仿佛万丈坚冰之中，空出大片地面。水宫本在海眼之下，四外仍是一片亮晶晶的青色玄冰布满，好似一个极大的水晶罩子笼罩在上。遥闻宫中细乐悠扬，静荡荡的，宫前一条人影俱无，全不像和人争斗神气。心中奇怪，先在牌坊下面等了一会儿，仍不见动静。宫中传出音乐之声，间以歌舞，好似主人正在款待嘉宾神气。笑和尚因仙示有好些不曾明言，急切间查看不出底细。如按常情推断，对头已早在此，应该动手，怎倒奏起乐来？便和李洪等商议，意欲隐形入宫，查探虚实。李洪也要同去，笑和尚不愿他扫兴，又知他年纪虽轻，法力颇高，身带至宝，绝可无害，只得应诺。一面请苏、陈二人代为主持；一面告知甄氏兄弟随时留意，一有警兆，或遇强敌到来，速用传声告知。说罢起身。

笑和尚和李洪刚越过牌坊，到了宫前，见那水晶宫阙高达三数十丈，广约百亩，比起笑和尚等来路所见东阳仙子和墨龙所居海底宫阙，还要壮丽得多，只是宫外一片平沙，珊瑚林外无甚峰峦环绕。珊瑚却是千万年前之物，大可合抱，又均整齐，粗细差不多，色分七八种，为数不下千株，五光十色，彩影辉煌，宝气腾焕，将那贝阙珠宫围在中央。前面又横着两座极高大的辟水牌坊,越显得壮丽庄严,气象万千。宫门却是大开,由头层起,直达水宫中心,均可望见。首先入目的,便是那两行三四抱粗的金柱,一直排列到底,壮观已极,只是空无一人。笑和尚心中奇怪,暗告李洪说:"这等形势,实出意外,令人莫测。对头赤尸神君,你我均未见过,仅听传言,说他乃左道中有名人物,昔年本与丌南公齐名。后来丌南公得了一部道书,法力日高,虽然相形见绌,仍非寻常左道之比。自为师祖长眉真人所败,一向隐居西昆仑,不曾出世。主人乃水母嫡传高弟,法力既高,又有几件师传至宝和独门癸水雷珠、天一玄冰,正邪双方对他俱颇重视。赤尸神君竟敢深入海底,冒着敌人地利之险,来此寻仇,必有制胜之道。我们虽然是累生修为,毕竟今生学道日浅,如论功力,终非敌人之比。何况对方因感长眉真人不杀之恩,对于本门弟子一向另眼相看,从无敌意。小男真人和少阳神君来书之意也曾暗示,最好能为双方化解,不令各走极端。除非赤尸神君执迷不悟,非要拼个存亡,才可下手,将其除去。那年峨眉开府,我正受罚在东海面壁,不曾领有道书柬帖。你又是在谢师叔的门下,未奉师父仙示,只凭杨、叶二仙转来少阳神君的书信,虽是师门至交,到底关系太大,你又天真喜事,胸中一有成见,到时难免冒失。此去务须随我行动,不可离开擅自出手。"李洪含笑应诺。

二人一路留意,边说边走,不觉到了水宫深处。沿途楼台殿阁,星罗棋布,到处玉宇瑶阶,琼楼晶墙,宝气珠光,目迷五色。只是静悄悄的,始终未遇一人。等到照直走进,过了三层宫殿,循着乐声来路正往前走,忽见前面大片翠壁阻路。绕将过去一看,原来墙那面竟是大片园林,瑶草琪花,玉树琼林,到处都是。当中还有大片湖荡,碧波若镜,似乎很深。二人原是隐形前进,因时限将近,沿途所见形势与预料好些不符,急于察知就里,美景当前,也无心观赏。已快绕湖而过,忽听身旁有人对谈,口气甚是愁急。内中一人说:"师父玄机妙算,今日之事,当强敌未来以前已先算出。只是元婴刚刚炼成,修为正勤,偏在此时,师兄妹他们无故逗强惹事,累得师父分心劳神。仇人又来得太快,无暇仔细观察。所说福星理应早到,断无不来之理,怎此时已到紧要关头,不见人来?"另一人道:"敌人赤尸煞光好不厉害。如非师父临事慎重,为防我们为敌所伤,玉石俱焚,把仇敌诱往冷泉宫海心重地,仗着地利与昔年祖师所遗留的仙法禁制,就说师父不致受伤,我们怎能免去许多危害?此时援兵不来,莫非真要丢人,去向日前由此经过,被各位师兄妹用癸水雷珠、天一玄冰困住的那几位过客求助不成?"又一女子道:"你们不该信口说话。虽然海心冷泉宫有敌人的煞光和原有的禁法封闭,我们又隐形在此,敌人不能听见,但听说这厮不只一人,还同有几个门徒埋伏在外,意欲断我师徒逃路,就许不耐持久,暗中掩来,被他听去,岂不丢人?"前一人答道:"师姊你真多虑。此时方圆千里内外,均被天一玄冰布满,如非师父知道敌人持有玄门至宝太乙金鳞舟恃强硬冲,恐被引出危害,故示大方,早在煞光才现时便上前诱敌了。仇敌法力虽高,恐也难于通行。何况现在天一玄冰妙用已全发挥,他那几个孽徒妄想犯险深入,真是送死。并且此宝感应之力极强,敌人一入冰层,我们立时便可得知。那几个过客持有仙、佛两门至宝,虽能通行,但必激动玄冰,生出反应,而此时动静全无,怎会有人来此?"

　　笑和尚听出说话的一帮人数甚多,均在湖旁花林之内,他们的隐形之法也颇神妙。取出玉环正要查看,猛觉身旁柬帖微微震动,想起少阳之书原附有多半页的空白,书上语意也还未完,料有缘故。取出一看,上面果现字迹,不禁大喜。未及交与李洪,一片光华闪处,那封柬帖忽然不见,化为一片青霞,朝二人身上一合,便已无踪。当时觉着身上微有一点清凉,忙着窥探林中隐藏之人,也未留意。再取玉环查看,原来林中隐伏之人甚多,男女都有,美丑不一,十有八九生得奇形怪状,李洪等日前所遇男女诸敌也在其内,互相谈论乃师对敌之事,面色多半忧急。这才看出林中布有一阵,如非持有师传照形之宝,便甄氏弟兄的宝镜也未必查看得出。李洪因为日前对方口出不逊,神态骄狂,心生厌恶,本想隐身入林,让日前所遇为首诸人吃点小苦。笑和尚恐其误事,急忙劝阻。正要同往湖心飞下,目光到处,忽然发现湖上虽是清波粼粼,一片澄泓,清可鉴底,而中心十来亩方圆一圈,似有一片圆形白光和一片红光,一上一下,互相抵紧,离水面数十丈以下,便被隔断,成了中空,四面的水也被隔开;仿佛一口大钟,直扣到底。湖底矗立着一座六角形的水晶宫殿,四外都是白玉平台,翠瓦金梁,珠柱瑶阶。余皆整块水晶铺砌而成,富丽非常,内中时见宝光闪动。先前所闻音乐之声,便由下面隔水传出。方想水仙门人曾说语声已被禁法隔断,乐声怎又传出?再细查看,原来那湖水竟与寻常海水大不相同，色作深碧，状类溶汁，并还发亮，知非寻常。

笑和尚、李洪原定运用剑遁往下飞降，后因柬帖上空白现出字迹，指示机宜，说此行无往不利，不妨任意行事，如遇阻隔，可将自带法宝如法施为，立可破禁而入。就这样，笑和尚仍恐误触埋伏，惊动主人和对头，意欲探明虚实，再相机行事。于是不由中央下去，先和李洪把遁光联合一起，避开正面，贴着湖边刚往下一冲，觉着阻力甚大，湖水和胶汁也似，黏滞之力极强。入水才三四丈，便见水中光影乱闪，一层层的白光鳞片也似往上涌来。由此越往下降，阻力越大，二人遁光行动，竟艰难起来。同时由湖底冒起来的白光，也一层接一层向上涌到，逐渐加快，已离脚底不远。笑和尚看出埋伏已被触动，就要发难。方想如何防御，李洪因嫌遁光下降艰难，心中不耐，左肩一摇，臂上断玉钩立化银虹飞出。笑和尚见玉钩宝光不曾隐蔽，急忙喝止。刚把新得到手的一根神针取出，未及施为，脚底白光一闪，忽全不见。同时身上一轻，人已下降，李洪也把断玉钩收去。晃眼到底，定睛往前一看，宫庭里面，当中宝座上坐定一个羽衣星冠，仪容俊朗的中年道士。旁坐一个红衣道人，身材十分矮小，相貌十分丑怪，所穿道装火也似红，连通身皮肤也是红色，腰间系着三个白玉葫芦，背插一叉一剑，手执白玉拂尘，也是盘膝入定。二人互相对坐，一言不发。知道中座上便是绛云真人陆矖，旁坐道人乃主人的对头赤尸神君。料知主人先礼后兵，等将仇人引入重地，再仗埋伏禁制和原有地利，各以元神应敌。二人忙绕往侧面，再取玉环仔细观察。原来宝座旁边还立着一座玉屏风，通体约有七八丈高大，是一块整玉，玉色灰白，并不起眼，主客双方的元神正在上面恶斗。外面有一幢钟形青光，将那殿台罩住，外层又被敌人的赤尸煞光紧紧裹住，正往下压。笑和尚、李洪到时，青光已在波动，大有不支之势。屏风上面的白衣道人，面上却现喜容。全殿只此一红一白两个道人，又正对敌，乐声始终不曾停止，只不见有第三人。

李洪觉着奇怪，正向笑和尚询问，忽听耳旁有人说道："此时下手正好，只不知那两粒宝珠带来也未？"笑和尚闻言，猛想起凌浑曾说有人相助，此人所说必指乾天混元珠与那粒火灵珠而言。偏巧来时匆忙，那粒混元珠尚在甄艮手内，不曾带来。原想先探明了形势虚实，再唤众人同来下手，此人却令提前下手。虽听不出是谁，因有凌浑之言，料定无害。又见外层煞光比先遇小岛上两少年所发要强得多，惟恐万一冲荡不破，虽然不致被困，到底讨厌。更不知对方还有什么杀手。莫如把众唤来，索性合力行事，比较要好得多。念头一转，忙用传声告知甄氏弟兄，令由地底来会，一进二层，便用碧磷冲开路，由地底赶来，直赴湖底水宫之下，用宝镜看明上面形势，再以传声商议行事。苏、陈诸友来否便。随听甄艮回话说："那粒混元珠乃天乾山小男所炼至宝，主持人功力越高，威力越大。适听苏道兄说起，须交笑师兄持以应敌才好。现在只有陈道兄和小师弟一起意欲同来而外，家父和虞、狄二位道友因听苏道友说敌人量小记仇，既然来时未被发现，一切又有笑师兄主持，成竹在胸，何苦遭他怨恨？最好隐在一旁，面都不见，以免对方败逃时发现，无心相遇，恼羞成怒，以为异日之患，故全被劝阻，不曾同来。"笑和尚闻言回答："湖中之水与常水不同，具有极大威力，必须留意，免为所困。"隔不一会儿，甄氏弟兄同了陈岩由地底赶来。笑和尚看出地行甚易，毫无阻隔，三人来路相隔地面只有丈许来深，忙用传声疾呼："甄师弟暂缓前进，索性停在地底。我和洪弟一同入地，直达斗法殿台之下，方再出土。"说罢，便和李洪运用遁光地遁入土。初意主人禁制如此严密，绝难穿破，恐要费事，及至行法一试，竟是容易非常。才一入地，前面碧荧如雨，已电驰飞来。

　　五人会合之后，一问经过，才知甄、陈三人入地时也是先难后易，前半到处皆是阻力，不知怎的，忽然通畅。地层之下，本是白色细沙，那沙又白又细，既非泥土沙石之质，又非金铁一类，人行其中，十分黏滞，虽有碧磷冲开路，又精地遁之法，仍是十分难行。走出十来丈，沙中忽现光亮，似有埋伏将要发动。忽然白光一闪，阻力全消，如鱼游水，竟比往常地遁行路还快得多，晃眼便已到达。笑和尚自到当地，玉环始终不曾离手，听话时无心侧顾，只见中坐道人手藏袖内，暗掐法诀，正指自己这面。同时玉屏风上双方斗法正急，似因主人分心他顾，致为敌人所败，颇有不支之势，主人面上立现惶急之容。才知地底原有禁制埋伏，主人发现援兵到来，将其撤去，因为此举分心，已落下风，倘再迟延，必为敌人所败。笑和尚顾不得详谈，立命起身，本只数丈之隔，晃眼便已越过。

　　众人刚一升出地面，主人面上又现喜容。屏风上一白一红两个道人，高只二尺，各指飞剑、法宝，正在拼斗。原来那屏风初看只是一片整玉，质并不美,灰蒙蒙的,似有云烟在上,和大理石差不许多,如今众人近前细看,竟是一团云雾,内有两个二尺来高的道装小人在内斗法。一时云烟滚滚,煞光、血焰飞舞如潮,中杂一种异声十分强烈。先前在上面远听,好似在奏细乐;这一越过禁地,深入内殿,才知那异声也是一件法宝,洪细相间,震得人耳鸣目眩,魄悸魂惊,心神皆颤。以笑和尚等五人的法力,也几乎难于忍受。同时发现,屏风上面两小人各用飞剑、法宝拼斗,赤尸煞光越来越强,眼看快把屏风布满。忽听中坐绛云真人大喝道:"道友得道千余年,怎还不知进退?任你法力多高,绝难伤我。如敢逆天行事,休说天人共忿,便路过的诸位道友也必不容。以道友多年威望,万一败在几个后起道友之手,岂不难堪,何苦来呢?"话未说完,旁坐赤尸神君本在闭目入定,闻言倏的两道红眉往上一竖,猛睁火眼,厉声怒喝:"我与你结仇多年,今日必须拼个存亡。闲话少说,有甚法力,只管施展出来。"绛云真人接口笑道:"你当我真怕你么?我不过知你凶横野蛮,不可理喻,因此行法将你诱来此间,本想好言劝告,如若不听,便和你分个高下存亡,了却昔年公案。知你败后情急,定必反噬,只图快意一时,不惜多害生灵,造那无边大孽,为此行事慎重。偏巧日前有几位道友由此路过,门人无知,发动水宫埋伏。以来人之力,本可随意脱出,他们因恐激发灾祸,生出危害,想等我出面理论,虽然持有佛门至宝,始终不曾施为。我又因你延误,不能出见。现在这几位道友已经寻来,我顾虑已消,专以全力和你周旋,任你多大神通,也必奈何我不得。何如放弃前嫌,两罢干戈,以免各走极端,有害无益。"

说时,屏风上两个小人中的一个已经不见,只剩赤尸神君的元神尚在烟云之中飞舞,并未复体。旁坐赤尸神君闻言厉声怒喝:"今日有你无我!"话未说完,中坐主人忽把面色一沉,冷笑道:"当真的么?"说罢,双手齐扬,左手一股银光射向屏风之上,右手一蓬大只如豆形似水泡的癸水雷珠跟着往屏风上射去,先发银光一闪不见。同时赤尸神君也是一声怒吼,由身畔涌起一幢红光,将人罩住。屏风上面已起了变化,先是光烟如潮,电也似疾连闪几闪。跟着霹雳之声大作,那无数水泡突由烟云中出现,纷纷爆炸,越来越多。赤尸神君的元神在一幢比血还红的光华笼罩之下,飞行云雷之中,往来冲突,双手指上发出十股比电还亮的紫色烈火,身外雷珠挨上便化白烟，纷纷消灭，晃眼之间，癸水雷珠全数消散，雷声立止。只有雷珠破后所化白烟，依旧聚而不散，热气蒸腾，越来越浓。赤尸神君仍指那十股烈火，在白色热雾之中往来飞舞，口中不住怒啸。后来热雾越浓，几乎成了实质，冲突也渐艰难。赤尸神君元神所化小人埋身雾海之中，时隐时现，神情渐觉狼狈。几次朝前猛冲，似想冲出屏风之外，刚一现形，四外热气便潮涌而上，将其包没。未了好似情急，厉声喝道："贼妖道！不敢和我对面迎斗，只仗老虔婆所留法宝禁制多延时候，又奈何我不得，有甚用处？是样的，容我与你对面分个高下，否则我必将老虔婆的禁制震破，引发浩劫，也说不得了。"绛云真人冷笑答道："你有何法力，只管施为，孽由你造，与我何干？"说罢，张口一股灰白色的冷焰朝屏风上喷去。

众人方想："敌人原体就坐在旁，元神如被困住，少阳神君断无败理，如何说得那等慎重？"及用玉环宝镜细一查看，原来赤尸神君护身煞光竟是由头起笼罩全身，到了脚下，合拢成一股由大而细，长达千百丈的光线，悬针也似冲入地底。上面只觉与地相连，却看不出什么形迹。光内周身均是细如牛毛的紫色毫光，迸射如雨。才知暗有准备，一朝失败，便铤而走险，豁出原身不要，与敌同归于尽，因此有恃无恐。李洪人最疾恶，觉着对方过分凶横，知笑和尚意欲化解，老大不以为然。正打算到时乘机一试，忽听甄兑传声笑呼："洪弟快看！"李洪一直注视那深入地层的煞光，盘算破法，不曾留意屏上。闻言朝前一看，不禁怒气全消，好笑起来。原来屏风上面本是一团浓雾，赤尸神君的元神先还偶现形迹，这时已被埋入雾中，什么也看不见，仅闻怒啸咒骂之声隐隐传出。自从主人一股冷焰寒光喷将上去，形势突变，浓雾全消，寒光一闪，那七八丈高大、形似屏风之宝，忽化为一座冰壁，看去不知多深。赤尸神君的元神已被埋入坚冰之内，手舞足蹈，身子悬空，停在上面。周身虽有红紫光华笼罩，但是上下四外一起被冰包没，几无空隙。休说飞舞往来，稍微行动均所不能。人已气得须发皆张，瞪目切齿，好似忿怒已极。

主人笑喝道："你当已知我水府奇珍的威力了。此时胜败未分，如肯回头，彼此颜面无伤，岂不是好？"随听屏风上厉声答道："你做梦呢！我不过误中诡计，又不愿自我造孽，被你引入腹地；又不合被你巧言引诱，各以元神出斗，二次上你圈套。休看老虔婆天玄屏暗藏癸水玄精，变化多端，想要伤我，固是难如登天；而我一举手，仍可把你师徒盘踞千余年的巢穴震成粉碎。趁早撤退，由我将元神复体，与你一决胜负，或能保住你师父的元神，我也消恨而去，否则休怪我下毒手。"主人厉声答道："你当真要倒行逆施，不畏天命，那也由你。"话才说完，只见屏风上面赤尸神君的元神忽然一声怒吼，和原体一样，先由身上发出亿万毫光，连冲几冲，不曾把冰层冲破。末次稍微冲开一些，只听一片铿锵鸣玉之声过去，身外坚冰重又合拢，压迫之力反而更大。一任元神小人全身紫色毫光纷飞迸射，分毫不能冲动。小人越发暴怒情急，面容惨变，骤转狞厉。猛然奋力一挣，周身光焰突加强烈，四外坚冰竟被冲破，纷纷碎裂。未等由分而合，小人狞笑了一声，就这玄冰分合瞬息之间，先张口一喷，一蓬金紫二色的奇光出口暴涨，头上冰层先被挡退。跟着环身反卷而下，成一光笼，将小人包在里面，现出丈许大小空处。绛云真人正在行法施为，见状面上立现惊惧之容，大喝："诸位道友，速用法宝防身。这厮毫无信义，妄发十二都天秘魔神音。此事虽在预料之中，留神遭他暗算。"话未说完，众人瞥见小人自用煞光护体之后，四外坚冰因被煞光挡住，有了空隙，紧跟着回手一按腰间白玉葫芦，来时所闻异声重又大作，比起先前猛烈十倍。正觉入耳心惊，神魂皆欲飞越，小人又把手按在第二个葫芦之上，声更洪厉。众人因听主人警告，又觉出这异声十分奇怪，乍听去还没有太乙神雷声威猛烈，不知怎的，令人闻之心神惊悸，不能自主，仿佛受了极强烈的震撼，连身上皮肉也快震散神气。

众中只笑和尚和陈岩比较知机，看出不妙。笑和尚首先将香云宝盖施展出来，但因应敌匆忙，身形虽仍隐而未现，宝光却忘了隐蔽。等到宝盖金霞突然涌起，再想隐蔽，已是无及。暗想："对头蛮横，不可理喻，反正不能善罢，索性现出身形，先以好言劝解，如真不听，再按预计行事。"想到这里，刚和众人招呼，准备一同现身应付。绛云真人陆巽见众现身，满面喜容，笑道："诸位道友，日前门人无知，多有得罪，少时再当奉教，且先除此妖孽再说。"李洪因觉刚才那声音奇异，刺耳惊心，十分难耐，自己九世修为，多猛恶的场面俱都经过，似此怪声邪法，尚是初次遇到。又听陈岩传声疾呼，说这类秘魔神音最是厉害，寻常生物只要在百里之内听到，固是入耳必死，全身震成粉屑，便是法力稍差的人遇到，脏腑也要震裂，必须速取法宝防身要紧。李洪本就看着对头有气，一听这等猛恶，不由怒火上撞，也未告知众人，先将如意金环飞出，化为三圈佛光，将众人笼罩在内。跟着左肩摇处，断玉钩立化为两道交尾精虹，电掣而出，朝前飞去。小人看出仇敌有些手忙脚乱，心正高兴，忽然一阵香风过去，前面涌起一幢金霞。跟着现出四个少年幼童和一个小和尚，年纪俱都不大，全都根骨深厚，功力颇高，身旁宝光、剑气隐隐外映，一望而知绝非庸流。心正惊疑，紧跟着由一幼童手上放出三圈佛光和两道精虹，电掣飞来，认出此宝乃前古奇珍断玉钩。闻说此宝曾落峨眉派弃徒晓月禅师手内，不知怎会被这幼童得去？此时虽然稍占上风，元神仍被天一玄冰所困，万一不能抵敌，岂不反为所伤？心中急怒，厉声大喝："我今日与你们拼了！"说罢，手朝第三葫芦一按，立有数十道其细如发的彩气激射而出，到了外面，互相纠结，略一掣动，便自消散无踪。同时那异声也越发加强，众人虽在宝盖金霞笼罩之下，听去仍觉心神震悸，差一点便难支持。

李洪忙问："笑哥哥，此是什么邪法，这等刺耳？"笑和尚还未及答，忽听冰裂之声，跟着惊天动地一声大震，寒光如电，四下横飞，互相激撞，迸射若雨。宝盖金霞之外，全被这类寒光白气布满，爆炸不已，异声越来越猛，震得整座宫殿一起摇撼，仿佛就要崩塌神气。再看主人，已不知去向。那座玉屏风随同上面冰层一齐震成粉碎。小人满脸得意之容，纵着一道煞光，正朝原身飞去。断玉钩本快追上，小人忽然回手一扬，飞起一道紫艳艳的煞光，将断玉钩敌住，就这晃眼之间，元神便已复体。仍由那一幢煞光笼罩全身，厉声大喝："妖道若敢作敢当，便不应藏头露尾。你这巢穴邻近地窍，再不现形答话，莫非真要我施展毒手不成？"话未说完，李洪见那雄伟壮丽的一所贝阙珠宫，已被敌人邪法所发异声震撼得通体摇晃，快要全部崩塌，好些地方已经龟裂，碎瓦珠榻纷纷坠落，整片金玉铺成的地面已现出好些裂痕。心中愁恨，忙以全力指挥断玉钩急追上去。同时取出金莲神座，待要施为。忽听笑和尚疾呼："洪弟不可造次！待我上前。"说罢，身形一晃，便到了前面，拦住李洪，带笑说道："自来冤家宜解不宜结，况且双方势均力敌，谁也不能把谁杀死。一个不巧，引发浩劫，使生灵遭殃，误人误己，何苦来呢！"赤尸神君修道多年，原有眼力，见笑和尚年纪虽轻，却一身道气，又不像道家元婴炼成，心中奇怪，闻言便问："你是何人,也配管我闲事?"忽听地底大喝:"诸位道友,且自防身,这厮上门欺人,毁我水宫,今日万容他不得!幸蒙诸位道友仗义相助,我已借此抽身,将地层行法封禁,不怕他闯甚祸了。"众人循声一看,一幢寒光拥着主人,正由地底飞身直上,才一照面,扬手先是五股灰白色的光气朝前直射。赤尸神君狞笑道:"你那老虔婆留的法宝禁制,已被我弹指之间震成粉碎。你既封闭地层,免得彼此造孽,再好不过。"随说,扬手一片煞光,将那寒光敌住,双方就此相拼起来。

李洪因被笑和尚强行止住,心正不快,又见双方斗法,急切间难分上下;异声又好似越来越厉害,整座水晶殿已纷纷崩塌,只剩了几根梁柱支持残局。因而越来越有气,实忍不住,暗告陈岩,意欲冷不防背了笑和尚一同下手。陈岩也觉敌人恃强太甚,双方至交,又都具有童心,各自以目示意,突然发难,飞剑、法宝一齐施为。李洪惟恐不胜,又将前在峨眉向女神童朱文讨来的乾天一元霹雳子暗取一粒藏在手内,夹在太乙神雷之中发将出去。

赤尸神君和绛云真人正在恶斗,各知对方功力差不多,全仗近数百年所炼的几件法宝取胜。赤尸神君见敌人防御周密,事出预料;更有几个不知姓名来历而法力甚高的能手相助,虽还不曾正式对敌,单那防身法宝已具极大威力。惟恐一击不中,毁损至宝,还要丢人,心中忿极。正在暗中盘算下手之策,忽见对方两幼童一个发出一道中杂金花的朱虹,一个又将断玉钩施展出来。方想:"这两幼童不知是何来历,先前只顾对敌,也忘了问。照此情势,分明众寡难敌,不如先下手为强,姑且试他一下。"猛瞥见数十百丈金光雷火对面打来,刚看出此是长眉真人嫡传家数,心中一惊。因觉雷火威力太大,剑光强烈,四外受制,好些吃亏。欲用玄功变化二次遁出元神,再将所带法宝施展出来。心念一动,忙照往常,一面运用玄功将元神飞出体外,一面放出一幢煞光想将原身护住。不料元神刚一离体,百忙中发现金光雷火之内夹着豆大一粒紫光,正朝原身打来。认出此是昔年威镇群魔的霹雳子,正是专破魔法煞光的克星。这一惊真非小可,忙即行法,回身抢护,已是无及。只听震天价一声大霹雳,随同太乙神雷齐朝原身当头打下,当时震碎,玉钩精虹和那金花红霞再往上一绞,立成数段。虽仗玄功变化,飞遁神速,元神不曾波及,多年修炼的法体却被两个幼童毁去，焉能不咬牙切齿，心中痛恨。明知这两个幼童必与峨眉有关，惟恐问出来历，不便下那毒手，也就不再询问。一声长啸，把手一招，先把残尸上面的宝囊葫芦随手收去，突然现形，厉声大喝："何方小狗，今日叫你们死无葬身之地！"

李、陈二人见仙剑、神雷同时奏功，将敌人肉身炸碎，方觉笑和尚小题大做，说得赤尸神君那等凶法，实则不堪一击。心正寻思，因敌人元神不曾离体飞起，是否隐遁也未看出，正在互相指点观察。忽听一声怒喝，赤尸神君突然出现，身形暴长十倍，在一片极浓厚的血光环绕之下电驰飞来。同时主人见状，也正大声疾呼，令众速退。于是李、陈二人先把本身护住，免遭毒手。这时敌人原身虽然被杀，前发五股煞光仍与主人所发寒光纠结一起。敌人元神刚一出现，便带着大片红云煞光，铺天盖地往下压来。血光之中更杂着无数一寸来长，两头均有精芒电射的梭形之物，东西不大，发时却带有轰轰雷鸣之声，前发三种异声也已合而为一。方觉震耳欲聋，身在金霞笼罩之下，均觉难耐，便戟指飞剑、法宝，待要上前抵御。忽听笑和尚和甄氏兄弟连声大喊："洪弟与陈道友速退！"声才入耳，只听轰隆连声，整座殿台竟被那异声震成粉碎。对头元神带着大量煞光，也潮涌而来。内中梭形之物光芒暴射，越发强烈，好似刚点燃的火炮快要爆炸神气。

李、陈二人哪知厉害，本要迎敌，忽听绛云真人也在连声大喊："此是《蚩尤三盘经》中最狠毒的邪法——红云散花针，非比寻常，不可力敌，以免生出别的危害。"陈、李二人闻言，方在将信将疑，稍一缓势，一片寒光比电还快，已由主人手上飞出，挡向二人面前。同时一团青荧荧的冷光和一团金红光华相继飞出，悬立众人身前。赤尸神君手指梭形法宝，刚要发难，忽被主人所发寒光和这一青一红两团宝光挡住去路，停空一转，梭上精芒好似受了克制，立时减退。心由悲忿填膺，厉声喝道："我与你们拼了！"说罢，身形一晃，重又隐去。煞光中忽现出五只大约数丈的血手影，待要往下抓到。笑和尚见李洪手持一粒霹雳子，二次又想发将出去，忙抢上前一把拉住，低声喝道："洪弟不可冒失！我自有道理。"说罢，将新得腾蛇环朝空一扬，大半圈形如新月的宝光立时飞向煞光红影之中，上面六条彩蛇齐吐灵焰，向前喷射。跟着又将那面铁令符往外一扬，两柄神斧交错而出，当时暴长十余丈，和那蛇环一样，停空不动，也未向前进逼。李洪被笑和尚拦住，见二宝飞起，因嫌异声震耳，只一离开宝盖金霞圈外便自难耐，心想："笑哥哥不许我上前，何不把身旁法宝施展出来将身护住，看能将这异声隔断不能？"心念一动，便将金莲神座放起，飞身其上。绛云真人首先喜道："有此佛家至宝，多厉害的邪法也不能为害生灵了。"笑和尚接口道："赤尸神君，如再不知机，我还有一件前古奇珍，不曾使用，就要对你无礼了。"说罢，扬手将新得神针飞出。那针出手，只有五六尺长一道两头尖、似梭非梭的玄色宝光，并不向前直射，笔直悬在空中，凌空急转，发出大片玄色精芒。煞光挨着一点，便自消灭。这原是瞬息间事。

　　赤尸神君一见敌人三宝相继飞出，身在香云宝盖金霞笼罩之下，本就无法侵害。内一幼童又发出一朵金莲，和同来五人一同飞上。暗忖："对方小小年纪，哪里来的这许多仙、佛两门至宝奇珍？"心方悲忿情急，那针形之宝转了一阵，两头梭尖上突现出玄色火花，色如乌金，其细如丝，四下飞布，晃眼成了两片丝网，急涌过来。先前恨极敌人，意欲一拼，不料所发赤尸煞光挨着敌人宝光便自消灭。又想所炼红云散花针并世无双，威力最强，具有子母相生之妙，收合由心，妄想一试。将手一指，那梭形之物立有一根爆散，化为大蓬血焰金针，刚闪得一闪，敌人梭尖上所发两蓬光丝已电驰卷来，满空红云散花针刚一出现，便被网住，后面七蛇口喷灵焰，跟着射到，血焰金针当时消灭。猛想起那似梭非梭之宝正与红云散花针形式相同，威力却大得多，正是昔年长眉真人偈语预示所说之宝。心中惶急，仍然不甘就退，还想拼斗。刚把那三个玉葫芦往上一举，众人此时看出厉害，已同飞往金莲神座之上，香云宝盖化为一幢金霞，将人罩住。又将如意金环放起，化为佛光，环绕在外。莲花瓣上又射出万道毫光，往上激射。众人包没在内，只觉异声比前更猛，还未在意。忽听到处地震山崩之声响成一片，远近相闻。方疑有变，忽又听霹雳之声，一片金光由斜刺里飞来，光中一只大手，广约亩许，突然出现，带着风雷之声朝前抓去。随听一声怒啸，赤尸神君忽然不见，金光大手也已无踪，却又不见追去。

　　笑和尚觉着未如预期，正在观察，主人已满面笑容，举手称谢道："多蒙诸位道友仗义相助，贫道得免于难。可惜恩师昔年辛苦缔造的水宫别府，已被敌人秘魔神音震塌了十之七八，大约前殿尚还完整，请到上面奉陪一谈吧。"笑和尚知道主人行辈甚高，连忙还礼不迭，一同飞上。那笼罩冷泉宫的煞光，已被敌人逃时收去，只剩青光将水托住。主人当先领路，穿波而上。刚出湖面，四下一看，来时所见贝阙珠宫连同那些瑶草琪花，十九塌倒断裂，残珠翠玉，瓦砾也似狼藉满地。满目荒凉之中，仍觉珠光宝气，彩色辉煌。陈岩叹道："大好一片水宫仙府，竟被魔音震得如此残破，这厮真个死有余辜。先前金光中大手不知来历，也不知追上敌人元神没有？"说时，主人已用一片青霞引了众人飞往前殿落座，随口答道："这位道友必是贫道师妹约来相助的道家元神，当诸位道友未来以前，曾向贫道两次指示玄机。以他法力之高，仇人绝非其敌。不知何故，不肯出手，直等诸位快要成功，才将这厮惊走。表面和他为难，实则暗寓维护之意，令人莫测。"

众中只笑和尚知道底细，一面陪同说笑，暗取玉环查看，早看出赤尸神君由外飞来，到了殿中，化为七条血影，张牙舞爪，欲前又却，好似恨急仇敌神气。知事紧急，忙即暗中戒备。因知李、陈二人疾恶童心，也未传声相告，故意从容笑道："这个暂由他去。其实昔年师祖长眉真人曾有仙示，说他虽是左道旁门，素无恶迹，因此有心成全，屡擒屡放，使知警戒。难得他竟能仰体师祖美意，多年在西昆仑苦修，轻不出外。今日虽他劫运临身，来此寻仇，自取灭亡，仍是转祸为福之机，由此洗心革面，立可归入正果，成一地仙。否则，他开头把路走错，不该炼那《蚩尤三盘经》和赤尸煞光，不遭兵解，必不舍将他多年修炼的法身弃去。不特永无成道之望，等到道家千三百年天劫降临，休说本身邪气感召，受祸必较旁人惨烈，便正经修道之士防御稍差，也必化为劫灰，形神皆灭。我此来原带有古仙人留赐的十丸三元固魄丹，意欲化解，赠他一粒，偏是执迷不悟。如今虽身败名裂，也并非没有救星。只恐他仇深恨重，盛气难消，一意孤行，不知利害，以为所炼三盘经邪法高强，并有七煞化身，已有不死不灭之能，定要随劫同尽就难说了。"说时暗中留意，见那七条血影本有六条待朝宾主六人分头扑到，已快上身，正当紧急之际，闻言略一停顿，忽在暗中退去。血光一闪，仍化为一，立在一旁，似忧似喜，先前盛气似已消退。笑和尚方在暗喜，主人也大喜道："道友竟把铁刀峡海底龙氏夫妇守护的古仙人灵丹藏珍得到了么？"

笑和尚含笑点头，未及回答，忽见一道金银剑光拥了四人一同飞进，正是苏宪祥同了归吾、虞孝、狄鸣岐等四人。与主人匆匆礼见，便朝陈岩、李洪急道："易道友不合一时气忿追一妖人，巧遇魔女铁姝，诱入魔窟。赤身教主鸠盘婆随后赶到，将易道友困入魔阵，施展九子母天魔大法，准备九鬼啖生魂，永除后患。易道友门下爱徒上官红得信赶去，如非途遇神尼赐了一道灵符、一粒宝珠，入门便遭惨死。现时师徒二人同困阵内，尚有二十四日劫难。虽还不到出困日期，但是魔法厉害，我们必须早为准备才好。"众人闻言大惊，陈岩更是悲忿。未容答话，猛瞥见一条血影由斜刺里飞来。要知易静性命如何以及九鬼啖生魂等最惊险新奇情节，请看下文分解。

第三〇六回　固魄仗灵丹　散绮青霞消煞火
　　　　　　　　艳歌生古洞　飞光紫电斗元凶

　　前文说到笑和尚、李洪、陈岩、甄艮、甄兑等五人在北海绛云宫的水底海眼之下，帮助绛云真人陆巽破了邪法秘魔神音和赤尸煞光、红云散花针，并将赤尸神君肉身震碎，大功告成，由主人陪往前殿，刚一落座，便见七条血影张牙舞爪隐形飞来。笑和尚知道赤尸神君想要报仇，事情已是危急，便借着闲谈，向其警告，说神君今日遭劫，实是转祸为福之机，如能化解前怨，自己带有古仙人留赐的三元固魄丹，便可送他一粒。说时那七条血影本是欲前又却，似在为难，闻言忽转喜容。笑和尚始终手持玉环，暗中查看，见神君先前盛气似已消退，好生欢喜。主人闻言，也颇欣慰。正在询问得丹经过，忽见苏宪祥、归吾、虞孝、狄鸣岐四人同驾遁光，匆匆飞进。见面和主人互相礼见之后，便说出了易静师徒被鸠盘婆师徒诱困之事。众人闻言大惊，陈岩更是悲忿。未容发话，猛瞥见一条血影由斜刺里飞来。

　　众人定睛一看，原来是赤尸神君元神突然现形。只有笑和尚他已明白自己此来用意和那三元固魄丹妙用，只为得道多年，行辈甚高，不甘服低，意欲借机试探，以防求丹不成，反受讥嘲。先前原有成算，打好主意，一见血影张牙舞爪从对面飞来，动作却不甚快，惟恐李、陈诸人不知底细，把事闹僵，激出变故，忙用无形剑气挡在前面，暗用传声疾呼："诸位不可妄动，我自有道理。"众人只李、陈、虞、狄四人不知底细。甄氏父子来时早经笑和尚预告，不等招呼，先将李、陈等四人止住。宪祥更是见闻众多，素来精细，见那血影乃敌人七煞化身，本可隐形暗算，却突然出现，飞行又缓，料想此举必有用意。果然，血影飞离笑和尚坐处一两丈，便显迟疑之状,刚怒吼得一声,似要发作,笑和尚已先笑道:"神君不必如此。自来祸福无门,惟人自招;祸福消长之机,全在你自己了。"话未说完,扬手一点豆大青光,清辉四射,到了血影头上,一声大震,突然爆炸。血影立被震散,化为七团黑气,正发出极凄厉的怒吼,待朝笑和尚扑来。青光爆散以后,忽化为大蓬青白色的光气,只一闪,将七团黑影裹住,晃眼之间便被裹紧,挤在一起。黑影意似忿极,连声怒吼,强行挣扎,无如那青白色的光气越裹越紧,渐渐成了实质,层层包围,往里紧压。终至由分而合,将那七团黑影挤成一团。先还连声怒啸,不多一会儿,那被青光震散的残余血气随同黑影紧束之际,全部消灭。黑影也逐渐合为一体,成了人形,方始不再挣扎,只是力竭神疲,十分狼狈。又隔有半盏茶时,黑影中逐渐现出一条赤身人影,和赤尸神君相貌一般无二。青白光气也由厚而薄,逐渐往光中人影透进,到了后来,只剩薄薄一层,紧贴在外,人形已经凝固,无异生人。

众人几次想要开口,均被笑和尚拦住。等到血影化尽,黑影由分而合,赤尸神君元神已经凝炼。笑和尚方笑说道:"恭喜神君转祸为福,与你元神合为一体。百劫难分的七煞赤尸血光,已被古仙人盘荦留赐的一粒三元固魄丹化去。当初因为神君曾习《蚩尤三盘经》,邪毒太重,如影随形,不易分解,以致受了不少苦痛。后来灵丹发生妙用,不特邪毒全消,元神更加坚凝,毫无损耗,反多补益。此去回转仙山,只要照家师祖长眉真人昔年遗偈加意修为,不特仙业远大,连那数中注定的天劫,也因今日化去。此处主人在海底清修,从不与人结怨,当初原因互相误会,几成不解之仇,今日神君虽将法体失去,主人大好珠宫贝阙也成了一片瓦砾。何况旁人相助,无心误伤,定数如此,与主人无干。即便不肯释嫌修好,也应化去前仇,以免循环报复,误人误己,何苦来呢!"随说,手中灵诀往前一扬,张口一股真气喷将出去,那紧附元神之外的一层光气忽然一闪不见,全数往里透进。赤尸神君面上立现喜容,行动自如,如非留心查看,绝看不出那是元神所化。笑和尚急忙起身,待要请其入座,神君似因自己通身赤裸,面有愧容,手方一扬,绛云真人已起身笑道:"多蒙道友大量与诸位道友解围,化敌为友。道友衣冠已经应劫,如不嫌弃,贫道已为道友准备,请即服用如何?"说罢,将手一招,两旁门人侍者忽然同时出现。众人才知主人竟有准备,连笑和尚先前也未看出,好生惊奇。内有两门人已捧了一套羽衣星冠,上前跪献。

赤尸神君随手接过穿上,笑道:"我此时如梦初觉,一切均在长眉真人先机预示之中。昔年曾向真人说过,我蒙真人屡次不杀之恩,此身早非我有,只要是真人之意,绝不违背,多深仇恨也可化解。何况本来无仇,只为当初几句戏言,一朝之忿,才有今日。方才我已得知,诸位道友乃峨眉派门下。无如前习《蚩尤三盘经》,身受神魔隐形暗制,怒火头上,不特忘了昔年誓言,并还妄想仗着身外化身,隐形报仇。后听笑道友说起来意,心虽惊喜,仍未全悟。只知前古至宝三元固魄丹乃广成子所炼,为数不多,虽曾分赐门人后辈,尚有遗留,但只传闻,不知留藏何处。只知此丹具有凝魂固魄、炼气复体诸般妙用,更没料到其威力如此神奇。别的灵丹均是内服,此独自外而内,不特凝神固魄,并还将本身原附邪毒之气一齐化去,使我从此去旧从新,弃邪归正,与长眉真人遗偈相应;并借此一场大难,躲过未来天劫。原来肉体虽失,从此归入正道,仙业可望,岂非幸事!本来还想奉教些时,一则劫后余生,尚须静养,急于回山。再则来时因知主人不是好惹,求胜心切,曾令门人拿我法宝四外埋伏准备,这次再如挫败,便将这方圆千里的海底震成粉碎,并将癸水雷珠、天一玄冰两件水宫至宝破去。明知此举两败俱伤,无如只图泄忿,忘了利害。先前大败,本就怒极心昏,又被一位隐名敌人用佛家须弥手抓了我一下,越发忿恨。来时暗发密令,说敌势太强,我肉身已毁,正用七煞元神与敌拼命,事若不成,仗着元神化身,已炼到不死不灭境界,索性闯一大祸,至不济,也将这座水宫全部陆沉,化为劫灰才罢。不过敌人帮手持有仙、佛两门至宝,事尚难料,特令众门人里应外合,一同发难。他们对师忠义,见我历久无音,必多忧疑,也须前往晓谕。从此便是同道,相见有日,我要告辞了。"笑和尚答道:"我们尚还有事,改日再往仙山求教吧。"绛云真人急忙站起,与众人一同送了出去。神君道声:"行再相见。"便纵遁光穿波而去。

陈、李二人悬念易静师徒二人安危,早就情急。李洪知道易静难期未满,去早无用,虽然关心,还不怎样。陈岩却是关心过甚,神志不宁,几次想说话,均被笑和尚拦住。好容易把赤尸神君送走,大功告成,见主人又要请众人入宫,忙即辞谢,催众起身。绛云真人笑道:"诸位道友之事,我不深知。但那鸠盘婆魔法厉害，易道友既有二十四日难期，早去只恐无益有害。既然道友非走不可，我也难为强留。贫道癸水雷珠，乃恩师所传，颇有妙用，每位奉赠一粒，聊报高义如何？"笑和尚原意，水仙师兄妹二人将来成道，均非三元固魄丹不可。自己受天乾山小男与少阳神君之托，也要求取两粒癸水雷珠。但知此是水母所留奇珍，不便启齿。正想随同回宫设词探询，不料主人自愿送上，心中大喜。忙笑答道："真人盛情嘉赐，敢不拜收。何况此宝还有好些用处，承蒙厚赐，感谢不尽。我知真人与闵仙姑元婴已固，大道将成，三元固魄丹颇有用处，敬奉两丸，聊报盛意如何？"真人大喜，双方各自收谢。笑和尚等一同告辞起身。

众人刚出水宫，便见海面上天一玄冰所化真气似两道白虹，其长无际，由上空射下，往水宫投去。海上仍是白雾弥漫，一片混茫，海水已渐复原状。宪祥笑道："癸水威力，果不寻常。你看主人为了送客，忙着收法，并非容易。看此形势，分明早已下手，也只收有一半，可见先前威力之猛。"李洪笑道："这话不差，我在幻波池也曾见过癸水禁制，哪有这等厉害。"笑和尚道："即以绛云真人而论，法力也真高强。我们末学后进，终是较差，他那门人早就隐伏两旁，我用玉环查看，竟未看出。虽是暗中设有法宝掩护，但连恩师所炼佛家法宝也竟看它不出，主人法力之高，可想而知。"

众人都兴高采烈，只有陈岩愁容满面，沉吟不语。笑和尚和甄氏弟兄因和陈岩初见不久，尚不知陈、易二人是三生爱侣。又知开府后，所有男女同门虽有几人多灾多难，结局均无大害。如非师长借此磨炼众人道力，以各位师长法力，只一出场，多厉害的邪法也非对手。虽听易静被困，敌人又是赤身教主鸠盘婆，为魔教中惟一厉害人物，总想易静乃元神炼成，又是一真大师的得意门人、南海玄龟殿散仙易周之女，还持有仙传七宝，便为对付鸠盘婆之用，开府以后又得师传本门心法和幻波池圣姑藏珍，暂时被困，只是应有灾难，难满即出，并还借此增长道力。所以得信时虽然一样吃惊，却并不十分愁急。又因绛云宫之行关系重大，起初只想癸水雷珠乃水府奇珍，向不借人，能求得一两粒，去向天乾山小男、少阳神君复命，于愿已足，不料每人赠了一粒。即使苏、陈、虞、狄四人的不便借用，李洪和甄氏父子，加上自己的，也有五粒。将来三次峨眉斗剑，用以抵御土精黄贡的戊土真气所炼之宝，要少好些危害。

笑和尚心中欣慰，互谈前事，又正飞往中土，反正为时尚早，未暇详询。及见陈岩那等悲忿愁急之状，觉得奇怪，方欲设词探询，李洪已先向宪祥问道："水宫相隔海面数千丈，上面又布满癸水雷珠与天一玄冰，易师姊被困之事如何得知？"宪祥答道："我们四人正在牌坊下面等候，先是一道金光，光中有一只大手，由里面追出一条血影，晃眼便同隐去。待了一会儿，忽见前辈女仙严媖姆元神现身，说她昔年成道时曾在北海寻一道书，误入水母仙府，因见宫中景物灵奇，认定道书、藏珍必在里面，连遇艰危，始终不懈。后来深入水宫重地，道书、藏珍不曾寻见，人却陷入埋伏，被雷珠、玄冰困住。眼看危急万分，忽听有人发话，才知那是水母闭关清修之所。先仗法宝之力，一连冲破了七层禁地。不料末一层却是癸水精英凝聚之地，加上仙法禁制，埋伏重重，绝冲不破。如仗法室防身，静心耐守，或者还能挨到十四甲子以后，水母道成开关，一同出去。稍一躁妄，强与相抗，将所有禁制一齐触动，任凭多高法力，也必形神皆灭，死而后已。媖姆便问可有解救，水母答说：一是拜在她的门下，一同苦守，他年一齐出困成道；一是将来为她代办一事，任其挑选。媖姆因已拜师，便答应了第二件。话刚回复完毕，忽见前面现出一幢银光，罩向身上，拥了自己，由万丈神雷之中通行出来，直达海面之上。方想水母要办何事尚未询问，银光闪处，落下一部道书，一封柬帖。打开一看，原来新近坐化的师父乃水母元神转世行道，此举竟是试验她的道心毅力，所说的事便指今日援救绛云真人而言。媖姆随即又说起易道友被困之事。"于是苏宪祥便转述了一遍。

原来易静、英琼、癞姑师徒数人自从智激丌南公，逼走九烈神君之后，因余英男师徒奉命来归，巧收火无害，又收了竺氏三姊弟为徒。金蝉等男女同门听说赤身教土鸠盘婆不久来犯，易静将有大难，只有奉师命有事他往的几个和沙佘、米佘、李健、韩玄四小相继辞别，余人多想候到易静事完再去，谁也不肯先走。小辈仙侠云集幻波池内，一时冠裳如云，声势大盛。每日互相观摩，或是相助兴建，游览全山灵景，演习五行仙遁，快乐非常。光阴易过，一晃多日，并无丝毫征兆。易静自与丌南公斗法之后，功力大进。因在前生本是玉骨冰肌，花容月貌，因受鸠盘婆之害，将原身失去，一时气忿，蒙恩师相助，受尽苦难，始将元神凝炼成形，人已十分丑怪。起初原想借此免去情孽纠缠，及至陈岩一来，劫后重逢，情爱只有更深，力请将来合籍双修，只图常共晨夕，别无他念。始知前两生的疑虑全出误会，越想越觉愧对，深悔以前不应百计峻拒，使其历劫三生，多经忧危苦痛。好容易劫后重逢，昔年玉貌如花，却化为嫫母。虽然从此可地老天荒，不再乖违，而形类童婴，人同骨立，连使对方眼皮消受都不能如意，愈发问心难安。

于是易静想起两个罪魁祸首。内中一个本是凤孽运数所限，不去说她。最可恨是女魔鸠盘婆，始而纵容门人魔女铁姝施展邪法，收摄凶魂厉魄，炼那白骨神魔，行凶害人，被自己无心撞破，彼时深知她师徒凶恶难惹，魔法又高强，并未打算多事。魔女偏生恃强欺人，双方动手，斗了三日三夜，未分胜负。后被师父好友神尼芬陀路过发现，将铁姝打败，于是成仇。鸠盘婆一味袒护铁姝，不究是非，暗布魔阵，将自己诱去，困入阵内。幸蒙恩师赶来救回山去，却因所中邪毒太深，难于补救。又想起平日所受辛苦艰难，九死一生，均由貌美而起，忿极之下，不特不想重生，并还苦求师父将元神炼得这等丑怪。追原祸始，全由鸠盘婆纵徒护短而起。下山时，本向恩师立誓，仗着师传七宝，前往魔宫报仇。恩师再三劝阻，说仇人数限未尽，早去绝难成功，反有危害。令先回南海，见过父母兄嫂，不久转投峨眉门下，机缘一至，立可成功。只是事前还有一场险难，能否躲过，尚还未定。自从奉命幻波池开府以来，每一想起仇人师徒，便自痛恨。早想前往魔宫一探虚实，因为开府不久，圣姑遗留道书和五行仙遁也刚通晓，偌大一座仙府，加上雕、猿，师徒不满十人，不便离开，更须防备强敌来犯，以致迁延至今。卍南公这一难关已经过去，人也增加不少，本就打算报复前仇。因知癫姑为人持重，如被得知，绝不容自己冒失犯险。想等仇人师徒寻上门来，仗着幻波池的地利，与圣姑留存的埋伏禁制报仇除害。及至候了多日，鸠盘婆师徒始终未到，心渐不耐，暗忖："下山时师传与圣姑所留的两部道书，如今已全通晓，只等仇人师徒来过，便可为本门开建仙府，发扬光大。反正定数难移，敌来我往，均是一样。魔法虽然厉害，凭着师传七宝和下山时所赐法宝藏珍，即便不能全胜，绝不致为敌所害，怕她何来？与其枯守待敌，何如直赴魔宫，见机行事，将其引发，倒可早完早了,除此隐患,早办正事。"主意打定,偏生金蝉、朱文、石生等均是初来,久闻幻波池仙府灵景,彼此同门,情分又厚,身是主人,不便独自离开,只得罢了。

易静为人强毅,想到必做。虽因座有佳客,暂时隐忍,无如日前陈岩一来,将那多少年来静如止水的道心引起了微波。因觉以前愧对良友,对于仇敌更加恨极。近日又把道书上所现仙示与以前下山时恩师遗偈互相对照,好似自己虽有一场险难,仇人也必遭报伏诛,于是复仇之念更急,如非金、石等人仙府小住,已早起身。本就时刻寻思:仇敌如再不来,何时前往。这日朱文想起申若兰、云紫绡两女同门,一个遭遇可怜,一个年浅力薄,欲将二人接来幻波池中聚上些时。易静本喜若兰温柔忠厚,当铜椰岛分手时,约定将来接她往幻波池聚首。一别数年,彼此有事,不曾再见,日前和英琼说起,还在想念。紫绡更是女同门中年纪最轻的一个,和向芳淑一样,人既娇美,又最嘴甜,谁都喜爱。下山时,紫绡通行火宅严关,未得如愿,留山修炼。下山以前,曾向自己哭诉,说她年幼道浅,将来就得二次下山,也须各位师姊、师兄提携庇护。神情十分依恋,楚楚可怜,彼时曾经力允助她成道。也是一别多年,未曾再见。连日反正无事,正好与朱文同往,将二女接来幻波池聚上些日。便告诉朱文,意欲同往。这时众人三三两两,各自伴闲游,未在一起。金蝉本和朱文形影不离,当时却因癞姑取笑了两句,偶然赌气,未在一起。只朱、易二人独立于静琼谷危崖之上,指点烟岚,并肩闲谈。朱文想念若兰,一时高兴,忘了易静不久便有危难,闻言立即赞好。依了易静,无须留话,就此起身。朱文却恐众人悬念,遥望余英男新收弟子火无害带了许多仙果由山外飞回,连忙招手唤下,令其转告众人,说是往接申、云二女,不久即回。说罢起身。

二女飞行到了路上,朱文忽想起易静不应离开,意欲劝阻。易静笑说:"我自从居幻波池以来,从未离山一步,难得借此一行,观觉江南山水之胜。何况往返不消多时,难道就这半日光阴,就会有甚灾害不成?"朱文还未及答,忽见一道本门遁光,由斜刺里飞过。忙赶过去,将其拦住一看,正是裘芷仙,身已受伤,左肩头上流着紫血,面容惨变,孤身一人,仗着仙剑宝光尚还不弱,正在亡命飞驰,似有强敌在后穷追光景。见了易、朱二女,惊喜过度,哭喊得一声:"二位师姊救我!"人便晕倒。易静平日本喜芷仙温婉恭谨，又知她以前经历甚惨，身世可怜，十分爱护，平日还在思念。知她虽然根骨较差，平日却肯下苦用功，勤于修为，人又本分。照此情势，必是费了好些心力，由右元十三限通行过来，刚刚下山不久，便遇妖邪。因是下山最迟，无人结伴，势孤力弱，致为所败，并还受伤。不禁又怜又怒，连忙一把抱住，连呼："师妹不必害怕，有我二人在此，必能为你复仇除害。"说罢，取出身带灵丹，按向伤口，又欲行法医治。朱文平日也最可怜芷仙遭遇，正准备救醒转来询问经过，猛瞥见从侧面芷仙来路的密云层中飞来一道赤阴阴的妖光，料是妖人乘胜追赶，想将芷仙擒去，不由怒火上升。回顾芷仙被易静扶着，尚在昏迷不醒。心想区区妖邪，何值两人动手。也没和易静商议，一声清叱，飞身迎去。易静本要随同追赶，因见芷仙伤口流着紫血，半身已成黑色，分明伤毒甚重，只得救人要紧，没有当时追去。便将遁光按落，又取了两粒灵丹，塞向芷仙口内。又行法运用本身真元之气，为她消解邪毒。

　　隔了一会儿，芷仙方始醒转。一问经过，才知芷仙起初自知根骨禀赋均不如人，本无下山之想，每日在仙府之中用功苦炼。对于师长、同门，最是恭谨，见人便即殷勤求教，众男女同门也都对她同情，无形中得了好些益处，自己还不知道。这日想起福薄命苦，眼看众男女同门纷纷下山行道，只自己一人独留，不禁伤感。心想："我已修炼多年，又蒙恩师赐服过两次灵丹，近日连黄人瑜和周云从两个功力最浅的尚且下山，我何不往右元十三限试上一试？即便不作下山之想，好歹也可试试自己年来道力。"主意打定，便运用本门心法，守定心神，往右元十三限内走去。初意此举难如登天，绝通不过，也许还要受到好些危难。所幸值年师长是白云大师，人最宽厚，怜爱自己，遇到危急之际，只要跪祝，立可出险，胆子较大。哪知开头也颇艰难，刚陷禁制之中，忽然想起："师长将来道成，全要飞升，不乘此时扎下根基，他年依傍何人？祸福凶危，命中注定，似此畏难苟安，何时才有成就？"想到这里，猛触灵机，便不再胆小害怕，只照平日用功时光景，守定心神，把一切可喜可怖之境，完全当作幻象，不问前途是何境界，哪怕刀山火海，也照直从容走去。果然不消多时，竟将十三限严关通过。

　　芷仙心方惊喜，出于意外，忽见值年女弟子郁芳蘅手持一口仙剑、一副锦囊走来，见面道喜说："值年师长知你今日道成，特赐锦囊、仙剑，以备下山行道之用。师妹根骨太差，全仗人好，道心坚定，师长同门全都怜爱，才有今日。但是夙孽太重，孤身下山，危难当所不免；如不修积外功，又无成道之日，去留任意。此时下山，却须随时留意。各位师长赴休宁岛未归，白云大师现正入定，上面的话还是昨日所言，令我转告师妹，你自打主意吧。"说罢走去。芷仙闻言，惊喜交集。但一想到目前群邪势盛之际，孤身下山，必多凶险，起初有些胆怯，在仙府中留了数日，不敢起身。这日正将师传仙剑和防身法宝取出演习，猛想起："自己能有今日，死里逃生，全出恩师与恩人李英琼所赐。近闻她和易静、癞姑在幻波池开建仙府，功力大进。以前因为法力浅薄，不能前往，空自思念，无计可施。不料师长恩怜，苦志用功，居然有了下山之望。何不借这机会前往幻波池探望恩人，就便向其求教，如蒙指点，或许随同一起修炼，岂非万幸？峨眉离依还岭共只千余里之遥，方向途程，均听英琼说过不止一次。趁此无事，前往相依，英琼为人义气，必定乐于玉成，绝不坐视。"主意打定，往寻芳蘅，见殿门未开，不敢惊动，只得望门下拜，二次叩谢师恩，拜辞起身。

芷仙刚飞到上面，大师兄诸葛警我忽由外飞回，见芷仙居然通过严关，奉令下山，也颇代她欣慰。笑说："师妹能有今日，可见精诚所至，金石为开，功未白用。只是孤身一人，途中如遇妖邪，诸多可虑。我蒙藏灵子老前辈赐我防身灵符一道，尚未用过，今送于你。此去如遇危难，只将灵符展动，飞行便比往常更快得多。任受重伤，只要不开口说话，也可将你送到地头，不致中途遇害。"芷仙大喜拜谢，又问明了依还岭的途向，方始起身。一路疾飞，不觉走有多半途程，方想照大师兄所说，至多还有个把时辰便可到达。沿途云白天青，并无异兆，心正欢喜。忽见前面高峰插云，上矗天际，因恐罡风力大，意欲绕峰而过。哪知初次独飞，把路走偏。先见途中无事，以为不久便可到达，高兴头上，不曾在意。后来飞行渐远，觉着沿途乱山如林，虽与平日所闻相同，所说用作标记的山形怎未见到一处？方疑把路走错，忽见前面山谷中一股黑烟向空直射，晃眼扩展开来。芷仙前被妖人乔瘦藤摄去，曾见过两个厉害妖道，均是这等路数。心虽吃惊，一则赶路心切，遥望前面云中大山，与众人所说的依还岭相似；再者，下山时得了飞剑、法宝，前在峨眉又曾见到过好几次极惊险的斗法场面，长了好些见识。这时忽然想起,将来在外行道,这等怕事,如何能行?心胆立壮,仍未想到与妖邪对敌,只想绕越过去便罢。哪知谷中妖道早用邪法看出来人是个美貌少女,生了邪心,立即用邪法拦住去路,人早飞起,芷仙还不知道。敌暗我明,踪迹已露,刚往侧飞,想将黑烟躲过,忽听一声格格怪笑,由斜对面飞来一片灰黄妖光,中一妖道,一手握着一面妖幡,一手拿着一口宝剑,拦住去路。觉着面熟,定睛一看,竟是昔年在乔瘦藤洞中见到过的妖道之一。

这妖道名叫飞刀真人伍良,曾想背了乔瘦藤,用邪法强奸芷仙未遂,一怒而去。不料狭路相逢,芷仙知其不怀好意,又惊又怒,不等开口,便将飞剑放出。妖道一见芷仙竟会投到正教门下,学成飞剑,也甚惊奇。于是发出两口飞刀,上前迎敌,口喝:"贱婢速急投降,随我回山快活,还可免死!"芷仙恨极妖道,上来便以全力施为。妖道飞刀自非峨眉仙剑之比,略一接触,便觉不支。妖道偏是色欲蒙心,不知厉害,一面飞刀迎敌,一面暗使邪法,志在擒人。心神一分,吃芷仙飞剑将两口飞刀一齐裹住,只一绞便成粉碎。妖道大怒,邪法也已准备停当,忙即施为。芷仙如将身剑合一,也可无事。无如想起以前遭遇,心中痛恨,分外眼红,又见妖道飞刀已破,越发胆壮,不特没有退志,反想就势除害,一指剑光,便即追去。妖道看出厉害,忙施邪法隐形遁走,准备避开来势,再作计较。谁知飞剑神速,一任逃遁得快,左膀仍被剑光扫中,几乎斩断。经此一来,顿时大怒,想将芷仙杀死泄忿,扬手飞起两道尺许长的钉形血光。芷仙毕竟初次临敌,无甚经历,一见妖道受伤逃遁,还待指挥剑光跟踪追去,猛瞥见两道血光飞来,忙纵遁光闪避,同时招回剑光防护,已是无及,左肩头上竟被妖钉打中了一下。这还是因为妖道虽然痛恨敌人,色心犹在,妄想生擒到手,任意奸淫,再行杀以泄忿,料知妖钉奇毒,任是多高法力的人,中上也必晕倒,未下毒手,第二钉已经回收,否则命必不保。芷仙觉着伤处胀痛酸麻,心神迷糊,似要晕倒。情知不妙,惟恐落在妖道手内,身遭惨死,还受凌辱。恰好飞剑收回,忙把灵符取出,微一展动,心神便宁静了些。只是伤处奇痛,不敢再战,忙纵遁光,加急逃去。逃到宝城山上,才发现把路走偏,匆匆折回,恰遇易静、朱文将其救下,刚一出声,人便昏死过去。

易静问完前事，因朱文追敌未归，恐妖人邪法厉害，意欲追去。而芷仙初愈，元气亏耗，须人照看。心正寻思，猛又瞥见一道遁光穿云飞来，正是要去寻访的同门师妹墨凤凰申若兰，好生欣慰。匆匆不暇多言，忙嘱若兰速将芷仙送往幻波池，自己往助朱文同除妖邪就来。若兰笑诺，扶了芷仙一同飞走。易静说完起身，朝朱文去路追去，飞二百余里，始终不见敌我影迹。心正疑虑，偶然发现前面高峰之下有一山谷，想起芷仙方才所说，料是妖窟所在，朱文也许中了诱敌之计，忙即往下飞落。到地一搜，果见谷底有一崖洞，甚是高大，好似一片绝壁，刚用邪法开裂，隐闻男女笑语艳歌之声。易静入内一看，不禁怒从心起。原来洞共两层，外层石室数间，甚是整洁，用邪法照明，宛如白昼。内层是一广场，十分高大，洞顶银灯百盏，灿如繁星。下面铺着亩许方圆一片锦茵，十余对少年男女妖人赤身露体，正在口唱艳歌，互相交合，追逐为乐，淫荡之状，千奇百怪，污秽不堪入目。一时气忿，一指剑光飞将上去，只一绞，当时杀死了一大片。内有两个妖徒见势不佳，一面逃遁，一面大声疾呼求救。易静恨他不过，扬手又一太乙神雷，数十百丈金光雷火自手发出，震天价一声霹雳，连死的带活的一齐粉碎，妖洞也被震塌了半边，满地血肉狼藉。因洞中只此两层，更无门户，以为已尽于此。正待回走，忽想起妖徒事前仰首向上，疾呼"师祖救我"，莫非妖人藏在洞顶石壁之内不成？心方一动，待要回身查看，耳听近顶洞壁轧轧之声，山石似要崩裂神气。未及注视，忽又听洞外有人疾呼："徒儿们快来！"声随人至，由外面飞进一个身材瘦长，生着一张死人嘴脸的妖道，右膀已被人折断，头破血流，狼狈不堪，正与芷仙所说妖道飞刀真人伍良一般相貌。更不寻思，扬手一雷打去。妖道也是恶贯满盈，该当数尽。到前分明听到洞中雷声猛烈，因在途中和朱文苦斗，所用邪法异宝全被天遁镜破去，因奉师命，惟恐引鬼上门，还不敢就逃回山去，一味隐遁闪避，朱文偏是穿追不舍。后来连受重伤，万般无奈，只得施展化血分身邪法，也不问是否再被敌人看破，亡命一般逃回。妖道虽听雷声，终想妖师隐藏洞壁之内苦炼多年，邪法甚高，便遇强敌，也可无虑。成见已深，匆匆不暇寻思，直飞进来。入门发现洞壁崩塌，尸横满地，血肉狼藉，才知不妙。心中一惊，目光到处，瞥见一个小若童婴、相貌奇丑的道姑迎面飞来，人还未及看真，眼前倏的一亮，已被太乙神雷震成粉碎。

易静一雷刚把妖人伍良打死,便听"轰"的一声大震,正面洞壁忽然中分。只见一个白发红颜,身材微胖,一脸络腮长须,手持蒲扇的短装妖人,在妖光环拥之中跳舞而出。易静更不怠慢,一指剑光飞将过去。妖人笑道:"你是女神婴易静么?无故伤我徒子徒孙,今日遇见我宋胡子,就来得去不得了。"话未说完,手中蒲扇往外一挥,便有一片红光将易静飞剑逼住。易静见状大惊,看出妖人邪法厉害,暗忖:"这妖孽虽不曾听人说过,看那护身红光,似由人身发出。本门仙剑何等威力,竟被扇上妖光逼住,似有极大力量挡在前面,不得近前。并还知道我的姓名来历,口出狂言,莫要中了他的道儿。"便留了心,一面留神妖人的动作,一面暗中戒备。事有凑巧,易静门人上官红因听说乃师不久有难,终日忧虑,知道师父钟爱自己,随身七宝倒有两三件是在自己手内。虽然师父法力高强,随身七宝均与心灵相合,随时均可回收,毕竟带在身旁要好得多,免得万一变生仓猝,不及取用。再四向师求说,请将所赐法宝暂时收回。易静见爱徒对她忠义,不愿辜负她的孝心,只得应允,当日刚将法宝收回,恰在身旁。见此妖人厉害,不似寻常,便将牟尼散光丸暗中取了一粒,并将兜率宝伞隐去宝光,暗中放出,护住全身;又将六阳神火鉴与灭魔弹月弩准备停当。同时暗用本门禁制封闭出口,以防妖人乘隙遁走。

易静一向自恃玄功变化,身带仙府奇珍又多,遇敌时总是从容不迫,相机应付。今日之所以如此谨慎,是因见这妖人有好些异样:走起路来不住跳舞摇摆,面上老带笑容;自称宋胡子,名字甚生,从未听过;照着先前所见,必是一个淫凶狠毒的厉害妖邪,偏生得那等慈眉善目,未语先笑,一脸和气;护身妖光又是那等强烈凝固,看去直似尺许厚的红色晶玉贴在身上,如非随同身子手足舞动自如,直似丈许大小一块红水晶将人包没在内。越看越奇,忽想起此人相貌颇似昔年被大师伯玄真子追寻数年未得伏诛,后被天蒙禅师封闭在岷山飞龙岭山腹之内的欢喜神魔,又叫美髯仙童的赵长素,十九不错。他是有名的笑面魔王,早已年老成精,邪法甚高。平日笑里藏刀,无论何人,只要被他对面一笑,迟早必为所害。当初原是赤身教主鸠盘婆的情人,因为中途变心,宠爱另一妖妇,鸠盘婆妒念奇重,将妖妇抢来残杀,并将本身美貌自行毁去,变得奇丑无比。当初鸠盘婆对妖人毁容绝交时,曾按魔规立誓说:"我已相貌丑怪,但你将来仍要求我宽恕。"妖人忿极之下,也向神魔立誓说:"你如此乖张凶妒,我爱的人已为你残杀,连魂魄也被你收去,受那炼魂之惨,今生和你永无相逢之日。我如再来求你,便是我二人大劫将临,同归于尽之时。"鸠盘婆见他如此狠毒,毫无情义,竟趁自己一时疏忽,向双方同奉的本命神魔立此毒誓,不禁大怒,待要翻脸成仇。妖人深知乃妻虽然情重,比他还要凶毒,早有准备,一纵魔光,当时逃去。鸠盘婆方要追去拼命,被爱徒铁姝和众门人跪求阻止,由此也未再去寻他。

易静心想:"自己正防鸠盘婆要来寻仇,偏巧与这禁闭多年的老魔头相遇,也许鸠盘婆之事由此引起。"心中一动,竟反常例,把随身七宝准备了好几件。见妖人用一柄蒲扇挡住飞剑,目注自己,满脸笑容,不战不追,也不再开口发话,料是暗中闹鬼。好在自己已准备停当,万无一失。只是觉得当地离岷山尚远,妖人禁闭多年,怎会在此出现?方才妖人破壁而出,分明初次行法冲破崖石。是否这老妖孽,还不能十分拿稳。故意喝道:"无知妖孽,连真姓名都不敢显露,还吹什么大气?你本被天蒙禅师禁闭岷山飞龙岭山谷之内,何时暗用邪法,顺着山脉逃来此地?才得脱身,便又猖狂,以为我不知你这老魔鬼的来历么?"话未说完,妖人两道寿眉忽然往上斜飞,哈哈大笑。易静一听笑声,便觉心神微震。暗忖:"这妖孽果然厉害,凭自己的功力,又在兜率宝伞防护之下,心神竟会摇动。先前如无戒备,虽不至于便遭毒手,也必难当。这厮淫凶无比,如不乘机将其除去,必留大害无疑。"于是一面运用玄功,镇定心神;一面却故作邪法厉害,不能支持之状。易静料定妖人长笑无功,必要赤身倒立,悬舞不休,施展魔法,迷人心志,便不开口,冷不防左手牟尼散光丸,右手灭魔弹月弩,同时施为,发将出去。

这妖人正是欢喜神魔、美髯仙童赵长素。他见易静不曾随他的笑声晕倒,心方惊奇,不料散光丸、弹月弩相继飞到。这两件法宝均是一真大师所炼仙、佛两门至宝奇珍,威力绝大。赵长素不知敌人看破行藏,早具深心,等到二宝上身,相继发难,方才警觉,已经无及。散光丸首先爆炸,将护身魔光震散,元神立受重创。急怒交加,未及施为,寒光一闪,灭魔弹月弩同时打到。总算精于玄功变化,久经大敌,长于应变,见势不佳,忙用左手一挡，一片魔光刚刚电掣飞起，"叭"的一声大震，魔光还未飞出，便被震散，左臂膀连带震成粉碎。心中恨极，急忙运用玄功飞起，张口一喷，那条断臂便在血云拥护之下，化为一只亩许大的血手，朝前抓去。易静早有准备，一见血手迎面飞来，将手一扬，六阳神火鉴立时发将出去。一真大师所赐降魔七宝，原以六阳神火鉴威力最大。本是一面圆镜，不用时小才寸许。一经施为，那面圆镜便随人心意大小，紧附身前，发出六道青光，重在一起，化为乾上坤下六父之象。光由镜中发出，每束最长的不过六寸，粗才如指，青荧荧的，光色甚是晶明，看去并不强烈。但是越往外放射，展布越大。邪法异宝吃青光一照，便即消灭。敌人逃遁稍迟，吃那六道青光射中，当时化为灰烬，绝难幸免，威力本就神妙。易静自从入主幻波池以来，又加上五行真火妙用，比起以前越发厉害。赵长素修炼多年，原是行家，一见敌人手上现出一面明如皓月的圆镜，中有六道青光迎面射来，知道厉害，不禁大惊。急忙行法回收，那条断臂所化血手已被宝光吸住，一片五色彩焰略一闪动，跟着一阵青烟过去，化为乌有。先前自恃魔法，不曾加意戒备，做梦也没想到敌人竟有如此厉害，再不见机，万难幸免。最厉害的是敌人所用法宝未出现时，光华全隐，等到发现，已为所伤，简直防御都难，如何能敌。不敢冒失前冲，慌不迭咬破舌尖朝前一喷，一片魔光闪处，立即幻化出好几个替身，恶狠狠朝前扑去。

易静虽然近来功力越高，毕竟心有成见，认定妖人著名淫凶狠毒，绝不肯轻易退去，微一疏忽，只顾施展法宝、飞剑上前夹攻，以防妖人情急反噬，施展魔法，猛下毒手，全没想到会这等容易退去。等到六阳神火鉴接连照破两个幻影化身，心方生疑，仍以为妖人故意幻化，迷人眼目，暗中藏有杀手。震于前闻，防备更严，连轻易不用的阿难剑也已出手。因想当地正是山腹深处，崖高百丈，去路洞口一带已有仙法禁制，妖人绝逃不脱。忽听哗啦连声，由先前妖人出现的裂口一直朝里响去，晃眼响出老远。同时镜光照处，接连又有四个妖人的幻影化身相继照灭，才知妖人幻化元神穿山遁走。穷寇勿追，也可无事，易静也是该当有此一难。因为痛恨鸠盘婆，本就有些迁怒。又知妖人极恶穷凶，淫毒无比，心中痛恨，立意除他。一见穿山逃遁，自恃法力高强，身带十余件法宝、飞剑，均是仙府奇珍，又有一件裂石分山之宝，匆匆不暇寻思，一纵遁光，跟踪追去。初意妖人穿山逃走，不由洞外飞行，也许藏有阴谋，意图暗算。及至穿入石缝之中朝前一追，只见前面一溜血红色的火焰，电也似疾朝前急飞。开头一段，还有山石碎裂之声，追逐不远，便没了声息。为防妖人暗算反攻，在宝伞防身之下，取出圣姑留赐的照形之宝众生环朝前一看，原来前面乃是深山山腹之中的一条甬道，洞径只有丈许方圆，并不高大。看那石色，开辟已久，妖人似早潜伏在内。但是洞径笔直，极少弯曲，更无别的洞穴。

双方飞行均极神速，相隔约有一二里地。妖人几次隐形回顾，颇有情急反噬之意，又似有甚顾忌，欲发又止，飞遁更快。易静追了一阵，不曾追上，心中有气，一指阿难剑，一道金光电掣追去。妖人回手一片暗赤色的妖光飞迎过来，将阿难剑敌住。同时妖人身旁又有一团丈许大的紫色火焰飞涌起来。易静始终疑心妖人多年盛名，绝不会如此胆怯怕事，未怎交手，便自败退。一见焰光强烈，认出是魔教中的紫河魔焰，越发警惕起来。加以穷追山腹之中，已经追出老远，地势又由上而下，越以为妖人必有阴谋诡计。为防万一，手掐灵诀，朝前一扬，兜率宝伞立放毫光。跟着发出一粒牟尼散光丸，化为一点寒星，朝那紫焰打去，"叭"的一声大震，紫焰立被震散。四外山石经此强烈巨震，也纷纷崩塌了一大片。再看妖人，踪影皆无，迎敌阿难剑的那团紫焰也忽然收回。易静不知妖人诱敌，别有深意，只以为敌人是乘机逃遁，忙朝紫焰追去。果然追出不远，地势忽然下陷，现出一座大洞。跟踪追进一看，原来里面乃是深山山腹中的一座洞府，石室甚多，甚是高大整洁，陈设用具也都华美异常。前面紫焰正在尽头石门之中飞进，一晃不见。急忙追进去，门内又是一条甬道，比前高大，蜿蜒曲折山腹之中，越降越低。再取众生环仔细查看，妖人正在侧面一条歧径上隐形飞遁，神态慌张，十分狼狈。紫焰却在前面时隐时现，不住闪动。于是忙舍紫焰，径朝妖人追去。

妖人似想声东击西，幻形逃遁，一见追来，逃遁更急。易静看出敌人力竭智穷，无法反击，越发心定。所行歧径，又只一条，并无别路。妖人一味朝前急蹿，更不回顾。易静见急切间不能追上，越追越有气，怒喝："无知邪魔，任你上天入地，也必使你伏诛，形神皆灭，休想活命！"妖人一言不发，只顾前驰。易静见沿途地势逐渐低了下去，前面不远好似到了尽头所在，妖人仍是飞逃不已。刚准备施展本门太乙神雷连珠打去，并以全力发挥六阳神火鉴的威力朝前夹攻，飞行神速，晃眼追到尽头。易静见妖人已入死地，除非外面石壁不厚，还可裂山而逃；如在地底，或是千丈山腹之中，即便精于地形之术，像自己这样强敌在后穷追，他也来不及施为。心念才动，妖人好似走投无路，长啸一声，便朝尽头石壁之上冲去，人影一闪，便已无踪。同时霞光电闪，宛如潮涌，突然迎面卷来。

原来赵长素昔年被天蒙禅师禁闭岷山之时，曾留偈语说："你这妖孽罪恶如山，早应形神皆灭，只为数限未终，姑且将你禁闭山腹之内。我佛家以慈悲为本，就这一两日夜的数运，未始不是你一线生机。如能洗心革面，忏悔罪孽，藏在里面，挨到劫难过去，从此改恶向善，虽然不免兵解，元神却可保全。我这降魔禁制，威力神妙，不可思议，只有正教中人，能够破解，任何飞剑、法宝，手到成功。你若倚仗邪法，妄想逃走，必被佛光卷去，连元神一齐消灭。除非时至自解，无论用何邪法冲破，一见天光，便只有一两日的寿命，必遭惨戮了。"赵长素深知天蒙禅师佛法高深，万难匹敌，起初被禁在内，也颇安分。日子一多，渐犯本性，但惧禅师佛法威力，还不敢轻举妄动。后用魔法查看，得知妖徒飞刀真人带了许多俊童美女，潜伏在铁柱峰旁崖谷之中，相去千余里。便用魔法开出一条甬道，由岷山飞龙岭山腹之中，一直开到妖徒后洞。仗着魔法隔石透视，与妖徒相见，传以魔法。日令门下男女徒孙在内洞交合淫乐，自己隔石观看为乐。易静初来时，赵长素恰好离开，因听妖徒狂呼求救，还未赶到，吃易静一太乙神雷将残余妖徒杀死，洞壁也坍塌了一大片。由妖镜中看出易静来历，只不知这等厉害，大怒出斗，本想杀死敌人，并将生魂摄去祭炼魔法，谁知连遭惨败，已是心惊。同时又瞥见洞壁崩裂之处，正斜射下一线日光，想起禅师遗偈，不禁大惊，忙即回遁。心想："敌人不追便罢，如若追来，便借她的力量犯险，试上一试，只要将禅师禁法破去，便可由此脱身，免得违背他的偈言，又是祸事。"

易静哪知妖人诡计，一见光霞千里，潮涌而来，百忙中也未看清来路邪正，误以为中了魔法暗算，陷入埋伏之内。一时情急，先将阿难剑一指，随手取出一粒灭魔弹月弩朝前打去。等到法出手，看出前面霞光乃是佛家降魔禁制。猛想起地底追敌已经老远，昔年妖人本被封闭岷山山腹之内，莫要这里便是封闭妖人的出口。心念才动，还未想完，弹月弩已化为一点寒星，随同阿难剑飞去，与前面佛光才一接触，"叭"的一声，佛光一闪不见。目光到处，瞥见妖人赵长素在一片血云拥护之下，本吃佛光金霞裹住，正在挣扎，佛光一散，前面洞壁立现出一条裂痕，妖人便朝上面冲去，霹雳一声大震，山石中分，妖人立由裂口之中向前飞遁。易静知道上当，不禁大怒，忙将圣姑留赐的开山法宝取出，把手一扬，一团酒杯大小的六角形紫色奇光突然爆炸，霹雳连声，前面山石立被震穿一个大洞。那紫色奇光所发迅雷更不停止，随灭随生，纷纷爆炸，朝前冲去，势绝神速，晃眼便将那数十百丈厚的山腹穿通，前面已现出天光。易静原以为妖人裂山而逃，必不甚快。此宝名为紫霆珠，与圣姑赐的乾天一元霹雳子，功效大同小异，并可由人心意发挥威力。因是初次经历，不知底细，所行之处地势又低，惟恐威力太猛，一下将整座山石震碎，连顶揭去，误伤生灵，造出无心之孽。只想仗着神雷威力，抢在妖人前面，用这生生不已的神雷阻住去路，将其包围，再用太乙神雷往上合围。能就此除害更好，否则，照此半日与妖人斗法经过，已看出他的伎俩不如女魔鸠盘婆远甚，平日所闻，也似太过，凭着自己近来功力和随身法宝，除他并非难事。于是便照仙传运用，不令神雷威力全部发挥。哪知当地果在岷山后面绝壑之下，这一临机慎重，虽只将山脚攻穿一洞，不曾误伤生灵，妖人却被逃走。

第三〇七回

雷发紫霆珠　霹雳一声逃老魅
身潜兜率伞　香光百里困神婴

其实，赵长素魔法原高，只为人太奸猾，上来吃了大亏；又见敌人所用法宝、飞剑无一不是仙府珍奇；加以昔年为天蒙禅师所败，把几件魔教中至宝丧失殆尽；又曾记着禅师遗偈警告，常存戒心，有些胆怯。就这样，仍想先仗敌人之力，破那佛家禁制，只要能够出困，立下杀手暗算。哪知禁法刚破，神雷便似狂涛一般随后涌到，如非精于玄功，飞遁神速，魔法又高，单这连珠霹雳，先就禁受不住。认出此与昔年幻波池圣姑威震群魔的乾天一元霹雳子威力相等，并还同一路数。猛想起前半年魔女铁姝路过岷山，便道来访，曾经提起目前正教昌明，尤以峨眉派为最。悍妻鸠盘婆因为大劫将临，不特格外敛迹，并还再三告诫门人，不许生事；未奉师命，如与正教中人为仇对敌，不问胜败，均加严责。铁姝素来强横，本就心中气忿，偏巧这数年中几次连遇正教中人，发生争斗，均遭失利。最吃亏的是，有一次为了好友天门神君林瑞将所炼神魔借去，为正教中人所灭，自己得信赶去，途遇玉清大师出头作梗，神魔不曾收回，反为所败，回山又受师责。还有一次，助一好友夫妇与峨眉派女弟子朱文为仇，眼看追上，不料尸毗老人出面，将所追峨眉女弟子和灵峤仙府一个后辈女仙强行夺去，回山向师哭诉。这次总算乃师为之做主，但仍不敢径寻峨眉派的晦气，借口峨眉派未与铁姝为仇，并还望影而逃，与之无干；只有尸毗老人强行出头，欺人太甚，意欲报复，却仍不敢当时就去。过了些时日，用晶球照影，看出对头四面楚歌，方始赶往赴约。那次时机不巧，对方敌人曾用仙法颠倒阴阳，隐蔽真情，好些事事前均未看出，以致失利。乃师总算见机，未等现出败象，当先遁走。铁姝复仇心切，还不肯就退，自恃带有九子母天魔，妄想乘人于危。不料到场强敌法力既高，并还专与魔教中人为难，整座火云岭神剑峰全都下有禁制。如非乃师知她性情刚愎，不肯就退，暗用魔法为之接应，几乎命都不保。铁姝经此一来，更加痛恨，自恃乃师当初炼九子母天魔时，为防神魔反噬，曾用铁姝为替身，师徒二人合力同炼，将来抵御天劫非此不可，任闯多大的祸，至多受罚；绝不会亲下毒手，和别的门人一样，当时处死，身遭惨杀，还受炼魂之祸。因而日夜气忿，筹思报仇之法。后又访出乃师平日引为后患的昔年强仇，已经一真大师佛法妙用，将元神炼成婴儿。法力较前更高，改名女神婴易静，投到峨眉门下，不久便要入居幻波池求取圣姑所留藏珍。此人最前生名叫白幽女，转劫三世，倒有两世为师父所杀，仇深似海，迟早非来报复不可。前数年，乃师还令门人打听她的下落，近年不知何故，不曾提起。及至回去一说，乃师声色不动，若无其事。后经再三怂恿，才说："敌人现已投到峨眉派门下，她师长妙一真人夫妇与我相识，这两人虽是正教中有名人物，一向与人为善，对于异派，并不忌恨。本门教规：人不犯我，我不犯人。况我九天秘魔玄经已早练成，多厉害的仇敌也奈何我不得，不足为虑。看她师长面上，只要不来我魔宫侵扰，便由她去。"当时因见乃师每日运用玄功，勤炼魔经，以为欲取姑与，谋定后动，仇敌师长法力太高，惟恐泄露之故，也未在意。过不多日，乃师忽命金姝、银姝去往峨眉庆贺开府，才知师父畏惧峨眉，不敢报仇，还想借此结交。想起本教以往威名，怕过谁来，一直气在心里。新近听说仇人已作幻波池之主，尽得藏珍、灵药，功力日高，已不可制，越想越恨。铁姝对赵长素谈时，还埋怨师父胆小怕事，甚是气忿。

赵长素心想："照今日敌人所用法宝和那道力，果如铁姝所言，甚至更盛。幻波池藏珍中，倒有好几件是自己的克星，如其全被得去，休说自己连经重创，惨败之余，非其敌手，便悍妻鸠盘婆欲杀此人，也非容易。"心胆一寒，猛生毒计。暗忖："如与此女明斗，绝非其敌，仇报不成，还要受伤。别的同党，有的已被正教诛戮，有的多年未见，不知底细，相隔又远。如将仇敌引往九环山鸠盘婆新辟魔宫，嫁祸东吴，固是极妙。只是急难之中望门投止，以悍妻为人，不但不会怜悯，必还尽情奚落。再要看破自己的阴谋，生出反感，就许将自己和敌人一同困入九连宫内，坐山观虎斗。自己如死敌手，她再发难报仇，固无幸理；便是自己侥幸得胜，也必历诉以前负心之罪，不肯轻易放过。不论胜败，均不好受，转不如设计诱激，借着别人将悍妻引出，既免嘲笑，还可免去应那昔年誓言。"想到这里，便不再行法抵敌。为防被人事前看出，拼耗元气，二次咬破舌尖，施展魔法，幻化出一个替身，朝着反方向飞去。又恐敌人误认，不来追赶，另现出一点真形，朝前飞走。其实，易静见神雷未将妖人困住，一面朝前急追，一面早用法宝查看，已看出妖人幻化替身，东西分驰，赵长素便不故意做作，易静也不至于扑空；赵长素再一显露形迹，易静对那幻影化身直如未见，便紧追不舍。易静性刚疾恶，本就不肯放过，加以赵长素存心诱敌，不住现形引逗，易静怒火更被勾起，绝计不将妖人追上，绝不罢手。双方飞行都快，不消片刻，便入了川边大雪山境。易静起初也曾疑心妖人故意诱敌，一见所行途向与鸠盘婆魔宫相反，没想到鸠盘婆已迁至此，以致疑心消失。

原来近年鸠盘婆因为大劫将临，所炼各种神魔过于阴毒，大犯正邪各派之忌，而前居魔宫高居山顶，炼法时又易被外人发现。新近又为报尸毗老人之仇，趁其坐关入定，前往暗算，不料也大败而归，并且失去至宝一件。回宫以后，越想越觉连树强敌不是好兆。想起自己所炼魔法虽极凶毒，从不无故害人。以前为了门下男女弟子淫凶为恶，并还清理门户，大加杀戮，重定严规，立下戒条，并非不畏天命。好些倒行逆施，均由昔年情场失意而起。如今祸在临头，不知何时就要发作，委实疏忽不得。心气一馁，顾虑便多，以为到处都是危机。本就认定西藏老巢不是善地，意欲觅地迁移，但恐铁姝等悍徒暗中讥笑，正在为难。这日金姝、银姝偶往大雪山中采药，发现深山绝壑之中有一奇景。归告乃师鸠盘婆，用晶球视影一看，竟是古仙人遗留的一座洞天福地。因为以前封山禁法未撤，长年满布阴云，地又十分隐僻，所以从来无人得知。妙在山脉与魔宫通连，中间并有几处天然洞径，稍为行法，便可通连一起，好生欢喜，当即移居在内，至今才只半年。又在万丈冰壑之下，相隔百里，另有一座洞府与之通连，原是前主人女弟子所居，外景尤为灵秀。因防外人发现，便命铁姝移居在内。旧日魔宫老巢，令一门人留守，也不弃去。为求慎秘，并用魔法隐蔽，将两处洞府入口封禁。只有赵长素一人听铁姝无心泄露，外人从未得知。

易静对旧魔宫原曾去过，一见所追途向不对，以为妖人夫妇有仇，前途不是妖窟，便是另一妖党所居之处。自恃法力，上次三探幻波池，那等惊险局面，并还隐身宝鼎之内，被那大五行绝灭神光线围困苦炼多日，尚且无害，何况年来道力精进，又有二十余件至宝随身，多厉害的邪法也奈何自己不得。可惜事前不知，毫无准备，否则只消将方瑛、元皓二人带了同来，哪怕敌人所居是在万丈冰山之内，也不怕他逃上天去。越想胆子越壮，一面暗骂："老妖孽无须诱敌，只要被我追上，休想活命！"一面暗中准备法宝和五行仙遁，并以全力紧催遁光，加速前追。打算只要追近敌人百丈以内，便以全力施为，同时发难，不等追到妖窟，先将妖人除去，免留后患。赵长素先还恐怕敌人半途而废，或是看破阴谋，先自遁走，白费心力，因而故意与追敌保持不太远的距离。后有两次连受敌人法宝追袭，几为所伤，看出厉害，才逃得远一些。追到后来，敌人遁光忽然加快数倍，差一点被追上，越觉厉害，哪里还敢引逗，忙以全力加急前飞，遥望前途已将到达。想起昔年何等威名，只为害人太多，致为天蒙禅师所败，魔法、异宝多被破去，今日连个后生小辈均敌不过，反倒求助昔年门下。越想越难受，但又无计可施。一按魔光，正要往下飞降，下面阴云浓雾忽似狂涛一般往上一合，立被卷了下去。当地原有魔法禁闭，外人到此，只见到处冰峰刺天，雪岭入云，大片冰崖绝壑，冻云弥漫，冷雾昏茫。休说常人，便是慧目法眼，也不能透视到底。加上阴风怒号，雪尘飞舞，全是一派幽冷阴森凄厉之景，谁也不愿在此停留。万想不到，绝岭下面还有偌大一片奇景。即便得知，有那魔法层层禁制，中间一带更有魔火、金刀之险，多高法力也难冲破。

易静本用众生环查看逃敌踪迹，向前急追。嗣见妖人亡命飞逃，伎俩已穷，急于追杀，末了一段，恰未用众生环查看，一时疏忽。遥望妖人已快追近，相隔不过二三里之遥，脚底乱山纵横，到处均被冰雪堆满，前面冻云惨雾越来越厚。正追之间，妖人忽然穿入前面密云浓雾之中，看神气，似正掉头向下，近前再看，已杳无踪。忙取法宝查看，不论何方，均看不出丝毫影迹。心正奇怪，忽听妖人咒骂之声发自下面。又有一个女子似朝妖人数说喝骂，仿佛妖人被那女子擒住神气。声音来自崖底，听去甚深，只不真切。暗忖："这等荒凉幽寂的雪山危崖，难道还有仙灵隐居不成？"心念才动，忽然一阵香风吹过，十分浓烈，好似夜合花的香味。心疑有异，运用慧目注视，前面仍是一片昏茫，布满愁云惨雾，也分不出地形高下。

因那香风一阵接一阵由身后顺风吹来，方觉出花香奇怪。猛一回顾，脚底云雾开处，忽现大片奇景。原来身后乃是一片又宽又大，其深数千丈的冰崖绝岭。本来上面布满愁云惨雾，转盼之间，那壑中万丈愁云一团团疾如奔马，正往四外涌去，现出一片数亩宽的云洞。俯视下面，山原绣列，山光如笑，清丽绝伦，居然有山有水，有花有树。所有山峰，均不甚高，估计最高的不过七八十丈，但都玲珑秀拔，宛如二三十根碧玉簪倒插在锦原绣野，清泉白石之间。山巅水涯，现出好些金银宫阙，玉楼飞阁。更有好些珍禽奇兽，飞舞往来，意态悠闲。虽不似小寒山那等清空灵淑，而富丽堂皇只有过之。易静暗想："凝碧仙府也是深山地底，莫非此是地仙宫阙？妖人无心犯禁，已被擒住，主人特地开云引我出见，也未可知。"易静原极细心，虽觉花香奇怪，因见无甚邪气，也就减了疑虑。本来还想仔细查考，忽听妖人又怒啸了两次，又有主人笑语之声，急切间也没想到，凭自己的听力，上下相隔不过二三十丈，笑语之声已经入耳，又在留神查听，怎会一句也听不出？始终认为妖人已被主人擒住，想是得道年久，行辈较高，欲令自己亲自去见，将所擒妖人当面交付，否则不会如此。即便话不投机，万一遇见妖党，凭自己的道力法宝，也非所惧。略一寻思，便按遁光往下飞降。

易静到地一看，比起由上望下又是一番光景。景物之奇还在其次，最怪的是偌大一片地面，到处花树成林，香光灿烂，繁艳无比，已是从来少见；而那些楼台殿阁，又都是金银珠翠、美玉珊瑚之类建造而成，处处显得繁华富丽。分明是仙景，不知怎的，总觉得带有几分火气。先前所闻妖人和女子喝骂笑语之声早已停止。楼台房舍甚多，到处静悄悄，不见人影。心想："对方如存敌意，不应如此光景。初次到此，不知主人姓名来历，不便冒失。"意欲往那就近楼台殿阁之前，自吐来意，通名求见。为示谦敬，又存好奇之想，已经深入主人境内，也未飞行，一路暗中留意查看，戒备前行。初意那些楼台相隔不过二三十丈远近，转眼可达，因见景物繁富，一路观赏，也未留意。及至走了一阵，偶一回顾，先见好些楼台殿阁均已落在身后。当时因见景物宁静，除却富贵气重，到处金碧辉煌，异香浓烈而外，看不出别的警兆。以为沿途观景，将路走差；或是一时分神，忽略过去。并未想到深入重地，已陷埋伏之内，危机瞬息，将快发难。第二次恐又错过,看准地方,再往前走。不料走着走着,微一分神旁顾,前面金碧楼台忽又不见。再一回顾,却又到了身后。

易静功力甚高,上来不过闻到魔香,一时疏忽,暂时迷糊,本身元灵坚定,并未丝毫摇动。一经警觉,立时省悟,忙用玄功镇定心神,当时灵智恢复,重返清明,只仍未想到主人存甚恶意。暗忖:"凭我三世修为,慧目法眼,眼前这点地面,怎会走过都不觉得?主人分明有阵法布置埋伏,但不知是何用意。孤身深入,对方来历姓名从未听人说过,不可冒失行事。看妖人到此,只先后怒骂吼啸了两次,便不再有声息,可知主人不是寻常人物。虽然自信无疑,到底小心些好。"念头一转,仗着所用法宝均与心灵相合,又擅本门潜光蔽影之法,非到应敌出手,敌人绝看不出。于是把师传七宝和下山时所得幻波池藏珍中最具防身功效的几件准备停当。表面却装作没事人一般,仍旧从容而行,一任沿途楼台殿阁相继变幻,往后移退,故作受迷不解,仍顺山径往那建有楼舍的大小群峰之中走去。魔法尽管长于变化颠倒,终瞒不过易静一双法眼,这一留意,早看出敌人所用乃是颠倒挪移之法,那二三十座小峰便是阵地。沿途所见金银楼阁,与先前上空所见一样,仍在原处,并未移动。后来所见,乃是主人暗中行法,将原有楼阁行法隐蔽,再将虚影摄去,使在前面出现,诱敌入伏。所以目光微一移动,便自失踪。主人真意虽不可知,这等对客,纵非为敌,也实狂傲无礼。想了一想,觉着可气:"你既试我深浅,我也乐得卖弄,相机应付,使你看看本门弟子不是好欺,免得你夜郎自大。"

易静边想边走,心正寻思,忽见前面枝头满缀繁花,高约数丈的花林之内,走出两个垂髫女鬟。那片花林望去密层层,灿如锦云,花山也似,树高数丈,粗可合抱,形似牡丹。繁花密蕊,千叶连合,奇香浓烈,熏人欲醉。地上浅草如茵,上面满布落花,均未残败。望去宛如一片翠毡,上绣无数五色牡丹,鲜艳无伦。那两女鬟年约十二四岁,生得雪肤花貌,娇小娉婷,十分动人怜爱。各穿着一身雪也似白的罗衣,腰系淡青丝带。一个肩扛一根鸭嘴花锄,上挑六角平底、形制精巧的花篮,内放五六朵各色大小鲜花;一个腰佩长剑,手持白玉拂尘。二女由花林深处从容款步而来,并肩笑语,态甚悠闲,对于易静竟似不曾在意。易静见这双鬟生得美秀绝伦,又吃当地景物一陪衬,人面花光,交相掩映,瑶岛仙娃,仿佛相似。

暗忖:"侍女如此,主人可知。也许是位得道多年的前辈地仙,因嫌自己未先通名求见,故意相戏。"方在暗笑主人量小:"既助我把妖人擒住,落得卖个人情,偏有许多做作。"忽见双鬟本朝自己这面走来,快要临近,忽然侧转,往右走去。易静见她们旁若无人之状,忍不住唤道:"二位姊姊留步。此是哪位仙长洞府?"佩剑的一个转身笑道:"你是哪里来的?"易静见对方笑颜相向,人又那么美好可爱,素日光明磊落,从不肯说一句假话,忙笑答道:"我乃峨眉山凝碧崖妙一真人门下弟子易静。令师是哪位仙长,可容拜见领教么?"持花篮的一个面容忽变,冷笑道:"贱婢已入死地,你和她有甚话说?"易静方喝:"尔等为何口出不逊?叫你师长主人出来见我,免伤和气。"话未说完,双鬟同时一声冷笑,把手朝侧一指,喝道:"不知死活的贱婢,你自看去!"易静闻言,往侧一看,面前倏的一暗。就这晃眼之间,双鬟不见,所有楼台殿阁,繁花美景,一齐失踪。面前现出一座十来丈高大的牌坊,上现"万劫之门"四个大字,其红如血。一片暗赤色的浓影,天塌也似,比电还快,当头下压。身子立陷入万丈红海之中,上不见天,下不见地,四外昏茫,一片殷红如血的浓雾将人埋在里面,隐闻血腥之气刺鼻难闻。

易静原是道家元婴炼成的形体,又曾在一真大师门下,对于佛、道两家均有极深根底,又得峨眉真传,这类邪法自难侵害。何况身带法宝甚多,早有防备,尽管深入重地,敌人发动极快,仍是无用。无如命中该有这次灾难,到此境地,仍把对方当作一个旁门中的能手,没想到会是平生夙仇。见状大怒,一面运用玄功,施展法宝,将身护住。正待出手还攻,破那邪法,忽听另一少女用本门传声急唤道:"被困魔阵的可是幻波池易师伯么?"易静听这少女语声宛如鸣玉,清脆娱耳,似由地底发出。暗忖:"此是何人门下,怎会在此?好在敌人这类阵法,还难不倒自己。"便先停手,忙用传声回问:"我正是幻波池易静,追一老妖人误入埋伏。你是何人门下,叫甚名字?"小女忙答:"弟子叫石慧。家师是凌云凤。因寻家师未遇,途遇一女异人,故意相戏,追来此地,被魔女撞见,强要收徒,仗着本门地遁之术,逃来地底潜伏。本来魔女害我容易,无如弟子得那异人指教,逃时乘机偷了她一件要紧东西,她要追逼太紧,便用本门石火神光与之同归于尽。魔女既有此顾忌,又想收我为徒,暂时不肯杀害,只得把地底四面封禁,想断弟子逃路。其实，弟子因得家祖父石仙王的真传，只一沾地，不论万丈石土，均能穿透。因奉那女异人之命，在此等候师伯，不敢离去，好些都是故意做作。魔女凶毒异常，直无人理，她见妖阵无功，医好老男魔后必定亲来。此时无暇详说，且等师伯与魔女斗过一阵，将其打败，再用法宝、神雷朝下猛冲，只要把地面攻破一洞，弟子便可出土，来与师伯会合，一同应敌，那时再说不迟。"

易静本听金蝉、石生说起过凌云凤与南海双童收服秦岭石仙王关临之孙石慧、石完二人为徒经过，一听是石慧，好生欢喜。闻言还未及答，忽听恶鬼哭啸之声，凄厉刺耳。同时眼前一花，先是四外现出无数大小白骨骷髅，一个挨一个，密层层叠在一起，都是绿发红睛，面容灰白，口中獠牙利齿森森外露，口喷血焰，互相厉啸，似在唤人名字。全阵又被殷红如血的暗雾布满，衬得万千恶鬼的形态越发狞厉，看去怖人。易静虽听石慧说敌人是个魔女，因那地方与昔年所见魔宫东西相差好几千里，近年又未听说仇敌移居的话，仍未想到强仇大敌近在咫尺，转眼将发生恶斗。仗着法宝、飞剑神奇，早在暗中准备停当，一见恶鬼成群拥来，故意隐忍不发。待其快要拥近身前，突然厉声喝道："无知邪魔，不敢决斗，却叫这类受迫无奈的凶魂厉魄前来送死。"说罢，冷不防将师传七宝连同别的两件法宝、飞剑一齐施展，立有大片宝光齐射精芒，朝众恶鬼冲射过去。紧跟着左手六阳神火鉴，右手太乙神雷，连珠也似四外乱打。那群恶鬼均是铁姝多年聚炼的凶魂厉魄，名为七二神魔，虽极厉害，如何能是易静的对手，这类恶鬼经多魔法祭炼，均具灵性，早就觉出敌人暗中有极强烈的剑气防身，未敢当时进逼。无奈魔女法令如山，魔阵已被催动，稍微后退，所受惨刑有胜百死。没奈何，只得口中悲啸，狂喷血烟，意欲缓进。谁知敌人发动甚快，威力更大得出奇，前排恶鬼首当其冲，被宝光神雷震散消灭。后面的前进不敢，后退不能，吃六阳神火鉴、太乙神雷联合夹攻，也是纷纷倒退，化为一团团的黑烟，微一滚转，只听一串卿卿啾啾和惨号厉啸之声，便化为乌有，当时消灭了一大片。

易静知道这些恶鬼害人甚多，正用飞剑宝光四面扫射，太乙神雷连珠猛击，杀得正高兴头上，耳听石慧地底传声疾呼："师伯留意，魔女来了。"声才入耳，猛又听一声极尖锐的厉啸，眼前血光一闪，黑影飞动中，现出一个臂腿赤裸,上穿翠叶云肩,下穿翠羽短裙,肤白如玉,面容冰冷,头插金刀,目射凶光的长身少女。定睛一看,不禁怒从心起,原来那女子正是铁姝。仇人相见,分外眼红。因知魔女邪法高强,不可轻敌,寻常法宝、飞剑无甚用处,开头便将师传七宝中的阿难剑发将出去。

自古邪正不能并立。魔女铁姝更是天生凶狠刚暴之性,自来有她无人,仗恃练就神魔和诸天秘魔玄经,自信无敌。本身魔法既高,以前所遇敌人又多旁门中人和海外隐居的散仙修士,不是其敌手;或是震于鸠盘婆的凶威,十九退让,自认晦气。有那少数不见机的,多遭残杀,连元神也被摄去,受那炼魂之惨。铁姝自从出山,多少年来不曾失利,于是夜郎自大,越发骄狂。平日自称"顺我者生,逆我者死",无论何人,均未放在眼里。及至前数年,为了天门神君林瑞,初与玉清大师为敌,便遭惨败,由此对正教中人恨极。但因乃师畏惧天劫,不许向正教中人生事,虽常腹诽,毕竟魔规严厉,不敢违背。只在暗中作祟,凡与正教中人为敌的妖邪,必以全力相助。不料第二次又将所炼神魔失去,等到得信前往寻仇,又遇尸毗老人,大败而归。本在咬牙切齿,无计可施,难得魔头赵长素将仇敌引上门来,如何还肯放过。明知仇敌法力高强,远非昔比,但以天性凶横,自负所炼魔法厉害,当地又布有极厉害的魔阵,十九可以成功。一时疏忽,忘了一件最重要的令符元命牌,前日被一不知姓名的少女巧得了去,尚未取回,好些吃亏之处。如非赵长素再三力劝,说仇敌已将幻波池藏珍得到,法力甚高,不是寻常,直恨不能当时挺身出斗。总算听了老魔之劝,强捺怒火,将敌人诱入魔阵内,然后发难。先还以为准备停当,不怕敌人飞上天去。一见敌人也是怒火上攻,方要开口喝骂,一道金光已电掣飞来。

铁姝素来骄狂,冷笑一声,扬手便是九柄碧光闪闪的飞叉,乱箭也似朝前冲去。满拟动作神速,只用一两柄便可敌住对方飞剑,下余上前夹攻,敌人只要沾上一点,便无幸理。何况敌人已陷魔阵之中,还有好些魔法妙用同时发挥威力,法力多强也禁不住。哪知易静一见铁姝现身,便知中了妖人之计,新仇旧忿,同时勾动,立意要制铁姝死命。心虽痛恨,但因魔法厉害,自己初来,虚实不知,又想起数中应有的灾难,越发不敢大意。因而把随身法宝、飞剑光华早隐,只六阳神火鉴正在追杀恶鬼。上来先将阿难剑朝前飞去,暗中又发出一粒灭魔弹月弩和圣姑留赐的降魔至宝紫霆珠。铁姝一味恃强，哪知厉害，飞叉与阿难剑刚一接触，觉出不是寻常飞剑之比，心方一惊，豆大一粒紫光突然爆炸，震天价一声霹雳过去，精芒电射，紫火星飞，那朝敌人进攻的八柄飞叉立被震断了一多半，不由又惊又怒。忙想行法回收，未容施为，紧跟着又是酒杯大小一团银光打向飞叉丛中，也是当时爆炸，将所有飞叉一齐震碎。那紫色雷火毫光一震之后，并未消灭，反似火浪般往上一涌，将残余的断叉残光包围在内，发出大串连珠霹雳之声，全数消灭。

铁姝心痛至宝，忿急之下，微一疏神，那柄主叉又被阿难剑裹住，投入雷火丛中，一片爆音过去，也同化为乌有。最厉害的是来势万分猛烈，神速无比，才一入眼，休说行法回收，连念头都不容转，便已消灭。当时忿火中烧，怒发如狂。方想另用邪法异宝取胜，谁知敌人比她更快，眼前倏的一亮，十余道宝光剑光，有好几件降魔至宝在内，六阳神火鉴威力更是神妙，如何能当。铁姝也是气运将终，初时明明见六阳神火鉴宝光所照之处，多年苦炼的七二神魔宛如雪团向火，纷纷消亡，怒火头上，竟会忘了利害。前与尸毗老人拼斗，已伤耗了不少元气，尚未恢复，哪禁得起专破群魔的乾天纯阳真火焚烧冲射。先见宝光剑气纵横飞舞，霞光万道，耀眼欲花，还在暗骂："我练就八九玄功身外化身，神通广大，魔法高强，贱婢法宝虽多，能奈我何？"正想施展分身化形秘魔大法幻化元神，就势暗中制敌死命，猛瞥见宝光丛中飞来六道相连，形如两个乾卦的青光。想起先前那些神魔便为此宝所伤，必定厉害，怎的光并不强？心虽微动，还没料到仇敌深知她的功力虚实，以退为进，到了时机，再冷不防乘机发难，一齐施展。满心妄想伤敌，不曾在意，忽听赵长素大喝："此是乾天纯阳真火，铁姝留意！"心方一惊，敌人身外十来道各色宝光突然合围而上，那乾卦形的青光立即射上身来，一任长于神通变化，依然措手不及。总算飞遁神速，见势不佳，咬破中指向外一弹，立有一片血焰拥着一条化身，朝那宝光神火撞去，本身就此遁走。因为前后几次吃亏，元气大伤，以致日后死在一个凡人之手，暂且不提。

铁姝背运当头，好些魔法神通均未用上，才一上场，便遭此大败，心中更加痛恨，一声厉啸，黑烟一闪，人又隐去。易静恨极仇敌，一看当日形势，知道鸠盘婆师徒骄横残忍，惟我独尊，照例门人对敌，有胜无败，铁姝一败，必定出场。何况铁姝魔法已得乃师真传，伎俩实不止此，自己不过占了应敌神速和几件降魔至宝的光，敌人受创不重，自己的难犹未已。此时危机密布，罗网周密，想要脱身，固是艰难。即便仗着法宝之力冲出重围，仇敌师徒来去如电，晃眼仍被追上，定数所限，不能避免。与其示怯，还不如就此与之一拼，将这最末一次难关渡过，也让各派妖邪看看峨眉派的道力。心念一转，便不再作脱身之想。正在静以观变，忽听铁姝咒骂悲啸之声若远若近，似哭非哭，凄厉刺耳，令人心旌摇摇，闻之生悖。魔女原意是借着老魔头惨败来投的机会，想把事情闹大，使乃师觉得仇敌已追到门上，不能再装糊涂，置之不理。只要把乃师激怒出场，便可报仇。而鸠盘婆本人对于易静，虽认为将来是一个大害，终以顾忌太多，此时又正神游在外，并未想到当日竟会发难。

易静却不知道，一听哭喊之声，知道敌人正在用呼音摄神之法，想要暗算。忙运玄功，镇定心神，接口骂道："无知女魔鬼，你那呼音摄神之法，只好欺侮凡人和左道妖邪，如何能够伤我？此时你还不曾伏诛，先哭作甚？你师徒恶贯已盈，便无昔年杀身之仇，早晚也必为世除害。反正须决一个死活存亡，既被你们引到此地，正好了断，此时有你无我，有我无你。可叫老魔鬼速出纳命，无须藏藏躲躲，装腔作态，首鼠两端，平白丢人。"

易静说罢，魔女并未再现，只听阴沉沉冷笑了两声，底下便没有声息。那身外暗雾，越发浓密。跟着万丈血云，似狂涛一般涌到，晃眼便被包没在内。易静昔年尝过魔法味道，深知厉害。一想恶斗将要开始，宝光已无须隐蔽，打算将防身宝光大都发出，只将几件降魔至宝暗藏在内，到时出其不意，给敌人一个重创。忽听身前不远，赵长素喝骂道："易静贱婢！无故伤我徒子徒孙，又将我断去一臂。现已陷入血河阵内，任你多大神通，也必化为脓血而亡，连元神都保不住了。"易静当日临敌，因知是本身成败关头；又因近读仙示，有二十余日灾难，反正不能避免。因此一上来便稳扎稳打，抱着以静制动的主意，沉着应战，全神贯注，已不是三探幻波池那等心浮自恃。一听发话的是老魔赵长素，先不发作，只是暗中准备法宝，照准敌人发话处，冷不防加以猛击。忽听石慧地底传声说："师伯先莫动手，弟子持有祖父所赐一件奇珍，无论相隔千百丈的山石土地，均如掌上观纹,多厉害的邪法也能透视。惟独魔女的玄功变化比电还快,就能看出也无可如何,其他均可一望而知。这说话的是个断臂老魔,就在师伯身前不远,但有邪法防身,飞遁也是极快,看似想用邪法暗算神气。时机未到以前,师伯先不要动,以免一击不中,打草惊蛇,于事无补。还有弟子日前曾将魔女镇摄神魔的一面白骨令符九天元命牌得到手内,弟子曾对她说,再如强迫,或用魔法暗算,弟子便用家传灵石神雷将那令符炸毁,与之同归于尽。铁姝为此顾忌,虽将弟子困住,不敢动强,便由于此。师伯最好暂时不动,少时照着弟子所说下手,必能成功。"

易静原因魔法厉害,全阵已成血海,浓如胶质,休说慧目法眼不能透视,便用众生环查看,也只稍微看出一点影迹。最奇的是万丈血海之中鬼影幢幢,闪变不停,为数甚多。赵长素似因以前吃过大亏,隐形之外,并还施有邪法防身,幻化出好些替身,杂在群鬼之中,不时飞舞闪变,隐现无常,急切间不易分辨真假。魔女铁姝更不见有丝毫影迹。偶然发现几缕黑烟往来飞动,都是比电还快,一瞥即隐,是否魔女本人也难断定。既不打算突围逃走,敌人邪法又刚刚开始,反正要被困些日,也须上来挫她一点锐气。正苦无从入手,一击不中,反为所轻,一听石慧这等说法,好生心喜。暗忖:"前闻此女十分灵慧可爱,想不到初出茅庐,便有这等过人胆智。她仗着家传地遁,穿山逃走,本极容易。为了帮助自己脱难,苦守在此,果然可嘉可爱。"忙用传声回答:"所说甚是有理。如若看准妖人真形,随时报知。"又说,"此时敌我势不两立,反正要拼个死活存亡,何时相见都是一样。我凭法宝神雷威力,将地面震穿一洞并非难事,只要你说明地点,立可震穿魔网,出土相见。彼此合力应敌要好得多,为何还要等候?"石慧答以曾受异人指点,时机未到,还要等候些时。易静还未及答,忽听阴风怒号,鬼声啾啾,哀鸣怒啸,宛如潮涌,声外血云被数十丈方圆的防身宝光罩住,不得近前。不过除比以前更浓密而外,并不见风。

易静用众生环查看,见血海中还隐藏着好些恶鬼头颅,全都大如车轮,红睛怒凸,绿毛森森,塌鼻阔口,露出上下两排利齿和两根交错的獠牙,二目凶光远射丈许,全都摆出一张似哭似笑的鬼脸,浮沉血海之中,望着自己不住欢笑飞舞,似欲得而甘心之状。若不用宝环查看,便看不出恶鬼影子。方料魔女想用所炼神魔暗中加害,忽听群鬼厉啸声中一声怒喝,面前血光一闪，突现出一幢黑烟，聚而不散，矗立血海之中，烟中裹着魔女铁姝，正在戟指咒骂。易静见魔女二次出现，已换了一身装束，依然裸臂露乳，面容死白。上身披着一件翠鸟羽毛和树叶合织而成的云肩，色作深碧，光彩鲜明，后面露着脊背，前面仅将双乳掩掩。下半身是一条同样面料的短战裙，略遮后臀前阴。本来玉立亭亭，加上楚腰一捻，柔肌胜雪，周身粉滴酥搓，通无微瑕，侧面看去，丰神艳绝。偏生满脸狞厉之容，碧瞳若电，凶光远射，柳眉倒竖，隐蕴无限杀机。左肩头上钉着五六把尖刀，亮若碧电。刀柄上各刻有一个恶鬼头，看去不大，但都形态生动，宛然如活。左膀上另钉着九柄血焰叉，光焰熊熊，似欲飞起。右前额也钉着五把三寸来长的金刀和七枝银针，全都深嵌玉肌之内，好似天然生就一样。秀发如云，已全披散，发尖上打着好些环结，前后心各有一面三角形的晶镜，腰间左插令牌，右悬人皮口袋。右手臂上还咬着五个茶杯大小的死人骷髅，与暗藏血海中的恶鬼相貌一般狞厉。通体黑烟围绕，载沉载浮，凌空独立血海之中。那么浓厚的血云，相隔又远，竟如镜中观物，纤毫皆见。

易静知道妖女恨极自己，全身披挂而来。那些魔法异宝、血叉金刀之类，还在其次，最厉害的是与先前所穿大同小异的云肩战裙和腰间所悬人皮口袋，一名秘魔神装，一名九幽灵火，同为赤身教镇山之宝，各有威力妙用，厉害非常。魔女既然全用出来，鸠盘婆必在暗中主持。自己还要被困多日，非先挫敌人锐气不可。心念才动，忽又听石慧地底传声疾呼："师伯留意，时机将至。这魔女除她甚难，只可少时用那令符试她一试，能否成功，还拿不定。倒是方才逃来老魔鬼现藏魔女身右，与魔女并立，相隔不过数尺，手持一弓三箭，箭头上已发出暗紫色的魔焰，中杂无数细如牛毛的魔针，指定师伯，似要发射，又似有甚顾忌，欲发又止。照弟子所遇异人指教，等到了时候，师伯只听弟子招呼或地底雷声，可用六阳神火鉴照定雷鸣之处，再用先前所发紫色神雷打下，便可将魔法封禁的地面震穿一个大洞，弟子立可飞出，与师伯合力拒敌了。"易静闻言还未及答，魔女见敌人在好几层法宝剑光笼护之下，目注自己，神态从容，一任厉声咒骂，直如未闻，不知敌人正朝地底传声。更没防到前日所困少女竟受异人指点，有意而来，初见时好些都是故意做作。因闻敌人男女同门人多势盛，内中有不少能手，下山行道时，又各赐有一面传音法牌，无论相隔千万里，只要将牌轻击，立可传声发话。同党接到信号，立时纷纷来援，神速非常。敌人此时不动，想是知道魔阵厉害，上来出其不意，略占一点上风，便改攻为守，暗发传音法牌，向众师长、同门求援。想起近年所闻峨眉派师徒的威势和乃师平日之言，尽管平素骄横，也颇惊疑。暗忖："这里虽然地势隐僻，敌人同党仍能跟踪寻到。即便魔法禁制埋伏重重，仇敌师长多半闭关有事，未必会来，这班小狗男女虽然入门不久，偏是得天独厚，各有两件仙、佛两门中的至宝奇珍，从未听说他们败过。近闻人言，连丌南公、九烈神君那么高法力，全都吃亏而去。万一纷纷赶到，委实不易应付。再要把几个专管闲事，和峨眉交厚的老鬼如神驼乙休、凌浑夫妇、嵩山二老之类引来，更是惹厌。虽然近年九子母天魔已到功候，一部诸天秘魔玄经也全精通，无如两次和尸毗老魔对敌，元气伤耗太过。师父已近不死之身，自己却是功败垂成，至少要炼一甲子才能复原。不比以前，仗着神通变化，还可与人硬拼。照此情势，必须在仇敌援兵未来之前，将其杀死，才可报仇除害，稍出胸中恶气。"心念一动，顿犯凶性，怒骂："贱婢先前耀武扬威，此时为何胆小，噤若寒蝉？"随即将左膀微摇，肩膀上魔刀和九柄血焰金叉当先飞出。紧跟着又将右额一拍，右额所钉金刀、银针也各相继电射飞出，朝易静夹攻上去。

易静问答已完，笑骂："无知邪魔，你便把全副家当施展出来，也难免于送死。至多把衣服脱去，卖弄你那无耻下作的勾当，能奈我何？今日如非立意除你师徒，破阵飞走不过举手之劳。再者，老魔尚未现形，想看你师徒凶横多年，到底有何伎俩。你当我真个静守不动么？"说时将手连指，身外宝光突然大盛，兜率宝伞首先暴长，发出万道毫光，宛如一座金光祥霞结成的华盖，将人笼罩。下面又有一片金云将人托住，盘坐其上。铁姝那九柄血焰叉带着血焰金光刚一飞近宝伞之下，突飞起一蓬形似彩丝的云网，暴雨一般向前激射，只一闪，便将几叉一齐缠紧，缩在一起。魔女刚认出那形似彩丝，具有九色的云网，是师父常说幻波池圣姑昔年所炼降魔十四奇珍中的九曲柔丝，暗道不好，忙即行法回收，已是无及，连同发出的魔刀也全被网住，缠了一个结实，休想挣脱分毫。因这两件法宝乃鸠盘婆新近所赐魔教奇珍，与先前仇敌所破魔叉不同，威力甚大，并还专污正教中的法宝、飞剑，不料才一出手，便被敌人网住。恐后发出来的魔刀、魔针同样被人网去，慌不迭收了回来。然后行法收那另外两件法宝，不料连收两次不曾收回，以为敌人想将二宝收去。忽想起刀叉上面的血焰黑烟阴毒无比，得隙即入，敌人稍微沾着一点，便如附骨之疽，任是多高法力，也必昏迷倒地，周身溃烂，化为一摊脓血，万无生理。意欲将计就计，任其收去，到了敌人宝光层内，再行发难。猛瞥见对面宝伞下又飞出酒杯大小三团寒光，才一入眼，已投入彩网之中，叭叭叭接连三声大震，银芒电射，彩云飞舞中，大蓬金花血雨在彩网里面闪得一闪，那九口血焰金叉和那魔刀已全被敌人消灭。这些均是鸠盘婆新传，能与铁姝心灵相连之宝，又只瞬息间事，休说防御，连念头都不能转，便已消灭无踪。经此一来，元气大伤，如何不恨。换了别的敌人，还可施展玄功变化和呼音摄魂等极厉害的魔法，制敌死命；而易静偏是道家元婴炼成，又有好些仙、佛奇珍防护全身，只有师父所炼九子母天魔，用三十六日苦炼之功，才能将其精气元神吸尽，别的魔法均用不上。

铁姝再一想到师父法令素严，对于门人曾下严令，不许与正教为仇，尤其是对峨眉一派。上次追赶朱文，事后还曾埋怨。今日虽是敌人上门送死，又是师父夙仇，未来大患，无如师父从未吐过口风。而且敌人所追偏又是师父平生痛恨，认为忘恩负义的旧情人。自己和敌人斗了这一阵，敌人并还口出恶言，说她此来是为报仇除害，并将本门至宝和七二神魔消灭好些，分明欺到头上。照师父为人，纵因仇敌道浅力微，不值亲自出手，也必用传声指示机宜，为何全无动静？即便忘却旧仇，也不应如此甘受人欺。必因老魔头在此，心中怀恨，有意隔岸观火，以致自己连带遭殃，还失去好些法宝、神魔。悔恨情急之下，暗忖："师父性情刚愎，因为老魔忘恩负义，曾有永不再见，见则除非老魔悔祸，照着昔年向本命神魔所发誓愿，甘受师父九百魔鞭，自刺心血，献与神魔，才可化解。否则双方必有一伤，绝不两立。势已骑虎难下，有心遣走赵长素，无奈方才话说太满，无法改口。再如相持下去，就许被敌人将血河大阵连同诸般法宝一齐破去，遗羞师门，还要身受严罚。"不禁咬牙切齿，悔恨愁急，打不出主意。

赵长素老奸巨猾，见铁姝魔法无功，连遭挫败，而鸠盘婆又始终不见出面；敌人则只守不攻，所用法宝也已收回。听那前后口气，分明和悍妻师徒势不两立，自己便不引鬼上门，早晚也许一斗。悍妻此时不出面，分明是因为自己。暗忖:"你常骄横好胜,铁姝是你爱徒,如若连遭惨败,将所有魔宫至宝一齐失去,看你是否还能置之不理?"心念一动,立时喝道:"铁姝!你身旁现有至宝,为何不用?"

第三〇八回　宝鉴吐乾焰　一击摇芒弹月弩
　　　　　　　鬼声逃魅影　满空飞血散花针

　　铁姝见连番失利，未免情虚。虽知秘魔神装、人皮口袋两件镇山之宝和手背上三枭神魔尚还未用，但因敌人身旁带有好几件伏魔至宝，有的尚未见用，师父平日说得那等厉害，惟恐和前发诸宝一样，又被敌人破去，不出手又恶气难消，心正迟疑。听赵长素一说，立即被提醒。暗忖："人皮口袋中贮九幽灵火，甚是阴毒，无孔不入，已极厉害。秘魔神装更是师父开山以来第一件至宝，与本命神魔灵感相通。师父并未说过幻波池珍藏能够破此二主，何不一同施为，再将三枭神魔同时发出？只要敌人宝光稍露空隙，立可成功。"主意打定，便即施为。怒火头上，竟忘了这三件法宝，倒有两件与所失令符息息相关。魔女刚一发难，易静也得到石慧传声，说老魔头手中魔弓二次拿起，只等魔箭发出，便是下手时候。易静刚答"如言行事"，铁姝已将人皮口袋一拍，立有好些鬼气森森，形似寒灯残焰所结灯花的幽灵阴火飞起。

　　自来邪法异宝来势均极猛烈，鸠盘婆所炼九幽灵火却是不同。发时先是三五点鬼火一般的亮光冉冉飞出，光既不强，来势又缓，每朵鬼火下面，各有一团似人非人的黑影。易静连用慧目法眼也看不真切，只管飞扬浮沉于血海之中。到了近前，也不往宝光上撞，只是在敌人身外环绕不动，一闪一闪的，别无他异。不知怎的，看去那么阴森凄厉，使人生出一种幽冷之感。易静不知此宝详细来历，一见是魔女恶狠狠最后发出的，料非寻常，意欲看明形势，再行下手，未免多看了两眼。正注视间，鬼火下面的黑影渐现原身，相貌并不十分狞厉，但都断手断脚，残缺不全。为首一个只剩多半边身子，白森森骨瘦如柴，前胸已腐，血淋淋的，五脏皆现，上面却顶着一个肥胖浮肿的大头，还咧着一张阔口。下余不是面如死灰，便是绿黝黝一张鬼脸，口中喷着白沫，再衬着头上稀落落几根短毛，越发使人烦厌作恶。有的纯是一个陈死骷髅，大仅如拳，色如土灰，本是一个死人头骨，上面偏生着两片新肉，烂糟糟的，说不出那等难看。有的连头带身子全都没有，只剩一两只残破不全的手足，不是白骨瘦长，形如鸟爪，便是又短又肥，宛如新切断的人手足，却生得又白又腻，红润鲜艳。各顶着一朵鬼火，发出吱吱啾啾的悲啸，闻之心悸神惊，说不出那一种阴森愁惨的景象。

易静那么高道力的人，微一疏神，目光便被吸住，连打了两个寒噤。知道厉害，又惊又怒，忙运玄功，刚一收摄心神，就这晃眼之间，忽然满阵皆火。匆促之间，竟未看出如何化生出来。阴风鬼气，越来越盛，那悲啸鬼哭之声，说不出那么难听。那些鬼火也不朝人进攻，无形中却具有一种极微妙的凶威。最厉害的是耳目所及，心神便受摇动，丝毫松懈不得。易静久经大敌，知道敌人伎俩还不止此，内中必还藏有别的变化。好在防身有宝，又是元婴炼成，好些魔法均难侵害。上来便豁出受这一场险难，没打当时脱身主意。心想："敌人发动越迟，越可多挨时候，少费好些心力。不是举手成功，绝不还手，看她闹甚花样。"心正寻思，铁姝等鬼火将人包围，准备停当，突把双臂一摇，黑烟飞动中，人便不见，化为一条黑影，在碧光笼罩之下，朝着易静扑来。易静知是魔女元神变化来攻，看似无甚奇处，内中却藏有阴谋毒计。忙将心神守住，暗中准备，静以观变。

魔女原因敌人法力甚高，不是寻常所能侵害，上来先不发挥全部威力。满拟九幽灵火无孔不入，敌人必以神雷法宝还攻，只要双方宝光冲动之际，稍有一丝空隙，立可乘虚而入。哪知这一次敌人竟似有了成算，一味坐视不理，元神又极坚强，不受摇惑。怒火头上，把心一横，立运玄功，把本身元神飞起，在秘魔神装防护之下，拼着元神受点伤害，意欲带了九幽灵火，朝敌人宝光层中强行冲入。此举凶毒非常，易静虽有兜率宝伞、六阳神火鉴和紫霆珠，又均是专破魔法的奇珍，虚惊仍所不免。眼看危机就要暴发，易静还未看出厉害，一见魔女元神对面猛冲，以为敌人仗着变化神通和魔光护身，欲以全力拼斗，也许内中还有别的诡谋，心还暗骂："无知魔女，我今日道力已非昔比，又有至宝护身，这等强拼有何用处？"忽见魔光奇亮，光中人影也渐明显。再一细看，就这晃眼之间，那防护外层的宝光不知何故，竟被魔女透进。事前丝毫迹兆俱无，那么强烈的两道剑光，阿难剑又是师传七宝之一，竟会拦她不住，这一惊真非小可。易静暗忖："魔女身外碧光，不知是何法宝，如此厉害。头层剑光已被冲破，身外尚有万丈血云包围，不曾发挥凶威。如被魔女把末两层宝光攻进，再化生出别的魔法凶谋，如何能敌，鸠盘婆未来便遭失利，少时师徒合力一齐夹攻，焉有幸理？"心方愁虑，刚把六阳神火鉴朝魔女迎面照去，二层宝光也被透进。魔女似因得胜在即，满脸狞笑，正要开口喝骂，那六道青光已迎面射到。易静先以为此宝威力绝大，魔女多高邪法也难禁受，至多仗着玄功变化，飞遁神速，得以躲闪，绝不敢正面迎敌。谁知那六道青光照将上去，魔女连躲也未躲。青光射向身上，魔女护身碧光也已加强，千万点金碧辉煌的火星花雨周身乱爆。神火鉴青光冲射上去，竟似不怕，依旧向前猛扑，只是前进比前迟缓，暂时也未现出受伤情景。

易静见状，不禁骇异，手持紫霆珠待要发出，忽听地底传声疾呼："师伯，时候到了。那老魔头手中魔弓箭头正在对师伯前心似发不发神气，明中暗中闹鬼，意欲乘隙暗算。立处就在魔女身后左侧，相隔不过五丈。魔女现用秘魔神装护住元神，想和师伯拼命。休看头两层宝光被其冲进，听弟子所遇异人之言，末层兜率宝伞绝难被其侵入。那九幽灵火却甚阴毒，不能使其上身。弟子得异人指点，专为破此魔宫至宝而来，请师伯照着方才所说行事吧。"随听雷声殷殷，起自地底。易静闻言大喜，再朝前一看，魔女虽仗秘魔神装之力猛攻不退，无奈火鉴威力神妙，随同敌人前进之势，光更强烈，魔女已被挡住，急得咬牙切齿，怒啸不已。易静为防万一，将手一指，又将上附五行神火发出助威。经此一来，威力越猛，那六道乾卦形的青光忽然连闪几闪，发出五色毫光，金芒电射，到了前面，化为五色神火，朝着魔女猛冲。魔女虽仗神装护身，也禁不住乾天灵火与五行真火合运的威力，怒吼一声，只一闪，便退出宝光层外。恨极之下，把心一横，准备施展最后毒手。说时迟，那时快，魔女一退，易静早照石慧所说，先把六阳神火鉴照将过去，跟着又是一粒紫霆珠。霹雳一声，六道青光夹着大股神火和数十百丈紫艳艳的迅雷烈焰，一齐朝左侧面打去。那浓如胶质的血海，立被冲破一个大洞，神雷烈焰纷纷爆炸，一直响到地底。

事有凑巧。魔女受不住神火威力，逃时正往左侧逃退，误以为敌人跟踪进逼，不曾留意，双方动作又都神速异常，一见地底被雷火震穿一个大洞，老魔赵长素隐身在旁，如非飞遁得快，几为所伤。想起前日误入魔宫的少女尚在地底被困，恐其受了误伤，或是就势逃走，连忙咬破舌尖，张口一股血焰喷将出去，欲将地穴封闭。同时施展魔法，要将妖阵复原。接着一声极凄厉的长啸过去，身形一闪，人又隐去，只剩那幢金碧魔火，悬空停立血海之中。背上三个死人骷髅忽然飞起，暴长丈许大小，各在一团浓烟围绕之下飞舞，五官七窍齐喷黑烟，口作厉啸，哭喊着易静的名字。刚一出现，猛瞥见一线墨绿光华，在那快要复原的地穴口边一闪。魔女本来隐身在侧，意欲运用三枭神魔和九幽灵火、秘魔神装一齐施展，与敌拼命。一见绿光飞出，心方一动，忽听一少女口音笑骂道："该死魔女，禁闭我的邪法已被我易师伯破去，你那致命的东西却在我的手上，可要还你？"

魔女素来心狠手辣，动作极快，又当失利之际，越把敌人恨如切骨，恨不能一举手便将敌人粉碎惨死。上来见对方法宝神奇，还自持重，不料反而误了事，失去好些魔宫至宝，人还受伤，因此恨极。又见鸠盘婆始终不理，怒急心横，暗想："这三件法宝和神魔，师父将来抵御天劫均有大用。我不如全发出去，能胜敌人自是快意，否则师父一见此宝不能保全，必定无法袖手。"主意打定，顿生毒计，先用两件试探，并不完全发挥，如见不胜，再将三枭神魔放出。在秘魔神装防护禁制之下，强逼神魔与敌硬拼。这类魔法虽极阴毒，却轻易不用，因为每一发难，不将敌人杀死，吸去生魂，绝不罢休，否则便要反噬主人，端的厉害无比。魔女还恐不易全胜，又指挥四外环绕的九幽灵火乘隙夹攻，恰是同时施展，发动绝快，连转念的工夫都没有。只顾急于报仇，忘了那面本命神魔的令符尚在少女手中。

魔女前日因贪少女灵慧，自己尚无传授衣钵的门人，意欲收为弟子，少女偏是倔强不肯。如照平日，早已大怒，将其残杀，把生魂摄去祭炼神魔。不知怎的，见那少女生得灵慧美秀，人又那么天真胆大，一任威逼恐吓，老是笑颜相向，既不害怕屈服，也不出言顶撞。只说此时不愿拜师，非要问过所寻的人才能答应。由不得使人怜爱，便把她禁在魔宫之中。不知她用什么方法，将魔坛上那面元命牌取去。等到魔女回来发现，竟以此相挟，如再逼她，便将此牌毁去，与之同归于尽。魔女当时虽然有气，不知怎的，竟不忍下那毒手。后来因少女始终不说名姓来历，只说她有一位尊长相依为命，定在三四日内在左近山头相见，必要寻来，如允拜师，便可答应，否则宁死不从。魔女拿她无法，将其困入魔阵地底。魔宫岁月，一向安静，从无外人上门，万没料到仇敌会来，一时疏忽，忘却前事。闻言猛想起那面元命牌关系重要，如被毁去，休说秘魔神装难于保全，那九幽灵火均是数千年前凶魂厉魄炼成，凶野异常，全靠这面元命牌统制，一旦被毁，这类恶鬼有甚情义，害敌不成，必向主人倒戈反噬。三枭神魔更是厉害，此宝一失，无法能制。除非当时有一修道多年的元神供其吸收精气，再趁其饱啖生人精血昏昏如醉，片刻之间，施展秘魔玄功，还须损耗本身元气，才能将其勉强制住。最后仍要师父亲自出手，另炼本命牌，方可驯服无事。

魔女见当此千钧一发之际，此女忽然遁出，心意难测。自己的魔法异宝已全发动，急切间又收不转来。口中怒喝："速将元命牌还我，免遭残杀！"随手一扬，一股血焰刚发出去，墨光一闪，忽然不见，跟着人影一晃，少女突在敌人宝光之中现形，与易静会合在一起。这才看出仇敌与前日误入魔宫的少女竟是同党，这一惊真非小可。急怒交加之下，强忍忿怒，正待把那神魔强行收回，忽听霹雳一声，由少女手上飞起一片绿光，中拥一个赤身倒立的美貌少女，长仅尺许，生得又娇又嫩，肤如玉雪，美艳绝伦。魔女见元命神魔已经飞出，暗道不好，无如本身命脉已被敌人宝光隔断，无法回收。三枭神魔因刚放出来，尚未吸到敌人精血，主人再一强迫回收，立时暴怒，同声厉吼，张牙舞爪，目射凶光，狂喷毒焰，口中獠牙错得山响，一齐返身，竟朝自己扑到。知道这类凶魔翻脸无情，稍微应付失宜，便受其害。事前没料到来势这么快，当时闹了一个手忙脚乱，无计可施。魔女正在急忿，忽听一声大震，一团银色火花由少女右手五指弹出，打向左手那面元命牌上，本命神魔身上绿光立随雷声震散，现出一个其红如血，相貌狰狞的魔影。仇敌扬手又是一粒银光，"叭"的一声，血焰纷飞中，连那魔影也被震散，化为乌有。那三枭神魔和所有凶魂厉魄，俱都赋性凶暴残忍，具有灵性，日受魔法禁制，服那苦役，并受炼魂之惨，怨毒已深，长年只盼多杀几个敌人，以便吸食精血元气，增长自己凶焰。无如鸠盘婆法令甚严，不许门人轻放神魔害人，一年中难得饱啖两次。好容易被主人放出，无奈敌人不是寻常，难于加害，本就怒发如狂，恨不得反咬主人泄忿。那面制它们的法牌令符忽为敌人所毁，这一来，好似骄兵悍将早就蓄有逆谋，意图反叛，一旦遇到良机，立时暴发，纷纷怒吼，齐朝主人争先扑去。铁姝见状大惊，又因元命牌一破，防身至宝秘魔神装立时暗无光华，不经魔法重炼，已难应用。一见群魔纷纷反扑，势急如电，慌不迭解下腰间那面三角令牌朝前连晃，牌上竟有一股紫绿色的火弹朝前射去，打得为首三魔满空翻滚，甚是狼狈。暂时虽被挡住，三魔仍然不退，反更激怒恨极，必欲得而甘心，前仆后继，目射凶光，口中连声怒吼，满嘴獠牙乱错，声势反更凶猛。四外千百成群的恶鬼，又各顶着一朵绿阴阴的鬼火，口喷毒烟，悲声呼啸而来。

  魔女见不是路，不禁惊惶忿恨，拼着多耗元气，先将魔鬼暂时敌住，再向鸠盘婆求救。就这应变瞬息之间，赵长素隐身在旁，本可无事，因见元命牌被毁，神魔恶鬼齐向主人倒戈，明知形势不妙，就此遁走原来得及，偏因记仇心重，人又凶狠诡诈，知道鸠盘婆不来乃是为他，暗想："铁姝是你相依为命的爱徒，如今连失至宝，还要受伤，看你是否袖手不问？"正在幸灾乐祸，一见铁姝取出那面三角令牌将魔鬼挡住，知道此是鸠盘婆专制神魔之宝，铁姝似防所炼神魔恶鬼受伤太重，尚未发挥全力，便心生毒计，意欲激怒魔鬼，使与铁姝拼命，以便诱激悍妻出场。于是假意助战，将手中秘魔丧门箭对准神魔，口中大喝："无知魔鬼，不去杀害敌人，怎倒忘恩叛主？"铁姝本因乃师迟不出场，料定痛恶老魔，不肯违背昔年誓约之故。而老魔以前是自己的师长，此次患难来投，十分谦和，不好意思翻脸成仇。及至魔鬼群起反噬，连挥令牌，施展魔法抵御，均挡不住。因为这些魔鬼均经师徒二人多年物色，苦心祭炼而来，如以全力克制，双方元气均要大耗，再说也未必制服得住。心正为难，忽听赵长素这等说法，猛想道："师父性情刚愎，言出必践，不将老魔杀死，绝不会来。自己连失重宝，还受魔鬼围攻，情势已是危急，再被敌人破阵逃去，师父面前如何交代？这些魔鬼非有修道人的精血元神，不能使其就范。这厮虽是师父昔年情夫，双方早已恩断义绝，当此重要关头，还顾惜他作甚？"心念一动，竟起杀机，狞笑一声，冷不防施展玄功变化，元神化为一条碧光闪闪的鬼影，朝赵长素当头罩下。跟着把三角令牌一晃，朝人一指，为首三神魔立舍铁姝，朝赵长素欢啸扑去。

赵长素不料铁姝突然翻脸，偏巧手中丧门箭刚发出去，正射在三魔头上，这一受伤，越发暴怒，来势更急。赵长素见状大惊，想要逃遁，已是无及。铁姝又是行家，碧光一晃，便被制住。赵长素怒吼："大胆铁姝，意欲何为？我此来原为向你师父请罪，还未见面，为何下此毒手？"话未说完，三魔头已各呖着一张血盆大口扑上身来。赵长素知道铁姝于万分无法之中，意欲拿自己的精血去喂神魔，以图缓和危机。骤出不意，身子已被铁姝元神罩住，无法挣脱。情急之下，厉声疾呼："铁姝不可太毒，就要杀我去制神魔，也请将元神保住，与你师父见上一面。"随听一个老婆子的口音冷笑道："昧良无义的老鬼，还有面目见我？昔年你对神魔曾发誓言，今已应验。我因不愿见你死时丑态，故未前来，累我徒儿伤了好些法宝。你既再三求告，容你见上一面，使我快意也好。"

易静听这声音宛如枭鸣，听去若远若近，十分刺耳，知是鸠盘婆飞来。心神立时一紧，知道敌人厉害，不可轻视。因见石慧年约十三四岁，相貌灵慧，美秀入骨，满头绿发，人极天真，自从见面，便连笑带说，亲热非常。身困魔阵，强敌当前，丝毫不以为意。恐其冒失受伤，刚在低声警告，猛听长啸之声已划空破云而来。同时目光到处，先是一溜黑烟，其急如箭，凌空飞堕。烟中现出一个身材矮小，蓬头赤足，身穿一件黑麻衣，手持鸠杖，相貌丑怪的老妖妇。才到阵中，左手一挥，立有一片黑烟铁幕也似由众人头上飞驰而过。黑烟中闪动着亿万金碧光雨，来势万分神速，只一闪，便将那头顶鬼火的无数恶鬼卷去。大片惨号厉啸声中，恶鬼全数不见，连那万丈血云也同收尽。只天光仍不见透下，四外茫茫，一片昏黄色的暗影笼罩当地，无论何方，均看不出一点人物影迹。只有鸠盘婆师徒，各在黑烟飞动中凌虚而立。铁姝腰间人皮口袋已经不见，所穿翠羽织成的云肩战裙仍在身上，金碧光华却减去了许多，满脸愧忿狰狞之容。

这时赵长素已被那三个魔头咬紧身子，魔头也已缩小到拳头般大，白发红睛，目射碧光，各将利口在赵长素的肩臂前胸连吮带吸，咀嚼有声。赵长素满脸惊怖之容，痛得连声惨号，已无人色。右手战兢兢掐着一个魔诀，口喷魔光，紧护头脸，强忍苦痛，意图死里逃生，尚在强行挣扎。鸠盘婆分明见易静、石慧同在宝光笼罩之下静坐相待,却直如未见。那三魔鬼本在吮吸人的精血,就这共总几句话的工夫,赵长素人已消瘦大半,成了皮包骨头,疼得凶睛怒突,目光如火,布满红丝,周身冷汗淋漓。身已被魔光罩定,除却手还能动,通身已不能动转。正在惨号悲呼,苦求饶命。鸠盘婆朝赵长素冷冷地看了一眼,随把鸠杖一指,鸠口内立有三股中杂金碧光针的黑烟,将三魔罩住。魔头立被禁住,停了呼吸,同声悲啸起来。赵长素还以为五行有救,悍妻发了慈悲,肉体虽失,元气大亏,至少元神当可保住。连忙哀声求告,痛悔前非,欲求宽恕。鸠盘婆却始终冷冷的,毫不理睬。等赵长素悲哭求告了一阵,方始冷冷地微笑答道:"想我姊妹当初均极年轻貌美,因是生长番族,求婚的男子何止千百。只为从小好道,不肯嫁人。后来被你花言巧语,百计求婚,我恰拜在前师门下,因本教不禁婚嫁,以为你情痴意诚,不听好友同门劝告,毅然允婚。谁知你人面兽心,见我年纪稍长,另外恋一妖妇,宠妾灭妻,仗着魔法,对我虐待。我一时悲忿无计,暗往铁城山师祖魔宫叩关求死,历时四十八昼夜,受尽诸般苦难和恐怖艰危,魔宫忽然开放。我正求生不得,求死不能,泣血痛心,悲号无门之际,不料福缘巧合,当时竟是师祖七百二十年一次的开关之期。师祖忽现法身,指示玄机,并授我三部魔经,命为赤身教主。我因嫁你,元婴已失,而所创赤身教又是上乘魔法,须以童贞成道。为践宏愿,又受了许多苦难,方始自孕灵胎,修复元贞,按照师祖大命,建立教宗。因想你昔年对我无情,是由于我年老色衰而起,为报前仇,特意练成这般丑怪相貌,并将妖妇擒来。对你仍念前情,并无恶意。谁知你忘恩负义,一味袒护妖妇,得信赶来,与我翻脸成仇,两次暗下毒手,幸亏我法力高强,已非昔比。我因此大怒,才当你面,把妖妇连刺一百九十三魔刀,最后再用神魔将她精血吸尽,至今元神仍在魔宫,受那炼魂之惨。你当时心痛妖妇,直恨不能把我嚼成粉碎,才快心意。因奈何我不得,又对本命神魔立下毒誓,从此与我永不相见,见面必有一死。方才我不愿见你阴柔懦弱无耻卑鄙的丑态,本意由你自作自受,免得见面之后勾动旧日仇恨,使你身受更惨,道我心肠太毒,你偏非见我不可。本教最重恩怨,以牙还牙。今日之下,你还妄想保得元神回去,岂非做梦?"

赵长素知鸠盘婆为人忌刻刚愎,言出必践。昔年虽然同是魔教中人,彼此各有师承,彼时鸠盘婆法力不如自己远甚,以致受尽欺压。自从情场失意,妒忿入山,巧遇魔教中一位闭关多年的长老,奉命创设赤身教后,因受刺激太甚,性情越发变得残忍险恶,冷酷无情。闻言才知会错了意,本是多年夙仇,以前曾经千方百计想为爱妾报仇,无如悍妻曾修上乘魔法,万非其敌。隐忍多年,怀恨已深,本已立誓,除非能报前仇,永世不与相见。不料打错主意,自投死路。先前还想,自己固然薄情负义者对她不起,终是多年夫妻,当有一点香火之情。想不到身遭魔鬼狂噬,受尽苦痛,好容易忍死苦熬,将其盼来,听那口气,不特不肯丝毫放松,身受只有更惨。虽然魔教最重恩怨,尤其对于尊亲夫妇薄情负义,处罚最惨。如照平常,也只事前多受酷刑,受完楚毒,一死了事。悍妻竟连元神也不令保全,连想像别的凶魂厉魄供她炼法之用,暂保残魂余气都办不到。

赵长素一时悲忿填膺,新旧仇恨齐上心头,厉声大骂:"丑泼妇,无须骄狂。今日我因命数当终,不曾细想天蒙贼和尚昔年偈语,一时疏忽,更没想到你师徒这等凶残阴险,自投死路。但你昔年连炼九次天魔大法,宇内无数孤魂怨鬼,被你师徒残杀毁灭的为数何止千百。虽然这些多是凶魂厉魄,你平日对于正教中人,也常以此掩饰罪恶,自称人不犯我,我不犯人,所炼虽是魔法,反为世人除害。尤其近一甲子清理门户之后,不收男徒,重定教规,表面骄狂自大,惟我独尊,实则天劫将临,内心胆怯,意欲借此敛迹讨好,免得正教中人寻你为难,用心可谓良苦。你那爱徒铁姝偏不争气,到处为你惹祸。无如同恶相济,她是你所炼九子母天魔的替身,奈何她不得。如今大难已被引发,我来时早看出你那仇人易静本无寻你之意,我与她也是无心相遇。我因受重伤怀恨,想起铁姝上月前来看我,曾说起你师徒现藏此山,不敢见人,铁姝被仇敌欺侮,见你不为做主,胆小怕事,时常怨恨。再想起你这泼妇以往仇恨,意欲坐山观虎斗,为你引鬼上门。你如得胜,仇敌师长均是天仙一流,见爱徒为你所杀,必不甘休,你师徒早晚形神皆灭,我固解恨;你如为敌所败,我更开心。而且我可将那被你用酷刑楚毒多年的心上人乘机救走,使其寻一美貌躯壳,借体回生,我和她天长地久,永远恩爱,气死你这丑泼妇,更是一举两得。谁知误中奸计,被铁姝贱婢暗算,为你师徒所害。此是我以前为恶太多之报,不去说它。我死之后,你那劫难也必临头,你不久所受,必定较我更甚。"

鸠盘婆听着老魔厉声喝骂，始终冷冷地望着，双目碧瞳隐泛凶光，任其叫嚣，直如未闻，也未出手。铁姝早已暴怒，两次将手扬起，均被鸠盘婆摇手止住。鸠盘婆听到末两句上，瞥见老魔手掐魔诀，知其死前还想用魔教中最阴毒的恶誓，拼着多受苦痛来咒自己，心中忿怒，表面仍声色不动。等到老魔把手中魔诀照准自己头上发出，待要把手伸向口内，这才狞笑一声，面色一沉，把手中鸠杖往前一指，立有一条血影由鸠口内电掣而出，朝老魔身上扑去，当时合而为一。赵长素原想借着说话，暗施阴谋，冷不防猛下毒手，以本身元神与敌一拼。虽知双方法力相差悬殊，想要同归于尽绝办不到，但只要骤出不意，抢先发难，鸠盘婆惟恐她师徒受伤，必要猛下毒手，将己杀死。仇虽报不成，却可求得一个痛快而死。哪知鸠盘婆因他宠妾灭妻，忘恩负义，饮恨了多年，立意报复，连大敌当前均无暇顾及。表面不动声色，暗中却以全神贯注在他身上，早有准备，魔法又高得多，动作比他更快。赵长素手才入口，还未及咬断向外喷出，血影已经上身，为神魔所制。不特有法难施，连言动均受了仇敌禁制，不能自主，身遭惨祸，还受大辱。又想起仇人先前口气，不知还有什么残酷花样。事已至此，无计可施，眼睁睁望着仇敌将下杀手，休说抗拒，连耳目五官均不能随意启闭。最难受的是那被三枭神魔吸去精血只剩皮包骨头的一只右手，刚塞到嘴内，牙齿已深嵌入骨，但未咬断，便为魔法所制，通身如废了一样，不能拔出。所施魔法又最阴毒，已经生效，但未发难，变为反害自身。仇人对此偏是不加禁制，只觉利齿深嵌指骨之内，奇痛攻心，一阵阵的血腥气，直往鼻中钻进，深入喉际，臭秽难闻，呕又呕不出来。空自痛苦激怒，冷汗交流，连想暂时急晕过去，少受片时的罪都办不到。干瞪着一双三角小眼，连痛带急，心脏皆颤。

赵长素料定鸠盘婆所下毒手还不止此。苦熬了一会儿，果然鸠盘婆先朝铁姝嘴皮微动，然后冷着一张丑脸，微笑说道："以你忘恩负义，对我那等残暴，容你今日惨死还是便宜。你不是想你那心上人么？我命铁姝将她唤来，容你一见如何？"赵长素见她说话时满脸狠厉之容，料定不怀好意，凶谋毒计必然残酷。话没法出口，连想闭目不看也办不到，只得由鼻子里悲哼了一声，战兢兢静待仇人宰割。随见铁姝将手中三角令牌朝空一招，厉声大喝："贼淫妇速出待命！"隔不一会儿，便听一种极凄厉难闻的惨啸应声而来，乍听好似相隔颇远，少说也在百里之外。但那啸声凄厉悠长，划空而至，并未中断，来势更快。

易静、石慧见敌人内讧，反正不能免难，乐得趁此时机暗中准备，观察一点虚实。便不去理睬，各自运用法宝、飞剑，加意防护，静看敌人闹甚花样。及听悲啸之声破云飞堕，往前一看，乃是一个黑衣女鬼。看去身材瘦长，细腰纤足，一张薄皮瘦骨，微带长方形的鬼脸，面容灰白，全无血色，骨瘦如柴。貌虽不美，衣履倒还清洁。颈间挂着一个金锁，乍看直和生人差不许多。先落到铁姝面前，望着令牌下拜，刚低声说了一句："贱婢待命，请仙姑恩示。"铁姝突把青森森的凶脸一沉，狞笑道："你的情人丈夫怜你在此受苦，特向教主求情，容他一见，同你一同上路，你可愿意？"那女鬼想是遭受恶报年时太久，对方习惯和那毒刑均所深知，一听口风不妙，吓得面容惨变，周身乱抖，颤声悲叫道："仙姑开恩，贱婢自知以前蛊惑老鬼，拨弄是非，累得教主为我这淫贱夫妇受尽苦痛，罪恶如山。虽然日受刑罚，仍仗教主大恩宽容，才保得残魂至今未灭，仙姑行罚又格外宽容，恩重如山。方才正在黑地狱中待罪，忽听恩召，闻命即行。因知仙姑厌恶污秽，又特忍受奇痛，在净身池中将周身血污匆匆洗去，方敢来此待命。这些年来，休说不曾想过老鬼，而且恨他入骨，便他真个来此，贱婢也绝不愿见他的了。"易静不知鸠盘婆暗用魔法捉弄女鬼，用心残酷，见女鬼只对铁姝一人对答，鸠盘婆在旁直如未见，不禁奇怪。铁姝已冷笑答道："当初你千方百计谋嫡夺宠，此时偏说这等违心的话，见与不见，由不得你！"女鬼听出口风越坏，好似怕极，颤声悲鸣道："仙姑开恩，念在贱婢这多年来始终恭顺，早已痛悔前非，无论有何吩咐，粉身碎骨，无不惟命。只求仙姑在教主面前稍为解劝，免和那年一样应对错误，使教主生气，增加贱婢罪孽，就感恩不尽了。"铁姝狞笑道："淫泼妇，不必假惺惺。我不骗你，老鬼实已来此，也只今日一见，除却教主开恩令你随他同行，以后更无相逢之日。不信你看。"

鸠盘婆也真阴狠，自己不现形，只将老魔赵长素现出。妖妇原因以前阴谋害人，造孽太多，身受恶报已有多年，又在鸠盘婆师徒积威之下，日受诸般痛苦，对于赵长素自认为惟一救星。但知魔法厉害，赵长素绝非其敌，惟恐铁姝故意试探，只好假意悔祸心诚，不愿再与老魔相见，心实求之不得。又以铁姝性情反复，喜怒无常，又是执刑的人，前月回山曾说与老魔相见，托其照应，自己当日还免去一顿毒刑。如非铁姝说时神情不善，妖妇乃惊弓之鸟，心中胆寒，早已承诺求告了。及听说完，铁姝把手一指，妖妇目光到处，果见昔年因为宠爱自己而身败名裂的旧情人站在一旁。以为双方以前原是师徒，也许年久仇恨已消，气也出够，老魔托铁姝向对头解劝释放自己，也说不定。人当急难之中，随便遇着一个相识的人，便认为是个救星，何况又是最爱自己的旧情人。加以平日所受酷刑，楚毒太甚，有胜百死，当此度日如年，忽然发现生机，怎不喜出望外。惊喜交集之下，兴奋过甚，当时也未看清，刚脱口急呼得半声"夫"字，猛想起魔女心意尚且难测，心胆虽然发寒，终压不住多年苦望，早眼含痛泪扑上前去。晃眼飞近身旁，正要抱头哭诉，忽然发现赵长素形容消瘦，一臂已断，另一手塞向口中，睁着一双三角眼，一部络腮胡子似被烈火烧去，剩下许多短碴，刺猬也似，衬着一张狭长灰白、似哭似笑的丑脸，望着自己一言不发，好似心中有话无法出口，神情狼狈已极，不禁大惊。

妖妇暗忖："对头恨我入骨，老魔当初又有誓不再见的誓愿，怎会来此？又是这等狼狈神态，莫非是为救自己被人擒住？昔年老魔如听自己的话，先将对头杀死，哪有今日之事？只因自己不曾强迫老魔下那毒手，老魔再一疏忽，被对头逃往铁城山，巧遇魔主，反倒转祸为福。不久便将自己擒去，残杀炼魂。老魔虽然偏向自己，但这么多年来，明知自己日受毒刑与那炼魂之惨，始终置之不问。今日才来，又是这等神态。如再不知自量，来此冒险，意图尝试，岂不害我加倍受苦？"想到这里，顿犯昔年淫凶悍泼之性，又想借此证实前言，表明心意。这一勾动平日所积幽怨，觉着老魔弃她不顾，于是把所有怨毒全种在老魔一人身上，由不得细眉倒竖，小眼圆睁，扑上前去，一把抓住老魔前胸，咬牙切齿，先咒骂道："你这丧尽天良的老鬼！你对教主忘恩负义，却害我遭此恶报，死活都难。固然我当初淫凶泼贱，信口雌黄，而你这老鬼何等狡诈机警，焉有不知之理？如今罪孽被我一人受尽，你却任意逍遥，置之不理。我宁愿在教主恩宽之下受那恶刑，也不愿再与你相见，你还有何脸面，来此作甚？"

妖妇机智刁狡甚于老魔，一边哭喊咒骂，一边暗中留意查看，见老魔眼含痛泪，不言不动，喉中不时发出极微弱的惨哼，声带抖战，料为魔法所制,已无幸理。再一想起先前铁姝口气,惊魂大震,断定凶多吉少。暗忖:"这老鬼极其刁狡,一向自私,口甜心苦。自己虽是他最宠之人,也常受其哄骗。多年不加过问还好一些,这一来,反更连我受害。"越想越恨,由不得气往上撞,恶狠狠厉声怒喝:"你这老鬼,害得我好苦!今日与你拼了!"说罢,张口便咬。妖妇口小,却生着满嘴又白又密的利齿,只一口,便将老魔又小又扁的鼻头咬将下来。正待伸手朝脸抓去,猛想起老鬼魔法颇高,怎会始终不发一言,难道对头故意幻形相试不成?所料如中,索性装得凶些。心念才动,忽听身后有人冷笑,回头一看,心胆皆裂,慌不迭跪伏地上,哀声急喊:"教主恩宽,饶我残魂!"

鸠盘婆冷笑道:"当你二人合谋害我时,何等恩爱情热。今日你们患难相逢,如果两心如一,宁死不二,我也愿意成全,至少总可给你们一个痛快。谁知你们全是自私自利,为想求我宽容,一个不惜卑躬屈节向我求饶,一个不查来意只图自保,稍觉不妙便下毒手,恶形丑态,一齐落在我的眼里。这等狗男女,我也不值动手,现将神魔放出,每人均有一个附身,相助残杀对方。你们既是欢喜冤家,如能恩爱到底,甘受我那欢喜狱中三百六十五种酷刑,哪怕只剩一丝残魂余气,也能仗我神通,保得你们残魂前往投生。虽然灵气消失,转世之后痴呆残废,所受天灾百难,不是人所能堪,到底形神不致全灭,我也消了多少年的恶气。如真恩爱成仇,当我面前自食恶果,以求速死速灭,免得多受苦难,你们元神虽然大伤,法力尚未全失,况有神魔助你们威力,可将对方杀死,谁先得胜,也占好些便宜。现将老鬼禁制撤去,由你二人商讨回话,路只两条,由你们挑选,绝无更改。在未发令对敌或是甘受刑以前,任你二人如何恩爱缠绵,互相商议,我绝不问。此外还有一线生路,便是你们选出一人,独任艰难,先在我欢喜狱中受尽诸般酷刑。在我法力维护之下,虽然身受奇惨,却可将元神保住。自身受完孽报,再代心爱的人受上一次苦难。事完之后,将元神献与神魔。所代的人虽仍不免挨上九百魔鞭,却可放其投生,不再过问。你们可去商量回话吧。"

鸠盘婆说罢,铁姝把手一招。老魔赵长素因受铁姝元神禁制,身受奇惨,骨髓皆融,四肢酸痛,周身如瘫了一样。偏是全身不能自主,连想倒地都办不到,那罪孽真比死还厉害。及至附身元神一去,紧咬身上的三枭神魔也被鸠盘婆魔法禁制强行收回。禁制一失，方才所受奇痒酸痛一齐攻心，悲号一声，晕倒在地。正在强行挣扎，默运玄功，行法止痛，两条血影已经分头飞来，当时闻到一股血腥，便被附在身上合为一体，痛楚虽未消失，精神却倒强健起来。赵长索早看见爱妾先前惊喜交集，眼含痛泪，想要抱头痛哭。忽然面容惨变，乱骂乱咬，周身抖战不休，好似怕极神气。知道鸠盘婆师徒心狠意毒，这多年来爱妾不知受了多少残酷的报复。本来心中怜悯，继一想，泥菩萨过江，自身难保。又见爱妾相貌已变老丑，骨瘦如柴，元神如此，本身可知，心情也就冷淡下来。及听鸠盘婆那等说法，深知欢喜地狱中三百六十五种酷刑，要经一年之多才能受完。身在其中，休说度日如年，便是一分一刻，也使人肝肠痛断，受尽熬煎，比度百年还要难过。等到历尽痛苦，至多剩下一缕残魂余气，肉身早已消灭。这等罪孽，胜于百死。何况仇敌怨毒已深，必定尽情报复，一个忍受不住，仍是形神皆灭，平白多受好些苦难，本就没有打算走这条路。

　　妖妇却因这多年来受报奇惨，又知仇人言出如山，求告无用，当时惊魂皆颤。想了一想，除非老鬼真个情深，也许想起以前恩爱，拼着多受苦痛，保全自己残魂，前往投生，免得一同葬送，才有一线之望。自觉有了生机，朝着鸠盘婆师徒叩了两个头，道声："贱婢遵命，只求恩宽和老鬼说几句话。"说罢，便往老魔身前扑去。因知鸠盘婆说话算数，魔法甚高，反正瞒她不了，当此千钧一发之际，不如实话实说。以为老魔最喜花言巧语，一到身前，便施展昔年狐媚故伎，抱头哭喊道："事到今日，我也无话可说。只求你念在昔年恩爱之情，反正难逃毒手，与其两败俱伤，何如为我多受一次磨折，保我残魂前往投生？"

　　话未说完，老魔正当创巨痛深之际，便是月殿仙人横陈在侧，也无心肠多看一眼。何况妖妇已在黑地狱中沉沦多年，元气大伤，变得那么枯干丑怪。方才又咬了他的鼻子，心早不快，嫌她只顾讨好仇人，做得太过。但一想到妖妇受了多年孽报，便能脱身，逃出罗网，也只剩一缕残魂，休说报仇泄恨，连想再投人类都是万难，何况仇人师徒绝不放她过去。自己肉身虽然不保，法力尚在，又有好些党徒。仇人尽管狠毒，以前终是夫妻，她说此话，也许示意自己强迫爱妾多受一次欢喜狱中苦难，为己代死；或令自己将其残杀，消了昔年仇恨，再行网开一面，也未可知。本和妖妇同是自私自利,一般心理,不料还未开口,妖妇已扑上身来,连哭带诉,由不得心生厌恶。但在性命交关之际,一心想用巧语哄骗,劝妖妇做替死鬼。于是故意回手一把抱住,先用温言慰问,然后晓以利害,说:"仇人恨你入骨,不比对我,还有丝毫旧情。你反正不能保全,与其同归于尽,何如为我多受一点苦难,使我保得元神逃走,将来还有报仇之望。"

第三〇九回

恩爱反成仇　更怜欢喜狱成　魂惊魄悸
酷刑谁与受　为有负心孽报　神灭形消

妖妇深知老魔卑鄙怯懦，专一自私，闻言，料知生望已绝，不等说完，便朝老魔迎面一掌。随即厉声哭骂道："我早知你这没良心的老鬼，平日专一花言巧语骗人，供你快活，到了紧要关头，只顾自己，绝不替人打算。当初我虽谋嫡争宠，拨弄是非，还不是受你的骗，以为逼死仇人以后，便可尽情享受？照你昔年所说偌大神通，仇人还不是在你掌握之中，由你尽情处治，绝不怕她跑上天去？谁知你口甜心苦，只是一张寡嘴，对于仇人却是优柔寡断，没照你所说下那毒手，反逼她逃出魔宫，以致为我种下祸根。后来我被擒去，你也不是不知道，彼时仇人法力比你高不许多，得信之后，若立时赶去，就算不能全胜，将我救走也颇有望。你偏胆小怕事，想等法宝炼成再去，也不问我身受有多惨痛，你那法宝即使炼成，仇人法力也更精进，只有更糟。果然仇人一到，你便被打败，当着你面，将我碎尸万段，零碎宰割。你身为男子，也是魔教中有名人物，见心爱的人受此酷刑不能解救，已是奇耻大辱。彼时仇人虽对你恨极，尚无日后之甚，你为我受点委屈，说上几句好话，使其消减仇怨，或者就此退走，也好一些。你偏和她翻脸，全没想到我在仇人掌握之中，那种罪孽如何忍受？你不特不肯服输，反倒激怒，一任我血泪叫号，冉二求你认错低头，保我残魂免受魔宫二五地狱酷刑之惨，始终置之不理。仗着那件防身法宝，冷不防竟向本命神魔立下那等恶誓。固然仇人心狠，但她受你欺骗多年，不知为你受了多少苦难，眼看成道有望，你忽然另爱一人，将她法宝、魔经全行骗去，并还对她虐待，她又是一个热情的人，如何不痛恨到了极处，便我是她，也容你不得！最可恨的是，你起完恶誓，便把我元神丢在那里，匆匆遁走,起身时,又连发七口血花神刀、二十五粒阴雷,仇人并未受伤,却将魔宫灵景毁去好些,由此仇人恨你入骨,比我只有更甚。"

"我这多年来,虽在黑地狱中受尽炼魂之惨与那七十二种酷刑,因为习久相安,知难避此孽报,生望已绝,也要拼着苦熬下去。近年仇人师徒见我知道自作自受,尽管受尽熬煎,长年惊魂皆颤,度日如年,始终逆来顺受,未出丝毫怨言,近三月内已不似以前那样严厉。尤其铁大仙姑被我感动,不再故意凌辱。有时遇到高兴头上,还将每日应受割魂划魄惨刑宽免。正想再过些年,也许仇人日久气消,就不将我放走,我也自己请命,拼受三年零六个月的苦炼,将我元神化为神魔,为她师徒效忠,从此免受无边苦难,岂不是好?谁知你这老鬼自己恶贯满盈,往别处寻一死路也罢,偏在我稍有一线生机之时跑来闯魂,害人害己。我因仇人对你怨恨太深,难得其中还有丝毫之望,故忍着冤苦和你商量。心想你把我害得这般光景,稍有人心,便为我粉身碎骨也不算过。何况仇人根本容你不得,元神万难保全,不过多受一年苦难,便可将我保全。我以为一说即允,谁知仍是自私,妄想骗我为你多受苦难,再向仇人觍颜求活。你此时精血已被神魔吸尽,元气大亏,即便保得元神逃走,也与寻常游魂怨鬼无异。亏你老脸,竟会说出为我报仇的大话。我此时已把你这狼心狗肺看了个透,想你舍己为人,必是无望,只怨我以前为恶太多,应当受此孽报,也不再作求生之想。想我助你,更是做梦!休说欢喜狱中每日须经七万次以上惨刑熬煎,非我所能忍受,即便举手之劳,照你这等薄情无义,卑鄙自私之人,我也宁甘与你同归于尽,绝不会再上你当。我那孽报已早受够,漫说逃生无望,即便保住残魂,也只化生毒虫之类,连个人身都投不到。转不如形神皆灭,没有知觉,免得痛苦。你也无须多言,我此时只想求个痛快。好在各有神魔附身,你精血元气已全损耗,就有法力,也未必便占上风,且看何人得胜,抢这一个早死吧。"

赵长素原知妖妇以前恃宠骄狂,每喜出言顶撞,仍想骗她上套,任其哭诉,微笑静听,后来越听口气越不对。再一偷觑鸠盘婆,正朝自己冷笑,好似仇人当面现眼,快心得意之状。又听妖妇口气坚决,知难挽救。无如危机瞬息,当此存亡关头,除却欺骗妖妇,仍用前策,别无生机,心虽忿恨,仍然强忍怒火,不敢发作。刚朝妖妇喊得一声"妹妹",底下话还未出口,一片黑烟飞动中,铁姝忽在二人面前现身,冷笑道:"老鬼!你也是得道多年的有名人物,为何还不如贼泼贱有骨气?时已不早,易静贱婢尚困在阵中不曾纳命。师父虽许你们在临死以前说几句心腹话,原因你二人昔年那等恩爱,当这千钧一发之间,想起以前情分,必定争先求死,互相怜爱。果能始终如一,甘受毁身灭神之惨,毫无怨言,并还转为对方设想,只求所爱之人无事,自己甘愿粉身碎骨,历尽千灾百难,也还有点商量。师父就许为你二人至情感动,肉身难保,或将元神一齐放掉都在意中。谁知你这等脓包。你二人以前一个百计进谗,一个宠妾灭妻,甘受蛊惑,何等恩爱情浓。这时却互相埋怨,变作仇人冤家。似你们这等卑鄙无耻,淫贱下作之人,我师父最是痛恨,便原想放你们,如今也改了主意。你二人险诈存心,已经不打自招。除照师父所说自相残杀,更无别的道路。时机已过,不能再延,趁早求一个爽快的好。莫非还未受够,真个要到二五地狱之中,每日受那七万多次惨刑,苦熬一年零一个月,再形消神灭不成?"

妖妇受了多年恶报,积威之下,固把仇敌畏如毒蛇猛兽,稍见仇人神色不对,心胆皆裂。便赵长素先为铁姝元神所制,已看出仇敌魔法之高,远非昔比。一听这等口气,他已胆寒心悸,哪里还敢丝毫违抗。又知铁姝凶暴甚于乃师,一言不合,便下毒手,虽然同是一死,却要多受好些罪孽,惊弓之鸟,不敢多言。仍觉妖妇是罪魁祸首,当初悍妻虽是人老珠黄,自己对她不似昔年那样热爱,并无恶感。只为妖妇日夜对己进谗,才致成仇,如今却怪自己。又听仇人口气凶残,万无幸理。念头一转,不由怒从心起,厉声大喝:"你这贼淫妇既然毫无情义,且叫你多受一点孽报!"说罢,飞身而起,待朝妖妇扑去。谁知妖妇早已横心,又知老魔险诈百出,早有了防备,不等发难,一听口气不善,先下毒手,来势比他更快。妖妇功力虽然不如老魔远甚,但因鸠盘婆对她恨极,立意使其多受苦难,所以尽管倍加酷刑,并不伤她元神,久受炼魂之惨,苦痛虽多,妖魂反更凝固,无形中加了许多功力。而老魔前遇玄真子与天蒙禅师,已连受重创,魔法异宝丧失又多;当日先为易静所败,受伤也不轻;紧跟着又受鸠盘婆邪法禁制,通身精血几被三枭神魔吸尽,元气大耗。如非仇人用心刻毒,欲令二人自相残杀,以图快意,各有神魔附身,赵长素简直不是妖妇对手。二人这一发动,铁姝狞笑一声,把手中魔诀一扬,便自飞走。于是二人便在神魔主持之下互相恶斗，残杀起来。双方本已成仇，又有神魔暗中捉弄，越发眼红，都恨不能把对方生嚼下肚，才称心意。

易静、石慧旁观者清，见鸠盘婆行为也真残忍狠毒。这男女二妖人先前身受已是那等惨状，临死以前还要使其互相残杀，多受痛苦。暗骂："女魔师徒真个惨无人理！自己幸是近来功力高深，法宝神妙，只是暂时被困，终必脱险，如落仇敌之手，还不知是何光景。"心正寻思，老魔、妖妇已扭结一起，双方本会邪法，不知怎的，竟和常人打架拼命差不许多。女的扭住老魔连抓带咬，晃眼工夫，便皮开肉绽，因精血已被魔鬼吸去，直流黄水。老魔空有法力，竟被扭紧，分解不开。妖妇又是元神，并非肉体，不怕还手。急得老魔无法，连声怒吼，一面挣扎推拒，一面口喷魔光邪焰。烧得妖妇也是连声惨号，狼狈不堪，偏不知松手，一味惨号悲啸，依旧乱抓乱咬不已。不消片刻，一个周身稀烂，一个为魔光邪焰所伤甚重，兀自纠结不解。

鸠盘婆始终冷冷地望着二人，一丝表情俱无。铁姝手中拿着一个晶球，不时注视，偶然也朝老魔、妖妇看上一眼，忽似发现球中有甚警兆，朝鸠盘婆把球一扬，说了几句。微闻鸠盘婆说了一句："便宜他们！"铁姝随向老魔、妖妇戟指喝道："你们今日真个成了欢喜冤家，纠结不开了。我看这味道不甚好受吧？"老魔早已痛得面无人色，气喘汗流，答不上话来。鼻子又早已咬掉。那只痛手刚由口里拔出，未及施为，便被妖妇抢先下手，扑上前去，把那咬而未断的五指相继咬折。两眼也抓瞎了一只，满脸稀烂。周身奇痛，钻心透骨，偏被妖妇抱紧，欲罢不能。妖妇同受神魔暗制，一味连抓带咬，向前拼命，连受魔火化炼，偏不知道逃避，也是连受重创，痛苦万分。明知仇敌借此泄忿，底下身受还不知如何残酷。闻言以为又要出甚花样，心神大震，胆落魂飞，连忙颤声哀号道："贱婢孽报，已经受够，望乞大仙姑念在贱婢虽然死有余辜，这多年来，深知咎由自取，始终恭顺，乞稍加怜悯，大发慈悲，只求得到一个痛快，形神皆灭，均所甘心。"说罢，呜呜悲哭起来。老魔虽受神魔暗制，毕竟修道多年，是个行家，见此形势，忽然省悟，知道惨祸必不能免，谁也休想得丝毫便宜。于是勉强挣扎，厉声喝道："铁姝！我虽与你师父有仇，你我以前终是师徒情分，有好无恶，何苦助纣为虐？并且眼前强敌尚未除去，仇敌人多势盛，夜长梦多，若早点将我二人杀死，到底要好得多，免却许多顾虑。如等敌人援兵到来，就算你师徒法力高强，能够得胜，也必多费心力，何苦来呢？我自知孽报，情愿形神皆灭，只求快些下手如何？"

铁姝闻言，狞笑答道："本来师父打算令你二人受完孽报，再用魔火缓缓炼化，使峨眉派贱婢看个榜样。是我再三代你们求说，方始改了前计，免去好些苦痛。现时便用魔火化炼，你二人如想早脱苦趣，休再强抗，免将师父激怒，多受罪孽。"说罢，把手一招，两条比血还红的魔影，便由二人身上飞起，一闪不见。妖妇自知无幸，倒也认命，脱身以后，因受魔火焚烧，受伤太重，宛转地上，疼得不住哀鸣，静待仇人宰割，分毫未作逃走之想。赵长素毕竟老奸巨猾，当此危急生死之际，自然惜命，何况魔法又高，擅长玄功变化。附身神魔一去，灵智恢复，不由又生妄想。于是故意瘫倒在地上，口中疾呼，哀求铁姝宽容。说他遍体鳞伤，苦痛已极，求念昔年师徒之情，容他自将肉体脱去，和妖妇一样，同用元神受魔火化炼，少受一次焚身之苦，也不想多挨时候，只给他稍微缓一口气。

铁姝天性强傲好胜，老魔惯以花言巧语讨好，平日颇为投机，先前暗算，原出不得已。见他这等哀求，竟为所动。偷觑鸠盘婆正朝手中晶球注视，不曾留意。心想："老魔被困岷山，如非自己前往访看，怎会来投？反正先除妖妇，然后除他也是一样。似此稍微徇情，师父当不至于见怪。"心念一转，故意怒喝："老鬼枉自修道多年，这等胆小惜命，怕痒怕痛。先除妖妇，给你看个榜样也好。"扬手一蓬黑烟，先将妖妇元神罩住，当时发起火来，烈焰熊熊，将妖妇全身裹紧。疼得悲声厉啸，满地乱滚，惨不忍闻。赵长素见铁姝答应，心中暗喜。因知仇敌厉害，哪敢显露丝毫形迹。一面装作喘息狼狈，不能自主之状；一面暗中默运玄功，打算冷不防施展魔教中解体分身大法，猛然逃走。如再不成，反正一死，没有两死，索性把身带几件未用过的法宝一齐全力发动，向仇敌暗算，报仇纵然无望，多少也使仇人受点伤害，至不济将这魔宫毁去一半，稍出胸中恶气。刚把毒计准备停当，一见妖妇受魔火焚烧时的惨状，越发胆战心寒，求生之念更切。口中疾呼："铁姝手下留情！"猛然连身跃起，装作自杀，一片魔光迸射如雨，整个身子忽然分裂为八块，分八面跌倒地上。同时一条血影在一片魔光环绕之下，比电还快，破空便起。

魔女见状，便慌了手脚，厉吼一声，将手一扬，一片碧光便朝血影飞去。无如赵长素逃遁太快，铁姝又正收拾妖妇快意，不暇兼顾。事由自己徇情，宽纵老魔而起，惟恐鸠盘婆见怪，不禁急怒交加。老魔一见铁姝发出魔光追来，自己已快逃出三层埋伏，并无异兆，鸠盘婆也未有甚举动。仍以为鸠盘婆犹念前情，明知故纵，或许不再斩尽杀绝；否则一任自己魔法多高，鸠盘婆也无不追之理。心恨铁姝不肯卖这现成人情，一时气忿，竟将逃时准备反攻拼命的邪法异宝施展出来。打算先把铁姝挡住，免其穷追，以便逃走，就势还可报那神魔吸血之仇。铁姝近来因连受重创，元气大伤，远非昔比。又当一心两用之际，对于妖妇不合心肠太狠，所用魔法过于狠毒，虽以本身元灵主持，心神已分，功力减去许多。又因老魔已遭惨败，看出伎俩有限，未免骄傲自恃，丝毫没有防备。万没料到老魔情急反噬，竟把以前准备遇机救走爱妾，并寻她师徒报仇，隐藏多年始终未用的两件邪法异宝，全数施展出来。自己所发魔光，先被老魔所发的一股紫焰敌住。紧跟着，烟光中又飞出四五十枝飞叉，叉尖上各有三股金碧火花向前冲射，魔光立被冲散，铁姝本身元灵便受了反应。老魔见状大喜，意犹不足，妄想就势把铁姝杀死，于是紧跟着又把三枝丧门箭朝下面射来。

这原是瞬息间事。当双方斗法时，老魔已经逃离上面出口只十数丈，晃眼便可越过。仗着肉身已失，仅剩元神，只要一离崖口，到了上面，立可施展玄功变化，幻形逃遁。因是行家，一任鸠盘婆魔法多高，也难追踪。只因百忙中瞥见铁姝元神受伤甚重，已难追赶自己。又见妖妇已由悲声惨号，变作吱吱怪叫，元神已被烧得缩成二尺大小一团黑气，眼看就要消灭。暗骂："贱婢如此心狠，翻脸无情。上月你不寻我，我怎会上门送死，吃这大亏？"赵长素恨到极处，张口一喷，魔叉、妖箭威力骤盛。心想："鸠盘婆此时不动，脱身十九有望。我既已拼命，若被你师徒追上，万难活命。反正成仇，不如将铁姝就便杀死，仇人所炼九子母天魔非她不可，有力帮手一去，天劫将临，万无生路。豁出断送这两件法宝，若能报仇，稍出恶气。即便仇人追来，有此三宝，也可抵挡一阵。只要稍微延迟，缓住来势，立可转危为安，不会再被追上。"想到这里，元神已将飞出崖口，不禁大喜。忽听头上一声冷笑，听出鸠盘婆的口音，心胆一寒，一片暗绿色的魔光拥着九个粉妆玉琢、形似童婴的少女已当头压来，知是仇人所炼九子母天魔。这一惊真非小可,忙运玄功变化,待要逃遁,已被绿色魔光罩住,当时闻到一股极浓厚的血腥味。自知无幸,怒吼一声:"罢了!"被那九个女婴往上一围,元神便受魔法禁制,不能自主,随同往下飞降,仍然回到原处。

这一来,只便宜了妖妇的残魂。本来铁姝因知乃师对这两人怨恨太深,本意还想讨好,打算把妖妇尽情处治,使其多受痛苦,再用魔火消灭。不料一时疏忽,中了老魔缓兵之计,本身元神还受了伤。因老魔虽是劫后残魂,所炼邪法异宝仍具极大威力,不是当时所能解破。师父又是枯坐在旁,不言不动,不知是何心意。眼看老魔快要冲出重围,正在情急无计,不料九子母天魔突自空中现身,将老魔擒了回来,才知鸠盘婆暗中早有准备,只是神色不动,连上空三层埋伏均故意停止,不曾使用,便将老魔元神擒了回来。铁姝心中恨极,顿犯凶残之性,不愿再拿妖妇消遣,先把手一指,魔火邪焰突然大盛,环绕妖妇残魂一烧,只听连声极微弱的惨啸过处,残魂黑影便由浓而淡,最后现出薄薄一条与妖妇相貌相同的淡红影子,只闪了两闪,便被内中一团魔焰震散,化为千万缕血丝淡影,大蓬魔火往上一围,当时消灭。鸠盘婆仍坐原处未动。

魔女除了妖妇,立往老魔身前赶去,一面咬牙切齿厉声咒骂,一面施展魔法,朝前一指。那九个女婴儿本来环绕老魔身外拍手欢啸,舞蹈不休,看去宛如三五岁的童婴,一个个生得粉滴酥搓,玉雪般可爱,神态尤为天真,任谁看去也应生出怜爱。不知怎的,老魔见了竟是万分畏惧,满脸惊怖之容。

易、石二女始终在宝光笼护之下旁观。石慧天真疾恶,先见妖妇受刑被害时惨状,已经忿怒。后见老魔元神遁走,因听易静说起追敌经过和老魔的为人,一见要逃,便想仗着家传法宝防身,隐形追去。易静大惊,拦道:"这几个男女妖人,都是极恶夯凶,止好便其自相残杀,我们也可多挨时候。鸠盘婆端的比电还快,哪怕相隔万里之外,也能随着啸声飞到,神速无比,老魔绝逃不脱。你那防身隐形之宝任多神妙,绝非女魔师徒之敌。你与我同在一起,还能暂时自保;你冒失离开,再想回来,绝非容易。那时进退两难,凶多吉少。还是不要离开的好。"话刚说完,老魔便被擒回。石慧笑说:"师伯你看,那些小孩有多爱人,老魔为何那样害怕?"易静方说："此是仇人所炼九子母天魔，阴毒异常，一会儿现出原形，你就知道他们的厉害了。"

易、石二人正指点谈说间，一片怒吼声中，那九个女婴突然就地一滚，化为九个恶鬼，朝赵长素扑去。易静以前学道多年，经历丰富，见那九魔相貌虽然狞恶，但是面上有肉，一个个白发红睛，大鼻阔嘴，除满嘴利齿十分尖锐细密，其白如银，闪闪生光而外，并不是往日所遇各种凶魔恶鬼，形似骷髅，周身白骨嶙峋之状。知这九魔平日饱吸修道人的精血元气，又经主人多年苦炼，已快炼成实质，形体与生人无异。邪法神通之高，更不必说了，只要被上身，休想活命。易静心念一动，便嘱石慧说："九魔已现本来面目，老魔元神必为所灭。不久便会来攻我们。看方才老魔擒敌神气，分明暗中魔网周密，我们绝逃不脱。定数如此，除却耐心静守，等过了这二十四日限期，才有解救。你孤身出敌，万万不可。如趁老魔未死，敌人知我们不会逃走，暗用法宝攻穿地面禁制，再仗你的家传，骤出不意，仍由地底冒险遁走，或者还能办到。"石慧接口说道："弟子所遇异人，也曾说过破了魔女元命牌后，便可乘隙遁走。但是师伯一人在此，被困二十多天，有多闷人呢！休说结局无害，即便为了师伯犯点险难，也是应该。弟子已早打定主意，随同师伯在此，等候时机，一同出险，绝不离开了。"易静闻言，越发怜爱。但总觉她入门日浅，犯此危难，于心不安，苦劝不听，只得任之。

易、石二人再看前面，赵长素已被那九个魔鬼团团围住，不似先前三枭神魔紧附身上吸食人血，任意吞噬，而只是各咧着一张阔口，由口里喷出一股暗绿色的烟气，先将老魔全身罩定，裹了一个风雨不透，然后频频吞吐，吮吸不已。老魔被那绿气越裹越紧，丝毫不能转动，先还厉声惨叫，咒骂不停，到了后来，魔影越淡，不时发出极微弱的惨号。易静暗忖："老魔昔年颇有凶名，如何这等不济，任凭敌人尽情残酷，丝毫抗拒都没有？"心中生疑，试取玉环定睛一看，老魔元神已缩成尺许长的一个小人，外层妖魂被九魔裹往，也如真的一样。料定是老魔元神化身之一，似知不能逃脱，万分无奈之下，仍想施展诡谋，将所炼三尸元神豁出多受些痛苦，葬送一两个，然后冷不防乘机遁走，以免形神全灭。因是诡诈多谋，将元神由外而内，一个罩上一个，任凭九魔饱啖，却将最重要的主魂隐藏在内。

因外面两层全是真的，故此敌人不易看破，暗骂老魔真个奸猾。那头一个化身已被九魔把残魂余气吸尽。

对面铁姝见老魔元神化去一个，又有一个出现，魂气反倒比前加强。便恶狠狠厉声骂道："无知老鬼，我师父恨你入骨，任你擅长玄功变化，除却饱受痛苦，多挨一点时候，想要逃走，仍是做梦，何苦宁死还要遭恨呢？"说罢，将手连指，九魔口中烟气喷射更急。老魔在第一次被三枭神魔围困之时，自知必死毒手，万难保全，早就想好阴谋毒计，准备遇机拼命。即便不能与仇敌同归于尽，至少也使仇敌受点重创，少出胸中恶气。所以表面任凭魔鬼吞吸精血，仍暗用玄功将那一滴元精心血收去。铁姝恃强轻敌，见老魔的元神已被禁制，不能行动，却不知老魔运用元神暗中闹鬼，一时忽略过去。老魔一直也没机会施展，一任铁姝暴跳如雷，也不还口，表面仍似害怕已极，丝毫不露。也是鸠盘婆师徒恶贯满盈，心又过于凶毒，以致铁姝又受一次重创，等强敌到来，师徒二人功力已差。鸠盘婆固是孽满数尽，在劫难逃。铁姝魔法异宝虽然存在，本身元气大亏，功力减去多半，将来仇报不成，还不免于形神皆灭。此是后话，暂且不提。

易静旁观者清，暗查老魔在九子母天魔环攻之下，哀叫求恕，神情十分恐怖。心想："双方结怨太深，魔女铁姝又是著名凶残，手狠心毒，反正不会丝毫宽容，老魔何苦丢人，向其哀声求告？"越想越怪，随用众生环再一注视，内中竟有三层血影：外层神情痛苦万分；内里一层血影要小得多，精气却极凝炼，影外并有薄薄一层魔光暗中隐护，不用法宝查看绝看不出；胸前还悬有两片宝光，正在暗指仇敌，切齿咒骂。暗忖："这老魔头真凶。乐得让他二虎相争，相机下手。"

老魔欲分铁姝心神，以便逃走，于是故意激怒。见铁姝始终青森森一张恶脸，目蕴凶光，注定自己，只先后咒骂了两次，便一言不发。料知蕴毒已深，立意要使自己饱受痛楚，将元神喂那天魔，便全神贯注，戒备严密。虽然还有一件至宝不曾使用，但至多使仇人受到一点伤害，而敌人报复也更惨。平白多受苦难，毫无益处；如不冒奇险一试，又只好束手待毙，别无丝毫生路。万分情急之下，把心一横，转口哭诉道："我多不好，以前也是一家。我现受天魔环攻，万难逃脱。贱婢易静却是你师徒心腹之患，再不发动九子母天魔，救兵一到，仇报不成，还受残害，何苦来呢！我有一件法宝，专能查视过去未来之事，比起晶球视影分明得多，事关你师徒安危和天劫到来能否避免。先前恨你师徒太无情义，拼着同归于尽，不愿明言。此时惨痛难忍，不愿受那灭神之祸；又想好歹终是自己人，你师昔年也曾受我虐待，难怪她恨我，这才变计。我有抵御天劫之法，只要肯饶我残魂，情愿用以交换。反正我那三尸元神已被天魔咬去一个，就算昔年向本命神魔立有重誓，也算应过，于你师徒无害。不信，你只将天魔暂行收回，再用我这件法宝如法观看，自知真假。你们的共同仇人乃是元神化身，得有玄门真传，功力比我更强，不易除去。我也想好破她之法，但是此宝非我亲手运用不可。如想取巧，以为囊中之物，将我元神炼化便可夺去，那就弄巧成拙了。"

易静听他说时语声已是十分微弱，强挣着疾呼，啾啾哀鸣，宛如鬼语。又正受那恶鬼荼毒之际，自身难保，眼看形神皆灭，还想生心害人，不禁大怒，脱口喝道："老鬼无耻！你那主魂藏在里面，正朝鸠盘婆师徒切齿痛恨，暗中咒骂，并有一层极强烈的碧光煞火环绕全身。分明不是想要乘机遁走，便是意图报复，乘机暗算。能逃更好，不能便伤得一个是一个，消除你胸中毒气。你自以为花言巧语，挑拨离间，便可阴谋得逞，岂非做梦！"魔女性虽凶毒，对于乃师却极忠诚，听了易静之言，不禁大怒，喝道："老鬼，照你昔年宠妾灭妻那等可恶，就不应再听你的求告，由你自己受去。我好心好意手下留情，想不到你死到临头，恶性依旧，还想阴谋害人，真是天理难容。"随说扬手飞起一团血球，把手一指，九魔立时欢笑而起，转朝血球扑去。

老魔本来还想巧骗魔女将禁制撤去，忽听易静警告魔女，道破阴谋。又见魔女飞来朝着自己冷笑，面上布满杀机，越发狂厉。不知铁姝素性强傲，自恃魔法高强，虽听易静之言，并未十分介意。老魔却如惊弓之鸟，着急非常，惟恐仇人看破，九子母天魔二次上身，更无活路。口中哭喊："休中仇人反间之计。我此时为你师父魔光围困，绝难逃脱，本身精血早尽，连想滴血分身都所不能，共只转眼之间，你还怕我逃遁不成？"铁姝对于易静之言，本是半信半疑，及见老魔情急之状，反倒生出疑心。正要喝问，猛瞥见老魔口中发话，胸前突现一团红影，内层元神果有碧光微闪，才知易静所说不差。心方一动，觉着自己不该大意，说时迟，那时快，

"叭"的一声大震，老魔身外魔光首被震破，一团形如日轮的暗赤光华，中发千万点金碧火花，已电也似疾迎面打到。同时一条老魔的人影在另一片深碧魔光环绕之下向空射去。铁姝尽管得有师门真传，修炼多年，魔法甚高，毕竟老魔经历较多，机诈绝伦，双方门户又各不同，发难更快，当时先被金碧火花射中身上。如非玄功变化，飞遁神速，就这一下，不死也必重伤。不禁怒发如狂，正待行法抵御，猛瞥见老魔元神刺空而逃。不知老魔声东击西，以为老魔拼送一件至宝，元神就势逃走。

事有凑巧。鸠盘婆查知易静并非上门寻仇，乃是老魔诱敌追来，想起连日推算未来，这末一次的大劫似由人为。只因自身劫运所关，推算不出底细，心却忧虑。深知旁门中人绝不敢来惹自己，眼前正教中除却峨眉派门人易静，只有天蓬山灵峤仙府门下两个女弟子以前结有仇怨。惟恐牵一发而动全身，再三严命门人，不许与正教中人为敌，谁知竟被引上门来。多年威名，仇敌口气又恶，虽然势成骑虎，仍想设法化解，最好使仇敌知难而退，从此化敌为友，才对心思。无如上来爱徒便中老魔诡计，把事闹僵，更把老魔痛恨入骨。于是借着处治这两个狗男女向敌示威，使之畏惧。满拟对方稍为气馁，再用巧言暗点，推说双方师长已成朋友，念在事出无知，只要肯稍微让过，便可放走，不与计较。此举如能办到，不特免去未来隐患，并不致有损多年威望，故对老魔、妖妇尽情荼毒。对于易静，只是软困，故意不加闻问。就这样，仍恐易静胆小害怕，暗用峨眉传音法牌向诸老、同门告急求救，少时得信纷纷赶来，敌人一多，事便闹大，更难化解。因是大劫临身，心神不宁，倚高法力的人，为了一点虚名，事前未向易静好言解说，又未仔细查看老魔暗中有无诡计，以为老魔的元神已受禁制，又有九子母天魔包围全身，吸食精气，绝逃不脱。一时疏忽，没有防备，反被老魔的元神遁往上空。鸠盘婆于是意欲暗用诸天秘魔大法，将方圆千里的凡坏山魔宫上下一起隔断，免被外人得知，跟踪寻来。

铁姝却不知道，一见老魔乘机逃走，以为那形如日轮的法宝任多厉害，必被师父收去。心又痛恨老魔，也未细想，便朝上空追去。铁姝原料老魔只想遁走残魂，没看出中藏阴谋毒计，只顾朝那魔影追赶。以为那团形如日轮的火球乃是一件异宝奇珍，现有师父在场，必能将其消灭。一时疏忽，不曾理会，专朝上空追去。双方飞遁均极神速，铁姝骤出不意，先为老魔所伤。因为起身稍缓,惟恐追赶不上,一面加急猛追,一面口中厉声疾呼:"恩师快来!"晃眼之间,老魔元神已快逃出禁网。铁姝急怒交加之下,暗中埋怨师父大意,不知何故,竟将自设的三层禁网一齐止住。第一次追赶老魔时,连经施为,均未发生灵效,已是奇怪。先还疑是师父故剑难忘,旧情未断,有心纵令老魔逃走。后见乃师运用元神将老魔擒回,并用九子母神魔将其围困,分明不曾料中。此时偏又坐视老魔逃走,未加闻问,连血河大阵也未发动。万一仇人易静看出破绽,乘机逃走,不特心思白用,还留异日一个大害,这是何苦?连喊数声,师父未应。追赶老魔元神已快到谷口上空,两下里相隔不满十丈。正准备运用玄功,施展魔法,先将老魔困住,忽听上空传来一声怪笑。听出是鸠盘婆的口音,才知师父表面从容,实则和方才一样,暗有准备,断定老磨难逃毒手。中心一喜,厉声喝骂:"老鬼无耻,今日叫你知我厉害!"口中发话,元神早化碧光,电掣追上。

老魔原是故意做作,拼着再葬送一条元神,仗着法宝之力,暗用滴血分身秘魔大法冒险逃走。此举机密神速,连鸠盘婆也未想到,就此逃走,并非无望。只因恨极铁姝,早想乘机报复,又见追逼太紧,否则第二元神也可保全,不由怒火中烧,正待就势反击,与之一拼。忽听鸠盘婆笑声起自上空,与铁姝呼声相应。惊弓之鸟,未免心慌,忘了逃命要紧,妄想拼命,用法宝暗算铁姝,同时施展血光遁法逃走。铁姝也是背运当头,只顾追敌,一听上面师父笑声,越发得意。刚追上前,用元神所化魔光将老魔罩定,待要擒往阵中,放出天魔重加楚毒,忽听脑后风雷之声甚是迅急。因老魔元神已被魔光笼罩在内,猛力挣扎,似想突围逃走神气,不知是计。一面以全力施为,一面闪身回顾,正是先前所见形如日轮,中发亿万金碧火花的那团暗红光华,由内里发出风雷之声,由下面电掣追来。百忙中也未看出此宝来历,不是一躲可以了事。正待施展魔法异宝上前抵御,不料心神已分。老魔虚实兼用,中藏毒计,那团红光在老魔主持之下如影随形,其急如电。铁姝元神裹定老魔,因所困是老魔元神,不比肉身易制,对方又有准备,好些碍难。老魔更立意要制她死命,一面假装挣扎,引使分神,一面暗中发难。

铁姝看出仇敌法宝厉害,心更忽急,竟将专戮道家元神,奉有严命轻易不用的玄阴二五斩魂刀放将出来，一溜灰白色冷森森的刀光，带着一股阴风惨雾，照准红球迎面斩去。此宝乃铁姝用一甲子的苦功炼成，专破魔教中的至宝和修道人的元神，阴毒非常，满拟手到成功。谁知老魔怀仇多年，所有法宝均为对付她师徒二人而炼，铁姝这一发难，正合心意。两下里才一接触，铁姝猛觉老魔挣扎越猛，简直制他不住。心方一慌，暗道："不好！"那九子母天魔威力太猛，又不能轻易发放，一心只盼鸠盘婆出手擒敌。微一迟疑，"叭"的一声大震，千重血雨中杂亿万金碧火花，突随红光一同爆炸。立有一条两尺来高，与老魔相貌相同的血影自内飞出，晃眼幻出无数化身，同时暴长，迎面扑来。这才看出老魔法力高强，出乎意外，不禁又惊又怒，忙运玄功往侧闪避。不料先被魔光所困那条魔影突然怒吼一声，一闪不见。耳听鸠盘婆厉声疾呼："徒儿速退！免受老鬼暗算。"情知不妙，忙即退逃，已是无及。说时迟，那时快，只见魔光影里现出豆大一粒血光，闪得一闪，当时爆炸。铁姝如非迅遁得快，应变尚速，元神必受重伤无疑。这一惊直非小可，急怒交加之下，往前一看，老魔所现化身竟有百十条之多。除当头迎面来扑的几个而外，下余均带着一缕缕鲜红如血的火焰，比电还快，分朝四面射空逃去。知道这类滴血分身上乘魔法，分合由心，只要逃出一丝残魂，一任对方禁制如何神妙，只要行法一收，立生感应，便可全数收去，合为一体。休看三尸元神已丧其二，仍能吸收别的游魂冤鬼的精气，重炼上十余年，便可复原如初。事前不曾防备，照此情势，恐师父也未必能全数收回。铁姝心正惶急，切齿痛恨，无计可施，眼前倏的一亮，一片深碧色的魔光突在天空出现，天塌也似猛压下来，只一闪，便将所有血影似网鱼一般全数网住。当空顿时成了一片碧海，一任妖魂在里面往来冲突，也逃不出去。老魔化身也越变越多，为数不下千百，在光网中悲声厉啸，怒吼不已。光网方圆不下百亩，也不往中心收拢，任其呼啸冲突，始终悬空不动。

易静、石慧守在下面阵内，仰望上空，看得逼真。暗忖："魔阵深藏在内，本来不见天光，如何能够看到？"料定老魔闹鬼，不知出甚花样。老魔一死，便要临到自己头上。鸠盘婆只是元神在上空施为，本身仍坐原处未动。忽然手指上空，冷冷地说道："方才你居心险恶，故意引鬼入室，以为我如得胜，你可报那断臂之仇，为我树一强敌。我如为仇敌所败，也可代你爱妾雪恨，快意一时。此举虽已弄巧成拙，但如知机，不将我强行请来，照你此时所用法力，保全残魂逃走，并非绝对无望。也是你平素阴狠险诈，该当遭此恶报，害人不成，反害自身。你这多年来为想代你爱妾报仇，曾拜西昆仑沙神童子为师，所有法宝专为对付我师徒而炼。可惜心机白用，未等寻来，便为玄真子、天蒙禅师所败。人言你邪法异宝失去大半，我却知你人最阴沉，自来笑里藏刀，不肯外露，必有几件最恶毒的法宝不曾使用，来时本就疑你中藏诡谋。后见你三尸元神已被天魔吸去一个，身受那等苦痛，未见分毫抗拒，又值阵中困有敌人，元神飞空布置，一时疏忽；徒儿又是骄傲心粗，误中奸计，被你逃脱。按说你三尸元神已丧失其一，肉身又早尸解，昔年恶誓总算应验。如若就此逃走，就我师徒恨你太甚，不肯罢休，仗着阴谋周密，我师徒已被瞒过，你那法宝和滴血分身上乘魔法均极神妙，冷不防施展玄功化身，四散逃走，无论如何也可逃出一些元神真气。你偏居心凶毒，当此千钧一发，死生呼吸之间，仍想害人，才致被我警觉，用碧目天罗将你困住。我知你那护身魔光能合能分，爆炸之力极强，我如将天罗收紧，你固不免于死，而本山灵景也难免被你震坏。为此我不加收缩，只将九子母天魔放在里面，由其缓缓吸收你的残魂。你以为化身越多，稍有空隙，逃走一两个便可如愿。却不知我恨你刺骨，方才已在暗中行法，每一元神均有诸天五淫丝紧附其上，宝光已隐。此宝威力神妙，一经上身，便如影附形，又无丝毫感觉，须等九子母天魔飞入网中方现形迹。任你多大神通，除比方才多受苦难而外，只有等灭亡，并无丝毫生路。这是你自作自受，只好静候形神皆灭了。似你这类无耻无义，淫凶险恶之徒，我言尽于此，不屑和你再说了。"

说罢，将手一指。那九子母天魔先被铁姝用魔法飞起一团血光将其制住，本来同困光中，挣扎不脱，一个个急得厉声怒吼，老魔一逃，竟朝铁姝磨牙怒吼，目射凶光，似要反噬主人神气。吃鸠盘婆一指，血光立散，九魔飞身而起，待朝铁姝扑去。鸠盘婆厉声喝道："无知野鬼，放着现成美食不去享受，意欲何为？"说罢，扬手一蓬碧森森的光影，猛朝九魔扑去，光中立现出无数金针，打得九魔纷纷惨号。鸠盘婆重又喝道："无知野鬼，你们当知我厉害，此后要忠于主人，免遭无边苦难。我碧目天罗之中困有仇人三尸元神，这老鬼得道多年，元气凝炼，正可供你们享受，还不快去！"说罢，手又一指，那蓬碧光金针立押了九魔往光网中飞去。

赵长素一听仇人口气，自知万无生理，情急之下，仍然妄想趁着九魔入网、魔光分合之间冲逃出去，也在网中连声怒啸，待机而动，向前猛射。谁知敌人厉害，九子母天魔尤为神妙。那数十百条魔影守在网侧，正待相机前冲，九魔在鸠盘婆法力主持之下，竟透光而入。这一来，老魔的所有妄念都绝，刚惨号得几声，当头已有九个化身被九魔擒住。九个化身分明是虚影，竟与实质无异，吃九魔利爪分别抱紧，咧着血盆大口，猛力一吸，赵长素的魔影立时由浓而淡，晃眼化为乌有。于是九魔又改朝别的元神扑去。赵长素断定下余百余条魔影也必无幸，也把心一横，妄想拼命，欲将所炼诸天魔焰聚在一起，骤然发难，即便不能报仇脱身，好歹也将九子母天魔消灭几个。谁知九魔动作如电，来势快得出奇，晃眼之间，赵长素的元神化身又被吸去了好几个。这类化身均有灵感，痛痒相关，赵长素负痛情急，又知惨祸难免，只得用十八条化身分为两起，去供九魔吞噬，以缓来势。把下余百十条元神聚合一处，正待发难，还未及施为，就这晃眼之间，猛觉身上微一迷糊，每条元神均有五色彩丝缠紧，不痛不痒，只是通身软绵绵的，丝毫行动不得。休说聚合所有元神发动魔焰神火伤敌，连往一起聚拢均办不到。

老魔功力甚高，所炼三尸元神精气凝炼，无异生人。只要有一个受伤，或为敌人所杀，下余百十个化身同时感受苦痛。先前妄想脱身报仇，未得如愿。此时因受九魔咬吸生魂之惨，万难禁受，已经变计，不再求生，只想早死。无奈仇人怨毒太深，立意使他多受苦痛，并向易静师徒示威，哪里让他痛快，除开头为示九子母天魔的威力，才一照面，便将老魔化身吞食了二十七个而外，下余便改快为慢，由九魔在光网中分头捕捉，慢慢吞噬。老魔几次想把元神合为一体，均为柔丝所制，行动不能自如。眼看化身一个随着一个被消灭，所受苦痛凄惨无比，想求速死，都是万难。每失去一个化身，元神跟着损耗，抗力越发微弱，遭受越惨。敌人冷酷凶狠，师徒二人坐在一旁，互相说笑，直如未见。先还想反正是死，何苦再向仇敌服低。后来连附在身上的魔焰神雷，也被九魔相继吸收了去。如照平日，还可骤出不意，猛然发难，伤害仇敌，如今吃那五淫柔丝一绑，竟会神志昏迷，不能自主。实在忍受不住，由不得哀声惨号，只求鸠盘婆大发慈悲，赐以速死。

易静见老魔元神被擒，因他是罪魁祸首，先颇快意。又看出上空伏有极严密的魔网，深幸先前不曾冒失逃遁，为敌所笑。后见老魔困入罗网之中，被九魔鬼吞噬，所化元神又多，身受奇惨，令人不忍目睹。老魔已在连声悲号，苦求速死。鸠盘婆师徒却连理也未理，觉着敌人残忍太过。石慧年少天真，早就激于义愤，几次想要出手，均被易静止住。这时又在一旁怂恿，易静也忍耐不住气忿，大声怒喝道："老女魔鬼，眼看恶贯满盈，大劫临身，还要如此残忍。老魔虽然为恶太甚，对你负心，已将他杀死，形神皆灭，也就够出气了。剩这几缕残魂，及早消灭也罢，为何如此凶毒？似此恶行，天人共忿。你也修炼多年，难道不知因果？如因畏惧天劫，意欲示威，使我知难而退，真是做梦！休说我昔年无故受你魔徒欺凌，两次被你逼强出头，为你魔法惨害，如非恩师和两位前辈仙长相救，连元神也难保全，此仇早晚已是必报；便你师徒积恶如山，我奉师命行道，对你这类妖邪魔鬼，也必为世除害，不肯放过。我如怕事，早已遁走，何必停留在此，一则想看你有何神通，敢于如此凶横；再则你还有二十余日末限未终，此时除你也是徒劳，暂作旁观，并借此试验道力。时机一到，便即下手，为世除害。你师徒的伎俩我已看透，不过如此。速将老魔元神消灭，免得看了心烦。再将你这魔阵尽力发挥，看你能把我二人如何？再不发动，我们就要先下手了。"

鸠盘婆原意是想把易静吓退，只要对方口风稍微一软，立时见风收篷，化去前仇，免与峨眉结怨。不料心事被人叫破，所说的话又句句刺耳，由不得激发起凶野之性，欲待发作。铁姝自来痛恨正教中人，惟恐天下不乱。以为乃师近年为惧天劫，遇事敛迹，不敢与正教中人结怨。不知乃师因见敌人始终持重沉稳，不战不退，一味旁观，时作冷笑，仿佛胸有成竹，心疑有备而来；或是传音法牌已先发出，正在待机。因而心虽忿怒，犹有顾忌。铁姝却认为乃师怯敌，如不抢先发难，就许借口下台，将人放走，都不一定。不禁怒火上攻，仗着九子母天魔当初原是师徒合炼，虽然功力要差得多，驱以害人，却能指挥如意。于是手指赵长素，口喝："老鬼！便宜了你。"随即手掐法诀，朝空连指，九魔立时发威，同声欢啸，拥上前去。这时老魔仅剩二十几个元神，吃九魔抢上前去，各抱一个，互相吞噬，一片惨啸声中，晃眼全被九魔吞吸净尽。

鸠盘婆似在寻思，也未阻止。等老魔元神被吸尽，便扬手一招，那碧目天罗立似碧海飞堕，将当地笼罩在内。先朝铁姝怒容低喝道："你这业障！只知恃强多事，哪知利害。今日我一出手，便与敌人不能并立。你近年元气损耗太多，少时还得代我主持天魔，暂做替身，却不可轻敌大意呢！"

鸠盘婆说罢，方对易静微笑道："白道友（易静前生名白幽女），昔年因你伤我门人，不容坐视。我虽对你太狠，也是势成骑虎，不得不尔。当初只说以我诸天秘魔大法所炼神魔，必能使你形神皆灭，谁知循环报复，竟历三世，以至你今世炼成元婴，投到峨眉门下。我想令师乃正教宗主，领袖群伦，有岳负海涵之量，于人无所不容。贫道虽非知交，曾有两面之缘，蒙他不弃，说我所习虽非玄门正宗，行之于善，仍可救人成道。我因听他良言，重订教规，永不再伤无辜。峨眉开府，我虽未接请柬，仍令门人金姝、银姝前往道贺，以示从善如流之意。只说道友虽然两遭惨劫，今已转祸为福，不久即可成道，当不致再念前仇。今日道友穷追老鬼，寻上门来，我先神游海外，未及查知，后才算出道友追敌，事出无心。本意暗告铁姝，事完之后，听凭道友自去。不料道友始而口出恶言，分明见阵法已收，仍仗法宝防身，坐待不去；现又说出这番话来，未免欺人太甚。我如再容忍，不特自毁信条，便是门人也无颜相对。既成仇敌，终须分个高下。不过我仍看在令师情面，只要你肯知难而退，绝不赶尽杀绝，稍微服输，便可放走。否则，我那九子母天魔固极厉害，便这血河大阵也不弱。先前为想善罢，不等徒儿施为，连同上空禁网均被我一齐止住。你虽被困阵内，尚未看出它的妙用，一经施为，威力之大，不可思议。你虽持有师传七宝，能否守住元神，不为子母天魔所唊，尚且难料。请自戒备，我要不客气了。"

易静久经大敌，深知敌人凶残横暴，最厉害的是魔法神奇，不论一言一动，内中均不免藏有阴谋暗算。既已打定主意，稳扎稳打，相机应付，挨满这二十回日灾难，再作计较。听了鸠盘婆之言，便暗用众生环查看对方言动，并未答话。石慧因是早得家传，乃祖石仙王采对她钟爱，赐有两件防身隐形之宝，万邪不侵，至多被困，多厉害的邪魔也难侵害，早就不耐久候。一见仇敌变脸,空中魔光往下飞堕,笼罩全阵,更加急不可耐。只见那魔光形似一个极大的网罩,光色深碧。最奇的是上面网眼形似人目,仿佛亿万鬼眼合织而成,闪烁放光,看去冷冰冰的,由不得使人生出一种凄厉阴冷之感。又听易静传声低语,说那魔网是用无数凶魂厉魄和新死人的双目和千万年阴磷合炼而成,专制道家元神,一经入网,休想逃脱。内中更有不少诸天五淫丝,凶威越盛。只有五行神火和乾天灵火或者能破,多高法力遇上也无幸理。此外还有好些阴毒邪法,件件厉害。如非定力高深,身旁带有至宝奇珍防护,万无生理,千万不可冒失出斗。石慧闻言,心中不服,早就跃跃欲试,不等鸠盘婆说完,便怒喝道:"丑魔鬼!陈仙子说你日内大劫临头,形神皆灭,易师伯便是你的追魂使者。你不早跪下求饶,还敢口出狂言,我先叫你尝尝味道。"话未说完,扬手便是二十余团石火神雷连珠发出,照准妖婆师徒和上空魔网打去。

说也真巧,那石火神雷乃石仙王采数千年前地底和山腹中蕴结的灵石真火,费数十年苦功凝炼而成之宝,正是阴魔克星。鸠盘婆师徒虽未受伤,铁姝在旁好容易盼到乃师说出对敌的话,自恃得宠,竟把鸠盘婆平日不许轻易使用的血河阵主幡一齐施为,四十九面高约三丈六尺,上面满布污血,隐现无数魔鬼影子的魔幡,突然一齐出现。双方恰巧同时发动,鸠盘婆固是势成骑虎,料无善罢;易静也是事出仓猝,没想到石慧手口并用,不及阻止。只见二十余团酒杯大小墨绿、银白二色的火星作对飞出,比电还快,到了外面闪得一闪,立似震天价的迅雷互相冲击,当空爆炸。一串连珠霹雳声中,那四十九面魔幡刚一现形,立时四外血焰飞扬,如潮水一般往易、石二人身前涌到,吃那连珠神雷纷纷爆炸,魔幡便被震破了二十来面。幡上本附有不少魔鬼血影,未等飞起,一齐粉碎。恶鬼惨号厉啸之声纷纷四起,血河大阵竟被石慧无意之中破去一半主幡,减却好些威力。

鸠盘婆早就看出石慧发为翠绿色,根骨灵秀异常,不类常人,年纪偏又甚轻,心中奇怪。正用魔语传声向铁姝探询来历,忽听石慧说陈仙子说她大劫将临之事,想起昔年所遇女异人,心更惊疑,微一分神,遭此惨败,忙使魔法防护,已是无及。不由暴怒,厉声大喝:"无知贱婢,今日有你无我!"说罢,手中魔诀往外一扬,回手一按左肩,立有四十九把血焰金刀朝易静飞去。同时满阵均被血光布满,成了大片血海。

易静深知魔法厉害，得隙即入，忙嘱石慧："千万不可妄动！"忽听上空有一少女传声疾呼："恩师你在何处？弟子上官红在此。"易静知道上官红道浅力微，如何能是鸠盘婆师徒对手？忙用传声疾呼："我数中应有二十四日灾难，终将转祸为福。你急速回山，不可停留。"话还未完，忽听鸠盘婆笑道："此女倒也胆大。铁姝可撤禁网，放她进来。此女根骨甚佳，用她生魂祭炼法宝，再妙不过。"铁姝未及回答，一片青霞带着千万根巨木光影和轰轰隆隆风雷之声，已自空中飞堕。当头血焰吃青霞一冲荡，雪崩也似四下飞散，立被冲开一条血街。鸠盘婆师徒和易、石二人全部大惊。

第三一〇回

随飓入遥空　天宇混茫伤只影
飞身同一叶　卿云缥缈遇真仙

上回说到女神婴易静为追魔教元凶赵长素，误入赤身教主鸠盘婆所居九环山新辟魔宫之内，被魔法困住。凌云凤新收女弟子石慧，因奉异人之命，先到三日，也被铁姝困入阵中，藏伏地底，待机而动，问出易静乃本门师伯，便照途遇女仙所说，乘着鸠盘婆师徒残杀情敌情夫时，破禁而入，两人会合，一同守在阵内。易静见敌人手法残忍，说了几句，鸠盘婆早知大劫将临，心存戒惧，便将赵长素残魂消灭，正和易静问答，意欲乘机下台。不料恶贯满盈，魔运将终。易静想起前生所受惨祸，性又疾恶，此来拼受危难，为正邪各教除此大害，本就不肯善罢。石慧初出茅庐，更是胆大气盛，一听对方说话狂傲，心中不服，口中喝骂，扬手便是二十多团石火神雷。鸠盘婆师徒虽未受伤，正中四十九面血河阵主幡，竟被神雷震破了二十来面。鸠盘婆一时疏忽，吃此大亏，不由激发凶野之性，厉声怒喝："今日有你无我！"扬手发出四十九柄血焰金刀，易静深知魔法厉害，刀上血焰得隙即入，比铁姝所用还凶十倍，正嘱石慧留意，爱徒上官红忽然飞到。易静知她绝非鸠盘婆师徒对手，忙用传声禁止时，鸠盘婆看出来人仙根灵秀，想摄生魂祭炼法宝，正令铁姝去撤上空禁网，一片青霞已带着千万根巨木光影和轰轰发发风雷之声自空飞堕。当头血焰吃青霞一冲，雪崩也似四下飞散，立被冲开一条血巷，鸠盘婆师徒不禁大惊。

易静对上官红十分钟爱，见她施展先后天乙木神光，竟将上空碧目天罗禁网冲破，所到之处，青霞闪闪，巨木横飞，金光万道，霹雳连珠，冲行血海烈焰之中，如入无人之境。暂时看去，虽具极大威力，但是敌人神通广大，魔法高强，绝难持久。果然，晃眼之间，血焰烈火倏地加强，前面刚被青霞冲开,两旁身后又复排山倒海潮涌而来。加以鸠盘婆连将阵法倒转,不令双方会合,一任传声疾呼,相隔仍是甚远,自己又不能离开当地,致受暗算,眼看青霞尽管加强,精光迸射,宛如暴雨,魔光血焰也越来越浓,行进已较迟缓。一时情急,关心过甚,忙用传声,告以门户方向。一面取出三粒灭魔弹月弩,一粒牟尼散光丸,再将六阳神火鉴准备停当,正想候到时机,只要上官红和自己一对面,立将三宝同时发出,冲开血浪,把人接应过来。忽听上官红传声疾呼:"师父不必担忧,弟子得有陈仙子仙法相助,赐有一道灵符,绝可无虑。"易静闻言,方觉爱徒是说安心的话,将信将疑,猛瞥见一片碧森森的魔光由左侧飞起,朝上官红当头罩去,当时师徒二人便隔为两处。凭着易静的目力,竟看不见一点人影,这一惊真非小可。

原来上官红自从听说恩师将有一次大难,每日忧心如焚,又以仙机难测,不知应在何时何地。心想:"此时幻波池仙宾云集,内有好几十位法力高强的师叔,鸠盘婆日内如来,再好没有。就怕恩师胆大好胜,像上次孤身涉险三探幻波池一样,或是先发制人,深入魔窟,那就糟了。"平日对师恭谨,深知师父性情,又不敢开口劝说,每日愁闷在心,老守在易静身旁,防备万一有事,多上一人,不论相助求援,或是事前哭谏,多少总好一点。当易静离山之日,上官红恰巧奉命往后洞炼那五行仙遁。初意师父有这么多同门至好在此,绝不会走。谁知易静同了朱文,偶在前山闲游,忽然谈起申若兰久未见面,怜她身世,欲往迎来相聚,已同飞走。等到炼完仙法,遍寻师父不见,心中一动,仍以为是在静琼谷中游玩,正待往寻。墨凤凰申若兰忽带裘芷仙匆匆飞来,告以易、朱二女追敌之事,上官红已自愁急,当时便要追去。癞姑见她面上杀气甚重,再三劝阻,勉强等了一会儿。先因朱文也未回来,以为师父已将妖道杀死,往追朱文,以致耽延在外,正和众人商说,请其代劝易静,暂叫不要离山,即使定数难移,和众人在一起,到底要好得多。朱文忽然回转,上官红见她面上神情十分忧惶,心已怦怦跳动。再听朱文说起途遇白犀潭韩仙子,得知易静穷追凶魔,误入魔宫,已在九盘山绝壑之中被困等语,越发心魂皆悸,"哎呀"一声,悄悄退出,惟恐癞姑拦阻,也未告知众人,立纵遁光,往川藏赶去。

鸠盘婆老巢,上官红曾听师父说过。行时匆忙,心乱如麻,也忘了询问途径,九盘山是在何地,照直便往魔窟老巢飞去。仗着近来功力大进,飞行神速,不消多时,便飞到川藏交界大雪山上空。眼看前面冻云弥漫,冷雾沉沉,冰雪万丈,绵亘不断。天气尽管奇寒,下面却一点风也没有,万山丛杂,全被坚冰积雪布满,阴森森的,宛如死域,休说人迹,飞了一阵,连个禽鸟生物均未见到。后听下面冰裂之声,杂着巨响,轰轰隆隆,山摇地动,料有冰崖坍塌。想起这类前古冰崖时有变动,禁不起丝毫震撼。人行其下,偶然大声说话,均能将万丈冰壁震塌。最厉害的是只有一处断裂,发出巨响,震波所及,往往千百里雪岭冰崖全遭波及,一时雪尘高涌,冰沙横飞,宛如万雷怒鸣,天崩地震,声势猛恶,出人想象之外。以为自己飞行太低,下面冻云受了冲荡所致。又知雪山虽极荒寒,却有大群野兽不时经过,如野骡、黄羊之类,常是千百为群,好几天才能过完,骤然遇到这等变故,十九埋葬在内,何苦多伤生灵。

心念一动,立把遁光升高。雪山本就极高,这一上升,不觉入了罡风层内。上官红温柔谨厚,用功极勤,从不恃强卖弄。平日空中飞行,俱都适可而止,避开地面上俗人目光已足,似此高飞,尚是初次。上来还不觉异,及至飞行了一阵,突又遇见天际罡风旋飙,赶路心急,不曾防备。这类罡气乃两天交界最厉害的气流,离地已在万丈以上,如是常人,早被吹化;便功力稍差的道术之士,也必禁受不住,或被卷入风旋之中。如若不死,超出大气层外,只要真气凝炼,能够辟谷,不特无妨,凑巧还许遇见仙缘,都不一定。人一到此,身轻如燕,天气也颇温和,丝毫风也没有。仰视星辰,多在头上,仿佛可摘,比常见要大百倍,到处明星灿烂。一轮红日,与明月东西相对,时近时远,月光只是一团冷轮,光并不强,却极好看,更无昼夜寒暑之分。要想下降,却被那万丈罡风隔断,非遇机缘,遇到风洞,或是再遇由上而下的风旋罡飙,还须深知底细,拼受数日夜的苦难,才得如愿。但是这类机会极少,由上望下,只是一片红黄沉沉的雾影,随着罡风吹动,宛如狂潮起伏,万马奔腾,非有极好慧目法眼,或是带有透视云雾之宝,休想看出风气中有什么空隙。

上官红毕竟修道年浅,无甚经历,哪知厉害。先见罡风猛烈,似难禁受,便将身剑合一,又把陈岩新近所赐法宝取出防身,居然无事。心中一喜,又是顺风,满拟这等走法,只有更快。忽听异声起自身侧,宛如海啸。

心想:"怪不得师长常说罡风厉害,单这声势,已有如此惊人。且喜宝光神妙,身剑合一,吹不上身,反倒加快,否则,如何忍受?"心念才动,猛觉眼前一暗,身子一紧,连人带宝光,全被卷入风旋之中,往上飞去。先仍不知入了危境,只觉风力奇猛,无法与抗。转瞬之间,身子竟和转风车一般,一路激旋,随风上升,这才看出厉害。先因那风与寻常不同。色作深黑,目光不能看远,忽略过去。及至身被狂风卷入漩涡,不能自制,稍不留意,连防身宝光也受了震撼,丝毫不能与抗,这才心慌。定睛一看,才知卷入风柱以内,风色青蒙蒙的,好似一幢圆锥形的青气,奇大无比,用尽目力,也看不到。人在中心,随同急转,势头比电还快,威力之大,重如山海。如不与抗,不过随同向上滚转急飞,还好得多;只朝相反方向略一挣扎,休说敌它不过,丝毫无用,连身外宝光也似要被风绞散,威力大得出奇。没奈何,只得听其自然,往上升去。想起恩师陷入危境,心如刀割。无奈身外宝光已被罡飙裹紧,晃眼便是千百转,早已头昏眼花,更须镇静心神,运用飞剑法宝防身。虽有法力和别的法宝,也难施为,空自惶急,无计可施。

似这样吹了一天一夜,也不知飞有多高,后来快要力尽神疲,暗忖:"造化威力,如此猛烈,不可思议,如今凶多吉少,风再不散,非死不可。恩师尚未见到,反倒送了性命,不特冤枉,也实辜负恩师与各位师叔朝夕爱护厚恩。"再想起从小孤苦零丁,受人虐待,逃来依还岭,长了一身绿毛,简直成了野人,和畜生差不许多。幸蒙圣姑垂怜,传以乙木仙遁;又蒙恩师收为弟子,好容易才有今日。哪怕见上恩师一面,再死也好,否则,死不瞑目。越想越伤心,不禁悲从中来。

正在伤心哽咽,猛觉身外旋势忽止,身又不住东摇西摆,颠荡之势更加猛烈,心想:"我命休矣!"紧跟着,脚底却有一股大力朝上涌来。同时"叭"的一声惊天价的巨响,震耳欲聋。头上倏地一松,人也被那股大力扎住,猛然朝上抛起。惊悸百忙中,还不知身已脱险,人被抛起老高。因这一日夜间只是运用玄功,守定心神,不令宝光离身,不曾主持飞行,身外一空,便往下落,目光又被罡风裹住,急转了不知多少亿万次,眼前发花,先未看真。后觉身似落叶飘荡,身外压力全数消散,料是脱险,方始定睛一看,面前立现奇景:只见满天星斗,大如盆盂,天色分外清明,微风不扬。俯视脚底来处,数十百幢又高又大的风柱,宛如狂涛山立,突作雪崩往下分散。一片红黄色的风烟似海中波浪一般,接连几个起伏,便自平静下去。相隔脚底,约有千百丈,竟不知方才怎么会上来的。知道身已冲出两天交界之上,想起平日师长所说,到此地步,再想下去,却是万难。估计离地少说也有几万丈,试按遁光往下一冲,谁知脚底看似无边无岸,一片红黄色的雾气,那阻力大得出奇。连用法宝飞剑试探,均被挡退,端的来也艰难,去更麻烦。末一次施展乙木神光,几乎受了反应,身遭重伤。见此情势,分明下降之望已绝。想起师恩深厚,从此远隔人天,何时才能相见?惊魂乍定,重又伤心起来,当前奇景,也无心观赏。方向早已失迷,寄身气层之上,俯视脚底,朝前急飞,打算寻到空隙,再试一下。偶一回顾,平日所见明月,竟有数十丈方圆,明镜也似停在空中,月光已为星光所掩。心正称奇,猛瞥见一点白影,由月旁掠过。待了一会儿,略微隔近,刚看出是条人影,脚底还托着一片白云,忽然掉头,朝自己这面飞来。心想:"两天交界之上,来人至少也是地仙。相隔太远,看去高才寸许,也不知是男是女。我正走投无路,何不去朝仙人求救?"忙催遁光,迎上前去,同时又发现斜刺里也有两个同样白点移动。

上官红急于下降,无心多看,仍朝近的一个飞去。晃眼临近,果是一位仙人,由一片白色仙云托着迎面飞来,看出是位相貌清奇的女仙,含笑而至。刚一下拜,女仙已先问道:"你可是被罡风狂飙由下界卷上来的么?此处已超出人天界外,比子午、来复两线还高,并有上下之分,凭你功力,已难回去。看你仙骨仙根,灵慧可爱,难得有此旷世仙缘,拜在我的门下如何?"上官红跪禀道:"仙长厚爱,感谢万分。无如弟子初入师门,受恩深重,家师女神婴易静现为仇敌魔法所困,急于往赴危难,偶过雪山,为罡风卷来天上,虽蒙仙长垂青,实不敢辜负师恩。还望大发慈悲,施展仙法,助弟子回到下方,有生之日,皆戴德之年。"女仙闻言,面色一沉道:"此是两天交界,寻常修道之士日夜清修,想过此关而不可得。你只微末道行,逢此奇缘,他人求之不得,如何反要回去?便你师父见你自误良机,也非怪你不可。道家师徒不是凡人,有甚相干,事有定数,如何不能达观?此时你不愿意,一到下方,再来无望,那时悔之晚矣。"上官红看出对方法力甚高,对于自己甚是看重,孤身在此,虽会飞剑法术,如何能与天仙为敌,恐其行强相迫,躬身答道:"弟子本是依还岭上一个毛女,幸蒙师恩收留,得有今日。恩师现在危难之中,心如刀割,除赴师难外,全非所望。休说天仙位业,便堕地狱轮回,也绝不敢背弃师恩。如蒙怜念愚忱,助弟子回往下界,固是终古不忘大德;否则,弟子任受千灾百难,也必冒着罡飙凶威,穿云而下,虽死无悔,还望仙长宽恕才好。"

女仙闻言,好似触怒,才说:"你这女娃叫甚名字?为何不识抬举?"忽听远远有人高呼:"道友不必介意,容我一言。"上官红回看,正是方才所见两朵仙云,已经飞近。云上立着两位女仙,云裾霞裳,明丽绝伦。内一穿青罗衣,身材微高,容貌更美,见面拦住前一女,笑对上官红道:"你是峨眉门下再传弟子么?"上官红见二女仙人既绝美,又笑语温和,令人可亲,与前见不同,忙即下拜,说了来意。穿青衣的笑对那一女仙道:"蒋道友,这便是上次和你所说峨眉派的再传高弟。入门不久,已有如此功力,根骨之好,更不必说,可见前言不虚。道友无心相遇,未曾推算底细。我二人却是奉命而来。休看她不知好歹,这正是她的好处。假如辜负师恩,只图自己成仙,这等门人,有甚稀罕?我令她向道友赔罪,请回仙府去吧。"

上官红会意,忙向女仙下拜,说自己师恩深重,此后便历千劫,也绝不敢违背,乞恕无知之罪。女仙笑道:"我不过见你根骨太好,分明是天仙中人,爱之过甚,一半怜才,一半也在试你。这等说法,反显我气量太小了。今日总算有缘。闻令师现为邪魔所困,方才袖中推算,此女也有二十来天灾难,势甚凶险。现赠你金花一朵,此是清虚仙府奇珍,虽然未必制胜,防身御敌,颇有灵效。他年有缘,当能再见。好自潜修,仙业不远。我知二位道友和你还有话说,行再相见吧。"说罢,举手转身往侧飞去,仙云冉冉,转眼不见。

上官红一看手中金花,形似两寸方圆一朵菊花,金光闪闪,耀目难睁,知是异宝奇珍,可惜未传用法。同来一位穿白女仙笑道:"蒋仙子近修上乘道法,欲求天仙位业,如何还是当年盛气?"穿青女仙笑道:"即此已是难得。因为强迫收徒,不好意思,倒便宜上官红得了一件法宝。此宝只要学会太清仙法,便能应用。她连用法都未传授,岂不可笑?"上官红近习太清仙法,已能应用,闻言甚喜。忽想起师父被困,心又愁急,忙问二女仙姓名,方欲求助。穿青的已先说道:"贫道陈文玘。此是师妹赵蕙。令师虽然有难,无须愁急,到时自有解救。但你此行却甚凶险,总算仙福深厚,因祸得福,吃罢风吹来天上,得此奇缘遇合,既免到得太早,受那魔光照体之厄,并还得了一件至宝奇珍。此宝威力甚大,防身之外,兼能降魔。到时如能稍忍苦难,暂缓施为,运用玄功,使与心灵相合,既多妙用,并免邪魔警觉,打草惊蛇。等到转败为胜之际,再将此宝冷不防施展出来,敌人见你败军之将,必不留意,也许一下将其制住;即或不然,也可增加许多威力。老魔鸠盘婆只有二十余日数限。日前凌云凤门人石慧路过小寒山附近,曾遇忍大师元神借一道友法身出游,在彼救人,将其唤住,指示机宜,现与你师同困阵内。你等七日之后再去,便可免却好些危难。但你对师忠义,定必不肯,事关定数,也不勉强。似你这样美质,到处受人怜爱,仇敌强傲乖张,你只要一味哑斗,除和你师父传声问答外,不要开口,鸠盘婆性虽凶残,但最爱才,只不伤她,便觉你忠义可怜,不致就下毒手,就许妄想收你为徒,都在意中。可仗此宝防身,到了时机,自然与你师会合。我另赠你灵符一道、神雷一丸,此是九天罡煞之气所炼,任何邪法,均可冲破。此时魔宫已非原地,老魔师徒早移居九盘山大壑之中,下设血河大阵,上有碧目天罗篁幕。到时可用神雷开路,另用乙木神光破阵而入。一任魔法围攻,声势多么猛恶,在我灵符神光与乙木仙遁防护之下,只要把心神守住,绝可无害。阵中血焰,阴毒无比,得隙即入,上身便自无救。这个还在其次,敌人更擅摄神呼音和各种极阴毒的魔法,专害人的六贼。你虽学道年浅,已得玄门正宗传授,意魔自然无害,耳目所及,最易中她暗算,尤以目光为甚,必须留意戒备。到了危急之际,应变须要机警神速,事前便将双目闭上,也无妨害。令师固是危急,你也无须疑虑。能早会合自好,否则,便在七日之后,援兵到来,再作计较,千万冒失不得。稍一疏忽,虽不至于死伤,元气必有损耗。此事关系非小,不可大意。"说罢,赐了灵符、神雷,传完用法,便同起身。

上官红早听师父说过,灵峤三仙门下弟子陈、赵二女仙,和各位师叔颇多交厚,不禁喜出望外。再看那灵符,乃是一片玉页,上有朱文符篆。神雷只有豆大,托在手中,滴溜乱转,时紫时青,时黄时红,五色均备,变幻不停。料知不是寻常,连忙拜谢。陈文玘刚伸手一拉,赵蕙扬手飞起一片仙云，将三人一同裹住，由九天高处，朝下飞堕，晃眼冲入罡风层内。上官红见那仙云宛如一片轻绡，笼罩身外，仿佛雾约烟笼，吹弹欲破，可是那么强烈的罡风，竟吹不到身上。最奇是下降千余丈，由内望外，先前缠绕自己上升的大风柱随时可见到，都是高如山岳，电旋星飞，凌空急转，呼呼之声，杂以一种极尖锐刺耳的厉啸，震耳欲聋。仙云只薄薄一层，在陈、赵二女仙主持之下，由那风柱之中穿行绕越，一个也未被卷上，只在里面时东时西，时上时下，往地面降去。心中惊佩羡仰已极。陈文玑笑道："你不必羡慕我们，将来成就，也许还在我们之上呢。"

上官红自是逊谢。文玑又道："我是实话，并非夸奖。这类风柱，布满两天交界罡风层内，为数何止亿万，照例互相激荡，分合无端，终古以来，永无休息。你方才恰遇见一个大的，如非心有主宰，法宝神妙，比你功力还高的人，也非受伤不可，休说是你，便我二人，也不敢邋撄其锋。除却仙佛两道，具有极大神通之人，才可任意往来。你没见我们上下绕越，多费事么？不肯常往人间，便为相隔太高，上下艰难之故。等你将来道成，就可往来自如，比起今日，强得多了。"上官红见二仙对她十分看重，奖勉了一阵，重又提到魔窟寻师之事，不厌其详，指示机宜，神情十分关切。料知此行危机密布，一发千钧，心中谨慎，对于二仙更是感谢。

二仙又说："幻波池不久还有好些事故，又当开启宝库藏珍之时，虽不似此行凶险，于你关系颇大。便你各位师长，如无通盘筹计，稍一疏忽，便要做错。如见令师和李英琼、朱文二位师叔，可代我二人致意。并告以北洞水宫池中灵钥和那锁链，实是开启水宫之宝，非它不可，千万残破不得。如因开库艰难，妄用法宝、飞剑之类，稍微毁损，难免不生枝节呢。"上官红回答："弟子遵命，绝不敢忘。"飞行神速，仙云已越过罡层，直往下降，上下相隔，仍有三四千丈。陈文玑执手笑道："我二人尚还有事，不能送你前去。照我手指，朝西北方自走，越过雪山最高峰个远，如见乱山之中有一广大绝壑，便是九盘山魔宫所在。鸠盘婆此番对敌，实受孽徒铁姝之累，骑虎难下，情非得已。下面魔法虽极厉害，为防被人看破，上空已用禁法掩蔽，望去只是一片由壑底冒起来的云雾，不知底的人绝难发现。但是云雾下面那层魔网厉害非常。照我所说，破去以后，那时老魔口发狂言，心实畏祸，虽将她法宝毁去，也只怒火头上，虚声恫吓，七日之内，不会伤你,过后难说。小心应付,再相见吧。"说罢,把手一扬,同驾仙云飞去。

上官红连忙下拜,人已飞远。一看当地,乃是武夷山上空,离开雪山甚远。心想:"欲速不达,想快反慢。早知如此,问明魔窟途向,再行起身,哪有此事?虽然巧遇仙缘,因祸得福,又蒙二仙指点,经此二三日,不知师父光景如何?"心中一急,把陈文玑所说的话多半忘掉,忙催遁光,二次往雪山飞去。因为先前耽搁,上来便以全力飞行,远望直似一道银虹,冲空破云而渡,其急如电,不消多时,便达雪山上空。有了前车之鉴,不敢十分飞高。再看下面,震势早已停止。只见冰峰刺天,雪岭排云,万山杂沓,冷雾凄迷,到处静悄悄的,声息皆无,和先前差不许多。暗忖:"这次飞行较低,只有更快,为何不听冰裂之声?难道前日冰崖崩塌,与我无干,另有其人不成?"

心念才动,猛瞥见左侧一座小山前面,似有金霞微闪。急于寻师,也未细看。只照西北方飞去。约有半盏茶时,乱山罗列之中,现出一大片冻云冷雾,知已到达。因见地域广大,拿不准师父是在何处,打算问明地方远近,以便冷不防冲开魔网,破禁而入,一到便与师父会合。忙用传声,朝下询问。果听师父回应,说下面魔法厉害,情势凶危,不令飞降。上官红一听形势这等险恶,越发情急。因听传声来处就在脚底,不知魔阵神妙,变化无穷,咫尺之隔,犹如千里,素来恭谨,不敢违命,惟恐师父再用传声阻止,难于违抗,只答得一句:"弟子无妨。"忙把神雷连同乙木神光一起施为,猛力朝下冲去。

初意那丸神雷至多和乾天一元霹雳子威力相同,即使再大,也是一发就完;魔法厉害,罗网周密,仇敌又是著名的动作如电,神速无比,稍微耽延,必误事机。于是急不如快,神雷一发,立运乙木神光,跟踪飞堕,往下冲去。谁知陈、赵二女仙奉了师父之命,特意相助,那丸神雷是由别处讨来转赠,威力大得出奇,并还生生不已,至少能延七日以上,方始逐渐消灭;并还与乙木神光生出感应,两下会合一起。扬手先是豆大一粒星光,冲向妖云之中,妖法立破。上官红乙木神光同时发动,见那神雷宛如飞星下泻,并未爆炸,心正奇怪,忙催遁光追去。神雷在前,相隔也只一两丈,目光到处,发现脚底现出大片奇怪碧光,宛如亿万只碧绿怪眼,闪闪生光。神雷已然射将下去，两下才一接触，只听密雷爆发，连珠霹雳声中，脚底数亩方圆一片鱼鳞也似的碧色魔光，立被炸开一个大洞，千万形如人眼一般的鬼火，化为碧萤暴雨，四下迸射，满空飞舞。俯视脚底，已成血海，烈焰飞扬，鬼哭神号。师父同一少女，在好几层剑光宝光织成的光幢之中，凌空而立，并未受伤。心中惊喜，连念头也不容转，便朝血海中冲去。同时神雷爆炸以后，化为大蓬五色火球，其大如杯，竟与乙木神光会合一处，连珠爆炸，直似百万天鼓，同时怒鸣。雷火夹在神光之中，往外飞射，纷纷爆炸。所到之处，身外血焰魔火，金刀毒叉，宛如狂雪山崩，惊涛飞舞，纷纷四散。以为相隔不远，照此威力，晃眼便可会合。

谁知鸠盘婆神通广大，上官红刚到上空，破了妖云禁制，便被警觉。只为自恃太甚，心想："来人是个无名后辈，有何法力，一近碧目天罗，立可将人擒到。"连手都不动。不料那丸神雷乃仙府奇珍，具有极大妙用，对方邪法愈强，反应之力越大。否则，看去只是豆大一团光华，并无异处，一时疏忽。心想："此女由幻波池而来，那团豆大紫光，颇似乾天一元霹雳子，虽然厉害，绝破那碧目天罗不了。"口正发着狂言，要擒来人生魂，祭炼法宝。话未说完，猛听万雷暴发，碧萤飞如星雨，魔宫十四宝中的碧目天罗，竟被震破了一个大洞。跟着，便见一片青霞，中杂千万巨木光影，和潮水一般的五色雷火，往血焰火海中冲下，当时冲开了一条血巷，魔幡也在无意中被冲破了七八面，消灭了好些魔鬼。这类血河魔幡，曾用多年苦功，威力至大，不料被两个无名少女先后破去了一大半。虽然当中最重要的五面主幡未破，尚可重炼，但此幡上魔鬼均是左道妖人的凶魂厉魄，爱徒铁姝费了无数的事，树了许多强敌，才得祭炼成功。这班妖魂又极凶险狡诈，炼时费力不少，稍一不慎，便为所乘，中有两次，几受群魔反噬，身遭惨死。最爱的魔教中至宝，一旦葬送，不由怒火上升，正要施展毒手，忽朝来人看了一看，心念微动，当时改了主意，扬手一片暗碧色的阴影飞将出去，一面倒转阵法。

易静师徒立被隔断，各不相顾。上官红本来在魔阵之中，一面传声问答，一面朝前猛冲。初意以为相隔咫尺，当时便可冲到师父面前，与之会合。谁知冲行了一阵，全无用处。始而觉着身一紧，四面血焰魔光倏地加盛，内中带着一种黏滞之力，冲行逐渐艰难，心方一惊，紧跟着一片碧影当头罩下,被身外乙木神光挡住,一闪不见。先也不曾理会,及至往前一看,师父那幢防身宝光本来停在离身不远的右边一带,几次想要冲将过去,师父也在传声疾呼,吩咐正面相对,以便接应。偏是魔光血焰越来越盛,左右前后,轻重不等,不是偏左,便是偏右,始终不能对上。看似甚近,又未移动,不知怎的,就这晃眼之间,无故失踪。连用传声询问,也无回应,越发惊疑。正在狂呼:"师父你在哪里?"面前倏地碧影一闪,现出一个鸠形鹄面、奇丑无比的瘦老太婆,下面赤着双脚,瘦硬如铁,却穿着一身金碧辉煌、非僧非道的服装,手持一根鸠杖,鸠口内黑烟缕缕,目射碧光,神态丑怪,无异鬼物。那么强烈的神雷宝光,竟会挡她不住,突在身前出现,含笑而立。

上官红不知此是鸠盘婆元神幻化的虚影,有意迷惑人的目光,如非先听易静传声警告,将陈文玑所赐灵符先行发动,只差这一眨眼的工夫,元神就要被吸去,除却降伏,休想活命。鸠盘婆本意是来人仙根仙骨,禀赋奇厚,从所未见,打算强收为徒,先将元神摄去。为了爱极来人,求得之心太切,明见敌人宝光强烈,威力甚大,竟不惜损耗元气,把多少年来轻易不用的魔教中化体分身之法施展出来。这类魔法最是厉害,一经施为,万一遇见强敌,对方棋高一着,害人不成,便要反害自身,凶毒无比。行法时,必须将本身肢体用魔刀行法切断,作为化身。对敌时,看是一条似虚似实的人影,却和本身一样,具有极大威力,凭着行法人的主持,言动施为,多么神妙的飞剑法宝,也易被其透进。本想先劝说两句话,对方稍微倔强,立可手到擒来。

鸠盘婆也是自恃太甚,此时上官红灵符又未发动。那符又极神妙,不似寻常,发时一片极淡青光微微一闪,便将人全身包没,看去无踪,仿佛行法人的容光更好,只微微带着一点青色,身上衣服也更鲜明,并无奇处。暗中却具极大威力,无论敌人邪法多么厉害,离身丈许,便被一种潜力阻住,莫想上身。上官红乙木神光又是青色,所以那么厉害机警的老魔头,一毫也未看出。先觉对方五色神雷和那乙木神光猛烈非常,虽得冲入,本身元气已消耗了一些,与初料不同,心中已自惊疑。再一对面,还待前进,无形中忽有一股不可思议的潜力把路挡住,休想再进分毫。不禁大惊,才知来人年纪虽轻,不是易与。想了又想,心终不死,手指上官红,阴沉沉笑道："小姑娘，你师父易静，连那绿发贱婢，均已被我擒往魔宫，听候发落。你只要肯降伏，拜我为师，从此受用无穷。她师徒二人，也可看你面上，容她活命。否则，此间上有天罗，下有地网，坚如精钢，具有无上威力。你方才来时，不是我疏于防范，岂有那等容易。你此时行动艰难，比起方才相去天渊，当已知我厉害。如不听话，我一扬手之间，你立成齑粉，元神还要被我擒去，受那炼魂之惨，永世不得超生，岂非自取灭亡！"

上官红见师父失踪以后，身影皆无，这丑怪妇人正和师父所说相貌一样。那么猛烈的神雷和乙木神光，竟会被其从容飞进，一任全力运用青光神雷打将上去，敌人直似一条虚影，立在神光火雨之中，若无其事。如是妖人元神，理应冲散，偏又不见散碎之迹，心已万分惊疑。再听这等说法，越发惶急，以为敌人既然不畏宝光神雷，凶多吉少。又知这类魔教长老，照例除行法时阴险诡诈，无所不为外，本人说话，向来不说诳语，所说当有几分可靠。否则，师父纵令被困，本门传声何等神妙，如何也不听回应？当时悲忿交加，情急心横，哪还再暇寻思。蒋仙子所赐金花，又只要稍会太清仙法的人便能使用，当由两天交界冲破罡风气层，往下飞降途中，又经女仙陈文玑传授指点，更是收发随心。

一急之下，心想："危机业已临身，师父吉凶难料。想不到老魔邪法如此厉害，灵符发动以后，只觉身子似被什么东西微微托住，便不见别的妙用。久闻老魔神通广大，并能颠倒阴阳，施展魔法禁制，迷乱敌人心目，自知大劫将临，处心积虑，暗有布置，陈仙子不曾算出，被她瞒过。神雷既然无用，单这一道灵符，如何防身？"不知鸠盘婆已被潜力阻住，误认仇敌妄想收徒，先礼后兵，惟恐说完，只要自己抗拒，便遭毒手。心想："恩师如若遭劫，何以为生？这朵金花，听陈仙子说得那么大的威力，反正凶多吉少，何不冷不防拼上一下？即使不能得胜，多少也可出气。"念头一转，因为恣师被擒，伤心惶急太甚，连用金花防身之意俱都忘记，手中灵诀往外一指，那朵金花立由头上飞起，随着上官红的心念，暴长数十百丈，光芒万道，光中杂细如游丝的金色光线，仿佛一个奇大无比的烟火花炮，突然爆炸，电一般急飞起，朝着对面魔影当头罩下。

鸠盘婆原用一节手指化身行法，先见上官红鬓边插着一朵金菊花，宝光闪闪，映得容光分外美艳，知是一件法宝，本就奇怪，偏看不出有何用处，自恃神通，也未在意。不料此是九天仙府奇珍异宝，经陈、赵二仙用仙法将宝光隐蔽了一大半，看去仿佛一件寻常法宝。及至对方手才一扬，面前倏地奇亮，金花耀眼，强烈非常，方觉出中杂威力极猛的绝灭光线。心中一惊，来势神速，连念头都不容转，相隔又近，骤然发难，逃避无及，只一闪，全身便被亿万金光神线罩住，由下而上，急翻过来，仍是一朵金花，但那魔彩却被花心光线裹住。四周花片也似的金光再往上一合，成了一朵将开未开，大约三四丈的金色菊花，停空而立。只听一串轻雷微微响过，花朵由合而分，魔影便自消灭。

鸠盘婆无端失去了一指，成道以来，第一次遭到这等惨败，不禁大怒。先前尝过味道，看出那朵金花是件降魔至宝，不是当时可以成功。急怒交加之下，便将全阵一起施为，等待时机，下那毒手。上官红还不知道大材小用，见鸠盘婆已被金花消灭，四外血焰魔光反而更盛，这才疑心前见乃是幻象。那金花尚停面前，霞光闪闪，幻为丽彩。四外血焰魔光潮水一般冲将上去，近前便即消灭。猛触灵机，想起此宝还有防身妙用。伸手一招，花便飞回，立时停身其上。上官红也是仙福深厚，不该遭难。鸠盘婆晦气临身，动辄得咎，平日下手最快的人，又因丝毫之差，稍微慢了一些，等到施展毒手，上官红已恰在金花包围之中，安然无事。上官红自己还不知道。

鸠盘婆初受重伤，却是忿急非常，瞥见敌人持有这样从未见过的仙府奇珍，竟不会运用，任其停在身前，以为有机可乘，复仇心盛，连伤也不暇顾，就着那截断指，往前一扬，立有一粒血珠飞将出去，到了上空，化为一片暗赤色的阴云，正朝敌人当头罩下。

这类魔教中的碧血神焰，乃灵元真气所化，本身功力越高，威力越大。鸠盘婆又是魔教中数一数二的人物，自然更厉害得多，上官红虽仗灵符护身，虚惊仍在所难免，稍微疏忽，连元神也会被摄去，必受大害无疑。鸠盘婆方在咬牙痛恨，断定十九成功，谁知总共不过一眨眼的工夫，敌人却将金花收转，飞身其上。本意猛下毒手，只要将金花与人隔断，即便当时不能成功，也有法想。那朵金花头一个先难运用，凑巧还许施展魔教中的大法，收为己有。万没想到对方同时施为，两下恰巧撞上。那朵金花偏又是专制这类魔法的一件至宝，双方动作都快，无法收回。那菊花形光瓣本已合拢，将人围在当中，魔光往下一压，突由花心之中射出一蓬大如米粒的金色光雨，只一闪，一片"咝咝"之声，全部爆炸，化为无数细如牛毛，长才尺许，数寸不等的光线。看似极细，满天花雨，缤纷电射，奇丽无俦，只有美观，看不出有何妙用，偏具极大威力，当头魔光挨着，立被冲散。鸠盘婆当时心神一震，知道不妙，又惊又急，此是本身元气所化，忙即回收，已损耗了不少。

经此一来，越发暴怒。因是一向深沉，喜怒不形于色，越是怒极，神态越发镇静，至多阴沉沉地带着两分狞笑；不似别的妖邪，一来就破口大骂，暴跳如雷。下手更是又狠又稳，又辣又快。接连两次重创，败在一个无名幼女之手，并不发怒，反更从容。自知这件法宝威力来路，不曾看透以前，不宜妄动，索性沉下心去，二次把手一指，现出一个化身，飞向金花之外，狞笑道："小女娃不知利害轻重，早晚必形消神灭了。"

第三一一回 宝气明霞　力援爱侣
　　　　　　　疾风劲草　苦斗神魔

上官红侥幸得胜,本在将信将疑,本意在金花护身之外,横冲直撞,搜寻师父踪迹。无奈此宝新得到手,虽经仙人指点,只惜练习太清仙法为日不久,不能发挥此宝妙用。人又小心谨慎,觉着师父那高法力,尚有二十日灾难,此时吉凶难定;何况对方有名邪魔,自己只是情急拼命,原非对手。魔阵如能破去,绝不至于师父声音全未接到。心生疑虑,只管情急,并未冒失妄动。果然晃眼之间,鸠盘婆二次出现,仍和方才一样,是片虚影,立在面前,只未侵入宝光以内,才知所料不差,仇敌仍然无恙。想起师恩深厚,此时不知何往,吉凶如何,重又悲忿情急,戟指怒喝:"老魔鬼,你快引我去见师父,否则我囊中还有专破九子母天魔的至宝,比这金花厉害得多,乃是紫虚仙府一位天仙和陈仙子所赐,说你尚有二三十日厄运未终,故未下手。如将师父还我,或任相见,便不与你一般见识。否则,我豁出逆天行事,不到日期,便以全力施为,那时你形神皆灭,和你所说一样,悔无及了。"

上官红素不喜说谎,这次原因救师情急,偶然想起平日耳闻和陈文玑所说魔运将终之言,又知仇敌近年畏惧大劫,颇知敛迹,心存警戒,故意编造这一套话,想试探师父果真被擒也未。此举原极幼稚,偏沾了根骨灵慧的光。鸠盘婆才一见人,便起怜才之意;又见对方美慧灵秀,分明天府仙姝,来至人间。说时又用剪水双瞳注定自己,神光湛湛,英姿玉映,匆促间本看不出作伪形迹。所说的话,又恰中心病,猛想起昔年所遇女异人"绿散红消"的偈语,敌人姓名,和前日绿发少女的话又相合,两次提到陈仙子,女异人也正姓陈。尤其近年所炼九子母天魔,专为抵御天劫之用。

后听人说佛、道两家各有两件专破天魔的至宝，均是前古奇珍。内中一件，名为归化神音的，上次元江取宝，已被峨眉派夺去。得信之后，还自愁急，后才得知此宝峨眉派专为消灭妖尸谷辰而用。近年又向各正教表示好感，除却新近由一真大师门下改归峨眉的强仇易静而外，并未再与正教中人发生纠葛。峨眉开府，并还令爱徒金、银二姝前往致贺，对方也以客礼相待。二姝回府，说起妙一夫人颇为奖勉，如非铁姝力言彼此道路不对，万难相容，徒自取辱，不令妹子再去，自己也因多年盛名，恐人见笑，不便明言，两下早已来往，才放了一点心。铁姝以前妄借神魔与两妖人，致与峨眉弟子朱文结怨，总算尸毗老人出头作梗，将事情揽了过去，这才免生许多枝节。

不料易静仍是寻来，事情虽然又由铁姝而起，无奈她是衣钵传人，对师忠孝，将来抵御天劫，又是自己替身，非她不可。加以素来好胜，从不服人，一旦胆怯示弱，爱徒自是不快，便自己苦在心里，也无法出口。日前已觉兆头不妙，易静来时，还想设法下台，稍过得去，便与言明，化敌为友，或是放掉，以免败固无幸，即便得胜，也是后患无穷。偏是阴错阳差，敌人好似胸有成竹，稳扎稳打，明有脱身机会，偏作不知，一味自保，只守不攻。所说的话，又太使人难堪，逼得无法，只好先占上风，相机化解，稍有机会，立时下台。谁知越来越凶，敌人虽被困住，均有仙、佛两门至宝防身，一个也伤她不了。有心施展最后毒手，无奈敌人身后尚有无数强敌大援，来人如死，绝不甘休，比起天劫，更难躲避。越想越心寒，本就骑虎难下，再听这等说法，分明敌人有恃无恐，专为诛杀自己而来。那么诡诈机警的人，竟受了上官红的骗，信以为真。只是无法改口，心中惶急，当时没看破，冷笑一声，便退了下去。

上官红先测不透仇敌是何用意，所说原是假话，先以为敌人不会相信，便未再提。鸠盘婆满腹惊惶，心中痛恨，并头三日误信上官红之言，以为真个是在静守待机。否则，此女来援乃师何等情急，别的法宝虽未见过，便这一朵金花冲行全阵，固然不能脱身，到底不易拦阻，魔光血焰也必有不少损耗，怎会停住不动？因是忧祸心切，只想一边，以为仙法神妙，初来时那朵金花便插在敌人鬓边，并未看出它的妙用。敌人师长法力高强，仙机微妙，只要被占了先机，便难算出底细。易静被困阵中，又正以强力相抗。绿发少女的石火神雷，又是魔鬼克星，此女胆大灵慧，擅长地遁之法，不时乘隙而动。阵中恶鬼，均经多年祭炼，得来不是容易。此女藏身宝光之中，稍有空隙，便将神雷朝外乱打，恶鬼已被伤了不少。一心不能三用，无暇再以魔法推算，心虽恨极，惟恐激变，总想凭自己心计法力，必能想出两全之法，最后杀手。再如无效，立遭惨败；决计也用稳扎稳打。好在敌人全困阵内，除非果如所言，带有专破九子母天魔之宝，万无逃出之理。事须慎重，非到万不得已，这类最干天忌的阴毒无比秘魔大法，还是不宜轻用。否则，只一发难，事便不可收拾。

但一想到多年盛名，无论正邪各派，对于自己均带几分敬畏，从无一人敢于侵犯，却被一个小女孩把手指毁去一截，伤了不少元气，所毁坏的魔幡异宝还不在内，此仇岂可不报？越想越恨，怒从心起。似此举棋不定，不觉挨了好几天，只管以全力运用阵法，九子母天魔始终不曾施展，白便宜上官红少了几天苦难。并还乘此时机，运用太清仙法，使那金花与心灵相合，无形中增加了不少威力。这原是头一日情急见师，心中忧虑太甚，无暇及此。后渐觉出强拼无用，同时想到师父累世修为，功力深厚，以元神炼成法体，持有师传七宝和师祖所赠许多仙府奇珍，此是何等威力，我一微末道行尚未遇害，何况恩师。也许被老魔用甚邪法将传声隔断，故难通话，人绝无恙。否则，老魔最厉害的九子母天魔早已出现，如何不曾见到？念头一转，便把心神镇静，藏身金花之内，用起功来。

其实上官红已将鸠盘婆哄信，就此相持下去，原可不致受难。只为对师忠义，时候一久，仍不放心，到了第五日，突然想起："老魔二次现身时，说得那么厉害，经自己说了一套假话之后，便自退去，不曾再见。后在阵中冲行了几次，不曾生效，一想师父不会遭劫，便停了下来。宝光层外，血焰魔光，连同金刀飞叉，鬼声魅影，虽比以前还要猛恶，但都无害。难道老魔被我哄信，不敢下那毒手不成？"一时心动，想用前言再试一下。谁知弄巧成拙，鸠盘婆原是大劫将临，心中忧疑，一时受愚，便不再开口，迟早也必省悟，这一开口，越发露出马脚。鸠盘婆一听敌人所说，和方才一样口气，暗忖："这般初出茅庐的少女，只知向道坚诚，死都不怕。她方才情急寻思之状，绝不知道利害轻重，为何只冲了几遍，见不是路，便退了下来，一味枯守神情，又带几分忧疑？果如所言，带有降魔之宝，断无不用之理，怎会如此安静？"忽然大悟，暗骂自己阴沟里翻船，那高法力智慧，竟被一小女孩瞒过，不禁又好气，又好笑。

再朝对方仔细一看，年纪不过十七八岁，不特仙根仙骨，灵慧异常，并还美秀入骨，仿佛美玉明珠，自然流照，人和冰玉铸成一般。心想："无怪峨眉势盛，休说尘世之中无此人品，便天上神仙，纵令道法多高，也未能有她这等美秀。"由不得越看越爱，竟连先前断指之仇，都几乎忘掉。觉着自己枉为一教宗主，以前收徒太滥，弄得声名狼藉，怨恨冲天，不去说它。后来清理门户，男女魔徒诛杀殆尽，由此不收男徒。屡次想收几个好的女弟子，费尽心力，多年物色，一个也未遇上。铁姝姊妹当初本在一位散仙门下，只为乃师说她姊妹夙孽太重，金、银二姝心性柔善，到时就不免难，至多转上一劫，铁姝结局却是极惨，万无幸理。铁姝天性刚愎，闻言大忿。又因犯规受责，被逐师门，自知只有投身魔教，炼就上乘魔法，具有极大神通，才可免难，所以用功独勤。入门不久，又乘前师不在，强迫金、银二姝，转投到自己门下。先还恐其心性不定，后来才知师徒投缘，忠心异常。金、银二姝虽然忠于师门，只是天性仁柔，过于凶恶的魔法，便不肯去学，以致相随多年，比起铁姝功力，差得太多。照着此女这等人品，却未见过。一面起了怜才之念，一面又想这等仙骨仙根的少女，不知几生修为，才有今日，岂可葬送在自己手内，自来逆天不祥，况是天劫将临之际。心中迟疑，正不知如何是好。

铁姝数中注定是鸠盘婆的魔障，天性凶残，和乃师一样，不知利害，刚愎狂傲，复仇心重，更有过之。先见师父有些怯敌，看神气直恨不能化敌为友，才对心思，早就大忿。几次想要劝说，但知乃师刚愎残忍，有己无人，言如律令。以前几次示意，不令自己去与正教中人为敌，因未十分遵从，已是不快。当日老魔被杀，敌人又是自己与老魔勾结，才得引来，抓毁了好些法宝和所炼恶鬼神魔，师父虽然不肯示怯，却埋怨自己，定必有气，甚而暗怪自己为她惹祸，都不一定。当时成败关头，稍微主张，或是话说不好，发生误会，胜了还好，万一挫败，便不好意思公然责罚，以师父的为人，定必借题发挥，加以重责。自己行事，委实也有狂妄背命之处。想了又想，站在一旁，只干生气，不敢冒失开口。这时见双方相持已好几天，费了许多事，毁掉好些神魔异宝，只将敌人师徒暂时隔断，并未占着一点上风，不特九子母天魔不曾放出，连好些厉害魔法均未施为，坐视敌人在飞剑法宝防身之下静待援兵，毫发也未伤到一根，实在看不下去，忍不住拿话点道："恩师迟不下手，可是算出敌人还有后援，想要一网打尽么？"

一句话把鸠盘婆提醒，暗忖："自己今日行事，为何如此颠倒？敌人明是胸有成竹，大援在后，在此坐守，以退为进。方才所说二十余日数限之言，与自己以前推算出的天劫时期差不许多。已然势同骑虎，成了不能并立之局，如何还要大意？反正非拼不可，无法化解，不如趁其援兵未到以前，先将敌人杀死，不问如何，也好得多。"念头一转，凶心顿起，朝着铁姝冷笑说道："今日之局，早在我意料之中。不过你不作成，发难没有这么快而已。我已决计与仇敌一分胜败，因见此女功力太差，对师忠义，来此犯险，一时怜才，意欲保全，打算困她数日，再如不知利害，方下杀手。至于易静贱婢，狂傲无理，早应取她性命。只为看她师父份上，又因此女前生所受委实甚惨，难怪怀恨，近年我又不愿多开杀戒，想使悔祸，迟了几天。如若怕她身后有人，我不放却，也必早下手了。你既不耐久候，可去代我主持中央神坛，我先给她一个厉害。"铁姝看出乃师说话时，面色格外阴沉，一双碧绿的怪眼注定自己，不住闪动，隐藏凶毒，与往日大不相同。深知乃师阴险狠毒，一朝触怒，不论亲疏，此时已成有胜无败之势。想起以前处治门人之惨，那九子母天魔，便有几个以前得意同门在内，不禁吓了一跳，当时诺诺连声，由此存了戒心。不提。

鸠盘婆说完，又朝铁姝看了一眼，方始冷冷地朝着易静说道："你虽一再逼我动手，我总想息事宁人，不愿轻开杀戒。今已数日，我并未施展全力，所炼九子母天魔也未发动，你三人便被困阵中，行动不得，即此当知我非庸手。道友能有今日，也非容易，就算前仇深重，道友不经此劫，何能转祸为福？事须三思，免劳后悔。"易静笑骂道："无知魔鬼，少发狂言。想你以前行为，何等凶残。此时不过自知大劫将临，首鼠两端。既然怕死，我在幻波池开府清修，本来不曾寻你，还不是你那孽徒铁姝，勾结老魔赵长素，引我来此。仇人相见，本就放你不过，又见你所设魔阵，以及处治异己时的残忍，人天共愤，这才想把你师徒就此除去，免留大害。我早知有此二十四日耽延，当我难满之时，你的劫运也自降临。如有本领，只管施为,谁还怕你不成!"

鸠盘婆闻言,自是忿急。心想:"双方仇深恨重,敌人这等说法,已下决心,多言徒自取辱。"心中恨极,表面仍不露出,阴沉沉笑道:"你既不知好歹,难怪我不看你师父情面。你那爱徒上官红,实是美质,可惜随你一同葬送。她为情急寻师,不自量力,仗着一两件法宝,妄想和我拼命,现被困住。我本想将你师徒隔断,分别处死,只因怜爱此女忠义,特容你两师徒一见,免其死不瞑目,有何法力,可速施为,莫要信口发狂,到时禁受不起。只要真个动手,便有你无我了。"

易静本来困在阵内,自从上官红传声一断,虽知此女仙骨仙根,福缘深厚,无如双方强弱太差,由不得心中悬念。一听这等说法,心想:"红儿此时不知如何受罪,魔法神妙,连语声均被隔断,如能见面,自然是好,再要乘机会合,也可免却许多顾虑。"同时想到敌人阴险狡诈,所说也许藏有阴谋,还须留意,免得上当。心念一动,冷笑答道:"老魔鬼,你那邪法毒计,我全知道。休看我门人年幼道浅,但她累世修积,才有今日,仙福至厚,又是圣姑伽因记名弟子,你绝害她不了。此时虽受你那邪法阻隔,不过厄运未终,暂时被困,时机一至,你便形神俱灭,能奈她何?见否在你,如有神通,无须闹鬼阻隔。她那微末道行,难道你还怕她是我援兵不成?是好的,放她过来,与我会合,看你所炼魔鬼有多厉害?"鸠盘婆也未答话,接口冷笑一声,重又不见。

易静毕竟老谋深算,见多识广,情知仇敌不怀好意,持久无功,必下毒手。方在暗中戒备,暗命石慧不可事前妄动,乱发石火神雷,以免一时疏忽,受了魔法暗算,难于补救。眼前倏地一花,先前密布阵中的血焰魔光,连同百万金刀、烈焰、飞叉,全数不见,上下四外,只是一片黄昏暗赤色的沉沉雾影,只不见一丝天光。仇敌师徒,仍是不见。却在东南角上,现出大片金光霞影,定睛一看,正是爱徒上官红,在一朵金花之上盘膝而坐。身外本有飞剑法宝金光笼罩,外层又有乙木神光笼罩其上,无数巨木光影,排列若城,把人围在其内,青霞湛湛,时隐时现。本就戒备重重,魔光血焰,绝难侵害。那菊花形的金光,再由外而内,往里合拢,看去恰将三四层宝光一齐包住。光华虽然强烈,人却看得逼真,看出不是幻象。暗忖:"红儿哪里得来的仙府奇珍?便此坐守之法,也似受了高明指教。"

心中大喜，知道无害。试用传声笑呼："红儿，可能看见我？"

上官红原因用尽方法，不能传声，第二次向仇敌发话恫吓，又未回答，自知无效，只得澄神定虑，安稳垂帘，端坐金花之上，静守待援。忽听师父传声相唤，不禁狂喜，忙即回应。抬头一看，师父同一从未见过的绿发少女，同坐兜率宝伞之下，身外光芒万道，宝气腾辉，更比平日所见要强得多，光幢却不甚高。不知鸠盘婆居心残忍，凶毒无比，听出易静口气坚决，已然横心。只不过怜爱上官红，适才收徒妄想仍未去尽，准备先使师徒见面，再下毒手。能迫对方降顺，固如心愿；否则，索性豁出树敌，放出秘魔九鬼，把敌人生魂精气吸去。这类元神炼就的法体，最能增加本命神魔的威力。上官红再如倔强，便把生魂摄来，以为祭炼主幡之用。表面二人东西相对，实则中有魔法禁制，可望而不可即。并还利用对方七情哀乐，去分仇敌心神，以便进攻。上官红初经大敌，自然不知。因见师父并未被擒，心中欢喜，只觉宝光太小，忙用传声回问。

鸠盘婆当日心中有事，神志不宁，忘了峨眉传声最为神妙。先前隔断双方语声，本出无心，此时更未想到。易静虽见爱徒在前面出现，因那金花广数亩，宝光强烈，在易静眼里，也有亩许大小，初见此宝，不知底细，以为本来如此，不曾在意。及听爱徒回话一问，猛想起魔教中好些最阴毒的邪法，不禁大惊。本来一见上官红，就想接应过来，及被提醒，便知仇敌阴谋毒计，巴不得双方会合，只一行动，立即上当，不禁大惊，忙喝："红儿，魔法厉害，千万不可妄动。万一少时传声，再被老魔隔断，无须愁急，上来我已占了机先，防备周密。只为命中该有此难，不能避免，在此坐候，并非真个被困。现已数日，至多二十天内，援兵一到，老魔便即伏诛。你绝不可一误再误，老魔阴险诡诈，稍不留意，必为所乘。只可照仙人指点，默运玄功，静坐花上，千万不可妄想与我会合；否则，你固无幸，我也心分两地，好些不便。"随问上官红金花来路，来时所说陈仙子，是否石慧所遇小寒山神尼忍大师元神化身。上官红便把前事说了一遍。

鸠盘婆因觉敌人师徒所用法宝均具极大威力，急切间绝难兼顾，意欲准备停当，再以全力施为，一举成功。一面指示铁姝机宜，一面暗中布置，满拟仇敌师徒情重，只一见面，必想会合，稍微行动，便可驱遣神魔暗算。不料对方一个久经大敌，见多识广，一个素来谨细，心有成见，竟不上当。虽然误入幻境,闻声见人,并未妄动。跟着上官红便奉师命,专心防守,以待时机。等到鸠盘婆魔法布置停当,觉出敌人各自静守,直如无事,心中奇怪。试一查看,上官红目注前面,樱口微动,一字也听不出。这才想起峨眉千里传声之法,一时疏忽,忘了禁制。易静又是行家,必命爱徒静守,阴谋已难成功。重又急怒交加,忙施魔法时,最关紧要的几句,敌人已然说完。恨到极处,先朝上官红冷笑道:"无知女娃,我已成全你的心志,许你师徒见上一面,再不见机降顺,就来不及了。我先给你尝点味道。"说罢,把手一扬,立有一条魔手,看去比血还红,由左臂上飞起,晃眼加大,布满空中,朝上官红当头罩下,似被金花宝光往上一冲,便自飞回。

上官红先觉金花宝光强烈,魔手难侵,尚自心喜。因奉师命,不令言动,也未出声发话。猛觉那带着大蓬黑烟的血手只空抓了一下,便自撤回,不知怎的,心旌摇摇,神魂似欲飞越,离体而去,暗道不好,忙运玄功镇摄。正在戒备,忽听远远鬼哭之声,十分凄厉刺耳,若远若近,惨不忍闻,听去似在呼喊自己名字。刚宁静的心神,重又起了震悸,老想朝那哭声奔去。料知仇敌正用呼音摄神之法,意图暗算,忙用本门心法,潜光内视,不令心神稍受摇惑,一切付之不闻不见,果然要好得多。可是那血手魔影和那鬼啸呼名之声,由此起伏循环不停,此去彼来,不胜其扰。虽听女仙陈文玑说过,只要人坐花中,静守不动,在灵符法宝联合防护之下,至多暂时神志昏迷,昏坐花中,绝不至于受什么伤害,无须害怕,终觉可虑,哪敢丝毫大意。到了后来,看出魔法越来越凶,只得把双目闭上,连师父也不敢看。心神虽得勉强镇静,但是身上时冷时热,烦躁不安,有时更如芒刺在背,说不出那样难过。

当魔手初发之时,上官红便接师父传声,说:"仇敌已下毒手,最好谨防六贼,一念不生,连我也置之度外。尤其耳目两官,最为厉害,倘能守定心神,不为所惑,多厉害的魔法也难伤你。中间我若被魔头擒去,或受恶鬼啃咬,不是我想仗着石慧带来忍大师的佛家无相神光护体诱除凶魔,便是幻象。须知你尚无害,何况于我。时机一到,自然正胜邪消。千万不可惊慌,致为仇敌所害。"上官红自与师父二次传声,证明老魔所说被擒之言是假,心便放了一大半。不知易静受有神尼指点,意欲借此减消夙孽,并想试验自己的道法定力，拼受十余日痛苦，准备以身啖魔，诱那九子母天魔来犯，到时将其困住，以待最后成功。因恐爱徒见那惨状伤心，平白受害，自己又无法兼顾，所以编了上面一套言语。上官红素来敬奉师长，信以为真。心想："平日听说恩师这场劫难简直一发千钧，存亡关头，此时一见，不过该有二十四日灾难，并不妨事，此来反似成了恩师累赘，岂可还让恩师分心？"主意打定，索性端坐花中，用本门心法入定起来。

也不知过了多少天，忽听有人怒喝："鸠盘婆魔鬼，你厄运已终，还敢害人，今日叫你知我厉害！"口音是个熟人。因前数日虽然受了许多无形无声的侵扰，苦痛非常，近三日因为定力日坚，金花已与元灵相合，鸠盘婆的秘魔六贼已无所施其技，心智澄明，身便康泰。知道本身道力已然战胜，多日不曾查看恩师是何光景，一听有人呼喝，当是援兵到来，忙即睁眼一看，不禁心神皆颤。原来易静仍在神光宝光笼护下，端坐兜率宝伞之下，只是上半身衣服已全毁去，身上钉着九个拳大死人头颅，都是白发红眼，獠牙森列，不知何时被其侵入宝光层内，将前后心和左右膀一齐咬住，二目凶光四射，口中呼吸有声。宝光层外，更有一幢时碧时红的血光，似一口极大的钟，连人带宝光一齐笼罩在内。石慧不知何往。易静头上，似有一圈淡微微的金光将头罩住，和画上佛光一样，但是眉头紧皱，咬牙切齿，满脸均是痛苦之容。方才发话的，正是师父三生好友陈岩，独自一人，肩上背着一个花篮，身外裹着一片白色仙云，手指一道朱虹，口中喝骂，正朝师父身前赶去。

上官红这一惊真非小可，心中悲忿，情急欲起。忽听一幼童传声说道："红儿不可妄动。陈哥哥不听话，说好待机而动，他偏心急，见你师父受难，便不顾命一般赶来，其实徒自陪同受苦，并无用处。鸠盘婆老魔只有限数日的寿命，但她魔法之高，与尸毗老人各擅胜场，不在以下，你我只能在她要紧关头，寻她晦气，要凭我们除她，实是万难。你师父虽然受难，因祸得福，结局甚好，只管放心，听我调度。方才石慧见你师父受苦，激于义愤，她本知此中因果，仍想螳臂当车，如非干神蛛道友夫妇赶来，乘着老魔心慌意乱之际，冷不防用一件法宝由地底冲入，将她救走，几遭不测。此女年纪轻轻，看去那么娇小和善，对敌之时，却不顾性命，竟比她兄弟石完还要蛮横。如非认得干道友，白救她一场，还几乎翻脸，闹个没趣,大家都说你好,千万听话,免得误事。如今老魔师徒正在当中魔坛之上闹鬼,你往东南方一看,便能看出。只等日内铁姝离坛飞去,忽然不见,便到紧要关头。此时万动不得,否则,我素不服人,看你师父受罪,岂能置之不问么?"

上官红听出李洪口音,惊喜交集,忙问:"李师叔怎得到此?师父何时出困?九鬼唼生魂之言已验,结局有无妨害?"问完并无回应。猛想起恩师前说之言,既然九鬼附身,如此苦痛,为何身外各层宝光依旧原样?心疑是幻象,陈岩已往光层之中冲进,百忙中似见师父微微睁眼,朝陈岩叹了口气。宝光分而复合,电也似急闪得一闪,最外层血光先被陈岩冲破,竟似活的一般,待要随人侵入宝光层内,势甚神速。陈岩似有防备,回手一扬,手上飞起一片明霞,将血焰挡得一挡,人也飞入,与易静会合一起。看了心上人那等惨状,不禁悲忿已极,扬手一片红光,待朝那九个魔鬼飞去。

易静突把双目一睁,疾呼:"玉哥不可妄动,事绝无害,不受此苦,如何成道?此时我以全力在此苦熬,你如动手,累我前功尽弃。无暇多言,守在一旁,共此患难也好,你只说你来意便了。"陈岩见她说时忍痛挣扎惨状,越发不忍,只得停手,空自愁急,无计可施。强忍悲怀,说了经过。其实易静此时身受奇惨,如非神尼暗助,将本身元神隐向头上,早为九鬼所唼。因知陈岩情深爱重,不惜死生相随,故意如此说法,好使放心,免得知道此是自己存亡关头,稍一疏忽,便铸大错,哪有心肠听话。陈岩不知心上人心意,为想减少易静苦痛烦闷,一面戒备,防那九鬼暴起伤人和仇敌魔法暗算,一面将别后情形详细说出。

原来陈岩自从同了笑和尚、李洪、甄艮、甄兑,在北海绛云宫听苏宪祥、归吾、虞孝、狄鸣岐说易静误入魔窟,被鸠盘婆师徒困入魔阵,九鬼唼生魂的噩耗,心如刀割,恨不能当时飞走。偏生事情未完,为与绛云真人、赤尸神君双方解和,又耽延了一会儿。及至二次向众催行,众人知道易静难期未满,去也无用,再三相劝。李洪更说:"来时本定先去灵峤仙府,求取蓝田玉实,不料机缘不巧,先来此地。此是必需之物,你和易姊姊均非它不可。这次是她屡劫多生的成败关头,难期未满,去绝无用。最重要的一件事如何忘却?你只顾情急赴难,可知她已被困魔阵,元神必有损耗，不将蓝田玉实先取到手，就算手到成功，将人救出，试问用何灵丹，培养她的真元？"陈岩一听，空急无用，只得一同起身，往灵峤仙府飞去。

那灵峤仙府乃东海尽头落漈过去，是高接天界的一座海上神山，由中土前往，中隔十万里流沙，始到天蓬山下。上面还有七层云带，离地万丈以上，罡风凛冽，吹人欲化，黑风如潮，冰雪蔽空，更要经过三四处寒冰风火之区，才能发现生物。由此往上，始见嘉木繁花，珍禽奇兽，沿途景物，也越往上越灵秀。再冲过末了一片云层，快到绝顶，灵峤仙府便在其上。众人久已听说，心生向往。除陈岩一人心中有事，愁闷不解，全都兴高采烈，亟欲前往观光。笑和尚和苏宪祥二人知道归吾和余、狄二人以及南海双童飞行较慢，谈完前事，互一商量。因笑和尚虽未到天蓬山去过，曾听师长谈说途向走法；甄氏弟兄更因金蝉、石生、英琼、朱文等几个男女同门，均得灵峤三仙爱怜，曾命日后有暇，前往一游，女仙陈文玑更和几位女同门交厚，说得途程和上升之法十分详细，因而得知如何走法。当下便由笑和尚为首，甄氏弟兄指点途向，陈岩、李洪、苏宪祥三人相助，主持遁光，一同飞行，余人全都藏在里面。这一来，飞行自然快得多。尤其笑和尚自东海面壁以来，功力大进，炼就师传佛家心光遁法；苏、李、陈三人又都各有擅长。

四道遁光联合一起，把余人拥在其内，上来先似一道带有金花银霞的五色彩虹，冲空破云，横海飞渡。后来苏宪祥见四人遁光过于强烈，惟恐招摇，生出枝节，令将遁光行法隐蔽。果然飞不一会儿，便接连发现两次强烈遁光，由斜刺里飞来。内中一道，也分不出是邪是正。看那神气，竟似在远处发现众人遁光，跟踪飞来，在众人来去路上，往来急飞了好几次，方始退去。好似有心寻查光景，功力也似不弱。众人见状，多半不忿。依了李洪，竟想离开众人，向其询问：双方素昧平生，何故如此追踪？陈岩惟恐多生枝节，好在遁光已隐，连破空之声多听不出，对方不曾发现，相隔已远，力主不要理睬，再三劝阻。众人见相隔已远，也就不愿多事，仍自朝前急飞。

飞行神速，不消一日，越过东海，到了落漈上空。众人知道由此前行，便是东极大荒南星原与无终岭。再要往南微偏，掠过南星原右角，前飞七八万里，才到天蓬山境。中途因有数万里黑风冰雹与火云热沙之险，亘古以来，不论仙凡，均无一人在此停留。不似去往南星原、无终岭两处，沿途还有好些岛屿。那头一关神枭岛，也不好过，中间更隔着一层卢妪所设的神屏天堑。东极荒海，又伏有亿万精怪，处处均要有备。尽管风雹火云厉害非常，好在众人均有极深厚的功力。像归吾、虞、狄三人，功力剑遁虽然稍差，但有众人同路，人在飞剑宝光维护之下，丝毫没有感觉。虞、狄二人见除苏宪祥外，全是新交，双方又非同派，但自一见面，便祸福与共，同在一起，对方不特没有门户之见，并还个个诚恳谦和，没有丝毫见怪之意，尽管法力悬殊，也未存着一点轻视之意，于是由投机变成亲密，由佩服变成羡慕，把起初妒念私心全去了个干净。众人见他正教门下，人甚忠诚，又听诸葛警我说过，知是未来同门，本就另眼相看。二人再因对方不曾歧视，同进同退，自己私心向往的蓝田玉实，如无众人同路，这数万里的流沙落漈，罡风火雹，也通不过。这类旷世仙缘，谁也各凭缘福，不肯公之于众，仿佛视若当然，丝毫不在心上。心里感佩，双方情意越来越厚。笑和尚早受诸葛警我指点，看出二人大有钦佩之意，只因师恩深厚，不愿背弃本门，略用言语试探，口气尚还坚决，也未往下深说。

　　一路无事。遥望前面，烈焰飞扬，热烟弥漫，时见大量山石熔汁，由高就下，瀑布也似，流向山脚大海之中，海水如开了锅的浆一样，热气蒸腾，高涌数十百丈。仰视天空，已被火云布满。上面火山喷口，已被那千百丈浓烟火云遮住。只近海面数十丈，略为看见一点被熔汁沸浆常年冲刷的大小凹槽，哪还看得出山底的形貌。仰望一片暗赤浓黑的烟雾，更见不到丝毫天色。海沸之声，轰轰发发，震耳欲聋。众人虽在飞剑法宝防护之下，冲行热烟火云之中，不曾受伤，但也觉着天时奇热，不甚好受。

　　李洪笑道："这里便是天蓬山么？热得难受。灵峤仙府，就在顶上，我们还不快些追上，省得受热。"笑和尚笑道："洪弟，这地方我并不曾来过。昔年听恩师说，这一带有三百六十几处火口。离地五千丈，有两处火穴，含有元磁真气和太火毒焰，多高法力到此，也须小心，否则不死必伤。尤其五金之质所炼法宝飞剑，只一挨近，或是妄想冲过，当时便被它炼化。那两处大火口，占地虽只数百里方圆，到底躲远一点要好得多。"宪祥接口笑道："道友之言有理。别的不说，单这数百处火口的毒焰烈火所结火云，厚达数千丈，长逾千里，也极厉害。此时离它尚远，李道友已说热得难耐，再要进入云层之内,如何禁受?前途不远便是雷泽,只要将那两根冲天火柱越过,便可上升,不致涉险了。"

话未说完,遁光已绕过山角。只见前面愁云低幕,天水混茫,烟雾越发浓烈,黑压压好似天连水,水连天,两下里合为一体,光景黑暗异常。可是一片浓黑影里,却现出两根冲天火柱,一大一小。四外那等黑暗,火柱光色却是鲜明已极,海上万丈洪波,无边恶浪,全被映成异彩,霞辉片片,在暗影中不住闪动,奇丽夺目。天色偏是那等阴晦黑暗,除火柱以外,看不到一点山形。众人见那火柱直似两根殷红如血而又透明的撑天晶柱,好看已极。笑和尚知道火柱之下,便是雷泽,这还只是每月朔望半夜,照例出现的一次奇景。那七百九十年涌现一次的雷泽神沙已然过去,当日所见,不过泽中宝光连同神沙火气偶然上腾,已是如此猛烈雄奇,可知厉害。法力稍差的人,休说由此上升,便在附近逗留也必不敢。

众人因宪祥见闻最广,一齐推他引导。宪祥方答:"我和笑道友一样,全是听来。只知绕过火柱,到了一处海峡之内,由此上升,直达仙府。只是中隔七层云带,并有数万丈罡风旋飙之险,单凭遁光和此时几件法宝,恐难胜任。最好由洪弟用金莲神座托住我们,另用如意金环防住上面,再将大家飞剑法宝一齐用上,比较稳妥。"李洪笑道:"我们虽是末学后进,各位仙长不致见怪,三仙门下弟子甚多,我们这样卖弄家当,不怕人见笑么?"

话未说完,猛瞥见两道亮晶晶的青光由斜刺里飞来,直投入两根火柱之中。那么强烈的雷泽神沙,众人虽有宝光防身,相隔百余丈外,便难忍受。似此奇热,来人竟如无事。方觉奇怪,那两根火柱本是静静地矗立黑烟之中,青光刚一飞进,立生反应,发出一股比电还亮百倍的火星,将来人裹住。众人因见青光不带邪气,当是海外散仙,妄恃神通,来此涉险。又深知雷泽神沙的厉害,除笑和尚和苏宪祥外,全代来人担心。李洪更是义侠仁厚,惟恐来人受伤,又想借此一试金莲神座威力,口方喊得一声:"不好!"同时一纵遁光,离群飞起,扬手先是一圈佛光金霞,朝前飞去。紧跟着放出金莲宝座,待要赶往相助,救人心切,动作太快,人还未到,那分合由心的如意金环已电掣而出。事前也未和众人商量,本心为好,谁知来人竟是故意。目光到处,那两股火花已将人裹住,冲霄直上,青光也自收敛,现出两个妙龄少女,各在一片青色光影笼罩之下,吃那两股火花拥住,电也似急便往上升。

李洪先觉火花强烈,只一闪便将人裹住,青光立时消去大半,一时不察,误认来人已入危境,人还未到,如意金环先自出手。近日功力大进,这两件佛门至宝早与心灵相合,念动即出,神速无比。双方动作,都是极快,等到金环佛光把人罩住,看出对方故意如此,已是无及。那两股火星吃佛光一挡,一闪即灭,仍回原状。二女立时面现怒容。

李洪把金环撤回,双方人已对面。笑和尚和苏宪祥首先看出不妙,忙率众人赶上。两少女本要发作,及见李洪坐在金莲宝座之上,通身都是金光祥霞笼罩,同来众人所用法宝飞剑,又无一样不是仙府奇珍,料知不是好惹。内一年纪稍长,朝同伴看了一下,似要走去。另一少女好似气忿不过,朝长女冷笑道:"我和他们素昧平生,无故作梗,原不关我的事,莫非还不容人说话不成?"宪祥终较老练,听出话锋不妙,忙道:"二位道友不必介意。这位李道友因见雷泽神沙火气厉害,惟恐道友犯险,情急相助,不知道友欲借神火飞遁上升,一时疏忽,出手稍快,望勿见怪,请上路吧。"少女冷笑道:"既连这一点都看不透,还由数万里远来现世作甚?此时叫我上去,可知我们是容易么?这无知顽童叫甚名字?可有师长没有?也不知入门才几天,便借着两件法宝,出来闯祸。你们人多势众,我姊妹已然扫兴,不愿再上。暂时也无暇和这无知顽童怄气,是好的,报上姓名来历,一年之内,我自寻他。"

宪祥还未及答,李、陈、虞、狄四人已越听越有气,方要开口喝问二女,就算作梗,也是事出无知,好意救人,为何口出恶言?笑和尚已笑嘻嘻抢先发话道:"你两姊妹不必生气。此是我小兄弟李洪,家师妙一真人之子,寒月大师谢山门下。他常年不在峨眉,便在武夷,如有清暇,只管赐教。我这兄弟虽是顽童,并不怕事。你两姊妹说话颇有情理,想必没有师长,日后既要见教,何不把名字来历留下呢?"说时,二女面上好似微微一惊。听完,长女也冷笑道:"你们连百花岛农家姊妹都不知道,也敢远来东荒气人!此时我们有事,无暇理论,到时自会往中土去寻你们。"说罢,朝少女一拉,青光一闪,立时刺空飞去。虽是一道青光,但与常见不同,作圆锥形,光不甚强,但是快极,一晃刺入黑烟火云之中,声影皆无。

宪祥说道:"这才叫好心变作恶意。但这神沙火气已然试出,我们不卖弄家当,恐难上去,只好被主人见笑了。"随听上空有一少女接口道:"嘉客远临,求之不得,现奉师命来迎。只为农家姊妹气量太小,恐其不曾走远,或是另有他谋,不愿被其看破。请诸位道友仍用原来遁光,由右面海峡中上升。只要飞近头层云带,便无须御遁飞行了。"

第三一二回

瑶草琪花　勤求蓝田玉
仙裳异宝　同破碧目光

众人闻言大喜，忙即朝上行礼，请问姓名。上空少女答道："贫道管青衣，现奉家师之命，来迎诸位道友上山一叙。"李洪和甄氏弟兄前在峨眉，曾经见过管青衣，知道是灵峤三仙中丁嫦的得意弟子，一面答谢，一面告知众人。随照所说，越过火柱不远，果有一片海峡，来路黑烟已被那突向海中的参天峭壁、万丈悬崖挡住。那峡又深又大，海口一带还有一点烟雾，入内才二三里，渐现天光，里面碧波平匀，宛如镜面，面上仍有热烟缕缕冒起，和温泉差不多。众人便照管青衣所说，同驾遁光，往上飞升。刚将崖顶越过，仰望火云渐稀，头上现出一片云层。快要越过，忽见一片彩云冉冉飞坠，中一女仙云鬟霞裳，貌甚清丽。李、甄三人首先认出来人是管青衣，连忙上前行礼。管青衣拉着李洪的手笑道："李道友九世修为，果异恒流。回忆峨眉开府光景，如在目前。彼时道友转世未久，尚是一个童婴，想不到此时相见，便有这高功力，怎不令人敬佩呢！"

李洪自是谦谢。双方礼谢了几句，便同起身。众人知道灵峤诸仙得道年久，便第三代门人和仙府男女侍者，少说也都得道四五百年以上，均执后辈之礼。灵峤诸仙个个谦和。青衣更比陈文玑还要温婉，再三逊谢，说："家师祖昔年曾与长眉真人相见，大师伯赤杖仙童与大力真人为至友，那年峨眉开府，三位师长又与妙一真人定交在前，我们原是平辈，不必太谦，请到山上再谈吧。"众人见她说时不住朝农家姊妹去路注视，知有原因，笑答遵命。由此一班峨眉后辈，便与陈文玑等同辈相称，成了至交。不提。

青衣随请众人收去遁光，扬手发出一片薄如蝉翼的青霞，将众人全身围住，一同上升。刚越过头层云带，便见外面罡风大作，黑烟如潮，比起来路所见，情势似更凶险。身外青霞，好似极薄一片轻云，但飞行黑风之中，那么强烈的黑风旋飙，只管澎湃奔腾，海啸山立，不特吹不上身，也未见有丝毫波动，飞行更是极快，不消片刻，便往上升了好几万丈。那云带过了一层又一层，越高越险，不是飞行烈焰之中，由火山之上冲过，便是遇到冰雪玄霜之险，火还在其次，最厉害是那些满布万年寒冰玄霜的奇寒所在。那一带离地更高，相隔两天交界只有两三万丈左右。天是静得一点风都没有。那云带也不似真云，看去好似一片银玉结成的天幕，五色缤纷，光怪陆离，和北极磁光仿佛相同，其大无垠，静静地悬在当空。乍看平如镜面，多高慧目法眼也望不到底。等到再往上升，冲入五色晶云之中，才知那是无数五色寒霜结成，看去并未冻结成冰，冲越起来，却是艰难已极，厚达千丈以上，阻力奇大。

众人多半均未觉得，只宪祥、陈岩经历较多，见管青衣飞近晶云之中，虽仍谈笑自若，但已不似先前松懈，身外青霞已由圆形变为圆锥形，前头成一尖角，射出一股青色奇光，朝前猛冲。飞行似较前慢，所到之处，只听一片"飒飒咝咝"之声，甚是洪厉，十分刺耳。回顾脚底静止的晶云，吃青霞一冲，卷起无数千重霞旋，重又合拢，分合闪变之间，光景奇丽，忙指众观看。笑和尚、李洪也已警觉，同赞仙法神妙，如非管仙子相助，凭着我们功力，如何能够飞渡。管青衣笑道："由海面上升，本分两路。以诸位的功力法宝，并非不能通过。只是这几日南北极光正对子午线，把天际寒沙全幻成了一片晶霞，此是百余年一次的奇景，但那酷寒之气和无量阻力，也比平日胜强十倍。按说诸位道友持有仙、佛两门至宝，虽然无害，到底初来，不知底细，惟恐到时疏忽，或因乍见奇景，稍不留意，难免不受伤害。为此禀明家师，持青麟囊来接，索性改走山阴一面，使诸位见宇宙之奇，我也得以先作良晤。如非师门至宝，哪有这等功力？"

正说之间，忽听上空有一女子笑呼："管姊姊，怎到此时才回？当真这次寒沙冷云受了极光反应，比那年还厉害么？"青衣笑答："和上次差不多。只是方才农家姊姊借来一道丙火灵符，欲借雷泽神沙火遁，强冲七层云带。我因此举要将第五层的寒沙冷云冲一大洞，我们固然无妨，但这方圆万里之内，天时必生剧变。此虽东极荒海，长年火烟弥漫，海如沸汤，无甚生灵受害，但远方天时也难免不受反应，发生酷热奇寒之灾。尤其农家姊妹自恃神通，为了一句戏言，明明可由我们接引上升，她偏不肯，非要仗着本身道力来取蓝田玉实，行事又如此霸道，迹近示威。实在气她不过，本来就想和她取笑，不令上升。偏巧诸位道友来此，见她妄将神火引发，李道友一时好心，恐其涉险，用佛家至宝相助，以致反德为怨。当时自知不敌，不曾翻脸，心却忿恨，负气飞走。我恐她发现纠缠，又恐暗中闹鬼，略停了停，直到她姊妹走远，方接诸位道友飞上，所以就来迟了。"

话未说完，人已冲出晶云寒沙之上，眼前倏地一花，仰望上空，立现奇景。一个年约十六七的仙女，正由上空飞坠，相隔尚在千百丈间，估计方才来路问答，少说也有五六千丈，竟和对画谈话一样，好生惊奇。青衣向众人引见道："此是我十四妹罗锦春，乃七师叔罗茵侄女。上次被困尸毗魔宫，便有她在内。多蒙李道友与峨眉诸道友相助，才得脱险，时生感念。彼时急于回山复命，未得领教。今闻光降，喜幸非常，家师偏不令她同来，故在这里等候。她和十五妹一样性急，得道多年，犹有童心，诸位幸勿见笑。"众人见那罗锦春生得娇小玲珑，美秀入骨，一双明如秋水的秀目不住注定李洪，仿佛以前曾经相识，当时均未在意。由此往上，已入仙境，虽然还有两层云带，比起来路，已是判若天渊。只见卿云纠缦，天气温和、一路琪草瑶花，嘉木清泉，绵亘不断。

等把第六层云带越过，景更清淑灵秀。仰望大片楼阁台榭，已在仙云缥缈，繁霞拥护之中，知道灵峤仙府快要飞到。又有一些少年男女各踏仙云，冉冉来迎。互相礼叙通名之后，又往上升。那末层云带，只是一片不时舒卷的五色祥云，色并不浓，霞光潋滟，互相辉映，奇丽绝伦，头上又是一碧澄霁，青湛湛的，好看已极。正在指点云霞，互相赞赏，云层已经越过。管青衣早将青麟囊收去，忽改平飞，前面仙山楼阁，和大片花林玉田，已全在望。众人正要停下，管、罗二女仙笑说："诸位道友无须客套，这还有好几十里路呢。"众人终觉主人年辈甚高，执意不肯，勉强飞离仙府前面十来里左近，坚为步行。众仙见他们意诚，也就不再深劝。

宾主十余人刚刚走上通往仙府的玉阶，忽见两名侍者走来，说真人访友刚回，请来客人见。众人在途中已听管青衣说起灵峤仙府第三代门人近奉师命去往人间行道，共只眼前十余个男女同门，以及为首三仙中的赤杖仙童阮纠、七师叔罗茵、九师叔兜元仙史邢曼有限几位师长不曾他往。师祖赤杖真人上月奉到天府玉牒，有事往灵空仙界访友未归。真人本来早成天仙，只为天生情种，不舍这班门人弟子，地仙岁月又极逍遥，以致延迟多年。众人好容易十万里外赶来，渴欲求见得点指教，不料缘悭一面，真人竟会他往，未得如愿。正觉失望，不料却在此时回来，全都心喜。知道仙缘难得，忙即澄神定虑，恭恭敬敬，随同来人，往上走去。沿途山灵水秀，万花齐放，美景无边。众人也无心观赏，均想见了真人之后再说。

罗锦春始终陪着李洪，并肩前行。见众矜持，笑道："家师人最随便，既肯相见，便是有缘，无须太谦。"李洪素不喜欢和女子一起，不知怎的，竟和罗锦春谈得十分投机。对方得道年久，已近天仙一流。加以从小便蒙对方师长怜爱，所赐三宝灵效甚大，感念之余，由不得心生敬仰，有了成见。加以素来天真，只一投机，便无甚避忌，一路笑语前行，神情越来越亲密。笑和尚见李洪身材比对方矮不多少，自从初见，二人便在一起，仿佛多年至交，久别重逢之状。女的固是笑语殷勤，有问必答，男的也是专和对方一人说话，双方谁也没有顾到同行诸人。等走到殿前平台之下，二人只顾说笑，竟落了单，均觉奇怪。陈岩和李洪累生至交，深知他九世元真，历劫多生，除第一世经历未听说起，只知为报亲恩，许下宏愿，并无情缘纠缠，和一初见少女如此亲密，尚是初见。暗忖："洪弟九世清修，莫非还有一个最前生的情侣，相逢九世之后不成？"心念才动，管青衣已引众人走向平台之上。殿门内又一女仙迎出传命，说真人召见。众人问知仙女正是兜元仙史邢曼，忙即下拜。邢曼笑说："诸位道友无须太谦。家师原因诸位远来不易，特地赶回，请进去吧。"随领众人入门。

赤杖真人端坐殿旁玉榻之上，旁立阮纠等两代男女门人、侍者，神态甚是祥和。见众趋前礼拜，含笑令起，两旁坐下。众人因旁立男女仙人有师执在内，同声敬谢。真人也未勉强，笑说："诸位来意，我已尽知。蓝田玉实现成，行时当命门人分赠。共分两种，小者最多灵效。女魔鸠盘婆恶贯已盈，不久伏诛，最好到日再去，免受好些困苦。但是陈道友急难关心，定非所愿。上官红情急救师，已被困在血河阵内，必须李道友前往暗助，才可无事。去只管去，陈道友却不宜先动手。最好仍照以前预计和我所赠束帖，分头行事。陈道友到后，如见易道友正受苦痛，须知定数使然，可用我所赠灵符防身，守在一旁静待时机。即使动手，也须在魔女铁姝被温娇引走之后。否则，难免多受好些险阻艰难，吃亏多了。今蒙惠顾，无以将意，除玉实每位一两枚外，陈、李二位道友另赠灵符两道，辟邪仙裳一件，锦囊一封。到时开看，自然现出字迹。等幻波池开府之后，小徒他们也许有事奉烦，事应十年之后。锦囊用罢，还望暂留，到时自知。"

随命李、陈二人近前，亲手交了两封锦囊，两件仙衣，又各指示了几句，说是他年还要再来。随命管青衣等同辈男女弟子，陪往游玩全山，说何时起身，全听客便。众人见那仙衣看去只是三四寸方圆一叠轻纱，用时只照所传太清仙诀往外一扬，立有一片云光紧附身上，由此万邪不侵，即便被困，本身元灵仍能守护，人也不致受伤。知道真人乃前辈仙长，道尊德重，不便殿中久停，一同拜谢，恭礼辞别，退将出来。

陈岩听出真人口气，好似易静身受十分凶险，恨不能当时赶往，才称心意。无如这类神山仙境，旷世难逢，同行人多，不是自己一个。奇缘难再，将来能否重寻旧游，实所难言。众人贪玩仙景，俱都兴高采烈，赞不绝口。女仙罗锦春更当众提议，宾主双方各自结伴闲游，不必都聚在一起，已和李洪结伴先走。主人情意殷殷，大家游兴又浓，均说易静该有这二十四日灾难，早去无用，陈岩不便独异，只急在心里。宪祥见他愁闷，暗用传声劝慰说："易道友是峨眉高弟，功力甚深，如有疏失，各位师长绝不坐视，事必无害。这类神仙宫阙，灵景无边，何等福缘才得到此，何苦失之交臂，致误良机？真要情急救友，等将蓝田玉实取到，受完主人款待，再走也不迟。莫如照着前计和真人指示，由宪祥同了虞、狄诸人回山，唤来门人杨孝夫妻，令照前计，用铁姝前赠妖人白虹的魔光信火将其诱来，再由温娇出面将其绊住。宪祥同了虞、狄诸人，从旁相助。这类魔教信火，均有神魔主持，任多艰危之局，一接信火，便非赴约不可。铁姝乃九子母天魔最重要主持人之一，一旦离开，你和洪弟便可随心行事，时机千万不可错过。你如去早，只恐有损无益，何苦来呢！"

陈岩也是关切太甚，命中该有一场魔难，那高法力的人，良友相劝，竟未深信，老觉心上人虽该有这一场苦难，多一帮手分忧，到底要好得多。闻言随口应诺，说完往前一看，众人已由主人陪伴，分成三四起各自走开，只自己和苏宪祥且谈且行。管青衣似因二人密谈，不愿惊扰，同了三个男女同门缓步相待。李洪同了女仙罗锦春，单作一路，已步入花林深处。李洪手持锦囊，似已开看，宾主二人互相说笑前行，神情分外亲密。因李洪既看锦囊，必现字迹，再看自己所得，仍是一字俱无，意欲赶往探问。宪祥止住，笑说："你何必忙此一时？难道洪弟有甚事还不对你说么？"跟着，便见管青衣回顾笑道："二位道友如无甚事，可同愚姊妹和二位师弟随意游玩一会儿，再去九春亭上小饮，蓝田玉实，酒后奉赠如何？"陈岩只得谢诺。宾主六人，一同游玩过去。那九春亭乃仙府最高之所，亭馆高大，玉栋珠梁，华丽无俦。一面沧波万顷，一碧无际。下余三面，晨光如海，繁霞流辉。端的气象万千，美不胜收。陈岩也无心情观赏，坐了一会儿，管青衣见他神志不属，笑道："家师最喜根骨灵秀的后起之士，你和李道友最蒙青眼，才有双锦囊之赠。休看薄薄一封，也许还有别的法宝附在里面呢。"陈岩闻言，伸手一摸，锦囊内果有碍手之物，只不知李洪那一封怎先现字迹？

正谈笑间，先是归吾、南海双童由主人陪着一同走来，跟着虞孝、狄鸣岐也由主人分别陪到。仙筵早由侍者陈设停当，管青衣便请入席。另有一姓华道童笑说："李道友和十四妹还未来呢，可要等他们一会儿？"管青衣笑道："李道友已由十四妹陪往后殿参见太婆去了，等他们作甚？大家均非尘俗中人，只灵玉酿是本山特产，他处所无，下余无甚兼味，我们先吃也是一样。"说罢，请众入座。陈岩因见主人盛意殷勤，不便辞谢，意欲吃完告辞，满拟李洪一会儿自回。谁知这一席酒吃了许多时候，李、罗二人也终未见到，蓝田玉实也未送来，心中愁急，又不便问。暗忖："此是神仙宫室，仙山岁月，无日无夜，最是悠长，也不知已过多少时候？"心正悬念，忽见两个年约十二三的垂髫幼女手持花篮，由下面花丛中姗姗走来，篮中盛着许多桃、李般大的仙果。

管青衣惊喜道："此是后山去年结成的万年玉实，比前山玉实不同，灵效要大得多，更有美颜妙用。当初原是师祖母得来的九天仙种，所产无多，我们每人前后所得不过三枚。师祖母勤修仙业，后殿常年仙法封禁，我们平日也不能随意前往参拜。十四妹把李道友领去，得了她老人家的爱怜。才有这等遇合。方才师祖曾说，本山玉实，小者最佳。我想前山只有那一种大的，这类万年温玉所结灵实，均在后山百灵苑中，就自己人也难得到。那年凌真人夫妇曾来几次，均未得过一枚。师祖何出此言，心还奇怪，谁知事情已早算定。照此看来，诸位福缘不小，师祖母既肯见客，必有深意。陈道友此行，成功无疑，不必再多虑了。"说时，两少女已将花篮献上。

众人见那玉实俱都色如翠玉，宝光四射。只有两枚色作淡红，鲜艳无比。二女传命说："篮中玉实共十九枚，除陈岩得那两枚红的，每人一枚，下余均交南海双童，给金蝉等未到场的七矮带去。"并说："李洪同了罗锦春已在后殿赐宴，还有话说，事完自会前来。太婆因觉鸠盘婆凶险阴毒，大是不平，已向李道友指示机宜。如愿先往魔阵应援，等他回来，便可起身，只虚惊难免而已。"陈岩闻言，心中略宽，碍着众人，不便出口。

宪祥和虞、狄二人看出他的心意，相继说道："方才真人原有他年再来之言，陈道归心似箭，待会洪弟一到，便同起身。他年专程拜谒，索性多留些时，以饱眼福，比起今日心中有事，游观不畅，岂不是强得多？"管青衣和男女群仙再四挽留，均说："师祖神妙通玄，洞悉前因，听方才口气，陈道友如若早去，难免受累，虽幸师祖母做主，虚惊仍所难免。依我们之见，最好在易道友脱难前三数日赶去最好，何必忙此一时呢？"陈岩再四辞谢，宪祥也帮同分说，众仙微笑而止。又待了一会儿，李洪才同罗锦春并肩走来。陈岩问其何往。李洪笑答："太仙婆不令事前泄露，知道陈哥哥忙着起身，令我来此一同上路，否则回来还不会这么快。内中也有几句可说的话，路上再说吧。"

群仙一听师祖母令众起身，便未再劝，众人随即告别。管青衣还要送众下山，罗锦春笑说："无须。李道友已有灵符防身，可供一来一去之用，比起青麟囊只有更快，由他去吧，不久还要来呢。"说罢，众人一同起身，辞别群仙。李洪先朝罗锦春笑道："我这次原是私自出门，师父虽不至于怪罪，但我在此一半年内，先是往返小南极光明境，新山北海金银岛刚回中土，又来东极大荒灵峤仙府，飞行所经者何止三十万里，实在跑得太野。回山之后，师父必命加紧用功，在山时多，姊姊如往中土，千万先到武夷山寻我才好。"锦春笑答："那个自然。"众见李、罗二人情更亲切，与众不同，俱都奇怪，当着主人，不便探询。陈岩又暗中连催起身。李洪笑道："陈哥哥，你我屡世患难之交，理应安危与共。本来不宜早去，幸而太仙婆深恩相助，虚惊虽所难免，但无大害，我且陪你同往魔阵试上一回。"说罢，取出一片玉叶，扬手一挥，立有一幢银霞飞起，拥了众人，电驰星飞,朝下射去。晃眼之间,回顾群仙,已只剩下豆大几点人影,飞遁神速,直出想象之外。

陈岩两次探询锦囊可曾现字?太仙婆如何见到?有何赐教?李洪摇手示意,不令开口。飞遁神速,不消多时,便将七层云带相继越过,竟比上升时还要容易得多。跟着飞渡了万里落漈流沙之险,也是一瞥即过,总共不过大半日光阴,便达中土。到了岷、峨上空,李洪方把遁光停住。先朝宪祥说了几句,请其回山,速将杨孝和魔女温娇寻来,令其依言行事,用陈岩那粒形似白骨的魔光信火,将铁姝诱来绊住,历时越久越好。随手又递过一张柬帖,说:"此是真人所赐锦囊仙柬之一,只等字迹现出,立照前言行事。魔女温娇,须早来待命,不可离开。"并请南海双童随往相助,归吾不妨同行。自和陈岩前往九盘山魔宫,相机行事。

虞、狄二人见众人相待甚厚,连共安危,又各得了一枚蓝田玉实,现当有事之秋,焉能不顾而去,坚欲随往相助。李洪笑说:"二位道友本身尚还有事,去晚难免耽误,悔无及了。"二人忙问何事?李洪笑道:"本来我也不知,乃是赤杖仙姥预示先机,但不许我泄露,还望恕罪。相见当不在远,请回南川金佛寺,自知底细。"二人闻言,心中一动,不便追问,匆匆谢别飞去。

笑和尚笑道:"洪弟,你此时成了三军主帅,愚兄为何赋闲?莫非没有我的事么?"李洪笑道:"笑哥哥莫糟蹋我,你的事情多着呢,照样也有柬帖一封,到时照以行事,功劳不小。但有一件,你回东海钓鳌矶后,不奉师命,最好不要离开。果真非走不可,飞行时,务要避开巫山峡上空一带。详情实不深知,因听赤杖仙姥之言,好似此中颇有利害。她不许我先说,我仍具实奉告,只望笑哥哥遇事小心,免得多生枝节才好。"说罢,一同分手。笑和尚等众起身,取出柬帖一看,一片霞光过处,上面果现出一半字迹,看完又惊又喜,立照柬帖仙示飞去,不提。

陈、李二人另作一路,刚一飞起,陈岩重又探问。李洪笑答:"陈哥哥是甚交情,遇事焉有隐瞒之理?只为此行关系重要,必须留意,我已答应主人不先泄露,未便食言。何不把你那锦囊取出,试看一下,也许和我一样,里面还附有飞剑、法宝之类呢。"陈岩依言,取出一看,上面也是一片霞光闪过,锦囊不见,手上多出一张柬帖和一件大只两寸方圆,形似丝网之物,不知何用。再看柬帖上,竟有一半字迹出现,看完惊喜交集。

李洪笑说:"你我锦囊仙示大同小异,法宝却不相同,又蒙仙姥多赐了一道灵符,一件形似风车,上有无数刀刺之宝。虽然这样,还是谨慎些好,不到上面所说日子,千万不可妄动。一入魔阵,便自分头下手,我专救护红儿,你在暗中看守易师姊。能等到铁姝离开魔坛,固是最好,否则也等五七日后,不可冒失。"陈岩因见仙示说得十分详细,也自安心,不再愁虑。二人联合同飞,一路谈说,不觉已到九盘山上空,各仗仙传灵符,冲破魔网,直往阵中飞降。

仙法神妙,本不至于惊动仇敌,无奈事不关心,关心则乱。陈岩连经李洪途中力劝,本来说好,潜伏魔阵,待机而动,觑便再给仇敌一点苦吃,并扰乱仇敌心神,绝不轻举。及见易静已被九鬼咬住全身,吮精吸血,不禁悲忿填膺,再也按捺不住怒火,大喝一声,忙即赶去。那灵符甚是神妙,除隐形防身而外,并能用以抵御血焰魔光,但是一经运用,便难隐身。李洪见陈岩不听良言,知有数日苦难,想起仙姥之言,只得专顾一头,并且暗用传声,令陈岩留意。

陈岩见自己虽然冲进宝光层内,一听易静那等说法,神情又极悲苦,空自愁急,无计可施。费了许多心力,干看着心上人吃苦,不能以身相代,越把老魔恨如切骨。等把前事说完时,仔细查看,见易静身受虽苦,精气却甚凝炼,本身真元全聚在紫阙命门之内,一任恶鬼啃咬吮吸,一味苦熬,不加理睬。对于以前多年苦功炼成的法身,好似自知无力保存,拼为魔鬼所咦,已不再顾惜。陈岩虽料易静别有用意,终是心如刀割。时候一久,渐觉易静已有不支之势。正在咬牙切齿,打算拼苦受难,给仇敌一个重创,不知如何竟被易静看出,未等发难,便听传声低语道:"玉哥,如今只剩数日苦难,终能转祸为福,无须忧疑。老魔不知我已将本命真元以佛法和本身定力护住,你如妄动,尤益有损。"陈岩不知易静此时仅着仙、佛两门上乘的道法固守真元,并欲借此磨炼,试验本身功力,那九魔鬼乃是故意放进,以为有意宽心,但又不忍违背,本来方寸已乱,自禁不起敌人挑拨,几次想要动手,均因赤杖真人仙示不令早动,易静又是那等说法,心存顾忌而止。

正在痛心疾首,进退两难,面前黑烟飞动,魔女铁姝突然出现,狞笑道："你这娃儿叫甚名字？看你并非峨眉门下，如何来此找死？乖乖随我往见魔主，或者还能活命；否则，九子母天魔变化无穷，一弹指之间，你元神精气必为所啖，连鬼都做不成了。"鸠盘婆因见敌人意志坚强，难于和解，再经铁姝怂恿，明知此仇一结，永无了时，即便天劫能够避免，也是未来大患，偏又势成骑虎，欲罢不能。心意再被对方看破，话更难听，一时急怒，妄将九子母天魔发将出来。初意仇敌既发狂言，已有准备，谁知那九个魔鬼刚一飞近，敌人防身宝光略一抗拒，便自放进。方觉事太容易，宝光已分而复合，将外层血焰魔光挡住。九魔初见这等美食，出时纷纷怒吼，争先恐后，势子又太快了些，以致血光丝毫不曾侵入。以为敌人自知不是对手，故意将神魔隔断在内，再施法力，将其消灭，心还暗笑："仇敌乃佛、道两门高弟，怎会不知厉害？"后见易静只在神魔初飞入时，放起一片神光，不多一会儿，便被神魔所困，除头上有一圈佛光护住而外，前后心和两臂均被神魔咬紧，毫无抗拒。知道敌人欲以定力道法，拼舍原身，专护元神。暗骂："贱婢，任你多大神通，也必遭我毒手。何况四外万丈血焰包围，加上本教许多厉害魔法异宝一齐施威，便你师长到来，也难通行自如。至多挨上几天，早晚你那元神炼就的法体，先被神魔吸尽，妄想逃走，如何能够？我已横心，无所顾忌，且做到哪里是哪里，先消了恨再说。"

正寻思间，石慧初出茅庐，年幼胆大，哪知厉害。先见九个大如车轮的魔鬼头七窍喷烟，各在一团黑气笼罩之下电驰飞来，虽和易静商定，照着来时途遇女仙所说行事，胸有成竹，终是忿恨。及至易静用佛家灵符护住真元，并将魔鬼放进，变成九个白骨骷髅，咬住前后心，有十余日的痛苦，满了二十四日限期，才能免难。见那身受之惨，不由气往上冲，仗着所遇女仙赐有防身灵符，竟把家传灵石真火，用本身元气运用，发出九股细如米粒的石火神光，穿入恶鬼七窍之中，妄想将仇敌神魔炸成粉碎。这类墨绿的石火神光，虽能克制魔鬼，无如这九子母天魔变化无穷，与鸠盘婆师徒元灵相合，神通甚大，比铁姝所炼更胜十倍。本性又既贪且狠，上来虽将敌人咬住，无如对方元气坚定，与寻常肉体不同，除使多受痛苦外，呼吸艰难，仿佛含着一块美味，但是坚韧异常，空自垂涎，不能真个到口。又受佛法暗制，非把敌人精气吸尽，绝不肯退。吃那灵石真火一烧，不住厉声怒吼。

第三一三回 地底传声　双姝援石女
　　　　　　　　莲心御劫　九鬼陷神婴

　　鸠盘婆因见石慧灵慧可爱，又看出不是凡人所生，妄想杀死易静之后，强迫石慧为徒，真要倔强，再摄生魂祭炼魔法，因此未下毒手。如今见石慧发出石火神光，不禁大怒。因知敌人外有宝光防护，难于侵害，恨到极处，竟将魔教中至宝，轻易不用的六贼阴魂圈发将出来，想将石慧擒去，或是昏倒宝光之内，听其摆布。石慧危机将临，还不自知，正在运用法力烧那九魔。忽听脚底有人低声喝道："快将灵石真火收去，随我出险。难道陈仙子所说的话，忘了不成？"石慧闻言，猛想起前遇异人曾说，到了十四天上，易静如为九魔所咴，便须逃走，不可再留之言。心方一动，猛瞥见万丈血焰中突飞起六个光圈，时大时小，五颜六色，晃眼之间，化生无数，齐在宝光之外连连转动，闪变不停。同时鼻端闻到一股香气，耳听音乐艳歌之声，十分娱耳，口生异味，身上也有了奇怪感觉。她不知鸠盘婆自恃心盛，以为一个无名后辈，只要下辣手，还不手到擒来，方才收徒妄念，心未全死，不曾施展全力；本身又禀灵石精气而生，占了好些便宜，否则人早昏倒。当时觉着心神摇荡，十分不安。一听这等说法，还想："易师伯在此受难，无人陪伴，如何能够舍之而去？"

　　心念才动，感觉头脑昏眩，人已难支，暗道："不好！"先前因想接引上官红进来，想用独门地遁之法，由地底通行过去，先被易静止住，后来暗试，果是艰难。易静二次力阻说："你那独门地遁之法，必须留作最后脱险之用，免我到时不能兼顾，反受其累。"因跟着看出事太艰险，方止前念。及听地底有人发话，忙即回问："你是哪位师伯叔？怎知本门传声之法？"地底答道："我非贵派门下，总算是你长辈。老魔六贼阴魂圈阴险狠毒，再不逃走，悔无及了。"话未说完，前面地底一声大震，飞来一条形似蜗牛，头作如意形，当中和两头特大，头腭特长，下具多足，一张平扁大口，宛如血盆，长达数十丈，共有六首九身四十八足的怪物，突然出现，晃眼暴长，由血光之中朝前飞去。

随听鸠盘怪笑道："此是小南极光明境万载寒蚿，擒来大是有用，速急收复，不可放它逃走。"说时迟，那时快，话未说完，一蓬绿气刚由那六个怪嘴中喷出，同时脚底"叭"的一声，一朵形似银花的宝光出土爆散，显出一个二尺方圆的地洞。石慧神思昏迷中未及看清，一蓬灰白色的光网已罩上身来。忙用灵石仙剑抵御，已是无及，竟被来人擒去。心中急怒，入地以后，神志渐清，仙传灵符已能应用，正待施为。目光到处，上面光影一闪，怪物失踪，铁姝厉声怒啸，地底立有大片暗绿色的魔光潮涌而来。耳听前人喝道："我是干神蛛，魔法已经发动追来，我夫妻冒奇险救你，如何不知好歹？"易静初被九鬼附身，受创不重，干神蛛夫妻来历，原听金、石诸人说过，闻言忙喝："石慧速退，不可倔强！"石慧也认出干神蛛乃师父的好友，忙即礼见。跟着便是朱灵由地底飞来，疾呼："魔法厉害，已然发动，现由地底追来，势甚神速，我们快走！"干神蛛笑答："无妨，我已有了准备。"随说，夫妻二人带了石慧，只一闪，便同遁去。

易静原在阵中，会见石慧之后，说起路过雪山时，遇一姓陈的女异人对石慧说："你此去寻师，未必能够寻到。但有一事，如能办好，自有不少好处。你师伯易静，现在九盘山魔窟有难，我有两个门人与她交好，本定往援，不料近炼禅功，无暇及此，不愿失约，向我求说，我也无暇前往。算出她有二十四日魔难，尚还未满，只要能躲过，回转幻波池，取出水宫藏珍，她的功行便完满了一大半。无如魔法厉害，数中有此一劫，不能避免。如仗师传法宝和本身道力，虽可免去九鬼唼生魂之厄，一则，不经这一番魔难，不能增加她的道力，她那前生良友劫后重逢，到了四九天劫那一关，仍难避免，暂时少受痛苦，反留大害。再则，鸠盘婆近年畏祸，虽较以前敛迹，无如天性凶残，为了抵御天劫，苦炼秘魔元经，不得不将本命元神与天魔合为一体，于是受了暗制，双方成了息息相关。天劫一过，自觉成了不死之身，定必任性妄为，不知要害多少生灵。

这次虽和易静对敌，仍以天劫为重，为防多耗九鬼元气，始终不肯全力施为，除她较易。如能乘此时机，将她师徒本身元灵相合，大小由心，相生相应的九个白骨骷髅先行除去，凭你师徒之力，虽不能将她杀死，天劫一到，无此凭借，铁姝还有些日数限，元恶必为所灭。此举功德不小，但是时机瞬息，稍纵即逝。首先在我佛家有无相神光守护心神之下，须能忍受诸般痛苦，表面更须装得极像，免使警觉。此层我已有了准备，至多消耗一点精气。九鬼为佛法所迷，只觉对方元神坚凝，不易吸取，不知对方除受苦痛而外，元神精气始终未受摇动。等苦熬满了二十四日，鸠盘婆大劫也已降临。这时关系更为重要，必须把握时机，不令九鬼飞出光层之外。同时更须防到老魔情急拼命，与旁边相助的人合力下手，将那九个鬼头用法宝收去。千万不可当时毁掉。到了紧急之时，也许有人赶来相助。事虽必成，毕竟关系太大，总以谨慎为是。"随又指点石慧机宜，以及如何下手之法，赐了一道贝叶灵符，命交易静观看。又命伸出手来，在上面画了一圈。

　　石慧久闻这位易师伯大名，好生惊喜，谢别之后，立往魔宫飞来。一到，先被铁姝困住，出其不意，暗将对方本命神魔的一面元命法牌盗到手内，遁入地底。不久，易静寻来会合之后，说完前事。易静接过贝叶灵符一看，上面果现字迹，详示前因，并说小寒山二女因事羁身，未能及时来援，心甚不安，托代致意，日后也许能够赶来，那时难关已过，前路明坦。刚一看完，金光一闪，灵符不见。猛觉神志清明，胸前却多了一片贝叶形的金影。同时石慧把手一扬，又是一圈淡微微的佛光飞向头上隐去，才知所遇竟是小寒山神尼。

　　这时易、石二人已然被困了好几天，鸠盘婆持久无功，把所有魔法异宝施展了一多半。先还举棋不定，末了一次问答，看出敌人心意已决，铁姝又在怂恿，羞恼成怒，顿犯凶心，将九子母天魔放将出去。上来还自慎重，惟恐泄露机密，又想这半九子母天魔神通变化无不由心，威力可大可小，发时不曾施展全力。谁知刚炼成不多几年，这类魔鬼均是左道妖邪的凶魂炼成，天性凶残，又经魔法苦炼，越发强暴，急于饱啖对方元神。本来势子太快，易静又有准备，只一到便将九鬼放入，使其隔断在宝光层内。同时运用玄功，本身元神聚在头上，拼受十余日苦痛，以待时机。眼看剩不多天，在佛法暗制之下，老魔并未觉察，心方暗幸。谁知陈岩不忍心上人受此苦难，自恃法力，又蒙赤杖真人赠有两件法宝，当时忿无可泄，竟往宝光层外冲去。易静见状大惊，忙即传声阻止。

一片暗绿色的阴影突自前面飞起，陈岩立被卷入血影之中，不见踪迹。百忙中似见陈岩身上飞起一片明霞，周身银光乱爆如雨，闪得一闪，便已不见。想起先前所说，虽知无碍，三生爱侣，终是关心。易静连受九鬼环攻，本受苦痛万分，这一分神，魔头立时乘虚而入，本命元神几受摇动，忙运玄功镇摄，吃亏已是不小。由此起，身受苦难越重。到了末两天上，简直不能支持。陈岩忽在前面现身，四处都是血焰包围，身外宝光渐被魔火炼化。如换别人，见此惨状，必定情急心乱，只要心神再一摇动，立有不测之忧，变为两败俱伤。易静却因先前吃了大亏，知道陈岩既被魔光卷去，忽又出现，不是幻象，也是老魔故意诱敌，至多一二日便可脱难。当此紧要关头，不问真假，只索付之不闻不见，免为所乘。略一观望，重又强捺心神，固守元灵，苦熬下去。

光阴易过，不觉又是一天。易、陈二人，各有仙、佛两门灵符法宝防护心身，元神虽未受甚大伤，但那苦痛烦恼，直非人所能堪。另一面，鸠盘婆见面前两个敌人均非寻常，连施秘魔大法，均未成功。相持多日，一个虽被九鬼围困，想啖生魂，不知怎的，敌人始终端坐不动。最奇是九魔鬼与本身元灵息息相通，竟无感觉，怎么也想不出一个道理。男的虽被魔光困住，连用诸般魔法异宝进攻，对方元神十分坚定，身外又有一片明霞防护，至多使其感受一点苦痛，想要摄取元神，简直无望，本就忿急。这日忽想起事情已隔多日，敌人又曾有二十四日难满之言，惟恐夜长梦多。这类天劫，多高法力也难推算。果如所言，不特前功尽弃，并有形神俱灭之忧，越想越觉可虑。再屈指一算，敌人被困已有二十二日，再有两日，便当脱难，自己也必遭劫无疑。

一时情急，暗中咬牙切齿怒骂："我不将你们这几个小狗男女事前杀死，誓不为人！"因受佛法暗制，只知事情可虑，怒发凶威，欲下最后杀手，致敌死命，始终忘了那九个魔鬼，尚被禁在宝光层内，能否收回，还不一定。心念一动，立命铁姝代为镇坛护法，一声格格怪笑，身形一晃，化为两蓬黑烟，中杂两只大约亩许赤阴阴的血手，分朝易、陈二人飞去。到了面前停住，将手连连招动。易静身有佛家有无相神光护住元灵，加以前在幻波池被困，久经大敌，元神凝炼，道力坚定，苦难虽然加重，还能忍痛支持。陈岩却是心魂摇摇，如非至宝防护，早无幸理。

又隔了半日，易静先当陈岩现身，是仇敌诡计，不去理睬，专顾自己，还可无事。无如二人情分太深，但有丝毫机会，仍不免于暗中查看。后来看出不是幻象，发现危机，又深知仇敌的厉害，由不得二次着急起来。谁知鸠盘婆因见眼前二敌，连上官红一无名前辈，均持有九天仙府奇珍，难于伤害。另外好似还有一个强敌，隐身在侧，偏观察不出影迹，一时无暇兼顾，只得放开。另两敌人均已全力防卫，始终不懈，用尽方法，全无用处。心想："敌人功力甚深，似此相持，绝难成功。"于是以退为进，时松时紧，故意给敌人放出一点空隙，诱使上当。易静良友关心，开头虽极小心，仍中圈套，自从看出陈岩受罪，心便不安，暗忖："我有佛光护身，尚且难支，玉哥只凭几件法宝，如何能是仇敌对手？"本就愁虑，后见陈岩神情越来越糟，已不似初发现时施展法宝还攻，激昂悲壮之态，后来竟似如痴如醉，似要昏倒神气，心中一急，顿忘利害，忙用传声警告，令其留意。话未说完，鸠盘婆元神早已化成一片黑影，笼罩宝光之外，待机而动，见状大喜，立即施为，无影无形，来势比电还快。

易静先受九鬼环攻，法体被其咬紧，不住吮吸，身虽受苦，元神毫未摇动。自从陈岩飞出，九鬼乘机潜侵，防御已是艰难，这一传声发话，鸠盘婆乘机暗算，九鬼凶威越盛，眼看一发千钧，稍一把握不住，连元神带法体纵不为九鬼所啖，也必损耗一半道力。所剩只一天的工夫，便可难满脱险，自己已是支持不住，不到期限，又难解脱。一班友好同门，可助自己免却多受痛苦的，只得数人。而英琼、癞姑须在幻波池坐镇，不能远离；小寒山二女是极好援兵，偏又有事不能来。想来想去，只女殃神邓八姑，身兼正邪两家之长，并有一粒雪魂珠，炼就元神之身，任何魔法、异宝，均难侵害。得她来此，用她那粒雪魂珠相助抵御，心身立转清凉，并还可助陈岩先行脱难，免去好些愁虑。无奈那面传音法牌，已在南疆碧云塘无意之中用去。灾难还有一天多才满，危机已临，九鬼已将本身真气吸住，苦痛加增还在其次，真气一散，便无幸理。一面还须强熬毒楚，拼死忍耐。

正在危急万分，难于支持，忽听远远鬼啸之声，划空而至，来势如电，一团形似阴磷的魔火，突似流星飞泻，直坠阵中，一闪不见。面前两只血手影忽然收去，身上微微一轻。立时乘机将本身真元二次凝炼起来，果比先前要好得多。心方奇怪，忽又听魔女铁姝与鸠盘婆争论之声，入耳即止，紧跟着一溜黑烟，冲空而去。

正不知是何缘故，忽听李洪传声说道："易师姊再有多半日，便可脱难了。陈哥哥不听话，对你关心过切，忘却仙人之诫，阵中魔法、妖鬼虽被他除去不少，鸠盘婆师徒却把他恨极，连用魔法异宝将他困住。幸而灵符防身，仙衣护体，至今不曾受害，还算便宜。红儿因得陈、赵二仙子怜爱，巧遇仙缘，得了一件仙府奇珍，我再从旁暗助，也未受伤，功力反倒加深。我知易师姊悬念，特来告知。如今铁姝已被魔女温娇用陈哥哥那年所得魔教中的信符，将其诱往大咎山绊住。苏宪祥道友和南海双童均在那里埋伏相助。小弟原和陈哥哥同来，因在灵峤仙府受了赤杖仙姥指教，你们三人动静安危，均所深知。老魔明知事关重大，铁姝不应离开，无如魔教中信火，均与本命神魔互相应合，接到之后，如不赶往，行法人必受神魔反噬，没奈何只得任其飞去。老魔恶贯满盈，以为铁姝来去如电，相隔又不甚远，不消多时，便可往返。因护法无人，只得自往魔坛坐镇，想等铁姝回来，赶在二十四日限期以前，将敌人全数杀死，带了九子母天魔，飞往西昆仑星宿海绝顶布下魔坛，求一左道中人相助，等把天劫避过，索性大举，专与正教为敌。明日中午是她生死存亡之际，千万不可放她逃走。"易静闻言，才略放心。

光阴易过，一晃到了次日辰巳之交。易、陈二人自接李洪传声，知道难期将满，快要转败为胜。仇敌又因天劫应在日内，防护本身要紧，铁姝未回以前，不暇他顾，也改为守多攻少，以防变生仓猝，难于抵御。鸠盘婆先因铁姝魔法高强，飞遁神速，又下严令：到后不论胜败，必须急速赶回。如其行凶反噬，不妨遇人便杀，使其饱啖，以便早回。既与正教为仇，我已无所顾忌。又想，铁姝嫡传弟子，并非不知厉害，如何许久不归？自己心绪烦乱，竟会忘了传声呼唤。今日已满敌人所说限期，莫非当真遭劫不成？想到这里，又急又怒，立用传声呼唤。不知何故，并无回应。暗忖："铁姝如为敌人所杀，法坛本命魔灯如何不曾熄灭？照此情势，连传声也被敌人隔断，分明遇见魔教中能手无疑。眼前同类，尸毗老人已然皈依佛法，不会多事。此外能和自己对敌的，只有一个魔母温良玉和冷魂峪波旬婆。

但是一个已早尸解,元神虽在,绝不至于无故为难。再说双方素无仇怨,自顾不暇之际,如何寻人树敌?另一个是我妹子,昔年虽有迫令毁容之恨,一则骨肉姊妹,再则她夫妻早奉公冶黄之命,本身从不离山一步,如何会与铁姝作对?要说是正教中人,又不应是这等景象。"

越想越觉奇怪。眼看天色近午,重又行法观察,面前两强敌各在宝光防身之下,陈岩痛苦全失,朝着自己咬牙切齿,不时回头左顾,嘴皮微动,仿佛有人在旁对谈神气。易静身上虽仍钉着九个神魔,因自己畏惧天劫,恐其骤然降临,铁姝一去不归,无人护法,不得不来坛坐镇,以防万一,面上痛楚神情已减去了一大半,口角上反现出一丝笑容。不知是李洪暗告易、陈二人,故意诱敌。本就有气,再一细看,易静仍是好好的,这些日来,痛苦虽似受了不少,元神却不曾摇动,真气也似无甚损耗。凭自己的法力,这些日来,还当敌人灵元逐渐消耗,已快不支,谁知竟是假的,丝毫不曾看出。知道上了敌人的当,照此情形,必有极高法力的人暗中主持,待机发难。否则,绝不至于如此颠倒。这一惊真非小可。始而料定敌人前言不差,天劫不久即至,又急又怕,把铁姝痛恨入骨。

忿怒了一阵,忽然把心一横,先用传声把金姝、银姝唤来,告以:"你姊不听我话,专与正教中人为敌,以致引鬼上门。我料天劫不久降临,近年虽将九子母天魔炼成,能否脱难,尚无把握,何况加上好些强敌作梗,到时必难兼顾,凶多吉少。我已准备与敌一拼,如能躲过这场大难,以后自是惟我独尊,否则,能保得一点残魂已是万幸。我已准备,到了万分危急之际,把我本命元神,用本派滴血分身大法,拼舍肉体,分附在九个神魔身上,能逃得一个是一个。真要运数当尽,也是无法。我擅长玄功变化,法体虽保不住,元神当能脱险,无如天机微妙,事尚难定。你两姊妹根骨人品无一不好,虽然性太仁柔,不能尽得我的传授,但我对你姊妹仍是极爱。今当生死关头,特地唤来指示,乘此胜负未分、天劫未临以前,速先遁走,以免万一不幸,玉石俱焚。好在你姊妹平日便喜结交正教中人,我也明知不问。此去任你们心意行事,便改投正教,也是无妨。时机紧迫,少时便与仇敌一决存亡,乘我临难以前的一念仁慈,将你们本命神魔禁制撤去,急速逃走。再如留连在此,你姊妹奉命行事,得我恩允虽然不算背师叛教,但我天性残酷,到了危机一发之间,只图杀敌报仇,便不论亲疏是非，恶念一生，就许用你姊妹生魂肉体助长魔法威力，休说性命，连生魂也保不住了。为念师徒之情，未曾发难，先放你们逃走，便由于此，快些去吧。"

金、银二姝虽然心慕正教，不喜乃师所为，对于师恩却甚感念，从无背叛之意。又知乃师以前为恶太甚，近炼九子母天魔，伤害不少修道人的元神，和乃姊铁姝同恶相济，表面敛迹，实则并未悔祸，早料不会有好结果，果然大祸临身。闻言想起师门恩义，好生依恋，不禁放声大哭起来。跪在地下，哀声求告，欲以婉言解劝。仗着前往峨眉赴会，与易静等正教门下处得甚好；又知前生孽重，今生又误投魔教，虽然平日小心，从无恶迹，早晚仍不免于兵解，意欲先劝好师父，得了允许，再向对头哭求，拼舍一命，为双方解和，报了师恩，就便兵解转世。主意原打得好，鸠盘婆只一应允，即便天劫难免，易、陈、李洪三人必受感动，鸠盘婆也能保住残魂，前去投生。哪怕罪孽太重，大劫之后，凶焰尽去，转世仍难幸免，多此一线生机，到底要好得多。无如恶贯满盈，运数已终，又知自己只此片刻善念，过后即完，竟不容开口，冷笑道："你姊妹随我多年，难道还不知我性情？再不快走，就没命了。"

二姝还在哭诉，刚说："弟子舍不得恩师。"鸠盘婆阴森森一张丑脸上，突发狞笑，二目凶光远射，注定二姝，冷冷地说道："我师徒之情已尽，少时莫要怪我心狠。既然如此忠心，且借你二人元神一用。"随说，一只缺了拇指、形似鸟爪、瘦硬如铁的怪手，已缓缓扬起。手臂上碧光隐隐，一条碧森森的魔手突然出现，也快飞起。金姝还未答话，银姝想起师父虽是邪魔，如不是她，姊妹三人已早惨死妖邪之手，明知那条魔手一经飞出，生魂立被抓去，竟然一点不怕，抗声说道："弟子身受师恩，粉身碎骨，均非所计，愿为恩师效命。"说罢，不等魔手来抓，首先施展魔法，待将元神遁出，往前扑去。金姝也已激动，哭喊道："弟子等宁遭百死，不愿辜负师恩，只请把这两具肉体保存，暂勿毁损便了。"银姝回顾哭道："姊姊，我姊妹既拼百死千灾，以报师恩，本命元神尚拼葬送，这副躯壳要它何用？"说时，连用魔法，元神竟难出窍，好似被甚法力禁住。

心方惊奇，忽听鸠盘婆厉声喝道："你二人既不怕死，再好没有。"说罢，将手一扬，一片惨碧色的魔光电掣飞出。二姝以为师父已生恶念，这秘魔神光只一上身,休想活命。本来立志殉师,与共存亡,也就不在心上。刚把双目一闭,听其所为,猛觉身子悬空,电驰而起。四顾茫茫,除身外一片暗绿色的阴影而外,什么都看不见。反正无幸,姊妹二人对看了一眼,猛然触动悲怀,不禁抱头痛哭起来。满拟转眼之间,更遭惨死,师父胜了还好,万一失败,就许形神俱灭,同归于尽。正在伤心,忽听远远喝道:"你姊妹委实真诚忠义,连我这样残忍狠毒的心肠,也会被你们感动。无如恶念已生,偶发天良,可一而不可再,为此百忙中将你二人送往千里外,在我魔法禁制之下,归路已迷。以你二人心性,本不应在我门下,便我不死,也无须回来见我。再如执迷不悟,我向来不收覆水,只一回山,休想活命。"话未说完,底下便住了声息。二姝知道师父常说平生从未发过慈悲,有此例外之举,料是临难以前天良发现,语气如此坚决,便想回山赴难也办不到。只得痛哭一场,向空谢恩,自去寻人。不提。

鸠盘婆原是强忍忿怒,遣走二姝之后,满腔怒火,立时上攻。正待横心拼命,施展全力,二次进攻,欲在天劫以前,先将敌人杀死,以免到时不能兼顾。即使大难临身,不能避免,好歹也先出了这口恶气。她这里运用玄功,刚把本身元神二次飞起,忽听东南方天空中起了一种异声,随听有一幼童暗中喝道:"无知老魔,还敢生心害人,可知天劫已临,就要伏诛,形神俱灭了么?"鸠盘婆本就觉那异声来得奇怪,闻言心动,情知凶多吉少。虽然咬牙切齿,痛恨仇敌,临此危机瞬息,生死系于一发之际,也由不得心胆皆寒。不顾再寻仇敌晦气,匆匆遁回神坛,忙将先前准备好的魔法一齐发动。立有一朵金碧莲花离地飞起,射出万道光芒,当中拥着一个血红色的光球,将人笼罩在内。同时传声铁姝,令其速回,以防惨败。又把手一招,魔阵立收,万丈血焰,立似狂涛涌来,将那金碧莲花紧紧围住,当时成了一个百余丈的大血球,停在空中,看似实质一般,由里到外,不下数十百层之多。那残余的二十几面血河妖幡,同时暴长,环绕在外,时隐时现。一时光焰万丈,刚现出来的天空,立被映成暗赤颜色。

易静先见陈岩受难,愁急万分,微一疏神,几受邪魔暗算。眼看危机一发,忽然化险为夷,先还不解,惟恐有误。忽听李洪传声,才知铁姝已被魔女温娇诱走,另有救星来助,知道灾期将满,精神大振。同时乘着老魔改攻为守,又将元神凝炼,不致再陷危境,心越放定。暗忖:"此时已将近午，仇敌伏诛在即。九子母天魔十分厉害，方才未用全力，又有佛光暗护，身受尚且那等苦痛，少时老魔为御天劫，必要将其收回，如为宝光所隔，情急之下，必以全力拼命，如何禁受？此事关系不小，一被逃脱，立成大害。"忙用慧目观察，同时运用玄功加意戒备。先前金、银二姊突在阵中出现，和老魔问答了一阵，忽被魔光拥走，一闪不见。自从被困以来，仇敌师徒便是时隐时现，魔阵神坛中枢要地，更未见过，怎会全部现出，毫无隐蔽？心正寻思，忽见鸠盘婆目射凶光，望着自己，狞笑了一声。看神气，似要运用玄功，以本身元神，全力来拼。身上九鬼与老魔元灵相合，外层宝光未必抵御得住。只要被冲进与九鬼合为一体，自己就不当时惨死，元灵必受重伤，万难避免。

易静正在心惊，忽听李洪又在传声疾呼："易师姊，老魔厄运将终，不必多虑。"声才入耳，天边便有异声隐隐传来。鸠盘婆面容立时惨变，重又飞了回去，前列神坛立化莲花飞起，魔阵血焰，同时撤退；仿佛一心避祸，抵御天劫，眼前仇敌，已无暇顾及。再运慧目定睛四顾，魔阵虽撤，那残余的二十余面魔幡，依然布成一个阵势，分列血团之外，隐现无常。同时瞥见上空突有十余片金碧光华微微一闪。知道仇敌一面情急求生，一面仍想伺机报仇，凶心丝毫未减，反更加甚。妄想暗用魔法愚弄敌人，为她抵御天劫，作替死鬼，至不济也使同归于尽。表面魔法全收，却用秘魔大法埋伏空中，比起先前，只有更厉害阴毒。暗骂："老魔鬼，空自心劳，哪知天劫微妙，我已早有防备。再说此中还有气机相引，岂能伤我分毫？"

心正寻思，鸠盘婆原是诱敌之计，以为魔阵一收，面前三敌就不群起来攻，也必抢先会合。只一行动，立用毒计，豁出损耗元神，施展解体分身秘魔大法，再行断一截手指，附在敌人身上。或是暗中挡向前面，引那乾罡神雷、九天煞火，将敌人震成粉碎，使代自己先挡一阵，减少雷火威力。谁知敌人早得前辈仙人指点和李洪分头传话，全有准备，一个也不上套。自己动作虽快，也有半盏茶时。这类天劫，来势比电还快，甚或无影无声，说来就来，任是多高法力，也难防御。怎会异声起自天边，经有半刻之久，未见动静？听去好似由远而近，就要到达，偏看不出丝毫迹兆。

时候一久，鸠盘婆更加生疑。再看眼前敌人，仍分作三起，望着自己面现喜容，大有幸灾乐祸之意。易静身材矮小，除头以外，全身几被神魔钉满，连经多日围困，直如无事。眼看日色已快当午，那九个白骨骷髅咬紧敌人身上，一个个目射凶光，厉声怒吼，与前些日神情迥不相同。猛想起天劫不久降临，这九子母天魔如何忘了收回？照此心神慌乱，顾此失彼，绝非好兆。心中一慌，忙用玄功回收，竟无回应。

初意九鬼贪吸修道人的元精，不愿回转，还不知道已被宝光隔断。后来连收三次，不曾如愿，只见鬼口狂喷毒烟，凶睛怒突，不住怒吼，全不听命，只得把极厉害的魔法禁制施展出来，迫令回转。同时准备把本身精血损耗一些，去喂神魔，免其事急之际，怀恨反噬。铁姝不在，短了一个大帮手，一旦无力兼顾，反受其害。刚把魔钟一摇，如法施为，恶狠狠猛伸魔手，朝胸前所悬三角晶牌拍去。九鬼受了魔法催动，立舍易静，怒吼飞起，仍吃宝光隔断，不能飞回。鸠盘婆见状大惊，这才觉出敌人宝光威力神妙，本身元灵虽与九鬼应合，那九个多年苦功祭炼而成的白骨骷髅，乃是有质之物，已被宝光隔断，休想收得回来。这一急真非小可。同时又听天空异声，仍和先前一样，由远而近，听去来势神速，始终不见飞到。细一观察，恍然大悟，自知中计，越发急怒攻心，忍不住厉声喝道："易静贱婢，我不将你化炼成灰，形神皆灭，誓不为人！"

说罢，突由千重血焰中射出几根细如游丝的五色魔光，直朝易静射去。到了宝光层外，看似挡住，不知怎的，那九个拳大骷髅竟受了感应，连声怒吼，同时暴长，一个个大如车轮，又朝易静扑去。易静深知仇敌阴毒，永远一张死人脸子，说话阴沉沉的，似此厉声怒吼，分明忿怒已极，早就防她情急拼命。以为难已受满，不足为虑，天已正午，老魔伏诛在即。刚运玄功，待要抵御，不料这次鸠盘婆看出空中异声，乃是敌人虚声恫吓，虽然疑虑未消，恨毒之下，竟施全力。那九鬼二次来攻，并不上身，只作一环，将人团团围住，五官七窍，同喷毒烟，四面激射。易静方觉厉害，暂时虽能勉强抵御，时候稍久，便个身元灵在佛光环御之下不致受伤，元气也必损耗。天劫又无降临之意。

心正忧疑，忽听耳旁有两个少女同声笑道："易姊姊经这多日的九鬼啖生魂，元神、精气均无损耗，虽受十余日苦痛，反更见出道心坚定，法力高深。大难已去，不久开建仙府，功行圆满，可喜可贺。我姊妹三日前已然飞来，只为姊姊难还未满，不便相助。后来实忍不住，略施小技，惹得老魔鬼手忙脚乱。待我为她叫破,你只按照赤杖真人仙示,等天劫降临,如法施为便了。"刚听出是小寒山二女口音,心中一喜。忽听谢琳空中娇叱道:"无知老魔鬼,你上我的当了。本来你在秘魔神光与诸般魔法异宝防身之下,你那九子母天魔所附骷髅,虽被易姊姊宝光隔断,不能由心运用,到底还能抵御些时。如今你将本身元灵分出了一半,妄想增加九鬼凶威,不料反害自身。先前以假为真,如今天劫却真降临,再想逃命已无及了。"鸠盘婆因为先前上当,心想:"多年威望,那高法力,竟被几个无名后辈闹得心慌意乱,神志昏迷,即便能够得胜,也太丢人。"闻言侧耳一听,方才异声已住,碧空如洗,白日当空,静荡荡的,哪有丝毫影迹。知道敌人机智绝伦,以为又是诡计,把两只碧光闪闪的鬼眼注定发话之处,冷冷地说道:"你是何人?怎不出来见我?"

随听空中答道:"老魔鬼转眼形消神灭,不必闹鬼。我乃小寒山忍大师门人谢琳,曾习绝尊者《灭魔宝箓》,专除你这类邪魔,如非另有因果,早就容你不得。你这类鬼眼搜魂的魔法,岂能伤我?如当假话吓你,你只往当空一看,就知道厉害了。"鸠盘婆原因恨极敌人,人还未见,便将秘魔六贼销魂大法施展出来。照例这类魔法凶毒无比,对方只要目光一对,元神立被摄去,比先前对上官红的还凶得多。但自己天性凶残,因为魔法凶毒太甚,最耗行法人的真气,从不轻用。满拟敌人隐形不论多么神妙,只要目光相对,无论明暗,当时非先下坠不可。即便功力较高,再加上呼音摄魂之法,敌人也绝无幸免,不料竟无用处。再听这等说法,忙抬头向空一看,天色仍是好好的,只日中心有一黑点,似在移动。仔细一看,不禁大惊,颤声喝道:"谢道友,你是陈仙子门下么?昔年曾与令师一面,可曾听她谈起此事?"

跟着又一少女接口喝道:"我师父自然谈过。她说你不纳忠言,忘了前诫,今日该遭恶报。如非念在昔年香火因缘,曾下严命,三日前我姊妹来此赴约,见你用九鬼欺我良友,早用七宝金幢加上《灭魔宝箓》,将你师徒一齐炼化成灰,和毒手摩什一样,临死还受许多苦痛,连铁姝也同伏诛了。"话未说完,鸠盘婆怒吼一声:"罢了!"声如枭鸣,洪烈凄厉,四山皆起回应,令人闻之心悸。小寒山二女也已现身,立在易静旁边,目注空中,微笑不语。易静也得了李洪传声,一面运用玄功护住心神,强忍恶鬼所喷魔焰焚身之苦；一面准备灵符，待机而动。

　　日光中那粒黑点刚出现时，大只如豆，看去无奇。鸠盘婆却似手忙脚乱，惊怖已极，却不逃走，不住手掐魔诀向外连指，同时朝胸前三角晶牌连击不已。待不一会儿，黑点已由九天高处日光影里冉冉飞堕，也只数寸方圆，降势并不甚快，但不知怎的，好似含有一种不可思议的吸力。鸠盘婆身外魔光尽管大如山岳，竟似被其吸住，不能移动。鸠盘婆急得口中连声厉啸，头发已全披散，神情越来越恐怖。后来黑点离地渐近，鸠盘婆似知无幸，竟朝小寒山二女悲鸣求告起来，大意是说：自知孽重，只求二道友做个调人，向易道友求和，将神魔放回，容她收回，免得两败俱伤。谢琳笑道："老魔鬼，你做梦哩！前日来此，见易姊姊身受九鬼唊魂之惨，恨你入骨。无奈恩师严命，易师姊灾难未满，不得不愧负良友，看她受罪。此时你恶贯满盈，自作自受，有何伎俩，只管施为，谁还怕你不成？"

　　鸠盘婆闻言，自知绝望，怒吼一声，立时咬破舌尖，朝前喷去。九鬼突然暴长数十百倍，立将宝光撑满。易静见势不佳，手往胸前那片金贝叶一按，金霞一闪，人先脱出光层之处，随即将手连指，宝光也自随同加大。鸠盘婆满拟施展魔法，震破光层，连敌人一齐粉碎，不料敌人仗着佛家灵符护身，九鬼刚一施威，便已遁出宝光层外，宝光也随同鬼头往外加大，急得九鬼不住怒吼厉啸，冲逃不出。眼看黑点越降越近，身外血焰全被那无形潜力吸紧，黑点已成了尺许方圆一个黑球，四面乌光隐隐，映得日华幻为异彩。估计还有半盏茶时便要形神俱灭，突然一声悲啸，通体裸露，头下脚上，倒立金碧莲花光球之中，不住乱转。跟着身边现出十八个玉雪一般的男女幼童，都是赤条条一丝不挂，随同倒立魔光之中，舞蹈急转起来。

　　李洪见状，知道老魔已与九天煞火生了感应，至多仗着魔法抵御片刻，已不能再肆凶毒伤人。于是一面现身与小寒山二女相见，一面招呼陈岩、上官红同往会合，各照预计行事。众人聚在一起，忽听天空中殷殷雷鸣之声，密如擂鼓。抬头一看，那团黑光离头不过千丈左右，待往下落。突由千层血焰包围的金碧莲花心里，激射起九股魔光，将其托住，就空中星丸跳动，电旋急转，时上时下，滞空不降。再看鸠盘婆，以头着地，双脚朝天，八字开张，射起九股魔光。那十八个男女幼童已然不见。九鬼越长越大，与外层血焰相接。再一细看，鸠盘婆七孔流血，各有一丝血光朝前飞射。九鬼悲鸣厉啸之声，也越来越急。上官红、陈岩俱都恨极仇敌，几次跃跃欲试，均吃易、李二人止住。

不多一会儿，空中黑球接连滚转了数千万次，突发奇光，乌油油比电还亮，精芒四射，耀眼欲花。鸠盘婆越发情急。突取出一把金刀朝胸刺去，立有一蓬血珠，暴雨一般朝外打来。谢琳忙喝："姊姊留意，我二人不便出手，速将法宝收回，免为所毁。再说也是时候了。"话未说完，易、陈二人原有准备，易静将手一招，把防身七宝连同飞剑一齐收回，又把手中法诀往外一扬，胸前金贝叶立化佛光，挡在众人身前。同时陈岩喝道："无知魔鬼，教你知我厉害！"话未说完，扬手一片明霞电掣飞出，二次将那九个魔鬼笼罩在内，往里收缩，晃眼挤成一团，隐闻鸠盘婆悲叹之声。就这同时发生句把话的工夫，忽听空中"轰轰"之声大作，雷电交鸣，震得山摇地动。黑球突然由黑而红，由红而白，射出万道奇光，朝下压来。

上官红见那光芒强烈，恐遭波及，忙往后退。易、李二人同声道："这类九天煞火专除恶人，我们气机不与感应，射向身上也无妨害，你只留神老魔闹鬼便了。"上官红受了仙人指点，初当大任，未免矜持，上来又因情急偾事，越发提心吊胆，惟恐有失，闻言忙又前进。那团煞火已朝血焰打下，先前九股魔光也早收去。只见煞火光球在血焰中连起落了三次，光焰万丈，魔影纵横，一串悲鸣惨号之声。先是山岳一般的血焰，全被煞火炼尽，化为乌有。跟着金碧莲花上面停着的光球也被压紧。鸠盘婆已成了血人，咬牙切齿，神情惨厉，看去恐怖已极。似此相持不多一会儿，忽然一声怒吼，全身跃起，倒跌莲花之上，震成粉碎，成了一滩，血肉狼藉。花上煞火往下一压，那合拢的花瓣，连同花心中的血球，一齐震散。"叭"的一声惊天大震，千万道银芒，迸射如雨，连煞火带莲花，同时消灭，一闪不见。

上官红还在注视，耳听谢氏姊妹同喝："红侄留意！"就这煞火魔光一闪之间，先是一线黑烟，由煞火中激射而出，晃眼暴长。上官红知是鸠盘婆的残魂，忙把金花一指，百丈金光刚将黑烟裹住，现出鸠盘婆的魔影，吃金光一裹，便已消灭。心方一喜，忽听易、李二人同声大喝。目光到处，原来煞火、碧莲刚一消灭，又有八九股同样黑烟，分向四面八方激射而去。易、李二人各指飞剑、法宝正追过去,内中李洪的金莲神座、如意金环最为神妙,晃眼便被追上了好几股,佛光照处,一声惨号,消灭了一多半。易静连施牟尼散光丸、灭魔弹月弩,又打灭了两股。上官红见状情急,忙指金花追上,正赶内中一股被李洪急迫过来,迎头拦住,忽听一声悲啸,那股黑烟倏地化为二,一股迎面冲来,中现鸠盘婆的魔影,周身碧光乱爆,张牙舞爪,来势如电,狞恶非常。上官红深知仇敌厉害,以为元神逃出天劫,有意拼命,心中一惊,忙指金花迎上,略一疏忽,另一股黑烟已朝地底射去,等李洪赶到,已是无踪。方朝众人笑道:"我们费尽心机,易姊姊还受多日苦难,老魔所炼九个元神化身,仍被逃脱一个。虽然元气已去八九,无足为害,这九个骷髅却须善为保藏才好。"

话未说完,忽听破空之声,抬头一看,正是南海双童甄氏弟兄赶到。众人还未开口,甄艮首先说道:"幻波池现有急事,且喜易姊姊大难已脱,请快回山主持去罢。"众见双童神色匆忙,易静先已愁急。

要知后事如何,且看下文分解。

第三一四回　义重同门　惊心闻友难
　　　　　　　　情殷旧雨　长路阻仙云

前文说到易静师徒在九盘山魔窟刚一脱险，与李洪、陈岩、小寒山二女大家见面，未及细谈。忽听破空之声，一道遁光穿云飞来。落地一看，正是南海双童甄艮、甄兑，见面便说："如今幻波池有事，非易师姊与洪弟不解，请快回山去吧。"说完，瞥见小寒山二女在侧，惊喜道："想不到二位谢家姊姊也在这里，真个再好没有了。"易静大惊问故。谢璎笑道："诸位道友先不要忙，来时家师已然说过此事。倒是易姊姊新脱大难，身受重伤，尚未复原，如何去法？还有鸠盘婆老魔虽然伏诛，尚有一个化身逃走。这两处魔宫也有不少侍者和许多被魔法禁制的生魂，虽然这类多是凶魂厉魄，在我佛法仍是一体超度。

他们受那炼魂之惨已有多年，难得有此一线生机，就此舍去，非但他们无法超生，再被左道妖邪发现收去，又是未来大害。尤其那些男女侍者多半凶顽，除有一小半在金、银二姝手下极少为恶，法力也差而外，下余无一善良。愚姊妹虽然带有恩师贝叶灵符，也只能将其制住，想要感化使其归善，仍非一日之功所能办到。只得暂时收下，事完带回山去，再作计较。所幸这班凶魔生魂法力高的，均经鸠盘婆魔法禁制，非用家师灵符不能解脱。下余本要逃出，经干神蛛道友夫妇行法困住。有几个最凶横的，妄想乘机遁走，往寻铁姝，被石慧的石火神雷全数震死。否则，铁姝最是凶残，又记师仇，此去不知要害多少人。干道友夫妇这场功德真个不小。依我之见，最好同去魔宫，先将金银岛、灵峤仙府求取来的灵药，与易姊姊服下，等人复原再走。虽要耽搁数日，只一回山，立可成功，免却好些顾忌。就势将这两处魔宫封闭，以免日后妖邪发现，或是铁姝回来盘踞，死灰复燃。"

易静接口道："前奉恩师仙示，幻波池自丌南公来过之后，从此多事，尤其开建别府以前最为严重。我已离山日久，实不放心。二甄师弟虽然未及详言，也可略料一二。我意欲请贤姊妹与干家夫妇相助扫荡魔窟，收那凶魂；我和各位师弟门人先回幻波池，到后服药静养，也是一样。"陈岩见易静神情憔悴，十分痛心，几次想要开口，均被暗中止住，当着生人，又不便大显，闻言忍不住劝道："姊姊，话不是这等说。你这等神气，如何应敌？还是听二位谢道友的话为是。"易静早看出陈岩关心惶急之状，想起他为了自己，往返飞行数十万里，多历仙山灵岳，出死入生，受尽艰危，才将灵药取到，由不得心中一酸，不忍辜负他的热爱痴情。但又担心幻波池诸人虽然近年功力大进，毕竟修为年浅，又料仇敌是由自己引来，好些放心不下。

正在为难，谢琳笑道："幻波池形势虽然紧急，绝能度过。不过癫姊姊看在你的情面，不肯毁灭敌人而已，并非真个凶险。最厉害的是你回山之后，取那宝库藏珍的三二日内。此时前往，无益有损。再说陈道友对你深情盛意，也不宜于辜负。"易静闻言，想了想，慨然说道："我委曲求全，已历三世，这冤孽只好由他自作自受了。"说罢，转问甄氏弟兄，这次来犯的是否自己那魔星？谢琳笑道："易姊姊不必多问，事完，愚姊妹陪你同去。此时多问，徒乱人意。"甄氏弟兄原因事情紧急，受一前辈仙人之命来催易静回去，一半是想和陈、李二人相见，打听一事，幻波池并未去过。一听小寒山二女如此说法，料无大害，也就改口，说是事出传闻，把前辈仙人所说的话隐起，暂不吐露。易静虽然为难，无如良友殷勤，爱侣关切，只得罢了。当下众人同去魔宫，依言行事。不提。

原来幻波池众人自从易静一去不归，李英琼人最侠义，又和易静、癫姑情胜同胞，本就关心太切，正谈话间，回顾上官红不在，忙即追出寻找，哪有踪影。知道此女对师忠义，一听有难，定必不顾命赶去。这一急真非小可。本来当时便要追去，恰遇方瑛、元皓由外飞回，不等开口，便将英琼拦住说道："易师姊涉险之事，来时已得一位前辈仙人指教，她师徒命中该有二十余日劫难，此是易师姊成败关头，上官红更因此转祸为福。早去无用，甚或坏事，都在意中。幻波池不久便有事情相继发生，你和癫师姊最关重要,一个也离开不得。"英琼近年已不似以前那等自恃轻敌,暗想幻波池根本重地,委实不能远离,空自着急,无计可施,只得随同回洞。

金蝉、石生、朱文三人先与英琼一般心理,恨不能当时便往魔宫赶去,才对心事,也正商量要走。方、元二人一到,把前言说了一遍,再四劝阻。朱文因和易静交厚,深知天心双环合璧以后万邪不侵,又各持有几件仙府奇珍,即使此去不能取胜,绝不至于为魔鬼所害。方才余英男也有必往之意。英男名列三英,本门之秀,近又得到离合神圭。新收弟子火无害,如论功力,比她还高。石生更照例是和金蝉形影不离。有此师徒五人同往,万无败理,至不济也可多除掉一些魔鬼,显得同门义气。主意早已打好,本来坚执非去不可。偶一回顾,见癞姑始终微笑不语,若无其事。暗忖:"癞姑人最仗义,又和英琼、易静至交,当此急难关头,断无坐视之理,如何这等神气?"心中奇怪,便问:"癞姊姊怎不开口?莫非胸有成竹么?"

癞姑笑道:"自来修道人都不免于险阻艰难,何况易师姊累世修为,今生方有成道之望。如该遭劫,师父怎会命她当此大任?果真遇到危险,性命关头,她早用法牌传声求助了。"易静前在碧云塘,无意之中将法牌糟掉,不能再用,癞姑本来知道,原因众人多半初出茅庐,疾恶心盛,惟恐此去多生枝节,或是误事,故意这等说法,以安众人的心。实则癞姑人最热忱,明知易静此行吉凶参半,到了紧要关头,一个把握不住,照样遭害,纵不形神皆灭,至少本身元气也必耗去大半。想起师父仙示,又有改形易体暗示,越想越觉可虑,内心比众人还要惶急。无如事关重大,幻波池不久便要发生好些事故,这三个为首的人本来一个也不能离开,易静已陷魔宫,自己和英琼如何再走?不得不故示镇静,把事说得无关紧要,以免人都走空,幻波池不能保全,惹出大祸,还误易静的事。众人却不知道。

英琼闻言,方要开口,吃癞姑暗使眼色止住,接口说道:"诸位师弟师妹,不必犹疑,易师姊这二十四日灾难,看去虽险,吉人天相,终于转祸为福。掌教师尊日前已有明示,鸠盘婆魔官老巢近已封闭,并非原处。她那新辟魔窟,专为防御天劫之用,地势隐僻,你们如何能寻得到?依我之见,当下山以前,诸位老前辈均曾有师长之托,易师姊为本门女弟子之秀,休说夭折,便遇过分凶险,也绝不会坐视。前和丌南公恶斗,青囊仙子华老前辈不请而至,便可看出诸位长老前辈,时刻都对我们关切。再待数日，许有人来传话也未可知。自来知己知彼，谋定后动，方可手到成功。与其徒劳无补，何如少安毋躁，静待时机？即便要去，也等难期将满，紧要关头，再行前往，无须忙此一时。"众人都知癞姑平日和易、李二人交情最厚，如非真个奉有师命，知道无害，绝不会如此坦然，便静了下来。英琼仍不放心，因知癞姑对师谨畏，事前不肯泄露，便乘无人之际向其探询。并问："易静姊传音法牌已在南疆用去，为何这等说法？"癞姑知道英琼近来功力大进，不是以前一味胆勇，便把自己心意和日前仙示大略告知。

英琼先以为癞姑那样拿稳，绝可无害，闻言不禁着急起来，又担心上官红的安危，执意去往魔宫一探，好歹也将上官红先寻回来，免其闪失。癞姑见英琼辞色悲忿，深悔自己把话说错，恐其前往，急得无法，只好详说利害，又将仙示取出，与之观看。不料仙柬上字迹忽又改变，大意是说：幻波池与紫云宫、小南极天外神山光明境，不久相继开建别府。众男女弟子功力虽然日益精进，但是道长魔高，由此起来日大难，直到三次峨眉斗剑，数十年内尽是险阻艰危，极少宁日，必须内功外行同时修为，丝毫懈怠不得。除却奉有仙示或是真有急难，接到法牌传音告急，量力往助而外，平日专重自己修积，不可多事。尤其幻波池开府在即，易静一回山，便须准备，任重道远，时刻均要小心戒备。稍一疏忽，在未开府以前，幻波池仙府如被妖邪夺去，或是宝库藏珍尚未取出，先被敌人暗算，均是大害，关系重要。不特原住众弟子不应走开，此时暂留的人，也须等到别府建成，方可离去。目前正是多灾多难，等到别府建成，本门弟子齐来赴会庆祝盛典，还有一个极大难题须以全力应付。英琼、癞姑、英男等四人一个也少不得，到时另有仙示，指点机宜。

英琼看出仙府从此多事，虽有不许擅离之意，但是应在易静回山、别府开建前后数日之内，暂时还不妨事，心忧易静帅徒安危，仍欲赶去。后经癞姑再三力劝说："日前仙示，琼妹不曾看见，形势实在可虑。本来就嫌人少，何况你和金、石、朱、余师徒几个法力最高的再一走开，一旦有事，岂不太糟？你也知我为人，易师姊如真生死关头，岂能置之不问？还是听我的话，过上几日，看有无前辈仙长到来，再作计较。"英琼听她词意诚切，只得罢了。无如天性刚烈，血性过人，人虽勉强留下，并助癞姑劝阻金、石诸人，不令冒失前往，终日仍是忧虑不解。

光阴易过，一晃七八天，毫无音信。金、石诸人先想癞姑、英琼和易静交情最厚，绝不至于置身事外，二人力阻不去，当有原因。又听说奉有师谕，此是应有灾难，必能逢凶化吉，转祸为福。经过两次商议，始终不听传音求救，也就罢了。内中朱文人最细心，虽被癞姑劝住，并不放心。几天过后，渐渐看出英琼虽和癞姑一样，不主前往，时常忧形于色，料知易静身受不是寻常。两次设词探询，未得要领。这日打算约往无人之处，责以大义说："易师姊现受危难，我辈同门患难至交，万无坐视之理。即便定数难移，也应早做准备，以防到了危急存亡关头，有了闪失，既负良友，又愧同门。听各位师长说，我们这几个男女同门仙福均厚，又有几件至宝奇珍，一任仇敌多么厉害，均能自保，仿佛胜多败少神气。即使有何顾忌，心也必须尽到。似此枯守，盼望诸老前辈降临，实非良策。"刚把话想好，往寻英琼，正值后洞用功，不便扰她。出来遇见金蝉，约往依还岭上游玩。

朱文和他累世爱侣，日前开读仙示已蒙恩允，许其海外同修。这一对小夫妻，众同门已全知道。二人也不再顾忌形迹，情感日深，几于形影不离。朱文知他想和自己亲近，笑道："我知你的心思，无非又说你我前几世经历的事罢了。自来一回香，二回臭，三回四回脸皮厚。我都早厌了，你偏说个没完，有甚意思？要去多约两个师兄妹，单我二人对谈有甚意思？石生弟呢？"金蝉笑说："我这兄弟真好。以前和我一起，片刻不离，自从开读仙示，有了名分以后，他知我们前生经历太苦，好容易才有今日，不免有些话说，当着人你又脸嫩爱羞，只一知我寻你，他必借故避开。"朱文不等金蝉说完，便答道："这么大一个人，亏你没羞。就算你我奉命同修，终非世俗夫妻可比。没见你除却每日用功，老跟在人后头，和影子一样，也不怕人笑话。石生弟和你以前多么亲热，自从神剑峰魔宫同难来此，他便和你这蝉哥哥生疏了好些。这比同胞骨肉还好的兄弟哪里找去？都是一样人，你偏守定了我，仿佛黏在人身上一样。只一说你几句，必说以前诸世相思太苦那些讨嫌的话。想起前生，你我本是良友，和今生一样，除却朝夕相对，同修仙业外，何尝不是心地光明？只为你形迹上过于亲密，才致生出许多事来，这脾气怎么老改不了？"金蝉笑道："惟其前两生分别太久，想起痛心，故此不愿离开，以补相思之苦。现已名正言顺，苦尽甘来。一班同门均经我传观仙示，更无顾忌。我们又非尘世儿女，姊姊索性放大方些,和周师妹一样,多么好呢!"

朱文微笑道:"我再要和你一样厚脸皮,更叫人笑话了。实不相瞒,我因易师姊这次被困魔宫,癞姊姊和琼妹素来热心义气的,竟会看得那么平常,先以为应有文章,不足为虑。近日才看出琼妹表面劝住大家,内心甚是忧急,似有难言之隐,本想探询,她正用功。英男师妹现在静琼谷传授门人本门心法,她感琼妹对她恩义,向惟琼妹马首是瞻,二人无话不谈,多半知道不去原因。别的不怕,我知易姊姊前生孽重,那么高道法的人,平日口气只想作一散仙,天仙位业竟非所愿。以前艳绝天人,后遭魔劫,以元神炼成形体,故意变成那等瘦小丑怪。起初不知何故,直到上月她那三生良友陈岩来此,才知有为而发。事后谈起,似觉以前固执成见,辜负良友,有了悔意。后来每一谈到陈道友,往往沉吟不语。我恐她情缘纠缠,为感对方痴情热爱,借此兵解,实太可惜。英男心直口快,和我交厚,欲往探询,你偏来此惹厌,谁耐烦听你那些先聊的话呢?"金蝉笑道:"姊姊不必嫌我,你我分头行事。英男师妹虽然忠厚,但她最信琼妹的话,只要嘱咐过,问也不说。她那新收弟子火无害,法力最高,因知光明境有好些灵药与他有益,向我求取,我一口答应,令其随意往取,高兴非常,和我最好。此人擅长天视地听之法,必知一二,也许问得比你还容易呢。"朱文便催快走。金蝉笑答:"你我一同上去,到了静琼谷外,再行分手如何?"朱文似嗔似喜,白了金蝉一眼,便同起身。

到了上面一看,众同门因主人此时正在用功,不便惊扰,各自三两为群,在岭上闲眺游玩,各施仙法,代主人模山范水,点缀灵景。仰望天空,一色澄鲜,白云片片,因风舒卷,青白相映,天色分外鲜明。当地景物本极灵秀,再经这些后辈群仙各施法力,巧运匠心,加意兴建,方英、元皓又擅各种旁门法术,就这些日小住余闲,把一座依还岭点缀得锦上添花,更显清丽。前日双方斗法时残毁之地,早经修复,因势利建,不是多了好些峰峦洞壑,便是种满瑶草琪花。方、元二人闲中无事,更由各地名山收了各种珍禽奇兽,游息其间。端的水木明瑟,香光如海,花开不断,四时长春。幻波池前被敌人震破的水源,已早修复,另用仙法开建出一条清溪,碧波粼粼,蜿蜒回旋于花林青松之间。尽头处又是一大片瀑布,其高数十丈,广约两丈,由静琼谷外斜面危崖之上倒挂下来,直落崖底溪流发源之处，环山而流，势甚雄丽。对面又是一片松林，怪石奇峰，三五错列，本是昔年初收毛女上官红之处。自经众人仙法点缀，松林之中设了好些玉石坐具，景最清幽。金、朱二人每喜在此留连观赏，并坐谈心。

金蝉见朱文要往谷中走进，笑拉她道："姊姊先不要忙，人家师徒正在用功，等快完时，你再走进，我将火无害引出，一问即知，何必忙此一时，你看对崖玉龙飞舞，水烟溟漾，泉响松涛，同奏清商。这里铁干苍鳞，乔松十丈，树大荫宽，点尘不到，上有葛萝披拂，兰蕙垂丝，幽香细细，沁人心脾。此时此地，最宜素心人同共清赏，就此不顾而去，休说山灵不快，卉木有知，当亦笑我。"朱文笑道："我是俗人，此时心念良友安危，心乱如麻，不似你有此闲情雅致。英男师妹不是外人，她传弟子本门心法，不比自身用功，寻她无妨。你自去领略幽香，我去寻人打听便了。"说罢，将袖子一甩，翩然往谷中走去。金蝉不舍，意欲同行。朱文回首微嗔道："你若敢跟来，休想我再理你。我见英男，自会把火无害支出，你在林中观瀑赏花，等他多好。"

金蝉知道朱文性情，不便相强，只得罢了。退到林内，觅一玉墩坐下，面对瀑布，正在寻思日后海外双修之乐，忽听身后嘘了一声。回头一看，正是火无害走了过来。见面行礼，笑问："小师伯何事寻我？"金蝉至今仍似一个幼童神情，后辈师侄因其性情和易，人又天真，全都对他亲热非常。金蝉也知无不言，言无不尽，全不以尊长自居。闻言笑道："你和袁星他们学有甚好处？师伯上面为何加一小字？"火无害禀火之精而生，天赋奇资，性本猛烈。自被英男收到门下，知道自身煞气太重，凤孽未清，关系将来成败的一部《火真经》，尚有一部副籍在陕西黄龙山青桫林猿长老手中，容易借读，但是火性不退，仍难炼成。为此禀明英男，情愿受苦，由乃师将其禁闭在离合神圭之中，每日炼上些时，以便把那罡煞之气先行去掉。金、石二人素来爱才，知他得道千年，法力甚高，拜在英男门下，居然对师忠敬，甚是难得。怜他每日受苦，便用玉虎、金牌从旁相助，使仗法宝之力，煞气照样消去，人却不致苦痛受伤，因此火无害对于二人分外感激。闻言躬身答道："弟子顺口称呼，怎敢无礼？还望师伯宽容，下次不敢。"

金蝉笑道："其实无关。无论修为、年岁，本来我比你小得多，况又叫我师伯。这且不去说它，且同坐下，我有话说。"火无害谢座，答道："师伯可是想问鸠盘婆魔宫所在和易师伯有无凶险么？"金蝉答说："你怎知道？"火无害道："弟子本来不知底细，自从上月听各位师长谈起易师伯不久有难，便留了心。那日易师伯和朱师伯出山，弟子见她面带煞气，曾经隐形尾随，本意暗中相助，不料飞出不远，便遇见一位前辈女仙将我唤住。因她凭空拦阻，我先颇不服，觉得强她不过，勉强飞下。听她一说来意，才知姓卢，行辈甚高，与师祖神交多年。看那心意，仿佛要求各位师长相助，此时先来卖好。我刚动念，便被她骂了几句。又说幻波池至多半月之内便有强敌来犯，事关重大，谁都不能离开。因和本门两辈师长颇有渊源，平日又多期爱，好意由十数万里外赶来相助，便是有求于人，也是双方交好，彼此互助，如何以小人之心相待？弟子连忙谢过，她方转喜容。并说将来也有用我之处，不过为时尚早，还是先顾目前要紧。命弟子急速回山，易师伯终能转祸为福。幻波池为各位师长将来广大本门的根本重地，丝毫疏忽不得。除师父外，暂勿泄露。如见有人离开，务要随时劝阻，否则一有疏忽，便铸大错，再想挽救就来不及了。"

金蝉知那前辈女仙必是东极南星原女仙卢妪，心甚感激。又问火无害："易师伯被困，是何光景？魔宫究在何处？"火无害笑答："卢太仙婆倒也说过，只不令弟子泄露。师伯要问，自不敢隐，但请不要告诉别位才好。"金蝉笑答："除你朱师伯而外，谁也不说如何？"火无害心想仙人就不许告知朱文，无奈心直计决，话已出口，无法挽回，只得嘱咐金蝉说："各位师伯师叔多是一样，并非隐瞒。只为仙人日前又遇一次，再三告诫，并还指名朱师伯不令告知，否则不免生出事来，还是不说为妙。"金蝉深知卢妪道妙通玄，善于前知，这等说法，必有原因。又知朱文和易静交厚，人又义气，近日为了易静涉险之事，本就义愤，再要得知魔宫所在，不问多么艰危，定必赶往应援，自己当然同往，但定数难移，去只徒劳。否则，癞姑、英琼和易静患难至交，又遵师命，同掌幻波池，成败与共的人，如何置身事外？连日神情尽管忧急，不特不往援助，反劝众人不要前往，此中利害，可想而知。文妹性刚，往往固执成见，一个劝说不听，前往犯险，结局于事无补，反闹得两头不能兼顾，岂不是糟？想了又想，觉得不与明言为妙，于是应诺。

火无害笑道："我看师伯未必隐瞒得住，能不问我才好。"金蝉力言无妨。火无害到底修炼多年，经历甚多，略一盘算，觉着即便朱文走开，凭自己的法力，也能挡上一阵。主意想好，慨然答道："我知师伯对朱师伯不会隐瞒，无如此事关系太大，敌人还在其次，最关紧要是北洞水宫下面宝库，设有好几层埋伏禁制。因为圣姑晚年兼有仙佛两家之长，法力高深，不可思议，以前休说宝库所在无从观察，便那许多埋伏禁制也看不出丝毫形迹。近因藏珍该要出世，方始现出。池旁那根铁链宝钥，乃开启宝库的枢纽。敌人已然深知底细，此次又专为泄忿而来，如见不胜，或是持久无功，必仗南海一位隐迹多年的怪人所借法宝隐身入洞，豁出两败俱伤，将宝钥毁去，或使残破。到了日限，宝库不能开启，满了时限，便陷入地肺之中，为地心煞火消灭。无法到手还在其次，而那宝库之中，存有圣姑昔年遗留的一面元命牌，乃圣姑成道以前受一左道妖邪暗算，将元神摄去，虽仗道力坚定，未受其害，此牌也经圣姑一位好友设法收回，免去一场大劫。

"彼时圣姑美绝天人，为当时各派群仙中第一美人，被那邪魔爱之如狂，摄了元神，竟不忍加害，并将本身元神同附其上，欲与共同存亡。当圣姑道成，将坐死关前数日，她那好友却将此牌取来。一则这类秘魔大法最是厉害，破它甚难，须费百零八日苦功，时机已迫，无暇及此；再则此是命中魔孽，如先破去，那魔头当时身死。此举由于痴爱太深，只求结为夫妇，并无其他恶意。佛家最重因果，处治太过，难免再转一劫，始能化解。只有将牌藏好，候到魔头孽满数尽，取出销毁，才可无事。来人恰又该遭劫难，事有相求，因恐坐关之后，此牌被艳尸崔盈和别的妖邪盗去，成为大害，便把来人寄存的法宝连同此牌，一起放入宝库以内，外用仙法重重禁制。非满年限，任是多高法力，也查不出丝毫影迹。便到时机，也须取宝的人将那几件天府奇珍，如天心环、兜率火之类全数得到，才可开那宝库，不致人宝两伤。圣姑满拟自身法力高强，未来之事早经算定，谁知智者千虑，仍有一失。尤其关于这类本身劫难，多高法力的人，也不能丝毫没有漏洞。这还算圣姑道法甚高。事完，发现宝库之下便是一个与地肺相通的火眼，所用禁法威力绝大。为防万一，又埋伏下两件法宝，两下已成一体，便自己想要撤禁收回，也非当时所能办到。离坐关之期又近，怎么也来不及，仅于百忙中，费了一昼夜的苦功推算未来，得知事情虽是吉多凶少，当宝库出世以前，功行也自圆满，只等这面元命牌一破，立即证果飞升。但那危机仍是隐伏，为此临时飞书，托两知友代防万一，跟着坐关，未来之事，全都算出。偏是匆匆发书，无暇推算所托的人不久转世，无异徒劳。

"现在事情全靠诸位师伯叔同心合力，才可启开宝库，取出此牌，代为破去。俞仙子因为此事关系圣姑的成败，事前到处求人相助，防患也极周密。偏巧对头恰在此时来犯，所寻怪人却又是圣姑的死对头，深知底细。虽因为人诡诈刁狡，深知本门势盛，不敢自来，却怂恿他人来此替死，使其两败俱伤，他却泄忿。所出主意既极阴毒，所借法宝尤为厉害，无形无声，防不胜防，更能遥制，无须深入。稍微疏忽，立铸大错，不特仙府有陆沉之忧，并还引起浩劫，方圆五千里内，齐成死域。虽非没有化解，到底情势凶险。易师伯又未难满，不能回山，双方相持这十多天，深布危机，一触即发，防御的人越多越好。仙府地势广大，五洞各要口至少须有一人，日夜防守，不能离开。一面还要分人应敌，以免残毁依还岭上灵景，或将本山原有火眼攻穿。本来人就嫌少，二位法力高的师伯再中走去，如何能够应付？如非事关重大，这次大战丌南公，各位师伯叔均经诸位老前辈和诸葛大师伯等指点而来，有的还奉师祖仙示，令等到别府开建之后再走，便由于此。

"起初大家都以为鸠盘婆要来本山寻事，欲助易师伯脱难，便不奉命，也不愿走开。全没想到仙机莫测，在此而不在彼。易师伯难满自回，并还因祸得福，暂时虽然不免苦痛，无足为虑。幻波池宝库藏珍，关系却是万分重要，不特事机前定，分毫不能错误，而且那强敌攻打正急，必须双管齐下，端的繁难已极，此事除开林寒、庄易二位师伯奉有密令，借着在前面峰上接应为由，留此不去，静待时机而外，弟子也是遇见卢太仙婆，才得知道。至于易师伯现困九盘山鸠盘婆新建魔宫之内，已好几天，这时还不能算受苦，最厉害是九鬼啖生魂的后十余日。情势虽也凶险，但只师徒二三人，又各有几件至宝防身，终究无害。并且不久就有救兵相继赶到，绝能转危为安。这里却是关系根本大计和亿万生灵存亡之局。朱师伯热心仗义，劝她未必肯听，能够不说最好。否则，二位师伯一走，天心双环和天遁镜非带去不可，少此两件奇珍，岂不又添一个大漏洞？万一敌人乘虚而入,牵一发而动全身,如何是好?"

金蝉闻言,也觉有理。火无害遥闻朱文同了师父余英男说笑走来,忙朝金蝉打一手势,暗中隐去。金蝉起身一看,朱、余二女正由谷中匆匆走来,忙迎上前,本心途向尚未明,不说实话。谁知朱文一到,便说:"快随我走。"金蝉问故,朱文嗔道:"此时无暇多言。易师姊在九盘山魔窟有难,身受极惨。事虽定数,势太凶险,不问如何说法,万无坐视之理。即便灾难未满,情愿将来再经一次,也比那九鬼啖魂之苦要强得多。我也明知幻波池不久有事,事情还有好几天才能应验,魔窟回来,绝赶得上。即使人救不成,到底尽了朋友义气。以我四人这几件法宝,虽不能手到功成,来去自如当可办到。至多期前赶回,也不至于误事。难得天心双环是魔鬼克星,上次金石峡除那金神君已显此宝降魔威力,这厮乃尸毗老人师弟,魔法甚高,当不在鸠盘婆之下,也许期前将人救转,岂非快事!为防万一,连癞姊姊她们都不使知道,只我三人带了火无害前去,十九有望。还不快走!"金蝉深知朱文性情,本来还想劝阻,刚一开口,便被朱文拦住。对于未来危机,朱文竟比火无害所说还要详细。

原来余英男以前在外孤身行道,无意之中,与苏州天平山女仙巩霜鬘的门人相遇,双方一见投契。这日英男因听竺氏三小姊弟说起旧居宝城山危崖之下,产有几株五色灵芝,意欲取来,为幻波池开府时点缀仙府之用。又因三小姊弟均是同门至交,门下个个灵慧,勤于修为,自将丌南公的落神坊巧取到手,用太清仙法重新炼过,日子不多,居然能够运用,心中喜爱;又正值易静出山未归,癞姑、英琼每日勤炼圣姑所留五行仙遁,无暇传授,便令三小暂随火无害一同勤修。三小嘴甜,知道火无害得道年久,功力甚深,如非以前所习多半旁门左道,论起修为功力、年岁,便各位师长多半尚不如他,故有意结纳,把"火哥哥"喊不住口,亲热非常。火无害也极爱三小。又知师父爱花,听说宝城山绝壑之中产有灵芝,并有好些不知名的奇花,均是木本,大者竟达数抱以上,荫蔽十亩,欲讨师父欢心,闻言后要将那十几株大花树移植依还岭上,首先飞走。

英男并不知道,同了三小谈了一阵,才行飞去。还未到达,遥望火无害和人争斗,对方已落下风。近前一看,正是前交好友柳青,忙即喝止。问出来时发现火无害行法拔树,认出那是前古神木灵㭞,火无害周身通红,形似鬼怪，当是妖邪一流。一个天性疾恶，不容分说；一个生来火性，不受人欺。问答不两句，便动了手。柳青本非其敌，幸而火无害自归正教以来，深知孽重，本门法规又严，不敢随便伤人，只为对方逼人太甚，一时怒起，及至看出来人不是左道妖邪，便不肯下那毒手，只要对方服输便罢。柳青乃巩霜鬟嫡传高弟，自不输口，打又打不过。双方都是骑虎难下。英男觉得爱徒理并无亏，当着外人，故意数说了几句，便令走开。双方一谈别况，柳青见英男分手才一二年，竟有这高法力，又收这类怪人做徒弟，随行三小姊弟又都仙骨仙根，好生歆羡。问知英男移居对山静琼谷，因奉师命，有要事在身，归途必定来访，随即别去。英男随将灵樏寻到，采了回来，再寻火无害，人已不见。英男因他得道年久，法力甚高，对师也极谨畏，平时颇多宽容，便由他去。

　　回山隔了好一会儿，火无害才回，暗中禀告二次遇见卢妪之事。英男已先听说过，及听事机已迫，暗告英琼，易静尚未脱险，又有强敌上门，越发愁虑。便和癞姑暗中商量，知道此事还不宜于泄露，便由英男师徒带了神雕、袁星，借着传授门人为由，在静琼谷中防守，稍有警兆，立用传声告急。并将太乙五烟罗暗交申若兰，留意戒备。等过三数日，便到岭上守候。一有警兆，不问来敌强弱，先将五烟罗放起，再由癞姑把洞中原有五行仙遁一齐施为，加上重重禁制，静以待敌。这时幻波池男女同门颇多，因癞姑行事机密，除却英男、若兰，照例信服英琼，言无不听，暗中告以机宜而外，别人全不知道，本来可以无事。当日一早，柳青忽然来访，暗告英男，说在荆门岭女仙潘芳洞中，遇见一位前辈散仙，谈起易静被困之事，十分凶险，即便持有仙、佛两门至宝御敌防身，生魂不致为鬼所唉，本身元气和元神炼就的法体，也必难于保全，所受苦痛，更非人所能堪，此时往援还来得及。以易静的道力，不会不知利害，必是想借此一劫转世重修，或是另寻庐舍以求天仙位业，否则哪有如此呆法？

　　英男幼遭孤露，多历艰危。自到峨眉门下，因其为人温婉，貌又灵慧，对人诚敬，全都对她爱护。英琼是她救命恩人，自不必说。易静知其入门日浅，也知无不言，十分尽心，这次移居幻波池，又曾代向师长力请，处处关心，视若小妹。英男自然更加感激，所以闻言便着了急，本就跃跃欲试。柳青来时，火无害恰又避开，不曾在侧。柳青走后，朱文便赶了来，双方一谈，竺氏兄弟一听师长所受如此凶险，再一哭求，二人越发激于义愤。一想火无害前传卢妪之命，至少还有六七天强敌才到，如乘此时前往，期前必能将其救回，真个不行，第五六日再往回赶，也来得及。

朱文再想起前除金神君，也是魔教中长老，何等容易。至不济，凭着天心双环、离合神圭和金蝉所持玉虎，防身而退，当所办得到。主意早已拿定，非去不可，故不容金蝉开口。金蝉对于朱文，累生爱侣，情分自深，从小言听计从，已成习惯，一听所说并非无理，有这数日往返，必来得及，只得勉强应诺。为防万一，连石生都未告知，只将袁星唤来，暗命转告英琼，对人只说和英男师徒出外闲游，访一道友，不久即归。起身时，一寻火无害，已不知何往。英男方用传声呼唤，钱莱、石完忽然赶来，行礼之后，说火无害被一前辈先人唤去，令办一事，恐余师叔有事相唤，特令代为禀告。金蝉一问对方相貌，好似凌浑。英男料有甚事，心想火无害法力甚高，留在幻波池颇有用处，便未再喊。九盘山魔宫途向，已由柳青口中问出，便往大雪山飞去。飞行神速，不消多时，便入大雪山境。正行之间，瞥见前面暗云中金霞一闪，金蝉正指给朱文观看，忽听面前有一少女笑道："前面去不得，到我小寒山荒居一叙如何？"

第三一五回　灵石筑　二女话玄机
　　　　　　　　小琳宫　三仙防后劫

　　三人看出来人正是小寒山二女中的谢琳，想起以前二女曾与易静约定，往除鸠盘婆，助其免难之言，不禁惊喜。笑问："大姊怎未同来？前途如何不能过去？"谢琳笑道："我便为此而来。家姊近修上乘佛法，终日静坐，像个老和尚，比起以前，简直换了一人。从今年起，我两姊妹便不似前行止与共了。说来话长。九盘山魔窟此时如若能去，我和易姊姊有约在先，岂能不往。事无大害，请到我灵石筑一谈如何？"三人一听小寒山二女均不能去，好生惊疑。知她师徒法力高强，忍大师常年清修，素无外人登门，谢琳必奉师命行事，内中当有原因，只得一同起身。又是金霞一晃，眼前微微一花，身已落地，面前立现奇景，才知先见金霞便是谢琳所为。想不到数年之隔，竟有这等法力，好生惊佩。再看当地，正是易、李、癞姑三人常谈的小寒山灵景。遥望前面峰崖上小亭之中坐一妙年女尼，正在闭目入定，知是忍大师，忙即趋前下拜。

　　谢琳请起，笑道："家师现正神游，完遂所许善功。请到灵石筑，把那位有道行的小尼姑唤了起来。这是远来嘉客，难得登门，莫非不该接待，又怪我扰她禅课不成？"三人知道璎、琳姊妹同胞孪生，以前行止言动宛如一人。自从谢琳在双杉坪偷学绝尊者《灭魔宝箓》以来，一个苦炼《灭魔宝箓》，一个勤修上乘佛法。虽然同是佛家一派，却有动静、内外之分，尽管将来殊途同归，难易相差，无形中却变了一点性情。谢璎禅关一坐，动经旬月。谢琳除却应坐禅功之外，终日营营祭炼法宝之时为多。三人方想答说大姊正在用功，如何扰她清修？忽听身后笑道："琳妹，你又编排我什么呢？"三人回头一看，正是谢璎，并不改易禅装，穿着一身白色仙衣，缟衣如雪，越衬得珠玉精神，容光焕发，忙即礼见。二女随请往灵石筑叙谈。

三人一问九盘山之行何故不能前往，谢璎先说："易静这场劫难，万不能免。此时前往，固是有害，便在灾期将满前两天赶去，也难免于功败垂成，此是一端。还有鸠盘婆有一师兄，现居西昆仑星宿海，当地魔宫景物灵秀，隐现无常。那魔头先和鸠盘婆至好，后因一事反目，成了冤家。当双方成仇分手时，曾有魔教中誓言。那魔头神通广大，比鸠盘婆还要厉害，更擅前知，新近算出鸠盘婆将遭劫难，虽然畏惧天劫，不肯与正教中人开衅，但比尸毗老人还要强傲，人如犯他，便成死敌。因知鸠盘婆魔法甚高，一任敌人防备多严，即使天劫难免，所炼九个化身，终有一两个残魂逃出罗网，特在左近崖顶设下一座神坛，算计鸠盘婆残魂逃路所往，摄回山去，用魔法祭炼，使其元神凝固，复体重生。

表面相助，实则借此报仇，并为将来抵御天劫时的替身。那魔坛甚是微妙，无迹可寻。家师虽能制他，但已多年不开杀戒；另外还有一段因果，不便出手。此人神通与轩辕老怪、尸毗老人伯仲之间，而阴险诡诈，神速机警，更有过之，一个除他不了，立成大患。乘其隐迹年久，不曾二次为恶以前，最好暂时不要理他。无如这厮一向夜郎自大，目中无人，所布魔网，横亘天半，又当雪山高处，看去不见形影，空中飞行，容易撞上。而正教中的遁光飞剑最是犯忌，虽然到时他必在下面发话阻止，令人退回，开头并无伤人之意，声音却极古怪，十分刺耳，一听而知是左道妖邪。正教中人自不肯受他虚惊恫吓，甚或想要除他，都在意中，只一违抗，立成仇敌。由此命他门下纠缠不清还是好的，如是本人亲出为难，休看三位道友带有法宝防身，至多当时不为所害，从此如影附形，早晚受他暗算。家师现在化身神游，便为暗中守候，釜底抽薪，等有人空中路过，立时设法阻止，或用法力送其飞渡。当易姊姊来时，刚过不久，魔头便到。后来上官红由此经过，也是家师暗中行法护送过去。近日魔阵已然布成，魔网高张，远达千里，上出重霄。

为防鸠盘婆残魂逃遁，方圆三千里，均在魔网所及之处，弹指将人擒去。你们一过，立时惹出事来。而易姊姊定数所限，又不能救。否则，我姊妹和易姊姊至交，岂能坐视？为了此事，我还尚好，琳妹和家师争论已非一次，后经家师用佛法由须弥光中现出前因后果和易姊姊未来之事，方始省悟，不再坚持。家师本令我姊妹到日再往，我们明知定数，又以有约在先，为尽朋友之义，再三恳求，方蒙允诺，准我二人在难期将满前几天赶往暗护。就这样，家师仍说只能旁观，不到难满，不许出手。三位道友此时如何去得？方才我接家师心声传话，说幻波池不久有事，关系未来甚大。如在易姊姊未回山以前应付强敌，稍一疏忽，或因人少不及防御，被其侵入，整座依还岭均有陆沉之忧，并还引起一场浩劫。难得三位道友期前来此，小住三日，再同回山还不妨事。为此命琳妹接引了来，一面劝阻，一面借此三日余闲，由琳妹转授出入魔宫之法，以备将来往西昆仑星宿海救人之用。完事之后，一二日内强敌便到。这次和丌南公不同，法力虽无丌南公高，但有一左道中能手暗中主持，带来法宝甚多，并有十几个妖邪相助，都是来去如电，各长穿山地形之术，隐形尤所专长。尽管幻波池五行仙遁威力神妙，防护严密，仍须小心。

每一要口，均须派专人防守，丝毫疏忽不得。对敌不可求胜，以免那些帮手恼羞成怒，铤而走险。但能挨满时限，便无妨了。我姊妹到日，必和易姊姊一同前往。不过易姊姊大难之后，元气不免损耗，事完须在魔宫用陈道友所得灵药医治复原，才能起身，还有数日耽搁，过期不归，不必忧虑，到得必是时候，请放宽心便了。"

朱文一听魔头如此厉害，又担心易静安危，仍想同往魔宫一探，即使人不能救，看上一眼也好。便问魔头叫甚名字？以前怎未听说？谢琳笑道："这些都是昔年幸逃天劫漏网的一班邪魔，全是极恶穷凶之辈。只因大难之后，知道天劫威力，生了戒心，分藏极边僻远之区，苦炼妖法异宝，以为抵御二次天劫之用。已有多年销声匿迹，不曾出世，我们得道年浅，自然知道的少。今当正教昌明，扫荡群邪之际，这班应劫的几个元恶，多半静极思动；再不，便是以前有甚仇敌，想要乘机报复。在他本人，何尝不知这出世，容易与正教中人发生嫌怨，惹下杀身之祸。无如在劫之人，任他法力多高，多是明于知人，昧于知己；又都自恃，以为多年苦炼，神通广大，已非昔比。何况只寻对头为难，或有甚事必须亲往，并不为恶害人，与正教中人避道而行，除非真个不知进退，有意生事，绝不寻他晦气。来去又是那等神速，休说对方不知，即便知道行藏，也奈何他不得，怕他作甚？本就骄狂，打着人不犯我，我不犯人的主意，稍有接触争执，立时激怒。再要吃一点亏,或是扫了他的脸皮,自更不肯甘休。这班邪魔都具特性,还有一个恶习:来人无知冒犯,碰他高兴头上,还可容忍一二;如其知他姓名来历,稍一忤犯,绝不放过。诸位前途正当多事之秋,还以不问为是。如以为愚姊妹张大其词,家师所放须弥神光,家姊也曾学会,此时魔头正在行法之际,由神光中看去,一览无遗。好在这里又有佛法禁制,魔头不会警觉。否则,不必冲禁而过,此举便犯他的大恶,刚一行法查看,立即寻来,捷于影响,当时便成仇敌了。"

金蝉等三人知道小寒山二女向不服人,尤以谢琳为甚,居然异口同声说得那么厉害。互一商量,觉着忍大师佛法无边,尚且不与他争,璎、琳姊妹这等说法,幻波池又有强敌上门,没奈何只得中止前念。金蝉想起前在天外神山,曾听申屠宏说过,老魔鸠盘婆诡诈机警,魔法甚高,炼有好些身外化身。将来易静与之对敌,全仗天劫煞火将其烧死。但那元神未必全数消灭,只要被逃走一个化身,过不多年,仍能炼成形体。法力虽差得多,为恶也必更甚。再要被她同派中法力高的人收去,迟早更是大害。听谢琳之言,分明西昆仑星宿海之行必不可免,将来终须与那魔头一斗,事前得知一点虚实要好得多。只不知将来所救的是谁?能否在须弥光中看出?便和谢氏姊妹说了。谢璎笑道:"本来不应泄露,都是琳妹多嘴。略看无妨,但那魔头擒到鸠盘婆残魂之后,为想使其早日复原,必定用他魔法,到处搜寻左道妖邪的凶魂厉魄,以为补益元气,助长凶焰之用。暂时不惹他,虽未必与正教中人为难,既在外面走动,难免与之相遇。最好故作不知,还可无事,只一注目,或是议论他几句,如在千里之内,定被听去,当时追来。请问诸道友,哪个肯向邪魔妖鬼服低?争端立起,又未必斗得他过,岂不惹下麻烦?能不看最好,如其要看,遇时却非小心不可。今日你们来时,如非家师暗用无相神光遮蔽,形迹早被看去。前行三百里,便入禁地,若听他的话,知难而退,自然无事;只一强行飞越,绝没有这样太平了。"

金蝉闻言,仍想观看。朱文也在一旁力请。谢琳笑道:"姊姊近来越发多虑,这有什么?定数难移,受命自天,至多受点虚惊,谁还会真个受害不成?如非恩师严命,单凭他在我小寒山附近张牙舞爪,我便容他不得。就是七宝金幢不能轻用,凭着近习《灭魔宝箓》,还斗他不过么?师命难违，好些顾忌罢了。姊姊只管把须弥神光放出，万一有事，我必前往效劳如何？"谢璎微笑道："琳妹自习宝箓以来，虽具降魔愿力，如论上乘禅功佛法，直似无甚进境。看你说话，火气多大呢！"谢琳笑道："大哥莫说二哥，两下差不多。前年你还不是和我一样疾恶性情？只因我炼《灭魔宝箓》，发有宏愿，专重外行，禅修较少；你不过比我精进，如论法力，却比我差。将来遇到魔难，我不给你护法，看是道长还是魔高？省得炼那宝箓成了我的短处。"谢璎微笑不答。

朱文见她神仪莹朗，另具一种庄严之致，人是那么美艳，偏会令人对她自然生出了敬意，由不得称赞了几句。金蝉、英男也在一旁附和。谢琳嗔道："姊姊，人家要看须弥光哩，只管装这道学作甚？"谢璎先朝三人脸上看了一看，然后笑道："琳妹就是这等性急。平日到处搜罗奇花异果，灵药仙酿，每一问你如何有此闲心，必说礼尚往来，圣贤仙佛都是一样。我们每访各位道友，必受款待，万一有人来访我们，连杯水酒都端不出，岂不难堪？今日佳客登门，你进门便说个不完，如何不去取来待客呢？"谢琳笑道："还用你说，我早准备好了。"

话未说完，众人原本围坐在一座四外空灵敞朗，外有平台，种满琪花瑶草的石屋之内，面前各有一个玉几。谢琳话一出口，忽闻异香清馨扑鼻，各人玉几上面，同时现出大约二尺、形色不同而制作古雅的一个玉盘和一个玉杯，盘中堆满各色珍果，均是海内外名产仙果。内有两种，连峨眉开府盛宴均未见过。大岔山佛棕和黑海萍实，也各有一枚在内。三人自是惊赞不已。金蝉见内有两种异果，形似五色樱桃，宛如宝玉明珠，鲜艳夺目，乃紫云宫所产仙果玉女樱，笑问："二位姊姊，近年见过灵云家姊么？"谢琳微笑不语。谢璎笑道："舍妹专喜弄些狡狯。自从上次大岔山回来，我姊妹共只出山一次，便生了不少事故。这些都是她新收鬼奴代为觅来，自己何尝离山一步呢。"

朱文笑问："二姊收有门人么？叫甚名字？何不令其来见？"谢琳气道："姊姊还说我多口，这样一点小事也对人说。你看诸位道友所收弟子，不是金童，便是玉女。我老想收一个好徒弟，只要赶上上官红一半我就心满意足，谁知才一出手，便收了一个小黑鬼，想起就生气。想不要吧，她又一味死缠，任怎坚拒，宁死不走。气得我无法，叫她做我女奴，不算徒弟，她偏愿意。带了出去和人家一比,有多丢人呢!"三人知道谢氏姊妹法力极高,各有过人之处,所收弟子至多容貌丑怪,绝非寻常,同声请其唤来相见。谢琳不肯,谢璎两次开口,也被阻住,笑对众人道:"此虽琳妹童心未退,觉得鬼奴貌丑,美中不足,实则此女虽是鬼魂炼成,难得她向道心坚,极知向上,数百年苦功,才有今日。自知孽重,暂时竟不想转人身,并在家师面前发下宏愿,入门不到两年,所积善功已不在少。对她师长尤极忠义,仗着飞遁神速,具有专长,琳妹本喜淘气,此女再一先意承旨,当时拿了我姊妹的灵符,远出了数万里外,不论多难得的东西,全给她师父去采了来。琳妹先不喜她,近见此女实在不差,已然加爱,只不过想要寻一好庐舍使其回生,在未如愿以前,不愿人知道罢了。"

金蝉接口答道:"貌丑无妨,休说灵峤仙府蓝田玉实可以求取,便我小南极光明境,也有不少的灵药,可以凝神固魄,化丑为美。她和易姊姊有心变丑不同,便不投生转世,一样可以如她的愿,至多一两年,就变过来了。何况日前开读仙示,这次幻波池开建仙府,除本派同门和一班平辈至交而外,有好几位前辈仙长到时均要降临。看那意思,不特灵峤仙府有几位女仙要来观礼,连东极大荒那两位老前辈都许来到,并还提起内有数人均要转丑为妍。癞姊姊想收一个好看徒弟,上月竺氏三姊弟来归,她和易师姊、李师妹恰好一人收下一个。她收那一个行二,偏生得比她还要肥肿丑怪,说起来也是有气。不料奇缘遇合,先受仇敌卂南公之助,又得各位师长爱怜,不久便成了一个美慧灵秀的少女。何况令高足又有这身功力,岂不更容易么?"谢琳闻言,面有喜容道:"此事方才已由须弥光中看出了。陈岩道友和李洪师弟,还有一位贵派师兄名叫笑和尚的,近在海外得了不少的灵药,对于鬼奴均有大用。便易姊姊劫后归来,也全仗此复原异貌。只是灵药珍奇,非比这些海外野果多半无主之物,可以随意往取。人家得来很难,不好意思讨要罢了。"金蝉笑道:"我正想笑师兄和洪弟他们,想不到笑师兄竟会期前出了洞,想必功行已满。此事包在我身上,这些灵药如在笑师兄等三人手内,见面便可要来奉赠。我最想笑师兄,请大姊把须弥神光放出一观如何?"谢璎笑答:"既然非看不可,只有从命,前言却须要谨记才好。"金蝉应了。

谢璎一面劝用酒果,随即双目垂帘。待不一会儿,手指上忽有一圈慧光飞起,先是淡微微一片金霞闪过。跟着现出大片海洋以及陈岩、李洪、苏宪祥、虞孝、狄鸣岐、归吾、南海双童、笑和尚等近些日来经历,似走马灯一般,有的竟分两三起同时出现,全都如在目前,包罗万象,纤微毕睹。后又现出易静追赶老魔赵长素,误入魔宫。刚一飞过不久,雪山上空暗云之中,突有一点火星飞坠到了危崖之上,倏地爆散,现出一个头戴紫金冠,身穿五云仙衣的美少年,身后背着一个大葫芦,腰挂金刀,头和手足各戴一枚金环,乍看也分不出是邪是正。刚一落到高崖之上,回顾西北方微微一笑,随把腰间金刀拔出,手掐法诀,回手用刀尖朝身后葫芦顶上拍了一下,再往外一甩。立有一溜黑烟随刀而出,箭也似急,射向身前雪崖之上,缩为一团,就地一溜滚,接连急转了两下,忽又爆散。现出一个似人非人,似鬼非鬼者,穿着一身灰白色紧身短衣,手持一根两头尖的铁钉,跪伏在地。似这样接连数十百次过去,均有同样鬼物,随同刀尖黑烟甩处,四下飞射,落地现形,环跪少年身侧。事完再将手中法诀往外一扬,立有一股黑气由葫芦中蓬勃而出,直上云霄。晃眼比电还快,展布开来,化为一片极淡的烟幕,横亘天半。

少年又朝葫芦连指,手中法诀频频施为,随见数十百股黑烟飞舞而出,落在地上。这次却非鬼物,黑烟散处,化为弓箭刀矛、幡幢法器以及各种乩坛之物。那百十个鬼物现形之后,本来在旁跪伏待命。少年把手一挥,立时争先上前,把那黑烟所化之物纷纷拾起,连插带堆,转眼之间,建成一座广数亩的神坛。妖道原立崖前四下注视,也未见怎行动,人影微闪,便在法坛中心持刀而立。只见阴风惨惨,整座法坛全在大片黑烟笼罩之下,看去气象幽厉,阴森怖人。妖道忽然双臂一振,身上衣冠全数脱去,立即飞起一片血影,将其护住,满坛飞驰,出没于千百面妖幡之中。所到之处,烟云浮动,滚滚飞扬,变幻无穷,情势奇诡。妖道也越转越急,倏忽如电,隐现无常。似这样经过些时,血光闪处,重又穿上衣冠,在千百魔鬼、幡幢环绕之下,满面均是笑容,朝着左侧扬手飞起十余个大小光圈,分布坛上。妖道由圈中往外查看了一阵,手中刀一挥,全坛立隐,所有千百魔鬼和那隐现无常的大小幡幢全数不见。只剩妖道一人坐在一个冰崖凹中,身上装束也换了原样,看去像个游方道士,神态十分和善,与先前所见迥不相同。

待了一会儿，又似有甚警兆，面容骤变，当时起立，将手一指，方才那片横亘天半的烟幕突转粉红色，在暗云中一闪不见。同时由远方飞来一道遁光，刚看出是上官红冲风破云而来，快要撞向烟幕之上，忽然一闪不见。跟着便见那道遁光又在法坛后面出现。那么大一片雪崖，魔网高张，上与天接，竟未看出如何飞渡。妖道似因来人已快入网，无故失踪，面带惊忿之容，将手连扬，立有大蓬五色光针由手指尖上飞起，暴雨一般，朝前、左、右三面高空中飞射过去，神速已极。待了一会儿，光针突分三面飞回。妖道好似不曾追上来人，面带惊疑，随把双目闭上，微一寻思，忽然暴怒，奋身跃起，化为一溜黑烟，带着大蓬星火，朝先前来路飞去，也是一闪不见。约有半盏茶时，仍是一点火星，自空飞坠，现出原形，朝左侧面目射凶光，阴森森冷笑了两次，身形忽隐，更不再现。

谢璎头上慧光跟着收去，睁眼笑道："二位道友，看见了么？这便是前些日的经过。可惜魔法太强，小妹功力不济，只能见形，听不出老魔声音，否则还要详细。方才上官红由那雪崖上空飞过，因其来势太急，妖道想发话禁止都来不及，本来暴怒，想将来人擒住喝问来历。虽是无知触犯，照他旧例，不致受甚伤害，但见了上官红这等美质仙根，必不放过，只要有丝毫可以借口，立时将人擒去。眼看危机万分，幸而家师早有准备，用无相神光将其护住，由高空中不动声色移过崖去。妖道以为来人必要入网，不料忽然不见。他那魔网横亘空中，随同主持人的心意大小隐现，来人竟会看破，当是有心为难，越发急怒，竟将魔教中的七绝魔针发将出来。此针随同主人心意以分远近，颇为神妙，阴毒无比，来人遁光稍与接触，立生感应，妖道也必跟踪赶到，势疾如电，任走何方，均非被他追上不可。妖道满拟来人不是知难而退，正面逃脱，便由左右两侧绕行飞遁，故将魔针三面发出，居然不见踪迹。又因家师佛法禁制，推算不出底细，又惊又怒，挫了锐气，未免犹疑，生出戒心，特意赶回魔宫，取了两件从不轻用的异宝，二次赶回。经此一来，妖道越有防备，事更艰难。好在此时和贵派尚未正面冲突，只要将鸠盘婆残魂擒到后立时回山，暂时不致为敌。否则，易姊姊他们回山时，便非和他撞上不可了。"

余英男问道："二位姊姊既说幻波池将有强敌上门，我们暂且回去，改日再来领教可好？"朱文知她行时未和英琼明言，一听魔宫不能前往，便想早回，方要开口，谢璎接口道："愚姊妹原奉家师之命，挽留佳客，固是久别重逢，意欲挽留三二日，一叙渴衷，一半也为三位道友多炼一种防身法术，以便异日之用。事完回去，绝来得及，包不至于误事便了。"随请三人用了一些酒果，再由谢琳陪往左近小琳宫洞内同炼佛法。

三人先想谢琳爱好天然，所居必比灵石筑还要华美，到后一看，内里竟是黑沉沉的，伸手不辨五指。金蝉慧目法眼，平日多么浓厚的妖烟邪雾均能透视，到了洞中，竟看不出丝毫景物，心方惊奇。谢琳笑道："此是魔教中的黑地狱，千百年来只有师祖长眉真人以玄门无上大法通行过一次，使其大放光明，把对方千百年收敛的阴霾罡煞之气所炼邪雾化为乌有。小妹照着《灭魔宝箓》现出此景，请三位道友来此，以本身定力智慧战胜邪魔。少时如见金刀烈火由暗影中袭来，不必理它，能以本身道力消灭，自是极妙。有小妹在此，也不至于受甚侵害。不过魔法也颇微妙，三位道友各有几件仙、佛两门中的至宝奇珍，防身固是有用，能否兼顾同伴，尚属难言。到时最好心超物外，一念不生，只顾自己，无须再管别人，彼此有益。否则，牵一发而动全身，虽是依样葫芦，不致两败，虚惊仍所难免，必须小心才好。"三人本随谢琳鱼贯而入，闻言知道良友苦心，借此考验道力，并加传授，以为未来之用，所说多半谦词，此中威力必不在星宿海魔宫埋伏之下，同声称谢。

谢琳笑道："此洞共只数丈之地，三位道友静坐其中，虽不似峨眉火宅严关包罗万象，却也具体而微。我闻朱姊姊和蝉弟近得天心双环，英男贤妹又在月儿岛火海得一离合神圭，均是前古至宝奇珍，威力神妙，不可思议。如我所料不差，仗此三宝，加上灵峤玉虎和朱姊姊天遁镜，休说照破黑雾，大放光明，只要彼此之间能够发现，互相会合，便无家师传授，仗以防身，也有余了。"随引三人去至里面坐下，说道："小妹就要献丑。三位道友分坐在此，仍按师传入清仙法用功入定，如有警兆，能以定力战胜更好。否则便将前说诸宝取出一试，如见对面宝光，不妨与之会合。好在此是演习，不致走火入魔。将来同探西昆仑魔宫，与此大同小异，如能脱困而出，将来便可往来自如，到时再有灵符至宝隐蔽身形，成功除害无疑了。请各准备吧。"

三人先觉彼此问答相隔颇近，只谢琳一人略有一条金霞罩的淡影，余者全看不出。等到说完，一声准备，谢琳人影不见。再唤同来两人，全无回应。当时只觉微微一晕，仿佛船行大海之中，遇见浪头，略为颠簸，随即静止。金蝉正连呼文姊、余师妹，忽听暗影中起了一种异声，乍听仿佛二女似在回应，不知怎的，心旌摇摇，神魂似欲飞越，思潮起伏，万念俱来。知道不妙，忙把心神收摄，按照本门太清仙法用起功来。刚把心神宁静，异声也止。忽想起天心双环乃前古奇珍，万邪不侵，专破魔法异宝，但非合璧并用，不能发生极大威力。谢琳还说，到了危急之时取用，方才忘了和朱文商议，如今形声不见，如何能够联合并用？谢家姊妹虽非外人，被其困住，仍是难堪。心念才动，忽又瞥见暗影中似有人影闪动。先当是朱文、英男，方想三人如在一起，将各人的法宝飞剑全施出来，绝可无害，还占上风。心念一动，元神又在摇动不宁，心里也跟着烦躁起来。同时瞥见另一面暗影中飞起一圈心形宝光，正是朱文的天心环，光并不强，看去不过尺许大小一圈。前见两条黑影，同样也有天心环和离合神圭等宝光出现，悬在黑影之下。

金蝉近来功力大进，已不似前莽撞。匆促间真假难分，又知这类魔法专摄人的心神，忙运玄功，二次澄神定虑，潜光内视，不去理它。心神方一宁静，前见黑影宝光忽隐，只剩右侧心形宝光悬空不动，下面却不见人，只有尺许方圆，外青内白，一圈晶莹莹的光华悬空不动。暗忖："魔法任多厉害，乃谢二姊主持，并非真遇敌人。即便双环不能合璧，试出它的妙用，事完再请谢家二姊演习一遍，请其指点也是一样。她方才曾说，应以法力战胜，胡思乱想作甚？"念头一转，耳听朱文在呼蝉弟，听去颇远，仿佛有甚急事，料定是幻象，好在至多两日便可相见，理它做甚？二次又把心神守住，打起坐来。谁知魔阵之中丝毫念头都转不得，虽然心神收摄得快，魔法已经发动，如非功力精纯，人甚灵警，谢琳又在暗中主持，发动较慢，金蝉身有至宝防护，虽不至于受伤，也必闹个手忙脚乱了。

金蝉这里第二次正运玄功打坐，忽听天风海涛之声起自遥空，跟着烈烈狂飙，夹着万丈黄沙，宛如亿万霹雳排山倒海一般，由暗影中狂涌而来，黑风如涛，仿佛连人都要吹化神气。金蝉道力原极坚定，除却朱文是他累生爱侣，时刻关心，遇到魔法暗算，有时虽难免于摇动，仗着夙根智慧，偶一动念也即宁止，至多受点虚惊，无关大局。事前又经主人指点，深知厉害，只是好胜心盛，上来两次动念，有了感应，便自警觉。知道事关重要，主人好心传授，还恐将来不能胜任，又假设了一处黑地狱来考验功力，用心何等周到。而魔宫的厉害也可想见，不乘此时将其学会，不特丢人，也对不起主人盛意。再想起奉命下山以前，通行火宅严关那等微妙凶险之局，尚可无事，何况这类魔法。方把方才恃强轻视，并想和朱文问答试验法宝威力之念完全丢掉。

谢琳原因金蝉等三人虽是峨眉之秀，毕竟修为年浅，经历不多，又知三人西昆仑魔宫之行必不能免。更恐三人功力不济，扫了颜面，上来并未施展全力，原是相机行事。及见三人中只余英男一人能以谨慎见长，自一开头，便照师传太清仙法运用玄功，把心神守住，慧珠自莹，一念不生，丝毫不因假设试验，不是应敌，而稍松懈，功力也极精纯，处处显得平日用功之勤。再看金、朱二人，金蝉是童心未退，又和朱文情感太厚，上来便想会合，杂念一生，魔头乘虚而入，差一点心神没有摇动。朱文又是好胜心切，虽不似金蝉那样形同儿戏，但又矜持太甚，惟恐丢脸，上来便把天心环放起，同时运用玄功，小心防御，事出勉强，自是费力。似此形势，以后遇到危机，绝不能处之泰然，行所无事。如非法宝神妙，诸多可虑。心想："峨眉三英虽然名不虚传，以金、朱二人的功力，如非自己格外求好，施展《灭魔宝箓》中的大法先行考验，加以指点，再把师父金刚禅法加以传授，到了魔宫，岂不凶多吉少？"心正寻思，忽见金蝉神态大变，竟在千重魔雾中打起坐来，和英男一样，潜光内视，更不再有杂念。再看朱文头上，心环宝光也越明朗。才知三人果是凤根深厚，具大智慧。开头心有成见，因非其敌，一面把事看易，再加好胜，所以心神易受摇动。及至觉出厉害，各自戒备，如临大敌，把师传心法全使出来，形势立变。照此功力，便无师传佛法，前往魔宫，至多被困些日，在法宝防身之下，也绝不会受甚伤害。心中一喜，有意要看三人道力深浅，便把全力施展出来。

三人自是不知，正在澄神入定，那万丈黑风突然涌到身上，当头压下，重如山岳。三人当是幻象，先不理睬。谁知谢琳自炼宝箓，已兼佛、道诸家之长，一经发难，威力逐渐加增。金蝉、英男又未取宝防身，那黑风吹到身上，猛觉异常，一任定力多强，仍坐不住，几次全身震撼，快被黑风卷起，渐难支持。英男最是小心，先将离合神圭放起。金蝉正以全力与黑风相抗，猛瞥见右侧又有一道宝光升起，看出是英男离合神圭。再一回顾，朱文人虽不见，天心环宝光却较先前还要晶莹，在万丈旋飙中停立不动。暗忖："主人原有试用法宝防身之言，看朱、余二人的宝光相继放出，并未被那黑风卷动，何不也把天心环放起，两下如能会合，岂不更妙？"想到这里，未及施为，就这心念微动之间，魔法又受了反应，黑风越来越猛。眼看快被狂飙卷起，暗影中忽又飞来千万把金刀火箭，还未上身，便觉与前在神剑峰宫所遇威力相等。知道后面还有千重血焰就要发动，心中一惊，人也离地而起。同时一片银色毫光突自胸前所悬玉虎上飞起，万道银霞，千重灵雨涌自头上，再反卷而下，全身立被护住。因见玉虎神光不似以前强烈，仅仅将身护住，看出主人有意试验功力，虚实兼用，并非全是幻象，索性连天心环也同放出，自在宝光笼罩之下，盘膝入定起来，连想和朱文会合之念俱都打消，一任光外声势多么猛烈，一切付之不闻不见。

刚刚反虚入浑，由静生明，忽听谢琳笑道："够了，够了。昨日还和家师说起，西昆仑魔宫经老魔头多年布置，方圆千里之内，步步皆是埋伏，魔法虽和尸毗老人不相上下，但最阴险凶残，又多疑忌。因为自身恶孽太多，尽管多年敛迹，终恐正教中人不容，他那无穷享受难于持久，不特境内遍地埋伏，禁制重重，并有几件魔教中的异宝和从空际星辰摄取来的三十四色天星奇光，还有用五行真气所炼秘魔灵珠，威力大得出奇，诸位道友岂能随意出入？便在家师所传金刚禅法防护之下，至多把心灵守住不受魔法暗算。要想抵御那几件魔法异宝，仍是艰难。谁知三位道友功力之高，出于意外。而那几件前古奇珍，更是各具威力妙用。实不相瞒，这黑地狱实是厉害，一任宝光多强，那咫尺之隔，休想看见一点光华。而三位所用法宝，彼此全能望见。到时就被魔法隔断，也可寻踪会合，不致闪失。天心双环再要合璧并用，更可通行自如，不致吃人的亏了。"说时，金蝉已把眼睁开，见所有黑风金刀、火箭血焰已全收去，洞中光明如昼。谢琳满面喜容，不住赞美。再看朱文、余英男，就坐在身旁不远玉墩之上。及问经过，并未离开一步。三人相去最远的，还不过丈，方才竟会无闻无见。那么强烈的宝光看去既远，光也不强，只有一片明亮光影，四围仍是暗云笼罩，一片沉黑。这等厉害，实出想象之外，由此无形中生了戒心。不提。

当地原是谢琳独自用功之所，四壁明如晶玉，清洁异常。本来室中空空，只有一个玉蒲团和壁间所悬一柄羽扇、一个葫芦。三人所坐玉墩，还是新收门人鬼奴取来。互相说笑了一阵，谢琳便照师命传授金刚禅法。三人原有根底，一点就透，只在室中同用了一两天的功夫，便全由心运用，定力越发坚强。英男来此，原为同门义气，及见易静之危定数难移，不能往援，想起英琼日前再三嘱咐，不令出山，恐其悬念，便和金、朱二人商议，不等第三日，提前回山。二人也担心幻波池有事，同向主人告辞。谢琳见英男去意甚坚，笑道："自来欲速不达。家师说是三日，三位道友不到两天，便全学会，其中必有用意。非我强留，惟恐万一归途又生枝节，反而误事。既然非走不可，且等第三日再行起身如何？"三人只得应了。随寻谢璎叙别，人已他去。又请唤出鬼奴一见。谢琳笑说："她昨日向我力请，说要出山访一旧友，今日已然起身。倒是家姊奇怪，说好明日和我去办一事，再往九盘山暗护易静姊姊，不知何故，不告而去。我想鬼奴对三位道友十分感激，也许有甚心意，早晚相见，只不要笑她丑怪便了。"三人听出谢琳对于鬼奴表面说她丑怪，实则颇为钟爱。知她眼界甚高，照此说法，除相貌太丑是美中不足而外，法力绝非寻常。问她收徒经过，谢琳只是支吾，说将来自知，此时懒得说她。朱文笑道："我知二姊令高足绝非寻常人物，便是鬼魂修成，既然向道坚诚，又得二位姊姊真传，将来必有成就，何苦叫她鬼奴，有多难听呢！"

谢琳道："这鬼丫头初遇我时，因其相貌丑怪，又是个鬼，我想初次收徒，就收这样一个丑怪，自然不愿。谁知她始终坚持，立志追随，说什么也不肯离去。我始而厌恶，坚拒不从。后又试她多次，她竟甘受折磨，受尽苦痛，毫无怨言。我吃她纠缠不清，又知她以前虽在妖人门下，早已逃出，藏身古墓之中，独自虔修，无甚恶迹，其势又不能将她除去，只得跑回小寒山。以为她飞行绝没我快，本山又有佛法禁制，不经家师允许和我姊妹引进，谁也不能入内。此女见我如此坚拒，也必终止前忿。谁知这鬼丫头真个精灵，我刚一到，她便跟踪而至，因被隔断在外不能走进，先在洞外日夜号哭，苦求哀告，我只不理。等到过了二十几天，偶和家姊谈起，正觉此女可怜，偏又不愿收这类开山门的弟子。家姊还在和我取笑，说我一向好胜，刚开山门收徒，便遇见一个女鬼。我说这等丑怪鬼物，做我女奴还觉讨嫌，如何收为弟子？话刚说完，此女竟在面前跪倒，愿为鬼奴，求我收容。我知本山佛法禁制，威力神妙，休说是她，多高法力也进不来。匆匆不暇寻思，以为家师怜她至诚，有心放进。又想此女艰苦诚毅，志行高洁，也实可怜，只是太丑，想起峨眉一班道友所收男女同门多半灵秀可爱，这样徒弟带将出去，岂不被人笑话？既是家师放进，正好就此撒赖放刁，磨着家师用上乘佛法为她凝神固魄，变易相貌，忙往前面参拜。家师恰好神游归来，尚未入定，我代此女一说，才知佛家最重因缘，精诚所至，金石为开，此女入内全由至诚感格、向道坚诚所致。

"她因初来时得一异人暗助，飞遁神速，和我姊妹先后脚到达前山。我一时疏忽，被她看出方向。始而守在山前跪地哀求，因久不见回应，明知佛法威力，妖邪魔鬼犯禁必死，竟拼以身殉道，朝我姊妹日前突然隐迹之处强行冲进。因其虽是鬼魂炼成，从未为恶，开头虽受了不少苦难阻隔，连经禁法抛掷出去好几次，并未受甚伤害。她原想用苦肉计，断定我不忍伤她；再见佛光照体，至多遇阻，将其挡退，连元气也未损耗，胆子越大，再接再厉，奋不顾身，一味向前猛冲不已。这日连受苦难之余，居然悟出玄机，知道有挟而求，拼受苦难，以邀怜悯，尚非真诚。同时又因连番遇阻，悟出好些微妙，忙将悲号止住，先在山前静心诚意，凝神内视。等到神志清灵，把连日情急悲苦，用尽心机，种种杂念，全数去掉。然后跪在山前，顶礼膜拜，先呼佛号，再求家师和我大发慈悲，深恩垂怜，许其入内，拜到门下，哪怕不配做我徒弟，永为奴仆，于愿已足。这时我正有收她为奴之念，双方气机相感，山前禁法忽然大开，现出道路。此女见状，自是喜出望外，连忙赶进。正值家师神游归来，她原经人指点，深知底细，更向家师跪拜，苦求收录。家师对她说了几句偈语，难为她福至心灵，居然省悟，随来寻找。仗着耳目灵敏，百里之内，无论声形，均如对面。一听我姊妹正谈收她为奴之事，忙即应声走进。

"我自炼《灭魔宝箓》以来，虽然学了一点门道，因知山前佛法禁制，不会被其闯进，没有留意，所说已被听去，不能不算。家师又说：'相貌美丑，原不相干，你与此女渊源颇深。我无暇遂你童心，施我佛法，使之变形易貌。但是此女不久必有遇合，包你师徒称心。只是此举自寻烦恼，将来难免多出一番魔障而已。'我便对师父说：'此女不特向道坚诚，人也十分灵慧，偏生得这等丑怪，实是可惜。只要真能变得和上官红那样可爱，便为她多受一点烦恼也所心愿。'家师随又说了几句偈语,令我师徒谨记。

"日子一多,我对此女生了情感。本意令她拜师,原是她跪地求说:自知相貌丑怪,恩主又是天上神仙一般,异日追随行道,便不被外人笑话,也自惭形秽。万一仗着恩主福庇,奇缘遇合,变易相貌,或是寻得一具好庐舍,自是万幸;否则情愿永为鬼奴,绝不敢列于将来诸弟子之列。我正想说她几句,家师已代允诺,并说:'福缘前定,有志竟成。'我知家师禅修灵悟,遇事前知,既出此言,必有深意,也就听之。此女以前出身和拜我经过,将来再说。如论法力,虽非高手,因她以前曾在一个著名妖邪门下,也不算太差。后见乃师淫恶太甚,跑了出来。彼时相貌原非丑怪,逃时因恐妖师追擒回去,受那炼魂之惨,逃到途中,遇一异人,将她相貌行法毁去,变得又黑又丑。因她修炼年久,元气早已凝炼,平日看去无异生人。那女异人是位鬼仙,与妖师本来相识,已被追上,并未看破,对于此女十分怜爱,先留她在洞内住了三年,传以《太阴玄经》和各种法术。

"此女本想拜师,那女异人说是双方缘分只此,不久劫满,可在期前三日分手,以为异日再见之地。随即引往桥山深处,觅一古墓,令其在内隐居,不到日期,不可出洞一步。她在洞中苦修了一甲子,异人忽来寻她,指示机宜,令其拜在我的门下。第二天,我姊妹和一旁门散仙斗法,路经当地,她忽出现,先为引路,将我所追妖人寻到除去,跟着向我跪求。一味软硬兼施,好说歹说,始终追随不舍,终于拜在我的门下。此女虽无多长,因习《太阴玄经》,又是生魂炼成,飞遁神速,更擅五行地行之术,得隙而入,瞬息千里。知我喜食海外佳果,百计谋取,不时往返海外,采取灵药、仙果回山献上。齐大姊的紫云宫,已往返了三四次。人又勤快忠实。我料她今日出山,必是有甚感觉,或是受了指点,欲往前途相候,向三位道友拜见,也未可知。"

二人闻言,均觉这类门人实在难得,同声劝说:"此女向道心坚,对师忠义,二姊不可以貌取人,务须善待。"谢琳微笑不语。

第三一六回　雪岭现神光　魔网张空窥魅影
　　　　　　　　圣灵藏鬼女　桥山隐迹话清修

　　第三日早上，金蝉、朱文、余英男告辞起身。谢琳知道金蝉、朱文还好一些，英男早已归心似箭，也未再留。三人谢别上路，谢琳坚执护送，直送出五百里外，方始分手。途中经谢琳指点魔头设坛行法之处，金蝉运用慧目法眼，仔细观察。只见右侧仍是大片峰崖，本就其高排天，这时崖顶一带已然隐入云层之中，惨雾愁云笼罩其上，什么也看不见。谢琳随掐灵诀，朝空一扬，面前现出一个光圈。众人往里一看，崖顶上坐着一个少年道人，貌甚英秀，一点看不出是妖邪一流。再细观察，崖上影影绰绰现出一座大法坛，上面烟光弥漫，闪变不停，鬼影纵横，时隐时现。天空中更有一片带着粉红色的黑气，天幕也似自空下垂，其长无际，才知果是厉害。

　　别了谢琳，立即加急前驰，往依还岭赶去。满拟飞行神速，不消多时，便可到达。谁知刚刚飞出大雪山境，便遇天变，高空之中阴云密布，并有大片霜层和快要凝结的晶沙冰粒，厚密异常。三人为了便于说话，三道遁光连在一起，冲空破冰而渡，望去宛如一道三色精虹，急如流星，由那满布霜雪冷云冻雾之中电驶飞行。所过之处，上边霜层立被冲荡起千重雪浪，当时冲开一条极长雪巷，遁光映照上去，幻出无边丽彩，顿成奇观，壮快绝伦。

　　正催道光向前疾驶，朱文偶一回顾，发现了这等奇景，叫英男、金蝉回看。英男正往回看，就在这转盼之间，仿佛发现前面有一片黑色淡烟，似要迎面飞来。心想："此时天空中已被冰雪布满，寻常遁光冲行其中，均必费力，似此轻烟淡云，怎能透飞过来？"心中一动，目光到处，已然发现身后奇景，互相指点说笑，也就岔过，忘了提起。金蝉本就慧目法眼，善于透视云雾，比二女所看要远得多。一眼望过去，见身后现出一条极长雪巷，遁光反应，光怪陆离，本已十分好看。四外霜层雪花受了回光反应，宛如五色晶花，互相磨擦排荡，闪现出亿万银星，更是奇绝。正问二女目力能看多远，猛瞥见一片淡得非常人目力所能分辨的淡烟，正往来路一带飞去，一闪无踪。也和英男一样，觉着此时四外均是冰粒玄霜结成的雪海，天空中不见一点微风，如何会有这等烟雾，又飞得如此快法？正要开口，不知怎的，竟会忘却。紧跟着便听天风海涛之声大作。同时四外密层层的晶沙霜粒一齐受了冲动，宛如狂涛起伏，怒吼奔腾；又似亿万天兵天将，各持玉斧、金戈，互相斫杀。时而玐玐琤琤，将无量数的繁音细响汇为巨响；时而如亿万铁骑追逐奔腾，白刃交加，箭羽纵横，喊杀之声震撼天地。因是风力太猛，狂飙猎猎，云旗翻飞，身后雪巷已随遁光过处忽分忽合。只见星沙万丈，霞影千重，急转电旋，目迷五色，比起方才还要壮观十倍。

三人原因飞行太急，遁光强烈，既不愿炫弄法力，至与左道中人相遇，生出枝节，又都好奇，特意飞入天空玄霜冻云之中。及见风雪之势虽然猛恶，并不能阻碍遁光御风飞行，又觉得风起了。以后阻力大减，比前要快得多，不知方才那片淡云是有一人暗伺，乘着三人回顾之际，早已乘隙侵入。三人法力虽高，因对方是个非常人物，自过雪山，一直隐形尾随在后。知道三人各有至宝奇珍，不是好惹，无法下手，再要飞行一段，事便无望。正在愁急，恰值三人途中回顾，立即下手。这时三人为对方法力所迷，只在那片黑色淡影初出现时稍微动念，也就忘却，丝毫不曾看出。金蝉正说狂风一起，飞行反快了起来，忽听对面轰轰雷电之声，似有数十百股彩气，其急如电，迎面射来。疑有强敌来犯，相隔尚远，冰雪迷目，二女并未看出，忙喝："文姊、余师妹留意！"话未说完，转瞬之间，彩气不见，雷声立止。又往前飞行了一阵，始终不曾再见。以为对方无心相值，已然知难而退，急于回山，也就不愿多事。

飞着飞着，英男忽然失声惊道："方才我们飞过雪山已有多时，按说依还岭早该到达，为何飞了这半天尚无影迹？"朱文立被提醒，忙道："师妹说得有理，我们早已越过川、藏交界，不问到否，似此密布天空的晶沙霜粒，我们常在空中飞行，从未遇到，偶然有此景象，也只短短一段，至多不过千百里方圆，一过雪山，天气渐暖，至多雪势较大。似此绵延数千里，广如山海的空中霜原，听也未听说过，岂非怪事？"金蝉笑道："这有何难。我们不过为了所经城镇甚多，恐惊俗人耳目，特由高空飞行。如今四顾茫茫，宛如飞行辽海之中，什么也看不见，我们不会把遁光降低，查看一下么？"朱文虽觉凭三人的目力，绝不至于连下方山林都不见影，因受对方禁法迷惑，只是心念一动，也未开口，便把遁光朝下飞去。

又飞行了一阵，冰雪太厚，始终没有发现下面山林景物。英男着急，提议上飞。金蝉已然答应。朱文猛想起，不论与下方相隔多高，转眼也必下降，如何还未冲出霜原雪海之下？心方奇怪，同时对方禁法也已失效，三人也明白过来，均觉历时太久，似此飞行，两个依还岭也应到达，如何四顾茫茫，休说是到，连下面景物都看不见？最奇怪的是这无边无际，浩如大海的霜原雪浪，怎会冲不出去，别人不说，金蝉一双慧目，多么厚密的霜雪和多厉害的妖烟邪雾，平日均能透视，今日竟会无用。回忆途中所经，至多看出三数十丈。如是平飞，还可说是天时骤变，空中霜原分布大广，不曾过完，多少尚有解说。后来改朝下飞，如何也飞不出霜层以外？越想越觉断无此理。说有敌人暗中为难，又未发现一点迹兆。金蝉说："恐有变故，我们须留意。"英男忽然想起前见那片轻烟来得奇怪，朝金、朱二人一说。金蝉也已想起，先前途中回顾，曾见一片黑色轻烟，一闪即隐，看那形势，分明是由对面电驰飞来，隐身而过。知已中了对头暗算，忙把前事一说。三人全都警觉，断定陷入敌人禁制埋伏之中，方向早迷，不特前飞徒劳，便朝下飞，也在敌人暗中闹鬼，倒转禁制之中，分明是下飞，仍作平行，始终不曾冲出阵去。只奇怪那大片霜原，并非幻景，天风一起，便生变化，似与寻常空中所结霜原雪层有异而外，直到现在，将身外冰沙霜粒取了来看，仍是真的，简直查不出一点迹兆，由此可见对方法力之高，绝非寻常。

金蝉自从小南极光明境开府以来，连经大敌，中间又作了一次七矮之首，比较以前持重得多，已不似昔年任性冒失，还想观察好了形势，再行应付。朱、余二女一个火性未退，一个急于回山，又都各有两件至宝，一经省悟，全都急怒。朱文先将天遁镜取出，发出百丈金光，朝前直射。英男也将南明离火剑化为一道朱虹，刚飞出手，准备冲破敌人禁制。朱文意犹未尽，正疾呼："蝉弟，还不将我们天心双环合璧放出，看他到底有何法力，能将我等困住？"说时迟，那时快，朱文话还未完，金蝉已想起近日小寒山二女前后暗示，以及谢琳始而挽留住满三日再走，后又露出早行途中有阻但可无害之言，想劝朱文暂勿发难。好在身剑合一，遁光又连在一起，更有至宝防身，不畏邪法侵害，无须急此一时，等到看清形势，再行下手，比较稳妥，话未出口，二女宝光已电射而出，四外玄霜晶沙立时纷纷消散，只前面虽被宝光冲破，看去仍是极厚，不能到底。

这原是瞬息间事。三人飞行何等神速，又当御敌之际，知道对头法力甚高，上来便以全力施为，准备一下便将敌人阵势冲破，于是飞行更快，就这几句话的工夫，少说也冲出了千百丈以外。朱文末句话刚说完，忽听有一女子笑道："三位道友无须小题大做，方才受我蒙骗，原是一时疏忽，真要对敌，贫道绝非对手。为防三位道友各有仙府奇珍，不得不班门弄斧，幸勿见怪。前面便是桥陵荒居，请往一谈如何？"三人听那语声柔和清婉，十分娱耳。金蝉首先听出对方并无恶意，但一想起前见黑烟，明是旁门家数。正想此人是何心意，眼前倏地一花，又听前面山石纷纷崩裂之声。定睛一看，原来最前面的霜层晶沙竟是幻影，已全消灭无踪，人却飞落地上，下面乃是一片山岭。因出不意，双方收发太快，飞行又极神速，宝光到处，把下面山石冲出了一个大洞。同时身外幻影消处，天光立现。时已黄昏将近，落山夕阳，已薄崦嵫，回光倒映，照得山石林木全都成了暗赤颜色，暮霭苍茫，暝色欲收。另一面，一钩新月掩映乱山丛树之间，空山无人，流水淙淙，到处草莽纵横，冈阜起伏，显得景色分外荒凉。才知受了对方禁法幻影迷惑，这时方始真个由上而下。忙把遁光收起，互相传声商议。

三人觉着起初被人困住，于数千里外引来此地，通没一丝感觉。最奇的是到地时遥望空中，还见刚被冲散的晶沙霜粒大片飞散，映着落日斜阳，化为奇辉，化雨一般，随风卷去。分明由川、藏边界起便入迷阵，对方竟连人和那浮悬高空的大片霜雪一起摄来，所以始终不能觉察，直到桥陵附近，方始明白过来，可见还是对方自将禁法撤去，才行看破。回想前情，只朱文正在指点奇景说笑，不曾留意。金蝉、英男均曾发现那片黑色轻烟，分明已看出霜层之中不会有此烟云飞扬，必是旁门中的高手所施邪法，怎会被人由长途数千里外移飞到此，全未想起，快要到地，方始警觉？事情断无如此巧法。如是恶意,纵令至宝防身,万邪不侵,敌人禁法已将人迷往,定必出手无疑。前在神剑峰归途开读仙示,曾说目前正邪各派群仙劫运将临,好些隐迹多年的旁门散仙和几个坐关期满的散仙中能者,均要相继出世,有的应劫,有的借此行道,修积外功。以后在外遇见生人,和形态诡异的道术之士,即便左道旁门一流,只要不为敌,万不可先行发难,以防对方以前虽非正人,为人行事已早痛改前非,本来不再为恶,因为正派中人不察底细,又走极端。此人法力似乎极高。再又想到杨瑾前往桥陵轩辕氏古墓中取那前古至宝九疑鼎经过,这一带的山形,颇与相似。此山虽是圣帝陵墓,因经数千年陵谷变迁,已非原貌。这类旁门中人所居,景物大都灵秀,宫室也必华丽,怎会在此荒寒之区隐居?十九是师长所说的一类人物。她既用许多心机把人引来,必有缘故。反正幻波池强敌还有两日才来,无须急此一时,已然至此,莫如照她所说,前往一晤,相机行事。

商定之后,便推朱文为首,由其向前询问对方所居是在何处,如何走法。朱文正要开口,忽见一溜黑烟急如箭矢,由前面山旁丛林蔓草之中,朝着三人斜射过来,烟虽黑色,却不带丝毫邪气。因其来势太急,骤出不意,善恶难知,用意莫测,英男首先一指剑光,上前拦阻,意欲令其现身,喝问来意。金蝉看出对方不似存有敌意,英男南明离火剑又是妖邪克星,怎好冒失,又生枝节?忙喝:"余师妹且慢,问明再说。"话才出口,英男剑光已经出手,虽因事前商定,未有伤人之意,但那仙剑威力强大,对方来势又快,眼看撞上。英男平素敬重同门师兄姊,听金蝉一喊,也觉冒失,想要收回,黑烟已经飞近。三人见状,心中一惊,连念头都未容转,方觉要糟,英男也忙着收回剑光时,谁知对方居然不怕剑光伤她,就这一眨眼的工夫,已然直落三人面前,连金蝉均未看出是怎么飞过来的。

因那黑烟离身丈许,便即停住,看去好似一条黑影,四围烟雾笼罩,身材矮小,只是分辨不出面目。未等发话,黑影已先躬身说道:"弟子林映雪,拜见三位师叔。现奉前恩师玄殊仙子之命,来迎三位师叔,去往桥陵圣墓后面洞室中一谈。"英男笑问:"我和令师素昧平生,如何这等称呼?"黑影笑答:"家师与峨眉诸位师伯叔交情至厚,将来自知。此是以前恩师,映雪乃她记名弟子。好意将三位师叔接引到此,曾费不少心机,望勿多疑。"三人匆促间虽不知对方来历深浅,但看黑影来势奇突,直似一个鬼物，其徒如此，其师可知，所居又在古墓之内，即便乃师不是鬼怪，也非正经修道之士。那口专制邪魔，连妖尸谷辰均不敢当的南明离火剑，俱能随意冲越，毫不畏惧，不问用意善恶，绝非寻常人物。心正生疑，金蝉忽想起谢琳新收门人便是鬼魂修成，以谢氏姊妹的人品，谁想得到会有这样徒弟。天下事无独有偶，不能因此便生歧视。忙用传声告知二女，不可先有成见。朱、余二女先听女主人发话，语声十分温柔，料是一位形似少女的散仙，相貌定必美秀无疑，闻言应了。及随黑影飞到山前一看，山顶便是桥陵圣墓。这时夕阳已然沉西，一钩新月斜挂峰崖之间，光影昏黄，野风萧萧，吹得四围草树窸窣乱响。大地上暗沉沉的，景物甚是阴森。忙向圣陵礼拜。

　　黑影见三人朝着圣陵下拜通诚，也随跪在旁，笑问道："师叔，此是正门入口，数千年来从未开过。前些年只太师叔女仙杨瑾，为取九疑鼎来过一次，也是施展佛家天龙遁法，由地底穿洞，到了正寝前面甬道，顺路入内。前半重重禁制，坚如精钢，从来无人由此走进。好在幻波池之行为时尚早，如想瞻拜圣容，弟子愿为引路。否则，前恩师所居是在内寝宫后石室之内。当初圣帝道成飞升，所遗法体，经众臣宰，国人号泣送葬，随殉臣民卫士为数颇多，事前均在陵内备有居处。只因圣德高厚，不愿忠义之士随同殉难，除受有广成子所传《九天玄经》，已将成道的文武诸臣许其随殉，到时在内坐化而外，凡是未奉遗命的人，均经仙法妙用，墓门一闭，立有一片五色祥光，将人裹住，全数移送出来。内寝宫后这间石室，便是一位不该随殉的贤妃所居。前恩师在三百年前无意中发现，移居入内。彼时前面寝殿所埋伏的各种仙兵禁法，灵效全在，多高法力的人，也不敢擅入一步。本意是一面在内静修，静待时机，想取墓中所藏奇珍九疑鼎和三支神箭。谁知机缘不巧，好容易候到墓中禁制快要失效，不料白阳山妖尸赶来，潜入寝宫，将九疑鼎盗去。前恩师彼时刚由外面归来，忙即赶到前殿，已是无及，只收到三支神箭。跟着追云叟白老前辈和杨太师叔先后到达。白老前辈为那三支神箭几乎动手，后经互相说明心意，化敌为友，约定三支神箭可以借用，方始别去。后来怪叫花凌老前辈夫妇便曾拿了白老前辈的信，代黄龙山猿长老来此借箭。三位师叔如想先到，便须绕往后山二十里外，由一崖洞中的地穴穿行进去，不走这里了。"

三人听这称谓口气，既与白、凌二老相识，绝非寻常旁门之比，也许是位有道力的前辈散仙，并非左道妖邪一流。常年在外行道修积，极少闲暇，难得到此圣地，自应前往瞻拜圣容。便说："我们路径不熟，也不知昔年杨仙子所行地底故道所在，请你引路同往如何？"黑影原是奉命而来，故意延宕，闻言笑诺，随引众人沿着左边山麓走了一段，笑说："下面便是圣陵前面去往正殿的途径，弟子前面开路便了。"随由黑烟中飞出一圈黄光，出手加大，转风车也似急旋不已，到了地面，便被冲开一洞。三人见那桥陵土深石厚，上半土尽以后，下面便是极坚固的山石。黑影所发光圈，圆径不过丈许，光也不强，仿佛亮晶晶的黄圈，一面急转，发出稀疏疏的银色光雨，随同下冲之势，电旋星飞，越转越急，而四边山石泥土，竟如溶雪向火，纷纷消散，晃眼冲开一条深洞。金蝉方想桥陵圣地经此一来，岂不残破？回头一看，来路泥土已逐渐封闭，前面尽管冲成一洞，身后来路相隔丈许内外的泥土，竟是由分而合，逐渐还原。问知少时瞻拜完圣容，便由正寝绕往后宫，无须再由上面通行。所用法宝，乃戊土真精所炼，无论多坚固的石土，冲过之后，仍能随人心意使其复原，不禁大惊。心想："此女分明是鬼物一流，如何有此法力和戊土奇珍，更不带一丝邪气，岂非奇事？"

三人心念才动，黄光收处，人已落地。前面立现一条长大甬道，四壁石质坚润如玉，寝门已然在望。三人重又通诚下拜。再进里许，便达内寝正殿，石门大开，两壁似有几点金红光华。走近一看，乃是几枝丈许长的古箭，锋长二尺，深入石里，通体乌光铮亮，朱翎钢羽，形制奇古，箭柄上发出碗大金光。有的箭头微露在外，发出火也似红的宝光。一数，箭共四五十枝。心想："此均前古神箭，彼时入陵容易，这些年来怎会无人来取？"正要询问，忽闻异香由门内透出，忙即正心诚意，恭敬走入。到了门内一看，门高十丈，气势十分雄伟。里面正殿寝宫，形式正方，广达八九亩，四壁浮雕着许多战迹和弓矢刀矛风马云车之类。迎面一座长方形的石案，大约数丈，上设各种钟鼎尊罄之类的祭器，均是青铜、陶瓦所制，光影晶莹，形似奇古。两旁一面一个大油釜，釜中各有一盏神灯，上结灯花，形似灵芝，其大如掌，光焰停匀，照得合殿通明。适闻异香，似由灯上发出。案前地上立着九座大鼎，高约丈六，腹围数抱。案后有一副三丈长的玉榻悬棺，圣帝神体便停其上。

三人早听杨瑾说过，陵中禁法虽然年久，多半失了灵效，但正寝内殿尚有前古留存的几件奇珍和太元仙法禁制，随人意念而生反应，稍一疏忽，仍不免于误陷危机。再见到这等庄严肃穆的景象，灵前左右更有好些服饰奇古，身材高大，各穿盔甲，手持弓矢戈矛的卫士，个个神态威猛，无异生人，一双神目注定自己，似有嗔怪之意，由不得肃然起敬，哪里还敢仰视。忙朝上面拜倒，通诚祝告之后，恭敬退出，悄问黑影道："你想必随同令师久居在此，可知灵前卫士威灵如何？外面那些神箭如何无人来取？"

黑影答道："弟子昔年曾随前恩师在此住了三年，彼时前殿禁制灵效未失，连前恩师也不敢妄入一步，何况弟子。后便分别。杨太师叔取宝经过，今早才听说起。为了瞻拜圣容，曾来正殿，也曾请问，得知此箭并非法宝。因是前古百炼青铜和金铁精英锤炼而成，不易化炼，又太长大，难于携带，便得了去，也须耗费数十年苦功，才能将它炼成法宝。知道的人不多，多出耳闻，不知底细。前面墓门万难开启，更不知中间一带可以地遁入内。自从杨太师叔来过之后，只有两个左道妖邪用地遁入内。家师知道来人均是极恶穷凶，觊觎寝宫前古神油而来，一个容他走入，再假作圣帝显圣将其除去，将残尸移向灵前示众；另一个不等入内，便先杀死，连残魂也被消灭。后有妖人寻来，见状全都吓退，由此无人生心。弟子知那神油大是有用，曾向圣帝通诚求告，取了一玉瓶，因见无事，还想多取一点。贪心才动，忽然一阵香风吹来，四壁金铁交鸣，风雷大作，神志也觉有些昏迷，幸是鬼魂炼成，不曾倒地。于是忙即退下，息了妄念，跪求恕罪。悔念才生，风雷刀兵之声立时停止。旁立卫士本已怒目相视，似要围攻上来，也全复了原状。可见殿内必还藏有极神妙的禁制埋伏，那几件防护圣体之宝，更不知具有何等威力呢！"

英男闻言，忽想起英琼所得紫清神焰兜率火，正需这类前古神油，便留了心，也未向众提起。三人沿着殿旁甬道往前走去，见黑影在前引路，仍甚迟缓。因是初来，前听杨瑾之言，胸有成见，以为圣陵重地，尚有别的埋伏禁忌，稍微疏忽，不是犯忌，便是失敬，只得各自恭恭敬敬，沉稳了心，随同前行。只英男一人，因有求油之念，惟恐再来走错，步步留心，也未开口。初意也和金、朱二人一样，恐犯禁忌。及至走了一段，见那甬道甚长,一边全是石壁,一边时有石室、石棺和冥器之类发现,别无异状,先还敬心诚意,遇到停灵之所,随众礼拜。后来越看越觉无奇,而那陈设的祭器大都古色斑斓,光可鉴人,退时故意用手微微弹上一下,嗡嗡作金石声,连试两次,别无异状,便放了心。见黑影好似故意迟缓,路已走了不少,人还未到,忍不住低声悄问:"还有多远?为何这等慢走?"黑影答说:"弟子只是奉命而行,不敢走快,是否有无禁忌,却不知道。"

英男急于回山,无如初来不知底细,已然走了一多半,其势不能中道退出。再说,火无害不曾同来,也无法穿透地层上去。只得勉强忍耐,随同前进。全程不下二十来里,似此沿途耽延,缓步徐行,连前带后,少说也走了三个时辰,才行到达。一看当地,乃是一座极阴晦的石洞,石室数间,陈设均无,只左边一间有一石榻,当中洞顶倒悬着一朵灯花,青荧荧的,照得洞中景色分外幽森,令人自生凄凉之感。朱文笑问:"这便是令师清修之所么?"黑影答道:"前恩师所居在后寝宫侧。此是以前弟子苦修之地。前恩师想是又有要事他出,石门已闭。弟子不敢惊动,故引三位师叔来此小坐,请稍候片时,也必回来了。"英男对那黑影始终生疑,再听她前后所说不全相符,白随她走这一段冤枉路,又不快走,好似故意迟延,不禁有气,想要发作,又不好意思。冷笑一声,反问道:"这里既已早离圣寝,为何走得这等慢法?令师既欲相见,何又出走?"正越说越有气,忽听一少女笑呼:"余道友,贫道一步来迟,致劳久候,幸勿见怪。"随由外面走进一个道姑。

三人听那语声与前闻相似,以为来人必是一个美貌少女。及至双方对面,见那道姑穿着一身黑衣,身材十分苗条。细看面貌,竟生得和易静差不多的丑怪,但是容止娴雅,笑语温和,一口江南口音,令人生出一种亲切之感。行路之间,却似未踏实地,若沉若浮,有异常人,看不出一丝邪气。便是旁门出身,也必此中高手。朱文早受金蝉暗示,一同向前为礼。英男因对方笑语谦和,也消了怒意,正要回应。金蝉看出英男不快,恐其失言,先笑问道:"道友尊姓?何事将我三人引来此地?还望见教。"道姑笑答:"此是记名弟子林映雪昔年苦修之地,连个座位都没有,如何接待三位嘉宾?请至荒居一谈,自知就里。"

三人料无恶意,已然至此,只得随同前往。顺着来路略一转折,前面现出三间石室。道姑引众人内落座一看，那石室乃是山腹中的天然洞穴，通体皆是钟乳结成，石质透明，宛如晶玉。所有卧榻、坐具，均就原有钟乳雕琢而成，形制奇古。每室用具只三五件，为数不多，位列甚巧，颇见匠心。另外还有一座丹炉，炉前玉墩，方广丈许，平明如镜，光可鉴人，似是主人打坐用功之所。每间洞顶，均有一朵灯花孤悬其上，无灯无油，光焰停匀，本作青色，入门时，瞥见道姑伸手一弹，立时银辉四射，大放光明，照得里外通明如昼。四壁上下的钟乳，映着灯花，流霞散绮，幻为丽彩。室中除那天然钟乳所制几榻而外，空无长物，但是到处光彩晶莹，净无纤尘。尤其那道姑相貌乍看甚丑，坐定以后，渐觉相貌清奇，道气盎然，另具一种安详娴雅之致。最奇的是面色颇黑，自头以下肤如玉雪，与满室珠光宝气互相掩映。无论背面侧腰，均具无上丰神，不看面貌，绝想不到会是个丑女，直似一个绝代佳人，脸上蒙着一张假面具。

正在暗中惊奇，那自称林映雪的黑影，已由外屋端来四个钟乳制成的酒杯，内盛美酒，分与宾主四人饮用。金蝉见她递酒与道姑时，嘴皮互动，似在说话回答。随向三人拜辞，说是尚有要事，必须回山，不及奉陪，望乞三位师叔恕罪。说罢，不俟答言，便自躬身退出。英男正坐门侧，瞥见黑影到了门外，神情立转匆忙，只一闪，便化为一缕黑烟，朝地底冲入，晃眼无踪，地面仍是完整如初，不见痕迹。方在惊奇，道姑笑道："此是前古琼浆，经贫道费了许多事才取到手，所剩无多，敬奉一杯，以赎不告而请之罪。幻波池群邪来犯，事虽紧急，为时尚早。李英琼道友自从三位道友不辞而去，先颇惊疑，后来开读仙示，已知大概。此时惟恐三位道友回去不是时候，与雪山来路所遇元恶相遇，无端多一强敌，更难应付。便贫道受记名弟子林映雪之求，将三位道友引来，也由于此。余道友不必忙，且请同饮一杯，再谈如何？"三人见那琼浆色作纯碧，另具一种似酒非酒的清香，再听这等说法，越料主人是位得道多年的女仙，不敢怠慢，同声称谢，饮了下去，觉着芳香满颊，通体清凉，舒爽已极。

朱文笑问："道长既与白、凌二老相识，行辈必高，不知法号可能见示么？"道姑笑答："贫道玄殊，以前原是旁门，后来得到一部道书，由此悟道。一向独居苦修，不常在外走动。偶然出山修积，也都隐迹人间，不露行藏。与正教中诸位道友多不相识，白、凌二位道友也只近年见过一两面，并无深交，贵派诸老前辈更未见过。屡劫精魂，全仗多年苦修得有今日。三位道友仙根夙慧，福缘深厚，他年成就未可限量，能托交游，已为光宠，如何敢论行辈？贫道本来不愿多事，只为映雪多年不见，昨夜突然寻来，说起依还岭之事，知道三位道友心急回去，偏巧有一左道元凶，今日带了一班徒众往西昆仑赏花，访一同党。此人原与大雄山青玕谷苍虚老人同门，邪法甚高。自从三百年前与大方真人神驼乙休斗法大败，立誓报仇，隐居西极水洞之中苦炼邪法，今已成功，本就要往中土寻仇，新近又受摩诃尊者司空湛的蛊惑，想起前恨，正要起身。忽接苍虚老人和南海离珠宫少阳神君飞书警告，说起各派群仙劫运将临，不去惹事，尚难保全，再往中上兴妖作怪，无异自取灭亡。并说大方真人自从神峰脱困以来，法力神通越发广大，前数年峨眉开府，又与平生至好赤杖仙童阮纠劫后重逢，如何能与为敌？还说因他昔年多行不义，罪恶如山，早已绝交多年，为念同门之谊和朋友之情，勉尽最后忠告，信否听便。

"这厮得道多年，虽然自恃神通，又将红云大师所借《蚩尤三盘经》炼成，以为所向无敌，但知敌我双方均近不死之身，玄功变化非比寻常，尤其同道至交甚多，均是正教中有名人物，来信所说，大是有理。无如话已出口，箭在弦上，不得不发，衔恨又深，再四盘算。平生自傲，耻于求人，如与眼前几个左道中长老，如轩辕老怪、九烈神君、丌南公等人联合，势力虽要强盛得多，但这班人除九烈神君外，全都夜郎自大，就此前往，恐被轻视。正在举棋不定，连日司空湛又往怂恿。偶然谈起西昆仑星宿海绝顶，有一魔教中的长老，多年不曾出世，昔年曾与交好，并曾约定日后彼此有事，出力互助。当地风景灵奇，高出天汉，有万树梅花，千顷红莲之胜，更产好些灵药、仙果，不久又是魔宫每六十年一次的红莲盛会。以前每当会期，所交同道和左道中人无不争先恐后，不请而至，一班妖妇淫娃更以献身魔头，使其淫乐为荣，端的盛极一时。

"自从畏祸闭门，魔宫潜修，除却千顷荷花，万树香雪，任人赏玩而外，此会不开已五甲子。近因天残、地缺两老怪物与采薇僧朱由穆、女仙姜雪君斗法相持，经人解劝以后，已然改了脾气，不再与正教中人为难。但他门下怪徒仵氏兄弟，天生刚愎强暴之性，背了师父，仗着与对方师徒交好，连往魔宫数次，百计蛊惑，并劝魔头重开红莲盛会，已然答应，快要举行,并借赏花赴会,采药为由,带了门下徒众一同前往,当日正由雪山上空路过。此人邪法甚高,自成一家,所炼妖光法宝,感应之力极强,飞行起来,疾逾雷电。只要有人对敌,胜了将人惨杀,并将生魂收去;稍落下风,同类立时云涌而来,不胜不休,狠毒已极。固然这班妖孽连同日内往犯依还岭的两个妖人均在劫中,绝不能免,但在幻波池宝库藏珍未取出以前,与之对敌,恐难获胜。这厮徒众又多,分成好几起飞行,三位道友归途必与相遇,虽然持有至宝奇珍可以防御,无如牵一发而动全身,三位道友固是无妨,别位同门道友人数甚多,一与成仇,防不胜防。为此才由贫道将三位道友请来,暂留一二日,再行回山便无虑了。"

第三一七回

把臂驶遥空　缥缈轻烟笼剑气
飞光明大岳　迷漫烈火涌元珠

三人听完，才知主人一片好心。朱文笑问："这妖人叫甚名字？还有那林映雪乃鬼魂炼成，看去法力颇高，为何不肯现出面目？她用一片烟雾笼罩全身，分明是有意掩饰。与我等素昧平生，自居后辈，仿佛师门交情甚深，偏不肯吐露乃师姓名来历，是何缘故？"

玄殊笑道："此女身世，实是可怜。以前容貌绝美，为避妖师追擒，贫道算出她该有百余年苦厄，必须忍苦潜修，才能免难。在此避祸期间，如仍旧时容貌，休说妖师，便一班左道妖邪，也绝放她不过。为此略施小术，将真形隐去，变得目前这等丑怪。谢琳道友又故意磨练她的心志，推说貌丑，不肯收录。虽经毅力诚求，甘为奴仆，得列门墙，她本鬼魂，炼成形体，与生人无异，以前自负绝色，落到这般光景，平日千灾百难，均所不惧，只不能重返本来面目，认为平生恨事。贫道昔年虽为她费了多日苦功，尽悉前后因果，始终不肯提说他年仍可复原之事。她平日本就引为深憾，自拜新师以来，越发成了心病，日常都在愁急。新近听她师祖小寒山神尼忍大师偶露口风，得知不久便可恢复原貌，正在又喜又盼。不料三位道友代向谢氏姊妹说情，并允转求灵药，使其固形易貌，越发喜出望外，感激非常。此女昔年曾受妖邪凌虐，含恨已深，疾恶如仇。加以谢氏姊妹表面说她貌丑，实则非常钟爱。谢琳道友更认作将来衣钵传人，收徒不多日，便背着姊姊，把绝尊者《灭魔宝箓》暗中传授了好些，神通越大。此女性又灵悟，竟将原有特长与之融合，仗着乃师一道灵符和两件法宝，不时飞行辽海，往来数十万里，求取灵药仙果，孝敬师长。向道既极坚诚，对师尤为忠义。知三位道友师门至交，本就跃跃欲试，再加感恩之盛，昨日向师力请,意欲暗中随护。谢道友本就喜她胆大机警,不特未加阻止,反而奖勉。

"对头妖邪得道已千余年,神通广大,徒党众多,如照定数,本来三位道友命中魔星,归途非要遇上不可,万难避免。此事全仗忍大师和谢氏姊妹师徒三人施展佛法,暗中化解。因为对方邪法太高,来势比电还快,一面由谢璎道友自往前途相候,施展佛法,颠倒乾坤,用佛家大须弥镜幻象化出三人替身,将众妖徒引往一旁,作为别的正派中人空中路遇,不知避让,互起争斗,中了妖徒的红云散花针,全身炸成粉碎,元神在一片神光保护之下逃去。否则,当三位道友发现空中雷电妖光时,妖人已有警觉,即便知道避忌,事前遁走,也必分人查看来历底细,问明敌友,才肯罢休。此是常人所难忍受,何况三位道友。争端一起,成了仇敌,永无宁日。就这样,因为对方邪法太高,稍一疏忽,仍难免于弄巧成拙,反而不好。忍大师并在小寒山施展佛法暗助,才以人力胜天,免去好些危机。除却忍大师,任换一人,也未必能够成功,功德自然不小。这些事,贫道事前并不知道,仅觉事太艰险,绝非区区法力所能胜任。无如映雪再三苦求,事又紧急,没奈何,只得勉为其难。

"我赶到时,三位道友已然起身,素昧平生,无因而至,事情又须机密,匆匆问答,便蒙鉴谅,也容易被对头邪法听去。防身宝光,又极强烈,无法近前。幸而空中布满霜层,只得尾随在后,意欲相机而动。后用法宝查看,妖人师徒因为隐迹多年,妄想一举成功,事前不愿人知。因众妖徒力言他师徒多年威望,不应避人,仍和以前一样行动,只把遁光飞得高些,能不使人知道更好。如遇外人,绝不闪避,遭人轻笑,只把来意问明,以分敌友。看那心意,暂时虽不与正教中人为敌,真要狭路相逢,仍是昔年犯之者死,有他无人的信条。我见大片妖光已如疾风雷电蔽空而来,心正愁急,幸值三位道友回顾,百忙中用五行挪移之法,在危机瞬息之间,连同空中霜雪,刚将三位道友暂时引开,妖党已经到达。还恐被其警觉,连我也难免害,忽听谢璎道友传声说话,才知经过。因有一事相烦,约定将三位道友接来此地,抽暇往晤,故此归来稍晚。至于此女身世,说来话长,暂时无暇多言。依她本意,此时连师父姓名都不肯说。如再相遇,只作不知,到时由其自行吐露,免她怨我多口如何?"

三人闻言，才知林映雪便是谢琳新收门人鬼奴，越发高兴。英男笑道："我们均非外人，此女至多以前曾在妖人门下，既然归正，又得师门钟爱，早晚均要知道，何必如此隐秘？"玄殊笑道："道友不知底细。此女凤孽虽重，无论根骨修为，全是上品。只是好胜心高，积习难改。依她本意，当初师父委实嫌她貌丑，彼时心志稍一不坚，便将千载良机错过。又听乃师说起，峨眉诸道友所收门人，个个灵慧美秀，越发自惭形秽，相貌如不复原，绝不再与师门诸友相见。人又极好，休说贫道和她师长，便是前在妖师门下所遇群邪，也都不忍对她侵害，下那毒手。此女不知怎的，说出话来，令人自生怜爱，不忍拂逆。好在依还岭敌人未到，谢氏姊妹正当勤于用功之际，无暇分身，听谢璎道友口气，必命此女前往相助，相见当不在远，由她自说也好。"

三人再问妖人姓名。玄殊答道："这厮法力，实在新由东海逃出两妖邪之上，不久自知。西昆仑魔宫之行，诸位道友当不能免，彼时准备停当，自然无害。否则，这厮既已出世，门下妖徒素来骄横，又受群邪蛊惑，开头定必阳奉阴违，背了妖师，四出生事，又都持有聆音照形之宝，易被警觉，不知他姓名来历，比较好些。如知底细，同道之间，难免谈说。这厮又有许多奇怪的不近人情的禁忌，被其听去，容易生事，法力稍差，便吃他亏。当此多事之秋，最好循序渐进，分别除去。时机未到，不宜多生枝节，以致难于应付，还是不谈为妙。"

英男又想辞别起身。玄殊说："依还岭群邪来犯，事应明日子夜。对头炼有一种极奇怪的妖火，最为厉害，如若早去，不过随众抵御，到了幻波池，便不宜随意出斗。彼时里外隔绝，防守岭上的人数不多，难免吃亏。如晚起身，到时正好仗着诸位的法宝飞剑，除去几个妖党，挫他锐气，使为首两个元恶不能以全力进攻，岂非两全其美？他那阴火与众不同，所过之处，无论山石金铁，表面并不焚烧，内里全受侵害，逐渐消化，成为劫灰，更能迷惑人的心志，受了暗算，还不自知。闻说西昆仑魔宫也有这类阴毒的魔火，比这还要厉害。方才所敬古琼浆，便为将来抵御此火之用。时机一至，自然送道友起身。好在李英琼道友已知底细，在佛法暗助之下，好些枝节危难，已全避开，省事不少。将来魔宫之行，固极厉害，但届时宝库藏珍已然取出，更有能手相助，比较就好得多了。"

三人此时已和主人越谈越投机，见其对人诚恳，又极正派谦和，只对以前出家经过不肯明言，语多支吾，料有难言之隐。如此坚留，必有深意。心想："以忍大师的法力，谢氏姊妹素不服人，对那妖邪尚且如此慎重，形势凶险，可想而知。"再一想到近两月来众同门开读仙示，均说及道长魔高，一班隐迹多年的极恶穷凶，都要应此劫运，二次出世。此后在外行道，全仗定力坚强，道行精进，长于应变，才能转危为安。就这样，众弟子中，仍有一些为群邪所害，致遭兵解，此是定数。经此一劫，转世重修，仍有成就，毕竟多受危难，耽延岁月，稍一不慎，不特功败垂成，并有灭亡之忧。来日大难，必须处处谨慎，不可自恃，方可人定胜天，化险为夷。仙示并未指明何人将有劫难，仿佛遭劫的固是难逃，就那有限几个仙福深厚的人，也因群邪势盛，道浅力微，所历凶险虚惊，仍所难免。主人之言，正与仙示相合。仔细寻思，觉着自己委实学道年浅，全仗累生修积，福缘深厚，才有今日。只因机缘凑巧，不曾失利，于是胆子越大，无论多厉害的强敌均不放在眼里。居安思危，古有明训。无论圣贤仙佛，均无常走顺风之理，当其未成就以前，不知要遇多少艰难辛苦。哪有如此容易的事？以前实是出手得意，占惯上风，同门人数又多，各有法宝仙剑，威力甚大，日久未免自满。没想到前路密布危机，还有许多连姓名都不知道的强敌，将要群起夹攻。已快临到成败关头，应付之间，稍失机宜，便无幸理。越想越觉可虑。

金蝉首先警觉，忙和朱、余二女一说，先向女仙谢了盛意。又由朱文设词探询，转问主人："道友法力高强，洞悉前因，可知我们三人是否在劫？依还岭这两个敌人如此厉害，众同门多半学道年浅，虽有两位功力较深，如易静、癞姑两位师姊，但是一个正被鸠盘婆困住，吉凶难定，一个率众同门主持全局，是否能够胜任，还望明示一二。"

玄殊笑答："别位道友不曾见过，如以眼前三位道友而论，将来成就，俱都远大，仙福至厚，至不济也是地仙一流，只管放心。不过前路艰危，不是容易应付，如能处处小心，不存轻敌之念，便无妨了。未来之事，自惭道浅，并不深知。只听谢道友口气，最厉害的是魔宫之行，关系甚大，即便福缘深厚，不致受害，万一应付失机，于将来成就，却有妨碍。三位道友多半无害，贵同门中恐有在劫之人，到时能否以自身功力修积，挽回定数，实难预料。本来危害更大，幸蒙忍大师以无边佛法全力相助，先把目前难关解消，对于诸位道友固有大益，便忍大师此举，也有极大功德。本来事前不应泄露，幸蒙三位道友不弃，一见如故，一再殷殷下问，未敢隐瞒。贫道又素不惯藏头露尾，平生对友，知无不言，言无不尽，只惜所知只此。除请转告幻波池诸道友随时小心，遇敌不可自恃而外，别无效力之处罢了。"

三人全都热心仗义，一听口气紧急，料非寻常。又因前读仙示，好似众同门中应劫之人并不在少，大家情感深厚，不似别派同门互相忌妒，面和心违，谁也不愿意有人闪失。再想仙示不曾明言，自己便是不该遭劫，也难免于苦难凶危，损耗元气，致误将来成就，全部忧急起来。玄殊见二女互相对看，面有愁容，笑劝道："此贵派各位师长早有成算。尤其忍大师今日之事出人意料，而各位道友近年内功外行无不精进，到时自能化解，也未可知。事情尚早，愁急无用。最好回转幻波池后先取出了藏珍，再将圣姑所留仙示仔细参详。同时小心戒备，访查群邪动静，同力应付，方为上策。听说圣姑虽然道成已久，因其昔年发有宏愿，只将幻波池让与峨眉诸道友，本身真灵，仍然暂留人间，仙机微妙，莫测高深。我因此举并无前例，不知用甚方法行事。也许事由圣姑昔年与魔头最后一战时所发宏愿，有不将群魔除去，绝不飞升之言，致生忖度，实则传闻异词，并非真相。不是飞升时留有化身，但是施展佛家无上大法，到时将本身法力寄托在人或法宝身上，自生灵效，也未可知。我看此事必要开启水宫宝库，才能分晓，此时尚且难料。不过谢道友姊妹人最义气，又和诸位道友至交，绝不坐视。听映雪说，如非忍大师再三力阻，谢琳道友早不等诸位出险，也必带了七宝金幢和所习《灭魔宝箓》，先与魔头一拼了。"

朱文问道："忍大师既肯破例亲出，为我们釜底抽薪，挽回定数，便让谢二姊将那魔头除去，岂不省事？"玄殊笑答："事情并非如此容易。那魔头不特魔法甚高，人更阴险狡诈，早算出将来大劫难免，除以全力加紧防备而外，并用三甲子的苦功，在星宿海西昆仑绝顶施展魔法，将黄河等几条大江大河的水源，以极高魔法禁制。到时只要真遇强敌，自知不是对手，立将水源震开，把整座星宿海全都毁去，使大地山河齐返洪荒，宇宙重归混沌，本身也与同归于尽，以消恶气。这等做法，对方不论多高法力，也必投鼠忌器，绝不敢迫他铤而走险，造此亘古未有的无边浩劫。魔法又甚微妙，经他多年祭炼修为，到了力竭势穷之际，连手都不用伸，只凭心念一动，便自发难。魔头机警非常，行动如电，又善天视地听之法，除非对方不知他的姓名，不提此人，心灵上未生感应，或似贫道今日先有准备，人在地底，并有禁法掩蔽而外，寻常千里之内，无异对面，稍有举动，必被警觉。正派中法力高强的诸老前辈，久想除他，均恐激出非常之变，未敢造次。

"难得魔头近数甲子尽管行为阴毒，仍知敬畏天劫，本身固早敛迹，连手下徒众也不许离山远出。除他又是极难，自往除害，万非所宜。只有到了时机，命几个有道力的后起门人，前往相机行事，乘其无备，先将星宿海水源护住，免去巨灾浩劫之危，才可下手除害。此事最难，事繁责重，稍微疏忽，不特闯下大祸，去的人还有形神俱灭之险。必须出山不久，功力甚深的人，又机智胆大，道力坚定，能耐苦痛，于应变瞬息之间，先占机先，才可胜任。就这样，尚须持有几件极难得的至宝奇珍。最关紧要的，是那防护水源之宝，缺一不可。我只听说一个大概。魔头如此机警神速，按说人未发动，他已前知，怎能下手？到时不知用何方法，去隔断他的灵智。魔宫内外，禁制重重，满伏危机，去的人如何能够深入腹地。宫前魔阵何等厉害，如何破法。难题实在甚多，至今不曾想出下手良法。以我观察，事情不久便有应验，贵派师长和一班师执前辈，彼时均有要事，又有好些不便，十九不会前往。那幻波池水宫，必是此中锁钥。别人不知，即以三位道友而论，煞气已透华盖，主于先凶后吉。开库时节，务要格外小心，加意观察，不可丝毫遗漏，以防仙机微妙，致误良机才好。"

随又谈起正邪两派，修为同异。三人听出主人借着谈论，暗示机宜，并传旁门左道法术和制胜趋避之策。知其盛意关切，因见来客玄门正宗，不便以左道旁门自炫，特借闲谈，暗中指点。忙同称谢，索性请其明言。主人因事关重大，特意借此提醒，以防有失，闻言也不再作客套，便就这一日夜工夫，把所知所闻，全数说了出来。三人自是感谢非常。

宾主四人又谈片刻，主人忽说："时机将至，可要先行？"英男早就心急，首先赞好。玄殊笑道："此时回去，本来稍早。因见三位道友归心特急，适才暗中推算，得知此次全仗忍大师以全力相助，虽为诸位道友减少好些难题，到底逆数而行，此中利弊，尚自难言。晚到半日，固然较好，天下事未必尽如人意，兴许顾此失彼，又生出别的枝节。几经盘算，反正势难兼顾，莫如在双方打得正急之际赶到，和对敌诸人见上一面也好。但是到后，不论胜败，千万不可随同退往幻波池内，以便牵制敌人，使其力量分散，为将来内外夹攻之计。同时观察敌人动静虚实，随时用贵派传声，告知池中诸人，好有准备，以便同守仙府之内，可以随意行动。虽然余道友新收高足火无害和方英、元皓三位道友均长地遁，可以穿行仙阵禁地，随意出入上下，但强敌当前，仍以小心为是。再说，他三人力量也孤，有三位道友和从旁暗助之人互相策应，纵不能即时全胜，一班赶来应援的同门，在那几件至宝奇珍防护之下，当不致受害。贫道为此，盘算至再，才提前起身，陪同前往。暂时虽有别的顾忌，不便出面，敌人虚实来意和所用阴谋毒计，却知大概。

"到得如早，仍请按照贫道预计，不可直入幻波池，先飞宝城山，朝依还岭遥望，观察形势。等贫道先往依还岭查探明了敌人虚实和所约妖党的来历人数，再同飞往，稳扎稳打，即便暂时受挫，吃亏也有限了。贫道道浅力微，只照谢璎道友所示仙机，加上暗中推算，得知一个大概。来敌太强，事前必须通盘筹计。宝城山正对依还岭，颇具形胜，而贵派同门人数众多，大有能者，又有许多师执前辈随时扶助，一有警兆传声，援兵云集，对方断无不知之理。就许在宝城山和依还岭四外设有埋伏，以为阻止援兵之用，暗用邪法掩蔽，颠倒阴阳，使我无法推算，都在意中。贫道亲送三位道友在离山五百里外，便要分手。未回以前，无论敌势多么嚣张，形势如何紧急，千万不可出手。敌人如有埋伏，必须一战，那是无法。总之，这次来敌虽无亓南公那高神通，但最卑鄙无耻，阴险狡诈，徒众既多，加上所约同党无一不是极恶穷凶，而这班徒党，都有专长。妖人法令又极严酷，对敌之际，只一发令，便勇往直前，各自为战，机诈百出，防不胜防。照例前仆后继，有进无退。只要有一人被其侵入，立时闯下大祸。所以上来非分散他们力量不可。"

金蝉见主人说得那么严重，但又未说敌人姓名。便日前开读仙示，也只说潜伏东海水底的两个著名妖邪，已全脱困而出，为报长眉真人与极乐真人两次大败折足焚身之仇，现正召集同党和当年一同禁闭的百余妖徒，将与峨眉决一存亡。知道幻波池、紫云宫和小南极光明境三处别府，为峨眉后起门人发扬光大的根本重地，尤其幻波池藏有圣姑道书、毒龙丸和各种至宝奇珍、五行仙遁的法物、宝库藏珍，故此一开头便向幻波池进攻。此事关系众弟子他年成就，必须小心应付，疏忽不得。此外除向众弟子分别指示机宜而外，也未说出妖邪姓名。金蝉觉得奇怪，便问玄殊是何缘故。玄殊答说："敌人已然来犯，此与西昆仑魔头不同，本来无须隐秘。令师妙一真人先未明示，或有别的原因。此时幻波池诸位道友当知底细，回山必可得知。至于贫道对此极恶穷凶，除看其自取灭亡而外，昔年早有誓言，不与妖邪对面，也不再提他姓名。还望原谅吧。"三人不便再问。因知主人为了此事颇费心机，正以全力暗助，所说均经熟计，照以行事，得益不少。又看出她欲行又止，意似迟疑。萍水相逢，如此尽心尽力，全为自己打算，不便违背，只得听之。又待了片刻，玄殊寻思了一阵，忽然面色微变，说声："我们走吧。"便同起身。

行前，金蝉想起仙柬小册数日不曾开看，也许妖人姓名和应敌之法已全现出，便暗中打开一看，见上写"一切均听玄殊仙子主持"，别的全未提说。经此一来，更生信仰，连英男也不再催走。当下由主人领路，由桥陵后洞飞出。三人这才看出主人的法力和后洞的难走。原来那条洞径长二十余里，出口之处是一危崖下面的古树，树腹中空，只有尺许方圆一个小洞，看去直似狐兔窟穴，休说是人，稍大一点的野兽也钻不进。入内丈许，便为泥土堵塞，后面更有好几层禁制。虽经主人事前把禁法收去，但由所居石室走出不远，便入洞径，由此便和盘蛇也似，螺径弯环，上下曲折，一路蜿蜒，通往出口。最宽之处，不到二尺方圆，里面歧路纵横，便是伏地蛇行，也飞钻不过去。

起步时，主人领了三人，走到尽头崖壁之下，道声："献丑。"扬手发出一股乌油油的光气，先期洞中飞进，再纵遁光。那么坚如金玉，小才尺许的入口，前面乌光所到之处，山石立时膨胀，往四面撑开，现出丈许大的一条圆径。宾主四人鱼贯同飞，回顾来路，离身丈许，随同遁光过处，便自合拢复原，仍是尺许大小一条蛇径，四面山石不见丝毫碎裂之痕，也未听见响声，比起林映雪穿山地行之法更强得多。金、朱二人看出此是旁门中最高穿山地遁之法，并非幻景，全仗本身功力，化刚为柔。所过之处，无论玉石金铁，全被所炼罡煞之气往外逼开，现出道路，过后仍使复原，以免现出形迹。照此情势，非有千百年的苦功，不能到此境地。分明是一位法力极高的旁门中老前辈，偏是那么谦和，始终以同辈上客之礼相待，又如此尽心相助，心中感激，更加敬佩。

朱文正和金蝉、英男互用传声谈论称赞，忽想起目前群仙劫运。有许多出身旁门的散仙，因为以前经过一两次天劫大难，各自警惕。有的改行向善，转投正教；有的得道年久，素有声望，不愿自卑，隐居深山古洞和辽海荒僻之区，苦心虔修，为末次天劫打算，期前再行设法，或是准备应劫的仙法异宝，连结同道合力抵御。这一种人最多，但都自满好胜，耻向外人低头，除却自知无幸，拼转一劫，先期兵解而外，便能脱难，本身道力元气也必损耗大半。还有一种，虽在旁门，以前并无恶迹，劫后余生，更知谨畏，仗着和正教中人纵无深交，也无仇怨，向无恶名在外，容易亲近，于是运用玄功，推算未来，事前设法与正教中人交往，以便到时求助。平日多结好感，遇见对方有何为难之事，便以全力相助，以为异日同共患难、助人自助之计。这一类人为数不多，多半得道多年，法力、行辈均高，早把未来之事计算停当。而所交正派中人，本就知他为人，遇事再一互助，于是感情越深。不特投桃报李，理所当然，而且对方日与正人交往，也渐水乳交融，成了同道。一旦大劫临身，便得大助，终于转危为安，并还舍旧从新，成了正果。主人也许便是这类高明之士。照她这样为人，休说此次蒙她全力相助，同仇敌忾，便无此事，他年有事，也应约上有法力的同门，助她脱难，才是道理。

正寻思间，已同飞出树腹，到了外面。玄殊忽然笑道："贫道以前身世孤寒，中间误入旁门，备历艰危苦难，始得脱离左道，勉修仙业无奈根骨、福缘俱都浅薄，中受恶人欺凌，隐痛甚深。等到去邪归正，身已化为鬼物，又费一甲子苦功，始将魂气凝炼，才有今日。回忆前情，实是痛心。在未将旧日躯壳消灭以前，自惭形秽，从不敢以本来面目见人。加以出身左道，人鬼殊途，与正教中人无多往还。虽有几个玄门知己之交，多已道成飞升。此次出头多事，本出意料，一半固为记名弟子林映雪苦心所感，一半也由于那两个极恶穷凶的妖邪二次出世，后患堪虞。自知力薄，虽然心动，先还不敢轻举。只想勉为其难，将三位道友引开，暂时不与妖邪对面，并没想到未来之事。后遇谢璎道友代传忍大师之命，得知前因后果，这才拼耗元气，暗中推算，借此时机，为三位道友少效微劳，稍泄昔年之恨。事出无心，原未想到未来安危和自身打算。现蒙三位道友盛意，这才想起，三次峨眉斗剑前后，各派群仙均临大劫，贫道是否在劫尚还难知。将来如蒙诸位道友相助脱难，岂非万幸？即或不然，以后借重之处当必不免。可见天道好还，助人者实以自助。只要行其心之所安，并无须先事图谋，用甚心机哩。"

朱文听出弦外之音，自己才一动念，对方已全知悉，法力之高，可想而知。不禁面上一红，方要开口，主人笑说："我们走吧。"随纵遁光，一同飞起。三人此时早已改了观念，全听对方主持，不再多言。暗中查看，见初飞起时，只三人遁光连在一起，主人仅将手一挥，身形立隐，化为一片与前在雪山上空所见相似的黑影，轻烟蒙蒙，笼在遁光层外，随同飞行。双方虽是一路，一个鬼魂炼成的旁门中人，对那强烈的遁光竟能以元精笼罩在外，不稍避忌，实是从未见过，越发惊佩不已。飞了一阵，才听耳旁说道："三位道友不必介意，贫道并非班门弄斧，只因由此去往依还岭，沿途尚有几处妖人巢穴。除华山派烈火祖师师徒多人而外，另有一个强敌也是隐迹多年，新近才由古陈仓山峡之内冲破前人禁制，裂山而出。此人名叫褚南川，乃令师妙一真人昔年强仇。彼时真人因看一人情面，未肯斩尽杀绝，只将邪法破去，禁闭山腹之中。曾对他说：'我为投鼠忌器，将你禁闭此山。如能洗心革面，到了禁法自失灵效时，放你出世，仍可弃邪归正，勉修仙业；如若不自悔祸，你的法宝、妖书尚在，用水磨功夫破禁而出，也非不能脱困。但你对我已立誓言，只敢生心为恶，我不杀你，也必有人行诛，使你形神皆灭。

"妖道如何肯听忠言，费了一甲子的苦功，竟将山腹攻穿。当时要往寻仇，刚一出山，便遇黄龙山猿长老，受了妙一真人之托，加以重创。真人本意委曲求全，使其知难而退。无如妖道执迷不悟，怀恨更深，又知猿长老得有一部《火真经》，妄想盗取，暂息报仇之念，正在山中祭炼邪法。近知峨眉诸长老法力日高，绝非其敌，已然变计，准备把《火真经》盗来，先寻对方门人报仇泄恨。我们经过，难免不被发现。这厮虽非西昆仑老魔头与近犯幻波池二妖孽之比，但他擅长邪教中五遁迷踪之法，容易被他鬼混,便仗法宝之力冲破妖阵,也必延时误事无疑。诸位道友与左道中人均不相识,不知底细;加以连经大敌,俱占上风,未免忽略。实则新出世的左道妖邪不算,便是五台、华山二派,如许飞娘等男女妖邪,自从紫云宫、幻波池、光明境三处仙府开建以来,见峨眉诸道友声势越大,法力越高,全都害怕,生了戒心,互约同党,暗中密计,欲乘敌人师长休宁岛赴宴和坐关之机,在诸位道友行道不久,羽毛尚未丰满之际,先用阴谋毒计,群起为难,诡计暗算。由此起,前途不少险阻艰难,到处隐伏危机。诸位道友法力日高,敌人图谋也越急。此行难免与之相遇,为此略施小技,将道友遁光连破空之声一同隐去。行近宝城山五百里内,贫道便分手,许不再现形相见了。"

三人闻言,忙同称谢,并请教益。随听答道:"三位道友遁光太强,纵然行法隐去,无奈前途敌人厉害,除用邪法观察,只要有正教门下飞过,立起为难而外,内有两人并用邪法收来两极元磁真气,炼成妖针,遁光和飞行之声虽然不能查见,照样生出感应。以三位道友的法力固无所畏,但当此应援紧急之时,何苦多生枝节?贫道所用虽是旁门小技,对待他们却是正好,无论相隔远近,绝不至于被他识破。不过法力浅薄,本身真气之外,尚有法宝相辅而成。现在无暇奉陪长谈,好在相见不远,等到幻波池群仙开府取得宝库藏珍之后,专诚拜贺,再相见吧。"三人闻言,才知群邪声势浩大,凶焰日高,连本门隐身之法,均不免于被其警觉。想起师长仙示所说前途荆棘,来日大难之言,不禁心惊,随口谢诺,加急前驰。

不消多时,宝城山已然在望,相隔约有五百来里,忽然迅雷大震。玄殊笑道:"三位道友,好自为之,行再相见。"说罢,黑影一闪不见,问话已无回应。三人只得照着所说,往宝城山飞落。刚一飞过山顶,便见对面依还岭上烟光杂沓,邪雾蒸腾,时见一幢幢的火花,宛如正月里的花炮平地拔起,上冲霄汉。当中飞起一团数亩方圆的慧光和各色飞剑,精虹电射,纵横飞舞,与数十百道奇形怪状的妖光,互相追逐争斗。地面上涌起一片五色淡烟,太乙神雷连珠爆发,数十百丈金光雷火上下交织,霹雳之声,震得山摇地动。满天空的云雾已被映成无边异彩,变幻不停。看出慧光正是李英琼那粒定珠,几个男女同门在珠光笼罩之下,各指飞剑、法宝,与敌人恶斗方酣。整座依还岭,已在太乙五烟罗笼罩之下。想是妖法厉害,众同门均仗慧光防身应敌。只英男新收弟子火无害，化为一个猴形小红人，往来飞舞，出没敌人阵中，扬手便是一蓬烈火，万道毫光。钱莱、石完同在太乙青灵铠所化冷光笼罩之下，随同助战，往来飞舞，时隐时现。这三个后辈门人也真厉害，所到之处，不是对方抵敌不住，吃亏败逃，便是邪法厉害，刚追近身便吃遁去。急得为首诸敌暴跳如雷，咒骂之声，隐约可闻。

三人忙运慧目法眼，定睛一看，慧光下面，只申若兰等有限几人，英琼并不在内。看神气，好似英琼尚在幻波池内帮助癞姑坐镇，一同防御根本重地。因为邪法厉害，故以心灵运用，发出佛家定珠慧光，将应敌诸人护住，各用飞剑、法宝向敌还攻，又将太乙神雷往外乱打。同时再由火无害等三数人，仗着本身专长和法宝防身，扰乱敌人妖阵。再看敌人方面，竟有百余人之多，高矮胖瘦，男女都有。除为首四五人外，大都赤身露体，各有一片暗紫色的妖光紧附身上，似在安排阵势。不料火无害等三人此去彼来，出没无常，其疾如电。不是将所持妖幡法器抽空破去，便是冷不防由地底冲出，打伤一两个妖徒，忙即入地遁走。因为太乙五烟罗挡住，隐遁又快，敌人无奈他何，空自飞行追逐，一个也未追上。照此情势，分明先有成算。虽料无害，但见敌人声势强大，非比寻常，又比上次群邪初犯幻波池要多好些。为首两个道装妖人一老一少，面相均颇清秀，但都残废。老的一个，一足已断，坐在形似风车的法宝之上，指挥应敌，飞行虽极神速，神态还较安详。另一道装少年，生得面如冠玉，十分英秀，在一片紫色浓烟簇拥之下，满阵飞舞，追逐火无害等三门人，飘忽若电，自膝以下，全被浓烟挡住。因见妖徒连番失利，火无害等三人隐遁神速，苦追不上，邪法无功，急得不住厉声怪啸，声如狼嗥，神情十分暴厉。

金蝉想起鬼仙玄殊曾说二妖人怀有折足之恨，默运玄功，仔细查看，果然少年妖道双足连腿断去尺许，只剩膝下数寸尚在。心想："那么高的邪法，纵令伤处被师祖和极乐真人炸成粉碎，无法连结，随便寻上两条人腿也可接上，如何这多年来海底潜修，尚是残废？"心正沉思，后见火无害等三人每一出手，必有一二妖徒受伤，就这几句话的工夫，少说也有四五十个妖幡、法物被毁去。按说火无害所炼真火何等威力，便钱莱、石完二人所用仙剑、法宝、石火神雷均非寻常，敌人只一受伤，便无幸理，可是妖徒不曾减少。再细查看，原来那些妖徒竟是气体凝结而成，看与常人无异，及被三人真火神雷打中，当时受了重伤，有的炸断头和手足，只剩残尸，有的竟被火无害的太阳神光线和石完的石火神雷炸成粉碎，不知怎的，一经打中，便听一声悲啸，倒地化为一股浓烟，电也似急往旁遁去。火无害等三人原仗天赋本能和法宝防身，乘隙发难，仗着太乙五烟罗可以阻隔防护，一面骤出不意，扰乱敌人妖阵；一面更须防到为首众人的追逐，自然无暇穷追，一经得手，立时遁去。受伤妖徒所化浓烟，由雷火丛中激射逃出，到地一滚，便复原形，看去只是元气损耗。有那连经数次打击受了重伤的虽然复体稍缓，结局依旧复原，重又猖狂起来，争先布阵，无一后退，人数一个也未减少。

为首妖人共是七个，除那一老一少似是东海二凶而外，内有两人，上次曾随群邪来犯。只有一个中等身材的红脸妖人和两妖僧不曾见过。邪法异宝均具惊人威力，东海二凶更是厉害。他们见敌人仗着宝光护身，先立不败之地，所用法宝、飞剑、太乙神雷均具极大威力，众妖徒仗着独门邪法虽然未死，但已连受重创，元气大耗，吃了不少苦头。敌人守在宝光之下，却是丝毫未受损害。另外三个敌人，更是神出鬼没，时隐时现，所设妖阵受其扰乱，始终不曾布成，徒党吃亏更甚。同来妖党，并有两人被火无害用真火笼罩，等到赶来救援，已被炸成粉碎，形神皆灭。追又追他不上，怒火中烧之下，便不再穷追，一声怒吼，突由身上各透出一条紫阴阴的人影，晃眼暴长数十百丈，宛如两个奇大无比的巨灵飞舞空中。

紫影所到之处，占地竟达数十百亩，各伸着一双数十丈长的魔手，满山乱抓，动作如电，猛恶已极。火无害等三人虽然照常出没，看去情势已极危险。那么强烈的真火、神雷，妖人元神所化怪手竟无所畏，火无害等三人已有两次差一点没被抓中。金蝉等三人见状，全都大怒，玄殊又未回来，觉着申若兰等慧光护身尚可无虑，火无害等三人却是危险已极。正在商议，再待一会儿，不等玄殊归告虚实，先往应援，猛瞥见幻波池中飞起青荧荧两道冷光，中间夹着一点豆大如意形的紫色灯焰，电也似急，朝当头一条紫影电射过去。刚看出是方英、元皓带了英琼紫清灵焰兜率火出来助战，心方略宽。同时猛听"格格"怪笑，突由地底冒出一个七窍喷烟、大如车轮的怪头，直朝火无害等三人扑去。

要知大闹幻波池，开启宝库藏珍等许多惊险新奇情节，请看下文分解。

第三一八回　合璧仗双心　离合神光同消黑眚
　　　　　　　　分身防大敌　纵横剑气独朗慧珠

　　前文说到金蝉、朱文、余英男三人由小寒山急飞依还岭，行至川、藏交界大雪山上空，飞入天空玄霜冻云层中，被女仙玄殊用法力引往桥陵圣墓，留住数日，指点未来之事，因而得知小寒山二女门下鬼奴，乃谢琳新收弟子林映雪，和玄殊一样，同是鬼仙一流。玄殊因为同仇敌忾，欲往相助。起身时，玄殊说起前途有一妖邪，名叫褚南川，前被妙一真人禁闭古陈仓山峡之中，近已脱困而出，遇时必定寻仇。并说敌人已到依还岭，与癞姑、李英琼开始斗法，惟恐途中延误，亲身送去。并请众人不可直飞依还岭，须在对面宝城山顶降落，相机而动，等其去往依还岭上，探看明了情势虚实，归报之后，再往应敌，方不至于吃亏。说罢，随同起身。到了途中，玄殊先用一片烟光将三人遁光飞行之声全数隐去，行经宝城山，相隔依还岭五百里外，便先辞去。

　　三人落到宝城山，往前一看，对面妖火如织，邪雾蒸腾，太乙五烟罗已笼罩全山。申若兰率领几个男女同门，在英琼定珠慧光笼罩之下，正以法宝、飞剑、太乙神雷朝外乱打，霹雳之声惊天动地。另外火无害、石完、钱莱三人，多仗法宝防身，满阵飞舞，冲荡妖人阵势。众妖徒纷纷受伤，但都是有形无质之物，随同首二妖人于指之处避开来势，连用法宝和石火、仙剑四面猛攻，出没无常。为首妖党共是七人，内中一个年老的一足已断，另一少年两足齐脚弯削去，邪法却最厉害。因见随来徒党受三小弟子神雷、法宝攻打，连吃大亏，突然暴怒，由身上各飞出一条紫阴阴的人影，晃眼暴长数十百亩大小，巨灵恶鬼也似满阵乱抓，三小弟子均差一点没被抓中。金蝉等正在急怒，想再待一会儿，不等玄殊归告虚实，先行应援。猛瞥见幻波池中飞起青荧荧两道冷光，中杂一点紫色如意形的灯花，其大如豆，朝当头一条紫影飞射过去。刚看出冷光中人乃是方英、元皓，带了英琼兜率火出来助战，忽听"格格"怪笑，地底突冒出一个七窍喷烟、大如车轮的怪头，来势极快，离三人身前又近，事前毫无迹兆，突然发难，所喷烟气宛如七股笔直的弩箭，直朝金蝉等三人头脸上喷来。

原来正当金蝉等三人遥望依还岭观看出神之际，以为本门隐形神妙，敌人多高法力，均难看出，便用邪法试探，也只探出一点感应，并不见人，离敌尚远，一时大意，未用传声问答，致被妖邪查听出语声所在，冷不防施展邪法，将元神所附神魔由地底飞出，猛下毒手暗算。幸亏三人隐形神妙，看不出人的相貌和并立之处，又知敌人均非庸手，隐形之外恐还有别的防身法宝。来敌又惟恐相隔太近，一下撞上，害人不成，弄巧成拙，阴谋邪法虽极凶毒，相隔却在丈许左近，准备一击不中，再相机行事，欲留退路，没敢径由三人脚底冒出。而金蝉、朱文均有至宝防身，遇见敌人暗算，每能自生感应。最具妙用的是那玉虎，遇见邪法暗算时，不由宝主人主持发动，也能发出大片神光自行抵御，先挡一阵。天心双环虽因二人到手不久，发时不是双心合璧，威力妙用要差许多，也能现出警兆。当那七股五颜六色的邪烟朝着三人迎面喷来之际，金蝉胸前玉虎自然大放毫光，将其敌住，挡了一挡。

三人立时警觉，百忙中误以为隐身之法已被敌人窥破，怒火头上，便不再行法隐身，各指飞剑朝怪头夹攻上去。仗着法宝之力，虽未中邪受伤，但发现时朱文立得较前，玉虎神光照例先护主人，非经行法运用不会发出全力。尽管金蝉应变神速，就这瞬息之间，朱文、英男已闻到一股腥秽之气，其臭难闻，如非功力深厚，几乎晕倒。不由大怒，见金蝉一面运用玉虎神光防护三人，一面已将霹雳双剑发将出去，二女也各把飞剑相继发出，满拟这类邪法手到可破，绝禁不起仙剑威力。谁知那怪头原是千年前古墓中的一个大骷髅头，本已岁久通灵，和地底收敛的黑眚之气相合，阴毒非常。后被妖人褚南川费了不少心力将其收去，重用邪法炼成神魔，已是有形无质之物，大小变化全可由心运用，凶威越盛。自从陈仓山峡破禁逃出，被黄龙山猿长老加以重创，心中恨极，复仇之心更急。

这日正要赶往峨眉相机暗算，途遇五台派妖妇万妙仙姑许飞娘，说：

"道友脱困不久,对于目前形势虚实尚不深知。照此前往,万无胜理,首先那凝碧崖就无法攻进。"随把峨眉开府经过,以及敌人近年的威势,详细说出。又说:"与其作那有败无胜的冒失举动,不如趁着敌人师长闭关,一班门人正各开辟别府,羽毛未丰,难关重重之际,分别暗算。只要把主要的去掉几个,将来报仇便少好些阻力。"妖人闻言,才知今日形势已非昔比,枉用多年心机炼成神魔异宝,满拟可致仇人死命,不料对方法力比他更高,又急又恨之下,便向求教。飞娘说:"我也是怀仇多年,不敢轻举妄动。近得一前辈女散仙之助,仗她一件至宝,观察敌人的动静,了如指掌。看出依还岭不久有事,前往寻仇的人虽有东海双凶师徒和几位隐居海外多年的有名人物,论起法力和这多年来所炼法宝,个个厉害,但结局恐仍不能成甚大功。不过这班小狗男女本是末学新进,因为人多势盛,又得有好些奇遇,仗着几件前古奇珍,专与旁门中人为难,全都骄横自恃。听那前辈女仙说,此数十年中,因为峨眉师徒树敌太多,到处荆棘,又以正统自命,好大喜功,明知门人功力不够,偏令其自辟别府,独立门户,在外修积,就便考察他们道力,表面借此激励,实则开府时碍于情面,所收门人太多,高下不齐,意欲借此淘汰,此后当有不少伤亡。敌人已然明言,听其自身修为,以各人道行定力排除万难。最好不与正面为敌,只在有人向其夹攻之时,暗放冷箭,以免胜之不武,不胜为笑。万一时机巧合,将他门下号称三英、二云、七矮、四大弟子等著名恶徒除去几个,不特可挫仇敌威名,扫他脸面,并还可将他们法宝、飞剑得来,好些益处。"

随将最近峨眉小辈群仙的动静虚实,一一指明。并说:"你不必存甚奢望。现有三个小狗男女,日内将要往返大雪山和古陈仓附近。内中一个男孩,便是你那强仇大敌的累生爱子。同行二女,一是三英中的余英男,另一个贱婢也非寻常,我最恨她。只要能杀死一个,便可得到众同道的敬仰,认为快事。只是这班小狗男女的师长虽然闭关,不似以前随时出头袒护,但有一些老不死的加以暗助,得信即来,神速异常。这班人僧、道男女俱有,全都法力高强,内有几个贼尼、贼和尚更是厉害,行踪隐秘,不易观察。经我力请,那位女仙为此还耗了一点元气,也只看出三日之后,小狗男女中间飞行的一段。当在雪山上空飞行时,眼看前面冻云之中,飞来了许多厉害强敌,不知何故,忽然失踪。又隔三日,忽在桥陵前面空中出现,同行还有一个女鬼,也是一闪不见。仅算出是往依还岭应援,却在宝城山顶先行降落。道友如自信得过,可照我所说,沿途跟踪寻去。如查不见形迹,可在宝城山顶落下,留神查探,当可有望。"

妖人不知妖妇故意激将,使其暗助东海双凶,以分敌人兵力,竟为所动,便照所说,到日赶往桥陵。还未到达,遥望前面空中,果有极强烈的遁光飞行。正待急追上去,忽然不见,声影皆无。这才看出敌人厉害,飞娘所说并非虚语。想起初次困便遇猿长老,吃了大亏,这几个敌人年纪虽轻,单这剑遁已有如此威力,那几件仙府奇珍当更厉害,不由挫了一点锐气。虽觉对方不是易与,但一想到前仇深重,怨毒多年,仇敌现成一派宗主,声势浩大,仇已无法再报,难得这三人中便有他爱子在内,如能就此除去,多少也可泄恨。念头一转,凶心又起,忙照预计追去。

妖人阴险刁狡,平日专说大话,每到切身利害关头,便多顾忌。初见三人遁光,本就怀有戒心。到后发现依还岭上恶战方酣,双方均有惊人法力和诸般异宝,这等险恶的场面尚是初见,尤其当中那团慧光是件佛门至宝,妙用无穷,敌人仗它防身,先立不败之地。再想起飞娘所说女鬼,未言姓名来历,颇似昔年一个对头行径。当三小敌人隐形之前,曾见空中似有淡烟飞扬,遁光强烈,也未看清,后便不见。此时想起,正是昔年所害冤魂。如若是她,岂不尽知自己虚实?但盼她与仇敌道路不同,无颜再与联合才好,否则事更讨厌。一时举棋不定,为难了一阵。正查看不出敌人踪迹,后因金蝉等三人久候玄殊不来,遥望依还岭上情势逐渐危急,一时大意,只顾指点议论,意欲不等玄殊归报,先往应援,妖人恰在前面不远,当时听去,才知敌人隐形观战,在此已久。因拿不定那冤家对头是否也在一起,又等了等,听出共只三人,并无冤魂在内,再一想起前仇,立时下手。

妖人也真狡猾,又精地遁之术,听出敌人语声以后,先就隐入地底。一面运用邪法,向上查听;一面暗放冷箭,先不出现,却将所炼神魔由地底飞出,冷不防朝敌暗算。满拟所炼神魔乃千余年前妖魂,具有奇毒无比的黑眚阴煞之气,再经多年苦炼,已与本身元灵相合,成了第二化身,凶威绝大,变化多端。能一举成功,自是极妙,否则,这类有形无质的凶魂煞气大小由心,随分随合,敌人法宝飞剑多么厉害,也只防身,想要除去,绝非容易。经此一试，当可查知对方强弱。如有胜望，便把本身元神飞出，与之相合，稍见不妙，立时飞回，地遁逃走，敌人多高法力，也追不上。自以为是退路打好，有胜无败。万不料敌人法宝如此神妙，眼看骤出不意，必要中邪晕倒，忽然放出万点银花，千重灵雨，毫光电射之下，神魔首被阻住，敌人随即现身，发出四道剑光，上前夹攻。内中一道，亮如闪电，威力更大。如非多年苦炼，神魔也擅玄功变化，随着敌人剑光纵横交织之下，分化出大小百数十个同样神魔，一面环绕敌人上下飞舞，一面乘隙进攻，稍差一点，早为所灭。就这样，元气也损耗了不少。不禁心中惊疑，急怒交加，进退两难。

金蝉等三人见那怪头七窍喷烟，形态狞恶，剑光到处，眼看斩成两片，转瞬又复成形，越来越多。正打算把天心双环、离合神圭放出一试，就这应变瞬息，先后三两句话的工夫，忽听耳旁有人说道："这妖孽便是齐道友昔年误放的凶人。本身现藏地底，颇具神通，身旁并还藏有妖书和几件邪法异宝，均甚凶毒。因其为人阴险无耻，狡诈非常，不是看出有必胜之望，不肯轻易现身，除他甚难。英男的南明离火剑威力太大，妖孽已有戒心，再将双环、神圭放出，定必惊走，万万不可。速朝西北方我所现幻影分头迎敌，只留朱文与之相持，妖孽定必生心，将本身元神飞出，妄想乘机下手，把朱文擒去，自然有人制他。金、余二人再返回夹攻，便可除此大害，往依还岭应援了。"语声似一老妇，听去极远，但又字字真切，知是一位前辈女仙暗中指点。同时西北方果有两妖人出现，凌空飞来，忙即依言行事。

朱文装出受那群魔环攻，独力难支，且战且退。跟着，又将飞剑招回，相助防身，故意大声疾呼："蝉哥、余师妹，快些回来，邪法厉害，我三人不可分开。"说时，金、余二人已和幻影斗在一起，方觉那幻影竟和真的一样，所用飞剑、法宝均非寻常，只不说话，不禁惊疑。妖人褚南川藏身地底，虽然打好主意，天性多疑，仍在盘算顾虑，又要报仇，又怕敌人身藏至宝。果如飞娘所言，灵峤玉虎已是神妙，那前古奇珍天心环又是专一克制神魔之宝，未见取用。正想再待一会儿，看其是否有此法宝，再定进止。猛瞥见西北方飞来两道遁光，中现两个非僧非道的怪人，法力颇高。对面三敌忙即分头迎上，神态似颇惊慌。内一少女稍微落后，已被大群神魔围住。虽因敌人飞剑、法宝防护严密，不曾受伤，势已不支。暗忖："听飞娘说此女便是金蝉之妻朱文,天心环如在手内,早已放出,怎会至今不见施为?也许被人借去,伎俩只此,现出力竭技穷。下余两敌,一个持有南明离火剑,已难近身;一个更有灵峤玉虎防身,绝难加害。难得有人相助,莫如混水捞鱼,先将此女摄走,好歹不虚此行,人宝两得。"念头一转,因见朱文防身宝光颇具威力,神魔又为南明离火剑所伤,一面更须防到金蝉回援,用玉虎神光将其护住,白用心思。一听朱文大声疾呼,奋力突围,想与金蝉会合,退出老远。同时瞥见新来两怪人竟非金、余二人之敌,也是且战且退,已被追过岭去,除却双方飞剑、法宝隔着岭脊,在空中起落追逐而外,人已难得现形。金、余二人似与来人仇恨太深,一味前攻,对于身后同伴连声呼救尚未顾及。既觉机不可失,对于朱文又起了邪心,觉与昔年所害妖魂相似,勾动旧情,越看越爱。暗忖:"再不下手,等待何时?冤魂既未如己所料与敌一路,有何顾忌?"一时色令智昏,忙将元神飞出地面与神魔相合,经此一来,凶威大增。

朱文先是假败,及见一片五颜六色的妖光拥着一个妖人影子从地上飞起,迎面扑来,一闪不见。随听恶鬼欢啸之声,环绕身侧的无数怪头忽然收去,只剩两个悬空不动,东西相对,七窍中所喷邪气却似十几股瀑布,两下交织,将自己裹在中央,遁光当时便被滞住,上下四外重如山岳,休想移动。知道妖人元神已然飞出,这等厉害,也甚惊心。又恐误用天心环和别的法宝将其惊走,只得一面小心防御,暗收法宝,以备万一;一面暗用传声催金蝉、英男急速隐形飞回,内外夹攻,一举将妖人除去。金、余二人本是做作,当妖人元神与神魔刚一会合,那两条幻影忽然不见,料知大功将成,本要飞回,因方才所闻制伏妖孽的人尚还未到,惟恐打草惊蛇,心中踌躇。忽听朱文传声,想起方才隐形法并未破去,立被提醒,忙即隐形飞回。刚一到达,见所料的人不知何故尚还未到,邪法却甚厉害。暗忖:"方才所闻传声,许是要令自己先发,也未可知。好在这两三件法宝均是专制邪魔的克星,妖人元神和所炼神魔如被制住,地下肉身也易寻找,所重不过是那妖书。只需把火无害和几个会地遁的随便找一个来,当时便可寻见。好容易把妖魂诱出地面,万一时久生变,被他逃去,再想除害便难。"于是互用传声商量,均觉有理。朱文因被邪气裹住,压迫越紧,本觉难于忍受,妖人怪口中又发出一种异声,凄厉刺耳,闻所未闻。连金、余二人听去，也觉心神怔悸，难于自制。看出厉害，一声招呼，同时下手，金、余二人的天心双环首先飞起。

妖人一见两圈心形宝光倏地高悬，各发奇光，相对照射，知道上当。仗着所炼法宝均与元神相合，又都是有形无质之物，隐现由心，慌不迭由怪口中喷出两道妖光，两个怪头立为一，电也似急忙往回来路飞遁。妖人玄功变化本极高强，人更机警，天心双环竟差一点没将他罩住。幸而余英男早已防到，不特早就隐形埋伏在前，并将离合神圭放起，连宝光也行法掩去。妖人百忙中星飞电掣往回飞遁，因为当地已在天心双环宝光笼罩之下，心计又巧，惟恐入网，不敢直往地中飞落，径朝来路藏原身处斜射过去，本是取巧，准备这等逃法可以稍快，元神复体，立可遁逃走。不料刚飞出不远，猛觉一股极大吸力迎面吸来，情知不妙，忙往旁遁，已是无及。那天心双环的青、白二色宝光已同飞射过来，眼前忽又现出一幢乌油油的奇光，将元神困在当中，休想挣脱，弄巧成拙。不由亡魂皆冒，咬牙切齿。刚把心一横，另外一幢紫巍巍、乌油油、中杂五色光线的奇光，突由地上出现，将元神夹在中间，待与先见那幢奇光相合。知是前古奇珍离合神圭，只要被合拢，宝光连变五色，不论人和法宝全被消灭。万分情急之下，仍想舍宝逃生，忙将多年苦炼的几件法宝全数施为，连神魔也拼着一齐葬送，以图逃走。

妖人邪法也真厉害，只见四道各色妖光突由怪口中电射而出，晃眼暴长，五云离合神圭的宝光何等威力，竟被挡开了些。等到两面神圭宝光往起一合，那大如车轮的怪头连那四道妖光虽全消灭，妖魂却被乘隙遁出。妖人以为敌人只当自己元神与神魔相合，神魔已然消灭，自己又是隐形遁走，逃生当可有望。飞出圈外一看，天心双环也是东西相对，互射霞辉，虽未合拢，自己仍在宝光笼罩之下，逃不出去，只暂时还不至于灭亡而已。万分惊惶之下，正以为隐形神妙，还有万一之望，不知冤家遇见对头，早有仇人暗中主持离合神圭。只是伏诛以前，多饶上的苦头，元神早在宝光禁制圈内，不过敌人受有高明指教，想取他一件东西，等其吐口，尚未下那杀手而已。

妖人终是修炼多年，见多识广，稍微观察，便发觉形势不妙。再一细看，隐形法早被宝光照破。敌人三面对立，先见神圭已二次飞起，只未进攻，相对微笑，似在传声问答。断定凶多吉少。想起形神皆灭之惨，心胆皆寒，忙朝金蝉跪下，哀声哭求道："我与令尊妙一真人原是故交，只为一事生嫌，致成仇敌。他复将我困在古陈仓山峡以内，并未加害，可知还念旧情。我那里藏有他一件东西，尚未奉还。别的不求，望你看在令尊份上，也不求放，只免将我擒往峨眉仙府，听凭令尊发落。我便将他多年想要收回的东西，由我取出奉还。我固能保得残魂转世，从此改邪归正，便道友也是奇功一件。你看如何？"

金蝉还未答话，忽一少女接口怒骂道："你这狠心昧良的妖孽，在做梦呢！你看你那造孽无穷的臭皮囊，今在何处？恶贯已盈，还在妄想逃命不成？"随听一声轻雷过处，离合神圭光幢前面突现出一根木柱，青光闪闪，长约丈许，凌空而立，四外均有黑烟环绕，柱上钉着一个妖人尸首。女仙玄殊忽现身形，手指妖魂喝骂。紧跟着，地底又有一溜黑烟飞出，一闪即收，现出一个丑女，先朝金蝉等三人礼拜道："弟子林映雪，拜见三位师叔。"随对玄殊道："果不出恩师所料，那玉匣果藏在他老巢地心油泉眼内，如非大师伯所赐旃檀灵符，休想取出。且喜大功告成，幻波池形势已急，无须再对这厮拷问，就此除害，免得多生闲气。"

妖人自从二女相继出现，越发面现惊疑之容。听完似知无幸，又朝金蝉苦求道："贵派玄门正宗，不可听信左道妖邪之言。这两个女鬼均非好人。先来那个，好似我昔年对头，以前曾在北邙山妖鬼冥圣徐完情妇、血河仙娘鬼姥鄢妮门下，不知何故，相貌变得这样丑怪。此鬼最是阴柔反复，千万留意，不可上她的当。令尊想收回之物便与她有关。昔年令尊为想救她改邪归正，曾费不少心机。彼时令尊尚未成道，此女也还未死，令尊见她才貌双全，几乎为她所迷。此女因以前对于令尊负心，兵解之后，又入血河鬼姥门下，无颜往见。后来此女虽由鬼姥门下逃出，但她有一面元命牌和鬼姥禁制元神的三根灯草，以及令尊夫妇所赠法宝、灵丹、一封柬帖，均藏在一个玉匣之内。被我在鬼姥遭劫前三日冒险取来，知那三根灯草关系她将来成败，如不收回，用仙、佛两门大法将其化去，无论法力多高，终无成功之望。再被邪教中人得去，更是永远受制，为人奴役，不得超生。令尊夫妇昔年又知此女生具仙根夙慧，虽入旁门，乃是命中注定的魔孽，非其本心，身世实在可怜，曾说无论她行为如何，多么险阻艰难，也必以全力助她超劫成道。实不相瞒,当初我便以此要挟。令尊不肯杀我,一半固因昔年相识,他为人仁厚;一半也是为此顾忌。我因令尊法力在我之上,恐被夺去,曾设疑兵之计,照样制成三个玉匣,并用法宝炼过,使其形式、大小以及玉里映出来的鬼火萤光,连同三根灯草所打符结的痕影,全都一样,分藏在三处地心火泉眼中,其实全是伪物,真的不在其内。方才所说,乃我故居藏处之一。地心之下,除藏有大量火气油水而外,并有大量毒烟与阴煞之气,稍微激动,立时火山爆发,引出巨灾,多高法力,也难犯此奇险。即便取出,仍非原物,有何用处?好在我无他望,只求将我擒送回山,听从令尊夫妇处治。我虽多此一线生机,与你也有益无损。果真该死,令尊绝不会放我逃命,有甚相干?如你不听良言,我肉身已被仇人制住,元神又禁宝光之内,固是必死;但我形神俱灭,瞬息之间,此鬼也必与我同归于尽。令尊对此女鬼颇为爱重,绝不念她旧恶,以前百计千方苦心爱护,又曾累次声言,将来非要救她脱险不可。此时分明有可生之机,被你三人错过,不特没有助她超脱鬼域,反使灭亡更快,令尊夫妇岂不怪罪?先前原想求你三人恩施格外,将我擒回山。现我肉身已被仇人用天狼钉钉在太乙神木之上,即便令尊饶我,也成残废。自知罪孽深重,此鬼先容我不得;你们见我元神复体,也未必放心。如今只求将我元神禁入离合神圭以内,免得疑我逃走,我那肉体任凭诛戮,绝无怨言。但我得道多年,原身曾经苦炼,你们飞剑、法宝虽然厉害,至多杀死,仍难消灭。最好将你本门中的太乙神雷由上而下前后夹攻,将其震散,下手越辣越好,以使你们安心,仇人也可消那多年怨毒之气。等到了峨眉,令尊即便行诛,我也心甘。你看如何?"

三人原因鬼仙玄殊隐形先到,预示机宜,一切全听招呼行事。及见林映雪那等说法,满拟妖人形神全被困住,多年失盗之物又经收回,双方仇恨极深,当必下手。谁知妖人发言时,林映雪忽说要往前面探敌,仍化黑烟往地底钻去。玄殊站在英男身旁,目注妖人,满脸悲忿之容,一言不发。等到妖人把话说完,金蝉暗想:"谢氏姊妹均有极高法力,既探出玉匣藏处,命门人深入地心将其取出,如何仍是假的?妖人所说分明有挟而求,玄殊空自悲忿,不肯下手,可见事关重大,投鼠忌器。现当强敌来犯紧要关头,离合神圭常要应用,如将妖魂禁在其内,大是不便;就此除去,又恐果如所言，使玄殊受害。听妖人之言，父母、师长和玄殊交情颇深，越发不敢造次。"

金蝉正拿不定主意，玄殊忽然冷笑道："无耻妖孽！依了白谷逸道友夫妇，你这无耻昧良的妖孽固早伏诛，我也早有成就。只因我那恩人夫妇宅心仁厚，顾念旧交，虽然对你痛恨，仍想苦心保存，使你终有一日悔祸回头，将玉匣交还，饶你一命。又因此时你得那老妖妇之助，事前用邪法迷踪，并将禁我真神的玉匣用邪法封闭，非我本人到场，用正邪双方法力和四十九日苦功，不能破禁取出，将其好好化去，使我本身元神不致遭受危害。彼时齐道友夫妇虽是累世修为，未来一教宗祖，毕竟转世年浅，前几生的法力尚未恢复，正以道心毅力，苦斗邪魔，每日勤修内功外行，危机密布，强敌四伏。几次救我脱难，均在万分忙迫之中，并还为我误了两次大事。急切间无暇运用玄功破法推算，而我又因愧对良友，心怀不安，尽管照他期许，守我心志，最后情势危急，竟将我平素最爱惜的原身舍去，方欲转世重修，再与相见，不料又被血河妖妇强行收去。虽因心志坚贞，向其力争，在她门下未和别的女鬼一样服那贱役，毕竟仍是一个妖鬼，何颜再与良友相见？一面饮忍，勉习邪法；一面暗中修为。老妖鬼本对我不放心，如非见我资质稍好，意欲诱迫，使我心服，做她传衣钵的弟子，以与妖鬼徐完旗鼓相当，各树一帜，我早受炼魂之惨。

"后来因为怜爱太甚，虽用她妖鬼教中极大邪法，用三根灯草将我元神禁住，却始终不肯像别的女鬼一般看待。不经她本人行法施为，平日简直无甚感应。妖鬼徐完以外，更无第三人能用此草对我侵害。便别的妖邪得去，至多累我难于超劫成道，别无用处。就这样，老鬼还防徐完生心加害，炼一玉匣，连齐道友所赠简帖、灵丹和一道神符全藏在内。并说：她生平对人素少情分，淫恶凶残，直无人理，不知何故，对我爱极，不忍稍微侵害。近年算出运数将终，预兆不妙，偏算不出一定时日。因为爱我，特炼玉匣藏此禁物。未来之事难料，如肯回心转意，在她应劫以前传授衣钵，此匣自能随意启闭。否则，只有正教中的纯阳真火与太乙神雷，能将其破去。因我向无恶行，正教中人绝不至于加害。等她遭劫之后，可持此匣，寻一法力高的正教中人，请其用本身纯阳真火将匣打开，再用四十九日苦功将灯草化去，便可如意转归正教。如用太乙神雷，玉匣虽破，多年苦炼的元神必遭毁灭。破法时，必有感应，非本人在旁不可。好在恩人夫妇俱都怜我遭遇，平日还在百计尽心，况当存亡祸福关头，定必出力无疑。除此一线生机，是她为我所留，别的同道，便把此匣得去，也难运用。也全仗此一来，我才得以鬼魂遁入桥陵，炼成形体，与生人无异。只因愧对良友，一面毁容易貌，一面照她所说苦志潜修，打算于万分艰危之中，以旁门法力炼到功候，再往相见。

"不知此匣被你乘人于危，诡计骗盗了去，并蓄有阴谋，以为鬼姥言行如一，绝不加害。恩人夫妇寻我不见，而又投鼠忌器，才将你禁闭陈仓古道山峡之中。一晃多年，不曾再见，近始得知你已逃出，非但不曾悔祸，反倒变本加厉。你也不想想，凝碧崖开府时，海内外左道妖邪想要乘机暗算的不知多少，不是当时伏诛，便是知难而退，你有多大本领，妄想以卵敌石？我早就想要寻你，了断以前公案，只因知你阴险狡诈，那玉匣三个藏处尽管伏有危机，使人不敢轻取，也许真的一个仍不在内。盘算多日，才和我记名弟子林映雪商议停当，仗小寒山谢家姊妹之助，料你复仇心甚，向来虎头蛇尾，口发狂言，稍见不妙，立时退缩，特在三位道友归途，故意显露一点形迹，以为引逗。恰巧你受妖妇许飞娘愚弄，意欲避重就轻，误认后起的人好欺，赶来暗算。我师徒早有准备，将你元神诱出原身，困住以后，再由映雪出面设词相试。其实，你那三处假地方她并未去，本还拿不定真匣藏在何处，也是你方才情急偷生，自露口风，我才明白过来。你这丧尽天良的妖孽，今已恶满数尽，还不自行献上，临死尚要多受苦痛么？"

妖人先如斗败了的公鸡一般，战战兢兢跪在地上，垂首敬听，不时偷觑玄殊，现出乞怜之容。听完，略一寻思，似知绝望，忽然纵起，戟指骂道："狗泼妇不必太狂！你如知道厉害，答应放我元神，自将玉匣献上；否则，任你恐吓诫探，百计诈我，我不说出实在地方，我死你也休想活命！"玄殊笑道："你当我真不知道么？我先因多年未见，不知你的深浅，为防万一，想使你多受苦痛，迫你献出玉匣，特意托人向猿长老借来一根天狼钉，准备如不吐实，或是元神漏网，无法寻迹，用以制你。不料天心双环的威力和三位道友的神通，竟比意料还高。方才还觉多此一举，后你自露马脚，才知此宝仍是有用。休说你元神已被困住，想借刀杀人，在太乙神雷猛击之下使我同归于尽，无异梦想，便你元神侥幸逃走，遂你邪法阴谋，由太乙神雷将肉身震成粉碎，借此对我暗害，也是水中捞月，全无指望。你虽罪深孽重，我先前并未过分难为你，既是这等说法，且教你多受一点罪孽，看你是否肯说实话？"

说罢，将手一挥，那天狼钉长只七寸，是一钉形蓝光，钉住妖人肉体命门。另有四根黑色长钉，分钉手足于神木之上。突然光华一齐大盛，妖人立时疼得通身抖颤，冷汗交流，元神立受感应，同时悲声惨号起来。挣扎着转跪玄殊面前，厉声哭喊："玄殊饶我，情愿明言，只求少受罪孽。"玄殊正要停手，随听有人接口道："这妖孽万分可恶，不可停手。也用不着他说实话，弟子已将玉匣探明，用法宝护住，只等他罪孽受够就出来了。"妖人一听是林映雪的口音，由原体腹中发出，当时面容惨变，怒吼一声："罢了！狗贱人……"玄殊已接口答道："依还岭双方正在恶斗，虽然无碍，三位道友未必放心。这妖孽已遭恶报，我们适可而止吧。"话未说完，把手一扬，天狼钉突然暴长，妖人头上随起了一股精蓝色的光气，倒卷而下，身后神木青光同时大盛，两下里一合，全身逐渐消融。一缕黑烟，相继破腹而出，落地现出林映雪，手捧一个三寸大小的圆玉匣。玄殊左手接过，右手朝前一招。金、朱二人巴不得早将妖人除去，好往依还岭应援，接到号令，立将双环合璧。妖人形神两俱受制，正在痛苦万分，本想毒口咒骂激怒敌人，以求速死。及见林映雪手持玉匣裂腹而出，原身为天狼钉所发蓝色怪火逐渐烧熔，正觉苦痛难当，玄殊已和金、朱二人一同下手，只咒骂得半声，便遭惨报，形神皆灭。

众人各将法宝收去，会合一起。金蝉等三人因玄殊是前辈鬼仙，父师旧交，先前不知，重又行礼，欲改称谓，并问依还岭敌人虚实，打算赶去。玄殊笑说："不必多礼。依还岭势固紧急，且喜李英琼的定珠慧光具有极大威力妙用，即便妖阵布成也无大害。方才对妖人所说，乃是故意设词，现还不到去的时候。此时如往应援，虽可壮点声势，结局仍是一样。不如等到妖阵布成，再仗三位道友法宝、飞剑之力，带了映雪同去，骤出不意，多少总可去掉几个妖徒，使其阵势多出破绽，容易进攻，并还多延些日，一举两得。我为防备这里诛杀妖人，被对山强敌发现赶来作梗，事前虽曾行法掩蔽，无如道浅力微，对方邪法甚高，仍恐被其看破。两地相隔又近，玉匣又被妖人多年苦功将其炼成一个小玉球暗藏腹中，不易发现。后虽看出破绽，终恐这妖孽诡诈阴毒，稍一疏忽，中他两败俱伤之计，不敢冒失下手。方才还在担心，直到事完，细加观察，才看出山前设有一种极微妙的禁制，我们言动，连三位道友那么强烈的宝光，均被掩蔽。此事奇怪，必有一位老前辈，以极高法力暗中相助呢。"

朱文答道："方才曾听一位老人家传声指点，颇似大荒山南星原卢太仙婆。如我料得不差，这次我们当无败理。"玄殊闻言，脸庞刚露惊喜之容，忽听一老妇传声说道："你们莫把事情看易。我这两次不过适逢其会，为了好些原因，并不能十分出力。明日子夜，才是你们紧急关头。玄殊所说有理，如稍晚去，虽无大用，釜底抽薪，到底也好一些。方才因恐东海双凶发现你三人在此，经我行法掩蔽，才得无事。此时禁法已撤，已可看出全景。如非李英琼近来功力大进，将佛家定珠炼成第二元神，分身出战，早已难支。玄殊此时不宜往幻波池与峨眉诸弟子相见，妙一真人夫妇虽已回山，尚有要事未了。乘此闲暇，何妨到我南星原一晤呢？"

众人听果是卢妪，早同下拜。玄殊听完前言，首先喜问道："听卢老前辈语音，颇与三百年前弟子在紫金山所遇那位以元神神游济世的前辈女仙相同。彼时曾蒙指示玄机，约有三百年后当图再见，不知是否一人？卢老前辈传声甚远，弟子莫测高深，仙驾现留何处？尚望指示。"卢妪笑答："紫金山下所遇，正我元神所借法身，你倒记得。我此时已返南星原。因我吸星神簪借与峨眉诸弟子，昨日才行收回。恰值门人白癫有事中土，无意中见此宝飞过，收了下来，现在离此千余里的野人山上，用以传声，无论相隔数十万里，均可转达。本欲令你寻他，就便由其引路，方才他又发生一事，不能同行。你只照我传声方向直飞，到了东海尽头落漈边界停下相待。我那南星原远隔东溟，中隔十万里落漈流沙，更有万丈黑风旋飓和神屏天堑之险。你近年法力虽非昔比，毕竟鬼魄炼成，飞行前往，到底费事。你又不曾去过，在彼稍待，自有人来接引。金蝉等三人仍在原地守候，到了亥末子初再往助战。事情还有几天，无须与强敌对手。专一避重就轻，乘隙多除掉几个妖徒，以减妖阵凶威，方为上策。设法缓兵待援，免致激出变故。"说罢寂然。

第三一九回

传语寄心声　迢递关山　眷怀伦好
玄功增智慧　缤纷花雨　独秀英云

五人忙望空拜谢。玄殊立时辞别，先行飞走。金蝉等三人先前只见对面依还岭上妖光邪焰越来越盛，为首妖人的元神化身满空飞舞，出没无常，水中捞鱼一般，整座依还岭都在鬼影笼罩之下，眼看形势危急。方英、元皓忽用太乙青灵箭化为两道冷光，带着一朵如意形的灯花，由池中飞出。刚看出是英琼所发紫清神焰兜率火，妖人褚南川忽放神魔飞出，底下便无暇留意。心虽悬念，不知怎的，竟忘了向对阵仔细查看。先觉邪法虽然厉害，英琼的定珠慧光也越明朗，双方势均力敌，无甚高下。及听卢妪传声，才知前有仙法隐蔽。

玄殊去后，定睛一看，全山已成了一片火海，不禁吃了一惊。同时身边传音法牌忽发信号，忙即行法收听，竟是庄易在依还岭侧面小峰之上发出。说妖阵将成，邪法厉害，已有数人受伤。幸而林寒、庄易奉有密令，预先在依还岭侧小峰之上设有一座法台，专为接应救护受伤同门，才无一人送命。此时又有两同门为敌所伤，仗着凌浑所赐灵符救护退下。本可无事，不料内一女同门万珍，因在开府下山以前通行火宅严关遇阻受挫，留山修炼，自觉本门先进，道心定力反不如几个末学后来之士，心中悲忿，苦炼三年，二次虽得通过玄关，仍是勉强。下山之后，想起前事，未免内愧，又恃身有奇珍，遇敌格外贪功。先仗法宝威力，竟欲冷不防暗伤妖人，妄离慧光层外，致为邪法所乘，身已受伤。庄易救她逃退时，越想越恨，正值二妖徒由身旁飞过，意欲用新得到的两根飞针去伤妖徒，借此泄忿，致被警觉，东海双凶跟踪追来。虽仗诸长老指点，法台之上设有六十四座旗门，防护严密，急切间未被攻破，但那接应所在，已被双凶看破，不时分出同党来此夹攻，妖阵布成，必要大举来犯。受伤同门又有好几个，多半中邪，不能言动。

另一面，还须防到依还岭上再有同门受伤，前往接应。只自己和林寒二人已难兼顾，当地又在太乙五烟罗笼罩之外，踪迹不被发现，还可支持，此时处境，实在危急。为此用法牌传声，请诸同门量力往援，但须避开依还岭正面，由西南方隐形绕去，以防有失。并说邪法实在阴毒，只一中上，人便昏迷，痛苦异常。所备神符、灵丹，只能守护心神，保住中邪人性命，不能当时治愈。如果自问法力有限，千万不可来此犯险。事太紧急，未及指名通话，请众同门得信之后，自己斟酌。

金蝉等闻言，全都愁急起来。心想："卢太仙婆曾令半夜前往，此时尚早，林、庄二人处境现已危急，与其在此枯守，何如赶往相会，助他接应受伤同门，合力照料。天心双环专解邪毒之气，也许能将中邪的人当时救转，岂不要强得多？"正要起身，林映雪道："弟子本来自惭形秽，恐丢家师的脸，不敢先行拜见，只在暗中追随三位师叔，少效微劳。不料前恩师已先泄露弟子行藏，事又紧急，并要收回玉匣，如再隐形，好些不便，这才现身拜见。弟子想卢太仙婆既令三位师叔原处守候，当有深意，最好暂时不要离开呢。"

金蝉、朱文齐说："我们男女同门情胜同胞，一接法牌传声，当时必往相助，绝无坐视。你说的话也颇有理，可代我们在此守候，好在你飞行神速，又长地遁之法，来去方便，相隔又近，遇事往送一信也来得及。如果无事，到了半夜，再寻我们，一同给妖邪一个厉害如何？"映雪恭答："弟子遵命。"三人应援心急，也未往下多说，匆匆起身，往岭侧小峰飞去。转眼飞近，正值东海双凶命两新来的有力妖党，带同几个妖徒，上前夹攻。因林、庄二人所设诸天旗门乃神驼乙休所赐，并有凌浑所赐几道灵符，中藏好些妙用，变化甚多，敌人至今尚未查见法台真实位置，一味施展邪法异宝，四面攻打。

林、庄二人料知危机已临，照此形势，早晚必被试出真相。一面仗着灵符仙法妙用，接连幻化出几座法台，时东时西，忽隐忽现，一座接一座，迷乱敌人的目光，引使无的放矢；一面用法牌传声求救，以免敌人将路隔断，再有受伤同门无法接应。先未想到金蝉等三人就在对面宝城山上，相隔甚近。见新来二妖人俱是和尚打扮，身材矮短，大头圆脸，相貌凶丑还在其次，最奇是所穿袈裟短只齐膝，上面满布翠绿色的鱼鳞，宛如千百只怪眼贴在上面，齐射凶光，也未见有遁光随身，凌空蹈虚而来，远看直似两个身发亮光的怪人。身后还带着几个妖徒，却是黑烟滚滚，随身腾涌，比先来几起敌人势更厉害。又是迎面直飞，仿佛法台已被发现神气。

心方忧疑，正赶金蝉等三人隐形飞到，老远望见庄易在前面峰顶，用本门太清仙法隐蔽法台，正以全力防御，满脸忧急之容。林寒刚由峰壁小洞飞出，也是面有愁容。相隔里许的危崖上，也有一座法台，矗立当地，正受妖人邪法攻打。刚看出那是幻景，忽见二妖僧由依还岭那面率数妖徒横空飞来。那些妖徒都是一般打扮，身材高矮也差不多，方才曾经见过，一望而知是为首仇敌东海双凶门下，不禁大怒。想起卢妪所说，这些妖徒如能伤他几个，便可减少敌人凶威之言，未及与林、庄二人问答，各把手一挥，同时发难。为想一击成功，竟将各人飞剑、法宝差不多全使出来。

二妖僧本是海外群邪中有名人物，因受东海双凶之托，赶来助战。双凶复仇心盛，又见敌人无论男女，个个根骨深厚，美貌少女甚多，先妄想擒几个回山，连施邪法，并用阴谋诱敌。虽然伤了几个，无如敌人动作神速，又有太乙五烟罗防护，可以随意出入，自己这面却被阻住，急切间无法攻破。明见敌人中邪将倒，有那功力较高，虽然中邪，还能勉强支持的，全都遁入禁网之下，只干看着，奈何不得。虽有几个不得过网，人已昏倒，眼看成擒，金光一闪，人便无踪。起初以为敌人身藏防身隐遁的灵符至宝，到时自生灵效。时候一久，几次暗中留神，才看出有人在旁接应，不知用何法宝隐形，既看不出影迹，也不受邪法侵害。人又始终不现，专一接应受伤的人，往来动作比电还快，敌人刚一中邪，立被救走，神速已极。

正想主意，把这人先行除去，万珍忽然轻敌出斗。因是中邪不深，恰又途遇两妖徒由斜刺里经过，妄想乘机报复，致被看出破绽，亲自赶往，行法一试，看出敌人在群峰林立之间设有法台。正想大施邪法，迫令现形，不料双凶一走，李英琼忽以原身乘隙出来助战，运用兜率火打伤了三个有力同党。内中一人，并为紫郢剑所杀。而自己所炼的两件至宝，尚在途中，未经同党送到，这一惊非同小可，急怒交加，匆匆回援。英琼已然得胜而归，仍由身外化身发出慧光，与群邪相持。双凶空自暴跳，无可奈何。一见二妖僧赶到，想起自己这面同党颇有伤亡，敌人虽有几个身中邪毒，均被救走，一个不曾擒到；又因敌人深知他的阴谋底细，防护严密，绝不轻易启闭门户，放受伤人入内，只命能手接应，藏往小峰一带，准备事完救治。如不擒杀几个，恶气难消。自己又不能离开，忙和二妖僧匆匆一说，并命门人引路，一同飞来。

二妖僧也是恶贯满盈，又自恃炼有一身独门邪法，初来不知底细，只照双凶所指之处直飞。同来诸妖徒震于南海大鱼岛万目和尚弟兄威名，以为他们炼就神目，与众不同。不知天性凶横。上起阵来，照例勇往直前，目中无人，误认敌人藏处已被发现，而法台幻景又在小峰之后，由依还岭去，差不多正面直对。这一来，连林、庄二人也当凶僧看破隐秘，一时惊疑，未向金蝉等三人发话拦阻。几下里误会，二妖僧却送了性命。三人本就痛恨妖邪，又见林、庄二人神情紧张，以为来者不善，上来便以全力夹攻。二凶僧虽有一身惊人邪法，但峨眉隐形神妙，事前不曾惊觉。三人又先到了一步，遁光刚停，便将几件最厉害的法宝准备停当，一齐放出。二凶僧无异盲人瞎马，半夜惊窜，前临万丈悬崖，一味猛冲过去，毫未看出。任是多高邪法，也难施为。而那双环一圭，全是邪魔克星，等到惊觉，已被宝光吸住。二凶僧首先被天心双环宝光裹住，一声怒吼，便已伏诛，连元神也全消灭。

同行妖徒本来也全入网，一个飞得最前的，已随妖僧被天心环宝光裹去。金、朱二人看出妖僧颇具神通，打着擒贼擒王的主意，一见落网，惟恐逃遁，忙将宝光合拢。经此一来，自现形迹。余英男对于同门，素来谦退，始而想让金、朱二人下手，自己专断敌人逃路。后见双环合拢，尚有二敌在后，又起贪心，想要一网打尽。一面发动神圭，一面把南明离火剑化为一道朱虹电驰飞出，打算把四妖徒一齐圈住。不料弄巧成拙，前面两个虽被宝光吸入神圭之中，因未往前急追，这班妖徒均是生魂炼成，原身远在东海老巢妖窟之内。妖师早就防到敌人不是易与，来时下令，各把肉身留下，全以元神出斗，以便行使妖法，并免丧失原体。到后虽因敌人仙剑、法宝威力太大，常被斩断，或是震成粉碎，受了许多苦痛，损耗不少元气，仗着有形无质，东海双凶邪法又高，心更歹毒，冷酷无情，只知强迫门人卖命苦斗，哪还管他受甚罪孽，往往逃避不及，受了重伤。在双凶邪法施为之下，残魂余气刚得凝炼成形，又驱出战，虽然不曾消灭一个，当火无害等三小弟兄神出鬼没，满阵飞舞之际，早已吃足苦头，成了惊弓之鸟。一见双环宝光突然出现，二妖僧和前行妖徒首先被消灭，另两同门逃避不及，又被那奇怪紫光吸去，哪里还敢再停，拼着再受一剑之苦，各自惨号一声，被朱虹斩为四段，电驰逃去。那南明离火剑具有惊人威力，二妖徒虽得遁走，元气大伤，不能当时复原，两条妖魂化作四股残烟，逃了回去。

另一面，还有两个妖党同两妖徒，本朝幻影攻打，刚觉是诈，回顾二妖僧率众飞来，忽有两圈心形宝光，和一幢玄紫二色、中具五彩、精芒变幻不停的奇光同时涌现，凶僧和同来妖徒转眼之间伤亡殆尽，内一妖人识得此宝来历，不禁大惊，忙喝同党速退。英男一指朱虹南明离火剑，当先飞到。朱文手中天遁镜又发出数十百丈金霞，电射过来。另外加上一粒乾天一元霹雳子，一声迅雷，紫火星飞，震得天摇地动，沙石尘雾高涌中，内一妖人首被炸死，下余又有两人为雷火、飞剑所伤。金蝉又指天心环和霹雳双剑，红、紫两道剑光带着风雷之声，长虹经天，夹攻而来。群邪心胆皆寒，连声惨啸，怒吼逃去。

林、庄二人见三小师弟妹出手大胜，对山一班为首妖邪明明看见同党伤亡，竟如未见。事已至此，有此三个得力同门，或能自保，心中略宽，便招呼三人同在法台降落。见面一谈，三人才知癞姑、英琼这日正在后洞刚用完功，说起群邪不久来犯，声势浩大，法力虽不如丌南公，同来徒党却甚众多。为首妖人，乃昔年最著名的旁门中凶人东海双凶，邪法甚高。因怀昔年长眉真人与极乐真人削足之恨，东海惨败之后，又将他师徒多人禁闭在东海泉眼之内，受了多年苦难。双凶中蓝敕令毛萧虽然积恶如山，因其阴柔狡诈，机警万分，尚知畏惧天命，每遇极恶穷凶之事，还不敢做得太过分。另一同党名叫章狸，更是凶顽，狂傲任性，为所欲为，毫不顾忌。二人自入旁门，便勾结一起，狼狈为奸，无恶不作。

怨毒既深，又经多年海底潜修，所炼邪法必具专长。门下妖徒均擅分身化形邪法，加以好些有力妖党，越发厉害，防不胜防。详察仙示语气，来敌早晚还要侵入仙府，稍一不慎，便要动摇根本大计。而这班妖邪全部冥顽无耻，不似丌南公自争自傲，不肯做那穷凶无耻之事。应付之间，稍失机宜，不特幻波池仙府受其扰害，并还被他用毒门阴火，将整座依还岭烧成劫灰，引出一场浩劫，均在意中。自己这面，既要分出五个能手防守五宫根本重地，主持仙遁，以备万一，又须分人出斗。来敌如此众多，均有极厉害的邪法异宝。所率妖徒，又都是由元神炼成的有形无质之物，多么具有威力的法宝、飞剑，也只能将其斩断击碎。只要剩下一缕残魂余气，经过双凶邪法施为，重又复原。所布妖阵，尤为凶毒，一被布成，整座依还岭立陷危境。虽有几件仙、佛两门中的至宝可以将其除去，无如这班妖徒来去如电，为数甚多，全数消灭既极艰难，双凶必更激怒，不待妖阵布成，另下毒手，反更难当。最好一面严防，一面借攻为守，用缓兵之计多挨时日，候到援兵相继到来，宝库藏珍也将出现，然后合力下手，一举成功，方为上策。事机瞬息，稍微疏忽，便铸大错。为此十分忧疑。

这日相对盘算人数，到时如何分配，算来算去，都觉不够。就算勉强能够应付，而这班男女同门，除有限几个功力禀赋均高，各有至宝奇珍防身御敌，绝可无害，余者多半均弱。师长仙示，只令沉着应付，以静制动，事未紧急，又不便约同门相助，最好再有几个得力同门，自行赶到，或是李洪这一班人期前回山，才可勉为其难。英琼忽想起方才在后洞用功时，曾见朱文来寻，神情匆遽，因见自己用功正勤，转身飞走，想必有甚话说。每日做完功课，朱文必要来寻，怎连英男也不见面？正想命人往请，忽见门外红影一闪，知是火无害在外。英琼因他得道年久，又是英男新收门人，爱屋及乌，越加看重。加以近来功候精纯，已得本门上乘心法，对于火无害屡次求教，全都尽心指点。火无害知英琼乃三英之秀，又是师父生死患难之交，对于自己格外垂青，入门不久，已得了好些益处，也是感激非常。这时，英琼见他在外守候，竟似求见，只当执经问难，喜其用功勤奋，那么大火性而又得道年久的人，一入本门，竟把初来对敌时刚暴之性去个干净，分毫不曾自俙；对于师长，尤为恭敬。十分难得，早就有意成全。笑问道："火贤侄么？有事只管进来。"

火无害自从拜师，便改了服装，和石完、钱莱一样打扮。三人高矮差不多，情分也最厚，行止常在一起。闻声立同走进。癞姑见石完、钱莱刚由地底现身，笑道："你们有事只管进来，为何鬼鬼祟祟，在自己洞府中也用地遁做什么？可见余师叔他们么？"火无害接口答道："弟子等自从那日听二位师伯谈起群邪来犯之事，知道到日内外隔绝，仙府之中禁制重重，恐难通行，为此连日照李师伯所传，往来出入均用地遁，意欲作一准备。昨日悟出丙火妙用，弟子等三人今已通行无阻，只北洞水宫与弟子本性相克，此时无事自可随意通行，到了御敌之际，五行合运，生出变化，便恐难于通行自如。方才又接卢太仙婆传音说要回山，令速往见。弟子遵命前往，蒙其指点，同了二位师弟回山一试，居然尽悉微妙。并还探出昔年上官红所经后洞密径，好似还有奇景，也许中藏至宝，尚未发现。看出以后，不敢冒失下手，破禁入内，欲来禀告，正值二位师伯入定未起。又因师父被金、朱二位师伯约往魔宫应援，已先走去。此时本山虽然无事，静琼谷关系颇重，洞口未加封闭，恐被妖人路过发现，又生枝节。还有几句话，要禀告林、庄二位师伯，意欲回来，再向二位师伯禀告。到了洞中，仍然不敢自信，又恐仙法神妙，就这片时之间，弟子等走后，水洞密径又生变化，重和钱莱、石完分途地遁前往，再试一次，仍是原样，故来禀告。"

英琼一听金蝉等三人私自离山，去往魔宫应援，不禁大惊，两次想问，均被癞姑摇手止住。听完，忙问："姊姊摇手，又曾开读仙示么？"癞姑答道："仙示日内怎会再现字迹？方才我正打坐，接到眇师姊心声传语，大意是说日内也许有人离山，到时自回，无足为虑。但有一件奇遇应在你的身上，如若发现，今夜子时必须前往。再问何事，便无回应。眇姊姊为人外冷内热，平时拿她说笑，其实我真想她，别远离长，不知何日再见。只是她一向藏头露尾，这等说法叫人气闷。反正为时尚早，到时自会应验，便由她去。真要有事。我们又不是呆子，难道还会弄错不成？此时一听，果关重要。如非蒙她先行通知，岂不连我也吓了一跳么？"英琼才略放心。便问："红儿昔年所行故道，上次丌南公便由此出洞，早已打通，现已禁闭，难道另有一处不成？"癞姑方说："详情我不深知，听口气，小师弟他们三人到时准回，中途虽有枝节，全都因祸得福，余无所知。火贤侄，你法力颇高，更多识见，既然发现后洞有此奇景，可知底细么？"

火无害闻言，恭敬答道："是否另有门户，弟子尚不深知。只那地方正对后洞出口不远的两路分歧之处，壁间现一圆门影子，上有'金门锁钥'四个朱书古篆，清光射目，宝气隐隐自内映出。弟子等三人也曾行法前冲了好几次，连施全力，竟然无用，不敢动强。刚同跪下通诚祝告，请示灵迹，忽听壁中圣姑留音发话，大意说是此与水宫宝库有关，必须李师伯今夜正子时带弟子等三人前往，方可入内等语。至于师父和金、朱二位师伯离山一节，卢太仙婆曾命转告，说是无妨。众妖党来势虽然险恶，但有两位异人也许要来，到时须有人接待。否则，这两人原是路过，因忿妖人骄狂行凶，偶然见猎心喜，稍微出手，给妖人一点厉害，便即飞走，以后有事，寻他便难。这还不说，最可虑的是，双凶正在趾高气昂之际，受此重创，心更迁怒，提前发动所准备的毒计。到时易师伯和一班援兵赶到还好，到如稍迟，受伤人必难救愈。而幻波池中主持人再要不能把圣姑所传元珠化身飞出应战，一被侵入腹地，即便赶救得及，仙府灵景也多损毁。方才发现奇景，又忙着往返静琼谷，行动匆匆，未及推详。现在想起佛门定珠本能化身千亿，李师伯正有此佛门至宝，近日满面祥辉，一身道气，道力高深，更胜于前。圣姑恰在此时现出金门锁钥，留音指示，与卢太仙婆之言恰好相符，不知何故。只令李师伯一人前去，事前并不许多言，好似别位师长不宜随行。便弟子等三人也只在外护法，不许走进。事关重大，还望留意才好。"

英琼还未开口，癞姑忽然喜道："我明白了。此事别位同门暂时非但不能同行，也许还要在仙府上下小心戒备，以防有人来捡现成呢。日前开读仙示和红儿带回来的卢太仙婆所赐柬帖，内有几句语意微妙，又都大同小异。因不许转告别人，也未和琼妹谈起。现经几面对证，细加推详，分明圣姑真神尚留洞内不曾飞升，守护着一件法宝或是贵重之物，等到到时面交琼妹。但是仙机微妙，好些难测。另外必有人窥伺，想捡现成便宜，或是用此要挟，均不可知，而那洞中禁制，又非琼妹以本身真灵不能解破。此时正以全神贯注，自然无暇他顾，故命火贤侄他们护法。今夜无人则已，如有人来，行辈法力必高，绝非庸手。除却静琼谷和仙府五洞，由我和众同门上下戒备而外，索性照着卢太仙婆柬帖暗示，仍用对待丌南公激将之法，使其扫兴而去，便是怀忿也无法下手，方为上策。后洞出口，必关重要，我意令竺氏三姊弟用本门隐形之法暗中埋伏，相机应付。他三人虽然年幼，入门日浅，却前经大荒两位老前辈先后垂怜，加恩指点，资质又均灵慧。不是我夸自己徒弟，老二自从近日服药之后，身上丑皮已快退尽，因此高兴非常，用功更勤。近把由丌南公手里诈来的落神坊，用本门太清仙法重炼之后,连同陈道友和原有的法宝,颇有一点伎俩。反正人不够用,莫如就令他们试上一下,你看如何?"

英琼还未及答,忽见新收爱徒竺声匆匆飞进,手捧一块大如鸭卵,具有五色奇光的美玉,进门行礼,笑说:"方才同两位姊姊往寻火师兄,路遇袁师兄,正说火师兄现有要事,无暇一同炼剑,忽听雕鸣,跟着便见一位姊姊手持此玉,骑一只和钢羽师兄同样大小的神雕飞降。见面交与弟子,说此是师父前在莽苍山所得万年温玉,由玉清大师转借她师父,今已仗它渡了一次难关,特来奉还。此宝虽经佛法炼过,因为她师父待用太急,匆匆借走,虽然勉渡难关全仗此宝,仍未发挥它的全力妙用,还望师父遇机重炼,威力妙用更大。本当入府求见,代师拜谢,因所骑神雕乃白眉老禅师恩借,尚有要事,必须飞回,道浅力薄,沿途恐遇妖邪,非仗这位神雕护送不可,事完再随师父来此面谢,早晚相见,请师父原谅。说完,仍骑神雕匆匆飞走,连姓名也未及问。钢羽大哥送客未归,回来也许由神雕口中能问出一点来历,特来禀告。"

英琼早把温玉接过,闻言大喜。细问少女相貌,连癞姑均想不出是何来历。见那温玉已非红色,形体也比前小,托在手中宛如一团五色灵焰,光彩晶莹,奇辉四射。用太清仙法一试,竟是大小由心,好些妙用。万珍、申若兰一干男女同门也由各处赶来,互相传观,全都赞美称奇不置。癞姑因洞中设有五遁禁制。多高法力也难窥听,便当众发令分头准备。推说方才心灵上有了警兆,虽然为时尚早,自来有备无患,并且群邪不久来犯,先演习一次,以免临事心慌也是好的。随令众人照着所说布置,自己在中宫法台主持,众人各用本门仙法,防守五宫要地、甬道入口和依还岭、静琼谷各重要所在。暗命竺氏三姊弟埋伏后洞口外,钢羽如回,可和袁星升空巡察,如在亥初以前回转,先来一见。分配停当,说好一交亥初,便须各守阵地,不得擅离。暗命英琼到时前往,表面却命英琼带了火无害、钱莱、石完巡行全洞,上下策应,以防万一。一晃到了亥初,神雕钢羽仍未飞回,料有缘故,只得听之。一声令下,众男女同门各往指定地点飞去。跟着,发动五行仙遁,到处烟光杂沓,五行合运。一阵风雷之声响过,重又现出五条甬道,静荡荡的,外人到此,绝看不出一点形迹,只一入内,立蹈危机。癞姑见子时将近,越想越觉当夜来人不似仇敌,否则卢妪仙束不会那等说法，最好到时将其惊走或是激退，不可伤害。重用传声告知众男女同门和众弟子，令其留意。

英琼候到亥末，便带火无害等三人往后洞飞去。到后一看，当地原是一条形如螺径的长甬道，只中间一带有几间石室。右首一间，便是昔年上官红被圣姑引入洞中，巧得道书末几章，因而学会乙木仙遁之处。昔年艳尸崔盈的元神便被禁在内，虽因上官红误翻法牌，无意中破了禁制，艳尸得以脱身，随意通行全洞，但那道书的末几章已被上官红撕去，以致独缺乙木一宫。艳尸只能五行合运，不能逆行使先后天五遁正反相生，木宫威力大减。由此伏下危机，终于被易、李、癞姑和小寒山二女将其擒住，经李宁用佛火化炼，形神皆灭。后来易、李诸人入居仙府，因为仙机玄妙，神碑偈语和师长柬帖仙示的词意好些难解。易静、癞姑得道年久，行事慎重，看出那几间石室仿佛本来是一片浑成玉壁，经圣姑仙法妙用凭空雕成，看形势，理应还有一两间，与之环对成一花形，方算完美，仔细观察，却又不见一点痕迹。而那甬道又弯又长，石室正当两路分歧之处。一条便是上官红所经后洞出口；另一条作弧形蜿蜒而前，到了尽头忽有整片洞壁阻路，无法通行。越看越觉奇怪，几次跪求指示玄机，均无感应。只知两条甬道均随前洞五遁禁制，可以变化移动，余无所知。商议结果，决计暂时不去动它。因此全洞宫室均经三人法力兴建，独这两条甬道除照圣姑所传，平时封闭严密，共只引出丌南公时开放过一次，自来不轻涉足。

当日因火无害受了仙人指点，惟恐不久群邪来犯，上下隔绝，万一需人出入，为五行仙遁所阻，无法通行，特意同了钱莱、石完穿行地底，试探自身功力到了紧急之时，是否能凭火、土两遁随意出入。差不多已将五宫走完，算计癞姑、英琼功课已完，急于前往禀报。正唤钱、石二人同行，石完在前忽然匆匆赶回，说是平日仗着家传仙遁，无论多么坚固的玉石沙土，人行其中，如鱼游水。方才想起后洞一带不曾去过，欲往查探，看其是否和前洞地底玉质一样。谁知前段通行甚易，到了后段，暗中忽生阻力，越往前力量越大。到了尽头之处，发现玉质特坚，不特通不过去，用力越猛，反被震退回来。

后来试出那地方只五丈方圆一团悬在地底，如由两旁和下面绕行，便无阻力。心中奇怪，便发灵石真火试了一下。火光出手，忽想起家传石火神雷无坚不摧，此是仙府地底，并非对敌，如何这等冒失？惟恐神雷力猛，震声强烈，生出反应，又恐各位师伯叔为雷声所惊动，虽然师长未在，不致受责，到底不好意思。念头才动，谁知平日出手便即爆炸，声震天地，整座山崖均可崩塌的石火神雷，这回打向前面，火花一闪即灭，声影皆无。心方惊奇，隐闻一阵极轻微的风雷之声过处，金光电射，耀眼欲花，闪了几闪，重又复原。觉那一带玉质又似有了变化，再往前走，重又通行无阻。忙又跟踪查探，最后升出地面，才看出先见那团带有阻力的整玉，不知怎会移向地上，将去路挡住。乍看仍是整墙，上面现出一个丈许大的黄圈，也无门户。如非家学渊源，事前又在地底查看出好些奇处，必当本来是在地上，绝想不到刚刚移出。不敢冒失，忙即归报。

后洞出口一带，火无害虽未走过，却听英琼取出总图详为指点，知当地乃是两条歧径之一，离尽头处不过十丈远近。同时发现那黄圈内如是一洞，连同先前那几间石室正是一朵梅花形。便和钱、石二人各以全力朝圆圈中冲去。遁光到处，只见壁上金花乱爆，瑞彩千重，云光电旋，风雷交作。一任三人长于穿山行石之法，更有太阳真火、灵石神雷以及太乙青灵铠等至宝，竟未冲动分毫。因人不曾受伤，火无害先想圆圈必是门户，打算用法力开通之后，再向师长禀告。正和钱、石二人商量，忽听壁中有一少女发话道："尔等不可妄动。可告李英琼，令其今夜子正来此，用佛家定珠一照，禁法自解。你三人却须守在外面，小心戒备，等她事完出来，才可离开。事前除癞姑外不可告人。在此三十丈内，也不许出手伤人。英琼事完，你们各有好处。"

三人早就听说圣姑灵迹，火无害更因英琼推爱时常谈起，所知最详。又是行家，一听便知圣姑显灵，遗音留偈，忙率钱、石二人下拜，代英琼称谢，便无回应。因圣姑曾说除癞姑外，暂时不可泄露，临事必须小心。后听癞姑那等说法，断定当夜也许有人来扰。便把英琼引到当地，笑说："李师伯此举必有仙缘遇合，请自下手。弟子等奉命在外守候护法，可有盼咐？"英琼知他功力深厚，机智绝伦。最难得是，自从拜在英男门下，忽悟玄机，竟不畏苦难，甘愿受那许多天的神火苦炼，由英男将其困入离合神圭之中，把火性煞气炼个干净。由此人更稳练，迥非初来时浮躁气习。闻言笑答："你得道千年，见多识广，自知应变。今夜之事必关重要，我全仗你相助了。"火无害对于英琼本最感激，闻言恭答："弟子蒙师伯看重，感恩不尽。敌人不来则已，来者必非寻常，圣姑既令弟子等三人在外守候，连别位师伯师叔均未预闻，许能胜任，也未可知，师伯只管放心。"英琼含笑应诺。先向前面洞壁下拜通诚，敬求慈悲默佑，并望明示仙机，祝罢起身。

火无害等三人早已商量停当，算计如有警兆，必是一个法力极高，并还深知底细的对头。前洞五宫藏有五行仙遁，禁制重重，牵一发而动全身，以丌南公那高法力，尚被困在其内，几难脱身。而后宫要地，又有金门、金屏和西方神泥阻隔，比起前面来路更难攻进。只有后洞出口这末了一段，地势虽极隐僻，因中心重地已有金门、神泥隔断，即便被来人侵入，也只到达金门前面为止。再往前走，便是陷阱，休想脱身。因其无关紧要，除却自己能由此出入而外，外人至多走到上官红昔年取书的几间石室左近。自居仙府以来，室中已空无所有，因此只入口门户有太清仙法封禁，这一带并无埋伏。自己和石完均有穿山入地之能，彼此所发神雷更具威力，法力稍差的妖邪，扬手便可除去。钱莱虽无此专长，却身带法宝甚多，人更聪明机警，那太乙青灵铠尤其万邪不侵，令其守在英琼前面，遇有强敌来犯，立用此宝将人护住，不问如何，先居不败之地。便令钱莱守候在外，目注英琼，小心防守。自己带了石完，由地底作弧形绕将上去，在本门隐身之下，往来查看，以防万一。

英琼等火无害走后，见钱莱聚精会神守在前面。因时未到，方想本门师兄弟妹下山才得几年，所收后辈门人居然无一弱者，可惜米、刘二矮先遭兵解。他二人虽出身邪教，归正已久，平日无过，此次以身殉道，全因自知不如人，意欲转世重修，力求正果，不知何日才回到自己门下。等幻波池开府事完，定往人间寻访，从小便渡上山来，免又失足误投旁门，或被左道妖邪发现强摄了去。

英琼正在寻思，忽听壁中雷声殷殷，外有祥光涌现。惟恐有失，便不再等子正，忙朝对面圆圈盘膝坐定，将定珠升起头上，发出一围铜锤人的慧光，祥辉四射，与洞壁上面光华相对交映。待了一会儿，时已子初，并无异兆。英琼这些日来功力大进，原非昔比，行事也更谨慎。先因时还未到，壁间又起风雷之声，不敢冒失，忙自运用玄功，使头上慧珠大放光明，一待时至，再行下手。待有一盏茶时，听出洞中风雷已止。试探着运用定珠朝壁间冲去，慧光到处，壁上祥辉暴涌，将那团慧光托住，收回容易，要想冲破禁制却甚艰难。眼看子正将到，前面玉壁依旧完整，看不出丝毫异兆。

心方猜疑，忽然发现双方所发祥辉相同，互相吸引，似已融会一起，心灵上也有了一种微妙感应，猛触灵机，忽然省悟。重又潜光内视，返虚生明，渐觉本身真神与定珠合为一体，连人带珠，一同往对面飞去。那么坚厚的洞壁，仿佛根本无甚阻隔，前面便是一条大路神气。人到壁间，先是一片祥光涌上身来。英琼已通玄悟，毫未在意，仍由心灵运用往壁间飞去。那祥光迎头罩下，一闪不见。定珠慧光也越发明朗。前面忽然中空，现出一座大圆门，晃眼到了门内。目光到处，瞥见一个妙年白衣女尼，端坐对面蒲团之上，宝相庄严，仪态万方，正是以前见过的圣姑法身，只换了禅门装束，与前见不同。连忙恭敬下拜，方想请示玄机，刚一抬头，圣姑人已不见，只剩蒲团在地。紧跟着又是一片祥光，似有似无，花雨缤纷，当头洒下。猛觉透体清凉，如沃甘露，神志也更空灵。再看头上慧光，竟有圣姑影子在内，朝着自己含笑点头。回忆前情，满心欢喜，径去蒲团上，学圣姑原样，双目垂帘，打起坐来。

第三二〇回

满室焕祥辉　悟彻玄修　欣逢奇福
更生怀大德　初窥至宝　再警芳魂

也不知经了多少时，英琼渐觉那与本身元灵相合的定珠，居然有无相生，分合由心，把近日所炼最后一关打通，悟彻玄机。由此成为身外化身，自具灵慧和降魔威力，遇有强敌，便可仗此第二元神分身出斗，不由喜出望外，便想试它一试。同时发现左壁上有一玉案，上设两件法宝、一封柬帖，想起火无害等三人不知是否遇敌，自己初炼元神化身，正好借此一试。随即起立，先朝圣姑拜谢，再将元神分化与定珠相合，代替本身去往后洞出口一带查看。然后往左壁案前走去，见案上二宝，一件是个黄玉葫芦，另一件是把小玉钥匙，形与前得莲花玉钥相似。随取柬帖一看，越发惊喜交集。

原来柬上大意说：英琼与圣姑缘分最深，加以凤根最厚，秀出三英、二云，近日功力更是大进。恰巧群邪不久来犯，为此引来当面点悟，并将昔年所留灵慧法力连案上二宝一齐赠与。并说圣姑本身功行虽然圆满，还有一点凤孽未消。当发现时，将坐死关，不及亲身化解，特意留此身外化身和一分灵慧法力，以为今日助人助己之用。黄玉葫芦中贮有九天仙云所炼五色灵气，专为三次峨眉斗剑以及群仙抵御四九天劫之用，暂时不可轻耗。另一小莲花玉钥乃开启此洞水宫宝库之用，到时须照柬帖所说，不可丝毫大意。宝库一开，大功告成。跟着幻波池开府，长幼群仙多来赴会。易静、癞姑、英琼、英男四个主持人便把基业建好，日渐巩固。不过易静劫后归来，尚须独自潜修，了她将来心愿。癞姑因为昔年恩师屠龙师太许下宏愿，本身又须修积，和竺生师徒二人常年在外行道，俱都各有重任。

英琼为未来承继道统之人，此时才自发轫。一面须要主持仙府，一面又须出山修积，广收门徒，光大门户。在此期中，又是群邪彼猖，强敌众多之际，所经艰难险阻甚多。开府之后，便和英男二人轮流出外，与一班著名左道妖邪恶斗，情势艰险，比起一班同门责任更大，偏生修道年浅。虽仗志行格天，根骨福缘均极深厚，从未拜师以前便得到好些奇缘遇合，人更灵慧坚毅，勤于修为，没有多年便秀出三英二云，后来居上，本身又是应运而生，到处逢凶化吉，去险为夷；所有法宝、飞剑，无一不是前古奇珍，神物利器。无如道长魔高，尽管得有本门真传和仙、佛两家法宝，毕竟岁月无多，经历尚少。一班左道妖邪知其为峨眉衣钵传人，将来与七矮诸同门分掌男女诸弟子，承继道统，为峨眉后起第一流人物，仗着累世修为，福缘深厚，应劫而生，具有极大降魔威力，差不多成了左道旁人的凶星恶煞，全都恨之刺骨，纷纷勾结，阴谋暗算。幻波池开府前后，又须除去好些著名妖邪，结有不少仇怨。从此往后，直到三次峨眉开府，几于步步荆棘，应付之间，煞非容易。

幸而圣姑与英琼为前生好友，有许多渊源。加以本身这点凤孽，当初偶然疏忽，千虑一失，事前忽略过去，到了紧要关头，才行想起，发现已迟，须仗英琼为之化解。故将当初坐关以前所遗留的身外化身，连那法力灵慧，一齐相赠，与之应合，经此一来，无意中增加了两甲子的功力。将来抵御邪魔，成就正果，固有不少益处；而圣姑昔年一点小冤孽，也可仗着英琼之力，得以化解；并还借此助一良友超劫成道。实是三全其美。

柬帖后面所注下手方法，以及圣姑昔年融会仙、佛两家，参以魔教中大法所炼身外化身，虽还是有相之法，不算佛家上乘真谛，但也不是容易炼成。英琼全仗根骨福缘、极大智慧与前诸生所种善根，方能有此奇遇，毕竟功力尚浅，幸有圣姑元灵补益。因为来敌太强，开头这一段人数不够，并有伤折，少时事完，便须辟一静室炼上四五日夜，使此第二元神能与本身随意分化，同时应敌，具有威力神通，到时分头应付，一面以元神化身出战，一面仍可坐镇仙府，防御暗中侵入之敌。因在事前好些话均不能泄露，尤其开那北洞水宫宝库之时更须防御慎秘，除癞姑、英男师徒和俞恋外，连众同门也不可公然应答。能够到时照书行事，一言不发，最为稳妥。

英琼此时初试元神，已能一心二用。因见柬帖上指示甚详，不令伤害来人，故未发难。看完，心方喜幸，字迹忽隐。二次拜谢，方把法宝和空白柬帖收起。知道来人已快冲到洞前，连火无害那等机警的人均为所愚，忙照圣姑之意，故作不知，自向蒲团上面打坐入定，暗用传声指示钱莱如何应付。同时仍由先飞出去的化身隐去晦光，埋伏出口一带，相机行事。正在运用玄功，来人已经飞进洞来。钱莱等在洞外见子时已过，英琼连人带慧光同往壁间飞去，壁上圆洞立时出现。跟着起了一片祥霞，将洞口封闭。隔有半个时辰，洞门重现，祥光忽收，慧光忽由洞中飞出，一闪不见。再看洞内，英琼已端坐在蒲团之上，容光焕发，态甚庄严，知其有了奇遇。只是不知何故，当有外敌侵入之际，反倒在内打坐。心正寻思，随接传声指示机宜，才知后洞已有外人混入，不禁大惊，忙即如言准备。

钱莱刚将身隐起，便听石完远远传声疾呼："钱师兄留意，这鬼丫头骗了我们，逃到里面来了。她隐身法虽被火师兄破去，仍只看出极淡一条白影。李师叔想已打开圆洞，莫要被其侵入，受她暗算。"钱莱知道石完性急如火，地遁穿山尤为神速，当地离出口甚近，晃眼即至，一味传声疾呼，人却不见追来，好生不解。忙以传声回答说："李师叔已有奇遇，现在洞中打坐。我身旁带有照形之宝，敌人一到，当时便可警觉，不足为虑。"话未说完，果见淡微微一条白影如飞驶来。如换旁人，先前又听石完传声那等说法，定必出手无疑。钱莱既沉稳机智，又奉英琼指示，白影到时，正用身旁法宝查看，竟是虚影幻象，暗骂："该死妖人，想闹玄虚，把我引开，岂非做梦！"忙用传声禀告英琼说："敌人用幻象来探实，已被看破。弟子现用法宝隐身，埋伏在旁，敌人一到，立可查知。"话未说完，白影到了门前，转了一转，忽又飞去。

跟着又飞来了几条影子，内中两条白影，并有宝光外射。钱莱仔细一看，全是假的。方想火、石二人怎还不来？先后五条白影已聚在一起，交头接耳，互相议论，并有两道青光朝洞中飞去，作出骤然发难之势。钱莱仍只静观不理。又隔了不多一会儿，才见出口甬道分歧之处，有微光一闪，知道正是时候，忙用法宝查看。那来的并非真人，但又不是鬼怪一流，看去好似一幢略具人形、淡得几非目力所能看出的微光，只有半边身子。左半独手握着一把尖刀，却是寒辉四射，亮如银电。右半身仅有半条虚影，看面目、装束，好似一个相貌极美的青衣少女，不知怎会变成半边身子。来势如此诡异，却看不出有甚邪气，法力也似高强。钱莱心方奇怪，那青光中的人影似因连试几次，无人应敌，胆子渐大，把手一扬。先见五条白影全数失踪，跟着面带惊疑之容，先到洞外离洞五六丈停住，欲前又却了好几次。忽然身形一闪，化作一道青光，其急如箭，直朝洞中射去。

钱莱早有准备，因见来人法力颇高，为防有失，本就不待发难，便想冷不防将其制住。这一来，双方同时发动，恰好撞上，青光刚到洞前，钱莱的太乙青灵铠已化一幢冷光，突然飞起。青光中少女原因洞口二敌虽受愚弄，一个引离原处，一个又被化身绊住，但主人门下已有这般法力，师长可知，本来心存顾忌，但又不舍失此良机。其势又孤，无人相助，只得犯险，连用幻影试探。见未遇阻，方始隐身飞来。见英琼已然入洞，在内打坐，生了戒心。无如此行关系好些成败，想了又想，仍不舍就此退回。后来看出实无防备，洞口所遇二敌似是照例防守的门人，尚未发现自己行踪，故未通报。再不下手一拼，良机坐失。念头一转，冷不防往内冲去。及见冷光暴起，才知上当。一声长叹，身上青光暴雨一般四面迸射，接连挣了几挣，几被挣脱重围。仍是半边身子，化作一溜青烟，待要往外飞去。同时甬道那面，又起了风火之声，由远而近，似是火无害、石完赶回。跟着便见同样一幢青光人影，裹着右半边身子，右手也拿着一把寒光若电的尖刀，往里逃来。两下里一撞，两半边身子合成一体，重又掉头往外遁走。

火、石二人也已赶到。火无害当先，手发太阳真火，挡住青光去路。同时拦住石完，不令发那神雷。口中大喝："你是何人？为何无故擅入仙府？快些束手受擒，饶你不死！"话未说完，双方势子俱都极快。少女两半身子合成一体以后，越显美艳，看去直和上官红的相貌一般无二。看神气，本纵遁光由原路遁走，因被火无害迎头挡住，双手所发太阳神光宛如电雨，全洞甬道已被布满，少女见状，满面惊急之容，不敢向前猛冲，乘着敌人立定发话微一迟疑之际，猛一掉头，朝下便钻，欲借地遁逃走。不料那一带地皮，仙法禁制已然发动，比钢铁还坚。少女仿佛知道地理虚实，一见不能穿地逃走，重又掉头向上。火无害等人早奉英琼密令，不去理她，同声呼喝，令速降伏，以待发落，否则形神皆灭，却不上前围攻，各把宝光将那十来丈方圆一段甬道挡了个风雨不透。石完笑骂："鬼丫头，你会骗人，今日叫你来得去不得。"少女好似冻蝇穿窗，上下四壁，电一般连蹿了好几次，均未蹿进。似更惊慌情急，忽然急叫了一声，把手中尖刀猛朝火无害迎面掷去，出手便是一溜银光，带着风雷之声，刀尖上更有一蓬光雨，朝前激射，势甚猛烈。

火无害原有准备，忙喝："此是天刑刃，石师弟留神受伤。"声才出口，扬手一团红光，迎面便打，身子立往旁边纵避。少女本是悲忿填胸，情急拼命，本意双刀同发，不问伤敌与否，只将四围禁制破去一些，立可遁走，日后再打复仇主意。一见敌人识得此宝来历，往旁纵避，不知火无害欲擒先纵，故意卖此破绽。又想起初入洞时，曾见佛家慧光一闪，照此形势，必有能者暗中主持。万一此宝被敌人用佛法至宝收去，岂不是糟？百忙中心念一动，第二刀便不再发出，立纵遁光，乘隙遁走。耳听敌人同声疾呼："莫放鬼丫头逃走！"回顾身后敌人，已在先前那幢冷光笼罩之下，各发神雷和飞剑、法宝，由后追来，势如潮涌，风雷之声，震撼全洞。暗骂："小贼倚众欺人，我已逃出火网，上了正路，转眼出洞，谁还怕你不成！"刚想回骂两句，猛觉右手一紧，另一口天刑刃似被吸力裹住，待要脱手飞出。抬头一看，已离出口不远。前见慧光冉冉飞来，头一口天刑刃就这方才转身瞬息之间，已不知去向，这一惊非同小可，惊慌无计，慌不迭朝地便钻。

少女本以为身落陷阱之中，全洞上下均有仙法禁制，坚如重钢，此举岂非徒劳？谁知并无阻隔，容容易易，便到了地底。只是下面仿佛另有途径，只能照以通行，此外仍是比铁还坚，歧径又多。耳听敌人在上面同声喝骂，要用土遁来追。跟着便听风雷之声，身后已有雷火宝光闪动。看出危机已迫，只得慌不择路，顺着下面途径，往前飞驰，晃眼便迷了方向。最可怕的是，开头歧路甚多，上下弯环，接连几转之后，前面只剩了一条直路。除却朝前飞驰，无论上下左右，用尽心力，均不能冲动分毫。连用天刑刃试了几次，刀尖银雨所射之处，激荡起千重火焰，休想刺破分毫。情知仙府中藏有五行仙遁，变化无穷，敌人已发动埋伏迫令入网，再往前进，凶多吉少。因听身后风雷列火之声已远，回顾身后，无人追来，意欲重走回路。再定睛一看，不禁心胆皆寒。原来那地下道路竟是活的，自己刚一走过，随同填没，哪里还有途径可以通行？停得一停，后面道路又逐渐由虚而实阻塞过来，不特坚如重钢，并还具有极大压力，逼得自己无法停留。人当万分危急之际，明知前途凶危，此外无路，没奈何只得暂时仍旧朝前遁去。悲忿至极，几次想要回刀兵解，借着太白金遁逃走。无如此举损耗元神太甚，刀又失去一把，即便能逃，也只保得半边身子。身陷埋伏之中，禁制如此神妙，是否能逃，也不一定。正在悔恨，心中悲苦，倏地眼前一亮，金光万道，耀眼欲花。定睛一看，人已出土，前面甬道长约百丈，比出口一带高大得多。尽头处是一座金门，门已大开，中心悬着一团金光，正在徐徐转动。猛觉身子似被一股大得出奇的力量吸住，往前飞去，知已陷入幻波池中宫重地，前面便是金门神泥之险，不由吓得惊魂皆战。方想："我命休矣！"猛又觉眼前一花，一幢冷光突自脚底涌出，同时上面又是一蓬红、白二色的光丝，当头压来。两下会合，全身立被裹住，丝毫不能挣扎。只听一片雷鸣风吼之声，两边甬道电一般朝后退去。

少女断定万无生理，忽听喝道："此女并非左道妖邪，也许和昔年上官红无意之间误入仙府一样。方才我正在内打坐入定，不曾理会。后闻地底风雷之声，中央戊土又起了变化，忙往查看，尔等已将此女困住。她因误陷戊土禁制，被西方神泥吸住。我倘到晚一步，万无生理。就这样，已受伤不轻，一见天风，苦痛难当。等我用佛家定珠将其罩住，尔等再撤法宝。先把所中戊土精气化去，问明来历，只要是无心误入，并非左道妖邪，或受恶人怂恿，来此扰害，便由她去吧。"说时，少女先吃黄金一裹，已是痛楚非常。再被火无害、钱莱合力擒住，人困宝光之内，分毫不能转动，越发难耐。闻言觉出有了生机，四外一看，身已回到先前所去小洞前面。面前立着前见道装少女，美如天人，一身道气，手指自己，含笑发话，料是三英中的李英琼。闻说此女性刚好杀，专与异派为仇，想不到她为人如此好法，当时改了前念，无形之中生出好感。但一想起来意，如何向人回答？性又刚烈好胜，不善说谎。正在又急又愧，想不出说什么话好，英琼接口又道："此女长得竟和红儿一样，令人怜爱，便有甚恶意，我也不忍伤她。好在今日之事是我做主，否则就难说了。"说罢，一片金霞已当头罩下，还未看清，已透身而过，一闪不见。先前三个敌人的法宝也已收去，侍立于侧，态甚恭谨。当时身上一轻，痛苦全失，正不知答甚话好。英琼已笑问道："你叫甚名字？何人门下？无故来此作甚？"

少女想了想，面上一红道："我被你们擒住，还有何说？如肯放我自好，否则听便，没有什么说的。"英琼早就知她来历，有意示恩，笑道："你此来只要无恶意，不特放走，如非左道邪恶一流，以后还可来往，岂不是好？"少女气道："放否在你，与你来往做甚？"石完见少女太倔强，怒喝道："这鬼丫头似人非人，似鬼非鬼，她那两半边身子时隐时现，又能分合的玩意，从来未见过，绝不是甚好人。师叔好好问她，这等无理，留她做甚？还是用太乙青灵铠将她送往中宫金屏之上，叫她尝尝味道，莫非她比妖尸崔盈、毒手摩什还有神通，能够逃走不成？"少女闻言，两道秀眉微扬，怒视石完，正要开口。英琼已先笑道："我实爱惜此女，不忍伤她。她不说来意，无须问了，免得问出真情，不便再放，被你师伯知道怪我。"随对少女笑说道："不说无妨。好在你也没有动我一草一木，把姓名说出总愿意吧？"少女原知仙府禁制厉害，危机一发，只因来意太恶，不便出口。再一想到还有一个性命相连的老母，尚在虎口之内，生死两难，口虽强硬，心中实在打鼓，惟恐敌人变脸，万无幸理。一听这等说法，好生感愧，低头说道："我叫青儿，没有名字。"

英琼见她所习虽是旁门，根骨却甚灵慧。两半身合拢以后，越显得玉艳珠辉，美秀入骨，便无圣姑之言，这等人才，见了也自喜爱。又见其身外青光已收，敛眉低头，面有羞容，越增娇艳，笑道："火贤侄，你修道千年，不似石完性暴疾恶，你可送她出去，仍将出口行法封闭了。以后轮值弟子不许离开，以免外人无心误入，像她这样擒纵两难，更使那生心觎觊的人知难而退，岂不省事？"那叫青儿的少女似想开口，因火无害已应命近前，喝道："你得了便宜，还不快走！"青儿气道："这是你师长自己放我，要你这红脸猴子虚张声势做甚？不要你送，我自己会走。"说罢，朝英琼看了一眼，面带感激之容，忽然掉头，一纵遁光，便往来路出口飞去。耳听身后钱莱笑道："诸位师长，总叫上官师妹红儿，这又来了一个青儿，相貌一样，偏是坏人。"

青儿闻言，心中一动，急于回山，也未细想，仍旧朝前飞去。到了洞口，方想那二个对头怎未追来，也无人在此防守，是何缘故？忽听哈哈一笑，面前人影一闪，一幢红光裹着一个火人，一幢冷光拥着前见幼童，拦住了去路，大吃一惊。拦路二人正是火无害和钱莱，同声喝道："师伯、师叔好意怜才，如在左道门下，可速回头，以你根骨并非没有成就；否则恶满数尽，悔之晚矣！我弟兄因奉师长之命，不肯无故伤人；否则你不陷身土宫，早已难逃活命了。"青儿闻言，气往上撞，未及开口，火无害已把所炼太阳真火以全力发挥出来,将洞口封住,只留尺许方圆一洞。青儿也颇内行,知其志在示威,又看出敌人果是厉害,再一回想自己行为,难怪对方。且喜命不该绝,撞见一个群邪谈虎色变的女杀星,偏是那等仁厚怜才,如换别人,恐难脱身。惟恐再有激怒,更遭阻难,愧忿交集之下,也忘了左手天刑刃失去尚未收转,回山无法交代,强忍忿气,冷不防施展玄功,化为一溜青光,由火洞中穿出。

青儿刚到外面,便听一片风雷之声,回顾身后,一片烟光过处,哪有洞口,连山形俱都不见。目光到处,瞥见前面一片凹地,聚有三个年约十二三岁的男女幼童,正在拍手欢笑。中一男童疾呼:"二姊,让我也试一下,看看丌南公的落神坊我能运用不能?"声才入耳,同时前面天空中现出一团两亩方圆的密云,正朝三小飞来,离地约三十丈。中一少女把手一指,云团前面忽然开出二孔,中现五座牌坊,连在一起,各发出数十百丈金光雷火,金刀火箭,带着大片风雷之声往下飞来。随同少女手指处,由大而下,晃眼落到手上。竟和小儿玩具相似,高只尺许。那么强烈的威势,扬手即收。青儿看出三小姊弟试验法宝,因恐威力太猛,外用云层包没,快要落地,方略现形。再一听说是丌南公的镇山之宝落神坊,不禁大惊。暗忖:"这三幼童分明是峨眉派的第三代弟子,入门当必不久,居然有此惊人法力。"

心中寻思,人已飞出老远。忽听下面大喝:"此是何人?怎由后洞飞出?莫非是奸细?"回头一看,正是三小姊弟。那尺许高的落神坊已脱手飞起,带着轰轰雷电之声,晃眼暴长十余丈,由下追来,来势又猛又快。心方发慌,忽见一道红光,前见火人突由地底冲出,朝三小姊弟把手一摆,微闻:"李师伯有命,不许拦阻。"那落神坊也一闪即收,重落幼女手中,收势又快得出奇。才知敌人厉害,竟出意料,哪里还敢停留,忙纵遁光破空遁去。英琼原得有圣姑指点,一面分化原神挡住来人去路,一面传声癞姑,发动禁制,将来人引入埋伏之中,使其先吃一点苦头,并把天刑刃收去一柄,然后示恩放走,青儿去后,告知火无害等三人说:"今日之事,做得甚好。只等水宫宝库打开之时,圣姑还有恩赐。以后再遇青儿,不可伤她。"随去中宫法坛。

癞姑听英琼说起经过,好生欣慰,随对英琼说:"再过数日,东海双凶便要来犯。这两人一名蓝敕令毛萧,一名黑手仙郎章狸,昔年原经师祖与极乐真人禁闭在东海水洞之内。当双方斗法时,师祖先想就此除害,因两妖孽有一好友,虽是旁门散仙,得道年久,为人极好,再三代为求情,只将二妖的腿脚断去,连门下的妖徒一齐禁闭在内。彼时虽看那散仙情面,仍恐留下后害,曾向妖人警告说:'你师徒共只有限一二十日的寿命,今将你们期前禁闭海底,如能洗心革面,悔过潜修,到了时机,禁法自解,并非没有活路。如再凶心不改,妄想复仇,攻破禁制,逃出害人,则一见天光,不满二十天必遭惨劫。那时我早道成飞升,极乐真人虽还尚在人间,也许证果在即,无暇及此,但是自有我后辈门人将你师徒除去,悔无及了。'毛萧老奸巨猾,虽然恨极仇敌,先还不敢存甚报复之念。章狸却是极恶穷凶,性情乖戾,不特报复心盛,并因师祖不久飞升,以为无人再能制他,连将带激,怂恿毛萧。先想破禁而出,无奈禁制神妙,威力甚大,每攻一次,必要损耗元气,多受好些罪孽苦难,全无用处。后来看出非经百年以上水磨功夫不能攻穿,只得耐心守候在内。一面率领众妖徒,苦炼邪法异宝;一面把人分成两起,豁出受罪,轮流往外猛攻。似这样年深月久,禁制虽未攻破,却被妖人师徒在海底被困之处,寻到一片神金,炼成传声之宝,日常向外呼号求救。

"事有凑巧。当上次群邪猛攻幻波池以前,有两个水母门下水仙受妖人之愚,并为那年英琼、轻云由幻波池逃出时所误杀的水母宫中同伴报仇,不料还未交锋,到时正遇火无害,被困依还岭,正主人还未见面,便遭惨败,负伤逃去。二女仙素来好胜,本就愧忿交加,归途又接绛云真人所发信号,催令回宫,听出口气不善,并还袒护峨眉,知道真人不久承继道统,无法抗令,恨极之下,也未细想,忿无可泄,匆匆绕往东海,用水宫至宝和三粒癸水雷珠,将海底震穿一洞。妖道师徒近数十年不时传声求救,也曾引来好些左道妖邪,只因禁法不曾失效,威力太大,众妖邪又知东海双凶行辈邪法俱甚高,人更阴险自私,翻脸无情,往往笑里藏刀,恩将仇报;听他们的口气,放出之后,先寻峨眉师徒报仇,跟着创立教宗,令众归附。还未出困,便隐然以前辈师长自命,一旦脱困,定必目空一切,惟他独尊,强令群邪归他教下,对人更是严酷无情,有他无人,想起可虑。除有限几个隐迹多年,和双凶昔年同恶相济的同党外,多半闻而生畏,推说无法效劳,各自避开。最近两年,一班左道妖邪有的怀有戒心,不肯招惹。内有几个有力可靠同党,虽经双凶许以重利,言明脱困之后有福同享,绝不似前自私;对方也因隐迹年久,静极思动,无如各正派声威日盛,后进门人甚多,个个厉害,不敢冒失,重蹈前恶,也巴不得有这类人物领头,先与仇敌一分高下,以定行止。偏生禁制无法攻破,只好作罢。因是无望之事,去的人已越来越少。

"直到今春,妖妇许飞娘忽然赶去。她原早知此事,也为禁制难破,不愿徒劳。偶然经过当地,分明听到双凶传声求援,均作未闻。后游海外各岛,本意是想多勾结几个妖人与峨眉作对,不料这次人未勾成,却在南极附近一座漂流的冰山内发现一个异人。对方是一中年道姑,法力还在其次,但她持有一件至宝,名为两间图,能将过去未来之事由图中现出。但是每次施为,均要耗费行法人的元气。女异人本非妖邪一流,昔年为避本身灾劫,事前将自己用法力禁闭在万丈冰山之内,在内苦炼,法力颇高。照着当初誓言,必须等那冰山自行化解,还须有人相助,始能脱身。否则,到时冰山年久分裂,浮向海内,随波移动,如若无人救援,随同坚冰相撞崩裂,人也随同粉碎。

保得一个元神前往投生,又须多受些苦难。最好能在当中山腹未分裂以前,有人用法力由外面将冰山禁住。照她所说,连同附身尺许厚的坚冰一齐取出,送往暖流之中,将冰融化,再寻一洞安顿,用皮、棉等温暖之物周身包裹,并将胸前所悬玉瓶中灵丹与她服下,经过三日夜,由她本人用本身真力发动阳和之气和灵丹之力,使其充沛全身,才能复原。因在冰中冻僵多年,虽有法力,也禁不住那酷寒奇冷。昔年为了减消前孽,发愿又苦,虽有至宝可以观察未来,因知这类本身灾劫千虑一失,无法趋避,本来拼受苦难,以求他年成就,道心毅力异常坚定。只把本身元神守住两处要穴,全身均被坚冰包没,骨髓坚凝。那副肉体稍受了撞击固成粉碎,便是有人救她,不照所说行事,骤遇热气,也成残废,更须多受好些苦痛。虽知妖妇不是好人,终感救命之德。始而还想劝其回头,后见话不投机,妖妇已生恶念,一面戒备,一面拿话点醒说:'我法宝法力均非寻常,休看先前需人解救,此是昔年愿心,现已复体,功力较前更高,将成不死之身,害我无用。不如多此一个益友,平日各行其志,无须勉强,将来遇事,多

少有点益处。'

"妖妇听出不是好惹,只得变计,请其取图查看未来。异人知其迷途罔返,劝说无用,又不愿助纣为虐,借口此法太耗元真,已过之事容易现出,至于未来吉凶祸福,只能随人心念查看出一个大概,道友执意观察对头境况,至多只能凭你心意所注,将这百日内外的对方虚实现将出来,再远便非所能。妖妇表面应诺,只请查看一个时辰。异人料她诡诈,口不应心,无如受人之惠,只得应诺。行法前笑说:'我虽蒙你相助脱险,其实彼此两益之事,对于道友也是成败关头。忠言逆耳,我也无法。既已答应,自无不算之理。不过道友对头太多,都要顾及,或再有甚题外文章,我不过多耗一点元气,到了紧要关头,不能尽查隐微,却休怨我。'妖妇仍然口是心非,恨不能把各正派动静虚实全看了去。及见峨眉仙府和各位长老所在之处多有仙法禁制,再不便是刚现形影,对方便似有了感觉,一片神光闪过,连所居洞府一齐不见。连看几处,均是如此。以为敌人均有准备,查看不出。失望之余,想起所勾结的一班妖邪不知是否受愚与敌拼命,最后看到东海双凶,居然现出两水仙破禁之事,心方一喜,查看时限已到。

"临分手前,忽又想起正教诸长老无一好惹,难得对头正在闭关期中,怎忘了避重就轻寻他门人晦气?二次又向异人请求再看一次。始而异人不允,后经妖妇力求,说道:'只此一次,便算报答过我对你的好处。好在双方道路不同,你又怕事,不会助我,如肯答应,从此不再相扰。你看如何?'异人原想将来与妖妇往还,有了交情,再加苦劝,闻言知其无可救药,慨然答应,叹息了一声,二次施为,但只允半个时辰。

"经此一来,才将幻波池诸同门虚实看出一个大概。本来还要详细,因为幻波池紫云宫均有仙法隔断,无法透视;光明境远在天外神山,相隔南极尚远,又有元磁极光阻力。结果只把金蝉、朱文、余英男三人的行动和另外几处同门的近况看失。就这样,金蝉等三人先在小寒山有佛法禁制,中途又有一鬼仙暗助,仍然未窥全豹。白费心机,徒使那女异人耗了不少元气,连妖妇也不好意思再强人所难,方始回转。先往东海去与双凶勾结,说道:'这里禁法厉害,只有水宫至宝癸水雷珠才能攻破。我已为你二位设法,到时必有人来助你们脱困。但是你们那仇敌早已飞升,门人法力均高,第三代弟子人数众多,更关系他盛衰成败,脱困之后如往峨眉寻仇,真是徒劳。最好避实击虚，先往幻波池将一干小狗男女除去。不特仇可以报一半，而且昔年圣姑伽因遗藏的至宝奇珍，还有好些毒龙丸，岂不尽为我们所有？'双凶被困多年，不知事有巧合，洞外禁制恰在那日失效，便无雷珠攻破，照样脱身。妖妇又故甚其词，并不明言真相，却在话中暗示费了不少心力。双凶本就感激异常，况又同仇敌忾，所说也极有理，自然一拍即合。依了章狸，只一脱困，当时便往幻波池寻仇。毛萧奸猾，又听妖妇说得幻波池诸人那等声威，虽然自信手到成功，这班年幼道浅的后辈绝非其敌，仍主稳扎稳打。

"飞娘本是隔岸观火的阴谋毒计，明知此时正教昌明，声势浩大，这班后起门人全不好惹，为想泄忿，又知双凶阴毒淫凶，邪法极高，和峨眉派仇深恨重，势不两立，如能引去，即便仇报不成，甚或为敌所杀，以双凶独有的邪法和百余年苦炼妖阵，这班后辈绝禁不住，多少也有伤亡。能把几个为首的除去，固可快意，即或不能办到，幻波池仙府必为所毁，使其两败俱伤，将来报仇可少好些阻力。又因长眉真人向无虚言，昔年所说必要应验，为此力劝双凶说：'此事越秘越好。出困之后，在发难以前，人约越多越好，千万不可露面。暂时藏在洞内，等把各方道友约齐，冷不防直飞幻波池，一举成功，以免风声传出，对方有了准备，下手便难。'双凶因妖妇连时日均曾查明，预先说出令其小心戒备，以免雷珠威力太大，连所居海洞一齐震碎，无法藏身，语意十分恳切，不由不信。

"到日妖妇隐形飞来，先用传声警告说：'时辰已至，但那两位水仙为防仇敌知道，不便引来相见，事成即去，请各施展法力防护，以免骤出不意，误受虚惊。'话刚说完，两团酒杯大小的银光已穿波而下，直落海底，霹雳连声，霞光暴涌，海水群飞，骇浪山立。雷击之处，方圆数十里的海水直上数百丈。当时水雾昏茫，高与天接，双凶所居海洞立被自顶震穿一个大洞。金光彩霞连闪几闪，便已不见，洞中风雷立止。不知禁制也在此时失效，以为全出妖妇之力助其脱困，自然感激非常。妖妇又是天生尤物，妖艳善媚，双凶全为所迷，奉若天人，如非妖妇若即若离，又怀感恩之心，不便强迫，换了别人，早已不肯放过。妖妇看出双凶为其所惑，越发得意。表面推说为好，不令冒失，实已深知双凶只有一二十日寿命，不令期前出洞。双凶为色所迷，言听计从。商议定后，妖妇借着约人，自行飞走。

"双凶知道妖妇和峨眉仇恨甚深，为想一举成功，讨她欢心，便照所说隐藏海底洞穴之中，加功祭炼各种邪法异宝，训练众妖徒的凶魂。并把所有同党全数召集，以图大举。过不多日，便要来犯。邪法本就厉害，又在海底蕴毒多年，凶威更盛。门下众妖徒都以元神出斗，各长独门邪法，分合由心，寻常飞剑、宝剑，均不能伤。哪怕只剩一缕残魂剩魄，经过妖师邪法运用，虽受极大痛苦，当时仍能复原；更炼有一种极阴毒的妖火，所到之处，无论金铁石土沾上一点，立被大量侵入，外表原样不动，内里却成了劫灰。法力稍差的道术之士固是遇上无救，妖火更具极强侵蚀之力，得隙即入，差一点的防身法宝、飞剑被其包围，不消多日，全被炼化。端的阴毒非凡。

"我们的人本不够用，法力又有高低。我须主持五行仙遁。琼妹既要随同坐镇，飞巡五宫，防其侵入，不能离开，更须往依岭上作一主帅，用你那两件奇珍至宝防护众同门。尤其末了用玉清大师新送回的万年温玉收那妖火，关系最大。但易师姊归来尚早，你只一人，如何分身两地？你那兜率火灵焰虽然炼就第二元神，但不能与本身同时分头应敌。方才你往后洞去见圣姑，我一人在此，又接眇师姊心声传语，说了好些话，并还吓我。说敌势太强，双凶妖阵一经布成，我们便入危境。最好能有几个好手专一扰乱阵势，不令当时布成，以为缓兵之计。时候拖得越长越好，务使上来阻碍横生，但又不能以全力诛杀妖徒，免其激怒，连将来对付多位师长妄想报仇的一套也使出来，更难应付。

"我们这里人少，新近又走了几个好手，势子越孤。只有火无害、钱莱、石完三人比较有用，能够支持上三两天。但也不是长法，稍微疏忽，应付失宜，男女同门必多伤折，仙府危机也更加重。最厉害的是，事前虽有太乙五烟罗笼护全山，到日终为妖火所毁。而在期前十多天中，分明见有人受伤还不能救。除却本身功力真高，中邪不重，应变机警，不等妖人追来，先逃烟层之下，或能自保；人如出救，双凶全是动作如电，神速无比，稍有一丝空隙，立被侵入，必将元神隐附受伤人的身上，一过禁网，立时为所欲为。琼妹兜率火虽是的克星，至多使其受伤，不能除害，一击不中，再击必难。

"我闻言自是愁急。她照例有头无尾，再问便无回应，气得我正想骂她几句，激令开口。不料琼妹有此奇遇，这类兼有仙、佛两家的身外化身，比起日前用紫清灵焰所炼第二元神更多妙用。好些位师伯叔均未炼成，一半功行将完，无须乎此；一半也因寄托元神的一粒宝珠，旷世难求之故。同门同辈中人只邓八姑师姊，曾用多年苦功，将一粒雪魂珠炼成第二元神。自归本门以来，仗着她多年苦修，用功勤奋，近年功力日深，大受师长器重，谁都敬羡，传为佳话。按理就有福缘遇合，得到一粒同等的宝珠，至少也须经过一甲子的苦功，毫不间断，更须有人护法，道心坚定，以防魔扰，才可有望。想不到琼妹半日之内遇此奇福，不特本身定珠为佛家至宝，本门心法已全通晓，而且圣姑并将昔年所留化身和那法力智慧，与琼妹元灵相合。顷刻之间，大彻大悟，由此具有极大智慧，岂不可喜，此时既能将前炼第二元神与佛家定珠相附在其上，化身飞出，只消再加三数日的坐功，便可分身两地，御此危机，双凶多高邪法，暂时也难侵害了。"

癞姑说时，竺生正由外面飞进，侍立于侧。听师父夸奖火无害等三人，躬身笑说："弟子今日炼那落神坊，已能随心应用了。"癞姑骂道："呆丫头，晓得什么，你当事情容易哩。好几位师伯叔均不免于危难，你小小年纪，如何当此大敌？何况你那落神坊本是骗来之物。老怪物一向狂傲好胜，走时不好意思，由你三人手中取回，表面大方，暗中心疼。其门下弟子和一班妖党，见此镇山之宝落我师徒之手，痛惜万分，均想乘机夺回。而双凶同来妖党中，便有上次漏网妖人在内。你们出去，只有丢人，还要将到手之物失去。乖乖地守在洞内，如觉闲得无聊，可出北洞水宫，用你那落神坊将灵泉发源之处的小池护住，相助李师叔防御来敌。人在里面虽有好些便宜，不致死于妖人之手，情势只更凶险，虎头蛇尾，反而有害。你们有大胆子么？"竺生先听师父口气不令过问，本在失望，闻言大喜道："弟子姊弟三人虽然入门日浅，无甚法力，但都向道坚诚，休说有甚险难，百死不惧。"

第三二一回　　灵桂吐奇馨　十里香光明彩焰
　　　　　　　仙禽诛老魅　千山雷雨乱虹流

英琼先见竺笙、竺声在门外探头，似在偷听，也不说话，暗将元神飞出，查听二人是何心意。只见大姊竺笙满脸泪容，自己门人竺声在旁低声劝慰："二师伯虽不许我三人杀敌，为师报仇，既命北洞防守，想有妖邪来犯，我们杀他几个出气也是一样。好在外来妖邪都不是大师伯真正仇人，有甚相干？今朝听火师兄说，大师伯日内必能脱难，转祸为福。大姊只一提起，便自伤心，何苦来呢？"英琼见这三个新收弟子全都至性纯厚，根骨灵奇，貌更美秀，肤如玉雪，年纪又小，言动天真，处处引人怜爱，便在里面唤道："你两姊弟在外做甚，北洞水宫为仙府重地，乃我镇守之处，何等重要，你三人随我一起，包有事做。你师父难期将满，绝无凶忧，笙儿伤心做甚？如有差池，我们早着急了。"癞姑接口笑道："你和易师姊都太怜爱门人，留神此时纵容他们，日后为你惹事呢。索性一样对待也罢，对于米、刘二矮你偏那么严厉。他二人因为误犯师规，不敢见你，终于以身殉道，心志遭遇更多可怜，这些日来却不听你提起，不显得太偏心了么？"英琼笑道："二姊每喜故为说笑。自从米、刘二徒殉道以来，我已改了前念。只等幻波池开府事完，便要出山寻访他们下落，欲使早返师门，免因凤孽纠缠，又被左道妖邪强收了去。能像米明娘那样出淤泥而不染，哪有今日之事？二姊向来说话多有原因，当此商谈正事，强敌压境之际，忽发此言，莫非令眇师姊有甚话说么？"

癞姑笑答："琼妹你真聪明。她本叫我事完再说，只未十分禁止，语多有因，本想暂时不对你说，不知怎的，偏藏不住话。反正事情还早，你共总没有几天，既要炼那身外化身，又须用本门太清仙法重炼温玉，不要为此分心。快带这三个小东西去往北洞水宫,早日用功,尽管福缘深厚,道力精进,到底功候越纯越好。好在这次与寻常入定不同,一经用功,第二元神便要飞出,由第三日起便须分身两地,元神常在依还岭上守望,并不妨你炼那温玉。又有这三个小淘气随在一起,稍给点便宜,就哄得他们心花怒放,和你亲热。哪似我一个人孤零零独守法台?来敌那么厉害,看不出来也罢,偏是敌人动静全在总图之上现出,打是打不过,防是防不了,救兵虽有,一时又赶不到,看着发急,有多难受呢!"竺生接口笑道:"师父一个人无聊,弟子去陪师父坐镇可好?"癞姑啐道:"胡说!你当好玩的呢!我那地方虽极重要,敌人是看不到一个,真要被冲进,整座仙府全数瓦解,你三个小淘气一个也休想活命。法台之上你不能去,守在一旁有甚意思?趁早给我快滚,跟着李师叔便得不到别的好处,只肯用心,偷偷摸摸,多少也学一点本领,不比跟着我这师父强得多么?"

英琼见竺生受此申斥,面带惊急之容,方说:"二姊,她好心陪你,说她做甚?"随听门外有一少女接口道:"琼妹也真忠厚,你还不知癞姊姊向来嬉笑怒骂,天性滑稽么?初开山门,收到这好弟子,近日此女身上丑皮又全脱去,回复本来面目,长得和仙女一样,人更灵慧,谁都见了怜爱。癞姊姊自更得意,表面申斥,心实嘉许,这叫做'其词若有憾焉,其实乃深喜之'。你没听叫她同往水宫得点好处么?"话未说完,人早走进。众人不禁大惊,原来来人正是小寒山二女中的谢琳,由申若兰陪同走进。癞姑知道小寒山二女与易静脱困有关,不顾说笑,忙和英琼起立相迎,同声询问:"易姊姊何时脱险?"

谢琳笑答:"实不相瞒,我和家姊彼时便陪易姊姊同在魔阵之中。家师因此事关系易姊姊他年成败太大,不到日期,不许过问,只得守在一旁,家姊说什么也不许开口现形。我想良友被困,只作旁观,连面都不见,有多难过。心正气闷,不料我收了一个孽徒,是个女鬼,人倒还好,只比我还要好胜疾恶,喜欢多事。她前师也是一位鬼仙,有一仇敌近方出世。她得信之后,便着了急,每日东奔西走,想为她师父报仇,并将她前师一个关系重要的玉匣先寻回去。我平日不大管她,没料到昨日为寻玉匣,引出一个强敌,本已将她困住,后来似因对我姊妹顾忌,故意放走。此女认为奇耻大辱,和人拼命。正纠缠不下,被家姊算出。我因此事难怪此女,乘着易姊姊难期未满，还有数日闲暇，抽空赶去，将其领回，正好路过此间。一来看望诸位姊妹，就便送信，使知易姊姊脱难在即。只原体稍微受伤，耗点元气，功力反倒加增。她那三生良友又为她千辛万苦，出死入生，往来数十万里，求得蓝田玉实与好些灵药。脱难之后，就在魔宫中稍微调养，不特两三日内复原，并和令高足一样，变成一个绝代佳人回来，有多好呢！红儿同困阵内，幸她事前为罡风旋飙卷上九天高处，到了灵空仙界，巧遇仙缘，得了一件奇珍，居然毫未受伤。除鸠盘婆老魔妖魂时，并还仗她之力颇多。洪弟也在阵内，但未被困，只管放心。可惜这里的事，此时不便明言。只带来了三片树叶，送与癞姊姊、琼妹、兰妹各人一片，到了情势紧急，除防身之外，多少有点用处。癞姊姊、琼妹多半还用它不着，尤其癞姊姊坐镇中宫法坛，更无用处。我又带得不多，不能每位奉赠，转赠令高足吧。我还要去守候易姊姊脱难，免得家姊怪我袒护门人，又闹玄虚。"三人听她要去，忙喊："二姊留步，我们还有话说。"只见满洞金霞，人已不见。遥闻谢琳传声说："不久来贺开府盛典，何在此片刻之聚？请恕无礼。"语声越听越远，再用传声呼喊，已无回应，才知谢琳也是身外化身，神游来此。数年之别，竟有这样惊人法力，俱各赞佩不置。

英琼见所接三片树叶作绀金色，祥光隐隐，大如人手，上有符箓，料具深意，便照所说分配。英琼想起女同门中裴芷仙身世最是可怜，便请若兰把自己这一片转赠芷仙，以备到时防身之用。并令守在洞内，无须出战。癞姑见众男女同门相继由外走来，并还添了四位新客，惟恐人多走口，故意笑道："北洞水宫关系重要，须防妖邪水遁侵入，琼妹由今日起便守在里面吧。这三小姊弟你也带去，免得放在外面，累人操心。"英琼笑诺，自带竺氏姊弟往北洞水宫走去。

癞姑见除了林寒、庄易未来以外，女仙俞峦因事他往，说好三日即回，绝不误事，余者差不多俱已到齐，便即向众商议应敌之策。众人先因癞姑接到眇姑第一次心声传语，疑有外人或是强敌要来侵扰，虽然事情发生应在后洞，为防万一前洞也有事故，或被来人由后洞攻入中宫要地，曾令众人防守全洞内外，并将五行仙遁发动，就便演习防御之法。及至眇姑二次传音，知道英琼有了奇遇，大功告成，日内无事，下令请众自便。

当日依还岭上，天气分外晴朗，景物本极灵秀。上官红等一班门人，知道三位师长均喜花木，每遇暇时，纷往各处搜罗，后山一带差不多已成了一片花山。丌南公走后，又来了好些长幼同门，同时发现对面宝城山深谷之中有好些奇花异卉和参天嘉木。长一辈的同门，除申若兰自来爱好，最喜布置园林，把昔年由桂花山福仙潭带出来的千年桂实，在静琼谷内觅地种植而外，日常无事，便率众门人探奇选异，穷搜涧谷，寻求佳种。

有若兰一领头，一班后辈越加起劲。当日恰是若兰所种桂树，在仙法灵泉种植之下，全数成长，亭亭若盖，大已合抱。预定夕阳西下，明月东升之际，那百十根仙种灵桂全数开放。袁星格外讨好凑趣，并将谷中所藏仙酿，连同近一二日所备肴果取出，等到银蟾吐辉，万花奇放之际，款待长幼群仙。众人知道若兰所种桂花不比寻常，都想一闻其香，同赏月华，先聚静琼谷中，等候东山月上，领略天香。

若兰为想使众惊奇，先将树下金粟全数禁住，看去只是一片浓荫，想等月到中天，请来英琼，齐吐香光。见布置停当，令众少候，自往池底去约英琼。刚到池边，猛觉眼前金霞微闪，身已被人抱住，挣扎不脱，回顾又不见人。心正惊急，待要行法抗拒，忽听耳边低语道："兰妹，是我。把你那桂实送我两粒如何？"声才入耳，谢琳已经现身，同往池中穿波而下。小寒山二女除和易、李、癞姑、轻云、朱文交情最厚而外，对于若兰也最投契。谢琳和若兰同是天真爱好，尤为亲热。一见是她，急于想知易静安危，好生欢喜，连忙回手想搂谢琳纤腰，却搂了一个空。知其神游来此，便同飞进和癞姑、英琼见面。谈了一阵，谢琳飞走。众见若兰请人未回，本要命人来催，向芳淑、云紫绡同了司徒平、秦寒萼夫妇忽然相继飞来。若兰又一去不回，月华已高，那百十株桂花树上，一点花痕俱无，疑有甚事耽搁，便由万珍、李文衍陪了新来四人同往仙府，就便催请若兰行法开花。人去以后，又待有半盏茶时，不见人回，相继寻来。癞姑因方才演习甚好，又添了四个同门，越发高兴。分配完了职司，对众人说："今夜若兰妹设有天香盛会，我和琼妹俱都有事，无法享受。群邪不久来犯，好在还有几天，今明两夜，请各随意游赏。过了明日，便须轮流演习五行仙遁，并作防御之计了。"众人多半贪玩喜事，除司徒平夫妇初来，想和癞姑长谈，不曾同往，连紫绡、芳淑也被若兰拉走，当夜自是尽欢。

次日，众人见百十株桂花树上缀满金粟，异香馥郁，笼罩全山。静琼谷一带香光如海，比起往日，景更灵奇。想起昨夜盛会好玩，连日月华又好，纷纷怂恿若兰多来几次。若兰性情温和，又最爱花，一想双凶还有好几天才来，自己奉命岭上御敌，便当时群邪来犯也来得及，时期虽未算准，至少五六日内不会有事，经众力请，便即应诺。人心都喜游乐，而这两辈同门又十九好胜，互相争奇竞异，点缀风华。每当黄昏月上，便各施法力，出奇制胜，酒美花香，言笑晏晏，兴高采烈，欢喜非常。这一个天香盛会，竟开了好几天，由十四夜起，一直延续到了十八夜里。众人虽是近来功力精进，大都修道年浅，出门便是顺风，就遇危险艰难，仗着同门众多，应援神速，终究逢凶化吉，有时并还因祸得福，无形中便生出轻敌之念。心想："以卂南公那高法力尚且安然度过，何况东海双凶？"

尽管癞姑再三告诫说，这次群邪来犯远非昔比，全是极恶穷凶，毫无顾忌，多厉害的毒手，全使得出。众人也只稍微警惕，过后便完。而万珍、秦寒萼、向淑芳、云紫绡四人俱都疾恶太甚。万、秦二女又是修道年久，以前吃过妖人苦头，忿恨更深。加以修炼在前，自信法力颇高，反倒不如一班后辈同门，连经失挫，心中难过万分。近来虽把以前妒忌之念去掉，对于第一次不能随众通行火宅严关之事，认为奇耻大辱，常想得一机会挽回颜面。对于群邪来犯，非但不以为意，反想乘机多建功劳，竟想借着若兰催花盛会以为诱敌之策，暗中约好几个身有至宝的女同门，到时联合应敌。表面却怂恿若兰和众同门日夜赏花赌酒为乐。

众人本在高兴头上，万珍又是先进同门，闹得癞姑也不好意思十分劝阻，只得暗告英琼说："众人这等轻敌，早晚乐极生悲。师长原曾暗示形势凶险，好几位同门均有灾劫临身，全仗本身道力小心应付，才能免难。无奈再三告诫，均不肯听。万、秦二位师姊天性强傲，入门在先，其势不便多说。这类赏花饮酒，原是修道人闲时所享清福，不算坏事。有他们诸位领头，闹得一班后辈都无法禁止。劝既不听，只好由你和俞恋道友、司徒平师弟带了火无害、钱莱、石完三人，多加小心。表面索性不加过问，由他们自己闹去。"英琼自然惟命是听。众人先还怕主人胆小顾忌，不好意思任性所为。尤其英琼自从炼就身外化身，一人能够分身两地，比以前紫清神焰所炼元神还要神妙。有时暗中飞来，见众狂欢纵饮，常向若兰暗中告诫，说是乐不可极，强敌将来，最好适可而止。人又心直口快，若兰和她交情又深，英琼走后，便向众人推谢，往往减兴。及到了末一两次，英琼受癞姑嘱咐，不再过问，万、秦二人又把诱敌心意说出，经此一来，有了题目。这几个长一辈的同门法力既高，心更灵巧，万、秦二人所知又多，于是各运巧思，除那百十株灿如金霞的桂花树外，又由各处移植了大批花树。并把当地原有泉石峰崖，施展法力，模山范水，吞吐云岚，加以许多布置。静琼谷一带，望去直成了一片繁霞，仙云杳霭之中，时见琼楼玉宇，飞瀑流泉，掩映其中。香光花气，已将笼罩全山，相隔百里之外，均能闻到各种异香。端的仙景无边，盛极一时。那赏花盛会，无形中成了日课。

英琼自从近一年来功力大进，一日千里，与前判若两人，性情也温和了许多。自将第二元神炼成，便分开两地。本身坐镇幻波池，加功勤修仙法，并炼那万年温玉。定珠所化元神，不分日夜，均在依还岭上留神防守。头两天还将慧光现出，往来查看。后恐万、秦诸人说她炫弄，又见众人兴高采烈，自己却似如临大敌之状，仿佛自视甚高，不肯随和，去过两次，便将珠光隐起。每一想到情势不妙，众同门好些情态反常，轻敌太甚，易静尚未回来，便自愁虑。眼前只有林寒、庄易、女仙俞恋可供心腹。小辈们之中，火无害沉稳老练，钱莱虽有童心，因其历劫多生，凤根灵慧，还能听话。日期将近，便命二人和袁星分头留意。

次日为大雷雨天，附近山洪暴发，洪流宛如万马奔腾，到处水汽蒙蒙，一片昏沉，天低得快要压到头上。一时迅雷交作，霹雳连声，震得山摇地动。金蛇也似的电闪，隐现密云暗雾之中，满空交织。雷雨之大，为英琼到幻波池以来头一次所见到。因最后两日，不愿见众人耽于宴安，不知远虑。寒萼虽和万珍一个鼻孔出气，自从上次碧云塘为化血神刀所伤，病愈之后，深感易、李、癞姑、七矮诸人恩义，又经乃姊紫玲暗中告诫，虽然轻敌贪功，还好一些。万珍仍以老大姊自命，说话每不投机。自己入门日浅，年纪太轻，全仗师门期爱，凤因巧合，得了许多奇遇，才有今日。素性率真，不善辞令，惟恐话不留神，无心开罪，或被误会。身是主人，事已至此，除却到时拼冒危难，竭尽本身智力小心防护，和癞姑一里一外分头主持而外，对这几人的祸福安危，只好行其心之所安，更无善策。为防万珍多心，便未再往静琼谷中查看，只在幻波池入口一带坐镇。算计东海双凶必在日内来犯，事前也许先命一二徒党来此窥探，仙示又未明言日期，不得不作打算。

当日午后，奉命在幻波池中防守的几个男女同门，已经癞姑发令，各按指定门户防守待敌。太乙五烟罗已暗中笼罩全山。火无害和钱莱最敬师长，对癞姑、英琼尤所敬仰，由前日起便借故离开众人，随同在侧。正想天变非常，莫非是强敌将来先兆，石完由后山跑来，见火、钱二人池边望雨，不知英琼隐身在前，笑对二人道："这里的雨有甚好看？日前离山他往的诸位师叔，方才均已回转。万师伯因日前天香盛会他们不曾在场，内中又有两位新来的，特意施展仙法，把空中雷雨驱散。又有各位师伯叔行法催花，恐癞师伯见怪，只在静琼谷一带行法施为，谷中已成了花海。据万师伯说，下有五行仙遁，上有太乙五烟罗，多厉害的妖邪也攻不进。就算妖火阴毒，能将五烟罗炼化，也非短时日内所能办到。平日在外行道，至多三数人一路，难得大家聚在一起，有此盛会，正好略享仙山清福，借此诱敌，何必那样小题大做？我想此言有理，果真有甚危难，不是妖邪对手，师祖早有预示了。此时谷中正在热闹。钢羽大哥也刚回来，问它送客何故去了这多日才回，它也不理。只把袁师兄引开，背人私语，被我发现，地遁掩去。谁知这位会飞的师兄比我更快，刚一到，它便飞走。袁师兄又不说甚话。我料它们平日亲密，背人说话，必有原因，问它不说，便跑了来，想把你二人唤去，玩上一会儿。那母猴子信服火师兄，你去问它也许肯说，还不快走？"

二人未及回答，英琼因那日神雕送它老友白雕，一去不归，知它近来神通越大，不告而行，必有原因。或被白眉师祖唤去，用人之际，心仍不免悬念。一听回山，急于探问慈父李宁近况，想命钱莱去唤。猛一回顾，瞥见静琼谷上空有大片浓云急如奔马，排山倒海一般滚滚翻飞，往四外涌去。同时数十百丈大小一股霞光，正由山谷中冲空而起，当空立被冲开大圈云洞，照得后半山直成了光明世界。浓云散处，谷中火树银花一齐出现，比起往日所见，还要富丽繁妙得多。各种花香，一阵随一阵由后山一带随风吹来，分外浓烈。正觉当此风雨欲来的紧急关头，众人只知作乐，借名诱敌，毫无戒心，万一众同门有甚伤折，如何是好？忽听后山雷声比方才猛烈得多，时见大团雷火夹着万道金光，由密云层中下射，到了壑底方始爆炸。先未留意，因听雷击太猛，便多看了两眼，忽然发现每次雷震均有双声，有时竟是下面先响。知道本山四面皆是深沟大壑，雷击之处远在后山危崖尽头，千寻绝壑之中。因那地方偏在山阴，自从入居仙府以来，只在第一年随同易静巡查全山，到过两次。见山中景物灵秀，花树繁多，独那一带偏居山阴，离幻波池最远，只与静琼谷相隔较近，中间又隔着两处峰崖，壑对面也是参天峭壁，两边都是童山秃石，寸草不生。仅壑底附近有几处瀑布，终年向外狂喷，环山而流，山中瀑布甚多，那几处瀑布深在壑底，并不美观，附近又无甚景物，看过拉倒，平日谁都不想再去。

当日迅雷太奇，下面又生反应，料知有事，忙告火无害、钱莱，令将石完留住，一同防守，不要离开。自往后山飞去。想看雷击之处是否有异。归途再寻神雕，问见父亲也未。近日飞行更是神速，本来念动即至，见迅雷来自天上，专击一处，心疑下面藏有精怪，该遭雷击，在彼相持，所以雷雨未住，反更猛烈。如是左道妖邪，不会这样情景。又见静琼谷中香光浮泛，霞蔚云蒸，景物奇丽。暗忖："这等灵奇明丽的仙景，休说诸位同门，便自己和癞姑如非忧患当前，也必不肯放过。"

这时雨势更大，宛如亿万股瀑布飞泉，天河倒倾，往下飞泻。本来满山都在暴雨倾注之下，因有太乙五烟罗笼罩全山，雨点打将上去，吃那五色淡烟挡住，轰轰发发，惊霆怒飞，霹雳连珠，雷电交织。四外群山更是风狂雨暴，所有森林草木，摇撼飞舞于暗云风雨之中。无数股雨中山洪，河决一般夹着断树泥沙，由高就低电驶而下，仿佛整座山峦均要被那风雨卷去。而依还岭上空风雨，尽管越来越猛，因在太乙五烟罗笼罩之下，却是静荡荡的，连花树也无一根摇动，地面更见不到一点水迹。加以雨量奇大，转眼成河，随着山势高低，被那五色淡烟托住，四外飞流。有的地方还似大小千百条银蛇，满山乱窜，蜿蜒飞舞，往环山绝壑中流去。有的地势平斜，直似一片又宽又长的银光，在彩烟之上凌空而渡。先见幻波池旁雨势较小，光景又极昏暗，全凭慧目法眼四下遥望，还不觉得，这时因静琼谷中飞起一片霞光，后半山一片光明，看去更成奇绝，由不得便多看了两眼。

英琼正往前进，忽听一声雕鸣，由前面绝壑上空暗云中隐隐传来。暗忖："近日功力大进，又将定珠炼成元神化身，法力更大，方才要唤神雕，只要用传声，一呼即至，竟会忘却，可见智者千虑，必有一失，遇事真个疏忽不得。"心念动处，已飞到绝壑边上，一看神雕隐身密云层中，离地甚高，本想传声询问来此做甚。眼前倏地一亮，空中金蛇电闪，紧跟着一道红光夹着大团雷火，朝壑底电射而下。目光到处，忽然发现一件奇事。原来壑底积水本深，大雨之际，对崖雨中山洪纷纷下注，水势本应暴涨，但因依还岭这面有太乙五烟罗笼罩全山，雨水均被彩网托住，分往壑中下流。那壑环绕全山，全都通连成一大圈，泄口又高，比平日暴长起数十百丈，英琼所看之处，乃是壑底对面一个崖洞，平日为水所淹，不曾留意。这时挨近崖洞七八丈方圆一片，竟现壑底，点水皆无。两边的水全被逼住，晶墙也似。先见那团雷火凌空下击，猛烈异常，看形势似朝对面崖洞打下。刚到崖腰，忽由洞中飞出一团银光，其大如杯，流星飞射，朝那雷火迎去。两下里一撞，霹雳一声，当时爆炸。只见红光银雨，四下分飞，对面崖石纷纷震裂下坠，轰隆之声，震得山鸣谷应，半晌不息。暗想："是何精怪，这么猛烈的天雷劫火，竟被击灭？那银光又不似怪物的内丹，也不带甚邪气，是何缘故？"如在平时，英琼发现本山藏有精怪正在抵御雷劫，必定飞入洞内，将其除去。也是近来连经仙缘遇合，福至心灵，因神雕方才一啸，想起昔年慈父告诫，说自己杀气太重，以后无论遇何妖邪，存心先要仁厚，不可赶尽杀绝，冒失出手之言。幻波池开府不久，便要下山行道，前路艰难，所遇敌人甚多，更须把父亲的话谨记胸中，以免妄杀铸错。心中一动，便停了下来，静以观变。跟着又见三团雷火，一团接一团朝下打到，均和先前一样，才一飞落，必有银光由对面洞中射出。看到末次，渐觉雷火威势越盛，银光虽能防御将雷击散，不令到底，光却逐渐减退下去。心想："洞中所藏，如是修道之士，预知雷劫，藏此抵御，所发银光当是抵御大劫之宝，又不应减退下去。"

正觉盛衰相倚，无论是人是怪，均难免此一劫。忽听对洞有一老人颤声疾呼道："我修道多年，并无过恶。今日之事，是我存广关头，昔年圣姑所说当无虚语，为何救星至今不见？再过片时，我那抵御雷击的冷蝉沙必要用完，本身固遭毁灭，元神也保不住，如何是好？"说时，又有两雷相继打下。洞中人语声也随同银光外射，时断时续。说完，见无回应，又说二次。英琼本在盘算洞中人的邪正和所说真假，紧跟着又是一大团雷火朝下猛击，威力更强，已离底不远。洞中人也似防到有此一着，所发银光竟比前大了十倍，两下里一撞，当时震散。猛瞥见雷火、银光对击爆炸中，由洞中冲出一条长大黑影，比电还快，朝空射去。方想洞中人的元神必已逃走，看那去势，分明邪魔一流。因其飞遁太快，又因对方隐伏洞中苦修多年，并与圣姑相识，上来未存敌念，忘了追赶，致被逃走。心正寻思，忽听空中雕鸣，听出妖魂已被神雕抓住。正待命其下降，刚把慧光化身现出，口唤："钢羽速降！"声才出口，又是一团雷火，凌空下击。同时瞥见对面崖洞内走出一个瘦矮老头，生得愁眉苦脸，须发乱如飞蓬，指甲甚长，下垂至地，衣履已全腐烂，上面长满青苔，行动甚是迟缓。刚到洞口，雷火已经下击。

英琼见状，忽然心动，忙运玄功，连人带慧光朝雷火迎去，两下里一撞，当时消灭。觉得天雷威势竟和本门中的太乙神雷相同，差一点道力绝禁不住这一击之威。因想探问对方来历，如何与圣姑相识，又料空中雷火必还打之不已，便将慧光加大，笼罩当地，现出化身，向其询问。老人仰望天雷下击。本是满脸惊惶，战兢兢张口喷出一团大银光，又将双手指甲一齐打断，拿在手内，待要施为。慧光将雷一挡，立转喜容，朝着英琼下拜道："圣姑之言果然不差。先前老朽不合脱困心急，自泄机密，被附身女魔偷听了去，既想仗昔年圣姑所赠冷蝉沙抵御雷劫，又想挟制老朽，从她为恶，几致白苦多年，仍为所害。为此附骨之疽，终年浸在泥水之内，所受苦难已四五甲子。好容易守到时期，但我守护心神的一道灵符却在此时失效，雷劫又已降临。如躲不过，定必与之同归于尽。幸而能免，仍和三百年前一样受那女魔挟制，终必违心为恶，难逃天诛。正在焦急，幸而恩人到时，未如预料。女魔附身多年，既想害我，又想借我抵御天劫，本来说什么也不肯离去。方才形势危急，老朽前受圣姑指教，那冷蝉沙又全藏腹内。她见所发银光越来越小，天雷反更势盛，才起了畏心。又见恩人不久来到，哀求几次，均无回应，自知不保。本还想杀我泄忿，再行逃走，无奈天雷劫火非我不能抵御，冷蝉沙所剩无多。时机瞬息，稍纵即逝，才用毒刑逼我尽量发出，以便乘隙逃遁。我强耐苦痛，才勉强留了一点，以备应付最后一击。女魔凶恶狡诈，本还不容，但见危机一发，残余蝉沙已去十之八九，再不逃遁，绝无生路，这才不顾害人，抽空逃走。恩人恰在此时将最后一雷为我解去，大劫已过，别无他求，只恐女魔见我未死，又来纠缠。千乞恩人将我放入宝网之内，暂避些时，等到事完，再容详谈，便感恩不尽了。"话未说完，大股金光紫气，已穿云而下。老人喜道："且喜这女魔已被仙禽擒去。匆匆见面，衣履不周，不是万不得已，也实无颜再入仙府。此时雷雨已住，前山许还有事，无暇多言。老朽今日元气大耗，这副臭皮囊久为女魔所污，幸得解脱，已不想要。请容老朽退去稍微养息，等仙府宏开群仙盛会，再当面谢谢吧。"

英琼已看出老人不似左道妖邪，所说也非虚假。本想回问女魔来历，因何成了附骨之疽，受此苦难。神雕已穿云而下，口吐金光，双爪各发出一股紫气，当中裹着一个骨瘦如柴的女魔鬼，已不似初逃时所见黑影狞恶长大，正在光气之中猛力挣扎，一同飞降。英琼见那女魔一身黑气环绕，生得小鼻小眼。两颧高耸，面无片肉，一张方形小口，露出上下两排利齿，似见受她缠磨多年的人未遭雷劫，自知先逃上当，心怀不忿，一面挣扎，一面戟指咒骂，厉声惨啸不已。看出神雕神情匆遽，虽用丹气将其擒住，急切间当除她不了。忙喝："你去多日才回，爪上紫焰非你原有，莫非奉命行事除此邪魔么？"神雕正以全神贯注，无暇回答，将头连点。老人又在下面求告说："女魔害我多年，如非圣姑恩怜，早为所害。这近百年中所受苦难，无异地狱，她还附身不去，必欲杀以快意。在圣姑未坐关以前，本在外面害人。圣姑投鼠忌器，不肯除她，借我为饵，诱来禁闭在此。如被逃遁，必留后患。"

话未说完，英琼遥闻前山雷震，又接火无害传声，请速飞往，料有变故，心中一惊。随将手往外一扬，数十百丈金光雷火，直朝金光紫焰中女魔射去。神雕立将光焰放一空隙，等太乙神雷穿射进去，重又包没。英琼为防女魔逃遁，又将慧光笼罩在外。只听神雷在内连珠爆炸，一片霹雳响过，将女魔震成粉碎。神雕立将光焰收回，慧光再予一围，连残烟余气也全照灭。跟着便见下面飞起一团暗紫色的光华，上有两根长约十寸的指甲。耳听老人喊道："我受李道友与仙禽之恩，无以为报，区区微物，日内许有用处。回到仙府，一看即知，彼此无暇详言，行再相见。"说罢，白光一闪，老人已退入洞内。神雕连声疾呼："恩主快走！"英琼接过那围紫光一看，乃是一个绢包，光自内出，指甲横搁在上。心念前山群邪当已来犯，深悔方才不该离开，不顾细看，匆匆收起，忙往前山飞去，急于赴援，晃眼飞到。

这时云散雨收,碧霄如洗,新晴天空,更无片云。大半轮月华分外皎洁,清辉广被,照得远近群山光明如昼。只雨水还未全停。太乙五烟罗彩网层上,到处银蛇乱窜,水光闪闪。绝壑松风与无数飞瀑流泉汇成一片繁音洪籁,水声轰轰,震撼林野,四山齐起怒鸣。依还岭外,高山危崖,凡有缺口之处,必挂着大小数十道瀑布,到处匹练横空,银蛇下注。静琼谷中诸人似已接到警报,十余道各色剑光正由谷中飞起,在月光之下,虹飞电舞,往幻波池一面驰去。双方恰是同时到达。方想妖人踪迹为何未见?火无害等何往?忽见脚底太乙五烟罗的彩网突似圆顶一般暴涌起百余丈,低凹之处所积雨水立被弹起,四下飞射,映着月华、剑光,宛如亿万银蛇星雨,雪洒珠喷,满空飞舞。转眼积水全尽,彩网也已下落,复了原状。看出是元皓所为。大家见面,正待询问,忽见一条红影中现两人,夹了两条青光,由斜刺里越崖飞来,正是火无害同了钱莱。两道青光乃是两个秃头矮子,已被二人擒住。石完也已追到。细一查看,矮子身上被好些灰白色的光丝将其绑紧,已然无力挣扎。石完先就怒吼说:"这两妖人万分可恶!李师叔刚去,他们便来此窥探。我和钱师兄听火师兄的话,不曾动手,先在暗中查看。这矮妖孽看出本山有宝网仙云笼罩,暗用邪法,想要破网入内。被弟子等看破,受伤遁走,一直追出老远,已快漏网,幸遇我姊姊石慧由此路过,用干神蛛师伯所赐灵蛛丝将其擒住。说奉小寒山忍大师之命,绕道来此,现在寻她师父,不暇来此拜见,已然先走。请李师叔用新得法宝逼其吐实,问出阴谋,再行杀他除害。"

英琼知小寒山神尼绝不会令其转告杀人,石慧来此虽是神尼指点,话必不同。所说新得法宝,必是方才老人赠的紫光指甲。再看所擒二人貌虽奇丑,防身青光正而不邪,好生奇怪。万珍、寒萼等一干男女同门,已纷纷赶到。惟恐这两人有甚来历,并非左道妖邪,受人蛊惑来此侵扰。如非真正仇敌邪恶一流,便应体恩师与人为善之意设法化解,免树仇敌,不可使其过分难堪。便对众人笑道:"这两人似非左道妖邪,也许受人愚弄而来。火贤侄见闻较多,方才曾与对敌,可曾问过姓名来么?"火无害先背着二妖人朝英琼暗使眼色,再笑答道:"弟子方才正守望在宝城山上,青光连闪,也因不带邪气,未往查看,仍守原地。后听雷声隆隆,与方才天雷不同，忙和钱、石二师弟赶去，一面传声，请师伯速来坐镇。到后一看，这两人正用五雷天方錾朝山脚猛攻，才知不怀好意，动起手来。问他姓名来历，一言不发。后为弟子等法宝、飞剑所伤，逃遁甚快。恰遇师妹石慧路过，用灵珠丝将其擒住。他仗青光护体，挣扎欲逃。因那光丝十分神妙，越挣越紧，他那护身青光并无用处，方始长叹了一声，不再倔强。忍大师只命石慧由鸠盘婆魔宫脱身之后，绕道依还岭一行，如有甚事，请师伯用新得法宝查看，自知底细。并说易师伯明日脱困，东海双凶和所率同党，当在明日午后陆续到来。初上来这一两天足可无虑，越往后越厉害，各位师长均须小心保重，量力而行，否则最好退入幻波池，宁可外面人少，多费点事。在李师伯定珠慧光防护之下，以攻为守，不出光圈之外，尚可无害。切忌轻敌。太乙五烟罗乃玄门至宝，到第十四天上必为妖火所毁，未免可惜。不妨在前一日收去，日后重炼，仍可应用。照此行事，防御较难。但救兵也必赶到，只要守住仙府两处要地，终能化险为夷。依弟子看，这两人必是受人之愚，背师行事，暂时未必肯说实话。弟子想请师伯乘此空闲，带往无人之处，或将他困入小须弥境，用五行仙遁迫令吐实，或由弟子等用太乙青灵神光将其罩住，外用太阳神光真火化炼，当无不招之理。"

英琼方觉火无害还是心粗，这两人来历未知，心意莫测，如何当面尽吐机密？心疑石慧说时未用本门传声，不曾背人。忽听宝城山上有人接口遥呼："快将我两个哥哥放走，从此绝不再来扰犯，并还感激你们。只要敢用五行仙遁毒刑拷问，或用神光真火化炼，必和你们拼命，将整座依还岭震成灰烟，莫怪我狠！"众人听这语声是个少女，由相隔数百里的对山顶上发出，语多恫吓。万珍、李文衎、秦寒萼三人听了首先有气，也未告知英琼，便同飞身赶去。余人也相继追往。只申若兰、向芳淑同了石奇、赵燕儿等五六人未走。庄易忽在此时飞来，见面朝英琼把手一扬，上现字迹。英琼看完大惊，见他连本门传声均防对方警觉，料知事关重大。

要知后事如何，请看下文分解。

第三二二回　　阳九肆凶威　无穷大气藏坤极
　　　　　　　机先消浩劫　一点精光耀碧辰

　　前文说到李英琼因见万珍等男女同门每日赏花游乐,忘了危机当前,心中愁急,分化元神,暗在依还岭上守候。正值当天大雷雨,偶闻后山雷声有异,赶往查看,发现一个困在洞中的老人为一女魔所制,女魔后欲冲破天雷火网逃走,残魂又被神雕擒住,合力将其消灭。老人感激英琼解救之恩,赠一绢包,紫光隐隐,上横两根长指甲。因前山火无害传声告急,料有变故,不及细看,忙即赶去。刚到,便见火无害、钱莱、石完三人押了两个秃头矮子,说是来人先用五雷天方錾攻山,为三人所败,已快逃走,幸遇石慧路过,用灵蛛丝将其擒住,请英琼用新得法宝拷问。英琼听出火无害假借忍大师之言恐吓来人,似有深意。又见万珍等同门纷纷赶到,恐这两人有甚来历,正想设法化解,忽听宝城山上有一少女接口遥呼:"快将我两个哥哥放走,从此不再相扰,否则必将依还岭震成灰烟。"万珍、李文衍、秦寒萼三人闻言大怒,也未告知英琼,首先飞身赶去。余人也纷纷追往。只申若兰、向芳淑等三数人未走。
　　英琼方想强敌眼看到来,众人怎如此大意?忽见庄易匆匆飞来,见面也不说话,把手一扬,现出几个字迹。英琼一见大惊,知道事机紧急,癫姑还未得信,所擒两人关系重大,如不将那同来少女擒住,便是祸事。但那少女法力比两矮子更高,身旁带有一件极奇怪的法宝,无论相隔多远,一经施为,立将自有宙极以来地心所藏千万年蕴蓄太阴罡煞之气引动,发生强烈地震,震源所及,远达数千里外。能由对方心念所动,无论相隔数千里外,使其发生威力。彼时火山爆发,黑水高涌如山,地心阴煞之气随同毒火上喷,震区所在方圆数千里之内均成死域,生物全灭,恶毒异常。

依还岭、幻波池虽有五行仙遁诸般禁制，附近群山必遭毁灭，不知要害多少生灵。最厉害的是，对方发难之后，那股不可思议的真力，便藏伏地心待机而动，防不胜防，稍微疏忽，立被侵入。少女得有师门专长，飞遁神速，捷如雷电，万珍、寒萼等人绝擒她不住。一个不巧，被她溜走，或是为救两兄，情急拼命，妄将此宝发动，便难挽救。必须自己亲身前往，方可有望。自己虽能分化元神，毕竟还是不可大意。忙朝庄易把手一挥，暗用传声，令告林寒，说此时时机紧迫，癞师姊坐镇中宫，不能离开，请代用传声告知，以免延误。随命火无害、石完，同了申若兰等数人防守当地，由钱莱押了两个矮子，去往幻波池内待命。说罢，立运玄功，电驰追去。暂且不提。

英琼自从近日炼成第二元神之后，法力更高，元神在外行动应敌，动念即知，与本身同具神通，其应如响。本身坐镇水宫要地，依还岭上动静本全知悉。一会儿，钱莱用太乙青灵铠，化为一幢青色冷光，把所擒矮子押到。英琼因得庄易暗中警告，已略知对方来历、用意。先将水宫禁制倒转，以防万一制她不住，反而泄露机密。一面命竺氏三小姊弟防守灵泉水池，如有警兆灵迹出现，不可妄动，速急禀报。暗命钱莱把人押往前面静室之内，自在暗中布置停当，再行出去劝其降顺。忽接癞姑传声，告以机宜，才知癞姑早已得信，比林、庄二人所知更详。同时得知少女也被众人围困，快要擒住，只要不被其逃走，化身在外应付得宜，不特无害，以后还可得到好些帮助。心中一定，立往前面走去。

那两矮子原是受人蛊惑而来，万没想到对方会有这高法力。被擒以后，情知上当，无如自己师父得道千年，便本身也有多年威望，法力甚高，一旦败于几个无名后辈之手，心实不甘。来时原仗独门仙法，尤其那片护身神光，具有极强威力妙用，多厉害的法宝、飞剑均伤不了自己。对方如是五金之宝，时候一久，还要被其炼化。不料敌人那灰白色的光丝看去极细，不知怎的，绑得那么紧，稍一挣扎，便被深嵌入骨，疼痛非常，不敢强抗。暗忖："同来三人，妹子本领最大，还未入网。看敌人口气虽凶，似在故意恐吓。身非邪教，对方均是正教中人，也许不致下甚毒手。不过不能自行脱身，人是丢定。虽然还有一线希望，但拿不准敌人是否会将身上所绑蛛丝收去。"心正惊疑，忽听妹子向敌警告，再不放人，便要震毁全山。知道妹子从小离家，得有震岳神君夫妇真传，法力比自己高得多，又身怀震宫至宝，性更刚烈，万一为救自己铤而走险，闯下空前大祸，如何是好？此次与敌为难，本就一时和人赌气，背师行事，再要为此引出巨灾浩劫，如何能容？妹子胆大任性，说到必做。忙用传声，暗中拦阻，令勿轻举妄动，等自己真个危机紧急，无法逃遁之时，再与一拼，也来得及。一面却打着逃遁主意。为了多年盛名，受此挫败，恼羞成怒，明知受人之愚，心仍怀恨。本想借此深入幻波池查探对方虚实，脱身之后，再作复仇之计。

及见英琼说完飞走，自己只由一个未成年的幼童押往幻波池中听审，觉着对方骄敌，欺人太甚。正想身虽被擒，法力尚在，这等无知鼠辈，也敢耀武扬威，少时只要看出能够脱身，叫你知我厉害。心念才动，人已随同飞降。见那幻波池仙府深藏地底，五座洞门环拥如城，洞门高大，质如金玉，共分五方五色，霞影辉煌，气象万千。洞门本全紧闭，刚一到达，也未见钱莱有甚动作，北面一洞，忽然自行开放。等人飞进，光华一闪，回顾身后，门户已隐，一片灰蒙蒙的景色，更无其他迹象。再看前面，只是一条甬道，上下弯环，其长无际，光烟变灭，隐现无常。随同所过之处，消失无踪，依旧一片淡灰色的光影。隐闻风涛之声，起自壁间，到处水光闪动，哪还分辨得出门户的方向，不禁大惊。暗忖："久闻幻波池五行仙遁神妙无穷，今日一见，果是厉害。"来时满拟兄妹三人各有独门异宝、仙法，一举便可成功，得胜之后，再寻妖妇理论。谁知为首敌人只一少女，法力之高，迥出意料，五行仙遁又有如此威力，自己修炼多年，对方还未发挥全力，便连门户方位都看不出。与之为敌，焉有幸理。照此情势，即便妹子妄自发难，至多不过是将近山生灵毁灭，并不能伤害敌人分毫。不由气馁心寒起来。

正觉报仇无望，幻波池五行仙遁比起预料和平日所闻厉害得多，眼前倏地一花，那押送自己的幼童钱莱忽然不知去向。甬道也已不见，身外全是灰色云光布满，暗沉沉的，一眼望不到底。耳听水声如潮，暗云中似有几幢白影闪动。定睛一看，乃是几根灰白色的光柱，矗立雾海之中，急转而来。还未近身，晃眼之间，前后左右均是这类大小光柱布满，星飞电旋，急转不止，几次似要撞在一起，均于千钧一发之间，自各闪开。海啸之声，越转洪厉，震耳欲聋。光柱也越来越多，更有酒杯大小一团团的灰白光华明灭飞舞。二人本是行家,看出身落水宫重地,敌人已将癸水禁制发动,这些光柱、光球只一互相冲撞,立发出不可思议威力。先想身落敌手,虽有法力,全身绑紧,无法脱身,动手只有徒劳,还许受伤。继一想:"仇敌欺人太甚,主持人还未见面,便想打死老虎,发动埋伏示威。反正话未问明以前,对头不致加害,何不施展法力,试探癸水禁制,有多厉害?"念头一转,心胆大壮。各把左臂一摇,立有一股青气由身后竹筒中飞出,朝前射去。

英琼受了癞姑指教,故意给二人尝点味道,使知自己不是好惹,然后出面开导,免其气壮心粗,乘隙图逃,把事闹僵,难于化解,日后又伏隐患。那地方看去一片雾海,无边无岸,单那粗约合抱的癸水神雷便数不清有多少。实则只是北洞水宫前面的一间静室,共只十来丈方圆。二人身在伏中,如何看出?果然心中不忿,意欲一试。那股青气刚由身后飞出,与那千百根水柱才一接触,癸水威力立时发动。本来那些水柱虽在凌空急转,并不上身。一经引发,先是"叭"的一声大震,眼前一片银霞闪过,随同青气射处,那千百根水柱倏地暴长,相对急转,挤作一堆,由此互相摩擦起来。晃眼越挤越紧,当头几根首先爆炸,发出亿万银星,飞射如雨。前半青气,立被击散,身旁便有一股奇大无比的压力四面涌来。二人看出青气冲射之力越猛,癸水威力反应也更加强,知道不妙,忙即收势。猛然一片雷鸣过处,眼前一亮,万千水柱同时隐去,当地又变成了一片银色光海。身外全被压紧,逼得连气都透不转。银光影里,又有万把金刀和无数银色光箭,暴雨一般四外打到。隐闻烈火狂风之声,轰轰怒鸣,由远而近。那金刀银光刚一出现,刀箭头上已射出万点火星。知道敌人五行合运,正反相生,已全发难,只等五遁全数变化出现,一同合围,发生威力,多高法力也禁不住。自己虽有宝光护身,尚未受伤,全身已被那强大压力逼紧,不能转动分毫。那力千金刀箭雨打到身前,虽被防身宝光挡住,那冲射之力已越来越猛,不以全力防御,必被冲破。宝光一散,休想活命。如以全力相抗,必又生出别的变化,少时五遁夹攻,更无幸理。

耳听狂风烈火之声,已快涌到身前,上下四外的金刀光箭已快转成红色。心正发慌,忽听对面有一少女喝道:"你既奉送人来此,见我有事,便应等候,如何擅自离开,又将癸水禁制发动?以致来人轻易出手,生出反应。这两人并非左道妖邪,必是受人之愚而来,如晚发现一步,岂不误伤了么?"声才入耳,面前忽现五色奇光。先是一片火云拥着大股烈焰一闪而过,跟着又是百丈青霞拥着无数巨木光影跟踪出现,精光万道,耀眼难睁。晃眼之间,万丈黄沙,千寻恶浪,一齐相继在五色遁光之下电掣而过,全洞风雷之声宛如海啸山崩,天鼓怒鸣,隆隆响过,由近而远,往四边散去,半响方息。雷声还未停止,眼前一花,已换了一个境界。对面站着一个白衣少女,正是方才依还岭上向众发令,往宝城山追敌的少女,身旁站着押送自己的幼童,正在发话。听那口气,分明原在洞内,不曾出外,但那声音笑貌和照人的容光,与前见少女一般无二。暗忖:"我二人到此并无多时,妹子法力甚高;飞遁尤为神速,敌人如将其擒住,必已在此,自己也必得有警兆,何况绝无如此容易,怎这前后所遇竟如一人?闻说小寒山二女是孪生姊妹,相貌言动,无不相同,法力甚高。这两姊妹虽与敌人交好,远在小寒山,即便赶来相助,也不应以主人自居。这等口气,如照妖妇所说,此女便是李英琼。此女总共修炼没有多年,又不应有这么高的法力。"

心方惊奇,少女朝二人看了一眼,笑道:"我知二位道友实是受人之愚,无故兴戎,事出误会。难怪几个后辈门人无礼,幸恕无知冒犯,请坐一谈如何?"随唤钱莱:"速将二位道友身上灵蛛丝收去。"钱莱方答:"此是石慧所发,人已他往。"英琼笑说:"此是干道友的法宝,最有感应,我代收去,也是一样。"二人此时已试出缠身光丝十分神奇,无法解破。先见五遁威力,本来胆怯,难测吉凶,一听对方口风不恶,虽然丢人,只要主人不等问话便先解绑,比较也好得多。心方喜愧,觉着有了转机,免得妹子和敌人各走极端,无法收拾。忽听钱莱说宝主人已然远去,即便主人将己放走,这等狼狈,如何回山?同时又听地底震动之声远远传来,虽然相隔颇远,但已听出妹子在用法宝发难。当此紧要关头,如能急速脱身,还可赶往制止,否则既闯大祸,对方也必为此翻脸,凶多吉少。

正在心惊愁急,猛觉身上一轻,复了原状。对方连手都未抬,那紧绑身上的灰白光丝,竟然不见。想起前情,好生惭愧。方想警告主人,说地震已然发动,请速放自己走,赶往挽救,还来得及。英琼已先笑说:"二位道友请坐叙谈,免得令妹到此,还当彼此敌对,又生疑忌。"二人本非邪恶一流,见对方如此大量,连姓名来历也未问,便以客礼相待,全出意料,越生感愧。遥闻地震之声,虽似在宝城山一带响动,为禁法所阻,早晚仍要发生巨变,造孽树敌;日后回山,还无法交代。越想越觉可虑,忙接口道:"愚兄弟原受妖妇怂恿而来,此时事在紧急,无暇多言,如蒙相谅,请先放我二人出去,等把舍妹止住,再同来此领教如何?"英琼笑答:"无须。我知令妹持有师门至宝,能于片刻之间混沌宇宙,使方圆数千里内陆沉,化为火海,洪水暴发,引出空前巨灾。本想由我赶去,好言商量,请来此间一叙。不料一班同门姊妹因觉来人无故欺凌,心中不忿,又因本山禁制重重,不畏敌人侵害,以致言语失和,争斗起来。令妹众寡不敌,妄出至宝,欲将幻波池震成粉碎。总算下手时节心有顾忌,又想借此挟制,预留退步,未施全力,尚可挽救。我因东海双凶少时便要来犯,淫恶狠毒,直无人理。我们人少,惟恐防范不周,被其乘隙暗算,连令妹也为所伤。又恐彼此误会,那九六宙灵梭就此糟掉,也太可惜。迫不得已,便用诱敌之计,激怒令妹,引使穷追,暗下毒手,特将禁网撤开,在地底放出一条通路,引她到此。不多一会儿,便可相见了。不过令妹性情刚烈,我们又当多事之秋,敌人转眼即至,无暇长谈,还望贤昆仲婉劝几句才好。"

说时,那地震之声忽然由远而近,由地底响将过来。二人深知此宝威力,本来幻波池仗着五行仙遁层层禁制,还可自守,这一放进,一旦爆发,绝难收拾。何况妹子怒火头上,向无顾忌,做了再说。主人法力既高,为人又好,曲在自己,如何怪人?忙用传声疾呼,想拦阻乃妹不令发难,并说已与主人化敌为友,千万不可冒失。谁知语声被禁法隔断,并无回答。因是初见,惟恐主人生疑,不便坚执要走。耳听地底震声越来越近,似已横穿依还岭,到了幻波池外。妹子性傲,不肯服人,果如主人之言,必有顾忌,或是想要借此挟制,不肯下那毒手,但那九六宙灵梭向不虚发,即使留有退步,也必有点损害,幻波池仙府必有震毁之处,少时相见,岂不难堪?宾主尚未通名,也许只知自己来历,还不知道此宝厉害,同声急道:"此是震岳至宝宙灵神梭,威力甚大,舍妹已然发难。仙府禁制重重,本叮无害,不应将其放进,稍一疏忽,难免毁损仙景。方才连用传声,未听回应,想被禁法隔断。事在紧急,望道友速将禁制稍撤,容我二人告知舍妹,设法阻止。或是另用法宝将其抵消,以免变生不测,毁了仙府灵景。"

英琼笑答:"地震之声尚未听出,道友传声本无阻隔,只因此间地底有圣姑仙法禁制,余姊姊又按圣姑传授加以运用,阻隔甚多。方才和令妹对敌,发现群邪已由海外起身,不久即至,危机瞬息,不及告知中宫主持同门师姊。令妹又是双管齐下,泄忿之外,还想把二位道友乘机救走。一面施展法宝穿地而入,一面本人也紧随在后,打算寻见二位道友之后,再将此宝直穿地底,去将地心阴煞之气与那千万年来隐藏的无量真力引发,把幻波池震成粉碎,本来留有退步,入地只有二百余丈,便为禁法所迷,匆促之间,不曾看破,上来以横为直,所有通路大只丈许,此外坚如精钢,无法旁蹿。如照此地计算,相隔地面才数十丈,为防令妹生疑,随意冲突,近洞一带禁制重重,万一误蹈危机,表面任其向前猛攻,暗中由我用佛门定珠隐去宝光,亲身护送,事情已有准备,也许还要转怒为喜,从此成为朋友呢。"二人不便再说,只得听之。

英琼方才因见所擒二人并非左道妖邪一流,护身青光尤为初见,想起下山前后各位师长和父亲的教训,恩师妙一夫人更是再三叮咛说:"本门不久发扬光大,你将来关系本派兴衰,只是杀气太重,固然劫运使然,对敌仍须力持宽大,与人为善,免生许多枝节,转变祥和。况你凤根深厚,学道年浅。自来任重道远,名高多忌,左道邪魔固放你不过,便是一班海内外得道多年的散仙,也难免不受门人同道蛊惑,与你为难。此后在外行道,务要处处留神,不是真个极恶穷凶,只要能悔祸归正,不妨加以宽容。海内外得道多年,隐迹潜修的散仙甚多,此中虽有好些出身旁门,但都经过一两次大劫,深知利害,各自隐迹仙山,不再出来多事。上次峨眉开府,本想借着观礼全数请来,后经与各位至交同道商议,为了好些疑难,又值许多强敌阴谋暗算的紧要关头,除本来相识曾下请柬而外,余均听其自便。内有好些人,你们连姓名均未听说过。万一无心相遇,对方如非左道邪魔,无论是何来意,均不可伤害。能够问明来历,化敌为友最好;否则,只可设法惊走,使其知难而退,不可与以难堪。"

自从入居幻波池以来,想起师门厚恩和慈父的期望,时刻都在警惕。无如天性疾恶,到时仍难免于气盛。直到丌南公来犯,将紫虚神焰兜率火炼成化身以后,方始心平气和了许多。回忆以前与妖邪对敌经过,虽未妄杀一个,毕竟难免操切。幸而所遇多是十恶不赦之徒,否则必和凌云凤一样惹出许多麻烦,终日东奔西走,妨碍修为,还受师门责罚,岂不冤枉?

本来打定主意，从此对敌绝不冒失，随意便下杀手，近日仙缘遇合，蒙圣姑深恩，以昔年所留的元灵与己相合，又炼成第二元神和身外化身，越发心境空灵，功夫大进。寻常修道人，费上数百年苦功，受尽艰难危害，也未必有此境界。自己入门才得几时，逢此旷世仙缘，好容易才有今日。如不小心谨慎，兢兢业业，不特以后树敌越多，前路更加艰危，便一班先进同门，也必认为是仗师门钟爱，得天独厚，狂妄骄傲，生出反感。岂非自误？

近日万珍、秦寒萼等男女同门，由申若兰赏花盛会一起头，终日饮宴欢乐，全不以大敌当前为虑，除林寒、庄易带了廉红药、徐祥鹅、木鸡、林秋水等在东岭西小峰调养，并照各位老前辈指点布下仙阵，准备接应未来受伤同门，仅为万、申二人情不可却，分头来过一次便未再来而外，下余诸人中，女仙俞恋、黎女云九姑此来本是另有用意，上次敌人大败之后，只在幻波池火宫静室之内修炼，偶然被人请去，也只敷衍。张瑶青去而复转，昨日才到。

李健等韩玄伤愈之后，便同飞走，行时说是奉有极乐真人之命，准在双凶来时，一同赶到。这次群邪来犯，强敌甚多，幻波池人数本来不够，连走带养伤又去了几个，即便到时能够赶来出场，也恐难于应付。何况易静被困魔宫，吉凶难测。金蝉、朱文、余英男三个最有力的再一走开，越发空虚。只方英、元皓二人还能听劝，下余不是天真稚气未退，便像万、秦二人那样骄敌大意，以为刁南公、庞化成那么厉害的强敌尚能战胜，何况别人。癞姑平日随和，不似易静神情庄严，说出话来，人不敢违。除和自己暗中商议，合力应变，从不正言向众规诫。自己一向心直口快，如照以前，早和众人争论。别人管不住，若兰交情最厚，早已强行禁止。也因近来心情越发温和，对于同门格外谦退，婉劝两次不听，恐生反应，只得运用第二元神把一人分成两个，和癞姑、方、元四人，连同火无害等几个得力晓事的门人，随时留心，加紧戒备。

前半夜大风雷雨，忽有警兆，心中疑虑，连忙赶去。及至擒到敌人，看出身无邪气，暗运慧光一照，也无感应，便料必有来历，已把敌意减去。正想回洞查问，又得庄易、癞姑相继警告，知道对方来头太大，内一少女人甚强傲，好些难处，所用震宫至宝宙灵神梭更是难制，对方一经施为，便要发生一次地震，崩山坏岳，伤害生灵，绝所不免。即便双方言和，敌人也知此事造孽太大，临机悔祸，也只能将那一经引发，便须宣泄的地火阴煞之气与那无量真力，引往大漠穷边无人之区再行爆发。灾劫虽要减少十之八九，但这类阴煞之气比起寻常烈火强十万倍，更具奇毒。平日隐藏地底，最近之处离地也有三千八百余丈。本来宙极中心，整个地壳之内，宛如一个奇热无比的洪炉，自有天地以来，终年在内轰轰燃烧，永无休止。偶然激射一股余火，便发生极猛烈的大震。寻常地震，林谷变迁，便由于此。随着火焰所过之处，下面地质起了变动。那火焰来自中心火团，受了天空日月星辰吸力反应，生了一种微妙感应，火力一不平均，立时冲动，向外激射。每一分化，便是一大股，其力至猛，一窜就是千百里。等到地底被它攻破一个大洞，上面地层连同江湖河海，也因此生出变迁。那中心火团外面笼有一层元磁真气，威力之大，不可思议，虽是气体，坚逾百丈精钢。除却内里真火鼓荡，自行爆炸，偶然射出一股这类火焰而外，休说人力，便是多大威力的法宝、飞剑，也难攻破。

这类火焰射出以后，一离本体，便被那股真磁之气隔断，不能回去。由此停在当地，深藏地底，历时千万年，逐渐冷却。如离地面稍近，或是停处地质太软，遇见天时变化，再受空中日月星辰吸力感应，便在里面顺势游动。年时一久，地层被其势力熔化，便朝前蹿。偶然遇到空隙或是所受感应之力太强，立即发生地震。再要两火相遇，或是上面有甚孔窍，便形成火山爆发。未发以前，只是一股极浓烈的黑气，虽无地肺两端所藏太火毒焰那等厉害，威力却是相同。这类地火阴煞之气，本在地层深处缓缓游动，因距地面太深，虽有感应发生爆炸，震势也轻微，地面上人民不易警觉。日久年深，也就渐渐减退，必须遇到现成火口，才行喷发，威力要小得多。本就是个祸胎，顺其自然之性发生灾害，已具极大威力，再用法宝由地层深处将其引发，灾劫之大可想而知。这样一个无意点燃的地雷，要将它由三数千丈地底引往万千里外沙漠无人之区，觅地发泄，岂是容易！稍一疏忽，一个制压不住，或是遇上阻力，当时裂地而出。上面如是人烟稠密之区，方圆数千里内全都成为死域，天时立生变化，奇热酷寒，洪水瘟疫，相继发生，为害之烈何堪设想。如在平日，还可联合几个有力同门，施展全力，随同戒备，偏生大敌当前，万难分身，岂非是个难题！

英琼本已打定主意，万一对方不听良言，哪怕吃一点亏，向其服低，也要委曲求全，免此浩劫。谁知机缘凑巧，追敌之际，因老人所赠绢包先前不知何用，本由化身带走，无意观看。到了途中，忽然想起老人对于今日之事似已前知，心中一动，忙即取看。正赶方英、元皓由幻波池施展仙法，消完岭上积水追来。英琼恰将绢包打开，看完圣姑所留柬帖，得知底细，不由喜出望外，忙即依言行事，转请元皓代将包中法宝和两枚指甲送回。英琼本身已早得知，当时变计，与化身分头下手，静待来人由地底赶来相见，并暗中留神查听。见矮子也似孪生弟兄，因为自己不听他话，坐在那里，满面均是忧疑之容。又因不知仙府禁制神妙，法力多高的传声问答全能听出，弟兄二人正在相对埋怨。

大意是说：日前去往震灵宫探望妹子，本来约定先往天乾山访看两个同道，忽因一事，改来中土，致与许飞娘等男女妖人相遇，谈起峨眉门下三英、七矮如何凶横可恶，目中无人。因而想到上次峨眉开府，兄妹三人想往观礼，因未接到请柬，不愿冒昧登门。后来得知邻岛几位散仙均被请去，自己连师长均没有份，固然双方师父隐修多年，震岳神君夫妇照例不离本岛，对方怎连一个空人情都没有？再听过去的人说起开府时盛况，端的千年难遇，已经妒羡，想起有气；加上几个相识的女友均是女仙于娲门下，又在峨眉吃了人亏，越发怀忿；再被许飞娘等连蛊惑带激将，于是勾动怒火，和妖妇打赌，一同赶来，丢此大人。最难受的是，先当对方后起之辈，来时还觉胜之不武，而擒自己的竟是对方门人。

本来奇耻大辱，绝不甘休，不料主人如此谦和，全无敌意，不问来历，便以客礼相待，使人只有自生惭愧，难以再与为仇。妹子得道数百年，从小便被震岳神姥收去，爱如亲生，天性刚傲，骨肉情长，为了两兄被擒，情急相拼。如在平日，也不至于出事。偏巧震岳神君夫妇近三百年来，从不轻许门人离山远游，这次意允，请即允，并还令往神宫宝库随意取上几件法宝，以为防身之用。那阳九七星环与所发出来的九六宙灵神梭，乃镇山之宝，威力绝大，向来不许门人轻动，平日想看一眼都难。妹子开库时，一时好奇，将其取出。本以为这类震撼乾坤，混沌宇宙的至宝奇珍，师父任多钟爱，也绝不会允许。谁知又是慨然允借，并还传授如何运用之法。今日妹子如此胆大妄为，必是想到师父遇事前知，既赐此宝，必有用处，否则不会传授那等详细,以致激成大祸。现在事已发动,但盼妹子另外还有防御之法,能在千钧一发之间,将其收回,或可无事;否则巨灾立成,这么好一座仙府毁灭可惜,主人也必为此成仇。所有错处,全在自己兄妹三人身上,如何回见师长?主人偏和没事人一般,看得那等容易,劝又不听,如何是好?

英琼见二人惶恐神情,暗忖:"正经修道之士,果与旁门中人迥不相同。偶因一念贪嗔,妄施毒手,稍微回想,心气一平,立时省悟。便他妹子,虽为救兄情切,下手时节也是再三迟疑,欲发又止了好几次,只是大言恫吓,并非真要下手。如非胸有成算,想诱她来此,只稍放松一步,至多逃走,日后再来报复,也必不敢闯此大祸。就这样,仍然隔着地层,留有退步,未以全力施为。否则,事虽由于强迫,恶念一生,这重无心之孽将来如何解免,岂不又是难题?"英琼两心并用,灵感相通,已看出少女在元神慧光暗中笼罩之下,正怀着满腹悲忿,手指一道长约三尺,其形如梭,前头一点银光,上射精芒,后尾一蓬极强烈的黑色光线,带着轰轰雷电之声,由宝城山地底横断依还岭,往幻波池仙府冲来。到了洞外一带,因被癞姑暗中仙法戏弄,那禁网看似破了一层又一层,不知飞行多远,实则还是停在原处,不曾移动,面上已有惊疑之容。

英琼心中好笑,忙用传声告知癞姑说:"时机将迫,我已准备停当,请即放她进来,不要再拖时候了。"癞姑传声笑答:"琼妹此时法力已非昔比,如何还是临事胆小?不这样,她如何肯死心塌地,心口皆服呢?势虽紧急,尚不在此片刻之间,忙它作甚?"英琼答道:"连日细详恩师仙示,此次邪正相持,形势险恶,敌人虽没有丌南公那高的法力,但都是极恶穷凶之辈,一个应付失宜,恐有伤亡,丝毫疏忽不得。留此洞门,是因先进耽于游乐,不便多劝,只好同了几个得力一点的同门后辈,用我化身守候在外,暗中戒备,以防有失。万一受伤人多,丢人事小,如何补救?易师姊被困魔窟,不知何日才回。小师兄又和朱师姊、余师姊离山未归,不知能否赶上。本来人少,再要伤亡几个,岂不更糟?"癞姑笑答:"依你无妨。不过,敌人前锋已然先到,此时正与各位同门在彼恶斗,我们已然得胜,你还当没有来么?事情暂时无妨,就有强敌到来,危机也不在此一二日内。至于受伤的人,定数难逃。反正不听劝说,还当我们胆小多虑,对他轻视,只能把心尽到，各自暗中留意，以全力挽救便了。"英琼知道癞姑人最热心，喜在暗中尽力，不肯露出，闻言方觉口气懈息。因听敌人前锋已与众同门动起手来，更不放心。方想事完立时赶往相助，忽听癞姑传声，说禁法已撤，请自施为。再问便无声息。

矮子弟兄听地底雷声到了洞前，便不再进，声音又小了许多，心疑主人警觉危机，已在暗中行法将其阻住。这样一来，仙府虽可保全，但那震势一经发动，便非发作不可。现已被其深入，妹子再要发觉遇阻，此时音信不通，必当自己遭了毒手，情急发难，整座依还岭必被齐根揭去，如何挽救？忍不住二次想要警告。刚喊得一声："道友！"回顾钱莱，已在一幢青色冷光笼罩之下，朝地底穿去，一闪不见，暗忖："无怪平日耳闻，说得峨眉派那么厉害，果然话不虚传。此人好似转生不久，还未成年，便他师长，也是近年后起，如何竟有这么高法力？外人忌恨，必由于此。"同时想到：震声停在前面，钱莱又是穿地而出，多半为了此事，入地查看。莫要不知厉害，看那宙灵梭来势太猛，妄用法宝去破，两下里一撞，立时便是巨灾浩劫，不可收拾。心正忧惶，震声忽又由远而近，来势比起由依还岭通过时还要猛烈，仿佛洞前禁制已被冲破，不禁大惊。因那地震之声来势绝快，相隔已没有多远，并似往上冲来，照着平日所闻，分明就要爆炸神气。惊慌情急之下，由不得大声疾呼："三妹，我与主人已然化敌为友，千万不可冒失！"

说时瞥见英琼神色自如，若无其事。心方奇怪，"轰"的一声，一团前面带着银色奇光，后有芒尾光线的黑色梭光，已穿地而出。当时满室精芒耀眼，火雨星飞。妹子手掐灵诀，也由后面飞出。情急之下，未容转念，刚喊得一声："三妹！"说时迟，那时快，就这危机瞬息之间，猛瞥见主人手上飞出一蓬紫色光雨，晃眼展布开来，电也似急，朝那光梭当头罩下，比电还快，一闪便已包没。同时主人手上又有一团寸许大小、奇亮无比的青光，朝原出现处地洞飞射下去。地面当时复原，只剩那道梭形宝光，由大而小，晃眼缩成两寸来长，形如一枚橄榄，非金非铁，通体乌光黑亮，前头带一点银星之物，朝主人手上飞去。那地震之声，本随黑梭宝光涌来，被英琼收去之后，震声立止。地底深处，却有一种极尖锐刺耳的异声隐隐传来，先为震声所掩，此时方始听出。

少女出现时，本是面容悲忿，宝光一收，骤出不意，越发惊惶。刚怒吼得半声，待要发作，一眼瞥见乃兄与主人对座室中，正在将手连摇，急呼三妹，忽然省悟。方觉对坐少女李英琼，方才还曾对敌，如何会与两兄并坐在此？看神气，又似双方对谈已久，莫非还有一个相貌相同的人在此不成？心念才动，猛想起地心祸胎已被引动，虽然事前慎重，志在要挟对方，并非真个要发难，留有余地，但非自己将其退去不可。对方不知厉害，妄将宙灵梭收去，上下联系一断，不多一会儿，必要发作，闯下大祸，造孽无穷。不禁大惊失色，忙喊："你快将宙灵梭还我。我哥既然好好在此，绝不再与你们为难。如稍延迟，这座依还岭全被震碎，化为火海，闯下滔天大祸，就来不及了。"说时本就情急万分，又见对面少女收去法宝，从容起立，满脸笑容，似要开口让客，大祸当前，一点不在心上；九六宙灵神梭托在左手之上，也未收起。惟恐时机延误，话未说完，人便扑上前去，想要劈手夺回，先把震源止住，平息之后，再与两兄和主人问答。身才一动，猛觉全身已被一种力量逼紧。以为当此危机一发之间，主人还要卖弄神通，心更惶急，刚喊得一声："你们不怕造孽么？"随听身后有人笑答："道友不必着急，便是造孽也与你们无干，请坐叙谈如何？"回头一看，身后立着两个少女。内中一个，正是先前对敌的李英琼，和收取法宝刚刚起立的主人，声音笑貌无不相同。另一个方才对敌时也曾见过。只听姓元，越发惊奇。因恐地震发作，闻言仍不顾得回答，侧耳一听，地底异声本快响到脚底，不知怎的，忽然自行退去，已无声息。

少女正想不出是何缘故，身后少女已走向前面，含笑道："地底震源已被令尊转交的法宝碧辰珠退去，不致发生巨灾，无须多虑。令兄和我已把话说明，化敌为友。此时上面正有群邪来犯，我必须前往助战。请与妹子本身一谈，恕不同时奉陪了。"说罢，一片慧光闪过，人便无踪。对面形似英琼的主人，已含笑让座，并将宙灵梭交还。经此一来，兄妹三人才知先见的少女竟是主人的元神化身，具有同等神通。另一少女名叫元皓，料也不是寻常，好生惊佩。坐定以后，稍微通名问答，忽想起方才事太仓猝，好些事情均出意料，不曾留意对方言语。那碧辰珠乃圣姑用百余年苦功，采取九天青灵之气所炼至宝，原为消灭西极火海之用，成功之后，剩下两粒。父亲自被魔女宛如珠所迷，失去本性，便无下落。如非恩师垂怜，将兄妹三人分别接引入门，早已命丧妖妇之手。后来听说父亲虽被魔女禁制，仗着好友圣姑一道灵符护身，表面顺从，孽缘一满，立乘机逃往圣姑那里求救，由此便无下落。屡向师长请问，均说："汝父夙孽太重，妖妇始终紧随未去，中间虽仗圣姑之力，也只护住真神，未遭毒手。将来孽满道成，仍有相逢之日，此时寻他无用。"后来听说圣姑已然坐化，幻波池也被妖妇占去。父亲却未听人提起，更是无从寻访，一直都在想念。便是这次来游中土，也为寻访父亲下落。不料对方竟说此宝乃父亲转赐，自己怎倒忘了询问？不禁打算开口。

第三二三回　父子喜重逢　掌上传声　福临祸去
　　　　　　　师徒同御侮　空中下击　雾散烟消

英琼见三人低头寻思，笑道："三位道友可知令尊尚在人间，为一魔鬼所困，今夜才得脱身？如非方才开读圣姑所留仙柬，得知贤兄妹三人的来历，方才那样空前浩劫，也不敢那等疏忽了。"三人闻言，才想起主人不曾回问自己的姓名来历。听说父亲在此，不由喜出望外，同声答道："记得家父为妖妇所害，恐恩兄妹连带遭殃，临难分手之时，曾将左手五指上面指甲取下五节，以为他年万一机缘凑巧，前往救他之用，并说那指甲乃是信符。家父早晚必被妖妇困住，如能熬到难满，妖妇邪法厉害，事前必难脱身，彼时圣姑也许不在人间，无人往援，难免同归于尽。我兄妹三人，根骨福缘俱都不恶，早晚必有仙缘遇合，经此二三百年修炼之功，法力当非寻常。不过妖妇淫凶阴毒，家父被困之处必难寻到，寻常修道之士绝不肯从井救人。到时也许设法托人将下余两枚断指甲，寻找我兄妹三人下落。接到之后，可将我们每人前得的一根取出，照家父所传，略一施为，必有感应。

为防妖妇乘家父昏迷之时，或用魔火烧心，逼家父说出此事，命一同党来将我们诱去。如果试出不差，可速禀明师长同来救家父出险，以免玉石俱焚。我三人虽然恨极妖妇，但是年纪幼小，毫无法力，如何与抗？只得跪天立誓：无论如何险阻艰难，只要仙缘遇合，立往报仇救护。谁知屡问师长，均无指示。后来再三哭求，只说将来可以重逢，仍未说出一定地方。曾经背人商议，无论何人能将家父救出，便是我们的大恩人，为他百死也所甘心。偏生用尽方法，打听不出一点音信。前月一算，和家父分手已六甲子，才着了急，茫茫宇宙，何处寻找？只得同来中土，打算把所有名山和隐僻之区全都找遍。做梦也未想到，会与主人相识。家父虽受妖妇之迷，乃是夙孽，本身法力颇高。如与道友相见，彼时曾说托人带信固以指甲为凭，如其有人救他，也必以此相赠，只照所传，将两枚指甲微一摩擦，另外三根立时飞来成了一件法宝。此举一半为了报恩，一半也为家父所习法术具有专长，所有法宝多是本人身上之物。尤其这五根指甲曾下苦功，威力更大，得道的人只一施为，愚兄妹立受感应，便可跟踪寻来，以便父子重逢。道友既与家父相见，又是方才出险，想必近在本山，便非救他之人，也必在场，可曾有人见到家父那两根指甲么？"

英琼含笑答道："指甲两枚原是令尊连圣姑所留碧辰珠和一张柬帖同时交我，不知是与不是？"三人闻言，方想询问人在何处，忽见英琼手上托着两根人手指甲，与自己随身佩戴的一般无二，不禁惊喜交集，心中怦怦乱跳。猛觉胸前微震，各人怀中锦囊内所藏指甲已各化作一道银光同时飞起。英琼手上两枚，也化作两道长约尺许的银光迎上前去。两下里一凑，化为一只人手，其白如玉，掌色红润，纤秀非常，四外银光闪闪，正是三人父亲昔年时常抚摸他们的那只朱砂掌。不禁悲喜交集，忙即扑地跪倒，同声哭喊："爹爹今在何处？可容不孝儿女一见？"

随听人手上面发话道："乖儿女，此事难怪你们。实为妖妇后来肉身被诛，又将元神炼成阴魔，非有佛家至宝，还须等她天劫将临之时，才能将其消灭。我命悬于她手，如非知我先死，她更万无生理，好些顾忌，早已下手杀害你们。你们救父情急，得信之后，难免冒失行事。即便将其除去，我必先遭毒手。甚或紧附身上，与我心神合为一体，对你三人欺凌残害，使你们投鼠忌器，平白受苦，无可如何。圮、垓两儿此时还能回去，从你们师父作一散仙。三女根骨较好，因与震岳神君夫妇有缘，蒙他们渡去，爱如亲生，得了好些传授。你虽眷念师恩义，无如神君夫妇不久闭关，须经百余年后始能与之相见。彼时他夫妇业已成道，至多一面之缘。因你法力虽高，所学并非玄门正宗上乘道法。为此传了几件法宝，表面任你出游寻我，实为算出今日因果，令你拜在李道友门下，上修仙业，想要回去，连见一面都难了。我命便是李道友所救。

"圣姑仙法神妙，当我被困之前，曾说难满之时，当有一个绢包自行出现，无论何人救我，可连我那两根指甲一同相赠。我被困壑底泥水之中历时三百年，终无迹兆。直到妖妇乘隙遁去，方始出现。彼时因李道友急于去往前山御敌，不知详情，我便匆匆奉赠，更不知道前山敌人便是我的儿女。昔年好洁成癖，偏偏被困甚久，终日陷身污泥窟中，度日如年。幸蒙恩人李道友助我脱困，周身的衣履已全腐烂，长满了青苔，污秽不堪，无颜见人。打算寻一昔年道友借身衣履，洗浴之后，静养些日子，彼时幻波池群邪当已瓦解，幻波池开府群仙盛会，我再来做不速之客，向恩人拜谢，请其用那两根指甲将你三人引来，父子重逢。不料那位道友已然坐化转世，只在内洞深处温泉旁边，放下一身新的衣履和一封柬帖。开看之后，才知今日之事，圣姑早有安排，三女应该拜在恩人门下。我因被妖妇阴魔所缠，躲那天雷之击，元气损耗太甚，不能行法推算。幸而我所炼法宝均是本身之物，与心灵相感，这五根指甲只一合成人手，立可传声发话。等了好些时，尚无音信，心正悬念，打算拼耗元气，查看你三人是否受人之愚，执迷不悟，亲身赶往禁止。忽然心灵上有了感应，跟着听你三人呼喊，料已明白过来，只是不知详情。三女行完拜师之礼，再把经过详为禀告。见面之期已不在远。

"这次幻波池正邪恶斗，形势十分猛恶。三女拜在恩人门下，自应听从师命，随同御敌。不过三女前师从小收养，钟爱太甚，性情不免强傲，初临大敌，各位师长同门多未见过，应敌之际，恐有疏忽，不奉师命，不可自告奋勇，单独出敌。休看新拜恩师年纪甚轻，但她累生修为，凤根福缘之厚，独步当时。和你师伯易静，同是圣姑昔年好友。因为前生修积太厚，受尽残酷欺凌，始终不懈，连经诸劫，才有今日，为峨眉三英中第一人物。遇合之奇，从古所无。新近又得圣姑昔年遗留的真灵化身，与之会合，炼就身外化身，神通法力，一日千里，将来必成天仙位业。又是我的恩人。你本门师长同门甚多，用功之外，务须格外恭谨，以便仰仗师门福庇，成就仙业，免我悬念。纪、垓两儿，最好回山，半月之后再来，免得无故树敌，于事无补，为你师门生出枝节。你们修道虽有数百年，一则偏重法术，不是玄门上乘功夫；再者你师海外清修，无甚同道，真遇强敌，便难免于吃亏受害。如真不愿回山，想等我来相见，在此一开眼界也可，但也不可轻易出战。最好随同恩人在幻波池内相助防守，在五行仙遁防御之下，不特有胜无败，并还可为主人少效微劳，实比随众混战要强得多。"说罢，又向英琼再三致谢，托其照看三小兄妹。说："道友此时已是天仙中人，道法功力实比小儿女强盛十倍，幸勿以年岁相差，便存客气。不久相见，再谢大恩吧。"

原来这老人乃中条山散仙沐尚，本是夫妇同修，乃妻也是一个女仙。二人本是尘缘未了，结为夫妇。沐尚先是凡人，全仗乃妻之助，始同修道。后来缘满转世，已早仙去。三小兄妹一胎同生，生时，沐妻大劫已临，快要兵解。因受敌人追迫，夫妻二人带伤藏在一处土窑之中。生后七日，敌人追到，便遭兵解。二子一名沐圮，一名沐垓，均按所生时地取名。惟独三女生时，沐尚见爱妻产后昏睡，身又负伤，心正忧急，忽见红光起自窑内，跟踪一看，发光之物乃是一根红色羽毛，长仅尺许，上射奇光，知道是一件异宝，忙与爱妻观看。这时分娩已第三日，腹中还在震动。沐妻明知还有一女婴不曾生下，无如身中邪毒已然发作，神志时常昏迷，不能言动。身外更有一片邪雾笼罩。先生二子已将精力用尽，勉强行法，冲破邪雾，由丈夫接生下来，胎儿幸得保全。末了这一女婴实在无力支持，眼看危机紧迫，再不降生，婴儿必死；勉强生出，身外邪雾难再冲破，不特婴儿保全不住，连丈夫也难免不遭波及。心中一急，就此昏迷过去。待了一会儿，神志稍微清醒，正在愁急。

沐尚先当爱妻闭目养神，发现宝光，忙即追踪。得到以后，刚赶回来，沐妻认出那是九天仙禽琴凤羽毛炼成之宝，恰是破那邪法克星，不禁大喜。忙告丈夫，令将红羽朝身一拂，红光到处，邪烟立散，婴儿随即降生，取名红羽。算计窑中必还有古仙人遗留的藏珍，又命沐尚往寻。果然由一土穴穿进，发现一座洞府，石案上放有柬帖、灵丹。取与妻子同看，正是前师所留，对于二人未来因果，指示甚详。看完悲喜交集。随把灵丹服下，照柬行事。自知夫妻缘满，还有四日兵解，痛哭了一场，与子女口中各喂了一粒灵丹，便做准备。沐妻死后，沐尚埋完爱妻，带了三个乳婴，隐居中条山。抚养到了六岁，不料妖妇宛如珠寻来，纠缠不舍。沐尚知是夙世魔孽，不能避免，只得乘着妖妇出外收摄生魂害人之际，暗令儿女各带指甲，照他所卜方向逃生。刚打发走，爱妻好友圣姑伽因忽然寻到，说沐尚与妖妇这段孽缘，须要经过六七个甲子和一次天雷之劫，才能于九死一生中逃出性命。并说妖妇不久便受飞剑之诛，到时可逃往依还岭后山绝壑之下，暂避凶锋。等妖妇元神炼成阴魔，三次寻来，即便纠缠不舍，在圣姑法力禁制之下，也不至于为她所害。说完未来之事，便即飞走。

沐尚原已知道未来因果，立照所说行事。三小兄弟虽是仙人子女，毕竟年幼，先照父亲所说，想往东海逃去，不料中途遇一妖人，发现两小兄弟在山中打猎，掘取黄精，看出仙根仙骨，立用邪法摄走。飞到海外，被一散仙救去，由此收为弟子，学成道法，始与乃妹相见，时常来往。沐红羽当日原在林中生火，瞥见妖道将两兄摄走，向天悲哭，正值震岳神姥路过发现，将其救往东海神山东神岛震岳宫中收养，传以道法。兄妹三人，均有一身惊人法力。

英琼早知底细，一听这等说法，先颇谦谢。后想火无害身禀真火之精而生，得道千年，功力更高，英男和自己年岁差不多，照样收徒，对师更是恭谨。昔年恩师原说将来所收门人甚多，幻波池开府以前收此异人为徒，难得对方如此诚敬，知是定数前缘，也就不再推辞。正答谢间，小兄妹三人已同跪拜。忙请沐氏兄弟起来，笑道："令妹修道比我年久，我实愧为人师。无如令尊盛意殷勤，我虽年幼，本门道法乃是玄门正宗，于她未尝没有补益，此是前缘，只好勉从令尊之命，收她为徒，暂时随我镇守水宫，以防敌人侵入。至于贤兄弟并非本门中人，无须太谦，以后各论各，作为平辈之交如何？"

沐氏兄弟同声答道："恩师谦光盛德，万分感佩。休说弟子受恩深重，即以方才而论，如非恩师大量包容，舍妹无知冒犯还在其次，那九六宙灵梭乃镇宫至宝，一经发难，大则混沌宇宙，小亦伤害无数生灵，使方圆千百里内化为火海，烧成劫灰，生物全灭。不是恩师仙法神妙，格外成全，即便圣姑留赐奇珍可以止住震源，舍妹难保不在地底任性妄为，这等滔天罪孽，万死也难解免。恩师竟能不动声色，弭祸无形。彼时擒她易如反掌，法力之高，岂是弟子等三人所能梦见？只因师门恩重，自身福缘浅薄，不能同拜恩师门下，一遂感佩之诚，已为恨事，如何还敢妄自尊大，居于同辈？还望恩师不吝教诲才好。"红羽也在一旁极力陈说："恩师法力高深，兼有仙、佛两家之长。万想不到因祸得福，拜在恩师门下。从此永托福庇，勉修仙业，固是万幸。两兄虽然无此福缘，对于恩师万分敬仰，并非由于感恩之心所致，还望恩师随时教训才好。"并说："前恩师震岳神君夫妇法力高强，向无敌手。近百余年闭宫修炼，回忆起行时之言，多有深意。弟子自闻父命之后，得知不能回山见师，将来也只一面之缘。想起师门恩义，未尝不心如刀割。无如弟子深知二位恩师性情刚傲，遇事前知，不特门下弟子出门对敌占惯上风，所炼法宝多具极大威力。尤其那阳九七星环与九六宙灵神梭炼成之后，自信无敌。忽为恩师所破，虽然事早前知，绝不至于不快。否则也不会令弟子将它带上山来，并有此宝两用一发的预示，分明算出将来还有一次大用，但与平日信条不符，不令弟子回山，想必也由于此。总算福缘深厚，得拜恩师门下；此后定当努力修为，望与别的同门一般看待才好。"

英琼天性素孝，见沐氏兄妹自从闻得乃父掌上传声，神态越发恭谨，辞色十分诚恳，无意之中得此佳徒，自是喜幸。沐尚语声早止，英琼把手一招，仍化为五根指甲落在手上，笑问三人："可要收回？"红羽笑答："家父当日原说父子相逢之后，全数赠与助他脱难的恩人。此宝如按家父传授，一经施为，便化成一双大手，凭着宝主人心意运用。与人对敌，差一点的法宝、飞剑，均能凭空抓去，有时连人也可擒住。恩师如以仙法重炼，功效想必更大。"英琼自不肯收，后经三人再三劝说，英琼因知此宝不能分用，沐氏弟兄辞谢坚决，只得收下，转赐红羽。沐氏兄妹知道师命难违，方始拜谢。

这时，洞中师徒四人喜气洋洋，依还岭上却打了个乌烟瘴气，难解难分。连癞姑也已出战，刚刚得胜回来。英琼则一身两用，一面应敌，一面坐镇。先因癞姑离开中宫已久，只请女仙俞恋代看总图，虽知癞姑智勇双全，看似胆大，实则心思细密，全都顾到，终以人数太少，难免疏失。正想按照日前分派，将人唤回分守五宫要地，癞姑已大胜而归。连日前派定防守幻波池的几个，也全带了回来。这才明白癞姑因妖人这几个前锋均非庸才，看出日前奉命防守诸同门多觉幻波池内五行仙遁神妙无穷，敌人多好法力也难侵入，守在里面，难于施展身手，不甚愿意，面有难色；又以屡占上风，不知前路艰危，从此到处荆棘，存有轻敌之念。意欲借此一战，故意放纵众人，任其上去争功。

一面再和英琼里外防守，暗中接应，等到危急之际，上前相助，使其知难而退。众人因听癞姑先前池底传声，说敌人前锋已快到来，这些均非能手,可在依还岭前先挫敌人锐气,勿令入境,众人越发把事看易。谁知才一动手,便看出敌人厉害,内有数人均非敌手。如非癞姑突然飞出,与英琼合力相助,转败为胜,几遭毒手,这才去了好些骄敌之念。癞姑又说:"为援众人,幻波池中空虚,无人主持,请照原议,各回防守。"众人见敌人前锋已有如此厉害,在外应敌,只有吃亏丢人,不如回到池内,仗着五行仙遁之力,还可有胜无败。除却万珍、李文衍、秦寒萼等有限几个始终气盛,不肯退回,以及本来分配在外应敌的一些男女同门而外,全被癞姑带了回来。英琼一算人数,幻波池内已足够分配,只是外面人少。好在化身在外,仗着定珠慧光防护,只要众同门能和申若兰、赵燕儿那样听话,少时不贪功冒险,当可无事。心方渐定,强敌已经先后赶到。

原来先前英琼元神由宝城山暗中尾随沐红羽,同往幻波池中飞去。刚走不久,万珍等男女同门正想飞回,忽接癞姑传声,说东海双凶因等几个同党,还未起身。所约妖党,多半骄横,因嫌双凶狂傲,各自设词起身,来做前锋,欲在双凶未到以前,给我们一个厉害,显他神通。转眼就到,来路正是宝城山一面,可速埋伏,分布开来。为首的共是五个妖人,同了双凶门下几个得力妖徒,在今日来犯群邪中,并非高手,但也不可轻视。最好上来给他一个下马威,不令入境。话刚说完,便听远远破空之声。众人满拟这股妖邪不值一击,何况事前得信,又有准备。万珍照着平日自拟御敌之法,一声暗号,立分三面埋伏起来,只由万珍、秦寒萼二人当先迎敌。同时廉红药、徐祥鹅、木鸡、林秋水等四人在岭西小峰养伤,恰已痊愈复原,因在林寒所布旗门神光之中,发现妖人前锋已然飞来,正向癞姑传声报警,欲雪上次伤败之辱,也同赶到。这几人各有一两件法宝、仙剑,颇具威力。尤其廉红药的一套修罗刀,更是妖邪克星。于是声势更壮。

刚照万珍所说埋伏停当,破空之声已由远而近。随见对面空中云光乱闪,当头五六道妖光宛如黄虹电射,已在宝城山顶上空出现。跟着又见几道暗黄暗碧的光华越山飞来,在烟云滚滚之中已将临近。万珍、秦寒萼同立依还岭边界危崖之上,装作眺望附近风景,明见大群妖人破空飞来,神态从容,直如未觉。那为首五妖人师徒共是十一个,还有几个双凶门下,来时骄敌过甚,因听妖妇说起,上次丌南公乃是上了敌人的当,受将激走,并非真败。这班妖人隐伏海外各岛,修炼多年,邪法颇高,以前避过一次天劫，全都气壮心粗，目中无人，一半受人蛊惑，主要仍是想夺毒龙丸。平日妄自尊大，来时不肯掩蔽形迹，以为对方这几个无名后辈，单这威势，也被吓倒。依还岭上虽有诸般禁制和太乙五烟罗笼罩，因是仙法神妙，太乙五烟罗又只薄薄一层淡烟，不到近前，万难发现。加以岭上景物灵秀，到处花光，灿如锦云，新雨之后，四边山色苍润欲流，互一陪衬，越显霞蔚云蒸，无殊仙境。远处看去，更是花团锦簇，目迷五色，哪还看得出还有极严密的防备？

众妖人多年未来中土，初次见到这类美景，正想破空之声何等强烈，来路烟光滚滚，把天都遮去了半边，敌人怎会没有警觉，猛瞥见前面一道绝壑，宽数十百丈，恰将两山划分为二。对面峰峦灵秀，花光如海，丹崖碧嶂之间，立着两个绝代佳人。一个穿着淡青罗衫，一个穿着杏黄色仙衣，都是长身玉立，美如天仙，并肩立在对面崖上，手指侧面云岚花树，相对说笑，对于来人这么强烈威力，竟如未觉。中有两妖人因见二女美貌，全无防备，虽料不是寻常，色令智昏，妄想生擒回去。也未寻思，忙令同来诸人暂缓前进之势，同往对崖降落，待要询问调戏。刚一落地，见那两个女子都是腰佩长剑，仙骨珊珊，一身道气，心正奇怪，人已落到面前。对方依旧说笑从容，直如未见。

口方喝得一个"你"字，穿杏黄衫的一个倏地回身，一声娇叱，把手一扬，立有一道上有金、红、白三色奇光，前头射出万朵金花，千丛星雨的梭形宝光电射而来。方觉不妙，忽听两声惊呼，精芒耀目之中，已有两个妖徒受伤倒地。同时霹雳连声，惊天动地，数十百丈金光雷火，分上、中、下好几面作大半环形连珠打到。好些少年男女敌人突在附近空中现身，各施飞剑，法宝包围上来，数十道飞剑、宝光电舞虹飞，满空交织，在千重雷火之下夹攻而至。这原是同时发生的事，来势又猛又急，迥出意外。众妖人受了妖妇蛊惑，误以为敌人近年猖狂，由于机缘凑巧，一时侥幸，否则小小年纪，修为才得几时，哪有这高法力？均抱必胜之念而来，做梦也未想到会有这等厉害。内中几个邪法最高的，一见对方发出一道金、红、白三色奇光，认出此宝来历，知道上了轻敌的当，忙即防御，骤出不意，也闹了一个手忙脚乱。

原来万、秦二女均想借此立功，一洗当年之辱，疾恶之心又甚，事前早已商定，把男女众同门分成三四面埋伏：长于隐形的隐身空中，下余各借花林崖石隐蔽。二女当前诱敌，计算敌人必要下落，只一对面，一个发动三花神梭，一个发出白眉针，同时下手，给敌人一个下马威。众同门一见宝光出手，各用飞剑、法宝、太乙神雷一起施为，上下夹攻。众妖人果然吃了大亏。

万珍为人虽然强傲自恃，毕竟得道年久，功力甚深，所用法宝、仙剑均是师门所赐前古奇珍，威力已非小可。秦寒萼的白眉针更是阴毒非常，因为上次碧云塘受伤，越发痛恨妖邪，竟不听乃姊紫玲之劝，将白眉针收起不用，反在暗中用本门仙法加功祭炼，比起以前，还要厉害神速。只是发时有一线银光，不似以前光色太淡，看不出来。这样对方虽易发现，但那来势比电还快，等到警觉，人已受伤。功效威力，也已不同，只要被射中，当时在人体内爆炸，不似以前那样伤人于不知不觉之间，威力却是更大。寒萼因为紫玲、司徒平力劝，说此宝过于阴毒，特意炼成有光之物，免得又受乃姊埋怨。恐被敌人警觉，特意和万珍预先商议，杂在宝光之中放将出来。众妖人骤不及防，当时便伤了好几个。

尤其为首发话二人，色欲蒙心，正发话间，猛瞥见三色奇光由敌人手上飞出，仗着邪法甚高，如若逃避，本可无事，只因骄敌自恃，又觉自己越众抢先，当头退走，不是意思，百忙中微一迟疑，扬手飞起一片黄光，想要迎御，不料白眉针来势比电还快，双双打中。内一妖人见眼前一线银丝闪了一下，还未看真，猛觉左眼一麻，酸痛非常，暗道："不好！"忙运玄功抵御，已是无及，"叭"的一声极轻微的炸音，由左眼起，把半边脑壳炸成粉碎，当时脑浆迸裂，鲜血淋漓。如非功力甚深，只是残废，元神不曾受伤，早已惨死。当时急怒攻心，一面行法护痛，怒吼一声，首纵妖光逃去。另一个也是瞥见面前银色光丝一闪，匆促间看不出是何来路，方想闪避，谁知他快，来势更快，又当张口之际，四边敌人纷纷现身，数十道剑光、宝光随同千重雷火一齐打到，声势猛烈，从所未见，看出敌人不是易与，心又一慌，立被打入口内，也是一声炸音，把整个头颅震成好几片。不由怒发如狂，元神立纵妖光，带了无头残尸飞身遁去。

同来妖徒和另三个妖人，本是随同飞降，立得稍后，吃众人四面夹攻，寒萼白眉针又发之不已，除三个为首妖人外，妖徒又伤了四个。其中三个中了白眉针，炸成残废，邪法又没有妖人的高，本就半死，众人飞剑、法宝往上一围，太乙神雷的数十百丈金光雷火、连珠霹雳再行将上去，当时震成粉碎，死于非命，连元神也未保住。另一个死得更惨。因离妖师较近，先吃万珍三花神梭打断一臂。自恃邪法较高，又擅血光遁法，自身受伤，百忙中瞥见妖师重伤遁走，头也震去半边，不由怒发如狂，大犯凶性，妄想杀敌报仇，将对方那些美貌少女生擒两个回去报仇泄恨，并讨妖师欢心。刚把那条断臂化成一条血手飞起，挡向前面，自纵妖光，跟着在后，待要施展玄功变化，朝前猛扑。因见雷火厉害，血手刚一出现，便被炸成粉碎，自己如非法宝防身，躲避得快，也无幸理，微一惊疑之间，木鸡在旁助战，看出妖徒一身邪气笼罩，受伤不退，还在施为，扬手一明月珮打来，邪烟立被震散。妖徒连受重伤，才知不妙，想要逃走，廉红药正指二十七口修罗刀向前夹攻，立追过来。同时方瑛扬手一支专戮妖魂的太乙青灵箭，一道青荧荧的冷光当胸穿过，妖徒刚惨号得一声，二十七道修罗刀碧光再围住一绞，当时血肉纷飞，形神皆灭。

　　众人对敌，先后不过两三句话的工夫。万、秦二女旗开得胜，上来大挫妖人锐气。正在得意洋洋，向妖人师徒追杀。为首两僧一道自从埋伏发动，便自飞身逃退，忽然回身追来，同声怒喝："小狗男女，速来纳命！"话才出口，二妖僧手上各托着一个形似钵盂之宝，随手一指，立有两股金碧色的光气神龙吸水一般，由盂口中飞出，自空高挂。一股先将二十七道修罗刀的碧光挡住，另一股立时展布开来，作喇叭形四下展布，挡在妖人师徒前面，将众人的法宝、飞剑一齐敌住。众人本全学会本门太乙神雷，纷纷朝前乱打。无奈妖僧钵盂中这两股光气十分厉害，虽被飞剑、法宝、太乙神雷偶然冲散，但是随分随合，一任飞剑、法宝、雷火横飞，休想前进。有那功力稍差的飞剑，竟还被它吸住。下余妖徒本已逃退，有的还受了伤，见此情势，急又怒吼赶回，各施邪法、异宝，隐身光气之后，朝外夹攻。幸而方瑛、元皓的太乙青灵箭，钱莱的太乙青灵铠，均是枯竹老人所赐奇珍，司徒平的乌龙剪也能抵敌，未为所败，闹个相持不下。火无害和石完，一个发出千丈烈火太阳神光，满空飞舞，不特未被邪气阻住，反倒乘隙用太阳真火烧死了两个妖徒；石完仗着家传地遁，依然联合钱莱，时隐时现，出没无常。二妖僧几次想下毒手，均未成功，反而几乎为二人的飞剑、法宝所伤。

另一妖道生得身材高大，形如巨灵，手持丈八妖幡，周身笼罩丈许厚的暗黄色光气，停空不动，天神一般，怒睁着一双巨目，凶光闪闪，注定众人，似要待机而发。火无害看出妖道最为厉害，几次运用玄功变化，化为一个火人，由高空中直冲下去，左手大团连珠雷火，右手大蓬太阳神光线，想破那面妖幡，均未如愿。钱莱、石完更由地底飞出，上下夹攻。妖道对于别人的飞剑、法宝，全未理会，每一近前，便被身外暗黄光气挡住，不以为意。独对火无害却似有些顾忌，每见雷火、光线射到，妖幡一展，不是人影全无，便是幡上冒起百丈黄烟，将其敌住。火无害空自急怒，拿他无法，断定妖道必更难惹，正在留神戒备。忽接癞姑传声暗告说："我和英琼已全出来。你和钱莱只将申若兰和廉红药护住，以防受伤。余人不必问，我自有道理。那个妖幡十分厉害，等其发动，也有破它之法。"火无害早就看出来敌不是寻常，两次传声向幻波池警告，请英琼速出应战，均说就来，人却不到。心正盼望，不料癞姑同时出场，以为形势凶险，逼得癞师伯连根本重地俱都不顾，亲自出马，不禁着起急来。因觉若兰人最温柔和气，对于后辈十分谦和，不以尊长自居。又见自己和钱莱相貌灵秀，说是本门后辈中一双金童，时常夸奖。上次被师父擒住，又曾代为说情，心生感激，闻言忙即暗告钱莱，一同往申、廉二人身前赶去。

石完见二人退下，不知何意，正在急喊："火师兄，钱师兄，怎不上前？"忽见两个黑色人影各由手上发出一片暗黄色的光气，猛朝万、秦二女身前扑到，同声怒喝："无知贱婢，暗算伤人，今日叫你们知我厉害！"众人定睛一看，正是前响受伤二妖人去而复转，已将原体藏起，各以元神幻化出斗。石完见状大怒，扬手一团石火神雷打将上去。吃火无害纵身飞出，一把拉回，暗用传声说道："你怎如此大胆？此是雷车岛上三个著名妖孽，那黄色光气乃戊土精气炼成，邪法厉害，连我太阳真火尚难伤他，你如何能行？我们对敌共只半盏茶时，看他回来得这么快，分明妖道原身藏在附近不远。与其徒劳无功，自找苦吃，何不用你家传地遁，去往宝城山搜寻妖孽尸首，将其毁去，岂不要好得多？"石完最信服火无害，正赶上一团黄烟打到，忙往地下一钻，就此遁走。

廉红药那二十七口修罗刀，本吃妖僧钵盂中的金碧光气吸住，此进彼退，往来挣扎，相持不下，忽然电也似急收了回来。妖僧好似吃了一惊，手指妖气，追将过来。吃火无害扬手一股太阳真火将其敌住，宛如一道百丈彩虹横亘空中，一头金、碧二色，一头亮若红晶，顿成奇观。同时那两妖人的元神，已朝万、秦二女当头扑到。二女先还不知厉害，各指飞剑、法宝朝前迎敌，不料那暗黄色的光气十分奇怪，宝光、神雷冲将上去，只打得千百丈黄烟四下进射，妖气反倒越来越浓。这还不说，那身材高大、手持丈八长幡的妖道，似等同党回来同时发难，忽把妖幡一晃，幡上黄色光气立时铺天盖地展布开来，朝着众人当头压到。

众人飞剑、法宝本吃二妖僧合力逼住，满空飞舞，无法前攻，有的还被吸紧，见势不佳，相继撤退回来，合力向前抵御。那太乙神雷更似暴雨一般，由众人手上朝前打去，仍是全无用处。三股妖气晃眼合为一起，重如山岳，威力更大。二妖僧金碧光气不知何故反倒收转。众人心方奇怪，两道金紫妖光冷不防惊鸿飞射，由斜刺里冲将过来，只一卷，便将石奇、赵燕儿两口飞剑收去。跟着又收了万珍和郁芳蘅每人一件法宝。依还岭前山已被黄尘布满，妖魂时隐时现，出没无常。众人的飞剑、法宝全无用处，太乙神雷已不敢妄用，又恐二妖僧乘隙下手，冷不防吸收法宝、飞剑，多半各就近便，把剑光、宝光连在一起，勉强相持。残余妖徒还有三人，虽然受伤，均非弱者，又在一旁各施邪法助威。一时黄尘盖天，宛如山崩海倒，潮涌而来，阴风惨惨，鬼哭神号，声势越发惊人，逼得众人无计可施。除方瑛、元皓和火无害、钱莱奉有密令而外，均当英琼尚与先来三敌人相持，故未出战，迫于无奈，便用传声向其求救。

那两妖人碧影由万丈黄尘中忽然出现，朝万、秦二女当头扑下，还未近前，二人已觉到一股冷气。本来非糟不可，当此危机一发之间，忽听癞姑传声疾呼："二位师姊速用弥尘幡防身快退！"寒萼闻言心动，忙把弥尘幡取出，刚一晃动，妖人便已扑到。何芳淑在旁立得最近，因自己前在南疆受伤，格外小心，平日又最信服易、李、癞姑三人，日前曾听癞姑无心说道："师妹功力尚浅，你那两件法宝均是前古奇珍，易起妖人觊觎，用时务要谨慎。除纳芥环可以防身，近年已与心灵相合而外，你那青靨瓶就近才能应用，不可轻易单独出手。"方才对敌，见飞剑几被妖僧吸住，暗忖："纳芥环师门至宝，前在南疆与红发老祖对敌，尚且几乎失去，何况法宝。"

一时胆小,青靥瓶未敢用。正在迟疑,想要一试,猛瞥见两条碧影,由妖气黄尘中突然出现,分朝万、秦二女扑去。一时情急,扬手飞起纳芥环,化为一圈金霞,将三人一同圈住。恰好寒萼弥尘幡也化为一幢彩云飞起,将三人一起护住。但那无量威力的暗黄光气,依然挡它不住,逼得众人纷纷败退。众妖人见众人各将飞剑、法宝连在一起,急切间奈何不得,互相商议,索性把众人逼往幻波池前,等其向下逃遁,再以全力把全山压成粉碎,连人带幻波池一起震毁,再由劫灰中搜寻毒龙丸和众人遗失的法宝、飞剑,以便一网打尽。正在一厢情愿,不觉到了依还岭的中部。二妖僧先前为黄尘所迷,不曾细看,这时首先发现那层彩烟十分神妙,方喝:"此间颇有能者,诸位道兄留意!"

话才出口,先是五朵紫色灯花,大如人指,突然出现,投向黄烟之中。因众人飞剑、法宝光华强烈,大胜之余,未免骄敌。那五朵灯花虽然光彩晶莹,但都不大,正夹在宝光之中,飞舞而出。又因那黄色光气本是一片整的,仿佛一座向前倾斜的排天峭壁,迎面压到。众人如将宝光连成一片光屏向前抵御,虽觉压力奇猛,抵敌不住,还好一些。如用那几件最有威力的法宝、飞剑向前猛攻,妖气受了冲动,压力更大。再用太乙神雷打将上去,前面妖光邪气当时爆炸,万道黄烟满空激射,发出连珠巨震,与金光雷火互相对撞,威力之猛,无与伦比。当时邪尘飞涌,上与天接,黄烟乱爆,光雨横飞,直似无量地雷,在大片气墙之中凌空爆炸,震得众人纷纷倒退,连防身宝光和笼罩全山的五烟罗也一齐受了震撼。最厉害的是那黄色光气,上来只有百十丈高大一片,随同众人后退之势,逐渐展布,依还岭前半山头已在笼罩之下,渐渐化成弧形,往里合围。众人把宝光联合,分头拦堵,进逼之势尚可稍缓。只要有一面稍微松懈,立被往里压来。

急切间不知妖人是何心意,又都好胜,不愿丢了众人,抽身先逃,只得各施全力奋斗。一面纷向癞姑、林寒告急,问其可知怪人来历?这类妖光邪气如何破法?两下里本来抵紧,向前进迫,一进一退,往依还岭中部移来。那紫色灯花来势又快,只闪得一闪,便打入黄尘邪雾之中。为首妖道虽知那是一件法宝,但没有看清,又因敌人所用法宝、飞剑虽不寻常,均非自己敌手,只有那二十七口修罗刀和两支太乙青灵箭是自己克星。但是邪法还未发动以前便被同党妖僧吸住,敌人好似害怕,已把这两件最厉害的法宝收去，这才免却顾忌。仗有二妖僧随同戒备防御，越发放心大胆，认为有胜无败，各以全力施展邪法，向前猛扑。正在趾高气昂之际，以为那如意形的紫色光焰也和别的法宝一样，至多将前面妖光冲动，转瞬即可复原，并还可以乘机反击，伤害敌人，丝毫不以为奇。

二妖僧却较识货，识得邪正之分，此来并非本心，一看便认出那是五朵灯花，想起佛门至宝心灯威力。来前又听人言，说是此宝已二次出世，落在散仙谢山手中。谢山并还因此宝悟彻前因，转入佛门，改名寒月。昔年名震西昆仑的凶魔血神子邓隐，便死在他手内。心疑紫光便是此灯所发，又觉光色不对。方在奇怪，待向同党警告，那五朵灯花已投入大片黄烟之中，不见飞出。情知不妙，忙又疾呼："三位道兄，留意敌人暗算！"三妖道也都得道多年，炼就独门邪法，昔年凶名在外，徒党又多，难得遇到敌手。也是被长眉真人所败，受伤逃走，仅以身免。跟着又遭了一次天劫，仗着邪法高强，偶因一时机缘，与二妖僧合力抵御，幸得漏网。由此害怕，埋头多年，对于长眉真人师徒也有不解之仇，近年静极思动，又听仇人业已道成仙去，越发胆大。因为久居辽海，虽然故态复萌，并未想到赶往中土为恶。最近因受妖妇许飞娘之愚，说妙一真人夫妇自从峨眉开府，承继道统之后，便当众声言，从此广收门人，勾结同党，准备把异派中人全数除去，光大门户，使峨眉派永为道教宗祖，顺之者昌，逆之者亡。如今所有异派中人全被激怒，准备与之一拼。双方原是水火，不能并立，不乘对方羽毛未丰之际，将其除去，以后旁门中人永无宁日。如等仇人势大，全被消灭，都在意中。

妖人闻言，自然勾动旧仇，本意去往峨眉，报仇泄恨，决一存亡。二妖僧却比较谨慎，加以近年常听友人说起敌人威势，力主慎重。妖妇又说："目前敌人闭关修炼，所有门人全都分派在外，到处建立别府，增加势力。都是一些狂妄无知的小狗男女，仗着机缘凑巧，各得了一两件法宝、飞剑，到处倚势横行，欺人太甚。最著名的几个尤为可恶。最气人的是修道都无多年，有的还是黄口小儿，乳毛未干，照样强横。内有三个贱婢，仗着和贼尼圣姑伽因前生有点渊源，于无意中得到幻波池五行仙遁总图，又正当艳尸崔盈该当数尽，机缘凑巧，把幻波池那好地方占为己有，又将贼尼所留的道书、藏珍、毒龙丸全数得去。诸位道友如欲一试，贱婢不久便在幻波池开府,学乃师峨眉开府故技,气焰逼人,狂妄已极。那毒龙丸更是稀世奇珍,得到一丸,至少可抵数百年苦炼之功。何不赶往将其除去,以挫敌人锐气,并还得到许多旷世奇珍。"这五个妖人全都淫凶异常,又贪又狠,立被说动。跟着东海双凶又来约会,因不满双凶盛气凌人,妄自尊大,如非有人解劝,几乎失和,敌人未见一个,已火并起来。后来经人劝解,五妖人师徒先走。

第三二四回　应敌有仙机　宝焰飞光　青霞幻绮
　　　　　　　　酬恩完夙约　梵音出壁　健羽摩云

　　双凶虽也痛恨仇人，但知妖妇之言必有出入，否则几个末学后进法力如果寻常，绝不会令其下山创立门户。见五妖人那等骄敌，料其不能成功。但又防到彼此多年未见，万一邪法真高，抢先得手，别的不说，藏珍毒龙丸和那几个美貌少女，如被全数得去，无法染指，岂不可惜，便命两个得力妖徒随了同来，一面坐观成败，一面防备五妖人捷足先登。妖人如败，乐得看他笑话；妖人如胜，立时加急赶来争夺。

　　妖道原知双凶不怀好意，只是无法出口。又知对方以前邪法甚高，海底潜修多年未见，必更厉害，真个翻脸，胜败难料，只得隐忍在心。满拟对方几个无名后辈，还不是手到成功。谁知一到依还岭，便有两个成了残废，其中一个并把头震成粉碎，必须借体重生，多耗真元。不禁怒发如狂，待把敌人擒到，尽情凌辱，残杀泄忿，一肚子的怒火，恨不得把所有法力全数施展出来。及至转败为胜，越以为先前乃是一时疏忽，受人暗算。想起多年威望，遭此重创，来时又向双凶夸过海口，以后何颜相见？越发怒火上攻，把敌人恨入骨髓。盛怒之下，自然粗心。

　　为首妖道不曾受伤，人又深沉狡诈，比较稳练。上来看出对方年纪虽小，法力颇高，更有好几个出奇人物在内。两幼童所发太阳真火和那青灵冷光，更非寻常。才知敌人不是易与。如非二妖僧所持钵盂乃佛门至宝，将双方法宝、飞剑敌住，单那二十七口修罗神刀便难抵敌。因而决计看准下手，不肯轻动。等到同党妖道元神飞来，合力发难，仍恐敌人厉害，一个不巧，难免吃亏，特意令二妖僧暂时收回宝光，暗随两旁，防备万一。同时乘机摄收敌人法宝、飞剑。心意虽极毒辣，下手却不甚急。见那紫光突然出现，并未看出是何来路，已飞入万丈黄烟之中，更不再现，黄色光气也未激动。心方生疑，忽听妖僧警告，紧跟着便听"叭叭叭"接连五声极轻微的炸音。因为双方恶斗巨声所掩，才一入耳，还未听清，猛觉元神大震。那万丈黄烟好似一堆火药被人点燃，"轰"的一声，向上急涌。纷纷震散，化为奇大无比一片黄色云烟，直上九霄，只一闪，便把天空布满，晃眼之间全数消灭。这一惊真非小可。黄尘散处，敌人的剑光、法宝重又惊鸿电掣飞射上来。如非妖僧看出警兆，有了防备，各把钵盂一指，那两股金、碧二色的光气重又神龙吸水一般飞射出来，将其敌住，妖人元神飞遁神速还不妨事，骤出不意，自己先非受伤不可。就这样，元神也有不少损耗。不禁激发凶威，当时暴怒，一声厉啸，把手中长幡向空一掷，立时迎风暴长，幡上黄烟怒涌，更有无数黄色气团四下飞射。正待仗着二妖僧防御之下施展全力，把数百年苦功炼成的邪法异宝施展出来，与敌一拼。

另两妖道元神本就几次催他下那毒手，均因为首妖道素来行事谨慎，知道此次寻仇不问胜败，均无宁日，此时不过开端，得胜之后，对方师长绝不甘休。所炼法宝本来就是前古奇珍，又经多年苦炼之功，不是寻常，敌人当知道，不是万不得已，最好隐而不露。这些又都是无名后辈，何须如此小题大做？不如上来慎重，看清形势再行下手。所以一任同党催促，终是不肯。二妖道自从看出太乙五烟罗的神妙，敌人全山在那五色烟光笼罩之下，一任来势多么猛烈，连彩烟下面的花树均未摇动，料知先前粉碎敌人巢穴之计，多半无望。为首妖人仍主从容，下手先用妖光，由渐而进，把敌人围困在内。另由妖僧乘隙下手，把敌人的法宝、飞剑夺上几件，再打主意。一任劝说，只是摇头。正在负气，无可如何，一见将幡掷向空中，知他人虽阴险慎重，照例未曾对敌，先留后步，从来不肯轻举妄动，但是向不吃亏，稍微受伤挫败，便不顾一切与敌拼命。心正高兴，忽听"叭"的一声，跟着又是一声怒吼，定睛一看，妖道已被人打了一掌。

原来这时除方瑛、元皓、火无害、钱莱、廉红药五人分别奉有密令，聚在一起，只守不攻而外，众人正当危急之际，忽见那么浓厚的妖光邪雾，被李英琼几点紫青神焰兜率火全数消灭，俱都狂喜，精神大振，各指飞剑、法宝向前猛攻。不料二妖僧早有准备，钵盂中的金碧光气重又飞出。为首妖道行法受阻，无暇施为，张口一喷，那金碧光气立时分化为数十股，将众人的宝光、剑光分头敌住。妖道掷出长幡以后，手伸法宝囊内，还未取出，猛觉身后被人点了一下，微闻有人说道："这大个子打起来有多麻烦。"

妖道也是气昏了头，身后这一下又点得不重，敌人都在前面，以为同党招呼，由不得回头去看，眼前一花，"叭"的一声，左脸上猛挨了一下重的，打得头昏脑涨，七窍生烟，两太阳穴直冒金星。目光到处，对面乃是一个相貌丑怪的癞女尼，摇头晃脑笑道："我只说你这么又高又大的个子，必有几分来历，惟恐狗骨太硬，把我的手打痛，没敢用力，只轻轻拍了你一下，没料到山大不出材，会这样不经打。我的手还未杀痒呢，你鬼号些什么？"话未说完，妖道已是急怒攻心，暴跳如雷。见敌人凌空而立，身外并无宝光围绕，除那一掌力量大得出奇，连脸颊骨和牙齿差一点均被打碎，其痛彻骨而外，别的毫无异处。怒急心昏，也没细看来历，一面行法护痛，扬手便是一道黄光朝前飞去。

二妖人的元神见为首妖人吃亏，同时暴怒，也不想想同党素来谨慎，每次对敌，均有极厚一层妖光护体，寻常法宝、飞剑尚难上身，怎会被一个小癞尼一只空手打得这么重？同声怒吼，扑上前去，待将敌人抓死，把生魂摄去，火炼报仇。谁知小尼看去貌不惊人，却是滑溜异常，黄光飞到，身形一晃，便到了妖道身后。二妖人忙喝："大哥留意！"同时左右夹攻，电也似急扑上前去。只听"叭"的一声，妖道夹背心又中了一下，这次打得更重。最奇的是妖人元神动作如电，多高法力的人，只稍微疏忽，被他扑中，当时把魂摄去，死于非命，这次却不知怎的，竟会扑了个空。妖道却被这一掌打出老远，几乎坠地，只觉心脉快要震断，元气大耗，疼得周身乱颤，背骨欲裂。心中恨极，不顾再用妖幡应敌，忙将法宝取出。刚化为一蓬灰白色光丝，待要笼身而下，一面行法止痛，一面施展毒手报仇雪恨之际，忽听空中一声雕鸣，未及细看，癞女尼已追上。心中恨极，正施邪法，伸手要抓，妖人元神也已双双赶到。都是急于报仇，气忿到了极处，别的全未顾及。那一蓬灰白色光丝也刚展布开来，身子还未完全罩住，妖道猛觉眼前似有两点金光一闪，同时一股疾风突由空中当头扑下。

抬头一看，原来是只大白雕，通身银光闪闪，目射金光，两只钢爪畚箕也似，银羽横张，约有两尺来宽，正由空中星丸电射，当头下击，已然离头不远。虽然看出来势厉害，因那防身妖光不特威力甚大，并还阴毒异常，专污敌人法宝、飞剑，常人只一近身，当时昏迷倒地不起，满心自恃。又因小癞尼本由身后凌空追来，飞向自己前面，好似伸手要打。因见防身宝光飞起，同党元神又由后面急追过来，临时胆怯，忽然回身向前飞逃。一心报那两掌之仇，把小癞尼抓成粉碎，以消恶气。满拟那只白雕只要被那笼罩身上的灰白光线反射上去，不死也必重伤坠地，丝毫不曾在意。于是向着仇敌急追，心中暗骂："扁毛畜生也敢来欺人，少时叫你知道我的厉害！"心念才动，头上忽作奇痛，眼前倏地一暗。才知不妙，不顾追敌，忙纵妖光，向旁逃遁。惊惧百忙中，觉着头皮已被抓裂。回头一看，原来雕爪上面，各发出两股紫色光气，那笼罩身外的一蓬灰白光线，已被全数抓走，连头皮抓裂了一大片，差一点把脑袋抓破。当时鲜血淋漓，痛楚非常。正在又惊又怒，忽听二妖僧疾呼："道兄快逃，迟无及了！"心方一惊，先是万丈金霞带着千重雷火自空直下，朝身旁不远的妖幡上打去。同时又有一弯形如新月，带着金、碧、红三色的朱虹由小癞尼手上发出，朝妖幡上绞去。妖僧的话还未听清，只知凶多吉少，惊慌急怒中，待要飞身逃遁。说时迟，那时快，就这先后两三句话的工夫，一蓬冷气森森寒碧精光，又由斜刺里电掣飞来。刚看出是专戮妖邪的修罗刀，一声惊叫，逃已无及，那二十七道刀光环身一绕，当时形神皆灭，洒了半天血雨。

　　原来二妖僧正将钵盂中的金碧光气迎敌众人法宝、飞剑，因听妖道怒吼，闻声惊顾，妖道已被一个小癞尼连打两掌。面前一个小癞尼突然出现，凌空步虚而行，并无宝光随身，动作如电，神速已极，妖道身外黄光竟被击散。另二妖人的元神两次飞扑均未扑中。方疑对方所用好似佛家金刚神掌，否则以同党法力之高，如何能近身？心方一动，猛瞥见先前敌人撤去的修罗刀，突在妖道身后出现，才知这班敌人不特法力高得出奇，法宝、飞剑多具极大威力，并还机警神速，迥出意外，已中诱敌之计，忙即出声报警，已是无及。同时又瞥见小癞尼扬手发出一弯朱虹，朝孤悬空中的妖幡上剪去。因那妖幡同党曾费百年苦功才得炼成，小癞尼所发刀光形如新月，具有金、碧、红三色，闪变无穷，十分神妙，和昔年善法大师、屠龙师太威镇群魔的佛门至宝屠龙刀相似，只光变幻不定，略有不同。如是此宝，却是难当。心方一惊，又见百丈金霞带着千重雷火自空直下，正罩在那刚往上升的妖幡之上，连幡上所发的妖光烟弹一齐裹住。那道精虹再合力往上一绞，迅雷声中，连闪几闪，数十丈长，上面妖光邪气宛如山岳的一面妖幡，竟在瞬息之间化为乌有。见那金霞来路乃是一个形似幼童的道装少年，手中拿着一面宝镜，发出数十百丈金光雷火，妖幡一破，立朝众妖徒追杀过去。

当为首妖道被神雕抓去防身法宝受伤逃遁之时，前见两道青荧荧的冷光，突由另二妖人元神面前地底飞出。二妖人本因同党受伤逃遁，急怒交加，抢前救护，不料敌人突由地底飞出，一人一支专破妖邪元神的太乙青灵箭当胸射到。双方迎头对面，一明一暗，二妖人骤出不意，所遇又是专门克制妖魂之宝，一任玄功变化，飞遁神速，也是无法闪避，双双全被射中。冷光过处，连声也未出，妖人元神当时全被震散。总算功力尚深，各自化为七八股黑气，箭一般朝宝城山那面射去。中途一路急飞滚转，勉强合拢了两条残缺不全的人影，带着一股黑气朝前飞遁。敌人仍在后面各纵遁光急追下去。情知这两妖党早晚必被追上，因是凶多吉少，便是自己也未必能够全身而退。想起先前如意形的紫色灯花不曾再起，不知是否佛家心灯，此宝更是难当。正各打招呼，想要遁走，小癞尼和那后来道装打扮的幼童已各用宝镜飞刀杀了残余妖徒夹攻而来，心中一慌，逃走之念更切。

刚纵妖遁欲起，猛觉手中钵盂一紧，似被一股极大力量吸住。定睛一看，原来先前敌人法宝、飞剑本被钵盂中数十股金碧光气分头敌住，有的还被裹紧，不能挣脱。如非看出兆头不妙，敌人飞剑、法宝又多，便用全力将其收走，均非难事。本来双方相持不下，打个平手。就这三妖人伏诛，稍微回顾分神之际，内中两道剑光本被自己裹住，正在奋力挣扎，不知怎的忽然不见，却多出两道内有各色异彩的青色光气飞将过来，就着自己猛吸之势，长虹飞射，投向盂中，才一飞入，立被吸紧，力量大得出奇。明知事情要糟，无如手中钵盂乃是佛门至宝，师传奇珍，随身多年，除败在长眉真人手下一次，从未遇到敌手，如何肯舍？再朝青光来处一看，乃是一个年约十六七，穿淡红衫的少女。先前曾经见她手放一圈金光，护了两个同伴，在昔年天狐宝相夫人所炼至宝弥尘幡笼罩之下，一同败退。此后同伴尚在对敌，此女忽然不见。这时正同那放修罗刀的少女并肩而立，身旁站着前用太乙神光护身，和那周身烈焰笼罩，形似红孩儿的两个幼童，正朝自己指点喝骂。手上抱着一个古瓶，看去非晶非玉，青翠欲流，形制古雅,从未见过。瓶口上刻着一个怪头,和海蜃相似。那两道五光十色,闪烁不停的青气,便由瓶口之中飞出,细才如指,到了半空,方始加大,分投两个钵盂之内,吸力大得出奇。钵盂本与妖僧心灵相合,竟几乎把握不住。这一惊真非小可。咬牙切齿,把心一横,彼此不约而同,一下扬手发出一口形似戒刀,亮如银电的光华,一个由身旁取出三支小箭,扬手便是三道青光,同时朝前飞去。内中一个跟着又把腰间葫芦一按,一面飞起一个水泡形的光球,看去粉红透明,薄如蝉翼,在一片金碧光华拥护之下,停空急转。

二妖僧方喝:"小狗男女,速急跪下降服,命这贱婢把手中瓶献上,还可活命!"话未说完,对面四人正是廉红药、向芳淑奉了癞姑密令,在火无害、钱莱保护之下,一个用修罗刀去杀那身材高大为首妖道,一个便将轻易不用的前古奇珍青蜃瓶取出,如法施为,立有两股青色蜃气带着彩光朝前飞去。这时正有两道剑光被妖僧吸住,挣扎不脱。向芳淑受了高明指点,立时将他替下,就着对方猛吸,往盂中飞进,一个吸紧。妖僧一时疏忽,不曾看出,等到警觉,情急拼命,一面另施法宝去敌癞姑和新赶来的李健,一面把昔年曾向长眉真人跪求,立誓从此绝不再用的邪法异宝施展出来。本意一面各用飞刀、飞剑去分敌人心神,一面用那形似水泡,专一收摄敌人心神的法宝如法施为,只等人一昏迷倒地,立时把那宝瓶抢了逃走。

满拟修炼年久,法力甚高,长于玄功变化,飞遁神速,手中钵盂所发光气分合由心,无论多少敌人,全可敌住,冷不防猛下毒手,十九成功。真要万分危急,至多断去一截手指、消耗一点精血元气,施展三光遁法,也能脱身,免将此性命相连之宝失去。谁知恶贯满盈,应了昔年所发恶誓。情急心慌,忘了那形似幼童的两个敌人所发太阳真火和太乙神光专破这类邪法异宝。等到出手,猛然想起,只见内一小红人所发太阳神光,与昔年被困月儿岛火海的火精相似。这类太阳光线,专破邪法,如何忘却?心方一动,急切间本想不出什么好主意,手中钵盂又被青气越吸越紧。这还不说,最厉害的是盂中光气,每个分成二三十股向外迎敌,自从青气射入,那数十股光气也被隔断,敌人飞剑、法宝已全收回,只剩那两股光气将盂口填满,再包围上去,往回猛吸。吸力越来越强,形势也更危急,不禁惊魂皆颤。一面以全力挣扎,一面还须防到敌人从旁来攻。当时咬牙切齿,把心一横，拼着受伤，将所有法宝全数失去，这两个钵盂也必抢了逃走。

二妖僧百忙中再看两幼童，正定睛朝前注视，面有喜容，尚未动手。不知对方早经密计除此妖僧，使这头一批妖人无一漏网，给东海双凶一个下马威；并防两妖僧邪法太高，万一元神带了两件最阴毒的法宝逃走，故意旁观不动。二妖僧见状，不由又生侥幸之心，立时中止前念，重又加急施为。说时迟，那时快，空中水泡形的粉红光球刚一转动，向、廉二女受了癞姑指教，虽然镇摄心神，不向上面注视，毕竟还是看了两眼。方觉心神摇动，有些头晕，火无害见是时候了；突然连人飞起，化为一股烈焰，先朝水泡射去。同时妖僧的飞刀、飞剑已吃万珍、秦寒萼分头敌住。二妖僧自知无幸，各把中指咬断，朝外一喷，立化为两条血影，电也似急朝向、廉二女扑去。钱莱早有准备，一幢青荧荧的冷光突然飞起，将那两条血影罩住。二妖僧见四面皆敌，已然分布开来，似要动手还未发难神气。正待施展化血分身之法与敌拼命，忽听两声佛号，宛如鸾凤和鸣，响彻天际，当时激灵灵打了一个冷战。抬头一看，正是方才抓去妖道护身法宝的那只白毛神雕，同了另一神雕并肩飞来，已离当头不远。猛想起前事，当时警觉。无奈先前情急拼命，邪法已经发动，身旁所带法宝纷纷飞出，断定在劫难逃，手中钵盂吸力更大，已然把握不住，再如强挣，心神一分，想要保得元神遁走，更非容易。只得把手一松，钵盂立被青气吸走。

众人立意除他，只为妖僧邪法太强，寻常法宝、飞剑未必能伤，既要防到妖僧情急拼命，又恐众人法宝、飞剑夹攻之下，万一伤了那件至宝。虽然将其包围，除万珍、秦寒萼因见妖僧宝光厉害，不似寻常，忍不住当先出手，分头敌住而外，均作旁观，待机而动。一见钵盂被青虚瓶吸去，正往回收，忙即夹攻而上。内中癞姑屠龙刀最快，一弯形如新月的朱虹向上一围。想起方才所闻遥空佛号，随见两只神雕飞来，心方一动，二妖僧已被屠龙刀斩为两段，元神立自死人身上飞起。众人也纷纷发动，数十百道剑光、宝光电舞虹飞，往上包围。依还岭上空，立时交织成了一片霞光万道的天幕。眼看妖魂就要消灭，就这死尸倒地，妖僧元神飞起，身上十余道各色宝光邪焰向外横飞，双方略一接触，时机不容一瞬之际，妖僧元神本是两个赤身小和尚，由一片金碧光华托住，向上急升，似见满空宝光交织，面有惧容，正在同声疾呼："诸位道友，暂饶残命！"声如童婴，底下还未说完,先是两股紫气惊鸿电射,自空直下,将妖僧元神所化婴儿全身罩住。同时又是两股同样的紫色光气飞射下来,将两个紫金钵盂裹住。

众人好生惊奇,定睛一看,正是神雕钢羽同了白眉神僧座下旧同伴,一同电驶飞来,凌空下射,各由爪上发出两股紫气,一爪一个,将妖僧和那两个钵盂一齐裹住。二妖僧立时合掌跪倒,口宣佛号,面现喜容。神雕朝着下面把头点了两点,一声长啸,随即腾空飞起。二妖僧立随紫气上升,到了神雕足下,吃双爪托住,全身仍是被一团紫气包围,晃眼之间便全无踪影。钢羽才一飞降,便抓起两个钵盂,朝着袁星急叫了几声,跟踪飞去。二神雕一到,众人见此情形,便各停手。前失飞剑、法宝,也在妖僧死时乘机收回。英琼知神雕近来虽然学会人语,事急之时,仍用鸟语,自己还有几句不曾听懂,正唤袁星来问,癞姑已先笑道:"我只知这两妖僧昔年原是空陀老禅师门人,功力颇深,后因误交妖人,为友所累,被逐出师门。师祖曾将他们擒到,看在他们前师面上,将其释放。他们仍和旧日所交妖人一起,才有今日之祸。前听家师说他们未被逐时,修为甚勤,炼有不少法宝。后从妖师又炼有许多邪法,十分厉害,但未见过。方才李健赶来说起妖僧来历,我才得知是他们,想把那两个钵盂收来,不料功亏一篑。看二神雕情势,必奉老禅师之命而来。只不知这类弃正归邪,助纣为虐的妖僧,如何还肯救他?难道真个佛门广大,连恶人也在救护之列不成?"

说时,忽见方瑛、元皓同了石完由对面宝城山急飞而来,见面便喊:"师姊、师伯,快做准备!方才不合把东海双凶门下那两妖徒先行杀死,下手快了一步,此时双凶已然警觉,不等同党到齐便已赶来。如非空陀神僧忽在对面山上破壁出禁,用那佛家大须弥神光施展佛法将其暂时阻住,我们此时已措手不及了。幻波池内必须坐镇,防守的人务照前计,一个也少不得。虽然神僧要等我们布置停当,才放妖人过来,也应早为防范才好。"众人一问,原来石完到宝城山,刚将前伤二妖人的肉体寻到,发现妖人急于报仇,专用元神出斗,身边法宝囊尚未带走,忙即取下,用石火神雷把妖尸毁去。方、元二人也追残魂赶到。石完刚由地底钻出,遥望依还岭上烟光杂沓,正待赶回,瞥见妖人残魂飞来,正往地下钻去。方、元二人追逐在后,知其必寻肉体,重又遁入地内。仗着家学渊源,比妖人地遁要高得多。妖魂初受重创,又是勉强合拢,哪还有甚神通,吃三人各用神雷法宝两下里夹攻，当时消灭。

三人一同出土，待要飞回，刚到地上，忽听经声琅琅，发自身后。回头一看，乃是一片满布青苔的峭壁。方、元二人知是内藏神僧，必有原因，急忙躬身礼拜。未及发问，石壁忽然分裂，走出一个长眉白发，满脸银髯，左手念珠，右手掐着法诀，相貌清秀，身穿麻衣的老和尚，缓缓走出，还未说话，先把右手一扬，立有一股旃檀香风拂面而过。跟着便听空中雕鸣，经声立止，两神雕忽同飞下。老和尚笑道："你们果然能有今日，居然未忘前约。各自去吧。"两神雕念了一声佛号，把头连点，随即飞走。

老和尚随对三人说起，他名空陀，与白眉神僧为同门师兄弟。当初两神雕尚是黑色，性喜杀生，误伤一散仙所养仙鹿，散仙已然将其擒住，待要杀死。彼时二妖僧尚在空陀门下，与散仙有交，见二雕生得神俊可爱，代为讲情，带回山来，请师收养。空陀早知这两门人夙孽太重，当初收他们，本有因缘，不久便归邪教，笑对他们说："我哪有此闲工夫度此猛禽？"二妖僧苦求不允，又向白眉神僧请求收容，竟是一说即成。由此二雕便在白眉门下听经，终受佛法度化。后来二妖僧被逐之时，禅师曾有遗偈说："你二人误入歧途，我又发有宏愿，到时无法解救。任你们此时悔恨，离我之后，终必投入妖人门下，倒行逆施，自取灭亡。所幸以前立过不少善功，前救二雕将来必知报恩，大劫虽然难免，为此一念之善必有因果，也许到了危机一发之间，保得残魂，前往转世，那就看你二人以后为人如何了。"说时，白眉神僧同二雕俱都在旁。妖僧虽然被逐，天良未丧，想起师门恩义和前路艰危，好生悲痛。知道所犯罪恶太重，师父心志已坚，白眉神僧更是庄严疾恶，无可挽回，只得拜辞出来。走了一段，忽听雕鸣之声，回顾看望，正是二雕来送，无心中问道："我两人日后真到危急之时，你们肯救我们么？"二雕将头连点，鸣啸不已，一直送出多远，方始别去。二妖僧初意，师父人最心慈，这次如朴闭关清修，或者不致逐出。只要从此洗心革面，苦志潜修，重返师门，仍非无望。先在海外无人小岛上面，用法力盖了一座极壮丽的大庙，又收了些门人，在内修炼。

二凶僧当初原是泉州富人之子郝宽、郝敬，平日任侠好施。这年无意中积下善缘，恰值神僧空陀许下苦愿，难满前三日为一对头看破，意欲置之死地。限于昔年誓言，空具佛法神通，不能施展；又知此是自身魔孽，无法避免；只得忍耐诸般痛苦，以极大定力任其侵害。那对头是一散仙，法力甚高，本意使其受尽痛苦，再行杀害，不料被郝氏弟兄无心发现。郝氏弟兄因为平日喜交江湖异人，神僧对头恰在日前相识，颇为礼待。别时，道人曾问主人有何心愿，二人答道："素不望报，道长不必介意。"对方笑说："我非常人，难得你兄弟如此豪侠，不问贫富，只要来访，一律待若上宾，比我途中所闻只有更好，以后无论甚事求我，我必答应。"说罢，留了一张柬帖，上写："你二人凤孽甚重，万难幸免。昨日为你们用心占算，只有一线生机，应在下月初三起，出城往西南方走去，游行百里之内，要过初六才归，或能有所遇合。但是先机微妙，竟不能算出细情。如蒙相信，不妨一试。"

二人先并不知对方是仙人，只为一时谈得投机，待若上宾。本来好奇喜事，又见对方说完人便不见，越发心动，到日寻去，先无所遇，第三日黄昏，快要回去，忽由一崖洞中觅路走出，发现道人正用法力，对一老和尚下那毒手。暗忖："道人既是仙人，这老和尚生得慈眉善目，手脚已被烧焦，依然神色自如。偷听道人口气，再有个把时辰，老和尚便被烧死。"想起别时之言，福至心灵，猛触灵机，忙由藏身的崖洞中赶出。道人一见来人，面上立现惊奇之容，微一寻思，好似有甚省悟，不等开口，便把老和尚手脚上火焰收去，反而跪下求恕。老和尚正是空陀神僧，始终闭目静坐，微笑未答。二人发现奇迹后，本是随跪在旁，暗中偷觑，见老和尚手脚已被道人所发烈火烧化，只剩秃腕，膏油狼藉，焦臭不堪。待有个把时辰，忽然一阵香风过处，面前倏地一亮，神僧手脚重又生长复原。再看道人，已被一片金霞笼罩，也是满脸喜容，正在谢恩。神僧随将金霞收去，道人便代二人跪求。二人初见这等灵异，同起出家之念，跪在地上，不住求告。

神僧一同唤起，说道："你二人只有今生，并无来世。凤孽太重，难于解免，连想重入轮回，本都无望。但我佛门最重因果，我为对头所困，只此片刻之间，便遭毒手。你们恰在我万分苦难，危机将临以前，赶来相助，我固转危为安，完成宏愿，并还度化一个恶人，使其皈依，功德非小。又向我再三虔心苦求，自难坚拒。收你二人为徒不难，无如你二人恶根未尽，凤孽难消，只有数十年师徒缘分，将来终究为恶犯规，被逐出去。由此陷入歧途，绝难回头。所幸在我门下这一甲子，得有真传，即便弃正归邪，比别的左道邪恶终强得多。此数十年中，如知用力修炼，也许到了万分危急之时得到生机。不过今日便须受戒，随我同行，不能再回俗家去了。"

二人见道人那么高法力，对于神僧如此恭敬，不时又暗使眼色，拿话示意。并说："贫道平日善于前知，前为郝氏弟兄推算未来，竟难尽悉隐微。此时才知，此举不特与郝氏兄弟他年有关，竟是自己祸福成败关头，所以推算不出。只差个把时辰，即便神僧受害，自己三日之内也遭火劫。事后想起，尚且心寒。可见祸福吉凶，系于一念之间，稍纵即逝。"暗示千载良机，不可惜过。二人早已死心塌地，当时伏地受戒，随同神僧往蜀东深山之中勤修佛法。事后才知因为自己好客好道，与一妖人门徒相识，已把妖师引来，意欲收他们为徒。当夜回家，定然相遇，拜了师父，随同为恶。事隔三年，妖人便为积恶太多，师徒十四人均被正教仙人诛戮，无一幸免。

二人仗着灵慧用功，得有真传，又经神僧指点，得到那两个紫金钵盂，法力日高。只因性喜交结，专重情感，不分邪正。为了助一相识妖人，犯了许多罪恶，以致逐出师门。开头数年，本不打算再与那班左道中人来往。后在岛上发现一洞，直通海底。入内查探，又发现一层佛家禁制，心中奇怪，将其解去。不料内中禁闭着一个法力极高的妖僧，不特不念救命之恩，反而妄自尊大，强要收他们为徒。在岛上斗法十数日，二人本身功力不是妖僧对手，全仗那一双钵盂勉强来应付。又以那庙建成非易，不舍逃走。偶因一时疏忽，竟被邪法所迷，由此拜在妖师门下，倒行逆施，为起恶来。后来妖僧为长眉真人所诛，看在空陀、白眉二位神僧面上，令其立誓才放走。回去仍和三妖人一起，一同逃往东海，隐藏不出。五人合力，避过天劫，又隐藏了三数百年，新近才受妖妇蛊惑，欲报前仇。

二妖僧来时，并还力劝同党不可冒失。后因妖妇再三怂恿，想起自己已然误入歧途，自离前师，罪孽日深，想要重返师门，万无指望。如将毒龙丸得到两粒，便可避去末劫，以旁门成道。又为友情所迫，方始同来。本非灭亡不可，仗着昔年一点善因，二神雕竟向白眉神僧求说，在佛法相助之下赶来，救他们元神转世重修。事隔多年，二妖僧只当二位神僧早已证果，更没想到二雕羽毛已变白色，会有那大神通。初见神雕飞来，是在敌人一面，为首妖道便因它一击而死，只知厉害，并不知它是自己救星。

及至闻得空中佛号，声如鸾凤，二神雕一同横空飞来，方始警觉。想起神僧偈语，忽然省悟，自知只此一线生机，忙舍肉身和随身法宝，保了元神升空飞走。及见满空均被敌人飞剑、法宝布满，正在情急惊呼，二神雕已凌空飞降，将其救走，连钵盂也抓了去。众人暂时原可无事，只因事前有双凶门下两妖徒为众所杀，双凶接到警兆，便率群邪大举赶来。空陀神僧恰在此时坐功完满，一面喝开石壁，用经声将方才石完三人引来，告以前因后果；一面用大须弥神光将双凶群邪拦在途中，不令此时赶到，以免幻波池诸人难于抵御，铸成大错，无法挽救。

空陀说完前事，随向方、元、石三人略示机宜，大意是说："这场围困必不能免，并还有人受伤。癞姑、英琼法力虽高，毕竟来敌众多，十九能手。双凶因见前二妖徒为众所杀，带来的其他妖徒均以元神出斗。邪法阴毒，稍有空隙，立被侵入。在时机未到以前，最好守多攻少，以免妖人情急心横，以全力猛攻，致受暗算。现可照原计而行，依还岭上无须人多。双凶炼有独门邪法阴火，凶毒无比。门下妖徒人数既多，在邪法主持之下，除却几件仙佛奇珍，别的飞剑、法宝均不能伤，至多使其元神损耗，多受痛苦，晃眼仍自复原，除他不了。英琼以第二元神化身应敌，并非不可，最好不要现形，只将慧光放大，专一防护众人，暂时不要出手。兜率火发时，须由幻波池飞起。双凶自恃神通，已近不死之身，对于别的法宝、飞剑均无所畏，只有佛家心灯是他克星。他日前听说此宝出世，生了戒心。今日来迟，便为等候一个能敌此宝的昔年死党。此人也是一个妖僧，生就妖相，五官四肢残缺不全，极易辨认。可在妖僧未来以前，七日之内，乘机把兜率火由池中飞起一朵。双凶对于佛家心灯从未见过，紫清神焰与心灯佛火，功效威力以及形式均差不许多，只是光色微有不同。双凶自负多年威望，除却以前两个对头，从无敌手，如为峨眉众弟子所败，本身稍有吃亏，认为奇耻大辱。尽管口发狂言，行事却极谨慎，不似先来五人冒失。所约妖党任多伤亡，与他无干，不在心上。他本身却是步步小心，谋定后动。他疑佛家心灯藏在幻波池内，必不敢妄下最后毒手，在所约妖僧未到以前，犯险入内。暂时此宝也不宜于多用，防被看破。只要经过七日，所有援兵逐渐赶到，便无妨了。"三人听完前言，重又拜谢。

第三二五回　弹指阻双凶　妙法无边生幻象
　　　　　　　飞身诛大敌　红光一线建奇功

神僧含笑命起,说道:"双凶群邪此时已然警觉,中途为佛法所阻,锐气大挫,更多顾虑。虽然阴险狠毒,狂傲自恃,大话出口,绝不收回,不肯因此中止前念,但他素来出手有胜无败,先前五妖人师徒已全数灭亡,尽管暴怒,已试出你们不是易与。中途再一遇阻,兆头大是不妙,对敌之时,必多疑忌,对于你们也有一点便宜。等你三人回去,告知癞姑她们把人派定,布置停当,我再撤了佛光,放他过来,应此劫数。英琼门下神雕,因为旧主不久证果,借着送那钵盂,欲和旧日同伴一同赶去,得点传授,到时自回,可告英琼不必想念。幻波池开府之后,还有一个难题,到时她父同门至好采薇僧必往相助,还可收一好的门人。因她前两生曾受群魔危害,全以自身之力奋斗,所受甚惨,今日因果循环,本应大开杀戒,竟能仗着累生修积,师门期爱,以及前生好友全力相助,早得仙、佛两门上乘灵悟,将第二元神炼成,关系未来成就不小。老僧在未灭度以前,颇想见她一面,今已无暇。可将这枚玉环带去,暇时敬宣佛号,口颂六字真言,自能洞悉前因和此环的用处。群邪受阻已久,在佛门暗制之下稍微延缓,尚无他虑。时候一久,恐又多引旁门中人与之同来,多起杀机,请各回山去吧。"

方瑛接过玉环,正代英琼拜谢,神僧已转身走入崖壁缝中,一片祥光闪过,崖壁重又合拢,依旧苍崖翠壁,连上面苔藓也未坠落一片,佛法神妙,端的不可思议。一同拜谢起身,飞回依还岭,见了众人,说完前事。众人先已尝过味道,一听强敌如此厉害,除有限几人认为以前正邪对敌,也曾有过许多惊险场面,终能转危为安,听过拉倒,不甚在意而外,余均生了戒心。癞姑再一加以警告,说:"幻波池如为妖人所毁,不特可惜,并还关系本派兴衰。休看防守在内无事可做,到了最后关头,群邪难免侵入。既能犯禁入内,绝非庸手,如无有法力的人防守,怎能应付?"

众人本和癞姑交厚,喜她和气热心,闻言同声应诺,改了以前贪功轻敌之念。癞姑修为年久,阅历较多,众人眼前凶吉固是一望而知,便是英琼近些日来功力大进,一日千里,也能分辨出来几分。见众同门中有好几个均是面带煞气,并有晦容,回忆日前开读仙柬,暗示此次应敌颇有伤亡,但未指明何人,料这几位男女同门不能无事。尤其万珍、郁芳蘅、石奇、司徒平四人晦色较重,恐其有难,于心不忍。司徒平例随寒萼一起。石奇性虽刚直,和赵燕儿交情最厚,曾令燕儿婉劝,请其留意,也许还能听话。万、郁二人均是先进师姊,芳蘅性虽固执,对于同门尚是真诚,不存私念;万珍却是量小褊狭,话说不巧,转生反感。先想池中设有五行仙遁,事急之时可以逃避,比较平安,想劝这几个人在内留守,无须出斗。为防对方多心,还想了一套话,意似池中重要,非有法力高强的人防守不可。谁知异口同声,执意在外应敌,坚不听劝。这时因见强敌将临,这几人的煞气晦色更加明显,重又示意癞姑借一题目,想把这几人换到里面。只有郁芳蘅一人笑答:"我知二位师妹好意,恐我们法力不济,在外涉险。我想定数难移,无法避免,焉知藏身阵内便不为妖人所伤呢?如此关心,足见同门义气,愚姊遵命就是。"万珍、寒萼同声笑说:"自来在数难逃,莫要本来无事,这一躲,倒躲出祸来。盛情心领,还照原定吧。"三人把话叫明,自然不便再往下说。寒萼不退,司徒平自然是在一起。

癞姑早料定这几人必有险难,无法解免。万、秦二人之言,也非无理,就许郁芳蘅因为改入仙府防守,转受危害,也说不定。实想不出趋避之法,心中愁急,外面又不肯露出,只得暗中嘱咐几个法力高而面无晦容的,令其随时留意救护。并劝众人:"此次对敌如其无事,诸老前辈不会预令林寒、庄易老早便来岭西小峰之上,布阵接应。我们好容易福缘遇合,入门不久,居然到此境界,何苦犯这无益的险?师长每次仙示均说,由今日起,前途虽然满布荆棘,但是光明在后,只要遇事谨慎,努力前修,终能化险为夷,以至于成就。各人的福缘根骨,仅与修为难易、年岁长短有关,'参也以鲁得之',事情仍在人为。本门弟子甚多,内有多人资质本非上品,异日成就却均远大，全是自己努力修为，因得趋吉避凶，完成夙愿，成就上乘仙业。这等结果，连各位师长均出意料，如非开读师祖长眉真人玉匣仙示，并不知道。尔等虽有好些人根骨福缘稍薄，或是夙孽未尽，中途难免灾劫，但这类事虽也定数，却可以本身毅力心志，人定胜天；与那本是恶人，罪深孽重，事到临头，便难挽救者，不可相提并论。可见我们难关甚多，全仗本身能否应付。今日之事，已经各位师长预示机宜；我那瞎了一只眼的好心师姊，又曾三次心声传语。时机一至，便能度过，务望诸位师兄弟姊妹临事而惧，好谋而成，上来只在李师妹慧光防护之下应战，以便先立不败之地才好。"

众人俱都应诺。连万珍也知癞姑好心，所说有理，并非有甚轻视，笑说："愚姊并非轻敌骄狂，因为上次火宅严关不曾通过，欲借杀敌雪耻，并显自身法力，实为气忿这些妖邪不过，虽想临敌小心，到时偏由不得自己。师妹想是见我面色不佳，关心过甚，又怕我不愿意，话甚婉转。其实，我也知道临敌凶险，自家姊妹，不必太谦，我必遵命便了。"癞姑、英琼最怕万珍不好说话，见其辞色诚恳，并未多心，好生欣慰，就势又把众人劝了几句。

正商量分头行事，女仙俞恋忽带云紫绡飞来。紫绡年纪最轻，人又灵慧美秀，和向芳淑一样口甜，众人全都喜她。为防无甚经历，吃了妖邪的亏，恰巧紫绡那口三阳一气剑威力太大，紫绡虽能应用，仍嫌煞重霸道。尤其是三剑同发，不能分用，下山日子又浅，按照本门传授，尚须多半年苦功，才能随意应用，分合由心。近在无意之中当众讨教，俞恋在座，深知此宝来历，说剑上煞气乃前主人所留，如能将其解去，按照本门传授，只消七日便可炼成。俞恋与前剑主人正是同一门户，故此一见即知。癞姑便令紫绡随俞恋同居一室，请其指点，待将煞气化去，以免群邪来时出斗犯险。忽见一同飞来，大是奇怪。

一问来意，俞恋笑答："方才偶听紫绡说起芳淑妹子的青䗪瓶，我知此宝最犯群邪之忌。同时又接到玉清大师佛光传书，不知怎的会由总图上面传出，未经洞外飞入。如非吴文琪妹子因习火遁不曾出外，无意之中走来看出，匆促之间几生误会。后由总图中飞起，现出字迹，才知离此不远深山中，隐有一个怪人，身兼正邪两家之长。方才我们与妖僧对敌时，此人恰在山顶遥望，被其发现青䗪瓶的䗪气青霞，妄想少时乘隙夺取。因此人原是玉清大师昔年旁门中的旧友，交情颇厚，多年未见，此举表面仿佛和他作梗，实则还是好意，恐被误会，又恐为夺此宝，致与峨眉诸友结怨，生出枝节，彼此都有不便。特施佛法，用有无相神光飞书相告，请诸位道友留意，不特此宝不可妄动，最好由我带回幻波池藏起。等到开府之后，芳淑、紫绡将此一瓶一剑互相加功勤炼，彼此均能应用，然后同出行道，便可无碍了。并说群邪人多势盛，最好只守不攻，等过三数日援兵相继到来，再相机行事。那青蚕瓶此时如用，便能伤得几个妖人，也无济于事。我看出幻波池内暂时不会有事，青蚕瓶和三阳一气剑他年尚有大用，紫绡又急于下山，前在峨眉无暇专习，尤其出手便有宝光蜃气映射日华，当日天气晴朗，识货的人多远都能看出，癞姑事完不归许还有事，特地便托文琪、九姑代掌总图，亲身赶来。"

和众人说完前言，又将玉清大师书上最关紧要的几句话暗告癞姑，请其留意，说："群邪已被空陀神僧阻住，我们不把人派定，佛光绝不会撤。正好借此时机仔细准备，等我走后再撤。我蒙玉清大师指教，尚须离山一行，后日即回。到时依还岭在群邪围攻之下，满山都是阴火笼罩，望告李道友用兜率火接应我入内，免得受阻。"癞姑应诺。俞峦随带向芳淑、云紫绡一同起身，先回幻波池，令在静室照所传用法互相练习，到了末两天，二宝便可联合应用。然后同去北洞水宫，帮助云九姑、张瑶青暗中防守。说罢，匆匆飞去。

癞姑先前布置停当，本要飞回，因听俞峦密告，得知底细，惊喜交集，便向宝城山那面通诚祝告说："弟子等多蒙老禅师佛法相助，才得从容应变。无如此时奉到玉清大师飞书，发生一事，尚须稍微延缓，望乞老禅师终始成全，少停片时，等俞峦走后，再把须弥神光撤去，放妖邪过来。"说罢，并无回应。待了一会儿，众人是在幻波池中防守的已全飞走，只一班奉命在外迎敌的男女同门，各按防地分布开来。英琼人形已隐，癞姑正在和她谈说俞峦此行用意，忽听林寒传声告警，说东南方遥空中已发现妖云，令众留意。癞姑方答："人已布置停当，只我一人尚未回去。池底暂时不会有事，近日坐守中宫，也只观玩总图，随意演习，无关紧要。出时已将五行仙遁一齐发动，除却我们自己人，稍有警兆，立时发难，我也赶回坐镇，绝可无害。俞仙子身世处境十分可怜，好容易脱难出来，仙业有望，水宫宝库藏珍与她关系甚大，又奉圣姑遗命，彼此有益之事，我必须助她成功。即便群邪先到，我也设法将其送走，免其狭路相逢，或被妖人发现，作梗误事。"话未说完，一道红光已由池中飞出，往岭西破空而去。看出是俞鸾已走，忙告英琼留意戒备，不可贪功。匆匆往幻波池中飞去。

这时奉命在上应敌的共十余人，由万珍、李文衍、秦寒萼、司徒平等四人当先应敌。申若兰、石奇、赵燕儿和英琼一起，木鸡、林秋水、李健左右埋伏。英琼隐去身形宝光，火无害、钱莱、石完三人侍立一旁，奉命策应。为防众人轻敌受伤，又知内有数人法力较差，除事前警告外，并令挨近自己，不可冒失前进，稍见不妙，速往中心退下。议定之后，又听林寒传声报警，说："妖云本在天边出现，不知何故，停了一停。同时西南角上又有一道青光电驰飞去，光不甚强，又细又短，飞行绝快，又没有一点声息，也看不出是何路数，晃眼迎上妖人，青光忽隐。隔了一会儿，又由原路飞回。妖云也已发动，比方才来势要快得多，已离宝城山顶不远，快要越山而过，请众戒备。"语声才住。隐闻遥空呼啸破空之声，相隔数百里的宝城山上空已有云光闪动。

秦寒萼早和司徒平暗中商议说："我夫妻最是命浅福薄，只因昔年受了藏灵子暗算，失去真元，以致修为上好些吃亏。反正今生已难成就，莫如一面努力修为，一面留心，真要遇到危难之际，索性乘机兵解，拼着多受苦难转世重修，省得想起伤心。此事如在别人，自是艰难危险。如是我夫妻，本门诸位师长见我二人志行艰苦，定必垂怜。大方真人昔年又更着力承当，无论如何，也要成全到底，必以全力度化援引。何况还有这多同门至好，我们转世之后，定必相继寻来。彼时仗着前生功力智慧重返师门，成就容易。以后遇敌无须顾虑，胜了立功，败则至多兵解。何况我们还有弥尘幡和母亲那粒宝珠，你的乌龙剪以及先后所得法宝、飞剑，怕他何来？"司徒平对于寒萼本是刻骨倾心，又感又爱，向来百依百随。闻言心想："爱妻为嫁自己，失去元阴，以致修为艰苦，百不如人，时常想起伤心，自己又无法向其劝慰。如真兵解转世，乘着师长未飞升以前重返师门，主意也还不差。不过道家兵解最是危险，事前如无准备，或有法力极高的人相助，从小暗中照看，早为接引，一个不巧，不是为前生仇敌所害，便被旁门左道发现，强行收去，从此堕入歧途，早晚同归于尽。大方真人性情固执,已允全力相助,使各成道,焉可又作此想,背他前言?万一弄巧成拙,真人袖手不问,再不为师门所谅,岂非失策?"心中踌躇,觉着不妥。无如夫妻情爱太深,从无违言,寒萼又爱闹个小性,平日顺从已惯。不愿使其扫兴,只得勉强应诺。素来一厢情愿,反正事还未到,哪有这巧时机?且自由她,也未放在心上。

当日寒萼因听群邪厉害,想起英琼入门才得几时,如今反倒后来居上,到了紧要关头,自己还须靠她宝光防护,虽然同门至好,英琼义气热心,人又极好,毕竟相形见绌,不是意思。不由勾动前念,旧事重提。司徒平先听癞姑、英琼那等说法,想起寒萼碧云塘受伤,何等苦痛。本来议定只守不攻,随同万、李二人挺身出斗,想和方才一样,给敌人一个下马威已是多余,如何勾动前念?想用婉言劝阻。寒萼对司徒平虽极情深,但因生性好高,喜欢丈夫样样顺从,平日挟制已惯,见他不与同心,好生不快,把几句戏言变成固执,非要依她不可。司徒平知她越劝越强,只得顺从。寒萼见丈夫委曲应诺,暗中好笑,误认丈夫畏难怕死,以为弥尘幡可以防身,竟欲吓他一跳,故意说道:"既是这样,我们何必守在这里?人家还当我们胆小怕死,想借慧光逃命,不敢离开琼妹呢。前面已现妖云,快些随我迎上前去,用白眉针乱打一阵,伤得一个是一个。只管放心,真要不行,再逃回来,也来得及,并非真个赶去送死,要你这样胆小作甚?"

司徒平闻言,也被激动,并未告知别人,径把遁光连在一起,猛然朝前冲去。万珍、李文衍先前虽觉癞姑、英琼之言全是好心,事后想道:"自己入门在先,如今反落人后。易静乃一真大师衣钵传人,修道年岁和本身功力比谁都高,不必说了;便是癞姑也在屠龙师太门下多年,兼有仙、佛两家之长,法力甚高,屈居其下,也还将就。惟独本门三英个个年轻,入门不久,偏他后来居上。虽然为人甚好,各有因缘,又不可与命争,自己在为先进师姊,到了事急之时,还要靠她保护才能免难,相形之下,岂不难堪?无如这两人热心义气,全出真诚,盛情又不可却。只有在敌人快到以前抢先迎上,和方才一样,虽然后来打败,多少总先占他一点上风,免被别的同门轻视。"主意打好,便自走向正面待敌。本来就想抢先,一见寒萼、司徒平突朝妖云迎去,双方不约而同,各纵遁光急起直追。

英琼见前面四人这等贪功,不禁大惊。耳旁又听林寒三次传声,说:

"妖人共分两起飞来,为数共有八九十人之多,声势浩大。飞近宝城山,忽将遁光收起,各在一片暗紫色的妖云拥护之下急飞而至,相隔已只一二百里,诸位同门当已看出。司徒师弟夫妇如何单独上前?已命庄师弟持了大方真人灵符前往接应,是否无害,尚且难料,望李师妹速往救护。"英琼天性义侠,以前又受过宝相夫人的重托,尽管寒萼昔年对她忌妒,并不在意,反倒觉她遭遇可怜。后来寒萼受了母教,改向英琼结纳,双方情感更厚。虽然这次寒萼脸上未带凶煞之气,终不放心,不等说完,便暗运玄功电驰追去。刚到半途,寒萼、司徒平已同在弥尘幡彩云笼罩之下,急退下来。最奇的是不往回飞,却朝东北角飞去,晃眼无踪,敌人也未交手,心中惊疑,忙用传声问是何故。寒萼传声遥答:"有人受家母之托,唤我们前去,少时就回。"晃眼语声已远,更无回音。知她功力较差,本门传声至多只在百里之内。同时瞥见万、李二人已与妖人动手,恐有疏失,正待赶去,忽听癞姑传声疾呼:"琼妹千万不可离开原处。万师妹受伤难免,但无大害,庄师弟足能将其救回。"

英琼闻言,只得退回原处。迎头正遇火无害同了钱莱、石完,似因自己走开,欲往接应,刚刚飞起。火无害平日相貌本是粉妆玉琢,再把身外红影一收,除那炯炯双瞳精芒电射与人不同而外,看出比钱莱还要俊美可爱,直和一个玉娃娃相似。这时想是看出强敌厉害,忽化成一个猴形小火人,周身笼着一层红光,飞时银色光芒纷纷乱爆,其亮如电,看去猛恶已极。连忙拦住,笑问:"火贤侄,为何这等形态?"火无害躬身答道:"今日来敌有弟子昔年一个对头在内,这厮邪法甚高,炼就一身邪毒之气。当弟子未脱困以前,约了两个同党,曾往月儿岛火海打死老虎,阴谋未成,反倒受伤而去,其心可诛。弟子恨他不过,决计先将他除去,以挫妖人锐气。可惜师父不在,否则只用离合神圭、南明离火剑合力夹攻,便可永除后患,免留世上,为害无穷。"

英琼遥望前面,万珍、李文衍已全受伤大败,忽然一片金霞闪过,人便无踪。敌人得胜之后,不知何故反倒慢了下来。妖云刚一过崖,入了依还岭的边界,忽把来势放缓,离地只一两丈高下,几乎与地面相接,仿佛一片云潮,上面站着八九十个奇形怪状的左道妖邪,迎面拥到。为首二人,一老一少,相貌均颇清秀。老的独坐在丈许方圆,形似风车的法宝之上,神态尤为安详。如非事前得知,绝想不到那是双凶中最厉害的一个。另一道装少年,中等身材,更是神气。另有一片紫色浓烟将下半身拥住,自膝以下,全看不真。英琼虽未见过,但知双凶前为师祖长眉真人所败,一个断去一足,一个把双腿断去尺许,均成残废。老的断一足,坐在五叶飓母车上,还不避人。另一个年少的最是淫凶狠毒,性喜修饰,不愿被人看见,常年均用紫色浓烟拥护着下半身子,一望而知。便问火无害:"你那对头是谁?"火无害答:"双凶身旁的三个红衣妖人,两高一矮。可惜弟子方才性情太暴,刚发现仇人在内,便着了急,不知原形被他看见没有。弟子入门日子不多,这三个妖孽远居辽海,轻易不往中土走动,也许还想不到仇人在此。只要不被发现,上来便可除去,至不济也要杀他一两个。"

英琼笑说:"回时见你三人想往前面动手,你癞师伯正用传声催我回来,心想此时应敌越稳越好,你又具有专长,法力甚高,最好再停片时,出其不意,突出奇兵,占他一点上风,不应先动。为此暗用慧光,将你三人一起隐去,也许三个红衣妖人还未看见你呢。"火无害道:"我正奇怪,这三个妖孽如知弟子在此,纵令人多势盛,他知弟子和他仇深恨重,又有太阳真火炼成之宝,必定胆怯,不会这样神色自如,若无其事。师伯将弟子等身形隐去,事前竟无知觉,这么高法力,敌人任多厉害,只凭师伯一人也休想如愿了。看来杀他容易。双凶已然狂傲自大,他师徒与人对敌,照例不肯吃亏,但同来妖人哪怕是他多年好友,被人杀死,却不相干。师伯放心,容弟子变回原来相貌,和钱、石二位师弟两明一暗,上前答话如何?"

英琼见群邪一到依还岭,便把妖云放缓,似想虚张声势,故作从容,先向自己这面寻人发话神气。虽然方才万、秦等四人冒失出手,两逃两败,仍然若无其事,神情甚傲。自己不便出战,正面四人敌未入境,就先迎去,吃了大亏,似此趾高气昂,目中无人之状,看了有气。本就打算命人上前,同样故作不知,向其喝问来意。但因先前四人一败,挫了锐气,去的人如又是一照面便被敌人打败,岂不难堪?再要吃亏受伤,更是冤枉。必须功力甚高,进可以战,退可以守,不致受伤,才可胜任。无如两旁的人多还不如万珍,如何去得?正想不起何人去好,眼看群邪在双凶率领之下,随着那片暗紫色的妖云缓缓拥来,离身已仅三数里路。

双凶中年老的一个坐在风车上面,指点本山灵景和那些琪花瑶草,灵峰翠壁，彼此说笑，老的一个说："此山风景灵秀，幻波池又经圣姑多年布置，闻说内里金庭玉柱，万户千门，仙景无边，美不胜收。可命人少时向敌人晓谕，如肯降服，将内中藏珍毒龙丸连同仙府全数献上，便可从宽发落；如其不知厉害，螳臂挡车，还想抗拒，此山景物灵秀，毁去也太可惜，你们动手时务要留意，免我师徒入居之时，又须费事重修。"众妖人同声附和。断腿的一个并说："峨眉门下十九年轻美秀，最好生擒她几个，不要全数杀死。"听这口气，十分志得意满，仿佛依还岭连同幻波池仙府，均他囊中之物，对于敌人也是生杀由心，并有邪念。不禁勾动英琼刚烈疾恶之性，正想："双凶本人虽然此时不宜激怒，同来这班妖党却无关系，何不暗用紫郢剑给他一个下马威？"想到这里，待要出手，一听火无害自告奋勇，暗笑："眼前放着两个适当人选，怎未想起？"忙答："你三人前去，果然是好，但是小胜即归，不可恋战，以防牵动大局。"三人大喜应命。火无害早和钱、石二人商议停当：令石完地遁前往；火无害回复原样，仍是个肤如玉雪的俊美幼童，和钱莱一同飞出慧光之外，现出身形，也不用甚遁光，飞步往前跑去。

　　双凶同了群邪本由妖窟起身，怀着必胜之念而来，行至中途，忽见前面现出一座仙山，定睛一看，正是依还岭。方觉先前曾有同党来此与敌恶斗，并还伤了两个门人，就算来的人全数伤亡，自己得信立即赶来，飞行甚速，为时不久，怎的山上全无动静？也未见有敌人？心念才动，忽听一声雷震，二三十个少年男女各指剑光、宝光，突然杀来，声势甚盛。双凶凶横强傲，人最阴险，便动手时节也是满面笑容，神态安详。照例上来必有一番话说，非要对方发难才肯出手，以显他的气派。无如这伙敌人来势万分神速，心念才动，突然出现，数十百道剑光、宝光电射而来，简直措手不及，法宝、飞剑又都具有极强威力，一言不发，四面夹攻。群邪已因事出仓猝，纷纷向前迎敌。为了保持身份，并想查看敌人深浅，只由群邪和众妖徒上前对敌，本人在后面观战。

　　双凶见斗了一阵，双方相持不下，无论是何邪法、异宝，敌人均无惧色，一个也未受伤。自己这面，也是如此。最奇的是，有时明明要占上风，情势忽变，不是敌人法宝威力加强，便是忽然隐去，始终相持，打个平手。越看越怪，猛想起："这条路虽有数百年不曾走过，记得相隔尚远，中途还有好些地方未见经过，如何到得这么快？"想起方才正在互相谈论，要将敌人中的美女行法摄回山去，仿佛闻到一丝旃檀香味，跟着依还岭突在前面出现。暗想："敌人未见，这班少年男女便已飞来，凭自己的法力，前面如有高山，千里之外看去均如咫尺，不会这样突如其来。闻说敌人师长虽然闭门，但有几个著名的僧尼散仙，受有乃师之托，随时相助。看此情势，分明入了佛家幻景，为大小旃檀佛法所迷。"相对一说，立时警觉起来。正待亲自上前试他一下，又是一阵旃檀香风过处，连依还岭带敌人全数失踪。

双凶邪法虽高，人却阴沉持重，无故不肯炫弄。飞得极高，遥望前面，碧空万里，华日当空，晴辉四澈，白云、雷雨均在足下。一眼望过去，空荡荡的，无边无际，哪有一点山形人影？知道所飞之处，高出云上，多高的山也在下面，断无对面迎来之理，越料受了佛法禁制无疑。群邪正在恶斗，敌人忽全不见，变了一片晴空，虽然惊奇，尚还不知厉害。双凶这一惊却非小可，暗忖："前锋失利，全军覆没，可见敌人不是易与。如今人还未到，又有这等现象，兆头大是不妙。"继一想："彼此积仇甚深，昔年仇人又有预言，说自己即便脱困，也只有限时日运气。日前脱困出来，如若安分守己，敛迹隐藏，等过些年把防御天劫之宝炼成，再打复仇主意，或者无事，既已发难，便无退理。"同时想到，那些藏珍、毒龙丸如能到手，多厉害的天劫也可避过。互一商议，觉着势成骑虎，已是有进无退。何况三百年来苦修，已将炼成不死之身，除却专能消灭元神的前古至宝归化神音和佛门中一盏心灯而外，只有天劫能使自己形神皆灭。天劫预算还早，余者均非所畏。即便这些贼尼、贼和尚帮助敌人和自己为难，凭自己的法力，本身绝能保全，至多把这些同党葬送。因为事前设想周密，门人均以元神出斗，也许连门人都不至于伤折。方才那些幻影并未近身来敌，可见对方法力尚难奈何自己，怕他做甚？只奇怪敌人并不出现，刚一看破，幻象立隐，不知是何用意？反正不到黄河心不甘，不现出真个败象绝不后退，到了万分危急再逃也来得及，何必如此胆怯？

双凶贪念一生，重又想起前仇，勾动杀机。一面喝止众人，说前有强敌，已被识破，只需听命而行，绝不妨事，应敌之际，却须沉稳；一面率众前飞，以为幻景已被识破，不再上当，前面不知有何埋伏，正在暗中留神向前查看。谁知先前是到得太快，这次却是相反，飞了好一阵，终不见到，老是天风浩浩，碧空无垠，一片晴苍，毫无迹象，重又心疑起来。回顾群邪面上，多带惊奇之容。方想开口，忽听远远传来一声佛号，急忙戒备。又隔了一会儿，却无动静。注视前侧面，昔年曾经时常往还的大岙山已然在望，山顶魔宫却成了一片劫灰，四山峰崖崩塌之处甚多。猛想起此山与宝城山、依还岭一东一西，遥遥相对。毒手摩什多年不见，怎连魔宫也为人所毁？便问同行妖党，可知毒手摩什是否为敌所杀？内一红衣妖道，便是火无害的对头巨洪，答道："此人还是我想往月儿岛寻找那火精盗宝以前，向他去借魔教阴雷珠见过一次，后便未再来中土。近来才听人说，他为两个新出道的贱婢所杀。先在依还岭幻波池受了重伤，回山不久，又被仇敌寻上门去，用佛家真火炼了多日，连元神也未逃出。"

双凶深知毒手摩什厉害，竟会为敌所杀，地方正是幻波池内，敌人必是峨眉门下无疑。只因被困多年，近才脱困，由此忙于报仇，对于这班旧日同党，未暇探询。毒手师徒又太骄傲，不愿约他同来，故未想起。轩辕老怪何等强横，竟不为做主，对方威势之强可想而知。早知如此，发难也必慎重，不致这样冒失了。方自有些后悔，目光到处，宝城山已在前面，忙飞过去。刚到依还岭前，忽见两个少年男女同纵遁光飞来，正命群邪暂缓动手，问明再说，不知何故，忽驾彩云飞去，看出彩云来历，暗忖："天狐的弥尘幡怎也落在敌人手内？不战而退，又不往原路飞回，是何缘故？"心念才动，又有两个长身玉立的道装少女飞来。

群邪中巨洪师徒三人最是淫凶，好色如命。群邪多怕双凶淫威，翻脸成仇，毫无情面。独他邪法最高，又是昔年死党，不敢与之相抗。知其命出必行，不等开口，忙先说道："此次我师徒三人随二位道兄效劳，藏珍、毒龙丸俱都不想分润，峨眉门下不少美女，只请容我生擒两个回山快乐。待我试她一试。"说罢，不俟答言，当先飞上前去。来者正是万珍、李文衍，本非妖人之敌。一见妖云到了山前，忽然由快转慢，内有两个红衣妖人离众飞来，虽然一身邪气，看那来势似颇寻常，不曾重视，稍微疏忽。急切间以为所用飞剑、法宝均具极大威力，出手神速，不等妖人近前，便可使其受伤。哪知二妖人和双凶一样阴险狡诈，表面看去貌不惊人，随身妖光也不甚强，暗中却有最恶毒的邪法。来势神速已极，照例与敌动手，人还未到，邪法、异宝已先发难。

万、李二人一个飞出三花神梭,一个把师门镇山之宝青罡剑和一粒五雷神火弹,同时电射而出,本意上来先给敌人一个厉害。不料她们快,妖人更快,所施邪法乃是两根冷焰九寒针,发时无形无声,到了人身上方始发出妖光冷焰,比白眉针还要阴毒得多。本来中上必死,难于活命,总算二妖人因见二女身后没有同伴,便有敌人相助,相隔也远,志在生擒,未下毒手。二女离开妖人还有数十丈,心想此举骤出不意,十九成功。谁知刚一出手,猛瞥见身旁碧光微闪,冷气逼人,一个寒噤打过,肩头一麻,立有一股冷气入骨侵肌,周身冷战,知中邪法暗算。心方一惊,人已昏迷欲倒,惊慌迷糊中,似觉金霞一闪,身便凌空飞起。

这一面,双凶见巨洪师徒不听招呼,当先出战,心方不快,忽见对阵二女中了邪法,还未倒地,忽然身前飞起一片金霞,连人和所用法宝、飞剑全数失踪。便把妖云迎上,朝巨洪师徒冷笑道:"你们休要小看敌人,先前途中便有人用佛法阻路,连我二人均未看出。你那冷焰针何等阴毒,敌人分明已被打中,却并未倒地,又被人用太清神光救走,此中分明大有能者,我等弟兄多年威望,除却昔年东海一败,向无敌手。只要你本身法力能够胜任,休说这类美女,便藏珍、毒龙丸全数拿去,也无话说。早晚一样,忙他做甚?莫要正经敌人还未见一个,因为贤师徒抢先争夺,和你昔年月儿岛去寻火精一样,事未如愿,却带了一身重伤回来,自身吃亏,还挫了我兄弟的锐气,岂不冤枉?请你少安毋躁,暂且缓缓前进。等敌人出现,向其探询,到底内中何人主持,下手不晚。方才那几个不听话的师徒十余人全军覆没,还把我门人连带葬送了两个,可知以前料错,不是寻常。你没见全山均在太乙五烟罗笼罩之下,我们多高法力也须费点手脚么?"说罢,便令群邪暂缓前进,不听号令,不许上前,装作从容。等到敌人再有出现,探出虚实强弱,方可动手。也不可倚众混战,免为仇敌所笑。巨洪也是恶贯满盈,该当数尽,只顾听双凶埋怨有气,不曾看见前面还有一个强仇大敌退了回去,惟恐双凶翻脸,正生闷气。

双凶也不再答理,自率群邪,驾着妖云缓缓前进,假装观赏景物,暗中留神查看对方动静。忽见两个年约十二三的短装幼童迎面跑来,相去只有二里来路,突然出现,竟未看出怎么来的。再一细看,二童全是短装,仙骨仙根,一身道气。内中一个,身穿红莲云肩战裙,头绾一个抓髻,上顶一朵金莲，中嵌明珠，大如龙眼，宝光四射，肤白如玉，臂腿全裸，赤着一双白足，打扮得和红孩儿差不许多，貌相和同伴一样俊美。二目精光四射，更具英悍之气，骨根禀赋之佳，从所未见。偏都是小小年纪，稍差一点眼力的人骤然相遇，必当是道家元神炼成的婴儿，绝想不到会是两个幼童。双凶大惊："莫怪峨眉势盛，这么小年纪的门人，已有如此功力。前锋五妖人也均能手，不是敌人太强，怎会全军覆没？自己虽有必胜之望，仍须小心应付才好。否则，同来党羽伤亡太多，又和自己一路，传将出去，终是难堪。料知对方必有能者主持，见自己劳师动众，大张旗鼓来此示威，自不出面，故令两个幼童来见头阵，以表轻视。如无几分自信，焉敢冒失出场？"心正忿怒，二童已跑到面前不远停住，似要发话神气。双凶本想借着问答，恫吓示威，并探敌人强弱虚实。又因来人年纪太幼，自己人多势甚，便随来妖党也都成名多年，如若小题大做，当先出手，胜了也不体面。于是下令道："众人暂停，命那两个娃儿上前答话，这类乳毛未干的后辈顽童，何值动手？我们绝不伤他，教他不要害怕。"

末句还未说完，忽听接连两声怒叱，声随人起，一幢青荧荧的冷光和一股比电还亮的红光带着霹雳之声，已由对面射到。随听巨洪师徒惊叫怒吼之声。说时迟，那时快，双凶万没料到，来人一个是火无害，一个是钱莱，看去形似幼童，却一个是禀真火精气而生，修炼千年；一个是累生修为，转世不久，家学渊源，随身法宝更多。二人各具惊人神通威力，来势疾逾雷电。先前过于轻视，不曾防备，对方有为而来，突然发难，相隔又是咫尺之间，那片妖云如何挡得住太阳真火与太乙青灵神光，空有一身法力，也是措手不及。双凶刚看出二童来历，心中一惊，忙施邪法，抵御回攻，事出意料，已是无及。只听霹雳连声，轰轰怒鸣，那比电还亮的太阳神光线和数十百团碗大的太阳真火纷纷爆炸，那片紫色妖云晃眼震散。群邪和众妖徒骤出不意，已有数人受伤，当时阵容大乱。再看巨洪师徒，一个已被太阳神光线冷不防电射飞来，把人震成粉碎。残魂化为一溜黑烟，刚一飞起，吃那青色冷光一罩，便已消灭。双凶不禁大怒，凶威暴发，刚把手一扬，待施邪法致敌死命，又听震天价一声迅雷起自身后，震得邪烟纷飞，山摇地动。

要知后事如何，且看下文分解。

第三二六回　烈火荡妖云　冷焰红光诛二憾
　　　　　　　冲烟闻鬼语　地灵天象护双童

　　前文说到东海双凶蓝敕令毛萧、鬼脸神君章狸，因往依还岭途中为大旃檀佛法所阻，才知敌人不是易与。及至飞近岭前，又看出全山均有五色轻烟笼罩，正传令同党小心戒备，先是司徒平、秦寒萼当先飞来，不知何故，忽化一幢彩云，往斜刺里遁去。紧跟着，万珍、李文衍相继飞到。同来妖党巨洪师徒自恃邪法厉害，觊觎对方少女美色，妄自出战。二女中了邪法，眼看倒地，忽由身前飞起一片金霞，连人带宝一齐失踪。忙催妖云上前，朝巨洪师徒冷笑发话。巨洪正随妖云缓缓前进，受了双凶恶气，心中忿怒，忽见两个相貌俊美的幼童迎面跑来，根骨禀赋之佳，从所未见，料想敌人故意将主要人物藏起，却令两个幼童出来答话，以表轻视。侧顾双凶，表面仍作从容。便骂："狗贼，只会欺凌同类，既然自命神通广大，管他来人是谁，只一出现，便即杀死，才显自己威力。这样装点门面，结果仍是非打不可，有甚意思？分明胆怯情虚，顾虑太多，偏有这些做作。"正和同来一个着红衣的妖党以目示意，暗中讥笑，敌我双方也已对面，快要问答，忽听同声怒叱，声才入耳，一幢青荧荧的冷光和一股比电还亮的红光已夹着雷霆万钧之势迎头射到。巨洪立时警觉，知那红光正是昔年月儿岛所遇火精火无害，以前吃过苦头。彼时对方被困火海之中，不能随意走动，自己还有防备与防火之宝，尚为太阳真火所伤，何况骤出不意，突然发难。心中一惊，忙纵妖光，待要逃遁，已是无及。

　　火无害天生火性，疾恶如仇。昔年困身火海，终日暴跳如雷，本就忿极，无计可施。妖人恰在此时乘人之危，始而虚声恫吓，迫令降顺。后见不从，又连下毒手，意欲加害。虽仗本身所炼太阳神光线将其打败，负伤而去，洞中禁制也被引发，以致末后这些年多受好些苦难。每一想起，便恶气难消。仇人相见，分外眼红，早和钱、石二人商量好，觑准妖人师徒，分头夹攻，来势比电还快。巨洪虽然修炼多年，老奸巨猾，无奈对方深知他的来历，仇恨又深，上来便以全力猛下杀手，先没想到那幼童会是昔年火海强仇，而那簇拥群邪的妖云又非寻常左道遁光之比，人在其内，法力稍差，休说上身，只一挨近，必为所伤，越发容易疏忽。等到看出那是太阳神光，有了警觉，连念头都不容转完，大片霹雳声中，红光上身，立即爆炸，巨洪全身首被炸成粉碎。火无害恨极妖人，下手更狠。事前早有成算，为防妖魂遁走，妖人刚一炸死，一蓬细如针雨的银色光线突然四面合拢，连闪两闪，一片青烟带着焦臭之气，连残尸带元神全被太阳光线包围。钱莱再往上一迎，立即烧成灰烟，晃眼消灭。

同来妖徒昔年曾随巨洪同往火海去过，钱莱经火无害指点，也是看准下手。那太乙青灵铠和太阳神光一样，任何邪法妖光阻挡，均如入无人之境。又因万、李二女受伤，欲为报仇，防其遁走。一面运用太乙青灵神光连人飞起，朝前扑去；一面把身旁法宝、飞剑准备施为。钱莱原本胆大心细，机警好胜，震于双凶来前耳闻，存有先入之见，惟恐一击不中，脸上无光；再和万、李二女一样为敌所伤，更是丢人。明知神光防护之下，万邪不侵，仍以全力戒备，不敢丝毫怠慢。其实妖徒和巨洪一样，并未把来人看在眼里，全无戒备，极易成功。这一小题大做，群邪却吃了大亏。先是妖徒骤出不意，被太乙青灵神光罩住，方觉冷气侵肌，寒光射目，大惊欲逃，猛觉心头一寒，人便失了知觉，跟着冷光微闪，妖徒形神皆灭。钱莱原打着双管齐下的主意，一面发挥神光威力，一面右手连扬，飞剑、法宝纷纷发出，左手太乙神雷又连珠往外打去。旁立群邪见对面来了二童，虽看出故意步行，有心做作，毕竟这班妖孽全是凶横强傲，又在妖云拥护之中，毫未注意。正向前观察，想听对方来意，不料突然发难，一青一红两道奇光急如雷电，一片震天价的霹雳声中，来势还未看清，巨洪师徒已首当其冲，形神皆灭。一时霹雳连声，山摇地动，雷火星飞，妖云四散。这才看出厉害，各纵妖光，纷纷惊窜。就这晃眼之间，钱莱又将飞剑、法宝相继飞出，太乙神雷连珠爆炸。火无害原想，只杀巨洪师徒，一见钱莱大显神通，也一不做，二不休，将人化成一幢烈火，飞舞群邪之中，双手齐扬,把所炼太阳真火神光连同亿万银色光线宛如雨雹一般,照准群邪当头乱打。二人下手都是又猛又急,那逃得稍慢和相隔较近的妖党,晃眼便伤了好几个。

双凶虽然神通广大,邪法高强,终因骤出不意,也乱了手脚。急怒交加之下,正待行法,抵御还攻,百忙中瞥见巨洪形神皆灭,所炼三尸元神已灭其二,只剩一条残魂,化为一溜极细的黑烟,由亿万银色光线丛中电驰飞来,吃那青色冷光迎头一罩,便已消灭,连残魂也未逃出。看出此宝乃大荒无终岭枯竹老人传授,心方一惊,敌人飞剑、法宝已电舞虹飞,纷纷发出。一团团的太阳真火,连同太乙神雷,万道毫光,一齐夹攻,同来妖党门人逃得稍慢,不死即伤,神情十分狼狈。越发暴怒,把手一扬,一片妖光邪烟刚一飞起,猛又听震天价一声迅雷起自身后,大蓬墨绿色的光华,连同比电还亮的银色雷火突然爆炸,残余妖云立被震散。双凶心肠狠毒,明知这两个敌人一个禀着太阳真火精气而生,一个持有枯竹老人所传至宝,多厉害的邪法也难伤害,仍然妄想一试。又因敌人是由前面跑来,不曾想到身后还有强敌暴起,来势也是那等神速,等到警觉,已是腹背受敌,不及防御。双凶所乘云车和脚底那片云光,竟被敌人猛发石火神雷震散了好些,稍差一点,便完全毁去。如非邪法甚强,应变灵敏,连人也为所伤。目光到处,瞥见敌人又是一个幼童,满头绿发,生得又矮又小,相貌奇丑,与前见二童相去天地,法力却非寻常。刚由身后地底飞出,咧着一张怪口,扬手又是两团石火神雷打到。正经敌人一个未见,却被三个幼童打得七零八落,伤亡了好几个妖党,不由大怒,同声啸厉,二次把手一扬,各由手上飞出一条形似人手的光影,先朝后面来敌抓去。前面群邪本非庸手,只因变生仓猝,来势太猛,不及防御,才吃大亏。一经遁出圈外,立施邪法、异宝,一面防御,一面还攻。双凶百忙中再将妖光放起,又把方才纷乱形势稳住。

火、钱二人也接到英琼传声,令其适可而止,急速回去。后面那人正是石完,火无害先前恐其冒失,受了误伤,令其在后诱敌,去分敌人心神。不料火、钱二人发动太快,石完闻得上面霹雳连声,贪功心盛,不问青红皂白,猛发独门石火神雷,朝上乱打。也是群邪该当晦气,那石火神雷又恰是专破这类邪法的克星,如非双凶师徒和同来妖党邪法均高,换了稍差一点的妖人，便难幸免。火无害见石完出手，恐其轻敌，一面传声疾呼："邪法厉害，石师弟可速回去！"一面急催钱莱速用太乙青灵铠赶往相助，令其速回，以防有失。石完也接到英琼传声，瞥见妖手飞来，忙往地底遁去。

双凶人最自私，先前群邪虽有伤亡，只是忿敌太强，还不十分动心。及至本身也吃了亏，不禁怒发如雷，对于石完也更痛恨，上来便以全力施展毒手。不料两只怪手影刚一出现，暴长丈许大小，朝下抓去，就这瞬息之间，猛瞥见绿发幼童手中大团银色雷火刚发出来，忽然往下一矮，面前五色烟光微一起伏之间，敌人透过烟层遁入地内，一下抓了个空。便见那幢青色冷光比电还快，由斜刺里飞来，慌不迭双双回手去抓。左侧又有两团酒杯大小，亮如银电的精光，朝那两只怪手打到，看出那是太阳真火精英炼成之宝。自己虽然长于玄功变化，方才报仇心切，事前没有准备，骤出不意，如被打中，元神仍难免损耗，忙即收回。"叭"的一声大震，银光已自爆炸，化为亿万精芒，四下激射，那两只怪手也被打中，如非功力精纯，见机得快，几被震散。这一惊真非小可。等到凶威暴发，不可遏制，待以全力施为，冷光已追踪绿发幼童遁入地内，霹雳之声也全停止。只听空中大喝："无耻妖孽，且叫你尝尝峨眉第三代门人的厉害！如愿送死，快到前面纳命！"同时一道红光，其疾如箭，正由数百丈妖光邪烟之中电射飞起，朝依还岭上飞去。语声清越，曳空急驰，由远而近，落向前面幻波池前平地之上，到地便无影迹，也未看出是否遁入土内，端的神速已极。

双凶平白伤了几个妖党，同来妖徒也有四人受伤甚重。幸亏来时先有准备，各以元神出斗，只将所炼生魂震散，一施邪法便可复原。如是肉身，敌人再以全力进攻，和对付巨洪师徒一样下那杀手，休想活命。敌人方面虽然开头伤了两个少女，但无如此惨败。最可气是来时驾起大片妖云，声势何等强盛，敌人主脑一个不见，却命三个幼童出来，先后不过几句话的工夫，便被打得七零八落，溃不成军。内中火无害虽是得道千年的火精，但他行时语气强傲，并自称是峨眉第三代门人，对方目中无人可想而知。有生以来，几曾受到这种奇耻大辱？双凶互相对视了一眼，全都气极。毛萧坐在云车之上，依旧面带诡笑，神态从容。章狸因那拥护断脚的随身云气被石完一雷震散，露出两条残废的秃腿，由不得怒火中烧，已掩不住本来面目。一面施展邪法,仍用妖云将下半身拥住,一面盘算报仇之法。如非毛萧示意止住,已早离开群邪,跟踪追去。

毛萧等群邪回复原状,仍令从容进发,不许失去常态。相隔岭头约有一箭之地,命众停住。正要发话,忽见对面现出一个绿衣少女,背插单剑,腰挂宝囊,丰神英秀,美艳如仙。双凶自从方才受挫,对于敌人已不再似以前轻视。又见敌人突然出现,看不出一点迹象,如是事前行法或用法宝隐形,不应如此从容。那现身之处后面山石,连同左近花木,俱都看得逼真,上面五色轻烟笼护也未见有波动。峨眉上清禁制虽极神妙,凭自己的目力,敌人如由禁圈之中走出,或将禁法突然撤去,怎么也能看出一点形迹,不会影响全无。敌人孤身一人,年纪看去甚轻,偏是一身仙风道骨。想起方才轻敌吃亏之事,知道峨眉门下男女弟子虽然入门不久,多半累生修为,新近才得转世,不能以常理来论。方才三个幼童那高法力,火无害又是得道千年的火精,尚且甘居第三代的弟子,这班后辈的功力已可想见。认定来人不出则已,既敢孤身出现,必非寻常。便命群邪暂行止住,命那女子上前答话。

那绿衣少女正是墨凤凰申若兰,因奉英琼之命,看出群邪方才受创惨败,双凶定必恨极,恐其激怒太甚,上来便发阴火,太乙五烟罗和本山灵景难免不受侵害。为此嘱咐若兰,在自己慧光暗护之下,上前答话。并吩咐两旁埋伏的男女同门和刚由前面相继赶回的火、钱、石三人暗中留意,一同戒备,以为缓兵之计,挨得一时是一时。双凶群邪自然不知对方用意,因见若兰神态安详,若无其事,反倒生疑,不敢冒失。又因方才火、钱二人才一照面,便不由分说猛下毒手,吃过大亏,暗中戒备,如临大敌。若兰得道较久,自多经历,见双凶初来时装腔作势,何等骄狂自信,吃火无害等三人一顿下马威,立时不敢正眼相看,知道左道妖邪全都欺软怕硬,能胜而不能败,不禁暗笑。天性温柔,又是奉命缓兵,上来先不点破,从容笑道:"你们哪里来的?彼此素昧平生,也无仇怨,无故来此扰闹,是何缘故?今早曾有僧、道四人,带了一伙徒党来此作祟,经本山主人师妹李英琼略施仙法,全都伤亡殆尽。只有两个妖僧已被我们困住,眼看形神皆灭,因其悔罪苦求,又有李师妹和白眉老禅师座下仙禽代其求情,才将他们的元神放走,此外无一幸免。我们奉命在此开府,早就料到左道旁门中人受了妖妇许飞娘的蛊惑，必要来犯。其实家师妙一真人素来力持宽大，本与人为善之心，无论是何异派，只要埋头敛迹，不再为恶，绝不无故兴戎；若能痛悔前非，改行向善，还要随时扶助，使其成就，视之为友。

"如其倚势横行，怙恶不悛，或是勾结妖党，乘我师长闭关之际，以为有隙可乘，来此侵害，直是自寻死路。我看你们修道多年，能有今日也非容易，何苦受人愚弄？她自身隐避在后，却令别人出来送死，稍微明白的人，一望而知，难道你们得道多年，会不明白利害？此时幻波池在易静、癞姑、李英琼、余英男四位同门姊妹师徒多人主持之下，每人均是累世修为，法力甚高，所用法宝、飞剑均是前古奇珍，仙府至宝，克制邪魔，威力至大；何况前主人圣姑早已前知，算出未来之事，所有幻波池五行仙遁、道书、藏珍已全留赐，现已得到手中，外人多高法力也休想擅入一步。以丌南公法力之高，尚且败退，他那镇山之宝落神坊，竟会落在一个新入门的第三代弟子手内，别的妖邪可想而知。你们比他如何？方才初来时，门下弟子虽有冒犯，一则，你们无故兴戎，他三人奉命防守，自不容外敌来此猖狂；再则，内有两人，又是我师侄火无害昔年大仇，自难怪其下手。如今事已过去，你们为首的人尚未出手，最好就此两罢干戈。如听良言，安然回去，稍微静观数年，看看是否正胜邪消，你们再倒行逆施不迟。"

若兰虽然不善辞令，但是神态温和，语声尤为清婉好听。双凶一个素来把稳，一个又是淫凶好色，尽管怀着满腹怨气而来，竟为对方容光所夺。又以上来受挫，想由敌人口中窥探虚实，并未当时发作。反在暗中止住同党，待命行事，不令妄动。听完之后，连经仔细观察，除敌人突然出现，看不出一点形迹而外，觉着当地风物清丽，美景如仙，到处香光浮泛，洞壑幽奇，也不见有第二人出现，心中奇怪。同声笑答："今日之事，强存弱亡，哪有许多话说，方才三个小畜生暗算伤人，那是我们自不小心。早晚擒到，自有他的受用。你说我们与你无仇无怨，最好听劝回去。可知幻波池藏珍、毒龙丸，贼尼已死，便是无主之物，你们如何自恃人多势众，据为己有？我们也以良言相告：乖乖将那藏珍、毒龙丸全数献出，并令李英琼、余英男两个贱婢随我二人回转东海，便可无事；否则……"底下的话，还未出口，忽听连声怒吼，数十百道金光雷火，连同先前三个敌人同时出现。少女见状，也把手一扬，一道剑光迎面飞来。

原来火无害等三人先听英琼之命守伺在侧，本来还想多等一会儿，忽听敌人要将双英带回山去，火无害首先激怒。心想："闻说李师伯昔年疾恶如仇，火气甚大，今日怎的会有这么好涵养？如今群邪大举而来，这场恶斗必所难免，凭着几句话能够拖延几时？反正非拼不可，何苦听人狂吠？"想到这里，怒火上撞，忙把太阳真火冷不防先朝双凶打去。钱、石二人早就跃跃欲试，火无害一动，忙跟着发难。若兰见三小动手，也将仙剑飞出助战；两旁埋伏诸人见状，一齐现身，相继动手，各把飞剑、法宝发将出去。英琼原是借着若兰与来敌问答，就便把紫清神焰兜率火暗中送往幻波池内，交与方英、元皓，待命飞出；同时向癞姑传声，令其加紧戒备，照着仙示和眇姑心声传话，开头只守不攻，设法拖延时间。一见三小弟子当先发难，众同门也纷起应敌，知道邪法厉害，十分阴毒，恐有闪失，忙喝："众人急速退往慧光之内，只用飞剑、法宝出敌。"

随将慧光现出，本想连火无害等三人也全护住，后听火无害传声禀告："妖人邪法不能伤害弟子和钱莱。石完虽然稍弱，但有钱莱接应，仍用太乙青灵铠防身，合力应战，绝可无碍。"只得罢了。火无害随向双凶喝道："无耻妖孽，无须猖狂！昔年你这两个妖孽被太师祖长眉真人禁闭东海海底水眼之中，受了这多年的罪孽，难道还未受够？才一出困，便来自取灭亡。各位师长一位也未见到，先吃我弟兄三人杀得大败，还敢张牙舞爪，岂非无耻？如有本领，只要将我弟兄三人擒住，休说你两残废妖孽念念不忘的毒龙丸，连幻波池也可归你，你看如何？"

双凶原因若兰生得美艳如仙，容光照人，色心大动，借着听话为由，暗中运用邪法，打算将其迷倒，冷不防擒回山去。及见对方神色自如，若无其事，连施摄魂邪法，毫无感觉，不知敌人身在佛家慧光暗中笼罩之下，万邪不侵。心方惊奇，觉着敌人不是易与，眼前倏地光华电闪，耳听连声怒叱。先前所见三小各施真火、神雷、飞剑、法宝当先发难，紧跟着又有七八个男女敌人随同对面少女一齐现身，分左右两旁立定，各指飞剑、法宝，纷纷夹攻。这次总算群邪有了准备，无人受伤。火无害太阳真火虽具极大威力，因忿双凶口出不逊，专攻一处，别的妖人不曾波及，邪法颇高，暗中防备又严，当时敌住，两方才得打了一个平手，暂时未有伤亡。

双凶见对面诸敌全是仙骨仙根，一身道气，所用法宝、飞剑无一寻常，只是无一飞起,好生不解。久闻人言,峨眉门下男女弟子多半仗着凤根灵慧,前世修积,所用法宝虽是奇珍,本身入门日浅,功力有限,莫非这班少年男女连飞空应敌俱都不会?否则怎会一个未动?那隐形法却又神妙非常,是何缘故?正想运用玄功变化,冷不防飞身进去,挑那灵秀貌美的少女先捞上两个再说,猛瞥见眼前一亮,一团大约亩许的祥辉,突在敌人头上出现,在场敌人除火无害等三小外,全都笼罩在内,看出此是佛家降魔慧光。这一惊真非小可。暗忖:"对方都是玄门中人,这团慧光分明是佛家降魔至宝,如非得佛门上乘传授,岂能应用?听敌人口气,戒备如此严密,必早前知无疑。但是眼前所见敌人,只火无害一人功力最高,余者根骨虽佳,绝非自己对手,可见后面必有高明人物主持全局。多年积仇,数万里外大举而来,休说和头一起人一样片甲不归,便被打败逃回,以后何颜见人?"心中一惊,互相密议,上来还是稳扎稳打,不可急进,以免中人圈套。于是一面率领群邪分头迎敌,一面把预先准备的妖阵如法施为,指挥众妖徒布置起来。口中大喝:"今日我必将幻波池化为劫灰,凭你们几个小狗男女,绝非我的对手。何人为首,无须藏头缩尾,可速出来纳命!"

火无害见双凶本来腾身欲起,想往申若兰等身前扑去,知其不怀好意,正向钱、石二人说:"各位师伯叔均有慧光暗护,妖人绝不能伤。我们恰可将计就计,给他吃点苦头。"话未说完,慧光忽现。知道英琼因时机未到,打定只守不攻的主意,不愿激怒双凶,使其情急拼命。方笑李师伯自从炼就身外化身,法力越高,反更把稳起来,乐得乘机反击,使双凶吃点苦头,俱都不肯。再一查看,双凶也改了方法,随来妖徒各将身旁妖幡法物取出,往四下分布开来。看出妖阵阴毒,不似寻常,忙又警告钱、石二人:"双凶邪法厉害,伤他不了,微一疏忽,反受暗算。照此情势,妖阵不久布成,必更讨厌。我们共只三人,正面受敌,徒劳无功。不如避重就轻,舍去为首双凶,专冲荡妖阵,不令将阵布成,也不可下手太狠,消灭众妖徒的元神,只把凶魂击散便罢,动作越快越妙。"

二人还未答话,英琼已传声赞好,并向三人警告说:"方才癞姑师伯传声说,双凶邪法之高迥出意外,尤其所炼本命三尸元神十分坚强,变化无穷。双凶不说,便门下妖徒经他海底多年苦炼,只要有一丝残余魂气,立可复原。昔年太师祖长眉真人尚且不能除他,可知厉害。尤其那一双元神幻化的鬼手，与妖妇乌头婆异曲同工，阴毒无比，只要被抓中，便无幸理。独火无害禀纯阳真火之精而生，千年功力；玄功变化，就被抓住，也可无害。何况不会被擒，双凶也不肯如此冒失。钱莱仗着太乙青灵神光护身，此是专制邪魔的异宝，隐现无常，飞遁更快，暂时也可无害。石完虽精地遁法术，无如胆大心粗，容易涉险，最好不要离开火无害和钱莱，才可无事。还有双凶向来对敌，不是万不得已，不肯施展全力，性又疑忌。我们此时人少势弱，援兵尚还未到，如果操之过急，逼令出手，即便幻波池有五行仙遁防御，不致受其侵害，本身灵景，难免毁损，也是可惜。尔等三人仗着天赋和防身至宝，扰乱妖阵，不令早日布成，虽是奇功一件，但在各位师长未赶回以前，不可逞强太甚，使敌人伤亡太多，恼羞成怒。对众妖徒更须适可而止，不宜诛戮太多，以免双凶情急拼命，不待妖阵布成，便自发难，提前发动阴火，以致吃了他的亏，毁损了灵景。"

三人闻言应诺，立照所说行事。这时双凶与群邪全都凶威暴发，各将邪法异宝施展出来，一面迎敌，一面布那妖阵。一时烟光杂沓，邪雾蒸腾，加上众人的飞剑、法宝、太乙神雷满空爆炸，轰隆轰隆之声，震撼山岳。火无害等三人星驰电射，穿梭也似冲行妖阵之中，此隐彼现，出没无常。而那一团团的太阳神光和钱、石二人的青灵神光、石火神雷，不是当空爆炸，银雨横飞，便是自地爆发，毫光万道。所到之处，众妖徒挨着便震成粉碎，或是炸去半边身体，各化为残烟断气朝双凶飞去。等到双凶行法复原，元气真魂已受重伤，苦痛非常。在妖师暴力淫威之下，虽不敢强，仍冒雷火奇险回往原处布阵，毕竟元气大耗，受创太重，心胆已寒。这三个敌人来势又比电还快，防不胜防，勉强苦斗了一日夜过去，妖阵终未布成，众妖徒倒有一半受了伤，个个心惊胆寒。先还想双凶邪法厉害，不消片刻，便可将敌人除去，免为所伤。及至苦撑了一日夜，敌人始终纵横全阵，越来越凶，眼看同门妖徒多受重伤，有的几难成形复原，一班群邪也吃这三个敌人乘机伤了好几个，双凶空自暴怒，无可如何。经此一来，全都害怕，虽不敢公然逃避，稍见这三个杀星的光影，便纷纷惊窜，往往连妖幡也不及抢走。

双凶见妖徒连受重伤，随来同党又先后伤了十几个，敌人却是一个未伤。最可气是火无害等三小从见面不久，便不与他正面为敌，专寻妖徒晦气，妖阵不曾布成，妖幡、法物反被真火、神雷毁去不少。越想越忿，咬牙切齿，心中痛恨。一声狞笑，双双把手一扬，立有两片黑色心形暗影，刚刚脱手飞起，打算朝三人头上飞下，还未展布开来。猛瞥见两道青色冷光，带着豆大一点如意形的紫色火焰，由幻波池中飞起。来势并不甚快，形如一朵灯花，精光荧荧，流辉四射。乍看好似浮沉空中，飘荡而来，打一入眼，还未看真，不知怎的，竟会到了两片黑影的中心，猛觉不妙，待要行法回收。火无害久经大敌，事前又得癞姑、英琼指点，一见方英、元皓带了紫清神焰、兜率火由池底飞出，立时将计就计，假作疏忽，往那两片黑影当中飞过。

双凶最恨火无害，当他无意之中自投罗网，不禁大喜。那两片心形暗影乃双凶被困海底用三百年苦功炼成的邪法，凶毒无比，无论对方法力多高，只要被当头罩下，往里一合，人便神志昏迷，状类疯狂，听凭邪法主持，倒戈相向，反朝同党拼命。先因这类邪法最耗元气，更须双凶彼此一心合力运用，才能发生极大威力，毛萧还较持重，觉着这三个敌人均有真火、神光护身，太乙青灵神光更是对头克星，虽然邪法甚高，自信不致和别的妖邪一样，害人不成，反而害己，但这类两方对拼的事，稍微疏忽，必受其害。

钱、石二人又在太乙青灵铠神光笼罩之下，至多将其困住，急切间仍奈何他们不得。惟恐弄巧成拙，一任同党催促，始终不肯妄动。及至斗了两三日夜，见妖徒受伤惨痛，妖阵无法布成，忿恨之下，决定一试。初意火无害在三小中虽然法力最高，全凭本身功力，并无法宝防身，只要骤出不意，将这两片暗影往上一合，将其罩住，也许能够将其笼罩。无奈敌人动作如电，不可捉摸。正打算把两片暗影展布开来，悬向空中，乘着敌人乱冲之际，觑准来势，冷不防当头下压。等对方神志一昏，立用邪法指挥，使其倒戈，转向敌人进攻。再借他通行白如之便，令其向前开路，自己运用玄功暗随在后，冲破禁网，飞入幻波池，先将藏珍、毒龙丸盗出，就便查看敌人虚实，到底何人在内主持。一见火无害冲到，心中大喜。

双凶正指黑影往下罩去，不料紫色灯花突然飞到，情知不妙，忙即回收。无如方才为防敌人逃窜，下手太急。那紫色灯花来势又极神速，初发现时，悬在青色冷光之前，在千百丈烟光杂沓，电舞虹飞之中，看去毫不起眼，飞得也不甚快。如非双凶久经大敌，识得厉害，换了寻常妖邪，还要忽略过去。便是双凶，虽然看出此宝来历，仍不知它妙用。等到晃眼之间，那团大仅如豆的紫焰到了两片暗影之中，以双凶的目力，竟未看出怎样来的。方在失惊，已然无及，只听"叭"的一声，极清脆的爆音过处，紫焰突然爆炸，化为亿万精芒，四下飞射。双凶合力施为的两片暗影首被击散，火无害已就势遁入五色彩烟之下。那一震之威，竟比敌人所发神雷、真火胜强百倍，笼罩全山，高涌天半的妖光邪雾，立被震散。一时骇浪雪崩，狂涛山立，由中心往四外排荡开去，当时空出了数十亩方圆一片地面。相隔较近的几个妖党，内有两人当场毙命，被紫光震成粉碎。还有三人也各受了重伤。身旁那些妖徒，本也难免于祸，幸而双凶应变机警，见势不佳，一面自将真气切断，一面施展邪法，把手一挥，连身遁起，就势把众妖徒一齐摄了逃出光圈之外，才得免于灭亡。就这样，仍有两人被紫青神焰扫中，震成粉碎。如非妖徒均以元神出斗，应变神速，至少必有十来个难于保全，连残魂也被消灭。

那两片暗影均是双凶本身元气所化，自然损耗不少。经此一来，虽然怒上加怒，仇恨越深，受此重击，把紫青灵焰误认作佛家心灯；再见那团慧光悬在当空，把所有敌人笼罩在内，一任邪法多么阴毒，均无用处。越发断定幻波池内有仙、佛两门中能手主持，不知何故，不肯出面。再一想起来时途中为旃檀神光所阻情景，分明敌人首脑比自己要高得多。否则，先来那班妖党均非寻常人物，便随来几个妖徒也无一庸手，不是敌势太强，怎会全军覆没，一个不留？敌人首脑不肯出面，也许知道自己炼有独门阴火和两件准备复仇的邪法异宝，设此诱敌之计，故意令几个无名后辈，在太乙五烟罗防护全山重重禁制之下，故意相持，设法激怒。等到自己恶气难消，情急相拼，将所有邪法异宝全数施展出来，敌人才将埋伏发动，先把阴火破去，以免自己知难而退，带了逃走，又留异日之患。越想越有理，盛气一馁，更加慎重。多年盛名，强横已惯，以前从未遇过敌手，昔年败在长眉真人手下，已认为万世不消之仇。如今强敌道成飞升，报仇无望，才想杀他门人泄恨，又被几个无名小辈打得大败，更是奇耻。就此退回，心实不甘。互相商议，决计不到真个现出败象，仍不罢手，那阴火也暂不发动。一面与敌相持，一面再发信符，把日前那些同党相继催来，令其上前，与敌拼斗，自作旁观，查看对方虚实，到底有甚高明人物在内，然后再下毒手。

双凶未来以前，本是趾高气昂，不把这班妖党放在眼里。众妖党一半是因双凶阴险强暴，二次出世，邪法更高，意欲提前结纳，自告奋勇；一半是受妖妇许飞娘蛊惑，又都嫉恨峨眉势盛，欲乘对方师长闭关之际与双凶合力，将对方后起门人的未来根本重地毁去。但这班人均非无名之辈，知道双凶骄狂自大，不愿服低，只命门人前往致意，不曾上门。双凶对这两起人，起初均甚轻视，表面约定，再有数日各往侬还岭聚会，实则居心贪狡，惟恐人多，分润所得藏珍、灵药，或被捷足先登。本就打着抢先下手主意，又因前锋妖党全数伤亡，又伤了两个妖徒，正好借故提前发难，得信立即赶来。满拟手到成功，不料还未走到，便为佛法所阻，跟着连遭挫折，才知敌人真非易与，并有大援在后，只得发出信号，说前锋妖党不肯守约，轻敌涉险，全军覆没，不得不提前赶来。现在敌人已被困住，这班无名后辈均颇机警，又各持有几件师传至宝奇珍，惟恐不能一网打尽，又留后患。请照日前预料提前赶到，合力下手，以免夜长梦多，又生变故；或是敌人情急无计，将藏珍、毒龙丸带了逃走。

双凶中鬼脸神君章狸比较气盛，还觉平日狂傲骄横，夜郎自大，始而不守信约，独自抢先，一见不能取胜，又发信号，催令同党应援，有点不好意思。蓝敕令毛萧却是老奸巨猾，阴柔卑鄙，口似悬河，长于舌辩，利之所在，全无顾忌。平日尽管狂傲自大，一到用人之际，便卑躬屈节，无所不至。又是生来一张笑脸，把话说得极圆；不似章狸满脸乖戾之气，一味凶横，说不出个道理。议定之后，章狸听毛萧这等说法，觉着话说得甚巧，丢人不顾，敌人又的确是被自己邪法围住，虽无败意，看去已落下风，不算说谎，方始应诺，同将信号发出。双凶所发信号，与魔教中万里传音大同小异。先把所说的话说上一遍，然后行法施为，立有一股黑气将语声封闭在内，朝着对方飞去，无论相隔多远，不消片刻，便可传到。

这类邪法，火无害全都知道。见双凶已被兜率火将那两片暗影击散之后，始而暴怒如狂，似要拼命神气。忽然缓和下来，一面率领群邪妖徒奋力迎敌，一面嘴皮微动，却在商议。跟着各由手上发出一小股黑烟，互相说了几句，把手一扬，便急如箭射，破空飞去。接连两三次过去，那黑烟也发出了五六股,均是随同双凶嘴皮乱动,突然破空飞走,一闪不见,神速异常。这时全岭仍在妖光邪雾笼罩之下,双凶一面施为,一面仍朝自己三人追逐不舍。本就烟光烛天,再加上许多法宝、飞剑、真火、神雷满空飞舞,越发五光十色,耀眼欲花。那黑烟看去甚淡,飞走之时,只有手指粗细,一闪即逝,不是慧目法眼,深知底细,留心注视,直看不出。暗忖:"妖孽师徒,共有百余人之多,忽然连发信号,未来妖党定非少数,不知内中有何诡计?何不抽空截住,将其破去,听他说些什么?"想到这里,便用传声告知钱、石二人,想好主意。因双凶全都诡诈,也曾防到信号被人劫去,发得十分巧妙。又见对面敌人均仗慧光保护,始终不肯出斗,只由火无害等三小冲荡全阵,每发信号,总是事前准备,乘着三小惊走退避之际,就势发出。毛萧更是稳练,不肯妄发。

三小弟兄议定之后,火无害假装无意及此,先朝众妖徒立处加紧追逐,然后突然掉头,照准章狸扬手一团真火打到。等到章狸运玄功变化怒吼追来,再装不敌,往地底遁去。同时,钱、石二人在太乙青灵神光护身之下,赶来应援,见火无害遁入地底,也装作慌不择路,朝五色烟层之下钻去。跟着三小弟兄隐身飞出,冲荡全阵,出没无常,本是常有的事。章狸见三小相继逃遁,乘机发出信号。不料话刚说完,黑烟正待飞起,眼前一亮,那幢青色冷光突然出现,只一闪,便将黑烟隔断。同时火无害也化作一个通身烈焰四射,其形如猴的小火人,由彩烟之下电一般飞起,扬手一片红光,将那就要破空飞走的黑烟一下罩住,只一裹,妖人所发语声全在残烟之中说了出来。正想喝骂:"妖孽无耻,已然损兵折将,连遭挫败,还吹什么大气?"猛瞥见钱、石二人已被一条长约数丈的紫色暗影笼罩,不禁大惊。

第三二七回

平地涌金轮　太乙光生灵石火
凌空收匹练　弥尘幡化彩云飞

原来钱、石二人照着火无害的预计，本是冷不防突然飞起，将妖人的信号冲断，当时飞走，遁往一旁，谁知石完贪功胆大，虽听火无害事前警告："双凶邪法厉害，此时已有准备，不似初来骄敌，稍微近身，立有感应。即使隐形神妙，暗中下手，不到时机也伤他不了。一个弄巧成拙，反为邪法所伤。千万不可离开钱莱一步。"并未放在心上。

及至在妖阵中冲突了两日，觉着双凶邪法虽强，不如火无害所说之甚，早就磨着钱莱，意欲二人合力，骤出不意，试他一下。钱莱素较谨慎，先不肯听。后见双凶追逐虽紧，对于三人似有顾忌。偶然被那怪手扫着一下，也只觉着身外宝光好似被甚东西缠了一下，奋力一挣，便能脱身。由此起，自己虽然加了小心，敌人也似有甚顾忌，尽管虚张声势，始终不曾上身。心想："太乙青灵神光本是邪魔克星，也许双凶先前尝过味道，不敢冒失。"再经石完絮絮不休，持久无功，也想试它一下。总算二人不该吃那大亏。钱莱行事把稳，动手以前觉着火师兄得道千年，性如烈火，对于双凶尚有戒心，全仗玄功飞遁，避实击虚，不敢和他正面对拼，如何能够大意？同时又想到前在金石峡所得三才清宁圈，也是一件降魔防身之宝，还有枯竹老仙所赐竹叶灵符，因有太乙青灵铠防身，一直不曾用过。照枯竹老仙所说，此符虽是一片竹叶，每片均经他老人家祭炼一甲子以上，带在身旁，固可隐形防身，如遭强敌，想要反击，只照所传飞出手去，便能随着人的心意向敌进攻，对方多高法力，也是不死必伤，多少受一点害。否则便如影附形，绝不退去。因其只用一次，敌人只一受伤，立即化去，或是飞走，因此不舍妄用。那三才清宁圈共是三个宝环，自己和石完一得天象，一得地灵，合用起来，威力更大。正和石完商议下手之法，便听火无害传声，令其随同去破邪法信号，这一来恰巧用上。

章狸又太凶横，瞥见冷光照眼，所发信号刚在邪烟封闭之中，未等飞走，便被敌人隔断破去，不禁大怒，犯了凶野之性，顿忘毛萧先前所说遇事把稳，不到强敌出现，万分紧急之时，不可施展全力，以防敌人看破虚实，有了防备，下手更难如愿的话。因忿两小欺人太甚，一声怒吼，本身往后微退，一片妖光，先将全身连那脚底妖云一齐护住，立由身上飞起一条暗紫色的人影，晃眼暴长，猛伸双手，朝钱、石二人扑去。二人先前因有各位师长同门警告，存有先入之见，又觉敌人邪法实非寻常，多少存有一点戒心。与双凶正面为敌尚是初次，瞥见冷光到处，敌人惊慌后退，大有手忙脚乱之势，心胆越壮。石完更是一上来便想双管齐下，不问钱莱如何，先把石火神雷冷不防给敌人一个重创，也未看清对方是否真败，扬手便是大团连珠雷火朝前打去。钱莱也想就势下手，左手神雷刚发出去，准备看清形势，相机行事。猛觉眼前一暗，一条黑影已当头压下。跟着宝光外面一紧，连挣两挣，不曾挣脱。二人因在太乙青灵神光笼罩之中，当时虽未中邪倒地，但是四外均被暗影裹住，休想移动。

钱莱累生修为，颇有经历。见石完仍由光中乱发神雷向外乱打，虽知神光护身暂时不曾受害，无奈四面裹紧，稍微疏忽，雷火又正向外连打，只要有丝毫空隙，难免不被邪法乘机侵入，立遭毒手。忙喝："师弟你那雷火无用，防身要紧。"二人恰是不约而同，各将天环、地环放出，发出一青一黄两圈宝光，本意加上一层防备，免被邪法侵入。钱莱更因神光受制，又知此时各位师长均未回山，大援未到，全仗小弟兄三人扰乱妖阵，自己和石完如果被困，剩下火无害一人，应付更难。妖阵一经布成，更是大害。一时情急，便把始终不舍轻用的那片竹叶灵符往外打去。那三才清宁圈乃前古奇珍，具有极大威力。二人自在金石峡到手之后，共只在初炼成时，和金、石、朱文三位师长试验过一次。仅知不是寻常，匆匆起身来此，从未用以对敌。这一出手，先是两圈其亮如电的宝光套向二人身上，晃眼透出光幢之外，立时发生威力：一个射出万道青芒，一个射出无量金星，都是由小而大，电也似急向外暴长。章狸因为恨极敌人，想把两小生魂摄去，明知太乙青灵神光最耗元气，仍然施展玄功变化，将独门邪法所炼三尸元神化为一条长大黑影，透身而出，猛朝敌人扑去。虽将那幢冷光抱住，无奈对方宝光神妙，无隙可乘，丝毫不能侵入。敌人石火神雷又由里面往外乱打。

换了寻常左道中人，休说这类专制邪魔的神光，不能近身，单这石火神雷先就禁受不住。正打算拼耗真元，忍受神光侵铄，乘着雷火外射，宝光分合之间乘隙侵入。只要把这两个根骨深厚的生魂摄去，一任元气多么损耗也可补偿，并还可得到几件至宝奇珍，实是上算之事。正在强忍苦痛，暗中留意，用两条鬼手长影将冷光紧紧裹住，猛瞥见一青一黄两圈宝光由内透出。方觉宝光强烈，不是寻常，心微一动，说时迟，那时快，那天地两环宝光已带着万道毫光，无量星花透出冷光之外，突然暴长。看出威力甚大，料知不妙，忙即松手，已是无及。一任收势极快，因为先前压束太紧，仍被宝光猛力排荡了一下。如非应变机警，差一点连那两条鬼手影也被震碎。即便能够复原，本身真气经此一震，非受重伤不可。心方失惊，紧跟着又是一箭青荧荧的冷光由内飞出，形如一片竹叶，前头叶尖上精芒四射，细如牛毛，又劲又急。

章狸动作如电，先见形势不妙，早把本身元灵所化黑影飞回，与原身相合，遁出圈外。见那两圈宝光只一闪，便长大二三十丈方圆，悬向空中，四围妖光邪雾立被震散，空出大片地面。总算群邪妖徒见机得快，纷纷惊窜，不曾受伤，神情却甚狼狈。眼看快要布成妖阵，又被宝光冲破，还失去了十来面妖幡。再看敌人已在宝光之中飞身而起。心计白用，又多伤折，元气还有损耗，如何能不恨？正待行法还攻，那片形如竹叶的冷光又迎头飞来。看出有异，扬手一片紫光迎上前去。刚一出手，忽听毛萧疾呼："章弟，此是枯竹老怪心灵相合之物，如何大意？"章狸闻言，暗骂自己糊涂。先见敌人防身法宝，便疑心是老怪物的传授。方才觉出冷焰侵入，威力甚强，敌人虽被困住，如不乘机侵入，早将生魂摄去，时候一久，不特元气损耗太甚，一个不巧，反为所伤。当时已经警觉，这青光形似竹叶，分明是老怪物元灵相合之宝，照例老怪物这几件奇怪东西一旦无心相遇，除却拼着受伤或是向其服低告饶，轻则如影附形，便用法宝将其击成粉碎，照样化生亿万，越来越多，永远随定自己，不见血光绝不退去；重则休想保得整个身子。最厉害的是，整片还好，如若不知底细，妄想破去，一经击碎，为数越多，简直无法应付，就此服低，自然于心不甘；不舍掉一点精血，又无法破解。愧忿交集之下，呆得一呆，竹叶已被紫光斩为数片，但未消灭，晃眼宝光反倒加强，飞舞而来。

章狸耳听同党又在连声警告说："我们与老怪物无仇无怨，既将本命竹叶送人，必有渊源。已然引发，暂时只好照他平日信条容让一步，事后再去寻他理论不迟。现当要紧关头，何苦负气，多此纠缠？老怪物得道比我们年久，便让一步，也不为丢人。"章狸做梦也没有想到会有这样最难惹的魔星暗助敌人，和他为难。一听同党传声警告，心虽不忿，无如对头法力之高，不可思议，有名难惹，再要为了一时不能忍气把魔星本人引来，更休想占得便宜。知道此宝虽是一片竹叶，神妙无穷，不用法宝抵御，非受伤不可；稍一抗拒，又是一触即碎，越变越多，却无法使其消灭。到了后来，化为一蓬寒星，追随全身，环攻不已，稍一疏忽，立为所乘。事在两难，只有早点打发，还可少吃好些苦头。正在满腹气忿，先用邪法防护，不令上身，也不以强力相抗，免其由少而多，更难抵敌。因不舍自残肢体，打算咬破舌尖，试上一下。

恰巧内一妖党陶泉法力较高，见三小纵横全阵，所向无敌，双凶那高法力竟奈何不得，双方相持了两日，同党妖徒不少伤亡，敌人毫发未伤，心中气忿。看出敌人动作如电，专一避重就轻，机警非常，知道明来绝难如愿，故意杂在人丛之中，随同应敌，一味敷衍应付，不使本相外露。等到敌人对他轻视，然后突然发难，将三小弟兄除去一个，以显他的神通。这时正以全神贯注在三小身上，表面装作胆怯不敢上前，暗中准备停当，只一发现机会，立以全力进攻。事有凑巧。妖人为防敌人警觉，又长于隐形飞遁，始终遥望，相隔颇远，留心已久。

先见三小弟兄互相招呼，时分时合。峨眉传声，外人虽听不出，却被看破，料知敌人必有巧计。正在假意观察，忽见三小弟兄相继往地底穿去，越知有心诱敌。果然转念之间，突然出现，将章狸传声信号破去。同时敌人那幢冷光也被邪法困住。陶泉比双凶还要阴险机智，深知太乙清灵神光，是枯竹老人曾用千年苦功，采取东方乙木精英与两间清灵之气所炼成的冷焰，威力绝大。章狸虽然恃强，勉强将其困住，但它专耗修道人的元气于不知不觉之间，时候一久，绝难忍受。意欲当众逞能，以平双凶盛气。本想等到章狸欲罢不能之际，冷不防猛下毒手。忽见火无害刚把章狸信号收去，飞向空中，一见钱、石二人受困，突又回身飞来。情急救人，全神贯注在双凶三尸元神黑影之上，别的全未顾及，来势极猛。陶泉以为有机可乘，忙由斜刺里化为一溜碧光电射飞来，意欲迎头下手，骤出不意，将火无害用邪法擒住。目光到处，瞥见青、黄两道宝光由冷光中突然飞出，章狸立时松手后退，群邪妖徒纷纷惊窜。火无害也一声长啸，改进为退，同时扬手发出数十团太阳真火朝群邪打下，霹雳之声震得天摇地动，石破天惊，声势甚是惊人。陶泉见情形不妙，慌不迭抽身往旁遁走。百忙中没有看清，还有一片形如竹叶的青光同时飞出，正由章狸身前横飞过去。等到发现那片宝光被章狸所发紫光斩为四片，但未乘胜下手将其破去，反倒急收紫光飞身后退，急切间不知厉害，仍旧前飞，恰好撞上。

　　章狸正在举棋不定，见陶泉侧面飞来，挡向身前，正好拿他替死，故意拦住去路，往旁一偏。陶泉见那四片大小不等的青色奇光飞舞而来，已快上身，分明已看出来历，百忙中竟会不知顾忌，扬手一道叉形碧光，想要抵御。出手以后，才想起枯竹老人的禁条与此宝的妙用，心中一慌，急忙回收，两下已经接触，那四片青光立时粉碎，化为一蓬花雨当头罩下。陶泉索性施展全力抵御，以为也许暂时不致送命。无如上来不曾留意，突然警觉，心神慌乱，只顾收回飞又逃避，忘了此宝威力神妙，除非真有极大法力，将其收去，再用本身真火，费上三四十日苦功将其消灭，任何邪法、异宝，只一接触，立生感应，如影附形。不将它击碎还好一些，击碎以后，便成了一蓬星花，最小的细如毫芒，中在人体，立时爆炸，冷焰寒光同时侵入骨髓，休想活命。这一情急心慌，章狸又是阴险凶残，巴不得有人替死，哪里还顾同党义气，见状大喜，不特没有相助，反而暗施邪法，挡住退路。

　　陶泉惊慌逃窜中，猛觉身上一紧，知中同党暗算，凶多吉少。那一蓬青色星花也已打向身上，当时冷焰攻心，通体酥麻，情急暴怒，把心一横，勉强运用玄功，震破天灵，化为一溜绿光刺空飞走。章狸不料陶泉当机立断，见势不佳，元神立舍肉身破空遁去。为防万一，又把舌尖咬破，一片血光刚飞出去，陶泉元神已然遁走。残尸还未倒地，吃火无害一团真火由斜刺里飞来，震成粉碎。那大蓬星花，也随同陶泉惨死，一闪不见。章狸方在暗幸，想将所喷血光收回，以免损耗精气，吃火无害太阳真火猛击之下，已然震散，消灭无踪。再看那两圈宝光，敌人不知何故，得胜之后，便自收去，不曾再用。仍在冷光笼罩之下，满阵飞舞，专寻妖徒晦气。妖阵已被冲得七零八落，妖幡、法物也损失大半，妖徒多半负伤甚重。即便将阵布成，灵效也减去大半。敌势越发猖狂。

章狸怒火烧心之下，忙向毛萧传声怒吼说："我二人昔年何等威势，今被几个无名后辈杀得大败，本身虽未受伤，同党门人好些伤亡。再不施展杀手，抢点上风，日后有何颜面见人？你这老鬼如再怕事，我便要独行了。"双凶本是死党，同恶相济，狼狈为奸，已有多年。所有邪法又须合力下手，分开便力弱。毛萧天生阴柔险诈，又多机智，平日虽然由他做主，有时遇事争执，章狸发了凶野之性，毛萧一味怀柔，多是退让。见他发怒，不便不从。正在婉言劝告，令其稍微把稳，莫中诱敌之计，以防万一仇敌事前有了戒备，将数百年苦功祭炼之宝失去，人还不免受伤，以后连想卷土重来都是无望。

两人正在争论，另一面的三小弟兄却在朝一妖党进攻。这妖人名叫反舌神君郗涛，乃巨洪的师兄。因见巨洪师徒惨死，欲为报仇，本就待机欲发。火无害先见妖人装束与巨洪相同，因其不曾开口，只和李健隔着慧光，各用法宝、飞剑相持，先未在意。后来看出他与巨洪一党，本想除他，未得其便。恰巧章狸为破竹叶灵符喷出满口血光，知道东海双凶所炼邪法与众不同，最主要是那多年苦炼的本身真气，不特分合变化，由心运用，并还能发能收，具有极大凶威。一见大量喷出，看出便宜，忙将太阳真火连珠打去。郗涛本在留意火无害的行动，想要暗算，一见敌人飞身空中，目注前面，用太阳真火连珠乱打，相隔颇近。章狸连番受挫之余，已是咬牙切齿。郗涛暗忖："仇敌功力甚深，凭我一人，也许此仇难报。看双凶对他如此痛恨，我如动手，必定相助夹攻。"念头一转，忙舍李健飞起。刚由囊中取出一双上带锯齿的金轮，扬手化为丈许大两圈相连而又可分可合的刀轮，便朝火无害飞去。

与此同时，钱莱、石完脱困之后，看出清宁圈的妙用，方欲就势杀敌。忽听暗中有一女子用本门传声说："本宝天、地、人三环，你们初得到手，本就不宜分用。此时群邪尚未全到，内中不少能者，千万留意，最好暂时不用，以防双凶不甘惨败，在我们援兵未到以前激出事来，或是遇见得知此宝来历的妖人，将其乘隙夺去。"二人料是本门师长，忙即依言收起。正在阵中纵横冲突，忽见一老瘦妖人，舍了李健，暗用法宝想伤火无害。虽知火无害不会受伤，但那锯齿连环光甚强烈，虽有邪气，本质甚好，分明是一件奇珍异宝。钱莱首先看中，忙用传声告知火无害，说妖人此宝绝非常物，可速合力将其收下才好。火无害闻声回顾，认出此是当年旁门中三件奇珍之一，不禁惊喜交集。忙喝："二位师弟留意！此宝来历我所深知，除被套中，吃它一绞，全身化为肉泥而外，更有勾魂迷神妙用。你二人如非神光护身，早为所迷。我却不怕。此宝共有三件，原是前古奇珍，出世不久，便落在左道旁门手中。留传至今，不知怎会被这妖孽得去？将它收下，果然是好，只是事情也非容易。方才那一双宝环也许有用，等我将其隔断，你二人连用双环将其收下，方可成功。为防妖人收回，必须先将这厮除去，才免后患。还有双凶连遭失利，已然恨极，更须防他情急相拼，不可大意。"三人一面问答，人早合围而上。

郗涛身旁本有两件极厉害的奇珍，金轮发出以后，瞥见冷光飞来，将其敌住，三个仇敌各用真火神雷连珠乱打。暗骂："小狗，我见你们滑溜太甚，先用此宝绊住你们，以便下那毒手，休要逞强行凶，且叫你们知我厉害！"心中又寻思："此宝先后在旁门中七百余年，连经四个左道著名人物苦心祭炼，那具有锯齿的光轮只一凌空转动，敌人目光立被吸住，即便功力甚深，暂时不致迷倒，时候一久，终难支持。何况我身旁还有一件奇珍不曾应用，更有法宝防身，不畏雷火侵害，小狗连人带宝必落我手。"一心打着如意算盘。及见法宝飞起以后，尽管悬在空中，飙轮电驭，相对急转，放出鲜艳夺目的五色奇光，敌人竟如无觉，一面乱发雷火，一面又将飞剑、法宝放出，三下夹攻，自己另外两口飞剑竟非其敌。再看双凶本在追逐三小，随同飞舞猛扑，不知何故反倒停了下来。其实是双凶心中恨极，欲下杀手报仇泄恨，因见敌人隐现无常，比电还快，以前那样追逐只是徒劳，正在商议下手方法。章狸更因元气损耗太甚，动手以前意欲运用玄功稍微准备。尽管咬牙切齿，恨不能把敌人生吃下肚，暂时反倒放任，正是将发未发之际。

郗涛见状，自是出于意料。以为双凶素来阴险忌刻，故意要他好看。

仇敌既未中邪昏迷，雷火又极猛烈，尤其那太阳神光线威力大得出奇，一任法宝防身，飞遁神速，一被打中，仍是难当。情急怒吼："小贼休狂，我与你们拼了！"说罢，回手一拍腰间皮囊，立有一股形如匹练的光气，长虹飞舞，电射而出，已长了数十百丈，还未放完，待朝钱、石二人卷去。火无害先用太阳真火连珠乱打，打得郗涛左闪右避，手忙脚乱之际，忽见他双手齐扬，各发出一股其亮如电的红光，作十字形交叉向前。火无害刚将那一双连环锯轮隔断，口呼："二位师弟快些下手，以防双凶赶来作梗。"话未说完，百丈长虹已由郗涛腰间激射出来，不禁惊奇。暗忖："昔年旁门有名三宝，怎会有两件在这妖人手内？另外一件，如也为他所得，自己和钱、石二人虽然不怕，终是后患。双凶不久便要发难，时机瞬息，用甚方法将其收去？"

心念才动，还未想完，忽听空中连声娇叱，一幢彩云电射而下。还未到地，先是一蓬五色彩丝暴雨一般喷出，双轮立被裹住，不再转动。彩云立带双轮飞走，晃眼不见。刚看出那彩云是秦寒萼、司徒平所用的弥尘幡，心中大喜，同时又有四五道遁光电驶飞到。当头一个长身玉立的青衣少女，相貌与寒萼相仿，手挂一根玉尺，发出大量的光圈，电也似急，转动起无数光旋，朝下斜射。那形似匹练的妖光，本来还在向外抛射，已长有一二百丈，才一接触，便被那形似漩涡的光圈裹住，风车绞索一般，其疾如飞，晃眼之间，便如神龙吸水，将其收尽。郗涛出于意料，手忙脚乱，情知凶多吉少，惊惧忘魂中，见两件旁门至宝只一照面，先被那幢彩云将连环金轮收去。来势又似狂风之扫落叶，神速已极，人还未到，先发彩丝，将双轮制住，跟着彩云飞过，就势卷走，一瞥不见。妄想将所发妖光收回，再行逃走，连收两次，没有收回。觉那旋光威力绝大，再不见机，命必难保。一时情急发怒，厉声大喝："毛、章二位道友，为何旁观不动？"一面飞身逃遁。就这微一停顿之间，猛觉身上一紧，精芒电旋，耀目难睁，全身已被旋光裹住，不禁大惊。刚猛烈一挣，跟着便觉周身奇痛，心神一昏，旋光连闪几闪，郗涛就此伏诛。

火无害等三人看出来人均是本门师长，方喊："各位师伯、师叔均在慧光之下，请往相见。"声才出口，那旁双凶瞥见敌人来了援兵，法宝威力不比寻常，章狸首先按捺不住怒火，不等与毛萧合力施为，首先飞身上前，待下毒手。忽听连声怒叱:"无知双身狗面妖孽,恶贯满盈,眼看灭亡,还敢逞强行凶!"同时迎面飞来一男一女,人还未到,一道青光,一道银光,已电掣飞来。章狸见那两道剑光宛如青虹电舞,银练横空,十分强烈。青光更具威力,认出是昔年长眉真人所用降魔奇珍紫郢、青索双剑之一。那银虹也是前古神物,与先前诸敌飞剑迥不相同。不敢大意,忙即迎敌。才一接触,彩云先把空中所悬光轮收去。跟着又一少女收了空中妖光,把郗涛除去。不禁又惊又怒。方喝:"老鬼如何坐视!"毛萧已经上前迎敌,吃青光分头挡住。双方一面存有戒心,一面不知对方来历,意欲看清形势下手,不敢骤然发难,各用飞剑、法宝先在空中相持起来。

三小弟兄见新来诸位师长所用法宝无不神妙,具有极大威力,正在欣慰,各发真火、神雷助威,忽听英琼传声说:"这几位师伯叔,多半由此路过,因忿群邪猖狂,又受妖人指点,就着过路之便给他们一点厉害,不能在此久留。你们仍照前言行事,非等你们师父赶来,不可冒失下手。"话未听完,那手持玉尺的青衣少女已朝慧光之中飞进。待不一会儿,突又飞起,传声疾呼:"二位师兄、师姊,是时候了,我们走吧。"说罢,一纵遁光,当先飞走。那迎敌双凶的少年男女,正是严人英和周轻云。本和双凶苦斗,闻言,轻云立用传声回答说:"双凶邪法厉害,不可轻敌。"同来还有几个少年男女,正助若兰等与为首七八个妖党对敌,闻声均答:"三位师兄、师姊只管放心。等到幻波池开府,你们事情也完,彼时再相见吧。"说时,双凶见群邪相继伤败,已有相形见绌之势,同声怒吼:"小狗男女,叫你们知我二人厉害!"说罢,刚把身形一晃,待要施展邪法,猛下毒手,忽见对面少年大喝:"无耻妖孽,你看这是什么?"随说,把手一扬,眼前倏地一亮,突现出大片金光,光中一只大手,带着"轰轰"雷电之声飞起。

双凶恰正运用玄功,飞起两条紫阴阴的人影,待朝二人抓去,一见金光大手突然出现,看出了来历,心中一惊。当着群邪和一班妖徒,又不甘心示弱,各人把心一横,决计施展全力与敌一拼。刚同声怒吼迎上前去,待要迎敌,忽然觉出那大手只管飞舞变化,声势惊人,威力却不如意料之甚。倒是火无害等三小在旁看出便宜,各发神雷、真火,迎头乱打,比较要凶得多,隐遁又极神速,抓他不到。又因被困年久,好些顾忌,空自气忿,无可如何。略斗了一会儿,越看越觉那大手虚有其表,无甚威力,又见对面两个敌人已然不见。方疑那是幻影，心中一动，金光一闪，连那大手也同时不见，才知上当。想起初上来时勉强迎敌，一味闪避，不敢相拼，胆怯情急，结果受人愚弄，是个幻影，恨到极处。一眼瞥见敌我双方恶斗方酣，因为群邪所用法宝、飞剑多半不如敌人，内有几个心深一点的，知道对方仗着慧光防护，有胜无败，再一假败诱敌，敌势越狂，只原有三四人仍仗慧光防御，不曾出斗，下余连同后来诸敌已乘胜追出，不禁暗喜，立运玄功变化，追扑过去。

这时，峨眉派众人全都占了上风。先见大手飞舞空中，金光闪闪，雷声隆隆，双凶一味闪避，各由手上发出两道暗紫色的光气，虽在随同应敌，那两条暗影只是随同飞舞进退，不敢近逼硬拼，分明落在下风。后来诸人又都下山不久，胆大好胜。先是李镇川、周云从、商风子三人由峨眉下山，结伴行道，在洞庭湖边，遇见戴湘因、余莹姑，互相谈起各位男女同门，以及紫云宫、幻波池与天外神山光明境之事。莹姑随说："近在汉阳白龙庵听素因大师说起，幻波池日前正当多事之秋，不久后辈同门全要赶去，参与本派第二代弟子开府盛会。"湘因平日对于英琼最是敬爱，莹姑又和余英男、申若兰十分投机，上次峨眉开府，相聚没有多日便即分手，早就想念。商风子和七矮弟兄最是交厚，下山时金、石二人并还约他凑足七矮之数，一同行道。风子因为与云从是骨肉患难之交，不愿舍他而去，虽以婉言辞谢，禀明师长情愿留山苦炼，和云从共同进退，对于金、石诸人却有知己之感，不能去怀，一听金、石诸人也在幻波池，提议同往。

莹姑笑说："来时素因大师曾说我面有煞纹，如能等到幻波池开府再去，便可无事。随又笑说：'定数如此，难于化解。现送你三丸灵药，如为邪法所伤，只消一丸，立可复原。此时幻波池正当多事之秋，能不去最好。'随又将我新得的两件法宝要去，用佛法重加禁制，然后发还，命我遇事留意。昨日路遇湘姊，谈起幻波池，本想前去，无如法力浅薄，不是妖人对手，迟疑未定。三位师兄如愿同往，奉陪就是。"商、李二人均说："吉凶定数。本门弟子，听恩师口气，将来大小均有成就，绝不至于中途伤折。再说同门有事，义无袖手，修道人也怕不了许多。"二女知道三人中，风子毅力坚定，向道心诚，上次开府，已然通行火宅严关，为了朋友义气，仍请留山修炼，用功越勤，大蒙师长和诸老前辈器重，格外加恩，得有两件至宝。新近下山，路遇凌浑，镇川仗着以前相识，说自己半路出家，法力浅薄，目前群邪势盛，在外行道恐有疏失，求其相助。风子也代云从求恩。凌浑朝三人奖勉了几句，各赐了一道保命灵符。湘因听素因大师口气，莹姑此行虽有凶险，似无大害，并赐有三粒灵丹，可备缓急之用。大家又都年轻喜事，略一商议，便同起身。

　　五人全未去过依还岭，无意中绕行峰西，相隔约有百余里，忽见一道本门遁光由斜刺里飞来。迎上前一看，正是万珍，满脸悲忿之容。见面一谈，说起修道多年，入门最久，根骨禀赋虽不如人，本身法力和所用法宝、飞剑均非寻常，偏生近年走了晦运，到处吃亏。前日和双凶才一对面，便为红衣妖人所伤。幸蒙林寒、庄易用灵符救往岭西法台之上，虽保得性命，所中邪毒暂时尚难复原，为此气忿。仗着身旁防身法宝尚还神妙，更能相助飞行，想起附近不远有一女仙门下女弟子，彼此交厚，欲往求助。正说之间，忽见一幢彩云迎面飞降，正是秦寒萼、司徒平和万珍所寻好友郦芸。见面谈起，才知寒萼、司徒平前在依还岭忽然飞走，便是郦芸之师女仙商嫫所为。因受好友宝相夫人重托，这日遥望依还岭上群邪大举来犯，寒萼、司徒平正同向前迎敌，看出不妙，忙发传声警告，令用弥尘幡绕路飞往相见。

　　万、李二女在场，商嫫虽也看见，但时机匆促，又以闭关多年，不与外人相见，郦芸恰又外出未归，不知万、李二女便是爱徒好友，不及往救。等寒萼飞到，郦芸也自回山，互相一谈，郦芸听说万、李二女已受伤中邪，被同门救往岭西法台之上，便向乃师说："昔年偶往罗浮赏梅，为二妖人所困，眼看被擒受辱。身旁虽然带有信香可以求救，但因恩师正在本山崖壁之内入定，恰值要紧关头，稍微惊动，轻则前功尽弃，自己虽能免难，却累恩师功败垂成，至少多费两甲子的苦功，还有许多艰险凶危；重则由此走火入魔，在深达百丈的山腹之中坐僵，不知要多少年才能脱难。师父平生只自己一个爱徒，最为袒护，向来不容外人欺侮。入定之前，曾说此次入定苦修，专为抵御魔劫，禁制重重，内外隔断，并不须人守候。但也不许弟子出山远游，由于师徒隔绝，恐弟子在外受人欺侮，难以往援之故。就这样，仍恐弟子静极思动，不耐寂寞，赐了一枝信香，以防万一。师恩深厚，焉可误师父修为。有心自杀，又恐邪法厉害，被妖人把生魂摄去，受那惨祸。正在胆寒心悸，万珍忽然飞到，素昧平生，竟以全力相助。仗着法宝威力，先将邪法破去，脱去危机。和妖人苦斗了两日夜，双方相持不下。幸而郁芳蘅和妙一真人之女齐霞儿相继飞来，四人合力，才将妖人除去，永绝后患。以前曾和师父说过，时常感念，如今恩人有难，务望恩师看弟子分上，鼎力相助。"

商嫫先不知万珍便是爱徒好友，又见受伤之后，人已救走，不曾在意。闻言想起爱徒那年全仗万珍保住性命，连自己无形也得了她的好处，早想报德，立时应诺。因为昔年杀孽太重，已然发下誓愿，从此闭洞清修，除传授爱徒衣钵外，绝不再开杀戒，也不与人来往，连峨眉开府那等盛会，并还接到请帖，均以飞书婉言辞谢，不曾前往。彼时爱徒为了一事耽搁在外，事后得知，后悔非常，常时絮聒，引为恨事。自己不久成道，以前性情孤傲，同道中无甚往还。所居洞府，地势又极广大，更有密径远通滇黔两省。爱徒功力尚差，人又极美，将来在外行道，难免不受妖邪侵害。难得有此渊源，意欲借此使其与峨眉诸女弟子结交，以为异日打算。便命郦芸随同司徒平、寒萼，拿了专一吸收邪毒的至宝娲皇针和一片玉符，赶往相助。将人治愈以后，即须赶速回山，等待幻波池开府之时，再往相会，不许停留。还未起身，鬼仙玄殊仙子忽然飞到。

双方原是旧交至友，匆匆谈了几句，玄殊便对寒萼说："金蝉、朱文、余英男三人，现在宝城山后除一著名妖邪，此时刚到，只等妖人伏诛，去一大害，立可赶回助战。东海双凶平日虽极凶横，但是天性多疑，对敌之际，首鼠两端，举棋不定。除十分拿稳，手到成功而外，只一发现对方不是易与，不到万不得已，或是万分情急，绝不肯轻易发动全力。又因双凶当初结合甚奇，两个阴险狡诈、卑鄙无耻的恶人，偏会十分投缘，多少年来同恶相济，从未离开。所炼邪法又是独门传授，从修炼起便是一路，成了一狼一狈，无论是何邪法异宝，都是同心合力，一同祭炼。双身教主之名，便由此而来。正想创立教宗横行之际，被长眉、极乐二位真人在东海打得大败，成了残废，并被仙法禁闭海底多年。新近遇救脱困，想起前仇，又受妖妇许飞娘蛊惑，大举来犯，连遭挫折，已生戒心。内中蓝敕令毛萧最是狡猾，必定预留退步，到了要紧关头，也许把多年形影不离的死党丢下，独自逃走。但他凶心不死，仇恨越深，此去必定卷土重来，或是另用阴谋暗算。双凶最厉害的邪法，均须二人合力，去掉一个，凶威便差得多。并还可以由他身上，把昔年纵横南极，为恶多年，后来因惧长眉真人威力，由此隐遁不再出世的一个著名凶孽引将出来，一齐除去。虽然毛萧再来之时，正当开启水宫宝库的要紧关头，但可就此除掉一个未来大害，形势虽较凶险，却甚值得。易静、李洪诸人又都回山，增加许多助力。只要小心谨慎，把握良机，算准下手时机，绝可无虑。请转告幻波池诸位道友，留意戒备，事情已有解救，内中详情，暂时还难预告。"随又指点了一些机宜。

寒萼听出这鬼仙行辈颇高，人却十分谦和，谢了指教，便同飞来。万珍虽仗林寒用灵丹解救，并未复原。尤其周身酸痛，心头烦恶，连用遁光飞行，俱都勉强。良友相逢，又对她如此关切，自是欣慰。略谈几句，便由郦芸用娲皇针把所中邪毒之气收去，将师赠玉符如法传授，令其挂向胸前，以防邪毒。莹姑见万珍神情萧索，面容悲怆，误认仍未复原。想起身旁灵丹共有三粒，自己和湘因各留一粒备用，尚多一粒，便取出来相赠。万珍见莹姑情意殷殷，随即服了下去。郦芸平日无甚交游，早就听说峨眉门下女弟子甚多，全是仙根仙骨，美如天人，难得有此机会，喜出望外，仗着师父钟爱，正拼回来受责，随同前往，忽听乃师连声警告说："此时万不可去，急速退回。否则平白受害，多生枝节，连幻波池开府均难参与。"不敢再抗，只得和万、秦诸人殷勤话别，恋恋而去。

寒萼原奉女仙之教，专收那形似连环齿轮之宝，到手以后，无须恋战，急速飞走。等到女仙重炼之后，将上面所附邪气除去，过了数日，再往依还岭，便可无害。并说："此宝是因为长眉真人一句诺言，落在左道旁门手中已数百年，关系重大，谨防到手以前被别的妖邪乘隙夺去。下手时可仗弥尘幡护身，用所借法宝天蚕丝将其制住，再用峨眉分光捉影之法收去，随即遁走，越快越好，丝毫疏忽不得。如有妖人追来，自有别的同门对敌，不可回顾。"寒萼知此宝乃前古奇珍，三次峨眉斗剑尚有大用，关系重要。和万珍见面，略一商谈，决计夫妻二人自作一路，专办此事。仗着弥尘幡飞遁神速，特意绕道先行飞走。

第三二八回

毒气落红沙　百丈祥辉援道侣
灯花兜率火　千重霞雨戮凶顽

万珍等刚要飞走，又听破空之声，三道遁光合成一起，凌空急驰。本由岭西一带飞过，相隔颇远，中途停了一停。似因发现前面烟光万丈，上与天接，依还岭上空光影闪变，方圆数百里内，连山石林木均幻成了异彩，敌我双方争斗猛烈，忽然掉头，待往岭上飞来。众人看出同门中的能手，忙即迎上。见面一看，竟是秦紫玲、严人英、周轻云三人，不禁大喜。正要叙阔，紫玲已先开口说道："我三人此时身有要事，须往青螺峪一行，时机紧急。方才由此经过，发现群邪来犯，声势浩大，无如此行关系重要，又知癞姑、英琼功力日高，英琼已将定珠炼成第二元神身外化身，形势虽险，终可无害，本不打算参与，已快飞过。忽遇白发龙女崔老前辈与女仙姜雪君由海外飞回，匆匆指点几句，令我三人往收一件流落旁门中的前古奇珍，此事无多停留。诸位面上多带煞气，到后最好仗着李师妹的慧光护身，方可万全。"众人会合以后，原是一面说话，一面朝前急飞。万珍闻言，因见这班男女同门全是后进，如今功力俱比她高，心中惭愧，想起先前受伤之事，对于群邪越发痛恨。紫玲等三人尚有急事，匆匆商议，分头下手，也未多言。本来还想双凶厉害，存有戒心。及至飞到依还岭上，先是寒萼、司徒平驾着一幢彩云，当先飞到，骤出不意，照着女仙商媽所传，收了妖人法宝，立即遁走。同时紫玲也将那形似百丈匹练之宝，用璇光尺收去，除了妖人，更不恋战，匆匆飞入慧光之内，和英琼谈了几句，便已飞走。人英、轻云和双凶略微相持，等秦氏姊妹收了妖人法宝，便由人英取出姜雪君所赠灵符，幻化一只金光闪闪、雷电交鸣的大手将双凶挡住，就势抽身追上紫玲，一同飞去。

众人除商风子,惟恐周云从法力太差,不令走出慧光而外,余人本助申若兰等男女同门与群邪相持,一见敌人邪法不如意料之甚,自己这面连番得利,未免把事看易。双凶和金光大手对敌,又颇相形见绌。群邪再一故作不支,且战且退,内有敌人又是真败,再见火无害等三小满阵飞舞,乱发神雷、真火,所到之处,打得众妖徒残魂断烟,纷纷惊窜,所向无敌。妖阵已被冲得支离破碎,不能成形,不禁心雄胆壮起来。新来诸人固是启了轻敌之念,连申若兰等原有诸人,也觉双凶妖法固非寻常,凭自己的功力和所用法宝,尚能抵御,绝不至于轻易受伤。此时群邪纷纷败退,众人以为双凶已被大手挡住,无暇分身,正好下手,就势除去两个。内中李健、林秋水首先飞出圈外,恰巧内一麻面妖人连日向众辱骂,神态丑恶,邪法却不甚高,先没料到敌人忽然穷追不舍,因所用法宝刚被商风子破去,心中一慌,纵身飞逃,吃林秋水身剑合一,追上前去。妖人回顾商风子已被同党截住,心方略定,略一停顿,不曾留意,一道剑光,突由侧面飞来,已快上身,才行警觉,看出林秋水在敌人中法力较差,怒喝:"鼠辈也敢欺人!"忙即返身回斗。

妖人起初因见敌人所用法宝威力太强,尤其是那慧光神妙,不可思议,任何邪法异宝只一挨近,多半消灭。身旁所带法宝、飞剑已失去了好几件,惟恐再发出去,又为敌人所毁,不敢轻出,欲发又止,专在一旁辱骂助威。及见对方身剑合一穷追过来,急怒交加之下,两肩一摇,立有九股黑烟各带着一根妖钉飞起,意欲冷不防致敌死命。李健与群邪斗了两日夜,看出敌人狡诈,专一避重就轻。双方隔着慧光,各用飞剑、法宝相持恶斗。李健知道自己这面虽立不败之地,想将群邪除去,也极艰难,早就打好主意,把两件具有极大威力的法宝暂不使用,准备到了时机,突然发难。这次飞出,本意就想把这麻面妖人除去。见其回身迎敌,正合心意,扬手便是数十百丈金光雷火,将妖人罩住。旁边余莹姑、李镇川见众同门相继出战,也跟踪追了出来,各指飞剑、法宝往上一围。妖人瞥见金光罩体,看出初对敌时,那面威力最大的宝镜突又出现,大惊欲逃,已是无及,在四人合力夹攻之下,连人带妖钉全数消灭。

这时群邪除双凶师徒和为首六七人外,人数尚多。众人在慧光下应敌,眼看火无害等三小纵横飞舞,冲荡妖阵之中,大显威风。自己还是师长,寸功未立，还未敢离开慧光一步。均觉气闷，有两人一开张，都想就着双凶无力旁顾之际，先把妖党杀上几个，以消连日辱骂的恶气。除周云从初来胆小，守着风子之诫不敢妄动，申若兰飞起较迟，被英琼强行止住，袁星也不敢违命而外，全都纷纷飞出。英琼见状，正在担心，一面传声劝阻，一面准备救护时，猛瞥见空中金光一闪，大手不见，暗道不好，方喝："双凶邪法厉害，可速退回！"话未说完，李镇川、林秋水先吃章狸电也似急突然飞到，扬手一股暗紫色光华打向身上，当时倒地。眼看二人元神离身飞起，快被妖人摄去，忙即抢前救护，前面金霞突然涌现，一闪不见，二人也已失踪。英琼人随心动，也已赶到。章狸用那邪法将人迷倒，正下毒手，瞥见金霞一闪，料和初来时一样，敌人又被同党救走。一声怒啸，那条暗影立时暴长，满拟受伤的人逃走不远，正待行使邪法展布开来，只稍发生感应仍可擒回，或将生魂收去。心念才动，猛觉眼前一亮，前面那团慧光突然迎面飞来。双凶俱都多疑，因英琼从未现身，又觉出那团慧光威力绝大，误以为敌人主脑忽然出手，心中一惊，忙即往后闪避。

李英琼见受伤同门已被庄易救走，方想："大方真人灵符固是神妙无穷，林、庄二位师兄应变也真机警。双凶邪法何等神速厉害，竟能在万分危急之中把人抢了就走。"猛瞥见余莹姑同了商风子也为毛萧所伤，中邪昏倒，不禁大惊，一纵慧光，忙即赶去。毛萧最是诡诈凶狠，早就断定敌人方面暗中伏有能手，专一救护受伤的人，未下手以前，先用邪法暗中准备，眼看成功。火无害在旁看出危机，忙以全力抢前救护，双手扬处，两股太阳真火宛如两条火龙飞瀑，带着轰轰发发之声，猛朝毛萧射去。毛萧正下毒手抓人，一见真火来势如此猛恶，也甚心惊，忙由手上发出大股暗紫色光气朝前抵御，同时行法摄取生魂时，就这略一停顿之间，慧光已经飞到，邪法禁制立被二人先后冲破。庄易仗着法宝护身，隐形接应，刚把李、林二人救走，莹姑、风子又都中邪倒地，忙即回援。英琼恰将邪法冲破，庄易所发灵符立生灵效，一片金霞闪过，护了二人往法台上飞去。因见众同门纷纷出斗，双凶自身应战之外，又由身上飞出两条长大人影，手中所发紫色烟光触着就倒，英琼救人心急，又离开了本位，忙即传声疾呼："李师姊可速回去，邪法厉害。诸位同门千万不可轻敌，离开原处。"

万珍先听紫玲行时婉劝，虽不甘心示弱，但离英琼甚近，留有退步。

及见慧光飞出，庄易又在大声疾呼，意似一离慧光之外，必为妖邪所伤，想起前仇，本就气忿，无如双凶邪法实在厉害，除有限几人能仗法宝暂时抵御外，余者均非其敌。本不打算负气，正往回飞，想与英琼会合。不料双凶门下两个得力妖徒仗着机警灵巧，每遇真火、神雷打到以前，总是抢先逃避，一直不曾受伤。又恐取巧太甚，事完之后双凶责罚，难于禁受，意欲立点功劳，早在暗中留意，相机下手。及见敌人只一倒地，必有金霞涌起，将人救走，知道双凶淫凶好色，如能擒到一个美女，回去必能讨好。因万珍貌美，相隔又近，便以全神贯注，自恃飞遁神速，打算觑准双凶动作，只等妖光飞出，人一中邪，便双双抢上前去，在金霞发动以前把人抢走。

不料恶贯满盈，死星照命。钱莱、石完早看出这两个妖徒机警刁猾，邪法较高，几次想要伤他，均未如愿。乘着章狸舍了英琼追来之际，故意遁入地内，悄悄掩往二妖徒身后，冷不防突然飞出。本来手到成功，也是石完心急，见二妖徒目注侧面，时进时退，不知怀有诡计，想暗算万珍，恐其又和以前一样逃走，不等钱莱发动，扬手便是一神雷。妖徒见钱、石二人遁入地内，早就防他们突出伤人，耳目又最灵敏，银光稍微一现，神雷还未爆炸，先已警觉。如在平时，也还不致遭殃，因那雷火发自身后，妖徒飞遁极快，目光又正注向前面，心中一慌，立时往前遁去。事有凑巧，万珍此时正和一红脸妖人对敌，所遇恰是妖党中的能手：法宝甚多，层出不穷。万珍偶然疏忽，左腿上竟中了一妖针，当时半身酸麻，热痛如焚。如非功力较深，忙将气穴闭住，几乎昏倒。幸而李健用宝镜赶来接应，胸前玉符又生灵效，才得无事。急怒交加，待往回飞，瞥见一妖徒由身旁飞来，不由气往上撞，扬手发出青、红、白三色奇光，电旋星飞，将二妖徒迎头裹住。跟着又一太乙神雷，当时把二妖徒凶魂震散。钱莱、石完同时追到，因忿妖徒可恶，顿忘英琼之戒，太乙神光再往上一罩，当时消灭。

双凶正赶过来，见状大怒，同施邪法，猛下毒手。钱、石二人已被暗影罩住，总算防身法宝神妙，先前双方都曾吃过苦头，双凶不曾紧逼，二人也便遁走。万珍本难活命，仗着胸前佩有女仙所赠玉符；章狸见她貌美，又想生擒，未下毒手杀害。万珍瞥见双凶飞来，全身已在暗影笼罩之下，一股暗紫色的光气迎头射到，虽有法宝防身，兀自觉得周身冷战，神志欲昏，急忙镇摄心神，待要逃遁。庄易在旁本代她捏着一把冷汗，一见人被妖光邪气射中，以为人必昏倒，为防有失，立将灵符抢先发动，一片金霞闪过，护了万珍便往法台飞去。双凶因见那片金霞十分神妙，不论何时何地，敌人只一受伤中邪，立即出现，便将人救走，妙在一闪不见，看不出来踪去迹，早已留心。万珍就此遁走，也可无事，只因逃时瞥见眼前金霞一闪，人便凌空飞起，知是庄易所为，忙喊："庄师弟，我受伤不重，并未中邪。"急切间未用传声发话，这一开口，立被双凶听去，想起后来两起敌人均由西方飞来，料知岭西还有强敌埋伏接应，立即随声赶去。万珍也已落在法台之上，总算仙法神妙，先到一步。林寒早有准备，忙将法台上的旗门转动。

双凶为仙法所迷，急切间看不出法台所在，断定敌人必在当地一带藏伏，正用邪法试探，四面攻打，眼看形势危急，忽听依还岭上群邪妖徒纷纷呼啸求救。双凶回头一看，原来英琼救人心切，将慧光飞出接应，众同门便入了危境。及听庄易连声警告，才想起不能离开原地，刚把慧光飞回原处，便见万珍受伤遁走，双凶跟踪追去。随听林寒告急，不禁激怒。暗忖："林寒主持法台，关系重要，又有好些受伤同门在彼，如被识破，凶多吉少。何不乘着双凶离开以前，先将这些妖党消灭几个，并引双凶回援，免得林寒受害。"心念才动，忽听破空之声，二三十道妖光正由东南两面破空冲云而来。暗忖："妖党相继赶到，敌势越盛，不乘双凶离山之际除他几个，等待何时？"英琼身外化身与本身灵感相应，动念即知。主意打定，原身便由幻波池中飞出。这时方英、元皓已早飞回，英琼命其代为留守，带着一朵兜率火待命行事，亲自出战。一面仍用身外化身护住众人，以防万一。

后来群邪刚与众妖党妖徒会合，谈起前事，内有几个最凶横的，见敌人同立慧光之下，各自指挥飞剑、法宝向同党还攻，先立有胜无败之地，已是有气。双凶走后，火无害等三小弟兄越发逞能，各用真火、神雷、飞剑、法宝满阵飞舞乱打，此去彼来，出没无常。打得众妖徒残魂四飞，东逃西散，叫苦连天，无计可施。所有布阵的妖幡、法物已被毁去多半，所剩无几。虽有几个法力高强的同党，因为这三个小敌人机警灵巧，各有专长，专一扫荡妖阵，乘隙伤人，不与正面为敌。而那太阳真火、青灵神光又全是邪魔克星，自身尚须随时戒备才免受伤，如何能与为敌？再问双凶何往？说是一到依还岭，便看出对方尚有能手暗中主持，意欲查明虚实再下毒手，以致未照预计行事，现往岭西追敌，也许发现敌人首脑在彼主持，欲往查看。

新来妖党闻言，除有几个不忿双凶强傲，闻言暗中快意而外，下余多受妖妇许飞娘蛊惑而来，全都激怒。正指众人厉声辱骂，意欲激令出斗，忽听一声清叱，一道紫虹由幻波池中电掣飞出。中一白衣少女，人既美秀绝伦，所用飞剑光华又极精纯，与对面敌人所用迥不相同。众妖党均非无名之辈，早就听说峨眉三英的威名，见敌人这等装束，剑光又是紫色，初出现时，宛如一条紫色晶虹，并不十分强烈，精芒内敛，真气如龙，正与传说中的紫郢剑相似，同声大喝："贱婢何人？通名受死！"各指妖光，蜂拥而上。

哪知来人理也未理，先往慧光之下飞去，飞行绝快，带人连剑，穿行妖光邪雾之中，若无其事。众妖人多半隔着慧光与若兰等苦斗。另有二三十个恨极三小弟兄，虽然捞摸不着，仍在追逐不舍。依还岭又成了一片光山火海，光焰万丈，邪雾蒸腾，比起先前声势更显惊人。少女紫光所到处，竟如无人之境，晃眼便与慧光中敌人之一会合。众妖人正在怒声喝骂，紫虹突然暴长，电也似急由慧光中直射出来。先朝空中飞舞的那些法宝、飞剑只一绞，当时破去好些，化为满天星雨，五光十色，四下飞舞，转眼消灭。众妖人看出厉害，不禁大惊。内中几个邪法较高的，看出敌人身剑合一，人在剑光之中，忙即迎头上前。

英琼此来，原因这伙妖党全是极恶穷凶，先前又听秦紫玲劝说，觉着妖党太多，打着除一个是一个的主意，故意先往慧光之下转了一转，暗命众人各将飞剑、法宝暂时回收，等到群邪行法逼近，冷不防身剑合一，化为一道树十丈长的紫虹横扫上去，将空中妖光消灭了大半。看出迎面十几个来敌均擅玄功变化，不是当时可以收功，一任喝骂也不理睬，一面运用仙剑满阵飞舞，一面把太乙神雷向外乱打。英琼近来功力大进，所发神雷威力自然更大，本身法力又高，身剑合一以后，任何邪法、异宝均难侵害，又不与群邪正面对敌，有如神龙闹海，飞腾往来于千重焰光之中，飘忽若电。太乙神雷又发之不已，看去又似一条大火龙。法力稍差的妖党，稍一逃遁无及，立被紫光扫中，斩为两段。再吃雷火金光往上一围，多半连元神也保不住，便被消灭。

火无害等三小兄弟见英琼亲身出战，精神大振，各以全力助威，飞舞越急。慧光下面诸人见此情势，双凶又不在场，纷纷出动。众妖党见此威势，也都厉声咒骂，暴跳如雷，各以全力施展邪法、异宝，抵御还攻。一二百道各色剑光、宝光满空交织，飞舞恶斗，加上双方所发的真火、神雷、妖烟邪雾，整座依还岭全被笼罩，远方看去已看不出一点山形。英琼见自己这面只有限几人占有上风，后来这些妖党大有能者，如非暗中留意，随时应援，仗着身剑合一，来去如电，不与为首诸邪正面相对，免去彼此相持，专攻敌人的短处，防护机警，那几个法力稍差的同门直非受伤不可。又料双凶必要回援，正用传声暗告众人："适合而止，速回原处等候，以免双凶突然赶回，应援稍迟，又为所伤。"忽见妖党中有三人相貌诡异，与众不同，各穿着一身上有龟甲的鱼皮短装，飞舞起来宛如三团碧火，前所未见。料知邪法厉害，将要发动。正在戒备，打算另用法宝除此三敌，回顾众同门听了招呼，几个不甚贪功的已先飞回，只石奇、赵燕儿、廉红药、木鸡四人未退。方想传声催其速回，那三妖人自从脱去道装，现出贴身鱼鳞怪衣以后，已化为三团碧火相继飞来。英琼正待一试对方强弱，内中一团忽似流行电射，直朝石、赵二人射去。

石、赵二人自从移居岷山，苦练数年，功力大进，又各得了两件仙府奇珍。除赵燕儿误入幻波池，吃过一次亏外，在外行道，极少挫败，因此胆子越大。先听英琼传声，本想飞回。无奈敌人正是那红脸妖道，邪法甚高，正在相持不下。石奇因妖道恶骂所激，立意除他。廉红药也因那红脸妖道连日辱骂，心中愤恨，想趁双凶未回以前，除此一害，便传声请石、赵二人少停，等将对面敌人除去，立用修罗刀夹攻助战。二人刚一答应，不料一团碧火，中间一个周身发光的怪人，由斜刺里急飞而来，还未近前，光中忽射出数十百股绿气，疾如乱箭。石奇相隔最近，首先闻到一股奇腥，当时昏倒。燕儿见石奇倒地，明知危机一发，已然拼命抢护，打算将人救走。一纵遁光，刚抢上前，那暴雨一般的绿气，已迎头射到。眼看不能免祸，忽听连声清叱，先是一道紫虹电驰飞来，将绿气隔断，两下里相差也只瞬息之间。

英琼抢护稍迟，那红脸妖人又因来人是个著名妖孽，凶毒无比，平日还好，对敌之际，只把道装脱去，现出那一身鱼鳞短装，立现本相，专一吸收道家元神，并还不论敌我，只要被邪气射中，昏迷倒地，立将生魂摄去。红脸妖人见状，自知不妙，惟恐波及，首先遁走。虽将石奇迷倒，因见燕儿上前抢救，以为现成之物，打算双管齐下，缓得一缓。英琼瞥见石、赵二人形势危急，不顾迎敌另两个身发碧光的妖人，忙即回救，恰巧抢在头里。

燕儿刚把石奇抢到手内，下余两团碧光已相继追来。英琼看出厉害，正将慧光加大上前接应，廉红药、木鸡已各指飞剑、修罗刀赶将过来。同时三小弟兄也各发真火、神雷，由旁赶到。才一照面，便用太乙青灵铠先将四人罩住。随听火无害大声疾呼："李师伯，此是西海落魂岛上三个著名妖孽，已伏诛多年，不知怎会被他们逃出残魂，炼成形体，又来害人。此是修道人的大害，李师伯最好将其除去。"话未说完，英琼百忙中已看出在场群邪自从这三个周身发光的妖孽一出现，全都纷纷逃避，遁向一旁遥观，当时空出了大片地面，并无一人上前。而那三个发光怪人，竟比道装未脱，初对敌时动作还要神速，两个向自己夹攻，另一个便朝红药、木鸡扑去。如非那二十七口修罗刀挡了一挡，钱莱又恰好赶到，用太乙青灵铠忙将四人护住，几遭毒手。这等神速之势，从所未见。紫郢仙剑何等威力，急切间竟挡他不住，不禁又惊又怒。再听火无害这等说法，正想施展全力，将其除去，同时又听癞姑传声警告说："落魂岛三凶居然炼成形体出世，如不就势除去，害人更多。已命方瑛、元皓带了兜率火出战，此是遮掩敌人耳目，仍望琼妹全力应付。如果不济，不妨把你兜率火尽量发出，即便为此激怒双凶，引发阴火，毁损灵景，为了除此三个大害，也说不得了。"英琼本就想用兜率火除此三害，闻言还未回答，两股青荧荧的冷光，已由幻波池急飞而来。

那三个妖党也是该当数尽。一见连下两次毒手均未成功，又见众妖党畏惧他们的凶威，纷纷逃避，连想混水捞鱼，照着以往恶行，乘着对敌，把同党生魂吸收几个都是无望，越发暴怒，全神贯注在李英琼身上，没有留意身后。兜率火乃天府灵焰，本极神妙，英琼又以全力主持，威力自然更大。三妖孽均是凶魂炼成，长于玄功变化，只要事前稍微警觉，还不至于全数灭亡。只因凶横太甚，平日笑里藏刀，只一翻脸，或当遇见强敌，现出原形之际，便不问亲疏，一体残杀。昔年为正教中诸长老环攻围困之际，因为元气损耗太甚，情急之下，连门下七八十个男女妖徒的生魂均被强行吸了去。末了虽然伏诛，为诸长老所杀，仗着阴险狡诈，事前留有好些退路，虽在正派群仙合围之下，将所炼三尸元神震成粉碎，仍逃走了一些残魂余气，遁入海心深处，潜伏在预备的妖窟之内，苦炼数百年，重又出世。近受妖妇蛊惑，专为夺取毒龙丸而来。左道妖邪中，只双凶和轩辕老怪有限数人与之交厚，昔年约定，遇事互助，各不相犯。余者谁都怕他们，不敢招惹。双凶方才原因形势不妙，用信号将他们催来。在场群邪识与不识，全都畏他们凶毒，惟恐无意之中被其顺便残杀，尽管同是双凶一党，比对敌人更加戒备。分明见敌人由池中飞出，向其身后掩到，那朵紫色火焰，与传说中专制邪魔的佛家心灯所发灯花好些相似，威力大得出奇，内有一些先来的又曾尝过味道，也不予警告。平日相见，固是兢兢业业，如对毒蛇猛兽，稍微疏忽，便受其害；如与疏远，见即隐避，一个不巧，被其看破，祸发更快，只要能补益他的元神，多么残忍的事都做得出来。法力虽还不如昔年纵横西昆仑的血神子邓隐，残酷无情只有过之。血神子虽然凶横，对于同党门人，还不肯无故残害。这三个妖孽，却是不问亲疏远近，毫无情义可言。所以群邪见其现出那一身碧光闪闪的鱼鳞怪衣，仍是昔年故态，全都胆寒，不特没有同仇敌忾之心，反在暗中埋怨双凶："未来以前，那等骄狂。便看出敌势太强，当时不胜，退将回去，日后再打主意，也犯不着把这类凶人引来，使得大家不问成败，早晚均受其害。"都巴不得敌人能将妖孽除去，或使惨败，将其所炼元神击散，挫其凶焰，免再害人。群邪差不多一样心思，谁也不肯发话警告。

那朵兜率火未发难时，光仅如豆。方、元二人又受癫姑指教，此来用意只想借此示威，使群邪眼见兜率火两次均由池中飞出，显得仙府之中尚有高明人物坐镇，引起双凶疑忌，不敢冒失发难。所以各仗一支太乙青灵箭与英琼三面合围，免被残魂遁走，二次重炼，又出害人。一上来便各往两旁分开，并不上前，只由那点兜率火朝三妖孽身后飞去，故此一无警觉。那兜率火日前已被英琼炼成本命元神，与定珠慧光有异曲同工之妙，威力能大能小，三妖孽如何能当？又见敌人根骨之佳，从来未有，另外四人已被那幢冷光救入慧光之内，无法再下毒手。又是痛恨，又是贪婪，同声怒吼，意欲得而甘心。来势万分猛急，本就全神贯注前面，没防到祸星来自身后，大劫临头，万无幸免。英琼再一诱敌，装作自保，把剑光突然缩成丈许长短。三妖孽恐其遁入慧光之中，又成徒劳，明知仙剑威力不是寻常，仍然妄想将人困住，只要对方人和剑光稍现空隙，定可成功。

正拼元气损耗，擒到敌人再行补偿，一同包围上去，猛瞥见慧光下面飞出一个俊美少年，手持一镜，镜上发出数十百丈一股金光雷火，迎面射到。先前逃回去的另一少女，又将修罗刀化为二十七道寒碧光华飞舞而来。这两件法宝均是妖邪对头克星，又有慧光防身，先立不败之地，无法回手加害。更恐英琼就势遁走。急怒交加之下，心神又是一分。百忙中正待分头抵御，猛觉后心一凉，似有一股极奇怪的冷气，由身后猛袭过来。心方一惊，随听"叭"的一声，极清脆的爆音过处，连念头都不容转，内中只有一人怒吼得半声，兜率火已经近身爆炸，一时紫焰横飞，百丈星花宛如正月里的花炮，突然爆炸。满空花雨缤纷中，三妖孽全被震成粉碎，化为万缕残烟，四下激射。刚吃满空紫色星花往上一围，方、元二人太乙青灵箭的两道青色冷光，也电驰飞来，猛然伸长数十丈，神龙交尾，围绕上去。李健手中宝镜所发雷火金光，连同廉红药的二十七口修罗刀还未飞到，残魂已早消灭。

群邪见此情势，全都又惊又怒。敌人如此厉害，三妖孽已死，再不动手，双凶回来，未免难堪。只得硬着头皮，同声怒吼，蜂拥而上。钱莱、石完二人刚把石奇护送到了慧光之下，便听庄易传声说："方才因为双凶攻打法台，欲助林寒暗中防御，不及来此接应，几乎误事。现将石师兄交我带走。双凶不久即回，千万留意。"说罢，金霞一闪，石奇立被接走。钱、石二人正往外飞，瞥见英琼把三个满身碧光的妖孽除去，群邪重又夹攻而来。一声招呼，联合火无害，仍用前法冲荡妖阵。打得正急，英琼回顾双凶已往回赶，忙说："双凶已被激怒，务要留意，我回去了。"说罢，同了方、元二人，刚往幻波池中飞回，双凶已经赶到。

双凶见最厉害的三个妖孽竟为一朵灯花所杀，形神皆灭，越发惊疑。那紫色灯花第二次出现，威力更大，便非佛家心灯，也是威力相等之宝。否则，这三个妖党何等神通，怎会晃眼被敌人全数消灭，连残魂也未逃走一个？敌人得胜之后，又全退入慧光之下，以守为攻。除却三个小敌人，无一出战，连那形似李英琼的少女也全退去。怎么想也想不出敌人是何用意。如其自知不是敌手，意欲退守待援，固不应随时挑战，伤害同党妖徒，越来越凶；如有能人主持，别的不说，单那紫色灯花便具极大威力，只消大量发出，纵不一定能伤自己，这班同党门人必定伤亡殆尽，不逃必死，何以如此矜持不肯轻发？

还有先前收去两件旁门奇珍的几个少年男女，功力法宝均比对面敌人要高得多，何以得手即走，不往幻波池飞回？方才曾由冷光中飞出的两环宝光，也是前古奇珍，章狸还几为所伤，也只现了一现，不见再用。紫色灯花两次均由池中飞出，其中只有先后两三个敌人是往池中退回，并无败意。互相计议，均不知敌人真意所在。均料敌人事前算出自己要带同党大举来犯，戒备甚严，并有能手分头主持，设此疑兵。除了幻波池外，又在西面几座山峰设下许多埋伏，暗中有人主持接应。不是想等大援到来再以全力还攻，想把自己这面一网来打尽，便是深知阴火厉害，如用形似灯花之宝将阴火击散，恐其四下飞扬，化为寒毒之气，误伤生灵，流毒人间。于是设下巧计，一面扰乱阵法，一面挑战诱敌，等到阴火发出，突然收去，再以全力回攻。双凶盘算至再，本来还想暂时慎重。后见众妖徒已被敌人先后除去了十来个，如非元神应敌，直非全数消灭不可，就这样，保得原形不曾受伤的，也只有十之二三。同来妖党，伤亡更多。实在恶气难消，丢人太甚。章狸更是怒发如狂，逼着毛萧同下毒手，试拼一下再说。

毛萧见敌人凭着慧光掩护，对敌时一人不出，法宝、飞剑已极神妙，加上十余人的太乙神雷连珠乱打。自己的同党人人忿极，不出手又气不过，出手又无可如何。先还想人多势众，即便那团慧光不能攻破，仗着邪法异宝之力，把敌人飞剑法宝强行收去几件，也可泄恨。谁知敌人机警万分，中有三数人所用法宝均具极大威力。那二十七口修罗刀更是克星，出手尤为狡猾，轻易不用。同党稍一不敌，一个抢前救护，一个便将修罗刀化为一蓬刀雨，电射飞出。敌人法宝、飞剑一件也未到手，自己的同党反有伤亡，还失了好些法宝。尽管急怒交加，厉声咒骂，暴跳如狂，丝毫奈何不得。那三个小敌人依旧飞舞冲突于全阵之中，乱发真火、神雷，所到之处，烈焰如潮，雷火星飞，打得众妖徒亡魂丧胆，纷纷呼啸惊窜，逃得稍慢，立受重伤。因吃苦太多，越来越害怕，成了望影而逃，避祸心切，已不再顾师门严罚。敌人更是刁钻灵巧，一面扫荡全阵，遇见机会便朝众妖人猛发雷火暗算。自己这面简直狼狈已极。章狸又是怒不可遏，再不依他，就许单独出手，甚或为此反目。但一想到昔年仇敌长眉真人的预言，以及数百年来禁闭海底所受苦难，惟恐敌人真有必胜之道，此举全是诱敌。万一所料不差，将那两件仗以报仇的性命相连之宝为敌所破，不特前功尽弃，仇报不成，还有灭亡之忧。同党章狸昔年仗自己卵翼扶持，才有今日。因为自己一向阴柔，觉着所炼邪法非他相助不可，分则两败俱伤，一味容忍，以致日渐跋扈，遇事专横，成了尾大不掉之势。此时连遭挫折，怒火烧心。

已不再计利害，只一违抗，更易偾事。毛萧想了又想，把心一横，决计暂时屈从。真要到了危机一发之间，为了保全自己，说不得只好弃之而去。好在留有退路，脱身终可办到。便和章狸说："并非不肯出手，只因事太可疑，万一中人诡计，岂非不值？你既非此不可，莫如先用玄功变化把我二人三尸元神飞起，先把三个小贼除去一两个。等到追逼太紧，敌人将那形似灯花之宝飞出肋战，我们豁出元气损耗，或是葬送一件心灵相合之宝试它一下，看它是否心灯佛火，或是相同之宝，威力如何，能否抵御，再作计较。最好能将敌人用意查明，激他先发。否则，也要看出一点虚实，再行发难，免得能进而不能退，和昔年东海一样，又蹈覆辙。你意如何？"

章狸闻言，不知多年死党已经生心，孽运临头，到了危急之际便要弃他而去，觉着所说也颇有理，立即应诺。正赶上火无害等三小由斜刺里朝众妖党冲去，迎面遇见两个妖道，因所用邪法被李健宝镜照破，若兰、红药、赵燕儿三人合力，又各指飞刀、飞剑夹攻而来。二妖道知道此时敌人仗着慧光防身，改了主意，一任群邪夹攻，并不十分应敌，只由三数人施展法宝、飞剑故意相持。只一发现妖党这面稍有漏洞，或是败退，立由另外几个按兵不动的能手突然发难，一起进攻，端的厉害非常。二妖道见势不佳，忙往侧面遁走。不料火无害突然飞来，迎面相遇，急切间无法逃避，刚一对面，立有十余团太阳真火迎面射到，连串"轰轰"炸音过处，妖道全身立在太阳真火笼罩之中，一声惨号，变成了焦炭。两妖道之姊，恰是双凶昔年内宠，双凶立时激怒，连声厉啸，身子往后微仰，先后飞出一片妖光，将真身护住，两条暗紫色的人影立由身上透出，飞向空中，当时暴长，朝三小扑去，一下抓空，越发长大，晃眼之间，依还岭全山又在暗影笼罩之下。只见四条长臂带着奇大无比的两只怪手，飞舞上空，光影闪变，隐现无常，飘忽若电，稍微注视，便觉眼花缭乱，好似千万条人影在烟光杂沓、邪雾千重之中飞舞往来，也看不出有多少。双凶本身也同飞出。

双凶因钱、石二人有太乙神光护身，先前所现两环宝光，又是具有极大威力的前古奇珍，即便邪法高强，能够乘隙暗算，或是运用玄功，等那双环飞起，就势夺去，自己元气也必损耗，否则仍是无望。倒是火无害虽然得道千年，功力甚深，所炼太阳真火也很厉害，但如果加以全力暗算，并非无望，那太阳真火也可另用法宝抵御。双凶全都避难就易，存了一样心思。双凶又想到岭西敌人设有埋伏，最好能够设法破去。因此打算双管齐下：一面分出几个得力同党，照着方才所去之处行法查探；一面设法把三小弟兄制住一个，再将敌人根据之地逼令献出，便可下手。正用邪法传声，恰有两个得力同党随后飞到。于是便令几个未为雷火所伤的得力妖徒，随了这两个同党去往岭西群峰之间施展邪法试探。到后可喝骂叫阵，等试出敌人藏处，只要用一团阴火，立可收功。敌人如若厉害，不是对手，相隔不远，一望而知，应援也极容易。二妖党均是左道中能手，并还炼有阴雷，到后一看，见当地群峰森列，查看不出敌人形迹，便用阴雷乱打。

林、庄二人看出形势凶险，法台上乙休所赐诸天旗门和凌浑几道灵符虽然中藏妙用，变化甚多，但是邪法厉害。阴雷尤为猛烈，在来敌主持之下，扬手便是一团碧光，一声大震，石破天惊，百数十丈高的山峰往往打成粉碎，碎石尘沙平地涌起，直上重霄。轰隆轰隆之声，震山撼岳，声势惊人，险恶已极。有好几次阴雷均在左近爆炸，只要再过来数丈，便被打中，法台也必现形。本身固是无害，洞中还有好些受伤同门，万一不支，想要同时护了逃走，绝非容易。总算依还岭上除了三小弟兄，余人全在慧光之内，无须接应。否则两头兼顾，更是为难。料知危机已临，如非那峰又小又低，看去不甚起眼，早受邪法围攻，现出法台。妖人流连不去，早晚仍被试出真相。只得仗着灵符妙用，接连幻化出几座法台，时东时西，忽隐忽现，一座接一座，迷乱敌人目光，拖延时间。同时用法牌传声，向几个有法力的同门指名求救。上来只想向诸葛警我、岳雯、黄玄极、郑八姑、凌云凤几个法力较高，或是持有至宝奇珍的男女同门求救，没料到金蝉、朱文、余英男等三人已在宝城山上除去一个著名妖邪，一同赶来。同时对面依还岭上又有二妖僧随后赶来。

林、庄二人见那妖僧身材矮短，相貌丑恶，所穿僧衣短只齐膝，上面满布翠色鱼鳞，宛如千百只怪眼贴在上面，齐射凶光，与方才为英琼兜率火所杀周身发光的三妖孽极其相似。也不见有遁光随身，凌空飞来，奇快无比。身后几个妖徒也是黑烟滚滚，来势猛恶，比先来诸敌要凶得多。来路正对法台，仿佛法台已被看破。其实他们是南海大鱼岛万目和尚，与英琼所杀落魂岛三妖孽昔年正是同门。一见来势猛恶，料定为左道能手，上来便以全力夹攻。金、朱二人的天心双环与英男的离合神圭，全是邪魔的克星，二妖僧无异盲人瞎马，半夜惊窜，前临危机，毫未看出。等到身上一紧，猛然警觉，已被天心双环裹住，一声怒吼，形神皆灭。英男又用离合神圭，将随来妖徒除去了两个，另两个也被南明离火剑斩为两段。先来妖人本朝法台幻影攻打，见状大惊，忙喝同党速退。朱文手中天遁镜百丈金霞，已电射而至，另外又加上一粒乾天一元霹雳子，一声迅雷过处，内一妖人首被炸死，下余又有两个为雷火、飞剑所伤。群邪心胆皆寒，怒吼逃去。

金、朱、余三人到了法台，和林、庄二人正谈前事，对面依还岭上又一红面妖人，同一满身碧光和前杀妖僧差不多的怪人飞来，同时耳听远远破空之声。三人因听卢妪之言，只知一见妖党、妖徒就杀，对于林寒所说"援兵未到齐以前最好守多攻少，不要下手太急，免将妖人激怒，致被提前发难"之言，并未放在心上。本来就想赶往依还岭助战，一见二妖人又带了一伙手持妖幡的妖徒蜂拥而来，立用前法迎上前去。朱文见众男女同门有多人受伤，早就激发怒火。因知英男为人谦退，正在嘱咐，告以除恶务尽，当仁不让，无须客气，英男刚一应诺，妖人已经飞近，于是各把飞剑、法宝全数施为。朱文把天心双环随同金蝉隐形发出，说："石奇便是被一个周身发光的妖人邪法所伤，至今未愈，痛苦非常。"瞥见来敌又是一个周身碧光闪闪的，想起前仇，天心双环还未发动，突由法台飞起，扬手先是一霹雳子朝前打去。耳听空中传声大喝："文姊、蝉哥且慢！"声才入耳，一团紫色雷火首先爆炸。

怪人原是刚到，闻说二妖僧为敌所杀，双凶又被那团慧光逼住不能分身,想起一事,正要赶来查看,恰巧双凶恨极敌人,命一红脸妖党带了十余个妖徒,拿了妖幡、法物,前往报仇。因双凶法严,最怕门人丢脸,方才回去的妖徒不敢详言敌人厉害,只说了两句,便被喝退。那红脸妖人本是左道中有名人物,邪法、异宝甚多,一向骄狂自恃。先和众人斗了两日夜,为慧光所阻,无法施展。后想伤害石奇,又被同党惊退,甚是气闷。看出双凶怯敌,好些顾虑,心中轻鄙。偏巧金蝉等三人先前对敌出手太快,妖人因为持久无功,想助双凶夹攻火无害。不料章狸不领好意,反疑对他轻视,出口不逊。妖人求荣反辱,心中怀恨,又不敢就此破脸,略微争论,就此退下。凶僧伏诛,群邪惨败,并未看见。一听毛萧命他带领妖徒,去往岭西对敌,还甚高兴。意欲当众逞能,杀上几个敌人,丢双凶的脸。再听怪人说起二妖僧所穿僧衣是件异宝,敌人必不知底,或许尚在,更动贪心,一同冒失飞来。众妖徒临敌之际,向来闻命而行,不问形势如何,不许谈论。这十来个又是极恶穷凶,狡猾异常,不曾受伤,比较别的妖徒胆大,又奉师命,自无话说。

第三二九回　神物喜仙传　好友重逢　同歼大憝
　　　　　　　玄功惊魅影　三才并秀　再耀双心

金蝉等三人本想骤出不意，一网打尽，来势极快。林寒自与三人会合，又将法台隐去，急切间看不出来；众妖人见前面乱峰如林，先受阴雷攻打，断峰残崖到处都是，烟尘尚未平息，时见碎石崩崖顺势下坠，轰隆之声远远可闻，敌人却不见一个。死期已至，毫未警觉，正在朝前查看，冒失疾飞。只有几个妖徒知道当中敌人厉害，形势不妙，有些胆怯，故意落在后面，一面手握妖幡，留神戒备，一面准备退路。哪知恶贯满盈，虽有戒心，仍是无用。正飞之间，忽见紫光一闪，惊天动地一声大震，亿万紫色星花突然爆炸，飞射如雨，当头身发碧光的妖人首被震成粉碎。红脸妖人也被打断一臂，化为一溜血光，正待飞起。众妖徒十九皆被雷火震散，数十百缕残魂碎烟正要遁走。猛觉四面逼紧，两团心形宝光突在空中相对出现，另一面又有两幢圭形奇光同时飞起，四面合围，只一照面，便被吸紧，晃眼相对合拢。红脸妖人首被离合神圭吸去，一声惨号，形神皆灭。众妖徒的残魂更不用说，连声都未出，吃心形宝光相对一合，便已消灭无踪。

三人除去群邪以后，想起刚才空中传声，似是石生口音，回头一看，一道银光已经飞星下泻，落地一看，正是石生同了前收爱徒韦蛟，见面便朝三人说道："可惜我来迟一步，把一件有用东西毁去，还杀了一个有用的妖人。"三人问故，石生想了一想，欲言又止，忽又改口说道："此事说来话长，且等幻波池开府以后，再说不迟。我前日闲中无事，和癞师姊说，想在南洞火宫静室以内稍微静养数日，炼一未完法宝。如有妖人来犯，便助别位同门防守火宫。如果无事，除非蝉哥哥回来，不许别人惊动。本意是想幻波池人少，李师妹初临大敌，当日忧疑；平日我就想念韦蛟，蝉哥一走，我不愿和那班女同门说笑；又听火无害说过未来之事，知道妖人不会就来，我往金石峡去看韦蛟，往返不过一日，绝来得及。明言说走，恐他们不放心，故意这等说法。先还恐癫师姊看破，谁知一口应允。我到火宫不久，便暗中背人溜了出来，先打算当日往返。不料我收这个业障想我太甚，日前背了云翼向天祝告，也不想将来成仙，只想永远随在我的身旁寸步不离，于愿已足。居然被他至诚感动，遇一前辈异人，对他笑说：'你们师徒上次金石峡所得的四件法宝，乃秦时地仙艾真子所留，正是除那双凶的利器。'难得失去的紫清神焰兜率火又被李英琼得去，真个再妙没有。不过双凶阴火厉害，还有别的邪法异宝。最好和他故意相持，暂时不要伤害他的妖徒，挨到九盘山魔宫诸人一齐回山，再同下手，可免许多枝节。否则尚有后患，一样除他，费事得多，并难免于凶险。你师父不久回来看你，可对他说天象、地灵、物神三才清宁圈缺一不可。那物神圈更为重要，你虽学会用法，本身法力尚浅，又无别的防身法宝。双凶所炼邪气稍一沾身，神志便即昏迷，凭你前师癫僧那点传授，绝不够用。我送你一样东西用以防身，就无害了。"说罢，取出一节颜色金黄，长约四寸，寸许粗细的竹筒，赐与韦蛟，传了用法，又指示了一些机宜。蛟儿总算心思灵巧，看出那位老前辈法力甚高，请他同往洞中款待。对方不肯，便随侍了三天，算准我来方始回去，着实得了好处。中间云翼见他突然失踪，恐我回山不好意思，终日苦寻蛟儿，蛟儿见他几次均由身旁经过，均如未见，仙人又不令招呼，几次代求仙人赐见，俱都未答。到了末一天，仙人似为云翼至诚义气所感，忽同蛟儿现身，于是连云翼也得了好处。仙人随即飞走。

"我因这个业障再四苦磨，说别的同门都随师长在外历练修为，只他一人独居山中，无论如何也要同来。又因那位前辈仙人所说的话颇有关系，便和蛟儿寻去，等了半日，不曾遇见。听他行时口气，仿佛我还可以见他一面。想起来日大难，又疑这位老前辈以前见过，不是外人。守候到了半夜，仍不见回，忙着赶回，只得同了蛟儿别了云翼起身。走到路上，忽然发现这位老前辈与一禅师斗法，先经蛟儿指认，虽然相貌年岁不是我所料的那位异人，照着情理，自然帮他。哪知才一出手，我便被那神僧制住，双方也便停手。神僧先朝我含笑说了几句，口气还好，只是警戒下次行事，不可如此冒失，说完飞走。那位老前辈便对我说，他和神僧昔年曾有约，必须了此过节。正在相持不下，得我解围，从此无事，说我忠实可靠。此中详情，他年见面再作长谈。随说起幻波池之事，最好各位同门一齐回山，发动越慢越好。蝉哥、文姊所杀妖僧所穿僧衣，并非鱼蟒皮鳞，乃是一件奇怪法宝，将来开府光明境颇有用处，如能抢先赶到，日后可少好些麻烦。我由他手上所发神光中看出三个周身发光的妖孽，已为李师妹兜率火所杀，告以妖人形神皆灭，绝赶不上。

他说后面还有三个，本是落魂岛三妖孽的同门，自从妖师死后，各立门户，所穿发光怪衣虽不如三妖孽的厉害，一样有用。后来一个更得有妖师秘册，深知小南极天外神山地理虚实，如能生擒，再妙没有。再看下去，更赶不上。他也是方才得知，为践昔年神僧之约，无暇抽身赶回，以致延误。好在例外之事，能赶得上固可省却好些心力，否则到时多费点事，也无大碍。此去非快不可。我便使他相助，把所发神光要来悬在身前同飞，以便查看。刚一起身，便见二妖僧已为你们所杀，相隔太远，无法阻止。好在最主要是末了一个，立催遁光，加急飞来。快要到达，又发现发光怪人带领众妖徒一同飞来，只顾朝面前神光注视，忘用仙法传声阻止。直到神光隐去，光中发话，说是事已无及，方始发觉。来时本想将怪人擒住，把下余妖徒惊走了事，免得双凶激怒，先发阴火，多生枝节，还有危险，不料仍是晚了一步。事已至此，只得听之。如今依还岭上敌我两方均有人来，李师妹元神已然出战，双凶尚在举棋不定，我们还是想好主意再去，以免忙中有错。"

金蝉笑说："这位老仙必是熟人。"话未说完，便吃石生摇手示意止住，接口笑道："蝉哥哥最好少说闲话，我也料是熟人，此时还拿不定。这位老前辈真个爱护我们，所说极为有理，即便癞师姊她们也是这等用意。可惜赶回稍迟，妖徒杀了许多，眼看双凶必用阴火发难，一个应付失机，便是惹厌，至少本山灵景和太乙五烟罗难于保全。蝉哥怎的未和各位师兄姊通话，冒冒失失，就下杀手呢？"金蝉方答："我因卢老仙婆命人传示……"底下话未出口，忽听一老妇口音远远喝道："我生平从不取巧，不似老怪物又想结缘，扶持后进，却又怕事，样样顾虑。我何尝不知阴火邪法凶毒，你们人少，虽有几个能手，顾不过来，发动越快越好。但见妖孽凶横太甚，平日夜郎自大，对付几个修为不久的后辈如此大举，上来便是以强凌弱，以多为胜,却连遭挫折,仍然恬不知耻,啸集同党,张牙舞爪,满口狂吠。峨眉诸弟子只凭慧光防护,已然相持三日,一味退守,不敢出斗,实在看不下去。这班妖孽,又说了好些狠话,我才生气,命你们各自下手,不问妖徒妖党,除一个是一个。我虽不屑与妖孽对面,既为你们做主,自有安排。如听老怪物的话,即便比较稳妥,也弱了你们峨眉派的声威。今日依还岭只要伤一草一木,我便从此不来中土走动如何?"

石生人最天真灵巧,早知前遇仙人乃枯竹老人元神化身,受有暗示而来。闻言首先向空下拜,喜唤道:"原来卢老仙婆在此。有你老人家爱护我们,暗中相助,群邪何堪一击,休说区区阴火,再厉害的邪法,凭老仙婆的无边妙法,我们也无吃亏之理。弟子先前不知,望老仙婆不要怪罪。等到光明境开府之后,弟子等七人再带小徒,去往南星原专诚拜谢吧。"随听卢妪笑道:"你这小娃儿心真灵巧,知我气盛,积习难忘,平生只此一件短处。一见金蝉等三人杀了好些妖徒,未照老怪物所说行事,恐双凶邪法阴火厉害,听我发话,立时给我一顶高帽子戴,想我总揽全局,以免两头失着。虽然用心狡猾,也实灵慧,讨人喜欢,无怪老怪物对你格外喜爱,连他心灵相合之宝都送给你那丑徒弟。你们只管放心,双凶便有一个漏网也不妨事。开宝库时情势固然凶险,事机瞬息,稍纵即逝。我既和老怪物怄气,强着你们先行出手,不照预计行事,到时自有安排。此时依还岭正在恶斗,你们四人不必忙着前去。只看英琼连发兜率火,双凶阴火邪法必在受创之后发动,你们只在兜率火刚刚飞出时赶去,四面合围,绝来得及。再用传声预告钱莱、石完,联合韦蛟,照老怪物所说把三才清宁圈取出施为。事情虽还难料,就势能把这班妖邪多除去几个,你们将来在外行道,到底要少好些阻力。此间事完,我便回转东海,也许再过两年还能相见。再遇老怪物,可对他说,他那心计我全明白,不过爱惜你们太甚,又忿妖邪骄狂,不愿和他怄气罢了。"

众人忙谢指教。林、庄二人深知大荒二老脾气古怪,法力之高,不可思议,为旁门散仙中第一等人物。近年功行将完,不久便如心愿,以旁门成道。对于师门虽然无多来往,但是互相敬爱。尤其对于同门后辈,随时爱护,出力不少。既把事情揽到她的身上,断无败理,虽与预计不合,料可无害。为防金蝉等骄敌自恃,又把近日形势和众同门日前打算以及诸老前辈和眇姑的预示重说一遍。互相谈论了一阵,遥望依还岭上,敌我两方恶斗方酣,兜率火尚未放出。石生首觉不耐,提议先行。英男因恐英琼人少着急,急于往见,也在催走。金、朱二人也觉早去好做准备。林寒行动稳练,觉着诸老前辈仙示和眇姑心声传语,多主退守待援,不宜先发。虽有卢妪一力承当,仍以慎重为是,何况卢妪也说须见兜率火出现,方可下手。便劝四人暂缓前往。并说:"前用法牌传声求援,如今众同门已有好些赶到,因见这里无事,均往依还岭助战。群邪颇有伤亡,我们这里并无败象,并有一件从未见过的宝光随时接应,明占上风。方才卢老前辈所说,必有用意。到了那里,最好以全神贯注双凶,不到时机,不可轻易出手。"四人随口应诺,便带韦蛟一同起身,往依还岭飞去。

到后一看,双方已成混战之势。就这个把时辰之内,妖党越来越多。更有好些由附近经过,发现依还岭烟光笼罩,成了一片光山火海,以为敌人被困,想起平日忌恨,竟欲乘机取利,赶来助战。到后发现敌人表面似被群邪围困,实则实力坚强,更有好些奇珍异宝,威力绝大,尽管以少敌众,并无败意,群邪反有伤亡。中有数人除应敌外,随时策应,所用法宝、飞剑厉害非常,动作比电还快,只一发现同门危急,立时飞往应援,当时接应下来。英琼更是所向无敌,多厉害的邪法也难近身。有此数人,敌人已是胜多败少。此外幻波池前还有一幢似烟非烟,时隐时现,从未见过的奇怪云光。内中好似有一少女影子,每遇敌党受了群邪追逼危急之际,必有一片五色奇光彩丝一般激射出来,将人救去,一闪不见,一任邪法攻打,全无用处。后又看出那片慧光似是李英琼元神所化,人也不时出现,为在场第一人物。只双凶和有限二三妖人还能应敌,下余休说不能近身,稍差一点的,单那紫郢剑和另外两件法宝,先禁不住,只要挨近,不死必伤,端的厉害非常。不但看出形势不妙,并还料定敌人必有大援在后,不曾出现。虽觉弄巧成拙,无如后来这伙妖人均非无名之辈,早就痛恨峨眉门下。初来时又未看清双方强弱。误认复仇良机,先来妖党又多相识,不便虎头蛇尾。又想起幻波池中藏珍、毒龙丸,听说方才双凶当众声言,事成之后全可分润,起了贪心,不舍就走。于是随众苦斗下去,妄想等到双凶施展最后杀手,仍有成功之望。因而各施邪法,勾引同党来援,以致人数越多。

英琼这一面起初本想静守待援,不料动手以后越打越凶,先只杀了一些妖党，由第二日夜间起，又连伤了好些妖徒。方才英琼原身出战，又把妖徒除去了几个。双凶仇恨越深，已然忍耐不住。跟着金蝉等三人突然回山，先后又消灭了一二十个妖徒，双凶误认敌人首脑藏在岭西法台之上，正要飞往报仇。英琼看出双凶情急心横，火无害三小弟兄有两三次差一点为邪法所困，全山已在暗影笼罩之下。暗付："我们在此待援已有三日，眼看敌势越盛，如能守到援兵回山也还罢了，照眼前形势，双凶已然激怒，妖党越来越多，万一缓兵之计无用，敌人仍是提前发难，必难兼顾。尤其林、庄二人所设法台已被双凶看破，形势危急，许多受伤同门均在法台后面山洞之内，双凶已命妖党先后带了妖徒前往攻打，一旦不敌，这班受伤同门休想活命。"心正愁虑，忽见两个妖僧率领四个妖徒，又往岭西飞去。因见二妖僧与前杀落魂岛三妖孽同一路数，也是周身发光，邪气甚重，料非寻常。正朝岭西遥望，稍见形势不妙，便将原身二次飞出，索性把林、庄诸人接往幻波池内，以防有失。忽听癞姑传声说："方才卢老仙婆用七星神簪飞书指示，并命小寒山谢家姊妹门人拿来所赐法宝来此相助，专为对敌时救护众同门之用。如今形势已变，金蝉、文妹、英男已经回转，有卢老前辈和另一女仙相助，绝可无碍。可速率众出战，到了时机再将兜率火发出，索性激怒妖人，使发阴火，自有制他之法。"

英琼闻言大喜。同时瞥见二妖僧已为金蝉所杀，三人动作神速，宝光雷火略现了两现，便将群邪妖徒除去。因见邪法厉害，妖党中能手甚多，惟恐众人飞出受伤，正在迟疑盘算，内一红衣妖人忽又同一身发碧光妖邪率领众妖徒往岭西飞去。跟着便见火无害一时疏忽，吃双凶两条暗影一上一下围在中间。尽管太阳真火朝那暗影上下乱打，周身火星乱爆如雨，无如双凶原是拼着元气受伤，由大而小，将两条暗影化为一团暗紫色的光气上下包围，不肯放松。

钱莱、石完见他被困，立驾那幢冷光朝暗影不住猛冲，终无用处。火无害见暗影越追越紧，看出不妙，忽把身子缩成一团，手足向外，由指尖上各射出二十道其亮如电的红光，将那暗影四面抵住，不令往里收缩，这样才好一些。但那暗影已缩成两丈方圆一团，越往后邪气越浓。每遇钱、石二人驾着太乙神光冲到，便即闪避，不令撞上。双凶本身却在一旁，注定那两条暗影合成的气团，不住扬手行法施为。为避太乙神光冲撞，往来飞舞,时上时下,看去真似一个紫色的大气球,当中裹着一个周身火光乱爆,其形如猴的小红人,随同一幢冷光互相追逐闪避,在万丈烟光之中星丸跳动,飞驰如电,顿成奇观。英琼平日对火无害最是看重,又推英男之爱,格外关心。见他被困,虽未求救,面容已是惨厉,怒啸不已,料知形势危急,想要出援。此时后援未到,群邪凶焰高涨,又恐众同门为邪法所伤,更难兼顾,略一迟延,火无害越发狼狈。双凶中小的一个,已朝钱、石二人扑去。旁边又飞来两个妖邪,一同合力将二人阻住。二人见来敌邪法甚高,急于想救火无害,已将方才所发天象、地灵两圈取出,传声请问,想用此宝与敌一拼。英琼想起方才紫玲曾说"此宝不是三才并用,不可妄发"之言,想要阻止,又恐火无害不能久持,受了邪法暗算。正想飞出原身应敌,猛瞥见一片佛光迎面飞来,随听一少女口音说道:"李师叔只管出战,弟子林映雪现奉卢太仙婆之命来此应援,绝无他虑。"心方一喜,又听破空之声。

先是两道金光,自空直下,直飞妖阵之中,只一闪,便如神龙掉头,略一掣动,立有三个妖邪被金光斩为两段,来势神速已极。跟着又是一青一白两道剑光,相继飞降,也是一到便朝群邪冲去。当头一个少女看去年约十一二岁,穿着一身冰绡雾縠,美绝天人,一手指定飞剑,一手五指上发出五股银色光针,暴雨一般朝众妖党冲去。身后随定一个道装少年,所用法宝、飞剑均非寻常。众妖党本来隔着慧光,与峨眉派众弟子对敌,厉声咒骂,暴跳如雷。不料强敌天降,来势万分神速,几个邪法稍差的当时伤亡,不由一阵大乱,各施邪法异宝迎上前去。无奈这四个敌人,两个身剑合一,法力最高,另两个各有一片仙云护身,邪法竟难抵御。只得以多取胜,相持起来。英琼见那来人正是本门四大弟子中的诸葛警我、岳雯,同了陆蓉波、杨鲤,四人相继来到。最可喜的是,蓉波原是道家已炼成形的元婴,因为紫云三女邪法所污,不得飞升,初入本门时,看去法力还是寻常,想不到南疆一别,进境如此神速。连杨鲤也比南疆相见时高出十倍。忙即传声招呼。众同门久守慧光之下,虽未吃亏,日听群邪辱骂,全都忿恨。林映雪一到,一面和英琼答话,一面把带来的树叶灵符每人给了一两片,说是如见邪法厉害,形势危急,只将此符往外一扬,自生妙用。此乃卢太仙婆所赐,为数甚多,无须吝惜。众人除英琼外,全都得到。来人却未现形，看去仿佛一幢淡烟，裹着一个少女影子。方才已听癞姑说过，见那灵符乃一种从未见过的树叶所制，自往手上飞来，均想出那口恶气，到手称谢，便即飞起。再看火无害，尚在苦撑，五官七窍均有真火射出，知其情急万分，更不怠慢，忙用慧光电驰飞去。

双凶见敌人忽有援兵飞到，原有诸人也离开慧光飞出应敌，疑心敌人准备停当，改守为攻，料知不发则已，一经发动，必非寻常。想起同党不少伤亡，敌人一个未伤，偶为邪法所迷，当时被人救走，分明早有成算。不由又生顾虑，打算仔细观察些时，再下毒手。不料那团慧光突然飞来，光中现出一个少女，正是先前独诛落魂岛三妖孽的李英琼。看那形势，分明把一件佛门至宝炼成元神化身，得有仙、佛两家上乘心法。寻常修道千百年的有道之士，也未必到此境界。听说对方入门日浅，竟有这等功力，难怪小小年纪那么大威名。仇敌后辈女弟子已是如此，师长法力之高，可想而知。自己禁闭海底多年，自恃邪法高强，也未仔细访查，冒失赶来，如为几个无名后辈惨败，平日又太骄狂，以后何颜见人？不由又惊又悔。

方一转念，瞥见妖党又死了好几个。敌人虽有几个为邪法所败，眼看危急，扬手一片银霞，人便遁走。再看随来妖徒，已被敌人消灭了多半，剩下二十来条残魂，本来随定自己身旁，狼狈已极。一时气忿，意欲增加邪法威力，只等敌人稍微松懈，立命妖魂乘隙进攻，免得随在身旁现世。于是把这些残魂全化为一股邪气，附在围攻火无害的气球之上，因受真火冲击，十分痛苦。又想门下妖徒，只有限一二十人，俱是相随多年，此次元气大伤，复原甚难，何苦为了一时之气，使受这等苦难？盛怒略解，正想收回。不料慧光电射飞来，罩在双凶元神所化气球之上，内里敌人立以全力发动真火，内外夹攻，那慧光十分微妙，初飞来时只是快得出奇，略微一闪，便将气球包住，轻飘飘的，光甚柔和，并无别的感觉。双凶先以为敌人功力不到，看去厉害，和昨日所见金刚手幻影一样，虚有其表。又因光中附有敌人元神，不特把初发现时的戒心去个干净，反想将计就计，把敌人元神摄去。谁知受了对方佛法暗制，心神迷乱，竟把近两日来慧光保护敌人的威力全都忘却。就这先后两个转念之间，不知不觉受了重伤，直到有些警觉，妖徒残魂已经消灭，本身心灵相合的元气也被慧光裹紧，逐渐消灭。这一惊真非小可。忙运玄功全力回收，已是无及。总算敌人急于脱身，火无害乘隙往外一冲，英琼自然放他出去。火无害化为一溜火光，刚刚冲出圈外，双凶立时乘机把残余的精气就势收回，急怒交加，舍了钱、石二人，同向英琼进攻。

斗了一阵，双凶又运用三尸元神，化成两条暗影，连同本身，一齐应敌。英琼见双凶又飞起一个化身，玄功变化，邪法甚高，身外并有一片妖光防护，自己以一敌四，虽能仗着定珠威力妙用，化身应战，固无败理，想要除他仍是极难。见众同门出战以后，又有几个男女同门相继赶来助战，人数比前多了好些。林映雪已化作一幢淡烟，飞向幻波池前接应众人。妖党只一冲到面前，必有一片祥霞飞起，将其阻住。映雪也不出斗，只见有人败退，扬手一蓬彩丝电射飞出，将人救走。众同门仗她随时接应，虽然免去好些凶险，可是妖党越来越多，邪法异宝满空飞舞，凶威猛恶，声势惊人。癞姑发动兜率火的号令尚未发出，双凶不是易于除去。为防有失，一面相持，一面招呼诸葛警我等几个法力高的同门暗中留意，随时接应。

经此一来，妖党表面势盛，实际却成了一面倒之势，群邪相继伤亡，对方却是毫无损害。双凶见英琼玄功变化，神妙非常，屡次抽空想用邪法暗算别的敌人，不是为其所阻，便是眼看成功，又被这几个法力高的救走。斗不一会儿，英琼又将留在幻波池的法宝、飞剑发了两件出来。最厉害的是紫郢剑和青鳞髓两件奇珍和圣姑留赐的太白金刀，双凶连人带元神全被绊住。双凶见敌人威力越大，想起多年苦功所炼三尸元神，为困火无害，已失去了一个，元气大伤。虽剩一点残余邪气，再要重炼复原，至少须费三甲子的苦功。同党伤亡还在其次，最痛心的是，相随多年的许多妖徒，全被敌人消灭，一个不留。此仇不报，何以见人？敌人首脑仍未出现，法宝、飞剑如此厉害，再如相持下去，稍微疏忽，必受其害。

钱、石二人见英琼和各位师长已然出手，为代火无害报仇，索性三小弟兄联合一起，仗着神光护体，专一乘隙进攻，时隐时现，出没无常。稍有空隙，便把真火、神雷朝外乱打，连同那幢冷光，猛朝双凶元神冲去，防不胜防。双凶本就恨得咬牙切齿，连毛萧素来阴沉的人，也现出满脸狞厉之容。本还想再看一会儿形势，章狸已忍不住怒火，正催毛萧下手，金蝉等师徒五人忽同飞到。英男觉着日前离山私出，英琼不免悬念，觉着对她不起，一见面便迎上前去。章狸天性淫凶，见对面飞来一个红衣少女，年貌与英琼差不多,和敌人见面时满脸笑容,神情亲热,看去更比敌人妩媚温柔。不知来人所用法宝、飞剑全是他的克星,比先前所见诸宝更具伏魔专长。尤其昔年曾用九甲子苦功所炼成的那只鬼眼所发毒针,撞上便即消灭。无心相遇,厄运已终。只因英男对于同门最是谦和柔顺,来时议定,须等兜率火发出,双凶施展独门邪法,阴火将发未发之际,方始发难,上来没想动手。仗着身剑合一,一见英琼心中喜欢,忙即赶去,只想谈说几句,向其道歉,并没打算当时出手。

章狸天性淫凶,初次会面,哪知厉害。见她貌美如仙,又是冒冒失失飞来,除随身剑光而外,并无奇处。不知英男为防南明离火剑威力太强,恐惊群邪,待运本门心法,不令精芒外露,看去只是一道红色剑光笼罩全身,光并不强,误以为此是就口馒首。此女全无戒心,生得如此美貌灵秀,何不就势擒去遁向一旁,把人藏好。再将前额怪眼所炼毒针发将出来,与老鬼合力试上一下。再如不胜,便发阴火,索性把全副家当搬将出来。如遭惨败,也可死心塌地,弃了同党,和老怪逃回东海,向昔年所识怪人低头服输,求其代为报仇。好歹先抢一个美人回去再说。念头一转,见英男驾着一道剑光,随定英琼身旁,不住说笑问答。虽然她们均用本门传声,听不出所说何语,那满面喜容,皓犀微露之际,更觉容光照人,丰神美艳。妙在神态从容,一毫不显敌意。越看越爱,故意说道:"那女子既不出手为敌,可速避开,免受误伤。"说罢,先将三尸元神所化紫色暗影朝着英琼猛扑过去。

事有凑巧。老鬼毛萧见英男由外飞到,来势十分冒失,当此双方恶斗,何等凶险的场面,居然追着同党说话问答,谈笑自如。虽和章狸一样动了色心,但不似章狸那样粗心大意。觉着来人胆大得出奇,又似有心把剑光掩去了些,心中奇怪,打算试探一下深浅,也施全力,运用元神,向前猛扑。双凶恰是同时发难。英琼原用飞剑、法宝分头迎敌,将双凶连元神一起绊住,免其施展邪法,伤害别的同门。不料英男赶来,互相问答,心神略分,双凶三尸元神立时越过紫郢剑、青鳞髓的宝光,其疾如电,猛扑过来。深知双凶邪法甚高,又有邪法异宝护身,连紫郢剑也只能将其逼住,急切间伤他不了。良友关心,英男初见,又似毫无戒心,惟恐疏忽受伤,心中一急,忙喝:"四妹留意!"声才出口,忽听癞姑传声发令。英琼又觉双凶动作如电，时机瞬息，稍纵即逝，本就随时留意。那兜率火又被炼成道家元神，稍一动念，立可施为。这时因防英男误中邪法，便不接到号令，稍觉不妙，也必施为。一接传声，随同心念一动，纤手往外一弹，兜率火立即发出。同时又瞥见那两条暗影从对面扑到，英男全身已在笼罩之下，正纵遁光往侧逃避。想起火无害方才被困，后虽得救，不曾受害，元气已是大伤。英男虽是他师父，如论修为，功力却差得多，一被扑中，不死也必中邪晕倒。稍微疏忽，生魂必被摄去，又无灵符防身。情急之下，惟恐一击不中，竟将兜率火同时发了四朵出去。

章狸瞥见英男往旁逃遁，正合心意，连忙飞身反扑，耳听毛萧惊呼，人已飞起，往旁遁去。百忙中瞥见前面紫色灯花忽有四朵出现，不禁大惊，慌不迭运用玄功往旁飞遁。因知此宝威力，逃时心慌，双凶的三尸元神不等收回，已被兜率火打中。接连"叭叭"四声，声音不大，但那紫色星花高涌数百丈，又似一座大火山凌空飞堕，无量数的紫色星花同时爆炸。此宝不但威力绝大，更有一种奇处：专伤邪魔，对自己人能以心灵感应，不会波及，无须顾忌，只消一朵，便可成功。英琼因为双凶玄功变化，邪法厉害，加以救人心切，又以全力运用，连发其四，休说三尸元神，便双凶本身如被打中，也是难当。当时洒了一天花雨星光，两条紫色暗影全数消灭，连残烟也无一缕冒起。

章狸见三尸元神已失其二，越发急怒攻心，怒喝一声，正待拼命，偏巧逃时心慌，和英男走成一路。英男平日信服英琼，又有先入之见，一听警告，想起双凶邪法厉害，连英琼都如此说法，可想而知，逃时也是心慌。恰巧先与金蝉等商定之后，那离合神圭已然准备停当，也是动念即发之宝。一见妖人由后追来，猛想起此来还要除他，如何这等胆小？念头一转，立即回身迎敌。先是南明离火剑突然暴长，化为百丈朱虹，朝妖人反卷上去。章狸如非先有邪念，也还不致就死。因想用邪法暗算，生擒英男，匆匆逃遁，无意之中逃成一路，死星照命，色心又起，妄想顺手牵羊，就势擒走。快要追上，一对魔手刚一伸出，还未抓下，猛觉朱虹电耀，前追少女突然回身，身剑合一，横扫过来，来势比电还快。双方势子猛急非常，任是多高邪法，也难逃避。何况事出意料，没想到敌人剑光如此威力。等到稍微警觉，连忙缩手后退，朱虹已绕向下半身，连两条残腿，带拥护身上的妖云,一齐斩断,成了半截身子。惊悸忘魂中,恨到极处,一声怒吼,一面运用玄功,飞身逃遁;一面施展邪法,紧闭双目,奋力一震,两眉中间突然出现一只紫黑色的怪眼,刚一睁开,便有亿万根三寸来长暴雨一般的毒针,瀑布也似电射而出。

双凶的妖针,乃用数百年苦功,采取地肺中寒毒之气苦炼而成。平日深藏脑海之中,看不出丝毫形迹。因与心灵相合,中人必死。发时黑光微闪,立即隐去。由此随同双凶心意,暗中伤人,如影附形。便有法宝防身,也只暂时抵御,宝光一撤,立为所伤。再经邪法运用,便化为无形无声的毒气,得隙即入。端的阴毒险恶,无与伦比。双凶原意,大量发出,当时能杀敌人更好,否则便化为一片无形毒雾,笼罩全山,即使不能把敌人一网打尽,也可杀死多半,报仇泄恨。因为此针最耗元气,当初炼时,妖师又曾告诫,不是万不得已,不许妄用。更防为强敌收去,无法收回,反害自己,因此先前迟疑不决。这时章狸身受重伤,怨恨越深,连同党也未招呼,猛然发将出来。

这原是同时发生,瞬息间事。英男飞剑刚一发动,便见兜率火飞起,知道时机已至,妖人受伤,正好下手。本心还恐妖人逃走,仗着早有准备,忙把离合神圭飞起。猛听火无害疾呼:"妖针阴毒无比,恩师留意!"话未听完,猛瞥见妖人倏地回身,前额上现一怪眼,突射出一股紫黑色妖针。同时离合神圭也化为一幢墨绿色的宝光,迎上前去,两下里恰好正对。章狸见少女手上发出一幢圭形宝光,妖针挨着便即消灭,心方一惊,猛觉元气大耗。那墨绿色的宝光已飞射过来,吸紧全身,不禁惊魂皆战,暗道不好。毛萧忽作厉啸乏声,划空而去。同时霹雳连声,雷火群飞,万道毫光,满空激射,交织如网。东西两面,各有一圈心形宝光,升起空中,宛如日月双辉,互相对照。当中更有三圈青、红、黄三色奇光,晃眼暴长,全山由上到下千百丈的空间,全在笼罩之下。群邪死尸,遍地皆是。毛萧原身正随同好些妖党残魂,往两环三圈宝光之中投去。一条紫黑色的暗影比电还急,带着一声厉啸,激射天边云层之中。方觉不妙,上身一紧,当时神志昏迷,形神皆灭。

(按:因时局变化,作者未能继续创作,《蜀山剑侠传》全书至此中止。)